簡明活用辭典

默齋陳瑞庚篆

部首	國字	頁碼	原有音	審訂音	備註
人	佁	六七	ㄞˇ 一ˇ	一ˇ	
	使	六九	ㄕˇ ㄕˋ	ㄕˇ	
	來	七〇	ㄌㄞˊ ㄌㄞˋ	ㄌㄞˊ	
	佰	七一	ㄅㄛˊ ㄅㄞˇ ㄇㄛˋ	ㄅㄞˇ	
	侗	七三	ㄊㄨㄥ ㄊㄨㄥˊ	ㄉㄨㄥˋ(限) ㄊㄨㄥˊ	限於「侗族」一詞音ㄉㄨㄥˋ。
	俠	七五	ㄒ一ㄚˊ ㄐ一ㄚˊ	ㄒ一ㄚˊ	
	俊	七八	ㄐㄩㄣˋ ㄗㄨㄣˋ(語)	ㄐㄩㄣˋ	
	俄	七九	ㄜˊ ㄜˋ(又)	ㄜˊ	
人	俞	七九	ㄩˊ ㄩˋ ㄏㄨ	ㄩˊ ㄕㄨ(限)	限於「俞兒」（神名）一詞音ㄕㄨ。
	倩	八一	ㄑ一ㄢˋ ㄑ一ㄥˋ	ㄑ一ㄢˋ	
	值	八一	ㄓˊ ㄓˋ	ㄓˊ	
	們	八三	ㄇㄣˊ ˙ㄇㄣ(語)	ㄇㄣˊ	
	俺	八三	ㄢˇ	ㄢˇ 一ㄢˋ	
	俱	八三	ㄐㄩˋ ㄐㄩ(又)	ㄐㄩˋ	
	個	八四	ㄍㄜˋ ˙ㄍㄜ	ㄍㄜˋ ㄍㄜˇ(限)	限於「自個兒」一詞音ㄍㄜˇ。
	倘	八四	ㄊㄤˇ	ㄊㄤˇ ㄔㄤˊ	通「徜」時音ㄔㄤˊ。

部首	國字	頁碼	原有音	審訂音	備註
人	倭	八五	ㄨㄛ ㄨㄟ	ㄨㄛ	
	俾	八六	ㄅㄧˋ ㄅㄟˋ(又)	ㄅㄧˋ	
	偺	八六	ㄗㄢˊ ㄗㄚˊ	ㄗㄢˊ	
	倞	八六	ㄌㄤˋ ㄐㄧㄥˋ	ㄌㄤˋ	
	假	八八	ㄐㄧㄚˇ ㄐㄧㄚˋ	ㄐㄧㄚˇ ㄐㄧㄚˋ ㄍㄜˊ ㄒㄧㄚˊ	通「格」時音ㄍㄜˊ。 通「遐」時音ㄒㄧㄚˊ。
	偕	九一	ㄐㄧㄝ ㄒㄧㄝˊ(又)	ㄐㄧㄝ(限) ㄒㄧㄝˊ	限於指人名（馬偕）或專有名詞時音ㄐㄧㄝ。
	側	九一	ㄘㄜˋ ㄗㄜˋ(又)	ㄘㄜˋ	

部首	國字	頁碼	原有音	審訂音	備註
人	偲	九三	ㄙ ㄙㄞ ㄘㄞ	ㄙ ㄙㄞ	
	傅	九三	ㄈㄨˋ	ㄈㄨˋ ㄈㄨ	通「敷」時音ㄈㄨ。
	傖	九四	ㄘㄤ ㄔㄥ(又) ˙ㄔㄣ(又)	ㄘㄤ	
	傒	九五	ㄒㄧˊ ㄒㄧ	ㄒㄧ	
	僅	九七	ㄐㄧㄣˇ ㄐㄧㄣˋ(又)	ㄐㄧㄣˇ	
	傾	九七	ㄑㄧㄥ ㄑㄧㄥˇ(又) ㄎㄥ	ㄑㄧㄥ	
	僮	九九	ㄊㄨㄥˊ	ㄊㄨㄥˊ ㄓㄨㄤˋ(限)	限於「僮族」（中國少數民族之一，中國大陸現作「壯族」）一詞音ㄓㄨㄤˋ。

部首	國字	頁碼	原有音	審訂音	備註
人	僻	一〇一	ㄆㄧˋ ㄅㄟˋ	ㄆㄧˋ	
	儆	一〇二	ㄐㄧㄥˇ ㄐㄧㄥˋ(又)	ㄐㄧㄥˇ	
	儉	一〇二	ㄐㄧㄢˇ ㄐㄧㄢˋ(又)	ㄐㄧㄢˇ	
	儐	一〇三	ㄅㄧㄣˋ ㄅㄧㄣ(語)	ㄅㄧㄣ	
	儗	一〇四	ㄋㄧˇ ㄞˋ	ㄋㄧˇ	
	儳	一〇五	ㄔㄢˊ ㄔㄢˋ	ㄔㄢˊ	
儿	先	一〇九	ㄒㄧㄢ ㄒㄧㄢˋ	ㄒㄧㄢ	
	兌	一一一	ㄉㄨㄟˋ	ㄉㄨㄟˋ ㄩㄝˋ(限)	限於「兌命」一詞音ㄩㄝˋ。
入	入	一一四	ㄖㄨˋ ㄖㄨˇ	ㄖㄨˋ	

部首	國字	頁碼	原有音	審訂音	備註
入	兩	一一七	ㄌㄧㄤˇ	ㄌㄧㄤˇ ㄌㄧㄤˋ	通「輛」時音ㄌㄧㄤˋ。
冂	冊	一二四	ㄘㄜˋ ㄔㄞˋ	ㄘㄜˋ	
冖	冘	一二六	ㄧㄣˊ ㄧㄡˊ	ㄧㄣˊ	
几	几	一三三	ㄐㄧˇ ㄐㄧ(語)	ㄐㄧ	
凵	凵	一三三	ㄎㄢˇ ㄎㄢˋ(又)	ㄎㄢˇ	
	凹	一三四	ㄠ ㄨㄚ ㄠˋ(又) ㄨㄚˋ(又)	ㄠ	
	凸	一三六	ㄊㄨˊ ㄍㄨˇ	ㄊㄨˊ	
刀	切	一四〇	ㄑㄧㄝˋ ㄑㄧㄝ ㄑㄧˋ	ㄑㄧㄝˋ ㄑㄧㄝ	

部首	國字	頁碼	原有音	審訂音	備註
刀	刻	一四四	ㄎㄜˋ ㄎㄜ	ㄎㄜˋ	
	刷	一四五	ㄕㄨㄚ ㄕㄨㄚˋ	ㄕㄨㄚ	
	剌	一五〇	ㄌㄚˋ ㄌㄚˊ ㄌㄚ	ㄌㄚˋ ㄌㄚˊ	
	剖	一五一	ㄆㄡˇ ㄆㄡ ㄆㄡ(又)	ㄆㄡˇ	
	剝	一五二	ㄅㄛ ㄅㄠ	ㄅㄛ ㄅㄛˊ	通「駁」時音ㄅㄛˊ。
	剸	一五五	ㄊㄨㄢˊ ㄓㄨㄢ	ㄊㄨㄢˊ	
	劈	一五五	ㄆㄧ ㄆㄧˇ	ㄆㄧ	ㄆㄧˇ音是北平語區「劈柴」、「劈岔」等之特用音，併入ㄆㄧ。

部首	國字	頁碼	原有音	審訂音	備註
刀	劊	一五六	ㄎㄨㄞˋ ㄍㄨㄟˋ(又)	ㄎㄨㄞˋ	
	劙	一五六	ㄌㄧˊ ㄌㄧˇ(又)	ㄌㄧˊ	
力	勘	一六二	ㄎㄢˋ ㄎㄢ(又)	ㄎㄢ	
勹	勺	一六七	ㄕㄠˊ ㄕㄨㄛˋ(讀)	ㄕㄠˊ ㄓㄨㄛˊ	
	勾	一六七	ㄍㄡ	ㄍㄡ ㄍㄡˋ(限)	限於「勾當」一詞音ㄍㄡˋ。
匕	北	一七一	ㄅㄟˇ(語) ㄅㄛˋ(讀) ㄅㄟˋ	ㄅㄟˇ ㄅㄟˋ	通「背」時音ㄅㄟˋ。
匚	匡	一七二	ㄎㄨㄤ ㄨㄤ	ㄎㄨㄤ	
匸	匿	一七四	ㄋㄧˋ	ㄋㄧˋ ㄊㄜˋ	通「慝」時音ㄊㄜˋ。

部首	國字	頁碼	原有音	審訂音	備註
十	午	一七七	ㄨˇ	ㄨˇ ˙ㄏㄨㄛ(限)	限於「晌午」一詞音˙ㄏㄨㄛ。
	卓	一八〇	ㄓㄨㄛˊ ㄓㄨㄛ(又)	ㄓㄨㄛˊ	
	南	一八〇	ㄋㄢˊ	ㄋㄢˊ ㄋㄚˊ(限)	限於佛經「南無」一詞音ㄋㄚˊ。
卩	卵	一八六	ㄌㄨㄢˇ ㄌㄨㄛˇ(又) ㄌㄢˇ(語)	ㄌㄨㄢˇ	
又	叉	一九二	ㄔㄚ ㄔㄚˇ(又) ㄔㄚˊ(又)	ㄔㄚ	
	反	一九三	ㄈㄢˇ ㄈㄢ ㄈㄢˋ	ㄈㄢˇ	
	叟	一九六	ㄙㄡˇ ㄙㄡ(又)	ㄙㄡˇ	

部首	國字	頁碼	原有音	審訂音	備註
又	叢	一九六	ㄘㄨㄥˊ ㄘㄨㄥ(又)	ㄘㄨㄥˊ	
口	只	二〇三	ㄓˇ	ㄓˇ ㄓ	
	台	二〇四	ㄧˊ ㄊㄞˊ ㄊㄞ	ㄊㄞˊ ㄧˊ	
	各	二〇九	ㄍㄜˋ ㄍㄜˊ	ㄍㄜˋ ㄍㄜˇ	通「個」時音ㄍㄜˇ。
	呆	二一六	ㄉㄞ ㄞˊ(又)	ㄉㄞ	
	吹	二一八	ㄔㄨㄟ ㄔㄨㄟˋ(讀)	ㄔㄨㄟ	
	呀	二一九	ㄧㄚ	ㄧㄚ ˙ㄧㄚ ㄒㄧㄚ	
	吱	二二〇	ㄗ	ㄓ	

部首	國字	頁碼	原有音	審訂音	備註
口	含	二二〇	ㄏㄢˊ ㄏㄢˋ ㄏㄣˊ(語)	ㄏㄢˊ	
口	听	二二一	ㄧㄣˊ	ㄊㄥ ㄊㄥˋ ㄧㄣˇ	「聽」之異體字。
口	呵	二二一	ㄏㄜ	ㄏㄜ ㄛ	
口	咖	二二二	ㄎㄚ ㄍㄚ	ㄎㄚ	此字現僅常用於「咖啡」一詞，為英文 coffee 之譯音，故取ㄎㄚ，去ㄐㄧㄚ。
口	呱	二二三	ㄍㄨ ㄨㄚ(語)	ㄍㄨ ㄍㄨㄚ	
口	和	二二四	ㄏㄜˊ ㄏㄜˋ ㄏㄨㄛˋ ㄏㄨㄛˊ	ㄏㄜˊ ㄏㄜˋ ㄏㄨㄛˋ ㄏㄨˊ(限) ㄏㄢˋ ˙ㄏㄨㄛ	限於「和牌」一詞音ㄏㄨˊ。

部首	國字	頁碼	原有音	審訂音	備註
口	咋	二二六	ㄓㄚˋ ㄗㄜˊ	ㄗㄜˊ	
口	呫	二二七	ㄊㄝ ㄔㄜˋ ㄓㄢ(又)	ㄔㄜˋ ㄓㄢ	
口	呴	二二七	ㄒㄩˇ ㄏㄡˇ ㄍㄡˋ	ㄒㄩˇ ㄏㄡ(限)	限於「唏呴」一詞音ㄏㄡ。
口	咳	二二九	ㄎㄜˊ(語) ㄎㄞˋ(讀) ㄎㄚˇ ㄏㄞ ㄏㄞˊ ㄏㄞˋ	ㄎㄜˊ ㄏㄞ	
口	哈	二三〇	ㄏㄚ ㄏㄚˇ	ㄏㄚ ㄏㄚˇ ㄎㄚ(限)	限於「哈喇」一詞音ㄎㄚ。

部首	國字	頁碼	原有音	審訂音	備註
口	咯	二三一	ㄌㄨㄛˋ ˙ㄌㄛ ㄍㄜˊ	˙ㄌㄛ ㄎㄚˇ ㄍㄜ ㄍㄜˊ	通「嗝」時音ㄍㄜˊ。
	咥	二三一	ㄒㄧ ㄒㄧˋ(又) ㄔˋ(又) ㄉㄧㄝˊ	ㄒㄧˋ ㄉㄧㄝˊ	
	咧	二三一	ㄌㄧㄝˇ ㄌㄧㄝˋ	ㄌㄧㄝˇ	
	哏	二三一	ㄍㄣˊ ㄏㄣˇ	ㄍㄣˊ	
	咷	二三一	ㄊㄠˊ ㄊㄠˋ(又)	ㄊㄠˊ	
	哆	二三一	ㄉㄨㄛ ㄔㄜˇ ㄔˇ(又)	ㄉㄨㄛ ㄔㄜˇ	
	哼	二三三	ㄏㄥ ㄏㄣ(語)	ㄏㄥ	

部首	國字	頁碼	原有音	審訂音	備註
口	哺	二三三	ㄅㄨˇ ㄅㄨˋ(又) ㄆㄨˇ(又)	ㄅㄨˇ	
	哩	二三四	ㄌㄧ ˙ㄌㄧ ㄌㄧˇ	ㄌㄧ ㄌㄧˇ	
	員	二三四	ㄩㄢˊ ㄩㄣˊ ㄩㄣˋ	ㄩㄢˊ ㄩㄣˊ	
	哮	二三四	ㄒㄧㄠ ㄒㄧㄠˋ	ㄒㄧㄠ	
	哪	二三四	ㄋㄚˇ ㄋㄟˇ ˙ㄋㄚ ㄋㄨㄛˊ ㄋㄞˇ	ㄋㄚˇ ˙ㄋㄚ ㄋㄨㄛˊ(限)	限於「哪吒」一詞音ㄋㄨㄛˊ。
	唧	二三五	ㄐㄧˊ ㄐㄧ	ㄐㄧˊ	

部首	國字	頁碼	原有音	審訂音	備註
口	哢	二三五	ㄌㄨㄥˋ ˙ㄋㄡ	ㄌㄨㄥˋ	
	哿	二三五	ㄍㄜˇ ㄎㄜˇ(又)	ㄎㄜˇ	
	唈	二三六	ㄧˋ ㄜˋ(又)	ㄧˋ	
	啞	二三七	ㄧㄚˇ ㄧㄚ ㄜˋ	ㄧㄚˇ ㄧㄚ	
	啃	二三七	ㄎㄣˇ ㄎㄣˋ	ㄎㄣˇ	
	啊	二三七	ㄚ ㄛ(又)	ㄚ ˙ㄚ	
	唯	二三九	ㄨㄟˊ ㄨㄟˇ	ㄨㄟˊ	
	唬	二四〇	ㄏㄨˇ ㄒㄧㄚˋ	ㄏㄨˇ	

部首	國字	頁碼	原有音	審訂音	備註
口	唼	二四〇	ㄕㄚˋ ㄗㄚ ㄑㄧㄝˋ	ㄕㄚˋ ㄑㄧㄝˋ	
	啍	二四〇	ㄊㄨㄣ ㄓㄨㄣ(又) ㄊㄨㄣˊ(又)	ㄊㄨㄣ	
	啑	二四一	ㄕㄚˋ ㄉㄧㄝˊ	ㄕㄚˋ ㄐㄧㄝˊ	通「歃」時音ㄕㄚˋ。
	啁	二四一	ㄓㄡ ㄔㄠˊ(又)	ㄓㄡ	
	唾	二四一	ㄊㄨㄛˋ ㄊㄨˋ(又)	ㄊㄨㄛˋ	
	啻	二四一	ㄔˋ ㄊㄧˋ(又)	ㄔˋ	
	喀	二四一	ㄎㄚ ㄎㄚˋ ㄎㄜˋ	ㄎㄚ	

部首	國字	頁碼	原有音	審訂音	備註
口	喇	二四四	ㄌㄚ ㄌㄚˊ ㄌㄚˇ ㄌㄚˋ	ㄌㄚˇ	
	喳	二四五	ㄔㄚ	ㄓㄚ	
	喻	二四六	ㄩˋ ㄩˊ	ㄩˋ	
	喬	二四六	ㄑㄧㄠˊ ㄐㄧㄠ	ㄑㄧㄠˊ	
	嗟	二四七	ㄐㄧㄝ ㄐㄧㄝˋ ㄐㄩㄝ(又)	ㄐㄧㄝ	
	嗆	二四九	ㄑㄧㄤ ㄑㄧㄤˋ	ㄑㄧㄤˋ	
	嗃	二四九	ㄏㄜˋ ㄒㄧㄠ ㄒㄧㄠˋ	ㄏㄜˋ	

部首	國字	頁碼	原有音	審訂音	備註
口	嗛	二四九	ㄑㄧㄢ ㄑㄧㄢˇ ㄑㄧㄢˋ ㄒㄧㄢˊ	ㄑㄧㄢ ㄑㄧㄢˇ ㄑㄧㄢˋ	通「謙」時音ㄑㄧㄢ。通「歉」時音ㄑㄧㄢˋ。
	嗌	二四九	ㄞˋ ㄧˋ	ㄧˋ	
	嗔	二五〇	ㄔㄣ ㄊㄧㄢˊ	ㄔㄣ	
	嗄	二五〇	ㄕㄚˋ ㄚˊ	ㄕㄚˋ	
	嗾	二五〇	ㄙㄡˇ ㄗㄨˊ(又)	ㄙㄡˇ	
	嘔	二五一	ㄡˇ ㄡ ㄡˋ ㄒㄩ	ㄡˇ ㄡ ㄡˋ	
	嘍	二五二	ㄌㄡˊ ˙ㄌㄡ	ㄌㄡˊ	

部首	國字	頁碼	原有音	審訂音	備註
口	嘎	二五二	ㄍㄚ ㄍㄚˊ(又)	ㄍㄚ	
	嘏	二五二	ㄐㄧㄚˇ ㄍㄨˇ	ㄍㄨˇ	
	嘁	二五二	ㄑㄧ ㄗㄚˊ	ㄑㄧ	
	嘲	二五三	ㄔㄠˊ ㄓㄠ(又)	ㄔㄠˊ	
	噴	二五四	ㄆㄣ ㄆㄣˋ ㄈㄣˋ	ㄆㄣ ㄆㄣˋ(限) ˙ㄈㄣ(限)	限於「噴香」一詞音ㄆㄣˋ。限於「嚏噴」一詞音˙ㄈㄣ。
	噌	二五五	ㄘㄥ ㄘㄥˇ ㄔㄥ	ㄘㄥ	
	噁	二五五	ㄜˇ ㄨˋ	ㄜˇ	

部首	國字	頁碼	原有音	審訂音	備註
口	噀	二五五	ㄒㄩㄣˋ ㄙㄨㄣˋ(又)	ㄒㄩㄣˋ	
	噈	二五五	ㄔㄨㄞˋ ㄗㄨㄛ(語)	ㄗㄨㄛ	
	噫	二五六	ㄧ ㄧˋ(又)	ㄧˋ	此為狀聲詞，故從其偏旁取ㄧˋ，以便於識讀。
	噱	二五七	ㄐㄩㄝˊ	ㄐㄩㄝˊ ㄒㄩㄝ	
	噯	二五七	ㄞˋ ㄞˇ	ㄞˋ	
	噶	二五八	ㄍㄚˊ ㄍㄜˊ(又)	ㄍㄜˊ	
	噭	二五八	ㄐㄧㄠˋ	ㄐㄧㄠˋ ㄑㄧㄠˋ	
	嚌	二五九	ㄐㄧˋ ㄑㄧˊ ㄓㄞ	ㄐㄧˋ	

部首	國字	頁碼	原有音	審訂音	備註
口	嚄	二五九	ㄏㄨㄛˋ ㄛˇ	ㄏㄨㄛˋ	
	嚜	二五九	ㄇㄛˋ ·ㄇㄛ ㄇㄟˊ	ㄇㄛˋ ·ㄇㄜ(限)	限於當語助詞時音·ㄇㄜ。
	嚷	二六〇	ㄖㄤˇ ㄖㄤ	ㄖㄤˇ	
	嚼	二六〇	ㄐㄩㄝˊ ㄐㄧㄠˊ ㄐㄧㄠˋ(又)	ㄐㄩㄝˊ ㄐㄧㄠˊ	
	囁	二六一	ㄋㄧㄝˋ ㄓㄜˊ(又)	ㄋㄧㄝˋ	
囗	团	二六六	ㄐㄧㄢˇ ㄗㄞˇ ㄋㄨㄟˋ	ㄐㄧㄢˇ	
	囮	二六七	ㄜˊ ㄧㄡˊ(語)	ㄧㄡˊ	

部首	國字	頁碼	原有音	審訂音	備註
囗	圂	二六八	ㄏㄨㄣˋ ㄏㄨㄢˋ	ㄏㄨㄣˋ	
	圈	二六八	ㄑㄩㄢ ㄐㄩㄢˋ ㄐㄩㄢˇ	ㄑㄩㄢ ㄐㄩㄢˋ	
	圉	二七一	ㄩˇ ㄩˋ	ㄩˇ	
	圌	二七一	ㄔㄨㄢˊ ㄔㄨㄟˊ	ㄔㄨㄟˊ ㄊㄨㄢˊ	通「團」時音ㄊㄨㄢˊ。
土	圳	二七五	ㄔㄡˋ ㄗㄨㄣˋ	ㄗㄨㄣˋ ㄓㄣˋ	
	圩	二七八	ㄩˊ ㄒㄩ	ㄩˊ	
	圾	二七九	ㄐㄧˊ ㄙㄜˋ	ㄙㄜˋ	
	坏	二八〇	ㄆㄟ ㄏㄨㄞˋ ㄆㄧ(又)	ㄆㄟˊ	

部首	國字	頁碼	原有音	審訂音	備註
土	坯	二八一	ㄆㄧ	ㄆㄟ	
	坱	二八一	ㄧㄤˇ ㄧㄤ	ㄧㄤˇ	
	坻	二八一	ㄔˊ ㄓˇ ㄉㄧˇ	ㄔˊ ㄉㄧˇ	
	坳	二八一	ㄠ ㄠˋ(又)	ㄠ	
	埔	二八四	ㄅㄨˇ ㄆㄨˇ(又)	ㄆㄨˇ	
	堆	二八六	ㄉㄨㄟ ㄗㄨㄟ	ㄉㄨㄟ	
	埤	二八六	ㄆㄧˋ ㄅㄧˋ ㄆㄧˊ(又)	ㄅㄧˋ ㄆㄧˊ	
	堵	二八七	ㄉㄨˇ	ㄉㄨˇ ㄓㄜˇ	
	堇	二八九	ㄐㄧㄣˇ ㄐㄧㄣˋ(又)	ㄐㄧㄣˇ	

部首	國字	頁碼	原有音	審訂音	備註
土	堤	二八九	ㄊㄧˊ ㄉㄧ(又)	ㄊㄧˊ	
	場	二八九	ㄔㄤˊ ㄔㄤˇ(又)	ㄔㄤˇ	
	堡	二九〇	ㄅㄠˇ ㄆㄨˋ(又)	ㄅㄠˇ	
	塈	二九一	ㄐㄧˋ ㄒㄧˋ(又)	ㄐㄧˋ	
	塞	二九一	ㄙㄞˋ ㄙㄜˋ ㄙㄞ(又) ㄙㄟ(又)	ㄙㄞˋ ㄙㄜˋ ㄙㄞ	
	墐	二九五	ㄐㄧㄣˇ ㄐㄧㄣˋ(又) ㄑㄧㄣˊ	ㄐㄧㄣˇ	
	墳	二九六	ㄈㄣˊ ㄈㄣˋ	ㄈㄣˊ	

部首	國字	頁碼	原有音	審訂音	備註
土	壇	二九七	ㄊㄢˊ ㄉㄢˋ	ㄊㄢˊ	
	壅	二九八	ㄩㄥˇ ㄩㄥ(又)	ㄩㄥ	
	壎	二九九	ㄒㄩㄣ ㄒㄩㄢ(又)	ㄒㄩㄣ	
夕	多	三〇五	ㄉㄨㄛ ㄉㄨㄛˊ	ㄉㄨㄛ	
大	夭	三一七	ㄧㄠ ㄧㄠˇ ㄠˇ	ㄧㄠ	
	夾	三一九	ㄐㄧㄚˊ ㄐㄧㄚ(又)	ㄐㄧㄚˊ	
	奉	三二〇	ㄈㄥˋ	ㄈㄥˋ ㄆㄥˇ	通「捧」時音ㄆㄥˇ。
	奔	三二一	ㄅㄣ ㄅㄣˋ	ㄅㄣ	

部首	國字	頁碼	原有音	審訂音	備註
大	契	三二二	ㄑㄧˋ ㄒㄧㄝˋ ㄑㄧㄝˋ	ㄑㄧˋ ㄒㄧㄝˋ(限)	限於當虞舜臣名時音ㄒㄧㄝˋ。
	奘	三二三	ㄗㄤˋ ㄓㄨㄤˇ	ㄗㄤˋ	
	奧	三二四	ㄠˋ ㄩˋ	ㄠˋ	
女	女	三二五	ㄋㄩˇ	ㄋㄩˇ ㄋㄩˋ ㄖㄨˇ	通「汝」時音ㄖㄨˇ。文言動詞音ㄋㄩˋ。
	妨	三二九	ㄈㄤˊ ㄈㄤ	ㄈㄤˊ	
	妊	三三〇	ㄖㄣˋ ㄖㄣˊ(又)	ㄖㄣˋ	
	姍	三三三	ㄕㄢ ㄒㄧㄢ	ㄕㄢ	
	始	三三三	ㄕˇ ㄕˋ(又)	ㄕˇ	

部首	國字	頁碼	原有音	審訂音	備註
女	姊	三三四	ㄐㄧㄝˇ	ㄐㄧㄝˇ ㄗˇ	「姊姊」一詞通「姐姐」，音ㄐㄧㄝˇ ˙ㄐㄧㄝ。
	妯	三三四	ㄓㄡˊ ㄓㄨˊ(讀) ㄔㄡ	ㄓㄡˊ	
	姣	三三五	ㄐㄧㄠ ㄐㄧㄠˇ(又)	ㄒㄧㄠˊ ㄐㄧㄠˇ	
	娘	三三七	ㄋㄧㄤˊ ㄋㄧㄚˊ	ㄋㄧㄤˊ	
	娜	三三七	ㄋㄨㄛˊ ㄋㄨㄛˇ ㄋㄚˋ	ㄋㄨㄛˊ ㄋㄚˋ(限)	限於當人名譯音時音ㄋㄚˋ。
	娠	三三八	ㄕㄣ ㄓㄣˋ(又)	ㄕㄣ	
	娉	三三八	ㄆㄧㄥˋ ㄆㄧㄥ	ㄆㄧㄥ	

部首	國字	頁碼	原有音	審訂音	備註
女	婁	三三九	ㄌㄡˊ	ㄌㄡˊ ㄌㄩˇ	
	婢	三三九	ㄅㄧˋ ㄅㄟˋ(又)	ㄅㄧˋ	
	媛	三四一	ㄩㄢˋ ㄩㄢˊ	ㄩㄢˊ	
	嬈	三四五	ㄖㄠˇ ㄖㄠˊ ㄧㄠˇ	ㄖㄠˊ	
	嬛	三四五	ㄏㄨㄢˊ ㄑㄩㄥˊ ㄒㄩㄢ	ㄒㄩㄢ ㄏㄨㄢˊ	通「鬟」時音ㄏㄨㄢˊ。
	孌	三四六	ㄌㄩㄢˇ	ㄌㄨㄢˊ	
子	子	三四七	ㄗˇ ˙ㄗ(又)	ㄗˇ	
	孚	三五〇	ㄈㄨˊ ㄈㄨ	ㄈㄨˊ	

部首	國字	頁碼	原有音	審訂音	備註
子	孛	三五〇	ㄅㄟˋ ㄅㄛˊ	ㄅㄛˊ	
	孬	三五二	ㄏㄨㄞˋ	ㄋㄠ	
	孳	三五二	ㄗ ㄗˋ	ㄗ	
	孱	三五二	ㄔㄢˊ ㄘㄢˋ	ㄔㄢˊ	
	學	三五三	ㄒㄩㄝˊ ㄒㄧㄠˋ(又)	ㄒㄩㄝˊ	
	孿	三五四	ㄌㄩㄢˊ	ㄌㄨㄢˊ	ㄌㄩㄢˊ音較難發音，依今日口語及大陸資料併讀為ㄌㄨㄢˊ。
宀	它	三五四	ㄊㄚ ㄊㄨㄛ ㄊㄜ	ㄊㄚ ㄕㄜˊ	通「蛇」時音ㄕㄜˊ。凡第三人稱「他」、「她」、「牠」、「它」皆音ㄊㄚ。

部首	國字	頁碼	原有音	審訂音	備註
宀	守	三五五	ㄕㄡˇ ㄕㄡˋ	ㄕㄡˇ	
	宅	三五六	ㄓㄞˊ ㄓㄜˊ(又)	ㄓㄞˊ	
	害	三六三	ㄏㄞˋ	ㄏㄞˋ ㄏㄜˊ	通「曷」時音ㄏㄜˊ。
	寘	三七〇	ㄓˋ ㄊㄧㄢˊ	ㄓˋ	
	寧	三七一	ㄋㄧㄥˊ	ㄋㄧㄥˊ ㄋㄧㄥˋ	
寸	射	三七七	ㄕㄜˋ ㄕˊ(又) ㄧㄝˋ ㄧˋ	ㄕㄜˋ ㄧㄝˋ ㄧˋ(限)	限於「無射」一詞音ㄧˋ。
	尋	三八〇	ㄒㄩㄣˊ ㄒㄧㄣˊ ㄒㄩㄝˊ	ㄒㄩㄣˊ	

部首	國字	頁碼	原有音	審訂音	備註
寸	導	三八一	ㄉㄠˋ ㄉㄠˇ(語)	ㄉㄠˇ	
尢	尬	三八四	ㄍㄚˋ ㄐㄧㄝˋ(又)	ㄍㄚˋ	
	尷	三八五	ㄍㄢ ㄐㄧㄢ(又)	ㄍㄢ	
尸	尼	三八五	ㄋㄧˊ ㄋㄧˋ	ㄋㄧˊ	
	尾	三八七	ㄨㄟˇ ㄧˇ	ㄨㄟˇ	
	居	三八八	ㄐㄩ ㄐㄧ	ㄐㄩ	
	屎	三八九	ㄕˇ	ㄕˇ ㄒㄧ(限)	限於「殿屎」一詞音ㄒㄧ。
	屏	三八九	ㄆㄧㄥˊ ㄅㄧㄥˇ ㄅㄧㄥ	ㄆㄧㄥˊ ㄅㄧㄥˇ	

部首	國字	頁碼	原有音	審訂音	備註
尸	屠	三九〇	ㄊㄨˊ ㄔㄨˊ	ㄊㄨˊ	
山	岔	三九四	ㄔㄚˋ ㄔㄚˊ	ㄔㄚˋ	
	峇	三九六	ㄎㄜ	ㄅㄚ	
	崎	三九七	ㄑㄧ ㄑㄧˊ	ㄑㄧˊ	
	崖	三九七	ㄧㄞˊ	ㄧㄚˊ	
	崢	三九七	ㄓㄥ ㄔㄥˊ(又)	ㄓㄥ	
	崦	三九八	ㄧㄢ ㄧㄢˇ(又)	ㄧㄢ	
	崒	三九八	ㄘㄨㄟˋ ㄗㄨˊ	ㄗㄨˊ	
	嵌	三九九	ㄑㄧㄢ ㄎㄢˋ ㄑㄧㄢˋ(又)	ㄑㄧㄢ ㄎㄢˇ(限)	限於「赤嵌樓」一詞音ㄎㄢˇ。

部首	國字	頁碼	原有音	審訂音	備註
山	嶄	四〇〇	ㄓㄢˇ ㄔㄢˊ(又)	ㄓㄢˇ	
	嶙	四〇〇	ㄌㄧㄣˊ ㄌㄧㄣˇ	ㄌㄧㄣˊ	
	嶸	四〇一	ㄖㄨㄥˊ ㄏㄨㄥˊ(又)	ㄖㄨㄥˊ	
工	巫	四〇五	ㄨˊ ㄨ(語)	ㄨ	
	差	四〇五	ㄔㄚ ㄔㄚˋ ㄔㄞ ㄘ	ㄔㄚ ㄔㄞ ㄘ ㄘㄨㄛ(限)	限於「景差」（人名）一詞音ㄘㄨㄛ。
己	巽	四〇七	ㄒㄩㄣˋ ㄙㄨㄣˋ(又)	ㄒㄩㄣˋ	
巾	帖	四〇九	ㄊㄧㄝ ㄊㄧㄝˇ ㄊㄧㄝˋ	ㄊㄧㄝ ㄊㄧㄝˇ	通「貼」時音ㄊㄧㄝ。

部首	國字	頁碼	原有音	審訂音	備註
巾	帕	四〇九	ㄆㄚˋ ㄇㄛˋ	ㄆㄚˋ	
	帔	四一〇	ㄆㄟˋ ㄆㄧ	ㄆㄟˋ	
	幪	四一四	ㄇㄥˊ ㄇㄥˇ	ㄇㄥˊ	
干	平	四一五	ㄆㄧㄥˊ	ㄅㄧㄢˋ ㄆㄧㄥˊ ㄆㄧㄢˊ(限)	限於「王道平平」一詞音ㄆㄧㄢˊ。通「采」時音ㄅㄧㄢˋ。
广	庋	四二二	ㄐㄧˇ ㄍㄨㄟˇ(又)	ㄐㄧˇ	
	庫	四二四	ㄎㄨˋ ㄕㄜˋ	ㄎㄨˋ	
	庭	四二四	ㄊㄧㄥˊ ㄊㄧㄥˋ	ㄊㄧㄥˊ	
	庬	四二四	ㄇㄥˇ ㄇㄤˊ	ㄇㄤˊ	

部首	國字	頁碼	原有音	審訂音	備註
广	康	四二四	ㄎㄤ ㄎㄤˋ	ㄎㄤ	
	廁	四二六	ㄘˋ ㄘㄜˋ ㄙ	ㄘㄜˋ	
	廈	四二六	ㄒㄧㄚˋ ㄕㄚˋ(語)	ㄒㄧㄚˋ	
	廑	四二七	ㄑㄧㄣˇ ㄐㄧㄣˇ	ㄐㄧㄣˇ	
	廎	四二七	ㄑㄧㄥˇ ㄑㄧㄥ(又)	ㄑㄧㄥˇ	
	廣	四二八	ㄍㄨㄤˇ ㄍㄨㄤˋ	ㄍㄨㄤˇ	
	廡	四二九	ㄨˇ ㄨˊ	ㄨˇ	
	廨	四二九	ㄒㄧㄝˋ ㄐㄧㄝˋ(又)	ㄒㄧㄝˋ	

部首	國字	頁碼	原有音	審訂音	備註
廾	异	四三二	ㄧˋ ㄧˊ	ㄧˋ	
	弄	四三二	ㄋㄨㄥˋ ㄌㄨㄥˋ ㄋㄡˋ(又) ㄋㄥˋ(又)	ㄋㄨㄥˋ ㄌㄨㄥˋ(限)	限於「巷弄」一詞音ㄌㄨㄥˋ。
弓	弛	四三五	ㄕˇ ㄔˊ(又)	ㄔˊ	
	張	四三七	ㄓㄤ ㄓㄤˋ	ㄓㄤ	
	弸	四三九	ㄅㄥ	ㄆㄥˊ	
	彊	四四〇	ㄑㄧㄤˊ ㄑㄧㄤˇ	ㄑㄧㄤˊ ㄑㄧㄤˇ ㄐㄧㄤˋ	
	彌	四四〇	ㄇㄧˊ ㄇㄧ	ㄇㄧˊ	

部首	國字	頁碼	原有音	審訂音	備註
彐	彙	四四一	ㄏㄨㄟˋ ㄨㄟˋ	ㄏㄨㄟˋ	
彡	彭	四四三	ㄆㄥˊ ㄅㄥ ㄅㄤ	ㄆㄥˊ	
彳	徊	四四六	ㄏㄨㄞˊ ㄏㄨㄟˊ(又)	ㄏㄨㄞˊ	
彳	徇	四四六	ㄒㄩㄣˋ ㄒㄩㄣˊ	ㄒㄩㄣˋ	
彳	得	四四八	ㄉㄜˊ ˙ㄉㄜ ㄉㄞˇ ㄉㄟˇ	ㄉㄜˊ ˙ㄉㄜ ㄉㄟˇ	
彳	御	四五一	ㄩˋ ㄧㄚˋ	ㄩˋ	
彳	徧	四五一	ㄅㄧㄢˋ ㄆㄧㄢˋ(又)	ㄅㄧㄢˋ	

部首	國字	頁碼	原有音	審訂音	備註
彳	微	四五二	ㄨㄟˊ ㄨㄟ(又)	ㄨㄟˊ	
彳	徬	四五二	ㄆㄤˊ	ㄆㄤˊ ㄅㄤˋ	
彳	徼	四五四	ㄐㄧㄠ ㄐㄧㄠˋ ㄧㄠ ㄐㄧㄠˇ	ㄐㄧㄠ ㄐㄧㄠˇ ㄐㄧㄠˋ	通「僥倖」之「僥」時音ㄐㄧㄠˇ。
心	忘	四六〇	ㄨㄤˋ ㄨㄤˊ(又)	ㄨㄤˋ	
心	忨	四六四	ㄨㄢˊ	ㄨㄢˊ	
心	忸	四六五	ㄋㄧㄡˇ ㄋㄩˋ	ㄋㄧㄡˇ	
心	怯	四六五	ㄑㄧㄝˋ ㄑㄩㄝˋ(語)	ㄑㄩㄝˋ	
心	思	四六七	ㄙ ㄙˋ ㄙㄞ	ㄙ ㄙㄞ(限)	限於「于思」一詞音ㄙㄞ。

部首	國字	頁碼	原有音	審訂音	備註
心	怎	四六九	ㄗㄣˇ ㄗㄜˇ	ㄗㄣˇ	
	怨	四六九	ㄩㄢˋ ㄩㄢ	ㄩㄢˋ	
	怫	四七〇	ㄈㄨˊ ㄈㄟˋ ㄅㄟˋ	ㄈㄨˊ ㄅㄟˋ	通「悖」時音ㄅㄟˋ。
	怗	四七〇	ㄊㄝ ㄓㄢ	ㄓㄢ	
	恪	四七三	ㄎㄜˋ ㄑㄩㄝˋ	ㄎㄜˋ	
	恣	四七三	ㄗˋ ㄗ(又)	ㄗˋ	
	悚	四七六	ㄙㄨㄥˇ ㄙㄨㄥˊ	ㄙㄨㄥˇ	
	悁	四七八	ㄐㄩㄢ	ㄐㄩㄢˋ	

部首	國字	頁碼	原有音	審訂音	備註
心	悝	四七八	ㄌㄧˇ ㄎㄨㄟ	ㄎㄨㄟ	
	悛	四七八	ㄑㄩㄢ ㄒㄩㄣ	ㄑㄩㄢ	
	惓	四八四	ㄑㄩㄢˊ ㄐㄩㄢˋ	ㄑㄩㄢˊ	
	惏	四八四	ㄌㄢˊ ㄌㄧㄣˊ	ㄌㄢˊ	
	惝	四八四	ㄊㄤˇ ㄔㄤˇ	ㄔㄤˇ	
	愣	四八五	ㄌㄥˋ ㄌㄥ	ㄌㄥˋ	
	惺	四八五	ㄒㄧㄥˇ ㄒㄧㄥ(又)	ㄒㄧㄥ	
	慨	四八七	ㄎㄞˇ ㄎㄞˋ(又)	ㄎㄞˇ	
	感	四九一	ㄍㄢˇ ㄏㄢˋ	ㄍㄢˇ	

部首	國字	頁碼	原有音	審訂音	備註
心	愒	四九三	ㄎㄞˋ ㄑㄧˋ	ㄎㄞˋ	
	愾	四九四	ㄎㄞˋ ㄒㄧˋ	ㄎㄞˋ	
	慊	四九五	ㄑㄧㄢˋ ㄑㄧㄝˋ ㄒㄧㄢˊ	ㄑㄧㄢˋ ㄑㄧㄝˋ	
	慵	五〇〇	ㄩㄥ ㄩㄥˊ(又)	ㄩㄥ	
	慥	五〇〇	ㄗㄠˋ ㄘㄠˋ(又)	ㄗㄠˋ	
	憱	五〇二	ㄘㄨˋ	ㄘㄨˋ	
	憭	五〇二	ㄌㄧㄠˇ ㄌㄧㄠˊ	ㄌㄧㄠˊ	
	懋	五〇五	ㄇㄠˋ ㄇㄡˋ(又)	ㄇㄠˋ	

部首	國字	頁碼	原有音	審訂音	備註
心	懵	五〇六	ㄇㄥˇ ㄇㄥˊ	ㄇㄥˊ	
	懾	五〇八	ㄓㄜˊ ㄕㄜˋ(又)	ㄓㄜˊ	
	懽	五〇八	ㄏㄨㄢ ㄍㄨㄢˋ	ㄏㄨㄢ	
戈	我	五一一	ㄨㄛˇ ㄜˇ	ㄨㄛˇ	
	戔	五一二	ㄘㄢˊ ㄐㄧㄢ ㄔㄢˇ ㄔㄨㄢˇ(又) ㄆㄢˋ	ㄐㄧㄢ	
	戚	五一二	ㄑㄧ ㄘㄨˋ	ㄑㄧ	
	戧	五一三	ㄔㄨㄤ ㄑㄧㄤ ㄑㄧㄤˋ	ㄑㄧㄤˋ	

部首	國字	頁碼	原有音	審訂音	備註
戶	扃	五一七	ㄐㄩㄥ ㄐㄩㄥˇ	ㄐㄩㄥ	
手	扎	五二〇	ㄓㄚ ㄓㄚˊ ㄓㄚˇ	ㄓㄚ ㄓㄚˊ	
	打	五二〇	ㄉㄚˇ ㄉㄚˊ	ㄉㄚˇ	
	扔	五二一	ㄖㄥ ㄖㄥˇ(又)	ㄖㄥ	
	扢	五二三	ㄒㄧˋ ㄍㄨˇ ㄍㄜ	ㄒㄧˋ ㄍㄨˇ	
	把	五二六	ㄅㄚˇ ㄅㄚˋ ㄅㄞˇ	ㄅㄚˇ ㄅㄚˋ	
	扳	五二八	ㄅㄢ ㄆㄢ	ㄅㄢ	
	抓	五二九	ㄓㄨㄚ ㄓㄠ(讀)	ㄓㄨㄚ ㄔㄨㄚˇ(限)	限於「抓子兒」一詞音ㄔㄨㄚˇ。

部首	國字	頁碼	原有音	審訂音	備註
手	承	五二九	ㄔㄥˊ ㄓㄥˇ	ㄔㄥˊ	
	扱	五三〇	ㄒㄧ ㄔㄚ	ㄒㄧ	
	拉	五三〇	ㄌㄚ ㄌㄚˊ ㄌㄚˇ	ㄌㄚ	
	拌	五三一	ㄅㄢˋ ㄆㄢˋ	ㄅㄢˋ	
	抹	五三一	ㄇㄛˇ ㄇㄛˋ ㄇㄚ	ㄇㄛˇ ㄇㄛˋ	
	披	五三三	ㄆㄧ ㄆㄟ(又)	ㄆㄧ	
	拈	五三四	ㄋㄧㄢˊ ㄋㄧㄢˇ ㄉㄧㄢ	ㄋㄧㄢˊ ㄋㄧㄢˇ	通「捻」時音ㄋㄧㄢˇ。

部首	國字	頁碼	原有音	審訂音	備註
手	抨	五三四	ㄆㄥ ㄅㄥ	ㄆㄥ	
	押	五三四	ㄧㄚ ㄧㄚˊ	ㄧㄚ	
	拍	五三五	ㄆㄞ ㄆㄛˋ(讀)	ㄆㄞ	
	抵	五三六	ㄉㄧˇ ㄉㄧˊ ㄓˇ	ㄉㄧˇ ㄓˇ	通「抵」時音ㄓˇ。
	拚	五三六	ㄆㄢˋ ㄈㄣˋ	ㄆㄢˋ	
	拘	五三七	ㄐㄩ ㄑㄩˊ	ㄐㄩ	
	拗	五三七	ㄠˋ ㄋㄡˋ(又) ㄠˇ ㄧㄠˋ ㄩˋ	ㄠˋ ㄋㄡˋ ㄠˇ ㄠ	

部首	國字	頁碼	原有音	審訂音	備註
手	折	五三七	ㄔㄞ(語) ㄔㄜˊ	ㄔㄞ	
	拽	五三九	ㄓㄨㄞˋ ㄓㄨㄞˇ ㄧㄝˋ	ㄓㄨㄞˋ	
	括	五四二	ㄍㄨㄚ	ㄍㄨㄚ ㄎㄨㄛˋ(限)	限於「括約肌」一詞音ㄎㄨㄛˋ。
	拾	五四二	ㄕˊ ㄕㄜˋ ㄕ	ㄕˊ ㄕㄜˋ(限)	限於「拾級」一詞音ㄕㄜˋ。
	挑	五四三	ㄊㄠ ㄊㄠˇ ㄊㄠ	ㄊㄠ ㄊㄠˇ	
	拏	五四四	ㄖㄨˊ ㄋㄩˊ ㄋㄚˊ	ㄖㄨˊ ㄋㄚˊ	通「拏」時音ㄋㄚˊ。

部首	國字	頁碼	原有音	審訂音	備註
手	挾	五四四	ㄒㄧㄝˊ ㄐㄧㄚˊ	ㄒㄧㄚˊ	ㄒㄧㄝˊ、ㄒㄧㄚˊ切語相同，且從「夾」之字韻母多為「ㄧㄚ」，如：「夾」、「俠」等。另「挾帶」音ㄒㄧㄚˊ ㄉㄞˋ，因取ㄒㄧㄝˊ易與「鞋帶」混，故取ㄒㄧㄚˊ，不取ㄒㄧㄝˊ。
	振	五四四	ㄓㄣˋ ㄓㄣ	ㄓㄣˋ	
	捕	五四五	ㄅㄨˇ ㄅㄨˋ(又)	ㄅㄨˇ	
	捂	五四五	ㄨˇ ㄨˋ	ㄨˇ	
	挨	五四六	ㄞ ㄞˊ	ㄞ	

部首	國字	頁碼	原有音	審訂音	備註
手	捄	五四七	ㄐㄩ ㄑㄧㄡˊ ㄐㄧㄡˋ	ㄑㄧㄡˊ ㄐㄧㄡˋ	通「救」時音ㄐㄧㄡˋ。
	挼	五四八	ㄋㄨㄛˊ ㄖㄨㄛˊ(語) ㄙㄨㄟ	ㄖㄨㄛˊ	
	挲	五四八	ㄙㄨㄛ ˙ㄕㄚ	ㄙㄨㄛ	
	掖	五四八	ㄧˋ ㄧㄝˋ	ㄧㄝ ㄧㄝˋ	
	措	五五〇	ㄘㄨㄛˋ ㄗㄜˊ	ㄘㄨㄛˋ	
	探	五五四	ㄊㄢˋ ㄊㄢ	ㄊㄢ	
	掊	五五七	ㄆㄡˇ ㄆㄡˊ ㄈㄨˊ	ㄆㄡˇ ㄆㄡˊ	

部首	國字	頁碼	原有音	審訂音	備註
手	捽	五五七	ㄗㄨˊ ㄗㄨㄛˊ(又)	ㄗㄨˊ	
	掞	五五七	ㄕㄢˋ ㄧㄢˋ	ㄧㄢˋ	
	掗	五五七	ㄧㄚˋ	ㄧㄚˋ ㄧㄚˇ	
	据	五五八	ㄐㄩ	ㄐㄩ ㄐㄩˋ	
	挼	五五八	ㄋㄨㄛˊ	ㄖㄨㄛˊ	
	提	五六〇	ㄊㄧˊ ㄉㄧˇ ㄕˊ ㄉㄧ	ㄊㄧˊ ㄕˊ	
	揃	五六三	ㄐㄧㄢˇ ㄐㄧㄢ	ㄐㄧㄢˇ	
	揲	五六三	ㄕㄜˊ ㄉㄧㄝˊ(又) ㄧㄝˋ	ㄕㄜˊ	

部首	國字	頁碼	原有音	審訂音	備註
手	揄	五六四	ㄩˊ ㄧㄡˊ	ㄩˊ	
	搭	五六四	ㄉㄚ ㄊㄚˋ	ㄉㄚ	
	搽	五六五	ㄔㄚˊ ㄘㄚ(又)	ㄔㄚˊ	
	搶	五六五	ㄑㄧㄤˇ ㄑㄧㄤ ㄔㄨㄤˇ(又) ㄔㄥˊ	ㄑㄧㄤˇ ㄑㄧㄤ	
	搐	五六七	ㄔㄨˋ ㄔㄡ	ㄔㄨˋ	
	搉	五六七	ㄑㄩㄝˋ ㄐㄩㄝˊ(又)	ㄑㄩㄝˋ	
	搋	五六八	ㄔˇ ㄔㄨㄞ	ㄔㄨㄞ	
	摸	五六八	ㄇㄛ ㄇㄠ(又) ㄇㄛˊ	ㄇㄛ	

部首	國字	頁碼	原有音	審訂音	備註
手	摘	五六九	ㄓㄜˊ ㄓㄞ	ㄓㄞ	
	摺	五六九	ㄓㄜˊ ㄓㄜˇ	ㄓㄜˊ	
	摧	五六九	ㄘㄨㄟ ㄘㄨㄛˋ	ㄘㄨㄟ	
	摩	五七〇	ㄇㄛˊ ㄇㄚ	ㄇㄛˊ	
	摴	五七〇	ㄔㄨ ㄕㄨ(又)	ㄕㄨ	
	摶	五七〇	ㄊㄨㄢˊ ㄓㄨㄢ	ㄊㄨㄢˊ	
	摻	五七一	ㄕㄢˇ ㄒㄧㄢ ㄔㄢ ㄘㄢˋ	ㄕㄢˇ ㄔㄢ ㄘㄢˋ	
	撈	五七二	ㄌㄠˊ	ㄌㄠ ㄌㄠˊ(限)	限於「撈什子」一詞音ㄌㄠˊ。

部首	國字	頁碼	原有音	審訂音	備註
手	撓	五七三	ㄋㄠ ㄋㄠˊ	ㄋㄠˊ	
	撮	五七三	ㄘㄨㄛ ㄘㄨㄛˋ(又) ㄗㄨㄛˇ	ㄘㄨㄛˋ	
	撕	五七三	ㄙ	ㄙ ㄒㄧ(限)	限於「提撕」一詞音ㄒㄧ。
	撩	五七三	ㄌㄧㄠˊ ㄌㄧㄠ	ㄌㄧㄠˊ	
	撅	五七四	ㄐㄩㄝ ㄍㄨㄟˋ	ㄐㄩㄝ	
	撣	五七四	ㄕㄢˋ ㄉㄢˇ ㄔㄢˊ	ㄕㄢˋ(限) ㄉㄢˇ	限於「撣族」(民族名)一詞音ㄕㄢˋ。
	擁	五七四	ㄩㄥˇ ㄩㄥ	ㄩㄥˇ	
	擄	五七五	ㄌㄨˇ ㄌㄨㄛˇ(又)	ㄌㄨˇ	

部首	國字	頁碼	原有音	審訂音	備註
手	擇	五七五	ㄗㄜˊ ㄓㄞˊ(語)	ㄗㄜˊ	
	擂	五七五	ㄌㄟˊ ㄌㄟˋ	ㄌㄟˊ	一般「擂臺」一詞讀ㄌㄟˋ，然僅有此詞例，且義亦無別，故通讀陽平。
	操	五七六	ㄘㄠ ㄘㄠˋ	ㄘㄠ	
	擐	五七七	ㄏㄨㄢˋ ㄍㄨㄢˋ(又)	ㄏㄨㄢˋ	
	擰	五七八	ㄋㄧㄥˊ ㄋㄧㄥˇ ㄋㄧㄥˋ	ㄋㄧㄥˇ ㄋㄧㄥˋ	
	擩	五七八	ㄖㄨㄢˊ ㄖㄨˇ	ㄖㄨˋ	
	擻	五八〇	ㄙㄡˇ ㄙㄡˋ	ㄙㄡˇ	

部首	國字	頁碼	原有音	審訂音	備註
手	擷	五八〇	ㄒㄧㄝˊ ㄐㄧㄝˊ(又)	ㄐㄧㄝˊ	
	擸	五八〇	ㄌㄧㄝˋ ㄌㄚˋ	ㄌㄚˋ	
	攏	五八〇	ㄌㄨㄥˇ ㄌㄨㄥˊ	ㄌㄨㄥˇ	
	攘	五八一	ㄖㄤˇ ㄖㄤˊ	ㄖㄤˊ	
	攜	五八一	ㄒㄧ ㄒㄧㄝˊ(語)	ㄒㄧ	
	攛	五八二	ㄘㄨㄢˋ ㄘㄨㄢ(又)	ㄘㄨㄢ	
	孿	五八二	ㄌㄩㄢˊ	ㄌㄨㄢˊ	ㄌㄩㄢˊ較難發音，且「孿」亦取ㄌㄨㄢˊ，依今日口語及大陸資料取ㄌㄨㄢˊ。

部首	國字	頁碼	原有音	審訂音	備註
手	攢	五八二	ㄘㄨㄢˊ ㄗㄢˇ ㄗㄨㄢ	ㄘㄨㄢˊ ㄗㄢˇ	
	攩	五八二	ㄉㄤˇ	ㄊㄤˇ	
攵	政	五八七	ㄓㄥˋ ㄓㄥ	ㄓㄥˋ	
	敦	五九二	ㄉㄨㄣ ㄉㄨㄣˋ ㄉㄨㄟ ㄉㄨㄟˋ ㄊㄨㄣˊ	ㄉㄨㄣ ㄉㄨㄟˋ	
	斂	五九五	ㄌㄧㄢˋ ㄌㄧㄢˇ(又)	ㄌㄧㄢˋ	
文	斐	五九八	ㄈㄟ ㄈㄟˇ	ㄈㄟˇ	
斗	料	五九八	ㄌㄧㄠˋ ㄌㄧㄠˊ	ㄌㄧㄠˋ	
	斜	五九九	ㄒㄧㄝˊ	ㄒㄧㄝˊ ㄧㄝˊ	
斗	斡	五九九	ㄨㄛˋ ㄍㄨㄢˇ	ㄨㄛˋ	
方	方	六〇二	ㄈㄤ	ㄈㄤ ㄆㄤˊ	通「徬」時音ㄆㄤˊ。
日	日	六〇六	ㄖˋ	ㄖˋ ㄇㄧˋ	
	旰	六〇九	ㄍㄢˋ	ㄍㄢˋ ㄏㄢˋ(限)	限於「旰旰」一詞音ㄏㄢˋ。
	昔	六一一	ㄒㄧˊ ㄘㄨㄛˋ	ㄒㄧˊ	
	昆	六一二	ㄎㄨㄣ	ㄎㄨㄣ ㄏㄨㄣˊ(限)	限於「昆邪」一詞音ㄏㄨㄣˊ。
	昒	六一二	ㄏㄨ ㄨˋ(又)	ㄏㄨ	
	昵	六一五	ㄋㄧˋ ㄋㄧˇ	ㄋㄧˋ	
	晟	六一八	ㄕㄥˋ ㄔㄥˊ(又)	ㄔㄥˊ	

部首	國字	頁碼	原有音	審訂音	備註
日	晻	六二一	ㄢˋ ㄢˇ(又)	ㄧㄢˇ	
日	暇	六二一	ㄒㄧㄚˊ ㄒㄧㄚˋ(又)	ㄒㄧㄚˊ	
日	暈	六二二	ㄩㄣ ㄩㄣˋ ㄧㄣˋ	ㄩㄣ ㄩㄣˋ	凡與頭昏有關，音ㄩㄣ。ㄩㄣˋ只用作名詞。
日	暋	六二三	ㄇㄧㄣˇ ㄇㄧㄣˊ	ㄇㄧㄣˇ	
日	暝	六二三	ㄇㄧㄥˊ ㄇㄧㄥˋ	ㄇㄧㄥˊ	
日	暫	六二四	ㄓㄢˋ ㄗㄢˋ(讀)	ㄓㄢˋ	
日	曜	六二六	ㄧㄠˋ ㄩㄝˋ(又)	ㄧㄠˋ	
曰	曳	六二七	ㄧㄝˋ ㄧˋ(語)	ㄧˋ	

部首	國字	頁碼	原有音	審訂音	備註
曰	更	六二七	ㄍㄥˋ ㄍㄥ ㄐㄧㄥ	ㄍㄥˋ ㄍㄥ	
月	朏	六三二	ㄈㄟˇ ㄆㄟˋ(又)	ㄈㄟˇ	
木	朴	六四〇	ㄆㄨˊ ㄆㄛˋ	ㄆㄨˊ ㄆㄛˋ ㄆㄠˊ	
木	机	六四〇	ㄐㄧ ㄐㄧˇ	ㄐㄧ	
木	杉	六四三	ㄕㄢ ㄕㄚ(又)	ㄕㄢ	
木	杆	六四三	ㄍㄢ ㄍㄢˇ	ㄍㄢ	
木	杕	六四三	ㄉㄧˋ ㄉㄨㄛˋ	ㄉㄧˋ	
木	杈	六四四	ㄔㄚ ㄔㄚˋ(語)	ㄔㄚ	

部首	國字	頁碼	原有音	審訂音	備註
木	杳	六四六	ㄇㄠˇ、ㄧㄠˇ(又)	ㄧㄠˇ	
	枋	六四六	ㄈㄤ、ㄅㄥˋ	ㄈㄤ	
	杷	六四七	ㄆㄚˊ、ㄆㄚ(又)	ㄆㄚˊ	
	枝	六四七	ㄓ	ㄓ、ㄑㄧˊ	通「歧」時音ㄑㄧˊ。
	料	六四九	ㄓㄨˇ、ㄉㄡˇ	ㄓㄨˇ	
	某	六五〇	ㄇㄡˇ	ㄇㄡˇ、ㄇㄟˊ	「梅」的本字。
	柵	六五一	ㄓㄚˋ、ㄕㄢˋ(又)	ㄓㄚˋ	
	柄	六五二	ㄅㄥˋ、ㄅㄥˇ(又)	ㄅㄥˇ	
	柑	六五三	ㄍㄢ、ㄑㄢˊ	ㄍㄢ	

部首	國字	頁碼	原有音	審訂音	備註
木	柜	六五四	ㄐㄩˇ	ㄐㄩˇ、ㄍㄨㄟˋ	「櫃」之異體字。
	枳	六五四	ㄐㄧˇ、ㄓˇ	ㄓˇ	
	柷	六五五	ㄔㄨˋ、ㄓㄨˋ(又)	ㄓㄨˋ	
	枹	六五五	ㄈㄨˊ、ㄅㄠ	ㄈㄨˊ	
	柎	六五五	ㄈㄨ	ㄈㄨ、ㄈㄨˇ	
	栝	六六一	ㄍㄨㄚ、ㄊㄢˇ	ㄍㄨㄚ	
	桁	六六一	ㄏㄥˊ、ㄏㄤˊ、ㄏㄤˋ	ㄏㄥˊ、ㄏㄤˊ	
	梧	六六二	ㄨˊ、ㄨˋ	ㄨˊ	

部首	國字	頁碼	原有音	審訂音	備註
木	絛	六六四	ㄊㄠˊ ㄉㄧˊ	ㄊㄠˊ	
	梲	六六五	ㄓㄨㄛˊ ㄊㄨㄛ	ㄓㄨㄛˊ	
	椅	六六七	ㄧˇ ㄧ	ㄧˇ	
	椎	六六七	ㄓㄨㄟ ㄔㄨㄟˊ(又)	ㄓㄨㄟ	
	棲	六六八	ㄑㄧ	ㄑㄧ ㄒㄧ	
	棣	六六八	ㄉㄧˋ ㄊㄧˋ	ㄉㄧˋ	
	棋	六六八	ㄑㄧˊ ㄐㄧ	ㄑㄧˊ	
	棓	六六九	ㄆㄡˇ ㄅㄤˋ	ㄆㄡˇ	
	楔	六七二	ㄒㄧㄝˋ	ㄒㄧㄝ	

部首	國字	頁碼	原有音	審訂音	備註
木	楂	六七四	ㄓㄚ ㄔㄚˊ ㄔㄚ	ㄓㄚ	
	楥	六七四	ㄩㄢˊ ㄒㄩㄢˋ	ㄒㄩㄢˋ	
	楯	六七五	ㄕㄨㄣˇ ㄕㄨㄣˋ(又)	ㄕㄨㄣˇ	
	榦	六七八	ㄍㄢˋ	ㄍㄢˋ ㄏㄢˊ(限)	限於「井榦」一詞音ㄏㄢˊ。
	樣	六七九	ㄧㄤˋ ㄒㄧㄤˋ	ㄧㄤˋ	
	模	六七九	ㄇㄛˊ ㄇㄨˊ(又)	ㄇㄛˊ	
	樂	六八一	ㄩㄝˋ ㄧㄠˋ ㄌㄜˋ ㄌㄠˋ	ㄩㄝˋ ㄧㄠˋ ㄌㄜˋ	

部首	國字	頁碼	原有音	審訂音	備註
木	樅	六八二	ㄘㄨㄥ	ㄘㄨㄥ ㄗㄨㄥ(限)	限於「樅陽」一詞音ㄗㄨㄥ。
	槭	六八三	ㄗㄨˊ	ㄘㄨˋ	ㄗㄨˊ併讀為ㄘㄨˋ，「蹙」從戚，亦音ㄘㄨˋ。
	橇	六八六	ㄑㄧㄠ ㄘㄨㄟˋ(又)	ㄑㄧㄠ	
	橦	六八七	ㄊㄨㄥˊ ㄔㄨㄤˊ ㄔㄨㄥ	ㄊㄨㄥˊ ㄔㄨㄤˊ	
	橧	六八七	ㄗㄥ ㄘㄥˊ	ㄗㄥ	
	橈	六八七	ㄋㄠˊ ㄖㄠˊ	ㄋㄠˊ	
	樨	六八七	ㄒㄧ ㄒㄩ(又)	ㄒㄧ	
	檔	六八八	ㄉㄤˇ ㄉㄤˋ(又)	ㄉㄤˇ	

部首	國字	頁碼	原有音	審訂音	備註
木	檜	六八九	ㄎㄨㄞˋ ㄍㄨㄟˋ(又)	ㄎㄨㄞˋ	
	櫛	六八九	ㄐㄧㄝˊ ㄓˋ(又)	ㄐㄧㄝˊ	
	檐	六八九	ㄧㄢˊ	ㄧㄢˊ ㄉㄢˋ	通「簷」時音ㄧㄢˊ。
	檳	六九〇	ㄅㄧㄥ ㄅㄧㄣ	ㄅㄧㄣ	
	櫂	六九〇	ㄓㄠˋ	ㄓㄨㄛˊ ㄓㄠˋ	通「棹」時音ㄓㄠˋ。
	櫟	六九一	ㄌㄧˋ	ㄌㄧˋ ㄩㄝˋ	
欠	次	六九三	ㄘˋ ㄗ	ㄘˋ	
	欻	六九五	ㄏㄨ ㄒㄩˋ ㄔㄨㄚ	ㄏㄨ	

部首	國字	頁碼	原有音	審訂音	備註
欠	歐	六九七	ㄡ ㄡˇ(又)	ㄡ	
	歙	六九七	ㄒㄧˋ	ㄒㄧˋ ㄕㄜˋ	
殳	殼	七〇八	ㄎㄜˊ ㄑㄩㄝˋ(又) ㄑㄧㄠˋ(又)	ㄎㄜˊ	
毋	毒	七一〇	ㄉㄨˊ	ㄉㄨˊ ㄉㄞˋ	通「玳」時音ㄉㄞˋ。
毛	毹	七一三	ㄕㄨ ㄩˊ(又)	ㄩˊ	
	氂	七一三	ㄌㄧˊ	ㄇㄠˊ	
氏	氏	七一四	ㄉㄧˇ	ㄉㄧ ㄉㄧˇ	通「柢」、「抵」時音ㄉㄧˇ。
	氓	七一四	ㄇㄤˊ	ㄇㄥˊ ㄇㄤˊ(限)	限於「流氓」一詞音ㄇㄤˊ。

部首	國字	頁碼	原有音	審訂音	備註
气	氯	七一七	ㄌㄩˋ ㄌㄨˋ(又)	ㄌㄩˋ	
水	氾	七一九	ㄈㄢˋ ㄈㄢˊ	ㄈㄢˋ	
	汃	七二〇	ㄅㄧㄣ ㄆㄚˋ	ㄆㄚˋ	
	汞	七二二	ㄍㄨㄥˇ ㄏㄨㄥˋ(又)	ㄍㄨㄥˇ	
	沈	七二三	ㄔㄣˊ ㄕㄣˇ	ㄕㄣˇ	依國字標準字體表「沈」、「沉」分開原則，「沈」取ㄕㄣˇ，「沉」取ㄔㄣˊ。
	沃	七二六	ㄨㄛˋ ㄨˋ(又)	ㄨㄛˋ	
	沆	七二七	ㄏㄤˊ ㄏㄤˋ	ㄏㄤˋ	

部首	國字	頁碼	原有音	審訂音	備註
水	汶	七二八	ㄨㄣˋ ㄇㄣˊ ㄇㄣˊ	ㄨㄣˋ	
	沏	七二八	ㄑㄧ ㄑㄩ	ㄑㄧ	
	汩	七二八	ㄍㄨˇ	ㄍㄨˇ ㄩˋ	
	泥	七二九	ㄋㄧˊ ㄋㄧˋ ㄋㄧˇ	ㄋㄧˊ ㄋㄧˋ	
	沿	七三一	ㄧㄢˊ ㄧㄢˋ	ㄧㄢˊ	
	沽	七三一	ㄍㄨ	ㄍㄨ ㄍㄨˇ	通「賈」時音ㄍㄨˇ。
	波	七三二	ㄅㄛ ㄆㄛ(又)	ㄅㄛ	

部首	國字	頁碼	原有音	審訂音	備註
水	法	七三三	ㄈㄚˇ ㄈㄚˋ ㄈㄚˊ ㄈㄚ	ㄈㄚˇ ㄈㄚˊ(限)	限於「法子」一詞音ㄈㄚˊ・ㄗ。
	沸	七三四	ㄈㄟˋ ㄈㄨˊ	ㄈㄟˋ	
	沱	七三五	ㄊㄨㄛˊ	ㄊㄨㄛˊ ㄉㄨㄛˋ(限)	限於「澹沱」一詞音ㄉㄢˋ ㄉㄨㄛˋ。
	洞	七四一	ㄉㄨㄥˋ	ㄉㄨㄥˋ ㄊㄨㄥˊ	
	洽	七四三	ㄒㄧㄚˊ ㄑㄧㄚˋ(又)	ㄑㄧㄚˋ	
	洨	七四三	ㄐㄧㄠ	ㄒㄧㄠˊ	
	洹	七四三	ㄏㄨㄢˊ ㄩㄢˊ(又)	ㄏㄨㄢˊ	
	洙	七四四	ㄓㄨ ㄕㄨ(又)	ㄓㄨ	

部首	國字	頁碼	原有音	審訂音	備註
水	洑	七四五	ㄈㄨˊ ㄈㄨˋ	ㄈㄨˊ	
	浸	七四七	ㄐㄧㄣˋ ㄐㄧㄣ(又)	ㄐㄧㄣˋ	
	浬	七四八	ㄌㄧˇ	ㄌㄧˇ	
	浣	七五〇	ㄏㄨㄢˇ ㄨㄢˇ	ㄨㄢˇ	
	涎	七五一	ㄒㄧㄢˊ ㄧㄢˋ	ㄒㄧㄢˊ	
	液	七五二	ㄧㄝˋ ㄧˋ(讀)	ㄧㄝˋ	
	淡	七五二	ㄉㄢˋ	ㄉㄢˋ ㄧㄢˇ	
	淋	七五四	ㄌㄧㄣˊ ㄌㄧㄣˋ ㄌㄩㄣˊ	ㄌㄧㄣˊ	
	淹	七五五	ㄧㄢ ㄧㄢˋ(語)	ㄧㄢ	

部首	國字	頁碼	原有音	審訂音	備註
水	涸	七五五	ㄏㄜˊ ㄏㄠˋ(又)	ㄏㄜˊ	
	混	七五五	ㄏㄨㄣˋ ㄏㄨㄣˊ ㄏㄨㄣˇ ㄎㄨㄣ ㄍㄨㄣˇ	ㄏㄨㄣˋ ㄎㄨㄣ(限)	限於「混夷」一詞音ㄎㄨㄣ。
	涴	七五八	ㄨㄛˋ ㄨㄢˇ	ㄨㄛˋ	
	涿	七五九	ㄓㄨㄛˊ	ㄓㄨㄛˊ	
	淖	七五九	ㄋㄠˋ ㄓㄠˋ ㄓㄨㄛˊ	ㄋㄠˋ	
	淛	七五九	ㄓˋ ㄓㄜˋ(又)	ㄓㄜˋ	
	渣	七六一	ㄓㄚ ㄓㄚˇ	ㄓㄚ	

部首	國字	頁碼	原有音	審訂音	備註
水	湛	七六一	ㄓㄢˋ ㄉㄢ	ㄓㄢˋ ㄉㄢ ㄓㄣˋ ㄔㄣˊ	通「沉」時音ㄔㄣˊ。
	湮	七六二	ㄧㄣ ㄧㄢ(又)	ㄧㄣ	
	渴	七六二	ㄎㄜˇ ㄐㄧㄝˊ ㄏㄜˊ	ㄎㄜˇ ㄏㄜˊ	
	渾	七六四	ㄏㄨㄣˊ ㄍㄨㄣˇ ㄏㄨㄣˋ	ㄏㄨㄣˊ ㄏㄨㄣˋ	
	渫	七六四	ㄒㄧㄝˋ	ㄒㄧㄝˋ ㄉㄧㄝˊ	
	湣	七六五	ㄇㄧㄣˇ ㄏㄨㄣ	ㄇㄧㄣˇ ㄏㄨㄣ ㄇㄧㄢˇ	通「瞑眩」之「瞑」時音ㄇㄧㄢˇ。通「涽」時音ㄏㄨㄣ。

部首	國字	頁碼	原有音	審訂音	備註
水	渢	七六五	ㄈㄥˊ ㄈㄢˋ	ㄈㄥˊ	
	湓	七六五	ㄆㄣˋ ㄆㄣˊ	ㄆㄣˊ	
	溥	七六七	ㄆㄨˇ	ㄆㄨˇ ㄈㄨ	通「敷」時音ㄈㄨ。
	溪	七七〇	ㄒㄧ ㄑㄧ(又)	ㄒㄧ	
	漩	七七二	ㄒㄩㄢˊ ㄒㄩㄢˋ(又)	ㄒㄩㄢˊ	
	漆	七七四	ㄑㄧ ㄑㄩˋ	ㄑㄧ	
	漱	七七四	ㄙㄡˋ ㄕㄨˋ	ㄕㄨˋ	
	漸	七七四	ㄐㄧㄢˋ ㄐㄧㄢ	ㄐㄧㄢˋ	

部首	國字	頁碼	原有音	審訂音	備註
水	漕	七七五	ㄘㄠˊ ㄗㄠˋ	ㄘㄠˊ	
	漫	七七五	ㄇㄢˋ ㄇㄢˊ	ㄇㄢˋ	
	漯	七七五	ㄊㄚˋ ㄌㄟˇ ㄌㄨㄛˊ	ㄊㄚˋ ㄌㄨㄛˋ	
	漿	七七六	ㄐㄧㄤ	ㄐㄧㄤ ㄐㄧㄤˋ	通「糨」時音ㄐㄧㄤˋ。
	漊	七七七	ㄌㄡˊ ㄌㄩˇ	ㄌㄡˊ	
	澄	七七八	ㄔㄥˊ	ㄉㄥˋ ㄔㄥˊ	
	潰	七七九	ㄎㄨㄟˋ ㄏㄨㄟˋ	ㄎㄨㄟˋ	
	澇	七八〇	ㄌㄠˊ ㄌㄠˋ	ㄌㄠˋ	

部首	國字	頁碼	原有音	審訂音	備註
水	澍	七八〇	ㄕㄨˋ ㄓㄨˋ	ㄕㄨˋ	
	潠	七八一	ㄙㄨㄣˋ ㄒㄩㄣˋ(又)	ㄒㄩㄣˋ	
	澳	七八二	ㄠˋ ㄩˋ	ㄠˋ	
	澣	七八三	ㄏㄨㄢˇ ㄏㄢˋ(又) ㄨㄢˇ(又)	ㄏㄨㄢˇ	
	濊	七八三	ㄏㄨㄛˋ ㄏㄨㄟˋ ㄨㄟˋ	ㄏㄨㄟˋ	
	濘	七八四	ㄋㄧㄥˋ ㄋㄥˋ	ㄋㄧㄥˋ	
	濤	七八四	ㄊㄠˊ ㄊㄠ(又)	ㄊㄠˊ	
	濕	七八五	ㄕ	ㄒㄧˊ ㄕ	「溼」之異體字。

部首	國字	頁碼	原有音	審訂音	備註
水	瀆	七八六	ㄉㄨˊ	ㄉㄨˊ ㄉㄡˋ	通「竇」時音ㄉㄡˋ。
	濺	七八六	ㄐㄧㄢˋ	ㄐㄧㄢˋ ㄐㄧㄢ(限)	限於「濺濺」(水流貌)一詞音ㄐㄧㄢ。
	瀁	七八六	ㄧㄤˋ ㄧㄤˇ(又)	ㄧㄤˋ	
	濼	七八七	ㄅㄛˊ ㄆㄛˋ(又) ㄌㄨㄛˋ	ㄌㄨㄛˋ	
	瀕	七八七	ㄅㄧㄣ ㄆㄧㄣˊ(又)	ㄅㄧㄣ	
	瀰	七八八	ㄇㄧˊ ㄇㄧˇ	ㄇㄧˊ	
	瀼	七八八	ㄖㄤˊ ㄖㄤˋ	ㄖㄤˊ	
	瀹	七八八	ㄩㄝˋ ㄧㄠˋ(又)	ㄩㄝˋ	

部首	國字	頁碼	原有音	審訂音	備註
火	炊	七九二	ㄔㄨㄟ	ㄔㄨㄟ	
	炔	七九二	ㄔㄨㄟ ㄍㄨㄟˋ ㄐㄩㄝˊ	ㄐㄩㄝˊ	
	炅	七九二	ㄐㄩㄥˇ ㄍㄨㄟˋ	ㄐㄩㄥˇ	
	炤	七九四	ㄓㄠˋ ㄓㄠ	ㄓㄠˋ	
	焰	七九七	ㄧㄢˋ ㄧㄢˊ(又)	ㄧㄢˋ	
	煬	八〇一	ㄧㄤˋ ㄧㄤˊ	ㄧㄤˊ	
	煇	八〇三	ㄏㄨㄟ ㄒㄩㄣ	ㄏㄨㄟ	
	煒	八〇三	ㄨㄟˇ ㄏㄨㄟ	ㄨㄟˇ	
	煠	八〇三	ㄓㄚˊ ㄧㄝˋ	ㄓㄚˊ	

部首	國字	頁碼	原有音	審訂音	備註
火	煖	八〇三	ㄋㄨㄢˇ ㄒㄩㄢ	ㄋㄨㄢˇ	
	煲	八〇三	ㄅㄠ	ㄅㄠ	
	熇	八〇四	ㄎㄠˇ ㄏㄜˋ ㄏㄨˋ(又)	ㄏㄜˋ	
	熅	八〇四	ㄩㄣˊ ㄩㄣˋ	ㄩㄣˋ	
	熏	八〇五	ㄒㄩㄣ ㄒㄩㄣˋ(又)	ㄒㄩㄣ	
	熟	八〇五	ㄕㄨˊ ㄕㄡˊ(語)	ㄕㄡˊ	ㄕㄨˊ(讀)ㄕㄡˊ(語)二音今皆通用，義亦無別，權取語音。
	熬	八〇五	ㄠˊ ㄠ	ㄠˊ	
	燉	八〇七	ㄉㄨㄣˋ	ㄉㄨㄣˋ ㄉㄨㄣ(限)	限於「燉煌」一詞音ㄉㄨㄣ。

部首	國字	頁碼	原有音	審訂音	備註
火	燎	八〇八	ㄌㄧㄠˋ ㄌㄧㄠˊ ㄌㄧㄠˇ	ㄌㄧㄠˊ	
	燖	八〇八	ㄒㄩㄣˊ ㄑㄧㄢˊ(又)	ㄒㄩㄣˊ	
	燥	八〇九	ㄗㄠˋ	ㄗㄠˋ ㄙㄠˋ	
	燠	八一〇	ㄠˋ ㄩˋ	ㄩˋ	
	燾	八一〇	ㄊㄠˊ ㄉㄠˋ(又)	ㄊㄠˊ	
	爇	八一〇	ㄖㄨㄛˋ	ㄖㄜˋ	
	爓	八一一	ㄒㄩㄣˊ ㄧㄢˋ	ㄧㄢˋ	
	爚	八一一	ㄩㄝˋ ㄧㄠˋ(又)	ㄩㄝˋ	
爻	爻	八一三	ㄧㄠˊ ㄒㄧㄠˊ(讀)	ㄧㄠˊ	

部首	國字	頁碼	原有音	審訂音	備註
牛	牟	八一六	ㄇㄡˊ	ㄇㄡˊ ㄇㄨˋ(限)	限於「牟平」一詞音ㄇㄨˋ。
	牡	八一六	ㄇㄨˇ ㄇㄡˇ(又)	ㄇㄨˇ	
	牠	八一七	ㄊㄚ ㄊㄨㄛ(又)	ㄊㄚ	
	犁	八一九	ㄌㄧˊ ㄌㄡˊ	ㄌㄧˊ	
	犍	八二〇	ㄐㄧㄢ	ㄐㄧㄢ ㄑㄧㄢˊ(限)	限於「犍為」一詞音ㄑㄧㄢˊ。
	犛	八二〇	ㄌㄧˊ ㄇㄠˊ(又)	ㄌㄧˊ	
犬	犴	八二一	ㄏㄢˋ ㄢˋ(又)	ㄢˋ	
	狌	八二三	ㄒㄧㄥ ㄕㄥ	ㄕㄥ	
	狩	八二三	ㄕㄡˋ ㄕㄡˇ(又)	ㄕㄡˋ	

部首	國字	頁碼	原有音	審訂音	備註
犬	猗	八二五	ㄜˇ ㄧ	ㄜˇ(限) ㄧ ㄧˇ	限於「猗儺」一詞音ㄜˇ。
	獃	八二七	ㄉㄞ ㄞˊ(又)	ㄉㄞ	
	獲	八二九	ㄏㄨㄛˋ ㄏㄨㄞˊ	ㄏㄨㄛˋ	
	獺	八三〇	ㄊㄚˋ ㄊㄚˇ	ㄊㄚˋ	
玄	率	八三一	ㄕㄨㄞˋ ㄌㄩˋ ㄕㄨㄛˋ(又)	ㄕㄨㄞˋ ㄌㄩˋ	
玉	玎	八三二	ㄉㄧㄥ ㄓㄥ(又)	ㄉㄧㄥ	
	玩	八三二	ㄨㄢˊ ㄨㄢˋ	ㄨㄢˊ	
	瑁	八四〇	ㄇㄠˋ ㄇㄟˋ	ㄇㄟˋ	

部首	國字	頁碼	原有音	審訂音	備註
玉	瑯	八四〇	ㄌㄤˊ ㄌㄢˊ	ㄌㄤˊ	
	瑱	八四一	ㄊㄧㄢˋ ㄓㄣˋ	ㄊㄧㄢˋ	
瓜	瓠	八四五	ㄏㄨˋ ㄏㄨˊ(又)	ㄏㄨˋ	
瓦	瓦	八四六	ㄨㄚˇ ㄨㄚˋ	ㄨㄚˇ	
甘	甚	八四八	ㄕㄣˋ ㄕㄜˊ ㄕㄣˊ(又)	ㄕㄣˋ ㄕㄣˊ	
田	田	八五二	ㄊㄧㄢˊ	ㄊㄧㄢˊ ㄉㄧㄢˋ	通「佃」時音ㄉㄧㄢˋ。
	甲	八五二	ㄐㄧㄚˇ ㄐㄧㄚˋ(又)	ㄐㄧㄚˇ	
	町	八五三	ㄊㄧㄥˇ ㄊㄧㄥ(又) ㄉㄧㄥ	ㄊㄧㄥˇ ㄉㄧㄥ	音ㄉㄧㄥ時特指臺灣某些區名的俗稱。

部首	國字	頁碼	原有音	審訂音	備註
田	甿	八五三	ㄇㄥˊ ㄇㄤˊ(又)	ㄇㄥˊ	
	畝	八五四	ㄇㄨˇ ㄇㄡˇ(又)	ㄇㄨˇ	
	畦	八五六	ㄒㄧ ㄑㄧˊ	ㄑㄧˊ	
	番	八五七	ㄈㄢ ㄆㄛˊ ㄆㄢ	ㄈㄢ ㄆㄢ	
	當	八五八	ㄉㄤ ㄉㄤˇ ㄉㄤˋ	ㄉㄤ ㄉㄤˋ	音ㄉㄤˋ的「當年」、「當日」為同一年、同一日的意思，與音ㄉㄤ的「當年」、「當日」意思不同。
	疊	八五九	ㄉㄧㄝˊ ㄉㄚˊ	ㄉㄧㄝˊ	

部首	疋	疋	疒	疒	疒	疒	疒	疒	疒
國字	疋	疏	疷	疸	痄	痒	痱	痺	痳
頁碼	八五九	八五九	八六三	八六三	八六三	八六四	八六六	八六六	八六六
原有音	ㄆㄧˇ	ㄕㄨ ㄙㄨ(又) ㄕㄨˋ	ㄕㄢ ㄉㄧㄢˋ	ㄉㄢˇ ㄉㄚ	ㄓㄚˇ	ㄧㄤˊ(又)	ㄈㄟˊ ㄈㄟˋ	ㄅㄧˋ	ㄌㄧㄣˊ ㄌㄧㄣˋ
審訂音	ㄕㄨ ㄆㄧˇ ㄧㄚˇ	ㄕㄨ	ㄉㄧㄢˋ	ㄉㄢˇ	ㄓㄚˋ	ㄧㄤˇ	ㄈㄟˋ	ㄅㄧˋ ㄅㄟ	ㄌㄧㄣˊ
備註	通「雅」時音ㄧㄚˇ。								

部首	疒	疒	疒	疒	疒	疒	疒	疒
國字	痾	瘈	瘌	瘕	瘥	癌	癉	癟
頁碼	八六七	八六七	八六七	八六八	八六八	八六九	八七〇	八七一
原有音	ㄜ ㄎㄜ(又)	ㄐㄧˋ ㄑㄧˋ ㄓˋ	ㄌㄚˋ ㄌㄞˋ(又) ㄌㄚ	ㄐㄧㄚˇ ㄒㄧㄚˊ	ㄘㄨㄛˊ ㄔㄞˋ	ㄧㄢˊ ㄞˊ(又)	ㄉㄢˋ	ㄅㄧㄝˇ ㄆㄧㄝ
審訂音	ㄜ	ㄐㄧˋ ㄑㄧˋ	ㄌㄚˋ	ㄐㄧㄚˇ	ㄔㄞˋ	ㄞˊ	ㄉㄢˋ ㄉㄢ	ㄅㄧㄝˇ ㄅㄧㄝ
備註								

部首	國字	頁碼	原有音	審訂音	備註
白	白	八七五	ㄅㄛˊ ㄅㄞˊ(語)	ㄅㄞˊ	
	百	八七六	ㄅㄞˇ	ㄅㄞˇ ㄅㄛˊ(限)	限於「百色」(地名)一詞音ㄅㄛˊ。
	皋	八七八	ㄍㄠ ㄏㄠˊ	ㄍㄠ	
	皖	八七九	ㄨㄢˇ ㄏㄨㄢˇ(又)	ㄨㄢˇ	
皿	盅	八八一	ㄓㄨㄥ ㄔㄨㄥˊ	ㄓㄨㄥ	
	益	八八一	ㄧˋ ㄧˊ(又)	ㄧˋ	
	盪	八八五	ㄉㄤˋ ㄊㄤˋ	ㄉㄤˋ	
目	盯	八八七	ㄉㄧㄥ	ㄉㄧㄥ ㄔㄥ	
	盹	八八八	ㄉㄨㄣˇ ㄉㄨㄣˋ(又)	ㄉㄨㄣˇ	

部首	國字	頁碼	原有音	審訂音	備註
目	盾	八八九	ㄉㄨㄣˋ ㄕㄨㄣˇ(又)	ㄉㄨㄣˋ	
	眈	八九一	ㄉㄢ ㄊㄢˊ	ㄉㄢ	
	眠	八九二	ㄇㄧㄢˊ	ㄇㄧㄢˊ ㄇㄧㄢˋ	
	眙	八九三	ㄔˋ	ㄔˋ ㄧˊ	
	眶	八九四	ㄎㄨㄤˋ ㄎㄨㄤ(又)	ㄎㄨㄤ	
	眯	八九五	ㄇㄧˇ ㄇㄟˋ	ㄇㄧˇ ㄇㄧ	
	眴	八九五	ㄒㄩㄢˋ ㄕㄨㄣˋ	ㄒㄩㄢˋ	
	脈	八九五	ㄇㄛˋ ㄇㄞˋ(又)	ㄇㄛˋ	

部首	國字	頁碼	原有音	審訂音	備註
目	睖	八九七	ㄔㄥ ㄌㄥˊ(又)	ㄌㄥˋ	
目	睚	八九七	ㄧㄞˊ	ㄧㄚˊ	
目	瞑	八九八	ㄇㄧㄥˊ ㄇㄧㄥˇ(又) ㄇㄧㄢˋ	ㄇㄧㄥˊ ㄇㄧㄢˊ ㄇㄧㄢˋ	通「眠」時音ㄇㄧㄢˊ。
目	瞜	八九九	ㄌㄡ ㄌㄩˊ	ㄌㄡ	
目	瞶	九〇〇	ㄍㄨㄟˋ ㄎㄨㄟˋ(又)	ㄍㄨㄟˋ	
目	瞿	九〇〇	ㄑㄩ ㄑㄩˊ(又) ㄐㄩˋ	ㄑㄩˊ ㄐㄩˋ	
矢	矱	九〇四	ㄏㄨㄛˋ ㄨㄛˋ(又)	ㄏㄨㄛˋ	
石	矻	九〇五	ㄎㄨˋ ㄨˋ(又)	ㄎㄨˋ	

部首	國字	頁碼	原有音	審訂音	備註
石	砉	九〇六	ㄏㄨㄛˋ ㄒㄩ	ㄏㄨㄛˋ	
石	砝	九〇六	ㄈㄚˊ	ㄈㄚˇ	ㄈㄚˊ為變調音，併入ㄈㄚˇ。
石	砥	九〇八	ㄉㄧˇ ㄓˇ(又)	ㄉㄧˇ	
石	砢	九〇八	ㄌㄨㄛˇ ㄎㄜ	ㄌㄨㄛˇ	
石	硼	九一〇	ㄆㄥˊ ㄆㄥ	ㄆㄥˊ	
石	碌	九一一	ㄌㄨˋ ㄌㄨㄛˋ	ㄌㄨˋ	
石	碓	九一一	ㄉㄨㄟˋ	ㄉㄨㄟˋ ㄉㄨㄟ	通「堆」時音ㄉㄨㄟ。
石	碩	九一二	ㄕˊ ㄕㄨㄛˋ(語)	ㄕㄨㄛˋ	
石	磅	九一三	ㄅㄤˋ ㄆㄤ ㄅㄥˋ(又)	ㄅㄤˋ ㄆㄤ	

部首	國字	頁碼	原有音	審訂音	備註
石	磑	九一四	ㄨㄟˋ ㄨㄟˊ	ㄨㄟˋ	
	磷	九一五	ㄌㄧㄣˊ ㄌㄧㄣˋ	ㄌㄧㄣˊ	
	礌	九一六	ㄌㄟˋ ㄌㄟˇ	ㄌㄟˋ	
	礦	九一六	ㄎㄨㄤˋ ㄍㄨㄥˇ(又)	ㄎㄨㄤˋ	
	礧	九一六	ㄌㄟˋ ㄌㄟˊ(又) ㄌㄟˇ	ㄌㄟˊ ㄌㄟˇ	通「磊」時音ㄌㄟˇ。
示	示	九一七	ㄕˋ ㄑㄧˊ	ㄕˋ	
	祇	九一八	ㄑㄧˊ ㄓ	ㄑㄧˊ ㄓˇ	當副詞「只」義時，依通俗讀法，ㄓ改讀為ㄓˇ。
	祲	九二二	ㄐㄧㄣˋ	ㄐㄧㄣ	
	禔	九二四	ㄊㄧˊ ㄓ	ㄊㄧˊ	

部首	國字	頁碼	原有音	審訂音	備註
示	禧	九二四	ㄒㄧ ㄒㄧˇ(又)	ㄒㄧ	
禸	禺	九二六	ㄩˊ ㄩˋ ㄡˇ	ㄩˊ	
禾	秸	九三一	ㄐㄧㄝ ㄐㄧㄚˊ(又)	ㄐㄧㄚˊ	
	稱	九三四	ㄔㄥˋ ㄔㄥ ㄔㄣˋ	ㄔㄥˋ ㄔㄥ	
	穢	九三七	ㄏㄨㄟˋ ㄨㄟˋ(又)	ㄏㄨㄟˋ	
	穰	九三八	ㄖㄤˊ ㄖㄤˇ	ㄖㄤˊ	
穴	究	九三八	ㄐㄧㄡˋ ㄐㄧㄡ(又)	ㄐㄧㄡˋ	
	穹	九三九	ㄑㄩㄥ ㄑㄩㄥˊ(又)	ㄑㄩㄥ	

部首	國字	頁碼	原有音	審訂音	備註
穴	窄	九四〇	ㄓㄞˇ ㄗㄜˊ(又)	ㄓㄞˇ	
	窕	九四一	ㄊㄧㄠˇ	ㄊㄧㄠˇ ㄧㄠˊ	通「姚」時音ㄧㄠˊ。
	窘	九四一	ㄐㄩㄥˇ ㄐㄩㄣˇ(又)	ㄐㄩㄥˇ	
竹	笮	九五〇	ㄓㄚˋ ㄗㄜˊ	ㄗㄜˊ	
	筒	九五二	ㄊㄨㄥˊ ㄊㄨㄥˇ(又)	ㄊㄨㄥˇ	
	筊	九五二	ㄐㄧㄠˇ ㄒㄧㄠˊ(又)	ㄐㄧㄠˇ	
	筤	九五三	ㄌㄤˊ ㄌㄧㄤˊ ㄌㄤˋ	ㄌㄧㄤˊ	
	筩	九五四	ㄊㄨㄥˊ ㄩㄥˇ ㄊㄨㄥˇ(又)	ㄊㄨㄥˇ	取ㄊㄨㄥˇ，與「筒」一致。

部首	國字	頁碼	原有音	審訂音	備註
竹	筧	九五四	ㄐㄧㄢˇ ㄒㄧㄢˋ	ㄐㄧㄢˇ	
	箑	九五六	ㄕㄚˋ ㄐㄧㄝˊ(又)	ㄕㄚˋ	
	箐	九五六	ㄐㄧㄥ ㄑㄧㄢˋ ㄑㄧㄤ	ㄐㄧㄥ	
	篝	九五九	ㄍㄡ ㄍㄡˋ(又)	ㄍㄡ	
	簪	九六一	ㄗㄢ ㄗㄣ(又)	ㄗㄢ	
	籠	九六四	ㄌㄨㄥˊ ㄌㄨㄥˇ	ㄌㄨㄥˊ	
	籧	九六五	ㄐㄩˇ ㄑㄩˊ	ㄑㄩˊ	
米	粘	九六七	ㄋㄧㄢˊ ㄓㄢ(又)	ㄋㄧㄢˊ	

部首	國字	頁碼	原有音	審訂音	備註
米	粳	九六八	ㄍㄥ ㄐㄧㄥ(語)	ㄍㄥ	
	糊	九六九	ㄏㄨˊ ㄏㄨˋ ㄏㄨ	ㄏㄨˊ	
	糙	九七〇	ㄘㄠ ㄘㄠˋ(又)	ㄘㄠ	此字切語為「七到切」，本當讀ㄘㄠˋ，然此音同「肏」，為北平人罵人之語，ㄘㄠ為避音，故取ㄘㄠ較文雅。
	糜	九七〇	ㄇㄧˊ ㄇㄟˊ	ㄇㄧˊ	
糸	糸	九七一	ㄇㄧˋ ㄙ	ㄇㄧˋ	
	糾	九七二	ㄐㄧㄡ ㄐㄧㄡˇ(又)	ㄐㄧㄡ	

部首	國字	頁碼	原有音	審訂音	備註
糸	紀	九七三	ㄐㄧˋ ㄐㄧˇ(又)	ㄐㄧˋ	
	紇	九七四	ㄏㄜˊ ㄍㄜ	ㄏㄜˊ	
	約	九七四	ㄩㄝ ㄧㄠ	ㄩㄝ	
	索	九七五	ㄙㄨㄛˇ ㄙㄨㄛˊ	ㄙㄨㄛˇ	
	紊	九七六	ㄨㄣˇ ㄨㄣˋ	ㄨㄣˋ	
	紕	九七八	ㄆㄧ ㄆㄧˊ	ㄆㄧ	
	紮	九七九	ㄓㄚˊ ㄗㄚ	ㄓㄚˊ	
	累	九八一	ㄌㄟˇ ㄌㄟˋ ㄌㄟˊ	ㄌㄟˇ ㄌㄟˋ	當堆疊義時，音ㄌㄟˇ；當疲倦、負擔、牽涉義時，音ㄌㄟˋ。

部首	國字	頁碼	原有音	審訂音	備註
糸	綄	九八九	ㄨㄢˊ ㄇㄢˇ	ㄨㄢˊ	
	綠	九九〇	ㄌㄨˋ ㄌㄩˋ(語)	ㄌㄩˋ	
	緝	九九五	ㄑㄧˋ ㄑㄧ	ㄑㄧˋ	
	緣	九九六	ㄩㄢˊ ㄩㄢˋ	ㄩㄢˊ	
	緪	九九七	ㄍㄥ ㄍㄥˋ	ㄍㄥ	
	緶	九九八	ㄅㄧㄢˋ ㄆㄧㄢˊ	ㄅㄧㄢˋ	
	縣	九九八	ㄒㄧㄢˋ ㄒㄩㄢˊ	ㄒㄧㄢˋ	
	縕	九九九	ㄩㄣˋ ㄨㄣ	ㄩㄣˋ	

部首	國字	頁碼	原有音	審訂音	備註
糸	縮	九九九	ㄙㄨㄛ(語) ㄙㄨˋ(讀)	ㄙㄨㄛ	
	繆	一〇〇〇	ㄇㄧㄠˋ ㄇㄧㄡˊ ㄇㄨˋ ㄇㄡˊ ㄌㄧㄠˊ	ㄇㄧㄠˋ ㄇㄧㄡˊ ㄇㄡˊ ㄇㄨˋ	通「穆」時音ㄇㄨˋ。
	縱	一〇〇二	ㄗㄨㄥˋ ㄗㄨㄥ ㄗㄨㄥˇ	ㄗㄨㄥˋ ㄗㄨㄥ	
	縳	一〇〇三	ㄓㄨㄢˋ ㄔㄨㄢˇ	ㄓㄨㄢˋ	
	繞	一〇〇四	ㄖㄠˋ ㄖㄠˇ	ㄖㄠˋ	
	繒	一〇〇四	ㄗㄥ ㄘㄥˊ ㄗㄥˋ	ㄗㄥ	

部首	國字	頁碼	原有音	審訂音	備註
糸	繯	一〇〇六	ㄏㄨㄢˊ ㄏㄨㄢˋ(又)	ㄏㄨㄢˊ	
	繻	一〇〇七	ㄖㄨˊ ㄒㄩ(又)	ㄖㄨˊ	
	纍	一〇〇八	ㄌㄟˊ	ㄌㄟˇ	
	纚	一〇〇九	ㄕˇ ㄙㄚˇ ㄌㄧˊ ㄌㄧˇ ㄕ ㄒㄧˇ(又)	ㄕˇ	
	纜	一〇〇九	ㄌㄢˇ ㄌㄢˋ(又)	ㄌㄢˇ	
缶	缿	一〇一〇	ㄒㄧㄤˋ ㄏㄡˋ(又)	ㄒㄧㄤˋ	
网	罘	一〇一二	ㄈㄨˊ ㄈㄡˊ(又)	ㄈㄨˊ	

部首	國字	頁碼	原有音	審訂音	備註
网	罝	一〇一二	ㄐㄩ ㄐㄧㄝ(又)	ㄐㄩ	
	罫	一〇一三	ㄍㄨㄚˋ ㄏㄨㄚˋ	ㄍㄨㄚˋ	
	罷	一〇一四	ㄅㄚˋ ˙ㄅㄚ ㄆㄧˊ	ㄅㄚˋ ㄆㄧˊ	
	罻	一〇一四	ㄨㄟˋ ㄩˋ(又)	ㄨㄟˋ	
	罿	一〇一四	ㄔㄨㄥ ㄊㄨㄥˊ(又)	ㄊㄨㄥˊ	
	罾	一〇一五	ㄗㄥ ㄗㄥˋ	ㄗㄥ	
羊	羼	一〇二〇	ㄔㄢˇ	ㄔㄢˋ	
羽	翟	一〇二二	ㄓㄞˊ(語) ㄓㄜˊ(讀) ㄉㄧˊ	ㄓㄞˊ ㄉㄧˊ	

部首	國字	頁碼	原有音	審訂音	備註
羽	翮	一〇二三	ㄏㄜˊ	ㄍㄜˊ	
	耀	一〇二五	ㄧㄠˋ ㄩㄝˋ(又)	ㄧㄠˋ	
	翿	一〇二五	ㄉㄠˋ ㄊㄠˊ(又)	ㄉㄠˋ	
耒	耕	一〇二八	ㄍㄥ ㄐㄧㄥ(又)	ㄍㄥ	
	耙	一〇二九	ㄆㄚˊ ㄅㄚˋ(又)	ㄆㄚˊ	
耳	耶	一〇三〇	ㄧㄝˊ ㄧㄝ	ㄧㄝˊ	
	聘	一〇三一	ㄆㄧㄣˋ ㄆㄧㄥˋ	ㄆㄧㄥˋ	
	聞	一〇三二	ㄨㄣˊ ㄨㄣˋ	ㄨㄣˊ	
肉	肉	一〇三六	ㄖㄨˋ ㄖㄡˋ	ㄖㄡˋ	

部首	國字	頁碼	原有音	審訂音	備註
肉	肋	一〇三七	ㄌㄜˋ ㄌㄟˋ(語)	ㄌㄜˋ	
	肺	一〇三八	ㄈㄟˋ ㄆㄟˋ	ㄈㄟˋ	
	肴	一〇三九	ㄧㄠˊ ㄒㄧㄠˊ(又)	ㄧㄠˊ	
	胗	一〇四二	ㄓㄣ ㄓㄣˇ	ㄓㄣ	
	脊	一〇四五	ㄐㄧˇ ㄐㄧˊ(又)	ㄐㄧˇ	
	脘	一〇四七	ㄍㄨㄢˇ ㄨㄢˇ(又)	ㄨㄢˇ	
	腋	一〇四八	ㄧˋ ㄧㄝˋ(語)	ㄧㄝˋ	
	腌	一〇四九	ㄤ ㄧㄢ	ㄤ	
	腳	一〇五〇	ㄐㄧㄠˇ ㄐㄩㄝˊ(讀)	ㄐㄧㄠˇ ㄐㄩㄝˊ	限於「腳色」一詞音ㄐㄩㄝˊ。

部首	國字	頁碼	原有音	審訂音	備註
肉	膏	一〇五二	ㄍㄠ　ㄍㄠˋ	ㄍㄠ	
	膜	一〇五三	ㄇㄛˊ　ㄇㄛˋ	ㄇㄛˊ	
	膴	一〇五四	ㄏㄨ　ㄨˇ	ㄨˇ	
	臃	一〇五五	ㄩㄥˇ　ㄩㄥ(又)	ㄩㄥ	
	膿	一〇五五	ㄋㄨㄥˊ　ㄋㄥˊ(語)	ㄋㄨㄥˊ	
	臉	一〇五五	ㄌㄧㄢˇ	ㄌㄧㄢˇ　ㄐㄧㄢˇ	通「瞼」時音ㄐㄧㄢˇ。
	臂	一〇五六	ㄅㄧˋ　ㄅㄟˋ(又)	ㄅㄧˋ	
	臑	一〇五七	ㄖㄨˊ　ㄦˊ	ㄖㄨˊ	
臣	臨	一〇五八	ㄌㄧㄣˊ　ㄌㄧㄣˋ	ㄌㄧㄣˊ	

部首	國字	頁碼	原有音	審訂音	備註
臼	臾	一〇六五	ㄩˊ　ㄩㄥˇ	ㄩˊ	
	舀	一〇六五	ㄧㄠˇ　ㄨㄞˇ(又)　ㄎㄨㄞˇ(又)	ㄧㄠˇ	
舟	舡	一〇七一	ㄒㄧㄤ　ㄍㄤ(又)　ㄔㄨㄢˊ(又)	ㄒㄧㄤ	
	舫	一〇七一	ㄈㄤˇ　ㄈㄤ	ㄈㄤˇ	
	艘	一〇七三	ㄙㄠ　ㄙㄡ(又)	ㄙㄠ	
色	艴	一〇七五	ㄈㄨˊ　ㄅㄛˊ(又)	ㄈㄨˊ	
艸	芍	一〇七六	ㄕㄨㄛˋ　ㄕㄠˊ(語)	ㄕㄠˊ	
	芐	一〇七六	ㄏㄨˋ　ㄒㄧㄚˋ	ㄏㄨˋ	

部首	國字	頁碼	原有音	審訂音	備註
艸	芎	一〇七六	ㄑㄩㄥ ㄑㄩㄥˊ(又) ㄒㄩㄥ(又)	ㄑㄩㄥ	
	芯	一〇七九	ㄒㄧㄣ ㄒㄧㄣˋ	ㄒㄧㄣ	
	芣	一〇七九	ㄈㄡˊ ㄈㄨˊ(又)	ㄈㄡˊ	
	芼	一〇七九	ㄇㄠˋ ㄇㄠˊ	ㄇㄠˋ	
	苛	一〇八〇	ㄎㄜ ㄏㄜˊ(又)	ㄎㄜ	
	苔	一〇八三	ㄊㄞˊ ㄊㄞ	ㄊㄞˊ	
	苑	一〇八三	ㄩㄢˋ ㄩㄢˇ ㄩˋ	ㄩㄢˋ	

部首	國字	頁碼	原有音	審訂音	備註
艸	苙	一〇八四	ㄌㄧˋ ㄐㄧˊ(又)	ㄌㄧˋ	
	苐	一〇八四	ㄈㄨˊ ㄅㄛˊ	ㄈㄨˊ	
	苫	一〇八五	ㄕㄢ ㄕㄢˋ(又)	ㄕㄢ	
	苴	一〇八五	ㄐㄩ ㄑㄩ ㄔㄚˊ ㄓㄚˇ	ㄐㄩ	
	苡	一〇八五	ㄧˇ ㄙˇ	ㄧˇ	
	苻	一〇八五	ㄈㄨˊ ㄆㄨˊ	ㄈㄨˊ	
	茆	一〇八五	ㄇㄠˇ	ㄇㄠˇ ㄇㄠˊ	通「茅」時音ㄇㄠˊ。

部首	國字	頁碼	原有音	審訂音	備註
艸	茸	一〇八七	ㄖㄨㄥˊ ㄖㄨㄥˇ	ㄖㄨㄥˊ	
	茗	一〇八八	ㄇㄧㄥˇ ㄇㄧㄥˊ(又)	ㄇㄧㄥˊ	
	茹	一〇八八	ㄖㄨˊ ㄖㄨˋ(又)	ㄖㄨˊ	
	茭	一〇八九	ㄐㄧㄠ ㄒㄧㄠˋ	ㄐㄧㄠ	
	荑	一〇八九	ㄊㄧˊ ㄧˊ	ㄧˊ	
	茷	一〇九〇	ㄈㄚˊ ㄈㄟˋ(又) ㄆㄟˋ	ㄈㄚˊ	
	荅	一〇九〇	ㄉㄚˊ ㄉㄚ	ㄉㄚˊ	

部首	國字	頁碼	原有音	審訂音	備註
艸	莞	一〇九〇	ㄍㄨㄢ ㄨㄢˇ ㄍㄨㄢˇ ㄨㄢ	ㄍㄨㄢ ㄨㄢˇ ㄍㄨㄢˇ	
	荸	一〇九〇	ㄅㄧˊ ㄅㄛˊ(又)	ㄅㄧˊ	
	莠	一〇九二	ㄧㄡˇ ㄧㄡˋ(又)	ㄧㄡˋ	
	莘	一〇九三	ㄕㄣ ㄒㄧㄣ(又)	ㄕㄣ ㄒㄧㄣ	草名時音ㄒㄧㄣ。
	莨	一〇九三	ㄌㄤˊ ㄌㄤˋ	ㄌㄤˊ	
	莆	一〇九三	ㄈㄨˇ ㄆㄨˊ	ㄆㄨˊ	
	莎	一〇九三	ㄙㄨㄛ ㄘㄨㄛˊ(語)	ㄙㄨㄛ	
	菸	一〇九四	ㄧㄢ ㄩˊ	ㄧㄢ	

部首	國字	頁碼	原有音	審訂音	備註
艸	菴	一〇九五	ㄢ ㄢˋ	ㄢ	
	菲	一〇九六	ㄈㄟˇ ㄈㄟ ㄈㄟˋ	ㄈㄟˇ ㄈㄟ	
	萎	一〇九六	ㄨㄟ ㄨㄟˇ	ㄨㄟ	
	菏	一〇九八	ㄏㄜˊ ㄍㄜ(又)	ㄏㄜˊ	
	菀	一〇九八	ㄨㄢˇ ㄩˋ ㄩㄢˋ	ㄨㄢˇ	
	菶	一〇九八	ㄅㄥˇ ㄆㄥˊ(又)	ㄅㄥˇ	
	菫	一〇九八	ㄐㄧㄣˇ ㄐㄧㄣˋ	ㄐㄧㄣˇ	
	萁	一〇九八	ㄑㄧˊ ㄐㄧ	ㄑㄧˊ	

部首	國字	頁碼	原有音	審訂音	備註
艸	菉	一〇九八	ㄌㄨˋ ㄌㄩˋ	ㄌㄩˋ	
	萑	一〇九九	ㄏㄨㄢˊ ㄓㄨㄟ	ㄏㄨㄢˊ	
	菑	一〇九九	ㄗ ㄗˋ ㄗㄞ	ㄗ ㄗㄞ	通「災」時音ㄗㄞ。
	落	一一〇〇	ㄌㄨㄛˋ ㄌㄠˋ ㄌㄜˋ(又) ㄌㄚˋ	ㄌㄨㄛˋ ㄌㄠˋ ㄌㄚˋ	
	葑	一一〇二	ㄈㄥ ㄈㄥˋ	ㄈㄥ	
	萷	一一〇二	ㄒㄧㄠ ㄕㄠ ㄕㄨㄛˋ	ㄒㄧㄠ	

部首	國字	頁碼	原有音	審訂音	備註
艸	葭	一一〇二	ㄐㄧㄚ ㄒㄧㄚˊ(又)	ㄐㄧㄚ	
	葺	一一〇二	ㄑㄧˋ ㄐㄧˊ(又)	ㄑㄧˋ	
	萹	一一〇二	ㄆㄧㄢ ㄅㄧㄢ(又) ㄅㄧㄢˇ(又)	ㄅㄧㄢˇ	
	葯	一一〇三	ㄧㄠˋ ㄩㄝˋ	ㄧㄠˋ	
	蒙	一一〇三	ㄇㄥˇ(又) ㄇㄥˊ ㄇㄥˋ(又)	ㄇㄥˊ	
	蒡	一一〇六	ㄆㄤˊ ㄅㄤˇ	ㄅㄤˋ	
	蓑	一一〇六	ㄙㄨㄛ ㄙㄨㄟ	ㄙㄨㄛ	

部首	國字	頁碼	原有音	審訂音	備註
艸	蓂	一一〇六	ㄇㄧㄥˊ ㄇㄧˋ	ㄇㄧㄥˊ	
	蓁	一一〇六	ㄓㄣ ㄑㄧㄣˊ	ㄓㄣ	
	蒔	一一〇七	ㄕˊ ㄕˋ(又)	ㄕˊ	
	蒯	一一〇七	ㄎㄨㄞˋ(又) ㄎㄨㄞˇ	ㄎㄨㄞˇ	
	蓊	一一〇七	ㄨㄥˇ ㄨㄥ	ㄨㄥˇ	
	蔬	一一〇八	ㄕㄨ ㄙㄨ(又)	ㄕㄨ	
	蔭	一一〇八	ㄧㄣˋ ㄧㄣ	ㄧㄣˋ	
	蔓	一一〇八	ㄇㄢˋ ㄇㄢˊ ㄨㄢˋ	ㄇㄢˋ ㄇㄢˊ	

部首	國字	頁碼	原有音	審訂音	備註
艸	蔟	一一一〇	ㄘㄨˋ ㄘㄡˋ	ㄘㄨˋ	
	蔫	一一一〇	ㄧㄢ	ㄋㄧㄢ	
	蓷	一一一〇	ㄊㄨㄟ ㄔㄨㄟ(又)	ㄊㄨㄟ	
	蔞	一一一一	ㄌㄡˊ ㄌㄩˇ(又) ㄌㄡˇ	ㄌㄡˊ	
	蓧	一一一一	ㄉㄧㄠˋ ㄉㄧˊ	ㄉㄧㄠˋ	
	蕈	一一一二	ㄒㄩㄣˋ ㄒㄧㄣˋ(又)	ㄒㄩㄣˋ	
	蕉	一一一二	ㄐㄧㄠ ㄑㄧㄠˊ	ㄐㄧㄠ	
	蕘	一一一三	ㄖㄠˊ ㄧㄠˊ	ㄖㄠˊ	
	蕁	一一一三	ㄊㄢˊ ㄒㄩㄣˊ	ㄒㄩㄣˊ	

部首	國字	頁碼	原有音	審訂音	備註
艸	蕢	一一一三	ㄎㄨㄟˋ ㄎㄨㄞˋ	ㄎㄨㄟˋ	
	蕎	一一一四	ㄑㄧㄠˊ ㄐㄧㄠ	ㄑㄧㄠˊ	
	薄	一一一四	ㄅㄛˊ ㄅㄛˋ ㄅㄠˊ(語)	ㄅㄛˊ ㄅㄛˋ(限)	限於「薄荷」一詞音ㄅㄛˋ。
	薜	一一一五	ㄅㄛˋ ㄅㄧˋ	ㄅㄧˋ	
	薀	一一一五	ㄨㄣ ㄩㄣˇ ㄩㄣˋ(又)	ㄩㄣˋ	
	薢	一一一六	ㄐㄧㄝ	ㄒㄧㄝˋ	
	薶	一一一八	ㄇㄞˊ ㄨㄛ ㄌㄧˊ	ㄇㄞˊ	
	蘞	一一二三	ㄌㄧㄢˇ ㄌㄧㄢˋ(又)	ㄌㄧㄢˋ	

部首	國字	頁碼	原有音	審訂音	備註
虍	虖	一一二五	ㄏㄨ ㄏㄨˊ(又)	ㄏㄨ	
	虜	一一二六	ㄌㄨˇ ㄌㄨㄛˇ(又)	ㄌㄨˇ	
虫	虹	一一二八	ㄏㄨㄥˊ ㄍㄤˋ(語) ㄐㄧㄤˋ(又)	ㄏㄨㄥˊ	
	蚌	一一二八	ㄅㄤˋ ㄅㄥˋ(又)	ㄅㄤˋ	
	蚕	一一二九	ㄘㄢˊ	ㄘㄢˊ ㄊㄧㄢˇ	「蠶」之異體字。
	蚵	一一三〇	ㄏㄜˊ ㄎㄜˋ	ㄎㄜ ㄜˊ(限)	限於「蚵」一詞音ㄜˊ，為閩南、臺灣地區音讀，即牡蠣。
	蛆	一一三〇	ㄑㄩ	ㄑㄩ ㄐㄩ	

部首	國字	頁碼	原有音	審訂音	備註
虫	蛘	一一三一	ㄧㄤˇ	ㄧㄤˊ	
	蛻	一一三二	ㄕㄨㄟˋ ㄊㄨㄟˋ(又)	ㄊㄨㄟˋ	
	蜋	一一三三	ㄌㄧㄤˊ ㄌㄤˊ	ㄌㄤˊ	
	蛸	一一三三	ㄒㄧㄠ ㄕㄠ(又)	ㄒㄧㄠ	
	蜍	一一三四	ㄔㄨˊ ㄩˊ	ㄔㄨˊ	
	蜿	一一三四	ㄨㄢ ㄨㄢˇ(又)	ㄨㄢ	
	蝀	一一三五	ㄉㄨㄥˋ ㄉㄨㄥ(又)	ㄉㄨㄥ	
	蜡	一一三五	ㄓㄚˋ ㄑㄩˋ(又)	ㄓㄚˋ ㄌㄚˋ	「蠟」之異體字。
	蝙	一一三七	ㄅㄧㄢ ㄅㄧㄢˇ(又)	ㄅㄧㄢ	

部首	國字	頁碼	原有音	審訂音	備註
虫	蝤	一一三七	ㄐㄧㄡ ㄑㄧㄡˊ ㄧㄡˊ	ㄐㄧㄡ ㄑㄧㄡˊ	
	螞	一一三八	ㄇㄚˇ ㄇㄚ ㄇㄚˋ	ㄇㄚˇ ㄇㄚˋ(限)	限於「螞蚱」一詞音ㄇㄚˋ。
	蟆	一一三九	ㄇㄚˊ ㄇㄛˋ(又)	ㄇㄚˊ	
	蟀	一一四〇	ㄕㄨㄞˋ ㄕㄨㄛˋ(讀)	ㄕㄨㄞˋ	
	螫	一一四〇	ㄓㄜ ㄕˋ	ㄓㄜ	
	蟄	一一四〇	ㄓˊ ㄓㄜˊ(讀)	ㄓˊ	
	蠁	一一四二	ㄒㄧㄤˇ ㄒㄧㄤˋ	ㄒㄧㄤˋ	
	蟹	一一四二	ㄒㄧㄝˋ ㄒㄧㄝˇ(又)	ㄒㄧㄝˋ	

部首	國字	頁碼	原有音	審訂音	備註
虫	蟺	一一四二	ㄔㄢˊ ㄕㄢˋ	ㄕㄢˋ	
	蠕	一一四三	ㄖㄨㄢˇ ㄖㄨˊ(又)	ㄖㄨˊ	
	蠙	一一四三	ㄅㄧㄣ	ㄆㄧㄣˊ	
	蠓	一一四三	ㄇㄥˇ	ㄇㄥˊ	
	蠡	一一四四	ㄌㄧˇ ㄌㄧˊ ㄌㄨㄛˊ	ㄌㄧˇ ㄌㄧˊ	
	蠵	一一四五	ㄏㄨㄟˊ	ㄒㄧ	
血	血	一一四五	ㄒㄩㄝˋ ㄒㄧㄝˇ(語)	ㄒㄧㄝˇ	
行	衖	一一四九	ㄌㄨㄥˋ ㄋㄨㄥˋ(又)	ㄌㄨㄥˋ	
	衕	一一四九	ㄊㄨㄥˊ ㄉㄨㄥˋ	ㄊㄨㄥˊ	
衣	衩	一一五三	ㄔㄚˋ ㄔㄞˋ	ㄔㄚˋ	

部首	國字	頁碼	原有音	審訂音	備註
衣	衵	一一五四	ㄋㄧˋ ㄖˋ(又)	ㄋㄧˋ	
	衹	一一五四	ㄑㄧˊ ㄓ	ㄑㄧˊ	
	袗	一一五六	ㄓㄣ ㄓㄣˇ	ㄓㄣˇ	
	袷	一一五七	ㄐㄧㄚˊ ㄐㄧㄝˊ	ㄐㄧㄚˊ	
	裎	一一五九	ㄔㄥˊ ㄔㄥˇ	ㄔㄥˊ	
	裳	一一六〇	ㄔㄤˊ ㄕㄤ	ㄔㄤˊ ·ㄕㄤ	
	褚	一一六一	ㄔㄨˇ ㄓㄜˇ	ㄔㄨˇ	
	褕	一一六二	ㄩˊ	ㄩˊ ㄊㄡˊ	
	褊	一一六二	ㄅㄧㄢˇ ㄆㄧㄢˊ	ㄅㄧㄢˇ	
衣	褪	一一六二	ㄊㄨㄣˋ ㄊㄨㄟˋ(語)	ㄊㄨㄣˋ	
	襱	一一六三	ㄋㄞˋ ㄌㄜ	ㄋㄞˋ	
	褶	一一六四	ㄉㄧㄝˊ ㄒㄧˊ ㄓㄜˊ	ㄉㄧㄝˊ ㄓㄜˊ ㄓㄜˇ ㄒㄩㄝˊ	
	襶	一一六六	ㄉㄞˋ ·ㄉㄜ(又)	ㄉㄞˋ	「襱襶」(不合身、馬虎)一詞音ㄌㄜ ·ㄉㄜ，乃北平土音，刪。
西	覃	一一六七	ㄊㄢˊ ㄒㄩㄣˊ	ㄊㄢˊ ㄑㄧㄣˊ	
見	覎	一一七一	ㄒㄧ	ㄒㄧˊ	
	覲	一一七二	ㄐㄧㄣˇ ㄐㄧㄣˋ(又)	ㄐㄧㄣˋ	

部首	國字	頁碼	原有音	審訂音	備註
角	觜	一一七六	ㄗ ㄗㄨㄟˇ	ㄗ	
	觳	一一七六	ㄏㄨˊ ㄐㄩㄝˊ	ㄏㄨˊ ㄑㄩㄝˋ	
言	訑	一一八一	ㄊㄨㄛˊ ㄧˊ ㄉㄢˋ	ㄧˊ ㄊㄨㄛˊ	通「詑」時音ㄊㄨㄛˊ。
	訥	一一八一	ㄋㄜˋ ㄋㄚˋ(又)	ㄋㄜˋ	
	許	一一八一	ㄒㄩˇ ㄏㄨˇ	ㄒㄩˇ	
	訢	一一八二	ㄒㄧ ㄒㄧㄣ ㄧㄣˊ	ㄒㄧㄣ	
	訾	一一八九	ㄗ ㄗˇ	ㄗˇ	
	誣	一一九〇	ㄨˊ ㄨ(語)	ㄨ	

部首	國字	頁碼	原有音	審訂音	備註
言	誨	一一九二	ㄏㄨㄟˋ ㄏㄨㄟˇ(又)	ㄏㄨㄟˋ	
	誒	一一九二	ㄒㄧ ㄝˋ	ㄒㄧ	
	誼	一一九三	ㄧˊ ㄧˋ	ㄧˋ	
	諒	一一九三	ㄌㄧㄤˋ ㄌㄧㄤˊ	ㄌㄧㄤˋ	
	請	一一九三	ㄑㄧㄥˇ ㄑㄧㄥ ㄑㄧㄥˊ ㄐㄧㄥˋ	ㄑㄧㄥˇ ㄐㄧㄥˋ(限)	限於「朝請」一詞音ㄐㄧㄥˋ。
	誰	一一九五	ㄕㄨㄟˊ ㄕㄟˊ(又)	ㄕㄟˊ	
	諍	一一九六	ㄓㄥˋ ㄓㄥ	ㄓㄥ	
	諷	一一九八	ㄈㄥˋ ㄈㄥ(又)	ㄈㄥˋ	

部首	國字	頁碼	原有音	審訂音	備註
言	論	一一九九	ㄆㄢˊ ㄆㄢˇ	ㄆㄢˊ	
言	謎	一二〇〇	ㄇㄧˊ ㄇㄧˋ(又) ㄇㄟˋ(又)	ㄇㄧˊ	
言	謙	一二〇一	ㄑㄢ ㄑㄢˋ	ㄑㄢ ㄑㄧㄝˋ	通「慊」時音ㄑㄧㄝˋ。
言	謷	一二〇三	ㄠˊ ㄠˋ	ㄠˊ	
言	譽	一二〇六	ㄩˋ ㄩˊ(又)	ㄩˋ	
谷	豁	一二〇九	ㄏㄨㄛ ㄏㄨㄛˋ ㄏㄜˋ ㄏㄨㄚˊ	ㄏㄨㄛˋ ㄏㄨㄚˊ(限)	限於「豁拳」一詞音ㄏㄨㄚˊ。
豆	豉	一二一〇	ㄕˋ ㄔˇ(語)	ㄔˇ	

部首	國字	頁碼	原有音	審訂音	備註
豸	豻	一二一四	ㄏㄢˋ ㄢˋ(又)	ㄏㄢˋ ㄢˋ	指監獄時音ㄢˋ。
豸	貉	一二一四	ㄏㄜˊ ㄏㄠˊ(語) ㄇㄛˋ ㄇㄚˋ	ㄏㄜˊ ㄇㄛˋ	通「貊」時音ㄇㄛˋ。
豸	貍	一二一五	ㄌㄧˊ ㄇㄞˊ	ㄌㄧˊ	
豸	貓	一二一五	ㄇㄠ ㄇㄠˊ	ㄇㄠ	
貝	貤	一二一七	ㄧˊ ㄧˋ	ㄧˊ	
貝	貫	一二一八	ㄍㄨㄢˋ ㄨㄢ	ㄍㄨㄢˋ	
貝	費	一二二〇	ㄈㄟˋ ㄅㄧˋ	ㄈㄟˋ	
貝	貸	一二二二	ㄉㄞˋ ㄊㄜˋ	ㄉㄞˋ	

部首	國字	頁碼	原有音	審訂音	備註
貝	賁	一二二二	ㄅㄧˋ ㄅㄣ ㄈㄣˊ ㄈㄣˋ	ㄅㄧˋ ㄅㄣ	
	賊	一二二二	ㄗㄟˊ ㄗㄜˊ	ㄗㄟˊ	
	賈	一二二三	ㄐㄧㄚˇ ㄍㄨˇ	ㄐㄧㄚˇ ㄍㄨˇ ㄐㄧㄚˋ	通「價」時音ㄐㄧㄚˋ。
	賃	一二二三	ㄌㄧㄣˋ ㄖㄣˋ(讀)	ㄌㄧㄣˋ	
	賄	一二二四	ㄏㄨㄟˋ ㄏㄨㄟˇ(又)	ㄏㄨㄟˋ	
	賓	一二二四	ㄅㄧㄣ ㄅㄧㄣˋ	ㄅㄧㄣ	
	賜	一二二六	ㄙˋ ㄘˋ(語)	ㄙˋ	

部首	國字	頁碼	原有音	審訂音	備註
貝	賢	一二二六	ㄒㄧㄢˊ ㄒㄧㄢˋ	ㄒㄧㄢˊ	
	賺	一二二八	ㄓㄨㄢˋ ㄗㄨㄢˋ	ㄓㄨㄢˋ	
	賾	一二二九	ㄗㄜˊ	ㄗㄜˊ	
	贛	一二三〇	ㄍㄢˋ ㄍㄨㄥˋ	ㄍㄢˋ	
走	赳	一二三三	ㄐㄧㄡ ㄐㄧㄡˇ(又)	ㄐㄧㄡ	
	赶	一二三四	ㄍㄢˇ	ㄑㄧㄢˊ ㄍㄢˇ	「趕」之異體字。
	趄	一二三五	ㄑㄩ ㄑㄧㄝˋ ㄐㄩ(又)	ㄐㄩ	
	趣	一二三五	ㄑㄩˋ ㄘㄨˋ	ㄑㄩˋ ㄘㄨˋ	通「促」時音ㄘㄨˋ。

部首	國字	頁碼	原有音	審訂音	備註
走	趟	一二三六	ㄊㄤˋ ㄓㄥ	ㄊㄤˋ	
走	趠	一二三六	ㄔㄠˋ ㄔㄨㄛˋ	ㄓㄨㄛˊ	
走	趫	一二三六	ㄑㄧㄠˊ ㄑㄧㄠ	ㄑㄧㄠˊ	
足	跤	一二四〇	ㄐㄧㄠ ㄑㄧㄠ	ㄐㄧㄠ	
足	跐	一二四〇	ㄘˇ ㄘㄞˇ(又) ㄘ	ㄘˇ	
足	踉	一二四〇	ㄌㄧㄤˊ ㄌㄧㄤˊ(又) ㄌㄧㄤˋ	ㄌㄧㄤˊ ㄌㄧㄤˋ	
足	踅	一二四一	ㄔˋ ㄒㄩㄝˊ	ㄒㄩㄝˊ	

部首	國字	頁碼	原有音	審訂音	備註
足	踝	一二四一	ㄏㄨㄞˊ ㄏㄨㄚˋ(又)	ㄏㄨㄞˊ	
足	踧	一二四二	ㄘㄨˋ	ㄘㄨˋ ㄉㄧˊ	
足	踹	一二四三	ㄔㄨㄞˋ ㄕㄨㄢˋ	ㄔㄨㄞˋ	
足	踶	一二四三	ㄊㄧˊ ㄉㄧˋ ㄓˋ ㄔˊ	ㄉㄧˋ	
足	蹣	一二四五	ㄇㄢˊ ㄆㄢˊ(又)	ㄇㄢˊ	
足	蹢	一二四五	ㄓˊ ㄉㄧˊ	ㄓˊ	
足	躇	一二四六	ㄔㄨˊ ㄓㄨˋ(又)	ㄔㄨˊ	

部首	國字	頁碼	原有音	審訂音	備註
足	蹲	一二四六	ㄉㄨㄣ ㄘㄨㄣˊ	ㄉㄨㄣ	
	蹶	一二四六	ㄐㄩㄝˊ ㄐㄩㄝˇ	ㄐㄩㄝˊ	
	躂	一二四七	ㄊㄚˋ ㄉㄚ	ㄊㄚˋ •ㄉㄚ(限)	限於「蹓躂」一詞音•ㄉㄚ。
	躍	一二四七	ㄩㄝˋ ㄧㄠˋ(又)	ㄩㄝˋ	
車	軋	一二五〇	ㄧㄚˋ ㄓㄚˊ ㄍㄚˊ	ㄧㄚˋ ㄍㄚˊ	
	軏	一二五二	ㄩㄝˋ ㄨˋ(又)	ㄩㄝˋ	
	軸	一二五三	ㄓㄨˊ ㄓㄡˊ ㄓㄡˋ(語)	ㄓㄡˊ	
	軻	一二五三	ㄎㄜ	ㄎㄜ ㄎㄜˇ	通「坷」時音ㄎㄜˇ。

部首	國字	頁碼	原有音	審訂音	備註
車	軼	一二五三	ㄧˋ ㄓㄜˊ ㄉㄧㄝˊ	ㄧˋ	
	較	一二五四	ㄐㄧㄠˋ ㄐㄧㄠˇ(又) ㄐㄩㄝˊ	ㄐㄧㄠˋ	
	輧	一二五五	ㄆㄧㄥˊ	ㄆㄧㄥˊ ㄆㄧㄥ	
	輅	一二五五	ㄌㄨˋ ㄧㄚˋ	ㄌㄨˋ	
	輪	一二五七	ㄌㄨㄣˊ ㄌㄨㄣˊ	ㄌㄨㄣˊ	
	轘	一二六一	ㄏㄨㄢˋ ㄏㄨㄢˊ(又)	ㄏㄨㄢˊ	
辛	辦	一二六三	ㄅㄧㄢˋ ㄅㄢˋ	ㄅㄧㄢˋ	
辰	辱	一二六四	ㄖㄨˋ ㄖㄨˇ(又)	ㄖㄨˋ	

部首	國字	頁碼	原有音	審訂音	備註
辵	迆	一二六五	ㄧˊ ㄧˇ	ㄧˊ	
	迎	一二六五	ㄧㄥˊ ㄧㄥˋ	ㄧㄥˊ	
	迕	一二六六	ㄨˋ ㄨˇ(又)	ㄨˇ	
	迤	一二六八	ㄧˇ ㄧˊ	ㄧˊ	
	逅	一二七一	ㄏㄡˋ ㄍㄡˋ(又)	ㄏㄡˋ	
	迸	一二七一	ㄅㄥˋ ㄅㄥˇ	ㄅㄥˋ	
	适	一二七一	ㄍㄨㄚ ㄎㄨㄛˋ(又)	ㄍㄨㄚ	
	逄	一二七一	ㄆㄤˊ	ㄆㄤˊ ㄈㄥˊ	
	這	一二七一	ㄓㄜˋ ㄓㄟˋ	ㄓㄜˋ	

部首	國字	頁碼	原有音	審訂音	備註
辵	通	一二七一	ㄊㄨㄥ ㄊㄨㄥˋ	ㄊㄨㄥ	
	造	一二七四	ㄗㄠˋ ㄘㄠˋ	ㄗㄠˋ	
	逡	一二七六	ㄑㄩㄣ ㄐㄩㄣˋ	ㄑㄩㄣ	
	逮	一二七六	ㄉㄞˋ ㄉㄞˇ ㄉㄧˋ	ㄉㄞˋ ㄉㄞˇ	不及義音ㄉㄞˋ，捕捉義音ㄉㄞˇ。
	遂	一二七九	ㄙㄨㄟˋ ㄙㄨㄟˊ(又)	ㄙㄨㄟˋ	
	逼	一二八〇	ㄅㄧ ㄅㄧˋ(又)	ㄅㄧ	
	過	一二八一	ㄍㄨㄛˋ ㄍㄨㄛ(又) ˙ㄍㄨㄛ	ㄍㄨㄛˋ ㄍㄨㄛ	
	遛	一二八四	ㄌㄧㄡˊ ㄌㄧㄡˋ	ㄌㄧㄡˋ	

部首	國字	頁碼	原有音	審訂音	備註
辵	適	一二八四	ㄕˋ　ㄉㄧˊ	ㄕˋ　ㄉㄧˊ　ㄓㄜˊ	通「謫」時音ㄓㄜˊ。
	遮	一二八四	ㄓㄜ　ㄓㄜˇ	ㄓㄜ	
	遰	一二八五	ㄉㄧˋ　ㄕˋ	ㄉㄧˋ	
	遲	一二八六	ㄔˊ	ㄔˊ　ㄓˋ	
	遴	一二八七	ㄌㄧㄣˊ　ㄌㄧㄣˋ	ㄌㄧㄣˊ	
	邋	一二八九	ㄌㄚˊ　ㄌㄧㄝˋ	ㄌㄚ　ㄌㄧㄝˋ	

部首	國字	頁碼	原有音	審訂音	備註
邑	那	一二九〇	ㄋㄚˋ　ㄋㄜˋ(又)　ㄋㄟˋ　ㄋㄚˇ　ㄋㄟˇ　ㄋㄚ　ㄋㄨㄛˊ　ㄋㄨㄛˋ　˙ㄋㄚ	ㄋㄚˋ　ㄋㄚˇ　ㄋㄚ　˙ㄋㄚ　ㄋㄨㄛˊ	通「哪」時音˙ㄋㄚ。通「挪」時音ㄋㄨㄛˊ。ㄋㄟˋ、ㄋㄟˇ皆為「那一」合音，刪。
	邪	一二九一	ㄒㄧㄝˊ　ㄒㄧㄚˊ(又)　ㄧㄝˊ	ㄒㄧㄝˊ　ㄧㄝˊ	
	郃	一二九三	ㄏㄜˊ　ㄍㄜˊ	ㄏㄜˊ	
	郝	一二九三	ㄏㄠˇ　ㄏㄜˋ(又)	ㄏㄠˇ	

部首	國字	頁碼	原有音	審訂音	備註
邑	鄉	一二九三	ㄒㄧㄤ ㄒㄧㄤˋ	ㄒㄧㄤ ㄒㄧㄤˋ ㄒㄧㄤˇ	通「嚮」時音ㄒㄧㄤˋ。通「響」時音ㄒㄧㄤˇ。
	鄙	一二九七	ㄅㄧˇ ㄅㄧˋ(又)	ㄅㄧˇ	
	鄘	一二九七	ㄩㄥ ㄩㄥˊ(又)	ㄩㄥ	
	酇	一二九九	ㄗㄢˋ ㄘㄨㄛˊ	ㄗㄢˋ	
酉	酪	一三〇二	ㄌㄨㄛˋ ㄌㄠˋ(語)	ㄌㄨㄛˋ	
	酩	一三〇二	ㄇㄧㄥˇ ㄇㄧㄥˊ(又)	ㄇㄧㄥˊ	
	酵	一三〇二	ㄒㄧㄠˋ ㄐㄧㄠˋ(又)	ㄒㄧㄠˋ	

部首	國字	頁碼	原有音	審訂音	備註
酉	醋	一三〇三	ㄘㄨˋ ㄗㄨㄛˋ	ㄘㄨˋ	
	醊	一三〇四	ㄓㄨㄟˋ	ㄔㄨㄛˋ	
	醒	一三〇四	ㄒㄧㄥˇ ㄒㄧㄥ(又)	ㄒㄧㄥˇ	
	醍	一三〇四	ㄊㄧˊ ㄊㄧˇ	ㄊㄧˊ	
	醱	一三〇六	ㄆㄛˋ ㄈㄚ	ㄆㄛˋ	
	醭	一三〇六	ㄅㄨˊ ㄆㄨˊ(又)	ㄆㄨˊ	
	釃	一三〇七	ㄙ	ㄙ ㄌㄧˊ	通「醨」時音ㄌㄧˊ。
采	采	一三〇七	ㄘㄞˇ ㄘㄞˋ	ㄘㄞˇ	

部首	國字	頁碼	原有音	審訂音	備註
金	釭	一三一四	ㄍㄤ ㄍㄨㄥ(又)	ㄍㄤ	
	釤	一三一四	ㄕㄢ ㄕㄢˋ ㄒㄧㄢ	ㄕㄢ	
	鈔	一三一五	ㄔㄠ ㄔㄠˋ(又)	ㄔㄠ	
	鈀	一三一六	ㄅㄚ ㄅㄚˇ ㄆㄚ	ㄆㄚˊ ㄅㄚ(限)	限於當化學元素時音ㄅㄚ。
	鈒	一三一六	ㄙㄚˋ ㄐㄧˊ	ㄙㄜˋ	
	鈆	一三一六	ㄑㄧㄢ ㄧㄢˊ	ㄧㄢˊ	
	鈸	一三一六	ㄅㄚˊ ㄅㄛˊ(又)	ㄅㄚˊ	

部首	國字	頁碼	原有音	審訂音	備註
金	鉀	一三一七	ㄐㄧㄚˇ ㄍㄜˊ	ㄐㄧㄚˇ	
	鈾	一三一七	ㄧㄡˊ	ㄧㄡˋ	
	鉈	一三一八	ㄕㄜˊ ㄊㄚ	ㄊㄚ ㄊㄨㄛˊ	通「砣」時音ㄊㄨㄛˊ。
	鉏	一三一九	ㄔㄨˊ ㄗㄨˇ	ㄔㄨˊ	
	鈿	一三一九	ㄉㄧㄢˋ ㄊㄧㄢˊ(又)	ㄉㄧㄢˋ	
	鉻	一三二〇	ㄌㄨㄛˋ ㄍㄜˋ	ㄍㄜˋ	
	鉺	一三二一	ㄦˇ ㄦˋ	ㄦˇ	
	鉿	一三二二	ㄏㄜˊ ㄏㄚ(又) ㄐㄧㄚˊ	ㄏㄜˊ	
	銻	一三二二	ㄊㄧˋ	ㄊㄧˋ ㄊㄧ(限)	限於當化學元素時音ㄊㄧ。

部首	國字	頁碼	原有音	審訂音	備註
金	鋟	一三二四	ㄑㄢ ㄑㄣˇ(又)	ㄑㄣˇ	
	錯	一三二六	ㄘㄨㄛˋ ㄘㄨˋ	ㄘㄨㄛˋ	
	錏	一三二八	ㄧㄚˋ ㄧㄚ	ㄧㄚˋ	
	錡	一三二八	ㄑㄧˊ ㄧˇ	ㄑㄧˊ	
	鏃	一三三四	ㄗㄨˊ ㄘㄨˋ(又)	ㄗㄨˊ	
	鏜	一三三四	ㄊㄤ ㄊㄤˊ	ㄊㄤ	
	鏞	一三三五	ㄩㄥ ㄩㄥˊ(又)	ㄩㄥ	
	鎩	一三三六	ㄕㄚ ㄕㄞˋ(又)	ㄕㄚ	
	鐋	一三三七	ㄊㄤ ㄊㄤˋ	ㄊㄤ	

部首	國字	頁碼	原有音	審訂音	備註
金	鐓	一三三七	ㄉㄨㄟˋ ㄉㄨㄟˋ ㄉㄨㄣ	ㄉㄨㄣ ㄉㄨㄟˋ	通「錞」時音ㄉㄨㄟˋ。
	鐔	一三三七	ㄊㄢˊ ㄒㄧㄣˊ(又)	ㄊㄢˊ	
	鐐	一三三七	ㄌㄧㄠˊ ㄌㄧㄠˋ(又)	ㄌㄧㄠˊ	
	鐻	一三三九	ㄐㄩˋ ㄑㄩˊ	ㄐㄩˋ	
	鑰	一三四〇	ㄩㄝˋ ㄧㄠˋ(又)	ㄧㄠˋ	
	鑽	一三四一	ㄗㄨㄢ ㄗㄨㄢˇ ㄗㄨㄢˋ	ㄗㄨㄢ ㄗㄨㄢˋ	
	鑿	一三四一	ㄗㄨㄛˋ ㄗㄠˊ(語)	ㄗㄠˊ	

部首	國字	頁碼	原有音	審訂音	備註
門	閡	一三四七	ㄏㄜˊ ㄞˋ(又)	ㄏㄜˊ	
	閩	一三四七	ㄇㄧㄣˊ ㄇㄧㄣˇ(又)	ㄇㄧㄣˇ	
	閣	一三四七	ㄍㄜˊ ㄍㄜ(又) ㄍㄠˇ(又)	ㄍㄜˊ ㄍㄜ	通「擱」時音ㄍㄜ。
	閬	一三四八	ㄌㄤˊ ㄌㄤˋ(又) ㄌㄤˇ	ㄌㄤˇ	
	閻	一三四八	ㄧㄢˊ ㄧㄢˋ	ㄧㄢˊ	
	閼	一三四九	ㄜˋ ㄧㄢ ㄩˋ	ㄜˋ ㄧㄢ(限)	限於「閼氏」一詞音ㄧㄢ。

部首	國字	頁碼	原有音	審訂音	備註
門	闍	一三四九	ㄉㄨ ㄕㄜˊ	ㄕㄜˊ	
	閶	一三四九	ㄔㄤ ㄊㄤ	ㄔㄤ	
	闇	一三五〇	ㄢˋ ㄢ ㄧㄢˇ	ㄢˋ ㄢ(限)	限於「諒闇」一詞音ㄢ。
	闖	一三五〇	ㄔㄣˋ ㄔㄨㄤˇ ㄔㄨㄤˋ	ㄔㄨㄤˇ	
	闕	一三五〇	ㄑㄩㄝˋ ㄑㄩㄝ ㄐㄩㄝˊ	ㄑㄩㄝˋ ㄑㄩㄝ	
	闓	一三五一	ㄎㄞˇ ㄎㄞ(又)	ㄎㄞˇ	
	闞	一三五二	ㄎㄢˋ ㄏㄢˇ	ㄎㄢˋ	

部首	國字	頁碼	原有音	審訂音	備註
阜	阸	一三五三	ㄜˋ ㄞˋ	ㄜˋ	
	阿	一三五三	ㄚ ㄚˋ ˙ㄚ ㄜ ㄚˇ	ㄚ ㄜ	
	陂	一三五五	ㄆㄧˊ ㄅㄟ(又) ㄅㄧˋ ㄆㄛ	ㄆㄧˊ ㄆㄛ	
	阽	一三五五	ㄉㄢˋ ㄧㄢˊ(又)	ㄉㄢˋ	
	陘	一三五七	ㄒㄧㄥˊ ㄐㄧㄥ	ㄒㄧㄥˊ	
	隄	一三六二	ㄊㄧˊ ㄉㄧ(又)	ㄊㄧˊ	

部首	國字	頁碼	原有音	審訂音	備註
阜	隃	一三六二	ㄩˊ ㄧㄠˊ	ㄩˊ	
	隘	一三六二	ㄞˋ ㄜˋ	ㄞˋ	
	隔	一三六二	ㄍㄜˊ ㄍㄜ	ㄍㄜˊ	
	隕	一三六三	ㄩㄣˇ ㄩㄢˊ	ㄩㄣˇ	
	隗	一三六三	ㄨㄟˇ ㄨㄟˊ(又) ㄎㄨㄟˊ(又)	ㄨㄟˇ	
	隧	一三六四	ㄙㄨㄟˋ ㄓㄨㄟˋ	ㄙㄨㄟˋ	
	隩	一三六五	ㄠˋ	ㄩˋ ㄠˋ	通「奧」、「墺」時音ㄠˋ。
	隱	一三六五	ㄧㄣˇ ㄧㄣˋ	ㄧㄣˇ	

部首	國字	頁碼	原有音	審訂音	備註
隶	隸	一三六六	ㄌㄧˋ ㄧˋ	ㄌㄧˋ	
隹	隹	一三六六	ㄓㄨㄟ ㄘㄨㄟ	ㄓㄨㄟ	
	隼	一三六六	ㄙㄨㄣˇ	ㄓㄨㄣˇ	
	雀	一三六六	ㄑㄩㄝˋ ㄑㄧㄠ ㄑㄧㄠˇ	ㄑㄩㄝˋ	
	雇	一三六八	ㄍㄨˋ ㄏㄨˋ	ㄍㄨˋ	
	雃	一三六八	ㄑㄧㄢˊ ㄢˊ	ㄑㄧㄢˊ	
	雍	一三六九	ㄩㄥ ㄩㄥˇ ㄩㄥˋ	ㄩㄥ	
	雉	一三六九	ㄓˋ ㄙˋ ㄧˇ ㄎㄞˇ	ㄓˋ	

部首	國字	頁碼	原有音	審訂音	備註
隹	雋	一三六九	ㄐㄩㄢˋ ㄐㄩㄣˋ ㄗㄨㄟˋ	ㄐㄩㄢˋ ㄐㄩㄣˋ	通「俊」時音ㄐㄩㄣˋ。
	雌	一三六九	ㄘ ㄘˊ(又)	ㄘ	
	雖	一三七〇	ㄙㄨㄟ ㄨㄟˊ ㄙㄨㄟˊ(又)	ㄙㄨㄟ	
	離	一三七一	ㄌㄧˊ ㄌㄧˇ ㄌㄧˋ	ㄌㄧˊ	
	巂	一三七二	ㄍㄨㄟ ㄙㄨㄟˇ	ㄒㄧ	
	雘	一三七二	ㄏㄨㄛˋ ㄨㄛˋ(又)	ㄏㄨㄛˋ	
雨	雪	一三七四	ㄒㄩㄝˇ ㄒㄩㄝˋ	ㄒㄩㄝˇ	

部首	國字	頁碼	原有音	審訂音	備註
雨	雩	1374	ㄩˊ ㄩˋ	ㄩˊ	
	雹	1376	ㄅㄠˊ ㄅㄛˊ(又)	ㄅㄠˊ	
	震	1377	ㄓㄣˋ ㄕㄣ(又)	ㄓㄣˋ	
	霅	1378	ㄓㄚˊ ㄙㄚˋ ㄒㄧㄚˊ	ㄓㄚˊ	
	霹	1380	ㄆㄧ ㄆㄧˋ(又)	ㄆㄧ	
非	非	1382	ㄈㄟ ㄈㄟˇ	ㄈㄟ	
革	靶	1385	ㄅㄚˇ	ㄅㄚˇ ㄅㄚˋ	
	鞅	1385	ㄧㄤ ㄧㄤˇ(又)	ㄧㄤ	

部首	國字	頁碼	原有音	審訂音	備註
革	鞄	1385	ㄆㄠˊ ㄅㄠ	ㄅㄠ	
	鞘	1386	ㄑㄧㄠˋ ㄕㄠˋ	ㄑㄧㄠˋ	
	鞔	1386	ㄇㄢˊ ㄇㄣˊ	ㄇㄢˊ	
	鞠	1386	ㄐㄩˊ ㄑㄩˊ(又)	ㄐㄩˊ	
	鞮	1387	ㄉㄧ ㄊㄧˊ	ㄉㄧ	
	鞨	1387	ㄏㄜˊ ㄇㄜˋ	ㄏㄜˊ	
	韁	1388	ㄐㄧㄤ ㄍㄤ(又)	ㄐㄧㄤ	
韋	韎	1388	ㄇㄞˋ ㄇㄟˋ	ㄇㄟˋ	
音	音	1389	ㄧㄣ ㄧㄣˋ	ㄧㄣ	

部首	國字	頁碼	原有音	審訂音	備註
頁	頁	一三九一	ㄑㄧˇ、ㄧㄝˋ	ㄧㄝˋ	
	頏	一三九五	ㄏㄤˊ、ㄍㄤ(又)	ㄏㄤˊ	
	頎	一三九五	ㄑㄧˊ、ㄎㄣˇ	ㄑㄧˊ	
	頗	一三九五	ㄆㄛˇ、ㄆㄛ	ㄆㄛˇ	
	頡	一三九六	ㄐㄧㄚˊ、ㄒㄧㄝˊ、ㄐㄧㄝˊ	ㄒㄧㄝˊ、ㄐㄧㄝˊ	
	頞	一三九六	ㄜˋ、ㄢˋ	ㄜˋ	
	頦	一三九六	ㄎㄜˊ、ㄏㄞˊ	ㄎㄜˊ(語)、ㄏㄞˊ(讀)	
	頫	一三九六	ㄈㄨˇ、ㄊㄧㄠˋ	ㄈㄨˇ	
頁	頸	一三九六	ㄐㄧㄥˇ	ㄐㄧㄥˇ、ㄍㄥˇ(限)	限於「脖頸子」一詞音ㄍㄥˇ。
	顆	一三九七	ㄎㄜ、ㄎㄜˇ	ㄎㄜ	
	額	一三九七	ㄜˊ、ㄜˋ(又)	ㄜˊ	
	顢	一四〇〇	ㄇㄢ	ㄇㄢˊ	
	顫	一四〇〇	ㄔㄢˋ、ㄓㄢˋ	ㄓㄢˋ	
食	飩	一四〇六	ㄊㄨㄣˊ	ㄉㄨㄣˋ	
	飴	一四〇七	ㄧˊ、ㄙˋ	ㄧˊ	
	餂	一四〇八	ㄊㄧㄢˇ、ㄊㄧㄢˊ(又)	ㄊㄧㄢˇ	
	餔	一四〇九	ㄅㄨ、ㄅㄨˋ	ㄅㄨ	
	餤	一四一〇	ㄉㄢˋ、ㄊㄢˊ	ㄉㄢˋ	

部首	國字	頁碼	原有音	審訂音	備註
食	餳	一四一一	ㄒㄧㄥˊ ㄊㄤˊ	ㄒㄧㄥˊ	
	餲	一四一一	ㄞˋ ㄏㄜˊ	ㄞˋ	
	餾	一四一一	ㄌㄧㄡˋ ㄌㄧㄡˊ(又)	ㄌㄧㄡˋ	
香	馥	一四一四	ㄈㄨˋ ㄅㄧˋ	ㄈㄨˋ	
	馨	一四一四	ㄒㄧㄣ ㄒㄧㄥ(又) ㄒㄧㄣˋ	ㄒㄧㄣ	
馬	駔	一四一八	ㄗㄤˇ ㄗㄨˋ ㄗㄨˇ ㄘㄤˇ	ㄗㄤˇ ㄗㄨˋ	
	騃	一四一九	ㄞˊ ㄙˋ	ㄞˊ	

部首	國字	頁碼	原有音	審訂音	備註
馬	騷	一四二一	ㄙㄠ ㄙㄠˇ	ㄙㄠ	
	騶	一四二一	ㄗㄡ ㄗㄡˋ	ㄗㄡ	
	驁	一四二二	ㄠˊ ㄠˋ(又)	ㄠˊ	
	驦	一四二四	ㄕㄨㄤ ㄕㄨㄤˇ(又)	ㄕㄨㄤ	
骨	骰	一四二五	ㄊㄡˊ ㄕㄞˇ(語)	ㄊㄡˊ	
	髒	一四二六	ㄗㄤ ㄗㄤˇ(又) ㄗㄤˋ(又)	ㄗㄤ ㄗㄤˇ(限)	限於「骯（ㄎㄤˇ）髒（ㄗㄤˇ）」一詞，形容剛直倔強的樣子時音ㄗㄤˇ。
髟	髟	一四二八	ㄅㄧㄠ	ㄅㄧㄠ ㄕㄢ	

部首	國字	頁碼	原有音	審訂音	備註
髟	鬐	一四二九	ㄐㄧˋ ㄒㄧㄝˊ ㄐㄧˊ(又)	ㄐㄧˋ	
	鬋	一四三〇	ㄐㄧㄢˇ ㄐㄧㄢˋ	ㄐㄧㄢˇ	
鬼	魄	一四三四	ㄆㄛˋ ㄅㄛˊ ㄊㄨㄛˋ	ㄆㄛˋ ㄊㄨㄛˋ	
	魋	一四三四	ㄊㄨㄟˊ ㄔㄨㄟˊ	ㄊㄨㄟˊ	
鬲	鬲	一四三五	ㄌㄧˋ ㄍㄜˊ ㄜˋ	ㄌㄧˋ ㄍㄜˊ	
	鬻	一四三五	ㄩˋ ㄓㄨˋ ㄓㄡ(語)	ㄩˋ	

部首	國字	頁碼	原有音	審訂音	備註
魚	鮮	一四三七	ㄒㄧㄢ ㄒㄧㄢˇ ㄒㄧㄢˋ	ㄒㄧㄢ ㄒㄧㄢˇ	
	鯈	一四三八	ㄧㄡˊ ㄔㄡˊ(又)	ㄔㄡˊ	
	鯖	一四三八	ㄑㄧㄥ ㄓㄥ	ㄑㄧㄥ	
	鯫	一四三九	ㄗㄡ ㄑㄧㄢˇ	ㄗㄡ	
	鰨	一四四〇	ㄊㄚˋ ㄉㄧㄝˊ	ㄊㄚˋ	
	鱖	一四四一	ㄍㄨㄟˋ ㄐㄩㄝˊ	ㄍㄨㄟˋ	
	鱒	一四四一	ㄗㄨㄣˋ	ㄗㄨㄣˋ	
鳥	鴝	一四四五	ㄑㄩˊ	ㄑㄩˊ ㄍㄡ	

部首	國字	頁碼	原有音	審訂音	備註
鳥	鶘	一四四五	ㄏㄨˊ ㄍㄨˇ ㄏㄠˋ	ㄏㄨˊ ㄍㄨˇ	
	鵲	一四四六	ㄑㄩㄝˋ ㄑㄧㄠˇ(又)	ㄑㄩㄝˋ	
	鶉	一四四六	ㄔㄨㄣˊ ㄊㄨㄢˊ	ㄔㄨㄣˊ	
	鶤	一四四七	ㄎㄨㄣ	ㄩㄣˋ	
	鶡	一四四七	ㄏㄜˊ ㄐㄧㄝˋ	ㄏㄜˊ	
	鶴	一四四八	ㄏㄜˋ ㄏㄠˊ(語)	ㄏㄜˋ	
	鷂	一四四八	ㄧㄠˋ ㄧㄠˊ	ㄧㄠˋ	
	鶬	一四四九	ㄘㄤ ㄑㄧㄤ	ㄘㄤ	
鹵	鹽	一四五二	ㄧㄢˊ	ㄧㄢˊ ㄧㄢˋ	

部首	國字	頁碼	原有音	審訂音	備註
鹿	麃	一四五二	ㄅㄧㄠ ㄆㄠˊ ㄆㄠˇ	ㄅㄧㄠ ㄆㄠˊ	
	麇	一四五二	ㄐㄩㄣ ㄑㄩㄣˊ	ㄐㄩㄣ	
麥	麥	一四五四	ㄇㄛˋ ㄇㄞˋ(語)	ㄇㄞˋ	
麻	麼	一四五五	ㄇㄛˊ ˙ㄇㄜ ㄇㄚˊ(語)	ㄇㄛˊ ˙ㄇㄜ(限) ㄇㄚˊ(限)	限於作詞綴時音˙ㄇㄜ。如：「甚麼」。限於「幹麼」一詞音ㄇㄚˊ。
黍	黏	一四五六	ㄋㄧㄢˊ ㄓㄢ(又)	ㄋㄧㄢˊ	
黑	黑	一四五七	ㄏㄟ ㄏㄜˋ(語) ㄏㄟˇ(語)	ㄏㄟ	
	黔	一四五八	ㄑㄧㄢˊ ㄑㄧㄣˊ(又)	ㄑㄧㄢˊ	

部首	國字	頁碼	原有音	審訂音	備註
黑	黨	一四五九	ㄉㄤˇ ㄊㄤˇ ㄓㄤˇ	ㄉㄤˇ	
黽	黽	一四六〇	ㄇㄧㄣˇ	ㄇㄧㄣˇ ㄇㄥˇ	
鼓	鼟	一四六二	ㄉㄨㄥ ㄊㄨㄥˊ(又)	ㄉㄨㄥ	
鼠	鼢	一四六二	ㄈㄣˋ	ㄈㄣˊ	
鼻	鼾	一四六三	ㄏㄢ ㄏㄢˋ(又)	ㄏㄢ	
齊	齋	一四六四	ㄓㄞ ㄗ	ㄓㄞ	
齒	齦	一四六五	ㄧㄣˊ ㄎㄣˇ	ㄧㄣˊ	
	齵	一四六六	ㄩˊ ㄡˊ(又)	ㄩˊ	

簡明活用辭典

總主編
邱德修
國立臺灣師範大學國家文學博士
國立臺灣師範大學國文系　教授

五南圖書出版公司 印行

本書特點圖示

①註明㊥㊀，分別代表常用字次常用字，瞭解使用頻度
②註明部首外的筆畫數，便於查索
③均用標準字體
④小篆字體
⑤註明六書分類
⑥剖析字形簡述字義衍變爲本書的特色
⑦注音以部編《重編國語辭典》爲準據標準正確
⑧對義近而實異之字詳作比較
⑨在用法上有須特別留意者，提醒注意
⑩註明第二字筆畫數便於檢索

得 ㊥ 8

形解 𢔶；形聲；從彳，㝵聲。彳表示行動，㝵是「貝」的錯字，以手持貝爲獲，所以行有所獲爲得。

音義 ㄉㄜˊ 動 ①獲取；例獲得。②滿意；例洋洋自得。③能夠；例得饒人處且饒人。副可以，能；例不得攀折花木。·ㄉㄜ 介 表深一層的意思，用在動詞，形容詞後；例大得出奇。ㄉㄞˇ 動 遭受；例得了不少苦。ㄉㄟˇ 副 應該；例我得走了。

參考 ①「得到」的「得」和「道德」的「德」形義不同，不可混用。②「的」和「得」（·ㄉㄜ）用法不同，「的」可以作語尾、詞尾、句末助詞，如：「好的」，「我的書」，「不可以的」，都不能用「得」字；而「好得很」，「跑得快」，也不能用「的」。

注意：a.「寫得好」的否定式是「寫得不好」。b.「得」字音ㄉㄟˇ時，表示意志上或事實上的必要，如：要取得好成績，就得努力學習。而「得」的否定詞是「無須」或「不用」，不說「不得（ㄉㄟˇ）」。

得寸進尺[3] ㄉㄜˊ ㄘㄨㄣˋ ㄐㄧㄣˋ ㄔˇ 比喻貪婪的欲望愈來愈大。

得逞[11] ㄉㄜˊ ㄔㄥˇ 得以實現自己的希望。例陰謀得逞。參考 本詞含有貶損的意思。

得魚忘筌 ㄉㄜˊ ㄩˊ ㄨㄤˋ ㄑㄩㄢˊ 比喻事情成功以後便馬上忘了當初的憑藉。筌：捕魚的竹器。參考 ①筌又作荃。荃：香草，可作魚餌。②同得兔忘蹄。

得道多助[13] ㄉㄜˊ ㄉㄠˋ ㄉㄨㄛ ㄓㄨˋ 行事合乎正道，多能得人幫助。參考 反失道寡助。

得意 ㄉㄜˊ ㄧˋ 稱心如意。參考 ①衍得意忘言、得意忘形。②參閱「滿足」條。

得隴望蜀[19] ㄉㄜˊ ㄌㄨㄥˇ ㄨㄤˋ ㄕㄨˇ 貪得無厭，不知滿足。隴、蜀都是地名：隴，隴西；蜀，四川。光武帝勒岑彭書曰：「兩城若下，便可將兵南擊蜀虜。人若不知足，既平隴，復望蜀。」

▽獲得、自得、取得、捨得、拾得、所得、獨得、了得、貪得、苟得、生得、心得、相得、難得、聽得、使得、戒之在得、一舉兩得、千慮一得、不可多得、心安理得、志在必得、求之不得、洋洋自得、垂手可得、捷足先得、愚者千慮必有一得。

⑪舉例句，有助於瞭解詞義和用法
⑫對詞中生僻字，隱喻字逐一加註
⑬列示同義詞或反義詞
⑭列示衍生詞擴大字詞領域
⑮說明詞義之由來
⑯詳舉字尾衍生詞爲他書所無

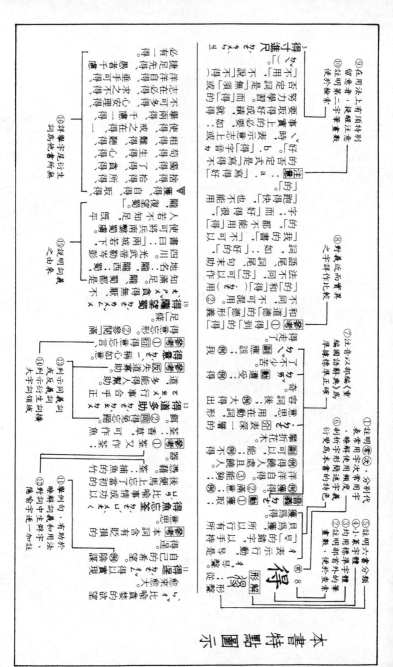

總目

序

一本好的辭典必須具備三種特性，它們是：科學性、文學性和可讀性。唯有具備科學性，才能藉著辭典的流傳而散播有用的知識，對提升民智產生必然的效應；唯有具備文學性，才能藉著辭典的流傳而散發濃郁的氣息，對提升美育應有可觀的成績；唯有具備可讀性，才能藉著辭典的流傳而廣爲讀者所喜愛，對提升國文水準或可略盡棉薄。

當初，師大周院長一田博士所親自率領的工作夥伴爲五南圖書出版公司設計《國語活用辭典》時，就是秉持著這三個理想和信念而全力以赴，希望能順利達成任務。

當然，事實上光有這些理想，還是沒有辦法達成一本好辭典的任務。因爲任何實用的工具書，都不容許與我們現實的生活脫節。所以，我們工作的第一步就是將教育部所頒的各級教科書（從國小至高中）所有有用的素材，均作地毯式搜集，然後一一作成卡片，成爲最基本的資料；然後，再利用臺大心理學系劉茂英教授等所編著的《常用中文詞的出現次數》一書爲指引，圈選出三萬多條詞彙作爲詮釋的對象；至於單字方面的依據，則完全是取材自部頒《常用國字標準字體表》、《次常用國字標準字體表》、《異體國字字表》和《罕用字體表》諸書。換言之，本辭典的選詞擇字，並非憑空臆想而來，而是各有出處，有本有據，期能盡量做到合乎「科學性」的要求。

其次，一般辭書只是照顧到書面資料，至若活用在學校、市井、報紙、書刊、雜誌的俚語、新生語、外來語等等，與我們現代生活息息相關的詞彙，往往不屑一顧，遭受摒棄，竟然付諸闕如。本書爲了彌補這一方面的缺憾，特請專人負責搜羅相關的材料，經過篩選過濾，編撰成文，逐條納入全書體系之中。質言之，本書非但照顧到傳統與現代的結合，同時也照顧到典雅與俚俗的結合；非但以時空爲經緯，使之彼此縱橫交錯，互相觀照系聯；而且就內容而言，則是雅俗俱收並蓄，等量齊觀，不分軒輊，以成就具體而有用的工具書。直截了當地說，它是一本既有廣度，又有深度，非常活潑而實用的辭典。

談到我們選擇字例、詞例的構想，同樣地費心斟酌，精挑細選，除了四書五經的例子都經過用心經營之外，尚且對詩、詞、曲方面的例子也巧加安排；務必使它眞、善、美兼備，才能瀰漫著陶冶心胸的靈氣，好達到美化人生的效用。同時，本書也兼顧及現代與傳統文化之銜接與融合，可謂熔鑄古今文化、現代科學與文學之美於一爐。基於這種理念，所編纂而成的辭典，非但可提升它優雅的性格，同時也能達成傳播文化和知識的特殊功能。

我們經常慨歎學生國文程度低落，但是試問徒然的哀聲嘆氣，於事何補？有鑑於此，本辭典當仁不讓地肩負起這一艱鉅而神聖的使命。因而，我們就在這方面投下許多前人未嘗下過的工夫，具體地說，那就是我們對字形、音義、詞彙、參考諸多方面，均注入相當分量的時間和精力來從事說文解字、辨析疑難的工作。務必使讀者利用本書時，能很正確而迅速地掌握住每一個字的形體結構、音義要旨以及詞組內容的神髓，含英咀華，沉浸醲郁，期能收到取精用宏，閎中肆外的效果。凡有所疑慮，只要翻查本書，即能豁然貫通，迎刃而解。

像這樣理念既多，工作又繁的浩瀚人類文化工程，我們的工作羣，天天廢寢忘食，不眠不休地把所有的精力和時間都投注於斯，可以說已耗盡了我們的熱忱和耐力，也用盡了我們學養和智慧，經歷了漫漫五年的煎熬，勤奮而努力不懈地工作，終於有了成果呈獻在讀者的面前。雖然，我們不敢誇耀她是十全十美，天衣無縫，但相信她畢竟是我們所提煉出來的心血結晶；雖然，我們不敢自詡她是精雕細琢，鬼斧神工，但相信她已爲我們這一代的辭書樹立了不朽的典範。

然而，這裡所有一切的成就，完全要歸功於兩位靈魂人物：其一是師大周院長一田博士，如果沒有他精心籌劃和完全信任，絕對無法激發出我們的光和熱；其二是五南圖書出版公司楊董事長榮川先生，如果沒有他耐心等待和全力支持，絕對無法讓稚弱的幼苗奇蹟式的開花結果。

自從《國語活用辭典》問世以來，各界的佳評蠭湧而至，像臺大張健教授譽之爲「一罐鮮活的維他命」，新加坡大學辜美高博士認爲她是一部對治學最方便最實用的辭書。甚至城鄉之間的中學老師偶一發現，如獲至寶，馬上購買，典藏秘閱，似乎把她當作教學上的秘密利器，不肯示人。這些事實，確確實實給一個默默耕耘者很大的鼓舞；同時，也給五南圖書出版公司的同仁莫大的激勵！

然而，《國語活用辭典》畢竟是屬於中級的辭書，所收羅的內容翔實豐富而優雅，所引例詞、例句都一一註明出處，許許多多的典故都已詳加說明。至於「參考」方面也已竭盡全力，提供最好、最美、最實用的詮釋。唯獨「解形」一欄，卻是用文言文來寫作，或有未便初學。尤其，她是二十四開擁有二千多頁的體型，對在校生的書包而言，比一個便當盒還要大，實在太佔空間，負擔過於沈重。有鑑於此，給她做適當地「減肥」，當然是我們義不容辭的工作。於是，我們針對學生們的實際需要，動員了所有的人力、物力，全神貫注，努力以赴，把她精簡、濃縮、提煉、陶冶，重新做版面設計，剪裁安排等等，花費了兩年多的歲月，歷經種種挫折和考驗，終於讓她以嶄新的面貌，姣好的體態，優美的內涵呈獻在讀者的面前。

由於，她是以《國語活用辭典》爲藍本，所以她保持了强調實用、活用的一貫作風，在內容上更爲精簡扼要；同時，全書一律都用淺顯流暢的白話文來寫作，文氣貫串，體例一致，圖文並茂，美不勝收。於是，讓讀者翻閱起來能夠得心應手，一目瞭然，有所疑慮，多能豁然開朗，渙然冰釋。最值得一提的是：我們在「參考」方面又下了最多的工夫，特別爲了醒目起見，把所有的「參考欄」全部提行頂格排印，非但眉目清楚，檢索容易，而且突顯了她那引人入勝的魅力。基於這許多理由，所以我們把這本精華版的辭書命名爲《簡明活用辭典》。

今天從《國語活用辭典》所鍛煉出來的精華本即將問世，楊先生要我寫幾句話，雖經禮辭再三，而始終不獲卸命，只好將一個小園丁的心聲和理念略作敍述，以誌其緣由。至於精華本的內容和風格，則有待讀者去品評，去領略，在此毋庸再多作辭費了。

最後，謹將這一份成果獻給曾經參與過這本辭典工作的所有同仁以及那些曾經關懷過本辭典的友人，好讓大家來共同分享；同時，也要向那些曾對本詞典鞭策有加的讀者表示由衷的感激和十二萬分的謝忱！

邱德修

中華民國七十七年歲次戊辰冬至

謹序于萬盛小築之萬卷樓

本辭典的十大特點

一、**內容豐富**：本書包括解形、音義、詞彙、參考四大部分。解形是剖析文字的結構、六書的歸類，並論及其初形本義；音義爲標注標準國語注音和說解文字的涵義，依據字的詞性而用心安排，詳加解說；詞彙係精挑常用的詞語仔細詮釋，並且舉例來印證它的含義。每一個字在音義、詞彙之後設有「參考」一欄，是用來叮嚀讀者應該注意異同或避免訛寫誤用的園地。

二、**字體標準**：本書所收每一個單字字體，完全依照教育部所頒布的《常用國字標準字體表》、《次常用國字標準字體表》、《罕用字體表》和《異體國字字表》爲準據，字字字體標準，全國一致，方便學習，利於教學。

三、**收字最多**：本書共收常用字四、八三二，次常用字三、〇八六，另外酌收異體、俗體字二、八四五，合計全書共收一〇、七六三字。凡是部頒的《常用國字標準字體表》、《次常用國字標準字體表》、《罕用字體表》和《異體國字字表》四書所收重要的字體都已一一輯入，收字豐碩衆多，方便檢索查閱，一卷在握，有如名師在側，所有疑難，自可渙然冰釋，迎刃而解。

四、篩選語彙：本書所收羅的語彙都有根據。它是依據部頒各級學校教科書及四十年來報章、雜誌、書籍所常見的語彙，並參照臺灣大學心理學系教授劉英茂博士編著《常用中文詞的出現次數》一書的統計分析，然後作科學化的詞彙篩選所獲得的精華，收詞既豐富又實用，內容非但精審而且翔實。

五、新詞新義：目前社會上、學校裡所常見的流行語、習慣語、外來語以及新生語，凡是已經約定俗成，為大家所公認共識的，大多已網羅收入，成為一般辭典所沒有的「新詞」。至於原有的舊詞，而被今人賦予「新義」的情況，本書也不會忽略，並詳加解說，以符合時代需要，用能溝通大家的意思。這些都是屬於本書的特色。

六、探索字源：大家都知道中國文字是形義密合，依形寓誼的。所以本書特別寫印小篆，以供辨認字源；註明六書，提供說解參考；剖析字形，精確掌握本義；此外，還詳細敘述字義的衍變，引申、假借二義之分別，使讀者輕易地瞭解字義的來龍去脈，確實把握每一個字的初形本義。

七、講究活用：優良的辭典非但是一位好老師，而且也是一個好朋友；老師告訴我們認字的原理原則，朋友提示我們活用的概念和範圍。本書就是您的良師和益友，它除了羅列字首詞（例如：亂世、亂流、亂臣賊子，……）之外，並且安排了字尾衍生詞（例如：紊亂、戰亂、兵荒馬亂，……），好讓讀者能開拓詞彙的另一片新領域。如有實際需要，我們在正音解義之外，還特別設立「參考」欄，詳列反義詞、同義詞、衍生詞（例如：標準時、標準化、標準子午線），盡量擴大讀者的字詞空間，豐富了詞彙的內涵。一旦遇到艱深難懂的字詞，我們就會列舉優美的例句，幫助瞭解。至於在作文或口語使用上有須特別留意的字詞（例如：「徐娘半老」、「音容宛在」之類），也都是不嫌辭費，詳細說明，苦心叮嚀，務必達到讓讀者能夠充分活用字詞，正確使用字詞，爲我們的終極目標。

八、**辨詞析義**：本書所收字詞，除了闡述本義、用義之外，並且根據實際需要將那些形似義近的字詞作一番比較，一方面分辨它們的異同，一方面詳述它們的用法，使讀者能確實掌握，以避免因混淆不清而寫訛用錯。就詞彙而言，除了詮釋該詞整體的意思之外，尤其對詞中的生僻字、隱喻字，都會一一再加以注解；如果是成語的話，就敍述它所以產生的典故，或是標明該詞語意衍生的本源，或是語句所從出的依據。如碰到外來語時，就會在該詞的下面註明原文，以資對照，方便查考。

九、**附圖輔義**：凡是具體的形物，不容易用文字來解說清楚的，一定會盡量採用附圖說義的方式，提供圖形，藉著圖文並茂，好讓讀者「按圖索義」，自可一目瞭然，豁然開朗。

十、容易翻檢：本書精心而巧妙的設計，容易翻檢查出您所需要的字詞。例如：每一個單字的字頭上都標註了該字減去部首筆畫以外的筆畫數，又在詞彙上也註明了該語彙第二個字的筆畫數。這些突破傳統辭書的設計，都是爲了方便讀者檢索本書而做的。本書除了前後兩扉頁備有「部首名稱及索引」及在部首下標音可供利用外，並在文末附有「難字筆畫索引」、「注音符號索引」兩種，以供利用。所以當讀者檢索本書時，當可享受左右逢源的快樂和得心應手之情趣。

精審，行文講究扼要，基於這個理念，凡是例詞、例句都不標明出處。如果要求更進一步的瞭解，可參考本公司所出版的《國語活用辭典》一書。

二、單字處理

每一單字，分成字頭、解形、音義、參考等四個要項，謹在此逐條敍列，力求其完整性及統一性：

㈠字頭：

1.單字，先按二一四部首排列，每一部首所統領的字再按部首外之筆畫數序列，並用阿拉伯數字明示於每一個單字的右上角，以方便讀者查閱。（範例①）

2.每一個單字都是依據教育部頒訂之《常用國字標準字體表》、《次常用國字標準字體表》，分別標示㊗㊡的縮寫符號在它的左上角，好說明該字所使用的頻度及其類別。（範例②）

3.本書所收單字字頭的字體、部首、筆畫數，完全是以教育部頒布的標準國字字體爲準據；惟限於國內排版設備未能全部更新，因而內文用字仍沿襲傳統印刷字體。（範例③）

㈡解形：在字頭下設有「解形」一欄，首先列舉小篆字形，並根據《說文解字》的說解，簡要地說

明字形的結構及其六書的分類，以說明文字構造的由來，以及字義衍生遞變之經過。（範例④）

㈢音義：每一個單字在「解形」之後，設有「音義」欄，其內容大要如左：

1.每字一律標注標準國音，完全以教育部編《重編國語辭典》為準據。（範例⑤）

2.為了節省篇幅，每字之音讀不另列「羅馬拼音」，惟為方便讀者譯事起見，特在書後附列《國語注音符號第二式》，以供參考。（詳附錄㈠）

3.如果一字數義，且夫詞性多種的話，就按照名詞、代名詞、動詞、形容詞、副詞、介詞、連詞、助詞、歎詞的順序來排列，分別用名、代、動、形、副、介、連、助、歎等縮寫符號來表示。（範例⑥）

4.解析字義是以朱駿聲的《說文通訓定聲》及阮元的《經籍纂詁》為依據，選擇常用字義以為詮釋的對象，並簡略地引用現代詞彙或常見文句做為例子。必要時，也徵引原文，供作印證之用。（範例⑦）

5.如遇到一字數音而音義殊別的例子，就以音為綱目，另行起排，並且解義隨音附列，以清眉目。至於音異而義同的例子，則以「又讀」、「又音」的方式，附入「參考」欄，以備檢索。

6. 如一字多音多義的話，首先羅列本音、本義，其次才列出引申義，至於假借義則殿後排列。

7. 除了文字敍述之外，如須藉助圖像的話，就會盡量將相關的圖像置入適當位置，好結合形物與字義，來幫助讀者對該字詞的了解。

㈣參考：「音義」之後，視實際需要附列「參考」一欄，凡是同義字、反義字、孳乳字及在形、音、義上容易產生混淆的字詞，都加以辨析，分別標示同、反、孳等縮寫符號來表示。這是本書所獨有的特色，敬請讀者善加利用。（範例⑧⑨⑩⑪）

範例

④說明字形結構及六書分類
③標準字體
①除部首外之筆畫數
②表常用字
⑤標注國音
⑥註明詞性

賞 常 8

形解 形聲；從貝，尙聲。尙有增加的意思，所以加賜有功爲賞。

音義 ㄕㄤˇ 名 ①嘉獎；例先濟者有賞。②賞賜或獎賞的東西；例領賞。③姓。動 ①用財物賜贈予人；例賞賜。②欣賞；例恨無知音賞。③稱讚；例善則賞之。④獎勵；例賞善罰惡。

⑩孳乳字
⑨反義字
⑧同義字
⑪辨析形音義易生混淆之字
⑦例詞或例句

參考 ①「賞」與「償」形類而音義各不同：「賞」，音ㄕㄤˇ，有獎勵的意思；「償」，讀ㄔㄤˊ，有抵當、歸還的意思。②同欣，悅，喜，獎。③反罰。④孳償。

三、詞語處理

㈠詞語按第二字之筆畫順序，並在初見的詞彙上，用阿拉伯數字加注筆畫數，好方便讀者檢索之用。例如：

4機心 ㄐㄧ ㄒㄧㄣ 深沉權變的心計。

㈡每條詞語均加注標準國音，完全以教育部頒訂的《重編國語辭典》為準據。

㈢本書所收錄專門術語，依類區分為二十八項，分別冠以㊂、㊁、㊃……縮寫標誌來表示（詳編輯凡例八：「專用術語簡稱表一」），以為識別。例如：

4客戶 ㄎㄜˋ ㄏㄨˋ ㊕營利事業的機關行號稱彼此往來的顧客。

㈣本書所收外國人名、地名、書名、學術名詞及外來語等，悉附原文，方便讀者參照。例如：

10加拿大 ㄐㄧㄚ ㄋㄚˊ ㄉㄚˋ ㊞（Canada）在北美洲大陸北半部的國家，面積九、九七六、〇〇〇平方公里，首都渥太華（Ottawa）。

㈤詞語含有多義的話，就用㈠、㈡、㈢的符號來加以區分，每一詞義首先列出本義，其次列出引中義，最後是通假義。例如：

4 **導火線** ㄉㄠˋ ㄏㄨㄛˇ ㄒㄧㄢˋ ㈠引爆雷管或黑色火藥的引信。㈡直接引起事件發生的近因。

㈥詞義解釋之後所列舉的例詞、例句，盡量採錄部頒現行各級學校教科書中的原文，彼此參照，藉收實用、活用的效果。例如：

5 **盲目** ㄇㄤˊ ㄇㄨˋ 眼睛看不見東西。比喻認識不清或沒有主見。

㊀例盲目行動。

㈦詞語中之生僻字、隱喻字、都逐一加註，藉此說明詞語整體意義的來由。例如：

4 **杯水車薪** ㄅㄟ ㄕㄨㄟˇ ㄐㄩ ㄒㄧㄣ 比喻無濟於事。杯水：比喻其分量之小；車薪：指火勢之大。薪，柴草。

㈧成語除了詮釋全詞的涵義之外，並徵引其所由生的典故，或明示語意之有所本，或標舉語句之所從出。例如：

3 **杯弓蛇影** ㄅㄟ ㄍㄨㄥ ㄕㄜˊ ㄧㄥˇ 比喻疑神疑鬼，枉自驚慌。晉書上記載：樂廣有一次請客吃飯，掛在牆上的弓影投照在酒杯裡，有個客人以爲是蛇，回家就生病了。也作「蛇影杯弓」。

㈨每一詞語之下，如有同義詞、反義詞、衍生詞及類似詞等等，都會盡量收入，列爲「參考」欄，期能達到比較觀摩的效果，舉一反三之功用。例如：

1.同義詞：意義與該詞語相似或用法相同的詞語，以同的縮寫來表示。例如：

5 **左右爲難** ㄗㄨㄛˇ ㄧㄡˋ ㄨㄟˊ ㄋㄢˊ 受牽制，不得自由。亦作「左右兩難」。

參考 同 進退維谷、進退兩難。

2.反義詞：意義與該詞語相反或用法彼此懸殊的語詞，以反的縮寫來表示。例如：

11 **東張西望** ㄉㄨㄥ ㄓㄤ ㄒㄧ ㄨㄤˋ 向各方觀看的意思。

參考 反 目不斜視。

3.衍生詞：由該詞語爲基因所衍生出來的新詞，爲本欄詞彙所未收入者，都加以網羅，放置在「參考」欄內，以衍的縮寫來表示。例如：

14 **尖酸** ㄐㄧㄢ ㄙㄨㄢ 語言刻薄。

參考 ①同刻薄。②衍尖酸刻薄。

4.辨析：近似而實異的詞語，或容易誤用、混用之詞語，本書詳加辨析，說明正確的用法。例如：

[4]十分 ㄕˊ ㄈㄣ ㈠充足圓滿。㈡非常。例十分暢快。㈢十分法的最多分數。

參考「十分」、「非常」有別：①「非常」可以重疊；「十分」不能，例非常非常精彩。②「十分」前可用「不」，表示程度較低；「非常」不能，例不十分好。③「非常」也是形容詞，例非常時期；「十分」不能這樣使用。

[6]履行 ㄌㄩˇ ㄒㄧㄥˊ 實踐自己應該做的事。如：履行諾言，履行義務。

參考「履行」和「執行」都是動詞，都表示實際去做。但「履行」多發自意願，對象是契約、義務、諾言等而言；「執行」則受上級或公衆命令、託付，對象是政策、法令、任務等而言。

以上所說是本書所獨有的特色，敬請讀者善加利用。

四、字尾衍生詞

㈠所謂字尾衍生詞，就是將該單字倒置於詞末所構成的新詞，本書竭盡所能，盡量收錄，藉以擴充詞彙空間，使讀者可以瞭解字義的深度及其廣度。這是本書所獨有的特色，敬請讀者善加利用。

㈡字尾衍生詞是置於每一單字之最後，用▽符號來表示。例如：

▽自我、小我、大我、唯我、物我、忘我、無我、人我、舍我、依然故我、盡其在我。

五、查　法

㈠本書採用部首查字法，同一部首所含括的字，再按筆畫數依序排列，爲便利依音查義及解決部首筆畫數翻查的困難，在書後附有「難字筆畫索引」及「注音符號索引」兩種，以供檢索之用。

㈡本書所收詞語，完全依第二字筆畫數的多寡次第排列，秩序井然，條理清楚，方便查索。

㈢本書所列部首名稱，在該部首之前全部加注國語注音符號，以便初學，亦利教學。

六、附　錄

全書除扉頁前後附有「部首名稱及索引」，並於書末附有「難字筆畫索引」及「注音符號索引」，方便讀者檢索利用之外，另外附有附錄九種：㈠國語注音符號第二式、㈡標點符號用法、㈢常用量詞表、㈣中國歷代系統表、㈤書信用語表、㈥中外度量衡換算表、㈦世界時刻對照表、㈧黃金重量換算表、㈨土地坪數換算表。

七、符號說明

常：常用字	次：次常用字	例：例句或例詞	同：同義字或詞
反：反義字或詞	孳：孳乳字	衍：衍生詞	名：名詞
代：代名詞	動：動詞	形：形容詞	副：副詞

介：介詞　連：連詞　助：助詞　歎：歎詞

▽：字尾衍生詞

八、專用術語簡稱表

哲—哲學	宗—宗教	動—動物	植—植物
礦—礦物	天—天文學	農—農業	醫—醫學
數—數學	理—物理	化—化學	商—商業
工—工業	書—書名	法—法律	軍—軍事
教—教育	經—經濟	政—政治	人—人名
地—地理	史—史學	文—文學	外—外來語
俚—俚俗語	方—方言	藝—藝術	音—音樂

怎樣閱讀本辭典的「解形」欄

「解形」的意思，就是專門解剖字形的結構，及其所以作如此結構的涵意。這是本書的一大創舉，爲國內其他類似的工具書所沒有的。爲了方便讀者使用起見，特別開闢這個專欄，深入淺出地提供有關解形方面最基本的知識，或可藉此提升文字學的水準，普及識字解文之能力，想是大家所樂意看到的。由於這是新的嘗試，恐有不周到的地方，還要請學者專家不吝指正是幸。

一、**象形**：東漢的大儒許慎給它下的定義是：「象形者，畫成其物，隨體詰詘」；它的意思是：將所要象形的對象，按照它的形狀隨著形體的形態彎彎曲曲地描摹出來就行了。這裡所說的「物」是必須具體地存在，可以用眼睛看得見的東西，例如：天空上的「太陽」和「月亮」，就是人人可以「目視」的東西，所以造字的聖人就把「日」畫作「☉」的形狀，就把「月」畫作「☽」的形狀。同時，太陽常圓，所以字體就畫作圓形；而月亮常缺，所以字體就畫成半缺形。這種方法就是「隨體詰詘」的意思。

二、**指事**：東漢的大儒許慎給它下的定義是：「指事者，視而可識，察而見意」；它的意思是：

將所要指事的對象造出字來，必須要讓人一眼望去立即可以認得，進一步仔細地體察也就可以瞭解它的涵義。這裡所說的「視」是指直覺地、自然地看過；「察」是說用心地觀察，仔細地體會的意思。例如：「二」（上）、「二」（下）是人類最基本的兩種概念，造字的聖人用「一」為界限，來表示某物在它的上面，就造成了「二」（上）字；又用「一」為界限，來表示某物在它的下面，就造成「二」（下）字。至於「上」、「下」二義，是屬於抽象的概念，認字的人必須先透過直覺，自然的「視」來認知，然後再透過「察」的工夫來體認，才會眞正了解「上」、「下」二字的正確涵意。

三、會意：東漢的大儒許慎給它下的定義是：「會意者，比類合誼，目見指撝」；它的意思是：比合義類相近的文字的最基本單位，使它們聚集在一起，用來表現它所偏向的意思，而產生原「文」以外的新涵義。這裡所說的「類」是義類相近或相似的文；「誼」是「意義」的本字（有關「本字」的解釋詳後），「義」卻是「意誼」的假借字（有關「假借字」的解釋詳後）；「指撝」就是「指麾」，也就是今天大家所說的「指向」。不論是前面所說的「偏向」也好，或是這裡所說的「指向」也好，都是含有「約定俗成」、為大家所「公認」的意思。例如諺語中有「『止』『戈』為『武』」的理念，所以造字的聖人，就將「止」旁的文和

「戈」旁的文組合在一起而成就了「武」字。又如諺語中有「『人』『言』爲『信』」的說法，所以造字的聖人，就將「人」旁的文和「言」旁的文相加在一起而成就了「信」字。

四、形聲：東漢的大儒許愼給它下的定義是：「形聲者，目事爲名，取譬相成」；它的意思是：將指事的文或是象形的文作爲表達事物類義的偏旁（形符），然後再將語言中象該事物聲音的偏旁（聲符），彼此組合在一起而成就了形聲字。這裡所說的「事」是廣義的，它包括可見的，可以象形的「形」；和不可見的，只可以指事和意會的「事」。更具體地說，充作形符的，可以是「象形」之「文」，也可以是「指事」之「文」，完全不受限制。「名」就是「字」的古稱，古人叫「字」爲「名」，到了漢代才將「名」用「字」來取代。「譬」就是「譬諭」，語言中的聲音是抽象的，看不見的，不可捉摸的，如今用文字中讀音相同的、具體的「文」來表達它的方法，就是「取譬」的意思。例如：長江、黃河，古人只單稱作「江」和「河」，如果用象形，卻是畫成巛的樣子，無法分別出那條水是「江」，那條水是「河」；如果用指事，却是指成巛（州）的樣子，也無法區分出那裡是「江」，那裡是「河」；至於用會意更是無法會出「江」和「河」的字形來。所以聰明的古人就發明了「目事爲名」的形符，因爲「江」和「河」都與「水」有關，所以就取「氵」（水）的偏旁來表示它的義類是屬於「水」；然後，由於「江」水深而廣，當它流動的時候就會發出「工！工！工！」的聲音，所以就在許多「文字」中選取它與江水流聲相同的「工」字充當作它的聲符。於是用形符的「氵」和聲符的「工」兩文組合而成的「江」字，就完成了表示「長江」的「江」之形聲字。同理，由於河的水是闊而淺，當它流動的時候就會發出「可！可！可！」的聲音，所以就在許多「文字」中選取它與河水流聲相同的「可」字充當作它的聲符。於是用形符的「氵」和聲符的「可」兩文組合而成的「河」字，也就成了表示「黃河」的「河」之形聲字。

五、假借：東漢的大儒許愼給它下的定義是：「假借者，本無其字，依聲託事」；它的意思是：在象形、指事、會意方面無法造字，以供語言使用，但在語言表達上卻有那個音義的時候，就拿現有與語言同音的字來替代它，好讓語言上的那個音義也有字形可供使役。這是使有限的文字供作無窮的語言使用的權宜措施。如此一來，凡是事物、語言上沒有文字可供使役的，正因爲有了假借的緣故，而後都有所寄託，都有文字可以使用了。這裏所說的「聲」是包括文字的聲音和語言的聲音兩種。「事」是指事物、語言上的音義。簡單地說，透過文字上的聲音和語言上的聲音相同（或相近）的關係，將現有文字的形體借給無法用象、事、意三種造字方法造字的語言來使用，使語言中的音義，也有了實際的文字可供使役了。我國的語言是屬於單音節的體系，所以同音的語言比其他國家多，因而給假借提供了良好的環境。例如：「來往」的「來」原本是「麥子」的「麥」的象形，假借作語言中只有音義的「來往」的「來」，於是語言中「來往」的「來」就有字可用了；又如：「其雨，其不雨」的「其」原本是「畚箕」的「箕」的象形，假借作語言中只有音義的「其雨，其不雨」的「其」，於是語言中的「其」就有字可用了。如此一來，語言上只有音義的「來往」的「來」，「其雨」、「其不雨」的「其」都有文字可供使役了。像這些用同音字來替代同音語言的方法就是假借。

六、甲骨文：它是寫刻在龜甲和獸骨上的古文字。大批的甲骨文是在河南安陽小屯村殷墟出土的。它是商代後期（自商王盤庚遷都於殷，直到紂王失國，共有八代十二王，歷經二百七十三年的時間）字體及史料的代表作。到目前為止，出土的有字甲骨已超過十萬片以上，著錄成書公布於世的也有五萬片之譜。甲骨文所記載的內容非常豐富而複雜，主要是關於商王朝祭祀、天時、年成、征伐、王事等方面的占卜記錄。就中國文字發展史而言，甲骨文已是具有比較嚴密規律的文字體系。單字數目在四千五百左右，已能完整地、全面地、流暢地記錄當時的語言。直到目前，已可認識的文字還不到三分之一，無法確認的字大多數是屬於族名、人名或地名。此外，值得一提的是周原甲骨。民國六十二年，在陝西岐山周原遺址發現了大量周人所寫刻的甲骨文，大大開拓了我們在古文字方面的視野。這批珍貴甲骨文的時代包括武王克商前後兩個時期，特點是字跡細小，甚至有的小如粟米，必須使用放大鏡才能看得清楚。就目前已發表的材料看來，周原甲骨與殷墟甲骨是同一系統的文字。它是很值得我們去做研究的新對象。

七、金文：我國古代稱呼「銅」（Cu）爲「金」，「金文」就是各種青銅器上或鑄或刻的文字；至於形成篇章的文辭就叫它做「青銅器銘文」或省稱作「銘文」。這裡所說的「青銅器」包括了禮樂器、兵器和生活用具等，其中又以禮樂器中的「鐘」和「鼎」最富代表性，「鐘鳴鼎食」一語，正是當時貴族奢侈豪華生活的寫照；所以過去也有人把「金文」叫做「鐘鼎文」。但這個名稱過於狹隘，不能概括所有青銅器上的文字，近數十年來，人們已習慣用「金文」一詞。就目力所及，出土的先秦青銅器，鑄刻有銘文的，約有一萬件以上。考證它的時代，從商朝一直到戰國都有。金文單字，根據容庚教授《金文編》（一九八五年版）所著錄的總共有三、七七一字，其中已考定可識的有二、四二〇字，尚待考定不能確認的有

一、三五一字。金文延續的時間很長（約有一千三百年），但長篇而富有價值的銘文主要是屬於西周和春秋時代的。仔細考察這期間的金文，形體構造大體上還是具有一致性、代表性；因此，一般的文字學者把金文充當西周和春秋時代通用字體的代表作。由於金文受學者重視的程度較甲骨文爲低，所以還有許多處女地有待大家努力去開發。

八、甲金文：「甲骨文」和「金文」的合稱。

九、古文：「古文」一詞含有廣狹二義。廣義的「古文」是指小篆以前所有的古文字，商代周初的甲骨、商周的金文都該包括在內；而狹義的「古文」則是僅指漢代古文經學家所發現的古文經書上的文字。它保存在《說文解字》和《魏三體石經》之中。本書是採用狹義的「古文界說」，例如：本書七一頁B欄的「『㐰』，信的古文」，就是指古文經書上的文字，屬於許慎所收錄在《說文》裡面的古文。

一〇、小篆：「小篆」是與「大篆」相對而言的。許慎的《說文解字·敘》在提到戰國時代是「言語異聲，文字異形」的紛亂局面之後，說：「秦始皇帝初兼天下，丞相李斯乃奏同之，罷其不與秦文合者。斯作《倉頡篇》，中車府令趙高作《爰歷篇》，太史令胡母敬作《博學篇》，皆取史籀大篆，或頗省改，所謂『小篆』者也。」因此前人以爲小篆是李斯、趙高、胡母敬等人所創作。其實不然，根據過去發現的《秦新郪虎符》和新近出土的《秦杜虎符》三種嬴秦統一天下以前的文物，它們上面所鑄造的文字已是典型的小篆。可見李斯他們只不過是在秦國原有小篆的基礎上，參考了大篆和古文，或頗省改，進行了更進一步的整理而已。小篆的特點，是字形比前代任何一種字體都來得整齊而勻稱，簡單而定型。自從商代到小篆出現以前，文字的形體多是參差不齊而且異體繁多，因人而異，沒有定則；但小篆卻以它平勻的曲線和粗細一致的直線所構成的規整字形來代替了過去大小粗細不一致，變化莫測的形體。更重要的是廢除了衆多繁複的異體字，一般一個字只規定了一種比較簡易的寫法，並加以規格化，使它的偏旁部位固定，從而使小篆成爲古文字中最後也是最進步的一種字體，對統一的中國是具有不可磨滅的貢獻。《說文》和《魏三體石經》是研究小篆必不可少的材料；此外，秦的金石刻辭也保存了不少小篆的字形。至於本書解形欄所列的小篆，就是取材自《說文解字》的。

二、**隸書**：隸書是自小篆演進而來的，根據晉代衞恒《四體書勢》的看法是說：「隸書者，篆之捷也。」又《說文解字·敍》在「自爾秦書有八體」的最後有「隸書」一種，段玉裁《注》說：「所以便於官獄職務也。」這裡不僅指出了隸書與小篆的淵源關係，而且進一步地指出了隸書的特點，那就是由於篆書的快寫疾書就形成了隸書的體式。隸書可分爲「秦隸」和「漢隸」兩個發展階段；「秦隸」或稱「古隸」，「漢隸」或稱「今隸」。

二、篆隸之變：由篆書變成隸書的過程，前人稱它做「篆隸之變」，省稱爲「隸變」。具體說來，篆隸之變有以下幾個特點，值得我們注意：

(1)徹底地線條化、符號化，已不再忠實於原有的形象。小篆爲了追求字形的勻稱、整齊，已逐漸線條化、符號化，但起碼還保留了一定程度的象形意味，而到了隸書，文字已變成純由筆畫組合而成的符號，象形性幾乎已完全喪失。換句話說，想要從隸書找出象物之形的風貌，已是辦不到的事。

(2)偏旁分化、混同，終於沖擊了漢字的結構體系，根本已無法瞭解它們構形的本來面目。

(3)結構簡化。有些分化、混同其實就是簡化的手段，如「粦」字的「米」是由「炎」隸變而來，少了兩筆，這就是簡化；又如「春」、「秦」等字的混同，也是爲了有所簡省而來的。

(4)篆書的一些圓轉不斷的線條大多被改爲方折的斷筆。一個書寫者書寫圓轉的筆畫較慢，書寫方折的筆畫較快，因而隸書的書寫速度大大加快，并形成了「點」、「橫」、「竪」、「撇」、「捺」、「鈎」、「折」等幾種固定的筆勢，爲後來的眞書（即楷書）奠定了厚實的基礎。例如：本書五一頁B欄的「仉」字說：「仉，從反爪，有執持的意思。篆隸之變後改從人几作『仉』。」就是一個很好的例子。它又可以省稱作「隸變」，例如：本書一三六頁D欄的「函」字下說：「函，象箭囊中藏有箭形。隸變作函。」又一六七頁D欄的「勾」字說：「『ㄐ』有纏繞的意思，所以彎曲爲『句』，隸變後寫作『勾』。」這些都是很好的例子。

一三、**隸定**：原指漢代的經學家將古文經書用當時通行的隸書對譯而寫定的工作，其代表作保存在《魏三體石經》。它的上面有古文、小篆、隸書三種字體對譯並列的形式，這是經學家所作「隸定」工作的最好範例。後來凡是碰到古文字用當時通行的文字對譯寫定的現象，也叫做「隸定」，例如今人將甲骨、銅器上的文字用楷書對譯寫定也叫它做「隸定」。例如：本書七四頁D欄的「侵」字下說：「隸定作『侵』後，『侵』字已罕見。」就是一個例子。

一四、**初文**：《說文解字．敍》上說：「依類象形，故謂之文；其後形聲相益，即謂之字。」簡單地說，文包括了象形和指事，字涵括了會意與形聲。凡是自某文孳乳而成的字，則該文就是那些孳乳字的初文。例如：自「侖」可以孳乳爲倫、淪、崙、論、輪……等字，那麼「侖」就是「倫」、「淪」、「崙」、「論」、「輪」的初文。又如本書三一頁A欄提到「主」是

「灶」的初文；三三頁B欄「乍」是「作」的初文；三五頁C欄「也」是「匜」的初文；都是很好的例子。

一五、符號：介於文字之間，但它卻是不成文，不可以用語音讀出來的標幟，我們稱它做「符號」。例如：本書一〇頁B欄「七」字的「丨」是表示從中切斷的符號；一四頁A欄「下」字的「一」是表示東西在「一」之下的符號。一般而言，符號又可分爲「象形符號」和「指事符號」兩種。

一六、本字：含有原始意義或較早的意義的字爲本字，所以用來區別假借字、別字等等而言。例如：穀子熟的本字是「年」，以後才引申演變爲計時的單位詞。一般而言，「本字」是與「借字」相對，借字就是爲假借義所專用的字，例如本書四二頁D欄「亟」是「極」的本字，但「亟」爲假借義「屢次」所專用，於是用「極」來表示極致的意思；事實上，根據《說文》「極」的本義是屋棟的意思，絲毫沒有極致的含義。探本溯源，「亟」才是「極」的本字，後人將「亟」寫作「極」，「極」是借字。

一七、正字：正字與「俗字」相對，正字的意思，是合乎六書規則，有本有源的文字。班固的《漢書・藝文志》曾經提到：「（漢）成帝時，將作大匠李長作《元尚篇》，皆倉頡中正字也」。

由於漢代流行漢隸，俗寫甚多，因而李長根據李斯的《倉頡篇》寫成了《元尚篇》一書提倡正字，好來訂正一般的俗字。例如：本書一七三頁D欄的「匯」字，寫作「匯」是正字，寫成「滙」就是俗字。

一八、**俗字**：俗字與「正字」相對，俗字的意思，是指通俗流行，未必合乎六書規範的文字，為了有別於「正字」，因而稱它作「俗字」。顏之推的《顏氏家訓．雜藝》上說：「晉宋以來，多能書者，所有部帙，楷正可觀，不無俗字，非為大損。」意思是說晉宋以後的書法家雖然可以寫出楷正可觀的法書，但卻不懂得文字結構、六書規則，因而夾雜著許多俗字在裡面。例如：本書八九頁D欄的「做」字，「做」就是「作」的俗字；二〇一頁C欄的「叨」，就是「饕」的俗字。又稱作「俗體」，例如本書一八五頁D欄的「卽」字，它的俗體寫作「即」；又二〇八頁C欄的「吊」字，「吊」就是「弔」的俗體。又可稱「俗體字」，例如本書一八頁C欄的「丐」字，它的本字作「匄」，那末「丐」就是「匄」的俗體字。

一九、**繁簡字**：繁簡字是「繁體字」和「簡體字」的合稱。繁體字是與「簡體字」相對，這裡所說的「繁」和「簡」，是以筆畫數的多少來劃分的。它們之間，雖然有筆畫多寡的不同，但是在音義方面卻是完全相同，在任何情況下都可以彼此互相替代。例如：「脣：唇」；「喫：

吃」；「頫：俯」；「淚：泪」等。其中的「脣」、「喫」、「頫」、「淚」是繁體字，而「唇」、「吃」、「俯」、「泪」是簡體字。本書五六頁C欄的「伕」字，是「夫」的繁體字；八〇頁B欄的「倣」是「仿」的繁體字。又如本書六七頁C欄的「体」是「體」的簡體字。

二〇、**省體字**：將原字結構中省略掉其中某一部分的文字，就是省體字。我們必須注意的是：凡是提到「省體」，它的先決條件必須要有不省的「形」。例如：本書一三一頁D欄的「准」就是「準」的省體，非但省略了「十」，且將「淮」省作「准」，一共省去了三畫；一九六頁C欄的「叢」字原本作「丵」，「聚」聲，結果將「聚」省掉六畫只作「取」，使「叢」字成爲省體字。又稱作「俗省」，如一三一頁C欄的「凜」字，原字作「癝」，俗省作「凜」，是將字的「广」部分省略掉了。

二一、**新造字**：原來沒有的字，爲了適應環境實際的需要而新造出來的文字爲新造字。例如：當佛教傳入我國後，爲了方便佛經的翻譯而有了許多新造字，《金剛經補闕眞言》：「唵呼嚧呼嚧」的「唵」、「嚧」就是屬於新造字。又如當西方文化輸入我國之後，也產生了許多新造字，像「咖啡」、「氪」、「氡」、「氟」等都是很好的例子。本書六二頁D欄的「伽」字也是爲方便記錄梵語和音譯外文而誕生的新造字。

三、後起字：原有本字，因爲被假借義佔用，久假不歸，於是另外造一個字來還其本原，這個另外造的字就是後起字。例如：「杜鵑聲裡斜陽暮」的「暮」字，它的本字是「莫」，从二艸从日，爲日沒艸莽之中就是「暮」的意思。後來，「莫」假借作否定詞，像「莫道人之短，毋說己之長」的「莫」字，成爲否定詞的專用字，於是又在「莫」下再加個「日」作「暮」來還其本原，那麼「暮」就是「莫」的後起字。本書二四三頁B欄的「喂」字，它的本字是「畏」，本來象鬼頭虎爪的形狀，人人見了可怖可怕，後來又在「畏」旁加了一個「口」旁作「喂」；那麼，「喂」就是「畏」的後起字。

三、從某某·從某從某：這是《說文解字》說解會意字的結構之公式，例如：本書三六頁D欄的「亂」字，作「從乙𤔔」，意思是說「亂」字屬於會意的結構，它的構成分子是用「乙」和「𤔔」二文組合而成的，這是「從某某」的例子。又如五〇頁C欄的「介」字，作「從八從人」，意思是說「介」字屬於會意的結構，它的構成分子是由「八」和「人」二文組合而成的。這是「從某從某」的例子。作「從某某」的會意字，在它的構成分子之間，是有等對和平衡的關係；作「從某從某」的會意字，在它的構成分子之間，是有主從和體用的關係。以上是本書承襲自《說文》作爲說解會意字的固定格式。

二四、從某某聲：段玉裁的《說文解字注》說：「凡言从某某聲者，謂於六書爲形聲也。」意思是說，它是說解形聲字的結構之公式，「從某」的「某」是指形聲字的「形符」，表示它的義類之歸屬；「某聲」的「某」是指形聲字的「聲符」，表示它的音讀和涵義。本書五二頁D欄的「仔」字，是「從人，子聲」，這當中的「人」是屬於形符，表示它和「人」有關；「子」是屬於聲符，表示幼弱的涵義。又如二四四頁B欄的「喔」字，是「從口，屋聲」，這當中的「口」是屬於形符，表示它與「口」有關；「屋」是屬於聲符，描摹公鷄啼叫的聲音。以上是本書承襲自《說文》，作爲說解形聲字的固定格式。

二五、所以會某某的意思：這是本書說解會意字時的慣用語，用來表示基於「從某某」或「從某從某」的結構所產生出來的新義。例如：本書一〇六頁D欄的「允」字下說：「儿是人的古文，㠯有用的意思，所以會任賢有信的意思。」又一〇七頁D欄的「兄」字下說：「用口命令，所以會兄長能夠發號施令的意思。」這些都是很好的例子。

二六、某有某某的意思：這是本書說解形聲字的慣用語，所以用來解釋形聲字「從某聲必有某義」的道理。例如：本書二四九頁C欄的「嗛」字下說：「兼有互並包容的意思，所以用口銜物爲嗛」；又二五〇頁A欄的「嗔」字下說：「眞有充實上升的意思，所以氣盛逆上心頭而怒爲嗔」。這些都是很好的例子。

二七、本義：本義就是一個字本來的意思，也可以說是最原始的意思，所以有時候又稱它作「原義」。在古籍中，在辭典裡，我們常常會發現，一個字往往不只具有一個意思，當它具有兩個以上的意義時，其中應該只有一個是本義，另外的一個或一些便應該是引申義或假借義。事實上，不只引申義是由「本義」引申而來的，其他諸如假借義等等，也許或多或少都與本義有著關聯。如果我們能夠掌握住一個字的本義，那末，對於了解它的其他引申、假借等意思，應該是會有相當大的幫助。例如：本書二六頁C欄的「丞」字，它的本義是「拯救」的意思，後來引申爲「輔佐」的意思；又三五頁D欄的「乞」字，它的本義是同「气」，象天上的雲氣形，引申而有仰人鼻息的意思；又如五八頁B欄的「任」字，本義是「保」，引申而有勝任、擔負的意思。簡單地說，本義是一個字原始的意義，有了本義然後才會有引申義，才會有假借義。如果不知道一個字的本義，那就甭想再奢談什麼是引申義，什麼是假借義了。

二八、引申義：引申義就是從本義引申發展出來的新意思。我們可以說，意義的發生是在「形」、

「義」密合所誕生出來的意思，是字的本義；而從本義引申發展而產生的新義，就是該字的引申義了。例如：本書三〇頁B欄的「丸」字下說：「丸，表示人傾側反轉的樣子，引申而有圓轉的意思」；又如：三二頁C欄的「乂」字下說：「乂象剪草刀，引申爲割草的意思。」這些都是很好的例子。

二九、**假借義**：凡是透過「本無其字，依聲託事」的假借；或是透過「本有其字，依聲託事」的假借，所嫁接過來的新義，都是屬於假借義。前面提過，一般說來，語言中音義的數量，實在遠遠超過文字的數量；因此，當人們語言中有某一種聲音，可以表示某一種意義時，卻沒有辦法用象、事、意、聲等造字方法來創造代表這一聲音意義的文字，於是便根據語言中的這個聲音，借一個和它聲音相同的已有現行的文字來替代它，因而將語言中原來所要表達的事物意義寄託在借用的同音而不同義的字形上，這種結果便使該字產生了假借義了。例如：本書二六頁A欄的「且」字，本義是盛肉供祭的「俎」，後來假借爲「而且」的「且」；那末，「且」就含有「而且」的意思，這個意思就是屬於假借義。又如：三五頁C欄的「也」字，本義是古人洗手的禮器，後來假借爲語助詞「之乎者也」的「也」；那末，「也」就含有「之乎者也」語助詞的意思，這個意思就是屬於假借義。一個字被假借義所佔領後，往往會變成約定俗成，爲大家所公認、所默許的事實；一旦變成這樣的事實，往往就很難再恢復它原來的本義，再見到它的盧山眞面目。所以本書特別稱這種現象做「借義專用」，例如六七頁B欄的「余」字下說：「余象㮇柱支撐屋頂形，是『舍』的初文，借爲人稱代名詞後，被『借義專用』，本義已少有人知道。」這就是一個很好的例子。

三〇、**以承本義（承其本義）**：一個字的本義既然被「借義專用」後，往往就很難將它本義再度重現在該字的上面，因爲中國字的特色就是堅持「一字一形一音一義」的原則，爲了鞏固這個原則，往往就會讓該字孳乳出新的字體用來寄託本義，使本義有了新的歸宿。這種現象，本書稱它做「以承本義」或是「承其本義」。例如：本書三九頁D欄的「云」字下說：「云，象雲氣回轉的形狀。云假借爲『說』後，另外創造從雨云聲的『雲』字，以承本義。」五一頁B欄的「以」字下說：「以，象耒耜形。『以』借用爲『介詞』，另造『耜』字，以承本義。」這是用「以承本義」來說解的例子。此外，像本書二六二頁C欄的「四」字下說：「四，象鼻涕流出形。假借爲數目名後，另造『泗』字承其本義。」這是用「承其本義」來說解的例子。

三一、**說文**：《說文解字》的省稱。書名。全書一共有三十卷，是東漢的大儒許愼所撰寫的。該書是以小篆爲主體，共收字九千三百五十三文，另外分別將古文、籀文等錄爲重文得一千一百六十三字，總共分爲五百四十部，推究六書的意義，剖析文字的結構，創立了用部首統系文字的方法，成爲研究文字學的人所必讀的經典之作。到了南唐徐鉉等人於宋雍熙三年（西元九八六年）重新加以校勘補錄成爲定本，這就是世人所稱的「大徐本」。另外，徐鍇根據《說文》寫成《說文繫傳》一共有四十卷，世人稱它做「小徐本」。至於清代，注釋《說文》的專家，有如雨後春筍，隨地而出，其中以段玉裁的《說文解字注》、桂馥的《說文義證》、朱駿聲的《說文通訓定聲》和王筠的《說文釋例》及《句讀》等人的著作爲最傑出，世人推崇他們在這一方面的成就，號稱說文四大家。近人丁福保搜羅萃集了治《說文》的學者總共有二百多家的著作，完成了他的鉅著《說文解字詁林》並《補遺》二書，一共著錄了一千多卷，內容豐富，極便研究，可以說是許學的功臣，士林之彥士了。

【一部】

㊔ 0

一 一 [解][形] 指事；古人記事，以筆畫計數，畫一橫就是代表計數單位的首位。

[音義] 一 [名]①[數]整數的單位；基數的首位。②姓。[代]一部分；㊀只知其一。[形]①單個；㊀一身是膽。③相同；㊀一模一樣。②全；㊀一雞三吃。[副]①概括；㊀一般說來。②偶然；㊀一不留神。③一向；㊀一往情深。④竟；㊀一見鍾情。⑤才；㊀一至如此。

[參考] ①「一」字單用或在一詞一句末尾唸一聲，如：十一，一得一。在四聲字前唸二聲，如：一半，一旦。在一、二、三聲字前唸四聲，如：一天，一點，一等。②「一起」、「一齊」、「一塊兒」有別：「一起」表示在空間上合在一處或在同一地點發生的事情。㊀我們跟你一起走。「一齊」表示時間上同時發生的事情。㊀全場一齊鼓掌。二者一般不能替換使用。「一塊兒」和「一起」用法相同，但「一塊兒」只用於口語，不可用在文言。

1

一一〇 一 一 ㄌㄧㄥˊ [文]電信局報案臺專線，供盜警、交通事故及外僑報案等之用。

一一九 一 一 ㄐㄧㄡˇ [文]電信局火警臺專線，供發生火災時報警使用。

2

一刀 一 ㄉㄠ ㈠計算紙的單位，紙一百張爲一刀。㈡用刀砍削。㊀一刀兩斷。

一刀兩斷 一 ㄉㄠ ㄌㄧㄤˇ ㄉㄨㄢˋ 將東西一刀斬成二段，喻堅決徹底地斷絕關係。

[參考] ①[反]藕斷絲連。②與「斬釘截鐵」有別：前者偏重在切斷關係上；後者著重在決斷果敢，毫不拖泥帶水。

一二 一 ㄦˋ ㈠全體中的小部分。㊀略知一二。㈡少許，些微。㊀「請你方便一二。」

一了百了 一 ㄌㄧㄠˇ ㄅㄞˇ ㄌㄧㄠˇ ㈠事情緊要的部分解決，其他的也就跟著解決了。㈡人一死什麼事都已了結了。㊀不要以爲自殺就能一了百了。

[參考] 與「一死了之」同義，但前者含義較廣泛。

一丁點兒 一 ㄉㄧㄥ ㄉㄧㄢˇ ㄦ 形容很少或很小的東西。

3

一干 一 ㄍㄢ [方]一夥，一批。㊀一干人犯

[參考] [同]一羣。

一工 一 ㄍㄨㄥ 一個工人在一天時間所做的工作量。

一口氣 一 ㄎㄡˇ ㄑㄧˋ ㈠急促而連續。㊀一口氣把河水喝光。㈡指人的呼吸氣息，也用來比喻生命。㊀只要我一口氣在，必不饒他。

[參考] [同]一下子，一會兒。

一小撮 一 ㄒㄧㄠˇ ㄘㄨㄛ 指極小數的。㊀這一小撮人，整天聚在一起，爲非作歹。

[參考] 本詞指人時，含有瞧不起人的意思。

一千零一夜 一 ㄑㄧㄢ ㄌㄧㄥˊ 一 一ㄝˋ 阿拉伯民間故事集，舊譯爲「天方夜譚」。傳說古代東方某國國王，每天要娶一個新婦，次晨就把她殺死，最後輪到宰相的女兒，她就每夜講故事，直到天明，前後共講了一千零一夜，結果感化了國王因而廢止酷刑。這些故事滙集起來就集成了「一千零一夜」。

4

一匹 ㈠一 ㄆㄧˇ 布的單位(今一匹約爲四十碼)。匹，亦作「疋」。㈡一 ㄆㄧ 數馬的單位。

[參考] 「匹」止用於數馬，牛則用「頭」，虎、羊用「隻」。

一切 一 ㄑㄧㄝˋ ㈠全部。㊀一切開銷。㈡一概，一齊。㊀「請一切逐客。」

[參考] ①「一切」、「所有」有別：「一切」只能直接修飾名詞，不能帶「的」；「所有」修飾名詞，可以帶「的」，也可以不帶。㊀所有(的)問題，一切問題。②「一切」指某種事物所包含的全部類別；「所有」著重指一定範圍內某種事物的全部數量。㊀一切困難都不怕(指各種各樣的困難)；

所有的困難都解決了(一指特定的數量)。③「一切」所概括的範圍較廣，「所有」所界定的範圍較窄。

一片 一 ㄆㄧㄢˋ ㈠量詞，指平而薄的東西，一塊稱為一片。例一片瓦，一片樹葉。㈡平面上的一部或一處稱為一片。例一片青草地。㈢聽覺所感受的一陣。例歡笑聲融成一片。㈣一番。例莫辜負她對你的一片情意。㈤語言的一套或一段。例不要相信他的一片謊言。

參考 在語法上用「一套謊言」、「一片謊言」都通；但在修辭而言，「一片謊言」較「一套謊言」為優。

一毛不拔 一 ㄇㄠˊ ㄅㄨˋ ㄅㄚˊ 連一根毛也不肯拔，比喻人極端的吝嗇或自私。毛：毫毛。

參考 反樂善好施，慷慨解囊。

一日千里 一 ㄖˋ ㄑㄧㄢ ㄌㄧˇ ㈠比喻極快的速度。㈡比喻進步神速，有如駿馬，一日可行千里。

一日三秋 一 ㄖˋ ㄙㄢ ㄑㄧㄡ 一天不見，就好像過了三年，形容思念的心情非常深切。秋：代表一年。

一手遮天 一 ㄕㄡˇ ㄓㄜ ㄊㄧㄢ 企圖以一隻手遮瞞天下人的耳目。形容倚仗權勢，玩弄騙術，蒙蔽羣眾。遮：遮蔽。例他行事專斷，企圖一手遮天。

參考 又作「隻手遮天」。

一心 一 ㄒㄧㄣ ㈠同心。例萬眾一心。㈡專心一致。

一心一德 一 ㄒㄧㄣ 一 ㄉㄜˊ 同心合力，團結起來，為一個共同目標而努力。

參考 ①同同心同德。②與「一心一意」有別：前者指為共同目標，大家同心協力團結去做；後者指專心致志，心無旁騖去做某件事。

一心一意 一 ㄒㄧㄣ 一 一ˋ 專心致志而心無旁顧。

參考 見「一心一德」條。

一元論 一 ㄩㄢˊ ㄌㄨㄣˋ 哲主張世界只有一個統一本源的哲學。肯定這本源是精神的，是唯心主義一元論；肯定這本源是物質的，就是唯物主義一元論。

一五一十 一 ㄨˇ 一 ㄕˊ 舊時數銅錢，每五枚一數，叫一畫；數時一五、一十，以五為單位，每一畫一數，故名一五一十。後用以形容報告事情經過，從頭到尾，絲毫沒有遺漏。

參考 本詞只能形容事情，不能用在人方面。

一介不取 一 ㄐㄧㄝˋ ㄅㄨˋ ㄑㄩˇ 像一顆芥子那麼微小的東西，也不隨意亂取；比喻人廉潔不貪得。介：同芥，即小草；一介，乃微小之意。

參考 反貪得無饜。

一孔之見 一 ㄎㄨㄥˇ ㄓ ㄐㄧㄢˋ 從一個小洞隙裏看到的，形容淺薄狹隘而不全的見解。孔：小窟窿、小孔洞。

一木難支 一 ㄇㄨˋ ㄋㄢˊ ㄓ 原指已崩潰的形勢，非一人所能挽救。後用來比喻艱鉅的事業，非一人之力所能勝任。木：建築用的棟柱。例眾擎易舉，一木難支。

參考 又作「獨木難支」。

一文不值 一 ㄨㄣˊ ㄅㄨˋ ㄓˊ 連一文錢的價值也沒有，喻毫無價值。文：古代貨幣最小的單位名。

參考 ①又作「一錢不值」、「不值一錢」。②反價值連城。③本詞形容東西的低賤，含有貶損的意思。

一不做二不休 一 ㄅㄨˋ ㄗㄨㄛˋ ㄦˋ ㄅㄨˋ ㄒㄧㄡ 指事情既然做開了，索性做到底。休：停止。

一分耕耘一分收穫 一 ㄈㄣ ㄍㄥ ㄩㄣˊ 一 ㄈㄣ ㄕㄡ ㄏㄨㄛˋ 指付出一分勞力，就得一分收益。勉勵人勤奮向上不可偷懶。

參考 同種瓜得瓜，種豆得豆。

一世 一 ㄕˋ ㈠一代。三十年為一世。例一世梟雄，一世豪傑。㈡一生。

一代 一 ㄉㄞˋ ㈠父子相承為一代。例上一代、下一代。㈡君主時期，稱每一朝為一代。㈢一時代。例一代文宗，一代梟雄。㈣宗佛家稱人的一生為一代。

一旦 一 ㄉㄢˋ ㈠一天。例「一旦一夕」。㈡忽然有一天。例「一旦豁然貫通」。㈢他日，某日，指假設有這麼一天。例一旦我離開了妳，請不要傷心。

參考 同一朝。

一甲子 一ㄐㄧㄚˇㄗˇ 指六十年，自殷商開始以干支紀日，後來又以干支紀年。十天干與十二地支相配(如甲子、乙丑、丙寅、丁卯…)共六十而成一循環，六十年爲一個「甲子」。

一本正經 一ㄅㄣˇㄓㄥˋㄐㄧㄥ 形容莊重、規矩，非常認眞。

參考 ①見「道貌岸然」條。②本詞有時含有諷刺的意味。

一本萬利 一ㄅㄣˇㄨㄢˋㄌㄧˋ 本指商人花錢少，而獲利大。喻付出極少代價而獲得許多的利益。

參考 商人常用的吉利語。

一本萬殊 一ㄅㄣˇㄨㄢˋㄕㄨ 衆物的差異雖多，但本源卻是相同。本：本源。殊：殊象。

參考 同萬流歸宗。

一目瞭然 一ㄇㄨˋㄌㄧㄠˇㄖㄢˊ 一眼就能看得清清楚楚，比喻極爲清楚明白。瞭：清楚。

參考 ①亦作「一目了然」。②同一望而知。③反窒礙難解。

一目十行 一ㄇㄨˋㄕˊㄏㄤˊ 看一眼就可以記住十行那麼多的字句，形容天資聰穎，看書看得快。行：書中自上而下一排爲一行。

一古腦兒 一ㄍㄨˇㄋㄠˇㄦ 全部，一齊。

一去不返 一ㄑㄩˋㄅㄨˋㄈㄢˇ ㈠指人死。㈡指人離去而不再回來。

一丘之貉 一ㄑㄡㄓㄏㄜˊ 同一土山裡的貉。原是比喻同類，今指皆爲同樣低劣的壞人。丘：小山丘；貉：獸名，形狀像狸，尖頭尖尾。俗名狗獾。

參考 本詞含有貶損的意思，使用時必須斟酌。

一失足成千古恨 一ㄕㄓㄨˊㄔㄥˊㄑㄢㄍㄨˇㄏㄣˋ 僅一次錯誤就會造成終身無法挽救的憾事。失足，本指不小心摔倒，比喻舉止不愼，因而犯了錯誤。千古，比喻時代久遠。

6

一行 ㈠一ㄒㄧㄥˊ 一羣人，指共事或同路行走的人。例代表團一行，昨晚抵達。㈡一ㄒㄧㄥˊ〔人〕(六八三－七二七)唐高僧，鉅鹿人，原姓張名遂，法名一行。深研藏律，跟從善無畏受密宗之傳，爲中國佛教密宗之祖。㈢一ㄏㄤˊ 1.單一的行列。例排成一行。2.泛稱某一行業。例做一行怨一行。3.同一的行業。例他們這一行生意都不錯。

一交 一ㄐㄧㄠ ㈠跌倒一次。例走路跌了一交。㈡到了某一時刻。例一交五更。

一再 一ㄗㄞˋ 一次又一次。再：第二次。例一再犯錯。

一向 一ㄒㄧㄤˋ ㈠連續一段時間；猶「向來」。例他一向都很用功。㈡一會兒；又作「一晌」。

一共 一ㄍㄨㄥˋ ㈠總共。㈡一同。

一同 一ㄊㄨㄥˊ 共同，一齊。

一回 一ㄏㄨㄟˊ ㈠一次。例一回生兩回熟。㈡片刻，一會兒。例等一回。㈢我國章回小說中的一個篇目叫一回。

一回事 一ㄏㄨㄟˊㄕˋ 即一件事。

一死兒 一ㄙㄜˇㄦ 固執、堅持的樣子。例他老是不聽勸告，一死兒的沈迷於賭博。

一字師 一ㄗˋㄕ 改正一個字的老師。唐代詩僧齊已作早梅詩，有「前村深雪裏，昨夜數枝開」的句子，鄭谷改「數枝」作「一枝」。時人稱谷爲一字師。

一字千金 一ㄗˋㄑㄢㄐㄣ 形容文章寫得非常好。

參考 與「一諾千金」不同：諾，是指說話算數，很守信用；「一字千金」則偏重在文章的價值上。

一成不變 一ㄔㄥˊㄅㄨˋㄅㄢˋ 原指刑法一經制定，不可改變。後用以表示固守著舊方式、舊觀念，不懂或不肯靈活運用。變：更改。

參考 ①同墨守成規。②反通權達變。

一帆風順 一ㄈㄢˊㄈㄥㄕㄨㄣˋ ㈠船掛滿了帆，順風行駛。比喻非常順利，沒有阻礙。㈡向出外遠行的人所說的祝福語。

例祝君一帆風順。

一衣帶水 ㄧ ㄧ ㄉㄞˋ ㄕㄨㄟˇ (一)指江流狹長，一水相隔，如同衣帶般的狹窄。比喻雙方離得很近。(二)雖有江河水域相間，但不足成爲阻礙。

一批 ㄧ ㄆㄧ 計算人或物的量詞，指一羣人或一堆貨物。

一抔土 ㄧ ㄆㄡˊ ㄊㄨˇ 一捧黃土。

一把抓 ㄧ ㄅㄚˇ ㄓㄨㄚ 總攬一切權勢。例他不分大小事，總是一把抓。

一技之長 ㄧ ㄐㄧˋ ㄓ ㄔㄤˊ 掌握某種專門的技術，具備某種專長。

一步登天 ㄧ ㄅㄨˋ ㄉㄥ ㄊㄧㄢ 只邁出一步即可登上青天。喻一下子達到很高的地位、境界或程度。登：上。

參考①反一落千丈。②一步登天與「平步青雲」都可比喻一下子很容易達到很高的地位，區別在於：一步登天偏重於「一下子」；平步青雲偏重於「很容易」。③與「飛黃騰達」有別：後者偏重形容人的官職升得快或名成利就得非常迅速。

一見如故 ㄧ ㄐㄧㄢˋ ㄖㄨˊ ㄍㄨˋ 形容人首次見面就如同老朋友一樣，情意篤厚。

參考見「一見鍾情」條。

一見傾心 ㄧ ㄐㄧㄢˋ ㄑㄧㄥ ㄒㄧㄣ 指彼此僅初次見面，便產生好感，就互相愛慕。

參考同一見鍾情，相見恨晚，一見如故。

一見鍾情 ㄧ ㄐㄧㄢˋ ㄓㄨㄥ ㄑㄧㄥˊ 男女初次相見就互相愛慕。鍾：叢聚。

參考與「一見如故」有別：前者專指男女情感，初次見面即有所鍾愛；後者泛指朋友間，初次見面就情誼深厚。

一言九鼎 ㄧ ㄧㄢˊ ㄐㄧㄡˇ ㄉㄧㄥˇ 說話算話，絕不更改。鼎：是古代的重器；九鼎：形容國家重要的禮器，不能任意更移。

一言難盡 ㄧ ㄧㄢˊ ㄋㄢˊ ㄐㄧㄣˋ 不是單單一句話可說得完的，形容所遭遇到的事情（多指不如意的事）曲折多變而不容易詳說。

一言既出駟馬難追 ㄧ ㄧㄢˊ ㄐㄧˋ ㄔㄨ ㄙˋ ㄇㄚˇ ㄋㄢˊ ㄓㄨㄟ 一句話已經說出去就要負責，否則用最快捷的馬車也追不回來。勸人愼言而重然諾。駟：古時一輛車上駕的四匹馬，爲最快速的馬車。

一門 ㄧ ㄇㄣˊ (一)一家。例一門忠烈。一門孤寡。(二)學術上的一科。一門學科。(三)火砲一座。(四)同一老師或學校。例我們同出一門。(五)一派。例江湖上另有一門靠跑單幫爲生的。

一刻 ㄧ ㄎㄜˋ (一)古代分一時爲四刻，每刻爲十五分鐘。(二)比喻極短的時間。例一刻半晌、一刻千金。

一刻千金 ㄧ ㄎㄜˋ ㄑㄧㄢ ㄐㄧㄣ 比喻時光的寶貴。千金：形容一刻的貴重程度。

一倂 ㄧ ㄅㄧㄥˋ 一同。例一倂解決。

一味 ㄧ ㄨㄟˋ (一)副單純地，一個勁兒地。例老師對學生的缺點，不應一味遷就。(二)一種滋味。(三)中醫藥方或道家丹方下一種藥稱一味。

參考①一味作副詞用時，多含有貶損的意味。②同一迷。

一定 ㄧ ㄉㄧㄥˋ (一)必然、必定，表示肯定的語辭。例一定照辦。(二)相當程度。例我們的工作取得一定的成績，前程樂觀。

參考「一定」、「必然」有別：①表示事物、現象發展的必然性，「一定」、「必然」可以通用。例只要努力，一定(必然)可以成功。②表示人的意志、願望或決定，只能用「一定」。例他告訴自己，這一次一定要成功。③表示客觀事物的發展肯定會這樣，只能用「必然」。例商業化的社會裏，人們追求時髦是必然的趨勢。

一宗 ㄧ ㄗㄨㄥ (一)大批相同的物件。例一宗什錦禮盒。(二)一族。例他們這一宗出了很多名人。

一來 ㄧ ㄌㄞˊ (一)一到達。例他一來就罵人。(二)略略動作，行事。例你這麼一來，豈不害了他？(三)幾件事分別先後說明的用語，猶如「第一」、「一則」的意思。例一來天氣熱，二來路遠，所以久未拜訪。

參考本詞只用在口語，文言較少使用。

一直 一ㄓˊ 始終如此。

參考①同一向。②a「一直」、「從來」有別：表示從過去持續到現在時，二者可以通用，但「從來」的語氣更重。例我一直(從來)沒學過法文。b持續的一段時間較短，離現在較近，只能用「一直」。例最近一直很熱。c「從來」用於否定句爲多，用於肯定句較少；「一直」卻無此分別。

一股勁兒 一ㄍㄨˇ ㄐㄧㄣˋ ㄦ 爲做某事而集中精力並能達到極高的效率。

一剎那 一ㄔㄚˋ ㄋㄨㄛˇ 宗比喻極短暫的時間。

一命嗚呼 一ㄇㄧㄥˋ ㄨ ㄏㄨ 即死了，戲稱人的死亡。嗚呼：文言表示極爲悲哀的嘆詞，舊時祭文裡常用它，後便借用來專指死亡。

參考①同一命歸西。②本詞因含有詼諧或嘲諷的意思，寫作比較正式或典雅的文章時少用爲妙。

一長半短 一ㄔㄤˊ ㄅㄢˋ ㄉㄨㄢˇ 意外的事情。

參考同三長兩短。參閱「三長兩短」條。

一板一眼 一ㄅㄢˇ 一ㄧㄢˇ ㈠國樂術語，等於西樂的二拍，前拍稱「板」，後拍稱「眼」，屬於急促的旋律。㈡做事踏實，毫不馬虎。

參考與「一本正經」有別：①前者偏重在形容人所做所爲，有板有眼，毫不含糊；後者著重在形容人的態度莊重、規矩。②前者含有積極面的意思；後者常帶有諷刺的意味。

一拍即合 一ㄆㄞ ㄐㄧˊ ㄏㄜˊ 原指一拍擊就合乎曲子的節奏。比喻人很容易而自然地結合起來。例他們都喜歡投機取巧，兩人臭味相投，一拍即合。

一知半解 一ㄓ ㄅㄢˋ ㄐㄧㄝˇ 形容知道得很少，理解得不深不透徹。「一」、「半」都是修飾「知」、「解」的程度有限。例讀書不可一知半解。

一波三折 一ㄆㄛ ㄙㄢ ㄓㄜˊ 指事情不順利，遭遇許多阻礙。形容波折很多。

一呼百諾 一ㄏㄨ ㄅㄞˇ ㄋㄨㄛˋ 指有錢有勢的人只要呼喚一聲，很多僕役馬上就一起答應。形容威勢顯赫，僕從和奉承的人很多。諾：答應的聲音。

參考同一呼百應。

一往情深 一ㄨㄤˇ ㄑㄧㄥˊ ㄕㄣ 對人或事物感情深厚，一味地嚮往而不能自我克制。

參考反寡情薄義。

一表人才 一ㄅㄧㄠˇ ㄖㄣˊ ㄘㄞˊ 形容人的才智、相貌出衆，不同凡俗。

參考多用來形容男士。

一紀 一ㄐㄧˋ 古稱十二年爲一紀。也有以十年爲一紀的。

一則以喜一則以懼 一ㄗㄜˊ 一ˇ ㄒㄧˇ 一ㄗㄜˊ 一ˇ ㄐㄩˋ 一方面因而感到高興，一方面因而感到害怕。

一面 一ㄇㄧㄢˋ ㈠一方面。例獨當一面。㈡見一次面。例一面之緣。㈢量詞。例一面國旗。㈣指同時兼有兩種動作，既做某一項動作，又從事另一項動作。例他一面讀書，一面工作，終於完成了大學教育。

參考「一面」、「一邊」、「一方面」有別：①「一面」、「一邊」側重表示同時進行的兩種動作。例一面(邊)學，一面(邊)用。②「一方面」側重表示並存的兩個方面，時間可有先後。例一方面增加生產，一方面厲行節約。

一段 一ㄉㄨㄢˋ ㈠文章結構中，全部中可自成段落部份。㈡一件。

參考衍一段佳話、一段春愁。

一律 一ㄌㄩˋ ㈠表數的全部，即完全一樣。例一律平等看待。㈡我國十二律名稱之一。

一度 一ㄉㄨˋ ㈠一次，一回。例一年一度的雙十國慶又到了。㈡有過一陣。例初春一度缺雨，影響了春耕。

一哄而散 一ㄏㄨㄥ ㄦˊ ㄙㄢˋ 聲音吵雜，各自散去。

參考①「哄」又作「鬨」、「轟」。②與「抱頭鼠竄」有別：前者指大家哄然一聲，各自散去；後者指被人打敗，四處亂逃。

一飛沖天 ㄧ ㄈㄟ ㄔㄨㄥ ㄊㄧㄢ 比喻人進步快速，成就驚人。

參考 同 一鳴驚人。

一柱擎天 ㄧ ㄓㄨˋ ㄑㄧㄥˊ ㄊㄧㄢ 像一根柱子支撐著天。比喻特立突出之意。擎：支撐。

一竿子打翻一船人 ㄧ ㄍㄢ ㄗˇ ㄉㄚˇ ㄈㄢ ㄧ ㄔㄨㄢˊ ㄖㄣˊ 比喻只憑著自己偏見，否定了整體的價值或成就。

參考 與「以偏概全」之義相似。

10

一致 ㄧˋ ㄓˋ 相同。

參考 同 一樣。

一陣 ㄧˊ ㄓㄣˋ 形容一段連續的動作。例 一陣風，一陣雨。

一般 ㄧ ㄅㄢ (一)普遍、普通，處在正常情況下。例 一般來說。(二)同樣，一樣。例 她的兩頰如蘋果一般紅潤。(三)平常，沒有特點。例 一般化。(四)〔哲〕哲學上指某類事物的共同性，與「個別」對。

參考 ①反 特殊。②衍 一般法則、一般見識。

一套 ㄧˊ ㄊㄠˋ (一)由組件所組成的物品。例 一套茶具。(二)計算成套組件的單位名稱。例 一套音響。

一個巴掌拍不響 ㄧ ˙ㄍㄜ ㄅㄚ ㄓㄤˇ ㄆㄞ ㄅㄨˋ ㄒㄧㄤˇ 比喻一個人單獨做不出事來。即孤掌難鳴。

一氣呵成 ㄧˊ ㄑㄧˋ ㄏㄜ ㄔㄥˊ (一)連續不斷的將事情一次做成。(二)形容書法或文章結構緊密，頭尾連貫，猶如一口氣完成，毫無間斷。

一席話 ㄧˋ ㄒㄧˊ ㄏㄨㄚˋ 一番話，一片話。例 與君一席話，勝讀十年書。

一晃兒 (一)ㄧ ㄏㄨㄤˇ ㄦ 眼前一現就不見了。例 窗外的人一晃兒就不見了。(二)ㄧ ㄏㄨㄤˋ ㄦ 喻時間的快速。例 一晃兒就十年過去了。

一骨碌 ㄧ ㄍㄨˊ ˙ㄌㄨ 翻身一滾。例 他一骨碌就由臺上跳下來了。

參考 又作「一骨魯」、「一砧碌」。

一級棒 ㄧ ㄐㄧˊ ㄅㄤˋ 〔外〕源自日語，形容最美好的事物。

一紙空文 ㄧ ㄓˇ ㄎㄨㄥ ㄨㄣˊ 空寫在紙上而無法兌現的東西(多指條約、規定、計劃等而言)。

一氧化碳 ㄧ ㄧㄤˇ ㄏㄨㄚˋ ㄊㄢˋ 〔化〕碳的不完全氧化的產物，化學式 CO，無色無臭氣體，有劇毒。燃燒時呈藍色火焰，有與氧混合燃燒易發生爆炸，有還原性。主要用作還原劑及有機合成的原料等。通常所稱的瓦斯(或煤氣)中毒，是由於室內一氧化碳過多所引起。例 一氧化碳中毒。

一針見血 ㄧ ㄓㄣ ㄐㄧㄢˋ ㄒㄧㄝˇ 比喻文章、議論直截了當，切中要害。

參考 ①同 入木三分，一語道破。②反 無的放矢。

一馬當先 ㄧ ㄇㄚˇ ㄉㄤ ㄒㄧㄢ 比喻走在前列，帶動別人或工作。

一脈相傳 ㄧ ㄇㄞˋ ㄒㄧㄤ ㄔㄨㄢˊ 由一個血統或派別世代流傳相互承襲下來。

參考 ①又作「一脈相承」。②「脈」字又音 ㄇㄛˋ。

11

一貫 ㄧ ㄍㄨㄢˋ (一)持續不斷的體系。(二)稱物一串。(三)貫通萬事萬物的道理。(四)古錢的單位，一千錢為一貫。

參考 ①衍 一貫道、一貫作業、一貫原則。②與「一向」有別：前者習慣上用於肯定語氣的句子，指一直貫串下來。後者可用於肯定及否定句，指從來就是如此。

一貫作業 ㄧ ㄍㄨㄢˋ ㄗㄨㄛˋ ㄧㄝˋ 〔工〕由若干臺專用機械排成一固定生產線，能使物件依順序進行傳送、加工、整理，以至成品的自動化作業。

一組 ㄧ ㄗㄨˇ 由兩個以上的人或物所形成的單位。

一隅 ㄧˊ ㄩˊ 四方形中的一角。

參考 常用來形容事情的一方面。

一宿 ㄧ ㄙㄨˋ 住宿一夜。例 就請你在我家暫住一宿吧！

參考 「宿」語音作 ㄒㄧㄡˇ。

一國三公 ㄧ ㄍㄨㄛˊ ㄙㄢ ㄍㄨㄥ 一個國家有三個主持政事的人，比喻事權不統一，令人無所適從。

一貧如洗 ㄧ ㄆㄧㄣˊ ㄖㄨˊ ㄒㄧˇ 形容非常貧窮，像被水沖洗過似的，乾乾淨淨，一無所有。

參考 同 家徒四壁。

一唱一和 一 ㄔㄤˋ 一 ㄏㄜˋ 此唱彼和，比喻互相配合，互相呼應。

一清二白 一 ㄑㄧㄥ ㄦˋ ㄅㄞˊ 指人清清白白而沒有不良紀錄。

參考 與「一窮二白」有別：後者指國家、社會或個人的經濟狀況貧窮窘困，一無所有。

一乾二淨 一 ㄍㄢ ㄦˋ ㄐㄧㄥˋ ㈠形容非常完盡。例他們把菜吃得一乾二淨。㈡比喻毫無牽連、關係。例你倒推得一乾二淨，好像這事與你無關一樣。

一望無際 一 ㄨㄤˋ ㄨˊ ㄐㄧˋ 遼遠廣闊，看不到邊際。形容視線十分廣闊。

參考 同一望無涯，一望無垠。

一掃而光 一 ㄙㄠˇ ㄦˊ ㄍㄨㄤ 清除或消失得迅速而乾淨。

參考 ①同一掃而空②見「一網打盡」條。

一敗塗地 一 ㄅㄞˋ ㄊㄨˊ ㄉㄧˋ 比喻事情是糟到不可收拾的地步。塗地：「肝腦塗地」的省略，形容死得很慘。

參考 同全盤皆輸。

12 **一愣(兒)** 一 ㄌㄥˋ (ㄦ) 吃驚而呆住的樣子。

一等 一 ㄉㄥˇ ㈠一階、一級。例升一等。㈡第一流。例一等人物。㈢一律平等。

一週 一 ㄓㄡ ㈠一個星期。㈡環繞四周一次。

一朝一夕 一 ㄓㄠ 一 ㄒㄧˋ 一日一夜，形容時間極為短促。例羅馬非一朝一夕所能造成的。

一朝天子一朝臣 一 ㄔㄠˊ ㄊㄧㄢ ㄗˇ 一 ㄔㄠˊ ㄔㄣˊ 泛指主事的人更換，從屬也隨著變動。

一飯千金 一 ㄈㄢˋ ㄑㄧㄢ ㄐㄧㄣ ㈠比喻先受恩惠而後加以厚報。漢代韓信少年貧困，在淮陰城下釣魚，有一漂絮的老婦人給他吃了幾十天飯，後來韓信幫助劉邦取得天下，封為楚王，就拿千金報答她。㈡形容飲食的奢豪，一餐飯就花掉千金。

一廂情願 一 ㄒㄧㄤ ㄑㄧㄥˊ ㄩㄢˋ 只從自己主觀願望出發，不考慮另一方面是否願意或客觀條件是否允許。廂：方面。

一絲一毫 一 ㄙ 一 ㄏㄠˊ 比喻非常細微，一點點的意思。絲：細絲；毫：秋毫，都是微細之物。

一絲不苟 一 ㄙ ㄅㄨˋ ㄍㄡˇ 形容人做事十分認眞、細緻，一點兒也不馬虎。苟：苟且、馬虎。例他做事有板有眼，一絲不苟。

參考 反因循苟且、馬馬虎虎、敷衍塞責。

一筆 一 ㄅㄧˇ 計算金錢賬目的單位。

一筆勾消 一 ㄅㄧˇ ㄍㄡ ㄒㄧㄠ 將過去的事情或帳目，全部作罷或作廢。比喻全部抹掉，統統不算了。勾消：取消。

參考 ①又作「一筆勾銷」。②與「一筆抹煞」都有全部銷去之意，但所指對象有別，前者多指利益、糾紛、捐雜、成分、爭論、賬務等的被取消。後者多指作用、貢獻、成績、優點等的被否定。

一無是處 一 ㄨˊ ㄕˋ ㄔㄨˋ 沒有一點值得一提或稱讚的地方，意即沒有什麼優點。

參考 ①同一無可取。②反十全十美。③本詞含有貶損的意思。

一視同仁 一 ㄕˋ ㄊㄨㄥˊ ㄖㄣˊ 平等相待，沒有絲毫的差別。同仁；指相同的愛心。

參考 反厚此薄彼。

一勞永逸 一 ㄌㄠˊ ㄩㄥˇ 一ˋ 勞苦一次或一段期間便可以獲得永遠的安適。逸：安樂、安適。

參考 反苟安一時。

13 **一鼓作氣** 一 ㄍㄨˇ ㄗㄨㄛˋ ㄑㄧˋ 形容開始的時候氣勢甚盛，精神興奮，奮力的將它一次完成。鼓：指戰鼓，古代敵我雙方交戰時，敲擊促使戰士前進的樂器。

參考 同奮力一擊。

一幕 一 ㄇㄨˋ 戲劇中每開幕到落幕一次叫做一幕。例剛才那一幕戲眞是感人極了。

一概 一 ㄍㄞˋ ㈠相同，全部。例「萬方聲一概。」㈡一切、一律。例一概而論。

參考 一作「一槩」。

一會兒 一 ㄏㄨㄟˇ ㄦ 喻極短的時間。

一溜烟 一 ㄌㄧㄡ 一ㄢ 形容飛快的速度有如一縷輕烟般。

參考 同一溜子、一溜風。

一意孤行 ㄧˋ ㄧˋ ㄍㄨ ㄒㄧㄥˊ ㈠不顧別人的反對，固執己見，按照個人的想法去做。

一塌糊塗 ㄧ ㄊㄚ ㄏㄨˊ ㄊㄨˊ ㈠紊亂糊塗，以致不可收拾。塌：下陷。例他的房間亂得一塌糊塗。㈡比喻事情弄成一敗塗地。例他考得一塌糊塗。

參考 與「亂七八糟」有別：前者形容情況已糟到不可收拾的地步；後者雖是亂糟糟的，卻尚有挽救的機會。

一落千丈 ㄧ ㄌㄨㄛˋ ㄑㄧㄢ ㄓㄤˋ ㈠形容退步得很厲害。㈡比喻驟然失勢或失敗。

參考 ①同江河日下。②反扶搖直上。③與「一瀉千里」有別：前者多形容數量、地位、聲望、成績、勢力等的急劇下降；後者原是形容江河奔流直下，又快又遠，喻文筆氣勢奔放或事情急劇地持續下降。

一新耳目 ㄧ ㄒㄧㄣ ㄦˇ ㄇㄨˋ ㈠將舊有的景象完全更新，使人有愉快的感覺。㈡形容所見所聞和以前完全不同。

參考 亦作「耳目一新」。

一葉知秋 ㄧ ㄧㄝˋ ㄓ ㄑㄧㄡ ㈠看見一片落葉，就知道秋天將到。㈡比喻由某些細微的迹象，就能預料到事物的發展趨向和變化。

參考 同見微知著。

14 一團和氣 ㄧ ㄊㄨㄢˊ ㄏㄜˊ ㄑㄧˋ 形容相處的氣氛和諧或人的態度和藹可親。

一齊 ㄧ ㄑㄧˊ ㈠一同。例一齊下手。㈡完全。例一齊吩咐與東風。㈢齊治。例一齊天下。

參考 與「一起」同樣可表示一同、一塊兒的意思，作副詞放在動詞前時可互通，如「一齊來」、「一起來」；但「一起」還可放在動詞後修飾動詞，如「咱們湊在一起聊聊」，「一齊」則無此種用法。

一鳴驚人 ㄧ ㄇㄧㄥˊ ㄐㄧㄥ ㄖㄣˊ ㈠指人初試身手，便已不同凡響。㈡比喻人平時沒有特殊的表現，一下子作出驚人的事情。

一語中的 ㄧ ㄩˇ ㄓㄨㄥˋ ㄉㄧˋ 一句話就說中了事情的重心。的：箭靶的中心。例他一語中的，馬上說出我心裏想說的話。

參考 ①與「一語道破」都指說話說中重點，但後者用為說穿他人的秘密或心事時，則不能互用。②又作「一語破的」。

一塵不染 ㄧ ㄔㄣˊ ㄅㄨˋ ㄖㄢˇ ㈠宗佛家語，指六根清靜，完全不為塵俗所沾染。㈡形容十分乾淨。

參考 與「一乾二淨」有別：前者多形容地方乾淨或不受壞風氣、環境等影響。後者形容一點兒也不剩，也指事情與自己毫不相干。如：關於這件事情，他推得一乾二淨。

一網打盡 ㄧ ㄨㄤˇ ㄉㄚˇ ㄐㄧㄣˋ 形容網羅細密，盡行捉拿，沒有任何漏逃。

參考 與「一掃而光」都有一下子就徹底除盡之意，但兩者有別：前者多指歹徒、敵人而言，後者適用對象較廣，包括抽象的精神、情緒和實際事物。

一鼻孔出氣 ㄧ ㄅㄧˊ ㄎㄨㄥˇ ㄔㄨ ㄑㄧˋ 指同一立場，利害一致的人說話做事都互相維護，有如用同一個鼻子呼吸般。

參考 同①臭味相投，一丘之貉。②本詞含有貶損的意思，多用在罵人方面，使用時宜多加斟酌。

15 一箭雙鵰 ㄧ ㄐㄧㄢˋ ㄕㄨㄤ ㄉㄧㄠ 一箭同時射中兩隻大鵰。指做一件事，卻得到兩種效果，有「一舉兩得」的意思。鵰：一種凶猛的大飛鳥。

參考 ①同一石兩鳥，一舉雙擒。

一彈指 ㄧ ㄊㄢˊ ㄓˇ 形容極短的時間。例一彈指光陰即匆匆溜過。

一盤散沙 ㄧ ㄆㄢˊ ㄙㄢˇ ㄕㄚ 喻團體中的人精神渙散，不能團結一致。

一髮千鈞 ㄧ ㄈㄚˇ ㄑㄧㄢ ㄐㄩㄣ 一根頭髮吊著千鈞重的東西。喻情況非常危急。鈞：古代重量單位，三十斤為一鈞。

一暴十寒 ㄧ ㄆㄨˋ ㄕˊ ㄏㄢˊ 曬一天，凍十天。比喻做事或學習沒有恒心，曠廢的時候多，勤奮的時候少。暴：同「曝」，指在日光下暴曬；

寒：指寒凍。

一模一樣 一ㄇㄛˊ 一ㄧㄤˋ 指兩個人或兩個物體的外形極為雷同，有如從同一模子倒出來的一般。模：模範，古人鑄造銅器的底樣。

16 **一瘸一拐** 一ㄑㄩㄝˊ 一ㄍㄨㄞˇ 腿有毛病，走起路來一跛一跛的。瘸：腿有毛病不能走。

一諾千金 一ㄋㄨㄛˋ ㄑㄧㄢ ㄐㄧㄣ 答應一句話，具有千金的價值。形容說話算數，很講信用。

參考 ①反言而無信，食言而肥。②見「一字千金」條。

17 **一瞬** 一ㄕㄨㄣˋ 一轉眼間，比喻時間消失迅疾。

參考 ①衍一瞬間。②同一瞥。

一瞥 一ㄆㄧㄝ ㈠才看一眼，比喻時間過得快，影象消失得快。瞥：用眼睛掃瞄一下。㈡一眼看到的概況。例驚鴻一瞥。例花蓮一瞥，匆匆而過。

一聲不響 一ㄕㄥ ㄅㄨˋ ㄒㄧㄤˇ 不說一句話，多用來形容人在生悶氣，一語不發。

一臂之力 一ㄅㄧˋ ㄓ ㄌㄧˋ 一部分的力量。比喻幫助。例請助我一臂之力。

一舉兩得 一ㄐㄩˇ ㄌㄧㄤˇ ㄉㄜˊ 只做一件事，却得到兩種好處。

參考 ①同一箭雙鵰。②反事倍功半。

18 **一擲千金** 一ㄓˋ ㄑㄧㄢ ㄐㄧㄣ 比喻用錢闊綽，毫不吝惜。

參考 又作「千金一擲」。

一竅不通 一ㄑㄧㄠˋ ㄅㄨˋ ㄊㄨㄥ 比喻什麼事都不懂。竅：人體器官的孔道。例我對打橋牌可說是一竅不通。

參考 反樣樣精通。

19 **一蹴可幾** 一ㄘㄨˋ ㄎㄜˇ ㄐㄧ 一舉腳就可以到達。比喻事情輕而易舉，很容易成功。蹴：踢；幾：近。

一蹶不振 一ㄐㄩㄝˊ ㄅㄨˋ ㄓㄣˋ 跌了一跤，便再不敢邁步。比喻挫折或失敗後，再也不能振作起來。蹶：指跌倒。

20 **一齣** 一ㄔㄨ ㈠傳奇一個段落稱一齣。㈡戲劇演出的一節段。㈢一番。

參考 「齣」不可誤讀作「ㄐㄩ」。

一籌莫展 一ㄔㄡˊ ㄇㄛˋ ㄓㄢˇ 一點計策都施展不出來；一點辦法也想不出來。籌：計策，辦法。展：施行。

一觸即發 一ㄔㄨˋ ㄐㄧˊ ㄈㄚ 原指箭在弦上，張弓待發。形容形勢危急萬分，稍一觸及，立即發生變化。觸：碰，觸動；發：發射出去。

參考 與「千鈞一髮」有別：二詞雖都是形容情況危急萬分；但前者事情是馬上發生，却尚未發生；後者是事情已發生，而且情況非常危急。

21 **一覽無遺** 一ㄌㄢˇ ㄨˊ ㄧˊ 形容視野清晰而廣闊，一眼便可看得一清二楚。

參考 或作「一覽無餘」。

23 **一鱗半爪** 一ㄌㄧㄣˊ ㄅㄢˋ ㄓㄠˇ 原指龍在雲中，東露一鱗，西露半爪，不見全身。㈠比喻只是事物的一部分，不是全部。㈡事物零星片斷，不完整。

參考 ①又作「東鱗西爪」、「一鱗一爪」。②爪又音ㄓㄨㄚˇ。

▽萬一、不一、同一、均一、劃一、單一、專一、逐一、歸一、純一、唯一、統一、合一、百不失一、惟精惟一、千中選一、十不得一、始終如一、背城借一、不管三七二十一。

常 1 **丁** 形解 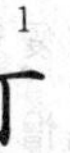 象形；象釘形。丁，假借為天干之後，另加金為偏旁，表示它是屬於金屬類。

音義 ㄉㄧㄥ ①天干第四位。②人口；例人丁。③僕人；例園丁。④成年人；例壯丁。⑤姓。

ㄓㄥ 伐木聲；例「伐木丁丁」。

2 **丁丁** ㄉㄧㄥ ㄉㄧㄥ ㈠壯健的樣子。㈡狀聲詞：1.雨擊窗聲。2.滴漏聲。㈢ㄓㄥ ㄓㄥ 狀聲詞：1.下棋聲。2.彈奏琵琶的聲音。

3 **丁口** ㄉㄧㄥ ㄎㄡˇ ㈠人民的總稱，男稱丁，女稱口，未成年的亦稱口。㈡壯年男子。

丁女 ㄉㄧㄥ ㄋㄩˇ ㈠成年的女子。㈡火，五行中丁屬火。

6 **丁年** ㄉㄧㄥ ㄋㄧㄢˊ 成丁之年，即滿二十歲的青年。

丁字尺 ㄉㄧㄥ ㄗˋ ㄔˇ 畫圖的儀器，用兩根直木做成丁字形的尺。

7 **丁男** ㄉㄧㄥ ㄋㄢˊ 成年的男子。

參考 又作「丁夫」。

丁壯 ㄉㄧㄥ ㄓㄨㄤˋ ㈠猶壯丁，壯年的男子。㈡壯健，壯盛。

9 **丁是丁卯是卯** ㄉㄧㄥ ㄕˋ ㄉㄧㄥ ㄇㄠˇ ㄕˋ ㄇㄠˇ ㈠應該怎樣便怎樣，不賣情面，不肯通融。㈡形容做事認眞，不馬虎。

參考 丁卯是木工所用「釘鉚」的諧音，某個「釘」一定要安接在相應而固定的「鉚」裡，不能有絲毫差錯。因而形容人做事認眞不馬虎。

11 **丁祭** ㄉㄧㄥ ㄐㄧˋ 舊時於每年仲春（陰曆二月）及仲秋（陰曆八月）上旬丁日祭祀孔子稱丁祭。

參考 又稱「祭丁」。

15 **丁憂** ㄉㄧㄥ ㄧㄡ 遭父母之喪。

參考 同丁艱。

▽庖丁、壯丁、園丁、白丁、添丁、付之丙丁、不識一丁、目不識丁。

常 1

七

形解 指事；「二」是象物品的形狀，「丨」表示從中切斷的符號，七假借爲數目後，另加刀旁作「切」。

音義 ㄑㄧ ①數目名。②喪事每七天設奠一次，俗稱「七」。

參考 ①「七」字單用或在一詞一句末尾或在一、二、三聲字前唸一聲，如：十七、七夕、七年、七兩；在四聲字前唸二聲，如：七月、七位。②「七」「匕」有別：「七嘴八舌」、「七手八脚」的「七」字，起筆是一長橫；「匕首」的「匕」字，最後一筆是一短撇。

3 **七夕** ㄑㄧ ㄒㄧ 節日名。農曆七月初七的晚上。相傳每年七夕天上的牛郎、織女二星，在銀河鵲橋上相會。

七上八下 ㄑㄧ ㄕㄤˋ ㄅㄚ ㄒㄧㄚˋ 形容心緒慌亂，神思不定。

4 **七手八脚** ㄑㄧ ㄕㄡˇ ㄅㄚ ㄐㄧㄠˇ 形容做事時人多而忙亂，沒有條理的樣子。

參考 ①反慢條斯理。②與「手忙脚亂」有別：前者用於許多人，有雜亂意；後者可用於多人或一人，偏重在雜亂上。

5 **七古** ㄑㄧ ㄍㄨˇ 文「七言古體詩」的簡稱，是古詩的一種，每篇句數不一，每句七字的古詩。

七出 ㄑㄧ ㄔㄨ 我國古代跟妻子離婚的七項要件：一、無子，二、淫佚，三、不事舅姑，四、口舌，五、盜竊，六、妬忌，七、惡疾。亦作「七去」。

6 **七色** ㄑㄧ ㄙㄜˋ 太陽的光線，合紅、橙、黃、綠、藍、靛、紫等七種顏色而成。

七件事 ㄑㄧ ㄐㄧㄢˋ ㄕˋ 指日常生活上必需的七種用品：柴、米、油、鹽、醬、醋、茶。

七老八十 ㄑㄧ ㄌㄠˇ ㄅㄚ ㄕˊ 形容人的年紀已經老大。

7 **七折八扣** ㄑㄧ ㄓㄜˊ ㄅㄚ ㄎㄡˋ ㈠經指價錢一再的降低。依定價先打七折（即減30%）再依七折的實價打八扣（即再減20%）後出售。

參考 一百元的貨品，先打七折，只賣七十元；再打八扣，就只剩下五十六元了。

9 **七音** ㄑㄧ ㄧㄣ ㈠宋元等韻學家指由人的脣、舌、牙、齒、喉、半舌、半齒等七種部位所發出來的聲音。㈡同「七聲」，音樂術語，指中國古代七聲音階中的七個音調：宮、商、角、變徵（徵的低半音）、徵、羽和變宮（宮的低半音）。

七律 ㄑㄧ ㄌㄩˋ 文「七言律詩」的簡稱，是律詩的一種，每首八句，每句七字。其中三、四、五、六四句必須講求對仗，同時每句平仄亦有一定格式限制。

七拼八湊 ㄑㄧ ㄆㄧㄣ ㄅㄚ ㄘㄡˋ 指胡亂或千辛萬苦拼集而成。拼、湊，都是動詞；拼：拼合；湊：雜湊。

11 **七情** ㄑㄧ ㄑㄧㄥˊ ㈠儒家的喜、怒、哀、懼、愛、惡、欲等七種感情或心理作用。例七情六慾。㈡佛教以喜、怒、憂、懼、愛、憎、欲爲七情。㈢醫中醫學名詞，喜、怒、憂、思、悲、恐、驚七種情感的總稱。

12 **七雄** ㄑㄧ ㄒㄩㄥˊ 史即戰國七雄。戰國時代的秦、楚、燕、齊、韓、趙、魏等七大强國。

七絕 ㄑㄧ ㄐㄩㄝˊ 文詩體的一種，其形式爲每首四句，每句七字。字的平仄和句末押韻都有一定的規則。

13 **七零八落** ㄑㄧ ㄌㄧㄥˊ ㄅㄚ ㄌㄨㄛˋ ㈠形容因殘破太甚而零落不堪。㈡因經過打擊而凌亂不堪。

參考 本詞可用來形容東西，也可以形容人事。

16 **七嘴八舌** ㄑㄧ ㄗㄨㄟˇ ㄅㄚ ㄕㄜˊ 比喻人多語雜，意見很不一致。

17 **七聲** ㄑㄧ ㄕㄥ 音 音樂的七音，我國古稱：宮、商、角、徵、羽及變徵、變宮。西洋則稱：do、re、mi、fa、sol、la、si。我國「七聲」常用於北曲，而南曲中則多用「五音」。

七縱七擒 ㄑㄧ ㄗㄨㄥˋ ㄑㄧ ㄑㄧㄣˊ 諸葛亮征南蠻酋長孟獲的故事，他把孟獲捉住了七次，又放了七次。比喻德化感召人的力量非常偉大。

18 **七曜** ㄑㄧ ㄧㄠˋ 中國古人以日、月與金、木、水、火、土五大行星合稱爲七曜。

參考 ①「曜」亦作「耀」。②衍七曜曆。

七竅生煙 ㄑㄧ ㄑㄧㄠˋ ㄕㄥ ㄧㄢ 形容人憤怒到極點，以致七竅都冒出火來。七竅是指人的眼睛、耳朵、鼻孔和一張嘴。

常 2

三

形解 三 指事；畫三橫，表示數目是三。

音義 ㄙㄢ 名 ①數目名。②星名；例參商。形 表多數；例「烽火連三月。」 ㄙㄢˋ 副 屢次；例再三。

2 **三人成虎** ㄙㄢ ㄖㄣˊ ㄔㄥˊ ㄏㄨˇ 是說市集上本來沒有老虎，但經過三人以上說有老虎，便不免使人誤信爲眞。比喻說的人一多，反覆訛傳，就能使人認假爲眞。

三十六計走爲上策 ㄙㄢ ㄕˊ ㄌㄧㄡˋ ㄐㄧˋ ㄗㄡˇ ㄨㄟˊ ㄕㄤˋ ㄘㄜˋ 喻事情遇到困難，在無計可施的情況下，只好以逃走爲最好的辦法。上策：最好的計策。

參考 三十六計：瞞天過海、圍魏救趙、借刀殺人、以逸待勞、趁火打劫、聲東擊西、無中生有、暗度陳倉、隔岸觀火、笑裏藏刀、李代桃僵、牽牛過欄、打草驚蛇、借屍還魂、抛甎引玉、擒賊擒王、欲擒先縱、遠交近攻、指桑罵槐、偷龍轉鳳、關門捉賊、假癡假呆、上樓抽梯、樹上開花、喧賓奪主、釜底抽薪、混水摸魚、金蟬脫殼、假途滅虢、美人計、空城計、反間計、苦肉計、連環計、走爲上策。

三七二十一 ㄙㄢ ㄑㄧ ㄦˋ ㄕˊ ㄧ 原爲算學乘法的口訣，今借爲不顧一切的意思。例不管三七二十一。

3 **三才** ㄙㄢ ㄘㄞˊ ㈠天、地、人合稱爲三才。㈡從前看相謂人的面部有三才，即：額角、準頭、地角。

三寸丁 ㄙㄢ ㄘㄨㄣˋ ㄉㄧㄥ 對身材矮小者的謔稱。丁：成年的男子。

三寸不爛之舌 ㄙㄢ ㄘㄨㄣˋ ㄅㄨˋ ㄌㄢˋ ㄓ ㄕㄜˊ 比喻卓越不凡的口才。

4 **三元** ㄙㄢ ㄩㄢˊ ㈠指天、地、人。㈡舊以陰曆正月十五爲上元節，七月十五爲中元節，十月十五爲下元節。㈢陰曆正月一日，爲年、月、日三者的開始，所以稱三元。㈣舊稱鄉試、會試、殿試的第一名爲解元、會元、狀元，合稱三元。明代亦以廷試的前三名爲三元，即狀元、榜眼、探花。

三友 ㄙㄢ ㄧㄡˇ ㈠三種朋友。對自己有益的朋友有三種，對自己有害的朋友有三種。論語：「益者三友，損者三友，友直、友諒、友多聞，益矣；友便辟、友善柔、友便佞，損矣。」㈡稱松、竹、梅爲歲寒三友。

三不朽 ㄙㄢ ㄅㄨˋ ㄒㄧㄡˇ 指立德、立言、立功三件事，可以使人永遠留芳萬世而不凋朽。

三不知 ㄙㄢ ㄅㄨˋ ㄓ 對於事情的全部，完全不知道。例一問三不知。

三心二意 ㄙㄢ ㄒㄧㄣ ㄦˋ ㄧˋ 做事猶豫，難以決定。

參考 同心猿意馬。

三五成羣 ㄙㄢ ㄨˇ ㄔㄥˊ ㄑㄩㄣˊ 三個

一塊，五個一堆，形容多人聚在一起。

參考 參閱「成羣結隊」條。

三天打魚兩天曬網 ㄙㄢ ㄊㄧㄢ ㄉㄚˇ ㄩˊ ㄌㄧㄤˇ ㄊㄧㄢ ㄕㄞˋ ㄨㄤˇ ㈠比喻不認眞工作。㈡形容做事沒有恆心。

參考 和「一暴十寒」的意思相似。

5 **三代** ㄙㄢ ㄉㄞˋ ㈠指夏、商、周三個朝代。㈡指祖父孫三輩；㈢曾祖父母、祖父母、父母。例三代同堂。

三生 ㄙㄢ ㄕㄥ 指前生、今生、來生。例緣定三生。

三令五申 ㄙㄢ ㄌㄧㄥˋ ㄨˇ ㄕㄣ 再三的告誡。

三民主義 ㄙㄢ ㄇㄧㄣˊ ㄓㄨˇ ㄧˋ ㈠政國父孫中山畢生所提倡的主義，分民族、民權、民生三種主義，故名。㈡書國父最重要的一部遺教，是中華民國建國的寶典，如今又是統一中國的藍本。

三生有幸 ㄙㄢ ㄕㄥ ㄧㄡˇ ㄒㄧㄥˋ 宗佛家說歷經三世積修得來的福分，今用以比喻幸運之深，尤其是稱頌交得良友。

三句不離本行 ㄙㄢ ㄐㄩˋ ㄅㄨˋ ㄌㄧˊ ㄅㄣˇ ㄏㄤˊ 形容人說話通常離不開自己所從事的行業或精通的事項。例生意人說起話來總是三句不離本行。

6 **三色** ㄙㄢ ㄙㄜˋ 即三原色。㈠顏料的黃、青、赤三種原色，各種顏色均由此三色配合而成。㈡指色光的三原色：紅、綠、青。

參考 衍三色版。

三伏 ㄙㄢ ㄈㄨˊ ㈠節令名，分初伏、中伏、終伏三種，指農曆夏至後第三個庚日起，到立秋後第一個庚日前一天止，共三十天，是一年中最炎熱的季節。

三多 ㄙㄢ ㄉㄨㄛ ㈠指多福，多壽，多男子，多用作頌禱之詞。㈡作文三件要事：多看、多做、多商量。

三合土 ㄙㄢ ㄏㄜˊ ㄊㄨˇ 石灰、黏土和砂攪拌而成的建築材料。

三字經 ㄙㄢ ㄗˋ ㄐㄧㄥ ㈠書我國傳統的啓蒙課本之一，爲三字一句的韻語。㈡俚罵人專用的粗野話之代稱。

7 **三戒** ㄙㄢ ㄐㄧㄝˋ ㈠戒色、戒鬬、戒得。論語：「君子有三戒：少之時，血氣未定，戒之在色；及其壯也，血氣方剛，戒之在鬬；及其老也，血氣既衰，戒之在得。」㈡不妄出入、不妄言語、不妄憂慮。

三言兩語 ㄙㄢ ㄧㄢˊ ㄌㄧㄤˇ ㄩˇ 三兩句話就把要點說明淸楚。形容言語或文章簡短扼要。

三更 ㄙㄢ ㄍㄥ 夜間十二時左右。

參考 語音 ㄙㄢ ㄐㄧㄥ。

三更半夜 ㄙㄢ ㄍㄥ ㄅㄢˋ ㄧㄝˋ 形容深夜。

8 **三到** ㄙㄢ ㄉㄠˋ 朱熹認爲讀書必須三到：心到、眼到、口到。

參考 胡適則提倡四到：眼到、口到、心到、手到。

三姑六婆 ㄙㄢ ㄍㄨ ㄌㄧㄡˋ ㄆㄛˊ ㈠三姑，原指尼姑、道姑、卦姑。六婆，原指牙婆、媒婆、師婆、虔婆、藥婆、穩婆。這些人在從前都被認爲不是職業高尚的婦女。㈡各行各業的婦女。㈢今多泛指以不正當的手段騙錢圖利，又愛搬弄是非的婦女。㈣長舌婦。

參考 本詞含有貶損的意思。

三長兩短 ㄙㄢ ㄔㄤˊ ㄌㄧㄤˇ ㄉㄨㄢˇ 俚指意外的不幸事故或禍患，特別是指死亡。

參考 本詞多用於假設、虛擬方面，即是在事情未發生前的推測。

9 **三品** ㄙㄢ ㄆㄧㄣˇ ㈠指金、銀、銅三種金屬。㈡評鑑書畫作品的三種等級：神品、妙品、能品。㈢舊時官員的階段，共分一品至九品九種，三品以上爲大員，故稱重要官員爲三品。

三軍 ㄙㄢ ㄐㄩㄣ ㈠周制，諸侯、大國有左、右、中三軍。㈡軍隊的通稱。㈢今指陸、海、空三軍。

三牲 ㄙㄢ ㄕㄥ ㈠古代指牛、羊、豕三種祭品。㈡今豬、雞、魚也稱三牲。

三昧 ㄙㄢ ㄇㄟˋ ㈠指事物的訣要或精義。例個中三昧。㈡稱在某方面造詣深湛。例得其三昧。

三省 ㈠ ㄙㄢ ㄒㄧㄥˇ 從三方面來反

省。一說：多次反省。例「曾子曰：『吾日三省吾身。』」(二)ㄙㄢ ㄕㄥˇ 中央的最高政務機構，指中書省、門下省、尚書省。南北朝至隋、唐，三省爲最高政務機構。

三思後行 ㄙㄢ ㄙ ㄏㄡˋ ㄒㄧㄥˊ 在做事之前先經過再三的縝密考慮與籌畫，然後才去施行。

參考 同 三思而行。

10 **三峽** ㄙㄢ ㄒㄧㄚˊ 地 (一)指瞿塘峽、巫峽、西陵峽，是長江流域中最著名的三個險峻峽谷。(二)臺北縣的一個鎮。

三乘 ㄙㄢ ㄕㄥˋ 宗 佛家稱菩薩乘，緣覺乘，聲聞乘爲三乘。菩薩乘又名大乘，緣覺乘又名中乘，聲聞乘又名小乘。

三隻手 ㄙㄢ ㄓ ㄕㄡˇ 俚 指扒手。

三家村 ㄙㄢ ㄐㄧㄚ ㄘㄨㄣ 人煙稀少，偏僻的小鄉村。

11 **三缺一** ㄙㄢ ㄑㄩㄝ ㄧ 俚 打麻將的術語。麻將必須由四人才能湊成一桌，如果還少一人，即稱「三缺一」。

三個臭皮匠勝過一個諸葛亮 ㄙㄢ ˙ㄍㄜ ㄔㄡˋ ㄆㄧˊ ㄐㄧㄤˋ ㄕㄥˋ ㄍㄨㄛˋ ㄧˊ ˙ㄍㄜ ㄓㄨ ㄍㄜˇ ㄌㄧㄤˋ 比喻經過眾人的集思廣益，較一個天才的思慮更爲精善。

三族 ㄙㄢ ㄗㄨˊ (一)指父母、兄弟、妻子。(二)指父族、母族、妻族。(三)指父親的兄弟、自己的兄弟、兒子的兄弟。(四)指父、子、孫。(五)泛稱親族。

三國 ㄙㄢ ㄍㄨㄛˊ 史 (一)東漢末年，中國分裂成蜀漢、魏、吳三個國家，史稱三國。(二)指東漢後魏、蜀、吳三國鼎立的時期。

參考 衍 三國時代、三國分立。

三從四德 ㄙㄢ ㄘㄨㄥˊ ㄙˋ ㄉㄜˊ 舊時婦女所應具備的禮教和德性。三從是指未嫁從父，既嫁從夫，夫死從子；四德是指婦德、婦言、婦容、婦功。

三教九流 ㄙㄢ ㄐㄧㄠˋ ㄐㄧㄡˇ ㄌㄧㄡˊ 三教：儒教、道教、佛教。九流：儒家、道家、陰陽家、法家、名家、墨家、縱橫家、雜家、農家。後泛指宗教、學術中各種流派或舊社會中從事各行各業的人。

12 **三圍** ㄙㄢ ㄨㄟˊ 指婦女的胸圍、腰圍及臀圍，審美家用來作爲衡量身材美醜的標準。

參考 三圍是屬於女性的隱私權，不可隨便發問。

三傑 ㄙㄢ ㄐㄧㄝˊ 人 (一)張良、韓信、蕭何，稱爲漢初三傑。(二)諸葛亮、關羽、張飛，稱爲蜀漢三傑。

三陽開泰 ㄙㄢ ㄧㄤˊ ㄎㄞ ㄊㄞˋ 新春頌詞，表示正月新春，萬象更新。

三朝元老 ㄙㄢ ㄔㄠˊ ㄩㄢˊ ㄌㄠˇ 指歷事三朝的重臣。元老：舊時對年老大臣中德高望重者的尊稱。

三脚貓 ㄙㄢ ㄐㄧㄠˇ ㄇㄠ 俚 調侃人技術不佳。例 三脚貓功夫。

三跪九叩 ㄙㄢ ㄍㄨㄟˋ ㄐㄧㄡˇ ㄎㄡˋ 最尊崇的敬禮。跪：是以膝碰地；叩：是以額頭觸地。

14 **三態** ㄙㄢ ㄊㄞˋ 物 物質三種常見的狀態，即：固體、液體、氣體。

三綱 ㄙㄢ ㄍㄤ 指君臣、父子、夫婦三種不同人際關係相處的道理。

參考 衍 三綱五常。

三緘其口 ㄙㄢ ㄐㄧㄢ ㄑㄧˊ ㄎㄡˇ 再三保持沈默。比喻慎於言論。緘：封口。

參考 反 高談闊論。

三墳五典 ㄙㄢ ㄈㄣˊ ㄨˇ ㄉㄧㄢˇ 書 傳說中伏羲、神農、黃帝之書爲三墳，少昊、顓頊、高辛、唐、虞之書爲五典，皆是我國最古的書籍。

16 **三頭六臂** ㄙㄢ ㄊㄡˊ ㄌㄧㄡˋ ㄅㄧˋ 比喻本領非凡。

21 **三顧茅廬** ㄙㄢ ㄍㄨˋ ㄇㄠˊ ㄌㄨˊ (一)漢末劉備三次親訪諸葛亮住的茅屋，請求他出來幫助自己打天下，最後諸葛亮才應允。比喻禮賢下士，一再誠心地邀請。(二)今亦用指上司擇用人才的誠意。

參考 又作「三顧草廬」。

22 **三讀** ㄙㄢ ㄉㄨˊ 法 民主國家議會通過法案的程序。首創於英國。第一讀會大抵是宣讀議案標題後，即交付有關委員會審查，或議決後交付二讀。第二讀會是將議案逐條朗讀，提付討論，除經出席委員法定人數的提議，並表決通過得省略第三讀會者外，應進行第三讀會。第三讀會除發現議案有互相牴觸或與憲法及其他法律相牴觸應修正者外，只能進行文字修改，並將全案總表決完畢。

參考 衍 二讀會、三讀通過。

三權分立 ㄙㄢ ㄑㄩㄢˊ ㄈㄣ ㄌㄧˋ 政 法國政治學者孟德斯鳩所提倡的政治理想，主張將國家的治理權，分成立法、司法、行政三大部分，各自獨立，互相制衡，不相侵犯。

▽再三、初三、朝三、接二連三、舉一反三、一而再再而三。

常 2 **下** 解形 指事；「二」表示界限，「丨」表示東西在「二」之下的符號。

音義 ㄒㄧㄚˋ 名 ①低處；例「猶水之就下」。②動作次數；例幾下。③中；例心下。動 ①攻克；例連下兩城。②從事；例下海。③用；例下功夫。④產，生；例下蛋。⑤進入；例下小館。形 在後者；例下文。副 當此之時；例時下。

參考 反上。

3 **下凡** ㄒㄧㄚˋ ㄈㄢˊ 俗稱神仙下降到人間。例仙女下凡。

下子 ㄒㄧㄚˋ ㄗˇ ㈠下圍棋，把棋子擱在棋盤的某一個位置上。㈡播種。㈢魚類或昆蟲產卵。

4 **下文** ㄒㄧㄚˋ ㄨㄣˊ ㈠以下的文字。例請看下文。㈡事情繼起的部分或以後的消息、結果。

下元 ㄒㄧㄚˋ ㄩㄢˊ ㈠節日名，指陰曆十月十五日。㈡中醫舊說以人的腎氣居五臟最下為下元。例下元虛損。

下手 ㄒㄧㄚˋ ㄕㄡˇ ㈠動手去做。例無下手處。

參考 有時含有貶損的意思。㈡左邊的座位，同「下首」。㈢助手，副手。

下水 ㄒㄧㄚˋ ㄕㄨㄟˇ ㈠俚 指男女發生不正常的關係。㈡船隻造成後，從船臺上滑入水中的作業。例下水典禮。㈢指水上交通工具向下游方向航行。㈣比喻一起做壞事或受責罰。例拖人下水。㈤指肉用家禽、牲畜的內臟。例炒下水、下水湯。

下水道 ㄒㄧㄚˋ ㄕㄨㄟˇ ㄉㄠˋ 專供排洩污水、雨水的溝渠。

參考 衍 下水道工程。

下水典禮 ㄒㄧㄚˋ ㄕㄨㄟˇ ㄉㄧㄢˇ ㄌㄧˇ 新船建造完成，初次入水航行前所舉行的儀式。

下不為例 ㄒㄧㄚˋ ㄅㄨˋ ㄨㄟˊ ㄌㄧˋ 指某件事做了以後，下次絕不能再這樣做。有提醒、警告，只能通融一次的意思。例僅此一次，下不為例。

5 **下令** ㄒㄧㄚˋ ㄌㄧㄥˋ 下達命令。

下半旗 ㄒㄧㄚˋ ㄅㄢˋ ㄑㄧˊ 表示舉國哀悼的最高儀式，先將國旗升到桿頂，然後下降到離桿頂約占全桿三分之一的地方。此儀式是對國家元首、副元首或外國元首、副元首、王后等表示最高的哀悼。

6 **下旬** ㄒㄧㄚˋ ㄒㄩㄣˊ 一個月的二十一日至三十日稱下旬，十日為一旬。

參考 一個月可分為上、中、下三旬。

下行 ㄒㄧㄚˋ ㄒㄧㄥˊ ㈠公文自上級下達下級為下行。㈡車自起點開向終點。例下行火車。

參考 反上行。

下列 ㄒㄧㄚˋ ㄌㄧㄝˋ ㈠排列在下面。例下列各書。㈡下位。㈢最末一等。

下江 ㄒㄧㄚˋ ㄐㄧㄤ ㈠順江而下。㈡稱長江下游的地方。㈢江蘇省的別稱。

下地 ㄒㄧㄚˋ ㄉㄧˋ ㈠貧瘠的土地。㈡農夫到田裏工作。㈢地上。㈣泛稱到達地上。例上天下地。

7 **下位** ㄒㄧㄚˋ ㄨㄟˋ ㈠指卑微的官職。㈡座次中之低下者。㈢離開座位。

下作 ㄒㄧㄚˋ ㄗㄨㄛˋ 方 下流。

8 **下帖** ㄒㄧㄚˋ ㄊㄧㄝ 發送請帖。

下肢 ㄒㄧㄚˋ ㄓ 生 指臀部、大腿、小腿、足四部分。

參考 同下體。

下官 ㄒㄧㄚˋ ㄍㄨㄢ 舊時官員自稱。

下注 ㄒㄧㄚˋ ㄓㄨˋ ㈠河川由上往下流。㈡水、油等液體由上往下倒。㈢拿出錢來賭輸贏稱下注，今凡活動前須先出錢作押注的都稱下注。

下弦 ㄒㄧㄚˋ ㄒㄧㄢˊ 陰曆每月二十

二、三日前後，北半球的月缺其下半，像弓弦朝下一般，故名。
參考①反上弦。②衍下弦月。

下放 ㄒㄧㄚˋ ㄈㄤˋ ㈠指匪區幹部或知識分子調到下層機構去工作，或到工廠、礦山、農村等地去勞改。㈡共匪術語，指把權力交給下層機構。例權力下放。

9 **下首** ㄒㄧㄚˋ ㄕㄡˇ 座次之在下方者。
參考同下位、下座、下手。

下流 ㄒㄧㄚˋ ㄌㄧㄡˊ ㈠指溪河的下游。㈡水向下注。㈢地位卑賤，品格卑鄙齷齪。
參考①衍下流社會。②與「下游」不同，下游比喻落後的地位；或是將半成品加工成成品的工廠。

10 **下風** ㄒㄧㄚˋ ㄈㄥ ㈠風所吹向的一方，與「上風」對。㈡比喻所處較低或不利的情勢或地位。㈢自謙之詞。例甘拜下風。
參考①反上風。

下級 ㄒㄧㄚˋ ㄐㄧˊ 較低的等級，通常用於機關團體，與「上級」相對。例下級單位。

下問 ㄒㄧㄚˋ ㄨㄣˋ 向學識、地位都比不上自己的人討教。例不恥下問。

下氣 ㄒㄧㄚˋ ㄑㄧˋ ㈠平心靜氣。㈡醫中醫稱放屁。㈢降低自己氣勢，有忍受的意思。例低聲下氣。

下海 ㄒㄧㄚˋ ㄏㄞˇ ㈠指女子墮落風塵。㈡漁夫出海捕魚。㈢演藝界稱票友由客串而成職業演藝人員。

下乘 ㄒㄧㄚˋ ㄕㄥˋ ㈠下等的馬。㈡泛稱一切庸劣下等的人或事。㈢宗佛家稱小乘為下乘。

下馬威 ㄒㄧㄚˋ ㄇㄚˇ ㄨㄟ 官吏剛到任時，故意顯示威勢，讓人知道自己厲害，以建立威信。今泛指一開始就向對方顯示威勢。

下馬看花 ㄒㄧㄚˋ ㄇㄚˇ ㄎㄢˋ ㄏㄨㄚ 比喻在一個地方停留下來，了解情況，進行調查。
參考與「走馬看花」有別：後者指邊走邊看，只能做概略式的流覽，而無法深入了解。

11 **下野** ㄒㄧㄚˋ ㄧㄝˇ ㈠一國的元首離開職位。野：與朝相對，指民間。㈡舊稱當權的軍人、政客下臺。

下堂 ㄒㄧㄚˋ ㄊㄤˊ ㈠離婚。例「糟糠之妻不下堂」。㈡下課後離開教室。㈢由堂階的高處到低處。㈣即下一節課。例下堂上那門課？

下陳 ㄒㄧㄚˋ ㄔㄣˊ 即後宮，指後列的侍妾。

下情 ㄒㄧㄚˋ ㄑㄧㄥˊ ㈠下級單位或民情。例下情無法上達。㈡對人陳述時，謙稱自己的情況或心情為下情。

12 **下飯** ㄒㄧㄚˋ ㄈㄢˋ 佐飯的菜肴。

下場 ㄒㄧㄚˋ ㄔㄤˇ 一般指不好的結局。
參考本詞含有貶損的意思，請小心使用。

下款 ㄒㄧㄚˋ ㄎㄨㄢˇ 在給人的信件、禮物、書畫上所題署贈送者的名號。
參考反上款。

下游 ㄒㄧㄚˋ ㄧㄡˊ ㈠江河靠近出海口的部分和這部分所流經的地區。㈡喻落後的地位。

13 **下落** ㄒㄧㄚˋ ㄌㄨㄛˋ 著落、去處，指人的行蹤。例下落不明。

下嫁 ㄒㄧㄚˋ ㄐㄧㄚˋ 地位高的女子嫁給地位低的男子為妻。

下葬 ㄒㄧㄚˋ ㄗㄤˋ 埋葬。例擇吉下葬。
參考與「出殯」有別：後者指辦喪事時，由停屍的地方到下葬的過程為出殯，故出殯的廣義與「下葬」相通。

下意識 ㄒㄧㄚˋ ㄧˋ ㄕˋ ㈠平時潛伏於心意作用中，不明顯表現的覺識作用。㈡常指由一定條件引起的不自覺的心理作用。

14 **下種** ㄒㄧㄚˋ ㄓㄨㄥˇ 播下種子。
參考同播種、撒種。

下榻 ㄒㄧㄚˋ ㄊㄚˋ ㈠寄宿。榻：床。例下榻賓館。㈡留賓客休息住宿，為尊禮賢者的用辭。

下箸 ㄒㄧㄚˋ ㄓㄨˋ 指吃東西。

下臺 ㄒㄧㄚˋ ㄊㄞˊ ㈠演講或表演完後，離開講臺或舞臺。例下臺一鞠躬。㈡比喻政治上有地位的人喪失權位。
參考通常含有貶損的意思。
㈢比喻擺脫困難窘迫的處境。例你這樣做簡直使我無法下臺。

15 **下賤** ㄒㄧㄚˋ ㄐㄧㄢˋ ㈠指人品行卑下骯髒，常用作罵人。㈡指等級低下卑劣。

參考 與「下流」義近，而前者在程度上更為嚴厲。

19 **下懷** ㄒㄧㄚˋ ㄏㄨㄞˊ 謙稱自己的心意。例正中下懷。

參考 ①同下情。②與「投懷」不同：後者指投入懷抱，有自動送上門的意思。

下藥 ㄒㄧㄚˋ ㄧㄠˋ ㈠醫生選用藥材，開列藥方。例對症下藥。㈡中醫稱配合主藥而有輔助作用的藥為下藥。㈢在菜、飯或酒中放入毒藥。

23 **下體** ㄒㄧㄚˋ ㄊㄧˇ ㈠軀幹的下部。㈡男女的陰部。㈢植物的根莖部。㈣屈身降志。

▽上下、陛下、貴下、足下、臣下、目下、部下、廊下、坐下、閣下、手下、刀下、殿下、言下、降下、膝下、城下、天下、地下、月下、屬下、留下、時下、以下、形而下、七上八下、不上不下、不在話下、不相上下、世風日下、瓜田李下、自鄶以下、名滿天下、江河日下、委決不下、居高臨下、爭持不下、急轉直下、寄人籬下、潸然淚下、聲淚俱下、騎虎難下、雙管齊下、桃李滿天下。

常 2 **丈**

解形 會意；「又」象手形，「十」象尺，用手拿尺，表示丈量的意思。

音義 ㄓㄤˋ 名 ①長度單位，十尺為丈。②尊稱長輩；例老丈、姑丈。動 測量；例丈量。

參考 孳 杖、仗。

2 **丈人** ㄓㄤˋ ㄖㄣˊ ㈠長者，古代對年老男子的尊稱。㈡岳父，尊稱妻子的父親。

丈二金剛摸不著頭腦 ㄓㄤˋ ㄦˋ ㄐㄧㄣ ㄍㄤ ㄇㄛ ㄅㄨˋ ㄓㄠˊ ㄊㄡˊ ㄋㄠˇ 俚 比喻對事物毫不了解，有被搞得糊裏糊塗的意思。

4 **丈夫** ㄓㄤˋ ㄈㄨ ㈠成年男子的通稱。㈡妻稱夫。

5 **丈母** ㄓㄤˋ ㄇㄨˇ ㈠岳母，俗稱「丈母娘」。

12 **丈量** ㄓㄤˋ ㄌㄧㄤˊ 原指以丈為單位來量東西。後指測量土地。

▽方丈、姨丈、師丈、函丈、岳丈、姑丈、老丈、一落千丈、雄心萬丈、離題萬丈。

常 2 **上**

解形 指事；「二」表示界限，「丨」象東西在「一」之上的符號。

音義 ㄕㄤˋ 名 高處；例山上。動 ①去；例上街。②登；例上路。③呈；例謹上。④教讀；例上課。⑤塗抹；例上藥。形 ①上等；例上策。②尊；例上位。副 ①表程度；例成千上萬。②最好；例上好。連 ①表方面；例事實上。②動作發生或結束；例喝上兩杯。

ㄕㄤˇ 名 四聲（平、上、去、入）之一。

3 **上口** ㄕㄤˋ ㄎㄡˇ 形容誦讀非常流暢。

參考 衍 琅琅上口。

上工 ㄕㄤˋ ㄍㄨㄥ 上班，多指工人而言。

上上下下 ㄕㄤˋ ㄕㄤˋ ㄒㄧㄚˋ ㄒㄧㄚˋ 指團體中所有的人。

上下一心 ㄕㄤˋ ㄒㄧㄚˋ ㄧ ㄒㄧㄣ 上下團結一致，同心協力。

上下其手 ㄕㄤˋ ㄒㄧㄚˋ ㄑㄧˊ ㄕㄡˇ 比喻舞文玩法者任意顛倒輕重、是非、曲直，以方便自己行事或暗中貪污舞弊。

參考 本詞含有貶損的意思，使用時宜加斟酌。

4 **上元** ㄕㄤˋ ㄩㄢˊ ㈠節日，農曆正月十五日為上元，即元宵節。㈡唐高宗及肅宗均以此為年號。

參考 ①古分一年為三元：農曆正月十五為上元，七月十五為中元，十月十五為下元。②反 下元。

5 **上市** ㄕㄤˋ ㄕˋ 應時物品在市場上開始發售。

6 **上任** ㄕㄤˋ ㄖㄣˋ 到新的職位履行職務。

參考 衍 新官上任。

上旬 ㄕㄤˋ ㄒㄩㄣˊ 每月從初一到初十為上旬。旬：十日為一旬。

上行 ㄕㄤˋ ㄒㄧㄥˊ 車船由終點駛往起點，或由南往北行駛。

參考 反 下行。

上行下效 ㄕㄤˋ ㄒㄧㄥˊ ㄒㄧㄚˋ ㄒㄧㄠˋ 上位者的好惡與措施必為百姓

所仿效。
參考 同風行草偃。
8 **上供** ㄕㄤˋ ㄍㄨㄥˋ 用物品祭祀祖先或神靈。
上肢 ㄕㄤˋ ㄓ 手與臂的總稱。分肩膀、上臂、下臂、手四部。
參考 反下肢。
上弦 ㄕㄤˋ ㄒㄧㄢˊ ㈠天陰曆每月初八前後，月形如弓，弓形偏西，稱上弦。㈡俗稱旋緊鐘錶機器等的發條。
參考 ㈠①衍上弦月。②當月亮在太陽東邊九十度時，地球上正可看見月亮西邊的半圓，這時的月象，叫上弦。
9 **上流** ㄕㄤˋ ㄌㄧㄡˊ ㈠水的上游。㈡稱身分或地位尊高的人所形成的一種特殊階級。
上香 ㄕㄤˋ ㄒㄧㄤ ㈠致祭時點燃香火，拜完後插入香爐中的過程。㈡上廟去拜佛。
上述 ㄕㄤˋ ㄕㄨˋ 以上所言。
上風 ㄕㄤˋ ㄈㄥ 風向的上方，比喻在雙方競爭中所處有利地位。例占上風。
參考 反下風。
上映 ㄕㄤˋ ㄧㄥˋ 影片映顯在於銀幕上。例這部電影剛上映不久。
參考 ①衍上映中。②反下片。
上限 ㄕㄤˋ ㄒㄧㄢˋ 指規定中某一限度最高的界限。
參考 ①反下限。②與「極限」有別：極限包含上限，不專指最高的界限，亦指最下、最廣、最深等的界限。
上品 ㄕㄤˋ ㄆㄧㄣˇ ㈠物品具有優良的品質，和最高級等同義。如上品酒。㈡指位居高位的人。例「上品無寒門，下品無士族。」
上帝 ㄕㄤˋ ㄉㄧˋ ㈠我國古代指天上主宰萬物的神，見於甲骨卜辭。㈡古代的帝王。㈢基督教徒稱所信奉的至上神，天主教稱它為「天主」。㈣作為驚訝的語氣詞，和「我的媽」、「我的天」同義。
10 **上班** ㄕㄤˋ ㄅㄢ 到工作場所工作。
上峯 ㄕㄤˋ ㄈㄥ ㈠山峯的上面。㈡稱上級長官。
參考 同上司。
上書 ㄕㄤˋ ㄕㄨ 下屬用書面陳述意見給上級或地位高的人。例上書言事。
上座 ㄕㄤˋ ㄗㄨㄛˋ ㈠宗對僧侶居高位者的尊稱。㈡宗寺廟中有上座一職，在住持之下，是全寺的領導者。㈢最尊貴的座位。
上乘 ㄕㄤˋ ㄕㄥˋ ㈠宗佛家語，認為人皆可以成佛，強調解救他人，普渡衆生。與「下乘」對。㈡文學藝術高妙的境界；或質量較高的作品、才能等。㈢古代稱四馬共駕一車為上乘。
12 **上進** ㄕㄤˋ ㄐㄧㄣˋ 向上努力以求進步。
上策 ㄕㄤˋ ㄘㄜˋ 高明的計謀或辦法。例三十六計，走為上策。
上游 ㄕㄤˋ ㄧㄡˊ ㈠地水流靠近發源處的一段。㈡比喻先進的地位。例力爭上游。
參考 反下游、下流。
上款 ㄕㄤˋ ㄎㄨㄢˇ 在禮物、書畫、信件等上面所寫的受贈人的名字或稱呼。
參考 反下款。
上訴 ㄕㄤˋ ㄙㄨˋ 法當事人對於下級法院的未確定判決，向其上級法院聲明不服，請求撤銷或變更。
13 **上路** ㄕㄤˋ ㄌㄨˋ ㈠起步趕路。㈡上了軌道，即已進入正常的情況。
上當 ㄕㄤˋ ㄉㄤˋ 吃虧受騙。
14 **上榜** ㄕㄤˋ ㄅㄤˇ 即中榜，名字出現在公布錄取的榜單上。
上像 ㄕㄤˋ ㄒㄧㄤˋ 指照出來的相片或影片神態自然優美。
參考 又作「上照」、「上鏡頭」。
上蒼 ㄕㄤˋ ㄘㄤ ㈠即上天、上帝。
上賓 ㄕㄤˋ ㄅㄧㄣ ㈠稱受禮遇的上等賓客。㈡舊稱帝王駕崩。
上算 ㄕㄤˋ ㄙㄨㄢˋ 得便宜，不吃虧。例這件禮物買得還上算。
參考 同划算、合算。
上臺 ㄕㄤˋ ㄊㄞˊ ㈠猶憲臺，即上司。㈡登上舞臺、講臺等。例上臺一鞠躬。㈢俗稱國家政要出任某一項職位。
參考 反下臺。
15 **上駟** ㄕㄤˋ ㄙˋ ㈠上等良馬。㈡比喻上等人才。
上樑不正下樑歪 ㄕㄤˋ ㄌㄧㄤˊ ㄅㄨˋ ㄓㄥˋ ㄒㄧㄚˋ ㄌㄧㄤˊ ㄨㄞ 蓋房子時上樑擺得不正確，下樑必然因而歪斜。比喻在上位的人不能樹立好榜樣，他的幹部也就跟著學壞了。

17 **上聲** ㄕㄤˇ ㄕㄥ 國音聲調中的第三聲，注音符號作「ˇ」。

上聯 ㄕㄤˋ ㄌㄧㄢˊ 〔文〕對聯的前一幅。

參考 反 下聯。

上鏡頭 ㄕㄤˋ ㄐㄧㄥˋ ㄊㄡˊ 〔藝〕指人的容貌經過攝影鏡頭的處理後，特別的超俗出衆。

22 **上癮** ㄕㄤˋ ㄧㄣˇ 對某事物或食物特別喜好，無時無刻都不能割捨而形成了癖好。例抽香菸容易使人上癮，最好不要輕易嘗試。

▽天上、掌上、獻上、世上、祖上、皇上、君上、奏上、至上、身上、呈上、無上、奉上、敬上、早上、晚上、犯上、以上、爲上、形而上、至高無上、一擁而上、山陰道上、扶搖直上、後來居上、甚囂塵上、桑間濮上、蒸蒸日上、躍然紙上、玩弄於股掌之上。

次 2

丌

形解 象形；「‖」是兩足，「二」是承載物的平面，象承載物品使它平穩的器具。

音義 ㄐㄧ 名①象器物的座墊。②「其」的古文。③姓。④丌官，複姓。

常 3

丑

形解 象形；象手指扭曲的形狀。丑假借爲地支後，另加手旁寫做「扭」。

音義 ㄔㄡˇ 名①地支第二位。②夜間一時至三時。③表演滑稽的戲劇角色；例丑角。④姓。

參考 孳 紐、杻、羞、忸、妞、衄。

5 **丑旦** ㄔㄡˇ ㄉㄢˋ 戲劇中飾演滑稽角色的女性。

參考 ①又稱「丑婆子」。②與「丑角」有別：前者專用於女性，後者則爲泛稱，不分男女。

7 **丑角（兒）** ㄔㄡˇ ㄐㄧㄠˇ（ㄦ） 戲劇中表演滑稽角色的人。

參考 ①又稱丑兒、丑腳兒。②參閱「丑旦」條。

常 3

丐

形解 原爲「匃」的俗體字，現在通用「丐」字。

音義 ㄍㄞˋ 名要飯的人；例乞丐。動①乞求；②給予。

參考 「丐」與「丏」不同，不可混用。「丐」字，音ㄍㄞˋ，有乞求的意思。「丐」和「丏」字形很相似，因此有很多人把「夏丏尊」誤寫成「夏丐尊」。丏，音ㄇㄧㄢˇ，有遮蔽的意思。

常 3

不

形解 象形；象花萼的形狀。

音義 ㄅㄨˋ 副表否定；例不能。助置於句末造成問句；例來不？

ㄈㄡˇ 助表疑問，同「否」。

ㄈㄨ 名花萼。同「附」。

ㄈㄡ 名姓；例不準。

參考 ①孳 丕、胚、杯、盃、否。②在四聲字前面，「不」字讀二聲。③動詞「有」的否定式是「沒有」，不是「不有」。

1 **不一而足** ㄅㄨˋ ㄧ ㄦˊ ㄗㄨˊ 同類的事情很多，不只一種或一次。

參考 同 琳瑯滿目。

---

2 **不入流** ㄅㄨˋ ㄖㄨˋ ㄌㄧㄡˊ 做某事或居某位時，不能進入狀況，無法勝任愉快。古人分人爲九流，不能入九流，表示其人能力極差。

不入虎穴焉得虎子 ㄅㄨˋ ㄖㄨˋ ㄏㄨˇ ㄒㄩㄝˋ ㄧㄢ ㄉㄜˊ ㄏㄨˇ ㄗˇ 比喻不冒險犯難便不能成大事。

不二價 ㄅㄨˋ ㄦˋ ㄐㄧㄚˋ 〔商〕指商店出售的各種物品，有統一而固定的價錢，不准討價還價。

不二法門 ㄅㄨˋ ㄦˋ ㄈㄚˇ ㄇㄣˊ ㈠〔宗〕佛家語，喻修行得道的唯一門徑。不二：指無彼此的分別。㈡今喻處事最好的或獨一無二的方法。

不了了之 ㄅㄨˋ ㄌㄧㄠˇ ㄌㄧㄠˇ ㄓ 沒有作完就算了，形容把事或問題推在一邊不管，含糊過去就算完事。

3 **不才** ㄅㄨˋ ㄘㄞˊ 沒有才能，自稱的謙詞。

不凡 ㄅㄨˋ ㄈㄢˊ 特殊，非常。例卓爾不凡。

不下 ㄅㄨˋ ㄒㄧㄚˋ ㈠彼此不相讓。㈡不能容納。例僵持不下。

例吃不下。㈢差不多，在某數以上。例參觀這次展覽者不下千人。

不上算 ㄅㄨˋ ㄕㄤˋ ㄙㄨㄢˋ 俚吃虧，划不來。

參考 同不划算、不合算。

不上不下 ㄅㄨˋ ㄕㄤˋ ㄅㄨˋ ㄒㄧㄚˋ 進退兩難，不知如何是好。

參考 同進退維谷。

不三不四 ㄅㄨˋ ㄙㄢ ㄅㄨˋ ㄙˋ 形容不正經的或不規矩或不成模樣。

4 **不仁** ㄅㄨˋ ㄖㄣˊ ㈠沒有仁德的心。例爲富不仁。㈡中醫稱知覺痲痺爲不仁。例口不仁、小腹不仁。

不及 ㄅㄨˋ ㄐㄧˊ ㈠時間上趕不到。㈡程度上不如，比不上。

不日 ㄅㄨˋ ㄖˋ 不一定那一天，指最近的日子。例不日啓程。

參考 與「即日」有別：即日，指當日或要到來的日子。

不中用 ㄅㄨˋ ㄓㄨㄥ ㄩㄥˋ ㈠不合用。㈡指人沒有才能。

不介意 ㄅㄨˋ ㄐㄧㄝˋ ㄧˋ 不把別人加諸於自己的事物或話語放在心上。

參考 同不在乎。

不亢不卑 ㄅㄨˋ ㄎㄤˋ ㄅㄨˋ ㄅㄟ 態度合宜，不過分自大，亦不過分謙卑。

參考 反高傲自大。

不毛之地 ㄅㄨˋ ㄇㄠˊ ㄓ ㄉㄧˋ 原指不生長莊稼的土地，後泛指荒涼貧瘠的地面。毛，古通「苗」。

不分軒輊 ㄅㄨˋ ㄈㄣ ㄒㄩㄢ ㄓˋ ㈠比喻不分高下，實力相當。軒：車前的高處。輊：車後的低處。㈡一視同仁，沒有親疏厚薄的分別。

參考 參閱「並駕齊驅」條。

5 **不可一世** ㄅㄨˋ ㄎㄜˇ ㄧˊ ㄕˋ 自以爲當代第一，誰也比不上。形容人狂妄自大到了極點。一世：一個世代，當代。

參考 反虛懷若谷、謹慎謙虛。

不可名狀 ㄅㄨˋ ㄎㄜˇ ㄇㄧㄥˊ ㄓㄨㄤˋ 無法用言語形容、描繪或說出。名：說出；狀：描繪。

參考 同不可言喻。

不可捉摸 ㄅㄨˋ ㄎㄜˇ ㄓㄨㄛ ㄇㄛ 變化莫測。

不可抗力 ㄅㄨˋ ㄎㄜˇ ㄎㄤˋ ㄌㄧˋ 法出於自然或人爲的無法抵抗的強制力。例如：天災、地變、兵禍等。

不可理喻 ㄅㄨˋ ㄎㄜˇ ㄌㄧˇ ㄩˋ 不能夠用道理來開導、說服他。形容蠻橫不講理。理：道理、事理。喻：開導、曉喻。

不可開交 ㄅㄨˋ ㄎㄜˇ ㄎㄞ ㄐㄧㄠ 形容無法擺脫。交：糾纏，糾結。例忙得不可開交。

不可勝數 ㄅㄨˋ ㄎㄜˇ ㄕㄥ ㄕㄨˇ 多得數不完，比喻極多。勝：盡。

不可限量 ㄅㄨˋ ㄎㄜˇ ㄒㄧㄢˋ ㄌㄧㄤˋ 形容人的發展潛力無窮，不能預測其止境。

參考 同前途無量。

不可思議 ㄅㄨˋ ㄎㄜˇ ㄙ ㄧˋ 指事理的深妙神奇非一般人所能想像和理解。

參考 同難以置信。

不可言喻 ㄅㄨˋ ㄎㄜˇ ㄧㄢˊ ㄩˋ 不能用語言文字來形容。喻：譬喻，形容，明白。

參考 同不可名狀、莫可名狀、不可言狀。

不可救藥 ㄅㄨˋ ㄎㄜˇ ㄐㄧㄡˋ ㄧㄠˋ 指人病重已極，無法治癒。比喻人或事物已壞到無法根治、救助或補救的地步。

參考 又作「無可救藥」。

不平之鳴 ㄅㄨˋ ㄆㄧㄥˊ ㄓ ㄇㄧㄥˊ 爲人或物受到壓迫或不公平的待遇時，自然會提出申訴或抗拒。

不由得 ㄅㄨˋ ㄧㄡˊ ˙ㄉㄜ 心中不能自我控制。

不由分說 ㄅㄨˋ ㄧㄡˊ ㄈㄣ ㄕㄨㄛ 不容許別人分析辯解。

不由自主 ㄅㄨˋ ㄧㄡˊ ㄗˋ ㄓㄨˇ 由不得自己，自己控制不住自己。

參考 與「情不自禁」都有自己不能控制的意思，但有分別：前者偏重身體的反應，可以形容整個人和人的一部分。後者偏重在內心活動，原因在「情」，有時也可形容感情激動，只用來形容整個人。

不打自招 ㄅㄨˋ ㄉㄚˇ ㄗˋ ㄓㄠ 舊指沒有用刑就自動招認了自己的罪行。今喻無意中說出自己幹的壞事或洩漏了自己不好的想法。

參考 本詞含有貶損的意思。

不白之冤 ㄅㄨˋ ㄅㄛˊ ㄓ ㄩㄢ 難以

辯明的冤屈。

6 **不朽** ㄅㄨˋ ㄒㄧㄡˇ 人的形骸雖死，但聲名卻永不磨滅。

不行 ㄅㄨˋ ㄒㄧㄥˊ ㈠不可。㈡辦不到，不能夠實行。㈢不好，不合標準。

不安於室 ㄅㄨˋ ㄢ ㄩˊ ㄕˋ 指婦人不守婦道，不安己分。

參考 本詞含有貶損的意思，請謹愼使用。

不成體統 ㄅㄨˋ ㄔㄥˊ ㄊㄧˇ ㄊㄨㄥˇ 不像個樣子。體統：應用的體制、格局、規矩等。

不自在 ㄅㄨˋ ㄗˋ ㄗㄞˋ ㈠身體不舒服。㈡侷促不安。

不自量力 ㄅㄨˋ ㄗˋ ㄌㄧㄤˋ ㄌㄧˋ 比喻人不衡量自己的能力，去做能力不可達到的事，有把自己的力量高估的意思。

參考 ①與「好高騖遠」有別：前者偏重在自己的力量不夠；後者著重形容別人志向遠大，但又力不從心。②反量力而爲。

不在乎 ㄅㄨˋ ㄗㄞˋ ㄏㄨ 即不介意。

不亦樂乎 ㄅㄨˋ ㄧˋ ㄌㄜˋ ㄏㄨ ㈠表示深感高興。例「有朋自遠方來，不亦樂乎。」㈡引伸爲很過癮。例這頓飯吃得不亦樂乎。

不同凡響 ㄅㄨˋ ㄊㄨㄥˊ ㄈㄢˊ ㄒㄧㄤˇ 指特別出色，並不是平平常常的聲音。比喻超出一般的水準。

參考 同①出類拔萃。②與「一鳴驚人」有別，前者著重在脫穎而出，與衆不同上；後者強調在「一鳴」上，指第一次做就有驚人的貢獻或成就。

不共戴天 ㄅㄨˋ ㄍㄨㄥˋ ㄉㄞˋ ㄊㄧㄢ 形容仇深似海，不願與仇人共同生存於人世間。戴：頂著。

參考 與「勢不兩立」雖都有不能共存的意思，但二者有別：前者形容仇恨之深，不能與對方在同一個天底下活著，多用作敵人、仇恨的話語。後者對象可用於人或物，指非常對立的狀態，不專指仇恨而言。

不合時宜 ㄅㄨˋ ㄏㄜˊ ㄕˊ ㄧˊ 不適合當時風行的習尚。

參考 同不合時尚。

7 **不肖** ㄅㄨˋ ㄒㄧㄠˋ ㈠子不與父相似。㈡不賢。例賢與不肖。

參考 衍不肖子孫。

不住 ㄅㄨˋ ㄓㄨˋ ㈠不止。例「兩岸猿聲啼不住。」㈡詞尾用語，有不穩、不牢靠的意思。例靠不住。

不但 ㄅㄨˋ ㄉㄢˋ 不只，有表示推進一層的意思。

參考 本詞作連接詞用時，常和「而且」連用。

不克 ㄅㄨˋ ㄎㄜˋ ㈠不能。例不克參加。㈡戰而不勝。

不妨 ㄅㄨˋ ㄈㄤˊ ㈠可以。例你不妨告訴他。㈡沒有關係。例此事但作不妨。

參考 衍不妨事。

不妨事 ㄅㄨˋ ㄈㄤˊ ㄕˋ 沒有關係，沒有妨礙。

參考 又作「不礙事」。

不含糊 ㄅㄨˋ ㄏㄢˊ ㄏㄨ ㈠贊美之詞，含有眞實、堅固、美好等意思。㈡不畏縮。㈢乾淨俐落，不拖泥帶水。

不更事 ㄅㄨˋ ㄍㄥ ㄕˋ 不曾經歷世事。

參考 ①同不經事。②衍少不更事。

不足爲訓 ㄅㄨˋ ㄗㄨˊ ㄨㄟˊ ㄒㄩㄣˋ 不可奉爲法則。

參考 同不可爲訓。

不足輕重 ㄅㄨˋ ㄗㄨˊ ㄑㄧㄥ ㄓㄨㄥˋ 不重要，沒有什麼價值。

不足掛齒 ㄅㄨˋ ㄗㄨˊ ㄍㄨㄚˋ ㄔˇ 不值得一提。

參考 ①反沒齒難忘。②本詞常用在替別人做了事，而要對方不必放在心上的謙詞。

不折不扣 ㄅㄨˋ ㄓㄜˊ ㄅㄨˋ ㄎㄡˋ 完全的，毫不保留的肯定用語。

參考 同完完全全、道道地地。

不見得 ㄅㄨˋ ㄐㄧㄢˋ ㄉㄜˊ 未必如此。

不見天日 ㄅㄨˋ ㄐㄧㄢˋ ㄊㄧㄢ ㄖˋ 形容在黑暗世界，暗無天日，過著悲慘生活。比喻前程黑暗，沒有希望。

參考 同暗無天日。

不見經傳 ㄅㄨˋ ㄐㄧㄢˋ ㄐㄧㄥ ㄓㄨㄢˋ 指不是聖經賢傳上記載的，形容沒有來歷，不爲人知。

參考 與「默默無聞」都有不爲人知的意思，但有區別：前者偏重在人的名氣不大，在經傳上找不到；後者泛指人、物的名字或招牌不夠響亮，不出名。

不求甚解 ㄅㄨˋ ㄑㄧㄡˊ ㄕㄣˋ ㄐㄧㄝˇ 對於事物或書本中的道理，不要求透徹的了解。參考 同 一知半解。

不言而喻 ㄅㄨˋ ㄧㄢˊ ㄦˊ ㄩˋ 不待說明就已經明白了。比喻事理淺顯。喻：知曉，明白。

不即不離 ㄅㄨˋ ㄐㄧˊ ㄅㄨˋ ㄌㄧˊ 原爲佛經用語。今用以指對人或事保持一定距離，不親近，也不疏遠。即：接近。參考 與「或即或離」有別：前者强調保持一定距離；後者著重在有時親近、有時疏遠。

8 **不拘** ㄅㄨˋ ㄐㄩ ㈠不受拘束、限制。例不拘小節。㈡無論。例不拘多寡。

不阿 ㄅㄨˋ ㄜ 公正，不循私。例執法不阿。

不服 ㄅㄨˋ ㄈㄨˊ 不順從。

不果 ㄅㄨˋ ㄍㄨㄛˇ ㈠不成功。㈡不堅決。

不知不覺 ㄅㄨˋ ㄓ ㄅㄨˋ ㄐㄩㄝˊ ㈠感覺反應遲鈍。㈡未曾察覺。參考 知覺有三種層次：先知先覺、後知後覺、不知不覺。

不知所云 ㄅㄨˋ ㄓ ㄙㄨㄛˇ ㄩㄣˊ ㈠不知道自己所說是何物，表示感傷至極。㈡不了解別人說些什麼。

不知所措 ㄅㄨˋ ㄓ ㄙㄨㄛˇ ㄘㄨㄛˋ 形容驚慌失措，不知怎麼辦才好。措：安置、安頓。

不明就裡 ㄅㄨˋ ㄇㄧㄥˊ ㄐㄧㄡˋ ˙ㄌㄧ 不知所以。參考 同 不明究竟。

不卑不亢 ㄅㄨˋ ㄅㄟ ㄅㄨˋ ㄎㄤˋ 態度恰如其分，不過分謙卑，亦不過分高傲。亢：高傲。參考 亦作「不亢不卑」。

不屈不撓 ㄅㄨˋ ㄑㄩ ㄅㄨˋ ㄋㄠˊ 不低頭，不屈服。比喻意志堅强不因受到挫折而屈服。撓：彎曲。參考 同 百折不回。

9 **不便** ㄅㄨˋ ㄅㄧㄢˋ 不方便，不合適。

不迭 ㄅㄨˋ ㄉㄧㄝˊ ㈠不停止，接連不斷。例稱讚不迭。㈡表示急忙或來不及。例後悔不迭。

不軌 ㄅㄨˋ ㄍㄨㄟˇ 舉動越出法度之外。軌：車軌。例圖謀不軌。

不相上下 ㄅㄨˋ ㄒㄧㄤ ㄕㄤˋ ㄒㄧㄚˋ 程度差不多，分不出高低。

不約而同 ㄅㄨˋ ㄩㄝ ㄦˊ ㄊㄨㄥˊ 事先未經約定，而意見或行爲卻彼此一致。

不爲已甚 ㄅㄨˋ ㄨㄟˊ ㄧˇ ㄕㄣˋ 原意是指不做過頭的事，後來泛指對人的責難批評，要適可而止，不要過分。已甚：太過分。例待人接物要記住不爲已甚。

不省人事 ㄅㄨˋ ㄒㄧㄥˇ ㄖㄣˊ ㄕˋ ㈠不通達人情世故。㈡因昏迷而失去知覺。

不負衆望 ㄅㄨˋ ㄈㄨˋ ㄓㄨㄥˋ ㄨㄤˋ ㈠事情的結果，能達到大家所預期的目標。負：辜負。㈡能力被大家所贊許。

不看僧面看佛面 ㄅㄨˋ ㄎㄢˋ ㄙㄥ ㄇㄧㄢˋ ㄎㄢˋ ㄈㄛˊ ㄇㄧㄢˋ 俚 常指要求人行事，不看這一方情面，也應看另一方較大的情面給予通融。僧：和尚；佛：僧人所供奉的神。

10 **不息** ㄅㄨˋ ㄒㄧ 不停止。息：靜止。參考 衍 自强不息、生生不息。

不料 ㄅㄨˋ ㄌㄧㄠˋ 意想不到。參考 同 不謂、不意。

不准 ㄅㄨˋ ㄓㄨㄣˇ 强烈的表示不允許某種主張或行爲。

不配 ㄅㄨˋ ㄆㄟˋ ㈠不相稱。㈡沒有資格。

不起 ㄅㄨˋ ㄑㄧˇ ㈠病重至死。例一病不起。㈡詞尾用語，表示否定。例買不起、瞧不起。

不消 ㄅㄨˋ ㄒㄧㄠ ㈠不能承受。例吃不消。㈡無須，用不著。例不消說，當然是多多益善。

不容 ㄅㄨˋ ㄖㄨㄥˊ ㈠不許，即規則不容逾越。㈡不見用於世。

不容置喙 ㄅㄨˋ ㄖㄨㄥˊ ㄓˋ ㄏㄨㄟˋ ㈠不容許插嘴。喙：嘴。㈡沒有批評的餘地。

不屑 ㄅㄨˋ ㄒㄧㄝˋ 因輕視而不予理會。參考 衍 不屑一顧。

不時 ㄅㄨˋ ㄕˊ ㈠不合乎節氣時令。㈡在預料之外的。例不時之需。㈢經常的，不定時的。

不留餘地 ㄅㄨˋ ㄌㄧㄡˊ ㄩˊ ㄉㄧˋ 形容言行決絕，毫無保留。

不倫不類 ㄅㄨˋ ㄌㄨㄣˊ ㄅㄨˋ ㄌㄟˋ 既

不像這又不像那，什麼都不像。即不像樣。倫：類，同一種類。

參考 同不三不四。

不修邊幅 ㄅㄨˋ ㄒㄧㄡ ㄅㄧㄢ ㄈㄨˊ 即不拘小節，比喻不注意服飾、儀容的整潔，而任其凌亂不堪。修：整飭；邊幅：本指布帛的布緣，引申爲人的儀表、衣着等。

11 **不祥** ㄅㄨˋ ㄒㄧㄤˊ (一)不善。(二)不吉利。

參考 衍不祥之人、不祥之物。

不淑 ㄅㄨˋ ㄕㄨˊ (一)不善，不良。例遇人不淑。(二)不幸，弔喪慰問之辭。

不得已 ㄅㄨˋ ㄉㄜˊ ㄧˇ 無可奈何，不得不這樣。例不得已而求其次。

不得不然 ㄅㄨˋ ㄉㄜˊ ㄅㄨˋ ㄖㄢˊ 不能不如此，意即必須如此。

不旋踵 ㄅㄨˋ ㄒㄩㄢˊ ㄓㄨㄥˇ 來不及轉身，形容時間極短。踵：腳跟。

參考 同一會兒。

不動產 ㄅㄨˋ ㄉㄨㄥˋ ㄔㄢˇ 法依我國民法規定，所謂不動產者係指土地及其定著物。凡性質上不能移動其位置之物，或非經破壞變更則不能移動其位置之物，皆稱爲不動產。

不動聲色 ㄅㄨˋ ㄉㄨㄥˋ ㄕㄥ ㄙㄜˋ 不說話，也沒有什麼表情。形容鎮靜，沉著。色：表情。

參考 ①反打草驚蛇。②與「無動於衷」有別：前者指在緊急或特殊情況下，說話、神態都跟平常一樣，沒有變化，多形容態度鎮靜。後者形容冷漠無情而不受感動，有時形容立場堅定，意志堅決。

不敗之地 ㄅㄨˋ ㄅㄞˋ ㄓ ㄉㄧˋ 立場堅穩，不可動搖。

不偏不倚 ㄅㄨˋ ㄆㄧㄢ ㄅㄨˋ ㄧˇ 原爲朱熹對「中庸之道」的「中」之解釋，其後用來泛指不偏向任何一方，即沒有絲毫的偏差。偏、倚，都有不正的意思。

不虛此行 ㄅㄨˋ ㄒㄩ ㄘˇ ㄒㄧㄥˊ 沒有白走這一趟。虛：空，徒然。

不務正業 ㄅㄨˋ ㄨˋ ㄓㄥˋ ㄧㄝˋ 不專力於正當的職業。務：致力。

不速之客 ㄅㄨˋ ㄙㄨˋ ㄓ ㄎㄜˋ 不請自來的客人。速：邀請。

不假外求 ㄅㄨˋ ㄐㄧㄚˇ ㄨㄞˋ ㄑㄧㄡˊ 不須借助外力的幫忙。假：借的意思。

不脛而走 ㄅㄨˋ ㄐㄧㄥˋ ㄦˊ ㄗㄡˇ 沒有腿也能走，引伸爲不待推行，卻能傳布迅速，風行一時。脛：小腿。

不情之請 ㄅㄨˋ ㄑㄧㄥˊ ㄓ ㄑㄧㄥˇ 不合情理的要求，自謙語。

參考 本詞只能用來描述自己的要求。

12 **不啻** ㄅㄨˋ ㄔˋ (一)不止，不僅。例不啻如此。(二)無異於，如同。例百年不啻一瞬。

參考「啻」不可誤讀作「ㄉㄧˋ」。

不測 ㄅㄨˋ ㄘㄜˋ (一)事先無法預料。例天有不測風雲。(二)指意外的事。例險遭不測。

不敢當 ㄅㄨˋ ㄍㄢˇ ㄉㄤ 不敢冒昧接受，是受人稱讚的自謙詞。

不堪 ㄅㄨˋ ㄎㄢ (一)不能。例不堪造就、不堪設想。(二)不能忍受，表程度。例不堪其苦、不堪回首。(三)極壞。例人品不堪。(四)經受不起。例不堪一擊。

參考 作「不能」及「表程度」解時，多用在不好和消極方面。

不惑 ㄅㄨˋ ㄏㄨㄛˋ (一)不疑慮。例知者不惑。(二)孔子自稱四十而不惑，後人稱四十歲爲不惑。例年屆不惑。

不然 ㄅㄨˋ ㄖㄢˊ (一)不是這樣。例其實不然。(二)連接詞，同「否則」。

不勝 ㄅㄨˋ ㄕㄥ (一)承受不起，指難以承擔，難以忍受等。例高處不勝寒。(二)非常，十分。例不勝感激。

不勝枚舉 ㄅㄨˋ ㄕㄥ ㄇㄟˊ ㄐㄩˇ 形容數量或事物太多，無法一一列舉。枚舉：一個一個地舉出來。

參考 反寥寥可數。

不景氣 ㄅㄨˋ ㄐㄧㄥˇ ㄑㄧˋ (一)衰落而不興旺。(二)經形容生產停滯，商業萎縮，市面蕭條，失業率陡升等經濟現象。

不貳過 ㄅㄨˋ ㄦˋ ㄍㄨㄛˋ 犯錯能立即悔改，絕不再犯同樣的錯誤。貳過：同樣的錯誤犯了兩次。

不著邊際 ㄅㄨˋ ㄓㄨㄛˊ ㄅㄧㄢ ㄐㄧˋ 比喻說話做事不能切合事情的

實際情況。

不寒而慄 ㄅㄨˋ ㄏㄢˊ ㄦˊ ㄌㄧˋ 比喻恐懼到了極點。

參考 ①慄亦作「栗」。②與「毛骨悚然」都是形容非常害怕，但二者句型結構有別，往往不能互用，後者還可形容冷的程度。

不稂不莠 ㄅㄨˋ ㄌㄤˊ ㄅㄨˋ ㄧㄡˇ 原意指耕作精細，沒有什麼雜草。後專指既不像稂，也不像莠；比喻一個人不成材或沒出息。稂：狼尾草；莠：狗尾草，都是田中同稻禾相似的雜草。

參考 「莠」不可讀作「ㄒㄧˋㄡ」。

不期而遇 ㄅㄨˋ ㄑㄧˊ ㄦˊ ㄩˋ 事前未先約定而竟在無意中碰見。

參考 與「不約而同」有別：前者偏重在「遇」，形容事前沒有約定，竟然可以碰見；後者強調在「同」，形容事先沒有約定，竟然大家一起做同樣的一件事。

不絕如縷 ㄅㄨˋ ㄐㄩㄝˊ ㄖㄨˊ ㄌㄩˇ ㈠只有一線相連而將斷未斷，比喻極爲危急。縷，細線。㈡形容聲音微弱而悠長。例餘音嫋嫋，不絕如縷。㈢引申爲不間斷。

不勞而獲 ㄅㄨˋ ㄌㄠˊ ㄦˊ ㄏㄨㄛˋ 不費心力或勞力而取得，或享受別人辛勞的成果，指僥倖而得。

參考 本詞含有貶損的意思，請斟酌使用。

不登大雅之堂 ㄅㄨˋ ㄉㄥ ㄉㄚˋ ㄧㄚˇ ㄓ ㄊㄤˊ 比喻事物不高貴、不雅正。大雅之堂，記有雅正之音的殿堂。宋朝楊素想使大雅之音重新在三巴之間興盛起來，於是在四川眉山縣建一殿堂，請黃庭堅寫上杜甫詩，而將此堂命名爲大雅。

不費吹灰之力 ㄅㄨˋ ㄈㄟˋ ㄔㄨㄟ ㄏㄨㄟ ㄓ ㄌㄧˋ 比喻事物的成功毫不費力。灰：灰塵，極輕之物。吹灰之力，形容極微小的力量。

13
不過 ㄅㄨˋ ㄍㄨㄛˋ ㈠僅僅。㈡轉折語氣連接詞，有但是、然而的意思。㈢不能超越。例他比不過你。㈣附加的語詞，表示非常。例能有你幫忙，那是最好不過的了。

不貲 ㄅㄨˋ ㄗ 不可計量。貲：數量。

參考 「貲」又作「訾」。

不禁 ㄅㄨˋ ㄐㄧㄣ 忍不住，不由自主地。

不經 ㄅㄨˋ ㄐㄧㄥ ㈠不遵守成規定法。㈡不合常理，近乎妄誕；沒有根據。例荒誕不經。

不經一事不長一智 ㄅㄨˋ ㄐㄧㄥ ㄧ ㄕˋ ㄅㄨˋ ㄓㄤˇ ㄧ ㄓˋ 指智慧因閱歷日廣而增加。

參考 ①同「不因一事，不長一智。」②本詞中的「經」、「長」都作動詞用：經，經歷；長，增加。

不愧 ㄅㄨˋ ㄎㄨㄟˋ ㈠不感羞愧。㈡實在，確實。例他不愧是個頂天立地的大丈夫。

不愧不怍 ㄅㄨˋ ㄎㄨㄟˋ ㄅㄨˋ ㄗㄨㄛˋ 形容人的行爲光明磊落，毫無愧疚。怍：慚愧。

不義之財 ㄅㄨˋ ㄧˋ ㄓ ㄘㄞˊ 不是用正當方法得來的錢。即不當得的錢財。

參考 同非份之財。

不置可否 ㄅㄨˋ ㄓˋ ㄎㄜˇ ㄈㄡˇ 既不說「是」，也不言「否」，指不下斷言或不作確實答覆。

參考 同含糊其辭。

不慌不忙 ㄅㄨˋ ㄏㄨㄤ ㄅㄨˋ ㄇㄤˊ 悠游自得，一點也不忙亂。

參考 同從容不迫。

不落俗套 ㄅㄨˋ ㄌㄨㄛˋ ㄙㄨˊ ㄊㄠˋ 不流於庸俗陳舊的手法。

參考 同不落窠臼。

不落窠臼 ㄅㄨˋ ㄌㄨㄛˋ ㄎㄜ ㄐㄧㄡˋ 比喻不落俗套，指有獨創風格（多指文章、作品而言）。窠臼：老套子、舊格式。

參考 反清新脫俗。

不虞 ㄅㄨˋ ㄩˊ ㈠沒有想到。

參考 同不料。㈡不須顧慮。例不虞衣食。

不虞匱乏 ㄅㄨˋ ㄩˊ ㄎㄨㄟˋ ㄈㄚˊ 比喻充足，不必擔心有所缺乏。虞：顧慮。

14
不管 ㄅㄨˋ ㄍㄨㄢˇ ㈠不理會。㈡猶言不論。

參考 ①作連詞時，「不管」即「不論」，表示條件或情況不同但結果不變，下文多與「總」、「都」等詞呼應。②「不管」、「不顧」有別：「不管」和

「不顧」當動詞用時，是「管」的否定，意思是不考慮。例你怎麼可以不管(不顧)後果，這樣做呢？「不管」當連詞時，和「不論」相同，常常和「都」、「總」等副詞配合使用。例不管(不論)別人怎麼說，你總要相信我才好。

不厭其詳 ㄅㄨˋ ㄧㄢˋ ㄑㄧˊ ㄒㄧㄤˊ (一)很有耐心地詳細解說。(二)不怕詳細，愈詳細愈好。

15 **不論** ㄅㄨˋ ㄌㄨㄣˋ (一)不管。例不論如何。(二)不說。例姑且不論。

參考 見「不管」條。

不齒 ㄅㄨˋ ㄔˇ 不屑與之同列，表示極端鄙視。齒：有如牙齒同列在一起，引申為排比、並列義。

不敷 ㄅㄨˋ ㄈㄨ 不足。敷：足夠。例不敷使用。

不蔓不枝 ㄅㄨˋ ㄇㄢˋ ㄅㄨˋ ㄓ 蓮的葉子都生在根節間，既無蔓生的細莖，又沒歧出的枝枒。今專喻文章簡潔，不拖泥帶水，不節外生枝。

參考 反節外生枝。

16 **不諱** ㄅㄨˋ ㄏㄨㄟˋ (一)無所忌諱。例直言不諱。(二)不避諱當代君主或尊長的名字。例直書不諱。(三)死的婉轉說法。

不謀而合 ㄅㄨˋ ㄇㄡˊ ㄦˊ ㄏㄜˊ 事情沒有經過共同謀劃，結果卻恰好相符合。例我跟他的想法不謀而合。

參考 與「不約而同」意義相似而有別：前者對象多指見解、主張、計劃、理想等的相合；後者可指具體動作和心理活動，重點偏重於相同而非相合。

不辨菽麥 ㄅㄨˋ ㄅㄧㄢˋ ㄕㄨˊ ㄇㄞˋ 原指愚昧無知，分不清豆子和麥子。今喻見識膚淺，無法分辨起碼事物的人。菽：豆子；麥：麥子。

參考 菽，不可讀成「ㄐㄧㄠ」。

不遺餘力 ㄅㄨˋ ㄧˊ ㄩˊ ㄌㄧˋ 用盡全力，指毫無保留地使出全部力量。遺：保留。

不學無術 ㄅㄨˋ ㄒㄩㄝˊ ㄨˊ ㄕㄨˋ 指沒有學問，又沒有修養的人。

參考 古本作「亡術」，因「亡」通「無」，今多作「無」。

17 **不翼而飛** ㄅㄨˋ ㄧˋ ㄦˊ ㄈㄟ 比喻物品無故遺失或突然不見。

參考 亦作「無翼而飛」。

19 **不關痛癢** ㄅㄨˋ ㄍㄨㄢ ㄊㄨㄥˋ ㄧㄤˇ 比喻和事情漠不相關，因此不受任何影響。

參考 ①亦作「無關痛癢」。②反痛癢相關。

不識一丁 ㄅㄨˋ ㄕˋ ㄧ ㄉㄧㄥ 連最普通的「丁」字也不認識。形容人不識字。

參考 ①又作「目不識丁」。②同不識之無。③一說「丁」是「个」字之誤，形容一個字也不認識。

不識時務 ㄅㄨˋ ㄕˋ ㄕˊ ㄨˋ 不明白當前的形勢和潮流。

不識擡舉 ㄅㄨˋ ㄕˋ ㄊㄞˊ ㄐㄩˇ 罵人不知自己受了別人的禮遇優待，反而辜負了人家一番好意。擡舉：獎勵提拔。

不識廬山真面目 ㄅㄨˋ ㄕˋ ㄌㄨˊ ㄕㄢ ㄓㄣ ㄇㄧㄢˋ ㄇㄨˋ 比喻沈溺在某種事象中而看不清真實狀況。

23 **不羈** ㄅㄨˋ ㄐㄧ 不受拘束、限制。比喻人才識高遠，俊秀脫俗。羈：馬的絡頭，引申為拘束的意思。

參考 ①同不拘。②衍不羈之才。

次 3

丏

形解  象形；ㄅ，為人的變形，匸象阻塞或遮蔽的樣子，所以不見為丏。

音義 ㄇㄧㄢˇ 名城上避箭的短牆。動躲避而看不見。

參考 丏與「丐」形近而音義互殊。

常 4

丙

形解 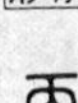 象形；象底座的形狀，後假借為天干第三位。

音義 ㄅㄧㄥˇ 名①天干第三位。②第三順位；例丙等體格。③火的別稱；例付丙。④古「炳」字。⑤姓。

參考 擊昺、炳、柄、病。

2 **丙丁** ㄅㄧㄥˇ ㄉㄧㄥ 火日，丙丁於五行屬火，故俗稱火為丙或丙丁，付火也稱付丙或稱付丙丁。

8 **丙夜** ㄅㄧㄥˇ ㄧㄝˋ 三更，夜半的時候，即午夜十一時、十二時。

㊖ 4 **世** 形解 𠀍 會意；以三個「十」字相連。古人以三十年爲一世，因此連接三個十字來表示。

音義 ㄕˋ 名 ①三十年叫做「一世」。②人的一生；例一生一世。③父子相繼爲一世；例五世同堂。④時代；例時世。⑤世界；例舉世無雙。⑥姓。形①代代相傳的；例世醫。②世界的；例世事。

參考 ①世與楷書「三十」的合文作「卅」有別。②孳貰、紲、枻、繼。

4 **世仇** ㄕˋ ㄔㄡˊ ㈠世代累積的冤仇。㈡世世代代有仇的人或人家。

世及 ㄕˋ ㄐㄧˊ 世代相襲。

參考 同世襲。

5 **世兄** ㄕˋ ㄒㄩㄥ ㈠稱有世交的父輩之子。㈡稱老師的兒子。㈢同學間互相的尊稱。

世代 ㄕˋ ㄉㄞˋ ㈠世世代代，即好幾輩子。例世代書香、世代相傳。㈡三十年稱一世或世代。㈢(很多)年代。

世外桃源 ㄕˋ ㄨㄞˋ ㄊㄠˊ ㄩㄢˊ ㈠東晉詩人陶淵明在「桃花源記」中所描述的一個與世隔絕，沒有遭受戰亂，安樂而美好的社會。比喻理想中可供隱居的人間樂土。㈡比喻風景優美而人跡罕至的地方。

6 **世交** ㄕˋ ㄐㄧㄠ 世代有交往的兩個家庭。

參考 同世誼、世好。

7 **世伯** ㄕˋ ㄅㄛˊ 在父輩世交中對年齡大於父親的尊稱。

世系 ㄕˋ ㄒㄧˋ 指一姓世代相傳的系統。

8 **世叔** ㄕˋ ㄕㄨˊ ㈠在父輩世交中年齡小於父者的稱呼。㈡學生稱太老師的兒子。㈢複姓。

世所周知 ㄕˋ ㄙㄨㄛˇ ㄓㄡ ㄓ 廣爲大衆所熟知的事物。

世事變遷 ㄕˋ ㄕˋ ㄅㄧㄢˋ ㄑㄧㄢ 當世種種事情的變化。

參考 同滄海桑田。

9 **世紀** ㄕˋ ㄐㄧˋ 計算歷史年代的單位，每一百年稱一世紀。例一九〇一年至二〇〇〇年爲二十世紀。

世故 ㄕˋ ㄍㄨˋ ㈠熟習人情世俗的習慣，待人處事能面面周到。㈡世間一切的事理。㈢處世經驗。

世面 ㄕˋ ㄇㄧㄢˋ 指各種社會情狀。

世俗 ㄕˋ ㄙㄨˊ ㈠社會上流傳的風俗習慣。例世俗眼光。㈡世間。例世俗君子。㈢宗教教義認爲一切事物具有兩種形式，把天上的形式稱爲神聖，把人間的形式稱爲世俗。

參考 反神聖。

世界 ㄕˋ ㄐㄧㄝˋ ㈠宗佛教用語，與宇宙同義。㈡地球上所有的地方。㈢自成體系的組織或現象。㈣指自然界和人類社會的總體。例世界觀。㈤指自然界或人類社會的某一領域或人類活動的某一方面。例內心世界。

參考 衍世界大戰、世界主義、世界革命、世界屋脊。

世界觀 ㄕˋ ㄐㄧㄝˋ ㄍㄨㄢ 哲人們對整個世界(包括自然、社會和思惟)的總看法。它是人們在長期的社會實踐中逐漸形成的。常與人生觀對舉，有時也包括宇宙觀及人生觀而言。

世界大同 ㄕˋ ㄐㄧㄝˋ ㄉㄚˋ ㄊㄨㄥˊ 我國固有傳統的理想：世界上所有不同的民族都和諧幸福的生活在一起。

參考 又可作「大同世界」。

世俗之譽 ㄕˋ ㄙㄨˊ ㄓ ㄩˋ 一般社會輿論的稱譽。

世風日下 ㄕˋ ㄈㄥ ㄖˋ ㄒㄧㄚˋ 指社會上的風氣、習俗、道德等，日漸衰頽敗壞，一天不如一天。例世風日下，人心不古。

10 **世家** ㄕˋ ㄐㄧㄚ ㈠世代顯貴的家族。㈡史我國史傳中記載諸侯王事跡的一種體例。例留侯世家(史記)。

13 **世業** ㄕˋ ㄧㄝˋ ㈠祖先所留傳下來的事業或產業。例世業田。㈡世事。

世傳 ㄕˋ ㄔㄨㄢˊ 一代一代相傳下來。

世道人心 ㄕˋ ㄉㄠˋ ㄖㄣˊ ㄒㄧㄣ 社會風氣、教化及人心的趨勢。

14 **世態炎涼** ㄕˋ ㄊㄞˋ ㄧㄢˊ ㄌㄧㄤˊ 形容世俗情態的冷暖盛衰及人心的反覆無常。世態：世俗的情態；炎涼：指冷熱。

15 **世誼** ㄕˋ ㄧˊ 累世相續的交情。

22 **世襲** ㄕˋ ㄒㄧˊ 政 指帝位、爵位等的世代相傳的封建制度。襲：繼承。

參考 衍 世襲階級、世襲罔替。

世變多故 ㄕˋ ㄅㄧㄢˋ ㄉㄨㄛ ㄍㄨˋ 形容亂世中，事情的變化多端。

▽遁世、塵世、亂世、浮世、遺世、處世、出世、去世、謝世、厭世、棄世、前世、盛世、現世、衰世、末世、治世、來世、季世、淑世、往世、今世、後世、人間世、不可一世、人間何世、才華蓋世、立身處世、留芳百世。

常 4

丕

形解 形聲；從一，不聲。「一」指地，不聲字多有大的意思，所以丕就是大。

音義 ㄆㄧ 動 奉；例「丕天之大律。」形 大；例 丕變。名 姓。

13 **丕業** ㄆㄧ ㄧㄝˋ 大業。例「王者之丕業。」

參考 孳 胚、坯、胚。

常 4

且

形解 象形；象盛肉供神或宴客用的肉几，後假借為而且的「且」，於是另外創造「俎」字。

音義 ㄑㄧㄝˇ 副 ①暫且；例 你且等一等。②只；例「逢人且說三分話。」③同時做兩件事；例 且戰且走。連 又；例 既飽且醉。助 表轉進一層意思；例 況且。名 姓。

ㄐㄩ 語尾助詞。

ㄑㄩ 形 敬慎；例 萋且。

14 **且慢** ㄑㄧㄝˇ ㄇㄢˋ 不必著急，慢點行動。

且說 ㄑㄧㄝˇ ㄕㄨㄛ 姑且先說。舊小說中用為發端語或篇段轉捩處的承接語。

參考 同「卻說」。

▽苟且、姑且、況且、而且、並且、暫且、亦且、又且、尚且。

常 4

丘

形解 象形；象兩座小山並列的形狀。

音義 ㄑㄧㄡ 名 ①小土堆；例 丘垤。②冢；例 墳丘。③孔子名。④姓。清世宗諭，改作「邱」，以避孔丘的諱。形 當「大」或「長」字解；例 丘嫂(長嫂)。

4 **丘比特** ㄑㄧㄡ ㄅㄧˇ ㄊㄜˋ 人 (Cupid) 羅馬神話裏的愛神，他的模樣通常被塑造成長著翅膀的裸體小男孩，手裏拿著弓和箭。

11 **丘陵** ㄑㄧㄡ ㄌㄧㄥˊ 地 連綿不斷的低矮山丘。

16 **丘墳** ㄑㄧㄡ ㄈㄣˊ ㈠墳墓。㈡山陵地。

參考 同 丘墓、丘壟。

17 **丘壑** ㄑㄧㄡ ㄏㄨㄛˋ ㈠山水深幽處，常指為隱者所居的地方。㈡比喻人思慮深遠。例 胸中元自有丘壑。

▽砂丘、沙丘、小丘、孔丘、山丘、墳丘、大丘。

常 5

丞

形解 會意；本義為拯救的「拯」，表示人陷入陷阱中，有人伸手相救，引申為輔佐的意思。

音義 ㄔㄥˊ 名 舊稱輔佐的官吏；例 縣丞。動 ①輔助；例 丞輔。②拯救；例「丞民乎農桑。」

9 **丞相** ㄔㄥˊ ㄒㄧㄤˋ 政 官名，我國古代輔助天子治理政事的最高官職，秦朝始設，西漢時與太尉、御史大夫合稱三公，幫助皇帝統治全國。其後或設或廢，名稱常變，明初沿用，不久即廢。

參考 舊時文章常用作「宰相」的通稱。

常 5

丟

形解 楷書，會意；從一去，含有不返的意思。所以棄去不要為丟。

音義 ㄉㄧㄡ 動 ①拋棄；例 丟掉。②遺失；例 車票丟了。③拋送；例 丟眼色。④失卻顏面或露醜；例 丟臉。

2 **丟人現眼** ㄉㄧㄡ ㄖㄣˊ ㄒㄧㄢˋ ㄧㄢˇ 形容人的行為不得體而致大大地喪失面子。

參考 「丟人現眼」較「出醜」的程度為深。

8 **丟卒保車** ㄉㄧㄡ ㄗㄨˊ ㄅㄠˇ ㄐㄩ 象棋戰術用語。後來比喻作丟掉次要的，保住主要的。

11 **丟掉** ㄉㄧㄡ ㄉㄧㄠˋ ㈠把不要的東西扔掉。㈡遺失。

丟眼色 ㄉㄧㄡ ㄧㄢˇ ㄙㄜˋ 俚 用目光

示意。

參考 同使眼色。

17 **丟臉** ㄉㄧㄡ ㄌㄧㄢˇ 沒面子，出醜。

參考 亦作「丟面子」、「丟體面」。

常 7 **並** 形解 竝 指事；表示兩人並立，一爲表並立的指事符號，有相倂的意思。

音義 ㄅㄧㄥˋ 動 合倂；例 冰炭不可以相並。副 ①一齊；例 並肩作戰。②實在；例 他並不糊塗。連 表示平列的意思；例 並且。

ㄅㄤˋ 動 通「傍」，依傍；例 並陰山至遼東。

5 **並世** ㄅㄧㄥˋ ㄕˋ 同一時代。

並立 ㄅㄧㄥˋ ㄌㄧˋ (一)同時存在。(二)站在一起。

並且 ㄅㄧㄥˋ ㄑㄧㄝˇ 表示平列或更進一層意思的連詞。

6 **並行不悖** ㄅㄧㄥˋ ㄒㄧㄥˊ ㄅㄨˋ ㄅㄟˋ 同時進行，彼此不相妨礙。悖：違反，衝突。

8 **並非** ㄅㄧㄥˋ ㄈㄟ 實在不是。

並肩 ㄅㄧㄥˋ ㄐㄧㄢ (一)站在同一排，肩連著肩。(二)同在一起。

13 **並蒂** ㄅㄧㄥˋ ㄉㄧˋ 兩朵花長在同一個花萼上。例 花開並蒂。

參考 又作「並蔕」。

15 **並駕齊驅** ㄅㄧㄥˋ ㄐㄧㄚˋ ㄑㄧˊ ㄑㄩ 本爲齊頭並進的意思。(一)比喻在地位和程度上彼此相等，不相上下。(二)不分先後，同時前進。

參考 與「不分軒輊」有別：前者偏重在進行的速度上不分上下；後者著重在程度上不分高低。

【丨部】 ㄍㄨㄣˇ

常 2 **丫** 形解 丫 象形；象樹枝分叉歧出的形狀。

音義 ㄧㄚ 名 ①物體上方分叉的地方；例 樹丫。②將頭髮梳成雙髻，有如樹枝分歧；例 丫頭。

3 **丫子** ㄧㄚ ˙ㄗ 俗稱人脚爲丫子，或脚丫子。

丫叉 ㄧㄚ ㄔㄚ (一)樹木兩枝分歧的地方。亦作「椏杈」。(二)兩手交叉。

16 **丫頭** ㄧㄚ ˙ㄊㄡ 俚 (一)指女孩頭上梳的雙髻。(二)婢女。(三)長輩對晚輩女孩親切的俗稱。

參考 ①衍 丫頭片子。②同 丫鬟。

23 **丫鬟** ㄧㄚ ˙ㄏㄨㄢ (一)婢女。或寫作「鴉鬟」。(二)同鴉髻。

參考 ①同 丫頭。②又音 ㄧㄚ ㄏㄨㄢ。

常 3 **中** 形解 中 象形；象旂旗及旗斿或左或右飄揚的形狀。

音義 ㄓㄨㄥ 名 ①方位；例 中央。②裏面；例 夢中。③正道；例「允執其中」。④泛指某一地區；例 關中。⑤泛指某個期間；例 一年中。形 ①一半；例 中途。②居中；例 頭頭必中。副 不偏不倚；例 中庸。

ㄓㄨㄥˋ 動 ①遭受；例 中暑。②得到；例 中獎。③射中目標；例 百發百中。④食物不潔或其他因素所引起的病變；例 中毒。

2 **中人** ㄓㄨㄥ ㄖㄣˊ (一)中等資質的人。(二)中等人家，也稱「中戶」。(三)居間調停、作證或介紹買賣的人，又稱「中間人」。

4 **中元** ㄓㄨㄥ ㄩㄢˊ 陰曆七月十五日，俗稱中元節，民間於是日普渡祖先，含有愼終追遠的意思。

中心 ㄓㄨㄥ ㄒㄧㄣ (一)心中。(二)物體的中央。(三)聯絡的樞紐。(四)主要的。

參考 ①衍 中心點、中心人物、中心思想。②同 中央。③反 外圍。

中止 ㄓㄨㄥ ㄓˇ (一)中途停止。例 中止外交關係。(二)法 指訴訟程序因一定事實之發生、法院之裁定而停止進行，舊稱爲中止，現稱「停止」。

參考 與「遏止」、「制止」、「停止」有別：遏止是指阻止、禁絕，多用於強暴的運動。制止是指以權力禁止，多用於法律或權力的阻止。停止則指不再繼續前進，用法比較緩合。現「中止」，是說犯罪行爲人於實施犯罪中，本於自己之意思而中止犯罪行爲。

5 **中用** ㄓㄨㄥ ㄩㄥˋ 合用。

中央 ㄓㄨㄥ ㄧㄤ ㈠上下四方的中間。㈡對地方而言，政府所在地亦稱「中央」。例中央政府。

參考 ①同中心、中間。②反邊緣、地方。

中央集權 ㄓㄨㄥ ㄧㄤ ㄐㄧˊ ㄑㄩㄢˊ (Centralisation)指國家的政權全部集中於中央政府，而各地方官署只奉行命令的政治體系。

參考 反地方分權。

中古 ㄓㄨㄥ ㄍㄨˇ ㈠史說法不一，約當中國秦漢至宋代；歐洲則以西羅馬滅亡迄哥倫布發現新大陸爲中古，稱中古時代。㈡二手貨。例中古機車。

參考 又作「中世紀」。

中正 ㄓㄨㄥ ㄓㄥˋ ㈠不偏不倚。㈡先總統 蔣公名。凡紀念蔣公者，均以「中正」爲名，如中正紀念堂。

中立 ㄓㄨㄥ ㄌㄧˋ ㈠獨立，不受他人左右而又不偏袒任何一方。㈡立於中正之道，無所偏倚。㈢政第三國經交戰國雙方承認而採取不偏倚的態度，以避免受到侵犯，並透過協定彼此約束。例中立國。

參考 衍中立區、中立主義。

6 **中伏** ㈠ㄓㄨㄥ ㄈㄨˊ 三伏之一，由夏至到四庚間的時節。㈡ㄓㄨㄥˋ ㄈㄨˊ 軍中了他人埋伏。

中式 ㈠ㄓㄨㄥ ㄕˋ 「中國式樣」的簡稱。例中式餐點。㈡ㄓㄨㄥˋ ㄕˋ 科舉時代考試及格。

中旬 ㄓㄨㄥ ㄒㄩㄣˊ 每月十一到二十日之間稱爲中旬。十日爲「旬」。

中年 ㄓㄨㄥ ㄋㄧㄢˊ ㈠取人生百年的一半，約當四、五十歲。㈡中世。㈢隔年。

參考 反少年、老年。

中共 ㄓㄨㄥ ㄍㄨㄥˋ 中國共產黨，民國三十八年竊據大陸，禍國殃民。

中州 ㄓㄨㄥ ㄓㄡ 地㈠中國之自稱。㈡河南省，位居天下之中，故名。

中西合璧 ㄓㄨㄥ ㄒㄧ ㄏㄜˊ ㄅㄧˋ 指融和吸收中華文化與西洋文明的精華，使之兼容並蓄，相得益彰。

7 **中材** ㄓㄨㄥ ㄘㄞˊ 中等的材質，即普通的資質。

8 **中肯** ㄓㄨㄥˋ ㄎㄣˇ 言論扼要而切實。

中的 ㄓㄨㄥˋ ㄉㄧˋ 射中目標，引申爲重點所在。

中表 ㄓㄨㄥ ㄅㄧㄠˇ 姑表親、姨表親的總稱。泛指父之姊妹及母之兄弟姊妹之子。因爲父之姊妹之子爲外兄弟，母之兄弟姊妹之子爲內兄弟，內即中，外即表，故統稱中表。

參考 衍中表親、中表兄弟。

中和 ㄓㄨㄥ ㄏㄜˊ ㈠中正和平。㈡化性質相反的兩種物質相遇而起中性的作用。

參考 反偏激。

中性 ㄓㄨㄥ ㄒㄧㄥˋ ㈠居中不偏的性質。㈡化化合物非酸非鹼的就稱爲中性。㈢不分雌雄的性別。

參考 衍中性花、中性植物、中性名詞、中性主義、中性浮力。

9 **中計** ㈠ㄓㄨㄥ ㄐㄧˋ 即中策，中等的策略。㈡ㄓㄨㄥˋ ㄐㄧˋ 落入他人的圈套。

中風 ㄓㄨㄥˋ ㄈㄥ 醫大腦血管出血、血栓或栓塞而產生痲痺、半身不遂、昏迷等症狀，有致命的危險。

參考 又稱「卒中」、「腦溢血」。

中秋 ㄓㄨㄥ ㄑㄧㄡ 農曆八月十五日，正當秋季三個月的中間，爲由秋入冬的關鍵。民間在這天全家團聚、賞月、吃月餅，又稱團圓節。例月到中秋分外明。

參考 衍中秋節、中秋月、中秋月餅。

中毒 ㄓㄨㄥˋ ㄉㄨˊ ㈠醫凡因物質的化學作用，而使人體發生機能障礙。依性質可分爲腐蝕毒、神經毒、血液毒三種。㈡思想受了蠱惑，相信邪說之謂。

中流砥柱 ㄓㄨㄥ ㄌㄧㄡˊ ㄉㄧˇ ㄓㄨˋ 砥柱山屹立在黃河中流，不爲濤浪所撼動；比喻獨立不撓或能支撐大局的人。

10 **中浣** ㄓㄨㄥ ㄨㄢˇ 每月的中旬。亦稱「中澣」。

參考 「浣」不可讀作「ㄨㄢ」。

中庭 ㄓㄨㄥ ㄊㄧㄥˊ 即庭中。是古代名詞與形容詞倒置的用法。

中宮 ㄓㄨㄥ ㄍㄨㄥ ㈠皇后。㈡皇后所居住的宮殿。㈢五行中的土。㈣北極星。

中原 ㄓㄨㄥ ㄩㄢˊ 地 ㈠平原的中部。㈡黃河下游，包括河南和山東的西部、河北和山西的南部及陝西東部等地帶。㈢泛指中國。

參考 同中土。②反邊疆。

中原板蕩 ㄓㄨㄥ ㄩㄢˊ ㄅㄢˇ ㄉㄤˋ 天下動亂不安。板、蕩：比喻亂世。

參考 本詞只適用於形容中國，他國不適用。

11 中堅 ㄓㄨㄥ ㄐㄧㄢ 團體中最有力的人物或小集團。例中堅分子。

中庸 ㄓㄨㄥ ㄩㄥ ㈠書禮記篇名，相傳是孔子弟子子思所作，闡明中庸之道。宋朱熹將它和論語、孟子、大學合稱四書。㈡行爲品格不偏不倚，無過與不及，合乎中道。㈢中材。

參考 反偏激。

中規 ㄓㄨㄥ ㄍㄨㄟ 合乎圓的標準，比喻人的行爲舉止符合規矩。規：畫圓的工具。

中規中矩 ㄓㄨㄥ ㄍㄨㄟ ㄓㄨㄥ ㄐㄩˇ 比喻行爲合於標準。矩：畫方的工具。

中途 ㄓㄨㄥ ㄊㄨˊ 半路。

中國 ㄓㄨㄥ ㄍㄨㄛˊ ㈠我國文化發源於黃河中下游，四方都是蠻夷戎狄，因爲國土居中，故稱。㈡中華民國的簡稱。㈢國中。古代語法中常有將名詞與形容詞倒置的現象。

參考 衍中國人、中國字、中國通、中國文學、中國文化。

中通外直 ㄓㄨㄥ ㄊㄨㄥ ㄨㄞˋ ㄓˊ 蓮花的莖內中空而上下貫通，外直而沒有枝節。引伸爲內心通達，行事正直的品德。

12 中暑 ㄓㄨㄥ ㄕㄨˇ 醫身體疲乏，感受暑熱，氣機受阻，致呼吸迫促，冷汗自出而鬱悶昏倒的疾病。

中間 ㄓㄨㄥ ㄐㄧㄢ ㈠當中。㈡裏面。

參考 ①同中央。②反邊緣。③「中」、「中間」、「之間」有別：「中」只能用於周圍的界限以內。「中間」既可以用於兩端的距離以內（兩點之間），又可以用於周圍的界限以內（面或體之內）。「之間」只能用於兩端的距離以內。

中間人 ㄓㄨㄥ ㄐㄧㄢ ㄖㄣˊ 居中調停、作證或介紹買賣的人。或稱「中人」。

參考 同掮客。

中華 ㄓㄨㄥ ㄏㄨㄚˊ 即中國，從前多在黃河流域建都。中：指居四方之中；華：指具有高度文化。

13 中落 ㄓㄨㄥ ㄌㄨㄛˋ 舊家族的家境由興盛到衰微破敗的現象。例家道中落。

中傷 ㄓㄨㄥˋ ㄕㄤ ㈠惡意攻擊，陷害。㈡受傷。

中葉 ㄓㄨㄥ ㄧㄝˋ 中世，朝代的中期。葉：世代。

中意 ㄓㄨㄥˋ ㄧˋ ㈠合於心意。㈡內心的意思。

中飽 ㄓㄨㄥ ㄅㄠˇ 本指中間得利，後喻經手公款而從中貪汚爲中飽。例中飽私囊。

中道 ㄓㄨㄥ ㄉㄠˋ ㈠中庸之道，世稱道德最純正的人爲合乎中道。㈡半路，即中途。㈢路的中間。

中道崩殂 ㄓㄨㄥ ㄉㄠˋ ㄅㄥ ㄘㄨˊ 半路死亡。中道：中途、半路。古代皇帝死叫「崩」。崩殂：死亡。

15 中樞 ㄓㄨㄥ ㄕㄨ ㈠中央。㈡中央政府的重要機關。例中樞機關。

中殤 ㄓㄨㄥ ㄕㄤ 年紀在十二至十五歲夭折而死的人。

中鋒 ㄓㄨㄥ ㄈㄥ ㈠指書法用筆時，筆鋒直下而不倒側。㈡籃球或足球賽中，位在全隊或鋒線的中間，攻擊時擔負居中策應，防守時維護中場區域安全的球員。

16 中興 ㄓㄨㄥ ㄒㄧㄥ 從衰弱中復興起來。例中興大業、中興基地。

17 中舉 ㄓㄨㄥˋ ㄐㄩˇ 科舉時代稱鄉試及格。

18 中斷 ㄓㄨㄥ ㄉㄨㄢˋ 中途停止或斷絕。例交通中斷。

20 中饋 ㄓㄨㄥ ㄎㄨㄟˋ 本指婦女在家主持飲食之事。後世作「妻」的代稱。饋：用碗盛菜，泛指廚房女工的工作。

中饋猶虛 ㄓㄨㄥ ㄎㄨㄟˋ ㄧㄡˊ ㄒㄩ 形容尚無妻室。

參考 同中饋乏人。

22 **中聽** ㄓㄨㄥ ㄊㄧㄥ 悅耳好聽。

23 **中觀** ㄓㄨㄥ ㄍㄨㄢ 宗佛家語，觀中諦之理，佛家各宗都以中觀爲觀道中的最高法則。

▽熱中、胸中、命中、集中、空中、水中、心中、人中、高中、國中、懷中、夢中、最中、正中、當中、其中、風中、眼中、初中、月中、谷中、山中、五里霧中、百發百中、秀外慧中、胎死腹中、意則屢中。

常 6 **串** 形解 象形；象用繩索把貨貝穿在一起的形狀。

音義 ㄔㄨㄢ 名量詞；例一串葡萄。動①連貫在一起；例串連。②勾結做壞事；例串通。③扮演；例客串。

8 **串供** ㄔㄨㄢ ㄍㄨㄥ 法即犯人與犯人，或犯人與證人之間，暗中商訂供詞，企圖用同一假話來掩蓋事實的眞相。

串門子 ㄔㄨㄢ ㄇㄣ ㄗ 俚俗稱到別家閒聊，走動。

11 **串通** ㄔㄨㄢ ㄊㄨㄥ 暗中勾結，使彼此的意見、言辭或行動一致。

14 **串演** ㄔㄨㄢ ㄧㄢ 演戲的人依其所扮演的角色分別扮演。

【丶部】 ㄓㄨ

常 2 **丸** 形解 指事；表示人傾側反轉的樣子，引申有圓轉的意思。

音義 ㄨㄢ 名①狀小而圓的東西；例彈丸。②墨的別稱；例松丸。③單位詞；例一丸墨。動揉物使成丸形；例使婢丸藥。

16 **丸劑** ㄨㄢ ㄐㄧ 醫在藥物細粉中加入賦形劑，使其粘合製成的圓粒形內服藥。中藥丸劑則按所用賦形劑的不同，分水丸、蜜丸、糊丸和蠟丸。

21 **丸蘭** ㄨㄢ ㄌㄢ 盛大的樣子。例「萬物丸蘭。」

▽彈丸、睾丸、銀丸、肉丸、貢丸、藥丸、泥丸。

常 2 **凡** 形解 象形；象盛物的盤形。借爲平凡的「凡」後，另外創造「槃」、「盤」字，還其本字。

音義 ㄈㄢ 名①塵俗；例仙女下凡。②概括；例發凡起例。形平庸；例平凡。副①總括之詞；例凡是。②共計；例凡四十年。

2 **凡人** ㄈㄢ ㄖㄣ 世俗平庸的人。

4 **凡心** ㄈㄢ ㄒㄧㄣ 世俗平凡的心靈，多指出家人懷念世俗生活的意念。例凡心大動。

凡夫 ㄈㄢ ㄈㄨ 平庸的人。

凡夫俗子 ㄈㄢ ㄈㄨ ㄙㄨ ㄗ 世俗的平凡人物。和「聖人」相對。

5 **凡民** ㄈㄢ ㄇㄧㄣ 平常的人。

參考 同凡氓，凡衆，凡庶。

凡目 ㄈㄢ ㄇㄨ ㈠文章或著作的大綱細目。㈡俗眼。

6 **凡百** ㄈㄢ ㄅㄛ ㈠總括。㈡衆民。

8 **凡例** ㄈㄢ ㄌㄧ 書籍正文前說明著書的主旨、內容與編輯體例的文字。

凡事豫則立不豫則廢 ㄈㄢ ㄕ ㄩ ㄗㄜ ㄌㄧ ㄅㄨ ㄩ ㄗㄜ ㄈㄟ 無論做什麼事，事前有準備，就會成功；沒有準備，就要失敗。豫：同「預」，事先準備。

11 **凡庸** ㄈㄢ ㄩㄥ 平常，一般而無奇特的地方。

參考 本詞多形容人的才力等。

▽不凡、超凡、平凡、非凡、大凡、庸凡、下凡、平平凡凡、自命不凡。

常 3 **丹** 形解 象形；象採丹井中有丹沙的形狀。

音義 ㄉㄢ 名①礦石；例丹沙。②經過精煉配合的藥劑；例仙丹。③姓。形①紅色；例丹紅。②忠誠；例丹心。

4 **丹心** ㄉㄢ ㄒㄧㄣ 赤誠的心。例「留取丹心照汗青。」

參考 ①衍丹心碧血。②同赤心，忠心。

丹方 ㄉㄢ ㄈㄤ ㈠道家煉丹之術。㈡即單方。

5 **丹田** ㄉㄢ ㄊㄧㄢ ㈠道家稱人身肚臍下三寸爲丹田，爲修鍊內丹的所在。㈡中醫名詞，陰交、氣海、石門、關元四穴的別名。

8 **丹青** ㄉㄢ ㄑㄧㄥ ㈠古稱繪畫藝術爲丹青。丹：是朱砂，青：是石青，爲國畫常用的色料。㈡本謂圖畫，後泛稱史冊。

9 **丹毒** ㄉㄢ ㄉㄨˊ 醫一種皮膚的急性傳染性炎症。由溶血性鏈球侵入皮內小淋巴管引起。患處紅腫熱疼，邊緣清楚。多見於小腿及面部。患者常發高熱，頭痛，全身不適。

10 **丹書鐵契** ㄉㄢ ㄕㄨ ㄊㄧㄝˇ ㄑㄧˋ 古頒賜功臣得以世代保持優遇及免罪的憑券。契，是以鐵皮製成；文則以朱砂書寫或刻字而嵌以黃金。

參考 亦作「丹書鐵券」。

▽靈丹、仙丹、牡丹、契丹、煉丹、蔻丹、蘇丹、馬櫻丹。

常 4 **主** ㄓㄨˇ 解形 象形；象燈(主)中火炷(丶)往上冒的形狀。「炷」字的初文。

音義 ㄓㄨˇ 名 ①燈中火炷。②當事人；例失主。③主張；例當家作主。④依附的根本；例六神無主。⑤教徒對神的稱呼；例佛主。⑥死人的牌位；例神主。⑦宗要；例「樞機之發，榮辱之主也。」動①負主要責任；例主任。②統治；例入主。形①最重要的；例主力。②自我的；例主觀。

參考 孳拄、麈、住、炷、蛀、註、駐、注。

2 **主力** ㄓㄨˇ ㄌㄧˋ 重要的力量。例主力艦、主力軍。

主人 ㄓㄨˇ ㄖㄣˊ ㈠有主權的人。㈡東家。

參考 反客人、賓客、來賓。

主人翁 ㄓㄨˇ ㄖㄣˊ ㄨㄥ ㈠主角。㈡對主人的尊稱；「翁」是長者的尊稱。

5 **主犯** ㄓㄨˇ ㄈㄢˋ 法正犯，指首要犯罪的人。

參考 反從犯。

6 **主旨** ㄓㄨˇ ㄓˇ 最重要的意義。

參考 同主題，中心。

主考 ㄓㄨˇ ㄎㄠˇ ㈠主持考試。㈡主持考試事務的人。例主考官。

7 **主角** ㄓㄨˇ ㄐㄧㄠˇ ㈠文學作品中的中心人物或戲劇裡的主要演員。㈡主要的人物。

主位 ㄓㄨˇ ㄨㄟˋ ㈠主人的席位。㈡座次中最尊貴的。

主見 ㄓㄨˇ ㄐㄧㄢˋ 自己的想法。

8 **主治** ㄓㄨˇ ㄓˋ ㈠主持治療者。例主治大夫。㈡對於某種病症有特殊療效的東西。

主使 ㄓㄨˇ ㄕˇ 主謀指使。

參考 ①多用於犯罪方面。②本詞含有貶損的意思。

9 **主計** ㄓㄨˇ ㄐㄧˋ ㈠是歲計、會計、統計的合稱。㈡漢代官名，主管財賦出入。

主流 ㄓㄨˇ ㄌㄧㄡˊ ㈠接納他河滙注的河流或同一水系內全部支流所流注的河流。㈡比喻事物發展的基本趨向。

參考 反支流。

主要 ㄓㄨˇ ㄧㄠˋ 最重要的。

參考 與「首要」、「重要」不同：「主要」指基本的或者能起決定作用的部分。「首要」指一系列事物中，頭等重要的一個。「重要」指有重大意義、作用和影響，泛指關係大、影響深的事物。

主持 ㄓㄨˇ ㄔˊ ㈠主管。㈡主張。

10 **主宰** ㄓㄨˇ ㄗㄞˇ ㈠主管。㈡支配。㈢處於支配地位的人或事物。

主席 ㄓㄨˇ ㄒㄧˊ ㈠委員制行政機關的首領。例臺灣省主席。㈡會議時主持會議進行並維持秩序的人。㈢宴客時主人所坐的位置。

參考 衍主席團。

11 **主婦** ㄓㄨˇ ㄈㄨˋ 一家的女主人。

主教 ㄓㄨˇ ㄐㄧㄠˋ 宗天主教、東正教的高級教職，位在神父之上，爲各地教區的首領。

主張 ㄓㄨˇ ㄓㄤ 對事物所持的見解。例各有主張。

主將 ㄓㄨˇ ㄐㄧㄤˋ ㈠軍隊中的主要將領。㈡比喻在某種團體或運動中的主要人物。

參考 參閱「主意」條。

主動 ㄓㄨˇ ㄉㄨㄥˋ ㈠依自己的意思而動作。㈡稱一件事的發動人。

參考 ①反被動。②參閱「自動」條。

12 **主筆** ㄓㄨˇ ㄅㄧˇ 報章雜誌負責主要文稿的撰寫或編審的人。

13 **主腦** ㄓㄨˇ ㄋㄠˇ ㈠事物的主要部分。㈡主要的人。例主腦人物。

主意 ㄓㄨˇ ㄧˋ ㈠意見或主張。㈡

主旨。

參考 與「主張」有別：「主意」重在方法，常用於口語；「主張」重在看法，指明確的見解或完整的計劃。

主義 ㄓㄨˇ ㄧˋ 對於事物或原理的一種特殊思想或學說。例三民主義。

14 **主管** ㄓㄨˇ ㄍㄨㄢˇ 負責管理。

主演 ㄓㄨˇ ㄧㄢˇ ㈠戲劇、電影中擔任主角的演員。㈡即主角。

15 **主編** ㄓㄨˇ ㄅㄧㄢ 主持編輯工作的人。

16 **主辦** ㄓㄨˇ ㄅㄢˋ 主持辦理。

參考 ①衍主編部。②反副編。

17 **主講** ㄓㄨˇ ㄐㄧㄤˇ 擔任講演的人。

18 **主題** ㄓㄨˇ ㄊㄧˊ 文作品中所欲表現的中心思想。

21 **主顧** ㄓㄨˇ ㄍㄨˋ 商人稱經常有交易往來的顧客。

22 **主權** ㄓㄨˇ ㄑㄩㄢˊ ㈠做主的權力。㈡構成國家要件之一，國家最高的統治權力。例主權在民。

23 **主體** ㄓㄨˇ ㄊㄧˇ ㈠本身。㈡事物中的主要部分。

25 **主觀** ㄓㄨˇ ㄍㄨㄢ 以自己的認識或思想為根據的觀察。

參考 ①衍主觀論、主觀主義。②反客觀。

▽公主、天主、盟主、地主、神主、君主、施主、教主、船主、園主、木主、作主、造物主、一家之主、不由自主、心不由主、六神無主、先入為主、身不由主、喧賓奪主。

【丿部】 ㄆㄧㄝ

常 1 **乃** 形解 ㄋ 指事；指人呼氣不能直出的狀態，有用詞困難的意思。今多用做連接詞。

音義 ㄋㄞˇ 代你的；例乃翁。動是；例失敗乃成功之母。連①於是；例「因時間迫促，乃作罷。」②才；例經勸告後乃止。③竟；例乃至於此。助發語詞。

參考 ①迺(廼)同「乃」。②孿仍、鼐。

4 **乃公** ㄋㄞˇ ㄍㄨㄥ ㈠父親對兒子的自稱。

參考 ①亦作「迺公」、「而公」。②翻成白話，是「你的父親」。

乃父 ㄋㄞˇ ㄈㄨˋ 汝父，你的父親。

9 **乃是** ㄋㄞˇ ㄕˋ 是，就是。

14 **乃爾** ㄋㄞˇ ㄦˇ 竟是如此。例何其相似乃爾。

參考 本詞是文言用語，口語罕用。

次 1 **乂** 形解 象形；象剪草刀，引申為「割草」的意思，為「刈」的本字。

音義 ㄧˋ 名有才德的人；例俊乂。動割草，「刈」的古字。ㄞˋ 形蕭條；例天地蕭乂。動懲戒；例懲乂。

參考 ①「乂」，今正楷作「乂」，與「乂」(五的古字)有別。②孿刈、艾、駁。③同治。

6 **乂安** ㄧˋ ㄢ 太平無事的意思。也作「艾安」。

常 2 **久** 形解 指事；表示人的兩脛(ㄅ)後面有歫(乀)的狀態，所以能走得久遠為久。

音義 ㄐㄧㄡˇ 動留；例「可以久則久。」形舊；例久怨。副①時間長遠；例日久天長。②經過的時間；例「他來多久了？」

參考 孿玖、疚、灸、究、鳩。

6 **久仰** ㄐㄧㄡˇ ㄧㄤˇ 仰慕已久。

參考 ①多用於初次見面的客套話。②衍久仰大名。

7 **久旱逢甘雨** ㄐㄧㄡˇ ㄏㄢˋ ㄈㄥˊ ㄍㄢ ㄩˇ 形容盼望已久而終於如願得償的愉快心情。

參考 舊稱人生四喜：「久旱逢甘雨，他鄉遇故知，洞房花燭夜，金榜掛名時。」

10 **久病成醫** ㄐㄧㄡˇ ㄅㄧㄥˋ ㄔㄥˊ ㄧ 形容人疾病既久，就能熟知藥性及病理。

11 **久假不歸** ㄐㄧㄡˇ ㄐㄧㄚˇ ㄅㄨˋ ㄍㄨㄟ 借人東西，長久不歸還。

13 **久違** ㄐㄧㄡˇ ㄨㄟˊ 即久別，是說分別很久，沒有見面。違：違背教誨。

參考 ①多用於朋友間久別再逢，或書信中的客套話。②衍久違顏範。

20 **久懸不決** ㄐㄧㄡˇ ㄒㄩㄢˊ ㄅㄨˋ ㄐㄩㄝˊ 拖延很久，沒有得到解決。

▽長久、永久、悠久、耐久、恆久、持久、不久、積久、經久、久久、天長地久、曠日持久。

常 2 **么** 形解 象形；象一束束的絲互相糾結形。么是「糸」的初文，所以么有小的意思。

音義 一ㄠ 名①俗稱數一爲么。②姓。形小，排行最末的；例么妹。

參考 么是「幺」的省體。

常 3 **之** 形解 指事；「一」指地面，「止」象人腳形，人走在地面上，所以有前往的意思。

音義 ㄓ 名姓。代他，它；例「取之不盡，用之不竭。」動往；例「先生將何之。」介①這個，那個；例「之子于歸。」②的；例「星星之火，可以燎原。」助用於句首、句中或句尾，無義。例總之、之後。

5 **之乎者也** ㄓ ㄏㄨ ㄓㄜˇ 一ㄝˇ 四字都是文言文常用的虛字。四字連說時，有：㈠是形容說話或寫文章喜歡賣弄文字。㈡或用以譏諷書生只知咬文嚼字而不能解決實際問題。

▽一笑置之、不了了之、取而代之、姑妄言之、姑妄聽之、偶一爲之、堂而皇之、敬而遠之、總而言之、一言以蔽之、鳴鼓而攻之。

常 3 **尹** 形解 象形；「又」指手，「丨」象杖，人以手拿杖，有治理事務的意思。

音義 一ㄣˇ 名①古官名；例令尹。②姓。動治理；例「以尹天下。」形正；例尹祭。

▽伊尹、府尹、令尹、縣尹。

常 4 **乍** 形解 指事；ㄴ象倒手有所操作，表示動作的意思，是「作」的初文。

音義 ㄓㄚˋ 副①忽然；例乍暖還寒時候。②初；例乍聽之下。 ㄗㄨㄛˋ 動通「作」。

參考 ①擘作、昨、詐、窄、酢、鮓。②「作」，商周金文多作「乍」。

常 4 **乏** 形解 指事；從反正，違反正常，所以含有匱乏的意思。

音義 ㄈㄚˊ 動①缺少；例缺乏。②沒有；例乏善可陳。形①貧窮；例匱乏。②疲勞；例兵困馬乏。

參考 擘泛、砭、窆、貶。

2 **乏人問津** ㄈㄚˊ ㄖㄣˊ ㄨㄣˋ ㄐㄧㄣ 沒有人前來打聽渡口。形容生意清淡，無人前來購買。津，渡口。

參考 ①正門可羅雀。②反門庭若市。

8 **乏味** ㄈㄚˊ ㄨㄟˋ 沒有味道，缺乏趣味。例語言乏味。

12 **乏善可陳** ㄈㄚˊ ㄕㄢˋ ㄎㄜˇ ㄔㄣˊ 缺乏美好或善良的事蹟可以陳述或稱道。

▽缺乏、匱乏、疲乏、貧乏、空乏、困乏、人困馬乏。

常 4 **乎** 形解 指事；從兮，指聲氣上揚的狀態，含有語意未盡的意思。

音義 ㄏㄨ 介於；例出乎意料。助①表示推測的語氣，猶如「吧」；例「其將歸乎！」②表疑問，猶如「嗎」；例「管仲儉乎？」③表驚歎，猶如「哪」、「呀」；例「郁郁乎文哉！」④喚人的助詞。

▽確乎、在乎、不亦樂乎。

常 5 **乒** 形解 會意；從兵，省去右下筆。兵是軍械，因經常碰擊而致殘缺不全，所以省去一筆來表意。

音義 ㄆㄧㄥ 名專有名詞，球名；例乒乓球。副東西碰擊聲；例乒乓作響。

6 **乒乓球** ㄆㄧㄥ ㄆㄤ ㄑㄧㄡˊ ㈠球名。是英文Ping Pong的音譯。㈡球類運動項目之一，或稱桌球，源於英國，是屬室內運動類，在長方形球檯中間橫隔一網，用球拍往來擊球，以落在對方球檯爲有效。可分單打、雙打。以滿二十一分爲一局。

常 5 **乒** 形解 會意；從兵，省去左下筆。乒乓是器物相碰擊的聲音。

音義 ㄆㄤ 副 東西碰擊聲；例 乒乓。

常 7 **乖** 形解 會意；從丫兆，丫象羊角，兆像相背形狀，所以有違背、離異的意思。

音義 ㄍㄨㄞ 名 精明警敏；例 乖巧。形 ①違離；例 乖違。②小孩順從不淘氣；例 這孩子眞乖。

5 **乖巧** ㄍㄨㄞ ㄑㄧㄠˇ ㈠聰明靈巧。㈡順人心意，討人喜歡。

參考 ①反 笨拙。②通常用於形容兒童或少女。

6 **乖舛** ㄍㄨㄞ ㄔㄨㄢˇ 荒謬，錯誤。

乖戾 ㄍㄨㄞ ㄌㄧˋ ㈠彼此衝突而不和諧。㈡性情或行爲暴戾，不講道理，不合人情。戾：凶暴。

11 **乖張** ㄍㄨㄞ ㄓㄤ ㈠違異背戾。㈡性情執拗怪僻，與人不同。

13 **乖違** ㄍㄨㄞ ㄨㄟˊ 背離。

15 **乖僻** ㄍㄨㄞ ㄆㄧˋ 古怪、孤僻，和別人合不來。

18 **乖謬** ㄍㄨㄞ ㄇㄧㄡˋ 荒謬而違反常理。

20 **乖覺** ㄍㄨㄞ ㄐㄩㄝˊ 靈敏機警。

▽不乖、眞乖、乖乖、上當學乖。

常 9 **乘** 形解 會意；人攀登到木上，所以有加於其上的意思。

音義 ㄔㄥˊ 名 ①算 求一數若干倍的方法；例 九九乘法。②姓。動 ①登；例 乘城。②利用；例 乘虛而入。

ㄕㄥˋ 名 古代計算戰車的單位；例 萬乘之國。

參考 ①擊 剩。②「乖」與「乘」二字形體有別，意思不同，宜加注意。③「乘」字口語裏多說「趁」。

2 **乘人之危** ㄔㄥˊ ㄖㄣˊ ㄓ ㄨㄟˊ 趁人遭遇危難時，而有所要挾或打擊。

參考 與「趁火打劫」有別：①前者行爲尚不明確；而後者的行爲，已嚴重地損害他人的利益。②二詞均含有貶損的意思。

7 **乘車戴笠** ㄔㄥˊ ㄐㄩ ㄉㄞˋ ㄌㄧˋ 喻不因富貴貧賤而有所改變的深厚友誼。乘車：指富貴得意；戴笠，比喻貧賤落魄。

8 **乘法** ㄔㄥˊ ㄈㄚˇ 數 算術四則法之一，求得一數若干倍的方法，其表示符號爲「×」。

參考 衍 乘法表、九九乘法表。

9 **乘客** ㄔㄥˊ ㄎㄜˋ 搭乘車、船、飛機等交通工具的旅客。

乘風破浪 ㄔㄥˊ ㄈㄥ ㄆㄛˋ ㄌㄤˋ 比喻志向遠大，氣概恢宏。

11 **乘涼** ㄔㄥˊ ㄌㄧㄤˊ 夏日在陰涼透風的地方納涼。

乘虛而入 ㄔㄥˊ ㄒㄩ ㄦˊ ㄖㄨˋ ㈠乘著對方空虛無備的時候，加以侵入。㈡軍 窺伺敵人的弱點，乘勢加以攻擊。

參考 同 乘隙而入。

13 **乘勢** ㄔㄥˊ ㄕˋ 利用時勢。

參考 同 乘機。

14 **乘隙** ㄔㄥˊ ㄒㄧˋ 乘人不備而加以偷襲。

參考 同 乘虛。

16 **乘興** ㄔㄥˊ ㄒㄧㄥˋ 趁著興緻高的時候。例「乘興而來，興盡而返。」

乘機 ㄔㄥˊ ㄐㄧ 乘著這個機會。例 乘機擴張。

乘機坐大 ㄔㄥˊ ㄐㄧ ㄗㄨㄛˋ ㄉㄚˋ 利用時機，擴大自己的權勢。

乘龍快婿 ㄔㄥˊ ㄌㄨㄥˊ ㄎㄨㄞˋ ㄒㄩˋ 比喻令人滿意的好女婿。乘龍：形容女婿的既貴且盛。

▽大乘、小乘、陪乘、下乘、史乘、百乘、千乘、萬乘、上乘、有機可乘。

【乙部】 ㄧˇ

常 0 **乙** 形解 象形；象燕子豎飛形。今假借爲天干第二位。

音義 ㄧˇ 名 ①天干第二位。②古人讀書用筆標明停頓的符號。③字有遺脫，勾在旁邊而增添上去；例 塗乙。④姓。

代人、地的代詞；例某甲、某乙。

常 1 **九** 形解 象形；象人的手肘彎屈形。後來借作數目字，爲借義所專佔，沿用到今，沒有改變。

音義 ㄐㄧㄡˇ 名①數目名。②姓。形多數；例九牛一毛。

參考 孳仇、宄、究、鳩、軌、旭。

1 **九一八事變** ㄐㄧㄡˇ ㄧ ㄅㄚ ㄕˋ ㄅㄧㄢˋ 史又稱瀋陽事變。民國二十年九月十八日夜晚，日本關東軍在瀋陽城北門外柳條溝附近，爆破南滿鐵路，誣詆爲我破壞，開啓東北戰端。由此導發中日及太平洋戰爭。

4 **九牛一毛** ㄐㄧㄡˇ ㄋㄧㄡˊ ㄧ ㄇㄠˊ 比喻極其輕微。

參考 同滄海一粟。

九牛二虎 ㄐㄧㄡˇ ㄋㄧㄡˊ ㄦˋ ㄏㄨˇ 比喻極大的力量。例費了九牛二虎之力。

6 **九州** ㄐㄧㄡˇ ㄓㄡ 地古代中國設置九個州，後則以九州泛指中國。

參考 又稱：九土、九壤、九域、九圍、九有、九囿、九區。

九江 ㄐㄧㄡˇ ㄐㄧㄤ 地江西省縣名，在鄱陽湖口之西。爲南潯鐵路終點，長江沿岸之重要河港，舊名德化。

9 **九品中正** ㄐㄧㄡˇ ㄆㄧㄣˇ ㄓㄨㄥ ㄓㄥ 史三國時，魏文帝定九品官人的辦法，郡邑設小中正，州設大中正，品第人才，由小中正以九等排定高下，往上呈報，以爲選才的依據。至隋朝廢除。

九泉 ㄐㄧㄡˇ ㄑㄩㄢˊ 地下深處，俗以爲人死後鬼魂所居住的地方。

15 **九霄雲外** ㄐㄧㄡˇ ㄒㄧㄠ ㄩㄣˊ ㄨㄞˋ 天空極高的地方，比喻浩渺難見。例把煩惱拋到九霄雲外。

▽上九、初九、陽九、重九、牌九、九九、十有八九。

次 1 **乜** 形解 象形；也爲匜的初文，今省去「丿」，有傾斜不正的意思，所以眼睛斜視爲乜。

音義 ㄇㄧㄝ 動①斜視；例他乜著眼偷看。②眯眼成一條縫；例乜斜倦眼道。ㄋㄧㄝˋ 名①巫。②姓。

常 2 **也** 形解 象形；也爲匜的初文，是一種洗手禮器。今借做語助詞，本義已不用。

音義 ㄧㄝˇ 副①同樣（數事並比論時用之）；例他去，我也去。②尚可；例也好。動表決斷語氣；例朽木不可彫也。

參考 ①孳地、池、弛、施、馳、他、匜、迆、拖、祂、牠。②「也」、「又」有別：「也」表示和其他人的動作相等同，例他來了，你也來了。「又」表示和自己以前的動作相等同，例昨天他才來過，今天他又來了。簡單地說，「也」沒有表示時間前後之分，只表示自己和其他人的動作相等相同；「又」卻用來表示時間有前後之分，自己以前的動作和現在的動作相等相同。

11 **也許** ㄧㄝˇ ㄒㄩˇ 或者，或許。

▽空空如也、朽木不可雕也、四海之內皆兄弟也。

常 2 **乞** 形解 象形；象天空雲氣奔騰形。本義同「气」，爲天上的雲氣，引申有仰人鼻息的意思。省做「乞」後，含有「求」的意思。

音義 ㄑㄧˇ 名姓。動求；例乞討。

4 **乞丐** ㄑㄧˇ ㄍㄞˋ 向別人要錢或要飯的人，俗稱「叫化子」。

8 **乞和** ㄑㄧˇ ㄏㄜˊ 求和。

10 **乞討** ㄑㄧˇ ㄊㄠˇ 向人乞求食物、金錢或要東西。

參考 反施捨。

常 5 **乩** 形解 會意；「卟」，從口卜。以口問卜，則有卜問的意思。「乩」是「卟」的俗字，今通行「乩」字，而「卟」就被人遺忘了。

音義 ㄐㄧ 名一種占卜問疑、求神降示吉凶的方法；例扶乩。

12 **乩童** ㄐㄧ ㄊㄨㄥˊ 扶乩的年輕人，是替人和神溝通的神媒。

常 7 **乳** 形解 會意；從孚，從乙。孚就是「孵」的初文，乙指燕子，燕子孵卵爲乳，引申有育幼的意思。

音義 ㄖㄨˇ 名①乳房的略稱。②由乳腺所分泌的液汁；例乳汁。③色狀類似乳的飲料；例豆乳。④形貌類似乳頭的物體；例石鐘乳。動①生產；例「其十一月乳。」②滋生；例孳乳。③餵奶；例乳養。形凡是動物初生的；例乳燕。

參考 同奶。

8 **乳房** ㄖㄨˇ ㄈㄤˊ 生 人或哺乳動物所特有的哺乳器官。人的乳房有一對，男性退化而小，女性發達高出而大，它的發育與性別、年齡、妊娠、授乳都有密切關係。

10 **乳臭未乾** ㄖㄨˇ ㄒㄧㄡˋ ㄨㄟˋ ㄍㄢ 俚 譏笑年輕人不夠成熟的話。

13 **乳酪** ㄖㄨˇ ㄌㄨㄛˋ 農 從乳汁中提煉出來加工而成的食品。

15 **乳齒** ㄖㄨˇ ㄔˇ 生 嬰兒初生後所發生的牙齒，通常小兒誕生滿八月後開始生長。又名「暫齒」。

▽牛乳、母乳、煉乳、羊乳、馬乳、鮮乳、授乳、哺乳、酪乳、雙乳、酵母乳。

常 10 **乾** 形解 形聲；從乙，倝聲。從「倝」得聲的字有乾燥的意思，所以乾燥爲乾。

音義 ㄍㄢ 名脫水的食品；例肉乾。動淨盡；例乾杯。形①缺乏水分；例乾燥。②結義拜認的親屬；例乾爹。副①徒然；例乾著急。②表面；例乾咳一聲。

ㄑㄧㄢˊ 名①易經卦名。②稱男子；例乾坤。③謂君主。④姓。形剛健不息的；例「君子終日乾乾。」

參考 ①反濕。②「乾」字有兩個讀音：a ㄑㄧㄢˊ，如：乾坤、乾隆皇帝。b ㄍㄢ，如：乾淨、乾燥。

8 **乾坤** ㄑㄧㄢˊ ㄎㄨㄣ (一)即天地。(二)易八卦中的乾坤二卦。

9 **乾枯** ㄍㄢ ㄎㄨ ①沒有水分，即乾燥。②沒有生氣。

10 **乾脆** ㄍㄢ ㄘㄨㄟˋ 爽快俐落，不拖泥帶水。

參考 ①同索性。②參閱「索性」條。

乾柴烈火 ㄍㄢ ㄔㄞˊ ㄌㄧㄝˋ ㄏㄨㄛˇ 乾柴接近烈火，一經燃燒就會無法收拾。(一)多用於形容孤男寡女經常接近，容易發生曖昧的情事。(二)形容强烈的慾望，已到了無法控制的地步。

11 **乾涸** ㄍㄢ ㄏㄜˊ 水分乾竭。

乾淨 ㄍㄢ ㄐㄧㄥˋ (一)清潔。(二)完結。例「這事不得乾淨。」

參考 ①反骯髒，污穢。②「乾淨」與「清潔」都有不骯髒的意思。但意思有所分別：「乾淨」往往有「整齊」的意思；例屋子收拾得挺乾淨。「清潔」常帶有「衞生」的意思；例注意食物的清潔衞生。

12 **乾隆** ㄑㄧㄢˊ ㄌㄨㄥˊ 史 清高宗的年號(一七三六——一七九三)。

乾著急 ㄍㄢ ㄓㄠ ㄐㄧˊ 形容束手無策，毫無辦法。

13 **乾電池** ㄍㄢ ㄉㄧㄢˋ ㄔˊ 化 化學電池的一種。這種電池的電解液與其他可作爲電源的物質皆以外殼封閉，故名。

17 **乾薪** ㄍㄢ ㄒㄧㄣ 不做事而光領取的薪水。例坐領乾薪。

乾燥 ㄍㄢ ㄗㄠˋ 缺乏或失去水分。

參考 同乾枯。

乾燥劑 ㄍㄢ ㄗㄠˋ ㄐㄧˋ 能除去潮濕物質中水分的化學藥劑。

18 **乾糧** ㄍㄢ ㄌㄧㄤˊ 脫去水分以便於儲藏或攜帶的食物。

參考 同餱糧。

28 **乾癟** ㄍㄢ ㄅㄧㄝˇ 枯瘦。癟：中空而外面凹下。

▽口血未乾、外强中乾、唾面自乾。

常 12 **亂** 形解 會意；從乙𤔔。𤔔和乙都有「治」的意思，所以治理爲亂。

音義 ㄌㄨㄢˋ 名①樂歌末章名。②不好的行爲；例淫亂。動①混淆；例以假亂眞。②破壞；例搗亂。③治理；例其能而亂四方。形缺乏秩序和條理；例亂七八糟。副任意；例「不許亂說。」

ㄌㄨㄢˋ 名禍事；例亂子。

參考 反治。

2 **亂七八糟** ㄌㄨㄢˋ ㄑㄧ ㄅㄚ ㄗㄠ 形容非常紊亂、沒有條理的狀況。
參考 ①同七顛八倒。②反井井有條。③與「汚七八糟」有別：二詞都有糟亂的意思，但意義上，汚七八糟偏重於汚穢、惡劣；亂七八糟，側重在混亂。

5 **亂世** ㄌㄨㄢˋ ㄕˋ 動盪不安的時代。
參考 反治世、盛世。

6 **亂臣賊子** ㄌㄨㄢˋ ㄔㄣˊ ㄗㄟˊ ㄗˇ 叛亂造反，反抗政府的人。

9 **亂流** ㄌㄨㄢˋ ㄌㄧㄡˊ 氣象學上指大氣中局部性的不穩定運動，包括渦流及氣流的垂直運動。

亂紀 ㄌㄨㄢˋ ㄐㄧˋ (一)破壞法紀。(二)事物失去秩序或條理。

10 **亂眞** ㄌㄨㄢˋ ㄓㄣ 摹倣神似，幾乎能和眞的相混而難以分辨。例幾可亂眞。

亂倫 ㄌㄨㄢˋ ㄌㄨㄣˊ (一)違反倫常的行爲。(二)形容有親屬關係的男女發生了性行爲。

▽紊亂、錯亂、霍亂、戰亂、禍亂、散亂、胡亂、混亂、動亂、內亂、擾亂、心亂、攪亂、作亂、平亂、戡亂、忙亂、髒亂、搗亂、紛亂、臨危不亂、心慌意亂、手忙脚亂、坐懷不亂、兵荒馬亂。

【亅部】 ㄐㄩㄝˊ

常 1 **了** 形解  象形；象小孩子在襁褓中，看不見手臂的形。今假借爲完了、終了。
音義 ㄌㄧㄠˇ 動 ①明白；例了解。②結束；例一了百了。副全；例「事如春夢了無痕。」
·ㄌㄜ 助 表動作的繼續或完成；例車來了。
參考 「了」有兩個讀音：a. ㄌㄜ，語尾助詞，例今天去不成了。b. ㄌㄧㄠˇ，(a)清楚明白的意思。例一目了然，明了。(b)還有完結的意思，例了結、不了了之。

2 **了了** ㄌㄧㄠˇ ㄌㄧㄠˇ (一)清楚明白的意思。(二)聰明慧黠。例「小時了了。」(二)清除整理。例了了虧空。

8 **了事** ㄌㄧㄠˇ ㄕˋ (一)結束事情。例草草了事。(二)辦理事務。(三)明白事理。

9 **了卻** ㄌㄧㄠˇ ㄑㄩㄝˋ 了結，做完。例了卻一番心事。

11 **了得** ㄌㄧㄠˇ ·ㄉㄜ (一)本領技藝都很高强。(二)悟得，辨得，做得。

12 **了結** ㄌㄧㄠˇ ㄐㄧㄝˊ 完結。

了然 ㄌㄧㄠˇ ㄖㄢˊ 明瞭。例了然於心。
參考 同瞭然。

13 **了解** ㄌㄧㄠˇ ㄐㄧㄝˇ 明白知曉。
參考 ①與「理解」有別：「了解」不强調分析、判斷、推理，只是直覺的認知；而「理解」則不但要知其然，還要更進一層，知其所以然，所以是經由判斷推理而更加深刻的領會。②「了解」、「知道」有別：「了解」和「知道」可以通用，例我不了解(知道)他的近況。但「了解」還有「理解」、「深知」、「懂得」的意思。如果沒有這層意思，只能用「知道」，例我不知道怎麼處理這件事。

18 **了斷** ㄌㄧㄠˇ ㄉㄨㄢˋ 了結，斷決。

▽終了、明了、未了、完了、自了、私了、大不了、不得了、沒完沒了、小時了了、不甚了了、一了百了。

常 3 **予** 形解 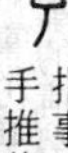 指事；以手推物相給與的動作爲予。
音義 ㄩˊ 代 我；例「天喪予！」
ㄩˇ 動 ①同「與」，給與；例予以嘉獎。②許可；例准予。③給；例授予。
參考 ①予字四畫，不可誤寫作「于」。②孳 抒、杼、紓、舒、預、野、墅。

8 **予取予求** ㄩˇ ㄑㄩˇ ㄩˊ ㄑㄧㄡˊ 任意求取，不加拒絕的意思。例共產國家經常向自由世界敲詐，予取予求，沒完沒了。

14 **予奪** ㄩˇ ㄉㄨㄛˊ 賜予和褫奪。又作「與奪」。

▽給予、賦予、授予、頒予。

常 7 **事** 形解 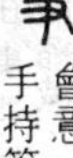 會意；以手持筆。所以有記言或記事的意思。

音義 ㄕˋ 名 ①人類所作所爲及其遭遇；例國事。②變故；例天下多事。③記數單位，物一件叫「一事」；例「歌絃三數事。」④職業；例謀事。動 ①侍奉；例「事親爲大。」②爲、作；例不事農商。

5 **事主** ㄕˋ ㄓㄨˇ 法俗稱刑事案件的被害人。

事由 ㄕˋ ㄧㄡˊ ㈠根由，事情從頭到尾的經過及所以發生的理由。㈡公文用語。指公文所陳述的詳細內容及理由。

事必躬親 ㄕˋ ㄅㄧˋ ㄍㄨㄥ ㄑㄧㄣ 事事都要親自去做。躬，親自。

6 **事先** ㄕˋ ㄒㄧㄢ 事情發生之前，或處理事務之先。例事先通知。

參考 同事前。

事件 ㄕˋ ㄐㄧㄢˋ ㈠意外偶發的重要事情。㈡猶言事項。

事在人爲 ㄕˋ ㄗㄞˋ ㄖㄣˊ ㄨㄟˊ 事情的成敗，完全取決於自己的做與不做。

參考 與「爲者常成」有別：前者强調人爲，在一定的客觀條件下，成功與否決定於人的主觀努力，但沒有明確指出一定成功；後者是說做了，就能成功。

8 **事例** ㄕˋ ㄌㄧˋ ㈠有代表性的，可做例子的事情。㈡事情的先例。

事奉 ㄕˋ ㄈㄥˋ 服侍，伺候。

參考 同侍候、侍奉。

事宜 ㄕˋ ㄧˊ ㈠事情。例掌理選舉事宜。㈡關於事務的安排和處理。例「其不失事宜。」

事事 ㄕˋ ㄕˋ ㈠每一件事。㈡治事、做事。上一「事」字是動詞，表示治理、工作。

9 **事故** ㄕˋ ㄍㄨˋ ㈠事情、事由、事件。㈡變動不測的事情。

10 **事倍功半** ㄕˋ ㄅㄟˋ ㄍㄨㄥ ㄅㄢˋ 比喻費的氣力大而收效少。

參考 反事半功倍。

11 **事略** ㄕˋ ㄌㄩㄝˋ 文傳記文體的一種，大略記述一個人生平事蹟的文章。

事情 ㄕˋ ㄑㄧㄥˊ ㈠事物的實際情形。㈡各種事務、事件。

參考 「事情」，指一切事或情形，使用最廣。「事件」，指比較重要的事。「事變」，指突然發生而又重大的事，如七七事變。「事故」，指意外的變故或災禍。

事務 ㄕˋ ㄨˋ ㈠事情，職務。㈡猶庶務。如「事務員」又稱「庶務員」。

事務所 ㄕˋ ㄨˋ ㄙㄨㄛˇ 辦理事務的處所。例律師事務所。

12 **事項** ㄕˋ ㄒㄧㄤˋ 泛指已將事情分門別類的細目。

13 **事業** ㄕˋ ㄧㄝˋ ㈠所從事或經營的事情。㈡有條理、規模，並且有益於公衆的事。例慈善事業。

參考 「職業」是指個人所從事的職務或工作，而以維持生活爲目的。與「事業」的區別，在於「事業」的範圍大，而「職業」的範圍小。

事過境遷 ㄕˋ ㄍㄨㄛˋ ㄐㄧㄥˋ ㄑㄧㄢ 事情已經過去，情況也已改變了。

參考 與「滄海桑田」有別：後者比喻世事變化很大。

11 **事實** ㄕˋ ㄕˊ 事情的實際情形。例不可否認的事實。

參考 「事態」指事情的狀態，與「事實」有別：「事實」重在「實」字，說明事情的實在性；「事態」重在事情的狀態，能擴充，也能縮減。

事端 ㄕˋ ㄉㄨㄢ 指意外發生禍亂的事情。

事與願違 ㄕˋ ㄩˇ ㄩㄢˋ ㄨㄟˊ 事情的發展與願望相違背。

16 **事機** ㄕˋ ㄐㄧ ㈠成就事功的機會。㈡事情的機密。例事機外洩。

18 **事蹟** ㄕˋ ㄐㄧ 事情的遺跡。

參考 ①同事跡。②「事蹟」與「奇蹟」、「遺跡」有別：「奇蹟」指超乎尋常經驗之外，而帶有神秘性的色彩；「遺蹟」即陳蹟，是古人遺留的事蹟，只能用在指人死後所留下的事蹟而言。

22 **事權** ㄕˋ ㄑㄩㄢˊ ㈠做事的職權。例事權統一。㈡事的情勢。

23 **事變** ㄕˋ ㄅㄧㄢˋ ㈠世事的變遷。㈡突然發生的重大事件。例七七事變。

▽刑事、家事、私事、人事、萬事、公事、故事、往事、炊事、糗事、怪事、瑣事、

幹事、國事、師事、軍事、執事、從事、世事、俗事、大事、知事、民事、用事、無事、心事、尋事、視事、誤事、好事、滋事、惹事、生事、小事、趣事、佚事、壞事、無所事事、人浮於事、干卿底事、不省人事、少不更事、因人成事、多管閒事、見機行事、快人快事、咄咄怪事、始終其事、指顧間事、相機行事、若無其事、張大其事、造謠生事、無濟於事、費時失事、意氣用事、賞心樂事、鄭重其事、天下本無事。

【二部】 ㄦˋ

(常) 0 二

形解 二 二 指事；古人記事，以筆畫計數，畫二橫代表計數單位的第二位。

音義 ㄦˋ 名 數目名。動 ①改變；例「無二爾心。」②倍；例「祿二大夫。」③比，並；例「功無二於天下。」形 ①次等的；例 二流貨色。②兩樣；例 不二價。

參考 同雙，兩，再。

2 **二十四節氣** ㄦˋ ㄕˊ ㄙˋ ㄐㄧㄝˊ ㄑㄧˋ 古代學者依據太陽在黃道上的位置，將全年劃分成二十四段落，以月首爲節氣，月中爲中氣，共二十四節氣。其名目爲：立春、雨水、驚蟄、春分、清明、穀雨（以上春季）；立夏、小滿、芒種、夏至、小暑、大暑（以上夏季）；立秋、處暑、白露、秋分、寒露、霜降（以上秋季）；立冬、小雪、大雪、冬至、小寒、大寒（以上冬季）。

二十八宿 ㄦˋ ㄕˊ ㄅㄚ ㄒㄧㄡˋ 天 我國古代天文家將沿黃道、赤道附近的星空，劃分爲二十八個不等的區域，每一區域叫一宿。二十八宿主要是用於測定太陽、月亮在星空的位置而釐定季節、方位，據以製定曆法。

4 **二心** ㄦˋ ㄒㄧㄣ 有異心。

8 **二房東** ㄦˋ ㄈㄤˊ ㄉㄨㄥ 先包租他人房屋而又再分租給他人居住的人。

9 **二胡** ㄦˋ ㄏㄨˊ 音 樂器名，形似胡琴但較大，柄也較長，筒是木製的。

10 **二氧化碳** ㄦˋ ㄧㄤˇ ㄏㄨㄚˋ ㄊㄢˋ 化 成分爲 CO_2，無色、無臭、無毒的氣體，但動物在此氣中會因缺氧而窒息。

12 **二黃** ㄦˋ ㄏㄨㄤˊ 文 戲曲腔調名，起源於湖北黃陂、黃岡，故稱二黃。一般適用於表現淒涼的感情。可與西皮合用，稱爲皮黃。

▽說一不二、獨一無二、知其一不知其二。

(常) 1 于

形解 亏 指事；指人呼氣流暢的狀態。

音義 ㄩˊ 名 姓。動 猶如「說」；例「王于出征。」介 於；例「吾十有五而志于學。」助 文言虛字，後接名詞、動詞、形容詞構成動作；例「鳳凰于飛。」

參考 孳 宇、迂、紆、盂、芋、吁、盱。

9 **于飛** ㄩˊ ㄈㄟ 比喻夫婦好合美滿。例「鳳凰于飛。」

于思 ㄩˊ ㄙ 形容鬍鬚很多。

參考 本詞多疊用，不可分割。

18 **于歸** ㄩˊ ㄍㄨㄟ 女子出嫁，古稱「于歸」。

(次) 1 亍

形解 指事；反彳。彳是微步而行，反過來就是不走，所以說止步爲亍。

音義 ㄔˋ 名 ①右步；左步爲彳，合起來爲「行」字。②小步。動 ①行進中止步。②漫步；例 海邊亍ㄔˋ。

參考 又音 ㄓㄨˋ。

(常) 2 云

形解 象形；象雲氣回轉的形狀。云假借爲「說」後，另外創造從雨云聲的「雲」字，以承本義。

音義 ㄩㄣˊ 名 ①古雲字。②姓。動 ①說；例 人云亦云。副 如此；例 云云。助 文言助詞，多無意義。

參考 孳 芸、耘、紜、魂、雲。

4 **云云** ㄩㄣˊ ㄩㄣˊ (一) 如此如此。說話、引用文句時表示結束或有所省略。例來信云云。㈡紛紜的議論。例「人口云云，不知所至。」㈢猶芸芸，衆多繁盛的樣子。例「萬物云云。」

▽人云亦云、不知所云。

常 2 **井** 形解 井 象形；「井」象水井四週的欄杆，「・」象井水。

音義 ㄐㄧㄥˇ 名 ①往地下垂直開鑿而能汲水的深洞；例水井。②易經卦名。③周制以九百畝農田爲一井；例井田。④姓。副整齊；例井井有條。

參考 孳 刑、形、穽、阱、耕。

4 **井井有條** ㄐㄧㄥˇ ㄐㄧㄥˇ ㄧㄡˇ ㄊㄧㄠˊ 處事有條理而不紊亂。

參考 ①同井然有序。②反亂七八糟。

井水不犯河水 ㄐㄧㄥˇ ㄕㄨㄟˇ ㄅㄨˋ ㄈㄢˋ ㄏㄜˊ ㄕㄨㄟˇ ㈠比喻彼此界限分明。㈡比喻毫無關係。又作「河水不犯井水」。

5 **井田** ㄐㄧㄥˇ ㄊㄧㄢˊ 我國古代土地政策之一，以地一方里畫成九區，八家各佔地百畝爲私田，中間百畝爲公田，因形狀如井字形，故名井田。例井田制度。

8 **井底之蛙** ㄐㄧㄥˇ ㄉㄧˇ ㄓ ㄨㄚ 井底下的青蛙，只能在一個很小很有限的環境裡生活。比喻見聞偏狹的人。

10 **井鹽** ㄐㄧㄥˇ ㄧㄢˊ 用鹽井的水加工製成的食鹽。我國四川、雲南二省都有出產。

▽水井、油井、鹽井、臨渴掘井、離鄉別井。

常 2 **互** 形解 互 象形；象收繩的器具，後來寫做「𥫔」。其用途爲收繩線，引申有相互的意思。

音義 ㄏㄨˋ 副 彼此連合；例互助合作。

參考 ①互與亙二字有別：「互相」的「互」字，中間沒有一劃，音ㄏㄨˋ。「亙古」的「亙」字，中間有一劃，讀ㄍㄥˋ。②孳 枑。

5 **互市** ㄏㄨˋ ㄕˋ 商 與外國相互交易。

7 **互助** ㄏㄨˋ ㄓㄨˋ 互相幫助、扶持。

參考 ①反競爭。②見「合作」條。

9 **互相** ㄏㄨˋ ㄒㄧㄤ 副 表示彼此對待的關係。例互相尊重。

互相標榜 ㄏㄨˋ ㄒㄧㄤ ㄅㄧㄠ ㄅㄤˇ 彼此互相贊揚吹噓。

參考 同互相吹噓。

互爲因果 ㄏㄨˋ ㄨㄟˊ ㄧㄣ ㄍㄨㄛˇ 互相成爲因果關係。因：原因；果：結果。

互爲表裏 ㄏㄨˋ ㄨㄟˊ ㄅㄧㄠˇ ㄌㄧˇ 指事理意義的相輔相成，互相滿足。

參考 ①同共相表裏。②與「表裏一致」有別：前者强調事理意義的相輔相成；後者著重在裡外互爲一致性。

11 **互通聲氣** ㄏㄨˋ ㄊㄨㄥ ㄕㄥ ㄑㄧˋ 彼此之間互相有來往，傳遞消息。聲氣：消息。

12 **互惠** ㄏㄨˋ ㄏㄨㄟˋ 商 雙方以同等利益互相交換，爲國際間締結通商條約時所用的專有名詞。

參考 衍 互惠關稅、互惠主義、互惠條約。

▽相互、交互。

常 2 **五** 形解 X 象形；象收紗捲絲的工具。借做數目字後，本義已不用。

音義 ㄨˇ 名 ①數目名。②姓。

參考 孳：伍、吾、悟、晤、梧、牾、語、寤。

5 **五代** ㄨˇ ㄉㄞˋ 史 ㈠唐稱宋、齊、梁、陳、隋爲五代，是爲「前五代」。㈡宋以後稱後梁、後唐、後晉、後漢、後周爲五代，是爲「後五代」。

6 **五刑** ㄨˇ ㄒㄧㄥˊ 古代五種刑罰：㈠尚書五刑：墨、劓、剕、宮、大辟。㈡周禮五刑：野刑、軍刑、鄉刑、官刑、國刑。㈢隋以後的五刑：指死、流、徒、杖、笞五種刑罰。㈣民國以後的五刑：死刑、無期徒刑、有期徒刑、拘役、罰金。

五色繽紛 ㄨˇ ㄙㄜˋ ㄅㄧㄣ ㄈㄣ 形容光彩繁盛，顏色華麗的樣子。五色：爲青、黃、赤、白、黑五種正色。繽紛：形容華麗繁盛。

參考 ①同五彩繽紛、十彩繽紛。②與「五顏六色」有別：前者形容顏色多而且華麗；後者偏重在顏色多，至於華麗與否，卻屬次要的了。

五光十色 ㄨˇ ㄍㄨㄤ ㄕˊ ㄙㄜˋ 比喻景色鮮艷複雜，光彩奪目。

8 **五味** ㄨˇ ㄨㄟˋ 酸、甜、苦、辣、鹹，五種味道。

五金 ㄨˇ ㄐㄧㄣ ㈠指金、銀、銅、鐵、錫五種金屬。㈡泛指金屬。例五金行。

五官 ㄨˇ ㄍㄨㄢ ㈠生指耳、眼、口、鼻、心，五種器官。例五官端正。㈡泛指臉上的器官。

五服 ㄨˇ ㄈㄨˊ 斬衰、齊衰、大功、小功、緦麻五等喪服，依死者與生人的親疏關係，而各有不同。

五花八門 ㄨˇ ㄏㄨㄚ ㄅㄚ ㄇㄣˊ 比喻事物變化莫測，花樣繁多。五花：指五行陣；八門：指八門陣，是古戰術中變幻多端的陣勢。

參考 與「五光十色」不同：前者重在門類繁多；後者重在色彩繁複。後者只可形容顏色，而不能形容錯綜複雜的事；但前者是可以的。

9 **五音** ㄨˇ ㄧㄣ ㈠音宮、商、角、徵、羽五聲。㈡文脣、舌、齒、牙、喉，五類發聲方法。

參考 歌聲難聽，發音不準確叫做「五音不全」。

五香 ㄨˇ ㄒㄧㄤ 烹調食物用的中藥名，有茴香、花椒、大料、桂皮、丁香等五種香料。例五香豆腐乾。

五帝 ㄨˇ ㄉㄧˋ 史我國古代的五個帝王，有幾種說法：㈠太昊、神農、黃帝、少昊、顓頊。㈡黃帝、顓頊、帝嚳、堯、舜。㈢少昊、顓頊、帝嚳、堯、舜。

10 **五倫** ㄨˇ ㄌㄨㄣˊ 人與人之間的五種關係，即君臣、父子、兄弟、夫婦、朋友。又稱「五常」。

11 **五常** ㄨˇ ㄔㄤˊ ㈠指做人有仁、義、禮、智、信五種經常不變的德目。㈡金、木、水、火、土五行，亦稱「五常」。㈢父義、母慈、兄友、弟恭、子孝，也稱「五常」。

13 **五經** ㄨˇ ㄐㄧㄥ 書易、書、詩、禮、春秋五種經書。

14 **五福** ㄨˇ ㄈㄨˊ 五種幸福，說法不一，例如：㈠壽、富、康寧、攸好德、考終命。㈡壽、富、貴、康寧、子孫衆多。

參考 衍五福臨門。

15 **五穀** ㄨˇ ㄍㄨˇ ㈠一般以稻、黍、稷、麥、菽爲五穀。㈡泛指各種主要的穀物。

參考 「五穀豐登」，指豐年而言。

五線譜 ㄨˇ ㄒㄧㄢˋ ㄆㄨˇ 音音樂記譜法之一，爲義大利音樂家季多（Guido, d' Arezzo.）所發明。將各種不同的音符、休止符，用五條平行線表現出來，現爲世界各國所通用。

17 **五嶽** ㄨˇ ㄩㄝˋ 地中國境內的五大名山的總稱。即：東嶽泰山，西嶽華山，南嶽衡山，北嶽恆山，中嶽嵩山。

參考 亦作「五岳」。

19 **五霸** ㄨˇ ㄅㄚˋ 史春秋時，五個强大而雄霸天下的諸侯：齊桓公、晉文公、秦穆公、宋襄公、楚莊王。

參考 「五霸」又作「五伯」，音義同。

22 **五臟六腑** ㄨˇ ㄗㄤˋ ㄌㄧㄡˋ ㄈㄨˇ 五臟，是心、肝、脾、肺、腎。六腑，指腹內的六種內臟：胃、膽、三焦、膀胱、大腸、小腸。

參考 五臟六腑泛指身上各種器官而言。

23 **五體投地** ㄨˇ ㄊㄧˇ ㄊㄡˊ ㄉㄧˋ ㈠本爲佛家語，意指兩手兩膝和頭一起著地，這是佛教最恭敬的行禮儀式。㈡比喻佩服到了極點。

參考 與「心悅誠服」有別：後者是內心感覺愉快而且眞誠佩服，含有喜悅的意思；五體投地有時含有詼諧或諷刺的意味。

▽九五、三五、王老五、二百五。

常 4

亙

形解 亙 會意；從舟二。船在河流兩岸之間行走，所以有延長的意思。

音義 ㄍㄣˋ 名姓。形自這端通達那端；例山巒綿亙。副時間延續不斷；例亙古未有。

參考 ①又可讀作ㄍㄥˋ。②摹恆。

5 **亙古** ㄍㄣˋ ㄍㄨˇ 猶言從古到今；或終古、永久、永遠的意思。

▽綿亙、連亙、橫亙。

常 6 **些** 形解 些 形聲；從此，二聲。「此」爲有所指的意思，「二」表示一點點，所以「些」有少許的意思。

音義 ㄒㄧㄝ 形表數量不定；例有些。副①少；例些微。②表程度改善；例病好些了。③綴在形容詞的後面，表一點兒；例多些。

ㄙㄨㄛ 助楚辭體的語末助詞，沒有意思，語氣同「兮」。

參考「些」、「點」有別：①「些」表示的量不一定很少，「點」則表示少量。例有些事（不止一件事），有點兒事（可能只是一件事）。②「些」可用於可以計數的事物，「點」不大用於可計數的事物（這、那、這麼、那麼，加「點」可以）。例一些人在下棋；這點人那兒夠用？③「有些」＋「名詞」常用於句首作主語，引出某事物而加以說明。「有點」＋「名詞」沒這種用法。例有些情況還不清楚。④「有些」＋「名詞」、「有點」＋「名詞」都可以用作謂語。例這段文字有些（有點）錯誤。

11 **些許** ㄒㄧㄝ ㄒㄩˇ ㈠一點兒，少量。例些許微物。㈡細小。例些許小事。

參考 同些些。

13 **些微** ㄒㄧㄝ ㄨㄟˊ ㈠少許，一點點。㈡稍微，略微。

常 6 **亞** 形解 亞 象形；象古人居屋的外形。借用爲「第二」的意思後，本義已消失不用。

音義 ㄧㄚˋ 名①地「亞細亞洲」省稱。②連襟又稱亞，與「婭」通；例姻亞。形次等的；例亞軍。

參考 ①孳啞、堊、瘂、婭、椏。②亞字的下一字如是四聲字，則亞字語音改讀第三聲。

7 **亞里斯多德** ㄧㄚˋ ㄌㄧˇ ㄙ ㄉㄨㄛ ㄉㄜˊ 人（Aristotle 前 384～322）希臘大哲學家和天文學家，主張以地球爲中心的宇宙觀，又是邏輯學的鼻祖，樹立眞是眞非的標準，著書甚多，以辯論術和詩學，對後世影響最大。

9 **亞軍** ㄧㄚˋ ㄐㄩㄣ 比賽中獲得第二名。

參考 前四名分別是：冠軍、亞軍、季軍、殿軍。

亞洲 ㄧㄚˋ ㄓㄡ 地（Asia）亞細亞洲的簡稱，位於東半球的東北部，占全球陸地三分之一，世界第一大洲。

參考 五大洲爲亞洲，歐洲，美洲，非洲，大洋洲。

11 **亞細亞** ㄧㄚˋ ㄒㄧˋ ㄧㄚˋ 地 Asia 的音譯，即亞洲。東臨太平洋，南臨印度洋，北臨北極海，西與歐洲爲界。面積約一七、二一二、〇〇〇餘方哩，占世界陸地三分之一。

參考 參閱「亞洲」條。

13 **亞聖** ㄧㄚˋ ㄕㄥˋ 人世人尊稱孟子爲亞聖。儒家以孔子爲至聖，他的成就僅次於孔子，而傳孔子之道，故稱亞聖。

15 **亞熱帶** ㄧㄚˋ ㄖㄜˋ ㄉㄞˋ 地介於熱帶、溫帶之間的中間地帶。

▽東亞、歐亞、流亞、西北亞、東南亞。

常 7 **亟** 形解 亟 指事；指人（亻）在天地（二）之間，應該上達於巔峯，下極於踵事，有所作爲。亟是極的本字，所以有極致的意思。

音義 ㄐㄧˊ 副緊急、急切；例軍情孔亟。

ㄑㄧˋ 副屢次；例往來頻亟。

參考 孳殛、極。

【亠部】 ㄊㄡˊ

常 1 **亡** 形解 亡 指事；「入」象人側立形，「ㄣ」指隱蔽的事態。所以人隱匿爲「亡」，而有逃逸的意思。

音義 ㄨㄤˊ 名稱呼死者；例亡弟。動①逃跑；例逃亡。②毀滅；例覆亡。③不在；例「孔子時其亡也，而往拜之。」④借作「忘」，忘記；例「知而亡情。」⑤喪失；例亡羊補牢。

ㄨˊ 動沒有；例「我獨亡。」

參考 摮忙、妄、忘、氓、茫、鋩、蝱、盲、罔、芒、網、蝱。

6 **亡羊補牢** ㄨㄤˊ ㄧㄤˊ ㄅㄨˇ ㄌㄠˊ 原指丟了羊再去修補羊圈，還不算遲；比喻出了問題以後，想辦法補救，免得再受損失。牢：關牲口的圈欄。

8 **亡命** ㄨㄤˊ ㄇㄧㄥˋ 脫除名籍而逃命在外。亡：無；命：名。

亡命之徒 ㄨㄤˊ ㄇㄧㄥˋ ㄓ ㄊㄨˊ 原指逃亡在外以苟存性命的人。後來專指流氓、盜賊之類，不顧生死，胡作非為，作姦犯科的壞人。亡命：古代逃脫戶籍，改名換姓逃亡在外；徒：指這一類的人。

11 **亡國** ㄨㄤˊ ㄍㄨㄛˊ 國家滅亡。例亡國大夫。

亡國奴 ㄨㄤˊ ㄍㄨㄛˊ ㄋㄨˊ 指祖國已經滅亡或部分領土被侵佔，而處於外國侵略者奴役之下的人。

亡國之音 ㄨㄤˊ ㄍㄨㄛˊ ㄓ ㄧㄣ 原指哀傷而引人悲思的聲音，後多用以指淫靡的音樂。

▽流亡、死亡、存亡、逃亡、滅亡、興亡、衰亡、暴政必亡、自取滅亡、名存實亡、家破人亡。

次 2
亢
形解 象形；「亠」是大的省體，「八」象人頸脈形。所以有人頸的意思。

音義 ㄎㄤˋ 名 ①天星名，二十八宿之一。②姓。動抵禦，通「抗」。形高傲的；例不卑不亢。副甚，極；例亢旱。

ㄍㄤ 名 人頸，通「吭」、「頏」；例絕亢而死。

參考 ①反卑。②摮抗、伉、阬、坑、頏、航、骯、吭。

7 **亢旱** ㄎㄤˋ ㄏㄢˋ 大旱。

▽不卑不亢。

常 4
交
形解 指事；「大」象人正立形，「乂」指兩足相交叉的動作，含有相合的意思。

音義 ㄐㄧㄠ 名 ①相會的地方；例河交。②互相往來；例「君子之交，淡若水。」③買賣；例交易。④彼此往來相遇的點；例秋冬之交。⑤姓。動①相接；例交兵。②授受；例「男女不交爵。」③媾合；例交配。④付托；例交辦。⑤跌倒；例跌了一交。副同時並作；例雷電交加。

音義 摮蛟、咬、郊、校、較、跤、皎、效、効、皦。

3 **交口** ㄐㄧㄠ ㄎㄡˇ ㈠口角。例「交口廝爭」㈡眾口同聲，說個不停。例交口稱讚。

交叉 ㄐㄧㄠ ㄔㄚ 縱橫相交，形成叉形。例交叉路口。

4 **交手** ㄐㄧㄠ ㄕㄡˇ ㈠手相接近；㈡爭鬥用武；㈢比賽；㈣拱手，表示敬意的禮節。

5 **交代** ㄐㄧㄠ ㄉㄞˋ ㈠囑咐，吩咐。㈡把經手的事情，移交給別人。㈢交互接替。㈣做畢。例這件事算是交代了。

參考 ①衍交代兒。②又音 ㄐㄧㄠ ˙ㄉㄞ。

7 **交尾** ㄐㄧㄠ ㄨㄟˇ 動物如鳥獸昆蟲的雌雄交配。

8 **交易** ㄐㄧㄠ ㄧˋ ㈠本指物物交換，後為買賣的通稱。易，交換。㈡同「往來」。

參考 衍交易稅、交易所、交易動機。

9 **交界** ㄐㄧㄠ ㄐㄧㄝˋ 兩地境界相連接的地方。

交流 ㄐㄧㄠ ㄌㄧㄡˊ ㈠兩條河流相會合的地方。㈡彼此表情達意，相互影響。例感情交流。㈢物方向一反一正，交互變換的電流。

參考 衍交流電、交流協會、交流發電機。

交流道 ㄐㄧㄠ ㄌㄧㄡˊ ㄉㄠˋ 高速公路與交叉道路間，所設立體交叉的匝道。

10 **交涉** ㄐㄧㄠ ㄕㄜˋ ㈠社會上或國際間，商議彼此有關的事務，決定適當的解決辦法。㈡相干。例毫無交涉。

參考 「交涉」、「干涉」有別：「交涉」是指針對問題向對方提出不滿，然後商量解決問題的辦法；「干涉」是指硬要過問或制止，例：這是我的私事，請你別加干涉。

交配 ㄐㄧㄠ ㄆㄟˋ 動植 雌雄兩體進行受粉或受精的歷程。

參考 與「交尾」有別：「交尾」只限用於動物，「交配」動植物都可使用。

11 **交接** ㄐㄧㄠ ㄐㄧㄝ ㈠與人相互來往。㈡移交和接收。例交接典禮。

交情 ㄐㄧㄠ ㄑㄧㄥˊ 朋友因交往而獲得的情誼。

交通 ㄐㄧㄠ ㄊㄨㄥ ㈠廣義指凡減少、排除或溝通因地域隔離所發生的困難者，如鐵路、電信、郵政、航海、航空等。狹義指路面車輛的往來運輸。㈡四方通達。例「阡陌交通，雞犬相聞。」㈢人與人間的往來溝通。

交淺言深 ㄐㄧㄠ ㄑㄧㄢˇ ㄧㄢˊ ㄕㄣ ㈠對交情不深厚的人，言談却很深切。㈡與交情淺的人談親密的話，比喻說話不得體。

12 **交替** ㄐㄧㄠ ㄊㄧˋ 彼此互相接替。例新舊交替。

交換 ㄐㄧㄠ ㄏㄨㄢˋ 相互調換。參考 物物交換意即以物易物。

交游 ㄐㄧㄠ ㄧㄡˊ 所與交往的朋友。

交惡 ㄐㄧㄠ ㄨˋ 雙方感情破裂，互相憎惡仇恨。

交椅 ㄐㄧㄠ ㄧˇ 坐具，有靠背及扶手的坐椅。今俗稱「太師椅」。參考 ①衍金交椅。②又作「交床」、「胡床」、「交倚」、「校椅」。

14 **交際** ㄐㄧㄠ ㄐㄧˋ 人與人之間彼此用禮儀、幣帛相交往。參考 衍交際舞、交際花、交際費、交際應酬。

15 **交鋒** ㄐㄧㄠ ㄈㄥ 出戰時鋒刃相交接，比喻交戰，也可作「比賽」的代稱。參考 同交手，交戰、對壘、對陣。

交談 ㄐㄧㄠ ㄊㄢˊ 彼此言談，溝通意思。

16 **交錯** ㄐㄧㄠ ㄘㄨㄛˋ 來往紛紜，交互錯雜。

交頭接耳 ㄐㄧㄠ ㄊㄡˊ ㄐㄧㄝ ㄦˇ 形容彼此在耳邊低聲說話。參考 與「竊竊私語」有別：後者指私下偷偷地小聲交談，有隱密不讓人知的意味；前者却沒有這種意思。

18 **交織** ㄐㄧㄠ ㄓ 錯綜複雜地結合在一起。例這是一個用血淚交織而成的感人故事。

▽外交、斷交、絕交、結交、深交、舊交、神交、世交、國交、互交、社交、相交、雜交、忘年交、不可開交、一面之交、刎頸之交、泛泛之交、患難之交、莫逆之交、總角之交。

常 4 亦

形解 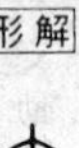 指事；「亣」象人，「八」指明臂腋的所在。「亦」借為助詞後，另造「腋」字，以承本義。

音義 一 名①腋的初文，「腋」最早寫作「亦」。②姓。副①也；例「不亦樂乎？」連又；例事已至此，亦復何言。助語首助詞，沒有意思。

參考 擘奕、迹、跡、夜、弈、奕。

7 **亦步亦趨** ㄧˋ ㄅㄨˋ ㄧˋ ㄑㄩ 形容學生模仿老師。參考 ①「一般人事事模仿他人」也可用本詞。②「亦步亦趨」與「邯鄲學步」不同：後者是仿效他人，未能有成，反而失卻自己本來的面目；亦步亦趨只是強調模仿別人。

常 4 亥

形解  象形；象豕形。今借用為地支的末位。

音義 ㄏㄞˋ 名①十二地支的末位。②時辰名，午後九點到十一點。③姓。

參考 擘孩、咳、劾、該、駭、骸、賅、核、刻、欬。

常 5 亨

形解 象形；古時亨享同作亯字，經過篆隸之變後一分為二，亨字本義已不用。

音義 ㄏㄥ 形順遂、通達；例萬事亨通。 ㄆㄥ 動古借為烹；例亨飪。

參考 ①亨又音ㄏㄥ，義與ㄏㄥ同。②擘烹。

11 **亨通** ㄏㄥ ㄊㄨㄥ 順利通達。例萬事亨通。

常 6 享

形解 亯 象形；字本作亯，象宗廟形，古代有宗廟就有祭祀，所以有「奉獻」的意思。

音義 ㄒㄧㄤˇ 動①奉獻；例享神。②宴飲；例享客。③消受；例享樂。④稱剛死者的年壽；例享年九十。⑤保有。

參考 ①經典中享、饗二字有別：獻於神稱享，鬼神來食稱饗，饗宴賓客用饗。②「享」、「亨」有別：「享受」、「享福」的「享」，下面是「子」；「亨通」的「亨」，下面是「了」。

6 **享年** ㄒㄧㄤˇ ㄋㄧㄢˊ 人一生所經過的歲數。例享年六十。

8 **享受** ㄒㄧㄤˇ ㄕㄡˋ 安享消受。
參考 同享壽。

14 **享福** ㄒㄧㄤˇ ㄈㄨˊ 生活既安樂又適意。

常 6 **京** 形解 象形；象山丘上屋宇高聳形，引申有大的意思。

音義 ㄐㄧㄥ 名 ①人爲的高丘。②國都；例京城。③數名，十兆爲京。④大型倉庫；例京倉。⑤姓。形 ①大；例「京邑翼翼。」②齊；例「莫與之京。」

京 ④

參考 擊 晾、涼、掠、諒、鯨、黥、景、影、憬、顥。

15 **京畿** ㄐㄧㄥ ㄐㄧ 國都及其附近的地方。

17 **京戲** ㄐㄧㄥ ㄒㄧˋ 藝 我國戲曲的主要劇種之一，流行地區很廣泛，清代中葉由徽、漢等劇種進入北京後演變而成。表演時唱、唸、做、打並重，唱腔以西皮、二黃爲主，故又名「皮黃戲」。
參考 又稱「京劇」、「平劇」、「國劇」。

▽東京、北京、西京、南京、離京、帝京、出京、上京、下京、舊京、故京。

常 7 **亭** 形解 形聲；象屋頂形，「亠」，丁聲。凡從丁聲的字有停留的意思，所以供人停留休息的建築物，叫做亭。

音義 ㄊㄧㄥ 名 ①古代供旅人投宿的屋舍；例驛亭。②城外供人送別的亭子；例長亭。③路旁或園囿有頂無牆專供休憩用的小型建築；例涼亭。④路旁以營利爲目的的小屋；例票亭。動 平；例亭疑法。副 ①正當；例亭午。②挺立的樣子；例亭亭玉立。

亭 ③

參考 擊 停、婷、葶。

4 **亭午** ㄊㄧㄥˊ ㄨˇ 太陽到了正午。例亭午夜分。

9 **亭亭** ㄊㄧㄥˊ ㄊㄧㄥˊ ㈠聳立的。例亭亭玉立。㈡遙遠的。例「亭亭映江月。」㈢明亮的。例「亭亭似月。」

亭亭玉立 ㄊㄧㄥˊ ㄊㄧㄥˊ ㄩˋ ㄌㄧˋ 形容身長挺立，姿態秀美。
參考 本詞只限用以形容少女或與少女相關的事物。

▽涼亭、長亭、短亭、驛亭、雨亭、水亭、亭亭、湖心亭、沈香亭。

常 7 **亮** 形解 會意；「亠」象屋宇高聳形；「儿」象人足屈曲，以代表人。人居高處，所以有明亮的意思。

音義 ㄌㄧㄤˋ 動 ①表露；例亮相。②發光；例擦亮。形 ①聲音清高；例嘹亮。②光線清楚；例明亮。③人品清高；例高風亮節。④明；例「皎皎亮月。」⑤誠信，通「諒」。

參考 ①俗作「亮」。②今書札慣用語有亮察、亮照等，本是明鑒義，亦可以用爲原諒的意思，是說希望受信人能洞鑒委曲而加以原諒。

13 **亮節** ㄌㄧㄤˋ ㄐㄧㄝˊ 清高而正大的節操。例高風亮節。

14 **亮察** ㄌㄧㄤˋ ㄔㄚˊ 高明的鑒察；多作書信中的結尾敬辭用。

18 **亮藍** ㄌㄧㄤˋ ㄌㄢˊ 透明的藍色。

▽明亮、閃亮、清亮、天亮、光亮、嘹亮、響亮、高亮、月亮、晶亮、瑜亮、點亮、照亮、漂亮、三個臭皮匠勝過一個諸葛亮。

次 8 **亳** 形解 會意；上從京省（古），下從宅省（乇），本爲商湯初建的都城名，至漢代改爲亭名。

音義 ㄅㄛˊ 名 ①地 商湯建都的

所在，今河南商邱縣。②姓。

參考 俗作「亳」。

次 11

亶 形解 亶 形聲；從亩，旦聲。亩像穀倉，而旦聲字常有「多」的意思，所以穀物豐多爲亶。

音義 ㄉㄢˇ 名姓。形盛大的；例亶怒。副誠然；例「亶其然乎？」 ㄉㄢˋ 副通「但」；例「非亶倒懸而已。」 ㄕㄢˋ 動專長，通「擅」。

參考 ①「亶」下從「旦」，不作「且」；不可誤寫。②擊壇、檀、

次 20

亹 形解 「娓」的譌字。

音義 ㄨㄟˇ 形勤勉的。

參考 ①字又作「娓」、「斖」。②「亹」俗音誤讀爲ㄒㄧㄣˋ。

【人部】 ㄖㄣˊ

常 0

人 形解 象形；象人側立、彎著身、垂下手臂形。

音義 ㄖㄣˊ 名①天地間最具靈性和智慧的動物；例人類。②別人；例「己所不欲，勿施於人」。③衆庶；例人民。④人的品質和性情；例文如其人。⑤人力簡稱；例乏人管理。⑥每人；例人手一冊。⑦成年人；例長大成人。⑧法指權利義務的主體；例自然人。⑨籍貫；例他是南京人。⑩姓。

參考 果實的心，古作「人」字，自明朝成化重刊本草後，才盡改爲「仁」字。

3 **人士** ㄖㄣˊ ㄕˋ 統稱有一定社會地位或在某方面具有代表性的人物。例各界知名人士。

人工 ㄖㄣˊ ㄍㄨㄥ ㈠用人力做成的，與「自然」或「天然」相對。例人工湖。㈡一人一天的工作量。例建造一座花園需要多少人工？㈢人的工夫和力量。

人工呼吸 ㄖㄣˊ ㄍㄨㄥ ㄏㄨ ㄒㄧ 急救方法之一。在自然或意外導致呼吸停止時，假借外力使胸腔產生節律性擴張與收縮，使氣體能進出肺部，促使呼吸運動恢復。

人工受精 ㄖㄣˊ ㄍㄨㄥ ㄕㄡˋ ㄐㄧㄥ ㈠用人工方法取出男子精子，射入女子子宮內，使其受孕；或取出精子與卵子在試管胚胎中受精，再將受精卵放入母體子宮內。用此科學方法育成的，即所謂試管嬰兒。㈡將畜類優良品種的精子注射於母畜生殖器內，使其受孕。多用作實驗、改良或提高品種。

人才 ㄖㄣˊ ㄘㄞˊ ㈠泛稱有才能的人。例人才濟濟。㈡人的才學和品貌。例一表人才。

參考 「人才」亦可作「人材」。

人才輩出 ㄖㄣˊ ㄘㄞˊ ㄅㄟˋ ㄔㄨ 有才學的人一批又一批相繼湧現，比喻人才衆多。

參考 同人才濟濟。

人才濟濟 ㄖㄣˊ ㄘㄞˊ ㄐㄧˇ ㄐㄧˇ 形容有才能之士非常多。濟濟：形容人數衆多。

人口 ㄖㄣˊ ㄎㄡˇ ㈠居住在一定地區內或一個單位內的人的總稱。例人口普查。㈡人們的口頭。例膾炙人口。

人山人海 ㄖㄣˊ ㄕㄢ ㄖㄣˊ ㄏㄞˇ 形容聚集的人數非常多。

4 **人中** ㄖㄣˊ ㄓㄨㄥ 指人鼻下唇上之間中凹的地方。

人文 ㄖㄣˊ ㄨㄣˊ ㈠人類的文化。例人文地理。㈡人事。

人文主義 ㄖㄣˊ ㄨㄣˊ ㄓㄨˇ ㄧˋ 歐洲文藝復興時期所提倡的一種主義，主張脫離教會勢力，復興古代文明的人文精神，提倡健全自由的思想，十三世紀末興起於義大利，但丁、薄伽邱等人是先驅；又稱「人本主義」。

人文薈萃 ㄖㄣˊ ㄨㄣˊ ㄏㄨㄟˋ ㄘㄨㄟˋ 人類文化所聚集的地方。薈萃：聚集。

人云亦云 ㄖㄣˊ ㄩㄣˊ ㄧˋ ㄩㄣˊ 別人怎麼說，自己也跟著怎麼說。形容沒有主見。亦：也。云：說。

人心叵測 ㄖㄣˊ ㄒㄧㄣ ㄆㄛˇ ㄘㄜˋ 別人

心中懷有惡意與否難以預料或測度。回：不可。
參考 ①又作「人心難測」。②與「人心隔肚皮」義同。

人心惶惶 ㄖㄣˊ ㄒㄧㄣ ㄏㄨㄤˊ ㄏㄨㄤˊ 形容人心動搖，驚恐不安的樣子。惶惶：一作「皇皇」，形容極度地驚恐不安。
參考 與「人人自危」都含有人人擔心害怕的意思，但有別：「人心惶惶」表示驚懼不安，有時音義重心落在「不安」上，語義較輕；而「人人自危」含有威脅到自身安全的意思，語義較重。

5 **人民** ㄖㄣˊ ㄇㄧㄣˊ ㈠政 近代國家構成要素之一，一國的人民，對於自己的國家有應享的權利和應盡的義務。㈡即百姓。

人世 ㄖㄣˊ ㄕˋ ㈠人生。㈡猶人間。例他早已不在人世了。

人生 ㄖㄣˊ ㄕㄥ ㈠人的生命和生活。㈡人的一生。

人生觀 ㄖㄣˊ ㄕㄥ ㄍㄨㄢ 對於生活所抱持的意見和處世的態度，亦即對人生的根本看法。例服務的人生觀。

人去樓空 ㄖㄣˊ ㄑㄩˋ ㄌㄡˊ ㄎㄨㄥ 形容重遊舊地，但人事景物都已完全不同。人，指人事；樓，形容景物。

6 **人老珠黃** ㄖㄣˊ ㄌㄠˇ ㄓㄨ ㄏㄨㄤˊ 喻人老而容貌衰殘，不再受人重視。
參考 本詞只適於形容女子。

人仰馬翻 ㄖㄣˊ ㄧㄤˇ ㄇㄚˇ ㄈㄢ ㈠人馬都被打得仰翻在地，比喻慘敗的狼狽相。㈡筋疲力盡，亂得一塌糊塗的樣子。例「不過唱唱戲，請請客罷了，已經鬧得人仰馬翻了。」㈢形容大笑絕倒的模樣。例他為人極為幽默，所說的笑話，經常令人笑得人仰馬翻，捧腹不已。

7 **人身攻擊** ㄖㄣˊ ㄕㄣ ㄍㄨㄥ ㄐㄧ 不是對事情本身進行原則分析，而只是對個人進行攻擊、辱罵，多用文字或語言為手段。例學術的辯論不容許有人身攻擊。

人言可畏 ㄖㄣˊ ㄧㄢˊ ㄎㄜˇ ㄨㄟˋ ㈠指輿論的力量很大，令人敬畏。㈡今多指流言令人畏懼。

8 **人性** ㄖㄣˊ ㄒㄧㄥˋ ㈠人類特有的行為所顯示的本性。㈡人所具有的正常感情和理性。例不通人性。

人和 ㄖㄣˊ ㄏㄜˊ ㈠指人心的趨向一致，人與人之間團結融洽。例「天時不如地利，地利不如人和。」㈡指全國人民團結一致，同舟共濟。例政通人和。

人物 ㄖㄣˊ ㄨˋ ㈠泛指人和物。㈡有才能和聲望的人。例小市民與大人物。㈢人的品貌和風度。例人物軒昂。
參考 衍人物志、人物字號。

人事 ㄖㄣˊ ㄕˋ ㈠泛指世間的一切事物。㈡人情事故。㈢法關於人的身分、能力等事項。例人事訴訟程序。㈣禮物的代稱。㈤機關中人員升、調、任、免等事。例人事調動。
參考 衍人事室、人事室主任、人事行政局。

人事不知 ㄖㄣˊ ㄕˋ ㄅㄨˋ ㄓ ㈠形容神志昏迷，不曉世事。㈡不能通達人情世故。

人定勝天 ㄖㄣˊ ㄉㄧㄥˋ ㄕㄥˋ ㄊㄧㄢ 人為的努力，發揮其智慧和力量，必能克服自然的阻礙，改造環境，贏得勝利。人定：人謀，人的智慧和力量。

人命關天 ㄖㄣˊ ㄇㄧㄥˋ ㄍㄨㄢ ㄊㄧㄢ ㈠人的性命和上天一樣地重要。㈡比喻案情重大，不可輕忽。多指命案而言。
參考 本詞含有貶損的意思。

9 **人品** ㄖㄣˊ ㄆㄧㄣˇ ㈠人的氣質、品格。㈡舊時指人的外貌。例人品端正。

人為 ㄖㄣˊ ㄨㄟˊ 人力所為，與「天然」、「自然」相對。例人為的障礙。

人面獸心 ㄖㄣˊ ㄇㄧㄢˋ ㄕㄡˋ ㄒㄧㄣ 指險惡狠毒的人。外貌如常人，但內心卻如豺狼一般狠毒。

10 **人格** ㄖㄣˊ ㄍㄜˊ ㈠人的品格。㈡心理學上指個人於適應環境的過程中，在行為和思想上所形成的獨特個性。㈢法指人之權利能力、行為能力、自由、姓名等，為構成法律上人格的基本要素。

人浮於事 ㄖㄣˊ ㄈㄨˊ ㄩˊ ㄕˋ 比喻就業的人多而工作的機會少。浮：超過。

參考 本詞常和「僧多粥少」連用。

11 **人蔘** ㄖㄣˊ ㄕㄣ 植 多年生草本，葉為掌狀複葉，花小色白，果鮮色紅，根的分枝形似人形，為中藥大補品。

人情 ㄖㄣˊ ㄑㄧㄥˊ ㈠人際的常情世故。㈡人的情面。例託個人情。㈢恩惠。例做人情。㈣感情。㈤贈送禮物聯絡感情等應酬的事。㈥指慶弔等事。例趕個人情。

人情味 ㄖㄣˊ ㄑㄧㄥˊ ㄨㄟˋ 人與人之間溫暖濃厚的情懷和味道。例臺灣是個人情味很濃厚的地方。

人造衛星 ㄖㄣˊ ㄗㄠˋ ㄨㄟˋ ㄒㄧㄥ 人類所製造的機械物體，由地球發射，依照一定的軌道環繞地球或其他星球飛行的太空裝置。

參考 衍 人造通訊衛星。

人造纖維 ㄖㄣˊ ㄗㄠˋ ㄒㄧㄢ ㄨㄟˊ 利用化學及機械方法把有機物質如木材、棉短絨、蘆葦等，造成供紡織用的纖維。

12 **人間** ㄖㄣˊ ㄐㄧㄢ 泛指人的生活領域。

人傑地靈 ㄖㄣˊ ㄐㄧㄝˊ ㄉㄧˋ ㄌㄧㄥˊ 英雄豪傑所生或所到的地方，該地也因而著名。傑：才能出衆；靈：靈秀。

13 **人煙** ㄖㄣˊ ㄧㄢ ㈠指人戶煙火。㈡有人居住的地方。例人煙稠密。

人道 ㄖㄣˊ ㄉㄠˋ ㈠尊重人類的權利。例人道主義。㈡指房事，如稱不能性交為「不能人道」。㈢做人的道理。例「人道之所不能廢。」

參考 反 天道。

人瑞 ㄖㄣˊ ㄖㄨㄟˋ 指德行懿美或享有高壽的人。

人羣 ㄖㄣˊ ㄑㄩㄣˊ ㈠許多聚集在一起的人們。㈡人類。例造福人羣。

參考 與「羣衆」有別：前者偏重在聚集了一批人；後者强調在人羣的數目衆多。

人微言輕 ㄖㄣˊ ㄨㄟˊ ㄧㄢˊ ㄑㄧㄥ 指地位或職位低微，因而所講的話沒有力量或分量。

14 **人種** ㄖㄣˊ ㄓㄨㄥˇ 指體質形態上具有某些共同遺傳特徵(如膚色、髮色、眼色等)的人羣。舊分黃、白、黑、棕、紅五種。

人壽保險 ㄖㄣˊ ㄕㄡˋ ㄅㄠˇ ㄒㄧㄢˇ 以人身的生存或死亡為保險的目的，即由被保險人和保險人訂立保險契約，預定一定的年限和保險金額，被保險人依照保險通則，向保險人(保險公司)繳納保費，如果在一定期限內，被保險人死亡，或超過一定期限內仍舊生存，則由保險公司償付所投保的金額。

15 **人潮** ㄖㄣˊ ㄔㄠˊ 形容人羣的衆多有如潮水般地湧出來。

人質 ㄖㄣˊ ㄓˋ 為逼令對方就範，或取信對方，而作為抵押的人。

人緣 ㄖㄣˊ ㄩㄢˊ ㈠俗稱人與人的離合，和緣分有關。例他的人緣很好。㈡人與人的關係中，能恰合人意的條件，多指人的相貌、氣質、性情、舉止談吐等。

人窮志短 ㄖㄣˊ ㄑㄩㄥˊ ㄓˋ ㄉㄨㄢˇ 人貧窮就急於解決切身的現實困難，因此沒有遠大的志向和長久的打算。

參考 又作「人貧志短」。

16 **人寰** ㄖㄣˊ ㄏㄨㄢˊ 人世間。例撒手人寰。

人謀不臧 ㄖㄣˊ ㄇㄡˊ ㄅㄨˋ ㄗㄤ 指計劃不夠妥善。臧：完善，美好。

19 **人證** ㄖㄣˊ ㄓㄥˋ 法 訴訟時以證人身分陳述觀察具體事實之結果者，謂之人證。

21 **人贓俱獲** ㄖㄣˊ ㄗㄤ ㄐㄩˋ ㄏㄨㄛˋ ㈠同時捕獲犯罪者及其所偷盜的財物。贓：偷盜不法所得的財物。㈡形容人證、物證都已找到了。

22 **人權** ㄖㄣˊ ㄑㄩㄢˊ ㈠政 以人的資格而享受的基本權利。內容包括：生存權、財產權、平等權、自由權等。㈡法 廣義指人類一切應享有的權利，如：自由權、生存權等；狹義僅指人權中之人格權而言。

參考 衍 人權宣言、人權法案、人權保障。

▽天人、善人、仙人、良人、美人、佳人、麗人、小人、大人、文人、巨人、長人、

詩人、佞人、賢人、世人、情人、仁人、犯人、罪人、聖人、閒人、土人、泥人、名人、門人、淚人、愚人、成人、奇人、哲人、行人、古人、庶人、至人、冰人、丈人、才人、達人、狂人、渾人、可人、動人、誘人、好人、壞人、姬人、男人、女人、仇人、病人、善人、惡人、夢中人、意中人、局外人、當事人、太空人、心上人、機器人、陌生人、吸引人、大好人、一鳴驚人、旁若無人、含血噴人、先發制人、形勢逼人、治病救人、咄咄逼人、以己度人、舍己爲人、以貌取人、捨己從人、以理服人、怨天尤人、恃勢凌人、目中無人、俯仰由人、借刀殺人、暗箭傷人、息事寧人、假手於人、推己及人、富貴逼人、視同路人、盛氣凌人、先聲奪人、嫁禍於人、平易近人、達官貴人、睹物思人、謀事在人、闃其無人、己立立人、己達達人、十年樹木百年樹人、己所不欲勿施於人。

㊍ 1 **亼** 形解 指事；指三件東西圍起，以表示集合的意思。

音義 ㄐㄧˊ 動 集合，聚集。

參考 今作「集」。

常 2 **仁** 形解 會意；二人相依，所以有彼此相親的意思。

音義 ㄖㄣˊ 名 ①寬敏愛人的思想；例仁政。②有仁德的人；例「泛愛衆，而親仁。」③崇高的道德標準；例殺身成仁。④果核內的種子；例杏仁。⑤節肢動物硬殼內的肉；例蝦仁。⑥通「人」；例同仁。⑦姓。形 知覺感受；例痲木不仁。

5 **仁兄** ㄖㄣˊ ㄒㄩㄥ 對於同輩朋友的尊稱，常用於書信。

參考 反 仁弟。

仁民愛物 ㄖㄣˊ ㄇㄧㄣˊ ㄞˋ ㄨˋ 仁愛人民，並將這種仁心普及萬事萬物。

6 **仁至義盡** ㄖㄣˊ ㄓˋ ㄧˋ ㄐㄧㄣˋ 原指周代十二月所舉行的蜡祭，以報答有功於農事的諸神。這種祭祀，有功必報，可謂竭盡仁義之道。後來專指對人的愛護和幫助已盡了最大的努力。

8 **仁者樂山** ㄖㄣˊ ㄓㄜˇ ㄧㄠˋ ㄕㄢ 仁德之人安於義理，厚重不遷，好像山一樣，所以喜歡山。

參考 「樂」字不可讀作「ㄌㄜˋ」。

9 **仁政** ㄖㄣˊ ㄓㄥˋ 仁民愛物的政治。

參考 同 德政。反 暴政。

13 **仁慈** ㄖㄣˊ ㄘˊ 仁厚慈善。

仁義 ㄖㄣˊ ㄧˋ 愛人愛物，明辨是非，並能正直無私。

仁愛 ㄖㄣˊ ㄞˋ ㈠仁德慈愛。㈡泛指同情、友愛、愛護。

▽里仁、果仁、杏仁、不仁、核仁、桃仁、婦人之仁、一視同仁、殺身成仁、求仁得仁、痲木不仁、爲富不仁。

常 2 **什** 形解 會意；古代使十人相聯，互相擔保，不作姦犯法，以會什保的意思。

音義 ㄕˊ 名 ①古代軍隊十人組成的建制單位；例二伍爲什。②數目名，通「十」；例什佰。③詩經中的雅頌，以十首爲一卷所編成的詩篇；例「文王之什。」④姓。形 品物雜陳；例什錦。ㄕㄜˊ 代 通「甚」，表疑問；例「你作什麼哪？」

14 **什麼** ㄕㄜˊ ˙ㄇㄜ 泛指一般事物。例想什麼，說什麼，做什麼。

參考 ①又讀ㄕㄣˊ ˙ㄇㄜ，但不可讀作「ㄕˊ」。②或作「甚麼」。

▽雜什、家什、篇什、詩什。

常 2 **仃** 形解 形聲；從人，丁聲。從丁聲的字有停留的意思，人留滯不前，所以有獨自的意思。

音義 ㄉㄧㄥ 副 孤獨；例伶仃。

▽伶仃、孤苦伶仃。

常 2 **仆** 形解 形聲；從人，卜聲。從卜聲字有傾伏的意思，所以跌倒伏地爲仆。

音義 ㄆㄨ 動 ①前傾跌倒覆地；例前仆後繼。②困頓；

例顛仆。③敗亡；例「日以仆滅。」

參考 ①「仆」字與「扑」字有別：「仆」，意爲跌倒覆地；「扑」，是打擊，二字音同義異。②同倒，伏。

常 2 **仇** 形解 形聲；人形，九聲。從九聲字有相對的意思，所以仇敵爲仇。

音義 ㄔㄡˊ 名①敵對者；例嫉惡如仇。②怨恨；例深仇大恨。動當做敵人看待；例仇視。ㄑㄧㄡˊ 名①通「逑」；例「君子好仇。」②姓。

參考 同讎。

12 **仇視** ㄔㄡˊ ㄕˋ 懷著仇恨的心情或眼光相互對待。例仇視對方。

14 **仇隙** ㄔㄡˊ ㄒㄧˋ 因怨恨而生的裂痕。隙：裂痕。

▽世仇、血海深仇、嫉惡如仇、敵愾同仇。

常 2 **仍** 形解 形聲；從人，乃聲。從乃聲字有難的意思，所以承襲爲仍。

音義 ㄖㄥˊ 名①古國名；例有仍氏。②姓。動承襲；例仍舊。副重複，不只一次；例頻仍。連還是；例「他雖然聯考失敗，仍不氣餒。」

12 **仍然** ㄖㄥˊ ㄖㄢˊ 表示情況沒有變化，維持原狀。

參考 同依然。

16 **仍舊** ㄖㄥˊ ㄐㄧㄡˋ 和原來的模樣完全一樣，並無絲毫改變。

參考 同依舊。

常 2 **今** 形解 象形；亼是口的倒文，ㄱ象口中所含的東西。口中有物就有存有，現在的意思。

音義 ㄐㄧㄣ 名①現在，與過去、未來相對；例是古非今。②姓。形當前的；例今夏。

參考 ①反昔，古。②擘吟、金、衿、念、琴、岑、含、衾、陰、禽、黔。

8 **今昔** ㄐㄧㄣ ㄒㄧ 現在與過去，有時間變遷而人事盛衰的感傷。例今昔所同。

今非昔比 ㄐㄧㄣ ㄈㄟ ㄒㄧ ㄅㄧˇ 現在不是過去所能比擬的，形容人事或景物變化很大。昔：從前，過去。

參考 本詞是中性詞，並沒有特別指明是好的方面或是不好的方面。

▽古今、當今、自今、迄今、現今、而今、如今、至今、振古鑠今、博古通今、貴古賤今、妙絕古今、貫通古今。

常 2 **介** 形解 會意；從八，從人。「八」有分別的意思，人各守自己的本分，就有劃分的意思。

音義 ㄐㄧㄝˋ 名①鎧甲；例甲介。②古代宴賓客時，主人的副手；例賓介。③有甲殼的水族動物；例介類。④本分；例人各有介。⑤小草，通「芥」；例一介不取。⑥單位名，通「個」；例一介書生。

介 ①图

⑦處在兩方的中間；例媒介。⑧姓。動①代人引進，居中接洽；例介紹。②放在心裡；例不必介意。③佐助；例介壽。形①正直不屈的；例耿介。②特立獨行的；例狷介。③單獨；例孤介。④細小；例纖介。⑤大的；例介弟（尊稱他人的弟弟）。副曲表示動作；例科介。

ㄍㄚˋ 形這樣，如此；例像煞有介事。

參考 擘芥、疥、界。

11 **介紹** ㄐㄧㄝˋ ㄕㄠˋ (一)爲人引薦。(二)居中接洽，牽合雙方，使互相認識。

參考 與「推薦」同有經由第三者引見的意思，後者偏重於推舉人作某事；前者範圍較廣，除有引見之意外，還有居中牽合雙方，使彼此認識的意思。

12 **介詞** ㄐㄧㄝˋ ㄘˊ 文法詞類名之一，是介紹名詞或代名詞於他種詞類，以表示其間關係，或起轉介作用的字或詞。又稱「介字」、「前置詞」、「介系詞」。

13 **介意** ㄐㄧㄝˋ ㄧˋ 將事情放在心中，不能忘懷。

參考 ①介意多指不愉快的事。②同在意。③參閱「留神」條。

18 **介蟲** ㄐㄧㄝˋ ㄔㄨㄥˊ 動有甲殼的蟲。

19 **介懷** ㄐㄧㄝˋ ㄏㄨㄞˊ 介意，介心。例不以介懷。

▽媒介、一介、推介、狷介、草介、耿介、紹介。

常 2 **仄**

形解 仄 會意；人在山崖(厂)下，必須傾頭或傾身，所以會傾斜的意思。

音義 ㄗㄜˋ 名四聲中的上、去、入爲仄，與「平聲」相對；例仄聲。動傾斜，通「側」；例日仄。形①狹窄；例仄橋。②心裡不安；例歉仄。

參考 梁人沈約撰四聲譜，分字爲平、上、去、入四聲，亦即現在國語發音中的的第一、二、三、四聲及輕聲，爲我國聲韻學史上一大轉變。②反平。

17 **仄聲** ㄗㄜˋ ㄕㄥ 上、去、入三聲的總稱，亦即今國語發音中的第三、四聲及輕聲。

參考 反平聲。

▽平仄、幽仄、陋仄、阨仄。

次 2 **仂**

形解 形聲；從手，力聲。努力不懈爲仂。

音義 ㄌㄜˋ 名零頭，餘數。
ㄌㄧˋ 動勤奮，同「力」。

次 2 **仉**

形解 指事；從反爪，有執持的意思。篆隸之變後改從人几作「仉」。

音義 ㄓㄤˇ 名姓。

常 3 **以**

形解 㠯 象形；象耒耜形。「以」借用爲「介詞」，另造「耜」字，以承本義。

音義 ㄧˇ 名①原因；例「良有以也。」②姓。動①用；例以誠待人。②依照；例以次就座。③以爲。副①表目的；例以待時機。②通「已」；例吾計以定。介①因爲；例以此之故。②一直；例從此以後。②因此；例所以。連①而；例引頸以望。

參考 學苡、台、允、能、耜、胎、貽、詒、怡、飴、治。

4 **以及** ㄧˇ ㄐㄧˊ 連接詞，連接并列的詞或詞組，與「和」類似。

參考 與「和」有別：「以及」、「及」所連接的常常前邊是主要，後邊是次要的；「和」連接的前後平等的關係。

以手加額 ㄧˇ ㄕㄡˇ ㄐㄧㄚ ㄜˊ 形容非常興奮。額：額頭。

參考 同手舞足蹈。

以牙還牙 ㄧˇ ㄧㄚˊ ㄏㄨㄢˊ ㄧㄚˊ 看對方的施與，而給予相同報復的手段。比喻進行報復時針鋒相對，毫不退讓。

參考 ①同以眼還眼，以暴易暴。②反以德報怨，逆來順受。

6 **以至** ㄧˇ ㄓˋ 直到。

參考 「以至」、「以致」有別：「以至」有直到的意思，一般表示時間、程度、範圍上的遞升或遞降。此外，「以至」也表示事物發展的結果，有因此而造成的意思。這種用法的「以至」，若表示不好的或說話人不希望的結果，多寫作「以致」。如：他的腿受了重傷，以致幾個月都起不了床。

7 **以身作則** ㄧˇ ㄕㄣ ㄗㄨㄛˋ ㄗㄜˊ 率先以自己的具體行爲，做爲他人的模範。

參考 「以身作則」就是身教，其效果强於言教。

以身試法 ㄧˇ ㄕㄣ ㄕˋ ㄈㄚˇ 毫不畏懼法律的制裁，故意犯法。試：冒犯。

以免向隅 ㄧˇ ㄇㄧㄢˇ ㄒㄧㄤˋ ㄩˊ 宣傳用語，有避免失望的意思。隅：角落。例欲購從速，以免向隅。

以卵投石 ㄧˇ ㄌㄨㄢˇ ㄊㄡˊ ㄕˊ 用雞蛋碰石頭。㈠比喻不自量力，自取滅亡。㈡比喻以弱攻强，必然失敗。

參考 一作「以卵擊石」。

9 **以爲** ㄧˇ ㄨㄟˊ ㈠主觀的認爲。㈡當做。㈢假想。

參考 「以爲」、「認爲」有別：「以爲」、「認爲」都表示作出判斷，但「以爲」的語氣較輕；「以爲」多用於與事實不符的論斷；「認爲」一般只用於正面的論斷。如：我以爲有人來了，事實上並沒有；我認爲應該去把事情說清楚。

以毒攻毒 ㄧˇ ㄉㄨˊ ㄍㄨㄥ ㄉㄨˊ 本來是指用毒藥來治療人身上的病毒。今喻用同樣惡毒的手法，去對付惡敵。

[參考] [同]以火攻火，以牙還牙。

10 **以致** ㄧˇ ㄓˋ 因爲某種原因，而形成某種情況或結果。

[參考] ①本詞是用來表示結果的連詞。②參閱「以至」條。

11 **以偏概全** ㄧˇ ㄆㄧㄢ ㄍㄞˋ ㄑㄩㄢˊ 以特殊的情形或少數的例證，强行概括或籠罩全部。

12 **以備** ㄧˇ ㄅㄟˋ 用以防備。例以備萬一。

以逸待勞 ㄧˇ ㄧˋ ㄉㄞˋ ㄌㄠˊ 作戰時採取守勢，養精蓄銳，待敵軍疲勞時出擊取勝的戰法。比喻從容應付而不慌亂。

[參考] 本詞也可形容具有競爭性的事件，如球賽或其他比賽等。

14 **以貌取人** ㄧˇ ㄇㄠˋ ㄑㄩˇ ㄖㄣˊ 根據人的容貌之美醜來判斷他的品質、才能，作爲取用人材的標準之錯誤做法。

15 **以德報怨** ㄧˇ ㄉㄜˊ ㄅㄠˋ ㄩㄢˋ 別人對我雖有仇怨，但我仍用恩德來對待他。

[參考] [反]以怨報德。

以儆效尤 ㄧˇ ㄐㄧㄥˇ ㄒㄧㄠˋ ㄧㄡˊ 用以警示明知不可而想要仿效的人。儆：警戒。尤：過失。

[參考] 「儆」，不可讀作「ㄐㄧㄥ」。

16 **以譌傳譌** ㄧˇ ㄜˊ ㄔㄨㄢˊ ㄜˊ 把錯誤的消息傳出去，有愈傳離眞相愈遠的意思。譌：錯誤。

[參考] 與「傳聞異詞」有別：前者偏重在越傳越錯；後者强調傳聞的內容各有不同。又作「以訛傳訛」。

18 **以簡馭繁** ㄧˇ ㄐㄧㄢˇ ㄩˋ ㄈㄢˊ 用簡明的原理、原則來統馭繁雜的事物。

[參考] 提綱挈領。

21 **以蠡測海** ㄧˇ ㄌㄧˊ ㄘㄜˋ ㄏㄞˇ 用瓢來測量海水，比喻所見之小。蠡：用貝殼製成的水瓢。

[參考] [同]以管窺天。

▽所以、可以、何以、有以、是以、難以、不以、不知所以、不明所以。

㊔ 3 付

[形解]  會意；從人，從寸。寸就是手肘，用手拿東西給人，會給予的意思。

[音義] ㄈㄨˋ [名] ①祭名，通「祔」。②量詞；例一付中藥。[動] ①交；例付款。②授予；例分付諸客。

[參考] [孿] 拊、附、府、符、腑。

3 **付之一炬** ㄈㄨˋ ㄓ ㄧˊ ㄐㄩˋ 將其全部焚燬。

[參考] [同]付之祝融，毀於洪爐。

付之一笑 ㄈㄨˋ ㄓ ㄧˊ ㄒㄧㄠˋ 形容毫不在意，一笑置之，不加理會。或作「付諸一笑」。

[參考] 「之」、「諸」是書面用語，在語法、語意上都可通用。

付之闕如 ㄈㄨˋ ㄓ ㄑㄩㄝ ㄖㄨˊ 完全空缺而不加以記載。

5 **付丙** ㄈㄨˋ ㄅㄧㄥˇ 用火燒掉。又作「付丙丁」。丙：火的代稱。

10 **付訖** ㄈㄨˋ ㄑㄧˋ 交淸。訖：終結、完了。

[參考] 「付訖」只能用在與款項有關的事項。

11 **付梓** ㄈㄨˋ ㄗˇ ㈠古代雕刻書版之謂，即今的排印書籍。在鉛字印刷通行前，多用木板或石板印刷，在木、石板上刻字叫「梓」。㈡印刷書籍。

15 **付諸東流** ㄈㄨˋ ㄓㄨ ㄉㄨㄥ ㄌㄧㄡˊ 扔在向東流的水裡被沖捲走了。比喻希望落空或成果喪失，有如流水般的東逝而去。諸：「之於」的合音。

▽支付、應付、對付、託付、添付、給付、交付、止付、停付、不付。

㊔ 3 仔

[形解]  形聲；從人，子聲。「子」象幼兒在襁褓中只露出兩手形，所以有幼小的意思。

[音義] ㄗ [動] 負荷；例仔肩。

ㄗˇ [形] ①格外小心；例仔細。②編織物紋絲細密完美；例仔密。

ㄗㄞˇ [名] 粵語稱幼小的東西爲仔；例豬仔。[助] 閩南話語尾助詞；例嬰仔。

8 **仔肩** ㄗ ㄐㄧㄢ 擔負責任。

11 **仔細** ㄗˇ ㄒㄧˋ ㈠特別小心。例路

很滑，仔細點兒。㈡周密，細致。例仔細研究。㈢節儉。例日子過得仔細。

參考①同注意，留神。②參閱「詳細」條。

常 3 **仕** 解形 形聲；從人，士聲。從士聲字有從事的意思，從事學習為仕。

音義 ㄕˋ 名①官吏；例仕官。②通「事」；例「移而從所仕。」③姓。動①學習。②做官；例學而優則仕。③視察。

3 **仕女** ㄕˋ ㄋㄩˇ ㈠男女。例各界仕女。㈡以美人為題材的中國畫。例仕女圖。㈢宮女。㈣舊稱貴族宮女。一作「士女」。

9 **仕宦** ㄕˋ ㄏㄨㄢˋ 做官的古稱。例仕宦之途。

▽入仕、出仕、致仕、學而優則仕。

常 3 **他** 解形 形聲；本來寫做「它」，是「蛇」的初文，借為第三人稱代名詞後才改成「他」。

音義 ㄊㄚ 代 第三人稱代名詞，指你、我以外的第三者；例你我他。形①別的；例顧左右而言他。②別的人或方向；例不作他想。③異心。

參考①「他」是「佗」的隸變，本義為負荷，若用為第三人稱，古只作「它」。②「他」、「她」有別：現代書面語裏，「他」一般只用來稱男性。但是在性別不明或沒有區分的必要時，「他」只是泛指，不分男性和女性，而「她」只能用來稱女性。

3 **他山之石** ㄊㄚ ㄕㄢ ㄓ ㄕˊ 比喻藉他人的言行可以規正自己的過錯。例「他山之石，可以攻玉。」

參考可以規正自己過錯的人，多指師友而言。

4 **他日** ㄊㄚ ㄖˋ ㈠將來的某一天或某個時期。㈡前些日子，平時。

▽利他、排他、其他、吉他、無他、害他、愛他、恨他、想他、吻他、念他、抱他。

常 3 **仗** 解形 形聲；從人，丈聲。「丈」象手拿兵器，所以有儀仗、威武的意思。

音義 ㄓㄤˋ 名①兵器的總稱；例兵仗。②執兵器的儀隊；例儀仗。③戰爭；例打仗。動①憑倚；例「莫可據仗。」②拿著；例仗劍而行。③倚重；例仰仗。

參考「打仗」不可寫作「打戰」。

9 **仗恃** ㄓㄤˋ ㄕˋ 依靠憑恃。

參考本詞有貶損的含義。

13 **仗義** ㄓㄤˋ 一ˋ 憑依著義理而去行事。例仗義執言。

仗義疏財 ㄓㄤˋ 一ˋ ㄕㄨ ㄘㄞˊ 為了公理正義或講究義氣，拿出自己的錢財來周濟別人。疏：散發。

仗勢欺人 ㄓㄤˋ ㄕˋ ㄑㄧ ㄖㄣˊ 憑藉著權勢欺凌別人。又作「仗勢凌人」。

常 3 **代** 解形 形聲；從人，弋聲。即短木樁，豎於門中間，以區別門的內外，所以有界限及更換的意思。

音義 ㄉㄞˋ 名①稱過去的朝代；例清代。②輩分；例下一代。③史古國名，在今察哈爾省蔚縣。④時世；例時代。⑤繼承的人；例後代。⑥姓。動①更換；例四時迭代。②替代；例李代桃僵。③迭互交替；例瓜瓞更代。副替代；例代表。

8 **代庖** ㄉㄞˋ ㄆㄠˊ 代替廚師的工作，比喻替代別人做事。庖：廚師。

參考①同代勞、代辦。②衍越俎代庖。③本詞含有貶損的意思，指不務正業、多管閒事的意思。

代表 ㄉㄞˋ ㄅㄧㄠˇ ㈠被選舉或委派代他人或眾人發表意見或辦事的人。例民意代表。㈡可以作某一地、事、物的一般標準。例國旗代表國家。㈢能夠顯示同一類事物的典型特徵的。例代表作。㈣表示或象徵。例代表時代精神。

10 **代書** ㄉㄞˋ ㄕㄨ 舊時司法官署設

置專門替人繕寫呈狀的人，稱爲代書。今泛指受人委託以代人寫訴訟書狀、土地契約等爲職業的人。例土地代書。

參考①舊稱代筆。②衍代書事務所。

11 **代理** ㄉㄞˋ ㄌㄧˇ ㈠代替別人處理事務。㈡暫時代替擔任別人的事務。

參考①同代辦。②衍代理人、代理商。

12 **代替** ㄉㄞˋ ㄊㄧˋ 把這個人、物當做另外一個人、物看待。

代勞 ㄉㄞˋ ㄌㄠˊ 煩勞某人代爲辦理事物。例這件事請你代勞。

代筆 ㄉㄞˋ ㄅㄧˇ ㈠代替人家寫作。例他的文章是我代筆的。㈡代替人家繕寫契約的人，亦稱代書。

參考 同捉刀。

13 **代電** ㄉㄞˋ ㄉㄧㄢˋ 體裁仿照電報式的公文，經郵局用快郵傳遞，取其簡便和緊要。

參考 衍快郵代電。

代溝 ㄉㄞˋ ㄍㄡ 指父母子女間或不同年齡者之間，在思想、觀念及行爲上的差異或衝突。又稱「世代差距」，簡稱「代溝」。

15 **代價** ㄉㄞˋ ㄐㄧㄚˋ ㈠買東西付出的錢財。㈡爲達到某種目的所耗費的物質，乃至付出的精力或生命。

參考 與「價錢」同有稱物品價值的意思，但後者爲名詞，多用於商品上；前者的範圍廣，還包括付出精力或生命。

16 **代辦** ㄉㄞˋ ㄅㄢˋ ㈠代爲辦理。例代辦業務。㈡政府派駐在外國低於大使、公使級的外交代表，和大使同樣享有外交特權與豁免權；以常駐代辦爲首的外交代表機關叫「代辦處」。

參考①衍代辦所、代辦處、代辦員。②臺灣郵政在支局以下設「代辦所」，只辦理郵遞相關業務，而不辦匯兌、存款事宜。

17 **代謝** ㄉㄞˋ ㄒㄧㄝˋ ㈠交替，更替。例「人事有代謝，往來成古今。」㈡生物體內所進行的物質分解及與合成有關之化學變化。例新陳代謝。

▽現代、近代、古代、朝代、歷代、替代、後代、時代、世代、當代、年代、替代、絕代、斷代。

常 3 **令**

解形  會意；從亼。亼表集合，㔾象符節，持節以號令衆人，所以有發號施令的意思。

音義 ㄌㄧㄥˋ 名①古官名；例縣令。②法律，今稱類似法律不經立法院議決而由總統明令公布實施者；例行政命令。③季節；例夏令。④上級對下級指示的公文；例訓令。⑤詞詞牌或曲牌名；例如夢令。動①命令；例不令而行。②使得；例令人敬佩。形①善美；例巧言令色。②敬辭，尊稱他人親屬，多冠以「令」字；例令兄。

ㄌㄧㄥˊ 名計算紙張的單位，五百張全開紙爲一令。

參考①擘冷、伶、鈴、齡、零、嶺、蛉、羚、玲、囹、翎。②「令」作「計算紙張單位」用時，注意不可讀作「ㄌㄧㄥˋ」。

5 **令出如山** ㄌㄧㄥˋ ㄔㄨ ㄖㄨˊ ㄕㄢ 指命令一旦發布，絕難更改。

參考①反朝令夕改。②與「三令五申」有別：前者偏重在命令的威嚴，有如高山一般，不容輕易更改；後者則指同樣的一道命令再三地强調，要人民確實遵守，不准違背。

6 **令名** ㄌㄧㄥˋ ㄇㄧㄥˊ 美好的名聲。例令名顯達。

8 **令岳** ㄌㄧㄥˋ ㄩㄝˋ 尊稱別人的岳父。「岳」又作「嶽」。

9 **令郎** ㄌㄧㄥˋ ㄌㄤˊ 對別人兒子的尊稱。

參考 反令愛。

11 **令堂** ㄌㄧㄥˋ ㄊㄤˊ 尊稱別人的母親爲令堂。又作「令慈」、「令萱」。

參考 反家慈，令尊。

12 **令尊** ㄌㄧㄥˋ ㄗㄨㄣ 尊稱別人的父親。又作「令嚴」。

參考 反家嚴。

13 **令愛** ㄌㄧㄥˋ ㄞˋ 尊稱對方的女兒。又作「令嬡」。

13 **令節** ㄌㄧㄥˋ ㄐㄧㄝˊ ㈠泛指佳節。㈡重陽節。

14 **令聞** ㄌㄧㄥˋ ㄨㄣˊ 美好的名聲；亦

作「令名」。
▽命令、號令、軍令、口令、政令、禁令、司令、敕令、法令、律令、辭令、詔令、縣令、聽令、受令、三申五令、發號施令、急急如律令。

常 3 **仙** 形解 形聲；從人，山聲。古人以為入山修道就能不老不死，長生成仙。

音義 ㄒㄧㄢ 名①道經修鍊後老而不死者；例仙人。②風格特異而成就超凡的人，與凡庸對稱；例詩仙、酒仙。形①行動輕快的；例「行遲更覺仙」。②超凡出衆的；例仙品。副稱頌死者；例仙逝。

2 **仙人掌** ㄒㄧㄢ ㄖㄣˊ ㄓㄤˇ ㈠植常綠灌木，缺葉，幹扁闊，有刺，色綠，產於暖熱之地或沙漠地帶，耐旱，花黃色。㈡植茶名，產於湖北荊州。李白有仙人掌茶詩。

3 **仙子** ㄒㄧㄢ ㄗˇ ㈠仙人。㈡美女。

4 **仙丹** ㄒㄧㄢ ㄉㄢ ㈠神仙所煉的靈藥，據說吃了可以長生不老，變成神仙。㈡比喻非常有靈效的藥品。例仙丹妙藥。

9 **仙風道骨** ㄒㄧㄢ ㄈㄥ ㄉㄠˋ ㄍㄨˇ 有神仙和修道者的風骨。比喻人的品貌風格超塵絕俗。

11 **仙逝** ㄒㄧㄢ ㄕˋ 人死了好像成仙升天一樣。又作「仙去」、「仙遊」。

參考 同逝世，歸天，死亡。

14 **仙境** ㄒㄧㄢ ㄐㄧㄥˋ ㈠神仙居住的地方。㈡形容幽雅超俗的地方。例人間仙境。

參考 同仙界。

▽鳳仙、水仙、酒仙、騙仙、蓋仙、狐仙、詩仙、筷仙、登仙、八仙、神仙、謫仙、成仙、遊仙、天仙、夢仙、地仙、活神仙、飄飄欲仙、雞犬皆仙。

常 3 **仞** 形解 形聲；從人，刃聲。古時七尺為一「仞」，恰好等於人伸開兩臂的長度，所以七尺為仞。

音義 ㄖㄣˋ 名周代長度名，七尺為一仞。動①測量深度；例「仞溝洫」。②辨識，通「認」。

次 3 **仨** 形解 會意；從三，從「個」省（亻）。為北方口語，表「三個」的意思。

音義 ㄙㄚ 名方北方話，表示三個；例一、倆、仨。

參考「仨」字後通常不加數量單位。

次 3 **仝** 形解 會意；從人，從工。工，象矩，所以相同為仝。

音義 ㄊㄨㄥˊ 名①姓。②同「同」，見「同」字。

常 4 **仿** 形解 形聲；從人，方聲。方有「並列」的意思，兩人相並而有仿佛相似的意思。

音義 ㄈㄤˇ 動①效法；例仿古。②學習別人的模樣；例摹仿。副相似；例仿佛。

5 **仿古** ㄈㄤˇ ㄍㄨˇ 摹擬古代的器物或古文字。又作「放古」。

7 **仿佛** ㄈㄤˇ ㄈㄨˊ ㈠好像。例仿佛認識這人。㈡類似，差不多。例兩人的年紀相仿佛。又作「彷彿」、「髣髴」。

10 **仿效** ㄈㄤˇ ㄒㄧㄠˋ 模仿著去做，又作「仿傚」、「倣效」。

11 **仿造** ㄈㄤˇ ㄗㄠˋ 模仿製造。

參考 ①又作「仿製」。②與「仿照」都有模仿的意思，但前者所作是具體物，後者是依照某物來作，沒有明確指出是何物。

12 **仿單** ㄈㄤˇ ㄉㄢ 介紹商品性質、規格、用法的說明書。

13 **仿照** ㄈㄤˇ ㄓㄠˋ 依照別人的樣子去做。

參考 參閱「仿造」條。

常 4 **伉** 形解 形聲；從人，亢聲。有高大的意思。

音義 ㄎㄤˋ 名配偶；例伉儷。動抵擋，通「抗」；例「天下莫之能伉」。形①強健；例伉健。②正直；例伉直。

參考 通稱別人夫婦為「伉儷」，尊稱他人夫婦時常用「賢伉儷」。

21 **伉儷** ㄎㄤˋ ㄌㄧˋ 尊稱他人夫婦。

常 4 **伙** 形解 形聲；從人，火聲。古代兵制中十人一組生火煮飯，所以有夥同的意思。

音義 ㄏㄨㄛˇ 名①生活或工作同在一起的人；例伙伴。②舊稱受雇用者；例伙計。③飲食；例伙食。④家用雜物；例傢伙。

參考 鄙視他人，常用「你這個傢伙！」

7 **伙伴** ㄏㄨㄛˇ ㄅㄢˋ 古代兵制十人爲一火，同火的人稱火伴，後世泛稱同在一起做事的人。

參考 伙伴原作「火伴」，俗作「伙伴」。

9 **伙食** ㄏㄨㄛˇ ㄕˊ 每天的飯食。

參考 ①同膳食。②衍伙食團。③一般所云伙食，包括主、副食而言。

伙計 ㄏㄨㄛˇ ㄐㄧˋ ㈠商店中被雇用的人。㈡同伴的暱稱。㈢合資經營的商人。

參考 同店員，夥計。

常 4 **伊** 形解 會意；從人尹。尹有治理的意思，所以治理政事的人爲伊。

音義 一 名姓。代他、她、彼；例伊人。助文言助詞，剛剛；例伊始。

參考 今語體文也用「伊」代第三人稱的「她」。

2 **伊人** 一 ㄖㄣˊ 猶言彼人、那個人，屬於第三人稱。現在大多指女性；或爲青年男女親暱的稱呼。

3 **伊于胡底** 一 ㄩˊ ㄏㄨˊ ㄉㄧˇ 比喻不知要到什麼程度才能終止。伊：助詞，不含意思；胡：何，什麼；底：停止。

4 **伊比利半島** 一 ㄅㄧˇ ㄌㄧˋ ㄅㄢˋ ㄉㄠˇ 地南歐三大半島之一，北以庇里牛斯山與法國爲界，東臨地中海，西瀕大西洋，南扼直布羅陀海峽，半島上有西班牙、葡萄牙、安道耳共和國三個國家。

8 **伊始** 一 ㄕˇ 事情的開端。

參考 同開始。

12 **伊犁** 一 ㄌㄧˊ 地新疆舊府名，治所在綏定縣，民國三年廢府存縣，境內形勢險固，爲我國邊陲要地。

伊斯蘭教 一 ㄙ ㄌㄢˊ ㄐㄧㄠˋ 即回教，穆罕默德所創，與佛教、基督教並稱爲世界三大宗教。教徒信奉阿拉爲眞主，以古蘭經爲教典，清眞寺爲禮拜寺。我國舊稱「回教」、「清眞教」、「天方教」。

19 **伊藤博文** 一 ㄊㄥˊ ㄅㄛˊ ㄨㄣˊ 人歷任日本首相，明治維新時擔任第一任內閣總理，手定日本憲法，凡四次組閣，先後與我國締結天津條約、馬關條約。後被韓人安重根刺殺而死。

常 4 **伕** 形解 形聲；從人，夫聲。引申爲成年男子，是「夫」的繁體字。

音義 ㄈㄨ 名做粗重工作的人；例馬伕。

常 4 **伍** 形解 形聲；從人，五聲。五人爲一伍，也是古代軍隊最小的戰鬥體。

音義 ㄨˇ 名①數通「五」，爲五的大寫，與金錢有關的數目都用此字；例伍拾元正。②古軍隊編制之一，五人爲伍，今爲軍隊的代稱；例入伍。③古代的基層編制，以五家爲一伍。④結伴；例相與爲伍。⑤姓。動相互雜處；例參伍。

▽行伍、隊伍、落伍、什伍、卒伍、爲伍、初一拾伍、羞與爲伍。

常 4 **伐** 形解 會意；從人戈。人拿著戈(兵器)，所以有攻擊的意思。

音義 ㄈㄚ 名①戰功；例攻伐。②媒人；例執柯作伐。動①攻擊；例討伐。②砍；例伐樹。③自誇己能；例伐善。④做媒；例伐柯。

參考 ①孳筏、閥。②又音 ㄈㄚˊ。

9 **伐柯** ㄈㄚ ㄎㄜ 本義爲持斧砍伐樹木來作斧柄，比喻媒妁撮合婚姻的事情。

12 **伐善** ㄈㄚ ㄕㄢˋ 誇耀自己的長處。

13 **伐鼓** ㄈㄚ ㄍㄨˇ 擊鼓。

▽採伐、砍伐、口誅筆伐。

常 4 **休** 形解 會意；從人木。人靠著樹木休息，所以有止息的意思。

音義 ㄒㄧㄡ 名①福祿；例承天之休。②姓。動①歇息；例休假。②停止；例休業。③古丈夫與妻子解除婚約；例休妻。④辭官；例休官。⑤快樂；例「休戚與共」。⑥事敗或喪命；例此生休矣。形美善的；例休德。副①表禁止；例休想。②莫；例休怪他人。

ㄒㄩ 動溫和，通「煦」。

參考 同止。

4 **休止符** ㄒㄧㄡ ㄓˇ ㄈㄨˊ 音在樂譜中表示樂音停頓時間長短的符號。

7 **休克** ㄒㄧㄡ ㄎㄜˋ 醫(Shock)指身體因受刺激顯示急劇反應的現象，是因急性末梢循環衰竭的情況而產生，其特徵爲皮膚蒼白濕冷，血壓降低，脈搏細速，神情不安，有時意識不清。

10 **休息** ㄒㄧㄡ ㄒㄧˊ 停止做事，放鬆心情，以便恢復體力。

參考 與「安息」不同：安息雖也有安靜休息之意，但今多用於對死去的人表示悼念的委婉說法。

11 **休戚相關** ㄒㄧㄡ ㄑㄧ ㄒㄧㄤ ㄍㄨㄢ 彼此的快樂和憂愁，具有連帶的關係，比喻關係密切，利害一致。

參考 同福禍與共。

12 **休閒** ㄒㄧㄡ ㄒㄧㄢˊ 休息與閒暇。指人於工作或求學之餘，還有充分休息與娛樂的時光。例休閒活動，休閒生活。

15 **休養** ㄒㄧㄡ ㄧㄤˇ 休息調養。

參考 ①本詞多用於指病後的調養。②「休養」、「修養」有別：「休養」指休息和調養；「修養」則是指學問、道德的修治涵養。

休養生息 ㄒㄧㄡ ㄧㄤˇ ㄕㄥ ㄒㄧ 在戰爭或動亂以後，政府所作的安定社會秩序、恢復生產、增加人口的措施，以恢復人民的元氣和生機。休養：休息調養；生息：繁衍人口。

16 **休戰** ㄒㄧㄡ ㄓㄢˋ 交戰的雙方暫時停止軍事行動。

參考 ①同停戰。②反開火。

休憩 ㄒㄧㄡ ㄑㄧˋ 休息。憩：即休息。

參考 同休歇，休息。

休學 ㄒㄧㄡ ㄒㄩㄝˊ ㈠停止學習。㈡學生在保留學籍的情況下，暫時停學。但期限最多不得超過二年，否則要退學。

▽公休、輪休、午休、罷休、止休、半休、全休、不眠不休、不肯甘休、呶呶不休、刺刺不休、喋喋不休、一不做二不休、物是人非事事休。

常 4 **伏**

解形 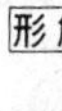 會意；從人犬。犬守在門口候人，所以有伺候的意思。

音義 ㄈㄨˊ 名①時令名；例三伏天。②姓。動①以面向下趴著；例伏案。②承認錯誤；例伏罪。③隱匿；例埋伏。④承認，通「服」；例伏輸。形隱藏不露；例伏筆。副函牘中的敬詞；例伏祈。

參考 ①同仆，俯，俛，偃。

7 **伏兵** ㄈㄨˊ ㄅㄧㄥ 爲了突擊或偷襲敵人而暗中埋伏的士兵。

8 **伏法** ㄈㄨˊ ㄈㄚˇ 罪犯因犯法經法院判決確定後，而被處死。

參考 ①同伏誅，伏罪。②「伏法」多指已被槍決。

10 **伏案** ㄈㄨˊ ㄢˋ 俯首向著桌案，多指讀書或辦理文書等事。例伏案著書。案：書桌或辦公桌。

伏特 ㄈㄨˊ ㄊㄜˋ 物(Volt)電位差或電壓的單位。

12 **伏筆** ㄈㄨˊ ㄅㄧˇ 寫作技巧的一種表現手法。作者在論證、敘述中，對要論述的問題或將要描述的人物、事件預作提示或暗示，以求前後呼應，引人入勝的效果。

參考 在小說戲劇中也叫「伏線」。

13 **伏罪** ㄈㄨˊ ㄗㄨㄟˋ ㈠承認自己的罪行。㈡犯罪處了死刑。

參考 同伏法、伏誅。

16 **伏輸** ㄈㄨˊ ㄕㄨ 承認失敗。又作「服輸」。

參考 同認輸。

伏羲 ㄈㄨˊ ㄒㄧ 人古帝名，傳說他教民結網捕魚和從事畜牧，並畫八卦，造書契。反映了我國當時已開始漁獵畜牧的社會。又作「伏犧」、「庖羲」、「包羲」、「宓羲」。「羲」又可作「犧」。

參考 衍伏羲氏。

▽埋伏、折伏、降伏、起伏、蟄伏、屈伏、三伏、低伏、莫不歎伏、此起彼伏、思潮起伏。

常 4
仲
解形 形聲；從人，中聲。古人以伯仲叔季為長幼順序，仲居中，所以有中間的意思。

音義 ㄓㄨㄥˋ 名①兄弟；例昆仲。②姓。形①每季當中的月份；例仲春。②兄弟排行位居第二的；例伯仲叔季。副兩方面對立，而處於中間地位；例仲裁。

參考 尊稱他人兄弟，多用「賢昆仲」。

5 **仲冬** ㄓㄨㄥˋ ㄉㄨㄥ 冬季的第二個月，即陰曆十一月。

仲尼 ㄓㄨㄥˋ ㄋㄧˊ 人孔子的字，古書中多以此為尊稱。

12 **仲裁** ㄓㄨㄥˋ ㄘㄞˊ ㈠指國際間發生爭端時，由第三國居中調停。㈡雙方爭執不決時，由第三者出面居中調解，作出裁決。

▽伯仲、管仲、季仲、賢昆仲、不分伯仲、不相伯仲。

常 4
件
解形 會意；從人，從牛。牛為大物，可分割成件，所以「件」為事物的單位。

音義 ㄐㄧㄢˋ 名①計算事或物的單位。②零散的物品；例零件。③歷史上發生某種事情的個案；例九一八事件。④附在公文後面相關的文件；例附件。

ㄐㄧㄢˇ 名車輛、箱櫃、刀劍等所附金屬飾物；例什件兒。

▽一件、文件、條件、信件、皮件、事件、物件、要件、函件、稿件、案件。

常 4
任
解形 形聲；從人，壬聲。任的本義是「保」，引申有勝任、擔負的意思。

音義 ㄖㄣˊ 名姓。動①勝任，堪受；例病不任行。②擔負；例我任我輩。③抵擋；例眾怒難任。

ㄖㄣˋ 名職責；例仁以為己任。動①保養；例「任養萬物。」②承受；例任勞任怨。③委派；例任人唯才。④相信；例信任。⑤聽憑，任意；例任其自然。⑥古通「妊」。副無論；例「任什麼話都不聽。」

參考 孳 鵀、恁、紝、荏、飪、賃。

5 **任用** ㄖㄣˋ ㄩㄥˋ 委任他人擔負某種職位或工作。

7 **任免** ㄖㄣˋ ㄇㄧㄢˇ 任用與免職。

任何 ㄖㄣˋ ㄏㄜˊ 無論什麼。

8 **任命** ㄖㄣˋ ㄇㄧㄥˋ ㈠頒佈命令，委派職務。例總統任命院長。㈡聽從命運的擺佈。例信天任命。

任性 ㄖㄣˋ ㄒㄧㄥˋ ㈠任意而為，不尊重別人的意見。㈡不矯揉造作，隨自然本性去做。例任性率真。

9 **任俠** ㄖㄣˋ ㄒㄧㄚˊ 濟弱鋤強，輕財好施，專作行俠仗義的事情。

任重道遠 ㄖㄣˋ ㄓㄨㄥˋ ㄉㄠˋ ㄩㄢˇ 擔負重大的責任，歷經遙遠的路程。比喻責任重大，需要經過長期的艱苦奮鬥。

11 **任務** ㄖㄣˋ ㄨˋ 指定擔任的工作或擔負的責任。例完成任務。

參考 ①與「使命」都指所擔負的事物與責任；前者是一般名詞，可以泛指一般工作；後者多是指較大的或特殊的任務而言。②與「義務」有別：「任務」通常是指一個人應該負責完成的工作；「義務」是指人在道義上，對國家、社會或法律應該盡的責任。

12 **任期** ㄖㄣˋ ㄑㄧˊ 擔任職務的固定期限。

任勞任怨 ㄖㄣˋ ㄌㄠˊ ㄖㄣˋ ㄩㄢˋ 熱心負責，不辭勞苦，也經得起別人的怨責。

13 **任意** ㄖㄣˋ ㄧˋ ㈠由著自己的心意，為所欲為。㈡沒有任何條件限制。

參考 同任情。

16 **任憑** ㄖㄣˋ ㄆㄧㄥˊ ㈠聽任自然，有聽憑的意思。例任憑處置。㈡儘管。例任憑華佗在世，也無法治好他的重病。㈢無論。例任憑你說什麼，他都不會聽的。

參考 「任憑」、「即使」有別：①

「任憑」後邊提出的條件是極端的。如：任憑(即使)他跑到天涯海角，我們也要找到他。「即使」則不受限制。如：即使我們獲得了一些成績，也不應該驕傲。②「即使」後面可以是一個介詞短語，如：即使在艱苦的日子裏，我們也應該保持樂觀的精神。「任憑」後邊不可以接只帶介詞的短語。

▽放任、委任、信任、專任、大任、兼任、主任、責任、重任、留任、就任、擔任、赴任、卸任、薦任、級任、簡任、出任、勝任。

常 4 **仰** 解形 形聲；從人，卬聲。卬聲字多有上仰的意思，所以擡頭向上爲仰。

音義 一ㄤˇ 名姓。動①擡頭向上；例仰天長嘯。②敬慕；例久仰大名。③依賴；例仰人鼻息。④飲用；例仰藥。副傾仰的樣子；例高山仰止。

2 **仰人鼻息** 一ㄤˇ ㄖㄣˊ ㄅㄧˊ ㄒㄧˊ 比喻依靠別人生活，自己不能自主，完全看別人臉色行事。

參考 同寄人籬下、依人作嫁。

4 **仰止** 一ㄤˇ ㄓˇ 景仰愛慕。例「高山仰止，景行行止。」止：語助詞，無義。

參考 仰止是對人表示傾慕之辭，不可用來修飾自己。

5 **仰仗** 一ㄤˇ ㄓㄤˋ 倚賴別人。例這件事完全仰仗您了。

6 **仰光** 一ㄤˇ ㄍㄨㄤ 地緬甸首都，位於該國中部伊洛瓦底江三角洲東側，居民約三七〇萬人，輸出以稻米爲大宗。是全國政治、經濟、文化中心和最大商港，也是國內重要交通樞紐。

11 **仰望** 一ㄤˇ ㄨㄤˋ (一)希望，指望。(二)仰慕。例百姓仰望。(三)依靠，託付。

12 **仰給** 一ㄤˇ ㄐㄧˇ 倚靠他人供給。例食糧仰給於農民。

15 **仰慕** 一ㄤˇ ㄇㄨˋ (一)敬仰愛慕。(二)追思哀慕。

16 **仰賴** 一ㄤˇ ㄌㄞˋ 仰靠，依賴。

參考 同仰仗。

▽信仰、景仰、俯仰、欽仰、敬仰、久仰、心仰。

常 4 **仳** 解形 形聲；從人，比聲。有離別的意思。

音義 ㄆㄧˇ 動見棄離別；例仳離。

18 **仳離** ㄆㄧˇ ㄌㄧˊ 分離。

參考 仳離只能用在夫妻的分離，特指妻子被人遺棄。

常 4 **份** 解形 形聲；從人，分聲。分聲字有勻稱、合宜的意思，所以全部中的一分爲份。

音義 ㄈㄣˋ 名①整體中的一部分；例股份。②量詞，一組或一件；例一份報紙。

ㄅㄧㄣ 形古同「斌」、「彬」；例文質份份。

參考 份有單位、量詞的意義，如「一份禮品」。不用於表示名分、地位，如「身分」不可寫成「身份」。

常 4 **企** 解形 會意；從人止。止即趾，指人墊起脚跟，有所盼望的意思。

音義 ㄑㄧˋ 名①計畫經營之事業；例企業。②姓。動①墊起腳尖；例企望。②計劃事業工作；例企劃。

參考 同跂。

9 **企盼** ㄑㄧˋ ㄆㄢˋ 深切的企求盼望。

13 **企業** ㄑㄧˋ 一ㄝˋ 商以生產、購銷、運輸以及服務性活動爲主要目的的經濟單位。

參考 衍企業界、企業化。

14 **企圖** ㄑㄧˋ ㄊㄨˊ 有所打算和圖謀。例不良企圖。

參考 與「意圖」、「妄圖」都有圖謀、打算的意思，但有所別：「企圖」多存有貶損的意思；「意圖」爲中性詞；「妄圖」亦爲有貶損語義的用辭，有妄想非份、計劃圖謀的涵義。

15 **企慕** ㄑㄧˋ ㄇㄨˋ 企盼仰慕。一作「企仰」。

16 **企踵** ㄑㄧˋ ㄓㄨㄥˇ 提起腳跟，表示熱切盼望。

18 **企鵝** ㄑㄧˋ ㄜˊ 動游禽類，嘴堅硬，頸稍長，足短，前三趾張蹼，尾短小，直立時身體頭向前瞻望好像有所企盼的樣子，故名企鵝。生產於寒冷的北方或南極。

次 4
伎
形解 形聲;從人,支聲。支有分枝的意思,所以同一黨的人爲伎。今此義罕用。

音義 ㄐㄧˋ 名 ①技藝,通「技」;例武伎。②女樂,通「妓」;例歌伎。③應變巧智;例伎倆。

參考 同巧,慧,智,技。

10 伎倆 ㄐㄧˋ ㄌㄧㄤˇ ㈠工巧,技能。㈡手段,花招。例鬼域伎倆。

參考 參閱「本領」條。

次 4
仵
形解 形聲;從人,午聲。午有違背的意思,所以相逆爲仵。

音義 ㄨˇ 名姓。形相類似的;例觭偶不仵之辭。

7 仵作 ㄨˇ ㄗㄨㄛˋ 政舊時官署中檢驗意外死傷的吏役。今稱「法醫」。

次 4
仱
形解 形聲;從人,今聲。唱歌表演的人稱爲「仱侏」。

音義 ㄐㄧㄥ 形謹慎的,通「矜」。ㄑㄧㄢ 名仱侏,夷狄樂。

次 4
伀
形解 形聲;從人,公聲。有公衆、公開的意思。

音義 ㄓㄨㄥ 動恐懼,通「忪」。

參考 同忪。

次 4
价
形解 形聲;從人,介聲。從介聲的字多有大的意思,所以大善大德的人爲价。

音義 ㄐㄧㄝˋ 名僕役;例小价。形德行良好的。

參考 今俗「價值」的「價」寫作「价」,當正。

常 5
位
形解 會意;從人立。「立」象人站立的形狀,加人旁表示所應站立的位置。

音義 ㄨㄟˋ 名①指示所在地方;例部位。②古代賓主固定的坐位;例席位。③等級;例地位。④事物的固定分量;例單位。④尊稱對方的量詞;例諸位同學。⑤算數目羣的單位;例個位。動①處在;例上海位於吳淞江口。②安於其所;例天地位焉。

參考 擘位、涖、蒞。

13 位置 ㄨㄟˋ ㄓˋ ㈠地點方向。㈡地位,職位。例他的位置很高。

參考 參閱「地位」條。

▽在位、職位、地位、高位、爵位、讓位、官位、方位、座位、上位、下位、學位、順位、即位、退位、單位、本位、就位、名位、原位、席位、各位、禪位。

常 5
住
形解 形聲;從人,主聲。主的本義爲「燈中火炷」,有燈火處就是有人住的地方。

音義 ㄓㄨˋ 動①居留;例居住。②停留;例站住。③宿;例住了一夜。副穩固;例記住。

參考 「住」擺在動詞後,有加强動作的意思;如考住、問住。

3 住口 ㄓㄨˋ ㄎㄡˇ 停止說話。

參考 又作「住嘴」,通常用於强硬的語氣中,或命令句內。

4 住手 ㄓㄨˋ ㄕㄡˇ 停止動手。

住戶 ㄓㄨˋ ㄏㄨˋ 居住的人家,對「鋪戶」而言。

6 住宅 ㄓㄨˋ ㄓㄞˊ 狹義專指供人家住的房屋;廣義指除了住屋外,還包括所有鄰近的實質環境。

參考 衍住宅區、住宅環境。

7 住址 ㄓㄨˋ ㄓˇ ㈠居住的地方。㈡住戶的門牌號碼。

9 住持 ㄓㄨˋ ㄔˊ 指佛教、道教寺觀內總理事務的和尚或道士。

11 住宿 ㄓㄨˋ ㄙㄨˋ 夜間住歇。

參考 ①同住夜,打尖。②衍住宿生。

▽居住、安住、長住、留住、網住、停住、拴住、抓住、穩住、困住、拖住、捆住、把持住、控制住、留春住。

常 5
佇
形解 形聲;從人,宁聲。「佇」是人久立不去,「宁」象貯物器;有停留的意思。

音義 ㄓㄨˋ ①久立;例佇立。②期待,企盼;例佇望。

5 佇立 ㄓㄨˋ ㄌㄧˋ 久久的站立。

10 佇候 ㄓㄨˋ ㄏㄡˋ 站立等候,形容盼望心切。例佇候佳音。

常 5 **佗** 形解 形聲;從人,它聲。它聲字多有負擔的意思,佗是「馱」、「駝」的本字。

音義 ㄊㄨㄛˊ 形歪邪的;例「君子正而不佗。」動負荷,通「駝」;例以馬佗負糧食。

ㄊㄨㄛ 代與「他」、「它」通;例佗物。

參考 佗的俗字為「駝」、「馱」。

常 5 **佞** 形解 形聲;從女,仁聲。仁聲字有親近的意思,所以佞為巧諂。

音義 ㄋㄧㄥˋ 名①才能;例「寡人不佞。」②口才;例仁而不佞。動巧諛善辯。形會說動聽的話,行為虛假的;例「佞之見佞。」

參考 說文解字入「佞」於「女部」。

2 **佞人** ㄋㄧㄥˋ ㄖㄣˊ 有口才,善於諂媚,而心術不正的人。

▽不佞、便佞、邪佞、姦佞、讒佞、奸佞、嬖佞。

常 5 **伴** 形解 形聲;從人,半聲。物中分為半,與另一半可相依為伴,所以有伴侶的意思。

音義 ㄅㄢˋ 名①同在一起而能互相照顧的人;例伴侶。②相依的東西;例「青春做伴好還鄉。」副陪著;例伴讀。

9 **伴奏** ㄅㄢˋ ㄗㄡˋ 音以獨奏或人聲為主體,而用其他樂器和樂的演奏型式。

伴侶 ㄅㄢˋ ㄌㄩˇ ㈠同伴,朋友。㈡共同生活在一起,關係親密的同伴,有時專指夫婦。

▽伙伴、同伴、玩伴、相伴、老伴、陪伴、作伴、夥伴、女伴、男伴、長伴、無伴、合適伴。

常 5 **佛** 形解 形聲;從人,弗聲。從弗聲的字多有大義,所以大致、仿佛為佛。

音義 ㄈㄛˊ 名①佛梵語「佛陀」的略稱。②凡釋家成道的人都稱佛。有時特指佛教始祖「釋迦牟尼」。

ㄈㄨˊ 副通「彿」字。「仿佛」亦作「彷彿」。

8 **佛陀** ㄈㄛˊ ㄊㄨㄛˊ 宗㈠佛學語,自梵語音譯而來,其義為「覺」,簡稱「佛」,或作「菩提」。又作「佛圖」、「浮屠」。㈡是佛教徒對「釋迦牟尼」的尊稱。

11 **佛教** ㄈㄛˊ ㄐㄧㄠˋ 宗是世界三大宗教之一,印度人釋迦牟尼所創,以明心見性,得無上正覺、普度眾生為宗旨;宣揚因果報應、輪迴轉世的觀念。東漢傳入中國。又稱「釋教」。

13 **佛經** ㄈㄛˊ ㄐㄧㄥ 宗佛教的經典。內容是以經(教義)為主,還有律(戒律)、論(論述或注釋),總稱三藏。網羅三藏的總集,即大藏經。

16 **佛學** ㄈㄛˊ ㄒㄩㄝˊ 哲以研究佛教的歷史、哲理、精神等的深奧學問。

22 **佛龕** ㄈㄛˊ ㄎㄢ 指佛寺或供奉佛祖的小閣子。

▽舊佛、古佛、新佛、念佛、信佛、修佛、銅佛、我佛、活佛、彌勒佛、雲崗石佛、立地成佛、借花獻佛、萬家生佛。

常 5 **何** 形解 形聲;從人,可聲。甲金文從人負戈,以會肩荷的意思;至小篆訛變作「何」。假借作疑問詞後,再借「荷」字以承本義。

音義 ㄏㄜˊ 名姓。代什麼,表疑問;例有何貴幹?副①為何;例「相煎何太急?」②何等;例「哀音何動人。」③何處;例「家有老母,欲何行?」

ㄏㄜˋ 動擔負;負何。

參考 ①何為「荷」的本字,「負荷」本作「負何」。②孳荷。

5 **何以** ㄏㄜˊ ㄧˇ ㈠疑問詞,為什麼。例前已商定,今何以任意改變?㈡拿什麼。例何以教我。

何必 ㄏㄜˊ ㄅㄧˋ 為什麼一定要。

參考 ①同不必。②在語氣上,「何苦」比「何必」重些。但「何苦」一般都可以用「何必」替代。例何苦為這點小事生那麼大的氣?(可以用「何必」替代。）但「何必」却不能用「何苦」替代。例何必客氣？（不可以用「何苦」替代。）

何去何從 ㄏㄜˊ ㄑㄩˋ ㄏㄜˊ ㄘㄨㄥˊ 比喻無法作決定，不知道去何處，或跟從誰。指在重大問題上選擇什麼方向。

6 **何如** ㄏㄜˊ ㄖㄨˊ 如何、怎麼樣。例這樣打扮何如？

7 **何妨** ㄏㄜˊ ㄈㄤˊ 有何妨礙，即無妨礙。

何足掛齒 ㄏㄜˊ ㄗㄨˊ ㄍㄨㄚˋ ㄔˇ 微不足道，不值得一提，表示自謙之詞。掛齒：談及、提及。例這只是小事一件，何足掛齒？

8 **何況** ㄏㄜˊ ㄎㄨㄤˋ 有比較或更進一層推論作用的連詞。意爲甲事已是如此，乙事當然更是如此。例連他都不知道，何況我呢？

9 **何苦** ㄏㄜˊ ㄎㄨˇ 何必自尋苦惱。例你這樣作賤自己，又是何苦呢？

14 **何嘗** ㄏㄜˊ ㄔㄤˊ 表示婉轉的否定。在肯定形式前表示否定；在否定形式前表示肯定。例他何嘗不想看電影，只是沒工夫罷了。

15 **何樂不爲** ㄏㄜˊ ㄌㄜˋ ㄅㄨˋ ㄨㄟˋ 爲什麼不願意做呢？用反問的語氣表示非常樂意去做。

▽如何、奈何、爲何、幾何、無何、因何、云何、若何、有何、無可奈何、莫可奈何。

常 5 估

形解 形聲；從人，古聲。「古」有故舊的意思。所以參照舊例，評估物價爲估。

音義 ㄍㄨ 名①商人，例估客。②市稅，例估稅。動①推算；例估價。②忖度；例估量。

ㄍㄨˋ 動出售；例估衣。

參考 ㄍㄨ 又讀ㄍㄨˇ。

6 **估衣鋪** ㄍㄨˋ ㄧ ㄆㄨˋ 出售舊衣服的商店。

9 **估計** ㄍㄨ ㄐㄧˋ 根據某些情況，對事物的性質、數量、變化所作大略的衡量或推斷。

參考 與「估量」都指推測計算：前者的應用範圍廣，指根據某些情況，對事物性質、數量、變化等作大概的推測，在推測數量時比較具體；後者指對局勢、情況、力量等作較全面的比較衡量，不用於具體數量的計算。唯二者有時可以互用。

12 **估量** ㄍㄨ ㄌㄧㄤˊ ㈠計算，衡量。例估量看看它該值多少錢。㈡推測，猜想。例我估量他不會來。

參考 參閱「估計」條。

15 **估價** ㄍㄨ ㄐㄧㄚˋ ㈠估計商品的價格。例估價單。㈡對人或事物所給予的評價。

參考 衍估價單、估價表。

常 5 佐

形解 形聲；從人，左聲。左有幫助的意思，所以輔助爲佐。

音義 ㄗㄨㄛˇ 名①輔助的人；例警佐。②凡是從屬副貳的人的稱佐，例佐貳。③姓。動輔助；例輔佐。

16 **佐膳** ㄗㄨㄛˇ ㄕㄢˋ 配飯吃的食物。膳：通「饍」，飯食。

19 **佐證** ㄗㄨㄛˇ ㄓㄥˋ 證據，證實。

▽輔佐、參佐、壬佐、少佐。

常 5 佑

形解 形聲；從人，右聲。右有相助的意思，所以佐助爲佑。

音義 ㄧㄡˋ 動①保護；例保佑。②扶助；例佑賢輔德。

參考 同祐。

▽保佑、天佑、神佑、庇佑、助佑、上佑、主佑。

常 5 伽

形解 形聲；從人，加聲。記錄梵語的新造字，也用來音譯外文。

音義 ㄑㄧㄝˊ 名音譯外文常用的字；例阿伽陀。

參考 又讀ㄐㄧㄚ。

7 **伽利略** ㄑㄧㄝˊ ㄌㄧˋ ㄌㄩㄝˋ 〔人〕(Galileo, 1564–1642) 義大利天文及物理學家，近代實驗科學的先驅。在天文、力學實驗及理論上有重要的貢獻，並且發現擺的等時性，自由落體的加速度不因質量而異，和自製望遠鏡，發現木星的衛星、土星環、太陽黑子及地球自轉，支持哥白尼的天文學說等，最爲著名。

18 **伽藍** ㄑㄧㄝˊ ㄌㄢˊ 宗㈠梵語指寺院，是「僧伽藍摩」的譯名省稱，指衆僧所居住的園林，後世稱佛寺爲伽藍。㈡佛教伽藍神的省稱。指護衞伽藍的神，共有十八尊。

常5 **佈** 形解 形聲；從人，布聲。布可以卷舒自如，所以散發爲佈。

音義 ㄅㄨˋ 動利用言語或文字來傳達；例佈告。

參考「佈」與「布」表示動作時，意思相同。然而「布」爲本字，「佈」爲後起字，今法律用字，以「布」爲準。

7 **佈防** ㄅㄨˋ ㄈㄤˊ 軍分配軍隊在據點上防守。佈又作「布」。

佈局 ㄅㄨˋ ㄐㄩˊ ㈠計劃安排。㈡圍棋或象棋中對攻守的安排的術語。㈢特指文章或書法、圖畫中的結構層次。㈣亦可用以指房屋的隔間與裝潢等。又作「布局」。

12 **佈景** ㄅㄨˋ ㄐㄧㄥˇ ㈠戲劇舞臺或攝影場上裝置的景物。㈡中國畫中，指按照畫幅大小所安排畫中的景物。

參考同背景。

13 **佈雷** ㄅㄨˋ ㄌㄟˊ 埋放、佈置地雷或水雷。地雷用人工、布雷車、飛機等方法布設；水雷則用布雷艇或水魚雷飛機等放置。

佈道 ㄅㄨˋ ㄉㄠˋ 宗傳播教義。

參考①同傳教。②佈又作「布」。

常5 **伺** 形解 形聲；從人，司聲。「司」是在外掌理事務，所以守候探察爲伺。

音義 ㄙˋ 動①偵察；例窺伺。②守候；例伺機。ㄘˋ 動①侍奉；例伺候。

10 **伺候** ㄘˋ ㄏㄡˋ ㈠偵察等候。㈡服侍或供使役。㈢照料。例伺候傷患。

參考①同窺。②伺或作「覗」。

參考①又音ㄘˋ ㄏㄡˋ。②今伺候每用如「侍候」的意思。

16 **伺機** ㄙˋ ㄐㄧ 等待可乘機會。例伺機而動。

▽偵伺、窺伺、候伺。

常5 **伸** 形解 形聲；從人，申聲。伸有伸縮自如的意思，所以人伸展筋骨爲伸。

音義 ㄕㄣ 名姓。動①使彎的變直，短的變長；例伸直。②舒展；例伸懶腰。③表白；例伸冤。

參考 伸除「伸冤」外，多用於物質、形體的彎曲舒展，與「申」字表示意思的延長不同。

4 **伸手不見五指** ㄕㄣ ㄕㄡˇ ㄅㄨˋ ㄐㄧㄢˋ ㄨˇ ㄓˇ 形容光線非常的黑暗。

5 **伸出** ㄕㄣ ㄔㄨ 向外伸展或延伸。例請伸出援手。

11 **伸冤** ㄕㄣ ㄩㄢ 表白冤曲，使受冤枉的事能眞相大白而獲得洗雪乾淨。

參考又作「申冤」。

伸張 ㄕㄣ ㄓㄤ ㈠擴大，發揚。例伸張正義。㈡展開。例伸張翅膀。

參考同伸開。

17 **伸縮** ㄕㄣ ㄙㄨㄛ ㈠伸長和縮短。㈡比喻變通圜轉，指一定限度內的靈活變通。

參考 衍伸縮尺、伸縮胞、伸縮接頭。

▽屈伸、展伸、延伸、引伸、有志未伸、能屈能伸。

常5 **佃** 形解 形聲；從人，田聲。耕田的爲佃人。

音義 ㄉㄧㄢˋ 名承租他人田地耕種，或爲他人傭耕的人；例佃農（代耕農）。動①租地耕種；例並佃並守。②打獵；例「以佃以漁。」

參考同狩。佃（打獵）。

13 **佃農** ㄉㄧㄢˋ ㄋㄨㄥˊ ㈠自己沒有土地而向地主租地耕種的農民。㈡法支付佃租而有權永久在他人土地上爲耕作或牧畜的人。

參考反地主。

常5 **佔** 形解 形聲；從人，占聲。以占問決定取捨，所以取得據有爲佔。

音義 ㄓㄢˋ 名物體對於空間所取得的地位；例佔據。動據有；例佔領。ㄓㄢ 動視，通「覘」；例佔畢。

9 **佔便宜** ㄓㄢˋ ㄆㄧㄢˊ ㄧˊ 讓別人造成損失，而使自己獲得利益。

參考與「佔上風」有別：前者是偏重在損人利己；後者强調已取得優勢。

14 **佔領** ㄓㄢˋ ㄌㄧㄥˇ 即佔據。

參考與「霸佔」有別：「霸佔」的對象多是財物或人；「佔領」則多指土地。

16 **佔據** ㄓㄢˋ ㄐㄩˋ 爲侵佔別人或別國的土地或財物，然後據爲己有，不再歸還。

▽鵲巢鳩佔。

常 5 **似** 解形 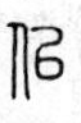 形聲；從人，㠯聲。以人爲已，所以有像的意思。

音義 ㄙˋ 動像；例似是而非。例斟酌情形，似屬不當。副可能，擬議而未確定；例 連勝過；例「一個長似一個」。

5 **似乎** ㄙˋ ㄏㄨ 好像，表揣測的用語。

9 **似是而非** ㄙˋ ㄕˋ ㄦˊ ㄈㄟ 表面看來好像是對的，實際上卻是錯的。

參考與「積非成是」有別：後者因錯誤的事物累積，以致造成錯覺，反而以「錯的」當作「對的」。

14 **似漆如膠** ㄙˋ ㄑㄧ ㄖㄨˊ ㄐㄧㄠ 形容人與人之間的關係非常親密，就像油漆、橡膠一般地黏著在一起。

參考①同形影不離。②又作「如膠似漆」。

▽相似、類似、疑似、近似、酷似、神似、貌似、外似、不似、恰似。

常 5 **但** 解形 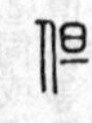 形聲；從人，旦聲。旦指太陽露出地面，所以脫衣露體爲但，假借爲語詞。

音義 ㄉㄢˋ 名姓。動脫去衣袖；例但裼。副①只；例「但聞人語響」。②儘管；例但說無妨。連不過；例但是。

3 **但凡** ㄉㄢˋ ㄈㄢˊ 只要，只須。

9 **但是** ㄉㄢˋ ㄕˋ 轉折語氣的連接詞，不過。

10 **但書** ㄉㄢˋ ㄕㄨ 法法律條文中，於本文的後面，「但是」或「但」以下一段文字稱「但書」，是對上文的例外或附加某種條件的規定。

常 5 **佣** 解形 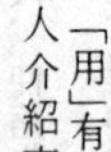 形聲；從人，用聲。「用」有行使的意思，經中間人介紹交易施行爲佣。

音義 ㄩㄥˋ 名交易中間人所得的；例佣金。

8 **佣金** ㄩㄥˋ ㄐㄧㄣ ㈠凡介紹雙方買賣貨物時，中間人所得的酬金。㈡由於經營國際貿易者大多是代理性質，而從中所賺取的錢，稱爲「佣金」。

參考①同回佣、佣錢。②又稱「手續費」。

常 5 **作** 解形 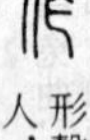 形聲；從人，乍聲。「乍」有努力去做的意思，所以興起爲作。

音義 ㄗㄨㄛˋ 名文學藝術等優美的作品；例佳作。動①興起；例振作。②工作，同「做」；例作事。③創造；例創作。④進行；例作戰。⑤假裝；例裝模作樣。⑥當做；例過期作廢。⑦發生；例發作。⑧農耕；例耕作。⑨製造；例天作高山。

ㄗㄨㄛˋ 名工人；例石作。動自找；例自作自受。

ㄗㄨㄛ 動揣度；例作摩。

參考「作」、「做」有別：習慣上，具體東西的製造通常寫作「做」，例做衣服、做文章。抽象一點的，書面色彩重一點的詞語，特別是成語裏，一般都寫成「作」，例作罷、作怪、作文、裝模作樣等。

4 **作文** ㄗㄨㄛˋ ㄨㄣˊ ㈠名詞，運用文句寫作而成的文章。㈡動詞，寫作。

5 **作用** ㄗㄨㄛˋ ㄩㄥˋ ㈠由本體發出的某種動作的力量，能夠左右人或物。例光合作用。㈡一事物對他事物產生影響。例發揮積極的作用。㈢用意。例你說這話，是何作用？

作古 ㄗㄨㄛˋ ㄍㄨˇ ㈠做了古人，指死亡、逝世而言。㈡開創例子。例自我作古。

參考本詞常用作生人對死者的輓辭，其他場合不宜使用。

6 **作色** ㄗㄨㄛˋ ㄙㄜˋ 臉色大變，非常生氣的樣子。例愀然作色。

作奸犯科 ㄗㄨㄛˋ ㄐㄧㄢ ㄈㄢˋ ㄎㄜ 爲

非作歹，觸犯法律。指專幹違法犯紀的勾當。科：科條、法令。

參考 ①又作「作姦犯科」。②同爲非作歹。

7 **作弄** ㄗㄨㄛˋ ㄋㄨㄥˋ 戲弄他人。

參考 ①又作「捉弄」。②同戲弄。

8 **作東** ㄗㄨㄛˋ ㄉㄨㄥ 當主人。東，古代行禮時，主人席位在東邊面西，故以東爲主人代稱。例作東請客。

參考 反作客，作陪。

9 **作風** ㄗㄨㄛˋ ㄈㄥ (一)人的行爲表現，處世態度及做事所獨有的風格。(二)作家或藝術家作品所表現的風格、特徵。

參考 與「態度」有別，態度偏重在表示主張和傾向。

作品 ㄗㄨㄛˋ ㄆㄧㄣˇ 經作家或藝術家努力創作後所留下之成品，如文章、書畫、雕塑等。

作爲 ㄗㄨㄛˋ ㄨㄟˊ (一)行爲和舉動。(二)形容有才幹和成就的人。例他是個有作爲的人。(三)當作。例別把我的話作爲耳邊風。

作客 ㄗㄨㄛˋ ㄎㄜˋ (一)旅居在外地。(二)充當客人。

參考 反作東。

作威作福 ㄗㄨㄛˋ ㄨㄟ ㄗㄨㄛˋ ㄈㄨˊ 藉著權勢來欺凌別人，以供自己享受。又作「作福作威」。

作法自斃 ㄗㄨㄛˋ ㄈㄚˇ ㄗˋ ㄅㄧˋ 自己所立的法令卻陷害到自己。斃，死亡。

參考 同自作自受、作繭自縛、自食其果。

10 **作家** ㄗㄨㄛˋ ㄐㄧㄚ (一)從事著作而成名的人物。(二)文章、詩歌、小說、美術品等創作人。

作祟 ㄗㄨㄛˋ ㄙㄨㄟˋ (一)鬼怪害人。祟，(二)用陰謀手段陷害他人。鬼怪所生的禍害。

參考 ①祟，從示出，不可誤作「崇」。②衍暗中作祟。

作料 ㄗㄨㄛˋ ㄌㄧㄠˋ 材料，通常指調味品而言，如鹽、醋、醬油等。又作「佐料」。

11 **作梗** ㄗㄨㄛˋ ㄍㄥˇ 搗亂阻礙，使其不能順利進行。梗：阻塞。例從中作梗。

參考 與「作祟」有別：「作祟」爲暗中破壞、搗蛋，以致造成損失，詞義較重。

12 **作揖** ㄗㄨㄛˋ ㄧ 古代平輩行禮的一種，雙方抱拳，置於胸前，推手彎腰而行的禮節；前者爲拱手，後者爲作揖。是「拱手作揖」的簡稱。

作惡多端 ㄗㄨㄛˋ ㄜˋ ㄉㄨㄛ ㄉㄨㄢ 做了很多壞事。惡：指罪孽；端：項目、方面。

參考 「作惡多端」與「無惡不作」有別：「作惡多端」形容壞事做了很多；「無惡不作」表示壞事做盡了，後者的語義較重。

13 **作業** ㄗㄨㄛˋ ㄧㄝˋ (一)教學生在學校或家中所做的各種課業習題。(二)機關行號或公務人員對有關業務作適當安排而一步一步去做。(三)宗佛學上指造作業力，是說今生所種的因。(四)農業推廣上，指爲達到指定的目的或目標，所從事的重要而實際的教育活動。

作勢 ㄗㄨㄛˋ ㄕˋ 表示意思而作的動作姿勢。

14 **作弊** ㄗㄨㄛˋ ㄅㄧˋ 用欺騙或不正當的手段作違法亂紀或不合規定的事情。例考試作弊。

參考 同舞弊。

作對 ㄗㄨㄛˋ ㄉㄨㄟˋ 與人對抗，採取敵對的行爲。

作態 ㄗㄨㄛˋ ㄊㄞˋ 裝模作樣，故作姿態。

作嘔 ㄗㄨㄛˋ ㄡˇ (一)嘔吐。(二)令人非常討厭嫌惡。

15 **作廢** ㄗㄨㄛˋ ㄈㄟˋ (一)廢棄。(二)表示無效。例登報作廢。

作樂 ㄗㄨㄛˋ ㄌㄜˋ (一)取樂。例苦中作樂。(二) ㄗㄨㄛˋ ㄩㄝˋ 1.制定樂律。例制禮作樂。2.演奏樂曲。

16 **作戰** ㄗㄨㄛˋ ㄓㄢˋ 軍指一切的軍事敵對行動或兩軍以武力相攻擊的行爲。

17 **作聲** ㄗㄨㄛˋ ㄕㄥ 出聲。例默不作聲。

19 **作難** ㄗㄨㄛˋ ㄋㄢˊ (一)與人爲難。(二)感覺困難。

參考 同爲難。

20 **作孽** ㄗㄨㄛˋ ㄋㄧㄝˋ 因做惡而招惹禍殃。孽：通「蘖」，樹枝被伐處所生的新芽，引申爲惡事。例「自作孽，不可活。」

作繭自縛 ㄗㄨㄛˋ ㄐㄧㄢˇ ㄗˋ ㄈㄨˊ 蠶吐絲作繭，然後把自己包裹在裏面。比喻：(一)做了某件事反而使自己陷入困境。㈡用自己的手段來束縛自己。

參考「作繭自縛」與「玩火自焚」都有做了某事反而對自己不利的意思，但有別：前者比喻做了某事反使自己受到禁錮，受到困擾，或使自己在感情上發生苦惱，以致無法自拔；後者比喻幹了冒險的事或害人的事情，結果也使自己受害或自取滅亡。前者的語義較輕；後者的事態較爲嚴重。

▽工作、勞作、動作、操作、製作、創作、名作、耕作、著作、農作、發作、細作、做作、傑作、佳作、述作、胡作、力作、原作、譯作、處女作、成名作、經典之作、日出而作、分工合作、通力合作、無惡不作、矯揉造作。

常 5 **你** 形解 形聲；從人，尔聲。是「爾」的俗字，爲第二人稱代名詞。

音義 ㄋㄧˇ 代 第二人稱代名詞；例「你好嗎？」

參考 ①你本作「伱」，爲「爾」的俗字，白話文用「你」，文言文用「爾」。②「你」有時也用來指稱「你們」，如：你校、你軍。

常 5 **伯** 形解 形聲；從人，白聲。「白」象米粒，是五穀之主，所以居長爲伯。

音義 ㄅㄛˊ 名 ①古人行輩中最年長者；例伯仲叔季。②尊稱年長者；例姻伯。③爵位，五等爵（公侯伯子男）的第三等；例伯爵。④伯父的簡稱。⑤擅長一藝的領袖；例詩伯。⑥姓。

ㄅㄞˇ 名 夫兄；例大伯子。

ㄅㄚˋ 名 周代諸侯的領袖，通「霸」；例五伯。

參考 ① ㄅㄛˊ 語音爲 ㄅㄞˇ。②反 叔。

4 **伯牙** ㄅㄛˊ ㄧㄚˊ 人 春秋時人，善於操琴，與鍾子期友善，子期死後，伯牙絕琴，傷痛世上已無知音。

6 **伯仲** ㄅㄛˊ ㄓㄨㄥˋ ㈠兄弟的排行次序。㈡評量人物的等第，通常指才能相當，不分高下。例伯仲之間。

7 **伯利恆** ㄅㄛˊ ㄌㄧˋ ㄏㄥˊ 地 (Bethlehem)巴勒斯坦古代的都會，位於約旦西部，耶路撒冷南方五公里，是耶穌誕生的地方。今爲基督徒的聖地。

8 **伯明罕** ㄅㄛˊ ㄇㄧㄥˊ ㄏㄢˇ 地 (Birmingham)英國英格蘭中西部的城市，爲英國鐵路交通樞紐，附近盛產煤鐵，工業發達，以軍火、機械工業著稱，全市終日黑煙繚繞，遂有「黑鄉」之稱。

15 **伯樂** ㄅㄛˊ ㄌㄜˋ 人 周代善於相馬的人，姓孫，名陽。後引申爲善於賞識、發掘人才的人物。

▽侯伯、詩伯、老伯、風伯、河伯、大伯、五伯、叔伯。

常 5 **低** 形解 形聲；從人，氐聲。氐聲字多有低窪的意思，所以人俯身及地爲低。

音義 ㄉㄧ 形 ①矮，下；例低空。②身分、程度的卑下；例低俗。動 垂下；例低頭。副 低矮的樣子；例夜幕低垂。

參考 ①同 矮、下。②反 高。

7 **低沈** ㄉㄧ ㄔㄣˊ ㈠形容聲音的低微深沈。㈡降低沈下。例太陽逐漸向西低沈。

參考「沈」或作「沉」。

9 **低音** ㄉㄧ ㄧㄣ ㈠物 發音體的振動頻率不高，且振動次數少的聲音。㈡音 樂譜中低於基礎音的音階。

低徊 ㄉㄧ ㄏㄨㄞˊ 留戀不忍割捨的樣子。例他的作品纏綿悱惻，令人低徊不已。

低首下心 ㄉㄧ ㄕㄡˇ ㄒㄧㄚˋ ㄒㄧㄣ 比喻甘心屈服。

參考 同 低眉折腰。

10 **低迷** ㄉㄧ ㄇㄧˊ 模糊不清，昏暗不明的樣子。

參考 今經常用作形容經濟情況，如景氣低迷、股市低迷。

低能 ㄉㄧ ㄋㄥˊ ㈠能力低劣的人。㈡指因生理或心理的缺陷，以致智慧較低，缺乏處理自己生活或適應環境能力的人。例低能兒童。

低氣壓 ㄉㄧ ㄑㄧˋ ㄧㄚ 天 氣象學名

詞，指海拔相同的平面上，中心氣壓低於四周相鄰的氣壓區域。簡稱「低壓」。此區氣流自外圍向低壓中心流動，因受地球自轉的影響，流動方向，北半球呈反時針，南半球呈順時針。又此四周氣流因係環繞四周旋轉，故又稱「氣旋」。低氣壓中心可用氣壓計測量，以公釐表示程度。旋風、颱風，都是由於低氣壓所造成的。

17 **低聲下氣** ㄉㄧ ㄕㄥ ㄒㄧㄚˋ ㄑㄧˋ 降低音量，不敢大聲出氣；形容謙卑或懼怕而不敢高聲張揚的樣子。

▽降低、最低、高低、眼高手低、山高水低、狗眼看人低。

常 5 **伶** 形解 形聲；從人，令聲。令聲字多有小的意思，所以人因渺小而多感孤獨為伶。

音義 ㄌㄧㄥˊ 名①舊稱從事娛樂演藝的人；例名伶。②音樂師；例伶官。③姓。形①孤獨；例孤苦伶仃。②聰慧靈巧；例伶俐。

4 **伶仃** ㄌㄧㄥˊ ㄉㄧㄥ ㈠孤獨而完全沒有依靠的樣子。㈡獨自行走，寂寞難耐的樣子。又作「零丁」、「伶丁」。

伶牙俐齒 ㄌㄧㄥˊ ㄧㄚˊ ㄌㄧˋ ㄔˇ 形容人的口才很好，能言善辯，流利動聽。

9 **伶俐** ㄌㄧㄥˊ ㄌㄧˋ ㈠輕靈聰慧而活潑的樣子。㈡乾脆俐落而不拖泥帶水。

參考 ①反笨拙。②或作「伶伶俐俐」。

常 5 **余** 形解 象形；象樑柱支撐屋頂形，是「舍」的初文，借為人稱代名詞後，被借義專用，本義已少有人知道。

音義 ㄩˊ 名①通「餘」；例其余。②姓。代我；例「余致力國民革命凡四十年。」

參考 ①孳徐、除、敘、蜍、餘、斜、涂、荼。②「佘」、「余」有別：「佘」是一個姓氏，字上面是從「人」，下面是從「示」；「余」，字上面是象「人」，下面是象「朩」。

常 5 **佝** 形解 形聲；從人，句聲。句聲字多有彎曲的意思，所以駝背為佝。

音義 ㄎㄡ 形彎腰駝背的樣子；例佝僂。

參考 又音 ㄏㄡ。

次 5 **体** 形解 形聲；從人，本聲。「笨」的本字。一般用做「體」的簡體字。

音義 ㄅㄣˋ 同「笨」，見「笨」字。ㄊㄧˇ 「體」的簡體字。

次 5 **佚** 形解 形聲；從人，失聲。隱居而不為人知的人為佚。

音義 ㄧˋ 名①過錯；例佚罰。②姓。動①引導；例「佚之以繩。」②逃逸，通「逸」。③遺棄，通「遺」；例佚失。形①姦亂的；例淫佚。②隱逸的；例佚士。

ㄉㄧㄝˊ 形洒脫；例佚宕。

參考 「佚」與「軼」音同且都有亡失的意思；然而習慣上，「遺佚」不作「軼」；「軼事」不作「佚」。

6 **佚老** ㄧˋ ㄌㄠˇ ㈠養老。㈡隱逸遁世的老者。

8 **佚宕** ㄉㄧㄝˊ ㄉㄤˋ 洒脫不拘束。又作「佚蕩」。

▽安佚、淫佚、遊佚、驕佚、放佚、散佚、遺佚、缺佚、驕奢淫佚。

次 5 **佟** 形解 形聲；從人，冬聲。姓氏用字為佟。

音義 ㄊㄨㄥˊ 名姓。

次 5 **佁** 形解 形聲；從人，台聲。從台聲字有遲滯的意思，所以癡呆為佁。

音義 ㄧˇ 形①遲滯的。②深思的。ㄞˋ 形痴呆的。

次 5 **佘** 形解 形聲；從八，舍省聲。姓氏用字為佘。

音義 ㄕㄜˊ 名姓。

常 6 **佯** 形解 形聲；從人，羊聲。羊有美好的意思，所以指人巧言令色，誇張虛僞爲佯。

音義 一尢ˊ 副假裝、詐僞；例裝佯。

參考 同僞。

7 **佯狂** 一尢ˊ ㄎㄨㄤˊ 假裝瘋狂。

▽裝佯、倘佯。

常 6 **依** 解形 形聲；從人，衣聲。說文解釋衣是依的意思，所以人對事物的倚賴，有如衣裳附在人身上一般爲依。

音義 一 名姓。動①倚靠；例脣齒相依。②順從；例依從。③按照；例依樣畫葫蘆。④傍；例「白日依山盡，黃河入海流。」副①仍然；例依然故我。②木茂的樣子；例「依依平林。」

一ˇ 名①戶牖之間，通「扆」；例「天子當依而立。」②譬喻；例博依。

參考「依」有貼近、隨從的意思，而「倚」(一ˇ)有仗恃、斜靠的意思，兩者語義不同。

8 **依依** 一 一 ㈠留連不忍離去的樣子。例依依不捨。㈡樹木茂盛的樣子。例依依平林。㈢柔弱的樣子。例楊柳依依。㈣想念，思慕。例「望風懷想，能不依依？」

依阿兩可 一 ㄜ ㄌㄧㄤˇ ㄎㄜˇ 自己沒有一定主張，依附他人的話而不表示可否。阿：曲附他人。又作「依違兩可」。

參考 與「唯唯諾諾」有別：後者指絕對的服從，不持絲毫反對的意見。

12 **依稀** 一 ㄒㄧ 所見朦朧一片，很不清楚的樣子。

參考 同彷彿。

依然 一 ㄖㄢˊ ㈠照舊。例依然故我。㈡捨不得的樣子。

依然故我 一 ㄖㄢˊ ㄍㄨˋ ㄨㄛˇ 依舊和從前一樣，沒有任何改變和進展。

參考 與「我行我素」有別：前者偏重在跟從前一樣，沒有絲毫改變，是中性詞；後者著重在按照自己的舊路線、舊主張去做，不顧別人的勸說，含有貶損的意味。

13 **依照** 一 ㄓㄠˋ 按照。

15 **依靠** 一 ㄎㄠˋ ㈠靠著。「依」又作「倚」。㈡依賴，仰仗。

參考 與「依賴」有別：「依賴」是憑依他人而不能獨立，偏重在自己不努力，只指望別人；「依靠」則包含本身的自主能力，只是把他人或事物作爲基礎，從而達到目的。

依樣畫葫蘆 一 一尢ˋ ㄏㄨㄚˋ ㄏㄨˊ ㄌㄨˊ 比喻完全照著模樣，仿效去做，毫無創意。

16 **依據** 一 ㄐㄩˋ 根據。

依賴 一 ㄌㄞˋ 依靠別人而不能獨立自主。

18 **依舊** 一 ㄐㄧㄡˋ 和以前完全一樣。

參考 參閱「依靠」條。

23 **依戀** 一 ㄌㄧㄢˋ 眷戀不已，難分難捨的樣子。

參考 參閱「迷戀」條。

▽歸依、皈依、憑依、偎依、無依、喻依、相依、依依、互依。

常 6 **侍** 解形 形聲；從人，寺聲。寺聲字多有法度的意思，人依禮法行事，承奉服從爲侍。

音義 ㄕˋ 名①陪伴或服侍他人的人；例侍從。②姓。動①服侍尊長，隨其左右；例隨侍在側。②伺候；例服侍。

參考「侍」有隨侍之意，與「恃」有依靠之意不同。

8 **侍奉** ㄕˋ ㄈㄥˋ 服侍奉承。

參考 同侍候。

侍者 ㄕˋ ㄓㄜˇ ㈠陪侍左右，以供差遣的人。㈡宗佛教指僧徒，如稱阿難爲釋尊侍者。㈢供職於餐廳或旅館的服務生。

11 **侍從** ㈠ ㄕˋ ㄗㄨㄥˋ 跟隨尊長陪侍左右的人。

▽內侍、常侍、近侍、奉侍、陪侍、隨侍、衞侍。

常 6 **佳** 解形 形聲；從人，圭聲。圭是美玉，所以人美好如美玉爲佳。

音義 ㄐㄧㄚ 名姓。形美好的：例佳音。

參考 佳從圭，與隹有別。

2 **佳人** ㄐㄧㄚ ㄖㄣˊ ㈠美人。㈡好人，多指賢臣、良友。

7 **佳作** ㄐㄧㄚ ㄗㄨㄛˋ ㈠典雅美好的作品。㈡評定作品所設的等級。

9 **佳音** ㄐㄧㄚ ㄧㄣ 美好的消息。例靜候佳音。
參考 同佳訊。
11 **佳偶** ㄐㄧㄚ ㄡˇ 美好的配偶，指良好的姻緣。又作「佳對」。
參考 ①反怨偶。②衍佳偶天成。
12 **佳期** ㄐㄧㄚ ㄑㄧˊ ㈠美好的日子。㈡結婚的日期。例佳期已近。
13 **佳話** ㄐㄧㄚ ㄏㄨㄚˋ ㈠令人稱讚的談話材料。㈡流傳一時的美談或盛事。
參考 同韻事。
13 **佳節** ㄐㄧㄚ ㄐㄧㄝˊ 美好的節日或美好的時節。例國慶佳節。
14 **佳境** ㄐㄧㄚ ㄐㄧㄥˋ ㈠美好的境界。例漸入佳境。㈡風景美好的地方。
參考 反逆境、困境。
16 **佳餚** ㄐㄧㄚ ㄧㄠˊ 美好的菜餚。
參考 同美食、美味。
19 **佳麗** ㄐㄧㄚ ㄌㄧˋ 容貌佼好的女孩。例佳麗三千。
▽更佳、不佳、佳佳、尚佳、風味絕佳。

常 6 **使** 解形 形聲；從人，吏聲。吏爲治理衆人的官員，所以指使受命爲使。
音義 ㄕˇ 名①外交官；例公使、大使。②奉使命者；例使者。動①喚用；例「使民以時。」②用錢；例使錢。③支使、派遣；例使喚。④教，讓；例使君滿意。⑤行，做；例使不得。⑥縱任；例使氣。副假設之詞；例假使。
ㄕˋ 動出使；例「使于四方。」
5 **使用** ㄕˇ ㄩㄥˋ ㈠應用器物。例暫停使用。㈡錢財的花費。㈢法法律上的使用權指依法對物品或財產的支配和應用。
參考 ①衍使用權。②與「應用」、「適用」、「運用」、「利用」有別：「使用」用於具體事物；「應用」多指適應某種需要而使用，一般用於抽象事物；「適用」指適合使用；「運用」指靈活使用，可用於抽象事物和具體事物；「利用」指發揮人或事物的作用，使之對己有利。
6 **使臣** ㄕˇ ㄔㄣˊ 古稱奉使命往來國際間的官員。
8 **使命** ㄕˇ ㄇㄧㄥˋ ㈠指出使外國的人所接受的任命。㈡通稱個人或羣體所應負的職責。㈢軍依據上級所賦予的任務，及當前之狀況，經過分析推斷後，而綜合產生的任命。
參考 參閱「任務」條。
使性子 ㄕˇ ㄒㄧㄥˋ ˙ㄗ ㈠執拗的去做某件事。㈡發脾氣。
參考 ①又作「使性兒」、「使性氣」。②同發脾氣、使氣。
9 **使勁** ㄕˇ ㄐㄧㄣˋ 用盡力氣。
10 **使徒** ㄕˇ ㄊㄨˊ 宗基督徒稱耶穌的弟子約翰、彼得等十二人爲使徒，受耶穌的派遣，奉上帝之命而傳教。
11 **使眼色** ㄕˇ ㄧㄢˇ ㄙㄜˋ 用目光示意，要人採取某種行動。
12 **使喚** ㄕˇ ㄏㄨㄢˋ 指使差遣。例供人使喚。
13 **使節** ㄕˇ ㄐㄧㄝˊ 古稱使臣所持的符節爲使節，後世遂稱使者爲使節。例外交使節。
16 **使館** ㄕˇ ㄍㄨㄢˇ 外交使節在駐在國所設立的辦事機關。例駐美使館。
參考 衍公使館、大使館。
▽特使、大使、天使、假使、即使、頤使、驅使、行使、差使、指使、公使、星使、縱使、出使、奉使、鬼使、遣唐使、節度使、運轉使、護花使、頤指氣使。

常 6 **佬** 解形 形聲；從人，老聲。老有年長的意思，所以成年男子爲佬。
音義 ㄌㄠˇ 名①廣東人稱成年的男子；例上海佬。②對洋人輕視的稱呼；例英國佬。

常 6 **供** 解形 形聲；從人，共聲。共有合作的意思，所以供給爲供。
音義 ㄍㄨㄥˋ 名法打官司時，被告答覆審訊的言詞或文字；例口供。動①給，即準備著東西給需要的人應用；例供過於求。②法被告口述案情始末；例供稱。
ㄍㄨㄥ 名用來祭祖拜神的犧牲；例上供。動①奉獻；例供養。②陳設；例桌上供著花瓶。
參考「供」、「貢」都有奉獻之意。

4 **供不應求** ㄍㄨㄥ ㄅㄨˋ 一ㄥˋ ㄑ一ㄡˊ 需要量多而供應趕不上。
參考 ①同供不敷求。②反供過於求。
7 **供求** ㄍㄨㄥ ㄑ一ㄡˊ 指供給與需要。
10 **供桌** ㄍㄨㄥ ㄓㄨㄛ ㈠祭祀時，用來擺設祭品、祭器的桌案。㈡專門用來供奉神位或神像的桌子。
12 **供給** ㈠ ㄍㄨㄥ ㄐ一ˇ 把貨物提供需要的人。㈡ ㄍㄨㄥ ㄐ一ˇ 經在其他情況不變的某一時間內，銷售者在各種可能價格之下，願意及能夠出售商品的數量。
14 **供稱** ㄍㄨㄥ ㄔㄥ 法被告稱述事由。
15 **供養** ㄍㄨㄥ 一ㄤˋ ㈠盡自己的能力奉養親人。㈡宗佛家以資養三寶(奉香華、明燈、飲食)爲供養。㈢供奉神明。
參考 同奉養。
17 **供應** ㄍㄨㄥ 一ㄥˋ 提供物品，以應需要。
參考 衍供應站、供應品、供應無缺。
▽逼供、提供、口供、招供、自供、串供、求過於供。

常 6
例
形解  形聲；從人，列聲。將相近的事物排列比較，所以比照爲例。
音義 ㄌ一ˋ 名①可供比類或遵行的標準；例例規、條例。②姓。動比照；例以古例今。形遵照規定的；例例會。
5 **例外** ㄌ一ˋ ㄨㄞˋ 對原則而言，凡不合原則或規定的爲例外，也就是指常例以外。
參考 反原則。
例句 ㄌ一ˋ ㄐㄩˋ 著述中所舉出專爲說明或證實之用的語句。例這本文法書的特色是例句繁富。
6 **例如** ㄌ一ˋ ㄖㄨˊ 舉例的慣用語。
例行公事 ㄌ一ˋ ㄒ一ㄥˊ ㄍㄨㄥ ㄕˋ ㈠照例辦理或執行的事務。㈡刻板的形式主義的工作。
7 **例言** ㄌ一ˋ 一ㄢˊ 著作或論文的凡例，說明該著作之內容和編輯體例的文字。
11 **例假** ㄌ一ˋ ㄐ一ㄚˋ ㈠依照慣例而放的假日。㈡婉轉的說辭，指月經或月經期。
19 **例證** ㄌ一ˋ ㄓㄥˋ 爲了便於說明所以用來證明的實例。
▽比例、前例、慣例、先例、時例、特例、殊例、條例、定例、實例、援例、事例、凡例、範例、常例、舉例、破例、史無前例、下不爲例、不在此例。

常 6
來
形解  象形；象麥穗莖葉形。借爲往來的來後，另外創造「麥」字，以承本義。
音義 ㄌㄞˊ 名①「麥」的初文；例來麰。②姓。動①至；例「有朋自遠方來，不亦樂乎？」②做；例來不得。③招致；例來士。④表動作的趨勢；例鬧出事來。⑤表時間的延續；例長久以來。⑥取來；例來飯。形①將來的；例來日方長。②有餘或不足，表約略的；例二十來歲。副①常用於量詞後；例尺來長。②用於數詞後；例十來個。助語尾助詞，無義；例你又何苦來？
ㄌㄞˋ 動慰勞；同「徠」；例「勞之來之。」
參考 孳萊、麥、賚、徠。
4 **來日方長** ㄌㄞˊ ㄖˋ ㄈㄤ ㄔㄤˊ 將來的日子還多著。
6 **來年** ㄌㄞˊ ㄋ一ㄢˊ 次年，翌年。
參考 ①同來歲。②反去年。
來回票 ㄌㄞˊ ㄏㄨㄟˊ ㄆ一ㄠˋ 火車、輪船或長途汽車等交通工具往返所使用的聯票，價目通常較原價便宜。
參考 反單程票。
8 **來函** ㄌㄞˊ ㄏㄢˊ 來信，來書。
來往 ㄌㄞˊ ㄨㄤˇ ㈠往還。㈡商商業上貨物或款項的來去。例來往戶。㈢人情交際往來。
來來往往 ㄌㄞˊ ㄌㄞˊ ㄨㄤˇ ㄨㄤˇ 往來頻繁的樣子。
來者不拒 ㄌㄞˊ ㄓㄜˇ ㄅㄨˋ ㄐㄩˋ 凡是來的人任其來去自由，既不加選擇，也不會拒絕。
13 **來源** ㄌㄞˊ ㄩㄢˊ 事物的來由或根源。
參考 與「出處」有別：前者範圍較廣，後者範圍較狹，專指某一事物出於何處。
來電 ㄌㄞˊ ㄉ一ㄢˋ ㈠通電。㈡俚時

下流行的俚語，泛指彼此很有默契，能溝通心意而產生共鳴，有如電器用品通了電一般。

參考 本詞多用在兒女情長方面。

來勢洶洶 ㄌㄞˊ ㄕˋ ㄒㄩㄥ ㄒㄩㄥ 形容來勢兇猛，無法抗拒的樣子。洶洶：形容水勢湍急洶湧而盛大。

來路 ㄌㄞˊ ㄌㄨˋ ㈠原因，由來，個人的身分等。亦作「來歷」。例這個人是什麼來路？㈡不是本地、本國的。例來路貨。

14 **來賓** ㄌㄞˊ ㄅㄧㄣ ㈠自外地前來作賓客的人。例來賓致辭。㈡招來賓客。

16 **來歷** ㄌㄞˊ ㄌㄧˋ 指人或物的由來和經歷。例來歷不明。

來龍去脈 ㄌㄞˊ ㄌㄨㄥˊ ㄑㄩˋ ㄇㄛˋ 原是山脈的來頭和去向，借喻事情的前後線索及全部過程。

17 **來臨** ㄌㄞˊ ㄌㄧㄣˊ 事物的發生或人物的到來。

▽未來、將來、由來、外來、如來、胡來、舶來、本來、以來、遠來、新來、原來、往來、從來、近來、進來、後來、來來、看來、想來、自來、算來、暑往寒來、歸去來、古往今來、紛至沓來、捲土從來、送往迎來、苦盡甘來、手到擒來、信手拈來、陽往陰來、死去活來、否極泰來、突如其來、惠然肯來、繼往開來、何日君再來。

常 6
侃

形解 會意；從㐰，從川。「㐰」，信的古文。人誠實無欺，如水流無阻，以會剛直的意思。

音義 ㄎㄢˇ 副 ①剛直的樣子；例侃然正色。②和樂的樣子。例侃侃如色。③從容不迫的樣子；例侃侃而談。

8 **侃侃而談** ㄎㄢˇ ㄎㄢˇ ㄦˊ ㄊㄢˊ 從容不迫的談話。

參考 與「誇誇其談」不同：後者形容說話浮誇，不切實際，偏重在說話的內容，含有貶損的意思；前者則側重在形容說話的態度，從容不迫而有贊許的意味。

常 6
佰

形解 會意；從人百。掌管百人的長官。

音義 ㄅㄛˊ 名 ①數同「百」，是百的大寫。②古軍制，掌管百人的長官。

ㄅㄞˇ 名 同「百」（語音）。

ㄇㄛˋ 名 ①古一百個錢。②田埂，通「陌」；例仟佰。

常 6
併

形解 形聲；從人，并聲。「并」象二人並立在一起，是「併」的初文。

音義 ㄅㄧㄥˋ 動 ①把兩件東西合在一起，同「并」；例歸併。②除去，通「摒」；例併己之私。副 一齊，通「並」；例一時併起。

參考 ①同并、並。②并與併本有區別，「相合爲并，相對爲併。」但現在已多混用。③以「併」爲正字，「併」爲異體。

7 **併吞** ㄅㄧㄥˋ ㄊㄨㄣ ㈠侵佔別人的土地或財產，然後將它整個吞沒。㈡侵吞別國領土，變成自己的一部分。例併吞六國。

參考 又作「并吞」。

12 **併發症** ㄅㄧㄥˋ ㄈㄚ ㄓㄥˋ 一種疾病在發展過程中而同時引發另一種疾病或症狀的發生。如感冒常引起支氣管炎，那麼支氣管炎就是併發症。

▽合併、兼併、吞併、全併。

常 6
侈

形解 形聲；從人，多聲。人拿取過多，所以有奢侈的意思。

音義 ㄔˇ 名 過分的行爲；例「放辟邪侈。」動 增大；例「以廣侈吳王之心。」形 浪費，反儉爲侈；例奢侈。副 誇張；例侈談。

7 **侈言** ㄔˇ ㄧㄢˊ 誇大不實的言論。多指不切實際的空話。

▽奢侈、淫侈、豪侈、邪侈、窮奢極侈。

常 6
佩

形解 會意；從人凡巾。古人繫於衣帶上的一種飾物，以會佩帶的意思。

音義 ㄆㄟˋ 名 ①繫於帶上的飾物；例玉佩。②泛指衣服上的飾的裝飾品；例佩件。③姓。動①穿戴；例佩帶。②心悅誠服；例佩服。③掛在身上；例佩劍。

8 **佩服** ㄆㄟˋ ㄈㄨˊ (一)對人的能力或行爲由衷的敬仰及信服。(二)佩帶。

參考 ①同誠服，欽佩。②與「信服」都有相信、敬重的意思，但二者有別：前者可用於人或事物，後者指相信並佩服，多用於人的言論或事實等方面。

11 **佩帶** ㄆㄟˋ ㄉㄞˋ (一)繫掛在衣物上。例佩帶胸花。(二)指繫掛在身上的物品。

▽敬佩、欽佩、感佩、環佩、玉佩、胸佩、腰佩、衣佩、佩佩。

常 6 **佻** 形解 形聲；從人，兆聲。兆象灼龜輕裂形，所以人表現出輕鬆愉悅爲「佻」。

音義 ㄊㄧㄠ 形輕浮，不夠穩重；例輕佻。ㄊㄠ 動偷盜。

13 **佻達** ㄊㄠ ㄉㄚˊ (一)往來相親的樣子。(二)輕薄放縱。

參考 ①同輕佻，佻薄。②又作「佻撻」。

▽輕佻、儇佻。

常 6 **侖** 形解 會意；從亼，從冊。亼爲集合，將一篇篇的竹簡集合成冊，所以有條理的意思。

音義 ㄌㄨㄣˊ 動〔方〕教人反省；例肚裏侖一侖。

參考 孳掄、倫、論、輪、綸。

常 6 **佾** 形解 形聲；從人，肖聲。肖聲字有排列的意思，所以古時樂舞的行列爲「佾」。

音義 一ˋ 名古時一種成方陣排列的樂舞；例八佾舞。

常 6 **侏** 形解 形聲；從人，朱聲。本義指身軀非常短小的人，有短小的意思。

音義 ㄓㄨ 名姓。形矮小的；例侏儒。

16 **侏儒** ㄓㄨ ㄖㄨˊ (一)醫由於腦垂體前葉激素功能不足，所引起體格發育不正常的現象，患者身材特別矮小。(二)樑上的短柱。

次 6 **侘** 形解 形聲；從人，宅聲。宅有託附的意思，人失意時多期有所依託，所以失志爲侘。

音義 ㄔㄚˋ 動誇耀，通「詫」。形失意不順的；例侘傺。

參考 「侘」與「佗」形體相近容易認錯；佗字從「它」，音ㄊㄨㄛ，有負荷的意思。

13 **侘傺** ㄔㄚˋ ㄔˋ 失意的樣子。

次 6 **佼** 形解 形聲；從人，交聲。和人相互交往爲佼。

音義 ㄐㄧㄠˇ 名姓。形①美好的；例佼人。②超凡出衆的；例佼佼者。

參考 「佼」與「姣」都有美好的意思，但「佼」又有出衆的意思，如「佼佼者」不可作「姣」。

8 **佼佼者** ㄐㄧㄠˇ ㄐㄧㄠˇ ㄓㄜˇ 美好出衆的人。

次 6 **佽** 形解 形聲；從人，次聲。次聲字多有快而細的意思，所以便利爲佽。

音義 ㄘˋ 名漢代武官名，取其輕捷迅速的意思；例募佽。動①幫助；例佽助。②遞送，通「次」。形便利的。

次 6 **佶** 形解 形聲；從人，吉聲。吉聲字多有堅直的意思，所以壯健爲佶。

音義 ㄐㄧˊ 形健壯的；例佶壯。

8 **佶屈聱牙** ㄐㄧˊ ㄑㄩ ㄠˊ ㄧㄚˊ 文字艱澀而不順暢。佶又作「詰」。

次 6 **侉** 形解 形聲；從人，夸聲。夸有大的意思，所以慵詞爲侉。

音義 ㄎㄨㄚˇ 名俚河北淮南一帶稱山東人爲「侉子」。動誇耀，通「夸」、「誇」；例「驕淫矜侉」。ㄜ 動高聲尖叫。

次 6 **侑** 形解 形聲；從人，有聲。有字從又聲，ㄡ

象手形，以手向人，表示幫忙，所以有相助的意思。

音義 一ㄡˋ 動①佐助；例以樂侑食。②饒恕，通「宥」。③酬酢；例侑酒。④答謝；例報侑。

參考 與「賄」不同：「賄」，從「貝」，「有」聲，音ㄏㄨㄟˋ，有贈送的意思。

次 6 **侗** 形解 形聲；從人，同聲。同有會合的意思，所以大為侗。

音義 ㄊㄨㄥˊ 名姓。動悲痛，通「恫」。形寬大的。

ㄊㄨㄥˊ 名未成年的人。

▽ 倥侗。

次 6 **佹** 形解 形聲；從人，危聲。危字本有危險的意思，所以困難重重，違背常軌為佹。

音義 ㄍㄨㄟˇ 動重疊。形詭異的，通「詭」；例佹詩。副偶然；例佹得佹失。

參考 「佹」與「詭」音同，都有奇異的意思：然「詭」又有欺詐之意，如「詭計」，「詭策」，都不作「佹」。

11 **佹得佹失** ㄍㄨㄟˇ ㄉㄜˊ ㄍㄨㄟˇ ㄕ 得失出於偶然。

21 **佹辯** ㄍㄨㄟˇ ㄅㄧㄢˋ 詭譎多變的言論。例爭為佹辯。

參考 同佹成佹敗。

次 6 **侁** 形解 形聲；從人，先聲。先有前進的意思，所以往來行走為侁。

音義 ㄕㄣ 名①商代國名之一。②姓。形行走的。副馬奔馳爭先的樣子，通「駪」；例侁侁。

次 6 **侜** 形解 形聲；從人，舟聲。遮蔽在前面為侜。

音義 ㄓㄡ 動欺誑，通「譸」；例侜張。

常 7 **信** 形解 會意；從人言。人講話必須有信用，所以人言為信。

音義 ㄒㄧㄣˋ 名①信實的美德；例誠信。②憑據；例印信。③傳達消息的書札；例信件。④消息；例音信。⑤軍旅再宿；例信宿。⑥自然界依期而至，沒有差忒的現象；例潮信。⑦姓。動信服仰慕而不疑；例信仰。形明著的；例「信誓旦旦」。副①聽任；例信步。②果真；例此語信然。

ㄕㄣ 動陳述，通「伸」；例屈而不信。

3 **信口開河** ㄒㄧㄣˋ ㄎㄡˇ ㄎㄞ ㄏㄜˊ 不加思索，隨便胡亂發言，毫無根據。

參考 ①參閱「信口雌黃」條。②原作「信口開合」。

信口雌黃 ㄒㄧㄣˋ ㄎㄡˇ ㄘ ㄏㄨㄤˊ 比喻不問事實，輕下論斷；或任意亂說，妄加批評。雌黃：黃赤色的雞冠石，可作顏料或塗料。古時寫字用黃紙，寫錯了就用雌黃塗抹後重寫。所以稱改竄為「雌黃」。

參考 與「信口開河」都有隨口亂說、不負責任的意思：前者多指隨便批評、誣蔑，含有掩蓋事實眞象，惡意陷害的意思；後者多指隨便亂說，海闊天空，漫無邊際。前者含有貶損的意思；後者偏重在所說毫無根據，為中性詞。

4 **信心** ㄒㄧㄣˋ ㄒㄧㄣ 相信自己的願望和預料一定能成功的內心意念。

參考 與「信念」、「決心」都指不動搖的想法，但「信念」是指自己認為可以確信的看法；「決心」是指毫不動搖的意志願望。

信手拈來 ㄒㄧㄣˋ ㄕㄡˇ ㄋㄧㄢ ㄌㄞˊ 隨手撚來，便成佳句；比喻寫文章時取材、運筆，非常熟練、自然而從容。拈：用兩個手指頭取物。

5 **信史** ㄒㄧㄣˋ ㄕˇ 確實而可信的史籍，一般指正史而言。

信札 ㄒㄧㄣˋ ㄓㄚˊ 信件、書信。紙未發明之前，信是用竹、木簡書寫，繕妥後用繩索綑紮成束，加蓋封泥而後始成。

信用 ㄒㄧㄣˋ ㄩㄥˋ ㈠誠實而不欺騙。㈡以誠信使令人民。㈢經指價值運動的特殊形式。信用是借貸資本的運動形式之一，主要有商業信用和銀行信用。例信用貸款。

參考 衍信用合作社。

信用卡 ㄒㄧㄣˋ ㄩㄥˋ ㄎㄚˇ 商（Credit card）一種免付現金的記帳卡。持有者需通過發行金融機構的徵信調查，方可取得。持有者可憑此卡在特約商店，記帳購物，而所需款項，全由發行機構擔保支付，因此廣受歡迎使用。發行機構則在每月或一定期限內，結算持有者之帳目，並通知持有者應付的金額。

6 信仰 ㄒㄧㄣˋ ㄧㄤˇ ㈠信服仰慕。㈡對某種宗教，或對某種主義極度信服和尊重，並以之為行動的準則。

信任 ㄒㄧㄣˋ ㄖㄣˋ 基於誠信加以任使而不懷疑。

參考 與「相信」都有不懷疑的意思，前者是指相信而勇於託付，後者是認為正確或確實而不懷疑，在程度上前者較深，有時卻可互用。

信而有徵 ㄒㄧㄣˋ ㄦˊ ㄧㄡˇ ㄓㄥ 既可靠而又有實證。徵：證明、證驗。

參考 反道聽塗說。

7 信步 ㄒㄧㄣˋ ㄅㄨˋ 漫無目標地任意行走。

8 信念 ㄒㄧㄣˋ ㄋㄧㄢˋ 深信不疑的意念，多指宗教、主義之信仰等方面而言。

信奉 ㄒㄧㄣˋ ㄈㄥˋ 信仰、敬奉。例信奉祖先。

信服 ㄒㄧㄣˋ ㄈㄨˊ 欽信而佩服。

參考 參閱「佩服」條。

10 信差 ㄒㄧㄣˋ ㄔㄞ ㈠郵差。㈡各機關雇用而專門擔任傳送公文、信件的差役。

信徒 ㄒㄧㄣˋ ㄊㄨˊ 指信仰宗教、某種主義或某一個偉人的人。

信託 ㄒㄧㄣˋ ㄊㄨㄛ ㈠指人誠信可靠，可以託事。㈡商依照一定的目的，以自己的財產（金錢、有價證券、不動產等）委託他人（信託公司或銀行）代為管理或處分的行為。例信託公司。

參考 或作「信托」。

信息 ㄒㄧㄣˋ ㄒㄧ 音訊消息。

參考 同資訊。

11 信條 ㄒㄧㄣˋ ㄊㄧㄠˊ ㈠共同信仰的條規。㈡個人在信仰上、學問上所持的確定見解，而可以分條列舉的。例政治信條、教育信條。

12 信筆 ㄒㄧㄣˋ ㄅㄧˇ 任意落筆，隨意發揮。例信筆拈來。

信筆揮灑 ㄒㄧㄣˋ ㄅㄧˇ ㄏㄨㄟ ㄙㄚˇ 比喻文思敏捷，辭藻豐富，不必仔細地思考，只要拿起筆來，隨意一揮，輕輕一灑，就能寫成好的文章。

參考 與「下筆千言」有別：前者強調文思敏捷，下筆輕快，就能寫出好文章；後者偏重在快在多，但不一定是好文章，例如：下筆千言，離題萬里。

14 信號 ㄒㄧㄣˋ ㄏㄠˋ 代表語言來傳遞訊息、命令的符號，如旗語、燈號、烽火等是。

參考 ①衍信號槍、信號彈、信號航向。②與「記號」都指特殊的標誌，但前者是為了傳達消息、命令等所用的符號，是動態的；後者是為了引起注意，幫助識別和記憶所作的標記，是靜態的。

15 信賞必罰 ㄒㄧㄣˋ ㄕㄤˇ ㄅㄧˋ ㄈㄚˊ 賞有功，罰有過，賞罰嚴明，絲毫不苟。

16 信賴 ㄒㄧㄣˋ ㄌㄞˋ 非常信任而願意依靠。

參考 與「信仰」有別：「信仰」是指相信而且敬重，並願作為榜樣或作思想指導，偏重在內心的活動。

21 信譽 ㄒㄧㄣˋ ㄩˋ 信用和名譽。

▽親信、印信、平信、相信、迷信、自信、電信、書信、音信、背信、威信、風信、通信、花信、家信、來信、無信、深信、堅信、口信、長信、小信、大信、快遞信、抱柱信、航空信、限時信、言無不信、杳無音信、輕諾寡信。

常 7

侵

形解 會意；從人ヨ持帚。人以手拿掃把掃地，含有漸近漸逼的意思，所以侵陵為侵。隸定作「侵」後，「㑴」字已罕見。

音義 ㄑㄧㄣ ①古稱荒年；例大侵。②姓。動①超過本分所有，而去奪取別人的東西；例侵占。②秘密出兵攻打別國；例侵襲。③漸進；例侵淫。④迫害；例侵瀆。形短小醜惡的；例貌侵。

5 **侵犯** ㄑㄧㄣ ㄈㄢˋ ㈠爲自己利益而侵凌冒犯。㈡侵略。

侵占 ㄑㄧㄣ ㄓㄢˋ ㈠法指以不法手段，將他人之財物據爲己有；而以所有人之身分支配其物。例侵占罪。㈡侵略後而加以占領。又作「侵佔」。

10 **侵害** ㄑㄧㄣ ㄏㄞˋ 法以違背善良風俗的方法，加損於他人。

11 **侵略** ㄑㄧㄣ ㄌㄩㄝˋ ㈠侵犯掠奪。㈡國際上指一國使用武力，對另一國的主權、領土及政治獨立所施加的侵犯行爲。

參考 ①同侵掠。②衍侵略主義。③與「侵佔」、「侵犯」都指用強力損害或奪取：「侵佔」多指佔領，用於國與國、人與人之間，對象是土地、領土、財產等；「侵犯」指用暴力或其他手段干涉、損害，使用對象更廣泛，如領土、邊境、領海、領空、主權、人權、自由等。

14 **侵蝕** ㄑㄧㄣ ㄕˊ ㈠逐漸地掩取他人財物，使之減削以爲己有。㈡地風、水流或冰河對礦物質、土壤、木質等所產生的磨削作用。例侵蝕作用。

參考 參閱「腐蝕」條。

18 **侵擾** ㄑㄧㄣ ㄖㄠˇ 侵犯或擾亂。

22 **侵襲** ㄑㄧㄣ ㄒㄧˊ 暗中侵擾或襲擊。

常 7 侯

解形 會意；從人從厂，矢在其下。厂象開的布，矢象矢(箭)，古代春天饗宴時所設的箭靶爲侯。

侯 圖①

音義 ㄏㄡˊ 名 ①箭靶；例「大侯張只。」②周代五等爵之第二位；例公侯。③春秋戰國時代小國的君長；例諸侯。④官宦人家；例侯門。⑤姓。

▽諸侯、王侯、封侯、公侯、萬戶侯、諸葛武侯、馬上封侯。

常 7 便

解形 會意；從人，從更。更是改變，人有不便而想要更改以求便利，所以有安順的意思。

音義 ㄅㄧㄢˋ 名人所排泄的糞溺；例大便。動適宜；例「便於公，利於民。」形簡單的；例便餐。副就；例說了便做。 ㄆㄧㄢˊ 名姓。形①廉價；例便宜。②肥滿的；例大腹便便。

5 **便民** ㄅㄧㄢˋ ㄇㄧㄣˊ 便利人民。

6 **便衣** ㄅㄧㄢˋ ㄧ ㈠平常所穿的衣服。㈡俚「便衣警察」的省稱。

參考 ①反制服、禮服。②衍便衣人員、便衣警察。

7 **便利** ㄅㄧㄢˋ ㄌㄧˋ ㈠方便順利。㈡宗佛家稱大小便爲便利。

8 **便服** ㄅㄧㄢˋ ㄈㄨˊ 私服，平常所穿的衣服。

參考 反禮服。

便宜 ㄅㄧㄢˋ ㄧˊ 方便適宜。 ㄆㄧㄢˊ ㄧˊ ㈠物價不貴。㈡利益，好處。例佔便宜。

便宜行事 ㄅㄧㄢˋ ㄧˊ ㄒㄧㄥˊ ㄕˋ 不待請示，即依當時的情勢，相機施行。

參考 同便宜施行。

9 **便便** ㄆㄧㄢˊ ㄆㄧㄢˊ ㈠形容口才極佳。㈡肚子肥大的樣子。例大腹便便。

參考 便在此不可讀成 ㄅㄧㄢˋ。

10 **便秘** ㄅㄧㄢˋ ㄅㄧˋ 醫(Donstipat-ion)病名，因消化不良，運動不足等因素，而導致的糞質堅硬，大便不易。

參考 又稱「便結」、「便閉」。

11 **便條** ㄅㄧㄢˋ ㄊㄧㄠˊ 隨意書寫的簡便紙條。

參考 ①同便箋。②衍便條紙。

12 **便飯** ㄅㄧㄢˋ ㄈㄢˋ 家常所吃的飯菜。

參考 反大餐。

16 **便嬖** ㄆㄧㄢˊ ㄅㄧˋ 受寵愛的人。

參考 與「便辟」有別：「便辟」是指足恭體柔，周旋世故，慣於迎逢的人。「便嬖」偏重於自己寵愛的人；「便辟」指巧言巴結的小人。

▽方便、輕便、簡便、利便、不便、穩便、幸便、順便、隨便、稱便、以便、大腹便便、隨隨便便、因利乘便。

常 7 俠

解形 形聲；從人，夾聲。「夾」象二人從左右扶持一人，所以主動輔助他人爲俠。

音義 ㄒㄧㄚˊ 名 ①仗義勇爲、扶

弱抑强的人；例豪俠。②姓。
形剛强不屈的；例俠義。
ㄐㄧㄚˊ 動通「夾」；例俠侍。

9 **俠客** ㄒㄧㄚˊ ㄎㄜˋ 豪俠的人士。

13 **俠義** ㄒㄧㄚˊ ㄧˋ 見到不平而奮起所表現的義勇之氣。例俠義之士。

▽遊俠、任俠、豪俠、劍俠、大俠、行俠、武俠、儒俠、醉俠、獨行俠、蝙蝠俠、無敵小飛俠。

常 7 **俑**

形解 形聲；從人，甬聲。古「甬」和「禺」音同，可以假借，所以用偶人送葬爲俑。

音義 ㄩㄥˇ 名古殉葬用的木頭人或泥人；例始作俑者。

常 7 **俏**

形解 形聲；從人，肖聲。肖從小聲，有小巧的意思，所以美巧爲俏。

音義 ㄑㄧㄠˋ 動相似；例俏似。形容貌輕盈漂亮；例俊俏。②商品價格看好；例股市挺俏。③活潑而頑皮的；例俏皮。

5 **俏皮** ㄑㄧㄠˋ ㄆㄧˊ ㈠貌美活潑，風流倜儻。㈡用尖酸刻薄的話嘲笑別人。例俏皮他幾句。

俏皮話 ㄑㄧㄠˋ ㄆㄧˊ ㄏㄨㄚˋ ㈠幽默輕鬆的笑話。㈡輕薄的話語。㈢歇後語。

常 7 **保**

形解 形聲；從人，采省聲。保養爲保。

音義 ㄅㄠˇ 名①舊時地方組織的一種；例保甲。②替人擔負責任的一種擔保制度；例人保。③傭工；例酒保。④通「堡」；例保壘。⑤姓。動①養；例保育。②護衛；例保佑。③確定事實；例保證。④維持；例保持。⑤愛護，通「寶」；例「子子孫孫永保用之。」

6 **保存** ㄅㄠˇ ㄘㄨㄣˊ 保管或收存。

參考 ①與「保管」有別：前者在時間上比較久；後者偏重於事物的管理。②同保留。③參閱「保藏」條。

保守 ㄅㄠˇ ㄕㄡˇ ㈠保持現狀而不知進取。㈡維護固有的傳統或習俗，而無意開拓創新。㈢保護，看守。

參考 ①衍保守黨、保守主義。②與「保持」有別：前者多指對於自己已經具備的思想、技術、生活感到滿意，而不肯求進步與發展；後者多指對原有成績或情況不發生變動。

保全 ㄅㄠˇ ㄑㄩㄢˊ 保護而能使之安全。

參考 衍保全公司。

7 **保防** ㄅㄠˇ ㄈㄤˊ 保守秘密，防範敵人或間諜的刺探。

保育 ㄅㄠˇ ㄩˋ ㈠保護養育。㈡對天然資源作合理的開發及運用。

保佑 ㄅㄠˇ ㄧㄡˋ 保護、庇佑。

參考 本詞多用在天、神、鬼等對人的庇佑方面。

8 **保姆** ㄅㄠˇ ㄇㄨˇ ㈠專門替人保養子女的婦人。㈡或稱托兒所、幼稚園中的女教師。㈢今指警察爲人民保姆。又作「保母」。

9 **保重** ㄅㄠˇ ㄓㄨㄥˋ 對於身體的健康加以保護珍重。例善自保重。

參考 同珍重。

保持 ㄅㄠˇ ㄔˊ 保護維持。例保持距離，以策安全。

參考 與「堅持」、「相持」有別：「保持」著重於保，指維持原樣；「堅持」的重點在堅，有抱定主意，堅定不移的意思；「相持」指彼此爭執、對抗，互不相讓。

10 **保留** ㄅㄠˇ ㄌㄧㄡˊ ㈠保存。㈡會議中對所提議案，暫時擱置不予討論，等將來再行提出。㈢某種權利在未經當事人正式聲明放棄或讓與之前稱爲保留。例著作保留權。

參考 衍保留地、保留徵收、保留意見書。

11 **保健** ㄅㄠˇ ㄐㄧㄢˋ 保持生理和心理的健康。例優生保健法。

參考 衍保健室。

14 **保管** ㄅㄠˇ ㄍㄨㄢˇ 保護管理。

參考 衍保管箱。

保障 ㄅㄠˇ ㄓㄤˋ ㈠保衛屏障。㈡法法律上不受障害的具體保障。

參考 與「保證」不同：前者指對已有的事物加以保護，使不受損害；後者指擔保，通常用於事情未發生之前。

15 **保養** ㄅㄠˇ ㄧㄤˇ 維護調養。例汽車保養場。

16 **保衛** ㄅㄠˇ ㄨㄟˋ 防守護衛。

參考 ①衍保衛團、保衛細胞。②參閱「保護」條。

保險 ㄅㄠˇ ㄒㄧㄢˇ ㈠對某些事物提出保證。㈡為防止意外危險，預付保費，一旦遭遇不測，由保險公司負責賠償。例人壽保險。

參考 衍保險法、保險利益、保險經紀人。

保險箱 ㄅㄠˇ ㄒㄧㄢˇ ㄒㄧㄤ ㈠專門用來貯藏現款或貴重物品，以達防火防盜為目的的鐵箱。㈡今銀行或金融機構出租，專供客戶存放金銀、珠寶飾物、有價證券等貴重物品的箱子。

18 **保藏** ㄅㄠˇ ㄘㄤˊ 保管收藏。

參考 與「保存」有別：前者有隱藏的意思；後者只指一般收存。

19 **保鏢** ㄅㄠˇ ㄅㄧㄠ ㈠舊時我國北方盜匪較多，商旅為保護生命和財物的安全，聘請鏢師俠士護送到達目的地謂之保鏢。又作「保鑣」。㈡私人雇用的護衛。

保證 ㄅㄠˇ ㄓㄥˋ ㈠對於他人的行為、資產或信用負責擔保。㈡法指當事人約定，一方於他方之債務人不履行債務時，由其代負履行責任之契約。㈢商國貿上指擔保於不能履行某項諾言時，支付一定數額現金的書面保證。

參考 ①同擔保。②衍保證人、保證書、保證兌現。

20 **保釋** ㄅㄠˇ ㄕˋ 法指刑事被告，經檢察官或法院的同意，在出具保證書或保證金後，停止羈押，恢復自由。例保釋在外。

21 **保護** ㄅㄠˇ ㄏㄨˋ 對弱小的人或動物加以保衛和維護。

參考 與「庇護」、「掩護」都有保衛使不受害的意思，但「保護」是指盡心照顧和維護；「庇護」是指不合理、不公正地袒護，含有貶損的意思；「掩護」是指採取手段，暗中保護。

保護色 ㄅㄠˇ ㄏㄨˋ ㄙㄜˋ ㈠指有些生物體上的顏色和它的生活環境顏色相近，具有隱蔽作用。例如樹蛙的顏色和樹葉相似。㈡比喻巧妙的偽裝。

▽太保、少保、酒保、茶保、擔保、庸保、確保、鋪保、作保、店保、人保、投保、交保、朝夕不保。

常 7 促

形解 形聲；從人，足聲。從足聲字有催促的意思，所以緊迫為促。

音義 ㄘㄨˋ 動①靠近；例促膝。②催，責；例督促。形短時間的；例短促。副①不安；例侷促。②迫切；例迫促。

8 **促使** ㄘㄨˋ ㄕˇ 推動(人或物)使之發生變化。例火的發明，促使人類邁向文明。

參考 與「促進」都有推動加速的意思，但二者略有不同：前者偏於使得或刺激人、物的改變，含有被動的意味；後者是使得人、物更向前發展，意義較為積極。

10 **促狹** ㄘㄨˋ ㄒㄧㄚˊ 刻薄，陰狠，喜愛捉弄他人。

12 **促進** ㄘㄨˋ ㄐㄧㄣˋ 促使並推動某人某事向前進行。例農業機械化促進了我國農業的發展。

參考 參閱「促使」條。

15 **促膝** ㄘㄨˋ ㄒㄧ 膝與膝靠得很近，比喻坐得很靠近。引申為密談或傾談。例促膝談心。

促銷 ㄘㄨˋ ㄒㄧㄠ 廠商為推銷自己的產品，而運用宣傳、廣告、贈品、削價等手段，刺激消費者購買慾的行動。例自由市場只要促銷得法，沒有賣不出去的東西。

18 **促織** ㄘㄨˋ ㄓ 動蟋蟀的別名。

▽匆促、急促、督促、侷促、緊促、迫促、敦促、催促、促促、倉促。

常 7 侶

形解 形聲；從人，呂聲。「呂」象脊椎骨，有相連的意思，人彼此相連為伴侶。

音義 ㄌㄩˇ 名同伴；例伴侶。動同行；例侶行。

▽伴侶、情侶、僧侶、詩侶、無侶、為侶、仙侶、失侶、

友侶、輩侶、男侶、女侶、良伴佳侶。

常 7 **俘** 形解 形聲；從人，孚聲。孚聲字多有包裹在外的意思，所以遭遇包圍被虜爲俘。

音義 ㄈㄨˊ 名 戰時被虜獲的敵人或東西；例 戰俘。動 虜獲；例「俘二百五十人。」

13 **俘虜** ㄈㄨˊ ㄌㄨˇ ㈠擒獲。例 俘虜敵兵一營。㈡被捉住的人和物。

參考 又作「俘擄」。

▽戰俘、囚俘、戎俘、人俘。

常 7 **俟** 形解 形聲；從人，矣聲。矣是語止的意思，所以等待爲俟。

音義 ㄙˋ 動 等待；例 俟機出擊。

ㄑㄧˊ 名 複姓；例 万俟。

參考「万俟」的「万」唸作 ㄇㄛˋ。

8 **俟命** ㄙˋ ㄇㄧㄥˋ 聽天由命。俟：等待。

參考 與「待命」有別：前者指等待天命；後者指等待命令。

▽河清難俟、拭目以俟。

常 7 **俊** 形解 形聲；從人，夋聲。夋聲字多有高大的意思，所以才智過人爲俊。

音義 ㄐㄩㄣˋ 名 ①才智過人的人；例 俊彥。②農夫，通「畯」；例 俊民。形 ①相貌秀美；例 俊俏。②高大的，通「峻」；例 俊德。

參考 又讀 ㄗㄨㄣˋ（語音）。

8 **俊秀** ㄐㄩㄣˋ ㄒㄧㄡˋ ㈠容貌秀麗。例 耒姿俊秀。㈡才智出衆的人。

9 **俊俏** ㄐㄩㄣˋ ㄑㄧㄠˋ 容貌秀美。

▽英俊、賢俊、豪俊、清俊、高俊、偉俊、不俊、青年才俊。

常 7 **俗** 形解 形聲；從人，谷聲。從谷聲有深遠的意思，所以行之久遠爲俗。

音義 ㄙㄨˊ 名 風土人情；例 入境問俗。形 ①淺近的；例 通俗。②粗鄙；例 粗俗。③平庸而不雅致；例 俗務。④流行；例 俗語。⑤指塵凡人間的；例 俗念。⑥頻煩無味；例「漸漸的俗了。」

參考 ①同庸。②反雅。

4 **俗不可耐** ㄙㄨˊ ㄅㄨˋ ㄎㄜˇ ㄋㄞˋ 形容言行舉止庸俗得使人無法忍受。

參考 ①同鄙俗不堪。②反超凡出俗。

6 **俗字** ㄙㄨˊ ㄗˋ ㈠通俗流行的字體，別於正體字而言。㈡不雅的字。

10 **俗氣** ㄙㄨˊ ㄑㄧˋ ㈠不夠雅觀。㈡粗俗。

參考 反高雅。

俗套 ㄙㄨˊ ㄊㄠˋ 一般常行慣用的說法、禮節或作法。

14 **俗語** ㄙㄨˊ ㄩˇ ㈠廣泛流行的通俗而定型的語句。㈡在文法上與成語相對，俗語是大衆通俗所說的言語，唯不能成爲定語。

參考 ①同俗話。②與「俗諺」有別：俗諺是指通俗而已爲定論的成語；但俗語不一定是成語。

▽脫俗、風俗、雅俗、不俗、庸俗、世俗、習俗、民俗、還俗、通俗、蠻俗、凡俗、淺俗、低俗、國俗、舊俗、陋俗、流俗、未能免俗、約定成俗、移風易俗、傷風敗俗、憤世嫉俗、入境隨俗、採風問俗、驚世駭俗。

常 7 **侮** 形解 形聲；從人，每聲。輕慢爲侮。

音義 ㄨˇ 動 ①欺負；例 侮辱。②輕慢；例 侮慢。

10 **侮辱** ㄨˇ ㄖㄨˇ 欺負，羞辱。

14 **侮慢** ㄨˇ ㄇㄢˋ 態度狎侮輕慢而不夠莊重。

15 **侮蔑** ㄨˇ ㄇㄧㄝˋ 欺侮，輕視。蔑：蔑視。

參考 與「侮慢」有別：侮慢除了有輕視的意思外，還有傲慢的意思。

▽欺侮、外侮、狎侮、輕侮、慢侮、辱侮、禦侮、受侮、抵禦外侮。

常 7 **俐** 形解 形聲；從人，利聲。利，鋒銳；所以人的思想銳利，而行爲敏捷爲俐。

音義 ㄌㄧˋ 形 聰明敏捷；例 伶

俐。

13 **俐落** ㄌㄧˋ ㄌㄨㄛˋ ㈠說話或動作靈活，敏捷而有條理。㈡整齊爽朗。㈢做事過程乾淨爽快，別無牽連。又作「利落」、「俐索」、「俐儸」。

常 7 **俄** 形解 形聲；從人，我聲。頃刻、快速為俄。

音義 ㄜˊ 名 地 國名。形 高聳的，通「峩」。副 ①片刻；例 俄頃。②突然；例 俄然。

參考 國名又讀ㄜ。

6 **俄而** ㄜˊ ㄦˊ 不久。

參考 同俄爾。

11 **俄頃** ㄜˊ ㄑㄧㄥˇ 片刻，一會兒，很短的時間。

參考 同俄而、俄爾，頃刻。

常 7 **係** 形解 形聲；從人，系聲。系象治絲形，所以細綁為係。

音義 ㄒㄧˋ 動 ①細綁，同「繫」。②關聯；例 關係。③是；例 確係事實。④牽涉；例 干係。⑤續；例 係嗣。

15 **係數** ㄒㄧˋ ㄕㄨˋ 數 在代數中，表示某數若干倍的數目。可分為「數字係數」、「文字係數」、「混係數」三種。

▽ 關係、干係、實係。

常 7 **俚** 形解 形聲；從人，里聲。指鄉里中人，引申有「聊賴」的意思。

音義 ㄌㄧˇ 名 海南島種族名，通「黎」；例 俚子。代 方 吳語用作第三人稱代名詞中的「他」。形 ①通俗；例 俚語。②鄙陋；例 俚下。③聊賴；例 無俚。

參考 (鄙俗)同卑。

6 **俚曲** ㄌㄧˇ ㄑㄩˇ 文 民間流行傳唱的歌曲，內容率真而通俗。

參考 ①又稱「俚歌」、「俗曲」。②與「民謠」有別：前者是未經整理的通俗歌曲；後者是已經過整理的歌謠。

14 **俚語** ㄌㄧˇ ㄩˇ 民間鄙俗淺近的言語。

參考 ①又作「俚言」。②與「方言」有別：前者是通俗的言語；後者是某區域所共通的語言。③反 雅言。

常 7 **俎** 形解 象形；象上面可盛牲肉，以供祭祀或宴飲用的禮器。

音義 ㄗㄨˇ 名 ①古祭祀或宴餐時盛牛、羊、豕牲肉的禮器；例 俎豆。②兩漢以來切肉用的砧板；例 人為刀俎，我為魚肉。③几屬。④姓。

① 俎

3 **俎上肉** ㄗㄨˇ ㄕㄤˋ ㄖㄡˋ 比喻任人擺佈，無法逃避，而隨意宰割。

參考 同釜中魚。

▽ 刀俎、折俎、雜俎、石俎、銅俎、木俎、折衝尊俎。

常 7 **俞** 形解 會意；從亼從舟從巜。采集(亼)大木，挖空中間作成舟(⺝)，行於水上(巜)，所以有中空的意思。

音義 ㄩˊ 名 ①古國名，通「鄃」，今山東省平原縣西南。②姓。動 答應；例 俞允。形 從容自得的，通「愉」。

ㄩˋ 動 痊癒，通「癒」。

ㄕㄨ 名 ①地 漢國名，今山東省平原縣西南。②人名，神名；例 俞兒。

次 7 **俍** 形解 形聲；從人，良聲。好工匠為俍。

音義 ㄌㄧㄤˊ 名 ①良工。②西南部種族名之一。形 美好的。

次 7 **俅** 形解 形聲；從人，求聲。「求」是「裘」的初文，所以帽緣的裝飾為俅。

音義 ㄑㄧㄡˊ 形 順從的；例 俅俅。

次 7 **侷** 形解 形聲；從人，局聲。局字本有迫促的意思，所以短小為侷促。

音義 ㄐㄩˊ 動 彎曲，通「跼」。形 窄狹的；例 侷促。

9 **侷促** ㄐㄩˊ ㄘㄨˋ ㈠狹隘。例 居處侷促。㈡匆促。㈢見識不廣。又作「局促」、「局趣」。

侷促一隅 ㄐㄩˊ ㄘㄨˋ ㄧ ㄩˊ 只限制在某一個角落上。

次 7 **傳** 形解 形聲；從人，甹聲。甹有「俠」的意思，所以為人講究俠義為傳。

音義 ㄆㄧㄥ 動 驅使。形 優雅的；例 傳停。

參考「傳」與「娉」音同形近而意義有別，「娉」有迎娶的意思。

次 7 **俛** 形解 形聲；從人，免聲。免聲字多有低下的意思，所以低頭為俛。

音義 ㄈㄨˇ 動 低頭，通「俯」、「頫」；例 俛首。ㄇㄧㄢˇ 形 勤奮的，同「勉」；例 俛容。

參考「俛」與「俯」音同，都有低垂的意思，然習慣上「俯瞰」、「俯衝」均不作「俛」。

常 8 **倌** 形解 形聲；從人，官聲。官指官舍，所以住在官舍中的小臣為倌。

音義 ㄍㄨㄢ 名 ①茶樓、酒館或餐廳的服務生；例 堂倌。②古代車馬的正駕駛官；例 倌人。③俚 蘇俗妓女的別稱；例 倌人。

常 8 **倍** 形解 形聲；從人，咅聲。「咅」從否聲，有相反的意思；所以一正一反，是一之再二為倍。

音義 ㄅㄟˋ 名 倍數；例 十倍。動 背叛，通「背」；例 為下不倍。副 更加；例「每逢佳節倍思親。」

15 **倍數** ㄅㄟˋ ㄕㄨˋ 數 一個正整數能被另一個正整數整除時，這一正整數即為另一正整數的倍數；另一正整數為這一正整數的約數或因數。

▽加倍、雙倍、數倍、高倍、低倍、上倍、兩倍、三倍、事半功倍、一登龍門身價十倍。

常 8 **倣** 形解 形聲；從人，放聲。倣是仿的繁體字，仿是仿佛，所以有模擬的意思。

音義 ㄈㄤˇ 動 模仿，同「仿」；例 倣效。

參考 仿、倣音義相同。

▽模倣、效倣、依倣、摹倣。

常 8 **俯** 形解 形聲；從人，府聲。府是藏書的官署；羣吏對於長官常伏首致敬，所以低頭為俯。

音義 ㄈㄨˇ 動 向下；例「仰不愧於天，俯不怍於人。」副 上對下的；例 俯允。

參考 反 仰。

4 **俯允** ㄈㄨˇ ㄩㄣˇ 請求對方允許的謙詞。又作「俯准」。

6 **俯伏** ㄈㄨˇ ㄈㄨˊ 低下頭，趴在地上。

俯仰 ㄈㄨˇ ㄧㄤˇ ㈠低頭和擡頭。例「俯仰思之。」㈡一舉一動。例 俯仰由人。㈢形容時間非短暫。例 俯仰之間。

9 **俯首** ㄈㄨˇ ㄕㄡˇ 低下頭來。例 俯首認罪。

俯首帖耳 ㄈㄨˇ ㄕㄡˇ ㄊㄧㄝ ㄦˇ 比喻極端的卑屈服從。帖耳：非常順服的樣子。

俯首稱臣 ㄈㄨˇ ㄕㄡˇ ㄔㄥ ㄔㄣˊ 低下頭來向人稱臣。形容甘心順服，退居臣位。

俯拾即是 ㄈㄨˇ ㄕˊ ㄐㄧˊ ㄕˋ 形容事物眾多，只要彎腰撿取，隨地都是。

12 **俯就** ㄈㄨˇ ㄐㄧㄡˋ 請求他人出任的謙辭，是說委屈他人，擔任小職務。

俯視 ㄈㄨˇ ㄕˋ 從高處往下察看。

參考 同 俯瞰。

常 8 **倦** 形解 形聲；從人，卷聲。卷聲字多有彎曲的意思，所以人累得彎下身子為倦。

音義 ㄐㄩㄢˋ 動 身心疲乏；例 困倦。形 ①厭煩的；例 誨人不倦。②疲憊的；例 倦鳥知返。

9 **倦怠** ㄐㄩㄢˋ ㄉㄞˋ 厭煩而懈怠。

12 **倦游** ㄐㄩㄢˋ ㄧㄡˊ 厭倦遊學、游宦的生涯。

參考 同 倦遊。

13 **倦勤** ㄐㄩㄢˋ ㄑㄧㄣˊ 厭苦於勤勞的政事。後來比喻人居高位者打算辭職。

▽疲倦、厭倦、怠倦、困倦、憊倦、孜孜不倦、誨人不倦。

常 8 **倥** 解形 [篆] 形聲；從人，空聲。人「空」爲空穴，所以無知的心思如同空穴，所以無知爲倥。

音義 ㄎㄨㄥ 形無知的；例倥侗。ㄎㄨㄥˇ 形多事而忙碌的；例倥傯。

8 **倥侗** ㄎㄨㄥ ㄊㄨㄥˊ 童蒙無知的樣子。

13 **倥傯** ㄎㄨㄥˇ ㄗㄨㄥˇ (一)事情冗多而繁忙。(二)窮困。

參考 衍倥傯戎馬。

常 8 **俸** 解形 [篆] 形聲；從人，奉聲。奉有承受的意思，所以承受薪津爲俸。

音義 ㄈㄥˋ 名做官或做事的人所應得的薪俸；例俸祿。

12 **俸給** ㄈㄥˋ ㄐㄧˇ 薪水和津貼的合稱。

13 **俸祿** ㄈㄥˋ ㄌㄨˋ (一)官員按年或按月所領受的薪餉。(二)給予辦事人的報酬。

參考 同薪水。

▽ 薪俸、官俸、食俸、日俸、年俸、週俸、月俸、給俸、公俸、祿俸、年功俸、終生俸、按年起俸。

常 8 **倩** 解形 [篆] 形聲；從人，青聲。青聲字多有清明的意思，所以人眉目清明而美好爲倩。

音義 ㄑㄧㄢˋ 名男子的美稱。形①口頰含笑的；例「巧笑倩兮」。②美好的；例倩影。

ㄑㄧㄥˋ 名①妹婿；例妹倩。②女婿；例賢倩。動借，凡事請人代勞曰倩；例倩代。

15 **倩影** ㄑㄧㄢˋ ㄧㄥˇ (一)形容美麗的月影。(二)比喻美女的身影。

常 8 **倖** 解形 [篆] 形聲；從人，幸聲。幸爲逆天的意思，所以既能長壽又能趨吉爲倖。

音義 ㄒㄧㄥˋ 動①舊指帝王的行動所及爲倖，同「幸」；例倖某地。②親寵；例寵倖。形完全意外而獲致的好結果；例僥倖。副意外地得到成功或免去災害；例倖免。

6 **倖存** ㄒㄧㄥˋ ㄘㄨㄣˊ 僥倖地存活下來。

▽ 僥倖、恩倖、薄倖、嬖倖、寵倖、佞倖、邀天之倖。

常 8 **倆** 解形 [篆] 形聲；從人，兩聲。兩引伸有雙、倍的意思，所以人的技藝巧善、高人一等爲倆。

音義 ㄌㄧㄤˇ 名隨機應變的才能；例伎倆。

ㄌㄧㄚˇ 形①兩個數，用時不必加數量詞；例我倆。②幾個；例「多花倆錢兒買好的。」

參考 音ㄌㄧㄚˇ時，「倆」字後面不再接「個」字或其他量詞。

常 8 **值** 解形 [篆] 形聲；從人，直聲。直聲字多有直長的意思，所以直立而長，堅持不懈爲值。

音義 ㄓˊ 名①東西的價錢；例價值。②數「數值」簡稱，即運算其式所得到的結果；例函數值。動①擔當職務；例輪值。②正好遇著；例時值佳節。②值得；例不值一提。④物品和價錢相敵；例值多少錢？

4 **值日** ㄓˊ ㄖˋ 各人在輪流分配職務上，擔當某日的工作。

ㄓˋ 動持握。

參考 ①衍值日生。②反值夜。

9 **值星** ㄓˊ ㄒㄧㄥ 工作依照每一個星期輪流一次謂。星，星期。

參考 ①同值週。②衍值星官、值星週。③與「值班」有別：前者爲按週固定輪流，後者則範圍較廣，無論按時、按日、按月均可。

10 **值班** ㄓˊ ㄅㄢ 在學校機關、團體、公司、醫院等機構爲了安全或業務上的需要，遵守輪流任事的規定時間而前往工作崗位當值。

11 **值得** ㄓˊ ˙ㄉㄜ 價值的相等或相稱。

16 **值錢** ㄓˊ ㄑㄧㄢˊ (一)貨物的價值很高。(二)貨物和某種價錢相當。

▽ 價值、定值、數值、絕對值、近似值、測量值、一文不值、一錢不值。

常8 **借** 形解 形聲；從人，昔聲。昔是把剩肉放在陽光下曝曬，所以把多餘的財物借貸給人使用爲借。

音義 ㄐㄧㄝˋ 動①暫時使用他人財物，用畢仍須歸還，或把財物暫時給人使用；例借款。②利用；例借題發揮。③試；例「借問酒家何處有？」④讚許；例獎借。

2 **借刀殺人** ㄐㄧㄝˋ ㄉㄠ ㄕㄚ ㄖㄣˊ 形容利用別人的力量來消滅或陷害對方。

3 **借口** ㄐㄧㄝˋ ㄎㄡˇ 借爲口實，即託辭。參考 同藉口。

6 **借名** ㄐㄧㄝˋ ㄇㄧㄥˊ 假借別人的名義。

借光 ㄐㄧㄝˋ ㄍㄨㄤ ㈠請人家指教或有所請求的謙遜話。㈡即「叨光」，比喻依賴他人，稍沾利益。

8 **借花獻佛** ㄐㄧㄝˋ ㄏㄨㄚ ㄒㄧㄢˋ ㄈㄛˊ 比喻借用別人的東西來作順水人情獻給客人。參考 亦作「借花敬佛」。

9 **借重** ㄐㄧㄝˋ ㄓㄨㄥˋ ㈠借助他人名望、力量等而提升自己的地位。㈡今多用來請他人幫忙的敬辭。

11 **借問** ㄐㄧㄝˋ ㄨㄣˋ 向人請問。例借問酒家何處有，牧童遙指杏花村。

12 **借貸** ㄐㄧㄝˋ ㄉㄞˋ ㈠向別人借用財物。㈡商會計上指簿記或資產表上的「借方」與「貸方」。參考 同告貸。

16 **借據** ㄐㄧㄝˋ ㄐㄩˋ 向人借貸財物所留下的憑證。參考 同借條、借單。

18 **借題發揮** ㄐㄧㄝˋ ㄊㄧˊ ㄈㄚ ㄏㄨㄟ ㈠假借某事做爲口實，而擴大行事或議論。㈡借一個不相干的題目來抒發己見。

19 **借鏡** ㄐㄧㄝˋ ㄐㄧㄥˋ 比喻拿他人的過去行爲或經驗，來做警戒或參考。唐代名臣魏徵死後，太宗對侍臣們說：「以銅爲鏡，可以正衣冠；以古爲鏡，可以知興替；以人爲鏡，可以明得失。朕常保三鏡，以防己過，今徵殂逝，遂亡一鏡矣！」又作「借鑑」。

▽假借、貸借、租借、外借、不借、商借、一借再借。

常8 **倚** 形解 形聲；從人，奇聲。奇聲字有偏側的意思，人已偏側，就需要依賴，所以依附爲倚。

音義 ㄧˇ 名姓。動①靠著；例倚門而立。②仗恃；例倚老賣老。③因由；例倚伏。

5 **倚仗** ㄧˇ ㄓㄤˋ 依靠別人的勢力或有利條件。仗：依靠。

倚老賣老 ㄧˇ ㄌㄠˇ ㄇㄞˋ ㄌㄠˇ 自己以爲年紀老大，閱歷學識較豐富，而喜愛炫耀賣弄，瞧不起別人。參考 同老氣橫秋。

9 **倚重** ㄧˇ ㄓㄨㄥˋ 由於信賴而付予重托。參考 同仰仗

13 **倚勢凌人** ㄧˇ ㄕˋ ㄌㄧㄥˊ ㄖㄣˊ 仗恃著自己的權勢而去欺凌別人。參考 同仗勢欺人。

15 **倚靠** ㄧˇ ㄎㄠˋ ㈠身體或東西的重心偏向於某物。㈡依賴。㈢依賴的人。例年老了也沒有個倚靠。

16 **倚賴** ㄧˇ ㄌㄞˋ ㈠依靠他人或他物而活，不能自立。㈡倚仗。參考 ①同倚靠，倚仗。②又作「依賴」。

▽偏倚、依倚、斜倚、無倚、不偏不倚。

常8 **倒** 形解 形聲；從人，到聲。到有「至」的意思；人直接到地，所以有仆躓的意思。

音義 ㄉㄠˇ 動①倒在地上；例摔倒。②直立的東西摔了下來；例倒塌。③商生意失敗，宣告破產，而結束營業；例倒閉。

ㄉㄠˋ 動①顛倒；例本末倒置。②傾出；例倒土、倒茶。③向相反的方向進行；例倒車。④調過頭來；例倒轉。⑤逆而不順；例倒行逆施。參考 同仆、顛。

4 **倒戈** ㄉㄠˇ ㄍㄜ 軍隊叛變，反戈相向。參考 ①同背叛，反叛。②又音ㄉㄠˋ ㄍㄜ。

6 **倒行逆施** ㄉㄠˋ ㄒㄧㄥˊ ㄋㄧˋ ㄕ 做事

違反常道，任意胡爲。

8 **倒抽了一口氣** ㄉㄠˋ ㄔㄡ ·ㄌㄜ ㄧ ㄎㄡˇ ㄑㄧˋ 形容驚訝或畏懼的神情，多用於小說。

9 **倒胃口** ㄉㄠˇ ㄨㄟˋ ㄎㄡˇ ㈠完全沒有食慾。㈡掃興，沒有趣味。

10 **倒栽** ㄉㄠˋ ㄗㄞ 頭朝下往地面墜落。例倒栽葱。

11 **倒帳** ㄉㄠˇ ㄓㄤˋ 欠帳不還或者不認帳。

倒閉 ㄉㄠˇ ㄅㄧˋ 工廠或商店因虧空或週轉不靈而停業。

12 **倒貼** ㄉㄠˋ ㄊㄧㄝ ㈠虧損。例倒貼老本。㈡俚俗謂女子戀愛男子，而無條件地供給他財物。

13 **倒置** ㄉㄠˋ ㄓˋ 顛倒處置。

倒楣 ㄉㄠˇ ㄇㄟˊ 指運氣不佳。又作「倒霉」、「倒運」。

倒塌 ㄉㄠˇ ㄊㄚ 建築物崩倒下來。又作「倒坍」。

倒嗓 ㄉㄠˇ ㄙㄤˇ 伶人嗓音變啞變壞，不能圓潤成聲。

參考 同倒倉。

15 **倒影** ㄉㄠˋ ㄧㄥˇ ㈠水中倒映的影子。例劍橋倒影。㈡倒過來的影子。

20 **倒懸** ㄉㄠˋ ㄒㄩㄢˊ 將人綑綁兩足倒掛起來，比喻非常困苦。懸：又作「縣」。

▽昏倒、跌倒、傾倒、顛倒、滑倒、摔倒、不倒、捧腹絕倒、七顛八倒、玉山頹倒、東扶西倒、東歪西倒、神魂顛倒。

常 8 們

形解 形聲；從人，門聲。門象二戶，表示很多人住在一起，所以有多數的意思。

音義 ㄇㄣˊ 代 朋輩，在名詞、代名詞後，表示人的複數之詞尾；例朋友們。

參考 ①語音讀·ㄇㄣ。②作「肥滿」解時，們即「懣」的俗字。③「們」字在名詞前有數量詞時，後面不加「們」，例如不說：三個孩子們。

常 8 俺

形解 形聲；從人，奄聲。奄爲大有餘，所以有大的意思，借爲第一人稱「我」後，本義已不用。

音義 ㄢˇ 代 方 北方人稱我爲俺。

常 8 倀

形解 形聲；從人，長聲。長，象人髮長形；所以披髮散亂，不修邊幅，行爲猖狂者爲倀。

音義 ㄔㄤ 名 古傳說中指被老虎吃掉的人，鬼魂不敢他去，變成老虎幫凶，這些替虎當差的鬼叫做「倀」；例爲虎作倀。形 狂行而不知所爲的；例倀狂。

▽爲虎作倀。

常 8 倔

形解 形聲；從人，屈聲。屈有彎曲的意思；所以人不能伸直，硬要伸直爲倔。

音義 ㄐㄩㄝˊ 動 特立突出；例倔起。形 强硬而固執的；例倔强。

ㄐㄩㄝˋ 形 直率而不知變通；例倔頭楞腦。

參考 字雖從屈但不可讀ㄑㄩ。

11 **倔强** ㄐㄩㄝˋ ㄐㄧㄤˋ 形容人的脾氣强硬，非常不易屈服。

常 8 倨

形解 形聲；從人，居聲。居，蹲踞；所以傲慢無禮爲倨。

音義 ㄐㄩˋ 形 不恭遜的；例倨傲。副 微曲地；例倨身。

13 **倨傲** ㄐㄩˋ ㄠˋ 傲慢不恭的樣子。

常 8 俱

形解 形聲；從人，具聲。具聲字多有共的意思，所以一起共事的人統稱爲俱。

音義 ㄐㄩˋ 名 姓。副 ①全部；例事實俱在。②共同；例俱樂部。

參考 ①又讀ㄐㄩ。②「具」有器物、完備的意思；「俱」僅有完備之意；但現在「家具」亦經常俗寫作「傢俱」。

常 8 倡

形解 形聲；從人，昌聲。昌指光明的言行，所以公開創導爲倡。

音義 ㄔㄤ 名 ①古表演歌舞的人；例倡優。②娼妓，通「娼」；例倡婦。形 狂妄，通「猖」；例倡狂。

ㄔㄤˋ 動①創導；例提倡。②發歌，通「唱」；例倡和。

16 **倡導** ㄔㄤˋ ㄉㄠˇ 發起、提倡、領導的意思。

20 **倡議** ㄔㄤˋ 一ˋ 首先建議或發起。

參考 與「創議」都指首先提出意見、建議：前者目的希望得到別人響應和贊同；後者指建議或意見的獨到，具有創造性，是前所未有的。

▽提倡、女倡、俳倡、優倡、倜倡、首倡。

常 8 **個** 形解 形聲；從人，固聲。固爲堅强的意思，個本指人的身體堅强；借爲單位詞「个」、「箇」後，本義已泯滅了。

音義 ㄍㄜˋ 名①人和物的量詞；例一個。②人的身材；例矮個子。③性格；例個性。形①單一；例個人。②指特定範圍，猶「這」；例個中滋味。助加强語氣；例「老翁眞個似兒童。」

參考 ①用於「這個」、「那個」時讀·ㄍㄜ。②個本作「箇」，也作「个」。

2 **個人** ㄍㄜˋ ㄖㄣˊ ㈠對團體而言，指單獨一人。例個人是社會的組成分子。㈡自稱之詞，指我。例個人認爲應該如此。

個人主義 ㄍㄜˋ ㄖㄣˊ ㄓㄨˇ 一ˋ ㈠以個人利益爲本位，而不顧他人或整體利益的主義。㈡尊重個人的自由，任其儘量發展的主義。主張將個人存在價值看作重於社會存在價值。

7 **個別** ㄍㄜˋ ㄅ一ㄝˊ 一個個分開獨立的人。例個別輔導。

參考「個別」專指人而言，尤其西方教育理論多偏重在「個別上」。

8 **個性** ㄍㄜˋ ㄒ一ㄥˋ 個人所特有的性格。包括先天的稟賦及後天環境、教育的薰陶等。

▽一個、那個、別個、個個、各個、些個、幾個、這個、眞個、好個、明兒個、些兒個、又弱一個。

常 8 **候** 形解 形聲；從人，矦聲。矦指箭靶；人對矦發箭，含有盼望、等待的意思。

音義 ㄏㄡˋ 名①掌管送迎賓客的官員；例候人。②時令；例節候。③事物隨時變化的程度；例症候。動①等待；例等候。②探望；例問候。③卜筮；例占候。④付；例候賑。

參考「候」與「侯」音義不同，使用時宜加分別。

6 **候光** ㄏㄡˋ ㄍㄨㄤ 請人前來的敬詞，即恭候光臨之意。

參考「候光」是請帖上專門用語，其他方面罕用。

11 **候教** ㄏㄡˋ ㄐ一ㄠˋ 邀請別人前來指教。爲宴客時常用的客氣話。

候鳥 ㄏㄡˋ ㄋ一ㄠˇ 動隨著季節的變化而遷移的鳥類。如雁在秋天向南方飛，春天則循原路返回北方，即是其例。

參考 反留鳥。

13 **候補** ㄏㄡˋ ㄅㄨˇ ㈠等待缺額補用。㈡未列入正式名單，等到有缺額時，再行補入的人。例候補人員。

16 **候選人** ㄏㄡˋ ㄒㄩㄢˇ ㄖㄣˊ 政公職選舉時，具有被選舉資格，經由選舉事務委員會核准公布後，等候選民選舉的人員。

▽等候、氣候、守候、時候、問候、伺候、占候、徵候、天候、節候、火候、久候、小時候、逾時不候。

常 8 **倘** 形解 形聲；從人，尚聲。倘本義爲增加，借爲假設的語詞後，本義已少用。

音義 ㄊㄤˇ 動徘徊；例倘佯。連假使；同「儻」；例倘若。

參考 倘若、倘使的「倘」本作「黨」，又別作「儻」。

8 **倘佯** ㄊㄤˇ 一ㄤˊ 徘徊不定的樣子。

參考 倘佯，亦作尚羊、尙佯、倘徉、常羊、相羊、相佯，都是記錄語言的連緜詞。

9 **倘若** ㄊㄤˇ ㄖㄨㄛˋ 如果，假如。

參考 同倘如，倘或，倘使，倘然。

12 **倘然** ㄊㄤˇ ㄖㄢˊ 心中惆悵，若有所失的樣子。倘又作「惝」。

常 8 **修** 形解 形聲；從彡，攸聲。彡是拭，攸形容水流順暢；所以適當修飾爲修。

音義 ㄒㄧㄡ 名①有品德修養的人；例前修。②姓。動①建築；例修造。②涵養；例修身齊家。③研習；例修習。④整治美化；例修飾。⑤編纂；例修史。⑥削剪；例剪修花木。⑦寫信；例修書。形①瘦長的；例茂林修竹。②善好的；例修美。

參考 ①「脩」當學習、研究講時，與「修」通用；當肉乾解時，則不同。②「休」雖與「修」同音，但休有終止的意思，與修不同。

5 **修正** ㄒㄧㄡ ㄓㄥˋ ㈠修飾改正。㈡修養身心，端正行爲。

參考 參閱「修改」條。

6 **修好** ㄒㄧㄡ ㄏㄠˇ ㈠敦睦親善，結交情誼。㈡行修善福。

參考 同修睦。

修行 ㄒㄧㄡ ㄒㄧㄥˊ ㈠修習而後加以實行。例「凡通經術，固當修行先王之道。」㈡後世則指修習佛道或一般技藝。

7 **修身** ㄒㄧㄡ ㄕㄣ 涵養自己的品德。例「欲齊其家者，先修其身。」

修改 ㄒㄧㄡ ㄍㄞˇ 把原有的事物加以修正改易，使它更趨完美。

參考 與「修正」有別：後者較前者更進一層，對原來不完善或錯誤的地方加以改正，要求改妥後，成爲定型，不再變動。

9 **修訂** ㄒㄧㄡ ㄉㄧㄥˋ 書本刊行之後，將其中錯訛加以修正改訂。例他負責修訂廿五史的工作。

參考 衍修訂本。

11 **修理** ㄒㄧㄡ ㄌㄧˇ ㈠修正調整。㈡遭人責罰或挨揍。例他昨晚被人修理了一頓。

13 **修葺** ㄒㄧㄡ ㄑㄧˋ 修築葺補。葺：修補。例修葺城壘。

修業 ㄒㄧㄡ ㄧㄝˋ ㈠研習學藝。㈡學生在校受課。例修業期滿，准予畢業。㈢營治家業。

修飾 ㄒㄧㄡ ㄕˋ ㈠修整面貌或裝飾使之整齊美觀。㈡對語言文字的整飭加工。

參考 與「裝飾」、「粉飾」都有打扮意思，唯三者有別：「裝飾」指在身體或物體表面附加些東西，使之美觀；「修飾」常指用衣服、首飾之類裝點外貌，也指器物或建築物的裝點，還可泛指點綴；「粉飾」原指婦女用脂粉修飾容貌，後來比喻作裝點門面，掩蓋實際、污點、缺失之意，含有貶損的意思。

15 **修養** ㄒㄧㄡ ㄧㄤˇ 修治涵養使學問、道德達到精美完善的境地。

參考 ①與「造詣」都指個人在學問、藝術方面所達到的程度，然而二者有所分別：前者多指理論、知識、思想等方面的一定標準或所達到的程度；還指養成正確的待人處世的態度。後者著重指學識、技能所達到的程度。②與「休養」同音，但有別：後者專指身體方面的休息或病後的保養。

16 **修築** ㄒㄧㄡ ㄓㄨˋ 修理建築。例修築道路、修築房舍。

參考 同修建，修造。

19 **修辭** ㄒㄧㄡ ㄘˊ 修飾詞句。

參考 衍修辭學、修辭格、修辭鑑衡。

▽自修、進修、重修、補修、改修、編修、新修、必修、選修、繕修、整修、老不修、德術兼修。

常 8 **倭** 形解  形聲；從人，委聲。委有隨和的意思，所以依附隨從爲倭。

音義 ㄨㄛ 名古稱日本人；例倭奴。

ㄨㄟ 副遙遠地；例周道倭遲。

11 **倭寇** ㄨㄛ ㄎㄡˋ 史十四至十六世紀對我國沿海地區進行武裝掠奪的日本海盜集團，在明中葉尤烈，後爲名將戚繼光勦滅。倭：我國古稱日本之名。

常 8 **倪** 形解  形聲；從人，兒聲。兒聲字多有小的意思，所以幼小的人爲倪。

音義 ㄋㄧˊ 名①微小；例旄倪。②頭緒；例端倪。③姓。代方吳語自稱（我、我們）爲倪；例倪搭。

▽端倪、俾倪、旄倪、狻猊、墮倪。

常 8 **俾** 形解 形聲；從人，卑聲。卑聲字多有增益的意思，所以對人有所助益爲俾。

音義 ㄅㄧˋ 名 城上呈凹凸形的短牆，通「陴」；例俾倪。動 促使；例俾使。

參考 ①同使。②又音 ㄅㄟˋ。

常 8 **倫** 形解 形聲；從人，侖聲。侖聲字多有條理的意思，所以人與人之間的條理秩序爲倫。

音義 ㄌㄨㄣˊ 名 ①人與人之間的正常關係；例五倫。②等、類；例無與倫比。③條理；例語無倫次。④義理的次第；例「言中倫。」⑤姓。

6 **倫次** ㄌㄨㄣˊ ㄘˋ 條理次序。例語無倫次。

參考 本詞僅用來形容人的語言或文章表達方面。

11 **倫常** ㄌㄨㄣˊ ㄔㄤˊ 人類倫理的綱常。

參考 同倫紀。

倫理 ㄌㄨㄣˊ ㄌㄧˇ ㈠人倫道德的原理。㈡泛稱事物的條理。㈢三民主義的本質之一，是說明人與人之間相處的種種道理，是民族主義的本質。

12 **倫敦** ㄌㄨㄣˊ ㄉㄨㄣ 地 (London)英國首都，位於大不列顛島東南部，泰晤士河下游三角洲的頂端，是英國第一大城，第一大港和大英國協的政、經及文化中心。

▽天倫、人倫、常倫、五倫、傷倫、絕倫、不倫、逆倫、第六倫、荒謬絕倫。

常 8 **倉** 形解 象形；從食省，口象倉形。口像倉庫的外形，以會穀藏的意思。

音義 ㄘㄤ 名 儲藏物品的場所；例倉庫。②船的內部空間，通「艙」；例船倉。③姓。形 ①青色，通「蒼」；例「駕倉龍。」②通「滄」；例倉海。副 急忙地；例倉卒成軍。

參考 ①同庫，廩，囷。②[孳]滄、蒼、傖、愴、槍、瘡、創、蹌。③與「囷」有別：囷，音 ㄐㄩㄣ，方者稱爲倉、京，圓者稱爲廩、囷。

8 **倉卒** ㄘㄤ ㄘㄨˋ ㈠急促匆忙的樣子。例臨事倉卒。㈡喪亂。

9 **倉皇** ㄘㄤ ㄏㄨㄤˊ 心中惶恐不安而匆促忙亂的樣子。例倉皇失措。

參考 又作「倉惶」、「倉黃」。

10 **倉庫** ㄘㄤ ㄎㄨˋ ㈠用以儲藏物品或放置物資的建築物。㈡商 具有保管設備、經營商品儲存的商業企業。

16 **倉廩** ㄘㄤ ㄌㄧㄣˇ 儲存米穀等農作物的地方。

▽米倉、太倉、穀倉、糧倉、官倉、義倉、清倉、義倉、暗渡陳倉。

常 8 **偺** 形解 形聲；從人，咎聲。咎聲字多有毀惡的意思，所以有災禍，遭致毀惡爲偺。

音義 ㄗㄢˊ 代 方 ①我，單數；例偺不怕苦和累。②咱們，多數；例偺學術界最是愛國。ㄗㄚˊ 代 我，同「咱」；例偺家。

參考 ①同我，咱，俺，喒；都是記錄方言的用字，故常有音同字不同的現象。②常見於古典小說或戲劇之中。③音 ㄗㄚˊ 時，含有自大不凡的口氣。

常 8 **俳** 形解 形聲；從人，非聲。指演戲供人取樂的人，其角色的舉止、裝扮不同於一般人。

音義 ㄆㄞˊ 名 ①古謔稱演藝人員；例俳優。②姓。形 詼諧趣可笑；例俳諧。

參考 「俳」、「徘」有別：「俳」是「詼諧」，與人有關，字從「人」；「徘」是「徘徊」的「徘」，與行動有關，字從「彳」。

17 **俳優** ㄆㄞˊ ㄧㄡ ㈠文 雜戲。㈡伶人、戲子，相當今天的演藝人員。

常 8 **倞** 形解 形聲；從人，京聲。京聲字多有高大的意思，所以人强而有力爲倞。

音義 ㄌㄧㄤˋ 動索求。形①明亮的。②遙遠的。ㄐㄩㄥ 形強大的。

常 8
倅
形解 形聲；從人，卒聲。卒有卑下的意思，所以副官爲倅。
音義 ㄘㄨㄟˋ 動①盈豐。②聚集，通「萃」。形輔助的；例倅車。

常 8
倇
形解 形聲；從人，宛聲。宛聲字多有委宛的意思，所以心中快樂爲倇。
音義 ㄨㄢˇ 形美好的，通「婉」。

常 8
倓
形解 形聲；從人，炎聲。炎有恬適的意思，所以安適爲倓。
音義 ㄊㄢˊ 副堅定的樣子；例倓然。

常 8
倢
形解 形聲；從人，疌聲。疌有疾速的意思，所以便利爲倢。
音義 ㄐㄧㄝˊ 動快速。形①便利的。②矯健的。

常 8
倰
形解 形聲；從人，夌聲。夌有踰越、超過的意思，所以侵侮犯上爲倰。
音義 ㄌㄧㄥˊ 動①侵犯。②踰越，通「夌」。
參考 又音 ㄌㄥˊ。

次 8
俴
形解 形聲；從人，戔聲。戔聲字多有小的意思，所以淺薄的人稱爲俴。
音義 ㄐㄧㄢˋ 名無甲單衣。形淺薄的。
參考 又音 ㄐㄧㄢˇ。

次 8
倬
形解 形聲；從人，卓聲。卓有高大的意思，所以高大的人爲倬。
音義 ㄓㄨㄛ 形①顯著而龐大的；例倬倬。②絕異的；例倬詭。

次 8
俶
形解 形聲；從人，叔聲。叔聲字多有「美善」的意思，所以善良的人爲俶。
音義 ㄔㄨˋ 動①造作；例俶城。②整治；例俶裝。副開始。ㄊㄧˋ 形①豪放不拘的，通「倜」；例俶儻。②卓絕的。

次 8
倜
形解 會意；從人，從周。人行事周密，必無往不利，所以豪放不羈爲倜。
音義 ㄊㄧˋ 動張開；例倜倡。形①不受拘束的；例倜儻。②高遠的；例倜然。③卓絕的，通「俶」。
參考 字雖從周，但不可讀成ㄓㄡ。

22 **倜儻** ㄊㄧˋ ㄊㄤˇ 風流大度，不受羈束的樣子。

常 9
倏
形解 形聲；從犬，攸聲。犬動作迅速，攸形容水流順暢，所以狗疾馳爲倏。
音義 ㄕㄨˋ 副急速地；例倏乎而逝。
參考 字或作「儵」，俗作「倐」，通作「翛」；當以「倏」爲本字。

8 **倏忽** ㄕㄨˋ ㄏㄨ 形容時間短促而疾速。
參考 同突然，忽然，倏瞬。

常 9
僞
形解 形聲；從人，爲聲。人爲爲僞。
音義 ㄨㄟˋ 名幔圍，通「帷」。動①欺騙；例詐僞。②人爲；例「人之性惡，其善者僞也。」形①假的；例僞藥。②非法的；例僞政權。副虛假；例僞裝。
參考 同佯，詐，假。

7 **僞君子** ㄨㄟˋ ㄐㄩㄣ ㄗˇ 表面上僞裝像是好人，其實是欺世盜名的壞蛋。

11 **僞造** ㄨㄟˋ ㄗㄠˋ (一)摹倣眞品加以製造，以假冒眞貨。(二)法不法摹造，指無權製作而假冒他人名義製作。
參考 ①與「變造」有別：後者是就眞正的事物（貨幣、文書、有價證券等）加以改造。②「僞造」、「捏造」有別：「僞造」是指以假的東西去冒充眞的東西，多用於具體事物，如證件、貨幣、文件等；「捏造」是無中生有，把原來沒有的事情毫無根據地說成事實，多用於抽象的事物，如罪名、流言、原因、情況等。

12 **僞善** ㄨㄟˋ ㄕㄢˋ 假裝和善，但本質上卻是邪惡的。

13 **僞裝** ㄨㄟˋ ㄓㄨㄤ ㈠虛僞的掩飾。㈡軍爲隱藏我軍實力、設施、裝備或某項活動的實情，所作的各種變形隱蔽等工作，使敵人無法辨認或誤認，以達到欺敵之目的。

▽虛僞、眞僞、詐僞、作僞、不僞。

常 9 **停** 形解 形聲；從人，亭聲。「亭」是便利行旅吃住、休息的館舍，所以停止、休息爲停。

音義 ㄊㄧㄥˊ 名①主人；例居停。②俗稱成數；例三停去了二停。動不動；例停頓。

4 **停止** ㄊㄧㄥˊ ㄓˇ 不繼續，不前進。

參考 同止。

參考 ①同停住。②衍停止公權。③與「停留」有別：「停留」指人或事物暫時不繼續前進或發展。④與「停頓」有別：「停止」是指行爲或動作不再進行；「停頓」是中斷的意思，表示暫時的休止，他還會繼續下去。

8 **停泊** ㄊㄧㄥˊ ㄅㄛˊ 船隻停靠在碼頭。

10 **停息** ㄊㄧㄥˊ ㄒㄧ 停止，歇息。

參考「停息」、「平息」有別：「停息」著重在停，指動盪的事物平靜了下來，例暴風雨已經停息了；「平息」著重在平，有平定的意思，例平息叛亂。

停留 ㄊㄧㄥˊ ㄌㄧㄡˊ 停住不前。

參考 同停滯。

13 **停頓** ㄊㄧㄥˊ ㄉㄨㄣˋ 暫時停止而不前進。

參考 ①同中止。②與「停滯」有別：前者指正在進行的事情突然或逐漸停下來，是完全不動的；後者指不能順利進行以致停頓或半停頓，表示暫緩前進。

停當 ㄊㄧㄥˊ ㄉㄤˋ 事情已經準備齊備，妥當。例這事已準備停當。又作「停儅」。

停歇 ㄊㄧㄥˊ ㄒㄧㄝ 停止而暫時歇息。例他忙著趕路，毫不停歇。

14 **停滯** ㄊㄧㄥˊ ㄓˋ ㈠停留不動。例停滯多年，未見結果。㈡吃東西不消化，停留在胃裡。或稱「停食」。

16 **停戰** ㄊㄧㄥˊ ㄓㄢˋ 停止戰爭。

參考 同停火。

18 **停擺** ㄊㄧㄥˊ ㄅㄞˇ 原指鐘擺停止，比喻事情擱置，不再進行。

停職 ㄊㄧㄥˊ ㄓˊ 停止職務，往往指失職或違法的公務員，在未受免職處分或科刑的判決定讞前，主管長官得先停止其職務。

24 **停靈** ㄊㄧㄥˊ ㄌㄧㄥˊ 在行葬禮之前，將棺柩先停放在供人祭弔的地方。例停靈於市立殯儀館。

▽請停、調停、暫停、不停、停不停、打打停停。

常 9 **假** 形解 形聲；從人，叚聲。叚聲字多有大的意思，所以大而失眞爲假。

音義 ㄐㄧㄚˇ 名姓。動借；例假手他人。形不眞的；例虛情假意。連如果，設定的詞；例假如。

ㄐㄧㄚˋ 名假日或假期；例春假、事假、放假。

參考 反眞。

3 **假山** ㄐㄧㄚˇ ㄕㄢ 經過專家設計，在園林中由人工堆疊而成的小山。

4 **假手** ㄐㄧㄚˇ ㄕㄡˇ 對於某些事務，不由自己出面，而由他人代替完成。又稱「假手於人」。

假日 ㄐㄧㄚˋ ㄖˋ 休假的日子。

假仁假義 ㄐㄧㄚˇ ㄖㄣˊ ㄐㄧㄚˇ ㄧˋ 存著僞善的心，努力裝扮出來的好意。

假公濟私 ㄐㄧㄚˇ ㄍㄨㄥ ㄐㄧˋ ㄙ 借助公家的名義和力量，而去成就個人的私利。

5 **假以時日** ㄐㄧㄚˇ ㄧˇ ㄕˊ ㄖˋ 必須經過一段時間。例他年幼聰慧，假以時日，必可成爲大器。

參考 本詞多用來形容經過一段時間後，事態便會改變得更好。

假以詞色 ㄐㄧㄚˇ ㄧˇ ㄘˊ ㄙㄜˋ 用溫和的臉色，中肯的言詞去對待別人。

6 **假如** ㄐㄧㄚˇ ㄖㄨˊ 如果。

7 **假扮** ㄐㄧㄚˇ ㄅㄢˋ 喬裝，即裝扮成其他樣子，以掩飾自己的眞面目。

9 **假冒** ㄐㄧㄚˇ ㄇㄠˋ 即冒充，利用假的來充當眞的。

假面具 ㄐㄧㄚˇ ㄇㄧㄢˋ ㄐㄩˋ ㈠即面具，用以掩飾本人眞面目的玩具。㈡比喻人的態度虛僞，有如戴上面具來欺騙他人一般。

參考 同假面。

10 **假借** ㄐㄧㄚˇ ㄐㄧㄝˋ ㈠借用。㈡六書之一，說文敍云：「本無其字，依聲託事，令長是也。」是說借同音字來表示新義，而不另造新字，可分爲「本無其字」與「本有其字」二種。如「令」字本爲發號之義，借爲縣令的「令」；「長」字本爲久遠之義，借爲縣長的「長」。

參考 衍假借義。

11 **假託** ㄐㄧㄚˇ ㄊㄨㄛ 虛擬的託辭。又作「假托」。

11 **假設** ㄐㄧㄚˇ ㄕㄜˋ 科學方法中，爲說明某類事項而設定的原理；或是科學家提出解釋事象的主張，尚待證明的，悉稱爲假設。

12 **假寐** ㄐㄧㄚˇ ㄇㄟˋ 和衣而睡，即小睡。

參考 同假臥，假寢。

假貸 ㄐㄧㄚˇ ㄉㄞˋ ㈠借貸。㈡寬容。例「親族犯罪，無所假貸。」

假象 ㄐㄧㄚˇ ㄒㄧㄤˋ 哲 對「現象」而言，把本質掩蓋起來的現象，也就是虛僞的表象。

假期 ㄐㄧㄚˇ ㄑㄧˊ ㈠休假的這段時間。㈡放假或告假的日期。

參考 同假日。

假惺惺 ㄐㄧㄚˇ ㄒㄧㄥ ㄒㄧㄥ 虛情假意，毫無誠心。比喻假裝憐惜同情的樣子。

13 **假意** ㄐㄧㄚˇ ㄧˋ 不是出自本心的行爲。

參考 反眞心。

14 **假撇清** ㄐㄧㄚˇ ㄆㄧㄝ ㄑㄧㄥ 某人對於某事確有牽連而借詞裝做不知情，不肯承認。

17 **假戲眞做** ㄐㄧㄚˇ ㄒㄧˋ ㄓㄣ ㄗㄨㄛˋ 即弄假成眞。又作「假戲眞唱」。

20 **假釋** ㄐㄧㄚˇ ㄕˋ 法 刑法對於受刑人有悔改實據者，斟酌其情狀，於附帶條件下，准其出獄。

參考 ①依刑法規定，須滿一定年限，如無期徒刑逾十年，有期徒刑需逾二分之一後，方能適用。又假釋期間，如再犯罪，受有期徒刑以上的宣告得以撤銷假釋。②爲鼓勵受刑人重新作人，於具備一定之要件時，准許受刑人提前出獄之制度。③受徒刑之執行，而有悛悔實據者，經過一定期間，許其暫行出獄，嗣後於一定期間內未犯罪者，刑罰權因而消滅之制度。

▽放假、請假、暑假、寒假、做假、虛假、造假、春假、年假、補假、休假、事假、病假、婚假、產假、銷假、通假、眞假、虛假、眞眞假假。

常 9 偃

形解 形聲；從人，匽聲。匽表示隱匿，所以人伏在地上，不易看見爲偃。

音義 一ㄢˇ 名 ①壅水的建築物，通「堰」。②動 鼠名，通「鼴」；例偃鼠。③姓。動 ①仰面倒下；例偃臥。②傾斜；例「草上之風必偃。」③息止；例偃武修文。

參考 同伏。

8 **偃武修文** 一ㄢˇ ㄨˇ ㄒㄧㄡ ㄨㄣˊ 偃息武備，修明文教。

14 **偃旗息鼓** 一ㄢˇ ㄑㄧˊ ㄒㄧ ㄍㄨˇ ㈠古代行軍時，放倒軍旗，停擊軍鼓，使敵人不易偵測查覺。㈡今指事情中止行動，暫時隱蔽或銷聲匿迹。

參考 ①反大張旗鼓。②與「銷聲匿迹」都指不出聲響、不露痕迹的意思，有時可以連用和互用；但前者多用於軍隊或集體，而不用於個人，偏重在隱秘的意思；後者可以用於個人或事物，偏重於隱藏的意思。

▽棲偃、息偃。

常 9 偌

形解 形聲；從人，若聲。若聲字多有順從的意思，所以凡人順從爲偌。

音義 ㄖㄨㄛˋ 名 姓。副 那麼地；例偌大、偌遠。

常 9 做

形解 會意；從人，從故。故指「事」，所以人做事爲做。做是「作」的俗字。

音義 ㄗㄨㄛˋ 動①從事某種工作、活動或行業；例做事、做壽、做洋裁。②當；例做父母的。③僞裝；例做作。④爲；例做人處事。

參考「作」、「做」音同義近，白話文多用「做」，然習慣上二者仍有不同，如：「作文」、「創作」、「著作」不用「做」字；而「做工」、「做壽」不用「作」字。

2 **做人** ㄗㄨㄛˋ ㄖㄣˊ 講究待人接物的道理。例做人處事。

做人情 ㄗㄨㄛˋ ㄖㄣˊ ㄑㄧㄥˊ 給他人恩惠。

參考 同賣面子。

7 **做作** ㄗㄨㄛˋ ㄗㄨㄛˋ 故意僞裝做出來的行爲。

參考 同造作。

13 **做賊心虛** ㄗㄨㄛˋ ㄗㄟˊ ㄒㄧㄣ ㄒㄩ 比喻做了壞事，心裡常惴惴不安，疑神疑鬼，心生恐慌。

參考 ①亦作「作賊心虛」。②本詞含有貶低之意，多用來形容幹不正當的事或做了虧心事的人。

14 **做壽** ㄗㄨㄛˋ ㄕㄡˋ 慶祝生日，即俗稱「做生日」。

▽小題大做。

常 9 **偉** 形解 形聲；從人，韋聲。韋有違背的意思，所以人的形貌舉止與常人不同爲偉。

音義 ㄨㄟˇ 名姓。形①壯碩的；例魁偉。②盛美的；例雄偉。③超羣的；例偉人。

2 **偉人** ㄨㄟˇ ㄖㄣˊ 具有豐功偉業，值得尊敬的人物。

3 **偉大** ㄨㄟˇ ㄉㄚˋ 形容人格或事業光明磊落，成就非凡。

參考 ①與「龐大」都是形容大，「偉大」多指有特殊的價值和意義，值得人崇敬；而「龐大」，多用以形容具體的形象。②「偉大」、「重大」、「巨大」有別：「偉大」含有褒獎的意思，可以用於人，也可以用於事物；「重大」一般用於抽象的事物，著重說明性質、意義。例：重大的問題；「巨大」一般用於具體事物，著重說明規模、數量。例：巨大的工程。

8 **偉岸** ㄨㄟˇ ㄢˋ 魁梧碩壯的樣子。

13 **偉業** ㄨㄟˇ ㄧㄝˋ 偉大的事業。例豐功偉業。

▽雄偉、英偉、壯偉、俊偉、魁偉、奇偉、神偉、盛偉。

常 9 **健** 形解 形聲；從人，建聲。建聲字多有强力的意思，所以人强壯有力爲健。

音義 ㄐㄧㄢˋ 名姓。動使强壯；例健胃整腸。形①强壯的；例健壯。②幹練的；例健談。③有力而不倦；例「天行健。」副容易地；例健忘。

參考「建」指外在的建設，如：建築、建國；「健」指內在的修練，如：健康、健美。

6 **健全** ㄐㄧㄢˋ ㄑㄩㄢˊ ㈠事物完美無缺。例制度健全。㈡身體健壯而沒有毛病。例身心健全。㈢使之完備。例唯有健全金融制度，才能使經濟穩健發展。

7 **健壯** ㄐㄧㄢˋ ㄓㄨㄤˋ 健康而强壯。

健步 ㄐㄧㄢˋ ㄅㄨˋ ㈠善於行走的人。又稱「急足」。㈡形容行步的速度。例健步如飛。

健忘 ㄐㄧㄢˋ ㄨㄤˋ 善忘，容易遺忘。例健忘症。

9 **健美** ㄐㄧㄢˋ ㄇㄟˇ 體格健壯，體態優美。例「身材健美。」

參考 ①衍健美操、健美運動。②本詞多用來形容人的體格。

11 **健康** ㄐㄧㄢˋ ㄎㄤ ㈠身體强健安適，而沒有疾病。例健康就是財富。㈡生指身體、心理和社會三方面都在一種完美和諧的狀態，不純是無病或不衰弱而已。㈢比喻事物的發展情況正常。例健康的社會是以健全的家庭爲基礎。

15 **健談** ㄐㄧㄢˋ ㄊㄢˊ 擅長談論，歷久不倦。

▽保健、强健、穩健、勇健、剛健、壯健、康健、天行健、身手矯健。

常 9 **偶** 形解 形聲；從人，禺聲。禺是長相似人的猴子，所以木製或泥塑的人像爲偶。

音義 ㄡˇ 名木雕泥塑的人像；

例木偶。②伴侶；例嘉偶天成。③雙；例無獨有偶。④類；例偶類。⑤姓。動二人相對；例偶語。形數雙數的；例偶數。副①非經常地；例偶一為之。②恰巧；例偶然。

12 **偶發** ㄡˇ ㄈㄚ 偶然發生。例偶發事件。

參考 與「突發」有別：後者指突然發生，語意、語氣均較為強烈。

偶然 ㄡˇ ㄖㄢˊ (一)料想不到的，不一定的。例偶然相遇。(二)事情的發展或變化，不依照一定的規律。

參考 ①同突然，恰巧。②與「偶爾」都指不經常的，但有別：「偶爾」指次數很少，間或，有時候；「偶然」除指次數很少外，還指不是必然的，而含有出乎意料、無意中、忽然的意思。

14 **偶爾** ㄡˇ ㄦˇ 有時候，不經常。

偶像 ㄡˇ ㄒㄧㄤˋ (一)以泥塑或木材、金屬雕刻而成的神、佛像。(二)未經理智思考或盲目崇拜的對象。例青春偶像。

15 **偶數** ㄡˇ ㄕㄨˋ 數能被2整除的數字，如2、4、6等。對奇數而言。

參考 ①同雙數。②反奇數。

▽木偶、玩偶、配偶、對偶、良偶、佳偶、匹偶、曹偶、怨偶、熱電偶、無獨有偶、物各有偶。

常 9 **偎** 形解 形聲；從人，畏聲。由敬畏而萌生愛意稱為偎。

音義 ㄨㄟ 動親熱地挨著；例相偎相倚。

參考 不可讀成ㄨㄟˋ。

常 9 **偕** 形解 形聲；從人，皆聲。「皆」有「完俱」的意思，所以共同為偕。

音義 ㄐㄧㄝ 形強壯的；例「偕偕士子。」副①一同；例偕老。

參考 ①又音ㄒㄧㄝ。②同共。

偕老 ㄐㄧㄝ ㄌㄠˇ 夫婦共同生活，一直到老。例月圓花好，白頭偕老。

參考 本詞含有讚美或祝福的意思。

常 9 **偵** 形解 形聲；從人，貞聲。「貞」是卜問的意思，所以偵察為偵。

音義 ㄓㄣ 動暗中察看；例偵察。

9 **偵查** ㄓㄣ ㄔㄚˊ (一)暗中調查。(二)法檢察官為提起或實行公訴，在刑事訴訟中進行蒐集證據調查犯人之程序。

參考 與「偵察」同音，都有暗中察看的意思，但有別：前者多指對某件事深入調查，常用於法律案件上；後者偏重對事物表面的觀察，不如前者深入，常用於軍事上的情報蒐集方面。

11 **偵探** ㄓㄣ ㄊㄢˋ (一)暗中調查。(二)探察秘密或犯罪事實，或敵方政治、軍事、經濟等各種情報的人員。

參考 ①同密探，包探。衍偵探小說、偵探人員。

15 **偵緝** ㄓㄣ ㄑㄧˋ 偵察並緝捕犯人。

偵察 ㄓㄣ ㄔㄚˊ (一)暗中察看真情。(二)軍情報蒐集手段之一。以偵測觀察的方法，以獲悉作戰所需敵情、地形、地物、障礙設施及工事等情報資料者。其實施方法可分地面偵察、空中偵察和海上偵察。

參考 同窺探，窺察。

常 9 **側** 形解 形聲；從人，則聲。則有陳列畫分的意思，所以人依序排列為側。

音義 ㄘㄜˋ 名①旁邊；例兩側。②藝書法稱楷書筆劃的一點為「側」。動①斜轉；例側身而入。②埋伏；例側伏。形日斜，通「昃」。

參考 又音ㄗㄜˋ。

5 **側目** ㄘㄜˋ ㄇㄨˋ (一)斜著眼睛不敢正視，形容敬畏的樣子。(二)怒目而視，形容恨怒的樣子。

6 **側耳** ㄘㄜˋ ㄦˇ 把耳朵傾斜過來，形容聽人說話時集中注意力或表示恭敬。例側耳傾聽。

參考 同洗耳。

9 **側重** ㄘㄜˋ ㄓㄨㄥˋ 著重在某一方面。

參考 同偏重。

側面 ㄘㄜˋ ㄇㄧㄢˋ 旁邊的一面。例側面消息。

參考 反正面。

14 **側聞** ㄘㄜˋ ㄨㄣˊ ㈠從旁聽得。㈡從旁打聽來的消息。

▽兩側、君側、偏側、傾側、身側、輾轉反側、珠玉在側。

常 9 **偷** 解 形 形聲；從人，俞聲。俞有挖空的意思，所以狡詐為偷。

音義 ㄊㄡ 動①不告知而取走他人的東西；例偷竊。②暗中與人發生男女關係；例偷情。③抽出；例忙裡偷閑。形苟且；例偷生。副私自瞞著人所做的事；例偷聽。

參考 同盜。

3 **偷工減料** ㄊㄡ ㄍㄨㄥ ㄐㄧㄢˇ ㄌㄧㄠˋ 不考慮工程或產品的質量而暗中削減工時、工序和用料。

4 **偷天換日** ㄊㄡ ㄊㄧㄢ ㄏㄨㄢˋ ㄖˋ 比喻暗中以假代真，掩蓋事物的真相，以達到欺騙、蒙混的目的。

5 **偷生** ㄊㄡ ㄕㄥ 得過且過地苟活著。例忍辱偷生。

6 **偷安** ㄊㄡ ㄢ 不顧將來的禍患，只圖眼前的安逸。

11 **偷偷摸摸** ㄊㄡ ˙ㄊㄡ ㄇㄛ ㄇㄛ 形容瞞著他人暗地裏做事。多指不正當之事，含有貶損的意思。

12 **偷閒** ㄊㄡ ㄒㄧㄢˊ 百忙中抽得空暇，來做閑事。

18 **偷雞摸狗** ㄊㄡ ㄐㄧ ㄇㄛ ㄍㄡˇ ㈠指偷竊或是不夠光明正大的行為。㈡指行為不端正的人。

參考 與「渾水摸魚」有別：①前者偏重於偷偷摸摸，不夠光明正大；後者著重在混亂中偷機取巧，或趁火打劫。②兩者均含有貶損的意思，且都用來形容人的行為。

19 **偷懶** ㄊㄡ ㄌㄢˇ 躲著工作不肯去做，而愛好貪圖安逸。

參考 同偷惰。

22 **偷竊** ㄊㄡ ㄑㄧㄝˋ 偷盜，竊取。

▽小偷、神偷、偷偷、無所不偷。

常 9 **偏** 解 形 形聲；從人，扁聲。扁聲字多有卑小的意思，所以行為偏差為偏。

音義 ㄆㄧㄢ 名姓。形歪斜的；例不偏不倚。副①表動作出於意料之外；例偏不湊巧。②故意地，偏偏地；例「明知山有虎，偏向虎山行。」

參考 「偏」、「篇」、「編」、「遍」有別：「偏愛」、「偏心」、「偏偏」的「偏」，字從「人」；「一篇文章」、「篇幅」的「篇」，與書籍有關，字從「竹」；「編寫」、「編織」、「編輯」的「編」，本義為用繩索將簡編連成冊，字從「糸」；「遍布」、「遍體鱗傷」的「遍」，字從「辶」(辵)，與從「彳」的「徧」字同義。此四字形近但意義和用法各有不同。

4 **偏心** ㄆㄧㄢ ㄒㄧㄣ 心意有所偏袒而欠缺公正。

5 **偏巧** ㄆㄧㄢ ㄑㄧㄠˇ 出於不意，猶「湊巧」、「恰巧」。

6 **偏向** ㄆㄧㄢ ㄒㄧㄤˋ 傾向於一方面。

參考 反平衡。

偏安 ㄆㄧㄢ ㄢ 帝王苟且偷安於一方，不求收復失土而統一全國。如東晉、南宋都是呈偏安的局面。

偏好 ㄆㄧㄢ ㄏㄠˋ 對某一方面的事物超乎平常的喜好。

參考 ①同偏愛。②與「嗜好」有別：前者為中性詞；後者偏重在不良的習性方面，含有貶損的意思。

7 **偏私** ㄆㄧㄢ ㄙ 偏袒徇私。

偏見 ㄆㄧㄢ ㄐㄧㄢˋ 心中存有不公平或頑固的見解或意見。

參考 ①同成見。②與「偏袒」有別：前者指對某人或某事的看法有不公平、固執之意；後者指不顧公理，偏護一方。

9 **偏重** ㄆㄧㄢ ㄓㄨㄥˋ 側重於某一方面。

10 **偏袒** ㄆㄧㄢ ㄊㄢˇ ㈠袒露一臂。㈡偏心袒護。㈢佛徒穿著袈裟露出右肩，以表示恭敬。

偏差 ㄆㄧㄢ ㄔㄚ 偏離了規定標準或方向而發生錯誤。

偏倚 ㄆㄧㄢ ㄧˇ 偏重倚向。例偏倚一方已失公正。

11 **偏偏** ㄆㄧㄢ ㄆㄧㄢ ㈠偏巧。㈡表示相反的意思。

12 **偏勞** ㄆㄧㄢ ㄌㄠˊ ㈠請人代勞或謝人代勞的客氣話。㈡公眾的事，由某一人出力獨多稱偏勞。

13 **偏愛** ㄆㄧㄢ ㄞˋ 存有偏心的喜愛。

偏頗 ㄆㄧㄢ ㄆㄛ 不公平。又作「偏陂」。

15 偏僻 ㄆㄧㄢ ㄆㄧˋ 交通不方便而荒遠的地方。

偏廢 ㄆㄧㄢ ㄈㄟˋ 顧此失彼，不能得兼。

16 偏激 ㄆㄧㄢ ㄐㄧ 思想行爲偏失而導致走極端。

參考 反中道。

21 偏護 ㄆㄧㄢ ㄏㄨˋ 偏私袒護。

▽不偏、土偏、心偏、神偏、左偏、右偏、左右偏。

次 9 **偪**

形解 形聲；從人，畐聲。從畐聲有迫促的意思，所以用來裹束的鞋子爲偪。

音義 ㄅㄧ 名古代一種可裹束的鞋子。動侵迫，通「逼」。形腹脹的。

ㄈㄨˊ 名地古地名。

參考 「偪」與「逼」作侵迫的意思時，意思可以相通，餘義則不能。

次 9 **偭**

形解 形聲；從人，面聲。面有面對的意思，所以人的向背爲偭。

音義 ㄇㄧㄢˇ 動①違背；例偭規越矩。②朝向，通「面」。

參考 字雖從面，但不可讀作ㄇㄧㄢˋ。

次 9 **偲**

形解 形聲；從人，思聲。思字本有聰明智慧的意思，所以人多才能爲偲。

音義 ㄙ 動相互勸勉；例「朋友切切偲偲。」

ㄙㄞ 形毛髮濃厚的；例毛髮偲偲。

ㄘㄞ 形聰慧的，通「才」。

次 9 **偈**

形解 形聲；從人，曷聲。曷字多有極盡的意思，所以盡力爲偈。

音義 ㄐㄧㄝˊ 動①疾馳的。②勇武的。

ㄐㄧˋ 名宗梵語「偈陀」的略稱，每句字數無定的四句頌體。動休憩。

次 9 **偁**

形解 形聲；從人，爯聲。爯字從爪，有舉的意思，所以飛舉爲偁。

音義 ㄔㄥ 動稱譽；例偁人之喜。

參考 凡古文「偁舉」、「偁謂」字都作「偁」，但自從「稱」流行後，「偁」就廢棄不用了。

次 9 **偢**

形解 形聲；從人，秋聲。秋聲字多有感傷的意思，所以憂愁爲偢。

音義 ㄔㄡˇ 動注視，通「瞅」；例偢采。

ㄑㄧㄠ 形方呆傻的。

常 10 **傢**

形解 形聲；從人，家聲。家是人們生活棲息及安置器用的地方，所以器具爲傢。

音義 ㄐㄧㄚ 名①一切日用器物；例傢具。②俚對人輕謔的稱呼；例傢伙。

6 傢伙 ㄐㄧㄚ ㄏㄨㄛˇ ㈠通稱一切的日用器物。㈡對人戲謔或輕蔑的稱呼。

10 傢俱 ㄐㄧㄚ ㄐㄩˋ 「家具」的俗寫。

常 10 **傍**

形解 形聲；從人，旁聲。旁有接近的意思，所以人之相近爲傍。

音義 ㄅㄤˋ 動①靠近、依附；例依山傍水。②依賴；例傍人門戶。

ㄅㄤ 動臨近；例傍晚。

ㄆㄤˊ 名姓。動徘徊；例「傍徨不能去。」

參考 傍是從「旁」孳乳而來，所以古人行文也常以「旁」代「傍」。

11 傍晚 ㄅㄤ ㄨㄢˇ 日落時分，天快要黑的時候。

參考 同薄暮，黃昏。

▽依傍、偏傍、兩傍、倚傍、斜傍。

常 10 **傅**

形解 形聲；從人，專聲。專是主事者以適當方法做事，所以輔導他人爲傅。

音義 ㄈㄨˋ 名①傳授技藝，作育人才的人；例師傅。②輔導的官；例太傅。③姓。動①附著，通「附」；例皮之不存，毛將安傅？②輔助；例傅之德義。

▽師傅、少傅、太傅、王傅、

塗傳。

常 10 **備** 形解 形聲；從人，𤰈聲。𤰈是敕戒自己的意思，所以謹愼周全爲備。

音義 ㄅㄟˋ 動①預防；例有備無患。②設施；例配備。③預籌；例以備不虞。形齊全的；例完備。副窮盡；例備悉一切。

6 **備考** ㄅㄟˋ ㄎㄠˇ 留待參考。

備而不用 ㄅㄟˋ ㄦˊ ㄅㄨˋ ㄩㄥˋ 爲了防範急需或突發事件，所作的準備而暫時不用。

參考 與「未雨綢繆」都有「事前預防」的意思；但前者重於暫時不使用，後者則無此義。

7 **備忘錄** ㄅㄟˋ ㄨㄤˋ ㄌㄨˋ ㈠記載各種事項，以防遺忘的文書。㈡政國際上往來的一種外交文書，其形式較「照會」爲簡單。用來說明某一問題在事實上或法律方面的細節，或用來明確外交會談中的談話內容。一般不需簽字和蓋印，亦無客套語。

8 **備取** ㄅㄟˋ ㄑㄩˇ 錄取名額中在正額以外的候補生。例備取生。

10 **備案** ㄅㄟˋ ㄢˋ 向主管單位登記備查。例私人集會依法要向所屬警察機關備案。

11 **備悉** ㄅㄟˋ ㄒㄧ 完全了解知道。

12 **備註** ㄅㄟˋ ㄓㄨˋ 寫作論文或著書立說時，留供查考的附註。又作「備注」。

16 **備辦** ㄅㄟˋ ㄅㄢˋ 預備及辦理。

參考 同備考。

▽守備、準備、防備、完備、籌備、裝備、兼備、具備、軍備、警備、常備、整備、設備、不備、預備、修備、後備、居家必備、求全責備、攻其無備、乘其不備。

常 10 **傑** 形解 形聲；從人，桀聲。桀有在木上伸張的意思，所以才智出衆的人爲傑。

音義 ㄐㄧㄝˊ 名①才智超過常人的人；例豪傑。形①成就不凡；例傑出。②高大的；例傑閣。

5 **傑出** ㄐㄧㄝˊ ㄔㄨ 才能高超出衆。例傑出女青年。

7 **傑作** ㄐㄧㄝˊ ㄗㄨㄛˋ 傑出超凡的作品，偏重在文學或藝術創作方面。

▽豪傑、怪傑、女傑、俊傑、英傑、秀傑、雄傑、英雄豪傑、地靈人傑。

常 10 **傀** 形解 形聲；從人，鬼聲。鬼頭特大，所以雄偉壯大爲傀。

音義 ㄎㄨㄟˇ 名演戲用的木頭人或被人操縱者；例傀儡。 ㄍㄨㄟ 名姓。形①偉大的；例「傀然獨立天地之間而不畏」。②奇異；例傀異。

17 **傀儡** ㄎㄨㄟˇ ㄌㄟˇ ㈠木偶或木偶戲。㈡比喻毫無主見，徒有空名，甘心任人擺佈操縱的人或組織。例傀儡政權。

常 10 **傖** 形解 形聲；從人，倉聲。倉是藏穀的房子，通常很高大，所以粗壯的人爲傖。

音義 ㄘㄤ 名鄙賤別人的稱呼；例傖夫。

參考 又音 ㄔㄥ 或・ㄔㄣ。

4 **傖父** ㄘㄤ ㄈㄨˋ 粗野鄙賤的人。

常 10 **傘** 形解 傘爲「繖」的俗字。繖有先收斂再開放的意思，可當繖蓋用。今通行傘字。

音義 ㄙㄢˇ 名可用來遮雨或蔽日，爲金屬、布帛或竹木所做，可以張開或收折自如的用具。

▽洋傘、送傘、雨傘、借傘、陽傘、打傘、收傘、良心傘、油紙傘、降落傘、晴天借傘雨天收傘。

次 10 **傚** 形解 形聲；從人，效聲。模仿爲效。

音義 ㄒㄧㄠˋ 動學習，同「效」；例傚慕。

次 10 **傔** 形解 形聲；從人，兼聲。兼有「並」的意思，所以侍從爲傔。

音義 ㄑㄧㄢˋ 名侍從；例傔從。

參考 字雖從兼但不讀成 ㄐㄧㄢ。

次 10 **傜** 形解 形聲；從人，䍃聲。䍃聲字多有動的意思，所以力役爲傜。
音義 一ㄠ 名 ①勞役，通「徭」；例傜役。②種族名，分布於西南部一帶，舊作「猺」。③姓。形 不純潔的。

次 10 **傒** 形解 形聲；從人，奚聲。奚有低賤的意思。所以江西的夷人爲傒。
音義 ㄒ一 名 ①俗稱江西人。②姓。
ㄒ一 動 綑綁，通「繫」。

常 11 **傭** 形解 形聲；從人，庸聲。庸有用的意思，所以受雇用的人爲傭。
音義 ㄩㄥ 名 ①受人僱用而去做工的人；例傭工。②僕役；例女傭。動 ①受僱做事；例傭耕。②借爲「用」；例「近世而不傭。」
參考 傭僅用於僱傭之意，與「庸」有平常、愚笨的意思不同。
3 **傭工** ㄩㄥ ㄍㄨㄥ 用錢僱來做工的人。
參考 同僕役，傭保。
7 **傭兵** ㄩㄥ ㄅㄧㄥ 受僱替別人或他國打仗的士兵。
10 **傭書** ㄩㄥ ㄕㄨ 受僱爲人抄寫。
▽家傭、保傭、僱傭、書傭、耕傭、女傭、童傭、凡傭。

常 11 **債** 形解 形聲；從人，責聲。責有索求的意思，所以向人索求財物爲債。
音義 ㄓㄞ 名 ①欠人家的錢財；例債務。②積欠而待償的事物；例信債。
4 **債戶** ㄓㄞ ㄏㄨ 俗稱欠債的人家。
5 **債主** ㄓㄞ ㄓㄨ 把錢出借給人家的人，即「債權人」。又稱「債家」。
8 **債券** ㄓㄞ ㄑㄩㄢ 經 對於一項借款所作的一種書面支付承諾，包含於未來時日一次或定期返還的數額（本金），以及此期的借款按固定利率計算利息。
11 **債務** ㄓㄞ ㄨ 法 債務人對債權人所負的償債義務。
參考 衍債務人。
14 **債臺高築** ㄓㄞ ㄊㄞ ㄍㄠ ㄓㄨ 形容欠債非常多。戰國時代周赧王欠債很多，無法償還，被債主逼迫躲在宮內高臺上不敢出來，後人稱這臺爲逃債臺，於是形成「債臺高築」的成語。
22 **債權** ㄓㄞ ㄑㄩㄢ 法 擁有債權之債權人可向其特定人（即債務人）請求償還之權利。
參考 衍債權人。
債權人 ㄓㄞ ㄑㄩㄢ ㄖㄣ 法 即債主。
參考 反債務人。
▽討債、舉債、公債、欠債、書債、負債、文債、詩債、償債、還債、稿債、賭債、逼債、積債、人情債。

常 11 **傲** 形解 形聲；從人，敖聲。敖有放肆的意思，所以倨慢不遜爲傲。
音義 ㄠ 名 急躁；例「不問而告謂之傲。」形 ①態度驕慢的；例倨傲。②經得住的；例「菊殘猶有傲霜枝。」
參考 同驕。
8 **傲岸** ㄠ ㄢ 形容性格高傲，不能與人隨和相處。
傲物 ㄠ ㄨ 自高自大，瞧不起人。例恃才傲物。
10 **傲骨** ㄠ ㄍㄨ 性格高傲而不肯屈服。
14 **傲慢** ㄠ ㄇㄢ 沒有禮貌，看不起人。例傲慢與偏見。
▽驕傲、倨傲、亢傲、疎傲、狂傲、兀傲、高傲、不傲、心高氣傲、引以爲傲。

常 11 **傳** 形解 形聲；從人，專聲。專是古代用來記錄備忘的竹板，所以負責傳達文書的使者爲傳。
音義 ㄔㄨㄢ 名 ①古典小說或戲劇之一種；例傳奇。②姓。動 ①轉給別人；例傳遞。②發布；例傳達。③輾轉散播；例傳染。④教人傳達命令給某人而叫他到來；例傳見。⑤授；例傳授。形 世代相承的；例龍的傳人。
ㄓㄨㄢ 名 ①古驛站；例傳驛。②記述某人生活事蹟的文字；例林肯傳。③解釋經義的著作；例春秋左氏傳。
參考 凡召之使來都叫做「傳」，如傳見、傳到；又法院召人到案的公文稱爲「傳票」。

5 **傳世** ㄔㄨㄢˊ ㄕˋ ㈠垂名後代。㈡子孫世代相繼，延緜不絕。㈢著作、珍寶、古玩等流傳到後世。

參考 衍傳世不朽。

傳令 ㄔㄨㄢˊ ㄌㄧㄥˋ 傳達命令或訊息。

傳布 ㄔㄨㄢˊ ㄅㄨˋ 傳播、散布。

7 **傳言** ㄔㄨㄢˊ ㄧㄢˊ ㈠出言，發言。㈡傳令，傳話。㈢傳流下來的話。例「世俗傳言」。

8 **傳奇** ㄔㄨㄢˊ ㄑㄧˊ ㈠我國古典小說體裁之一，意即奇異故事，可以相傳行世的。唐裴鉶作小說，以傳奇爲名，後代泛稱唐人小說或模仿它的體制之作品爲傳奇。㈡明清以唱南曲爲主的戲曲形式，因其都以演唱傳奇劇本爲主，故名傳奇。㈢中世紀歐洲騎士文學中一種長篇故事詩，內容是描寫中世紀騎士的愛情、游俠和冒險故事。㈣指情節離奇或人物行爲超越尋常。例杜月笙是上海傳奇性的人物。

傳宗接代 ㄔㄨㄢˊ ㄗㄨㄥ ㄐㄧㄝ ㄉㄞˋ 將宗族的生命一代一代、一宗一宗的延續下去。

9 **傳染** ㄔㄨㄢˊ ㄖㄢˇ ㈠指病原體由傳染源排出，通過一定途徑侵入另一機體的過程。例傳染病。㈡感染別人的惡習。

參考 ①一般疾病的傳染有三種途徑：空氣傳染、接觸傳染、食物傳染。②衍傳染源、傳染媒介、傳染病管理、傳染病預防。③與沾染、感染有別：「沾染」偏重在接觸、附著，引申有受到不良思想與習慣的影響；「感染」則側重在感覺、感受，因此範圍較廣，可透過生活、言語、行動、作品等去影響別人。

10 **傳記** ㄓㄨㄢˋ ㄐㄧˋ 文體名。記述一個人生平事蹟的作品。一般由別人記述，也有自述生平的；後者稱爲「自傳」。

傳神 ㄔㄨㄢˊ ㄕㄣˊ ㈠指藝術、文學作品描寫人或物時，能將其神態極生動地表現出來。㈡中國肖像畫的傳統名稱。語源於顧愷之的「傳神寫照」一語。

參考 同寫照，寫眞。

傳眞 ㄔㄨㄢˊ ㄓㄣ ㈠畫家描摹人物的眞影非常生動傳神，幾可亂眞。㈡利用電波傳送文件、圖表或相片的形像。㈢計算機信號的傳輸，包括圖形的掃瞄、訊號的轉換，能使遠處產生相似圖形或記錄。例傳眞電報機。

傳家 ㄔㄨㄢˊ ㄐㄧㄚ ㈠流傳給子孫。例傳家之寶。㈡將家中處理事物的權利傳給子孫。例案之典禮，便合傳家。

11 **傳授** ㄔㄨㄢˊ ㄕㄡˋ 把知識、技能教導別人。

參考 同教導。

傳教 ㄔㄨㄢˊ ㄐㄧㄠˋ ㈠宗宗教家傳布教義，發展教徒活動。例傳教士。㈡傳布政教。

傳票 ㄔㄨㄢˊ ㄆㄧㄠˋ ㈠法法院或檢察官用來傳喚被告或訴訟關係人所使用的文書。㈡會計用語，記帳憑證的一種，分爲收入傳票、支付傳票、轉帳傳票、現兌傳票四種。

傳統 ㄔㄨㄢˊ ㄊㄨㄥˇ 由歷史沿革流傳而來具有一定特點的某種風俗、習慣、道德、信仰、思想等。例傳統文化。

12 **傳喚** ㄔㄨㄢˊ ㄏㄨㄢˋ 法法院或檢察官爲使被告或訴訟關係人在一定期日親赴法院或其他指定處所强制處分。

傳單 ㄔㄨㄢˊ ㄉㄢ ㈠印成單張而散發給他人的宣傳品。多半用於政令宣導、通告事項或商業廣告上。㈡對匪文宣工作專用的印刷物也叫傳單。例對匪空飄傳單。

13 **傳達** ㄔㄨㄢˊ ㄉㄚˊ ㈠通報送達。㈡轉達。把一方的意思轉告另一方。

參考 與「表達」有別：「傳達」是把某人的意見或把某地的消息傳給另一方；而「表達」是把自己的觀點、思想等表示出來。

傳道 ㄔㄨㄢˊ ㄉㄠˋ ㈠傳說。㈡傳授古代聖賢的大道。例「師者，所以傳道，授業，解惑也。」㈢宗教徒傳布教義。

14 **傳遞** ㄔㄨㄢˊ ㄉㄧˋ 輾轉傳達遞送。遞：傳送。

傳聞 ㄔㄨㄢˊ ㄨㄣˊ 傳說聽聞。

傳說 ㄔㄨㄢˊ ㄕㄨㄛ ㈠輾轉傳述。㈡口耳相傳的民間故事，或附會史實而加以變化添飾，或純屬幻想的產物。古代歷史、民歌、民間故事中多有記載。㈢傳記談說，傳述經義和解說經籍的書。

15 **傳播** ㄔㄨㄢˊ ㄅㄛ 推廣散布。

參考 ①同傳布。②與「傳達」不同：「傳播」重在廣為散布，對象是廣泛的；而「傳達」則有一定專指的對象。

▽列傳、史傳、家傳、宣傳、遺傳、相傳、承傳、流傳、祖傳、再傳、自傳、謬種流傳、名不虛傳、不見經傳、言歸正傳、春秋左氏傳、家醜不外傳、只可意會不可言傳。

常 11 **僅** 形解 形聲；從人，堇聲。堇有少的意思，所以才能出衆、絕無僅有為僅。

音義 ㄐㄧㄣˇ 副①纔；例僅可。②只此為止；例絕無僅有。

參考 ①又音 ㄐㄧㄣˋ。②唐人文字，「僅」多解為「幾」。

常 11 **傾** 形解 形聲；從人，頃聲。頃有歪頭的意思，所以人的行為不正為傾。

音義 ㄑㄧㄥ 動①偏在一邊；例傾斜。②趨向；例傾向。③敗亡；例傾覆。④倒出；例傾瀉。⑤坍塌；例牆傾壁倒。⑥欽服；例傾慕。副用盡；例傾力相助。

ㄎㄥ 動①陷害，通「坑」；例傾人。②蕩盡；例傾家敗產。

參考 又讀 ㄑㄧㄥˊ。

4 **傾心** ㄑㄧㄥ ㄒㄧㄣ 一心嚮慕，竭盡誠心。

參考 同與「嚮往」有別：前者多用於人；後者多用於事或物。

6 **傾吐** ㄑㄧㄥ ㄊㄨˇ 把要說的話儘量發表出來。

傾向 ㄑㄧㄥ ㄒㄧㄤˋ ㈠意志或事情發展的趨向。㈡心悅誠服。例她的芳心完全傾向於他。

8 **傾軋** ㄑㄧㄥ ㄧㄚˋ 相互嫉妬，排擠構陷。軋：輾壓，排擠。

9 **傾盆大雨** ㄑㄧㄥ ㄆㄣˊ ㄉㄚˋ ㄩˇ 形容雨勢下得既急且大，像大盆裏的水傾倒出來一樣。傾盆：大雨傾注的樣子。

10 **傾家蕩產** ㄑㄧㄥ ㄐㄧㄚ ㄉㄤˋ ㄔㄢˇ 用盡所有的家產。傾、蕩，都有「盡」的意思。

傾倒 ㈠ㄑㄧㄥ ㄉㄠˇ 1.心中悅服。2.倒坍、倒翻、跌倒。3.痛飲，大口飲酒。㈡ㄑㄧㄥ ㄉㄠˋ 倒出。例傾倒廢物。

11 **傾斜** ㄑㄧㄥ ㄒㄧㄝˊ ㈠傾側偏斜。㈡地質學名詞，用以表示地質構造在空間的位置，包括傾向與傾角兩個要素。

參考 衍傾斜度。

傾國傾城 ㄑㄧㄥ ㄍㄨㄛˊ ㄑㄧㄥ ㄔㄥˊ 形容城中和國中的人都為之傾倒的絕世美艷女子。傾，指全城全國的人都為她的美色而著迷忘我。

參考 同傾城絕代。

12 **傾訴** ㄑㄧㄥ ㄙㄨˋ 細訴心事，暢言衷曲。

參考 ①同傾吐。②與「傾談」有別：「傾談」是指朋友間的無所不談；但「傾訴」偏於男女或好友之間，一方向另一方訴說心事。

15 **傾銷** ㄑㄧㄥ ㄒㄧㄠ 經壟斷資本以低於國內外市場（有時甚至低於成本）的價格向國內外大量拋售商品。目的在於擊敗競爭對手，奪取國外市場，而在獨占國外市場後，則按壟斷價格出售（高出成本數倍或數十倍），獲取高額利潤。例日本貨經常向我國傾銷，以打擊我國業者的生存，唯有愛用國貨，才是最好的抵制辦法。

參考 與「推銷」有別，見「推銷」條。

19 **傾覆** ㄑㄧㄥ ㄈㄨˋ 失敗，滅亡。

22 **傾聽** ㄑㄧㄥ ㄊㄧㄥ 側著耳朵全神貫注地聽。

傾囊 ㄑㄧㄥ ㄋㄤˊ 竭盡自己所有以給予他人。例傾囊傳授。

參考 衍傾囊倒篋。

▽左傾、右傾、斜傾、倚傾、半傾、前傾、低傾、後傾、無所不傾。

常 11 **傕** 形解 形聲；從人，崔聲。崔為山高大的樣子，所以山高逼人，而有相迫的意思爲催。

音義 ㄘㄨㄟ 動①應用各種方式使人加快行動；例催促。②相互迫蹙；例相催。

參考 古時「催」、「摧」二字都是從隹聲，所以彼此假借，意義可通。今則各有專指，不可混用。

9 **催促** ㄘㄨㄟ ㄘㄨˋ 追逼，迫使。例時光催促使人老。

▽共催、主催、逼催、緊催、相催、莫催、力催。

常 11
傷
形解 形聲；從人，𥏻省聲。𥏻有受傷的意思，所以人受創傷爲傷。

音義 ㄕㄤ 名①人體破裂的地方；例傷疤。②姓。動①損害。②創傷。③毀傷。④敗壞。⑤因故得病；例傷風。⑥妨害。⑦破壞；例傷感情。⑧悲哀；例傷心。⑨憂思；例永傷。⑩冒犯；例你把人都給傷透了，誰還來管你。副因過量而厭惡；例「這道菜我都吃傷了。」

2 **傷人** ㄕㄤ ㄖㄣˊ ㈠得罪他人。例「開口傷人。」㈡傷害了他人。

4 **傷心** ㄕㄤ ㄒㄧㄣ 心靈受到創傷而悲痛難過。例傷心過度。

傷天害理 ㄕㄤ ㄊㄧㄢ ㄏㄞˋ ㄌㄧˇ 行爲違背天理，過於殘忍狠毒。例我們不可以做傷天害理的事情。

9 **傷風** ㄕㄤ ㄈㄥ 醫病名，一種上呼吸道感染濾過性病毒所引發的病症，病情很多，有：發燒、頭痛、流鼻水、咽痛、怕冷等。又名感冒。

參考 ①同感冒。②衍傷風咳嗽。

傷風敗俗 ㄕㄤ ㄈㄥ ㄅㄞˋ ㄙㄨˊ 敗壞風俗。

10 **傷神** ㄕㄤ ㄕㄣˊ ㈠損耗精神。㈡傷心至極。

參考 同費神。

傷害 ㄕㄤ ㄏㄞˋ 損傷殘害。

參考 與「危害」、「損害」有別：「傷害」著重在創傷，指因言語或其他行爲而使心靈、健康受到了創傷；「危害」偏重在危及安全，多半是指整體的生存或發展；「損害」則是指事物本身的損失。

11 **傷痕** ㄕㄤ ㄏㄣˊ 受傷所留下的痕迹。例傷痕文學。

13 **傷感情** ㄕㄤ ㄍㄢˇ ㄑㄧㄥˊ 感情受到傷害或破裂。

傷腦筋 ㄕㄤ ㄋㄠˇ ㄐㄧㄣ 遇到麻煩的事情，不易解決。

▽悲傷、感傷、中傷、憂傷、負傷、療傷、損傷、擦傷、刀傷、火傷、槍傷、咬傷、死傷、哀傷、創傷、受傷、帶傷、輕傷、重傷、心傷、情傷、養傷、療傷、無傷、兩敗俱傷、黯然神傷、救死扶傷、遍體鱗傷。

常 11
傻
形解 會意；從人，從夊，從𠒎。𠒎象孩童，夊爲行動緩慢，所以才智不足，行動遲緩的人爲傻。俗作儍。

音義 ㄕㄚˇ 形①愚笨不慧；例呆傻。②爲人忠厚而不狡猾；例傻呼呼。③極度驚怕而呆楞的樣子；例嚇傻了。④沒有常識而不懂事理的；例傻子。

▽裝瘋賣傻。

常 11
傯
形解 形聲；從人，悤聲。悤有急迫的意思，所以事急迫人爲傯。

音義 ㄗㄨㄥˇ 副做事迫促地；例倥傯。

參考 傯與「悤」有別。

次 11
傴
形解 形聲；從人，區聲。區聲字多有曲折的意思，所以彎腰駝背爲傴。

音義 ㄩˇ 形駝背的；例傴者。

13 **傴僂** ㄩˇ ㄌㄡˊ ㈠背脊彎曲的病。㈡恭敬從命的樣子。

次 11
僇
形解 形聲；從人，翏聲。翏聲字有聊且的意思，所以人的行動緩慢爲僇。

音義 ㄌㄨˋ 動①侮辱。②殺戮，通「戮」。

2 **僇人** ㄌㄨˋ ㄖㄣˊ 有罪而受辱的人。例余爲僇人。

次 11
僂
形解 形聲；從人，婁聲。婁聲字有高隆的意思，所以人的背部彎曲隆起爲僂。

音義 ㄌㄡˊ 名姓。動①屈曲；例僂指。②疾速；例僂售。形駝背的；例傴僂。

▽佝僂、背僂、病僂、傴僂。

次 11 **傺** 形解 形聲；從人，祭聲。祭爲祭祀，祭所以逗留爲傺。

音義 ㄔˋ 形不如意的；例侘傺。

次 11 **僉** 形解 會意；從亼，從吅，從从。亼表集合的意思，所以志同道合的人爲僉。

音義 ㄑㄧㄢ 名①衆人；例僉曰。②姓。動簽字以爲憑證，通「簽」；例僉押。副都，皆；例「詢謀僉同。」

參考 副同咸、皆。

6 **僉同** ㄑㄧㄢ ㄊㄨㄥˊ 一致贊成。例詢謀僉同。

常 12 **僧** 形解 形聲；從人，曾聲。梵語「僧伽」的譯音。

音義 ㄙㄥ 名①宗皈依佛教的信徒，即和尚；例僧侶。②姓。

參考 字從曾(ㄗㄥ)，不可從會(ㄏㄨㄟˋ)錯寫作「儈」。

2 **僧人** ㄙㄥ ㄖㄣˊ 宗佛教名詞，出家人，和尚。

5 **僧尼** ㄙㄥ ㄋㄧˊ 和尚與尼姑。

6 **僧多粥少** ㄙㄥ ㄉㄨㄛ ㄓㄡ ㄕㄠˇ 本來指人數衆多而吃的東西很少，不夠分配。今多用指職位少而求職的人多。

9 **僧侶** ㄙㄥ ㄌㄩˇ 僧徒、和尚。

10 **僧院** ㄙㄥ ㄩㄢˋ 和尚所住的寺院。

▽法僧、高僧、聖僧、名僧、老僧、破戒僧、佛法僧。

常 12 **僮** 形解 形聲；從人，童聲。童，童子；所以未行冠禮的人爲僮。

音義 ㄊㄨㄥˊ 名①未成年的人，通「童」；例蒙僮。②僕役；例僮僕。

▽家僮、僕僮、侍僮、書僮、棋僮、茶僮、馬僮。

常 12 **僥** 形解 形聲；從人，堯聲。焦僥，我國南方的矮人族名。

音義 ㄐㄧㄠ 名姓。形獲得意外的收穫，或獲免於不幸的事，或不勞力而想得利益；例僥倖。

一ㄠ 名古傳說中的矮人族；例僬僥。

參考 同儌，徼。

10 **僥倖** ㄐㄧㄠ ㄒㄧㄥˋ 意外地獲得成功或偶然逃脫於不幸。又作「儌幸」、「徼倖」。

常 12 **僖** 形解 形聲；從人，喜聲。喜有快樂的意思，所以人的喜樂爲僖。

音義 ㄒㄧ 名①小心畏忌。②姓。形快樂的。

參考 同喜，嬉，釐。

常 12 **僭** 形解 形聲；從人，朁聲。朁有超越的意思，所以下擬上爲僭。

音義 ㄐㄧㄢˋ 動①超過本分、職權或資格以外；例僭越。②非法越權；例僭取。

7 **僭位** ㄐㄧㄢˋ ㄨㄟˋ 超越了自己的本分，去侵佔在上者的權位。僭：超越本分。

12 **僭越** ㄐㄧㄢˋ ㄩㄝˋ 假冒名義，踰越名分或地位。

參考 ①同僭竊。②我國封建時代(尤其是西周)等級森嚴，凡是超國本分的都被君子指摘爲僭越。

14 **僭號** ㄐㄧㄢˋ ㄏㄠˋ 臣下僭稱帝王的尊號。例僭號稱王。

22 **僭竊** ㄐㄧㄢˋ ㄑㄧㄝˋ 貪圖據有分外的高官厚祿。

▽狂僭、奢僭、賞僭、有僭。

常 12 **僚** 形解 形聲；從人，尞聲。美好爲僚，後來借作「同寮」的「寮」。

音義 ㄌㄧㄠˊ 名①舊稱官吏；例官僚。②同在一處做官的人；例僚友。③同事；例同僚。④姓。形姣好的。

參考 「姣好」原爲「僚」的本義，自借爲「同寮」之「寮」，成爲假借義的專用字。

21 **僚屬** ㄌㄧㄠˊ ㄕㄨˇ 在同一官署任事的下屬。

▽官僚、同僚、幕僚、下僚、卑僚、百僚、臣僚、屬僚。

㊫ 12
僕

形解 形聲；從人，菐聲。菐有煩瀆的意思，所以給事的人爲僕。

音義 ㄆㄨˊ 名 供人使喚服勞役的人；例僕役。代 自稱謙詞，常在書信上使用。

參考 「僕」泛指一般傭役，「僮」多用於年紀輕的僕役。

2 **僕人** ㄆㄨˊ ㄖㄣˊ 受人僱用，專門供人在生活上使喚差遣的佣人。

14 **僕僕** ㄆㄨˊ ㄆㄨˊ (一)奔走勞頓的樣子。例風塵僕僕。(二)煩瑣的樣子。例「使已僕僕爾亟拜也。」

僕僕風塵 ㄆㄨˊ ㄆㄨˊ ㄈㄥ ㄔㄣˊ 形容旅途奔波勞累，非常辛苦。風塵：指在旅途中滿被風塵，含有辛苦的意思。又做「風塵僕僕」。

參考 與「披星戴月」有別：前者强調旅途勞頓，非常辛苦；後者偏重早出晚歸，或漏夜奔波。

▽老僕、家僕、臣僕、太僕、奴僕、僮僕、傭僕、奸僕、僕僕、風塵僕僕。

㊫ 12
像

形解 形聲；從人，象聲。照著它的圖形想像原來的形貌爲像。

音義 ㄒㄧㄤˋ 名 摹仿人物形象而成的作品；例畫像。動 ①相似；例你和他長得很相像。②推測詞；例像他這樣做，絕不會成功。③譬喻詞；例像這件事就是最好的證明。

13 **像話** ㄒㄧㄤˋ ㄏㄨㄚˋ 合乎道理。

15 **像模像樣** ㄒㄧㄤˋ ㄇㄛˊ ㄒㄧㄤˋ ㄧㄤˋ 猶言像個樣子。又作「像樣子」、「像樣兒」。

參考 與「裝模作樣」有別：前者强調像個樣子；後者著重在「裝」、「作」上，多指人有意做作，不自然的姿勢和虛假的態度，含有貶損的意思。

▽神像、照像、人像、鬼像、銅像、想像、幻像、塑像、肖像、偶像、影像、畫像、佛像、好像、相像、酷像、心像、景像、假像、形像、四不像、電腦繪像。

㊫ 12
僑

形解 形聲；從人，喬聲。喬有高尚的意思，所以寄客爲僑。

音義 ㄑㄧㄠˊ 名 ①僑居他國的人；例華僑。②姓。動 寄居在外地；例僑居。

參考 僑與「喬」字義略同，自用爲⿱宀喬寓字後，而「僑」的本義於是漸晦。

5 **僑民** ㄑㄧㄠˊ ㄇㄧㄣˊ 統稱旅居國外而具備該國居留權的人民。

8 **僑居** ㄑㄧㄠˊ ㄐㄩ 在他處或他國寄寓。

9 **僑胞** ㄑㄧㄠˊ ㄅㄠ 本國人稱呼旅居國外的同胞。

▽華僑、日僑、美僑、韓僑、菲僑、外僑、新僑、老僑。

㊫ 12
僱

形解 形聲；從人，雇聲。雇是候鳥，來去定時。所以有一定期限，用酬金請人做事爲僱。

音義 ㄍㄨˋ 動 ①出錢招人做事；例僱人搬運。②租用；例僱車。

參考 同雇。

7 **僱車** ㄍㄨˋ ㄔㄜ 臨時租用的車輛。

㊇ 12
僦

形解 形聲；從人，就聲。就有成就的意思，所以借助他人的力量來達成爲僦。

音義 ㄐㄧㄡˋ 動 租賃；例僦車。

9 **僦屋** ㄐㄧㄡˋ ㄨ 租賃房舍，例「僦屋西溪上。」

㊇ 12
僨

形解 形聲；從人，賁聲。因人仆倒而致敗事爲僨。

音義 ㄈㄣˋ 動 ①仆倒。②覆敗；例一言僨事。③興奮；例僨興。

參考 「僨」與「憤」音同形近而義異：「僨」，有覆敗的意思；「憤」，有怨恨的意思。

8 **僨事** ㄈㄣˋ ㄕˋ 敗壞事情。

㊇ 12
僰

形解 形聲；從人，棘聲。西南夷種族名之一。

音義 ㄅㄛˊ 名 古種族名之一，分布於四川、雲南、貴州一帶。

參考 「僰人」字從人棘聲，卻不讀

作ㄐㄧˇ。

(常)13 **億** [形解] 形聲；從人，意聲。意有安樂的意思，所以人的安樂爲億。

[音義] ㄧˋ [名] ①[數]數目名，萬萬爲億。②姓。

▽一億、十億、百億、千億、巨億。

(常)13 **儀** [形解] 形聲；從人，義聲。義有合乎時宜的意思，所以人所規定的法度形制爲儀。

[音義] ㄧˊ [名] ①舉止；例儀容。②禮節；例儀式。③送人的禮品；例賀儀。④規範、法度、標準；例天下之儀表。⑤「儀器」的簡稱；例地球儀。⑥禮；例禮儀。⑦姓。[動]愛慕；例心儀。

5 **儀仗** ㄧˊ ㄓㄤˋ ㈠儀衛用的軍隊和兵器。㈡擔任儀衛的軍隊。

6 **儀式** ㄧˊ ㄕˋ 典禮或大會中所進行的儀節、程序和形式。

8 **儀表** ㄧˊ ㄅㄧㄠˇ ㈠[工]以數目表示，用於測量速度、溫度、壓力、電壓、電流等各種測量的儀器。㈡人的儀容外表。例儀表整潔。㈢模範。

10 **儀容** ㄧˊ ㄖㄨㄥˊ 容貌和風度。[參考] 同儀態。

12 **儀隊** ㄧˊ ㄉㄨㄟˋ 在典禮中派使隨件或迎接國內外元首或重要官員的衛隊。例三軍儀隊。

13 **儀節** ㄧˊ ㄐㄧㄝˊ 儀式與禮節。

14 **儀態** ㄧˊ ㄊㄞˋ 儀容和態度。

儀態萬方 ㄧˊ ㄊㄞˋ ㄨㄢˋ ㄈㄤ 形容容貌、姿態無限美好。多指女子而言。

[參考] 又作「儀態萬千」。

16 **儀器** ㄧˊ ㄑㄧˋ 泛指測量繪圖，及物理學、化學實驗所用的各種特製器具或器皿。

[參考] [衍]化學實驗儀器。

▽奠儀、威儀、喜儀、心儀、葬儀、形儀、禮儀、渾天儀、地球儀、地震儀、鳳凰來儀。

(常)13 **僻** [形解] 形聲；從人，辟聲。辟聲字多有偏、邊的意思，所以辟人爲僻。

[音義] ㄆㄧˋ [形] ①偏遠而不熱鬧的；例偏僻。②不常見的；例冷僻。③性情古怪，不合羣的；例孤僻。④不平正的；例邪僻。⑤不通達的；例荒僻。⑥不普通的；例生僻。

ㄅㄧˋ [形] 幽隱的；例僻靜。

7 **僻見** ㄆㄧˋ ㄐㄧㄢˋ 偏僻淺陋的見解。例俗人僻見或許也有可取的地方。

9 **僻陋** ㄆㄧˋ ㄌㄡˋ 荒僻而鄙陋。

16 **僻靜** ㄅㄧˋ ㄐㄧㄥˋ 幽隱安靜。

[參考] 本詞多用來形容地方的安靜。

20 **僻壤** ㄆㄧˋ ㄖㄤˇ 偏僻而不繁華的地方。例窮鄉僻壤。

▽怪僻、嗜僻、幽僻、偏僻、生僻、冷僻、荊僻、奇僻、靜僻、潔僻、隱僻、同性僻。

(常)13 **僵** [形解] 形聲；從人，畺聲。畺表示疆界固定不移，所以人仆倒不能動爲僵。

[音義] ㄐㄧㄤ [動] 倒下不動；例僵臥。②挑撥；例僵事。[副] ①不活動地；例僵化。②相持不下，無法轉圜；例別把事情弄僵了。

[參考] 僵、殭音雖同，但各有所指；指事情用「僵」，指屍體用「殭」。

4 **僵化** ㄐㄧㄤ ㄏㄨㄚˋ 事情趨向於僵局，無法調解或改變。

5 **僵立** ㄐㄧㄤ ㄌㄧˋ 直立著不動。比喻臨事惶恐不知所措。

7 **僵局** ㄐㄧㄤ ㄐㄩˊ 相持不下的局面。

9 **僵持** ㄐㄧㄤ ㄔˊ 雙方堅執己見，互不讓步，以致相持不下。

[參考] 與「堅持」有別：「僵持」是用在雙方的互不退讓，以致前進不得的局勢；而「堅持」則是單方對爭議或見解的堅定執著，他方尚有迴轉的餘地。

12 **僵硬** ㄐㄧㄤ ㄧㄥˋ 已經硬化而不靈活。

▽李代桃僵。

(常)13 **價** [形解] 形聲；從人，賈聲。賈有買賣的意思，所以物品的價值爲價。

[音義] ㄐㄧㄚˋ [名] 物品的價值；例市價。[動]評判；例聲價。

˙ㄍㄚ [助] 常附於副詞之後，或述語前的副詞語尾，相當白話通用的「地」，古典小說中常見；例「某而今看聖人說話，見聖人之心，成片價從面前過。」

5 **價目** ㄐㄧㄚˋ ㄇㄨˋ 物價的數目。例價目表。

參考 同價碼。

10 **價格** ㄐㄧㄚˋ ㄍㄜˊ 物品的交換價值標準，用貨幣數量來表示。

價值 ㄐㄧㄚˋ ㄓˊ ㈠泛指物品的價格。㈡某種事物對於人生的意義或功用。

參考 ①與「價格」有別：「價值」偏於抽象意義，包含較廣；「價格」是具體的，專指商品的價錢。②衍價值觀、價值邏輯、價值取向。

價值連城 ㄐㄧㄚˋ ㄓˊ ㄌㄧㄢˊ ㄔㄥˊ 一件物品的價值可以抵得上好幾座城池；比喻東西的價值貴重無比。

參考 本詞多用來形容世上罕有的珠寶玉石、古代文物和藝術珍品。

13 **價廉物美** ㄐㄧㄚˋ ㄌㄧㄢˊ ㄨˋ ㄇㄟˇ 價錢便宜而物品質地精美。又作「物美價廉」。

16 **價錢** ㄐㄧㄚˋ ㄑㄧㄢˊ 以貨幣單位來衡量物值。

參考 又作「價款」。

▽代價、特價、高價、廉價、平價、市價、身價、定價、物價、評價、原價、減價、時價、地價、無價、漲價、落價、估價、講價、降價、低價、布價、米價、貨價、削價、不二價、討價還價、漫天要價。

常 13 **儂** 形解 形聲；從人，農聲。蘇浙一帶的人稱人為儂。

音義 ㄋㄨㄥˊ 名姓。代①方我，蘇浙一帶方言；例「儂今葬花人笑癡。」②方你，上海一帶方言；例「勸儂莫上北高峯。」③他；例渠儂。

常 13 **儈** 形解 形聲；從人，會聲。會表示會合，所以會合買賣的中間人為儈。

音義 ㄎㄨㄞˋ 名①會合市人，操縱買賣的中間人，類似今天的中盤商人；例市儈。②姓。

次 13 **儆** 形解 形聲；從人，敬聲。敬聲字多有戒慎的意思，所以警戒、敬慎為儆。

音義 ㄐㄧㄥˇ 動警戒，通「警」；例儆戒。

參考 又音ㄐㄧㄥ。

次 13 **儇** 形解 形聲；從人，睘聲。睘聲字多有巧妙快捷的意思，所以輕巧聰慧為儇。

音義 ㄒㄩㄢ 名古國名。形疾速的。

參考 字雖從睘，但不可讀成ㄏㄨㄢˊ。

17 **儇薄子弟** ㄒㄩㄢ ㄅㄛˊ ㄗˇ ㄉㄧˋ 個性輕薄的少年。

參考 與「紈袴子弟」有別：前者强調個性輕薄，行為不莊重；後者著重在「紈袴」，形容只知享受，不肯努力的富貴人家子弟。

次 13 **僾** 形解 形聲；從人，愛聲。愛聲字多有類似的意思，所以彷彿為僾。

音義 ㄞˋ 副彷彿，依稀；例僾俙。感感嘆聲。

次 13 **儋** 形解 形聲；從人，詹聲。詹有富足的意思，所以力足以擔負的人為儋。

音義 ㄉㄢ 名①量詞，約兩石的容量，通「擔」。②姓。

次 13 **儌** 形解 形聲；從人，敫聲。敫有外放的意思，所以倖免為儌。

音義 ㄐㄧㄠˇ 形倖免的；例儌倖。

參考 「儌」與「徼」音同形近但是意思不同：「儌」，有倖免的意思；「徼」為邊界的意思。「儌倖」之「儌」不可誤寫作「徼」。

常 14 **儉** 形解 形聲；從人，僉聲。僉含有皆的意思，所以精神物質的節制約束爲儉。

音義 ㄐㄧㄢˇ 名 ①樸實；例儉約。②姓。形 ①歛收的；例儉月。②節省而不浪費的；例「由儉入奢易，由奢入儉難。」

參考 ①又音ㄐㄧㄢ。②與「檢」、「撿」音同形近而義異：撿，選取、拾取；檢，書簽、查驗。

9 **儉約** ㄐㄧㄢˇ ㄩㄝ 儉樸節省。

16 **儉樸** ㄐㄧㄢˇ ㄆㄨˊ 儉省樸實。

參考 ①反奢侈，浪費。②本詞專指在起居衣食方面。

▽節儉、勤儉、廉儉、恭儉、省儉、克勤克儉、由奢入儉。

常 14 **儒** 解形 形聲；從人，需聲。需聲有需潤的意思，所以凡以先王之道濡其身的術士稱爲儒。

音義 ㄖㄨˊ 名 ①學者之稱；例宋儒。②崇奉孔孟學說的門派；例儒家。③人；例侏儒。形 儒弱，畏事的，通「懦」。

8 **儒林** ㄖㄨˊ ㄌㄧㄣˊ 儒者所聚集的所在，指學術界。

參考 衍儒林傳、儒林外史。

儒林外史 ㄖㄨˊ ㄌㄧㄣˊ ㄨㄞˋ ㄕˇ 書 我國古典小說之一，清吳敬梓撰，共五十五回。內容是刻劃科第中人，熱中功名，醜陋的形象，是諷刺小說中的傑作。

10 **儒家** ㄖㄨˊ ㄐㄧㄚ 春秋、戰國時代崇奉孔孟學說的一個學派。全力提倡以仁爲中心的禮、義、忠、恕、孝悌、中庸等道德觀念，主張德治，仁政，重視倫理教育與家族觀念。自西漢始，是我國學術思想的主流，影響後世及亞洲地區既深且遠。

11 **儒將** ㄖㄨˊ ㄐㄧㄤˋ 有儒者風度或文人出身的將領。

16 **儒學** ㄖㄨˊ ㄒㄩㄝˊ ㈠儒家的學說。㈡舊稱府廳州縣的教官。

▽侏儒、大儒、庸儒、名儒、碩儒、腐儒、偷儒、通儒、雅儒、博儒、迂儒、俗儒、君子儒、小人儒、一代大儒、焚書坑儒、博學鴻儒。

常 14 **儘** 解形 形聲；從人，盡聲。盡指容器中空，所以竭盡自己所有或所能的人爲儘。

音義 ㄐㄧㄣˇ 副 ①極盡其限量；例儘可能。②聽任而不加限制；例儘管。

參考 字雖從盡，但不可讀成ㄐㄧㄣˋ。

12 **儘量** ㄐㄧㄣˇ ㄌㄧㄤˋ 就可能範圍內極盡所有的力量去做。

14 **儘管** ㄐㄧㄣˇ ㄍㄨㄢˇ ㈠即使。例儘管你不幫忙，我還是能做好。㈡表示消除顧慮，放心去做，不加限制。例不要害怕，儘管放手去做吧！

常 14 **儔** 解形 形聲；從人，壽聲。壽有長久的意思，所以人長久相處，成爲伴侶爲儔。

音義 ㄔㄡˊ 名 ①伴侶；例儔侶。②類別；例儔類。

參考 與「幬」、「懤」、「籌」、「疇」、「躊」同音形近而義異：幬：帳子；懤：憂心的樣子；疇：田地；籌：算器；躊：猶豫的樣子。

常 14 **儐** 解形 形聲；從人，賓聲。賓有尊敬的意思，導引接待所尊敬的人爲儐。

音義 ㄅㄧㄣ 名 引導賓客的人；例儐相。

參考 語音ㄅㄧㄣˋ。

9 **儐相** ㄅㄧㄣ ㄒㄧㄤˋ 引導和陪伴新郎、新娘行婚禮的人。男性稱「男儐相」，女性稱「女儐相」。相：幫助行禮的人。

▽來儐、女儐、香儐。

次 14 **儕** 解形 形聲；從人，齊聲。齊有整齊的意思，所以同輩爲儕。

音義 ㄔㄞˊ 名 同輩；例同儕。

參考 同輩，等。

▽同儕、吾儕、等儕、匹儕、我儕。

次 14 **儓** 解形 形聲；從人，臺聲。仰視臺上會感到自卑，所以卑賤爲儓。

音義 ㄊㄞˊ 名 ①卑賤的僕役；

例輿儓。②庸俗的稱呼；例田儓。

㊅14 **儗** 解形 形聲；從人，疑聲。疑爲困惑，所以人相互懷疑爲儗。

音義 ㄋㄧˇ 動 ①比況，通「擬」；例「儗人化」。②懷疑，通「疑」。
ㄞˊ 形 癡呆的；例儓儗。

常15 **優** 解形 形聲；從人，憂聲。憂有徐行的意思，所以充裕有餘爲優。

音義 ㄧㄡ 名 ①舊稱演藝人員；例優伶。②姓。形 ①充足有餘的；例優渥。②上等的；例優等。③佔上風的；例優勢。④良好；例「誰劣誰優？」副 猶疑不決；例優柔寡斷。

參考 ①同豐，勝。②反劣。

5 **優生學** ㄧㄡ ㄕㄥ ㄒㄩㄝˊ 生 英國人類學家迦爾敦(Garton)於西元一八八四年所創的學說。研究人種改良的學科，利用遺傳的原理，來選擇配偶，淘汰劣等，保存優種，以期產生更好的人種。又稱「善種學」、「淑種學」。

6 **優先** ㄧㄡ ㄒㄧㄢ ㈠凡事都可比其他人先行。例優先權。㈡待遇上占在前面。例女士優先。

7 **優劣** ㄧㄡ ㄌㄧㄝˋ 美好與惡劣。

優伶 ㄧㄡ ㄌㄧㄥˊ 舊稱戲曲演員，今爲「演員」的通稱。

參考 同戲子，俳優，伶人，樂工，優人。

優良 ㄧㄡ ㄌㄧㄤˊ 形容非常良好。

參考 ①衍優良品種。②與「優秀」、「優異」都指很好，都是形容詞，唯三者有別：「優良」多用於形容事物的品質或本質；「優秀」可修飾人或物，有超越、特出的意思；「優異」指特別好，程度最深，常用於成績、貢獻等方面。

8 **優秀** ㄧㄡ ㄒㄧㄡˋ 超出羣倫，特別良好。

參考 參閱「優良」條。

9 **優待** ㄧㄡ ㄉㄞˋ ㈠名詞，優厚的待遇，往往指超出平常的對待。例新春大優待。㈡動詞，給予良好的待遇。例優待烈士眷屬。

優美 ㄧㄡ ㄇㄟˇ ㈠美學上指優婉閑雅，超凡不俗，能夠令人產生快感的美。㈡良好，美妙。

參考 ①見「美麗」條。②優美可以形容風景、情調之美，也可以修飾花、蟲、鳥、獸、歌、舞之類的美。

優柔寡斷 ㄧㄡ ㄖㄡˊ ㄍㄨㄚˇ ㄉㄨㄢˋ 做事因循徬徨，猶豫不決，而缺乏果斷力。優柔：猶豫不決。

參考 ①反勇敢果決、當機立斷。②同猶豫不決。

11 **優異** ㄧㄡ ㄧˋ 表現特別的良好，非常的出色，遠勝於平常。例成績優異，特予獎勵。

12 **優裕** ㄧㄡ ㄩˋ 充足，富裕。例生活太過優裕，容易腐蝕鬥志。

優渥 ㄧㄡ ㄨㄛˋ ㈠豐足優厚。渥：本指雨水充足，引申爲恩澤深厚。㈡優游自在。

優游 ㄧㄡ ㄧㄡˊ ㈠閒暇自得的樣子，猶如「優閒」。㈡猶豫不決的樣子。

優越 ㄧㄡ ㄩㄝˋ ㈠豐厚的程度超越他人。㈡才能品質遠勝過。

參考 與「優勝」都指經過比較而顯出好處。後者多指通過比賽顯出更加優越，在語義上後者比前者爲强。

優越感 ㄧㄡ ㄩㄝˋ ㄍㄢˇ 自己覺得超越別人的驕傲心理。

參考 反自卑感。

優勝劣敗 ㄧㄡ ㄕㄥˋ ㄌㄧㄝˋ ㄅㄞˋ 生 英達爾文(Darwin)的進化論的一個基本論點：優者勝利，劣者失敗。他認爲世界萬物，互爭生存；好的分子，能夠順應自然環境而得勝；壞的分子，會受天然淘汰而失敗。

17 **優點** ㄧㄡ ㄉㄧㄢˇ 長處，美好的特點。

參考 反缺點。

▽倡優、特優、俳優、伶優、名優、殷優、績優、養尊處優。

常15 **償** 解形 形聲；從人，賞聲。賞是賞賜有功的意思，所以報酬爲償。

音義 ㄔㄤˊ 名 ①報酬；例不求報償。②姓。動 ①歸還；例償還。②抵擋；例得不償失。③滿足；例如願以償。④酬報；例「以百金償之。」⑤賠還；例賠償。

8 **償命** ㄔㄤˊ ㄇㄧㄥˋ 抵命。例殺人者償命，絕不寬貸。

17 **償還** ㄔㄤˊ ㄏㄨㄢˊ 把所拖欠的財物還清。

19 **償願** ㄔㄤˊ ㄩㄢˋ (一)達成自己的願望。(二)還願。

▽賠償、補償、報償、清償、倍償、無償、如願以償。

次 15 **儡** 形解 形聲；從人，畾聲。畾象閃電回轉形，所以敗壞爲儡。

音義 ㄌㄟˇ 名 ①木偶戲；例表演傀儡。②受人指揮或操縱的人；例充當傀儡。動 敗壞；例儡身。

▽傀儡、博儡。

常 15 **儲** 形解 形聲；從人，諸聲。諸有舉其一端概括其餘的意思，所以蓄積爲儲。

音義 ㄔㄨˊ 名 ①副貳；例皇儲。②積蓄。③姓。動 積藏起來；例儲蓄。

6 **儲存** ㄔㄨˊ ㄘㄨㄣˊ (一)儲蓄收存。(二)工 計算機將資料儲存於記憶或記錄器的過程。

參考 同存儲。

7 **儲君** ㄔㄨˊ ㄐㄩㄣ 太子。

參考 同儲貳，儲宮，儲副。

14 **儲蓄** ㄔㄨˊ ㄒㄩˋ (一)將財物聚積儲存以備需要。(二)指國民把節約下來或暫時多餘的錢存入金融機構。

參考 衍國家儲蓄銀行。

18 **儲藏** ㄔㄨˊ ㄘㄤˊ 收存保藏。例儲藏室。

▽皇儲、公儲、兵儲、存儲、庫儲、積儲、畜儲、糧儲、暗儲、屯儲。

次 17 **儵** 形解 形聲；從黑，攸聲。攸聲字有和順的意思，所以色澤青黑，柔和發白光的繒爲儵。

音義 ㄕㄨ 名 ①古傳說中南海的主宰；例「南海之帝爲儵。」②姓。形 青黑色。副 急速的樣子，同「倏」。

次 17 **儳** 形解 形聲；從人，毚聲。毚聲字多有尖銳的意思，所以爭相快速前進爲儳。

音義 ㄔㄢˊ 形 ①不整齊；例儳互。②速捷的，便利的；例儳道。③醜惡的；例儖儳。ㄔㄢˋ 動 夾雜，攙和，通「攙」；例「毋儳言。」

4 **儳互** ㄔㄢˊ ㄏㄨˋ 參差不齊。

7 **儳言** ㄔㄢˋ ㄧㄢˊ 別人正在說話而話未說完，就插進去說話。猶云插嘴。例「毋儳言。」

常 19 **儷** 形解 形聲；從人，麗聲。麗有兩兩相附的意思，所以人相依附，相成偶爲儷。

音義 ㄌㄧˋ 名 夫婦；例伉儷。形 成雙的；例儷人行。

15 **儷影** ㄌㄧˋ ㄧㄥˇ 尊稱他人夫婦的合照。例儷影雙雙。

▽伉儷、駢儷、淑儷、失儷、賢伉儷。

常 20 **儼** 形解 形聲；從人，嚴聲。嚴是嚴肅，所以人的態度莊重爲儼。

音義 ㄧㄢˇ 形 莊重恭敬的；例儼然。副 好像；例儼若。

12 **儼然** ㄧㄢˇ ㄖㄢˊ (一)比喻莊嚴矜持。例道貌儼然。(二)形容整齊。例「屋舍儼然。」(三)形容很像、眞像。例這孩子年紀雖小，說起話來儼然是一個大人的模樣。

次 20 **儻** 形解 形聲；從人，黨聲。黨聲字多有不明的意思，所以恍惚、不經意爲儻。

音義 ㄊㄤˇ 形 卓絕的；例倜儻。連 倘若，通「倘」。

【儿部】 ㄖㄣˊ

常 1 **儿** 形解 指事；「儿」象人下肢形，「一」是指人的頭部之符號，所以初始爲兀。

音義 ㄨˋ 名姓。形山高而上平的。副還是；例兀自。

3 **兀兀** ㄨˋㄨˋ ㈠勞苦而用心的樣子。例「恆兀兀以窮年。」㈡昏昏沉沉的樣子。

5 **兀立** ㄨˋㄌㄧˋ 即直立，獨自站著。例他兀立在窗前，久久不語。

6 **兀自** ㄨˋㄗˋ 還是，尚自。

參考「兀自」的用法與白話之「卻是」或「還是」相同。

▽突兀、傲兀、兀兀。

常 2 **元** 形解 會意；從人二。「儿」是「人」的古文，「二」是古文「上」，特指人的頭上，所以會人頭的意思。

音義 ㄩㄢˊ 名 清代帝諱，「玄」多避爲「元」；例天地元黃。②朝代名(一二七一－一三六七)，蒙古人成吉思汗所建立；例元代。③數代數式，表示未知數；例一元一次方程式。④清朝以來的貨幣單位，通「圓」；例銀元。⑤首長；例元首。⑥年號中的第一年；例改元。⑦人民；例黎元。⑧姓。形①開始的；例元旦。②巨大的；例元勳。③美善的；例元士。

4 **元凶** ㄩㄢˊㄒㄩㄥ 作亂的罪魁禍首。

參考 ①「凶」又作「兇」。②同元惡。

5 **元旦** ㄩㄢˊㄉㄢˋ 一年的第一天。

元本 ㄩㄢˊㄅㄣˇ ㈠事情的原始。㈡元代所刊刻的書本。

參考 可登詞作「元元本本」。

6 **元老** ㄩㄢˊㄌㄠˇ 指某一機關中，年資最深的人。

參考 衍元老院。

元年 ㄩㄢˊㄋㄧㄢˊ ㈠原稱帝王或國君即位那一年，後指帝王改換年號的第一年。㈡以建國的第一年爲元年。㈢宗因紀念教祖而定，如基督教以耶穌誕生的那一年爲元年，佛教以佛去世的那一年爲元年，回教以穆罕默德出奔的那一年爲元年。

9 **元帥** ㄩㄢˊㄕㄨㄞˋ 舊稱軍隊中統率諸將的最高首領。

元首 ㄩㄢˊㄕㄡˇ ㈠政一國的最高首長。㈡古代的君主。㈢專指人的頭部。㈣開始。

參考 君主國家的元首爲國王，共和國家則稱總統、主席等。唯今世不論君主、民主，凡爲全國首領，統稱元首。

元音 ㄩㄢˊㄧㄣ 語言學術語，對輔音而言，指發音時聲帶顫動，氣流在口腔的通路上不受阻礙所形成的音。如注音符號ㄚ、ㄛ、ㄜ、ㄝ、ㄧ、ㄨ、ㄩ等都是。又稱「韻母」。

10 **元氣** ㄩㄢˊㄑㄧˋ ㈠天地大化的始氣。例太極元氣。㈡人的精氣。例元氣大傷。

元配 ㄩㄢˊㄆㄟˋ 明媒正娶，最先婚配的妻子。

參考 同髮妻。

元素 ㄩㄢˊㄙㄨˋ ㈠化凡以化學方法不能再分解爲更簡單的物質者，稱爲元素。㈡在化學上具有相同核電荷數的一類原子的總稱。如氧氣、一氧化碳、二氧化碳中都含有核電荷數爲8的氧原子，這類原子稱氧元素。

參考 舊稱「原質」，又作「原素」。

元宵節 ㄩㄢˊㄒㄧㄠㄐㄧㄝˊ 陰曆正月十五時在上元之夜，又稱「上元節」。民俗是夜張燈爲戲，亦稱「燈節」。舊俗於元宵夜煮食粉圓子，於是又叫所食粉圓子爲元宵。

16 **元勳** ㄩㄢˊㄒㄩㄣ ㈠具有特大功績的人。例開國元勳。㈡大功，首功。

20 **元寶** ㄩㄢˊㄅㄠˇ ㈠舊時的貨幣，用金銀等鑄成的錠子。㈡銅錢上鑄有「元寶」的字樣，始於晉高祖所鑄的「天福元寶」。

▽紀元、上元、中元、下元、日元、美元、乾元、黎元、改元、一元、本元、三元、多元、元元、銀元、金元。

常 2 **允** 形解 會意；從㠯儿。儿是人的古文，㠯有用的意思，所以會任賢有信的意思。

音義 ㄩㄣˇ 名姓。動答應；例允許。形①誠實的；例「允矣君子。」②得體的；例公允。

參考 ①同許。②擘吮、狁。

4 **允文允武** ㄩㄣˇ ㄨㄣˊ ㄩㄣˇ ㄨˇ 能文能武，即文武兼擅。

11 **允許** ㄩㄣˇ ㄒㄩˇ 肯，應許。例未獲允許，不准外出。

參考 見「容許」條。

允執厥中 ㄩㄣˇ ㄓˊ ㄐㄩㄝˊ ㄓㄨㄥ 信守中正之道而不偏不倚。允：信；厥：其。

13 **允當** ㄩㄣˇ ㄉㄤˋ 適當，得宜。

16 **允諾** ㄩㄣˇ ㄋㄨㄛˋ 答應，承諾。

常 3 **充** 形解  形聲；從人，育省聲。育聲是把孩子養大成人，所以成長爲充。

音義 ㄔㄨㄥ 名姓。動①塡滿；例充耳不聞。②擔任；例充當。③假裝；例打腫臉充胖子。④竭盡；例充其量。

參考 ①同滿。②擘銃、統。

4 **充分** ㄔㄨㄥ ㄈㄣˋ 極言足夠，完全。例充分供應，不虞匱乏。

參考 ①衍充分條件，充分就業。②參閱「充足」條。

4 **充公** ㄔㄨㄥ ㄍㄨㄥ 依法沒收私人財物，繳入國庫，成爲公家之物。

5 **充斥** ㄔㄨㄥ ㄔˋ 充滿，衆多。

6 **充血** ㄔㄨㄥ ㄒㄧㄝˇ ㈠醫機體的某一部分的組織或器官，因毛細血管、小動脈或小靜脈過度擴張，充滿血液的現象。按其發生原因和機制，可分爲動脈性充血和靜脈性充血兩大類。㈡比喻過剩。

充耳不聞 ㄔㄨㄥ ㄦˇ ㄅㄨˋ ㄨㄣˊ 本指塞住耳朵不聽。後來形容聽不進去或存心不聽別人的意見。

7 **充沛** ㄔㄨㄥ ㄆㄟˋ 充足旺盛。沛：盛大。例體力充沛。

充足 ㄔㄨㄥ ㄗㄨˊ 充分，富足。例理由充足。

參考 與「充分」都有足夠之意：前者指數量足夠，對象多指具體事物，例如：充足的糧食；後者指程度很深，對象是抽象的事物，如信心、自由、民主等。例如：你的理由很充分。

9 **充軍** ㄔㄨㄥ ㄐㄩㄣ 古代刑法之一，把死刑減等的罪犯或其他重犯押解到邊遠地方去服役。

10 **充飢** ㄔㄨㄥ ㄐㄧ 吃點東西勉强化解飢餓。例畫餅充飢。

12 **充裕** ㄔㄨㄥ ㄩˋ 充滿富足而不緊張。例時間充裕。

13 **充塞** ㄔㄨㄥ ㄙㄜˋ ㈠充滿，堵塞。㈡阻絕。例「是邪說誣民，充塞仁義也。」

充當 ㄔㄨㄥ ㄉㄤ 擔任職事。例他充當臨時演員。

參考 與「充任」都有當、作的意思：但前者指改變地位，承擔職務或作某種事物，有時含有貶損的意思，如「充當砲灰」；後者多指擔任職務，爲中性詞。

14 **充實** ㄔㄨㄥ ㄕˊ 內容豐富而實在。

參考 可用來形容文字的內容豐富。

充滿 ㄔㄨㄥ ㄇㄢˇ 塡滿、充實、充分。

參考 ①「充分」、「充足」、「充滿」都表示足夠、不欠缺、不匱乏的意思，但詞性不同：「充分」、「充足」是形容詞，「充滿」是動詞；「充分」一般用於抽象名詞，如「理由充分」，「充足」用於具體事物，如「陽光充足」，「充滿」的對象廣泛，二者都可使用。②與「充實」、「充斥」有別：「充滿」指裝得滿滿的，與缺乏、缺少相對，對象可以是具體的或抽象的；「充實」是使某事物四周裝得足足的，毫無虛缺、空隙，與空虛、空洞相對；還可用做形容詞，一般用來形容內心、經驗、生活等事物；「充斥」指壞人和壞事物多得到處都是，含有貶損的意思。

15 **充數** ㄔㄨㄥ ㄕㄨˋ 湊數，即用不夠格的人或物來湊足數額。例濫竽充數。

參考 本詞含有貶損的意思。

▽補充、擴充、冒充、塡充、•僞充、假充。

常 3 **兄** 形解  會意；從儿，從口。用口命令，所以會兄長能夠發號施令的意思。

音義 ㄒㄩㄥ 名①年長的同胞兄弟；例兄長。②朋友間的敬辭；例仁兄。

參考 ①擘況、怳、貺。②兄，

一般不用於當面稱呼，多應用於書信之類；而「哥哥」則是經常當面使用。

7 **兄弟** ㄒㄩㄥ ㄉㄧˋ ㈠同胞出生男子，先出生者爲兄，後出生者爲弟。㈡族親。㈢稱呼弟弟。㈣稱同輩中年少的人。㈤對人自稱的謙詞。

參考 衍兄弟姊妹。

兄弟鬩牆 ㄒㄩㄥ ㄉㄧˋ ㄒㄧˋ ㄑㄧㄤˊ 兄弟失去和睦，在家爭吵，比喻內部不和，互相爭鬥。鬩：爭吵。

參考「鬩」字不可讀成ㄋㄧˋ。

▽大兄、長兄、從兄、阿兄、貴兄、義兄、父兄、令兄、學兄、表兄、堂兄、家兄、弟兄、老兄、皇兄、難兄、先兄、小兄、仁兄。

常 4 **光** 形解  會意；從火儿。火把擧在人(儿)上，所以會光明的意思。

音義 ㄍㄨㄤ 名①物體因反射或自身所發生的光亮；例月光。②物能起視覺的電磁波，在光學技術上也包括不能引起視覺的紅外線和紫外線；例光能。③明麗；例風光明媚。④榮耀；例爲國爭光。⑤姓。動①裸露；例光膀子。②窮盡；例用光。③使之顯著；例發揚光大。形①明亮；例光澤。②平滑；例磨光。副①廣大地；例「必光啓土」。②只；例「不光是這樣」。③一點也不剩地；例一掃而光。

參考 擘晃、洸、恍、胱。

3 **光大** ㄍㄨㄤ ㄉㄚˋ ㈠輝煌而盛大。例發揚光大。㈡廣大。

4 **光天化日** ㄍㄨㄤ ㄊㄧㄢ ㄏㄨㄚˋ ㄖˋ 原來形容太平盛世。後來轉而形容大庭廣衆，是非、好壞大家都能看得清楚的場合。光天：白天；化日：太陽光。

6 **光合作用** ㄍㄨㄤ ㄏㄜˊ ㄗㄨㄛˋ ㄩㄥˋ 生綠色植物體以葉綠素或其他色素，吸收光能和水，還原二氧化碳，合成有機物質(如葡萄糖等糖類)并釋放出氧氣的作用。

光合電流 ㄍㄨㄤ ㄏㄜˊ ㄉㄧㄢˋ ㄌㄧㄡˊ 工(P—Q)一九八〇年代科學家開發新能源的一項研究，是仿照植物吸收陽光而轉變爲有用能量的啓示。利用陽光照射，P邊(類似葉綠素結構的分子)放出一個電子給Q邊(對應分子)，如此電子往返，所產生的能量而造成的電流，充作電子源的有：鎘鹽、銅鹽、溴、釕及膠凍中的藍綠藻等。

7 **光芒** ㄍㄨㄤ ㄇㄤˊ 向四方射出的光線。

參考 衍光芒四射。

8 **光明** ㄍㄨㄤ ㄇㄧㄥˊ ㈠明亮。㈡坦白。

參考 ①反黑暗。②衍光明正大。

光明正大 ㄍㄨㄤ ㄇㄧㄥˊ ㄓㄥˋ ㄉㄚˋ 指人心地潔白，行爲正直。光明，明亮，坦白。亦作「正大光明」。

光明磊落 ㄍㄨㄤ ㄇㄧㄥˊ ㄌㄟˇ ㄌㄨㄛˋ 形容人的心胸坦白，光明正大。

光怪陸離 ㄍㄨㄤ ㄍㄨㄞˋ ㄌㄨˋ ㄌㄧˊ 比喩色彩斑斕，形狀奇異。光怪：奇異的光芒；陸離：參差錯雜的樣子。

參考 ①整句可用來形容顏色錯雜，或比喻事物奇特。②同千奇百怪。

9 **光亮** ㄍㄨㄤ ㄌㄧㄤˋ 光線明亮。

光風霽月 ㄍㄨㄤ ㄈㄥ ㄐㄧˋ ㄩㄝˋ ㈠雨過天青時的明淨景象。㈡比喻太平盛世。㈢比喻人品清明光潔，胸懷灑落。

11 **光彩** ㄍㄨㄤ ㄘㄞˇ ㈠光的華彩。㈡比喻榮耀。

光圈 ㄍㄨㄤ ㄑㄩㄢ ㈠一種圓形或多邊形的光欄，裝在照相機鏡頭內可以縮小或放大，以控制光線進入鏡頭的曝光量及調整景深，糾正光行差。㈡成爲圓形的光線。

光陰 ㄍㄨㄤ ㄧㄣ 時間。

參考 衍光陰似箭。

光陰荏苒 ㄍㄨㄤ ㄧㄣ ㄖㄣˇ ㄖㄢˇ 時間逐漸消失。荏苒：侵尋積漸。

12 **光棍** ㄍㄨㄤ ㄍㄨㄣˋ ㈠俚沒有妻室的人。例光棍俱樂部。㈡俗稱鄉曲無賴。又稱「地棍」、「痞棍」。

光景 ㄍㄨㄤ ㄐㄧㄥˇ ㈠時光景物。㈡境況情形。㈢約計之詞。例一年光景。

光復 ㄍㄨㄤ ㄈㄨˋ ㈠重光，恢復。

例光復大陸。(二)恢復舊業。

光復節 ㄍㄨㄤ ㄈㄨˋ ㄐㄧㄝˊ 即臺灣光復節，民國三十四年十月二十五日，臺灣從日本人手中收復，重歸祖國的懷抱，政府遂定每年的十月二十五日為光復節。

14 **光榮** ㄍㄨㄤ ㄖㄨㄥˊ 光彩、榮耀。

參考 衍光榮革命。

15 **光輝** ㄍㄨㄤ ㄏㄨㄟ (一)光芒輝耀。(二)光榮、光耀、光彩。

參考「光榮」一般作形容詞用，如「感到很光榮」；「光耀」常作動詞，如「光耀門楣」；「光輝」、「光彩」作名詞，如「可憐光彩生門戶。」

光線 ㄍㄨㄤ ㄒㄧㄢˋ 物代表光傳播途徑的線，即光從發光體正射出或由他物體反射時，所傳播的途徑。一般分為能引起視覺的光線及不能引起視覺的紅外線和紫外線。

參考 也可以表示光亮的程度，如「光線充足」。

16 **光學** ㄍㄨㄤ ㄒㄩㄝˊ 物研究光的產生、發射、傳播、接收、性質、現象及應用的科學。通常分作幾何光學和物理光學。

參考 衍光學儀器、光學玻璃。

17 **光臨** ㄍㄨㄤ ㄌㄧㄣˊ 尊稱賓客到來的敬詞。例歡迎光臨。

20 **光耀奪目** ㄍㄨㄤ ㄧㄠˋ ㄉㄨㄛˊ ㄇㄨˋ 色彩鮮豔，引人注目。光耀，猶光輝。又作「光彩奪目」。

21 **光顧** ㄍㄨㄤ ㄍㄨˋ (一)光臨照顧。(二)通常用於商業上，作為歡迎顧客的敬辭。(三)俚俗稱遭小偷。例他家最近遭到樑上君子的光顧。

23 **光纖通信系統** ㄍㄨㄤ ㄒㄧㄢ ㄊㄨㄥ ㄒㄧㄣˋ ㄒㄧˋ ㄊㄨㄥˇ 一種以光的形式，沿著玻璃纖維前進，而傳導光體的通信系統。

▽月光、晨光、星光、陽光、天光、光光、觀光、餘光、榮光、容光、燈光、日光、燐光、波光、燭光、風光、極光、採光、借光、擋光、花光、輸光、精光、用光、流光、水光、發光、重光、和光、強光、窮光、不光、兩頭光、司馬光、一掃而光、鼠目寸光、一搶而光、本地風光、國際風光。

常 4 **兇** 形解 形聲；從人，凶聲。人陷在地穴中，有凶的意思，所以驚恐為兇。

音義 ㄒㄩㄥ 動驚慌恐懼；例兇懼。形①強悍不講理；例兇惡。②殺人的，通「凶」；例兇手。

參考 ①同惡。②「凶」、「兇」之辨，參閱凶字條。

4 **兇手** ㄒㄩㄥ ㄕㄡˇ 俗稱殺人犯。

參考 同兇犯。

10 **兇悍** ㄒㄩㄥ ㄏㄢˋ 猛烈橫暴，難以控制。

11 **兇猛** ㄒㄩㄥ ㄇㄥˇ 非常勇猛，兇惡。

參考 反溫柔，溫馴。

16 **兇險** ㄒㄩㄥ ㄒㄧㄢˇ 兇惡陰險。

常 4 **兆** 形解 象形；象燒灼龜甲後所坼出的裂痕形。

音義 ㄓㄠˋ 名①古代燒灼龜甲所呈現的裂痕。②事前所顯示的迹象；例預兆。③數數目名，古一百萬或今一萬億為兆。④塋墓；例卜其宅兆而安厝之。⑤姓。動預示；例「瑞雪兆豐年。」形眾多的；例兆民。

參考 ①同占。②孳佻、挑、姚、窕、眺、晁、誂。

5 **兆民** ㄓㄠˋ ㄇㄧㄣˊ 眾多的人民。兆，形容非常地多。

16 **兆頭** ㄓㄠˋ ㄊㄡˊ 徵兆，事情未發生前的迹象。

▽吉兆、前兆、預兆、瑞兆、凶兆、惡兆、先兆、祥兆、喜兆、卜兆、佳兆、朕兆、億兆、五日京兆。

常 4 **先** 形解 會意；從儿之。之有出往的意思，人出而前，所以會前進的意思。

音義 ㄒㄧㄢ 名①祖先；例「不辱其先。」②時間或次序在前；例事先。③姓。形①在前的；例先例。②尊稱已死去的；例先聖先賢。副首要地；例「欲治其國者，先齊其家。」

ㄒㄧㄢˋ 動①在後而超前；例「疾行先長者。」②領導；例「天先乎地，君先乎臣。」

參考 ①擊洗、跣、銑。②反後。

2 **先人** ㄒㄧㄢ ㄖㄣˊ (一)祖先，包括已死的父親。(二)泛指古人。

參考 與「前人」有別：前人僅指古人而言，不能解釋作祖先。

先入爲主 ㄒㄧㄢ ㄖㄨˋ ㄨㄟˊ ㄓㄨˇ 以先看到一種情況或先聽到了一種意見，造成成見，後來就不再考慮情況變化或聽取另外不同的意見。有固執成見的意思。

參考 參閱「入主出奴」條。

4 **先天** ㄒㄧㄢ ㄊㄧㄢ 上天所稟賦的體質，即人或動物的胚胎時期。例先天不足，後天失調。

參考 ①反後天。②後天是指後來的教育、訓練而言。

5 **先生** ㄒㄧㄢ ㄕㄥ (一)對一般人的尊稱。(二)對老師的尊稱。(三)妻子對他人稱自己的丈夫。(四)稱年長或有道德的人。(五)父兄。例「有酒食，先生饌。」(六)某些地區方言(如閩南)，稱醫生爲先生。

6 **先考** ㄒㄧㄢ ㄎㄠˇ 稱已死的父親。又稱「先父」；古代也稱「先府君」、「先大夫」。

7 **先決** ㄒㄧㄢ ㄐㄩㄝˊ 在處理某事之前，應當首先解決和具備的。例先決問題。

先妣 ㄒㄧㄢ ㄅㄧˇ (一)自稱去世的母親。(二)遠祖妣。

參考 同先母，亡母，先慈。

先君 ㄒㄧㄢ ㄐㄩㄣ (一)稱已歿的父親。(二)已故的君王。

參考 ①已故的君王，稱先帝、先君、先王。死去的父親，稱先父、先君、先嚴、先考。②衍先君子。

先見 ㄒㄧㄢ ㄐㄧㄢˋ (一)事先預料。例先見之明。(二)ㄒㄧㄢ ㄒㄧㄢˋ 預先顯露迹象。見通「現」。

8 **先例** ㄒㄧㄢ ㄌㄧˋ 已經有過的事例。

先河 ㄒㄧㄢ ㄏㄜˊ 古代王祭祀時，先祭黃河，後祭海，以河爲海的本源，先祭河是表示重視根本。比喻創導於先的事物。

先知 ㄒㄧㄢ ㄓ (一)對事理的認識能夠預先知道。(二)知覺智慧比一般人高的人。(三)宗猶太教、基督教聖經中所說，能傳布神旨，以警覺世人或預言未來的人。

9 **先前** ㄒㄧㄢ ㄑㄧㄢˊ 以前，從前。

參考「先前」、「以前」有別：「先前」泛指以前或指某個時候以前；「以前」可以用在動詞後面表示時間，例吃飯以前要洗手。「先前」卻不能這樣使用。

10 **先哲** ㄒㄧㄢ ㄓㄜˊ 尊稱已經去世而具有影響力的思想家。

先烈 ㄒㄧㄢ ㄌㄧㄝˋ (一)尊稱已故而有功業的人，常指爲國而犧牲的人而言。例革命先烈。(二)先人的勇烈功業。

11 **先斬後奏** ㄒㄧㄢ ㄓㄢˇ ㄏㄡˋ ㄗㄡˋ (一)舊日高級官員，遇有重犯，先把人處決，然後上奏朝廷。(二)今指事情未經請示先進行處理而後報告上級。

參考 同先刑後聞。

12 **先進** ㄒㄧㄢ ㄐㄧㄣˋ (一)前輩，先輩。(二)許多人或同類事物中，最進步而可以作爲學習榜樣的。例先進人物。(三)走在前面的，高水準的。例先進技術。

參考 ①反落後。②與「進步」有別：「進步」指向前發展比原來更好，適用範圍較多，較廣。

先發制人 ㄒㄧㄢ ㄈㄚ ㄓˋ ㄖㄣˊ 凡事先下手，就可以制伏對方。例「先發制人，後發制於人。」

參考 與「先聲奪人」都有「搶先一步，爭取主動」的意思，但有別：①前者泛指先下手可以制服對方，這「可以制服對方」的意思，是後者的比喻義所沒有的。②後者的本義是「用兵時先張揚自己的聲威來打擊對方的士氣」，是前者所不能表示的；前者的本義是「先發動進攻，處於主動地位，可以控制對方」，也是後者所不能表示的。

13 **先慈** ㄒㄧㄢ ㄘˊ 稱已故的母親。又稱「先妣」、「先母」。

先聖 ㄒㄧㄢ ㄕㄥˋ 古代的聖人。

先馳得點 ㄒㄧㄢ ㄔˊ ㄉㄜˊ ㄉㄧㄢˇ 球賽開始時，盡力搶攻，先獲得分數，取得優勢，而壓迫對方，使之不戰而降了。

15 **先賢** ㄒㄧㄢ ㄒㄧㄢˊ 過去歷史中的有才能、有品德，對教化人羣、建設國家等有貢獻的人物。

先鋒 ㄒㄧㄢ ㄈㄥ (一)戰鬥時在先頭

迎敵的人或部隊。例先鋒部隊。㈡泛指一切事物的領先者。

參考 同前鋒。②反後衛。

先輩 ㄒㄧㄢ ㄅㄟˋ ㈠原指行輩在前的人，即前輩；現指已去世的令人欽敬的人。例革命先輩。㈡唐代科舉，同科及第者相互敬稱先輩，明清則以先得中舉的為前輩，而不論他的年輩長幼。

先睹為快 ㄒㄧㄢ ㄉㄨˇ ㄨㄟˊ ㄎㄨㄞˋ 以先看到為愉快，專指作品或演出。形容想看到的急切心情。睹，看見。

先憂後樂 ㄒㄧㄢ ㄧㄡ ㄏㄡˋ ㄌㄜˋ ㈠承受憂患在別人的前面而享受快樂卻在別人後面。語出范仲淹·岳陽樓記：「先天下之憂而憂，後天下之樂而樂」。㈡事先能費心思慮，及早準備，那麼事後容易得到安樂。

16 **先導** ㄒㄧㄢ ㄉㄠˇ ㈠在前引導的人。㈡動詞，在前引路。㈢以身作則，導入正軌。

17 **先聲奪人** ㄒㄧㄢ ㄕㄥ ㄉㄨㄛˊ ㄖㄣˊ ㈠在戰時先壯大自己的聲勢，而後打擊敵人的氣燄，壓倒對方。㈡比喻做事搶先他人一步，居於優勢。

參考 參閱「先發制人」條。

18 **先禮後兵** ㄒㄧㄢ ㄌㄧˇ ㄏㄡˋ ㄅㄧㄥ 與人爭鬥時，先以禮貌相待，和談不成，再以武力解決。

20 **先嚴** ㄒㄧㄢ ㄧㄢˊ 稱已死去的父親。

參考 參閱「先君」條。

先覺 ㄒㄧㄢ ㄐㄩㄝˊ 覺悟先於常人的人，即先知。例先知先覺。

21 **先驅** ㄒㄧㄢ ㄑㄩ ㈠軍隊的先鋒、前鋒。㈡在前面引導或開路的人。例孫中山先生為領導國民革命的先驅。㈢在前面引導。例先驅者。

▽祖先、優先、機先、率先、搶先、起先、原先、早先、爭先、一馬當先、不為天下先。

常 5 **兌** 解形  形聲；從儿，㕣聲。㕣是泉水流出的意思，所以喜悅為兌。

音義 ㄉㄨㄟˋ 名易經卦名之一，代表沼澤。動①交換。②攙和；例「在湯裡兌些水。」③喜悅，通「悅」；例佞兌而不由。

參考 孳悅、說、脫、銳、稅、蛻、閱。

11 **兌現** ㄉㄨㄟˋ ㄒㄧㄢˋ ㈠商把支票或滙票兌換成現金。㈡實踐諾言。

12 **兌換** ㄉㄨㄟˋ ㄏㄨㄢˋ ㈠兌就是換，同義複詞，合起來也就是換的意思。㈡經貨幣與紙幣交換，或甲種貨幣與乙種貨幣交換。

參考 衍兌換率、兌換標準。

常 5 **克** 解形  象形；象人頭頂銅盔，彎著身體、兩手拊膝形，所以肩負為克。

音義 ㄎㄜˋ 名「公克」的簡稱。動①勝；例「以柔克剛。」②約束；例「克己奉公。」③擊殺；例「克敵制勝。」④攻下；例攻無不克。副能；例「允恭克讓。」

參考 ①同勝，能。②孳剋、剋。

3 **克己復禮** ㄎㄜˋ ㄐㄧˇ ㄈㄨˋ ㄌㄧˇ 儒家的修養方法，約束自己身心，及視、聽、言、動，以歸反到符合於「禮」的要求。

克里姆林宮 ㄎㄜˋ ㄌㄧˇ ㄇㄨˇ ㄌㄧㄣˊ ㄍㄨㄥ 地（Kremlin）本來是舊日帝俄城堡，在蘇聯莫斯科市的中央，現在是蘇俄政府的代稱。克里姆林，帝俄時期各公國統治者常駐之城堡的通稱。

8 **克服** ㄎㄜˋ ㄈㄨˊ 勝過、制服。例克服困難。

參考 參閱「克復」條。

克制 ㄎㄜˋ ㄓˋ 克服抑制。例克制情緒變化。

參考 與「抑制」、「壓制」有別：「克制」偏重在用强力制止感情，不使它發展起來；「抑制」側重在抑止、控制，使它不爆發出來；「壓制」著重在壓服，不但可用於限制感情，也可用於外來强力的限制。

11 **克紹箕裘** ㄎㄜˋ ㄕㄠˋ ㄐㄧ ㄑㄧㄡˊ 比喻能夠繼承父業。裘：皮裘；箕：畚箕；借喻上一代的事業。紹：動詞，繼承。

13 **克復** ㄎㄜˋ ㄈㄨˋ 克勝復舊。

參考 與「收復」、「克服」有別：「克復」必須使用武力；「收復」則不一定。「克復」、「收復」多用於戰爭方面，而「克服」則多半指本身努力所獲得的超越。

克勤克儉 ㄎㄜˋ ㄑㄧㄣˊ ㄎㄜˋ ㄐㄧㄢˇ 既能勤勞，又能節儉。

15 **克敵制勝** ㄎㄜˋ ㄉㄧˊ ㄓˋ ㄕㄥˋ 克服敵人，以達到勝利。

19 **克難** (一)ㄎㄜˋ ㄋㄢˊ 克服困難。(二)ㄎㄜˋ ㄋㄢˋ 權充，暫時湊和著用。例這是在沒有辦法中想出來的克難辦法。

參考 衍 克難之家、克難精神。

▽馬克、麥克、戰無不勝攻無不克。

常 5 **免** 形解 象形；象兔省，不見足形。兔急行而不見牠的腳，所以有免脫逃去的意思。

音義 ㄇㄧㄢˇ 名 姓。動 ①脫去；例免冑。②逃避；例「臨難毋苟免。」③罷黜；例免職。④除掉；例「人情之所不能免也。」⑤勿；例閑人免進。

ㄨㄣˋ 名 喪服，通「絻」；例免服。動 喪禮時孝子去冠括髮。

參考 「免」與「兔」的字體形近而略有不同，而且音義各異，書寫時宜加注意。

7 **免役** ㄇㄧㄢˇ ㄧˋ (一)軍 免除服兵役；指身體畸形、殘廢，或有痼疾而不適宜服役者。(二)法 免除役務。

參考 ①與「免疫」有別：前者是指免除兵役；後者專指生物對病害的抵抗力及其不受感染的特性。②衍 免役法。

9 **免冠** ㄇㄧㄢˇ ㄍㄨㄢ (一)除去冠冕而蓬散頭髮，表示謝罪。(二)今以免冠表示致敬。俗稱「脫帽」。

參考 衍 免冠徒跣。

免疫 ㄇㄧㄢˇ ㄧˋ 醫 (Fimmunity)生物對病害的抵抗力與不受感染的特性。一般分爲先天性與被動性二種：得自先天遺傳的稱爲「先天性免疫」；經由後天自然感染或人工注射免疫血清而產生抗體者，名爲「被動性免疫」。

參考 ①參閱「免役」條。②衍 免疫性、免疫學。

10 **免除** ㄇㄧㄢˇ ㄔㄨˊ 除去，免掉。例免除禍患。

12 **免費** ㄇㄧㄢˇ ㄈㄟˋ 不須繳交費用。例免費停車場。

免稅 ㄇㄧㄢˇ ㄕㄨㄟˋ 免繳稅金。

參考 衍 免稅品、免稅煙、免稅口岸、免稅商店。

免開尊口 ㄇㄧㄢˇ ㄎㄞ ㄗㄨㄣ ㄎㄡˇ 指不待對方啓齒，即先拒絕他的要求。

參考 本詞含有鄙視對方的意味。

18 **免禮** ㄇㄧㄢˇ ㄌㄧˇ 不必行禮。

參考 常用於晚輩或下屬向長輩、長官行禮時，長輩口中所說的客套話。

▽任免、罷免、有免、減免、赦免、豁免、避免、難免、不免、在所不免、僅以身免、臨難毋苟免。

常 6 **兔** 形解 象形；象兔子蹲伏形。

音義 ㄊㄨˋ 名 動 一種哺乳綱囓齒目的動物，耳長，尾短，上唇中裂，善跑好跳，肉可食，毛可製筆。

6 **兔死狐悲** ㄊㄨˋ ㄙˇ ㄏㄨˊ ㄅㄟ 比喻同類相惜，憂戚與共。例「兔死狐悲，物傷其類。」亦作「狐死兔泣」。

參考 與「物傷其類」都表示「爲同類的不幸而感到悲傷」，但有別：①前者有「兔死」兩字，所含「同類不幸」的意思比「物傷其類」明顯。②在用法上，前者爲承接關係的聯合詞組；後者爲主謂詞組。

兔死狗烹 ㄊㄨˋ ㄙˇ ㄍㄡˇ ㄆㄥ 本爲野兔已經獵殺，那麼用來捕兔的獵犬已無用處，因而被人殺掉烹食。比喻有事先用，無事得罪，多用來比喻功臣被殺戮的悲劇。

參考 與「鳥盡弓藏」都有目的達到後將幫助過自己的人一腳踢開的意思，常可互換或連用，但有別：①前者是「兔子死了，獵狗就被煮來吃了」；後者是「鳥沒有了，弓就被收藏起來了。」二詞語氣，前者强於後者。②前者强調一腳踢開，永不錄用；後者雖是一腳踢開，尚有再用的時候。

11 **兔脫** ㄊㄨˋ ㄊㄨㄛ (一)很快的逃跑。

㈡比喻脫逃。

參考 同逃逸。

▽玉兔、狡兔、月兔、烏兔、野兔、脫兔、家兔、肉兔、小兔、白兔、大兔、安哥拉兔、守株待兔。

常 6

兒

形解 象形；從儿，上象小孩子頭蓋骨還沒有合起形。

音義 ㄦˊ 名 ①孩子；例嬰兒。②父母稱子女；例兒女。③子女自稱；例不孝兒。④年輕的男子；例健兒。助 語尾詞，無義；例馬兒。

ㄋㄧˊ 名 姓，通「倪」。

參考 漢語詞尾的「兒」不自成音節，而和前面一個音節合在一起構成捲舌韻母，且讀輕聲。兒化的作用一般表示「小」或「喜愛」，如：小孩兒，麥穗兒；有時具有區別詞性或詞義的作用，如：畫（動詞），畫兒（名詞）；信（書信），信兒（消息）。

3 **兒子** ㄦˊ ˙ㄗ ㈠對於父母而言，指他們所生的男孩。㈡孩童。

參考 同孩子。

兒女 ㄦˊ ㄋㄩˇ ㈠子女。㈡男女。例「恨其兒女情多，風雲氣少。」㈢泛指國人。例中華兒女。

兒女情長 ㄦˊ ㄋㄩˇ ㄑㄧㄥˊ ㄔㄤˊ 形容男女之間纏綿的情愛。情長，情愛深長，綿延無限。

參考 反英雄氣短。

12 **兒童** ㄦˊ ㄊㄨㄥˊ 未成年的男女孩。

參考 ①意義和「孩童」相似，不過兒童常用於專門術語或名詞中，如「兒童福利法」、「兒童學」、「兒童節」；但「孩童」卻沒有這種用法。②衍兒童節、兒童讀物、兒童樂園、兒童心理學。

17 **兒戲** ㄦˊ ㄒㄧˋ ㈠小孩子的遊戲。㈡比喻處理事務不夠嚴肅鄭重。例婚姻大事豈可當兒戲。

▽寵兒、孤兒、女兒、小兒、姪兒、孫兒、姐兒、花兒、男兒、健兒、胎兒、孩兒、畫兒、信兒、寧馨兒、臉兒、風兒、月兒、可人兒、一會兒、黃口小兒、伯道無兒、乳臭小兒。

常 6

兕

形解 象形；上象角，下象獸足側視形。兕是𤜣的古文，後來用「兕」代「𤜣」。

音義 ㄙˋ 名 動 犀牛。

常 7

兖

形解 本作㕣，小篆作沇，今作兗。泉水流出為兖。

音義 ㄧㄢˇ 名 地 兖州，古九州之一，山東舊府名。

參考 兖，不可寫作「衮」。

次 8

党

形解 形聲；從人，尚聲。部族名稱為党。

音義 ㄉㄤˇ 名 姓。

參考 或作「黨」的簡體字。

常 9

兜

形解 會意；從兆，從皃省。皃，上象人頭，下象人足，所以會頭盔的意思。

音義 ㄉㄡ 名 ①戰時防禦兵刃的冠；例兜鍪。②衣服等的小口袋；例褲兜。動 ①包圍；例兜捕。②圍繞；例兜圈子。③使衣物成袋形裝東西；例兜著一裙子的草莓。④招攬；例兜售。

參考 今以手或掌承接東西，叫做「兜」。「兜」就是「受」，所以「兜風」的「兜」，也有接受的意思。

9 **兜風** ㄉㄡ ㄈㄥ 到外頭觀賞風景或納涼。

參考 本詞多半用於乘車，如腳踏車、機車、汽車。

11 **兜售** ㄉㄡ ㄕㄡˋ 向人推銷物品。

兜圈子 ㄉㄡ ㄑㄩㄢ ˙ㄗ ㈠說話拐彎抹角，不直截了當。㈡繞遠路。例不良計程車司機老愛兜圈子，讓乘客多花錢。㈢無事閒遊。

24 **兜攬** ㄉㄡ ㄌㄢˇ ㈠招攬、拉攏。例愛兜攬事情。㈡做生意，推銷貨品。

常 10

兢

形解 形聲；從二兄，二丰聲。「丰」象草亂盛生形，「兄」有長大的意思，所以強盛為兢。

音義 ㄐㄧㄥ 副 小心戒懼；例兢兢業業。

參考 「兢」不可讀作ㄎㄜˋ或

ㄐㄧㄥ，也不可寫作「競」。

14 **兢兢業業** ㄐㄧㄥ ㄐㄧㄥ ㄧㄝˋ ㄧㄝˋ 小心謹愼的樣子。

參考 同戰戰兢兢。

【入部】ㄖㄨˋ

常 0 **入** 解形 指事；自上而下，契嵌爲入。

音義 ㄖㄨˋ 名 聲調名；例平上去入。動 ①進入；例入室。②所得；例量入爲出。③參加；例入伍。④沒下；例日入而息。⑤時間轉移；例入夏。⑥切合；例入情入理。⑦納，繳；例入股。

ㄖㄨ 動 ①不經意的塞放；例一隻鞋不知入到那裏去了。②私底下把東西或財物給人；例偷偷入給他一個橘子。③陷入；例一腳入到泥漿裡去。

3 **入土** ㄖㄨˋ ㄊㄨˇ ㈠俗稱埋葬死者。例入土爲安。㈡將苗種入土中。

入口 ㄖㄨˋ ㄎㄡˇ ㈠即入處，進門的地方。㈡輸入，與「出口」相對；同「進口」。例入口稅。㈢放在口中而吃。例入口即化。

4 **入手** ㄖㄨˋ ㄕㄡˇ ㈠著手。例開始著手行動。㈡到手。例「君詩如精金，入手知價重。」

入不敷出 ㄖㄨˋ ㄅㄨˋ ㄈㄨ ㄔㄨ 形容收支不能平衡，收入少，支出多。

入木三分 ㄖㄨˋ ㄇㄨˋ ㄙㄢ ㄈㄣ ㈠形容筆力非常強勁，墨汁透入版內。語出張懷瓘·書斷：「王羲之書祝版，工人削之，筆入木三分。」㈡比喻言論深刻，見解中肯。例他的評論雖是寥寥數語，卻也入木三分。㈢描寫逼眞而生動。例這張畫像，畫得栩栩如生，眞可謂入木三分。

5 **入世** ㄖㄨˋ ㄕˋ 宗 宗教中一種深入世俗以求正道的精神或態度。

參考 ①反出世。②衍入世教士。

入主出奴 ㄖㄨˋ ㄓㄨˇ ㄔㄨ ㄋㄨˊ 指持有派別上的成見。重視自己的信仰，而輕視他人的信仰；以所信奉的爲「主」，而所排斥的爲「奴」。

參考 與「先入爲主」有別：前者側重在重視自己的信仰，而輕視他人的信仰；後者偏重在固執自己成見，不採納別人的意見。

6 **入伍** ㄖㄨˋ ㄨˇ 服兵役。

8 **入定** ㄖㄨˋ ㄉㄧㄥˋ 宗 佛教修養心性的一種方法，閉眼默坐而心定於一處，止息身、口、心三業，不存雜念，不想其他事物。例老僧入定。

入門 ㄖㄨˋ ㄇㄣˊ ㈠進入門內。㈡學問或技藝已得到門徑。㈢初學。

參考 入門，常用做書名，如太極拳入門。

9 **入流** ㄖㄨˋ ㄌㄧㄡˊ 夠格。

入室 ㄖㄨˋ ㄕˋ ㈠學問能得到老師的眞傳，已達深奧的境界。例登堂入室。㈡進入房內。

參考 衍入室弟子、入室操戈。

10 **入迷** ㄖㄨˋ ㄇㄧˊ 專注於某種事物而沈醉在裡頭，像進入迷境一般，無法自拔。

入骨 ㄖㄨˋ ㄍㄨˇ 深入骨髓，比喻極爲深刻。例恨之入骨。

入席 ㄖㄨˋ ㄒㄧˊ ㈠集會，筵席或舉行儀式時各就位次。㈡入座。

參考 ①反離席。②同入座。

入神 ㄖㄨˋ ㄕㄣˊ ㈠形容非常神妙。例精妙入神。㈡精神貫注，好像被攝奪了一般。例聽得入神。㈢醫(Ecstasy)精神病名，是一種強烈的精神感動狀態，罹患此症的人，意識受阻，常日如在夢中。

11 **入寇** ㄖㄨˋ ㄎㄡˋ 外敵侵略或進犯國土。

12 **入圍** ㄖㄨˋ ㄨㄟˊ 入選。

13 **入彀** ㄖㄨˋ ㄍㄡˋ ㈠就範，中計。彀：是張滿的弓，入彀就是進入弓矢射程所及的範圍內；引申有中入別人的圈套，無法逃脫的意思。㈡考試中第。㈢適意或入神，例聽得入彀。

14 **入境** ㄖㄨˋ ㄐㄧㄥˋ 進入國境。

參考 ①反出境。②衍入境證、入境簽證、入境問俗、入境問禁。

入境問俗 ㄖㄨˋ ㄐㄧㄥˋ ㄨㄣˋ ㄙㄨˊ 到達一個新地方，先打聽當地的風俗習慣。比喻適應新環境。
參考 與「入門問諱」略有不同，門是主人的門，諱是主人先君名，問清楚後而能事先避諱，以尊重主人。

16 **入選** ㄖㄨˋ ㄒㄩㄢˇ 當選，被選上。
參考 反落選。

17 **入斂** ㄖㄨˋ ㄌㄧㄢˋ 將死者的屍體放入棺裡的儀節。
參考 斂可分為大斂和小斂。

入聲 ㄖㄨˋ ㄕㄥ 我國平上去入四聲之一，其韻短而急促。現在國語已無入聲，入聲字分別歸入陰平、陽平、上聲、去聲四聲之中。
參考 衍入聲字、入聲韻。

18 **入贅** ㄖㄨˋ ㄓㄨㄟˋ 男子就婚於女家，且成為女方家庭的成員。
參考 同贅婿。

20 **入籍** ㄖㄨˋ ㄐㄧˊ 即歸化，指本無國籍及原有國籍者，因故改入他國國籍。例越南亡國後，很多越南難民都入籍美國。
參考 同歸化。

▽介入、潛入、編入、進入、闖入、侵入、出入、歲入、流入、收入、插入、納入、輸入、切入、日入、加入、四捨五入、閒人免入、無孔不入、格格不入、乘虛而入、單刀直入、魚貫而入。

常 2
內
形解  會意；從冂，從入。自外而入，所以會納入的意思。

音義 ㄋㄟˋ 名①內心；例「有諸內必形諸外。」②家務；例男主外，女主內。③內臟；例「扁鵲治內。」④妻妾；例內助。⑤姓。動親近；例「內君子，而外小人。」
ㄋㄚˋ 動納聘，通「納」；例婚姻聘內。
參考 同入。孳枘、蚋、納、吶、訥。

2 **內人** ㄋㄟˋ ㄖㄣˊ 對人謙稱自己的妻子。
參考 ①同內子、拙荊。②反外子。

4 **內心** ㄋㄟˋ ㄒㄧㄣ (一)即心，以其在內，對外形而稱。(二)數三角形內切圓的圓心。

內分泌 ㄋㄟˋ ㄈㄣ ㄇㄧˋ 一種由內分泌腺分泌於血液中的化學物質，可以增進各器官的機能或調節細胞的新陳代謝。
參考 ①反外分泌。②衍內分泌腺、內分泌失調症。

5 **內兄** ㄋㄟˋ ㄒㄩㄥ 妻子的哥哥。
參考 同妻舅。

6 **內地** ㄋㄟˋ ㄉㄧˋ (一)京畿以內。(二)本國。(三)內陸之地，是對「邊疆」而言，或無通商口岸的也稱內地。
參考 ①反邊疆。②衍內地人。

內行 (一)ㄋㄟˋ ㄒㄧㄥˊ 獨處時的品行。(二)ㄋㄟˋ ㄏㄤˊ (1)精通某種經驗或學識。(2)俚同業曰內行。(3)富有某種經驗的人。

內在 ㄋㄟˋ ㄗㄞˋ 人或事物內部所具有的特質。
參考 ①反外在。②衍內在美、內在獨白、內在哲學、內在的矛盾。

8 **內疚** ㄋㄟˋ ㄐㄧㄡˋ 內心自覺慚愧不安。

9 **內政** ㄋㄟˋ ㄓㄥˋ (一)一國家內部的政治。(二)古指後宮的事務管理。(三)家政。
參考 衍內政部。

10 **內訌** ㄋㄟˋ ㄏㄨㄥˋ 團體內部自相爭奪，互相傾軋。訌：爭吵。
參考 同內隙，內卻。

內容 ㄋㄟˋ ㄖㄨㄥˊ (一)事物內部所包含的精神、實質或意義。
參考 ①反形式。②「內容」一辭的界定，例如一桶水，水即桶的內容；山水畫、人物畫，山水、人物是畫的內容；小說中所描寫的對象，虛構之事實，章回目次，都是它的內容。③參閱「內涵」條。

11 **內涵** ㄋㄟˋ ㄏㄢˊ 指人的修養、品格、氣質等內在的精神特質。
參考 談到邏輯範疇問題的多用「內涵」而罕用「內容」。

13 **內亂** ㄋㄟˋ ㄌㄨㄢˋ 內部的叛亂
參考 反外患。

內聖外王 ㄋㄟˋ ㄕㄥˋ ㄨㄞˋ ㄨㄤˊ 具備高度的道德修養，畜納於內，就成聖功；施行於外，則為王政。質言之，即是學術德行兼備而有。

14 **內幕** ㄋㄟˋ ㄇㄨˋ 事件發生的內情。例內幕消息。

內閣 ㄋㄟˋ ㄍㄜˊ (一)史古代大學士

辦事的官署。(二)政立憲國家決定、執行政策的最高行政機關。

參考 衍內閣制、內閣總理。

15 **內憂外患** ㄋㄟˋ ㄧㄡ ㄨㄞˋ ㄏㄨㄢˋ 一個國家內部已是動亂不安，又有來自外在的侵擾，比喻國家形勢非常危急。

16 **內親** ㄋㄟˋ ㄑㄧㄣ 妻子的親屬。如妻之兄稱「內兄」，妻之妹稱「內妹」。

內燃機 ㄋㄟˋ ㄖㄢˊ ㄐㄧ 燃料在汽缸內燃燒，而產生了熱能，能使熱能轉變成機械能的發動機。

17 **內應** ㄋㄟˋ ㄧㄥˋ (一)軍當我軍開到時，隱藏於對方內部的人也起事以為接應幫助。(二)泛稱在內接應。

▽大內、境內、家內、賤內、國內、室內、城內、畿內、門內、宇內、河內、海內、期內、圈內、校內、體內、關內、戶內、有外無內、四海之內、能力範圍內。

常 4 **全** 形解 全 會意；從入，從玉。自外而入，美玉毫無瑕疵，所以會完美的意思。

音義 ㄑㄩㄢˊ 名姓。動①保全；例「苟全性命」。②統括；例全部。形①整個的；例全人類。②完備的；例全能。

參考 ①孳詮、銓、栓、拴、痊。②「全」從入，不可從人寫作「仝」。

3 **全才** ㄑㄩㄢˊ ㄘㄞˊ 才能兼備的完美人才。例「出文入武是全才。」

4 **全心全意** ㄑㄩㄢˊ ㄒㄧㄣ ㄑㄩㄢˊ ㄧˋ 真誠而專心一意，不摻雜其他的念頭。

參考 ①反三心二意。②「一心一意」指把全部情感投注在一件事上，它與「全心全意」的主要差別，是在於「全心全意」是褒義，所指陳的對象一定是好事；而「一心一意」是中性詞，可指好事，也可以是壞事。如共產黨徒一心一意要顛覆民主國家。

7 **全局** ㄑㄩㄢˊ ㄐㄩˊ 大局。例做任何事情需要考慮全局，不可只顧自己。

9 **全軍覆沒** ㄑㄩㄢˊ ㄐㄩㄣ ㄈㄨˋ ㄇㄛˋ (一)全部軍隊完全潰敗喪亡。(二)比喻事情完全失敗。

10 **全豹** ㄑㄩㄢˊ ㄅㄠˋ 全部、全體的代稱。例未窺全豹。

全神貫注 ㄑㄩㄢˊ ㄕㄣˊ ㄍㄨㄢˋ ㄓㄨˋ 精神完全集中而傾注在某一事物上。

參考「聚精會神」是注意力集中而不分散的意思，它與「全神貫注」之別主要在結構上：「全神貫注」可以用在介詞「在……」或「在……上」的結構中作補語，而「聚精會神」卻沒有此種用法。同時在語義上，「全神貫注」偏重於全部精神的投入，而「聚精會神」只偏重於注意力的不分散。

11 **全球** ㄑㄩㄢˊ ㄑㄧㄡˊ 整個世界。

全部 ㄑㄩㄢˊ ㄅㄨˋ 事物所有的整體。

參考 反局部。

全盛 ㄑㄩㄢˊ ㄕㄥˋ 非常隆盛繁華。例全盛時期。

12 **全勝** ㄑㄩㄢˊ ㄕㄥˋ 完全獲勝。例參加十次比賽，十次全勝。

全集 ㄑㄩㄢˊ ㄐㄧˊ (一)集作者全部著述而合成的一部書。例傅斯年先生全集。(二)集合多人的著作而成為一部書。例諾貝爾文學獎作品全集。

13 **全勤** ㄑㄩㄢˊ ㄑㄧㄣˊ 指上學或上班都能按時，沒有遲到、早退、缺席和請假的紀錄。

14 **全蝕** ㄑㄩㄢˊ ㄕˊ 天俗謂日或月的全部被遮掩的現象。

參考 反半蝕、偏蝕。

15 **全盤** ㄑㄩㄢˊ ㄆㄢˊ 事務的全體。例全盤西化。

參考 同全部。

16 **全錄** ㄑㄩㄢˊ ㄌㄨˋ 外 Xerox (一)是美國商標 Xerox 的音譯。Xerox 源自希臘語，有「乾燒」義。「全錄」是使用特殊乾印技術的一種複印機。

22 **全權** ㄑㄩㄢˊ ㄑㄩㄢˊ 具有處理其事務的全部權力。例全權大使。

23 **全體** ㄑㄩㄢˊ ㄊㄧˇ (一)整個身體。(二)團體或事物的全部。

▽萬全、安全、十全、保全、齊全、完全、兩全、不全、一應俱全、文武雙全、才貌

雙全、委曲求全、忠孝難兩全。

常 6 **兩** 形解 两 形聲；從一，兩聲。两有再或平分的意思，古代以二十四銖爲一兩。

音義 ㄌㄧㄤˇ 名 重量單位，十錢爲一兩。形 ①凡數成偶成雙，通稱兩，例兩人。②雙方的；例「兩全其美。」③表示不定數目；例「過兩天再來。」④不同的；例三心兩意。

參考 ①同二。②擊輛。③兩，衡名，古二十四銖爲一兩。今標準制十公克爲一公錢，十公錢爲一公兩，十公兩爲一公斤；惟商店通用公克，常以一百公克爲一個單位，故其標價常作「每百公克若干元」。市用制以十錢爲一兩，十六台兩爲一台斤。每台斤即等於六百公克。④「兩」、「二」有別：「兩」和「二」用法不全同。讀數目字只用「二」不用「兩」，如：一、二、三、四；小數和分數只用「二」不用「兩」，如「零點二」、「三分之二」；序數也只用「二」，如：第二、二哥。在一般量詞前，用「兩」不用「二」。在傳統的度量衡單位前，「兩」和「二」一般都可用，用「二」爲多（「二兩」不能說「兩兩」）。新的度量衡單位前一般用「兩」，如：兩噸、兩公里。

3 **兩小無猜** ㄌㄧㄤˇ ㄒㄧㄠˇ ㄨˊ ㄘㄞ 天眞誠摯而毫無猜忌嫌疑。兩小，指男孩與女孩；猜：猜疑、猜忌。語出李白・長干行：「同居長干里，兩小無嫌猜。」

5 **兩立** ㄌㄧㄤˇ ㄌㄧˋ 雙方並存對立。

6 **兩全** ㄌㄧㄤˇ ㄑㄩㄢˊ 雙方兼顧，都可保全。例兩全其美。

8 **兩虎相爭** ㄌㄧㄤˇ ㄏㄨˇ ㄒㄧㄤ ㄓㄥ 比喻兩雄爭鬥而其中必有損傷。例兩虎相爭，必有一傷。

9 **兩相情願** ㄌㄧㄤˇ ㄒㄧㄤ ㄑㄧㄥˊ ㄩㄢˋ 雙方都很願意。情願：心中願意。

參考 ①反一廂情願。②兩「相」的「相」不可誤作「廂」。

10 **兩袖清風** ㄌㄧㄤˇ ㄒㄧㄡˋ ㄑㄧㄥ ㄈㄥ 舊稱做官人家清廉而沒有餘財，或毫無積蓄。袖：衣袖；古人衣袖寬大可以容納財物；兩袖清風是說廉潔官吏卸任後兩袖沒有餘錢，只剩下清廉之風。俚亦作「兩袖皆空」。

11 **兩敗俱傷** ㄌㄧㄤˇ ㄅㄞˋ ㄐㄩˋ ㄕㄤ 雙方相爭，同受損害，最後爲人所乘。俱：皆，都。

兩情繾綣 ㄌㄧㄤˇ ㄑㄧㄥˊ ㄑㄧㄢˇ ㄑㄩㄢˇ 形容男女之間的情愛纏綿深刻。繾綣：情意深長，不忍分開。

12 **兩湖** ㄌㄧㄤˇ ㄏㄨˊ 地 湖南與湖北的合稱。例兩湖熟，天下足。

兩棲 ㄌㄧㄤˇ ㄑㄧ （一）動 指既可生活在水裡又可生活在陸地上的動物，如蛙、鱷魚等是。（二）比喻同時兼從事兩種不同性質行業或兼屬兩個團體的人物。

參考 衍兩棲類、兩棲生活。

兩極 ㄌㄧㄤˇ ㄐㄧˊ （一）地 地球上的南極和北極。（二）物 電子學中的陰極和陽極。

參考 衍兩極地方、兩極東風帶。

15 **兩廣** ㄌㄧㄤˇ ㄍㄨㄤˇ 地 廣東與廣西的合稱。

參考 同兩粵。

19 **兩難** ㄌㄧㄤˇ ㄋㄢˊ （一）面對兩個相衝突的目標，難以抉擇。（二）或進或退都感到困難。例進退兩難。

▽一兩、斤兩、萬兩、哥兒兩、半斤八兩、三三兩兩。

【八部】 ㄅㄚ

常 0 **八** 形解)(指事；判分相背，所以有別的意思。

音義 ㄅㄚ 名 數目名，大寫是「捌」，表示數量或次序的數目；例第八名。副 ①表示多方面，泛指多數；例四通八達。②形容凌亂；例橫七豎八。

參考「八」字的讀法，有一聲、二聲的分別：①單用時讀一聲，如八（ㄅㄚ）、九；②連用在詞語後面也讀一聲，如第八（ㄅㄚ）；③連用在一、

二、三聲字的前面也讀一聲，如：八方（ㄅㄚ ㄈㄤ）、八國（ㄅㄚ ㄍㄨㄛˊ）、八尺（ㄅㄚ ㄔˇ）；④連用在四聲字和輕聲字的前面時讀二聲，如八卦（ㄅㄚˊ ㄍㄨㄚˋ）。

4 **八方** ㄅㄚ ㄈㄤ 即四方四隅，指東、西、南、北、東南、西南、東北、西北等八個方向。

6 **八字** ㄅㄚ ㄗˋ 我國傳統命相學，以為一個人出生的年、月、日、時，各有天干地支相配，每項用二個字代替，四項即有八個字的總稱。例八字帖兒。

8 **八佾** ㄅㄚ ㄧˋ ㈠周代天子所用的舞樂，共有八列，每列八人。㈡論語篇名之一。

參考 衍八佾篇、八佾舞。

八卦 ㄅㄚ ㄍㄨㄚˋ 哲傳說是由伏羲氏所創的八種卦名：乾☰、兌☱、離☲、震☳、巽☴、坎☵、艮☶、坤☷，是象徵宇宙結構及其變化的符號，也含有人生哲理在。

八股文 ㄅㄚ ㄍㄨˇ ㄨㄣˊ 文明清兩代科舉考試時一種應考的文體，全文字數有嚴格的規定，分破題、承題、起講、提比、虛比、中比、後比、大結諸名，合為八股，故名八股文。省稱為「八股」。又名「制義」、「時文」、「四書文」。

9 **八音** ㄅㄚ ㄧㄣ 金、石、絲、竹、匏、土、革、木等八種樂器的總稱。如鐘、鈴等屬金類，磬等屬石類，塤屬土類，鼓屬革類，琴屬絲類，笙屬匏類，管屬竹類，柷屬木類。

八拜之交 ㄅㄚ ㄅㄞˋ ㄓ ㄐㄧㄠ 俗稱結義兄弟或姊妹。古結交兄弟時互相拜四拜，共為八拜。

八面威風 ㄅㄚ ㄇㄧㄢˋ ㄨㄟ ㄈㄥ 形容人的聲勢廣大。

八面玲瓏 ㄅㄚ ㄇㄧㄢˋ ㄌㄧㄥˊ ㄌㄨㄥˊ 原是形容窗戶敞開，玲瓏可愛。比喻人處世圓滑；即手腕圓活，處事細密，處事接物，應付周到。

參考 與「面面俱到」，都能表示「對各方面都應付得很周到」的意思，有時可以換用，但有別：①前者着眼於人本身手腕圓滑；後者着重在「應付得很周到」。②前者含有貶損的意思；後者是屬中性詞。

15 **八德** ㄅㄚ ㄉㄜˊ 忠、孝、仁、愛、信、義、和、平等八種傳統的美德。

▽初八、二八、三八、忘八、丈八、王八、臘八、三三八八、雜七雜八、橫七豎八。

常 2 **六** 解形 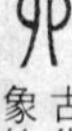 古代表抽象的數目字難造，假借「入」為「六」。

音義 ㄌㄧㄡˋ 名數目字，大寫是「陸」。

ㄌㄨˋ 名①數目字。②姓。

參考 ㄌㄧㄡˋ為語音，ㄌㄨˋ為讀音；用於專有名詞讀ㄌㄨˋ。

5 **六甲** ㄌㄧㄡˋ ㄐㄧㄚˇ ㈠六十干支中逢甲之日有六個，稱為六甲，即是甲子、甲寅、甲辰、甲午、甲申、甲戌。㈡據說男女在這天配合，最易懷孕，所以俗稱婦女有孕為「身懷六甲」。

6 **六合** ㄌㄨˋ ㄏㄜˊ 天地四方。

10 **六畜** ㄌㄧㄡˋ ㄔㄨˋ 馬、牛、羊、雞、犬、豕六種牲畜。例六畜興旺。

六書 ㄌㄧㄡˋ ㄕㄨ ㈠歸納我國文字的創造方法，和蕃衍滋多的規則，共分六種，即是：象形、指事、會意、形聲、轉注、假借。㈡王莽時的六種書體：古文、奇字、篆書、左書、繆篆、鳥蟲書。

參考 ①同六體。②衍六書通、六書本義。

六神無主 ㄌㄧㄡˋ ㄕㄣˊ ㄨˊ ㄓㄨˇ 形容人的張皇失措，喪失主意。六神有二說：㈠指心、肺、肝、腎、脾、膽；㈡指眼、耳、鼻、舌、身、意。

參考 與「心驚肉跳」，都可以形容「驚懼不安」，但有別：①前者偏重於「驚慌」；後者偏重於「恐懼」。②前者可以形容著急得不知如何是好，如「急得六神無主」；但後者不能。但後者能表示預感有災禍臨身而深感不安，還能形容心神不寧、緊張不安；唯前者不能。

11 **六婆** ㄌㄧㄡˋ ㄆㄛˊ 牙婆、媒婆、師婆、虔婆、藥婆、穩婆等的總稱。例三姑六婆。

12 **六腑** ㄌㄧㄡˋ ㄈㄨˇ 舊說指胃、膽、三焦、膀胱、大腸、小腸等為六腑，與五臟並稱。

參考「腑」又作「府」。

六朝 ㄌㄧㄡˋ ㄔㄠˊ 史 時代名，指三國的吳及東晉、南朝的宋、齊、梁、陳，因其都是以建康（今南京）為首都，故史稱六朝。是三世紀初到六世紀末前後三百餘年的歷史時期的泛稱。

13 **六經** ㄌㄧㄡˋ ㄐㄧㄥ 詩、書、易、禮、春秋、樂等六經；樂經今已失傳。

16 **六親** ㄌㄧㄡˋ ㄑㄧㄣ ㈠父、母、兄、弟、妻、子。一說指父、母、兄、弟、夫妻。㈡泛指親屬。例六親不認。

六親不認 ㄌㄧㄡˋ ㄑㄧㄣ ㄅㄨˋ ㄖㄣˋ 形容一個人無情無義，連最親近的眷屬都不加理會。

19 **六藝** ㄌㄧㄡˋ ㄧˋ ㈠禮、樂、射、御、書、數。㈡詩、書、易、禮、樂、春秋等六經。

▽初六、上六、陽六、呼么喝六。

常 2 **兮** 形解 指事；ㄎ是想要舒出的氣，八為擴開，所以有語氣到此稍微停頓的意思。

音義 ㄒㄧ 助 古代漢語語助詞，大概相當於現代白話的「啊」；例「大風起兮雲飛揚。」

常 2 **公** 形解 會意；從八ㄙ。八為相背，ㄙ就是私的初文，所以背私為公。

音義 ㄍㄨㄥ 名 ①祖父；例阿公。②丈夫的爸爸；例公婆。③國君；例齊桓公。④五等爵的第一位；例公侯伯子男。⑤尊稱他人；例某公。⑥凡事關國家及公共團體的；例辦公。⑦公正；例秉公處理。⑧大家所共有；例天下為公。⑨姓。動 共有；例「公天下」。形 ①雄性的（動物）；例公牛。②屬於大家，而非個人所有的；例公共電話。副 出於眾意地；例公推。

3 **公子哥兒** ㄍㄨㄥ ㄗˇ ㄍㄜ ㄦ 嬌生慣養，講究享受，不知世故的富家子弟。公子：顯貴者的兒子。

參考 同紈袴子弟，公子王孫。

4 **公允** ㄍㄨㄥ ㄩㄣˇ 公正恰當而不偏袒。例立論公允。

公文 ㄍㄨㄥ ㄨㄣˊ 處理公務的文書。

公公 ㄍㄨㄥ ㄍㄨㄥ ㈠對老年人的敬稱。例老公公。㈡婦女稱祖父或稱丈夫的父親。

公元 ㄍㄨㄥ ㄩㄢˊ 歐美國家以耶穌基督誕生的那一年為紀元的開始，以後世界各國亦多採用之，以為紀年共通標準，故名。亦稱「西元」。

5 **公正** ㄍㄨㄥ ㄓㄥˋ 公平正直而毫無偏私。例公正無私。

參考 ①同公平。②反偏私。

公司 ㄍㄨㄥ ㄙ 以營利為目的，依公司法組織、登記、成立的社團法人。可分為無限公司、有限公司、股份有限公司、兩合公司等四類。

參考 衍公司法、有限公司、無限公司。

公民 ㄍㄨㄥ ㄇㄧㄣˊ ㈠年滿二十歲，在某行政區域內連續居住六個月以上，未被褫奪公權，也未受禁治產宣告的居民，依法得取得公民資格。㈡現行中小學課程之一，以培養學生成為健全公民所必備的知識為內涵。

參考 衍公民權，公民總投票。

公平 ㄍㄨㄥ ㄆㄧㄥˊ 公正不阿而不偏袒。

參考 與「公正」、「平正」都指沒有偏向；但「公平」指處理事情，分配財物平等合理；「公正」指正直、無私、合理，常用於人的態度、品格；「平正」指事物不歪斜、無凹凸的狀態，也可引申指人的公平合理或和平中正。

公用事業 ㄍㄨㄥ ㄩㄥˋ ㄕˋ ㄧㄝˋ 指和社會大眾生活有關的事業，如自來水、電力、電信、郵政、公共汽車等。

公式 ㄍㄨㄥ ㄕˋ ㈠數 數學問題中，用文字表示解析所得的具體結果，可適合於相類或相關問題的算式。㈡科學上適用的定則。例化學公式。

公共 ㄍㄨㄥ ㄍㄨㄥˋ 大眾共同的。例公共場所。

公共秩序 ㄍㄨㄥ ㄍㄨㄥˋ ㄓˋ ㄒㄩˋ 安定社會大眾生活所需要的條理和程序。

7 **公告** ㄍㄨㄥ ㄍㄠˋ 由政府機關宣布重大事件的文告。

8 **公事** ㄍㄨㄥ ㄕˋ ㈠公家的事務。㈡公文。

參考 衍公事公辦。

公忠體國 ㄍㄨㄥ ㄓㄨㄥ ㄊㄧˇ ㄍㄨㄛˊ 公正忠實，體恤國家。

10 **公益** ㄍㄨㄥ ㄧˋ 社會公共的利益。例公益事業。

參考 衍公益法人。

公害 ㄍㄨㄥ ㄏㄞˋ 對公衆產生危害的事物。如：水污染、空氣污染、都市噪音等。

11 **公理** ㄍㄨㄥ ㄌㄧˇ ㈠世界所公認的道理。㈡科學上無需證明的基本推理，如數學的普通公理、幾何公理等。

公務 ㄍㄨㄥ ㄨˋ 公家的事務。

參考 ①同公事。②衍公務員。

12 **公衆** ㄍㄨㄥ ㄓㄨㄥˋ 社會大衆。

公寓 ㄍㄨㄥ ㄩˋ 分層或分間專供許多人家居住的樓房。例公寓出租。

公然 ㄍㄨㄥ ㄖㄢˊ 無所顧忌、無所隱蔽的當衆公開行動。例教室裏不可公然抽煙。

參考 參閱「公開」條。

公報 ㄍㄨㄥ ㄅㄠˋ ㈠政府機關專爲刊登法令、法規或其他事項所發行的定期刊物。例行政院公報。㈡國際會議結束後，對外發布的公開聲明，說明會中討論的結果。例美匪聯合公報。

公開 ㄍㄨㄥ ㄎㄞ ㈠不秘密。例人事公開。㈡開放。例公開展覽。㈢揭露。例公開內幕。

參考 與「公然」都有不加隱蔽，當衆行動之意：但前者爲中性詞，指顯露在外，毫不隱瞞地當衆進行；後者指不顧他人的目光、輿論、公共秩序、法紀等，只顧自己行動。含有貶損的意思。

公訴 ㄍㄨㄥ ㄙㄨˋ 法檢察官依其偵查所得之證據，足認被告有犯罪嫌疑，依法律之規定提起的訴訟。

參考 衍公訴罪。②與「告訴乃論」有別：後者須經有告訴權之人提出告訴，檢察官始能著手進行偵查。

13 **公道** ㄍㄨㄥ ㄉㄠˋ ㈠大公至正的道理。㈡公平。

公債 ㄍㄨㄥ ㄓㄞˋ 國家或地方自治團體爲謀財政上收支的適合，而募集自民間游資的債務。因舉債而發行的票券，稱「公債票」或「公債券」。

公園 ㄍㄨㄥ ㄩㄢˊ 現代都市，凡人口稠密的地帶，由公家設置讓公衆遊覽、休憩的公共花園。

公路 ㄍㄨㄥ ㄌㄨˋ ㈠公衆得以自由通行的道路。㈡由國家或地方政府修建管理的大馬路，專供長途汽車行駛，可分爲繳費公路和免費公路二種。

公暇 ㄍㄨㄥ ㄒㄧㄚˊ 公事辦完之後所剩餘的空閒時間。衍公暇宜多讀書，以增廣見聞。

14 **公認** ㄍㄨㄥ ㄖㄣˋ 爲大衆所承認。

公演 ㄍㄨㄥ ㄧㄢˇ 公開演出。

公墓 ㄍㄨㄥ ㄇㄨˋ 公共的墳場。

公僕 ㄍㄨㄥ ㄆㄨˊ 就是公務員。例公僕難爲。

公爾忘私 ㄍㄨㄥ ㄦˇ ㄨㄤˋ ㄙ 忠實盡力地爲公衆服務，而忘了自己的私事。

參考 ①反假公濟私。②本詞用來形容奉公忘私的人。

15 **公德心** ㄍㄨㄥ ㄉㄜˊ ㄒㄧㄣ 注重公衆利益的精神與態度。

18 **公轉** ㄍㄨㄥ ㄓㄨㄢˇ 天一個天體圍繞另一個天體的運動。如行星繞恆星運動，衛星繞行星運動即是；又如地球繞太陽運轉即是。

參考 反自轉。

19 **公證** ㄍㄨㄥ ㄓㄥˋ 法當事人或其他關係人請求法院公證人就法律行爲或其他私權事實，作成公證書，以確定私權的行爲。

參考 衍公證人、公證結婚。

22 **公權** ㄍㄨㄥ ㄑㄩㄢˊ 法在公法上所享有權利的總稱，即團體、個人依法所賦與而享有的權利，如：參政權、自由權、受益權、平等權。

參考 ①反私權。②衍公權力。

▽三公、外公、太公、貴公、奉公、乃公、主公、家公、王公、天公、秉公、從公、公公、天下爲公、一國三公、枵腹從公、涓滴歸公、袞袞諸公、開誠布公。

常 4
共
形解 會意；從廿廾。二十人都竦手相聯，所以會共同的意思。

音義 ㄍㄨㄥˋ 名「共產黨」的簡稱；例中共。動①供給大家；例「願車馬衣裘與朋友共。」②合計；例總共。副一起；例共同生活。

ㄍㄨㄥ 名姓。形恭敬；通「恭」。

ㄍㄨㄥˇ 動兩手在胸前合抱，表示敬意，通「拱」。

參考 孳供、拱、恭、哄、龔。

5 **共犯** ㄍㄨㄥˋ ㄈㄢˋ 法二人以上共同實施犯罪之行爲的人。亦即二個以上有責任能力之人，基於違法意思連絡共同實現犯罪。

參考 衍廣義的共犯包括共同正犯、教唆犯、從犯。

6 **共同** ㄍㄨㄥˋ ㄊㄨㄥˊ ㈠一致。㈡一起或公有。例共同生活。

參考 ①與「協同」、「協助」有別：「協同」是一同、一起，有互相合作、協助的意思；「協助」是指從旁幫助。②參閱「一概」條。

8 **共事** ㄍㄨㄥˋ ㄕˋ 同在一起做事。

共和 ㄍㄨㄥˋ ㄏㄜˊ 主權屬於全體人民，而不立君主的國體。

參考 衍共和黨。

11 **共產主義** ㄍㄨㄥˋ ㄔㄢˇ ㄓㄨˇ ㄧˋ ㈠政十九世紀中葉馬克斯、恩格斯所倡，它的基本理論爲唯物史觀、階級鬥爭及剩餘價值說；其中尤以唯物史觀爲基礎，階級鬥爭爲中心。㈡泛指今之國際共產主義，以恐怖暴力爲手段，滲透、顛覆爲方法，打倒資本主義，顛覆民主國家，達到赤化世界爲目的。

14 **共鳴** ㄍㄨㄥˋ ㄇㄧㄥˊ ㈠物同一振動數的兩個發聲體相對，其中一個發聲時，另一個也會因此而發聲。這種現象聲學上稱爲共鳴。㈡引申爲一個人的行爲表現，可以激發他人情緒所引起的共響。㈢比喻文藝創作，可以感動讀者，而產生同情。例共鳴的創作。

參考 ①同共振。②衍共鳴器、共鳴箱。

17 **共襄盛舉** ㄍㄨㄥˋ ㄒㄧㄤ ㄕㄥˋ ㄐㄩˇ 大家共同贊助來完成盛大而具有意義的行爲或活動。襄：幫助；盛舉：大事。

20 **共體時艱** ㄍㄨㄥˋ ㄊㄧˇ ㄕˊ ㄐㄧㄢ 共同體恤時局的艱難。

▽反共、公共、中共、容共、勦共、親共、一共、俄共、與共、休戚與共、車馬衣裘與朋友共。

常 5
兵
形解 會意；從廾斤。用兩手拿著斤（斧斤），所以會兵械的意思。

音義 ㄅㄧㄥ 名①打仗用的武器；例兵刃。②拿著武器打仗的戰士；例兵士。③軍銜名；例上等兵。④軍事或戰爭；例紙上談兵。

參考 「兵」與「乒」、「乓」形近而音義不同，使用時宜加辨別。

2 **兵力** ㄅㄧㄥ ㄌㄧˋ 軍隊的實力，包括戰鬥人員和武器裝備。

參考 衍兵力單位。

4 **兵不血刃** ㄅㄧㄥ ㄅㄨˋ ㄒㄩㄝˋ ㄖㄣˋ 仁義之師，不需經過戰鬥，就可取得勝利。

兵不厭詐 ㄅㄧㄥ ㄅㄨˋ ㄧㄢˋ ㄓㄚˋ ㈠用兵時爲了制勝敵人，在策略上有詭詐譎變，高深莫測的必要。㈡比喻爲了達到目的，不妨使出詭詐的手段。

7 **兵役** ㄅㄧㄥ ㄧˋ ㈠人民對國家擔負一定期限的軍事任務。例服兵役。㈡戰事。例「兵役連年，死亡流離。」

8 **兵法** ㄅㄧㄥ ㄈㄚˇ 練兵、用兵和作戰的方法，即現在的軍事學。例孫子兵法。

10 **兵家** ㄅㄧㄥ ㄐㄧㄚ 舊時稱精通兵法的軍事家。例勝敗乃兵家常事。

兵馬倥傯 ㄅㄧㄥ ㄇㄚˇ ㄎㄨㄥˇ ㄗㄨㄥˇ 戰事急迫。兵馬：泛指軍隊；倥傯：形容事情急迫，忙碌不堪。

兵荒馬亂 ㄅㄧㄥ ㄏㄨㄤ ㄇㄚˇ ㄌㄨㄢˋ 形容戰亂的騷擾，破壞的嚴重及秩序的紊亂。

參考 本詞描寫戰爭時期環境的惡劣，生命財產隨時遭到威脅。

11 **兵符** ㄅㄧㄥ ㄈㄨˊ 古代調度兵馬或發布命令的符信。

兵連禍結 ㄅㄧㄥ ㄌㄧㄢˊ ㄏㄨㄛˋ ㄐㄧㄝˊ 天災兵禍，接連不斷。
17 兵營 ㄅㄧㄥ ㄧㄥˊ 軍隊駐紮的地方。
23 兵變 ㄅㄧㄥ ㄅㄧㄢˋ 軍隊不接受上級命令，採取叛變的行動。
▽女兵、傘兵、精兵、騎兵、步兵、砲兵、水兵、大兵、小兵、衞兵、徵兵、工兵、府兵、天兵、閱兵、特種兵、天將神兵、先禮後兵、紙上談兵、秣馬利兵、草木皆兵、棄甲曳兵、鳴金收兵、賠了夫人又折兵。

常 6 **具** 形解 會意；從，從貝省(目)。用兩手敬承財貨，所以會共置的意思。
音義 ㄐㄩˋ 名①器物；例工具。②量詞，器物一件稱一具；例一具電話。③才能；例才具。④姓。動①備辦；例謹具薄禮。②具有；例粗具規模。形完備的；例禮舉儀具。
參考 具、俱的辨析，參閱「俱」字欄。
4 具文 ㄐㄩˋ ㄨㄣˊ 徒具形式而不切實際的空文。例形同具文。
參考 同空文。
6 具名 ㄐㄩˋ ㄇㄧㄥˊ 出名或簽名。例請在收據上具名。
12 具備 ㄐㄩˋ ㄅㄟˋ 完備。
具結 ㄐㄩˋ ㄐㄧㄝˊ 法依法定程序，以文字保證據實陳述或公正誠實的鑑定或通譯。
參考 在法律上，證人、鑑定人、通譯於受訊問前都需要具結。
23 具體 ㄐㄩˋ ㄊㄧˇ (一)大體完備。(二)有實體存在，對抽象而言。
參考 反抽象。
▽文具、雨具、農具、道具、器具、家具、工具、寢具、玩具、機具、面具、茶具、製圖用具。

常 6 **其** 形解 形聲；從，丌聲。象簸箕形。「其」借用爲語詞後，爲借義所專，於是另造「箕」字，以承本義。
音義 ㄑㄧˊ 名姓。代第三人稱代名詞，相當於白話的「他」、「他們」；例出其不意。形那，那個；例若無其事。助①(文言)表揣測，反問或勸勉之意；例「其奈我何？」②語末助詞；例極其。
ㄐㄧ 助語助詞，表示疑問；例「夜如何其？夜未央。」
參考 擊基、期、欺、棋、旗、麒。
5 其他 ㄑㄧˊ ㄊㄚ 此外，別的。例其他國家。
參考 與「其餘」都指除此以外的意思，但有別：前者著重在「另外的」，表示一種互相對待或並列的關係，所指範圍比較廣泛；對於事物可以泛指，也可確指，但以泛指爲常用。當其用於確指時，常在上下文有表示數量的文字，這時可與「其餘」通。後者著重在指出整體，再從整體中除去列舉的，剩下的就是多餘的部分。
6 其次 ㄑㄧˊ ㄘˋ 第二，次一等的。
14 其實 ㄑㄧˊ ㄕˊ 眞正，實在。
參考 同實在。
其貌不揚 ㄑㄧˊ ㄇㄠˋ ㄅㄨˋ ㄧㄤˊ 指某人的相貌非常難看。不揚：不好看。
15 其樂無窮 ㄑㄧˊ ㄌㄜˋ ㄨˊ ㄑㄩㄥˊ 形容快樂得沒有止境，即非常快樂。又作「其樂融融」。
▽與其。

常 6 **典** 形解 會意；從冊，從丌。指高置在丌上的簡冊，所以會重要書籍的意思。
音義 ㄉㄧㄢˇ 名①可供依據或模仿的標準規範；例五南活用辭典。②儀式；例慶典。③古書中可供稱引的故事；例典故。④姓。動①主持；例典試。②把財物抵押給別人；例典當。③管理；例典獄。
9 典故 ㄉㄧㄢˇ ㄍㄨˋ 詩詞、文章或言語等引用古書中的故事或詞語。
典型 ㄉㄧㄢˇ ㄒㄧㄥˊ (一)模範，足以代表某一類事物特性的標準形式。例「典型在夙昔。」(二)文學藝術中最具概括性和代表性的人物、事件或實例。
參考 衍典型人物、典型元素、典型龍山文化。②與「類型」有別：前者指能反映某類事物或某種人的本質特徵的集中代表，是中性詞；後者指具有共同特點的事物所形成的類別，側重於種類的區別，常用於人或物的劃分。

11 **典章制度** ㄉㄧㄢˇ ㄓㄤ ㄓˋ ㄉㄨˋ 指某一國家或朝代的文物制度。

12 **典雅** ㄉㄧㄢˇ ㄧㄚˇ ㈠優美大方而不俗氣。例她把閨房佈置得十分典雅。㈡形容文章有根據而不鄙俗。例「辭義典雅，足傳後世。」

13 **典業** ㄉㄧㄢˇ ㄧㄝˋ ㈠以開當鋪為業的人；其所開設的銀行稱「典業銀行」。㈡經常而恆久的事業。

典當 ㄉㄧㄢˇ ㄉㄤˋ ㈠用衣物或其他東西(如名錶、首飾、汽車等)作抵押，向當鋪借高利率的錢，到期無力償還，抵押品即歸當鋪所有，稱為「流當」。㈡方即當鋪。又作「典質」、「典錢」、「典押」、「質押」。

典試 ㄉㄧㄢˇ ㄕˋ 主持考試及相關事項。例典試委員。

15 **典賣** ㄉㄧㄢˇ ㄇㄞˋ 出賣時已約定期限，到期後可以備價贖回。

參考 ①俗稱「活賣」。②反絕賣。

典範 ㄉㄧㄢˇ ㄈㄢˋ 可以作為榜樣而起示範作用的人或事物。例岳飛精忠報國的事跡是後世盡忠盡孝的典範。

參考 與「典型」、「範例」都指具有代表性的或可以立為標準的人或事物而言，但有別：「典範」指可供學習效法的最好榜樣或應該遵循的標準法則；「典型」是指能反映某類事物或某種人的本質特徵的集中代表；「範例」是指能起示範作用、可當作模範事例，常用來表示正確的做法或好的工作、行為等，不用於人。

18 **典藏** ㄉㄧㄢˇ ㄘㄤˊ 主持名貴器物(如重要圖書或古物之類)的保管事務。

參考 衍典藏組。

典禮 ㄉㄧㄢˇ ㄌㄧˇ ㈠正式的儀式。例開幕典禮。㈡典章禮儀。

20 **典籍** ㄉㄧㄢˇ ㄐㄧˊ 典章、法制等重要圖籍。

▽恩典、古典、文典、事典、史典、出典、字典、寶典、佛典、聖典、辭典、經典、祭典、雅典、法典、盛典、羅馬法典、永樂大典、祭孔大典、引經據典。

常 8 兼

形解 會意；從又，從二禾。用又(手)同握二禾，所以會兩者並得的意思。

音義 ㄐㄧㄢ 名姓。動①合併；例兼併。②同時並得；例「二者不可得兼。」③同時有兩方面的動作或作用；例兼差。形加倍的；例兼程。

6 **兼旬** ㄐㄧㄢ ㄒㄩㄣˊ 二旬，即二十天。

兼任 ㄐㄧㄢ ㄖㄣˋ 一個人在本職以外，同時擔任別種職務。

參考 反專任。

8 **兼併** ㄐㄧㄢ ㄅㄧㄥˋ 併吞他國。又作「兼并」。

10 **兼差** ㄐㄧㄢ ㄔㄞ 除了主要工作外，又利用其他時間兼任別的差事。

參考 ①同兼職。②與「副業」都指主業以外，並兼營其他，但有別：前者是動詞，多指為人工作；後者為名詞，多是自己經營的事業。

兼容並蓄 ㄐㄧㄢ ㄖㄨㄥˊ ㄅㄧㄥˋ ㄒㄩˋ 容納各種不同的事物或意見，比喻包含容納非常寬大廣泛。蓄：聚藏。一作「兼容並包」。

12 **兼備** ㄐㄧㄢ ㄅㄟˋ 各方面都能同時具備。例術德兼備。

兼程 ㄐㄧㄢ ㄔㄥˊ ㈠趕路，指用一天的時間走了兩天的路程。㈡泛指處理事務的速度加倍進行。

兼善天下 ㄐㄧㄢ ㄕㄢˋ ㄊㄧㄢ ㄒㄧㄚˋ 推廣自己的善行，去影響別人，使別人也能行善。

18 **兼職** ㄐㄧㄢ ㄓˊ 本職以外兼任其他職務。

參考 同兼差。

21 **兼顧** ㄐㄧㄢ ㄍㄨˋ 通盤計畫，同時注意到各方面。

參考 衍兼籌並顧。

常 14 冀

形解 形聲；從北，異聲。異是竦手予人，有離異的意思；北是乖戾，既離異又乖戾，所以望幸為冀。

音義 ㄐㄧˋ 名①「河北省」的簡

稱。②姓。動心中有所希求；例希冀。

參考①同希。②孳驥。③「冀」、「翼」有別：「希冀」的「冀」字，音ㄐㄧˋ；「振翼高飛」的「翼」是翅膀，所以字的上邊是從羽，音ㄧˋ。

8 **冀免** ㄐㄧˋ ㄇㄧㄢˇ 心中希求幸免。

11 **冀望** ㄐㄧˋ ㄨㄤˋ 希望。

【冂部】 ㄐㄩㄥ

常 3 **冉** 解形 象形；象細毛下垂形。冉是冄的俗字。

音義 ㄖㄢˇ 名①「髯」的初文。②姓。副逐漸升起的樣子；例冉冉升起。

參考①孳髯。②「冉」、「再」有別：「冉冉升起」的「冉」字，上面沒有一橫畫；「再見」、「一而再，再而三」的「再」字，上面多一橫畫。

5 **冉冉** ㄖㄢˇ ㄖㄢˇ ㈠緩慢移動的樣子。㈡柔弱下垂的樣子。㈢雲朵蠕動的樣子。

參考「冉冉」不可誤寫作「再再」。

常 3 **冊** 解形 象形；象竹簡或木簡編連成篇形。

音義 ㄘㄜˋ 名①古稱編簡為冊，後遂以之沿稱書本為「冊」；例典冊。②帙，數量詞，只用於書籍；例這部書共有四冊。③裝訂成本子的書；例畢業紀念冊。動古時皇帝以冊命封爵；例冊封。
ㄔㄞˇ 名夾有繡花圖樣的紙本；例樣冊子。

3 **冊子** ㄘㄜˋ ㄗ˙ 猶本子，簿子。

5 **冊立** ㄘㄜˋ ㄌㄧˋ 舊制指立皇后的典禮。

9 **冊封** ㄘㄜˋ ㄈㄥ ㈠古代封爵的典禮。㈡動詞，即冊封爵位。

▽名冊、簡冊、畫冊、手冊、小冊、大冊、竹冊、書冊、紀念冊、集郵冊、人手一冊。

常 4 **再** 解形 會意；從一，從冓省（冉為冓的一半）。所以會一舉而二的意思。

音義 ㄗㄞˋ 副①第二度；例再版。②表示事情、行為的程度加深或持續；例再接再厲。③重複；例「一而再，再而三」。

參考①「再」與「冉」字形有別，參閱「冉」字條。②同二。③「再」、「又」有別：表示已經重複的動作用「又」（過去完成式），表示將要重複的動作用「再」（將來式）。例這本書前幾天我又讀了一遍，以後有時間，我還要再讀一遍。此句的「再」不能用「又」代替。

3 **再三** ㄗㄞˋ ㄙㄢ 屢次，一次又一次。

5 **再生** ㄗㄞˋ ㄕㄥ ㈠死而復活。㈡〔生〕生物恢復它損傷部位的能力。例蜥蜴的尾巴斷了，還有再生的能力。

參考①同重生。②衍再生緣、再生紙、再生纖維。

再生之德 ㄗㄞˋ ㄕㄥ ㄓ ㄉㄜˊ 形容救命的恩德。再生：重生、復活。

7 **再見** ㄗㄞˋ ㄐㄧㄢˋ ㈠臨別時的客套話。㈡再次相見。

參考同再會。

8 **再版** ㄗㄞˋ ㄅㄢˇ 同一本書第二次印刷發行。

參考①第二次印行以後稱三版、四版……。②反絕版。

10 **再衰三竭** ㄗㄞˋ ㄕㄨㄞ ㄙㄢ ㄐㄧㄝˊ 形容衰弱無力或後繼無力。

11 **再造** ㄗㄞˋ ㄗㄠˋ ㈠感謝他人拯救有功的話。例恩同再造。㈡重建，復興。例河山再造。

再接再厲 ㄗㄞˋ ㄐㄧㄝ ㄗㄞˋ ㄌㄧˋ 比喻勇往直前，毫不放鬆。接：白刃相接。厲：同「礪」，磨刀。接戰一次後，返回馬上磨刀，準備再戰，所以有勇往直前的意思。

19 **再醮** ㄗㄞˋ ㄐㄧㄠˋ 婦女再嫁。

參考醮是一種酒禮，古代舉行婚禮時，女父用醴酒招待女兒，等待女婿來親迎。女子再嫁也具備是項飲酒的禮節，所以稱再嫁為「再醮」。

次 5 **冏** 解形 象形；象窗櫺呈格子形。

音義 ㄐㄩㄥˇ 名明窗。副光明

地，通「坰」。

參考 ①「冋」的俗字。②又音ㄐㄩㄥˇ。

常 7 **冒** 形解 冒 會意；從冃目。冃象帽子形。帽子戴在頭上，剛好遮在眼睛的上邊，所以會有所干犯而不顧一切的意思。

音義 ㄇㄠˋ 名①頭巾，同「帽」；例「著黃冒。」②姓。動①不顧；例冒險犯難。②輕率，指行爲不加審慎；例冒昧。③頂著；例冒雨。④自下透出而向上發散；例冒煙。⑤假託；例冒名頂替。⑥犯；例冒犯。

ㄇㄛˋ 名音譯用字；例冒頓單于。動貪得；例貪冒。

參考 ①同犯。②孳帽、瑁。③冒字從冃，下二橫不與冂連，不可從曰作「冐」或從日(ㄖˋ)作「冒」。③貪冒(ㄇㄛˋ)不可誤寫作「貪墨」。

5 **冒犯** ㄇㄠˋ ㄈㄢˋ 衝撞、得罪；猶衝犯。

冒充 ㄇㄠˋ ㄔㄨㄥ 用假的充當眞的（以進行欺騙）。例他冒充刑警到處詐財騙色。

冒失 ㄇㄠˋ ㄕ 鹵莽，莽撞。又作「冒冒失失」。

6 **冒名頂替** ㄇㄠˋ ㄇㄧㄥˊ ㄉㄧㄥˇ ㄊㄧˋ 冒用別人的姓名，代替他去做事或竊享他人的權利、地位。

參考 本詞含有貶損的意思。

9 **冒昧** ㄇㄠˋ ㄇㄟˋ 鹵莽、胡來。

參考 常用於客套話，如：請恕我冒昧。

12 **冒牌** ㄇㄠˋ ㄆㄞˊ 原指一種商品仿冒別家廠商同類商品的牌號、商標等。今泛指假的冒充眞的，劣的充當好的。例冒牌貨。

14 **冒號** ㄇㄠˋ ㄏㄠˋ 標點符號的一種，用來提起下文，總承上文，或提出引用語，形式是「：」。例「君子有三畏：畏天命，畏大人，畏聖人之言。」

冒領 ㄇㄠˋ ㄌㄧㄥˇ 將別人的東西充當是自己所有，而依一定手續領取過來。

16 **冒險** ㄇㄠˋ ㄒㄧㄢˇ ㈠不顧危險而勇往直前。例冒險犯難。㈡不顧後患，只求急功近利。例這樣做太冒險了。

參考 與「危險」意思不同：「危險」是形容詞，形容事情危急驚險；「冒險」是副詞，修飾人的勇敢或不顧後果的做法或精神。

▽感冒、侵冒、僭冒、僞冒、假冒、仿冒。

常 7 **胄** 形解 胄 形聲；從冃，由聲。由象頭盔形，冃象帽子，所以銅盔爲胄。

音義 ㄓㄡˋ 名①古代戰士所戴的銅盔，用來抵禦刀矢；例甲胄。②後世子孫；例華胄錦胄。③長子；例胄子。④姓。

胄

參考 胄爲先秦之名，至秦漢以來始名爲「兜鍪」，取其形狀如鍪，俗稱作「盔」；又兜鍪一作「兜牟」。

13 **胄裔** ㄓㄡˋ ㄧˋ 子孫、後代。裔：後代子孫。

▽甲胄、介胄、鎧胄、銅胄、鐵胄、鋼胄。

常 9 **冕** 形解 冕 形聲；從冃，免聲。古代大夫以上所戴的禮帽爲冕。

音義 ㄇㄧㄢˇ 名①古帝王、諸侯及卿大夫所戴的禮帽；例冠冕。②形狀像冠冕的物體；例日冕。③姓。

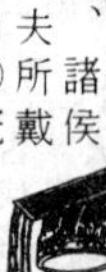
冕

▽軒冕、玄冕、冠冕、紱冕、旒冕、無冕。

常 10 **最** 形解 最 會意；從冃取。所以會冒險犯難去求取的意思。

音義 ㄗㄨㄟˋ 名姓。副無比、極至；例最優美。

參考 形蕞、撮。

8 **最近** ㄗㄨㄟˋ ㄐㄧㄣˋ ㈠近來，不久前。指時間而言。㈡不遠，很接近。指空間而言。

9 **最後通牒** ㄗㄨㄟˋ ㄏㄡˋ ㄊㄨㄥ ㄉㄧㄝˊ 政音譯作「哀的美敦書」。指一國對他國就雙方的爭端所發的通知，表明最後的要求，並限期答覆，否則即採取軍事行動。

12 **最惠國待遇** ㄗㄨㄟˋ ㄏㄨㄟˋ ㄍㄨㄛˊ ㄉㄞˋ ㄩˋ 政締約國之一，給予第三國某種權利（如貿易、航海、關稅徵收或公民法律地位等）時，其他締約國亦即當然享受同等的權利，不必另訂新約。

【冖部】 ㄇㄧˋ

常 2 **冗** 形解 冗 會意；從宀，人在屋下。沒有農事可做，有閒散的意思。

音義 ㄖㄨㄥˇ 名①多餘的人或事；例「除煩去冗」。②民無定居；例「流冗道路」。形①閒散無用的；例冗員。②多而無益的；例冗費。③雜、忙；例冗雜。

參考 冗字，有些字典入於「宀」部作「宂」。

7 **冗兵** ㄖㄨㄥˇ ㄅㄧㄥ 閒散無用的兵員。

8 **冗官** ㄖㄨㄥˇ ㄍㄨㄢ 閒散無事可做的官員。參考 同冗員。

8 **冗長** ㄖㄨㄥˇ ㄔㄤˊ 多餘而不必要。參考 又音 ㄖㄨㄥˇ ㄓㄤˇ。

10 **冗員** ㄖㄨㄥˇ ㄩㄢˊ 機關團體中超過需要而閒置的人員。

12 **冗筆** ㄖㄨㄥˇ ㄅㄧˇ 文字或圖畫中囉唆而沒有用處的字句或筆畫。參考 與「敗筆」有別：敗筆是指寫不好或畫不好的筆畫。

15 **冗賦** ㄖㄨㄥˇ ㄈㄨˋ 苛刻而複雜的稅賦。參考 同雜稅。

18 **冗雜** ㄖㄨㄥˇ ㄗㄚˊ (一)煩雜錯亂。(二)忙碌。

次 2 **冘** 形解 冘 會意；從人，從冖。冖代表遠方，人離開冖表示將有遠行，會行進的意思。

音義 ㄧㄣˊ 名姓。ㄧㄡˊ 副遲疑不定的樣子；例冘豫。

參考 ①亦作「佔」。②孳耽、眈、酖、沉、沈。

4 **冘冘** ㄧㄣˊ ㄧㄣˊ 步伐緩慢的樣子。

常 7 **冠** 形解 冠 形聲；從寸，元聲。手拿著帽子加在頭頂上，是帽子的總稱。

音義 ㄍㄨㄢ 名①帽子的總名；例衣冠整齊。②形狀像帽子的物體；例雞冠。③姓。

ㄍㄨㄢˋ 名古男子二十歲時，所舉行的成人儀式。例弱冠。動①戴上帽子；例冠儒冠。②超羣出衆；例「勇冠三軍」。③附加；例冠夫姓。形①最優秀的；例冠絕羣倫。②考試或比賽得第一名的；例冠軍。

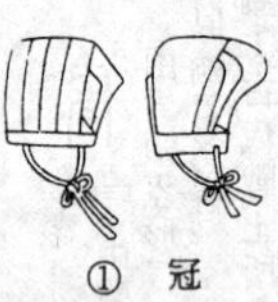
冠 ①

4 **冠毛** ㄍㄨㄢ ㄇㄠˊ 植由萼片變形而成，白色，形狀如絲或鳥羽，果實成熟時，冠毛隨風飛散，藉以散布種子。如蒲公英即是著例。

5 **冠玉** ㄍㄨㄢˋ ㄩˋ (一)裝飾在帽子上的美玉。(二)原是形容人虛有其表，今喻男子的美貌。例面如冠玉，口若施朱。

6 **冠年** ㄍㄨㄢˋ ㄋㄧㄢˊ 弱冠之年，即二十歲。

參考 ①禮記·曲禮：「二十曰弱，冠。」是說古代男子年齡到了二十歲叫「弱」，必須舉行冠禮。所以男子二十歲的代稱爲「冠年」或「弱冠」。②女子不可用「冠年」一詞。③同冠歲。

8 **冠狀動脈** ㄍㄨㄢ ㄓㄨㄤˋ ㄉㄨㄥˋ ㄇㄛˋ 生供給心臟養分的動脈，起於主動脈，分左右兩條，環繞在心臟的表面，形狀類似王冠，故名。

9 **冠軍** ㄍㄨㄢˋ ㄐㄩㄣ (一)考試或比賽得第一名。(二)軍功卓越爲諸軍中第一。(三)古代將軍的名號或官銜。

11 **冠帶之族** ㄍㄨㄢ ㄉㄞˋ ㄓ ㄗㄨˊ 中國爲文物之邦，有儀有節，戴冠束帶，故名。

冠冕 ㄍㄨㄢ ㄇㄧㄢˇ (一)堂皇，大方。例冠冕堂皇。(二)仕宦。

冠冕堂皇 ㄍㄨㄢ ㄇㄧㄢˇ ㄊㄤˊ ㄏㄨㄤˊ

㈠光明正大。例冠冕堂皇的理由。㈡高貴，榮顯。㈢形容外表莊嚴體面的樣子。

參考 與「堂而皇之」都有㈠表面上㈡莊嚴正大的意思，有時可通用，但二者有別：後者側重在有氣派、廣大上，中性詞不含貶損的意思，前者則有之。

12 **冠絕古今** ㄍㄨㄢˋ ㄐㄩㄝˊ ㄍㄨˇ ㄐㄧㄣ 無論從古到今都是第一流的。例王羲之的書法，冠絕古今，爲萬世所效法。

冠詞 ㄍㄨㄢˋ ㄘˊ (Article)英文文法中用以區別指示某事物的字，使用時因放在名詞之前，故稱冠詞。如 a, an, the 等是。

參考 ①又稱「指詞」、「指稱詞」。②國語文法中沒有冠詞。

14 **冠蓋相望** ㄍㄨㄢ ㄍㄞˋ ㄒㄧㄤ ㄨㄤˋ 形容車服盛麗，不絕於途。冠：是帽子；蓋：指車蓋。例「千里遊遨，冠蓋相望」。

冠蓋雲集 ㄍㄨㄢ ㄍㄞˋ ㄩㄣˊ ㄐㄧˊ 形容權貴顯達的人，聚集在一起。雲集：比喻許多人從各處聚合在一起，有如雲朵齊集一般。

參考 與「冠蓋相望」有別：前者偏重在達官貴人聚集在一起，而且人數衆多；後者著重在絡繹不絕，延綿不斷，彼此遙遠相望。

18 **冠禮** ㄍㄨㄢˋ ㄌㄧˇ 古代男子二十歲舉行加冠表示成年的禮節。見儀禮・士冠禮及禮記・冠義。

冠雞佩猳 ㄍㄨㄢˋ ㄐㄧ ㄆㄟˋ ㄐㄧㄚ 冠上戴雄雞形的飾物，衣服佩雄豬形的飾物，指人的性情粗魯剛直，喜好勇力鬥狠。語本史記・仲尼弟子列傳：「子路性鄙，好勇力，志伉直，冠雄雞，佩猳豚。」

參考 ①「猳」或作「豭」。②猳，字雖從叚，但不可讀成 ㄒㄧㄚˊ 或 ㄐㄧㄚ。

23 **冠纓** ㄍㄨㄢ ㄧㄥ 即帽纓，帽的帶子。

▽雞冠、皇冠、禮冠、衣冠、桂冠、弱冠、掛冠、肉冠、王冠、雄冠、高冠、偉冠、怒髮衝冠、沐猴而冠。

常 8
冤
解形 會意；從冖兔。把兔子關在籠子裡，會曲屈的意思。

音義 ㄩㄢ 名①委屈；例伸冤。②仇恨；例結冤。動欺騙；例「不許冤人。」形①受屈的；例冤情。②仇恨的；例冤家。副不合算；例「白跑一趟，眞冤。」

參考 冤字從「兔」(ㄊㄨˋ)不從免(ㄇㄧㄢˇ)，書寫時宜留意。

3 **冤大頭** ㄩㄢ ㄉㄚˋ ㄊㄡˊ 俚譏稱糊塗顢頇，常常受騙而枉費錢財的人。

參考 與「冤大腦袋」、「冤桶」同義。

4 **冤仇** ㄩㄢ ㄔㄡˊ 受人侵害或欺侮所產生的仇恨。例冤仇宜解不宜結。

8 **冤枉** ㄩㄢ ㄨㄤˇ ㈠被加上不應有的罪名，而受到不公平的待遇。例他是被冤枉的。㈡吃虧上當。例這個錢花得眞冤枉。

參考 參閱「委屈」條。

冤屈 ㄩㄢ ㄑㄩ ㈠受冤枉委屈，多指不應得的汚衊或迫害。例你的冤屈一定有昭雪的一天。㈡受人排擠陷害而不得志。

10 **冤家** ㄩㄢ ㄐㄧㄚ ㈠仇人。㈡外表似怨恨，其實內心相愛的男女。例歡喜冤家。

冤家路狹 ㄩㄢ ㄐㄧㄚ ㄌㄨˋ ㄒㄧㄚˊ 俚越是冤家，越會遇見。冤家：本作怨家，指相與結爲仇讎的人。又作「冤家路窄」。

冤冤相報 ㄩㄢ ㄩㄢ ㄒㄧㄤ ㄅㄠˋ 互相報復，循環不已。例冤冤相報何時休？

14 **冤魂** ㄩㄢ ㄏㄨㄣˊ 俚俗稱受冤枉而死的人的魂靈。

參考 同怨鬼。

冤獄 ㄩㄢ ㄩˋ 因冤誣而坐牢。

▽伸冤、結冤、沈冤、含冤、洗冤、雪冤、仇冤、蒙冤、大冤、深冤、不白之冤。

常 8
冥
解形 形聲；從日六，冖聲。冖是覆蓋，六爲「陸」的假借，太陽落入地平線，即生幽暗爲冥。

音義 ㄇㄧㄥˊ 名①海，同「溟」；

例「北冥有魚。」②俗稱死者神魂所居處；例冥間。③姓。形①深邃的；例冥思苦索。②愚昧的；例冥頑不靈。③與人死後有關的事物；例冥器。④昏暗不明；例冥冥。

參考 孳溟。

4 **冥王星** ㄇㄧㄥˊ ㄨㄤˊ ㄒㄧㄥ 天太陽系九大行星之一，位置在海王星之外，爲九大行星最後發現的一顆。

10 **冥冥** ㄇㄧㄥˊ ㄇㄧㄥˊ ㈠遠空。例鴻飛冥冥。㈡幽昧，晦暗。例窈窈冥冥。㈢無形，人所不知。例冥冥之中。㈣專誠精誠。例冥冥之志。

冥冥之中 ㄇㄧㄥˊ ㄇㄧㄥˊ ㄓ ㄓㄨㄥ 人們所不知的幽暗所在，指暗地裏。

11 **冥婚** ㄇㄧㄥˊ ㄏㄨㄣ 民間迷信的風俗，男女已有婚約，不幸其中一方因故過世，活著的一方替已死的一方舉行婚禮。

13 **冥想** ㄇㄧㄥˊ ㄒㄧㄤˇ 深沉的思索和想像。

冥頑不靈 ㄇㄧㄥˊ ㄨㄢˊ ㄅㄨˋ ㄌㄧㄥˊ 昏愚固陋，不能明白。冥頑：昏昧頑梗。

參考 與「食古不化」有別：前者偏重在頑固昏愚方面；後者卻指古書雖讀得多，然不能善加運用。

15 **冥誕** ㄇㄧㄥˊ ㄉㄢˋ 人死之後，稱他原來的生日誕辰爲冥誕。

▽北冥、南冥、幽冥、鴻冥、頑冥、絕冥、冥冥、鴻飛冥冥。

常 8 **冢** 形解 形聲；從冖，豕聲。冖有裹藏的意思，所以高墳爲冢。

音義 ㄓㄨㄥˇ 名①高大的墳墓；例太原五百完人招魂冢。②山頂。形①居長的；例冢子。②偉大的；例冢宰。

參考 冢，從冖，非從宀，故不可作「冢」，俗作「塚」；蒙，從冖，不可作「蒙」。

次 14 **冪** 形解 形聲；從冖，幕聲。幕有覆蓋的意思，所以遮掩蓋住爲冪。

音義 ㄇㄧˋ 名①遮蓋食物或食器的布巾。②數學上一數自乘若干次的積；例某數的平方是該數的自乘冪。動覆蓋。

參考 ①本字作「幎」。②初文爲「冖」。

【冫部】 ㄅㄧㄥ

常 3 **冬** 形解 象形；象繩端終結形，而有終義。所以四時之終爲冬。

音義 ㄉㄨㄥ 名①四季之一，自立冬至立春，陽曆的十二月至二月，農曆的十月至十二月屬之；例冬天。②代表一年的時間；例年冬。③姓。

5 **冬令** ㄉㄨㄥ ㄌㄧㄥˋ 冬季。令：節令。例冬令救濟。

冬瓜 ㄉㄨㄥ ㄍㄨㄚ 植夏季蔬菜的一種，瓜皮綠色，肉色雪白，長可達二、三尺，性涼，可以解渴生津，是做湯的好材料。

6 **冬至** ㄉㄨㄥ ㄓˋ 節氣名，當陽曆的十二月二十二或二十三日，是太陽直射南迴歸線的日子，這天北半球的晝最短夜最長；南半球卻相反。

參考 ①同冬節。②反夏至。

7 **冬防** ㄉㄨㄥ ㄈㄤˊ 在冬天的夜晚，由軍警及民防隊組成巡邏隊，以遏止犯罪事件發生。

10 **冬眠** ㄉㄨㄥ ㄇㄧㄢˊ 動少數動物過冬的方法之一，到了冬天，它們不食不動，好像殭屍，到了春天才復甦。

參考 冬眠動物，如：蛙、蝙蝠、龜、蛇等。

冬烘 ㄉㄨㄥ ㄏㄨㄥ 俚俗稱不明事理，不識世務的書呆子。

參考 ①冬烘有迂腐固陋、不通情理的意思，含有貶損義。②衍冬烘先生。

▽立冬、忍冬、隆冬、嚴冬、殘冬、孟冬、寒冬、仲冬、初冬、冷冬、補冬、好年冬。

常 4 **冰** 形解 會意；從水，冫。冰的初文作仌；水凍結成固體爲冰。

音義 ㄅㄧㄥ 名水在攝氏零度或零度以下所凝結的固體；例冰塊。動①用冰塊或冰箱來保存食物使之新鮮；例把這條魚冰起來。②不受重視；例他的計劃一直被冰凍著，始終未見實施。形①寒冷的；例冰涼。②冷清高潔的；例冰清玉潔。③白嫩如冰的；例冰肌玉骨。

2 **冰人** ㄅㄧㄥ ㄖㄣˊ 媒人。例月下冰人。也作「冰下人」。

4 **冰天雪地** ㄅㄧㄥ ㄊㄧㄢ ㄒㄩㄝˇ ㄉㄧˋ 形容非常寒冷的地方。

參考 同天寒地凍。

6 **冰肌玉骨** ㄅㄧㄥ ㄐㄧ ㄩˋ ㄍㄨˇ (一)形容梅花的特質。(二)形容美人的體膚如冰似玉地潔白。

7 **冰冷** ㄅㄧㄥ ㄌㄥˇ 非常寒冷。

參考 比「寒冷」更冷。

8 **冰河** ㄅㄧㄥ ㄏㄜˊ 地 高寒之地，積雪終年不消，雪層漸厚，壓力增大，積雪逐漸變成雪冰，順著山坡，滑入溝澗，密度加大，緩緩下移，有如河流，即成為冰河。

10 **冰島** ㄅㄧㄥ ㄉㄠˇ 地 (Iceland) 國名，介於大西洋和北極海之間，原為丹麥領土，西元一九四四年獨立為冰島共和國，面積一〇三、〇〇〇平方公里，首都為雷克雅維克。

冰凍三尺 ㄅㄧㄥ ㄉㄨㄥˋ ㄙㄢ ㄔˇ 俚 比喻事情的造成，不是一朝一夕，一定有它深遠的背景和原因。

參考 全句為「冰凍三尺，非一日之寒。」

冰消瓦解 ㄅㄧㄥ ㄒㄧㄠ ㄨㄚˇ ㄐㄧㄝˇ (一)比喻事情消釋。(二)比喻敗散崩潰。

參考 (一)同雨消雲散，雲消霧散。

11 **冰雪聰明** ㄅㄧㄥ ㄒㄩㄝˇ ㄘㄨㄥ ㄇㄧㄥˊ 形容一個人慧質過人，耳聰目明，像冰雪一樣的剔透，潔白。

冰淇淋 ㄅㄧㄥ ㄑㄧˊ ㄌㄧㄣˊ 外 (ice cream) 含有牛奶、奶油、糖、香料和雞蛋的夏天冰凍食品。

冰清玉潔 ㄅㄧㄥ ㄑㄧㄥ ㄩˋ ㄐㄧㄝˊ 比喻德行有如冰玉之高潔。

參考 同不染纖塵，冰清玉潤。

12 **冰棒** ㄅㄧㄥ ㄅㄤˋ 夏季流行的食品名。指用開水、砂糖、果汁等經過冷凍處理，而凝結成棒狀的冰涼食品。

15 **冰箱** ㄅㄧㄥ ㄒㄧㄤ 使箱內溫度降至攝氏零度左右的冷藏器，用以保存食物，使之鮮美而不易腐敗。例電冰箱。

17 **冰點** ㄅㄧㄥ ㄉㄧㄢˇ (一)理 水的凝固點，即水和冰可以平衡共存的溫度點數，一般指攝氏零度而言。(二)書名，日文名小說之一。

冰霜 ㄅㄧㄥ ㄕㄨㄤ (一)比喻節操貞潔。(二)比喻嚴厲。(三)比喻艱困。

參考 以冰霜的潔白比喻節操；以其寒冷比喻嚴厲、艱困。

20 **冰釋** ㄅㄧㄥ ㄕˋ 銷散的情形有如冰的溶解，不留痕跡。例渙然冰釋。

▽溜冰、結冰、堅冰、薄冰、寒冰、滑冰、刨冰、紅豆冰、四果冰、八寶冰、蜜豆冰、冷冷冰冰、夏蟲不可以語冰。

次 4 **冱** 形解 形聲；從冫，互聲。冫為凝結，互有終止的意思，所以水冰凍成固體為冱。

音義 ㄏㄨˋ 動①凍結；例「清泉冱而不流。」②閉塞。形①寒冷的；例冱寒。②堅固的。

常 5 **冶** 形解 形聲；從冫，台聲。冰化解成水，所以銷融為冶。

音義 ㄧㄝˇ 名①鑄匠。②姓。動①熔煉；例冶煉。②造就；例陶冶。③狎妓；例冶遊。④裝飾容貌；例冶容。形非常美麗；例冶豔。

參考 ①同鑄。②冶，本義是冰釋，引申之則有銷鑄鎔金之義。③「冶」、「治」有別：「陶冶」、「冶煉」的「冶」，是從兩點的「冫」字，音ㄧㄝˇ；「治理」、「政治」的「治」是從三點的「水」字，音ㄓˋ。

12 **冶游** ㄧㄝˇ ㄧㄡˊ (一)狎妓。(二)少女春遊。一作「冶遊」。

13 **冶煉** ㄧㄝˇ ㄌㄧㄢˋ (一)陶冶鍛煉金屬。(二)仙家鍊丹的方法。

28 **冶豔** ㄧㄝˇ ㄧㄢˋ (一)異常美麗。(二)打扮得近於妖邪。

▽妖冶、陶冶、鍛冶、鑄冶、大冶。

常 5 **冷** 解形 形聲；從冫，令聲。令有嚴峻的意思，所以冰水寒冽爲冷。

音義 ㄌㄥˇ 名 姓。形 ①嚴寒；例 天氣好冷。②寂靜；例 冷落。③隱僻少見的；例 冷字。④暗算；例 冷箭。副 突然；例 冷不防。

參考 ①同寒。②反熱。③「冷」與「泠」(ㄌㄧㄥˊ)，一從冫(冰)，一從氵(水)，偏旁各異，且音義不同，宜分別使用。

4 **冷不防** ㄌㄥˇ ㄅㄨˋ ㄈㄤˊ 突然，毫無準備。

6 **冷汗** ㄌㄥˇ ㄏㄢˋ 因爲緊張或身體衰弱等原因而自皮膚冒出的冷寒汗水。

冷冰冰 ㄌㄥˇ ㄅㄧㄥ ㄅㄧㄥ ㈠形容水的冰冷。㈡形容人的態度冷漠，拒人千里。

冷血動物 ㄌㄥˇ ㄒㄧㄝˇ ㄉㄨㄥˋ ㄨˋ ㈠動 指體溫常低於外界氣溫的動物，如爬蟲類即是。㈡罵人的話，指鐵石心腸，不易動感情的人。

7 **冷言冷語** ㄌㄥˇ ㄧㄢˊ ㄌㄥˇ ㄩˇ 含有譏諷的話。又作「冷言熱語」。

冷冷清清 ㄌㄥˇ ㄌㄥˇ ㄑㄧㄥ ㄑㄧㄥ 幽靜蕭條的樣子。例「尋尋覓覓，冷冷清清。」

8 **冷門** ㄌㄥˇ ㄇㄣˊ 指不受重視的方面。例 冷門科系。

參考 反熱門。

冷板凳 ㄌㄥˇ ㄅㄢˇ ㄉㄥˋ ㈠舊時譏笑村塾教師，沒有出息，所操的行業並不熱門，叫做坐冷板凳。㈡形容無人理會或遭受冷落。㈢清閒而不重要的職位。

9 **冷却** ㄌㄥˇ ㄑㄩㄝˋ 使物體降低溫度，失去所含的熱量。

冷若冰霜 ㄌㄥˇ ㄖㄨㄛˋ ㄅㄧㄥ ㄕㄨㄤ 形容一個人的態度很嚴肅，個性很冷靜，待人很冷漠，有如冰霜一般。

10 **冷笑** ㄌㄥˇ ㄒㄧㄠˋ 含有譏誚或怒意的笑聲。

冷宮 ㄌㄥˇ ㄍㄨㄥ ㈠俗謂被黜廢的后妃所居住的宮殿。㈡比喻被冷落，不再被關心，稱作「打入冷宮」。

冷峭 ㄌㄥˇ ㄑㄧㄠˋ ㈠非常寒冷。㈡言語尖酸刻薄，欠缺溫馨。

冷氣機 ㄌㄥˇ ㄑㄧˋ ㄐㄧ 工「空氣調節機」的俗稱，利用空氣壓縮後變冷的原理，降低室內溫度，以達到夏天涼爽的效果。

11 **冷淡** ㄌㄥˇ ㄉㄢˋ ㈠不熱鬧。㈡不熱情。例 他的態度很冷淡。

冷眼 ㄌㄥˇ ㄧㄢˇ ㈠老眼。㈡觀察事物時的冷靜或冷淡的神情。

冷眼旁觀 ㄌㄥˇ ㄧㄢˇ ㄆㄤˊ ㄍㄨㄢ 冷靜的觀察事物，而不加入任何主見。

13 **冷落** ㄌㄥˇ ㄌㄨㄛˋ ㈠冷清、落寞。㈡不親切，不熱心。

參考 ①同蕭條，靜寂。②同冷淡。③「冷落」與「冷僻」都是形容冷清的意思；但「冷僻」是專指偏僻、生僻而言，如：這是冷僻的字。

冷暖自知 ㄌㄥˇ ㄋㄨㄢˇ ㄗˋ ㄓ ㈠一切事理必須親身實證，才能眞知。㈡不待言明而心裡自知。例「如人飲水，冷暖自知。」

參考 同心裡有數。

14 **冷酷** ㄌㄥˇ ㄎㄨˋ 苛刻無情。

參考 冷淡、冷酷、冷漠、冷落，都是形容詞，都含有不熱情的意思。不同點主要在詞義輕重程度的不同：順序是冷淡、冷漠、冷落，以冷酷爲最嚴重，帶有殘酷意味。

15 **冷鋒** ㄌㄥˇ ㄈㄥ 天 冷氣團向暖氣團區移動時，冷暖氣團的分界面之謂。

冷僻 ㄌㄥˇ ㄆㄧˋ ㈠人跡罕到的地方。㈡罕見的事物。例 他的文章喜歡用冷僻的典故與艱澀的字詞。

冷箭 ㄌㄥˇ ㄐㄧㄢˋ ㈠比喻尖利的北風。㈡暗計害人。例 放冷箭。

參考 ①同暗箭。②衍 冷箭傷人、冷箭難防。

冷嘲熱諷 ㄌㄥˇ ㄔㄠˊ ㄖㄜˋ ㄈㄥˋ 形容用各種言語去諷刺或嘲笑別人。

參考 同冷言冷語。

16 **冷戰** ㄌㄥˇ ㄓㄢˋ ㈠軍 武力衝突以外的其他衝突或緊張的狀態。㈡因寒冷而使身體顫抖。

參考 一作「冷顫」，或作「寒戰」。

冷靜 ㄌㄥˇ ㄐㄧㄥˋ ㈠不熱鬧，冷

清。㈡不會感情用事。

參考「冷靜」和「沉著」都指「愼重、不急躁」的意思；但「沉著」只有一個意思；「冷靜」却帶有冷清的意思。

▽寒冷、溫冷、清冷、酷冷、冰冷、心冷、陰冷、淒冷、不冷、性冷、心灰意冷。

常 6 **冽** 形解 形聲；從冫，列聲。列有分解的意思，所以嚴冰凍裂爲冽。

音義 ㄌㄧㄝˋ 名冷氣；例清冽。形非常寒冷；例北風凜冽。

參考「冽」與「洌」，所從偏旁不同，而意思則相近。

▽清冽、凜冽、嚴冽、慘冽、酷冽。

次 6 **冼** 形解 形聲；從冫，先聲。先聲有底足的意思，所以酷寒爲冼。

音義 ㄕㄥ 名姓。形極爲寒冷的；例況冼。

常 8 **凍** 形解 形聲；從冫，東聲。東有束結的意思，所以寒冷而至凝結爲凍。

音義 ㄉㄨㄥˋ 名①汁已凝結的食品；例羊肉凍。②透明精瑩的玉石；例凍石。③姓。動①液體或含有水分的物質遇冷而凝結；例凍結。②受冷，感覺寒冷；例凍得發抖。③停止提取或支付存款；例凍結資金。形①冷得厲害；例凍得要死。②不煖的；例凍餒。

參考「冰」與「凍」有別：水初凝是「冰」，冰固爲「凍」；在水叫「冰」，在於他物叫「凍」。

12 **凍結** ㄉㄨㄥˋ ㄐㄧㄝˊ ㈠液體遇冷而凝結。㈡比喻維持現狀不得改變。例人事凍結。

15 **凍瘡** ㄉㄨㄥˋ ㄔㄨㄤ 醫因皮膚冰凍而造成的局部組織破壞，重則潰爛，形類瘡症，故名凍瘡。

▽受凍、冷凍、肉凍、果凍、天寒地凍。

常 8 **凌** 形解 形聲；從冫，夌聲。夌有超越的意思，所以冰塊突出的稜角爲凌。

音義 ㄌㄧㄥˊ 名①堆積的冰塊；例冰凌。②姓。動①侵犯，通「陵」；例盛氣凌人。②逾越，通「淩」；例凌越。③升高；例凌空。④逼近；例凌晨。⑤戰栗；例凌遽。形沒有條理的；例凌亂。

參考「凌」與「淩」形體不同，而意思相近。

8 **凌空** ㄌㄧㄥˊ ㄎㄨㄥ 飛懸在空中。

凌波蕩漾 ㄌㄧㄥˊ ㄅㄛ ㄉㄤˋ ㄧㄤˋ 形容水波流動的樣子。

9 **凌虐** ㄌㄧㄥˊ ㄋㄩㄝˋ 待人殘刻，欺凌虐待。

參考 同虐待，摧殘。

10 **凌辱** ㄌㄧㄥˊ ㄖㄨˋ 欺陵侮辱。

參考「凌辱」、「凌虐」、「侮辱」，意思相近，程度上以「凌虐」最重，「凌辱」次之，「侮辱」又次之。

11 **凌晨** ㄌㄧㄥˊ ㄔㄣˊ 快要破曉的時候。

參考 同清晨，拂曉。

12 **凌雲壯志** ㄌㄧㄥˊ ㄩㄣˊ ㄓㄨㄤˋ ㄓˋ 形容志向遠大，直上雲霄。凌：高升。

參考 同志薄雲霄。

13 **凌亂** ㄌㄧㄥˊ ㄌㄨㄢˋ 雜亂無章，沒有秩序。

參考 ①同零亂。②衍凌亂散漫、凌亂失次。

15 **凌駕** ㄌㄧㄥˊ ㄐㄧㄚˋ 勝過，超越。一作「凌架」。

凌厲 ㄌㄧㄥˊ ㄌㄧˋ ㈠奮發激切。㈡奮迅而上，勇往直前的樣子。

凌霄 ㄌㄧㄥˊ ㄒㄧㄠ 迫近雲空。形容高聳的樣子。霄：天空。

常 8 **准** 形解 「准」爲「準」的省體。

音義 ㄓㄨㄣˇ 動①允許；例准如所請。②按照；例准此。③確定；例准於某日公演。形比照，非正式的，但可比照正式待遇，或即將成爲正式；例准尉。

參考 ①「准」不可與「淮（ㄏㄨㄞˊ）」混用。②官方文書用「准」字而不用「準」字。

6 **准考證** ㄓㄨㄣˇ ㄎㄠˇ ㄓㄥˋ 參加某種考試，由主辦單位所發給，貼有考生照片，載有座次、總編號、考試時間表等項目，憑證准許考生進場考試的證明文件。

11 **准許** ㄓㄨㄣˇ ㄒㄩˇ 許可。

參考 ①同准允、准予。②參閱「容許」條。

▽照准、允准、不准、懇賜惠准。

常 8 **凋** 形解 形聲；從冫，周聲。周有嚴密的意思，所以寒冰使天下草木零落為凋。

音義 ㄉㄧㄠ 動 枯萎、零落；例 凋零。形 衰敗的；例 凋敝。

參考 「凋」，通「雕」，「凋零」或作「雕零」；但「雕刻」不可作「凋刻」。

11 **凋敝** ㄉㄧㄠ ㄅㄧˋ 衰敗，傷壞，病困。例 民生凋敝。

13 **凋零** ㄉㄧㄠ ㄌㄧㄥˊ 凋殘零落。

參考 ①同凋落。②本詞可指人或物的凋零，但常用在草枯葉落、花謝方面。

17 **凋謝** ㄉㄧㄠ ㄒㄧㄝˋ ㈠植物的凋萎零落。㈡比喻人事的衰老死亡。例 老成凋謝。

▽後凋、枯凋、零凋、殘凋、不凋。

次 8 **凊** 形解 形聲；從冫，青聲。從青聲的字有萌生的意思，所以持續的寒冷為凊。

音義 ㄐㄧㄥˋ 動 使之變涼；例「凊以致其涼。」

參考 ①同涼。②「凊」、「清」形近義異：「清」是潔淨的意思。

次 8 **凄** 形解 形聲。從冫，妻聲。妻有盛大的意思，所以非常寒冷為凄。

音義 ㄑㄧ 形 寒冷的，通「淒」。

次 12 **凘** 形解 形聲；從冫，斯聲。冷為凝結，斯有離析的意思，所以天晴日暖，冰融解散為凘。

音義 ㄙ 名 正在解凍時隨水流動的冰塊。

參考 ①又音ㄙˋ。②「凘」、「澌」音同義異：「澌」，是竭盡；而「凘」是流水。

常 13 **凜** 形解 形聲；從冫，稟聲。凜有豐盛的意思，所以嚴寒為凜。俗省作凛。

音義 ㄌㄧㄣˇ 動 敬畏，通「懍」。形 ①寒冷的；例 凜冽。②嚴肅而不可侵犯的；例 大義凜然。

8 **凜冽** ㄌㄧㄣˇ ㄌㄧㄝˋ 非常寒冷。

10 **凜烈** ㄌㄧㄣˇ ㄌㄧㄝˋ 剛正而可敬畏的樣子。例「是氣所磅礡，凜烈萬古存。」

參考 「凜烈」、「凜冽」意思不同。

凜烈千古 ㄌㄧㄣˇ ㄌㄧㄝˋ ㄑㄧㄢ ㄍㄨˇ 剛正的氣節，能留傳得非常長久。

參考 同凜烈長存。

15 **凜凜** ㄌㄧㄣˇ ㄌㄧㄣˇ ㈠非常寒冷。㈡令人敬畏的樣子。例 威風凜凜、衷心凜凜。

常 14 **凝** 形解 形聲；從冫，疑聲。水遇寒流結成堅冰為凝。

音義 ㄋㄧㄥˊ 動 ①氣體變成液體或液體結成固體的過程；例 天凝地閉。②意志力聚集；例 凝神。形 盛大的；例 春日凝妝上翠樓。副 專注地；例 凝思寂聽。

參考 凝，擬二字有別：「凝」是指物體或精神方面的凝聚；而「擬」則指行動或計劃方面的打算。

8 **凝固** ㄋㄧㄥˊ ㄍㄨˋ 由液體凝結成為固體。

參考 凝固、凝結都是液體結成固體的意思，但「凝結」還可作氣體冷凝解。

9 **凝重** ㄋㄧㄥˊ ㄓㄨㄥˋ 嚴肅端莊的樣子。例 神色凝重。

10 **凝神** ㄋㄧㄥˊ ㄕㄣˊ 集中精神。

參考 衍 凝神靜聽、凝神諦聽。

凝脂 ㄋㄧㄥˊ ㄓ 凝聚的脂肪，全無空隙。形容緊密的。㈡比喻皮膚白嫩光滑細膩，如同凝固的油脂一般。

11 **凝眸** ㄋㄧㄥˊ ㄇㄡˊ 凝神注視。

凝望 ㄋㄧㄥˊ ㄨㄤˋ 集中精神遠望。

參考 ①同凝眺。②凝望和「凝視」意思不同，「凝視」是凝神注視的意思。

12 **凝視** ㄋㄧㄥˊ ㄕˋ 凝神而視。

參考 ①同凝眸，凝眄，凝睇。②「注視」是留神注意而看，與「凝視」的差別，主要是在程度上，「凝視」比「注視」為深，而且「凝視」還帶有深沉或崇敬的心情於其中。

凝結 ㄋㄧㄥˊ ㄐㄧㄝˊ 由氣體凝為液體，或由液體結成固體。

參考 參閱「凝固」條。

凝結物 ㄋㄧㄥˊ ㄐㄧㄝˊ ㄨˋ 由氣體或液體所結成的液體或固體的東西。

14 **凝聚** ㄋㄧㄥˊ ㄐㄩˋ 凝結聚集。例水珠凝聚在荷葉上，晶瑩、透剔、可愛。

【几部】ㄐㄧ

常 0 **几** 形解 象形；上象高平可倚，下象有腳之形。

音義 ㄐㄧˇ 名矮小的桌子；例茶几。

參考 ①語音唸 ㄐㄧ。②擘机、肌、飢。③「几」與「儿」有別：「几」字是上橫聯而「儿」字則分開。④「幾」的簡體字。

▽小几、書几、茶几、案几、玉几、明窗淨几。

常 9 **凰** 形解 形聲；從几，皇聲。初文作皇，有大的意思，因受「鳳」字的類化作用加「几」作「凰」，又省作「凰」。神鳥為凰。

音義 ㄏㄨㄤˊ 名古傳說中的神鳥：雌的叫「凰」，雄的叫「鳳」；例鳳求凰。

參考 今凰字從几不從凡，所以不可作「凰」。

▽鳳凰、鳳求凰、火鳳凰。

常 10 **凱** 形解 形聲，從几，豈聲。「豈」本為獻功的樂曲，借為語詞後，另造「凱」字以承本義。

音義 ㄎㄞˇ 名①勝利；例凱旋。②軍隊得勝回來所演奏的樂曲；例奏凱。形①柔和的(南風)；例「凱風自南」。②和樂的，通「愷」。

11 **凱旋** ㄎㄞˇ ㄒㄩㄢˊ 軍隊得勝歸來。

參考 衍凱旋門、凱旋歌。

凱旋門 ㄎㄞˇ ㄒㄩㄢˊ ㄇㄣˊ 專門用來紀念戰功的牌樓。今以巴黎的「凱旋門」為最著名。

▽奏凱。

常 12 **凳** 形解 形聲；從几，登聲。登有升高的意思，所以可供升坐的椅子為凳。

音義 ㄉㄥˋ 名沒有扶手、靠背的椅子；例圓板凳。

參考 凳，或作「櫈」。

3 **凳子** ㄉㄥˋ ˙ㄗ 沒有靠背和扶手的椅子。

參考 同板凳。

▽坐凳、站凳、板凳。

【凵部】ㄎㄢˇ

次 0 **凵** 形解 象形；象人張口形。

音義 ㄎㄢˇ 名裝東西的器具。動張口。

參考 又音 ㄎㄢ。

常 2 **凶** 形解 指事；「凵」象地坑，「ㄨ」表示有東西跌陷在裡面，所以險惡為凶。

音義 ㄒㄩㄥ 名①傷害別人的行為；例行凶。②不吉利，與「吉」相對；例逢凶化吉。形①殺傷人的；例凶手。②農產歉收而造成飢荒；例凶歲。③厲害；例雨勢很凶。④不吉利的；例凶兆。⑤喧擾的；例凶凶。

參考 ①凶與兇形體小異，且「兇」從凶聲，以致意思相近，今多通用。②反吉。③擘兇、匈、胸、洶、糉。

4 **凶手** ㄒㄩㄥ ㄕㄡˇ 殺人犯。

6 **凶兆** ㄒㄩㄥ ㄓㄠˋ 不吉祥的徵兆。

凶宅 ㄒㄩㄥ ㄓㄞˊ (一)死了家人的房舍。(二)堪輿家稱不吉利，不適合人住的房舍。

凶年 ㄒㄩㄥ ㄋㄧㄢˊ 五穀不登的荒年。

參考 ①同凶歲。②擘凶年饑歲。

凶多吉少 ㄒㄩㄥ ㄉㄨㄛ ㄐㄧˊ ㄕㄠˇ 比

喻情勢不樂觀，失敗的成分大而成功的希望少。

10 **凶耗** ㄒㄩㄥ ㄏㄠˋ 死了人的壞消息。亦作「凶問」。

凶悍 ㄒㄩㄥ ㄏㄢˋ 非常猛烈蠻橫。

參考 衍凶悍陰狠。

凶訊 ㄒㄩㄥ ㄒㄩㄣˋ 死了人的不祥消息。

參考 ①同凶問，噩耗，凶信。②反喜訊。

11 **凶猛** ㄒㄩㄥ ㄇㄥˇ 十分勇猛。

12 **凶惡** ㄒㄩㄥ ㄜˋ 強橫而不講道理。

凶殘 ㄒㄩㄥ ㄘㄢˊ ㈠凶惡殘暴的人。㈡凶惡殘暴的行性。

15 **凶暴** ㄒㄩㄥ ㄅㄠˋ 強悍乖戾。

參考 ①一作「兇暴」。②衍凶暴淫虐。

16 **凶器** ㄒㄩㄥ ㄑㄧˋ ㈠古人稱兵器為凶器，今則以凶手所用來殺傷人的器具為凶器。㈡喪葬用的器物，如棺木等是。

▽元凶、天凶、吉凶、除凶、正凶、大凶、凶凶。

常 3 **凹** 解形 指事；指物品中間低陷的現象。

音義 ㄠ 動 物體某部分低下或縮進；例凹進。形四周高，中間低窪的；例凹凸不平。

ㄨㄚ 名 凹入的地方；例鼻凹。

參考 ①又音ㄠˋ、ㄨㄚˋ。②同窪。③反凸。

常 3 **出** 解形 會意；從止，從凵。「凵」象古人穴居的穴，止是象足形，足出地穴，所以會離去的意思。

音義 ㄔㄨ 名 ①分歧的花瓣；例梔子花六出。②休妻；例七出。③雜劇中的一折，也可指雜劇中一個獨立的劇目；例一出戲。④姓。動①由內往外；例「大門不出，二門不邁」。②發生；例出紕漏。③產有；例出煤。④休，離棄；例出妻。⑤支付；例量入為出。⑥顯露；例喜出望外。⑦發洩；例出氣筒。⑧超越；例出人頭地。

參考 ①反進，入。②擊屈、詘、咄、黜、茁、窟、掘。

2 **出入** ㄔㄨ ㄖㄨˋ ㈠出外與入內。㈡收入與支出。㈢差別。例此說與事實頗有出入。

參考 衍出入相友、出入總匯。

出人意表 ㄔㄨ ㄖㄣˊ ㄧˋ ㄅㄧㄠˇ 出乎意料。意表：意想之外。例他出人意表的考上了國立大學。

出人頭地 ㄔㄨ ㄖㄣˊ ㄊㄡˊ ㄉㄧˋ 超越眾人而顯露於當世。頭地：首位，高位。

3 **出亡** ㄔㄨ ㄨㄤˊ 離開自己的國土到國外流亡。

出土 ㄔㄨ ㄊㄨˇ 埋藏在地下的古代器物從土裡被發掘出來。例安陽小屯出土了很多殷代器物及甲骨文字。

出口 ㄔㄨ ㄎㄡˇ ㈠將貨物運出國外。㈡發言。例出口傷人。㈢專供外出的門戶。

參考 ①反入口。②衍出口處、出口貨、出口商、出口貿易、出口滙票、出口大宗、出口成章。

出口成章 ㄔㄨ ㄎㄡˇ ㄔㄥˊ ㄓㄤ 比喻文思快捷，談吐風雅。亦作「脫口成章」。

4 **出手** ㄔㄨ ㄕㄡˇ ㈠著手做事。㈡花錢。例出手大方。㈢賣出。㈣詩文剛剛脫稿。

出水芙蓉 ㄔㄨ ㄕㄨㄟˇ ㄈㄨˊ ㄖㄨㄥˊ ㈠初放的荷花，清新艷麗；比喻文章詩句的清新可愛，毫不俗氣。芙蓉：荷花。㈡比喻女子姿容清秀，儀態美麗。

5 **出生入死** ㄔㄨ ㄕㄥ ㄖㄨˋ ㄙˇ ㈠表示人從出生到死去。㈡冒險犯難出入於生死之間，隨時有犧牲生命的可能。

參考 參閱「赴湯蹈火」條。

出世 ㄔㄨ ㄕˋ ㈠宗佛家指超出世間，入證涅槃。㈡看輕名利，超越塵俗。㈢剛剛出生於世間。

參考 ①反入世。②衍出世心、出世法、出世入世、出世教士。

出主意 ㄔㄨ ㄓㄨˇ ㄧˋ 策劃，謀略。例別再亂出主意了。

6 **出名** ㄔㄨ ㄇㄧㄥˊ ㈠具名。㈡聲譽遠播。

參考 衍出名兒。

出色 ㄔㄨ ㄙㄜˋ ㈠顯現出特殊的色彩。㈡超乎一般人的棒。㈢出力逞能，以表現一己的不凡。

7 **出沒** ㄔㄨ ㄇㄛˋ 忽隱忽現。

出身 ㄔㄨ ㄕㄣ ㈠獻出自己的生命。㈡指人的資格來歷。㈢入仕的途徑。例科學時代有「進士出身」之類。

參考「出身」指人的身世，包含一個人早期的經歷；而「出生」則僅指一個人生育出來，如：我是民國四十年出生的。

出言不遜 ㄔㄨ ㄧㄢˊ ㄅㄨˋ ㄒㄩㄣˋ 形容言談粗暴，毫不講理。不遜：不依循情理。

8 **出事** ㄔㄨ ㄕˋ 發生變故。

出使 ㄔㄨ ㄕˇ 出任駐外使節。

出征 ㄔㄨ ㄓㄥ 出兵討伐不順服的國家。

出奔 ㄔㄨ ㄅㄣ 逃亡到國外去。

參考 同出亡。

出典 ㄔㄨ ㄉㄧㄢˇ ㈠拿東西出去抵押借錢。㈡典故的出處。

出妻 ㄔㄨ ㄑㄧ ㈠離棄自己的妻子。㈡被離棄的妻子。

出奇制勝 ㄔㄨ ㄑㄧˊ ㄓˋ ㄕㄥˋ 原指兩軍對陣，使出奇兵以戰勝敵人。後引申爲使出奇策來解決難題，而能勝過別人。

出其不意 ㄔㄨ ㄑㄧˊ ㄅㄨˋ ㄧˋ 趁人沒有防備時，採取行動。語見孫子・兵法：「出其無意，攻其無備。」

9 **出面** ㄔㄨ ㄇㄧㄢˋ ㈠挺身出來處理事務。㈡具名，猶出名。

出品 ㄔㄨ ㄆㄧㄣˇ 出產或生產的物品。例臺灣許多電子公司出品的貨物都很精良。

出軌 ㄔㄨ ㄍㄨㄟˇ ㈠有軌火車或電車，由於行車不愼而脫離軌道。㈡行爲不切事理，不合法度。

參考「出軌」指人的行爲而言時，含有貶損的意思。

出洋相 ㄔㄨ ㄧㄤˊ ㄒㄧㄤˋ 戲謔地開人玩笑。如指陳短處，或揭發陰私之類，即是其例。

出風頭 ㄔㄨ ㄈㄥ ㄊㄡˊ 因炫耀，愛表現而博得他人的讚美。亦作「出鋒頭」。

10 **出席** ㄔㄨ ㄒㄧˊ 參加或列席某種集會或活動。

出師 ㄔㄨ ㄕ ㈠出兵。師：軍隊。㈡俚學徒隨師傅學藝，藝成之後辭別老師。

出神 ㄔㄨ ㄕㄣˊ 全神貫注於某種事情上，以致表情痴呆的現象。

參考 衍出神入化。

出家 ㄔㄨ ㄐㄧㄚ 宗捨棄俗家以修持正道。例和尚、尼姑、神父、修女，都是出家人。

參考 衍出家人、出家兒。

出庭 ㄔㄨ ㄊㄧㄥˊ 法凡訴訟有關係的人到法庭接受審理。

參考 法律用語：對被告、自訴人時用「到庭」，對檢察官時用「出庭」。

出納 ㄔㄨ ㄋㄚˋ 商㈠財物的收入和支出。㈡掌金錢收支的人或職務。

參考 衍出納組、出納主任。

出租 ㄔㄨ ㄗㄨ ㈠租借給他人。例房屋出租。㈡繳納租稅。

出差 ㄔㄨ ㄔㄞ 奉令到他處去辦理公事。例出差費。

參考 本詞的「差」字不可讀成ㄔㄚ。

出恭 ㄔㄨ ㄍㄨㄥ 去排泄糞便。明代考試設有「出恭入敬牌」，士子在考試中要去廁所通便，先要領取這種牌子，俗因稱通便爲出恭。

參考 ①大便爲「大恭」、「出大恭」，小便爲「小恭」、「出小恭」。②衍出恭入敬。

出息 ㄔㄨ ㄒㄧ 努力上進的趨勢。例有出息。

參考「出息」與「前途」均是對人對事的評價語，但是出息一詞比較口語通俗，而「前途」一詞語氣比較鄭重，所指陳之事情也比較重大。

出神入化 ㄔㄨ ㄕㄣˊ ㄖㄨˋ ㄏㄨㄚˋ 形容技藝巧妙生動，奇妙到極點。

11 **出售** ㄔㄨ ㄕㄡˋ 出賣。例廉價出售，血本無歸。

出衆 ㄔㄨ ㄓㄨㄥˋ （能力或品貌）超越他人。例才能出衆。

出產 ㄔㄨ ㄔㄢˇ ㈠生產。㈡各地方天然或人工所產的物品。

參考「出產」、「生產」有別：「生產」是指利用人力和生產工具來製造所需要的東西。例提高我國工人的生產效率。「出產」的含義較廣，包括天然生長與人工生產：例①臺灣東部出產大理石（表大理石是天然生長的）；②本公司出產的物品都是價廉物美的（表物品是人工製造的）。

出動 ㄔㄨ ㄉㄨㄥˋ ㈠兩人以上，爲了既定的目標或計畫開始出發行動。㈡軍隊伍出發，開始行動。

參考 本詞偏重在軍事方面。

出處㈠ ㄔㄨ ㄔㄨˇ 去就進退。㈡ ㄔㄨ ㄔㄨˋ 1.來源，根據。例「解杜詩但尋出處。」2.俚俗謂物品的出產地。

出現 ㄔㄨ ㄒㄧㄢˋ ㈠顯現，現出。㈡發現出來。

參考「出現」、「湧現」、「呈現」、「展現」，都有顯露、表現、可以看見的意思，即差別而言，是在各詞的著重不同：「湧現」指大量出現；「呈現」爲表現全貌；「出現」即在眼前；「展現」側重在逐漸開展，漸漸出現。

出將入相 ㄔㄨ ㄐㄧㄤˋ ㄖㄨˋ ㄒㄧㄤˋ 出外征戰爲大將，回朝就做宰相，形容一個人文武雙全而得意顯赫，能伸展抱負。

12 **出診** ㄔㄨ ㄓㄣˇ 醫生到患者住處看病。

參考 ①衍出診費。②反入診。

出場 ㄔㄨ ㄔㄤˇ ㈠演員步出舞臺。㈡運動員走出運動場。

出發 ㄔㄨ ㄈㄚ 啓程，動身。

參考 衍出發點。

13 **出嫁** ㄔㄨ ㄐㄧㄚˋ 女子嫁人。

出路 ㄔㄨ ㄌㄨˋ ㈠走出去的路。㈡發展的途徑或未來的職業。㈢進身的階梯。

出落 ㄔㄨ ㄌㄨㄛˋ ㈠表顯或出挑。㈡長得美麗。

參考 同出脫，出挑。

14 **出閣** ㄔㄨ ㄍㄜˊ 古專稱公主出嫁，今泛稱女子婚嫁。

出境 ㄔㄨ ㄐㄧㄥˋ 離開國境。

參考 ①反入境。②衍出境證、出入境證。

出爾反爾 ㄔㄨ ㄦˇ ㄈㄢˇ ㄦˇ ㈠你如此待人，別人也將會以此待你。㈡俗稱人的言行，前後反覆，自相矛盾。

15 **出賣** ㄔㄨ ㄇㄞˋ ㈠經由交易，將所有權永遠轉讓。㈡背棄。例出賣朋友。

16 **出頭** ㄔㄨ ㄊㄡˊ ㈠出面效力。㈡得到伸展顯露自己的機會。

17 **出醜** ㄔㄨ ㄔㄡˇ 丟臉，失去體面。

參考 衍出醜丟臉。

18 **出殯** ㄔㄨ ㄅㄧㄣˋ 辦喪事時，將棺柩移到停放或埋葬的地方。

19 **出類拔萃** ㄔㄨ ㄌㄟˋ ㄅㄚˊ ㄘㄨㄟˋ 才能特出，超拔乎衆萃之上。

22 **出籠** ㄔㄨ ㄌㄨㄥˊ ㈠饅頭、包子等蒸熟後從籠屜中取出。㈡泛指貨物大量售出或鈔票大量發行。

參考 通常也可形容壞事物的出現。

24 **出讓** ㄔㄨ ㄖㄤˋ 將東西或房舍轉讓。例廉價出讓。

▽退出、傑出、推出、進出、特出、演出、歲出、支出、一出、逃出、日出、入出、排出、拿出、掏出、抽出、夾出、開出、不出、人才輩出、脫穎而出、入不敷出、水落石出、呼之欲出、和盤托出、計無所出、挺身而出、破綻百出、偵騎四出、深入淺出、深居簡出、量入爲出、傾巢而出、蜂擁而出、漏洞百出、禍從口出、脫口而出、醜態百出、左耳入右耳出。

常 3

凸

解形  指事；表示物體突出的現象。

音義 ㄊㄨˊ 形周圍高、中間低的；例凸透鏡。

ㄍㄨˇ 動漸漸地突起；例凸著肥幫子。

參考 ①反凹。②凸音ㄍㄨˇ時，或作「鼓」，今多流行用「鼓」字。

▽凹凸、高凸。

常 6

函

解形 象形；象箭囊中藏有箭形。隷變作「函」。

音義 ㄏㄢˊ 名①護身甲。②匣匱；例劍函。③緘封的信件；例來函。④封套；例書函。⑤現行公文程式的一種；例公函。⑥一封，書信的單位詞；例一函。⑦講席，對老師的敬稱；例函丈。⑧姓。動含納，通「含」；例包函。

參考 擘涵、菡。

3 **函丈** ㄏㄢˊ ㄓㄤˋ 古代講席間相隔一丈，容納聽講的人，故今尊稱老師爲函丈。

參考 常做書信用開頭語，如「夫子大人函丈」，惟此語僅限於學生寫給老師的信才可使用。

6 **函件** ㄏㄢˊ ㄐㄧㄢˋ 信件。例掛號函件。

11 **函授** ㄏㄢˊ ㄕㄡˋ 以通信方式教授學生的方法。例函授學校。

15 **函數** ㄏㄢˊ ㄕㄨˋ 數 代數方程式中，凡相關的兩數，甲數變，而乙數也因之而變的話，則乙數即爲甲數的函數。

▽玉函、木函、密函、空函、來函、經函、石函、信函、電函、郵函、回函、邀請函、致謝函、答辯函。

【刀部】 ㄉㄠ

常 0 **刀** 形解 象形；象刀柄、刀口、刀背形。

音義 ㄉㄠ 名 ①兵器；例刀劍。②用銅、鐵或鋼製造，可作切、斬、削物品或殺牲的利器；例菜刀。③古錢名，形狀似刀的一種古錢，流通於先秦及新莽；例刀布。④計算紙的單位，一百張爲一刀；例十刀白報紙。

參考 孳 到、召、邵、韶、紹、迢、超、昭、招、照、沼。

3 **刀口** ㄉㄠ ㄎㄡˇ ㈠刀的尖刃部分。㈡比喻緊要的部分。例錢要花在刀口上。

9 **刀俎** ㄉㄠ ㄗㄨˇ 刀和砧板，原是宰割的工具。比喻宰割者或迫害者。例人爲刀俎，我爲魚肉。

12 **刀筆** ㄉㄠ ㄅㄧˇ ㈠古代紙未發明前，以竹簡、筆和刀，作爲書寫的文具，書寫時如有訛誤，就用刀削誤；所以刀和筆，是古代文具的代表品。㈡筆如刀能殺人，指詞訟而言。㈢「刀筆吏」的簡稱，即訟師。

15 **刀鋒** ㄉㄠ ㄈㄥ 刀子鋒利的一邊。

參考 ①同刀刃。②反刀背。

▽小刀、錢刀、寶刀、短刀、快刀、利刀、鈍刀、一刀、千刀、剪刀、菜刀、剃刀、彎刀、偃月刀、武士刀、刮鬍刀、絕情刀、水果刀、笑裡藏刀、兩面三刀、放下屠刀、割雞焉用牛刀。

常 0 **刁** 形解 象形；刀刁本爲一字，後人把一撇倒寫，表示刁難的意思。

音義 ㄉㄧㄠ 名 姓。形 狡猾的；例刁鑽。

參考 「刁」從「㇀」(挑)，不可與「刀」混用。

13 **刁滑** ㄉㄧㄠ ㄏㄨㄚˊ 狡猾，陰險，奸詐。

19 **刁難** ㄉㄧㄠ ㄋㄢˋ 故意讓人爲難，下不了臺。例別再刁難他了。

27 **刁鑽古怪** ㄉㄧㄠ ㄗㄨㄢ ㄍㄨˇ ㄍㄨㄞˋ 形容性情狡猾怪僻。

常 1 **刃** 形解 指事；從刀，「丶」指出刀上銳利的所在，所以鋒利爲刃。

音義 ㄖㄣˋ 名 ①刀、劍等的鋒利的部分；例刀刃。②兵器的總稱，指有鋒刃的兵器；例兵刃。動 用刀類來殺人；例手刃仇敵。

參考 孳 仞、軔、紉、韌、忍、認。

▽兵刃、自刃、刀刃、白刃、手刃、柔刃、利刃、劍刃、矛刃、戟刃、兵不血刃。

常 2 **分** 形解 會意；從八刀。八爲分別相背的意思，所以分別爲分。

音義 ㄈㄣ 名 ①區分；例「是君子、小人之分也。」②重量單位，一兩的百分之一。③面積單位，一畝的十分之一。④幣制單位，一元的百分之一。⑤時間單位，六十秒爲一分。⑥角度單位，六十分爲一度。⑦分數，計算成績的單位；例高分錄取。動 ①分開；例分久必合，合久必分。②別離；例分手。③辨別；例分清敵我。④分配；例年終分紅。形 由總機構分出的；例分支機構。

ㄈㄣˋ 名 ①整體中的一部；例股分。②名位、職責與權利的限度；例職分。③量詞，同「份」；例一分禮物。

參考 分，份之辨，參閱「份」字條。

3 **分子** ㄈㄣˋ ㄗˇ ㈠ 數 分數中寫在上面的實數。例3/5中的3是分子。㈡物分成最細而不失原物性質的微粒，再分割即成原子。㈢ㄈㄣˋ組成的成員之一。例他是我們家的一分子。

分寸 ㄈㄣ ㄘㄨㄣˋ ㈠最適宜的限度。例自知分寸。㈡比喻至微至小。例「無有分寸之功。」

分工合作 ㄈㄣ ㄍㄨㄥ ㄏㄜˊ ㄗㄨㄛˋ 依照事情的性質，分給多人去做，並互相保持聯絡，以便共同完成。

4 分手 ㄈㄣ ㄕㄡˇ 離別。

分文 ㄈㄣ ㄨㄣˊ ㈠極少的錢。例身無分文。㈡分解文句。

分化 ㄈㄣ ㄏㄨㄚˋ ㈠生生物體內的組織，各具分業作用。㈡數將某一特定的反應，自一羣零亂的反應中分離出來。㈢社會內部複雜化，或個人在社會上擔任的功能，漸成專門化。

分水嶺 ㄈㄣ ㄕㄨㄟˇ ㄌㄧㄥˇ 地分隔相鄰兩水域的山嶺。又名「分水山脈」。

5 分母 ㄈㄣ ㄇㄨˇ 數分數裡寫在下端的除數。例3/5中的5是分母。

參考 反分子。

分外 ㄈㄣ ㄨㄞˋ ㈠特別。例月到中秋分外明。㈡不在本分之內。

分布 ㄈㄣ ㄅㄨˋ 分開散佈。

參考 衍分布圖。

7 分身 ㄈㄣ ㄕㄣ 兼顧。例分身乏術。

分身乏術 ㄈㄣ ㄕㄣ ㄈㄚˊ ㄕㄨˋ 沒有辦法分身，比喻事情太多而無法面面兼顧。術：方法。

參考 同分身不暇。

分別 ㄈㄣ ㄅㄧㄝˊ ㈠分析。㈡區別，辨別。例分別善惡。㈢分離，離別。

參考 「分別」、「區別」、「差別」都有不相同，不一致的意思；但「分別」除了表示區分、辨別的意思外，還可表示離別、分析的意思。又「分別」和「區別」可作狀語用，如分別地說明，區別地對待。「差別」則不能作狀語使用。

8 分明 ㄈㄣ ㄇㄧㄥˊ 清楚明瞭。例是非分明。

分享 ㄈㄣ ㄒㄧㄤˇ 大家共同享受。例有好處要大家分享。

分歧 ㄈㄣ ㄑㄧˊ 分別，相背，差別。例意見分歧。又作「分岐」。

分泌 ㄈㄣ ㄇㄧˋ 生人體內各腺體排出特殊的液體，有內分泌與外分泌之別。

參考 衍分泌腺、分泌腺體。

分析 ㄈㄣ ㄒㄧ ㈠分離解散。㈡對事理的分別離析。㈢哲析辨分類。或稱「解析」。

參考 ①反綜合。②衍分析法、分析語。

分門別類 ㄈㄣ ㄇㄣˊ ㄅㄧㄝˊ ㄌㄟˋ 把複雜的事物，分成若干門類，以便研究或統計。

參考 ①又作「分別門類」。②同別分部居。

9 分紅 ㄈㄣ ㄏㄨㄥˊ 共同投資後，在固定的期限內分享利潤。

分袂 ㄈㄣ ㄇㄟˋ 分手，離別。

參考 同分手，分襟，分袪。

分派 ㄈㄣ ㄆㄞˋ ㈠分別委派。例分派到各地服務。㈡地河的支流或山的支脈。

參考 與「分配」有別：「分配」是依一定原則來安排適當的工作任務；而「分派」則有強制性和命令性。

10 分娩 ㄈㄣ ㄇㄧㄢˇ 生胎兒成熟脫離母體之稱。

參考 同生產。

分配 ㄈㄣ ㄆㄟˋ ㈠區分支配。例分配職務。㈡經以生產所得的結果分布於參加生產的各人。

參考 ①衍分配部門。②參閱「分派」條。

分庭抗禮 ㄈㄣ ㄊㄧㄥˊ ㄎㄤˋ ㄌㄧˇ 古代賓主相見，站在庭院兩邊，相對行禮，表示平等相待，後用來比喻以平等的禮節，相互對待。抗：敵對，平等相待的意思。亦作「分庭亢禮」。

參考 與「平起平坐」，都有「地位平等」的意思，但有別：①後者往往會有「權力相等」的意思(如「慈禧故意使董福祥與榮祿平起平坐」)，前者沒有。②前者僅限於雙方；後者多用於雙方，有時還可用於多方，(如「他希望跟孫權、曹操三足鼎立，平起平坐」。)③前者可比喻互相對立，或搞分裂，鬧獨立，爭權奪利；但後者不能。

11 **分野** ㄈㄣˋ ㄧㄝˇ ㈠分界。㈡領域，範圍。

分崩離析 ㄈㄣ ㄅㄥ ㄌㄧˊ ㄒㄧ 形容國家四分五裂，上下離心離德，人民各懷異心，而分散離貳。

12 **分發** ㄈㄣ ㄈㄚ ㈠分派。指軍公教人員經由政府分派至各地任職或服務。㈡分配。

分散 ㄈㄣ ㄙㄢˋ 分別離散。

分量 ㄈㄣˋ ㄌㄧㄤˋ ㈠東西的輕重度數。例用藥的分量，要經醫生指示。㈡能力限度的輕重，比喻在團體中的地位。例老師的學生在心目中，佔有很重的分量。

參考 同份量。

分裂 ㄈㄣ ㄌㄧㄝˋ ㈠分開割裂。㈡生 (Segmentation) 植物或動物細胞由一個變成二個，二變成四的增殖過程。又稱「分割」。㈢一個團體分解為數個團體。

參考 與「破裂」、「決裂」有別：「破裂」指完整的東西或事物，出現裂縫；「決裂」是堅決而徹底的分開。用法上言，「分裂」的對象是一個整體的事物；「破裂」的對象則不一定；而「決裂」的對象，可以是抽象的，如思想、觀念，但也可以是人。

13 **分解** ㄈㄣ ㄐㄧㄝˇ ㈠化 一化合物因化學作用析為二種以上新的元素或化合物之化學變化。例一氧化汞受熱，即起分解作用而生「氧」和「汞」。㈡解說。例且聽下回分解。

參考 衍分解熱、分解者。

分道揚鑣 ㄈㄣ ㄉㄠˋ ㄧㄤˊ ㄅㄧㄠ 本指人的才力彼此相當而各有千秋。其後引申為二人分手離別；或因意見不合，而各行其是。鑣：馬嚼子；揚鑣：驅馬前進。亦作「分路揚鑣」。

參考 與「各奔前程」都有「各走各的路」的意思，但有別：①前者偏重在「分手」；後者偏重在「各自奔赴目的地」。②後者僅用於人；前者多用於人，而又可不限於人。③前者多指長期的，但有時可指短時間的；後者是長期的，甚至是永久的。

14 **分際** ㄈㄣˋ ㄐㄧˋ 本分的際限。

分說 ㄈㄣ ㄕㄨㄛ 細說，分別說明。例無路分說、不由分說。

14 **分號** ㄈㄣ ㄏㄠˋ ㈠標點符號的一種，用以分開一句中的短語或分句，符號是「；」。㈡商店的分支機構。例只此一家，別無分號。

16 **分辨** ㄈㄣ ㄅㄧㄢˋ 辨別。例分辨不清。

參考 與「分辯」有別：「分辯」是用言詞辯白，偏重在言語方面；而「分辨」則用除言語之外的其他方法來分別。

分曉 ㄈㄣ ㄒㄧㄠˇ ㈠清晰，明白。例案情終獲分曉。㈡道理。例沒分曉。㈢天將亮的時分。

17 **分謗** ㄈㄣ ㄅㄤˋ 分受別人的毀謗。

18 **分鎮** ㄈㄣ ㄓㄣˋ 分別鎮守。例明成祖重用宦官去專征，監軍，分鎮。

分餾 ㄈㄣ ㄌㄧㄡˋ 化 用蒸餾的方式，將沸點不同的液體混合物，分離後，加以提鍊出來，故稱。

參考 衍分餾法。

18 **分離** ㄈㄣ ㄌㄧˊ ㈠分開，離別。㈡化 從混合物中，分開一或數個成分。

19 **分類** ㄈㄣ ㄌㄟˋ ㈠按種類區分，就事物所含的各種性質，把同類的歸納在一起，使成為有系統的排列。㈡植 根據生物形態構造上的特徵，將其分門別類。

21 **分贓** ㄈㄣ ㄗㄤ 分取偷盜所得的財物。贓：指盜取之物。例坐地分贓。

參考 衍分贓不均。

22 **分攤** ㄈㄣ ㄊㄢ 分派，各別負擔。例分攤費用。

29 **分爨** ㄈㄣ ㄘㄨㄢˋ 即分居；古兄弟分家，異爨而食。

參考 同分煙。

▽春分、秋分、得分、滿分、積分、過分、才分、區分、天分、處分、十分、性分、成分、等分、本分、身分、名分、安分、守分、應分、畫分、認分、股分、入木三分、涇渭不分。

㊥2 **切** 形解 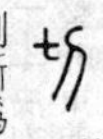 形聲；從刀，七聲。割斷爲切。

音義 ㄑㄧㄝ 名 魏晉以後的拼音方法，由兩字組成，上字取其聲，下字取其韻及聲調；例 同（ㄊㄨㄥˊ）徒（ㄊㄨˊ）紅（ㄏㄨㄥˊ）切。動 ①醫 按，一種脈搏診斷方式；例 切脈。②接近；例 親切。③符合；例 文章切題。副 ①急迫；例 急切。②實在；例 切記。③統括所有；例 一切。

ㄑㄧㄝ 動 用器具割斷；例 切西瓜。

ㄑㄧ 名 石階，通「砌」。

參考 ①同斷，割。②擊 砌。

4 **切切** ㄑㄧㄝˋ ㄑㄧㄝˋ ㈠形容聲音細長。例 切切私語。㈡表示懷念。例 切切故鄉情。㈢再三告誡。例 切切勿違。㈣表悲切之聲。例 凄凄切切。

參考 ①用爲再三告誡之詞，今下行公文結尾或有用之。②衍 切切悲悲、切切實實、切切私語。

切中時弊 ㄑㄧㄝˋ ㄓㄨㄥˋ ㄕˊ ㄅㄧˋ 指言論或辦法正好擊中當時時事的弊端。

7 **切忌** ㄑㄧㄝˋ ㄐㄧˋ 大的忌諱，警戒之詞。例 爲文切忌抄襲。

切身 ㄑㄧㄝˋ ㄕㄣ 親身感受。例 切身體會。

參考 同切膚。

切身利害 ㄑㄧㄝˋ ㄕㄣ ㄌㄧˋ ㄏㄞˋ 指事物的利益和害處，跟自己都有密切的關係。

9 **切要** ㄑㄧㄝˋ ㄧㄠˋ ㈠必要，表叮嚀的話。㈡適切而得要。

10 **切記** ㄑㄧㄝˋ ㄐㄧˋ 叮嚀語，牢牢記得。

參考 爲表示叮囑再三，常連用作「切記，切記」，在長輩給晚輩書信中最常見。

14 **切實** ㄑㄧㄝˋ ㄕˊ 非常實在。

參考 「切實」和「確實」都有眞實、實在的意思，但詞義著重點不同：「確實」着重在的確、確鑿可信；「切實」着重在眞切實在。句法也有不同，「確實」可以修飾形容詞，也可以單獨用在句首。唯「切實」則沒有這樣的用法。

15 **切磋** ㄑㄧㄝ ㄘㄨㄛ 治骨爲切，治象牙爲磋。比喻同學互相觀摩學問及研究問題，或朋友之間的攻錯。

參考 ①又見「琢磨」條。②切磋琢磨。

切齒 ㄑㄧㄝˋ ㄔˇ 咬緊牙齒。形容極端憤恨。

切膚之痛 ㄑㄧㄝˋ ㄈㄨ ㄓ ㄊㄨㄥˋ 親身受到的痛苦，比喻感受非常深切。切膚：切身、親身。

參考 本詞往往用於對國、對家、對自身所受到損失或打擊的痛感。

▽白切、深切、親切、急切、反切、一切、剴切、懇切、殷切、熱切、悲切、悽切、愛子心切、目空一切。

㊥2 **刈** 形解 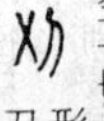 形聲；從刀，㐅聲。「㐅」象割草形，所以割草爲刈。

音義 ㄧˋ 名 ①鐮刀；例 稻刈。②姓。動 ①割；例 刈草。②砍殺；例「斫刈甚多。」

▽草刈、麥刈、稻刈、苗刈。

㊥3 **刊** 形解 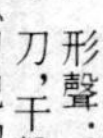 形聲；從刀，干聲。干有以刀犯物的意思，所以削除爲刊。

音義 ㄎㄢ 名 ①期刊的省稱；例 月刊。②報上的某些專欄；例 副刊。動 ①刻；例 刊刻。②削除；例 刊謬補缺。③排版，印刷；例 刊行。

參考 「刊」從「干」（ㄍㄢ），不可寫成「于」（ㄩˊ）或「千」（ㄑㄧㄢ）。

6 **刊行** ㄎㄢ ㄒㄧㄥˊ 刊印，發行。例 這部書是北宋刊行的。

參考 同刊布。

8 **刊物** ㄎㄢ ㄨˋ 指書報雜誌一類的印刷品。

12 **刊登** ㄎㄢ ㄉㄥ 在報章或雜誌上登載廣告或新聞。例 刊登啓事。

13 **刊載** ㄎㄢ ㄗㄞˇ ㈠刊登。㈡記載。

參考 同刊載。

▽校刊、季刊、月刊、週刊、創刊、新刊、增刊、發刊、報刊、停刊、復刊、期刊、年刊、不刊、旬刊、系刊、半月刊、來函即刊。

常 4 **列** 解形 形聲；從刀，歹聲。用刀分開骨肉，所以分解爲列。

音義 ㄌㄧㄝˋ 名 ①行次；例排列。②一排，量詞；例一列火車。④姓。動 ①分開，通「裂」。②布置或安排到某類事物之中；例陳列展品。形 眾多的；例列國。

參考 與「例」形近而音義不同，使用時宜加注意。

3 **列土** ㄌㄧㄝˋ ㄊㄨˇ 分封土地。

參考 衍 列土分疆。

列子 ㄌㄧㄝˋ ㄗˇ ㈠人 即列禦寇，戰國時代哲學家，鄭人，思想和莊子相近。㈡書名。

7 **列車** ㄌㄧㄝˋ ㄔㄜ 鐵路的機車頭牽引若干車廂成爲行列，用來裝載客貨。例上行列車。

列位 ㄌㄧㄝˋ ㄨㄟˋ ㈠排列官位。㈡諸君，各位，就是「許多位」。

10 **列席** ㄌㄧㄝˋ ㄒㄧˊ ㈠就座，列座。㈡法 得參加某種會議，只有發言權，而無表決權之謂。例立法院院會期間，政府官員得列席備詢。

參考 與「出席」有別：出席是正式參加會議，既有發言權又有表決權。

11 **列國** ㄌㄧㄝˋ ㄍㄨㄛˊ 各國，眾國。列：眾多。

列強 ㄌㄧㄝˋ ㄑㄧㄤˊ 眾多強大的國家。常指清末民初侵略中國的各大強國而言。

13 **列傳** ㄌㄧㄝˋ ㄓㄨㄢˋ 史 史書文體的一種。許多人的一系列傳記；旨在敍列人臣事迹，令可傳於後世。自史記首創七十列傳後，班固以來修史者，皆相承而不改。例伯夷叔齊列傳。

17 **列舉** ㄌㄧㄝˋ ㄐㄩˇ 逐項一一舉出。

▽排列、並列、陳列、分列、序列、配列、環列、行列、系列、羅列、名列、橫列、縱列、前列、後列、左列、中列、右列、一系列。

常 4 **刑** 解形 形聲；從刀，井聲。井有法則的意思，所以依法罰罪爲刑。

音義 ㄒㄧㄥˊ 名 ①法 刑罰，國家依據刑法處罰犯人的總稱；例刑期無刑。②常法，通「型」。③用不法的手段，摧殘人肉體的刑罰；例刑訊。

8 **刑具** ㄒㄧㄥˊ ㄐㄩˋ 用來體罰罪犯的器械，如笞杖、枷鎖等。

刑事 ㄒㄧㄥˊ ㄕˋ 法 國家得以具體行使刑罰權的事件。對「民事」而言。

參考 ①衍 刑事犯、刑事學、刑事調查、刑事警察、刑事訴訟、刑事訴訟法。②反 民事。

刑法 ㄒㄧㄥˊ ㄈㄚˇ 法 是規定犯罪與刑罰的法律，即規定國家在何種條件之下，於何種範圍之內，認定某人犯罪，行使刑罰權，而處以某種刑罰的法律。

12 **刑場** ㄒㄧㄥˊ ㄔㄤˇ 處死罪犯的地方。

14 **刑罰** ㄒㄧㄥˊ ㄈㄚˊ ㈠國家制裁犯罪者的手段，對犯罪的人所施加的各種肉體上之責罰。㈡受苦。

參考 我國刑罰分兩類；㈠主刑：分死刑、無期徒刑、有期徒刑、拘役、罰金。㈡從刑：分褫奪公權、沒收二種。如依被剝奪法益的性質可分生命刑、自由刑、財產刑、權利刑。

▽緩刑、死刑、酷刑、嚴刑、私刑、天刑、減刑、極刑、重刑、徒刑、主刑、從刑、自刑、終身刑。

常 4 **划** 解形 形聲；從刀，伐省聲。撥水使船前進爲划。

音義 ㄏㄨㄚˊ 動 ①撥水前進；例划龍船。②合算；例划得來。

14 **划算** ㄏㄨㄚˊ ㄙㄨㄢˋ 合算。

常 4 **刎** 解形 形聲；從刀，勿聲。以刀斷頸爲刎。

音義 ㄨㄣˇ 動 割斷脖子；例自刎。

16 **刎頸交** ㄨㄣˇ ㄐㄧㄥˇ ㄐㄧㄠ 以性命相許的朋友。亦作「刎頸之交」。

▽自刎。

次 4 **刓** 解形 形聲；從刀，元聲。元有使圓的意思，所以用刀削斷稜角爲刓。

音義 ㄨㄢˊ 動 ①削改。②剜刻。

㊇4 **刖** 形解  形聲；從刀，月聲。月有殘缺的意思，所以用刀削斷脚跟爲刖。

音義 ㄩㄝˋ 名古砍斷腳跟的酷刑。動截斷、削去；例刖趾適屨。

參考 ①同削，斷，絕。②又音ㄨˋ。

常5 **別** 形解  會意；從冎，從刀。用刀剔骨，把骨肉分開，所以有分離爲別。

音義 ㄅㄧㄝˊ 名①種類；例國別。②姓。動①辨識；例辨別。②分離；例離別。③轉過；例別過臉去。④用別針等把東西編住；例把手帕別在圍兜上。形①另外的；例別人。②特出的；例別裁。副①另；例「別是一般滋味在心頭！」②不要；例你可別多心。

參考 字從冎隸變而來，故「另」不可從刀作「另」，亦不可從力作「另」。

5 **別出心裁** ㄅㄧㄝˊ ㄔㄨ ㄒㄧㄣ ㄘㄞˊ 跟別人不同的巧妙的心思，或獨創一種新風格。

參考 同獨出機杼。

參考 ①與「別具匠心」，都有「想法獨特，與眾不同」的意思，有時可替換使用，但有別：「心裁」和「匠心」含義不同：前者指「心中的設計、籌劃」；後者指「巧妙的心思」，一般指文學、藝術方面的創造性構思。前者往往表示構思、安排等與眾不同；而後者僅表示構思與眾不同。②與「獨出心裁」有別：當強調「另外」的意思時，宜用前者；當強調「獨自」的意思時，宜用後者。

6 **別字** ㄅㄧㄝˊ ㄗˋ ㈠別號。㈡錯字。例這篇作文，別字連篇。

參考 同白字。

別有天地 ㄅㄧㄝˊ ㄧㄡˇ ㄊㄧㄢ ㄉㄧˋ 另有一種特殊的境界。例別有天地非人間。

別有用心 ㄅㄧㄝˊ ㄧㄡˇ ㄩㄥˋ ㄒㄧㄣ 有另外的企圖或目的。用心：多費心力。

參考 與「居心叵測」，都含有「壞念頭」的意思，但有別：①前者表示居心不良；後者表示存心險惡。後者在語義上重於前者。②後者含有不可揣測的一層意義是前者所沒有的，所以強調「用心難以揣測」的意思時，宜用「居心叵測」。

別有懷抱 ㄅㄧㄝˊ ㄧㄡˇ ㄏㄨㄞˊ ㄅㄠˋ ㈠別人無法體會的心情。例傷心人別有懷抱。㈡異心，異志。

參考 與「別有用心」有別：前者是中性詞；但後者偏重在所用的心眼不是好的，而是壞心眼，含有貶損的意思。

8 **別具匠心** ㄅㄧㄝˊ ㄐㄩˋ ㄐㄧㄤˋ ㄒㄧㄣ 具有與眾不同的巧妙構思。常指文學、藝術方面創造性的構想。匠心：喻巧妙的心思。

參考 參閱「別出心裁」條。

別具隻眼 ㄅㄧㄝˊ ㄐㄩˋ ㄓ ㄧㄢˇ 高超獨到的見解。隻眼，另外一種獨特的看法。

別風淮雨 ㄅㄧㄝˊ ㄈㄥ ㄏㄨㄞˊ ㄩˇ 指「列風淫雨」的筆誤，後喻別字連篇，以訛傳訛。

10 **別致** ㄅㄧㄝˊ ㄓˋ 奇異特別，另有一番風味。

參考 同別緻，新奇。

別針 ㄅㄧㄝˊ ㄓㄣ 經由穿過或扣定，而使衣物等聯繫或密合的一種金屬針。

12 **別開生面** ㄅㄧㄝˊ ㄎㄞ ㄕㄥ ㄇㄧㄢˋ 形容另循途徑，開展出一種與眾不同而生動活潑的境界。

參考 與「別具一格」，都可表示「與眾不同，給人一種新的印象，新的感覺」的意思，但有別：①後者的「格」指風格，「風格」和「生面」的含義不同。當表示與眾不同的「風格」、「樣子」的意思時，要用前者；當表示新的「局面」或形式的意思時，宜用後者。②前者含有「開闢、創造」之意；後者不會這層意思，有的「風格」是「創造」出來的，有的不是。例如：這裡的景色別具一格。

13 **別號** ㄅㄧㄝˊ ㄏㄠˋ 本名之外，另有的名號。古人除了「名」和「字」之外，還有別號。

參考 又作「別字」，但別字另有錯字的意思。

14 **別墅** ㄅㄧㄝˊ ㄕㄨˋ 遊息之地，本宅之外，另在景色幽美的地方所建專供遊憩的園林房舍。

參考 ①同 別業，別莊。②墅，不可讀作ㄧㄝˇ。

16 **別樹一幟** ㄅㄧㄝˊ ㄕㄨˋ ㄧ ㄓˋ 另外打一旗號，比喻另創格調，能夠獨立而自成一種局面。樹：立起。幟：旗幟。

▽分別、送別、離別、永別、餞別、告別、特別、差別、識別、判別、派別、惜別、鑑別、區別、訣別、暫別、作別、辨別、賦別、天壤之別、天淵之別、宵壤之別、生離死別、難相見易相別。

常 5 **判** 形解  形聲；從刀，半聲。用刀從中分開，所以分解、辨別為判。

音義 ㄆㄢˋ 名 ①法 判決書的簡稱。②官名；例 判官。動 ①分辨；例 判若兩人。②決斷；例 裁判。③裁決，判別事之是非曲直，以明眞相；例 判決。

參考「判」從「刀」，有剖分的意思，與從「反」而有背離之意的「叛」字不同，不可混用。

7 **判決** ㄆㄢˋ ㄐㄩㄝˊ 法 法院對於訴訟事件或其附隨事項，依法定程式，所為之意思表示。

參考 衍 判決文、判決書。

9 **判若兩人** ㄆㄢˋ ㄖㄨㄛˋ ㄌㄧㄤˇ ㄖㄣˊ 一個人的行為或樣子前後不同，好像是完全不一樣的兩個人。例 他在留學前後判若兩人。

18 **判斷** ㄆㄢˋ ㄉㄨㄢˋ 加以判別，然後斷定是非好壞。

參考 衍 判斷力、判斷句。

▽談判、審判、裁判、評判、批判、州判、通判、再判、復判、一案兩判。

常 5 **利** 形解  會意；從刀禾。所會用刀割禾的意思。

音義 ㄌㄧˋ 名 ①益處；例 利益。②財物；例 見利忘義。③富饒；例 魚米之利。④經 由本金所生的孳息；例 盈利。⑤功用；例 水利。⑥姓。動 ①造福；例「利己安人」。②便當；例 便利。形 ①鋒銳的；例 堅甲利兵。②順；例 順利。③矯捷的；例 利嘴滑舌。④有好處的；例 利益。

3 **利己** ㄌㄧˋ ㄐㄧˇ 專門謀求自己的利益。

參考 反 損人。

5 **利市** ㄌㄧˋ ㄕˋ ㈠貿易所獲的利益。例 利市三倍。㈡吉利。

利用 ㄌㄧˋ ㄩㄥˋ ㈠乘機圖利。㈡用別人的力量，達成自己的目的。㈢竭盡物質的功能，用了而產生作用。例 廢物利用。㈣器物的便於使用。

參考 衍 利用厚生。

利令智昏 ㄌㄧˋ ㄌㄧㄥˋ ㄓˋ ㄏㄨㄣ 受私利驅使而喪失理智，不能明辨事理。

參考 與「利慾薰心」有別：前者程度較強，已經到達迷惑心智的程度；後者指貪圖財利的慾望迷住了心竅，程度不及前者。

9 **利便** ㄌㄧˋ ㄅㄧㄢˋ 順利而便當。

參考 同 方便。

10 **利息** ㄌㄧˋ ㄒㄧ 本金所生的利潤，即把財物借人或存在銀行、郵局等金融機構所得的金錢利益。

參考 同 利子，利錢，息金。

利益 ㄌㄧˋ ㄧˋ 好處。凡事物足以增進吾人精神上、物質上的幸福者。

參考 衍 利益範圍、利益社會、利益原則。

利害 ㄌㄧˋ ㄏㄞˋ ㈠利益和損害。㈡強烈，凶猛；例 這藥的藥性很利害。

參考 ①㈠同 好壞。②㈡同 厲害。③衍 利害得失、利害一致。

13 **利祿** ㄌㄧˋ ㄌㄨˋ ㈠利益、地位和錢財。㈡貪愛財祿，「利」作動詞。

14 **利弊** ㄌㄧˋ ㄅㄧˋ 利益與弊害。

參考 同 利病。

15 **利潤** ㄌㄧˋ ㄖㄨㄣˋ 除去資本和費用所得到的營業利益。

利誘 ㄌㄧˋ ㄧㄡˋ 用錢財、利益引誘人。

利慾薰心 ㄌㄧˋ ㄩˋ ㄒㄩㄣ ㄒㄧㄣ 為利欲所蒙蔽而喪失了善良的心志。

16 **利器** ㄌㄧˋ ㄑㄧˋ ㈠利於國家的事物。㈡精良的工具。㈢兵權。

▽鋒利、銳利、流利、不利、權利、名利、功利、便利、福利、營利、勝利、水利、單利、複利、大利、牟利、佛舍利、蠅頭小利、一本萬利、漁翁得利、船堅砲利、無往不利、爭權奪利、謀取暴利。

常 5 **删** 解形 會意；從刀冊。以刀削改簡策，所以會删除、削改的意思。

音義 ㄕㄢ 動 ①把無用或不好的削除；例删繁就簡。②節取；例删其要。

7 **删改** ㄕㄢ ㄍㄞˇ 删削改正。

參考 衍删改潤飾。

13 **删節** ㄕㄢ ㄐㄧㄝˊ 削除不必要的文字，使文章更加精鍊。

參考 衍删節號。

常 5 **刨** 解形 形聲；從刀，包聲。包有裹的意思，所以用刀削去外皮爲刨。

音義 ㄆㄠˊ 動 ①挖掘；例刨個洞。②除去；例刨除淨盡。

ㄅㄠ 名 切削器，通「鉋」。動 切削；例刨皮。形 切削成碎屑的；例刨冰。

參考 刨音ㄅㄠ時與「鉋」通。

10 **刨根問底** ㄆㄠˊ ㄍㄣ ㄨㄣˋ ㄉㄧˇ 追根究底，探研事理。

參考 同追根究底。

次 5 **刜** 解形 形聲；從刀，弗聲。弗有除去的意思，所以用刀砍伐爲刜。

音義 ㄈㄨˊ 動 砍伐、斬斷。

常 6 **刻** 解形 形聲；從刀，亥聲。雕鏤爲刻。

音義 ㄎㄜˋ 名 ①時間單位，古代漏壺刻度以一百刻爲一晝夜，今鐘表計時，以四刻爲一小時；例時刻。②時候；例刻不容緩。動 ①限定，同「剋」；例刻日起程。②責；例懼而自刻。形 深求苛酷的；例刻薄。

ㄎㄜ 動 雕鏤；例刻圖章。

參考 「刻」、「克」有別：「刻薄」、「刻苦耐勞」的「刻」字，不可誤寫成「克服」、「克制」的「克」字。

4 **刻不容緩** ㄎㄜˋ ㄅㄨˋ ㄖㄨㄥˊ ㄏㄨㄢˇ 形容事情急迫，不准拖延。例這是急件刻不容緩，要趕快處理。

參考 ①與「迫不及待」有別：「迫不及待」重在不及等待，多指心情方面；而「刻不容緩」偏重在不許拖延，多指情勢緊迫，所剩時間不多。②與「迫在眉睫」，都是形容非常緊迫，但有別：a前者偏重於「不容拖延」；後者著重在「已到眼前」。b前者多指客觀形勢所要求做的事情緊迫，有時也指主觀上迫不及待要做的事情；後者僅指客觀形勢非常緊迫。

5 **刻本** ㄎㄜˋ ㄅㄣˇ 我國印刷術發明後所刊刻的書籍之通稱。可分四種：一是以朝代分，如宋本、明本等；二是以刻板地分，如殿本、監本；三是以形式分，如大字本、巾箱本；四是以內容分，如足本、節本。

6 **刻舟求劍** ㄎㄜˋ ㄓㄡ ㄑㄧㄡˊ ㄐㄧㄢˋ 比喻固執而不知變通。語出呂氏春秋·察今篇，大意是說：從前有個楚人在劍落水的船幫上刻上記號，船停穩後，從刻記號的地方下水去找。

參考 ①與「守株待兔」都有「拘泥，不知變通」的意思，但有別：後者著重於「守」和「待」，強調主觀上不努力，僅想坐守以待，僥倖得到意外收穫；後者偏重在「刻」和「求」，強調雖然在主觀上努力，但不注意客觀環境的變化，以致不能相應地採取適當措施，以圖補救。②同食古不化、膠柱鼓瑟。

8 **刻板** ㄎㄜˋ ㄅㄢˇ ㈠比喻呆板而缺乏變化。例刻板文章。㈡木刻的書板。

9 **刻苦** ㄎㄜˋ ㄎㄨˇ ㈠勤勞而不怕辛苦。㈡自奉儉薄。

參考 ①衍刻苦自立、刻苦耐勞、刻苦力學。②同勤苦。

10 **刻骨** ㄎㄜˋ ㄍㄨˇ 「刻骨銘心」之省稱，比喻感念深厚，永難忘懷。

參考 衍刻骨之恨、刻骨銘心。

刻骨銘心 ㄎㄜˋ ㄍㄨˇ ㄇㄧㄥˊ ㄒㄧㄣ 比

喻感受深切，不能忘懷。銘：在石頭或器物上刻字。
參考 ①本詞多用來形容對別人的感激。②與「沒齒不忘」都可表示「感念恩情，永遠不忘」的意思，但有別：①前者是比喻性的，很形象；後者卻强調終身不忘，很明白。②後者在文法上可帶賓語，但前者不行。③前者還可比喻仇恨極深，比喻印象深刻；但後者不能。

12 **刻期** ㄎㄜ ㄑㄧˊ 限定日期。
參考 ①一作「剋期」。②同限期。③和「定期」的意思不同：「定期」是每隔一段固定的時期，如「定期舉辦演講」。「刻期」是限定一段長時間，如「刻期完成」。

刻畫 ㄎㄜ ㄏㄨㄚˋ 比喻描寫摹擬得非常深刻。刻：雕刻；畫：繪畫。
參考 同描摹。

刻畫入微 ㄎㄜ ㄏㄨㄚˋ ㄖㄨˋ ㄨㄟ 描寫得非常生動，已到了維妙維肖的程度。例刻畫入微，躍然紙上。
參考 與「維妙維肖」都含有很逼眞的意思，但有別：前者偏重在連細微的地方也都能一一摹繪出來；後者强調彼此相像的程度已到了難以分辨的地步。

13 **刻意** ㄎㄜˋ ㄧˋ 有意去做某種事情。例刻意安排。
參考 ①反隨意，任意。②同有意，認眞。

17 **刻薄** ㄎㄜˋ ㄅㄛˊ ㈠待人不夠寬厚。例「刻薄寡恩」。㈡無理取笑。
參考 ①同揶揄，調笑。②刻薄又有「苛刻」的意思，但「苛刻」不含取笑的意思。

▽雕刻、深刻、嚴刻、印刻、即刻、立刻、石刻、篆刻、鏤刻、頃刻、銘刻、忌刻、時刻、一刻、苛刻、無時無刻。

常 6 **券** 形解 形聲；從刀，𢍏聲。契約爲券。
音義 ㄑㄩㄢˋ 名 ①票據；例有價證券。②憑證的物件；例招待券。
參考 「券」從「刀」不從「力」，與從「巳」的「卷」字，形、音、義都不同；與從力而意思爲「勞」的「劵」，也是不同。
▽贈券、債券、證券、禮券、優待券、儲蓄券、入場券、招待券、愛國獎券。

常 6 **刷** 形解 形聲；從刀，㕞省聲。刷是擦拭，所以用刀刮除爲刷。
音義 ㄕㄨㄚ 名 去除汚垢的器具；例鞋刷。動 ①雪洗；例刷恥。②用刷子塗抹；例刷牆壁。形 摹寫聲音的字，同「唰」；例刷刷作響。
ㄕㄨㄚˇ 動 揀擇；例刷選。

3 **刷子** ㄕㄨㄚ ˙ㄗ 清潔用具的一種，用硬毛做成的除垢器具。

13 **刷新** ㄕㄨㄚ ㄒㄧㄣ ㈠粉刷乾淨，煥然一新。㈡除舊換新。㈢改寫，創新。例刷新紀錄。
參考 衍 刷新全國、刷新紀錄、刷新大會。
▽牙刷、手刷、毛刷、鋼刷、雨刷、洗刷、清刷、利刷、衣刷、鞋刷、塗刷、振刷、牆刷、選刷、美術印刷。

常 6 **刺** 形解 形聲；從刀，朿聲。朿有傷害的意思，所以用刀傷人爲刺。
音義 ㄘˋ 名 ①細長尖銳的東西；例魚刺。②名片；例投刺。③鍼黹；例刺繡。④姓。動 ①戳，用尖銳物直入他物；例刺破。②暗算；例刺殺。③用尖刻的話譏笑別人；例譏刺。④暗中打聽；例刺探軍情。形 多話的；例刺刺不休。
參考 「刺」從「朿」，與從「束」的「剌」字形、音、義都不同。「刺」的讀音是ㄘˋ，左邊是從「朿」。「剌」的讀音是ㄌㄚˋ，左邊是從「束」。如「喇嘛」、「喇叭」的「喇」字，右邊是從「剌」而不可從「刺」。

2 **刺刀** ㄘˋ ㄉㄠ 便於擊刺的尖刀。
參考 今刺刀已經成爲一種軍器的專稱，指附於步槍槍管上，以爲格鬪之用的尖刀，不用時，則佩在腰側。

5 **刺史** ㄘˋ ㄕˇ 史 官名。刺探檢舉不法之徒的官吏。漢武帝置部刺史，後世以刺史爲知州的尊稱。刺：刺擧不法之徒；史：即「使」。

6 **刺耳** ㄘˋ ㄦˇ ㈠形容聲音尖銳而難聽。㈡比喻忠正的諫言不中聽。又作「逆耳」。

8 **刺股** ㄘˋ ㄍㄨˇ 戰國時，蘇秦讀書想打瞌睡，就用錐子刺激大腿部分，以自勵讀書；後喻勤苦向學，努力用功。

參考 常和「懸樑」連用，作「懸樑刺骨」，懸樑是指把頭髮懸掛在樑上，以防瞌睡，也含有勤奮用功的意思。

9 **刺客** ㄘˋ ㄎㄜˋ 乘人不備而暗殺他人的人。

參考 衍刺客列傳。

10 **刺骨** ㄘˋ ㄍㄨˇ ㈠喻非常深刻，如含怨很深，稱「銜怨刺骨」。㈡形容極度寒冷。例寒風刺骨。

11 **刺探** ㄘˋ ㄊㄢˋ 伺候偵察。

參考 「刺探」和「偵察」意思略爲不同，刺探有暗中窺探的意思，偵察是公開而比較有計劃、安排的探察。

15 **刺蝟** ㄘˋ ㄨㄟˋ 動屬脊椎動物，哺乳類，食蟲目。身上布滿長刺，作爲防禦之用，或單稱「蝟」。

16 **刺激** ㄘˋ ㄐㄧ ㈠心指能令意識狀態變化，神經興奮的原因。此種原因，有存於外界的，稱「物理刺激」；有不存外界而由機體自生的，稱「生理刺激」。㈡生凡是使生物體引起特殊感應的作用。㈢推動事情，使起變化。例刺激消費。

參考 ①衍刺激性、刺激素、刺激感應、刺激反應論。②反反應。

19 **刺繡** ㄘˋ ㄒㄧㄡˋ 女紅的一種，用針引彩線繡書法或繪畫於織物的上面。

參考 現在通行的繡品，有：顧繡（即蘇繡）、平繡、廣繡、湘繡之分。

▽名刺、肉刺、諷刺、芒刺、魚刺、譏刺、遇刺、探刺、木刺、竹刺、大刺、小刺、利刺、刀刺、猛刺、無刺。

常 6 **到**

形解  形聲；從至，刀聲。刀之所至，所以抵達爲到。

音義 ㄉㄠˋ 名姓。動①抵達；例火車到站。②得著；例到手。形①周密的；例不到之處，尚祈諒宥。②普遍的；例到處。

4 **到手** ㄉㄠˋ ㄕㄡˇ ㈠得手，得到。㈡機會已到，時機成熟。

參考 反脫手。

6 **到任** ㄉㄠˋ ㄖㄣˋ 接受任命或委派來到工作崗位上。

參考 同到職，到差，上任。

8 **到底** ㄉㄠˋ ㄉㄧˇ ㈠究竟。例「功名到底成何事？」㈡終於。例你到底明白了。

參考 ①「到底」有追根究底的意思，所以可以引申爲究竟，終於，總算，畢竟等義。②同到頭。

10 **到家** ㄉㄠˋ ㄐㄧㄚ ㈠到達家中。㈡好到極點。例工夫到家。

11 **到處** ㄉㄠˋ ㄔㄨˋ 無論何處，每一個地方。例到處橫行。

參考 同各處，處處，各地。

13 **到達** ㄉㄠˋ ㄉㄚˊ 抵達，就是到了。例到達目的地。

參考 ①到達，指進行的動作已經完成；和「前往」不同，前往是指「往」的動作正在進行。②同抵達。

14 **到齊** ㄉㄠˋ ㄑㄧˊ 人數全部都到了。

▽遲到、來到、周到、精到、心到、手到、口到、眼到、想到、意到、神到、齊到、面面俱到、無處不到。

常 6 **刮**

形解 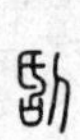 形聲；從刀，𠯑聲。收麥器爲𠛦。隸書寫作「刮」。

音義 ㄍㄨㄚ 動①用銳利的鋒刃平削；例刮鬍子。②擦拭；例刮目相看。③強風吹襲，同「颳」；例刮倒了一棵大樹。⑤用苛刻的手段榨取；例刮地皮。副頂好；例刮刮叫。

5 **刮目相待** ㄍㄨㄚ ㄇㄨˋ ㄒㄧㄤ ㄉㄞˋ 另眼看待，特別看待。別人已比以前大不相同，應該用另一副眼光看他；意謂不當用從前的眼光觀察或看待。例「士別三日，即更刮目相待。」

參考 ①現在常作「刮目相看」、「另眼看待」，意思完全一樣。②與「另眼相看」都有「用不同於過去的眼光來看」的意思，且有時，可換用，但有別：a前者表示擦擦眼睛看，多會因對象變化大而有驚訝的意味；後者卻不含這個意味，僅表示用另一種眼光看。b當表示在一些人中特別重視某人或特別重視某事物時，要用「另眼相看」，但不能或不宜用「刮目相待」。

6 **刮地皮** ㄍㄨㄚ ㄉㄧˋ ㄆㄧˊ ㈠即炒地皮，利用不正當的方法，去獲得房地產。㈡比喻地方官搜括人民的財物。

參考 一作「括地皮」。

9 **刮風** ㄍㄨㄚ ㄈㄥ 起了大風。例刮風下雨。又作「颳風」。

12 **刮痧** ㄍㄨㄚ ㄕㄚ 我國民間所流傳的簡易物理治療法，通常適應於夏秋間因中暑或感受穢濁而引起胸悶、噁心、肢麻、吐瀉等症。其法用銅錢或光邊瓷器，蘸香油刮頸項、胸骨、肋間等處，直刮到皮膚呈紅赤色爲止。

17 **刮臉** ㄍㄨㄚ ㄌㄧㄢˇ 用剃刀或刮鬍刀等利器刮去面上的鬚毛，使面容光潔。

參考 同修面。

常 6 **制** 會意 會意；從刀未。刀未。用刀裁未，所以制裁爲制。

音義 ㄓˋ 名 ①法度；例總統制。②皇帝的命令；例制誥。③守父母三年之喪；例守制。④古時所用丈八尺的布帛；例制幣。⑤姓。動 ①裁斷；例制禮。②約束；例管制。③限定；例限制。④處罰；例制裁。

參考「制」有規定、管束的意思，與「製」有製造之意不同。如「制服」是依規定所裁成的服裝，如寫成「製服」，就成爲裁製衣服。

4 **制止** ㄓˋ ㄓˇ 用軍事力量或權勢來禁止某事。例政府正制止不法分子的活動。

參考 ①「制止」和「抵制」意思不同：「抵制」是民衆用行動作無言的抗議；「制止」是利用政府或軍事力量加以禁止。二者的立場正好相反。②參閱「中止」條。

6 **制伏** ㄓˋ ㄈㄨˊ 用强大的力量壓伏或征服。例歹徒終被治安人員制伏，解送法辦。

參考 ①和「制服」互有異同。制服另有「一定規制的衣服」、「親喪之服」的意思。②與「制裁」有別：後者著重抑制、處分，而不管他是不是屈服。

8 **制定** ㄓˋ ㄉㄧㄥˋ 訂立。例制定法律。

參考 同訂定，議定。

制服 ㄓˋ ㄈㄨˊ ㈠用力量使人屈服。㈡依規定式樣所制定的服裝，如學生制服。㈢親喪之服。

參考 ㈠同制伏。

9 **制度** ㄓˋ ㄉㄨˋ 制定完成的法度，用來作爲人事或行事的準則。

參考 衍制度化。

制訂 ㄓˋ ㄉㄧㄥˋ 擬制訂立。

參考 與「制定」都有制成訂立的意思：前者多指事情尚在草擬階段，尚未定型；後者多用於事情已有規模或定論。

12 **制勝** ㄓˋ ㄕㄥˋ 運用謀略制服別人而使自己得到完全勝利。例出奇制勝。

參考 ①衍克敵制勝。②同獲勝，取勝。

制裁 ㄓˋ ㄘㄞˊ ㈠用法律或社會輿論的力量，對因違反法則的人加以約束或處分。㈡法國家加於違反法令者的拘束與處罰。可分：刑事制裁、民事制裁、行政制裁三種。

參考 衍法律制裁、道德制裁。

16 **制衡** ㄓˋ ㄏㄥˊ ㈠幾個力量互相節制以達到平衡。㈡政將政府統治權分屬幾個不同機關，各機關權力的行使，受其他機關的節制，以免獨斷。

18 **制禮作樂** ㄓˋ ㄌㄧˇ ㄗㄨㄛˋ ㄩㄝˋ 國家典章文物的制定。

▽節制、統制、克制、抑制、體制、自制、專制、壓制、學制、規制、强制、牽制、守制、死制、控制、軍制、法制、管制、抵制、創制、編制。

常 6 **剁** 解形 形聲；從刀，朶聲。斬砍物體爲剁。

音義 ㄉㄨㄛˋ 動 用刀砍切；例剁肉。

參考 同切。

次 6 **刲** 形解 形聲；從刀，圭聲。刺割爲刲。

音義 ㄎㄨㄟ 動 ①割殺；例刲羊。②割取(土地)。

參考 ①字亦作「挂」、「刲」。②又音 ㄍㄨㄟˋ。

次 6 **刳** 形解 形聲；從刀，夸聲。夸有挖空的意思，所以用刀把物體挖開使空爲刳。

音義 ㄎㄨ 動 ①分開；例刳剝。②剖開而後挖空；例刳木。③宰殺；例刳羊。

參考 ①同判。②與「副」、「剜」同。

常 7 **剎** 形解 形聲；從刀，殺省聲。佛塔上藏舍利子的石柱，形如刀狀，所以佛塔爲爲剎。

音義 ㄔㄚˋ 名 ①宗梵文譯字，指佛寺；例名山古剎。②佛塔。

ㄕㄚ 動 停止；例剎車不靈。

7 **剎那** ㄔㄚˋ ㄋㄨㄛˇ 佛梵語，譯言一念，極短的時間。

參考 ①一音 ㄔㄚˋ ㄋㄚˋ。②同轉眼，轉瞬。

▽古剎、名剎、羅剎、寶剎、佛剎、七層剎。

常 7 **剃** 形解 形聲；從刀，弟聲。弟有次弟的意思，所以依次用刀去髮爲剃。

音義 ㄊㄧˋ 動 用刀削除毛髮；例剃頭。

參考 「剃」本作「鬀」字，古代分作：大人爲「髡」，小孩曰「鬄」，盡及身毛叫「鬅」，各有不同。

9 **剃度** ㄊㄧˋ ㄉㄨˋ 宗佛教指剃髮出家爲僧尼，是度越生死的關鍵，故名。例看破紅塵，剃度出家。

參考 同削髮。

常 7 **削** 形解 形聲；從刀，肖聲。原義是刀套，後作「刪削」用，改用「鞘」以承本義。

音義 ㄒㄩㄝ 名 刀室；例刀削。動 ①分奪土地；例削地。②用刀斜切；例削鉛筆。③刪除；例春秋筆削。④減殺；例削減。⑤奪官；例削職。

參考 ①語音 ㄒㄧㄠ。②同刮，剷。②削作「刀室」解時，與「鞘」同；古作削，今作鞘。

5 **削平** ㄒㄩㄝ ㄆㄧㄥˊ 用武力討平亂事。例削平天下。

削足適履 ㄒㄩㄝ ㄗㄨˊ ㄕˋ ㄌㄩˇ 比喻勉强遷就於不合適的事情，已到了極不合理的程度。

參考 ①同削趾適履、截趾適履。②與「揠苗助長」有別：前者强調勉强遷就已到了非常不合理的地步；後者著重急躁妄爲，欲益反損，溺愛過甚反而有害的意思。

削除 ㄒㄩㄝ ㄔㄨˊ 刪除，剷除。例削除其名。

12 **削減** ㄒㄩㄝ ㄐㄧㄢˇ 削除或減少。例削減預算。

15 **削髮** ㄒㄩㄝ ㄈㄚˇ 剃髮爲僧爲尼。

參考 同剃度。

18 **削職** ㄒㄩㄝ ㄓˊ 即削籍，除去官職。

參考 ①指被革除官職，而不是自動去官。②又作「削籍」。

▽剝削、切削、減削、刪削、瘦削、難削、木削、國勢日削、筆則筆削則削。

常 7 **前** 形解 形聲；從刀，歬聲。歬爲前進，用刀阻止前進，所以齊斷爲前(剪)。

音義 ㄑㄧㄢˊ 名 姓。動 ①前進；例勇往直前。②前導；例前驅。③齊斷，通「翦」；例前商。形 ①臉所朝的方向，指空間言；例前面。②過去的，指時間言；例前功盡棄。③未來的；例前程似錦。④在先的；例史無前例。⑤「前任」的省稱；例嚴前總統。

參考 ①同先，進。②反後。③孳剪、煎、箭、湔。

2 **前人** ㄑㄧㄢˊ ㄖㄣˊ (一)以前的人。(二)在詩文選本中，本文作者和上篇作者相同時，便署「前人」兩字，指與上文所標舉的同一人。

3 **前夕** ㄑㄧㄢˊ ㄒㄧˋ (一)前天晚上。(二)事情或運動要發生前的一段時間。例大戰前夕。

4 **前方** ㄑㄧㄢˊ ㄈㄤ 軍戰爭時與敵人接近的危險地帶。

參考 同前線。

前仆後繼 ㄑㄧㄢˊ ㄆㄨ ㄏㄡˋ ㄐㄧˋ 前面的人倒了，後面的人繼續往前衝；比喻不怕危險，不畏犧牲。仆：跌倒在地。

參考 ①同勇往直前。②與「前赴後繼」都有「後面的緊跟前面的奮勇向前」的意思，且有時可替換，但有別：「赴」與「仆」不同；前者表示前邊的人倒下去，後邊的人繼續跟上來，表現了不退縮、不怕犧牲，英勇奮戰的大無畏精神；後者卻沒有「倒下」的意思，只表現了勇於戰鬥，奮勇向前的英勇氣概。

5 **前功盡棄** ㄑㄧㄢˊ ㄍㄨㄥ ㄐㄧㄣˋ ㄑㄧˋ 過去所有的努力全都白費了。

參考 ①同功虧一簣，功敗垂成。②與「功虧一簣」、「功敗垂成」，都含有「以前的努力全白費，最後未完成」的意思，但有別：①「功虧一簣」含有「失敗的原因在於只差最後一點努力」的意思。「前功盡棄」、「功敗垂成」本身都不含這個意思，其失敗原因卻是多方面的。②「前功盡棄」的「功」有時可理解作「功勞」，有時可理解爲「成績」或「努力」。「功虧一簣」和「功敗垂成」的「功」卻是表示「成功」的意思。③「功虧一簣」和「功敗垂成」都含有明顯的惋惜的意思；「前功盡棄」有時也含有此意，但不大明顯，有時卻沒有。

6 **前任** ㄑㄧㄢˊ ㄖㄣˋ 上一屆擔任同種職位的人。例前任大法官。

參考 和「上任」的意思相近，不過「上任」另有就職一義。

前因後果 ㄑㄧㄢˊ ㄧㄣ ㄏㄡˋ ㄍㄨㄛˇ 事情發生的原因和結果。例把前因後果都要摸清楚，才能把這件案子弄得水落石出。

參考 同來龍去脈。

前仰後合 ㄑㄧㄢˊ ㄧㄤˇ ㄏㄡˋ ㄏㄜˊ 身體前後俯仰，立足不穩，多用來形容大笑不止的樣子。

7 **前言** ㄑㄧㄢˊ ㄧㄢˊ (一)以前所說的話。例「前言戲之耳。」(二)文章正文前所提示的一段重要文字。

參考 ①(一)反後語。②(二)反結語。

前車之鑑 ㄑㄧㄢˊ ㄐㄩ ㄓ ㄐㄧㄢˋ 前人的失敗可爲後人的借鏡，以免犯了同樣的過錯。前車：比喻可以當作鑑戒的前事。

參考 與「前車可鑒」，同出一源，意義也很近似，但不能替換使用，彼此有別：①後者是前面車子翻倒，可以做爲後面車子的鑑戒的意思，比喻前人的失敗後者可當做教訓。②在用法上前者爲偏正詞組，一般作賓語，主語；後者爲主謂詞組，多作分句，也作謂語。

8 **前往** ㄑㄧㄢˊ ㄨㄤˇ (一)往，去。例前往阿里山。(二)以前，以往。

參考 同前去。

前呼後擁 ㄑㄧㄢˊ ㄏㄨ ㄏㄡˋ ㄩㄥˇ 形容達官貴人出行時隨從衆多的盛況。

9 **前奏** ㄑㄧㄢˊ ㄗㄡˋ (一)在正式演唱歌曲前所演奏的一段附屬曲子。(二)一切行事的開端。例德國併吞波蘭，這是引起第二次世界大戰的前奏。

參考 同序曲。②衍前奏曲。

前科 ㄑㄧㄢˊ ㄎㄜ 法曾經犯罪被判刑確定而有紀錄的(人)。

參考 ①衍前科犯。②前科犯和「累犯」不同，累犯乃指數度犯法的人。

10 **前哨** ㄑㄧㄢˊ ㄕㄠˋ (一)軍部隊在宿營或佔領陣地時，由主力派出的警戒部隊，配置於前方相當距離處，擔任警戒、巡邏的任務。(二)前方的要地。

參考 衍前哨線、前哨隊。

前倨後恭 ㄑㄧㄢˊ ㄐㄩˋ ㄏㄡˋ ㄍㄨㄥ 先前傲慢無禮，後來又謙卑恭候。比喻世態炎涼，沒有原則，唯利是圖，態度轉變迅速的人。

11 **前途** ㄑㄧㄢˊ ㄊㄨˊ (一)前面的路程。(二)猶言前程，每喻未來的境地或景況。例前途光明。

參考 ①同前景。②與「前程」有別，後者偏重在功名或官職方面，所以祝人升學或升官只能用「前程萬里」，不可作「前途萬里」。③參閱「出息」條。

前途無量 ㄑㄧㄢˊ ㄊㄨˊ ㄨˊ ㄌㄧㄤˋ 未來

的發展不可限量。

參考 同前途光明。

12 **前進** ㄑㄧㄢˊ ㄐㄧㄣˋ 向前方挺進。

參考 ①反後退。②和「進行」不同，「進行」有著手做某事的意思；「前進」卻無此義。

前提 ㄑㄧㄢˊ ㄊㄧˊ ㈠哲推理的依據，作爲判斷一事的理由、事據、證據，或作假定的原則，均爲前題。㈡事情應先注意的部分。例個人的行爲，應以國家利益爲前提。

參考 反結論。

前景 ㄑㄧㄢˊ ㄐㄧㄥˇ ㈠藝畫面中最接近觀賞者的部分。㈡未來的發展。例直向復國建國的光明前景邁進。

參考 ①同前途。②與「遠景」都可指未來的景象：前者指面前的或離觀看者最近的景象，又指不久就可以看到的景象；後者本指遠處的景色，也可指較久的將來才可以見到的景象。

前程萬里 ㄑㄧㄢˊ ㄔㄥˊ ㄨㄢˋ ㄌㄧˇ 人的前途非常遠大，多爲祝福用語。萬里：形容非常遙遠，無可限量。

13 **前嫌** ㄑㄧㄢˊ ㄒㄧㄢˊ 以前的嫌隙或怨恨。例前嫌盡釋，重修舊好。

參考 同前隙，前怨，舊怨，舊恨。

前塵 ㄑㄧㄢˊ ㄔㄣˊ 從前的或從前經歷的事。例前塵往事。

15 **前線** ㄑㄧㄢˊ ㄒㄧㄢˋ 軍戰爭時位於最前方與敵人直接接觸的地帶。

參考 ①反後方。②同前方。

前輩 ㄑㄧㄢˊ ㄅㄟˋ ㈠親屬中輩分較尊的人。㈡舊日翰林稱先入院者，今稱學有所成的先進，也都稱爲「前輩」。㈢尊稱年紀較大的人。

參考 反晚輩，後輩。

前鋒 ㄑㄧㄢˊ ㄈㄥ 軍隊的前列。例咨爾多士，爲民前鋒。

參考 ①同先鋒。②反後衛。③我國古代軍隊陣勢分爲前鋒、中鋒、後衛三種。

21 **前驅** ㄑㄧㄢˊ ㄑㄩ ㈠在前引路，作動詞用。㈡在前引導的人，作名詞用。

參考 同先驅。

▽堂前、跟前、面前、目前、以前、產前、食前、空前、生前、從前、日前、聽前、門前、窗前、眼前、先前、飯前、尊前、史前、事前、路前、塘前、屋前、樹前、勇往直前、裹足不前、一往直前、趦趄不前、大不如前。

常 7 **剌** 形解 會意；從束，從刀。捆刀不用，有違常理，所以乖背爲剌。

音義 ㄌㄚˋ 動違戾；例乖剌。

ㄌㄚˊ 動劃破；例手剌了一個口子。

ㄌㄚ 形摹寫聲音的字；例刮剌剌。

音義 ①孳辣、瘌、賴、懶、癩。②剌與刺之辨，詳「刺」字條。

常 7 **剋** 形解 形聲；從刀，克聲。克有勝任的意思，以刀致勝，所以殺戮爲剋。

音義 ㄎㄜˋ 動①勝任；例非斧不剋。②約束；例「奉公剋己」。③銘刻，通「刻」；例謹以剋心。

參考 ①同勝。②剋是「勊」的俗字，亦作「尅」，或與「克」通。

4 **剋日** ㄎㄜˋ ㄖˋ 約定或限定日期。又作「刻日」。

6 **剋扣** ㄎㄜˋ ㄎㄡˋ 即剝削，如截取糧食或私自扣減該付的錢數。例剋扣公款。

參考 又讀 ㄎㄜ ㄎㄡ。

9 **剋星** ㄎㄜˋ ㄒㄧㄥ 能剋制對方的人物，或者專指撲滅害蟲的藥物。比喻對頭寃家。例蛇是田鼠的剋星。

12 **剋期** ㄎㄜˋ ㄑㄧˊ 約定或限定的日期。例剋期完成。

▽互剋、嚴剋、相生相剋。

常 7 **則** 形解 會意；從刀，從貝。古時以貝爲錢，用刀畫分等級，所以平均畫分爲則。

音義 ㄗㄜˊ 名①法度；例「有典有則。」②等級；例十二等則。③量詞，指事文一節，或問題若干，同「件」、「條」；例一則新聞。④姓。代猶「者」；例「一則以喜，一則以憂。」動小說戲曲常用爲「作」；例則甚。連①乃；例此則寡人之罪也。②即、就，表文中對待、前後、因果關係；例「財聚則民散，財散則民聚。」③卻，表意思的轉折；例「思則得之，不思則不得也。」

▽法則、原則、通則、規則、準則、律則、守則、細則、典則、學則、上則、半則、下則、一則、等則、以身作則。

大 7 **剄** 形解 形聲；從刀，巠聲。巠為人頸，所以用刀斷頸為剄。

音義 ㄐㄧㄥˇ 動割頭，抹脖子；例自剄。

參考 又音 ㄐㄧㄥ、ㄐㄧㄥˋ。

大 7 **剉** 形解 形聲；從刀，坐聲。坐聲字有安定的意思，所以緩慢傷害為剉。

音義 ㄘㄨㄛˋ 名工具名，同「銼」。動折傷。

參考 本字作「銼」。

常 8 **剖** 形解 形聲；從刀，咅聲。咅有不相吻合的意思，所以用刀分開，有所判解為剖。

音義 ㄆㄡˇ 動①破開；例豆剖瓜分。②分辨；例剖明是非。

參考 又音 ㄆㄡ。

8 **剖析** ㄆㄡˇ ㄒㄧ ㈠解決疑難。㈡分析解釋。

9 **剖面** ㄆㄡˇ ㄇㄧㄢˋ 切開的那一面。如橫剖面、縱剖面。

參考 衍剖面圖。

13 **剖腹生產** ㄆㄡˇ ㄈㄨˋ ㄕㄥ ㄔㄢˇ 醫難產或其他原因，需開刀取出嬰兒，而不經產道自然生下，以保全母體的一種婦科手術法。又稱「帝王術」。

▽解剖、刀剖、自剖、分剖、切剖、割剖、刀割劍剖。

常 8 **剜** 形解 形聲；從刀，宛聲。宛有委曲的意思，所以用刀宛曲地挖削為剜。

音義 ㄨㄢ 動用刀挖取其中；例剜肉醫瘡。

6 **剜肉補瘡** ㄨㄢ ㄖㄡˋ ㄅㄨˇ ㄔㄨㄤ 只顧目前所急需，卻完全不計後果。

參考 同飲鴆止渴，牽蘿補屋。

常 8 **剔** 形解 形聲；從刀，易聲。本字作「鬄」，削髮的意思。後來「剃」行而「鬄」就少用。剔除為剔。

音義 ㄊㄧ 動①把肉從骨頭上刮下來；例剔淨骨肉。②將縫隙中的東西挑出；例剔牙。③將不合的事物甄別出來；例剔除。

10 **剔除** ㄊㄧ ㄔㄨˊ 挑除，除去。

12 **剔透** ㄊㄧ ㄊㄡˋ 通澈明亮。比喻人的通達情理，伶俐可愛。

參考 參閱「玲瓏剔透」條。

▽挑剔。

常 8 **剛** 形解 形聲；從刀，岡聲。用力把物弄斷為剛。

音義 ㄍㄤ 名正直無私。形堅强的。副①恰好；例剛好。②才，表時間緊連，過去不久；例「剛被太陽收拾去，卻教明月送將來。」

參考 ①同强，硬。②反柔，弱。

3 **剛才** ㄍㄤ ㄘㄞ 副詞，表示時間正過去不久。

參考 或作「剛纔」。

8 **剛直** ㄍㄤ ㄓˊ 剛正不曲，勇於直言。

剛性 ㈠ㄍㄤ ㄒㄧㄥˋ 1.物剛硬而不變形的本質。2.物體對於變形的抵抗的本領。3.毫無伸縮餘地的特色。㈡ㄍㄤ ˙ㄒㄧㄥ 剛强的性質或性情。

參考 反柔性，延性，展性。

剛性憲法 ㄍㄤ ㄒㄧㄥˋ ㄒㄧㄢˋ ㄈㄚˇ 政指須召開制憲會議或由立法機關所制定之憲法。且在表決時需經三分之二或四分之三等多數通過，草案須交由公民複決或有其他限制等特別繁重的程序，才能制定或修改的憲法。如我國憲法即是。

參考 反柔性憲法。

9 **剛柔並濟** ㄍㄤ ㄖㄡˊ ㄅㄧㄥˋ ㄐㄧˋ ㈠待人處世能軟硬兼施，恩威並用。㈡指性情剛柔相異的人相處在一起，卻能相輔相成，截長補短的現象。

10 **剛剛** ㄍㄤ ㄍㄤ ㈠方才，指時間過去不久。㈡恰巧。

11 **剛强** ㄍㄤ ㄑㄧㄤˊ 個性堅强。

參考 與「倔强」有別：前者指人的性格、意志堅强，不受外在的勢力、困難所屈服；後者多指性情頑强不屈，固執己見，不聽從領導或指揮。

13 **剛愎** ㄍㄤ ㄅㄧˋ 固執己見，完全不肯接受他人的勸導或建議。例剛愎自用。

15 **剛毅** ㄍㄤ ㄧˋ 意志堅强而正直。

▽剛剛、金剛、大剛、外柔內剛、至大至剛、以柔克剛、血氣方剛、無敵鐵金剛。

常 8 **剝** 形解 會意；從刀彔。彔有雕刻的意思，所有用刀把物削破爲剝。

音義 ㄅㄛ 名 易經卦名之一，坤下艮上，山附於地，剝落之象。動 ①脫落；例剝落。②奪去；例剝奪。

ㄅㄠ 動 去掉物體的外殼；例剝蝦仁。

參考 如果「剝」字是作「去掉外皮或外殼」解時，就要唸ㄅㄠ，如剝花生。

9 **剝削** ㄅㄛ ㄒㄩㄝ 侵奪他人的財物或薪資。

12 **剝絲抽繭** ㄅㄛ ㄙ ㄔㄡ ㄐㄧㄢˇ 抽取蠶絲和蠶繭。比喻徹底地探究事物的內容或眞相。又作「剝繭抽絲」。

13 **剝落** ㄅㄛ ㄌㄨㄛˋ 附在物體表面的東西，一片片地脫落下來。

14 **剝奪** ㄅㄛ ㄉㄨㄛˊ 運用不法手段，奪取別人的財物或既得的利益。

剝蝕 ㄅㄛ ㄕˊ (一)物體逐漸脫落損毀。(二)侵蝕。

參考 剝蝕，只能用在物體脫落方面。

▽生剝、蹇剝、削剝、生吞活剝。

次 8 **剡** 形解 形聲；從刀，炎聲。炎有銳利的意思，所以刀削器物使它變成尖銳爲剡。

音義 ㄧㄢˇ 名 姓。動 ①削尖；例「剡木爲矢。」③殺，割；例剡其脛。

ㄕㄢ 名 地 ①縣名，在浙江嵊縣西南。②溪名，即剡溪，在浙江嵊縣。

次 8 **剚** 形解 形聲；從刀，事聲。事有順道而往的意思，所以用刀插入爲剚。

音義 ㄗˋ 動 用刀刺入或插入；例剚腹。

參考 字亦作「倳」、「事」。

次 8 **剒** 形解 形聲；從刀，昔聲。昔有急劇、驚愕的意思，所以用刀快斬爲剒。

音義 ㄘㄨㄛˋ 動 ①斬割；例剒斷。②銼磨，通「錯」。

次 8 **剞** 形解 形聲；從刀，奇聲。奇有偏曲的意思，所以雕刻用的曲刀爲剞。

音義 ㄐㄧ 名 雕刻用的曲刀；例剞劂。動 劫奪；例劫剞。

參考 ①字亦作「剢」。②又音ㄐㄧˇ。③「剞」爲曲刀；「劂」爲曲鑿。

次 8 **剟** 形解 形聲；從刀，叕聲。叕有短小的意思，所以用刀淺削爲剟。

音義 ㄉㄨㄛ 動 ①削除或刪改；例剟定法令。②割取。

參考 又音ㄔㄨㄛˋ、ㄓㄨㄛˊ。

次 8 **剕** 形解 形聲；從刀，非聲。非有分離的意思，所以削足爲剕。

音義 ㄈㄟˋ 名 刖足，五刑之一，通「⿰足非」。

常 9 **剪** 形解 形聲；從刀，歬聲。本來寫作「前」，刀旁是後加的。用刀斷物使它整齊爲剪。

音義 ㄐㄧㄢˇ 名 以刀刃交叉來剪開物體的工具；例指甲剪。動 ①除掉；例剪除。②將兩手像剪刀交叉形般地綁著；例反剪雙手。

10 **剪除** ㄐㄧㄢˇ ㄔㄨˊ 消滅淨盡。

剪紙 ㄐㄧㄢˇ ㄓˇ 民間藝術。用各種色紙加以摺疊和剪貼方法，剪出各種花樣圖案或故事。

剪徑 ㄐㄧㄢˇ ㄐㄧㄥˋ 盜匪攔路搶劫行旅。

12 **剪裁** ㄐㄧㄢˇ ㄘㄞˊ (一)用刀剪裁割紙張或衣料。(二)文學創作中去蕪存菁的技巧。

參考 同裁剪。

14 **剪綵** ㄐㄧㄢˇ ㄘㄞˇ 公共遊藝場所或重要工程建設，於開幕典禮時邀請政要或名流以剪刀裁斷綵帶的儀式。含有發軔吉利或廣爲宣傳的意思。

15 **剪影** ㄐㄧㄢˇ ㄧㄥˇ ㈠使人立於燈前，投其側影於壁上，然後用黑紙剪下酷似人影的輪廓。㈡比喻摘取風景或事物的部分或片斷。例歐遊剪影。

參考 本詞多用作書名使用。

▽裁剪、刀剪、利剪、鋼剪、鐵剪、銅剪、電剪、草剪、指甲剪。

常 9 **副** 解形 形聲；從刀，畐聲。「畐」有貳的意思，所以用刀剖分成兩半爲副。

音義 ㄈㄨˋ 名單位詞，成套的器物；例春聯一副。動①相稱而符合；例名副其實。②輔助；例副萬民。形①次要的；例副產品。②助理的；例副手。

ㄆㄧˋ 動①裂開；例不坼不副。②剖分；副瓜。

參考 ①成套的東西，用「副」；與「幅」字之計量單位不同。②讀作ㄆㄧˋ時，爲「疈」字的假借，疈：判也，因而有剖分、裂開的意思在。

4 **副手** ㄈㄨˋ ㄕㄡˇ 助理事務的人。

參考 ①同代理人。②同助手，幫手。

5 **副本** ㄈㄨˋ ㄅㄣˇ 書籍或文件的複製本或影印本，對「原本」或「正本」而言。

參考 反原本，正本。

副刊 ㄈㄨˋ ㄎㄢ 報紙版面名。報紙的專門版面，刊登不屬於新聞與政論的詩文及圖片之謂。爲我國報紙之一大特色。例中央副刊。

參考 同副張，附張。

7 **副作用** ㄈㄨˋ ㄗㄨㄛˋ ㄩㄥˋ ㈠連帶發生的作用。㈡醫服用藥品或注射針劑後，除了藥品的主要功效以外，連帶發生的別種作用。

9 **副食** ㄈㄨˋ ㄕˊ 附於主食物者，通常指菜肴而言。

參考 衍副食物、副食費。

11 **副產品** ㄈㄨˋ ㄔㄢˇ ㄆㄧㄣˇ 工業或化學上製造某種主要產品時，同時附帶產生的其他物品。

參考 同副產物。

12 **副詞** ㄈㄨˋ ㄘˊ 文法上詞類之一。就事物的動作、形態、性質等，再加以區別或限制的詞。它在文法上的作用，是用來修飾動詞、形容詞或其他副詞。例「最上」的「最」字，就是副詞。

參考 同狀詞。

13 **副業** ㄈㄨˋ ㄧㄝˋ 專業以外所附帶經營的事業。例臺灣農民都以養殖魚蝦爲副業。

14 **副署** ㄈㄨˋ ㄕㄨˋ 重要文件在主要人員署名後，另由次要人員再署名，以表示負責。例中華民國憲法規定：總統公布法律，發布命令，須經行政院院長副署才能生效。

▽大副、正副、軍副、一副、名實不副。

常 10 **割** 解形 形聲；從刀，害聲。害有傷的意思，所以用刀傷害之爲割。

音義 ㄍㄜ 動①宰殺；例「割雞焉用牛刀？」②分開；例分割。③用刀切破；例割破。④分給；例割讓。⑤捨去；例割愛。

參考 同切。

6 **割地** ㄍㄜ ㄉㄧˋ 分割領土的一部分與他國。通常指戰敗國對戰勝國而言。

參考 ①同割讓。②衍割地賠款。

12 **割裂** ㄍㄜ ㄌㄧㄝˋ 分割破裂。

13 **割愛** ㄍㄜ ㄞˋ ㈠把心愛的東西轉讓給別人。㈡退回他人稿件時所用的客套話。㈢刪掉某些有價值卻是次要的東西。

參考 同割捨。

16 **割據** ㄍㄜ ㄐㄩˋ 分割佔據一部分領土，以獨立爲國。

參考 ①反一統。②衍割據稱雄。

18 **割雞焉用牛刀** ㄍㄜ ㄐㄧ ㄧㄢ ㄩㄥˋ ㄋㄧㄡˊ ㄉㄠ 比喻小題大做，不切實際。

24 **割讓** ㄍㄜ ㄖㄤˋ 法國際法上領土權取得方式的一種，即一國以本國領土之一部分轉讓於他國。

▽分割、切割、宰割、斷割、

午割、交割、雞割、痛如刀割。

㊥10 **剴** 形解 形聲；從刀，豈聲。豈有大的意思，所以大鐮刀爲剴。

音義 ㄎㄞ 動諷刺；例「古以剴今。」形切實的；例剴切。

參考 與「凱」、「愷」均從豈聲，古今音讀相同，但彼此意思有殊，不宜混用。

4 **剴切** ㄎㄞ ㄑㄧㄝ 將事理說得透徹，切中要點。

㊥10 **創** 形解 形聲；從刀，倉聲。倉有傷害的意思，所以大刀所傷爲創。

音義 ㄔㄨㄤˋ 動始造；例草創。ㄔㄨㄤ 名創傷，同「刅」；例「身被七十創。」

參考 ①ㄔㄨㄤ 同初。②ㄔㄨㄤ 同傷。

5 **創立** ㄔㄨㄤˋ ㄌㄧˋ 設立，樹立。

參考 ①與「建立」有別：「創立」著重在首創，範圍較窄；「建立」側重在開始，範圍較廣。②衍創立會。

7 **創見** ㄔㄨㄤˋ ㄐㄧㄢˋ ㈠前人所未有的見解。㈡前所未見的事物。

創作 ㄔㄨㄤˋ ㄗㄨㄛˋ ㈠文學、藝術等，不事模倣，全出於己意的作品。㈡全憑己見，不事模仿的創造。

參考 ①衍創作獎、創作人、創作品。②「創作」、「創造」有別：「創作」止用於文學、藝術方面。例：小說創作、文藝創作；不可把「文藝創作」寫成「文藝創造」。而「創造」的適用範圍較廣。例：創造明日世界、創造事業。

8 **創始** ㄔㄨㄤˋ ㄕˇ 創造開始。例創始人。

創制 ㄔㄨㄤˋ ㄓˋ 創造及制定。

創制權 ㄔㄨㄤˋ ㄓˋ ㄑㄩㄢˊ 國父所倡三民主義中四種直接民權之一。即人民對於修改憲法或制定法律有直接提出議案的權利。

9 **創紀錄** ㄔㄨㄤˋ ㄐㄧˋ ㄌㄨˋ ㈠打破從前既有的慣例。㈡締造前所未有的成績，或刷新舊紀錄。

參考 同破紀錄。

11 **創造** ㄔㄨㄤˋ ㄗㄠˋ ㈠發明或製造以前所沒有的事物。㈡〔心〕一種高層的心理活動之歷程。

參考 衍創造力。

13 **創傷** ㄔㄨㄤ ㄕㄤ ㈠人體遭受暴力，以致皮膚或身體其他組織遭受損傷。㈡心靈所受到的傷害。

創業 ㄔㄨㄤˋ ㄧㄝˋ 開創基業。

參考 衍創業者、創業基金。

創鉅痛深 ㄔㄨㄤ ㄐㄩˋ ㄊㄨㄥˋ ㄕㄣ 身體受到重創後，其內心的傷痛也會至痛至久。形容受到傷害的嚴重性。

16 **創辦** ㄔㄨㄤˋ ㄅㄢˋ 最初計畫創立或舉辦某種事業。例創辦人。

17 **創舉** ㄔㄨㄤˋ ㄐㄩˇ 前所未有的舉動。

▽刀創、重創、獨創、草創、首創、開創、原創、自創、受創、鉅創。

㊥10 **剩** 形解 形聲；從刀，乘聲。字本作「賸」，財貨有餘爲「賸」。今用「剩」代賸。

音義 ㄕㄥˋ 形多餘的；例殘湯剩菜。

參考 同殘。

15 **剩餘** ㄕㄥˋ ㄩˊ 殘剩下來的人或物。例剩餘菜飯。

參考 衍剩餘法、剩餘定理、剩餘利潤、剩餘價值。

▽過剩、餘剩、僅剩、不剩、多剩、少剩、所剩。

㊥11 **剿** 形解 形聲；從刀，巢聲。字本作「劋」，剷除使它絕盡爲劋。今用「剿」代「劋」。

音義 ㄐㄧㄠˇ 動滅絕；例剿匪。

參考 「剿」字亦作「勦」、「劋」。

15 **剿撫互用** ㄐㄧㄠˇ ㄈㄨˇ ㄏㄨˋ ㄩㄥˋ 一邊清剿，一面安撫。比喻恩威並用。

參考 同剿撫兼施。

㊥11 **剷** 形解 形聲；從刀，產聲。用刀削平凸出的部分爲剷。

音義 ㄔㄢˇ 動①削平，通「剗」。②用剷割除，通「鏟」；例「剷刈穢草。」

參考 同削。

10 **剷除** ㄔㄢˇ ㄔㄨˊ 剷削除去。例剷除異己。

常 11 **剽** 形解 形聲；從刀，票聲。票有輕揚的意思，所以用利器的末端輕割為剽。

音義 ㄆㄧㄠˋ 動①竊取；例剽襲。②劫奪；例剽掠。形輕捷的；例剽悍。

參考「剽」、「驃」有別：①「剽悍」、「剽掠」的「剽」字，有輕捷的意思。「驃」比喻勇猛，或形容馬跑得快，字從「馬」。②二字同音ㄆㄧㄠˋ。

10 **剽悍** ㄆㄧㄠˋ ㄏㄢˋ 形容人的輕捷勇猛。

參考①同勇悍。②史記作「僄悍」。

23 **剽竊** ㄆㄧㄠˋ ㄑㄧㄝˋ 竊取他人物品或詩文，據以為己有。例「剽竊經傳。」

▽攻剽、剖剽、輕剽、掠剽。

次 11 **剺** 形解 形聲；從刀，𠩺聲。𠩺有分裂的意思，所以用刀割剝為剺。

音義 ㄌㄧˊ 動①割破；例剺面流血。②離間；例「分剺單于。」

參考字亦作「劙」、「[illegible]」。

次 11 **剸** 形解 形聲；從刀，專聲。用刀截斷為剸。

音義 ㄊㄨㄢˊ 動截斷。ㄓㄨㄢ 副擅，通「專」；例剸行。

常 12 **劃** 形解 形聲；從刀，畫聲。畫有界限的意思，所以用刀畫割使它分開為劃。

音義 ㄏㄨㄚˋ 動①分開；例劃界。②滙兌；例劃撥。③設計；例籌劃。形一致的；例整齊劃一。

ㄏㄨㄚˊ 動用物體在平面上擦過或分開；例劃火柴。

參考「劃」不作名詞用，筆畫的「畫」不可用「劃」。「劃」偏重於思考性質，如籌劃、擘劃；「畫」偏重於實際著手，如繪畫。

1 **劃一** ㄏㄨㄚˋ ㄧ 整齊一律。

參考衍劃一不二。

10 **劃時代** ㄏㄨㄚˋ ㄕˊ ㄉㄞˋ 泛指由舊階段轉變為新階段而足以代表該階段的事物。例劃時代的作品。

15 **劃撥** ㄏㄨㄚˋ ㄅㄛ 我國郵局所經辦金錢滙兌的主要業務之一。由申請人於郵局開設專戶，郵局即提供該人劃撥帳號，滙款人只需將款項存入該帳號，郵局即可將所滙款項交付收款人，而付款人不需繳交任何費用的便捷滙款方式。

參考衍劃撥帳號。

次 12 **劂** 形解 形聲；從刀，厥聲。厥有挖削的意思，所以用來刻鏤的刀子為劂。

音義 ㄐㄩㄝˊ 動用曲刀刻鏤，同「剧」；例剞劂。

常 13 **劇** 形解 形聲；從刀，豦聲。豦是用刀相鬥；所以最甚為劇。

音義 ㄐㄩˋ 名①戲劇；例劇本。②姓。形①繁多的；例繁劇。副①暢意的；例劇談。②極甚；例劇寒。

參考與「據」、「遽」、「鐻」、「醵」等字同音，都從豦聲；但偏旁不同，字義亦殊。

5 **劇本** ㄐㄩˋ ㄅㄣˇ 戲文的底本。

參考同腳本。

10 **劇烈** ㄐㄩˋ ㄌㄧㄝˋ 非常猛烈。

參考「劇烈」、「激烈」有別：「劇烈」多用在運動方面；例心臟病人不適宜做劇烈運動。「激烈」多用在動作和說話的態度方面，例同學們針對這個問題，展開了激烈的舌戰。

11 **劇情** ㄐㄩˋ ㄑㄧㄥˊ 戲劇中的情節。

參考衍劇情片。

12 **劇場** ㄐㄩˋ ㄔㄤˇ 專門建築用來表演戲劇的場所，常分觀眾席與舞臺兩大部分。

參考同戲院，戲館。

▽平劇、喜劇、悲劇、笑劇、歌劇、慘劇、戲劇、默劇、本劇、鬧劇、繁劇、啞劇、舞臺劇、連續劇、傀儡劇、惡作劇、悲喜劇、獨幕劇。

常 13 **劈** 形解 形聲；從刀，辟聲。砍破為劈。

音義 ㄆㄧ 名理簡單機械之一；

例尖劈。動①破開；例劈成碎片。②朝著；例劈頭。

ㄆㄧˇ 動①分開；例劈柴。②四肢筋骨因扭轉、分叉而受傷；例劈了腿筋。

參考 同裂。

9 **劈面** ㄆㄧ ㄇㄧㄢˋ ㈠正對面。㈡以刀割面。

參考 同劈臉。

16 **劈頭** ㄆㄧ ㄊㄡˊ ㈠當頭。例劈頭一棒。㈡開始。

常 13 **劉** 形解 形聲；從金刀，丣聲。金、刀都是利器，丣有宰殺的意思，所以宰殺爲劉。

音義 ㄌㄧㄡˊ 名①斧形兵器。②果名；例劉子。③姓。動殺害；例虔劉我邊陲。

7 **劉邦** ㄌㄧㄡˊ ㄅㄤ 〔人〕即漢高祖，漢王朝建立者。

8 **劉秀** ㄌㄧㄡˊ ㄒㄧㄡˋ 〔人〕即東漢光武帝。

12 **劉備** ㄌㄧㄡˊ ㄅㄟˋ 〔人〕三國時，蜀漢開國君主，涿縣人，字玄德。曹丕篡漢後，劉備就帝位於成都，國號漢。與魏、吳，鼎足而立。後伐吳，兵敗，崩殂於白帝城。諡號曰昭烈帝，世稱劉先主。

常 13 **劍** 形解 形聲；從刀，僉聲。「僉」有都的意思，所以兩面都有利刃的兵器爲劍。

音義 ㄐㄧㄢˋ 名一種像刀而兩面有刃、中間有脊、短柄的兵器；例寶劍。

4 **劍及履及** ㄐㄧㄢˋ ㄐㄧˊ ㄌㄩˇ ㄐㄧˊ 形容奮起速行，毫不拖泥帶水。

參考 ①反拖泥帶水。②與「速戰速決」有別：前者偏重奮發興起，含有迫不及待的意思；但後者着重在快速進行，快速結束。

8 **劍拔弩張** ㄐㄧㄢˋ ㄅㄚˊ ㄋㄨˇ ㄓㄤ ㈠比喻書法的筆力强勁，氣勢飛揚。㈡拔劍出鞘，强弩張開；比喻形勢的緊張逼人，凶險不已。

參考 ①一作「弩張劍拔」。②與「一觸即發」都有形勢危急萬分的意思，有別：前者偏重在氣氛緊張；後者著重在局勢危險方面。

9 **劍俠** ㄐㄧㄢˋ ㄒㄧㄚˊ 精於劍術而又能仗義行俠，鋤强扶弱的人。

常 13 **劌** 形解 形聲；從刀，歲聲。歲有傷害的意思，所以用刀傷害東西爲劌。

音義 ㄍㄨㄟˋ 動①割傷。②刺傷。③會合，通「會」。

參考 字雖從歲，但不可讀成爲ㄙㄨㄟˋ。

次 13 **劊** 形解 形聲；從刀，會聲。會有博大的意思，所以用刀橫斷爲劊。

音義 ㄎㄨㄞˋ 動砍斷；例劊切。

參考 又音ㄍㄨㄟˋ。

3 **劊子手** ㄎㄨㄞˋ ㄗˇ ㄕㄡˇ 專門執行死刑的人。

常 14 **劑** 形解 形聲；從刀，齊聲。齊表示齊平，所以用刀切割使東西平整爲劑。

音義 ㄐㄧˋ 名①人工合成的物品；例化學劑。②一服，量詞，只用於中藥；例一劑中藥。動調合；例調劑。

▽調劑、藥劑、丸劑、粉劑、鎮定劑、殺蟲劑、清潔劑、强心劑、除草劑、驅蟲劑、利尿劑。

次 14 **劓** 形解 形聲；從刀，鼻聲。用刀割鼻爲劓。

音義 ㄧˋ 名古刑名，爲割鼻的刑罰，和墨、剕、宮、大辟並稱五刑。

次 17 **劖** 形解 形聲；從刀，毚聲。毚有銳利的意思，所以用銳利的刀斬東西爲劖。

音義 ㄔㄢˊ 名姓。動鑿斷。

次 19 **劘** 形解 形聲；從刀，靡聲。靡有分離的意思，所以用刀分斷爲劘。

音義 ㄇㄛˊ 動①用刀切開。②研磨。

次 21 **劙** 形解 形聲；從刀，蠡聲。蠡有分解的意思，所以用刀分解爲劙。

音義 ㄌㄧˊ 動割裂；例「劙盤盂。」

參考 ①又音ㄌㄧˇ。②通「剺」。

【力部】

常 0 **力** ㄌㄧˋ

形解 ㄌ 象形；象人用力時手臂上的筋脈形。

音義 ㄌㄧˋ 名①物使物體運動或靜止，或改變運動速度或方向的效能。②事物的效能；例「以力服人者霸」。③人體肌肉所產生的力量或效能；例肌力。④泛稱運用科學知識使事物具有的效能或作用；例電力。⑤才智；例智力。⑥出賣勞力的人；例苦力。⑦姓。副①竭盡地；例力爭上游。②務必；例力求精確。

參考 ①衍仂、勒、阞、泐。②力學有三要素：即方向、着力點及大小。

4 **力不從心** ㄌㄧˋ ㄅㄨˋ ㄘㄨㄥˊ ㄒㄧㄣ 心有餘而力不足，不能從心所欲。

6 **力行** ㄌㄧˋ ㄒㄧㄥˊ 盡力實行，勉力去做。

參考 衍力行哲學、力行積久、力行不懈。

7 **力求** ㄌㄧˋ ㄑㄧㄡˊ 盡所有的力量去追求。

8 **力爭** ㄌㄧˋ ㄓㄥ ㈠使用武力爭取。㈡力諫，極力爭取。例據理力爭。

參考 與「爭執」、「爭論」有別：「爭執」指各執一理而彼此互不相讓。如：他常為了芝蔴小事，而與別人起爭執。「爭論」指意同而引起的辯論。如：是否該通過這項法案，立法院院會中爭論得很厲害。「力爭」則是指極力爭取。

力爭上游 ㄌㄧˋ ㄓㄥ ㄕㄤˋ ㄧㄡˊ ㈠比喻效法最好的。㈡與人競勝。上游：即上流，河流接近發源的地方，引申而有地位高的意思。一作「力爭上流」。

10 **力氣** ㄌㄧˋ ㄑㄧˋ 力量，筋力。

參考 與「力量」有別：「力量」重在「效能」，如風、水都可言力量，詞義較為抽象，所涉範圍也較廣。「力氣」側重在筋力，詞義較為具體，範圍也較小。

力挽狂瀾 ㄌㄧˋ ㄨㄢˇ ㄎㄨㄤˊ ㄌㄢˊ 努力地挽回像巨浪般倒下的衰敗頹勢。

11 **力排羣議** ㄌㄧˋ ㄆㄞˊ ㄑㄩㄣˊ ㄧˋ 為了達到自己的目標，努力地排除眾人的議論。

12 **力量** ㄌㄧˋ ㄌㄧㄤˋ ㈠力氣或能力大小的程度。㈡凡能力的充分應用及表現。

力透紙背 ㄌㄧˋ ㄊㄡˋ ㄓˇ ㄅㄟˋ ㈠形容書法的筆鋒強勁有力。㈡形容文章的功力深厚，造語精鍊。例「意在筆先，力透紙背。」

14 **力竭聲嘶** ㄌㄧˋ ㄐㄧㄝˊ ㄕㄥ ㄙ 氣力用盡，聲音嘶啞。形容拚命地呼號、叫喊。竭：盡；嘶：啞。又作「聲嘶力竭」。

14 **力盡筋疲** ㄌㄧˋ ㄐㄧㄣˋ ㄐㄧㄣ ㄆㄧˊ 即精疲力盡，言體力消耗殆盡，再也無力工作或運動。

16 **力學** ㄌㄧˋ ㄒㄩㄝˊ ㈠物物理學的一個部門。研究物體機械運動規律及其應用的學科。㈡努力學習。例力學敦行。

▽火力、水力、活力、出力、用力、電力、權力、體力、威力、引力、精力、武力、暴力、智力、彈力、能力、努力、潛力、風力、臂力、勇力、定力、苦力、重力、生命力、向心力、離心力、想像力、影響力、內聚力、表面張力、辦事不力、一臂之力、綿薄之力、不遺餘力、孔武有力、有心無力、自食其力、不自量力、羣策羣力、無能為力、不費吹灰之力、手無縛雞之力。

常 3 **加** ㄐㄧㄚ

形解 會意；從力口。有力之口，所以會言語相增加的意思。

音義 ㄐㄧㄚ 名①數以數相併合，算法的一種；例「一加一等於二」。②熱量單位名；例加路里（或簡稱作「加」）。動①增益；例努力加餐飯。②給以；例嚴加管教。③施予；例風雨交加。④穿戴；例「黃袍加身。」⑤勝過；例加人一等。

參考 ①同增。②反減。③孳伽、架、枷、茄、笳、袈、駕、嘉、痂、賀。

3 **加工** ㄐㄧㄚ ㄍㄨㄥ ㈠增加工作的時間和速度，以使其迅速或精良。㈡將成品或半成品再加以製造，變爲新的或更精美的產品。

參考 衍加工品、加工區、加工出口區。

7 **加里波的** ㄐㄧㄚ ㄌㄧˇ ㄅㄛ ㄉㄧˋ 人 (Giuseppe Garibaldi, 1807－1882)義大利傳奇性的愛國英雄，與馬志尼、加富爾號稱建國三傑。

8 **加官晉爵** ㄐㄧㄚ ㄍㄨㄢ ㄐㄧㄣˋ ㄐㄩㄝˊ 指升官，爲祝頌別人高升的賀辭。晉：上進，爵：祿位。

8 **加油添醋** ㄐㄧㄚ ㄧㄡˊ ㄊㄧㄢ ㄘㄨˋ 比喻在傳述事情時，任意增加情節，誇大其內容。含有渲染、誇大的意思。

參考 ①又作「添油加醋」。②與「添枝加葉」，都表示在敍事或轉述別人的話時，增添上原來沒有的內容，但有別：①前者往往表示「故意增加挑撥性的內容」的意思，但後者沒有這層意思，只表示增添許多細節。②前者含有貶損的意思，其效果一般是不好的；後者爲中性詞，所表示的動機或效果，可以是好的，也可以是壞的。

9 **加冠** ㄐㄧㄚ ㄍㄨㄢ ㈠古代男子二十歲舉行穿禮服、戴禮帽的典禮，故加冠可爲二十歲的代稱。㈡戴上帽子。

參考 同弱冠。

10 **加倍** ㄐㄧㄚ ㄅㄟˋ ㈠照原數增加一倍。㈡格外。

加拿大 ㄐㄧㄚ ㄋㄚˊ ㄉㄚˋ 地 (Canada)在北美洲大陸北半部的國家，面積九、九七六、〇〇〇平方公里，首都渥太華(Ottawa)。

11 **加強** ㄐㄧㄚ ㄑㄧㄤˊ 使比原來更爲強大。

加勒比海 ㄐㄧㄚ ㄌㄜˋ ㄅㄧˇ ㄏㄞˇ 地 (Caribbean Sea)位南美、中美與西印度羣島之間的海洋，東與大西洋相鄰，西由巴拿馬運河與太平洋相通。

12 **加冕** ㄐㄧㄚ ㄇㄧㄢˇ 歐洲各國君主即位時，所舉行的一種戴上皇冠的典禮。

13 **加盟** ㄐㄧㄚ ㄇㄥˊ ㈠參加已經成立的同盟或團體。例精神加盟，行動歸隊。㈡泛稱加入某種活動或演出。

14 **加緊** ㄐㄧㄚ ㄐㄧㄣˇ 多花些工夫或力量。

加爾各答 ㄐㄧㄚ ㄦˇ ㄍㄜ ㄉㄚˊ 地 (Calcutta)印度孟加拉省，恒河三角洲上，港灣良好，商業之盛，冠於全印，是印度第一大港和第一大都市。

▽附加、更加、參加、追加、添加、稍加、多加、少加、不加、增加、無以復加、貧病交加。

常 3 功

形解 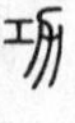 形聲；從力，工聲。工，勞方；所以以勞定國爲功。

音義 ㄍㄨㄥ 名①勳勞；例勞苦功高。②事業；例功成名就。③成效；例急功近利。④喪服之一名；例大功九月。⑤事，通「工」。⑥精善。⑦理力學上凡甲物體對於乙物體施力，使乙物體沿力之方向運動時，稱爲甲物體對於乙物體作若干的功。

參考 同勳，績。

4 **功夫** ㄍㄨㄥ ㄈㄨ ㈠做事所用的時間。㈡爲成就事情所做的努力。

參考 ①同火候，工夫。②衍功夫茶、工夫裝。

5 **功用** ㄍㄨㄥ ㄩㄥˋ 事物效益的顯著者。

參考 同功效。

6 **功名** ㄍㄨㄥ ㄇㄧㄥˊ ㈠功績與聲名。例功名蓋世。㈡建功立名。科舉時代稱科第及官職。例志在功名。

功名利祿 ㄍㄨㄥ ㄇㄧㄥˊ ㄌㄧˋ ㄌㄨˋ 科舉時代中了進士、舉人之後，朝廷便會發給他俸祿。有了功名就有利祿，這二者是相連的。

功成名就 ㄍㄨㄥ ㄔㄥˊ ㄇㄧㄥˊ ㄐㄧㄡˋ 即功成名遂。指事業成功，名聲響亮。

功成身退 ㄍㄨㄥ ㄔㄥˊ ㄕㄣ ㄊㄨㄟˋ 大功既已告成，就當引退。以免盛極而衰難以再繼。

參考 與「急流勇退」都含有「順利時主動引退」的意思，但有別：①前者一般只用於官場；後者應用範圍較廣，並不僅限於這一方面。②如果二詞同樣表示及時退出官場，前者有「功成」的含義，後者卻含有「果斷」的意思。

7 **功利** ㄍㄨㄥ ㄌㄧˋ ㈠功業所帶來的利益。㈡功效利益，與「道義」相對。例功利主義。

8 **功服** ㄍㄨㄥ ㄈㄨˊ 喪服名，輕於齊衰，重於緦麻的喪服。

參考 五服中的功服，分爲：大功、小功；大功服九月，小功服五月。

10 **功效** ㄍㄨㄥ ㄒㄧㄠˋ ㈠事物所生的功能。㈡行爲所發生的效果。

參考 同功用。

功能 ㄍㄨㄥ ㄋㄥˊ ㈠功用效能。㈡〔社〕一個小團體對其所屬的大團體所做的貢獻。

參考 衍功能論、功能團體、功能學派。

11 **功敗垂成** ㄍㄨㄥ ㄅㄞˋ ㄔㄨㄟˊ ㄔㄥˊ 事情將要成功的時候卻又失敗了。含有惋惜之意。垂：將要。

參考 參閱「前功盡棄」條。

12 **功勛** ㄍㄨㄥ ㄒㄩㄣ 安定國家的勞績。「勛」又作「勳」。

功勞 ㄍㄨㄥ ㄌㄠˊ 致力於事業的功勞動績。

參考 與「功勛」、「功績」有別：語義上，「功勛」重在對國家或人民生計上的貢獻；「功績」指重大的成就和業績。用詞上，「功勞」爲一般用語；「功勛」、「功績」則含有崇敬的語氣。同時「功勞」多用大、小等詞來修飾，而「功勛」、「功績」多與「偉大」、「不朽」等詞搭配。

13 **功業** ㄍㄨㄥ ㄧㄝˋ 功勳與事業。例功業彪炳。

15 **功課** ㄍㄨㄥ ㄎㄜˋ ㈠學生所受的課業。㈡制定治事程序，以稽核事情的進度和成績的工作。

參考 衍功課表。

功德 ㄍㄨㄥ ㄉㄜˊ ㈠功業與德行。㈡〔宗〕佛教指行善及念佛誦經等事。行善是「功」，心善是「德」。例功德圓滿。

功德無量 ㄍㄨㄥ ㄉㄜˊ ㄨˊ ㄌㄧㄤˋ 形容功勞德業無限偉大，給人深厚的恩惠和德澤。

17 **功績** ㄍㄨㄥ ㄐㄧ 功業與勳績。

功虧一簣 ㄍㄨㄥ ㄎㄨㄟ ㄧ ㄎㄨㄟˋ 即功敗垂成，是說築九仞高的山，如果只缺一簣之土，還是不可能完成。比喻累積功勞雖多卻敗毀於一旦。例爲山九仞，功虧一簣。

參考 ①同功敗垂成。②參閱「前功盡棄」條。

▽大功、小功、成功、無功、武功、奇功、氣功、內功、事功、勳功、爭功、外丹功、鐵頭功、徒勞無功、好大喜功、馬到成功。

常 4 劣

形解 會意；從力少。力少所以會低弱的意思。

音義 ㄌㄧㄝˋ 形①低下；例智慧淺劣。②極壞的；例劣行劣跡。③卑鄙；例鄙劣。

參考 反優。

10 **劣根性** ㄌㄧㄝˋ ㄍㄣ ㄒㄧㄥˋ 長期形成的，根深蒂固的惡劣本性。例好逸惡勞是人類的劣根性。

12 **劣等** ㄌㄧㄝˋ ㄉㄥˇ 下等。

參考 ①本詞指品質或程度而言。②反優等。③衍劣等生、劣等貨、劣等品、劣等民族。

18 **劣蹟** ㄌㄧㄝˋ ㄐㄧ 損害大家利益的惡劣行爲。亦作「劣迹」。

▽惡劣、頑劣、卑劣、愚劣、優劣、拙劣、低劣。

次 4 劦

形解 會意；從三力。結合衆力爲劦。

音義 ㄒㄧㄝˊ 名姓。動合力。

參考 異協、脅、勰。

常 5 劫

形解 形聲。從力，去聲。使用強暴的力量奪取財物爲劫。

音義 ㄐㄧㄝˊ 名①災禍；例浩劫。②梵語音譯「劫簸」的略稱。動①脅迫；例搶劫。②強奪；例打家劫舍。

參考 劫亦作「刦」、「刼」。

9 **劫持** ㄐㄧㄝˊ ㄔˊ 挾持，用武力強迫對方服從或就範。

劫後餘生 ㄐㄧㄝˊ ㄏㄡˋ ㄩˊ ㄕㄥ 指經過大災難後，而得以保存性命。

參考 同浩劫餘生。

11 **劫掠** ㄐㄧㄝˊ ㄌㄩㄝˋ 強奪他人的財物。

參考 與「劫略」有別：「劫略」偏重在以威力相脅制。

14 **劫奪** ㄐㄧㄝˊ ㄉㄨㄛˊ 用暴力威脅，搶奪財物。

劫獄 ㄐㄧㄝˊ ㄩˋ 即劫牢，偷襲監牢，企圖救出被拘押的囚犯。

參考 同劫牢。

15 **劫數** ㄐㄧㄝˊ ㄕㄨˋ (一)宗佛家語，即世界成壞而立之數量，亦即注定而無法逃避的災難。(二)厄運。

16 **劫機** ㄐㄧㄝˊ ㄐㄧ 暴徒攜帶武器或爆破器材，在飛機飛行中以旅客為人質，並挾持駕駛員以為要脅的一種非法暴行。

▽浩劫、搶劫、永劫、萬劫、死劫、紅顏劫、趁火打劫。

常 5 **助** 形解 形聲；從力，且聲。且係用來祭祀，所以佐佑為助。

音義 ㄓㄨˋ 動幫忙，以力益人；例贊助。

參考 ①同益，援，輔，佐。②反害。

4 **助手** ㄓㄨˋ ㄕㄡˇ 幫助或輔佐別人辦事的人。

8 **助長** ㄓㄨˋ ㄓㄤˇ 幫助生長。

9 **助威** ㄓㄨˋ ㄨㄟ 助長聲威。含有助勢、助陣的意思。

10 **助桀為虐** ㄓㄨˋ ㄐㄧㄝˊ ㄨㄟˊ ㄋㄩㄝˋ 泛指幫助壞人做壞事。桀：夏代的暴君。

參考 同助紂為虐。

11 **助理** ㄓㄨˋ ㄌㄧˇ 輔助辦理。例業務助理。

助教 ㄓㄨˋ ㄐㄧㄠˋ (一)大學教授的助手，位在講師之下。(二)舊官名，輔助國子博士教授生徒的人。

助產士 ㄓㄨˋ ㄔㄢˇ ㄕˋ 完成專門訓練，並經助產士考試及格而持有執照，以執行替人接生工作或手術，輔助產婦順利生產為業的人。

12 **助詞** ㄓㄨˋ ㄘˊ 用以輔助文句，傳達語氣的詞。例如：矣、焉、乎、哉、咧、嗎、呢、罷等字。

▽幫助、輔助、扶助、協助、互助、救助、援助、自助、補助、無助、濟助、多助、寡助、求助、賢內助、天助自助、愛莫能助。

常 5 **努** 形解 形聲。從力，奴聲。奴有大的意思，所以用盡力氣為努。

音義 ㄋㄨˇ 名書法直筆的筆法；例「豎為努。」動①勤奮；例努力用功。②突出；例努芽。③翹起；例努嘴。

2 **努力** ㄋㄨˇ ㄌㄧˋ 勉力，用力。

參考 ①衍努力增產、努力加餐飯。②與「竭力」、「盡力」有別：「竭力」是盡全力；「盡力」是用盡一切力量。語氣上，兩者都是比「努力」為重。詞性上，「努力」、「盡力」為形容詞，「竭力」是副詞，可放在動詞前面作狀語。

常 5 **劬** 形解 形聲。從力，句聲。句有彎曲的意思，彎身操作，所以勤勞為劬。

音義 ㄑㄩˊ 動犒勞。副勞苦地；例「哀哀父母，生我劬勞。」

12 **劬勞** ㄑㄩˊ ㄌㄠˊ 勞苦。

參考 同劬錄。

次 5 **劭** 形解 形聲；從力，召聲。召有持續的意思，所以勉勵不懈為劭。

音義 ㄕㄠˋ 動勸勉；例「先帝劭農。」形美好的；例年高德劭。

常 6 **劾** 形解 形聲；從力，亥聲。糾舉、懲罰有罪者為劾。

音義 ㄏㄜˊ 名斷案。動論人過失；例彈劾。

9 **劾奏** ㄏㄜˊ ㄗㄡˋ 舉發他人的罪狀。

▽彈劾、糾劾、奏劾。

次 6 **劼** 形解 形聲；從力，吉聲。吉有緊固的意思，所以拘謹戒慎為劼。

音義 ㄐㄧㄝˊ 動①慎重。②勤勉。形穩固的。

常 7 **勇** 形解 形聲；從力，甬聲。甬有盛大的意思，所以力氣壯盛為勇。

音義 ㄩㄥˇ 名清代兵制，按鄉招募；例鄉勇。形①具有超人的膽識或力氣；例智勇雙全。②氣盛無所畏避；例「勇者不懼。」副敢做敢當；例勇於改過。

參考 ①同驍。②反懦、怯。③「勇」字本作「勈」，古作「恿」，今通行「勇」。

3 **勇士** ㄩㄥˇ ㄕˋ 具有勇氣膽量的人。

參考 反懦夫。

8 **勇往** ㄩㄥˇ ㄨㄤˇ 勇於前進，毫無畏懼。例勇往直前。

勇往直前 ㄩㄥˇ ㄨㄤˇ ㄓˊ ㄑㄧㄢˊ 勇敢地向前邁進，無所顧慮。

參考 與「一往無前」都含有「一直奮勇前進」的意思，但有別：前者有個「勇」字，突出了「勇敢猛毅」的意思；後者有「無前」兩字，表示「無所阻擋」，突出了所向無敵，「藐視前進道路上一切艱難險阻」的意思。

9 **勇冠三軍** ㄩㄥˇ ㄍㄨㄢˋ ㄙㄢ ㄐㄩㄣ 勇猛在所有三軍之首，比喻非常勇猛而為眾人所不及。三軍：古指中軍、左軍、右軍或中軍、上軍、下軍。

10 **勇氣** ㄩㄥˇ ㄑㄧˋ 一股勇往直前，無所畏懼的力量。

11 **勇猛** ㄩㄥˇ ㄇㄥˇ 指有膂力或膽識過人的人。例勇猛精進。

12 **勇敢** ㄩㄥˇ ㄍㄢˇ 具有英勇的氣概，敢於作為。

參考 ①反懦弱。②與「英勇」、「果敢」有別，參閱「果敢」條。③「大膽」、「勇敢」有別：「勇敢」是稱讚之詞；「大膽」則不一定是美德，有時反而是缺點。例這批歹徒太大膽了，竟然在警察局附近搶東西。

勇敢善戰 ㄩㄥˇ ㄍㄢˇ ㄕㄢˋ ㄓㄢˋ 勇猛、果敢，善於戰鬥。

參考 同驍勇善戰。

▽忠勇、大勇、小勇、英勇、好勇、武勇、義勇、驍勇、蠻勇、神勇、血勇、智仁勇、匹夫之勇、文王之勇、自告奮勇。

常 7 勉

形解 形聲；從力，免聲。免指兔子逃逸，全力追捕，所以强迫為勉。

音義 ㄇㄧㄢˇ 名姓。動①勉强，不自然；例勉為其難。②盡力做事，全力以赴；例勤勉。③鼓勵，勸勉；例彼此共勉。

參考 勉字從免聲，可通「免」、「俛」等字。

9 **勉為其難** ㄇㄧㄢˇ ㄨㄟˊ ㄑㄧˊ ㄋㄢˊ 勉强擔任或從事能力所不及的或不想做的某種工作。

10 **勉旃** ㄇㄧㄢˇ ㄓㄢ 表示盡力而為的意思，是勉勵別人的話。旃：語助詞，相當於白話文的「啊」。

11 **勉强** ㄇㄧㄢˇ ㄑㄧㄤˇ ㈠本來做不到或不願意做，還盡力去做。例勉强看完。㈡不充分，湊合。例理由勉强。

參考 「勉强」、「强迫」有別：「勉强」、「强迫」都有「使人做他自己不願意做的事」的意思，但「强迫」語義比「勉强」更重，使用各種强硬甚至非法手段使人非做不可。

17 **勉勵** ㄇㄧㄢˇ ㄌㄧˋ ㈠勸勉鼓勵。㈡在肯定成績的基礎上鼓勵人繼續努力。

▽勤勉、黽勉、淬勉、策勉、期勉、慰勉、自勉、互勉、共勉、勉勉。

常 7 勃

形解 形聲；從力，孛聲。孛有違背的意思，所以用力排擠為勃。

音義 ㄅㄛˊ 形①旺盛的；例蓬勃發展。②發怒而變色；例勃然大怒。③暴戾的；例狂勃。副突然；例勃起。

參考 同興，盛。

9 **勃勃** ㄅㄛˊ ㄅㄛˊ ㈠旺盛的，盛大的。例野心勃勃。㈡輕飄而迅疾的樣子。

12 **勃然** ㄅㄛˊ ㄖㄢˊ ㈠形容突然（生氣、興起、振奮等）。例勃然而起。㈡盛怒的樣子。例王勃然乎變色。

勃然變色 ㄅㄛˊ ㄖㄢˊ ㄅㄧㄢˋ ㄙㄜˋ 受外界的刺激而忽然改變臉色。通常指因慍怒、驚懼等原因而露出不好看的臉色。

17 **勃谿** ㄅㄛˊ ㄒㄧ 家庭之間的爭吵。

▽鬱勃、狂勃、野心勃勃、雄心勃勃、朝氣蓬勃。

常 7 勁

形解 形聲；從力，巠聲。巠有縱直的意思，所以强而有力為勁。

音義 ㄐㄧㄥ 名①力氣；例用勁。②神采奕奕；例帶勁。③情緒高昂；例幹勁十足。④興趣；例他對這件事，一點也不起勁。⑤舒適；例得勁。形①實力堅強的；例勁旅。②猛烈的；例勁風。

10 **勁旅** ㄐㄧㄥ ㄌㄩ 戰鬥力強的軍隊或實力強的競技對手。又作「勁卒」。

15 **勁敵** ㄐㄧㄥ ㄉㄧ 實力強大的敵人或對手。

▽剛勁、強勁、貞勁、遒勁、有勁、無勁、使勁、雄勁、差勁。

(次) 8 **勍** 形解 形聲；從力，京聲。京有高大的意思，所以力量強大為勍。

音義 ㄑㄧㄥ 形強大的；例勍敵。

參考 同倞，強，彊。

15 **勍敵** ㄑㄧㄥ ㄉㄧ 實力雄厚的敵人。

(常) 9 **勒** 形解 形聲；從革，力聲。套在馬頭上的皮帶為勒。

音義 ㄌㄜ 名①帶嚼口的馬絡頭；例轡勒。②永字八法中，橫畫的筆法。③姓。動①收住轡繩，使馬停止；例懸崖勒馬。②強迫；例勒令停業。③雕刻；例勒碑。④統御；例「親勒六軍」。

ㄌㄟ 動用繩索捆綁或套牢之後，再加拉緊；例勒緊褲帶。

參考 音ㄌㄟ時，引申有強迫、強制的意思。

5 **勒令** ㄌㄜ ㄌㄧㄥ 約束，禁止。例勒令歇業。

7 **勒石** ㄌㄜ ㄕ 在石碑上刻字。

參考 同刻石。衍勒石記功。

10 **勒索** ㄌㄜ ㄙㄨㄛ 用非法手段強迫他人交出財物。

勒馬 ㄌㄜ ㄇㄚ 抑止馬匹的行進。例懸崖勒馬。

▽部勒、彌勒、逼勒。

(常) 9 **務** 形解 形聲；從力，敄聲。「敄」從矛，有大力的意思，所以用力相逼，發生急促為務。

音義 ㄨ 名①事情；例庶務。②姓。動專精；例「君子務本。」副必須；例除惡務盡。

5 **務必** ㄨ ㄅㄧ 一定，必須。

務本 ㄨ ㄅㄣ 致力於根本。例「君子務本，本立而道生。」

13 **務農** ㄨ ㄋㄨㄥ 致力於農事。

14 **務實** ㄨ ㄕ 力求踏實。

20 **務躁** ㄨ ㄗㄠ 非常浮躁。

▽公務、服務、業務、常務、急務、任務、義務、事務、執務、內務、財務、債務、雜務、職務、庶務、本務、要務、開物成務、不急之務、不識時務。

(常) 9 **勘** 形解 形聲；從力，甚聲。再次推察校定為勘。

音義 ㄎㄢ 動①訂正；例校勘。②調查；例勘察地形。

參考 又音ㄎㄢ。

14 **勘察** ㄎㄢ ㄔㄚ 考核稽察。

勘誤 ㄎㄢ ㄨ 校正文字上的錯字。

參考 ①衍勘誤表。②亦作「刊誤」。

▽校勘、推勘、審勘、檢勘、查勘、覆勘。

(常) 9 **動** 形解 形聲；從力，重聲。指用力推物，所以動作為動。

音義 ㄉㄨㄥ 名行動；例靜極思動。動①凡物改變原來的位置或狀態；例移動。②使用；例動腦筋。③起始；例勞師動眾。④感動；例無動於衷。副每每，往往；例動不動就哭。

參考 反靜。

2 **動人** ㄉㄨㄥ ㄖㄣ 可以感動人的(事或物)。

動人心弦 ㄉㄨㄥ ㄖㄣ ㄒㄧㄣ ㄒㄧㄢ 形容非常感動人或使人非常激動。心弦：內心容易感動的地方。

參考 與「扣人心弦」都能形容使人非常激動，有時也可替換，但有別：①後者除形容「使人非常激動」外，還可以形容「能牽動人的心」；前者不能形容「能牽動人的心」。②前者除形容「使人非常激動」外，還常用來形容「使人十分感動」，如「這是一本動人心弦的遺作」；後者所含「感動人」的意思，不如「動人心弦」明顯、突出。

動力 ㄉㄨㄥˋ ㄌㄧˋ 物體發生動作的力量。

參考 ①衍動力學、動力機、動力定位。②與「動機」有別：「動機」指意圖，只是開始的一段時間；「動力」則為一直持續不斷，是推動、發展的力量。

3 **動工** ㄉㄨㄥˋ ㄍㄨㄥ 開始工作。

參考 與開始建築的「動土」有別。

動土 ㄉㄨㄥˋ ㄊㄨˇ 挖掘翻動泥土，有開始施工的意思。例太歲頭上動土。

4 **動手** ㄉㄨㄥˋ ㄕㄡˇ ㈠開始工作。㈡毆打或爭鬥。

參考 同破土。

動心 ㄉㄨㄥˋ ㄒㄧㄣ ㈠接受外界的誘惑而動搖心志。㈡內心受到感動。

動不動 ㄉㄨㄥˋ·ㄉㄨㄥ ㄉㄨㄥˋ 即動輒，往往。例「這老兒不好惹，動不動先斬後聞。」

5 **動用** ㄉㄨㄥˋ ㄩㄥˋ 使用。

6 **動向** ㄉㄨㄥˋ ㄒㄧㄤˋ 事物發展變化的方向或趨勢。例颱風的動向常常不易掌握。

7 **動身** ㄉㄨㄥˋ ㄕㄣ 啓程，出發。

動作 ㄉㄨㄥˋ ㄗㄨㄛˋ ㈠舉動。㈡人體的活動。

8 **動武** ㄉㄨㄥˋ ㄨˇ 打架，毆鬥。

動物 ㄉㄨㄥˋ ㄨˋ 生 有知覺，能自由運動，具備營養、生殖等機能的生物，是生物界中的一大類。

參考 衍動物園、動物檢疫、動物傳染病。

9 **動怒** ㄉㄨㄥˋ ㄋㄨˋ 發怒。

10 **動氣** ㄉㄨㄥˋ ㄑㄧˋ 動怒或生氣。

動容 ㄉㄨㄥˋ ㄖㄨㄥˊ ㈠舉止動作和儀容。㈡內心有所感動而表現在容貌上面。

動員 ㄉㄨㄥˋ ㄩㄢˊ 軍 為適應國防軍事的需要，將國家所有的人力、物力、財力等由平時狀態馬上轉變為戰時狀態，使國力能作最有效的發揮。

參考 ①衍動員令、動員召集、動員戡亂時期。②與「發動」有別，參閱「發動」條。

動脈 ㄉㄨㄥˋ ㄇㄛˋ 生 接受心臟左右心室壓出的新鮮血液，輸送到全身各部的血管。一名發血管。

參考 衍動脈錐、動脈硬化。②反靜脈。

11 **動產** ㄉㄨㄥˋ ㄔㄢˇ 物件不需改變其性質形狀，而得自由移轉的財產。如金錢、證券、家具等是。

參考 反不動產。

12 **動詞** ㄉㄨㄥˋ ㄘˊ 文 表示事物動作或情狀的詞，如「雞鳴」的鳴，「狗吠」的吠就是。

13 **動搖** ㄉㄨㄥˋ ㄧㄠˊ 搖擺不定，不穩固，不堅定。

動亂 ㄉㄨㄥˋ ㄌㄨㄢˋ 社會、政治上的變動紛亂。

14 **動態** ㄉㄨㄥˋ ㄊㄞˋ ㈠活動的情況。㈡事物變化發展的狀態。

動輒得咎 ㄉㄨㄥˋ ㄓㄜˊ ㄉㄜˊ ㄐㄧㄡˋ 動不動就遭到責怪或受到不當的處分。動輒：往往，動不動就……。咎：罪過，罪罰。

15 **動彈** ㄉㄨㄥˋ ㄊㄢˊ 身體的轉側。例動彈不得。

16 **動靜** ㄉㄨㄥˋ ㄐㄧㄥˋ ㈠事情的消息。㈡行為舉止。

動機 ㄉㄨㄥˋ ㄐㄧ 主宰意志或行為的原因。

參考 ㈠動機有廣狹二義：廣義指意志有所決定時的相關之意識要素；狹義指有目的之決意動作。

17 **動盪** ㄉㄨㄥˋ ㄉㄤˋ ㈠局勢不穩定。㈡心神不安寧。

參考 衍動盪不安。

20 **動議** ㄉㄨㄥˋ ㄧˋ 會議中對事項處分所作臨時的提案。

22 **動聽** ㄉㄨㄥˋ ㄊㄧㄥ 引人注意而去傾聽。

▽感動、跳動、生動、活動、悖動、暴動、激動、行動、反動、流動、運動、舉動、鼓動、自動、振動、搧動、變動、騷動、被動、發動、心動、盲動、舞動、搖動、幌動、顫動、衝動、波動、移動、電動、搬動、鑽動、蠕動、非禮勿動、風吹草動、原封不動、輕舉妄動、蠢蠢欲動、歡聲雷動。

(次) 9

勖

形解 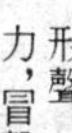 形聲；從力，冒聲。冒有不顧一切的

意思，所以勉勵全力向上爲勖。

音義 ㄒㄩˋ 動勉勵；例勖勉。

參考 字又作「勗」。

9 **勖勉** ㄒㄩˋ ㄇㄧㄢˇ 鼓勵別人全力以赴。

常 10 **勞** 形解 會意；從力，從熒省(𤇾)。熒是屋下的燈燭之火，所以入夜仍在用力操作爲勞。

音義 ㄌㄠˊ 名①功績；例汗馬之勞。②從事勞動工作的簡稱；例勞資合作。③肺結核，通「癆」；例勞病。④勞動的數量和質量；例按勞計酬。⑤姓。動①辛勤；例任勞任怨。②操煩；例勞神。③打擾；例勞駕。

ㄌㄠˋ 動慰問；例勞軍。

3 **勞工** ㄌㄠˊ ㄍㄨㄥ 即勞動者，用勞力獲取工資，謀求生存的人。

參考 衍勞工黨、勞工團體、勞工保險、勞工教育、勞工問題。

5 **勞民傷財** ㄌㄠˊ ㄇㄧㄣˊ ㄕㄤ ㄘㄞˊ 既使人民勞苦又耗費財物。比喻有損無益的措施。

參考 ①本詞通常只用於批評不恰當或無價值的措施。②參閱「勞師動衆」條。

6 **勞而無功** ㄌㄠˊ ㄦˊ ㄨˊ ㄍㄨㄥ 表示費盡力氣而沒有收穫。

7 **勞役** ㄌㄠˊ ㄧˋ 人民出勞力替國家免費工作。

勞改 ㄌㄠˊ ㄍㄞˇ 即勞動改造，共黨國家的術語，以強迫勞動的方式改變人民思想的伎倆，使合乎共黨專制的要求，是控制百姓的手段。例勞改營。

9 **勞軍** ㄌㄠˋ ㄐㄩㄣ 慰勞三軍將士。亦作「勞師」。

勞保 ㄌㄠˊ ㄅㄠˇ 「勞工保險」的簡稱，是保障勞工生活的社會安全制度。

勞苦 ㄌㄠˊ ㄎㄨˇ ㈠勞累辛苦。㈡ㄌㄠˋ ㄎㄨˇ 慰問辛苦的人。

勞苦功高 ㄌㄠˊ ㄎㄨˇ ㄍㄨㄥ ㄍㄠ 比喻做事勤苦而且功勞很大。是慰勞別人的話。

10 **勞神** ㄌㄠˊ ㄕㄣˊ 操心，費神。

參考 衍勞神費力。

勞師動衆 ㄌㄠˊ ㄕ ㄉㄨㄥˋ ㄓㄨㄥˋ 形容做一件事或一項工程，耗費過多的人力。

參考 與「勞民傷財」有別：後者指除了耗損人力外，還花去了大筆金錢。

11 **勞累** ㄌㄠˊ ㄌㄟˋ 因辛勞而感到疲倦。

勞動 ㄌㄠˊ ㄉㄨㄥˋ ㈠爲生產或營利所作的肉體或精神的活動。㈡請人動作的謙詞，感謝別人爲自己做事的話。例勞動大駕。

參考 衍勞動法、勞動節、勞動者、勞動力、勞動服務。

13 **勞頓** ㄌㄠˊ ㄉㄨㄣˋ 勞累疲倦。例旅途勞頓。

勞資 ㄌㄠˊ ㄗ 勞工與資本家的合稱。例勞資糾紛。

勞碌 ㄌㄠˊ ㄌㄨˋ 辛勞忙碌。

參考 反清閑。

15 **勞駕** ㄌㄠˊ ㄐㄧㄚˋ 勞動別人做事或敬請光臨的客氣話。

16 **勞燕分飛** ㄌㄠˊ ㄧㄢˋ ㄈㄣ ㄈㄟ 伯勞與燕子各自分別飛去。比喻分別離散，不易再見。勞：伯勞，鳥名。

▽辛勞、偏勞、慰勞、功勞、苦勞、煩勞、操勞、徒勞、疲勞、勤勞、伯勞、耐勞、憂勞、汗馬功勞、犬馬之勞、能者多勞、以逸待勞、舉手之勞、好逸惡勞。

常 10 **勝** 形解 形聲；從力，朕聲。朕有密合的意思，所以力能密合，可以承擔爲勝。

音義 ㄕㄥˋ 名風景佳妙；例尋幽覽勝。動①佔優勢；例反敗爲勝。②克制；例勝人者，必先自勝。形優美而盛大的；例勝景。

ㄕㄥ 名姓。動禁得住，承受得了；例「高處不勝寒」。副窮盡；例不可勝數。

參考 ①同贏。②反敗。

5 **勝仗** ㄕㄥˋ ㄓㄤˋ ㈠得到勝利的戰爭。㈡戰勝。

6 **勝任** ㄕㄥ ㄖㄣˋ 能力足以擔任其事。例勝任愉快。

參考 勝任只能用在「事物」方面。

勝地 ㄕㄥˋ ㄉㄧˋ ㈠名勝。㈡形勢優勝的地位。例立於勝地。

7 **勝利** ㄕㄥˋ ㄌㄧˋ ㈠贏得所爭取的

東西。㈡成功。

8 **勝券在握** ㄕㄥˋ ㄑㄩㄢˋ ㄗㄞˋ ㄨㄛˋ 對獲得成功勝利很有把握。

參考 同勝算在握，穩操勝算。

9 **勝負** ㄕㄥˋ ㄈㄨˋ 即勝敗。克敵為「勝」，不勝為「負」。

參考 ①同勝敗。②衍勝負之數。

10 **勝迹** ㄕㄥˋ ㄐㄧ 有名的古蹟。

參考 亦作「勝蹟」、「勝跡」。

12 **勝訴** ㄕㄥˋ ㄙㄨˋ 法 訴訟當事人的一方受有利的判決。意即訴訟獲勝。

參考 反敗訴。

勝景 ㄕㄥˋ ㄐㄧㄥˇ 美景，佳景。

參考 同勝致，勝槩。

13 **勝會** ㄕㄥˋ ㄏㄨㄟˋ ㈠盛大的集會或宴會。㈡意興過人。

14 **勝算** ㄕㄥˋ ㄙㄨㄢˋ 必定會取得勝利的計謀和安排。

▽必勝、求勝、全勝、得勝、優勝、名勝、常勝、戰勝、獲勝、取勝、險勝、百戰百勝、出奇制勝、反敗為勝、引人入勝、尋幽探勝。

常 11 **募** 解形 形聲；從力，莫聲。莫有大的意思，所以廣求為募。

音義 ㄇㄨˋ 動 ①廣泛徵集；例招募。②徵求；例募捐。

參考 「募」字從力不從刀，不可誤作「募」。

7 **募兵** ㄇㄨˋ ㄅㄧㄥ 募集志願當兵的人為常任兵役，並發給薪餉。

參考 ①衍募兵制。②反徵兵。

10 **募捐** ㄇㄨˋ ㄐㄩㄢ 廣集捐獻。例募捐冬令救濟金。

12 **募集** ㄇㄨˋ ㄐㄧˊ 廣為招集。

▽召募、招募、徵募、選募。

常 11 **勦** 解形 形聲；從力，巢聲。鳥築巢而勞，所以辛勞為勦。

音義 ㄐㄧㄠˇ 動 ①討伐；例勦寇。②抄襲；例勦襲舊說。

參考 又音 ㄔㄠ，與「鈔」通。

常 11 **勤** 解形 形聲；從力，堇聲。勞力不懈為勤。

音義 ㄑㄧㄣˊ 名 ①「勤務」的簡稱；例內勤。②姓。動 ①努力；例勤能補拙。②盡心盡力；例勤政愛民。形 待人周到；例殷勤。副 常常；例勤看報紙，關心國事。

參考 勤或作「懃」。

4 **勤王** ㄑㄧㄣˊ ㄨㄤˊ ㈠為王事竭盡心力。㈡古代君王遭受內亂外患而王位動搖時，臣子出兵援救平亂。

7 **勤快** ㄑㄧㄣˊ ㄎㄨㄞˋ 努力工作，使工作進度快速。

9 **勤勉** ㄑㄧㄣˊ ㄇㄧㄢˇ 勤勤懇懇，努力不懈。

參考 ①與「勤勞」有別：「勤勞」多用於工作、生產方面；而「勤勉」多用於學習方面。②反懈怠。

勤政愛民 ㄑㄧㄣˊ ㄓㄥˋ ㄞˋ ㄇㄧㄣˊ 親自勤勞處理政事，並且愛護百姓。

10 **勤能補拙** ㄑㄧㄣˊ ㄋㄥˊ ㄅㄨˇ ㄓㄨㄛˊ 勤奮不懈，可以彌補天資的不足。拙：笨拙，天資較差的人。

11 **勤務** ㄑㄧㄣˊ ㄨˋ ㈠軍警人員平時奉命執行的工作。㈡軍 軍隊作戰前，為謀保全隊伍，避免危險所作的種種必要準備，概稱勤務。如：警戒勤務、偵探勤務、行軍勤務等。

參考 衍勤務兵、勤務召集。

12 **勤勞** ㄑㄧㄣˊ ㄌㄠˊ 勞心盡力。

參考 ①反懶惰。②參閱「勤勉」條。

15 **勤儉** ㄑㄧㄣˊ ㄐㄧㄢˇ 勤勞節儉。

參考 衍勤儉愛民、勤儉建國。

16 **勤奮** ㄑㄧㄣˊ ㄈㄣˋ 指學習或工作努力不懈，精神振作。

勤學 ㄑㄧㄣˊ ㄒㄩㄝˊ 努力用功讀書，研究學問。

參考 衍勤學不懈、勤學好問。

17 **勤懇** ㄑㄧㄣˊ ㄎㄣˇ 做事認真不懈，態度至誠感人。

18 **勤謹** ㄑㄧㄣˊ ㄐㄧㄣˇ 勤勉謹慎。

參考 同勤恪。

▽辛勤、殷勤、出勤、外勤、內勤、恪勤、夜勤、憂勤。

常 11 **勢** 解形 形聲；從力，埶聲。埶有掌握的意思，所以權力強盛為勢。

音義 ㄕˋ 名 ①權力；例仗勢欺人。②自然力量衝擊的傾向；例火勢。③人們動作的狀態；例手勢。④時機；例因勢利導。⑤情況；例大勢所趨。

參考 ①同權，力。②凡力的奮

發都叫做「勢」，其關於自然界的，如：風勢、雨勢；其見於動作的事者，如：趁勢、作勢。

2 **勢力** ㄕˋ ㄌㄧˋ ㈠權勢威力。㈡强大的力量（多指政治、經濟、軍事方面）。

勢力範圍 ㄕˋ ㄌㄧˋ ㄈㄢˋ ㄨㄟˊ ㈠權力的界限。㈡帝國主義國家侵略、瓜分殖民地或控制附庸國家的一種形式。

4 **勢不兩立** ㄕˋ ㄅㄨˋ ㄌㄧㄤˇ ㄌㄧˋ 彼此的仇恨非常深刻，而有不能共存在天地之間的趨勢。

參考 與「不共戴天」有別，參閱「不共戴天」條。

6 **勢如破竹** ㄕˋ ㄖㄨˊ ㄆㄛˋ ㄓㄨˊ 情勢的扭轉成功，有如以刀剖竹，竹節迅即應聲裂開，不可阻遏。形容作戰或工作節節勝利，毫無阻礙。或作「勢如劈竹」。

參考 與「勢不可當」、「銳不可當」，都可形容氣勢迅猛，但有別：①「勢不可當」和「銳不可當」重於「不可當」；「勢如破竹」重於「破竹」。在强調節節勝利，毫無阻礙時，用「勢如破竹」很恰當；在强調氣勢强勁不可抵擋時，用「勢不可當」、「銳不可當」，就很明確。②「銳不可當」可與「氣勢」、「勢」、「來勢」一類詞配合：「勢如破竹」和「勢不可當」由於本身已含有「勢」字，就不宜與之搭配。「勢不可當」可修飾「潮流」，但其餘二詞卻不能。

7 **勢利** ㄕˋ ㄌㄧˋ ㈠權勢與利益。㈡看重權勢利祿而瞧不起沒有權勢的人。例勢利鬼。㈢形勢與便利。

勢均力敵 ㄕˋ ㄐㄩㄣ ㄌㄧˋ ㄉㄧˊ 彼此雙方勢力相當，不分上下。敵：力量相當。

參考 與「旗鼓相當」都含有「力量相等」的意思，但有別：①前者因本身含有「勢」、「力」兩字，一般限用於「勢力」、「力量」以及它們之間的衝突；但後者卻不在此限。②前者是淺顯地陳說；後者係形象的比喻，較爲典雅。③又作「力敵勢均」。

▽情勢、優勢、形勢、地勢、權勢、大勢、軍勢、手勢、威勢、趨勢、姿勢、時勢、去勢、倚勢、仗勢、乘勢、作勢、風勢、雨勢、財勢、虛張聲勢、狗仗人勢、裝腔作勢、趨炎附勢。

次 11 **勣** 形解  形聲；從力，責聲。責爲求取，所以努力求取，使事情成功爲勣。

音義 ㄐㄧ 名 功業，通「績」字。

次 12 **勩** 形解  形聲；從力，貰聲。貰有不足的意思，所以體力不足而感到疲倦爲勩。

音義 ㄧˋ 名 勞苦。

次 13 **勰** 形解  形聲；從思，劦聲。劦有衆力相合的意思，所以思想相合爲勰。

音義 ㄒㄧㄝˊ 形 和協的；例勰和。

次 13 **勱** 形解  形聲；從力，萬聲。萬有多而大的意思，所以奮力以赴爲勱。

音義 ㄇㄞˋ 副 勉力，通「邁」。

常 14 **勳** 形解 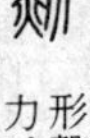 形聲；從力，熏聲。熏有上出的意思，所以能成王功爲勳。

音義 ㄒㄩㄣ 名 ①功業；例勳業彪炳。②姓。

參考 ①同功。②古作「勛」，今作「勳」。

11 **勳章** ㄒㄩㄣ ㄓㄤ 國家授予對國家有功勞的人所佩帶的獎章。

參考 與「獎章」有別：前者係頒給對國家有功或有貢獻的人員；後者爲一般獎賞用的徽章。

12 **勳勞** ㄒㄩㄣ ㄌㄠˊ 功勞。王功稱「勳」，事功稱「勞」。

13 **勳業** ㄒㄩㄣ ㄧㄝˋ 具有功勞勳績的偉業。

參考 同功業。

17 **勳爵** ㄒㄩㄣ ㄐㄩㄝˊ 舊時對於有功者所賜封的爵位。

▽功勳、元勳、光勳、豐功偉勳。

㊢ 15

勵

形解 形聲；從力，厲聲。厲從萬聲，有多而大的意思，所以勸勉向上爲勵。

音義 ㄌㄧˋ 名 姓。動 ①勸勉；例鼓勵。②勉力；例「夙夜勤勵。」③獎勉；例獎勵。

參考 ①同勉。②「勵」爲勸勉的意思，所以「嚴厲」、「猛厲」的「厲」不可誤寫作「勵」。③字與「勱」形近，「勱」也可解釋作勉力，但讀作ㄇㄞˋ。

6 **勵行** (一)ㄌㄧˋ ㄒㄧㄥˊ 勉力去做。(二)ㄌㄧˋ ㄒㄧㄥˋ 修養心性，敦勵品行。亦作「厲行」。

7 **勵志** ㄌㄧˋ ㄓˋ 勉勵自己的心志，達到毫不懈怠的地步。

14 **勵精圖治** ㄌㄧˋ ㄐㄧㄥ ㄊㄨˊ ㄓˋ 振作精神，謀求治理。

▽獎勵、鼓勵、勉勵、激勵、砥勵、振勵、策勵。

㊢ 18

勸

形解 形聲；從力，雚聲。雚有懽愉的意思，所以勉勵他人而能悅從爲勸。

音義 ㄑㄩㄢˋ 名 姓。動 ①用言語開導，使人聽從；例勸告。②提倡；例「懲惡而勸善。」③勉，勸勉他人。

參考 同獎。

4 **勸化** ㄑㄩㄢˋ ㄏㄨㄚˋ 宗 佛家語。勸人棄邪歸正，重登善途。

7 **勸告** ㄑㄩㄢˋ ㄍㄠˋ 拿正當的道理去開導他人。

參考 同忠告。

8 **勸阻** ㄑㄩㄢˋ ㄗㄨˇ 以勸導的方式，阻止別人不要做某件事。

9 **勸勉** ㄑㄩㄢˋ ㄇㄧㄢˇ 勸告勉勵別人努力向善。

13 **勸募** ㄑㄩㄢˋ ㄇㄨˋ 用言語勸人的方式來募集款項。

14 **勸誡** ㄑㄩㄢˋ ㄐㄧㄝˋ 以言語警戒的方式來勸導別人。也作「勸戒」。

15 **勸駕** ㄑㄩㄢˋ ㄐㄧㄚˋ 勸勉賢者出仕而爲他準備好車駕。引申勸人出馬擔任職事。

16 **勸導** ㄑㄩㄢˋ ㄉㄠˇ 勸誘開導。亦作「勸誘」。

▽苦勸、教勸、獎勸、屢勸、勉勸。

【勹部】ㄅㄠ

㊡ 1

勺

形解 指事；「ㄅ」象尊斗形，「二」表示料內有所盛，所以挹取的用器爲勺。

音義 ㄕㄠˊ 名 ①容量單位名，十勺爲一合。②樂章名，相傳周公所作。③有柄可挹取液汁的器具，通「杓」；例龍勺。④姓。動 舀取，通「酌」。

參考 ①「勺」，字本作「勺」。②讀音ㄕㄨㄛˊ。③孳 妁、杓、芍、釣、豹、約、灼。

㊢ 2

匀

形解 會意；從勹二。平均偏及爲匀。

音義 ㄩㄣˊ 名 姓。動 騰讓，分讓；例「匀出一張桌子來放雜物。」形 平均；例均匀。

參考 孳 均、鈞、筠、畇。

14 **匀稱** ㄩㄣˊ ㄔㄣˋ 均匀，合適，相稱。

㊢ 2

勾

形解 形聲；從口，ㄐ聲。「ㄐ」有纏繞的意思，所以彎曲爲「句」，隸變後寫作「勾」。

音義 ㄍㄡ 名 ①彎曲物；例魚勾。②符號「✓」，今表示試卷答案對的符號；古書上又可表示一個段落或把這段刪掉的記號。③姓。動 ①塗去或刪掉；例勾掉這個字。②引起，挑動；例勾起多少回憶。③描繪；例勾出輪廓。④以芡粉或麵粉使湯汁濃稠；例勾芡。動 辦理；例勾當。

參考 ①「句」爲「勾」的本字，兩字可通用，但句唸成ㄐㄩˋ時，意思不同，如「文句」不可做「文勾」。②作彎曲物解時，同「鈎」，不過「鈎」大都是金屬製成，「勾」則不一定。③孳 鈎。

4 **勾引** ㄍㄡ ㄧㄣˇ (一)引誘。今含有貶低的意思。(二)俗多用爲男女間的互相引誘。

參考 與「勾搭」都有引誘的意

思，但二者有別：前者屬於靜態的引誘人來，後者是主動的以言語舉止引誘他人。

勾心鬥角 ㄍㄡ ㄒㄧㄣ ㄉㄡˋ ㄐㄧㄠˇ 原形容宮殿建築的結構交錯精緻，後來比喻各用心機，互相排擠，極意經營，彼此攻擊。心：宮室的中心；角：房屋的簷角。又作「鈎心鬥角」。

10 **勾留** ㄍㄡ ㄌㄧㄡˊ 因事耽擱，停留。例勾留數日。

11 **勾勒** ㄍㄡ ㄌㄜˋ 繪畫時用線條畫出輪廓或寫作時用簡鍊的文字描繪出人物的形象。

參考 ①同勾畫。②「勾」又作「句」、「鈎」。

12 **勾畫** ㄍㄡ ㄏㄨㄚˋ 描繪輪廓。

參考 同勾勒。

勾結 ㄍㄡ ㄐㄧㄝˊ 暗中互相串通在一起(做壞事)。

參考 本詞含有貶損的意思。

13 **勾當** ㄍㄡ ㄉㄤˋ ㈠通常指不正當的行爲或事情而言。㈡辦事。

勾搭 ㄍㄡ ㄉㄚ ㈠引誘，多用於男女私戀而言。㈡引誘或和他人相互串通在一起做壞事。

參考 ①本詞可疊作「勾勾搭搭」。②參閱「勾引」條。

15 **勾銷** ㄍㄡ ㄒㄧㄠ 抹掉，取銷。例一筆勾銷。

參考 「銷」又作「消」。

勾踐 ㄍㄡ ㄐㄧㄢˋ 人春秋末年越國國君，曾與吳戰敗，屈服求和，囚於吳國。後來他臥薪嘗膽，刻苦圖強，任用范蠡、文種等人整頓國政，終於轉弱爲強，滅掉吳國。

參考 「勾」又作「句」。

常 2 勿

解形 … 象形；象旗幟形，「勹」是旗柄，「彡」是旗游。假借爲否定、禁止後，本義已罕用。

音義 ㄨˋ 副莫，不要，不可，禁止之詞；例請勿抽煙。

參考 ①同莫，弗，不。②擘忽、物、吻、刎、笏。③「勿」、「匆」有別：「切勿大意」的「勿」比「匆匆忙忙」的「匆」在字中間少一撇。且匆音 ㄘㄨㄥ，繁忙的意思。

9 **勿施於人** ㄨˋ ㄕ ㄩˊ ㄖㄣˊ 自己所不願意遭遇到的事物，不要加到別人身上。語出論語．顏淵：「己所不欲，勿施於人。」

常 3 包

解形 … 象形；象人懷孕，胎兒裹在腹中形。所以裹藏爲包。

音義 ㄅㄠ 名①包裝物的單位；例一包香煙。②類似包裹的盛物器具；例皮包。③麵粉做成的一種食物；例肉包子。④姓。動①包裹；例包紮。②埋藏；例包藏禍心。③容納；例包涵。④總攬其事；例一手包辦。⑤圍繞；例包抄。

參考 ①同裹，藏。②擘苞、胞、飽、泡、炮、皰、鉋、跑、袍、鮑、抱、雹。

3 **包子** ㄅㄠ ˙ㄗ 北方人用麵皮包餡蒸著吃的食品。例小籠包子。

包工 ㄅㄠ ㄍㄨㄥ ㈠由個人或公司承辦一切工作。㈡工廠中按出品數量計酬的工作。㈢建築房舍等，其所需材料、工程、工人等，均由營造商一手包辦。

參考 衍包工業。

7 **包庇** ㄅㄠ ㄅㄧˋ 袒護不正當的人或事。

包抄 ㄅㄠ ㄔㄠ 軍繞到敵人的後面或兩側進攻。

包含 ㄅㄠ ㄏㄢˊ ㈠寬容。㈡包括。

參考 與「包括」、「包羅」都是動詞，指包容在內；「包含」指裏邊含有；「包括」指「包含」、「總括」；「包羅」指總括一切。全部在內；「包含」、「包括」的對象可能是許多個，也可能是一個；「包羅」的對象必是很多個。

參考 參閱「包含」條。

9 **包括** ㄅㄠ ㄎㄨㄛˋ 包含總括。

10 **包容** ㄅㄠ ㄖㄨㄥˊ 猶包涵，寬容。

11 **包紮** ㄅㄠ ㄓㄚ 包裹捆紮。

包涵 ㄅㄠ ㄏㄢˊ 請人包容原諒的客氣話。例請多包涵。

包袱 ㄅㄠ ㄈㄨˊ ㈠從前人出門時用來包裹衣服雜物的布巾。㈡比喻一種累贅或負擔，多指經濟上或思想負擔而言。例你這個包袱，一天到晚拖累著我。

12 **包廂** ㄅㄠ ㄒㄧㄤ 戲院樓上專供人

包訂的特別廂座。

包飯 ㄅㄠ ㄈㄢˋ 包辦飯食；指向包辦伙食的行業訂購，由其按日供送飯菜，再按月收費。又作「包伙」。

包圍 ㄅㄠ ㄨㄟˊ ㈠四面圍住。㈡軍向敵方的正面及兩側面連續進攻，或圍繞敵人的四面進攻，均稱包圍。

參考 與「包抄」都是動詞，有圍住的意思，前者指四面圍住或從對方的兩側和後方進攻，施行者可以是人或事物；後者指分別繞到對方（或敵人）的兩側或背後夾攻，施行者專指人而言。

14 包裹 ㄅㄠ ㄍㄨㄛˇ ㈠包紮。㈡用布或紙包紮成件的東西。例郵寄包裹。

15 包銷 ㄅㄠ ㄒㄧㄠ 承攬某種貨物，負責經銷。

16 包辦 ㄅㄠ ㄅㄢˋ ㈠一手負責，全部辦理。㈡獨攬，把持。

參考 同承辦，包攬。

18 包藏禍心 ㄅㄠ ㄘㄤˊ ㄏㄨㄛˋ ㄒㄧㄣ 表面和平而內心懷有陰謀詭計，圖謀害人的人。

19 包羅 ㄅㄠ ㄌㄨㄛˊ 總括一切。

參考 參閱「包含」條。

包羅無遺 ㄅㄠ ㄌㄨㄛˊ ㄨˊ ㄧˊ 包含很多，毫無遺漏。

包羅萬象 ㄅㄠ ㄌㄨㄛˊ ㄨㄢˋ ㄒㄧㄤˋ 包括一切，什麼都有。比喻包含內容極爲豐富，應有盡有。

參考 ①與「應有盡有」都有內容豐富、一切都有的意思，前者是就整體而言，指所包括內涵非常的豐富繁雜；後者是就個體而言，指所備有的、陳列的完整齊備。②與「無所不包」，都表示「包含的東西非常之多」的意思，但有別：前者著重於「十分龐雜」；後者著重在「一無遺漏」。

24 包攬 ㄅㄠ ㄌㄢˇ 承攬包辦，即把別人的事全部兜攬過來辦理。

▽含包、荷包、打包、書包、錢包、皮包、布包、總包、全包、蒙古包、小籠包、無所不包。

常 3 匆

形解 會意；從心，從囪。孔隙既多，心自煩亂爲悤。後來省作「匆」。

音義 ㄘㄨㄥ 副急促地；例匆忙。

參考 ①「悤」的俗字。②孳葱。

5 匆匆 ㄘㄨㄥ ㄘㄨㄥ 急忙的樣子。例匆匆忙忙。

9 匆促 ㄘㄨㄥ ㄘㄨˋ 匆忙而急促。

▽匆匆。

常 4 匈

形解  形聲；從勹，凶聲。胸膛爲匈，是「胸」的初文。

音義 ㄒㄩㄥ 名胸膺；例匈中芥蔕。副喧譁擾亂地，與「訩」、「詾」通；例「天下匈匈。」

參考 ①匈是「胸」的初文，或作胷、胸。②衍胷、洶、詾。

5 匈奴 ㄒㄩㄥ ㄋㄨˊ 中國古代北方強盛邊疆民族國家，戰國以後，始有匈奴之名。匈奴是屬於遊牧民族，對中國、歐亞的歷史，影響很大。

次 6 匊

形解  會意；從勹米。勹有聚合的意思，所以用兩手捧米爲匊。

音義 ㄐㄩˊ 名量的單位名，二升爲匊。動用兩手捧取流體；例匊泉。

參考 ①孳菊、鞠、掬、麴。②古字又作「臼」、「掬」。

常 7 匍

形解  形聲；從勹，甫聲。「勹」象人彎曲形，所以用手足著地而行走爲匍。

音義 ㄆㄨˊ 動手足著地向前行走；例匍匐前進。

11 匍匐 ㄆㄨˊ ㄈㄨˊ ㈠手足同時伏在地面上的交互運動，利用手足爬行。例匍匐前進。㈡趴在，附著。例甘藷的莖蔓匍匐在地面上。

常 9 匐

形解  形聲；從勹，畐聲。「勹」象人彎曲，「畐」爲充實圓滿，所以人曲背，聚手足而伏地爲匐。

音義 ㄈㄨˊ 動伏在地上；例匍匐。

常 9 匏

形解  形聲；從瓠省（夸），包聲。「包」表示裹藏的意思，所以挖去果

肉，只剩外殼，中空可以盛物爲匏。

音義 ㄆㄠˊ 名①植葫蘆科植物，果實扁圓巨大，嫩時供食用，老時果皮可曬乾作容器；例「匏有苦葉。」②音古代的八音之一。③姓。

參考 ①同瓠。②八音是金、石、絲、竹、匏、土、革、木。見「八音」條。

【匕部】

ㄅㄧˇ

常 0 **匕** 解形 𠤎 象形；象柶形。所以匕酒取飯的用器爲匕。

音義 ㄅㄧˇ 名①飯匙。②短劍；例匕首。

參考 ①匕與七字形相近，匕字的末一筆是一短撇，七字的起筆是一長橫。②匕(ㄏㄨㄚˋ)與化本是有別，原是兩個部首，今已不分；「凡變匕當作匕，教化當作化，今變匕盡作化，化行而匕廢矣。」(說文注)按變匕的匕所以悉作「化」，是有意與匕(ㄅㄧˇ)區別的。③孳化、牝、旨、者。

9 **匕首** ㄅㄧˇ ㄕㄡˇ 古代的短劍。因劍首像匕(形狀像湯匙)，所以這一類的短劍因以爲名。

常 2 **化** 解形 𠤎 會意；從匕人。匕有變化的意思，所以轉移變換爲「化」。

音義 ㄏㄨㄚˋ 名①教行；例教化。②民俗；例風化。③天地或命運；例造化。④禮樂制度等；例文化。動①改變；例千變萬化。②天地生成萬物；例化育。③乞求；例化緣。④用去錢財；例化費。⑤燒燬；例焚化。

ㄏㄨㄚ 名求乞的人；例化子。

參考 ①孳花、貨、訛。②同變。

3 **化干戈爲玉帛** ㄏㄨㄚˋ ㄍㄢ ㄍㄜ ㄨㄟˊ ㄩˋ ㄅㄛˊ 變戰爭爲和平。干、戈，都是古代的武器名。玉帛：古代諸侯會盟、朝聘時所持的禮物。

4 **化分** ㄏㄨㄚˋ ㄈㄣ 化把一種物質分化爲兩種以上不同的物質。又名「分解」。

5 **化外** ㄏㄨㄚˋ ㄨㄞˋ 沒有文化教育的地方。例化外之民。

化石 ㄏㄨㄚˋ ㄕˊ 礦古代生物的遺骸，埋藏在地下，經過了長久的歲月而變成爲岩石。

參考 衍化石植物學、化石動物學。

6 **化名** ㄏㄨㄚˋ ㄇㄧㄥˊ 隱藏眞名，改用假名字。

化合 ㄏㄨㄚˋ ㄏㄜˊ 兩種或多種物質結合成一種較複雜的物質之反應。例化合物。

7 **化育** ㄏㄨㄚˋ ㄩˋ 自然界(古人稱爲天地)生成萬物。

參考 衍化育磐。

化身 ㄏㄨㄚˋ ㄕㄣ ㈠抽象觀念的具體形象。㈡宗佛三身之一，佛教徒稱菩薩暫現於世的變幻身形，是對「法身」而言。

參考 ①反法身。②㈡又名「應化身」、「變化身」。

化妝 ㄏㄨㄚˋ ㄓㄨㄤ 打扮，修飾容貌。

參考 ①衍化妝品、化妝箱、化妝劇、化妝舞會。②「化妝」、「化裝」有別：a「化妝」是指利用化妝品使人容貌美麗，屬一般性的。而「化裝」則含有特殊性的，如果我們說：「她在化妝室裏化裝」，意思是指她爲了參加演出而修飾容貌，或是指她要假扮成什麼人。b「化裝」是改變原有的面目；「化妝」是要修飾的更美一些，並不改變來面目。

化妝品 ㄏㄨㄚˋ ㄓㄨㄤ ㄆㄧㄣˇ 男女藉以打扮修飾容貌的物品，如香水、胭脂等是。

8 **化雨** ㄏㄨㄚˋ ㄩˇ 形容接受教化的人，有如被甘霖滋潤一般。例春風化雨。

9 **化爲烏有** ㄏㄨㄚˋ ㄨㄟˊ ㄨ ㄧㄡˇ 變得什麼都沒有了。形容一下子子喪失或落空。烏有：那有，沒有。

9 **化爲泡影** ㄏㄨㄚˋ ㄨㄟˊ ㄆㄠˋ ㄧㄥˇ 變成像水泡和影子那樣迅速就會消失的東西。比喻一下子全部落空。泡影：水泡和物體的影子。

參考 與「化爲烏有」都含有「由

有變成不存在」的意思，但有別：①前者常指希望的落空；後者常指具體事物的消失(如「鐘樓」、「橋樑」等)。②二詞都能形容事情的落空，但前者多用於「諾言」、「計劃」方面；而後者大多用於原先已存在的東西。③前者是比喻性的；後者爲直陳性的。

10 **化除** ㄏㄨㄚˋ ㄔㄨˊ 消滅，除去。例化除成見。

13 **化裝** ㄏㄨㄚˋ ㄓㄨㄤ 改變裝束。

參考 衍化裝室、化裝舞會。

14 **化境** ㄏㄨㄚˋ ㄐㄧㄥˋ 形容技藝高超，達到絕妙不可言喻的境界。

15 **化緣** ㄏㄨㄚˋ ㄩㄢˊ 宗佛家語。僧尼向人勸募財物，意指能布施財物給僧尼的人，便與佛有緣。又稱「募化」。

16 **化學** ㄏㄨㄚˋ ㄒㄩㄝˊ 研究物質結構、性質和變化的科學。以研究對象分有機、無機兩大類。

參考 衍化學系、化學反應、化學平衡、化學藥劑、化學食品、化學戰爭、化學研究所。

化學工業 ㄏㄨㄚˋ ㄒㄩㄝˊ ㄍㄨㄥ ㄧㄝˋ 工利用石油、天然氣、煤、食鹽、農業副產品等各種原料進行化學加工、生產化學產品的工業。如酸鹼類、塑膠類、人造纖維等。

化學纖維 ㄏㄨㄚˋ ㄒㄩㄝˊ ㄒㄧㄢ ㄨㄟˊ 化用天然或合成高分子化合物，經化學和機械方法加工製得。分人造纖維和合成纖維兩類。

化學肥料 ㄏㄨㄚˋ ㄒㄩㄝˊ ㄈㄟˊ ㄌㄧㄠˋ 化用化學工業所製成的農田肥料，大都屬無機肥料，與堆肥、糞肥等天然有機肥料相對而言。簡稱「化肥」，如硫酸銨、硝酸銨等。

化險爲夷 ㄏㄨㄚˋ ㄒㄧㄢˇ ㄨㄟˊ ㄧˊ 使危險轉變爲平安。夷：平坦。

化整爲零 ㄏㄨㄚˋ ㄓㄥˇ ㄨㄟˊ ㄌㄧㄥˊ 將整體分化爲零散的方法。此法在經濟及軍事上常加使用。

參考 反合而爲一。

21 **化鶴** ㄏㄨㄚˋ ㄏㄜˋ 古以鶴爲仙禽，學道成仙的人，往往化鶴來去；後常用爲死亡的代稱。

23 **化驗** ㄏㄨㄚˋ ㄧㄢˋ 用物理的或化學的，或物理化學的方法，檢驗物質的成分和性質。

參考 與「檢查」、「監察」有別：「化驗」只能用於對物品作化學上的處理；「檢查」使用範圍較廣，可對物品、人或事；「監察」多指上級機關對下級機關的監督而言。

▽惡化、羽化、開化、感化、腐化、教化、硬化、進化、遷化、造化、轉化、風化、文化、變化、物化、溶化、坐化、簡化、約化、神化、強化、老化、電腦化、戲劇化、千變萬化、食古不化、潛移默化、出神入化。

常 3 **北**

解形 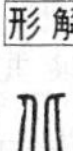 從二人背對，所以有相違的意思。「北」借爲方向的意思後，另造「背」字，以承本義。 會意；

音義 ㄅㄟˇ 名方位名，與「南」相對的方位名。早晨面對太陽，左手的方向是北方。動敗退；例敗北。形在北方的；例北海。副向北地；例北征。

ㄅㄟˋ 動分異，違背，古「背」字。

參考 ①ㄅㄟˇ是語音，ㄅㄛˋ是讀音。②孳背、邶。

4 **北斗七星** ㄅㄟˇ ㄉㄡˇ ㄑㄧ ㄒㄧㄥ 天北斗是北空的星羣名之一，共七顆亮星排列成勺斗形，前四顆呈斗魁，後三顆爲斗柄。屬大熊星座，是航海和測量的人認星向的重要標誌，故稱此星羣爲北斗。

5 **北平** ㄅㄟˇ ㄆㄧㄥˊ 地院轄市，位於河北省西北角，是我國軍事和交通重地，所以元、明、清三代均以之爲國都。因有七百年的建都歷史，是我國最負盛名的政治、軍事中心、文化城和旅遊勝地。

參考 原名「北京」，民國十七年始改爲「北平」。

北半球 ㄅㄟˇ ㄅㄢˋ ㄑㄧㄡˊ 地橫切地軸分爲兩半，在赤道以北的半個地球爲北半球。

北伐 ㄅㄟˇ ㄈㄚ ㈠向北方用兵。㈡史民國十五年，國民革命軍在蔣總司令中正領導下，進討北洋軍閥，至十七年統一全國。史稱「北伐」。

6 **北回歸線** ㄅㄟˇ ㄏㄨㄟˊ ㄍㄨㄟ ㄒㄧㄢˋ 地 在北緯二十三度二十七分，每年夏至時，太陽光直射北半球以此線為界限，也是太陽直射最北的界線。

8 **北京人** ㄅㄟˇ ㄐㄧㄥ ㄖㄣˊ 史 更新世中期（絕對年代不少於六十九萬年）華北的化石人，民國十六年發現於北平周口店的龍骨山洞穴，是世界著名猿人化石之一。

9 **北美洲** ㄅㄟˇ ㄇㄟˇ ㄓㄡ 地 是「北亞美利加洲」(North America)的簡稱，位在美洲的北半部，以巴拿馬地峽與中南美洲為界。包括加拿大、美國、墨西哥三國，面積二〇四三五萬平方公里。

北洋軍閥 ㄅㄟˇ ㄧㄤˊ ㄐㄩㄣ ㄈㄚˊ 史 甲午戰後，湘、淮二軍都已失敗，清廷又別立新軍，命袁世凱於天津附近小站練兵，為北洋軍的由來。民國六年，袁世凱死後，分裂為直、皖、奉三個派系，爭權奪利，戰爭無已。時稱「北洋軍閥」。

10 **北海** ㄅㄟˇ ㄏㄞˇ ㈠泛指北方近海的地方。㈡在中國北方極遠的地方。㈢地 舊稱渤海。㈣海名，在歐洲大陸與大不列顛島之間。

北迴鐵路 ㄅㄟˇ ㄏㄨㄟˊ ㄊㄧㄝˇ ㄌㄨˋ 交 起自宜蘭縣新城的南聖湖站，迄於花蓮臺東線田浦站，是我國十項建設成果之一，也是加速開發東部地方的大動脈。

11 **北堂** ㄅㄟˇ ㄊㄤˊ 原指主婦所居住的堂室，後來成為對母親的尊稱。

參考 同 萱堂。

12 **北極** ㄅㄟˇ ㄐㄧˊ ㈠地 地軸在北半球的一端。㈡物 磁針大致向北的一端。

參考 衍 北極海、北極圈、北極熊。

北寒帶 ㄅㄟˇ ㄏㄢˊ ㄉㄞˋ 地 北半球的寒帶，即北溫帶以北的地方。

13 **北溫帶** ㄅㄟˇ ㄨㄣ ㄉㄞˋ 地 地球上赤道和北寒帶中間的地方。

15 **北歐** ㄅㄟˇ ㄡ 地 歐洲的北部約日德蘭半島、斯堪的那維亞半島一帶和冰島。

北緯 ㄅㄟˇ ㄨㄟˇ 地 地理座標之一，從赤道以北到北極的緯度。

參考 反 南緯。

▽敗北、東北、西北、朔北、大北、反北、河北、湖北、江北、山北、追亡逐北、大江南北、三戰三北、天南地北。

常 9 **匙** 形解 形聲；從匕，是聲。用來舀挹飲食的用具為匙。

音義 ㄔˊ 名 ①舀羹湯的食器；例 湯匙。②姓。

ㄕˋ 名 開鎖的器具；例 鎖匙。

參考 今所謂的「茶匙」、「湯匙」，也可叫做「調羹」。

【匚部】 ㄈㄤ

常 3 **匝** 形解 指事；從反之（ㄓ）。ㄓ是往，反ㄓ是返，所以繞行一周為匝。

音義 ㄗㄚ 動 環繞一周；例「圍宛城三匝。」形 ①圓滿的；例 匝月。②密，盛；例 匝匝。

參考 「匝」與「匣」形體相似，「匣」是藏放東西的箱子，二字讀音、意思完全不同。

次 3 **匜** 形解 形聲；從匚，也聲。也聲字有容受的意思，所以盛水的容器為匜。

音義 ㄧˊ 名 ①注水或盛酒的器皿；例 卮匜。②盥洗用的禮器；例 銅匜。

常 4 **匡** 形解 形聲；從匚，㞷聲。「匚」象方形容器，所以飯器為匡。

音義 ㄎㄨㄤ 名 眼眶，通「眶」；例「涕滿匡而橫流。」動 ①改正；例 匡正。②輔佐；例 匡我不逮。③救濟；例 匡濟。形 ①恐，通「恇」；例 匡懼。
ㄨㄤ 名背曲病，通「尪」。
參考 辨 眶、框、筐、劻、恇、誆。
5 **匡正** ㄎㄨㄤ ㄓㄥˋ 糾正，改正。例匡正陋俗。
7 **匡助** ㄎㄨㄤ ㄓㄨˋ 輔助。
匡我不逮 ㄎㄨㄤ ㄨㄛˇ ㄅㄨˋ ㄉㄞˋ 幫助我能力所夠不到的地方；爲請人幫忙指正的謙詞。逮：及、到。
11 **匡救** ㄎㄨㄤ ㄐㄧㄡˋ 匡正挽救。
13 **匡復** ㄎㄨㄤ ㄈㄨˋ 挽救將亡的國家，使它轉危爲安，復興起來。
17 **匡濟** ㄎㄨㄤ ㄐㄧˋ 「匡時濟世」的略語。挽救艱難的局勢，使它轉危爲安。
▽高匡、一匡。

常 4 **匠** 解形 會意；從匚斤。匚是斧頭的一種，所以用斧斤來製造器具的木工爲匠。
音義 ㄐㄧㄤˋ 名①泛稱各種技術工人；例工匠。②對藝術有特殊造詣的人；例巨匠。動計畫制作；例目營心匠。形技藝靈巧的；例匠心。
2 **匠人** ㄐㄧㄤˋ ㄖㄣˊ (一)泛稱手藝工人。(二)舊指參與建築的木匠及泥水匠。
4 **匠心** ㄐㄧㄤˋ ㄒㄧㄣ 巧妙的心思，多指文學藝術創造性的構思。例匠心獨運。
參考 同匠意。
匠心獨運 ㄐㄧㄤˋ ㄒㄧㄣ ㄉㄨˊ ㄩㄣˋ 別具巧妙的心思。例他那一張畫，不論布局、運墨、設色、境界，都是匠心獨運，巧奪天工的作品。
▽書匠、木匠、巧匠、名匠、筆匠、巨匠、畫匠、宗匠、神匠、水泥匠、教書匠。

常 5 **匣** 解形 形聲；從匚，甲聲。「甲」有裏藏的意思，所以藏物的器具爲匣。
音義 ㄒㄧㄚˊ 名藏放東西的小箱子；例劍匣。
參考 參閱「匝」字條。

常 8 **匪** 解形 形聲；從匚，非聲。盛幣帛的竹器爲匪。後借爲「是非」的「非」，另造「篚」字以承本義。
音義 ㄈㄟˇ 名①賊寇的通稱；例盜匪。②今專指中國共產黨而言；例共匪。形有文彩的，通「斐」；例「有匪君子。」副表否定的意思，通「非」；例獲益匪淺。
參考 ①「匪」指行爲不正當的人。「誹」指用不正當的手段，暗中非議他人。「非」是否定詞。②名匪同盜，形匪同非。③辨 篚。
6 **匪夷所思** ㄈㄟˇ ㄧˊ ㄙㄨㄛˇ ㄙ 出乎一般人意料之外的想法。即不是根據常理所能想像到的。夷：平常。
10 **匪徒** ㄈㄟˇ ㄊㄨˊ (一)盜匪。(二)遊蕩無業而有害於地方的人。
參考 同匪人、匪類。
16 **匪懈** ㄈㄟˇ ㄒㄧㄝˋ 不敢懈怠。例「夙夜匪懈，主義是從。」
匪諜 ㄈㄟˇ ㄉㄧㄝˊ 軍專指由共匪所派遣，或爲共匪所利用，而對我秘密從事各種陰謀活動的份子。例肅清匪諜，人人有責。
19 **匪類** ㄈㄟˇ ㄌㄟˋ (一)不與我同一族類。(二)行爲不正當的人。
▽共匪、勦匪、土匪、盜匪、綁匪、搶匪。

次 9 **匭** 解形 形聲；從匚，軌聲。匚是方形容器，軌有中空的意思，所以盛飯器爲匭。
音義 ㄍㄨㄟˇ 名①小箱子；例投票匭。②「簋」的古字，見「簋」字條。

常 11 **匯** 解形 形聲；從匚，淮聲。匚有圍藏的意思，所以特大的容器爲匯。
音義 ㄏㄨㄟˋ 動①水流會合在一起；例匯合。②經由郵局或銀行兩地互劃貨幣或支票；例匯兌。③貨幣在甲地交寄，於乙地領取；例匯款。
參考 「匯」是正字，俗字寫成「滙」。
7 **匯兌** ㄏㄨㄟˋ ㄉㄨㄟˋ 經兩地或兩國間，寄錢、領錢的一種方式。一般透過郵局或銀行、信用合作社等機構進行之。

參考 衍 匯兌市價。
11 匯票 ㄏㄨㄟˋ ㄆㄧㄠˋ 銀行、錢莊、郵局所開發之匯兌銀錢的憑單。
匯率 ㄏㄨㄟˋ ㄌㄩˋ 經 由一國貨幣折算成另一國貨幣時，兌換之折算率。
12 匯費 ㄏㄨㄟˋ ㄈㄟˋ 匯兌的手續費用。又稱「匯水」。
14 匯聚 ㄏㄨㄟˋ ㄐㄩˋ 會合聚集。

常 12 **匱** 形解 形聲；從匚，貴聲。貴重的物品必須謹慎收藏，所以珍藏東西的匣子爲匱。
音義 ㄎㄨㄟˋ 名 ①盛藏東西的器具；例 石室金匱。②姓。
形 缺乏，空無所有；例 匱乏。
參考 ①匱又音ㄍㄨㄟˋ，同「櫃」。②匱、匣、匵有別：藏物器之大者爲匵，次爲匣；小爲匱，俗作櫃。
4 匱乏 ㄎㄨㄟˋ ㄈㄚˊ 缺乏，貧困。

次 12 **匰** 形解 形聲；從匚，單聲。單有重大的意思，神主爲大，所以宗廟中盛木主之器爲匰。
音義 ㄉㄢ 名 ①古宗廟安放木主的器具。②方篋，通「笥」。

【匸部】 ㄒㄧˋ

常 2 **匹** 形解 會意；從匸八。「匸」爲捲起收藏，「八」有分的意思，所以布帛四丈一捲爲匹。
音義 ㄆㄧˇ 名 ①布的單位，古時以四丈爲一匹；例 布匹。②配合；例 匹配。③配偶；例 羣匹。動 相當；例 匹敵。
形 單獨的；例 匹夫匹婦。
ㄆㄧ 名 單位詞，計馬數；例 一匹馬。
參考 ①匹作計布帛數時，亦作「疋」字。②只有馬數可以用「匹」計算，其他動物則不可用。
4 匹夫 ㄆㄧˇ ㄈㄨ ㈠庶人，古時平民中的男子。㈡一夫，一個人。㈢輕視的用語，稱全無學識智謀的人。
匹夫之勇 ㄆㄧˇ ㄈㄨ ㄓ ㄩㄥˇ 小勇，即指一般人不用智謀，單憑個人的血氣之勇。
匹夫匹婦 ㄆㄧˇ ㄈㄨ ㄆㄧˇ ㄈㄨˋ ㈠古代一般庶人只有一夫一婦，沒有其他妾室。比喻沒有爵位的平常老百姓。
10 匹配 ㄆㄧˇ ㄆㄟˋ ㈠性情彼此融洽的夫妻。㈡地位相等。
匹馬單槍 ㄆㄧ ㄇㄚˇ ㄉㄢ ㄑㄧㄤ 一匹馬，一隻槍，單獨出陣作戰。比喻一個人單獨行動，不依靠他人的幫助。亦作「單槍匹馬」。
15 匹敵 ㄆㄧˇ ㄉㄧˊ ㈠同等，對等，相當。㈡即配偶，夫妻。
▽好匹、良匹、馬匹、布匹、儔匹、敵匹、無匹、羣匹。

次 7 **匽** 形解 形聲；從匸，妟聲。妟有隱蔽的意思，所以隱匿爲匽。
音義 ㄧㄢˇ 名 ①路邊的廁所，或指儲污水的坑池；例 井匽。②姓。動 停息，通「偃」；例 興文匽武。
參考 ①同 藏，息。②反 修、興。③擘 偃、堰。

次 7 **匿** 形解 形聲；從匸，若聲。若有順服的意思，所以亡斂收藏爲匿。
音義 ㄋㄧˋ 動 ①隱藏；例 隱匿。②躲避；例 藏匿。
參考 ①「匿」與「慝」字用法有別，匿是隱藏，慝是心懷惡意，音ㄊㄜˋ，意思不同，不可混用。②匿與「暱」同音，暱有親近的意思，與匿不同，所以「匿名信」不可作「暱名信」。③擘 暱、慝。
6 匿名 ㄋㄧˋ ㄇㄧㄥˊ 不具名或不具眞實姓名。
參考 衍 匿名信、匿名書、匿名投票、匿名揭帖。
匿名信 ㄋㄧˋ ㄇㄧㄥˊ ㄒㄧㄣˋ 不具眞實姓名或不署名以攻擊別人或揭發他人隱私的信件。
13 匿跡銷聲 ㄋㄧˋ ㄐㄧ ㄒㄧㄠ ㄕㄥ 深藏遠避地隱藏起來，不使人看見他的眞面目，聽見他的眞姓名。又作「銷聲匿跡」。「銷」或作「消」。

▽隱匿、藏匿、潛匿、祕匿、逃匿。

常 9 **區** 解形 區 會意；從品，從匸。品是衆庶，匸為夾藏，所以內藏多品為區。

音義 ㄑㄩ 名①縣、市以下的地方自治單位；例大安區。②有界域的地方；例有宅一區。動分辨；例區別。形微薄的；例區區。

ㄡ 名姓。

參考 擊歐、嫗、嘔。

4 **區分** ㄑㄩ ㄈㄣ 分別，畫分。

區公所 ㄑㄩ ㄍㄨㄥ ㄙㄨㄛˇ 政市以下的組織，掌理區自治事務的機關，置區長一人，總攬全區的政務。

7 **區別** ㄑㄩ ㄅㄧㄝˊ 分別。

參考 參閱「分別」條。

11 **區區** ㄑㄩ ㄑㄩ ㈠微小。例區區之數，何足掛齒。㈡自稱的謙詞。例區區之心。

區域 ㄑㄩ ㄩˋ 規畫出來的地區。

參考 衍區域地理、區域發展、區域計畫、區域防守、區域研究。

12 **區畫** ㄑㄩ ㄏㄨㄚˋ 區別分畫。

▽地區、學區、管區、轄區、區區、風化區、保護區、貧民區、文化區、禁建區、限建區、軍事管制區。

常 9 **匾** 解形 匾 形聲；從匸，扁聲。書寫在門戶上的文字為匾。

音義 ㄅㄧㄢˇ 名①掛在門楣、堂前或園林上的橫寫大字題額；例匾額。②用竹篾編成底平，淺邊的圓形器具。

12 **匾匵** ㄅㄧㄢˇ ㄊㄧˊ 形容東西薄而不圓的。語出方言：「物之薄者曰匾匵。」

18 **匾額** ㄅㄧㄢˇ ㄜˊ 掛在園亭、門戶、大廳或書房上題大字的橫額。又作「扁額」，亦可單稱「匾」或「額」。

【十部】 ㄕˊ

常 0 **十** 解形 指事；數目名，古人刻畫記數，以「一」為基本數目的第十位。後寫作「十」。

音義 ㄕˊ 名數目名。形衆多的；例「十目所視，十手所指。」副①完；例「十全十美。」②圓滿。

參考 ①「十」古與「什」通，但「什錦」不作「十錦」，什含有雜的意思。②擊什、汁。③大寫作「拾」，近代公牘、帳簿、支票等記數多作「拾」。

2 **十二支** ㄕˊ ㄦˋ ㄓ 即地支的子、丑、寅、卯、辰、巳、午、未、申、酉、戌、亥。又稱「十二子」、「十二辰」。

十二生肖 ㄕˊ ㄦˋ ㄕㄥ ㄒㄧㄠˋ 以十二種動物配十二地支，即子鼠、丑牛、寅虎、卯兔、辰龍、巳蛇、午馬、未羊、申猴、酉雞、戌犬、亥豬；簡稱十二肖，亦稱「十二屬」。

十二指腸 ㄕˊ ㄦˋ ㄓˇ ㄔㄤˊ 醫位於小腸上部，上接胃，下連空腸，長約十二指橫徑，是小腸最主要的吸收養分的地方。

參考 衍十二指腸蟲、十二指腸潰瘍。

3 **十三經** ㄕˊ ㄙㄢ ㄐㄧㄥ 書宋代列孟子入經部，與易經、詩經、尚書、禮記、周禮、儀禮、左傳、公羊、穀梁、論語、爾雅、孝經合為十三經。

參考 衍十三經注疏。

十大建設 ㄕˊ ㄉㄚˋ ㄐㄧㄢˋ ㄕㄜˋ 中華民國十大經濟建設工程的省稱，即中正國際機場、西部鐵路電氣化、臺中國際港、南北高速公路、高雄大造船廠、一貫作業煉鋼廠、南部石油化學工業區、北迴鐵路、擴建蘇澳港、核能發電廠，又稱十大經濟建設。

4 **十分** ㄕˊ ㄈㄣ ㈠充足圓滿。㈡非常。例十分暢快。㈢十分法的最多分數。

參考 「十分」、「非常」有別：①「非常」可以重疊，「十分」不能。例非常非常精彩。②「十分」前可用「不」，表示程度較低。「非常」不能。例不十分好。③「非常」也是形容詞，例非常時期。「十分」不能這樣使用。

6 **十全十美** ㄕˊ ㄑㄩㄢˊ ㄕˊ ㄇㄟˇ 喻最圓滿、最美好的境界。

參考 與「盡善盡美」都含有「很完美」的意思，常可替換，但有別：①著眼點不同：後者著眼於「程度」上，指事物達到最美的境地，說「這東西盡善盡美」，意思是這東西實在是完美到了極點，沒有一點兒瑕疵；前者著眼在「面」上，說「這東西十全十美」，意思是這東西在各方都很完美，毫無瑕疵。②前者常用於口語，常用來形容人，如「沒有一個人是十全十美的」；後者很少在口語中出現，也很少用於人。

十年樹木 ㄕˊ ㄋㄧㄢˊ ㄕㄨˋ ㄇㄨˋ 喻長遠的計畫。例十年樹木，百年樹人。

7 **十足** ㄕˊ ㄗㄨˊ 達到完滿的程度。足：完全，足夠。

參考 見「實足」條。

9 **十室九空** ㄕˊ ㄕˋ ㄐㄧㄡˇ ㄎㄨㄥ 兵亂人禍之後，人民窮困流亡的淒涼景象。形容兵亂的重大破壞。

10 **十拿九穩** ㄕˊ ㄋㄚˊ ㄐㄧㄡˇ ㄨㄣˇ ㈠比喻很有把握。㈡比喻非常準確。

參考 參閱「萬無一失」條。

12 **十惡** ㄕˊ ㄜˋ 十大罪過。㈠宗佛教謂殺生、偷盜、邪淫、妄語、兩舌、惡口、綺語、貪欲、瞋恚、邪見爲十惡。㈡我國舊刑律以謀反、謀大逆、謀叛、惡逆、不道、大不敬、不孝、不睦、不義、內亂爲十惡。

13 **十萬火急** ㄕˊ ㄨㄢˋ ㄏㄨㄛˇ ㄐㄧˊ 比喻非常緊急。

▽合十、一五一十、聞一知十。

常 1

千

形解  形聲；從十，人聲。十百爲千。

音義 ㄑㄧㄢ 名①數目名，百的十倍。②姓。形①衆多的；例「千門萬戶」。②光色盛大的；例清麗千眼。副務必，「千萬」的省語；例「千祈勿怪」。

參考 ①古與「阡」通，如「正千伯」即「正阡陌」。②大寫作「仟」。③擊仟、扦、阡、芊。

3 **千山萬水** ㄑㄧㄢ ㄕㄢ ㄨㄢˋ ㄕㄨㄟˇ ㈠形容所經路途非常遙遠而險阻。㈡山川重複，壯麗異常。

4 **千方百計** ㄑㄧㄢ ㄈㄤ ㄅㄞˇ ㄐㄧˋ 想盡或用盡各種計謀。

參考 與「想方設法」有別：千方百計語意比「想方設法」爲重，它們作副詞時相通，但只有千方百計可當名詞，「想方設法」僅可作動詞。

5 **千古** ㄑㄧㄢ ㄍㄨˇ ㈠比喻時代久遠。㈡哀悼死者的話，即永別。

參考 今輓死者多用「千古」一語，此外少用爲妙。

6 **千字文** ㄑㄧㄢ ㄗˋ ㄨㄣˊ 書梁·周興嗣撰，是舊時童蒙必讀，是認識中國字的書本。

7 **千里眼** ㄑㄧㄢ ㄌㄧˇ ㄧㄢˇ ㈠能看到極遠、極細微或隱蔽的東西，即天眼通。㈡比喻料事如神，好像眼光能見千里似的。

千里馬 ㄑㄧㄢ ㄌㄧˇ ㄇㄚˇ 能日行千里的駿馬。

參考 同千里駒。

千里送鵝毛 ㄑㄧㄢ ㄌㄧˇ ㄙㄨㄥˋ ㄜˊ ㄇㄠˊ 從遠方贈送輕微禮品的自謙詞，有物輕情重的含意。一作「千里寄鵝毛」。用鵝毛比喻其輕微。例「物輕人意重，千里送鵝毛」又作「千里鵝毛」。

千辛萬苦 ㄑㄧㄢ ㄒㄧㄣ ㄨㄢˋ ㄎㄨˇ 比喻經過無窮的辛苦。

千言萬語 ㄑㄧㄢ ㄧㄢˊ ㄨㄢˋ ㄩˇ 形容想說的話極多極多。

8 **千金** ㄑㄧㄢ ㄐㄧㄣ ㈠比喻非常尊貴，或極言金多。㈡尊稱他人的女兒。

參考 衍千金軀。

千奇百怪 ㄑㄧㄢ ㄑㄧˊ ㄅㄞˇ ㄍㄨㄞˋ 稀奇古怪，奇形異狀。

千呼萬喚 ㄑㄧㄢ ㄏㄨ ㄨㄢˋ ㄏㄨㄢˋ 再三催促，形容人不肯出頭或事情不易促成。

千門萬戶 ㄑㄧㄢ ㄇㄣˊ ㄨㄢˋ ㄏㄨˋ ㈠形容宮殿屋宇的深廣，門戶衆多。㈡形容住宅或戶口的稠密。

9 **千秋** ㄑㄧㄢ ㄑㄧㄡ ㈠千年。㈡祝人長壽用語。

參考 衍千秋節、千秋歲、千秋萬歲。

10 **千眞萬確** ㄑㄧㄢ ㄓㄣ ㄨㄢˋ ㄑㄩㄝˋ 十

分眞實而確切。

12 **千鈞一髮** ㄑㄧㄢ ㄐㄩㄣ ㄧ ㄈㄚˇ 比喻非常危險。

參考 與「危如累卵」都可比喻非常危險、危急，但有別：①後者偏重在「危險」；前者著重於「危急」。有時「千鈞一髮」表示既危險又緊急，如「在他就要轉過院牆逃跑這個千鈞一髮的當兒，我放了一槍」；但「危如累卵」不能如此使用。②後者可用於具體東西；前者不能。③前者可跟「事」搭配，如「目前這件事，千鈞一髮」，但後者不宜如此用。

13 **千歲** ㄑㄧㄢ ㄙㄨㄟˋ ㊀千年。㊁親王的俗稱。㊂祝頌長壽用語。

千萬 ㄑㄧㄢ ㄨㄢˋ ㊀數目名。㊁形容數量很多。㊂反覆叮嚀，猶言「務必」。例千萬別客氣。

參考 ①衍千萬千萬。②信函收尾，常用「千萬千萬」字樣，爲書信慣用語。

千載難逢 ㄑㄧㄢ ㄗㄞˇ ㄋㄢˊ ㄈㄥˊ 比喻機會難得。載：年代。

參考 同千載一遇、千載一時。

15 **千嬌百媚** ㄑㄧㄢ ㄐㄧㄠ ㄅㄞˇ ㄇㄟˋ 形容美人的美好的容顏和體態。

千篇一律 ㄑㄧㄢ ㄆㄧㄢ ㄧ ㄌㄩˋ 比喻詩文的內容或構造，篇篇相同，毫無變化。

千慮一失 ㄑㄧㄢ ㄌㄩˋ ㄧ ㄕ 聰明人思慮雖然周詳，也難免會有失誤的時候。

參考 反千慮一得。

16 **千頭萬緒** ㄑㄧㄢ ㄊㄡˊ ㄨㄢˋ ㄒㄩˋ 頭緒很多。形容事物紛繁複雜。又作「千端萬緒」。

17 **千錘百鍊** ㄑㄧㄢ ㄔㄨㄟˊ ㄅㄞˇ ㄌㄧㄢˋ 鐵經多道的錘鍊而成鋼，故以此比喻人的經歷磨練，或文章的努力精鍊。「鍊」亦作「煉」。

23 **千變萬化** ㄑㄧㄢ ㄅㄧㄢˋ ㄨㄢˋ ㄏㄨㄚˋ 形容變化無窮，不易捉摸。

▽大千、數千、秋千、老千、氣象萬千、感慨萬千。

常 2

午

形解  象形；象杵形。借爲地支後，另造「杵」字，以承本義。

音義 ㄨˇ 名 ①十二地支的第七位。②十二時辰名之一，上午十一點到下午一點稱爲午時。③一天的正中時間；例中午。④姓。副縱橫相交；例旁午。

參考 孳忤、仵、杵、許、迕、卸、作。

4 **午日** ㄨˇ ㄖˋ 陰曆五月五日端午節那一天。

8 **午夜** ㄨˇ ㄧㄝˋ 半夜。

▽子午、端午、中午、晌午、正午、亭午、旁午、上午、下午、近午。

常 2

升

形解  象形；從斗(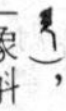)，右邊「丿」象斛左耳爲升形。十合的量器爲升。

音義 ㄕㄥ 名 ①容量名，舊以十合爲一升，十升爲一斗。今用公升，一公升是一立方公寸的標準容量。②姓。動①上進；例升級。②由下而上；例升旗。③成熟；例「五穀不升。」

參考 ①「升」和「昇」意思有同異，昇也有上升的意思。但昇又有平的意思，如「四海昇平」；又「昇華」不作「升華」。又「升」作名詞用時，均不能用「昇」來代替。②孳昇、陞。

4 **升天** ㄕㄥ ㄊㄧㄢ 俗諱死，稱人死爲升天。亦作「昇天」。

升斗小民 ㄕㄥ ㄉㄡˇ ㄒㄧㄠˇ ㄇㄧㄣˊ 家中沒有多量的糧食，比喻貧窮的老百姓。

9 **升降** ㄕㄥ ㄐㄧㄤˋ ㊀升高與降下。㊁盛衰。

參考 衍升降舵、升降機、升降記號。

升降機 ㄕㄥ ㄐㄧㄤˋ ㄐㄧ 載物和乘人的升降設備。大多由電力驅動。

10 **升級** ㄕㄥ ㄐㄧˊ ㊀晉升品級，通常指職位而言。㊁學生每修完一學年的學業，若成績及格，可升至高一等的年級。

參考 ①反留級。②同升班。

11 **升堂入室** ㄕㄥ ㄊㄤˊ ㄖㄨˋ ㄕˋ 比喻學問技藝漸次深造，已有了高深的造詣，又作「登堂入室」。

15 **升遷** ㄕㄥ ㄑㄧㄢ 指職位或官階的超升及遷轉。

參考 同升轉。

16 **升學** ㄕㄥ ㄒㄩㄝˊ 低級學校畢業後，進入較高級的學校。

參考 衍升學班、升學考試、升學主義。
▽上升、斗升、躍升、擢升、後升、公升、日升、月升、節節上升、旭日東升、五穀不升、步步高升。

常 2 **卅** 形解 卅 會意；從三個十相併成合文作「卅」，所以「卅」就是三十。
音義 ㄙㄚˋ 名數目名，三十的合文。
參考 古字作卅，後為求書寫方便，遂作「卅」，不可與「州」字混用。

常 2 **廿** 形解 廿 會意；從兩個十相併成合文作「廿」，所以「廿」就是二十。
音義 ㄋㄧㄢˋ 名數目名，二十的合文。
參考 俗作「廿」。

常 3 **仟** 形解 形聲；從人，千聲。十百為千，所以千人中的長者為仟。
音義 ㄑㄧㄢ 名①千的大寫；例仟元大鈔。②田間小路，通「阡」：例「開仟陌。」
參考 仟是「千」的大寫，不能混用，如千言萬語，不作「仟言萬語」。

常 3 **半** 形解 會意；從八牛。八有分別的意思，牛為犧牲剖分成二以祭祀，所以物體由中間分開為二就是半。
音義 ㄅㄢˋ 名姓。形二分之一；例「夜半鐘聲到客船。」副部分，不完全；例「恐君多半不知名。」
參考 孳絆、拌、判、泮、伴、畔、叛。

3 **半子** ㄅㄢˋ ㄗˇ 女婿。
4 **半天** ㄅㄢˋ ㄊㄧㄢ ㈠一天的一半。亦作「半日」。㈡比喻很久，有不耐煩的意思。例等了半天，她還不來。㈢空中。
半斤八兩 ㄅㄢˋ ㄐㄧㄣ ㄅㄚ ㄌㄧㄤˇ 半斤即八兩，比喻兩物輕重相等，彼此不相上下。亦稱「半斤對八兩」。
5 **半生不熟** ㄅㄢˋ ㄕㄥ ㄅㄨˋ ㄕㄡˊ ㈠未全熟的食物。㈡尚未完全熟悉的事物。
參考 同半生半熟。
7 **半身不遂** ㄅㄢˋ ㄕㄣ ㄅㄨˋ ㄙㄨㄟˋ 醫即偏枯，半身不能行動的癱病，多半由腦溢血所造成。
8 **半夜** ㄅㄢˋ ㄧㄝˋ ㈠夜晚十二點。㈡中夜。
9 **半信半疑** ㄅㄢˋ ㄒㄧㄣˋ ㄅㄢˋ ㄧˊ 有點相信，又有點懷疑。
參考 ①同疑信參半。②與「將信將疑」，都有「又信又不信」的意思，常可相通，但有別：二詞在「信」、「疑」所占比例上有細微差別，後者之「信」、「疑」的比例不一定正好一半；在強調「信疑參半」時，用「半信半疑」較為準確、恰當。
10 **半晌** ㄅㄢˋ ㄕㄤˇ 一會兒；指很短的時間。
參考 同半歇，片刻。
半徑 ㄅㄢˋ ㄐㄧㄥˋ 數自圓心到圓周上任意一點的直線，為直徑的一半，故名。
半島 ㄅㄢˋ ㄉㄠˇ 地三面臨海，一面連接於大陸的地形。例山東半島。
半衰期 ㄅㄢˋ ㄕㄨㄞ ㄑㄧˊ 物某一放射性元素的放射性自動不斷轉變，至其衰變至本身一半量所需的時間。
半途而廢 ㄅㄢˋ ㄊㄨˊ ㄦˊ ㄈㄟˋ 喻沒有恆心，事情還沒完成就已停止了。
參考 「半途而廢」、「功虧一簣」有別：這兩句成語都是說工作還未完成就停止了。「功虧一簣」特別強調工作或事情快要完成卻停止了，所以很可惜。而「半途而廢」卻沒有這種含義。
半瓶醋 ㄅㄢˋ ㄆㄧㄥˊ ㄘㄨˋ 學而未成，一知半解，技藝不精的人。
11 **半推半就** ㄅㄢˋ ㄊㄨㄟ ㄅㄢˋ ㄐㄧㄡˋ 形容故意作態；內心已允許，表面上卻裝成不肯的姿態。
參考 同欲就還推。
13 **半路出家** ㄅㄢˋ ㄌㄨˋ ㄔㄨ ㄐㄧㄚ 形容本來從事他種工作而在中途改行的人。
16 **半導體** ㄅㄢˋ ㄉㄠˇ ㄊㄧˇ 電導電性能

介於金屬和絕緣體之間非離子性導電的物質，平均室溫時其電阻率約爲10^{-2}到10^{9}歐姆/厘米，而溫度愈高，導電性愈強。

▽夜半、後半、一半、兩半、折半、大半、過半、前半、月半、事倍功半、疑信參半。

常 3 **卉** 形解 [篆] 會意；從三屮。「屮」象初生的草木形，三屮就是衆草，所以草的總名爲卉。

音義 ㄏㄨㄟˋ 名①草的總名；例花卉。②姓。副①勃興地；例「卉然興道而遷義。」②衆多地。

參考①俗字作「卉」，正字作「卉」，但現在多用「卉」字，古作「𠦄」。②孳奔、賁。

次 4 **卍** 形解 本爲印度佛教中的吉祥標誌，意思是「吉祥海雲相」。唐以後多作「萬」字使用。

音義 ㄨㄢˋ 名佛印度相傳的吉祥標誌，象徵著萬德備集的意思。所以，俗多當作「萬」字使用。

常 6 **卒** 形解 [篆] 指事；從衣一。一指衣服上的題識，好作辨別，所以供人差使的人爲卒。

音義 ㄗㄨˊ 名①供人差遣使役的人；例販夫走卒。②兵士，常指步兵；例兵卒。動①終止；例卒業。②死亡；例暴卒。副終究，最後；例卒償素願。

ㄘㄨˋ 形急猝，怱遽，通「猝」；例卒然。

參考 1.名同兵。動①同畢。②同死。2.孳啐、倅、醉、晬、猝、淬、焠、萃、顇、悴、瘁、捽、翠、碎、誶。

12 **卒然** ㄘㄨˋ ㄖㄢˊ 突然。

參考 同忽然、驟然。

13 **卒業** ㄗㄨˊ ㄧㄝˋ ㈠學生在學校修業期滿，功課及格。㈡完成事業。

參考 同畢業。

▽士卒、獄卒、甲卒、兵卒、倉卒、應卒、傷卒、敗卒、爲德不卒、販夫走卒、無名小卒、過河之卒。

常 6 **協** 形解 [篆] 形聲；從十，劦聲。「劦」是同力，「十」表示衆多，所以聚合衆人的力量爲協。

音義 ㄒㄧㄝˊ 名清代綠營軍組織名，相當於現代的「旅」。動①合，同；例同心協力。②幫助；例協辦公事。副和合地，共同地；例協議辦理。

參考①協的古字作「叶」。②和從心的「恊」字互有異同，都有同心合力的意思，但「恊」有恐嚇的意思，而「協」沒有。

2 **協力** ㄒㄧㄝˊ ㄌㄧˋ 共同努力。

參考 衍同心協力。

6 **協同** ㄒㄧㄝˊ ㄊㄨㄥˊ 協力同心。

參考①衍協同肌、協同一致、協同作戰。②參閱「共同」條。

7 **協助** ㄒㄧㄝˊ ㄓㄨˋ 互相輔助。

參考①協助金、互相協助。②參閱「共同」條。

8 **協和** ㄒㄧㄝˊ ㄏㄜˊ ㈠協同和好。又稱「一致」。

參考 衍協和政策。

協定 ㄒㄧㄝˊ ㄉㄧㄥˋ ㈠法合同，契約。㈡共同訂定。㈢國家間爲謀外交問題之一時的妥協而訂定之條款。

9 **協約** ㄒㄧㄝˊ ㄩㄝ 法雙方因利害關係經協商後而訂立的條約。

參考 衍停戰協定、雙邊協定、協定稅率、協定國界線。

11 **協商** ㄒㄧㄝˊ ㄕㄤ 會同商議。

參考 同會商，協議。

13 **協會** ㄒㄧㄝˊ ㄏㄨㄟˋ 以互相協助並促進共同利益爲目的而結合成的團體。

15 **協調** ㄒㄧㄝˊ ㄊㄧㄠˊ 促使彼此步調一致而能互相配合。

參考 同協和。

20 **協議** ㄒㄧㄝˊ ㄧˋ ㈠數人共同商議，亦作「協商」。㈡經由會商而使意見彼此一致。

參考①衍協議書、協議會。②與「和議」不同，「協議」指雙方妥協商量，是平等的，重點在「協」；「和議」則不一定平等，重點在「和」。

▽妥協、和協、不協、諧協、調協、體協、國協。

常 6
卓 形解 會意；從匕早。匕爲比較，早是爭先的意思。所以爭先比之就會高出於後來者爲卓。

音義 ㄓㄨㄛˊ 名①几案；例「兩卓合八尺。」②姓。形明智的；例眞知卓見。副①高超地；例卓然可觀。②直立的樣子；例卓立。

參考①又音 ㄓㄨㄛ。②「卓」是「桌」的本字，俗作桌、棹、槕，今已通行，「桌椅」不作「卓椅」。③擧倬、焯、踔、棹。

12 **卓著** ㄓㄨㄛˊ ㄓㄨˋ 目標明顯而受人矚目。

卓絕 ㄓㄨㄛˊ ㄐㄩㄝˊ 超越一切，沒有人可以和他相比。

參考①衍艱苦卓絕。②與「卓越」、「傑出」都有超過一般的意思，唯卓絕的程度較後二者强烈。

卓越 ㄓㄨㄛˊ ㄩㄝˋ 非常優秀，超越常人。

參考①同卓拔，卓絕，傑出。②參閱「卓絕」條。③「卓越」、「傑出」有別：「卓越」多用於德才出衆的人物或人的某方面超過一般的表現，常跟「領導」、「成就」、「貢獻」、「功勳」、「才能」等詞搭配。「傑出」多用於德才出衆的人或超過一般的作品，常和「領導人」、「領袖」、「戰士」、「人物」、「代表」、「作品」等詞搭配。

14 **卓爾不羣** ㄓㄨㄛˊ ㄦˇ ㄅㄨˋ ㄑㄩㄣˊ 出乎其類，與衆不同。

參考 同卓立不羣，出類拔萃。

19 **卓識** ㄓㄨㄛˊ ㄕˋ 高超不同凡俗的見識。

參考 同卓見。

▽超卓、特卓、奇卓、高卓、偉卓。

常 6
卑 形解 會意；從𠂇甲。「𠂇」爲左的古文，甲有第一的意思。古人的觀念，貴右賤左，左一爲下，所以低下的人爲卑。

音義 ㄅㄟ 動①輕視；例不可自卑。②衰微；例「王室日卑。」形①低下的；例卑濕。②低賤；例出身卑微。

參考①卑，常寫成從千作卑，「卑」是錯字；俗作「畀」。②擧俾、稗、裨、婢、碑、埤、牌。

6 **卑劣** ㄅㄟ ㄌㄧㄝˋ 人格低下，行爲下流。

10 **卑躬屈節** ㄅㄟ ㄍㄨㄥ ㄑㄩ ㄐㄧㄝˊ 降低自己的身分去諂媚別人。卑躬：低頭彎腰；屈節：屈膝下跪。

參考①又作「卑躬屈膝」。②反堅貞不屈，不亢不卑。③與「奴顏婢膝」、「奴顏媚骨」都有「無恥地諂媚、奉承」的意思，但有別：a奴顏婢膝偏重在「奴氣」，「卑躬屈節」側重於「奴相」，「奴顏媚骨」著重於「奴性」。b就文法而言，「奴顏卑膝」常作定語、謂語、狀語用，常受程度副詞修飾；「卑躬屈節」多作謂語，也作定語、狀語用，很少受程度副詞修飾；「奴顏媚骨」常作賓語用，可受數量詞修飾。

13 **卑微** ㄅㄟ ㄨㄟˊ 地位低下。

14 **卑鄙** ㄅㄟ ㄅㄧˇ ㈠擧動猥賤，人格低下。㈡地位卑賤，居處鄙陋。

15 **卑賤** ㄅㄟ ㄐㄧㄢˋ 卑微低賤。

參考 反尊貴。

▽自卑、謙卑、尊卑、男尊女卑、不亢不卑、登高必自卑。

常 7
南 形解 象形；象鐘形的樂器。後借爲方向名，本義已很少使用。

音義 ㄋㄢˊ 名①方位名，與「北」相對；早上面向太陽，右手的這一邊是「南」；例座北朝南。②國君；例「鄭伯，南也。」③姓。形南邊的；例南國。

參考①我國古建築物爲了避北面的風雪，多座北朝南，是以北爲尊位，所以古君王多座北朝南。②擧楠、腩、喃、諵、楠。

2 **南丁格爾** ㄋㄢˊ ㄉㄧㄥ ㄍㄜˊ ㄦˇ 人(Florence Nightingale)英國女慈善家，首創護士學校，是護士的鼻祖。克里米亞戰爭時，率領英國護士到戰地服務，開後代紅十字會的先河。

5 **南瓜** ㄋㄢˊ ㄍㄨㄚ 植胡蘆科，一年生草本，蔓生，果實形狀圓扁或長，可熟食或做菜肴。俗名番南瓜。

參考 衍南瓜糖、南瓜子兒。

南北朝 ㄋㄢˊ ㄅㄟˇ ㄔㄠˊ 史繼東晋據有南方的宋、齊、梁、陳四朝(四二〇—五八八)，都是漢族，史稱南朝；據北方的後魏、北齊、北周都是鮮卑族，史稱北朝，(三九六—五八一)，合此二朝稱爲南北朝，後爲隋統一。

南北戰爭 ㄋㄢˊ ㄅㄟˇ ㄓㄢˋ ㄓㄥ 史美國林肯(Abraham Lincoln)總統爲解放黑奴而與南部諸州發生的內戰(一八六一—一八六五)，結果南軍降服，全國恢復統一。

8 **南京** ㄋㄢˊ ㄐㄧㄥ 地院轄市，在江蘇江寧縣，是我國五大古都之一。民國十六年，國民政府明令定爲首都。

南來北往 ㄋㄢˊ ㄌㄞˊ ㄅㄟˇ ㄨㄤˇ 形容人的來來去去，或用來形容交通流暢無阻。

南征北討 ㄋㄢˊ ㄓㄥ ㄅㄟˇ ㄊㄠˇ 形容戰爭的頻繁及作戰的辛勞。

9 **南洋** ㄋㄢˊ ㄧㄤˊ 地散在亞洲東南，大洋洲西北的無數島嶼，包括中南半島和半島南面的羣島，我國稱之爲南洋。

參考 衍南洋羣島。

南柯一夢 ㄋㄢˊ ㄎㄜ ㄧˊ ㄇㄥˋ 語源唐李公佐的「南柯太守傳」。故事是說，有個叫做淳于棼的，夢中到大槐安國做南柯郡的太守，享盡榮華富貴，醒來才知道這是一場夢。而夢中的「大槐安國」，就是住宅南邊大槐樹下的螞蟻窩。比喩一場大夢或空歡喜一場。

參考 與「黃粱美夢」，都可指夢，都可形容虛幻的事情，或比喩一場空，但有別：a前者泛指一場大夢，這種夢多半是好夢，也可以不是好夢；後者指有美好境遇的夢，而不是泛指一場大夢。b二詞都可比喩一場空，但前者僅比喩「一場空歡喜」；後者除此而外，還可比喩空想、破滅了的美好希望。c後者之前可加上數量詞「一場」、「一個」；但前者因本身已含有「一」字，所以不能。

12 **南無** ㄋㄢˊ ㄇㄛˊ 宗佛家音譯的梵語，義爲歸命、敬禮、救我、度我。是衆生至心向佛皈依所表達的言詞。例南無阿彌陀佛。

南極 ㄋㄢˊ ㄐㄧˊ ㈠地地軸在南半球的一端。㈡物磁針向南指的一端。㈢天星名，即老人星。

參考 衍南極老人。

南腔北調 ㄋㄢˊ ㄑㄧㄤ ㄅㄟˇ ㄉㄧㄠˋ 夾雜南北方言腔調的語言，形容語音混雜不夠純粹。

17 **南韓** ㄋㄢˊ ㄏㄢˊ 地亞洲東北部朝鮮半島上的國家，第二次大戰後，隔北緯三十八度線與北韓對峙，通稱「大韓民國」，首都漢城。

南轅北轍 ㄋㄢˊ ㄩㄢˊ ㄅㄟˇ ㄔㄜˋ 喩行動與目的彼此相反。轅：駕車用的木頭；轍：車輪的軌跡。

參考 與「背道而馳」有別：①背道而馳比喩任意兩種事物方向不同，目的相反，使用的範圍比南轅北轍更爲廣泛。②前者是一個聯合詞組，前後兩截語意沒有輕重之分；後者是一個偏正詞組，意義重心落在「馳」上，有「距離越來越遠」的意思。

25 **南蠻鴂舌** ㄋㄢˊ ㄇㄢˊ ㄐㄩㄝˊ ㄕㄜˊ 舊指偏僻難懂的方言。鴂，即伯勞鳥。

▽指南、江南、西南、嶺南、極南、雲南、東南、山南、臺南、海南、河南、斗南。

常 10

博

形解 十，形聲；從十，專聲。「十」表示廣大，「尃」表示散布，所以廣大周遍爲博。

音義 ㄅㄛˊ 名姓。動①換取；例博取同情。②賭錢；例賭博。形①廣大的；例博大精深。②見識豐富的；例博學。

參考 ①「博」、「搏」二字最易弄錯，「搏」只作動詞用，有拍打的意思。另有「摶」字，從專音 ㄊㄨㄢˊ，揉聚。②博字從「尃」不從「專」，宜注意「博」、「搏」二字寫法不同。

3 **博大** ㄅㄛˊ ㄉㄚˋ 即廣大。

參考 衍博大高深、博大宏肆、博大精深。

博士 ㄅㄛˊ ㄕˋ 史古官名，秦時設置，掌通古今，自漢至清則有五經博士、國子博士等。(二)最高學位的名稱。例中華民國國家文學博士。(三)俚職業稱號，俗稱賣茶的人爲茶博士。

參考 衍博士弟子、博士買驢。

5 **博古通今** ㄅㄛˊ ㄍㄨˇ ㄊㄨㄥ ㄐㄧㄣ 通曉古代和現代的事情。形容知識淵博。博：廣泛，知道得多；通：知曉。又作「通今博古」

參考 與「博學多才」都含有「學問淵博，知識豐富」的意思，但有別：前者偏重在「古今」方面，後者偏重在「多才」方面。如表示人學問廣博，具有多方面才能時，宜用後者。

8 **博物** ㄅㄛˊ ㄨˋ (一)博通萬物，比喻知識非常豐富。(二)動、植、礦物等學科的總稱。

參考 衍博物學、博物院。

博物館 ㄅㄛˊ ㄨˋ ㄍㄨㄢˇ 蒐集一切天然及人造物品，陳列供人觀賞或研究的場所。

參考 同博物院。

9 **博奕** ㄅㄛˊ ㄧˋ 六博與圍棋。博，六箸十二基，是我國古代一種鬥智遊戲。奕：圍棋。

博施濟衆 ㄅㄛˊ ㄕ ㄐㄧˋ ㄓㄨㄥˋ 廣施恩惠，救濟衆人於患難中。

13 **博愛** ㄅㄛˊ ㄞˋ 廣博地去愛所有的人類及生物。

參考 衍博愛座。

14 **博聞** ㄅㄛˊ ㄨㄣˊ 見聞廣博。

參考 衍博聞强識。

博聞强記 ㄅㄛˊ ㄨㄣˊ ㄑㄧㄤˊ ㄐㄧˋ 見聞學識廣博，記憶力强。聞：見聞。

參考「博聞强記」與「見多識廣」都含有「見識廣」的意思，但有別：①前者所含「記憶力强」的意思，是後者所沒有的。②二詞同樣表示見識廣，前者偏重於知識面寬，後者著重於閱歷多。

16 **博學** ㄅㄛˊ ㄒㄩㄝˊ 學識豐富而廣泛。

參考 衍博學者、博學篤志。博學多聞、博學能文、博學宏辭、博學鴻儒。

21 **博覽會** ㄅㄛˊ ㄌㄢˇ ㄏㄨㄟˋ 商廣集多方面的工商業產品陳列展示於一處，以供衆覽，藉以比較競爭，而促使工商事業的進步之國際集會。

參考 同勸業會。

▽淵博、廣博、精博、賭博、地大物博、學識淵博。

【卜部】 ㄅㄨˇ

常 0 **卜** 形解 卜 象形；卜象甲骨兆紋暴裂縱橫形。

音義 ㄅㄨˇ 名①古人灼燒龜甲，由上面的裂紋，推定所卜問事情的吉凶禍福；例占卜。②姓。動①事情尚未發生，先做預測；例預卜。②選擇；例卜宅。

參考 ①同測，算。②辨仆、赴、訃、扑。

8 **卜卦** ㄅㄨˇ ㄍㄨㄚˋ 一種預測運氣好壞前途吉凶的方法。卦：八卦。

參考 同占卜。

卜居 ㄅㄨˇ ㄐㄩ (一)選擇居住的地方。(二)楚辭篇名之一，屈原所作。

19 **卜辭** ㄅㄨˇ ㄘˊ 商周時代在龜甲或獸骨上所記錄占卜語或驗辭的文字。又稱「甲骨文」、「甲骨文字」。

▽占卜、推卜、筮卜、龜卜、求神問卜。

常 2 **卞** 形解 會意；從亠，從卜。亠即「上」，有居首的意思，所以可遵循的法則爲卞。

音義 ㄅㄧㄢˋ 名①法；例「率循天卞。」②姓。形急躁的；例卞急。

常 3 **卡** 形解 會意；從「上」「下」二字共用一「一」疊合而成「卡」，含有必經此「一」而始能通達上下的意思，所以關隘要衝爲卡。

音義 ㄎㄚˇ 名①在要衝處設兵駐守的關口或政府設局收稅的機關；例關卡。②俗稱印刷名刺、請柬、應景圖文或論文資料等的硬紙片；例卡片。③熱量單位「卡路里」的省稱；例二百卡。④一種兒童喜愛的動畫電影片；例卡通片。

ㄑㄧㄚˇ 名①箝物器具；例卡子。②堵塞；例卡住。

4 **卡片** ㄎㄚˇ ㄆㄧㄢˋ ㈠電腦或一般登錄、處理資料時所使用的硬紙片。㈡寄送親朋好友祝賀、道謝或慰問的畫片。㈢名片。

參考 衍卡片碼、卡片目錄。

6 **卡式** ㄎㄚˇ ㄕˋ (cassette)原是法語匣子的意思。凡裝珠寶、文件、膠捲、打字帶、錄音帶、錄影帶的小盒子都可稱為卡式。

參考 衍卡式錄音帶、卡式錄影帶。

7 **卡車** ㄎㄚˇ ㄔㄜ 運輸貨物用的重型汽車。

卡通 ㄎㄚˇ ㄊㄨㄥ ㈠出版物上以時事為主題的諷刺畫。㈡將漫畫拍成連續動作的電影或電視影片。即「卡通片」、「卡通影片」。

參考 衍卡通劇、卡通攝影。

卡路里 ㄎㄚˇ ㄌㄨˋ ㄌㄧˇ 物(calorie)熱量單位名。指一克水，在一大氣壓下，升高攝氏一度所需的熱量。簡稱「卡」。或譯作「加路里」。

參考 實用上，卡路里單位過小，常以千倍表示，稱為「兛卡」。

▽綠卡、結婚卡、紀念卡、生日卡、教師卡、病歷卡、簽證卡、簽帳卡、電腦卡。

常 3
占

形解 會意；從卜口。卜兆紋，口指解說，所以觀察卜兆回答求卜者的問題為占。

音義 ㄓㄢˋ 動①據有，通「佔」；例占據。②胸有成竹，以口相授；例口占。③擁有；例占有。

ㄓㄢ 動由預兆而推知吉凶；例占卦。

參考 ①加人旁的「佔」，是通俗的寫法。②擘佔、點、店。

2 **占卜** ㄓㄢ ㄅㄨˇ 以物取象，再從此種現象上推斷事物的吉凶。如拆字、算卦等是。

6 **占有** ㄓㄢˋ ㄧㄡˇ 法物權之一。對於一物得其事實上的管領力。

參考 擘占有物、占有權。

9 **占星術** ㄓㄢ ㄒㄧㄥ ㄕㄨˋ 以觀察星辰運行而預言人事福禍的一種巫術。占星術對初期天文學的發展有一定影響。又稱「星占學」。

占為己有 ㄓㄢˋ ㄨㄟˊ ㄐㄧˇ ㄧㄡˇ 非法強取他人的財物而據為己有。

14 **占領** ㄓㄢˋ ㄌㄧㄥˇ 國家或交戰團體用武力、條約、先占等手段占據他國一定的領土。亦作「佔領」。

16 **占據** ㄓㄢˋ ㄐㄩˋ 以強力或非法占為已有。亦作「佔據」。

▽天占、星占、獨占、口占、強占、霸占。

次 5
卣

形解 象形；金文作，象盛酒的青銅禮器。

音義 ㄧㄡˇ 名古盛酒的器具，粗口大肚，口上有蓋和提梁。

常 6
卦

形解 形聲；從卜，圭聲。圭是用來通神的瑞玉，手持瑞玉以占卜吉凶為卦。

音義 ㄍㄨㄚˋ 名①古代卜筮所用的符號，相傳為伏羲氏所創，基本卦共八種，後重疊為六十四卦；例文王卦。

▽八卦、錢卦、米卦、神卦、陰卦、陽卦、卜卦、算卦、命卦、六十四卦。

【卩部】ㄐㄧㄝˊ

次 2
卬

形解 會意；從比省，從ㄗ。指心中存有達成某種目的之希望為卬。

音義 ㄤˊ ①激勵；例「意慷慨而自卬。」②漲價，通「昂」；例「萬物卬貴。」

ㄧㄤˇ 動①向上望，通「仰」。②仰賴，通「仰」。

參考 擘仰、抑、昂。

常 3
卯

形解 指事；原有宰殺剖分的意思，自借為地支第四位後，本義已逐漸消失。

音義 ㄇㄠˇ 名 ①十二地支的第四位；例子、丑、寅、卯。②時辰名，約當早晨五點到七點；例卯時。③木器部件連接的地方，插入榫頭的凹入部分：例筍頭卯眼。④姓。

參考 擊 泖、昴、茆、貿、聊。

9 **卯勁** ㄇㄠˇ ㄐㄧㄣˋ 特別努力。又作「卯上」。

11 **卯眼** ㄇㄠˇ ㄧㄢˇ 兩件器物相接的卡筍，凸起的稱爲「筍頭」，凹入的稱爲「卯眼」。

常 3 **卮** 形解 會意；從人，從卩。象人，卩在其下，所以節飲食的酒漿器爲卮。

音義 ㄓ 名 ①古代酒器之一，圓形，大容四升。形 支離的；例卮言。

7 **卮言** ㄓ ㄧㄢˊ (一)無頭無尾，片段不成章的言辭。(二)謙稱自己的著作。

10 **卮酒** ㄓ ㄐㄧㄡˇ 一杯酒。

▽酒卮、玉卮、瓦卮、銅卮、漏卮。

常 4 **印** 形解 會意；從爪卩。本指用手壓人，使其跪下，所以按抑爲印。用爲印信的「印」，增手爲「抑」字，以承本義。

音義 ㄧㄣˋ 名 ①用木頭或金石等所刻的圖章，作爲代表官銜、身分或公司行號的憑證；例金印。②痕跡；例留下手印。③姓。動 ①印刷成書報；例印行一萬份。②符合，溝通；例心心相印。③證驗；例印證。

3 **印子錢** ㄧㄣˋ ㄗ˙ ㄑㄧㄢˊ 舊時一種放高利貸的名稱，其法是以所借的錢，加算利息，分期取償，每還一部分，則於摺子上蓋以印記。簡稱「印子」，又稱「摺子義」。

5 **印本** ㄧㄣˋ ㄅㄣˇ 印刷而成的書本；對「寫本」而言。

參考 反 寫本。

8 **印泥** ㄧㄣˋ ㄋㄧˊ 紙張流行後，蓋印在紙張上所用的泥狀朱色顏料，用硃砂和油製成。也稱「印色」、「印油」。

參考 在紙發明之前，古人書寫工具是竹、木簡，寫好後，用繩索紮妥封緘用泥，待其半乾，蓋之以印，故曰印泥。

印花 ㄧㄣˋ ㄏㄨㄚ (一)在紙上或布上所印的各色各樣的圖案花樣的統稱。(二)政府發行的定額有價稅票，貼在各種契約、發票、簿據、憑證等上面，才能成爲適法的憑證。全名爲「印花稅票」。

參考 衍 印花稅。

印刷 ㄧㄣˋ ㄕㄨㄚ 把文字或圖畫作成印版，加上油墨，可以連續印出很多張印刷品的技術。

參考 衍 印刷術、印刷電路。

印刷品 ㄧㄣˋ ㄕㄨㄚ ㄆㄧㄣˇ 凡印刷而成的書籍、雜誌、報紙、圖畫等的統稱。又稱「印刷物」。

9 **印信** ㄧㄣˋ ㄒㄧㄣˋ 政府機關所用的各種圖章的總稱，包括印、關防、鈐記等。

印度 ㄧㄣˋ ㄉㄨˋ 地 (India)國名，位於南亞，介於孟加拉灣與阿拉伯海之間，是世界古文明國之一。十七世紀後，曾淪爲英國、法國、葡萄牙的殖民地，西元一九五〇年正式獨立爲共和國。面積二、九四七、七〇〇平方公里，人口七億五千萬，首都新德里。

參考 衍 印度文化、印度河、印度洋、印度教、印度平原、印度半島。

11 **印章** ㄧㄣˋ ㄓㄤ 即圖章。

印堂 ㄧㄣˋ ㄊㄤˊ 相家稱眉心中間的部位。

12 **印象** ㄧㄣˋ ㄒㄧㄤˋ (一)感覺過的事物在腦神經裡所存留的外界事物的影像。(二)印影於水面或鏡中的形象。

參考 ①同 記憶。②衍 印象派、印象法、印象主義。③與「影象」都指外界事物在人腦中留下的跡象，但二者有別：前者還可指對人或事物的感覺、記憶；後者還可指人或事物的輪廓(如樣子、影子、倒影等)。「影象」比「印象」更爲具體而清晰。

19 **印證** ㄧㄣˋ ㄓㄥˋ 互相證明。

22 **印鑑** ㄧㄣˋ ㄐㄧㄢˋ 將所用圖章的印樣，存在有關機關，以備核對鑑證，防止假冒，稱爲印鑑。如銀行、郵局、區、鎮、鄉公所均可預留印鑑，憑以支取存款或變更產權之用。

▽封印、烙印、私印、官印、爪印、捺印、手印、蓋印、鉛印、銅印、鐵印、大印、小印、木印、刻印、開印、六國相印、心心相印。

常 4 **危** 形解 會意；從人，厂，卩。人在山崖之上，善自節止，所以在高而懼爲危。

音義 ㄨㄟˊ 名①二十八宿之一；例危宿。②姓。動傷害；例危害。形①不安全的；例危險。②高的；例危冠。③正直的；例危言危行。④病重；例病危。副端正；例危坐。

參考 ①形①同殆，險；②同高。②孳桅、詭、垝、跪、佹。

6 **危如累卵** ㄨㄟˊ ㄖㄨˊ ㄌㄟˇ ㄌㄨㄢˇ 危險的程度正像纍疊在一起的蛋，比喻危險至極。累：堆纍。

參考 參閱「千鈞一髮」條。

危在旦夕 ㄨㄟˊ ㄗㄞˋ ㄉㄢˋ ㄒㄧˋ 危殆馬上就要來臨，比喻非常危險。旦夕：即早晚，形容時間非常短促。

參考 與「朝不保夕」都含有危急的意思，但有別：①前者的語氣較爲嚴重，後者語氣稍爲舒緩。②前者無論早晨晚上都非常危險；後者是平安過了早晨，到了晚上卻危險了。③後者常和「一夕數驚」連用；而前者卻沒有這種用法。

7 **危坐** ㄨㄟˊ ㄗㄨㄛˋ 直著身子端坐。危；垂直。例正襟危坐。

危言聳聽 ㄨㄟˊ ㄧㄢˊ ㄙㄨㄥˇ ㄊㄧㄥ 故意說些嚇人的話，使人聽了害怕吃驚。危言：使人吃驚的話；聳聽：使人聽了感到震動。

參考 與「駭人聽聞」、「聳人聽聞」，都含有「使人聽了吃驚」的意思，但有別：①「駭人聽聞」的結果是「駭人」─使聽了很吃驚、害怕；「聳人聽聞」和「危言聳聽」的結果是「聳動」─使人聽了除感到吃驚外，還感到「震動、疑惑」。②「駭人聽聞」一般指壞到驚人程度的壞事；而「聳人聽聞」一般指誇大了或捏造出來的事情；「危言聳聽」一般指嚇唬人的，歪曲事實的言詞。

9 **危急** ㄨㄟˊ ㄐㄧˊ 危險而急迫。

危城 ㄨㄟˊ ㄔㄥˊ ㈠高峻的城牆。㈡爲敵軍所圍困，隨時可被攻破的城池。

10 **危害** ㄨㄟˊ ㄏㄞˋ 危險傷害，指造成禍害的形勢，或嚴重的損害。

參考 ①與「迫害」有別：迫害的語氣較重，專指對人而言；「危害」可以對人，也可以對事物而言。②參閱「傷害」條。

15 **危樓** ㄨㄟˊ ㄌㄡˊ ㈠高樓。㈡逾齡使用，隨時有坍塌危險的樓房。

16 **危篤** ㄨㄟˊ ㄉㄨˇ 病勢危急。篤：沈重。

危機 ㄨㄟˊ ㄐㄧ ㈠潛伏的禍機。㈡生死成敗的緊要關頭。㈢即「經濟危機」的省語。

參考 衍危機四伏。

危險 ㄨㄟˊ ㄒㄧㄢˇ 極不安全。

參考 ①衍危險物、危險界、危險分子、危險職業。②與「危急」有別：前者側重於「險」，是指不安全，言有遭到損害或失敗的可能；後者側重於急，是既危險又緊急，指那種危險已到達刻不容緩的地步。③與「危機」有別：前者能通過形象表現出來；後者多是含蓄而不顯露的。

19 **危難** ㄨㄟˊ ㄋㄢˋ 危險和災害。

▽安危、傾危、病危、艱危、扶危、解危、忘危、疑危、人人自危、岌岌可危、居安思危、乘人之危。

常 5 **即** 形解 形聲；從皀，卩聲。皀是稻穀的馨香，所以就食爲即。即是卽的俗體。

音義 ㄐㄧˊ 動①就；例即位。②接近；例不即不離。形當；例即庭復去。副①便是；例色即是空。②立刻；例立即。連若，假使；例即或。

參考 ①與「卽」字同。②和「既」不同，既是已經、完了，表過去完成式。③孳鯽、唧、節。

4 **即日** ㄐㄧˊ ㄖˋ ㈠當天。㈡在最近的幾天之內。

參考 參閱「不日」條。

5 **即令** ㄐㄧˊ ㄌㄧㄥˋ 即使，就算是。

參考 同即使。

7 **即位** ㄐㄧˊ ㄨㄟˋ ㈠古代君王登基就職。㈡就席。

參考 同即席。

8 **即刻** ㄐㄧˊ ㄎㄜˋ 立時，立刻。

參考 同即時。

即使 ㄐㄧˊ ㄕˇ 縱使，就算是。

參考 ①同即令，即便，即或。②「即使」所表示的條件，可以是尚未實現的事情，也可以是與既成事實相反的事情。例即使你當時在場，恐怕也拿他沒辦法。

即物窮理 ㄐㄧˊ ㄨˋ ㄑㄩㄥˊ ㄌㄧˇ 宋代朱熹主張格物致知，以爲窮究萬物之理的工夫，即可窮盡吾人性中的道理，久而久之，便有豁然貫通的時候。

9 **即便** ㄐㄧˊ ㄅㄧㄢˋ 表示假設退讓一步而言的連詞。

參考 同即使。

10 **即席** ㄐㄧˊ ㄒㄧˊ ㈠當場，當座。例即席賦詩，語驚四座。㈡在宴會上就座入席。

即時 ㄐㄧˊ ㄕˊ 立即，即刻。

參考 與「及時」有別：前者爲副詞，指在某一確定的時間內；後者爲形容詞，指趕上時間，適時而不延誤。

12 **即景** ㄐㄧˊ ㄐㄧㄥˇ ㈠眼前的景色。㈡就眼前的風景吟咏作詩或命筆繪畫。例即景詩。

參考 衍即景生情。

16 **即興** ㄐㄧˊ ㄒㄧㄥˋ 文藝創作時，根據當前的感受，憑興致之所至，立即寫成。

參考 衍即興詩、即興表演、即興喜劇。

▽立即、隨即、當即、不即、可望而不可即。

常 5 **卵** 形解 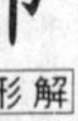 象形；卵生動物所生的蛋，象其分合形。

音義 ㄌㄨㄢˇ 名蛋，非哺乳類動物如昆蟲、魚、鳥所生，孵出即成幼蟲或幼年動物；例鵝卵。②外腎，俗稱男子生殖器官的睪丸爲卵。

參考 ①又音 ㄌㄨㄛˇ，語音又作 ㄌㄢˇ。②同蛋。

5 **卵生** ㄌㄨㄢˇ ㄕㄥ 動受精卵在體外孵化而成個體的現象。

參考 ①反胎生。②衍卵生動物。

11 **卵巢** ㄌㄨㄢˇ ㄔㄠˊ 生人及動物母體生殖器之一，爲產生卵子及分泌內分泌物的器官。

17 **卵翼** ㄌㄨㄢˇ ㄧˋ ㈠鳥類孵卵，往往以翼呵護，使其增高溫度，提早孵化，比喻養育庇護。㈡政治上稱附庸或被庇護者爲卵翼。

參考 本詞含有貶損的意思，使用時宜加留意。

▽生卵、排卵、魚卵、雞卵、鴨卵、鵝卵、產卵、孵卵、鳥卵、受精卵、危如累卵、殺雞取卵、覆巢之下無完卵。

常 6 **卷** 形解 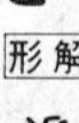 形聲；從卩，𢍏聲。𢍏有彎曲的意思，所以曲膝爲卷。

音義 ㄐㄩㄢˇ 名姓。動收起，通「捲」。

ㄐㄩㄢˋ 名①書籍；例開卷有益。②考試用紙；例考卷。③可以捲起來展開的書畫；例山水卷。④書籍分篇章的計數名；例卷一。⑤保存以供檢查的公文；例案卷。

ㄑㄩㄢˊ 形彎曲而收縮；例卷曲成一團。

參考 ①與「券」字不同，券音 ㄑㄩㄢˋ，「入場券」、「禮券」的「券」字，下面從「刀」；「試卷」、「卷起」的「卷」字，下面是從「㔾」。②孳捲、鬈、圈、倦、綣、睠。

8 **卷宗** ㄐㄩㄢˋ ㄗㄨㄥ 公私機關中分類彙存的文件。例卷宗滿案。

卷帙 ㄐㄩㄢˋ ㄓˋ 即書籍。可以捲的稱爲卷，編有目次的稱爲帙。又稱「卷軸」。

22 **卷鬚** ㄐㄩㄢˋ ㄒㄩ 植指由植物的葉或莖變形而成的細長絲狀，藉以攀援或附著，以利生長，如豌豆、葡萄等植物均有之。

▽開卷、席卷、考卷、壓卷、萬卷、溫卷、試卷、案卷、閱卷、收卷、交卷、繳卷、包卷、詩卷、書卷、文卷、手不釋卷。

常 6 **卸** 形解 形聲；從卩止，午聲。人(卩)用杵(午)制止(止)車馬的行進爲卸。

音義 ㄒㄧㄝˋ 動①脫衣解甲；例卸除衣物。②拆解；例把這扇門板卸下來。③放下，安頓；例卸行李。④解除；例卸職。⑤將貨物從車馬或船上搬下來；例卸貨。

參考 ①「卸」和「御」(ㄩˋ)有別，御，是治理的意思。② 孳 御、禦。

3 **卸下** ㄒㄧㄝˋ ㄒㄧㄚˋ 解下。

6 **卸任** ㄒㄧㄝˋ ㄖㄣˋ 解除職務。

參考 同卸事，卸肩。

11 **卸責** ㄒㄧㄝˋ ㄗㄜˊ ㈠解除所擔負的責任。㈡推卸責任，諉過他人。

▽積卸、推卸、凋卸、解卸。

常 6 **䘏** 形解 形聲；從血，卩聲。卩是節的初文，人過分悲傷，宜稍加節制，所以憂愁爲䘏。

音義 ㄒㄩˋ 名文武官員因公死後受自政府所頒的金錢；例無䘏金。動①憂慮，同「恤」；例「不䘏忌諱。」②憐惜，照顧；例撫䘏。③供給，救濟；例周䘏。

參考 ①「䘏」和「恤」音義皆同，但在用法上今用恤字較多，但「撫䘏」、「撫䘏金」不作「恤」。②䘏不從邑，作「邺」是錯字。

8 **䘏金** ㄒㄩˋ ㄐㄧㄣ 政府或公司團體等對因公傷亡者的家屬所發給撫䘏用的金錢。

常 7 **卻** 形解 形聲；從卩，谷聲。有所節制而退卻爲卻。

音義 ㄑㄩㄝˋ 動①拒絕；例「卻之不恭，受之有愧。」②擊敗，擊退；例威卻強秦。③退後；例卻步。副①豈，怎，表示疑問；例「浬髭只誑客，卻可誑妻兒？」②正，恰；例「行舟卻向西。」③還，再；例「何當共翦西窗燭？卻話巴山夜雨時。」④反而；例「逢人漸覺鄉音異，卻恨鶯聲似故山。」⑤倒；例那卻不然。連表示語氣轉折，相當於「但」、「可是」；例他以爲神不知鬼不覺，卻不知大家早知道了。助①了，用在動詞後；例「一片花飛減卻春。」

參考 ①俗字作「却」，現二字皆通行。②「卻」不可誤從邑寫作「郤」。郤音ㄒㄧˋ，通「隙」。

4 **卻之不恭** ㄑㄩㄝˋ ㄓ ㄅㄨˋ ㄍㄨㄥ 客套語，常與「受之有愧」連用。在準備接受禮物或接受邀請時所說，意思是說如果拒絕了就會顯得不恭敬。

7 **卻步** ㄑㄩㄝˋ ㄅㄨˋ 因畏懼或厭惡而向後倒退不敢前進。

參考 與「退步」有別：後者指成績或表現等比以前差。

10 **卻病** ㄑㄩㄝˋ ㄅㄧㄥˋ 避免生病，消除疾病。例却病延年。

參考 同袪病。

▽了卻、除卻、忘卻、退卻、消卻、冷卻、拋卻、減卻、失卻、丟卻。

常 8 **卿** 形解 形聲；從卯，皀聲。卯，象二人對席而坐形，皀指簋之類的禮器，能使用禮簋，對席而食，他的地位一定很高，所以羣臣中祿位高者爲卿。

音義 ㄑㄧㄥ 名①官名，古代執政的大臣，位在大夫之上；例上卿。②人的尊稱，猶如「子」。③姓。代①君對臣的美稱，與「您」相當；例「卿得良馬否？」②夫對妻的暱稱。例愛卿。形親愛的；例卿卿我我。

參考 ①「卿」和「鄉」形近，但音義各殊，鄉音ㄒㄧㄤ，如鄉村。②秦漢以來，君呼臣爲「卿」。③古代妻稱夫爲卿，近代夫對妻或稱卿。

10 **卿卿** ㄑㄧㄥ ㄑㄧㄥ ㈠對妻子或情人的親暱稱呼。㈡形容夫妻和睦的樣子。例卿卿我我。

▽九卿、上卿、客卿、公卿、荀卿、愛卿、賢卿、卿卿。

【厂部】 ㄏㄢˇ

次 0 **厂** 解形 象形；象山石向外突出的崖巖，其下可供人居住。

音義 ㄢ 名圓形的草舍，同「庵」、「广」。

ㄏㄢˇ 名①山邊可以住人的巖洞。②注音符號的一種，讀若「喝」。

常 2 **厄** 解形 形聲；從卪，厂聲。厂有難通的意思，所以木節為厄。

音義 ㄜˋ 名窮困，災難；例困厄。形困窘的；例厄運。

參考 厄運的「厄」，不可寫成盛酒禮器的酒「卮」。

13 **厄運** ㄜˋ ㄩㄣˋ 困苦的時運。

參考 同厄會。

次 5 **厎** 解形 形聲；從厂，氐聲。質地細密可以磨刀的石頭為厎。

音義 ㄓˇ 名磨刀用的礪石；例天下之厎石。動砥礪；例「聖王厎節脩德」。

ㄉㄧˇ 動與「砥」同。

參考 厎與「底」形近而音義有別。

常 7 **厚** 解形 形聲；從厂，㫗聲。㫗（ㄏㄡˋ）是篤厚，所以山陵高㫗為厚。

音義 ㄏㄡˋ 名扁平物體，表面與底面的距離；例厚度。動①增多；例「厚其液而節其帑」。②豐厚；例「死不得厚其子」。形①不薄的；例厚書。②多的，濃的，深的，重的；例厚寶。副優待；例厚待。

5 **厚生** ㄏㄡˋ ㄕㄥ 使人民生計溫厚，衣食豐足。

6 **厚此薄彼** ㄏㄡˋ ㄘˇ ㄅㄛˊ ㄅㄧˇ 重視或優待一方，而輕視或冷淡另一方，形容所給予的待遇二者截然不同。

參考 反一視同仁。

9 **厚待** ㄏㄡˋ ㄉㄞˋ 優厚的待遇。

11 **厚望** ㄏㄡˋ ㄨㄤˋ 殷切地期望。

13 **厚祿** ㄏㄡˋ ㄌㄨˋ 豐厚的俸祿。

參考 參閱「厚酬」條。

厚道 ㄏㄡˋ ㄉㄠˋ 待人接物不流於刻薄。

厚葬 ㄏㄡˋ ㄗㄤˋ 埋葬時的喪具和禮儀非常講究和豐厚。例儒家雖然主張厚葬，但一切都是以禮作為準則。

參考 反薄葬。

厚酬 ㄏㄡˋ ㄔㄡˊ 豐厚的報酬。

參考 與「厚祿」都指給予豐厚的錢財，前者多指人事情做成之後所給予的酬謝而言，後者是指薪水而言，但二者有時也可互通。

厚遇 ㄏㄡˋ ㄩˋ 優厚的待遇，多指人與人之間往來對待。

參考 ①與「厚祿」有別：前者範圍較廣，後者專指俸祿而言。②同厚待。

15 **厚賜** ㄏㄡˋ ㄙˋ 豐厚的賞賜。

參考 同厚貺。

厚誼 ㄏㄡˋ ㄧˊ 深厚的交情。例隆情厚誼，沒齒難忘。

厚幣 ㄏㄡˋ ㄅㄧˋ 豐盛的禮物。幣：成匹的布帛，古人作為饋贈之用的禮物。

18 **厚顏** ㄏㄡˋ ㄧㄢˊ 厚著臉皮，不知羞恥。

厚顏無恥 ㄏㄡˋ ㄧㄢˊ ㄨˊ ㄔˇ 臉皮特厚，不知羞恥。

參考 與「恬不知恥」，都形容「不知羞恥」，常可換用，但有別：①前者有「臉皮厚」的特殊含義，後者有「做了壞事還滿不在乎」的特殊含義。②用作定語時，「恬不知恥」的中心詞一般為「人」；「厚顏無恥」則不限，如「厚顏無恥的信」、「厚顏無恥的事」等等。

▽敦厚、忠厚、仁厚、濃厚、篤厚、寬厚、親厚、淳厚、醇厚、深厚、天高地厚、宅心仁厚、得天獨厚、溫柔敦厚、心地寬厚。

常 8 **原** 解形 會意；從厂，從泉。泉出厂下，所以水本為原。

音義 ㄩㄢˊ 名①廣大而平坦的地方；例平原。②墓地；例九原。③姓。動①探究根本；例「原始要終。」③寬有；例原諒。形①舊有的，本來的；例原作。②最初的；例原始。

ㄩㄢˋ 動副謹慎，通「愿」；例鄉原。

參考 孳源、願、愿。

3 **原子** ㄩㄢˊ ㄗˇ 化 元素的最小單位，不失去元素本性的粒子，通常由原子核及若干軌道電子所構成。

參考 衍原子論、原子價、原子熱、原子雲、原子時代、原子構造、原子電池。

原子能 ㄩㄢˊ ㄗˇ ㄋㄥˊ 理 核反應所釋出的能量，如核分裂或核聚變所釋出的能量。或稱「核能」。

原子筆 ㄩㄢˊ ㄗˇ ㄅㄧˇ (Ball-pen)爲美國人雷諾(Reynolds)所發明，筆尖有一圓珠，筆管中裝有油墨，書寫時，圓珠在紙上滾動，油墨自然滲出而形成文字。

4 **原文** ㄩㄢˊ ㄨㄣˊ (一)寫作時作爲依據的原有文字。(二)翻譯外文時，所根據原著的文字，與「譯文」相對。

5 **原由** ㄩㄢˊ ㄧㄡˊ 原因。

6 **原因** ㄩㄢˊ ㄧㄣ 事情的起因，以及所以如此的緣故。

參考 與「緣故」都指事情發生的條件，有時可以互換，但二者有別：前者適用範圍廣，可以用在具體因由的前面或後面，常與「結果」對舉，使用場合有時較鄭重；後者一般只用在具體原因之後，常與「因爲」配合起來使用。

原色 ㄩㄢˊ ㄙㄜˋ (一)物 太陽光譜中的主要色有紅、橙、黃、綠、藍、青、紫，是一切色彩的本原，所以稱爲原色。又稱「基本色」。(二)完全根據原來色彩加以翻印的印刷品，爲原色。例原色版動物大辭典。

7 **原形畢露** ㄩㄢˊ ㄒㄧㄥˊ ㄅㄧˋ ㄌㄨˋ 本來的面目完全暴露出來。原形：原來的形狀；畢：全部；露：暴露。

參考 本詞含有貶損的意思。

8 **原油** ㄩㄢˊ ㄧㄡˊ 礦 埋藏地下，經開採而得的礦物性油料，即剛由石油礦中採出未經加工分餾精製的石油。

原委 ㄩㄢˊ ㄨㄟˇ 事情的本末。一作「源委」。

原版 ㄩㄢˊ ㄅㄢˇ (一)原有的刻版或排版，是對「翻版」而言。(二)依照原來版面尺寸，未經縮小、放大或改版，也叫原版。

參考 衍原版書、原版唱片。

原始 ㄩㄢˊ ㄕˇ (一)推究根源。例「原始反終。」(二)本始，最初。例事情的原始。(三)古老的。例原始社會。

參考 衍原始林、原始人、原始藝術。

原來 ㄩㄢˊ ㄌㄞˊ (一)推測未料想到的事情起源。

參考 與「本來」、「向來」都是副詞，指以前(的時間)。「本來」指原有的，先前或理所當然；多半表示過去到現在已有變化，即表示從前如此，現在不如此了。「向來」指從來一貫，强調從過去到現在沒有變化。如：向來不能。此外「原來」、「本來」可以作定語用。

9 **原則** ㄩㄢˊ ㄗㄜˊ (一)多數事象共通的法則。(二)適用於一般事物的法則。

參考 反例外。

原宥 ㄩㄢˊ ㄧㄡˋ 原諒。宥：寬恕。

原封不動 ㄩㄢˊ ㄈㄥ ㄅㄨˋ ㄉㄨㄥˋ 未經改變的原來形態。又作「原封沒動」。

參考 與「一成不變」，都含有「一點沒有改變」的意思，但有別：前者著眼於外界力量未對事物加以變動；後者著重於事物本身沒有變化。②前者多表示外界力量對有關事物採取保留，不加變動的行動，後者多表示人不能用發展運動的觀點觀察事物。③前者在肯定句和否定句中都常出現，後者多用於否定句，極少用於肯定句。

10 **原料** ㄩㄢˊ ㄌㄧㄠˋ 供製造物品的材料。通常指未經人工製造者。

11 **原理** ㄩㄢˊ ㄌㄧˇ 事物眞理或規則的根據。

原野 ㄩㄢˊ ㄧㄝˇ 長滿綠草的平原。例原野的呼喚。

原動力 ㄩㄢˊ ㄉㄨㄥˋ ㄌㄧˋ 藉以發生動力的力源，如熱力、電力、水力、風力等都是。

15 **原諒** ㄩㄢˊ ㄌㄧㄤˋ 寬恕諒解，不加責備。

原稿 ㄩㄢˊ ㄍㄠˇ 作品最原始的稿件。

參考 同初稿。

20 **原籍** ㄩㄢˊ ㄐㄧˊ 本來的籍貫。例原籍廣東梅縣。

參考 反寄籍。
▽平原、高原、中原、還原、復原、荒原、草原、燎原、根原、本原、泉原。

常 8
厝 形解 [seal] 形聲；從厂，昔聲。供作磨厲金石的石頭爲厝。
音義 ㄘㄨㄛˋ 名①厲石；例攻厝。②我國南方人(如閩南)對家或屋子的異稱；例古厝。動①安置；例厝火積薪。②停柩備葬；例厝柩。
參考 安厝的「厝」即「措」的假借，措：安置，是說安置棺柩於兆穴而埋葬。今停柩待葬，也叫「厝」，是引申義。
4 **厝火積薪** ㄘㄨㄛˋ ㄏㄨㄛˇ ㄐㄧ ㄒㄧㄣ 把火放在柴堆下面。比喻隱藏著很大的危機。薪：木柴。

常 10
厥 形解 [seal] 形聲；從厂，欮聲。人挖山石(厂)，容易疲勞而生逆氣(欮)，所以挖掘山石爲厥。
音義 ㄐㄩㄝˊ 名姓。代他的，第三人稱的所有格；例大放厥詞。動氣悶昏倒，失去知覺；例昏厥。連於是；例「左丘失明，厥有國語。」

次 10
厤 形解 [seal] 形聲；從厂，秝聲。秝有整齊的意思，所以有條不紊的調治爲厤。
音義 ㄌㄧˋ 名「曆」的古字；例厤算。動①「歷」的古字；例厤物。②治理。
參考 擊歷、曆、嚦、瀝、櫪、轣、靂。

常 12
厭 形解 [seal] 形聲；從厂，猒聲。猒是飽足，以重物加迫在他物上面爲厭。「厭」是「壓」的初文。
音義 ㄧㄢˋ 動滿足，通「饜」；例何厭之有？形乏味，毫無興趣；例厭倦。
ㄧㄢ 形安然無恙的，通「懕」字；例厭厭。
參考 ①厭指滿足時，同「饜」字。②擊魘、饜、壓。
5 **厭世** ㄧㄢˋ ㄕˋ ㈠辭去人間，欲求解脫。㈡厭惡世間。
參考 ①衍厭世主義。②反樂觀。
12 **厭惡** ㄧㄢˋ ㄨˋ 厭倦而討厭。
13 **厭煩** ㄧㄢˋ ㄈㄢˊ 憎惡，不耐煩。
參考 同厭惡。
▽討厭、抑厭、煩厭、惹厭、生厭、貪得無厭。

常 13
厲 形解 [seal] 形聲；從厂，蠆聲。粗硬的磨刀石爲厲。
音義 ㄌㄧˋ 名①磨刀石，通「礪」；例「取厲取鍛」。②惡鬼；例厲鬼。③疾病；例鬼所爲厲。④姓。動①研磨；例礱厲。形①嚴肅威猛的；例「子溫而厲」。②受虐待的；例厲民。
ㄌㄞˋ 名癩病；例厲病。
參考 ①衍勵、礪。②「厲」「勵」有別：「再接再厲」不可寫成「再接再勵」。
6 **厲色** ㄌㄧˋ ㄙㄜˋ 嚴厲的臉色，多指發怒而言。例疾言厲色。
厲行 ㄌㄧˋ ㄒㄧㄥˊ 認眞地、嚴格地去做。例厲行節約。
7 **厲兵秣馬** ㄌㄧˋ ㄅㄧㄥ ㄇㄛˋ ㄇㄚˇ 磨快武器，餵飽戰馬，準備戰鬥；也泛指事前積極的準備。又作「秣馬利兵」。
10 **厲鬼** ㄌㄧˋ ㄍㄨㄟˇ 惡鬼。
厲害 ㄌㄧˋ ㄏㄞˋ 猛烈，凶狠，殘酷。
參考 與「利害」有別：後者是利益和害處聯起來說，如利害相關。
12 **厲階** ㄌㄧˋ ㄐㄧㄝ 禍端，禍患的由來。階：事情的由來。
13 **厲禁** ㄌㄧˋ ㄐㄧㄣˋ ㈠原義爲列隊警戒。㈡後指嚴厲禁止。例油庫重地，厲禁煙火。
17 **厲聲** ㄌㄧˋ ㄕㄥ 猛烈而嚴厲的聲音。
參考 同嚴禁。
▽激厲、嚴厲、淒厲、振厲、暴厲、大厲、礱厲、再接再厲、聲色俱厲、變本加厲。

【ㄙ部】

ㄙ

次 2
厹 形解 [seal] [seal] 象形兼聲；象獸足肉墊形，九聲。獸足蹂地爲厹。

音義 ㄖㄡˊ 名野獸的足跡。動踐踏，同「蹂」。

ㄑㄡˊ 名武器名，三稜刀刃的矛；例厹矛。

常 3 **去** 形解 會意；從大，從凵。「大」象人四肢侈張形，「凵」象古人穴居的屋穴，人離開坎穴而出外爲去。

音義 ㄑㄩˋ 名①國音四聲之一；例去聲。②姓。動①走，到；例你去那兒？②離開；例「去後常思見。」③除去；例去掉。④寄，發；例去信。形過去的；例去年。助①附在動詞後表持續；例「只恐夜深花睡去。」②附在動詞前表趨勢；例拿錢去養家。

參考①同往，除，到。②摯怯、劫。③「去」、「來」有別：表示離開說話人所在地自行做某件事時，用「去」；表示到說話人所在地參與某件事時，用「來」。「去」用在另一動詞前表示要作某件事；例自己去想辦法。「去」用在動賓結構後面表示去做某件事；例回家吃飯去了。「去」的這兩種用法可以一前一後同時使用，表示去了要作某件事；例他去聽報告去了。

5 **去世** ㄑㄩˋ ㄕˋ 人已死去。

參考①同棄世，逝世。②與「去事」、「去勢」不同：去事，已往的事情；去勢，割去雄體的生殖器。三者讀音全同，但意義不同，不宜混用。③「去世」、「逝世」有別：「逝世」比較莊重，而且書面色彩更濃；「去世」則是較口語化，通俗化。

6 **去向** ㄑㄩˋ ㄒㄧㄤˋ 所去的方向。例不知去向。

12 **去就** ㄑㄩˋ ㄐㄧㄡˋ 捨棄或依從。

17 **去聲** ㄑㄩˋ ㄕㄥ 國語聲調的一種，即注音符號第四聲，以「ˋ」號表示。

18 **去職** ㄑㄩˋ ㄓˊ 辭去職務。例他因病去職。

去舊更新 ㄑㄩˋ ㄐㄧㄡˋ ㄍㄥ ㄒㄧㄣ 汰除舊的事物，以更換新的。

參考 同除舊佈新。

▽死去、回去、大去、歸去、除去、過去、退去、逝去、辭去、遠去、離去、仙去、失去、遺去、相去、大勢已去、眉來眼去、揚長而去、絕塵而去、不如歸去、乘鶴西去。

常 9 **參** 形解 形聲；從晶，㐱聲。星名，二十八宿之一。「曑」隸變後改作「參」。

音義 ㄘㄢ 動①參與；例參加。②謁見；例那妮子來參都頭。③彈劾；例參革。④驗證；例參考。形高出的；例參天。

ㄘㄣ 形不整齊的；例草木參差。

ㄕㄣ 名①藥名；例人參。②星名；例參商。③人名；例曾參。

ㄙㄢ 副「三」字的大寫，同「叁」；例參分天下。

參考①「參」是正字，「叄」是俗字。②同加。③摯慘、蔘。

4 **參天** ㄘㄢ ㄊㄧㄢ ㈠高出天際。例參天古木。㈡能配合天地而形成三個支柱，就是德配天地的意思。

5 **參半** ㄘㄢ ㄅㄢˋ 半數。

參加 ㄘㄢ ㄐㄧㄚ 參與，加入。例參加會議。

參考 與「參與」都指一同進行活動，但有別：前者是加入組織或一同進行活動；後者指跟某事有關連，或一同進行某事的計劃、處理等。

6 **參考** ㄘㄢ ㄎㄠˇ 參合其他相關的材料，來考查印證，以幫助了解。例參考行事。

參考 衍參考書、參考資料。

7 **參見** ㄘㄢ ㄐㄧㄢˋ ㈠舊指下級晉見上級。㈡書籍文章中注釋用語，即參考查看另外相關的論文內容。

9 **參拜** ㄘㄢ ㄅㄞˋ 依禮進謁拜見。

參政權 ㄘㄢ ㄓㄥˋ ㄑㄩㄢˊ 法公權之一種，人民參與國家政務的權利，如選舉權等是。

10 **參酌** ㄘㄢ ㄓㄨㄛˊ 參加意見而加以商量斟酌。例本案擬請參酌辦理。

參差 ㄘㄣ ㄘ 不齊的樣子。例參差不齊。

參考 同參錯。

參差不齊 ㄘㄣ ㄘ ㄅㄨˋ ㄑㄧˊ 長短、高低、大小不齊。形容很不整齊或水準不一。

參考 與「良莠不齊」，都有「不整齊」的意思，但有別：①前者的意思是「有長有短，有高有低，有大有小，很不整齊」；後者的意思是「好的，壞的都有，混雜在一起」。②二詞同樣用來形容「人」，前者是說人的水準不一；後者卻是說好人、壞人都有。同樣用來形容「事物」，前者是說事物的高低，大小不一；後者卻是說，好的和壞的事物都混雜在一起。③這兩個成語一般不宜換用。

11 **參商** ㄕㄣ ㄕㄤ 天 二星名，一東一西，互在不同時間出現；比喻：㈠人分離之後不得相見。例「人生不相見，動如參與商。」㈡彼此不和睦。例兄弟參商。

12 **參透** ㄘㄢ ㄊㄡ 心有所感觸而致領悟透徹。例參透禪機。

13 **參照** ㄘㄢ ㄓㄠ 參考察照。

14 **參與** ㄘㄢ ㄩ 預聞而參謀某一件事。例參與計謀。參考 同參預。

16 **參謀** ㄘㄢ ㄇㄡ ㈠參預軍事訓練及計畫的官員。例軍事參謀。㈡參與謀畫，提供意見。例參謀作業。

17 **參禪** ㄘㄢ ㄔㄢ 宗 佛教禪宗的修行方法之一。即習禪者爲求開悟得道，到處參學。

25 **參觀** ㄘㄢ ㄍㄨㄢ 就他人所爲事業，作實地觀覽考察。

參考 衍參觀教學。

▽人參、古參、內參、外參、朝參、詳參、拜參。

【又部】

常 0 **又** ㄧㄡˋ

解形 象形；象手及手指分歧形。借爲連接詞，表更進一層或表連接的意思。

音義 ㄧㄡˋ 名 注音符號韻符之一，寫法作ㄡ，讀作「歐」。動 有；例「亦又何求？」副 ①再，重覆；例說了又說。②表示加强語氣，口語中常用到；例你又不是不懂，爲什麼不做？③表示更進一層，有「更」的意思；例他的病又加重了。連 ①用來連接平列的詞意；例他既聾，你又傻。②連接動作或情況的先後；例剛下完雨，又出太陽。③零頭，表示數目的附加；例三又三分之一。

參考 ①同再，有。②擘右、佑、祐、尤、有、宥、囿。

常 1 **叉**

解形 象形；象手指與物相錯形。凡布指錯物間而拿取它爲叉。

音義 ㄔㄚ 名 ①器名；例叉子。②股枝，通「杈」；例樹叉。動 ①雙手相交；例叉手。②刺取；例叉魚。形 分歧，分開；例叉路。

參考 ①「叉」又音 ㄔㄚˇ、ㄔㄚˋ。②「叉」與「又」二字形似，「叉」裡面比「又」少一點。③擘蚤、騷、瘙。

▽三叉、音叉、夜叉、交叉、魚叉、枝叉、丫叉、手叉、頭叉、靈叉。

常 2 **友**

解形 會意；從又，指二又。二又，指二人的手，所以二人相交，同志相善爲友。

音義 ㄧㄡˇ 名 志趣相同、情誼互通的人；例朋友。動 ①結交；例「無友不如己者。」②和睦；例兄友弟恭。③相互親愛；例「琴瑟友之。」

參考 同好，善，朋。

6 **友好** ㄧㄡˇ ㄏㄠˇ 友愛而和好。

7 **友邦** ㄧㄡˇ ㄅㄤ 互相親善的國家。邦：國家。

11 **友情** ㄧㄡˇ ㄑㄧㄥˊ 朋友之間的感情。

參考 與「友誼」、「情誼」都指朋友之間的交情和關係。「友誼」使用範圍較廣，如國家、民族、人民、個人之間；「友情」、「情誼」多用於個人之間；但「友情」著重在「友」，「情誼」著重在「情」，也互有不同。

13 **友愛** ㄧㄡˇ ㄞˋ 兄弟朋友間互相親愛。

15 **友誼** ㄧㄡˇ ㄧˋ 指朋友的交情。

參考 ①衍友誼賽、友誼廳。②參閱「友情」條。

▽朋友、親友、密友、交友、益友、賢友、男友、老友、舊友、女友、盟友、師友、好友、至友、摯友、酒友、牌友、小友、忘機友、損三友、益三友、化敵爲友、良師益友、親朋好友。

常 2

及

形解 會意；從又人。後面的人來得及用手碰到前面的人，所以會追到，達到的意思。

音義 ㄐㄧˊ 動 ①逮，達到；例鞭長莫及。②趕到；例過猶不及。③如；例武不及文。④趁著；例及時努力。連和，與；例以及。

參考 ①同跟，和，與。②摯笈、級、吸。③用「及」連接的成分如在意義上有主從的分別時，那麼主要的成分放在「及」的前面。

10 **及格** ㄐㄧˊ ㄍㄜˊ ㈠達到既定的標準。㈡學校評定學生成績，通常以六十分爲及格，不滿六十分者爲不及格。

及時 ㄐㄧˊ ㄕˊ 把握時機。

參考 ①衍及時雨、及時行樂、及時甘霖、及時進取。②參閱「即時」條。

及笄 ㄐㄧˊ ㄐㄧ 指女子年十五歲，也指女子已屆適婚年齡。

11 **及第** ㄐㄧˊ ㄉㄧˋ 舊稱科舉中式爲及第。因爲在列榜的時候分成甲乙次第的緣故。例狀元及第。

▽企及、普及、言及、波及、禍及、殃及、以及、來不及、不可企及、措手不及、始料不及、望塵莫及、愚不可及、過猶不及、劍及屨及、噬臍莫及、鞭長莫及、風馬牛不相及。

常 2

反

形解 形聲；從又，厂聲。又是手，厂是遮蓋，所以覆蓋爲反。

音義 ㄈㄢˇ 動 ①類推，反覆推論；例舉一反三。②返回，歸還，通「返」；例反老還童。③翻轉；例易如反掌。④背叛；例造反。⑤自我省察；例反省。形「正」的相反；例反面。副反而，出乎意料之外的詞；例「反以我爲讎。」

ㄈㄢ 動 ①翻案；例平反。②以二字的音（取上字的聲，取下字的韻和調）切成某一字的音讀之方法；例反切。

ㄈㄢˋ 形 慎重的樣子；例反反。

參考 ①反正。②同背，違叛。

4 **反手** ㄈㄢˇ ㄕㄡˇ ㈠把手一翻，比喻事情的極容易辦到。㈡把手放到背後。

參考 同反掌。

反切 ㄈㄢˇ ㄑㄧㄝ 我國過去使用的注音方法，是用兩個字的音讀來拼合出另一個字的音。上字取其聲母，下字取其韻母和聲調。如冬，都宗切，取「都」字的聲母ㄉ，「宗」字韻母ㄨㄥ和聲調輕聲，拼成ㄉㄨㄥ。

反比例 ㄈㄢˇ ㄅㄧˇ ㄌㄧˋ 數 兩個數量的變大變小互成相反的關係。如做一定的工作，人數越多，所費的數目越少，那麼人數與日數成反比例。

5 **反正** ㄈㄢˇ ㄓㄥˋ ㈠由歪邪不正復歸於正。例反正歸來。㈡猶言橫豎，無論如何。

反目 ㄈㄢˇ ㄇㄨˋ ㈠原多指夫妻不和睦而吵架。例夫妻反目。㈡今泛指原來有交情的人之間彼此不和或吵架。例反目成仇。

6 **反而** ㄈㄢˇ ㄦˊ ㈠副詞，表相反。㈡連接詞，表意外。

7 **反抗** ㄈㄢˇ ㄎㄤˋ 反對和抗拒外來的壓迫。

反攻 ㄈㄢˇ ㄍㄨㄥ 軍隊暫時退守，再利用機會向敵軍進攻。

反串 ㄈㄢˇ ㄔㄨㄢˋ ㈠演員扮演不是平時所常扮演的脚色。㈡今稱男扮女裝，女扮男裝爲反串。

9 **反面** ㄈㄢˇ ㄇㄧㄢˋ 事物的背面。

參考 反正面。

反面無常 ㄈㄢˇ ㄇㄧㄢˋ ㄨˊ ㄔㄤˊ 狠惡無情的人，雖然是面對親密的人，也隨時會翻臉。

反面無情 ㄈㄢˇ ㄇㄧㄢˋ ㄨˊ ㄑㄧㄥˊ 改變面上和善的態度，將過去的情感完全斷絕。

參考 ①又作「反臉無情」、「翻臉無情」。②同反顏相向，反目成仇。

反省 ㄈㄢˇ ㄒㄧㄥˇ 省察自己過去言行的是非好壞。

反叛 ㄈㄢˇ ㄆㄢˋ 背叛。

參考 同反逆，叛逆。

反映 ㄈㄢˇ ㄧㄥˋ ㈠倒反映現。㈡由某事物的一定狀態和關係所產生和它相應的現象。例戲劇可以反應人生。

參考 與「反應」、「反響」都可指一事物對另一事物的作用所引起的變化或情況。「反映」指從甲事物裏可以看到乙事物的情形，或把客觀事物的實質表現出來；還表示陳述或轉達意見、情況。「反應」指有機體受到刺激而引起的相應活動；「反響」是事物發生後而產生的回響。

10 **反哺** ㄈㄢˇ ㄅㄨˇ 慈烏覓食哺養父母，引用爲兒女長大後理應報答親恩。

參考 同反饋。

反躬 ㄈㄢˇ ㄍㄨㄥ 反過來要求自己。例反躬自責。

反悔 ㄈㄢˇ ㄏㄨㄟˇ 對於已經說出或做出的行爲，中途改變，而感到後悔。

反射 ㄈㄢˇ ㄕㄜˋ ㈠理聲波或光波進行時，遇到阻礙，就會改變方向，射回原介質。㈡生生物遇到外界刺激，通過自主神經系統所發生的反應活動。

反芻 ㄈㄢˇ ㄔㄨˊ 動指牛、羊、鹿等反芻動物先將食物吃進瘤胃、蜂巢胃內，然後再經食道逆流至口腔，重新加以咀嚼，接著混合唾液嚥下，由食道進入重瓣胃、皺胃，再入腸消化吸收的現象。

參考 衍反芻胃。

反脣相譏 ㄈㄢˇ ㄔㄨㄣˊ ㄒㄧㄤ ㄐㄧ 不服氣，反過口來譏諷對方。

參考 ①「脣」又作「唇」。②與「反脣相稽」都含有「反過口來說對方」的意思，但有別：a.由於「稽」和「譏」的意義不同，當表示「用責罵、諷刺的話來回報」的意思時，宜用前者；當表示「用反過來查問、計較的話來回報」的意思時，宜用後者。b.前者的語氣較後者爲重。

11 **反常** ㄈㄢˇ ㄔㄤˊ 不正常，失去常態。例天氣反常。

反側 ㄈㄢˇ ㄘㄜˋ ㈠翻來覆去。例輾轉反側。㈡反覆不安。㈢違背法度。

反動 ㄈㄢˇ ㄉㄨㄥˋ 政對於適合時代的政治、社會運動，表示反對的意見或採取反對的行動。

參考 衍反動思想、反動文字。

反間 ㄈㄢˇ ㄐㄧㄢˋ 利用敵方間諜傳遞假情報，或散佈離間的言語，使之中計，藉以取勝的方法。

13 **反感** ㄈㄢˇ ㄍㄢˇ 令人厭惡的感覺。

反詰 ㄈㄢˇ ㄐㄧㄝˊ 用疑問語氣表示敘述判斷。

參考 同反問。

14 **反駁** ㄈㄢˇ ㄅㄛˊ 用反對的理由加以辯駁。

反對 ㄈㄢˇ ㄉㄨㄟˋ 不贊成他人的言行。

16 **反噬** ㄈㄢˇ ㄕˋ 反咬一口；比喻謀害有恩於己的人，有恩將仇報的意思。噬：咬。

反璞歸眞 ㄈㄢˇ ㄆㄨˊ ㄍㄨㄟ ㄓㄣ 去盡一切造作矯飾及虛浮詐僞，回歸到純樸本眞的境界。璞：未經雕琢的玉石。

參考 ①「反」又作「返」。②又作「歸眞反璞」。

17 **反擊** ㄈㄢˇ ㄐㄧ 當敵方攻擊後，回過頭來給與打擊。

反應 ㄈㄢˇ ㄧㄥˋ 經由刺激所引起的一切活動。

參考 參閱「反映」條。

19 **反證** ㄈㄢˇ ㄓㄥˋ 可以駁倒原論證的證據。

反覆 ㄈㄢˇ ㄈㄨˋ ㈠重覆。㈡變易無常。

參考 見「重複」條。

反覆無常 ㄈㄢˇ ㄈㄨˋ ㄨˊ ㄔㄤˊ 一會兒這樣，一會兒又那樣，變動不定。形容性情或天氣的善變而沒有定常。

參考 與「出爾反爾」，都形容常常變卦，但有別：①前者偏重在表現上，後者著重於說話上。當强調「表現變化不定」時，宜用前者；當指說話前後矛盾或說話不算數時，宜用後者。②前者的搭配對象比後者多，如「心情」、「舉動」等都能跟「反復無常」搭配，但「出爾反爾」卻不能這樣。

21 **反響** ㄈㄢˇ ㄒㄧㄤˇ ㈠物音波遇到障

礙後的反射回聲。㈡指事物所引起的反應、回響。

參考 參閱「反映」條。

反顧 ㄈㄢˇ ㄍㄨˋ ㈠回頭觀看。㈡反悔。例義不反顧。

參考 ①㈠同回顧。②㈡同翻悔。

▽違反、往反、造反、回反、平反、背反、離反、相反、倒反、物極必反、適得其反、舉一隅不以三隅反。

常 6

取

形解 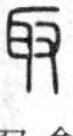 會意；從又耳。古代處罰罪犯或俘虜敵人，都割下左耳來計算軍功，所以獲得爲取。

音義 ㄑㄩˇ 動①女嫁，通「娶」字；例取女。②收受；例分文不取。③選擇；例取士。④用手拿物；例取書。⑤得到；例取信於民。助附在動詞後表示動作的進行；例「歸來看取明鏡前。」

參考 ①同拿，領。②孳趣、娶、棸、諏、聚、驟。

4 **取之不盡** ㄑㄩˇ ㄓ ㄅㄨˋ ㄐㄧㄣˋ 蘊藏豐富，任人取用而不會枯竭。

參考 ①亦作「取之無禁」，如蘇軾・赤壁賦：「取之無禁，用之不竭。」②與「用之不竭」都是形容極其豐富，出於同一語源，但有別：二詞之別是在「取」和「用」。當强調「取」的意思時，宜用前者；當强調「用」的意思時，宜用後者。

5 **取巧** ㄑㄩˇ ㄑㄧㄠˇ 狡猾的手段避免繁難或謀得利益。例投機取巧。

取代 ㄑㄩˇ ㄉㄞˋ 取而代之，即推翻別人或排除同類事物而代替其位置。

7 **取材** ㄑㄩˇ ㄘㄞˊ 擇取材料。

參考 同取才。

取決 ㄑㄩˇ ㄐㄩㄝˊ 根據某種條件來決定或依之作判斷。

8 **取法** ㄑㄩˇ ㄈㄚˇ 仿效他人，取作模範。

9 **取信** ㄑㄩˇ ㄒㄧㄣˋ 求得信用。例取信於人。

10 **取悅** ㄑㄩˇ ㄩㄝˋ 博得他人的喜悅。

取笑 ㄑㄩˇ ㄒㄧㄠˋ ㈠招人譏笑。㈡向人開玩笑。

取消 ㄑㄩˇ ㄒㄧㄠ 消除已成立的事務。例取消會員資格。

參考 與「取締」不同：前者手段是平和的，後者是指用政權、法令等消除不合法的事物或行爲，是屬强制性的。

11 **取捨** ㄑㄩˇ ㄕㄜˇ 或取或捨，即用與不用，與「取舍」同。

12 **取勝** ㄑㄩˇ ㄕㄥˋ 獲得勝利。

13 **取道** ㄑㄩˇ ㄉㄠˋ 爲到達某地而選擇的所經過的道路。例他取道歐洲返國。

14 **取精用弘** ㄑㄩˇ ㄐㄧㄥ ㄩㄥˋ ㄏㄨㄥˊ 從所占有的大量的材料裏提取精華，以發揮最高效益。又作「取精用宏」。

15 **取締** ㄑㄩˇ ㄉㄧˋ 行政機關依據法令所行限制、管理或監督之行爲。

參考 參閱「取消」條。

▽盜取、換取、採取、進取、奪取、獲取、詐取、聽取、捕取、妄取、一介不取、人棄我取、咎由自取、一無可取。

常 6

叔

形解  形聲；從又，尗聲。用手(又)拾取細根的土豆(尗)來充當食物爲叔。今多用作「叔伯」的「叔」。

音義 ㄕㄨˊ 名①丈夫的弟弟；例小叔。②父親的弟弟；例叔叔。③行輩中排行第三；例伯、仲、叔、季。④稱父執輩之年少者；例世叔。⑤姓。動拾取；例「九月叔苴。」形衰微的；例「叔世偷薄。」

參考 孳淑、寂、惄。

4 **叔父** ㄕㄨˊ ㄈㄨˋ ㈠稱父親的弟弟爲叔父。㈡古代天子對同姓諸侯的稱呼。

▽季叔、伯叔、大叔、小叔、叔叔。

常 6

受

形解 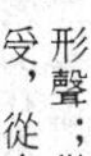 形聲；從受，從舟省聲。舟往來於河流的兩岸，有彼付此取的意思，所以相付爲受。

音義 ㄕㄡˋ 動①使用；例享受。②得到；例受之有愧。③遭到；例受害。副中，堪，表示好的意思；例他說的話很受聽。助被，被動性助詞；例受寵。

參考 ①「受」是接到東西，「授」是給人東西；所以學生自稱「受業」，老師名爲「教授」。②同收，接，納。③孳綬、授。

5 **受用** ㄕㄡˋ ㄩㄥˋ ㈠享受，受益。㈡舒服。

6 **受孕** ㄕㄡˋ ㄩㄣˋ 動㈠生物產生有生命的後代之能力。㈡女子懷孕。

參考 同受胎，受精。

7 **受戒** ㄕㄡˋ ㄐㄧㄝˋ 宗佛家語，出家爲僧尼，接受佛所制定的戒法。戒：有五、八、十具足之別，受之者各有其儀式作法。

11 **受理** ㄕㄡˋ ㄌㄧˇ 法法院對於訴訟之案件，認爲有可訴之理由時，加以接受處理之。

13 **受業** ㄕㄡˋ ㄧㄝˋ ㈠學生從老師接受學業。㈡學生對老師的自稱。

參考 反授業。

受傷 ㄕㄡˋ ㄕㄤ 受到傷害。

參考 受傷可用在身體或心理方面。

14 **受精** ㄕㄡˋ ㄐㄧㄥ 動動物雄體之精子與雌體的卵子相融合。

參考 ①衍受精卵。②同受胎。

19 **受寵若驚** ㄕㄡˋ ㄔㄨㄥˇ ㄖㄨㄛˋ ㄐㄧㄥ 受到特別的關愛，以致驚喜得手足無措。

▽接受、承受、難受、授受、口受、傳受、感受、享受、收受、容受、遭受、忍受、自作自受、互相授受、逆來順受、無所不受、感同身受。

常 7

叛

形解 形聲；從反，半聲。把物體中分，使彼此相離，所以半反爲叛。

音義 ㄆㄢˋ 動①反背；例衆叛親離。②作亂；例反叛。

參考 同反、亂、背、變。

10 **叛逆** ㄆㄢˋ ㄋㄧˋ 背叛而不順從。

叛徒 ㄆㄢˋ ㄊㄨˊ 不遵守某派主義，而有反抗行爲的人。

11 **叛國** ㄆㄢˋ ㄍㄨㄛˊ 背叛國家，多指懷有不良企圖，妄想推翻國家的行爲。

13 **叛亂** ㄆㄢˋ ㄌㄨㄢˋ 背叛作亂。

參考 衍叛亂罪、叛亂團體。

23 **叛變** ㄆㄢˋ ㄅㄧㄢˋ 脫離原來的組織，變成敵對立場的行爲。

參考 ①反起義。②參閱「背離」條。

▽反叛、背叛、違叛、離叛、謀叛、衆叛、內叛。

常 8

叟

形解 會意；手(又)拿著燭火在屋(宀)下找尋東西爲叜，隸變後作叟。叟借爲「老叟」的「叟」後，加「手」爲「搜」，以承本義。

音義 ㄙㄡˇ 名①老頭子；例童叟無欺。②對老人的尊稱。

參考 ①又讀 ㄙㄡ。②「叟」字從臼不從由。③擘瘦、艘、謏、蓃、搜、瘦。

▽釣叟、老叟、田叟、野叟、樵叟、山叟、園叟、童叟。

次 14

叡

形解 會意；從目，從叡省(㕡)。叡有深明的意思，所以眼睛深而明爲叡。

音義 ㄖㄨㄟˋ 形①聰明而傑出的；例叡智。②有關天子言行的；例叡覽。

參考 同睿。

▽明叡、英叡、敏叡、聰叡、精叡、俊叡。

常 16

叢

形解 形聲；從丵，取聲。丵象草雜亂生長形，取是「聚」的省體，所以雜草聚生爲叢。

音義 ㄘㄨㄥˊ 名①草木聚生在一起；例叢林。②灌木；例叢木。③許多東西聚集在一塊；例叢書。④姓。動聚集；例「萬災叢至矣。」形瘦細的；例叢巧。

參考 ①又音 ㄘㄨㄥ。②同多、羣。

5 **叢生** ㄘㄨㄥˊ ㄕㄥ ㈠植草木聚集一處，羅列而生。㈡發生的極多。例百弊叢生。

參考 衍叢生葉、叢生林。

8 **叢林** ㄘㄨㄥˊ ㄌㄧㄣˊ ㈠叢密的林木。㈡宗佛教僧徒聚居的處所。又叫禪林。

10 **叢書** ㄘㄨㄥˊ ㄕㄨ 書籍叢集。

參考 同叢刊，叢刻。

14 **叢聚** ㄘㄨㄥˊ ㄐㄩˋ 有如樹叢般地聚集在一起。

▽樹叢、草叢、芳叢、花叢、人叢、萬叢。

【口部】ㄎㄡˇ

0 (常) **口** [解形] 𠙵 象形；象人的嘴巴形。人用來說話、飲食的器官為口。

[音義] ㄎㄡˇ [名] ①人的五官之一，用來飲食、言語；例掩口而對。②進出的關卡；例長城口。③計人的單位；例八口之家。④刀劍的鋒刃；例刀口。⑤計牲畜或器物的單位；例一口缸。⑥出入處；例港口。⑦破裂的地方；例傷口。⑧門窗的附近；例門口。⑨器物張開處；例瓶口。⑩姓。[動]相罵；例口角。[形]說話的技巧很好；例口才。

[參考] [孳]扣、釦、叩。②口與囗形似，但口（ㄎㄡˇ）小而囗（ㄨㄟˊ）大，宜分別觀之，不可混用。

3 **口才** ㄎㄡˇ ㄘㄞˊ 說話的才能和技巧。例口才辯給。

口口聲聲 ㄎㄡˇ ㄎㄡˇ ㄕㄥ ㄕㄥ 不斷地說著同樣的話。

[參考] 與「異口同聲」有別：後者是指不約而同，大家都說出同樣的話。

口令 ㄎㄡˇ ㄌㄧㄥˋ ㈠團隊操練或行進時，由指揮者以簡短的術語下達的口頭命令。如立正、稍息等。㈡[軍]在戒嚴期（或區）內或視度不良的情況下，為辨別敵我的一種口頭暗號。

6 **口吃** ㄎㄡˇ ㄐㄧˊ 一種習慣性的語言缺陷，說話時，常發生言語中斷或重複的情形。

口舌 ㈠ㄎㄡˇ ㄕㄜˊ 言辭，說話。㈡ㄎㄡˇ ㄕㄜˊ 因言語所引起的誤會或糾紛。例口舌之爭。

7 **口技** ㄎㄡˇ ㄐㄧˋ 雜技的一種，用口部發音的技巧來模擬各種聲音。

口快 ㄎㄡˇ ㄎㄨㄞˋ 說話直爽不經考慮。例心直口快。

口吻 ㄎㄡˇ ㄨㄣˇ 口氣，語調。例他說話的時候，儼然是董事長的口吻。

口角 ㄎㄡˇ ㄐㄩㄝˊ ㈠爭吵。例口角之爭。㈡口的兩邊。例口角炎。

口角春風 ㄎㄡˇ ㄐㄩㄝˊ ㄔㄨㄣ ㄈㄥ 比喻對人盡說些和煦如春風的話及專門替別人吹噓稱揚。

口沒遮攔 ㄎㄡˇ ㄇㄟˊ ㄓㄜ ㄌㄢˊ 說話沒有顧忌，不知約束。

[參考] ①[同]口無擇言。②常用來形容沒口德的人。

8 **口拙** ㄎㄡˇ ㄓㄨㄛˊ 說話的技巧不夠高明。例請恕我口拙！

口供 ㄎㄡˇ．ㄍㄨㄥ [法]刑事訴訟關係人受法院或情治單位審問時所口述的實情。

口味 ㄎㄡˇ ㄨㄟˋ ㈠味道，滋味。例這道菜的口味很好。㈡食慾，又指所嗜好的食品。引申為一切所喜愛的事物。例這件事正合他的口味。

9 **口信** ㄎㄡˇ ㄒㄧㄣˋ 託人以口頭傳達的消息。

口紅 ㄎㄡˇ ㄏㄨㄥˊ 婦女化妝品的一種，用來塗抹嘴唇使之紅潤美麗，通常以紅色為主。

口風 ㄎㄡˇ ㄈㄥ 說話的訊息和傾向。例口風很緊

口音 ㄎㄡˇ ㄧㄣ 指某一種語言或方言的發言特色的總和。例臺灣口音。

口是心非 ㄎㄡˇ ㄕˋ ㄒㄧㄣ ㄈㄟ 言語與真意相互違背，即嘴裏這樣說，心裏卻不是這樣想。比喻心口不一致，或言行不一。

[參考] ①[同]表裏不一。②與「言不由衷」，都形容心口不一，但有別：a. 前者形容虛偽，欺騙；後者為形容一時的敷衍，不夠坦率。b. 後者有時雖也可形容虛偽欺騙，但分量就輕得多。

口若懸河 ㄎㄡˇ ㄖㄨㄛˋ ㄒㄩㄢˊ ㄏㄜˊ 比喻人的善辯，好像懸河瀉水，滔滔不絕。

[參考] ①亦作「口如懸河」。②「滔滔不絕」用來形容話說個不停時，意思和「口若懸河」相近。但後者本身已是完整的比喻格式，一般不再搭配其他比喻語。唯「滔滔不絕」則經常和比喻語配合運用，如「話匣子一打開就會滔滔不絕的說個不停」，即是其例。③與「侃侃而談」、「娓娓而談」都有「話很多，說個沒完」的意思，但有別：「口若懸河」多著眼於

口才，「侃侃而談」多著眼於說話時的神態，「娓娓而談」多著眼於聽者的感覺。所以强調口才很好，能言善辯，要用「口若懸河」；强調說話時理直氣壯，神態從容，要用「侃侃而談」；强調說話動聽，不急不徐，樣子毫不疲倦，要用「娓娓而談」。

10 **口氣** ㄎㄡˇ ·ㄑㄧ ㈠自口中所呼出的氣息。㈡語氣，口吻。

11 **口袋** ㄎㄡˇ ㄉㄞ 只有一個開口的袋子。

口授 ㄎㄡˇ ㄕㄡˋ 以口耳相互傳授，不著文字。

口訣 ㄎㄡˇ ㄐㄩㄝˊ 為了便於記憶而編成的內容扼要，念起來可以成誦順口的語句。例珠算口訣。

12 **口惠** ㄎㄡˇ ㄏㄨㄟˋ 僅以口頭上許給人家的好處而沒有付諸實現。

口腔 ㄎㄡˇ ㄑㄧㄤ 口內空處，在消化管的最上端。人的口腔含有齒、舌、唾液腺三個重要部分。例口腔衛生。

口琴 ㄎㄡˇ ㄑㄧㄣˊ 名簧樂器之一。琴身扁長，內裝簧片若干，按自然音階排列，用嘴唇吹吸而發音。又稱「口風琴」。

口無擇言 ㄎㄡˇ ㄨˊ ㄗㄜˊ ㄧㄢˊ 本是指言行都能遵循法則，出口之言無須選擇。後人用來形容言語不加思索，隨意亂說。又作「口不擇言」。

13 **口試** ㄎㄡˇ ㄕˋ 考試方式之一，以口頭考問應試者。

參考 反筆試。

口碑 ㄎㄡˇ ㄅㄟ 比喻對某人或某事口頭上的稱頌，有如用文字鐫刻於石碑那樣地深刻。碑：石碑，此指記載功德的碑碣。

口號 ㄎㄡˇ ㄏㄠˋ ㈠集會或遊行以簡扼的語詞宣傳主張。㈡軍隊中的口令。

參考 「口號」是口語形式，「標語」則指寫在紙上的口號。

口誅筆伐 ㄎㄡˇ ㄓㄨ ㄅㄧˇ ㄈㄚˊ 用語言及文字宣布他人的罪狀，加以譴責和攻擊。

口碑載道 ㄎㄡˇ ㄅㄟ ㄗㄞˋ ㄉㄠˋ 滿路都是稱頌的聲音，形容人人稱頌，美名遠揚。載：充滿。

參考 與「有口皆碑」，都是形容「人人稱頌」的意思，但有別：前者偏重在「載道」，形容稱頌的聲音滿路都是；後者偏重在「有口」，形容有人的地方就有人稱頌，但未必是滿路都是稱頌的聲音。

14 **口腹** ㄎㄡˇ ㄈㄨˋ 口和腹，都是飲食器官，引申指飲食。例口腹之慾。

口語 ㄎㄡˇ ㄩˇ ㈠與「文言」或「書面語」相對，專指口頭上交際所用的言語。㈡口出議論。㈢毀謗。例橫被口語。

口實 ㄎㄡˇ ㄕˊ 藉口，話柄。

口蜜腹劍 ㄎㄡˇ ㄇㄧˋ ㄈㄨˋ ㄐㄧㄢˋ 比喻人話說得非常甜蜜而心地陰險，有如腹中隱藏刀劍將殺人一般。

口說無憑 ㄎㄡˇ ㄕㄨㄛ ㄨˊ ㄆㄧㄥˊ 單憑嘴巴說說卻沒有任何證據。憑：證據。

15 **口齒清晰** ㄎㄡˇ ㄔˇ ㄑㄧㄥ ㄒㄧ 說話時咬字，發音都清楚明白，使人聽了易懂。

16 **口頭禪** ㄎㄡˇ ㄊㄡˊ ㄔㄢˊ 本指不明禪理而愛套用禪語，今泛稱常掛在嘴邊而意義淺近或毫無意義的套語。

18 **口糧** ㄎㄡˇ ㄌㄧㄤˊ 軍每人每日生活所需之食物配給量。

▽出口、入口、雞口、河口、虎口、人口、大口、中口、小口、閉口、開口、黃口、戶口、刀口、海口、關口、張口、井口、多口、誇口、門口、窗口、火山口、膾炙人口、良藥苦口、殺人滅口、贊不絕口。

常 2

可

形解  形聲；從口，ㄛ聲。口中發出允諾的聲音時，呼出來的氣呈平舒狀態(ㄛ)，所以中其肯綮為可。

音義 ㄎㄜˇ 名姓。動①允許；例許可。②能夠；例道可道。③適宜；例可口。④姓。副①卻；例「可是相逢意便深。」②豈，那(ㄋㄚˇ)；例「可堪芳草更芊芊。」③堪，值得；例可憐。連但，卻；例可是。助加强語氣詞；例你可明白了？

參考 ①又音ㄎㄜˋ，如可汗。②

擧軻、坷、珂、蚵、柯、痾、阿、何、河、苛。③「可」字有四種用法：a多跟單音動詞組合。b「可」有表示被動的作用，整個組合是形容詞性質。例他非常可靠。唯有「可憐」表示被動的作用時，是形容詞性質，如：這個人很可憐；表示主動的作用時是動詞性質，如：我很可憐。c對於尚未實現的自然現象的推測，用「能(夠)」，不用「可(以)」，如：這雨能下長麼？d用在跟他動詞結合表示被動的可能性時，用「可」不用「能」，如：我們是不可戰勝的。

2 **可人** ㄎㄜˇ ㄖㄣˊ ㈠適合人意。例風味可人。㈡有長處可取的人。

參考 衍可人兒。

3 **可口** ㄎㄜˇ ㄎㄡˇ 味道適合於口味。例美味可口。

參考 ①衍可口可樂。②同適口。

可以 ㄎㄜˇ ㄧˇ ㈠可，允許，「以」爲語助詞，無義。㈡能夠。例可以使人。

6 **可汗** ㄎㄜˋ ㄏㄢˊ 阿爾泰語族語，古代柔然、突厥、回紇、蒙古等族最高統治者的稱號。

可否 ㄎㄜˇ ㄈㄡˇ 可與不可。例不問可否。

9 **可是** ㄎㄜˇ ㄕˋ ㈠但是。㈡表疑問。例他可是美國人嗎？

10 **可恥** ㄎㄜˇ ㄔˇ 使人感到羞恥。

可笑 ㄎㄜˇ ㄒㄧㄠˋ 好笑。

可能 ㄎㄜˇ ㄋㄥˊ 推測之辭。

參考 衍可能性。

11 **可圈可點** ㄎㄜˇ ㄑㄩㄢ ㄎㄜˇ ㄉㄧㄢˇ 原指精美的文章中值得圈點的文句，後泛指行事表現得非常好，值得讚揚。

可望不可即 ㄎㄜˇ ㄨㄤˋ ㄅㄨˋ ㄎㄜˇ ㄐㄧˊ 看得見，但不能接近。形容希望達到而實際難以達到。即：接觸、靠近。

12 **可惡** ㄎㄜˇ ㄨˋ 令人感到厭惡。

13 **可愛** ㄎㄜˇ ㄞˋ 值得憐愛。

14 **可歌可泣** ㄎㄜˇ ㄍㄜ ㄎㄜˇ ㄑㄧˋ 值得人歌頌贊美，令人感動流淚。形容事迹英勇悲壯，感人至深，賺人眼淚。泣：暗自流淚。

15 **可靠** ㄎㄜˇ ㄎㄠˋ ㈠可以信賴。例忠厚可靠。㈡眞確。例這條新聞可靠性高。

參考 衍可靠性。

可憐 ㄎㄜˇ ㄌㄧㄢˊ ㈠猶可愛。例楚楚可憐。㈡使人憐憫。例「可憐身上衣正單。」

參考 衍可憐生、可憐見、可憐蟲。

16 **可操左券** ㄎㄜˇ ㄘㄠ ㄗㄨㄛˇ ㄑㄩㄢˋ 比喻對事情的成功很有把握。操，掌握；左券，猶言主券，古時用來索償的憑證。

參考 與「穩操左券」，都有「充分的把握」的意思，但有別：後者有一個「穩」字，加强了全詞的肯定語氣，其語義比前者爲重。

25 **可觀** ㄎㄜˇ ㄍㄨㄢ ㈠值得觀覽。㈡形容極甚。例數目非常可觀。

▽尚可、大可、小可、認可、許可、不可、模稜兩可、非同小可、無可無不可、期期以爲不可。

常 2 古

解形 古 會意；從十口。經過十口(很多人)相傳的事情，歷時必定很久，所以自古在昔爲古。

音義 ㄍㄨˇ 名①過去久遠的年代；例上古時代。②過去事物的總稱；例「信而好古。」③姓。形①久遠的；例古木。②過去的；例古人。③典雅的；例「氣淸韻古。」④不合潮流；例古板。⑤與流俗不同的；例古風。

參考 ①同昔。②反今。③擧罟、估、鈷、詁、牯、沽、居、姑、辜、酤、蛄、固、枯、苦、胡。

4 **古井揚波** ㄍㄨˇ ㄐㄧㄥˇ ㄧㄤˊ ㄅㄛ 比喻心境枯寂甚久之後，又動了遐思。亦作「古井重波」。

參考 反古井無波。

6 **古老** ㄍㄨˇ ㄌㄠˇ ㈠歷史悠久。例中國是古老的國家。㈡古樸。例他的文章深茂古老，可讀性很高。

古色古香 ㄍㄨˇ ㄙㄜˋ ㄍㄨˇ ㄒㄧㄤ 形容古物或藝術作品因年代久遠而有古雅的色彩和情趣。

8 **古玩** ㄍㄨˇ ㄨㄢˊ 可供玩賞的古物。例古玩奇珍。

參考 同古董，骨董。

古板 ㄍㄨˇ ㄅㄢˇ ㈠不靈活。㈡拘

泥，不合時宜。例思想古板。

古怪 ㄍㄨˇ ㄍㄨㄞˋ ㈠奇異。㈡不合時宜，生疏罕見。

參考「古怪」、「奇怪」都指不常見、不合常情；惟前者用來指性情、性格時，含有貶損的意思；後者含有「以之為奇」的意思時，不能用「古怪」代替。「奇怪」能作狀語，「古怪」卻不行。

古典 ㄍㄨˇ ㄉㄧㄢˇ ㈠古代的典章制度、典故或法式。㈡古代流傳下來而被後人認為具有典範性或代表性的。例古典文學。

古往今來 ㄍㄨˇ ㄨㄤˇ ㄐㄧㄣ ㄌㄞˊ 從古到今。

9 **古風** ㄍㄨˇ ㄈㄥ ㈠古代的風尚。㈡文古體詩的別稱。

10 **古訓** ㄍㄨˇ ㄒㄩㄣˋ ㈠可以作為後代師法參考的古語。㈡先王的遺典。

12 **古稀** ㄍㄨˇ ㄒㄧ 人生活到了七十歲。語出杜甫詩：「人生七十古來稀。」亦作「古希」。

13 **古董** ㄍㄨˇ ㄉㄨㄥˇ ㈠即古玩，骨董，可供鑑賞、研究的古代器物。㈡比喻過時的東西或思想守舊、不合時宜的人。

古道 ㄍㄨˇ ㄉㄠˋ ㈠上古的風俗習慣。㈡古代所崇尚的節操和風義。㈢古老的道路。

古道熱腸 ㄍㄨˇ ㄉㄠˋ ㄖㄜˋ ㄔㄤˊ 有古人仁厚的思想和樂於為善的心腸。

古詩 ㄍㄨˇ ㄕ 文㈠詩體名，兩漢以來，凡非近體詩者都屬於古詩。㈡古代的詩，如詩經之類。一名「古風」、「古體」。

參考衍古詩十九首。

16 **古諺** ㄍㄨˇ ㄧㄢˋ 從古流傳而來的俗語。

古樸 ㄍㄨˇ ㄆㄨˊ 形容人或物的樸拙具有古風。

18 **古蹟** ㄍㄨˇ ㄐㄧ 古代的遺蹟。

20 **古籍** ㄍㄨˇ ㄐㄧˊ 古代的典籍。

▽疑古、上古、中古、擬古、懷古、千古、復古、考古、太古、萬古、作古、遠古、近古、講古、薄今厚古、人心不古。

常 2

右

形解 會意；從口又。手口相助為右。

音義 ㄧㄡˋ 名①「左」的相對，指方向、位置；例前後左右。②方位，表示西方；例山右（山西），江右（江西）。③表示尊位；例無出其右者。④在右方的文字或器物；例列表如右。⑤姓。動①崇尚；例尚賢。②親近；例「右齊而左魏。」

參考①反左。②孳佑、祐。

9 **右派** ㄧㄡˋ ㄆㄞˋ 政政治主張傾向穩健保守的一派。因法國大革命時的國民會議中，保守份子聚集在議場右邊，故名。

參考①反左派。②衍右派份子。

13 **右傾** ㄧㄡˋ ㄑㄧㄥ 在思想上、行為上接近穩健保守的右派。

參考①反左傾。②衍右傾份子。

17 **右翼** ㄧㄡˋ ㄧˋ ㈠右邊的翅膀。㈡軍軍隊作戰或前進時，稱右面的部隊或右方的陣地為右翼。㈢足球等比賽中稱右邊的前鋒為右翼。㈣猶右派，指保守的一派，原專指政治而言，後泛用於一般學術、文藝、思想等部門。

▽左右、座右、靈右、居右、靠右、無出其右。

常 2

召

形解 形聲；從口，刀聲。喚人過來為召。

音義 ㄓㄠˋ 動①呼喚人過來，指上對下而言；例召開會議。②招致，導致；例召禍。

ㄕㄠˋ 名①地周代國名，今陝西省境內。②姓。

參考①「詔」和「召」音同，意思有別。②孳沼、炤、詔、昭、照。

7 **召見** ㄓㄠˋ ㄐㄧㄢˋ 在上位的人約見下屬。

12 **召集** ㄓㄠˋ ㄐㄧˊ 以命令召使眾人集合。

參考衍召集人、召集令。

召開 ㄓㄠˋ ㄎㄞ 召集人們開會。例召開國會。

參考「召開」、「召集」、「調集」都有把人聚集在一起的意思；「召開」只用於會議；「召集」可以用於會議人或軍事行動；「調集」可以用於人、物。

召喚 ㄓㄠˋ ㄏㄨㄢˋ 呼叫使來。

參考「召喚」的對象多指個人或個別的一部分，不必分階級的高下。「號召」指上級用一定的名義要求大衆來完成目標，多指上級對下級而言，對象則爲較廣泛的人們。

13 **召募** ㄓㄠˋ ㄇㄨˋ 即募兵，募集志願當兵的人。

〔參考〕①反徵兵。②亦作「招募」。

▽應召、宣召、徵召、號召、辟召、寵召、宣召、急召、感召。

常 2 **叮** 〔解〕〔形〕形聲；從口，丁聲。丁是釘的初文，有深入的意思，所以用言語再三囑咐爲叮。

〔音義〕ㄉㄧㄥ 〔動〕①蚊蟲咬嚙；例被蚊子叮了一口。②囑咐，叮嚀；例千叮萬囑。〔形〕描摹聲音的用字，形容金玉撞擊之聲；例叮叮噹噹。

16 **叮噹** ㄉㄧㄥ ㄉㄤ 形容金屬、玉石等相碰擊的聲音。

〔參考〕①同丁東。②亦作「丁當」、「玎璫」。

17 **叮嚀** ㄉㄧㄥ ㄋㄧㄥˊ 再三言說，殷勤囑咐。

〔參考〕①同叮囑。②亦作「丁寧」。

常 2 **叩** 〔解〕〔形〕形聲；從卩，口聲。卩有節制的意思，所以說話聲音輕細爲叩。

〔音義〕ㄎㄡˋ 〔動〕①敲擊；例叩門。②詢問，慰問；例叩問。③即叩頭，以頭觸地，是最高的敬禮，引申爲最敬詞；例叩謝。④牽馬，同「扣」；例叩馬。

〔參考〕「扣」和「叩」都從口聲，但除了敲擊，牽馬二意相同外，其餘的意思不同，如「叩問」、「叩頭」不能用「扣」；而「折扣」、「鈕扣」，不能用「叩」代替。

8 **叩門** ㄎㄡˋ ㄇㄣˊ 敲門。

9 **叩首** ㄎㄡˋ ㄕㄡˇ 即磕頭。一說叩首是用雙手碰觸及額頭，沒有碰到地；叩頭是頭直接碰觸至地。

11 **叩問** ㄎㄡˋ ㄨㄣˋ 請問，表示極端恭敬。

17 **叩謝** ㄎㄡˋ ㄒㄧㄝˋ 叩頭稱謝，表示極其感謝。

19 **叩關** ㄎㄡˋ ㄍㄨㄢ ㈠攻擊關門。㈡入國求見。關：關門。㈢敲門。

常 2 **叨** 〔解〕〔形〕形聲；從口，刀聲。「叨」爲「饕」的俗字，貪食爲叨。

〔音義〕ㄉㄠ 〔形〕多話的；例嘮叨。ㄊㄠ 〔動〕①貪饞，「饕」的俗字。②受人好處；例叨教。③受了人家的東西；例叨擾。〔副〕忝，慚愧，自謙之詞；例叨承。

〔參考〕①「叨」不可誤作「叼」(ㄉㄧㄠ)。②近世書簡多用「叨承」、「叨蒙」語，其中「叨」字是忝辱的意思，表示謙虛。

6 **叨光** ㄊㄠ ㄍㄨㄤ ㈠沾光。俗謂受人家的好處時，常用來對人表示感謝語。㈡打擾。打擾人家，請人原諒時用語。

8 **叨念** ㄉㄠ ㄋㄧㄢˋ ㈠絮絮不休地自言自語。㈡因惦念一個人或一件事情而常常談起。亦作「念叨」。

11 **叨教** ㄊㄠ ㄐㄧㄠˋ 辱承教誨，受人教益的謙虛語。

叨陪末座 ㄊㄠ ㄆㄟˊ ㄇㄛˋ ㄗㄨㄛˋ 自己得有機會在座。是承人邀請作陪或赴人宴席的敬語。

15 **叨嘮** ㄉㄠ ·ㄌㄠ ㈠滔滔不絕，話說個沒完。㈡抱怨、埋怨。

18 **叨擾** ㄊㄠ ㄖㄠˇ 接受人家款待的謝辭。

常 2 **叼** 〔解〕〔形〕形聲；從口，刁聲。用口銜物爲叼。

〔音義〕ㄉㄧㄠ 〔動〕口齒銜住；例他的嘴裡叼了一根煙。

常 2 **司** 〔解〕〔形〕會意；從反后。后爲國君，相反就是臣子，所以在外治理政事的臣子爲司。

〔音義〕ㄙ 〔名〕①古代司事於外的官吏；例司馬。②官署名，政府辦公機構之一。我國各部之下有司，如外交部禮賓司。③〔商〕經商的一種團體，資本由許多集合而成；例公司。④姓。〔動〕①主管事務。②觀察。

〔參考〕〔孳〕伺、笥、詞、祠、嗣、飼。

5 **司令** ㄙ ㄌㄧㄥˋ 發布命令，指揮全軍的人。

8 **司命** ㄙ ㄇㄧㄥˋ ㈠神名，即俗稱

的灶神。㈡天星名。

司空 ㄙ ㄎㄨㄥ ㈠官名。大司空，周時六卿之一，掌管水土工程。㈡複姓。

司空見慣 ㄙ ㄎㄨㄥ ㄐㄧㄢˋ ㄍㄨㄢˋ 比喻常見的事物，不足爲奇。

參考 與「屢見不鮮」，都有「見多了，不以爲奇」的意思，但有別：①後者因含有「不鮮」兩字，其「不足爲奇」的意思比前者明顯，註義也比前者爲重。②前者除可表示「常見的事不足爲奇」外，還可表示「某人認爲某事物或現象常常見到，不足爲奇」；但後者不能表示這一層意思。

10 **司徒** ㄙ ㄊㄨˊ 古官名。六卿之一，掌邦教。

司馬 ㄙ ㄇㄚˇ ㈠古官名。，掌管軍政和軍賦。㈡複姓。例司馬遷。

司馬光 ㄙ ㄇㄚˇ ㄍㄨㄤ 人北宋大臣，字君實，山西涑水鄉人，世稱涑水先生。反對王安石新法，曾任哲宗相八個月，病死，追封溫國公。所撰資治通鑑，爲著名於世的編年史。

司馬遷 ㄙ ㄇㄚˇ ㄑㄧㄢ 人字子長，漢夏陽人，司馬談之子，是西漢著名的史學家、文學家和思想家。繼父職爲太史令。著史記，是我國最早的通史，對後世的史學與文學都有深遠的影響。

15 **司儀** ㄙ ㄧˊ ㈠古官名。掌迎接賓客。㈡舉行典禮時的贊禮人。

16 **司機** ㄙ ㄐㄧ ㈠管理機器之人。㈡駕駛汽、火車的人。

21 **司鐸** ㄙ ㄉㄨㄛˊ ㈠主持教化的學官。古以木鐸宣教令。鐸：大鈴。㈡複姓。

▽上司、土司、公司、官司、所司、有司、祭司、職司、職有專司、高等教育司。

常 2 **叵** 形解 指事；從反可。反可就是不可，所以否定的意思爲叵。

音義 ㄆㄛˇ 副 ①不可；例居心叵測。②遂，故，表原因；例叵欲討之。

參考 ①「叵」是「不可」二字的合音；長言之爲「不可」，短言之爲「叵」。②「叵」與巨大的「巨」字形體相似，宜加區別。

12 **叵測** ㄆㄛˇ ㄘㄜˋ 不可測度。例居心叵測。

常 2 **叫** 形解 形聲；從口，ㄐ聲。大聲呼喚爲叫。

音義 ㄐㄧㄠˋ 動 ①鳥獸蟲類的鳴唱；例雞叫。②吩咐，交待；例你去叫他過來。③稱爲；例你叫什麼名字？④使得；例眞叫人心煩。⑤被；例叫人給打傷了。⑥呼喊；例放聲大叫。

參考 「叫」作「使」的意思解時，可與「教」字通用。

4 **叫化子** ㄐㄧㄠˋ ㄏㄨㄚ ˙ㄗ 乞丐。亦作「叫花子」。

6 **叫好兒** ㄐㄧㄠˋ ㄏㄠˇ ㄦ 對於精彩的表演大聲喊「好」，以表示讚賞。

8 **叫屈** ㄐㄧㄠˋ ㄑㄩ 伸訴冤屈。例叫屈聲冤。

9 **叫苦連天** ㄐㄧㄠˋ ㄎㄨˇ ㄌㄧㄢˊ ㄊㄧㄢ 不停的呼叫所承受苦處，表示憤怨已極。例「不免心中抱怨，叫苦連天。」

參考 與「叫苦不迭」，都表示「連續不斷地叫苦」，常可換用，但有別：前者往往還有「大聲叫苦」的意思；但後者卻不含這一層意思。

10 **叫座** ㄐㄧㄠˋ ㄗㄨㄛˋ ㈠演員富有號召力，能使觀衆滿座。㈡泛指有吸引力，受人喜愛。

叫陣 ㄐㄧㄠˋ ㄓㄣˋ 古時作戰一方在陣前叫喊，邀對方出來應戰。今用爲挑戰。

12 **叫喚** ㄐㄧㄠˋ ㄏㄨㄢˋ 呼喊。

15 **叫賣** ㄐㄧㄠˋ ㄇㄞˋ 販賣者大聲呼叫，以促銷貨品。

16 **叫罵** ㄐㄧㄠˋ ㄇㄚˋ 大聲罵人。

21 **叫囂** ㄐㄧㄠˋ ㄒㄧㄠ 大聲的喧呼，亂嚷亂叫。例叫囂笑罵。「叫嚷」也是大聲叫喊，二者都有貶損的意思，但「叫囂」詞義較重，含有「囂張」的成分。

▽呼叫、喊叫、喚叫、吼叫、鳥叫、鳴叫、驚叫、名叫、大叫、大呼亂叫。

常 2 **另** 形解 形聲；從口，力聲。口是言語和飲食的器官，所以自食其力，獨立生活爲另。

音義 ㄌㄧㄥˋ 形其他的；例另案在押。副再，別；例另謀他途。

4 **另日** ㄌㄧㄥˋ ㄖˋ 即他日，改日，異日。例另日再來請教。

5 **另外** ㄌㄧㄥˋ ㄨㄞˋ 除此以外。

另立門戶 ㄌㄧㄥˋ ㄌㄧˋ ㄇㄣˊ ㄏㄨˋ 自本宗分出，獨立成新門戶。比喻從一方分裂而出，另外開創出新的局面。簡稱「另戶」。

參考「另起爐竈」也有類似的意思，但偏重於重新創作。

10 **另起爐竈** ㄌㄧㄥˋ ㄑㄧˇ ㄌㄨˊ ㄗㄠˋ 比喻：㈠事情不能繼續進行，另想方法重新創造或獨立門戶。爐、竈都是做飯用的設備。㈡不能與人繼續合作下去，自己別作打算。

參考 ①同另闢蹊徑。②與「重整旗鼓」，都有「重新開始做」的意思，但有別：後者比喻失敗或受挫後，整頓力量，重新再做，這種「失敗或受挫後整頓力量」的意思是前者所沒有的。前者往往會有「放棄原來的基礎、陣地的那套作法，另外重新做起」的意思，這個「放棄原來的，另外再做」的意思，是後者所沒有的。

11 **另眼看待** ㄌㄧㄥˋ ㄧㄢˇ ㄎㄢˋ ㄉㄞˋ 對方已不同往日，或較別人突出；因此與衆不同的對待。

參考 ①同刮目相看。②又作「另眼相待」。

13 **另當別論** ㄌㄧㄥˋ ㄉㄤ ㄅㄧㄝˊ ㄌㄨㄣˋ 不同一般，另外看待。

15 **另請高明** ㄌㄧㄥˋ ㄑㄧㄥˇ ㄍㄠ ㄇㄧㄥˊ 另外請一個較爲高明的人。意即敬謝不敏，不想再接受委託或聘請。亦作「另聘高明」。

16 **另謀高就** ㄌㄧㄥˋ ㄇㄡˊ ㄍㄠ ㄐㄧㄡˋ 對於自己的職務或待遇等不滿，另外找一份職業。

21 **另闢蹊徑** ㄌㄧㄥˋ ㄆㄧˋ ㄒㄧ ㄐㄧㄥˋ 比喻事情不能繼續進行，另想辦法重新做起，或別作打算。蹊徑：即小徑，小路。

參考 同另起爐竈。

常 2

只

形解 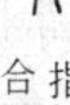 指事；口合起而氣息向下引（八），所以語末助詞爲只。

音義 ㄓˇ 名姓。副①僅有，僅是；例只此一家，別無分號。②儘，單方面；例只管吃，還多的是。

參考 ①只作「僅有」解時，同「祇」，又同「僅」、「但」、「唯」。②攣軹、枳、咫。

6 **只好** ㄓˇ ㄏㄠˇ 無可奈何，不得不將就。

參考 同只得，只索。

8 **只怕** ㄓˇ ㄆㄚˋ 恐怕。

9 **只要** ㄓˇ ㄧㄠˋ 只消，只須。

參考「只要」、「只有」、「除非」有別：「只要」表示具備了某種條件就足夠了，但還可以有別的條件引起同樣的後果；「只有」表示某一條件是唯一有效的，其他條件都不行；「除非」可以用在「是……」前，「只有」不能。例：只有你才那樣想。「除非……，不……」。例除非你去，他才會去。「只有……，才……」不能說成「只有……，不……」。

10 **只消** ㄓˇ ㄒㄧㄠ 只需要。

14 **只管** ㄓˇ ㄍㄨㄢˇ 儘管，只顧。

常 2

史

形解  會意；象手，象簡冊形，所以用手拿册，公正記事的人稱爲史。

音義 ㄕˇ 名①古代記事的官；例史官。②記載過去事跡的書；例二十五史。③姓。

參考 ①「史」和「吏」（音ㄌㄧˋ）不同，吏是官員。②攣駛、吏、使。

4 **史不絕書** ㄕˇ ㄅㄨˋ ㄐㄩㄝˊ ㄕㄨ 這類事實，在歷史上曾經不斷地發生。意指歷史上屢見不鮮的事件。

參考 反史無前例。

5 **史册** ㄕˇ ㄘㄜˋ ㈠記載歷史的書籍。㈡歷史記錄。亦作「史策」、「史乘」。

8 **史官** ㄕˇ ㄍㄨㄢ 古時記事之官，或記載時事，或修纂前史。

9 **史前時代** ㄕˇ ㄑㄧㄢˊ ㄕˊ ㄉㄞˋ 史泛指人類未發明文字以前的歷史。可分爲舊石器、新石器兩個時代。

10 **史料** ㄕˇ ㄌㄧㄠˋ 史研究或編纂歷史的材料。

史記 ㄕˇ ㄐㄧˋ ㈠史官記事的書，即史書的泛稱。㈡書 西漢司馬遷繼其父談而撰，一百三十卷，起自黃帝，迄於漢武帝，是我國第一部紀傳體的通史。

12 **史無前例** ㄕˇ ㄨˊ ㄑㄧㄢˊ ㄌㄧˋ 歷史上從來沒有發生過這樣的事。形容有極其偉大的意義。

參考 反史不絕書。

13 **史跡** ㄕˇ ㄐㄧ 歷史上的遺跡。

史詩 ㄕˇ ㄕ 文 ㈠古代敘事詩中的長篇作品。反映具有重大意義的歷史事件，塑造著名的英雄形象，結構宏偉，充滿幻想和神話色彩。㈡某些能全面反映一個歷史時期社會面貌和百姓多方面生活的優秀長篇敘事作品。有時也稱史詩，或稱史詩式的作品。

14 **史實** ㄕˇ ㄕˊ 歷史上的事實。

15 **史論** ㄕˇ ㄌㄨㄣˋ 文 文體名，史書體裁之一。凡評論歷史事件與人物之文，都可稱爲史論。

16 **史學** ㄕˇ ㄒㄩㄝˊ 研究歷史本質及其演進變化等因果關係的學問。

▽太史、歷史、女史、小史、詠史、青史、御史、刺史、正史、國史、文化史、文學史、思想史、斷代史、編年史、學術史、互揚穢史、稗官野史。

常 2 **叱** 解形 形聲；從口，匕聲。高聲怒罵爲叱。

音義 ㄔˋ 動 ①大聲責罵；例 怒叱。②呼喝；例「尊客之前不叱狗。」

參考「叱」有時可和「斥」通，如「叱責」可作「斥責」，但叱的語氣稍重。

8 **叱咄** ㄔˋ ㄉㄨㄛˋ 盛怒時的斥喝聲。

9 **叱咤風雲** ㄔˋ ㄓㄚˋ ㄈㄥ ㄩㄣˊ 怒喝一聲，風雲因而變色。比喻威風氣概，非常盛大，足以左右世局者。叱咤：發怒聲。

11 **叱責** ㄔˋ ㄗㄜˊ 大聲呵叱責罵。

參考 同叱罵。

▽怒叱、喝叱、咤叱、廷叱、棒叱。

常 2 **台** 解形 形聲；從口，以聲。怡悅爲台。

音義 一 名 姓。代 古代自稱爲台，通「予」；例「以輔台德。」動 喜悅，通「怡」；例「諸呂不台。」

ㄊㄞ 名 地 浙江舊府名；例 台州。

ㄊㄞˊ 名 ①尊稱對方之詞；例 台端。②數量單位；例 一台電冰箱。③「臺」的簡寫，臺灣簡稱「台」。④姓。

參考 孳 胎、邰、飴、怡、貽、詒、治、苔、殆、怠、紿、笞、治、始。

6 **台光** ㄊㄞˊ ㄍㄨㄤ 恭請人家蒞臨的敬語。又作「臺光」。

台安 ㄊㄞˊ ㄢ 大安。書信後面請安的用語。

7 **台步** ㄊㄞˊ ㄅㄨˋ 戲劇演員在舞台上走路時的舞蹈化步法。

台甫 ㄊㄞˊ ㄈㄨˇ 尊稱他人的名字或別號。例 請問台甫。

參考 本詞常在初次見面時使用。

9 **台柱** ㄊㄞˊ ㄓㄨˋ ㈠戲班中得力而重要的角色。㈡團體中的骨幹或主腦人物。

台風 ㄊㄞˊ ㄈㄥ 泛指人在講台或舞台上所表現的風度與氣質。

10 **台座** ㄊㄞˊ ㄗㄨㄛˋ 書信中用作提稱語的敬詞，一般適用於政界。

參考 同台鑒，鈞鑒。

11 **台啟** ㄊㄞˊ ㄑㄧˇ 使用於信封正面中行，對收件人的敬語。

參考 ①同大啟，親展。②台啟，只適用於平輩。

12 **台詞** ㄊㄞˊ ㄘˊ 戲劇、電視、電影中人物所說的話，包括對白、獨白、旁白。

14 **台銜** ㄊㄞˊ ㄒㄧㄢˊ 尊稱他人的官位或名字。

台端 ㄊㄞˊ ㄉㄨㄢ 猶言尊駕，閣下；對人的尊稱。

參考 ①本詞多用在書信或公文方面。②多用於平輩或平行單位。

22 **台鑒** ㄊㄞˊ ㄐㄧㄢˋ 猶台座。爲請閱或請看的敬辭。

參考 亦作「台覽」、「臺鑒」、「尊鑒」。

25 **台灣省** ㄊㄞˊ ㄨㄢ ㄕㄥˇ 地 省名。我國的一個島省，西隔台灣海峽和福建省相望，東瀕太平洋，南臨巴士海峽與菲律賓相對峙，爲我國沿海航線和歐亞航線的孔道。現爲建國復興基地，省會爲中興新村，面積三五、七〇九平方公里，人口一、八〇〇萬，臺北、高雄爲院轄市。農產有稻米、甘蔗、蔬菜和各類水果，礦產有煤、天然氣及少量石油，唯人力資源特別豐富。

台灣海峽 ㄊㄞˊ ㄨㄢ ㄏㄞˇ ㄒㄧㄚˊ 地 位於福建和台灣兩省之間。寬約一五〇公里，最狹處爲一三五公里，爲東海、南海間航運的孔道，也是日本、韓國前往中東海上、空中交通所必經之地。

常 2

句

形解  形聲；從口，ㄐ聲。ㄐ象物體相糾纏形，所以彎曲爲句。

音義 ㄍㄡ 名①末端尖銳而向內彎曲的物體，同「勾」；例魚句。②姓。動屈曲；例句指。

ㄍㄡˋ 副借作「夠」，同「勾」(ㄍㄡˋ)，參閱「勾」字。

ㄐㄩˋ 名由兩個字以上構成，能表示一個完整意思的；例「因字而生句，積句而成章。」

參考 ①「句」和「勾」的同異，見「勾」字參考欄。②擊鉤、枸、夠、鴝、拘、駒、痀、苟、狗、笱、劬。

13 **句號** ㄐㄩˋ ㄏㄠˋ 標點符號的一種，表示文意已經完整，其形式有「。」、「．」二種，今通行前者。

22 **句讀** ㄐㄩˋ ㄉㄡˋ 文辭語意完整可止的，叫做句；語意未完而可稍停的，叫做讀。書面上用圈(句號)和點(逗號)來標示。又作「句逗」、「句度」。

▽警句、佳句、名句、文句、秀句、麗句、對句、絕句、語句、例句、俳句、字句、章句、詞句、斷句、長短句、尋章摘句、千古名句。

常 2

叭

形解 形聲。從口，八聲。八用來形容口中發出的雜音，所以喇叭爲叭。

音義 ㄅㄚ 名①描摹聲音的字。②喇叭的省稱；例汽車的叭叭聲。

參考 字或作「吧」。

常 3

吉

形解 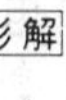 會意；從士口。士是「矛」的譌變，口是「凵」穴居的「穴」的譌變，古人以矛守穴，所以會祥善爲吉。

音義 ㄐㄧˊ 名①地吉林省的簡稱。②福；例吉星高照。③姓。形①善的，好的；例吉士。②順利；例吉利。

參考 ①「吉」字上從「士」不從「土」作。②擊拮、結、秸、詰、頡。

2 **吉人天相** ㄐㄧˊ ㄖㄣˊ ㄊㄧㄢ ㄒㄧㄤˋ 善人一定會獲得天心眷顧。比喻好人有好報。

4 **吉凶** ㄐㄧˊ ㄒㄩㄥ 猶言禍福。

參考 衍吉凶消長、吉凶慶弔。

5 **吉他** ㄐㄧˊ ㄊㄚ 外(guitar)一種六絃琴，以右手指頭彈奏，利用共鳴箱原理，與小提琴同源。

6 **吉光片羽** ㄐㄧˊ ㄍㄨㄤ ㄆㄧㄢˋ ㄩˇ 比喻稀有罕見的藝術珍品，特指殘存僅見的文章書畫等。吉光：神馬名；片羽：指神馬上的一片羽毛。又作「吉光片裘」。

7 **吉利** ㄐㄧˊ ㄌㄧˋ 吉祥順利。

9 **吉星高照** ㄐㄧˊ ㄒㄧㄥ ㄍㄠ ㄓㄠˋ 有吉祥的福星照臨保佑，比喻可以得福免禍。

10 **吉席** ㄐㄧˊ ㄒㄧˊ (一)以文字祝賀人家婚禮時，上款提稱的用語。如：某某仁兄吉席。(二)敬稱人家的結婚喜筵。

11 **吉祥** ㄐㄧˊ ㄒㄧㄤˊ 吉利祥瑞。

參考 ①古作「吉羊」。②衍吉祥話、吉祥草、吉祥如意。

12 **吉期** ㄐㄧˊ ㄑㄧˊ 婚嫁的好日子。例吉期已近。又作「佳期」。

吉普車 ㄐㄧˊ ㄆㄨˇ ㄔㄜ 外(jeep)一種前後輪都能驅動的小型越野汽車，引擎强而有力，輕便堅固，機動性大，能在高低不平的道路上行駛。因二次大戰美軍大量使用而聞名於世。吉普，是英語的音譯。一作「吉甫車」。

15 **吉慶** ㄐㄧˊ ㄑㄧㄥˋ (一)吉祥喜慶。(二)可喜可賀的好現象。

▽上吉、中吉、下吉、凶吉、大吉、不吉、納吉、利吉、逢凶化吉、開工大吉、溜之

大吉、辰良日吉。

常 3 **吏** 形解 叓 形聲；從一，史聲。一表示始終如一，史指史官，所以秉直治人的人爲吏。

音義 ㄌㄧˋ 名 ①辦理公務，治理人民的人；例官吏。②姓。形官吏的；例吏治。

參考 ①吏和史(ㄕˇ)不同，見「史」字參考欄。②擘使。

8 **吏治** ㄌㄧˋ ㄓˋ 官吏治事的成績。

11 **吏部** ㄌㄧˋ ㄅㄨˋ 舊官署名，六部之一，掌理京城以外的文職銓敍。

▽官吏、酷吏、獄吏、良吏、稅吏、苛吏、汚吏、廉吏、刀筆吏。

常 3 **同** 形解 同 會意；從冂口。言語(口)受到限制(冂)而趨於統一，所以會合爲同。

音義 ㄊㄨㄥˊ 名 ①和平而安樂的境界；例大同。②姓。動 ①會合，聚合；例會同。②齊一；例「同律度量衡。」形一樣的；例同類。副在一塊兒；例同事。介和；例你同我上山去玩。

參考 ①同仝。②擘洞、侗、峒、桐、筒、酮、銅。③「同」、「跟」、「和」、「與」有別：a用作介詞時，口語中常用「跟」，書面語現在多用「同」。用作連詞時，一般用「和」。b「與」多用於書面，尤其在書名、論文題目或標題中。

2 **同人** ㄊㄨㄥˊ ㄖㄣˊ 猶同仁，指志趣相同或在一起共事的人。

3 **同工同酬** ㄊㄨㄥˊ ㄍㄨㄥ ㄊㄨㄥˊ ㄔㄡˊ ㊀在行政上指擔任繁簡難易程度相同的工作者，應給與相同幅度的報酬。㊁在報酬率的訂定上，不因性別而有差別，男女勞工做同等的工作而效力相同者，應給與同等的工資。

同工異曲 ㄊㄨㄥˊ ㄍㄨㄥ ㄧˋ ㄑㄩˇ 曲調雖然不同，卻都同樣美妙；比喻不同的說法、作法或型式都收到同樣良好的效果。工：工巧。又作「異曲同工」。

參考 與「殊途同歸」都可表示「不同的方法得到同樣的結果」的意思，但有別：①前者比喻採取的方法、做法不同而取得同樣好的效果；後者比喻採用的方法、道路不同而結果或目的相同。②前者強調「同工」，一效果同樣美妙；後者強調「同歸」，一結果、目的都是一樣。③二詞的喻體不同：當強調所走的道路不同時，要用後者；當強調曲調不同時，要用前者。

4 **同仁** ㄊㄨㄥˊ ㄖㄣˊ ㊀在同一處工作的人。㊁以等量的仁慈相對待。例一視同仁。

同仇敵愾 ㄊㄨㄥˊ ㄔㄡˊ ㄉㄧˊ ㄎㄞˋ 共同抵禦大家所怨恨的仇敵。同仇：共同對待仇敵；敵愾：抵禦所憤怒的人。亦作「敵愾同仇」。

同化 ㄊㄨㄥˊ ㄏㄨㄚˋ ㊀新舊觀念的相互融合。㊁不同人種而同居在一處，久而久之以致習尚相同。㊂不同的文化長期接觸，其中一種爲另外一種所取代的現象。

同化作用 ㄊㄨㄥˊ ㄏㄨㄚˋ ㄗㄨㄛˋ ㄩㄥˋ ㊀生在物質代謝過程中，將原料物質(無生命物質)轉變成複雜的化合物(有生命的原生質)。㊁地岩漿在侵入地層過程中因溶化或溶解圍岩和捕虜體而改變其本身成分的作用。

同心協力 ㄊㄨㄥˊ ㄒㄧㄣ ㄒㄧㄝˊ ㄌㄧˋ 齊心合力，就是心往同一處想，勁往同一處使。

參考 ①同戮力同心。②參閱「和衷共濟」條。

同日而語 ㄊㄨㄥˊ ㄖˋ ㄦˊ ㄩˇ 即同時並論。同日：同時。

參考 「同日而語」、「混爲一談」、「相提並論」三詞意思相近，有時彼此可以互用；但「同日而語」往往指時間上的差別，且多用於否定句；「混爲一談」多半指不別好壞是非；「相提並論」則有不分彼此，不分上下的意思。

5 **同甘共苦** ㄊㄨㄥˊ ㄍㄢ ㄍㄨㄥˋ ㄎㄨˇ 同歡樂，共患難；即有福同享(甘)，有難同當(苦)。

6 **同好** ㄊㄨㄥˊ ㄏㄠˋ 愛好或嗜好相同的人。

同行㈠ ㄊㄨㄥˊ ㄒㄧㄥˊ 同在一條路上行走。例攜手同行。㈡ ㄊㄨㄥˊ ㄏㄤˊ 職業相同的人。例同行是冤家。

同年 ㄊㄨㄥˊ ㄋㄧㄢˊ ㈠同時。㈡科舉時代同一年考中鄉、會試等考試的人，彼此互稱「同年」。㈢年歲相同。

同舟共濟 ㄊㄨㄥˊ ㄓㄡ ㄍㄨㄥˋ ㄐㄧˋ 猶同舟一命，比喻大家處在同一種困境，理應合力克服困難，互相幫助。濟：動詞，渡河。

參考 ①反同床異夢。②與「風雨同舟」，都含有「利害相同，同心協力，共同克服困難」的意思，但有別：前者著重於「共濟」—同心協力，互相幫助；後者偏重在「風雨」—患難與共，共濟難關。

7 **同伴** ㄊㄨㄥˊ ㄅㄢˋ 同行或同事的人。

同志 ㄊㄨㄥˊ ㄓˋ ㈠志趣相同的人。㈡為共同的理想、事業、主義而奮鬥的人。例中國國民黨同志。

同位素 ㄊㄨㄥˊ ㄨㄟˋ ㄙㄨˋ 化同屬一種元素(即核電荷數相同)，但具有不同質量數的原子。

8 **同宗** ㄊㄨㄥˊ ㄗㄨㄥ ㈠同姓。㈡同出同一血系的人，統稱同族的人。

同庚 ㄊㄨㄥˊ ㄍㄥ 年齡相同。庚：指歲。又作「同甲」。

同事 ㄊㄨㄥˊ ㄕˋ 同在一起做事的人。

同居 ㄊㄨㄥˊ ㄐㄩ ㈠共同生活在一起。㈡法法律上同居指住所或居所同一而言。例夫妻互負同居義務。㈢一般指男女未經由法定的結合而過共同生活。

同性戀 ㄊㄨㄥˊ ㄒㄧㄥˋ ㄌㄧㄢˋ 心性別相同(如男與男、女與女)而產生相互愛戀的感情與行為。

同牀異夢 ㄊㄨㄥˊ ㄔㄨㄤˊ ㄧˋ ㄇㄥˋ ㈠夫妻感情不睦，即貌合而神離。㈡比喻雖然共同生活或者共同從事某種活動，但是各人有各人的打算。

參考 ①同貌合神離。②反同舟共濟。③與「貌合神離」，都含有「表面上關係不錯，實際上有兩條心」的意思，但有別：①在表面關係方面，前者著眼於「一起生活或同做一事」；後者著眼在「關係密切或情投意合」。在實際情況方面，前者強調「各有打算」；後者強調「離心離德」。②二詞都用於兩個以上的人，但後者有時可用於一個人，如「他是個貌合神離、八面玲瓏、居功諉過、逢迎討好的傢伙。」表示其表裡不一的待人態度；但前者不能如此用。

9 **同胞** ㄊㄨㄥˊ ㄅㄠ ㈠同父母所生的兄弟姊妹。㈡同一個國家或民族的人。例大陸同胞。

同流合汙 ㄊㄨㄥˊ ㄌㄧㄡˊ ㄏㄜˊ ㄨ 迎合汙濁的社會，隨著壞人一起做壞事。

參考 參閱「隨波逐流」條。

同室操戈 ㄊㄨㄥˊ ㄕˋ ㄘㄠ ㄍㄜ 家人同居一室，而操戈相殺；以喻兄弟相爭，或泛指內訌。戈：古代一種攻擊性兵器。

10 **同時** ㄊㄨㄥˊ ㄕˊ 同一時間，同一時代。

參考 反異時。

同袍 ㄊㄨㄥˊ ㄆㄠˊ ㈠極有交情的朋友。例㈡同在軍界做事的人。

同病相憐 ㄊㄨㄥˊ ㄅㄧㄥˋ ㄒㄧㄤ ㄌㄧㄢˊ 比喻遭遇相同不幸的人互相同情或憐恤。

同氣連枝 ㄊㄨㄥˊ ㄑㄧˋ ㄌㄧㄢˊ ㄓ 比喻兄弟姊妹，骨肉相連。

同衾共枕 ㄊㄨㄥˊ ㄑㄧㄣ ㄍㄨㄥˋ ㄓㄣˇ 夫妻共用衾枕一起睡眠，比喻夫妻感情和睦相愛甚深。衾：被子。又作「共枕同衾」。

11 **同情** ㄊㄨㄥˊ ㄑㄧㄥˊ ㈠同一心思。㈡因他人的遭遇或悲歡而在感情上產生共鳴。

參考 衍同情心。

12 **同窗** ㄊㄨㄥˊ ㄔㄨㄤ 同學。例同窗共硯，筆墨相親。

參考 同同硯。

同鄉 ㄊㄨㄥˊ ㄒㄧㄤ 原居地在同一縣或一省的人。

參考 ①俗稱「老鄉」。②衍同鄉會。③名外省。

13 **同感** ㄊㄨㄥˊ ㄍㄢˇ 彼此有同樣的感想或感受。

同業 ㄊㄨㄥˊ ㄧㄝˋ 經營同樣行業或職業的人。

參考 ①同同行。②衍同業公會。

同道 ㄊㄨㄥˊ ㄉㄠˋ ㈠志趣相同。㈡信仰相同。㈢黑社會不良分子稱同幫派，或從事同樣不法勾當的人。

同意 ㄊㄨㄥˊ ㄧˋ ㈠意義相同。㈡承認，贊同。例深表同意。

參考 衍同意書。

同盟 ㄊㄨㄥˊ ㄇㄥˊ ㈠古時指諸侯間所締結的盟約。㈡政兩個或兩個以上的國家，因共同利害而締結的政治、軍事或經濟等方面的合作關係。

參考 衍同盟會、同盟國。

同盟國 ㄊㄨㄥˊ ㄇㄥˊ ㄍㄨㄛˊ ㈠泛指某一同盟條約的締約國或參加國。㈡史一次大戰時兩個敵對的軍事集團之一，如德、奧、義等國。㈢史二次大戰期中，聯合對抗軸心國的中、美、英、法等國家。

同盟會 ㄊㄨㄥˊ ㄇㄥˊ ㄏㄨㄟˋ 政國父所創，光緒三十一年(一九〇五)七月在日本東京成立，係擴大興中會爲中國革命同盟會，簡稱「同盟會」。公布革命方略，明揭「驅逐韃虜、恢復中華、建立民國、平均地權」爲宗旨，並決定「中華民國」的名號。

14 **同僚** ㄊㄨㄥˊ ㄌㄧㄠˊ 在一起共事的官吏。僚：官員。亦作「同寮」。

15 **同樣** ㄊㄨㄥˊ ㄧㄤˋ 相同。

同輩 ㄊㄨㄥˊ ㄅㄟˋ 輩分相同的人。

參考 同同儕。

16 **同謀** ㄊㄨㄥˊ ㄇㄡˊ 共同謀劃。

同儕 ㄊㄨㄥˊ ㄔㄞˊ 同輩，同類的人。

參考 儕，音ㄔㄞˊ，不可讀作ㄑㄧˊ。

同學 ㄊㄨㄥˊ ㄒㄩㄝˊ 同師或同校受學的人。

參考 ①同同窗。②反老師。

18 **同歸於盡** ㄊㄨㄥˊ ㄍㄨㄟ ㄩˊ ㄐㄧㄣˋ 一起毀滅。盡：完結、滅亡。

參考 ①「玉石俱焚」也有一起滅亡的意思，但是僅使用於好壞俱亡的情況，所適用的對象較「同歸於盡」爲少。②本詞使用對象，多指與敵人一同毀滅。

▽大同、尚同、相同、異同、苟同、一同、贊同、雷同、共同、會同、協同、合同、不約而同、迥然不同、與衆不同。

常 3

吊

解形 吊是弔的俗體，問終爲弔。

音義 ㄉㄧㄠˋ 動①懸掛；例吊鐘。②提取；例吊檔案。

參考 ①「吊」本是「弔」的俗字，現已分用，慰問用「弔」，懸掛用「吊」。②同掛。

8 **吊兒郎當** ㄉㄧㄠˋ ㄦ ㄌㄤˊ ㄉㄤ 形容人的行爲放蕩不拘而不守禮法的樣子。

參考 反兢兢業業。

9 **吊胃口** ㄉㄧㄠˋ ㄨㄟˋ ㄎㄡˇ 俚故意賣弄玄虛，使人急於探知，卻又不告訴他。

常 3

吐

解形 吐 形聲；從口，土聲。土所以生長萬物，含有長出的意思，所以將口中東西棄出爲吐。

音義 ㄊㄨˇ 名①言詞；例談吐風趣。②姓。動①從口中排出物體；例吐痰。②發舒；例揚眉吐氣。③洩漏；例吐露。

ㄊㄨˋ 動①由胃中反出；例吐血。②食物從胃裡嘔出；例嘔吐。③將已吞沒的東西交還；例所詐騙的巨款卻不肯吐出來。

參考 「吐」作名詞用時不可唸四聲，如談吐(ㄊㄨˇ)，不唸ㄊㄨˋ。

10 **吐氣** ㄊㄨˇ ㄑㄧˋ ㈠口中呼出的空氣。㈡人在得志時，所發舒胸中積鬱很久的氣。例揚眉吐氣。

吐氣如蘭 ㄊㄨˇ ㄑㄧˋ ㄖㄨˊ ㄌㄢˊ 形容女子氣息的芬芳，有如蘭花一般地幽香。

吐氣揚眉 ㄊㄨˇ ㄑㄧˋ ㄧㄤˊ ㄇㄟˊ 形容長期受壓抑後終償所願的得意神情。又作「揚眉吐氣」。

13 **吐痰** ㄊㄨˇ ㄊㄢˊ 將喉嚨中的痰從嘴裡噴吐出來。

14 **吐實** ㄊㄨˇ ㄕˊ 吐露實情。

吐語高妙 ㄊㄨˇ ㄩˇ ㄍㄠ ㄇㄧㄠˋ 形容人說話詞句典雅出言不凡。

參考 同吐屬不凡。

15 **吐魯番窪地** ㄊㄨˇ ㄌㄨˇ ㄈㄢ ㄨㄚ ㄉㄧˋ 地我國最低地區，深陷至海平面以下一五四公尺，位天山山脈東段裂隙中的山間盆地。

21 **吐露** ㄊㄨˇ ㄌㄨˋ 即陳述或說出(實情或眞心話)。

吐屬 ㄊㄨˇ ㄓㄨˇ 原指言談及行文，今泛指談吐的言詞。吐：談吐；屬，綴字成詞，指言詞。例吐屬典雅。

吐屬不凡 ㄊㄨˇ ㄓㄨˇ ㄅㄨˋ ㄈㄢˊ 形容人的言談不俗。例反陳腔濫調。

▽一吐、吞吐、嘔吐、談吐、傾吐、半吞半吐、吞吞吐吐。

常 3 **吁** 解形 形聲；從口，于聲。吐氣舒暢或口出狂言爲吁。

音義 ㄒㄩ 名姓。動歎氣；例長吁短歎。形憂愁，與「恇」通；例「云何吁矣。」副描摹張口出氣的聲音；例氣喘吁吁。

參考「吁」和「訏」音同義異，「訏」是誇大的意思。

13 **吁嗟** ㄒㄩ ㄐㄧㄝ 感歎之辭(形容感歎聲)。

參考 吁，不可讀成ㄩˊ。

常 3 **吋** 解形 形聲；從口，寸聲。本義爲大聲責罵，今多用作英美長度單位名。

音義 ㄘㄨㄣˋ 名 外 (Inch)「英吋」的省稱，爲呎的十二分之一，合我國標準制二．五四公分。

ㄉㄡˋ 動叱喝。

常 3 **各** 解形 會意；從口夊。上象倒止表示動向，下象穴居的穴形，所以會「至」、「到」的意思。

音義 ㄍㄜˋ 代每一個人或物的本體；例「盍各言爾志？」形每一個，分別的；例各自東西。

ㄍㄜˇ 代各人自己，彼此分開界限；例他們倆各自幹各自的。

參考 ①「各」和「個」用法不同，如「各人」指每一人，而「個人」指單獨一個人。②孳洛，硌、銘、路、落、格、骼、閣、咯、胳。

6 **各自** ㄍㄜˋ ㄗˋ 各別，每人自己。

參考 同各各。

各各 ㄍㄜˋ ㄍㄜˋ 個個，各自。

參考 與「各個」有別：前者强調獨立分別的個體，與「各別」同義。後者專指每一個。

各色各樣 ㄍㄜˋ ㄙㄜˋ ㄍㄜˋ ㄧㄤˋ 許多不同的種類和樣式。色：種類。

各有千秋 ㄍㄜˋ ㄧㄡˇ ㄑㄧㄢ ㄑㄧㄡ 原意爲都有流傳下去的價值，其後引申各有所長，各有優點。千秋：流傳久遠。

各行其是 ㄍㄜˋ ㄒㄧㄥˊ ㄑㄧˊ ㄕˋ (一)思想不統一，各有主張，意見不一致。(二)各自依其想法行事。其是：他自己以爲對的地方。

各自爲政 ㄍㄜˋ ㄗˋ ㄨㄟˊ ㄓㄥˋ (一)各人按照自己的主張辦事，我行我素，不顧整體，也不與別人配合協作。(二)比喻政令不統一，各自頒政令。

參考 ①反團結一致、萬衆一心。②與「各行其是」都有各自獨行，不管他人之意，但有別：前者偏重在自成一獨立單位，不顧他人；後者指自己所認爲是對的，執意而行。

7 **各位** ㄍㄜˋ ㄨㄟˋ 諸位，每一位。例各位來賓。

各抒己見 ㄍㄜˋ ㄕㄨ ㄐㄧˇ ㄐㄧㄢˋ 各人充分發表自己的見解。

8 **各取所需** ㄍㄜˋ ㄑㄩˇ ㄙㄨㄛˇ ㄒㄩ 每個人各因自己的需要而拿取。例各盡所能，各取所需。

9 **各奔前程** ㄍㄜˋ ㄅㄣ ㄑㄧㄢˊ ㄔㄥˊ 各自發展自己的事業。前程：未走完的路程。

各持己見 ㄍㄜˋ ㄔˊ ㄐㄧˇ ㄐㄧㄢˋ 各人堅持自己的意見。持：保持；見：意見，見解。又作「各執己見」。

參考 ①與「各抒己見」，都含有「各有各的意見」的意思，但有別：前者側重在「持」，表示「各人堅持自己的意見」；後者偏重於「抒」，表示「各人充分發表自己的意見」。②參閱「各執一詞」條。

10 **各個** ㄍㄜˋ ㄍㄜˋ 每一個。

參考 參閱「各各」條。

各個擊破 ㄍㄜˋ ㄍㄜˋ ㄐㄧˊ ㄆㄛˋ (一)乘對方力量尚未集中，或設法分散其主力，而後逐一加以擊破。(二)軍即各個殲敵。首先集中優勢兵力殲滅一部敵人，再轉移兵力殲滅他部敵人的作戰法。

11 **各得其所** ㄍㄜˋ ㄉㄜˊ ㄑㄧˊ ㄙㄨㄛˇ 各個人或事物都得到應有的適當安排或地位。

各執一詞 ㄍㄜˋ ㄓˊ ㄧ ㄘˊ 各人有各人的說法和理由，相持不下。執：固執，堅持。

參考 與「各持己見」都有各持意見，互不相讓之意，但二者有別：前者止用於言語爭論的時候；後者泛指行動議論時，各人各自堅持自己的見解。

13 **各遂其志** ㄍㄜˋ ㄙㄨㄟˋ ㄑㄧˊ ㄓˋ 各自達成自己的志願。遂：達到。

14 **各種** ㄍㄜˋ ㄓㄨㄥˇ 每一種。

參考 同各樣，各色，各式。

14 **各盡所能** ㄍㄜˋ ㄐㄧㄣˋ ㄙㄨㄛˇ ㄋㄥˊ 每個人都盡自己的能力去做事。

15 **各樣** ㄍㄜˋ ㄧㄤˋ 各種樣式。

參考 同各種。

19 **各懷鬼胎** ㄍㄜˋ ㄏㄨㄞˊ ㄍㄨㄟˇ ㄊㄞ 比喻人表面上相合，暗地裏每個人都心懷壞主意。

常 3 向

解形 象形；冂象屋子形，口象窗戶形，所以開在北面的窗子爲向。

音義 ㄒㄧㄤˋ 名 ①方位；例暈頭轉向。②姓。動 ①面對；例向東。②趨，往；例趨向。③偏袒；例父親那有不向著女兒的？副 ①臨近；例向晚。②從來，一直；例向來如此。

參考 ①向作「過去」、「以往」解時，通「鄉」(ㄒㄧㄤˋ)；作「方位」解時，通「嚮」(ㄒㄧㄤˋ)。但「嚮往」不可作「向往」。②孳餉、尙、堂。③「向」、「朝」有別：「向」可以用在動詞後，「朝」不能。例奔向前方。「朝」只能用於指身體動作、姿態等具體動詞，不能用於抽象動詞。凡用「朝」的句子都可以用「向」替換。

3 **向上** ㄒㄧㄤˋ ㄕㄤˋ ㈠朝上。例箭頭向上。㈡上進。例努力向上。

4 **向心力** ㄒㄧㄤˋ ㄒㄧㄣ ㄌㄧˋ 理 使物體沿曲線運動所需之指向曲率中心的力。如行星繞太陽而行，太陽之引力即其向心力。

參考 反離心力。

8 **向例** ㄒㄧㄤˋ ㄌㄧˋ 相沿已久而成的慣例。

向來 ㄒㄧㄤˋ ㄌㄞˊ 一向，從來。

參考 參閱「原來」條。

9 **向背** ㄒㄧㄤˋ ㄅㄟˋ ㈠面對與背面。㈡歸向與反叛。

12 **向善** ㄒㄧㄤˋ ㄕㄢˋ 趨向於善道。例改過向善。

向著 ㄒㄧㄤˋ ˙ㄓㄜ ㈠對著。例大門向著青山。㈡偏袒某一方。例爲人父母沒有不向著子女的。

向陽 ㄒㄧㄤˋ ㄧㄤˊ 正對著陽光。

參考 ①衍向陽性。②反背陽。

向隅 ㄒㄧㄤˋ ㄩˊ ㈠面向屋室的一個角落。㈡比喻得不到機會，伸展抱負，而落落寡歡，獨自怨望。亦作「鄉隅」。

向隅而泣 ㄒㄧㄤˋ ㄩˊ ㄦˊ ㄑㄧˋ 面對著牆角哭泣。原形容得不到參加機會而失望；現多用以形容孤獨絕望，無可奈何。

14 **向榮** ㄒㄧㄤˋ ㄖㄨㄥˊ 趨於茂盛。例欣欣向榮。

16 **向學** ㄒㄧㄤˋ ㄒㄩㄝˊ 有志於求學。例刻苦向學。

向壁虛構 ㄒㄧㄤˋ ㄅㄧˋ ㄒㄩ ㄍㄡˋ 比喻不根據事實而憑空捏造。亦作「向壁虛造」、「面壁虛構」。

▽方向、風向、內向、外向、傾向、趨向、面向、一向、所向、意向、志向、取向、背向、去向、航向、暈頭轉向。

常 3 名

解形 會意；從口夕。人幽暗，不易相見，用口自名以爲識別，所以自命爲名。

音義 ㄇㄧㄥˊ 名 ①人或事物的稱號；例請問芳名。②計人的量詞；例缺席一名。③等第；例第一名。④聲譽；例盛名之累。⑤指所處的地位；例名義。⑥姓。動 ①形容；例無以名之。②說出；例感激莫名。形 ①有名的，貴重的；例名酒。②官職的；例功名利祿。

參考 孳銘、茗、酩。

2 **名人** ㄇㄧㄥˊ ㄖㄣˊ 負有盛名的人。

3 **名士** ㄇㄧㄥˊ ㄕˋ 有名的人士。

3 **名山** ㄇㄧㄥˊ ㄕㄢ 著名的山。例名山大川。

4 **名分** ㄇㄧㄥˊ ㄈㄣˋ 名位及其應守的職分。

名氏 ㄇㄧㄥˊ ㄕˋ 人的名和姓。

名片 ㄇㄧㄥˊ ㄆㄧㄢˋ (一)通報姓名用的卡片。古稱「名刺」。(二)有名的影片。

名手 ㄇㄧㄥˊ ㄕㄡˇ 以藝能著名的人。

參考「名手」多指藝能方面著名的人；「名家」則是以專長名家。

名不虛傳 ㄇㄧㄥˊ ㄅㄨˋ ㄒㄩ ㄔㄨㄢˊ 名聞與事實相符，不是徒具虛名而已。

參考「名副其實」與「名不虛傳」意思相似；但後者專指名聲，前者則有名聲和名稱二種意思；「名不虛傳」專指好名聲，「名副其實」則可兼用於好、壞名聲。

名不符實 ㄇㄧㄥˊ ㄅㄨˋ ㄈㄨˊ ㄕˊ 空有虛名，與實際才能根本不合。

例①反名副其實。②與「有名無實」，都有「空有名聲或名義」的意思，但有別：a前者表示「實際跟名義或名聲不相稱」；後者表示「空有名義或名聲，並無實際」。b後者的語義重於前者。③參閱「名存實亡」條。

5 **名冊** ㄇㄧㄥˊ ㄘㄜˋ 名薄；登錄姓名而備查考的册子。

名世 ㄇㄧㄥˊ ㄕˋ 無論德業勳望都是名高一世。

名目 ㄇㄧㄥˊ ㄇㄨˋ (一)泛指事物的名稱。(二)猶種類。例名目繁多。

名正言順 ㄇㄧㄥˊ ㄓㄥˋ ㄧㄢˊ ㄕㄨㄣˋ 由於名義與事實相當，則言詞順達，站得住脚。

6 **名字** ㄇㄧㄥˊ ㄗˋ 名與字號。

名列前茅 ㄇㄧㄥˊ ㄌㄧㄝˋ ㄑㄧㄢˊ ㄇㄠˊ 考試成績優良，名字在前幾名以內。前茅：古時楚軍用茅草作爲軍旗標誌，在行軍或作戰時，前茅居先，因喻「最前」。

參考①反名落孫山。②與「獨占鰲頭」，都可指在考試或比賽中成績優異、突出，但有別：a前者籠統的表示名次在前，可能是第一，也可能是第二、第三…；而後者語氣肯定表示名列第一。b後者僅用於考試、比賽等場合；而後者雖多用於這些場合，但又可不在此限。

名存實亡 ㄇㄧㄥˊ ㄘㄨㄣˊ ㄕˊ ㄨㄤˊ 實際上已不存在，所留下的僅是空名。

參考與「有名無實」，都含有「空有名義」的意思，但有別：①前者的「名」，是指名義；後者的「名」，既可指「名義」，也可以指「名聲」。②前者的事物本來都是有實際內容的，但現在只有名義了；後者的事物多指本來就是徒有虛名而已。③前者一般不用於人；而後者常常用於人。

7 **名伶** ㄇㄧㄥˊ ㄌㄧㄥˊ 有名的戲劇演員。

名位 ㄇㄧㄥˊ ㄨㄟˋ (一)原指官爵和品位。(二)後指名義和地位，或名聲和地位。

名言 ㄇㄧㄥˊ ㄧㄢˊ 有價值的言論。

名利雙收 ㄇㄧㄥˊ ㄌㄧˋ ㄕㄨㄤ ㄕㄡ 名譽和利益全都得到。

8 **名門** ㄇㄧㄥˊ ㄇㄣˊ 舊時指有聲名的門第。例系出名門。

名花 ㄇㄧㄥˊ ㄏㄨㄚ (一)泛指名貴的花或有名的花。(二)比喻貌美著名的女子。例名花有主。(三)比喻有名的佳妓。

9 **名姝** ㄇㄧㄥˊ ㄕㄨ 美貌的女子。

名流 ㄇㄧㄥˊ ㄌㄧㄡˊ 社會知名顯貴的人士。

名垂不朽 ㄇㄧㄥˊ ㄔㄨㄟˊ ㄅㄨˋ ㄒㄧㄡˇ 好的名聲永遠留傳後世而不朽滅。

參考①同留芳千古。②反遺臭萬年。

10 **名氣** ㄇㄧㄥˊ ㄑㄧˋ 名聲。

參考「名氣」、「名聲」有別：「名聲」不能做定語，所以「他是一位很有名氣的醫生」裏的「名氣」不能用「名聲」來替代。「名聲」有好壞之分，「名氣」沒有，所以「他的名聲很好(壞)」，不能用「名氣」來替代。

名家 ㄇㄧㄥˊ ㄐㄧㄚ (一)以專長著名而成家。(二)九流之一，主張辨別名實同異，發揮辯論之術的人。

11 **名教** ㄇㄧㄥˊ ㄐㄧㄠˋ 名分與教化，泛指關於倫常道德及聖賢的教訓。

名堂 ㄇㄧㄥˊ ㄊㄤˊ (一)花樣，手段。例你在搞什麼名堂嘛！(二)結果，成績。例非搞出一點名堂不可。(三)事物的內容。例名堂可貞多。

名產 ㄇㄧㄥˊ ㄔㄢˇ 著名的出產物。

參考 與「土產」、「特產」著重點不同，「土產」多指含有當地所特有的鄉土民情的產物。「特產」指此地所特有而別地沒有的東西。

名望 ㄇㄧㄥˊ ㄨㄤˋ ㈠名譽與聲望。㈡猶名流、名士，有名譽聲望的人。

名副其實 ㄇㄧㄥˊ ㄈㄨˋ ㄑㄧˊ ㄕˊ 名聲或名稱與實際相符合。

參考 ①同名實相副。②反名不副實、有名無實。③參閱「名不虛傳」條。

12 名著 ㄇㄧㄥˊ ㄓㄨˋ 有名的著作。例世界名著。又作「名作」。

名媛 ㄇㄧㄥˊ ㄩㄢˋ 出自名門的大家閨秀。媛：美女。例名媛淑女。

名詞 ㄇㄧㄥˊ ㄘˊ 文法上用以指稱事物者曰名詞。

名貴 ㄇㄧㄥˊ ㄍㄨㄟˋ ㈠有名而顯貴。㈡貴重而難得。

名單 ㄇㄧㄥˊ ㄉㄢ 羅列姓名的表格。例開會名單。

名勝 ㄇㄧㄥˊ ㄕㄥˋ 風景優美或有古蹟的地方。例名勝古蹟。

13 名節 ㄇㄧㄥˊ ㄐㄧㄝˊ 名譽和節操。

名義 ㄇㄧㄥˊ ㄧˋ ㈠名稱與義理。㈡猶名目。例假藉名義。

名號 ㄇㄧㄥˊ ㄏㄠˋ 名稱，稱謂。

名落孫山 ㄇㄧㄥˊ ㄌㄨㄛˋ ㄙㄨㄣ ㄕㄢ 指考試沒有考取或選拔時沒有被錄取。宋人孫山考取了最後一名舉人，回鄉後，有人問他：「我的兒子考中沒有？」孫山回答說：「解名盡處是孫山，賢郎更在孫山外。」意思是榜上最後一名是孫山，你的兒子還在孫山的後邊。

14 名稱 ㄇㄧㄥˊ ㄔㄥ 名目與稱謂；例凡物皆有名稱。

名聞遐邇 ㄇㄧㄥˊ ㄨㄣˊ ㄒㄧㄚˊ ㄦˇ 名聲傳播，遠近皆知。遐：遠處；邇：近處。

名滿天下 ㄇㄧㄥˊ ㄇㄢˇ ㄊㄧㄢ ㄒㄧㄚˋ 形容名譽傳播得非常廣遠，無人不知。

參考 參閱「名震中外」條。

15 名震中外 ㄇㄧㄥˊ ㄓㄣˋ ㄓㄨㄥ ㄨㄞˋ 名聲傳遍國內外。

參考 與「名滿天下」義同，但程度上有別：前者形容名聲很大，使人震動；後者形容多，人人皆知。

16 名諱 ㄇㄧㄥˊ ㄏㄨㄟˋ 通稱人的名字，生時稱名，死了稱諱。

名噪一時 ㄇㄧㄥˊ ㄗㄠˋ ㄧˋ ㄕˊ 形容聲名在當時很盛大。噪：吵嚷。

18 名額 ㄇㄧㄥˊ ㄜˊ 人員數額。

21 名譽 ㄇㄧㄥˊ ㄩˋ 好的名聲。

參考 衍名譽職、名譽學位。

名譽職 ㄇㄧㄥˊ ㄩˋ ㄓˊ 掛名而不辦事或不領薪資的職務。如名譽理事、名譽顧問等是。

名譽學位 ㄇㄧㄥˊ ㄩˋ ㄒㄩㄝˊ ㄨㄟˋ 未經正常之學制，以其有特殊貢獻，而頒予的學位。

22 名韁利鎖 ㄇㄧㄥˊ ㄐㄧㄤ ㄌㄧˋ ㄙㄨㄛˇ 指受名利所束縛。例「向此免名韁利瑣，虛費光陰。」（柳永．夏云峯詞）

▽書名、人名、高名、匿名、著名、命名、姓名、汚名、連名、知名、除名、沽名、功名、署名、浮名、本名、指名、美名、令名、虛名、報名、罵名、唱名、英名、惡名、一舉成名、人死留名、師出無名、欺世盜名、榜上無名、赫赫有名、隱姓埋名、藉藉無名、虛有其名、尊姓大名。

常 3 合

解形 會意；從亼口。「亼」象三物聚合形，三口相同為合，所以有會合的意思。

音義 ㄏㄜˊ 名①配偶；例天作之合。②天地之間；例六合。③姓。動①會聚；例會合。②諧調，相配；例妻子好合。③比對；例若合符節。④閉闔；例閉合。⑤兩兵交戰的次數；例回合。⑥折算；例三公斤約合五台斤。⑦相符；例甚合我意。形整個，總括之詞，通「闔」；例合家平安。副①應，公文用語；例理合聲明。②環繞無缺；例合圍。

ㄍㄜˇ 名容量名，一升的十分之一；例公合。

參考 ①「合」、「和」音同，意思則除了諧調的意思外，都不一樣。另作「與」「同」解，如「有話合你說」；今都用和字，如「你和我」。②孳洽、閤、鴿、蛤、給、郃、盒、龕、恰、答、拾、弇。

2 **合十** ㄏㄜˊ ㄕˊ 佛教的一種行禮方式，兩掌在胸前對合。十：十指。

合力 ㄏㄜˊ ㄌㄧˋ ㈠協力，戮力。例「與共合力。」㈡理兩個或多個力同時作用於一物，如果另有一力單獨對該物造成的效應，與前諸力之合效應相同，那麼該另力是原諸力的合力。

3 **合川** ㄏㄜˊ ㄔㄨㄢ 地四川省縣名之一，在重慶西北，以涪江、嘉陵江會合於此，故名。舊稱「合州」。

合口 ㄏㄜˊ ㄎㄡˇ ㈠可口，適合口味。例「美味期乎合口。」(漢書．揚雄傳)㈡口角，鬭口。例「你又和誰合口？」(水滸傳．三十七回)

5 **合用** ㄏㄜˊ ㄩㄥˋ ㈠適用。㈡一起使用。

6 **合同** ㄏㄜˊ ㄊㄨㄥˊ 雙方基於彼此同意而以書面訂立，各持一分的契約。

參考「合同」係基於二個以上的意思表示一致，所成立之法律行爲；亦即由同一內容之多數意思，表示之合致所成立的法律行爲。如社團之設立行爲是。與「契約」相異，契約係二個以上對立的意思，表示所合致之法律行爲；合同爲三個或三個以上共同的意思作成的書面。

7 **合身** ㄏㄜˊ ㄕㄣ 衣服的大小適合身材。

合作 ㄏㄜˊ ㄗㄨㄛˋ 在同一目的下，共同努力。例互助合作。

參考 ①㈠衍合作社、合作事業、合作農場。②「協作」和「合作」意思相近，「合作」的雙方或數方無主從之分；「協作」則有，須彼此間配合、協助。「合作」是大家共同合力工作，「互助」則指工作過程中彼此相互幫助。

合作社 ㄏㄜˊ ㄗㄨㄛˋ ㄕㄜˋ 爲謀取共同利益而專事推行某一種經濟活動所組成的企業，分爲消費合作社、信用合作社等。

8 **合法** ㄏㄜˊ ㄈㄚˇ 符合法令規定。

參考 衍合法買賣、合法行爲。

合股 ㄏㄜˊ ㄍㄨˇ 衆人結集股本經營事業。出股本的人稱爲股東。俗稱「合夥」。

合併 ㄏㄜˊ ㄅㄧㄥˋ ㈠由分散而聚合爲一。㈡經兩個或兩個以上的公司併爲一個公司。

9 **合度** ㄏㄜˊ ㄉㄨˋ 長短適宜，合乎法度。

合奏 ㄏㄜˊ ㄗㄡˋ 音組合若干種樂器(如管絃樂)同時演奏。

合約 ㄏㄜˊ ㄩㄝ ㈠共同約定。㈡法即「契約」的俗稱，由雙方分別保存，作爲憑據的文字條約。

參考 參閱「合同」條。

10 **合家** ㄏㄜˊ ㄐㄧㄚ 全家。亦作「闔家」。

合時 ㄏㄜˊ ㄕˊ 適合時宜。

合格 ㄏㄜˊ ㄍㄜˊ ㈠合於規定。㈡考試及第，產品或成績達到既定的標準。

合浦珠還 ㄏㄜˊ ㄆㄨˇ ㄓㄨ ㄏㄨㄢˊ 比喻珍貴的東西失而復得。

11 **合理** ㄏㄜˊ ㄌㄧˇ 合乎道理。

參考 衍合理化、合理合法。

合唱 ㄏㄜˊ ㄔㄤˋ 音將多數人分爲高、中、低等部，同時歌唱各不相同之旋律，有二部合唱、四部合唱等。

參考 ①衍合唱團、合唱隊。②反獨唱。

合衆國 ㄏㄜˊ ㄓㄨㄥˋ ㄍㄨㄛˊ 政多數有國家性質的政治組織相結合，而共同擁戴一個中央政府之謂。如美國及瑞士即是。

12 **合圍** ㄏㄜˊ ㄨㄟˊ ㈠從不同方向達成對敵包圍的軍事行動或對野獸的田獵而言。㈡兩臂圍抱，常用來形容樹木的粗大。

13 **合意** ㄏㄜˊ ㄧˋ 稱心如意。

參考 同滿意。

合羣 ㄏㄜˊ ㄑㄩㄣˊ ㈠和合大衆。㈡與羣衆團結合作，互相濟助。

14 **合夥** ㄏㄜˊ ㄏㄨㄛˇ 由二人以上互約，共同出資經營同一目的之事業。

參考 衍合夥人。

合算 ㄏㄜˊ ㄙㄨㄢˋ ㈠較爲有利。㈡合計。

參考「核算」則指考核計算。

15 **合適** ㄏㄜˊ ㄕˋ 適宜，合意。亦作「合式」。

▽結合、開合、湊合、融合、離合、配合、混合、化合、

集合、會合、烏合、糾合、拌合、符合、六合、聯合、撮合、綜合、交合、媾合、組合、不謀而合、天作之合、志同道合、前仰後合、珠聯璧合、情投意合、悲歡離合、裏應外合、暮靄四合。

常3 **吃** 形解  形聲；從口，气聲。气象雲氣彎曲不直形，所以說話不能順暢爲吃。

音義 ㄔ 動 ①把食物放在嘴裡嚼碎嚥下；例吃飯。②受；例吃驚。③費；例吃力。④負擔；例吃重。⑤騙取，吞沒；例吃錢官。⑥船舶沉水的深度；例這船吃水很深。⑦事情緊急；例前線吃緊。⑧易爲所屈；例吃軟。
ㄐㄧ 形 言語困難、結巴；例口吃。副 形容笑聲；例笑聲吃吃不絕。

參考 ①「口吃」切不可唸成ㄎㄡˋ ㄔ。②「喫」、「吃」古今字，古典小說多用「喫」，白話文多用「吃」。

2 **吃力** ㄔ ㄌㄧˋ 用力，費力。亦作「喫力」。例吃力不討好。

4 **吃水** ㄔ ㄕㄨㄟˇ ㈠船身浸入水中部分的深度。㈡能吸取水分。例這種老米吃水。
參考 衍吃水量。

吃不消 ㄔ ㄅㄨˋ ㄒㄧㄠ 消受不了。

7 **吃豆腐** ㄔ ㄉㄡˋ ˙ㄈㄨ 俚戲謔他人，佔盡便宜。例少吃別人豆腐。
參考 本詞含有貶損的意思，使用對象多指婦女而言。

8 **吃官司** ㄔ ㄍㄨㄢ ㄙ 捲入訴訟案件。

9 **吃香** ㄔ ㄒㄧㄤ 某種事物受人歡迎或熱門起來。例這門行業目前最吃香。

吃苦 ㄔ ㄎㄨˇ ㈠承受苦楚。㈡耐苦。例吃苦耐勞。
參考 衍吃苦頭。

吃重 ㄔ ㄓㄨㄥˋ ㈠因擔負的任務繁重或責任重大而感到艱巨、吃力。例這是一件非常吃重的工作。㈡載重。例這輛車吃重三噸。

11 **吃軟不吃硬** ㄔ ㄖㄨㄢˇ ㄅㄨˋ ㄔ ㄧㄥˋ 接受柔順的方法來籠絡而不屈服於強硬高壓的手段。
參考 反吃硬不吃軟。

15 **吃醋** ㄔ ㄘㄨˋ 比喻嫉妒。
參考 本詞多指男女間之事，而引起第三者的妒恨。

17 **吃虧** ㄔ ㄎㄨㄟ 遭受損失。

23 **吃驚** ㄔ ㄐㄧㄥ 受驚，嚇了一跳。

▽好吃、貪吃、小吃、大吃、難吃、好吃、口吃、一魚三吃、自討苦吃。

常3 **后** 形解  會意；從人口。發號施令的人爲后，就是國君。

音義 ㄏㄡˋ 名 ①上古時代的君主；例夏后氏。②天子的正妻；例皇后。③上古官長也稱后；例后稷。④管理土地的神；例皇天后土。⑤姓。
副 通「後」；例「安而后能慮。」

參考 ①同後。②孳郈、逅、垢、詬。

3 **后土** ㄏㄡˋ ㄊㄨˇ ㈠主管大地的神名。俗稱「土地公」、「土地爺」、「福德正神」。㈡大地。

6 **后妃** ㄏㄡˋ ㄈㄟ 皇后和嬪妃。

▽皇后、太后、立后、封后、母后、美后、天后、皇太后。

常3 **吆** 形解 形聲；從口，幺聲。幺有渺小的意思，所以口出小聲爲吆。

音義 ㄧㄠ 動 叫喊；例吆喝。

參考 ①正字作「吆」，今俗作「吆」，以俗字通行。

12 **吆喝** ㄧㄠ ˙ㄏㄜ 高聲呼叫。與「吧喝」、「吆呼」、「吆喚」同。

常3 **吒** 形解 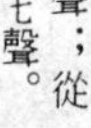 形聲；從口，乇聲。因發怒而大聲責罵爲吒。

音義 ㄓㄚˋ 名 擁護佛法的神；例哪吒。動 ①發怒而吼叫；例叱吒。②痛惜；例悲吒。③誇大；例誇吒。副 吃東西時口舌作聲；例吒食。

常4 **吝** 形解 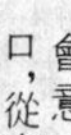 會意；從口，從文。文有修飾的意思，所以內心有所恨惜，多以言語文飾爲吝。

音義 ㄌㄧㄣˋ 動 憾惜；例悔吝。形 小器，捨不得；例吝嗇。

11 **吝惜** ㄌㄧㄣˋ ㄒㄧ 過於愛惜，捨不

得拿出。例吝惜錢財。

13 **吝嗇** ㄌㄧㄣˋ ㄙㄜˋ 應當用的財物捨不得用，貪惜。嗇：小氣。

參考 ①衍吝嗇鬼。②同小氣。

▽鄙吝、貪吝、不吝、悔吝、慳吝。

常 4 **吞** 形解 形聲；從口，天聲。天有在上的意思，所以人口嚥物由上而下爲吞。

音義 ㄊㄨㄣ 名①咽喉；例喉吞。②姓。動①并滅；例併吞。②未經咀嚼立即嚥下；例狼吞虎嚥。③含著；例忍氣吞聲。④沒收；例侵吞。副話不直爽地說，欲言又止的樣子；例吞吞吐吐。

參考 ①同嚥。②反吐。③吞，從天(ㄊㄧㄢ)不從夭(ㄧㄠ)，所以字的上畫要平直不可斜寫。

6 **吞吐** ㄊㄨㄣ ㄊㄨˇ (一)吞納與吐出，即進進出出。例吞吐港。(二)語氣不夠直截了當，含糊不清或別有隱情。例吞吐其辭。

7 **吞沒** ㄊㄨㄣ ㄇㄛˋ 把公有的或別人的財物據爲己有。

吞吞吐吐 ㄊㄨㄣ ㄊㄨㄣ ㄊㄨˇ ㄊㄨˇ 欲言又止，欲止又言；形容說話有顧慮，想說又不敢說的樣子。

8 **吞併** ㄊㄨㄣ ㄅㄧㄥˋ 侵佔他人或他國的土地、財物，據爲己有。

12 **吞雲吐霧** ㄊㄨㄣ ㄩㄣˊ ㄊㄨˇ ㄨˋ (一)形容法術之士的變幻法術。(二)形容抽煙的景象，將煙吸入和吐出，彷彿吞吐雲霧一般。有時也用作「抽煙」的代稱。

13 **吞滅** ㄊㄨㄣ ㄇㄧㄝˋ 吞併而滅亡。

17 **吞聲** ㄊㄨㄣ ㄕㄥ (一)想要出聲而又不敢出。例吞聲忍氣。(二)哭不成聲。例「少陵野老吞聲哭。」

▽併吞、兼吞、侵吞、蛇吞、囫圇吞、蠶食鯨吞。

常 4 **吾** 形解 形聲；從口，五聲。五與「我」古音相近，所以我自稱爲吾。

音義 ㄨˊ 名姓。代①我，主格；例「聽訟，吾猶人也。」②所有格，我的；例「我善養吾浩然之氣。」副說話含糊；例支吾。

參考 同予，余，我，咱，俺。②吾可作所有格有「我的」之意，而予、余、我等字都沒有這個意思。③摯鼯、浯、梧、衙、語、圄、齬、寤、悟。

16 **吾儕** ㄨˊ ㄔㄞˊ 我輩，我們。儕，同輩的人。

參考 儕，不可讀成ㄑㄧˊ。

▽今吾、伊吾、支吾、支支吾吾。

常 4 **否** 形解 形聲；從口，不聲。不有事之不然的意思，所以說明「事之不然」爲否。

音義 ㄈㄡˇ 副表示不然；例否決權。連不然……就……的意思；例否則。助表疑問，猶「麼」；例可否幫我忙？ ㄆㄧˇ 名易經六十四卦之一。形①命運閉塞不通；例否塞。②鄙劣的；例臧否。

參考 ①同不，非。②摯痞。

7 **否決** ㄈㄡˇ ㄐㄩㄝˊ 對議案等不承認，不同意。

參考 衍否決權。

8 **否定** ㄈㄡˇ ㄉㄧㄥˋ (一)不贊成，不同意。(二)不承認事物的存在或事物的眞實性。例成績不容否定。

參考 反肯定。

9 **否則** ㄈㄡˇ ㄗㄜˊ 連詞，不然，是「如果不這樣」的意思。

12 **否極泰來** ㄆㄧˇ ㄐㄧˊ ㄊㄞˋ ㄌㄞˊ 惡運已至終極，好運隨將來到。否：失利；泰：順利。亦作「否極反泰」、「否終則泰」。

14 **否認** ㄈㄡˇ ㄖㄣˋ 不予承認。

參考 反承認。

▽當否、是否、臧否、可否、良否、能否、不置可否。

常 4 **吺** 形解 形聲；從口，尺聲。英美長度的單位。每十二吋爲一吺。

音義 ㄔˇ 名(foot)英美等國計算長度的單位名。十二吋爲一吺，合〇．三〇四八公尺。又稱「英尺」。

常 4 **吧** 形解 形聲；從口，巴聲。形容小孩子爭執的聲音爲吧。

音義 ㄅㄚ 形小孩忿爭；例吧呀。助①表示指使或指示；例快去吧！②表示商量或請求；例給我吧？③表示允許；例好吧！④表推斷；例該不會下雨吧！歎用於句尾，表放棄；例唉！算了吧！

ㄅㄚ 名外(Bar)「酒吧」的簡稱，供喝酒的場所；例吧女。

副多話的樣子；例吧吧的說個不停。

參考字亦作「罷」。

常4 **呆** 解形 會意；從口從木。反應遲鈍，不靈敏為呆。

音義 ㄉㄞ 名癡笨的人；例阿呆。形①癡頑愚笨；例他很呆。②反應不靈敏；例行動呆滯。副發楞；例他已經嚇呆了。

參考①又音ㄞ。②同獃。

7 **呆似木雞** ㄉㄞ ㄙˋ ㄇㄨˋ ㄐㄧ 死板板地好像木頭雞般，形容因恐懼或驚訝而發楞的樣子。亦作「呆若木雞」。

8 **呆板** ㄉㄞ ㄅㄢˇ 死板而不知變通。

11 **呆帳** ㄉㄞ ㄓㄤˋ 經指銀行放出的款項或貨帳，經一再催收後完全無著落者。

參考同枯帳。

14 **呆滯** ㄉㄞ ㄓˋ ㈠停滯不進。例經濟呆滯。㈡不靈活，死板。例目光呆滯。

▽阿呆、痴呆、大呆、書呆、憨呆、愚呆、笨呆、二呆、目瞪口呆。

常4 **呃** 解形 形聲；從口，厄聲。厄為阻礙，所以胃氣向上逆衝時所發出的聲音為呃。

音義 ㄜˋ 動氣從心胸間往上逆出；例食飽氣呃。

參考①同戹、阨。②字從厄，不可從卮作「呃」。

常4 **吳** 解形 吳 會意；從夨口。夨象人左右搖頭，所以搖頭擺腦地高談闊論為吳。

音義 ㄨˊ 名①古國名。②姓。

參考 孳蜈、虞、娛、誤、麌。

3 **吳三桂** ㄨˊ ㄙㄢ ㄍㄨㄟˋ 人(一六一二—一六七八)明末清初高郵人，原籍遼東，字長白。明崇禎時，鎮守山海關，李自成陷京師，得三桂的愛妾陳圓圓，三桂乃引清兵入關，以破李自成。於是滿清從此入主中原，君臨天下。

吳下阿蒙 ㄨˊ ㄒㄧㄚˋ ㄚ ㄇㄥˊ 譏稱只有武略而沒有學術的人。

10 **吳起** ㄨˊ ㄑㄧˇ 人戰國時名將，衛人。善用兵，著有吳子六篇。

12 **吳越** ㄨˊ ㄩㄝˋ ㈠春秋時吳國和越國的合稱，也泛指兩國的所在地。㈡國名，五代十國之一(九〇二—九七八)，錢鏐所建，據有兩浙，首都設在杭州。十國之中，吳越最稱安定，至趙宋才亡國。

參考 衍吳越同舟、吳越春秋。

13 **吳道子** ㄨˊ ㄉㄠˋ ㄗˇ 人唐代名畫家，一名道玄，陽翟人，出身工匠，擅長畫宮殿寺廟壁畫；所畫人物線條流暢有力，衣帶飄舉，後人稱之為「吳帶當風」。他對後世的繪畫、雕塑都深具影響。世稱「畫聖」。

吳敬梓 ㄨˊ ㄐㄧㄥˋ ㄗˇ 人(一七〇一—一七五四)字敏軒，一字文木，清，全椒人。性情豪放，樂善好施，不善治生。後移家金陵，為文壇盟主。著「儒林外史」、「文木山房詩文集」。

15 **吳廣** ㄨˊ ㄍㄨㄤˇ 人秦末陽夏人，字叔。與陳勝揭竿起義，自立為假王，後為部將田臧殺害。

▽東吳、三吳、魏蜀吳。

常4 **呈** 解形 呈 形聲；從口，壬聲。壬有恰到好處的意思，所以平準為呈。

音義 ㄔㄥˊ 名①下級對上級的請示或報告，現專指對總統的請示或報告；例呈文。②姓。動①顯現；例呈現。②進奉；例進呈皇上。

參考①「呈」是下對上請示或報告，「陳」是述說，如「面呈」和「面陳」，意思微有不同。②呈字下從壬，不從王。③孳埕、程、酲、裎。

11 **呈現** ㄔㄥˊ ㄒㄧㄢˋ 顯示，露出。

參考①同呈露。②參閱「出現」條。

12 **呈報** ㄔㄥˊ ㄅㄠˋ 用呈文申報。即下級用書面報告上級。

14 **呈遞** ㄔㄥˊ ㄉㄧˋ 恭敬的遞文。

20 **呈獻** ㄔㄥˊ ㄒㄧㄢˋ 恭敬的奉上。

參考 ①同呈進、呈上。②本詞只適用於下級對上級。

▽進呈、獻呈、奉呈、敬呈、謹呈、面呈、塵呈、郵呈、寄呈、吉便帶呈。

常 4 **呂** 形解 呂 象形；象脊椎骨相連形。脊椎骨爲呂。

音義 ㄌㄩˇ 名 我國古代音樂；例六律六呂。②古時校正各種樂器聲音標準的用器；例律呂。③姓。

參考 孳 侶、閭、莒、筥、鋁、梠、櫚。

7 **呂宋** ㄌㄩˇ ㄙㄨㄥˋ 地 菲律賓羣島的第一大島，面積十萬四千六百方公里，中央多山嶽，沿海土地肥沃，以產煙草、蔴著名。

參考 衍 呂宋蔴、呂宋煙、呂宋紙、呂宋繩。

8 **呂尙** ㄌㄩˇ ㄕㄤˋ 人 周初東海人，本姓姜，名望，一說字子牙，俗稱姜太公。其先人封於呂，從其封姓稱呂尙。號太公望，爲文王四友之一。西周初年爲「師」（武官名），輔佐周文王，使周國成爲强國；後來武王尊爲「師尙父」，以佐武王克殷有功，封於齊。

▽六呂、中呂、律呂、姜呂、十二律呂。

常 4 **君** 形解 君 會意；從尹口。尹，治理；口，發號施令。所以善於治理政事，發號施令的人爲君。

音義 ㄐㄩㄣ 名 ①一國之主；例國君。②妻妾稱夫爲君；例夫君。③在他人前稱自己的父親；例家君。④封號；例孟嘗君。⑤對人的尊稱；例諸君。⑥尊稱他人的母親或妻子；例太君，細君。⑦姓。

參考 孳 羣、窘、郡、捃。

3 **君子** ㄐㄩㄣ ㄗˇ ㈠有才德的賢人。㈡在位者。㈢妻稱夫。㈣對先人的尊稱。

君子協定 ㄐㄩㄣ ㄗˇ ㄒㄧㄝˊ ㄉㄧㄥˋ 不正式在書面上共同簽字，僅以口頭或交換函件形式訂立的協定，爲彼此信守而不違背。

君子遠庖廚 ㄐㄩㄣ ㄗˇ ㄩㄢˋ ㄆㄠˊ ㄔㄨˊ 君子總是遠離宰殺牲畜的地方。這樣可以培養不忍害人的胸懷，推廣而爲仁政之治術。

君士坦丁堡 ㄐㄩㄣ ㄕˋ ㄊㄢˇ ㄉㄧㄥ ㄅㄠˇ 地 土耳其舊都，亦稱「伊斯坦堡」。位在博斯普魯斯海峽西岸，扼黑海門戶，爲歐亞交通要道。是地中海東部政治、經濟、文化的中心，也是東西方文化、經濟交流的重鎭。

5 **君主國** ㄐㄩㄣ ㄓㄨˇ ㄍㄨㄛˊ 以君主爲國家元首的政權組織形式的國家。

參考 與「共和國」不同：後者指國家權力機關和國家元首由選舉產生的國家。

君主立憲 ㄐㄩㄣ ㄓㄨˇ ㄌㄧˋ ㄒㄧㄢˋ 政 國家雖以君主爲元首，其政權爲憲法所限制，實際政治則由首相所領導的內閣主持的政治制度，如日本、英國等是。

參考 反 君主專制。

▽郎君、夫君、諸君、寡君、先君、名君、細君、大君、小君、儲君、家君、國君、昏君、明君、太上老君。

常 4 **吩** 形解 形聲；從口，分聲。本義爲憤怒時叱喝聲，今多作囑告解。

音義 ㄈㄣ 動 囑告，派遣；例吩咐。

8 **吩咐** ㄈㄣ ㄈㄨˋ 帶有命令口氣的囑咐。本作「分付」。

參考 「吩咐」和「囑咐」都指把想法告訴別人，希望照著去做。前者帶有强制性，後者則帶有告誡、勸勉的口氣。當吩咐的强制口氣較輕時，可和「囑咐」相通。

常 4 **告** 形解 告 會意；從口，從牛。牛是大牢，備有犧牲禱祝，藉以傳達於神祇爲告，後來說出讓對方知道爲告。

音義 ㄍㄠˋ 名 ①宣示大衆的公文；例總統文告。②訴訟的雙方；例原告、被告。③姓。

動①說出讓對方知道；例告訴。②請示，請求；例告退。③提出訴訟；例他被告侵佔。④下級對上級說明；例報告。

ㄍㄨˋ 動勸說；例忠告。

參考 ①告字上從牛，今多省寫作告。②摯誥、郜、梏、窖、浩、靠、酷、造、皓。

5 **告白** ㄍㄠˋ ㄅㄞˊ 舊時機關、團體或個人對公衆的書面聲明。

告示 ㄍㄠˋ ㄕˋ ㈠將自己的意思告知他人。㈡猶布告，政府的政令，以文書揭示於道路旁，以告諭人民。

6 **告老** ㄍㄠˋ ㄌㄠˇ 古時官吏因年老而辭職，即請求退休。例告老還鄉。

7 **告別** ㄍㄠˋ ㄅㄧㄝˊ 辭別，告辭。

8 **告狀** ㄍㄠˋ ㄓㄨㄤˋ ㈠當事人請求司法機關受理訴訟案件。㈡借指向有關上級、尊長等申訴受到的侵侮或不公正待遇，或訴說某人的不是。

9 **告急** ㄍㄠˋ ㄐㄧˊ 急難相告，並請求援助。

參考 同告緊。

11 **告終** ㄍㄠˋ ㄓㄨㄥ 宣告終了，結束。

告密 ㄍㄠˋ ㄇㄧˋ 偵查他人過失而秘密告發。

告捷 ㄍㄠˋ ㄐㄧㄝˊ ㈠作戰或比賽取得勝利。㈡報告勝利的消息。

12 **告竣** ㄍㄠˋ ㄐㄩㄣˋ 宣告結束，完成。多指較大的工程。竣：完工。

告貸 ㄍㄠˋ ㄉㄞˋ 借錢。貸：借。例告貸無門。

告發 ㄍㄠˋ ㄈㄚ 舉發他人的罪狀。

告訴 ㄍㄠˋ ㄙㄨˋ ㈠申訴。㈡告知，通知。㈢法被害人向偵查機關申告他人犯罪事實之行爲。

參考 衍告訴人、告訴權、告訴乃論。

告訴乃論 ㄍㄠˋ ㄙㄨˋ ㄋㄞˇ ㄌㄨㄣˋ 法必須經被害人或有告訴權人提出告訴，法院始得加以論罪。如通姦、傷害、親屬間竊盜，都是屬於告訴乃論之罪。

13 **告罪** ㄍㄠˋ ㄗㄨㄟˋ ㈠交際時常用謙辭，以表示心有未安或情理不合。㈡宣告罪狀。

17 **告罄** ㄍㄠˋ ㄑㄧㄥˋ 東西已經用盡。罄：財物用完。

參考 同告乏。

19 **告辭** ㄍㄠˋ ㄘˊ 告別，辭別。

20 **告警** ㄍㄠˋ ㄐㄧㄥˇ 報告發生危急的情況。多用於軍事或災情。

▽通告、忠告、佈告、文告、宣告、警告、報告、勸告、密告、誣告、首告、求告、原告、被告、稟告、無可奉告。

常 4 吹

形解 會意；從口欠。以口用力呼氣爲吹。

音義 ㄔㄨㄟ 動①口中呼氣；例「鼓瑟吹笙」。②風的流動；例風吹雨打。③說大話；例吹牛、吹噓。④失敗；例他倆的婚事已經吹了。⑤代人宣揚長處；例吹噓。

參考 讀音又作 ㄔㄨㄟˋ，如鼓吹。

4 **吹牛** ㄔㄨㄟ ㄋㄧㄡˊ 誇大其事，光說大話。

參考 ①同吹噓。②衍吹牛比賽。

吹毛求疵 ㄔㄨㄟ ㄇㄠˊ ㄑㄧㄡˊ ㄘ 把皮膚上的毛吹開，去尋找瑕疵。比喻刻意挑剔他人的過失或缺點。

參考 ①與俗語「雞蛋裡挑骨頭」意思相近。②與「求全責備」有別：a前者有「故意挑剔」的意思；後者有「要求完美無缺」的意思。b前者的動機一般是不好的；後者的動機可以是不好的，也可以是好的。

14 **吹噓** ㄔㄨㄟ ㄒㄩ ㈠用口出氣。㈡稱揚關說。

▽鼓吹、獨吹、齊吹、濫吹、瞎吹、胡吹、風吹、大風吹。

常 4 吻

形解 形聲；從口，勿聲。勿象旗幟形，旗緣容易受風而動，人的嘴緣也非常敏感，所以口邊爲吻。

音義 ㄨㄣˇ 名①口邊，嘴角。②說話的語氣；例口吻。③動凡口器突出部分。動①用嘴唇接觸；例吻乎禮。②事物相互符合；例吻合。

參考 「吻」字又可作「脗」，但已不常用。

6 **吻合** ㄨㄣˇ ㄏㄜˊ 比喻事物互相符合。亦作「脗合」。

▽口吻、接吻、親吻、輕吻、交吻、不可亂吻、難忘一吻。

常 4 **吸** 形解 形聲；從口，及聲。自口鼻向內用力納氣爲吸。

音義 ㄒㄧ 動 ①用口鼻將流體引入體內；例吸氣。②攝取，學習；例吸收別人的長處。③飲啜；例吸吮。

參考 ①同引，飲。②反呼，吐。③「汲」音ㄐㄧˊ，從井中取水，與「吸」字音義不同。

4 **吸引** ㄒㄧ ㄧㄣˇ 把事物、力量或別人的注意力轉移到某一方面來。

參考 衍吸引力。

7 **吸收** ㄒㄧ ㄕㄡ ㈠物體自外吸進其他物質或能量的過程或作用。例植物的根吸收水分和無機鹽。㈡容納，接受。例吸收黨員。

參考 「吸取」、「汲取」也是指從外吸進東西。「吸收」適用的對象較多，可以用於人；「吸取」除了吸氣、吮吸的意思外，多半用於抽象的對象；「汲取」本用於液體，引申凡從源泉中吸取東西都用汲取。

8 **吸取** ㄒㄧ ㄑㄩˇ 從中吸收採取。

參考 參閱「吸收」條。

15 **吸盤** ㄒㄧ ㄆㄢˊ 動 動物的吸附器官，多爲圓形而中間凹陷的盤狀物，它有吸附、攝食、攻防等功用。

▽呼吸、吐吸、虹吸、無所不吸。

常 4 **吮** 形解 形聲；從口，允聲。用口含吸東西爲吮。

音義 ㄕㄨㄣˇ 動 用口含吸；例吮乳。

參考 ①不可誤讀爲ㄩㄣˇ。②同吸。

8 **吮乳** ㄕㄨㄣˇ ㄖㄨˇ 嬰兒聚縮嘴唇而吸取母乳。

▽吸吮、吻吮、親吮。

常 4 **吵** 形解 形聲；從口，從炒省聲。釜中炒物或人口中所發出的噪雜聲爲吵。

音義 ㄔㄠˇ 動 ①喧叫；例吵嚷。②打擾，攪亂；例吵死人了！③用言語爭鬧；例吵架。形 聲音紛雜的；例市場裏太吵了。

參考 同鬧、罵、嘈。

9 **吵架** ㄔㄠˇ ㄐㄧㄚˋ 爭吵或打架。

15 **吵鬧** ㄔㄠˇ ㄋㄠˋ 喧嘩，吵嚷。

▽大鬧大吵、鬧鬧吵吵。

常 4 **吶** 形解 形聲；從口，內聲。內是納的初文，有進入的意思，藏言在口難以表達爲吶。

音義 ㄋㄚˋ 動 高聲喊叫；例吶喊。形 說話遲鈍，通「訥」；例吶鈍於辭。

參考 「吶」和「訥」音義並同，但「吶喊」不作「訥喊」。

7 **吶吶** ㄋㄚˋ ㄋㄚˋ 形容言語遲鈍。亦作「訥訥」。

12 **吶喊** ㄋㄚˋ ㄏㄢˇ 大聲喊叫，以增長威勢。例齊聲吶喊。

常 4 **吠** 形解 會意；從口犬。犬鳴狗叫爲吠。

音義 ㄈㄟˋ 動 狗叫。

15 **吠影吠聲** ㄈㄟˋ ㄧㄥˇ ㄈㄟˋ ㄕㄥ 一條狗看見人影就吠叫起來，許多狗也隨聲跟著叫。比喻不察眞僞，便跟在人後聞風而附和。

參考 ①同吠夜之犬。②亦作「吠形吠聲」。③與「捕風捉影」、「無中生有」有別：a「吠影吠聲」，強調在「沒有主見，不察眞僞，盲從附和」；「捕風捉影」著眼於「沒有事實根據」，係比喻性的；「無中生有」偏重於「本來就是沒有的」，是直陳性的。

常 4 **吼** 形解 會意；從口，從孔。孔有大的意思，所以張大口放大聲地叫喊爲吼。

音義 ㄏㄡˇ 動 ①猛獸的鳴叫；例獅吼。②大聲叫喊，或發出大的聲響；例北風怒吼。

參考 「吼」本是「呴」的俗字，今通行「吼」字，「呴」已不用。

▽獅子吼、河東獅吼、狂風怒吼。

常 4 **呀** 形解 形聲；從口，牙聲。張開口看見牙齒爲呀。

音義 ㄧㄚ 副 ①摹仿聲音的語

詞；例門呀的一聲開了。②張口所發的聲音；例呀呀。助表示驚歎或肯定，都用在語尾；例媽呀！是呀！感歎詞；例哎呀！這是怎麼回事。

參考「呀」和「阿」（ㄚ）作語尾助詞時，通「啊」（ㄚ）。見「阿」字條。但「啊」可用在語詞的前一字，如啊唷，呀字則不能作如此用法。

常 4 **吱** 形解 形聲；從口，支聲。支爲細分，所以口中發出細小雜碎的聲音爲吱。

音義 ㄗ 名毛織的衣料；例嗶吱。副①摹仿聲音的語詞；例老師吱吱喳喳的在黑板上寫了一行字。②動物的叫聲；例蟲鳴吱吱。

常 4 **含** 形解 形聲；從口，今聲。今有包藏的意思，所以留物在口中不加咀嚼爲含。

音義 ㄏㄢˊ 動①銜在口中；例口裡含著體溫計。②懷有；例默默含情。③包容，容納；例含意深遠。副做事不切實際或說話不夠清楚；例含糊。ㄏㄢˋ 動古代禮俗，把珠玉塞入死人口中；例含蟬。

參考①語音又作ㄏㄣˊ。②含從「今」不可從「令」。③擘晗、頷。

6 **含血噴人** ㄏㄢˊ ㄒㄩㄝˇ ㄆㄣ ㄖㄣˊ 比喻用惡毒的手段，捏造事實，誣衊他人。

7 **含沙射影** ㄏㄢˊ ㄕㄚ ㄕㄜˋ ㄧㄥˇ 比喻在文章、言語裡暗中影射攻擊或陷害他人。含沙，蟲名，古代相傳水中有一種叫「蜮」的動物，見人或影就含沙射人（或射影），被噴著的人就會頭痛發熱，嚴重的可以致死。

參考與「造謠中傷」有別：①前者强調誹謗人，陷害人；後者卻指用造謠的手段誣衊人。②前者是比喻性的；後者是直接性的。

含辛茹苦 ㄏㄢˊ ㄒㄧㄣ ㄖㄨˊ ㄎㄨˇ 形容受盡千辛萬苦。茹：吃。

參考與「千辛萬苦」有別：前者著重在對辛苦的「忍受」；後者偏重於辛苦程度的「多、大」。

9 **含苞待放** ㄏㄢˊ ㄅㄠ ㄉㄞˋ ㄈㄤˋ 形容花將開而未開的樣子。苞，指花未開時包裹在花瓣外圍的變態葉。亦作「含葩待放」、「含葩未放」。

含英咀華 ㄏㄢˊ ㄧㄥ ㄐㄩˇ ㄏㄨㄚˊ ㈠口中含著精華細細咀嚼。比喻讀書時仔細琢磨領會文章的精華。咀：細嚼。㈡形容文章的優美，如英如華般的美妙。

10 **含笑** ㄏㄢˊ ㄒㄧㄠˋ ㈠面帶笑容。例含笑九泉。㈡比喻花剛開的時候。

11 **含羞** ㄏㄢˊ ㄒㄧㄡ 表情含蓄而嬌羞。

參考①本詞多用來形容女人的情態。②衍含羞草、含羞帶怯。

13 **含飴弄孫** ㄏㄢˊ ㄧˊ ㄋㄨㄥˋ ㄙㄨㄣ 老年人應當自求含飴自甘，弄孫爲樂，安享餘年，無須過問他事。飴：飴糖，如軟糖、糖漿之類，因老人牙齒掉落殆盡，只能含飴。

14 **含蓄** ㄏㄢˊ ㄒㄩˋ ㈠包含儲存。㈡言語或文詞含藏而不露，猶有餘意，耐人尋味。

參考「含蓄」指其文意未盡，耐人尋味。「含糊」指意思表達不夠清楚。「迷糊」多半指神智不清醒。

15 **含糊** ㄏㄢˊ ㄏㄨˊ ㈠說話籠統，不夠明確清楚。例含糊其詞。㈡做事敷衍馬虎，不能徹底。

參考「含糊」、「模糊」有別：「含糊」通常用在說話聲音方面。例他說話含糊，大家都聽不清楚。「模糊」通常用在印象、形象、神志等方面。例記憶模糊、字迹模糊。「不含糊」常用作贊美的話，是「有能耐」或「行」的意思。例他那手乒乓球可眞不含糊。

▽包含、內含、容含、口含、嘴含、咬含。

常 4 **吟** 形解 形聲；從口，今聲。口中發出呻吟的聲音爲吟。

音義 ㄧㄣˊ 名文樂府詩的題目名之一；例白頭吟。動①歎息；例「晝吟宵哭。」②詠歌；

例低吟。③動物的鳴叫；例蟬吟。④唱，聲調抑揚頓挫地讀；例吟詩。

9 **吟風弄月** ㄧㄣˊ ㄈㄥ ㄋㄨㄥˋ ㄩㄝˋ 詩人吟咏的內容多爲風花雪月等情景，因稱他們的寫作爲吟風弄月。

參考 本詞含有貶義。

10 **吟哦** ㄧㄣˊ ㄜˊ 有節奏地吟咏著。

12 **吟詠** ㄧㄣˊ ㄩㄥˇ 有節奏地諷誦詩歌。

參考 ①同吟哦、吟唱。②亦作「吟咏」、「吟永」。

▽呻吟、微吟、歌吟、龍吟、悲吟、低吟、哀吟、遊子吟、白頭吟、江澤行吟、無病呻吟。

常 4 **吭**

解形 形聲；從口，亢聲。亢是人頸，所以頸喉爲吭。

音義 ㄏㄤˊ 名咽喉；例引吭高歌。

ㄎㄥ 動發出聲音；例吭聲。

參考「吭」不可唸成ㄎㄤˋ。

次 4 **呟**

解形 形聲；從口，厷聲。厷多有大的意思，所以鐘聲宏亮爲呟。

音義 ㄏㄨㄥ 名鐘鼓聲；例噌呟。

參考 或作「鈜」。

次 4 **听**

解形 形聲；從口，斤聲。形容欣然而笑爲听。

音義 ㄧㄣˇ 副張口笑的樣子；例听然而笑。

參考 字或作「聽」字的省體，音ㄊㄧㄥ。

常 5 **味**

解形 形聲；從口，未聲。指人們口中對於飲食所體會的感覺爲味。

音義 ㄨㄟˋ 名①味覺器官如舌頭、鼻子等嘗或聞東西所得到的感覺；例香味。②心中的感受；例興味。③量詞，食物或藥物的數量單位。動品嚐，細究；例玩味。

參考 ①「味」從未，不可從末作「眛」。②「味」和「昧」(ㄇㄟˋ)形近，音義有別：「口味」、「味道」的「味」，字從「口」。「愚昧」、「冒昧」的「昧」有昏暗、隱晦不明的意思，故字從「日」。

6 **味如嚼蠟** ㄨㄟˋ ㄖㄨˊ ㄐㄩㄝˊ ㄌㄚˋ 味道像嚼蠟一樣。形容文章或說話枯燥乏味到極點。亦作「味同嚼蠟」。

參考 與「枯燥無味」、「索然無味」有別：①「味如嚼蠟」多用於文章或講話，有時還可用於其他，範圍較大；「枯燥無味」僅用於文章或講話，範圍最小；「索然無味」可用在文章、講話、事情、生活等，範圍最大。②「味如嚼蠟」偏重於「無味之極─如同嚼蠟」；「枯燥無味」偏重在「枯燥、單調」；「索然無味」強調「毫無興味」。

13 **味道** ㄨㄟˋ ㄉㄠˋ 滋味。例味道鮮美。

14 **味精** ㄨㄟˋ ㄐㄧㄥ 一種食用調味品。放入食物中可使味道鮮美。又稱味素。

20 **味覺** ㄨㄟˋ ㄐㄩㄝˊ 口腔中辨別外界物質鹹、酸、苦、辣的感覺。

參考 衍味覺器。

▽況味、滋味、香味、氣味、珍味、趣味、意味、風味、一味、玩味、情味、調味、美味、無味、體味、興味、臭味、乏味、變味、甜味、酸味、異味、怪味、津津有味、耐人尋味、食不知味、鐵窗風味、三月不知肉味。

常 5 **呵**

解形 形聲；從口，可聲。笑時所發出類似「可可」的聲音爲呵。

音義 ㄏㄜ 動①怒聲責罵；例呵責。②吹氣使暖；例呵筆。副①嬉笑的樣子；例笑呵呵。②笑聲。感表驚訝，通「阿」；例呵！糟了！

參考 ①「呵」通「訶」，斥責之意，但「訶」沒有吹氣的意思。②「呵」作語助詞，用於舒張則讀「啊」，稍稍歛抑則唸「哦」；用於語氣停頓之際，以表驚訝或詠歎。

4 **呵欠** ㄏㄜ ㄑㄧㄢˋ 人在疲倦或沉悶時，往往張口舒氣，這種呼吸作用稱爲呵欠。

5 **呵叱** ㄏㄜ ㄔˋ 大聲呵責。

參考 亦作「呵斥」。

11 **呵責** ㄏㄜ ㄗㄜˊ 呵斥怒罵。

21 **呵護** ㄏㄜ ㄏㄨˋ 照顧護持。
參考 同庇護。
▽叱呵、笑呵、怒呵、禁呵、苦呵呵、笑呵呵。

咖 常 5 形解 形聲；從口，加聲。是外來語譯音用字，無義。
音義 ㄎㄚ 外 用在「咖啡」的譯音。
ㄍㄚ 外 用在「咖哩」的音譯。
參考 「咖」不唸作ㄐㄧㄚ。
11 **咖啡** ㄎㄚ ㄈㄟ 外(coffee) 植 木名。生長於熱帶地方，高二丈餘，葉呈橢圓形，花色白。實大如胡椒，焙乾研成細末，煮沸後可以飲用。
參考 衍 咖啡店、咖啡因。

呸 常 5 形解 形聲；從口，丕聲。古時「丕」與「不」通借，所以與人相爭，發出唾棄聲來否定對方的存在爲呸。
音義 ㄆㄟ 感 本是吐痰或唾口水，表鄙視或憤怒的聲音；例 呸！憑他也配。

咕 常 5 形解 形聲；從口，古聲。原指「咕嚕」一詞而言，形容說話含糊不清爲咕。
音義 ㄍㄨ 副 描摹聲音的字；例 咕嚕。形 多言的；例 咕嚕話多。
16 **咕噥** ㄍㄨ ㄋㄨㄥ 低聲說話，言語含糊不明。
參考 ①同咕唧、咕囔。②亦作「咕咕噥噥」。

咀 常 5 形解 形聲；從口，且聲。「且」是盛肉的禮器，所以含物於口中咀嚼品味爲咀。
音義 ㄐㄩˇ 動 ①用牙齒磨碎食物；例 咀嚼。②經玩味而加以理解；例「含英咀華。」
參考 ①不可和「詛」(ㄗㄨˇ)字混用，如詛咒不可用「咀」字。②「嘴」(ㄗㄨㄟˇ)的俗寫。
20 **咀嚼** ㄐㄩˇ ㄐㄩㄝˊ (一)口腔各器官進行咬碎與磨細食物的動作。(二)玩味理解。例 咀嚼文義。

呻 常 5 形解 形聲；從口，申聲。申有舒展的意思，所以口中咿唔作聲來舒解不快爲呻。
音義 ㄕㄣ 動 ①吟誦，吟詠；例「呻其佔畢。」②身心痛苦所發出的聲音；例 呻吟。
7 **呻吟** ㄕㄣ ㄧㄣˊ (一)吟詠聲。(二)哼哼，病痛時口中所發出的聲音。

呷 常 5 形解 形聲；從口，甲聲。吸飲爲呷。
音義 ㄒㄧㄚ 動 小口地啜飲；例 呷一口水。
參考 閩南話吃東西的「吃」用「呷」字，如「呷飽」，即「吃飽」。

咄 常 5 形解 形聲；從口，出聲。發聲或說話來驚嚇聽者爲咄。
音義 ㄉㄨㄛ 名 嗟歎聲；例 咄咄。動 呵叱；例 咄叱。
參考 「咄」字和「詘」(ㄔㄨ)音義均不同，「詘」是貶謫的意思。
8 **咄咄** ㄉㄨㄛ ㄉㄨㄛ 表示驚異的嗟歎聲。例 咄咄怪事。
參考 衍 咄咄怪事、咄咄逼人。
咄咄逼人 ㄉㄨㄛ ㄉㄨㄛ ㄅㄧ ㄖㄣˊ 形容逼人太甚或驚歎逼眞之極。
參考 參閱「盛氣凌人」條。
▽書空咄咄、逼人咄咄。

咒 常 5 形解 會意；從口，從兄。兄長在神前陳詞以祈求降福爲呪，今多作「咒」。
音義 ㄓㄡˋ 名 ①外 梵書文體的一種；例 大悲咒。②宗 宗教或巫術中用以除災或降禍的口訣；例 畫符唸咒。③發誓的話；例 賭咒。動 求鬼神降禍於人；例 詛咒。
14 **咒語** ㄓㄡˋ ㄩˇ (一)佛教經書中咒咒語。(二)陰陽術士施法術所讀的咒文。
15 **咒罵** ㄓㄡˋ ㄇㄚˋ 用惡毒的話斥罵人。
參考 ①同呪詛。②參閱「謾罵」條。
▽印咒、神咒、隱咒、密咒、詛咒、巫咒、唸咒、符咒、大悲咒、往生咒。

常 5 **咆** 形解 形聲；從口，包聲。野獸嗥叫的聲音爲咆。

音義 ㄆㄠˊ 動發出怒聲或吼叫；例咆哮。

參考 同嗥、哮、吼。

常 5 **呼** 形解 形聲；從口，乎聲。以口用力向外吐氣，發出「乎乎」的聲音爲「呼」。

音義 ㄏㄨ 名姓。動①向外吐氣；例呼吸作用。②大聲喊叫；例振臂一呼。③招引；例呼朋引伴。④稱謂；例稱呼。副描摹聲音的字；例北風呼呼地吹著。感嘆詞，多用在文言文；例嗚呼。

參考 ①同嘑、謼。②反吸。

4 **呼天喊地** ㄏㄨ ㄊㄧㄢ ㄏㄢˇ ㄉㄧˋ 形容非常悲痛。

參考 與「捶胸頓足」有別：①二詞所表示的具體動作、情狀不同。②後者還常用來描寫悔恨至極的樣子，前者不能。

參考 同呼天搶地、呼天撞地。

呼之欲出 ㄏㄨ ㄓ ㄩˋ ㄔㄨ 形容人像畫得逼眞，像活人一樣，似乎叫他一聲，他就會從畫裏走出來。後泛指文學作品中人物描寫十分生動。

7 **呼吸** ㄏㄨ ㄒㄧ 生動植物的細胞必須吸收氧以分解養分，並排出分解時產生的廢氣二氧化碳。這種一呼一吸以交換氧氣的運動稱爲呼吸。動物往往靠呼吸器官來完成氣體的交換工作。

參考 衍呼吸作用、呼吸器官、呼吸系統。

8 **呼呼** ㄏㄨ ㄏㄨ (一)形容風聲。(二)形容打鼾聲。例呼呼入夢。

呼朋引伴 ㄏㄨ ㄆㄥˊ ㄧㄣˇ ㄅㄢˋ 招引同類而結聚成黨。

參考 ①同呼朋引類。②本詞含有貶損的意思，多用來形容壞人。

9 **呼風喚雨** ㄏㄨ ㄈㄥ ㄏㄨㄢˋ ㄩˇ 舊指精通法術的人，有呼喚風雨來去的能力。形容本領高强，無所不能。

11 **呼救** ㄏㄨ ㄐㄧㄡˋ 呼喊求救。

12 **呼喚** ㄏㄨ ㄏㄨㄢˋ 使喚、召喚。

16 **呼嘯** ㄏㄨ ㄒㄧㄠˋ 即高聲長嘯，發出尖銳而漫長的聲音。例呼嘯而過。

呼盧喝雉 ㄏㄨ ㄌㄨˊ ㄏㄜˋ ㄓˋ 擲骰賭博時的呼喊聲。古時博戲中，用骰子五枚，上黑下白，黑者刻二爲「犢」，白者刻二爲「雉」，五子皆黑叫「盧」，二雉三黑叫「雉」。這種呼喊聲，就如同今天的「呼么喝六」。

17 **呼應** ㄏㄨ ㄧㄥˋ (一)雙方一呼一應，聲氣相通。(二)文章用語，上下文相呼應，首尾互照顧。亦作「照應」。

32 **呼籲** ㄏㄨ ㄩˋ 大聲呼喚，請求援助或主持公道。

▽召呼、招呼、疾呼、號呼、叫呼、歡呼、稱呼、嗚呼、順風而呼、一命嗚呼、大聲疾呼、登高一呼、將伯之呼。

常 5 **咐** 形解 形聲；從口，付聲。付有使出的意思，所以用口吹氣爲咐。

音義 ㄈㄨˋ 動交待人做某事；例吩咐。

參考 「吩咐」，含有命令的口氣，常用在長官對部屬，長輩之於晚輩間。

常 5 **呱** 形解 形聲；從口，瓜聲。形容小孩子啼哭的聲音爲呱。

音義 ㄍㄨ 名小兒啼哭聲；例呱呱。

參考 語音作 ㄍㄨㄚ。

8 **呱呱** ㄍㄨ ㄍㄨ (一)嬰兒的啼哭聲。例呱呱墜地。(二)形容烏鴉、青蛙等的叫聲。例呱呱噪啼。

參考 「呱呱」唸作 ㄍㄨ ㄍㄨ 的時候，是指小兒的哭聲。如：呱呱墜地。唸作 ㄍㄨㄚ ㄍㄨㄚ 的時候，是形容鴨子、青蛙等的響亮叫聲，如：夏夜裡的荷塘畔，青蛙不時地呱呱叫著。

常 5 **呶** 形解 形聲；從口，奴聲。形容歡樂時所發出的熙攘喧鬧聲爲呶。

音義 ㄋㄠˊ 動大聲喧譁；例呶噪。副說話不停；例呶呶。

參考 字或作「詉」。

8 **呶呶不休** ㄋㄠˊ ㄋㄠˊ ㄅㄨˋ ㄒㄧㄡ 說

話嘮嘮叨叨，沒完沒了。休：停止。

參考 與「滔滔不絕」有別：①前者著重於說話嘮叨、囉嗦；後者強調說話連續不斷。②前者多帶貶損的意味；後者爲中性成語，有時形容口才好，帶有褒揚的意味。

常 5 **和** 解形 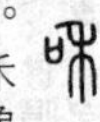 形聲；從口，禾聲。禾象穀物相依下垂形，所以心聲相應爲和。

音義 ㄏㄜˊ 名 ①數 各數相加所得的總數；例 五加五的和是十。②日本的別名；例 漢和。③姓。動 ①協調使和諧；例「以德和民。」②停止相爭；例「與荊人和。」③聲音和諧；例 和聲。形 恰當適中；例 中和。副 向，對；例 你和他說我走了。連 與；例 不要和他說話。

ㄏㄜˋ 動 詩詞的韻腳相協，或聲音相應；例 和韻。

ㄏㄨㄛˋ 動 混合調配；例 和麵。

ㄏㄨㄛ 形「暖和」的「和」的語音。

參考 ①作「與」、「跟」的意思時，又音 ㄏㄢˋ，如「書和人」雜誌。②同 與、同、向、對、跟。③「隨聲附和」及「曲高和寡」中的「和」，應該唸 ㄏㄜˋ，不唸 ㄏㄜˊ。

5 **和平** ㄏㄜˊ ㄆㄧㄥˊ 和洽安寧。

參考 衍 和平日（五月十八日）、和平鴿、和平共存。

6 **和好** ㄏㄜˊ ㄏㄠˇ 和諧相處，互相親睦。

參考 ①衍 和好如初。②同 好合。

和好如初 ㄏㄜˊ ㄏㄠˇ ㄖㄨˊ ㄔㄨ 盡棄前嫌，恢復原來親睦的關係。

8 **和尚** ㄏㄜˊ ㄕㄤˋ 宗 本義爲親教師，亦指修行較高之僧人。後用爲出家僧侶之通稱。又作「和上」。

參考 反 尼姑。

和事老 ㄏㄜˊ ㄕˋ ㄌㄠˇ 調解爭端的中間人。

9 **和音** ㄏㄜˊ ㄧㄣ 音 歌唱、樂曲方面兩個以上調和的聲音同時發出。

參考 ①衍 和音天使。②同 和聲。

和約 ㄏㄜˊ ㄩㄝ ㈠交戰國在法律上結束戰爭狀態的條約。㈡泛指和平不衝突的條約或約定。

參考 衍 和約書。

10 **和氣** ㄏㄜˊ ㄑㄧˋ 溫和可親的態度。

參考 參閱「和藹」條。

和氣生財 ㄏㄜˊ ㄑㄧˋ ㄕㄥ ㄘㄞˊ 生意人用語，是指能和氣而不得罪顧客，便可以廣羅財源而致富。

和衷 ㄏㄜˊ ㄓㄨㄥ 和睦同心。衷：善。

和衷共濟 ㄏㄜˊ ㄓㄨㄥ ㄍㄨㄥˋ ㄐㄧˋ 彼此同心協力，共渡困難。

參考 和「同心協力」意思相近，後者較常用於口語及一般事情。「和衷共濟」多用於關係全局安危的大事，平常都用於肯定的說法，「同心協力」則可用於否定說法。

12 **和善** ㄏㄜˊ ㄕㄢˋ 溫和善良。例 他的態度非常和善。

13 **和順** ㄏㄜˊ ㄕㄨㄣˋ 平和溫順。

和煦 ㄏㄜˊ ㄒㄩˇ 溫暖的樣子。例 春風和煦。

參考 同 和暖。

和睦 ㄏㄜˊ ㄇㄨˋ 親愛和諧。睦：親愛。

和會 ㄏㄜˊ ㄏㄨㄟˋ 政 戰爭雙方爲了結束戰爭狀態而舉行的會議，一般在休戰之後舉行。如第一次大戰後的巴黎和會即是。

和解 ㄏㄜˊ ㄐㄧㄝˇ ㈠法 當事人約定互相讓步，以終止爭執或防止爭執發生之契約。㈡調停雙方，以解決彼此仇怨。

參考 ①衍 和解書。②與「調解」有別，調解係由第三人調停排解，藉以避免訴訟。

15 **和談** ㄏㄜˊ ㄊㄢˊ 戰爭中或戰爭結束後所舉行的和平談判。

和數 ㄏㄜˊ ㄕㄨˋ 兩個以上的數相加後所得的數目。

和緩 ㄏㄜˊ ㄏㄨㄢˇ 溫和寬緩。

參考 反 激烈。

和盤托出 ㄏㄜˊ ㄆㄢˊ ㄊㄨㄛ ㄔㄨ 毫不隱瞞，把事情始末全部說出來。

參考 與「傾箱倒篋」有別：①前者偏重於「說話不隱瞞」；後者強調「說話不保留」。②前者可帶賓語，如「她和盤托出自己的心事」；而後者不能。後者還可以比喻徹底翻臉；而前者不能。

16 **和諧** ㄏㄜˊ ㄒㄧㄝˊ 調和而諧順。

和親 ㄏㄜˊ ㄑㄧㄣ ㈠和睦親愛。㈡與敵人和好而結爲婚姻。例昭君和親是一個家喻戶曉的民間故事。

17 **和聲** ㄏㄜˊ ㄕㄥ ㈠音音樂中指兩個以上的音同時演奏，以配合曲調，增強表現力。㈡歌唱時用管弦等樂器配合。

參考 ①衍和聲學。②同和音。

18 **和顏悅色** ㄏㄜˊ ㄧㄢˊ ㄩㄝˋ ㄙㄜˋ 臉色和善，態度友好。

參考 反疾言厲色、聲色俱厲。

20 **和議** ㄏㄜˊ ㄧˋ ㈠動詞，兩國停戰講和。㈡名詞「和平會議」的省稱。

參考 參閱「協議」條。

20 **和藹** ㄏㄜˊ ㄞˇ 性情溫和，態度親切。例和藹可親。

參考 和「和氣」都有溫和的意思，但「和藹」常用於長輩或書面語，較爲莊重；「和氣」則不限於長輩，使用範圍較廣。

▽溫和、講和、飽和、隨和、柔和、混和、平和、調和、共和、協和、唱和、應和、暖和、相和、一唱百和、心平氣和、政通人和。

常 5 **咚**

解形 形聲。從口，冬聲。形容東西落地的聲音或描摹擊鼓聲爲咚。

音義 ㄉㄨㄥ 形 ①東西落地或撞擊的聲音；例咕咚一聲。②形容鼓聲；例鼓聲咚咚。

常 5 **呢**

解形 形聲；從口，尼聲。尼有「距離近」的意思，所以低聲而話多爲呢。

音義 ˙ㄋㄜ 助 表示疑問的助詞，用於選擇句或尋問句；例有什麼辦法呢？

ㄋㄧˊ 名 ①一種毛織物；例呢絨。②燕子鳴叫聲；例呢喃。

12 **呢喃** ㄋㄧˊ ㄋㄢˊ ㈠小聲多言。㈡形容燕語。例燕語呢喃。

常 5 **周**

解形 會意；從用口。禍福常多自口出，能夠言語謹愼，守口如瓶，就不會遭禍，所以周密爲周。

音義 ㄓㄡ 名 ①國名。a周武王姬發所建。b唐武則天稱帝，改國號爲周。c南北朝時宇文覺簒西魏，改國號爲周，史稱「北周」。d五代時郭威所建，史稱「後周」。②圓形的外圍；例圓周。③環繞某一區域的外圍；例四周。④滿一年；例周歲。⑤姓。動 ①圍繞；例「一周以鈞陳之位。」②救濟，通「賙」；例「周天下。」③遍及；例「知周乎萬物」。形完密；例周密。

參考 ①「周」和「週」有許多地方通用，如「周年」可作「週年」、「四周」可作「四週」。但朝代和姓不能用「週」。星期用「週」不用「周」，「周濟」不作「週濟」。②擧賙、淍、雕、彫、裯、綢、倜、蜩、調、啁、惆。

4 **周內** ㄓㄡ ㄋㄚˋ 四面八方找些附會的證據，一定要羅織使人入罪。

周公 ㄓㄡ ㄍㄨㄥ 人周初政治家之一。姓姬，周武王之弟，名旦。他被封在周地，所以稱爲周公，曾幫助武王滅商。武王死後，成王年幼，周公又輔佐成王。他爲周朝建立了一套典章制度，叫做「周禮」，並主張「明德愼罰」。

周文王 ㄓㄡ ㄨㄣˊ ㄨㄤˊ 人商末周族領袖，姓姬名昌，商紂時爲西伯，在位五十年，天下諸侯多來歸附，爲子武王剪商奠下基礎。

5 **周匝** ㄓㄡ ㄗㄚ 環繞。

參考 同周浹。

6 **周至** ㄓㄡ ㄓˋ 猶周到，周全。

周全 ㄓㄡ ㄑㄩㄢˊ ㈠完備，周至。㈡照顧，周濟。

參考 同周置。

周而復始 ㄓㄡ ㄦˊ ㄈㄨˋ ㄕˇ 循環輪轉不息，一遍完了又重新開始。例四季的變化，是自然界一種周而復始的現象。

8 **周到** ㄓㄡ ㄉㄠˋ 周密詳盡，猶周至，周全。

周波 ㄓㄡ ㄅㄛ 「周/秒」的俗稱，無線電廣播用語，指交流電正負變換一周所需的時間。現在叫「千赫」。

周武王 ㄓㄡ ㄨˇ ㄨㄤˊ 人周王朝的建立者。文王之子，姓姬名發。於西元前十一世紀，繼承文王之業，敗紂於牧野，在位十九年。

10 **周浹** ㄓㄡ ㄐㄧㄚ ㈠周遍。㈡猶周匝。亦作「周挾」。

11 **周率** ㄓㄡ ㄌㄩˋ 廣播用語，電波每秒鐘振動的數目。

11 **周章** ㄓㄡ ㄓㄤ ㈠倉皇驚恐的樣子。例狼狽周章。㈡周折，苦心。例煞費周章。

11 **周密** ㄓㄡ ㄇㄧˋ 周到細密。例他的心思周密，處理事情面面俱到。

參考 與「嚴密」、「精密」、「緊密」意思可以相通，但有別：「周密」著重在周到完備；「嚴密」著重在嚴格緊湊；「精密」著重在精緻細密；「緊密」則專指難於分割或接續不斷，意思不同。

周旋 ㄓㄡ ㄒㄩㄢˊ ㈠往來接應。㈡追隨馳逐，指應戰言。例此戰爭必定要和敵軍周旋到底。

參考 參閱「應付」條。

12 **周備** ㄓㄡ ㄅㄟˋ 周密詳備。

周圍 ㄓㄡ ㄨㄟˊ 四周。

參考 同周遭。

周晬 ㄓㄡ ㄗㄨㄟˋ 小兒滿一歲。常用來形容子女幼小。

周期 ㄓㄡ ㄑㄧ ㈠物體、物理量完成一次振動(振盪)所需的時間。㈡在一個過程中，某些特徵多次重複出現，其接續兩次出現所經過的時間，亦稱「周期」，如生產周期。

參考 衍周期律、周期變星、周期彗星(如哈雷彗星)。

周敦頤 ㄓㄡ ㄉㄨㄣ ㄧˊ 人(一〇一七—一〇七三)北宋理學家，字茂叔。著太極圖說及通書，二程都是他的弟子，世稱「濂溪先生」，卒諡「元公」。

13 **周詳** ㄓㄡ ㄒㄧㄤˊ 周到而詳盡。例計畫周詳。

周歲 ㄓㄡ ㄙㄨㄟˋ 小兒出生剛滿一年。又作「周晬」。

周遊 ㄓㄡ ㄧㄡˊ 四處遊歷。

參考 參閱「漫遊」條。

15 **周遭** ㄓㄡ ㄗㄠ 四周。

17 **周濟** ㄓㄡ ㄐㄧˋ 用錢財救助窮人。

參考 同賙濟。

18 **周轉不靈** ㄓㄡ ㄓㄨㄢˇ ㄅㄨˋ ㄌㄧㄥˊ 商 商業上少以現金交易，往往約期付款，屆時再調現金付帳，謂爲周轉。如果約定到期不能付出現款，就稱爲周轉不靈。

▽比周、西周、東周、圓周、成周、宗周、四周、不周、商周、殷周、虞夏商周。

常 5

咋

形解 形聲；從口，乍聲。乍有迫近的意思，所以咬嚙爲咋。

音義 ㄓㄚˋ 副 暫時，忽然，通「乍」。

ㄗㄜˊ 動 咬嚙；例咋舌。

參考 又「詐」音ㄓㄚˋ，欺騙，和「咋」音同義異。

6 **咋舌** ㄗㄜˊ ㄕㄜˊ 形容驚訝、害怕，說不出話來的樣子。

常 5

命

形解 會意；從口令。用口發號施令，指揮別人爲命。

音義 ㄇㄧㄥˋ 名 ①上天所賦予，人力不能改變的禍福得失或困窮通達；例天命。②生存的機能；例生命。③上級對下級的吩咐；例命令。④脫離名籍而逃亡；例亡命。動 ①差遣使喚；例命人送去。②取名；例命名。③給與；例命題。④以爲；例自命不凡。

參考 ①名同運。②動同令、使、叫。

4 **命中** ㄇㄧㄥˋ ㄓㄨㄥˋ 射中箭靶子或打中目標。

命中註定 ㄇㄧㄥˋ ㄓㄨㄥ ㄓㄨˋ ㄉㄧㄥˋ 一種宿命論的說法，認爲事由前定，不關人爲。

參考 ①同命不由人。②「註」又作「注」。

5 **命令** ㄇㄧㄥˋ ㄌㄧㄥˋ 凡上對下所發帶有強制力，必須遵行的公文或指示。

參考 命令不能與法律牴觸，如有牴觸則該命令無效。

6 **命名** ㄇㄧㄥˋ ㄇㄧㄥˊ 給予名稱，即取名、定名。例命名典禮。

10 **命脈** ㄇㄧㄥˋ ㄇㄞˋ 性命與血脈，於人體非常重要，因喻關係極爲重大的事物。

13 **命運** ㄇㄧㄥˋ ㄩㄣˋ ㈠天命氣運，指人一生中生死、貧富、禍福等遭遇。含有非人力所能改變或救濟之意。㈡泛指人或事物發展變化的趨向。

參考 同命數、命途。

18 **命題** ㄇㄧㄥˋ ㄊㄧˊ ㈠為作文或考試出題目。㈡一般指表達判斷的句子，有眞、假命題之分。

▽天命、人命、使命、宿命、延命、壽命、長命、亡命、奪命、逃命、革命、受命、生命、薄命、待命、知命、奉命、遺命、沒命、死命、狗命、不辱使命、耳提面命、死生有命、收回成命、相依為命、疲於奔命、草菅人命、聽天由命、恭敬不如從命。

常 5 **咎** 解形 會意；從人各。人各相違所以會災禍的意思。

音義 ㄐㄧㄡˋ 名①災禍；例咎由自取。②過失；例動輒得咎。動①責怪；例既往不咎。

ㄍㄠ 名姓。

參考 孳 鼛。

5 **咎由自取** ㄐㄧㄡˋ ㄧㄡˊ ㄗˋ ㄑㄩˇ 禍患皆由自己招惹而來，怨不得人。咎：禍患。亦作「自取其咎」。

參考 與「罪有應得」有別：①前者著眼在「自取」—自己招來（罪惡、災禍）；後者著重在「應得」—罰得應該。②後者的感情和語氣都比前者強。③前者可以表示「自己招來災禍」的意思；但後者不能。

11 **咎責** ㄐㄧㄡˋ ㄗㄜˊ 因過錯而加以責罪。

▽天咎、愧咎、悔咎、災咎、歸咎、畏咎、殃咎、既往不咎、動輒得咎、難辭其咎。

次 5 **呿** 解形 形聲；從口，去聲。去有打開的意思，所以張口為呿。

音義 ㄑㄩ 動張口；例呿口不合。

ㄑㄧㄝ 副臥息聲。

參考 又音 ㄑㄩˋ。

次 5 **咂** 解形 形聲；從口，匝聲。匝有反覆的意思，所以用口反覆品嘗為咂。

音義 ㄗㄚ 動①吮吸；例咂指頭。②以舌尖抵住牙齒作聲，表示羨慕；例咂嘴。

16 **咂嘴兒** ㄗㄚ ㄗㄨㄟˇㄦ 用舌尖和上顎接觸，發出聲音，表示羨慕或讚美。

次 5 **咈** 解形 形聲；從口，弗聲。弗有違背的意思，所以言語上有所違逆為咈。

音義 ㄈㄨˊ 名洋布；例咈布。動①違逆②干擾。歎表示不然之辭，通「弗」。

ㄅㄧˋ 動拂逆，通「拂」。

次 5 **呫** 解形 形聲；從口，占聲。占有問的意思，所以重複詢問為呫。

音義 ㄊㄧㄝ 動用嘴吸取；例呫血之盟。

ㄔㄜˋ 副低聲細語的樣子；例呫嚅。

參考 又音 ㄓㄢ。

次 5 **呬** 解形 形聲；從口，四聲。鼻息的聲音為呬。

音義 ㄒㄧˋ 動〔方〕喘息。

參考 ①字又作「怬」、「㗩」。②又音 ㄒㄧ，但不音ㄩˋ。

次 5 **呴** 解形 形聲；從口，句聲。句有彎曲的意思，所以張口（吹氣，屈折而出為呴。

音義 ㄒㄩ 動①張口吹氣；例呴噓。②溫恤，通「昫」；例呴諭。副呴呴，言語悅順。

ㄏㄡˇ 動吼，通「吼」、「㖃」；例雷呴電激。

ㄍㄡˋ 動鳴叫；例雉呴。

次 5 **呦** 解形 形聲；從口，幼聲。幼有少小的意思，所以輕巧的鹿鳴聲為呦。

音義 ㄧㄡ 副①鹿鳴聲；例「呦呦鹿鳴。」②表示驚訝的語氣；例呦！他怎麼又走了？

參考 ①字又作「㕭」。②「呦」作狀聲詞時，也可以修飾鳥鳴、流水激盪聲、人悲泣聲等。③又音 ㄧㄡˇ。

次 5 **咍** 解形 形聲；從口，台聲。台有喜悅的意思，所以歡喜而笑為咍。

音義 ㄏㄞ 動譏笑；例「任受眾人咍。」形歡樂；例笑言咍咍。副表示惱恨或驚嘆的語詞；例咍！怎不肯回過臉兒來？

常 6 **咬** 形解 形聲；從口，交聲。交有二物相合的意思，所以用牙齒齧物爲咬。

音義 一ㄠˇ 動 ①用牙齒切斷、壓破或夾住東西；例咬斷繩索。②把握；例咬不準發音。③話說定了不再改變；例一口咬定。

ㄐㄧㄠ 形 鳥叫聲；例「咬咬好音。」

參考 ①字或從齒作「齩」。②「咬」和「嚙」有別，「嚙」是小口的咬。

4 **咬牙切齒** 一ㄠˇ 一ㄚˊ ㄑㄧㄝˋ ㄔˇ 非常憤怒的樣子。

咬文嚼字 一ㄠˇ ㄨㄣˊ ㄐㄧㄠˊ ㄗˋ 形容過分地斟酌字句，專在一文一字上做功夫，譏笑人迂腐不知變通。

參考 與「字斟句酌」有別：前者指過分地斟酌字句和死摳字眼，用來諷刺人不必要地摳住字句不放卻不領會文章精髓，或在當衆講話時太過炫耀自己的學識；後者是「對每一字每一句都仔細地斟酌、推敲」的意思，用來稱贊別人談話、寫作態度極爲愼重。

6 **咬耳朵** 一ㄠˇ ㄦˇ ˙ㄉㄨㄛ 附在耳朵上說悄悄話。

14 **咬緊牙關** 一ㄠˇ ㄐㄧㄣˇ 一ㄚˊ ㄍㄨㄢ 比喻忍受極大痛苦而堅持到底。亦作「咬緊牙根」。

▽小咬、大咬、細咬、亂咬、咬一咬、蚊子咬、細嚼慢咬。

常 6 **哀** 形解 形聲；從口，衣聲。唁弔憂傷爲哀。

音義 ㄞ 名 ①憂傷；例節哀。②姓。動 ①憐憫；例哀憐。②傷悼；例「哀我人斯。」形 ①憂傷的；例哀歌。②母死居喪而父親健在的；例哀子。

參考 ①「哀」和「衰」（ㄕㄨㄞ）形近，音義各異。②反樂、歡、喜。③同悲、憂、愁、傷。

7 **哀求** ㄞ ㄑㄧㄡˊ 苦苦地乞求。

哀兵必勝 ㄞ ㄅㄧㄥ ㄅㄧˋ ㄕㄥˋ 原意是說，勢力相當的兩軍對陣，悲憤的一方獲得勝利。後喻由於受壓抑而情緒悲憤奮起反抗的軍隊，往往能夠激起戰志，打敗敵人，取得勝利。

8 **哀的美敦書** ㄞ ㄉㄧˋ ㄇㄟˇ ㄉㄨㄣ ㄕㄨ 〔外〕最後通牒。一般指一國向另一國發出的最後的書面通知，並限定在一定時間內接受，否則將引起嚴重後果，如使用武力，斷絕外交關係等。

9 **哀怨** ㄞ ㄩㄢˋ 由委曲而悲傷怨恨。

哀思 ㄞ ㄙ 悲哀的感情，悲傷的思念。

11 **哀悼** ㄞ ㄉㄠˋ 哀傷悲痛地追念。

參考 本詞只適用於已死的人。

哀啓 ㄞ ㄑㄧˇ 由死者親屬敍述死者生平及臨終情況的文章，一般均附在訃聞之後發送親友。

12 **哀痛** ㄞ ㄊㄨㄥˋ 悲哀傷痛。

13 **哀毀逾恒** ㄞ ㄏㄨㄟˇ ㄩˊ ㄏㄥˊ 形容悲傷至極，超過常情。逾：超越；恆：平常。

14 **哀慟** ㄞ ㄊㄨㄥˋ 非常悲痛。

17 **哀鴻** ㄞ ㄏㄨㄥˊ 正在哀鳴的鴻雁。比喻到處都有流離失所，在死亡線上掙扎的災民。例哀鴻遍野。

▽悲哀、矜哀、節哀、默哀、哀哀、生榮死哀、人之將死其言也哀。

常 6 **咨** 形解 形聲；從口，次聲。次是第二，所以徵詢他人意見爲咨。

音義 ㄗ 名 公文的一種；例咨文。代 此，通「茲」。動 ①商量謀畫，通「諮」；例咨商。②嗟嘆；例下民其咨。感 嘆聲；例咨嗟。

參考 ①「咨」和「諮」均從次聲可通，但「諮」不能作名詞或嘆詞用。②擊諮。

4 **咨文** ㄗ ㄨㄣˊ ㈠平行公文之一，現僅限於總統與立法、監察二院往返公文時用之，其他平行機關則用「函」。㈡某些國家的元首向國會提出的報告。例美國總統咨文。

▽謀咨、詢咨、嗟咨、商咨。

常 6 **哎** 形解 形聲；從口，艾聲。形容感嘆所發出的聲音爲哎。

音義 ㄞ 感 ①表哀傷惋惜；例哎！只落得兩淚漣漣。②表驚愕聲；例哎！糟了。

參考 哎表示哀傷惋惜時，與「唉」(ㄞ)字同義。

12 **哎喲** ㄞ ㄧㄠ 表示驚異或痛苦的感嘆詞。

常 6 **哉** 形解 形聲；從口，𢦏聲。語言間歇的助詞為哉。

音義 ㄗㄞ 助 ①語末助詞，表疑問；例何苦來哉？②表感嘆；例「孝哉！閔子騫。」③表悲哀；例嗚呼哀哉。

參考 「哉」作助詞用時，與白話的「啊」、「嗎」、「麼」、「呢」、「哪」等字相當。

▽痛哉、傷哉、嗚呼哀哉。

常 6 **咸** 形解 會意；從口，從戌。戌是「悉」的假借，所以含普徧、偏及的意思。

音義 ㄒㄧㄢ 副 都，皆；例老少咸宜。

參考 ①同都、皆、全。②擘鹹、緘、感、鍼、箴、撼、喊、減。③作副詞「皆」用時，文言文用「咸」，白話文用「都」。

8 **咸宜** ㄒㄧㄢ ㄧ 一切都適宜。例老少咸宜。

常 6 **咦** 形解 形聲；從口，夷聲。夷為平坦，嘆息的氣平舒而聲音又像「夷」聲，所以嘆息為咦。

音義 ㄧ 動 ①大呼。②笑；例大咦。感 表驚訝；例咦！錢不見了。

參考 「咦」的本義是大呼，大呼即大出氣，引申而有驚訝或笑的意思。

常 6 **咳** 形解 形聲；從口，亥聲。小孩子大笑時的聲音如「亥」，所以小孩的笑聲為咳。

音義 ㄎㄜˊ 動 氣管黏膜受刺激而發聲；例咳嗽。

ㄎㄚˇ 動 吐，用氣迫使喉間的梗塞物自口中唾出，同「咯」；例咳痰。

ㄏㄞ 動 嘆氣；例咳聲嘆氣。感 表訝異；例咳！我怎麼忘了。

ㄏㄞ 動 小兒笑。

ㄏㄞˋ 感 表惋惜或悔悟；例咳！完了。

參考 ①咳又作「欬」。②咳嗽之「咳」語音唸 ㄎㄜˊ，讀音唸 ㄎㄞˋ。

▽百日咳、老人咳、傷風咳。

常 6 **哇** 形解 形聲；從口，圭聲。圭為瑞玉，為人神所同好，所以用言語取悅人為哇。

音義 ㄨㄚ 動 嘔吐；例「出而哇之。」副 ①小兒啼聲；例哇哇墜地。②哭聲；例她哇的一聲哭了。助 語尾助詞；例你好哇！

常 6 **哂** 形解 形聲；從口，西聲。人們微笑時的聲音為「西」，所以微笑為「哂」。

音義 ㄕㄣˇ 動 ①微笑；例哂納。②嘲笑；例哂笑。

參考 ①同笑。②反哭、泣、啼。③「哂」字當作「笑」意，含有譏嘲鄙視的意思。④「哂」、「哂」有別：「不值一哂」、「哂納」的「哂」字，是微笑，音 ㄕㄣˇ。「晒太陽」的「晒」字，是「曬」的俗字，音 ㄕㄞˋ。

10 **哂納** ㄕㄣˇ ㄋㄚˋ 微笑地接受，為贈送禮物時請人接受的謙詞。納：接受。又作「哂收」、「笑納」。

▽不值一哂。

常 6 **咽** 形解 形聲；從口，因聲。口所以言食，而言食於是得以上下的地方為咽。

音義 ㄧㄢ 名 ①口腔深處，食道及氣管的上端；例咽喉。②地勢扼要處；例上海是長江流域的咽喉。

ㄧㄢˋ 動 吞嚥，通「嚥」。

ㄧㄝˋ 動 填塞；例「雲霞充咽。」形 聲音阻塞的；例哽咽。

參考 ①同嚥、吞。②反嘔、吐。

12 **咽喉** ㄧㄢ ㄏㄡˊ ㈠口腔深處通食道及氣管之處，是消化和呼吸的共同通道，亦稱咽腔。例咽喉癌。㈡比喻形勢險要之處。例「漢中，益州咽喉。」

參考 ①㈠亦稱「咽腔」。②㈠衍咽喉癌。②㈡同咽領。

▽悲咽、哽咽、嗚咽、幽咽、哀咽、感咽。

常 6 **咪** 形解 形聲；從口，米聲。羊的叫聲如「米」，所以羊叫聲爲咪。

音義 ㄇㄧ 名 ①羊叫聲，同「咩」；例羊咪咪。②法國長度單位「米突」的簡稱，同「粎」。副 ①修飾貓叫聲；例小貓咪咪叫。②形容輕小的詞尾；例笑咪咪。

參考 ①「眯眼」不可誤作「咪眼」。②語音可讀 ㄇㄧㄝ，同「咩」。

常 6 **品** 形解 會意；從三口。三口就是三人，也是表示衆人，所以許多身分次第不相等的人爲品。

音義 ㄆㄧㄣˇ 名 ①物類的總稱；例貨品。②種類；例品種。③等級；例萬般皆下品。④德性；例品學兼優。⑤姓。動 ①評判；例品評。②吹奏；例品簫。③領味；例品茗。

參考 名②同類、種；名③同等、級；名④同德、質。

6 **品行** ㄆㄧㄣˇ ㄒㄧㄥˋ 有關道德的品質和行爲。

參考 同品德。

8 **品性** ㄆㄧㄣˇ ㄒㄧㄥˋ 猶人格，人品。

10 **品茗** ㄆㄧㄣˇ ㄇㄧㄥˊ 品嘗辨賞茶的滋味。亦作「品茶」。

品格 ㄆㄧㄣˇ ㄍㄜˊ 道德才性高下的程度。

12 **品評** ㄆㄧㄣˇ ㄆㄧㄥˊ 評論優劣高下，指文學、藝術作品方面而言。例品評高下。

14 **品貌** ㄆㄧㄣˇ ㄇㄠˋ 人品和容貌。例品貌雙全。

品嘗 ㄆㄧㄣˇ ㄔㄤˊ 辨嘗味道而加以品評。「嘗」又作「嚐」。

品種 ㄆㄧㄣˇ ㄓㄨㄥˇ ㈠指動植物的品質與種類，㈡泛指產品的種類。例培育新品種。

參考 衍品種更換。

15 **品德** ㄆㄧㄣˇ ㄉㄜˊ 人品與德行。

參考 同品行。

品質 ㄆㄧㄣˇ ㄓˋ 物品的性質。

參考 ①衍品質管制。②「品質」有時也用來指人行爲與思想上的本質。「氣質」指人在脾氣、性情上有相當穩定性的特點，如沉靜、浮躁等。

18 **品題** ㄆㄧㄣˇ ㄊㄧˊ 評論人物，定其人格的高下。

20 **品藻** ㄆㄧㄣˇ ㄗㄠˇ 鑒別，評論（人物）。藻：文采。

22 **品鑑** ㄆㄧㄣˇ ㄐㄧㄢˋ 品評，鑑賞。

▽珍品、藥品、補品、人品、物品、一品、上品、中品、下品、小品、酒品、禮品、九品、牌品、貢品、貨品、舶來品、有德無品。

常 6 **哄** 形解 形聲；從口，共聲。共有衆多的意思，所以既多又雜的聲音爲哄。

音義 ㄏㄨㄥ 動 衆人同時發聲；例一哄而散。ㄏㄨㄥˇ 動 ①欺騙；例你少哄我。②安撫，照顧幼兒；例哄小孩。

參考 同欺、騙、蓋。

8 **哄抬物價** ㄏㄨㄥˇ ㄊㄞˊ ㄨˋ ㄐㄧㄚˋ 不法的商人罔顧公益，伺機擡高東西價格，以圖謀個人利益的行爲。

11 **哄動** ㄏㄨㄥ ㄉㄨㄥˋ 一下子引起多數人的注意或震驚。亦作「轟動」。

哄堂大笑 ㄏㄨㄥ ㄊㄤˊ ㄉㄚˋ ㄒㄧㄠˋ 形容滿屋子的人同時放聲大笑。

參考 同滿座絕倒。

常 6 **哈** 形解 形聲；從口，合聲。口不停地開闔爲哈。

音義 ㄏㄚ 名 姓。動 ①彎曲；例哈腰。②張口舒氣；例哈癢。③以口大量吸飲；例哈稀飯。副 形容笑聲；例哈哈一笑。感 表幸災樂禍；例哈哈！他是個呆子。

ㄏㄚˇ 名 動 軟毛的小狗，俗稱「獅子狗」；例哈巴狗。

參考 ①形容笑聲除了「哈」字外，尚有「嘻」、「嘿」等字。②「哈哈笑」的「哈」字，唸 ㄏㄚ，但「哈叭狗」的「哈」字，却唸三聲，音 ㄏㄚˇ。

14 **哈爾濱** ㄏㄚ ㄦˇ ㄅㄧㄣ 地 我國院轄市之一，東北第二大都市。交通地位重要，中長鐵路東西南段及北黑鐵路的交點，工商業發達。

▽打哈哈、笑哈哈、苦哈哈。

常 6

咯

解形 形聲；從口，各聲。山雉的叫聲爲「咯」。

音義 ㄌㄨㄛ 動嘔吐；例咯血。
˙ㄌㄛ 助語末助詞，用於語氣完結時；例就是這個人咯。
ㄍㄜ 副坎坷不平地；例咯噔。

參考 ①「咳」唸成ㄎㄚˊ時，與「咯」一（ㄌㄨㄛ）同意。

常 6

咫

解形 形聲；從尺，只聲。周代的長度單位，八寸爲一咫。

音義 ㄓˇ 名①周制八寸爲咫。②近距離；例「視道如咫。」

4 咫尺 ㄓˇ ㄔˇ 比喻距離很近。

常 6

咱

解形 會意；從口，從自。自，象「鼻」形。以口鼻自稱，所以會我的意思。

音義 ㄗㄢˊ 代我，北方人自稱；例「思量都爲我咱呵！」

參考 ①又音ㄗㄚˊ，小說戲劇中常用，如咱家。②字又作「喒」，「偺」，或作「查」，今都不用，只用「咱」字。③同俺、我。④「咱」有兩個讀音：「咱們」的「咱」唸ㄗㄢˊ，「咱家」的「咱」音ㄗㄚˊ。

10 咱家 ㄗㄚˊ ㄐㄧㄚ 自己的俗稱。
咱們 ㄗㄢˊ ˙ㄇㄣ 我們。亦作「咱每」。

常 6

咻

解形 形聲；從口，休聲。休有美好的意思，所以歡笑時的喧笑聲爲咻。

音義 ㄒㄧㄡ 動喧鬧。
ㄒㄩˇ 動吹，通「呴」；例風氣之所咻。副病聲；例噢咻。

次 6

咩

解形 會意；從口，從羊。小篆作芈，象氣由羊頭上冒出形，所以會羊叫聲的意思。

音義 ㄇㄧㄝ 副羊叫的聲音；例小羊咩咩地叫。

參考 同「芈」、「咩」字。

次 6

咭

解形 形聲；從口，吉聲。嘻笑的聲音爲咭。

音義 ㄐㄧ 副形容嘻笑的聲音；例咭咭呱呱。

次 6

咥

解形 形聲；從口，至聲。至有極大的意思，所以大笑爲咥。

音義 ㄒㄧ 副大笑的樣子，通「欯」、「唏」。
ㄉㄧㄝˊ 動咬，通「齷」、「齦」。

參考 作「笑的樣子」解釋時，又音ㄒㄧˋ、ㄔˋ。

次 6

咧

解形 形聲；從口，列聲。形容鳥鳴聲爲咧。

音義 ㄌㄧㄝˇ 動張開嘴脣；例咧著嘴笑。副咧咧，鳥鳴聲。
˙ㄌㄧㄝ 助俚語助詞，加强精警的語氣，同「哩」、「哪」；例乖，別再哭咧！

次 6

哏

解形 形聲；從口，艮聲。滑稽的言詞爲哏。

音義 ㄍㄣˊ 名滑稽的言詞；例逗哏。形可笑有趣的；例這孩子說話眞哏！
ㄏㄣˇ 副①甚，極，通「很」。②兇惡的樣子，通「狠」。

次 6

咷

解形 形聲；從口，兆聲。兆有大的意思，所以大哭的聲音爲咷。

音義 ㄊㄠˊ 動大聲痛哭，通「啕」；例號咷。

參考 又音ㄊㄧㄠˋ。

次 6

哆

解形 形聲；從口，多聲。多有擴大的意思，所以將口張開爲哆。

音義 ㄉㄨㄛ 副身體發抖的樣子，與「嗦」連用；例冷得打哆嗦。
ㄔˇ 動張口；例哆著嘴。副①哆哆，張口的樣子。②寬大的樣子。

參考 又音ㄔˋ。

13 哆嗦 ㄉㄨㄛ ㄙㄨㄛ 俗稱顫動。

參考 參閱「顫抖」條。

次 6

咿

解形 形聲；從口，伊聲。伊有治理的意思，所以勉强裝出來的笑聲爲咿。

音義 一 副①喔咿，强笑的樣子。②鳥鳴聲；例「雞鳴咿咿。」

參考 ①字或作「呀」。②「咿」所能形容的聲音有讀書聲(咿唔)、人語聲(咿嘎)、舟車轉動聲(咿軋)、蟲叫聲(咿咿)、划櫓聲(咿喔)等。

11 **咿啞** ㄧ ㄧㄚ ㈠划槳的聲音。例槳聲咿啞。㈡小兒學語聲。例「小兒咿啞語繡帳。」

常 7
哨
形解 形聲;從口,肖聲。肖有小的意思,所以口小不能容納東西為哨。

音義 ㄕㄠˋ 名 ①軍隊的編制,如清代勇營編制,每百人為一哨。②擔任巡邏警戒的人;例哨兵。③駐兵警戒的崗位;例崗哨。④用來示警的吹器;例哨子。⑤把手指放在嘴裡,或用嘴唇吹氣發出的聲音;例口哨。

3 **哨子** ㄕㄠˋ ˙ㄗ 用來發聲示警或作信號的吹器。亦作「哨兒」。

7 **哨兵** ㄕㄠˋ ㄅㄧㄥ 軍 軍隊中司巡邏守衛的士兵。

參考 衍 哨兵線。

▽口哨、站哨、巡哨、營哨、步哨、前哨、岡哨、警哨、摸哨、單哨、雙哨、警戒哨。

常 7
唐
形解 形聲;從口,庚聲。庚有大的意思,所以誇大不實的言辭為唐。

音義 ㄊㄤˊ 名 ①中國的別稱;例唐人街。②朝代名:a帝堯的朝代。b李淵所建。c李存勖所建,史稱「後唐」。d李昪所建,史稱「南唐」。③蟲名,通「螗」。④姓。動 牴觸;例荒唐之言。形 誇大的;例唐突。

參考 孳 塘、搪、溏、糖、螗、醣。

2 **唐人街** ㄊㄤˊ ㄖㄣˊ ㄐㄧㄝ 外國華僑聚較多的城市,有的將華僑聚居的街道或區域稱為「唐人街」。

3 **唐山** ㄊㄤˊ ㄕㄢ ㈠地 河北省省轄市名之一,自開灤煤礦開採和北寧鐵路通車後,發展成重要工礦城市,水泥、玻璃工業發達。㈡台灣及海外華僑稱中國為唐山,具有精神寄寓,心神嚮往的意義。

4 **唐太宗** ㄊㄤˊ ㄊㄞˋ ㄗㄨㄥ 人 (五九九—六四九)唐高祖李淵次子,名世民。隋末,輔佐高祖平天下,受封為秦王。即位後銳意圖治,海內昇平,史稱「貞觀之治」。並擊敗突厥,收服吐蕃,威震域外。在位二十三年。

5 **唐玄宗** ㄊㄤˊ ㄒㄩㄢˊ ㄗㄨㄥ 人 (六八五—七六二)唐睿宗第三子,名隆基。在位期間文治武功均盛,史稱「開元之治」。天寶後,寵愛楊貴妃,任用楊國忠、李林甫,政治漸壞,於是導致安祿山之亂,玄宗避難奔蜀,太子即位靈武,尊之為太上皇。在位四十三年。

7 **唐宋八大家** ㄊㄤˊ ㄙㄨㄥˋ ㄅㄚ ㄉㄚˋ ㄐㄧㄚ 文 唐代韓愈、柳宗元,宋代歐陽修、蘇洵、蘇軾、蘇轍、王安石、曾鞏,都精於創作古文,都對古文運動有決定性的貢獻,所以尊稱為唐宋八大家。

9 **唐突** ㄊㄤˊ ㄊㄨˊ 失禮,冒犯。

13 **唐詩三百首** ㄊㄤˊ ㄕ ㄙㄢ ㄅㄞˇ ㄕㄡˇ 書 唐詩選本,六卷,實三百十首,清乾隆間蘅塘退士孫洙編。分體編排,便於吟誦。

▽盛唐、中唐、晚唐、後唐、前唐、荒唐、初唐、南唐、東唐。

常 7
唁
形解 形聲;從口,言聲。用言辭慰問喪家為唁。

音義 ㄧㄢˋ 動 慰問喪家;例唁慰。

參考 一般說來,「弔」和「唁」都是安慰的意思,分別來說,向死者致哀為「弔」,慰問生者為「唁」。

常 7
唷
形解 形聲;從口,育聲。育象婦女產子形,所以驚訝或呼痛的聲音為唷。

音義 ㄧㄛ 感 ①表疑問;例唷,真的嗎?②表讚嘆或驚訝;例啊唷,這麼多!③表痛苦;例唷!痛死我了。

參考 「唷」亦可作「喲」。

常 7 **哼** [形解] 形聲；從口，亨聲。人由於畏懼而發出「亨」聲爲哼。

[音義] ㄏㄥ [動] 低聲唱歌；例 哼了幾句平劇。[感] ①表憤怒或不滿；例 哼，有什麼了不起！②病人表示痛苦的呻吟聲；例 哼哼。

[參考] 語音又作ㄏㄣ，感嘆詞。

常 7 **哥** [形解] 會意；從二可。可從丂聲，二可成聲，所以會歌聲的意思。

[音義] ㄍㄜ [名] ①弟妹對兄長的稱呼；例 大哥。②對同輩男性的尊稱；例 老哥。

[參考] ①[同]兄。②[反]弟。③[擊]歌、謌。④古文以「哥」爲「謌」，漢書多用「哥」爲「歌」。

5 **哥白尼** ㄍㄜ ㄅㄛˊ ㄋㄧˊ [人] 波蘭天文學家、數學家。著有「天體運行論」，主張地動說，以爲地球與其他行星都是繞日運行。又闡明四季的變化，春秋分點的歲差，及行星之靜止與逆行，確立近代天文學的基礎。

10 **哥倫布** ㄍㄜ ㄌㄨㄣˊ ㄅㄨˋ [人] 義大利航海家。西元一四九二年，得西班牙女王伊薩伯拉的贊助，率領船隊越大西洋而達巴哈馬羣島，故世稱其爲新大陸之發現者。

▽老哥、表哥、堂哥、八哥、情哥、哥哥、小二哥、大阿哥、行不得也哥哥。

常 7 **哲** [形解] 形聲；從口，折聲。折是用斧斤斷草，所以能夠明確果斷，用言語表達出來智慧爲哲。

[音義] ㄓㄜˊ [名] ①有賢德或智慧的人；例 先哲。②姓。[形] 明智的；例 富含哲理。

2 **哲人** ㄓㄜˊ ㄖㄣˊ 賢智的人。例 哲人其萎。

11 **哲理** ㄓㄜˊ ㄌㄧˇ 關於宇宙和人生的根本道理。

13 **哲嗣** ㄓㄜˊ ㄙˋ 尊稱他人的兒子。亦作「令嗣」。

16 **哲學** ㄓㄜˊ ㄒㄩㄝˊ [哲] 研究自然現象、社會生活和思惟發展的原理原則的科學。

[參考] [衍] 哲學家。

▽賢哲、英哲、前哲、理哲、先哲、聖哲、宿哲、明哲、大哲。

常 7 **唆** [形解] 形聲；從口，夋聲。夋爲行走，所以用言語指使他人去做某事爲唆。

[音義] ㄙㄨㄛ [名] 姓。[動] 指使；例 教唆。[副] 多話的樣子；例 囉唆。

[參考] ①古無「唆」字，借「嗾」爲「唆」。②「唆」和「嗾」（ㄙㄡˇ）都有指使別人做壞事的意思，如「教唆」也可以作「教嗾」，但「囉唆」則不可作「囉嗾」。

8 **唆使** ㄙㄨㄛ ㄕˇ 指使他人從事某種行爲。

[參考] ①[同]唆調，教唆，嗾使。②本詞含有貶損的意思，有指使他人做壞事的含意。

▽示唆、教唆、使唆、暗唆。

常 7 **哺** [形解] 形聲；從口，甫聲。以口餵雛稚食物爲哺。

[音義] ㄅㄨˇ [名] 口中所含或咀嚼著的食物；例 吐哺。[動] ①吃；例 哺食。②含物以餵不能自食者；例 慈烏反哺。③餵；例 哺乳。

[參考] ①又音ㄅㄨˋ、ㄆㄨˇ。②哺讀ㄅㄨˋ時與「餔」可通，意思是用食物餵人。

7 **哺育** ㄅㄨˇ ㄩˋ (一)餵養。(二)培育教養。

[參考] 「哺育」和「撫育」都用於人或動物，唯哺育的對象還可以是事物。教育的範圍較廣，有特定的培養與訓練的過程，也可指「用道理說服人」。教育也可用於反面，如「壞事也具有教育作用，至少可以引爲借鑑。」

8 **哺乳** ㄅㄨˇ ㄖㄨˇ 餵乳。

哺乳動物 ㄅㄨˇ ㄖㄨˇ ㄉㄨㄥˋ ㄨˋ [動] 幼兒時期必須依賴母乳養育才能生長的動物。一般屬脊椎動物，雌體有乳腺，多數爲胎生，有胎盤，爲最高等動物。

▽反哺、吐哺、含哺、乳哺、一飯三吐哺。

常 7 **唔** 形解 形聲；從口，吾聲。吾的俗字。現在自稱「我」用「吾」，形容「吟哦聲」用「唔」。

音義 ㄨ 名 唸書吟哦的聲音；例「咿唔聲裏漏初長。」感 ①表允許或同意；例唔！有道理。②表驚訝；例唔！這可糟了。

常 7 **哩** 形解 形聲；從口，里聲。里有長遠的意思，所以話語結束時悠長的餘聲為哩。

音義 ㄌㄧ 副 言語不清的樣子；例哩嚕不清。

．ㄌㄧ 助 表肯定的語末助詞；例如今要問你哩！

ㄌㄧˇ 名「英里」(mile)的略字，合一、六〇九．三一五公尺。

常 7 **哭** 形解  會意；從吅，從犬。所以會犬吠的意思。

音義 ㄎㄨ 動 因傷心或痛苦而流淚及發出悲聲；例痛哭流涕。

參考 ①古代哭出聲音才叫哭，細啜有涕叫做泣。現在已不限於哭出聲，只要因傷心痛苦而眼紅、流淚都是「哭」。②反 笑。

10 **哭笑不得** ㄎㄨ ㄒㄧㄠˋ ㄅㄨˋ ㄉㄜˊ 令人又好氣又好笑的感覺。

參考 與「啼笑皆非」有別：①後者主要形容既令人難受又令人發笑的一種狀態，也可形容處境尷尬；前者形容處境尷尬，不知所措。

10 **哭哭啼啼** ㄎㄨ ㄎㄨ ㄊㄧˊ ㄊㄧˊ 哭泣不停。亦作「哭啼啼」。

12 **哭喪著臉** ㄎㄨ ㄙㄤ ．ㄓㄜ ㄌㄧㄢˇ 臉部表情悲苦，如遭親人喪亡的樣子。

▽痛哭、號哭、悲哭、慟哭、啼哭、好哭、哀哭、長哭、同哭、喪哭、椎心痛哭、抱頭大哭、大哭特哭。

常 7 **員** 形解  形聲；從貝，□(ㄨㄟˊ)聲。□有回轉圍繞的意思，所以圓滿無缺為員。

音義 ㄩㄢˊ 名 ①在團體機構工作的人；例職員。②團體中的一分子；例黨員。③計人的量詞；例兩員大將。④圓形，通「圓」；例方員。⑤疆域或土地面積；例幅員廣大。

ㄩㄣˊ 動 增加；例「員于爾輻。」

ㄩㄣˋ 名 姓。

5 **員外** ㄩㄢˊ ㄨㄞˋ 古時官名，是「員外郎」的簡稱，後漸用為對富家主人的一種稱呼。

▽人員、官員、店員、船員、職員、教員、委員、社員、議員、雇員、冗員、會員、動員、成員、專員、幅員、管理員、推銷員。

常 7 **唉** 形解  形聲；從口，矣聲。矣為停止，所以答應人的聲音往往聲出即止為唉。

音義 ㄞ 副 應答聲；例「唉，予知之。」感 ①表傷感或歎恨聲；例「唉！太可惜了。」②表無可奈何；例唉！只有這樣了。

參考 ①同哎。②表傷感時，「唉」與「哎」義同，如「哎！只落得兩淚漣漣。」

常 7 **哮** 形解  形聲；從口，孝聲。動物突然受到驚嚇時所發出的吼聲為哮。

音義 ㄒㄧㄠ 名 病名，一種支氣管疾病；例哮喘。動 怒吼；例咆哮。

ㄒㄧㄠ 動 高聲呼喚。

參考 同咆，吼，喊，呼，喚。

12 **哮喘** ㄒㄧㄠ ㄔㄨㄢˇ 醫 由於支氣管發生痙攣性收縮而引起陣發性呼吸困難、哮鳴、咳嗽的反復發作。

▽咆哮、怒哮、跳哮、嘲哮、大肆咆哮。

常 7 **哪** 形解 形聲；從口，那聲。表驚歎或疑問的語助詞為哪。

音義 ㄋㄚˇ 副 通「那」；例哪能。

ㄋㄟˇ 助 表疑問；例哪位是李先生？

．ㄋㄚ 助 語末助詞；例這事還沒完哪！

ㄋㄨㄛˊ 名 外「哪吒」的譯音。

音義 ①「那」和「哪」常可通用。②「哪」作語尾助詞時，與「啊」字用法略同，如「謝謝您哪」即「謝謝您啊」。③「哪」字後面跟量詞或數詞加量詞的時候，在口語裏常常說ㄋㄟˇ或ㄋㄞˇ；單用的「哪」字在口語裏只說ㄋㄚˇ。如「哪個」、「哪些」、「哪樣」在口語裏都常常說ㄋㄟˇ或ㄋㄞˇ。

常 7
哦 解形 形聲；從口，我聲。表示驚悟、感歎的感歎詞爲哦。
音義 ㄜˊ 動吟詩；例吟哦。
ㄛˊ 感①表疑訝；例「哦！你就是李遠哲？」②表驚訝或忽然領悟；例「哦！原來如此。」
參考 表示領悟的感歎詞「哦」，或可用「喔」(ㄛ)字代替。

常 7
唧 解形 形聲；從口，即聲。繁細的聲音爲唧。
音義 ㄐㄧ 形①細小的聲音；例唧嘖。②歎息聲；例唧唧。
ㄐㄧ 名抽水用的器具；例唧筒。
參考 原作「喞」，「唧」是俗字。
10 唧唧 ㄐㄧ ㄐㄧ ㈠機織聲。㈡鳥、蟲的鳴聲。㈢細聲歎息。

次 7
唇 解形 脣 形聲；從口，辰聲。辰有振動的意思，所以受驚嚇而口緣顫抖爲唇。
音義 ㄓㄣ 動受到驚嚇而張大了嘴。
ㄔㄨㄣˊ 名口沿，與「脣」通。
▽丹唇、紅唇、朱唇、兔唇、嘴唇、櫻唇。

次 7
哢 解形 形聲；從口，弄聲。形容鳥鳴聲爲哢。
音義 ㄌㄨㄥˋ 動鳥叫；例哢吭。
ㄋㄡ 助「哪」字的音轉；例實在令小弟佩服得很哢。

次 7
唗 解形 形聲；從口，走聲。使用在口語上的驚歎詞，與「咄」同。
音義 ㄉㄡˇ 副怒斥聲；例唗！爲潑出去的水啼哭什麼？
參考 字爲「咄」字的轉音；多用於元曲或早期白話文中。

次 7
哧 解形 形聲；從口，赤聲。形容原先蹦緊了臉突然破口而出笑的聲音爲哧。
音義 ㄔ 副狀聲詞：①笑聲；例噗哧。②刀砍入節骨聲；例哧嚓。
ㄒㄧㄚˋ 動驚怕，同「嚇」。

次 7
哳 解形 形聲；從口，折聲。形容鳥鳴嘲哳的聲音爲哳。
音義 ㄓㄚˊ 形形容鳥鳴聲；例嘲哳。副鳥聲細繁的樣子；例啁哳悲鳴。

次 7
哽 解形 形聲；從口，更聲。說話聲受到舌頭阻礙，難以出聲爲哽。
音義 ㄍㄥˇ 動①食物塞住喉嚨，通「鯁」；例哽塞。②哭泣時聲氣阻塞，發不出聲音；例哽咽。
參考 「哽」、「埂」、「梗」、「鯁」、「骾」五字音同形近，而字義或有不同：大抵上說，「哽」「鯁」「骾」三字可通，只是「哽咽」，不可作「鯁咽」或「骾咽」；「埂」，指田岸或小路；「梗」，有阻塞之義但異於「哽」「鯁」「骾」三字的喉中阻塞。但「梗直」，可作「鯁直」、「骾直」；唯「梗概」，不可寫作「鯁概」、「骾概」或「哽概」。
9 哽咽 ㄍㄥˇ ㄧㄝˋ 極爲悲痛，以致喉間音結氣塞，哭不成聲。

次 7
哿 解形 形聲；從可，加聲。非常可愛的人或事爲哿。
音義 ㄍㄜˇ 名婦人的首飾，通「珈」。動稱讚；例「哿矣能言。」
參考 ①又音ㄎㄜˇ。②同可，嘉，讚。

次 7
唄 解形 形聲；從口，貝聲。梵語音譯，是「讚美佛陀功德的歌唱」的意思。
音義 ㄅㄞ 名佛佛教經文的贊頌，多用於讚美佛或菩薩的功德；例歌唄讚德。
ㄅㄟ 助表語氣的助詞，「吧」的音變：①表示勉強同意或讓步；例既然如此，就算了唄！②表示不耐煩；例不懂，就學唄！

次 7 **唈** 形解 形聲；從口，邑聲。邑有壓抑的意思，所以氣結失聲爲唈。

音義 ㄧˋ 形 嗚唈，形容因悲傷或憤懣而氣結、抽噎。副 ①悲傷愁苦的樣子。②氣不舒暢憂鬱的樣子；例 唈僾。

參考 ①字或作「悒」。②又音ㄜˋ。

次 7 **唏** 形解 形聲；從口，希聲。哀痛聲爲唏。

音義 ㄒㄧ 動 悲痛；例 唏噓不已。副 ①表示悲傷的聲音，通「欷」；例 嗟唏。②笑聲，通「嘻」；例 唏唏。

參考 ①又音ㄒㄧˇ或ㄒㄧˋ。②「唏」與「希」、「悕」、「晞」、「稀」、「欷」等字同音形近，而義有別：大抵上說，「希」爲希望；「悕」是悲痛、顧念；「晞」是曝曬、乾燥；「稀」是不多、不密；「欷」是悲痛，所以「嗟唏」，又可作「嗟悕」、「嗟欷」。

14 **唏噓** ㄒㄧ ㄒㄩ 悲歎聲。唏：哀歎。

常 8 **商** 形解 形聲；從冏，章省聲。由觀察外在而探知內容爲商。

音義 ㄕㄤ 名 ①以物品買賣營生的人；例 布商。②貨品的買賣交易行爲；例 經商。③五音之一；例 宮、商、角、徵、羽。④朝代名，成湯所建。⑤數 兩數相除所得的值。⑥星名。⑦姓。動 謀畫討論；例 商量。

參考 參（ㄕㄣ）星和商星，一居西方，一居東方，不能同時在天空出現，所以常用來比喻久別；如「人生不相見，動如參與商。」參閱「參」字條。

2 **商人** ㄕㄤ ㄖㄣˊ (一)史 殷商時代的人。(二)從事買賣的人。

8 **商店** ㄕㄤ ㄉㄧㄢˋ 買賣貨物的店鋪。

9 **商品** ㄕㄤ ㄆㄧㄣˇ 以買賣爲目的之貨物。

10 **商討** ㄕㄤ ㄊㄠˇ 商量討論。

商酌 ㄕㄤ ㄓㄨㄛˊ 猶商量。

11 **商埠** ㄕㄤ ㄅㄨˋ (一)通商口岸，國內外通商的港口，分河港與海港。(二)商業發達的地方。

商港 ㄕㄤ ㄍㄤˇ 以貿易爲主，多爲商船進出的港口。

參考 反 軍港。

12 **商量** ㄕㄤ ˙ㄌㄧㄤ 商議量度。

參考 商量、商榷、商討詞義相似，都有討論的意思；「商榷」較爲文言；「商量」有時可作斟酌、估量用；「商討」則指在一定的原則下進行討論。

商場 ㄕㄤ ㄔㄤˇ 商 (一)聚集百貨以便於買賣的地方。例 中華商場。(二)泛指商業界。

13 **商賈** ㄕㄤ ㄍㄨˇ 商人的通稱。古稱運貨販賣爲商，囤積營利爲賈。

商業 ㄕㄤ ㄧㄝˋ 從事商品交易流轉的國民經濟部門。商業分國外商業和國內商業。

14 **商鞅** ㄕㄤ ㄧㄤ 人 戰國時衛人，本姓公孫。好刑名法術之學，相秦孝公，推行新法，奠定富強的基礎。因功封於商，稱商君。又稱「衛鞅」、「公孫鞅」。

商榷 ㄕㄤ ㄑㄩㄝˋ 商量討論。榷：商討。

參考 參閱「商量」條。

15 **商標** ㄕㄤ ㄅㄧㄠ (一)商 企業組織或商品的標識，經政府註冊後，他人不得仿冒。(二)法 因表彰自己所生產製造或販賣之商品，而使用特定標識或符號以與他人的商品區別者。

20 **商議** ㄕㄤ ㄧˋ 商量討論。

▽富商、殷商、夏商、三商、通商、經商、豪商、協商、參商、細商、磋商、研商、會商、奸商、貿易商、在商言商、動如參商。

常 8 **啪** 形解 形聲；從口，拍聲。形容爆裂或拍擊的聲音爲啪。

音義 ㄆㄚ 副 描摹聲音的詞，常用來形容爆竹聲，放槍聲或拍擊聲；例 啪的一聲，拍了個蒼蠅。

參考 字又作「咱」。

常 8 **啦** 形解 形聲；從口，拉聲。表示語氣完結而略帶感歎的語詞爲啦。

音義 ˙ㄌㄚ 助 「了」、「啊」二字的合音，意思同「了」，但語氣較重，表示事情已經完成，兼有感歎或勸止的口氣；例好啦，走吧！

ㄌㄚ 形形容水聲；例大雨嘩啦啦下個不停。

參考 助詞，示事情完結而略含感歎之語氣時，語體文本作「了」，因語音讀如「拉」而又與語氣有關，所以從口作「啦」。

11 啦啦隊 ㄌㄚ ㄌㄚ ㄉㄨㄟˋ 在競賽中，替人加油或作舞蹈表演以為助陣的隊伍。

▽嘩啦啦、淅瀝嘩啦。

常 8 **啄** 形解 形聲；從口，豖聲。豖有琢磨的意思，所以鳥類用利嘴取食為啄。

音義 ㄓㄨㄛˊ 名 ①鳥嘴；例「鶴俛啄也。」②書法稱短撇為「啄」。動 鳥用嘴吃東西；例「無啄我粟。」副 ①形容敲門聲；例剝啄。②母雞呼叫小雞來吃東西的聲音；例「啄啄庭中拾蟲蟻。」

4 啄木鳥 ㄓㄨㄛˊ ㄇㄨˋ ㄋㄧㄠˇ 動鳥名。攀禽類，嘴堅且直，舌細長，尖端有鈎，足四趾，二向前，二向後，便於攀木。常以嘴鑿破樹皮或穿穴，以舌尖鈎出蠹蟲而食，對清除樹蟲幫助甚大，是益鳥。

▽鳥啄、雞啄、亂啄。

常 8 **啞** 形解 形聲；從口，亞聲。聲帶有病不能發音為啞。

音義 ㄧㄚˇ 名 聲帶有毛病，不能發出聲音；例啞吧。形 無聲的；例啞劇。副 發聲枯竭；例嗓子喊啞了。

ㄧㄚ 副 描摹聲音的詞，小兒學說話的聲音。助 驚歎聲，同「呀」；例慚愧啞！

ㄜ 副 笑聲；例啞然而笑。

參考 字或作「瘂」。

3 啞口無言 ㄧㄚˇ ㄎㄡˇ ㄨˊ ㄧㄢˊ 被人質問或駁斥時，像啞子般說不出話來。

4 啞巴 ㄧㄚˇ ˙ㄅㄚ 不能說話的人。亦作「啞吧」、「啞叭」、「啞子」。

11 啞啞 ㄧㄚ ㄧㄚ ㈠烏鴉的叫聲。例啞啞吐哀音。㈡笑聲。㈢車聲。㈣小兒學語聲。

12 啞然失笑 ㄧㄚˇ ㄖㄢˊ ㄕ ㄒㄧㄠˋ 見到或聽到好笑的事情，不由自主地笑出聲來。

13 啞鈴 ㄧㄚˇ ㄌㄧㄥˊ 舉重和體操的輔助器械之一。

15 啞劇 ㄧㄚˇ ㄐㄩˋ 不用臺詞、歌詞，只用動作和表情演出的戲劇。

17 啞謎 ㄧㄚˇ ㄇㄧˊ 以費解的辭句供人猜測。

▽聾啞、嘔啞、笑啞、盲啞、喑啞、作啞、裝啞、低啞、裝聾扮啞、既瘋又啞。

常 8 **啡** 形解 形聲；從口，非聲。非有鄙棄、否定的意味，所以唾棄的聲音為啡。

音義 ㄈㄟ 名 外 用於咖啡、嗎啡等詞的譯音。

ㄆㄟ 副 出口唾棄的聲音，即「呸」的本字。

參考 元人劇本有「呸」字，用來形容與人相爭而出口唾棄的聲音，即「啡」的俗體。今「呸」字通行，而「啡」純作外來語音譯字。

常 8 **啃** 形解 形聲；從口，肯聲。肯本做肎，象肉在骨間附著形，所以用口咬骨為啃。

音義 ㄎㄣˇ 動 ①咬食；例啃麵包。②用功讀書；例他除了啃書外，什麼也不會。

ㄎㄣ 動 俗稱吃為「啃」。

參考 時下流行以英文字母「K」代替「啃」，如「K書」。

▽猛啃。

常 8 **啊** 形解 形聲；從口，阿聲。由於喜好或厭惡所發出的感歎聲為啊。

音義 ㄚ 助 用在語尾，表示贊成；例對啊！感 ①表驚訝、痛苦或讚歎；例啊！失火了！②表懷疑或反問；例啊！你說什麼？

參考 ①又讀ㄜ。②助詞「啊」的轉聲，使它有四種說法：「對呀」、「是啊」、「着哇」、「天哪」。這種助詞「啊」往往上面的詞收什麼音，它就跟著發什麼音，在使用上，往往要跟隨上面的詞來決定。質言之，「啊」字用在句末或句中，常受到前一字韻母或韻尾的影響而發生不同的變音，也可以寫成不同的字。

常 8 **唱** 解形 唱 形聲；從口，昌聲。昌是美好正直的言語，所以在前倡導為唱。

音義 ㄔㄤˋ 名 泛稱詩詞歌曲；例小唱。動①口裡發出歌聲；例漁歌唱晚。②提倡，引導，通「倡」；例「首唱大義」。③高呼；例唱票。

4 **唱片** ㄔㄤˋ ㄆㄧㄢˋ 一種記錄聲音的膠片，利用機器在片面刻下有螺旋紋的凹溝，搭上唱針便能發聲。

8 **唱反調** ㄔㄤˋ ㄈㄢˇ ㄉㄧㄠˋ 作出與人不同論調或相反的言論。

8 **唱和** ㄔㄤˋ ㄏㄜˋ 一個人做了詩或詞，別人相應酬答。

10 **唱高調** ㄔㄤˋ ㄍㄠ ㄉㄧㄠˋ 比喻說好聽而不切實際的空話。

11 **唱票** ㄔㄤˋ ㄆㄧㄠˋ 投票選舉後，開票時由指定人員大聲唱出選票上所圈選的名字。

12 **唱腔** ㄔㄤˋ ㄑㄧㄤ 戲曲演員歌唱時所用的腔調。

14 **唱歌** ㄔㄤˋ ㄍㄜ 按照詞、曲發出悅耳的聲音。

▽一唱、歌唱、合唱、輪唱、獨唱、主唱、吟唱、漁唱、酬唱、齊唱、低唱、梵唱、輕唱、歡唱、重唱、三重唱、千古絕唱。

常 8 **啖** 解形 啖 形聲；從口，炎聲。炎是火光上騰，火燄呈幷合的狀態，所以用口吞食為啖。

音義 ㄉㄢˋ 名 姓。動①吃；例啖食。②設法誘使別人聽從自己；例以利啖之。

參考 ①字又作啗、噉、餤。②同吃，食。

▽健啖、食啖、咀啖、快啖、大啖。

常 8 **問** 解形 問 形聲；從口，門聲。門有出入通達的意思，所以用口探詢以通曉事物情理為問。

音義 ㄨㄣˋ 名 ①書信；例家問。②周代諸侯相互間的聘禮；例聘問。動①自己不知，而去請教別人；例借問酒家何處有？②審訊；例審問。③責備；例惟你是問。④慰勞，請安；例慰問。

參考 ①「聞」讀成ㄨㄣˋ時，和「問」相同。②反答。③「問」、「打聽」有別：「問」用的範圍比「打聽」廣得多。凡是用「打聽」的地方都可以用「問」。「打聽」是要了解某一事實或情況，不要求回答的人表示意見、看法，只要求報導事實。「問」可以要求別人解答疑問，闡明道理，發表意見。

2 **問卜** ㄨㄣˋ ㄅㄨˇ 用占卜的方法解決疑惑。例求神問卜。

4 **問心無愧** ㄨㄣˋ ㄒㄧㄣ ㄨˊ ㄎㄨㄟˋ 自己反省，覺得不愧於心。例內省不疚，問心無愧。

參考 ①與「心安理得」有別：前者偏重在「心」—自己盡了心，至少沒有壞心眼；後者偏重在「理」—自以為合情合理。②參閱「心安理得」條。

5 **問世** ㄨㄣˋ ㄕˋ 著作出版。出示著作，以求衆人指正。

9 **問津** ㄨㄣˋ ㄐㄧㄣ 打聽渡口。比喻探問或嘗試。多用於否定。津：渡口。例乏人問津。

10 **問候** ㄨㄣˋ ㄏㄡˋ 問安，問人的起居。

參考 衍問候語。

問訊 ㄨㄣˋ ㄒㄩㄣˋ ㈠詢問消息。㈡問候。㈢出家人向人合掌行禮。

13 **問號** ㄨㄣˋ ㄏㄠˋ 標點符號之一，用於表示疑問語氣，其符號為「?」。

問罪 ㄨㄣˋ ㄗㄨㄟˋ ㈠聲揚對方的罪狀而加以討伐。例興師問罪。㈡審問犯人以定其罪責。

問鼎 ㄨㄣˋ ㄉㄧㄥˇ ㈠問鼎之大小輕重，意在取得天下。㈡有希望取得最高榮譽。例問鼎王座。

問道於盲 ㄨㄣˋ ㄉㄠˋ ㄩˊ ㄇㄤˊ 向瞎子問路，比喻求教於無知的人。盲：瞎子。

18 **問題** ㄨㄣˋ ㄊㄧˊ ㈠有疑問或尚待商討解決的事物。㈡考試的題目。

參考 衍問題行為、問題少年。

19 **問難** ㄨㄣˋ ㄋㄢˋ 對於疑難的問

題，雙方各申己見，互相駁斥，互相詰問，而展開辯論。

▽天問、疑問、學問、借問、訪問、尋問、慰問、質問、顧問、探問、責問、審問、查問、訊問、詢問、不恥下問、不相聞問、不聞不問、反躬自問、捫心自問、撫躬自問。

常 8 **啕** 解形 形聲；從口，匋聲。匋是常見的瓦器，引申有衆多的意思，所以多言爲啕。

音義 ㄊㄠˊ 副 放聲大哭的樣子；例 號啕大哭。

參考 ①「啕」古代有多話的意思，今已不用。②同咷。

常 8 **唯** 解形 形聲；從口，隹聲。應答時的敬詞爲唯。

音義 ㄨㄟˊ 副 ①只有；例 唯有。②但是；例「唯朱公獨笑。」③希望；例 唯留意。介 因爲，通「惟」；例「冀之既病，則亦唯君故。」連 雖然，通「惟」；例「唯天子，受命于天。」助 發語詞，無義，通「惟」；例 唯何甚！

ㄨㄟˇ 名 恭敬的應答詞；例 唯諾。

參考 ①「唯」和「惟」只在「單獨」、「只有」的意思下通用，他如「惟」有「思想」的意思而「唯」沒有。②「唯」與「諾」同有應答義，但用「諾」較爲不禮貌。③同惟，獨，僅，但，只，祇。

1 **唯一** ㄨㄟˊ ㄧ 獨一無二。

4 **唯天爲大** ㄨㄟˊ ㄊㄧㄢ ㄨㄟˊ ㄉㄚˋ 天之大，無可相與比擬者。

7 **唯利是圖** ㄨㄟˊ ㄌㄧˋ ㄕˋ ㄊㄨˊ 只知圖謀個人的利益，而不論其他。

唯我獨尊 ㄨㄟˊ ㄨㄛˇ ㄉㄨˊ ㄗㄨㄣ 至高無上，無可與之比擬者。

參考 與「妄自尊大」有別：後者含有「實際上沒有多大本事或沒有眞本事而盲目狂妄自大」的意思；前者卻强調「狂妄自大到了以爲只有自己才是最了不起的地步。」

唯妙唯肖 ㄨㄟˊ ㄇㄧㄠˋ ㄨㄟˊ ㄒㄧㄠˋ 形容描寫或模仿得非常巧妙，非常逼眞。唯：語助詞。妙：佳美。肖：相像、逼眞。

參考 ①也作「維妙維肖」。②本詞含有褒揚的意義。

10 **唯恐** ㄨㄟˊ ㄎㄨㄥˇ 只怕。例 唯恐不及。

11 **唯唯** ㄨㄟˇ ㄨㄟˇ 應諾聲，含有謙恭的意思。

唯唯諾諾 ㄨㄟˇ ㄨㄟˇ ㄋㄨㄛˋ ㄋㄨㄛˋ 連聲答應，一味順從。唯唯：謙卑的應答；諾諾：謙恭地答應的聲音，表示服從。

參考 與「唯命是聽」有別：(1)前者著眼於順從附和的樣子；後者著眼於絕對服從的行爲。(2)「唯命是聽」一般用於下對上；而「唯唯諾諾」還可以表示平輩之間的隨聲附和。

常 8 **啤** 解形 形聲；從口，卑聲。是英文 Beer 一字的音譯，係一種麥釀的淡酒。

音義 ㄆㄧˊ 外 英語 Beer 的譯音，一種以大麥芽、大米爲原料，經低溫發酵而釀成的低濃度酒精飲料，含糖、蛋白質和二氧化碳。

參考 ①脾氣、脾胃的「脾」不可誤爲「啤」字。②啤酒又稱「皮酒」或「麥酒」。

10 **啤酒** ㄆㄧˊ ㄐㄧㄡˇ 外 (Beer) 一種用大麥芽、啤酒花和水釀製成的發酵飲料，酒精含量在百分之二到百分之六之間，倒在杯子裏會起很多泡沫。亦稱「麥酒」、「皮酒」。

常 8 **唸** 解形 形聲；從口，念聲。念有思慮的意思，心有所思，則口有所吟，所以呻吟爲唸。

音義 ㄋㄧㄢˋ 動 誦讀，通「念」；例 唸書。

參考 「唸」爲「念」的後起字，以前都用「念」字而不用「唸」字，現二字皆通行，如「唸書」原作「念書」。

13 **唸經** ㄋㄧㄢˋ ㄐㄧㄥ (一)誦讀佛經。(二)譏笑他人說話嘮叨不休或語調貧乏沒有抑揚頓挫。

常 8 **售** 解形 形聲；從口，雔省聲。雔指雙鳥，鳥多可賣，所以用口叫賣爲售。

音義 ㄕㄡˋ 動 ①賣出；例 銷售一空。②達到(目的)；例 詭計得售。
參考 ①同賣。②反買，購。
15 **售價** ㄕㄡˋ ㄐㄧㄚˋ 賣出去的價錢。例售價低廉。
▽發售、出售、零售、廉售、脫售、不售、急售、讓售、銷售。

常 8
啜 形解 形聲；從口，叕聲。叕為接合，飲食時必用口接物，所以吸食為啜。
音義 ㄔㄨㄛˋ 名 姓。動 ①喝；例啜飲。②嘗或食；例哺啜。副 哭泣時抽噎的樣子；例啜泣。
參考 ①現在除了用於「啜泣」一詞外，啜很少用在「哭」的方面。②「啜」作食解，偏重飲用流體食物。③同喝，飲。
8 **啜泣** ㄔㄨㄛˋ ㄑㄧˋ 猶言哭泣，既流眼淚，又哭出聲來。
12 **啜菽飲水** ㄔㄨㄛˋ ㄕㄨˊ ㄧㄣˇ ㄕㄨㄟˇ 飲食清簡，但是能博得父母歡心，也可稱得上是孝順了。菽：豆汁。

常 8
唬 形解 形聲；從口，虎聲。虎的咆哮為唬。
音義 ㄏㄨˇ 動 ①威嚇；例嚇唬。②帶有虛張聲勢的欺騙；例你少唬我！ ㄒㄧㄚˋ 動 俗借作「嚇」。
參考 ①同嚇，唬。②唬的本義是老虎的吼聲，引申而有嚇唬的意思。

常 8
啣 形解 會意；「銜」的俗字，從金從行。以會在馬行進時，含在馬口中的鐵片為銜。
音義 ㄒㄧㄢˊ 動 ①用嘴叼物；例燕子啣泥。②懷在心裡；例啣恨。③接受；例啣命。
參考 「啣」是「銜」的俗字，但作「馬嚼子」及「頭銜」解時，只作「銜」，不可用「啣」字。
11 **啣接** ㄒㄧㄢˊ ㄐㄧㄝ 相互連接。例首尾啣接。亦作「銜接」。

常 8
唳 形解 形聲；從口，戾聲。戾有彎曲的意思，所以鶴曲頸而鳴的聲音為唳。
音義 ㄌㄧˋ 動 鳥類高聲地叫；例鶴唳。
參考 轉捩(ㄌㄧㄝˋ)點，風聲鶴唳(ㄌㄧˋ)，都很容易誤讀為淚(ㄌㄟˋ)，宜加分辨。
▽風聲鶴唳。

常 8
㖭 形解 形聲；從口，忝聲，用舌頭舔取東西為㖭。「舔」的俗字。
音義 ㄊㄧㄢˇ 形 㖭嘴咂舌，吃得很有味道的樣子。

次 8
啵 形解 形聲；從口，波聲。喜歡談論他人的隱私，從中興風作浪為啵。
音義 ㄅㄛ 助 表示商榷或祈使的語尾助詞，相當於「吧」；例弟兄們，努力幹啵。
參考 又音˙ㄅㄛ。

次 8
唼 形解 形聲；從口，妾聲。形容鳥吃東西的聲音為唼。
音義 ㄕㄚˋ 動 ①蟲咬東西。②洩氣；例唼氣。③小孔淘汰沒有用的東西。副 描摹聲音的字，魚、鳥吃東西的聲音，通「啑」；例唼喋。ㄗㄚ 動 食，通「唊」。ㄑㄧㄝ 名 唼佞，讒言。
參考 字與「啑」有別：啑，音ㄘㄨㄟˋ，先嘗。
12 **唼喋** ㄕㄚˋ ㄉㄧㄝˊ 魚鳥聚集吃東西的聲音。唼：吃東西所發出的聲音。又作「啑喋」。

次 8
啍 形解 形聲；從口，𦎫聲。𦎫有厚重的意思，所以呼吸沈重為𦎫。隸書改為啍。
音義 ㄊㄨㄣ 副 呼吸沈重的樣子；例啍啍。
參考 又音 ㄓㄨㄣ、ㄊㄨㄣˊ。

次 8
啐 形解 形聲；從口，卒聲。卒為吏卒，所喝叱的聲音常使人驚嚇，所以驚嚇為啐。
音義 ㄘㄨㄟˋ 動 ①吐痰，吐口水。②鄙斥。副 嘈雜地；例嘈啐。
參考 ①字又作「啐」、「啑」。②「啐」與「悴」、「淬」、「瘁」、「翠」等字同音而義異：「悴」，憂傷；「淬」，浸染、奮勵；

「瘁」，疾病、勞苦；「翠」是鳥名。

次 8 **啑** 形解 形聲；從口，疌聲。疌有快速的意思，所以形容水鳥吃魚迅速爲啑喋。

音義 ㄕㄚˋ 動 用嘴吸取，通「歃」。

ㄉㄧㄝˊ 形 形容魚、鳥等吃東西的聲音。

6 **啑血** ㄐㄧㄝˊ ㄒㄩㄝˋ ㈠殺人很多，踏着血跡而行。又作「喋血」。㈡用嘴吸取鮮血。同「歃血」。

次 8 **唵** 形解 形聲；從口，奄聲。奄有覆蓋的意思，所以用口含物爲唵。

音義 ㄢˇ 動 ①嘴裏銜著東西。②用手進食。感 表懷疑的感嘆詞；例唵！請你再說一遍。

次 8 **啁** 形解 形聲；從口，周聲。鳥兒悲鳴聲爲啁。

音義 ㄓㄡ 動 嘲笑；例詠啁。

副 鳥鳴聲；例啁啾。

參考 又音 ㄔㄠ。

10 **啁哳** ㄓㄡ ㄓㄚ 形容鳥聲繁細。哳：鳥叫聲。

12 **啁啾** ㄓㄡ ㄐㄧㄡ ㈠小鳥的叫聲。㈡各種樂器一齊演奏聲。

次 8 **啗** 形解 形聲；從口，臽聲。臽有陷入的意思，所以吃東西爲啗。

音義 ㄉㄢˋ 動 ①吃；例啗桃。②以利益引誘人；例啗以重利。

參考 ①同啖，噉，嚪。②「啗」與「啖」有別：拿東西自己吃稱「啖」；拿東西給別人吃叫「啗」。

次 8 **啥** 形解 形聲；從口，舍聲。相當於口語中的「什麼」。

音義 ㄕㄚˊ 代 方 甚麼；例幹啥？

參考 字又作「倽」、「[illegible]」。

次 8 **啎** 形解 形聲；從午，吾聲。吾有違逆的意思，所以相迎爲啎。

音義 ㄨˋ 動 ①違逆，通「忤」。

參考 ①字又作「午」、「忤」、「蘁」。②「啎」字屬於「口」部。

常 9 **唾** 形解 形聲；從口，垂聲。垂有自上而下的意思，口水也是自上而下流，所以口水爲「唾」。

音義 ㄊㄨㄛˋ 名 口腔裡唾腺所分泌出的消化液；例唾液。

動 ①吐口水；例唾面自乾。

副 鄙賤，輕視地；例唾棄。

參考 ①又音 ㄊㄨˋ，如唾沫。②字或作涶。

4 **唾手** ㄊㄨㄛˋ ㄕㄡˇ 自唾己手，形容事情極容易做到。

唾手可得 ㄊㄨㄛˋ ㄕㄡˇ ㄎㄜˇ ㄉㄜˊ 比喻非常容易得到。又作「唾手可取」。

參考 與「探囊取物」、「甕中捉鱉」有別：「唾手可得」，著眼在唾手，形容得到它，就像「自唾己手」一般容易；「探囊取物」著眼在事，形容辦好它「輕而易舉」；「甕中捉鱉」著眼在物，形容取得它「很有把握」。

9 **唾面自乾** ㄊㄨㄛˋ ㄇㄧㄢˋ ㄗˋ ㄍㄢ 形容極度的寬容忍辱。

11 **唾液** ㄊㄨㄛˋ ㄧㄝˋ 由唾腺分泌出來的液體，可以潤溼、分解食物和幫助消化。

12 **唾棄** ㄊㄨㄛˋ ㄑㄧˋ 輕賤鄙棄到極點，有如吐唾於地。

參考 參閱「鄙薄」條。

13 **唾腺** ㄊㄨㄛˋ ㄒㄧㄢˋ 生 分泌液的腺體，有耳下腺、頸下腺、舌下腺三對。

16 **唾罵** ㄊㄨㄛˋ ㄇㄚˋ 鄙賤辱罵。

▽口唾、棄唾、面唾。

常 9 **啻** 形解 形聲；從口，帝聲。爲轉折語氣的詞，有「但」的意思。

音義 ㄔˋ 副 只，但，僅；例不啻。

參考 又音 ㄊㄧˋ，理也。

▽不啻、何啻。

常 9 **喀** 形解 形聲；從口，客聲。人嘔吐時所發出的噁聲爲喀。

音義 ㄎㄚ 形 描摹聲音的字；例喀吧一聲，樹斷了。

ㄎㄚˇ 名 地名；例喀布爾。形 描摹聲音的字；例喀的一聲，吐了口痰。

ㄎㄜˋ 動 嘔吐；例喀血。形 嘔

吐聲；例喀喀。

參考 喀（ㄎㄜˋ），咳（ㄎㄚˇ），咯（ㄎㄚˇ）都有吐的意思。咳（ㄎㄜˊ）通咯（ㄎㄜˊ），是藉著咳嗽而吐出某物，如「咳血」可作「咯血」。但「咯血」，也是咳嗽中帶血或吐血的意思，三者已常通用。

常 9 **喧** 形解 形聲；從口，宣聲。宣有廣大普遍的意思，所以大聲說話爲喧。

音義 ㄒㄩㄢ 動大聲說話；例喧嘩。形①顯著盛大的；例喧赫。②吵嚷的；例喧賓奪主。③聲音大的；例鑼鼓喧天。

參考 ①「喧」字常被誤用爲「寒暄」的「暄」（從日），二字音同而義異。②宣、揎、萱、喧、暄等字都從亘聲，今音均作ㄒㄩㄢ。

4 **喧天** ㄒㄩㄢ ㄊㄧㄢ 聲音大得震動了天。例鑼鼓喧天。

14 **喧赫** ㄒㄩㄢ ㄏㄜˋ 聲勢極其盛大的樣子。赫：威勢極盛。

喧賓奪主 ㄒㄩㄢ ㄅㄧㄣ ㄉㄨㄛˊ ㄓㄨˇ 客人的聲音壓倒了主人的聲音。比喻次要的壓倒了主要的或占據了主要地位。

參考 同反客爲主。

15 **喧鬧** ㄒㄩㄢ ㄋㄠˋ 喧嘩而吵鬧。例喧鬧法庭。

喧嘩 ㄒㄩㄢ ㄏㄨㄚ 大聲說笑或叫喊、哄鬧。

參考 ①同喧噪，喧嚷，讙譁。②亦作「喧譁」。

18 **喧擾** ㄒㄩㄢ ㄖㄠˇ 嘈雜混亂。

喧闐 ㄒㄩㄢ ㄊㄧㄢˊ 喧鬧雜亂，多指車馬鬧聲。闐：形容聲音喧闐響亮。

20 **喧嚷** ㄒㄩㄢ ㄖㄤˇ 聲浪大而吵雜。

21 **喧囂** ㄒㄩㄢ ㄒㄧㄠ ㈠叫囂，吵鬧。例長夜喧囂。㈡聲音雜亂。例車馬喧囂。

參考 不可作「喧嚻」。

常 9 **喪** 形解 形聲；從哭，亡聲。亡爲逃逸，所以亡親而哭泣爲喪。

音義 ㄙㄤ 名①死亡。②有關哀悼死者的禮數；例居喪。③姓。
ㄙㄤˋ 動失去；例喪命。

參考 ①字或作丧。②同死，亡，失，敗。③喪字從亾（亡），不從衣，所以字不可誤作「喪」。

4 **喪心病狂** ㄙㄤˋ ㄒㄧㄣ ㄅㄧㄥˋ ㄎㄨㄤˊ 喪失良心，病在癲狂。形容失去理智，行爲大悖常理，像瘋了一般。

參考 與「喪盡天良」有別：①前者偏重在作事凶狠殘忍；後者偏重於「心腸歹毒」。②前者可形容言行荒謬；後者不可。前者含有「瘋狂」的意思；後者沒有。

5 **喪失** ㄙㄤˋ ㄕ ㈠猶言失去。㈡法權利離其主體。例喪失權利。

參考 ①同喪亡，喪沒。②衍喪失殆盡。

7 **喪身** ㄙㄤˋ ㄕㄣ 亡身。

喪志 ㄙㄤˋ ㄓˋ 喪失自己的心志。

8 **喪事** ㄙㄤ ㄕˋ 關於喪葬的事宜。

喪服 ㄙㄤ ㄈㄨˊ 居喪時所穿的禮服，有斬衰、齊衰、大功、小功、緦麻五種。

10 **喪氣** ㄙㄤˋ ㄑㄧˋ 喪失意氣，無法振作。

17 **喪膽** ㄙㄤˋ ㄉㄢˇ 比喻非常恐懼。例聞風喪膽。

18 **喪禮** ㄙㄤ ㄌㄧˇ 處理死者殮殯奠饌拜踊哭泣的禮節。古代凶禮之一。

20 **喪鐘** ㄙㄤ ㄓㄨㄥ 教堂在宣告教徒死亡或爲死者舉行宗教儀式時所敲的鐘聲叫做「喪鐘」。後用以喻「死亡」或「滅亡」的訊號。

▽服喪、除喪、送喪、心喪、毀喪、治喪、居喪、三年之喪、良心盡喪。

常 9 **喊** 形解 形聲；從口，咸聲。高聲呼叫爲喊。

音義 ㄏㄢˇ 動①大聲呼叫；例吶喊。②以聲召人；例喊他來。

參考 同叫，喚，呼，吼。

▽呼喊、叫喊、搖旗吶喊。

常 9 **喝** 形解 形聲；從口，曷聲。曷有歇止的意思，所以聲音嘶啞無法出聲爲喝。

音義 ㄏㄜ 動①飲，吸食液體飲料或流體食物；例喝茶。②大聲責備，通「呵」；例喝責。感表驚訝；例喝！你眞的來了。

ㄏㄜˋ 動發怒而大叫；例大喝一聲。感表示不滿；例喝！你可來了。

參考 ①「喝水」的「喝」和「口渴」(ㄎㄜˇ)的「渴」，音義不同，不可混用。②「喝茶」、「喝酒」的「喝」字，唸作ㄏㄜ，如果唸成ㄏㄜˋ，就是大聲喊叫的意思；如呼喝，當頭棒喝。

5 **喝令** ㄏㄜˋ ㄌㄧㄥˋ 大聲地命令。

8 **喝采** ㄏㄜˋ ㄘㄞˇ ㈠大聲叫好。亦作「喝彩」。㈡賭博時大聲吆喝，希望得以中采。

▽恐喝、呼喝、大喝、叱喝、怒喝、狂喝、當頭棒喝、三個和尚沒水喝。

常 9 **喘** 解形 形聲；從口，耑聲。耑象草木向上生長形，所以腹氣上湧，呼吸急促爲喘。

音義 ㄔㄨㄢˇ 名①氣息；例苟延殘喘。②病名；例哮喘。動①呼吸急促；例「牛喘吐舌。」

參考「喘」有時容易誤爲「湍」(ㄊㄨㄢ)，如「水流湍急」的「湍」，不可用「喘」字。

10 **喘氣** ㄔㄨㄢˇ ㄑㄧˋ 呼吸不順暢，以致喘息不已。

喘息 ㄔㄨㄢˇ ㄒㄧ ㈠猶喘氣，呼吸急促。例喘息未定。㈡舒氣休息。形容戰鬥或活動中短暫的休息。

參考 衍喘息之間。

▽氣喘、息喘、咳喘、哮喘、苟延殘喘。

常 9 **喂** 解形 形聲；從口，畏聲。「畏」的後起字，含有恐懼的意思。後來多用爲招呼語。

音義 ㄨㄟˋ 動①把吃的東西送到人嘴裡，通「餵」；例喂小孩兒。②飼，給動物東西吃；例喂養。感表招呼；例喂！請等一下。

ㄨㄟˋ 感常用於電話通話中引起對方注意；例喂！張公館嗎？

參考 同餵，餧。

常 9 **喜** 解形 會意；從壴口。壴象上爲羽飾，中爲鼓，下爲鼓架形，有音樂的意思；所以口中吟唱，心情快樂爲喜。

音義 ㄒㄧˇ 名①吉祥，或令人高興的事；例喜慶。②俗稱婦人懷孕；例害喜。③可賀的事情；例賀喜。④姓。動愛好；例「孔子晚而喜易。」形①歡悅的；例喜悅。②可慶的；例喜事。

參考 ①同歡，愛，悅，欣，樂。②反厭，惡，恨，懼，苦，痛，憂，愁，悲，傷。③孳禧，僖，嘻，嬉，熹。

4 **喜不自勝** ㄒㄧˇ ㄅㄨˋ ㄗˋ ㄕㄥ 非常高興的樣子。自勝：自己能夠勝任。又作「喜不自禁」。

參考 與「樂不可支」有別：①前者偏重於「喜悅」；後者偏重在「快樂」。②前者多作謂語，也作定語、狀語，一般不作補語；後者卻不可如此用。

5 **喜功** ㄒㄧˇ ㄍㄨㄥ 喜好建立功勳，以炫耀自己才能。例好大喜功。

喜出望外 ㄒㄧˇ ㄔㄨ ㄨㄤˋ ㄨㄞˋ 意想不到的喜悅。

參考 與「喜從天降」有別：前者強調「意外的高興」；後者強調「(高興事)突然出現」。前者偏重在心；後者著重在事。但後者的語義重於前者。

7 **喜形於色** ㄒㄧˇ ㄒㄧㄥˊ ㄩˊ ㄙㄜˋ 內心的喜悅流露在臉上。形：表露；色：臉色。

參考「喜形於色」著重在內心的喜悅，是表裏如一的；「笑容可掬」著重在面部的表情，可以是表裏如一，也可以是故作姿態。二者同是臉上流露著喜樂。

喜孜孜 ㄒㄧˇ ㄗ ㄗ 非常歡喜的樣子。

8 **喜雨** ㄒㄧˇ ㄩˇ 及時下的雨。

參考 反苦雨。

喜帖 ㄒㄧˇ ㄊㄧㄝ 請人參加婚禮的柬帖。

9 **喜怒哀樂** ㄒㄧˇ ㄋㄨˋ ㄞ ㄌㄜˋ 泛指人的各種不同的情緒。

10 **喜悅** ㄒㄧˇ ㄩㄝˋ 猶快樂，高興。

喜訊 ㄒㄧˇ ㄒㄩㄣˋ 令人高興歡喜的消息。訊：消息。

喜氣洋洋 ㄒㄧˇ ㄑㄧˋ ㄧㄤˊ ㄧㄤˊ 心情開朗，高興得意的氣氛。洋洋：稱心如意的樣子。

喜馬拉雅山 ㄒㄧˇ ㄇㄚˇ ㄌㄚ ㄧㄚˇ ㄕㄢ 地 喜馬拉雅是古梵文，意思爲「雪屋」，山介於中國西藏與印度、不丹、尼泊爾之間，東西長二、五七五公里，南北寬二四〇公里。中、尼國界上的埃佛勒斯峯，高八、八四二公尺，爲世界第一高峯。亦稱「聖母峯」。

參考 古佛經譯作「雪倉」、「雪棧」。

11 **喜帳** ㄒㄧˇ ㄓㄤˋ 祝賀人喜事，用整幅綢緞，在上面浮貼祝頌的語句的禮品。又作「喜幛」。

13 **喜新厭舊** ㄒㄧˇ ㄒㄧㄣ ㄧㄢˋ ㄐㄧㄡˋ 喜歡新娶的妾而厭棄舊日的老妻。後泛指交友、用人或對事物等方面。舊，又作「故」。

15 **喜劇** ㄒㄧˇ ㄐㄩˋ 文 戲劇類型之一，與「悲劇」相對。旨在透過機智與幽默來娛樂觀衆，最後常以快樂或令人滿意的結局收場。

22 **喜歡** ㄒㄧˇ ㄏㄨㄢ 猶喜樂。

▽欣喜、大喜、歡喜、驚喜、恭喜、狂喜、隨喜、有喜、憂喜、文定之喜、見獵心喜、竊竊自喜、沾沾自喜、恭賀新喜。

常 9 **啼** 形解 形聲；從口，帝聲。因傷痛而發出的聲音爲啼。是「嗁」的俗字。

音義 ㄊㄧˊ 動 ①出聲號哭；例哭哭啼啼。②鳥獸的鳴叫；例月落烏啼霜滿天。形 鳴叫著的；例「處處聞啼鳥。」

參考 字又作「嗁」。

6 **啼血** ㄊㄧˊ ㄒㄩㄝˋ 悲啼過度而嘔血，後用爲「杜鵑鳥」的代稱。例杜鵑啼血猿哀鳴。

10 **啼哭** ㄊㄧˊ ㄎㄨ 號哭，多因悲傷而痛哭出聲來。

啼笑皆非 ㄊㄧˊ ㄒㄧㄠˋ ㄐㄧㄝ ㄈㄟ 哭也不是，笑也不是；形容既令人難受，又讓人發笑的行爲。

▽鳥啼、悲啼、哀啼、哭啼、雞啼、慈烏夜啼。

常 9 **喔** 形解 形聲；從口，屋聲。公鷄啼叫的聲音爲喔。

音義 ㄨㄛ 副 形容公雞鳴聲；例喔喔雞下樹。ㄛ 感 表示領悟；例喔！原來如此。

參考 「喔」用作感歎詞時通「哦」、「噢」；但雞鳴不可作「哦」。

常 9 **喲** 形解 形聲；從口，約聲。驚歎時所發出的聲音爲喲。

音義 ㄧㄠ 感 ①表示驚歎，女子常用，含有撒嬌意味；例喲！他臉皮可眞厚。②驚訝聲；例喲，眞漂亮！助 ①句末語氣詞，加强語氣；例話可不能這麼說喲！②表祈使語氣；例大家一齊用力喲！

常 9 **喇** 形解 形聲；從口，剌聲。剌爲違背，所以言語急促爲喇。

音義 ㄌㄚ 形 描摹聲音的字；例嘩喇。

ㄌㄚˊ 形 用於「喇喇」一詞，形容物體倒塌之聲；例「急喇喇如大廈傾。」

ㄌㄚˇ 名 用於「喇叭」、「喇嘛」等詞。

ㄌㄚˋ 名 用於「喇夥」、「喇子」等詞。

5 **喇叭** ㄌㄚˇ ㄅㄚ 音 ㈠嗩吶的俗稱。㈡口吹的樂器之一，多爲銅製，上端小，身細長漸大，尾端圓敞。㈢泛稱跟嗩吶形似，具有擴音作用的東西，如揚聲器、車船的鳴笛等。

參考 衍 喇叭花、喇叭褲。

14 **喇嘛** ㄌㄚˇ ˙ㄇㄚ 西藏語（bla-ma），爲最勝無上的意思，男子出家稱爲喇嘛。

參考 衍 喇嘛教、喇嘛寺。

常 9 **喋** 形解 形聲；從口，枼聲。枼有輕薄的意思，所以說話隨便而多爲喋。

音義 ㄉㄧㄝˊ 動 踐踏，通「蹀」；例「喋血京師。」副 多話的樣子；例喋喋不休。

參考 喋血可作「蹀血」或「啑血」；「喋喋不休」可作「諜諜不休」。蹀、喋、諜都從「枼」聲，音同義近，可以互通。

6 **喋血** ㄉㄧㄝˊ ㄒㄩㄝˋ 殺人衆多，流血滿地，踏著鮮血前進。亦作「蹀血」、「啑血」。例喋血山河。

12 **喋喋** ㄉㄧㄝˊ ㄉㄧㄝˊ 說話多，沒完沒了。參考 衍喋喋不休。

喋喋不休 ㄉㄧㄝˊ ㄉㄧㄝˊ ㄅㄨˋ ㄒㄧㄡ 嘮嘮叨叨，說個沒完沒了。休：停止，罷休。

參考 ①多含有貶損的意思。②多用於形容人語，有時也可用於鳥鳴。

常 9 **喃** 形解 形聲；從口，南聲。細而輕的說話聲為喃。

音義 ㄋㄢˊ 副①細語不絕的樣子；例喃喃細語。②形容燕鳴聲；例呢喃。

參考 同諵。

12 **喃喃** ㄋㄢˊ ㄋㄢˊ ㈠低語聲。例喃喃細語。㈡燕子叫聲。例燕語喃喃。

參考 衍喃喃自語。

常 9 **喳** 形解 形聲；從口，查聲。輕聲說話聲音為喳。

音義 ㄔㄚ 副①形容聲音的字，多用來形容低語聲；例嘰嘰喳喳。②鳥噪聲；例野鵲兒喳喳地叫。

常 9 **單** 形解  象形。與「干」同，象盾的形狀。

音義 ㄉㄢ 名①記事的紙片；例名單。②單層的布；例床單。形①孤獨的，不成雙的；例形單影隻。②薄弱的；例單衣薄裳。③不複雜的；例簡單明瞭。副①僅，只；例單說不做。②孤獨地；例「微服單行。」

ㄕㄢˋ 地山東縣名之一，在省境西南隅。②姓。

ㄔㄢˊ 名匈奴君長「單于」的讀音。

參考 同獨，孤。

2 **單刀直入** ㄉㄢ ㄉㄠ ㄓˊ ㄖㄨˋ ㈠原來比喻認定目標，勇猛精進。㈡今比喻直截了當地論及問題的核心。

參考 與「開門見山」有別：前者是針對說話的對象而言的；後者卻是說話者自己用來直截了當地說明要說的話或者要寫的文章的本題的。

3 **單于** ㄔㄢˊ ㄩˊ 史漢時匈奴君長的稱號，有廣大義。

參考 衍單于臺、單于都護府。

4 **單元** ㄉㄢ ㄩㄢˊ ㈠數同性質的教材，有首尾，且自成系統的段落。例單元教材。㈡整體中的一個獨立部分。

6 **單行道** ㄉㄢ ㄒㄧㄥˊ ㄉㄠˋ 交僅供車輛單方向行駛的道路。

參考 反雙行道。

單行本 ㄉㄢ ㄒㄧㄥˊ ㄅㄣˇ 對「叢書」而言，從整部著作或報刊、叢書中，抽取其中一本單獨印行的本子。

7 **單位** ㄉㄢ ㄨㄟˋ ㈠計算物體數量的標準。如公尺、公斤。㈡機關團體的部門。

參考 ㈠衍單位價格、單位面積、單位主義。

單身漢 ㄉㄢ ㄕㄣ ㄏㄢˋ 還沒有結婚的男子。

參考 同光棍。

10 **單純** ㄉㄢ ㄔㄨㄣˊ 單一而不複雜。

參考 參閱「純正」條。

15 **單價** ㄉㄢ ㄐㄧㄚˋ 商品的單位價格。

單數 ㄉㄢ ㄕㄨˋ ㈠即奇數，與偶數對。如一、三、五等。㈡單一的數，與「複數」對。

單調 ㄉㄢ ㄉㄧㄠˋ ㈠音一直連續不斷的音調。㈡簡單，重複而缺乏變化。㈢詞調中分片者為雙調，不分片者為單調。

16 **單獨** ㄉㄢ ㄉㄨˊ 獨自一人。例孤弱單獨。

單據 ㄉㄢ ㄐㄩˋ 收付款項或貨物的憑據，如收據、發票、發貨單、送貨單等是。

17 **單薄** ㄉㄢ ㄅㄛˊ ㈠很少，不多。㈡薄弱。㈢不充足。

23 **單戀** ㄉㄢ ㄌㄧㄢˋ 只有男方或女方單獨方面的愛戀。又作「單相思」。

▽簡單、孤單、傳單、牀單、被單、名單、落單、書單、兵單、訂單、賬單、成績單、三聯單、申請單、孤孤單單。

常 9 **喟** 形解 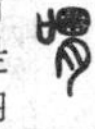 形聲；從口，胃聲。胃是內臟，在人體深處，所以內心有感而發的長歎息聲為喟。

音義 ㄎㄨㄟˋ 名歎息聲；例喟嘆。動歎息；例長喟。副歎息的樣子；例喟然而嘆。

參考 字雖從胃聲，不可讀成ㄨㄟˋ

。

12 **喟然** ㄎㄨㄟˋ ㄖㄢˊ 歎氣的樣子。

參考 衍 喟然長歎，喟然而歎。

常 9
喚
形解 形聲；從口，奐聲。奐有大的意思，所以張口大聲呼叫爲喚。

音義 ㄏㄨㄢˋ 動 ①呼，喊；例 呼喚。②招來；例「你去書房裏喚那禽獸來。」

參考 同 呼，喊，叫。

16 **喚醒** ㄏㄨㄢˋ ㄒㄧㄥˇ ㈠叫醒。㈡使人醒悟。例 喚醒民衆。

參考 見「提醒」條。

▽叫喚、呼喚、召喚、千呼萬喚。

常 9
喻
形解 形聲；從口，兪聲。兪有中空的意思，所以用言語說解使人通曉爲喻。

音義 ㄩˋ 名 姓。動 ①告訴；例 告喻。②比方；例 比喻。③開導；例 曉喻。④明白；例 不言而喻。

ㄩ 副 愉快，通「愉」；例「自喻適志與。」

參考 「喻」和「諭」多通用，如在「明白」、「比方」、「告知」的解釋下都可相通，但「手諭」、「聖諭」等上對下的告語，不能用「喻」字，又現在一般寫「比喻」而不寫作「比諭」。

13 **喻意** ㄩˋ ㄧˋ 曉喻其義。

▽比喻、譬喻、引喻、教喻、訓喻、隱喻、告喻、諷喻、明喻、暗喻、曉喻、不可理喻、不言而喻。

常 9
喬
形解 形聲；從夭，高省聲。夭有彎曲的意思，所以高而彎曲爲喬。

音義 ㄑㄧㄠˊ 名 ①姓。形 ①高大的；例 喬木。②僞裝的；例 喬裝。

ㄐㄧㄠ 形 傲慢放恣，通「驕」。

參考 孳 僑、蕎、橋。

4 **喬木** ㄑㄧㄠˊ ㄇㄨˋ 植 凡主幹明顯而高大的木本植物。

7 **喬妝** ㄑㄧㄠˊ ㄓㄨㄤ ㈠改扮，裝扮。㈡假裝，裝做。亦作「喬裝」。

11 **喬梓** ㄑㄧㄠˊ ㄗˇ 謂父子。或作「橋梓」。

13 **喬裝** ㄑㄧㄠˊ ㄓㄨㄤ 即喬妝。

15 **喬遷** ㄑㄧㄠˊ ㄑㄧㄢ ㈠自幽暗處升遷到高明處。喬：高的。㈡賀人搬遷新居或官職升遷。

參考 衍 喬遷之喜。

常 9
喱
形解 形聲；從口，釐省聲。英美的重量單位，等於一磅的七千分之一。

音義 ㄌㄧˊ 名 外 英語(Grain)的簡譯，約合一釐七毫。

常 9
啾
形解 形聲；從口，秋聲。形容小孩細嫩的聲音爲啾。

音義 ㄐㄧㄡ 副 ①蟲鳥細碎的鳴聲；例 啁啾。②煩雜的聲響；例 啾唧。

12 **啾啾** ㄐㄧㄡ ㄐㄧㄡ 蟲鳥猿馬等的鳴叫聲。例 哀鳴啾啾。

▽啁啾、喧啾、嘲啾。

常 9
喉
形解 形聲；從口，侯聲。在頸部咽頭與氣管之間，是人最需保護的地方爲喉。

音義 ㄏㄡˊ 名 ①生 咽頭以下至氣管上端的通稱；例 咽喉。②重要的地方；例 喉咽要塞。

參考 同 咽。

6 **喉舌** ㄏㄡˊ ㄕㄜˊ ㈠咽喉與口舌。㈡喉舌是人的重要器官，因以比喻國家的重臣。例 爲民喉舌。㈢比喻重要的地方。例「以中夏爲喉舌。」

參考 衍 喉舌之任、喉舌之官。

19 **喉嚨** ㄏㄡˊ ㄌㄨㄥˊ 咽喉的俗稱。亦作「胡嚨」。

▽咽喉、歌喉、白喉、耳鼻喉。

次 9
喑
形解 形聲；從口，音聲。音有陰暗遮蔽的意思，所以飲泣無聲爲喑。

音義 ㄧㄣ 動 嗓子啞了，不能說話，引申有緘默的意思，通「瘖」。

參考 「喑」字從「口」，不從「日」，不要和「暗」字混用。

11 **喑啞** ㄧㄣ ㄧㄚˇ 啞巴，不能說話。喑，緘默。例 聾盲喑啞。

次 9
喨
形解 形聲；從口，亮聲。亮有盛大的意思，所以聲音清脆而傳達遙遠爲喨。

音義 ㄌㄧㄤˋ 名 聲音清澈而響亮，通「亮」；例 嘹喨。

⑨次 **啷** 解形 形聲；從口，郎聲。形容配件撞擊的響聲爲啷。

音義 ㄌㄤ 名零星瑣碎的配件；例啷鐺。副形容風鈴的響聲；例啷啷噹噹。

⑨次 **喫** 解形 形聲；從口，契聲。吃喝爲喫。

音義 ㄔ 動①吃；例喫東西。②飲；例喫酒。

參考 ①同啖，吃，啗，食，飲。②「喫」字的寫法，右邊的「丰」俗每誤作「丯」。

⑨次 **喏** 解形 形聲；從口，若聲。長聲應答的用語爲喏。

音義 ㄋㄨㄛˇ 副答應人呼喚的辭語，多用於小說戲曲中，通「諾」；例喏喏連聲。感含有指示的感歎聲；例喏！它在這兒。

ㄖㄜˇ 名敬辭；例唱喏。

⑨次 **喵** 解形 形聲；從口，苗聲。形容貓叫的聲音爲喵。

音義 ㄇㄧㄠ 形貓叫聲；例喵咪。

⑨次 **喙** 解形 形聲；從口，彖聲。動物的嘴部爲喙。

音義 ㄏㄨㄟˋ 名①鳥獸尖長的嘴；例鳥喙。②人的嘴巴；例置喙。

參考 字不可讀成「豖」(ㄓㄨㄛˊ)，又「不容置喙」不可作「不容置豖」。

⑨次 **喁** 解形 形聲；從口，禺聲。魚兒露出水面呼吸爲喁。

音義 ㄩㄥˊ 動①聲音相和；例前唱于，後唱喁。②魚口仰露出水面呼吸；例魚喁。副魚口向上，比喻衆人喜悅仰慕的樣子；例喁喁然。

參考 ①「喁」與「顒」音同而義別，「顒」字有「大」及「嚴正」等義。②又音ㄩ。

12 **喁喁** ㄩㄥˊ ㄩㄥˊ ㈠比喻衆人向慕。喁，魚口向上。

⑨次 **喒** 解形 形聲；從口，昝聲。品味食物所發出的聲音爲喒。

音義 ㄗㄚˊ 代北方人自稱我爲喒。

參考 又音ㄗㄢˊ。

⑩常 **嗟** 解形 形聲；從口，差聲。感歎時所發出的聲音爲嗟。

音義 ㄐㄧㄝ 感①表悲歎。②表驚異贊美。助發語助詞；例「嗟內顧之所觀。」

ㄐㄧㄝ 助只用於「咄嗟」一詞，頃刻或呵叱的意思；例咄嗟可辦。

參考 又音ㄐㄩㄝ。

8 **嗟來食** ㄐㄧㄝ ㄌㄞˊ ㄕˊ 用輕蔑憐憫的態度招呼人來，施捨東西給他吃。好像口語的：「喂！來吃吧！」

▽呼嗟、怨嗟、于嗟、咨嗟、咄嗟、吁嗟。

⑩常 **嗇** 解形 會意；從來，從㐭。㐭是倉庫，來象麥形，所以妥善收藏穀物爲嗇。

音義 ㄙㄜˋ 名穀類，通「穡」；例稼嗇。形省儉，捨不得用錢；例吝嗇。

參考 ①「嗇」和「穡」在古代可通，今已不行，如「吝嗇」不可作「吝穡」。②孳穡、薔、濇、嬙。

8 **嗇刻** ㄙㄜˋ ㄎㄜˋ 吝嗇刻薄。又作「嗇尅」。

▽吝嗇、慳嗇、省嗇、儉嗇、刻嗇。

⑩常 **嗓** 解形 形聲；從口，桑聲。人的喉嚨爲嗓。

音義 ㄙㄤˇ 名①喉嚨；例嗓子也說乾了。②說話的聲音；例她嗓兒蠻清脆的。

參考 與「噪」字形近而音義各殊：噪，ㄗㄠˋ，喧呼。

3 **嗓子** ㄙㄤˇ ㄗ˙ ㈠猶咽喉、喉嚨。㈡咽喉所發出的聲音，猶嗓門、嗓音。

9 **嗓音** ㄙㄤˇ ㄧㄣ 說話的聲音。

⑩常 **嗦** 解形 形聲；從口，索聲。身體顫抖爲嗦。

音義 ㄙㄨㄛ 動用嘴吸吮或用舌頭舔東西；例嗦手指頭。形顫抖的；例哆嗦。

參考 「囉唆」的「唆」也可用「嗦」

字代替。

㊔10 **嗎** 解形 形聲；從口，馬聲。原爲「罵」的俗字。今多用作疑問助詞，和「麼」字通假。

音義 ·ㄇㄚ 助①疑問助詞；例你好嗎？②反問助詞；例是這樣的嗎？

ㄇㄚˇ 名 外 用於英文嗎啡(Morphia)的翻譯。

參考 ①語助詞「嗎」，或用「麼」，讀輕聲作「·ㄇㄚ」。②「嗎」、「嘛」有別：「嘛」不表示疑問語氣，「嗎」則相反。但有人不加分別，一概寫作「嗎」。用在句中停頓的「嗎」，以寫作「嘛」更適當。例有意見嘛，大家好好商量。

11 **嗎啡** ㄇㄚˇ ㄈㄟ 外(Morphia)英語的音譯，毒品之一，是自鴉片中所提煉出的生物鹼，呈結晶狀，無色，有苦味，含有劇毒。

㊔10 **嗜** 解形 形聲；從口，耆聲。

音義 ㄕˋ 動熱中，特別喜愛；愛好爲嗜。例嗜酒如命。

參考 同愛，好，喜。

6 **嗜血** ㄕˋ ㄒㄧㄝˇ 形容統治者殘暴無道，對百姓進行血腥鎮壓。

嗜好 ㄕˋ ㄏㄠˋ 特別深的愛好。參考 參閱「愛好」條。

▽耽嗜、愛嗜、貪嗜。

㊔10 **嗑** 解形 形聲；從口，盍聲。多話爲嗑。

音義 ㄎㄜˋ ①動用牙齒咬裂硬物；例嗑瓜子兒。②話多的樣子。

ㄏㄜ ①笑聲；例嗑嗑地笑。②食。

參考 「瞌睡」的「瞌」(ㄎㄜ)從目，不可誤作「嗑」。

4 **嗑牙** ㄎㄜˋ ㄧㄚˊ 多話，閒談。

㊔10 **嗣** 解形 形聲；從冊口，司聲。冊是冊命，口是國家，司是主管，所以諸侯繼國主管政事爲嗣。

音義 ㄙˋ 名①子孫；例後嗣。②承繼國位，家系的人；例嗣君。③承繼職務的人；例晉侯問嗣。④姓。動繼續，繼承；例將使嗣位。

參考 ①同承，繼。②嗣之左上只有從「口」，不可於「口」上加一橫作「嗣」。

9 **嗣後** ㄙˋ ㄏㄡˋ 以後。

嗣音 ㄙˋ ㄧㄣ ㈠傳其音信。㈡繼續其德音。亦作「嗣徽」。

▽子嗣、後嗣、嫡嗣、庶嗣、繼嗣、家嗣、罰弗及嗣。

㊔10 **嗤** 解形 形聲；從口，蚩聲。譏笑爲嗤。

音義 ㄔ 動譏笑；例嗤之以鼻。副①形容笑聲；例「嗤的一聲笑將起來。」②形容紙張破裂的聲音；例他生起氣來，嗤的一聲把簿子撕破了。

參考 形容笑聲也可用「蚩」字。

4 **嗤之以鼻** ㄔ ㄓ ㄧˇ ㄅㄧˊ 不屑開口發笑，但使聲音自鼻子發出的冷笑聲，表示譏笑、蔑視。

10 **嗤笑** ㄔ ㄒㄧㄠˋ 譏笑。參考 參閱「嘲笑」條。

▽笑嗤、嘲嗤、謗嗤、譏嗤、諷嗤。

㊔10 **嗯** 解形 形聲；從口，恩聲。表示應允或懷疑的語聲爲嗯。

音義 ㄣˋ 感①表示應允；例嗯！就這麼辦吧！②表示不滿意；例嗯！你就去吧！

ㄣˊ 感表懷疑；例嗯！有這種事？

ㄣˇ 感表示不以爲然；例嗯！那怎麼行？

參考 ①字從「恩」(ㄣ)，不可誤從「思」(ㄙ)。②嗯作感歎詞用時，讀二聲時，表示疑問，讀三聲時表示不以爲然或出乎意外，讀四聲時表示答應。

㊔10 **嗚** 解形 形聲；從口，烏聲。有所感傷而發出的聲音爲嗚。

音義 ㄨ 副①描摹聲音的詞；例風聲嗚嗚。②悲泣聲；例嗚咽。感表哀傷；例嗚呼哀哉。

參考 ①字又作「歍」。②「嗚」和「烏」只有用在感歎詞時通用。③字從「烏」(ㄨ)不可從鳥(ㄋㄧㄠˇ)作「鳴」(ㄇㄧㄥˊ)。

8 **嗚呼** ㄨ ㄏㄨ (一)歎詞。(二)因祭文常用「嗚呼」，故死亡亦稱爲嗚呼。例一命嗚呼。

參考 ①衍嗚呼哀哉。②亦作「烏乎」、「烏虖」、「於乎」等。

嗚呼哀哉 ㄨ ㄏㄨ ㄞ ㄗㄞ 舊時祭文中常用的感歎語，爲哀悼死者的話。現在借指死亡或滅亡。

9 **嗚咽** ㄨ ㄧㄝˋ (一)低聲悲泣。(二)形容淒切的流水聲或絲竹(管弦樂)聲。

參考 衍嗚嗚咽咽。

常 10 **嗡** 解形 形聲；從口，翁聲。鳥蟲飛行翁翁的聲音爲嗡。

音義 ㄨㄥ 副形容飛行時造成的聲音；例蜜蜂嗡嗡地飛過。

常 10 **嗅** 解形 形聲；從口，臭聲。用鼻子吸聞氣味爲齅。今省寫作嗅。

音義 ㄒㄧㄡˋ 動用鼻子去聞；例嗅嗅看，這是什麼東西？

參考 ①通「臭」(ㄒㄧㄡˋ)。②同「聞」。

20 **嗅覺** ㄒㄧㄡˋ ㄐㄩㄝˊ (一)生指嗅神經的作用，即辨別氣味的能力。(二)比喻人辨別事物的能力。例政治嗅覺。

常 10 **嗨** 解形 形聲；從口，海聲。表惋惜的感嘆詞爲嗨。

音義 ㄏㄞ 感①表示惋惜；例嗨！可惜、可惜！②表示招呼；例嗨！你好。 助歌謠中的呼語；例嗨唷！

參考 「嗨」作感歎詞時，同「咳」。

常 10 **嗆** 解形 形聲；從口，倉聲。鳥兒啄食東西爲嗆。

音義 ㄑㄧㄤ 動①有異物進入氣管引起咳嗽；例慢些！別嗆了。②鳥吃東西；例那隻小鳥嗆著條蟲兒。

ㄑㄧㄤˋ 動濃煙氣衝入鼻孔；例「鼻子裏煙嗆的難受。」

參考 被煙「嗆」到也可作「槍」到。

次 10 **嗐** 解形 形聲；從口，害聲。害有分裂的意思，所以張大嘴巴爲嗐。也是口語常用的感嘆詞。

音義 ㄏㄞˋ 動歎氣；例好端端的，你垂頭喪氣的嗐什麼？ 感感歎的語詞；例嗐！完了。

次 10 **嗃** 解形 形聲；從口，高聲。高有高大的意思，所以嚴正偉大的言辭爲嗃。

音義 ㄏㄜˋ 副嚴酷的樣子；例家人嗃嗃。

ㄒㄧㄠ 動大呼，大哮，通「謞」、「詨」。

ㄒㄧㄠ 名吹竹管的聲音。

參考 嗃、歊、謞三字音義有別：「歊」，ㄒㄧㄠ，熱氣上冒；「謞」，有三讀，音ㄒㄧㄠ或ㄒㄧㄠˋ時，義同「嗃」；音ㄏㄜˋ，讒慝。

13 **嗃嗃** ㄏㄜˋ ㄏㄜˋ 嚴厲而殘酷。

次 10 **嗛** 解形 形聲；從口，兼聲。兼有互並包容的意思，所以用口銜物爲嗛。

音義 ㄑㄧㄢ 形虛心而不自滿，通「謙」；例嗛讓。

ㄑㄧㄢˇ 名猴類頰裏貯藏食物的地方；例頰嗛。 形微小的；例嗛嗛之德。

ㄑㄧㄢˋ 名稻穀收成不好，通「歉」；例「一穀不升謂之嗛。」 副不足地；例滿則慮嗛。

ㄒㄧㄢˊ 動①嘴裏含著東西，通「銜」；例鳥嗛肉。②妒恨；例嗛恨。

13 **嗛嗛** ㄑㄧㄢ ㄑㄧㄢ (一)微小的。例嗛嗛之德。(二)不足夠的。

次 10 **嗌** 解形 形聲；從口，益聲。益有增益的意思，人的咽喉可以增益食物爲嗌。

音義 ㄞˋ 動東西哽住喉嚨，透不過氣來；例嗌塞。

ㄧˋ 名咽喉；例嗌不容粒。

次 10 **嗉** 解形 形聲；從口，素聲。鳥類喉部儲存食物的囊狀物爲嗉。

音義 ㄙㄨˋ 名鳥類與昆蟲消化器官的一部分，上接食道，下連砂囊，形狀像口袋，可以暫存食物。

參考 字或作「膆」。

22 **嗉囊** ㄙㄨˋ ㄋㄤˊ 鳥類食道中，成爲囊狀的一部分，是存留食物的器官，上接食道，下連砂囊。又稱「嗉道」、「嗉子」。

次 10 **嗝** 解形 形聲；從口，鬲聲。雞或鳥的鳴叫聲爲嗝。

音義 ㄍㄜˊ 名①因噎氣或害病而喉嚨裏氣逆出聲；例打嗝。②因吃得太飽，胃中的氣體從口洩出所發出的聲音；例打飽嗝。副描摹鷄或野雞的叫聲。

次 10 **嗔** 解形 形聲；從口，眞聲。眞有充實上升的意思，所以氣盛逆上心頭而怒爲嗔。

音義 ㄔㄣ 動生氣，怒恚，通「瞋」；例嗔怒。

ㄊㄧㄢ 形盛滿，充溢，通「闐」；例嗔嗔。

參考「嗔」、「瞋」同有生氣發怒的意思，但有別：「嗔」多指語言，「瞋」多指眼睛的表情。

9 **嗔怒** ㄔㄣ ㄋㄨˋ 發怒。

次 10 **嗄** 解形 形聲；從口，夏聲。大聲說話過多或哭得過度，使聲帶破裂而發生如「夏」的聲音爲嗄。

音義 ㄕㄚˋ 名聲音沙啞。動應答聲，古差役應答上官傳叫及喝堂威時所用。

ㄚˊ 感表疑問或反詰的驚訝聲；例嗄！有這回事嗎？

次 10 **嗩** 解形 形聲；從口，貟聲。嗩吶，古管樂器名。

音義 ㄙㄨㄛˇ 名(音)「嗩吶」，管樂器名。

7 **嗩吶** ㄙㄨㄛˇ ㄋㄚˋ 國樂樂器名；源自古觱篥，本是回族所用，原名「蘇爾奈」，以木管爲身，長約一尺五寸，七孔，並未套上喇叭形銅管發聲，與喇叭不同。

次 10 **嗒** 解形 形聲；從口，荅聲。渾然忘我爲嗒。

音義 ㄊㄚˋ 形心境空虛，物我皆忘；例嗒喪。

參考①或省作「荅」。②又音ㄉㄚ。③後世以灰心喪志，亦稱「嗒」。

12 **嗒然** ㄊㄚˋ ㄖㄢˊ 悵然失意的樣子；例頹然嗒然。又作「嗒焉」。

次 10 **嗢** 解形 形聲；從口，𥁕聲。自喉中發出的噎聲爲嗢。

音義 ㄨㄚˋ 名複姓。動①哽咽；例嗢噦。②笑；例嗢噱。

參考①又作「溫」。②又音ㄨㄚ。

次 10 **嗲** 解形 形聲；從口，爹聲。聲音嬌柔做作爲嗲。

音義 ㄉㄧㄝ 形聲音嬌柔造作；例嗲聲嗲氣。

17 **嗲聲嗲氣** ㄉㄧㄝ ㄕㄥ ㄉㄧㄝ ㄑㄧˋ 形容聲音嬌柔造作。

次 10 **嗖** 解形 形聲；從口，叟聲。東西迅速穿過的聲音爲嗖。

音義 ㄙㄡ 副①笑的樣子。②形容東西迅速通過的聲音；例子彈嗖嗖地穿過樹林間。

常 11 **嘛** 解形 形聲；從口，麻聲。蒙、藏等地稱呼出家的男子爲喇嘛。

音義 ㄇㄚˊ 名蒙古、西藏一帶的僧侶；例喇嘛。助語末助詞，表示疑問或請求；例這樣幹嘛？

·ㄇㄚ 助通「嗎」、「麼」；例可以嘛？

常 11 **嗾** 解形 形聲；從口，族聲。使喚狗去做某事的聲音爲嗾。

音義 ㄙㄡˇ 動①對狗發聲指揮；例公嗾夫獒焉。②指使別人做壞事，通「唆」；例爲人所嗾。

參考①又音ㄗㄨˊ。②「教嗾」亦可作「教唆」(ㄙㄨㄛ)。

8 **嗾使** ㄙㄡˇ ㄕˇ 暗地慫恿別人做壞事。

常 11 **嘀** 解形 形聲；從口，啇聲。低聲私語爲嘀。

音義 ㄉㄧ 動只和「咕」字連用，表示低聲私語的意思；例你們在嘀咕些什麼？

參考①字或作「啾」。②又音ㄉㄧˊ。

8 **嘀咕** ㄉㄧˊ ·ㄍㄨ (一)私底下小聲說話。例他倆不知又在嘀咕些什麼了。(二)心中疑慮不安，作事不知如何是好。例別犯嘀咕了，努力做吧！

常 11 **嘗** 形解 形聲；從旨，尚聲。尚有增加的意思，所以用口和舌辨試味道爲嘗。

音義 ㄔㄤˊ 名①上古秋天祭祀的名稱；例「秋曰嘗。」②姓。動①用口舌辨味；例品嘗。②經歷；例備嘗艱苦。③試驗；例嘗試。副曾經；例余嘗西至崆峒。

參考 ①或作「甞」。②用口舌辨味，俗作「嚐」字。③擘嚐、鱨。④「嘗」、「償」有別：「償」字有歸還、抵補和滿足的意思，所以字從「貝」，例如願以償。「嘗」字是指試一試滋味，所以字從「旨」。（旨，甘美的意思。）

13 **嘗試** ㄔㄤˊ ㄕˋ 試驗，試一試。

常 11 **嘈** 形解 形聲；從口，曹聲。曹是訴訟的雙方，所以言語喧嘩吵雜爲嘈。

音義 ㄘㄠˊ 形 喧鬧的；例嘈嚷不堪。

參考 「嘈」和「吵」（ㄔㄠˇ），用作形容詞時，都有喧鬧的意思；注意二字的讀音，一捲舌，一不捲舌。

18 **嘈雜** ㄘㄠˊ ㄗㄚˊ 形容聲音喧鬧繁亂。例管弦嘈雜。

常 11 **嗽** 形解 形聲；從口，欶聲。欶有急促的意思，所以呼吸不順而生的咳聲爲嗽。

音義 ㄙㄡˋ 動①氣管受物刺激，急急吐氣而發聲；例咳嗽。②用口吸啜；例嗽飲。

參考 「咳嗽」、「盥漱」，不可混用；又「漱口」今不作「嗽口」。

常 11 **嘔** 形解 形聲；從口，區聲。區有隱藏的意思，所以將胃藏的東西翻吐出來爲嘔。

音義 ㄡˇ 動東西從胃或食道逆出；例嘔心瀝血。ㄡ 動唱歌，通「謳」。形形容樂聲的；例管弦嘔啞。ㄡˋ 動故意引人惱怒；例你別嘔我。ㄒㄩ 副和悅的樣子；例言語嘔嘔。

參考 ①或作「呕」。②同吐。

4 **嘔心瀝血** ㄡˇ ㄒㄧㄣ ㄌㄧˋ ㄒㄩㄝˋ 形容構思辛苦，費盡心血。瀝：滴。例這篇文章是他辛勤耕耘嘔心瀝血的傑作。

參考 ①參閱「處心積慮」條。②本詞多用來形容爲工作、事業、文藝創作等用心的艱苦辛勞。

6 **嘔血** ㄡˇ ㄒㄩㄝˇ 吐血。

嘔吐 ㄡˇ ㄊㄨˋ 醫胃內的食物，逆流經過口腔而排出體外的動作。有時亦會排出膽汁或胃液。

10 **嘔氣** ㄡˋ ㄑㄧˋ 被招惹而動了脾氣。

參考 亦作「慪氣」。

常 11 **嘆** 形解 形聲；從口，歎省聲。心中感到悲哀所發出的吁嗟聲爲嘆。

音義 ㄊㄢˋ 動長吐一口氣，以舒洩心中憂悶；例嘆息。

9 **嘆爲觀止** ㄊㄢˋ ㄨㄟˊ ㄍㄨㄢ ㄓˇ 讚嘆所見的事物，已美善至極，無可復加。

10 **嘆氣** ㄊㄢˋ ㄑㄧˋ 因憂悶悲痛所抒發出來的長氣。

▽感嘆、哀嘆、詠嘆、悲嘆、長嘆、怨嘆、驚嘆、贊嘆、幽嘆、慨嘆、望洋興嘆。

常 11 **嘉** 形解 形聲；從壴，加聲。加有增添的意思，所以增添音樂演奏的美事爲嘉。

音義 ㄐㄧㄚ 名①福祉；例休嘉。②古代五禮之一；例吉、凶、賓、軍、嘉。③姓。動贊許；例嘉獎。形美好的；例嘉餚。

參考 「佳」和「嘉」都有美好的意思，但「佳」不能作動詞，所以「嘉許」，不能用「佳」字代替。

7 **嘉言** ㄐㄧㄚ ㄧㄢˊ 善言。

參考 同嘉話。

10 **嘉峪關** ㄐㄧㄚ ㄩˋ ㄍㄨㄢ 地關名。在甘肅酒泉縣嘉峪山西麓，依山築城，居高憑險，爲當時邊防要塞。

11 **嘉陵江** ㄐㄧㄚ ㄌㄧㄥˊ ㄐㄧㄤ 地水名，在四川省東部，源出陝西鳳縣東北嘉陵谷，至巴縣東入長江。全長一、一一九公里。

流域面積約十六、〇〇〇方公里。

12 **嘉惠** ㄐㄧㄚ ㄏㄨㄟˋ (一)對別人所給予恩惠的美稱。例恭承嘉惠。(二)施加恩惠。例嘉惠後學。

14 **嘉賓** ㄐㄧㄚ ㄅㄧㄣ 佳客。

15 **嘉獎** ㄐㄧㄚ ㄐㄧㄤˇ 稱讚並給予獎勵。

24 **嘉釀** ㄐㄧㄚ ㄋㄧㄤˋ 醞釀精純的美酒。

▽元嘉、靖嘉、欣嘉、永嘉、休嘉、精神可嘉。

常 11 **嘍** 形解 形聲；從口，婁聲。婁有曳引的意思，所以鳥兒叫聲拉得長遠為嘍。

音義 ㄌㄡˊ 名 盜匪的部下；例嘍囉。

·ㄌㄡ 助 表示語氣完結；例放學嘍！

參考 另有亂的意思，與「謱」同。

22 **嘍囉** ㄌㄡˊ ㄌㄨㄛˊ 強盜的部下，今喻強權的幫兇或僕從。亦作「僂儸」、「樓羅」。

常 11 **嘎** 形解 形聲；從口，戛聲。鳥兒鳴叫聲為嘎。

音義 ㄍㄚ 副 形容聲音；例他嘎嘎地笑個不停。

參考 又音ㄍㄚˊ，如「嘎調」。

14 **嘎嘎** ㄍㄚ ㄍㄚ (一)兩物擠壓磨擦或搖動所發出的聲音。(二)笑聲。(三)鳥鳴聲。

常 11 **嗷** 形解 形聲；從口，敖聲。食物不足時的哀號聲為嗷。

音義 ㄠ 副 ①形容許多人或動物叫呼或哀號的聲音；例哀鳴嗷嗷。②流離失所；例嗷鴻。

參考 「熬湯」「熬夜」不可用「嗷」字。

14 **嗷嗷** ㄠˊ ㄠˊ (一)哀號聲。(二)眾口嘈雜的聲音。

嗷嗷待哺 ㄠˊ ㄠˊ ㄉㄞˋ ㄅㄨˇ 飢餓時急於求食；形容災民飢餓的哀號，等待他人去救濟援助。等待：等待；哺：餵食。

常 11 **嘖** 形解 形聲；從口，責聲。責有責備訶斥的意思，所以大聲斥喝為嘖。

音義 ㄗㄜˊ 動 爭辯。①鳥鳴聲。②讚美聲。

參考 與「幘」、「賾」、「簀」音同義異：幘，裹髮巾；賾，深奧；簀，牀席。

6 **嘖有煩言** ㄗㄜˊ ㄧㄡˇ ㄈㄢˊ ㄧㄢˊ 議論紛紛，抱怨責備。

14 **嘖嘖** ㄗㄜˊ ㄗㄜˊ (一)鳥叫聲。(二)讚歎聲。例嘖嘖稱奇。

常 11 **嘟** 形解 形聲；從口，都聲。都有美好的意思，所以讚美用詞為嘟。

音義 ㄉㄨ 動 ①翹起嘴唇；例別嘟著嘴。②自言自語；例你到底在嘟囔些什麼？副 ①喇叭聲；例嘟嘟。②讚美詞，放在動詞之後；例這小孩胖嘟嘟的。

次 11 **嘒** 形解 形聲；從口，彗聲。彗有小的意思，所以小聲為嘒。

音義 ㄏㄨㄟˋ 副 微小的樣子。

次 11 **嘏** 形解 形聲；從古，叚聲。叚有大的意思，所以遠大為嘏。

音義 ㄐㄧㄚˇ 形 大，遠，通「遐」；例「降爾嘏福。」

ㄍㄨˇ 名 ①福祉。②祝福的辭語，多用在向人拜壽或祭祀方面；例祝嘏。

參考 文言中，「嘏」字或通「格物」的「格」。

次 11 **嘁** 形解 形聲；從口，戚聲。戚有小的意思，所以細碎的歎息聲為嘁。

音義 ㄑㄧ 形 形容說話聲音細碎的；例嘁嘁喳喳。

ㄗㄚˊ 動 歎息。

參考 音ㄗㄚˊ時，同「囋」。

次 11 **嘐** 形解 形聲；從口，翏聲。翏有高大的意思，所以說誇大的話為嘐。

音義 ㄒㄧㄠ 副 說話誇大的樣子；例嘐嘐然。

ㄐㄧㄠ 副 描摹鷄叫地聲音；例「鷄鳴嘐嘐。」

次 11 **嘓** 形解 形聲；從口，國聲。言多語繁為嘓。

音義 ㄍㄨㄛ 名 吞嚥食物的聲

音；例嘓嘓。動愛說話。

次 11
嗶
解形 形聲；從口，畢聲。口中出聲為嗶。

音義 ㄅㄧˋ 副口中出聲，同「咇」。

常 12
嘩
解形 形聲；從口，華聲。形容重物下墜的聲音為嘩。

音義 ㄏㄨㄚˊ 動喧鬧；同「譁」；例嘩衆取寵。

ㄏㄨㄚ 副描摹聲音的詞；例嘩喇喇。

參考「譁」與「嘩」可通，但「譁」不可形容聲音。

常 12
嘮
解形 嘮 形聲；從口，勞聲。勞有不停的意思，所以高興的話題說個不停為嘮。

音義 ㄌㄠˊ 副話多的樣子；例嘮叨。

5 **嘮叨** ㄌㄠˊ ·ㄉㄠ 說起話來沒完沒了，使人厭煩。叨：嚕囌的樣子。

參考 同嚕囌。

常 12
嘻
解形 形聲；從口，喜聲。喜悅而笑為嘻。

音義 ㄒㄧ 副①描摹悲恨聲；例嘻，悲夫！②描摹笑聲；例笑嘻嘻！

參考「嘻」沒有遊戲的意思，和「嬉」不同；而「嬉」不能形容笑聲。但「嘻皮笑臉」也有作「嬉皮笑臉」，這是借「嬉」為「嘻」了。

5 **嘻皮笑臉** ㄒㄧ ㄆㄧˊ ㄒㄧㄠˋ ㄌㄧㄢˇ 形容輕佻的樣子。一作「嘻皮涎臉」、「嘻皮賴臉」。

參考 與「笑逐顏開」有別：前者指頑皮的嘻笑或強顏作笑的樣子，形容不嚴肅、輕浮的表情和耍流氓的態度；後者指愉快的笑容，形容高興、歡樂的表情。

10 **嘻笑** ㄒㄧ ㄒㄧㄠˋ 歡笑。

15 **嘻嘻** ㄒㄧ ㄒㄧ (一)描摹聲音的詞，指笑聲。(二)歡笑的樣子。例嘻嘻哈哈。

常 12
嘹
解形 形聲；從口，尞聲。尞有亮、遠的意思，所以可以傳遠的聲音為嘹。

音義 ㄌㄧㄠˊ 副形容聲音清亮地；例嘹唳吟笳發。

9 **嘹亮** ㄌㄧㄠˊ ㄌㄧㄤˋ 聲音響亮而清遠。例歌聲嘹亮。

參考 ①參閱「響亮」條。②亦作「嘹喨」。

11 **嘹唳** ㄌㄧㄠˊ ㄌㄧˋ 形容蟲鳥響亮而漫長的鳴聲。

常 12
嘲
解形 形聲；從口，朝聲。用言語戲弄他人為嘲。

音義 ㄔㄠˊ 動用言語取笑；例冷嘲熱諷。

參考 ①又作「謿」。②又音ㄓㄠ。③同譏，諷，訕。

7 **嘲弄** ㄔㄠˊ ㄋㄨㄥˋ 譏笑戲弄。

10 **嘲笑** ㄔㄠˊ ㄒㄧㄠˋ 嘲謔譏笑。

參考「嘲笑」有戲弄的意味，可以用於自身；「嗤笑」含有輕視的意味，帶有鼻哼的冷笑；至於「譏笑」的諷刺、挖苦的成分最重。

16 **嘲諷** ㄔㄠˊ ㄈㄥˋ 用言語譏笑諷刺別人。

▽自嘲、解嘲、謗嘲、諷嘲、聊以解嘲。

常 12
嘿
解形 形聲；從口，黑聲。黑有寧靜的意思，所以靜默不語為嘿。

音義 ㄇㄛˋ 動沈默不作聲，通「默」。

ㄏㄟ 感①表驚歎；例嘿！這孩子可是不想活了。②表不服氣；例嘿！管他。③表讚歎；例嘿！不錯啊！

參考 嘿(ㄇㄛˋ)同默。

常 12
嘴
解形 形聲；從口，觜聲。鳥喙為嘴。

音義 ㄗㄨㄟˇ 名①泛稱人獸或器物的口部。②突出如口的地形；例山嘴。

參考 ①「嘴」或作「觜」，本義是鳥口，引申為一切人、物的口部。②同口。

3 **嘴上無毛辦事不牢** ㄗㄨㄟˇ ㄕㄤˋ ㄨˊ ㄇㄠˊ ㄅㄢˋ ㄕˋ ㄅㄨˋ ㄌㄠˊ 少年作事缺乏經驗，浮而不實，難以信賴。

4 **嘴巴** ㄗㄨㄟˇ ·ㄅㄚ 面頰。例打嘴巴。亦作「嘴吧」、「嘴巴子」。

7 **嘴快** ㄗㄨㄟˇ ㄎㄨㄞˋ 輕率說話，常

常洩露機密給人家。

11 **嘴唇** ㄗㄨㄟˇ ㄔㄨㄣˊ 嘴的邊緣。簡稱「唇」。

17 **嘴臉** ㄗㄨㄟˇ ㄌㄧㄢˇ 猶如面貌，是輕視人的話。

參考 同嘴鼻。

▽快嘴、鐵嘴、尖嘴、小嘴、牛頭不對馬嘴。

常 12 噓

解形 形聲；從口，虛聲。口用力向外吹氣為噓。

音義 ㄒㄩ 動①吐氣；例仰天而噓。②讚美；例為人吹噓。③問候；例噓寒問暖。形不滿的；例噓聲四起。副歎息聲；例唏噓。

參考「歔」也有吐氣的意思，如「噓唏」可作「歔欷」。但表示讚美、問候、不滿的意思時，不能用「歔」字。

12 **噓寒問暖** ㄒㄩ ㄏㄢˊ ㄨㄣˋ ㄋㄨㄢˇ 問候別人的寒暖。表示關切愛護。

▽吹噓、唏噓、仰天而噓、自我吹噓。

常 12 噎

解形 形聲；從口，壹聲。壹有閉塞的意思，所以食物梗塞住咽喉為噎。

音義 ㄧㄝ 動食物阻塞咽喉；例吃慢點，別噎著了。

參考「咽」(㊀ㄧㄝ)也有蔽塞，阻塞的意思；但「咽」字常指氣管中的氣流阻塞，「噎」則指食物的阻塞，如「哽咽」不作「哽噎」。

常 12 噗

解形 形聲；從口，菐聲。形容突然爆發的笑聲為噗。

音義 ㄆㄨ 副形容笑聲；例噗哧一聲，笑了出來。

常 12 噴

解形 形聲；從口，賁聲。賁有大的意思，所以大聲斥責別人為噴。

音義 ㄆㄣ 動①液體急忙射出；例噴泉。②怒叱；例噴叱。

ㄆㄣˋ 動撲來；例香氣噴鼻。

ㄈㄣˋ 動鼓鼻出聲；例嚏噴。

參考 又作「歕」。

9 **噴泉** ㄆㄣ ㄑㄩㄢˊ 能向外噴射的泉水，以其水源高於出水口或泉水壓大於大氣壓所致。亦可以人工方式為之。又稱「飛泉」。

10 **噴射機** ㄆㄣ ㄕㄜˋ ㄐㄧ 利用噴射引擎噴出燃燒氣流的反作用力所產生的動力以推進的飛機，適於高空、高速飛行。

參考 衍噴射戰鬥機。

12 **噴飯** ㄆㄣ ㄈㄢˋ 吃飯時聽到可笑的事情，笑得噴出飯來。形容事情可笑之至，令人難以自禁。

17 **噴嚏** ㄆㄣ ㄊㄧˋ 鼻黏膜受刺激，所引起的防禦性反射作用；先吸入大量空氣，然後急遽吐氣作聲的動作。

常 12 嘶

解形 形聲；從口，斯聲。斯有發散的意思，所以沙啞而長的聲音為嘶。

音義 ㄙ 動①馬鳴；例馬嘶。②叫喊；例嘶喊。形①聲音沙啞的；例聲嘶力竭。②鳥蟲淒咽的聲音；例雁嘶。

參考 同嗚。

11 **嘶啞** ㄙ ㄧㄚˇ 聲音失去原有圓潤清亮的音調而呈沙啞的現象。例顫聲嘶喊。

12 **嘶喊** ㄙ ㄏㄢˇ 沙啞的叫喊。

▽力竭聲嘶。

常 12 嘯

解形 形聲；從口，肅聲。肅有收斂的意思，所以蹙口發出長聲為嘯。

音義 ㄒㄧㄠˋ 動①蹙口作聲。②發聲清越而舒長；例虎嘯猿吟。

參考 或作「歗」。

14 **嘯聚** ㄒㄧㄠˋ ㄐㄩˋ 舊時多指盜匪或野蠻人互相呼喊著聚集起來。

▽高嘯、猿嘯、悲嘯、吟嘯、呼嘯、虎嘯、清嘯、傲嘯、仰天長嘯。

常 12 嘰

解形 形聲；從口，幾聲。幾有微小的意思，所以零星地進食為嘰。

音義 ㄐㄧ 名一種薄的毛織品；例嗶嘰。動小聲說話；例嘰咕。

參考①「嗶嘰」一作「嗶吱」。②「嘰咕」又作「咕咕」。

8 **嘰咕** ㄐㄧ ˙ㄍㄨ ㊀低微說話的聲

音。㈡低聲埋怨別人。㈢挑撥。例不要在衆人之間嘰咕他人是非。

10 **嘰哩咕嚕** ㄐㄧ ˙ㄌㄧ ㄍㄨ ㄌㄨ ㈠形容說話的聲音不清楚。㈡散碎的樣子。㈢飢餓時肚子叫的聲音。

常 12 **嗥** 解形 形聲；從口，臯聲。豺狼野獸的咆哮聲爲嗥。

音義 ㄏㄠˊ 動①野獸吼叫；例狼嗥。②號哭。

參考 一作「獋」或作「嘷」。

▽狼嗥、淸嗥、風嗥、猿嗥、獸嗥、怒嗥。

次 12 **噂** 解形 形聲；從口，尊聲。尊有聚集的意思，所以相聚談論爲噂。

音義 ㄗㄨㄣˇ 動聚語；例噂議。

參考 又作「譐」。

次 12 **噌** 解形 形聲；從口，曾聲。曾有增益的意思，所以市集中人聲喧嚷爲噌。

音義 ㄘㄥ 動叱責；例他被我噌了一頓。

ㄘㄥ 副決裂；例他們倆人說噌了。

ㄔㄥ 副形容鐘聲雄壯。

參考 「噌」與「憎」有別：「憎」，音ㄗㄥ，厭惡的意思。

7 **噌吰** ㄔㄥ ㄏㄨㄥˊ 宏大的聲音。吰：宏大的。

次 12 **嘵** 解形 形聲；從口，堯聲。堯有高且長的意思，所以驚懼的長叫聲爲嘵。

音義 ㄒㄧㄠ 副恐懼所發的叫聲；例維音嘵嘵。

參考 又作「譊」、「憢」。

15 **嘵嘵** ㄒㄧㄠ ㄒㄧㄠ ㈠恐怖的聲音。㈡爭辯不停的樣子。㈢多話的樣子。例嘵嘵不休。

次 12 **噁** 解形 形聲；從口，惡聲。憤怒的聲音爲噁。

音義 ㄜˇ 動想吐的感覺；例噁心。副①憤怒的樣子；例暗噁叱咤。②描摹聲音的詞，鳥叫聲；例噁噁。

參考 作「憤怒」解時，字又音ㄨˋ。

4 **噁心** ㄜˇ ˙ㄒㄧㄣ ㈠胃部不舒服，想要嘔吐。㈡形容極端厭惡。例這種行爲叫人看了噁心。

次 12 **噉** 解形 形聲；從口，敢聲。用口飲食爲噉。

音義 ㄉㄢˋ 名姓。動吃；例噉飯。

參考 同啊，食，喫，啖，吃，齧。

次 12 **噆** 解形 形聲；從口，朁聲。朁有狹窄的意思，所以用口銜物爲噆。

音義 ㄗㄚˊ 動①銜；例噆味含甘。②叮；例蚊虻噆膚。

ㄘㄢˇ 形傷痛的，通「慘」、「憯」。

次 12 **噘** 解形 形聲；從口，厥聲。將嘴翹起爲噘。

音義 ㄐㄩㄝ 動生氣時將嘴脣翹起；例噘嘴。

參考 又作「撅」。

次 12 **噚** 解形 形聲；從口，尋聲。英美制長、深單位的譯名。

音義 ㄒㄩㄣˊ 名①英語（Fathom）的音譯。英美制的長度單位，等於六呎；一噚，合一·八二九公尺。②測量水深的單位，一噚，等於六呎，或一·八二九公尺。

次 12 **噀** 解形 形聲；從口，巽聲。巽有挑選的意思，所以分散爲噀。

音義 ㄒㄩㄣˋ 動把水或酒從嘴中噴出。

參考 又音ㄙㄨㄣˋ。

次 12 **嘽** 解形 形聲；從口，單聲。單有寬緩、散漫的意思，所以喘息爲嘽。

音義 ㄊㄢ 動喘息；例嘽嘽。

ㄔㄢˇ 形寬舒的；例嘽緩。

次 12 **嘬** 解形 形聲；從口，最聲。最有聚合的意思，所以爲了貪圖快捷而大口吞食爲嘬。

音義 ㄔㄨㄞ 動①叮，咬。②一口吞下去，引申爲貪吃、硬吃；例嘬炙。

參考 ①嘬，語音讀ㄗㄨㄛ。②「嘬」與「撮」有別：「撮」音

ㄘㄨㄛ，名詞作「容量名」，等於一升的萬分之一；動詞有「聚攏」、「摘錄」、「以手指取物」的意思。③或作「啜」、「欼」。

㊅ 12
噙
形解 形聲；從口，禽聲。禽有捉住的意思，所以口中含物而不吐出為噙。

音義 ㄑㄧㄣˊ 動 ①口中含物；例口角噙香。②眼中含淚；例噙著淚水。

參考 ①語音讀作ㄏㄢˊ。②同含。

㊉ 13
噫
形解 形聲；從口，意聲。飽食以後腹中所發出的一種聲息為噫。

音義 一 名 醫 腹脹而使胃氣上升出聲；例腹脹而噫。感 表悲歎傷痛；例噫嘻悲哉！

參考 又音ㄧ。

㊉ 13
噹
形解 形聲；從口，當聲。金玉撞擊所發出的聲音為噹。

音義 ㄉㄤ 副 描摹聲音的字，常指金屬撞擊聲；例噹噹噹的便把那鐘敲了三下。

ㄉㄧㄤ 名 只用在「噹噹兒」一詞，比喻無知識，未見世面的人。

㊉ 13
噩
形解 會意；從王，從㗊。㗊有大叫的意思，所以吃驚大叫為噩。

音義 ㄜˋ 形 ①不吉利而驚人的；例噩耗。②驚人恐怖的；例噩夢。③嚴肅的；例噩噩。

參考 「噩」有不吉利的意思，所以與「惡」字相近，如「噩耗」也有作「惡耗」的，但「噩」還有驚遽的意味，「惡」字卻沒有。

10 **噩耗** ㄜˋ ㄏㄠˋ 壞消息，多指人死的消息。例噩耗傳來，舉世震驚。

14 **噩夢** ㄜˋ ㄇㄥˋ 凶惡可怕的夢。

16 **噩噩** ㄜˋ ㄜˋ 嚴肅的樣子。

▽渾渾噩噩。

㊉ 13
噤
形解 形聲；從口，禁聲。禁有制止的意思，所以閉口不作出聲為噤。

音義 ㄐㄧㄣˋ 動 ①閉；例噤門。②閉口而不作聲；例噤口。③發抖；例寒噤。

參考 同關、閉、合、住。

3 **噤口** ㄐㄧㄣˋ ㄎㄡˇ 噤閉其口，不讓人說話。

9 **噤若寒蟬** ㄐㄧㄣˋ ㄖㄨㄛˋ ㄏㄢˊ ㄔㄢˊ 寒蟬一遇天寒就不能發聲而鳴叫。比喻不敢說話或作聲。噤：閉口；寒蟬：蟬的一種，名寒蜩，天寒就不能鳴叫。

參考 與「緘口結舌」有別：前者有時可以形容冷得像寒蟬那樣一聲不響的樣子；但後者不能。後者可形容因理屈詞窮而說不出話來，如「甲把乙駁得體無完膚，使他緘口結舌，臉紅得像晚霞一般。」而前者不能。

17 **噤聲** ㄐㄧㄣˋ ㄕㄥ 制止人發出聲音。亦作「禁聲」。

㊉ 13
噸
形解 形聲；從口，頓聲。英美制的重量單位為噸。

音義 ㄉㄨㄣˋ 名 ①外 Ton的譯音，英美重量名，一般多指英噸而言，計二、二四〇磅，約合一、〇一六・〇四七公斤。②美國通例以二、〇〇〇磅為一噸，合九〇七・一八五八公斤。③計船所載貨物的容積單位，合四十立方英尺；例船運噸。

參考 英噸又稱「長噸」或「重噸」，美噸又稱「短噸」或「輕噸」。重噸多用於關稅及衡量鐵、石灰等物。

7 **噸位** ㄉㄨㄣˋ ㄨㄟˋ ㈠表示某一船隻大小的數值。㈡統計船舶的容積大小的綜合數。常指登記噸數，也有指貨船裝載重量。登記噸等於二・八三立方米，即一〇〇立方英尺。

㊉ 13
噪
形解 形聲；從口，喿聲。羣鳥在樹上亂叫為噪。

音義 ㄗㄠˋ 動 ①喧鬧；例噪嚷了起來。②蟲或鳥亂叫；例鴉噪。形 嘈雜的；例噪音。

參考 ①「譟」有喧鬧意，可以通「噪」，但「譟」另有詆毀的意思，而「噪」字沒有。②「性急」、「輕浮」要用「躁」字，乾燥要用「燥」字，不可用「噪」或「譟」。

9 **噪音** ㄗㄠˋ ㄧㄣ 振動錯雜不規律，使人感覺不快的聲音。指不和諧、不悅耳的聲音。

參考 ①衍噪音指示計。②反樂音。

▽聒噪、蟬噪、鼓噪、喧噪。

常13 **器** 形解 會意；從犬，從㗊。㗊是衆口，所以羣犬喧囂爲器。假借爲器皿的器後，本義已不用。

音義 ㄑㄧˋ 名①用具的總稱；例器具。②才能；例才器。③度量；例器度。④封建時代的名位與爵號；例名器。⑤姓。動重視才華；例器重。

參考 古字作「噐」。

5 **器皿** ㄑㄧˋ ㄇㄧㄣˇ 盛裝食物的器具。如杯、盤、碗、碟及古代的豆、俎之類。

6 **器宇** ㄑㄧˋ ㄩˇ (一)指人的胸襟、度量等。例器宇寬宏。(二)人的風度、儀表。例器宇軒昂。

7 **器材** ㄑㄧˋ ㄘㄞˊ 器具和材料。例建築器材。

8 **器物** ㄑㄧˋ ㄨˋ (一)工具的總稱。(二)工具與貨物。

器具 ㄑㄧˋ ㄐㄩˋ 器物用具。

器官 ㄑㄧˋ ㄍㄨㄢ 生物體中有一定形態、構造與機能，而由多種組織構成的部分，如動物的心(循環器官)、肺(呼吸器官)，植物的根、莖、葉(營養器官)、花(生殖器官)。

9 **器重** ㄑㄧˋ ㄓㄨㄥˋ 重視，尊重。

11 **器械** ㄑㄧˋ ㄒㄧㄝˋ 用具的總稱。

參考 衍器械體操。

12 **器量** ㄑㄧˋ ㄌㄧㄤˋ (一)器用的容量。(二)人的才器與度量。

參考 ①亦作「器度」。②衍器量膽略。

19 **器識** ㄑㄧˋ ㄕˋ 人的器度與見識。

參考 衍器識宏道。

▽才器、大器、成器、磁器、酒器、鈍器、凶器、容器、德器、小器、祭器、陶器、寶器、利器、公器、食器、儀器、機器、名器、投鼠忌器、玉不琢不成器、工欲善其事必先利其器。

常13 **噥** 形解 形聲；從口，農聲。農有厚多的意思，所以話多又不中聽爲噥。

音義 ㄋㄨㄥˊ 副小聲交談；例噥噥細語。形濃厚的；例甘而不噥。

參考 從「農」得聲的字多有「厚」意，所以在古代「噥」、「濃」、「醲」，都可以用來形容「厚」，如今只用「濃」字。

16 **噥噥** ㄋㄨㄥˊ ㄋㄨㄥˊ 話語繁多而用小聲交談。

常13 **噱** 形解 形聲；從口，豦聲。豦有大的意思，所以放聲大笑爲噱。

音義 ㄐㄩㄝˊ 名①口的上下。②大笑；例堪發一噱。動放聲大笑；例談笑大噱。形令人發笑的；例噱頭。

參考 ①同笑。②反哭，泣。③俗念「噱頭」爲ㄒㄩㄝ ㄊㄡˊ，唸成ㄒㄩㄝ是誤讀，應當改正。

16 **噱頭** ㄐㄩㄝˊ ㄊㄡˊ (一)事前作一種誇大的宣傳，使人好奇而達到宣傳效果。(二)引人發笑的舉動。

常13 **噯** 形解 形聲；從口，愛聲。感傷、痛惜或驚訝的感嘆聲爲噯。

音義 ㄞ 感①表驚疑；例噯！別哄我罷。②表示感傷或痛惜；例噯！太遲了。ㄞˋ 感表否定；例噯！話可不是這麼說。

參考 「曖昧」的「曖」從「日」不從「口」。

常13 **噬** 形解 形聲；從口，筮聲。吞食爲噬。

音義 ㄕˋ 動咬；例豺狼相噬。吃；例啃噬。

參考 同咬，齧。

19 **噬臍莫及** ㄕˋ ㄑㄧˊ ㄇㄛˋ ㄐㄧˊ 如果等咬到自己的肚臍，那就後悔不及了。臍：肚臍；噬：咬。

參考 與「後悔莫及」有別：①前者是比喻性的；後者是直陳性的。②後者可作狀語用；但前者不能。

▽吞噬、反噬、啃噬、擇肥而噬。

常13 **噢** 形解 形聲；從口，奧聲。因痛苦而發出的嘆息聲爲噢。

音義 ㄩˇ 副用於「噢咻」一詞，

形容病人的呻吟聲。

㊇13 **噶** 形解 形聲；從口，葛聲。音譯用字。

音義 ㄍㄚˊ 名表音的字，西藏語常用；例準噶爾。副描摹聲音的字；例噶喇一聲。

參考 又音ㄍㄜˊ。

㊇13 **噦** 形解 形聲；從口，歲聲。歲有阻止的意思，所以氣體受阻而往上逆出有聲爲噦。

音義 ㄩㄝ 動①氣逆而致口中發聲；例噦噫。②嘔吐時，只發聲而吐不出東西；例乾噦。

ㄏㄨㄟˋ 副聲音相和的樣子。

參考 「噦」、「嘔」、「吐」三字有別：凡是嘔吐時，有發聲而且吐出東西，稱「嘔」；沒有發聲而直接吐出東西，稱「吐」；只發聲而吐不出東西，稱「噦」。

㊇13 **噣** 形解 形聲；從口，蜀聲。蜀有洞竅的意思，所以鳥嘴爲噣。

音義 ㄓㄡˋ 名鳥的嘴，同「咮」。ㄓㄨㄛˊ 動鳥啄食，同「啄」；例俯噣白粒。

㊇13 **噭** 形解 形聲；從口，敫聲。敫有上揚的意思，所以高聲鳴叫爲噭。

音義 ㄐㄧㄠˋ 動高聲呼號，同「叫」；例噭嘑。副哭泣的樣子；例噭然而哭。

㊇13 **噲** 形解 形聲；從口，會聲。會有聚集的意思，所以聲氣所會聚的地方爲噲。

音義 ㄎㄨㄞˋ 名①咽喉。②姓。副稱心，同「快」；例噲然。

常14 **嚎** 形解 形聲；從口，豪聲。豪有高大的意思，所以放聲大哭爲嚎。

音義 ㄏㄠˊ 動哭號；例嚎啕。

參考 「嚎」和「哭」不同，「嚎」通常指有聲無淚的乾號，只是哭的一種。

11 **嚎啕大哭** ㄏㄠˊ ㄊㄠˊ ㄉㄚˋ ㄎㄨ 放聲大哭。嚎啕：形容大哭聲。

常14 **嚀** 形解 形聲；從口，寧聲。用言語囑咐爲嚀。

音義 ㄋㄧㄥˊ 動再三交待，鄭重囑咐，用於「叮嚀」一詞。

常14 **嚐** 形解 形聲；從口，嘗聲。用口測試味道爲嚐。

音義 ㄔㄤˊ 動①以口舌辨味；例嚐嚐看好不好吃。②吃；例嚐一口。

參考 「嚐」字的用法和作動詞用時的「嘗」字完全相同，爲後起字。

常14 **嚅** 形解 形聲；從口，需聲。需有期待的意思，所以欲言又止爲嚅。

音義 ㄖㄨˊ 副①欲言又止；例囁嚅。②描摹諂媚的笑聲；例喔咿嚅唲。

▽囁嚅。

常14 **嚇** 形解 形聲；從口，赫聲。赫有壯盛的意思，所以用言語威脅使對方屈服爲嚇。

音義 ㄒㄧㄚˋ 動驚怕；例嚇了我一跳。

ㄏㄜˋ 動用嚴厲的話或暴力使人害怕；例恐嚇。

參考 ①「嚇」一跳，不可以作「赫」一跳。又在古代，恐「嚇」可以用「赫」字，現在只能用「嚇」字。②一作「吓」。③「恐嚇」的「嚇」字，不唸ㄒㄧㄚˋ，應該唸ㄏㄜˋ。

8 **嚇阻** ㄏㄜˋ ㄗㄨˇ 使用某種威力恐嚇他人，以阻止不利於自己的事情發生。

嚇唬 ㄒㄧㄚˋ ˙ㄏㄨ 恐嚇，使人害怕。

17 **嚇嚇** ㄏㄜˋ ㄏㄜˋ 形容笑聲。

▽恐嚇、驚嚇、威嚇、叱嚇、逼嚇、愄嚇、唬嚇。

常14 **嚏** 形解 形聲；從口，疐聲。鼻子受到刺激，氣礙不暢，導致口鼻向外急速噴氣才能舒解的聲音爲嚏。

音義 ㄊㄧˋ 動鼻子受刺激，有氣急出而發聲；例打噴嚏。

▽噴嚏。

次 14
嚌 形解 形聲；從口，齊聲。齊有平止的意思，所以淺嘗輒止為嚌。
音義 ㄐㄧˋ 動 嘗食。
ㄑㄧ 副 聲音憂悲的樣子；例 嚌嚌。
ㄓㄞ 副 笑的樣子。

次 14
嚆 形解 形聲；從口，蒿聲。蒿可以製箭，所以射出去會發出聲音的響箭為嚆。
音義 ㄏㄠ 動 呼叫。
參考 ①又作「嗃」。②同 詨，號，嗃，呼，謼，叫。③反 沈，靜，寂，默。
5 **嚆矢** ㄏㄠ ㄕˇ ㈠飛行時會發聲的響箭。嚆：呼嘯。㈡比喻事物的開始。

次 14
嚄 形解 形聲；從口，蒦聲。蒦有大的意思，所以大呼叫為嚄。
音義 ㄏㄨㄛˋ 動 ①大呼；例 嚄嘖。②大笑；例 嚄嘖。感 表讚美的感歎詞。助 表驚愕失聲。
ㄛˋ 感 表疑惑驚訝的感歎詞；例 嚄！我的話有何不對？

常 15
嚕 形解 形聲；從口，魯聲。原義是指討好人家的話。後來多用於「嚕囌」一詞，形容話多不止的樣子。
音義 ㄌㄨ 副 多言的樣子；例 嚕囌。
23 **嚕囌** ㄌㄨ ㄙㄨ 話多而令人心煩。
參考 ①「嚕囌」或作「囉嗦」。②衍 嚕哩嚕囌。

常 15
嚮 形解 形聲；從向，鄉聲。鄉是兩人相向而跪坐，所以歸向、趨向為嚮。
音義 ㄒㄧㄤˋ 動 ①歸向，趨向。②引領；例 嚮導。③受，通「享」、「饗」；例 嘉嚮。副 ①接近；例 嚮午。②假設；例 嚮使。
參考 ①「響」著重在聲音，「嚮」著重在方向，「饗」著重在享食；所以「響應」、「影響」、「音響」、「一聲不響」，用「響」字；「嚮導」、「嚮往」用「嚮」字；「設饌饗客」、「饗以酒食」，用「饗」字。②「晌」是「嚮」的俗字，不是「嚮」的簡字，所以「嚮往」不可作「晌往」。
8 **嚮往** ㄒㄧㄤˋ ㄨㄤˇ 傾慕而神往。例 羣心嚮往。
參考 ①參閱「憧憬」條。②衍 嚮往甚殷。
16 **嚮導** ㄒㄧㄤˋ ㄉㄠˇ 引路的人。
參考 亦作「嚮道」。
▽女生外嚮。

次 15
嚘 形解 形聲；從口，憂聲。憂有細緩的意思，所以言語閃爍不能決定為嚘。
音義 ㄧㄡ 動 ①氣逆。②歎息。形 語未定。
參考 又作「㰲」。

次 15
嚜 形解 形聲；從口，墨聲。墨有暗昧的意思，所以隱瞞欺詐的話為嚜。
音義 ㄇㄛˋ 副 不自得的樣子；例 嚜嚜。
·ㄇㄛ 助 表決定的語助詞，同「嘛」；例 他來了嚜，總要請他吃頓飯。
ㄇㄟˊ 形 欺詐，狡猾。

次 15
嚚 形解 形聲；從㗊，臣聲。語聲為嚚。
音義 ㄧㄣˊ 動 哽塞不能說話；例 嚚瘖。形 不誠實的；例 嚚滑。
參考 與「囂」有別：囂，從頁，音 ㄒㄧㄠ，喧囂。

常 16
嚥 形解 形聲；從口，燕聲。燕鳥善於銜食，所以吞食為嚥。
音義 ㄧㄢˋ 動 吞；例 狼吞虎嚥。
參考 同 吞，咽。
10 **嚥氣** ㄧㄢˋ ㄑㄧˋ 人已死氣息斷絕。
▽吞嚥、狼吞虎嚥、細嚼慢嚥。

常 16
嚨 形解 形聲；從口，龍聲。龍有深沈的意思，所以口腔深處為嚨。
音義 ㄌㄨㄥˊ 名 喉，口腔深處；例 喉嚨。
參考 「曨」和「朧」都是光明，與「嚨」字完全不同。

㊀16 **嚭** 解形 嚭 形聲；從喜，否聲。否有大的意思，所以大喜為嚭。
音義 ㄆㄧˇ 動 大喜。形 廣大的。
參考 又作「嚭」。

㊀16 **嚦** 解形 形聲；從口，歷聲。聲音的清脆流利為嚦。
音義 ㄌㄧˋ 形 形容聲音的流利；例 嚦嚦。
參考 「嚦」與「瀝」音同義異，「瀝」有水滴、過濾等義。

常17 **嚷** 解形 形聲；從口，襄聲。襄有高的意思，所以高聲喊叫或說話為嚷。
音義 ㄖㄤˇ 動 ①大聲叫喊；例 叫嚷。②喧鬧；例 吵嚷了一日。
ㄖㄤ 動 大聲呼喊；例 別嚷嚷，大夥兒都睡了。
參考 同 叫，喊，吵，呼。

常17 **嚶** 解形 嚶 形聲；從口，嬰聲。鳥鳴像嬰兒的叫聲一樣柔和清脆為嚶。
音義 ㄧㄥ 副 ①形容兩鳥鳴聲；例 鳥鳴嚶嚶。②形容哭泣聲；例 嚶嚶啜泣。

常17 **嚴** 解形 嚴 形聲；從吅，厰聲。厰指山勢險峻，所以教令急峻苛刻為嚴。
音義 ㄧㄢˊ 名 ①自稱父親為嚴；例 家嚴。②軍中特別防備；例 戒嚴。③姓。形 ①可畏的。②峻厲的；例 嚴峻。③殘酷的；例 嚴酷。④緊密的；例 嚴密注意。副 ①厲害地；例 嚴寒。②威重地；例 莊嚴。
參考 ①自稱母親為「家慈」。②同 峻，厲，烈。③擘 巖、儼、釅、玁。

5 **嚴正** ㄧㄢˊ ㄓㄥˋ 嚴肅而正直。
參考 「嚴肅」是指端整嚴正的態度，適用範圍較廣。「嚴正」、「嚴明」、「嚴整」都有嚴肅的意思，「嚴正」側重在公平正直，「嚴明」側重在明確，「嚴整」側重在齊整，三者的適用範圍較「嚴肅」為小。

6 **嚴刑峻法** ㄧㄢˊ ㄒㄧㄥˊ ㄐㄩㄣˋ ㄈㄚˇ 嚴厲的刑罰，苛刻的法令。峻：嚴厲。

8 **嚴明** ㄧㄢˊ ㄇㄧㄥˊ 嚴肅而清明。

9 **嚴重** ㄧㄢˊ ㄓㄨㄥˋ ㈠謹嚴持重。㈡緊急，重大。例 問題很嚴重。
參考 衍 嚴重性。

10 **嚴師** ㄧㄢˊ ㄕ 嚴厲的師長。例 嚴師出高徒。

嚴陣以待 ㄧㄢˊ ㄓㄣˋ ㄧˇ ㄉㄞˋ 整飭陣容，作好戰鬥準備，以等待迎擊來犯的敵人。

11 **嚴密** ㄧㄢˊ ㄇㄧˋ 嚴緊周密。
參考 「嚴密」、「周密」、「精密」、「緊密」，都表示事物之間結合得非常緊密，但「嚴密」著重在嚴實沒有疏漏；「周密」著重在周到完備；「精密」著重在精確細密；「緊密」著重在繃緊，而有不可分離的意思。

13 **嚴肅** ㄧㄢˊ ㄙㄨˋ 鄭重，認真。
參考 參閱「嚴正」條。

15 **嚴厲** ㄧㄢˊ ㄌㄧˋ 嚴肅而厲害。
參考 「嚴厲」、「嚴峻」都有厲害的意思，惟「嚴峻」的語氣較「嚴厲」為重。

17 **嚴霜** ㄧㄢˊ ㄕㄨㄤ ㈠凜冽的冰霜。㈡比喻非常嚴肅。

▽威嚴、莊嚴、戒嚴、森嚴、尊嚴、謹嚴、家嚴、刁斗森嚴、門禁森嚴、義正辭嚴、壁壘森嚴。

常17 **嚼** 解形 嚼 形聲；從口，爵聲。爵是盛酒的禮器，所以把食物放入口中，用牙齒磨碎為嚼。
音義 ㄐㄩㄝˊ 動 ①用牙齒磨碎食物；例 細嚼慢嚥。②玩味；例 嚼味不盡。
ㄐㄧㄠˋ 動 動物的反芻；例 反嚼。
參考 ①又音 ㄐㄧㄠˊ。②同 咀，噍。

6 **嚼舌** ㄐㄩㄝˊ ㄕㄜˊ 多嘴，好說廢話。亦作「嚼舌根」、「嚼舌嚼黃」。

21 **嚼蠟** ㄐㄩㄝˊ ㄌㄚˋ 比喻無味無趣。蠟：油脂的一種。例 味如嚼蠟。

▽咀嚼、細嚼、倒嚼、細咬慢嚼。

㊀17 **嚳** 解形 嚳 形聲；從告，學省聲。非常迅速地

告知爲嚳。

音義 ㄎㄨˋ 名古帝名，即高辛氏，黃帝曾孫，爲五帝之一。動急忙告訴。副極，至；例嚳然。

參考 與「酷」音義相同。

常18 **囁** 解形 形聲；從口，聶聲。只見口動而聲音聽不見爲囁。

音義 ㄋㄧㄝˋ 副①口動，欲言又止的樣子；例囁嚅。②多言地。

參考 ①又音ㄓㄜˊ。②形容輕聲走路是「躡手躡脚」，不可誤用「囁」字。

17 **囁嚅** ㄋㄧㄝˋ ㄖㄨˊ 欲言又止的樣子。

常18 **囀** 解形 形聲；從口，轉聲。圓潤宛轉的鳥鳴聲爲囀。

音義 ㄓㄨㄢˋ 動鳥鳴。形聲音宛轉好聽的；例嬌囀。

參考 委宛曲折的「宛轉」，和聲音好聽的「婉囀」，不可混淆。

▽清囀、嬌囀、婉囀。

常18 **囂** 解形 會意；從㗊頁。一個人頭四周圍著一衆口，以會衆人對著一人喧鬧的意思。

音義 ㄒㄧㄠ 名姓。動喧嘩；例喧囂。副衆多地；例囂囂。

參考 ①又作「嚻」。②同喧，嘩，嚷，譁。

10 **囂浮** ㄒㄧㄠ ㄈㄨˊ 心浮氣躁，不夠沉著。

11 **囂張** ㄒㄧㄠ ㄓㄤ 形容態度傲慢，舉止放肆，氣焰逼人。

參考 本詞只能用來形容壞人或惡勢力方面。

▽叫囂、喧囂、繁囂、塵囂。

常19 **囈** 解形 形聲；從口，藝聲。說夢話爲囈。

音義 ㄧˋ 動①夢中說話；例囈語。②熟睡時，因下意識作用而起的言語或動作；例囈怔。

14 **囈語** ㄧˋ ㄩˇ 即說夢話。

常19 **囊** 解形 形聲；從㯻省（[illegible]），[illegible]聲。可用來束藏物品的大袋子爲囊。

音義 ㄋㄤˊ 名①口袋，裝東西的袋子；例行囊。②姓。動①斂藏，以袋子裝東西；例囊螢。②包羅；例囊括四海。

參考 ①「囊」和「曩」（ㄋㄤˇ）不同，「曩」是「昔日」的意思。

4 **囊中物** ㄋㄤˊ ㄓㄨㄥ ㄨˋ (一)袋子裡面的東西。(二)比喻不費力氣就可取得的東西，其容易的程度，有如探囊取物一般。

8 **囊空如洗** ㄋㄤˊ ㄎㄨㄥ ㄖㄨˊ ㄒㄧˇ 口袋中一無所有，像剛洗過的一樣。比喻貧無一文。

參考 ①同囊無一物。②亦可省作「囊空」。③本詞多用來形容沒有錢，不可移作他用。

9 **囊括** ㄋㄤˊ ㄍㄨㄚ 把全部包容在囊中，比喻包羅盡取。括：包括。

參考 「囊括」是「把全部包羅在內」，不是「全部」的話不能說「囊括」。

13 **囊腫** ㄋㄤˊ ㄓㄨㄥˇ 醫良性瘤的一種。多呈球狀，外有包膜，內含液體或固體物質的囊狀物質。一般生長緩慢，較大的可對鄰近器官或組織產生壓迫症狀，通常需用外科手術加以治療。

▽解囊、行囊、衣囊、砂囊、阮囊、毒囊、知囊、財囊、皮囊、包囊、探囊、槖囊、傾囊、智囊、中飽私囊、衣架飯囊、慷慨解囊。

常19 **囉** 解形 形聲；從口，羅聲。小孩子話多爲囉。

音義 ㄌㄨㄛ 副話多地；例囉哩囉嗦。

ㄌㄨㄛˊ 名强盜的徒衆；例小嘍囉。副話多聲雜地；例囉啊。

參考 「囉嗦」，又作「囉唆」、「嚕囌」。

10 **囉唆** ㄌㄨㄛ ˙ㄙㄨㄛ (一)多言多語的騷擾。(二)費事，麻煩。

參考 亦作「囉嗦」、「囉吵」。

囉唣 ㄌㄨㄛ ㄗㄠˋ (一)糾纏，騷擾。(二)聲多而吵雜。亦作「囉噪」。

參考 本詞多見於早期白話文，今已較少用。

次 19
囅
解形 形聲；從單，展聲。單有大的意思，所以大笑爲囅。
音義 ㄔㄢˇ 副 大笑地；例 囅然而笑。
12 **囅然** ㄔㄢˇ ㄖㄢˊ 嘻笑的樣子。

常 20
囌
解形 形聲；從口，蘇聲。話多而不止爲囌。
音義 ㄙㄨ 副 話多地；例 嚕囌。
參考 參閱「嚕」、「囉」二字條。

常 21
囑
解形 形聲；從口，屬聲。屬有相及的意思，所以用言語託事給人爲囑。
音義 ㄓㄨˇ 動 交待，託付；例 囑咐了幾句話。
參考 ①或作「嘱」。②「屬」也有「交待」、「託付」的意思，就此意而言，可和「囑」字通。③高瞻遠「矚」，「矚」是注視，所以字從「目」；「囑」是口說，所以字從「口」。
5 **囑目** ㄓㄨˇ ㄇㄨˋ 注視，注目。例 舉世矚目。又作「屬目」。
8 **囑咐** ㄓㄨˇ ㄈㄨˋ 叮嚀，託付。
參考 參閱「吩咐」條。
10 **囑託** ㄓㄨˇ ㄊㄨㄛ ㈠以事託付他人。㈡今謂關說爲囑託。
▽遺囑、懇囑、叮囑、託囑、再三叮囑。

次 21
囓
解形 形聲；從口，齧聲。用牙齒咬斷東西爲囓。
音義 ㄋㄧㄝˋ 動 咬，同「齧」。
參考 又作「嚙」。

次 21
囍
解形 會意；從二喜。成雙成對所造成的喜事爲囍。
音義 ㄒㄧˇ 名 專用於婚禮，以結婚爲合二姓之好，是人生最大喜慶，所以從雙喜。同「喜」。

次 22
囔
解形 形聲；從口，囊聲。口中「嘟嘟啊啊」地低聲自言自語爲囔。
音義 ㄋㄤ 動 低聲自言自語；例 口內嘟囔。

【囗部】ㄨㄟˊ

次 0
囗
解形 [glyph] 指事；指圍繞界定的概念。囗是圍的初文。
音義 ㄨㄟˊ 動「圍」的古體字，同「圍」、「囲」。ㄍㄨㄛˊ 名「國」的古字。

常 2
四
解形 [glyph] 象形；象鼻涕流出形。假借爲數目名後，另造「泗」字承其本義。
音義 ㄙˋ 名 ①數 數目名，阿剌伯數字作4。②姓。形 第四的；例 四更天。
參考 ①「四」大寫作「肆」。②孳 四、泗、駟。
3 **四川省** ㄙˋ ㄔㄨㄢ ㄕㄥˇ 地 省名。以境內有岷江、沱江、嘉陵江、長江四大川，故名。物產豐饒，古稱天府之國。省會在成都。省稱爲「巴」或「蜀」，亦簡稱「川」。
參考 衍 四川省會。
3 **四大皆空** ㄙˋ ㄉㄚˋ ㄐㄧㄝ ㄎㄨㄥ ㈠宗 佛家語，謂地、水、火、風爲四大，四大都是妄相，四大分離，即歸空寂。㈡比喻看破名利及世事。
4 **四不像** ㄙˋ ㄅㄨˋ ㄒㄧㄤˋ ㈠動 屬哺乳綱，偶蹄目、鹿科。頭似鹿、尾似驢、背似駱駝、蹄似牛，然多似是而非，故稱。又名「麈」、「駝鹿」。㈡比喻做事不合法度，或器物不成式樣。
四分五裂 ㄙˋ ㄈㄣ ㄨˇ ㄌㄧㄝˋ 比喻支離破碎。
參考 與「支離破碎」有別：①前者偏重於「分裂、分散」——分成很多塊；後者偏重在「殘缺不完整」。②前者可表示「不團結」，如「政治上各個黨派四分五裂」；但後者不能。
5 **四民** ㄙˋ ㄇㄧㄣˊ 指士、農、工、商四種不同職業的人民。
5 **四史** ㄙˋ ㄕˇ 書 史記、漢書、後漢書、三國志，世人合稱爲四史。
8 **四肢** ㄙˋ ㄓ 泛稱人體的兩手兩腳。
參考 衍 四肢百骸。
8 **四周** ㄙˋ ㄓㄡ 周圍四面。例 四周偵望。
參考 同四圍，周遭。
四季 ㄙˋ ㄐㄧˋ ㊀一年之中春夏秋冬四個季節。
參考 ①同四時。②衍四季豆、四季花兒、四季如春。
9 四則 ㄙˋ ㄗㄜˊ 數加、減、乘、除四法的總稱。因它是數學的基礎，也叫「基法」。
四郊 ㄙˋ ㄐㄧㄠ 城外四面自五十里至百里的地帶。
四面八方 ㄙˋ ㄇㄧㄢˋ ㄅㄚ ㄈㄤ 周圍各處。
參考 與「五湖四海」有別：後者還能指世界各地；前者不能。前者能指四周很有限的各個地方；後者不能。
四面楚歌 ㄙˋ ㄇㄧㄢˋ ㄔㄨˇ ㄍㄜ 比喻環境壓迫，窮途受困，孤軍無援的險惡局面。楚漢相爭，項羽被圍垓下，晚上聽見漢軍四面都是楚歌，說：『漢軍難道已經全部攻下楚地了嗎？爲什麼楚人這麼多？』
10 四海 ㄙˋ ㄏㄞˇ 我國古人認爲中國四周環海，故名。
四書 ㄙˋ ㄕㄨ 書南宋朱熹取小戴禮記中的大學、中庸二篇與論語、孟子合爲四書。例四書五經。
四庫全書 ㄙˋ ㄎㄨˋ ㄑㄩㄢˊ ㄕㄨ 書清乾隆三十七年詔開四庫全書館，收集天下圖書，分經、史、子、集四部，歷時十年而成，故名四庫。著錄有三千四百六十種，計七萬九千三百三十九卷。臺灣商務印書館已有影印本問世。
參考 衍四庫全書總目、四庫全書總目提要。
11 四處 ㄙˋ ㄔㄨˋ 到處。
四通八達 ㄙˋ ㄊㄨㄥ ㄅㄚ ㄉㄚˊ 形容交通非常便利。
四捨五入 ㄙˋ ㄕㄜˇ ㄨˇ ㄖㄨˋ 數數學名詞。運算時只取若干位而放棄其它位數的計算法。假使所放棄的首位數爲5或5以上的數目時，便進1於所取的末位。若所放棄的首位數爲4或4以下，便放棄而不進位。
14 四維 ㄙˋ ㄨㄟˊ 禮、義、廉、恥是我國治國的四種綱維。
15 四德 ㄙˋ ㄉㄜˊ ㊀易經以元、亨、利、貞爲四德。㊁古人以孝、弟、忠、信爲四德。㊂婦女的四種德性：婦德、婦言、婦容、婦功。
16 四壁 ㄙˋ ㄅㄧˋ ㊀屋宇四邊的牆。例家徒四壁。㊁周圍的城牆。
17 四聲 ㄙˋ ㄕㄥ 字音的四種聲調：平、上、去、入；今國音則分爲：陰平、陽平、上、去，而沒有入聲；都叫「四聲」。
19 四邊形 ㄙˋ ㄅㄧㄢ ㄒㄧㄥˊ 數四條線段在同一平面上所圍成的圖形。
22 四權 ㄙˋ ㄑㄩㄢˊ 選舉、罷免、創制、複決，四種人民直接參與政治的權利。
23 四體 ㄙˋ ㄊㄧˇ 即四肢，兩手兩腳的合稱。例四體不勤。
▽不三不四、張三李四、朝三暮四、低三下四、推三阻四。

常 2 **囚** 形解  會意；從人在口中。所以會拘執的意思。
音義 ㄑㄧㄡˊ 名被拘禁的罪犯或俘虜；例囚犯。動①拘禁；例囚禁。②拘束；例自囚。
參考 ①「囚」從「人」不可從「入」。②同禁，犯。③學泅。
5 囚犯 ㄑㄧㄡˊ ㄈㄢˋ 監禁中的罪犯。
參考 同囚徒，犯人。
9 囚首垢面 ㄑㄧㄡˊ ㄕㄡˇ ㄍㄡˋ ㄇㄧㄢˋ 是說一個人不梳理頭髮有如囚徒，不洗的髒臉好像在家居喪一般。
參考 同囚首喪面。
13 囚禁 ㄑㄧㄡˊ ㄐㄧㄣˋ 監禁在牢獄中。禁：限制，禁止。
參考 同監禁，拘禁。
22 囚籠 ㄑㄧㄡˊ ㄌㄨㄥˊ ㊀舊時拘禁人犯的木檻。㊁指牢獄。一作「牢檻」。
▽死囚、罪囚、女囚、俘囚、拘囚、牢囚、階下囚。

常 3 **因** 形解  會意；從口大。就其範圍而擴大，或就其條件而推致結果爲因。
音義 ㄧㄣ 名①緣故；例事出有因。②姓。動①相依相就；例陳陳相因。②依照，順應；例因地制宜。③仍，沿襲；例因襲。介①經由；例可因李兒引見主任。②由於；例因病請假。

參考 擧茵、烟、氤、姻、恩。

2 **因人成事** ㄧㄣ ㄖㄣˊ ㄔㄥˊ ㄕˋ 依賴別人，辦好事情。因：依賴。

3 **因小失大** ㄧㄣ ㄒㄧㄠˇ ㄕ ㄉㄚˋ 因爲貪圖小利以致誤了大事。

5 **因由** ㄧㄣ ㄧㄡˊ 原因。

6 **因此** ㄧㄣ ㄘˇ 因爲如此，表原因的連接詞。

7 **因材施敎** ㄧㄣ ㄘㄞˊ ㄕ ㄐㄧㄠˋ 依據學生不同的資質和興趣，而分別給予適當的敎育。

8 **因果** ㄧㄣ ㄍㄨㄛˇ ㈠宗佛家主張前世、今世、來世，三世貫通，說善惡報應，循環不差，稱爲「三世因果」，簡稱「因果」。㈡即原因和結果，二者互相爲用；泛指一切事物的起原爲「因」，結局爲「果」。

參考 衍因果律、因果報應、因果相求法。

因事制宜 ㄧㄣ ㄕˋ ㄓˋ ㄧˊ 事情發生時，因性質情況的不同而作適當的處置。意謂不拘泥成規，而能靈活運用。

9 **因陋就簡** ㄧㄣ ㄌㄡˋ ㄐㄧㄡˋ ㄐㄧㄢˇ 遷就既有的簡陋條件，不求精美完備。

10 **因素** ㄧㄣ ㄙㄨˋ ㈠決定事物的主要原因或條件。㈡構成事物的要素。

因時制宜 ㄧㄣ ㄕˊ ㄓˋ ㄧˊ 根據當地的實際情況，不拘成法，順應時勢，所作制度合乎一時的權宜措施。

12 **因循** ㄧㄣ ㄒㄩㄣˊ ㈠循舊不改，墨守成規。

因循苟且 ㄧㄣ ㄒㄩㄣˊ ㄍㄡˇ ㄑㄧㄝˇ 遇事敷衍，依循舊軌，得過且過，不求振作。苟且：暫顧一時。

因循守舊 ㄧㄣ ㄒㄩㄣˊ ㄕㄡˇ ㄐㄧㄡˋ 思想保守，墨守成規，不求革新。守舊：死守老一套。

參考 與「故步自封」有別：前者偏重於「守舊」，多指墨守成規，不接受新的事物；後者偏重在「停頓」，多指不事進取，不求上進。②前者跟「墨守成規」、「抱殘守缺」相近；後者和「裹足不前」相類似。

13 **因勢利導** ㄧㄣ ㄕˋ ㄌㄧˋ ㄉㄠˇ 順應事物自然發展的趨勢，善加以利用引導，以達成功之途。

參考 與「順水推舟」有別：前者有「加以引導，且導向正常的道路」的意思；後者沒有。後者往往含有「靈活地改變原來的想法」的意思，但前者沒有。

15 **因緣** ㄧㄣ ㄩㄢˊ ㈠機緣，機會。㈡依據。㈢佛語。因爲有這個事物而產生了那個事物，叫「因」；這個事物由於那個事物而成，叫「緣」。並稱因緣。㈣同「姻緣」。

因噎廢食 ㄧㄣ ㄧㄝ ㄈㄟˋ ㄕˊ 因爲吃東西被噎住了，索性就什麼都不吃。比喻由於出了一點小毛病或怕出問題就把應該做的事情停下不幹了。

17 **因應** ㄧㄣ ㄧㄥˋ 因其所遇而隨機應變。

22 **因襲** ㄧㄣ ㄒㄧˊ 沿用舊有法制。

▽原因、死因、緣因、遠因、近因、病因、勝因、善因、起因、成因、前因、推因、無因、誘因、事出有因、陳陳相因。

常 3

回

形解  會意；從二口。內外各有一個口，都象回轉的形狀，所以打轉爲回。

音義 ㄏㄨㄟˊ 名①次數；例一日踏春一百回。②說書的一個段落或章回小說的一章；例且聽(看)下回分解。③回族或回回的簡稱；例漢滿蒙回。④宗敎名；例回敎。⑤姓。

動①返；例回天乏術。②答復；例回話。③掉轉；例「苦海無涯，回頭是岸」。④曲折環繞；例峯回路轉。⑤屈撓；例百折無回。

參考 ①同返，歸，覆。②擧洄、徊、迴、蛔、茴。

4 **回天** ㄏㄨㄟˊ ㄊㄧㄢ 比喻能移轉不易挽回的事勢。例回天乏術。

回心轉意 ㄏㄨㄟˊ ㄒㄧㄣ ㄓㄨㄢˇ ㄧˋ ㈠自悔前非，去惡從善。㈡恢復破裂的感情。

參考 與「幡然悔悟」有別：①前者可指看法，主張的改變；後者不能或不宜這種用法。後者還有「很快徹底悔悟」的意思；但前者沒有。②前者可用於一切人；後者僅用在犯錯誤或有罪人。

6 **回合** ㄏㄨㄟˊ ㄏㄜˊ ㈠古時打仗交鋒的一個來回；後指雙方較量了一次。㈡比賽時計算雙方交手的次數。

回扣 ㄏㄨㄟˊ ㄎㄡˋ 中間人在買賣雙方從中出力撮合，使達成交易，然後向賣主索取的錢。這錢實際是從買主給付的價款中扣出來的，故名。

參考 相當今之「佣金」。

回光返照 ㄏㄨㄟˊ ㄍㄨㄤ ㄈㄢˇ ㄓㄠˋ ㈠俗人在臨死前，突然清醒，精神暫時興奮的現象。㈡事物滅亡前，所呈現的短暫虛假的好轉現象。

8 **回門** ㄏㄨㄟˊ ㄇㄣˊ 俚新娘嫁到夫家，三朝後，偕同夫壻返回娘家拜見父母的禮節。

回味 ㄏㄨㄟˊ ㄨㄟˋ 在回憶中細細體會其中的意思。例回味無窮。

9 **回音** ㄏㄨㄟˊ ㄧㄣ ㈠答復的音信。屬書信用語。㈡理所發出的音波因遇到障礙物而反射折回的聲音。

參考 同回聲，應聲。

回首 ㄏㄨㄟˊ ㄕㄡˇ ㈠回顧。㈡回想從前的事情。例不堪回首。

參考 同回想，回念。

回春 ㄏㄨㄟˊ ㄔㄨㄣ ㈠冬盡春來。例大地回春。㈡稱讚人醫術高明或藥物靈驗，能使病危者復生。例妙手回春。

回紇 ㄏㄨㄟˊ ㄏㄜˊ 種族名，與突厥同爲匈奴的苗裔。唐時始稱「回紇」，又稱「回鶻」，其後散居在新疆一帶。

10 **回馬槍** ㄏㄨㄟˊ ㄇㄚˇ ㄑㄧㄤ 趁敵不備，掉轉馬頭，突然回槍一刺。比喻趁人不備，突然反擊，使人無法招架。

11 **回條** ㄏㄨㄟˊ ㄊㄧㄠˊ 收領物件、掛號信函等隨交來人帶回的收據。

參考 同回單，回執。

回族 ㄏㄨㄟˊ ㄗㄨˊ 我國五大民族之一，主要分在甘肅、青海、新疆等地，並散居全國各地，信奉伊斯蘭教（回教）。又稱「回回」。

回教 ㄏㄨㄟˊ ㄐㄧㄠˋ 宗原名伊斯蘭教，爲阿拉伯人穆罕默德所創，奉阿拉爲眞主，教典爲可蘭經。是教由回紇人傳入中土，故稱回教。又名「回回教」、「清眞教」。

參考 衍回教徒、回教國家、回教世界。

12 **回報** ㄏㄨㄟˊ ㄅㄠˋ ㈠反回報告。㈡報仇。㈢報答。

回絕 ㄏㄨㄟˊ ㄐㄩㄝˊ 回復對方，表示拒絕。

13 **回想** ㄏㄨㄟˊ ㄒㄧㄤˇ 對於已往的經過，依一定的意志而念想。例回想過去，策勵將來。

回祿 ㄏㄨㄟˊ ㄌㄨˋ 火神名。亦作「回陸」。俗借爲火災的代稱。例回祿之災。

15 **回數票** ㄏㄨㄟˊ ㄕㄨˋ ㄆㄧㄠˋ 可供數回或數十回使用的車票。可分「定期」與「不定期」二種。

16 **回憶** ㄏㄨㄟˊ ㄧˋ ㈠動詞 回想。㈡名詞 對於過去的往事，依著一定的意志，而憶起的作用。例人不能始終活在回憶裡。

參考 ①衍回憶錄。②與「回顧」都是指回想以前的事，前者多指自己經歷的事，後者本指回過頭來看，多指自己的經歷或社會歷史。

回憶錄 ㄏㄨㄟˊ ㄧˋ ㄌㄨˋ 回憶自己親身經歷或所目睹重要歷史事件，而用自傳體的方式所寫下的眞實記錄。

回頭 ㄏㄨㄟˊ ㄊㄡˊ ㈠轉過頭來。例回頭一看。㈡稍待一會兒。例有不明白的，回頭再問問他。㈢醒悟或改過。例回頭是岸。

回頭書 ㄏㄨㄟˊ ㄊㄡˊ ㄕㄨ 因銷路欠佳從分銷處退回，或因在裝訂、印刷上有缺點的書籍。

回頭是岸 ㄏㄨㄟˊ ㄊㄡˊ ㄕˋ ㄢˋ 指做了壞事的人，只要徹底悔悟，還是可以重新做人。例苦海無邊，回頭是岸。

17 **回聲** ㄏㄨㄟˊ ㄕㄥ 物聲音遇到障礙物被反射或散射回來而再度被聽到的聲音。

參考 與「回音」、「回響」同義，但後二者意義範圍較大，不專指折回的聲音而言。

18 **回歸線** ㄏㄨㄟˊ ㄍㄨㄟ ㄒㄧㄢˋ 地地球上南、北緯23度27分的兩條線，爲太陽直射的範圍在這兩條線之間。在北半球的稱「北回歸線」，在南半球的稱「南回歸線」，它們是地球上熱帶和溫帶的分界。

回歸熱 ㄏㄨㄟˊ ㄍㄨㄟ ㄖㄜˋ 醫 傳染病之一種，係由回歸熱螺旋體菌引起的急性傳染病，因虱的叮咬而傳播。症狀為數日發高熱，退後降為常溫，再經過數日發作第二回，乃至第三回的疾病。

20 **回饋** ㄏㄨㄟˊ ㄎㄨㄟˋ ㈠傳播過程中，收訊者對發訊者的傳遞音訊，依其本身經驗而作判斷的反應。㈡反哺。例回饋社會。

參考 同反饋。

21 **回響** ㄏㄨㄟˊ ㄒㄧㄤˇ ㈠猶回聲。例山谷中的回響。㈡因某些事物的刺激而產生的行動、影響。例觀衆的回響。又作「迴響」。

回顧 ㄏㄨㄟˊ ㄍㄨˋ ㈠回頭看。㈡回想。

參考 ①回顧與回憶有別：「回憶」指自己經歷的事，多用作回想當時的情況。「回顧」則指自己的經歷或國家社會的歷史。範圍及目的較「回憶」廣而且強。②「回顧」與「追溯」，都有回想的意思；但「回顧」偏重在回想往事，「追溯」則常用作探索事物的根源。「回顧」的對象偏重在自己或國家民族的經歷，而「追溯」則著重在事物發生的本源。

22 **回籠** ㄏㄨㄟˊ ㄌㄨㄥˊ ㈠將已熟食的東西重新放入蒸籠蒸。㈡國家銀行發行在外的錢幣，又收回銀行。

▽迂回、退回、幾回、挽回、章回、送回、回回、耳駭目回、千折百回、百折不回。

次 3 **囝** 形解 形聲；從口，子聲。閩南語稱兒子為囝。

音義 ㄐㄧㄢˇ 名 兒子。ㄗㄞˇ 名 方 粵語對小孩及小東西的通稱，通「仔」、「崽」。ㄋㄨㄟˊ 名 方 江浙人對小孩的通稱；例阿囝。

次 3 **囡** 形解 形聲；從口，女聲。江、浙及上海一帶稱女兒為囡。

音義 ㄋㄢ 名 方 江、浙及上海一帶稱女兒為囡；例白囡。

參考 又音 ㄋㄨㄟˊ，同「囝」。

次 3 **囟** 形解  象形；象人頭頂上的百會穴形。

音義 ㄒㄧㄣˋ 名 腦蓋骨，同「顖」；例囟頂。

8 **囟門** ㄒㄧㄣˋ ㄇㄣˊ 即腦門，頭骨縫合的地方。

常 4 **囱** 形解  象形；象穿壁用木頭相交形。所以使室內開口而能接受空氣、日光的部分為囱。

音義 ㄘㄨㄥ 名 爐竈出烟的通道；例烟囱。ㄔㄨㄤ 名 窗戶。

參考 ①囱是「窗」的本字，「窗」是後起形聲字。②同窗。③孳 怱、葱、聰、偬、窗(窗)、牕。④與「囟」字有別，不宜混用。

常 4 **困** 形解  會意；草木已生長在屋中。所以敗壞廢棄的屋廬為困。

音義 ㄎㄨㄣˋ 名 危難；例急人之困。動 ①受窘；例困窘。②貧乏；例歲饑民困。③包圍住；例他被洪水困在沙洲上。④擾亂；例困擾。⑤疲倦；例人困馬乏。形 艱苦的；例陷入困境。

參考 ①勞倦之極叫困，引申之俗謂睡覺為「困」，後來從目作睏。②孳 捆、綑、閫。

4 **困心衡慮** ㄎㄨㄣˋ ㄒㄧㄣ ㄏㄥˊ ㄌㄩˋ 困悴於心，橫塞其慮，意即苦心焦慮。

6 **困守** ㄎㄨㄣˋ ㄕㄡˇ 艱苦地防守。

7 **困阨** ㄎㄨㄣˋ ㄜˋ 艱苦窮阨。阨：阻塞，窮困。

參考 同困窮。

9 **困苦** ㄎㄨㄣˋ ㄎㄨˇ 窮困艱苦。

參考 「困苦」與「困難」兩者雖然都有艱難之義，但「困苦」著重在痛苦，而「困難」則偏重於艱難，表示不容易渡過或處理。「困苦」的適用對象比「困難」為少。如：「微積分學習起來很困難。」就不能用「困苦」。「生活困苦」，則可用「困難」代替。

12 **困惑** ㄎㄨㄣˋ ㄏㄨㄛˋ 窮困而迷惑。

13 **困頓** ㄎㄨㄣˋ ㄉㄨㄣˋ 困苦勞頓。

14 **困境** ㄎㄨㄣˋ ㄐㄧㄥˋ 一籌莫展的境地。

15 **困窮** ㄎㄨㄣˋ ㄑㄩㄥˊ ㈠生計窘迫。㈡境遇艱窘。

18 **困擾** ㄎㄨㄣˋ ㄖㄠˇ 被不易解決的事情所擾亂而迷惑不已。

19 **困獸猶鬥** ㄎㄨㄣˋ ㄕㄡˋ ㄧㄡˊ ㄉㄡˋ 被圍困住的野獸還要爭扎，企圖突圍。比喻陷於絕境的人不甘心死亡，還要頑強抵抗。困獸：被圍困的野獸。猶：還要。

參考 與「負隅頑抗」、「垂死爭扎」有別：①三詞各有自己的特殊含義：困獸猶鬥爲「被圍」；「負隅頑强」爲「憑險」；垂死掙扎爲「垂死」。②困獸猶鬥是形象的比喻；另二詞是明白的陳說。

▽貧困、窮困、圍困、解困、輸困、艱困、受困、酒困、扶危濟困。

常 4 **囤**

解形 形聲；從囗，屯聲。屯有積聚的意思，所以用竹蓆或木條編圍而成的貯糧器具爲囤。

音義 ㄉㄨㄣˋ 名貯藏穀物的囷類，通常用竹蓆或木條編圍而成；例稻米囤。ㄊㄨㄣˊ 動①儲物待價；例囤積居奇。②屯聚；例囤田。

參考 「囤田」一作「屯田」，「囤」從屯聲，「屯」爲「囤」的假借。

16 **囤積居奇** ㄊㄨㄣˊ ㄐㄧ ㄐㄩ ㄑㄧˊ 商人大量收買及囤聚貨物，居爲奇貨，等待價格上漲，以獲得以買賤賣貴的利益。

參考 與「奇貨可居」有別：前者强調「居奇」——囤積起來，待時出售，牟取暴利；後者强調「奇貨」——（囤積）珍奇的貨物。

次 4 **囫**

解形 形聲；從囗，勿聲。物體完整無缺爲囫圇。

音義 ㄏㄨˊ 副形容整個，完整無缺；例囫圇。

參考 又音ㄏㄨㄣˊ，所以「囫圇」或作「渾侖」。

11 **囫圇吞棗** ㄏㄨˊ ㄌㄨㄣˊ ㄊㄨㄣ ㄗㄠˇ 比喻籠統含糊的。囫圇：物體完整不缺，整個的。

參考 與「生吞活剝」有別：前者偏重在不求甚解，含含糊糊；後者偏重在機械模仿，生搬硬套。

次 4 **囮**

解形  形聲；從囗，化聲。化有變化的意思，古人把生鳥繫著，使它鳴叫而引誘其他野鳥入網爲囮。

音義 ㄜˊ 名鳥媒，捕鳥人用活鳥誘捕他鳥的設置；例囮子。動藉故詐取財物，通「訛」。

參考 ①名語音作ㄧㄡˊ。②古作「䌛」。

常 5 **固**

解形  形聲；從囗，古聲。從四面圍合以便久遠堅實，毫無罅漏爲固。

音義 ㄍㄨˋ 名姓。動①守持；例固持。②安定；例穩固。形①堅牢的；例鞏固。②拘執而不知變通；例頑固不靈。副①誠然。②再三；例固辭。

6 **固守** ㄍㄨˋ ㄕㄡˇ ㈠堅固地防守。㈡力守不移。

9 **固陋** ㄍㄨˋ ㄌㄡˋ ㈠固執鄙陋。㈡見聞淺少。例

參考 同鄙陋。

固若金湯 ㄍㄨˋ ㄖㄨㄛˋ ㄐㄧㄣ ㄊㄤ 形容城池的防禦工事如同金城湯池一般的堅固。金：金城，堅固的城牆。池：湯池，防守嚴密的護城河。

參考 「固若金湯」與「堅如磐石」、「穩如泰山」，雖然都有非常牢固，不可動搖的意思：但「固若金湯」著重在「固」，跟防守有關，且只能用於物，而不可用於人。如：金馬前線的防守，「固若金湯」，共產匪黨不敢越雷池一步。「堅如磐石」著重在「堅」，指建築物等的堅固，也用在國家、組織的固結等。「穩如泰山」著重在「穩」，既可用於物的堅固，不易摧毀；又可形容人的個性鎮定堅强。

11 **固執** ㄍㄨˋ ㄓˊ ㈠堅持成見而不肯變通的人。㈡固持不懈。

參考 衍固執不通、固執成見。

固執己見 ㄍㄨˋ ㄓˊ ㄐㄧˇ ㄐㄧㄢˋ 頑固地堅持自己的意見，不肯絲毫改變。多指不肯改變錯誤的見解和不正確的觀點。

參考 含有貶損的意思。

12 **固然** ㄍㄨˋ ㄖㄢˊ ㈠本來就是如此。㈡雖然。

15 **固請** ㄍㄨˋ ㄑㄧㄥˇ 極力請求。

參考 反固辭。

19 **固辭** ㄍㄨˋ ㄘˊ 堅決的拒絕。

參考 同堅拒。

23 **固體** ㄍㄨˋ ㄊㄧˇ 理有一定形狀及體積的物體，如舉其一端，就能起其全體，如金、銀、石、木等是。

▽穩固、鞏固、牢固、頑固、堅固、凝固、安固、根深蒂固、愛情永固。

次 5 **囷** 形解 會意；從口禾。從禾在穀倉中，所以會圓形的穀倉的意思。

音義 ㄐㄩㄣ 名圓形的穀倉；例囷倉。副曲折盤旋地；例輪囷虬蟠。

參考 ①又音ㄑㄩㄣ。②孳菌、麕。

10 **囷倉** ㄐㄩㄣ ㄘㄤ 積藏穀物的地方。圓的叫「囷」，方的叫「倉」。

▽倉囷、空囷、穀囷、麥囷。

次 5 **囹** 形解 會意；從口令。象人被困在口中，所以會牢獄的意思。

音義 ㄌㄧㄥˊ 名古稱牢獄為「囹圄」或「囹圉」。

10 **囹圄** ㄌㄧㄥˊ ㄩˇ 監獄。例身陷囹圄。

參考「圄」雖從吾，但不可讀成ㄨˊ。

次 6 **囿** 形解 形聲；從口，有聲。有圍牆的園林為囿。

音義 ㄧㄡˋ 名①先秦帝王畜養禽獸的園林；例鹿囿。②有圍牆的園子；例園囿。③事物聚集的地方；例游於六藝之囿。動拘泥；例囿於成見。

參考 漢以後稱帝王的園林為「苑」，如「上林苑」。

▽苑囿、圃囿、園囿、鹿囿、藝囿、拘囿。

常 7 **圃** 形解 形聲；從口，甫聲。甫，象口中種有蔬菜，所以菜園為圃。

音義 ㄆㄨˇ 名①種植蔬果、花木的園地；例花圃。②從事蔬果、花木栽培的人；例老圃。③場所；例學圃。

參考「圃」通常指沒有圍籬設施，與有圍籬設施的「園」有別，然今已不嚴格區分。

▽花圃、農圃、藥圃、菜圃、老圃、園圃。

次 7 **圄** 形解 形聲；從口，吾聲。將犯人圍禁起來以便看守為圄。

音義 ㄩˇ 名牢獄；例囹圄。動囚禁，通「圉」。

參考 字雖從吾，不可誤讀成ㄨˊ。

次 7 **圂** 形解 會意；從豕在口中。豬圈為圂。

音義 ㄏㄨㄣˋ 名①廁所；例圊圂。②豬圈；例豕圂。

ㄏㄨㄢˋ 名家畜，通「豢」。

參考 字又作「溷」。

常 8 **圈** 形解 形聲；從口，卷聲。圍養牲畜的木欄為圈。

音義 ㄑㄩㄢ 名①外圓而中空的東西；例花圈。②周；例慢跑一圈。③範圍；例社交圈。動①圍住；例用籬笆把雞圈起來。②以朱墨作圓圈記號；例圈選。

ㄐㄩㄢˋ 名①飼養家畜的柵欄；例豬圈。②周圍；例城圈。③姓。

ㄐㄩㄢ 動關住；例把鴨圈住。

參考 同圍。

10 **圈套** ㄑㄩㄢ ㄊㄠˋ 用以攏絡或陷害他人的計謀。

參考「圈」與「套」都是約束他物的工具，俗因稱陷害他人的計策，使人無可遁逃的東西為圈套。

16 **圈選** ㄑㄩㄢ ㄒㄩㄢˇ ㈠以畫圓圈表示同意或選擇某一事物及答案。㈡選舉的方法之一，為我國地方或中央公職人員選舉時所採用，就是在選票上圈印你所要選舉的人物。

常 8 **國** 形解 會意；從口或。人民在一定的疆域內，擁有土地和武力，所建立具有主權的政體爲國。

音義 ㄍㄨㄛˊ 名①古代諸侯的封地；例魯國。②都城。③地方；例北國兒女。④具有人民、土地、主權的政治羣體；例民主共和國。⑤姓。形①國家的；例國旗。②本國的；例愛用國貨。

參考 同邦。

2 **國人** ㄍㄨㄛˊ ㄖㄣˊ 國民，百姓。

國力 ㄍㄨㄛˊ ㄌㄧˋ 國家所擁有的力量。一般是指人口、土地、經濟能量與軍事能量三項。

3 **國土** ㄍㄨㄛˊ ㄊㄨˇ 國家的領土。

國士 ㄍㄨㄛˊ ㄕˋ 全國所推重仰望的人物。例「國士無雙。」

4 **國父** ㄍㄨㄛˊ ㄈㄨˋ 對國家有大功而爲全國人民所敬愛感戴者的尊稱。例我國尊稱 孫中山先生爲國父，美國稱華盛頓爲國父。

國王 ㄍㄨㄛˊ ㄨㄤˊ ㈠君主國家的領袖。㈡昔日受我國策封的外藩。例朝鮮國王。㈢最尊貴的爵位。

5 **國民** ㄍㄨㄛˊ ㄇㄧㄣˊ ㈠泛稱全國人民。㈡具有某國國籍的人。

參考 衍國民道德、國民教育、國民經濟。

國民黨 ㄍㄨㄛˊ ㄇㄧㄣˊ ㄉㄤˇ ㈠ 國父所創建的革命政黨，民國元年由同盟會擴大改組而成。㈡「中國國民黨」的簡稱。

國民大會 ㄍㄨㄛˊ ㄇㄧㄣˊ ㄉㄚˋ ㄏㄨㄟˋ 政代表全國國民行使政權的機構，其職權爲：選舉及罷免總統副總統，修改憲法，複決立法院所提憲法修正案。

參考 衍國民大會代表。

國民住宅 ㄍㄨㄛˊ ㄇㄧㄣˊ ㄓㄨˋ ㄓㄞˊ 政府策劃興建或鼓勵私人團體按政府計劃投資興建的住宅，旨在改善中低收入國民之居住環境，以達到「住者有其屋」的目的。簡稱爲「國宅」。

國民所得 ㄍㄨㄛˊ ㄇㄧㄣˊ ㄙㄨㄛˇ ㄉㄜˊ 經指一個國家在某一時期（一年或一季）全體國民的所得。又稱「國民生產毛額」。

6 **國有** ㄍㄨㄛˊ ㄧㄡˇ 屬於國家所有。例國有財產。

參考 衍國有化、國有林、國有鐵路、國有航運、國有財產局。

國色天香 ㄍㄨㄛˊ ㄙㄜˋ ㄊㄧㄢ ㄒㄧㄤ ㈠形容牡丹花高貴，與凡花俗草不同。㈡形容容貌姣好的美人。國色：容貌非常艷冶，爲國內傑出的女人。

參考 「國色」、「國色天香」只宜用在形容花美或女人美。

7 **國防** ㄍㄨㄛˊ ㄈㄤˊ 國家爲防禦外患，而設置所有的軍事攻擊或防禦性設施的總稱。

參考 衍國防體制、國防前線、國防力量。

8 **國帑** ㄍㄨㄛˊ ㄊㄤˇ 國家的公款。

國門 ㄍㄨㄛˊ ㄇㄣˊ ㈠國家首都的城門。㈡泛指國家而言。

國事 ㄍㄨㄛˊ ㄕˋ ㈠與國家有關的大事。㈡國家的政治、經濟、教育、國防等重要事務。

參考 衍國事犯、國事報。

國法 ㄍㄨㄛˊ ㄈㄚˇ ㈠國家法律制度的通稱。㈡規定國家組織及其作用的法規，通常指「憲法」和「行政法」而言。

參考 衍國法學。

國花 ㄍㄨㄛˊ ㄏㄨㄚ 選擇一國特有的花朵，用以代表國家，表揚國家的榮譽，顯示民族精神者，稱爲國花。

參考 我國以梅花爲國花，花中的三蕾五瓣代表三民五權；花性耐寒正代表中華民族堅忍卓絕，百折不撓的精神。

9 **國界** ㄍㄨㄛˊ ㄐㄧㄝˋ ㈠國與國之間的分界線。㈡國與國間領土交界的地方。

參考 同疆界。

國故 ㄍㄨㄛˊ ㄍㄨˋ ㈠國家的變故。㈡本國固有的學術與文化。

國計民生 ㄍㄨㄛˊ ㄐㄧˋ ㄇㄧㄣˊ ㄕㄥ 國家經濟和人民生活的總稱。國計：國家的財政。

10 **國格** ㄍㄨㄛˊ ㄍㄜˊ 國家的整體精神或情操。

國祚 ㄍㄨㄛˊ ㄗㄨㄛˋ 國家世代相傳的福運。例國祚昌隆。

參考 同國運。

國庫 ㄍㄨㄛˊ ㄎㄨˋ 國家收入支出的總機關。今各國國庫出納，多委託國家銀行代理。

國恥 ㄍㄨㄛˊ ㄔˇ 國家所遭受的恥辱。例五四國恥。

國家 ㄍㄨㄛˊ ㄐㄧㄚ 政一羣人在一定地域內所組織的政治團體，須具有領土、人民、主權及政府四要素。

參考 衍國家論、國家學、國家公園、國家主義。

國家安全法 ㄍㄨㄛˊ ㄐㄧㄚ ㄢ ㄑㄩㄢˊ ㄈㄚˇ 全文十條，明定人民集會、結社，不得違背憲法，或主張共產主義，或主張分裂國土；規定非現役軍人，不受軍事審判；人民入出境應向入出境管理局申請許可；及必要時得將海岸、山地或重要軍事設施畫爲管制區等。簡稱「國安法」。

11 **國都** ㄍㄨㄛˊ ㄉㄨ 一國的中央政府所在地。

參考 同首都。

國產 ㄍㄨㄛˊ ㄔㄢˇ ㈠本國所生產的貨物。㈡本國生產。例國產汽車。

國術 ㄍㄨㄛˊ ㄕㄨˋ 我國近稱國內原有的傳統武術爲國術，以有別於外來的武術而言。

參考 ①同國技。②衍國術館、國術總會。

國貨 ㄍㄨㄛˊ ㄏㄨㄛˋ 由本國出產或自行設廠製造的工業產品。例愛用國貨。

國情 ㄍㄨㄛˊ ㄑㄧㄥˊ 一國的風土民情。

12 **國畫** ㄍㄨㄛˊ ㄏㄨㄚˋ 我國傳統的繪畫藝術，其特徵是用毛筆著色，線條表現，以氣韻生動，境界高遠爲主，而不偏重描摹形似。

13 **國運** ㄍㄨㄛˊ ㄩㄣˋ 國家的命運或境遇。

國勢 ㄍㄨㄛˊ ㄕˋ 國家的形勢或實力。例國勢調查。

國號 ㄍㄨㄛˊ ㄏㄠˋ 代表一個國家的名號。我國自古以來，每歷一個朝代就更改一個國號。

國會 ㄍㄨㄛˊ ㄏㄨㄟˋ ㈠立憲國家代表民意的立法機關。有一院制、二院制兩種。

14 **國境** ㄍㄨㄛˊ ㄐㄧㄥˋ 一國主權所行使的土地範圍與他國間的分際。

國旗 ㄍㄨㄛˊ ㄑㄧˊ 由國家特別選定，用以代表一國的旗幟。我國於民國十七年以青天白日滿地紅爲國旗。

國魂 ㄍㄨㄛˊ ㄏㄨㄣˊ ㈠一國立國的民族精神。㈡國民所具有的特殊精神。例日本人自稱「大和國魂」。

國粹 ㄍㄨㄛˊ ㄘㄨㄟˋ ㈠專指本國的學術文化之精粹而言。㈡一國精神上或物質上的特色。

參考 衍國粹學報。

國歌 ㄍㄨㄛˊ ㄍㄜ 由國家特別選定，頒行全國的樂歌。用以表示國性，激發民族精神，代表國家意識。我國民國三十二年公布以國民黨黨歌爲正式國歌。

國語 ㄍㄨㄛˊ ㄩˇ ㈠本國固有的語言。㈡我國全國統一使用以北平話爲標準國語，亦簡稱「國語」。

參考 反方言。

15 **國殤** ㄍㄨㄛˊ ㄕㄤ 爲國家而犧牲性命的人。

國慶 ㄍㄨㄛˊ ㄑㄧㄥˋ 一國的偉大慶典。主要是紀念國家成立或統一。

參考 中華民國是以陽曆十月十日爲國慶日。是日即武昌起義之日(民國前一年)，也是正式政府成立之日(民國二年十月十日)，所以又稱「雙十國慶」。

國際 ㄍㄨㄛˊ ㄐㄧˋ 國與國間的交際或關係。

參考 衍國際法、國際現勢、國際市場、國際公法、國際私法。

國際公法 ㄍㄨㄛˊ ㄐㄧˋ ㄍㄨㄥ ㄈㄚˇ 法 國際間的法律，爲各國所承認者。規定國家相互間權利、義務的法律，分「平時國際公法」與「戰時國際公法」二種。

參考 衍國際私法。

17 **國徽** ㄍㄨㄛˊ ㄏㄨㄟ 代表一個國家的徽誌。

國營 ㄍㄨㄛˊ ㄧㄥˊ 由國家所經營各種各類的事業的省稱。例國營農場。

參考 衍國營事業、國營公司。

20 **國寶** ㄍㄨㄛˊ ㄅㄠˇ ㈠國家的寶器。例國璽是國寶。㈡舊稱國幣爲國寶。㈢對國家有特殊貢獻，爲國爭光的人。例他是我國的人間國寶。

國籍 ㄍㄨㄛˊ ㄐㄧˊ 一個人隸屬於某一國家的籍貫。

參考 近世各國立有國籍法，必取得某國國籍，才是該國所承認的人民。

23 **國體** ㄍㄨㄛˊ ㄊㄧˇ 國家的根本體

制，依統治權所在，可分為「君主國體」和「立憲國體」。

▽祖國、外國、天國、全國、故國、中國、愛國、開國、舉國、報國、列國、出國、回國、救國、本國、中立國、聯合國、天府之國、喪權辱國、傾城傾國、以建民國。

次 8 **圊** 解形 形聲；從囗，青聲。青為清理，囗指廁所，所以清理汙穢的廁所為圊。

音義 ㄑㄧㄥ 名 廁所；例 大小圊廁。

次 8 **圉** 解形 會意；從囗，從㚔。㚔獄為圉。

音義 ㄩˇ 名 ①牢獄；例 囹圉。②養馬的人；例 圉人。③邊境；例 邊圉。④姓。動 飼養；例 圉馬。

ㄩˇ 動 阻擋，通「禦」。

參考 ①字從幸不可讀作ㄒㄧㄥ。②字不可誤從「辛」。

2 **圉人** ㄩˇ ㄖㄣˊ 古代官名，掌養馬芻牧的事情，也可通稱養馬的人。

次 8 **圇** 解形 形聲；從囗，侖聲。物體完整無缺為圇。

音義 ㄌㄨㄣˊ 副 修飾物體的完整；例 囫圇吞棗。

參考 參閱「囫」字條。

常 9 **圍** 解形 形聲；從囗，韋聲。韋是熟皮，所以周繞為圍。

音義 ㄨㄟˊ 名 ①兩臂合抱的粗細，為丈量圓周的約略單位；例 樹粗十圍。②四周；例 周圍。③遮擋陽光或視線的布簾；例 門圍。動 ①環繞；例 圍繞。②從四方阻攔；例 包圍。

3 **圍巾** ㄨㄟˊ ㄐㄧㄣ 用布做或毛線織成，圍在脖子上，用來防風禦寒的長巾。又稱「圍脖兒」。

7 **圍攻** ㄨㄟˊ ㄍㄨㄥ 包圍而攻擊。

10 **圍捕** ㄨㄟˊ ㄅㄨˇ 事先加以妥善的佈置，將人犯或獵物的四周包圍後，加以逮捕。

11 **圍兜** ㄨㄟˊ ㄉㄡ 幼兒穿掛在胸前的衣物，用來防止衣服因流口水而潮溼或其他汙染而弄髒衣物。

12 **圍裙** ㄨㄟˊ ㄑㄩㄣˊ ㈠婦女所穿著的裙子之一。㈡工作或做炊事時為免弄髒衣服，繫於身前或腰下的布裙。

圍棋 ㄨㄟˊ ㄑㄧˊ 棋名。古稱「弈」。雙方分別用黑子、白子一百八十枚對著，各自圍攻，吃去對方棋子，擴張地盤，最後以佔棋位多者得勝。亦作「圍棊」、「圍碁」。

13 **圍剿** ㄨㄟˊ ㄐㄧㄠˇ 先包圍再加以消滅。

18 **圍繞** ㄨㄟˊ ㄖㄠˋ 環繞。

19 **圍攏** ㄨㄟˊ ㄌㄨㄥˇ 從四周靠近或合攏過來。

▽周圍、外圍、包圍、重圍、範圍、腰圍、突圍、合圍、胸圍、解圍、內圈外圍、殺出重圍。

次 9 **圌** 解形 形聲；從囗，耑聲。盛穀的竹器為圌。

音義 ㄔㄨㄢˊ 名 盛稻穀的圓形草或竹器。

ㄔㄨㄟˊ 名 地 山名，在江蘇鎮江東，北濱長江；例 圌山。

常 10 **園** 解形 形聲；從囗，袁聲。袁有寬敞的意思，凡種植果樹的地方為園。

音義 ㄩㄢˊ 名 ①有藩籬用作種植蔬果、花木的地方；例 果園。②供人休閒活動的公共場所；例 公園。③舊稱戲院；例 戲園子。④帝王后妃的墓地；例 園陵。⑤姓。

參考 ①參閱「圃」字條。②古謂種植植物的場所為園，今亦可稱畜養禽獸之地及別墅游息之處為園；如鳥園、秋茂園。③「園」、「圓」有別：「花園」、「園藝」的「園」，中間是從「袁」；「圓滿」、「團圓」的「圓」，中間是從「員」。

2 **園丁** ㄩㄢˊ ㄉㄧㄥ 管理園圃，栽植花木的人。

6 **園地** ㄩㄢˊ ㄉㄧˋ ㈠種植花草樹木的地方。㈡文人作品發表的地方，亦稱「園地」。

參考 同場所，地方。

8 **園林** ㄩㄢˊ ㄌㄧㄣˊ 栽種花草樹木供人遊覽休憩的地區。

19 **園藝** ㄩㄢˊ ㄧˋ 種植蔬菜、花卉、果樹等的技藝或學問。

▽花園、庭園、菜園、田園、莊園、梨園、果園、心園、公園、樂園、墓園、玫瑰園、植物園、動物園。

常 10 **圓** 形解  形聲；從囗，員聲。員字的「〇」象環狀鼎口形，所以環合無缺爲圓。

音義 ㄩㄢˊ 名①數曲線在一平面上對於一定點有等距離，由一定點到所環成的面叫做「圓」；例圓周。②貨幣的單位；例拾圓。③姓。動①周延；例自圓其說。②詳細說解；例圓夢。③用一種說詞，把事情形容得沒有破綻；例圓滑。形①圓形的；例「月有陰晴圓缺。」②完滿的、豐盈的；例圓融。③聲音宛轉而嘹亮；例歌聲圓潤。

參考 ①反方。②字亦作「圜」，又作「員」；「拾圓」亦可作「拾元」。

4 **圓心** ㄩㄢˊ ㄒㄧㄣ 數圓形的中心點。

8 **圓周** ㄩㄢˊ ㄓㄡ 數平面圓形的外圍界線。

圓周率 ㄩㄢˊ ㄓㄡ ㄌㄩˋ 圓周長除以直徑所得的比率，爲「圓周率」。其値約爲三·一四一六或七分之二二，通常以「π」表示。

圓明園 ㄩㄢˊ ㄇㄧㄥˊ ㄩㄢˊ 地清康熙四十八（一七九〇）年所建，規模宏麗瑰偉，聞名中外，西人稱爲「夏宮」。遺址在北平市西郊海淀附近，咸豐十（一八〇六）年爲英法聯軍所焚燬，今僅存殘迹。

10 **圓徑** ㄩㄢˊ ㄐㄧㄥˋ 數通過圓心而以圓周爲界限的直線。又作「直徑」。

11 **圓圈** ㄩㄢˊ ㄑㄩㄢ ㈠圓形的圈。㈡四周圍。

參考 衍圓圈兒。

圓規 ㄩㄢˊ ㄍㄨㄟ 一種兩脚規，二脚相連於頂端一點，上端固定，下脚可移動，用以畫成圓形或弧線的器具。

圓寂 ㄩㄢˊ ㄐㄧˊ 宗就是死亡。取其諸德圓滿，諸惡寂滅的意思。

參考 舊譯作「滅度」，新譯爲「圓寂」。

12 **圓場** ㄩㄢˊ ㄔㄤˇ 爲了打開僵局或解決糾紛，而從中解說，仲裁或提出折衷辦法。例打個圓場。

13 **圓滑** ㄩㄢˊ ㄏㄨㄚˊ 圓而滑澤。比喻人的言行面面俱到，不得罪他人。

14 **圓滿** ㄩㄢˊ ㄇㄢˇ 一切完滿而無所缺陷。例功德圓滿。

圓夢 ㄩㄢˊ ㄇㄥˋ 解釋夢境的吉凶。

17 **圓謊** ㄩㄢˊ ㄏㄨㄤˇ 替說謊者掩飾矛盾或彌補漏洞。

25 **圓顱方趾** ㄩㄢˊ ㄌㄨˊ ㄈㄤ ㄓˇ 即人類，以其頭圓而足方，與禽獸有別，故名。

28 **圓鑿方枘** ㄩㄢˊ ㄗㄨㄛˋ ㄈㄤ ㄖㄨㄟˋ 圓形的鉚眼，容納不了方形的榫子。喻事物齟齬不合，或扞格難入。鑿：鉚眼；枘：榫子。又作「方枘圓鑿」。

▽團圓、方圓、半圓、橢圓、銀圓、月圓、同心圓、面面俱圓、破鏡重圓、內方外圓。

常 11 **團** 形解  形聲；從囗，專聲。專有圓的意思，囗爲圍繞，所以圓轉爲團。

音義 ㄊㄨㄢˊ 名①圓球形的東西；例紙團。②有組織的人羣；例訪問團。③軍國軍建制編組，介於旅、營之間，三營爲一團。④量詞，凡物具備圓形叫做「團」，大多用於纏繞而成的物品；例一團毛線。動①會合；例團圓。②聚集；例花團錦簇。形圓形的；例團扇。

參考 「團」字從「專」，不從「専」。

9 **團拜** ㄊㄨㄢˊ ㄅㄞˋ 指於喜慶佳日，有互相慶賀之事，衆人相聚行禮。今常用於春節同僚相聚賀年。

團契 ㄊㄨㄢˊ ㄑㄧˋ 外基督徒間的團結契合，後演變爲教會組織名稱。例大專青年團契。

10 **團扇** ㄊㄨㄢˊ ㄕㄢˋ 圓形而有柄的扇子。

參考 古代宮內多用團扇，又稱

「宮扇」；女子害羞時，可以用來遮面，又叫做「便面」。

11 **團魚** ㄊㄨㄢˊ ㄩˊ 鼈的俗稱。

參考 同甲魚，圓菜。

12 **團結** ㄊㄨㄢˊ ㄐㄧㄝˊ 團聚結合衆人的力量。例團結就是力量。

參考 ①衍團結一致。②參閱「結合」條。

團隊精神 ㄊㄨㄢˊ ㄉㄨㄟˋ ㄐㄧㄥ ㄕㄣˊ 個人對團體組織所保持的一種榮譽心和團結力及合作精神，以達成該團體組織的共同目標和使命。

13 **團圓** ㄊㄨㄢˊ ㄩㄢˊ ㈠團聚，親屬散而復聚。㈡圓。

14 **團聚** ㄊㄨㄢˊ ㄐㄩˋ 衆人團圓歡聚。

參考 衍團圓飯、團圓夜。

團團 ㄊㄨㄢˊ ㄊㄨㄢˊ ㈠圓的樣子。例團團似明月。㈡凝聚成團的。例霜露團團。

15 **團練** ㄊㄨㄢˊ ㄌㄧㄢˋ 地方百姓，自行發起，聚集壯丁，編制成團，以兵法教練，用來捍禦盜匪，保衞鄉土。

23 **團體** ㄊㄨㄢˊ ㄊㄧˇ 多數人以共同目的而結合成的集團或組織。例團體旅遊。

▽劇團、兵團、樂團、軍團、集團、蒲團、陪審團、旅行團、視察團、使節團、救國團、採購團、馬戲團、合唱團、漆黑一團、魔鬼兵團、亂成一團。

常 11 **圖**

形解 會意；從囗，從啚。啚有愼難的意思，囗是規畫，所以謹愼規畫爲圖。

音義 ㄊㄨˊ 名①繪製而成的形象；例地圖。②「河圖」的簡稱；例圖讖之學。動①謀畫；例圖謀。②繪畫；例圖畫。③謀取；例企圖。

參考 同畫，繪，形，謀。

8 **圖表** ㄊㄨˊ ㄅㄧㄠˇ 繪圖列表以表示統計數字的結果。例圖表製作法。

10 **圖案** ㄊㄨˊ ㄢˋ ㈠繪畫的一種，用幾何圖式來表現畫法。㈡用作裝飾建築物或其他物品的繪畫。㈢美術上及建築上所計畫的形式與色彩之考案圖樣。例建築圖案。

圖書 ㈠ ㄊㄨˊ ㄕㄨ 圖畫與書籍的總稱。㈡ ㄊㄨˊ ˙ㄕㄨ 俗稱私人印章。

圖書館 ㄊㄨˊ ㄕㄨ ㄍㄨㄢˇ 將人類思想、言行的各種記錄，如書籍、微捲等加以搜集、組織、編目、保存，以便公衆或特定對象使用的專門機構。

參考 衍圖書館學、圖書館系。

圖們江 ㄊㄨˊ ㄇㄣˊ ㄐㄧㄤ 地水名，源於長白山，流經吉林省南邊，東流爲松江省與韓國的界河，至韓國慶興城附近注入日本海。

參考 此江亦曰「豆滿」，又名「土門」，又叫「統門」，都是一音之轉。滿語則稱「圖們色禽」。

11 **圖章** ㄊㄨˊ ㄓㄤ 俗稱私人所用的印信。

12 **圖畫** ㄊㄨˊ ㄏㄨㄚˋ ㈠繪畫成的作品。㈡繪畫事物的形象。

13 **圖解** ㄊㄨˊ ㄐㄧㄝˇ 利用圖表加以解說，使讀者一目瞭然。例圖解英漢辭典。

15 **圖窮匕首現** ㄊㄨˊ ㄑㄩㄥˊ ㄅㄧˇ ㄕㄡˇ ㄒㄧㄢˋ 本指荊軻藏匕首刺秦王而失敗的故事，今則借以比喻形跡終致敗露。見戰國策・燕策。亦作「圖窮匕見」。

16 **圖謀** ㄊㄨˊ ㄇㄡˊ 圖畫，計謀。

圖謀不軌 ㄊㄨˊ ㄇㄡˊ ㄅㄨˋ ㄍㄨㄟˇ 暗中謀劃做出逾越常軌、法度的事情。不軌：越出常軌，不守法度。

參考 ①也作「謀圖不軌」。②含有貶損的意思。

30 **圖籍** ㄊㄨˊ ㄐㄧˊ ㈠土地的圖形與戶口的册籍。㈡圖書，書籍的總稱。

圖騰 ㄊㄨˊ ㄊㄥˊ (Totem) 史 ㈠原始的氏族各有所祀，多半畫某種動植物的圖形，作爲象徵性的徽號，以爲祭祀的對象。㈡原始社會中，以某種自然物爲區別氏族血統的符號，用作一種象徵或標記，以供他族或本族人識別之用的。

參考 衍圖騰崇拜。

▽地圖、畫圖、版圖、雄圖、意圖、構圖、海圖、企圖、試圖、作圖、良圖、河圖、天氣圖、設計圖、八美圖、有利可圖、唯利是圖、大展

鴻圖。

㊂13 **圜** 形解 形聲；從囗，睘聲。睘有圓繞的意思，所以繞地而行的天體爲圜。

音義 ㄩㄢˊ 名①天體；例大圜。②圓形，通「圓」；例圜上。副回旋地；例圜流九十里。ㄏㄨㄢˊ 動圍繞，通「環」。

5 **圜丘** ㄩㄢˊ ㄑㄧㄡ ㈠天子祭天的神壇，即天壇。㈡仙人的居處。

28 **圜鑿方枘** ㄩㄢˊ ㄗㄨㄛˋ ㄈㄤ ㄖㄨㄟˋ ㈠圓的孔，方的枘。圜：圓的；鑿：鑿子；枘：榫子。㈡比喻彼此意見，不能相合。

參考 ①「枘」字雖從內，但不可讀成 ㄋㄟˋ。②參閱「圓鑿方枘」條。

㊂23 **圝** 形解 形聲，從囗，欒聲。專圓爲圝。

音義 ㄌㄨㄢˊ 形專圝，圓形的。

參考 或作「圞」、「⿴囗栾」。

【土部】 ㄊㄨˇ

常0 **土** 形解 土 象形；象土塊形。

音義 ㄊㄨˇ 名①地表上的砂泥混合物；例泥土。②地域；例國土。③地神；例皇天后土。④家鄉；例鄉土。⑤五行之一；例金、木、水、火、土。⑥星名；例土星。⑦姓。形①不合時尚的；例土氣。②地方的；例土產。

參考 ①與「士」字形似；只是上下橫長短不同。②同泥，壤。③孳吐、杜、肚、社。

4 **土木** ㄊㄨˇ ㄇㄨˋ 〔工〕建築房屋橋樑等工程。例大興土木。

土木工程 ㄊㄨˇ ㄇㄨˋ ㄍㄨㄥ ㄔㄥˊ 〔工〕工程學的一科，研究建築等與土木有關的科學。大致分爲鐵路、道路、海港、機場、衛生、建築、市政等工程部門。

5 **土司** ㄊㄨˇ ㄙ ㈠外原指烤過的麵包片，今未烤的麵包或長條可切片的麵包也叫土司。又作「土斯」。㈡史元明以來，由土人世襲，管領苗蠻之地的首領。

6 **土地** ㄊㄨˇ ㄉㄧˋ ㈠土壤，地表的固體部分。㈡領土，地表固定的區域。㈢社神。

參考 衍土地法、土地神、土地廟、土地稅、土地登記、土地改良物。

土地稅 ㄊㄨˇ ㄉㄧˋ ㄕㄨㄟˋ 經國家以土地爲對象所課征的一切租稅，包括田賦、地價稅、土地增值稅。

9 **土星** ㄊㄨˇ ㄒㄧㄥ 太陽系九大行星中的第六顆星，光度爲一等星，色純黃，比木星稍小。

參考 衍土星光環。

土風 ㄊㄨˇ ㄈㄥ ㈠地方固有的風俗。㈡具有地方色彩的歌謠。

參考 同鄉俗。

土風舞 ㄊㄨˇ ㄈㄥ ㄨˇ 具有民族特色，旋律優美，舞步簡單，適合男女老少的羣舞。

參考 衍土風舞研究社。

10 **土匪** ㄊㄨˇ ㄈㄟˇ 本地的强盜、賊寇。

參考 同土寇，土賊。

土氣 ㄊㄨˇ ㄑㄧˋ ㈠地氣。㈡形容人的個性固陋鄙野，含有塵俗氣息。例土裏土氣。

11 **土產** ㄊㄨˇ ㄔㄢˇ 當地的特產，也可以用來泛指本地的物產。

土崩瓦解 ㄊㄨˇ ㄅㄥ ㄨㄚˇ ㄐㄧㄝˇ 土地崩墜，瓦片破碎。比喻天下離叛的情勢，已潰亂到了極點，完全不可收拾。

參考 同①瓦解土崩。②與「分崩離析」有別：ⓐ前者著重於「崩潰」，强調徹底垮台，機構崩潰；後者偏重於「分裂」，强調人心渙散，人員分散離開。ⓑ前者是比喻性的比後者更具形象；前者的語義比後者爲重。

12 **土著** ㄊㄨˇ ㄓㄨˋ ㈠本土未開化的人民。㈡世居本地的原住民。

參考 反客籍。

13 **土葬** ㄊㄨˇ ㄗㄤˋ 把屍體埋入土中的埋葬方法。

參考 反火葬。

土話 ㄊㄨˇ ㄏㄨㄚˋ ㈠方言，土語。㈡俚俗語。

16 **土頭土腦** ㄊㄨˇ ㄊㄡˊ ㄊㄨˇ ㄋㄠˇ 形容人土俗不堪，趕不上潮流。參考 同土裏土氣。

20 **土壤** ㄊㄨˇ ㄖㄤˇ 陸地上具有肥力，能生產植物的疏鬆表層，是農業生產的基礎。

參考 衍土壤保持、土壤構造、土壤化學、土壤沖蝕。

▽鄉土、泥土、黃土、紅土、國土、風土、淨土、本土、黏土、疆土、焦土、瘠土、沃土、后土、混凝土、皇天后土、揮金如土。

常 3 **圳** 解形 形聲；從土，川聲。川有水流的意思，所以田邊的水溝爲圳。

音義 ㄔㄡˋ 名 湖北、江西一帶稱田邊的水溝。ㄗㄨㄣˋ 名 廣東、福建、臺灣一帶稱灌溉用的河川水渠；例嘉南大圳。

常 3 **地** 解形  形聲；從土，也聲。生養萬物的場所爲地。

音義 ㄉㄧˋ 名 ①人類所棲息的地方；例大地。②人所居的地位；例設身處地。③區域；例臺北各地。④本質；例質地。動 意志，思想，主張的所在；例見地。

·ㄉㄜ 助 用作副詞的語尾；例「楊柳宮前忽地春。」

參考 白話中文，用作形容詞的詞尾用「的」，如高高興興的人；用作副詞尾用「地」，如小心翼翼地走，讀音則同作·ㄉㄜ。

3 **地下** ㄉㄧˋ ㄒㄧㄚˋ ㈠地面以下。㈡秘密從事、經營或活動，如地下工作，地下舞廳。

參考 衍地下室、地下莖、地下鐵路、地下資源。

地下工作 ㄉㄧˋ ㄒㄧㄚˋ ㄍㄨㄥ ㄗㄨㄛˋ 政 諜報人員秘密從事於政治、軍事、社會等活動。

參考 衍地下工作人員。

4 **地支** ㄉㄧˋ ㄓ 即子、丑、寅、卯、辰、巳、午、未、申、酉、戌、亥等十二支，是十二個古人計時日的符號的總稱。

地心引力 ㄉㄧˋ ㄒㄧㄣ ㄧㄣˇ ㄌㄧˋ 物 是依據萬有引力說推衍而來。指地心對萬物的吸引力，是使物體下墜方向恆向地心的力量。

地方 ㄉㄧˋ ㄈㄤ ㈠區域，在行政上每與「中央」或「國家」對舉。例地方政府。㈡處所，即泛言某處之地。例你從什麼地方來的？㈢事物的某一部份。例這本設計有些地方不夠周全。

參考 衍地方性、地方稅、地方官、地方戲、地方誌、地方新聞。

地方色彩 ㄉㄧˋ ㄈㄤ ㄙㄜˋ ㄘㄞˇ ㈠指某一區域所特有的風格興味。㈡文 文藝作品中著重描繪某一地區特有的社會習尚，風土人情，以至適當採用方言土語等而形成的一種藝術特色。例鄉土文學常常帶有濃郁的地方色彩。

5 **地瓜** ㄉㄧˋ ㄍㄨㄚ 植 含有豐富澱粉，可以食用或作爲飼料的一種塊根。例地瓜稀飯。

參考 同番薯，甘薯。②衍地瓜湯、烤地瓜。

地皮 ㄉㄧˋ ㄆㄧˊ ㈠供搭蓋房舍等用途的土地。㈡地面。

地主 ㄉㄧˋ ㄓㄨˇ ㈠將土地租給農戶耕作或使用的土地所有權人。㈡泛稱土地所有人。㈢歐洲中古時代的貴族與教士，擁有封地，役使農奴代爲耕種，均稱地主。㈣與「賓客」對稱，即主人。例略盡地主之誼。

6 **地老天荒** ㄉㄧˋ ㄌㄠˇ ㄊㄧㄢ ㄏㄨㄤ 比喻年代久遠。

7 **地牢** ㄉㄧˋ ㄌㄠˊ 蓋在地下的牢房。

地利 ㄉㄧˋ ㄌㄧˋ ㈠即地力，因土地生產而獲得的利益。㈡在地理形勢上所占的便利，指山川、城郭等有險要可守者而言。例天時、地利、人和，是取得勝利的關鍵。

參考 衍地利人和。

地步 ㄉㄧˋ ㄅㄨˋ 境地。指事情向壞的方面發展所達到的程度。例我沒有想到事情糟到這種地步。

地址 ㄉㄧˋ ㄓˇ 所在地或所在地的門牌號碼，通常指房屋或居處所在而言。

地位 ㄉㄧˋ ㄨㄟˋ 本言一地的位置，

推之則指所佔的位置或重要性。引申凡人物在社會體系中所扮演的角色，如官位、職業、名譽、學問而言。

參考「位置」和「地位」意義大致相同，然位置所言多為具體，地位範圍稍廣，除了具體意義外，也用來表示人的身分，具有抽象意義。如①這個城市是南北交通的樞紐，位置很重要。②他在工商界頗具地位。例①用位置、地位都可以；②則不可以「位置」替代「地位」。

地形 ㄉㄧˋ ㄒㄧㄥˊ 〔地〕地理的形勢，通常指地的形狀、起伏而言。

參考 衍地形圖。

8 **地板** ㄉㄧˋ ㄅㄢˇ 鋪在房屋地上或樓面的表面層之方板子，一般由木料、石料或塑膠材料製成。今泛指地面。

參考 衍地板臘。

地坼天崩 ㄉㄧˋ ㄔㄜˋ ㄊㄧㄢ ㄅㄥ 地裂了，天也塌了，比喻遭遇君國巨變。坼：裂開。

9 **地契** ㄉㄧˋ ㄑㄧˋ 〔法〕買賣土地所訂立的契約。

參考 同地券。

地段 ㄉㄧˋ ㄉㄨㄢˋ 某一特定或特殊的區域。

參考 衍黃金地段。

10 **地峽** ㄉㄧˋ ㄒㄧㄚˊ 〔地〕連接兩大陸之間的狹地。例巴拿馬地峽。

地租 ㄉㄧˋ ㄗㄨ ㈠因使用他人農地而給付的報酬。㈡政府對於土地收益的課稅。例田賦就是地租的一種。

地球 ㄉㄧˋ ㄑㄧㄡˊ 〔天〕太陽系九大行星之一，略呈橢圓，是人類目前所居住的星球。體積約一〇、八三二一億（1.0832×10^{12}）立方公里。因繞太陽公轉而生四季，因依地軸自轉而有晝夜。有一個衛星（月球）。

11 **地基** ㄉㄧˋ ㄐㄧ 建造房屋的根基。

參考 同地盤，地腳。

地域 ㄉㄧˋ ㄩˋ 土地的界域。

參考 衍地域觀念。

地帶 ㄉㄧˋ ㄉㄞˋ 某個地方和它周圍的區域。

地區 ㄉㄧˋ ㄑㄩ 地理或行政的區域。

地理 ㄉㄧˋ ㄌㄧˇ 〔地〕研究地球表面各種事物的空間分布及其差異的科學。又可分為「自然地理」與「人文地理」。

參考 ①又稱「地理學」。②衍地理課、地理位置。

12 **地毯** ㄉㄧˋ ㄊㄢˇ 鋪覆在地上的毯子。原為毛織物，今有用棉、麻、塑膠等質料製成的。

地殼 ㄉㄧˋ ㄎㄜˊ 〔地〕地球的最外層，分為兩種，陸地地殼以花崗岩為主，厚約三十五公里；海洋地殼以玄武岩為主，厚約五公里。

地窖 ㄉㄧˋ ㄐㄧㄠˋ 用作貯存物品的地下室。

地痞 ㄉㄧˋ ㄆㄧˇ 地方上的無賴。

參考 ①同地棍。②又稱「地頭蛇」。③「地痞」與「流氓」都指不務正業，惹事生非的無賴，但地痞多指當地的無賴，流氓則指到處流竄，四海為家的無賴。

13 **地勢** ㄉㄧˋ ㄕˋ ㈠〔地〕地的形勢，指地面高低起伏言。㈡地位。

14 **地圖** ㄉㄧˋ ㄊㄨˊ 描繪地球表面狀態的圖形。

地獄 ㄉㄧˋ ㄩˋ ㈠〔宗〕罪惡衆生死後到陰間接受到苦刑懲罰的地方。㈡比喻生活痛苦而極不自由的地方。

15 **地層** ㄉㄧˋ ㄘㄥˊ 〔地〕指構成地殼，成層的沉積岩體，是岩石系統中一層系之最小部分。

地質 ㄉㄧˋ ㄓˋ 土地的性質、岩層的種類、分布及排列等現象的總稱。

參考 衍地質學。

地熱 ㄉㄧˋ ㄖㄜˋ 〔地〕從地球內部傳到地表附近，可資利用的熱能。

參考 衍地熱能、地熱田、地熱養殖、地熱灌溉。

地盤 ㄉㄧˋ ㄆㄢˊ ㈠〔地〕地球表面由岩石所構成的堅固部分。㈡房舍的地基。例這棟房子的地盤很穩固。㈢具有特殊勢力、地位的根據地。

地震 ㄉㄧˋ ㄓㄣˋ 〔地〕地面的震動，即地殼某處急劇變化而引起的地表震動。

參考 衍地震波、地震儀、地震強度、火山地震、斷層地震。

地廣人稀 ㄉㄧˋ ㄍㄨㄤˇ ㄖㄣˊ ㄒㄧ 地方廣大，而人口卻很稀少。

參考 反地狹人稠。

16 **地頭蛇** ㄉㄧˋ ㄊㄡˊ ㄕㄜˊ 當地的無賴，即地痞土棍。例强龍不壓地頭蛇。

參考 參閱「地痞」條。

17 **地點** ㄉㄧˋ ㄉㄧㄢˇ 所在的地方。例這家商店的地點很好。

參考「地點」、「地方」有別：「地點」和「地方」都有「所在」的意思。「地點」著重於該場所的位置；「地方」著重於該場所所佔的空間。

22 **地攤** ㄉㄧˋ ㄊㄢ 就地擺設的攤位。例擺地攤。

▽土地、田地、掃地、天地、內地、陸地、墓地、封地、餘地、闢地、見地、易地、道地、坐地、立地、私有地、國有地、殖民地、白蘭地、一敗塗地、不毛之地、不留餘地、不敗之地、五體投地、出人頭地、立錐之地、立足之地、死心塌地、冰天雪地、肝腦塗地、別有天地、攻城掠地、呱呱墜地、花天酒地、威信掃地、設身處地、頂天立地、斯文掃地、腳踏實地、幕天席地、彈丸之地、談天說地、謝天謝地、翻天覆地、歡天喜地、驚天動地、死無葬身之地。

常 3 **在** 形解 形聲；從土，才聲。「才」象草木初生，剛剛可見形，可見即有存在的意思，所以生存為在。

音義 ㄗㄞˋ 名①所在；例行在。②姓。動①生存；例「父母在，不遠遊。」②居於；例在下位。③依賴；例謀事在人。副①表正在進行的動作；例我在吃飯。②幸虧；例好在。③適意地；例自在。介①表示時間；例他喜歡在白天寫作。②表示處所；例人生在世。③表地位；例「寡君在君。」

參考①表示「又」、「仍舊」、「重覆」的意思時決不能用「在」，如「再來一次」的「再」決不可作「在」。②同於。

3 **在下** ㄗㄞˋ ㄒㄧㄚˋ 對尊貴的人自稱的謙詞。

5 **在乎** ㄗㄞˋ ㄏㄨ (一)關鍵所在，猶言在於。(二)注意，關心。例你別滿不在乎。

6 **在行** ㄗㄞˋ ㄏㄤˊ 俗稱對某事富有經驗而能深刻了解。

參考 同內行。

在在 ㄗㄞˋ ㄗㄞˋ 到處。例新晴在在野花香。

參考 同處處。

7 **在位** ㄗㄞˋ ㄨㄟˋ (一)在天子的地位。(二)居官位。例俊傑在位。

8 **在所不惜** ㄗㄞˋ ㄙㄨㄛˇ ㄅㄨˋ ㄒㄧˊ 不在乎任何代價。例大義當前，生死在所不惜。

9 **在室** ㄗㄞˋ ㄕˋ 女子尚未出嫁。

10 **在座** ㄗㄞˋ ㄗㄨㄛˋ 在席位上。例在座諸君。

11 **在野** ㄗㄞˋ ㄧㄝˇ 不任政府官職。

參考①反在朝。②衍在野黨。

12 **在場** ㄗㄞˋ ㄔㄤˇ 親臨目睹某事的發生。例在場證人。

13 **在意** ㄗㄞˋ ㄧˋ 留心，介意。

參考 如未曾留心則稱不在意。

16 **在學** ㄗㄞˋ ㄒㄩㄝˊ 具有學籍，正在學校求學。

參考 衍在學生。

18 **在職** ㄗㄞˋ ㄓˊ 現在正在任職。

參考 衍在職進修、在職教育。

▽存在、自在、駐在、住在、行在、健在、近在、所在、好在、實在、何在、人亡物在、無所不在。

常 3 **圭** 形解 會意；從重土。古瑞玉為圭。

音義 ㄍㄨㄟ 名①古時諸侯在行禮時所用的玉器，形狀上圓而下方；例圭璧。②標準；例奉為圭臬。③姓。形潔白的；例圭田。

參考①圭從二土，不可從士作「圭」。②孳桂、卦、掛、窪、蛙、珪、閨、鮭。

10 **圭臬** ㄍㄨㄟ ㄋㄧㄝˋ 原是測日影的器具，引申為標準。圭：測日影的工具；臬：射箭的準的。

▽鎮圭、桓圭、白圭。

常 3 **圬** 形解 形聲；從土，亏聲。塗飾牆壁的工具為圬。

音義 ㄨ 名①泥水匠用來塗牆的工具；例圬鏝。②泥土工。

參考①「圬」是圬鏝，「圩」是防水的堤岸，音ㄩ，不可混用。

②圬或作「杇」。

常 3 **圯** 形解 形聲；從土，巳聲。巳有彎曲的意思，所以表面不平直的土橋爲圯。

音義 一 名 ①地名，今江蘇省邱縣南；例圯上。②橋；例圯橋。

參考「圯」與傾「圮」的圮字形似，但義不同，不可混用。

次 3 **圩** 形解 形聲；從土，于聲。于有高大的意思，用來防水的土堤爲圩。

音義 ㄩˊ 名 ①防水堤；例堤圩。②兩淮鹽灘常築堤加以區畫，一分區爲一「圩」；例李家圩。形 凹，中央低而四旁高的。

ㄒㄩ 名 市集，通「墟」。

5 **圩田** ㄩˊ ㄊㄧㄢˊ 水邊用隄岸圍成的低田。

次 3 **圮** 形解 形聲；從土，己聲。土岸崩壞爲圮。

音義 ㄆㄧˇ 名 圮地，險阻難行的地方。形 崩毀；例傾圮。

參考「杞」右從「己」(ㄐㄧˇ)不從「巳」(ㄙˋ)；與「圯」形似義殊。

常 4 **坊** 形解 形聲；從土，方聲。鄰里街巷爲坊。

音義 ㄈㄤ 名 ①里巷；例街坊。②工作的地方，工廠；例染坊。③古時表揚功德、名節的牌樓；例貞節牌坊。④店鋪；例茶坊。⑤姓。

ㄈㄤˊ 名 隄，通「防」。

參考 字或作「埅」從防聲。

12 **坊間** ㄈㄤ ㄐㄧㄢ 街市之間。

參考 同街坊。

▽內坊、外坊、教坊、酒坊、街坊、茶坊、貞節牌坊。

常 4 **坑** 形解 形聲；從土，亢聲。孔穴爲坑。

音義 ㄎㄥ 名 ①深陷的地方；例水坑。②俗稱廁所；例毛坑。動 ①活埋；例焚書坑儒。②陷害；例坑人。

參考 字或作「阬」。

2 **坑人** ㄎㄥ ㄖㄣˊ 設計害人。

11 **坑陷** ㄎㄥ ㄒㄧㄢˋ 用心設計陷害他人。

13 **坑道** ㄎㄥ ㄉㄠˋ ㈠地面下天然或人爲的通道。㈡軍 戰地工事之一，分攻擊坑道、防禦坑道二種。

▽土坑、炭坑、廢坑、礦坑、毛坑、水坑、水裡坑、跳出火坑、洞洞坑坑。

常 4 **址** 形解 形聲；從土，止聲。止有根基的意思，所以地基爲址。

音義 ㄓˇ 名 ①處所，地點；例地址。②地基；例基址。

參考「址」、「阯」二字，都從止聲，音、義相通，今多用「址」字。

常 4 **坍** 形解 形聲；從土，丹聲。崩壞爲坍。

音義 ㄊㄢ 動 ①土崩；例坍塌。②建築物或高大的東西崩壞倒塌；例橋坍了。

4 **坍方** ㄊㄢ ㄈㄤ 土方崩塌。

13 **坍塌** ㄊㄢ ㄊㄚ 崩毀倒塌。

14 **坍臺** ㄊㄢ ㄊㄞˊ ㈠不能繼續維持，有如高臺的坍塌。㈡比喻在衆人面前暴露短處或缺點。

常 4 **均** 形解 形聲；從土，勻聲。勻是普遍，所以土地平坦沒有起伏爲均。

音義 ㄐㄩㄣ 動 平分不同數量的東西；例把蘋果均分一下。形 彼此一樣的；例均富。副 ①相等；例均買均賣。②都，同；例坐車、走路均可。

ㄩㄣˋ 名 和諧，古「韻」字。

參考 ①均與鈞音同義近，鈞作「均等」的意思時，與「均」通。②同勻。

4 **均勻** ㄐㄩㄣ ㄩㄣˊ 均等勻稱。

12 **均等** ㄐㄩㄣ ㄉㄥˇ 均同，平等。

參考 ①同 均平。②衍 均等機會。

均富 ㄐㄩㄣ ㄈㄨˋ 基於共富的基礎上，平均財富，使大家都能享受富足的生活。例 民生主義所强調的是均富。

13 **均勢** ㄐㄩㄣ ㄕˋ 彼此勢均力敵，不相上下。

16 **均衡** ㄐㄩㄣ ㄏㄥˊ ㈠平衡。㈡文 美學名詞，左右形的分量相等，而不偏重於一方。

22 **均攤** ㄐㄩㄣ ㄊㄢ 平均分攤。

▽平均、五均。

坎 常 4 解形 [篆文] 形聲；從土，欠聲。泥土下陷成坑，所以陷坑爲坎。

音義 ㄎㄢˇ ①周易卦名之一；例坎卦。②低陷的地方；例坎穴。③河西走廊特殊的灌溉系統；例坎井。④姓。

8 **坎坷** ㄎㄢˇ ㄎㄜˇ ㈠地勢不平，難以通行。㈡比喻人潦倒失意。

參考 坎或作「埳」、「轁」，坷或作「軻」。例坎坷多舛。

坎肩兒 ㄎㄢˇ ㄐㄧㄢ ㄦ 俗指背心。

圾 常 4 解形 形聲；從土，及聲。山勢高聳爲圾。

音義 ㄐㄧˊ 形危急的；通「岌」。ㄙㄜˋ 名棄物；例垃圾。

▽垃圾。

坐 常 4 解形 [篆文] 會意；從土，從二人。二人席地對坐，所以會留止的意思。

音義 ㄗㄨㄛˋ 名①席，位，通「座」；例賓客滿坐。②所在地；例坐落。③姓。動①與「站立」相對的動作，把臀部著附在座位上；例坐下。②說明方向；例坐北朝南。③搭乘；例坐飛機。④違犯；例坐法自斃。⑤科罰；例反坐。副①堅持不去；例坐鎮。②不勞而得；例坐食。

參考 ①反站。②孳座。

3 **坐大** ㄗㄨㄛˋ ㄉㄚˋ 在安定中壯大起來。

坐山看虎鬭 ㄗㄨㄛˋ ㄕㄢ ㄎㄢˋ ㄏㄨˇ ㄉㄡˋ 坐觀他人的成敗，有幸災樂禍的意味。

參考 與「隔岸觀火」有別：①前者用於別人相鬥的場合；後者多用於別人危難的場合。②前者多懷有謀求漁利的目的；後者只是爲了看熱鬧，沒有這個目的。

4 **坐月子** ㄗㄨㄛˋ ㄩㄝˋ ˙ㄗ 俚俗稱婦人產後在家休養一個月。

坐井觀天 ㄗㄨㄛˋ ㄐㄧㄥˇ ㄍㄨㄢ ㄊㄧㄢ 坐在井底觀賞天空，卻說天是很小的，比喻人的見識狹小，所知不多。

5 **坐立不安** ㄗㄨㄛˋ ㄌㄧˋ ㄅㄨˋ ㄢ 坐也不是，站也不是。形容心神不定的樣子。又作「坐臥不安」或「坐立難安」。

參考 與「坐臥不安」、「忐忑不安」有別：「忐忑不安」多蘊藏於內心；而「坐立不安」和「坐臥不安」卻形諸于外表。「忐忑不安」最多只從神情、目光流露出來；而「坐立不安」、「坐臥不安」卻從行動上表現出來。

坐失良機 ㄗㄨㄛˋ ㄕ ㄌㄧㄤˊ ㄐㄧ 因未積極爭取而喪失良好而難得的機會。又作「坐喪良機」。

坐以待斃 ㄗㄨㄛˋ ㄧˇ ㄉㄞˋ ㄅㄧˋ 靜坐等死。譏諷他人苟且偷生，不求上進，不肯奮發圖強。

6 **坐吃山空** ㄗㄨㄛˋ ㄔ ㄕㄢ ㄎㄨㄥ 形容不事生產，只知道消費，以致貧乏窮困。

參考 同坐吃山崩。

坐地分贓 ㄗㄨㄛˋ ㄉㄧˋ ㄈㄣ ㄗㄤ 強盜打家劫舍後，朋分財物。今指集體貪污，朋分賄賂。贓：竊盜所得或官吏受賄的財物。

7 **坐牢** ㄗㄨㄛˋ ㄌㄠˊ 因犯罪判決定讞而被關在監獄裏。

坐冷板凳 ㄗㄨㄛˋ ㄌㄥˇ ㄅㄢˇ ㄉㄥˋ 比喻受到冷落，不被重視。

坐收漁利 ㄗㄨㄛˋ ㄕㄡ ㄩˊ ㄌㄧˋ 利用別人之間的衝突和爭鬥，從中獲得利益。

參考 「漁」不可誤作「魚」字。

坐困愁城 ㄗㄨㄛˋ ㄎㄨㄣˋ ㄔㄡˊ ㄔㄥˊ 被圍困在愁苦的境地，比喻爲事情而煩惱憂愁，苦無解決的辦法。

8 **坐享其成** ㄗㄨㄛˋ ㄒㄧㄤˇ ㄑㄧˊ ㄔㄥˊ 不出心力，而平白享受別人努力的成果。

參考 同不勞而獲。

12 **坐視** ㄗㄨㄛˋ ㄕˋ 坐著觀看，形容對該管的事務故意不管或無動於衷。

13 **坐落** ㄗㄨㄛˋ ㄌㄨㄛˋ 房地或建築物的位置。

18 **坐鎮** ㄗㄨㄛˋ ㄓㄣˋ 駐地防守，鎮壓亂事。

19 **坐懷不亂** ㄗㄨㄛˋ ㄏㄨㄞˊ ㄅㄨˋ ㄌㄨㄢˋ 雖有婦女坐在懷裏，也不會淫亂。比喻潔身自愛，不好女色。

25 **坐觀成敗** ㄗㄨㄛˋ ㄍㄨㄢ ㄔㄥˊ ㄅㄞˋ 袖手旁觀看他人的成功與失敗，然後從中取巧謀利。

▽請坐、上坐、危坐、安坐、賞坐、禪坐、端坐、侍坐、連坐、末坐、打坐、高高在坐、正襟危坐、敬陪末座。

常 4

坏

形解 坏 形聲；從土，不聲。不聲有大的意思，所以土堆為坏。

音義 ㄆㄟ 名①土器未經燒過的總名；例模坏。②低丘；例坏土。③牆壁；通「阫」；例鑿坏以遁。動用土填補空隙，通「培」；例坏牆。ㄏㄨㄞ 動「壞」的俗字；例坏了。

參考 ①又音ㄆㄧ。②「坏」俗作「坯」。

次 4

坌

形解 坋 形聲；從土，分聲。細微的塵土為坌。

音義 ㄅㄣˋ 名塵土；例微坌。動①爬掘。②聚集；例坌集。

參考 今或作「坋」。

12 **坌集** ㄅㄣˋ ㄐㄧˊ 聚合。坌：集聚。

常 5

垃

形解 形聲；從土，立聲。廢物與塵土相雜的東西為垃圾。

音義 ㄌㄜˋ 名廢物棄與塵土的相混物；例垃圾。

參考 垃圾原作「擸㩓」，簡省作「垃扱」，俗作「垃圾」。

7 **垃圾** ㄌㄜˋ ㄙㄜˋ 塵土與被丟棄的廢物。

參考 ①衍垃圾桶、垃圾箱、垃圾車。②「垃圾」一詞，本來有ㄌㄚ ㄐㄧ和ㄌㄜˋ ㄙㄜˋ兩個讀音，現在已審定為ㄌㄜˋ ㄙㄜˋ。

常 5

坷

形解 坷 形聲；從土，可聲。崎嶇不平的地方為坷。

音義 ㄎㄜˇ 名地勢不平；例坎坷。

參考 坎坷又作「轗軻」。

常 5

坪

形解 坪 形聲；從土，平聲。平整的土地為坪。

音義 ㄆㄧㄥˊ 名①平坦的場地；例草坪。②日本測量土地面積的單位名，一坪相當於我國標準制三・三〇五七平方公尺；例建坪。③本省測量土地面積的單位名，一坪等於六平方臺尺。

▽建坪、草坪、地坪、阿姆坪。

常 5

坩

形解 形聲；從土，甘聲。陶土所製，用來溶解金屬或其他物料的耐火容器為坩。

音義 ㄍㄢ 名盛物土器。

12 **坩堝** ㄍㄢ ㄍㄨㄛ 化學實驗中用來進行熔融或灼燒的一種器皿。有時指冶煉工業中熔化金屬或其他物料的耐火容器。

參考 衍坩堝爐。

常 5

坡

形解 坡 形聲；從土，皮聲。山丘地勢傾斜的地方為坡。

音義 ㄆㄛ 名地勢傾斜的地方；例山坡。

參考 「陂」，音ㄆㄧ，解釋作山旁傾斜的地方時，與「坡」字義同。

9 **坡度** ㄆㄛ ㄉㄨˋ 傾斜的程度，通常以百分比或角度來表示。

▽山坡、土坡、爬坡、下坡、陡坡、險坡、斜坡、高低坡、蘇東坡。

常 5

坦

形解 坦 形聲；從土，旦聲。旦有光明的意思，光明能使人心神安定，所以平安為坦。

音義 ㄊㄢˇ 名①女婿的俗稱；例坦腹。②姓。形①寬而平；例平坦。②心地光明，沒有私念或秘密；例坦白。

參考 ①「坦」、「垣」有別：「平坦」、「坦率」的「坦」，字右從「旦」（ㄉㄢˋ）。「頹垣斷壁」的「垣」，字在旦的上面多一畫從「亘」，讀ㄩㄢˊ。②同平。

5 **坦白** ㄊㄢˇ ㄅㄞˊ 形容心地光明，直率無隱。

7 **坦克（車）** ㄊㄢˇ ㄎㄜˋ ㄔㄜ 軍第一次大戰時，英國發明的一種裝甲戰車，由馬達驅動履帶行駛，外護鐵甲，載有輕、重武器，是陸地、平原及沙漠作戰的利器。

參考 ①坦克是英文 tank 的音譯。②衍坦克乘員。

11 **坦途** ㄊㄢˇ ㄊㄨˊ 平穩的大道路，引申為世事的順利。例人生坦途。

坦率 ㄊㄢˇ ㄕㄨㄞˋ 性情坦白、眞率而不造作。

12 **坦然** ㄊㄢˇ ㄖㄢˊ 心安理得的樣子。

13 **坦誠** ㄊㄢˇ ㄔㄥˊ 坦白而誠實。

14 **坦腹東牀** ㄊㄢˇ ㄈㄨˋ ㄉㄨㄥ ㄔㄨㄤˊ 女婿的美稱，晉朝郄鑒使門生求女婿於王氏，王氏諸子弟都表現矜持，唯獨王羲之東牀坦腹而食，充耳不聞；鑒於是把女兒嫁給他。

參考 ①同東牀坦腹。②後來尊稱別人的女婿爲「令坦」、「東牀」，是出典於此。

16 **坦蕩** ㄊㄢˇ ㄉㄤˋ ㈠泰然自得的樣子。㈡坦率任性，放蕩不羈。

參考 衍坦蕩蕩。

常 5 坤

形解 形聲；從土，申聲。古人有土位在申的觀念，所以以地爲坤。

音義 ㄎㄨㄣ 名 ①周易卦名之一；例坤卦。②地；例乾坤。③已締婚的女家；例坤宅。形 柔順的；例坤順。

參考 反乾。

11 **坤造** ㄎㄨㄣ ㄗㄠˋ 女子的生年月日時。在婚禮中，稱女子的年命。

15 **坤範** ㄎㄨㄣ ㄈㄢˋ 女德。

參考 ①同坤德。②衍坤範足式。

17 **坤輿** ㄎㄨㄣ ㄩˊ 指地，古人以地能像車子一樣乘載萬物，所以稱地爲坤輿。

參考 ①同地輿。②衍坤輿全圖、坤輿萬國全圖。

▽乾坤、旋乾轉坤、扭轉乾坤。

常 5 坼

形解 形聲；從土，斥聲。斥(㡿)有裂隙的意思，所以土地裂開爲坼。

音義 ㄔㄜˋ 動 ①破裂，同「拆」；例天崩地坼。②分開；例坼書。

參考 ①又音 ㄔㄞˋ。②同毀。③與從斤的「圻」(ㄑㄧˊ)形近，但音義不同，不可混用。

▽天崩地坼。

次 5 坯

形解 形聲；從土，丕聲。丕有大的意思，所以高大的土丘爲坯。

音義 ㄆㄧ 名 ①沒有燒過的陶器；例磚坯。②泛指半成品；例綫坯子。

次 5 坱

形解 形聲；從土，央聲。央有多的意思，所以塵土很多，飛揚擴散爲坱。

音義 ㄧㄤˇ 副 ①灰塵迷漫的樣子；例塵坱。②高低不平的樣子；例地勢坱坱。

參考 又音 ㄧㄤ。

次 5 坰

形解 形聲；從土，同聲。郊外的荒地爲坰。

音義 ㄐㄩㄥ 名 郊野，同「冂」、「同」；例郊坰。

▽林坰、野坰、郊坰。

次 5 坵

形解 形聲；從土，丘聲。山丘爲坵。

音義 ㄑㄧㄡ 「丘」的俗字。

次 5 坻

形解 形聲；從土，氐聲。水中的小沙洲爲坻。

音義 ㄔˊ 名 水中的小洲或高地。

ㄓˇ 副 附著；例坻伏。

ㄉㄧˇ ①名 山的側坡。②山崖崩落；例坻頽。

參考 ①俗作「坘」。②通「泜」。

次 5 坳

形解 形聲；從土，幼聲。凹下不平的地方爲坳。

音義 ㄠ 名 低窪的地方；例山坳。

參考 ①又音 ㄠˋ。②俗作「垇」、「凹」、「坳」。

常 6 垂

形解 形聲；從土，𠂹聲。𠂹有低落的意思，所以邊遠的地方爲垂。

音義 ㄔㄨㄟˊ 名 邊界，通「陲」；例疆垂。動 ①掉落；例垂涎。②由上施於下；例垂憐。③留傳後世；例名垂千古。④書牘中稱長輩或長官所下對己的表示；例殷殷垂詢。副 將要；例垂老。

參考 同弔、掛、留。孳唾、錘、陲、睡。

6 **垂老** ㄔㄨㄟˊ ㄌㄠˇ 即將年老。

垂危 ㄔㄨㄟˊ ㄨㄟˊ 瀕危，十分危險。例病勢垂危。

參考 參閱「垂死」條。

垂死 ㄔㄨㄟˊ ㄙˇ 將要死亡。

參考「垂死」與「垂危」都是形容詞，表示十分危險，但「垂死」的語氣較重，有死局已定的意味。同時，「垂危」多指病情、傷勢而言；而「垂死」則都用來指制度、主義、戰鬥的即將敗亡。

8 **垂青** ㄔㄨㄟˊ ㄑㄧㄥ 是以青眼看待，意即另眼相看，受到重視或優待的謙詞。例承蒙垂青，感激不盡。

參考 晉．阮籍能爲青白眼；見到禮俗之士，就以白眼對之；惟有嵇康齎酒挾琴造訪籍時，籍大悅才用青眼。由於阮籍能爲青白眼，故後人有青盼、垂青之語。

垂直線 ㄔㄨㄟˊ ㄓˊ ㄒㄧㄢˋ 數與直線或水平面成直角相交的直線。簡稱「垂線」。又稱「鉛垂線」。

9 **垂垂** ㄔㄨㄟˊ ㄔㄨㄟˊ 漸漸。

10 **垂涎** ㄔㄨㄟˊ ㄒㄧㄢˊ 因想吃某種東西而流口水，形容嘴饞想吃的慾望。引申爲羨慕眼熱而想佔爲己有。例垂涎三尺。

11 **垂釣** ㄔㄨㄟˊ ㄉㄧㄠˋ 垂鉤釣魚。

參考 同垂綸，釣魚。

垂教 ㄔㄨㄟˊ ㄐㄧㄠˋ 垂示教訓。

參考 衍垂教萬世。

13 **垂楊** ㄔㄨㄟˊ ㄧㄤˊ 楊柳的莖細長而質軟能下垂，故稱楊柳爲垂楊。又稱「垂柳」。

垂詢 ㄔㄨㄟˊ ㄒㄩㄣˊ 上級對下級的詢問。

垂愛 ㄔㄨㄟˊ ㄞˋ 受到別人優待、愛護的謙詞，多用在書信中。

15 **垂髫** ㄔㄨㄟˊ ㄊㄧㄠˊ 古代童子不束髮，額前頭髮自然下垂，故稱爲童子的代稱。髫：小孩子額前下垂的頭髮。

參考 同垂髮。

垂憐 ㄔㄨㄟˊ ㄌㄧㄢˊ 賜予憐愛，言在上位的人憐憫在下位的人，常作懇求用語。

16 **垂頭喪氣** ㄔㄨㄟˊ ㄊㄡˊ ㄙㄤˋ ㄑㄧˋ 失意懊喪而精神不振的樣子。

參考 與「灰心喪氣」有別：前者偏重於耷拉腦袋，沒精打采的外部神情，且很形象化；後者偏重於毫無信心，意志消沈的內心活動。

▽下垂、四垂、低垂、倒垂、邊垂。

常 6 型

形解 形聲；從土，刑聲。刑有法則、制度的意思，所以內模外範爲型。

音義 ㄒㄧㄥˊ 名①鑄造器物所用的土模；例塑土範型。②法式；例英雄典型。③樣式；例窗型冷氣。

參考 ①「型」、「形」都有樣式的意思，但「形」可以泛指物的各種形狀而言，「型」則有比較接近於標準形式。②同模，樣。

▽典型、雛型、模型、類型、原型、紙型、新型、造型。

常 6 垠

形解 形聲；從土，艮聲。艮有限制的意思，所以土地的邊界爲垠。

音義 ㄧㄣˊ 名涯，岸，邊界限；例一望無垠。

參考 ①又音 ㄏㄣˊ、ㄎㄣˋ。②字從艮，不可從艮作「垠」。

12 **垠堮** ㄧㄣˊ ㄜˋ 邊際，界限。堮，土的厓級。

14 **垠際** ㄧㄣˊ ㄐㄧˋ 邊際。

▽一望無垠。

常 6 垣

形解 形聲；從土，亘聲。亘有回轉的意思，所以圍在四周的土牆爲垣。

音義 ㄩㄢˊ 名①矮牆；例牆垣。②姓。

參考 ①又音 ㄏㄨㄢˊ。②參閱「坦」字條。

▽城垣、門垣、荒垣、女垣、斷垣、頹垣、諫垣、斷壁殘垣。

常 6 垢

形解 形聲；從土，后聲。骯髒的塵土爲垢。

音義 ㄍㄡˋ 名①塵滓；例汚垢。②恥辱，通「詬」；例「國君含垢」。形汚穢的、骯髒的；例蓬頭垢面。

▽汚垢、塵垢、面垢、無垢、含垢、忍垢、蓬垢、藏汚納垢。

常 6 城

形解 形聲；從土，成聲。成有完整的意思，所以用高牆環繞，保護居民的建築爲城。

音義 ㄔㄥˊ 名①古代圍繞一個地區，築起一道可供防守，以資保障的牆垣。②稱有城的地方；例城市。③姓。

參考 同郭。

3 **城下之盟** ㄔㄥˊ ㄒㄧㄚˋ ㄓ ㄇㄥˊ ㈠與逼臨城下的敵兵談和，所訂定的盟約。㈡形容力屈勢沮，戰敗降服。

5 **城市** ㄔㄥˊ ㄕˋ 城內之地；街道繁榮，人口集中，具有固定範圍及公共設施的區域。

6 **城池** ㄔㄥˊ ㄔˊ 城牆與護城河的合稱。

參考 反 鄉村。

8 **城狐社鼠** ㄔㄥˊ ㄏㄨˊ ㄕㄜˋ ㄕㄨˇ 城牆下的狐狸，土地廟裡的老鼠。比喻憑藉權勢為非作歹的人。社：土地廟。又作「社鼠城狐」。

參考 與「牛鬼蛇神」有別：①前者專指有所依恃，後面有靠山的壞人；後者是泛指各類醜物或各種各樣的壞人。②後者的語義範圍較前者大多了。

9 **城垣** ㄔㄥˊ ㄩㄢˊ 城牆，即圍繞一個地方，可供防守的牆垣。垣：就是牆。

12 **城堡** ㄔㄥˊ ㄅㄠˇ 城牆和堡壘。

城堞 ㄔㄥˊ ㄉㄧㄝˊ 城上的雉堞。堞：城上的短牆。

參考 衍 城堞口。

城隍 ㄔㄥˊ ㄏㄨㄤˊ ㈠護城的神，相傳為冥中判事之官，各地建廟祭祀。俗稱「城隍爺」。㈡環繞城外的壕溝，有水稱「池」，無水稱「隍」。

參考 衍 城隍爺、城隍廟、城隍出巡。

15 **城樓** ㄔㄥˊ ㄌㄡˊ 建築在城牆上，用來瞭望的樓臺。

▽京城、內城、外城、傾城、干城、築城、長城、古城、荒城、守城、攻城、不夜城、紫禁城、眾志成城、價值連城、萬里長城。

常 6 垮

形解 形聲；從土，夸聲。土石潰敗為垮。

音義 ㄎㄨㄚˇ 動 ①坍塌或崩潰；例垮臺。

14 **垮臺** ㄎㄨㄚˇ ㄊㄞˊ 高臺崩塌，比喻個人事業、地位或整個團體的潰敗。

次 6 垞

形解 形聲；從土，宅聲。象住宅般大小的山丘為垞。

音義 ㄔㄚˊ 名 ①小丘。②地名，古嵩國所在地，在江蘇銅山縣。

次 6 垓

形解 形聲；從土，亥聲。亥有極至的意思，所以土地廣闊可容納眾人的地方為垓。

音義 ㄍㄞ 名 ①古代數名之一；十兆謂之經，十經謂之垓。②界限；例垓埏。③荒遠的地方；例八荒九垓。④階次，通「陔」。

3 **垓下** ㄍㄞ ㄒㄧㄚˋ 地 地名，在安徽靈璧縣，項羽和漢高祖爭戰，曾被困在此處而後來因四面楚歌，軍心渙散，終於戰敗，逃至烏江而自殺。

次 6 垤

形解 形聲；從土，至聲。至有高大的意思，所以螞蟻堆累而成的土丘為垤。

音義 ㄉㄧㄝˊ 名 ①螞蟻做窩時在穴口所堆成的小土堆；例蟻垤。②小土堆；例垤塊。

參考 螞蟻所堆成的小土堆，又名「蟻封」、「蟻冢」。

次 6 垝

形解 形聲；從土，危聲。有缺損的牆壁為垝。

音義 ㄍㄨㄟˇ 名 ①倒坍的牆壁；例垝垣。②「土坫」的別稱。

次 6 垛

形解 形聲；從土，朵聲。塾門的側堂為垛。

音義 ㄉㄨㄛˇ 名 牆壁兩側或上面伸出或凸出的部分；例城垛子。

ㄉㄨㄛˋ 名 ①成堆的事物；例柴垛。②箭靶；例箭垛。動 堆置；例把磚塊垛成個平臺。

參考 字又作「垜」。

次 6 垔

形解 形聲；從土，西聲。西有棲止的意思，所以用土填塞為垔。

音義 ㄧㄣ 動 阻塞；例「鯀垔洪水。」

參考 ①古作「堲」。②亦作「陻」、「堙」、「烟」。③孳湮、煙、甄、禋、。

常 7 **埋** 形解 形聲；從土，里聲。掩藏爲埋。

音義 ㄇㄞˊ 動 ①人死不按儀節去葬；例埋骨。②掩藏；例埋藏。③有本事而沒有人知道；例埋沒。

ㄇㄢˊ 動 說出怨天尤人的話；例埋怨。

參考 ①同葬，藏，掩。②埋葬的「埋」字，與道理的「理」字，一從土，一從玉，偏旁有殊，不可混用。

6 **埋名** ㄇㄞˊ ㄇㄧㄥˊ 隱姓藏名，銷聲滅跡，不使人知。

參考 衍隱姓埋名。

埋伏 ㄇㄞˊ ㄈㄨˊ ㈠暗中躲藏，待機而動。例四面埋伏。㈡軍預度敵軍必由之處，而預置伏兵，或埋藏轟炸物，或挖掘陷坑以及其他不易辨認的危險障礙物。

7 **埋沒** ㄇㄞˊ ㄇㄛˋ 有才華而無人知道，或有能力不得伸展，有如被埋藏在地下。

9 **埋怨** ㄇㄢˊ ㄩㄢˋ ㈠用語言表示不滿或責備別人。㈡心中有所怨尤。

埋首 ㄇㄞˊ ㄕㄡˇ 比喻專心致力於某種事務之中。亦作「埋頭」。例埋首苦讀。

參考 參閱「抱怨」條。

13 **埋葬** ㄇㄞˊ ㄗㄤˋ ㈠將棺柩埋入土中。㈡埋沒葬送。

18 **埋藏** ㄇㄞˊ ㄘㄤˊ 掩埋隱藏。

參考 衍埋藏物、埋藏地點。

▽活埋、幽埋、掩埋、沈埋、倒埋、淺埋、深埋、汝死我葬吾死誰埋。

常 7 **埃** 形解 形聲；從土，矣聲。塵土爲埃。

音義 ㄞ 名 細微的塵土；例塵埃。

4 **埃及** ㄞ ㄐㄧˊ ㈠史世界文明古國之一，位於非洲東北部及亞洲的西奈半島，西元前四千年即已建國，後爲羅馬帝國所滅。㈡地全稱「阿拉伯埃及共和國」。西元一九二二年獨立，原稱阿聯，西元一九七一年改名爲埃及阿拉伯共和國，地跨亞、非兩洲，北臨地中海，東濱紅海，西鄰利比亞，南界蘇丹，東北有西奈半島，面積一、〇〇〇、〇〇〇平方公里，人口三、八七四萬，首都開羅(Cairo)。

參考 衍埃及人、埃及豆、埃及藝術。

▽塵埃、土埃。

常 7 **埂** 形解 形聲；從土，更聲。田間用來分劃田界的小路或小土堤爲埂。

音義 ㄍㄥˇ 名 田邊的岸或小路；例田埂。

常 7 **埔** 形解 形聲；從土，甫聲。閩粵一帶稱河邊的沙洲爲埔。

音義 ㄅㄨˋ 名 河邊的沙洲，廣東、福建一帶稱爲「埔」；例大埔。

參考 又音ㄆㄨˇ。

次 7 **埒** 形解 形聲；從土，寽聲。延長而齊等若一的土牆爲埒。

音義 ㄌㄜˋ 名 ①矮牆。②界線。③聚水的小隄；例界埒。動 相等；例富埒王侯。

參考 ①「埒」字右上從爪作「⺤」不從「夕」(肉)。②與「捋」有別：捋，ㄌㄜˋ，用指歷取。

5 **埒丘** ㄌㄜˋ ㄑㄧㄡ 水堤之外有水流環繞的小山丘。埒，水堤。見爾雅·釋丘。

▽不埒、馬埒、界埒、相埒、水埒。

次 7 **埆** 形解 形聲；從土，角聲。土地貧瘠爲埆。

音義 ㄑㄩㄝˋ 動 爭訟。形 ①土地貧瘠的。②險峻的；例石陵峭埆。

常 8 **域** 形解 形聲；從土，或聲。邦國爲域。

音義 ㄩˋ 名 ①邦國；例域內。②界限；例疆域。③泛指某一地帶；例西域。④墓地；例塋域。動 居住；例人域是域。

參考 ①域右作「或」。②與「或」、「閾」、「棫」、「蜮」同音異義：

或，有文彩；閾，門檻兒；棫，古書上指柞樹或櫟樹；蜮，即魅，傳說是躲在水裡能暗中含沙射人的動物。

4 **域中** ㄩˋ ㄓㄨㄥ 寰宇之內或國內。

5 **域外** ㄩˋ ㄨㄞˋ 疆域之外或國外。例域外之地。

▽區域、流域、西域、地域、異域、塋域、境域、疆域、領域。

次 8 **堅** 形解 堅 會意；從臤土。臤有堅固的意思，所以會泥土硬實的意思。

音義 ㄐㄧㄢ 名 ①堅固的東西。②甲冑之類；例披堅執銳。③敵兵強盛處；例攻堅。④姓。動 穩固；例堅守。形 ①剛，硬；例堅石。②固，定；例堅牢。③志向確定不移；例堅定。④重心；例中堅人物。⑤價格高漲，買賣興盛；例股市堅挺。副 盡力；例堅持。

參考 ①孳慳、鏗。②「堅」、「竪」、「豎」有別：「竪立」、「汗毛倒竪」的「竪」，字下面是從「立」，音ㄕㄨˋ。「豎子」、「倒豎」的「豎」，字下面是從「豆」，音ㄕㄨˋ。「堅強」、「堅固」的「堅」，字下面是從「土」，音ㄐㄧㄢ。

6 **堅守** ㄐㄧㄢ ㄕㄡˇ 堅持固守，不輕易放棄。例堅守民主陣容。

參考 同固守。

堅如磐石 ㄐㄧㄢ ㄖㄨˊ ㄆㄢˊ ㄕˊ 像磐石一樣地堅固穩定，比喻意志堅穩而不改變。

參考 ①同堅如金石。②參閱「固若金湯」條。③與「穩如泰山」有別：前者著重於「堅」；後者著重於「穩」。後者能形容人在緊急情況下穩定堅強、鎮靜自若，從容不迫；但前者不能。

7 **堅決** ㄐㄧㄢ ㄐㄩㄝˊ 心意、態度都確定不移。

參考 ①反遲疑。②堅決、堅定、堅強都可作形容詞或副詞用，有心中有主，不為外力所動搖的意思，但「堅決」、「堅定」多用來表明人的立場、主張、態度、行動；「堅固」則表示物體之力量或人的性格。③參閱「執意」條。

堅忍 ㄐㄧㄢ ㄖㄣˇ 堅毅強忍，即使受盡勞苦或挫折，也不改變原來的心志。

參考 ①衍堅忍卓絕、堅忍不拔。②堅忍用來形容人的意志、性格時，與「堅韌」義同。

8 **堅定** ㄐㄧㄢ ㄉㄧㄥˋ 意志強毅無所搖惑。例堅定不移。

參考 ①衍堅定不移。②參閱「堅決」條。

堅固 ㄐㄧㄢ ㄍㄨˋ 結實牢靠，不易毀壞。

參考 ①反脆弱。②衍堅固磐石。③「堅固」是形容詞，多用來形容具體的事物，如「這房子很堅固」；「鞏固」可作形容詞，也可作動詞，多用來形容抽象的事物，如「鞏固國防」。

9 **堅苦** ㄐㄧㄢ ㄎㄨˇ 心志堅定，能忍耐勞苦。

參考 衍堅苦卓絕。

堅苦卓絕 ㄐㄧㄢ ㄎㄨˇ ㄓㄨㄛˊ ㄐㄩㄝˊ 在艱難困苦中堅忍刻苦，奮鬥到底，超越尋常。卓絕：極不平凡。

參考 與「艱苦卓絕」有別：①前者形容極其堅忍刻苦；後者形容極其艱難困苦。②前者用來形容人意志堅強，刻苦耐勞；後者多用來形容戰鬥，生活極其堅苦。

堅貞 ㄐㄧㄢ ㄓㄣ 形容節操不因環境惡化而改變。多用來形容人的操守方面。

堅持 ㄐㄧㄢ ㄔˊ 堅決主張或貫徹進行，即固執既定的意見、態度、心志，絕不妥協。

參考 ①衍堅持不懈、堅持到底、堅持固守。②「堅持」是主動的行為，可以是單方面的，也可以是雙方面的，為及物動詞；「僵持」則是雙方面的，由於勢力均等，相持不下，不得不然的狀況，是不及物動詞。③參閱「保持」條。

11 **堅強** ㄐㄧㄢ ㄑㄧㄤˊ 剛毅自強。

參考 ①反軟弱、脆弱。②參閱「堅決」條。

12 **堅硬** ㄐㄧㄢ ㄧㄥˋ 牢固剛硬。

參考 反柔軟。

堅韌 ㄐㄧㄢ ㄖㄣˋ 堅固而具有韌性，不容易折斷。韌：又作韌。

參考 參閱「堅忍」條。

14 **堅實** ㄐㄧㄢ ㄕˊ 堅固確實。

15 **堅毅** ㄐㄧㄢ ㄧˋ 堅決而富毅力。例堅毅不撓。

16 **堅壁清野** ㄐㄧㄢ ㄅㄧˋ ㄑㄧㄥ ㄧㄝˇ 堅守壁壘，使敵人攻打不進來，清除郊野未收割的稻糧，使敵軍因缺糧而無法久駐，是兵家一種固守困敵的策略。

▽中堅、攻堅、貞堅、執堅。

常 8 **堊** 形解 形聲；從土，亞聲。亞有其次的意思，粉刷牆壁必先用泥，再上白灰。所以用白灰飾壁爲堊。

音義 ㄜˋ 名①白土。②凡他色可塗牆的泥土；例黃堊。動用白粉塗飾，使它變白；例堊壁。形不加塗飾的；例堊室。

▽白堊、塗堊。

常 8 **堆** 形解 形聲；從土，隹聲。小土山爲堆。

音義 ㄉㄨㄟ 名①聚土而成的小阜；例堆隴。②凡積多而高的東西；例紅葉窗前有幾堆。③堆聚物的數量詞；例幾堆石頭。動將東西一層一層高積起來；例堆沙累土。

ㄗㄨㄟ 名小的土堆。

參考 同積，砌，疊。

8 **堆肥** ㄉㄨㄟ ㄈㄟˊ 農堆積塵芥、雜草、溝泥等有機廢棄物在適宜的溫度下腐爛發酵成熟後，即可供良好的肥料之用。

參考 衍堆肥池、堆肥廠。

9 **堆砌** ㄉㄨㄟ ㄑㄧˋ ㈠將甎石等物，一層一層疊起來。㈡評文家謂寫作時亂用浮華的文詞或不必要的材料來增加文章的篇幅。例全文只知堆砌，不知剪裁。

12 **堆棧** ㄉㄨㄟ ㄓㄢˋ 俗稱存放貨物的倉庫。

16 **堆積** ㄉㄨㄟ ㄐㄧ 堆聚積存。例堆積如山。

次 8 **埠** 形解 形聲；從土，阜聲。阜是陸地，所以有岸近水而可以停泊船隻的地方爲埠。

音義 ㄅㄨˋ 名①船隻停泊的地方；例埠口。②地方；例本埠、外埠。③通商的口岸；例商埠。

▽上埠、下埠、港埠。

常 8 **埤** 形解 形聲；從土，卑聲。卑有低下的意思，所以在低下的地方加土而使之增高爲埤。

音義 ㄆㄧˊ 名低牆；例掖垣竹埤。

ㄅㄧˋ 名①下濕的地方，通「卑」。②方臺灣水利設施之一；例圳埤。動增厚；例埤益。

參考 ①又音ㄆㄧˊ。②字雖從卑，但不可讀成ㄅㄟ。

常 8 **基** 形解 形聲；從土，其聲。牆脚跟爲基。

音義 ㄐㄧ 名①建築物的根始；例牆基。②根本；例根基。③姓。動依據；例基此理由。形根本的；例基因。

參考 同根。

5 **基本** ㄐㄧ ㄅㄣˇ 基礎與根本。

參考 ①衍基本教練、基本單位。②參閱「根本」條。

6 **基地** ㄐㄧ ㄉㄧˋ ㈠根據地。㈡作爲牆壁基址的土地，即地基，基趾。

基因 ㄐㄧ ㄧㄣ 生染色體上控制生物遺傳、性狀、發育的原質，由去氧核糖核酸(DNA)所構成，細胞分裂時能自行複製。

參考 ①同遺傳基因。②衍基因型、基因突變。

8 **基金** ㄐㄧ ㄐㄧㄣ 爲興辦、維持或發展某種事業等特殊用途而準備的基本資金。參考 衍基金會。

13 **基業** ㄐㄧ ㄧㄝˋ ㈠事業的基礎。㈡祖先所遺留的產業。

基準 ㄐㄧ ㄓㄨㄣˇ ㈠根本的原理、規範或標準。如「文藝批評的基準」即謂「文藝批評所應根據的原則」。㈡幾何學的公法；例基準點。

基督 ㄐㄧ ㄉㄨ 宗本解釋作「負荷神命者」，與救世主同義，基督徒以此專稱耶穌。

參考 衍基督徒。

基督教 ㄐㄧ ㄉㄨ ㄐㄧㄠˋ 宗世界四大宗教之一，爲耶穌基督所創，起源於猶太，唐時傳入中國，稱爲「景教」，今已遍佈全世界。其以崇天道，行人道爲教旨；以新舊約全書爲經典。

15 **基層** ㄐㄧ ㄘㄥˊ 最底層。例基層組織、基層建設。

基調 ㄐㄧ ㄉㄧㄠˋ ㈠音樂作品中的主要調子。㈡文藝作品中的基本精神和指導原則。

18 **基礎** ㄐㄧ ㄔㄨˇ 奠土爲基，立柱用礎是建築工程的第一步，引申爲事物的根本或肇端。例基礎教育。

參考 與「基本」、「基趾」的用法略同。

▽德基、地基、根基、國基、牆基、樹基、土基。

常 8

堂

形解 形聲；從土，尚聲。尚有加高的意思，所以庭除上的高大房子爲堂。

音義 ㄊㄤˊ 名 ①正廳。②母系及父系同祖先的親屬；例堂兄妹。③尊稱別人的母親；例令堂。④量詞；例一堂課。⑤法庭；例公堂。⑥辦理慈善事業的機構；例萬善堂。⑦姓。形 ①盛大的；例堂堂之師。②成套的；例一堂瓷器。

參考 孳 膛、螳、鏜、鞺。

3 **堂上** ㄊㄤˊ ㄕㄤˋ ㈠大廳堂之上。㈡對父母的敬稱。㈢舊稱長官。

參考 ①世稱父母俱存的人爲「父母在堂」，因稱父母作「堂上」。②長官在堂上判事，世人又以「堂上」爲「長官」之稱。此猶如今推事判案於法庭，故名推事爲「庭上」。

9 **堂屋** ㄊㄤˊ ㄨ ㈠俗稱正房中間的屋子。㈡屋室。

堂皇 ㄊㄤˊ ㄏㄨㄤˊ ㈠猶言宮殿。㈡比喻氣勢闊大。

參考 衍冠冕堂皇。

10 **堂倌** ㄊㄤˊ ㄍㄨㄢ 俗稱茶坊酒店中的侍役。

參考 ①同跑堂。②與「堂官」不同，明、清各衙署的屬吏，尊稱其長官爲堂官。今或誤作「堂倌」，應加改正。

11 **堂堂** ㄊㄤˊ ㄊㄤˊ 形容人的容貌豐盛有威儀或事物莊嚴壯大。例相貌堂堂。

堂堂正正 ㄊㄤˊ ㄊㄤˊ ㄓㄥˋ ㄓㄥˋ ㈠形容軍容盛大整齊。㈡光明正大。例大家做個堂堂正正的中國人。

13 **堂奧** ㄊㄤˊ ㄠˋ ㈠房屋的深邃隱秘的地方。因爲不入門不能升堂，不升堂不獲窺奧，故名。㈡比喻學問的深奧處。

15 **堂廡** ㄊㄤˊ ㄨˇ 堂下周屋。

▽公堂、祠堂、教堂、講堂、靈堂、澡堂、廟堂、殿堂、正堂、廳堂、令堂、善堂、中堂、課堂、學堂、高堂、滿堂、禮拜堂、天主堂、濟濟一堂、儀貌堂堂、不能登大雅之堂。

常 8

堵

形解 形聲；從土，者聲。一扇土牆爲堵。

音義 ㄉㄨˇ 名 ①古代築牆的單位詞，五板爲堵；今用爲計算牆的量詞；例一堵牆。②牆；例環堵。③錢的別稱；例阿堵物。④姓。動 遏抑，通「陼」；例堵塞。

參考 從貝的「賭」用於「賭博」、「比賽」方面，與從土的「堵」雖音同而義異，不宜混用。

13 **堵塞** ㄉㄨˇ ㄙㄜˋ 阻遏不通。例交通堵塞。

常 8

執

形解 形聲；從丮，㚔聲。用手逮捕罪犯爲執。

音義 ㄓˊ 名 ①父親的朋友；例父執輩。②姓。動 ①堅守；例「允執厥中。」②拘捕；例執囚。③操，持；例執經。④堅持己見，拘泥不化；例執迷不誤。⑤掌管；例執權。形 ①志同道合的；例執友。②拘泥的；例固執。

參考 ①「執」與「埶」形體相似，「埶」是藝的本字，音ㄧˋ，是指才埶、技埶的意思；與「執筆」的「執」字不同。②同 拿，持，握。③孳 摯、墊、蟄、縶、贄、鷙。

4 **執牛耳** ㄓˊ ㄋㄧㄡˊ ㄦˇ 盟主，引申爲主持其事的人。

6 **執行** ㄓˊ ㄒㄧㄥˊ ㈠法政府機關依法實施法令。㈡根據計畫或議決而實行。

參考 ①衍執行權、執行機關、執行委員。②「執行」與「實行」都是動詞，都表示「付諸行動」，但執行較具強制性、約束性，指依照上級或公衆既定的規定行事；「實行」則廣泛地指實際去做或用行動實現。③參閱「履行」條。

8 **執法** ㄓˊ ㄈㄚˇ 執行法令。例執法官。

執法如山 ㄓˊ ㄈㄚˇ ㄖㄨˊ ㄕㄢ 執行法令非常嚴厲，一點也不能改變，如山：比喻堅決不動搖。

參考「執法如山」與「言出法隨」有別：前者偏重「嚴格」，後者偏重「執法」。

9 **執拗** ㄓˊ ㄠˋ 固執而彆扭。

執事 ㄓˊ ㄕˋ ㈠臣僕，供使喚的人。㈡書信中對平輩的敬稱，表示不敢直接陳詞，而請他的臣僕代爲轉達，其義與「左右」略同。

9 **執政** ㄓˊ ㄓㄥˋ ㈠掌理政權。㈡掌管政權的人。

參考 衍執政者、執政黨。

10 **執迷不悟** ㄓˊ ㄇㄧˊ ㄅㄨˋ ㄨˋ 明知錯誤，卻固執到底，不能悔悟改過。

11 **執紼** ㄓˊ ㄈㄨˊ ㈠送葬的人出力幫忙挽著引棺索。紼：引棺的繩索。㈡今泛指送葬。

參考 同執引。

12 **執掌** ㄓˊ ㄓㄤˇ 掌管。

執筆 ㄓˊ ㄅㄧˇ 拿筆，引申爲寫字。

參考 衍執筆人、執筆法。

執著 ㄓˊ ㄓㄨㄛˊ ㈠宗固著於事物，而不能超脫。㈡堅持一種意念而不肯改變。

13 **執照** ㄓˊ ㄓㄠˋ 由官署正式簽發給人民的憑證。例駕駛執照。

執意 ㄓˊ ㄧˋ 堅持己見而不肯妥協。

參考「執意」爲副詞，可與「堅決」互通；但「堅決」還可以做形容詞，「執意」卻不行。如：他執意要去，誰也阻擋不了。可用「堅決」代替「執意」；但「態度堅決」卻不能用「執意」代替「堅決」。

18 **執禮** ㄓˊ ㄌㄧˇ ㈠掌贊禮之事。㈡對人的禮貌。例他對長輩執禮甚恭。

▽固執、幽執、父執、友執、妄執、秉執、拘執。

常 8 **培** 形解 形聲；從土，咅聲。咅有增加的意思，所以加土增高爲培。

音義 ㄆㄟˊ ①拿水、土、肥料來用心滋養植物；例栽培。②造就人才；例培育。

ㄆㄡˇ 名 小土丘；例培塿。

參考「培（音ㄆㄟˊ）育」的「培」與「掊（ㄆㄡˇ）打」的「掊」形音都相似，唯意義不同，不可混用。

8 **培育** ㄆㄟˊ ㄩˋ 培植養育。

參考 本詞對人或植物均可用。

10 **培根** ㄆㄟˊ ㄍㄣ 人英國政治家、哲學家兼文學家，提倡歸納法以獲得正確知識，是經驗派哲學的鼻祖，與笛卡兒合稱爲「科學文明的先知」。

12 **培植** ㄆㄟˊ ㄓˊ ㈠栽培種植植物。㈡造就人才。例培植人才。

15 **培養** ㄆㄟˊ ㄧㄤˇ 培育養成。

參考 衍培養皿、培養液。

▽栽培、育培、養培、種培。

次 8 **埻** 形解 形聲；從土，𦎫聲。射臬箭垜爲埻。

音義 ㄓㄨㄣˇ 名 箭靶上的中心。

參考 埻中的木靶，稱「的」。

常 8 **埜** 形解 會意；從林土。野外林地爲埜。

音義 ㄧㄝˇ 名 ①「野」的古字，見「野」字。②姓。

次 8 **埴** 形解 形聲；從土，直聲。黏土爲埴。

音義 ㄓˊ 名 黏土。動 製作模型；例摶埴。

次 8 **堀** 形解 形聲；從土，屈聲。屈有曲的意思，所以挖土成穴爲堀。

音義 ㄎㄨ 名 孔穴，同「窟」。動 堀堁，風吹起塵土。形 突起的。

ㄐㄩㄝˊ 同「掘」。

次 8 **埭** 形解 形聲；從土，隶聲。隶有阻止的意思，所以用來擋水的水壩爲埭。
音義 ㄉㄞˋ 名 堵水的土堤或水壩；例 埭堰。
參考 ①字或作「碶」。②字多用於地名。

次 8
埽 解形 形聲；從土，帚聲。用掃帚去除塵土爲埽。
音義 ㄙㄠˋ 名 ①堤岸。②用樹枝、石頭等捆緊做成的圓柱形的東西，作爲築堤的材料。
動 拚除，通「掃」。
參考 又音 ㄙㄠˇ。

次 8
埸 解形 形聲；從土，易聲。邊疆國界爲埸。
音義 一ˋ 名 ①疆界；例 疆埸。②田界。
參考 「埸」右從「易」(一ˋ)，不從「昜」(一ㄤˊ)；字從昜作「場」，是操場的「場」(ㄔㄤˇ)。
▽郊埸、邊埸、疆埸。

次 8
埏 解形 形聲；從土，延聲。延有伸展的意思，所以一望無際的開闊地爲埏。
音義 一ㄢˊ 名 荒遠的地方。
ㄕㄢ 名 製造瓦器的模型。

次 8
堇 解形 會意；從土，從黃省。黃土多有黏性，所以黏性的黃土爲堇。
音義 ㄐㄧㄣˇ 名 ①黏土；例 雜食堇塊。②時機；例 天堇。
副 堇堇，少有，通「僅」。
參考 ①又音 ㄐㄧㄣˋ。②「堇」上作「廿」，不作「艹」，作「艹」者爲「菫」。

常 9
堯 解形 會意；從垚在兀上。垚爲土高，兀是底基，所以會高遠的意思。
音義 一ㄠˊ 名 ①上古帝王陶唐氏的名號，史稱唐堯。②姓。
形 高大的。
參考 孳 僥、嶢、蹺、翹、墝、磽。
4 **堯天舜日** 一ㄠˊ ㄊㄧㄢ ㄕㄨㄣˋ ㄖˋ 比喻太平盛世。
參考 同舜日堯年。
▽桀犬吠堯。

常 9
堪 解形 形聲；從土，甚聲。土地突起爲堪。
音義 ㄎㄢ 名 姓。動 ①勝任；例 不堪一擊。②忍受；例 難堪。③盛，通「龕」；例 佛堪。
副 可以；例 堪當大任。
17 **堪輿家** ㄎㄢ ㄩˊ ㄐㄧㄚ 堪察地理以推斷吉凶的專家。
參考 ①同形家。②俗稱「地理師」或「風水先生」。
▽難堪、不堪、可堪、情何以堪、狼狽不堪。

常 9
堤 解形 形聲；從土，是聲。是有厚實的意思，所以用人工凝滯而止的高岸爲堤。
音義 ㄊㄧˊ 名 河邊防水的土石建築物，通「隄」；例 堤防。
參考 ①又音 ㄉㄧ。②「隄」是正字，「堤」爲俗字。③「長堤」的「堤」字舊音 ㄊㄧˊ，或讀 ㄉㄧ，審音之後，只讀 ㄉㄧ。
▽長堤、河堤、海堤、水堤、防波堤。

常 9
堰 解形 形聲；從土，匽聲。匽有隱蔽的意思，所以用來壅水的土堤爲堰。
音義 一ㄢˋ 名 擋水的土堤；例「東出千金堰」。
參考 ①或作「隁」。②「堰塘」的「堰」字與「揠(音 一ㄚˋ)苗助長」的「揠」字，二字形近，唯「揠」從手，是拔起的意思，不讀 一ㄢˋ。

常 9
場 解形 形聲；從土，昜聲。昜有開闊的意思，所以祭神的地方爲場。
音義 ㄔㄤˇ 名 ①平坦寬闊的地方；例 農場。②闢地以聚人物的處所；例 試場。③事情從開頭到結束的經過；例 紅藥開時醉一場。④計次數的量詞；例 舊劇一幕爲一場。
參考 ①又音 ㄔㄤˊ。②「場」與「廠」音義相似，「廠」指有房子的地方；「場」可指有房子的地方，也可指沒房子的地方。③字俗作「塲」。
6 **場地** ㄔㄤˇ ㄉㄧˋ 平坦寬敞，用來舉辦活動的地方。
參考 衍場地佈置。
場合 ㄔㄤˇ ㄏㄜˊ 具有特定條件的時間、地點或狀況。
參考 參閱「場所」條。
8 **場所** ㄔㄤˇ ㄙㄨㄛˇ 人、物聚集的固定地方。
參考「場所」與「場合」都含有「地點」的意思，但「場所」僅指人或物聚集的地方，範圍比較明確、具體；「場合」則還包括時間、條件、情況、氣氛等，範圍比較廣泛、抽象。
9 **場面** ㄔㄤˇ ㄇㄧㄢˋ ㈠表面的排場。例場面浩大。㈡文舊稱戲曲樂隊所用各種樂器的總稱，分文場和武場。㈢特定狀況下的情景。
參考 ①衍場面話。②參閱「局面」條。
▽上場、下場、操場、文場、武場、馬場、廣場、市場、會場、登場、現場、牧場、戰場、道場、劇場、一場、收場、考場、終場、情場、清場、疆場、沙場、溜冰場、文武場、粉墨登場。

常 9 # 堡

形解 形聲；從土，保聲。保有護衛的意思，所以用土石築成堅固的小城為堡。
音義 ㄅㄠˇ 名 ①用土石建造的小城，可作防禦之用；例堡壘。②我國北方的村落多稱堡；例張家堡。
參考 又音ㄆㄨˋ。
18 **堡壘** ㄅㄠˇ ㄌㄟˇ ㈠軍為防禦而設的一種堅固建築物。㈡比喻難以攻破的思想、事物或精神象徵。
▽城堡、哨堡、碉堡、橋頭堡、灘頭堡。

常 9 # 報

形解  會意；從㚔，從𠬝。㚔是犯罪，𠬝是治理，所以治罪為報。
音義 ㄅㄠˋ 名 ①由某種原因而得到的結果；例善有善報。②「新聞紙」的簡稱；例報章雜誌。③音訊，消息；例快報。動①告訴；例報告。②酬答；例投桃報李。③向對方採取敵意的行動；例報復。
參考 同復，答。
4 **報仇** ㄅㄠˋ ㄔㄡˊ 報復仇恨。
參考 ①反報恩。②「讎」、「仇」古今字。
5 **報刊** ㄅㄠˋ ㄎㄢ 報紙、刊物等作為傳播媒介的印刷品。
6 **報名** ㄅㄠˋ ㄇㄧㄥˊ ㈠投考或應徵時登記姓名、年齡等個人資料的手續。㈡報出自己的姓名，古典小說中常用之。
參考 衍報名單、報名表、報名道姓。
報考 ㄅㄠˋ ㄎㄠˇ 報名參加考試。
7 **報告** ㄅㄠˋ ㄍㄠˋ ㈠下級向上級，晚輩向長輩所作口頭或書面的陳述。㈡說出實際經過或情況讓人知道。㈢猶演講，就某一或某些專題向聽衆作系統的講述。
參考 衍報告書、口頭報告、書面報告。
8 **報到** ㄅㄠˋ ㄉㄠˋ 集會或會議所辦表示自己已經到達的手續。
9 **報界** ㄅㄠˋ ㄐㄧㄝˋ 從事新聞工作的人所形成的羣體。亦稱「新聞界」。
10 **報恩** ㄅㄠˋ ㄣ 報答別人的恩惠。
參考 反報仇。
報紙 ㄅㄠˋ ㄓˇ ㈠以記載新聞為主，每日或每隔六日以下按期發行的出版品。㈡紙名，多作印刷報刊之用。例白報紙。
參考 ①同報章。②又稱「新聞紙」。
報案 ㄅㄠˋ ㄢˋ 將已發生的刑事案件向治安機關報告。
參考「報案」、「報警」有別：「報警」的含義較廣，泛指向警方報告消息。如果我們發現可疑人物立刻通知警方，那叫做「報警」，不叫「報案」。「報案」是指把犯法的事實向警方直接報告。含義較隘。
報效 ㄅㄠˋ ㄒㄧㄠˋ ㈠為報答別人的恩惠而效力。㈡貢獻自己的私財、能力給公家使用。例報效國家。
11 **報國** ㄅㄠˋ ㄍㄨㄛˊ 貢獻心力，甚至生命為國家做事。例精忠報國。
報章 ㄅㄠˋ ㄓㄤ 報紙。
參考 衍報章雜誌。
報喜 ㄅㄠˋ ㄒㄧˇ 報告喜訊。

報答 ㄅㄠˋ ㄉㄚˊ ㈠答謝他人的恩惠。㈡回答。

13 **報復** ㄅㄠˋ ㄈㄨˋ 回報別人對自己的恩怨。通常多用作報仇、報怨的意思。

報酬 ㄅㄠˋ ㄔㄡˊ ㈠作爲代價的錢或實物，如薪金。㈡答謝酬勞，偏重在答謝方面。

15 **報廢** ㄅㄠˋ ㄈㄟˋ 申報作廢，今泛指東西破損而不堪使用。

參考 同報銷。

報銷 ㄅㄠˋ ㄒㄧㄠ ㈠公私機關，向財務部門報告收支的帳目，以結清或銷帳的手續。㈡俗稱衣物破舊，不堪使用爲報銷。

16 **報曉** ㄅㄠˋ ㄒㄧㄠˇ 報告天明，通常指鳥類清晨的啼喚。

報導 ㄅㄠˋ ㄉㄠˇ 報紙上對新聞、事實所做的陳述。今泛指電視、廣播、報章雜誌的新聞陳述。

參考 衍報導文學、新聞報導。

報館 ㄅㄠˋ ㄍㄨㄢˇ 即報社，編輯發行新聞紙的機關。

17 **報應** ㄅㄠˋ ㄧㄥˋ 原指因某種原因而得某種結果，今偏重於貶義，多指因作了惡而得到惡報。

19 **報關** ㄅㄠˋ ㄍㄨㄢ 商凡貨物出口或進口向海關檢驗、報數、納稅的手續。

參考 衍報關行。

23 **報驗** ㄅㄠˋ ㄧㄢˋ 報請查驗。

▽民報、電報、情報、公報、日報、警報、凶報、短報、吉報、果報、通報、晚報、月報、漏報、現世報、善有善報、感恩圖報、無以爲報、恩將仇報、愧無以報、睚眥必報。

次 9

堙

形解 形聲；從土，垔聲。用泥土堆積成的小山爲堙。

音義 ㄧㄣ 名 土山。動 ①塡塞；例 堙滅。例「夷竈堙井。」②埋沒；例 堙滅。

13 **堙滅** ㄧㄣ ㄇㄧㄝˋ 遭到埋沒。

29 **堙鬱** ㄧㄣ ㄩˋ 心情憂悒，不能開朗。鬱：憂愁。又作「壹鬱」。

次 9

堞

形解 形聲；從土，枼聲。城垣上的短牆，上有射箭孔爲堞。隸變作堞。

音義 ㄉㄧㄝˊ 名 城上的短牆。

參考 本字作「堞」。

次 9

堧

形解 形聲；從土，耎聲。城郭附近的可耕地爲堧。

音義 ㄖㄨㄢˊ 名 ①江河邊的土地，同「壖」。②城郭旁的田地。

次 9

堝

形解 形聲。從土，咼聲。用來鎔鑄金屬的土鍋爲堝。

音義 ㄍㄨㄛ 名 鍛鍊金屬的沙質鍋子；例 坩堝。

次 9

埵

形解 形聲；從土，垂聲。垂有沈重堅實的意思，所以堅硬厚實的土壩爲埵。

音義 ㄉㄨㄛˇ 名 ①防水的土壩；例 埵防。②鎔化金屬的器具，風箱中送風的鐵管；例「鼓橐吹埵。」

次 9

堠

形解 形聲；從土，侯聲。用來眺望遠處，斥候敵人情形的土臺爲堠。

音義 ㄏㄡˋ 名 ①探望敵情的碉堡。②古用來記里數的土臺；五里爲單堠，十里爲雙堠。

常 9

塈

形解 形聲；從土，既聲。用泥土塗抹牆壁爲塈。字本作墍。

音義 ㄐㄧˋ 動 ①塗抹。②拾取。

參考 又音 ㄒㄧ。

常 10

塞

形解 形聲；從土，𡫳聲。𡫳有窒礙的意思，所以用土阻隔爲塞。

音義 ㄙㄞˋ 名 邊境、險要的地方；例 出塞。

ㄙㄜˋ 名 ①器皿上封口的東西；例 軟木塞。②姓。動 ①充滿；例 充塞。②阻斷；例 塞通。③塡補進去；例 塞住。④封閉；例 閉塞。

參考 ①又音 ㄙㄞ、ㄙㄟ。②塞本指堵住漏洞，從土；賽本指比較優劣以定勝負，從貝。二字形近音同，唯意思有異，不可混用。③同閉，封。

3 **塞子** ㄙㄞ ˙ㄗ 器具上封口的東西。

4 **塞牙** ㄙㄞ ㄧㄚˊ ㈠食物塞入牙齒

縫中。㈡俚形容吃的東西很少，僅足供塞塞牙縫而已。

5 **塞外** ㄙㄞˋ ㄨㄞˋ 邊塞以外的地方，我國通常以長城爲界，指長城以北的區域。例塞外風光。

7 **塞住** ㄙㄞ ㄓㄨˋ 封堵住了。

10 **塞翁失馬** ㄙㄞˋ ㄨㄥ ㄕ ㄇㄚˇ 比喻禍福常相倚伏，互爲因果，是福是禍，很難加以一時論定。今多用來比喻因禍得福。

11 **塞責** ㄙㄜˋ ㄗㄜˊ 敷衍了事，推託責任。又作「塞職」。

14 **塞滿** ㄙㄞ ㄇㄢˇ 塡裝或擁擠得一點空隙也沒有。

▽出塞、邊塞、要塞、閉塞、關塞、充塞、距塞、塡塞、阻塞、瓶塞、擁塞、頓開茅塞。

常 10 **塑** 解形 形聲；從土，朔聲。用泥土做成人像爲塑。

音義 ㄙㄨˋ 動 用泥土捏造人物形像；例塑造。形 塑像的；例塑工。

參考 字或作塐。

11 **塑造** ㄙㄨˋ ㄗㄠˋ ㈠用黏土、人造油土或石塊等材料按捏、削成物體的形狀。㈡創造，建立。例塑造國家形象。

14 **塑像** ㄙㄨˋ ㄒㄧㄤˋ 用黏土、油土及石臘等，塑成人像或歷史人物、神佛之像等。

▽泥塑、土塑、銅塑、臺塑、雕塑、水泥塑。

常 10 **塘** 解形 形聲；從土，唐聲。土造隄岸爲塘。

音義 ㄊㄤˊ 名 ①池子，水在其中，外以土周圍而成；例荷塘。②河隄；例塘隄。③福建、廣東、臺灣一帶，於丘陵地所築的灌漑設施；例埤塘。

▽池塘、水塘、荷塘、堤塘、方塘、海塘、柳池荷塘。

常 10 **塗** 解形 形聲；從土，涂聲。道路爲塗。

音義 ㄊㄨˊ 名 ①道路，通「途」；例道聽塗說。②泥濘；例塗地。③姓。動 ①敷抹；例塗抹。②弄汚；例亂塗牆壁。③削改文字，抹去曰塗；例塗乙。形 不明事理的；例糊塗。副 困苦；例塗炭。

參考 ①字從涂，從「水」作「氵」，不從「冰」作「冫」。②字本作「涂」，作「塗」爲後起形聲字。

7 **塗改** ㄊㄨˊ ㄍㄞˇ 文章中把多餘的文字抹掉而不恰當的加以改易。

參考 同塗竄。

8 **塗抹** ㄊㄨˊ ㄇㄛˇ ㈠信筆揮灑，不刻意修飾。㈡畫圖畫。㈢化妝。㈣用筆抹去。抹：也是塗的意思。

參考 因有「塗抹詩書如老鴉」句，所以又可說作「塗鴉」。

9 **塗炭** ㄊㄨˊ ㄊㄢˋ ㈠汚泥黑炭，比喻汚穢。㈡生活陷於塗泥炭火之中，比喻處境困苦。例生靈塗炭。

10 **塗料** ㄊㄨˊ ㄌㄧㄠˋ 工 塗抹在器物上，俾免於腐蝕朽爛，並可使之美觀的材料。如各種假漆、油漆、繪畫顏料、乾性油等是。

15 **塗鴉** ㄊㄨˊ ㄧㄚ 比喻隨意書寫或書寫拙劣。

▽道塗、糊塗、當塗、泥塗、同歸殊塗、小事糊塗、難得糊塗。

常 10 **塚** 解形 形聲；從土，冢聲。積土而成的高墳爲塚。

音義 ㄓㄨㄥˇ 名 高大的墳墓，通「冢」；例墳塚。

參考 「冢」是正字，「塚」是俗字；今俗字流行，正字反而罕用。

常 10 **塔** 解形 形聲；從土，荅聲。西域的浮屠爲塔。

音義 ㄊㄚˇ 名 ①梵語，築於佛寺內，一種高而尖頂的建築物，用來安放僧侶屍骨的地方；例塔廟。②高聳像塔形的建築物；例燈塔。③姓。

參考 塔爲埋藏佛骨的所在，亦作「塔婆」、「浮圖」、「浮屠」、「佛圖」等，都是梵語「窣堵波」或「率都婆」的訛略，譯義爲「墳」、「塚」、「靈廟」等。

14 **塔臺** ㄊㄚˇ ㄊㄞˊ 航空名詞，是「起飛線塔臺」的簡稱，指揮飛機起飛、降落和在機場區域內飛行的場所。

▽燈塔、寶塔、高塔、佛塔、水塔、七層塔、九重塔、眺

望塔、七級佛塔。

㊖10 **填** 形解 形聲；從土，眞聲。用泥土充塞爲填。

音義 ㄊㄧㄢˊ 動 ①塞滿，充滿；例義憤填膺。②寫，「填寫」的簡稱；例填表。③依譜作詞；例填詞。副 鼓聲；例填然鼓之。

參考「填」所從「眞」字，裡面爲三橫。

6 **填充** ㄊㄧㄢˊ ㄔㄨㄥ 填補，補充。參考 衍 填充物、填充劑、填充題目。

8 **填房** ㄊㄧㄢˊ ㄈㄤˊ 原配死後續娶的妻子。

12 **填補** ㄊㄧㄢˊ ㄅㄨˇ 彌補空缺的地方。

填詞 ㄊㄧㄢˊ ㄘˊ 詞曲家必須按譜倚聲而創作。因爲詞有定格，字有定數，韻有定聲，詞曲家必按定格、定數、定聲而填字，才能成爲詞曲。所以俗稱作詞爲「填詞」。例作詩填詞。

15 **填寫** ㄊㄧㄢˊ ㄒㄧㄝˇ 在印好的表格或文契上填入必要的文字。

16 **填鴨** ㄊㄧㄢˊ ㄧㄚ ㈠把管子塞入鴨的食道，不讓牠運動，使鴨子發育快、長得肥的一種特別飼養鴨子的方法。㈡比喻注入式的教學法。

參考 衍 填鴨式、填鴨式教學法。

17 **填膺** ㄊㄧㄢˊ ㄧㄥ 充塞胸懷。膺：心胸。例怒憤填膺。

▽裝填、配填、補填、抽填、充填、慾壑難填。

㊖10 **塌** 形解 形聲；從土，昜聲。昜有飛揚的意思，土石崩落時總是塵土飛揚，所以土崩爲塌。

音義 ㄊㄚ 名 ①地低下爲塌。②上海的人力運貨車；例塌車。動 ①建築物倒下來；例坍塌。②下陷；例塌陷。③牀著地而安；例塌實。

參考 ①同倒，陷。②「倒塌」的「塌」，「塌本」的「塌」，「病榻」的「榻」三字讀音相同，字形相似，意思不同，不宜相混。③「塌」、「蹋」有別；「倒塌」、「死心塌地」的「塌」字，與地面有關，所以從「土」。「糟蹋」的「蹋」字，有踐踏的意思，所以從「足」。二字同音ㄊㄚ。

14 **塌臺** ㄊㄚ ㄊㄞˊ 臺子倒塌。比喻事業失敗。又作「塌架」或「塌窖」。

㊖10 **塭** 形解 形聲；從土，昷聲。用土堤攔水而成的養魚場爲塭。

音義 ㄨㄣ 名 我國沿海一帶專作養魚用的池塘；例魚塭。

㊖10 **塊** 形解 形聲；從土，鬼聲。一墣爲塊。

音義 ㄎㄨㄞˋ 名 ①結合在一起的泥土；例「寢苫枕塊」。②凝結成固體狀的東西；例方塊。③數量詞，稱物，一件爲一塊；例五塊糖。④貨幣單位，「圓」的通稱；例一塊。⑤地一方；例一塊地。副 ①獨處的樣子；例塊然自處。②一同；例一塊走。③大的樣子，通「傀」。

參考「塊」作數量詞時，多指成團或方形的物件而言。

▽土塊、木塊、冰塊、肉塊、血塊、石塊、大塊、方塊、磚塊、魔術方塊。

㊖10 **塢** 形解 形聲；從土，烏聲。河堤、山凹處。

音義 ㄨˋ 名 ①較小的堡壘，通「隖」。②村莊；例村塢。③中央低而四周高的地方；例船塢。④村外防禦寇盜用的小土牆；例塢壁。

參考 字從「烏」不從「鳥」，不可誤作「塢」。

㊋10 **塤** 形解 形聲；從土，員聲。古樂器名爲塤。

音義 ㄒㄩㄣ 〔名〕〔音〕古樂器，以陶土燒成，如鵝卵形，吹孔在頂端，音孔或五或六不一，相傳是伏羲時所創，同「壎」；例陶塤。

參考 又音ㄒㄩㄢ。

㊋10 **塒** 形解 形聲；從土，時聲。寺有停止的意思，所以雞棲息在牆垣爲塒。

音義 ㄕ 名 牆壁上挖洞做成的雞窩。

次 10
塏 形解 〔篆〕 形聲；從土，豈聲。豈有高大的意思，所以高而乾燥的地方爲塏。
音義 ㄎㄞˇ 名 高而乾燥的地方；例 爽塏。

次 10
塍 形解 〔篆〕 形聲；從土，朕聲。稻田中用作蓄水、分界的土溝爲塍。
音義 ㄔㄥˊ 名 分隔稻田的界路；例 塍陌。
參考 字亦作「膰」。

次 10
塋 形解 〔篆〕 形聲；從土，營省聲。埋葬死者必先經營墓地，所以墳墓的所在爲塋。
音義 ㄧㄥˊ 名 墳墓，葬地；例 祖塋。
▽祖塋、墳塋、塚塋、墓塋。

常 11
塵 形解 〔篆〕 會意；從〔篆〕土。鹿走過，灰土飛揚爲塵。簡省作塵。
音義 ㄔㄣˊ 名 ①飛散的灰土；例 塵土。②事跡；例 前塵往事。③道家稱一世爲一塵。④宗 佛家稱世俗雜念；例 根塵虛妄。⑤姓。形 汙濁的；例 塵世。
參考 ①同灰，埃。②「一世」的名稱，儒、釋、道各不相同；「儒謂之世，釋謂之劫，道謂之塵。」

5 **塵世** ㄔㄣˊ ㄕˋ 汙濁而凡俗的人之世界。
9 **塵封** ㄔㄣˊ ㄈㄥ 被塵土封住。比喻爲時已久，不曾動過。
塵垢 ㄔㄣˊ ㄍㄡˋ ㈠塵埃與汙垢。㈡比喻細微的小事。㈢宗 佛家語，指煩惱。
10 **塵埃** ㄔㄣˊ ㄞ ㈠因風飛揚的灰土。又作「塵土」。㈡比喻汙點，汙染。
15 **塵緣** ㄔㄣˊ ㄩㄢˊ 宗 佛教稱色、聲、香、味、觸、法爲六塵，六塵與我接觸，爲心之所緣，故名。今泛指世俗之緣。例 如今他塵緣已了，出家去了。
16 **塵寰** ㄔㄣˊ ㄏㄨㄢˊ 宗 即塵世，人間惡多如塵土，所以佛家稱人間爲塵寰。
21 **塵囂** ㄔㄣˊ ㄒㄧㄠ 灰塵多而喧鬧的地方。例 遠離塵囂。
▽灰塵、風塵、俗塵、紅塵、砂塵、出塵、洗塵、久歷風塵、僕僕風塵。

常 11
塾 形解 〔篆〕 形聲；從土，孰聲。大門兩旁的小屋爲塾。
音義 ㄕㄨˊ 名 ①古代私人所設的學舍；例 私塾。②古代在大門左右旁的堂屋；例 東西塾。
參考 「私塾」的「塾」字，與「坐墊」的「墊」（ㄉㄧㄢˋ）字，上左一從「享」，一從「幸」，容易誤寫，音義也不相同。

10 **塾師** ㄕㄨˊ ㄕ 舊日在私塾中教書的老師。
▽村塾、私塾、家塾、義塾、里塾、鄉塾。

常 11
境 形解 〔篆〕 形聲；從土，竟聲。竟有終止窮盡的意思，所以邊界爲境。
音義 ㄐㄧㄥˋ 名 ①邊界；例 入境。②場所，地方；例 勝境。③人的際遇；例 順境。④程度；例 漸入佳境。⑤品地；例 詩境。動 遭到；例 境遇。
參考 字本作竟，如「入竟而問禁」，在此作疆界解的「竟」即是後起形聲字的「境」。

6 **境地** ㄐㄧㄥˋ ㄉㄧˋ 地步，情況。
8 **境況** ㄐㄧㄥˋ ㄎㄨㄤˋ 現在所處的環境和狀況。
9 **境界** ㄐㄧㄥˋ ㄐㄧㄝˋ ㈠土地的界限。㈡研究學問或造詣所達到的程度。㈢文學作品或藝術品所呈現的一種抽象的層級或特質。
11 **境域** ㄐㄧㄥˋ ㄩˋ 境界疆域。
13 **境遇** ㄐㄧㄥˋ ㄩˋ 所處的環境和所經歷的遭遇。
▽邊境、環境、夢境、仙境、逆境、順境、心境、國境、佳境、老境、絕境、幻境、處境、晚境、出入境、無人之境、身歷其境、漫無止境、漸入佳境、如入無人之境。

常 11
墓 形解 〔篆〕 形聲；從土，莫聲。莫有隱藏的意思，所以埋葬死人的地方爲墓。
音義 ㄇㄨˋ 名 埋葬死者的地

方；例墳墓。

參考 同墳，坆。

5 墓穴 ㄇㄨˋ ㄒㄩㄝˋ 埋葬棺柩的洞穴。

6 墓地 ㄇㄨˋ ㄉㄧˋ ㈠墳墓所在地。㈡準備用來修建墳墓的用地。

13 墓道 ㄇㄨˋ ㄉㄠˋ 通往墓地的道路。

13 墓碑 ㄇㄨˋ ㄅㄟ 立在墓前，刻著文字以資識別或頌揚死者的石碑。

14 墓碣 ㄇㄨˋ ㄐㄧㄝˊ 墓碑，古人稱頂端方形的爲碑，圓形的爲碣。

墓誌銘 ㄇㄨˋ ㄓˋ ㄇㄧㄥˊ 文古代埋葬死人時，恐怕山谷變遷，後人難以查明是誰的墳墓，用正方兩石相合，一刻誄銘，一題死者的姓氏爵里，而平放在柩前，埋入墓穴中，以供後日有所稽考，故名。誌文似傳，銘語似詩。

▽墳墓、陵墓、塋墓、古墓、廬墓、掃墓、自掘墳墓。

常 11 **墊** 形解 形聲；從土，執聲。執有攝藏的意思，所以地之下爲墊。

音義 ㄉㄧㄢˋ 名 襯在下面的東西；例鋪墊。動①陷落；例墊陷。②把東西襯在下面使高；例再墊張紙。③代人預付金錢；例墊款。

參考「墊」從「執」，上半不從「埶」，也不從「孰」，不要寫錯。

▽皮墊、床墊、椅墊、木墊、馬墊、紙墊。

常 11 **塹** 形解 形聲；從土，斬聲。斬有截斷的意思，所以深而廣的土坑爲塹。

音義 ㄑㄧㄢˋ 名①繞城的深河；例高壘深塹。②深坑；例塹谷。③舊稱長江爲天然的險阻；例天塹。動挖掘。

參考 字或作「壍」。

17 塹壕 ㄑㄧㄢˋ ㄏㄠˊ 挖成深的壕溝做爲險阻。

▽地塹、深塹、坑塹、天塹。

常 11 **墅** 形解 形聲；從土，野聲。野是郊外，所以郊外田間的房舍爲墅。

音義 ㄕㄨˋ 名①田廬茅舍；例草墅。②別館，住宅以外，供人遊樂休憩的房舍；例別墅。

參考 字雖從野，但不可讀成ㄧㄝˇ。

▽別墅、田墅。

次 11 **墉** 形解 形聲；從土，庸聲。庸有大的意思，所以高大的城牆爲墉。

音義 ㄩㄥ 名①小城。②高牆；例垣墉。③仙宮；例墉宮。

參考 字或作「牗」、「⿰阝庸」。

次 11 **塼** 形解 形聲；從土，專聲。專有精深堅硬的意思，所以火燒過的土塊爲塼。

音義 ㄓㄨㄢ 名 線墜子，古時紡織時，瓦製用來放絲的工具；例紡塼。

▽土塼、紅塼、地塼、牆塼。

次 11 **墐** 形解 形聲；從土，堇聲。堇是黏土，可以塗牆，所以用泥土和草莖來塗塞牆縫爲墐。

音義 ㄐㄧㄣˋ 名 水溝上的小道。動 塗塞；例「穹窒熏鼠，塞向墐戶。」

ㄑㄧㄣˊ 黏土，通「堇」；例墐泥。

參考 ①字本作「⿱堇土」。②ㄐㄧㄣˇ又音ㄐㄧㄣˋ。

4 墐戶 ㄐㄧㄣˋ ㄏㄨˋ 封閉窗戶。墐，塗塞。例「塞向墐戶。」

次 11 **墁** 形解 形聲；從土，曼聲。曼有塗抹的意思，所以用土泥裝飾牆壁爲墁。

音義 ㄇㄢˋ 名①塗牆的工具，同「鏝」、「槾」；例泥墁。②牆上的裝飾。動用磚塊鋪地；例花磚墁地。

次 11 **塿** 形解 形聲；從土，婁聲。婁有小的意思，所以小土丘爲塿。

音義 ㄌㄡˇ 名①塵土。②小土丘。

參考 字亦從山作「嶁」。

常 12 **墀** 形解 形聲；從土，犀聲。塗抹地面爲墀。

音義 ㄔˊ 名①殿上的平地；例墀砌。②臺階；例玄墀。

參考 ①古代凡塗地為墀,如今已引申作「謂地為墀」了。②字雖從犀,但不可讀成ㄒㄧ。

常 12 **墟** 形解 形聲;從土,虛聲。大土堆為墟。

音義 ㄒㄩ 名①大土堆;例丘墟。②荒廢的故城;例殷墟。③古代臨時市集的俗稱;例墟市。④村里;例墟落。

▽廢墟、村墟、郊墟、故墟、舊墟、殷墟、荒墟。

常 12 **增** 形解 形聲;從土,曾聲。曾有逐漸加多的意思,所以加土為增。

音義 ㄗㄥ 動①加多;例增光。②重疊;例增累。

參考 ①同加、添。②通「曾」。

5 **增加** ㄗㄥ ㄐㄧㄚ 添多。

參考 同增添、增益。

6 **增光** ㄗㄥ ㄍㄨㄤ 增加光榮。

6 **增色** ㄗㄥ ㄙㄜˋ 增添光彩,具有抽象意義。例由於您的光臨,使今天的聚會增色不少。

參考 同增光。

8 **增長** ㄗㄥ ㄓㄤˇ 即增加與長進。例旅遊可以增長見聞。

9 **增訂** ㄗㄥ ㄉㄧㄥˋ 增補訂正。

參考 衍增訂版、增訂本、增訂再版。

10 **增益** ㄗㄥ ㄧˋ 添,加。

參考 參閱「增加」條。

10 **增值** ㄗㄥ ㄓˊ 價值增加。例這幾年,房地產增值得很快。

參考 衍增值稅。

11 **增添** ㄗㄥ ㄊㄧㄢ 加多,加添。

參考 見「增加」條。

12 **增減** ㄗㄥ ㄐㄧㄢˇ 增加或減少。

參考 同增損。

12 **增補** ㄗㄥ ㄅㄨˇ 增添而補充之。

增進 ㄗㄥ ㄐㄧㄣˋ 增加而有進步。

參考 同增長。

15 **增廣見聞** ㄗㄥ ㄍㄨㄤˇ ㄐㄧㄢˋ ㄨㄣˊ 增加並擴展見識聽聞。見聞:眼所見,耳所聞,指直接或間接的經歷或經驗。

▽漸增、急增、倍增、激增、暴增、馬齒徒增。

常 12 **墳** 形解 形聲;從土,賁聲。賁有高大的意思,所以隆起的墓地為墳。

音義 ㄈㄣˊ 名①埋葬死者隆起的土堆;例墳墓。②水邊。③古代書名;例三墳五典。形高大的;例墳燭。副順從地;例墳然。
ㄈㄣˋ 名土質鬆軟而肥沃,通「膹」。

參考 ①「墳」是正字,「坆」是俗字。②同墓。

8 **墳典** ㄈㄣˊ ㄉㄧㄢˇ (一)難得一見的上古書籍。(二)泛指一切古籍。

14 **墳墓** ㄈㄣˊ ㄇㄨˋ 埋葬死人的土堆。

▽祖墳、古墳、典墳、孤墳、荒墳、新墳、三墳。

常 12 **墜** 形解 形聲;從土,隊聲。從高處落下為墜。

音義 ㄓㄨㄟˋ 名①掛在器物上的裝飾品;例墜子。②曲調名;例河南墜子。動①毀損;例墜壞城郭。②掉落;例墜落。③丟失;例墜失。

參考 ①「墜落」的「墜」字,與「墮落」的「墮」字,形體相似,「墜落」是形容物體的落下,「墮落」是形容人的思想行動之卑劣,不可混用。②同落,墮。③字或作隊、磣、隧。

3 **墜子** ㄓㄨㄟˋ ˙ㄗ (一)拴在器物或人身上作為裝飾的小配件。(二)文河南地方戲曲,一人說唱故事,另一人軋二弦,踏小鼓伴奏。

6 **墜地** ㄓㄨㄟˋ ㄉㄧˋ 衰敗,沒落。例家聲墜地。

▽失墜、崩墜、傾墜、頹墜、下墜、隕墜、耳墜、扇墜、天花亂墜、搖搖欲墜。

常 12 **墮** 形解 形聲;從土,隋聲。墜落為墮。

音義 ㄉㄨㄛˋ 動掉落;例髮齒墮落。形怠慢,通「惰」;例墮怠。
ㄏㄨㄟ 毀壞,通「隳」。

參考 ①參閱「墜」字條。②字本作「隓」,或作「隋」,俗作「隳」。

9 **墮胎** ㄉㄨㄛˋ ㄊㄞ 醫使用藥物或人工方法(如子宮搔刮術、剖腹等),侵害胎兒生命,使胎兒未及期而脫離母體,喪失生命。

參考 ①或稱「人工流產」。②俗稱「打胎」,又稱「月經規整術」。

13 **墮落** ㄉㄨㄛˋ ㄌㄨㄛˋ ㈠人的行爲由好變壞，品格趨於下流，不求振作。㈡脫而下落，零落。亦作「隋落」。例髮齒墮落。

次 12 **墩** 形解 形聲；從土，敦聲。敦有厚聚的意思，所以平地上隆起的高丘爲墩。
音義 ㄉㄨㄣ 名①沙土堆成的高丘；例土墩。②厚而粗，可墊物或支撐的木石；例橋墩。③指形狀如土墩的坐具；例錦墩。動積藏，通「囤」；例這酒墩了幾年哪？
參考 字亦作「墪」。

次 12 **墝** 形解 形聲；從土，堯聲。土地貧瘠的地方爲墝。
音義 ㄑㄧㄠ 名貧瘠的土地，通「磽」、「塙」、「墽」；例墝埆。

次 12 **墠** 形解 墠 形聲；從土，單聲。單有淨盡的意思，所以在郊外整地除草，以供祭祀的地方爲墠。
音義 ㄕㄢˋ 動清除場地以行祭禮。

常 13 **壁** 形解 壁 形聲；從土，辟聲。辟有躲避的意思，所以堆土築牆，用來躲避風雨爲壁。
音義 ㄅㄧˋ 名①牆；例牆壁。②營壘；例壁壘。③高而險峻的山崖；例絕壁。④猶方面；例「他在那壁，你在這壁。」⑤天星宿名；例東壁。⑥姓。副陡峭地；例壁立。
參考 「牆壁」的「壁」，與「圭璧」的「璧」字形似(一從土，一從玉)聲同而義異。

3 **壁上觀** ㄅㄧˋ ㄕㄤˋ ㄍㄨㄢ 比喻不幫助任何一方，僅坐觀成敗。參考 與「袖手旁觀」語義類似。

5 **壁立** ㄅㄧˋ ㄌㄧˋ ㈠形容山崖陡峭，聳立如壁。㈡形容室中空無所有，非常貧窮。

8 **壁虎** ㄅㄧˋ ㄏㄨˇ 動守宮的俗稱，爲爬蟲類，因常在壁上爬行，故名。又名「蠍虎子」。

12 **壁報** ㄅㄧˋ ㄅㄠˋ 貼在壁上或看板上，以宣傳爲主的臨時報紙，多用筆寫或油印，並插有彩色圖畫，以吸引觀衆。例壁報比賽。

18 **壁壘** ㄅㄧˋ ㄌㄟˋ ㈠軍營的垣牆。例深溝壁壘。㈡軍營，陣營。參考 衍壁壘分明、壁壘森嚴。

壁壘分明 ㄅㄧˋ ㄌㄟˋ ㄈㄣ ㄇㄧㄥˊ 彼此界限清楚，不相混淆。例球賽時，觀衆壁壘分明，各自爲己隊加油。參考 與「涇渭分明」有別：①後者能比喻是非清楚、好壞分明；前者不能。②前者僅能用於人和與人有關的派別等；後者的通用範圍要寬大得多。

壁壘森嚴 ㄅㄧˋ ㄌㄟˋ ㄙㄣ ㄧㄢˊ ㈠形容防守嚴密，作好充分的戰鬥準備。㈡比喻界限分明。壁壘：古代軍營周圍的防禦建築物；森嚴：非常嚴整而不可侵犯。參考 與「嚴陣以待」有別：後者有「等待著來犯的敵人」的意思；前者沒有。前者有敵我界限劃分得嚴密的意思；後者沒有。

19 **壁櫥** ㄅㄧˋ ㄔㄨˊ 連在牆上或嵌入壁中作爲盛裝衣物或收藏東西的櫥櫃。

20 **壁爐** ㄅㄧˋ ㄌㄨˊ 凹入壁中，可以升火，用來取暖或裝飾的爐子。

▽牆壁、赤壁、面壁、四壁、絕壁、石壁、孔壁、鑿壁、峭壁、那壁、家徒四壁、銅牆鐵壁。

常 13 **墾** 形解 墾 形聲；從土，貇聲。用力耕地爲墾。
音義 ㄎㄣˇ 動①耕種時，翻動泥土；例墾荒。②開闢荒地，使之變成熟土；例開墾。
參考 ①「墾植」的「墾」，與「懇求」的「懇」，形似(一從土，一從心)聲同，意義完全不同。②同開。

10 **墾荒** ㄎㄣˇ ㄏㄨㄤ 開墾荒地。

12 **墾殖** ㄎㄣˇ ㄓˊ 開墾土地，進行種植繁衍的工作。參考 衍墾殖計畫。

▽開墾、拓墾、新墾、闢墾、移墾、屯墾、濫墾。

常 13 **壇** 形解 壇 形聲；從土，亶聲。亶有誠信的意思，祭神必須虔誠篤信，所以祭神的場所爲壇。

音義 ㄊㄢˊ 名①土木築成祭祀用的高臺；例天壇。②古有大事多設壇，以爲朝會、盟誓或宣講的地方；例壇坫。③場所；例藝壇。
ㄉㄢˋ 形平廣的；例案衍壇曼。

參考「壇」字下面從旦，不從且。

▽聖壇、文壇、天壇、祭壇、歌壇、花壇、教壇、書壇、論壇、杏壇、影壇、講壇、佛壇、道壇。

常 13 **壅** 解形 形聲；從土，雍聲。阻塞爲壅。

音義 ㄩㄥ 動①堵住；例壅塞。②遮蔽；例壅蔽。③用培土或肥料來培養植物的根部；例灌溉培壅。④淤，隄岸剝蝕，封之以土。

參考①又音ㄩㄥˇ。②或作「雍」。

13 **壅塞** ㄩㄥ ㄙㄜˋ 堵塞淤滯，以致不通。

15 **壅蔽** ㄩㄥ ㄅㄧˋ 隔絕而蔽塞。

參考 又作「擁蔽」、「雍蔽」。

常 14 **壕** 解形 形聲；從土，豪聲。用來護城的深溝大池爲壕。

音義 ㄏㄠˊ 名①城下的深池；例城壕。②戰地挖掘的溝道，供軍隊藏身作戰之用；例戰壕。

參考「壕」與「濠」兩字讀音都從「豪」聲，古音相同，可以假借，「壕溝」或作「濠溝」。

13 **壕溝** ㄏㄠˊ ㄍㄡ 軍戰場上挖掘的深溝，是守兵躲避槍火、礮彈的地方。壕，又作「濠」。

參考 衍壕溝戰。

常 14 **壓** 解形 壓 形聲；從土，厭聲。重物自高處落下而毀壞東西爲壓。

音義 ㄧㄚ 動①由上往下施加重力；例壓破。②逼近；例壓境。③擱置；例積壓。④用權威禁止；例鎮壓。⑤抑制；例壓咳嗽。

參考 同擠，迫，搾。

2 **壓力** ㄧㄚ ㄌㄧˋ ㈠理物體上所承受的力。㈡壓迫人的强勢或强力。㈢負擔。例心理壓力。

參考 衍壓力計、壓力強度。

7 **壓抑** ㄧㄚ ㄧˋ 以强力抑止別人，控制自己的思想、感情或行爲。

參考「壓抑」、「壓制」、「抑制」都是動詞，都有用力限制的意思，但「壓制」的程度比「壓抑」深，且「壓抑」的對象可以是自己或他人，而「壓制」只能用於對別人。「抑制」則偏重思想、感情方面，還可用來指阻止大腦皮膚的興奮和器官機能的活動。

壓克力 ㄧㄚ ㄎㄜˋ ㄌㄧˋ 化(acrylic resin)㈠泛指化學工業上的丙烯酸類樹膠。㈡今多指以甲基丙烯酸甲酯爲原料所製成的一種堅硬而不易腐蝕的塑膠。

參考 衍壓克力製品。

壓良爲賤 ㄧㄚ ㄌㄧㄤˊ ㄨㄟˊ ㄐㄧㄢˋ 指買賣良家子女爲奴婢。

8 **壓卷** ㄧㄚ ㄐㄩㄢˋ 稱冠於衆人作品之上的最佳詩文。

壓制 ㄧㄚ ㄓˋ 運用强力使別人屈服。

參考「壓制」、「克制」、「抑制」有別：「壓制」是竭力限制或制止，著重在壓服，通常指外來的强力或暴力限制，常用於對別人的意見、批評或其他行動。例在共黨的壓制之下，許多悲劇故事因而產生。「克制」是用强力制止感情，使它不衝動的意思。例克制內心的激動。「抑制」是壓下去，控制的意思。例他抑制不住心頭的喜悅。「克制」和「抑制」都是著重在抑止，一般指用理智等內在力量來限制自己，用於思想、感情上的活動。

9 **壓迫** ㄧㄚ ㄆㄛˋ 施加壓力，强迫別人就範。

參考 同逼迫。

壓根兒 ㄧㄚ ㄍㄣ ㄦ 俚北方通用語，從頭至尾，根本。指過去的持續性的時間。例我壓根兒就沒去過他家。

參考 又讀ㄧㄚˋ ㄍㄜ ㄦ。

11 **壓條法** ㄧㄚ ㄊㄧㄠˊ ㄈㄚ 植將樹的枝條某段環狀剝皮後，下壓埋入土中，或用濕土、水苔包覆其上，等埋或包的部分長出不定根，再把它與母株分開，成爲新株的繁殖法。

壓軸 ㄧㄚ ㄓㄡˊ 劇院演戲，戲碼的最後一齣戲。

參考 ①又稱「壓冑子」、「壓臺戲」。②衍壓軸好戲。

13 **壓歲錢** ㄧㄚ ㄙㄨㄟˋ ㄑㄧㄢˊ 舊曆除夕或歲首長輩給晚輩的討吉利的錢。

參考 因以紅紙盛裝，又稱「紅包」。

14 **壓境** ㄧㄚ ㄐㄧㄥˋ 敵軍逼近邊界領土。例大軍壓境。

壓榨 ㄧㄚ ㄓㄚˋ 加重力於事物上以榨取汁液。引申爲用强力榨取別人的勞力或財物。

參考 衍壓榨機、壓榨勞力。

19 **壓韻** ㄧㄚ ㄩㄣˋ 作詩賦時，每聯最後一個字的韻脚必須一致。壓又作「押」。

23 **壓驚** ㄧㄚ ㄐㄧㄥ 受驚後用酒食安慰，以解除所受的驚嚇。

▽氣壓、高壓、水壓、鎮壓、電壓、低壓、積壓、擠壓、重壓。

常 14 **壑** 形解 形聲；從土，叡聲。穿地成溝爲壑。

音義 ㄏㄨㄛˋ 名 ①坑谷，深溝；例溝壑。②山坳；例壑谷。

參考 又讀 ㄏㄜˋ。

次 14 **壖** 形解 形聲；從土，需聲。古代廟堂內牆與和外牆之間的空地爲壖。

音義 ㄖㄨㄢˊ 名 ①宗廟或宮殿的內牆及外垣間的空地；例壖垣。②城廓旁邊的空地。③河邊的土地。

參考 ①字或作「㬉」、「堧」。②字雖從需，但不可讀成 ㄒㄩ。

次 14 **壎** 形解 形聲；從土，熏聲。熏有煙氣上出的意思，所以吹氣上出而成音的土製樂器爲壎。

音義 ㄒㄩㄣ 名 古代吹奏樂器，陶製，形如桃，底平，上端有吹孔，前後一般有三至六個音孔；例吹壎。

壎

參考 ①又音 ㄒㄩㄢ。②「壎」、「篪」本是聲氣相應的樂器，土音剛而濁的是「壎」；竹音柔而清的叫「篪」。

常 15 **壙** 形解 形聲；從土，廣聲。廣有寬而顯著的意思，所以墓穴爲壙。

音義 ㄎㄨㄤˋ 名 ①埋棺材的坑穴；例入壙。②郊野；例「獸之走壙也。」形空洞的，通「曠」；例壙遠。

參考 「壙穴」的壙字、「礦物」的礦字、「纊工」的纊字與「曠課」的曠字，四字音同而部首、意義各不相同，不宜混用。

常 15 **壘** 形解 形聲；從土，靁省聲。軍營中用來防守的高牆爲壘。

音義 ㄌㄟˇ 名 ①戰時作防守用的工事；例深溝高壘。②姓。動用碑石等砌積，通「累」；例壘牆。ㄌㄩˋ 門神名；例鬱壘。

參考 「堡壘」的壘字與「重疊」的疊字，雖都從畾，但音、義不同。

11 **壘球** ㄌㄟˇ ㄑㄧㄡˊ 體 ㈠球名之一。㈡球類運動之一，與棒球相似，但球場較小，球較大而軟，比賽也可在室內進行。每場分七局結束。

13 **壘塊** ㄌㄟˇ ㄎㄨㄞˋ 積石，重負，比喻胸中鬱積的不平之氣。又作「磊塊」。

▽本壘、盜壘、殘壘、滿壘、營壘、對壘、堡壘、鬱壘、跑壘、踩壘、觸壘、塊壘、偷壘。

常 16 **壞** 形解 形聲；從土，褱聲。泥土崩塌而致毀敗爲壞。

音義 ㄏㄨㄞˋ 動 ①毀損；例損壞。②腐敗；例腐壞。形惡劣的，「好」的反面；例壞事。副極，表示程度深；例氣壞了。

參考 ①「破壞」的壞字，形似聲近，與「懷念」的懷字，意義不同。②反好。

6 **壞血病** ㄏㄨㄞˋ ㄒㄧㄝˇ ㄅㄧㄥˋ 醫因營養不足，缺乏維他命丙，所引起的疾病；患者身體衰弱，全身疲憊，輕者牙齦出血，重者下肢潰瘍。

8 **壞事** ㄏㄨㄞˋ ㄕˋ ㈠不正當的事。㈡把事情搞砸了。

參考 衍壞事鬼。

11 **壞處** ㄏㄨㄞˋ ㄔㄨˋ 不好的地方。

參考 ①同缺點。②反好處。

壞蛋 ㄏㄨㄞˋ ㄉㄢˋ 惡人，罵人的話。又作「壞坯子」、「壞胎子」、「壞骨頭」、「壞傢伙」。

13 **壞話** ㄏㄨㄞˋ ㄏㄨㄚˋ ㈠不正經的話。㈡惡意批評或攻訐別人的言詞。

▽破壞、毀壞、損壞、敗壞、朽壞、腐壞、氣壞、好壞、金剛不壞、氣急敗壞。

常 16 壟

形解 形聲；從土，龍聲。龍有高而長的意思，所以封土成丘爲壟。

音義 ㄌㄨㄥˇ 名①墳冢；例丘壟。②農作物的行，或行與行之間的空地；例田壟。動把持、獨佔；例壟斷。形象壟的(東西)；例瓦壟。

參考「壟斷」的壟，與「隴山」的隴，讀音相同，唯一從土，一從阜，意義完全不同。

18 **壟斷** ㄌㄨㄥˇ ㄉㄨㄢˋ ㈠高而陡峭的田岡。㈡商賈操縱市場，獨享利益。例壟斷證券市場，獨獲暴利。㈢全盤操縱包辦。

▽丘壟、高壟、田壟、麥壟、祖壟。

常 16 壢

形解 形聲；從土，歷聲。歷有經過的意思，兩山之間的大溝爲壢。

音義 ㄌㄧˋ 名①地名用字；例中壢。②方客語，指兩山之間的大溝；例山壢。

次 16 壚

形解 形聲；從土，盧聲。盧有黑色的意思，所以製爐用的黑色硬土爲壚。

音義 ㄌㄨˊ 名①黑色而質地堅實的土壤。②酒店中安置酒壚的土臺，同「罏」。③燃火用的器具，通「爐」；例茶壚。

常 17 壤

形解 形聲；從土，襄聲。襄有耕種的意思，所以耕種用的柔土爲壤。

音義 ㄖㄤˇ 名①鬆軟的泥土；例土壤。②大地；例天壤之別。③區域；例窮鄉僻壤。④古代遊戲用的玩具；例擊壤。⑤姓。

參考「僻壤」的「壤」字與「攘攘」的「攘」字讀音相同，所以「攘攘」或作「壤壤」。

▽土壤、天壤、肥壤、沃壤、瘠壤、擊壤、窮鄉僻壤。

常 21 壩

形解 形聲；從土，霸聲。霸有把持的意思，所以築土攔水，把持不潰的土岸爲壩。

音義 ㄅㄚˋ 名①攔水的建築物；例水壩。②我國西南地區稱平原或平地；例壩子。

參考「垻」是正字，「壩」是後起俗字。

【士部】 ㄕˋ

常 0 士

形解 象形；象人拱手端坐形，所以男子通稱爲士。

音義 ㄕˋ 名①古代爵位；例士大夫。②泛指做官的人。③知識分子；例士子。④泛指成年人；例男士、女士。⑤兵卒；例士卒。⑥國軍官階，在尉官之下；例上士。⑦姓。

參考 ①「士」有泛指人的意思，然無作動詞用者；「仕」具有動詞詞性，作名詞用僅「仕宦」一詞，兩者不能混同。②「士」字的橫畫上長下短，與「土」的上短下長有別。③孳仕。

3 **士子** ㄕˋ ㄗˇ ㈠士大夫的古稱。㈡學子，通稱讀書人。

士大夫 ㄕˋ ㄉㄚˋ ㄈㄨ ㈠在職居官的人。㈡軍士將佐的稱呼。㈢士族。

7 **士兵** ㄕˋ ㄅㄧㄥ 軍 沒有軍官或士官官階的軍人。軍隊中稱上等兵、一等兵、二等兵爲士兵。

8 **士林** ㄕˋ ㄌㄧㄣˊ 文士所薈萃的地方，泛指學術界。

參考 同士卒。

士卒 ㄕˋ ㄗㄨˊ 兵士。例身先士卒。

10 **士氣** ㄕˋ ㄑㄧˋ (一)指軍人參加作戰或團體個人參加比賽的精神氣勢。例士氣如虹。

▽博士、學士、文士、人士、義士、武士、志士、烈士、力士、處士、名士、紳士、隱士、高士、進士、壯士、國士、居士、策士、兵士、勇士、將士、碩士、秀士。

常 1 **壬** 形解 壬 象形；象紡紗時用來繞絲的器具。

音義 ㄖㄣˊ 名①天干中的第九位；例甲、乙、丙、丁、戊、己、庚、辛、壬。②姓。形①心地險狠奸佞；例「壬人在位，吉士雍蔽」。②偉大；例壬林。

參考 ①「壬」字中間橫畫較長。②辨 妊、絍、飪、任、恁、荏、衽、賃。

2 **壬人** ㄖㄣˊ ㄖㄣˊ 奸佞之人。

常 4 **壯** 形解 壯 形聲；從士，爿聲。大士爲壯。

音義 ㄓㄨㄤˋ 名①人三十到四十歲的時期；例壯年。②姓。動使强健；例壯陽。形①肥碩的；例這匹馬長得很壯。②宏偉；例壯觀。③强盛；例理直氣壯。④氣概豪邁的；例壯志凌雲。⑤精力充實；例强壯。

參考 ①「壯」從士(ㄕˋ)不從土(ㄊㄨˇ)。②同强，盛。③辨 奘、裝、莊。

2 **壯丁** ㄓㄨㄤˋ ㄉㄧㄥ (一)泛指年輕力壯的男子。(二)專指適於服兵役年齡的壯年男子。又作「丁壯」。

3 **壯大** ㄓㄨㄤˋ ㄉㄚˋ 變得强大。例只要我們辛勤奮鬥，一定能壯大我們自己的實力。

參考 與「强大」有別：①「强大」是堅强雄猛的意思，著重在「强」字；「壯大」則重在「壯」字。如：我們有强大的三軍，定可保衛我們的國家。②「壯大」是動詞，可以帶賓語。例壯大我們的隊伍。「强大」是形容詞。③「壯大」常跟「隊伍」、「不斷」、「發展」等詞搭配；「强大」常和「軍隊」、「人民」、「國家」、「敵人」等搭配。

3 **壯士** ㄓㄨㄤˋ ㄕˋ 孔武有力，意氣勇壯的人物。

6 **壯年** ㄓㄨㄤˋ ㄋㄧㄢˊ 人的年齡在三十至四十歲期間。

7 **壯志** ㄓㄨㄤˋ ㄓˋ 偉大的志向。亦作「壯心」。

壯志未酬 ㄓㄨㄤˋ ㄓˋ ㄨㄟˋ ㄔㄡˊ 比喻高遠的志向，不能付諸實現。

壯志凌霄 ㄓㄨㄤˋ ㄓˋ ㄌㄧㄥˊ ㄒㄧㄠ 比喻志向高遠，如凌空在雲霄之上。凌霄：高遠的。亦作「壯志凌雲」。

壯志豪情 ㄓㄨㄤˋ ㄓˋ ㄏㄠˊ ㄑㄧㄥˊ 雄偉的抱負和豪壯的心情。豪情：豪壯的心情。又作「豪情壯志」。

參考 與「雄心壯志」有別：①前者偏重在「豪情」；後者著重於「雄心」。②搭配對象不盡相同：後者可跟「立下」、「樹立」搭配，但前者不宜。

10 **壯烈** ㄓㄨㄤˋ ㄌㄧㄝˋ 壯勇而英烈。

參考 與「勇敢」有別：「勇敢」指勇氣，敢於作爲。「壯烈」多用於形容已經犧牲的人。

壯烈成仁 ㄓㄨㄤˋ ㄌㄧㄝˋ ㄔㄥˊ ㄖㄣˊ 爲正義而奉獻性命，犧牲自己的行爲。

14 **壯碩** ㄓㄨㄤˋ ㄕㄨㄛˋ 健壯、高大。

壯圖 ㄓㄨㄤˋ ㄊㄨˊ 遠大的計畫及抱負。

17 **壯膽** ㄓㄨㄤˋ ㄉㄢˇ 形容膽怯時，借外力爲助，藉以增强自己的膽量。例喝酒壯膽。

19 **壯舉** ㄓㄨㄤˋ ㄐㄩˇ 偉大的舉動。

壯麗 ㄓㄨㄤˋ ㄌㄧˋ 雄偉而美麗。

參考 與「絢麗」有別：「絢麗」指文彩上的美麗，專用在描寫人的服飾或景物方面。「壯麗」則重在「壯」字，適用於「偉」或「大」的方面。

25 **壯觀** ㄓㄨㄤˋ ㄍㄨㄢ (一)盛大的景觀。(二)猶言美觀。

參考 參閱「奇觀」條。

▽强壯、健壯、雄壯、豪壯、悲壯、高壯、丁壯、少壯、

勇壯、精壯、老當益壯、師直爲壯、理直氣壯。

次 6 **壴** 形解 象形，象豎鼓在架形。屮，象鼓架上的裝飾。

音義 ㄓㄨˋ 名 ①「鼓」的古字。②姓。

參考 孳 樹、澍、廚。

常 9 **壹** 形解 形聲；從壺，吉聲。壺中可久藏東西，始終不外洩，所以專心一致爲壹。

音義 一 名 ①「一」的大寫；例 新臺幣壹仟元整。②姓。動 ①專一。②合；例 統壹。③抑塞，通「抑」；例 壹鬱。

參考 「壹」與「臺」(ㄊㄞˊ)，注意它們字形的差異。

常 9 **壺** 形解 象形；象盛酒漿的禮器，上象壺蓋，中象壺體，下象足形。

音義 ㄏㄨˊ 名 ①盛酒漿的禮器。

②

②小口大腹，可盛液體的容器；例 水壺。③姓。

①壺

參考 ①「壺」下作亞，不可與從亞的「壼」(ㄎㄨㄣˇ)字相混。②「壺」、「壼」有別：有人把「茶壺」的「壺」字寫成「壼」，那是錯的。「壼」讀作ㄎㄨㄣˇ，指宮殿裡的路徑。

▽水壺、茶壺、酒壺、投壺、金壺、銀壺、夜壺、尿壺、咖啡壺。

次 10 **壼** 形解 象形；從口，象宮中有道路形。

音義 ㄎㄨㄣˇ 名 ①宮庭裡的巷道；例「永巷壼術」。②內宮；例 禮始壼中。

參考 字從「亞」，不可和「茶壺」的「壺」(ㄏㄨˊ)字混同。

常 11 **壽** 形解 形聲；從老省(耂)，𠷎聲。𠷎象田間溝渠曲折流長，所以長久爲壽。

音義 ㄕㄡˋ 名 ①年齡；例 您今年高壽？②生日；例 壽誕。③年齒久老之稱；例 壽考。④姓。形 ①命長的；例 人壽年豐。②今稱生前預製的葬具，多言壽；例 壽材。

參考 同歲，齡。

4 **壽比南山** ㄕㄡˋ ㄅㄧˇ ㄋㄢˊ ㄕㄢ 稱頌壽星長壽的套語。例 祝您壽比南山，福如東海。

6 **壽考** ㄕㄡˋ ㄎㄠˇ 壽命既高且長的人。

壽衣 ㄕㄡˋ 一 ㈠生前預先裁製的葬衣。㈡死人所穿著的衣服。

7 **壽辰** ㄕㄡˋ ㄔㄣˊ 即生日。多指德高或年長者的生日而言。

參考 同壽誕。

8 **壽命** ㄕㄡˋ ㄇㄧㄥˋ 人的生命。

參考 「壽命」偏重在人的生命期限，「生命」偏重在性命，二者互有異同。

9 **壽星** ㄕㄡˋ ㄒㄧㄥ ㈠南極老人星的別稱。㈡尊稱過生日的人。

11 **壽堂** ㄕㄡˋ ㄊㄤˊ 通稱祝壽用的禮堂。

壽終 ㄕㄡˋ ㄓㄨㄥ 享盡天年而終了生命。

參考 ①衍 壽終正寢。②反 夭折。③訃文慣語。④今中年以上的人也稱壽終。

壽終正寢 ㄕㄡˋ ㄓㄨㄥ ㄓㄥˋ ㄑㄧㄣˇ 原指年老時安然無恙地死在家中，有別於夭折，橫死或客死而言。今多以諷刺、詼諧的口吻，說人的死亡，或比喻事物的消逝。正寢：舊式住宅的正廳。

參考 與「一命嗚呼」、「嗚呼哀哉」有別：①前者可比喻事物的消逝；但「一命嗚呼」、「嗚呼哀哉」一般不這樣用。②「嗚呼哀哉」可指事情的了結，但前者和「一命嗚呼」不能。

▽長壽、仁壽、高壽、福壽、夭壽、益壽、年壽、人壽、無量壽、延年益壽。

【夊部】 ㄓˇ

次 4 **夆** 形解 形聲；從夊，丰聲。夊爲步行，丰有相逢的意思，所以行進間不期而遇爲夆。
音義 ㄈㄥ 動①相遇，通「逢」。②互相衝突。
ㄆㄤ 名姓。
參考 擘峯、烽、蜂、鋒、逢、縫。

【夊部】 ㄙㄨㄟ

常7 **夏** 形解 會意；頁象人頭，臼象雙手，夊象脚。古代中原民族的名稱爲夏。
音義 ㄒㄧㄚˋ 名①四季中的第二季，相當於國曆的六、七、八月，陰曆爲四、五、六月，凡三個月；例盛夏。②中國的古稱；例夷夏之別。③朝代名，國史上第一個王朝，爲夏禹所建，相傳凡十四世，十七主，共四百四十年。④姓。形廣大的；例夏屋。
ㄐㄧㄚˇ 名古時體罰學生的工具，通「檟」；例夏楚二物。
參考①同華。②擘廈。

5 **夏令營** ㄒㄧㄚˋ ㄌㄧㄥˋ ㄧㄥˊ 在暑假，爲某一特定目的，所設立兼具教育性及娛樂性的營地，以之舉辦特定的活動。
參考 反冬令營。

6 **夏至** ㄒㄧㄚˋ ㄓˋ 二十四節氣名之一。每年陽曆的六月廿一日或廿二日爲夏至，是太陽通過北半球夏至點(北迴歸線)的日子。北半球晝最長而夜最短；南半球正好相反。
參考①衍夏至點、夏至線。②反冬至。

8 **夏雨雨人** ㄒㄧㄚˋ ㄩˇ ㄩˋ ㄖㄣˊ 比喻恩澤有如夏雨的潤澤萬物，及時加惠於他人。
參考①同春風風人。②本詞第二「雨」字是動詞，故讀四聲，不可讀成三聲。

9 **夏禹** ㄒㄧㄚˋ ㄩˇ 人夏代開國的君王，顓頊之孫，姓姒氏，號禹，以平治洪水有功，受舜禪讓爲天子。
參考 同大禹、禹王、夏后。

16 **夏曆** ㄒㄧㄚˋ ㄌㄧˋ 即陰曆，因始於夏，故名。

▽初夏、孟夏、仲夏、立夏、盛夏、炎夏、華夏。

常18 **夔** 形解 象形；象獨角獸形。

① 夔

音義 ㄎㄨㄟˊ 名①古代傳說中，只有一隻脚似龍的怪獸。②牛名；例夔牛。③姓。

21 **夔夔** ㄎㄨㄟˊ ㄎㄨㄟˊ 敬謹恐懼的樣子。

【夕部】 ㄒㄧ

常0 **夕** 形解 象形；象月已半升形。
音義 ㄒㄧ 名①黃昏；例朝夕。②午後至黃昏；例日夕。③姓。形①傾斜不正的；例夕室。②黃昏的；例夕陽無限好。副夜，通「昔」；例「樂酒今夕」。
參考①同暮。②反朝。③擘汐、穸、矽。④古代分日夕、月夕、歲夕：「晡時至黃昏，爲日之夕；下旬，爲月之夕；自九月盡至十二月，爲歲之夕。」⑤「歺」、「夕」有別：「歺徒」的「歺」字是「夕」字上面加一橫，音ㄉㄞˇ。「夕」，讀ㄒㄧ，如夕陽、朝夕。

12 **夕陽** ㄒㄧ ㄧㄤˊ (一)傍晚的太陽。(二)山的西面。(三)比喻人老。
參考①反朝陽。②同斜陽、夕照。③衍夕陽西曬。

▽七夕、朝夕、旦夕、終夕、除夕、日夕、今夕、前夕、一朝一夕、危在旦夕、朝不保夕。

常2 **外** 形解 會意；從夕卜。黃昏時問卜，已去朝卜很遠，所以含遠離的意思。
音義 ㄨㄞˋ 名①不屬於某一範圍內，「內」的反面；例門外。②舊時妻稱夫爲外；例外子。③儀表；例外表。動①疏遠；

例內君子而外小人。②除去；例除外。形①非正式的；例外號。②對於本國、本地而稱他國、他處；例外地。③稱母親、姊妹方面的親戚；例外婆。④對事情沒有經驗；例外行。

參考 反內、裡、中。

3 **外子** ㄨㄞˋ ㄗˇ 婦女對人稱自己的丈夫。

4 **外公** ㄨㄞˋ ㄍㄨㄥ 即外祖父。

參考 又稱「外祖父」、「外祖」、「外大父」、「外父」、「外翁」、「外王父」。

6 **外行** ㄨㄞˋ ㄏㄤˊ ㈠對某事務不熟悉，或無經驗。㈡本業的人稱不屬於本業的人為外行。

參考 反內行。

外交 ㄨㄞˋ ㄐㄧㄠ 處理國際間相互關係的手段與方法。

外交官 ㄨㄞˋ ㄐㄧㄠ ㄍㄨㄢ 代表本國政府駐節外國，處理本國與駐在國間外交事務的官吏。如大使、公使、領事等是。

7 **外快** ㄨㄞˋ ㄎㄨㄞˋ 除了正規薪資以外的收入。

8 **外表** ㄨㄞˋ ㄅㄧㄠˇ 即表面，外觀。

10 **外孫** ㄨㄞˋ ㄙㄨㄣ 女兒的孩子。又因性別可分為外孫子，外孫女。

11 **外婆** ㄨㄞˋ ㄆㄛˊ 即外祖母。

外埠 ㄨㄞˋ ㄅㄨˋ ㈠即外地，本地以外的城市。㈡外國的港埠。

外患 ㄨㄞˋ ㄏㄨㄢˋ 來自外國的禍患。

參考 反內憂、內亂。

外國 ㄨㄞˋ ㄍㄨㄛˊ 本國以外的國家。

參考 ①衍外國人、外國語、外國語法。②反本國。

外戚 ㄨㄞˋ ㄑㄧ 帝王的母黨、妻黨之流。

參考 衍外戚世家。

外務 ㄨㄞˋ ㄨˋ ㈠分外的事情。㈡外交事務。清末有外務部，專掌國際外交事務。

外強中乾 ㄨㄞˋ ㄑㄧㄤˊ ㄓㄨㄥ ㄍㄢ 外表雖然強悍，而內在實空虛乾竭。即虛有其表。

參考 「外強中乾」與「色厲內荏」，都是形容「虛有其表，內不在行」的意思，但有別：前者指的是力量，「外強」表示「外表強壯、強大」，「中乾」表示「內部虛弱、空虛」；後者指精神狀態，「色厲」表示「表面上姿態強硬」，「內荏」表示「實際上內心虛怯」。

12 **外殼** ㄨㄞˋ ㄎㄜˊ 動物或物體之外部堅硬的表皮。例地球的外殼。

外甥 ㄨㄞˋ ㄕㄥ 姊妹所生的孩子。

參考 ①衍外甥女。②「甥」字的「生」在左旁，不可作「⿰男生」。

外景 ㄨㄞˋ ㄐㄧㄥˇ 室外的景物；一般多指電視、電影或繪畫等，到戶外拍攝或取材的景物。

外遇 ㄨㄞˋ ㄩˋ 指已婚男女卻又另在外面和情人交結，產生不正常的超友誼關係。

13 **外號** ㄨㄞˋ ㄏㄠˋ 即綽號，依人的性情或特徵，所賦予的別名。

外匯 ㄨㄞˋ ㄏㄨㄟˋ 經由本國匯往國外的款項，所支付的工具，包括現金、支票、匯票等。

參考 衍外匯匯率、外匯管制。

外債 ㄨㄞˋ ㄓㄞˋ 政府向外國所借貸的債款，包括政府在海外發行的公債，以及借自外國政府、金融機構及個人的款項。

14 **外僑** ㄨㄞˋ ㄑㄧㄠˊ 即僑民，外國人民寄居於國內者。

參考 衍外僑居留、外僑居留證、外國人登錄證。

外賓 ㄨㄞˋ ㄅㄧㄣ 從他國前來的賓客。

15 **外銷** ㄨㄞˋ ㄒㄧㄠ 商將本國貨物行銷於國外。

參考 ①衍外銷補貼、外銷沖退稅。②反內銷。

▽見外、方外、員外、世外、除外、海外、例外、格外、內外、天外、郊外、度外、意外、此外、另外、開外、不外、屋外、域外、老外、關外、局外、九霄雲外、古今中外、金玉其外、逍遙法外、喜出望外、置之度外。

常 3

夙

解形  會意；從丮夕。夕，是夜的通稱；丮，是用手操持；所以含天未亮就起身執事，早敬有恪的意思。

音義 ㄙㄨˋ 名①早晨；例夙興夜寐。②姓。形①舊有的；例夙怨難消。②積學而充實的；例夙儒達士。
參考 ①同早，晨。②反夜、夕、晚。③孳宿（夙古文作㑛）、宿、縮。

7 **夙志** ㄙㄨˋ ㄓˋ 平素的志向。
參考 同宿志。

8 **夙昔** ㄙㄨˋ ㄒㄧˊ 往昔，從前。

夙夜 ㄙㄨˋ ㄧㄝˋ ㈠早晚，朝夕。㈡在日未出，夜未盡的時分。
參考 衍夙夜匪懈、夙夜夢寐、夙夜不怠。

夙夜匪懈 ㄙㄨˋ ㄧㄝˋ ㄈㄟˇ ㄒㄧㄝˋ 早晚不敢懈怠。形容工作勤勞。匪：非、不。

9 **夙怨** ㄙㄨˋ ㄩㄢˋ 從前所積結而成的怨怒。

10 **夙興夜寐** ㄙㄨˋ ㄒㄧㄥ ㄧㄝˋ ㄇㄟˋ 早起晚睡。形容勤勞努力，勤奮不懈。興：起床；寐：睡覺。

19 **夙願** ㄙㄨˋ ㄩㄢˋ 平素的心願。
參考 ①同宿願。②衍夙願未遂。

常3 **多** 解形 會意；從緟夕。古祭祀時除了正祭，還有夕祭，相繹無窮，所以會增益爲多的意思。
音義 ㄉㄨㄛ 名姓。形①衆，「少」的相反。②有餘；例兩小時多。③有些；例多數。④幾何；例有多大？⑤不必有（或發生）而加（或發生）出來；例多事之秋。副①常常；例多讀多寫。②表程度好；例準得多。
ㄉㄨㄛˊ 副何等；例多好！
參考 ①同衆。②反少、寡。③孳哆、侈、奓、移、宜、誼。④「多」大都用於積極性的形容詞。如：「大」、「長」、「高」、「遠」、「寬」、「厚」等等。

3 **多才多藝** ㄉㄨㄛ ㄘㄞˊ ㄉㄨㄛ ㄧˋ 形容富於才能和技藝。
參考 亦作「多材多藝」。

4 **多心** ㄉㄨㄛ ㄒㄧㄣ ㈠疑心。例你別多心了，他這話沒有別的惡意。㈡指二心，即多懷異心，反覆無常。

5 **多半** ㄉㄨㄛ ㄅㄢˋ 多於一半，即過半，大多數，大部分。

6 **多如牛毛** ㄉㄨㄛ ㄖㄨˊ ㄋㄧㄡˊ ㄇㄠˊ 形容事物有如牛身上的毛那樣多。形容非常多。
參考 與「恆河沙數」有別：①前者多用於人所厭惡的對象或者是多得不稀奇的對象，往往含有厭惡、鄙夷的感情；後者多用於具體的東西（如「星星」、「詞語」等），不含這樣的感情。

多多益善 ㄉㄨㄛ ㄉㄨㄛ ㄧˋ ㄕㄢˋ 越多越好。

8 **多事之秋** ㄉㄨㄛ ㄕˋ ㄓ ㄑㄧㄡ 不安定，國家多難的時候。

10 **多神教** ㄉㄨㄛ ㄕㄣˊ ㄐㄧㄠˋ 宗信奉不止一個神的宗教。如古代猶太教、印度教即是。
參考 反一神教。

11 **多情** ㄉㄨㄛ ㄑㄧㄥˊ 富於情感。

多彩多姿 ㄉㄨㄛ ㄘㄞˇ ㄉㄨㄛ ㄗ 形容生活富於情趣而多變化。

12 **多媒體** ㄉㄨㄛ ㄇㄟˊ ㄊㄧˇ 藝將各種不同物質媒體（中介物）組合在一起來表達事件；即混合使用能傳達藝術、商業或教育的多功能素材，以達成綜合性的藝術表現。

13 **多瑙河** ㄉㄨㄛ ㄋㄠˇ ㄏㄜˊ 地河名，歐洲第二大河，發源於德國巴伐利亞山區的黑林山，流經奧、捷、匈、南、羅、保等國，注入黑海，全長一、七五〇哩。

多愁善感 ㄉㄨㄛ ㄔㄡˊ ㄕㄢˋ ㄍㄢˇ 形容人的感情豐富而敏感。
參考 與「多情善感」有別：前者偏重在「多愁」—形容易發愁或老是發愁；後者偏重在「多情」—形容感情豐富容易感動。

15 **多餘** ㄉㄨㄛ ㄩˊ ㈠剩下的。㈡不必要的。例你這種做法是多餘的。

19 **多難興邦** ㄉㄨㄛ ㄋㄢˋ ㄒㄧㄥ ㄅㄤ 國家多難，上下戒懼，會促使內部團結，發憤圖強，反能使國家進步和強盛。

▽許多、太多、衆多、過多、幾多、繁多、加多、增多、差不多、特別多、夜長夢多、積少成多。

常5 **夜** 解形 形聲；從夕，亦省聲。亦有隱藏的意思，所以天黑休息時分爲夜。
音義 ㄧㄝˋ 名①自日落至日出前的一段時間；例中秋夜。②姓。

參考 ①同晚，宵。②反晝、日。

3 **夜叉** ㄧㄝˋ ㄔㄚ 外梵語，是一種會傷害人的鬼。俗稱相貌醜陋的人。

參考 ①又作「藥叉」、「闍叉」。②衍夜叉羅刹。

4 **夜分** ㄧㄝˋ ㄈㄣ 夜半的時候。

5 **夜以繼日** ㄧㄝˋ ㄧˇ ㄐㄧˋ ㄖˋ 比喻人工作勤奮不倦，入夜以後仍然繼續做工。

參考 與「通宵達旦」有別：①後者的「通宵」表示「整夜」；前者的「夜」未必是「整夜」。所以當强調「整夜操勞，一直做到天亮」的意思時，只宜用後者；而當籠統地表示「日夜不停」的意思時，大多用前者。

8 **夜盲症** ㄧㄝˋ ㄇㄤˊ ㄓㄥˋ 醫病名。薄暮或光線不足時，不能看見事物的病；多由營養中缺乏維他命A而起。

夜長夢多 ㄧㄝˋ ㄔㄤˊ ㄇㄥˋ ㄉㄨㄛ 比喻經過時間過長，情況可能發生不利變化。

參考 本詞偏重不利的變化方向。

9 **夜郎自大** ㄧㄝˋ ㄌㄤˊ ㄗˋ ㄉㄚˋ 夜郎是漢朝時西南方的一個小國，自以為土地廣大，是個大國。後喻見識短小，眼光如豆，不知世事，而又妄自尊大的人物。

參考 與「妄自尊大」、「狂妄自大」有別：前者含有「坐井觀天」的意思，是後二者所沒有的；後二者有「虛妄」的意思，是前者所沒有的。

11 **夜晚** ㄧㄝˋ ㄨㄢˇ 深夜，晚上。

17 **夜闌** ㄧㄝˋ ㄌㄢˊ 深夜，夜深，半夜。例夜闌人靜。

夜闌人靜 ㄧㄝˋ ㄌㄢˊ ㄖㄣˊ ㄐㄧㄥˋ 夜已深沈人已靜寂，用以比喻深夜。亦作「夜深人靜」。

夜總會 ㄧㄝˋ ㄗㄨㄥˇ ㄏㄨㄟˋ 在大都會裡，一種有藝人表演，兼供餐飲，而只在夜晚營業的娛樂場所。

▽中夜、日夜、半夜、子夜、午夜、終夜、連夜、月夜、寒夜、徹夜、夙夜、入夜、晝夜、長夜、前夜、犯夜、卜晝卜夜、不分晝夜、洞房花燭夜。

常 8 夠

解形 形聲；從多，句聲。足多為夠。

音義 ㄍㄡˋ 動①到達；例夠資格。形①足夠的；例這根繩子夠長了。②達到相當的程度；例夠甜。副厭煩；例這齣戲我眞聽夠了。

參考 ①同足。②字或作「够」。有些形聲字可以調換形符與聲符的位置，其意思仍然相同，如：群→羣，略→畧，鵝→鵞；但有些字卻不可以，如將旰（ㄍㄢˋ）寫成旱（ㄏㄢˋ），則意思完全不同了。

5 **夠本** ㄍㄡˋ ㄅㄣˇ ㈠賣價與原價相當。㈡划算、合算。本：商品的進價。

8 **夠朋友** ㄍㄡˋ ㄆㄥˊ ㄧㄡˇ 能做到朋友之間的義氣。

常 11 夥

解形  形聲；從多，果聲。眾多為夥。

音義 ㄏㄨㄛˇ 名①眾人結伴；例結夥搶劫。②朋友的暱稱；例大夥。③商店中雇用的人；例夥計。④一羣，通「火」，古兵制十人為「火」（夥），引申人之一羣為一火（夥）。動聯合；例夥同一氣。形眾多的。

參考 ①同伴，多。②反少、寡。

4 **夥友** ㄏㄨㄛˇ ㄧㄡˇ 猶夥伴。

7 **夥伴** ㄏㄨㄛˇ ㄅㄢˋ ㈠一起行動的同伴。例他們都是我從前並肩作戰的老夥伴。㈡合夥做事或合資營業的人。

9 **夥計** ㄏㄨㄛˇ ㄐㄧˋ ㈠舊稱商店的員工或大戶人家幫傭的長工。㈡對夥伴的親暱稱呼。又作「伙計」。

常 11 夢

解形  形聲；從夕，瞢省聲。瞢是眼睛看不清楚，所以睡眠時模糊不明的景象為夢。

音義 ㄇㄥˋ 名①睡眠時，腦波受到內外刺激，所引起的思維活動或幻覺影象；例美夢。②幻想；例幻夢。③姓。動作夢；例莊周夢蝶。形不明的；例夢夢。

參考 ①反醒。②俗作「梦」。

4 **夢幻** ㄇㄥˋ ㄏㄨㄢˋ 夢中虛幻的景

象，比喻空虛不實。例夢幻泡影。

13 **夢想** ㄇㄥˋ ㄒㄧㄤˇ ㈠表示渴望。例她從小就夢想成爲音樂家。㈡妄想，空想。

參考「夢想」、「空想」、「幻想」、「理想」四詞，都指對尚未存在的事物的想像或希望，差別在於著重點不同：「空想」重在不切合實際。「幻想」指脫離實際而虛構的想像。「理想」是著重在依據事理的推想，在一定條件下，是可以實現的。

14 **夢熊之喜** ㄇㄥˋ ㄒㄩㄥˊ ㄓ ㄒㄧˇ 祝賀人家生了兒子的套語。

16 **夢遺** ㄇㄥˋ ㄧˊ 夢中自然遺精的現象。

22 **夢囈** ㄇㄥˋ ㄧˋ ㈠即說夢話。亦作「囈語」。㈡比喻荒誕而不可能實現的話語。

24 **夢魘** ㄇㄥˋ ㄧㄢˇ 睡眠時，因夢生驚而喊叫，或覺得有什麼東西壓制在身上，不能動彈。

▽惡夢、好夢、殘夢、噩夢、作夢、幻夢、美夢、迷夢、春夢、蝴蝶夢、邯鄲夢、揚州夢、黃粱夢、白日夢、重溫舊夢、人生如夢、一場春夢、同床異夢、癡人說夢、黃粱一夢。

常 11 **夤** 形解 形聲；從夕，寅聲。寅有恭敬的意思，所以恭敬自惕爲夤。

音義 ㄧㄣˊ 名夾脊肉，通「胂」。動攀附；例夤緣。形深沈的；例夤夜。副敬惕。

參考①同深。②字或作「殥」。

15 **夤緣** ㄧㄣˊ ㄩㄢˊ ㈠連接。㈡攀附權貴，達到升官的目的。

【大部】 ㄉㄚˋ

常 0 **大** 形解 象形；象人正立，伸腿張手形。

音義 ㄉㄚˋ 名①與「小」相對；例「小固不可以敵大」。②姓。動誇張；例自大。形①輩分最長的；例大伯。②敬詞；例大作。③再；例大前年。④面積廣闊，體積高厚，事情重要，歲數較多，都叫「大」；例大陸。⑤非凡的；例立志做大事。⑥多；例無大錢財。⑦強烈的；例大風大浪。⑧盛偉的；例大哉孔子。

ㄉㄞˋ 名醫生；例大夫。

ㄊㄞˋ 形偉大的，通「太」；例大子。

參考①同巨，碩。②反小、渺、微。③孳太、汰、盉、蓋、嗑、溘、闔、豔、饁、泰、達、闥。④「大」古通「太」、「泰」。

2 **大力** ㄉㄚˋ ㄌㄧˋ 出最大的力量。例政府大力提倡動儉建軍，生產報國運動。

參考與「大舉」「大肆」三者都是副詞，指力大量多。「大力」多用於發展、推廣、支援、貫徹、扶植、宣揚等方面。「大舉」是大規模的行動，常用在進攻、反攻、進犯等軍事行動方面；如：盟軍大舉襲擊日軍。「大肆」是放肆、放縱、任意妄爲的意思，常用於誣蔑、攻擊、歪曲、屠殺等方面，是貶義詞；如：他大肆地誣蔑政府。

大人 ㄉㄚˋ ㄖㄣˊ ㈠有品德而偉大的人物。㈡對長輩的尊稱。例父親大人。㈢成年人，年齡較長的人。㈣古代對高級官員的稱謂。例啓稟大人。

大人物 ㄉㄚˋ ㄖㄣˊ ㄨˋ 有名望勢力或有功績的人。

參考反小人物。

大刀闊斧 ㄉㄚˋ ㄉㄠ ㄎㄨㄛˋ ㄈㄨˇ ㈠比喻辦事有魄力，行動果斷，而不畏艱難。例他從事大刀闊斧的改革。㈡比喻辦事從大處著手。

參考反畏首畏尾。

3 **大凡** ㄉㄚˋ ㄈㄢˊ 發語詞，包括一切。

參考同大抵、凡是。

大丈夫 ㄉㄚˋ ㄓㄤˋ ㄈㄨ 有志氣而勇敢剛毅的男子。

大才小用 ㄉㄚˋ ㄘㄞˊ ㄒㄧㄠˇ ㄩㄥˋ 比喻才能大而用在卑微不重要的職務上，不能夠施展抱負和才華。又作「大器小用」。

參考反小才大用。

4 **大夫** ㄉㄚˋ ㄈㄨ ㈠古官名，歷代沿用，位在卿之下，士之上。

㈡稱醫生爲大夫。

參考 又音ㄉㄞˋ ㄈㄨ。

大戶 ㄉㄚˋ ㄏㄨˋ 世家大族或富有的人家。例大戶人家。

大方 ㄉㄚˋ ㄈㄤ ㈠有名氣的大家。例貽笑大方。㈡不吝嗇、不小氣。例他花錢很大方。㈢態度從容自然而不拘束。例舉止大方。

參考 ①與「慷慨」都有豪爽、不吝惜的意思，前者專指用錢方面，後者範圍較廣，還包括個性、氣度等方面。②反吝嗇、小氣。

大月 ㄉㄚˋ ㄩㄝˋ ㈠陽曆中每月有三十一日的月分。㈡陰曆中每月有三十日的月分。

大月支 ㄉㄚˋ ㄖㄡˋ ㄓ 史漢代西域國名，本居敦煌、祁連間，在今甘肅中部西境和青海東部境內。

參考 ①參閱「月氏」條。②「氏」不可讀成ㄕˋ。

大手筆 ㄉㄚˋ ㄕㄡˇ ㄅㄧˇ ㈠宏篇鉅製的大著作。㈡出手大方，揮霍錢財的人。㈢創辦大規模事業。

大公無私 ㄉㄚˋ ㄍㄨㄥ ㄨˊ ㄙ 大公至正，毫不偏私。

參考 反循私舞弊。

5 **大半** ㄉㄚˋ ㄅㄢˋ ㈠過半數。㈡大概。例這件事大半是眞的。

參考 同大多。

大功 ㄉㄚˋ ㄍㄨㄥ ㈠五服之一，指爲期九個月的喪服。㈡獎勵的一種方式。例記大功一次。㈢功勞很大。例立下大功。

大功告成 ㄉㄚˋ ㄍㄨㄥ ㄍㄠˋ ㄔㄥˊ 形容一件偉大的功業歷盡艱辛終於完成了。

大白 ㄉㄚˋ ㄅㄛˊ ㈠「酒杯」的別名。㈡事情的眞相已經完全明白。例眞相大白。 ㄉㄚˋ ㄅㄞˊ 塗料名，較土粉子還白，可作塗牆壁之用。

參考 白有ㄅㄞˊ、ㄅㄛˊ二音，可互用。

大本營 ㄉㄚˋ ㄅㄣˇ ㄧㄥˊ ㈠戰爭時最高統帥指揮作戰的地方。㈡比喻一切事務的總策動機關。例這地方成了歹徒作案的大本營。㈢人口或事物聚集的地方。例亞洲是黃種人的大本營。

大失所望 ㄉㄚˋ ㄕ ㄙㄨㄛˇ ㄨㄤˋ 非常失望。

6 **大名** ㄉㄚˋ ㄇㄧㄥˊ ㈠敬問人家的名字。例尊姓大名。㈡盛大的名聲。例鼎鼎大名。

大名鼎鼎 ㄉㄚˋ ㄇㄧㄥˊ ㄉㄧㄥˇ ㄉㄧㄥˇ 形容名聲盛大。鼎鼎：盛大的樣子。

參考 ①反藉藉無名。②與「赫赫有名」有別：後者應用範圍較廣，它適用的對象可以是人，也可以是事物；既可是具體的，又可是抽象的。但前者一般只用於人，偶而用於事物，不能用於抽象的概念。

大同 ㄉㄚˋ ㄊㄨㄥˊ ㈠以天下爲公，並具有最合理完善的政治、經濟、社會制度，人人可享有最安樂生活的盛世。例世界大同。㈡大致相同。

大同小異 ㄉㄚˋ ㄊㄨㄥˊ ㄒㄧㄠˇ ㄧˋ 大致相同，相差不遠。

參考 反迥然不同。

大有可爲 ㄉㄚˋ ㄧㄡˇ ㄎㄜˇ ㄨㄟˊ 形容很有發展的潛能及希望。例你的前途大有可爲。

參考 反一籌莫展。

大地 ㄉㄚˋ ㄉㄧˋ 整個地面。例夕陽染紅了整個大地。

大年夜 ㄉㄚˋ ㄋㄧㄢˊ ㄧㄝˋ 即「除夕夜」，是指在陰曆十二月的最後一日的夜晚。

大西洋 ㄉㄚˋ ㄒㄧ ㄧㄤˊ 地五大洋之一，在美洲之東，歐洲、非洲之西，北通北極海，南接南極洲，面積八一、五八五、〇〇〇平方公里。

大西洋憲章 ㄉㄚˋ ㄒㄧ ㄧㄤˊ ㄒㄧㄢˋ ㄓㄤ 史西元一九四一年八月十四日，羅斯福與邱吉爾所發表的共同宣言，宣稱維護人類的四大自由—言論、信仰、免於貧困、免於恐懼的自由，並包含英美之戰爭目的和戰後世界各問題的處理等，全文共八項，因其發表於大西洋上某軍艦，故稱。

7 **大阪** ㄉㄚˋ ㄅㄢˇ 地在日本本洲島大阪灣東北岸，是日本關西地方工商業中心和第二大都市，人口八〇〇萬。又作「大坂」。

大局 ㄉㄚˋ ㄐㄩˊ 原指圍棋盤面的

大體形勢，引申為：㈠事情的全部局勢。例顧全大局。㈡國家或世界的局勢。

參考 同大勢。

大作 ㄉㄚˋ ㄗㄨㄛˋ ㈠尊稱別人的著作；或稱「大著」。例請賜大作。㈡劇烈地興起。例狂風大作。㈢流行。例時疫大作。

參考 反拙作。

大冶 ㄉㄚˋ ㄧㄝˇ ㈠地湖北縣名之一，在武昌縣東南。㈡鑄鐵。

大快朵頤 ㄉㄚˋ ㄎㄨㄞˋ ㄉㄨㄛˇ ㄧˊ 比喻享受美味而大吃一頓的愉快樣子。頤：面頰。朵頤：蠕動著腮頰，想吃東西的樣子。

大言不慚 ㄉㄚˋ ㄧㄢˊ ㄅㄨˋ ㄘㄢˊ 說話不合事實而誇大妄言；比喻不知羞恥。

大吹大擂 ㄉㄚˋ ㄔㄨㄟ ㄉㄚˋ ㄌㄟˊ ㈠大吹喇叭，大打擂鼓，引申為熱鬧非凡。擂：敲打。㈡比喻言辭誇張不實，毫無根據。俗稱「吹牛皮」。

大男人主義 ㄉㄚˋ ㄋㄢˊ ㄖㄣˊ ㄓㄨˇ ㄧˋ 一種男性不理性的心態或行為，過度的以自我為中心，而不尊重女性的權利和尊嚴。

8 **大事** ㄉㄚˋ ㄕˋ ㈠重大的事件。例婚姻大事。㈡遭逢父母的喪事為「當大事」。

大宗 ㄉㄚˋ ㄗㄨㄥ ㈠大批物品。例香蕉是臺灣農產品出口大宗。㈡世家大族。

大使 ㄉㄚˋ ㄕˇ 駐在外國的頭等公使，代表國家及元首。

大放異彩 ㄉㄚˋ ㄈㄤˋ ㄧˋ ㄘㄞˇ 放出非常特異的光彩。比喻非常獨特超羣。例他的作品在比賽中大放異彩。

大放厥辭 ㄉㄚˋ ㄈㄤˋ ㄐㄩㄝˊ ㄘˊ 儘量地發表他的言論。厥：他的。

9 **大度** ㄉㄚˋ ㄉㄨˋ 寬廣的度量。例豁達大度。

大限 ㄉㄚˋ ㄒㄧㄢˋ ㈠即死期。㈡最後期限。例香港大限。

大食 ㄉㄚˋ ㄕˊ 史古國名，即「阿拉伯帝國」，為回教教祖穆罕默德所建，強盛時統有亞洲西部、非洲北部和歐洲西部。

大計 ㄉㄚˋ ㄐㄧˋ ㈠大的計劃。例國家大計。㈡舊時考核官吏的成績稱大計。

大約 ㄉㄚˋ ㄩㄝ 約略之辭，即大概、大致，差不多。例大約一盞茶的工夫。

參考 與「大概」「大略」都指對事情不完全肯定的估計：「大約」多用於對數量的估計。「大概」多指對情況的估計，如：你所說的話，我大概明瞭。「大略」指事物的基本情況，或事物的大部分，也可以表示大致、不詳細的意思。如：這件事我只要知道一點大略就夠了。

大前提 ㄉㄚˋ ㄑㄧㄢˊ ㄊㄧˊ 指所討論問題的基本原則或重要條件的事項。

大相逕庭 ㄉㄚˋ ㄒㄧㄤ ㄐㄧㄥˋ ㄊㄧㄥˊ 相距十分懸殊。逕：指門外；庭：指堂外。逕庭：是指相距遙遠。

大紅大紫 ㄉㄚˋ ㄏㄨㄥˊ ㄉㄚˋ ㄗˇ 比喻富貴顯赫，正在得勢。例他現在已是大紅大紫的要人了。

10 **大恚** ㄉㄚˋ ㄏㄨㄟˋ 大怒。恚：發怒。

大師 ㄉㄚˋ ㄕ ㈠尊稱學問、藝術造詣很高而有權威的人物。例國學大師。㈡宗尊稱道行高的和尚。

大致 ㄉㄚˋ ㄓˋ ㈠事情的概要。㈡大約。例大致如此，不能肯定。

參考 同大概、大要。

大家 ㄉㄚˋ ㄐㄧㄚ ㈠世家大族。㈡尊稱有專門學問的人。例唐宋古文八大家。㈢眾人。例我們大家齊努力。

ㄉㄚˋ ㄍㄨ 對女子的尊稱。例漢曹世叔之妻班昭，人稱曹大家。

參考 「大家」一詞有二種用法：㈠某人或某些人跟「大家」對舉的時候，這人或這些人不在「大家」的範圍之內。例我報告大家一個好消息。㈡「大家」常常放在「你們」、「我們」、「他們」、「咱們」後面做複指成分。例明天我們大家開個會談一談。

大家閨秀 ㄉㄚˋ ㄐㄧㄚ ㄍㄨㄟ ㄒㄧㄡˋ 生長在大戶人家而有教養的未婚女子。閨：女子的臥室。又作「名門閨秀」。

大海 ㄉㄚˋ ㄏㄞˇ ㈠俗稱大碗或大酒杯為大海。㈡大海洋。例石沈大海。

大海撈針 ㄉㄚˋ ㄏㄞˇ ㄌㄠ ㄓㄣ 是說尋得的機會非常微小。比喻事情成功機會渺茫，將會徒勞無功。

大氣層 ㄉㄚˋ ㄑㄧˋ ㄘㄥˊ 天包圍地球的空氣層，距離地球約一千餘公里，通常用溫度作爲分層的標準。由多種成分混合組成，主要成分是氮和氧，大氣隨著高度的增加而逐漸稀薄。

大氣污染 ㄉㄚˋ ㄑㄧˋ ㄨ ㄖㄢˇ 空氣受到工廠、機動車輛等排放出的有害物質的污染。

大展宏圖 ㄉㄚˋ ㄓㄢˇ ㄏㄨㄥˊ ㄊㄨˊ 廣大地發展宏遠的事業和前途，常用來慶賀他人開業的祝辭。

大逆不道 ㄉㄚˋ ㄋㄧˋ ㄅㄨˋ ㄉㄠˋ 比喻罪大惡極。大逆：舊時指違逆君主或父母的罪責。

大庭廣衆 ㄉㄚˋ ㄊㄧㄥˊ ㄍㄨㄤˇ ㄓㄨㄥˋ 形容人多而公開的場所。

參考 與「衆目睽睽」都有人多公開的意思，前者用於形容公開的場所，後者指人多而受注視。

11 **大副** ㄉㄚˋ ㄈㄨˋ 在船上掌管駕駛及貨物裝運，船舶事務管理等職務的人，其地位僅次於船長。

大略 ㄉㄚˋ ㄌㄩㄝˋ (一)大概，大要。(二)大約。例我大略地估計一下。(三)大的謀略。例雄才大略。

參考 參閱「大約」條。

大赦 ㄉㄚˋ ㄕㄜˋ 法國家遇有重大慶典或新元首即位，由元首發佈命令，赦免若干罪犯或予以減刑。

大麻 ㄉㄚˋ ㄇㄚˊ 植一年生草本，葉對生爲掌狀，深裂，花單性，雌雄異株，莖高七、八尺，皮部的纖維可織成夏布，子可榨油。

大衆 ㄉㄚˋ ㄓㄨㄥˋ 大多數的人。例服務大衆。

參考 同人羣。

大衆化 ㄉㄚˋ ㄓㄨㄥˋ ㄏㄨㄚˋ 以一般羣衆爲對象，普遍而不艱深。

參考 同普遍化。

大衆傳播 ㄉㄚˋ ㄓㄨㄥˋ ㄔㄨㄢˊ ㄅㄛ 經過專業化的人員，透過報紙、廣播、電視、電影等，對大衆傳遞消息、知識的過程。

大陸 ㄉㄚˋ ㄌㄨˋ (一)地地表寬廣的陸塊，係對「海岸」而言；又稱「洲」。如：歐亞非三洲稱舊大陸，美洲稱新大陸。(二)專指中國大陸。例反攻大陸，收復失土。

大陸性氣候 ㄉㄚˋ ㄌㄨˋ ㄒㄧㄥˋ ㄑㄧˋ ㄏㄡˋ 地大陸的內部受海洋影響較小的地區，空氣乾燥，散熱快，因此氣溫和雨量的季節對比非常顯著。一般而言，夏熱冬寒，雨量集中於夏季。

大部分 ㄉㄚˋ ㄅㄨˋ ㄈㄣˋ 超過一半的部分。

大動脈 ㄉㄚˋ ㄉㄨㄥˋ ㄇㄛˋ 生理上指粗大的動脈管，自心臟左心房歧出，把血中的氧氣和滋養料，輸送到全身各部的組織器官。

大處著眼 ㄉㄚˋ ㄔㄨˋ ㄓㄨㄛˊ ㄧㄢˇ 從大的地方設想，著手去做。例我們做事應大處著眼，小處著手。

參考 同大處落墨。

大張旗鼓 ㄉㄚˋ ㄓㄤ ㄑㄧˊ ㄍㄨˇ 比喻聲勢和規模很大。張：展開。例競選活動正大張旗鼓的展開。

參考 與「雷厲風行」都有聲勢很猛、很大的意思，前者多用於形容聲勢或規模很大，後者除了形容聲勢猛外，並指辦事嚴格、迅速。如：他一上任，就雷厲風行地推行各種改革政策。

12 **大暑** ㄉㄚˋ ㄕㄨˇ (一)極熱的天氣。(二)二十四節氣名，在陽曆七月二十三日或二十四日。

大雅 ㄉㄚˋ ㄧㄚˇ (一)詩經二雅之一，對「小雅」而言，共收詩三十一篇，爲雅正的樂歌。(二)大方文雅，學人喜用此相稱。例大雅君子。

大寒 ㄉㄚˋ ㄏㄢˊ (一)形容非常寒冷。(二)二十四節氣名，在陽曆一月二十日或二十一日。

大帽子 ㄉㄚˋ ㄇㄠˋ ˙ㄗ 比喻權勢或地位高的人或事。例你不要拿大帽子壓我。

大循環 ㄉㄚˋ ㄒㄩㄣˊ ㄏㄨㄢˊ 生在生理上指血液在全身中的循環，由大動脈從心臟左邊起，運入身體各部組織，分給養料，再從大靜脈經由心臟右邊運回心臟。又稱「體循環」。

大惑不解 ㄉㄚˋ ㄏㄨㄛˋ ㄅㄨˋ ㄐㄧㄝˇ 比喻非常疑惑不能理解。

大發雷霆 ㄉㄚˋ ㄈㄚ ㄌㄟˊ ㄊㄧㄥˊ 形容生氣盛怒的樣子。霆：既大又快的雷聲。

參考 ①同勃然大怒。②與「暴跳如雷」都有發怒火爆的意思，但後者使用的範圍較廣，也可形容著急的樣子。如：他急得暴跳如雷。

大無畏精神 ㄉㄚˋ ㄨˊ ㄨㄟˋ 敢於奮鬥，不怕任何困難危險。

13 **大廈** ㄉㄚˋ ㄒㄧㄚˋ 高大的樓房。例高樓大廈。

大概 ㄉㄚˋ ㄍㄞˋ ㈠約略之辭，大約、大略。例現在大概是七點鐘吧！㈡可能。例他大概會來吧！

參考 參閱「大約」條。

大腦 ㄉㄚˋ ㄋㄠˇ 生中樞神經系統的一部分，佔全腦八分之七，形如卵圓形，為專司思想、記憶、判斷等主要器官。

大意 ㄉㄚˋ ㄧˋ ㈠大略。例全文大意。㈡忽略而不注意。例粗心大意。

參考 ①同大旨。②衍大意失荆州。

大勢 ㄉㄚˋ ㄕˋ 事情的大致狀況。

大腸 ㄉㄚˋ ㄔㄤˊ 生腸子的下部，上接小腸，下接肛門，主要作用是吸收水分，收容食物的殘滓而加以排出體外。

大道 ㄉㄚˋ ㄉㄠˋ ㈠大公無私的正道。通常指儒家理想的治國之道。例大道之行也，天下為公。㈡大路。例康莊大道。

大腹便便 ㄉㄚˋ ㄈㄨˋ ㄆㄢˊ ㄆㄢˊ ㈠形容孕婦行動不便的樣子。㈡形容腹部肥大的胖子。

大義滅親 ㄉㄚˋ ㄧˋ ㄇㄧㄝˋ ㄑㄧㄣ 因道義之所在，就是自己的骨肉親人，為之犧牲了也毫不吝惜。

大搖大擺 ㄉㄚˋ ㄧㄠˊ ㄉㄚˋ ㄅㄞˇ ㈠晃動不穩定的樣子。㈡形容得意洋洋的樣子。例你看那闊老，正大搖大擺的走進來。㈡態度坦然的樣子。

14 **大腿** ㄉㄚˋ ㄊㄨㄟˇ 腿的膝蓋以上的部分。

參考 衍大腿骨。

大綱 ㄉㄚˋ ㄍㄤ ㈠事物的要領或綱要。㈡倫理綱常。

15 **大篆** ㄉㄚˋ ㄓㄨㄢˋ 中國字體的一種，周宣王時太史籀所創。又稱「籀文」。

大駕 ㄉㄚˋ ㄐㄧㄚˋ ㈠古代天子所乘坐的車輛，又作天子的代稱。㈡對別人的敬稱。例恭候大駕。

大模大樣 ㄉㄚˋ ㄇㄛˊ ㄉㄚˋ ㄧㄤˋ ㈠形容傲慢自大的樣子。㈡態度坦然的樣子。

參考 同大搖大擺。

16 **大儒** ㄉㄚˋ ㄖㄨˊ 道德學問修養極高的人。

大氅 ㄉㄚˋ ㄔㄤˇ 即「大衣」。氅：用羽毛製成的外衣。例身穿皮大氅。

大學 ㄉㄚˋ ㄒㄩㄝˊ ㈠教國家最高學府，分為文、理、法、商、農、工、醫等學院，招收高級中學畢業生，修業四年（醫學院七年），畢業後授予學士學位。㈡教古代成人接受教育的學府，或稱太學。㈢禮記篇名之一，宋代與中庸、論語、孟子合為四書。

大興土木 ㄉㄚˋ ㄒㄧㄥ ㄊㄨˇ ㄇㄨˋ 積極地從事建築營造的工程。

大器晚成 ㄉㄚˋ ㄑㄧˋ ㄨㄢˇ ㄔㄥˊ ㈠偉大的才能不是急遽間所能成就的。㈡比喻人老了才建立事業或有可觀的成就。

大靜脈 ㄉㄚˋ ㄐㄧㄥˋ ㄇㄛˋ 生生理上指粗大的靜脈管，分上、下二條，輸送碳酸氣及各種廢物所成的汚血入於心臟，使之淨化。

17 **大殮** ㄉㄚˋ ㄌㄧㄢˋ 將死者放入棺材內。又作「大斂」。

大舉 ㄉㄚˋ ㄐㄩˇ 大規模的行動。例大舉入侵。

參考 參閱「大力」條。

大聲疾呼 ㄉㄚˋ ㄕㄥ ㄐㄧˊ ㄏㄨ ㈠危險時求救，大聲叫喊。㈡為了正義而呼號，使人覺悟。例他四處大聲疾呼，勸人向善。

18 **大雜燴** ㄉㄚˋ ㄗㄚˊ ㄏㄨㄟˋ 把許多種菜餚混合在一起煮出來的菜。燴：許多菜餚混合在一起燒煮。

大謬不然 ㄉㄚˋ ㄇㄧㄡˋ ㄅㄨˋ ㄖㄢˊ 錯誤太大，與事實相差極遠。

19 **大難臨頭** ㄉㄚˋ ㄋㄢˋ ㄌㄧㄣˊ ㄊㄡˊ 比喻重大的災難將要降臨。
[參考] [同]與「死到臨頭」有別：在程度上後者較前者更嚴重。如：死到臨頭你還不覺悟！

23 **大體** ㄉㄚˋ ㄊㄧˇ ㈠大部的事體。[例]大體來說，這事還算順利。㈡大的形體。
[參考] ①[同]大概、大略。②[反]小體。

大驚小怪 ㄉㄚˋ ㄐㄧㄥ ㄒㄧㄠˇ ㄍㄨㄞˋ 爲了些許的小事而過於慌張驚恐。

25 **大觀** ㄉㄚˋ ㄍㄨㄢ 形容事物既豐富又多采。[例]洋洋大觀。

▽巨大、宏大、偉大、擴大、博大、遠大、強大、肥大、龐大、廣大、誇大、壯大、自大、高大、長大、火大、張大、頭大、加拿大、工程浩大、自高自大、因小失大、妄自尊大、狂妄自大、夜郎自大、神通廣大、貪小失大、發揚光大、海上無魚蝦自大。

(常) 1 # 天

[解][形]  指事；大，象人四肢伸張形，用「一」指人頭以上的部位─天。

[音義] ㄊㄧㄢ [名]①地球周圍的太空；[例]天空。②宇宙萬物的主宰；[例]天佑下民。③自然，非人力所及；[例]天然。④地球自轉一周，所需一晝夜的時間；[例]一天。⑤節候；[例]春天。⑥凡所仰賴而不可或缺的事物；[例]民以食爲天。⑦[宗]宗教中至善至美的地方；[例]福地洞天。⑧姓。[形]出於自然的；[例]天災。
[參考] ①「天」與「夫」字形不同處，爲「天」平頭，而「夫」則出頭。②[反]地。③[孳]吞、忝、添。

2 **天人** ㄊㄧㄢ ㄖㄣˊ ㈠指「天道」和「人道」；「自然」和「人爲」。[例]天人感應。㈡比喻貌美或才高。[例]驚爲天人。

3 **天才** ㄊㄧㄢ ㄘㄞˊ ㈠不待教化而天生具有的才能。㈡形容人的智商稟賦超越常人。

天干 ㄊㄧㄢ ㄍㄢ 古代用以記時或表次序的一個符號，也叫做「十干」：甲、乙、丙、丁、戊、己、庚、辛、壬、癸；和十二地支配合以計算時日。參閱「干支」條。

天工 ㄊㄧㄢ ㄍㄨㄥ 出於上天的功能，不是人力所能完成的。比喻技藝的巧妙。[例]巧奪天工。
[參考] [同]天功。

天子 ㄊㄧㄢ ㄗˇ 舊稱統治全國的君王。

天下 ㄊㄧㄢ ㄒㄧㄚˋ ㈠泛指世界。[例]天下一家。㈡中國古來自稱全國爲天下。

天下爲公 ㄊㄧㄢ ㄒㄧㄚˋ ㄨㄟˊ ㄍㄨㄥ 天下是大家的，爲大家所公有、公治、公享，不是某一家、某一姓所私有。

4 **天父** ㄊㄧㄢ ㄈㄨˋ [宗]基督教徒尊稱上帝。

天分 ㄊㄧㄢ ㄈㄣˋ 上天所賜予的才分，形容一個人的才藝或才能的根基極爲高超。

天井 ㄊㄧㄢ ㄐㄧㄥˇ ㈠四方高而中央低的地方。㈡庭前或室外的院落，即今院子。㈢同「藻井」，即天花板。

天文 ㄊㄧㄢ ㄨㄣˊ [天]泛指有關日月星辰的一切現象。
[參考] ①[反]地理。②[衍]天文家、天文學。

天文臺 ㄊㄧㄢ ㄨㄣˊ ㄊㄞˊ [天]從事天體觀測及整理天文學理論研究的場所，具有良好的觀測儀器和設備。

天文數字 ㄊㄧㄢ ㄨㄣˊ ㄕㄨˋ ㄗˋ 天文學上應用的數字經常很大，所以比喻爲極大的數字。[例]如此昂貴的價錢，對我來說簡直是天文數字。

天公 ㄊㄧㄢ ㄍㄨㄥ ㈠即上天。以天擬人，故稱天爲「天公」。想像中的自然界的主宰。㈡天帝的俗稱。

5 **天仙** ㄊㄧㄢ ㄒㄧㄢ ㈠天上的神仙。㈡比喻非常美麗的女子。[例]美若天仙。

天平 ㄊㄧㄢ ㄆㄧㄥˊ 權衡較輕物品的量具。直柱上立橫一桿，兩端各懸一小盤：一盛物品，一置砝碼。

天主 ㄊㄧㄢ ㄓㄨˇ [宗]天主教徒稱呼上帝。

天主教 ㄊㄧㄢ ㄓㄨˇ ㄐㄧㄠˋ [宗]基督教的舊派，奉羅馬教皇爲宗主。又稱「特加力教」(Catholic)。

天生 ㄊㄧㄢ ㄕㄥ 天然生成，沒有人為的成分。

天生麗質 ㄊㄧㄢ ㄕㄥ ㄌㄧˋ ㄓˋ 形容女子天然生成佳麗的容貌和氣質。

6 **天年** ㄊㄧㄢ ㄋㄧㄢˊ ㈠天然的歲數。例終其天年。㈡當年的運數。

天色 ㄊㄧㄢ ㄙㄜˋ ㈠天空的顏色。㈡時候。例天色尚早。㈢天氣。

天地 ㄊㄧㄢ ㄉㄧˋ ㈠天和地。㈡比喻相差非常遠。例他倆相比簡直是天地之差。

參考 同天壤。

天衣無縫 ㄊㄧㄢ ㄧ ㄨˊ ㄈㄥˋ 比喻做事或作詩文非常精巧自然，而毫無斧鑿的痕跡。從前有個名叫郭翰的，因夏夜炎熱，月光皎潔，便到庭院中臥涼，忽然從月空中飄下一女子，自說是天上的織女。仔細察看她的衣裳，並沒有一點針縫兒。郭翰問，她回答說：「天仙衣裳並非針線縫製，當然沒有針縫了。」

7 **天良** ㄊㄧㄢ ㄌㄧㄤˊ 人的良心。例喪盡天良。

天災 ㄊㄧㄢ ㄗㄞ 天然所造成的災害；如：水、旱災、颶風、地震等。又作「天患」。

天災人禍 ㄊㄧㄢ ㄗㄞ ㄖㄣˊ ㄏㄨㄛˋ 天上所降下的災害和人所造成的禍亂。比喻動亂不安。

天作之合 ㄊㄧㄢ ㄗㄨㄛˋ ㄓ ㄏㄜˊ 婚姻之完美有如上天所配合的。多用為新婚祝賀詞。

天助自助 ㄊㄧㄢ ㄓㄨˋ ㄗˋ ㄓㄨˋ 上天專門幫助那些自立自強的人。

參考 與「得道多助」都有自強而得天幫助之意，但後者多用在推行政治上。

8 **天性** ㄊㄧㄢ ㄒㄧㄥˋ 天然生成的本性。例父母愛子女是出於天性。

參考 同本性。

天命 ㄊㄧㄢ ㄇㄧㄥˋ ㈠天地萬物的自然法則。㈡天神所主宰的命運。例盡人事而聽天命。㈢指壽命。例樂安天命。

天河 ㄊㄧㄢ ㄏㄜˊ 天即銀河，夏夜天空聯綿橫亙的星羣。又稱「天漢」。

天使 ㄊㄧㄢ ㄕˇ ㈠舊稱皇帝派遣的使臣。㈡神話中稱天帝的使者，與「安琪兒」同義。

天竺 ㄊㄧㄢ ㄓㄨˊ 地 ㈠印度的古稱。又稱「身毒」、「天晳」。㈡山峯名，在浙江杭縣靈隱山飛來峯南方。

天空 ㄊㄧㄢ ㄎㄨㄥ 日月星辰所羅列的空間，與地面相對。

天花 ㄊㄧㄢ ㄏㄨㄚ ㈠ 醫 傳染病名，重者會致死，輕者變為麻臉，預防法是種牛痘疫苗。㈡雪花。又作「天華」。

天花板 ㄊㄧㄢ ㄏㄨㄚ ㄅㄢˇ 屋內棟樑下面的薄板。又名「承塵」，古時叫做「綺井」。

天花亂墜 ㄊㄧㄢ ㄏㄨㄚ ㄌㄨㄢˋ ㄓㄨㄟˋ ㈡形容言詞巧妙富麗或過於誇張而且動聽，但不切實際。

參考 與「頭頭是道」都有說得動聽的意思，但前者較誇大不實，後者卻具有條理和順序。

天長地久 ㄊㄧㄢ ㄔㄤˊ ㄉㄧˋ ㄐㄧㄡˇ 形容非常的久遠。

參考 同天荒地老。

天昏地暗 ㄊㄧㄢ ㄏㄨㄣ ㄉㄧˋ ㄢˋ ㈠形容天色非常的昏暗。㈡比喻人世間沒有是非而且綱紀紊亂。

參考 同「暗無天日」。

9 **天津** ㄊㄧㄢ ㄐㄧㄣ 地 院轄市，在河北境內，具河港兼海港功能，是津浦鐵路起點，黃河流域貨物的集散地，是北方最大工商港口。

天香國色 ㄊㄧㄢ ㄒㄧㄤ ㄍㄨㄛˊ ㄙㄜˋ 原用以稱譽牡丹花之美妙，後世形容絕色的美女。

參考 同傾國傾城。

天南地北 ㄊㄧㄢ ㄋㄢˊ ㄉㄧˋ ㄅㄟˇ ㈠形容相去遙遠。㈡談話內容廣泛沒有主題，無所不談。例他天南地北的胡扯一通。

天怒人怨 ㄊㄧㄢ ㄋㄨˋ ㄖㄣˊ ㄩㄢˋ 比喻執政者暴虐無道，使天發怒而降下災禍，民怨沸騰。

參考 與「人神共憤」都有做惡而使得天和人共怒的意思，但前者多用於施政上，後者用於做壞事上。

10 **天庭** ㄊㄧㄢ ㄊㄧㄥˊ ㈠即天上。㈡相術家稱人的兩眉之間為天庭。例天庭飽滿。

天倫 ㄊㄧㄢ ㄌㄨㄣˊ ㈠人倫綱常。㈡家庭和樂的情誼。例天倫之樂。㈢天理常道。例合於天倫。

天時 ㄊㄧㄢ ㄕˊ 天象時令所構成的因素。例天時不如地利。

天氣 ㄊㄧㄢ ㄑㄧˋ 在氣象學上指短期間的大氣變化情況，包括氣壓、氣溫、降水、雲、日照、風向與強度、能見度等。

參考 ①與「氣候」有別：前者所指的時間短，後者的時間長，是一時期的平均概況。②與「氣象」有別：氣象是指一切大氣變化的現象，範圍又較「天氣」為廣。

天氣圖 ㄊㄧㄢ ㄑㄧˋ ㄊㄨˊ 廣大區域在一定時期內，用等壓線、等溫線及各種記號表示天氣的概況，依此可知地方氣溫、氣壓之高低、氣團分布、鋒面位置、風向雨量等的報告圖。

天馬行空 ㄊㄧㄢ ㄇㄚˇ ㄒㄧㄥˊ ㄎㄨㄥ ㈠比喻才思豪放飄逸。例蘇東坡的文章有如天馬行空。㈡言行輕浮，不切實際。

天眞 ㄊㄧㄢ ㄓㄣ ㈠毫不做作的天生本性。㈡形容人純潔無邪。例天眞活潑。㈢無知而不通曉人情世故。例你的想法太天眞了。

天眞爛漫 ㄊㄧㄢ ㄓㄣ ㄌㄢˋ ㄇㄢˋ 比喻性情率眞，毫不掩飾，眞實地表現出來。爛漫：坦白光明的樣子。

天荒地老 ㄊㄧㄢ ㄏㄨㄤ ㄉㄧˋ ㄌㄠˇ 形容時間的久遠，多用於愛情的誓約。

參考 同天長地久。

天高氣爽 ㄊㄧㄢ ㄍㄠ ㄑㄧˋ ㄕㄨㄤˇ 形容天氣晴朗而高爽。

參考 同天清氣朗。

天高地厚 ㄊㄧㄢ ㄍㄠ ㄉㄧˋ ㄏㄡˋ ㈠比喻仁德恩惠很高厚。㈡對基本事理的了解。例他眞不知天高地厚，竟敢胡來。

11 **天堂** ㄊㄧㄢ ㄊㄤˊ ㈠〔宗〕人死後靈魂升居極樂的世界。㈡形容生活環境非常優美。例人間天堂。㈢相術家稱人額頭以上的部位為天堂。

參考 同仙境。

天理 ㄊㄧㄢ ㄌㄧˇ 自然公正的道理。例天理昭彰，報應不爽。

天涯 ㄊㄧㄢ ㄧㄚˊ 天邊；比喻極遙遠的地方。例浪跡天涯。

天涯海角 ㄊㄧㄢ ㄧㄚˊ ㄏㄞˇ ㄐㄧㄠˇ 比喻非常遙遠的地方。

天涯若比鄰 ㄊㄧㄢ ㄧㄚˊ ㄖㄨㄛˋ ㄅㄧˋ ㄌㄧㄣˊ 比喻知己者雖然遠在天邊，但由於心神相通，如同比鄰而居。比：相連。

天崩地裂 ㄊㄧㄢ ㄅㄥ ㄉㄧˋ ㄌㄧㄝˋ 形容因天的倒塌，地的破裂，而發出極大的聲音；比喻有巨大的變動。

參考 同天崩地坼。

天造地設 ㄊㄧㄢ ㄗㄠˋ ㄉㄧˋ ㄕㄜˋ ㈠天地所造就設計而成的；比喻非常的理想。例他們是天造地設的一對佳偶。㈡比喻自然所成就的事物。例山嶽之大，天造地設。

12 **天窗** ㄊㄧㄢ ㄔㄨㄤ ㈠從屋頂透光的窗戶。㈡開在高處的窗子。

天然 ㄊㄧㄢ ㄖㄢˊ 即自然，是說不經人為的修飾而生成的。

參考 衍天然力、天然果汁。

天無二日 ㄊㄧㄢ ㄨˊ ㄦˋ ㄖˋ 上天不可能同時有兩個太陽出現；比喻事物不能兩大，一國之中不能同時有兩個君主存在。例天無二日，民無二主。

天無絕人之路 ㄊㄧㄢ ㄨˊ ㄐㄩㄝˊ ㄖㄣˊ ㄓ ㄌㄨˋ 比喻生活的門路很多，決不會使人走投無路而不能謀生。

13 **天資** ㄊㄧㄢ ㄗ 天生具有的資質。

參考 同天賦、天稟。

天誅地滅 ㄊㄧㄢ ㄓㄨ ㄉㄧˋ ㄇㄧㄝˋ 為天地所不容而遭到滅絕，多用於誓言或咒罵人。

參考 同天打雷劈。

天經地義 ㄊㄧㄢ ㄐㄧㄥ ㄉㄧˋ ㄧˋ 比喻極正當而不能更改的道理。

參考 與「理所當然」都有理當如此之意，但前者一般都用在事理、道理等方面。

14 **天塹** ㄊㄧㄢ ㄑㄧㄢˋ ㈠天然的深溝坑塹，比喻地勢的險要。塹：又作壍，指很深的山坑。㈡長江。㈢天然的界限。

參考 與「天險」有別：「天險」範圍比「天塹」所指的大，還包括山河等地形。

天網恢恢 ㄊㄧㄢ ㄨㄤˇ ㄎㄨㄟ ㄎㄨㄟ 比喻犯罪的人，無法逃避國法的制裁。恢恢：形容寬廣的樣子。例天網恢恢，疏而不失。

天淵之別 ㄊㄧㄢ ㄩㄢ ㄓ ㄅㄧㄝˊ 比喻

距離差別很遠。

參考 與「截然不同」都有差別極大，完全不同的意思，但後者界限分明，絕不相同。如：「民主社會和共產社會人民的生活有天淵之別。」又如：「他們兩人一剛一柔的個性截然不同。」

15 **天線** ㄊㄧㄢ ㄒㄧㄢˋ 裝置在空中用以發送或接收電波的金屬線。例電視天線。

天際 ㄊㄧㄢ ㄐㄧˋ 天邊。

參考 同天杪。

天賦 ㄊㄧㄢ ㄈㄨˋ 人生本有的能力和權力。

參考 與「天資」、「天稟」有別：三者皆可指人天生的資質，但「天賦」意義較廣，尚包括與生俱來之權利。例天賦人權。

16 **天險** ㄊㄧㄢ ㄒㄧㄢˇ 天然險要的地方。

參考 同天塹。

天機 ㄊㄧㄢ ㄐㄧ ㈠天意。㈡天上的機密，比喻非常機密。例天機不可洩露。㈢〔天〕星名，即「斗宿」。

18 **天職** ㄊㄧㄢ ㄓˊ 人應盡的職責。例捍衛國家是軍人的天職。

天鵝 ㄊㄧㄢ ㄜˊ 〔動〕鳥名，屬游禽類，雁形目，體長三尺餘，形似鵝頭長，上嘴有黃色的瘤，純白色或黑色，尾短，棲於水濱。又稱「鵠」。

天翻地覆 ㄊㄧㄢ ㄈㄢ ㄉㄧˋ ㄈㄨˋ 比喻秩序極亂，把天地都搞得翻覆了。例他們吵得天翻地覆。

參考 ①與「亂七八糟」都有混亂的意思，但後者多用來形容東西的亂。②同翻天覆地。

19 **天羅地網** ㄊㄧㄢ ㄌㄨㄛˊ ㄉㄧˋ ㄨㄤˇ 上下四方都佈置羅網，整個包圍住。比喻防範佈置得非常嚴密而無法逃脫。羅：捕鳥的網子。

22 **天籟** ㄊㄧㄢ ㄌㄞˋ ㈠自然的聲響。籟：是由孔竅所發出來的聲音。㈡形容美妙的音樂。

23 **天體** ㄊㄧㄢ ㄊㄧˇ ㈠天的本體，泛指天空星辰的總稱。例天體運行。㈡裸露身體。例天體營。

24 **天靈蓋** ㄊㄧㄢ ㄌㄧㄥˊ ㄍㄞˋ 指頭蓋骨的上部，即頭頂。

參考 同顱頂骨。

▽樂天、悲天、青天、蒼天、晴天、雨天、陰天、中天、先天、後天、今天、明天、怨天、藍天、連天、碧天、昨天、隔天、豔陽天、七重天、一飛沖天、未定之天、一手遮天、一步登天、一柱擎天、人定勝天、不共戴天、另有洞天、叫苦連天、色膽包天、坐井觀天、杞人憂天、無法無天、熱火朝天、謀事在人成事在天。

常 1 夫

解形  象形；大，象人四肢侈張形；「一」，象「大」上插著的髮簪。古人二十而束髮加冠為夫。

音義 ㄈㄨ 名 ①成年男子之稱；例大丈夫。②男女結婚後，男曰夫，女曰婦；例夫婦。③從事勞動的人；例農夫。④受役的人；例夫役。⑤姓。

ㄈㄨˊ 形 指示形容詞，彼、此；例「夫人不言，言必有中。」助 ①語首發語詞，無義；例「夫國君好仁，天下無敵。」②語末助詞，表感歎或疑問；例「逝者如斯夫，不舍晝夜！」

參考 孳 扶、芙、趺、衭、麩、伕、鈇、蚨。

2 **夫人** ㄈㄨ ㄖㄣˊ ㈠對婦人的尊稱。㈡對妻子的稱呼。㈢明清二代稱一品命婦為一品夫人，二品則只稱夫人。

3 **夫子** ㄈㄨ ㄗˇ ㈠對老師的尊稱。㈡對年長而學問好的人的尊稱。㈢婦人尊稱丈夫。

8 **夫妻** ㄈㄨ ㄑㄧ 男女結婚後的統稱。

參考 同夫婦。

夫唱婦隨 ㄈㄨ ㄔㄤˋ ㄈㄨˋ ㄙㄨㄟˊ ㈠比喻夫婦相處非常和睦。㈡妻子跟從丈夫，互相應和。

12 **夫婿** ㄈㄨ ㄒㄩˋ 妻子稱丈夫。「婿」，又作「壻」。

▽丈夫、大夫、農夫、樵夫、村夫、匹夫、凡夫、田夫、漁夫、工夫、征夫、壯夫、女中丈夫、巾幗丈夫、一介武夫、赳赳武夫、羅敷有夫。

㊖1 **太** 形解 會意；從大從仌（冰）。古文泰作「夳」，其後簡省作「太」。凡言「大」而認爲形容未盡就作「太」。

音義 ㄊㄞˋ 名 ①對尊長或高貴者的敬稱；例太先生。②今對婦人的尊稱；例太太。③姓。形 ①大，表可能性，通「泰」；例太半沒來。②極大；例太空。③過於；例太好。④安寧的；例太平。

參考 ①「太」、「泰」古通用，今則有別：專有名詞多用「泰」，如「泰國」、「泰山」，不用「太」；形容詞多用「太」，如「太大」、「太多」、「太陽」，不用「泰」。②「大」、「太」有別：凡是用「大」無法形容窮盡的都該用「太」。但可以「太」來修飾「大」，卻不可用「大」來形容「太」。③同極，甚。

3 **太子** ㄊㄞˋ ㄗˇ 舊時稱君主的嫡長子或非嫡長子而立以繼位的兒子。又作「大子」。

4 **太公** ㄊㄞˋ ㄍㄨㄥ ㈠曾祖父之稱。㈡祖父之稱。㈢父親之稱。㈣周文王初遇呂尚，稱他爲太公望，後世遂稱呂尚爲太公。

太夫人 ㄊㄞˋ ㄈㄨ ㄖㄣˊ 舊時尊稱他人的母親。

5 **太古** ㄊㄞˋ ㄍㄨˇ 上古時代。參考 同遠古，太初。

太平門 ㄊㄞˋ ㄆㄧㄥˊ ㄇㄣˊ 建 ㈠便於人們在緊急情況下疏散用的大門。門向外開啓並直通室外或其他安全地方。常設置在公共場所內。㈡太平梯的出入口。

太平洋 ㄊㄞˋ ㄆㄧㄥˊ ㄧㄤˊ 地 世界最大的海洋，東以美洲爲界，西以亞洲、澳洲爲界，北至北極圈，南至南極洲，面積約一億八千一百三十萬方公里，占全球面積三分之一，西元一九一五年麥哲倫於颶風後航行至此，見風平浪靜，故名太平洋。

7 **太牢** ㄊㄞˋ ㄌㄠˊ ㈠古代祭祀天地祖先用牛、羊、豬三牲齊備爲「太牢」，以示尊崇其地位的意思。

8 **太空** ㄊㄞˋ ㄎㄨㄥ 天 ㈠地球大氣層以外的空間，離地球約一千公里以外的區域，即可算太空。㈡指天空。

太空人 ㄊㄞˋ ㄎㄨㄥ ㄖㄣˊ 操作太空船、太空梭等外太空航空器，以從事太空探險研究的人。

太空船 ㄊㄞˋ ㄎㄨㄥ ㄔㄨㄢˊ 天 ㈠太空探險工具名。裏面可坐人，有的本身沒有引擎，是利用火箭發射，有的則是利用本身的噴射引擎推進。㈡軍 任何設計作太空航行的乘具，皆可稱爲太空船。

太空梭 ㄊㄞˋ ㄎㄨㄥ ㄙㄨㄛ 軍 一種載運人員、物品飛往太空站、軌道衞星，或往返於不同軌道之間，任務完畢後，又能飛返地球，可重複作多次此種任務使用的太空交通工具。爲飛機、火箭、太空船三合一的飛行器，穿梭於太空中，故名。

太空艙 ㄊㄞˋ ㄎㄨㄥ ㄘㄤ 太空航器中，經過加壓，而且能調整內部環境，以保持恒定的狀況，使適合人員或其他地面生物生存的部分。艙：船或飛機裏可容納人或貨物的空洞部位。

10 **太座** ㄊㄞˋ ㄗㄨㄛˋ 太太的尊稱。

11 **太陰** ㄊㄞˋ ㄧㄣ 俗指月亮。

太陰曆 ㄊㄞˋ ㄧㄣ ㄌㄧˋ 曆法之一，我國發明，是照月球環繞地球的週期爲準所定。又稱「陰曆」、「舊曆」、「夏曆」、「農曆」。

12 **太湖** ㄊㄞˋ ㄏㄨˊ 地 湖名，在江蘇南部，爲長江和錢塘江下游淤泥堰塞古海灣而成，面積二、二一三方公里，湖水東溢爲黃埔、吳淞諸水，分注於長江，成爲江南水運網中心。

太陽 ㄊㄞˋ ㄧㄤˊ ㈠天 日的通稱，天體恒星之一，有巨大的熱能輻射。㈡太陽穴簡稱。

參考 衍太陽神。

太陽穴 ㄊㄞˋ ㄧㄤˊ ㄒㄩㄝˊ 人體部位名，在眉後低凹處，太陽紫脈上。

太陽系 ㄊㄞˋ ㄧㄤˊ ㄒㄧˋ 天 以太陽爲中心而運行的各種天體的集合，包括行星、衞星、彗星。

又稱「日系」。

太陽能 ㄊㄞˋ ㄧㄤˊ ㄋㄥˊ 物 太陽發出的光和熱到地球上面所產生的能量，可透過儀器的處理，轉變成各種動能，以供人類利用。例太陽能發電。

太陽曆 ㄊㄞˋ ㄧㄤˊ ㄌㄧˋ 曆法之一，有埃及曆法、墨西哥古時曆法、回曆及現行的通用曆法四種。

13 **太歲** ㄊㄞˋ ㄙㄨㄟˋ ㈠農曆紀年所用值歲干支的別名。如逢甲子年，甲子即太歲。㈡值歲的神名。

太歲頭上動土 ㄊㄞˋ ㄙㄨㄟˋ ㄊㄡˊ ㄕㄤˋ ㄉㄨㄥˋ ㄊㄨˇ 俚 比喻冒犯了凶惡的人或權勢高的人，以致惹出禍來。太歲：木星，陰陽家以太歲所在為凶方，不能破土。

14 **太監** ㄊㄞˋ ㄐㄧㄢˋ 舊時在宮裏侍候君主的奴僕，多經過閹割。
參考 同宦官。

16 **太學** ㄊㄞˋ ㄒㄩㄝˊ 古代學校的名稱，宋代稱國子學，明代以後為國子監，相當今日的「國立大學」。

▽太太、師太、國太。

常 1 **夭** 形解 指事；指人側頭的形狀。含有委曲、折曲的意思。

音義 ㄧㄠ 名 自然災害；例天夭。形 ①草木茂盛而鮮美的；例「厥草惟夭。」②美好的；例夭姣。
ㄧㄠˇ 動 ①未成年而短命早死；例夭折。②砍伐；例伐木夭英。
ㄠˇ 名 初生的禽獸或草木。

參考 ①擘 沃、妖、袄、鋈、殀。②「夭」、「天」有別：「夭」是「大」的上面一斜撇，「天」是「大」的上面一橫畫。

4 **夭夭** ㄧㄠ ㄧㄠ ㈠形容茂盛而豔麗。例桃之夭夭。㈡形容顏色和悅的樣子。例夭夭如也。

7 **夭折** ㄧㄠˇ ㄓㄜˊ 短命早死。
參考 同夭亡，夭壽，夭札。

▽早夭、桃夭、壽夭、逃之夭夭、桃之夭夭。

次 1 **夬** 形解 指事；從又，ㄱ指水流的形狀，所以決斷為夬。

音義 ㄍㄨㄞˋ 名 易經六十四卦之一，乾下兌上，有決斷的意思。

參考 擘 決、快、抉、訣、缺、袂、玦。

4 **夬夬** ㄍㄨㄞˋ ㄍㄨㄞˋ 堅定果決的樣子。例君子夬夬。

常 2 **央** 形解 指事；從大，人也；「冂」，為扁擔及所擔的物，擔物時，人必在扁擔的中央，所以央中為央。

音義 ㄧㄤ 動 懇求；例央求。形 ①當中的；例中央。②窮盡的；例夜未央。③色彩鮮明的；例央央。

參考 擘 泱、殃、秧、映、鴦、盎、鞅、英、瑛、暎。

4 **央及** ㄧㄤ ㄐㄧˊ 懇求，請求。
參考 同央求，央告。

7 **央求** ㄧㄤ ㄑㄧㄡˊ 懇求，請求。
參考 同與「要求」有別：前者態度較為卑微客氣。

▽中央、未央。

常 2 **失** 形解 形聲；從手，乙聲。乙有向上抽出的意思，所以自手中逸去為失。

音義 ㄕ 名 過錯；例過失。動 ①忍不住；例失聲而笑。②遺落；例失而復得。③混亂；例長幼失序。④不留心的錯誤；例失足。⑤放縱；例機不可失。

參考 ①同遺，亡。②反得。③擘佚。④「失」、「矢」有別：「失望」、「得失」、「失而復得」的「失」字，中間一撇必須出頭。「弓矢」、「無的放矢」的「矢」(ㄕˇ)字，中間一撇不可出頭。

4 **失手** ㄕ ㄕㄡˇ 因不慎而造成的錯誤。例失手傷人。

失火 ㄕ ㄏㄨㄛˇ 發生火災。
參考 同著火。

失之交臂 ㄕ ㄓ ㄐㄧㄠ ㄅㄧˋ 比喻錯過了接近的機會。

失之東隅收之桑榆 ㄕ ㄓ ㄉㄨㄥ ㄩˊ ㄕㄡ ㄓ ㄙㄤ ㄩˊ 比喻在這裏受到損失，而在別處得到好處。

失之毫釐差之千里 ㄕ ㄓ ㄏㄠˊ ㄌㄧˊ ㄔㄚ ㄓ ㄑㄧㄢ ㄌㄧˇ 比喻非常小

的差別，卻形成極大的錯誤。

6 **失色** ㄕ ㄙㄜˋ ㈠因爲驚恐而使臉上變色。例大驚失色。㈡沒有面子和光彩。例黯然失色。

7 **失利** ㄕ ㄌㄧˋ 指做事或戰事失敗，而致吃虧。

失足 ㄕ ㄗㄨˊ ㈠因不小心而摔倒跌落。例失足落水。㈡因行爲不愼而墮落，誤入歧途。例一失足成千古恨。

失言 ㄕ ㄧㄢˊ ㈠說錯了話。㈡對不可言談的人言談。

8 **失明** ㄕ ㄇㄧㄥˊ 指眼睛弄瞎了，失去光明。

失和 ㄕ ㄏㄜˊ 不能和睦相處。

失事 ㄕ ㄕˋ ㈠發生意外而造成不幸。例飛機失事。㈡誤事。例這眞是費時失事。參考同出事。

失怙失恃 ㄕ ㄏㄨˋ ㄕ ㄕˋ 是指喪失了父親和母親。

失信 ㄕ ㄒㄧㄣˋ 失去信用，不爲人所信任。例不要失信於人。

10 **失眞** ㄕ ㄓㄣ 與眞相不相符合。

失效 ㄕ ㄒㄧㄠˋ ㈠失去功效。例此藥放得太久以致失效了。㈡法指消滅向來存在於法律上的效力。

失眠 ㄕ ㄇㄧㄢˊ 由於神經緊張，思慮過多，或受了刺激，以致夜間睡不著。參考①反安眠、熟睡。②衍失眠症。

失神 ㄕ ㄕㄣˊ ㈠疏忽，未能顧及。例一失神就讓他逃跑了。㈡暈迷而眼光無神。

失笑 ㄕ ㄒㄧㄠˋ 不能自我控制而突然發笑。

11 **失敗** ㄕ ㄅㄞˋ 沒有成功。

失措 ㄕ ㄘㄨㄛˋ 因驚慌而措置失當。

失陷 ㄕ ㄒㄧㄢˋ 淪陷。參考同失守。

失陪 ㄕ ㄆㄟˊ 表示歉意，不能陪伴的客氣話。

失常 ㄕ ㄔㄤˊ 失去了常態。例精神失常。參考與「變態」意義相近，但後者在程度上更嚴重。

失望 ㄕ ㄨㄤˋ 感到沒有希望而失去信心；或者因爲希望未能實現而不愉快。參考「失望」、「絕望」有別：「失望」有兩層意思：㈠感到沒有希望，失去信心。㈡因爲希望沒有實現而感到不愉快。「絕望」即希望斷絕的意思。「絕望」的程度比「失望」深，不可與副詞「很」、「非常」連用。

13 **失敬** ㄕ ㄐㄧㄥˋ 主人對客人自責疏忽的客套話。

失愼 ㄕ ㄕㄣˋ ㈠不小心。㈡失火。

失業 ㄕ ㄧㄝˋ ㈠沒有工作，失去職業。同「賦閒」。㈡社會工作上指具有工作能力及工作志願，而正在尋找或等待工作的勞動力。

失意 ㄕ ㄧˋ 不如意，不得志。參考反得意、得志。

失傳 ㄕ ㄔㄨㄢˊ 前代的技藝或學術不流傳於後代。

失當 ㄕ ㄉㄤˋ 不妥當。例處置失當。又作「不當」。

失落 ㄕ ㄌㄨㄛˋ ㈠遺失，丟掉。例他的皮包昨天失落了。㈡迷失而沒有正確的人生方向。例失落的一代。

14 **失算** ㄕ ㄙㄨㄢˋ 計謀失敗。參考同失計、失策。

失誤 ㄕ ㄨˋ 因不小心而造成的錯誤。

失態 ㄕ ㄊㄞˋ 行爲放肆，態度欠佳，有失身分或欠缺禮貌。例舉止失態。

失察 ㄕ ㄔㄚˊ 疏於檢查監督，以致有問題卻沒有發現出來。

失魂落魄 ㄕ ㄏㄨㄣˊ ㄌㄨㄛˋ ㄆㄛˋ 形容精神恍惚不定，內心紊亂無主。參考參閱「魂不附體」條。

15 **失蹤** ㄕ ㄗㄨㄥ 失去蹤跡。又作「失踪」。

失調 ㈠ㄕ ㄊㄧㄠˊ 身體、飲食、起居失去了正常狀態。㈡ㄕ ㄉㄧㄠˋ 指音樂的調子不和諧。

17 **失檢** ㄕ ㄐㄧㄢˇ 行爲疏於檢點而犯了錯誤。例行爲失檢。

失聲 ㄕ ㄕㄥ ㈠不自主地出聲。㈡極爲悲痛，哭不成聲。

18 **失職** ㄕ ㄓˊ ㈠不能盡職。㈡法凡官員的行爲，違背了職務。㈢失業。

失禮 ㄕ ㄌㄧˇ ㈠待人沒有禮貌。㈡對人表示禮貌不周的自謙語。參考同失儀。

22 **失竊** ㄕ ㄑㄧㄝˋ 被人偷竊。例珠寶失竊。

23 **失戀** ㄕ ㄌㄧㄢˋ 戀愛中的男女，失去了對方的情愛而不繼續來往。

24 **失靈** ㄕ ㄌㄧㄥˊ 失去了應有的效用。例機件失靈。

▽得失、損失、遺失、過失、亡失、消失、喪失、流失、漏失、缺失、錯失、誤失、言多必失、千慮一失、患得患失、得不償失、惘然若失、無心之失、忽忽如有所失、智者千慮必有一失。

次 2

夯

解形 夯 會意；從大力。用肩膀舉重物爲夯。

音義 ㄏㄤ 名①衆人齊出力時的呼聲；例夯歌。②衆人齊舉以築實地基用的大槌；例打夯。動①用力以肩舉物；例擔夯。②隄防工程中，用灰土塡塞空隙，使水不會滲入；例夯得夠密。形粗笨的；例夯漢。

14 **夯漢** ㄏㄤ ㄏㄢˋ 粗笨的漢子。夯：粗笨。

常 3

夷

解形 夷 會意；從大從弓。東方人善用弓箭，所以東方人爲夷。

音義 ㄧ 名①古時我國中原種族對居住在東部民族的稱呼；例東夷。②近代泛指外國或外國人爲夷。③臺灣省的古稱；例夷洲。④姓。動①剷平；例夷爲平地。②安設；例夷尸。③殺戮；例夷族。形①平安的；例化險爲夷。②喜悅的，通「怡」；例夷悅。

參考 ①同平，鄙，滅。②孳咦、眱、痍、胰。

7 **夷狄** ㄧ ㄉㄧˊ ㈠古時稱未開化的民族，東方的爲夷，北方的爲狄。㈡泛稱外國，此爲中國自恃之稱。又作「夷翟」。

9 **夷爲平地** ㄧ ㄨㄟˊ ㄆㄧㄥˊ ㄉㄧˋ 比喻剷除淨盡。例砲火將這座城池夷爲平地。

參考 與「片甲不留」都用於戰爭中殺盡敵人，但前者還包括損壞所有的建築物。

▽陵夷、女夷、四夷、九夷、東夷、誅夷、蠻夷、平夷、猶夷、化險爲夷、以夷制夷、履險如夷。

常 3

夸

解形 夸 形聲；從大，亏聲。亏有大的意思，所以誇大、鋪張爲夸。

音義 ㄎㄨㄚ 名姓。動說大話，通「誇」；例夸大。形①美好的；例夸容。②寬大的；例隆夸。

參考 侉、刳、垮、挎、胯、跨、誇。

13 **夸飾** ㄎㄨㄚ ㄕˋ 在修辭學上指語文中的誇張鋪飾，超過了客觀事實的修辭法。又作「誇飾」。例「白髮三千丈」就是夸飾的詩句。

15 **夸誕** ㄎㄨㄚ ㄉㄢˋ 誇張荒誕，不可相信。例夸誕不經。

參考 同虛誕，妄誕。

常 4

夾

解形 夾 會意；從大下夾有二人。所以會夾持的意思。

音義 ㄐㄧㄚ 名①夾東西的用具；例書夾。②姓。動從事物的兩旁鉗持；例兩山夾一水。形雙層的；例夾衣。副攙雜地；例夾帶。

參考 ①又音ㄐㄧㄚˊ。②孳挾、俠、狹、陜、頰、筴、瘞、愜、篋。

2 **夾七夾八** ㄐㄧㄚ ㄑㄧ ㄐㄧㄚ ㄅㄚ 含糊混雜，沒有條理而無法分辨的意思。又作「夾七帶八」。

3 **夾子** ㄐㄧㄚ ˙ㄗ ㈠箝東西的器具。㈡放置財物等的扁形小袋子。例皮夾子。

6 **夾衣** ㄐㄧㄚ ㄧ 用雙層布料做成的衣服。

參考 衍夾衣裳。

夾竹桃 ㄐㄧㄚ ㄓㄨˊ ㄊㄠˊ 植常綠灌木，莖高三公尺，葉狹長，花粉紅色或白色，葉有毒，不可誤食，常種於庭園中作觀賞用。

7 **夾攻** ㄐㄧㄚ ㄍㄨㄥ 由兩方面向一方面攻擊。例我軍由兩翼夾攻日軍。

參考 同夾擊。

8 **夾板** ㄐㄧㄚ ㄅㄢˇ 將多片木材薄板經過塗膠、加壓而製成的合板。例三夾板。

夾注號 ㄐㄧㄚ ㄓㄨˋ ㄏㄠˋ 標點符號

的一種，(一)、(二)或——，用來表示說明或解釋的符號。用在夾注文字的前後。

11 **夾帶** ㄐㄧㄚˊ ㄉㄞˋ (一)在貨物中私藏違禁或逃稅的物品。(二)考試時，携帶小抄等作弊用的東西。又作「挾帶」。

參考 與「走私」都有違法蒙混藏帶物品的意思，但後者採用的方式較囂張，數量也較多。

12 **夾註** ㄐㄧㄚˊ ㄓㄨˋ 插在文句中的註解。註：又作「注」。

13 **夾道** ㄐㄧㄚˊ ㄉㄠˋ (一)兩旁有樹木或牆壁的狹道。(二)道路兩旁。例夾道歡迎。

18 **夾雜** ㄐㄧㄚˊ ㄗㄚˊ 混雜交錯在一起。例他夾雜在歡呼的人羣中。

參考 同混雜，錯雜。

▽髮夾、衣夾、布夾、紙夾、書夾、皮夾。

常 5 **奉** 解形  形聲；從手𠬞，丰聲。用雙手恭敬地捧持著豐盛的東西爲奉。

音義 ㄈㄥˋ 名①俸祿，通「俸」；例奉錢。②姓。動①恭敬地進獻；例奉上。②敬受；例昨奉來書。③侍候；例奉母。④遵奉；例奉爲典範。副敬詞，表示尊敬；例奉告。

參考 ①同供，送，獻，承。②奉於古文中可通「俸」、「捧」。③孳俸、捧、唪。

3 **奉上** ㄈㄥˋ ㄕㄤˋ 很恭敬地送上。例雙手奉上。

4 **奉公守法** ㄈㄥˋ ㄍㄨㄥ ㄕㄡˇ ㄈㄚˇ 敬重公事，遵守法令。

參考 反循私舞弊。

6 **奉行** ㄈㄥˋ ㄒㄧㄥˊ 恭敬地遵照去做。例奉行總理遺教。

參考 同遵行。

8 **奉祀** ㄈㄥˋ ㄙˋ 敬謹地主持祭祀祖先的儀節。

奉承 ㄈㄥˋ ㄔㄥˊ (一)巴結逢迎，諂媚討好他人。(二)承受的敬詞。

參考 同拍馬。

奉命 ㄈㄥˋ ㄇㄧㄥˋ 承受尊長或上級的命令。

9 **奉爲圭臬** ㄈㄥˋ ㄨㄟˊ ㄍㄨㄟ ㄋㄧㄝˋ 比喻把一件事物或一個人拿來當作衡量一切的標準。圭臬：模範、標準。圭：日晷，古時測日影定時間的儀器；臬：箭靶子。

10 **奉送** ㄈㄥˋ ㄙㄨㄥˋ 贈送的敬詞。例免費奉送。

11 **奉陪** ㄈㄥˋ ㄆㄟˊ 陪伴人的敬語。

15 **奉養** ㄈㄥˋ ㄧㄤˇ 侍養父母親長。

17 **奉還** ㄈㄥˋ ㄏㄨㄢˊ 歸還他人東西的敬稱。例雙手奉還。

19 **奉辭伐罪** ㄈㄥˋ ㄘˊ ㄈㄚˊ ㄗㄨㄟˋ 根據某種理由，討伐有罪的。例奉辭伐罪，戒旦晨征。

20 **奉獻** ㄈㄥˋ ㄒㄧㄢˋ (一)奉上呈獻。(二)宗基督教或天主教教徒自願呈獻的財物。

▽信奉、遵奉、捱奉、順奉、供奉、侍奉、敬奉、禮奉。

常 5 **奇** 解形 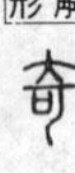 會意；從大從可。所以會大事物可令人驚訝而奇異的意思。

音義 ㄑㄧˊ 名①出乎意外；例出奇制勝。②姓。動驚異；例驚奇。形①特殊的；例不足爲奇。②異常；例奇策。
ㄐㄧ 名①單數，與「偶」相對；例一、三、五、七、九爲奇數。②餘數；例五十有奇。

參考 ①反偶。②孳倚、椅、猗、欹、崎、琦、敧、綺、錡、畸、騎、漪、寄。③「奇數」的「奇」字，音ㄐㄧ，不念ㄑㄧˊ。

3 **奇才** ㄑㄧˊ ㄘㄞˊ 才智超凡的人。

4 **奇文共賞** ㄑㄧˊ ㄨㄣˊ ㄍㄨㄥˋ ㄕㄤˇ 奇妙的文章爲大家所共同欣賞。

7 **奇妙** ㄑㄧˊ ㄇㄧㄠˋ 稀奇神妙。

參考 同巧妙，奇巧。

奇形怪狀 ㄑㄧˊ ㄒㄧㄥˊ ㄍㄨㄞˋ ㄓㄨㄤˋ 形狀奇特怪異。

8 **奇怪** ㄑㄧˊ ㄍㄨㄞˋ (一)事物奇特而不常見。(二)驚訝的語詞。例奇怪！他怎麼突然變了。

10 **奇特** ㄑㄧˊ ㄊㄜˋ 奇異而特出。

奇恥大辱 ㄑㄧˊ ㄔˇ ㄉㄚˋ ㄖㄨˇ 極大而難以忍受的羞恥及侮辱。

11 **奇異** ㄑㄧˊ ㄧˋ 奇怪特異。

奇貨可居 ㄑㄧˊ ㄏㄨㄛˋ ㄎㄜˇ ㄐㄩ 珍奇的貨品，可以囤積起來，等到好價錢時再出售。

12 **奇景** ㄑㄧˊ ㄐㄧㄥˇ 奇特的景色。例雲海是阿里山的奇景。

13 **奇遇** ㄑㄧˊ ㄩˋ 意外或奇特的際遇。

奇想 ㄑㄧˊ ㄒㄧㄤˇ 新奇特異的想像。例突發奇想。

參考 與「幻想」有別：幻想是指虛幻不切實際的妄想。

奇裝異服 ㄑㄧˊ ㄓㄨㄤ ㄧˋ ㄈㄨˊ 怪異不合習俗的服裝。

15 奇趣 ㄑㄧˊ ㄑㄩˋ 奇妙的趣味。

18 奇蹟 ㄑㄧˊ ㄐㄧ 人世間或自然界所發生的超乎尋常的奇異現象。

22 奇襲 ㄑㄧˊ ㄒㄧˊ 軍 乘敵人沒有防備而出其不意的攻擊。

25 奇觀 ㄑㄧˊ ㄍㄨㄢ 奇異的景色或事物。

參考 同奇景，壯觀。

▽神奇、珍奇、怪奇、傳奇、好奇、出奇、數奇、不足爲奇、囤積居奇、化腐朽爲神奇。

常 5 奈

形解 柰 形聲；從木，示聲。柰本是果名，後假借作柰何用，一般從大寫成「奈」。

音義 ㄋㄞˋ 動 堪，通「耐」；例 奈聽。副 無奈。

參考「忍耐」、「耐久」皆不可用「奈」字。

7 奈何 ㄋㄞˊ ㄏㄜˊ ㈠如何，怎樣。㈡懲治，處罰，對付。

▽但是又何奈。

常 5 奄

形解 奄 會意；從大申。申爲展開，大是自上而下完全籠罩，所以覆蓋爲奄。

音義 ㄧㄢˇ 名 古國名，今山東曲阜東部。動 覆蓋；例「奄有四方」。副 忽然；例 奄忽。ㄧㄢ 名 太監，通「閹」；例 奄人。動 停滯，通「淹」；例 奄留。副 氣息微弱地；例 奄奄一息。

參考 ①「奄」下從「申」，所以末筆不可挑起。②擊 俺、淹、庵、掩、閹。

8 奄奄一息 ㄧㄢ ㄧㄢ ㄧ ㄒㄧ 氣息非常微弱，快要死亡。

參考 同岌岌可危。

▽氣息奄奄。

常 5 奔

形解 奔 會意；從夭從三止。夭象人低頭疾走、兩手擺動的樣子；止是足，三足表示急跑。所以快跑爲奔。

音義 ㄅㄣ 名 姓。動 ①急跑；例 奔馳。②逃亡；例 出奔。③男女未經合乎禮法的程序而結合；例 私奔。ㄅㄣˋ 動 投向；例 一匹快馬直奔而過。

6 奔忙 ㄅㄣ ㄇㄤˊ 奔走忙碌。

參考 ①同奔走，奔波。②參閱「奔走」條。

7 奔走 ㄅㄣ ㄗㄡˇ ㈠形容爲了謀生而辛苦繁忙。例 爲衣食而奔走。㈡爲了達到某種任務而四處活動。例 奔走周旋。

參考 ①與「奔波」、「奔忙」有別：「奔走」指急走或爲了一定的目的而到處活動。「奔波」是強調爲了某一目的而奔跑，受盡波折勞累。「奔忙」重在因事情繁多、緊迫而到處跑。②衍 奔走呼號、奔走策畫。

奔走相告 ㄅㄣ ㄗㄡˇ ㄒㄧㄤ ㄍㄠˋ 形容人們聽見或看到特別使人振奮或擔心的事情，迅速地互相轉告。

8 奔放 ㄅㄣ ㄈㄤˋ ㈠形容個性豪邁不受拘束。㈡形容水勢奔騰流放。例 奔放的河水一洩不止。㈢形容文思紛湧奔馳放縱。㈣形容動物飛快的奔跑。例 絕足奔放。

奔波 ㄅㄣ ㄅㄛ 原指水波的奔流，後借以形容人的奔走勞苦。例 他爲了生計而四處奔波。

參考 ①同奔走、奔忙。②參閱「奔走」條。

9 奔流 ㄅㄣ ㄌㄧㄡˊ ㈠湍急的水流。㈡形容水勢奔騰流瀉。例「君不見黃河之水天上來，奔流到海不復回。」

12 奔喪 ㄅㄣ ㄙㄤ 人在異鄉，聽到親人喪亡之後，急忙趕回去。

奔跑 ㄅㄣ ㄆㄠˇ 很快的跑。

參考 參閱「奔馳」條。

13 奔馳 ㄅㄣ ㄔˊ 奔跑急馳。

參考「奔馳」、「奔跑」、「奔騰」有別：「奔馳」一般用於形容交通工具和動物。「奔跑」，多用於形容人。「奔騰」，一般用於形容馬的急馳或江、河、湖、海的波濤。

18 奔竄 ㄅㄣ ㄘㄨㄢˋ 奔跑逃竄。

參考 與「奔逃」有別：前者逃跑的速度更快更亂。

20 **奔騰** ㄅㄣ ㄊㄥ ㈠形容馬匹騰空奔馳的樣子。例萬馬奔騰。例㈡形容波濤洶湧的樣子。例奔騰澎湃。

參考 參閱「奔馳」條。

▽飛奔、狂奔、投奔、出奔、私奔、夜奔、急奔、直奔、驚奔。

常 6 **奕** 解形 形聲；從大，亦聲。亦有兼的意思，所以盛大爲奕。

音義 一ˋ 形 ①高大的；例新廟奕奕。②積累的；例奕世。

參考 ①「奕」從「大」，與從「廾」而有下棋義的「弈」(音一ˋ)不同。「精神奕奕」的「奕」，下面是從「大」。「弈棋」的「弈」，下面是從「廾」(𠬞)。

9 **奕奕** 一ˋ 一ˋ ㈠形容美好盛大的樣子。㈡精神煥發的樣子。例神采奕奕。㈢憂愁不安的樣子。例憂心奕奕。

▽博奕、遊奕、棋奕、神采奕奕。

常 6 **契** 解形 形聲；從大，㓞聲。㓞是用刀刻畫做記號，所以大契約爲契。

音義 ㄑ一ˋ 名 ①證明買賣、抵押、租賃等關係爲合法的合同、文書、字據；例契約。②朋友；例老契。③古國名；例契丹。④證券；例契據。⑤用刀刻的文字；例殷契。動 ①心意相合；例默契。②密合；例契合。

ㄒ一ㄝˋ 名 商王朝的祖先。

ㄑ一ㄝˋ 動 鍥刻，通「鍥」；例契舟求劍。形 情意疏闊的；例契闊。

參考 ①「契」左上角所從的「丰」，第一筆應由右上向左下撇，不可三筆都寫成橫畫。②同據，合。

4 **契友** ㄑ一ˋ 一ㄡˇ 情意志向相投合的朋友。

契丹 ㄑ一ˋ ㄉㄢ 史 古國名，東胡種；在我國東北一帶，唐末及五代時最爲强盛。宋代改稱爲遼，爲金所滅，共傳九世，計二百一十年。

6 **契合** ㄑ一ˋ ㄏㄜˊ ㈠深切地符合。例他們倆的言行頗能契合。㈡意志相投合。

參考 與「符合」有別：前者相合的程度更爲深切。

8 **契券** ㄑ一ˋ ㄑㄩㄢˋ ㈠買賣田地、房屋等不動產的契據。

9 **契約** ㄑ一ˋ ㄩㄝ 法 雙方彼此同意的事項，商訂互相遵守的條件，寫在文書上的叫做「契約」。又稱「契據」、「契紙」。

12 **契稅** ㄑ一ˋ ㄕㄨㄟˋ 經 對不動產的買賣、承典、贈與等交易行爲所課征的租稅。

16 **契機** ㄑ一ˋ ㄐ一 事物的發展或轉變的關鍵所在。

參考 與「轉機」有別：二者雖都有轉變的意思，但前者的時機更切合而重要。

▽心契、投契、默契、文契、書契、符契、地契、相契、訂契、婚契。

常 6 **奏** 解形 會意；從夲從𠬞從屮。「夲(ㄊㄠ)」是疾進，「屮」也有向上前進的意思，所以用雙手急速進呈爲奏。

音義 ㄗㄡˋ 名 ①古臣子向君主進言或上書意見的總稱；例奏疏。②音樂的節拍；例節奏。動 ①古代臣子將己意對帝王所作的陳述；例參奏。②吹彈；例奏樂。③發生；例奏效。④取得；例奏功。

參考 ①與從禾的「秦」字相似：「奏」有進言、作樂之意；而「秦」僅用於專有名詞，如國名或姓氏。②同演，彈，述。③擊湊、腠、輳、揍。

5 **奏功** ㄗㄡˋ ㄍㄨㄥ ㈠事情見效。㈡事情成功。

參考 同奏效。

10 **奏效** ㄗㄡˋ ㄒ一ㄠˋ 事情進行收到效果。又作「奏功」。例此事業已奏效。

參考 與「生效」有別：前者已收到效果，後者卻正開始產生效力。

11 **奏捷** ㄗㄡˋ ㄐ一ㄝˊ ㈠報告戰勝的消息。㈡比喻勝利。例我軍已奏捷。

參考 同奏凱。

14 **奏摺** ㄗㄡˋ ㄓㄜˊ 古代臣子對君主

上書時寫在摺本上的奏章。
▽演奏、彈奏、伴奏、吹奏、前奏、上奏、合奏、獨奏、協奏、節奏、面奏、表奏、章奏、多重奏。

常 6
奎
形解 形聲；從大，圭聲。兩腿之間爲奎。

音義 ㄎㄨㄟˊ 名①兩腿之間。②天星名，古二十八宿之一，即文曲星；例奎宿。形與文事有關的；例奎運。

參考「奎」從二「土」(ㄊㄨˇ)相疊，不可作四畫等長。

▽斗奎。

常 6
奐
形解 形聲；從廾，夐省聲。夐有遠大的意思，所以眾多爲奐。

音義 ㄏㄨㄢˋ 名姓。形①盛大的。②文采鮮明的；例美輪美奐。副散漫地；例奐衍。

參考「奐」與「渙」皆有盛大的意思，但「渙」指水勢盛大，而「奐」則指文采盛大，不可混淆。

常 7
套
形解 會意；從長大。所以會既長且大的意思。

音義 ㄊㄠˋ 名①成組事物的量詞；例一套西裝。②地形或河流曲折處；例河套。③成圈形的物體；例繩套。④固定的格調；例老套。⑤物品的外包；例書套。⑥籠絡他人的計策；例圈套。⑦凡物有所冒者；例筆套。動①用繩索拴繫；例套車。②用計謀騙取；例套滙。

參考「套」與「組」都是事物的量詞，然用法略有差異：「套」多指成完整系統的組合，如：一套西裝，即一襲西裝，因質料、款式成系統而稱「套」；「組」多指東西經由組合而成的，如一組音響。

8 **套房** ㄊㄠˋ ㄈㄤˊ 包括有客廳、臥房及整套盥洗衛生設備或廚房用具的房間。

13 **套話** ㄊㄠˋ ㄏㄨㄚˋ ㈠普通應酬的習慣語。例客套話。又作「套語」。㈡不直接詢問，而用別的話語設計套取對方說出眞情。

參考 同套問。

▽被套、外套、書套、整套、封套、河套、筆套、圈套、老套、手套、皮套、有一套、葫蘆套。

常 7
奘
形解 形聲；從大，壯聲。壯有大的意思，所以壯馬爲奘。

音義 ㄗㄤˋ 名唐朝的高僧，曾到印度去求佛經；例玄奘。形壯大的。

ㄓㄨㄤˇ 形方北方話，指物體的粗壯；例身高腰奘。

常 7
奚
形解 形聲；從大，𦈢省聲。用粗大的繩索拴住奴僕爲奚。

音義 ㄒㄧ 名①女性僕役；例「奚三百人。」②年輕的奴僕；例奚童。③種族名，東胡族屬，居住於東北一帶；例庫眞奚。④姓。副爲何，相當白話的「爲什麼」；例「子奚不爲政？」

參考 孳溪、鷄、雞、蹊、谿。

9 **奚若** ㄒㄧ ㄖㄨㄛˋ 疑問語詞，何如。

參考 同奚如，奚似。

13 **奚落** ㄒㄧ ㄌㄨㄛˋ 遭人譏笑嘲弄。例他奚落了我一番。又作「傒落」。

常 8
奢
形解 形聲；從大，者聲。者有既大且多的意思，所以眾多而充斥爲奢。

音義 ㄕㄜ 名姓。形沒有節制的；例奢侈。副過分地；例奢望。

參考 ①同侈。②反省、儉。③字亦可作「奓」。

7 **奢求** ㄕㄜ ㄑㄧㄡˊ 過分地要求。

8 **奢侈** ㄕㄜ ㄔˇ 用錢無度，追求過分的享受。

參考 與「浪費」都是任意花錢，但「奢侈」偏重於享受上浪費無度方面。

奢侈品 ㄕㄜ ㄔˇ ㄆㄧㄣˇ 不是人民生活所必需的消費品，如化妝品等，但需視社會生活水準的升降而定，並非一成不變。

11 **奢望** ㄕㄜ ㄨㄤˋ 過分的願望。

參考 同奢願。

12 **奢華** ㄕㄜ ㄏㄨㄚˊ 奢侈浮華。

參考 同奢靡。

19 **奢靡** ㄕㄜ ㄇㄧˇ 奢侈頹廢。

▽豪奢、驕奢、華奢、興奢。

常 9

奠

解形 會意；從酋丌。丌是放器物的底座，酋為繹祭的禮酒；在丌上設酒，所以置祭祀為奠。

音義 ㄉㄧㄢˋ 動①以牲禮祭祀；例祭奠。②安定；例奠定。

參考 ①同祭。②擊鄭、擲、躑。

8 **奠定** ㄉㄧㄢˋ ㄉㄧㄥˋ 使之安穩而固定。

10 **奠酒** ㄉㄧㄢˋ ㄐㄧㄡˇ ㈠用酒灑在地上祭神。㈡以酒祭祀死者。

11 **奠基** ㄉㄧㄢˋ ㄐㄧ 奠定基礎。

15 **奠儀** ㄉㄧㄢˋ ㄧˊ ㈠致贈喪家的錢，以代祭品。又作「奠敬」。㈡死者靈前所供的祭品。㈢奠祭死者之儀式。

▽香奠、祭奠、遙奠、禮奠。

次 9

奡

解形 形聲；從百，介聲。百為人頭，介是放肆；擡頭闊步，毫無顧忌，所以傲慢為奡。

音義 ㄠˋ 形①矯健的。②傲慢，通「傲」。

參考 字的下半從大從川作「夰」，不可訛作「介」。

常 10

奧

解形 形聲；從宀，𠔉聲。𠔉有卷藏的意思，所以屋室的西南角為奧。

音義 ㄠˋ 名①屋室的西南角；例「經堂入奧」。②地國名，「奧地利」的省稱。形精妙的；例奧義。

ㄩˋ 形暖和的，通「燠」。

7 **奧妙** ㄠˋ ㄇㄧㄠˋ 深奧精微，不可探測。

8 **奧林匹克運動會** ㄠˋ ㄌㄧㄣˊ ㄆㄧˇ ㄎㄜˋ ㄩㄣˋ ㄉㄨㄥˋ ㄏㄨㄟˋ 體即世界運動會，起源於西元前七七六年古希臘的酬神盛典，現在每四年舉行一次，由會員國輪流主辦。省稱「奧運」。

10 **奧秘** ㄠˋ ㄇㄧˋ 事物的內容神秘幽微，不容易了解。

12 **奧援** ㄠˋ ㄩㄢˊ 內援，通常用以指大力援引。

13 **奧義** ㄠˋ ㄧˋ 精深的義理。

▽玄奧、深奧、幽奧、秘奧、禁奧、妙奧、經堂入奧。

常 11

奪

解形 會意；從又從奞。又是手，奞象鳥張開翅膀用力奮飛形，所以會手中抓著的鳥飛失了的意思。

音義 ㄉㄨㄛˊ 名姓。動①強取；例豪取橫奪。②削除；例褫奪公權。③決斷；例裁奪。④衝開；例奪門而去。⑤暈眩；例光彩奪目。⑥獲得；例勇奪冠軍。

參考 ①同搶，掠。②凡事決定其可否曰奪，公文中常用之，如云：裁奪、定奪。

5 **奪目** ㄉㄨㄛˊ ㄇㄨˋ 光彩耀眼。例色彩奪目。

參考 與「醒目」、「注目」有別：「醒目」是指文字或圖畫等形象明顯突出，引人注意或容易看清楚。「注目」是指使人集中精神，專心一意地看。

8 **奪取** ㄉㄨㄛˊ ㄑㄩˇ 用武力或別的手段強取。

參考 與「搶奪」、「掠奪」有別：「搶奪」是用強力把別人的東西奪過來，「掠奪」是憑藉勢力或武力非法的強取。

10 **奪席談經** ㄉㄨㄛˊ ㄒㄧˊ ㄊㄢˊ ㄐㄧㄥ 比喻在公開辯難中壓倒眾人，贏得全勝。

15 **奪標** ㄉㄨㄛˊ ㄅㄧㄠ 在競賽中奪取錦標，原指龍舟競賽之取勝。

▽爭奪、搶奪、掠奪、攻奪、與奪、定奪、裁奪、褫奪、訛奪、攘奪、削奪、巧取豪奪、生殺予奪。

常 11

奩

解形 奩是「匳」的俗字，參閱「匳」字條。

音義 ㄌㄧㄢˊ 名①古代婦女梳妝用的鏡匣；例鏡奩。②盛裝物品的器具；例粉奩。

參考 ①「奩」原為古代盛梳妝用品的器具，後來也泛指精巧的小匣子，如「棋奩」；又引申為嫁妝的總稱，如「奩資」。②字本作「籢」，或作「匳」。

次 12

奭

解形 形聲；從大，皕聲。皕為雙百有大的意思，所以盛大為奭。

音義 ㄕˋ 名姓。動怒斥。形紅色的。副消散地。

參考 字於大下從二百（ㄅㄞ）作「皕」，不可訛作從二白或從二日。

16 **奭懌** ㄕˋ 一ˋ 愉快。懌：快樂。例「欣喜奭懌。」

常 13 **奮** 形解 會意；從奞田。田是低地，奞是鳥張翅振飛，所以鳥從低地起飛，用力振作爲奮。

音義 ㄈㄣˋ 名 姓。動 ①鳥振動翅膀；例奮羽而飛。②舉起；例奮臂高呼。③發揚、振作；例奮發圖強。④勇敢而不畏死；例奮不顧身。⑤努力；例奮鬥。

參考 ①「奮」下方應從「田」而不可與從「臼」的「舊」字相混。②與解釋作煩悶的「憤」音同而形義皆別，不宜混用。

4 **奮不顧身** ㄈㄣˋ ㄅㄨˋ ㄍㄨˋ ㄕㄣ 奮勇而出，不顧生死。

9 **奮袂** ㄈㄣˋ ㄇㄟˋ 振袖而起，形容奮發的樣子。

奮勇 ㄈㄣˋ ㄩㄥˇ 振奮起勇氣。例奮勇當先。

參考 與「奮起」有別：二者都有振起的意思，但前者的精神、勇氣較爲强烈。

奮勉 ㄈㄣˋ ㄇㄧㄢˇ 努力振作。

奮鬥 ㄈㄣˋ ㄉㄡˋ 不受外在環境的阻撓，努力抗爭。

參考 衍 奮鬥到底。

奮起 ㄈㄣˋ ㄑㄧˇ 振作起來。

12 **奮發** ㄈㄣˋ ㄈㄚ ㈠激勵振作，猛然興起。㈡宣洩揚溢。例 春氣奮發。

奮發圖强 ㄈㄣˋ ㄈㄚ ㄊㄨˊ ㄑㄧㄤˊ 振奮努力，以謀求自强。

▽興奮、自奮、激奮、振奮。

【女部】ㄋㄩˇ

常 0 **女** 形解 象形；象古女子跪坐，雙手斂掩在膝上形。

音義 ㄋㄩˇ 名 ①女人的簡稱，與「男」相對；例男女平等。②女兒；例「不聞爺娘喚女聲。」③天二十八宿之一；例女宿。④姓。代 爾，你，通汝；例「女知之乎？」

參考 ①反男。②攣汝。

3 **女士** ㄋㄩˇ ㄕˋ 對女子的尊稱。通常用來指年紀較長的女子。

5 **女史** ㄋㄩˇ ㄕˇ ㈠周官中通曉文書，掌王后禮職的女官。㈡舊時對有知識的女子的美稱。

7 **女弟** ㄋㄩˇ ㄉㄧˋ 妹妹的別稱。

女伶 ㄋㄩˇ ㄌㄧㄥˊ 女性的戲劇演員。

參考 同 女優，女倡。

9 **女紅** ㄋㄩˇ ㄍㄨㄥ 婦女所作紡織、縫紉、刺繡一類的工作及製成品。「紅」：同「工」。

女流 ㄋㄩˇ ㄌㄧㄡˊ 泛指婦女，有輕視的意味。

10 **女眞** ㄋㄩˇ ㄓㄣ 史 種族名，隋唐稱爲靺鞨，五代時改稱女眞。以東北松花江爲界，分東南爲生女眞，西北爲熟女眞。清朝的滿洲人就是女眞族的一支。

11 **女眷** ㄋㄩˇ ㄐㄩㄢˋ 女性家屬。

12 **女壻** ㄋㄩˇ ㄒㄩˋ 女兒的丈夫。

▽下女、婢女、美女、才女、長女、養女、仙女、醜女、處女、妓女、宮女、淑女、烈女、小女、舞女、歌女、修女、牛郎織女、善男信女。

常 2 **奴** 形解 會意；從女又。所以會罪奴的意思。

音義 ㄋㄨˊ 名 ①專供使役的罪人；例奴隸。②從事勞力工作的人；例奴僕。③女子自己的謙稱；例奴家。④姓。動 驅遣勞作；例奴役百姓。

參考 ①同僕，婢。②攣帑、怒、努、弩、呶、駑。③女子謙稱爲「奴」，可能始自唐代的楊貴妃。

3 **奴才** ㄋㄨˊ ㄘㄞˊ ㈠僕人，即奴婢。㈡罵人人格卑下，趨炎附勢，沒有骨氣。

參考 ①參閱「奴隸」條。②「才」常讀輕聲。

7 **奴役** ㄋㄨˊ 一ˋ 把人當作奴隸或牛馬般地驅遣使喚。

10 **奴家** ㄋㄨˊ ㄐㄧㄚ 古代女子自稱的謙詞。

11 **奴婢** ㄋㄨˊ ㄅㄧˋ 泛指男女僕人。男僕稱「奴」，女僕稱「婢」。

17 **奴隸** ㄋㄨˊ ㄌㄧˋ 供人驅遣使喚，沒有自由的人。

參考 奴隸與奴才身分相同，但本質上，「奴隸」是喪失人身自由，身不由己地被殘酷剝削的人，有時會反抗主人；「奴才」則是滿洲人對主子的自稱，引申指心甘情願做人奴僕的人，對主子忠心而順從。

18 **奴顏婢膝** ㄋㄨˊ ㄧㄢˊ ㄅㄧˋ ㄒㄧ 譏罵人自我作賤，極度諂媚別人的無恥態度。

▽匈奴、黑奴、女奴、老奴、農奴、守財奴、賣國奴、入主出奴。

常 2 **奶** 形解 形聲；從女，乃聲。乳汁爲奶。

音義 ㄋㄞˇ 名①乳房；例奶子。②乳汁；例牛奶。③「主婦」的尊稱；例少奶奶。④祖母；例奶奶。動哺乳；例奶孩子。

參考 同乳。

6 **奶名** ㄋㄞˇ ㄇㄧㄥˊ 小時候父母親人所叫的親暱名字。

參考 同小名，乳名。

8 **奶油** ㄋㄞˇ ㄧㄡˊ 牛奶中提煉出的油質。

參考 衍奶油色。

13 **奶媽** ㄋㄞˇ ㄇㄚ 負責餵乳和照顧幼兒的僕婦。

參考 同奶娘，乳母，乳媼。

▽奶奶、少奶奶、姑奶奶。

常 3 **妄** 形解 形聲；從女，亡聲。亡爲亡失的意思，所以子女失散，身遷離亂爲妄。

音義 ㄨㄤˋ 名虛假的事；例辨妄。形暗昧無知的；例妄人。副①胡亂地；例膽大妄爲。②不正地；例妄想。

參考 ①「妄」與「忘」都從亡聲，讀音相同，而意思有別。「妄」多指荒謬或虛假的事物，如：妄想、妄爲。「忘」則指所遺忘或忽略的事物，如：忘記、忘懷。②同狂，亂。

3 **妄下雌黃** ㄨㄤˋ ㄒㄧㄚˋ ㄘ ㄏㄨㄤˊ 不按客觀標準，任憑己意，亂改文字，隨意批評。雌黃：從前刪改文字用的塗料。

6 **妄自尊大** ㄨㄤˋ ㄗˋ ㄗㄨㄣ ㄉㄚˋ 沒有值得驕傲的實質，卻自以爲了不起。

參考 ①同夜郎自大。②反妄自菲薄、自暴自棄。

妄自菲薄 ㄨㄤˋ ㄗˋ ㄈㄟˇ ㄅㄛˊ 任意看輕自己，不知自重自愛。

參考 ①反夜郎自大。②「妄自菲薄」與「自暴自棄」都適用在形容人，都有過分輕視自己的意思，但妄自菲薄多指心理狀態、精神面貌，語意較輕；自暴自棄兼指行動表現，語意較重。

7 **妄言** ㄨㄤˋ ㄧㄢˊ 不知輕重，隨便亂說。

9 **妄爲** ㄨㄤˋ ㄨㄟˊ 不守本分，做出不合理的作爲。

11 **妄動** ㄨㄤˋ ㄉㄨㄥˋ 未思慮可否，就任意行動。

參考 衍輕舉妄動。

13 **妄想** ㄨㄤˋ ㄒㄧㄤˇ 根本不可能實現的非分之幻想。

參考 衍妄想吃天鵝肉。

▽虛妄、無妄、迷妄、妖妄。

常 3 **奸** 形解 形聲；從女，干聲。干有侵犯的意思，所以姦淫之罪爲奸。

音義 ㄐㄧㄢ 名①與敵相通而出賣團體、民族或國家利益的人；例漢奸。②邪惡虛詐的人；例老奸巨猾。動淫污；例奸殺。形狡猾的；例奸商。

參考 ①「奸」與「姦」音義相同，可通用，然習慣上「奸詐」、「漢奸」多用「奸」；作「不正當的性行爲」解時則用「姦」，如「強姦」、「通姦」、「誘姦」。②同詐，狡，姦。

5 **奸宄** ㄐㄧㄢ ㄍㄨㄟˇ 犯法作亂。由內而起稱爲宄，由外而起稱爲奸。「奸」又作「姦」。

參考 「宄」上從「宀」，與上從「穴」的「究」（ㄐㄧㄡˋ），音義各異。

7 **奸佞** ㄐㄧㄢ ㄋㄧㄥˋ 陰險狡詐，花言巧語。

11 **奸細** ㄐㄧㄢ ㄒㄧˋ ㈠潛存在我方有關單位替敵人刺探情報並傳遞消息的人。即內間。㈡奸邪的小人。「奸」又作「姦」。

奸商 ㄐㄧㄢ ㄕㄤ 用投機欺詐、囤積居奇等不正當手段牟取暴利的生意人。

12 **奸詐** ㄐㄧㄢ ㄓㄚˋ 心存惡意，以不實的事欺騙別人。

參考 同狡猾。

奸雄 ㄐㄧㄢ ㄒㄩㄥˊ 有才智而運用權術欺世盜名以取得權勢地位的大野心家。

16 **奸險** ㄐㄧㄢ ㄒㄧㄢˇ 奸詐陰險。

▽漢奸、內奸、養奸、大奸、巨奸、老奸、狼狽爲奸、姑息養奸、朋比爲奸。

常 3 **妃** 解 形 [seal] 會意；從女己。所以會以女儷己的意思。

音義 ㄈㄟ 名 ①配偶。②皇帝的配偶，地位僅次於后；例嬪妃。③女神的尊稱；例宓妃。
ㄆㄟˋ 動 婚配，通「配」。

參考 ①「妃」當作配偶解時，又讀ㄆㄟˋ。②「妃」與「后」古時有分，然於今已經不別，如「王后」又可作「王妃」。

▽王妃、后妃、貴妃、正妃、元妃、香妃、納妃、嬪妃、宮妃。

常 3 **好** 解 形 [seal] 會意；從女子。子有年少的意思；所以色美爲好。

音義 ㄏㄠˇ 動 ①彼此情投意合；例友好。②完畢成功；例做好。形 ①善美的；例好人好事。②友好的；例好同事。副 ①甚，很；例好大。②一事作完；例「梳好了椎髻，穿好了苗錦」。③容易地；例好懂。④可以；例只好如此。⑤因其美而起的快感；例好吃。⑥以便；例你快拿飯來，吃了好走。歎 表讚賞或允許；例好！就到此爲止！
ㄏㄠˋ 名 私自喜愛的事；例嗜好。動 愛；例喜好。

參考 ①同佳，美，善，嗜。②反壞、難。

3 **好大喜功** ㄏㄠˋ ㄉㄚˋ ㄒㄧˇ ㄍㄨㄥ 喜歡誇大，一心一意想立大功。

參考 參閱「急功好利」條。

4 **好手** ㄏㄠˇ ㄕㄡˇ 精於某種技藝的人。例網球好手。

參考 ①同能手。②衍好手如林。

好歹 ㄏㄠˇ ㄉㄞˇ ㈠好壞。例不知好歹。㈡不論如何。例你好歹幫他一個忙。㈢遭遇不幸，常指死亡。例萬一你有個好歹，叫我回去如何交代！

好不 ㄏㄠˇ ㄅㄨˋ ㈠表示程度深的肯定副詞。例老朋友聚會，天南地北，聊得好不痛快。㈡詢問商量之詞。例下了班，咱們一塊兒吃飯，好不？

參考 「好不」，用在某些雙音節形容詞前面表示程度深，並帶感歎語氣，跟「多麼」相同。例人來人往，好不熱鬧。這樣用的「好不」都可以換用「好」，「好熱鬧」和「好不熱鬧」的意思都是很熱鬧，是肯定的。但是在「容易」前面，用「好」或「好不」意思都是否定的，如：「好容易才找著他」跟「好不容易才找著他」都是「不容易」的意思。

6 **好在** ㄏㄠˇ ㄗㄞˋ 表示具有某種有利條件或情況的副詞，有僥倖的意思。例好在有你作證，否則我眞是百口莫辯。

參考 同幸虧，幸而。

8 **好事多磨** ㄏㄠˇ ㄕˋ ㄉㄨㄛ ㄇㄛˊ 美滿的事情往往會遭到許多挫折而難有結果。

10 **好高騖遠** ㄏㄠˋ ㄍㄠ ㄨˋ ㄩㄢˇ 理想高遠而不切實際。騖：強求。

好逑 ㄏㄠˇ ㄑㄧㄡˊ 合適而美好的配偶。例「窈窕淑女，君子好逑。」

參考 同佳偶，良配，好仇。

11 **好處** ㄏㄠˇ ㄔㄨˋ ㈠優點，長處。㈡利益。例這樣做對你有什麼好處？

好強 ㄏㄠˋ ㄑㄧㄤˊ 固執己見，處處想勝過別人。

參考 「好強」和「好勝」都有想勝過別人的意思。但「好強」偏重在本質、個性，有固執己見、不服輸的意思；「好勝」則偏重在表現、行爲，志在必得，爭取榮譽。

12 **好勝** ㄏㄠˋ ㄕㄥˋ 喜歡超越衆人，以博取榮譽。

參考 ①衍好勝心。②見「好強」條。

好逸惡勞 ㄏㄠˋ ㄧˋ ㄨˋ ㄌㄠˊ 貪圖安逸，厭惡勞動。

16 **好整以暇** ㄏㄠˋ ㄓㄥˇ ㄧˇ ㄒㄧㄚˊ 形容從容不迫的樣子。暇：閑逸。

▽友好、美好、恰好、雅好、嗜好、愛好、相好、偏好、同好、喜好、癖好、和好、

講好、說好、公諸同好、朱陳之好、言歸於好、投其所好、兩面討好、通家之好、潔身自好、吃力不討好。

(常)3 **她** [解形] 形聲；從女，也聲。本義是姐姐，今為女性的第三人稱代名詞。

[音義] ㄊㄚ [代]女性的第三人稱代名詞；例她是我的朋友。

一 [代]同「伊」字。

(常)3 **如** [解形] 如 會意；從女從口。口代表命令、言詞，所以會隨從別人的意思。

[音義] ㄖㄨˊ [名]姓。[動]①依照；例如期完成。②往，去；例如廁。③及；例遠親不如近鄰。④奈；例如之何？⑤似，像；例如出一轍。[連]假如；例如果。

4 **如火如荼** ㄖㄨˊ ㄏㄨㄛˇ ㄖㄨˊ ㄊㄨˊ 形容事情進行得很熱烈，或景況很熾旺熱鬧。荼：茅草的白花。又作「如荼如火」。

如日中天 ㄖㄨˊ ㄖˋ ㄓㄨㄥ ㄊㄧㄢ 好像太陽正好升到天空當中，比喻事物或人的事業、名位、財勢最興旺的時候。

5 **如出一轍** ㄖㄨˊ ㄔㄨ ㄧˋ ㄔㄜˋ 比喻事物或行動歷程極為相似，好像同一個車輪在路上所壓出的痕迹一樣。轍：車輪所壓出的痕迹。

7 **如坐針氈** ㄖㄨˊ ㄗㄨㄛˋ ㄓㄣ ㄓㄢ 好像坐在插滿金針的氈子上。比喻因有心事或處境窘迫而坐立不安。

8 **如果** ㄖㄨˊ ㄍㄨㄛˇ 表示假設的連接詞。

[參考] 同倘若，假使，假如。

如來佛 ㄖㄨˊ ㄌㄞˊ ㄈㄛˊ [宗]佛教始祖釋迦牟尼佛的稱號之一。如為本覺，來為今覺，如來是完全符合教義的意思。又有無所從來，也無所去的意思。

如虎添翼 ㄖㄨˊ ㄏㄨˇ ㄊㄧㄢ ㄧˋ 好像老虎長了翅膀一樣，能力更強。比喻增添力量，使強大的更加強大，或使凶惡的更加凶惡。

如法炮製 ㄖㄨˊ ㄈㄚˇ ㄆㄠˊ ㄓˋ (一)依照古法製造中藥。(二)泛指依據成法辦理事物。

[參考] 同依樣畫葫蘆。

9 **如故** ㄖㄨˊ ㄍㄨˋ (一)像以前一樣。例依然如故。(二)像老朋友似的。例一見如故。

11 **如晤** ㄖㄨˊ ㄨˋ 即如面，是用於對晚輩的書信提稱語。

如常 ㄖㄨˊ ㄔㄤˊ 照常，像平常一樣。例一切如常。

如魚得水 ㄖㄨˊ ㄩˊ ㄉㄜˊ ㄕㄨㄟˇ 比喻得到與自己很投合的人或對自己很適宜的環境。

12 **如廁** ㄖㄨˊ ㄘㄜˋ 上廁所。

如喪考妣 ㄖㄨˊ ㄙㄤ ㄎㄠˇ ㄅㄧˇ 比喻極為哀痛，好像死了自己父母一樣。

13 **如意** ㄖㄨˊ ㄧˋ (一)合乎自己的心意。例萬事如意。(二)一種頂端呈靈芝形或雲形，有曲柄，象徵祥瑞的器物，可供玩賞或搔抓背癢。

如意 (二)

[參考] 衍如意杖、如意郎君。

如意算盤 ㄖㄨˊ ㄧˋ ㄙㄨㄢˋ ㄆㄢˊ 比喻只憑主觀想像，一廂情願的考慮或打算。

如椽之筆 ㄖㄨˊ ㄔㄨㄢˊ ㄓ ㄅㄧˇ 稱讚別人文章寫得很好。或作「大手筆」。椽：舊時屋頂用來承瓦的圓木。

如雷貫耳 ㄖㄨˊ ㄌㄟˊ ㄍㄨㄢˋ ㄦˇ 形容人的名聲之大有如春雷貫耳一般，為大家所共聞。

[參考] 貫，也可作「灌」。

14 **如夢初醒** ㄖㄨˊ ㄇㄥˋ ㄔㄨ ㄒㄧㄥˇ 剛從夢中醒來。比喻剛從胡塗、錯誤的認識中醒悟過來。也作「如夢方醒」。

15 **如影隨形** ㄖㄨˊ ㄧㄥˇ ㄙㄨㄟˊ ㄒㄧㄥˊ 好像影子跟著形體一般，彼此相從而不離。常指因果報應而說。

如膠似漆 ㄖㄨˊ ㄐㄧㄠ ㄙˋ ㄑㄧ 比喻結合得非常堅固，多用來形容友誼或愛情的親密篤厚。

如數家珍 ㄖㄨˊ ㄕㄨˇ ㄐㄧㄚ ㄓㄣ 比喻敘述事物明晰熟練，好像數說自己家裏的珍寶一樣。

17 **如獲至寶** ㄖㄨˊ ㄏㄨㄛˋ ㄓˋ ㄅㄠˇ 形容對所得到的人或物十分珍視喜愛，好像得到最好的寶物一樣歡喜。又作「如獲珍寶」。

18 **如鯁在喉** ㄖㄨˊ ㄍㄥˇ ㄗㄞˋ ㄏㄡˊ ㈠心中有話，像魚骨刺在喉嚨般不趕快吐出不會痛快。㈡形容將某人看成眼中釘，一定要除去他才能甘願安心。與「芒刺在背」同義。

19 **如願以償** ㄖㄨˊ ㄩㄢˋ ㄧˇ ㄔㄤˊ 願望實現，像所希望的那樣得到滿足。

20 **如釋重負** ㄖㄨˊ ㄕˋ ㄓㄨㄥˋ ㄈㄨˋ 好像放下了沈重的負擔，比喻責任已了，心情輕鬆愉快。

▽何如、闕如、晏如、一如、九如、就如、眞如、突如、宛如、恍如、不如、假如、譬如、例如、狗彘不如、牛馬不如。

常 3 **妁**

解形 形聲；從女，勺聲。勺是舀酒器，有斟酌的功用；所以斟酌二姓婚姻好合爲妁。

音義 ㄕㄨㄛˋ 名 媒，介紹婚事的人；例媒妁之言。

參考 同媒。

次 3 **奼**

解形 形聲；從女，乇聲。乇有光彩美麗的意思；所以少女爲奼。

音義 ㄔㄚˋ 動 誇耀，通「咤」。形 少年的，通「姹」；例奼女。

12 **奼紫嫣紅** ㄔㄚˋ ㄗˇ ㄧㄢ ㄏㄨㄥˊ 形容花朵的色彩鮮豔美麗。奼：嬌豔。嫣：美豔。例「原來是奼紫嫣紅開徧。」

常 4 **妝**

解形 形聲；從女，爿聲。爿有大的意思，所以女子大大地修飾一番爲妝。

音義 ㄓㄨㄤ 名 ①化妝而成的模樣；例淡妝。②凡婦女妝飾物；例卸妝。動 修飾容貌或打扮身體；例妝扮。

參考 「妝」與「裝」音同義異。「妝」僅用於修飾容顏，如「化妝」；「裝」除此外，尚可用於人以外的修飾，如：「裝配」、「裝潢」。

14 **妝奩** ㄓㄨㄤ ㄌㄧㄢˊ ㈠女子梳妝用的鏡盒子。㈡泛指結婚時新娘家族贈予新人的禮物。又稱「嫁妝」、「陪嫁」。

▽女妝、嚴妝、素妝、新妝、紅妝、淚妝、盛妝、嫁妝、梳妝、卸妝。

常 4 **妒**

解形 形聲；從女，戶聲。女子妬忌男人爲妒。同「妬」字。

音義 ㄉㄨˋ 動 ①忌恨別人勝過自己；例妒嫉。②凡嫉、忌，也可省稱作「妒」。

參考 「妒」異體字是「妬」。

▽忌妒、嫉妒。

常 4 **妨**

解形 形聲；從女，方聲。方是「防」的假借，有備禦的意思，所以傷害爲妨。

音義 ㄈㄤˊ 動 阻礙；例妨礙。

參考 ①「妨」與「防」音同義別，不能通用。「妨」意爲阻礙及損害，如：無妨、妨害；而「防」意爲戒備，如：提防、防空。②「妨」字有兩個讀音：一唸 ㄈㄤˊ，意思是「阻礙」；另一唸 ㄈㄤ，意思是「沒有什麼妨礙」；例無妨、不妨。「防」讀作 ㄈㄤˊ，有「戒備」的意思；例防備、提防。

10 **妨害** ㄈㄤˊ ㄏㄞˋ 阻礙並加損害。例妨害治安。

參考 參閱「妨礙」條。

19 **妨礙** ㄈㄤˊ ㄞˋ 干擾阻撓，使事情不能順利進行。「礙」同「碍」。例你別妨礙我的工作。

參考 「妨礙」和「妨害」都指使事物受到不利的影響，都是動詞。但「妨害」語意較重，強調損害，對象多是能受損害的事物，如視力、健康等；「妨礙」語意較輕，強調阻礙，對象多是會受干擾、阻撓的事物，如交通、發展等。

常 4 **妞**

解形 形聲；從女，丑聲。北方俗稱女孩爲「妞」。

音義 ㄋㄧㄡ 名 方 北方土語稱女孩爲妞；例小妞。

常 4 **妣**

解形 形聲；從女，比聲。比有女性的意思，所以尊稱死去的母親爲妣。

音義 ㄅㄧˇ 名 稱已逝世的母親或祖母；例考妣。

參考①「妣」古代亦可稱在世的母親。②「妣」不可讀成ㄆㄧˊ，「仳」不可讀成ㄅㄧˇ，宜加區分。

▽先妣、考妣、祖妣、皇考祖妣、如喪考妣。

常 4 **妙** 形解 會意；從女，從少。少有年輕的意思，所以年輕女子，容貌姣好爲妙。

音義 ㄇㄧㄠˋ 名①玄奧難曉的事理；例莫名其妙。②義理精湛；例奧妙。③姓。形①機智有趣的；例妙語如珠。②美好的；例輕歌妙舞。③年少；例妙齡。副奧祕難測；例神機妙算。

參考 同美，妙，佳。

4 **妙手回春** ㄇㄧㄠˋ ㄕㄡˇ ㄏㄨㄟˊ ㄔㄨㄣ 讚揚醫生的醫術高明，能使重病的人恢復健康。

妙手空空 ㄇㄧㄠˋ ㄕㄡˇ ㄎㄨㄥ ㄎㄨㄥ (一)空手的樣子。(二)唐人小說中的俠客，今泛指小偷、扒手。(三)比喻缺乏資財而善於挪移週轉。

5 **妙用** ㄇㄧㄠˋ ㄩㄥˋ 奇妙的作用。

9 **妙計** ㄇㄧㄠˋ ㄐㄧˋ 巧妙的計策。

14 **妙語如珠** ㄇㄧㄠˋ ㄩˇ ㄖㄨˊ ㄓㄨ 形容說話或作文章精彩生動，有許多圓潤佳妙的句子。

15 **妙趣橫生** ㄇㄧㄠˋ ㄑㄩˋ ㄏㄥˊ ㄕㄥ 形容語言、文章或藝術品洋溢著美妙的意趣的樣子。

20 **妙齡女郎** ㄇㄧㄠˋ ㄌㄧㄥˊ ㄋㄩˇ ㄌㄤˊ 正當青春期的年輕女子。妙齡：好的年齡，即青春年華。

▽巧妙、美妙、奧妙、精妙、微妙、奇妙、玄妙、至妙、神妙、不妙、大勢不妙、莫名其妙、維肖維妙。

常 4 **妖** 形解 形聲；從女，芺聲。夭有嬌巧的意思，所以巧妙爲媄，妖是「媄」的俗字，今通行。

音義 ㄧㄠ 名泛指一切怪異反常的事物；例妖孽。形①邪惡而不正的；例妖言惑衆。②豔麗而不端莊的；例妖姬。③以色媚人的；例妖冶。

參考 同怪。

7 **妖冶** ㄧㄠ ㄧㄝˇ 打扮得過分豔麗而且舉止輕佻。

妖言惑衆 ㄧㄠ ㄧㄢˊ ㄏㄨㄛˋ ㄓㄨㄥˋ 用荒誕離奇的邪說去蠱惑衆人。

15 **妖嬈** ㄧㄠ ㄖㄠˊ 妖媚而豔麗動人。

20 **妖孽** ㄧㄠ ㄋㄧㄝˋ (一)妖怪。(二)怪異不祥的人或事物。

21 **妖魔鬼怪** ㄧㄠ ㄇㄛˊ ㄍㄨㄟˇ ㄍㄨㄞˋ (一)怪異害人的鬼物的總稱。(二)比喻形形色色危害衆人利益的壞人。

21 **妖豔** ㄧㄠ ㄧㄢˋ 美麗耀眼而不端莊。

▽人妖、女妖、花妖、狐妖、蛇妖、虎妖。

常 4 **妍** 形解 形聲；從女，幵聲。幵有精研的意思，所以巧技爲妍。

音義 ㄧㄢˊ 形美好的、媚麗的；例妍蚩。

參考 ①同麗，豔，媚。②反醜、媸。③本作「姸」。

▽嬌妍、妖妍、鮮妍、媸妍。

常 4 **妤** 形解 形聲；從女，予聲。倢伃，是漢代婦官。伃又作妤。

音義 ㄩˊ 名漢代宮中的女官名；例婕妤。

參考 字亦作「伃」。

常 4 **妓** 形解 形聲；從女，支聲。支有小的意思，婦人常用的小物件爲妓。

音義 ㄐㄧˋ 名①古代從事演藝工作的女子；例歌舞妓。②俗謂以賣淫爲業的婦女；例娼妓。

參考 「妓」、「伎」、「技」都從支聲，音同而義別：「妓」有從事演藝工作的意思，如「藝妓」；「伎」有巧慧的意思，如「伎倆」；「技」有才藝的意思，如「技藝」。

▽狎妓、名妓、歌妓、豔妓、舞妓、宮妓、藝妓、娼妓、嫖妓、雛妓。

常 4 **妊** 形解 形聲；從女，壬聲。壬有懷孕的意思，所以婦人有身爲妊。

音義 ㄖㄣˋ 動婦人懷孕；例妊娠。

參考 ①又音ㄖㄣˇ。②同孕，娠。

③字或作「姙」、「𡜬」。

10 **妊娠** ㄖㄣˋ ㄕㄣ 婦女懷胎的過程。自成熟卵受精後至胎兒分娩出，一般爲二百八十天左右。也指動物的懷孕過程。娠：女子懷孕。

參考 衍妊娠期。

常 4 **妥** 形解 會意；從爪女。爪即手，用手使人安坐，所以會安適的意思。

音義 ㄊㄨㄛˇ 名姓。副①穩當；例妥帖。②完備；例辦妥。③適宜；例這樣做不妥。

參考 ①同好，善。②擘綏、餒。

8 **妥帖** ㄊㄨㄛˇ ㄊㄧㄝ 穩妥恰當。帖，又作「貼」。

妥協 ㄊㄨㄛˇ ㄒㄧㄝˊ 因原則、方法、意見不同而發生爭執時，向對方或彼此作部分讓步以謀調整的行爲。

12 **妥善** ㄊㄨㄛˇ ㄕㄢˋ 安穩完善。

13 **妥當** ㄊㄨㄛˇ ㄉㄤˋ 安穩適當。

次 4 **妗** 形解 形聲；從女，今聲。今有隱微的意思，所以女子迷人的微笑爲妗。

音義 ㄐㄧㄣˋ 名舅母；例舅妗。

參考 字雖從今，但不可讀成ㄐㄧㄣ。

常 5 **妾** 形解 會意；從辛女。辛是罪；所以會有罪的女子的意思。

音義 ㄑㄧㄝˋ 名①舊時男子的偏房，俗又稱姨太太、小老婆；例寵妾。②女子謙卑之稱；例「君住長江頭，妾住長江尾。」③姓。

7 **妾身** ㄑㄧㄝˋ ㄕㄣ 舊時女子對人的謙稱。又作「妾人」。

▽賤妾、寵妾、嬖妾、姬妾、美妾、臣妾、侍妾、愛妾、妻妾、外妾、三妻四妾。

常 5 **妻** 形解 形聲；從女，從又，屮聲。用手做事，有治理的意思；女子主持家務以盡妻職爲妻。

音義 ㄑㄧ 名男子經由合法程序而娶得的配偶；例妻子。

ㄑㄧˋ 動將女兒嫁給他人。

參考 「妻」是經由明媒正娶而成的配偶，與未經法定程序而來的「妾」不同。「妾」因在家庭中的地位低賤，後代引申爲女子自謙之詞；但「妻」不作謙稱，僅用於夫妻之間的自稱詞。

3 **妻子** ㄑㄧ ㄗˇ ㈠男子正式的配偶；俗稱老婆或太太，簡稱「妻」。㈡妻與子的合稱。

8 **妻孥** ㄑㄧ ㄋㄨˊ 妻子與兒女的合稱。又作「妻帑」。

9 **妻室** ㄑㄧ ㄕˋ 妻子，文言中常用。又作「妻房」。

20 **妻黨** ㄑㄧ ㄉㄤˇ 妻子的親屬族人。

▽夫妻、人妻、後妻、鬼妻、前妻、賢妻、娶妻、休妻、拋妻、髮妻、糟糠妻。

常 5 **委** 形解 形聲；從女，禾聲。禾是穀子，穀熟就會下垂，所以女子隨從子成爲委。

音義 ㄨㄟˇ 名①事情的結果，與「源」對；例原委。②姓。動①任命；例委派。②拋棄；例委案。③推脫；例委罪於人。形①頹喪的；例委靡。②彎曲波折的；例委婉。③細碎的；例委瑣。副確切地；例委實。

ㄨㄟ 形從容不迫的；例委蛇。副敷衍，隨順；例虛與委蛇。

參考 ①「委」原意爲稻穗下垂的樣子，後引申爲「隨從」、「付託」，如：委屈、委婉。而其原意，後來已由「萎」字取代，是以「枯萎」、「哲人其萎」等「萎」字不可用「委」字。②同派，任。③擘萎、痿、諉、魏、巍、倭、逶。

6 **委任** ㄨㄟˇ ㄖㄣˋ ㈠政文職官員的一種官階，在薦任之下，由直屬長官直接派任，如各部的科員等。㈡泛言委託別人辦事。

參考 衍委任狀。

委任狀 ㄨㄟˇ ㄖㄣˋ ㄓㄨㄤˋ 委託他人代理、辦事的證明書。

委曲 ㄨㄟˇ ㄑㄩ ㈠事情原委曲折婉轉。㈡壓抑自己的志意，對環境或別人勉强將就。

參考 「委曲」和「委屈」都指受冤屈，都可作形容詞、名詞、動詞用，除了委曲尚有宛轉曲折的意思外，多可通用。嚴格地分辨，「委曲」多由內在自我的壓抑遷就而形成的感覺；「委屈」則多因外在的指責與不合理待遇而造成的現象。

委曲求全 ㄨㄟˇ ㄑㄩ ㄑㄧㄡˊ ㄑㄩㄢˊ 壓抑自己的志意，勉强遷就環境或他人以顧全整體。

委決不下 ㄨㄟˇ ㄐㄩㄝˊ ㄅㄨˋ ㄒㄧㄚˋ 猶豫而難下決斷。

8 **委屈** ㄨㄟˇ ㄑㄩ ㈠受到不應有的指責和低下的待遇。(例)這幾天眞委屈你了。㈡因受不合理的待遇所產生的抑鬱苦悶。(例)你有什麼委屈，儘管說出來。㈢形容志意才情不得伸展。(例)他做這個工作，眞的太委屈了。

參考 參閱「委曲」條。

9 **委派** ㄨㄟˇ ㄆㄞˋ 委任派遣。

參考 參閱「委託」條。

10 **委託** ㄨㄟˇ ㄊㄨㄛ 將自身的事務託付別人或別的單位代辦。(例)這件事全權委託您了。

參考 「委託」和「委派」都是動詞，把事務交給別人辦理。但「委託」多用於平行關係，「委派」則用於上級對下級。

11 **委婉** ㄨㄟˇ ㄨㄢˇ 委曲婉轉。

委蛇 ㄨㄟ ㄧˊ ㈠形容道路、山河彎曲綿延的樣子。又作「逶迤」。㈡態度隨和地敷衍應付別人。(例)虛與委蛇。㈢從容自適的樣子。

委棄 ㄨㄟˇ ㄑㄧˋ 拋棄不理。

13 **委頓** ㄨㄟˇ ㄉㄨㄣˋ 疲困頹廢。

19 **委靡** ㄨㄟˇ ㄇㄧˇ 頹廢不振作的樣子。靡：偃仆的樣子，又音ㄇㄧˊ。

▽任委、親委、立委、伙委、原委、主委、窮源竟委。

(常) 5 **妹** 解形 形聲；從女，未聲。未有不足的意思，所以女弟爲妹。

音義 ㄇㄟˋ 名 ①同父母而後生的女子；(例)姊妹。②輩分相同而年輕的女子；(例)學妹。③女子自謙之詞；(例)妹愚昧，尚祈多多指教。

參考 ①「妹」字右邊從「未」(ㄨㄟˋ)而不從「末」(ㄇㄛˋ)，從「末」爲「妹」字，則讀爲ㄇㄛˋ。②反姊。

▽表妹、令妹、舍妹、堂妹、愚妹、弟妹、學妹、乾妹、小妹、胞妹、師妹。

(常) 5 **妮** 解形 形聲；從女，尼聲。尼有親近的意思，所以身邊使喚的女子爲妮。

音義 ㄋㄧ 名 ①丫頭或侍女；(例)妮婢。②小女孩，親暱或輕視的稱呼；(例)小妮子。

參考 「妮」又作「婗」。

(常) 5 **姑** 解形 形聲；從女，古聲。古有年長的意思，婦對先生的母親的尊稱爲姑。

音義 ㄍㄨ 名 ①婆婆，丈夫的母親；(例)翁姑。②稱父親的姊妹；(例)姑姑。③稱丈夫的姊妹；(例)小姑。④姑娘，未婚配的女子；(例)小姑獨處。⑤(宗)皈依佛教而不結婚的女子；(例)尼姑。⑥姓。動 因憐愛而不加責備；(例)姑息。副 暫且；(例)姑且試試看。

參考 ①反姨。②擊姑。

5 **姑且** ㄍㄨ ㄑㄧㄝˇ 暫且；是表示無可奈何，一時之間只好如此。(例)姑且一試。

6 **姑妄言之** ㄍㄨ ㄨㄤˋ ㄧㄢˊ ㄓ 對不合情理或缺乏根據的事姑且隨便說一說。今常用來表示不負言責的態度。(例)關於這檔事，我是姑妄言之，你就姑妄聽之吧！

參考 本詞多指姑且隨便說說，所說的不一定可靠或不一定有道理。

8 **姑表** ㄍㄨ ㄅㄧㄠˇ 屬於姑母方面的表親，別於姨表。(例)姑表兄弟。

10 **姑息** ㄍㄨ ㄒㄧ 過於寬容、放縱，得過且過。

參考 「姑息」和「縱容」都是過於寬容放縱的意思，但「姑息」的態度比較消極被動，有無可奈何的意味；「縱容」則較積極主動，是有意的不加以管束，語氣也較重。

姑息養奸 ㄍㄨ ㄒㄧ ㄧㄤˇ ㄐㄧㄢ 苟且偷安，毫無原則的寬容，助長了惡人惡事的發展。養：養成。奸：指壞人壞事。

13 **姑爺** ㄍㄨ ㄧㄝˊ 岳家對女婿的稱

呼。爺：又音ㄧㄝ。

14 **姑嫜** ㄍㄨ ㄓㄤ 古代合稱丈夫的父母，今稱公婆。「嫜」，又作「章」。

▽道姑、痲姑、仙姑、舅姑、少姑、小姑、姑姑。

常 5 **姆** 解形 形聲；從女，母聲。年過五十，還沒有生子，而專以婦道教人的老婦為姆。

音義 ㄇㄨˇ 名 ①古代教導未出嫁少女禮儀的婦人。②幫人看顧或餵養小孩的婦人；例保姆。

參考「姆」雖然從母，但卻與母親的「母」有別。姆由「母」引申而來，僅有照顧、撫育的意思。

常 5 **姐** 解形 形聲；從女，且聲。本是蜀人稱呼母親為姐，今指年長於我的女子為姐。

音義 ㄐㄧㄝˇ 名 成年且未婚女性的通稱；例小姐。

參考「姐」與「姊」音同，雖可通用，但現在習慣上，「姊」多用於有親屬關係或輩分相當的女性，如：姊妹、學姊。「姐」僅用於一般的稱呼，如：王小姐、李小姐。

常 5 **姍** 解形 形聲；從女，刪省聲。刪本有削除、毀謗的意思，所以毀謗為姍。

音義 ㄕㄢ 動 毀謗，通「訕」。

ㄒㄧㄢ 形 步履輕盈的。

參考 ①「姍姍」，語音亦讀ㄕㄢ ㄕㄢ。②「姍」作「步履輕盈」解時與玉石種類的「珊」不同，如：「意興闌珊」的「闌珊」有衰敗的意思，習慣上用「珊」字，不可以「姍」字代。

8 **姍姍** ㄕㄢ ㄕㄢ 形容女子行走時緩慢從容的樣子。

姍姍來遲 ㄕㄢ ㄕㄢ ㄌㄞˊ ㄔˊ 慢騰騰地來晚了。遲：晚。

參考 一般用於形容人，也可以用於形容季節、花朵等。

常 5 **始** 解形 形聲；從女，台聲。女之初為始。

音義 ㄕˇ 名 ①事件的啓端；例有始有終。②根本；例創始。③姓。動 開啓；例周而復始。副 ①當初；例始料所不及。②方才；例始信其眞。③嘗，曾經；例未始不能。

參考 ①「未始」之「始」又音ㄕˋ。②同 起、初。③反 終。

5 **始末** ㄕˇ ㄇㄛˋ 從開始到結束，指事情的全部經過。

參考 ①同 原委。②參閱「始終」條。

7 **始作俑者** ㄕˇ ㄗㄨㄛˋ ㄩㄥˇ ㄓㄜˇ ㈠第一個製造人形木偶用來殉葬的人。㈡比喻首開惡端或惡例的人。

10 **始祖** ㄕˇ ㄗㄨˇ ㈠有世系可考的第一代祖先。例黃帝是中華民族的始祖。㈡一種派系、行為或事業的創始者。例他是臺灣文化出版業的始祖。

參考 同 鼻祖。

始料所不及 ㄕˇ ㄌㄧㄠˋ ㄙㄨㄛˇ ㄅㄨˋ ㄐㄧˊ 比喻事情變遷的情形，是當初所沒有預料到的。

11 **始終** ㄕˇ ㄓㄨㄥ 從頭到尾，一直。例始終如一。

參考 ①「始終」與「始末」都是從頭到尾的意思，但「始末」只能做名詞，如：觀察事情的始末，有助於了解眞相；而「始終」除了作名詞時與「始末」同義外，又可作副詞用，如：他對你的感情始終不變。②「始終」、「一直」有別：「始終」可以用在動詞後面。例貫徹始終。「一直」不能。「始終」用在動詞前，都可以換用「一直」。例我始終(一直)認為他好。「一直」後的動詞可以帶時間詞語，「始終」後邊的動詞不能。例大雪一直下了三天。「一直」可以指將來，「始終」不能。例我打算在這兒一直住下去。

始終如一 ㄕˇ ㄓㄨㄥ ㄖㄨˊ ㄧ 從頭到尾，堅持到底，一點兒也沒有改變。

參考 同 始終不渝，有始有終。

始終不渝 ㄕˇ ㄓㄨㄥ ㄅㄨˋ ㄩˊ 自始至終都不會改變。比喻意志堅定，貫徹到底。渝：變化。

參考 ①同 始終如一。②渝，不可讀成ㄩ。③與「始終不懈」有別：前者著重表示「不改變」，多用於感情、信仰、堅守信用和堅持原則立場方面；後者著重表示「不鬆懈」，多用於工作、學習方面。

13 **始亂終棄** ㄕˇ ㄌㄨㄢˋ ㄓㄨㄥ ㄑㄧˋ 男人對女人，開始時誘惑她，與她發生不正當的關係，後來卻把她拋棄而不顧。

▽開始、元始、創始、太始、終始、原始、末始、起始、初始、周而復始。

常 5
姓

形解 形聲；從女，生聲。古人出生在某地即以某地之名為姓。

音義 ㄒㄧㄥˋ 名 ①標明家族傳統歷史、獨特系統的符號；例姓氏。②民衆；例百姓。③姓。

參考 ①「姓」，起於母系；「氏」，起於父系。是二字在遠古部落時代有別，秦漢以後遂合而為一，都是代表家族系統的符號，今日仍然沿用。②同氏。

4 **姓氏** ㄒㄧㄥˋ ㄕˋ 表示個人所生家族的符號，多以遠祖食邑的地名表示，姓起於女系，氏起於男系，後來混而為一，合稱姓氏。今多只用「姓」一字表示。

6 **姓名** ㄒㄧㄥˋ ㄇㄧㄥˊ 人的姓氏和名字。亦作姓字。

▽同姓、異姓、本姓、舊姓、夫姓、百姓、賜姓、國姓、坐不改姓。

常 5
姊

形解 形聲；從女，𠂔聲。同輩先我出生的女子為姊。俗稱姐姐。

音義 ㄐㄧㄝˇ 名 ①同父母中，出生順序較先或同輩中年歲較長的女性。②女子對同輩的尊稱；例吾姊。

參考 ①參閱「姐」字條。②同姐。③反妹。④俗作「姉」。

▽大姊、令姊、小姊、長姊、阿姊、學姊、胞姊、兄姊、乾姊、表姊、堂姊、家姊、師姊。

常 5
妯

形解 形聲；從女，由聲。由有動的意思，所以人不靜為妯。

音義 ㄓㄡˊ 名 弟兄的妻子相互稱呼；例妯娌。ㄔㄡ 動 ①動，悼。②騷擾。

參考 ①「妯」與「娌」常連用。②字的讀音為ㄓㄡˊ。

10 **妯娌** ㄓㄡˊ ㄌㄧˇ 兄弟的妻子的合稱。又作「築娌」。

常 5
妳

形解 形聲；從女，尔聲。嬭的俗字。

音義 ㄋㄧˇ 代 陰性第二人稱代名詞；例妳唱歌，我來和。ㄋㄞˇ 名 同「奶」。

參考 「妳」是「嬭」的俗字。白話文專用作第二人稱女性代名詞。音ㄋㄞˇ之「嬭」又為「奶」所替代，以致「嬭」反而罕為人知。

常 5
姒

形解 形聲；從女，以聲。古人稱姊為姒。

音義 ㄙˋ 名 ①古代衆妾同事一夫，相互間稱呼年紀較長者為「姒」；例娣姒。②古代妯娌間相互稱呼，兄嫂稱為「姒」。③姓。

參考 「姒」右旁從「以」並不從「似」，而字音應讀做ㄙˋ，卻不讀做ㄧˇ。

次 5
妺

形解 形聲；從女，末聲。同輩後我出生的女子為妹。

音義 ㄇㄛˋ 名 〔人〕女子的字，夏桀的妻子名「妺喜」，也作「妺嬉」或「末喜」。

參考 與「姊妹」的「妹」字音義各別：「妺」字從「末」，「妹」（ㄇㄟˋ）字從「未」（ㄨㄟˋ）。

次 5
妲

形解 形聲；從女，旦聲。古女子名的專用字。

音義 ㄉㄚˊ 名 〔人〕人名用字，商朝紂王的妃子名妲己。形 荒誕的；例妲語。

參考 字從旦，但不讀ㄊㄢˇ或ㄉㄢˋ。

次 5
姁

形解 形聲；從女，句聲。句有彎曲的意思，人老就會駝背矮小，所以老婦為姁。

音義 ㄒㄩˇ 副 ①和樂的樣子；例姁媮。②言語和善的樣子；例姁姁。ㄒㄩ 副 和悅的樣子。

參考 ①「嘔」字音「ㄒㄩ」時，與「姁」通；音「ㄡ」、「ㄡˇ」時，則不可通。②字雖從句，但不可讀成ㄐㄩ或ㄐㄩˋ。

▽老姁、娥姁。

常 6 **姜** 形解 形聲；從女，羊聲。神農氏住在姜水附近，便以姜為姓。

音義 ㄐㄧㄤ 名 ①婦人的美稱；例文姜。②姓。

常 6 **姿** 形解 形聲；從女，次聲。次有相次的意思，所以女子的容貌意態為姿。

音義 ㄗ 名 ①容貌體態；例丰姿綽約。②氣質，通「資」；例姿質過人。

參考 ①「姿」與「資」二字，當作智慧、稟賦時，可通用。然當作容貌體態時，則只能用「姿」字。②同形，態。

6 **姿色** ㄗ ㄙㄜˋ 女子的風姿或容貌。

13 **姿勢** ㄗ ㄕˋ 身體所表現出的形態。

14 **姿態** ㄗ ㄊㄞˋ 姿勢態度。例她走路的姿態非常優雅。

參考 「姿態」與「姿勢」都是名詞，都指人的表現，但姿勢偏重具體的形象，姿態則兼及抽象的態度、氣質、韻味。

▽英姿、雄姿、丰姿、美姿、天姿、聖姿、舞姿、奇姿、異姿、搔首弄姿、綽約多姿、顧盼生姿、搖曳生姿。

常 6 **姘** 形解 形聲；從女，并聲。并有交合的意思，所以男女私合為姘。

音義 ㄆㄧㄣ 動 男女未經合法婚姻關係而同居；例姘居。形 與人未經合法手續而同居的；例姘頭。

參考 ①「姘」從「并」，與從「幵」的「妍」不同，「妍」讀ㄧㄢˊ，有豔麗之義，用時宜加區分。②字雖從并，但不可讀成ㄅㄧㄥ。

8 **姘居** ㄆㄧㄣ ㄐㄩ 沒有合法的夫妻關係而同居。

常 6 **姣** 形解 形聲；從女，交聲。交有交錯美好的意思，所以容體壯大而美好為姣。

音義 ㄐㄧㄠ 名 姓。形 美好的；例姣好。

參考 ①又音ㄐㄧㄠˇ。②「姣」與「嬌」有別：「姣」有明朗清麗的意思，如：姣好；「嬌」多表柔弱無力的美感，如：嬌滴滴、嬌小玲瓏。

6 **姣好** ㄐㄧㄠ ㄏㄠˇ 容貌美麗。

參考 同姣美。

▽夭姣。

常 6 **姨** 形解 形聲；從女，夷聲。夷有平等的意思，所以與妻子同母所生的姊妹為姨。

音義 ㄧ 名 ①稱妻的姊妹；例小姨子。②稱媽媽的姊妹；例姨媽。③妾的通稱；例姨太太。

8 **姨表** ㄧ ㄅㄧㄠˇ 屬於姨母方面的表親，別於姑表。例姨表兄弟。

常 6 **娃** 形解 形聲；從女，圭聲。圭有圓而深的意思，所以女子雙目圓深亮麗為娃。

音義 ㄨㄚˊ 名 ①小孩；例娃娃兒。②美女；例館娃。形 小孩的；例娃娃車。

參考 「娃」在方言中，指小孩時多表親暱而無性別的區分。如特指十六、七歲以上的娃兒，則通常表示女性，如：女娃、嬌娃。

▽嬌娃、女娃、娃娃、宮娃、村娃、小娃、泥娃娃。

常 6 **姥** 形解 形聲；從女，老聲。老指年紀大，所以老母為姥。

音義 ㄇㄨˇ 名 ①幫人看顧或撫養小孩而年紀稍長的婦人；同「姆」；例保姥。②老婦人；例姥姥。③姓。

參考 「姥姥」北方方言稱「外婆」時，又讀ㄌㄠˇ ˙ㄌㄠ。

9 **姥姥** ㄌㄠˇ ˙ㄌㄠ ㈠對老婦人的尊稱。例劉姥姥逛大觀園。㈡北方人稱外祖母為姥姥。

參考 同外婆。

常6 **姪** 形解 形聲；從女，至聲。女子稱呼兄弟的孩子爲姪。

音義 ㄓˊ 名 ①稱兄弟的兒女；例姪兒。②同輩親戚間互稱對方的子女；例大姪子。

參考 ①「姪」古代專指女子稱兄弟的子女，後來演化泛指兄弟的子女而言。②「姪」與「侄」在表示兄弟子女時，可以通用。惟「侄」又有堅固的意思。③同侄。

▽內姪、表姪、老姪、小姪。

常6 **姚** 形解 形聲；從女，兆聲。兆是占卜所得的朕兆；問卜得吉兆，所以美好爲姚。

音義 一ㄠˊ 名 姓。形 豔麗的；例姚冶。

常6 **姦** 形解 會意；從三女。以美色迷惑人，會敗壞德性，所以會姦衺的意思。

音義 ㄐ一ㄢ 名 ①邪惡的言行；例姦宄。②犯法亂紀的人；例姦人。③不正當的男女行爲；例通姦。動 ①强暴；例姦殺。②盜取。

參考 ①「奸」與「姦」可通用，但習慣上「奸詐」、「漢奸」多用「奸」；而指不正當的男女行爲時，多用「姦」，如「强姦」、「通姦」、「誘姦」。②同奸，淫。

5 **姦宄** ㄐ一ㄢ ㄍㄨㄟˇ 違法做壞事。由內叫做姦，起外叫做宄。

參考 「宄」不可錯寫爲「究」。姦又作「奸」。

11 **姦淫** ㄐ一ㄢ 一ㄣˊ 男女間不合法的性行爲。

參考 衍姦淫罪。

▽犯姦、大姦、宿姦、强姦、通姦、成姦、作姦、犯科作姦。

常6 **威** 形解 形聲；從女，戌聲。戌有滅的意思，有威可畏的人爲威。

音義 ㄨㄟ 名 ①尊嚴；例大漢天威。②足以鎭壓或制服他人的力量；例示威。③姓。動 ①震驚；例聲威天下。②以力量屈服他人；例威脅。形 莊嚴的；例威儀。

參考 ①「威」從女與「戚」從尗不同。②同嚴，勢。

2 **威力** ㄨㄟ ㄌ一ˋ 强大的力量。

8 **威武** ㄨㄟ ㄨˇ 形容聲勢威嚴有力。

參考 參閱「威脅」條。

威武不屈 ㄨㄟ ㄨˇ ㄅㄨˋ ㄑㄩ 威嚴勇敢，不向强勢或惡勢屈服。

參考 與「堅貞不屈」有別：强調「不爲强暴的壓力所屈服」時，宜用前者；强調「節操堅定不變」時，宜用後者。

9 **威信** ㄨㄟ ㄒ一ㄣˋ 在羣體中所擁有的聲望和信譽。

參考 ①衍威信掃地。②參閱「威風」條。

威信掃地 ㄨㄟ ㄒ一ㄣˋ ㄙㄠˇ ㄉ一ˋ 形容威望和信譽完全喪失。

威風 ㄨㄟ ㄈㄥ 聲勢盛大，很神氣的樣子。

參考 ①衍威風八面。②「威風」與「威信」都含有使人敬畏的力量，都是名詞。但「威信」是指一個人在羣衆心目中的地位，有褒獎的意味；「威風」則指個人的態度表現，沒有善惡的判斷，又可作形容詞用。如：他穿上軍服，顯出很威風的樣子。

威風凜凜 ㄨㄟ ㄈㄥ ㄌ一ㄣˇ ㄌ一ㄣˇ 氣勢烜赫，使人敬畏的樣子。

參考 參閱「氣勢洶洶」條。

10 **威脅** ㄨㄟ ㄒ一ㄝˊ 以强大的力量恐嚇逼迫別人。

參考 ①「威脅」與「威逼」意思相同，都是動詞，但用法上略有差異：「威逼」是言行並行，對人進行面對面的恐嚇壓迫；「威脅」則可僅用言語，不直接採取行動，也不一定要面對面，而且對象除了具體的人外，還可用於安全、健康等抽象的事物。②「威力」指强大而使人畏懼的力量，是名詞，與「威脅」不同；且「威力」無關善惡的判斷，而「威脅」則多含使用不正當暴力使人屈服的意思。

威脅利誘 ㄨㄟ ㄒ一ㄝˊ ㄌ一ˋ 一ㄡˋ 用强力逼迫，用重利誘惑。比喻軟硬兼施，用盡各種手段，以達使人屈從的目的。

15 **威儀** ㄨㄟ ㄧˊ 尊嚴的容貌和莊重的擧止。

17 **威嚇** ㄨㄟ ㄏㄜˋ 利用威勢或武力嚇唬逼迫別人。

20 **威嚴** ㄨㄟ ㄧㄢˊ 尊嚴而使人敬畏的樣子。

▽示威、天威、發威、恩威、權威、皇威、武威、軍威、兵威、下馬威、不怒而威、狐假虎威、耀武揚威、不重不威。

常 6 **姻** 形解 形聲；從女，因聲。因有親近的意思，所以女之所就的壻家爲姻。

音義 ㄧㄣ 名 泛指結婚的事情；例聯姻。形 經由婚姻而結成的親屬關係；例姻伯。

參考 「姻」與「婚」古代有別，「婚」指婦人的家屬，「姻」指女壻的家屬。然今「婚」與「姻」連用，泛稱與結婚有關的事物，如：婚禮、姻親等。

15 **姻緣** ㄧㄣ ㄩㄢˊ 男女結爲夫妻的緣分。

16 **姻親** ㄧㄣ ㄑㄧㄣ 因婚姻關係而形成的親戚，如血親的配偶、配偶的血親等是。

▽婚姻、聯姻、族姻、外姻、中美聯姻。

次 6 **姮** 形解 形聲；從女，亘聲。古女子命名常用的字。

音義 ㄏㄥˊ 名①人 人名用字，后羿的妻子名「姮娥」，漢人避文帝諱，改爲「嫦娥」。②姓。

參考 不可受「亘」字讀音的影響而讀作 ㄒㄩㄢ。

次 6 **姱** 形解 形聲；從女，夸聲。夸有外在的意思，所以外在美爲姱。

音義 ㄎㄨㄚ 形 美好的；例姱名。副 非常；例姱麗。

參考 同夸，誇。

次 6 **姝** 形解 形聲；從女，朱聲。朱是深紅色，有豔麗的意思，所以美色爲姝。

音義 ㄕㄨ 名 美女；例名姝。形 美好的；例姝麗。

參考 同好。

常 7 **娑** 形解 形聲；從女，沙聲。沙爲舞步移動所發出的聲音，所以舞姿優美爲娑。

音義 ㄙㄨㄛ 名 音譯字；例娑摩吠陀。形 飄忽搖曳的；例婆娑起舞。

參考 「娑」不可讀作 ㄙㄚ。

▽婆娑。

常 7 **娘** 形解 形聲；從女，良聲。良有美善的意思，所以少女爲娘。

音義 ㄋㄧㄤˊ 名 ①母親；例爹娘。②年長已婚的婦人；例大娘。③年輕女子的泛稱；例姑娘。ㄋㄧㄚ 名 方 北方方言稱婦女；例娘們。

參考 「娘」原本爲少女的意思，後來與有母親意思的「孃」混用，而「孃」字形義併入「娘」字，「孃」字遂廢而「娘」字通行。

3 **娘子軍** ㄋㄧㄤˊ ㄗˇ ㄐㄩㄣ (一)由女子組成的軍隊。(二)成羣的女子。

10 **娘家** ㄋㄧㄤˊ ㄐㄧㄚ 已嫁婦人的母家。

娘娘腔 ㄋㄧㄤˊ ㄋㄧㄤˊ ㄑㄧㄤ 形容男子言行忸怩似女子，缺乏男子英武粗豪的氣概。

▽姑娘、女娘、小娘、奶娘、親娘、大娘、爹娘、爺娘、姨娘、老娘、婆娘、美嬌娘、送子娘娘。

常 7 **娜** 形解 形聲；從女，那聲。字本作「妠」，妠是嬌弱，所以女子嬌弱美好爲娜。

音義 ㄋㄨㄛˊ 名 女性名字的常用字。ㄋㄨㄛˇ 形 輕柔的；例裊娜。ㄋㄚˋ 名 外 西洋女人音譯字；例安娜(Anna)。

▽婀娜、嫋娜。

常 7 **娟** 形解 形聲；從女，肙聲。女子美好爲娟。

音義 ㄐㄩㄢ 形 清麗美好的；例娟秀。

參考 「娟」字有細緻的意思，如：「娟秀」的美感，與「華麗」、「濃豔」的美感，是有區別的。

▽嬋娟。

常 7 **娛** 形解 形聲；從女，吳聲。吳有大的意思，所以大樂爲娛。

音義 ㄩˊ 名歡娛的感覺；例視聽之娛。動取樂；例自娛。

參考 ①「娛」是動詞，多指引起人的歡樂行爲；「愉」是形容詞，多表心境的歡樂。通常指受他物影響而快樂用「娛」，由內心自發的快樂用「愉」。②「娛」與從言的「誤」形近，音義不同，不宜混同。

15 **娛樂** ㄩˊ ㄌㄜˋ ㈠使歡樂快活。例娛樂大衆。㈡快樂有趣，作爲消遣的活動。

參考 衍娛樂稅、娛樂場所。

▽歡娛、遊娛、宴娛、自娛、共娛。

常 7 **娓** 形解 形聲；從女，尾聲。尾有柔順的意思，所以女子柔順依從爲娓。

音義 ㄨㄟˇ 副連續不倦的樣子；例娓娓動聽。

參考 「娓」古又有二義：一爲順從，一爲美好。

10 **娓娓** ㄨㄟˇ ㄨㄟˇ ㈠勤勉不倦的樣子。㈡說話連續不倦的樣子。例娓娓細訴。

娓娓動聽 ㄨㄟˇ ㄨㄟˇ ㄉㄨㄥˋ ㄊㄧㄥ 形容很會講話，說起來很生動，使人喜歡聽。

參考 ①本詞含有褒揚的意思。②與「天花亂墜」有別：前者形容說話非常動聽，不含虛妄、不切實際的意思；後者形容說話漂亮、生動，但虛妄，不切實際。

常 7 **姬** 形解 形聲；從女，𦣝聲。黃帝住在姬水旁邊，所以以姬爲姓。

音義 ㄐㄧ 名①古代稱貌美的婦女；例妖姬。②侍妾；例姬妾。③古代女子的通稱；例虞姬。④姓。

▽妖姬、王姬、美姬、麗姬、寵姬、歌姬、虞姬、豔姬、淑姬、愛姬、霸王別姬。

常 7 **娠** 形解 形聲；從女，辰聲。辰有震動的意思；女子懷孕，常感胎動爲娠。

音義 ㄕㄣ 名懷孕；例妊娠。

參考 ①又讀ㄓㄣˋ。②同孕。

▽妊娠。

常 7 **娣** 形解 形聲；從女，弟聲。弟有年幼的意思，所以在羣妾中年紀最小的爲娣。

音義 ㄉㄧˋ 名①諸妾中年齡較幼的。②妯娌間稱年齡小的。③姊稱妹爲娣。

參考 「娣」與「妹」原是有別，「妹」專指兄長稱呼妹妹之詞，後來以「妹」字涵蓋「娣」義，而「妹」遂成「妹妹」的通稱。

常 7 **娩** 形解 會意；從女免。免生子爲娩。

音義 ㄨㄢˇ 形嫵媚的；例婉娩。ㄇㄧㄢˇ 動生小孩；例分娩。

參考 「分娩」的「娩」字，音ㄇㄧㄢˇ，常常有人把它唸成ㄨㄢˇ。

▽分娩、婉娩、無痛分娩。

常 7 **娥** 形解 形聲；從女，我聲。美好爲娥。

音義 ㄜˊ 名①女子名；例曹娥。②美女；例宮娥。③姓。形美好的；例娥娥。

9 **娥眉** ㄜˊ ㄇㄟˊ ㈠形容女子的眉毛長得很好看。㈡美貌的女子。又作蛾眉。

▽姮娥、嫦娥、宮娥。

常 7 **娌** 形解 形聲；從女，里聲。兄弟的妻子互稱爲妯娌。

音義 ㄌㄧˇ 名兄弟妻子間的互稱；例妯娌。

次 7 **娙** 形解 形聲；從女，巠聲。巠有直而長的意思，所以女子身材修長而姣好爲娙。

音義 ㄒㄧㄥˊ 名漢代女官名；例娙娥。形女子身材修長美好的；例娙娥。

次 7 **娉** 形解 形聲；從女，甹聲。甹聲字有遠達的意思，所以聘娶相問爲娉。

音義 ㄆㄧㄥ 動①聘問，通「聘」。②聘娶。ㄆㄧㄥ 形輕巧美好的；例娉婷。

12 娉婷 ㄆㄧㄥ ㄊㄧㄥˊ 輕巧美好的樣子。例康橋祇是一帶茂林，擁戴幾處娉婷的尖閣。

常8 **娶** 形解 形聲；從女，取聲。取有捕取的意思，所以取彼之女爲我之婦爲娶。

音義 ㄑㄩˇ 動婚禮中，男方親迎女方；例娶媳婦。

參考「娶」與「嫁」皆爲婚姻用字，而且共有一個意義，然使用對象卻絕不相同：男方稱「娶」，如：「娶新娘」，「迎娶」；女方稱「嫁」，如：「嫁女兒」、「送嫁」。

▽嫁娶、再娶、婚娶、迎娶。

常8 **婁** 形解 會意；從女、毋；從中。毋是無的意思，所以中空爲婁。

音義 ㄌㄡˊ 名①㊀星名，廿八宿之一；例婁宿。②姓。形①中空的；例婁空。②空疏的；例婁婁然。

參考 孳僂、屢、縷、簍、瘻、數、擻、髏、摟、屨。

常8 **婉** 形解 形聲；從女，宛聲。宛有彎曲的意思，所以女子眉目姣好性情柔順爲婉。

音義 ㄨㄢˇ 形①和順的；例婉辭。②美好的；例婉麗。

參考「婉」與有屈折、微小之義的「宛」有別，不可混用。

7 婉言 ㄨㄢˇ ㄧㄢˊ 宛轉的言詞。例婉言相勸。

17 婉謝 ㄨㄢˇ ㄒㄧㄝˋ 用委婉的言辭謝絕。

18 婉轉 ㄨㄢˇ ㄓㄨㄢˇ ㈠柔婉而曲折。㈡形容聲音圓潤柔和。

19 婉辭 ㄨㄢˇ ㄘˊ ㈠和婉的言辭。㈡委婉地拒絕某項任務。

▽委婉、淑婉、溫婉、柔婉。

常8 **婦** 形解 會意；從女從帚。女子拿著掃帚灑掃主持家事爲婦。

音義 ㄈㄨˋ 名①已嫁的女子；例少婦。②妻；例使君有婦。③成年女性的通稱；例婦孺皆知。形與女性有關的；例婦道。

參考 ①同女。②反孺。

2 婦人之仁 ㄈㄨˋ ㄖㄣˊ ㄓ ㄖㄣˊ 姑息、不忍心，沒有決斷力。

3 婦女節 ㄈㄨˋ ㄋㄩˇ ㄐㄧㄝˊ 西元一九一〇年，在丹麥舉行國際婦女大會，定每年三月八日爲婦女節，紀念婦女爭取參政權、男女平等權等所獲得的成就。

13 婦道 ㄈㄨˋ ㄉㄠˋ 即爲婦之道，婦女所應遵行的行爲法則。例婦道人家。

17 婦孺皆知 ㄈㄨˋ ㄖㄨˊ ㄐㄧㄝ ㄓ 婦人和小孩子都能知道，比喻十分淺顯，人人都知道。

▽新婦、夫婦、少婦、老婦、寡婦、媳婦、貞婦、主婦、產婦、孕婦、命婦、情婦、匹夫匹婦。

常8 **婪** 形解 形聲；從女，林聲。林有多的意思，所以貪多爲婪。

音義 ㄌㄢˊ 動貪愛；例貪婪。

參考 ①「婪」從「女」，與從「火」的「焚」有別：「焚」有火燄的意思，「婪」有貪愛的意思。②「婪」不可讀作ㄈㄣˊ。

常8 **婀** 形解 形聲；從女，阿聲。字本作娿，形容女子美好爲婀。

音義 ㄜ 形柔美的；例婀娜。

10 婀娜 ㄜ ㄋㄨㄛˊ ㈠輕盈柔美的樣子。例婀娜多姿。㈡草木茂盛的樣子。又作「妸娜」。

常8 **娼** 形解 形聲；從女，昌聲。字本作倡，昌是美言，所以演唱音樂的人爲倡。

音義 ㄔㄤ 名妓女；例娼婦。

參考 ①「倡」原指古代的樂人，後引申而有從事賣淫者的意思。「娼」字後起，專指和賣淫相關的事，與「倡」仍有差別。②同優，妓。

常8 **婢** 形解 形聲；從女，卑聲。卑有低下的意思，所以女子地位卑賤者爲婢。

音義 ㄅㄧˋ 名①古代罪犯的女性眷屬，充爲公家的奴僕；例官婢。②供人使喚的女侍；例婢女。③女性謙詞。

參考①又讀ㄅㄟˋ，但不可讀成ㄅㄟˋ。②「婢」當做侍女，與從「人」的「俾」不同。通常某字偏旁從「人」或從「女」，意多相類，如：「他」與「她」，「侄」與「姪」等。然「俾」爲動詞有使、從之義，而「婢」爲名詞，二字絕不相類，宜加區分。③同僕，奴。

▽女婢、僕婢、奴婢、侍婢、妾婢。

常 8 **婚** 形解 形聲；從女，昏聲。古時娶妻在黃昏時分舉行，故稱昏禮，所以婦嫁爲婚。

音義 ㄏㄨㄣ 名有關嫁娶之事；例論及婚嫁。動嫁娶；例婚配。形婚事的；例婚禮。

參考①參閱「姻」字條。②同姻，嫁。

9 **婚約** ㄏㄨㄣ ㄩㄝ 法一男一女以將來締結婚姻爲目的所訂立的約定。例解除婚約。

婚姻 ㄏㄨㄣ ㄧㄣ 男娶女嫁結合而成的夫妻關係。

▽結婚、訂婚、重婚、早婚、晚婚、新婚、離婚、再婚、適婚、未婚、金婚、銀婚、完婚、已婚、通婚、指腹爲婚。

常 8 **婆** 形解 形聲；從女，波聲。老婦爲婆。

音義 ㄆㄛˊ 名①年老的婦女；例老婆婆。②舊稱從事某種事業的婦女；例媒婆。③妻稱夫的母親；例婆婆。④稱祖母或外祖母及其同輩的女性；例外婆。

10 **婆娑** ㄆㄛˊ ㄙㄨㄛ 盤旋，跳舞的姿態。例婆娑起舞。

11 **婆婆媽媽** ㄆㄛˊ ㄆㄛˊ ㄇㄚ ㄇㄚ 沒有丈夫氣概，像個老太婆似的拿不起放不下的樣子。

19 **婆羅門** ㄆㄛˊ ㄌㄨㄛˊ ㄇㄣˊ ㈠印度「種姓制度」中的最高階級，即婆羅門教的祭司。掌握教權，壟斷知識，並享受各種特權，是人民精神生活的統治者。㈡古代印度的別稱。

▽公婆、老婆、產婆、姑婆、外婆、媒婆、虔婆、老太婆、三姑六婆。

常 8 **婊** 形解 形聲；從女，表聲。俗稱倡伎爲婊。

音義 ㄅㄧㄠˇ 名專門從事賣淫業的婦女；例婊子。

次 8 **婕** 形解 形聲；從女，疌聲。古時女子命名常用的字。

音義 ㄐㄧㄝˊ 名妃嬪的稱號，同「倢」；例婕妤。

次 8 **婞** 形解 形聲；從女，幸聲。狠戾。小篆從㚔，㚔就是逆的初文，所以不聽從爲婞。

音義 ㄒㄧㄥˋ 形①性情倔强，自以爲是的。②剛直的。

參考①寵幸、親幸的「幸」，本作「婞」。②「僥倖」、「倖臣」用「倖」；「儌幸」、「慶幸」用「幸」，都不用「婞」字。

次 8 **婭** 形解 形聲；從女，亞聲。亞有次要的意思，姊妹的先生互稱爲婭。

音義 ㄧㄚˋ 名①姊妹的夫壻的互稱；例婭壻。②發語詞，通「丫」；例婭嬛。

參考 姊妹的丈夫互稱爲婭壻，今俗稱「連襟」。

常 9 **婷** 形解 形聲；從女，亭聲。字本作娗，美好挺拔爲婷。

音義 ㄊㄧㄥˊ 形美好挺拔的；例婷婷玉立。

參考「婷」從女，爲形容詞，有美麗挺拔的意思，與從人的「停」字爲動詞，表終止義不同，宜加區別。

常 9 **媚** 形解 形聲；從女，眉聲。眉目可以傳情，所以媚有愛悅的意思。

音義 ㄇㄟˋ 動取悅，諂媚；例媚世阿俗。形艷麗的；例嫵媚。

參考 同美，諂。

▽明媚、嫵媚、嬌媚、淑媚、

柔媚、秀媚、風光明媚、千嬌百媚。

常 9 **婿** 形解 會意；從女胥。胥是才智，以女配有才智的男人爲婿。

音義 ㄒㄩˋ 名 ①稱女兒的丈夫；例女婿。②妻稱夫；例夫婿。

參考 ①字亦從士作「壻」。②同夫。

常 9 **媒** 形解 形聲；從女，某聲。某爲「謀」省，所以謀合二姓締結婚姻爲媒。

音義 ㄇㄟˊ ①婚姻介紹人；例媒婆。②居於中間介紹或引導雙方達成聯繫的人物；例媒介。

4 **媒介** ㄇㄟˊ ㄐㄧㄝˋ ㈠在兩者之間負責介紹或傳遞，使兩方發生關係的人或事物。㈡在傳播過程中，將訊息傳達受播者途中所使用的工具或方法，如報紙、電視等。

參考 衍媒介物、媒介控制。

6 **媒妁** ㄇㄟˊ ㄕㄨㄛˋ 介紹婚姻的人，即「媒人」。例媒妁之言。

23 **媒體** ㄇㄟˊ ㄊㄧˇ ㈠物在兩者之間負責傳達的物體。又稱「媒質」。例傳播媒體。㈡可傳遞病原菌的動植物。

▽良媒、作媒、風媒、水媒、鳥媒、蟲媒、靈媒、爲媒。

常 9 **媛** 形解 形聲；從女，爰聲。爰有引入的意思，能使人人都被吸引住的美女爲媛。

音義 ㄩㄢˋ 名 ①美女。②婦女的美稱；例名媛淑女。ㄩㄢˊ 形 形貌佼好的；例嬋媛。

參考 「媛」與「嫒」有別：「媛」爲美女的通稱；「嫒」爲敬稱他人的女兒，如令嫒。

▽淑媛、名媛、嬋媛、美媛、令媛。

次 9 **嬀** 形解 形聲；從女，爲聲。本義爲嬀汭，水名。

音義 ㄍㄨㄟ 名 ①地水名，即嬀河，源於察哈爾延慶縣，西南流經懷來入桑乾河。②姓。

參考 ①字又作「媯」。②水名也作「溈」。

次 9 **媟** 形解 形聲；從女，枼聲。輕慢不敬爲媟。

音義 ㄒㄧㄝˋ 形 不莊重的；例媟汙。

參考 ①同褻，狎，慢。②不可念成ㄉㄧㄝˊ。

次 9 **媧** 形解 形聲；從女，咼聲。女媧，是傳說中上古時代能化萬物的神女。

音義 ㄨㄚ 名 人 神話中的上古女帝君，即女媧氏，爲伏羲氏的妹妹。

次 9 **媬** 形解 形聲；從女，保聲。保有保護的意思，所以照顧小孩子的女子爲媬，今俗作保母。

音義 ㄅㄠˇ 名 照顧小孩的婦人，即保母。

次 9 **婾** 形解 形聲；從女，俞聲。俞有侵犯、超越的意思，所以不遵正道，苟且偷盜爲婾。

音義 ㄊㄡ 動 ①竊取，同「偷」。②輕視。形 狡猾，巧黠的。副 苟且，同「偷」；例婾生。ㄩˊ 形 快樂，通「愉」。

參考 ①又作「媮」。②除了偷不能通「愉」以外，「偷」和「婾」的意思無別。

次 9 **婺** 形解 形聲；從女，敄聲。女子的個性强，不隨便順從人爲婺。

音義 ㄨˋ 名 ①古星座名。②舊時常用爲對婦人的讚美詞；例寶婺。③地江名，樂安江上游的別稱。形 美好的。

參考 「婺」，即「女宿」，又稱「婺女」、「須女」，二十八宿之一。

常 10 **嫁** 形解 形聲；從女，家聲。女子適人爲嫁。

音義 ㄐㄧㄚˋ 動 ①女子婚配；例嫁女兒。②轉移；例嫁禍他人。

參考 參閱「娶」字條。

7 **嫁妝** ㄐㄧㄚˋ ㄓㄨㄤ 女子出嫁時，

女方陪送的金錢、首飾、衣被、用具等。

11 **嫁接** ㄐㄧㄚˋ ㄐㄧㄝ 〔農〕植物無性繁殖方法之一。用人爲的方法剪取母株上的一段枝條或一個芽，接到另一個植物上，使接合成新的植株。常使用於果樹的新品種培植上。

參考 衍嫁接苗、嫁接變異。

14 **嫁禍於人** ㄐㄧㄚˋ ㄏㄨㄛˋ ㄩˊ ㄖㄣˊ 採取手段把禍害推移到別人身上。

參考 與「以鄰爲壑」有別：前者僅把禍害，特別是罪責推給別人；後者專指把困難、禍害全部推給別人。

18 **嫁雞隨雞、嫁狗隨狗** ㄐㄧㄚˋ ㄐㄧ ㄙㄨㄟˊ ㄐㄧ、ㄐㄧㄚˋ ㄍㄡˇ ㄙㄨㄟˊ ㄍㄡˇ 俚比喻女子嫁後，無論好壞，一心跟著丈夫，不作非分之想。

▽待嫁、出嫁、陪嫁、新嫁、再嫁、婚嫁、作嫁、爲人作嫁。

常 10 **嫉** 形解 形聲；從女，疾聲。疾有傷害的意思，所以妒忌爲嫉。

音義 ㄐㄧˊ 動①妒忌；例嫉妒。②憎恨；例嫉惡如仇。

參考 ①同恨，憎，惡。②「嫉」、「嫉妒」、「嫉恨」的「嫉」字讀ㄐㄧˊ，不是ㄐㄧˋ。「忌憚」、「諱疾忌醫」的「忌」字，才是音ㄐㄧˋ。

7 **嫉妒** ㄐㄧˊ ㄉㄨˋ 因別人比自己强而心懷怨恨。又作妒嫉，妬忌。

12 **嫉惡如仇** ㄐㄧˊ ㄜˋ ㄖㄨˊ ㄔㄡˊ 憎恨壞人或壞事，好像恨自己的仇敵一樣。

▽憎嫉、妒嫉、憤嫉、怨嫉、恨嫉。

常 10 **嫌** 形解 形聲；從女，兼聲。兼有並的意思，心有不平，並存懷疑爲嫌。

音義 ㄒㄧㄢˊ 名嫌疑；例避嫌。動討厭；例嫌貧愛富。

參考 ①「嫌」不讀ㄐㄧㄢ、ㄓㄨㄢˋ之音。②同惡，疑。

12 **嫌棄** ㄒㄧㄢˊ ㄑㄧˋ 因對人或事物厭惡或不滿而置之不理。

14 **嫌惡** ㄒㄧㄢˊ ㄨˋ 厭惡。

參考 ①同嫌厭，嫌憎。②惡可輕讀爲˙ㄨ。

嫌隙 ㄒㄧㄢˊ ㄒㄧˋ 因與人意見不合而產生猜忌、隔閡。

嫌疑 ㄒㄧㄢˊ ㄧˊ 因具備某些因素而值得懷疑。通常指壞事而言。例你憑什麼認爲我有嫌疑？

參考 衍嫌疑犯。

▽罪嫌、畏嫌、憎嫌、前嫌、避嫌、決嫌、去嫌、盡棄前嫌。

常 10 **媾** 形解 形聲；從女，冓聲。冓有重疊的意思，所以交互締結婚姻爲媾。

音義 ㄍㄡˋ 名原指姻親間互締艮緣的婚事，今泛稱婚事；例婚媾。動①交配；例交媾。②達成協議；例媾和。

參考 ①「媾」與從后而同音的「姤」字有別：「姤」有美好的意思，而媾有交配的意思。②同交，婚，姻。

8 **媾和** ㄍㄡˋ ㄏㄜˊ 兩國停戰而後議和。

▽姻媾、交媾、婚媾、親媾。

常 10 **媽** 形解 形聲；從女，馬聲。母親的俗稱爲媽。

音義 ㄇㄚ 名①母親；例媽媽。②稱呼與母親同輩的女姓親長；例姑媽。③方北方話，稱呼女性僕役；例奶媽。④尊稱年長婦女；例大媽。

參考 同娘。

▽老媽、阿媽、婆婆媽媽。

常 10 **媼** 形解 形聲；從女，昷聲。老母的尊稱爲媼。

音義 ㄠˇ 名①年老的婦人；例老媼。②婦人的通稱；例衞媼。③地神；例媼神。

參考 ①「媼」不可讀ㄩˋ，也不可讀成ㄨㄣ。②同婆。

▽老媼、村媼、翁媼。

常 10 **媳** 形解 形聲；從女，息聲。息有子息的意思，所以俗稱兒子的妻子爲媳。

音義 ㄒㄧˊ 名兒子的妻子；例媳婦。

11 **媳婦** ㄒㄧˊ ㄈㄨˋ ㈠兒子的妻子。㈡弟弟或晚輩的妻子。如弟媳婦。

▽婆媳、子媳、弟媳。

常 10 **嫂** 形解 形聲；從女，叜聲。叜隸變作叟。叟有年長的意思，所以兄長的妻子爲嫂。

音義 ㄙㄠˇ 名 ①稱兄長的妻子；例嫂嫂。②稱同輩的妻子；例嫂夫人。③年長婦人的敬稱；例李嫂。

▽嫂嫂、表嫂、姑嫂、姪嫂。

常 10 **媲** 形解 形聲；從女，𣬉聲。𣬉有比並的意思，所以匹配爲媲。

音義 ㄆㄧˋ 動 ①匹配；例媲偶。②匹敵；例媲美。

參考「媲」不可讀成ㄅㄧˇ，而「蓖」、「篦」不可讀成ㄆㄧˋ，應讀做ㄅㄧˋ。

9 **媲美** ㄆㄧˋ ㄇㄟˇ 美好的程度差不多，可以互相比美。如媲美古人。

次 10 **嫋** 形解 形聲；從女，弱聲。弱有柔軟細長的意思，所以女子體態柔美爲嫋。

音義 ㄋㄧㄠˇ 形 形容婦女體態柔美的；例嫋娜纖巧。副 ①風動的樣子；例嫋嫋秋風。②音調悠揚的樣子；例餘音嫋嫋。

參考 ①又作「嬝」。②字雖從弱，但不可讀成ㄖㄨㄛˋ。

10 **嫋娜** ㄋㄧㄠˇ ㄋㄨㄛˇ 柔而長的樣子。又作「嬝娜」。

13 **嫋嫋** ㄋㄧㄠˇ ㄋㄧㄠˇ ㈠柔美的樣子。例嫋嫋素女。㈡搖曳的樣子。例春枝晨嫋嫋。㈢繚繞的樣子。例鑪香嫋嫋。㈣風動的樣子。例嫋嫋秋風。㈤描摹聲音的悠揚。例餘音嫋嫋，不絕如縷。

次 10 **媸** 形解 形聲；從女，蚩聲。蚩有惡的意思，所以相貌醜陋爲媸。

音義 ㄔ 形 相貌醜陋的；例求妍反媸。

參考 ①同醜。②反妍、美。

次 10 **媵** 形解 形聲；從女，朕聲。朕有送的意思，指護送新娘的人，所以陪嫁的姪娣爲媵。

音義 ㄧㄥˋ 名 ①陪嫁的婢女；例媵婢。②妾；例媵侍。動 ①贈送。②書信用語，隨信附寄其他東西；例媵以某物，敬希哂存。

參考 和「滕」（ㄊㄥˊ）形近而音義有別。

2 **媵人** ㄧㄥˋ ㄖㄣˊ 從嫁或陪嫁的人。

次 10 **嫈** 形解 形聲；從女，熒省聲。熒有微小的意思，所以女子舉止小心拘謹爲嫈。

音義 ㄧㄥ 形 ①小心的。②嬌美的。

常 11 **嫡** 形解 形聲；從女，啻聲。啻有相當的意思，所以謹愼爲嫡。

音義 ㄉㄧˊ 名 ①元配；例嫡室。②嫡子的簡稱。形 正宗的；例嫡系。

參考「嫡」不讀做ㄕˋ。

5 **嫡出** ㄉㄧˊ ㄔㄨ 正妻所生。

參考 反庶出。

9 **嫡派** ㄉㄧˊ ㄆㄞˋ 一脈相傳的正支。

參考 ①同嫡系。②衍嫡派眞傳。

13 **嫡傳** ㄉㄧˊ ㄔㄨㄢˊ 學術或技藝代代直接親傳，含有正統相傳的意思。例嫡傳弟子。

16 **嫡親** ㄉㄧˊ ㄑㄧㄣ 血統最親近的親屬。如嫡親孫女。

參考 同至親。

▽世嫡、長嫡、廢嫡、正嫡。

常 11 **嫦** 形解 形聲；從女，常聲。是姮的俗字。

音義 ㄔㄤˊ 名 人 人名；例嫦娥。

參考 嫦娥之「嫦」，原本作「姮」，漢代因避文帝劉恒的諱而改爲「嫦」。

10 **嫦娥** ㄔㄤˊ ㄜˊ ㈠古代帝王后羿的妻子，相傳因偷吃靈藥而飛升月宮成爲仙女。又作「姮娥」或「常娥」。㈡比喻曼妙貌美的女子。

常 11 **嫩** 形解 形聲；從女，敕聲。女子柔順美好爲嫩。

音義 ㄋㄣˋ 形 ①植物初生而柔嫩的；例嫩芽。②輕微的；例嫩涼。③缺乏經驗的；例嫩手。副 顏色清淡的；例嫩綠。

參考 ①又音ㄋㄨㄢˋ。②「嫩」的異體字從欠作「嫩」與從水(氵)的「漱」不同：「漱」為用水沖洗，如：「漱口」的「漱」不可作「嫩」，「柔嫩」的「嫩」也不可作「漱」。③同柔、弱。

常 11 **嫗**

形解 形聲；從女，區聲。區是隱藏，所以女性覆育子女者為嫗。

音義 ㄩˋ 名 老婦；例 老嫗能解。

▽老嫗、翁嫗、村嫗。

常 11 **嫖**

形解 形聲；從女，票聲。票有輕的意思，所以輕浮為嫖。

音義 ㄆㄧㄠˊ 動 狎玩妓女；例 嫖妓。

ㄆㄧㄠ 形 輕捷的；例 嫖姚。

常 11 **嫘**

形解 形聲。從女，累聲。嫘是姓，黃帝的正妃就叫嫘祖。

音義 ㄌㄟˊ 名 姓。

參考 「嫘」不可讀成ㄌㄨㄛˊ。

9 嫘祖 ㄌㄟˊ ㄗㄨˇ 人 黃帝的正妃，相傳是我國養蠶治絲的發明者，後世祭祀先蠶就是祭拜嫘祖。

常 11 **嫣**

形解 形聲；從女，焉聲。修長而美好為嫣。

音義 ㄧㄢ 形 ①柔媚的；例 嫣然一笑。②巧笑的。

9 嫣紅 ㄧㄢ ㄏㄨㄥˊ 嬌豔的紅色。

12 嫣然 ㄧㄢ ㄖㄢˊ 嫵媚微笑的樣子。

次 11 **嫜**

形解 形聲；從女，章聲。丈夫的父母，即公婆。

音義 ㄓㄤ 名 丈夫的父親。

參考 丈夫的父親本稱「公」，音轉為「伀」，又轉為「章」，因與「姑」(丈夫的母親)偏旁同化而作「嫜」。所以稱丈夫的父母為「姑嫜」。

次 11 **嫕**

形解 形聲；從女，悘聲。女子溫柔婉順為婉嫕。

音義 ㄧˋ 形 柔順的；例 婉嫕。

參考 同瘱。

次 11 **嫪**

形解 形聲；從女，翏聲。翏有稠密的意思，所以深切戀惜為嫪。

音義 ㄌㄠˋ 名 眷戀；例 戀嫪。②姓。

參考 和「謬誤」的「謬」(ㄇㄧㄡˋ)或「繆」(ㄇㄡˊ)，及「憀」(ㄌㄠˊ，悲恨)等字音義各異，不可混同。

次 11 **嫚**

形解 形聲；從女，曼聲。曼有輕的意思，所以輕侮為嫚。

音義 ㄇㄢˋ 動 侮辱；例 嫚罵。形 傲慢不恭敬的。

參考 同慢。

次 11 **嫠**

形解 形聲；從女，𠩺聲。𠩺多有分離的意思，所以寡婦為嫠。

音義 ㄌㄧˊ 名 寡婦；例 嫠婦。

參考 不可和從牛的「犛」(ㄌㄧˊ，又音ㄇㄠˊ)字混同。

常 12 **嬉**

形解 形聲；從女，喜聲。喜有快樂的意思，所以遊戲取樂為嬉。

音義 ㄒㄧ 動 遊樂；例 嬉戲。

參考 「嬉」與「喜」不可通用：「喜」具有名詞、動詞、形容詞三種詞性，而「嬉」僅作動詞用；且「喜」可作愛好解釋，「嬉」則有遊玩的意思。

5 嬉皮笑臉 ㄒㄧ ㄆㄧˊ ㄒㄧㄠˋ ㄌㄧㄢˇ 對人、對事笑嘻嘻所顯示出的滿不在乎的輕浮態度。

參考 ①「嬉皮笑臉」和「喜笑顏開」都有笑嘻嘻的意思，但「嬉皮笑臉」是一種玩世不恭，滿不在乎的態度；「喜笑顏開」卻是因心中愉快而滿臉笑容，心態上有很大的差異。②「眉笑眼開」與「喜笑顏開」義同。

10 嬉笑怒罵 ㄒㄧ ㄒㄧㄠˋ ㄋㄨˋ ㄇㄚˋ (一)形容人任性不羈，高興就笑，生氣就罵。(二)形容任意發揮而寫成的活潑生動的文章。例「嬉笑怒罵，皆成文章。」

17 嬉戲 ㄒㄧ ㄒㄧˋ 笑鬧玩耍。

常 12 **嫻**

形解 形聲；從女，閑聲。同嫺字。

音義 ㄒㄧㄢˊ 動 熟練；例 嫻於法令。形 文靜優雅的，通「閑」；例 嫻靜。

參考 同靜，雅。

15 **嫺熟** ㄒㄧㄢˊ ㄕㄡˊ 非常熟練。

常 12 **嬋**

形解 形聲；從女，單聲。姿態優美爲嬋娟。

音義 ㄔㄢˊ 形 姿態優美的；例嬋娟。

10 **嬋娟** ㄔㄢˊ ㄐㄩㄢ ㈠美好的樣子。㈡月亮的代稱。例「但願人長久，千里共嬋娟。」

常 12 **嫵**

形解 形聲；從女，無聲。無是舞的初文，女子跳舞，姿態柔媚動人爲嫵。

音義 ㄨˇ 形 嬌美的；例嫵媚。

參考 「嫵」不讀作ㄈㄨˇ。

12 **嫵媚** ㄨˇ ㄇㄟˋ 姿態姣好可愛的樣子，多用來形容女子。

常 12 **嬌**

形解 形聲；從女，喬聲。形容女子柔弱嫵媚爲嬌。

音義 ㄐㄧㄠ 形 ①可愛動人的；例嬌媚。②受寵的；例嬌娘。

參考 參閱「姣」字條。

3 **嬌小** ㄐㄧㄠ ㄒㄧㄠˇ 體態柔弱小巧。

參考 衍 嬌小玲瓏。

5 **嬌生慣養** ㄐㄧㄠ ㄕㄥ ㄍㄨㄢˋ ㄧㄤˇ 從小被照顧保護得過分週到，沒有吃過一點苦頭。

8 **嬌妻** ㄐㄧㄠ ㄑㄧ 嬌美的妻子。例家有嬌妻。

9 **嬌客** ㄐㄧㄠ ㄎㄜˋ 女婿。

次 12 **嬈**

形解 形聲；從女，堯聲。煩擾爲嬈。

音義 ㄖㄠˇ 動 擾亂。

ㄖㄠˊ 形 嬌媚的；例嬌嬈。

ㄧㄠ 副 柔弱的樣子；例「優嬈嬈以婆娑。」

常 13 **嬝**

形解 形聲；從女，裊聲。形容女子瘦弱纖細而柔美的樣子爲嬝。

音義 ㄋㄧㄠˇ 形 宛轉柔美的；例嬝娜。

常 13 **嬴**

形解 形聲；從女，嬴省聲。嬴是古代帝王少皞的姓。

音義 ㄧㄥˊ 名 姓。動 勝過，通「贏」。形 ①盈滿的。②有餘的；例嬴絀。

參考 ①「嬴」與從貝的「贏」字可以通用，如：「嬴餘」亦可寫作「贏餘」。②同滿，勝。

次 13 **嬗**

形解 形聲；從女，亶聲。性情寬厚舒緩爲嬗。

音義 ㄕㄢˋ 動 ①傳位，通「禪」。②演變、改變。

參考 同變，易，改，替，更，換。

次 13 **嬙**

形解 形聲；從女，嗇聲。古代宮廷中的女官。

音義 ㄑㄧㄤˊ 名 古代宮廷中的女官名。

參考 古宮廷中的女官有「妃、嬙、嬪、御」，以前二者身分和地位較高。

次 13 **嬛**

形解 形聲；從女，睘聲。睘有圓轉的意思，所以體態輕盈靈巧爲嬛。

音義 ㄏㄨㄢˊ 名 娜嬛，神話中天帝的藏書處。

ㄑㄩㄥˊ 副 孤獨無依的樣子，同「煢」、「惸」；例嬛嬛。

ㄒㄩㄢ 副 柔美的樣子。

參考 ①形容人輕薄用「儇」（ㄒㄩㄢ）不用「嬛」，如「儇薄」。

次 13 **嬡**

形解 形聲；從女，愛聲。敬稱別人的女兒。

音義 ㄞˋ 名 尊稱對方女兒的敬詞；例令嬡。

次 13 **嬖**

形解 形聲；從女，辟聲。辟有彎曲遮蔽的意思，所以過度寵愛爲嬖。

音義 ㄅㄧˋ 名 帝王所寵愛狎近的人；例嬖寵。動 寵愛。

2 **嬖人** ㄅㄧˋ ㄖㄣˊ 受寵愛的人。

8 **嬖幸** ㄅㄧˋ ㄒㄧㄥˋ 受帝王既寵愛又狎昵的人物。又作「嬖倖」。

▽寵嬖、便嬖、內嬖、外嬖、狎嬖。

常 14 **嬰**

形解 會意；從女，賏。賏是用貝殼貫串起來的頸飾，所以會圍繞的意思。

音義 ㄧㄥ 名 初生的幼兒；例嬰兒。動 纏繞；例嬰疾。

9 **嬰怒** ㄧㄥ ㄋㄨˋ 觸發別人的怒氣。

10 **嬰疾** ㄧㄥ ㄐㄧˊ 受疾病困擾。

▽孩嬰、子嬰、女嬰、男嬰、幼嬰、育嬰、棄嬰、溺嬰、連體嬰。

㊔ 14 **嬪** 形解 形聲；從女，賓聲。賓含有肅敬的意思，所以服侍人的女子爲嬪。
音義 ㄆㄧㄣˊ 名 ①婦女的美稱；例嬪婦。②宮中女官名；例嬪妃。動出嫁。
6 嬪妃 ㄆㄧㄣˊ ㄈㄟ 古代皇宮中的女官。
▽妃嬪、九嬪、貴嬪、女嬪、宮嬪。

㊔ 14 **嬷** 形解 形聲；從女，麼聲。俗稱老婦人爲嬷嬷。
音義 ㄇㄚ 名 母親，同「媽」；例嬷嬷。
參考 參閱「媽」字條。
17 嬷嬷 ㄇㄚ ˙ㄇㄚ ㈠老婦的通稱。㈡稱奶媽爲嬷嬷。㈢同「媽媽」。

㊀ 14 **嬭** 形解 形聲；從女，爾聲。楚人稱呼母親爲嬭。
音義 ㄋㄞˇ 名 ①乳房。②乳汁，同「奶」。②俗作婦女的敬稱；例嬭媼。
參考 ①字又作「妳」，今音「ㄋㄧˇ」，專用於女性第二人稱，以別於「你」字。②字雖從爾，但不可讀成ㄦˇ。

㊀ 14 **嬲** 形解 會意；從二男夾一女。所以二男調戲一女爲嬲。
音義 ㄋㄧㄠˇ 動 ①戲弄。②擾亂。
參考 同弄，擾。

㊔ 15 **嬸** 形解 形聲；從女，審聲。俗稱叔母爲嬸。
音義 ㄕㄣˇ 名 ①叔母；例嬸嬸。②稱與父母同輩而年幼的婦女；例大嬸。③妯娌間稱呼年紀稍幼者；例小嬸。

㊀ 16 **嬾** 形解 形聲；從女，賴聲。賴有停止不進的意思，所以懈怠爲嬾。
音義 ㄌㄢˇ 形 怠惰的，同「懶」；例嬾困。
參考 又作「孄」。

㊀ 16 **嬿** 形解 形聲；從女，燕聲。女子名。
音義 ㄧㄢˋ 形 ①美好的。②安閑和順的；例嬿婉。

㊔ 17 **孀** 形解 形聲；從女，霜聲。霜有喪失的意思，所以死了丈夫的婦人爲孀。
音義 ㄕㄨㄤ 名 死了丈夫的婦人；例遺孀。
8 孀居 ㄕㄨㄤ ㄐㄩ 死了丈夫的婦人不再改嫁，守寡獨居。

㊀ 17 **孃** 形解 形聲；從女，襄聲。襄有盛大的意思，所以女子體態豐滿爲孃。
音義 ㄋㄧㄤˊ 名 稱呼母親；例爹孃。
參考 「孃」本來指「母親」，「娘」指「少女」，古本有別，後已通用，如「姑娘」或作「姑孃」。
▽舞孃、村孃、老孃、茶孃、姑孃、晚孃。

㊀ 17 **孅** 形解 形聲；從女，韱聲。韱有銳而細的意思，所以女子體態纖弱、容貌美麗爲孅。
音義 ㄒㄧㄢ 形 ①細密，細致的。②體態柔細的；例嫵媚孅弱。
參考 同纖，孅，細。

㊀ 19 **孌** 形解 形聲；從女，䜌聲。䜌有纏綿的意思，所以對異性所生的愛慕爲孌。是「戀」的本字。
音義 ㄌㄩㄢˊ 形 美好的。
參考 又作「娈」。
12 孌童 ㄌㄩㄢˊ ㄊㄨㄥˊ 專門供人玩弄的美男子。或稱「男妓」。

【子部】 ㄗˇ

㊔ 0 **子** 形解 象形；象初生的幼兒裹在襁褓中形。
音義 ㄗˇ 名 ①十二地支的第一位，可用做計算年、月、日、時；例子時。②後嗣，古代兼指子、女，今專指兒子；例孩子。③男子的尊稱；例

孔子。④人的通稱；例舟子。⑤植物的果實或動物的卵；例種子。⑥細小；例粒子。⑦我國書籍分類中的一目；例經、史、子、集。⑧周末五等爵之一；例子爵。代第二人稱代名詞，即「你」；例「子亦有聞乎？」形①有所屬的；例子命題。②成顆粒的；例子彈。③「母」的對稱；例子金。

參考 ①又讀·ㄗ。②子、孑、孓三字字形相似，「兒子」的「子」字之末筆是一橫，「孑然一身」的「孑」字之末筆是一提，「孑孓」的「孓」字之末筆是一捺，書寫時宜加留意。③孳李、字、仔、孜。

5 **子目** ㄗˇ ㄇㄨˋ 總目或總綱下的細目。編訂圖書目錄、章程條例及論文綱要時所常用。

子母 ㄗˇ ㄇㄨˇ (一)兒子和母親。(二)猶言本利，本金叫母，利息叫子。(三)某些物件小的叫子，大的叫母。例子母環。

8 **子房** ㄗˇ ㄈㄤˊ 植種子植物雌蕊花柱下部膨大的地方，內有胚珠，成熟後就是種子。

子夜 ㄗˇ ㄧㄝˋ 夜半子時，指晚上十一點到次日一點。

參考 同半夜，深夜。

10 **子孫** ㄗˇ ㄙㄨㄣ (一)兒子和孫子。例子孫滿堂。(二)泛指後代。例我們都是炎黃子孫。

參考 同子息，子嗣，後裔。

子息 ㄗˇ ㄒㄧ (一)泛指兒女、後代。例未有子息。(二)利息。例「子息萬計。」

參考 同子嗣，後裔。

子宮 ㄗˇ ㄍㄨㄥ 生理學名詞，女性生殖器官之一，位於小骨盤內，膀胱與直腸之間，形狀如梨，為胎兒發育成長的處所。

子書 ㄗˇ ㄕㄨ 古時除了經書以外，凡自成一家之言的著作，統稱為「子書」。參閱「子部」條。

11 **子虛** ㄗˇ ㄒㄩ 文漢司馬相如作子虛賦，假托子虛、烏有先生、亡是公三人互相問答。後世因此而稱假設或不實在的事物為「子虛」或「子虛烏有」。

參考 同虛假。

子產 ㄗˇ ㄔㄢˇ 人春秋鄭國大夫公孫僑，字子產，博洽多聞，長於政治，為政寬猛並濟。

子部 ㄗˇ ㄅㄨˋ 我國四部書分類的第三部，依四庫全書分類，包括儒家、兵家、法家、農家、醫家、天文算法、術數、藝術、譜錄、雜家、類書、小說家、釋家、道家等十四類，後世目錄家多從此說。

12 **子婿** ㄗˇ ㄒㄩˋ 女兒的丈夫稱為子婿。

參考 同女婿。

15 **子彈** ㄗˇ ㄉㄢˋ 軍槍礮裏面所發射的火藥彈丸，由彈殼、火帽、發射藥、彈頭四部分組成。

▽金子、君子、才子、弟子、夫子、遊子、養子、銀子、公子、庶子、天子、妻子、兒子、赤子、孔子、老子、莊子、荀子、孟子、內子、外子、小子、卵子、精子、魚子、馬子、原子、中子、電子、核子、分子、果子、西子、親子、例子、韓非子、偽君子、凡夫俗子、天之驕子、目無餘子、正人君子、梁上君子、謙謙君子、虎父無犬子、打腫臉充胖子、有其父必有其子、不入虎穴焉得虎子。

常 0 **孑**

解形 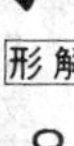 象形；象「子」缺右邊。所以缺了右臂為孑。

音義 ㄐㄧㄝˊ 名姓。形①孤單的；例孑然一身。②遺留，剩餘；例靡有孑遺。

參考 ①參閱「孓」字條。②同孤，獨。

3 **孑孓** ㄐㄧㄝˊ ㄐㄩㄝˊ 動蚊的幼蟲，孵化於污濁的水中。

12 **孑然一身** ㄐㄧㄝˊ ㄖㄢˊ ㄧ ㄕㄣ 形容很孤獨或單獨一個人。孑然：孤獨的樣子。

參考 同孤獨無依。

常 0 **孓**

解形 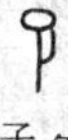 象形；象子缺左邊。所以人缺了左臂為孓。

音義 ㄐㄩㄝˊ 名動蚊子的幼蟲；例孑孓。

參考 參閱「孑」字條。

㊥1 **孔** 形解 會意；從乙子。甲骨金文作以乳哺子，所以會嘉美的意思。

音義 ㄎㄨㄥˇ ①洞穴；例孔竅。②鳥名；例孔雀。③「孔子」的略稱；例孔孟。④姓。形通達的；例孔道。副甚；例孔多。

參考 ①凡空虛的、能容的，都叫「孔」；與「空」虛的「空」字，音、義相似。②同洞。

3 **孔子** ㄎㄨㄥˇ ㄗˇ 人（西元前五五一—西元前四七九）春秋魯人，名丘，字仲尼，是儒家的宗師。周遊列國十三年，而不能施展抱負。年六十八，返魯，刪詩書，定禮樂，贊周易，作春秋。是我國最偉大的思想家和教育家，教授學生三千人，開創我國平民教育的先河，後世尊稱「至聖先師」。

4 **孔方兄** ㄎㄨㄥˇ ㄈㄤ ㄒㄩㄥ 「錢」的別稱。舊時所用的銅錢，當中都有方孔，以便穿串，故名。

5 **孔穴** ㄎㄨㄥˇ ㄒㄩㄝˋ ㈠空隙，窟窿。㈡人身的穴道，即筋脈要害處。

參考 同孔竅。

8 **孔孟** ㄎㄨㄥˇ ㄇㄥˋ 孔子和孟子的合稱，為東周儒家的代表。

8 **孔林** ㄎㄨㄥˇ ㄌㄧㄣˊ 地在山東曲阜縣城北門外，為孔子及其後裔墓地，面積約三千畝。墓地周圍多歷代碑刻，古木參天，景色幽靜，是中國著名的古蹟之一。

孔武有力 ㄎㄨㄥˇ ㄨˇ ㄧㄡˇ ㄌㄧˋ 形容人非常勇敢而有氣力。

11 **孔雀** ㄎㄨㄥˇ ㄑㄩㄝˋ 動屬鳥綱，鷄形目，產於熱帶，形狀略似雉，體長三尺多，翼短小，雄者特壯麗，尾有長羽，能開張呈扇狀，有翠綠斑紋，非常美麗。

13 **孔道** ㄎㄨㄥˇ ㄉㄠˋ ㈠孔子的學說聖道。㈡四通八達的交通道路。例臺灣是歐亞航線的孔道。

14 **孔隙** ㄎㄨㄥˇ ㄒㄧˋ 細縫，小窟窿。

參考 同孔穴。

15 **孔廟** ㄎㄨㄥˇ ㄇㄧㄠˋ 即孔子廟，春秋時魯哀公初立於曲阜，北齊以後，各地紛立孔廟，遍及全國。自明永樂以來，又稱「文廟」。

▽洞孔、瞳孔、鼻孔、面孔、老孔、毛孔、氣孔、毛細孔。

㊥2 **孕** 形解 形聲；從子，乃聲。乃有相因而有的意思，所以婦人有身懷子為孕。

音義 ㄩㄣˋ 動①懷胎；例孕育。②含，實；例包孕。形懷胎的；例孕婦。

參考 同胎。

7 **孕育** ㄩㄣˋ ㄩˋ ㈠懷胎而生育。又作「孕毓」、「孕鬻」。㈡事務漸漸培養長成起來。例大地孕育出美麗的花朵。

參考 ①同滋長。②與「產生」有別，前者是漸漸培養而成，後者指由已有的事物生出新的事物。如：你這樣做會產生反效果。

▽受孕、懷孕、避孕、有孕、身孕、子宮外孕。

㊥3 **字** 形解 形聲；從宀，子聲。在家（宀）中生下孩子為字。

音義 ㄗˋ 名①記錄語言的符號；例文字。②別名；例字號。③發音；例字正腔圓。④姓。動①女子許嫁；例待字閨中。②撫愛；例字愛。

參考 「名字」的「字」不可以寫成「子」。

5 **字母** ㄗˋ ㄇㄨˇ 拼音文字所用的基本符號，如英文的A、B、C等即是。

8 **字典** ㄗˋ ㄉㄧㄢˇ 書檢查字形、字音、字義的參考書，就是把單字依次排列，詳註各字音義的工具書。

參考 同字書。

字帖 ㈠ㄗˋ ㄊㄧㄝˋ 摹刻前人的墨蹟以為臨寫的範本。㈡ㄗˋ ㄊㄧㄝ 有文字的便條或簡帖。

9 **字音** ㄗˋ ㄧㄣ 文字的讀音。例字音正確。

10 **字書** ㄗˋ ㄕㄨ 解釋字形、字音、字義的書。如：爾雅、說文解字。

參考 同字典。

字紙簍 ㄗˋ ㄓˇ ㄌㄡˇ 放置廢棄字紙的簍子。

參考 與「垃圾桶」都指裝置廢棄物的容器，但垃圾桶使用的範圍廣，不專指廢紙而言。

12 **字畫** ㄗˋ ㄏㄨㄚˋ ㈠指書法和繪畫。㈡文字的筆畫。

參考 同書畫。

13 **字跡** ㄗˋ ㄐㄧ 寫字所留下的筆跡，形跡。例字跡工整。又作「字蹟」、「字迹」。

字義 ㄗˋ ㄧˋ 文字的意義或含義。例字義艱深。

字號 ㄗˋ ㄏㄠˋ ㈠商店的名號。㈡名望聲譽。例名物字號。㈢以文字分別作符號。

14 **字幕** ㄗˋ ㄇㄨˋ 電影或電視上說明內容情節或顯示對白的文字。

16 **字據** ㄗˋ ㄐㄩˋ 作為憑證用的文書。如借據、合同等是。

23 **字體** ㄗˋ ㄊㄧˇ ㈠文字的形體，如草書、行書等是。㈡稱書法的派別。例歐字體、柳字體。

▽漢字、文字、檢字、國字、數字、正字、俗字、題字、名字、八字、古字、別字、錯字、練字、習字、紅字、毛筆字、異體字、簡體字、藝術字、片紙隻字、白紙黑字、咬文嚼字。

常 3
存

解形  形聲；從子，才聲。才有初生的意思，所以剛出生的新生兒令人疼愛恤問為存。

音義 ㄘㄨㄣˊ 動①慰問，勞問；例存問。②生，有，在；例存留。③置，放，留；例存款。形現有的；例存有。

3 **存亡** ㄘㄨㄣˊ ㄨㄤˊ 生存和滅亡。例存亡與共。參看同生死。

參考 同留，放，生。

存亡續絕 ㄘㄨㄣˊ ㄨㄤˊ ㄒㄩˋ ㄐㄩㄝˊ ㈠將快要滅亡或斷絕的事物使它繼續地生存。例我們負有存亡續絕的責任。㈡指生存或滅亡，繼續或斷絕。例民族的存亡續絕，是每一個國民的責任。

4 **存心** ㄘㄨㄣˊ ㄒㄧㄣ 在心中所預先儲有的意念。例存心不良。

參考 同居心，用意。

6 **存在** ㄘㄨㄣˊ ㄗㄞˋ 生存保留而沒有滅亡。例公理存在人心。

8 **存放** ㄘㄨㄣˊ ㄈㄤˋ ㈠寄存錢財、物品於某處。㈡金融界存款、放款的合稱。

10 **存案** ㄘㄨㄣˊ ㄢˋ 保留儲存以作為檔案。

參考 同存檔，備案，歸檔。

存根 ㄘㄨㄣˊ ㄍㄣ 給人憑據後，所存留的副本或根據。例請保留存根以備查考。

11 **存貨** ㄘㄨㄣˊ ㄏㄨㄛˋ 商店中積存的貨品。

12 **存款** ㄘㄨㄣˊ ㄎㄨㄢˇ 把錢財存入銀行或其他金融機構以收取利息，這筆錢就稱為存款。

14 **存摺** ㄘㄨㄣˊ ㄓㄜˊ 存款後，收款者所給予憑證的摺子。例郵局存摺。

存疑 ㄘㄨㄣˊ ㄧˊ 對有疑問不能解決的問題，保留而不論。

21 **存續** ㄘㄨㄣˊ ㄒㄩˋ 繼續存在。

▽依存、現存、生存、保存、殘存、幸存、僅存、留存、定存、整存、活存、一息尚存、碩果僅存、蕩然無存。

常 4
孝

解形  會意；從老省，從子。子女善長於侍奉父母為孝。

音義 ㄒㄧㄠˋ 名①善事父母；例百善孝為先。②居喪；例守孝。③居喪時所穿的衣服；例戴孝。④姓。

7 **孝弟** ㄒㄧㄠˋ ㄊㄧˋ 孝順父母，友愛兄弟。弟，又作「悌」。

參考 同孝友。

8 **孝服** ㄒㄧㄠˋ ㄈㄨˊ ㈠父母或長輩親屬死後，後輩所穿著的喪服。又稱「孝衣」、「孝掛子」。㈡居喪期間。

參考 同喪服、凶服。

12 **孝順** ㄒㄧㄠˋ ㄕㄨㄣˋ 事奉父母的生活起居，服從父母的訓誡，使父母稱心如意而無所憂惱的行為。

13 **孝敬** ㄒㄧㄠˋ ㄐㄧㄥˋ ㈠孝順敬奉父母。㈡善事敬奉尊長。㈢奉獻物品給尊長。

▽至孝、純孝、忠孝、盡孝、大孝、不孝、守孝、二十四孝。

常 4 **孜** 形解 形聲；從攴，子聲。督促兒童勤勉向上爲孜。

音義 ㄗ 副勤勉不息，通「孳」；例孜孜不倦。

參考 ①「孜」字與「攷」字，字形相似，意義完全不同；「攷」是古文「考」字。②「孜」可以通「孳」。

7 **孜孜** ㄗ ㄗ ㈠勤勉不懈怠的樣子。例孜孜不倦。㈡鳥鳴聲，同「吱吱」。

常 4 **孚** 形解 會意；從爪子。鳥類抱卵爲孚。

音義 ㄈㄨˊ 名信實；例信孚。動相信；例孚命。ㄈㄨ 動卵化，通「孵」；例孚育。

參考 同郛，俘，孵，浮。▽中孚、信孚、誠孚。

次 4 **孛** 形解 會意；從𣎵，從子。子指人，𣎵有豐盛的意思，所以人的氣色豐盛爲孛。

音義 ㄅㄟˋ 名①天彗星。②姓。ㄅㄛ 副變色的樣子，同「勃」。

參考 孳勃、悖、渤。

常 5 **孟** 形解 形聲；從子，皿聲。皿有寬大的意思，所以長子爲孟。

音義 ㄇㄥ 名姓。形①排行居長的；例孟兄。②開始的；例孟春。③兇猛的，通「猛」；例孟浪。

參考 孳猛、艋、蜢、錳。

3 **孟子** ㄇㄥˋ ㄗˇ ㈠人（西元前三七二—西元前二八九）戰國時鄒（今山東鄒縣東南）人，名軻，字子輿。後世尊稱他爲「亞聖」。

9 **孟春** ㄇㄥˋ ㄔㄨㄣ 春季的第一個月，即陰曆正月。

參考 同孟陬。

10 **孟浪** ㄇㄥˋ ㄌㄤˋ ㈠形容言論遼闊而不著邊際的樣子。例孟浪之言。㈡行爲放蕩魯莽。例言行孟浪。

12 **孟買** ㄇㄥˋ ㄇㄞˇ 地印度西部的一州，其首府也叫孟買，是重要貿易市場，棉織工業中心與第二大港，是全印第二大城。

15 **孟德斯鳩** ㄇㄥˋ ㄉㄜˊ ㄙ ㄐㄧㄡ 人法國大思想家，著作極多，首創行政、立法、司法三權分立的學說，鼓吹自由主義，爲法國大革命的先聲。

常 5 **孤** 形解 形聲；從子，瓜聲。年紀小而沒有父親爲孤。

音義 ㄍㄨ 名①年幼無父，又凡無父者之稱；例孤子。②姓。代王侯的自稱；例南面稱孤。形單獨的；例「孤燈挑盡未成眠。」

參考 同單，獨。孳菰、箛。

3 **孤子** ㄍㄨ ㄗˇ 居父喪而母尚在的自稱爲孤子。

4 **孤介** ㄍㄨ ㄐㄧㄝˋ 性情清高耿介，不隨流俗。

參考 同孤高。

5 **孤本** ㄍㄨ ㄅㄣˇ 獨此一本，而沒有其他刊本或版本的書。

5 **孤立** ㄍㄨ ㄌㄧˋ 孤單而沒有任何援助。例孤立敵人。

參考 與「孤獨」、「獨立」都有孤單的意思，「孤立」側重客觀事物數量的對比，也可指主觀的感覺。「孤獨」，指獨自一個，沒有依靠和幫助，或與人沒有來往，思想情感與衆不合，側重個人感覺。如：孤獨的老人，正過著淒涼的殘年。「獨立」是指能夠單獨自立，不依靠他人。如：我們必須養成獨立的性格。

6 **孤臣孽子** ㄍㄨ ㄔㄣˊ ㄋㄧㄝˋ ㄗˇ 指孤立無援，被國君遺棄的臣子和不爲父母所喜愛的庶子。孽子：婢妾所生的兒子。簡稱「孤孽」。

8 **孤芳自賞** ㄍㄨ ㄈㄤ ㄗˋ ㄕㄤˇ ㈠比喻人品高潔，懷才不遇。㈡自我欣賞，有自憐情緒的人所常有的表現。

孤注一擲 ㄍㄨ ㄓㄨˋ ㄧ ㄓˊ 原指賭博盡其所有而下最後一次的賭注，以決定輸贏。用來比喻人盡所有力量，冒險從事，以求僥倖獲勝。

9 **孤哀子** ㄍㄨ ㄞ ㄗˇ 父死稱「孤子」，母死稱「哀子」，父母雙亡合稱「孤哀子」。

孤軍奮鬥 ㄍㄨ ㄐㄩㄣ ㄈㄣˋ ㄉㄡˋ 孤立無援的軍隊，奮勇努力作戰；引申人獨自奮鬥而沒有人援助。

孤陋寡聞 ㄍㄨ ㄌㄡˋ ㄍㄨㄚˇ ㄨㄣˊ 形容學識淺薄，見聞不廣。

參考 反博學多聞。

孤苦伶仃 ㄍㄨ ㄎㄨˇ ㄌㄧㄥˊ ㄉㄧㄥ 生活孤單貧苦，毫無依靠和幫助。伶仃：孤獨而沒有依靠。又作「零丁」。

10 **孤家寡人** ㄍㄨ ㄐㄧㄚ ㄍㄨㄚˇ ㄖㄣˊ 單身一個人。

11 **孤寂** ㄍㄨ ㄐㄧˋ 孤獨寂寞。

12 **孤掌難鳴** ㄍㄨ ㄓㄤˇ ㄋㄢˊ ㄇㄧㄥˊ 一個巴掌拍不出聲響。比喻孤立無援，不能有所作為。

14 **孤寡** ㄍㄨ ㄍㄨㄚˇ ㈠孤兒寡婦。例一門孤寡。㈡形容孤單弱小而沒有援助。㈢古代王侯的謙稱。

參考 ①衍孤寡失倚、孤寡弱小。②同孤孀。

15 **孤僻** ㄍㄨ ㄆㄧˋ ㈠性情奇異，不能與人相處。㈡荒遠的地方。

16 **孤獨** ㄍㄨ ㄉㄨˊ ㈠孤單寂寞而沒有同伴。㈡年幼而無父為孤，年老而無子為獨。例「老幼孤獨，不得其所。」

參考 ①同孤單。②參閱「孤立」條。

▽獨孤、託孤、稱孤、遺孤、德不孤、六尺之孤。

季

常 5 解形 形聲；從子，稚省聲。稚有幼小的意思，所以排行中年齡最小的為季。

音義 ㄐㄧˋ 名①古代兄弟長幼以伯、仲、叔、季排行，年紀最小的稱季。②三個月為一季，一年有四季；例四季如春。③時期；例淡季、旺季。④姓。形①末期的；例季冬。②年幼的，年輕的；例季父。

參考「四季」的「季」字與「行李」的「李」字，一從禾，一從木，形體相似，音義各異，不可混用。

5 **季刊** ㄐㄧˋ ㄎㄢ 每季出版一次的定期刊物，通常以三個月為一期。例中華學術季刊。又稱「季報」。

9 **季軍** ㄐㄧˋ ㄐㄩㄣ 考試或比賽名列第三名。

季風 ㄐㄧˋ ㄈㄥ 地同一地冬季、夏季所吹襲風的方向剛好相反，其變換以半年為期，這種風地理學上稱為季風。世界最顯著的季風區為東亞至南亞一帶。

13 **季節** ㄐㄧˋ ㄐㄧㄝˊ 春、夏、秋、冬四季的統稱，通常以三個月為一季。

▽四季、淡季、旺季、花季、瓜季、雨季、藝術季、體育季、颱風季、伯仲叔季。

孢

次 5 解形 形聲；從子，包聲。包有藏懷的意思，所以懷孕為孢。

音義 ㄅㄠ 名植 植物無性生殖中所產生的生殖細胞，脫離母體後，能直接發育成新個體；例孢子囊。

參考「孢」或作「胞」。

孥

次 5 解形 形聲；從子，奴聲。奴有勞役的意思，所以供使喚的孩童為孥。

音義 ㄋㄨˊ 名①兒女；例「樂爾妻孥。」②奴隸，通「奴」；例孥戮。

孩

常 6 解形 形聲；從口，亥聲。亥是描寫小孩子的笑聲，所以小兒笑為孩。

音義 ㄏㄞˊ 名①幼童；例孩提之童。②年幼的子或女；例孩子。③姓。形幼小的；例孩虎。

12 **孩提** ㄏㄞˊ ㄊㄧˊ 需要人提攜、懷抱的幼兒。例孩提之童。又作「孩抱」。

▽嬰孩、幼孩、小孩。

孫

常 7 解形 會意；從系子。系是繇續，所以會兒子的兒子的意思。

音義 ㄙㄨㄣ 名①兒子的兒子；例孫子。②凡同姓自孫以下的後裔，都稱孫；例七世孫。③再生的植物；例稻孫。④姓。

ㄒㄩㄣˋ 名謙順，通「遜」。

參考 ①「孫兒」的「孫」字，與「謙遜」的「遜」字讀音相似，字形也相似，文言文中「孫」當

「謙孫」的意思解釋時通「遜」。②〔孳〕蓀、遜、猻。

3 **孫子** ㈠ㄙㄨㄣ ˙ㄗ 稱兒子的兒子爲孫子。㈡ㄙㄨㄣ ㄗˇ ①〔人〕人名，即孫武。②〔書〕書名，相傳爲春秋時孫武所著，是我國最古的兵書之一。③指子孫，後代。例孫子兵法。

4 **孫文** ㄙㄨㄣ ㄨㄣˊ 〔人〕（一八六六—一九二五）中國近代最偉大的革命家，中華民國的締造者。名文，字逸仙，廣東省香山（今中山）縣人，別號中山，世稱中山先生，爲中國國民黨總理。清末，見國勢日衰，民族危亡，乃喚起同志，先後組織興中會、同盟會，經過十次革命，終於在辛亥一役，推翻滿清，建立中華民國，改國體爲民主共和，手著三民主義、五權憲法；又著有建國方略、建國大綱，爲革命建國的最高原則。曾任中華民國臨時大總統。畢生致力國民革命凡四十年，於民國十四年三月十二日逝世於北京，葬於南京市的中山陵，逝世後國人尊稱爲國父。

孫中山 ㄙㄨㄣ ㄓㄨㄥ ㄕㄢ 〔人〕即孫文，參閱「孫文」條。

22 **孫權** ㄙㄨㄣ ㄑㄩㄢˊ 〔人〕（一八二—二五二）三國時代吳國開國君主，吳郡富春人，字仲謀。繼兄孫策之後，據有江東，與漢、魏對峙，成三分的形勢，後稱帝，定都建業（今南京），國號吳，在位三十一年，卒謚大皇帝，世稱吳大帝。

▽王孫、外孫、玄孫、公孫、子孫、曾孫、兒孫、長孫、老孫、含飴弄孫、子子孫孫。

次 7 **孬** 形解 會意；從不好。所以會壞的意思。

音義 ㄏㄨㄞ 形不好的，同「壞」。

參考「孬」爲「不好」的合文，以會「壞」的意思，這和「歪」爲「不正」的合文，「甭」爲「不用」的合文同例。

常 8 **孰** 形解 會意；從丮羣。用手持握熟透的食物而吃爲孰。

音義 ㄕㄨˊ 代誰；例孰是孰非。動穀物成熟，通「熟」；例「五穀時孰。」

參考 ①「孰樂」的「孰」字與「執著」的「執」字，形體相似，但音、義完全不同。②「孰」是「熟」本字，「熟」字是後起形聲字，「孰」可以當作「熟」用，「熟」不可作「孰」解。

9 **孰若** ㄕㄨˊ ㄖㄨㄛˋ 不如，比不上的意思。又作「孰與」、「何若」。

孰是孰非 ㄕㄨˊ ㄕˋ ㄕㄨˊ ㄈㄟ 誰對誰錯。例孰是孰非，自有公道。

17 **孰優孰劣** ㄕㄨˊ ㄧㄡ ㄕㄨˊ ㄌㄧㄝˋ 誰好誰壞。

常 9 **孳** 形解 形聲；從子，茲聲。茲有增加的意思，所以鳥獸孳尾蕃生繁多爲孳。

音義 ㄗ 動生產繁殖；例孳生。副勤勉不息，通「孜」；例孳孳。ㄗ 動交尾；例孳尾。

5 **孳生** ㄗ ㄕㄥ 繁衍生長。例髒亂是細菌最容易孳生的原因。又作「滋生」。

8 **孳乳** ㄗ ㄖㄨˇ 動物生子繁殖，引申爲事物生生不已。

參考 衍孳乳字。

常 9 **孱** 形解 會意；從三子在尸下。尸是房屋，多子住在房屋裡，所以會狹窄擁擠的意思。

音義 ㄔㄢˊ 形瘦弱的；例孱弱。副謹慎的樣子；例博學孱守。ㄘㄢ 形譏諷他人怯弱無能的；例孱頭。

10 **孱弱** ㄔㄢˊ ㄖㄨㄛˋ 身體衰弱而不強健。

參考 同羸弱，孱羸，瘦弱。

常 11 **孵** 形解 形聲；從卵，孚聲。字本作孚，指鳥類抱卵伏育小鳥爲孵。

音義 ㄈㄨ 動卵生動物的出生過程；例孵化。

4 **孵化** ㄈㄨ ㄏㄨㄚˋ 卵生的鳥類或爬蟲類，經過時間或熱度的培育而從蛋裏破殼而出的生長歷程。

常 13
學 形解 [篆文] 形聲；從臼從冂從子，爻聲。在屋下用手教導小孩子學習織網為學。

音義 ㄒㄩㄝˊ 名 ①教育的場所；例小學。②有系統有組織的專門知識；例物理學。③學習的人；例初學。④姓。動 受教傳業；例學習。

參考 ①又音ㄒㄧㄠˋ。②同習。③學問是由學習和審問累積而來的學力和知識，所以叫做「學問」，不可作「學聞」或「學文」。

3 **學士** ㄒㄩㄝˊ ㄕˋ ㈠泛稱研究學問的人。㈡舊時官名。例翰林學士。㈢我國現行學位名，今稱大學畢業的學生。

5 **學生** ㄒㄩㄝˊ ㄕㄥ ㈠正在學校中求學的人。㈡舊時商店或工廠的練習生。

參考 ①同弟子。②與「徒弟」都指向人學習的人，但徒弟偏重於學習技藝、武術等方面，並專指師傅與徒弟關係而言；而學生所指範圍較徒弟為廣。

6 **學年度** ㄒㄩㄝˊ ㄋㄧㄢˊ ㄉㄨˋ 學校一年工作起迄的時間單位。一般來說，一學年分兩個學期。前半年稱上學期或第一學期，後半年稱下學期或第二學期。

學而不厭 ㄒㄩㄝˊ ㄦˊ ㄅㄨˋ ㄧㄢˋ 努力學習而不感到滿足。厭：滿足。例「學而不厭，誨人不倦。」

7 **學究** ㄒㄩㄝˊ ㄐㄧㄡˋ ㈠原為唐、宋時考試科目的名稱，後來為讀書人的通稱。㈡舊時稱在私塾裏教書的老師。

8 **學制** ㄒㄩㄝˊ ㄓˋ 國家根據教育方針、政策，對各級各類學校的任務、學習年限、入學條件等所作的規定。有時專指各級各類學校的學習年限。

學府 ㄒㄩㄝˊ ㄈㄨˇ ㈠稱學問淵博的人。㈡學術中心所在，今俗稱教導高等知識的學校。

參考 同與「學校」都是指求學的地方，但學府指教導較高等學問的地方，學校則為求學處所的一般泛稱。

學者 ㄒㄩㄝˊ ㄓㄜˇ ㈠指有學問或在學科上有專長的人。㈡泛稱求學的人。

9 **學派** ㄒㄩㄝˊ ㄆㄞˋ 同一學科領域中，由於學術觀點不同，或有獨特學說，而形成的派別。例姚江學派。

學風 ㄒㄩㄝˊ ㄈㄥ ㈠學術上研究的傾向和風氣。㈡學校中的習慣和風尚。例他們學校的學風崇尚自由。

10 **學校** ㄒㄩㄝˊ ㄒㄧㄠˋ 根據國家教育的方針和培養目標，並依照年齡、程度施行有系統的教育的機構。舊稱「學堂」。

學徒 ㄒㄩㄝˊ ㄊㄨˊ ㈠學習技藝的人。㈡商店或工廠的練習生。㈢跟從老師求學的人。

11 **學習** ㄒㄩㄝˊ ㄒㄧˊ ㈠求學受教。㈡效法。例我們應學習革命先烈的精神。

學術 ㄒㄩㄝˊ ㄕㄨˋ 泛指一切學問的總稱，包括理論的學問和應用的技術。例學術自由。

參考 衍學術座談會、學術論文發表會。

學術自由 ㄒㄩㄝˊ ㄕㄨˋ ㄗˋ ㄧㄡˊ 教指教師和學生在不受外來壓制和強迫的情況下，能享有進行學術研究和教學活動的自由。

學問 ㄒㄩㄝˊ ㄨㄣˋ 泛稱由求學所得到的知識。

學貫中西 ㄒㄩㄝˊ ㄍㄨㄢˋ ㄓㄨㄥ ㄒㄧ 能夠通達中國和西洋的學問。

12 **學富五車** ㄒㄩㄝˊ ㄈㄨˋ ㄨˇ ㄐㄩ 形容讀書繁富，學問淵博。五車：五車的書。

參考 與「滿腹經綸」有別：強調「讀書多」的意思時，宜用「學富五車」；強調「很有才能」時，宜用「滿腹經綸」。

13 **學業** ㄒㄩㄝˊ ㄧㄝˋ 研究學問時該作的課業。例學業成績優良，應予獎勵。

學會 ㄒㄩㄝˊ ㄏㄨㄟˋ ㈠從學習而知曉。例他學會了謀生的技能。㈡以研究學術、交換知識為目的而組織的團體。例中西文化交流學會。

14 **學閥** ㄒㄩㄝˊ ㄈㄚˊ 譏稱把持學術或教育機關的少數特權人物。

學說 ㄒㄩㄝˊ ㄕㄨㄛ 在學問上自成系統的觀點或理論。例孔孟學說。

15 **學潮** ㄒㄩㄝˊ ㄔㄠˊ 在學學生因不滿現狀或受事物刺激，或受人利用，所舉行的集體運動。例如：罷課、示威等。

16 **學歷** ㄒㄩㄝˊ ㄌㄧˋ 求學的經歷，每指曾經畢業或肄業的學校而言。例只要有眞才實學，不必在乎學歷高低。

參考 衍學歷證件。

19 **學識** ㄒㄩㄝˊ ㄕˊ 學問、知識和見識。

參考 衍學識淵博。

20 **學籍** ㄒㄩㄝˊ ㄐㄧˊ 教指學生的名籍。學生入學後，將名籍報至教育部，核准後而取得學生身分。

學齡 ㄒㄩㄝˊ ㄌㄧㄥˊ 兒童就學的年齡，通常以應受義務教育爲開始，我國規定從六歲起至十二足歲爲念小學的學齡。

▽醫學、化學、經學、好學、國學、史學、博學、文學、法學、留學、理學、科學、漢學、大學、哲學、勸學、中學、小學、力學、休學、輟學、復學、開學、放學、失學、鴻儒博學。

常 14 **孺** 形解 形聲；從子，需聲。需有弱小的意思，所以還需哺乳的嬰兒爲孺。

音義 ㄖㄨˊ 名①孩童；例孺子可教。②姓。動親近愛慕。

參考 ①「孺慕」的「孺」字，與「儒雅」的「儒」字，音同形近，而義各有所專，不可混用。②古時大夫的妻子稱「孺人」，後來丈夫對妻子的敬稱也叫「孺人」，但不作「儒人」。

2 **孺人** ㄖㄨˊ ㄖㄣˊ ㈠古代對大夫妻子的稱呼；明清時七品官員的妻子的封號。㈡古人對妻子的通稱。

3 **孺子** ㄖㄨˊ ㄗˇ ㈠幼童的通稱。例「今人乍見孺子將入於井。」

參考 同童子，幼童。

15 **孺慕** ㄖㄨˊ ㄇㄨˋ 像小孩子那樣的思念父母，比喻思念的深切。

參考 同渴望。

▽婦孺、老弱婦孺。

常 17 **孽** 形解 形聲；從子，辥聲。辥有木萌旁出的意思，所以人的支子爲孽。

音義 ㄋㄧㄝˋ 名①庶出的孩子；例臣孽。②妖異災禍；例「天作孽，猶可違；自作孽，不可逭。」③惡因；例少作點孽兒罷！形背逆的；例孽黨。

14 **孽障** ㄋㄧㄝˋ ㄓㄤˋ ㈠宗佛教名詞，指過去的罪惡就是現在成佛的障礙。㈡罵人的話。

▽餘孽、庶孽、殘孽、作孽。

常 19 **孿** 形解 形聲；從子，䜌聲。䜌有相連的意思，所以一乳兩子的雙胞胎爲孿。

音義 ㄌㄩㄢˊ 名雙生；例孿生子。

參考 字或作「孪」。

5 **孿生** ㄌㄩㄢˊ ㄕㄥ 即雙生。例他們兩人是孿生姊妹。

【宀部】 ㄇㄧㄢˊ

常 2 **它** 形解 象形；象蛇的形狀。

音義 ㄊㄚ 代①無生物的第三人稱代名詞。②姓。形彼，那；例「它山之石，可以攻錯。」

參考 ①又音ㄊㄨㄛ、ㄊㄜ。②它蛇、佗、陀、沱、駝、舵。

次 2 **宁** 形解 象形；象貯物器，上下四周有分隔，可以積物形。

音義 ㄓㄨˋ 名門與屏之間。動積藏，通「貯」。

次 2 **宄** 形解 形聲；從宀，九聲。宀指屋內，九有邪曲的意思，所以內盜爲宄。

音義 ㄍㄨㄟˇ 名①內亂罪。②泛稱壞人；例姦宄。

參考 ①亂在外爲「奸」，在內爲「宄」。②反奸。③「宄」上從「宀」不從「穴」；從穴者爲「究」。

常 3 **宇** 形解 形聲；從宀，亏聲。亏有大的意思，所以屋邊爲宇。

音義 ㄩˇ 名①屋簷；例飛宇。

②房屋；例屋宇。③國境；例環宇。④天地四方的空間；例宇宙。⑤儀表；例器宇。
動居住。
參考 同屋。

4 **宇內** ㄩˇ ㄋㄟˋ ㈠宇宙之內，舊時指全中國。㈡指世界。
參考 同天下。

8 **宇宙** ㄩˇ ㄓㄡˋ ㈠上下四方爲宇，古往今來爲宙，統指空間時間的整體而言。㈡天包括地球及一切天體的無限空間。

宇宙觀 ㄩˇ ㄓㄡˋ ㄍㄨㄢ 哲 指對世界或人生的本質、起源、價値和意義的總看法。常與「人生觀」對舉。
參考 ①同世界觀。②反人生觀。

▽屋宇、器宇、殿宇、堂宇、眉宇、寰宇、飛宇、氣宇、曠宇。

常 3 **守** 解形  會意；從宀，從寸。宀指官府，寸爲法度，所以遵循法度，執行公職爲守。

音義 ㄕㄡˇ 名 ①職責；例職守。②古官名；例郡守。③節操；例操守。④姓。動①防護；例防守。②看，視；例守株待兔。③遵行；例守法。④堅持；例墨守成規。
ㄕㄡˋ 動打獵，通「狩」；例巡守。
參考 同保。

3 **守土** ㄕㄡˇ ㄊㄨˇ 保衛國家的土地。

守口如瓶 ㄕㄡˇ ㄎㄡˇ ㄖㄨˊ ㄆㄧㄥˊ 形容說話謹慎，嚴格保守秘密。

4 **守分** ㄕㄡˇ ㄈㄣˋ 安守本分。

5 **守正不阿** ㄕㄡˇ ㄓㄥˋ ㄅㄨˋ ㄜ 待人處事，篤守正道，正直無私。阿：曲從，逢迎。例君子守正不阿，始終如一。

6 **守成** ㄕㄡˇ ㄔㄥˊ 繼承和保持前人已成的事業，不使墜落或失敗。例創業不易，守成亦難。

7 **守身如玉** ㄕㄡˇ ㄕㄣ ㄖㄨˊ ㄩˋ 比喻女子堅守貞節，使之有如玉一般毫無瑕疵。
參考 與「潔身自愛」都指保守自身，不做不合乎義理的事情。前者專指女子守貞節，後者所涵蓋範圍較廣。

8 **守制** ㄕㄡˇ ㄓˋ 即守孝。意指遵守三年喪期的制度。
參考 同守喪。

守舍 ㄕㄡˇ ㄕㄜˋ ㈠看守房屋住所。㈡俗稱人心神不寧，舉止失常爲「魂不守舍」。舍：指人的軀體。

守法 ㄕㄡˇ ㄈㄚˇ 遵守法律規則。例人人應養成守法的好習慣。

9 **守則** ㄕㄡˇ ㄗㄜˊ 平常生活中所遵守的準則。例青年守則。

守信 ㄕㄡˇ ㄒㄧㄣˋ 遵守信用、然諾。例守信不渝。

10 **守候** ㄕㄡˇ ㄏㄡˋ 等候，有久留候伺的意思。例我在此守候多時了。

守宮 ㄕㄡˇ ㄍㄨㄥ 動屬爬蟲綱，有鱗目，蜥蜴類。脊部色灰暗，身體扁平，有四足，能游行直立在牆壁之上。俗稱「壁虎」。

7 **守財奴** ㄕㄡˇ ㄘㄞˊ ㄋㄨˊ 譏罵有財富而吝嗇的人。又作「看財奴」、「守錢奴」。
參考 同吝嗇鬼。

守株待兔 ㄕㄡˇ ㄓㄨ ㄉㄞˋ ㄊㄨˋ 比喻妄想不勞而獲，或死守狹隘的經驗，不知變通。戰國時代宋國有一個人，偶然看見一隻兔子撞上大樹而死，他便整天守在樹旁，等待再有一隻兔子撞死的日子到來。

11 **守望相助** ㄕㄡˇ ㄨㄤˋ ㄒㄧㄤ ㄓㄨˋ 鄰居們互相照顧，輪流伺察，以防止盜賊或各種災害發生。
參考 同互相幫忙。

守備 ㄕㄡˇ ㄅㄟˋ 守禦防備。例投手和各守備之間默契非常好。

13 **守節** ㄕㄡˇ ㄐㄧㄝˊ ㈠女子固守貞節，不再改嫁。㈡不改變原來的節操。

守歲 ㄕㄡˇ ㄙㄨㄟˋ 俗稱除夕整夜不睡覺爲守歲。

14 **守寡** ㄕㄡˇ ㄍㄨㄚˇ 婦人死了丈夫，不再改嫁。

16 **守衛** ㄕㄡˇ ㄨㄟˋ 駐紮在一定的地方，擔負保衛的職責。

18 **守舊** ㄕㄡˇ ㄐㄧㄡˋ 因襲舊制而不知變更，或固執舊有的習慣，不向新的方面發展。例復興中華文化運動不是守舊而是創新。
參考 與「保守」都有固守舊事物的意思，但前者稍含有不好的意思，後者並沒有壞的意思。

24 **守靈** ㄕㄡˇ ㄌㄧㄥˊ 守護在靈床、靈柩或靈位的旁邊。

▽看守、郡守、固守、遵守、死守、太守、墨守、保守、留守、堅守、戍守、職守、防守、嚴守、操守、攻守、不守、閉關自守、固步自守。

常 3 宅

形解  形聲；從宀，乇聲。人所居住的屋舍爲宅。

音義 ㄓㄞˊ 名 ①住所；例國民住宅。②葬地，墓穴；例卜宅。動 存有，保持；例宅心仁厚。

參考 ①同居，住。②又音ㄓㄜˊ。

4 **宅心** ㄓㄞˊ ㄒㄧㄣ 即居心，存心。例宅心仁厚。

11 **宅第** ㄓㄞˊ ㄉㄧˋ 舊稱顯貴官員的住所，後泛稱人家住所。

▽安宅、住宅、居宅、自宅、私宅、舊宅、官宅、田宅、陰宅、某宅、國宅、第宅、國民住宅、仁田義宅。

常 3 安

形解  會意；從女在屋中，所以會平安的意思。

音義 ㄢ 名 ①舒適，平靜而無事；例平安。②姓。動 ①綏撫，平定；例安天下之民。②寧，靜；例心安理得。形 佚樂的；例安逸。動 何；例安能。

參考 ①同定，靜，寧。②反危。③孳案、晏、胺、按、鵪。

3 **安土重遷** ㄢ ㄊㄨˇ ㄓㄨㄥˋ ㄑㄧㄢ 住慣了本鄉本土，不肯輕易遷徙他鄉。重：難於的意思。

4 **安心** ㄢ ㄒㄧㄣ ㈠內心靜安而毫無雜念。例安心恬淡。㈡放心，不須掛念。例請安心！我會照顧自己的。㈢存心。例安心不善。

參考 「安心」、「放心」有別：「安心」和「放心」都有心情安定的意思，在應用時，有時可以互相替換。如：聽到你平安到達，我們才安心(放心)。但「放心」後面能帶名詞，如：我不放心他的病。也能帶一個小句，如：你放心她一個人去嗎？但「安心」不能這樣用。「安心」能修飾動詞，如：你在家安心讀書，不要胡思亂想。但「放心」不能這樣用。

安之若素 ㄢ ㄓ ㄖㄨㄛˋ ㄙㄨˋ 毫不在意，跟平常一樣。素：平日。

安分守己 ㄢ ㄈㄣˋ ㄕㄡˇ ㄐㄧˇ 守住自己的本分，不踰越軌範和投機取巧。分：本分。例他是安分守己的生意人。

參考 與「循規蹈矩」都有守住本分、不超越軌範的意思，前者以自己爲主體，後者偏重於外在規矩的約束和實踐。

安內攘外 ㄢ ㄋㄟˋ ㄖㄤˇ ㄨㄞˋ 平定內部的叛亂，抵禦外來的侵略。攘：排斥，抗拒。

6 **安全** ㄢ ㄑㄩㄢˊ 平安而沒有危險。

參考 ①與「安定」都有平靜、穩定不亂的意思。前者多指沒有威脅恐嚇，不出事故。後者指平靜正常，沒有波折或騷擾。②衍安全期、安全島、安全保險。

安如磐石 ㄢ ㄖㄨˊ ㄆㄢˊ ㄕˊ 形容像磐石那樣穩固。磐石：厚而大，穩而重的石頭。

7 **安身** ㄢ ㄕㄣ ㈠容身，存心。例無處安身。㈡安定自身。

安身立命 ㄢ ㄕㄣ ㄌㄧˋ ㄇㄧㄥˋ 指生活有所著落，精神有所寄託。

安步當車 ㄢ ㄅㄨˋ ㄉㄤˋ ㄔㄜ 慢慢地步行，就當做是坐車。有時也形容安貧節儉。

8 **安命** ㄢ ㄇㄧㄥˋ 聽從天命，守住本分而不敢妄求。例樂天安命。

參考 與「認命」都有聽從命運的意思，前者多爲個人修養，看開名利，並不去汲汲追求。後者多指經過一番挫折失敗後，無可奈何而聽從命運。

安枕 ㄢ ㄓㄣˇ 可以安穩地高眠，而不用擔心憂慮。

安定 ㄢ ㄉㄧㄥˋ 平安穩定。例安定的生活。

安居樂業 ㄢ ㄐㄩ ㄌㄜˋ ㄧㄝˋ 人民生活安定，對所從事的工作感到滿意和高興。

參考 同安家樂業。

10 **安息** ㄢ ㄒㄧ ㈠安靜地休息，多指入睡。例時候不早了，安息吧。㈡用於對死者的悼念，表示希望死者瞑目。例安息吧！好伙伴。
參考 ①同安歇。②參閱「休息」條。③衍安息日。

安徒生 ㄢ ㄊㄨˊ ㄕㄥ 人丹麥童話大作家，生於鞋匠家庭，童年生活貧苦，所著童話想像豐富，故事生動，語言樸素。著名作品有「醜小鴨」、「小克勞斯」和「大克勞斯」、「皇帝的新裝」、「夜鶯」、「賣火柴的女孩」，這些都已傳誦世界各國，為家喻戶曉的童話故事。

安家立業 ㄢ ㄐㄧㄚ ㄌㄧˋ ㄧㄝˋ 安定家庭，建立事業。
參考 與「成家立業」有別：後者之「成家」是組合家庭，前者之「安家」是安定家庭。

11 **安排** ㄢ ㄆㄞˊ 指有次序、有條理地處理事物，合宜地安置人員。
參考 與「安置」、「安放」都有適當處置的意思。但「安置」指使人或事物有著落或找到適宜的地方。一般是以具體為對象。如：安置傷兵。「安放」對象專指事物，表示把它放在適當的位置。如：安放舖蓋。

安培 ㄢ ㄆㄟˊ 物計算電流強度的單位，簡稱「安」，常用符號「A」表示，為紀念法國物理學家安德烈．瑪麗．安培而命名。

12 **安插** ㄢ ㄔㄚ 把人員安排在某一職位上。例請給我安插一個工作。

安陽 ㄢ ㄧㄤˊ (一)地河南縣名之一，在省境北部，漳河的南方，平漢鐵路經過此，是河南、河北、山西省交通樞紐，舊為彰德府，是我國最早發現甲骨文字的地區。(二)河名，即洹水。

安逸 ㄢ ㄧˋ 安樂舒適。又作「安佚」。

安舒 ㄢ ㄕㄨ 安穩舒適。
參考 同安適。

安琪兒 ㄢ ㄑㄧˊ ㄦˊ 外(Angel)的音譯，是「天使」的意思，比喻純潔美麗的人。

安然無恙 ㄢ ㄖㄢˊ ㄨˊ ㄧㄤˋ 經過許多變故，沒有遭到損傷。恙：疾病，憂慮。

13 **安葬** ㄢ ㄗㄤˋ 把棺材埋放在墳地裏。
參考 同安厝。

安頓 ㄢ ㄉㄨㄣˋ (一)安排處置。例你的住處我已安頓妥當。(二)平穩安適。
參考 同安置。

安置 ㄢ ㄓˋ 安放，使事物有著落。例安置行李。
參考 參閱「安排」條。

安詳 ㄢ ㄒㄧㄤˊ 形容人舉止從容不迫的樣子。例容貌安詳。

14 **安寧** ㄢ ㄋㄧㄥˊ 平安寧靜。例不得安寧。

15 **安適** ㄢ ㄕˋ 安定舒適。例安適的環境，能提高學習效果。
參考 與「安閑」、「安逸」都有安定舒服的意思。「安適」指事物適己意，感到舒服。「安閑」指安靜無事，空閑自在。如：他安閑地慢步著。「安逸」指安閑舒適，多指個人的安樂，稍有貶損的意思。如：他貪圖安逸享樂的生活。

安撫 ㄢ ㄈㄨˇ 對於不平的人或事給予安頓和撫慰。例安撫百姓。

安慰 ㄢ ㄨㄟˋ (一)心裏感到安適，沒有遺憾。例看子女長大成人，就是父母最大的安慰了。(二)用方法安撫勸慰。例去安慰安慰他吧！

安樂死 ㄢ ㄌㄜˋ ㄙˇ 對於已經無法醫治痊癒的病人，或瀕臨死亡的重傷患，為了解脫他的痛苦而實施的一種人工的死亡。

安樂窩 ㄢ ㄌㄜˋ ㄨㄛ 泛指安逸舒適，與世無爭的生活環境。

16 **安靜** ㄢ ㄐㄧㄥˋ (一)平安無事。例近來外面還算安靜。(二)寂靜無聲。例安靜的環境。

17 **安謐** ㄢ ㄇㄧˋ (一)平靖無事。謐：安靜。
參考 同安靖，安定。

19 **安穩** ㄢ ㄨㄣˇ 平安而穩當。例這車子坐起來相當安穩。

▽苟安、偷安、治安、平安、久安、長安、偏安、轉危為安、一路平安、坐立不安、局促不安、苟且偷安、動盪不安、惴惴不安、寢食難安、隨遇而安、歲歲平安。

常 4 **完** 形解 形聲；從宀，元聲。元爲人的頭部，所以完全，圓滿無缺爲完。

參考 ㄨㄢˊ 名 姓。動 事畢；例完婚。形 ①全備的；例完人。②堅固的；例城完牢。副 窮盡地；例用完。

參考 ①「完成」的「完」字，與「玩樂」的「玩」字，音同而義異，不可混同。②同全，盡，畢，峻。

2 **完人** ㄨㄢˊ ㄖㄣˊ 人格完善，道德學問毫無瑕疵的人。例太原五百完人。

6 **完成** ㄨㄢˊ ㄔㄥˊ 事物做完，成功。

完全 ㄨㄢˊ ㄑㄩㄢˊ ㈠一點兒都不欠缺。㈡純粹，全然。例這件事你要負完全的責任。

參考 ①衍完全比賽。②與「完整」都指齊全不缺，前者是就組成部分來說，後者是就整體來說。

9 **完美** ㄨㄢˊ ㄇㄟˇ 完備美好。例這一切安排得太完美了。

參考 與「完備」、「完善」都有齊全無缺的意思。完備著重於「備」，指應該有的全部有了，與「殘缺」相對。「完善」著重於「善」，是齊全而良好的意思，與「缺陷」相對；「完美」著重美，又比「完善」更進了一步。

12 **完善** ㄨㄢˊ ㄕㄢˋ 齊備而良好。例設備完善。

參考 參閱「完美」條。

完備 ㄨㄢˊ ㄅㄟˋ 完全齊備。

參考 參閱「完美」條。

完竣 ㄨㄢˊ ㄐㄩㄣˋ 完畢，一般指工程完工。竣：事情完畢。

參考 同完工。

完結 ㄨㄢˊ ㄐㄧㄝˊ 完畢，結束。

參考 衍完結篇。

15 **完膚** ㄨㄢˊ ㄈㄨ 皮膚完好不受損傷。例體無完膚。

16 **完整** ㄨㄢˊ ㄓㄥˇ 完完全全，沒有欠缺。

參考 參閱「完全」條。

18 **完璧歸趙** ㄨㄢˊ ㄅㄧˋ ㄍㄨㄟ ㄓㄠˋ 比喻將原物完好無缺地歸還原主。戰國時趙王得楚和氏璧，秦王假意提出願以十五座城交換這塊美璧。趙王派藺相如赴秦獻璧，相如見秦王無割城之意，就設法將璧取回，並派人送歸趙國。

▽未完、補完、修完、看完、用完、作完、寫完、花完、抄完、錄完、印完、考完、念完。

常 4 **宋** 形解 會意；從宀，木。家園有樹木，所以居住的地方爲宋。

音義 ㄙㄨㄥˋ 名 ①史國名，周滅商後，封商紂王庶兄微子啓於宋，建立宋國。今河南省商丘縣南。②史朝代名，a．東晉末，南朝之一，自劉裕受晉禪起，凡八主，六十年，是爲劉宋。b．宋太祖趙匡胤受後周禪起，凡十八主，三百二十年，是爲宋朝。③姓。

4 **宋太祖** ㄙㄨㄥˋ ㄊㄞˋ ㄗㄨˇ 人（九二七—九七六）宋代開國皇帝，姓趙，名匡胤，涿郡人，在位十六年。廟號太祖，又稱「藝祖」。

5 **宋玉** ㄙㄨㄥˋ ㄩˋ 人 戰國時代楚國的辭賦家，相傳是屈原弟子，作品有九辯、風賦、登徒子好色賦等。

11 **宋教仁** ㄙㄨㄥˋ ㄐㄧㄠˋ ㄖㄣˊ 人（一八八二—一九一三）字遯初，號漁父，湖南桃源人。爲中國革命史上的偉人，民國二年，在上海被袁世凱所派刺客暗殺身亡。

常 4 **宏** 形解 形聲；從宀，厷聲。厷有深大的意思，所以既深且大的屋宇爲宏。

音義 ㄏㄨㄥˊ 名 姓。動 大，通「閎」、「洪」；例恢宏。形 寬大的；例聲音宏亮。

參考 ①「宏壯」的「宏」字，與「洪亮」的「洪」字，音義相似，有時可通。②「弘」、「宏」、「鴻」，字形雖異，都含有大義。

3 **宏大** ㄏㄨㄥˊ ㄉㄚˋ 宏偉，巨大。例宏大的志願。

11 **宏偉** ㄏㄨㄥˊ ㄨㄟˇ 形容非常的偉大、壯麗。例宏偉的建築物。

常 5 **宗** 形解 會意；從宀，示。示是神示，所以會祖廟的意思。

音義 ㄗㄨㄥ 名①祖廟；例宗祠。②根本；例本宗。③主、派；例南宗山水畫。④計算文件的量詞；例幾宗文件。⑤姓。動尊崇；例宗仰。形①同姓的；例宗子。②主要的；例宗旨。

參考 ①同祖。②「宗」字義爲量詞時，與「種」字意思不同：「一宗貨」內可有不同種類；「一種貨」內，貨的種類一定相同。③擘淙、綜、琮、崇。

5 **宗主國** ㄗㄨㄥ ㄓㄨˇ ㄍㄨㄛˊ (一)舊指統治和支配藩屬國的國家。(二)統治殖民地附屬國的帝國主義國家。

6 **宗旨** ㄗㄨㄥ ㄓˇ 主要的意旨和目的。例三民主義最後的宗旨是要達到世界大同的境地。

9 **宗派** ㄗㄨㄥ ㄆㄞˋ 泛稱政治、學術、宗教、武術等方面的派別。

參考 同派別，流別。

10 **宗祠** ㄗㄨㄥ ㄘˊ 家族供奉、祭祀祖先的祠堂或家廟。

11 **宗教** ㄗㄨㄥ ㄐㄧㄠˋ 利用人類對於宇宙、人生的神秘所發生的恐怖、模擬、奇異或希望的種種心理，構成一種勸善懲惡的教義，並用來教化世人，使人信仰，稱爲宗教。如佛教、天主教。

宗族 ㄗㄨㄥ ㄗㄨˊ 舊指同一父系的家族，也指同一父系家族的人(不包括出嫁的女性)。

12 **宗喀巴** ㄗㄨㄥ ㄎㄜ ㄅㄚ 人(一四一七—?)生於西寧，爲宗教改革家，西藏黃教喇嘛的始祖；十五世紀初期，立意改革紅教，創立的教規非常嚴格，並改冠服爲黃色，所以稱爲黃教。有二大弟子：即達賴一世及班禪一世。

16 **宗親** ㄗㄨㄥ ㄑㄧㄣ 同宗的親屬。例宗親會。

▽正宗、祖宗、同宗、文宗、大宗、小宗、禪宗、歸宗、教宗。

常 5 **定** 形解  會意；從宀，從正。正有止的意思，停留在屋下，所以會安居的意思。

音義 ㄉㄧㄥˋ 動①平靖；例定亂。②裁決；例決定。③事先訂定；例預定。形不變的；例確定。副必然；例定能成功。

參考 ①「校訂」的「訂」字與「安定」的「定」字，音義相似，習慣上「訂約」、「校訂」等多用「訂」，「安定」、「定律」、「定奪」都作「定」。②擘錠、淀、綻。

2 **定力** ㄉㄧㄥˋ ㄌㄧˋ 宗原爲佛家語，五力之一，能破除各種亂想。後泛稱集中思想，堅定心志。例他很有定力。

6 **定名** ㄉㄧㄥˋ ㄇㄧㄥˊ 即命名。

7 **定見** ㄉㄧㄥˋ ㄐㄧㄢˋ 確定不移的主張和見解。例人要有定見，然後才會有目標和方向。

定局 ㄉㄧㄥˋ ㄐㄩˊ (一)作最後的決定。例事情還未成定局。(二)確定不移的局面或形勢。例勝負已成定局。

9 **定則** ㄉㄧㄥˋ ㄗㄜˊ 一定不變的法則。

定省 ㄉㄧㄥˋ ㄒㄧㄥˇ 早晚向父母問候和請安。

參考 參閱「晨昏定省」條。

定型 ㄉㄧㄥˋ ㄒㄧㄥˊ 事物的特點逐漸形成，並已固定下來。例中國文字到了秦漢時代逐漸定型。

定律 ㄉㄧㄥˋ ㄌㄩˋ (一)一定的規則、格律。例詩無定律。(二)對客觀規律的一種表達形式，通過大量具體事實歸納而成的結論；有時用「公式」表示。

10 **定案** ㄉㄧㄥˋ ㄢˋ 對案件、事情等作最後決定。例這案子已成定案。

參考 反懸案。

定神 ㄉㄧㄥˋ ㄕㄣˊ 使精神凝結集中。

參考 同凝神。

11 **定情** ㄉㄧㄥˋ ㄑㄧㄥˊ (一)古指男女結合爲夫婦，即結婚。(二)交換飾物作爲婚姻的證物。(三)男女雙方情投意合，立誓永不變心。

定理 ㄉㄧㄥˋ ㄌㄧˇ (一)永久不變的眞理。(二)在數學中經過一定的論據而證明爲正確的結論，可以做爲原則或規則的。

定都 ㄉㄧㄥˋ ㄉㄨ 確定首都所在地。例定都南京。

參考 同定鼎。

12 **定期** ㄉㄧㄥˋ ㄑㄧˊ ㈠約訂固定的期限。例定期健康檢查。㈡一定的時日。例定期機票。

13 **定鼎** ㄉㄧㄥˋ ㄉㄧㄥˇ ㈠九鼎爲古代傳國的重器，王都所在，即是鼎之所在，所以稱定都爲定鼎。㈡建立王朝。

定睛 ㄉㄧㄥˋ ㄐㄧㄥ 眼珠毫不轉動地注視。

參考 同注目，注視。

定義 ㄉㄧㄥˋ ㄧˋ 把所包含的內容簡要而完整地表達出來。指解釋一詞語或一概念的意義，把所包含的內容簡要而完整地表達出來。又稱「界說」。

14 **定奪** ㄉㄧㄥˋ ㄉㄨㄛˊ 對未決定的事物作可否或取捨的裁奪。例討論後再行定奪。

15 **定論** ㄉㄧㄥˋ ㄌㄨㄣˋ ㈠確定而不改變的見解或主意。㈡最後的論斷。

18 **定額** ㄉㄧㄥˋ ㄜˊ 泛指人力、物力、財力利用等方面一定的數額。

▽安定、一定、確定、肯定、固定、鑑定、協定、決定、裁定、制定、測定、斷定、認定、否定、不定、未定、平定、校定、核定、審定、穩定、安定、禪定、入定、一言爲定、喘息未定、蓋棺論定、舉棋不定、命中注定、老禪入定。

常 5 **官** 解形 會意；從宀自。自，京師，所以會朝廷辦公的地方。

音義 ㄍㄨㄢ 名①在政府機關中擔任公職的人員；例任官。②處理政事的地方；例官府。③人的知覺或器官；例五官。④姓。形屬於國家的，政府的；例官印。

參考 ①「官」與「宦」字形相近而音義各異，用時宜加區別。②孳菅、管、館、綰、棺、琯、倌。

4 **官方** ㄍㄨㄢ ㄈㄤ ㈠舊時稱做官的人應守的禮法。又稱「官紀」。㈡政府方面而言。例官方消息。

5 **官司** ㄍㄨㄢ ㄙ ㈠官吏的職守和權責。㈡泛指官吏。㈢俚俗稱訴訟的事件爲「官司」，稱進行訴訟爲「打官司」。

6 **官吏** ㄍㄨㄢ ㄌㄧˋ 由中央或地方政府任命，擔任公職的人員。

參考 同官員。

8 **官邸** ㄍㄨㄢ ㄉㄧˇ 政府爲高級官員修建的住所。邸：住宅，多用於專指王侯所住的地方。例總統官邸。

官官相護 ㄍㄨㄢ ㄍㄨㄢ ㄒㄧㄤ ㄏㄨˋ 做官的人互相包庇，彼此護航。

9 **官宦** ㄍㄨㄢ ㄏㄨㄢˋ 做官的人。例他出身官宦世家。

參考 與「官僚」都指做官的人，但後者多含有貶損的意思。

10 **官能** ㄍㄨㄢ ㄋㄥˊ 生物體的器官感覺功能。如：視覺、聽覺。

12 **官階** ㄍㄨㄢ ㄐㄧㄝ 官吏的等級。

參考 同官等。

官場 ㄍㄨㄢ ㄔㄤˇ 政界。例官場要人。

13 **官署** ㄍㄨㄢ ㄕㄨˇ 官吏辦公的地方。

參考 同官衙。

官話 ㄍㄨㄢ ㄏㄨㄚˋ ㈠官場中門面上敷衍應付的話。㈡我國流行較廣的北方話，主要代表是北京話，即今國語。

14 **官僚** ㄍㄨㄢ ㄌㄧㄠˊ ㈠官吏。㈡以做官爲業，欺壓人民的官員。

參考 衍官僚氣息、官僚作風。②參閱「宦官」條。

15 **官樣文章** ㄍㄨㄢ ㄧㄤˋ ㄨㄣˊ ㄓㄤ ㈠照例執行公事，不求實際的虛文。㈡比喻裝模作樣，內容空虛，敷衍了事的言論或措施。

17 **官職** ㄍㄨㄢ ㄓˊ ㈠官吏的職務。㈡官吏的等級、職位。

▽學官、宦官、史官、長官、判官、百官、法官、免官、任官、五官、見官、感官、看官、軍官、地方官、主考官、行政官、值星官、書記官、文武百官。

常 5 **宜** 解形 形聲；從宀，從一，多省聲。家中財多則安，所以安適爲宜。

音義 ㄧˊ 名姓。動適當；例宜其室家。形合適的；例「武之遲久，不亦宜乎？」副應當；例不宜如此。

參考 ①「宜」的本字作「宐」。②

同該，合，適。

▽機宜、時宜、適宜、便宜、權宜、事宜、合宜、土宜、不宜、爲宜、不合時宜、因事制宜、因時制宜、因地制宜。

常 5 **宙** 形解 形聲；從宀，由聲。屋宇的棟梁爲宙。

音義 ㄓㄡˋ 名時間的總稱。

▽宇宙、霜凝碧宙。

常 5 **宛** 形解 形聲；從宀，夗聲。夗有轉臥的意思，所以委宛曲折的屋子爲宛。

音義 ㄨㄢˇ 名姓。動曲折，同「婉」；例宛延。形四方高，中央低的；例宛丘。副①彷彿；例宛如。②相似；例宛然。

ㄩㄢ 名漢代西域國名之一；例大宛。

參考 ①「宛」字義爲曲折時，同「婉轉」的「婉」字。②擘蜿、婉、鵷、琬、畹、菀、豌、椀。

12 **宛然** ㄨㄢˇ ㄖㄢˊ 非常地相似、逼眞。

參考 同依然。

18 **宛轉** ㄨㄢˇ ㄓㄨㄢˇ ㈠婉曲隨順，委婉曲折。又作「婉轉」。㈡形容聲音美妙動聽。例歌聲宛轉悠揚。㈢用和藹的態度去處事，以免發生爭執。例說話要宛轉些，別和他發生衝突。

參考 衍宛轉如意、宛轉微妙。

▽大宛。

次 5 **宓** 形解 形聲；從宀，必聲。必有安寧的意思，所以安康爲宓。

音義 ㄇㄧˋ 名①安寧；例宓穆。②姓。副疾速地；例宓汨。

ㄈㄨˊ 名姓，通「伏」。

參考 「宓」、「伏」、「虙」三字古通。

次 5 **宕** 形解 形聲；從宀，碭省聲。宀爲屋室，碭有開闊的意思，所以四周沒有蔽障的屋子爲宕。

音義 ㄉㄤˋ 名石礦；例開宕。動遲延；例延宕。形行爲放蕩不拘的，通「蕩」；例跌宕。

▽跌宕、豪宕、流宕、拖宕、延宕、失宕、迭宕。

常 6 **宣** 形解 形聲；從宀，亘聲。天子所居的大室爲宣。

音義 ㄒㄩㄢ 名姓。動①窮盡；例宣勞。②諭示；例宣布。③散發；例宣傳。

參考 擘揎、萱、瑄。

5 **宣示** ㄒㄩㄢ ㄕˋ 公開宣布。

宣布 ㄒㄩㄢ ㄅㄨˋ ㈠公開使大家知道。㈡依據法律，傳布命令。又作「宣佈」。

參考 與「宣告」都指公開地、正式地告訴大衆，但有別：前者所發布的事件多有約束性和强制性，如：法令、紀律等；後者常用於重大事件或壞的結局，如：宣告破產。

7 **宣判** ㄒㄩㄢ ㄆㄢˋ 法「宣告判決」的簡稱。法院在案件審理終結後，向當事人宣布對案件的判決書。

宣言 ㄒㄩㄢ ㄧㄢˊ ㈠一般指國家、政府、政黨、團體或領導人爲說明其政治綱領或對重大政治問題表明其基本立場和態度而發表的文件。例人權宣言。㈡向大衆公開發表言論。

宣告 ㄒㄩㄢ ㄍㄠˋ 宣布告知。

參考 ①與「宣傳」都有擴大告知的意思，前者多用口頭將重大事項加以告訴，對事實較不誇大。後者可利用的方式很多，對事實稍有誇大性。②參閱「宣布」條。

9 **宣洩** ㄒㄩㄢ ㄒㄧㄝˋ ㈠排除障礙，使之暢通或舒散。例宣洩心中的鬱悶。㈡洩漏秘密。又作「宣泄」。

宣科 ㄒㄩㄢ ㄎㄜ 唸誦，誦讀。例照本宣科。

10 **宣紙** ㄒㄩㄢ ㄓˇ 一種高級的毛筆書畫用紙。原產於我國安徽宣城縣，因唐朝時屬宣州，故名。紙質綿軟，堅韌細白，吸墨均勻，耐久性良好。

12 **宣揚** ㄒㄩㄢ ㄧㄤˊ 傳布發揚使大家都知道。例宣揚國威。

參考 與「宣傳」、「鼓吹」都有公開說出，使人知道的意思。「宣揚」偏重於使之發揚光大。「宣傳」偏重於說明講解使之傳布廣大的意思。「鼓吹」多指使還沒有興起或引起大家注意的事擴大發揚，有宣傳吹噓的意思。如：鼓吹革命。

13 **宣傳** ㄒㄩㄢ ㄔㄨㄢˊ 用演說、文字、文藝等方式向大衆講解說明。例宣傳福音。

參考 ①衍宣傳單、宣傳彈、宣傳品。②參閱「宣告」條。③參閱「宣揚」條。

14 **宣稱** ㄒㄩㄢ ㄔㄥ 聲稱，公開宣布。

宣誓 ㄒㄩㄢ ㄕˋ 當衆宣布誓言，表示嚴格遵行的決心。

16 **宣戰** ㄒㄩㄢ ㄓㄢˋ 一國或集團公開宣布開始同一國或集團處於戰爭狀態。

參考 衍宣戰書。

22 **宣導** ㄒㄩㄢ ㄉㄠˇ 疏通暢導。

宣讀 ㄒㄩㄢ ㄉㄨˊ 當衆朗讀。例主席宣讀國父遺囑。

▽文宣、心照不宣。

常 6 **宦** 形解 會意；從宀從臣。在官府任職辦事的人爲宦。

音義 ㄏㄨㄢˋ 名①官吏；例仕宦。②太監；例宦人。③姓。形官場上的；例宦海。

參考「仕宦」的「宦」字與房間東北角的「宧」(音ㄧ)字，形似而音義不同，不可混用。

8 **宦官** ㄏㄨㄢˋ ㄍㄨㄢ 君主時代被閹割過，在宮廷裏供使喚服役的男子。

參考 同太監、宦寺、閹人、閹臣、中官、內官、內臣、內侍、內監。

10 **宦海** ㄏㄨㄢˋ ㄏㄞˇ 因爲官場險惡，如在海中浮沉不定，所以稱官場爲宦海。例宦海浮沉。

11 **宦途** ㄏㄨㄢˋ ㄊㄨˊ 做官登進的路徑。

參考 同仕途。

▽閹宦、仕宦、內宦、游宦、豎宦、官宦。

常 6 **室** 形解 形聲；從宀，至聲。至是箭矢所射達的地方，所以人所至而棲息的地方爲室。

音義 ㄕˋ 名①房屋；例辦公室。②宮；例楚室。③刀、劍的鞘；例劍室。④妻子；例家室。⑤天星名，二十八宿之一。例室宿。

參考 ①「臥室」的「室」，與從穴之「窒息」的「窒」(ㄓˋ)字，音異形似，意義有殊，不可混用。②同房。

6 **室如懸磬** ㄕˋ ㄖㄨˊ ㄒㄩㄢˊ ㄑㄧㄥˋ 比喻家庭生活非常貧窮，物質匱乏。磬，古樂器名，用石或玉製成，曲折如矩形。懸磬，或作「縣磬」。

參考 同家徒四壁。

18 **室邇人遠** ㄕˋ ㄦˇ ㄖㄣˊ ㄩㄢˇ 人相距雖近，卻似相隔很遠而不能相見。比喻非常思慕。常用爲思念遠人或悼念逝者的用語。

參考 同咫尺天涯。

▽王室、溫室、宮室、教室、居室、密室、臥室、畫室、內室、寢室、浴室、正室、妻室、房室、貴賓室、會客室、登堂入室、不安於室、不欺暗室、引狼入室。

常 6 **客** 形解 形聲；從宀，各聲。各有來的意思，所以從外面來而有所寄託爲客。

音義 ㄎㄜˋ 名①外來的人；例「笑問客從何處來？」②旅居在外的人；例「春歸在客先。」③主顧；例顧客。④奔走活動的人。例俠客。⑤姓。動寄住；例客居。形①異鄉的；例客土。②謙讓的；例客氣。

參考 擘喀、額、愙。

4 **客戶** ㄎㄜˋ ㄏㄨˋ 商營利事業的機關行號稱彼此往來的顧客。

參考 同顧客。

7 **客串** ㄎㄜˋ ㄔㄨㄢˋ (一)非正式演員，只是臨時參加演出者。(二)原來不主管其事而臨時擔任此事的人。例這件事拜託你客串一下。

8 **客居** ㄎㄜˋ ㄐㄩ 旅居異鄉。例客居異鄉。

參考 同僑居，旅居。

10 **客套** ㄎㄜˋ ㄊㄠˋ 對人所說的客氣話或寒暄的應酬語，有謙虛、見外的意思。

客氣 ㄎㄜˋ ㄑㄧˋ 謙讓有禮。

客家 ㄎㄜˋ ㄐㄧㄚ 西晉末年五胡亂華，及北宋末年靖康之亂，使得黃河流域大批人民遷移到南方，為了區別於本地居民，故稱為客家。今臺灣屏東、高雄、新竹、苗栗等縣的居民，由廣東韓江流域及梅江流域遷來的，亦是客家。

客座教授 ㄎㄜˋ ㄗㄨㄛˋ ㄐㄧㄠˋ ㄕㄡˋ 稱在國外學有專長，而被聘請回國在大專院校擔任教職的人。

12 **客棧** ㄎㄜˋ ㄓㄢˋ 供旅客住宿休憩的地方。例龍門客棧。

參考 同客店。

23 **客體** ㄎㄜˋ ㄊㄧˇ 指外界的事物，是主體的認識對象和實踐對象。與「主體」相對。

參考 參閱「主體」條。

25 **客廳** ㄎㄜˋ ㄊㄧㄥ 會客的廳堂。又作「客堂」、「客室」。

客觀 ㄎㄜˋ ㄍㄨㄢ 指一個人的思想和行動符合於實際情況。例我們做學問必須客觀。

參考 反主觀。

▽俠客、顧客、刺客、主客、常客、賓客、旅客、陪客、食客、上客、作客、賀客、船客、稀客、恩客、觀光客、不速之客。

---

6 **宥** 形解 形聲；從宀，有聲。寬待為宥。

音義 一ㄡˋ 名姓。動①原諒；例原宥。②幫助，通「侑」；例宥弼。形大而深的；例宥密。

▽寬宥、恩宥、緩宥、赦宥。

常 7 **宰** 形解 會意；從宀，從辛。辛是罪人，所以在屋下執事的罪人為宰。

音義 ㄗㄞˇ 名①官吏名；例宰相。②主子；例萬民之宰。③姓。動①屠殺；例烹牛宰羊。②管理；例主宰。

參考 ①「宰」為古代官名，可指百官之長，有司主政教者，家臣之長，卿大夫采邑之長，里長、膳夫等官。②「宰」字從「辛」，不從「幸」。③同殺、割。④衍滓、縡。

8 **宰制** ㄗㄞˇ ㄓˋ 統轄控制。

9 **宰相** ㄗㄞˇ ㄒㄧㄤˋ 我國君主時代對皇帝負責總攬政務的人，為百官之長，歷代名稱不同。又稱「宰輔」、「宰執」、「宰臣」、「宰衡」；相當現代的行政院長。

12 **宰割** ㄗㄞˇ ㄍㄜ ㈠宰殺分割。例宰割天下。㈡比喻受人壓迫、侵凌、剝削，而無法反抗。例任人宰割。

▽太宰、主宰、邑宰、州宰、良宰、家宰、屠宰、冢宰。

常 7 **害** 形解 形聲；從宀，從口，丯聲。禍從口出，每起於衽席，所以創傷為害。

音義 ㄏㄞˋ 名①傷損；例傷害。②禍患；例禍害。③險要的地方；例要害。動①損傷；例損害。②染患；例害病。③懼怕；例害蟲。

參考 「害」字從丯不從壬。

8 **害怕** ㄏㄞˋ ㄆㄚˋ 心中驚懼不安。

參考 參閱「膽怯」條。

11 **害羞** ㄏㄞˋ ㄒㄧㄡ 感覺不好意思，很難為情。

13 **害羣之馬** ㄏㄞˋ ㄑㄩㄣˊ ㄓ ㄇㄚˇ 比喻危害大衆的壞人。

參考 同害臊。

▽加害、危害、傷害、損害、迫害、被害、妨害、利害、厲害、陷害、蟲害、毒害、禍害、要害、受害、殺害、殘害、為害、有百利而無一害。

常 7 **家** 形解 形聲；從宀，豭省聲。從前的民家，屋下都養有豬隻，所以居室為家。

音義 ㄐㄧㄚ 名①親人一起居住的場所；例家庭。②有專門學術，或以技藝名世的人；例專家。③店鋪；例夜泊秦淮近酒家。④資財，通「賈」；例千金之家。⑤姓。動居住；例因家焉。形自己的，俗對自己親長的謙稱；例家父。

ㄍㄨ 名女子的尊稱，通「姑」；例曹大家。

參考 ①同戶。②「家庭」的「家」字，與「墓冢」的「冢」字，一從豕，一從豖，形近而音義不同，不可混用。

2 **家人** ㄐㄧㄚ ㄖㄣˊ ㈠同一家的人。㈡平民。㈢舊時稱僕人。

3 **家小** ㄐㄧㄚ ㄒㄧㄠˇ 妻子兒女。

5 **家世** ㄐㄧㄚ ㄕˋ 歷代相承的家庭世業和門閥。例家世清白。

7 **家私** ㄐㄧㄚ ㄙ ㈠家產。㈡家中

的私事。

參考 衍家私物件。

8 **家事** ㄐㄧㄚ ㄕˋ ㈠家中的事務。㈡女子學校課程之一，教導學生治理家庭事務必須具備的學識和技術。㈢家具，猶「家伙」。

家法 ㄐㄧㄚ ㄈㄚˇ ㈠古代稱師徒傳承形成一派的學風。㈡治理家庭的法則。又作「家規」、「家約」。㈢俗稱家長扑打責罰家人的刑具。

家長 ㄐㄧㄚ ㄓㄤˇ 即一家之主。又作「家主」、「家翁」。

家具 ㄐㄧㄚ ㄐㄩˋ 家庭中所用的器具，如桌椅、沙發等類。又作「傢具」、「傢俱」。

9 **家風** ㄐㄧㄚ ㄈㄥ 指一家的傳統習慣，生活作風等是。

參考 同門風。

家政 ㄐㄧㄚ ㄓㄥˋ 以經濟有效的原則，處理生活有關的事務。

參考 衍家政系。

家計 ㄐㄧㄚ ㄐㄧˋ ㈠「家庭計劃」的簡稱。㈡維持家庭生活的方法。亦作「活計」。

10 **家訓** ㄐㄧㄚ ㄒㄩㄣˋ 家長告誡子孫，用以治家立身的訓言。又作「家誡」。

家庭 ㄐㄧㄚ ㄊㄧㄥˊ 以婚姻和血緣關係為自然基礎的社會生活組織形式。一般包括父母、夫妻、子女等親屬。

參考 衍家庭生活、家庭副業、家庭工業。

家庭計劃 ㄐㄧㄚ ㄊㄧㄥˊ ㄐㄧˋ ㄏㄨㄚˋ 指每對夫婦依照自己意願，身心健康、經濟條件、社會需要，利用現有的醫學和各種節育方法，達到自己家庭所願擁有的子女數，以減輕人口壓力，提高人口素質，促進國民生活水準。

家徒四壁 ㄐㄧㄚ ㄊㄨˊ ㄙˋ ㄅㄧˋ 家裏除了四面牆壁之外，什麼也沒有，形容家庭經濟極端貧窮。又作「家徒壁立」。

參考 與「一貧如洗」有別：前者著眼於家；後者著重在人。②後者可與「家裡」、「家境」搭配使用，但前者不能。

11 **家教** ㄐㄧㄚ ㄐㄧㄠˋ ㈠家庭中的禮法和修養。例他很有家教。㈡名詞，「家庭教師」的簡稱。㈢動詞，到學生家裡擔任家庭教師。

家產 ㄐㄧㄚ ㄔㄢˇ 一家所擁有的財產。

參考 同家財，家資。

家眷 ㄐㄧㄚ ㄐㄩㄢˋ 家屬，眷屬；多指自己的妻子、兒女。

家務 ㄐㄧㄚ ㄨˋ 家庭中日常的事務。

參考 同家事。

家累 ㄐㄧㄚ ㄌㄟˇ ㈠家庭生活的負擔。㈡舊時以妻子兒女等都仰食於一家之主，所以稱家屬為家累。

家族 ㄐㄧㄚ ㄗㄨˊ 以婚姻和血緣關係結成的社會單位，通常指一家人或同族的人。

家常 ㄐㄧㄚ ㄔㄤˊ ㈠家中日常的事務。例閒話家常。㈡平居和尋常的意思。

家常便飯 ㄐㄧㄚ ㄔㄤˊ ㄅㄧㄢˋ ㄈㄢˋ ㈠家中日常的飯食。又作「家常飯」。㈡比喻常見習聞而輕鬆的事。例這件事對我來說簡直是家常便飯。

參考 「家常便飯」、「習以為常」有別：「家常便飯」有兩個意思：㈠指家庭中日常吃的飯菜。如：這不過是家常便飯，那來的山珍海味。㈡指經常碰到的事情。如：在這一帶破門偷竊、攔路搶劫的事，簡直是家常便飯。「習以為常」指已成習慣或慣例，使人覺得很普通很平常，不足為奇。如：學生對測驗和考試，已經是習以為常了。

12 **家禽** ㄐㄧㄚ ㄑㄧㄣˊ 動經過人類馴養的鳥類，通常具有重大的經濟價值。如雞、鴨、鵝等。

家鄉 ㄐㄧㄚ ㄒㄧㄤ 故鄉。例「離別家鄉歲月多」。

參考 「家鄉」、「故鄉」有別：「故鄉」指長期居住過的地方，它的使用範圍比「家鄉」大。用「家鄉」的地方，可以換用「故鄉」，如：上海是他的家鄉（也可以用「故鄉」)。「家鄉菜」、「家鄉話」等詞裏的「家鄉」，不能換用「故鄉」。

家喻戶曉 ㄐㄧㄚ ㄩˋ ㄏㄨˋ ㄒㄧㄠˇ 家家戶戶都已知道，形容人人皆知。例國父 孫中山先生是家喻戶曉的偉人。

參考①同衆所周知。②與「婦孺皆知」有別：前者強調「家家戶戶」；後者著重「婦女小孩」。所以在程度上後者深於前者。

13 **家園** ㄐㄧㄚ ㄩㄢˊ 猶家鄉，故鄉。

13 **家道中落** ㄐㄧㄚ ㄉㄠˋ ㄓㄨㄥ ㄌㄨㄛˋ 是說家境不如從前富裕，日漸頹沒。

14 **家境** ㄐㄧㄚ ㄐㄧㄥˇ 家庭的經濟情況。例家境清寒。

16 **家學淵源** ㄐㄧㄚ ㄒㄩㄝˊ ㄩㄢ ㄩㄢˊ 世代相傳的學問，有非常深厚的根基。

19 **家譜** ㄐㄧㄚ ㄆㄨˇ 記載一家世系及事實的書。

參考同家牒，家乘。

▽一家、國家、儒家、道家、佛家、分家、兵家、墨家、本家、名家、良家、鄰家、成家、作家、畫家、富家、貧家、民家、酒家、權家、大家、專家、出家、在家、小家、逃家、船家、搬家、闔家、老家、音樂家、革命家、四海爲家、白手起家、自成一家、刻薄成家、諸子百家。

常 7 宴

形解 形聲；從宀，晏聲。晏是安順，所以家居安閒爲宴。

音義 ㄧㄢˋ 名以酒食款待賓客；例晚宴。動①款待；例宴客。②安居；例宴居。③寢息；例宴息。④感到高興；例宴爾新婚。形安然的；例宴如。

參考①「宴」古通「燕」、「醼」、「讌」。②「宴會」的「宴」字，與「晏嬰」的「晏」字，兩字形聲相近，但「宴」字是「日」在「安」中，「晏」字則是「日」字在「安」上，意義不同。

9 **宴客** ㄧㄢˋ ㄎㄜˋ 設宴請客。例宴客不宜鋪張浪費。

參考與「請客」都有「招待別人」的意思。前者專指吃飯、飲酒方面；後者使用範圍較廣，是請人享用的泛稱。

13 **宴會** ㄧㄢˋ ㄏㄨㄟˋ 宴飲的聚會。

14 **宴爾** ㄧㄢˋ ㄦˇ 原是爲你感到快樂的意思，後爲祝賀新婚的代稱詞。例「宴爾新婚，如兄如弟。」

▽雅宴、賜宴、酒宴、小宴、盛宴、野宴、歡宴、嘉宴、款宴、國宴、鴻門宴。

常 7 宮

形解 形聲；從宀，躳省聲。躳是脊骨，居人身的中央，所以其外有屋室圍繞的大建築物爲宮。

音義 ㄍㄨㄥ 名①秦漢以來，王者居住的地方稱宮；例皇宮。②學校；例黌宮。③書音律名，五音之一；例宮、商、角、徵、羽。④天星宿名，廿八宿之一；例中宮。⑤曆法單位，曆法以三十度爲宮。⑥淫刑，五刑之一；例宮刑。⑦姓。

參考①「宮殿」的「宮」字，與「官吏」的「官」字形似：一從呂，一從𠂤，音義有殊，不可混用。②同殿。

9 **宮室** ㄍㄨㄥ ㄕˋ (一)古代房屋的通稱。(二)帝王的宮殿。

13 **宮殿** ㄍㄨㄥ ㄉㄧㄢˋ 舊時帝王所居住的高大華麗的房屋。

18 **宮闕** ㄍㄨㄥ ㄑㄩㄝ 古代帝王所居住的宮殿的總稱。因它的門外立有闕而得名。闕：在門外建築兩個臺子，在臺子上作觀樓，上圓下方，因它的中間空著可以作爲通路，所以稱爲闕。

▽行宮、月宮、後宮、東宮、迷宮、離宮、王宮、皇宮、冷宮、正宮、冰宮、阿房宮。

常 7 宵

形解 形聲；從宀，肖聲。肖有小的意思，所以定昏爲宵。

音義 ㄒㄧㄠ 名夜晚；例春宵。形細小的，通「小」；例宵人。

參考①「良宵」的「宵」字，與「雲霄」的「霄」字（從雨），形、聲相似，義則不同。②同夜，晚。

3 **宵小** ㄒㄧㄠ ㄒㄧㄠˇ 原指晚上出來活動的盜賊，後泛指鬼鬼祟祟的人或不法之徒。

6 **宵衣旰食** ㄒㄧㄠ ㄧ ㄍㄢˋ ㄕˊ 天未亮就穿衣起來，天黑了才吃飯；形容勤勞政事，無暇安寢吃飯。旰：傍晚日落的時分。

8 **宵夜** ㄒㄧㄠ ㄧㄝˋ 是指夜間所吃的點心或去吃點心。今誤寫爲

「消夜」。

13 **宵禁** ㄒㄧㄠ ㄐㄧㄣˋ 戒嚴時期規定在夜間某段時間內，禁止行人在路上行走。

▽終宵、良宵、今宵、連宵、寒宵、中宵、通宵。

常 7 **容** 形解 形聲；從宀，谷聲。谷有中空的意思，所以盛受爲容。

音義 ㄖㄨㄥˊ 名①相貌；例美容。②包含的度量；例容量。③樣子；例軍容。④姓。動①包涵忍耐；例寬容。②修飾；例女爲悅己者容。③包含；例包容。④聽從允許；例容容。⑤受納；例容納。副或者，也許；例容或有之。

參考①同納，貌，包。②擘溶、鎔、蓉、榕。

4 **容止** ㄖㄨㄥˊ ㄓˇ 儀容舉止。

6 **容光煥發** ㄖㄨㄥˊ ㄍㄨㄤ ㄏㄨㄢˋ ㄈㄚ 形容臉上的氣色光彩四射，身體健康，精神飽滿。

參考與「神采奕奕」、「神采飛揚」有別：前者偏重在局部有光彩；後二者偏重在精神好。神采飛揚含有「情緒昂揚，精神振奮」的特殊意思，但另二個成語沒有。

7 **容忍** ㄖㄨㄥˊ ㄖㄣˇ 寬容忍耐而不與計較。例我們絕不容忍野心分子破壞我們的國家。

容身 ㄖㄨㄥˊ ㄕㄣ ㈠合於自身的名分而瀟灑自得。例容身而遊。㈡存身，安身。例無容身之地。

參考同棲身。

8 **容易** ㄖㄨㄥˊ ㄧˋ 輕易而不困難。

參考①反困難。②「容易」、「輕易」有別：「容易」是不難的意思。多指事物的深淺程度，或處理事情的難易程度而言。如：要改變一個人的個性眞不容易。「輕易」是指處理的態度隨便，輕率。如：在未了解事情的眞相之前，不要輕易下判斷。

10 **容納** ㄖㄨㄥˊ ㄋㄚˋ ㈠在固定的空間或範圍內接受人或事物。例這間屋子可容納一百多人。㈡包容採納。例容納他人的意見。

11 **容許** ㄖㄨㄥˊ ㄒㄩˇ ㈠容納，許可。例我們不容許破壞國家的壞分子存在。㈡或許。例容許他臨時有事，才失約的。

參考與「允許」、「准許」都指同意、許可的意思：「容許」的語氣較重；「允許」，指答應同意，語氣較輕；「准許」，多用於上級對下級，語氣也較重。

12 **容量** ㄖㄨㄥˊ ㄌㄧㄤˋ 容器能夠容納物質的量。

14 **容貌** ㄖㄨㄥˊ ㄇㄠˋ 面貌，相貌。

參考同容止。

15 **容髮** ㄖㄨㄥˊ ㄈㄚˇ 形容相距非常地微小，僅能容納毛髮而已；比喻事情非常危急。例間不容髮。

16 **容積** ㄖㄨㄥˊ ㄐㄧ 容器所能容納的物質的體積。

▽威容、音容、寬容、形容、從容、內容、美容、包容、面容、笑容、儀容、玉容、芳容、軍容、不容、無容、花容、縱容、臉容、無地自容、水火不容、閉月羞花之容。

常 7 **宸** 形解 形聲；從宀，辰聲。屋宇爲宸。

音義 ㄔㄣˊ 名帝王居住的地方；例宸居。

次 7 **宧** 形解 形聲；從宀，𦣝聲。𦣝有飲食的意思，所以在室的東北隅供飲食的地方爲宧。

音義 ㄧˊ 名古代居室的東北角落，即廚房的所在。動宧養，通「頤」。

參考「宧」字下從「𦣝」不從「臣」，也不從「𠂤」作「宦」。作「臣」者爲「宦」。

常 8 **寇** 形解 會意；從支完。支是攻擊，完是完全，所以攻破完全，造成暴亂爲寇。

音義 ㄎㄡˋ 名①盜賊，土匪；例流寇。②仇敵；例寇讎。③敵兵；例敵寇。④姓。動①成羣劫掠；例寇掠。②侵入，迫害；例入寇。

參考①「盜寇」的「寇」字，與

「冠冕」的「冠」字，形似而音義不同，不可混用。②同敵，侵，匪，賊。

3 **寇仇** ㄎㄡˋ ㄔㄡˊ 仇敵。又作「寇讎」。

13 **寇準** ㄎㄡˋ ㄓㄨㄣˇ 〔人〕（九六一——一〇二三）字平仲，北宋華州（今陝西華縣）人。眞宗時宰相，契丹入侵，力勸眞宗親征，結果大敗契丹，和他們訂立澶淵之盟；封爲萊國公，仁宗時諡號忠愍。

▽外寇、內寇、倭寇、兵寇、盜寇、流寇、入寇、平寇、匪寇。

常 8 寅

解形 象形；象弓箭在弦將要發射形。

音義 ㄧㄣˊ 名①十二地支的第三位，用以計算年、月、日。②時辰名，凌晨三時至五時。③姓。動恭敬，通「夤」；例寅畏。

參考 孳演、螾、夤、縯。

6 **寅吃卯糧** ㄧㄣˊ ㄔ ㄇㄠˇ ㄌㄧㄤˊ 是說在寅年吃掉了卯年的糧食；比喻經費透支，入不敷出，預先挪用了以後的收入。寅、卯，是我國十二地支的次序，寅在卯之前。

常 8 寄

解形 形聲；從宀，奇聲。奇有奇異、不耦的意思，所以託寓爲寄。

音義 ㄐㄧˋ 動①寓居，通「羈」；例「夫君亦淪落，此地同飄寄。」②倚附；例寄人籬下。③託付，委任；例託寄。④俗稱郵遞爲「寄」；例寄信。形①以親屬的名義，隸屬於他人名下；例寄子。②暫時居留的；例寄籍。

參考 同託，附，遞。

2 **寄人籬下** ㄐㄧˋ ㄖㄣˊ ㄌㄧˊ ㄒㄧㄚˋ ㈠原指寫詩作文因襲他人的風格。㈡後引申指在別人的勢力庇護之下或依附別人過活。

參考 與「仰人鼻息」有別：①前者偏重於「依附」，「依靠」，後者偏重於「不能自主」。當强調生活上依賴人或政治上依附人的意思時，用寄人籬下比用仰人鼻息爲恰當；當强調「不能自主」由人支配」的意思時，宜用仰人鼻息。

5 **寄生** ㄐㄧˋ ㄕㄥ 一種生物依附在另一種生物上的生活方式。

參考 參閱「附庸」條。

寄生蟲 ㄐㄧˋ ㄕㄥ ㄔㄨㄥˊ ㈠動寄生在別的生物體上的蟲類。如蛔蟲。㈡諷刺不能獨立而依賴他人生活的人。

8 **寄居** ㄐㄧˋ ㄐㄩ 暫時住在別人家裏或他地。例寄居國外。

參考 同寓居。

9 **寄食** ㄐㄧˋ ㄕˊ 依靠他人生活。

10 **寄託** ㄐㄧˋ ㄊㄨㄛ ㈠把希望、理想或情感寄在某一方面，依靠他來實現。例寄託終身。㈡文學家寄情託興，借題發揮。㈢法委託代理。

11 **寄情** ㄐㄧˋ ㄑㄧㄥˊ 寄託情感、胸懷。例寄情山水。

13 **寄意** ㄐㄧˋ ㄧˋ 傳達心意。

參考 同寄懷，寄興。

寄跡山林 ㄐㄧˋ ㄐㄧ ㄕㄢ ㄌㄧㄣˊ 暫時寄託自己的形跡於山林之中。比喻過著隱居的生活。

15 **寄養** ㄐㄧˋ ㄧㄤˇ 將子女暫時委託他人代爲撫養。

寄賣 ㄐㄧˋ ㄇㄞˋ 他人的貨物委託在某商店售賣。又作「寄售」。

▽投寄、親寄、託寄、郵寄、人生如寄。

常 8 寂

解形 形聲；從宀，叔聲。叔有靜的意思，所以沒有人聲爲寂。

音義 ㄐㄧˊ 宗佛家語，意爲滅或涅槃；例圓寂。形安靜沒有聲音；例寂靜。

參考 同靜。

11 **寂寂無聞** ㄐㄧˊ ㄐㄧˊ ㄨˊ ㄨㄣˊ ㈠形容默默無聞而沒有名聲。例他自從商場失利後，便寂寂無聞了。㈡形容靜悄悄，沒有一點聲響。

參考 ①㈠同默默無聞。②㈡同寂靜無聲。

14 **寂寥** ㄐㄧˊ ㄌㄧㄠˊ ㈠寂寞寥落。㈡寂靜空曠。例寂寥宇宙。

參考 參閱「寂寞」條。

寂寞 ㄐㄧˊ ㄇㄛˋ ㈠清靜無聲。㈡孤獨而感到空虛。

參考 與「寂靜」、「寂寥」都有冷靜的意思：「寂寞」是主觀的感覺，「寂靜」是指客觀沒有聲音的環境，「寂寥」多指客觀存在的空曠、冷落的現象，也可指主觀感覺的孤單（這時與「寂寞」同義）。

16 **寂靜** ㄐㄧˋ ㄐㄧㄥˋ 靜悄悄，沒有聲音。

參考 ①衍寂靜無聲。②參閱「寂寞」條。

▽圓寂、孤寂、靜寂、入寂、空寂、悽寂、幽寂、萬籟俱寂。

常 8 **宿** 形解 形聲；從宀，佰聲。房間內有席子，所以止息爲宿。

音義 ㄙㄨˋ 名①休憩的地方；例宿舍。②姓。動①過夜；例宿夜。②居住；例住宿。③停留；例宿營。形①舊有的；例宿疾。②前世的；例宿緣。③隔夜的；例宿諾。副平素；例宿願。

ㄒㄧㄡˋ 名羣星；例星宿。

ㄒㄧㄡˇ 名夜；例一宿。

參考 ①同住，夜，星。②孳蓿、縮、蹜。

5 **宿主** ㄙㄨˋ ㄓㄨˇ 指人或動物在自然狀況下，帶有傳染病原者。又分「終宿主」和「中間宿主」。

8 **宿昔** ㄙㄨˋ ㄒㄧˊ ㈠過去，從前。㈡早晚。

宿舍 ㄙㄨˋ ㄕㄜˋ 機關、學校、工廠等單位，供給職員、學生住宿的房子。例單身宿舍。

宿命論 ㄙㄨˋ ㄇㄧㄥˋ ㄌㄨㄣˋ 哲認爲人生的行爲境遇，都是依照預定的命運而發生，不是人力所能變更的。又稱「宿命說」。

9 **宿怨** ㄙㄨˋ ㄩㄢˋ 長久積下來的怨恨。又作「夙怨」。

參考 同舊恨。

10 **宿疾** ㄙㄨˋ ㄐㄧˊ 舊病。

16 **宿儒** ㄙㄨˋ ㄖㄨˊ 尊稱老成博學的讀書人。又作「夙儒」。

19 **宿願** ㄙㄨˋ ㄩㄢˋ 平素的願望。

▽寄宿、耆宿、止宿、星宿、投宿、旅宿、露宿、野宿、留宿、老宿、下宿、整宿、風餐露宿。

常 8 **密** 形解 形聲；從山，宓聲。構形像殿堂般的山爲密。

音義 ㄇㄧˋ 名①隱私；例秘密。②姓。形①親近的；例親密。②纖細的；例細密。③濃稠的；例濃密。④禁閉不宣的；例密函。

參考 ①「祕密」的「密」字，與「蜂蜜」的「蜜」字，音同形近（一從山，一從虫），義則不同，不可混用。②反開。

4 **密切** ㄇㄧˋ ㄑㄧㄝˋ ㈠非常仔細緊密。例密切注意。㈡非常切近，多用於形容人與人之間的關係。例他們的關係十分密切。

密友 ㄇㄧˋ ㄧㄡˇ 親密而知己的朋友。

9 **密度** ㄇㄧˋ ㄉㄨˋ ㈠物物體所含物質組織的疏密程度。㈡疏密的程度。例人口密度。

密約 ㄇㄧˋ ㄩㄝ ㈠祕密約會。㈡祕密訂定的條約。多指二國或二國以上，關於戰爭或某種特別利益所訂定的條約，而相互約定互守祕密。例雅爾達密約。

11 **密密層層** ㄇㄧˋ ㄇㄧˋ ㄘㄥˊ ㄘㄥˊ 布滿得沒有一點空隙。

12 **密雲不雨** ㄇㄧˋ ㄩㄣˊ ㄅㄨˋ ㄩˇ 滿天濃雲而不下雨，比喻㈠事件已經醞釀成熟，但尚未發作。㈡德澤不能普及到人民。㈢欲泣無淚的隱語。

15 **密碼** ㄇㄧˋ ㄇㄚˇ 爲使文書通信或消息情報傳遞保密而不洩露，乃將文字或文句作組織性的改變的通信記號，只有有關的單位才能翻譯出來。又作「暗碼」。參考 反明碼。

密談 ㄇㄧˋ ㄊㄢˊ ㈠祕密的談話。㈡親密的談話。

16 **密謀** ㄇㄧˋ ㄇㄡˊ 祕密地謀劃、策略。例他們密謀叛亂。

▽緊密、細密、親密、精密、疎密、稠密、秘密、詳密、綿密、嚴密、縝密、人煙稠密。

次 8 **宷** 形解 形聲；從宀，采聲。采有收取的意思，所以供采取賦稅的地域爲宷。

音義 ㄘㄞˋ 名帝王封給臣下的土地，即采邑；例宷地。

常 9 **寒** 形解 會意；從人在屋（宀）下，從茻，從仌（冰）。人用草下墊上蓋，結果還是冰冷異常，所以會冰凍的意思。

音義 ㄏㄢˊ 名 ①嚴冷的季節；例寒來暑往。②廿四節氣名之一；例大寒。③姓。動①寒凍；例受寒。②戰慄；例膽寒。形①清冷的；例寒士。②困窘的；例貧寒。

參考 ①「寒冷」的「寒」字，與「邊塞」的「塞」字，字形一從ㄟ，一從土；且音義不同。②同冷，凍。③反熱。

3 **寒士** ㄏㄢˊ ㄕˋ 貧窮的讀書人。例一介寒士。

4 **寒心** ㄏㄢˊ ㄒㄧㄣ ㈠情緒受到打擊而感到灰心、痛心。㈡因畏懼而顫抖。㈢有所警惕而感覺心血變冷。

6 **寒衣** ㄏㄢˊ ㄧ 冬季禦寒的衣服。

參考 同冬衣。

7 **寒冷** ㄏㄢˊ ㄌㄥˇ 形容氣溫很低而感覺冷。例寒冷的冬天。

8 **寒舍** ㄏㄢˊ ㄕㄜˋ 謙稱自己所住的家。例請到寒舍一敘。

寒門 ㄏㄢˊ ㄇㄣˊ ㈠貧賤的家庭。例出身寒門。㈡謙稱自己的家。同「寒舍」。

參考 同寒家。

寒花晚節 ㄏㄢˊ ㄏㄨㄚ ㄨㄢˇ ㄐㄧㄝˊ 比喻年老而操守更加堅貞。節：節操。

9 **寒食** ㄏㄢˊ ㄕˊ 節名，每年冬至後的一百零五日，約當清明的前二日。古人從這天起，三天不生火做飯，所以叫「寒食」。有的地區把清明也叫寒食。

寒流 ㄏㄢˊ ㄌㄧㄡˊ ㈠水溫低於流經海域的洋流。㈡氣象學上稱寒冷的氣流。㈢寒天的河川。

12 **寒暑表** ㄏㄢˊ ㄕㄨˇ ㄅㄧㄠˇ 即溫度計，是利用物質遇熱膨脹，遇冷收縮的原理，來測量溫度的儀表，一般常用的是以水銀為主。

13 **寒暄** ㄏㄢˊ ㄒㄩㄢ 見面時互相問候的應酬話，多談天氣冷暖，生活瑣事等。暄：陽光和暖。又作「暄寒」。

參考 ①與「應酬」都指交際往來，互相應答。前者指人與人相見時的互相問候；後者指交際往來，也可指私人間的宴會，範圍較前者為大。如：我今晚有個應酬。②同暄涼。

14 **寒酸** ㄏㄢˊ ㄙㄨㄢ ㈠形容寒士的窮態。㈡形容表現出來的貧苦不大方的姿態。例寒酸相。又作「酸寒」。

16 **寒碜** ㄏㄢˊ ˙ㄔㄣ ㈠醜陋，難看。例長相寒碜。㈡丟臉，不光彩。例看你這樣子多寒碜。㈢被人譏笑，使失去體面。例叫人寒碜了一頓。又作「寒傖」。

寒噤 ㄏㄢˊ ㄐㄧㄣˋ 因受冷或受驚而身體顫動。例打了一個寒噤。

參考 同寒顫。

21 **寒露** ㄏㄢˊ ㄌㄨˋ ㈠節氣名，在每年陽曆十月八日或九日。㈡寒冷的露水。

▽飢寒、嚴寒、酷寒、避寒、防寒、風寒、傷寒、大寒、小寒、春寒、冬寒、霜寒、冰寒、苦寒、心寒、貧寒、溫寒、天寒、一暴十寒、脣亡齒寒、啼飢號寒。

常 9

富

形解 富 形聲；從宀，畐聲。豐足而充實為富。

音義 ㄈㄨˋ 名 ①資財；例財富。②姓。動 使豐裕；例富國強兵。形①豐裕的；例富足。②年少的；例年富力壯。

參考 ①同豐，厚。②反窮。

3 **富士山** ㄈㄨˋ ㄕˋ ㄕㄢ 地 山名，日本第一高峯，是著名的火山，高三、七七六公尺，山頂如錐，長年積雪，為日本的聖山，和他們的精神堡壘。

4 **富戶** ㄈㄨˋ ㄏㄨˋ 有錢的人家。

參考 與「大戶」都指富有人家。唯前者重點在有錢，後者除了有錢外，還有勢力，並且人口眾多，意義上包含較廣。

5 **富可敵國** ㄈㄨˋ ㄎㄜˇ ㄉㄧˊ ㄍㄨㄛˊ 擁有的財富可與國家的資產相匹敵，形容極其富有。敵：匹敵。

參考 ①反一貧如洗、家徒四壁。②與「腰纏萬貫」有別：前者著眼在人所擁有的財富；後者著重於人所擁有的金錢。前者富有程度超過了後者。

6 **富有** ㄈㄨˋ ㄧㄡˇ 形容財物豐多。

7 **富足** ㄈㄨˋ ㄗㄨˊ 財物豐足。

參考 同富裕。

10 **富翁** ㄈㄨˋ ㄨㄥ 財富非常多的人。例百萬富翁。

11 **富庶** ㄈㄨˋ ㄕㄨˋ 物產豐富，人口眾多。庶：眾多。例臺灣是富庶的寶島。

12 **富裕** ㄈㄨˋ ㄩˋ 富足充裕。例家境富裕。

參考 同富饒。

富貴 ㄈㄨˋ ㄍㄨㄟˋ 財產多而地位顯貴。例榮華富貴。

參考 同富足。

富貴榮華 ㄈㄨˋ ㄍㄨㄟˋ ㄖㄨㄥˊ ㄏㄨㄚˊ 形容有財富和尊貴，名聲顯赫，地位榮耀。又作「榮華富貴」。

13 **富源** ㄈㄨˋ ㄩㄢˊ 財富的來源。例石油是產油國的最主要富源。

參考 與「財源」相近，但財源專指錢的來源而言。富源所指財富的來源較廣泛，如土地、人力、資源等都是。

14 **富豪** ㄈㄨˋ ㄏㄠˊ 有錢財或勢力的人。

富爾頓 ㄈㄨˋ ㄦˇ ㄉㄨㄣˋ 人 美國人，首先將蒸汽機安裝在船上，作為驅動船隻的汽船發明人。

19 **富麗堂皇** ㄈㄨˋ ㄌㄧˋ ㄊㄤˊ ㄏㄨㄤˊ 形容宏偉美麗，聲勢浩大而有氣派。富麗：華麗；堂皇：雄偉。

參考 與「金碧輝煌」有別：前者重在「樣子宏偉」，有氣勢盛大的意思；後者強調「色澤鮮艷」，有光彩奪目的意思。

20 **富饒** ㄈㄨˋ ㄖㄠˊ 財物充足富裕。

參考 同富羨，富庶。

21 **富蘭克林** ㄈㄨˋ ㄌㄢˊ ㄎㄜˋ ㄌㄧㄣˊ 人 美國政治家、出版家、科學家、文學家。曾任美國駐英法代表；美國獨立宣言起草人之一，發明避雷針，今賓州大學原始創辦人。

▽殷富、財富、豪富、貧富、豐富、巨富、國富、致富、均富、暴發富、天下萬富。

常 9 寓

形解 形聲；從宀，禺聲。禺有寄的意思，所以寄託為寓。

音義 ㄩˋ 名 住處；例寓所。動 ①寄居；例寓食。②寄託；例寓言。形 寄居的；例寓木之獸。

參考 ①字或作「庽」。②同住，居。

4 **寓公** ㄩˋ ㄍㄨㄥ 亡國後寄居他國的諸侯貴族或已退職的官員。

5 **寓目** ㄩˋ ㄇㄨˋ 過目，看到。

7 **寓言** ㄩˋ ㄧㄢˊ ㈠有所寄託的話。㈡表面敘述一件事，實際影射別的事物的作品，即以淺近假託的事物，表達抽象的觀念或道德教化的文字。例伊索寓言。

8 **寓所** ㄩˋ ㄙㄨㄛˇ 居住的地方。例返回寓所。又稱「寓次」。

參考 同住所。

13 **寓意** ㄩˋ ㄧˋ 假借其他的事物來寄託，隱含原有的心意。例寓意深遠。

參考 同寄意。

▽寄寓、羈寓、旅寓、公寓、流寓、私寓、館寓。

常 9 寐

形解 形聲；從㝱省，未聲。睡臥為寐。

音義 ㄇㄟˋ 動 睡眠；例夙興夜寐。形 睡著的；例「醉漢寐語」。

▽寤寐、夢寐、假寐、寢寐。

次 9 寔

形解 形聲；從宀，是聲。是有正中的意思，所以正是如此為寔。

音義 ㄕˊ 名 姓。動 安置。副 正，通「實」。

次 9 寑

形解 形聲；從宀，侵聲。宀指宮室，侵為深入，深入宮室所以臥息為寑。

音義 ㄑㄧㄣˇ 名 臥室；例正寑。

次 10 寖

形解 形聲；從水，𡨦聲。河南武安的水名。

音義 ㄐㄧㄣˋ 副 漸漸地，同「浸」；例寖多。

次 10 寘

形解 形聲；從宀，眞聲。眞有充實的意思，以物實屋，所以置物為寘。

音義 ㄓˋ 動 ①放置；通「置」。②裝滿；例寘腹。ㄊㄧㄢˊ 動 本作「窴」，見「窴」字。

常 11 寞

形解 形聲；從宀，莫聲。莫是「暮」的初文，所以日落時，昏暗寂靜爲寞。

音義 ㄇㄛˋ 形清冷的；例寂寞。

▽索寞、寂寞、落寞、靜寞、孤寞。

常 11

寧

形解  形聲；從丂，寍聲。寍是安，丂是將難以表達的意思說出來，所以願望之詞爲寧。

音義 ㄋㄧㄥˊ 名①「南京」的簡稱；例江寧。②姓。動①省問父母安否；例歸寧父母。②平息；例息事寧人。副①平安的樣子；例寧樂在君。②情願地；例寧可。

參考 ①「寧靜」的「寧」字與「叮嚀」的「嚀」字音義完全相同，「寧」是本字，「嚀」是後起形聲字。②擊嚀、濘、獰。

2 **寧人** ㄋㄧㄥˊ ㄖㄣˊ 平息人心。例息事寧人。

4 **寧日** ㄋㄧㄥˊ ㄖˋ 安定平靜的日子。

5 **寧可** ㄋㄧㄥˊ ㄎㄜˇ 願望之辭，表示經選擇後所作的堅定決定。

參考 ①同寧願，寧肯。②「寧可」的「寧」有兩個讀音，一般唸爲 ㄋㄧㄥˊ，也可唸 ㄋㄧㄥˋ。「寧可」表示比較兩方面的利害得失後所選取的一面。

6 **寧死不屈** ㄋㄧㄥˊ ㄙˇ ㄅㄨˋ ㄑㄩ 寧願死也不肯屈服。屈：屈服。例他寧死不屈，不作漢奸走狗。

參考 ①與「至死不屈」有別：前者强調「寧願死」；後者强調「直到死」。前者可作狀語用，後者不能。②參閱「寧爲玉碎不爲瓦全」條。

9 **寧爲玉碎不爲瓦全** ㄋㄧㄥˊ ㄨㄟˋ ㄩˋ ㄙㄨㄟˋ ㄅㄨˋ ㄨㄟˋ ㄨㄚˇ ㄑㄩㄢˊ 比喻寧願爲正義而犧牲，也不願屈辱而苟全。

參考 和「寧死不屈」有別：前者表示「寧可爲正義事而犧牲」，後者表示「寧可死」；又前者可表示「決不忍辱偷生」，後者却表示「決不向敵人屈服」。

寧爲鷄口勿爲牛後 ㄋㄧㄥˊ ㄨㄟˋ ㄐㄧ ㄎㄡˇ ㄨˋ ㄨㄟˊ ㄋㄧㄡˊ ㄏㄡˋ 比喻寧可維持小局面，而能自作主張，不願意在大局面依傍他人，受別人指揮。

10 **寧缺毋濫** ㄋㄧㄥˊ ㄑㄩㄝ ㄨˊ ㄌㄢˋ 如果沒有合於標準者，那麼寧可缺少而不取，也不願多而不精。比喻重質不重量。

16 **寧靜** ㄋㄧㄥˊ ㄐㄧㄥˋ 安靜而不吵嘈。例寧靜舒適。

寧靜澹泊 ㄋㄧㄥˊ ㄐㄧㄥˋ ㄉㄢˋ ㄅㄛˊ 形容人的心境恬靜寡欲，不汲汲追求名利。澹泊：恬靜寡欲。例陶淵明寧靜澹泊，不爲五斗米折腰。

19 **寧願** ㄋㄧㄥˊ ㄩㄢˋ 願望之辭，表示經選擇後所作的堅定決定。

參考 ①同寧可，寧肯。②參閱「情願」條。

20 **寧馨兒** ㄋㄧㄥˊ ㄒㄧㄣ ㄦˊ 晋、宋時的俚語，是對小孩子的美稱，意思爲「如此好的孩兒」。馨：晋人的語助詞，作用同「樣」、「般」。又作「如馨」、「爾馨」。

▽安寧、康寧、丁寧、歸寧、坐臥不寧、鷄犬不寧。

常 11

寡

形解  會意；從宀、頒。頒有分的意思，房產愈分則愈少，所以會少的意思。

音義 ㄍㄨㄚˇ 名①無夫；例寡婦。②王侯的自我謙稱；例寡人。形罕，少的；例小國寡民。

參考 ①同少。②反多。

4 **寡不敵衆** ㄍㄨㄚˇ ㄅㄨˋ ㄉㄧˊ ㄓㄨㄥˋ 是說少數抵擋不過多數。敵：抵抗。

參考 和「衆寡懸殊」有別：前者着眼於「不敵」，後者着眼於「懸殊」；前者表明一方的力量，敵不住另一方的力量；後者表明雙方的力量相差極大。

11 **寡婦** ㄍㄨㄚˇ ㄈㄨˋ 死去丈夫的婦人。例寡婦不夜哭。

參考 同孀婦，遺孀，寡妻。

13 **寡廉鮮恥** ㄍㄨㄚˇ ㄌㄧㄢˊ ㄒㄧㄢˇ ㄔˇ 人沒有操守，不知羞恥。鮮：缺少。

參考 和「恬不知恥」有別：前者有「不廉潔，沒有操守」的意思，後者則沒有。後者常表示「做了壞事後滿不在乎，還心安理得」的意思，前者不能表示這樣的意思。

▽鰥寡、孤寡、衆寡、多寡、弱寡、守寡、活寡、文君新寡、

曲高和寡、稱孤道寡、敵衆我寡。

常 11 **寥** 解 形 形聲；從宀，翏聲。空虛爲寥。

音義 ㄌㄧㄠˊ 名 姓。形 ①空虛、冷落的；例寥落。②少的；例寥若晨星。

參考 ①「寂寥」的「寥」字，與「病瘳」的「瘳」字，音異形近（一從宀，一從疒），意義不同。②同稀，寂，靜。

9 **寥若晨星** ㄌㄧㄠˊ ㄖㄨㄛˋ ㄔㄣˊ ㄒㄧㄥ 形容稀少的樣子，像天將破曉時殘留的星辰一樣少。

參考 同寥寥可數，寥寥無幾。

13 **寥落** ㄌㄧㄠˊ ㄌㄨㄛˋ ㈠稀疏的樣子。㈡猶言寂寞。㈢淒涼空虛的樣子。

14 **寥廓** ㄌㄧㄠˊ ㄎㄨㄛˋ ㈠空闊廣遠的樣子。㈡高遠。例寥廓之士。

寥寥 ㄌㄧㄠˊ ㄌㄧㄠˊ ㈠形容稀少的樣子。例寥寥可數。㈡空虛寂寞的樣子。例寂寂寥寥揚子居。

寥寥可數 ㄌㄧㄠˊ ㄌㄧㄠˊ ㄎㄜˇ ㄕㄨˇ 形容稀少，可以數得清。

參考 ①同寥寥無幾，寥若晨星。②與「屈指可數」意義相近，都是形容人或物的稀少。但後者還可形容日子少而接近。如：距離大專聯考的日子已是屈指可數了。

▽寂寥、寥寥。

常 11 **實** 解 形 會意；從宀貫。貫爲貨物，用貨物充於屋下，所以會富足的意思。

音義 ㄕˊ 名 ①草木的果子；例果實。②內容；例名副其實。③事跡；例事實。④姓。形 ①充足的；例倉稟實。②眞實的；例眞才實學。

參考 同確，眞，堅。

2 **實力** ㄕˊ ㄌㄧˋ 實在的力量。例實力雄厚。

5 **實用** ㄕˊ ㄩㄥˋ 切實而有用。

6 **實行** ㄕˊ ㄒㄧㄥˊ 實在地去進行。例實行三民主義。

參考 與「實施」、「實踐」都是指實際施行的意思，「實行」包括具體的政策和抽象的方針。「實施」則專指實行具體的政策、法令等。「實踐」則偏重於徹底地實行。

實地 ㄕˊ ㄉㄧˋ ㈠眞實的情形或境地。例實地考察。㈡比喻做事切實，誠信不欺。例腳踏實地。

參考 與「現場」都指眞實所在的地方，前者含義較廣泛，後者專指事情發生的地點。如：竊案現場。

實在 ㄕˊ ㄗㄞˋ ㈠的確，誠然。例她做的菜實在好吃。㈡誠實不欺。例他是個很實在的人。

實至名歸 ㄕˊ ㄓˋ ㄇㄧㄥˊ ㄍㄨㄟ 實質所至，名聲自然歸向。常用於指人有眞才實學，不求聞達而名譽自來。

8 **實物** ㄕˊ ㄨˋ 敎 眞實的物品，專對文字、圖畫而言。例實物教學。

參考 與「實體」有別：前者專指物品而言，後者泛指實際存在的物體。

實例 ㄕˊ ㄌㄧˋ 實際的例子。

實況 ㄕˊ ㄎㄨㄤˋ 事情正在進行時的實際狀況。例實況轉播。

實事求是 ㄕˊ ㄕˋ ㄑㄧㄡˊ ㄕˋ 從實際情況出發，不誇大和縮小，正確地對待和處理問題。今指根據實際情況，探求事物的規律性，認識事物的本質。

參考 反弄虛作假。

9 **實施** ㄕˊ ㄕ 實際的去施行。多指法令、政策、計劃等的實行。例實施九年義務教育。

10 **實效** ㄕˊ ㄒㄧㄠˋ 實際的效果。例我們做事要講求實效。

參考 參閱「實行」條。

11 **實現** ㄕˊ ㄒㄧㄢˋ 使成爲事實的，多指理想、願望和抱負等。例實現自我的理想。

實習 ㄕˊ ㄒㄧˊ 實際去從事或練習，多指未成正式職員的學生。例實習醫生。

12 **實惠** ㄕˊ ㄏㄨㄟˋ ㈠實際的利益。㈡實際有用。例經濟實惠。

13 **實幹** ㄕˊ ㄍㄢˋ 實實在在地去做。

實業 ㄕˊ ㄧㄝˋ 指農、礦、工、商等經濟事務的總稱。

實業計畫 ㄕˊ ㄧㄝˋ ㄐㄧˋ ㄏㄨㄚˋ 書 國父所著，是發展我國國家經濟的大方針，主張借用外資，從事生利事業，同時又是國防計劃。計有四大原則、十大目標及六大計劃。全書共十一萬言，是 國父建國方略的實質建設，規劃得非常週詳。

實逼處此 ㄕˊ ㄅㄧ ㄔㄨˇ ㄘˇ ㈠原指不受他族的逼迫而居於此。例「無滋他族，實逼處此。」(左隱公十一年傳)㈡今用為受情勢所逼，不得不如此。

14 **實際** ㄕˊ ㄐㄧˋ ㈠客觀存在的事物或情況。例理論必須和實際配合。㈡實在的、具體的事物。例實際經驗。

參考 與「現實」都有實在的意思，但二者不同：「現實」多形容人的思想，或一種風氣，偏向於眼前的、現有的，一般多以利益為衡量標準，如：不能只顧現實的利益，而不管將來。

15 **實質** ㄕˊ ㄓˊ 眞實不虛假的本質。例這兩件事表面雖然不同，但實質是一樣的。

參考 參閱「本質」條。

實價 ㄕˊ ㄐㄧㄚˋ 實在的價格。

實踐 ㄕˊ ㄐㄧㄢˋ 徹底地實行、履行。例實踐諾言。

參考 參閱「實行」條。

23 **實驗** ㄕˊ ㄧㄢˋ ㈠敎 親身實地所作的試驗。例實驗教學。㈡科學上為了要證明某種現象或理論，而用種種人為的方法，加以反覆試驗，並觀察它的變化。

參考 ①與「試驗」都指事前所作的種種觀察和求證的活動；前者多指已經有了一個假設，然後做一連串的求證活動。後者指在某一階段已經有了成果，但未經證實，所作的求證活動。如：火箭發射試驗成功。②衍 實驗法、實驗教室、實驗報告。

▽確實、果實、結實、現實、事實、口實、史實、寫實、充實、眞實、誠實、切實、著實、忠實、名實、篤實、殷實、詳實、有名無實、名不副實、名副其實、言過其實、貽人口實、華而不實。

常 11
寨
形解 形聲；從木，寋省聲。為「柴」的俗字。

音義 ㄓㄞˋ 名 ①村落；例李家寨。②盜寇的窩巢；例山寨。③防備盜匪的柵欄；例禦寨。形 盜賊的；例寨主。

參考 「山寨」的「寨」，與「邊塞」的「塞」，音異形似(一從木，一從土)，意義不同。

常 11
寢
形解 形聲；從宀，侵省聲。侵是臥息的意思，所以睡臥為寢。

音義 ㄑㄧㄣˇ 名 ①祖廟；例大寢。②皇家宗廟後殿埋藏先人衣冠之處；例寢廟。③帝王的墳墓；例陵寢。④庶人的正室，後泛指一般臥室而言；例正寢。⑤姓。動 ①睡眠，臥息；例寢食難安。②止息；例寢兵。形 相貌醜陋的；例鄙陋寢容。

參考 ①「寢息」的「寢」，與「寖(音ㄐㄧㄣˋ)假」的「寖」字形體相似；一從爿一從水，偏旁不同，意思也不同。②「寢」從宀不從穴。③同 息，睡。

9 **寢室** ㄑㄧㄣˇ ㄕˋ ㈠臥室。㈡俗稱宿舍中住人的房間。

寢食俱廢 ㄑㄧㄣˇ ㄕˊ ㄐㄩˋ ㄈㄟˋ 心中有事，以致睡不着也吃不下。

▽安寢、就寢、晝寢、小寢、內寢、陵寢、貌寢、事寢、壽終正寢、前朝後寢、前廟後寢。

常 11
寤
形解 形聲；從㝱省，吾聲。吾是我。㝱就是夢，所以在夢中咿咿唔唔地自言自語為寤。

音義 ㄨˋ 動 ①睡醒；例寤寐以求。②覺悟，了解；通「悟」；例醒寤。形 逆的；例寤生。

參考 「寤」字從「宀」，不從「穴」。

常 11
察
形解 形聲；從宀，祭聲。祭是祭祀，宀指宗廟，祭祀宗廟必須愼重，所以覆審為察。

音義 ㄔㄚˊ 名 姓。動 ①細看，詳審；例察核。②昭著，明顯；例察察。③苛求；例苛察。④調查；例考察。

參考 ①「察看」的「察」，與「查驗」的「查」，讀音相同，但意義不同，「查」有追究或明瞭的意思，因此表示運用法律權力加以處理時，應當用「查」；表示要看清楚一件事的原委時當用「察」。②「察」從⺼(從肉從又)，不從「癸」。③同看。

7 **察言觀色** ㄔㄚˊ ㄧㄢˊ ㄍㄨㄢ ㄙㄜˋ 仔細考查別人的說話，觀看他臉上的表情顏色，以了解他的心意。

參考 與「鑑貌辨色」有通過觀察來揣摸對方的意思，但有別：前者含有琢磨別人的言語的意思；後者純粹是觀看別人的臉色，不含進一層意思。

9 **察看** ㄔㄚˊ ㄎㄢˋ 檢查觀看。例請你察看一下工程的進度。

參考 與「察閱」有別：「察看」的意義包含較廣，「察閱」則多用於文件或書信上。

察哈爾 ㄔㄚˊ ㄏㄚ ㄦˇ 地省名，在我國北部偏東。由特別所改置，因境內有蒙族察哈爾盟而得名。省會張垣市。畜牧業和礦業很盛。

11 **察勘** ㄔㄚˊ ㄎㄢ 實際調查。例察勘地形。

▽按察、監察、觀察、檢察、考察、視察、巡察、診察、省察、洞察、明察、警察、苛察、審察、糾察、督察、詳察、細察、查察、一時不察、偶爾失察。

次 11
寠
解形 形聲；從宀，婁聲。婁聲字有空虛的意思，所以貧困而不能做好交際禮儀稱為寠。

音義 ㄐㄩˋ 名①貧困而不能使禮完備的人。②衰微；例僂寠。

常 12
寮
解形 形聲；從宀，尞聲。遼字本作寮，尞有明亮的意思，所以穴口明亮的小窗為寮。

音義 ㄌㄧㄠˊ 名①官吏，通「僚」。②小屋；例僧寮。③小窗；例疏寮。④姓。

參考 ①「僧寮」的「寮」，與「官僚」的「僚」，讀音相同，除同官稱「同僚」或作「同寮」而外，兩字的其他意義不能相通用。②同屋。

常 12
寬
解形 形聲；從宀，莧聲。房屋寬敞高大為寬。

音義 ㄎㄨㄢ 名①平行線兩對邊的距離；例面積等於長乘寬。②姓。動①原諒；例寬容。②舒脫；例寬衣。③寬容；例從寬處理。形①廣闊的；例寬闊。②餘裕的；例手頭寬裕。

參考 ①反窄。②同闊。③寬字從莧，莧從兎足從苜聲，所以字本作寬(十五劃)；又字從兎足，儿之右上必有一點，不可作「寬」。

3 **寬大** ㄎㄨㄢ ㄉㄚˋ 寬闊廣大。例寬大的胸襟。

寬大為懷 ㄎㄨㄢ ㄉㄚˋ ㄨㄟˊ ㄏㄨㄞˊ 指對待犯錯誤的人或處理事情特別寬容。寬大：對待別人寬宏大量；懷：胸懷，胸襟。

4 **寬心** ㄎㄨㄢ ㄒㄧㄣ 放心，安心。

6 **寬衣** ㄎㄨㄢ ㄧ ㈠寬大的衣服。㈡脫掉衣服。例寬衣解帶。

7 **寬免** ㄎㄨㄢ ㄇㄧㄢˇ 寬大的免除，多指租稅或刑罰。

寬宏大量 ㄎㄨㄢ ㄏㄨㄥˊ ㄉㄚˋ ㄌㄧㄤˋ 形容人的胸襟度量都非常的廣大。

參考 ①和「寬大為懷」、「豁達大度」有別：「寬大為懷」，指對犯錯誤的人或處理案情的態度；「豁達大度」，指人本身的胸襟、度量；「寬宏大量」既可指人本身的度量，又可指對人或處事的度量，使用的範圍較廣。②反心胸狹窄。

9 **寬宥** ㄎㄨㄢ ㄧㄡˋ 寬恕原諒。宥：原諒，寬赦。

參考 同寬赦。

寬厚 ㄎㄨㄢ ㄏㄡˋ 待人寬大厚道。

參考 與「寬宏」都指待人寬大不苛求，前者用於指待人方面，後者多形容人的器量、胸懷。

寬限 ㄎㄨㄢ ㄒㄧㄢˋ 延緩期限。

10 **寬恕** ㄎㄨㄢ ㄕㄨˋ 原諒，容恕他人的過失。

參考 同寬假，寬宥，寬貸。

12 **寬裕** ㄎㄨㄢ ㄩˋ 寬廣富足。例剛領薪水，手頭寬裕多了。

寬貸 ㄎㄨㄢ ㄉㄞˋ 寬容饒恕。

參考 ①同寬恕，寬宥，寬假。

②與「寬待」同音，都有寬大對待的意思，前者多用於饒恕他人過錯的意思，語氣較「寬待」重。後者指妥善對人，與善待同義。

寬敞 ㄎㄨㄢ ㄔㄤˇ 形容空間寬大。例這間屋子很寬敞。

參考 與「寬闊」都是形容面積寬大，前者著重指建築物的內部空間寬大開闊。後者除了廣泛形容空間外，還可形容人的胸襟及度量。

14 **寬綽** ㄎㄨㄢ ˙ㄔㄨㄛ ㈠寬廣不狹窄。例這房子很寬綽。㈡指經濟寬裕。例最近手頭兒很寬綽。㈢ ㄎㄨㄢ ㄔㄨㄛˋ 從容自然。

15 **寬慰** ㄎㄨㄢ ㄨㄟˋ 安慰人使他安心。

17 **寬闊** ㄎㄨㄢ ㄎㄨㄛˋ 寬大廣闊。

參考 ①與「廣闊」、「遼闊」都指「面積大」的意思。「寬闊」除了形容空間外，還可以形容人的度量、胸襟等。「廣闊」多用來形容空間，如田野、天空等。「遼闊」也是形容空間，但寬闊較遼闊的場面更大，有寬廣空曠，一望無際的意思。②同寬廣。③參閱「寬敞」條。

▽放寬、太寬、鬆寬、立法從寬。

㊔ 12 **審**

形解 會意；從宀、番。番有辨別的意思，所以會完全辨別則能知道，知悉的意思。

音義 ㄕㄣˇ 名姓。動①詳知，明悉；例「由此所先後上下，不可不審。」②詳查，細究；例審查。③愼重；例審愼。④度量，推究；例審度。⑤問訊；例審問。

參考 ①「審」從釆，不從采。②同問，知，查。

7 **審判** ㄕㄣˇ ㄆㄢˋ 法法官對法律案件的審理和判決的總稱。

參考 衍審判長。

8 **審定** ㄕㄣˇ ㄉㄧㄥˋ 審查決定。

9 **審查** ㄕㄣˇ ㄔㄚˊ 仔細地審核查驗，多用於案件、計劃、著作、個人情況等。查又作「察」。例議會中的議案，須先經審查。

審美 ㄕㄣˇ ㄇㄟˇ 指對事物或人，特別是藝術品的美、醜的欣賞和鑒別，具有客觀的因素和主觀的態度。

參考 衍審美觀、審美學。

10 **審訊** ㄕㄣˇ ㄒㄩㄣˋ 法法官處理案件時，對案情及當事人所作的審查和訊問。

參考 同審問。

審核 ㄕㄣˇ ㄏㄜˊ 審查考核。例審核預算。又作「審覈」。

審時度勢 ㄕㄣˇ ㄕˊ ㄉㄨㄛˋ ㄕˋ 研究時機，度量形勢。度：動詞，揣度，推測。

參考 度，不可讀成ㄉㄨˋ。

13 **審愼** ㄕㄣˇ ㄕㄣˋ 對於言語行動都非常地小心謹愼。

參考 同謹愼。

▽結審、誤審、初審、復審、陪審、評審、詳審、駁回再審。

㊔ 12 **寫**

形解 形聲；從宀，舄聲。舄有置於鞋底的意思，所以置物於屋下爲寫。

音義 ㄒㄧㄝˇ 動①手書；例寫字、寫錄。②摹擬，仿效；例寫生。

參考 同書，畫，繪，謄。

5 **寫生** ㄒㄧㄝˇ ㄕㄥ 藝在繪畫中直接以實物或實景爲對象，運用各種方法和技巧進行描繪的一種方式。例寫生比賽。

7 **寫作** ㄒㄧㄝˇ ㄗㄨㄛˋ 寫文章或文學創作。例他愛好文藝寫作。

10 **寫眞** ㄒㄧㄝˇ ㄓㄣ ㈠繪畫圖像。㈡對實物如實的描寫。㈢日本人稱攝影爲寫眞。

13 **寫意** ㄒㄧㄝˇ ㄧˋ ㈠藝我國傳統繪畫的一種表現形式；用極爲簡練概括的筆法，突出地刻畫出對象的神采特徵，以表達作者的思想情感或理念。㈡逍遙舒適，無拘無束。例他過著非常寫意的生活。

寫照 ㄒㄧㄝˇ ㄓㄠˋ ㈠反映某一事物或某一時代的特點的文字描寫。例牽一髮而動全身是現代歷史的最好寫照。㈡摹畫人像。例傳神寫照。

14 **寫實** ㄒㄧㄝˇ ㄕˊ 依照實際事物描寫，不加修飾。

參考 衍社會寫實。

▽描寫、書寫、手寫、臨寫、誤寫、摹寫、複寫、速寫、抄寫、編寫、特寫、輕描淡寫。

次13 **寰** 形解 形聲；從宀，睘聲。宀指宮室，睘有環繞的意思，所以京畿內的縣城爲寰。

音義 ㄏㄨㄢˊ 名①全世界，通「環」；例寰球。②廣大的境域；例人寰。③古時指距京都千里以內的地面，即王畿。

6 **寰宇** ㄏㄨㄢˊ ㄩˇ 全世界。宇：上下四方。

10 **寰海** ㄏㄨㄢˊ ㄏㄞˇ ㈠大地，包括水陸的總稱。㈡世界。

▽人寰、塵寰、慘絕人寰。

次14 **寱** 形解 形聲；從㝱省，臬聲。㝱是睡覺，臬爲描摹睡覺時口所發出的聲音，所以寐中有言爲寱。

音義 ㄧˋ 動說夢話，同「囈」。

常16 **寵** 形解 形聲；從宀，龍聲。龍有尊貴的意思，所以尊者所居住的地方爲寵。

音義 ㄔㄨㄥˇ 名①妾的代稱；例內寵。②榮耀；例榮寵。動溺愛；例寵愛。副優渥地；例寵召。

參考①同愛。②字從「宀」，不可訛從「穴」。

8 **寵兒** ㄔㄨㄥˇ ㄦˊ 特別受到寵愛的人或物。例電腦是二十世紀的寵兒。

參考同寵子。

9 **寵信** ㄔㄨㄥˇ ㄒㄧㄣˋ 偏愛而信任。

參考同寵任。

13 **寵遇** ㄔㄨㄥˇ ㄩˋ 特別寵愛的待遇。

寵愛 ㄔㄨㄥˇ ㄞˋ 特別地偏愛，多用於上對下而言。例「三千寵愛在一身。」

參考與「溺愛」、「鍾愛」都指非常喜愛。「寵愛」用於上對下，「溺愛」用於長輩對幼輩過分而無原則的愛，有姑息、縱容的意味。「鍾愛」只指感情專注，特別喜愛，不含貶損的意思。

▽愛寵、榮寵、恩寵、君寵、殊寵、受寵、內寵、嬖寵、女寵、譁衆取寵。

常17 **寶** 形解 形聲；從宀玉貝，缶聲。將盛玉貝的瓦罐藏在屋下，所以珍藏爲寶。

音義 ㄅㄠˇ 名①泛指一切珍貴的物品；例無價之寶。②印章，天子的玉璽，諸侯的封璽皆稱寶；例御寶。③帝位；例寶位。④銀錢貨幣的通稱；例開元通寶。⑤對佛、道兩家事物的敬詞；例朱樓寶塔。⑥對他人的敬稱；例寶號。⑦姓。形貴重的；例寶玉。

參考俗寫作「宝」。

2 **寶刀未老** ㄅㄠˇ ㄉㄠ ㄨㄟˋ ㄌㄠˇ 比喻人年紀雖老，但精力未衰。

參考與「老當益壯」意義相同，但後者的語氣較强。

5 **寶石** ㄅㄠˇ ㄕˊ 美麗稀罕的礦石。

7 **寶貝** ㄅㄠˇ ㄅㄟˋ ㈠寶貴的東西。㈡俗指愛出風頭，言行與衆不同，常作出一些滑稽、癡傻的動作的人。

9 **寶剎** ㄅㄠˇ ㄔㄚˋ 尊稱僧人所建的寺廟。

10 **寶座** ㄅㄠˇ ㄗㄨㄛˋ 最尊貴的座位，通常指王位、佛座而言。

寶島 ㄅㄠˇ ㄉㄠˇ 地西班牙語稱臺灣爲福爾摩沙(Formosa)，意爲美麗之島，故簡稱爲「寶島」。

寶庫 ㄅㄠˇ ㄎㄨˋ ㈠存放珍貴東西的地方。例圖書館是知識的寶庫。㈡物產富饒的地方。例「蜀之西南一都會，國家之寶庫。」

11 **寶眷** ㄅㄠˇ ㄐㄩㄢˋ 對別人家眷的尊稱。

12 **寶貴** ㄅㄠˇ ㄍㄨㄟˋ 價值高，值得重視。例我們不可虛擲寶貴的光陰。

參考與「珍貴」都是指貴重的意思。前者多用於抽象事物，如生命、財產、經驗、意見、光陰等。後者意指稀少難得、很有價值，多用於具體事物，如：珍貴的藥材。

18 **寶藏** ㄅㄠˇ ㄗㄤˋ ㈠天然的資源和礦產。例開發地下的寶藏。㈡有待進一步發掘利用的寶物。例俗文學是無窮無盡的研究寶藏。㈢珍藏的寶貝。例這些古玩是他收藏的寶藏。

▽國寶、財寶、珍寶、至寶、家寶、元寶、通寶、珠寶、大寶、尋寶、尺璧非寶、如獲至寶。

【寸部】 ㄘㄨㄣˋ

常 0 **寸** 形解 指事；從又（象手形），一指寸口的所在。自手退卻至距手十分的動脈之處爲寸口，所以十分爲寸。

音義 ㄘㄨㄣˋ 名①長度單位，十分爲寸，十寸爲尺。②姓。形①簡短的；例寸縷。②形容短或小的；例寸土必爭。副碎亂而不連續的樣子；例柔腸寸斷。

3 **寸土** ㄘㄨㄣˋ ㄊㄨˇ 面積很小的土地。

4 **寸心** ㄘㄨㄣˋ ㄒㄧㄣ ㈠心只有方寸之大，故寸心即是指心。㈡微小的意思。例略表寸心。

7 **寸步難行** ㄘㄨㄣˋ ㄅㄨˋ ㄋㄢˊ ㄒㄧㄥˊ ㈠極小的步子都走不動。㈡比喻事情難以進行。參考①同舉步惟艱。②反一帆風順。

11 **寸陰** ㄘㄨㄣˋ ㄧㄣ 一寸長的日影。比喻極短暫的時間。陰：日影。參考同寸晷。

21 **寸鐵** ㄘㄨㄣˋ ㄊㄧㄝˇ 短小的兵器。例手無寸鐵。

▽一寸、尺寸、分寸、方寸、七寸、造寸、調頭寸。

常 3 **寺** 形解 形聲；從寸，之聲。寸爲有法度，之是有所依循，所以府庭所在爲寺。

音義 ㄙˋ 名①古代官署名；例大理寺。②僧侶供佛祭拜及傳佈教義的處所；例碧雲寺。③太監；例閹寺。參考「寺」與「侍」有別：「侍」讀ㄕˋ，有服侍、伺候的意思；而「寺」僅有名詞爲官署、寺廟的意思，宜加區分。

10 **寺院** ㄙˋ ㄩㄢˋ 宗㈠佛寺的通稱，是和尚修行禮佛的地方。又稱「寺廟」、「廟院」。㈡泛稱宗教化的修道院。

▽佛寺、山寺、廟寺、菩提寺、寒山寺、大理寺、少林寺、龍山寺、金閣寺、銀閣寺。

常 6 **封** 形解 會意；從之土，從寸。爵命諸侯以是土，並守其制度，所以會分爵建地的意思。

音義 ㄈㄥ 名①疆界；例封疆。②墳丘；例封殖。③量詞，多用於封緘物的件數；例一封信。④姓。動①古帝王將土地、爵位等頒賜有功的臣子；例分封。②緘合；例查封。③堆土；例封墓。參考①同閉，存。②反開。

9 **封面** ㄈㄥ ㄇㄧㄢˋ 書籍雜誌的表皮。參考衍封面女郎。

封建 ㄈㄥ ㄐㄧㄢˋ ㈠古代帝王將土地、爵位分授給諸侯，使他們各自建立國家。㈡古代帝王分封諸侯，諸侯又分封卿大夫，以下有士、平民等階級隸屬關係。參考衍封建社會、封建思想。

封建制度 ㄈㄥ ㄐㄧㄢˋ ㄓˋ ㄉㄨˋ 商周時代統治者把爵土分封給諸侯，諸侯又分封給卿大夫，以下有士、平民，這種層層相因，階級分明的社會結構所形成的制度。

11 **封條** ㄈㄥ ㄊㄧㄠˊ 題字或蓋著印信以封閉房屋或器物的紙條。

封閉 ㄈㄥ ㄅㄧˋ ㈠緊密地蓋住或關住。㈡法查封財物的一種方法。㈢局限在某一狹小的領域。例他的思想太封閉了。

15 **封緘** ㄈㄥ ㄐㄧㄢ 將書信緊閉密合。

18 **封鎖** ㄈㄥ ㄙㄨㄛˇ ㈠加鎖封閉。㈡戰時用兵截斷對方的對外交通、聯繫。參考衍封緘器。

21 **封蠟** ㄈㄥ ㄌㄚˋ 密閉瓶口或函件所用的膠質。參考同火漆，紫膠。

▽信封、密封、開封、函封、襲封、分封、素封、查封、彌封、自封、故步自封。

常 7 **射** 形解 會意；從寸，從身。寸，也是手的一部分；「身」是「弓」的譌變，所以會發矢的意思。

音義 ㄕㄜˋ 名應用力學原理將

物體發送出去的技藝；例習
射。動①放箭；例射箭。②
射出，應用壓力或彈力發送
物體；例射擊。③有所暗示；
例影射。④追逐；例射利。
⑤光線映照；例光芒四射。
⑥猜度；例射覆。
ㄧˋ 名古音律名；例無射。
參考 ①射擊，影射的「射」又唸
ㄕˊ。②用於專有名詞讀做ㄧㄝˋ
，如：僕射、姑射。宜與射
的其他讀音加以區分。③擘
榭、謝、麝。

12 **射程** ㄕㄜˋ ㄔㄥˊ 軍發射槍砲，從
槍口到子彈落點的水平距離。

17 **射擊** ㄕㄜˋ ㄐㄧˊ 將槍礮等瞄準固
定目標然後發射。
參考 衍射擊區分、射擊講習。

19 **射覆** ㄕㄜˋ ㄈㄨˋ ㈠在覆器下放置
東西讓人猜測。㈡文人酒令
的一種，用相聯詩文成語中
的字，隱物爲謎，讓人猜測。

▽照射、注射、投射、發射、
反射、噴射、放射、雷射、
燕射、引射、騎射、馳射、
習射、僕射、無射、鄉射、
幅射、百箭齊射。

常 8
尉
形解  會意；從
尸，從又
持火。尸是「仁」
的古字，尸又猶親手，所以
會從上按下，所以申繒使平
貼的意思。

音義 ㄨㄟˋ 名①古代官名；例
廷尉。②國軍官階名，在士
之上，校官之下；例少尉。
③姓。動安慰，通「慰」。ㄩˋ 名
姓。
參考 ①「尉」當作姓時有二種讀
法，複姓「尉遲」多讀ㄩˋ，單
姓「尉」卻讀做ㄨㄟˋ。②擘慰、
蔚、熨。
▽准尉、少尉、中尉、上尉、
廷尉、都尉、太尉。

常 8
專
形解  會意；從
叀又。所
以會用手轉動紡
紗車的意思。

音義 ㄓㄨㄢ 名姓。動獨斷獨
行；例專制。形①特殊的，
對某種學術或技能有特長；
例專家。②專一而誠敬的；
例專心。③單獨掌握或占有
的；例專利。副①精通地；
例專攻。②獨占地；例專賣。
參考 ①「專」上方從「叀」，與
「敷」的古字從「甫」的「尃」不
同。「專」有專一的意思，「尃」
爲敷布的意思，宜加區分。
②同精，特。

4 **專心** ㄓㄨㄢ ㄒㄧㄣ 集中心思。
參考 ①衍專心一意。②「專心」
和「用心」作形容詞，指精神
專一時可以通用，如：專心（
用心）讀書。但「用心」僅指多
用心思，「專心」則强調全神
貫注，程度深些。且用心還
可以作名詞，表示用意、意
圖，如：「你到底是什麼用心
嘛？」「專心」則沒有這層意
思。

專心致志 ㄓㄨㄢ ㄒㄧㄣ ㄓˋ ㄓˋ ㈠集
中心力以求達到既定的目標。
㈡集中心思，聚精會神。

7 **專攻** ㄓㄨㄢ ㄍㄨㄥ 專門研究。

專車 ㄓㄨㄢ ㄔㄜ 專爲一個人、一
個團體或一件事而行駛的班
車。如：學生專車。

專利 ㄓㄨㄢ ㄌㄧˋ ㈠獨佔利益。㈡
發明新東西的人經申請而得
有關單位的認可，在固定期
限內，獨享發明所得的利益。
參考 衍專利法、專利人、專利
權。

8 **專長** ㄓㄨㄢ ㄔㄤˊ 專門的知識、技
能、才藝。

專門 ㄓㄨㄢ ㄇㄣˊ 專精於某一門類
的事務、知識。例專門人才。

專制 ㄓㄨㄢ ㄓˋ ㈠任意獨斷獨
行，並要他人依從己意。㈡
政由君主一人完全掌管國家
政令的制度。
參考 衍專制政體。

10 **專家** ㄓㄨㄢ ㄐㄧㄚ 專精於某種學
術或技藝的人。例物理專家。

專案 ㄓㄨㄢ ㄢˋ 列爲專門處理的
案件。如專案討論、專案小組。

12 **專程** ㄓㄨㄢ ㄔㄥˊ 爲某事特別走一
趟。例專程趕來。

13 **專業** ㄓㄨㄢ ㄧㄝˋ ㈠專門修習的課
業。例事業教育。㈡專門從
事某種職業。如專業技能、
專業人員。

14 **專誠** ㄓㄨㄢ ㄔㄥˊ 專心誠意。

專精 ㄓㄨㄢ ㄐㄧㄥ ㈠全神貫注做
某件事。㈡專門而精通。例
他對修理汽車很專精。

15 **專賣** ㄓㄨㄢ ㄇㄞˋ 由政府獨佔經營

某種消費物的生產、販賣，不許私人經營。

16 **專橫** ㄓㄨㄢ ㄏㄥˋ 以强硬的態度胡作妄爲。

參考 ①衍專賣權。②同公賣。

專橫跋扈 ㄓㄨㄢ ㄏㄥˋ ㄅㄚˊ ㄏㄨˋ 專斷蠻橫，恣意妄爲，很不講理。跋扈：霸道，不講道理。

參考 與「飛揚跋扈」有別：前者含有「專斷」的意思，强調專斷蠻橫，任意妄爲；後者含有「放縱」、「放肆」的意思，形容放縱橫行，目中無人。

專擅 ㄓㄨㄢ ㄕㄢˋ 不請示上級而自作主張。

18 **專題** ㄓㄨㄢ ㄊㄧˊ 就某一特定的題目所進行的研究或所發表的意見。如專題研究、專題討論。

專斷自爲 ㄓㄨㄢ ㄉㄨㄢˋ ㄗˋ ㄨㄟˊ 獨斷行事，不接納別人的意見。

參考 同一意孤行。

21 **專欄** ㄓㄨㄢ ㄌㄢˊ (一)報章雜誌定期刊載同一作家的文章，並付與專稱，名爲專欄。(二)報章雜誌定期闢欄請專家、權威撰寫的專門報導。

22 **專權** ㄓㄨㄢ ㄑㄩㄢˊ 獨攬大權。

參考 同專攬。

▽一專、三專、五專、商專、工專、行專、藝專、既紅又專。

常 8 **將** 形解  形聲；從寸，醬省聲。古時以醬爲食物的表率，所以統帥爲將。

音義 ㄐㄧㄤ 名 姓。動 ①做；例 愼重將事。②拿、把；例 將功折罪。③秉承；例 將命。④取；例 將文房四寶將過來。副 ①將要；例 不知老之將至。②接近；例 年將半百。連 且；例 將信將疑。助 在動詞後，表動作的開始；例 說將起來！

ㄐㄧㄤˋ 名 ①戰績彪炳的武官；例 中興名將。②國軍高級官階名，在校官之上；例 一級上將。動 率領；例 將軍擊趙。形 最大的；例 將指。

ㄑㄧㄤ 動 請求。副 鑼鼓喧鬧的樣子；例 鼓鐘將將。

參考 同把。

3 **將士** ㄐㄧㄤˋ ㄕˋ 泛稱軍官和士兵。例 三軍將士。

5 **將功贖罪** ㄐㄧㄤ ㄍㄨㄥ ㄕㄨˊ ㄗㄨㄟˋ 以建立功勳來抵消所犯的罪過。

參考 ①與「將功補過」別：將功補過，强調在「過」,表示「用功勞補償過錯」,用於一般犯錯誤、有過失的人；將功贖罪，著重在「罪」，表示「用功勞抵罪」，用於罪犯和其他有罪的人。②同將功折罪。

8 **將近** ㄐㄧㄤ ㄐㄧㄣˋ 十分接近，快要。

將門虎子 ㄐㄧㄤˋ ㄇㄣˊ ㄏㄨˇ ㄗˇ 比喻父子二人都英勇能幹，很有作爲。

參考 同虎父虎子。

9 **將軍** ㄐㄧㄤ ㄐㄩㄣ (一)少將以上的軍官。(二)泛稱軍中的高級將領。(三)下象棋直攻對方的「將」或「帥」，又簡稱「將」。

將信將疑 ㄐㄧㄤ ㄒㄧㄣˋ ㄐㄧㄤ ㄧˊ 半信半疑，無法判斷眞假。

參考 同半信半疑。

將計就計 ㄐㄧㄤ ㄐㄧˋ ㄐㄧㄡˋ ㄐㄧˋ 順應對方所用的計策行事來對付他。

10 **將息** ㄐㄧㄤ ㄒㄧˊ 調養休息。

參考 同將養。

12 **將就** ㄐㄧㄤ ㄐㄧㄡˋ 雖不很滿意，但沒有更好的，只好暫且如此。

參考 同遷就。

14 **將領** ㄐㄧㄤˋ ㄌㄧㄥˇ (一)稱軍中將級的領導人物。(二)率領。

16 **將錯就錯** ㄐㄧㄤ ㄘㄨㄛˋ ㄐㄧㄡˋ ㄘㄨㄛˋ 遷就既成的錯誤行事。

▽主將、上將、戰將、大將、副將、武將、名將、勇將、良將、老將、猛將、强將、麻將、敗軍之將。

常 9 **尊** 形解 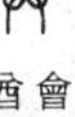 會意；從酋從寸。從手捧著酒器，所以會酒器的意思。

音義 ㄗㄨㄣ 名 ①古代盛酒的禮器；例 金尊。②舊時敬稱地方官員；例 府尊。③尊稱他人父親；例 令尊。④量詞，計數單位；例 一尊石像。⑤姓。動 崇敬；例 尊師重道。形 ①敬稱他人的；例 尊容。②崇高的；例 天尊地卑。③顯貴的；例 尊客。

參考 ①同敬，崇，長。②反卑。③孳 撙、遵、蹲、樽、罇、鱒。

4 **尊夫人** ㄗㄨㄣ ㄈㄨ ㄖㄣˊ 敬稱他人

妻子的用語。

尊王攘夷 ㄗㄨㄣ ㄨㄤˊ ㄖㄤˇ ㄧˊ 尊重王室，攘除夷狄。

7 尊甫 ㄗㄨㄣ ㄈㄨˇ 對他人的父親的敬稱用語。甫：父。

參考 同尊公、尊翁、尊人。

8 尊長 ㄗㄨㄣ ㄓㄤˇ ㈠受人尊敬的長輩。㈡泛指長輩。

尊姓大名 ㄗㄨㄣ ㄒㄧㄥˋ ㄉㄚˋ ㄇㄧㄥˊ 當面問人姓名所用的敬語。例請問尊姓大名。

9 尊重 ㄗㄨㄣ ㄓㄨㄥˋ 尊敬而重視。

參考 ①反輕蔑。②衍尊重民意。③參閱「尊敬」條。

尊前 ㄗㄨㄣ ㄑㄧㄢˊ ㈠書信中對長輩用的提稱語。㈡酒杯之前。尊：同「樽」，酒杯。

13 尊敬 ㄗㄨㄣ ㄐㄧㄥˋ 重視而恭敬。例他是我最尊敬的老師。

參考 ①同敬重。②反侮慢。③「尊敬」與「尊重」都有重視的意思，是表示心理的動詞，但「尊敬」的對象多半是人，强調的是敬，並可作形容詞用；而「尊重」的對象較廣，可是人、集團或抽象事物，强調的是看重，極少作形容詞用。

14 尊稱 ㄗㄨㄣ ㄔㄥ 表示尊敬的稱呼。例「令尊」是對別人父親的尊稱。

20 尊嚴 ㄗㄨㄣ ㄧㄢˊ 莊重威嚴，不可侵犯的樣子。例我必須維護自己的尊嚴。

參考 衍人性尊嚴、民族尊嚴。

▽至尊、自尊、世尊、天尊、釋尊、獨尊、令尊、推尊、追尊、師尊、唯我獨尊。

常 9 尋

解形 形聲；從工口，從又寸，彡聲。工口爲巧言致亂；又寸是治理，彡乃紋理；所以抽繹頭緒而後設法治之爲尋。今省寫作尋。

音義 ㄒㄩㄣˊ 名①古長度單位，八尺爲尋。②姓。動①找；例尋覓。②探究；例尋根究底。③連續而來；例酒饌相尋。④把冷了的東西重新溫一溫，通「燖」。

ㄒㄧㄣˊ 動乞求；例尋點菜飯，好來果腹。

ㄒㄩㄝ 動左顧右盼；例尋溜。

參考 ①同找。②尋字中間從工口作「卭」，不可作「巩」。

7 尋找 ㄒㄩㄣˊ ㄓㄠˇ 爲取得不在眼前或遺失的事物的一種行動。

8 尋味 ㄒㄩㄣˊ ㄨㄟˋ 探索品味。

參考 衍耐人尋味。

尋芳 ㄒㄩㄣˊ ㄈㄤ ㈠出外遊玩賞花。㈡比喻狎妓。

參考 衍尋芳客。

尋花問柳 ㄒㄩㄣˊ ㄏㄨㄚ ㄨㄣˋ ㄌㄧㄡˇ ㈠玩賞戶外的春景。㈡比喻狎妓。

9 尋思 ㄒㄩㄣˊ ㄙ 反覆思索。

尋幽訪勝 ㄒㄩㄣˊ ㄧㄡ ㄈㄤˇ ㄕㄥˋ 遊覽風景幽靜美麗的地方。勝：佳地，美好的地方。

10 尋根究底 ㄒㄩㄣˊ ㄍㄣ ㄐㄧㄡˋ ㄉㄧˇ 徹底追問事物的原由。又作「追根究底」、「尋根問底」。

參考 與「追本溯源」有別：①前者着眼在「事情的原由」；後者强調「事物發生的根源」。②前者多用於追問的場合；後者多用在研究的場合。

11 尋常 ㄒㄩㄣˊ ㄔㄤˊ 平常。例你尋常都做些什麼？

尋覓 ㄒㄩㄣˊ ㄇㄧˋ 探求。

參考 同尋找。

12 尋短見 ㄒㄩㄣˊ ㄉㄨㄢˇ ㄐㄧㄢˋ 尋求一時的解脫，通常指自殺。短見：沒有長遠打算的看法。

▽找尋、追尋、探尋、相尋、浸尋、覓覓尋尋。

常 11 對

解形 會意；從丵土寸。丵是叢雜，士即事，寸是法度；所以依法度相應答爲對。

音義 ㄉㄨㄟˋ 名①成雙的人或物；例出雙入對。②敵體；例敵對。動①回答；例應對。②朝着；例面對青山。③適合；例不對胃口。④比照；例核對。副互相；例對調。

參考 ①同是，答，和，雙。②擘懟。

4 對方 ㄉㄨㄟˋ ㄈㄤ 相對的一方。

對手 ㄉㄨㄟˋ ㄕㄡˇ ㈠能力相當，可以一比長短的人。㈡參加比賽的其他競爭者。

參考 同敵手。

對牛彈琴 ㄉㄨㄟˋ ㄋㄧㄡˊ ㄊㄢˊ ㄑㄧㄣˊ ㈠比喻對愚人說高深的道理。㈡比喻不解風情。㈢現在也用來譏笑說話的人不看對象。
5 **對白** ㄉㄨㄟˋ ㄅㄞˊ 劇本所寫，專供演員演出時所說的話本。
對付 ㄉㄨㄟˋ ㄈㄨˋ ㈠應付。㈡大致將就。例這幾件衣服，你對付著穿吧！
對仗 ㄉㄨㄟˋ ㄓㄤˋ ㈠對偶的語句。㈡文詩賦文句對偶的現象。例對仗工整。
對立 ㄉㄨㄟˋ ㄌㄧˋ ㈠彼此相對站著。㈡兩種事物相互矛盾、排斥、抵抗的狀態。
7 **對抗** ㄉㄨㄟˋ ㄎㄤˋ 相對抗拒防禦。
9 **對待** ㄉㄨㄟˋ ㄉㄞˋ 用某種待遇對人。
對峙 ㄉㄨㄟˋ ㄓˋ 相對而立。
參考「對峙」在表示抽象的狀態時，與「相持」同義，如：兩軍對峙。但指具體的實物時，則沒有相持的意思，如：兩山對峙。
對流 ㄉㄨㄟˋ ㄌㄧㄡˊ 液體或氣體中較熱部分和較冷部分之間通過循環流動，相互攙合，使溫度趨於均勻的過程。如：煮開水時水的上下循環流動即是其例。

10 **對酒當歌** ㄉㄨㄟˋ ㄐㄧㄡˇ ㄉㄤ ㄍㄜ ㈠面對著酒應該高歌一曲，慨嘆人生時間有限，應該有所作為。㈡今指及時行樂，不要錯過機會。
對症下藥 ㄉㄨㄟˋ ㄓㄥˋ ㄒㄧㄚˋ ㄧㄠˋ ㈠針對病症所處的藥方。㈡比喻針對事情的要害謀求解決的方法。
11 **對偶** ㄉㄨㄟˋ ㄡˇ 文詩文中將上下兩句詞性相似、平仄相對的字詞配合運用，以求對稱。
12 **對策** ㄉㄨㄟˋ ㄘㄜˋ ㈠漢代應試陳述言論稱為對策。策：文體的一種。㈡專門對付某個問題的方法、策略。
對答 ㄉㄨㄟˋ ㄉㄚˊ 應答。例對答如流。
對筆 ㄉㄨㄟˋ ㄅㄧˇ 鋼筆與鉛筆或原子筆各一枝以成對的筆。通常用來送禮，所以又稱「禮筆」。
對等 ㄉㄨㄟˋ ㄉㄥˇ 同等，分不出上下。
對象 ㄉㄨㄟˋ ㄒㄧㄤˋ ㈠行為或思維所針對的人或事物。例他們用青蛙作為實驗的對象。㈡指有可能嫁或娶的人。例他到現在連個對象也沒有。
13 **對照** ㄉㄨㄟˋ ㄓㄠˋ ㈠互相對應比照。例中英對照。㈡將近似或相反的事物面對面互相比照，以加強或襯托兩者的特性。例兩相對照，好壞立見。
14 **對稱** ㄉㄨㄟˋ ㄔㄣˋ 彼此間的距離、排比、大小、高低、多寡都相同而呈均勻的狀態。
15 **對質** ㄉㄨㄟˋ ㄓˊ ㈠法訴訟進行時，被告和證人彼此間的相互質詢。㈡日常事件中為勿枉勿縱或澄清冤屈而相對質詢。
參考 參閱「對證」條。
17 **對聯** ㄉㄨㄟˋ ㄌㄧㄢˊ 文兩個文法、平仄互相配合對稱的文句。例欲窮千里目，更上一層樓。
18 **對壘** ㄉㄨㄟˋ ㄌㄟˇ 兩軍相持。可引申用於各種競賽。
19 **對證** ㄉㄨㄟˋ ㄓㄥˋ ㈠面對面而提出證據。㈡證據。
參考「對證」和「對質」都有相對提出證據的意思，都是動詞，但「對質」的範圍較窄，必須質詢；而對證只要拿出證據，不限定是言語、物品或其他。而且「對證」可作名詞，作證據解，而「對質」則不行。
對簿公堂 ㄉㄨㄟˋ ㄅㄨˋ ㄍㄨㄥ ㄊㄤˊ 原告及被告一同在法庭上對審，以辨明是非。對簿：接受審問；簿：文書、狀紙。
▽一對、應對、絕對、相對、敵對、反對、作對、成對、流水對、無言以對、門當戶對、成雙成對、雙雙對對、出雙入對、針鋒相對。

常 13
導
形解 形聲；從寸，道聲。指引為導。
音義 ㄉㄠˋ 動 ①引導；例導入正途。②疏通；例疏導。③傳達；例導電。④啓發；例開導。
參考 ①同引。②語音 ㄉㄠˇ。
4 **導火線** ㄉㄠˋ ㄏㄨㄛˇ ㄒㄧㄢˋ ㈠引爆雷管或黑色火藥的引信。㈡直接引起事件發生的近因。
7 **導言** ㄉㄠˋ ㄧㄢˊ 書籍或課程之前，所作引導進入正式敘述的文辭。又稱「導論」、「序言」。

10 **導致** ㄉㄠˇ ㄓˋ 引起，造成。

導師 ㄉㄠˇ ㄕ 指導一個班級的學生進修課業並擔負訓育責任的老師。

參考 衍導師制。

13 **導遊** ㄉㄠˇ ㄧㄡˊ 帶領遊客觀光並加以介紹解說的人。

14 **導演** ㄉㄠˇ ㄧㄢˇ ㈠藝 戲劇演出或影片拍攝時，指導演員表情、動作，控制節奏、氣氛的總指揮。㈡暗中策畫教唆別人行事的人。

▽引導、教導、訓導、指導、先導、傳導、誘導、勸導、開導、倡導、嚮導、宣導、因勢利導。

【小部】 ㄒㄧㄠˇ

常 0 **小** 解形 會意；從八亅。八，別也，象分別之形。所以會凡細物分之就變成微小的意思。

音義 ㄒㄧㄠˇ 名妾；例愠于羣小。動以為小；例登泰山而小天下。形①不大的；例小型。②年紀幼稚的；例小兒子。③低矮的；例矮子。④自謙之辭，稱自己或與己有關的人或事物；例小弟。副①表示程度輕微；例牛刀小試。②表時間短暫；例小憩。助置於詞頭，表示親暱；例小同鄉。

參考 ①同微，細。②反大。③擊肖、少。④「小」與「大」相對，兼指體積、容積、範圍、規模、力量、器量等。

2 **小人** ㄒㄧㄠˇ ㄖㄣˊ ㈠平民。㈡沒有品德的人。㈢自稱的謙詞，通常用於地位低的人對地位高的。㈣身軀短小的人。

參考 反君子。

4 **小心** ㄒㄧㄠˇ ㄒㄧㄣ 謹慎，留意。

參考 ①反大意。②衍小心翼翼。

小心翼翼 ㄒㄧㄠˇ ㄒㄧㄣ ㄧˋ ㄧˋ 謹慎恭敬的意思。

參考 ①與「謹小慎微」有別：二者同為十分謹慎小心，不敢疏忽之意，但後者多指對一切瑣碎細小的事情過分小心，而導致畏首畏尾。②與「小心謹慎」有別：後者往往含有「避免發生過錯」的意思；但前者沒有。前者含有「恭敬慎重」的意思，但後者沒有。

小丑 ㄒㄧㄠˇ ㄔㄡˇ ㈠戲劇中扮演滑稽角色而引人入笑的人。㈡行為卑劣、無廉恥觀念的人。

小犬 ㄒㄧㄠˇ ㄑㄩㄢˇ 對人謙稱自己的兒子。

參考 反令郎。

5 **小本經營** ㄒㄧㄠˇ ㄅㄣˇ ㄐㄧㄥ ㄧㄥˊ 從事小資本的生意，規模不大。

小巧玲瓏 ㄒㄧㄠˇ ㄑㄧㄠˇ ㄌㄧㄥˊ ㄌㄨㄥˊ 形容細巧可愛。玲瓏：精巧細致。

參考 可用於形容事物，也可用於形容人。

7 **小巫見大巫** ㄒㄧㄠˇ ㄨ ㄐㄧㄢˋ ㄉㄚˋ ㄨ 比喻相形之下，顯得遠遠不如他人。

參考 與「相形見絀」有別：①後者表示相形之下，「顯得不足」，而前者卻表示「顯得高低懸殊，或遠遠不如」。②前者是比喻性的，往往含有嘲諷、詼諧的意味；後者是直陳性的，不含這樣的意味。

8 **小姑獨處** ㄒㄧㄠˇ ㄍㄨ ㄉㄨˊ ㄔㄨˇ 女子尚未出嫁。姑：未嫁女子的通稱。

10 **小康** ㄒㄧㄠˇ ㄎㄤ ㈠儒家所主張的一種社會，比「大同」的層次為低，此時國家社會漸告安定，人民生活安樂，但猶未及大同階段。㈡家庭經濟較為寬裕，而又足以自給的家境。例家境小康。

小家碧玉 ㄒㄧㄠˇ ㄐㄧㄚ ㄅㄧˋ ㄩˋ 小戶人家的女兒。

參考 反大家閨秀。

11 **小販** ㄒㄧㄠˇ ㄈㄢˋ 從事小生意買賣的人。

參考 多半指沒有店面，而設備簡單，可隨易流動的攤子。

小鳥依人 ㄒㄧㄠˇ ㄋㄧㄠˇ ㄧ ㄖㄣˊ 形容女子或小孩的怯弱可愛。

12 **小費** ㄒㄧㄠˇ ㄈㄟˋ 應給付款額之外，加給的零錢。

13 **小節** ㄒㄧㄠˇ ㄐㄧㄝˊ ㈠細微而無關緊要的事。例不拘小節。㈡音樂術語，節拍的單位。

14 **小說** ㄒㄧㄠˇ ㄕㄨㄛ 文學的一大類

別。以人物形象的刻劃爲中心，通過完整的布局，廣泛的將人類生活的各個層面，表現出來。

15 **小篆** ㄒㄧㄠˇ ㄓㄨㄢˋ 書體名。也稱秦篆，秦代通行的文字。

16 **小學** ㄒㄧㄠˇ ㄒㄩㄝˊ ㈠對兒童實施基本教育的學校。歷代名稱不一，今則稱爲國民小學，修業年限六年，爲國民應接受的義務教育。㈡漢代稱文字學爲小學，隋唐以後則爲文字、聲韻、訓詁的總稱。

18 **小題大作** ㄒㄧㄠˇ ㄊㄧˊ ㄉㄚˋ ㄗㄨㄛˋ 比喻把小事情渲染成大事來處理。

參考 多半用於比喻遇事故意誇張或張皇。

▽狹小、極小、羣小、細小、最小、弱小、縮小、大小、微小、幼小、矮小、家小、膽小、宵小、國小、窄小、雷聲大雨點小。

常 1 少

形解 形聲；從小，丿聲。「丿」有右戾的意思；既小又戾，所以不多爲少。

音義 ㄕㄠˇ 名①年輕人；例老少咸宜。②古代爲長官輔佐之稱；例少傅。③姓。形年紀輕的；例少女。

ㄕㄠˇ 動①缺乏；例一文不少。②丟失；例我的錢少了。形數量小的；例少數。副①表不多；例少開口。②表時間短暫；例少安毋躁。

參考 ①同微，寡。②反多。③擧吵、抄、杪、妙、眇、鈔、炒、沙、砂、紗。

4 **少不更事** ㄕㄠˋ ㄅㄨˋ ㄍㄥ ㄕˋ 年紀輕而閱歷淺薄。

6 **少艾** ㄕㄠˋ ㄞˋ 年少而而貌美的人。艾：美好。

少年老成 ㄕㄠˋ ㄋㄧㄢˊ ㄌㄠˇ ㄔㄥˊ 年少而行事沉穩持重。亦作「少年老誠」。

7 **少壯** ㄕㄠˋ ㄓㄨㄤˋ ㈠年輕力壯的時候。例少壯眞當努力。㈡泛指年富力强的人。例少壯派的政治家。

少見多怪 ㄕㄠˇ ㄐㄧㄢˋ ㄉㄨㄛ ㄍㄨㄞˋ 比喻人見識不廣，遇事便以爲可怪。

參考 與「大驚小怪」有別：前者指見識少的人遇見平常的事也覺得新奇而表示驚訝；後者則泛指對不足爲奇的事表現出過分的驚訝，並不含「見識少」的意思。

11 **少頃** ㄕㄠˇ ㄑㄧㄥˇ 不久，一會兒。

13 **少許** ㄕㄠˇ ㄒㄩˇ 一些，一點點。

少爺 ㄕㄠˋ ㄧㄝˊ ㈠對富貴人家子弟的稱呼。㈡僕人對少主人的稱呼。後用來尊稱他人家的兒子。

參考 ①又音 ㄕㄠˋ ˙ㄧㄝ。②反老爺。

▽惡少、稀少、減少、多少、年少、老少、鮮少、缺少、不少、嫌少、微少、美少、花花大少、僧多粥少、多多少少、不老不少。

常 3 尖

形解 會意；從小大。凡物體下大而上小，它的末端細削而銳利爲尖。

音義 ㄐㄧㄢ 名①物體的末端，細削而銳利；例刀尖。②端頭；例傘尖。③旅途疲困時的休息；例打尖。形①特出的，最上品；例頂尖高手。②靈敏的；例耳朶尖。③刻薄的；例言語尖酸。④頻率高的；例尖嗓子。

參考 ①同銳，利。②反鈍。

8 **尖刻** ㄐㄧㄢ ㄎㄜˋ 刻薄。

10 **尖峯時間** ㄐㄧㄢ ㄈㄥ ㄕˊ ㄐㄧㄢ 到達最高峯狀態的時候。例每天上下班的時候，正是道路交通的尖峯時間。

14 **尖酸** ㄐㄧㄢ ㄙㄨㄢ 語言刻薄。

參考 ①同刻薄。②衍尖酸刻薄。

15 **尖銳** ㄐㄧㄢ ㄖㄨㄟˋ 鋒利，銳利。例言語尖銳。

▽塔尖、眉尖、筆尖、鞋尖、打尖、頂尖、眼尖、針尖。

常 5 尚

形解 形聲；從八，向聲。累積而加多爲尚。

音義 ㄕㄤˋ 名姓。動①尊重，仰慕；例尙賢。②誇耀；例自尙其功。副①還，猶；例尙可。②尙且。

參考 ①同還，仍。②擧倘、黨、常、掌、儻、堂、棠。

8 **尚武** ㄕㄤˋ ㄨˇ 崇尚武事，推崇武德。例尚武精神。

10 **尚書** ㄕㄤˋ ㄕㄨ ㈠㊔經書之一。尚，即上，上代以來的書籍。㈡又稱「書經」，簡稱「書」。㈢官名。

▽高尚、和尚、風尚、習尚、崇尚、時尚、好尚。

㊉ 10 **尟** 形解 會意；從是少。所以會鮮少俱存的意思。

音義 ㄒㄧㄢˇ 名 通「鮮」，參閱「鮮」字條。

【尢部】 ㄨㄤ

㊥ 0 **尢** 形解 象形；從大而其中一足彎曲，象人偏曲形。

音義 ㄨㄤ 名 ①跛足。②國語注音符號韻母之一。

㊉ 0 **兀** 形解 會意；從一在儿上。從一在儿上，所以會高而平的意思。

音義 ㄨˋ 名 姓。形 高而上平的。助 發語詞，無意義，元曲中常用；例 兀自。

㊥ 1 **尤** 形解 形聲；從乙，又聲。特異爲尤。

音義 ㄧㄡˊ 名 ①過失；例 以儆效尤。②特甚；例 無恥之尤。③姓。動 怨恨；例 怨天尤人。副 格外，更加；例 尤其。

參考 ①同 更。②孳 訧。

2 **尤人** ㄧㄡˊ ㄖㄣˊ 歸咎於他人。例 不怨天，不尤人。

8 **尤其** ㄧㄡˊ ㄑㄧˊ 特別，更加。

尤物 ㄧㄡˊ ㄨˋ ㈠奇異的人物。㈡美女。㈢珍貴的物品。

▽怨尤、悔尤、咎尤、寡尤、無恥之尤。

㊥ 4 **尬** 形解 形聲；從尢，介聲。介有獨特的意思，所以行不正爲尬。

音義 ㄍㄚˋ 形 難爲情的；例 尷尬。

參考 又音 ㄐㄧㄝˋ。

㊉ 4 **尨** 形解 會意；從犬彡。彡是毛上的色澤、花紋，所以多毛而色雜的狗爲尨。

音義 ㄆㄤˊ 名 多毛的狗。形 ①雜色的。②說話雜亂不純一的；例 語言尨雜。ㄇㄥˊ 雜亂的樣子。

參考 ㄆㄤˊ 又音 ㄇㄤˊ。

9 **尨眉皓髮** ㄆㄤˊ ㄇㄟˊ ㄏㄠˋ ㄈㄚˇ 年紀老大的樣子。

㊉ 4 **尪** 形解 形聲；從尢，𡈼聲。尢是曲脛的人，𡈼有短小的意思，所以跛腳爲尪。

音義 ㄨㄤ 名 跛腳。形 瘦弱的；例 尪羸。

參考 字亦作「尫」。

㊥ 9 **就** 形解 會意；從京尤。尤是特異，京是高大；所以特別高大爲就。

音義 ㄐㄧㄡˋ 動 ①成功；例 功成名就。②從事；例 就業。③湊近；例 避重就輕。副 ①立刻；例 我就來。②只有；例 就這一次，下不爲例。③已經；例 他雖然只有五歲，就會幫忙做家事。④偏偏，表加强語氣；例 我偏不信邪，就要試試看。介 因；例 就事論事。連 表動作連續；例 遇到平交道，就要『停、聽、看』，然後才可前進。

參考 ①同 便，成，即。②孳 僦、蹴、鷲。

4 **就木** ㄐㄧㄡˋ ㄇㄨˋ 將入棺木，用以比喻即要死亡。例 行將就木。

6 **就任** ㄐㄧㄡˋ ㄖㄣˋ 到職，到任。例 新官就任新職。

就地取材 ㄐㄧㄡˋ ㄉㄧˋ ㄑㄩˇ ㄘㄞˊ 因當地所有而拿取自己所需的材料。

7 **就位** ㄐㄧㄡˋ ㄨㄟˋ 就自己一定的位置。例 主席就位。

8 **就事論事** ㄐㄧㄡˋ ㄕˋ ㄌㄨㄣˋ ㄕˋ 就事情本身的範圍內論斷是非。

11 **就教** ㄐㄧㄡˋ ㄐㄧㄠˋ 到對方的所在去請教。例 移樽就教。

13 **就義** ㄐㄧㄡˋ ㄧˋ 爲正道、正義而犧牲生命。例 慷慨就義。

就裏 ㄐㄧㄡˋ ㄌㄧˇ 內情，內幕。例

不明就裏。
就業 ㄐㄧㄡˋ ㄧㄝˋ 任職。例千里就業。
參考 衍就業市場。
14 **就寢** ㄐㄧㄡˋ ㄑㄧㄣˇ 睡覺，睡眠。
15 **就範** ㄐㄧㄡˋ ㄈㄢˋ 使他人順從己意。
就緒 ㄐㄧㄡˋ ㄒㄩˋ 事情安排妥當，有了頭緒。例一切安排就緒。
▽急就、去就、成就、高就、造就、俯就、牽就、一揮而就、不堪造就、另謀高就、高不成低不就。

常 14 **尷** 形解 字本作尲，形聲；從尢，兼聲。兼有合併的意思；所以兩脚併在一起走路而不平正爲尷。
音義 ㄍㄢ 形 事情不易處理的；例尷尬。
參考 ①又音 ㄐㄢ。②字從尢，不可誤從尤。
7 **尷尬** ㄍㄢ ㄍㄚˋ ㈠難爲情，不好意思。㈡行爲不正，鬼鬼祟祟。㈢形容事情棘手，很難處理。
參考 ①又音 ㄐㄢ ㄐㄧㄝˋ。②參閱「狼狽」條。

【尸部】 ㄕ

常 0 **尸** 形解 象形；象人橫臥形。
音義 ㄕ 名 ①屍體，同「屍」。②神主；例尸祝。③古代代表死者受祭的活人，通常由卑幼的孫兒擔任。④注音符號聲母之一，形體略變作「ㄕ」。讀如師。⑤姓。動主持；例尸盟。副居位而不做事；例尸位素餐。
參考 ①「ㄕ」字俗寫做「尸」。②「尸」字用作文字偏旁時有二種不同的意義：一表人體，如尼、尻、屁、尿、尾等；一表房屋，如屋、屢、層等。
7 **尸位素餐** ㄕ ㄨㄟˋ ㄙㄨˋ ㄘㄢ ㈠不做事而空佔職位，白領俸祿。㈡用於自謙之詞，表示未盡職守。尸位：有職位而無所事事。素餐：吃閒飯，坐領乾薪。

常 1 **尺** 形解 會意；從尸從乙。尸爲人體，乙所以標示所在；所以會十寸爲尺的意思。
音義 ㄔˇ 名 ①量製衣物的工具；例直尺。②長度單位，十寸爲一尺，「臺尺」的簡稱。③書牘；例尺素書。④法度；例文有繩尺。⑤象尺的東西；例鎭尺。形 形容微小的；例尺地。
ㄔㄜ 名 音 樂譜表聲調的名稱。
3 **尺寸** ㄔˇ ㄘㄨㄣˋ ㈠尺和寸都是測量長度的單位，引申爲法度。㈡因尺和寸都是測量長度的基本單位，又可引申爲些許、短小。例尺寸之地。
9 **尺度** ㄔˇ ㄉㄨˋ ㈠每尺長短的定制。㈡法令、規章所限定的範圍。例放寬尺度。
10 **尺素** ㄔˇ ㄙㄨˋ 書信，即尺書、尺牘。素：未經渲染而保持原色的生帛。古人以素絹充作書寫文具，可以在上面寫字。
15 **尺碼** ㄔˇ ㄇㄚˇ ㈠尺度。例這把尺的尺碼似乎有問題。㈡尺、碼都是測量長度的單位，連言可指長度。例你打算買多少尺碼的布做禮服？㈢表示長短大小的號碼。例這個式樣的鞋子沒有我合適的尺碼。
19 **尺牘** ㄔˇ ㄉㄨˊ 泛指書信。古代書信用紙長度約只一尺，故名。
參考 同尺素，尺翰，尺牒，尺楮，尺書，尺簡。
▽曲尺、直尺、縮尺、咫尺、刀尺、丁字尺、米達尺、垂涎三尺、得寸進尺。

常 2 **尼** 形解 形聲；從尸，匕聲。尸爲人，匕有親近的意思，所以人與人相親暱爲尼。
音義 ㄋㄧˊ 名 ①梵文 Bhiksuni 的音譯「比丘尼」的省稱，即尼姑，信佛出家的女子；例削髮爲尼。②地名；例印尼。③姓。
ㄋㄧˋ 動 阻止。
參考 孳呢、棍、泥、怩。
5 **尼古丁** ㄋㄧˊ ㄍㄨˇ ㄉㄧㄥ (Nicotine)

於草的主要成分，是一種有毒的生物鹼，是香煙中危害人體的毒素，可製造殺蟲劑。因十七世紀將香煙從葡萄牙傳到法國的外交官尼古(Nicot)而得名。

8 **尼姑** ㄋㄧˊ ㄍㄨ 削髮出家，專心奉佛修行的女人。

參考 ①同姑子，女僧。②反和尚。③衍尼姑庵。

尼采 ㄋㄧˊ ㄘㄞˇ 人德國哲學家，曾修神學及希臘文學，師事叔本華，以權力意志為人間至高原理。並以進化論為根據，創超人說，認為將來必定會產生才幹卓越的「超人」(Superman)統治人類。著有「超人論」、「善惡彼岸」、「權力意志」等書。

16 **尼龍** ㄋㄧˊ ㄌㄨㄥˊ 化是西元一九三五年美國杜邦公司的化學師卡羅查氏實驗成功而製造的聚醯胺類人造纖維。是現存最強韌，最富彈性的物質。

19 **尼羅河** ㄋㄧˊ ㄌㄨㄛˊ ㄏㄜˊ 地河流名，在非洲東北部，由南向北流，是非洲第一大河，注入地中海，全流長六、六四八公里，是世界第二大河。

▽仲尼、丘尼、禪尼、僧尼、女尼、比丘尼、釋迦牟尼。

次 2 **尻** 形解  形聲；從尸，九聲。九有竭盡的意思，所以脊椎骨的末端為尻。

音義 ㄎㄠ 名①屁股。②脊椎骨的末端，是推動後肢運動的重要部位。③托根的地方。

參考 字雖從九，但不可讀成ㄐㄧㄡ或ㄐㄧㄡˇ。

常 4 **局** 形解 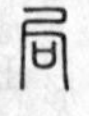 會意；從口在尺下。尺表示規矩法度，而口在底下不能暢言，所以有拘束、狹隘的意思。

音義 ㄐㄩˊ 名①店鋪；例書局。②古代的官府，現在指辦理公務的機關或單位；例鐵路管理局。③才能，器量；例幹局。④凡聚集遊燕的事，都稱局；例牌局。⑤部分；例左右有局。⑥騙人的圈套；例騙局。⑦棋盤；例局必方正。⑧單位詞；下棋或其他比賽一次叫一局；例有棋一局。動限制，通「拘」；例局束。

參考 ①「局」字從尺從口，不可誤從「句」或「冋」。②辨侷、跼、挶。

5 **局外** ㄐㄩˊ ㄨㄞˋ 身在事外，毫無關係。

參考 衍局外人。

9 **局面** ㄐㄩˊ ㄇㄧㄢˋ 形勢，情況。

參考 「局面」與「場面」都是指事情的狀況，都是名詞。但「局面」所指的範圍較大，著眼於全面，多指事物發展變化後所呈現的形勢，如：政治局面。「場面」所指的範圍較小，著眼於小而具體的事物，多指事物所處的狀況，如：大會場面。

局限 ㄐㄩˊ ㄒㄧㄢˋ 受情勢的限制不得伸展。

參考 參閱「限制」條。

局促 ㄐㄩˊ ㄘㄨˋ ㈠因狹小而受拘束。例這間房間顯得太局促了。㈡時間緊迫。例時間局促，再不快一點就來不及了。㈢器量狹小，尷尬不安。例大方一點！別太局促，畏首縮尾。

局促一隅 ㄐㄩˊ ㄘㄨˋ ㄧ ㄩˊ 擠在一個狹隘的角落裏。局：又作「侷」或「跼」。

參考 「局促一隅」與「僻處一方」都指處在邊遠的角落；但「局促一隅」含有狹小而受局限和不得不如此的意味，而「僻處一方」則比較坦然舒泰。

11 **局部** ㄐㄩˊ ㄅㄨˋ 構成整體的一部分。例局部性陣雨。

參考 ①衍局部性，局部麻痺、局部優勢。②「局部」與「部分」都有非整體的意思，都是名詞。有時可以通用。但「局部」著重組織結構，指組成事物整體的一部分；「部分」則著重在數量方面，是指全體的一部分。

13 **局勢** ㄐㄩˊ ㄕˋ 整個局面的情勢。

參考 衍國際局勢。

▽結局、總局、分局、支局、時局、政局、終局、大局、本局、郵局、飯局、藥局、書局、佈局、出局、棋局、騙局、器局、識局、格局、

世局、曲局、物資局、警察局、三振出局、鐵路管理局。

常 4 **屁** 解形 形聲；從尸，比聲。由肛門所排放的臭氣，排放時聲音如比者爲屁。

音義 ㄆㄧˋ 名①由肛門排出的臭氣；例屁滾尿流。②常用來罵人，指斥文字或言語的荒謬；例放屁。

參考 字雖從比，但不可以讀成ㄅㄧˇ或ㄅㄧˋ。

14 **屁滾尿流** ㄆㄧˋ ㄍㄨㄣˇ ㄋㄧㄠˋ ㄌㄧㄡˊ 五穀雜糧之氣與尿液不受大腦控制地排泄出來。比喻十分驚懼害怕的樣子。又作「尿流屁滾」。

參考 與「落花流水」有別：①前者原指極度恐懼，不能自禁，用來形容被打得或被嚇得狼狽不堪；後者形容被打得零落不堪。②前者多用於人，也用於事物，用於人特多指個人；後者僅用於人，多指羣衆。

常 4 **尿** 解形 會意；從尾水。人的小便爲尿。

音義 ㄋㄧㄠˋ 名俗稱「小便」，腎臟的排泄液；例撒尿。動排尿；例尿床。

參考 同溺。

13 **尿道** ㄋㄧㄠˋ ㄉㄠˋ 生由括約肌控制，從膀胱向外伸展，達於體外，以排泄尿液的管道。

▽血尿、驗尿、排尿、泌尿、夜尿、糖尿、遺尿、拉尿、放尿、撒尿、滲尿、屎尿。

常 4 **尾** 解形 會意；從倒毛在尸後，所以會尾巴的意思。

音義 ㄨㄟˇ 名①最後，末端；例結尾。②天二十八星宿之一。③計算魚的單位；例一尾魚。④脊椎動物末稍突出的一段，通常指肛門以後的部分；例尾巴。⑤事物的末後部分；例船尾。⑥姓。動①動物(鳥獸蟲魚)交配；例交尾。②跟隨；例尾隨於後。形①末端的；例尾梢。②殘餘的；例尾數。

參考 ①「尾」作「尾巴」解時，又可讀ㄧˇ。②擘娓。

3 **尾大不掉** ㄨㄟˇ ㄉㄚˋ ㄅㄨˋ ㄉㄧㄠˋ 比喻所屬部下勢力太大，不受指揮調度，好像尾巴太大無法擺動一樣。掉：擺動。又作「尾大難掉」。

15 **尾閭** ㄨㄟˇ ㄌㄩˊ 海水河流滙合歸聚的地方。

16 **尾隨** ㄨㄟˇ ㄙㄨㄟˊ 像尾巴似地在後面緊緊地跟著。

17 **尾聲** ㄨㄟˇ ㄕㄥ (一)泛指音樂歌曲的最後一段。(二)比喻事情即將終了。

參考 衍尾聲餘影。

▽驥尾、交尾、語尾、首尾、末尾、狗尾、牛尾、豬尾、畏首畏尾、藏頭露尾、徹頭徹尾、從頭到尾、虎頭蛇尾、有頭無尾。

常 5 **屈** 解形 形聲；從尾，出聲。短尾爲屈。

音義 ㄑㄩ 名姓。動①情意受到挫折；例威武不能屈。②彎曲；例可屈可伸。③降低身分；例屈就。④理虧；例理屈詞窮。⑤冤枉；例含冤受屈。形彎曲的；例屈曲。

參考 ①「委屈」的「屈」，和「彎曲」的「曲」，讀音相似，意思不完全相同，「委曲求全」有委屈的意思，「冤屈」不能寫成「冤曲」。②用指頭計算事物叫「屈指」，但不可作「曲指」。③同曲。④擘掘、崛。

7 **屈折** ㄑㄩ ㄓㄜˊ (一)彎曲轉折。屈：通「曲」。例這個故事的情節很屈折動人。(二)即折射，光線射入密度不同的物體而改變方向。

屈伸 ㄑㄩ ㄕㄣ (一)彎曲與伸直。例屈伸自如。(二)引申爲退處或進展，指人的節操而言。

8 **屈服** ㄑㄩ ㄈㄨˊ 接受失敗的事實，不再抵抗。服：又作「伏」。

參考 ①「屈服」和「降服」都指服從，都是動詞，但屈服著重在妥協讓步不再抵抗，通常沒有受詞，如：「他終於使敵人屈服了」。「降服」則強調投降歸順，後面常有受詞，如：「他終於降服了敵人」。「屈辱」除了妥協讓步之外，還含有忍辱負重的意思，語氣比「屈服」爲重。如：「他屈辱於敵人的殘暴下，就是爲了等待時機報仇」。又，「屈辱」可作名詞用，「屈服」卻不能。如：「他受不了屈辱，終於逃跑了。」

9 **屈指** ㄑㄩ ㄓˇ 彎著手指頭計算。比喻計算時日。

10 **屈辱** ㄑㄩ ㄖㄨˇ 委屈受辱。

參考 參閱「屈服」條。

10 **屈原** ㄑㄩ ㄩㄢˊ 人（約前三四三—二九〇）名平，別號靈均，是戰國時楚國的大政治家、文學家。他曾做過楚國的三閭大夫；懷王時，因遭人譖言陷害，被放逐漢北；頃襄王時被召回重任，又遭上官大夫陷害而再被放逐江南，終於懷石自沈汨羅江而死。著有離騷、九章、天問等篇，文學上的成就很偉大，對我國文學影響至爲深遠。

11 **屈從** ㄑㄩ ㄘㄨㄥˊ 受到壓力而勉強服從。

12 **屈就** ㄑㄩ ㄐㄧㄡˋ 委屈遷就。常用爲請人擔任職務的客氣話。

14 **屈膝** ㄑㄩ ㄒㄧ ㈠彎曲膝蓋，即下跪。㈡比喻降低身分，放棄原則、尊嚴，含有屈服的意思。

▽詘屈、卑屈、理屈、不屈、委屈、冤屈、枉屈、指不勝屈。

常 5 **居**

解形 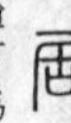 形聲；從尸，古聲。蹲下爲居。

音義 ㄐㄩ 名 ①所住的地方；例新居。②姓。動 ①住；例居住。②佔有；例居多。③當，任；例功成不居。④積蓄；例奇貨可居。⑤固定，停留；例變動不居。

ㄐㄧ 助 ①表疑問的語末助詞意即「呢」。②語助詞；例日居月諸。

參考 ①擧据、琚、裾、鋸。②同住。

3 **居士** ㄐㄩ ㄕˋ ㈠隱居的人。㈡在家吃齋唸佛的人。

4 **居心叵測** ㄐㄩ ㄒㄧㄣ ㄆㄛˇ ㄘㄜˋ 懷著險惡的用心，令人難以猜測。叵測：難以猜測。

參考 與「別有用心」有別：後者表示居心不良；前者表示存心險惡。前者之語意重於後者。

5 **居民** ㄐㄩ ㄇㄧㄣˊ 居住在某一地方而有固定住處的人民。

居功 ㄐㄩ ㄍㄨㄥ 認爲自己有功勞。例不敢居功。

6 **居安思危** ㄐㄩ ㄢ ㄙ ㄨㄟˊ 處在安適的環境中，仍要不忘思慮可能發生的危困。思：想，考慮。又作「于安思危」。

參考 反高枕無憂。

7 **居里夫人** ㄐㄩ ㄌㄧˇ ㄈㄨ ㄖㄣˊ 人生於波蘭的物理學家、化學家，與丈夫共同發現釙及鐳二元素，並於西元一九〇三年同獲諾貝爾物理學獎。西元一九一一年榮獲諾貝爾化學獎，是有史以來第一個偉大的女科學家。又譯爲「居禮夫人」。

9 **居室** ㄐㄩ ㄕˋ 居住的房間。

10 **居家** ㄐㄩ ㄐㄧㄚ ㈠住在家裏。㈡在家的日常生活。例居家生活。

居高臨下 ㄐㄩ ㄍㄠ ㄌㄧㄣˊ ㄒㄧㄚˋ 占據高處，俯臨低處。比喻處於有利的位置，可以掌握、操縱一切。

參考 與「高屋建瓴」有別：前者多指處於可控制全局的有利的地位；後者多指不可阻擋的形勢。

11 **居庸關** ㄐㄩ ㄩㄥ ㄍㄨㄢ 地在河北昌平縣西北的居庸山間，是長城的重要關口。舊名「軍都關」。

12 **居然** ㄐㄩ ㄖㄢˊ 竟然，是表示出乎意料的副詞。

參考 ①參閱「果然」條。②「居然」、「竟然」都表示結果與預期的相反。用於好事時，有「不容易這樣而這樣」的意思；用於壞事時，有「不應該這樣而這樣」，含有責怪的感情。「居然」的語氣較輕，「竟然」語氣較重，也可以單說成「竟」。

居間 ㄐㄩ ㄐㄧㄢ 在雙方當事人之間而參與其事或從中調停。

▽安居、隱居、家居、閑居、起居、羣居、穴居、故居、

遷居、同居、幽居、定居、卜居、獨居、自居、何居、新居、移居、奇貨可居、離羣索居。

常 5
屆 形解 形聲；從尸，凷聲。凷是「塊」的古字，人遇到土塊，行走不便爲屆。
音義 ㄐㄧㄝˋ 名回，次；例第一屆全國國民代表大會。動至，到；例屆時。
10 **屆時** ㄐㄧㄝˋ ㄕˊ 到時。
14 **屆滿** ㄐㄧㄝˋ ㄇㄢˇ 期滿。
▽應屆、首屆、無遠弗屆。

次 5
屄 形解 會意；從尸穴。女性的陰戶爲屄。
音義 ㄅㄧ 名陰戶，女子的生殖器的一部分。

常 6
屎 形解 字本作菡。會意；從艸，胃省。穀類經胃消化後所形成的糞便爲菡。後來俗寫作「屎」。
音義 ㄕˇ 名①糞便；例糞屎。②眼、耳、鼻的分泌物；例鼻屎。形用以比喻極低劣的事物；例屎詩糞棋。
參考 同糞。
▽拉屎、遺屎、糞屎、吃屎、狗吃屎。

常 6
屋 形解 會意；從尸從至。尸象屋形，至有到；尸來而休息的意思；所以可以讓人居住的地方爲屋。
音義 ㄨ 名房舍；例房屋。
參考 ①「屋」字從尸，不從「戶」。②同房。③擊渥、喔、幄、握。
11 **屋頂花園** ㄨ ㄉㄧㄥˇ ㄏㄨㄚ ㄩㄢˊ 在高樓水泥築成的平面屋頂上所佈置成的庭園。
19 **屋簷** ㄨ ㄧㄢˊ 屋頂伸出牆外的下垂部分。簷：又作「檐」。
▽金屋、書屋、草屋、破屋、茅屋、木屋、水屋、空屋、王屋、華屋、重屋、新屋、老屋、小屋、疊牀架屋、屋上架屋。

常 6
屍 形解 會意；從尸死。尸，指主人；死，終也；所以會躺在牀上的終主爲屍。
音義 ㄕ 名死者的身體，通「尸」；例屍首。
10 **屍骨未寒** ㄕ ㄍㄨˇ ㄨㄟˋ ㄏㄢˊ 人死後軀體還沒有冰冷。比喻人死不久。
▽死屍、鞭屍、趕屍、行屍、驗屍、分屍、埋屍、殭屍、馬革裹屍。

常 6
屏 形解 形聲；從尸，并聲。并有合併的意思，所以以物遮蔽爲屏。
音義 ㄆㄧㄥˊ 名①用來遮蔽的東西；例屏風。②裱成條幅的字畫；例畫屏。③泛指障蔽或捍衛的東西；例屏障。動遮蔽；例屏人耳目。
ㄅㄧㄥˇ 動①蕃衛；例屏衛。②抑止，忍住；例屏氣凝神。③除去，棄置；例屏惡。④退避；例屏退左右。
ㄅㄧㄥ 形驚恐失措的；例夙夜屏營。
參考 同棄，除，遮。
9 **屏風** ㄆㄧㄥˊ ㄈㄥ 豎立在室內用來擋風或防止他人窺視的遮蔽物。
10 **屏除** ㄅㄧㄥˇ ㄔㄨˊ 屏退消除。
屏息 ㄅㄧㄥˇ ㄒㄧ 抑止呼吸，不發出聲音。
屏氣凝神 ㄅㄧㄥˇ ㄑㄧˋ ㄋㄧㄥˊ ㄕㄣˊ 忍住氣息，凝聚精神。形容心神專一的樣子。
參考 同專心致志。
11 **屏棄** ㄅㄧㄥˇ ㄑㄧˋ 屏除丟棄。
12 **屏絕** ㄅㄧㄥˇ ㄐㄩㄝˊ ㈠屏棄而斷絕往來。㈡戒絕嗜好。例屏絕煙酒。
14 **屏障** ㄆㄧㄥˊ ㄓㄤˋ ㈠遮蔽保衛。㈡用來保衛的遮蔽物。
參考 同屏蔽。
19 **屏藩** ㄆㄧㄥˊ ㄈㄢˊ ㈠遮蔽防護的工具，如屏風、籬巴等；也可指人、集體。㈡比喻捍衛國家的重臣。又作「屏翰」。
▽畫屏、藩屏、字屏、蕩屏、彩屏、半屏。

次 6
屌 形解 形聲；從尸，吊聲。吊有懸而搖幌的意思，所以懸空在外的男性生殖器爲屌。
音義 ㄉㄧㄠˇ 名即「勢」，陽具，

方言俗語稱男子的生殖器。

常 7 **屐** 解形 形聲；從履省(尸彳)，支聲。支爲支持，履是鞋子，木底有二齒，所以支持兩足來踐泥走路的拖鞋爲屐。

屐

音義 ㄐㄧ 名①鞋子的一種。通常指木底的，或有齒，或無齒；也有草製或帛製的。②泛指一切鞋子；例草屐。

15 **屐齒** ㄐㄧ ㄔˇ 木屐底下凸出像齒的部分。

▽木屐、履屐、輕屐、草屐、臘屐、斷屐。

常 7 **展** 解形 形聲；從尸，䙴省聲。未轉而將轉爲展。

音義 ㄓㄢˇ 名姓。動①打開，張開；例展開。②省視；例展親。③放寬；例展期。④陳列；例展售。⑤延申；例展延。

參考 ①「展」字從尸，「䙴」省聲，故字隸定後作展(省「衣」之下左撇)不作「展」。②同延，開，擴。③孳輾、碾。

5 **展示** ㄓㄢˇ ㄕˋ 明顯地呈現出來。

參考 衍展示會、展示小姐。

8 **展性** ㄓㄢˇ ㄒㄧㄥˋ 物質受到搥擊或滾壓而能伸展成薄片的性質。

10 **展翅** ㄓㄢˇ ㄔˋ 張開翅膀。

參考 衍展翅高飛。

11 **展現** ㄓㄢˇ ㄒㄧㄢˋ 呈現，顯露出來。

參考 參閱「出現」條。

展望 ㄓㄢˇ ㄨㄤˋ 向遠處看。比喻對未來事態發展的觀察與預測。

12 **展期** ㄓㄢˇ ㄑㄧˊ (一)延後預定的期限。(二)展覽會展出的日期。例展期之內一律八折優待。

15 **展緩** ㄓㄢˇ ㄏㄨㄢˇ 延緩。

18 **展轉** ㄓㄢˇ ㄓㄨㄢˇ (一)翻來覆去而不安適。例展轉反側。(二)反覆不定。(三)一次又一次地移動遷徙。例大陸淪陷後，他東逃西躲，展轉來到臺灣。(四)不直接的。例展轉推拖。

參考 展轉今多作「輾轉」。

21 **展覽** ㄓㄢˇ ㄌㄢˇ 陳列物品給人觀賞。例服裝展覽。

展覽會 ㄓㄢˇ ㄌㄢˇ ㄏㄨㄟˋ 在一定期限內，在固定場所陳列物品供人觀賞的活動。例這次展覽會吸引了許多參觀的人。

▽開展、親展、發展、進展、推展、伸展、延展、舒展、畫展、書展、美展、花展、古物展、文獻展、一籌莫展、花枝招展、愁眉不展、鴻圖大展。

常 7 **屑** 解形 形聲；從尸，㕣聲。㕣有振動的意思，所以人動作切切，勞動不安爲屑。

音義 ㄒㄧㄝˋ 名碎末；例竹頭木屑。動顧惜，重視；例不屑。形碎細的；例屑塵。副煩細的樣子；例屑屑。

參考 ①「瑣屑」的「屑」字，與「元宵」的「宵」字，字形相似，一從尸，一從宀；但音異義別，不宜混用。②字本從㕣，俗作「肖」，尤其不可讀成ㄒㄧㄠ。

13 **屑窣** ㄒㄧㄝˋ ㄙㄨˋ 細碎煩雜的聲音。窣：細碎的聲音。

▽玉屑、瑣屑、不屑、竹屑、木屑、紙屑、煤屑、泥屑、金石泥屑。

常 8 **屜** 解形 形聲；從彳，屜聲。屜是承馬鞍用的毛毯，彳爲行走；所以襯在鞋內底便於行走的東西爲屜。

音義 ㄊㄧˋ 名①鞋子的襯底。②桌子、櫥子、櫃子、妝臺等器物斗狀的隔層板，可以容放物品者；例抽屜。③「籠屜」之簡稱；如屜壁，即籠屜的隔層。

參考 一作「屉」。

常 8 **屠** 解形 形聲；從尸，者聲。者有判別的意思，所以剖解爲屠。

音義 ㄊㄨˊ 名①宰殺牲畜的人；例屠夫。②姓。動①宰殺；例屠牛。②大規模的殘殺；例屠殺。

ㄔㄨˊ 名僧侶；例休屠。

參考 同殺。

4 **屠戶** ㄊㄨˊ ㄏㄨˋ 以屠殺牲畜爲職

業的人。

參考 同屠夫。

8 **屠門大嚼** ㄊㄨˊ ㄇㄣˊ ㄉㄚˋ ㄐㄩㄝˊ 經過肉鋪而裝出大口嚼肉的樣子。比喻心中想要而得不到，裝出已得到的樣子來自我安慰。

9 **屠城** ㄊㄨˊ ㄔㄥˊ 攻破城市後，殺盡城中的居民。

10 **屠宰** ㄊㄨˊ ㄗㄞˇ 宰殺牲畜。

參考 衍 屠宰場、屠宰率、屠宰稅、屠宰業。

11 **屠殺** ㄊㄨˊ ㄕㄚ 不講理，任意大批殘殺。

參考 同屠戮。

▽狗屠、豬屠、市屠、浮屠、休屠。

次 8 **屙** 形解 形聲；從尸，阿聲。阿有偏曲的意思，所以人身向前傾爲屙。

音義 ㄜ 動 上則所；例 屙屎。

參考 字亦作「痾」、「屫」。

常 11 **屢** 形解 形聲；從尸，婁聲。尸象屋形，婁有多的意思，所以累次、頻數爲屢。

音義 ㄌㄩˇ 副 經常，每每；例 屢見不鮮。

參考 同每，多，常。

7 **屢見不鮮** ㄌㄩˇ ㄐㄧㄢˋ ㄅㄨˋ ㄒㄧㄢ ㈠原爲「數(ㄕㄨㄛˋ)見不鮮」，是秦時人語，表示常來的客人時時可見，不必特別爲他們準備鮮美的食物。㈡比喻事物常常可見，並不稀奇。

參考 ①今「鮮」多讀ㄒㄧㄢˇ。②參閱「司空見慣」條。

13 **屢試不爽** ㄌㄩˇ ㄕˋ ㄅㄨˋ ㄕㄨㄤˇ 每次試驗，都得到預期的相同結果。

14 **屢屢** ㄌㄩˇ ㄌㄩˇ 常常。

次 11 **屣** 形解 形聲；從尸，徙聲。徙有遷移的意思，所以供人行走用的鞋子爲屣。

音義 ㄒㄧˇ 名 鞋子；例 棄如敝屣。動 拖著鞋走路；例 屣履出迎。

參考 字亦作「蹝」。「屣」字下從「徙」(音ㄒㄧˇ)，不從「徒」(音ㄊㄨˊ)，也不從「從」。

▽倒屣、蔽屣、棄如敝屣。

常 12 **履** 形解 會意；從尸從彳從夂從舟。彳是行走，夂爲人足，舟象鞋子形；所以穿在脚上用來行走的鞋子爲履。

履

音義 ㄌㄩˇ 名 ①行爲；例 操履。②利祿；例 福履。③鞋子；例 革履。④姓。動 ①穿鞋；例 履屐。②實踐，實行；例 履行。③遊歷；例 游履。④踏，踩，步行；例 履險如夷。副 頻繁，經常，通「屢」。

參考 「步履」的「履」字，與「織屨」的「屨」(ㄐㄩˋ)字，字形相似，且都有「鞋子」的意思。

6 **履行** ㄌㄩˇ ㄒㄧㄥˊ 實踐自己應該做的事。如：履行諾言，履行義務。

參考 「履行」和「執行」都是動詞，都表示實際去做。但「履行」多發自意願，對象是契約、義務、諾言等而言；「執行」則受上級或公衆命令、託付，對象是政策、法令、任務等而言。

9 **履約** ㄌㄩˇ ㄩㄝ 履行約定。約：指契約、條約或口頭約定。又作「踐約」。

13 **履新** ㄌㄩˇ ㄒㄧㄣ 公務員接任新職，即新官上任。

16 **履歷** ㄌㄩˇ ㄌㄧˋ 生平經歷及曾任的職務。

參考 衍 履歷表。

履險如夷 ㄌㄩˇ ㄒㄧㄢˇ ㄖㄨˊ ㄧˊ 行走險阻的道路，卻如同走平地般地鎮定、安全。比喻經歷險境而能保持鎮定，安然渡過。

▽革履、草履、步履、敝履、操履、踐履。

常 12 **層** 形解 形聲；從尸，曾聲。尸象屋形；曾，有增加的意思，所以重屋爲層。

音義 ㄘㄥˊ 名 ①重屋。②樓臺、寶塔或階梯數目的計算單位；例 更上一層樓。③事物的重疊；例 雲層。④社會的階級；例 上層。形 ①重疊的；例 層巒。②崇高的；例 層樓。

副連續不斷地；例層出不窮。

參考 同重，疊。

6 **層次** ㄘㄥˊ ㄘˋ (一)層層疊起而富有次序。例請幫我把頭髮剪出層次來。(二)事物的次序。例他辦事有條不紊層次井然。

22 **層巒疊嶂** ㄘㄥˊ ㄌㄨㄢˊ ㄉㄧㄝˊ ㄓㄤˋ 形容山巒重疊的樣子。

▽下層、上層、高層、斷層、地層、雲層、階層、岩層、千層萬層。

次 12 **屧** 形解 屧 形聲；從尸 彳，枼聲。枼有輕、薄的意思，所以鞋墊為屧。

音義 ㄒㄧㄝˋ 名 ①鞋子。②古時鞋中的木底。

參考 字亦作「屟」。

次 14 **屨** 形解 屨 形聲；從履省，婁聲。婁有空的意思，所以著足的履鞋為屨。

音義 ㄐㄩˋ 名 古用蔴、葛等做成的鞋子；例蔴屨。動 踐履。副 頻數，表數量，通「屢」。

履 名

▽削足適屨、刖足適屨。

次 15 **屩** 形解 屩 形聲；從履省，喬聲。喬有寬大的意思，所以寬大而輕便的草鞋為屩。

音義 ㄐㄩㄝˊ 名 ①草鞋；例草屩。②木屐，本是跛脚或賤役的人所穿，今平劇旦角在舞臺上也穿這種鞋子，俗稱「屩子」。

參考 ①字亦作「蹻」。②「屩」「屐」有別：「屩」是輕便可遠行的鞋子；「屐」是下雨時所穿可以踐泥的鞋子。

常 18 **屬** 形解 屬 形聲；從尸，蜀聲。蜀有連續的意思，所以尾巴和身體相連為屬。

音義 ㄕㄨˇ 名 ①生物分類系統上所用的等級之一；例界、門、綱、目、科、屬、種。②類目；例金屬。③具有血統關係的人；例親屬。④等輩；例吾屬。動 ①歸屬；例勝利屬於我們。②以十二生肖配十二干支記出生年分；例屬相。③係；例事屬可行。④隸屬；例直屬機關。

ㄓㄨˇ 動 ①託付，通「囑」；例屬付。②連接；例前後相屬。③勸酒；例舉酒屬客。④專注，通「矚」；例屬目。⑤書寫；例屬文。

參考 ①同類，囑。②「屬」字俗作「属」字。③擊囑、矚、劚。

4 **屬文** ㄓㄨˇ ㄨㄣˊ 連綴文詞使之貫穿成篇，即作文。

6 **屬地** ㄕㄨˇ ㄉㄧˋ 國家除了它本身領土外所統治管理的土地。

8 **屬性** ㄕㄨˇ ㄒㄧㄥˋ 事物所具有的性質、特點。

13 **屬意** ㄓㄨˇ ㄧˋ (一)專注用心。(二)心意歸向，有所傾慕的。

14 **屬實** ㄕㄨˇ ㄕˊ 合於事實或實際情況。例所言屬實。

▽金屬、親屬、部屬、所屬、隸屬、附屬、眷屬、歸屬、託屬、直屬、家屬。

次 21 **屭** 形解 屭 會意；從尸，從贔。贔為堅實，所以會人用力的意思。

音義 ㄒㄧˋ 副 壯大的樣子。

【屮部】 ㄔㄜˋ

次 0 **屮** 形解 屮 象形；象草木剛剛生出形。

音義 ㄔㄜˋ 名 初生的草木；例屮木。

常 1 **屯** 形解 屯 會意；從屮貫穿一。一指地，草木（屮）剛剛生長時，歷經艱難才冒出地面為屯。

音義 ㄊㄨㄣˊ 名 村落；例安陽小屯。動 ①聚集；例屯積。②軍隊駐防；例屯紮。③土阜；例生於陵屯。

ㄓㄨㄣ 名 姓。形 困頓艱難的；例屯難。

參考 ①「屯」作專有名詞解時，讀做 ㄔㄨㄣˊ，如：山西省屯留縣。②「屯」與「囤」讀音相同，且皆有聚集的意思，然「屯」常指多數的集於一處，如：屯糧、屯聚。「囤」多指非法的屯積，企圖壟斷市場，以求取暴利，如：囤積居奇。③擊沌、迍、邨、囤、頓、飩、肫、純。

5 **屯田** ㄊㄨㄣˊ ㄊㄧㄢˊ ㈠利用屯戍士兵開墾荒廢田地的制度。㈡官名。

參考 衍屯田兵、屯田軍。

14 **屯聚** ㄊㄨㄣˊ ㄐㄩˋ 聚集。

參考「屯聚」、「囤聚」有別：「屯聚」是聚集人馬，「囤聚」是儲存或聚集貨物。「屯」與「囤」二字不可互相替換。

16 **屯墾** ㄊㄨㄣˊ ㄎㄣˇ 屯兵邊境，就地開墾。

▽駐屯、軍屯、兵屯、邊屯、民屯、陵屯。

【山部】 ㄕㄢ

常 0 **山** 形解 象形；象山峯並峙形。

音義 ㄕㄢ 名①因地層折曲所隆起的部分；例高山。②姓。形山中的；例山路。副聲音大動的樣子；例敲得山響。

參考 ①同嶺、巖。②反谷。③擊仙(仚)、汕、訕、疝。

4 **山水畫** ㄕㄢ ㄕㄨㄟˇ ㄏㄨㄚˋ 藝國畫之一種，專門描寫山水。

6 **山西省** ㄕㄢ ㄒㄧ ㄕㄥˇ 地因在太行山的西邊而得名。省會太原。

8 **山河** ㄕㄢ ㄏㄜˊ ㈠山與河。指某一地區的形勢。㈡指國土，疆域。

山東省 ㄕㄢ ㄉㄨㄥ ㄕㄥˇ 地以地在太行山之東而得名。在黃河下游，東濱渤海、黃海。省會濟南。

山明水秀 ㄕㄢ ㄇㄧㄥˊ ㄕㄨㄟˇ ㄒㄧㄡˋ 形容風景優美。

9 **山洪** ㄕㄢ ㄏㄨㄥˊ 山中因大雨或積雪融化等原因而驟然產生的大水。例山洪暴發。

山珍海味 ㄕㄢ ㄓㄣ ㄏㄞˇ ㄨㄟˋ 水陸出產的珍貴食品。珍：產自山裡的珍異食品。亦作「山珍海錯」。

參考 反粗茶淡飯。

10 **山脈** ㄕㄢ ㄇㄛˋ 地羣山連延起伏，依一定方向延伸，有系統可尋的山系。如：崑崙山脈、陰山山脈。

山海關 ㄕㄢ ㄏㄞˇ ㄍㄨㄢ 地在河北臨榆縣，長城起點，有天下第一關之稱。爲河北通往東北的重要門戶。一稱「榆關」、「臨榆關」。

11 **山陵** ㄕㄢ ㄌㄧㄥˊ ㈠泛指山。㈡帝王墳墓之稱。

13 **山盟海誓** ㄕㄢ ㄇㄥˊ ㄏㄞˇ ㄕˋ 指著高山和大海發誓並訂立盟約，表示愛情要向山海一樣永恆不變。盟：盟約；誓：誓言。也作「海誓山盟」。

15 **山窮水盡** ㄕㄢ ㄑㄩㄥˊ ㄕㄨㄟˇ ㄐㄧㄣˋ 比喻窮困至極，陷入絕境。

參考 同窮途末路。

19 **山麓** ㄕㄢ ㄌㄨˋ 山腳。

22 **山巔** ㄕㄢ ㄉㄧㄢ 山頂。

山巒 ㄕㄢ ㄌㄨㄢˊ 連綿的山。

▽火山、華山、九山、恆山、衡山、崧山、泰山、冰山、深山、名山、金山、天山、高山、雪山、爬山、登山、羣山、千山、寒山、河山、黃山、日薄西山、名落孫山、執法如山、開門見山、愚公移山、逼上梁山、壽比南山、調虎離山、鐵證如山、喜馬拉雅山、有眼不識泰山。

常 3 **屹** 形解 形聲；從山，气聲。气有從耳出的意思，所以山峯挺立而壯觀爲屹。

音義 ㄧˋ 形山勢高聳的；例屹山。副直立高聳的樣子；例屹立不搖。

5 **屹立** ㄧˋ ㄌㄧˋ 高聳直立，比喻堅定不可動搖。

參考「矗立」、「屹立」有別：「屹立」除了表示高聳之外，還表示穩固，通常用來比喻堅定不可動搖，含有感情的色彩。如：國父紀念碑屹立在廣場上。至於「紀念碑矗立在廣場上」，這是說紀念碑高聳地立在廣場上，不帶有感情的色彩。

常 4 **岐** 形解 形聲；從山，支聲。山枝分成兩條山脈爲岐。

音義 ㄑㄧˊ 名①地山名。②姓。形①高聳的；例「高山岐峻。」

②分岔的，通「歧」；例岐路。

參考「岐」與「歧」音同而形義有別，「岐」多指山勢高峻，古或與「歧」通。「歧」多有「不同」或「旁出」的意思。

12 **岐黃** ㄑㄧˊ ㄏㄨㄤˊ ㈠是「岐伯」和「黃帝」二人的省稱，他們是醫家的鼻祖。㈡比喻醫術。

常 4 **岑** 解形 形聲；從山，今聲。高峻的小山爲岑。

音義 ㄘㄣˊ 名①小而高的山。②崖岸。③姓。

參考①「岑」與「涔」音同而形義有別：「岑」指小而高的山，而「涔」指水積流的意思，如：「淚涔涔」之「涔」不作「岑」。②「岭」、「岑」二字都從山從今，但結構位置不同，其義各別，如「岭峨」不可作「岑峨」。

11 **岑寂** ㄘㄣˊ ㄐㄧˋ 寂靜，寂寞。

常 4 **岔** 解形 會意；從山分。分爲判別，所以會兩山分岐的地方。

音義 ㄔㄚˋ 名①路或山的分岐處；例山岔。②差錯；例出岔。動插嘴，打斷話題；例打個岔兒。形①前後不符的；例你這樣做就岔了。②分歧的；例岔流。副沙啞的樣子；例他叫喊得聲音都岔了。 ㄔㄚˊ 名陶瓷的碎片，通「碴」。

參考「岔」與「叉」有別：「岔」有分歧的意思，如：岔路；「叉」多有交錯的意思，所以「叉手」、「魚叉」的「叉」，不可作「岔」。

3 **岔子** ㄔㄚˋ ㄗ˙ 事情出錯或發生意外變動。

13 **岔路** ㄔㄚˋ ㄌㄨˋ 分歧的路。亦作「岔道」。

▽山岔、路岔。

常 4 **岌** 解形 形聲；從山，及聲。及有高過的意思，所以山既高且峻爲岌。

音義 ㄐㄧˊ 形①山高的樣子。②危險的。

參考與解釋爲搖動的「岋」(ㄜˋ)字音義不同。

7 **岌岌** ㄐㄧˊ ㄐㄧˊ ㈠高峻的樣子。㈡危險的樣子。

參考 衍岌岌不保、岌岌可危。

岌岌可危 ㄐㄧˊ ㄐㄧˊ ㄎㄜˇ ㄨㄟˊ 形容十分危險，將要傾覆或滅亡。

參考「岌岌可危」指情勢危急。「奄奄一息」多指生命垂危，也有比擬用法，指事物將要消亡。二詞有別。

次 4 **岈** 解形 形聲；從山，牙聲。牙有高深的意思，所以山勢高起稱爲岈。

音義 ㄒㄧㄚ 副山隆起的樣子；例岈然。

12 **岈然** ㄒㄧㄚ ㄖㄢˊ 山勢突起的樣子。例「其高下之勢，岈然洼然。」

常 5 **岷** 解形 形聲；字本做⿱敃山，從山，敃聲。蜀湔氐西徼外的山名。俗作岷。

音義 ㄇㄧㄣˊ 名①地山名，在四川松潘縣北。②地水名，在四川省北境。

常 5 **岡** 解形 形聲；從山，网聲。山脊爲岡。

音義 ㄍㄤ 名山脊；例高岡。

參考「岡」與「崗」本義相通都有山脊的意思，然今習慣上仍有區別，如：「崗位」不可作「岡」，「岡山」不作「崗山」。

常 5 **岸** 解形 形聲；從屵，干聲。干有直立的意思，所以水邊高地爲岸。

音義 ㄢˋ 名濱臨江、河、湖、海岸等水域的邊緣之陸地；例河岸。形①高大的；例傲岸。②形容人的態度嚴峻或高傲的；例道貌岸然。

12 **岸然** ㄢˋ ㄖㄢˊ 嚴肅的樣子。例道貌岸然。

▽沿岸、接岸、對岸、彼岸、沙岸、河岸、海岸、岩岸、泊岸、傲岸、高岸、邊岸、回頭是岸。

常 5 **岩** 解形 巖的俗體字，參見巖字條。

音義 ㄧㄢˊ 名①崖岸。②地地質學稱構成地層的矽石爲岩；例岩層。

參考①「岩」本是「巖」的俗寫，習慣上「岩」多指地層結構的砂石，如：火成岩、岩石。而「巖」多具洞穴的意見，如：七星巖。②字又作嵒、巗。

5岩石 ㄧㄢˊ ㄕˊ 地由一種或數種礦物組成的集合體。一般可分爲火成岩、沈積岩、變質岩三大類。

15岩漿 ㄧㄢˊ ㄐㄧㄤ 地地球內部尚在熔融的流體物質，冷却後則形成火成岩。

▽奇岩、融岩、水成岩、變質岩、花崗岩。

常 5 **岫** 形解 形聲；從山，由聲。有穴之山爲岫。

音義 ㄒㄧㄡˋ 名①山穴。②山脈，峯巒。

常 5 **岱** 形解 形聲；從山，代聲。泰山爲岱。

音義 ㄉㄞˋ 名泰山的別名，爲五嶽中的東嶽，在山東泰安縣北。

常 5 **岳** 形解 象形；象山隆起形。

音義 ㄩㄝˋ 名①高大的山，通「嶽」；例河岳。②稱呼妻子的父母；例岳父。③古代傳說中的四方的諸侯之長；例岳牧。

參考 ①「岳」與「嶽」在當作山脈解時，可以通用，然用於人際關係時，僅可用「岳」字，如「岳母」不可用「嶽」字。②同山，嶽。

4岳父 ㄩㄝˋ ㄈㄨˋ 太太的父親。亦作「岳丈」、「丈人」。

9岳飛 ㄩㄝˋ ㄈㄟ 人南宋抗金名將，相州湯陰人，字鵬擧。高宗時，大破金兵，進至朱仙鎭，兩河義軍紛紛響應。唯高宗、秦檜之流的主和派一心求和，旋以莫須有的罪名在風波亭被殺。寧宗時追封鄂王，改諡忠武。有岳鄂王文集。

▽河岳、山岳、名岳、海岳、連岳、臺灣百岳。

次 5 **岵** 形解 形聲；從山，古聲。山有草木爲岵。

音義 ㄏㄨˋ 名長有草木的山；例「陟彼岵兮。」

次 5 **岬** 形解 形聲；從山，甲聲。甲有隱暗狹小的意思，所以兩山之間爲岬。

音義 ㄐㄧㄚˇ 名①兩山之間，通「峽」；例山岬。②陸地向海突出的尖角，同「角」；例海岬。

次 5 **岣** 形解 形聲；從山，句聲。句有曲折的意思；所以曲折的山巓爲岣。

音義 ㄍㄡˇ 名地岣嶁，山名，湖南衡陽縣，是衡山的主峯。

次 5 **岧** 形解 形聲；從山，召聲。召有向上的意思，所以山勢高峻爲岧。

音義 ㄊㄧㄠ 副山高峻的樣子；例岧嶢。

參考 字亦作「岹」。

常 6 **峙** 形解 形聲；從山，寺聲。寺是高聳而雄偉的宮廷；所以高山聳立爲峙。

音義 ㄓˋ 動儲備，通「庤」；例峙糧。形山勢高聳的；例峻峙。

參考 ①「峙」用於專有名詞時讀做ㄕˋ，如山西省繁峙縣。②同屹，聳。

▽列峙、對峙、聳峙、高峙、兩軍對峙。

次 6 **峒** 形解 形聲；從山，同聲。同有滙聚的意思，所以山參差不齊爲峒。

音義 ㄊㄨㄥˊ 名地山名，崆峒山，甘肅平涼市西，海拔二、三〇〇～二、四〇〇公尺。ㄉㄨㄥˋ 名①海南島黎族原有的政治組織名。②苗猺等蠻族居住的地方；例猺峒。③通「洞」；例山峒。

參考 字亦作「峝」。

次 6 **峗** 形解 形聲；從山，危聲。危有高險的意思，所以山勢高峻爲峗。

音義 ㄨㄟˊ 名姓。副山高的樣子，通「危」；例峗巍。

參考 字亦作「峞」。

(次) 6 **峋** 形解 形聲；從山，旬聲。山勢高低起伏爲峋。

音義 ㄒㄩㄣˊ 形 嶙峋，比喻做人剛毅正直；例 風骨嶙峋。

(次) 6 **峇** 形解 形聲；從山，合聲。合有會聚的意思，物體聚集則成形，所以山的形狀爲峇。

音義 ㄎㄜ 名 山窟，同「峆」。

參考 字雖從合，但不可讀成ㄏㄜˊ。

(常) 7 **峽** 形解 形聲；從山，夾聲。夾有合二爲一的意思，所以兩山夾水的地方爲峽。

音義 ㄒㄧㄚˊ 名 ①兩山之間；例 大峽谷。②兩山夾水的地方；例 長江三峽。

參考 峽作兩山夾水的地方時，多用作地名，如三門峽、瞿塘峽等是。

▽海峽、三峽、地峽、巫峽、夔峽、瞿塘峽、三門峽。

(常) 7 **峭** 形解 形聲；從山，肖聲。肖有小而尖的意思，所以高峻爲峭。

音義 ㄑㄧㄠˋ 形 ①山勢陡峻的；例 峭壁。②嚴厲的；例 峭寒。

參考 同陗。

16 **峭壁** ㄑㄧㄠˋ ㄅㄧˋ 陡立的山壁。

參考 參閱「懸崖」條。

▽奇峭、峻峭、料峭、險峭、陡峭、春寒料峭。

(常) 7 **峻** 形解 形聲；從山，陖省聲(夋)。陖有高峭的意思，所以山勢高大爲峻。

音義 ㄐㄩㄣˋ 形 ①崇高的；例 崇山峻嶺。②厚大的；例 峻德。③長大的；例 峻茂。④陡峭的；例 峻石。⑤嚴厲的；例 嚴刑峻法。⑥急迫；例 峻切。

參考 ①同高，嚴。②字從「夋」不可寫成「夌」。

7 **峻拒** ㄐㄩㄣˋ ㄐㄩˋ 嚴厲的拒絕。

8 **峻刻** ㄐㄩㄣˋ ㄎㄜˋ 嚴厲苛刻。

峻法 ㄐㄩㄣˋ ㄈㄚˇ 嚴厲的法令。一作「峻網」。

9 **峻急** ㄐㄩㄣˋ ㄐㄧˊ 性情嚴厲而急躁，不能容物。

10 **峻峭** ㄐㄩㄣˋ ㄑㄧㄠˋ ㈠山勢高峻。㈡比喻人品高超。

參考 參閱「陡峭」條。

17 **峻嶺** ㄐㄩㄣˋ ㄌㄧㄥˇ 又高又陡的山嶺。例 崇山峻嶺。

▽險峻、嚴峻、高峻、刻峻、清峻、峭峻。

(常) 7 **峪** 形解 形聲；從山，谷聲。山水注入谿谷的地方爲峪。

音義 ㄩˋ 名 山谷。

參考 ①「峪」雖從谷，但不可讀成ㄍㄨˇ。②峪多用於地名，如嘉峪關。

(常) 7 **峨** 形解 形聲；從山，我聲。我有高的意思，所以山勢高大爲峨。

音義 ㄜˊ 形 高大的；例 巍峨。

參考 ①同巍。②「峩」爲「峨」的異體字。

(常) 7 **峰** 形解 形聲；從山，夆聲。夆有上出的意思，所以山頂爲峰。

音義 ㄈㄥ 名 ①山脈的尖頂；例 連峰。②狀似山峰隆起的物體；例 波峰。③最高的境界；例 登峰造極。

參考 「峯」是「峰」的異體字。

10 **峰迴路轉** ㄈㄥ ㄏㄨㄟˊ ㄌㄨˋ ㄓㄨㄢˇ 山峯和路途的迴轉；比喻又出現生機。

22 **峰巒** ㄈㄥ ㄌㄨㄢˊ 大小綿延的山峯。

▽奇峰、孤峰、高峰、遠峰、連峰、秀峰、山峰、駝峰、橫看成嶺側成峰。

(常) 7 **島** 形解 形聲；從山，鳥聲。海中高出水面可供鳥兒棲息的小山爲島。

音義 ㄉㄠˇ 名 散處在海洋、河流或湖泊中高出水面的小塊陸地；例 島嶼。

參考 ①同嶼。②反陸。③島按成因主要分爲大陸島、海洋島(火山島、珊瑚島)、沖積島；如臺灣屬大陸島，南沙羣島爲海洋島，崇明島是沖積島。

11 **島國** ㄉㄠˇ ㄍㄨㄛˊ 地 建於海島的國

家。如日本、英國等。

17 **島嶼** ㄉㄠˇ ㄩˇ 面積不大，四面環水的陸地。

▼海島、羣島、孤島、半島、本島、離島、列島、小島、大島、寶島、仙島、青島、無人島、安全島。

常 7 **崁** 形解 形聲；從山，坎聲。坎有低陷的意思，所以山邊低陷的地方爲崁。

音義 ㄎㄢˇ 名 山腳地帶，多用於地名；例南崁。

參考 本省以「崁」爲地名者很多，如崁頂、南崁、赤崁等是。

次 7 **峴** 形解 形聲；從山，見聲。見有看的意思；山嶺高而小爲峴。

音義 ㄒㄧㄢˋ 名 ①地山名，在湖北襄陽縣南。②小而高的山嶺。

常 8 **崇** 形解 形聲；從山，宗聲。宗有輩份高的意思，所以山既大又高爲崇。

音義 ㄔㄨㄥˊ 名 ①古國名；例有崇氏。②姓。動①敬重；例崇德。②聚集；例福祿來崇。副形高峻的；例崇山峻嶺。副終了，通「終」；例崇朝。

參考 ①「崇」與「祟」有別，「崇」從山從宗，有崇高的意思，而「祟」從示從出，爲鬼祟邪行的意思，二字形、音、義均異。②同高，偉。

3 **崇山峻嶺** ㄔㄨㄥˊ ㄕㄢ ㄐㄩㄣˋ ㄌㄧㄥˇ 形容高聳的山脈。

8 **崇奉** ㄔㄨㄥˊ ㄈㄥˋ 尊崇信奉。例崇奉佛教。

9 **崇尚** ㄔㄨㄥˊ ㄕㄤˋ 尊敬重視。

9 **崇拜** ㄔㄨㄥˊ ㄅㄞˋ 尊敬。例崇拜英雄。

10 **崇高** ㄔㄨㄥˊ ㄍㄠ 極其高尚。

▼尊崇、推崇。

常 8 **崆** 形解 形聲；從山，空聲。空有大的意思，所以高大的山爲崆。

音義 ㄎㄨㄥ 名 高大，多用於山名；例崆峒山。

9 **崆峒** ㄎㄨㄥ ㄊㄨㄥˊ 地 (一)山名。在甘肅平涼縣西。(二)島名。在山東烟臺市東，與附近小島統稱崆峒列島。

常 8 **崎** 形解 形聲；從山，奇聲。奇有危險的意思，所以崎嶇險峻的山路爲崎。

音義 ㄑㄧ 形 地面高低不平的；例崎嶇。

ㄑㄧ 彎曲的河岸。

參考 ①同嶇。②「崎」、「騎」、「倚」、「綺」、「椅」、「旖」有別：「崎嶇山路」的「崎」，字從「山」；「騎虎難下」的「騎」，字從「馬」；「倚靠」、「倚老賣老」的「倚」，字從「人」；「綺麗」的「綺」，字從「糸」；「椅子」的「椅」，字從「木」；「旖旎」的「旖」，字從「㫃」。倚、椅、旖同音ㄧˇ，崎、騎同音ㄑㄧ，綺音ㄑㄧˇ。

14 **崎嶇** ㄑㄧ ㄑㄩ (一)路面高低不平。例崎嶇不平。(二)比喻處境困難。

參考 衍崎嶇坎坷。

常 8 **崛** 形解 形聲；從山，屈聲。屈有短小的意思，所以短而高爲崛。

音義 ㄐㄩㄝˊ 副 超拔出羣的樣子；例崛出。

10 **崛起** ㄐㄩㄝˊ ㄑㄧˇ 興起。

常 8 **崖** 形解 形聲；從屵，圭聲。圭是二土相疊，有高的意思，屵指邊岸；高邊爲崖。

音義 ㄧㄞˊ 名 高峻的山邊；例懸崖勒馬。

參考 ①「崖」與「厓」音同、形近而意義有別：「厓」有山岸、水邊的意思，「崖」僅指山岸。②字又作「崕」。

11 **崖略** ㄧㄞˊ ㄌㄩㄝˋ 大略，概略。崖：邊際。略：粗略。

▼懸崖、絕崖、斷崖、層崖、山崖。

常 8 **崢** 形解 形聲；從山，爭聲。形容山高爲崢。字本做崝，後用崢字。

音義 ㄓㄥ 形 特出的；例崢嶸歲月。副①高峻的樣子。②深險的樣子。

參考 又音ㄔㄥ。

17 **崢嶸** ㄓㄥ ㄖㄨㄥˊ (一)高峻的樣子。

㈡深險的樣子。㈢比喻才能特出。

常 8 **崑** 形解 形聲；從山，昆聲。昆有衆多的意思，所以多而高的山爲崑。

音義 ㄎㄨㄣ 名高山，多用於山名；例崑崙山。

參考「崐」是「崑」的異體字。

3 **崑山片玉** ㄎㄨㄣ ㄕㄢ ㄆㄧㄢ ㄩ 指稀世之珍。比喻秀出於衆美之中的東西。

12 **崑腔** ㄎㄨㄣ ㄑㄧㄤ 文明代由江蘇崑山一帶的民間戲曲腔調發展而成，以演唱傳奇劇本爲主，主要件奏樂器爲笛子，兼用簫、琵琶等。亦作「崑曲」、「崑劇」。

常 8 **崩** 形解 形聲；從山，朋聲。朋是「鳳」的古字，鳳常羣集而至，聲威很大；所以山崖坍壞，聲勢浩大爲崩。

音義 ㄅㄥ 動①倒塌；例天崩地裂。②毀壞；例禮壞樂崩。③古天子死曰崩。④滅亡；例分崩離析。

參考 崩，音ㄅㄥ；奔，音ㄅㄣ。「奔」有逃跑的意思，如：疲於奔命，奔跑。「崩」有坍塌、毀滅的意思，如：山崩，分崩離析。②同壞，倒，坍，塌。

9 **崩殂** ㄅㄥ ㄘㄨ 天子的死亡。

參考 同崩逝。

15 **崩潰** ㄅㄥ ㄎㄨㄟ 崩毀潰散。

▽壞崩、山崩、土崩、雪崩、駕崩、血崩、山陵崩、樂壞禮崩。

常 8 **崔** 形解 形聲；從山，隹聲。高大的山爲崔。

音義 ㄘㄨㄟ 名姓。形高大險峻的；例崔嵬。

參考 ①「崔」字下半部從「隹」(ㄓㄨㄟ)而非從「佳」(ㄐㄧㄚ)。②同嵬。

常 8 **崙** 形解 形聲；從山，侖聲。侖有條理的意思，所以脈絡清楚，高山連緜爲崙。

音義 ㄌㄨㄣ 名高地，多用於山名；例崑崙山。

次 8 **崞** 形解 形聲；從山，享聲。山名。

音義 ㄍㄨㄛ 名地①縣名，在山西代縣南。②山名，在山西渾源縣西北。

次 8 **崚** 形解 形聲；從山，夌聲。夌有超越的意思，所以山勢高峻爲崚。

音義 ㄌㄥ 形崚嶒，高峻突兀的。

15 **崚嶒** ㄌㄥ ㄘㄥ ㈠高峻突兀的樣子。㈡形容人的性情剛直。例風骨崚嶒。

次 8 **崦** 形解 形聲；從山，奄聲。山名。

音義 ㄧㄢ 名地山名：崦嵫。

參考 又音ㄧㄢ。

次 8 **崤** 形解 形聲；從山，肴聲。山名。

音義 ㄧㄠ 名地山名，在河南洛寧縣西北，分東、西二崤。

參考 亦作「殽」。

次 8 **崒** 形解 形聲；從山，卒聲。卒有裂開折斷的意思，所以山勢高危爲崒。

音義 ㄘㄨㄟ 動停留，聚集，通「萃」。
ㄗㄨ 形山勢高峻而危險的；例崒律。

參考 亦作「崪」。

次 8 **崧** 形解 形聲；從山，松聲。松有高大的意思，所以大而高的山爲崧。

音義 ㄙㄨㄥ 名①高大的山；例崧高維嶽。②地山名，五嶽之一，即嵩山。③姓。

參考「崧」與從艸的「菘」字有別。

次 8 **崗** 形解 形聲；從山，岡聲。山脊爲崗。

音義 ㄍㄤ 名①山脊，同「岡」。②衛兵或警察擔任守望時所站立的地點；例站崗。

參考 ①又音ㄍㄤ。②「站崗」不作「站岡」。

次 8 **崟** 解形 形聲；從山，金聲。金有禁止的意思，所以山勢高險為崟。
音義 一ㄣˊ 形山勢高峻的樣子；例嶔崟。副崟崟，高聳的樣子。
參考 或作「崯」。

常 9 **嵌** 解形 形聲；從山，嵌省聲。嵌有深陷的意思，所以山勢深陷為嵌。
音義 ㄑㄧㄢ 動把物體鑲填入縫隙中，一般用於裝飾；例嵌金。形山石突起有如張口的樣子；例嵌巖巖其龍鱗。ㄎㄢ 名古地名。今臺灣臺南市一帶，原有赤嵌社之稱，是本省開發最早的地區。例赤嵌城。
參考 ①又音ㄑㄢ。②「嵌」又有山深險的意思。③同鑲。

常 9 **嵐** 解形 形聲；從山，葻省聲。葻是草得風；所以山風為嵐。
音義 ㄌㄢˊ 名山林中裊繞的雲霧；例山嵐。
▽山嵐、翠嵐、朝嵐、夕嵐、晨嵐、罔嵐、朝烟夕嵐。

次 9 **嵋** 解形 形聲；從山，眉聲。山名用字。
音義 ㄇㄟˊ 名地峨嵋山，在四川峨眉縣西南，形勢峻秀，佛、道兩家並稱為靈勝的地方。
參考 「嵋」、「湄」、「堳」、「郿」形近：「湄」，水岸；「郿」，地名；「堳」，壇外的短牆。

次 9 **崿** 解形 形聲；從山，咢聲。咢有抗立的意思，所以斷厓為崿。
音義 ㄜˋ 名山崖；例「抵愕嶙峋。」
參考 「崿」、「愕」、「鄂」形近：「崿」，土的厓級；「愕」，驚惶；「鄂」，地名。

次 9 **嵎** 解形 形聲；從山，禺聲。封禺之山。
音義 ㄩˊ 名①山彎曲地帶。②偏僻處，通「隅」。

次 9 **崴** 解形 形聲；從山，威聲。威有高低的意思，所以山勢不平為崴。
音義 ㄨㄟ 副崴嵬，高而不平的樣子。
參考 「崴」、「葳」同音；「葳」，是雜亂的樣子。
13 **崴嵬** ㄨㄟ ㄨㄟˊ 山高而不平的樣子。

次 9 **嵒** 解形 形聲；從山，品聲。品有次第相連的意思，所以山巖為嵒。
音義 一ㄢˊ 名①山巖，同「巖」、「碞」；例崔嵬岑嵒。②隄岸；例嵒崿。

次 9 **崽** 解形 形聲；從山，思聲。思有細小的意思，所以年幼的人為崽。
音義 ㄗㄞˇ 名①俗稱專在外僑家中做僕役的中國人；例西崽。②幼年人；例弱年崽子。③頑童；例崽子。

次 9 **嵆** 解形 形聲；從山，稽省聲。山名用字。
音義 ㄐㄧ 名①地山名，河南修武縣。②姓。

次 9 **嵂** 解形 形聲；從山，律聲。律有居上的意思，所以山勢高峻為嵂。
音義 ㄌㄩˋ 副高大的樣子；例嵂崒。
參考 「嵂」、「葎」音同形近；「葎」是勒草。

常 10 **嵩** 解形 會意；從山高。山既高又大為嵩。
音義 ㄙㄨㄥ 名①地嵩山五嶽中的中嶽，今河南登封縣以北。②姓。形高聳的；例嵩高。

次 10 **嵯** 解形 形聲；從山，差聲。差有相異的意思，所以山勢參差高聳為嵯。
音義 ㄘㄨㄛ 副嵯峨，山勢極高的樣子；例崔巍嵯峨。
參考 ①「嵯」、「瑳」形近：「瑳」，音ㄘㄨㄛ，玉色鮮白。②字雖從差，但不可讀成 ㄔㄚ 或 ㄔㄞ。③「嵯」、「磋」有別：「嵯」是山高，字左邊是從「山」。「磋」指用石片打磨骨角之類，引申爲互相探討，字左邊是從「石」。

㊅10 **嵊** 形解 形聲；從山，乘聲。山名用字。

音義 ㄕㄥˋ 名 地 浙江縣名之一，在紹興縣南，因境內有嵊山而得名。

㊅10 **嵬** 形解 形聲；從山，鬼聲。鬼有怪異的意思，所以山勢高險而不平坦爲嵬。

音義 ㄨㄟˊ 形 ①高而不平的樣子；例嵬巍。②狂妄；例嵬說。

㊥11 **嶄** 形解 形聲；從山，斬聲。嶄有斷絕的意思，所以山勢高聳陡峭爲嶄。

音義 ㄓㄢˇ 形 ①山高峻的，通「巉」；例嶄巖。②優異；例東西眞嶄。副 ①突出的樣子；例嶄露頭角。

參考 ①「嶄」作山勢高峻解時，又音 ㄔㄢˊ。②「嶄」與「巉」當作山勢高峻解時，音義可通。然「嶄」作突出解時，只作「嶄新」，不可與「巉」字混用。③同巉。

12 **嶄然** ㄓㄢˇ ㄖㄢˊ 突出的樣子。

13 **嶄新** ㄓㄢˇ ㄒㄧㄣ 極新，最新穎。亦作「斬新」。

21 **嶄露頭角** ㄓㄢˇ ㄌㄨˋ ㄊㄡˊ ㄐㄧㄠˇ ㈠比喻非常突出。頭角：人或動物最明顯的部位。㈡比喻出人頭地。

參考 與「鋒芒畢露」有別：①前者僅著眼於「才能」；後者著眼在「銳氣和才能」。②前者偏重在「嶄」字—突出；後者偏重在「畢」字—全部。

㊥11 **嶇** 形解 形聲；從山，區聲。區有傾側的意思，所以山路斜陡難走爲嶇。

音義 ㄑㄩ 形 地高低不平的；例崎嶇。

參考 同崎。

㊅11 **嶂** 形解 形聲；從山，章聲。章有終極的意思，所以形勢像屏障一般，山勢陡直高險的山峯爲嶂。

音義 ㄓㄤˋ 名 形狀像屏障般陡直的山峯；例重巒疊嶂。

參考 「嶂」、「幛」、「障」、「瘴」，音同形近：「幛」，題字的布帛；「障」，堤防；「瘴」，林間濕氣。

▽山嶂、層嶂、屏嶂、連嶂、列嶂、層巒疊嶂。

㊅11 **嶁** 形解 形聲；從山，婁聲。山名用字。

音義 ㄌㄡˇ 名 山峯。

參考 ①亦作「嶁」。②「嘍」、「嶁」、「塿」，音同形近：「嘍」，是「了喲」的合音，表語氣；「塿」，塵土。

㊥12 **嶝** 形解 形聲；從山，登聲。登有爬升的意思，所以山的高處稱爲嶝。

音義 ㄉㄥˋ 名 登山的小路徑。

㊅12 **嶙** 形解 形聲；從山，粦聲。粦有隱密深奧的意思，所以山崖既深又陡爲嶙。

音義 ㄌㄧㄣˊ 副 嶙峋，山石突兀的樣子。ㄌㄧㄣˇ 山勢起伏不平的樣子。

㊅12 **嶒** 形解 形聲；從山，曾聲。曾有增益的意思，所以山勢高峻爲嶒。

音義 ㄘㄥˊ 副 嶒崚，高峻的樣子。

參考 「嶒」、「噌」形近，而「噌」，音 ㄘㄥ，決裂的意思。

㊅12 **嶢** 形解 形聲；從山，堯聲。堯有高起的意思，所以山高爲嶢。

音義 ㄧㄠˊ 名 地 山名，在陝西藍田縣南二十里。

參考 與「堯山」有別：後者是地名，即河北名縣，舊名唐山。

㊅12 **嶠** 形解 形聲；從山，喬聲。喬有高而尖銳的

意思，所以山勢高聳尖銳爲嶠。

音義 ㄐㄧㄠˋ 名尖而高聳的山；例峻嶠。

參考「嶠」、「撟」、「轎」，音同形近；「撟」，舉起；「轎」，車輿。

次 12 **嶔** 形解 形聲；從山，欽聲。欽有高仰的意思，所以山勢高險爲嶔。

音義 ㄑㄧㄣ 副嶔崟，山勢高峻的樣子。

11 **嶔崟** ㄑㄧㄣ ㄧㄣˊ 山勢高峻的樣子。

次 13 **嶧** 形解 形聲；從山，睪聲。葛嶧山。

音義 ㄧˋ 名①地山名，在江蘇邳縣西南，所產梧桐至爲名貴，可以製琴。②地山東省南部的縣名。

次 13 **嶮** 形解 形聲；從山，僉聲。僉有隱暗、狹窄的意思，所以山川阻礙難行的爲嶮。

音義 ㄒㄧㄢˇ 形①阻礙難行的，同「險」；例山川阻嶮。②山勢高峻的；例嶮介。

參考「嶮」、「獫」音同形近：「獫」，一種長嘴的狗。

23 **嶮巇** ㄒㄧㄢˇ ㄒㄧ 比喻人生旅途艱難危險。

常 14 **嶼** 形解 形聲；從山，與聲。水中的小島爲嶼。

音義 ㄩˇ 名小島；例孤嶼。

參考「嶼」與「島」有別：「嶼」多指一般面積較小或成羣的島，如：列嶼。「島」習慣上面積較「嶼」爲大，如：英倫三島。

▽島嶼、蘭嶼、鼓浪嶼。

常 14 **嶺** 形解 形聲；從山，領聲。領是衣領，在衣服的高處，所以山的高處爲嶺。

音義 ㄌㄧㄥˇ 名①山嶺；例崇山峻嶺。②山脈的幹系；例秦嶺。③五嶺的省稱；例嶺南。

參考「嶺」一般指較矮或可經由道路交通而到達山頂的山，通常用於地名，如：大禹嶺、葱嶺、大小興安嶺。

▽山嶺、峻嶺、雪嶺、五嶺、秦嶺、高嶺、翻山越嶺。

常 14 **嶽** 形解 形聲；從山，獄聲。獄有森嚴的意思，山高而尊者爲嶽。

音義 ㄩㄝˋ 名①高大的山；例五嶽。②姓。

參考①參閱「岳」字條。②同岳。

▽五嶽、山嶽、河嶽。

次 14 **嶸** 形解 形聲；從山，榮聲。榮有高起的意思，所以山勢高峻爲嶸。

音義 ㄖㄨㄥˊ 副崢嶸，山勢高峻的樣子。

參考又音 ㄏㄨㄥˊ。

次 14 **嶷** 形解 形聲；從山，疑聲。山名用字。

音義 ㄋㄧˋ 副嶷嶷，山勢高危的樣子。

ㄧˊ 名地九嶷，山名，在湖南寧遠縣。

▽岐嶷、九嶷、岌嶷。

次 17 **巇** 形解 形聲；從山，戲聲。戲有對立的意思，所以兩山之間形勢險惡的通路爲巇。

音義 ㄒㄧ 名①兩山之間的險道；例山巇。②間隙。形危險的；例世路巇嶮。

參考「巇」、「嚱」形近音同而義異，「嚱」用作歎詞。

次 17 **巉** 形解 形聲；從山，毚聲。毚有俊傑的意思，所以山勢高峻爲巉。

音義 ㄔㄢˊ 形山勢高險的；例巉巖。

參考「劖」、「酁」、「讒」音同形近而義殊：「劖」，鑿破；「酁」，地名；「讒」，說壞話。

23 **巉巖** ㄔㄢˊ ㄧㄢˊ 山石層疊危峻的樣子。

次 18 **巋** 形解 形聲；從山，歸聲。歸有聚合的意思，所以小山羅列爲巋。

音義 ㄎㄨㄟ 副①小山羅列的樣子。②高大而堅固地；例巋然獨存。

常 18 **巍** 形解 形聲；從嵬，委聲。委有聚集，嵬有高而不平的意思，所以山勢高聳、峻峭不平爲巍。

音義 ㄨㄟ 形 山形高大的；例 巍然。

10 **巍峨** ㄨㄟˊ ㄜˊ 高大雄壯的樣子。亦作「嵬峩」。

21 **巍巍** ㄨㄟˊ ㄨㄟˊ 山勢高大的樣子。

常 19 **巔** 形解 形聲；從山，顛聲。「顛」是頂，所以山頂爲巔。

音義 ㄉㄧㄢ 名 山頂；例 山巔。動 下墜，同「顛」；例 巔越。形 最高的；例 巔峯。

10 **巔峯** ㄉㄧㄢ ㄈㄥ ㈠山中最高的地方。㈡最高的。例 巔峯狀態。

▽ 巖巔、山巔、上巔。

常 19 **巒** 形解 形聲；從山，䜌聲。䜌有相連不絕的意思，所以山峯綿亙不絕爲巒。

音義 ㄌㄨㄢˊ 名 ①小而尖的山；例 重巒疊嶂。②山峯的通稱；例 岡巒起伏。③泛指山。

▽ 危巒、山巒、青巒、層巒、峯巒、重巒、疊嶂重巒。

常 20 **巖** 形解 形聲；從山，嚴聲。嚴有陡急不可接近的意思，所以山勢陡峭、艱險難近的山崖爲巖。

音義 ㄧㄢˊ 名 ①峻陡的山崖；例 千巖萬壑。②山洞；例 七星巖。

參考 參閱「岩」字條。

5 **巖穴** ㄧㄢˊ ㄒㄩㄝˋ ㈠山洞。㈡隱士或是隱士的居處。例 巖穴之士。

參考 同巖洞，巖岫。

▽ 山巖、巉巖、嶔巖。

次 20 **巘** 形解 形聲；從山，獻聲。獻有由下而上的意思，所以山的形狀上大下小者爲巘。

音義 ㄧㄢˇ 名 大小斷成兩截的山。

23 **巘巘** ㄧㄢˇ ㄧㄢˇ 高險的樣子。

【巛部】 ㄔㄨㄢ

常 0 **川** 形解 會意；從く、巜。く巜都是小水流，所以合く巜便成爲大川。

音義 ㄔㄨㄢ 名 ①河流的通稱；例 河川。②烹飪法之一，凡速成的湯菜均稱川；例 川湯。③「四川省」的簡稱；例 川康公路。④平野；例 平川廣野。⑤姓。副 (有如河川的流水)永不間斷地；例 川流不息。

參考 ①本字作「巛」。②河流可以稱「江」、「河」、「川」、「溪」，通常較大的河流用「江」、「河」，較小的則用「川」、「溪」。③孳 釧、巡、馴、順、訓。

9 **川流不息** ㄔㄨㄢ ㄌㄧㄡˊ ㄅㄨˋ ㄒㄧ 往來頻繁，有如流水般的不間斷。

參考 和「絡繹不絕」有別：前者不含「繁盛」的意思，所以形容的對象既可指單個，也可形容許多；後者含有「繁盛」的意思，所形容的對象不能是個體，必須是許多。

14 **川資** ㄔㄨㄢ ㄗ 旅費。

▽ 四川、河川、平川、山川、巨川、百川、長川、常川、名山大川。

常 3 **州** 形解 象形；象水中可供居住的高地形。

音義 ㄓㄡ 名 ①水中可居的陸地。②舊時行政區域；例 潮州。③姓。

參考 ①「州」和「洲」本都指水中陸地，現在多用「洲」字表此意，地球「五大洲」也用這個字，唯行政區域只用「州」而不用「洲」；如加州。②孳 洲、酬。

8 **州官放火** ㄓㄡ ㄍㄨㄢ ㄈㄤˋ ㄏㄨㄛˇ 比喻在上者恃勢妄爲，而禁止在下者的自由。

▽ 九州、神州、加州、本州。

次 3 **巟** 形解 形聲；從川，亡聲。亡有渺茫的意思，所以水勢廣闊爲巟。
音義 ㄏㄨㄤ 動到達。形水勢廣泛的。

常 8 **巢** 形解 象形；「巛」像鳥頭；「臼」象鳥巢。鳥在樹上築窩爲巢。

音義 ㄔㄠˊ 名①樹上的鳥窩；例鳩佔鵲巢。②住處；例安樂巢。③盜賊居住的地方；例巢穴。④古樂器名，即大笙。⑤姓。

參考 ①「巢」和「窠」本來有別：「在樹曰巢，在穴曰窠。」今「巢」字較爲通行，如「巢穴」、「鳥巢」都用「巢」字，而「窠」常用於「窠臼」一詞，意思是「現成的格式」。②摯繅、勦。

5 **巢穴** ㄔㄠˊ ㄒㄩㄝˋ ㈠樹巢窟穴，鳥獸棲息的地方。㈡比喻盜賊的聚居處。

8 **巢居** ㄔㄠˊ ㄐㄩ 居住在巢穴之中。上古時的人類，爲避免野獸而在樹上築巢居住。

▽燕巢、卵巢、鳥巢、蜂巢、覆巢、築巢、窩巢、傾巢、鳳還巢、鳩佔鵲巢。

【工部】 ㄍㄨㄥ

常 0 **工** 形解 象形；工 象規矩的「矩」形。

音義 ㄍㄨㄥ 名①製作器物而具有技藝的匠人；例工欲善其事，必先利其器。②工人一天勞動的效率；例蓋這間房子得三個工。③姓。動①擅長；例工於心計。②勞動；例工作。形精巧的；例工巧。

參考 ①「功」、「工」不可通用，「功」是指「勳勞」，如「功勞」、「功業」。但當「致力的程度」或「由於致力所產生的功效」講時，「工夫」、「功夫」可以通用；唯指「時間」、「閒暇」時，只能用「工夫」，不可用「功夫」。②摯功、釭、攻、江、扛、杠、矼、豇、肛、貢、虹、空、邛、訌、紅、缸、汞、項。

2 **工力** ㄍㄨㄥ ㄌㄧˋ ㈠工夫，學力。㈡工作所需的人力或人工。亦作「功力」。

4 **工夫** ㄍㄨㄥ ㄈㄨ ㈠作事所費的精力和時間。㈡工力，素養。㈢工程夫役。ㄍㄨㄥ ˙ㄈㄨ 空閑的時間。例閒功夫。

參考 「工夫」和「功夫」在同中有別：「工夫」主要有三義：㈠指所佔用的時間，如：他花了三天工夫就學會了游泳。㈡指空閒的時間，如：明天有工夫再來玩吧！㈢是本領、造詣的意思，如：他的詩工夫很深。㈠、㈡多作「工夫」，㈢亦可作「功夫」。

5 **工本** ㄍㄨㄥ ㄅㄣˇ 製造物品所需的成本。

參考 衍工本費、工本錢。

6 **工匠** ㄍㄨㄥ ㄐㄧㄤˋ 工人，或指有專門技藝者。

7 **工役** ㄍㄨㄥ ㄧˋ ㈠機關裏的當差，僕役。㈡工人。

工作 ㄍㄨㄥ ㄗㄨㄛˋ ㈠興建土木的事務。㈡做事，做工。㈢職業，事情。

參考 ①衍工作天、工作目標。②「工作」和「做工」有別：「做工」多指體力勞動；「工作」可以是體力勞動，也可以指腦力活動。

8 **工事** ㄍㄨㄥ ㄕˋ ㈠關於建造製作之事的總稱。㈡軍軍中用以防護、隱蔽等建築工程，如掩體、碉堡、障礙等，都稱爲工事。

工具 ㄍㄨㄥ ㄐㄩˋ ㈠工作時所用的器具。㈡指用以達成目的之事物。㈢譏刺被人利用的人。

參考 衍工具書。

工具書 ㄍㄨㄥ ㄐㄩˋ ㄕㄨ 專供查考資料，以便於閱讀或研究的書籍，稱爲工具書。如字典、索引、書目之類。

12 **工筆** ㄍㄨㄥ ㄅㄧˇ 藝國畫中用筆細密、渲染巧麗的作畫法。亦作「恭筆」。與「寫意」相對。

參考 ①衍工筆畫。②反寫意。

工程 ㄍㄨㄥ ㄔㄥˊ 有一定計畫的工作進程。

參考 衍工程師。

13 **工會** ㄍㄨㄥ ㄏㄨㄟˋ 同業工人爲維護共同的權益，改善全體生活，而聯合組織的團體。又稱「工聯」。

工資 ㄍㄨㄥ ㄗ 勞工從事工作，

而由雇主以現金或實物等方式給付的報酬。

工業 ㄍㄨㄥ ㄧㄝˋ 〔工〕用人力或機器力，變化生產原料之形態與性質，製成物品，以營求利益之事業。

參考 衍 工業區、工業工程、工業革命。

工業革命 ㄍㄨㄥ ㄧㄝˋ ㄍㄜˊ ㄇㄧㄥˋ 〔工〕十八世紀末至十九世紀初，歐美工業界因機械技術發明而發生的變革，最初發生於英國，後漸推及於世界各國。又稱「產業革命」、「實業革命」。

15 **工潮** ㄍㄨㄥ ㄔㄠˊ 當工人與資本家利害發生衝突而不能協調時，工會常發動工人罷工，或示威、請願等以為抵制，此類運動稱為工潮。

16 **工整** ㄍㄨㄥ ㄓㄥˇ 精細整齊。例書法工整。

工頭 ㄍㄨㄥ ㄊㄡˊ 工人領班。

19 **工藝** ㄍㄨㄥ ㄧˋ 手工技藝。

22 **工讀** ㄍㄨㄥ ㄉㄨˊ 學生利用課餘時間工作，以賺取學費或補貼生計。

參考 衍 工讀生。

▽加工、畫工、勞工、美工、人工、天工、百工、手工、石工、兵工、技工、長工、短工、打工、零工、鬼斧神工、巧奪天工、異曲同工。

常 2 **巨** 形解 象形；工象畫正方形的工具，コ是手握持的地方。此即「規巨」的「巨」，後來寫成「矩」。

音義 ㄐㄩˋ 名 ①用來量或畫方正形的器具，通「矩」；例規巨。②姓。形 廣大的，通「鉅」；例巨室。

參考 ①同 鉅，大，碩。②孳 拒、炬、詎、距、鉅、矩、渠。

2 **巨人** ㄐㄩˋ ㄖㄣˊ ㈠身體巨大，為平常的數倍之人。㈡偉人。例先總統蔣公是時代的巨人。

8 **巨著** ㄐㄩˋ ㄓㄨˋ 偉大的著作。

11 **巨細靡遺** ㄐㄩˋ ㄒㄧˋ ㄇㄧˇ ㄧˊ 事情不分大小輕重，都沒有一點疏漏。靡：無，沒有。

17 **巨擘** ㄐㄩˋ ㄅㄛˋ ㈠大拇指。㈡比喻傑出的人物。

參考 同 巨子，巨頭。

常 2 **巧** 形解 形聲；從工，丂聲。

音義 ㄑㄧㄠˇ 名 技藝；例技巧。形 ①美好的；例巧笑倩兮。②虛偽的；例巧言令色。③聰明，智慧；例大巧若拙。副 恰好；例湊巧。

參考 ①同 恰。②反 拙，笨，劣，愚。

6 **巧合** ㄑㄧㄠˇ ㄏㄜˊ 湊巧相合或相同。

7 **巧妙** ㄑㄧㄠˇ ㄇㄧㄠˋ 靈巧美妙。

8 **巧取豪奪** ㄑㄧㄠˇ ㄑㄩˇ ㄏㄠˊ ㄉㄨㄛˊ 欺騙與強暴的手段兼用，以期獲得所要的東西。亦作「巧偷豪奪」。

參考 和「敲詐勒索」有別：前者指軟硬兼施，強占的對象包括財物、權力、職位等；後者主要指用強硬、蠻橫的手法，強占他人的錢財、物品。

9 **巧計** ㄑㄧㄠˇ ㄐㄧˋ 妙計。

11 **巧婦** ㄑㄧㄠˇ ㄈㄨˋ 聰明能幹的婦女。例巧婦難為無米之炊。

巧婦難為無米之炊 ㄑㄧㄠˇ ㄈㄨˋ ㄋㄢˊ ㄨㄟˊ ㄨˊ ㄇㄧˇ ㄓ ㄔㄨㄟ 雖是聰明能幹的婦女，一旦沒有米也做不出飯來。比喻做事缺少必要條件，就無法做成。炊：做飯。

14 **巧奪天工** ㄑㄧㄠˇ ㄉㄨㄛˊ ㄊㄧㄢ ㄍㄨㄥ 人工的精巧勝過天然。比喻技藝精妙。

▽技巧、乞巧、精巧、機巧、七巧、湊巧、取巧、便巧、靈巧、工巧、恰巧、正巧、手巧、投機取巧、熟能生巧。

常 2 **左** 形解 會意；從ナ工。ナ指左手，工為幫助，所以會佐助的意思。

音義 ㄗㄨㄛˇ 名 ①方位名，以東為左；例江左。②姓。動 違背；例意見相左。形 ①在左手方向的；例左邊。②不正的；例旁門左道。③附近的；例左鄰右舍。④偏執的；例左性子。副 ①失算地；例計左。②差錯；例你想左了。③官職降下；例左遷。

參考 ①反 右。②孳 佐、隋。

5 **左右** ㄗㄨㄛˇ ㄧㄡˋ ㈠左與右。㈡在

旁的侍者、近臣。㈢書信中的敬詞，猶「足下」，因尊敬收信人不直接稱呼對方，表示尊敬。例某某先生左右。㈣影響，支配。例你別左右我的意見。㈤約略之詞，猶「上下」。例三十歲左右。㈥橫豎，反正。例左右是死，索性說了。

參考「上下」、「左右」有別：「上下」多指年齡，不能指時間、距離。「左右」則不在此限。例五點左右，一公里左右。

左右手 ㄗㄨㄛˇ ㄧㄡˋ ㄕㄡˇ 左右兩手，比喻得力的助手。

左右為難 ㄗㄨㄛˇ ㄧㄡˋ ㄨㄟˊ ㄋㄢˊ 受牽制，不得自由。亦作「左右兩難」。

參考①同進退維谷。②和「進退兩難」有別：前者著重於形容事情不好辦或人與人之間不好相處；後者著重形容已經著手做的事，不容易繼續進行。

左右逢源 ㄗㄨㄛˇ ㄧㄡˋ ㄈㄥˊ ㄩㄢˊ 為學有得，工夫到家，自然能夠取之不盡，用之不竭。後比喻做事順利無礙。

8 **左近** ㄗㄨㄛˇ ㄐㄧㄣˋ 鄰近，附近。

左券 ㄗㄨㄛˇ ㄑㄩㄢˋ 比喻有充分的把握。例左券在握。

9 **左計** ㄗㄨㄛˇ ㄐㄧˋ 策畫不適事宜，即失策。

左衽 ㄗㄨㄛˇ ㄖㄣˋ 夷狄的服裝設計，前襟向左掩，與華夏民族向右掩不同，古時用為受異族統治的代辭。亦作「左袵」。例被髮左衽。

左派 ㄗㄨㄛˇ ㄆㄞˋ ㈠政原指法國大革命時的國民會議中，激進的或革命的代表，聚在議場左邊，因稱激進分子為左派。㈡今多指偏向共產主義一邊的分子。

10 **左袒** ㄗㄨㄛˇ ㄊㄢˇ ㈠露出左臂。㈡偏助一方。

13 **左傾** ㄗㄨㄛˇ ㄑㄧㄥ 思想偏激，傾向於左派。例左傾分子。

左道 ㄗㄨㄛˇ ㄉㄠˋ 不正為左，邪道。例旁門左道。

14 **左撇子** ㄗㄨㄛˇ ㄆㄧㄝ ˙ㄗ 習慣用左手做事的人。

15 **左遷** ㄗㄨㄛˇ ㄑㄧㄢ 貶謫，降職。

17 **左翼** ㄗㄨㄛˇ ㄧˋ ㈠軍隊作戰時稱左方的部隊或左方的陣地為左翼。㈡體足球比賽中稱左邊的前鋒為左翼。㈢階級、政黨或集團中的左派，也稱「左翼」。

19 **左證** ㄗㄨㄛˇ ㄓㄥˋ 證據，證明。亦作「佐證」。

參考同左驗。

21 **左顧右盼** ㄗㄨㄛˇ ㄍㄨˋ ㄧㄡˋ ㄆㄢˋ 左右張望。亦作「左顧右眄」、「左顧右視」。

▽江左、尚左、向左、相左。

常 4

巫

形解  象形；工是規距，而像人兩袖飄舞形。所以跳舞向神祈福的人為巫。

音義 ㄨ 名①替人裝神弄鬼祈禱求神為職業的人；例女巫。②借神力醫病的人；例巫醫。③姓。

參考①語音讀ㄨˇ。②辨誣。

10 **巫師** ㄨ ㄕ 利用巫術以影響超自然力的人，有為人解疑、斷吉凶、治病等能力。

23 **巫蠱** ㄨ ㄍㄨˇ 一種邪術，專用詛咒的方法，來陷害別人。

▽男巫、女巫、小巫見大巫。

常 7

差

形解  會意；從左。就是垂，有乖逆的意思；幫了忙卻不相當為差。

音義 ㄔㄚ 名①缺失；例誤差。②數兩數相減所得的數；例三減二的差是一。動①錯失；例失之毫釐，差以千里。②比較而生的區別；例差別。副尚，勉強；例差強人意。

ㄔㄚˋ 動欠缺；例差十分五點。

ㄔㄞ 名①任務；例出差。②受遣去做事的人；例欽差。動使；例差遣。

ㄘ 名等級；例差等。動制定等級；例「差爵祿。」形不齊一的；例參差不齊。

參考①同錯，誤，謬，失，別。②辨嵯、鹺、瘥、嗟、蹉、搓、磋。④「差」字有數種讀法即：(a)「差不多」的「差」，和「程度很差」的「差」，應唸ㄔㄚˋ，而不是ㄔㄚ。(b)「參差」的「差」，讀ㄘ。(c)「官差」、「郵差」的「差」，是音ㄔㄞ。

6 **差池** ㄔㄚ ㄔˊ ㈠錯誤。㈡參差不齊。

7 **差役** ㄔㄞ ㄧˋ 舊時在官府當差的人。

7 **差別** ㄔㄚ ㄅㄧㄝˊ 不相同，不一致。

參考 ①衍差別待遇。②參閱「分別」條。

8 **差使** ㄔㄞ ㄕˇ ㈠公務員一類的官職。同「差事」。㈡差遣。

差事 ㈠ㄔㄞ ㄕˋ 差使，官職。㈡ㄔㄚˋ ㄕˋ 奇異的事。

9 **差勁** ㄔㄚ ㄐㄧㄥˋ 形容事物不夠完美或能力不濟。

11 **差距** ㄔㄚ ㄐㄩˋ 差別距離。例他們在想法上有些差距。

差强人意 ㄔㄚ ㄑㄧㄤˇ ㄖㄣˊ ㄧˋ ㈠還算能振奮人的意志。㈡今謂尚能使人滿意。亦作「差彊人意」。

14 **差遣** ㄔㄞ ㄑㄧㄢˇ 分派去工作。例聽候差遣。

16 **差錯** ㄔㄚ ㄘㄨㄛˋ ㈠錯誤。㈡指意外的災禍。

18 **差額** ㄔㄚ ㄜˊ 相差的數額。例補足差額。

參考 衍差額補償。

▽官差、交差、誤差、時差、參差、等差、落差、公差、出差、(病)小差、開小差、一念之差。

【己部】 ㄐㄧˇ

常 0 **己** 解形 象形；象絲繩彎曲形。

音義 ㄐㄧˇ 名天干的第六位；例甲、乙、丙、丁、戊、己。代自稱；例自己。

參考 ①參閱「已」字條。②孳紀、改、記、杞、忌、配、妃、圮、忌。

10 **己飢己溺** ㄐㄧˇ ㄐㄧ ㄐㄧˇ ㄋㄧˋ 見天下有飢溺的人，都視爲自己的責任，也就是以天下爲己任的意思。

▽克己、自己、知己、利己、一己、忘己、愛人如己、安分守己、知彼知己、排除異己、損人利己、誅鋤異己、求人不如求己、爲人不如爲己、工於謀人拙於謀己。

常 0 **已** 解形 象形；象胎兒尚未成形之形。

音義 ㄧˇ 動①停止；例死而後已。②結束；例已事而竣。副①太，過；例已甚。②既，表過去時間；例已經。助通「矣」。感表感歎，通「哎」。

參考 ①「已」和「以」古代可通用，今已不可混淆，如「已經」、「而已」和「以前」、「以後」分用劃然。②孳巸。③「已」、「巳」、「己」有別：「巳時」(上午九點到十一點)，地支中第六位的「巳」跟「已經」的「已」，「自己」的「己」十分相似，但意思與讀音完全不同。巳音ㄙˋ，已音ㄧˇ，己音ㄐㄧˇ。

13 **已經** ㄧˇ ㄐㄧㄥ 表示過去的時間副詞。例他已經來過。

參考 「已經」、「曾經」有別：「已經」表示事情完成，時間一般在不久以前。「曾經」表示從前有過某種行爲或情況，時間一般不是最近。如：這本書我已經看了很多次了；我曾經到過這個地方。「已經」所表示的動作或情況可能還在持續；「曾經」所表示的動作或情況現在已經結束。如：我已經在這裏住了三年(表示現在還住在這裏)；我曾經在這裏住了三年(表示現在不住在這裏了)。

▽業已、而已、既已、不得已、死而後已、風雨如晦雞鳴不已。

常 0 **巳** 解形 已、巳古文本是一字。參閱「已」字條。

音義 ㄙˋ 名①地支的第六位；例子、丑、寅、卯、辰、巳……。②記時符號，上午九時到十一時；例巳時。

參考 ①參閱「已」、「己」字條。②孳祀、氾。

常 1 **巴** 解形 象形；象蟒蛇張大嘴巴，突出眼睛形。

音義 ㄅㄚ 名①黏結成的東西；例鍋巴。②詞尾；例尾巴。

③外英文(Bar)的譯音，計算壓力單位，每平方公尺受力十萬牛頓為一巴，其千分之一稱毫巴。④面頰；例下巴。⑤姓。動①附著，貼近；例前不巴村，後不巴店。②急切盼望；例朝巴夜望。

參考 擎吧、芭、疤、笆、把、葩、杷、爬、琶、爸、靶。

4 **巴不得** ㄅㄚ ㄅㄨˋ ㄉㄜ˙ 非常盼望。

參考 ①亦作「巴不的」、「巴不到」、「巴不能彀」。②「巴不得」，「恨不得」有別：「巴不得」所希望的是可能做到的事情。「恨不得」所希望的是不可能做到的事情，如：我恨不得插上翅膀飛去找你。

11 **巴望** ㄅㄚ ㄨㄤˋ 希望。

巴蛇吞象 ㄅㄚ ㄕㄜˊ ㄊㄨㄣ ㄒㄧㄤˋ ㈠相傳巴蛇食量大可以吞下大象。㈡比喻人心喜好貪求，不知滿足。

12 **巴掌** ㄅㄚ ㄓㄤˇ ㈠俗稱手掌。㈡用手打人的臉。例揚手一巴掌打在臉上。

15 **巴結** ㄅㄚ ㄐㄧㄝ˙ 奉承。

巴黎 ㄅㄚ ㄌㄧˊ 地法國首都。在北部巴黎盆地中央，跨塞納河南北兩岸，為法國政治、軍事、交通、經濟及文化中心，居民七五〇萬。

▽下巴、古巴、阿里巴巴。

常 6 **巷** 形解 會意；從邑共。邑里中供人通行的道路為巷。

音義 ㄒㄧㄤˋ 名①大路旁小而曲的街道；例大街小巷。②姓。

參考 ①同衖。②「巷」字底下從「巳」不從「㔾」。③街巷有別，大者曰街，小者曰巷；南方人稱巷為弄，北方人稱巷為胡同。本省的「弄」又比「巷」小。④擎港。

9 **巷陌** ㄒㄧㄤˋ ㄇㄛˋ 街巷的通稱。

16 **巷戰** ㄒㄧㄤˋ ㄓㄢˋ 在街巷中進行的肉搏戰鬥。一稱「街市戰」。

20 **巷議** ㄒㄧㄤˋ ㄧˋ 聚集在里巷中議論政事。

參考 衍巷議街譚。

▽陋巷、村巷、閭巷、窮巷、街巷、幽巷、窄巷、死巷、烏衣巷、桂花巷、大街小巷、花街柳巷、萬人空巷。

次 6 **巹** 形解 會意；從己丞。丞就是承；自己謹慎小心以便有所承受為巹。

音義 ㄐㄧㄣˇ 名古婚禮專用供二人合飲的酒杯；例合巹而飲。

常 9 **巽** 形解 形聲；從丌，𢀴聲。丌有置事具意的意思，所以事事俱備為巽。

音義 ㄒㄩㄣˋ 名易經的卦名之一；例巽卦。動辭讓，通「遜」。形①卑順的。②懦弱的；例巽懦。

參考 ①又音 ㄙㄨㄣˋ。②擎選、僎、譔、撰、饌。

【巾部】 ㄐㄧㄣ

常 0 **巾** 形解 象形；⼃象巾，丨象系；象古人佩巾，用系把巾繫在大帶上形。

音義 ㄐㄧㄣ 名①擦抹用的布；例手巾。②裹頭布；例折角巾。

參考 同帕。

14 **巾幗** ㄐㄧㄣ ㄍㄨㄛˊ ㈠古代婦女的頭巾和髮飾。㈡後世用為婦女的代稱。例巾幗英雄。

巾幗英雄 ㄐㄧㄣ ㄍㄨㄛˊ ㄧㄥ ㄒㄩㄥˊ 即女英雄。

參考 同女中丈夫、女中豪傑。

17 **巾櫛** ㄐㄧㄣ ㄐㄧㄝˊ 拭手和理髮，形容婢妾所做的瑣事。櫛：梳理頭髮用具，梳、篦的總稱。

▽角巾、手巾、毛巾、面巾、茶巾、頭巾、方巾、布巾、帕巾、羽扇綸巾。

常 2 **市** 形解 形聲；從冂從⼃，之省聲。冂是城牆，⼃(及的古字)表示器物的所在，之有往的意思。所以古時百姓到城牆附近聚集以物交易為市。

音義 ㄕˋ 名①集中交易、買賣的場所；例市場。②行政區域的單位；例十三院轄市。③雜聚的地方；例鬧市。④姓。動①購買；例沽酒市脯。

②交易；例交市。形屬於市制的；例市尺。

4 **市井**ㄕˋ ㄐㄧㄥˇ ㈠古代指做買賣的地方。㈡商賈。

參考 衍市井之人、市井之臣、市井之利、市井無賴。

5 **市民**ㄕˋ ㄇㄧㄣˊ 城市中的居民。

8 **市虎**ㄕˋ ㄏㄨˇ 疾駛於街道上的汽機車。

12 **市集**ㄕˋ ㄐㄧˊ 有固定的時間，在一定地點的臨時商場。

市場㈠ㄕˋ ㄔㄤˇ 買賣貨物的地方。例超級市場。㈡ㄕˋ ㄔㄤˊ 在一定經濟範圍內貨物的銷路。例國外市場。

13 **市肆**ㄕˋ ㄙˋ 市中的商店。

15 **市儈**ㄕˋ ㄎㄨㄞˋ ㈠舊時買賣的居間人。㈡唯利是圖的商人、奸商。例市儈氣習。

參考 同牙儈。

17 **市聲**ㄕˋ ㄕㄥ 市井中的喧嘩聲。

參考 衍市聲鼎沸。

▽朝市、魚市、菜市、互市、城市、都市、海市、花市、黑市、行市、上市、招搖過市、門庭若市。

常 2 **布** 形解  形聲；從巾，父聲。「父」是一家之主，所以衣飾的主要材料爲布。

音義 ㄅㄨˋ 名①織物的總稱。②古代貨幣名；例圓足布。③姓。動①陳列，通「敷」；例布置。②公告；例公布。③流傳；例洪聲遠布。

參考 孳佈、怖。

2 **布丁**ㄅㄨˋ ㄉㄧㄥ 外一種英國式食物。用麵粉加上牛奶、雞蛋、甘味料、香料等東西蒸製而成。通常當做餐後甜食。

6 **布衣**ㄅㄨˋ ㄧ ㈠布做的衣服。㈡平民。

參考 衍布衣交、布衣卿相。

7 **布告**ㄅㄨˋ ㄍㄠˋ ㈠機關、團體通告大衆的一種公文書。㈡通告。例布告天下。

參考 ①亦作「佈告」。②同公告，告示。

9 **布施**ㄅㄨˋ ㄕ 散發財物來賑濟貧苦的人。

10 **布陣**ㄅㄨˋ ㄓㄣˋ 作戰時安排軍隊的陣勢。亦作「佈陣」。

12 **布景**ㄅㄨˋ ㄐㄧㄥˇ ㈠戲劇名詞。在舞臺上，依劇情需要，所設置的景片、布幕及立體造型等物。㈡畫家作畫時，依篇幅大小配置各種景物。亦作「佈景」。

13 **布置**ㄅㄨˋ ㄓˋ 對某種工作、活動或根據某種需要所作的安排。

參考 ①亦作「佈置」。②「布置」常和任務、作業、會場、工作等配合。「部署」也有安排的意思，指對各種力量的安排，人員的調動，機構的調整等，多用在較莊嚴的場合和較大的事情上，常和戰略、工作等配合；亦可作名詞用。

▽公布、宣布、散布、調布、發布、分布、流布、瀑布、頒布、桌布、棉布、麻布、夏布、織布、烏雲密布、星羅棋布。

常 3 **帆** 形解 形聲；從巾，凡聲。舟上所張的布幔爲帆。

音義 ㄈㄢˊ 名①帆船；例孤帆遠影碧空盡。②船桅上使風的布篷，通「颿」；例張帆。

參考 ①亦作「篷」。②異體字作「㠶」。③「帆船」的「帆」字，新的讀音唸ㄈㄢ，舊讀ㄈㄢˊ。

11 **帆船**ㄈㄢ ㄔㄨㄢˊ 張掛帆布憑風力行駛的船隻。

17 **帆檣**ㄈㄢ ㄑㄧㄤˊ 掛帆的桅竿。例帆檣如林。

▽解帆、孤帆、征帆、風帆、漁帆、白帆、船帆、揚帆、起帆、千帆、看風使帆。

常 4 **希** 形解 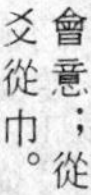 會意；從爻從巾。寡少爲希。

音義 ㄒㄧ 名姓。動冀求，企望；例希冀。形稀疏，稀少，罕見的；例怨是用希。同「稀」。

參考 ①同望。②孳稀、豨、晞、睎。

5 **希世**ㄒㄧ ㄕˋ 世所少有。

希世之珍ㄒㄧ ㄕˋ ㄓ ㄓㄣ 指世界上所罕見的珍奇寶物。

7 **希罕**ㄒㄧ ㄏㄢˇ ㈠少有，少見。例熊貓是很希罕的動物。㈡認爲希奇而喜愛、羨慕。用于否定句中，有輕蔑的意味。例不希罕。

參考「希罕」可作形容詞，也可作動詞用，「希奇」只作形容詞用，指使人推測不到的，很少有而新奇的。

8 **希奇** ㄒㄧ ㄑㄧˊ 少有而新奇，使人推測不到的。例希奇古怪。

參考①亦作「稀奇」。②參閱「希罕」條。

11 **希望** ㄒㄧ ㄨㄤˋ ㈠想望。想要達到某種目的或使某種情況發生。例我希望他此去一切順利。㈡希望所寄託的對象。例繼續升學是他改善將來生活的最大希望。㈢可能性。例依照他平日的成績看來，出國深造應是大有希望。

參考「希望」使用的範圍很廣，可以對人對己。「期望」只能對人，指對未來事物和前途的殷切期待。語氣較為莊重。「盼望」所表示的要求比希望強烈，可適用於人和事物，但不能對自己。「渴望」語意比盼望重些，適用於事物，而不用於人。「願望」是名詞，指希望將來能夠達到某種目的的想法。

14 **希圖** ㄒㄧ ㄊㄨˊ ㈠希望。㈡計畫。

16 **希冀** ㄒㄧ ㄐㄧˋ 希望。

▽幾希、古希、人生七十古來希。

常 5 **帘** 形解 會意；從穴從巾。穴指窗戶，巾為布幕；懸掛在窗子的布幕為帘。

音義 ㄌㄧㄢˊ 名①酒店門外懸掛當作店招的旗幟；例酒帘。②用布、竹、葦、塑膠等做成的遮蔽門窗用具；例窗帘。

參考①「門帘」的「帘」字，與「垂簾」的「簾」字，都是遮蔽門窗的用具，「帘」是泛指任何幕幔，而「簾」多指用竹編成的帷幕。②同幟，幔。

常 5 **帚** 形解 會意；從又巾冂。從又持巾在冂掃除，所以掃除的工具為帚。

音義 ㄓㄡˇ 名打掃用具；例掃帚。

帚

參考①俗字作「箒」。②「炊帚」的「帚」有兩個讀音，一般唸ㄓㄡˇ，又可唸為˙ㄓㄡ。

常 5 **帖** 形解 形聲；從巾，占聲。占有明的意思，所以用巾帛明白表示的標題為帖。

音義 ㄊㄧㄝ 名①本指中藥的方劑，又以為量名；例一帖藥。②姓。動①貼，通「黏」；例帖妥。②服從；例帖服。

ㄊㄧㄝˇ 名請柬；例喜帖。

ㄊㄧㄝˋ 名①石板或木板上所摹刻的前人墨蹟；例碑帖。②科舉時代應試的試題；例試帖。

參考 同服。

3 **帖子** ㄊㄧㄝˇ ˙ㄗ 應酬用的書柬，多用以邀請或答謝人。

6 **帖耳** ㄊㄧㄝ ㄦˇ 形容依順服從的樣子。

▽畫帖、書帖、手帖、墨帖、名帖、請帖、喜帖、字帖、臨帖、碑帖、試帖。

常 5 **帕** 形解 形聲；從巾，白聲。覆額用的頭巾為帕。

音義 ㄆㄚˋ 名①巾，佩巾；例羅帕。②手巾；例手帕。

ㄇㄛˋ 名古代男子束髮的頭巾；例帕頭。

常 5 **帛** 形解 形聲；從巾，白聲。白有純淨的意思，所以用生絲織成且未染色的絲織品為帛。

音義 ㄅㄛˊ 名①絲織品的總稱。②錢幣；例幣帛。③姓。

▽玉帛、竹帛、布帛、幣帛、裂帛、練帛、絲帛、金帛、化干戈為玉帛。

常 5 **帑** 形解 形聲；從巾，奴聲。奴有供人使喚的意思，收藏金幣、布帛以供使用的地方為帑。

音義 ㄋㄨˊ 名①妻、子的合稱，通「孥」；例妻帑。②鳥尾；例鳥帑。

ㄊㄤˇ 名①國庫。②國庫所藏

的金帛，就是國家的公款；例國帑。

參考 「浪費公帑」的「帑」，音ㄊㄤˇ，不讀ㄋㄨˊ或ㄋㄨ。

▽公帑、妻帑、國帑、官帑、府帑。

次 5 **帗** 形解 形聲；從巾，犮聲。犮有基本的意思，所以整幅的帛巾爲帗。

音義 ㄈㄨˊ 名 用五色帛製成的舞具；例帗舞。

次 5 **帔** 形解 形聲；從巾，皮聲。皮有遮蓋的意思，所以下裙爲帔。

音義 ㄆㄟˋ 名 披肩。

ㄆㄧ 名 國劇服裝道具之一，有大領對襟、水袖，繡滿團花壽字或鳥蟲，因職位不同而著有各種不同的顏色。

次 5 **帙** 形解 形聲；從巾，失聲。失有脫去的意思，裹書用的書衣爲帙。

音義 ㄓˋ 名 ①書衣，通常用布帛裁成來包裹書籍；例緗帙。②姓。

常 6 **帝** 形解 象形；象花蒂形。假借爲帝王的「帝」字後，又另造「蒂」字以承本義。

音義 ㄉㄧˋ 名 ①古代的君王；例皇帝。②主宰宇宙的至上神；例上帝。③泛指一般神；例文昌帝君。形 君主的；例帝號。

參考 擧 蒂、諦、蹄、締、啻。

8 **帝制** ㄉㄧˋ ㄓˋ 專制帝王的政治制度。

▽炎帝、皇帝、五帝、上帝、先帝、大帝、天帝、女帝、黃帝、玉帝、玉皇大帝。

常 6 **帥** 形解 形聲；從巾，𠂤聲。佩巾爲帥。

音義 ㄕㄨㄞˋ 名 ①軍隊的主要將領；例統帥。②姓。動 統領；例帥師出征。

參考 ①「元帥」的「帥」字，與「師長」的「師」字，字形相似，一從巾，一從帀，音義完全不同。②古文「帥」字多作「率」。

▽元帥、主帥、將帥、統帥、大帥、張大帥。

常 7 **席** 形解 形聲；從巾，庶省聲（庐）。庶有屋下衆的意思，屋中用來藉地的鋪墊爲席。

音義 ㄒㄧˊ 名 ①座位；例離席。②宴會；例酒席。③蘆葦、竹篾等編成的鋪墊用具，通「蓆」；例大甲草席。④職位；例西席。⑤姓。動 倚仗；例席寵而驕。

③ 席

參考 擧 蓆。

4 **席不暇暖** ㄒㄧˊ ㄅㄨˋ ㄒㄧㄚˊ ㄋㄨㄢˇ 形容忙得沒有久坐的時間。

6 **席地** ㄒㄧˊ ㄉㄧˋ (一)鋪席於地，坐臥在席上。(二)坐臥在地上。例席地而坐。

11 **席捲** ㄒㄧˊ ㄐㄩㄢˇ 像捲席子一樣，包括無餘。與「席卷」同。

參考 ①衍 席捲天下。②同 包擧、囊括。

▽宴席、座席、酒席、出席、上席、褥席、即席、枕席、陪席、末席、首席、客席、缺席、筵席、西席、教席、道席、座無虛席。

常 7 **師** 形解 會意；從帀，從𠂤。帀是環繞，𠂤是衆多，所以會周制以二千五百人爲師的意思。

音義 ㄕ 名 ①軍旅的通稱；例水師。②以品德學識教誨學生的人；例教師。③有專門技藝的人；例藥劑師。④對僧人的尊稱；例大法師。⑤我國古代軍隊的編制單位，後世沿用其名；例師旅。⑥軍 國軍建制單位，介於軍與旅之間，編制約一萬人左右。⑦樂官；例樂師。⑧姓。動 仿效；例師其故智。

參考 「師」、「帥」有別：「師」字從「帀」，「帥」字從「巾」。

3 **師丈** ㄕ ㄓㄤˋ 學生尊稱女老師的丈夫。

4 **師父** ㄕ ˙ㄈㄨ (一)泛稱老師。(二)對僧尼的敬稱。(三)稱身懷技藝的人。例木匠師父。

5 **師出有名** ㄕ ㄔㄨ ㄧㄡˇ ㄇㄧㄥˊ (一)出兵必須有正當的理由。(二)比喻做事要有理由。

參考 反師出無名。

8 **師長** ㄕ ㄓㄤˇ (一)老師和長者。(二)統率陸軍一師的最高指揮官。

師法 ㄕ ㄈㄚˇ 學習與效法。

師事 ㄕ ㄕˋ 以師禮相待。

師表 ㄕ ㄅㄧㄠˇ 表率，學習的模範。例為人師表。

師承 ㄕ ㄔㄥˊ 相承繼的師法。例學無師承。

10 **師徒** ㄕ ㄊㄨˊ 猶師生，即老師、生徒的合稱。

13 **師資** ㄕ ㄗ (一)能當教師的人才。(二)可以效法及可為鑑戒的人。例培養師資。

▽王師、京師、經師、國師、水師、先師、祖師、太師、大師、導師、牧師、律師、醫師、老師、恩師、尊師、出師、教師、畫師、天師、雨師、藥劑師、至聖先師、好為人師、秦庭哭師、大興問罪之師、三人行必有我師、前事不忘後事之師。

次 7

帩

解形 帩 形聲；從巾，肖聲。肖有尖小的意思，所以用來束綁頭髮的帛巾為帩。

音義 ㄑㄧㄠ 名 古男用的頭巾；例帩頭。

16 **帩頭** ㄑㄧㄠ ㄊㄡˊ 用來束髮的紗巾。

次 7

帨

解形 帨 形聲；從巾，兌聲。兌有美好的意思，所以婦女用來裝飾的佩巾為帨。

音義 ㄕㄨㄟˋ 名 古代婦女用的佩巾。

常 8

帶

解形 帶 象形；卌象有所系形，巿象重巾，所以古代男子婦人所繫佩者為帶。

音義 ㄉㄞˋ 名 ①繫衣物的帶子；例腰帶。②相連的地區；例華北地帶。③姓。動 ①佩帶；例帶劍。②引領；例帶路。③提攜；例攜帶。④夾雜，和；例連打帶罵。

參考 ①「帶領」的「帶」字，與「代領」的「代」字，音同而義異，「帶」是領頭、領導，「代」是代替別人。②孳 蔕、滯。

11 **帶累** ㄉㄞˋ ㄌㄟˇ 連累，拖累。

14 **帶領** ㄉㄞˋ ㄌㄧㄥˇ 率領。

▽一帶、衣帶、溫帶、熱帶、寒帶、腰帶、束帶、皮帶、攜帶、佩帶、夾帶、裙帶。

常 8

常

解形 常 形聲；從巾，尚聲。巾是方幅的布，尚有障蔽的意思。所以下裙為常。

音義 ㄔㄤˊ 名 ①長度單位，一丈六尺為常。②恆久的事物；例綱常。③姓。形 ①普通的，不足奇的；例平常。②固定的；例做事要有常性才能成功。③定期性的；例中常會。副 ①恆久不變地；例君子常樂。②再三地；例常常。③曾，通「嘗」；例馬不常秣。

參考 ①「常久」的「常」字，與「嘗試」的「嘗」字，音同，「常」作「曾經」解釋時，義與「嘗」字同。②「常常」的「常」字，與「長短」的「長」字，音同而形義不同，不可混用。

2 **常人** ㄔㄤˊ ㄖㄣˊ 平凡的人。

6 **常式** ㄔㄤˊ ㄕˋ (一)常法。(二)一般的規格。

9 **常軌** ㄔㄤˊ ㄍㄨㄟˇ 通常的途徑或方法。軌：法度。

10 **常態** ㄔㄤˊ ㄊㄞˋ (一)正常的狀態。(二)固定的狀態。

11 **常規** ㄔㄤˊ ㄍㄨㄟ 平常所應遵行的法則。

參考 同常例，慣例。

常理 ㄔㄤˊ ㄌㄧˇ (一)亙古不變的道理。(二)一般世俗的情理。

常常 ㄔㄤˊ ㄔㄤˊ 時時，每每，不只一次的。例他常常遲到。

參考 「常常」表示連續的行動中間有中斷，「經常」表示連續的行動，而且多半是有規律的，有經久常行的意思。在次數上，經常比常常頻繁，往往則比常常的次數更少。

12 **常備兵** ㄔㄤˊ ㄅㄟˋ ㄅㄧㄥ 軍 兵役義務的一種。凡在國軍常設機構、部隊服役的士官、兵，都屬之。

參考 衍常備兵役。

13 常溫 ㄔㄤˊ ㄨㄣ 正常的溫度。

15 常談 ㄔㄤˊ ㄊㄢˊ 極為平常的言談，特指時常可以聽到的言論。例老生常談。

19 常識 ㄔㄤˊ ㄕˋ 指一般人所應有而且能瞭解的知識。

參考 反知識。

▽異常、綱常、倫常、五常、習常、尋常、正常、通常、日常、非常、平常、無常、失常、往常、習以為常、反覆無常、出沒無常、好景不常、異乎尋常。

常 8 **帳** 形解 形聲；從巾，長聲。張施在牀上的長布幔為帳。

音義 ㄓㄤˋ 名①露宿時使用的帷幕；例營帳。②用布帛或尼龍所製，張起來作為遮蔽的用具；例蚊帳。③會計事務的數目或錢物出入的紀錄；例帳目。④借，專指債；例欠帳。

參考 ①「帳簿」的「帳」字俗寫作「賬」。②同帷，幕。

5 帳目 ㄓㄤˋ ㄇㄨˋ 登入帳簿的收支項目。亦作「賬目」。

8 帳房 ㄓㄤˋ ㄈㄤˊ ㈠管理銀錢貨物出入的處所。㈡管理帳務的人。

15 帳蓬 ㄓㄤˋ ㄆㄥˊ 供露宿用的營幕。又作「棚」。

▽軍帳、蚊帳、營帳、掛帳、記帳、賒帳、青紗帳、親兄弟明算帳。

常 8 **帷** 形解 形聲；從巾，隹聲。所以自障圍的帳幕為帷。

音義 ㄨㄟˊ 名分隔裡外用的帳幔。

帷

參考 ①「帷幄」的「帷」字，與作「單帳」解釋的「幃」字，音同而義近。②「帷」與「幕」有別：遮蔽旁邊的布叫「帷」，遮蔽上下的布叫「幕」。

12 帷幄 ㄨㄟˊ ㄨㄛˋ ㈠帳幕。㈡軍帳，計畫作戰的地方。例運籌帷幄之中，決勝千里之外。

參考 ①衍帷幄近臣。②同帷帳，帷幕。

14 帷幕 ㄨㄟˊ ㄇㄨˋ ㈠帳幕。㈡計畫作戰的地方。

▽講帷、羅帷、房帷、幔帷、簾帷、車帷、窗帷、布帷。

常 9 **幅** 形解 形聲；從巾，畐聲。巾為布帛，畐有滿的意思；布帛廣為幅。

音義 ㄈㄨˊ 名①布帛、紙張的寬度或廣狹；例篇幅。②邊緣；例邊幅。③幀，計算平面物的單位詞；例一幅畫。

ㄅㄧ 名綁腿布。

參考 同塊，張。

9 幅度 ㄈㄨˊ ㄉㄨˋ ㈠振幅，物體振動或搖擺所展開的寬度。㈡事物發展達到的最高點與最低點的距離。例公務人員這次調薪的幅度為百分之二十。

10 幅員 ㄈㄨˊ ㄩㄢˊ 疆域。地的廣狹稱幅，周圍稱員。

▽振幅、全幅、半幅、篇幅、雙幅、巨幅、邊幅、尺幅、單幅、不修邊幅。

常 9 **帽** 形解 帽為冒的後起字，參閱「冒」字條。

音義 ㄇㄠˋ 名①戴在頭上，保護頭部的物品。②泛指形狀或作用像帽子的東西；例筆帽。

① 帽

參考 「帽」從巾從冒聲，而「冒」字從冃，其中二短畫不與冂連，不可作「日」(ㄖˋ)或「曰」(ㄩㄝ)。

▽軍帽、脫帽、氈帽、草帽、筆帽、烏帽、瓜皮帽、螺絲帽、大盤帽、船行帽、鴨舌帽、烏紗帽、戴高帽。

常 9 **幀** 形解 形聲；從巾，貞聲。繪畫的張幅為幀。

音義 ㄓㄥ 名①幅，計算畫或圖片的量詞；例一幀畫。②畫幅；例裝幀。

參考 同幅。

次 9 **幄** 形解 形聲；從巾，屋聲。屋有覆蓋的意思，所以自上向下覆蓋似屋的帳幕爲幄。

音義 ㄨㄛˋ 名帳蓬；例運籌帷幄之中，決勝千里之外。

▽裙幄、運籌帷幄。

次 9 **幃** 形解 形聲；從巾，韋聲。韋有束合的意思，所以可收束口部的囊袋爲幃。

音義 ㄨㄟˊ 名①帷帳；例牀幃。②香囊；例佩幃。

常 10 **幌** 形解 形聲；從巾，晃聲。晃有明亮的意思，所以用來遮明的帷幔爲幌。

音義 ㄏㄨㄤˇ 名①布幔。②酒簾，酒店的招牌。

3 **幌子** ㄏㄨㄤˇ ˙ㄗ ㈠古時店舖用來招引顧客的市招。即望子。㈡酒帘的俗稱。㈢假借名義以掩蓋眞實意圖。如「借幌子」。㈣表現在外，用以誇耀自己。如「裝幌子」。

次 10 **幎** 形解 形聲；從巾，冥聲。冥有幽暗的意思，所以用來覆蓋使之看不見的布巾爲幎。

音義 ㄇㄧˋ 名覆蓋器物的布巾。

參考 字又作「冪」。

常 11 **幛** 形解 形聲；從巾，章聲。題字以賀喜唁喪的布幅爲幛。

音義 ㄓㄤˋ 名用全幅布綢做成，在上面題字，作爲婚喪慶弔用的禮品；例喜幛。

常 11 **幣** 形解 形聲；從巾，敝聲。敝是繒帛；所以古人以繒帛爲錢貨，故名。

音義 ㄅㄧˋ 名①錢，交易的媒介；例錢幣。②帛，古人通常用作互相贈送的禮物，亦爲禮物的通稱；例納幣。

參考 ①「貨幣」的「幣」字，與「作弊」的「弊」字，音同形似，一從巾，一從廾，但意思不同，不可錯用。②同錢。

8 **幣制** ㄅㄧˋ ㄓˋ 國家所規定的貨幣制度。

▽貨幣、紙幣、重幣、納幣、錢幣、銀幣、金幣、法幣、歲幣、冥幣。

常 11 **幕** 形解 形聲；從巾，莫聲。莫是暮的初文，有幽暗的意思；自上垂地遮蔽光亮的大型布幔爲幕。

音義 ㄇㄨˋ 名①垂掛或遮蔽用的大型布幔；例銀幕。②話劇或舞臺劇中，依照劇情發展所劃分的段落；例獨幕劇。③事情的開始或結果；例開幕。

ㄇㄛˋ 沙漠，通「漠」。

參考 同帳，幃，幔。

4 **幕天席地** ㄇㄨˋ ㄊㄧㄢ ㄒㄧˊ ㄉㄧˋ 以天爲幕，以地爲席，形容胸襟曠達豪放。

8 **幕府** ㄇㄨˋ ㄈㄨˇ ㈠軍隊出征，施用帳幕，所以古代將軍的府署稱幕府。㈡地方軍政大吏的府署。㈢舊時軍中或官署聘用的文書人員。

參考 衍幕府時代。

14 **幕僚** ㄇㄨˋ ㄌㄧㄠˊ ㈠幕府中參謀、書記之類的僚屬。㈡軍中的參謀人員。㈢協助機關主管處理文書等日常事務，如秘書之類的官員。

參考 ①衍幕僚機關。②同幕友，幕賓。

▽帷幕、軍幕、鐵幕、銀幕、簾幕、開幕、閉幕、帳幕、內幕、竹幕、天幕、啓幕、螢光幕、重重簾幕。

常 11 **幗** 形解 形聲；從巾，國聲。婦人的髮飾爲幗。

音義 ㄍㄨㄛˊ 名古代婦女頭上的飾物，即覆髮巾；例巾幗。

常 11 **幔** 形解 形聲；從巾，曼聲。曼有覆蓋的意思，所以帷幕爲幔。

音義 ㄇㄢˋ 名帷幕；例酒幔。

參考 參閱「幕」字條。

次 11 **幘** 形解 形聲；從巾，責聲。責有齊平的意思，所以上面齊平的頭巾爲幘。

音義 ㄗㄜˊ 名頭巾；例幘巾。

次 11 **幙** 形解 形聲；從巾，莫聲。莫有覆蓋的意思，所以敷在上面的帳幕爲幙。

音義 ㄇㄨˋ 名①帳幕，通「幕」。

②典範，通「模」。
參考 又音 ㄇㄛˊ。

常 12 **幢** 形解 形聲；從巾，童聲。旌旗的一種爲幢。

① 幢

音義 ㄔㄨㄤˊ 名 ①圓形旗幟，儀仗常用；例幢麾。②計算房屋的量詞；例一幢房屋。③刻著佛號或經咒的石柱；例經幢。

參考「幢隊」的「幢」字，與「憧憬」的憧(音ㄔㄨㄥ)字，形似，而音義不同，不可混用。

15 **幢幢** ㄔㄨㄤˊ ㄔㄨㄤˊ 搖曳的樣子。例燈影幢幢。
參考 同 憧憧。

常 12 **幟** 形解 形聲；從巾，戠聲。旌旗的一種爲幟。

音義 ㄓˋ 名 ①旌旗一類的標幟；例旗幟。②派別；例獨樹一幟。③標記；例標幟。

▽旗幟、別樹一幟、獨樹一幟。

次 12 **幡** 形解 形聲；從巾，番聲。番有衆多的意思，所以反復擦拭書牘的布爲幡。

音義 ㄈㄢ 名 旗幟；例幡幟。形 變動的，通「翻」；例幡然。

12 **幡然** ㄈㄢ ㄖㄢˊ 忽然改變的樣子。例幡然醒悟。

次 13 **幧** 形解 形聲；從巾，喿聲。裹頭髮用的布巾爲幧。

音義 ㄑㄧㄠ 名 古男人用的頭巾；例幧頭。
參考 又音 ㄘㄠ。

次 13 **幨** 形解 形聲；從巾，詹聲。詹有障蔽的意思，所以牀帳爲幨。

音義 ㄔㄢ 名 車幔，通「襜」；例幨帷。
ㄔㄢ 名 衣襟；例豹幨。

常 14 **幫** 形解 會意；從封帛。封有鞏固的意思，古時用布帛包裹鞋子的邊緣，使之牢固爲幫。

音義 ㄅㄤ 名 ①結合同職業，同旨趣，同籍貫的民衆所組成的團體；例廣東幫會。②中空物體旁邊的部分，對「底」而言；例鞋幫。③同伙或同行；例茶幫。動 輔助；例幫助。形 伙，羣；例大幫人馬。

參考 ①「幫助」的「幫」字，與「邦國」的「邦」字，音同而義殊，不可混用。②「幫」字俗作「帮」。③同助。

4 **幫手** ㄅㄤ ㄕㄡˇ 幫助他人處理事務的人。
參考 與「助手」同義，而後者常用爲正式職稱。

7 **幫助** ㄅㄤ ㄓㄨˋ 替人出主意或以人力、物力去支持別人。
參考「贊助」和「援助」也都有給予支持的意思。「贊助」常用於書面，主要指精神上、道義上的支持。「援助」也指以人力、物力去支持別人，著重在使別人能擺脫困境。「幫助」的使用範圍比前二者更廣，可以用於別人，也可以用於自己。

12 **幫閒** ㄅㄤ ㄒㄧㄢˊ 幫著紈袴子弟尋歡作樂的人。

幫腔 ㄅㄤ ㄑㄧㄤ (一)指戲曲演出中，場上或後臺的幫唱，用以襯托演員的唱腔，渲染舞臺氣氛，描寫環境和刻劃劇中人的心情。(二)支持或附和別人的說法。亦作「幫喘」。

13 **幫會** ㄅㄤ ㄏㄨㄟˋ 社會上的秘密組織。

16 **幫辦** ㄅㄤ ㄅㄢˋ (一)幫著做事。(二)協助單位主管處理公務的官員，如中央各部的幫辦，相當於副司長。

次 14 **幬** 形解 形聲；從巾，壽聲。壽有分界的意思，所以帷帳爲幬。

音義 ㄔㄡˊ 名 ①帳帷，通「裯」。②車幔；例素幬。
ㄉㄠ 動 覆蓋。

次 14 **幪** 形解 形聲；從巾，蒙聲。蒙有遮掩的意思，所以用來覆蓋的布巾爲幪。

音義 ㄇㄥˊ 動 覆掩。
ㄇㄥˊ 形 茂盛的；例幪幪。

【干部】 ㄍㄢ

㊖ 0

干

形解 象形；象盾形。

干 ①

音義 ㄍㄢ 名①盾牌；例能執干戈，以衞社稷。②古代記年的符號；例干支。③岸邊；例河干。④不定的數目；例若干。⑤乾燥的食品，通「乾」；例豆腐干。⑥姓。動①冒犯長上；例干犯。②乞求；例干祿。③相關連；例與你何干？

參考 ①「干」與「乾」有別，「干」有冒犯、乞求的意思，如：干犯、干祿等，不可寫成「乾」；而「乾」有乾燥、枯竭的意思，如：乾柴、口乾舌燥等，不可寫成「干」字。②「干」字第一筆應該平直，與由右往左撇的「千」字，宜加區分。③同求，犯。④孳刊、奸、汗、犴、肝、邗、竿、軒、䶢、岸、旱、焊。

4 **干戈** ㄍㄢ ㄍㄜ (一)古時的兵器；干是盾牌，戈是矛戟。(二)戰爭的代稱。

干支 ㄍㄢ ㄓ 天干和地支。天干有十個：甲、乙、丙、丁、戊、己、庚、辛、壬、癸。地支有十二個：子、丑、寅、卯、辰、巳、午、未、申、酉、戌、亥。二者合稱為「干支」。

5 **干犯** ㄍㄢ ㄈㄢˋ 冒犯，侵犯。

參考 同干冒。

6 **干休** ㄍㄢ ㄒㄧㄡ 罷休，停止，多指人的心願。例絕不善罷干休。又作「甘休」。

9 **干城** ㄍㄢ ㄔㄥˊ 能抵禦敵人，保衞城池的人。例為國干城。

干係 ㄍㄢ ㄒㄧˋ 牽連，關係。

參考 ①同干連。②見「相干」條。

10 **干涉** ㄍㄢ ㄕㄜˋ (一)對別人的事情強行過問或干預。例干涉內政。(二)牽涉，關聯。例這件事與我毫無干涉。

參考 與「干擾」、「干預」都指以言論或行動，影響他人或事物。「干涉」是管別人的事，使它照著自己的意願去辦。「干預」是指過問並參與別人的事，加以影響。「干涉」、「干預」有時可以互用。「干擾」是指過問並且加以擾亂，除了用於人和事外，還可用於電波間的干擾。

13 **干預** ㄍㄢ ㄩˋ (一)參預並且過問他人的事務。(二)牽涉。

參考 ①又作「干與」、「干豫」。②參閱「干涉」條。

16 **干謁** ㄍㄢ ㄧㄝˋ 為了謀求祿位而求見當權的人。謁：拜見。

18 **干擾** ㄍㄢ ㄖㄠˇ (一)干犯擾亂。例請勿干擾我讀書。(二)指電波通信中，在接收電信號時，其他電信號對它起妨礙的作用。

21 **干譽** ㄍㄢ ㄩˋ 釣取名譽。

參考 參閱「干涉」條。

▽若干、欄干、江干、相干、天干、何干、無干、不相干、與卿何干。

㊖ 2

平

形解 會意；從丂八。丂有分的意思，八象氣體逸出形；所以說話安舒平穩為平。

音義 ㄆㄧㄥˊ 名①古四聲之一，發聲時頻率平穩安定，分「陰平」、「陽平」兩種。②地「北平」的省稱；例平津一帶。③姓。動平定；例平靖。形①平坦的；例星移平野闊。②均衡的；例平等。③寧靜，不受激動的；例心平氣和。④往常；例平生。⑤沒有危險；例平安保險。⑥普通的；例平凡。

參考 ①同坦。②反曲，折。③孳坪、枰、秤、砰、苹、萍、評、呯。

3 **平凡** ㄆㄧㄥˊ ㄈㄢˊ 平淡而不突出。

參考「平凡」與「平常」都指一般的、普通的；但前者著重在不出色，不突出，和「偉大」、「非凡」相對；後者指常見的、不特別的，與「稀奇」相對。又指往常，平時等意思。

4 **平反** ㄆㄧㄥˊ ㄈㄢˇ 對於冤屈、錯判

的案件加以糾正，使重返清白。

性情平易。

參考 同昭雪。

平允 ㄆㄧㄥˊ ㄩㄣˇ (一)公平適當。(二)

平仄 ㄆㄧㄥˊ ㄗㄜˋ 我國文字的讀音平聲和仄聲，平聲指國語的一聲、二聲。仄聲指三聲、四聲和短而促的入聲。（今國語中入聲已消失，方言則多仍保有，如閩南語中的屋、谷、祿等即是）多用於詩詞的格律中。

平方 ㄆㄧㄥˊ ㄈㄤ (一)數某數自乘的積，稱某數平方。如：$3\times3=9=3^2$，3^2叫做三的平方，又稱二次方、二乘根。(二)量詞，用作面積單位。例平方公尺。

平分秋色 ㄆㄧㄥˊ ㄈㄣ ㄑㄧㄡ ㄙㄜˋ 比喻雙方勢均力敵，各得一半。又作「秋色平分」，「平分春色」。

平心而論 ㄆㄧㄥˊ ㄒㄧㄣ ㄦˊ ㄌㄨㄣˋ 拋除意氣用事，以平靜的心情和公正的態度來立論。

平心靜氣 ㄆㄧㄥˊ ㄒㄧㄣ ㄐㄧㄥˋ ㄑㄧˋ 心平氣和，態度冷靜。

參考 和「心平氣和」有別：「心平氣和」語氣偏重是在「和」字上，通常文後可接「下來」、「起來」等詞語；而「平心靜氣」偏重在「靜」字上。二者所強調的不同。

5 **平白** ㄆㄧㄥˊ ㄅㄞˊ 無端，無緣無故。

參考 同無端，憑空。

平正 ㄆㄧㄥˊ ㄓㄥˋ 公平正直而毫不偏曲。

參考 參閱「公平」條。

平生 ㄆㄧㄥˊ ㄕㄥ (一)一生，一輩子。(二)一向。例素昧平生。

參考 同生平。

平民 ㄆㄧㄥˊ ㄇㄧㄣˊ 普通的人民。例孔子開平民教育的先河。

6 **平行** ㄆㄧㄥˊ ㄒㄧㄥˊ (一)數同一平面中的兩條直線，距離相等，永遠不相交，就說它們互相平行。例平行四邊形。(二)指地位相等，沒有高低分別。例教育部和內政部是平行機關。(三)同時進行。例平行作業。

平地 ㄆㄧㄥˊ ㄉㄧˋ (一)地面的泛稱。例萬丈高樓平地起。(二)平坦的土地，與高山、深谷相對而言。(三)無緣無故的，忽然的。例平地起風波。

平地風波 ㄆㄧㄥˊ ㄉㄧˋ ㄈㄥ ㄆㄛ 比喻突然發生的意外事故變化。

平交道 ㄆㄧㄥˊ ㄐㄧㄠ ㄉㄠˋ 交和鐵路相交的道路，通常設有柵欄和警示標幟。

平安 ㄆㄧㄥˊ ㄢ 安穩而沒有危險。

7 **平均** ㄆㄧㄥˊ ㄐㄩㄣ (一)數將若干不同的數值加在一起，然後除以這些數的個數，所求得的商。(二)相等而沒有輕重多少的分別。例平均分配。

參考 衍平均值、平均數。

平步青雲 ㄆㄧㄥˊ ㄅㄨˋ ㄑㄧㄥ ㄩㄣˊ 比喻不費氣力，一下子就達到了很高的地位。青雲：高空，比喻崇高的地位。

參考 和「平步登天」有別：後者除著重在一下子達到很高的地位之外，還有達到很高的境界的意思；而前者只用來形容輕易地步步高升，直線上升的意思。

8 **平坦** ㄆㄧㄥˊ ㄊㄢˇ 形容沒有高低凸凹的平面。

平空 ㄆㄧㄥˊ ㄎㄨㄥ 無緣無故，突然發生。

參考 同平白。

平定 ㄆㄧㄥˊ ㄉㄧㄥˋ (一)用武力消除暴亂，使秩序安定。例平定內亂。(二)太平安定，多指社會秩序方面。例近來地方上非常平定。

平易近人 ㄆㄧㄥˊ ㄧˋ ㄐㄧㄣˋ ㄖㄣˊ (一)態度和藹、隨和，很容易和人親近。(二)專指文字用語通俗淺顯，容易了解。

參考 ①參閱「和顏悅色」條。②與「和顏悅色」、「和靄可親」有別：「和靄可親」和「平易近人」都含有使人容易接近的意思；而「和顏悅色」則無。同樣形容溫和，「和顏悅色」偏重於臉部的表情；「和靄可親」和「平易近人」則偏重在作風、態度上，有時也能表示人的性格或特點。

平明 ㄆㄧㄥˊ ㄇㄧㄥˊ 天剛亮的時候。

參考 同平旦，黎明，破曉。

10 **平時** ㄆㄧㄥˊ ㄕˊ 平常的時候。

參考 同平日，平素。

平素 ㄆㄧㄥˊ ㄙㄨˋ (一)平時，素來。

㈡平生。例平素之志。

平息 ㄆㄧㄥˊ ㄒㄧ ㈠平靜，靜止。㈡平定止息。例平息戰亂。

參考 ①同平定，平靖。②參閱「停息」條。

11 **平添** ㄆㄧㄥˊ ㄊㄧㄢ 增加。

平庸 ㄆㄧㄥˊ ㄩㄥ 一般的，平常的。常用於形容人的才能。例資質平庸。

平淡 ㄆㄧㄥˊ ㄉㄢˋ 平常，無味。例故事平淡。

平常 ㄆㄧㄥˊ ㄔㄤˊ ㈠平日，平時。㈡平凡不足為奇的事物。㈢稍有不佳，含有貶損的意思。例他的聲名平常。

12 **平等** ㄆㄧㄥˊ ㄉㄥˇ 通常指人與人間的權利機會均等。

15 **平鋪直敘** ㄆㄧㄥˊ ㄆㄨ ㄓˊ ㄒㄩˋ 形容作文的結構，用直接的敍述和鋪陳，沒有曲折雕飾的變化。

參考 和「平淡無奇」有別：前者强調沒有起伏，重點在不突出；後者强調無出色之處。前者只用於形容說話、寫文章；後者除此之外，尚可用以形容景色和事物，應用範圍較大。

16 **平衡** ㄆㄧㄥˊ ㄏㄥˊ ㈠對立的各方面在數量上相對或相抵。例收支平衡。㈡物兩個或兩個以上的力作用在一個物體上，各個力量互相抵消，使物體處於相對靜止的狀態。

平衡木 ㄆㄧㄥˊ ㄏㄥˊ ㄇㄨˋ ㈠體操用的器械之一，在兩根支柱上架一根上面為平面的橫木。㈡運動項目之一種，為女子體操，運動者在平衡木上做滾翻、空翻、跳躍、轉體、平衡等動作。

平靜 ㄆㄧㄥˊ ㄐㄧㄥˋ ㈠安靜沒有波動。㈡社會秩序安定而沒有動亂。

參考 與「寧靜」都有安靜的意思。前者使用範圍較廣，用於社會、環境、心情的平息、安定等方面；後者多指安靜無聲的環境、狀態等。

17 **平聲** ㄆㄧㄥˊ ㄕㄥ 我國語音四聲之一，平聲包括：陰平、陽平，即今國語一聲和二聲。

19 **平穩** ㄆㄧㄥˊ ㄨㄣˇ 平靜安穩。

22 **平糴** ㄆㄧㄥˊ ㄉㄧˊ 豐收時買穀糧儲存，以備荒年時發賣。是政府救濟饑荒緊急的政治措施。糴：把米穀買進來。

25 **平糶** ㄆㄧㄥˊ ㄊㄧㄠˋ 荒年米穀昂貴時，以公平合理的價格普遍賣出去。糶：把米穀賣出去。

▽開平、公平、均平、水平、清平、太平、不平、和平、地平、剷平、天平、陰平、陽平、治平、打抱不平、忿忿不平、粉飾太平、歌舞昇平。

常 3

年

解形  會意；從禾，千聲。千為一人，人負禾而歸，所以穀熟為年。

音義 ㄋㄧㄢˊ 名 ①地球公轉一周所需的時間；例一年三百六十五天。②年節；例過年。③人的歲數；例年齡。

參考 ①同歲，載，祀。②「年」字前邊直接加數詞，不用量詞。

3 **年久失修** ㄋㄧㄢˊ ㄐㄧㄡˇ ㄕ ㄒㄧㄡ 經過久遠的年代，沒有好好修理，以致損毀。

5 **年代** ㄋㄧㄢˊ ㄉㄞˋ ㈠時代。例年代久遠。㈡把一世紀（一百年）分為十個單位，每個單位是十年，稱為一個年代。例西元一九八〇—一九八九是二十世紀八十年代。

參考 與「年頭」都指較長的時間，「年代」指較長的時期或十年。「年頭」指一整年，或泛指某個時代，也可指莊稼的收成。

6 **年成** ㄋㄧㄢˊ ㄔㄥˊ 農事穀物收穫的狀況。

參考 ①又作「年程」。②同年景。

7 **年利** ㄋㄧㄢˊ ㄌㄧˋ 按年計算的利息。

參考 同年息。

8 **年事** ㄋㄧㄢˊ ㄕˋ 歲數，年紀。

參考 同年歲。

年庚 ㄋㄧㄢˊ ㄍㄥ 人的生辰年、月、日、時。俗稱「八字兒」。

年表 ㄋㄧㄢˊ ㄅㄧㄠˇ 我國史書體例之一，是以年為經，以事為緯而編列的圖表。如史記的十二諸侯表。

9 **年限** ㄋㄧㄢˊ ㄒㄧㄢˋ 規定的年數。

年度 ㄋㄧㄢˊ ㄉㄨˋ 根據業務性質和需要而規定的，有一定起止日期的十二個月。如會計年度、學年度。

年紀 ㄋㄧㄢˊ ㄐㄧˋ ㈠人的年齡。例年紀老大。㈡年數。

10 **年級** ㄋㄧㄢˊ ㄐㄧˊ 學校中依年限、課程所分的學級。

年高德劭 ㄋㄧㄢˊ ㄍㄠ ㄉㄜˊ ㄕㄠˋ 年高而有德望的人。劭：善美，又作「卲」。

11 **年假** ㄋㄧㄢˊ ㄐㄧㄚˋ 過年時所休的假期。

12 **年景** ㄋㄧㄢˊ ㄐㄧㄥˇ ㈠一年的農事收成。例年景不佳。㈡過年的景象。

參考 同年成。

年華 ㄋㄧㄢˊ ㄏㄨㄚˊ 時光，年齡。

參考 同光陰，年光，韶華，年壽。

年畫 ㄋㄧㄢˊ ㄏㄨㄚˋ 中國特有的一種繪畫體裁。供人們在過年時張貼，大多含有祝福祈年的意義。

13 **年資** ㄋㄧㄢˊ ㄗ ㈠指個人在機關團體裏工作的期間和資歷。㈡按年計算的薪資。

參考 同年薪。

年號 ㄋㄧㄢˊ ㄏㄠˋ 舊時君主紀年的名號，我國自漢武帝建元元年(公元前一四〇年)開始即有。例貞觀是唐太宗的年號。

年歲 ㄋㄧㄢˊ ㄙㄨㄟˋ ㈠年齡，歲月。㈡農事收成。例年歲不登。

14 **年輕** ㄋㄧㄢˊ ㄑㄧㄥ 年紀不大。例年輕力壯。

參考 ①同年少。②不可作「年青」，青是綠色，引申有朝氣蓬勃，向上的意思，所以「青年」不可作「輕年」。③與「青年」都有年紀不大的意思，前者專指年齡而言，後者是指人而言。

15 **年輪** ㄋㄧㄢˊ ㄌㄨㄣˊ 樹幹的橫斷面所生色彩濃淡不一的環紋，每年形成一生長輪，稱爲年輪，觀察年輪可測知樹齡。

17 **年邁** ㄋㄧㄢˊ ㄇㄞˋ 年齡衰老。

參考 同年老。

19 **年譜** ㄋㄧㄢˊ ㄆㄨˇ 依照編年的體例記載某人生平事蹟的書籍。例孟子年譜。

年關 ㄋㄧㄢˊ ㄍㄨㄢ 俗指農曆年底。舊俗債主在年終結帳，一切債款都必須在此時清償，所以欠債者有如關隘難以渡過一般，故名。今泛指「歲暮」。

20 **年齡** ㄋㄧㄢˊ ㄌㄧㄥˊ 年紀，歲數。

參考 同年齒。

22 **年鑑** ㄋㄧㄢˊ ㄐㄧㄢˋ 一年一次所載錄時事資料的刊物。有兩種形式：一爲敘事體，一爲統計數字。內容有時局限於某一學科。例教育年鑑。

▽往年、學年、凶年、行年、弱年、少年、中年、老年、新年、青年、盛年、當年、豐年、每年、幼年、翌年、來年、晚年、過年、永年、成年、暮年、終年、長年、去年、今年、天年、流年、壯年、實年、天不假年、古稀之年、度日如年、急景殘年、風燭殘年、慘綠少年、遺臭萬年、英雄出少年。

常 3

并

形解 象形；象兩人相併立形。

音義 ㄅㄧㄥˋ 動 ①合，通「併」；例兼并。②屏除，通「屛」。副 ①同，通「並」；例并列。②競；例一時并起。

ㄅㄧㄥ 名 地 古十二州之一。

參考 「并」與「併」都有兼合的意思，習慣上，「併發症」仍用「併」而不作「并」。

常 5

幸

形解 會意；從夭從屰。夭有死的意思，屰是不順；逢吉而免凶爲幸。

音義 ㄒㄧㄥˋ 名 ①福分；例榮幸。②姓。動 ①希冀；例幸勿推辭。②舊稱帝王的行動所及(之地或人)；例巡幸。③歡喜；例欣幸。副 ①意外地獲得或避免；例幸免。②語氣上猶言「多虧」；例幸蒙厚愛。

參考 ①「幸」與「辛」形體不同：「幸」上方從「土」，「辛」上方從「立」；讀音不同：「幸」讀 ㄒㄧㄥˋ，「辛」讀 ㄒㄧㄣ；意義不同：「幸」有福分、希冀的意思，「辛」有辣味、勞苦的意思。②「幸」與「倖」雖然都有僥倖的意思，但「幸得」、「幸免」習慣上不寫作「倖得」、「倖免」。「僥倖」也不作「僥幸」。③孳倖。

7 **幸免** ㄒㄧㄥˋ ㄇㄧㄢˇ 僥倖地脫免。例幸免於難。多指災難、禍事而言。又作「僥免」。

幸災樂禍 ㄒㄧㄥˋ ㄗㄞ ㄌㄜˋ ㄏㄨㄛˋ 別人有了災禍，不但不同情，反而感到高興。

9 幸甚 ㄒㄧㄥˋ ㄕㄣˋ ㈠形容非常地希望。㈡書信用語，是說蒙受恩澤非常多。

13 幸運 ㄒㄧㄥˋ ㄩㄣˋ ㈠機會趕得巧而恰到好處。例幸運中獎。㈡稱心如意。

14 幸福 ㄒㄧㄥˋ ㄈㄨˊ 生活、境遇愉快而美滿。

17 幸虧 ㄒㄧㄥˋ ㄎㄨㄟ 在緊急中，因某種外來的原因而喜得脫免。

參考 同幸而，幸好，好在。

▽行幸、巡幸、親幸、薄幸、不幸、臨幸、寵幸、慶幸、儌幸、甚幸、冀幸、三生有幸、不幸中的大幸。

常 10 **幹** 形解 形聲；字本作榦，從木，倝聲。版築牆壁時兩邊用來擋土的柱子爲榦。

音義 ㄍㄢˋ 名①動物的軀體；例軀幹。②植物的主要部分；例枝幹。③事物的根本；例骨幹。④河道或鐵路等的主流或主線；例新幹線。⑤做事的能力；例才幹。⑥姓。動做；例苦幹實幹。形①有才能的；例幹練。②主管的；例幹吏。

ㄏㄢˊ 名木欄，通「韓」；例井幹。

參考 ①「幹」右下方從「干」，「斡」右下方從「斗」，音ㄨㄛˋ；「斡旋」不能寫成「幹旋」，也不能讀成「幹旋」，宜加區分。②同做，能，軀。

3 幹才 ㄍㄢˋ ㄘㄞˊ ㈠辦事的才能。㈡有辦事才能的人。例他是個幹才。

參考 ①同才幹。②又作「幹材」。

8 幹事 ㄍㄢˋ ㄕˋ ㈠能夠擔任事務。例足以幹事。㈡辦理事務。例幹事有績。㈢泛稱較低層的辦事人員。例村里幹事。

9 幹勁 ㄍㄢˋ ㄐㄧㄣˋ 做事的熱忱與精力。例幹勁十足。又作「幹勁兒」。

10 幹員 ㄍㄢˋ ㄩㄢˊ 辦事能力強而熟練的官吏或職員。

11 幹部 ㄍㄢˋ ㄅㄨˋ 政黨或公家機關、軍隊、團體中擔任一定領導職務的人員。例班級幹部。

參考 反羣衆。

15 幹線 ㄍㄢˋ ㄒㄧㄢˋ 指交通線、電線、輸送管道(水管、輸油管之類)等主要線路。

參考 ①同幹路，幹道。②反支線。

幹練 ㄍㄢˋ ㄌㄧㄢˋ 辦事能力強而又有經驗。

參考 與「老練」都指有經驗，前者偏於辦事的才能，後者偏重由經驗的累積而做事精明，有時稍具貶損的意思。如：他闖蕩江湖多年，已經非常幹練了。

▽軀幹、才幹、主幹、骨幹、能幹、強幹、何幹、硬幹、枝幹、樹幹、蠻幹、洗手不幹、埋頭苦幹。

【幺部】 ㄧㄠ

常 2 **幻** 形解 指事；倒予。予是給，倒予則是不給，表給。好像要給而又不給，示彼此互相欺詐惑亂爲幻。

音義 ㄏㄨㄢˋ 動①變化；例變幻莫測。②惑亂；例幻惑。形憑空虛構，不眞實的；例幻影。副空洞地；例幻想。

參考 同變，化。

11 幻術 ㄏㄨㄢˋ ㄕㄨˋ 惑亂觀衆視線，掩蓋眞實動作，使人覺得變化莫測的技術。

參考 衍幻術家。

13 幻滅 ㄏㄨㄢˋ ㄇㄧㄝˋ 夢想或幻象因受現實的打擊而破滅、落空。

幻想 ㄏㄨㄢˋ ㄒㄧㄤˇ 虛幻而不切實際的想象。

參考 ①衍幻想力。②參閱「夢想」條。③「幻想」、「理想」有別：「幻想」距離現實較遠，難有實現的希望。「理想」是比較合理的希望，比較有實現的可能。

14 幻境 ㄏㄨㄢˋ ㄐㄧㄥˋ 虛幻而不實的境界。

15 幻影 ㄏㄨㄢˋ ㄧㄥˇ 夢幻中的景象。

16 幻燈 ㄏㄨㄢˋ ㄉㄥ 通過一種光學儀器，把圖片或透明正片上的影象放大，使成像於銀幕上。

參考 衍幻燈機、幻燈片、幻燈同步器。

20 **幻覺** ㄏㄨㄢˋ ㄐㄩㄝˊ 無外界實物刺激而產生出的實物存在的錯覺。

▽浮幻、變幻、夢幻、虛幻、泡幻、妖幻、如幻、譸張為幻、如夢似幻。

常 2 **幼** 形解 會意；從幺力。幺有小義，力量小就表示年紀還小，所以會年少的意思。

音義 一ㄡˋ 名小孩兒；例長幼有序。動對兒童愛護；例幼吾幼以及人之幼。形①年齡小的；例幼年。②初生的；例幼蟲。③缺乏經驗或智能薄弱的；例行為幼稚。

參考 ①同小，弱，稚，少，嫩。②反壯，大。

6 **幼年** 一ㄡˋ ㄋㄧㄢˊ 年紀很小的時候。習慣上指未入小學以前，即六歲以前。

9 **幼苗** 一ㄡˋ ㄇㄧㄠˊ ㈠植植物剛出土的胚芽。㈡比喻兒童。例兒童是國家的幼苗。

13 **幼稚** 一ㄡˋ ㄓˋ ㈠年紀幼小。㈡形容知能淺薄，缺乏經驗的樣子。稚：又作「穉」。

參考 ①反成熟。②衍幼稚園、幼稚病、幼稚教育。

幼稚園 一ㄡˋ ㄓˋ ㄩㄢˊ 教招生並教育三至六歲，尚未就讀小學的幼童的教育機構。

▽童幼、老幼、長幼、稚幼、婦幼、扶老攜幼、幼吾幼以及人之幼。

常 6 **幽** 形解 會意；從山𢆶。𢆶有微小的意思，所以山中隱密的地方為幽。

音義 一ㄡ 名①闇，與「明」對。②宗民間信仰所指的陰間；例幽冥。③地州名，古十二州之一；例幽州。④姓。動囚禁；例幽禁。形①深黑的；例幽谷。②景色清勝的；例幽雅。③僻靜的；例幽寂。例④秘密的；例幽會。副深藏不露地；例幽憤。

參考 ①同暗，靜，深。②反明，朗。

7 **幽谷** 一ㄡ ㄍㄨˇ ㈠幽深的山谷。㈡比喻低下的地方。

8 **幽門** 一ㄡ ㄇㄣˊ 生在胃下部，連接十二指腸的地方，有可以開合的孔，由括約肌控制。當食物酸性適度時，幽門便會打開。

幽囹 一ㄡ ㄌㄧㄥˊ 即牢獄。

幽居 一ㄡ ㄐㄩ 居住在深隱僻靜的地方。

參考 同隱居。

幽明 一ㄡ ㄇㄧㄥˊ ㈠善惡智愚。㈡有形無形的現象。㈢鬼神與人。今常用為分別人鬼的界限，以陰間為幽，陽世為明。例幽明分隔。

幽明永隔 一ㄡ ㄇㄧㄥˊ ㄩㄥˇ ㄍㄜˊ 陰間與陽間，阻隔難通。比喻人鬼之間永遠不能互通。

參考 同幽明異路。

9 **幽美** 一ㄡ ㄇㄟˇ 幽靜而引人遐思的美感。

幽幽 一ㄡ 一ㄡ 深遠的樣子。

參考 衍幽幽谿谷。

幽思 一ㄡ ㄙ ㈠沈靜地深思。㈡深藏的思想感情。

10 **幽冥** 一ㄡ ㄇㄧㄥˊ ㈠昏暗不明。㈡宗佛家中指地獄及餓鬼道道。又稱「冥土」。

11 **幽深** 一ㄡ ㄕㄣ 陰暗、隱微而深遠。

12 **幽雅** 一ㄡ 一ㄚˇ 形容地方清靜而雅麗。

13 **幽會** 一ㄡ ㄏㄨㄟˋ 指男女二人隱秘的約會。

16 **幽靜** 一ㄡ ㄐㄧㄥˋ 清幽而寧靜。

幽默 一ㄡ ㄇㄛˋ ㈠深沈而安靜。㈡外能引起有趣可笑或荒謬怪誕意識的言行、事物或觀念。通常帶有深刻的諷刺意味。

參考 ①「幽默」可作名詞或形容詞用，如「他很懂得幽默」，「你真幽默」；也可拆開作動詞用，如「幽他一默」。②參閱「詼諧」條。

24 **幽靈** 一ㄡ ㄌㄧㄥˊ 稱人死後的靈魂。因肉眼看不到，邈遠而隱微，故稱。

參考 ①同幽魂，陰魂。②衍幽靈式戰機。

▽清幽、探幽、僻幽、尋幽、深幽、曲徑通幽。

㊌ 9 **幾** 形解 會意；從𢆶從戍。𢆶爲隱密，戍是兵守；隱密的地方需多加守衛，所以危殆爲幾。

音義 ㄐㄧˇ 形 ①多少，詢問數量或時間；例明月幾時有？②表示不定之數，通常指較少的；例加添幾個位子。

ㄐㄧ 名 ①細微的迹象；例見幾而作。②姓。形 微小的；例幾希。副 將近；例庶幾。

參考「幾」讀ㄐㄧ時，與從「木」的「機」有別。「幾」有細微、將近的意思，如：庶幾，幾希；而「機」有原委、時宜的意思，如：動機、勿失良機。

5 **幾乎** ㄐㄧ ㄏㄨ 差不多，很接近。表示接近的程度。例他的薪水幾乎是我的兩倍。

參考 ①同幾幾。②「幾乎」與「簡直」都是用來强調的副詞，但「幾乎」所表示的只是極接近某種程度；而「簡直」則更誇張强調，表示到達的程度非常高。

7 **幾希** ㄐㄧ ㄒㄧ 相差不多，沒有多少。

幾何 ㄐㄧˇ ㄏㄜˊ ㈠幾許，多少。㈡數「幾何學」的簡稱。

10 **幾時** ㄐㄧˇ ㄕˊ 什麼時候。是表示不定時的副詞，常用於疑問句。

11 **幾許** ㄐㄧˇ ㄒㄩˇ 多少。

參考 同幾多。

▽不知凡幾、寥寥無幾。

【广 ㄧㄢˇ 部】

㊀ 2 **庀** 形解 形聲；從广，比省聲。比有整齊的意思，所以整頓政事爲庀。

音義 ㄆㄧˇ 動 ①治理。②整備。③庀護，通「庇」。

㊌ 4 **序** 形解 形聲；從广，予聲。堂上的東西牆爲序。

音義 ㄒㄩˋ 名 ①中堂兩旁的牆壁；例西序。②古代學校名；例庠序。③次第；例循序漸進。④文體的一種，介紹或評述一部著作或一篇文章的文字，通「敍」；例序言。⑤季節；例一年四序。⑥姓。形 重大事情的開端；例序幕。

參考「序」、「敍」、「緒」只有在當作文體時可以通用，餘則不可。

4 **序文** ㄒㄩˋ ㄨㄣˊ 文體的一種，通常寫在正文前面，或由作者說明寫書經過，概述全書大意；或由別人介紹和評論該書的內容。

參考 同序言，敍言。

6 **序曲** ㄒㄩˋ ㄑㄩˇ 音 歌劇開幕前，爲了製造氣氛或暗示劇情所演奏的管絃樂曲。

參考 同前奏曲。

序列 ㄒㄩˋ ㄌㄧㄝˋ 按照次序排列。

12 **序跋** ㄒㄩˋ ㄅㄚˊ 文 文體的一種，附在正文前後，介紹、批評著作，並陳述寫作宗旨或記載讀後感想的文章。放在正文前的稱「序」，放在正文後的稱「跋」。

14 **序幕** ㄒㄩˋ ㄇㄨˋ ㈠戲劇公演時，排在第一幕之前，介紹劇中人物歷史、劇情發生背景或預示全劇主題的報導劇。㈡比喻重大事件的開端。例一串炮鳴，展開了校慶活動的序幕。

▽次序、自序、順序、小序、大序、代序、秩序、列序、庠序、西序、天序、依序、循序、長幼有序。

㊌ 4 **庇** 形解 形聲；從广，比聲。比有親密的意思，親密的人同在屋下，所以蔽護爲庇。

音義 ㄅㄧˋ 動 ①覆蔽；例庇蔭。②保護；例庇佑。

參考 ①「庇」不可讀成ㄆㄧˋ。②同護，佑。

15 **庇蔭** ㄅㄧˋ ㄧㄣˋ 遮蔽保護。

21 **庇護** ㄅㄧˋ ㄏㄨˋ 包庇，維護。

參考 參閱「保護」條。

▽天庇、神庇、保庇、陰庇、包庇、影庇、佑庇、暗庇。

㊌ 4 **床** 形解 「牀」的俗字，參閱「牀」字條。

音義 ㄔㄨㄤˊ 名 ①供人睡臥的寢具；例鐵床。②古稱坐榻；例胡床。③放置器物的架子；例琴床。
參考 字亦作「牀」。
▽起床、病床、臨床、溫床、鋪床、疊床、同床、分床、車床、牙床、尿床、賴床、彈簧床、席夢思床、坦腹東床。

次 4 **庋** 形解 形聲；從广，支省聲。技有承載的意思，所以在樓閣藏物爲庋。
音義 ㄐㄧˇ 動 收藏；例庋藏。名 擱置物品的木架。
參考 庋又音 ㄍㄨㄟˇ。

常 5 **庚** 形解 象形；象一種有耳，搖動時會發出聲音的樂器，即後世的手鐘。
音義 ㄍㄥ 名 ①天干的第七位；例庚辛壬癸。②年齡；例貴庚。③姓。
參考 擊 康、穅、賡、慷、唐、糖、搪、塘。
▽同庚、貴庚。

常 5 **店** 形解 形聲；從广，占聲。字本作「坫」。占所以問神，有尊崇的意思；屋中供放置酒器的高臺爲坫。俗作「店」。
音義 ㄉㄧㄢˋ 名 ①陳列貨品以求賣價的建築物；例雜貨店。②旅館；例住店。
參考 同 鋪。
3 **店小二** ㄉㄧㄢˋ ㄒㄧㄠˇ ㄦˋ 俚 俗稱商店的夥計，通常指旅店或酒肆飯館的侍者。
參考 ①同 跑堂的。②反 店東，店主。
8 **店東** ㄉㄧㄢˋ ㄉㄨㄥ 商店的主人。
參考 ①同 店主。②反 夥計，店員。
9 **店面** ㄉㄧㄢˋ ㄇㄧㄢˋ 商店的門面，是進行交易的地方。
參考 衍 店面房子。
14 **店夥** ㄉㄧㄢˋ ㄏㄨㄛˇ 舊稱商店中的夥計，即今所謂店員。
參考 反 店東、店主。
15 **店鋪** ㄉㄧㄢˋ ㄆㄨˋ 商店。
▽商店、書店、露店、野店、本店、旅店、分店、新店、客店、飲食店、專賣店、小吃店、代理店、百年老店。

常 5 **府** 形解 形聲；從广，付聲。文書所藏的地方爲府。
音義 ㄈㄨˇ 名 ①舊時官員辦公的所在，或官方收藏文書或財物的地方；例官府。②政府最高決策單位的辦事機構；例總統府。③指事物或人物滙集之處；例最高學府。④尊稱別人的住宅；例府上。⑤舊稱達官貴人的住所；例王府。⑥唐至清代的行政區域，介於省與縣之間；例成都府。⑦姓。
參考 擊 腑、俯、腐。
3 **府上** ㄈㄨˇ ㄕㄤˋ (一)尊稱他人的家宅。例我再過兩天會到府上去拜訪。(二)請教他人籍貫的客氣用語。例請問府上那裏？
參考 反 舍下。
7 **府君** ㄈㄨˇ ㄐㄩㄣ (一)漢代對太守的尊稱。府：漢代太守的居處。(二)子孫對已故父祖的尊稱。(三)對尊者、長者的敬稱。
10 **府庫** ㄈㄨˇ ㄎㄨˋ 國家儲藏公帑、財貨的地方。
14 **府綢** ㄈㄨˇ ㄔㄡˊ 柞蠶絲織品。質地堅韌細緻而耐久，以山東歷城、蓬萊等縣出產的最著名，所以又稱「山東綢」。
▽學府、樂府、官府、政府、天府、幕府、冥府、六府、城府、到府、省府、胸無城府。

常 5 **底** 形解 形聲；從广，氐聲。氐有停止的意思，所以在屋內止居爲底。
音義 ㄉㄧˇ 名 ①器物的下層或下面；例杯底。②終極，盡頭；例年底。③基礎；例根底。④草稿；例底稿。動 達到；例終底於成。助 何，表疑問；例干卿底事？ ˙ㄉㄜ 介 置於名詞或代名詞後，表所有的意思；例我底稿子。
參考 ①「底」當介詞用時，今多用「的」字來代替。②同 下，的。
3 **底子** ㄉㄧˇ ˙ㄗ 俚 指根基，基礎。例國學底子。
4 **底片** ㄉㄧˇ ㄆㄧㄢˋ 照像所用，塗有

感光性藥品以映入影像的玻璃片(乾片)或賽璐珞片(軟片)。上面所呈現的是陰畫，可供印正像之用。又稱「陰片」、「負片」。

8 **底定** ㄉㄧˇ ㄉㄧㄥˋ (一)穩定而不震蕩。(二)平靖安定。

11 **底細** ㄉㄧˇ ㄒㄧˋ 詳細的根由和隱晦的情形。

參考 「底細」用於事物時，與「原委」、「眞相」意義相通，如：「你倒底弄清整件事的底細沒有?」用於人時，則不可通用。

15 **底稿** ㄉㄧˇ ㄍㄠˇ 保留以作爲依據的稿本。

參考 ①同底本。②「底稿」與「原稿」多半都指非正式的稿子。「原稿」雖有時也作依據用，但强調的是最初、最原始的稿本；「底稿」則主要是爲作爲依據而保留下來的稿本。

19 **底蘊** ㄉㄧˇ ㄩㄣˋ 深隱而不顯著的眞象。

▽基底、心底、徹底、到底、水底、井底、河底、谷底、月底、根底、壅底、無底、尋根究底、追根究底、打破砂鍋問到底。

常 5 **庖** 形解 形聲；從广，包聲。包爲裹肉，在屋下裹肉，所以廚房爲庖。

音義 ㄆㄠˊ 名 ①廚房；例庖廚。②廚師；例庖丁解牛。③姓。

參考 ①「庖」與「炰」有別：「庖」指烹飪的人或處所，而「炰」則指烹飪技術之一。②「庖」、「疱」有別：「庖」是厨房或厨師的意思，字從「广」。「疱」是皮膚上出現的小疙瘩，是一種皮膚病，所以字從「疒」。如：疱疹。

15 **庖廚** ㄆㄠˊ ㄔㄨˊ 烹調食物的地方。

參考 同廚房。

▽充君之庖。越俎代庖。

常 6 **庠** 形解 形聲；從广，羊聲。羊有吉祥的意思，所以古代禮官養老的地方爲庠。

音義 ㄒㄧㄤˊ 名 古代學校名；例庠序。

參考 古代學校名稱，各代不一，如：夏代稱「校」、殷代稱「序」、周代稱「庠」(見孟子)。

7 **庠序** ㄒㄧㄤˊ ㄒㄩˋ 庠與序都是古代鄉學的名稱。後代通稱學校爲庠序。

▽上庠、周庠、序庠、下庠、卲庠、邑庠。

常 6 **度** 形解 形聲；從又，庶省聲。庶是大衆，又爲手；手持羣衆所公認的標準爲度。

音義 ㄉㄨˋ 名 ①測量長短的器具或單位；例度量衡。②法制；例制度。③標準；例尺度。④儀態；例風度。⑤胸襟，氣量；例雍容大度。⑥範圍；例適度。⑦次，回；例梅開二度。⑧數 計算圓弧及角的單位；例全圓或全角各有三六〇度。⑨數 體積的長、寬、高亦稱度；例三度空間。⑩電能的單位，「千瓦・時」的俗稱；例每月電費按度計算。動 經過；例度日如年。

ㄉㄨㄛˋ 動 推測；例忖度。

參考 ①「度」與「渡」都有過的意思，然習慣上，「渡河」、「普渡衆生」不用「度」字；「度日」不用「渡」字。②同 次、猜、測、揣。③擊 渡、鍍。

4 **度支** ㄉㄨˋ ㄓ 計算支出，即量入爲出的意思。泛指財政。

參考 衍 度支使、度支司、度支部、度支尚書、度支郎中。

度日 ㄉㄨˋ ㄖˋ 過日子。

度日如年 ㄉㄨˋ ㄖˋ ㄖㄨˊ ㄋㄧㄢˊ 過一天就像過一年一樣的漫長，形容日子難過。

參考 反 光陰似箭、日月如梭。

5 **度外** ㄉㄨˋ ㄨㄞˋ 不在意，不去管他。例置之度外。

12 **度量** ㄉㄨˋ ㄌㄧㄤˋ (一)指一個人對他人及事物所能包容的程度。又作「氣量」、「器量」、「器度」。(二)測量長短大小的器具。度：量長短的標準。量：計體積、容量的標準。

度量衡 ㄉㄨˋ ㄌㄧㄤˋ ㄏㄥˊ 測量長度、容積、重量的器具的總稱。度：計算長度的標準。量：計算體積容量的標準。衡：

計算重量的標準。

▽緯度、溫度、角度、過度、經度、限度、尺度、制度、速度、忖度、態度、調度、程度、法度、用度、寬度、長度、深度、溫度、亮度、光度、風度、高度、無度、量度、寬宏大度。

次 6 **庤** 形解 形聲；从广，寺聲。寺有留止的意思，所以把東西儲置屋下爲庤。

音義 ㄓˋ 動儲藏。

參考「庤」與「痔」音同形近而義別，「痔」爲病名。

次 6 **庥** 形解 形聲；從广，休聲。休有止息的意思，所以庇蔭爲庥。

音義 ㄒㄧㄡ 名蔭涼處。

常 7 **庫** 形解 會意；從車在广下。所以貯藏兵車的地方爲庫。

音義 ㄎㄨˋ 名①儲備軍用物資的建築物；例彈藥庫。②貯存物品的處所；例倉庫。

ㄕㄜˋ 名姓。

6 **庫存** ㄎㄨˋ ㄘㄨㄣˊ 指庫中存有的現金或物資。

18 **庫藏** ㄎㄨˋ ㄗㄤˋ 府庫中所儲藏的物品。

▽金庫、國庫、書庫、題庫、倉庫、府庫、文庫、武庫、兵庫、寶庫、酒庫、四庫、車庫、冰庫、水庫、火藥庫、軍火庫、冷藏庫、合作金庫。

常 7 **庭** 形解 形聲；從广，廷聲。廷爲中朝，所以宮中爲庭。

音義 ㄊㄧㄥˊ 名①廳堂階前的空地；例庭院深深。②古官署的堂屋，通「廷」；例王庭。③司法機關審理訴訟案件的場所；例法庭。④泛稱公開場合；例大庭廣衆。⑤家舍；例家庭。

參考①與「徑」連用，又有ㄊㄧㄥˋ音，如：徑庭。②「庭」與「廷」有別，「廷」指君主時代，國君辦事及發布政令的建築物，如：朝廷、宮廷。

10 **庭訓** ㄊㄧㄥˊ ㄒㄩㄣˋ 父親的教訓。

▽家庭、宮庭、逕庭、中庭、後庭、門庭、院庭、法庭、縣庭、前庭、天庭、北庭、大相逕庭。

常 7 **座** 形解 形聲；從广，坐聲。人所坐的處所爲座。

音義 ㄗㄨㄛˋ 名①坐位；例對號入座。②指所有在座的人；例一座皆驚。③指方位地點；例座落。④器物的墊子；例花盆座兒。⑤量詞，多用於有底座而較大的器物；例一座假山。⑥「星座」的簡稱；例大熊座。

參考「座」與「坐」有別，當位置講時應該用「座」，如：座落。當動作用時應該用「坐」，如：坐在草坪上。

3 **座上客** ㄗㄨㄛˋ ㄕㄤˋ ㄎㄜˋ 請上坐的客人。比喻貴賓。

5 **座右銘** ㄗㄨㄛˋ ㄧㄡˋ ㄇㄧㄥˊ 寫在座位旁邊，以警惕、提醒自己向善求進的格言或語句。

12 **座無虛席** ㄗㄨㄛˋ ㄨˊ ㄒㄩ ㄒㄧˊ 座位都坐滿了，沒有空位。比喻來訪或出席的人很多。

15 **座談** ㄗㄨㄛˋ ㄊㄢˊ 不受固定形式約束的漫談討論，通常有固定的主題。

參考 衍座談會、時事座談。

▽一座、上座、講座、星座、前座、滿座、太座、花座、客座、後座、底座、陪座、寶座、敬陪末座。

次 7 **庬** 形解 形聲，从广，尨聲。尨有龐雜的意思，所以豐厚爲庬。

音義 ㄇㄥˊ 形不分明的。

ㄇㄤˊ 形①豐厚的。②混雜的。

常 8 **康** 形解 形聲；從米，庚聲。庚有中空的意思，所以稻穀的外皮爲康。字又作穅。

音義 ㄎㄤ 名①地西康省的簡稱。②姓。形①安樂的；例民康物阜。②豐稔的；例小康。③無病的；例康强。④寬廣的；例康莊大道。⑤中空的；例康瓠。

ㄎㄤˋ 動高舉。

參考①同健、强、安。②孳慷、

糠、穅。

3 **康乃馨** ㄎㄤ ㄋㄞˇ ㄒㄧㄣ 植花名，原產歐洲南部，有粉紅、紫、白、紅、黃多種顏色，花瓣五片，呈倒卵形，爲敬愛與懷念慈母的花朶。

11 **康莊** ㄎㄤ ㄓㄨㄤ 大路。康與莊都是泛指大道。例康莊大道。

13 **康復** ㄎㄤ ㄈㄨˋ 疾病痊癒，恢復健康。

參考 同康衢。

14 **康寧** ㄎㄤ ㄋㄧㄥˊ 平安健康。

15 **康樂** ㄎㄤ ㄌㄜˋ ㈠安寧快樂。㈡「康樂活動」的簡稱。

參考 衍康樂隊、康樂節目、康樂股長。

▽安康、健康、小康、靖康、杜康、少康、太康、永康、既壽且康。

常 8 **庸** 形解 形聲；從庚，用聲。庚是更的假借，有更事的意思；任用有經驗的人，所以事情可行而有用爲庸。

音義 ㄩㄥ 名 ①功勞；例酬庸。②姓。動 須，用，多用於否定句；例無庸諱言。形 ①經常的；例庸言。②不高明的；例庸醫。副 豈，難道，表反問的語氣詞；例庸詎。

參考 ①同常、凡、俗。②摹傭、鏞、墉、慵、鱅。

2 **庸人** ㄩㄥ ㄖㄣˊ 常人，無所作爲的人。

庸人自擾 ㄩㄥ ㄖㄣˊ ㄗˋ ㄖㄠˇ ㈠庸愚的人，無力應付事變，只會把事情弄得更爲複雜難理。㈡形容本來沒有事而自尋煩惱，自找麻煩。例天下本無事，庸人自擾之。

參考 參閱「杞人憂天」條。

4 **庸中佼佼** ㄩㄥ ㄓㄨㄥ ㄐㄧㄠˇ ㄐㄧㄠˇ 在衆多平凡人中，才能特出的人。

9 **庸俗** ㄩㄥ ㄙㄨˊ ㈠平庸低級，帶有俗氣。㈡平凡的人。

10 **庸脂俗粉** ㄩㄥ ㄓ ㄙㄨˊ ㄈㄣˇ 形容姿色平凡或氣質庸俗的婦女，脂粉是婦女所用的化粧品，在此比喻婦女。

13 **庸碌** ㄩㄥ ㄌㄨˋ 平庸不出色。

18 **庸醫** ㄩㄥ ㄧ 醫術拙劣的醫生。

▽中庸、附庸、凡庸、昏庸、平庸、無庸、何庸、俗庸、執中守庸。

常 8 **庶** 形解 會意；從广，從炗。炗是光的古字；屋下光芒照耀，所以會人數衆多的意思。

音義 ㄕㄨˋ 名 ①古稱百姓；例庶人。②旁支，與「嫡」相對；例庶子。③姓。形 衆多的；例庶務。副 ①差不多，一般用於稱讚的場合；例庶幾可矣。

參考 摹遮、蔗、鷓、度、渡、鍍、踱、席、蓆。

3 **庶子** ㄕㄨˋ ㄗˇ ㈠古稱妾所生的子女。㈡指嫡長子以外的衆子。

5 **庶出** ㄕㄨˋ ㄔㄨ 姬妾所生的。

參考 反嫡出。

庶民 ㄕㄨˋ ㄇㄧㄣˊ 平民，老百姓。

參考 同庶人、黎庶。

庶母 ㄕㄨˋ ㄇㄨˇ 父親的姨太太。

參考 反嫡母。

庶乎 ㄕㄨˋ ㄏㄨ 近似，差不多。例「爲人若此，庶乎近焉。」

參考 同庶幾。

9 **庶政** ㄕㄨˋ ㄓㄥˋ 國家的各種政務。

11 **庶務** ㄕㄨˋ ㄨˋ ㈠機關團體中各種一般事務。㈡辦理雜務、採購的人員。又稱「總務」。

12 **庶幾** ㄕㄨˋ ㄐㄧ ㈠差不多，表示近似之詞。㈡也許可以，表示希望之詞。㈢對賢人的讚語。

▽士庶、衆庶、嫡庶、富庶、黎庶、繁庶。

常 8 **庵** 形解 形聲；從广，奄聲。奄有遮蓋的意思，所以小草屋爲庵。

音義 ㄢ 名 ①小草屋；例結草爲庵。②小寺廟；例尼姑庵。

參考 ①「庵」與「寺」都是僧尼禮佛的建築物，然「庵」多指設施較小，且爲尼姑所主持的地方。從前文人的書齋亦多稱「庵」。

常 8 **庾** 形解 形聲；從广，臾聲。臾有豐裕的意思，收成過多，露天積穀，所以無上覆的穀倉爲庾。

音義 ㄩˇ 名 ①露天藏穀物的處所。②古代容量單位，一庾等於十六斗。③姓。

常 9 **廊** 形解 形聲；從广，郎聲。即是古官名，有從旁夾輔的意思，所以正堂之兩側可供通路的爲廊。

音義 ㄌㄤˊ 名簷下的過道或單獨有頂的通路；例走廊。

參考「廊」原本多指有遮頂而無牆壁的通道，然近代建築物內部多設有長型的甬道，可便於疏通人員，又可用於陳列展示，如：長廊、畫廊。

▽迴廊、畫廊、長廊、走廊、前廊、中廊。

常 9 **廁** 形解 形聲；從广，則聲。便所爲廁。

音義 ㄘˋ 名大小便的地方；例廁所。動置；例不相雜廁。ㄘㄜˋ 動參與，通「側」；例廁足。

參考①「廁」當作便所解時，又可讀做ㄘㄜˋ或ㄙˋ。②字又可作「厠」。

▽如廁、雜廁、公廁、茅廁。

常 9 **廂** 形解 形聲；從广，相聲。相有從旁扶助的意思，東西兩側的房子所以和正堂相襯者爲廂。

音義 ㄒㄧㄤ 名①正房兩邊的房子；例西廂。②靠近城的地區；例城廂。③方面；例一廂情願。④劇場中像房子一樣隔離的座位；例包廂。

參考字又可作「厢」。

▽東廂、西廂、城廂、包廂、這廂、車廂。

次 9 **廄** 形解 形聲；從广，㲃聲。㲃是盛食器，所以養馬的棚舍爲廄。

音義 ㄐㄧㄡˋ 名馬舍；例馬廄。

參考本作「廏」。

常 10 **廉** 形解 形聲；從广，兼聲。堂屋的邊側爲廉。

音義 ㄌㄧㄢˊ 名①堂屋的側邊；例廉隅。②姓。動考察；例廉察。形①不貪的；例廉節。②便宜的；例廉價物美。

參考①擘廉、濂、蠊、鐮。②字或作「亷」。③反廣。

10 **廉恥** ㄌㄧㄢˊ ㄔˇ 廉潔和羞恥心。廉：清白的辨別。恥：切實的覺悟。

12 **廉隅** ㄌㄧㄢˊ ㄩˊ 品行端正而有志節。

14 **廉頗** ㄌㄧㄢˊ ㄆㄛ 人戰國時趙國的名將，數敗齊、魏等國，與藺相如爲刎頸之交。

15 **廉潔** ㄌㄧㄢˊ ㄐㄧㄝˊ 清廉高潔。通常指人品而言。

參考 反貪汚、貪汙。

24 **廉讓** ㄌㄧㄢˊ ㄖㄤˋ (一)以低廉的價格出讓。(二)廉潔而行爲謙遜。

▽孝廉、清廉、低廉、謹廉、物美價廉。

常 10 **廈** 形解 形聲；從广，夏聲。夏有廣大的意思，所以廣大而高敞的房屋爲廈。

音義 ㄒㄧㄚˋ 名①高大的建築物；例華廈。②門廡；例前廊後廈。

參考①語音爲ㄕㄚˋ。②字又作「厦」。

次 10 **廌** 形解 象形；似牛，獨角之獸。

音義 ㄓˋ 名古代傳說中的獨角獸，形狀似牛，性情耿直，看見不平就用角去觸理虧的人。

次 10 **廋** 形解 形聲；從广，叟聲。叟有搜尋的意思，爲了躲避搜尋而藏匿屋下爲廋。

音義 ㄙㄡ 名山隈；例山廋。動①隱藏；例「人焉廋哉！」②搜索，通「搜」。

常 11 **廓** 形解 形聲；從广，郭聲。郭有寬大的意思，所以外城爲廓。

音義 ㄎㄨㄛˋ 名外城，同「郭」。動①擴張；例廓大。②清除，掃蕩；例廓清。形①廣大的；例廓落。②空寂；例寥廓。

11 **廓清** ㄎㄨㄛˋ ㄑㄧㄥ 掃蕩，清除。

12 **廓然大公** ㄎㄨㄛˋ ㄖㄢˊ ㄉㄚˋ ㄍㄨㄥ 心地寬大，沒有私心。

常 11 **廖** 形解 形聲；從广，翏聲。翏有高遠的意思，所以空曠爲廖。
音義 ㄌㄧㄠˋ 名姓。

次 11 **廑** 形解 形聲；從广，堇聲。堇有細小的意思，所以卑劣的居所爲廑。
音義 ㄑㄧㄣˊ 名小屋。動勤奮；例廑儉。ㄐㄧㄣˇ 副只，才，通「僅」。

次 11 **廎** 形解 形聲；從广，頃聲。頃有小的意思，所以小廳堂稱爲廎。
音義 ㄑㄧㄥˇ 名①屋側。②小廳堂；例籕廎。
參考 又音ㄑㄧㄥ。

次 11 **廕** 形解 形聲；從广，陰聲。陰有幽暗的意思，所以遮蔭庇護爲廕。
音義 ㄧㄣˋ 動①乘涼；例廕涼。②庇護；例庇廕。

次 11 **廙** 形解 形聲；從广，異聲。異有不同的意思，有梁柱可移徙的帷幄爲廙，如蒙古包。
音義 ㄧˋ 名可移動的行屋。動恭敬。

常 12 **廢** 形解 形聲；從广，發聲。發有閒散的意思，所以屋子閒置沒有人居住爲廢。
音義 ㄈㄟˋ 名毀壞的東西；例殘廢。動①停止；例廢止。②放下；例廢書而歎。③拋棄。例廢棄。④沮喪失望；例廢然而反。⑤敗壞；例敗行廢德。形①多餘而無用的；例廢語。②喪失功能的；例廢人。
參考 ①同除、殘。②「廢」的部首是「广」不是「疒」。「殘廢」不可誤寫成「殘癈」。

4 **廢止** ㄈㄟˋ ㄓˇ 因廢棄，停止使用而喪失原有的作用或效力。

6 **廢弛** ㄈㄟˋ ㄕˇ 荒廢鬆弛，沒有績效。

8 **廢物利用** ㄈㄟˋ ㄨˋ ㄌㄧˋ ㄩㄥˋ 將原本廢棄的東西整修或改裝而後繼續使用。

10 **廢除** ㄈㄟˋ ㄔㄨˊ 廢止解除。

廢疾 ㄈㄟˋ ㄐㄧˊ 指精神、肢體殘缺或有疾病的人。

廢料 ㄈㄟˋ ㄌㄧㄠˋ ㈠殘餘廢棄的材料。㈡罵人無能、沒有出息的用語。

11 **廢票** ㄈㄟˋ ㄆㄧㄠˋ ㈠已作廢的票據。㈡依法作廢的選票。

廢棄 ㄈㄟˋ ㄑㄧˋ 因沒有用而拋棄。
參考 衍廢棄物。

13 **廢話** ㄈㄟˋ ㄏㄨㄚˋ 無意義或沒有必要說的話。例廢話少說，言歸正傳。
參考 ①同費話。②衍廢話連篇。

14 **廢墟** ㄈㄟˋ ㄒㄩ 荒廢棄置舊城，包括房屋、街市、城郭等被廢置而成丘墟。

廢寢忘餐 ㄈㄟˋ ㄑㄧㄣˇ ㄨㄤˋ ㄘㄢ 既不睡覺又忘了吃飯。形容做事極度專心。

17 **廢黜** ㄈㄟˋ ㄔㄨˋ 即革職。黜：革除。

▽荒廢、興廢、存廢、頹廢、作廢、殘廢、退廢、全廢、報廢、半途而廢、隔日作廢。

常 12 **廚** 形解 形聲；從广，尌聲。烹調食物的庖屋爲廚。
音義 ㄔㄨˊ 名①烹飪菜餚的處所；例庖廚。②儲藏物品的櫃子，同「櫥」；例書廚。③箱柜的單位；例一廚書。
參考 ①「廚」與從巾的「幮」有別：「幮」多爲紗網製成，如：「紗幮」不作「廚」字。②同櫃。③字又作「廚」、「厨」。④孳櫥、躕。

3 **廚子** ㄔㄨˊ ˙ㄗ 以煮飯燒菜爲職業的人。
參考 同廚夫、廚人、庖人。

8 **廚房** ㄔㄨˊ ㄈㄤˊ 煮飯燒菜的地方。

10 **廚娘** ㄔㄨˊ ㄋㄧㄤˊ 以幫人煮飯燒菜爲職業的女人。
參考 同廚婦。

廚師 ㄔㄨˊ ㄕ 掌管廚房烹調事務的師傅。比廚夫高級，是較尊敬的稱呼。
參考 衍大廚師。

▽大廚、二廚、菜廚、舊廚、新廚、君子遠庖廚。

常12 **廟** 形解 形聲；從广，朝聲。朝是晉見尊者，所以尊其先祖而以是儀見之地爲廟。

音義 ㄇㄧㄠˋ 名①作爲祭祀祖先的建築物；例太廟。②供奉佛祖，作爲禮拜的建築物；例寺廟。③奉祀前代聖哲的地方；例孔廟。④王宮的前殿；例廟堂。

參考 ①參閱「庵」字條。②字或作「庿」、「庙」。

6 **廟宇** ㄇㄧㄠˋ ㄩˇ 供奉神鬼的屋宇。即寺廟。

10 **廟祝** ㄇㄧㄠˋ ㄓㄨˋ 掌管廟中香火事務兼掌人神意思交通的人。

參考 同祠祝、香伙。

11 **廟堂** ㄇㄧㄠˋ ㄊㄤˊ (一)宗廟祠堂。(二)朝廷。例「居廟堂之高，則憂其民。」

13 **廟會** ㄇㄧㄠˋ ㄏㄨㄟˋ 定期在廟宇周圍設立臨時市集，供人買賣貨物和進香行禮的聚會。

廟號 ㄇㄧㄠˋ ㄏㄠˋ 君主時代，皇帝崩後，神主被送到太廟，特立名號，稱某祖某宗，叫做廟號。如清朝康熙皇帝的廟號是聖祖。

▽祠廟、宗廟、祖廟、大廟、靈廟、神廟、清廟、先廟、寺廟、古廟、破廟、孔廟、文廟、喇嘛廟、百靈廟、媽祖廟、文昌廟、左寢右廟。

常12 **廝** 形解 形聲；從广，斯聲，斯有解析的意思，所以剖柴、養馬及做雜物的人爲廝。

音義 ㄙ 名①傭僕，古代指服賤役的人；例小廝。②對人表示輕蔑的稱呼；例楊家那廝。副互相；例廝守。

參考 字又從厂作「厮」。

6 **廝守** ㄙ ㄕㄡˇ 相守，住在一起。例長相廝守。

10 **廝殺** ㄙ ㄕㄚ 交戰，互相殺伐。

11 **廝混** ㄙ ㄏㄨㄣˋ 胡攪在一起，通常是指人與人之間而言。

常12 **廣** 形解 形聲；從广，黃聲。黃有光大的意思，所以殿之大屋寬敞明亮者爲廣。

音義 ㄍㄨㄤˇ 名①寬度；例長十尺，廣二尺。②「廣東省」的省稱。③姓。動擴展；例推廣新品種。形①寬闊的；例廣土衆民。②衆多的；例大庭廣衆。③大的；例廣大。

ㄍㄨㄤˋ 形橫的；例廣輪。

參考 孳獷、鄺、礦、壙、曠、纊。

3 **廣大** ㄍㄨㄤˇ ㄉㄚˋ (一)寬闊而博大，指地、海等具象的事物。(二)廣博深厚。指學問、意境等抽象的事物。

參考 ①同博大。②反狹小。③衍廣大精深。④「廣大」和「廣泛」都是形容詞，都有範圍大的意思。但「廣大」可用於具體的人或事物，如廣大的羣衆、廣大的場地；也可用於抽象的事物，如學問廣大精深。而「廣泛」只能用來修飾抽象事物，或作副詞修飾動作行爲，如廣泛的意義、廣泛地展開慶祝活動等，不能用來修飾人或具體的事物。

廣土衆民 ㄍㄨㄤˇ ㄊㄨˇ ㄓㄨㄥˋ ㄇㄧㄣˊ 領土廣大，人民衆多。通常用來形容國家很大。

6 **廣州** ㄍㄨㄤˇ ㄓㄡ 地院轄市，兼廣東省省會，位於珠江三角洲北部頂點，是嶺南最大交通集結點及最大商埠，也是我國的大入超港。

廣西省 ㄍㄨㄤˇ ㄒㄧ ㄕㄥˇ 地我國大陸南部的一省，東與南和廣東接界，西南與越南交界。又稱「粵西」，簡稱「桂」。省會爲桂林市。

7 **廣告** ㄍㄨㄤˇ ㄍㄠˋ 將文字或圖案用廣播、影視傳播、登載報章雜誌、招貼或散發傳單等方式介紹商品、主義、服務性事業等的宣傳方式。

參考 衍廣告欄、廣告設計、廣告公司。

8 **廣東省** ㄍㄨㄤˇ ㄉㄨㄥ ㄕㄥˇ 地我國最南端的一省，東鄰福建，西接廣西，西南與越南交界。是南方海洋交通的樞紐，富魚鹽之利，是著名的僑鄉。又稱「粵東」，簡稱「粵」。省會廣州市。

廣招徠 ㄍㄨㄤˇ ㄓㄠ ㄌㄞˊ 推廣營業，招引顧客的光顧。招徠：招致。
廣泛 ㄍㄨㄤˇ ㄈㄢˋ 範圍大，所涉及的方面廣。
11 **廣袤** ㄍㄨㄤˇ ㄇㄠˋ 土地的面積。東西稱廣，南北稱袤。
12 **廣場** ㄍㄨㄤˇ ㄔㄤˇ 廣大而沒有建築物的場地。
廣寒宮 ㄍㄨㄤˇ ㄏㄢˊ ㄍㄨㄥ 傳說中月亮裏的宮殿。
參考 同月宮。
廣結人緣 ㄍㄨㄤˇ ㄐㄧㄝˊ ㄖㄣˊ ㄩㄢˊ 廣泛地結納與人之間的緣分，指多交朋友而言。
13 **廣義** ㄍㄨㄤˇ ㄧˋ ㈠將本義加以推廣。㈡一個詞或一個概念較寬的適用範圍或含義。與「狹義」對文。
14 **廣漠** ㄍㄨㄤˇ ㄇㄛˋ 廣大無邊，寂寥空曠的樣子。漠：通「莫」。
15 **廣播** ㄍㄨㄤˇ ㄅㄛ 利用音波與無線電波互相轉換的原理，將節目信號對大衆傳播的過程，分調幅與調頻兩大類。
參考 衍廣播節、廣播系統、廣播節目。
17 **廣闊** ㄍㄨㄤˇ ㄎㄨㄛˋ 寬廣而開闊。
參考 「廣闊」、「寬闊」、「遼闊」都是形容詞，都有寬廣的意思，但「寬闊」所表示的範圍較小；「廣闊」範圍較大；「遼闊」範圍最大，且有空曠的意思。三者有程度上的差別。
▽深廣、增廣、寬廣、兩廣、宏廣、推廣、開廣、老廣、才高意廣、水深港廣。

廠
常 12
形解 形聲；從广，敞聲。敞有開的意思，所以沒有牆壁的棚舍爲廠。
音義 ㄔㄤˇ 名 ①棚舍，即有棚頂而無牆壁的建築物；例馬廠。②使用機械製造或修理的工場；例紡織廠。③應用寬敞地方來蓄備或處理物品；例水廠。④明代由宦官控制的特務機關；例東廠。⑤多人聚集的地方；例粥廠。
參考 ①「廠」與「場」都可指建築物而言，然指空曠而無掩蔽的處所則用「場」，如：操場、球場。②「廠」字從「敞」，又「敞」從尚聲而不從「㡀」，宜加分辨。③字又作「厰」。
▽工廠、糖廠、鹽廠、被服廠、加工廠、提煉廠、修理廠、鐵工廠、煉油廠、機械廠、發電廠。

廛
次 12
形解 會意；從广、里、八、土。八土，即八夫分土同井；所以會二畝半地一家之居的意思。
音義 ㄔㄢˊ 名 ①古城市中住宅區。②商店；例廛鋪。
▽亩宋一廛。

廡
次 12
形解 形聲；從广，無聲。無有廣大的意思，正堂的四周所蓋的屋子爲廡。
音義 ㄨˇ 名 ①廊屋。②大屋；例千廡萬屋。
ㄨ 形 草木茂盛的；例蕃廡。

廩
次 13
形解 形聲；從广，稟聲。「稟」爲從亩從禾，「亩」爲從入◎，象屋中有戶牖形；所以穀倉爲廩。
音義 ㄌㄧㄣˇ 名 ①米倉；例倉廩。②公糧；例食廩。形 寒冷的；例廩秋。
▽倉廩、公廩、私廩。

廧
次 13
形解 形聲；從广，嗇聲。嗇有聚斂的意思，廧是圍牆。
音義 ㄑㄧㄤˊ 名 牆垣，通「牆」；例帷廧。

廨
次 13
形解 形聲；從广，解聲。解有判決的意思，所以公署爲廨。
音義 ㄒㄧㄝˋ 名 官署；例廨署。
參考 又音 ㄐㄧㄝˋ。

龐
常 16
形解 形聲；從广，龍聲。龍有高大的意思，所以高屋爲龐。
音義 ㄆㄤˊ 名 ①面孔；例面龐。②姓。形 ①巨大的；例龐大無比。②雜，亂；例龐雜。
參考 字又作「庬」。
3 **龐大** ㄆㄤˊ ㄉㄚˋ 巨大。
參考 參閱「宏大」條。
12 **龐然** ㄆㄤˊ ㄖㄢˊ 巨大的樣子。
參考 衍龐然大物。
18 **龐雜** ㄆㄤˊ ㄗㄚˊ 大而雜亂。
參考 與「複雜」都有多樣、不單純的意思。但「龐雜」強調的是巨大衆多，「複雜」則強調繁複，難以處理，意義上略有不同。

常 16
廬

形解 形聲；從广，盧聲。廬是用柳條編成的盛飯器，所以在鄉野供寄居用的小屋爲廬。

音義 ㄌㄨˊ 名 ①村房或小屋的通稱；例茅廬。②姓。

3 **廬山眞面目** ㄌㄨˊ ㄕㄢ ㄓㄣ ㄇㄧㄢˋ ㄇㄨˋ ㈠比喻不易洞悉的事情眞象。㈡比喻不易見到的人物的眞實相貌。

8 **廬舍** ㄌㄨˊ ㄕㄜˋ ㈠田野的小屋。㈡建於墓側的屋舍。㈢古代設在路旁，供旅行者休息、飲食的屋舍。

14 **廬墓** ㄌㄨˊ ㄇㄨˋ ㈠在父母、恩師墓旁蓋茅草屋居住，陪伴死者，以表達哀思。㈡屋舍與墳墓的合稱。

▽庵廬、田廬、穹廬、結廬、草廬、出廬、田廬、茅廬、三顧草廬、初出茅廬。

次 18
廱

形解 形聲；從广，雝聲。雝有雍和的意思，所以古時天子就讀的學校及鄉飲酒的地方爲廱。

音義 ㄩㄥ 動 阻塞，通「壅」。形 和樂的。

參考 「廱」與同音形近的「癰」有別：「癰」，從「疒」，爲化膿的炎症。

常 22
廳

形解 形聲；從广，聽聲。庭屋爲廳。

音義 ㄊㄧㄥ 名 ①房舍中較寬敞，多用來會客、宴享或行禮的房間；例客廳。②清代設置的地方行政單位，多置於新開發地區；例淡水廳。③官署，民國設置，歸省府管轄；例農林廳。

參考 字又作「厛」、「廰」。

11 **廳堂** ㄊㄧㄥ ㄊㄤˊ 屋子的正房大廳。

▽官廳、花廳、大廳、客廳、餐廳、正廳、前廳、教育廳、議事廳。

【廴部】 ㄧㄣˇ

常 4
廷

形解 形聲；從廴，壬聲。壬是挺立，所以朝中爲廷。

音義 ㄊㄧㄥˊ 名 ①古代君主受朝辦事、發布命令的地方；例朝廷。②舊時地方官理事的公堂；例縣廷。

參考 ①「宮廷」的「廷」字，與「延長」的「延」字，一從壬，一從㢟，形近而音、義有別，不可混用。②「廷」、「庭」有別：「宮廷」、「朝廷」的「廷」，與「法庭」、「家庭」的「庭」不同，不可替換使用。

7 **廷杖** ㄊㄧㄥˊ ㄓㄤˋ 古代刑罰之一，當官吏有過失，或冒犯上諫，違背皇帝旨意，就在朝廷中當衆扑打折辱，故稱。

▽宮廷、出廷、退廷、朝廷、內廷、英廷、外廷、阿根廷。

常 5
廸

形解 形聲；從辵，由聲。引導行動爲迪。

音義 ㄉㄧˊ 動 ①指導，引導；例啓廸民智。②進頌；例迪吉。

參考 字又作「迪」。

常 5
延

形解 形聲；從㢟，厂聲。㢟是慢行，厂爲牽引；所以長行爲延。

音義 ㄧㄢˊ 名 姓。動 ①伸，引；例延頸舉踵。②聘請；例延請。③及，至；例禍延子孫。④把時間向後推移；例延期。

參考 ①同 請、擱、展。②孳 埏、筵、蜒、誕。

6 **延年益壽** ㄧㄢˊ ㄋㄧㄢˊ ㄧˋ ㄕㄡˋ 延長壽數；常用作祝頌人長壽的用詞。

7 **延伸** ㄧㄢˊ ㄕㄣ 從一方延伸到另一方。

參考 與「擴張」都有向外推展的意思，前者多指線的延長，後者多指面的開展。

延佇 ㄧㄢˊ ㄓㄨˋ 站立很久，引頸遠望；比喻極端盼望和期待。

8 **延性** ㄧㄢˊ ㄒㄧㄥˋ 物物體受到拉力時延伸成為細絲而不斷裂的性質。

延長 ㄧㄢˊ ㄔㄤˊ (一)向前或後伸展拉長。(二)指時間放寬，增多時日。

延宕 ㄧㄢˊ ㄉㄤˋ 延遲耽擱。宕：拖延。

參考 同拖延、遲延、耽擱。

10 **延納** ㄧㄢˊ ㄋㄚˋ 對有才能的人引進而任用。

12 **延期** ㄧㄢˊ ㄑㄧˊ 凡事情到期不能舉行或結束的，予以暫緩或延長期限。例延期比賽。

13 **延聘** ㄧㄢˊ ㄆㄧㄣˋ 聘請，任用。

參考 同聘請、延請。

14 **延誤** ㄧㄢˊ ㄨˋ 遲延耽誤。

參考 同延宕、延遲、拖延。

16 **延頸企踵** ㄧㄢˊ ㄐㄧㄥˇ ㄑㄧˋ ㄓㄨㄥˇ 伸長頸子，提高腳跟，可以看得更遠；表示深切盼望。企：舉起腳跟；踵：腳後跟。

參考 又作「延頸舉踵」、「延頸鶴望」。

17 **延擱** ㄧㄢˊ ㄍㄜ 拖延耽擱。

參考 同延誤、拖延、耽擱。

18 **延醫** ㄧㄢˊ ㄧ 延請醫生。例延醫治療。

21 **延續** ㄧㄢˊ ㄒㄩˋ 延長，繼續。

參考 ①參閱「繼續」條。②與「繼續」都有接連不斷的意思，前者是動詞，並且有延長發展的意思。後者除做動詞外，還可作副詞，較偏於照原樣延長下去。如：請延續說下去。

23 **延髓** ㄧㄢˊ ㄙㄨㄟˇ 人體中樞神經的一部分，介於腦橋和脊髓之間，是控制呼吸和血液循環的中樞。

24 **延攬** ㄧㄢˊ ㄌㄢˇ 向天下四方聘請收攬。

參考 同招徠。

▽順延、遷延、遲延、蔓延、拖延、展延。

常 6 **建** 形解 會意；從聿，從廷省(廴)。聿是筆，廷為朝廷；所以樹立朝廷的律令為建。

音義 ㄐㄧㄢˋ 名①天斗柄旋轉所指的十二辰，故稱月建；大月稱大建，小月稱小建。②地福建省的省稱。③姓。動①創立，設置；例建國。②完成；例建大功。③提出；例建議。④建築；例修建。

參考 孳犍、腱、鞬、健、毽、鍵。

5 **建立** ㄐㄧㄢˋ ㄌㄧˋ 興建成立。

參考 與「創立」、「創辦」都有開始設立之意。「建立」著重於興建之意。「創立」著重於開創之意，一者多指比較重要或巨大的事物而言，對象也較廣泛，可以互用。「創辦」指首先興辦，多用於具體的公共事業或私人事業。

6 **建安七子** ㄐㄧㄢˋ ㄢ ㄑㄧ ㄗˇ 史東漢獻帝建安年間，文學界著名的七位作家，即孔融、陳琳、王粲、阮瑀、應瑒、劉楨、徐幹等七人。

7 **建材** ㄐㄧㄢˋ ㄘㄞˊ 供建築用的材料，如水泥、沙、鋼筋等都是。

建言 ㄐㄧㄢˋ ㄧㄢˊ 猶言格言，指有建設性，足以發人深省的言語。

11 **建都** ㄐㄧㄢˋ ㄉㄨ 把首都設在某地。

參考 同定都。

建設 ㄐㄧㄢˋ ㄕㄜˋ (一)興建設立。例國防建設。(二)陳設，布置。

參考 與「建造」都有興建之意，前者多指政治、經濟等方面的興建工作；後者多指建築物等工程的興建。

建教合作 ㄐㄧㄢˋ ㄐㄧㄠˋ ㄏㄜˊ ㄗㄨㄛˋ 教學校與實業生產機構之間，以合作的方式來進行教學的一種教育方式。

13 **建業** ㄐㄧㄢˋ ㄧㄝˋ 地南京市古稱，三國時孫權建都於秣陵，改稱建業，舊城在今江蘇省江寧縣南。又作「建鄴」。

15 **建蔽率** ㄐㄧㄢˋ ㄅㄧˋ ㄌㄩˋ 指於規定建築基地範圍內，所有建築物的水平投影面積與基地面積的比率。目的在用以說明建築分布的疏密程度及土地的利用率。

16 **建樹** ㄐㄧㄢˋ ㄕㄨˋ (一)做出貢獻，建立功績。(二)動詞，設置，創立。

建築 ㄐㄧㄢˋ ㄓㄨˊ 泛指房屋、橋樑、道路等各種土木工程的建造、鋪設等活動。

建築物 ㄐㄧㄢˋ ㄓㄨˊ ㄨˋ 泛稱由人力

建造完成的物體。如房屋、橋樑、隧道等是。

20 **建議** ㄐㄧㄢˋ ㄧˋ 提出有具體辦法的意見。

參考 參閱「提議」條。

▽創建、封建、違建、改建、修建、大建、小建、合建、速建、擴建、原地重建。

【廾部】 ㄍㄨㄥˇ

常 0 **廾** 形解 會意；從𠂇又。所以會兩手捧物的意思。

音義 ㄍㄨㄥˇ 動兩手捧物，今作「拱」字。

參考 同舁、舁。

常 1 **廿** 形解 廿 指事；兩個十相連為二十。

音義 ㄋㄧㄢˋ 名數目名，為二十的合文，意為二十；例廿二史劄記。

常 2 **弁** 形解 象形；人象弁形，以兩手敬持之，所以周朝的冕為弁。

音義 ㄅㄧㄢˋ 名①古代貴族所戴的一種帽子；例弁冕。②舊時稱武官為弁；例將弁。③姓。動放在最前面；例弁言。形快，急促，通「卞」；例弁行。

ㄆㄢˊ 形喜樂的，同「般」。

參考 孳拚。

7 **弁言** ㄅㄧㄢˋ ㄧㄢˊ 書籍正文前面的序文。

參考 同序文、引言。

次 3 **异** 形解 形聲；從廾，已聲。所以舉物為异。

音義 ㄧˋ 動不同，同「異」字。

ㄧˊ 動舉起。

常 4 **弄** 形解 會意；從廾玉。兩手捧玉，所以把玩為弄。

音義 ㄋㄨㄥˋ 名樂府小曲；例梅花三弄。動①戲耍；例舞文弄墨。②演奏；例撥弄。③作，做；例請替我們弄點吃的。④探究；例弄清楚眞象。

ㄌㄨㄥˋ 名小巷，同「衖」；例巷弄。

參考 ①又音ㄋㄡˋ、ㄋㄥˋ。②「弄」字從廾(廾)不從丌。③同戲。④孳哢。⑤「玩弄」、「弄巧成拙」的「弄」字，應唸作ㄋㄨㄥˋ。只有作小巷、胡同解的時候，才唸成ㄌㄨㄥˋ。

5 **弄瓦** ㄋㄨㄥˋ ㄨㄚˇ 生了女孩。瓦：原始的紡錘，古人將瓦拿給女孩子玩，希望她將來善長於女紅之事。

參考 ①反弄璋。②衍弄瓦之喜。

弄巧成拙 ㄋㄨㄥˋ ㄑㄧㄠˇ ㄔㄥˊ ㄓㄨㄛˊ 本欲投機取巧，結果反而敗壞事務。指枉費心機，所圖不成。巧：聰明靈巧；拙：笨拙。

參考 與「畫蛇添足」都可表示「自以為做個好，其實壞了事」的意思，但有別：前者有「想做得好些、巧妙些」的意思；後者則有「做了多餘的事」的意思。

6 **弄臣** ㄋㄨㄥˋ ㄔㄣˊ 供皇上戲弄取樂的臣子。

10 **弄孫** ㄋㄨㄥˋ ㄙㄨㄣ 與孫子玩樂。例含飴弄孫。

11 **弄假成眞** ㄋㄨㄥˋ ㄐㄧㄚˇ ㄔㄥˊ ㄓㄣ 原屬假意虛作，結果竟成為事實。

弄堂 ㄌㄨㄥˋ ㄊㄤˊ 胡同、小巷。

15 **弄璋** ㄋㄨㄥˋ ㄓㄤ 生了男孩。璋：玉器，古代用來象徵有德的君子。古人重男輕女，因璋貴而瓦賤，所以把「瓦」給女孩子玩，把「璋」給男孩子玩。

參考 ①反弄瓦。②衍弄璋之喜。

弄潮 ㄋㄨㄥˋ ㄔㄠˊ 在海邊游水嬉戲。

22 **弄權** ㄋㄨㄥˋ ㄑㄩㄢˊ 超越自己的職位而濫用權力。

參考 同弄機。

▽玩弄、戲弄、愚弄、狎弄、嘲弄、舞弄、搬弄、吟弄、小弄、巷弄、作弄、撥弄、梅花三弄。

常 6 **弈** 形解 形聲；從廾，亦聲。亦有成雙的意思，所以可供兩人下的圍棋為弈。

音義 ㄧˋ 名圍棋；例博弈。動

下棋；例二人對弈。
參考 ①「弈棋」的「弈」字，與「奕世」的「奕」字，讀音相同，字形相似，一從廾，一從大，意義不同，不可混用。②「弈」字從廿「花」，不從兀。

次 6 **弇** 形解 形聲；從廾，合聲。合有聚攏的意思，所以涵蓋爲弇。
音義 一ㄢˇ 動覆蓋。形深邃的。
參考 ①同掩、遮。②孳揜、渰。

常 11 **弊** 形解 形聲；從廾，敝聲。弊是獘的俗字，參閱獘字。
音義 ㄅㄧˋ 名①惡壞；例弊害。②非法的事；例貪汚舞弊。形疲困的；例疲弊。
參考「作弊」的「弊」字，與「錢幣」的「幣」字，讀音相同，字形相似，但意義不同，不可混用。
9 **弊政** ㄅㄧˋ ㄓㄥˋ 腐敗不好的政治。
10 **弊害** ㄅㄧˋ ㄏㄞˋ 毛病，禍害。
參考 與「弊病」都指事情的毛病，但「弊害」語氣較重，害處較多。
弊病 ㄅㄧˋ ㄅㄧㄥˋ 事情的缺點、毛病。
參考 ①參閱「弊害」條。②與「弊端」都有毛病、害處之意，前者偏指已成爲固定的毛病，後者雖已成爲毛病、缺點，但還是偏重於事情的開始。二者常可互用。
14 **弊端** ㄅㄧˋ ㄉㄨㄢ 因規章制度上的毛病，或工作上的漏洞而發生的作弊的事情。
參考 ①同弊竇。②衍弊端叢生。
▽語弊、困弊、積弊、疲弊、時弊、作弊、舞弊、興利除弊、切中時弊、營私舞弊、有利必有弊、有百利而無一弊。

【弋部】 一ˋ

次 0 **弋** 形解 象形；象折木斜銳形，厂象掛物形。木橜爲弋。
音義 一ˋ 名①小木樁，通「杙」；例鷄棲於弋。②打獵；例「弋不射宿。」③姓。動射出羽部繫有繩子的箭。形黑色的，通「黓」。
參考 與「戈」（ㄍㄜ）字不同。
12 **弋陽腔** 一ˋ 一ㄤˊ ㄑㄧㄤ 文一種戲劇腔調名，起源於江西省弋陽縣，清代中葉盛行於京師；樂器用金鼓而不用絃索，是南曲的一派。簡稱「弋腔」，俗或稱「高腔」。
▽釣弋、漁弋、網弋。

常 3 **式** 形解 形聲；從工，弋聲。弋有射取的意思，工爲規矩；所做所爲都合乎規矩，所以法則爲式。
音義 ㄕˋ 名①法則，典型；例模式。②車前的橫木，通「軾」；例「以揉其式。」③規格，標準；例格式。④姓。
參考 ①同樣、法。②孳試、拭、弑、軾。
13 **式微** ㄕˋ ㄨㄟˊ 泛指國勢、家族、事業或某種社會運動的衰落。式：發語詞，無義；微：衰落。
15 **式樣** ㄕˋ 一ㄤˋ 款式模樣。
▽款式、公式、形式、模式、程式、中式、西式、方程式、設計程式、電腦程式。

常 10 **弒** 形解 形聲；從殺省，式聲。式是人的倫常法則，殺是戳的意思；所以臣殺君爲弒。
音義 ㄕˋ 動下殺上；例臣弒君。
參考 同殺、戮。

【弓部】 ㄍㄨㄥ

常 0 **弓** 形解 象形；是發射箭矢的器具。
音義 ㄍㄨㄥ 名①箭器；例弓矢。②丈地的單位，或說六尺，或說八尺爲「弓」。③姓。形弓形的；例弓腰。
13 **弓腰** ㄍㄨㄥ 一ㄠ 彎腰，因像弓形，故稱。
參考 孳躬、窮、穹、芎。
弓影 ㄍㄨㄥ 一ㄥˇ ㈠弓的影子。例「邊月隨弓影，胡霜拂劍花。」

(二)「杯弓蛇影」的略稱，誤以弓影爲毒蛇，比喻虛幻當做眞實的而驚懼懷疑。例「弓影浮杯疑老病。」

參考 同弓蛇。

▽胡弓、彎弓、杯弓、强弓、良弓、半弓、天弓、張弓、開弓、引弓、彈弓、蛇影杯弓。

常 1 **弔** 形解 會意；從人弓。上古人死後裹以白茅，投於草野，爲了防止禽獸加害屍體，所以孝子毆禽，故人持弓助之。所以會問終的意思。

音義 ㄉㄧㄠˋ 名 計算銅錢的單位，古代一千個錢稱「一弔」，北平人稱一百文錢爲「一弔」。動 ①奠祭；例弔祭。②慰問喪家或遭遇不幸的人；例弔喪。

參考 ①「弔」字俗寫作「吊」字。②同懸、掛、奠、祭。

5 **弔古** ㄉㄧㄠˋ ㄍㄨˇ 憑弔往古的事跡。

弔民伐罪 ㄉㄧㄠˋ ㄇㄧㄣˊ ㄈㄚ ㄗㄨㄟˋ 征討有罪的人（多指暴君），以撫慰民衆。

6 **弔死** ㄉㄧㄠˋ ㄙˇ (一)弔祭死者。(二)用繩索勒住頸部，以致氣絕身亡，同「吊死」。

弔死慰生 ㄉㄧㄠˋ ㄙˇ ㄨㄟˋ ㄕㄥ 祭奠死者，慰問死者的家屬。

9 **弔客** ㄉㄧㄠˋ ㄎㄜˋ 弔喪的客人。

10 **弔唁** ㄉㄧㄠˋ ㄧㄢˋ 弔祭死者，並慰問喪家。唁：慰問喪家。

12 **弔喪** ㄉㄧㄠˋ ㄙㄤ 到喪家祭奠死者。又作「弔孝」。

16 **弔橋** ㄉㄧㄠˋ ㄑㄧㄠˊ (一)古時設置在城濠上的橋。(二)今多指用纜索作爲主要承重結構的橋樑。又作「吊橋」、「釣橋」。

▽哀弔、追弔、憑弔、慶弔、哭弔、形影相弔。

常 1 **引** 形解 會意；從弓｜。「｜」有上下相通的意思，所以開弓爲引。

音義 ㄧㄣˇ 名 ①長度單位，古代以十丈爲「一引」。②商人轉銷貨物的憑證；例茶引。③古代紙幣名；例錢引。④文 樂曲體裁的一種；例箜篌引。⑤姓。動 ①導引；例引水漑田。②招致；例拋磚引玉。③推薦；例引薦。

參考 ①同導、帶、誘。②孿 靷、矧、蚓。

2 **引力** ㄧㄣˇ ㄌㄧˋ 物 物理名詞，物體互相吸引的力量。

參考 ①又作「吸力」、「攝力」。②參閱「萬有引力」條。

引人入勝 ㄧㄣˇ ㄖㄣˊ ㄖㄨˋ ㄕㄥˋ 引人進入美妙的境地。現多用以指山水風景或文學藝術等特別吸引人的地方。勝：境地。

參考 反索然寡味。

引人注目 ㄧㄣˇ ㄖㄣˊ ㄓㄨˋ ㄇㄨˋ 引起人家的注意。注目：眼光集中在一點上。

參考 與「招搖過市」有別：①後者强調「故意在公衆之前張揚炫耀，以引人注意」；但前者沒有這一層意思。②後者含有貶義，用於人；前者爲中性詞，用於人或物均可。

引人發噱 ㄧㄣˇ ㄖㄣˊ ㄈㄚ ㄐㄩㄝˊ 能夠引發人大笑。噱：大笑。

參考 噱，又音ㄒㄩㄝ。

3 **引子** ㄧㄣˇ ˙ㄗ (一)文 古典小說開端部分，體裁不一，或用詩詞，或用小故事，以引起正文。話本裏的引子稱爲「入話」，又稱「楔子」。(二)泛指一般事物的開端或緣起的因素。(三)醫 中醫上指主藥以外的副藥。例藥引子。

4 **引文** ㄧㄣˇ ㄨㄣˊ 作爲立論根據而引用的文件、書籍或規章法令等的原文。

參考 與「引言」不同，前者是在文章中引用他人的話，後者是指在一本書前所寫的序文。

5 **引申** ㄧㄣˇ ㄕㄣ 指一事一義推引出其他有關或相關的意義；常用於字、詞由原義引出新義。又作「引伸」。

引以爲戒 ㄧㄣˇ ㄧˇ ㄨㄟˊ ㄐㄧㄝˋ 以他人或自己所犯錯誤的教訓作爲警戒。

參考 同引以爲鑑。

7 **引吭** ㄧㄣˇ ㄏㄤˊ 放開喉嚨。吭：喉嚨。例引吭高歌。

引言 ㄧㄣˇ ㄧㄢˊ 寫在著作正文前面的短文，相當於序文或導言，一般是說明寫作目的、經過，介紹全書內容等。

參考 參閱「引文」條。

8 **引咎** ㄧㄣˇ ㄐㄧㄡˋ 由自己承擔錯誤的責任。

10 **引退** ㄧㄣˇ ㄊㄨㄟˋ 舊時官吏自請退職。

引狼入室 ㄧㄣˇ ㄌㄤˊ ㄖㄨˋ ㄕˋ 自己把敵人或壞人引進家中來，比喻自招其禍。又作「引賊入門」。

參考 與「開門揖盜」有別：前者偏重在「引」，後者偏重在「揖」；當強調「歡迎」的意思時，宜用後者；當強調「引進」的意思時，宜用前者。

12 **引渡** ㄧㄣˇ ㄉㄨˋ 法 一國的人民犯罪，逃至他國，該國政府得請求犯人居留國的政府，將犯人解運回來之謂。但政治犯，在國際法上以不引渡爲原則。

13 **引號** ㄧㄣˇ ㄏㄠˋ 標點符號的一種，表示引用語的起止或特別意義的詞句；表示方式爲：「」爲單引號，『』爲雙引號。

引經據典 ㄧㄣˇ ㄐㄧㄥ ㄐㄩˋ ㄉㄧㄢˇ 引用經典中的話作爲立論的根據。

參考 與「旁徵博引」都有「引用材料作爲依據」的意思。區別在于：前者著重於材料多係引自經典；後者則偏重在所引證的資料特別豐富。

15 **引誘** ㄧㄣˇ ㄧㄡˋ ㈠引導誘掖，使之趨向正道。㈡今多解作誘惑別人做壞事，含有貶損的意思。

16 **引導** ㄧㄣˇ ㄉㄠˇ ㈠帶領、帶頭使後面的人跟隨著。㈡啓發誘導。

參考 與「指引」、「指導」、「領導」都有帶領或指示人們朝一定方向行動的意思。「引導」偏重於帶領、啓發誘導。「指引」偏重於指示、引導。「指導」偏重於指示、教導。「領導」則是率領引導人們前進。

引頸就戮 ㄧㄣˇ ㄐㄧㄥˇ ㄐㄧㄡˋ ㄌㄨˋ 坦然就死，毫不畏懼。戮：殺。

17 **引擎** ㄧㄣˇ ㄑㄧㄥˊ 外 即發動機，特指蒸汽機、內燃機等利用能源（如蒸汽、煤氣、石油、電力等）發動的機器。

19 **引證** ㄧㄣˇ ㄓㄥˋ 引用事實、文獻、法條，或他人的言語做爲論證的根據。

▽延引、指引、援引、吸引、牽引、索引、導引、招引、誘引、旁徵博引。

常 2 **弘** 形解 形聲；從弓，ㄙ聲。ㄙ是厷的古文，有大的意思；所以箭射出後，弓弦震動的聲音爲弘。

音義 ㄏㄨㄥˊ 名 姓。動 推廣；例弘道。形 廣的，大的；例大發弘願。

參考 ①擘 泓。②與「宏」同音而義異：宏：廣大，只能作形容詞或副詞用，但不能作動詞用，如：宏辯（副詞）、宏鴻（形容詞）。

12 **弘量** ㄏㄨㄥˊ ㄌㄧㄤˋ ㈠寬大的度量。㈡大酒量。

19 **弘願** ㄏㄨㄥˊ ㄩㄢˋ 偉大的誓願。又作「弘誓」。

▽恢弘、寬弘、深弘。

常 2 **弗** 形解 會意；從丿乀，從韋省。不平直的兩物，用皮韋綑束，使之平直，所以會箭矯的意思。今作拂。

音義 ㄈㄨˊ 名 姓。動 除去，同「祓」；例「以弗吾子。」副 否定詞，通「不」；例「績用弗成。」

參考 擘 紼、黻、沸、費、拂、佛、佛。

常 3 **弛** 形解 形聲；從弓，也聲。也有寬鬆的意思，所以弓解爲弛。

音義 ㄕˇ 動 ①放鬆弓弦；例弛弓。②懈怠，鬆緩；例鬆弛。③廢棄，捨棄；例廢弛。

參考 ①又音 ㄔˊ。②字從也，不可從「㐌」作「弛」。

15 **弛緩** ㄕˇ ㄏㄨㄢˇ 鬆弛寬緩。

▽鬆弛、廢弛、張弛、舒弛、弦弛、色衰愛弛。

常 4 **弟** 形解 形聲；從古文「韋」省，句聲。用皮韋纏繞物體，必依一定的方向及順序，所以先後次序爲弟。

音義 ㄉㄧˋ 名 ①同男子，先生的爲兄，後生的爲弟；例兄弟。②先後次序，同「第」。③對同輩朋友的自稱謙詞。④從師受學的人；例「有事弟子服其勞。」⑤姓。

ㄊㄧˋ 動善事兄長，通「悌」；例孝弟。

參考①「兄弟」的「弟」字，與「次第」的「第」字同音，意義不完全相同，「弟」字有「第」字的意思，但「第」字不可寫成「弟」字。②反兄。③擊娣、第、鵜、梯、悌。

3 **弟子** ㄉㄧˋ ㄗˇ ㈠學生，門徒，對老師而言。㈡泛指年幼的人，對父兄長輩而言。

參考①與「徒弟」都指從師受學；後者偏於專指技藝方面而言，前者範圍較廣，包括學業和技藝二者。②反老師、父兄。

5 **弟兄** ㄉㄧˋ ㄒㄩㄥ ㈠弟弟和哥哥。㈡對人親暱的稱呼。例大家都是好弟兄。

8 **弟妹** ㄉㄧˋ ㄇㄟˋ ㈠弟弟和妹妹。㈡俗稱弟弟的妻子。

▽兄弟、義弟、賢弟、子弟、舍弟、徒弟、高弟、女弟、令弟、表弟、堂弟、胞弟、師弟、昆弟、異母弟、異母兄弟、稱兄道弟、膏粱子弟、難兄難弟、武林子弟。

常 5 **弦** 形解 會意；從弓，象絲軫之形。所以弓弦爲弦。

音義 ㄒㄧㄢˊ 名①弓上張的線、繩，同「絃」；例弓弦。②弦樂器上發聲的絲線；例琴弦。③月半時月形似弦，有上弦與下弦之別。④妻，古人以琴瑟和諧，比喻夫婦感情融洽，故喪妻稱「斷弦」，再娶曰「續弦」。⑤數圓或曲線上任意兩點的連接線段，或指直角三角形直角的對邊；例勾股弦。⑥發條；例錶弦。⑦樂器的代稱；例管弦。⑧姓。

參考與「絃」同音而意思的範圍較「弦」爲廣，絃：①稱樂器上能發聲的絲線；②比喻妻，如：續絃、斷絃。

5 **弦外之音** ㄒㄧㄢˊ ㄨㄞˋ ㄓ ㄧㄣ 比喻言外之意，指在話裏間接透露出而沒有明說的意思。

14 **弦誦** ㄒㄧㄢˊ ㄙㄨㄥˋ 弦歌聲與讀書聲，後人每以此稱美學校教學之事。

弦歌不輟 ㄒㄧㄢˊ ㄍㄜ ㄅㄨˋ ㄔㄨㄛˋ 比喻文教風氣非常盛。

15 **弦樂器** ㄒㄧㄢˊ ㄩㄝˋ ㄑㄧˋ 名指以弦作爲發音體的樂器。分撥弦樂器（如琵琶）、拉弦樂器（如二胡、小提琴）、擊弦樂器（如洋琴）等。

▽上弦、下弦、正弦、佩弦、續弦、斷弦、餘弦、琴弦、調弦、弓弦、撫弦、彈弦、三弦、七弦、勾股弦、如箭在弦、扣人心弦。

常 5 **弧** 形解 形聲；從弓，瓜聲。瓜有曲繞的意思，所以木弓爲弧。

音義 ㄏㄨˊ 名①弓的通稱。②數圓周上的任何一段。③天星名。④括號；例括弧。⑤姓。形彎曲的；例弧度。

參考①「弧線」的「弧」字，與「狐疑」的「狐」字，讀音相同，字形相似，一從弓，一從犭，意思不同。②與「孤」字形近而音義不同。孤音 ㄍㄨ，年幼無父者。

5 **弧旦** ㄏㄨˊ ㄉㄢˋ 「弧懸令旦」的簡稱，指男子的生日。古時男子出世時，在大門的左邊掛了示意，故名。

▽括弧、半弧、圓弧、懸弧。

常 5 **弩** 形解 形聲；從弓，奴聲。奴有大的意思，所以有臂的强弓爲弩。

音義 ㄋㄨˇ 名設機栝用來射箭的機關弓。

參考「弩矢」的「弩」字，與「妻孥」的「孥」字，讀音相同，字形相似，一從弓，一從子，意思不同。

弩

11 **弩張劍拔** ㄋㄨˇ ㄓㄤ ㄐㄧㄢˋ ㄅㄚˊ 張開弓弩，拔出箭來。比喻：㈠氣勢兇猛凌厲。㈡情勢緊張，一觸即發。㈢書法用筆勁悍有力。又作「劍拔弩張」。

▽强弩、伏弩、連弩、火弩、張弩、弓弩。

5 次 **弨** 形解 形聲；從弓，召聲。召有彎曲的意思；所以反弓爲弨。

音義 ㄔㄠ 名 古弓名；例 大弨。形 鬆弛的。

參考 同 弛、弛。

5 次 **弢** 形解 會意；從弓𢻫。𢻫是垂飾，所以裝有垂飾的弓套爲弢。

音義 ㄊㄠ 名 ①裝弓的袋子；例 弓弢。②兵法，通「韜」；例 弢略。

5 次 **弤** 形解 形聲；從弓，氐聲。弓名爲弤。

音義 ㄉㄧˇ 名 經過漆染、雕花的弓。

6 常 **弭** 形解 形聲；從弓，耳聲。沒有邊緣裝飾的弓爲弭。

音義 ㄇㄧˇ 名 ①弓箭的末梢。②姓。動 ①平定，通「敉」；例 弭平。②消滅；例 弭患。

7 **弭兵** ㄇㄧˇ ㄅㄧㄥ 平息戰爭。兵：戰事。

參考 衍 弭兵之會。

11 **弭患** ㄇㄧˇ ㄏㄨㄢˋ 消除禍患。

17 **弭謗** ㄇㄧˇ ㄅㄤˋ 止息毀謗人的話。

6 次 **弮** 形解 形聲；從弓，失聲。失有彎曲的意思，所以弓弦爲弮。

音義 ㄑㄩㄢ 名 弓弩的弦。

7 常 **弱** 形解 會意；從二弓。弓爲彎曲，彡象毛氂飾物；弱物幷，所以會「曲木」的意思。

音義 ㄖㄨㄛˋ 名 ①年居二十歲的人；例 二十曰弱冠。②衰弱；例 以强欺弱。動 ①衰敗；例 衰弱。形 ①柔而無力的；例 弱柳。②表示數目略少；例 五分之一弱。③年幼的；例 老母弱子。

參考 ①同 衰、羸、小。②反 强。③孳 溺、嫋。

4 **弱不勝衣** ㄖㄨㄛˋ ㄅㄨˋ ㄕㄥ ㄧ 形容人瘦弱得連衣服都承受不起。多用以形容女子嬌弱動人。勝：承受。

弱不禁風 ㄖㄨㄛˋ ㄅㄨˋ ㄐㄧㄣ ㄈㄥ 瘦弱或嬌弱的禁不起風的吹拂。禁：擔當、承受。

參考 反 身强力壯。

6 **弱肉强食** ㄖㄨㄛˋ ㄖㄡˋ ㄑㄧㄤˊ ㄕˊ ㈠比喻弱者被强者欺凌。㈡比喻强國吞併弱國。

9 **弱冠** ㄖㄨㄛˋ ㄍㄨㄢˋ 古時男子二十歲行冠禮，故用以指男子二十歲左右的年齡。

▽强弱、虛弱、衰弱、脆弱、懦弱、軟弱、柔弱、薄弱、微弱、文弱、老弱、孱弱、纖弱、體弱、暗弱、鋤强扶弱、不甘示弱、扶傾濟弱、婦孺老弱。

8 常 **張** 形解 形聲；從弓，長聲。長有拉扯的意思，所以拉開弓，搭箭上弦爲張。

音義 ㄓㄤ 名 ①用於某些物品的數量詞；例 一張紙。②天 二十八宿之一。③姓。動 ①打開，凡弓、琴、帷帳、羅網等物的撐開都用「張」；例 張弓。②設置；例 張樂設飲。③伸張；例 軍威必張。④擴大，放開；例 擴張。⑤瞧望；例 張望。ㄓㄤˋ 名 陳設；例 張宴。

2 **張力** ㄓㄤ ㄌㄧˋ 物 物體受到拉力作用時，存在其內部而垂直於兩相鄰部分接觸面上的相互牽引力。例 表面張力。

參考 與「引力」有別：後者指地球的吸引力，使物體受到引力作用而向下落。

3 **張口結舌** ㄓㄤ ㄎㄡˇ ㄐㄧㄝˊ ㄕㄜˊ 形容理屈詞窮，無言答對，或緊張害怕說不出話來。

參考 參閱「啞口無言」條。

4 **張牙舞爪** ㄓㄤ ㄧㄚˊ ㄨˇ ㄓㄠˇ ㈠形容猛獸發威的兇相。㈡形容惡人張揚作勢的樣子。

參考 與「青面獠牙」有別：①後者多指面貌凶惡；前者多指樣子凶惡或凶相畢露地採取行動。②後者原指鬼的凶相；前者原指野獸的凶相。

5 **張本** ㄓㄤ ㄅㄣˇ 指事先就爲事態的發展作好布置，也指文章的伏筆。

7 **張良** ㄓㄤ ㄌㄧㄤˊ 人 (？—西元前一八九)漢初功臣之一，字子房，祖先五世相韓，爲韓貴族。後輔佐劉邦，爲其重要謀臣，漢朝建立後，封爲留侯。

9 **張皇** ㄓㄤ ㄏㄨㄤˊ 慌張。皇：心神不定。

張冠李戴 ㄓㄤ ㄍㄨㄢ ㄌㄧˇ ㄉㄞˋ 張三的帽子戴在李四的頭上。比喻名實不符，弄錯對象；或冒名頂替，存心做假。

11 **張望** ㄓㄤ ㄨㄤˋ 向四周、遠處看或從空隙裏看。

12 **張揚** ㄓㄤ ㄧㄤˊ 將秘密的事擴大宣揚出來。

15 **張儀** ㄓㄤ ㄧˊ 〔人〕（？—西元前三○九）戰國時魏人，爲秦惠王相，以連橫的政策遊說六國，使六國背叛合縱的約定而和秦國重修舊好。

16 **張燈結綵** ㄓㄤ ㄉㄥ ㄐㄧㄝˊ ㄘㄞˇ 張掛各色各樣的燈綵，形容非常熱鬧。綵：彩色的絲綢。綵又作「彩」。

19 **張羅** ㄓㄤ ㄌㄨㄛˊ ㈠招待，照應。㈡料理，籌畫。㈢設羅網捕鳥獸。

▽擴張、緊張、誇張、主張、伸張、囂張、乖張、紙張、開張、新張、舖張、慌張、虛張、緊張、大事舖張、火傘高張、劍拔弩張。

㊥ 8 **强** 形解 [篆文] 形聲；從虫，弘聲。弘有多的意思，所以米穀中的小黑蟲爲强。

音義 ㄑㄧㄤˊ 名 ①蠻橫有力的人；例弱不可以敵强。②姓。形 ①健，盛，通「彊」；例身强力壯。②有餘，略多的；例五分之三强。③勝；例爭强鬥勝。

ㄑㄧㄤˇ 動 ①迫使；例强迫。②不自然的；例勉强。

ㄐㄧㄤˋ 形 任性固執的；例脾氣倔强。

參考 ①反弱。②擊繈、襁、鏹。

2 **强人所難** ㄑㄧㄤˇ ㄖㄣˊ ㄙㄨㄛˇ ㄋㄢˊ 勉强別人做他不願意或做不到的事情。

3 **强大** ㄑㄧㄤˊ ㄉㄚˋ 力量堅强雄厚。

參考 參閱「壯大」條。

5 **强本節用** ㄑㄧㄤˊ ㄅㄣˇ ㄐㄧㄝˊ ㄩㄥˋ 注重農事而節約使用。本：指農桑之事。又作「彊國」。

7 **强壯** ㄑㄧㄤˊ ㄓㄨㄤˋ 身體粗壯結實而體力强。

參考 ①參閱「强仕」條。②與「强健」、「健旺」、「健壯」，都是形容身體好：「强健」指身體健康有力，在程度上不如「强壯」深；「健旺」指身體健康、精力旺盛，側重在精神好；「健壯」指身體强壯，精力充沛，程度最深。

强作解人 ㄑㄧㄤˇ ㄗㄨㄛˋ ㄐㄧㄝˇ ㄖㄣˊ 對於不懂的事，勉强自己做化解的人，即不知而裝作知之意。

8 **强制** ㈠ㄑㄧㄤˇ ㄓˋ 用法律的力量去約束人的行爲。㈡ㄑㄧㄤˊ ㄓˋ 强力壓制。

强弩之末 ㄑㄧㄤˊ ㄋㄨˇ ㄓ ㄇㄛˋ 本意是說即使是强弩射出的箭，到最後力量也會減弱；比喻力量已經衰竭，起不了任何作用。末：箭射程中的末尾階段。

參考 簡稱「弩末」。

9 **强迫** ㄑㄧㄤˇ ㄆㄛˋ 用强力逼迫人，做自己不願意做的事情。

參考 ①與「脅迫」都指用强力逼迫人，但脅迫的程度較深，除了用威勢外，還用要脅的手段。②「强迫」、「勉强」有別：「强迫」是指對別人施加壓力，不顧別人的意願，來達到自己的目的，有不尊重別人，强人所難的意思。「勉强」是指約束自己，爲了某種原因而放棄自己的立場，去遷就別人的意思。

10 **强悍** ㄑㄧㄤˊ ㄏㄢˋ 强橫，兇戾。

强記 ㄑㄧㄤˊ ㄐㄧˋ 記憶力强，記的東西多。例博聞强記。

强烈 ㄑㄧㄤˊ ㄌㄧㄝˋ ㈠威力極强的。例强烈颱風。㈡鮮明的，程度很深的。例感情强烈。㈢强大暴厲。

參考 ①參閱「猛烈」條。②「强烈」、「猛烈」有別：「强烈」是强而有力、程度高、鮮明的意思，常用於光線、感情、意願、色彩等方面。「猛烈」是來勢迅速，凶猛的意思，常用來形容炮火、暴風雨、烈日等。

11 **强盛** ㄑㄧㄤˊ ㄕㄥˋ 强大而興盛。例國勢强盛。

强健 ㄑㄧㄤˊ ㄐㄧㄢˋ 身體健康而有力。

强梁 ㄑㄧㄤˊ ㄌㄧㄤˊ 强橫凶暴不講理的人。梁：物體高起來的部分，引申有驕蠻不馴之意。

參考 ①又作「彊梁」。②同蠻橫、强橫。

12 **强項** ㄑㄧㄤˊ ㄒㄧㄤˋ 形容人秉性剛直，不肯低頭屈服。項：脖子。

强盜 ㄑㄧㄤˊ ㄉㄠˋ 用暴力搶劫財物的壞人。

參考 同盜匪。

强硬 ㄑㄧㄤˊ ㄧㄥˋ 態度堅持，不肯退讓、屈服。

參考 「强硬」、「頑强」有別：「强硬」，常用來形容人的處事態度和方式，指人的立場有原則，不隨便改變。「頑强」用在好的方面，是指不怕困難，堅强不屈的意思。如果用在不好的方面，就表示固執、死硬到底的意思。

强詞奪理 ㄑㄧㄤˊ ㄘˊ ㄉㄨㄛˊ ㄌㄧˇ 無理强辯。

15 **强調** ㄑㄧㄤˊ ㄉㄧㄠˋ 對於某種事物或意念，特別地加以鄭重述說或宣揚，以使人注意或信服。

强暴 ㄑㄧㄤˊ ㄅㄠˋ ㈠强橫兇殘。㈡法指非法律所允許而用暴力施行於他人；常指對婦女作無理的戲弄或姦淫等行爲。

參考 與「强姦」都指用强力脅迫人，以進行不法行爲。前者使用範圍較廣，是以暴力作爲方法和手段，而不是一確定的罪行，後者則專指用暴力對婦女所進行的姦淫行爲，是罪名而非手段。

16 **强橫** ㄑㄧㄤˊ ㄏㄥˋ 凶惡不講道理。

參考 同蠻橫、强梁。

18 **强顏** ㈠ ㄑㄧㄤˇ ㄧㄢˊ 勉强裝作欣悅的臉容。例强顏歡笑。㈡ ㄐㄧㄤˋ ㄧㄢˊ 面皮厚，不知羞恥。例强顏事仇。

21 **强辯** ㈠ ㄑㄧㄤˊ ㄅㄧㄢˋ 能言善辯；有力的辯論。㈡ ㄑㄧㄤˇ ㄅㄧㄢˋ 把沒有道理的硬說成有理。

參考 與「討論」、「辯論」不同：「討論」指共同研究或商量事情。「辯論」是指分辯爭論是非曲直，雖然結果不一定是眞理，但往往在口才、邏輯推理等方面佔很重要因素。

22 **强權** ㄑㄧㄤˊ ㄑㄩㄢˊ 依仗武力欺凌別人的惡勢力，多指國家或集團而言。例强權政治。

▽倔强、堅强、豪强、富强、勉强、列强、好强、剛强、自强、年富力强、國富兵强、發憤圖强、先下手爲强。

次 8 **弸** 形解 形聲；從弓，朋聲。朋有衆多的意思，所以力道强勁的弓爲弸。

音義 ㄅㄥ 名 强勁的弓。動 蓄積而充滿；例弸中彪外。

常 9 **弼** 形解 形聲；從弜，丙聲。丙有輔佐的意思，所以弛弓之檠爲弼。

音義 ㄅㄧˋ 名 ①矯正弓弩的器具。②官名。③輔佐的人；例良弼。動 ①輔助；例輔弼。②匡正過失。③違背。

次 10 **彀** 形解 形聲；從弓，㱿聲。㱿有强大的意思，所以張弓爲彀。

音義 ㄍㄡˋ 名 圈套；例引人入彀。動 拉滿弓；例彀弓。形 能射箭的；例彀者。副 足够地，同「夠」；例這就彀瞧的了。

參考 和「㱿」(ㄎㄜˊ)字易混，如「入彀」不作「入㱿」。

4 **彀中** ㄍㄡˋ ㄓㄨㄥ 原指箭射出去能達到的範圍，後用來比喻牢籠、圈套。例入我彀中。

▽引人入彀。

常 11 **彆** 形解 形聲；從弓，敝聲。敝是破敗，所以弓很戾不調爲彆。

音義 ㄅㄧㄝˋ 副 執拗；例彆拗。

參考 ①「彆」字從「敝」不可從「敝」作「彆」。②與「蹩」有別：蹩，ㄅㄧㄝˊ，跛脚。

7 **彆扭** ㄅㄧㄝˋ ˙ㄋㄧㄡ ㈠不順，不正常。例他的脾氣很彆扭。㈡因意見不合而吵鬧或賭氣。例鬧彆扭。

參考 ①又作「彆拗」。②「彆扭」，應唸ㄅㄧㄝˋ ˙ㄋㄧㄡ，常常錯唸成ㄅㄧㄝ ˙ㄋㄧㄡ。

次 11 **彄** 形解 形聲；從弓，區聲。區有藏隱的意思，所以弓弩兩頭藏弦之處爲彄。

音義 ㄎㄡ 名 ①環類的東西；例彄環。②弓弩兩端裝弦的部位；例「弓不受彄。」

常 12 **彈** 形解 彈 形聲；從弓，單聲。單有狩獵的意思，所以行丸以射爲彈。

音義 ㄉㄢˋ 名 ①弓彈、槍彈、砲彈、炸彈之類的總稱；例彈道飛彈。②彈弓發射用的鐵丸；例彈丸。

ㄊㄢˊ 動 ①敲擊；例彈劍而歌。②用手指撥弄；例彈琴。③糾劾；例彈劾。④掉落；例丈夫有淚不輕彈。

2 **彈力** ㄊㄢˊ ㄌㄧˋ 物 物體發生形變時所產生的使它恢復原狀的作用力。

參考 與「彈性」意義相近，但二者所指不同，前者是指物品的作用力，後者是物品的性質，有時二者可互用。

3 **彈弓** ㄉㄢˋ ㄍㄨㄥ ㈠發射彈丸的弓，架子成「丫」字形，今多用橡皮筋做爲發射的動力。㈡彈棉花的弓形器具。

彈丸 ㄉㄢˋ ㄨㄢˊ ㈠彈弓所用的鐵丸或石丸。㈡比喻地方很狹小。例彈丸之地。

8 **彈劾** ㄊㄢˊ ㄏㄜˊ 政 民意機關對違法失職的官員提出控訴，以監督其行爲的行動。劾：揭發罪狀。

彈性 ㄊㄢˊ ㄒㄧㄥˋ ㈠物 物體因受外力的壓迫，暫變形狀，等外力一去，即回復原狀的性質。㈡指人或物跳躍的程度。㈢事情不是固定不變，可以依實際情況的需要而加以調整變通。

彈性疲乏 ㄊㄢˊ ㄒㄧㄥˋ ㄆㄧˊ ㄈㄚˊ 物 物體受外力作用的時間太久，或形狀體積改變太大，等到外力除去後，不能立刻恢復原狀的現象。

9 **彈指** ㄊㄢˊ ㄓˇ 形容時間極爲短暫。例彈指之間。

12 **彈詞** ㄊㄢˊ ㄘˊ 藝 我國曲藝的一個類別，流行於南方各省，表演者自彈自唱，主要樂器是小三弦、琵琶等。

彈無虛發 ㄉㄢˋ ㄨˊ ㄒㄩ ㄈㄚ 每一個槍彈或砲彈都打中目標，沒有空放。

14 **彈盡援絕** ㄉㄢˋ ㄐㄧㄣˋ ㄩㄢˊ ㄐㄩㄝˊ 戰事已到最後關頭，彈藥用盡，外援也已斷絕；比喻處境非常危險，走投無路。

18 **彈簧** ㄊㄢˊ ㄏㄨㄤˊ 用鋼絲或鋼條做成有彈力的機件，用以接收或轉換動力，以調整運動，減少震動。

參考 衍 彈簧刀、彈簧床、彈簧秤。

▽糾彈、指彈、砲彈、子彈、動彈、流彈、飛彈、珠彈、炸彈、槍榴彈、手榴彈、老(舊)調重彈。

次 13 **彊** 形解 彊 形聲；從弓，畺聲。畺有強大的意思，所以弓弩强而有力爲彊。

音義 ㄑㄧㄤˊ 形 强勁的；例彊兵。

參考 「彊」音「ㄑㄧㄤˇ」時，和「强」字同音同義。

常 14 **彌** 形解 形聲；從弓，爾聲。久長爲彌。

音義 ㄇㄧˊ 名 姓。動 填補；例彌補。副 ①益加；例欲蓋彌彰。②遍佈；例彌漫。③遙遠地；例沃野彌望。

ㄇㄧˇ 動 止息，通「弭」；例彌兵。

參考 「彌」字與「瀰」字都有「滿」的意思，但用法不全同。作水滿的意思時，要用「瀰漫」，作佈滿講時，則用「彌漫」和「瀰漫」均可；作補足講時，一定要用「彌」字。

4 **彌月** ㄇㄧˊ ㄩㄝˋ 孩子自出生後滿一個月。

參考 ①同滿月。②衍 彌月之喜。

9 **彌封** ㄇㄧˊ ㄈㄥ 將試卷封面的姓名編號密封起來，不使閱卷者知道是誰的試卷，以示公平。

10 **彌留** ㄇㄧˊ ㄌㄧㄡˊ 本指久病不癒，後指病重將死的時候。

參考 同 病危、垂死。

12 **彌補** ㄇㄧˊ ㄅㄨˇ 對欠缺不全的事物，加以補足。

參考 參閱「補充」條。

14 **彌漫** ㄇㄧˊ ㄇㄢˋ 充滿徧布。

參考 ①又作「瀰漫」。②參閱「充滿」條。

15 **彌撒** ㄇㄧˊ ㄙㄚ 宗 是天主教的主

要宗教儀式。此種儀式是重演耶穌臨難前，與其門徒共用晚餐，說明以己身爲衆人贖罪。教徒參與儀式的叫「望彌撒」。

17 **彌縫** ㄇㄧˊ ㄈㄥˊ ㊀補救行事的缺失。㊁設法遮掩缺失，以免被人發覺。

▽沙彌、阿彌。

常 19 **彎** 形解 形聲；從弓，䜌聲。䜌有曲折的意思，所以曲弓搭矢準備射箭爲彎。

音義 ㄨㄢ 動①開弓；例彎弓而射。②曲；例彎曲。

參考 孳灣。

6 **彎曲** ㄨㄢ ㄑㄩ 曲而不直。

【彐部】 ㄐㄧˋ

次 5 **彔** 形解 象形；象木頭上刻痕清楚形。

音義 ㄌㄨˋ 名福祿，「祿」的簡字。副刻木的樣子；例刻木彔彔。

參考 孳淥、祿、菉、逯、碌、綠、錄、籙。

次 6 **彖** 形解 會意；從ㄐ，從豕省。ㄐ是豬頭，所以豬走路爲彖。

音義 ㄊㄨㄢˋ 名文易經中通論卦義的爲彖辭，解說彖辭的爲彖傳。

參考 孳橼、篆、緣、掾、喙、蠡。

常 8 **彗** 形解 會意；從又甡。甡有將多數排比的意思，所以手持編排整齊的竹枝掃地爲彗。

音義 ㄏㄨㄟˋ 名①掃帚。②天星名；例彗星。動①掃、拂；例「戈鋋彗雲。」②曝曬，通「熭」。

參考 ①又作「篲」。②孳嘒、慧、槥、蔧、篲。

9 **彗星** ㄏㄨㄟˋ ㄒㄧㄥ 天是繞著太陽運行的一種天體，彗心的核心，很像一個骯髒的雪球，長十五寬八—十公里，它的化學成分有水分子、氧、氫外，還有大量的碳、氮、一氧化碳，以及微量的鐵、硅、硫和砷。它對了解太陽系的形成，甚至生命的起源，都可能提供些新鑰匙。又稱「掃帚星」。

次 9 **彘** 形解 形聲；從ㄐ從二匕，矢聲。野豬爲彘。

音義 ㄓˋ 名①動豬；例雞豚狗彘。②姓。

參考 字「ㄐ」下從「矢」，不可誤作「夫」或「失」。

▽雞豚狗彘、行同狗彘。

常 10 **彙** 形解 形聲；從㣇，胃省聲。似豪豬而小，身上長有毛刺的動物爲彙。

音義 ㄏㄨㄟˋ 名①類聚；例品彙。②聚合而成的書；例字彙。動①把同類的聚集在一起；例彙合。②綜合，合併；例彙刊。

ㄨㄟˋ 名毛刺，通「猬」。

參考 「彙」和「會」都有聚集起來的意思，他們的分別是：「彙」是指人把東西聚集起來；「會」是人自己聚集。

12 **彙集** ㄏㄨㄟˋ ㄐㄧˊ 聚集同類的東西。亦作「滙集」。

彙報 ㄏㄨㄟˋ ㄅㄠˋ 類聚許多事情，報告出來。

15 **彙編** ㄏㄨㄟˋ ㄅㄧㄢ 聚集圖表、文書、書籍而加以編排。

▽語彙、字彙、辭彙、文彙、英語詞彙。

常 15 **彝** 形解 會意；從米、從糸、從廾、從ㄐ。雙手捧著豬頭、米、布等祭品，所以會宗廟常用禮器的意思。

音義 ㄧˊ 名①古代青銅禮器的通稱；例彝器。②常理，一定的法則；例民之秉彝。③我國少數民族名；例彝族。

參考 俗字作「彜」。

10 **彝訓** ㄧˊ ㄒㄩㄣˋ 常訓。

16 **彝器** ㄧˊ ㄑㄧˋ 古代宗廟常用的禮器總名。

▽常彝、鼎彝、尊彝。

【彡部】ㄕㄢ

常 4 **彤** 形解 彤 形聲；從丹，彡聲。丹是紅色，彡是其畫，所以紅色的塗飾爲彤。

音義 ㄊㄨㄥˊ 名姓。形紅色的；例彤雲。

參考 同紅，赤，丹。

常 4 **形** 形解 形 形聲；從彡，幵聲。彡爲有文可見，幵是平凡；所以在平凡的物體上加以修飾，使之象某物爲形。

音義 ㄒㄧㄥˊ 名①體貌；例形單影隻。②樣子；例三角形。③地勢；例地形。④容色；例察其形。動①表現。②描寫；例形容。③對照，比較；例相形見絀。

參考 ①本作「形」。②「形」、「型」有別：「形」有兩層意思。(a)作名詞用，指形狀、形體或實體。如：形象、形態、畸形、圓形。(b)作動詞用，有暴露、表現或對照的意思。如：喜形於色、相形見絀。「型」是模型或類型的意思。如：典型、流線型。

6 **形式** ㄒㄧㄥˊ ㄕˋ 事物的外觀、結構等。

參考 衍形式美、形式主義。

形成 ㄒㄧㄥˊ ㄔㄥˊ 造成，變成。

參考 衍形成層、形成組織。

7 **形似** ㄒㄧㄥˊ ㄙˋ 形狀、外觀都很相似。

形形色色 ㄒㄧㄥˊ ㄒㄧㄥˊ ㄙㄜˋ ㄙㄜˋ 事物品類衆多。

參考 ①與「五花八門」有別：a前者偏重於「花樣不同」—各式各樣；後者偏重在花樣繁多。b前者使用泛圍廣；後者泛圍較窄。同②各式各樣。

8 **形狀** ㄒㄧㄥˊ ㄓㄨㄤˋ 物體的外觀。

參考 同形相。

10 **形迹** ㄒㄧㄥˊ ㄐㄧ (一)舉止神色。例形迹可疑。(二)儀容禮貌。例不拘形迹。

形容 ㄒㄧㄥˊ ㄖㄨㄥˊ (一)形體，容顏。(二)描摹刻畫。

參考 衍形容詞、形容盡致。

12 **形象** ㄒㄧㄥˊ ㄒㄧㄤˋ (一)形狀相貌。(二)俗稱言行上的表現所造成的印象。例破壞形象。

形單影隻 ㄒㄧㄥˊ ㄉㄢ ㄧㄥˇ ㄓ 形容孤單無依。

參考 ①與「孑然一身」都表示孤獨一個人。但有別：前者偏重於「孤單」；後者著重在「一個人」。所以前者比後者形象具體。②反形影不離。③同形影相弔。

13 **形勢** ㄒㄧㄥˊ ㄕˋ (一)地勢。例形勢險要。(二)事務上强弱勝衰的情況。

15 **形影不離** ㄒㄧㄥˊ ㄧㄥˇ ㄅㄨˋ ㄌㄧˊ 猶形影相依。

形影相弔 ㄒㄧㄥˊ ㄧㄥˇ ㄒㄧㄤ ㄉㄧㄠˋ 比喻單獨一身，孤立無依。相弔：相憐相慰。

參考 同形單影隻。

形銷骨毀 ㄒㄧㄥˊ ㄒㄧㄠ ㄍㄨˇ ㄏㄨㄟˇ 極言身體瘦損。亦作「形銷骨立」。

16 **形骸** ㄒㄧㄥˊ ㄏㄞˊ 猶言身體。

23 **形體** ㄒㄧㄥˊ ㄊㄧˇ 物類的形狀和實體。

▽圓形、外形、球形、矩形、象形、圖形、整形、人形、無形、有形、臉形、嘴形、地形、體形、相形、遁形、情形、如影隨形、得意忘形、無所遁形、繪聲繪形。

常 6 **彥** 形解 彥 形聲；從彣，厂聲。既有才德又有文采的美士爲彥。

音義 ㄧㄢˋ 名①才德出衆的人；例俊彥。②姓。

參考 ①又作「彦」。②孳喭、諺、顏、喭、產。

▽英彥、才彥、俊彥、文彥、碩彥、秀彥。

次 7 **彧** 形解 形聲；從彡，或聲。或有廣大的意思，彡爲美好的裝飾，所以形容文章美好爲彧。

音義 ㄩˋ 形①有文彩的，通「郁」。②茂盛的；例黍稷彧彧。

參考 又作「戫」。

常 8
彬
形解 形聲；從彡，焚省聲。文質兼備爲彬。

音義 ㄅㄧㄣ 名姓。形①文質俱備的；例文質彬彬。②形容人的文雅；例彬彬有禮。

參考 ①「彬」和「斌」通，「彬彬」亦作「斌斌」，都是文質兼備的意思。②「彬」和「郴」不同，郴音ㄔㄣ，是湖南縣名之一。

11 **彬彬** ㄅㄧㄣ ㄅㄧㄣ ㈠文質兼備的。例「文質彬彬，然後君子」。㈡形容文雅。例彬彬有禮。

參考 ①亦作「斌斌」。②衍彬彬君子。

11 **彬彬有禮** ㄅㄧㄣ ㄅㄧㄣ ㄧㄡˇ ㄌㄧˇ 既文雅又有禮貌。

參考 ①含有褒揚的意思。②與「文質彬彬」、「溫文爾雅」均可形容人態度溫和，舉動斯文，區別在於：「彬彬有禮」偏重於外在—對人有禮貌；而「文質彬彬」與「溫文爾雅」則內外兼重，表裡如一。

▽文質彬彬、君子彬彬。

常 8
彩
形解 形聲；從彡，采聲。文采華麗爲彩。

音義 ㄘㄞˇ 名①文章；例「縟彩彫煥。」②多種顏色；例五彩。③贊美聲；例喝彩。④獎；例頭彩。⑤比喻戰士受傷流的血；例掛彩。⑥風度；例神彩。⑦戲劇、舞蹈等表演的化裝；例彩排。⑧古時擲骰子的勝色，因以爲賭博得勝之稱；例得彩。形有顏色花紋的；例彩衣。

參考 「采」當顏色鮮明講時可與「彩」通，但「采」又可通「採」字，而「採」不可作「彩」。

6 **彩色繽紛** ㄘㄞˇ ㄙㄜˋ ㄅㄧㄣ ㄈㄣ 色彩衆多而燦爛的樣子。繽紛：盛多而紛亂。

11 **彩排** ㄘㄞˇ ㄆㄞˊ 在正式演出前，按實際演出要求進行的最後一次排演。因那時演員須要化裝，故稱彩排。

16 **彩頭** ㄘㄞˇ ㄊㄡˊ ㈠好運氣，光采。㈡競賽中贏得的獎品。

參考 ㈠同彩氣。

▽光彩、色彩、水彩、油彩、奇彩、五彩、詞彩、中彩、頭彩、神彩、風彩、喝彩、摸彩、精彩、顏彩、張燈結彩、沒精打彩、五顏六彩。

常 8
彫
形解 形聲；從彡，周聲。琱之琢之而成文采爲彫。

音義 ㄉㄧㄠ 動①刻鏤；例彫刻。②萎謝，凋零；例彫落。③損傷；例民力彫盡。形有文飾的；例彫牆。

參考 「凋」、「雕」、「彫」三字音同，形近，意思互有異同；解作「衰落」時，「彫」與「凋」通；解作「刻」時，「彫」與「雕」同。

常 9
彭
形解 會意；從壴從彡。壴是象鼓形，彡有衆多的意思；所以鼓聲爲彭。

音義 ㄆㄥˊ 名姓。動膨大，通「膨」；例彭亨。ㄅㄥ 副馬車很多的聲音；例出車彭彭。ㄅㄤ 副多；例「行人彭彭。」

參考 擘澎、膨、蟚。

15 **彭殤** ㄆㄥˊ ㄕㄤ 壽夭，指壽命的長短。彭：彭祖；殤：未成年而死。

常 11
彰
形解 形聲；從彡，章聲。文已成章，明晰美麗爲彰。

音義 ㄓㄤ 名姓。動表揚；例表彰。形明顯的；例嘉言孔彰。

8 **彰明較著** ㄓㄤ ㄇㄧㄥˊ ㄐㄧㄠˋ ㄓㄨˋ 非常明顯。亦作「彰明昭著」。

14 **彰彰** ㄓㄤ ㄓㄤ 顯著，明晰。

▽表彰、孔彰、善惡昭彰、相得益彰。

常 12
影
形解 形聲；從彡，景聲。光中之陰爲影。

音義 ㄧㄥˇ 名①人或物體因擋住光線而投射成的陰暗形象；例「雲破月來花弄影。」②物體映現於水面或鏡面所造成的形像；例水中倒影。③像；例影子。動①掩蔽；例影身。②摹寫；例影鈔。副①依照原式地；例影印。②

假冒地；例影射。③連帶發生作用地；例影響。

參考「景」古讀ㄧㄥˇ時，與「影」同義。

3 **影子** ㄧㄥˇ ˙ㄗ ㈠人或物因擋住光線所造成的陰影。㈡不眞切的形像或印象。

參考 衍影子戲、影子內閣。

5 **影本** ㄧㄥˇ ㄅㄣˇ 照原蹟所拷貝出來的書本或文件。

6 **影印** ㄧㄥˇ ㄧㄣˋ ㈠按原件用照相的方法製成印版進行印刷，主要是用以複製古籍、手稿和文獻資料。㈡利用影印機，將原稿依照相、製版、印刷一貫連續而成的印製方式，亦稱爲影印。

參考 衍影印機、影印商、影印店、影印製版、影印出版。

10 **影迷** ㄧㄥˇ ㄇㄧˊ 嗜好看電影的人們。

影射 ㄧㄥˇ ㄕㄜˋ 暗指某人某事，或借此說彼。

參考 衍影射小說。

12 **影評** ㄧㄥˇ ㄆㄧㄥˊ 針對電影主題、劇情、導演、演技、攝製等方面的評論。

參考 衍影評家、影評專欄。

影象 ㄧㄥˇ ㄒㄧㄤˋ 由透鏡、鏡子等，利用光學的會聚或反射作用所構成的物體形象。

參考 ①亦作「影像」。②參閱「印象」條。

15 **影影綽綽** ㄧㄥˇ ㄧㄥˇ ㄔㄨㄛ ㄔㄨㄛ 隱隱約約。

17 **影戲** ㄧㄥˇ ㄒㄧˋ ㈠「電影」的舊稱。㈡一種戲劇形式。用燈光將皮或紙製的人物剪影照射在白色的布幕上，表演的人在幕後作操縱剪影、配音等工作。亦作「影子戲」、「皮影戲」。

21 **影響** ㄧㄥˇ ㄒㄧㄤˇ 如影隨形，如響應聲，是說對他人或周圍事物所引起的作用。

參考 衍影響力、影響效果。

▽形影、幻影、光影、攝影、人影、投影、倒影、燈影、電影、花影、書影、捕風捉影、杯弓蛇影、立竿見影、衣香鬢影、含沙射影、浮光掠影、終成泡影、簾押捲花影、雲破月來花弄影。

【彳部】

次 0 **彳** ㄔˋ 形解 象形；象人股脛足三屬相連形。所以舉足跨一小步爲彳。

音義 彳 名 注音符號聲母之一。動 小步行走；例「澤馬彳阜」。

參考 左步爲「彳」，右步爲「亍」（ㄔㄨˋ）；「彳亍」是步伐緩慢的樣子。

常 4 **彷** 形解 形聲；從彳，方聲。相似爲彷。「仿」的俗字。

音義 ㄈㄤˇ 副 用於「彷彿」一詞，有似乎、好像的意思。

ㄆㄤˊ 副 徘徊猶豫地；例彷徨。

參考「彷」、「仿」二字，只在「仿佛」、「仿偟」和「彷彿」、「彷徨」二詞通用，「仿」另有「效法」的意思，而「彷」字沒有。

8 **彷彿** ㄈㄤˇ ㄈㄨˊ 看不眞切，依稀，好像。亦作「髣髴」、「彷佛」。

12 **彷徨** ㄆㄤˊ ㄏㄨㄤˊ ㈠徘徊，遊移不定。㈡意志不定的樣子。

常 4 **役** 形解 會意；從殳彳。殳是兵器，彳是小步；所以執著兵器戍邊爲役。

音義 ㄧˋ 名 ①事，常指戰爭；例黃花岡之役。②供使喚的人；例僕役。③勞力的事；例勞役。動 使喚；例役使。

參考 同使。

8 **役使** ㄧˋ ㄕˇ 差遣，使用。

參考 衍役使動詞。

▽苦役、課役、軍役、雜役、戰役、退役、服役、免役、力役、勞役、兵役、僕役、校役、遠役、除役、現役、後備役、服勞役、終身免役、黃花岡之役。

常 5 **彿** 形解 形聲；從彳，弗聲。相似爲彿。佛的俗字。

音義 ㄈㄨˊ 副 用於「彷彿」一詞，有依稀好像的意思；例依稀彷彿。

常 5 **征** 形解 形聲；從彳，正聲。依正道而行。

音義 ㄓㄥ 名姓。動①討伐；例征討。②徵收(稅賦)；例征稅。③遠行；例萬里長征。

參考「徵稅」和「征稅」意義相同，但「征」有「討伐」、「遠行」的意思；「徵」有「招收」、「尋求」的意思，都不能混用。

4 **征夫** ㄓㄥ ㄈㄨ ㈠遠行的人。㈡出征的士兵。

5 **征召** ㄓㄥ ㄓㄠˋ ㈠征集召募。㈡政府對賢才的招致任用。

參考 召，或作「招」；又作「徵召」。

6 **征收** ㄓㄥ ㄕㄡ 國家收取捐稅。例征收土地稅。

征伐 ㄓㄥ ㄈㄚ 出征討伐。

8 **征服** ㄓㄥ ㄈㄨˊ ㈠一國戰勝他國而兼併其土地。㈡用力量克服。例征服自然。

參考 參閱「馴服」條。

▽遠征、出征、親征、長征、交征、東征、萬里長征、薛平貴東征。

常 5 **彼** 形解 形聲；從彳，皮聲。皮有加的意思，所以往有所加為彼。

音義 ㄅㄧˇ 代①第三人稱代名詞，他。②指示代名詞，通「那」；例此一時也，彼一時也。

參考 ①同他，那。②反此，這。

6 **彼此** ㄅㄧˇ ㄘˇ ㈠指人與人相互之間。㈡指雙方情形相似。常說成疊語。例彼此彼此。

參考 衍彼此一體、彼此相關。

8 **彼岸** ㄅㄧˇ ㄢˋ 宗佛家以有生有死的境界為此岸；超脫生死，即涅槃的境界為彼岸。

▽知己知彼、顧此失彼、厚此薄此、由此證彼、從此推彼。

常 5 **往** 形解 形聲；從彳，㞷聲。㞷是草木向上伸展，彳為行走；所以人向外行走有所之為往。

音義 ㄨㄤˇ 名過去的時間或事情；例已往。動①去；例前往。②向；例開往臺北的列車。形過去的；例往聖先賢。

ㄨㄤˋ 動①朝；例往外走！②歸向；例嚮往。

參考 ①同去。②反來。③「往」、「朝」有別：「往」的基本意義是「移動」，「朝」的基本意義是「面對」。a.面對某個方向移動，既可用「往」，也可用「朝」。如：往(朝)前看。b.只有面對而沒有移動的意思，只能用「朝」；只有移動而沒有面對的意思，只能用「往」。如：大門朝南開；往郵局寄信。

8 **往事** ㄨㄤˇ ㄕˋ 過去的事情。例往事歷歷。

往往 ㄨㄤˇ ㄨㄤˇ 猶言每每、時常。指某種情況常存在或發生。

參考「往往」、「常常」有別：「往往」不能用於將來的事情，「常常」可以。如：請你常常來。

8 **往返** ㄨㄤˇ ㄈㄢˇ 往而復回。例魚雁往返。

往昔 ㄨㄤˇ ㄒㄧˊ 從前。

往來 ㄨㄤˇ ㄌㄞˊ ㈠去與來。例往來相接。㈡相互過從。例禮尚往來。

9 **往後** ㄨㄤˇ ㄏㄡˋ ㈠自今以後。㈡向後。

11 **往常** ㄨㄤˇ ㄔㄤˊ 平素，平時。

▽已往、既往、嚮往、來往、過往、以往、古往、往往、徂往、前往、不咎既往、心焉嚮往、熙來攘往、你來我往。

次 5 **徂** 形解 形聲；從彳，且聲。且有行走的意思，所以前往為徂。

音義 ㄘㄨˊ 動①往，到；例自西徂東。②逝去；例歲月其徂。③死亡；例徂謝。形過去的；例徂歲。副開始；例六月徂暑。

參考 同往，之，如，行，于，適。

常 6 **很** 形解 形聲；從彳，皀聲。彳是小步，皀是怒目相視，所以不聽從為很。

音義 ㄏㄣˇ 副非常；例這事辦得很好。形凶惡的，通「狠」。

參考 ①同極，甚。②「很」雖然也有「凶惡」的意思，如「狠命」、「狠毒」，都可用「很」；

但「狠下心來」，卻不用「很」字。

常 6 **待** 解形 形聲；從彳，寺聲。寺是古時官舍，所以等候爲待。

音義 ㄉㄞˋ 動①等候；例守株待兔。②招呼，照顧；例款待。③對待；例待人接物。副要，正要；例待說不說，待理不理。

ㄉㄞ 動逗留，遲延；例待會兒。

參考①同等，候，對，俟，遇。②「待」、「侍」有別：「侍」，音ㄕˋ，「侍候」、「服侍」，字左邊是從單人。「待」，音ㄉㄞˋ，「等待」、「待遇」，字左邊是從雙人(彳)。

2 **待人處事** ㄉㄞˋ ㄖㄣˊ ㄔㄨˇ ㄕˋ 接待人物和處理事務。

待人接物 ㄉㄞˋ ㄖㄣˊ ㄐㄧㄝ ㄨˋ 對待人物，與人交往。

6 **待字** ㄉㄞˋ ㄗˋ 女子成年還未許嫁。例待字閨中。

8 **待命** ㄉㄞˋ ㄇㄧㄥˋ 等待命令。

13 **待賈而沽** ㄉㄞˋ ㄐㄧㄚˇ ㄦˊ ㄍㄨ 等有了好價錢再賣。比喻等待人君求賢，才肯出來作官。賈：價格；沽：出售。又作「待價而沽」。

參考與「奇貨可居」有別：後者強調「奇貨」，即強調自己有某項專長；前者強調「待賈」，即強調等待滿意的待遇或有人賞識肯定。

待遇 ㄉㄞˋ ㄩˋ ㈠對待，應付。㈡指薪資或其他工作報酬。

▽期待、招待、接待、優待、厚待、等待、禮待、對待、稍待、坐待、款待、嚴陣以待、指日可待、迫不及待、倚馬可待、虛左以待、以禮款待。

常 6 **徊** 解形 形聲；從彳，回聲。回有回轉的意思，所以回轉盤桓，停滯不進爲徊。

音義 ㄏㄨㄞˊ 動欲進而止；例徊徨。

參考①又音ㄏㄨㄟˊ。②又作「佪」。③「徘徊」的「徊」字，讀ㄏㄨㄞˊ；「低徊不已」的「徊」字，讀ㄏㄨㄟˊ。

常 6 **律** 解形 形聲；從彳，聿聲。聿是筆，有均布的意思，所以箸天下之不一而歸之於一爲律。

音義 ㄌㄩˋ 名①古代考正樂音高低的標準；例律呂。②法則；例法律。③記載法則的書；例唐律。④音樂的節拍高低；例旋律。⑤文詩體的一種；例七律。⑥姓。動約束；例「嚴以律己，寬以待人。」

參考①「律」通常比「法」更嚴峻簡要。②參閱「呂」字條。

5 **律令** ㄌㄩˋ ㄌㄧㄥˋ 依照法律所頒定的命令。

7 **律呂** ㄌㄩˋ ㄌㄩˇ 音㈠六律、六呂的合稱。㈡泛指樂律或音律。

10 **律師** ㄌㄩˋ ㄕ 法受當事人委託或法院的指命，依法協助當事人進行訴訟或處理有關法律事務的專業人員。

13 **律詩** ㄌㄩˋ ㄕ 文詩體名，近體詩的一種，用格律嚴密。分五、七言兩體，五字一句者爲五言律詩，七字一句者爲七言律詩，簡稱五律、七律。

▽一律、韻律、音律、戒律、規律、軍律、自律、他律、排律、法律、紀律、旋律、五律、七律、千篇一律、金科玉律、清規戒律、急急如律。

常 6 **徇** 解形 形聲；從彳，旬聲。旬有周遍的意思，所以到各地巡行並宣布政令爲徇。

音義 ㄒㄩㄣˋ 動①巡行時宣布號令。②不顧生命去追求，通「殉」；例「貪夫徇財，烈士徇名。」形迅速的；例「徇蒙招尤。」

ㄒㄩㄣ 動營求；例枉法徇私。

參考①又作「狥」。②不顧生命危險而追求某種事物，可用「徇」也可用「殉」，但「殉葬」不能用「徇」，「徇」作其他意思解時，也不能通「殉」。

7 **徇私** ㄒㄩㄣˋ ㄙ 受私情所左右，不能秉公處理事物。又作「徇情」。

11 **徇情枉法** ㄒㄩㄣˋ ㄑㄧㄥˊ ㄨㄤˇ ㄈㄚˇ 曲從私情而違犯法律。

常 6

後

形解 會意；從彳幺夊。彳是小步，幺夊有後的意思，所以走路遲緩爲後。

音義 ㄏㄡˋ 名 ①子孫；例「不孝有三，無後爲大。」②在時間上言，與「先」對稱；例先後。③在地位上言，與「前」對稱；例前後矛盾。④姓。動 落後；例爲善從不後人。副 遲，晚；例先來後到。

參考 ①反先，前。②「后」可以通「後」，但「后」多用爲名詞，如「皇后」等。又「時候」的「候」字不可誤作「後」。

2 **後人** ㄏㄡˋ ㄖㄣˊ ㈠泛稱後來的人。㈡身後的子孫。㈢落在人後。

4 **後方** ㄏㄡˋ ㄈㄤ 軍 在戰鬥前線之後的地區。

參考 反前線，前方。

5 **後台** ㄏㄡˋ ㄊㄞˊ ㈠戲台後部供演員休息、準備的地方。㈡猶靠山，後盾。例他的後台很硬。亦作「後臺」。

後世 ㄏㄡˋ ㄕˋ ㈠將來的世代。㈡後代子孫。

參考 ①同後代。②反前代。

後生可畏 ㄏㄡˋ ㄕㄥ ㄎㄜˇ ㄨㄟˋ 年輕的後輩值得器重，他們如能積學進德，日後的成就也可以超越年長的人。

8 **後事** ㄏㄡˋ ㄕˋ ㈠將來的事情。㈡死後之事，即喪事。

後來 ㄏㄡˋ ㄌㄞˊ 以後。

參考 ①衍後來居上。②「後來」、「以後」有別：ⓐ「以後」可以單用，也可以作爲後置成分，「後來」只能單用，如：只能說「七月以後」，不能說「七月後來」。ⓑ「以後」表時間時，可以指過去，也可以指將來。「後來」只指過去。我們能說「以後你要注意」，卻不能說「後來你要注意」。

後來居上 ㄏㄡˋ ㄌㄞˊ ㄐㄩ ㄕㄤˋ 稱後來的人或事物已經勝過先前的。

參考 「青出於藍」也有後人勝前人的意思，但多半用來比喻學生勝過老師，而且只用於人，較「後來居上」使用範圍爲小。

9 **後盾** ㄏㄡˋ ㄉㄨㄣˋ 比喻在後面的支持或援助。

參考 同後臺，後援。

後勁 ㄏㄡˋ ㄐㄧㄥˋ ㈠指較遲發作的力量。㈡軍隊裏排在殿後的菁銳。勁：強大的力量。

10 **後效** ㄏㄡˋ ㄒㄧㄠˋ ㈠日後的成效。㈡事情失敗之後，補救過失的效驗。

後起之秀 ㄏㄡˋ ㄑㄧˇ ㄓ ㄒㄧㄡˋ 指後輩中崛起優秀的人物。本作「後來之秀」。

11 **後患** ㄏㄡˋ ㄏㄨㄢˋ 未來的禍害。

參考 衍後患無窮。

12 **後進** ㄏㄡˋ ㄐㄧㄣˋ 猶後輩。

參考 反先進。

後援 ㄏㄡˋ ㄩㄢˊ 援軍，泛指支援的力量。

後備軍人 ㄏㄡˋ ㄅㄟˋ ㄐㄩㄣ ㄖㄣˊ 軍 爲服現役期滿退伍，或因故離營及停役等列管有案的軍官、士官、士兵的總稱。

參考 反現役軍人。

13 **後裔** ㄏㄡˋ ㄧˋ 後代子孫。

參考 同後嗣。

後嗣 ㄏㄡˋ ㄙˋ 子孫。

參考 同後裔。

後勤 ㄏㄡˋ ㄑㄧㄣˊ 軍 在全部軍事活動中，若干非戰術性的管理與作業。爲勤務支援的主要部分。

參考 衍後勤單位、後勤人員、後勤支援區。

後會有期 ㄏㄡˋ ㄏㄨㄟˋ ㄧㄡˇ ㄑㄧˊ 將來還有相見的時候。

14 **後臺** ㄏㄡˋ ㄊㄞˊ 即「後台」。

參考 參閱「後台」條。

後塵 ㄏㄡˋ ㄔㄣˊ ㈠走路時身後揚起的塵土，比喻處在別人後面。例步入後塵。㈡用做謙辭，形容自己的地位低下。

15 **後輩** ㄏㄡˋ ㄅㄟˋ 小輩，泛指後進之人。

參考 反前輩、長輩。

16 **後遺症** ㄏㄡˋ ㄧˊ ㄓㄥˋ 醫 在治療疾病時，由於用藥或治療方法的關係，所留下日後引發的他種病症。如：手術時使用椎脊麻醉易造成日後腰酸背疼的後遺症。

20 **後繼無力** ㄏㄡˋ ㄐㄧˋ ㄨˊ ㄌㄧˋ 前人的事業並沒有後起的力量來承繼。

參考 反後繼有人。

21 **後顧之憂** ㄏㄡˋ ㄍㄨˋ ㄓ ㄧㄡ 將來

還有可堪憂慮的麻煩事。

▽以後、午後、最後、先後、前後、今後、產後、事後、人後、落後、而後、稍後、延後、別後、無後、過後、爭先恐後、空前絕後、茶餘飯後、置之腦後、瞠乎其後、瞻前顧後、鷄口牛後、懲前毖後、寧爲雞口不爲牛後。

㊅ 6
徉

形解 形聲；從彳，羊聲。羊有吉祥美好的意思，所以徘徊自得爲徉。

音義 一ㄤˊ 副 徜徉，遊戲或徘徊往來的樣子。

參考 參閱「彷」、「徜」字條。

㊐ 7
徒

形解 形聲；從辵，土聲。步行爲徒。

音義 ㄊㄨˊ 名 ①門人，弟子；例門徒。②囚犯；例囚徒。③姓。動 步行；例徒行。副 ①但；例非徒如此。②空；例老大徒傷悲。

參考 ①同但，特，獨，只，僅，空。②「徒」和「徙」(ㄒㄧˇ)形近而音義均異：「徒弟」、「徒勞無功」的「徒」，右邊字從「走」。「遷徙」的「徙」，字右邊從「走」。

4 **徒手** ㄊㄨˊ ㄕㄡˇ 空手。參考 衍徒手體操、徒手運動。

6 **徒刑** ㄊㄨˊ ㄒㄧㄥˊ ㈠古代服勞役的刑罰。㈡法分有期、無期兩種，都是剝奪犯人身體自由之刑。

7 **徒步** ㄊㄨˊ ㄅㄨˋ 步行。

徒弟 ㄊㄨˊ ㄉㄧˋ 跟師傅學習技藝的人。參考 反師傅。

8 **徒具形式** ㄊㄨˊ ㄐㄩˋ ㄒㄧㄥˊ ㄕˋ 只注意外觀而不重視實際。參考 同徒務皮毛。

12 **徒然** ㄊㄨˊ ㄖㄢˊ 白白地，枉然。

徒勞無功 ㄊㄨˊ ㄌㄠˊ ㄨˊ ㄍㄨㄥ 空自勞苦，一無收益。參考 同徒勞無益。

▽學徒、逆徒、司徒、酒徒、信徒、生徒、暴徒、門徒、叛徒、賭徒、不徒、囚徒、罪徒、非徒、教徒、佛徒、基督徒、天主教徒、亡命之徒、市井之徒、實繁有徒。

㊐ 7
徑

形解 形聲；從彳，巠聲。巠有直而長的意思，所以步道爲徑。

音義 ㄐㄧㄥˋ 名 ①小路；例明日落紅應滿徑。②數通過圓心的弦；例直徑。副 直接；例徑行辦理。

參考 ①同路，道。②和「逕」字的意思大同小異，但習慣上「直徑」不作「直逕」。

▽口徑、山徑、周徑、小徑、捷徑、半徑、直徑、路徑、花徑、斜徑、石徑、田徑、羊腸小徑、行不由徑。

㊐ 7
徐

形解 形聲；從彳，余聲。余是語氣舒緩的意思，所以安行爲徐。

音義 ㄒㄩˊ 名 ①地古州名，在今江蘇省。②姓。副 緩慢地；例清風徐來。

參考 同緩，慢。

6 **徐州** ㄒㄩˊ ㄓㄡ 地 ㈠古九州之一。㈡江蘇省市名。津浦、隴海鐵路交會於此，向爲軍事要地。

徐光啓 ㄒㄩˊ ㄍㄨㄤ ㄑㄧˇ 人 明代科學家。字子先，上海人。從利瑪竇學習天文、曆算、數學等近代科學，並透過翻譯傳入我國，以「農政全書」和「幾何原本」最爲著名。

10 **徐徐** ㄒㄩˊ ㄒㄩˊ ㈠遲緩的樣子。㈡安舒的樣子。

徐娘半老 ㄒㄩˊ ㄋㄧㄤˊ ㄅㄢˋ ㄌㄠˇ 形容年長稍有姿色的婦女，含輕蔑的意思。徐娘：原指半老多情與左右淫通的南朝梁元帝之妃徐昭佩。

參考 ①本詞含有貶損的意思，不可用來形容自己的親人或加在端莊中年婦女身上。②本詞是女性專用語僅能形容婦女，不可用於男仕。

▽徐徐、不急不徐。

㊐ 8
得

形解 形聲；從彳，㝵聲。彳表示行動，㝵是「⿱貝又」的錯字，以手持貝爲獲，所以行有所獲爲得。

音義 ㄉㄜˊ 動 ①獲取；例獲得。②滿意；例洋洋自得。③能夠；例得饒人處且饒人。副可以，能；例不得攀折花木。
·ㄉㄜ 介 表深一層的意思，用在動詞、形容詞後；例大得出奇。
ㄉㄞˇ 動 遭受；例得了不少苦。
ㄉㄟˇ 副 應該；例我得走了。
參考 ①「得到」的「得」和「道德」的「德」形義不同，不可混用。②「的」和「得」(·ㄉㄜ)用法不同，「的」可以作語尾、詞尾、句末助詞，如：「好的」，「我的書」，「不可以的」，卻不能用「得」字。而「好得很」，「跑得快」，不能用「的」。
注意：a.「寫得好」的否定式是「寫得不好」。b.「得」字音ㄉㄟˇ時，表示意志上或事實上的必要，如：要取得好成績，就得努力學習。而「得」的否定詞是「無須」或「不用」，不說「不得(ㄉㄟˇ)」。

3 **得寸進尺** ㄉㄜˊ ㄘㄨㄣˋ ㄐㄧㄣˋ ㄔˇ 比喻貪婪的欲望愈來愈大。
參考 「貪得無厭」也有貪心永遠不滿足的意思，是直陳性的；「得寸進尺」則是比喻性的。又如形容對土地的侵佔時，用「得寸進尺」比用「貪得無厭」爲具體而明確；形容對金錢財物的占有欲望時用「貪得無厭」則比用「得寸進尺」更爲確切。

4 **得手** ㄉㄜˊ ㄕㄡˇ 達到目的。
參考 同 到手。

得心應手 ㄉㄜˊ ㄒㄧㄣ ㄧㄥˋ ㄕㄡˇ 心手相應，比喻做事順利如意。
參考 與「隨心所欲」都可表示「心裡怎麼想，就怎麼做出來」的意思，但有別：前者常形容技藝純熟；後者一般不能。後者常表示「隨着自己的心意說話、思維、活動」的意思；但前者則不能。

得天獨厚 ㄉㄜˊ ㄊㄧㄢ ㄉㄨˊ ㄏㄡˋ 具有特殊優越的條件。

5 **得失** ㄉㄜˊ ㄕ 成敗，利害。

6 **得色** ㄉㄜˊ ㄙㄜˋ 得意的臉色。例面有得色。

8 **得其所哉** ㄉㄜˊ ㄑㄧˊ ㄙㄨㄛˇ ㄗㄞ 比喻所處的環境適合自己的心願。

9 **得便** ㄉㄜˊ ㄅㄧㄢˋ 有便，遇到適當的機會。例得便當來拜訪。

11 **得逞** ㄉㄜˊ ㄔㄥˇ 得以實現自己的希望。例陰謀得逞。
參考 本詞含有貶損的意思。

得魚忘筌 ㄉㄜˊ ㄩˊ ㄨㄤˋ ㄑㄩㄢˊ 比喻事情成功以後便馬上忘了當初的憑藉。筌：捕魚的竹器。
參考 ①筌又作荃；荃，香草，可作魚餌。②同得兔忘蹄。

13 **得當** ㄉㄜˊ ㄉㄤˋ 適宜，妥當。

得罪 ㄉㄜˊ ㄗㄨㄟˋ (一)獲罪，得到過咎。(二)冒犯，猶開罪。表示對不起之意。

得意 ㄉㄜˊ ㄧˋ 稱心如意。
參考 ①衍得意忘言、得意忘形。②參閱「滿足」條。

得意忘形 ㄉㄜˊ ㄧˋ ㄨㄤˋ ㄒㄧㄥˊ 因高興而失去常態。

得意洋洋 ㄉㄜˊ ㄧˋ ㄧㄤˊ ㄧㄤˊ 稱心如意的樣子。
參考 ①亦作「得意揚揚」、「洋洋自得」。②與「得意忘形」都有「稱心如意，十分得意」的意思但有別：a.後者在語義上重於前者。b.後者着眼於得意的程度—忘乎所以，失去常態；前者着眼於得意的神態。c.後者多指淺薄的人稍稍得志，就忘其所以；前者泛指一般人得意的樣子。

得道 ㄉㄜˊ ㄉㄠˋ (一)行爲合於正道。(二)道家指道術精深的人。

得道多助 ㄉㄜˊ ㄉㄠˋ ㄉㄨㄛ ㄓㄨˋ 行事合乎正道，多能得人幫助。
參考 反 失道寡助。

得過且過 ㄉㄜˊ ㄍㄨㄛˋ ㄑㄧㄝˇ ㄍㄨㄛˋ 不做長久的打算，只是苟且偷生，敷衍度日。

19 **得隴望蜀** ㄉㄜˊ ㄌㄨㄥˇ ㄨㄤˋ ㄕㄨˇ 貪得無厭，不知滿足。隴、蜀都是地名：隴：隴西；蜀：四川。

23 **得體** ㄉㄜˊ ㄊㄧˇ 言語行動恰合分寸。

▽獲得、自得、取得、捨得、拾得、所得、獨得、了得、貪得、苟得、生得、心得、相得、難得、聽得、使得、戒之在得、一舉兩得、千慮一得、不可多得、心安理得、志在必得、求之不得、洋洋自得、垂手可得、捷足先得、愚者千慮必有一得。

常 8
從

形解 㣔 會意；從辵止。止是停止，辵是行動；停止之後又行動，所以遷移爲徙。

音義 ㄒㄧˇ 動遷移；例遷徙。

參考 ①字從止，不可和從土的「徒」(ㄊㄨˊ)混淆。②擊屣、蓰。

8 **徙居** ㄒㄧˇ ㄐㄩ 搬家，遷到別處去住。

▽遷徙、流徙、移徙。

常 8 **從** 形解 形聲；從[篆]辵，從聲。從是順從，辵是行動，所以隨行爲從。

音義 ㄘㄨㄥˊ 動①跟隨；例跟從。②依順；例從命。③隨著；例從風而靡。④採取；例一切從簡。⑤治理；例各從其事。⑥聽信；例言聽計從。介自，由；例從外而來。

ㄘㄨㄥ 副舒緩地；例從容。

ㄗㄨㄥ 名蹤迹，通「蹤」。

ㄗㄨㄥˋ 名①跟隨服侍的人；例侍從。②法附和犯罪的人；例首從。形①同謀的；例從犯。②五服之內的；例從兄。③次於正位品級的，副位的；例從一品。

參考 ①又作「从」、「辵从」。②音「ㄘㄨㄥ」只適用於「從容」一詞。③擊瘲、縱、蹤、樅、鏦、蓯、慫、聳。

1 **從一而終** ㄘㄨㄥˊ ㄧ ㄦˊ ㄓㄨㄥ ㈠婦人只嫁一夫，夫死而不再改嫁。㈡也指做事抱持一定原則而貫徹到底。

參考 ㈠同擇一而終。

4 **從中取利** ㄘㄨㄥˊ ㄓㄨㄥ ㄑㄩˇ ㄌㄧˋ 趁著做事的方便，圖謀私利。

參考 ①本詞含有貶損的意思。②又作「從中牟利」。

從中作梗 ㄘㄨㄥˊ ㄓㄨㄥ ㄗㄨㄛˋ ㄍㄥˇ 在事情進行的過程中，故意爲難，設置障礙，從中破壞。梗：阻塞。

從天而降 ㄘㄨㄥˊ ㄊㄧㄢ ㄦˊ ㄐㄧㄤˋ 比喻事情來得很突然，完全出乎意料之外。

5 **從犯** ㄗㄨㄥˋ ㄈㄢˋ 法在共同犯罪的活動中，幫助爲惡，並且證據確鑿，起次要作用的罪犯。

參考 反主犯。

從兄弟 ㄗㄨㄥˋ ㄒㄩㄥ ㄉㄧˋ 同祖父母所出的兄弟。

參考 同堂兄弟。

6 **從戎** ㄘㄨㄥˊ ㄖㄨㄥˊ 參加軍隊。例投筆從戎。

參考 同從軍。

7 **從良** ㄘㄨㄥˊ ㄌㄧㄤˊ ㈠妓女出嫁良人，脫離賣淫的生涯。㈡也指奴婢恢復自由。

8 **從來** ㄗㄨㄥˊ ㄌㄞˊ 自以前到現在。

從命 ㄘㄨㄥˊ ㄇㄧㄥˋ 遵命。

從事 ㄘㄨㄥˊ ㄕˋ 參加做某種事情。

從長計議 ㄘㄨㄥˊ ㄔㄤˊ ㄐㄧˋ ㄧˋ 指用較長的時間愼重地商量考慮。例這個問題應從長計議。

9 **從前** ㄘㄨㄥˊ ㄑㄧㄢˊ 以前。

從政 ㄘㄨㄥˊ ㄓㄥˋ 參與政事，舊指做官。

從俗 ㄘㄨㄥˊ ㄙㄨˊ 遵照習俗。

10 **從容** ㄘㄨㄥ ㄖㄨㄥˊ ㈠不慌不忙，毫不急迫。

從容不迫 ㄘㄨㄥ ㄖㄨㄥˊ ㄅㄨˋ ㄆㄛˋ 悠閒舒緩，毫不急迫。

11 **從略** ㄔㄨㄥˊ ㄌㄩㄝˋ 按省略的辦法處理。例引文從略。

從速 ㄔㄨㄥˊ ㄙㄨˋ 必須儘快採取的行動。

12 **從善如流** ㄔㄨㄥˊ ㄕㄢˋ ㄖㄨˊ ㄌㄧㄡˊ 聽從好的意見就像水往低處流一般自然，形容樂於接受人家的勸告。

參考 和「從諫如流」都有「接受別人的意見像流水一樣快」的意思，但有別：前者强調接受好的意見，後者强調接受規勸；前者適用範圍廣，後者適用範圍較小。

14 **從輕發落** ㄘㄨㄥˊ ㄑㄧㄥ ㄈㄚ ㄌㄨㄛˋ 以較輕的刑責來處罰。

參考 反從輕量刑。

17 **從優** ㄔㄨㄥˊ ㄧㄡ 特別給予優厚的待遇或報酬。常用作招募人員用語。例待遇從優。

22 **從權** ㄔㄨㄥˊ ㄑㄩㄢˊ 根據當時的情況，採取暫時的變通辦法。權：變通常法。

▽扈從、侍從、主從、隨從、追從、服從、盲從、跟從、陪從、聽從、僕從、導從、依從、順從、三從、何去何從、欲訴無從、言聽計從、無計不從、唯命是從、無所適從、輕車減從。

常 8 **徘** 形解 形聲；從彳，非聲。彳是行動，非有相背的意思，所以縈繞滯留盤旋不進爲徘。

音義 ㄆㄞˊ 副盤旋不進的樣子；

例徘徊。

9 **徘徊** ㄆㄞˊ ㄏㄨㄞˊ ㈠來回地行走，比喻躊躇不進的樣子。㈡流連往復的樣子。

參考 亦作「徘佪」。「裴回」。

常 8

御

解形 形聲；從ㄔ，卸聲。ㄔ是小步，卸是舍車解馬，所以使馬爲御。

音義 ㄩˋ 名 ①駕車的人；例「徒御不驚。」②侍妃；例女御。③姓。動 ①駕駛車馬；例御車。②治理；例統御。③進奉；例御食於君。形 天子的；例御苑。

ㄧㄚˋ 動 迎接；例「百兩御之。」

參考 ①「御」字中從「缶」（從午從止）不從「缶」（ㄈㄡˇ）。②擘 禦、禦。

5 **御用** ㄩˋ ㄩㄥˋ 舊稱皇帝所專用。

9 **御風** ㄩˋ ㄈㄥ 凌風，乘風。

15 **御駕** ㄩˋ ㄐㄧㄚˋ 皇帝的車駕，也作皇帝的代稱。例御駕親征。

▽侍御、射御、統御、女御、駕御。

次 8

徠

解形 形聲；從ㄔ，來聲。前往接近爲徠。

音義 ㄌㄞˊ 動 到，同「來」；例招徠。

ㄌㄞˋ 動 慰勉；例勞徠。

參考 徠（唸ㄌㄞˋ時）同來（ㄌㄞˋ）、倈、勑。

次 8

徜

解形 形聲；從ㄔ，尚聲。尚有重複的意思，所以來往徘徊爲徜。

音義 ㄔㄤˊ 動 徜徉，悠閒地來回走動；例徜徉於山水之間。

參考 字雖從尚，但不可讀成ㄊㄤˇ或ㄕㄤˋ。

9 **徜徉** ㄔㄤˊ ㄧㄤˊ 悠閒地徘徊。

常 9

徧

解形 形聲；從ㄔ，扁聲。繞行一周爲徧。

音義 ㄅㄧㄢˋ 名 周而復始爲一徧。形 到處，整個的；例徧地。副 沒有遺漏地；例徧布。

參考 ①同遍。②又音ㄆㄧㄢˋ。③用「偏」（ㄆㄧㄢ）字而非「徧」字。是當「不正」、「不完全的」，是當

11 **徧野** ㄅㄧㄢˋ ㄧㄝˇ 散布在整個原野。例哀鴻徧野。

參考 衍 徧野花開。

23 **徧體鱗傷** ㄅㄧㄢˋ ㄊㄧˇ ㄌㄧㄣˊ ㄕㄤ 全身都是布滿像魚鱗一樣密的傷痕。形容傷勢很重。鱗：魚鱗。例他被打得徧體鱗傷。

參考 與「體無完膚」有別：①後者是直陳性的；前者是比喻性的。②前者的「體」是指人體；後者的「體」可指人的身體，也可指觀點、論點、文章，有時還可指侵略行爲，含義較廣。

常 9

復

解形 形聲；從ㄔ，复聲。复是走原來的路，所以往而仍來爲復。

音義 ㄈㄨˋ 名 ①易經卦名之一。②姓。動 ①回返到某種狀況；例復原。②回答；例復命。形 多重的；例「復廟重檐。」副 又，再；例死灰復燃。

參考 ①「復」和「覆」在「反復」、「答復」、「復書」等詞都可通用，餘則不可。②「復」和「複」，在「重復」、「復習」等詞也可通用。③擘 覆。

4 **復仇** ㄈㄨˋ ㄔㄡˊ 報仇。又作「復讎」。

復元 ㄈㄨˋ ㄩㄢˊ 恢復元氣或健康。

參考 同康復。

5 **復古** ㄈㄨˋ ㄍㄨˇ 回復古代的制度。

10 **復原** ㄈㄨˋ ㄩㄢˊ 恢復原狀或元氣。

11 **復習** ㄈㄨˋ ㄒㄧˊ 重複的學習。即溫習功課。

參考 同 複習。

13 **復辟** ㄈㄨˋ ㄅㄧˋ 已被廢除的國君又能得到他的帝位。

16 **復興** ㄈㄨˋ ㄒㄧㄥ 再度興起。

參考 參閱「恢復」條。

▽往復、回復、克復、修復、反復、報復、光復、重復、恢復、三番四復、萬劫不復。

常 9

循

解形 形聲；從ㄔ，盾聲。ㄔ是行動，盾有戒備的意思，所以武裝巡行爲循。

音義 ㄒㄩㄣˊ 名 姓。動 ①遵守，依照；例循規蹈矩。②依序；例循序。形 善良守法的；例循吏。副 敷衍苟且；例因循怠惰。

參考 同 遵，依，順，照。

4 **循分** ㄒㄩㄣˊ ㄈㄣˋ 安分守己。

6 **循吏** ㄒㄩㄣˊ ㄌㄧˋ 遵理守法的官吏。

循名責實 ㄒㄩㄣˊ ㄇㄧㄥˊ ㄗㄜˊ ㄕˊ 從一個人的表現來考察是不是和他的職位相合。

7 **循序** ㄒㄩㄣˊ ㄒㄩˋ 依照一定的順序行動。例循序漸進。

循序漸進 ㄒㄩㄣˊ ㄒㄩˋ ㄐㄧㄢˋ ㄐㄧㄣˋ 按著次序一步步向前推進。

參考 與「按部就班」有別：前者含有逐漸深入或提高的意思；後者含有按照一定條理的意思。前者可指教學原則；後者不可以。後者適用範圍較寬，前者則較窄。

8 **循例** ㄒㄩㄣˊ ㄌㄧˋ 依照以前的慣例。

11 **循規蹈矩** ㄒㄩㄣˊ ㄍㄨㄟ ㄉㄠˋ ㄐㄩˇ 比喻人的行為能遵守禮法，合乎法度。規矩本是繪製方圓的工具，引申為法度。

參考 ①讚美人家品行良好，聽從教誨，可用此語。②參閱「安分守己」條。③與「安分守己」有別：前者著重在「不越軌」；後者著重在「守本分」。後者可指人接受改造，不敢胡作非為；前者則不宜。

12 **循循善誘** ㄒㄩㄣˊ ㄒㄩㄣˊ ㄕㄢˋ ㄧㄡˋ 形容依正當的方法，逐步來誘導教誨學生。

參考 與「諄諄教誨」、「諄諄教導」都有耐心教育指導的意思，但有區別：「循循善誘」是「善於有步驟地進行引導」的意思；而「諄諄教導」是「懇切耐心地教導」。「諄諄教誨」是懇切而耐心地教訓。

17 **循環** ㄒㄩㄣˊ ㄏㄨㄢˊ 順著環形的軌道旋轉，比喻事物週而復始的運行。

▽因循、持循、撫循、規循、遵循、依循。

次 9 **徨**

形解 形聲；從彳，皇聲。形容行動驚慌迷亂為徨。

音義 ㄏㄨㄤˊ 副無所適從、不安的樣子。例徨徨不安。

參考 「徨」和「惶」意思有別：「惶」是「恐懼」的意思；但「惶惶」和「徨徨」意思相近，都有「不安」的意思。

常 10 **微**

形解 形聲；從彳，敚聲。敚是細小，彳是行動，所以隱微的行動為微。

音義 ㄨㄟˊ 名①公制中表百萬分之一；例微米。②姓。形①細小的；例「具體而微。」②衰落的；例式微。③卑賤的；例卑微。④精妙幽深的；例「道心惟微。」副①稍，略；例微感不適。②暗中地；例微行。

參考 ①又音ㄨㄟ。②同細，小，輕，略，稍，卑，賤，無，非。③反巨，大，重，貴。

5 **微生物** ㄨㄟˊ ㄕㄥ ㄨˋ 該物含有醱酵、腐敗或分泌毒質，使人或物受病的，叫做「病原細菌」。又叫「細菌」。

參考 參閱「細菌」條。

6 **微行** ㄨㄟˊ ㄒㄧㄥˊ ㈠做官的人，故意隱藏尊貴的身分，穿着平民衣服出巡。㈡小路。㈢微小而不容易看見的行為。

7 **微妙** ㄨㄟˊ ㄇㄧㄠˋ 用意幽遠，精細奇妙，超出平常人的理解。

微言大義 ㄨㄟˊ ㄧㄢˊ ㄉㄚˋ ㄧˋ 精微的言論，切要的義理；比喻純正的規勸。例春秋中的褒貶，寄託了孔子的微言大義。

8 **微服** ㄨㄟˊ ㄈㄨˊ 古代有爵位的人，變更衣服出行，使人不認識。

10 **微恙** ㄨㄟˊ ㄧㄤˋ 小病。

16 **微積分** ㄨㄟˊ ㄐㄧ ㄈㄣ 數微分學與積分學的合稱；簡稱「微積」。

參考 參閱「微分學」、「積分學」條。

19 **微辭** ㄨㄟˊ ㄘˊ 隱含不滿或批評的話語。例不無微辭。

▽幾微、輕微、細微、衰微、精微、式微、翠微、機微、紫微、隱微、稍微、略微、闡微、幽微、探微、發微、卑微、杜漸防微、刻畫入微、微乎其微、體貼入微、具體而微。

常 10 **徬**

形解 形聲；從彳，旁聲。旁有側的意思，所以附行為徬。

音義 ㄆㄤˊ 動徘徊往返；例徬徨。

參考 同彷。

次10 **徯** 形解 形聲；從彳，奚聲。奚有遲緩的意思，所以等待爲徯。

音義 ㄒㄧ 名小路，通「蹊」；例徯徑。動等待。

次10 **傜** 形解 形聲；從彳，䍃聲。䍃有行動的意思，所以勞役爲傜。

音義 ㄧㄠ 名從前由政府規定人民義務服勞役；例傜役。

次11 **徹** 形解 會意；從彳從攴從育。彳是行動，育是「鬲」的訛變，攴與「又」通；將席上的鬲器徹走，所以會通的意思。

音義 ㄔㄜˋ 名①周代田賦名，十取其一的稅制；例「周人百畝而徹。」②姓。動①透入；例寒風徹骨。②除去；例徹席。形整個的；例徹夜未眠。

參考「徹」、「澈」二字意思有同有異，如「徹底」可以作「澈底」，「透澈」可以作「透徹」，但「貫徹」不可作「貫澈」，「澄澈」不可作「澄徹」。

8 **徹夜** ㄔㄜˋ ㄧㄝˋ 整個晚上。例「沸耳笙歌徹夜闌。」

徹底 ㄔㄜˋ ㄉㄧˇ 直穿到底。例「徹底見秋色。」又作「澈底」。

10 **徹悟** ㄔㄜˋ ㄨˋ 透徹地領悟事物的眞象。

16 **徹頭徹尾** ㄔㄜˋ ㄊㄡˊ ㄔㄜˋ ㄨㄟˇ 即貫徹始終，毫不間斷。

參考 反 虎頭蛇尾，有頭無尾。

▽貫徹、透徹、深徹、通徹。

常12 **德** 形解 形聲；從彳，悳聲。悳是藉內外修養而有得，彳是行動；所以努力向前行有所升登爲德。

音義 ㄉㄜˊ 名①恩惠；例以德報怨。②行爲的規範；例道德。③品性，不限於善的一面；例品德。④外「德意志」(Deutsch)的簡稱，歐洲國家之一，今分爲東德、西德。⑤姓。形美善的；例德政。

參考「道」和「德」的不同是：「道」是萬事萬物基本的原理原則，「德」是分散在各種事物的原理原則。

3 **德干高原** ㄉㄜˊ ㄍㄢ ㄍㄠ ㄩㄢˊ 地在印度半島南面，平均高度約二千呎，爲印度最富饒的地區。

6 **德行** ㄉㄜˊ ㄒㄧㄥˋ 好的品德和行爲。

8 **德性** ㄉㄜˊ ㄒㄧㄥˋ ㈠道德的品性。例德性之知。㈡戲稱他人的外貌。例也不先瞧瞧自己是個什麼德性？

10 **德高望重** ㄉㄜˊ ㄍㄠ ㄨㄤˋ ㄓㄨㄥˋ 德行高，聲望隆，是稱頌人有德望。

12 **德黑蘭** ㄉㄜˊ ㄏㄟ ㄌㄢˊ 地伊朗首都。位於該國北部，爲全國政治、經濟、文化中心和鐵路樞紐。

16 **德澤** ㄉㄜˊ ㄗㄜˊ 恩德澤惠普及大衆。

▽恩德、功德、盛德、仁德、道德、美德、報德、大德、武德、高德、令德、淑德、厚德、才德、女德、東德、西德、一心一德、二三其德、三從四德、以德報怨、知恩報德、感恩戴德、圓滿功德、歌功頌德、女子無才便是德。

常12 **徵** 形解 會意；從壬，從微省。壬有呈的意思，所以行於微而聞達者爲徵。

音義 ㄓㄥ 名①預兆；例凶徵。②姓。動①召集；例徵兵。②招求；例徵文。③由國家收取；例徵稅。④證明；例「杞不足徵也。」

ㄓˇ 名古代五音之一。

參考①同證，驗，召。②孿黴、徽。③五音是宮、商、角、徵、羽。

4 **徵引** ㄓㄥ ㄧㄣˇ ㈠徵求賢才加以舉薦。㈡引證。

徵文 ㄓㄥ ㄨㄣˊ 徵集詩稿件。

5 **徵召** ㄓㄥ ㄓㄠˋ 政府對賢才招致任用。

6 **徵兆** ㄓㄥ ㄓㄠˋ 徵驗，先兆，指事情的預兆。

徵收 ㄓㄥ ㄕㄡ ㈠政府向人民收取賦稅的措施。㈡政府爲公共使用或利益而收取私人財產，並給予適當補償的行爲。如徵收私人土地，建造高速公路。

7 **徵兵** ㄓㄥ ㄅㄧㄥ ㈠召集地方上强壯的男人當兵。㈡徵集國民，使盡服兵役的義務。別於募兵。

10 **徵求** ㄓㄥ ㄑㄧㄡˊ 求取，求索。

10 **徵候** ㄓㄥ ㄏㄡˋ 一事物在發生前所顯現的各種迹象；此迹象通常都是可驗證的。又作「徵兆」。

11 **徵逐** ㄓㄥ ㄓㄨˊ 指朋友之間往來頻繁。例酒肉徵逐。

徵稅 ㄓㄥ ㄕㄨㄟˋ 收取稅租。例政府向人民徵稅。

13 **徵聘** ㄓㄥ ㄆㄧㄣˋ 政府依禮聘用有學問、有品行的人。

參考「徵用」是徵集使用的意思。帶有强制性，對象多是物質。如：戰時徵用船艦運輸補給品。「徵聘」是指依禮招請工作人員，應徵者是志願的，絕無强制性，對象只能是人。如：徵聘打字員。

15 **徵調** ㄓㄥ ㄉㄧㄠˋ 發布命令徵兵或徵調糧餉。例徵調船艦。

17 **徵斂無度** ㄓㄥ ㄌㄧㄢˋ ㄨˊ ㄉㄨˋ 官府向民間沒有節度的徵收捐稅藉以斂財。斂：收聚。

▽象徵、瑞徵、特徵、變徵、緩徵、召徵。

次 13 **徼** 形解 徼 彳，敫聲。形聲；從敫有流暢的意思，所以依照順序游徼循禁防備盜賊爲徼。

音義 ㄐㄧㄠ 動①伺察。②求取。ㄐㄧㄠˋ 名邊塞；例「守徼乘塞。」動巡察；例徼巡。ㄧㄠ 動要求；例徼福。ㄐㄧㄠˇ 副意外；例徼幸成功。

參考①「徼」，音「ㄐㄧㄠˇ」，動詞，有「冀求非分」的意思。②同求，要，邀，干，索。

8 **徼幸** ㈠ ㄐㄧㄠ ㄒㄧㄥˋ 覬求非分。幸：所不當得而得的。㈡ ㄐㄧㄠ ㄒㄧㄥˋ 獲得意外的利益，或豁免於不幸的事情發生。又作「僥幸」。

▽游徼、邊徼。

常 14 **徽** 形解 徽 形聲；從糸，微省聲。偪束其脛自足至膝的衮幅爲徽。

音義 ㄏㄨㄟ 名①標幟，記號；例國徽。②古琴上表示高低音的標幟，共十三徽。③地「安徽省」的簡稱。④姓。形美善的；例徽猷。

參考 注意「徽」和「徵」的形構，它們不同的地方是在字的中下：一從糸，一從壬。

11 **徽章** ㄏㄨㄟ ㄓㄤ ㈠古代軍隊所使用的旗幟。章：旗幟。㈡佩帶在身上的一種標記。

參考 與「勳章」有別：後者專指有功績而得的獎章。前者意義較廣，可包含後者。

13 **徽號** ㄏㄨㄟ ㄏㄠˋ ㈠美好的名號，多用以稱頌帝王或皇后。㈡古代旌旗所用的標誌或稱號。

【心部】 ㄒㄧㄣ

常 0 **心** 形解 心 象形；象心瓣及兩大動脈形。

音義 ㄒㄧㄣ 名①人和脊椎動物推動血液循環的肌性器官；例心臟。②意志；例二人同心。③胸臆；例心平氣和。④中央；例中心。⑤天二十八宿之一；例心宿。⑥思想，古人誤認心是思維器官，故把思想器官和思想情況、感情等都說做心；例「心凝形釋」。⑦情懷；例開心。

參考 擊沁、芯、伈。

2 **心力** ㄒㄧㄣ ㄌㄧˋ 運用心思的能力。猶言精神。

心力交瘁 ㄒㄧㄣ ㄌㄧˋ ㄐㄧㄠ ㄘㄨㄟˋ 用盡心略，使出所有的力量，到了精疲力竭的程度。比喻極度勞苦。

參考 和「身心交病」都含有「精神和身體都受不了」的意思。但有別：前者形容精神和身體都很疲勞的意思；後者形容身體有病同時心情痛苦。

3 **心上人** ㄒㄧㄣ ㄕㄤˋ ㄖㄣˊ 最心愛的人。通常指所戀慕的對象、情人或配偶，因心中時時記掛，故稱。

參考 同意中人。

心口如一 ㄒㄧㄣ ㄎㄡˇ ㄖㄨˊ ㄧ 心中想的和口中說的完全一致。

參考 同口是心非。

4 **心不在焉** ㄒㄧㄣ ㄅㄨˋ ㄗㄞˋ ㄧㄢ 心不在這裏。指心神不定，思想不能集中。焉：此，這裡。

參考 ①反全心一意。②和「心猿意馬」都有「心思不專注」的意思，但有別：前者是形容思想不集中；後者是心思不定，變化無常的樣子。③參閱「心猿意馬」條。

心心相印 ㄒㄧㄣ ㄒㄧㄣ ㄒㄧㄤ ㄧㄣˋ 像蓋印一般，兩顆心合一而相符。比喻彼此感情相通，心意完全一致。

參考 與「情投意合」、「志同道合」都有彼此心意投合的意思。但「心心相印」表示彼此心意相通，不需說出來就能互相了解，偏重的是在心思方面；「情投意合」表示雙方思想感情很融洽，偏重的是在感情方面；「志同道合」則表示彼此志向相同，可以攜手並進，偏重的是志趣。三者是有區別的。

心手相應 ㄒㄧㄣ ㄕㄡˇ ㄒㄧㄤ ㄧㄥˋ 心想手做，能互相應和而一致。多指書法而言，也可用於其他技藝。

參考 與「得心應手」都是指心想手做，能互相應和而一致。但「心手相應」多用於書法等技藝，強調心與手能取得一致；「得心應手」使用的範圍較廣，除具有前面的意思外，還常用來表示處理事情容易而順利。如：「做熟了，自然就能得心應手，迎刃而解。」

5 **心目** ㄒㄧㄣ ㄇㄨˋ 心中。

心田 ㄒㄧㄣ ㄊㄧㄢˊ 即指心。因心中藏有善惡種子，隨緣滋長，像田地一般，故稱。

參考 同心地。

心甘情願 ㄒㄧㄣ ㄍㄢ ㄑㄧㄥˊ ㄩㄢˋ 心裏願意，沒有一絲一毫勉強。

參考 ①又作「心甘意願」、「甘心情願」。②與「一廂情願」有別：前者專就自己的意願而言，不牽涉其他。後者指相對的雙方，只有單方面執著地投入情感或意願，而另一方卻不以爲然。

心平氣和 ㄒㄧㄣ ㄆㄧㄥˊ ㄑㄧˋ ㄏㄜˊ 心境平靜，態度溫和，不會感情用事。

參考 同平心靜氣。

6 **心地** ㄒㄧㄣ ㄉㄧˋ 心術，存心。

參考 同心田。

心曲 ㄒㄧㄣ ㄑㄩ 心中的衷曲。例請你靜靜傾聽我的心曲。

參考 同心聲。

心安理得 ㄒㄧㄣ ㄢ ㄌㄧˇ ㄉㄜˊ 行爲合於正理，心中舒坦，沒有遺憾。

參考 與「問心無愧」都表示自以爲所做的事理所當然，心中舒坦。但「心安理得」多作形容詞用，強調按情理辦事，對人對己都很坦然，是當事者心情的自然流露，通常用於具體地指某一次待人處事的情緒；「問心無愧」則多作動詞用，強調憑良心辦事，反省自問，不覺心虧，是當事者的心理活動和結果，可以具體的指一件事，也可以表示對過去一般長時間的自我反省或回顧的結果。

心血 ㄒㄧㄣ ㄒㄧㄝˇ 精神與心力。

心血來潮 ㄒㄧㄣ ㄒㄧㄝˇ ㄌㄞˊ ㄔㄠˊ 一時興起，忽然產生某個念頭。例他常常心血來潮，做些稀奇古怪的事。

參考 ①血，又讀ㄒㄩㄝˇ。②與「福至心靈」有別：後者指幸福來時，心思敏捷而產生靈感。如：他忽然福至心靈，想到一個妙計。

心有餘悸 ㄒㄧㄣ ㄧㄡˇ ㄩˊ ㄐㄧˋ 危險駭人的事過去後，回想起來仍覺得害怕使心跳加快。悸：因情緒激動而心跳加速或加重。

心有靈犀一點通 ㄒㄧㄣ ㄧㄡˇ ㄌㄧㄥˊ ㄒㄧ ㄧ ㄉㄧㄢˇ ㄊㄨㄥ 比喻彼此心靈相互溝通，能互相感應對方的心志意念。靈犀：古代傳說犀牛角中有條與腦部相通的白線，感應非常靈敏，所以稱爲靈犀。

7 **心折** ㄒㄧㄣ ㄓㄜˊ 打從心眼裏佩服。

心志 ㄒㄧㄣ ㄓˋ 心意志向。

參考 衍心志不堅、心志高遠。

心坎 ㄒㄧㄣ ㄎㄢˇ ㈠即指心。㈡心思意念。例你這句話眞是說到我的心坎兒裏了。

心肝 ㄒㄧㄣ ㄍㄢ ㈠心臟與肝臟。

比喻忠誠眞摯的情意。例我是掏心肝的對待你。㈡良心。通常都作反用，如「沒心肝的人」。㈢珍愛的，最心愛的人。例心肝寶貝。

8
心版 ㄒㄧㄣ ㄅㄢˇ 即指心。將心比成可以書寫的版子，可刻記事物。例銘記心版。

心事 ㄒㄧㄣ ㄕˋ 隱藏心中，不願告訴別人的事。通常指愁恨、憂煩等。例他悶悶不樂，看起來好像有心事。

參考 同心田。

心弦 ㄒㄧㄣ ㄒㄩㄢˊ 即指心。因心會因外物震撼而受感動，引起共鳴，像有根琴弦一般。例扣人心弦。

參考 衍動人心弦。

心性 ㄒㄧㄣ ㄒㄧㄥˋ 本心，性情。

心服口服 ㄒㄧㄣ ㄈㄨˊ ㄎㄡˇ ㄈㄨˊ 心裏、口頭都已服輸，形容眞心佩服。又作「口服心服」。

參考 與「心悅誠服」都有「從心裏信服」的意思，但有別：後者含有愉快、眞誠的意思；前者沒有此意。後者一般可指佩服、信服和服從；而前者一般只指信服而言。

心花怒放 ㄒㄧㄣ ㄏㄨㄚ ㄋㄨˋ ㄈㄤˋ 心像羣花爭先恐後地盛開一般，形容快樂、興奮到了極點。

心直口快 ㄒㄧㄣ ㄓˊ ㄎㄡˇ ㄎㄨㄞˋ 形容人性情直爽，話不經考慮就說出來。

參考 與「快人快語」都有「人直爽，說話爽快」的意思，但有別：前者往往偏重在性情直爽；後者含有說話直爽，立刻就說出來的意思。

9
心計 ㄒㄧㄣ ㄐㄧˋ ㈠計謀。通常指對他人不利的計謀，含有貶損的意思。例工於心計。㈡泛指心中的計劃。

心思 ㄒㄧㄣ ㄙ 精神，思慮。例挖空心思。㈡興致趣味。

參考 參閱「心理」條。

心狠手辣 ㄒㄧㄣ ㄏㄣˇ ㄕㄡˇ ㄌㄚˋ 居心狠毒，手段殘酷。又作「心毒手辣」。

10
心浮氣躁 ㄒㄧㄣ ㄈㄨˊ ㄑㄧˋ ㄗㄠˋ 心神浮動而氣息急躁。形容沒有耐心，沈不住氣的樣子。

心高氣傲 ㄒㄧㄣ ㄍㄠ ㄑㄧˋ ㄠˋ 心志高遠，神色傲然不馴。

心悅誠服 ㄒㄧㄣ ㄩㄝˋ ㄔㄥˊ ㄈㄨˊ 內心喜悅而眞誠的信服。

參考 參閱「五體投地」條。

心神 ㄒㄧㄣ ㄕㄣˊ 心情，神色。例心神不寧。

心迹 ㄒㄧㄣ ㄐㄧ 存心，心中眞正的感情、想法。迹：又作「跡」。例表明心迹。

心疼 ㄒㄧㄣ ㄊㄥˊ 心中憐惜、吝惜。

心胸 ㄒㄧㄣ ㄒㄩㄥ ㈠猶言內心。例心胸開闊。㈡比喻人的抱負和氣度。

心病 ㄒㄧㄣ ㄅㄧㄥˋ ㈠心中憂悶成病。㈡不能明說，隱藏心中的愁恨、怨隙。

11
心得 ㄒㄧㄣ ㄉㄜˊ 研習學識技能或閱讀書報文章時，因心中領悟而有所獲得。

參考 衍心得報告、讀後心得。

心術 ㄒㄧㄣ ㄕㄨˋ ㈠指人運用心思的方法。㈡存心。含有貶損的意思。

心術不正 ㄒㄧㄣ ㄕㄨˋ ㄅㄨˋ ㄓㄥˋ 存心不良。

心動 ㄒㄧㄣ ㄉㄨㄥˋ 因外界誘惑而心意動搖。

心悸 ㄒㄧㄣ ㄐㄧˋ ㈠因心跳太快、太強或不規則所引起的心臟跳動的感覺。㈡心裏害怕。

心虛 ㄒㄧㄣ ㄒㄩ ㈠謙虛不自滿。㈡因理虧而感到心神不安。例作賊心虛。

心旌 ㄒㄧㄣ ㄐㄧㄥ 心如高懸搖擺的旌旗，比喻心神搖蕩不定。例心旌蕩漾。

心許 ㄒㄧㄣ ㄒㄩˇ ㈠心中暗自許可。例他不說話，就表示心許了。㈡心中賞識，讚許。例「遠聞佳士輒心許。」

參考 與「默認」都有心中暗自接受的意思。但「心許」強調許可、願意、讚賞，態度較積極，常用在美事上；「默認」則強調承認，態度較消極，常用在惡事或不情願的事上。

心眼 ㄒㄧㄣ ㄧㄢˇ ㈠宗佛家語。指觀念的心。㈡方北方指心為心眼。例沒安好心眼。㈢心思，計謀；猶言心機。例她太沒有心眼，早晚會吃虧的。㈣對小節的拘謹，度量。例小心眼兒。

心情 ㄒㄧㄣ ㄑㄧㄥˊ ㈠心境，情緒。

泛指心裏的感覺。㈡興致趣味。同「心思」。

參考 ①與「心緒」、「情緒」都是指人的思想感情活動的狀態，但略有不同：「心情」指人在一般時期內的感情狀態，這種感情不一定表現出來；「心緒」多指不愉快的感情狀態，常表露在外，如：心緒不寧；「情緒」則多指人從事某種活動時產生的較強烈的感情狀態，如：情緒高亢；也指不正常、不愉快的感情，如：鬧情緒，這種感情通常會表露在外。②參閱「心理」條。

心理 ㄒㄧㄣ ㄌㄧˇ 思想，情緒，意識等內心活動的總稱。

參考 ①衍心理系、心理分析、心理醫生、心理衛生。②與「心思」、「心情」都指思想感情活動的情況，但所強調的不同。「心理」強調思想、感覺、意識等活動過程，也泛指人的思想、感情的表現；「心思」強調想法、念頭、精神、思慮，還能表示興致、趣味；「心情」則強調內心的感情狀態，在表示興致、趣味時，與心思相通。又「心理」有時也可指想法，與心思互通，如：你到底存著什麼心理？但更常用來表示一般人的思想情況，如：羣衆心理。

12 **心焦** ㄒㄧㄣ ㄐㄧㄠ 心像被火灼燒一般，形容人的心情愁煩焦躁。

心裁 ㄒㄧㄣ ㄘㄞˊ 心中的設計安排。例別出心裁。

心扉 ㄒㄧㄣ ㄈㄟ 心靈的門戶。指情感、意識等與外界接觸的關口。扉：門戶。

參考 同心門。

心無二用 ㄒㄧㄣ ㄨˊ ㄦˋ ㄩㄥˋ 心神專注於一件事上。

參考 ①同心無旁騖，專心一意。②反三心二意、心猿意馬。

心無旁騖 ㄒㄧㄣ ㄨˊ ㄆㄤˊ ㄨˋ 專心一致，沒有任何雜念。騖：鳥名，俗稱野鴨子。從前有個很會下棋的人，名叫奕秋。他有兩名學生，其中一人很專心聽講；另一人卻心不在焉，一心想拿弓箭來射飛過的野鴨，所以兩人雖一起學習，成績却相差很多。㈡意思是說凡人做事或學習要專心一意。

心勞日拙 ㄒㄧㄣ ㄌㄠˊ ㄖˋ ㄓㄨㄛˊ 用盡心機，作僞巧飾，把自已弄得勞苦不堪，不但無補於事，而且情況愈來愈糟。

參考 反心逸日休。

13 **心碎** ㄒㄧㄣ ㄙㄨㄟˋ 心臟破碎，形容悲傷到了極點。

心腸 ㄒㄧㄣ ㄔㄤˊ ㈠心地，心性。例菩薩心腸。㈡情致興趣。猶言心情、心思。例我現在那有心腸去玩？

心意 ㄒㄧㄣ ㄧˋ ㈠心思，意念。例心意已決。㈡情意。

心裏有數 ㄒㄧㄣ ㄌㄧˇ ㄧㄡˇ ㄕㄨˋ 內心對處理某件事情已有一番打算。

參考 與「胸有成竹」有別：前者指對某一事物，雖然表面上沒有說出來，但內心十分明白。後者指對某一事物的處理有十分地把握。

心意相投 ㄒㄧㄣ ㄧˋ ㄒㄧㄤ ㄊㄡˊ 彼此的情意互相投合。

心路歷程 ㄒㄧㄣ ㄌㄨˋ ㄌㄧˋ ㄔㄥˊ 心中思慮所經歷的路程。多指矛盾、徘徊、掙扎的經過。

心煩意亂 ㄒㄧㄣ ㄈㄢˊ ㄧˋ ㄌㄨㄢˋ 心情煩躁，思緒混亂，不知如何是好。

心電感應 ㄒㄧㄣ ㄉㄧㄢˋ ㄍㄢˇ ㄧㄥˋ 指人心中的印象和情思，可以傳達到他人（尤其是親人）的心中，像電流般地互相感應。這是英國心理學家馬耶士於一八八二年提出的。又稱「精神感應」。

心照不宣 ㄒㄧㄣ ㄓㄠˋ ㄅㄨˋ ㄒㄩㄢ 彼此心裏明白而不說出來。

心猿意馬 ㄒㄧㄣ ㄩㄢˊ ㄧˋ ㄇㄚˇ 心如猿猴般輕躁，意像馬一般奔馳，形容心思意念飄浮不定。又作「意馬心猿」。

參考 ①與「心不在焉」都有「心思不專注」的意思。但有別：後者是心思不在這裏的意思，形容思想不集中；前者是心思不定，如同猿跳馬奔一樣的意思。形容忽而想這，忽而想那。心思變化常。②參閱「心不在焉」條。

心亂如麻 ㄒㄧㄣ ㄌㄨㄢˋ ㄖㄨˊ ㄇㄚˊ 心

理亂得像一團亂麻。形容心情非常煩躁，沒有頭緒，沒有主意。

參考 ①和「心慌意亂」都有「心裏很亂，沒主意」的意思，但前者著重在「亂」的程度上；而後者則偏重在「慌」字上，由於驚慌而沒了主意。②反 心安理得。

14 **心酸** ㄒㄧㄣ ㄙㄨㄢ 比喻心中哀傷。

心算 ㄒㄧㄣ ㄙㄨㄢˋ 數 專憑心思，不用紙筆或其他器具計算的方法。

參考 衍 心算法、心算能力。

心緒 ㄒㄧㄣ ㄒㄩˋ 心情思緒，多指消極不快的感情狀態。例 心緒不寧。

參考 參閱「心情」條。

心境 ㄒㄧㄣ ㄐㄧㄥˋ 心中苦樂的情懷。

心腹 ㄒㄧㄣ ㄈㄨˋ ㈠心臟和腹部。引申指重要部位。㈡忠誠可靠的部屬。㈢隱藏內心，不輕易對人說的。例 心腹之言。

參考 衍 心腹之害、心腹大患、心腹之言。

心腹之患 ㄒㄧㄣ ㄈㄨˋ ㄓ ㄏㄨㄢˋ 心腹在身體內部，容易患病而難以治癒。所以用心腹之患比喻隱藏在內部，難以根除的危險禍患。又作「心腹之害」、「心腹之疾」。

心領 ㄒㄧㄣ ㄌㄧㄥˇ ㈠心中領悟。例 心領神會。㈡心裏已經領受了。是拒絕別人餽贈或邀請的客套話。例 你的好意我心領了。

心領神會 ㄒㄧㄣ ㄌㄧㄥˇ ㄕㄣˊ ㄏㄨㄟˋ 深刻而徹底的領悟和體會。又作「心領意會」。

心滿意足 ㄒㄧㄣ ㄇㄢˇ ㄧˋ ㄗㄨˊ 非常如意而滿足。

參考 參閱「稱心如意」、「志得意滿」條。

15 **心醉** ㄒㄧㄣ ㄗㄨㄟˋ 心似酒醉般醺醺然，比喻心中極度傾慕。

參考 衍 心醉魂迷。

心潮 ㄒㄧㄣ ㄔㄠˊ 激動如潮水起伏般的思想感情。

參考 衍 心潮起伏、心潮澎湃。

心廣體胖 ㄒㄧㄣ ㄍㄨㄤˇ ㄊㄧˇ ㄆㄢˊ 指人問心無愧，心胸開闊，身體自然舒泰安適。又作「心寬體胖」。

16 **心機** ㄒㄧㄣ ㄐㄧ 心思，計謀。因心思的發動作用，與機關類似，故稱。

參考 衍 費盡心機、枉費心機。

心蕩神馳 ㄒㄧㄣ ㄉㄤˋ ㄕㄣˊ ㄔˊ 心情蕩漾，思緒奔馳縱逸而難以自持。

參考 同 心蕩神搖。

17 **心聲** ㄒㄧㄣ ㄕㄥ 心裏的話，眞心話。

18 **心竅** ㄒㄧㄣ ㄑㄧㄠˋ ㈠心中的孔穴，引申爲心機。㈡泛言心胸。

19 **心願** ㄒㄧㄣ ㄩㄢˋ 立定意向，要完成某事的念頭。

心懷叵測 ㄒㄧㄣ ㄏㄨㄞˊ ㄆㄛˇ ㄘㄜˋ 心中所懷的用心，令人難以猜測。通常指險惡的、不善的用心而言。叵：不可。又作「居心叵測」。

參考 參閱「心懷鬼胎」條。

心懷鬼胎 ㄒㄧㄣ ㄏㄨㄞˊ ㄍㄨㄟˇ ㄊㄞ 心中藏有見不得人的壞念頭。通常是指害人的惡念。

參考 與「心懷叵測」義通，但程度上有別：前者已明言「鬼胎」；後者是說心思不可預測，通常也都是指壞主意而言。含有貶損的意思。

心曠神怡 ㄒㄧㄣ ㄎㄨㄤˋ ㄕㄣˊ ㄧˊ 心胸開闊，精神愉快。

22 **心臟** ㄒㄧㄣ ㄗㄤˋ 生 由心肌構成，傳導血液循環全身的器官，是循環系統的主要部分。圓錐形，中空，大小如拳頭，位於胸腔中央偏左，內部分左右心房、左右心室爲四小腔。藉著心房、心室規律性的舒張、收縮，使血液流出心臟，運行全身，再回流心臟。

參考 衍 心臟瓣、心臟病、心臟形葉、心臟衰竭、心臟痲痺。

心臟病 ㄒㄧㄣ ㄗㄤˋ ㄅㄧㄥˋ 心臟感染細菌，機能失常所引起的病變的總稱。嚴重的心臟病會導致休克或死亡。

23 **心驚膽戰** ㄒㄧㄣ ㄐㄧㄥ ㄉㄢˇ ㄓㄢˋ 形容極度恐懼。

參考 ①又作「心慌膽戰」、「膽戰心驚」。②與「提心吊膽」都能形容擔心、害怕。但「心驚膽戰」著重的是害怕、恐懼；而「提心吊膽」則有時偏重在害怕，有時偏重在擔心。

24 **心靈** ㄒㄧㄣ ㄌㄧㄥˊ 心的作用最靈敏，所以心靈即指心。

▽噁心、安心、異心、一心、會心、戒心、寒心、疑心、虛心、苦心、決心、小心、信心、仁心、寸心、誠心、赤心、專心、善心、中心、衷心、痛心、童心、變心、放心、本心、貞心、無心、野心、忠心、雄心、有心、傷心、欺心、狠心、分心、虛榮心、惻隱之心、洗面革心、一片丹心、一片冰心、一見傾心、人面獸心、力不從心、大快人心、口不對心、不得人心、包藏禍心、低首下心、利慾薰心、別有用心、刻骨銘心、促膝談心、苦口婆心、深得我心、煞費苦心、萬衆一心、漫不經心、漠不關心、觸目驚心、恨別鳥驚心。

㊖ 1 必

形解  形聲；從八弋，八聲。八表示分別，弋是短木橛，所以可與不可的最高分界爲必。

音義 ㄅㄧˋ 名 姓。副 一定；例 信賞必罰。

參考 孳 鉍、祕、閟、瑟、宓。

8 **必定** ㄅㄧˋ ㄉㄧㄥˋ 一定，表示絕對肯定的副詞。

參考 參閱「一定」條。

9 **必要** ㄅㄧˋ ㄧㄠˋ 絕對需要、一定要，表示不可缺少。

參考 衍 必要性、必要條件。

10 **必恭必敬** ㄅㄧˋ ㄍㄨㄥ ㄅㄧˋ ㄐㄧㄥˋ 十分恭敬的樣子。又作「必尊必敬」、「畢恭畢敬」。

12 **必須** ㄅㄧˋ ㄒㄩ 表示一定要的副詞。

參考 ①與「必需」都有一定要的意思，但「必須」表示動作行爲的必要性，如：你必須參加這次會議；「必需」有時可與「必須」通用，但更常用來修飾名詞，表示不可或缺，一定要有，如：請你把必需的材料準備好。同時「必需」還可構成新詞「必需品」，「必須」則無此種用法。②反 不必，無須。

必然 ㄅㄧˋ ㄖㄢˊ ㈠毫無疑問，必定如此。㈡指客觀事物發展變化的規律性。

參考 ①衍 必然性、必然之勢、必然命題。②參閱「一定」條。

必然之勢 ㄅㄧˋ ㄖㄢˊ ㄓ ㄕˋ 一定的趨勢。

必然命題 ㄅㄧˋ ㄖㄢˊ ㄇㄧㄥˋ ㄊㄧˊ 哲 理則學中表示事物間必然關係的命題。

14 **必需** ㄅㄧˋ ㄒㄩ 一定要有，不可缺少的。

參考 ①衍 必需元素、必需脂肪酸、必需胺基酸。②參閱「必須」條。

必需品 ㄅㄧˋ ㄒㄩ ㄆㄧㄣˇ 生活中所不可缺少的物品。

參考 反 奢侈品。

▽何必、未必、不必、毋必、不可必。

㊅ 2 忉

形解 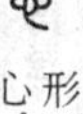 形聲；從心，刀聲。心中含怒，有如懷刃，所以惱怒爲忉。

音義 ㄉㄠ 名 悲傷；例 忉怛。形 憂心的；憂國意忉忉。

8 **忉怛** ㄉㄠ ㄉㄚˊ 悲傷。怛：悲悼。

㊖ 3 忙

形解 形聲；從心，亡聲。亡是逃亡，事屬急迫，所以匆忙爲忙。

音義 ㄇㄤˊ 名 ①事情繁多；例 忙裡偷閒。②姓。動 積極地做著；例 忙裡忙外。形 ①促迫的；例 暮婚晨告別，無乃太匆忙。②事多沒有空閒，與「閒」對；例 工作忙。副 趕快；例 急忙。

參考 ①同 急。②反 閒。

13 **忙碌** ㄇㄤˊ ㄌㄨˋ 工作繁多而沒有時間休息。

忙裏偷閒 ㄇㄤˊ ㄌㄧˇ ㄊㄡ ㄒㄧㄢˊ 在繁忙中抽出一點空閒時間。

▽慌忙、匆忙、繁忙、農忙、多忙、白忙、急忙、趕忙、連忙、幫忙、奔忙、無事忙、急急忙忙、匆匆忙忙、人忙心不忙。

㊖ 3 忖

形解 形聲；從心，寸聲。寸有衡量的意思，所以揣度思量爲忖。

音義 ㄘㄨㄣˇ 名 姓。動 思考、揣摹；例 忖度。

參考 同 想。

9 **忖度** ㄘㄨㄣˇ ㄉㄨㄛˋ 思量揣測。

參考 ①又作「忖摸」、「忖量」。

②同忖測。

常 3 **忘** 形解 形聲；從心，亡聲。亡有亡矢的意思，所以不識爲忘。

音義 ㄨㄤˋ 動①不記得；例忘記。②忽略，不注意；例得意忘形。

參考①又音ㄨㄤˊ。②「忘記」的「忘」字與「狂妄」的「妄」字讀音相同，但形體相異：一從心，一從女，且意思不同。

5 **忘本** ㄨㄤˋ ㄅㄣˇ 忘掉自己的根本。例做人最重要的是不可忘本。

6 **忘年之交** ㄨㄤˋ ㄋㄧㄢˊ ㄓ ㄐㄧㄠ 不拘年歲、輩份而相交的朋友。

參考 同忘年交，忘年友。

7 **忘我** ㄨㄤˋ ㄨㄛˇ 融入某種情境而忘掉自己的存在或利益。例渾然忘我。

忘形 ㄨㄤˋ ㄒㄧㄥˊ ㈠忘了自己的形體，比喻興奮之極。例得意忘形。㈡朋友相交，不拘形迹。例忘形之交。

8 **忘其所以** ㄨㄤˋ ㄑㄧˊ ㄙㄨㄛˇ ㄧˇ 比喻得意忘形，喜極興奮的樣子。

參考 參閱「得意忘形」條。

9 **忘卻** ㄨㄤˋ ㄑㄩㄝˋ 忘掉。多用爲書面語。例「忘卻花時盡日眠。」

10 **忘記** ㄨㄤˋ ㄐㄧˋ 不記得。

參考 與「忘卻」、「忘懷」、「遺忘」都表示不記得。「忘記」接近口語，對象可是人、事、物、時間等，範圍最廣；「忘卻」與「忘記」同義，多用爲書面語；「忘懷」原指不放在心上，也是忘記的意思，但較常用於有否定意味的詞句中，以表示感情深或印象深而不能忘記，如「難以忘懷」，也是書面語；「遺忘」則指時日既久而不復記憶，也是書面語。

忘恩負義 ㄨㄤˋ ㄣ ㄈㄨˋ ㄧˋ 忘掉別人對自己的恩德，而做出對不起別人的事。

參考 反以德報怨。

11 **忘情** ㄨㄤˋ ㄑㄧㄥˊ ㈠不留戀，不爲感情所動。㈡不能節制自己的感情。

15 **忘憂** ㄨㄤˋ ㄧㄡ 忘記憂煩。例樂以忘憂。

參考 衍忘憂草、忘憂物。

19 **忘懷** ㄨㄤˋ ㄏㄨㄞˊ 不放在心上，忘記。多用於否定句，表示感情深或印象深而不能忘記。例不能忘懷。

參考 參閱「忘記」條。

▽遺忘、健忘、備忘、難忘、不忘、忽忘、沒齒不忘、永誌不忘。

常 3 **忌** 形解 形聲；從心，己聲。憎惡爲忌。

音義 ㄐㄧˋ 名祖先歿亡的日期；例忌辰。動①憎恨；例「忌害忠良。」②畏怯；例肆無忌憚。③禁戒；例禁忌。④避諱；例忌諱。

參考 同嫉，怕。

3 **忌口** ㄐㄧˋ ㄎㄡˇ 因病或其他原因不宜吃某些食物。

參考 同忌嘴。

4 **忌日** ㄐㄧˋ ㄖˋ 祖先或父母的逝世紀念日。

參考 同忌辰。

8 **忌刻** ㄐㄧˋ ㄎㄜˋ 對人猜忌刻薄。又作「忌剋」、「忌克」。

10 **忌疾諱醫** ㄐㄧˋ ㄐㄧˊ ㄏㄨㄟˋ ㄧ 身體有病，卻不願意去看醫生。比喻不敢面對現實，解決問題。諱：隱諱。亦作「諱疾忌醫」。

參考 與「文過飾非」有別：後者著重在「文」、「飾」兩字，指用各種理由，找出各種藉口來掩飾自己的缺點或錯誤；前者因有「諱醫」二字，比喻因暴露眞象，怕人批評，或不願接受幫助。

15 **忌憚** ㄐㄧˋ ㄉㄢˋ 畏懼而有所顧忌。

參考 衍肆無忌憚。

16 **忌諱** ㄐㄧˋ ㄏㄨㄟˋ 由於迷信、風俗習慣或各人成見而對某些言語或事情有所避諱。忌：先王或祖先、父母的逝世紀念日，不能宴飲作樂，所以稱爲忌。諱：先王或祖先、已逝父母的名諱，不能稱說，所以稱爲諱。

▽禁忌、嫌忌、妒忌、無忌、年忌、周忌、猜忌、犯忌、作忌、橫行無忌。

常 3 **志** 形解 形聲；從心，ㄓ聲。ㄓ有前往的意思，所以心意之所往爲志。

音義 ㄓˋ 名①心裡的願望；例

「盍各言爾志?」②載事的書本，通「誌」；例三國志。③志同道合的人；例同志。④姓。動記載，書錄；例聞而志之。

3 **志士** ㄓˋ ㄕˋ 有高尚志向與節操的人。

參考 衍革命志士、愛國志士。

志士仁人 ㄓˋ ㄕˋ ㄖㄣˊ ㄖㄣˊ 指有高尚志節與道德的人。今多指愛國忠黨的人士。又作「仁人志士」。

志大才疏 ㄓˋ ㄉㄚˋ ㄘㄞˊ ㄕㄨ 志向遠大而能力薄弱，不足以達成志向。疏又作「疎」。

參考 ①又作「才疏志大」、「才疏意廣」。②與「眼高手低」有別：前者强調對自己要求高，抱負遠大，而才能低劣，很不相稱；後者偏重在要求別人標準高，甚至不切實際，而自己卻辦不到。

6 **志向** ㄓˋ ㄒㄧㄤˋ 有決心實現的未來理想。

參考 同志趣。

志在必得 ㄓˋ ㄗㄞˋ ㄅㄧˋ ㄉㄜˊ ㈠對自己很有信心，認為一定可以得到勝利。㈡不顧一切，全力以赴，決心要獲得。

志同道合 ㄓˋ ㄊㄨㄥˊ ㄉㄠˋ ㄏㄜˊ 志向相投，所將走的人生道路也一致。

參考 ①參閱「心心相印」條。②與「情投意合」有別：前者著重在「志」、「道」上；後者偏重在「情」、「意」上。後者不含「志趣、途徑相同」之意；前者不含「感情融洽」之意。所以後者可表示相互間有了感情(包括男歡女愛)；前者則表示政治觀點的一致性。

10 **志氣** ㄓˋ ㄑㄧˋ ㈠指實現崇高理想、宏偉願望的氣魄。㈡骨氣，節操。

11 **志得意滿** ㄓˋ ㄉㄜˊ ㄧˋ ㄇㄢˇ 心志意願得到滿足的樣子。

參考 與「心滿意足」都是形容得到滿足的樣子，但「志得意滿」著重形容得到滿足的表態神情，有很得意，喜形於色的意味；「心滿意足」則著重形容得到滿足的心裏狀態，用來表示合乎心意而產生的愉悅心情。

15 **志趣** ㄓˋ ㄑㄩˋ 心志所趨向。趣：趨。例志趣相投。

19 **志願** ㄓˋ ㄩㄢˋ ㈠志向意願。㈡出于自己的意願。如志願軍。

參考 ①衍志願兵、志願書、志願工作人員。②參閱「自願」條。

▽意志、遠志、弱志、壯志、大志、鬥志、同志、篤志、薄志、本志、有志、雄志、素志、立志、史志、心志、青雲志、藝文志、地理志、食貨志、經籍志、三國志、小人得志、玩物喪志、凌霄壯志、專心致志、鴻鵠之志、躊躇滿志。

常 3
忍

形解  形聲；從心，刃聲。心上插利刃而不為所動，所以忍耐為忍。

音義 ㄖㄣˇ 名姓。動包容，能耐；例忍辱受凍。形殘狠的；例殘忍。

參考 ①同耐。②忍字從「刃」(ㄖㄣˋ)，不從「刀」(ㄉㄠ)。

2 **忍人** ㄖㄣˇ ㄖㄣˊ 殘暴不仁的人。

4 **忍心** ㄖㄣˇ ㄒㄧㄣ 狠下心腸抑制住某種欲望或衝動。

8 **忍受** ㄖㄣˇ ㄕㄡˋ 心裏不滿，卻因環境的限制或壓迫而接受現狀。

忍性 ㄖㄣˇ ㄒㄧㄥˋ ㈠壓抑自己的個性。例忍性吞氣。㈡堅忍性情。例動心忍性。

9 **忍耐** ㄖㄣˇ ㄋㄞˋ 把某種感覺或情緒抑制住，不使表現出來。多用於不滿、痛苦、生氣等不好的感覺情緒。

忍俊不禁 ㄖㄣˇ ㄐㄩㄣˋ ㄅㄨˋ ㄐㄧㄣ 忍耐不住而笑出來。忍俊：含笑。

10 **忍辱負重** ㄖㄣˇ ㄖㄨˇ ㄈㄨˋ ㄓㄨㄥˋ 忍受怨謗屈辱來承擔重責大任。

忍辱偷生 ㄖㄣˇ ㄖㄨˇ ㄊㄡ ㄕㄥ 忍受羞辱，保存了理當放棄的生命。

忍氣吞聲 ㄖㄣˇ ㄑㄧˋ ㄊㄨㄣ ㄕㄥ 抑制住受人壓迫、欺侮的怨怒，不敢說出來。吞聲：不敢作聲。

12 **忍痛** ㄖㄣˇ ㄊㄨㄥˋ 忍耐痛苦。例忍痛犧牲。

參考 參閱「含垢忍辱」條。

忍無可忍 ㄖㄣˇ ㄨˊ ㄎㄜˇ ㄖㄣˇ 忍耐

到了極致，再也無法忍耐下去。

24 **忍讓** ㄖㄣˇ ㄖㄤˋ 容忍謙讓。

▽隱忍、堅忍、殘忍、容忍、不忍、狠忍、強忍、忍無可忍。

次 3 **忒** 形解 形聲；從心，弋聲。弋有更改的意思，所以凡人有過錯而能改之為忒。

音義 ㄊㄜˋ 動①差誤；例差忒。②變更；例「享祀不忒」。副過甚；例欺人忒甚。ㄊㄜ 形形容聲音；例忒兒的一聲。

參考 ①同太。②孳鉽。

12 **忒楞楞** ㄊㄜ ˙ㄌㄥ ˙ㄌㄥ 狀聲詞，常用來形容鳥飛聲、風聲等。

13 **忒煞** ㄊㄜ ㄕㄚˋ 猶言過甚。煞：又作「殺」。

次 3 **忑** 形解 會意；從心下。心忽上忽下沒有定止為忐忑。

音義 ㄊㄜˋ 形心神不定的；例忐忑不安。

次 3 **忐** 形解 會意；從心上。參閱「忑」字條。

音義 ㄊㄢˇ 形①心神不定的；例忐忑。

7 **忐忑** ㄊㄢˇ ㄊㄜˋ 心神不定。

忐忑不安 ㄊㄢˇ ㄊㄜˋ ㄅㄨˋ ㄢ 心神不定，又作「忐忑不定」。

參考 與「七上八下」都形容心神不定，而意義有別。前者可形容心情或表情，後者只能形容心情。後者都與「心中」、「心裏」等配合運用，一般不能單獨使用，「忐忑不安」則不受這種限制。「忐忑不安」多用於書面語，而「七上八下」多用於口語。

常 4 **忱** 形解 形聲；從心，冘聲。冘是行動遲緩，亦即少變化，所以誠信為忱。

音義 ㄔㄣˊ 名眞誠的心意；例盡己微忱。

參考 「忱」字意指眞誠的心意，「誠」字指眞實無欺的操守或行為，所以「熱忱」與「熱誠」意義不同，不可混同。

常 4 **快** 形解 形聲；從心，夬聲。夬是分決；心中有所分別和決定，所以喜樂為快。

音義 ㄎㄨㄞˋ 名①舊稱刑警；例捕快。②姓。動順意；例大快人心。形①爽利的；例心直口快。②鋒利的；例快刀斬亂麻。③迅速的；例快速。④適意的，舒暢的；例涼快。副將；例塘裡的水快乾了。

參考 反慢。

2 **快刀斬亂麻** ㄎㄨㄞˋ ㄉㄠ ㄓㄢˇ ㄌㄨㄢˋ ㄇㄚˊ 比喻辦事果斷，抓住關鍵，迅速解決複雜的難題。

7 **快車** ㄎㄨㄞˋ ㄔㄜ (一)超過正常速度行駛的車輛。(二)行駛速度較快的車種，通常指火車等而言。例對號快車。

參考 反慢車。

8 **快門** ㄎㄨㄞˋ ㄇㄣˊ 照相機中控制曝光時間的重要結構。

9 **快活** ㄎㄨㄞˋ ㄏㄨㄛˊ 愉悅爽快。

快信 ㄎㄨㄞˋ ㄒㄧㄣˋ 郵資較高，收信班次較多，並用機動車輛分送的快速信件。

參考 ①反平信。②衍限時快信。

10 **快馬加鞭** ㄎㄨㄞˋ ㄇㄚˇ ㄐㄧㄚ ㄅㄧㄢ 比喻快上加快。

參考 與「馬不停蹄」有別：二詞同樣用來形容騎馬：前者形容騎馬的飛快；後者則指不停頓的奔馳。同樣用形容做事，前者表示快了還要快；後者則表示毫不間歇，一直在做。

12 **快報** ㄎㄨㄞˋ ㄅㄠˋ 及時反映情況的小型報紙或壁報。

快壻 ㄎㄨㄞˋ ㄒㄩˋ 稱心如意的女壻。壻：又作「婿」。例乘龍快壻。

參考 同佳壻。

13 **快感** ㄎㄨㄞˋ ㄍㄢˇ 愉快或痛快的感覺。

快意 ㄎㄨㄞˋ ㄧˋ 形容稱心如意，心情舒暢。

參考 衍快感神經。

15 **快慰** ㄎㄨㄞˋ ㄨㄟˋ 愉快且感到安慰。多用於書信。

參考 同欣慰。

16 **快樂** ㄎㄨㄞˋ ㄌㄜˋ 快活喜樂。

快餐 ㄎㄨㄞˋ ㄘㄢ 餐館裏販賣的簡速便餐。

快嘴 ㄎㄨㄞˋ ㄗㄨㄟˇ (一)形容人傳話

快速，不能守秘密。㈡形容說話速度很快。

17 **快鍋** ㄎㄨㄞˋ ㄍㄨㄛ 利用蒸氣與鍋蓋的壓力，使食物迅速熟透的鍋子。

▽輕快、爽快、痛快、不快、愉快、清快、涼快、捕快、稱快、刀快、先睹爲快、手急眼快、眼明手快、勝任愉快、心直口快、痛痛快快。

常 4 **忠** 形解 形聲；從心，中聲。誠敬發自心中，盡心盡力而爲爲忠。

音義 ㄓㄨㄥ 名①竭誠待人；例盡忠報國。②姓。動誠心盡力做事；例忠於國家。形誠實而正大的；例忠心。

4 **忠心** ㄓㄨㄥ ㄒㄧㄣ 忠貞不移的心。

忠心耿耿 ㄓㄨㄥ ㄒㄧㄣ ㄍㄥˇ ㄍㄥˇ 非常忠誠不貳的樣子。

參考 與「赤膽忠心」、「耿耿忠心」都形容非常忠誠，但仍有區別：「忠心耿耿」是形容詞，形容非常忠誠的樣子；「耿耿忠心」是名詞，指十分忠誠的心；「赤膽忠心」則表示「非常忠誠」；作形容詞時，和「忠心耿耿」相似；作名詞時，和「耿耿忠心」互通。

7 **忠良** ㄓㄨㄥ ㄌㄧㄤˊ ㈠忠貞善良。㈡忠正賢良的人。

忠孝兩全 ㄓㄨㄥ ㄒㄧㄠˋ ㄌㄧㄤˇ ㄑㄩㄢˊ 忠於君國與孝順父母兩件事都做得很完備。

忠肝義膽 ㄓㄨㄥ ㄍㄢ ㄧˋ ㄉㄢˇ 形容有血性的忠義之士。

參考 同碧心丹心。

忠言逆耳 ㄓㄨㄥ ㄧㄢˊ ㄋㄧˋ ㄦˇ 忠誠直率的勸告或批評，聽起來令人心裏不舒服，難以接納。

忠告 ㈠ ㄓㄨㄥ ㄍㄨˋ 誠懇地告誡。例忠告善導。㈡ ㄓㄨㄥ ㄍㄠˋ 誠懇告誡的話。例我接受你的忠告。

9 **忠厚** ㄓㄨㄥ ㄏㄡˋ ㈠忠誠寬厚。㈡老實而不精明。

忠貞 ㄓㄨㄥ ㄓㄣ 忠誠而堅定。

參考 衍忠貞不貳。

忠貞不貳 ㄓㄨㄥ ㄓㄣ ㄅㄨˋ ㄦˋ 忠誠堅定，不懷貳心。

參考 反朝秦暮楚。

忠信 ㄓㄨㄥ ㄒㄧㄣˋ 忠誠信實；心中無隱私，說話不欺人。

忠勇 ㄓㄨㄥ ㄩㄥˇ 忠貞勇敢。例忠勇爲愛國之本。

10 **忠恕** ㄓㄨㄥ ㄕㄨˋ 竭盡心力，推己及人，是儒家的倫理規範。

13 **忠誠** ㄓㄨㄥ ㄔㄥˊ 忠實誠懇。

參考 與「忠實」都含有「眞心實意」的意思，但「忠誠」指對領袖、團體、朋友或某種思想信念誠心盡力；「忠實」則表示老實可靠，兩者互有異同。

忠義 ㄓㄨㄥ ㄧˋ 忠貞節義。

14 **忠實** ㄓㄨㄥ ㄕˊ 忠誠而可靠。

參考 參閱「忠誠」條。

▽愚忠、盡忠、不忠、大忠、精忠、移孝作忠、大勇大忠。

常 4 **忽** 形解 形聲；從心，勿聲。勿是曲柄旗；心思有如旗游般搖擺不定，所以恍惚易忘爲忽。

音義 ㄏㄨ 名①極小的重量單位，一釐的千分之一，十忽爲一絲。②姓。動①輕心；例怠忽。②忘記；例疏忽。③輕慢；例忽視。副突然地；例「忽聞海上有仙山。」

參考「忽然」的「忽」字，與「忽忽」的「忽（音 ㄘㄨㄥ，同匆）」字，形體相似，意義不同。

8 **忽忽** ㄏㄨ ㄏㄨ ㈠形容時間過得很快。㈡愁亂、失意的樣子。㈢草率、隨意的樣子。㈣形容印象模糊或看不眞切。

參考 ㈠同匆匆。

10 **忽哨** ㄏㄨ ㄕㄠˋ 撮起嘴唇吹出的聲音。通常頻率都很高。

參考 同口哨。

11 **忽略** ㄏㄨ ㄌㄩㄝˋ 不留心，沒有注意到。

12 **忽視** ㄏㄨ ㄕˋ 不注意，沒有認眞對待。

參考 參閱「疏忽」條。

參考 ①與「漠視」、「無視」都指不注意、不重視，都是動詞，但有區別：「忽視」指粗心大意，無意的疏忽；「漠視」指對事物有意的冷淡輕視；「無視」則指視而不見，根本不放在眼裏，語意比「漠視」更重。②參閱「輕視」條。

忽然 ㄏㄨ ㄖㄢˊ 表示出人意料的動作或事物很快出現或消失

參考 與「突然」、「猛然」都表示動作、情況變化迅速，出乎意料，但有差別：「忽然」與「突然」都表示在短時間內發生變化，出人意料，作副詞時可以互換，但「突然」的語意較强。「猛然」是副詞，除表示「出乎意料」外，還有「來勢很猛」或「猛烈」的意思，與「忽然」、「突然」不可換用。

▽輕忽、倏忽、粗忽、疎忽、怠忽、飄忽、造計秒忽。

常 4 **念** 形解 形聲；從心，今聲。今是此時，所以時時心中有所惦記爲念。

音義 ㄋㄧㄢˋ 名 ①二十的大寫，通「廿」；例念歲。②姓。動 ①誦讀；例口念心禱。②懷思；例念茲在茲。③惦記；例懷念。

參考 ①「念」字從「今」(ㄐㄧㄣ)，不從令(ㄌㄧㄥˋ)。②同想，思，惦。③字俗作唸。

8 **念念不忘** ㄋㄧㄢˋ ㄋㄧㄢˋ ㄅㄨˋ ㄨㄤˋ 心裏時時刻刻惦記著而不能忘懷。

參考 ①同念茲在茲。②參閱「記憶猶新」條。③與「朝思暮想」有別：前者强調一般用於見識過或接觸過的人或事物，後者可形容見過的人或事物，也可以是未見到過的。

念念有詞 ㄋㄧㄢˋ ㄋㄧㄢˋ ㄧㄡˇ ㄘˊ 形容唸經、祈禱或心有所思時，嘴巴不停地小聲說著別人聽不清楚的語詞的樣子。

參考 ①念或作「唸」。②與「振振有詞」有明顯的區別：「念念有詞」是形容嘴巴不停地說著別人聽不清楚的語詞的樣子，常用於祈禱、唸經、背誦或心有所思的時候；「振振有詞」則形容自以爲理由充分而大發議論的行爲，多用於陳述眞理事實或與人爭辯議論的時候。

9 **念茲在茲** ㄋㄧㄢˋ ㄗ ㄗㄞˋ ㄗ 比喻念念不忘某一件事。茲：這個。

10 **念珠** ㄋㄧㄢˋ ㄓㄨ 宗 佛教徒唸經時，手中所拿用來撥數以集中心思的珠串。粒數有十四、二十七、五十四與一百零八顆之分。

參考 同佛珠，數珠。

16 **念頭** ㄋㄧㄢˋ ·ㄊㄡ 心中的想法、打算。

參考 同主意。

18 **念舊** ㄋㄧㄢˋ ㄐㄧㄡˋ 懷念故人或舊地舊物。

參考 同戀舊。

▽一念、觀念、紀念、懸念、雜念、思念、心念、信念、俗念、斷念、懷念、深念、顧念、想念、眷念、誦念、妄念、默念、貪念、無不懷念。

常 4 **忝** 形解 形聲；從心，天聲。羞辱爲忝。

音義 ㄊㄧㄢˇ 動 侮辱；例毋忝爾祖。副 稱己的謙詞；例忝附葛蘿。

參考 「忝」字上從天(ㄊㄧㄢ)，不從夭(ㄧㄠ)；下從小(心)，不從水。

6 **忝列門牆** ㄊㄧㄢˇ ㄌㄧㄝˋ ㄇㄣˊ ㄑㄧㄤˊ 辱承列入夫子的門牆之內。比喻已登堂入室，身處弟子的行列之中。

參考 此爲對師長自謙之辭。

常 4 **忿** 形解 形聲；從心，分聲。分心所以感到猶急爲忿。

音義 ㄈㄣˋ 動 怨怒、痛恨；例忿恨。

參考 「忿爭」的「忿」字，意指怒恨，「憤嫉」的「憤」字，意指憤懣、嫌怨，讀音相同，意義有別，「憤世忌俗」不可作「忿世忌俗」。但當「怒」、「恨」講時，兩字可通。

8 **忿忿** ㄈㄣˋ ㄈㄣˋ 生氣而心中不平的樣子。

忿忿不平 ㄈㄣˋ ㄈㄣˋ ㄅㄨˋ ㄆㄧㄥˊ 心中恨怒而覺得不公平。

9 **忿怒** ㄈㄣˋ ㄋㄨˋ 生氣，發怒。

18 **忿懣** ㄈㄣˋ ㄇㄣˋ 恨怒而煩悶。

▽恚忿、狷忿、小忿、積忿、愧忿、激忿、怨忿、憂忿、忿忿。

次 4 **忭** 形解 形聲；從心，卞聲。喜悅，快樂爲忭。

音義 ㄅㄧㄢˋ 動 快樂；例歡忭。

12 **忭賀** ㄅㄧㄢˋ ㄏㄜˋ 歡欣慶賀。

次 4 **忨** 形解 形聲；從心，元聲。元有大的意思，所以貪心爲忨。

音義 ㄨㄢˋ 動①貪，愛。②偷安；例忨日愒歲。

參考 ①「忨」可用「玩」、「翫」代替，所以「忨愒」、「翫愒」、「玩愒」都有苟且偷安虛度歲月的意思。②又「愒」同「瀫」(ㄎㄞˋ)。

次 4 **忮** 形解 形聲；從心，支聲。支有剛勁自持的意思，心意與人不合，妒人勝己，所以忌害爲忮。

音義 ㄓˋ 動①忌恨；例不忮不求。②違逆。③剛愎。

參考 同嫉，妬，忌，恨。

7 **忮求** ㄓˋ ㄑㄧㄡˊ 忌刻而貪求。

次 4 **忸** 形解 形聲；從心，丑聲。丑爲扭，所以艮心因愧疚而扭絞爲忸。

音義 ㄋㄧㄡˇ 動熟習，通「狃」。

ㄋㄩˋ 形羞慚的；例忸怩。

參考「忸怩」又讀「ㄋㄧㄡˇ ㄋㄧˊ」。

8 **忸怩** ㄋㄧㄡˇ ㄋㄧˊ 慚愧的樣子。

次 4 **忡** 形解 形聲；從心，中聲。中有擊中的意思，所以憂慮難安爲忡。

音義 ㄔㄨㄥ 副憂慮地；例「憂心有忡。」

7 **忡忡** ㄔㄨㄥ ㄔㄨㄥ 憂心的樣子。例憂心忡忡。

▽憂心忡忡。

次 4 **忤** 形解 形聲；從心，午聲。午是杵的初文，所以心有違逆如杵之舂爲忤。

音義 ㄨˇ 動違逆；例忤逆。形錯亂的；例「陰陽散忤。」

參考 同牾，迕，違，逆。

10 **忤逆** ㄨˇ ㄋㄧˋ (一)違背。(二)不孝順父母。

次 4 **忪** 形解 形聲；從心，公聲。公有恐遽的意思，所以心有恐懼爲忪。

音義 ㄓㄨㄥ 動害怕；例忪懞。

ㄙㄨㄥ 副剛睡醒的樣子；例惺忪。

參考 ①參閱「伀」字條。

次 4 **忻** 形解 形聲；從心，斤聲。斤有剖開的意思，所以心之開發，高興喜悅爲忻。

音義 ㄒㄧㄣ 形喜悅的。

常 5 **怏** 形解 形聲；從心，央聲。央有居中的意思；事居心中，所以不服、怨怒爲怏。

音義 ㄧㄤˋ 形鬱鬱不樂的；例怏然不悅。

參考 同速，捷。

8 **怏怏** ㄧㄤˋ ㄧㄤˋ 因心中不滿而感到不快樂的樣子。

參考 ①同快然。②衍怏怏不樂。

常 5 **怔** 形解 形聲；從心，正聲。驚愕恐懼爲怔。

音義 ㄓㄥ 形恐懼的；例怔忪。

ㄉㄥˋ 形驚呆的，猶言「愣」；例「那丫鬟倒發了個怔。」

7 **怔忡** ㄓㄥ ㄔㄨㄥ (一)醫一種精神衰弱症。患者心跳不安，像受到驚嚇的樣子。(二)心跳加速，情緒不安的樣子。

8 **怔怔** ㄉㄥˋ ㄉㄥˋ 發呆的樣子。

次 5 **怯** 形解 形聲；從心，去聲。去是離開的意思，心思既去，自無定主，所以多畏爲怯。

音義 ㄑㄧㄝˋ 形①畏懼的；例膽怯。②懦弱的；例怯懦。③體質虛弱的；例怯症。

參考 ①語音作 ㄑㄩㄝˋ。

5 **怯生生** ㄑㄧㄝˋ ㄕㄥ ㄕㄥ 瘦弱可憐的樣子。

10 **怯弱** ㄑㄧㄝˋ ㄖㄨㄛˋ (一)膽小懦弱。(二)身體虛弱。

怯陣 ㄑㄧㄝˋ ㄓㄣˋ 臨陣而膽怯畏懼。陣，戰陣。泛指人多或嚴肅的場合。例看你這般怯陣，眞擔心你會臨陣脫逃。

參考「怯陣」可借指「怯場」，指「在人多或嚴肅的場合緊張畏怯」，二者可以互換。但「怯陣」還指「面臨戰事時膽怯退縮」，則不能用「怯場」取代。

17 **怯懦** ㄑㄧㄝˋ ㄋㄨㄛˋ 輭弱怕事。又作「怯愞」。

▽恇怯、懦怯、卑怯、畏怯、胆怯、虛怯、近鄉情怯。

常 5 **怵** 形解 形聲；從心，朮聲。驚恐爲怵。

音義 ㄔㄨˋ 動①恐懼，害怕；

例怵惕惻隱之心。②淒愴，悲愴；例心怵。③被誘惑而致動心。

5 **怵目驚心** ㄔㄨˋ ㄇㄨˋ ㄐㄧㄥ ㄒㄧㄣ 看到某種令人恐懼的事而內心震撼驚懼。又作「觸目驚心」。

11 **怵惕** ㄔㄨˋ ㄊㄧˋ 恐懼警惕。

常 5 **怖** 形解 形聲；從心，布聲。心中恐懼不安為怖。

音義 ㄅㄨˋ 動 惶恐，懼怕；例怖懼。

參考 ①同驚，懼，悸。②「怖」、「布」有別：「恐怖」的「怖」字，從「忄」(心)，不可寫成「恐布」。「佈告」的「佈」字，從「亻」(人)，也不可寫成「怖」。

▽恐怖、驚怖、懾怖、疑怖、畏怖、戰怖、憂怖、惶怖。

常 5 **怪** 形解 形聲；從心，圣聲。奇異為怪。

音義 ㄍㄨㄞˋ 名 ①異常的事物；例怪力亂神。②人妖物孽；例鬼怪。③姓。動 ①驚異，駭疑；例疑怪。②埋怨，責備；例見怪。形 奇異的，不常見的；例怪物。副 很，非常；例怪悶的、怪難過的。

參考 同奇，異。

11 **怪異** ㄍㄨㄞˋ ㄧˋ 奇異反常。

15 **怪僻** ㄍㄨㄞˋ ㄆㄧˋ 古怪孤僻，常用來指人的性情。

怪誕不經 ㄍㄨㄞˋ ㄉㄢˋ ㄅㄨˋ ㄐㄧㄥ 古怪荒唐，不合情理。不經：虛妄，無稽。

18 **怪癖** ㄍㄨㄞˋ ㄆㄧˇ 古怪偏執的嗜好。癖：積久成習的特殊嗜好。

▽奇怪、妖怪、醜怪、作怪、疑怪、神怪、海怪、精怪、驚怪、怨怪、刁鑽古怪、大驚小怪、千奇百怪、少見多怪、妖魔鬼怪。

常 5 **怕** 形解 形聲；從心，白聲。白有潔淨的意思，心中純淨不加偽飾，所以無偽為怕。

音義 ㄆㄚˋ 名 姓。動 畏懼；例不怕困難。副 恐怕，想是，表疑問猜測詞；例他怕不只二十五、六歲。

8 **怕事** ㄆㄚˋ ㄕˋ 畏怯而不敢承擔事情。

參考 同畏，懼，驚。

參考 反好事。

11 **怕羞** ㄆㄚˋ ㄒㄧㄡ 害怕而羞怯。

參考 同害羞，害臊。

▽害怕、恐怕、不怕、小生怕怕、天不怕地不怕。

常 5 **怡** 形解 形聲；從心，台聲。台有愉悅的意思，所以心中愉悅調龢為怡。

音義 ㄧˊ 名 姓。形 ①和適安逸的；例怡然自得。②喜樂；例怡悅。

12 **怡然** ㄧˊ ㄖㄢˊ 和樂愉悅的樣子。

參考 衍怡然自得、怡然理順。

▽心曠神怡。

常 5 **性** 形解 形聲；從心，生聲。生為與生俱來的意思，所以生之本質樸素為性。

音義 ㄒㄧㄥˋ 名 ①自然賦予人或物的稟賦和本能；例天性。②生命，生機；例性命。③生物的種別；例男性。④脾氣；例性情。⑤情欲；例性欲。

6 **性向** ㄒㄧㄥˋ ㄒㄧㄤˋ 教育心理中指學習某種事物所具有的潛力。例性向測驗。

7 **性別** ㄒㄧㄥˋ ㄅㄧㄝˊ 男女或雌雄兩性的區別。

8 **性命交關** ㄒㄧㄥˋ ㄇㄧㄥˋ ㄐㄧㄠ ㄍㄨㄢ 與生命有密切關係。比喻事關重大。

9 **性急** ㄒㄧㄥˋ ㄐㄧˊ 性情急躁，沒有耐心。

10 **性起** ㄒㄧㄥˋ ㄑㄧˇ 怒火升起，發脾氣。

參考 同性發。

性病 ㄒㄧㄥˋ ㄅㄧㄥˋ 男女生殖器官疾病的總稱，大都由性交感染。

參考 又稱「花柳病」。

性能 ㄒㄧㄥˋ ㄋㄥˊ 器材、物品等所具有的性質和功能。

參考 與「機能」都表示「事物本身所具有的特質和功能」，但適用對象不同，「性能」主要適用於機械、藥物等；「機能」通常適用於人或動物的器官。

性格 ㄒㄧㄥˋ ㄍㄜˊ 人經常或反覆表

現在態度和行爲上的個性特質。如堅強、懦弱、熱情、冷漠等。例性格異常。

11 **性情**(一)ㄒㄧㄥˋ ㄑㄧㄥˊ 舊指生而具有的本性和發之於外的感情。(二)ㄒㄧㄥˋ ˙ㄑㄧㄥ 指人具有的個性特質。

參考 同性子，性格。

性教育 ㄒㄧㄥˋ ㄐㄧㄠˋ ㄩˋ 有關男女兩性發生性行爲所須具備的心理、生理及倫理道德方面的教育。

13 **性感** ㄒㄧㄥˋ ㄍㄢˇ 具有強烈的性的誘惑力。較常用於女子身上。例性感明星。

15 **性慾** ㄒㄧㄥˋ ㄩˋ 男女想有親密的肉體接觸的慾望。

性質 ㄒㄧㄥˋ ㄓˋ 事物本身所具有的特質。

參考 與「性格」都表示「本身所具有的特質」，但「性質」是自然生成的本質，多指事物而言；「性格」是習性的一定方式，是個人特有的品質，只能指人。二者適用對象不同。

▽悟性、資性、習性、天性、德性、佛性、本性、理性、人性、異性、根性、雄性、藥性、雌性、亂性、善性、生性、男性、女性、感性、可靠性、可逆性、反射性、怡情悅性、滅絕人性、泯滅人性。

常 5 **怒** 形解  形聲；從心，奴聲。恚怒，生氣爲怒。

音義 ㄋㄨˋ 動 憤懣、生氣；例遷怒。形①氣勢強盛的；例怒髮衝冠。②奮發的；例百花怒放。副強勁地；例陰風怒號。

參考 ①「憤怒」的「怒」字，「怨恨」的「怨」字，與「忠恕」的「恕」字，形似而有別：一從又，一從夗，一從口，音義不同。②「憤怒」的「怒」與「怓怓」的「怓」（音 ㄋㄠˊ），均從心從奴聲，惟結構位置有別，其音義也各自不同。③同惱，憤。

4 **怒火** ㄋㄨˋ ㄏㄨㄛˇ 如熊熊烈火般的忿怒。

參考 衍怒火攻心、怒火中燒。

怒不可遏 ㄋㄨˋ ㄅㄨˋ ㄎㄜˇ ㄜˋ 憤怒到難以抑制的地步。遏：阻止。

參考 與「大發雷霆」都是用來形容十分憤怒，但「怒不可遏」重形不重聲，形容流露憤怒情緒的表情，都用在肯定句中；「大發雷霆」則重聲不重形，多形容發怒時的高聲斥責，肯定、否定、疑問句中都可使用。

5 **怒目** ㄋㄨˋ ㄇㄨˋ 張大眼睛怒視的樣子。例怒目而視。

7 **怒吼** ㄋㄨˋ ㄏㄡˇ (一)野獸發威時的吼叫。(二)比喻受壓迫者覺醒後發出的憤怒、宏偉的吶喊。例羣衆的怒吼。

8 **怒放** ㄋㄨˋ ㄈㄤˋ 比喻花朵盛開。

參考 衍鮮花怒放、心花怒放。

13 **怒號** ㄋㄨˋ ㄏㄠˊ 好像很憤怒般地大聲號叫。多指野獸、海水、狂風的聲音。例狂風怒號。

參考 同怒吼。

15 **怒潮** ㄋㄨˋ ㄔㄠˊ (一)潮水由廣闊的河口湧進喇叭狀的河口或海灣時，因河床變狹所引起的急速上升的浪潮。(二)比喻氣勢洶湧而盛大的反抗行動。

參考 衍怒潮澎湃。

怒髮衝冠 ㄋㄨˋ ㄈㄚˇ ㄔㄨㄥ ㄍㄨㄢ 憤怒得頭髮直豎，把帽子都頂起來了。形容盛怒的樣子。又作「怒髮上衝冠」、「雄髮指危冠」。

參考 同怒髮指冠。

17 **怒濤** ㄋㄨˋ ㄊㄠ 洶湧澎湃的波濤。

參考 衍怒濤狂風。

怒濤排壑 ㄋㄨˋ ㄊㄠ ㄆㄞˊ ㄏㄨㄛˋ 波濤洶湧，震撼了坑谷聚水之處。

▽恚怒、怨怒、慍怒、喜怒、激怒、震怒、忿怒、憤怒、發怒、盛怒、暴怒、遷怒、動怒、惱怒、大怒、惱羞成怒、赫然震怒、勃然大怒。

常 5 **思** 形解 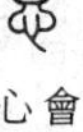 會意；從心從囟。囟象腦蓋骨形，用心考慮，所以深通事理爲思。

音義 ㄙ 名 腦筋的主要作用，如分辨是非，追憶既往，計慮問題等皆是；例思想。動①考慮；例思慮。②慕念；

例思慕。
ㄙ 名①心緒，情懷；例歸思。②姓。
ㄙㄞ 形多鬚的，同「䰄」；例于思。
參考①同想，念，憶。②字又作「恖」。

6 **思忖** ㄙ ㄘㄨㄣˇ 思慮揣度。
思考 ㄙ ㄎㄠˇ 哲一種思想活動，指分析、綜合、推理、判斷等精神作用。
參考①又作「思惟」、「思維」。②參閱「思潮」條。
思如湧泉 ㄙ ㄖㄨˊ ㄩㄥˇ ㄑㄩㄢˊ 形容文思像源源不斷奔湧而出的泉水一般，豐富、活潑而快捷。
參考 同文思泉湧。
8 **思念** ㄙ ㄋㄧㄢˋ 心中掛念，想念。
10 **思索** ㄙ ㄙㄨㄛˇ 思考探求。
12 **思量** ㄙ ㄌㄧㄤˊ ㈠想念，惦記。
13 **思路** ㄙ ㄌㄨˋ 思想的線索。
思過 ㄙ ㄍㄨㄛˋ 省察自己的過錯。
參考 衍面壁思過。
思想 ㄙ ㄒㄧㄤˇ ㈠經思惟活動所產生的結果。特別指人們的觀點或社會意識而言。㈡念頭，想法。㈢思念，懷想。
參考 衍思想性、思想體系。
14 **思緒** ㄙ ㄒㄩˋ ㈠思考的頭緒。㈡心思，情緒。
思維 ㄙ ㄨㄟˊ 哲人腦通過分析、歸納、判斷、推理等形式，對客觀事物間接、概括反映的過程。又作「思惟」。
15 **思慕** ㄙ ㄇㄨˋ 思念，仰慕。
思潮 ㄙ ㄔㄠˊ ㈠某一時期內，或在某一地區，有較大影響的思想傾向；例文藝思潮。㈡像潮水般不斷湧現而波動不定的思想活動，例思潮澎湃。
參考 與「思考」、「思想」都指人類腦部的活動，但有區別：「思想」作動詞時指思索聯想或思念懷想，作名詞時則指經思惟活動所產生的結果，可以用於個人，也可泛用於大衆；「思考」指思索考慮，只多作動詞，用於個人，並須針對某種事物或問題；「思潮」則指某一時期內或在某一地區有較大影響的思想傾向，有時也指個人波動不定的思想，只能作名詞，較常用於社會，羣衆的思想趨向。
23 **思戀** ㄙ ㄌㄧㄢˋ 思念，愛戀。
▽意思、三思、愁思、熟思、相思、沈思、追思、諦思、神思、深思、秋思、靜思、心思、文思、于思、巧思、細思、憂思、幽思、長思、長相思、匪夷所思、行必三思。

常 5 怠

解形 形聲；從心，台聲。怠慢爲怠。
音義 ㄉㄞˋ 形①懶散的；例怠惰。②疲倦的；例怠倦。
3 **怠工** ㄉㄞˋ ㄍㄨㄥ 經故意以消極的態度，拖延工作時間，降低生產效率。
參考 與「罷工」都是工人爲爭取本身利益，反抗資方的一種手段，但「怠工」僅降低工作效率，「罷工」卻停止一切工作，比「怠工」的態度更爲强硬激烈。
8 **怠忽** ㄉㄞˋ ㄏㄨ 懈怠，忽略。
參考 同疏忽，怠慢。
12 **怠惰** ㄉㄞˋ ㄉㄨㄛˋ 懈怠，懶惰。例怠惰成性。
14 **怠慢** ㄉㄞˋ ㄇㄢˋ ㈠怠惰，疏慢。㈡簡慢失禮，是表示待客不周的客套話。
▽懈怠、倦怠、荒怠、疲怠。

常 5 急

解形 形聲；從心，及聲。及有迫近的意思，所以褊急爲急。
音義 ㄐㄧˊ 名①急難；例應急。②姓。形①急躁的；例性急。②緊要的；例急務。③突生的；例急症。④熱心的；例急公好義。⑤急速；例急湍甚箭。
參考 同躁，焦，促，快，忙，緊。
3 **急口令** ㄐㄧˊ ㄎㄡˇ ㄌㄧㄥˋ 一種連用雙聲、疊韻許多發音極易混淆的字，而叫人須快速背誦的拗口語句。又作「吃口令」、「拗口令」、「繞口令」。
4 **急切** ㄐㄧˊ ㄑㄧㄝˋ 緊急迫切。
急中生智 ㄐㄧˊ ㄓㄨㄥ ㄕㄥ ㄓˋ 在危急中想出應付的對策。
急公好義 ㄐㄧˊ ㄍㄨㄥ ㄏㄠˋ ㄧˋ 熱心公益，見義勇爲。
5 **急用** ㄐㄧˊ ㄩㄥˋ 緊急的需用。
急功好利 ㄐㄧˊ ㄍㄨㄥ ㄏㄠˋ ㄌㄧˋ 急於

立下功勞或取得功效，貪圖眼前利益。好：喜愛。

參考 與「好大喜功」有別：①後者有「好大」—想做大事的意思；前者有「好利」—貪圖利益的意思。②同樣想立功，前者還有「急著要」的含意，但後者沒有。

6 **急忙** ㄐㄧˊ ㄇㄤˊ 緊急匆忙。

參考 ①又作「急遽」。②參閱「連忙」條。

急如星火 ㄐㄧˊ ㄖㄨˊ ㄒㄧㄥ ㄏㄨㄛˇ 像流星的光一般快速地閃過。比喻情勢緊迫。

8 **急性** ㄐㄧˊ ㄒㄧㄥˋ (一)來勢猛烈快速。例急性腸炎。(二)性情急躁。例急性子。

9 **急促** ㄐㄧˊ ㄘㄨˋ (一)緊急快速。例心跳急促。(二)緊迫匆促。例時間急促。

參考 ①(一)同急速。②(二)同急迫。

急迫 ㄐㄧˊ ㄆㄛˋ 緊急，促迫。

急流 ㄐㄧˊ ㄌㄧㄡˊ 激盪湍急的水流。

參考 同急湍。

急流勇退 ㄐㄧˊ ㄌㄧㄡˊ ㄩㄥˇ ㄊㄨㄟˋ 比喻人在順利、得意的處境時抽身引退。

參考 與「功成身退」有別：①後者一般用於官場；前者應用泛圍較廣，不限於此。②同樣表示及時退出官場，後者有「成功」的含意；前者則有「果斷」的含意。

10 **急起直追** ㄐㄧˊ ㄑㄧˇ ㄓˊ ㄓㄨㄟ 立即起來行動，快速追趕。

參考 同迎頭趕上。

11 **急務** ㄐㄧˊ ㄨˋ 須緊急辦理的事務。

急救 ㄐㄧˊ ㄐㄧㄡˋ 對患急症或受重傷的人進行緊急救治。

12 **急智** ㄐㄧˊ ㄓˋ 隨機應變的才智。

急進 ㄐㄧˊ ㄐㄧㄣˋ (一)急切猛進。(二)在政治上抱激烈主張的人。

急湍 ㄐㄧˊ ㄊㄨㄢ 流勢很急的水流。例「娟娟戲蝶過閑幔，片片輕鷗下急湍。」

參考 參閱「急流」條。

急就章 ㄐㄧˊ ㄐㄧㄡˋ ㄓㄤ 爲了應急而匆促寫成的書面材料或草草辦完的工作。

13 **急電** ㄐㄧˊ ㄉㄧㄢˋ 加速傳送的電報。

14 **急需** ㄐㄧˊ ㄒㄩ 急迫的需要。

參考 衍急需品。

15 **急劇** ㄐㄧˊ ㄐㄩˋ 快速劇烈。

17 **急遽** ㄐㄧˊ ㄐㄩˋ 緊迫急促。

參考 與「急劇」有別：前者偏重在「遽」—急促；後者偏重在「劇」—激烈。

18 **急轉直下** ㄐㄧˊ ㄓㄨㄢˇ ㄓˊ ㄒㄧㄚˋ 很快地轉變，並且很快的順勢發展下去。

19 **急難** ㄐㄧˊ ㄋㄢˋ 緊急危難。

20 **急躁** ㄐㄧˊ ㄗㄠˋ (一)著急不安。(二)性子急，缺乏耐性。

23 **急變** ㄐㄧˊ ㄅㄧㄢˋ 突發的緊急變故。

▽應急、火急、緩急、危急、救急、緊急、焦急、性急、迫急、著急、不急、內急、惶急、救急、心急、躁急、情急、周急、緩不濟急、十萬火急、當務之急、燃眉之急、操之過急。

常 5 **怎** 解形 形聲；從心，乍聲。語詞，如何的意思。

音義 ㄗㄣˇ 副如何？例怎樣。ㄗㄜˇ 副疑問詞，何故；例你怎麼了？

常 5 **怨** 解形  形聲；從心，夗聲。怨恨爲怨。

音義 ㄩㄢˋ 動①仇恨；例怨恨。②責怪；例埋怨。ㄩㄢ 名怨恨的人；例怨家。例「以直報怨。」

參考 ①參閱「怒」字條。②「恩怨」的「怨」字，與「寃屈」的「寃」字，讀音相同，意義相似，但不可混用。

2 **怨入骨髓** ㄩㄢˋ ㄖㄨˋ ㄍㄨˇ ㄙㄨㄟˇ 怨恨到骨頭裡。形容怨恨極深。

4 **怨尤** ㄩㄢˋ ㄧㄡˊ 怨恨怪罪。

參考 同怨望。

怨天尤人 ㄩㄢˋ ㄊㄧㄢ ㄧㄡˊ ㄖㄣˊ 怨恨命運，責怪別人。形容人遭遇不如意時，一味抱怨客觀環境不利，不從主觀上找原因。

7 **怨言** ㄩㄢˋ ㄧㄢˊ 抱怨的話語。

參考 與「牢騷」都指不滿的話，但「怨言」指抱怨的話，「牢騷」指煩悶不滿的話，「怨言」的語意較重。

9 **怨毒** ㄩㄢˋ ㄉㄨˊ 深仇大恨，表示極端恨惡。

怨恨 ㄩㄢˋ ㄏㄣˋ 心中不滿而忿恨。

參考 ①同怨忿。②與「悔恨」都含有恨的意思，但「怨恨」是對人或事物不滿而抱怨憎恨；「悔恨」則是對自己過去言行的不當而後悔怨恨，二者實有差別。

15 **怨耦** ㄩㄢˋ ㄡˇ 不和睦的夫妻。

參考 ①耦，又作「偶」。②反 佳耦，良配。

17 **怨聲載道** ㄩㄢˋ ㄕㄥ ㄗㄞˋ ㄉㄠˋ 怨恨的聲音充滿了道路。比喻怨言很多。常用來形容羣衆對暴虐統治的强烈不滿。載：充滿。

參考 ①反 有口皆碑。②與「民怨沸騰」有別：a 前者著眼於怨恨的普遍；後者著眼在怨恨的程度(已達極點)。b. 前者既可用於廣大羣衆，又可用於小部分的人羣；後者限用於廣大的羣衆。

18 **怨懟** ㄩㄢˋ ㄉㄨㄟˋ 怨恨。

▽閨怨、嫌怨、猜怨、私怨、宿怨、積怨、埋怨、抱怨、訴怨、結怨、以直報怨、以德報怨、任勞任怨。

次 5 **怦** 解形 形聲；從心，平聲。平是描摹心跳的聲音，所以心急遽地跳動爲怦。

音義 ㄆㄥ 副 ①心動地；例 怦然心動。②忠直地。

參考 ①形容心跳用「怦」，形容大的聲響用「砰」，「砰然」和「怦然」意思不同。②「怦」、「抨」有別：「怦然心動」的「怦」是形容聲音的詞，形容心跳，從「忄」(心)。「抨擊」的「抨」，指利用言語或文章去攻擊別人，從「扌」(手)。

12 **怦然心動** ㄆㄥ ㄖㄢˊ ㄒㄧㄣ ㄉㄨㄥˋ (一)驚懼不安的樣子。(二)躍躍欲試，蠢蠢欲動的樣子。

次 5 **怙** 解形 形聲；從心，古聲。有所憑藉依靠爲怙。

音義 ㄏㄨˋ 名 失怙，死了父親。動 憑恃；例 無父何怙？

參考 ①死了母親，稱「失恃」。②字雖從古，但不可讀成ㄍㄨˇ。

9 **怙恃** ㄏㄨˋ ㄕˋ (一)指父母。(二)猶言憑藉，依賴。

12 **怙惡不悛** ㄏㄨˋ ㄜˋ ㄅㄨˋ ㄑㄩㄢ 倚仗著惡勢力爲非作惡，而不知悔改。怙：依靠。悛：改過。

參考 ①同 惡性難改。②悛音ㄑㄩㄢ。

▽依怙、恃怙、失怙。

次 5 **怩** 解形 形聲；從心，尼聲。尼本有滯澀的意思，所以心中羞慚，有口難言爲怩。

音義 ㄋㄧˊ 形 羞慚的；例 忸怩。

次 5 **怫** 解形 形聲；從心，弗聲。弗本有矯違的意思，所以內心抑鬱難安爲怫。

音義 ㄈㄨˊ 形 憤怒的；例 怫鬱。ㄈㄟˋ 副 忿怒地；例 怫然作色。ㄅㄟˋ 動 違背，通「悖」。

參考 「拂逆」的「拂」不可從心作「怫」字。

12 **怫然作色** ㄈㄟˋ ㄖㄢˊ ㄗㄨㄛˋ ㄙㄜˋ 因憤怒而改變臉色。

參考 同 勃然變色。

次 5 **怗** 解形 形聲；從心，占聲。安靜恬適爲怗。

音義 ㄊㄧㄝ 動 順服，通「帖」；例 怗服。形 寧靜的；例 「一生長怗怗。」ㄓㄢ 形 聲音不和的；例 怗懘。

次 5 **怳** 解形 形聲；從心，兄聲。兄有大、長的意思，所以狂行失態爲怳。

音義 ㄏㄨㄤˇ 副 ①失意地；例 怳愴。②彷彿；例 怳如隔世。

參考 和「恍」字通。

次 5 **怛** 解形 形聲；從心，旦聲。旦有抽引上穿的意思，所以內心憂勞爲怛。

音義 ㄉㄚˊ 名 ①懼怕的心情；例 懷怛。②悲痛；例 痛怛。

▽駭怛、驚怛、惻怛、忡怛、震怛、悼怛。

次 5 **怍** 解形 形聲；從心，乍聲。乍有迫促的意思，所以心存慚愧爲怍。

音義 ㄗㄨㄛˋ 動 ①慚愧；例 愧怍。②變臉色；例 怍容。

參考 同羞，愧，慚。

次 5
怓
形解 形聲；從心，奴聲。奴有怒的意思，所以內心煩亂爲怓。

音義 ㄋㄠˊ 形 喧嘩而紊亂的；例惽怓。

次 5
怹
形解 形聲；從心，他聲。第三人稱「他」的敬辭用字。

音義 ㄊㄢ 方 北平話「他」的敬稱。

常 6
恥
形解 形聲；從心，耳聲。羞辱爲恥。

音義 ㄔˇ 名 ①羞愧的心；例廉恥。②可恥的事情；例國恥。動 以爲恥辱；例左丘明恥之，丘亦恥之。

參考 ①「恥」字俗作「耻」。②同辱。

10 **恥笑** ㄔˇ ㄒㄧㄠˋ 因瞧不起而受到嘲笑。

恥辱 ㄔˇ ㄖㄨˇ 名譽上受到損害。

▽小恥、深恥、大恥、無恥、廉恥、奇恥、羞恥、不恥、國恥、雪恥、厚顏無恥、恬不知恥、荒淫無恥、寡廉鮮恥、無恥之恥。

常 6
恰
形解 形聲；從心，合聲。合有會聚的意思，所以用心爲恰。

音義 ㄑㄧㄚˋ 副 ①合適；例恰到好處。②剛，才；例恰巧。

參考 ①「恰當」的恰，與「融洽」的洽（音 ㄒㄧㄚˊ，又音 ㄑㄧㄚˋ）讀音相同，形體相似，一從忄（心），一從氵（水），意義不同。所以「和洽」、「融洽」不可寫成「和恰」、「融恰」，「恰好」不可作「洽好」。②同正，剛，巧。

5 **恰巧** ㄑㄧㄚˋ ㄑㄧㄠˇ 剛好，碰巧。

6 **恰好** ㄑㄧㄚˋ ㄏㄠˇ 剛好，正好。

恰如其分 ㄑㄧㄚˋ ㄖㄨˊ ㄑㄧˊ ㄈㄣˋ 切合事物的分際。多用來形容做事或說話正合分寸。

參考 同恰到好處。

7 **恰似** ㄑㄧㄚˋ ㄙˋ 正如，正好像。例恰似一江春水向東流。

8 **恰到好處** ㄑㄧㄚˋ ㄉㄠˋ ㄏㄠˇ ㄔㄨˋ 到了最適當的境界、地位。

13 **恰當** ㄑㄧㄚˋ ㄉㄤˋ 合適，妥當。

參考 同適當。

常 6
恨
形解 形聲；從心，艮聲。艮是怒目相視，不聽從的意思，所以怨怒在心爲恨。

音義 ㄏㄣˋ 名 遺憾；例一失足成千古恨。動 怨憤；例忿恨。

2 **恨入骨髓** ㄏㄣˋ ㄖㄨˋ ㄍㄨˇ ㄙㄨㄟˇ 怨恨之深已浸入骨髓。比喻怨恨之深，已到了極點。骨髓：骨骼中空處赤黃色而輕軟如脂肪之物。

參考 ①同恨之入骨。②反愛在心坎。③與「切齒痛恨」、「咬牙切齒」有別：「切齒痛恨」和「咬牙切齒」著眼於仇恨的神態、樣子；「恨入骨髓」著眼於仇恨的程度。「恨入骨髓」、「切齒痛恨」都有一個「恨」字；「咬牙切齒」沒有，僅形容極恨的樣子。

8 **恨事** ㄏㄣˋ ㄕˋ 不如意或令人遺憾悔恨的事。

21 **恨鐵不成鋼** ㄏㄣˋ ㄊㄧㄝˇ ㄅㄨˋ ㄔㄥˊ ㄍㄤ 比喻對所期望的人或團體不長進感到不滿，迫切地希望他變好。

▽怨恨、悔恨、忌恨、愁恨、深恨、猜恨、悵恨、痛恨、悲恨、忿恨、恚恨、憤恨、惱恨、大恨、遺恨、可恨、記恨、愛恨、國恨、家恨、無限恨、國仇家恨、切齒痛恨、一失足成千古恨。

常 6
恢
形解 形聲；從心，灰聲。廣大爲恢。

音義 ㄏㄨㄟ 動 ①擴大；例恢宏。②復原；例恢復。形 ①周備的。②弘大的。

參考 同復，還。

5 **恢弘** ㄏㄨㄟ ㄏㄨㄥˊ ㈠廣大寬闊。例道德恢弘。㈡發揚，擴大。

參考 ①又作「恢宏」。②衍 氣度恢弘。

9 **恢恢** ㄏㄨㄟ ㄏㄨㄟ 形容極爲寬廣的樣子。例法網恢恢。

恢恢有餘 ㄏㄨㄟ ㄏㄨㄟ ㄧㄡˇ ㄩˊ 原指空間寬廣有餘，後泛指寬綽有餘。形容技巧高，本領大，解決問題毫不費力。

12 **恢復** ㄏㄨㄟ ㄈㄨˋ 回到原來的樣子，把失去的收回來。例恢復舊觀。

參考 與「回復」、「復興」都是動詞，都有還原的意思。但「恢復」和「回復」是指使已破壞、已失去、或已衰弱的事物變回原來的樣子，常可通用。只是「回復」還有「回答」、「答復」的意思，而「恢復」卻沒有這個意思。「復興」則指衰落後再興旺起來，多用於事業、家族、社會、國家，在程度上比「恢復」、「回復」更進一步。

14 **恢廓** ㄎㄨㄟ ㄎㄨㄛˋ ㈠寬闊宏大。㈡擴張。

▽天網恢恢、法網恢恢。

常 6 **恆** 形解 會意；從二，從心月。二表天地，月表示有規律；心如月亮一樣有常地運行於天地之間，就是恆的意思。

音義 ㄏㄥˊ 名 ①山名，五嶽中的北嶽。②不變的意志；例恆心。③姓。形 ①長久，固定不變的；例恆久。②一般的，普通的；例人之恆情。

參考「恆」字俗作「恒」。

3 **恆久** ㄏㄥˊ ㄐㄧㄡˇ 長久，永久。

4 **恆心** ㄏㄥˊ ㄒㄧㄣ 持久不變的意志。

8 **恆河** ㄏㄥˊ ㄏㄜˊ 地河名，發源於喜馬拉雅山南麓，流經印度北部，再東南流會雅魯藏布江，注入孟加拉灣。全長二、五八〇公里，水量豐富，便於灌溉和航運。

參考 衍恆河流域、恆河三角洲。

恆河沙數 ㄏㄥˊ ㄏㄜˊ ㄕㄚ ㄕㄨˋ 像恆河裏沙子的數目一樣，比喻數目極多，數不清楚。簡稱「恆沙」。

9 **恆星** ㄏㄥˊ ㄒㄧㄥ 天由熾熱的氣體組成，自己能發光，而成爲一羣行星運轉中心的天體。

11 **恆產** ㄏㄥˊ ㄔㄢˇ 長久營生的產業。

12 **恆溫** ㄏㄥˊ ㄨㄣ 某一個固定的溫度。

參考 衍恆溫層、恆溫動物、恆溫變態。

▽永恆、有恆、持之以恆。

常 6 **恃** 形解 形聲；從心，寺聲。依賴爲恃。

音義 ㄕˋ 名 母親的代稱；例幼而失恃。動 依賴，憑藉；例有恃無恐。

參考 ①「依恃」的「恃」字，與「扶持」的「持」字，字形相似，一從忄，一從扌，音義完全不同。②同依，靠，仗。③「恃」、「持」、「侍」有別：「恃才傲物」、「有恃無恐」的「恃」，字從「忄」(心)。「維持」、「持久」的「持」字從「扌」(手)。「侍候」、「侍者」的「侍」，字從「亻」(人)。恃、侍同音ㄕˋ，持音ㄔˊ。

3 **恃才傲物** ㄕˋ ㄘㄞˊ ㄠˋ ㄨˋ 仗著自己有才能而瞧不起別人，目空一切。物：泛指衆人。

參考 反虛懷若谷。

▽依恃、倚恃、矜恃、怙恃、負恃、失恃、憑恃。

常 6 **恍** 形解 形聲；從心，光聲。昏惑爲恍。

音義 ㄏㄨㄤˇ 形 形象模糊，不易捉摸的；例精神恍惚。副 領悟地；例恍然大悟。

參考「恍」字本作「怳」。

6 **恍如隔世** ㄏㄨㄤˇ ㄖㄨˊ ㄍㄜˊ ㄕˋ 好像隔了一個世代。比喻人事景物的變遷十分快速而且巨大。恍如：好像。

11 **恍惚** ㄏㄨㄤˇ ㄏㄨ ㈠似有若無，不可測知。㈡精神不集中，神志不清。㈢好像；形容不清楚，不真切。

參考 ①惚讀輕聲。②惚又作「忽」。

12 **恍然** ㄏㄨㄤˇ ㄖㄢˊ 猛然領悟，突然清醒的樣子。例恍然大悟。

恍然大悟 ㄏㄨㄤˇ ㄖㄢˊ ㄉㄚˋ ㄨˋ 忽然間完全明白過來。悟：心裡明白。

參考 ①與「豁然開朗」有別：a前者是直陳性的；後者是比喻性的。b前者常修飾「說」等動詞；後者的陳述對象多爲「(某人的)心、思想、頭腦」。②反百思不解。

常 6 **恫** 形解 形聲；從心，同聲。內心痛苦爲恫。

音義 ㄊㄨㄥ 動 悲痛；例「無悲以恫。」

ㄉㄨㄥˋ 動 恐懼；例百姓恫恐。

參考「恫嚇」的「恫」字，「梧桐」的「桐」字與「倥侗」的「侗」字，字形相似，一從忄、一從木、一從亻，音義不同。

17 **恫嚇** ㄉㄨㄥˋ ㄏㄜˋ 利用威勢嚇唬人。

常 6 **恬** 解形 形聲；從心，甜省聲。安適爲恬。

音義 ㄊㄧㄢˊ 形①安靜的；例恬靜。②心神安適的；例恬適。副安然，無動於中；例恬不知恥。

參考「恬」、「括」有別：「恬靜」、「恬淡」的「恬」表示內心安靜，字從「忄」(心)。「包括」、「概括」的「括」，與動作有關，字從「扌」(手)。

恬不知恥 ㄊㄧㄢˊ ㄅㄨˋ ㄓ ㄔˇ 滿不在乎，毫不知恥。

參考①反無地自容。②與「厚顏無恥」有別：a 前者的中心詞一般爲「人」；後者則不在此限，如「厚顏無恥的人」、「厚顏無恥的信」、「厚顏無恥的事」等等。b 前者偏重在「做了壞事還滿不在乎」，後者强調在「臉皮厚」。

11 **恬淡** ㄊㄧㄢˊ ㄉㄢˋ 清靜淡泊。多用來形容人不慕求名利。例恬淡寡欲。

參考 淡，又作「澹」。

16 **恬靜** ㄊㄧㄢˊ ㄐㄧㄥˋ 安靜。

參考 同恬靖。

▽安恬、神恬、清恬、浪靜風恬。

常 6 **恪** 解形 小篆作「愙」：形聲；從心，客聲。客爲賓客，以誠待客，所以誠敬爲愙。後省作「恪」。

音義 ㄎㄜˋ 副①敬愼地；例恪愼。②恭敬地；例恪遵。

參考 舊音 ㄑㄩㄝˋ。

6 **恪守** ㄎㄜˋ ㄕㄡˇ 嚴格遵守。

參考 同嚴守，堅守，謹守。

16 **恪遵** ㄎㄜˋ ㄗㄨㄣ 敬謹遵守。例恪遵庭訓。

常 6 **恤** 解形 形聲；從心，血聲。深切擔憂爲恤。

音義 ㄒㄩˋ 名 姓。動①憐憫；例體恤。②賑濟，通「卹」；例周恤。副驚恐地；例恤恤。

參考①「恤」字古書多作「卹」。②字又可作「卹」、「賉」。

8 **恤金** ㄒㄩˋ ㄐㄧㄣ 分發給因公傷亡之家屬的救濟金、安家費。

參考 恤，又作「卹」。②衍撫恤金。

11 **恤貧** ㄒㄩˋ ㄆㄧㄣˊ 同情並救濟貧困的人。例恤貧濟衆。

▽慰恤、恩恤、賑恤、撫恤、憂恤、體恤、憐恤、顧恤。

常 6 **恣** 解形 形聲；從心，次聲。放縱心意爲恣。

音義 ㄗˋ 動①放縱；例恣行。②任憑；例恣意。

參考①又音 ㄗ。②「放恣」的「恣」字，與「姿勢」的「姿」字，字形相似，一從心，一從女，音近而義不同。

11 **恣情** ㄗˋ ㄑㄧㄥˊ 放縱情性。

13 **恣意** ㄗˋ ㄧˋ 放任自己的心意不加約束。

參考 同任意，任性。

恣肆 ㄗˋ ㄙˋ ㈠放縱，無所顧忌。㈡豪放，不受拘束。多指文筆而言。

17 **恣縱** ㄗˋ ㄗㄨㄥˋ 任情放縱。

▽凶恣、狂恣、驕恣、荒恣、奢恣、縱恣、專恣、放恣。

常 6 **恙** 解形 形聲；從心，羊聲。憂患。

音義 ㄧㄤˋ 名①疾病；例別來無恙？②蟲名；例恙蟎。

▽不恙、無恙、微恙、安然無恙。

常 6 **恩** 解形 形聲；从心，因聲。心親近則生情誼，因有親近的意思，所以德惠爲恩。

音義 ㄣ 名①好處；例恩德。②君主所加的惠澤與官爵等；例恩澤侯。③感恩；例千恩萬謝。④情愛；例恩情。⑤姓。形有德惠的；例恩人。

參考「恩」與「思」字形相近，一從因，一從田，音義不同，宜加區別。

8 **恩典** ㄣ ㄉㄧㄢˇ ㈠舊指帝王或上級按定制給予臣下的恩賜和禮遇。㈡泛指恩惠。

9 **恩怨** ㄣ ㄩㄢˋ 恩惠與怨恨。有偏指怨恨的意味。

恩怨分明 ㄣ ㄩㄢˋ ㄈㄣ ㄇㄧㄥˊ 將恩

怨與怨恨，分辨得非常清楚。形容有恩報恩、有仇報仇，不會把恩怨混雜在一起。

恩重如山 ㄣ ㄓㄨㄥˋ ㄖㄨˊ ㄕㄢ 恩澤如同高山一般深重。比喻恩惠情意的深厚。

參考 仇深似海。

恩威並用 ㄣ ㄨㄟ ㄅㄧㄥˋ ㄩㄥˋ 恩惠與威嚴同時交互施用。

參考 ①同恩威並行，威德兼施。②與「軟硬兼施」有別：後者的語義範圍大於前者。前者的手段不外乎「恩惠和嚴懲」、「懷柔和高壓」；後者則泛指一切溫和與強硬的方法。

11 **恩情** ㄣ ㄑㄧㄥˊ 深厚懇切的情誼。

恩將仇報 ㄣ ㄐㄧㄤ ㄔㄡˊ ㄅㄠˋ 用報復仇恨的方式回報他人對自己的恩惠。

參考 反 以德報怨。②與「以怨報德」有別：前者的語義重於後者。前者借此報答的是「仇恨」，往往要嚴重地傷害恩人，甚至置之於死地；後者籍以報答的是「怨恨」，可以傷害恩人甚至置之於死地，也可僅令其不快而已。

12 **恩惠** ㄣ ㄏㄨㄟˋ 恩澤德惠。

參考 同恩德。

13 **恩愛** ㄣ ㄞˋ 親密而心存感恩的愛。通常指夫妻間的情愛而言。

15 **恩賜** ㄣ ㄙˋ ㈠舊指帝王的賞賜。㈡泛指出於憐憫而給予的施捨。

恩德 ㄣ ㄉㄜˊ 恩典，德澤。

參考 同恩惠。

16 **恩澤** ㄣ ㄗㄜˊ 比喻像雨露滋潤草木一般的恩德。通常用於上級對下級。

▽感恩、皇恩、國恩、師恩、慈恩、謝恩、殊恩、大恩、報恩、君恩、懷恩、聖恩、親恩、受恩、一飯之恩、一夜夫妻百世恩。

常 6 **息**

形解  會意；從心自。自是鼻，古時認為心氣從鼻出，所以呼吸喘氣為息。

音義 ㄒㄧ 名 ①利錢；例利息。②兒子；例兒息。③呼吸；例喘息。④音信；例訊息。⑤姓。動 ①停止；例止息。②滅，通「熄」；例「水火相息。」

參考 ①「氣息」的「息」字，「歇業」的「歇」字都有「休息」的意思，但略有不同：「息」有暫停的意思，「歇」有長期停止的意思。②同止，停，利，休。② 孳 熄、媳。

6 **息肉** ㄒㄧ ㄖㄡˋ 長在黏膜上的凸出物或病態贅肉。是腫瘤的一種。

7 **息兵** ㄒㄧ ㄅㄧㄥ 停止戰爭。

參考 同收兵，停戰。

8 **息肩** ㄒㄧ ㄐㄧㄢ 放下擔子休息。比喻卸除責任、負擔。

息事寧人 ㄒㄧ ㄕˋ ㄋㄧㄥˊ ㄖㄣˊ 平息紛爭，使人相安無事。多指毫無原則地進行調解、讓步。息：平息；寧：使安定。

9 **息怒** ㄒㄧ ㄋㄨˋ 平息怒氣。

10 **息息** ㄒㄧ ㄒㄧ 持續而相連的一次又一次的呼吸。

參考 「息息」、「習習」有別：「息息相關」的「息息」，與「涼風習習」的「習習」不可通用。

息息相關 ㄒㄧ ㄒㄧ ㄒㄧㄤ ㄍㄨㄢ 形容彼此關係非常密切，就像每一次的呼吸都是互相關聯一樣。

參考 ①參閱「休戚相關」條。②同息息相通。

▽安息、休息、姑息、子息、消息、生息、棲息、喘息、嘆息、令息、窒息、利息、鼻息、氣息、太息、年息、川流不息、自強不息、休養生息、仰人鼻息、奄奄一息。

常 6 **恐**

形解  形聲；從心，巩聲。懼怕為恐。

音義 ㄎㄨㄥˇ 動 ①畏懼、害怕；例恐懼。②威嚇；例恐嚇。

副 恐怕，疑問猜測詞。

參考 同怖、驚。

8 **恐怕** ㄎㄨㄥˇ ㄆㄚˋ ㈠驚恐害怕。㈡表示疑慮，不敢肯定的副詞。相當於也許、大概等。

恐怖 ㄎㄨㄥˇ ㄅㄨˋ 由於受到威脅或驚嚇而引起的害怕心理。

參考 衍 恐怖片、恐怖電影、恐怖小說、恐怖時代。

13 **恐慌** ㄎㄨㄥˇ ㄏㄨㄤ 害怕慌張。例經濟恐慌。

17 **恐嚇** ㄎㄨㄥˇ ㄏㄜˋ 威脅嚇唬。

參考①同恐喝。②衍恐嚇罪。

21 **恐懼** ㄎㄨㄥˇ ㄐㄩˋ 恐怕畏懼。

參考①同恐畏。②參閱「膽怯」條。

▽驚恐、惶恐、震恐、慌恐、猶恐、誠惶誠恐、有恃無恐。

常 6 **恕** 形解 形聲;從心,如聲。推我心如彼心,仁親以待人爲恕。

音義 ㄕㄨˋ 名以仁愛之心待人,是儒家的倫理範疇之一;例忠恕。動原諒;例寬恕。

參考 參閱「怒」字條。

9 **恕宥** ㄕㄨˋ ㄧㄡˋ 寬宥有罪過。宥:寬赦、原諒。

13 **恕罪** ㄕㄨˋ ㄗㄨㄟˋ 原諒罪過。

▽寬恕、饒恕、忠恕。

常 6 **恭** 形解 形聲;從心,共聲。共有端拱的意思,所以謹慎嚴肅爲恭。

音義 ㄍㄨㄥ 名姓。動①尊奉;例恭行。②稱頌;例恭維。形①謙遜的;例謙恭。②容貌端肅,對人有禮;例恭敬。

參考①「恭」字下從⺗(心),不從小或氺(水)。②同敬。

10 **恭候** ㄍㄨㄥ ㄏㄡˋ 恭敬地等候。常用來表示等候對方的敬詞。例恭候大駕。

11 **恭惟** ㄍㄨㄥ ㄨㄟˊ 書啓中在祝頌語前常冠恭惟二字,引申爲稱頌、奉承,指說好聽的話捧人。

參考 惟。又作「維」。

12 **恭順** ㄍㄨㄥ ㄕㄨㄣˋ 恭謹而順從。

恭喜 ㄍㄨㄥ ㄒㄧˇ 向人表示慶賀的話。

13 **恭敬** ㄍㄨㄥ ㄐㄧㄥˋ 端莊而有禮貌。

恭敬不如從命 ㄍㄨㄥ ㄐㄧㄥˋ ㄅㄨˋ ㄖㄨˊ ㄘㄨㄥˊ ㄇㄧㄥˋ 與其恭謹謙退還不如順從對方的意見,是表示聽從對方命令的客套話。

▽允恭、溫恭、不恭、謙恭、出恭、至恭、玩世不恭、前倨後恭、卻之不恭。

次 6 **恔** 形解 形聲;從心,交聲。心中明憭爲恔。

音義 ㄒㄧㄠˋ 形暢快的。

參考 字雖从交,但不可讀成ㄐㄧㄠ。

次 6 **恓** 形解 形聲;從心,西聲。憂愁爲恓。

音義 ㄒㄧ 副恓惶,驚慌倉忙的樣子。

參考「恓」和「栖」在「栖遑」、「栖栖」二詞時可通。

12 **恓惶** ㄒㄧ ㄏㄨㄤˊ 驚慌倉忙的樣子。又作「栖遑」、「恓遑」。

次 6 **恇** 形解 形聲;從心,匡聲。匡是小容器,所以見識狹窄而心生驚恐爲恇。

音義 ㄎㄨㄤ 動害怕;例恇懼。

次 6 **恉** 形解 形聲;從心,旨聲。心知其意爲恉。

音義 ㄓˇ 名意旨,同「旨」。

參考 與「詣」音義不同:詣(ㄧˋ)是往、到的意思,不可和「恉」字混用。

次 6 **恂** 形解 形聲;從心,旬聲。旬有周偏的意思,所以考慮周詳,深具信心爲恂。

音義 ㄒㄩㄣ 動①恐懼;例恂懼。②轉眼;例恂目。③暢通;例思慮恂達。副急猝地。

次 6 **恟** 形解 形聲;從心,匈聲。匈有恐懼的意思,所以心中驚恐爲恟。

音義 ㄒㄩㄥ 形害怕的。副喧擾的樣子;例「爭訟恟恟」

次 6 **恝** 形解 形聲;從心,㓞聲。疏忽爲恝。

音義 ㄐㄧㄚˊ 動不重視。

13 **恝置** ㄐㄧㄚˊ ㄓˋ 毫不經意,不加理會。

次 6 **恚** 形解 形聲;從心,圭聲。圭有圓而深的意思,所以心中動怒,懷恨在心爲恚。

音義 ㄏㄨㄟˋ 動動怒;例慍恚。

參考 同怒。

8 **恚忿** ㄏㄨㄟˋ ㄈㄣˋ 惱怒忿恨。

▽怨恚、慍恚、慙恚、瞋恚、怫恚、忿恚、憤恚、憂恚、大恚。

㊅ 6 **悫** 形解 形聲；從心，而聲。心感自慚而面有愧色爲悫。

音義 ㄋㄩˋ 動慚愧。

㊅ 6 **恁** 形解 形聲；從心，任聲。任是懷抱擔當，所以思念爲恁。

音義 ㄖㄣˋ 代遠稱指示代名詞或指示形容詞，同「那」；例恁時。動思念；例「勤恁旅力」。副什麼；例恁麼。ㄋㄣˋ 代同「您」。

㊅ 7 **悌** 形解 形聲；從心，弟聲。善事兄長爲悌。

音義 ㄊㄧˋ 動敬重長上；例孝悌。形和易近人；例愷悌。

▽孝悌、友悌、愷悌、入孝出悌。

㊅ 7 **悅** 形解 形聲；從心，兌聲。兌爲喜樂，是悅的本字，後加心旁爲悅。

音義 ㄩㄝˋ 名姓。動①愉快；例愉悅。②佩服；例心悅誠服。③喜歡；例女爲悅己者容。形感覺愉快的；例悅耳。

5 **悅目** ㄩㄝˋ ㄇㄨˋ 看後心生愉悅的感覺，形容好看。例賞心悅目。

6 **悅色** ㄩㄝˋ ㄙㄜˋ 和悅的臉色。參考①同怡色，怡顏。②反慍色、慍容。

8 **悅耳** ㄩㄝˋ ㄦˇ 形容聲音好聽或所說的言語使人愉快。

8 **悅服** ㄩㄝˋ ㄈㄨˊ 心中喜悅而眞誠信服。

▽愉悅、喜悅、大悅、和悅、歡悅、欣悅、忭悅、龍心大悅。

㊅ 7 **悖** 形解 形聲；從心，孛聲。孛是草木茂盛，盛則亂，所以心意雜亂爲悖。

音義 ㄅㄟˋ 名姓。動衝突，違反；例並行不悖。ㄅㄛˊ 形旺盛的，興盛的，通「勃」。副做事不合情地；例悖逆。參考「悖」字本作「誖」。

2 **悖入悖出** ㄅㄟˋ ㄖㄨˋ ㄅㄟˋ ㄔㄨ ㈠用不正當的方法得來的東西，又被他人以不正當的方法奪去。㈡不花勞力得來的錢財又被胡亂花掉。

8 **悖法亂紀** ㄅㄟˋ ㄈㄚˇ ㄌㄨㄢˋ ㄐㄧˋ 違反法令，混亂綱紀。

10 **悖逆** ㄅㄟˋ ㄋㄧˋ 違反常道，犯上作亂。

▽凶悖、狂悖、貪悖、驕悖、並行不悖。

㊅ 7 **悟** 形解 形聲；從心，吾聲。吾是我，所以自我覺醒爲悟。

音義 ㄨˋ 名姓。動覺，醒；例執迷不悟。參考同明，覺。

8 **悟性** ㄨˋ ㄒㄧㄥˋ 領悟事理，觸類旁通的能力。

▽穎悟、悔悟、覺悟、了悟、妙悟、神悟、頓悟、醒悟、領悟、恍然大悟、執迷不悟、大徹大悟、至死不悟。

㊅ 7 **悚** 形解 形聲；從心，竦省聲。竦有高的意思，所以懼怕爲悚。

音義 ㄙㄨㄥˇ 動懼怕，同「愯」；例悚悚。ㄙㄨㄥˇ 形笑人軟弱無能的；例他眞悚！

參考「毛骨悚然」的「悚」字與「竦然起敬」的「竦」字，一從忄(心)，一從立，不可混用。

12 **悚然** ㄙㄨㄥˇ ㄖㄢˊ 驚懼害怕的樣子。例毛骨悚然。

21 **悚懼** ㄙㄨㄥˇ ㄐㄩˋ 害怕。參考又作「竦然」、「悚悚」。

㊅ 7 **悄** 形解 形聲；從心，肖聲。憂愁爲悄。

音義 ㄑㄧㄠˇ 副①憂愁的樣子；例夕殿螢飛思悄然。②寂靜無聲的樣子；例靜悄悄。參考「悄然」的「悄」字，與「俊俏」的「俏」(ㄑㄧㄠˋ)字，字形相似，一從忄(心)，一從亻(人)，音義不同。

10 **悄悄** ㄑㄧㄠˇ ㄑㄧㄠˇ ㈠憂愁的樣子。㈡寂靜，不聲不響的樣子。

▽悄悄、靜悄悄、憂心悄悄。

㊅ 7 **悍** 形解 形聲；從心，旱聲。勇敢爲悍。

音義 ㄏㄢˋ 形①勇猛的；例勇悍。②强勁，急烈的；例悍藥。③凶暴，蠻橫的；例悍妻。

參考「兇悍」的「悍」字，與「捍衞」的「捍」字，讀音相同，字形相似，一從忄(心)，一從手，義則不同。

11 **悍婦** ㄏㄢˋ ㄈㄨˋ 蠻橫不講理的女人。

12 **悍然** ㄏㄢˋ ㄖㄢˊ 兇暴蠻橫，不顧一切的樣子。例悍然不顧。

▽凶悍、暴悍、勇悍、馴悍、強悍、雄悍、水悍、短小精悍。

常 7 **悔** 解 形聲；從心，每聲。 形 悔恨爲悔。

音義 ㄏㄨㄟˇ 動①事後追恨，懊恨；例悔恨。②改過；例誠心懺悔。③思量變更；例反悔。

參考①「追悔」的「悔」字，與「晦氣」的「晦」字，音相近，形相似，一從忄(心)，一從日，而義不同。②「悔」、「誨」有別：「悔」，音ㄏㄨㄟˇ，就是「懊悔」的「悔」字。一個人做錯事心裏難過，這是發自內心的，所以「悔」字從「忄」(心)。「誨」，音ㄏㄨㄟˋ，是教導的意思。教導人的時候，是要靠講話來傳達意思的，所以字從「言」。

4 **悔不當初** ㄏㄨㄟˇ ㄅㄨˋ ㄉㄤ ㄔㄨ 後悔當時做了這樣的選擇或決定。

7 **悔改** ㄏㄨㄟˇ ㄍㄞˇ 後悔以前所犯的錯誤並加以改正。

9 **悔恨** ㄏㄨㄟˇ ㄏㄣˋ 懊悔自責。

參考 參閱「怨恨」條。

10 **悔悟** ㄏㄨㄟˇ ㄨˋ 有所悔恨而醒悟。

13 **悔過** ㄏㄨㄟˇ ㄍㄨㄛˋ 悔恨自己的過失，決心改正。例悔過自新。

▽怨悔、後悔、懺悔、追悔、悲悔、恨悔、不悔、反悔、愧悔、懊悔。

常 7 **恿** 解 形聲；從心，甬聲。 形 心生力，所以氣力爲恿。

音義 ㄩㄥˇ 形 用言語勸誘他人，通「慂」；例慫恿。

常 7 **患** 解 形聲；從心，毌聲。 形 憂患爲患。

音義 ㄏㄨㄢˋ 名①災禍，疾苦；例水患頻仍。②疾病；例眼患。③姓。動①憂慮；例患得患失。②害(病)；例患病。形生活困苦的；例患難與共。

參考 同染，災，禍，憂，慮。

8 **患者** ㄏㄨㄢˋ ㄓㄜˇ 生病的人。

參考 同病人，病患。

11 **患得患失** ㄏㄨㄢˋ ㄉㄜˊ ㄏㄨㄢˋ ㄕ 形容沒得到時怕得不到，得到後又怕失去的心態。引申指很在意個人的利害得失而致憂慮不安。

19 **患難** ㄏㄨㄢˋ ㄋㄢˋ 艱苦危險的處境。例患難與共。

患難之交 ㄏㄨㄢˋ ㄋㄢˋ ㄓ ㄐㄧㄠ 同在一起經歷過憂患和危難的朋友。交：朋友、交情。

患難與共 ㄏㄨㄢˋ ㄋㄢˋ ㄩˇ ㄍㄨㄥˋ 同心協力，共同爲艱苦或危險的環境奮鬥。

參考 同患難相共。

▽外患、後患、疾患、水患、大患、內患、憂患、邊患、禍患、病患、爲患、救患、心腹之患、有備無患、杜絕後患、養虎爲患、養癰遺患、人之大患、內憂外患。

常 7 **悉** 解 會意；從心釆。釆 形 是辨別的意思，用心分辨事物，所以詳盡爲悉。

音義 ㄒㄧ 名姓。動①知曉；例熟悉。②用盡；例悉心。形全，都；例悉聽尊便。

參考①「悉」字從釆(ㄅㄧㄢˋ)，不從采(ㄘㄞˇ)。②同明、曉、知、盡、全。③擘窸、蟋。

2 **悉力** ㄒㄧ ㄌㄧˋ 用盡力量。

參考 同盡力，全力。

4 **悉心** ㄒㄧ ㄒㄧㄣ 用盡心思。

15 **悉數** (一) ㄒㄧ ㄕㄨˇ 詳細地完全說出來。例不能悉數。(二) ㄒㄧ ㄕㄨˋ 全數，所有數目。

▽委悉、該悉、熟悉、昭悉、詳悉、知悉、備悉、明悉、獲悉、按悉、奉悉。

常 7 **悠** 解 形聲；從心，攸聲。 形 攸是水流長遠的意思；所以思慮長遠，中心憂戚爲悠。

音義 ㄧㄡ 動飄忽；例悠悠蕩蕩。形①沈思的；例悠悠我思。②從容不迫；例悠閒。
副①長，遙遠地；例江山悠隔。②憂思地。③閑適地；例悠然見南山。
參考「攸」、「悠」二字古代可通用，現代語文中已罕用「攸」。但「悠遠」不作「攸遠」，「利害攸關」不作「利害悠關」。

3 悠久 ㄧㄡ ㄐㄧㄡˇ 年代久遠。例歷史悠久。
參考 與「悠長」都是形容很長，但「悠久」只用於時間，指時間久遠；「悠長」則可形容「聲音」、「歲月」等抽象事物，使用範圍較廣。

8 悠忽 ㄧㄡ ㄏㄨ 遊蕩輕忽。常指虛耗光陰，懶散而不知振作。

9 悠哉 ㄧㄡ ㄗㄞ ㈠思念不已。㈡形容悠閒自在不忙亂的樣子。

悠哉游哉 ㄧㄡ ㄗㄞ ㄧㄡ ㄗㄞ 形容無憂無慮得意自在的樣子。哉：感嘆詞。

11 悠悠 ㄧㄡ ㄧㄡ ㈠形容悠閒自在。㈡憂思的樣子。㈢遙遠，長久。

12 悠揚 ㄧㄡ ㄧㄤˊ 形容樂聲曼長而和諧。例笛韻悠揚。

悠閒 ㄧㄡ ㄒㄧㄢˊ 閒暇安適的樣子。例悠閒自在。
參考 閒，又作「閑」。

悠然 ㄧㄡ ㄖㄢˊ ㈠遙遠的樣子。㈡悠閒安適的樣子。

悠然自得 ㄧㄡ ㄖㄢˊ ㄗˋ ㄉㄜˊ 悠閑舒適而自感得意的樣子。形容不慌忙、不緊張的神情。
參考 參閱「泰然自若」條。

14 悠遠 ㄧㄡ ㄩㄢˇ 長久遼遠。
參考 同悠邈，悠緬。

常 7 您
形解 形聲，從心，你聲。第二人稱是「你」的敬稱。
音義 ㄋㄧㄣˊ 代你的敬稱；例您好。

次 7 悒
形解 形聲；從心，邑聲。邑有多的意思，所以心中煩擾不安爲悒。
音義 ㄧˋ 形憂愁的；例悒悒。
參考 同鬱，悲。

30 悒鬱 ㄧˋ ㄩˋ 心中鬱悶不快樂。

次 7 悁
形解 形聲；從心，肙聲。肙有細小的意思，所以內心憂愁爲悁。
音義 ㄐㄩㄢ 形①憂悶的；例悲悁。②生氣動怒的；例忿悁。

8 悁忿 ㄐㄩㄢ ㄈㄣˋ 憤怒。例「發心悁忿。」

10 悁悁 ㄐㄩㄢ ㄐㄩㄢ ㈠憂思的樣子。例「中心悁悁。」㈡憤懣。例「今陛下不忍悁悁之忿」。

次 7 悝
形解 形聲；從心，里聲。詼嘲譏笑爲悝。
音義 ㄌㄧˇ 動悲傷。
ㄎㄨㄟ 動嘲笑。

次 7 悃
形解 形聲；從心，困聲。困有內外相絕的意思；所以心志純一，摒除雜念爲悃。
音義 ㄎㄨㄣˇ 名眞心誠意；例聊表愚悃。
參考 同誠。

次 7 悛
形解 形聲；從心，夋聲。夋有蹲踞停止的意思，所以停止不前爲悛。
音義 ㄑㄩㄢ 動悔改；例悛改。

次 7 悊 ㄒㄩㄣ 名信心。同「恂」。
形解 形聲；從心，折聲。折有決斷的意思，所以明智敬謹爲悊。
音義 ㄓㄜˊ 形明智的，同「哲」。

常 8 惋
形解 形聲；從心，宛聲。宛有宛轉的意思，所以心生不平而驚嘆爲惋。
音義 ㄨㄢˋ 動驚嘆；例驚惋。形痛惜的；例惋惜。
參考 ②「惋」、「婉」有別：「惋惜」的「惋」，字從「忄」。「婉轉」的「婉」，字從「女」。

11 惋惜 ㄨㄢˋ ㄒㄧˊ 憐惜，痛惜。表示遺憾或同情。
▽嘆惋、哀惋、痛惋、恨惋、驚惋、悵惋、駭惋、可惋。

常 8 悴
形解 形聲；從心，卒聲。卒有憂的意思，所以憂傷爲悴。
音義 ㄘㄨㄟˋ 動憂傷；例愁悴。形①衰微的；例前榮後悴。②枯瘦困苦的；例形容憔悴。
參考 「憔悴」的「悴」與「盡瘁」的

「瘁」音同形近而義不同，「瘁」是指人的疾病、勞苦而言；而「悴」偏重於精神的頹喪與形容的枯槁方面。

▽憔悴、疲悴、勞悴、羸悴、愁悴、交悴、心神勞悴。

常 8 **惦** 形解 (篆) 形聲；從心，店聲。店是放置貨物的地方，必有牽掛，所以懸念爲惦。

音義 ㄉㄧㄢˋ 動 心裡記掛；例惦念。

參考 ①「惦念」的「惦」字，與「掂物」的「掂」(音ㄉㄧㄢ)字，形相似，一從忄(心)，一從手，音義不同；「掂」是以手估計東西的輕重。②同想，記，掛。③反忘。

10 **惦記** ㄉㄧㄢˋ ㄐㄧˋ 心中掛念，思念。

常 8 **悽** 形解 (篆) 形聲；從心，妻聲。痛苦爲悽。

音義 ㄑㄧ 形 悲痛，傷感的；例咨嗟悽惻。

參考「悽」字義爲悲傷時，與「淒」字通，如「悽愴」亦作「淒愴」。

4 **悽切** ㄑㄧ ㄑㄧㄝˋ 形容非常悲慘哀傷。

12 **悽惻** ㄑㄧ ㄘㄜˋ 哀傷。

13 **悽楚** ㄑㄧ ㄔㄨˇ 悲傷難過。

參考 悽，又作「淒」。

悽愴 ㄑㄧ ㄔㄨㄤˋ ㈠傷感悲痛。㈡寒冷，寒意。

參考 悽，又作「淒」。

14 **悽慘** ㄑㄧ ㄘㄢˇ 悲傷慘痛。

參考 ①悽，又作「淒」。②與「淒涼」都有令人悲傷的意味，但有區別：「悽慘」指因人、物的死傷或毀壞，使人產生的悲痛感覺；「淒涼」則多指因景物蕭條，寂寞冷清而產生的感傷情緒。

常 8 **情** 形解 (篆) 形聲；從心，青聲。心有所欲爲情。

音義 ㄑㄧㄥˊ 名 ①實況；例災情慘重。②情面；例盛情難卻。③男女間的愛；例談情說愛。④兩相交好的私意；例人情債。⑤因外物刺激所產生的心理狀態；例七情六慾。形 男女戀愛的；例情人眼裏出西施。副 明；例情知不相干。

參考 同愫，愛。

2 **情人** ㄑㄧㄥˊ ㄖㄣˊ 相戀男女的互稱。

參考 ①同愛人，戀人。②衍情人糖、夢中情人。

情人眼裏出西施 ㄑㄧㄥˊ ㄖㄣˊ ㄧㄢˇ ㄌㄧˇ ㄔㄨ ㄒㄧ ㄕ 形容對對方的情愛很深，只看見他美善的部分，而認爲他無處不美，無處不善。西施：春秋末年越國的美女。

情文並茂 ㄑㄧㄥˊ ㄨㄣˊ ㄅㄧㄥˋ ㄇㄠˋ 形容文章中表達的思想感情與文采藻飾都非常繁盛精妙。又作「文情並茂」、「情文並妙」。

4 **情不自禁** ㄑㄧㄥˊ ㄅㄨˋ ㄗˋ ㄐㄧㄣ 激動的感情，自己抑制不住。強調完全被某種感情所支配。

參考 參閱「不由自主」條。

5 **情由** ㄑㄧㄥˊ ㄧㄡˊ 事情的原由。

6 **情同手足** ㄑㄧㄥˊ ㄊㄨㄥˊ ㄕㄡˇ ㄗㄨˊ 情誼深厚，好像親兄弟一般。

7 **情形** ㄑㄧㄥˊ ㄒㄧㄥˊ 事物的狀態或演變狀況。

參考 同情況。

情見乎辭 ㄑㄧㄥˊ ㄒㄧㄢˋ ㄏㄨ ㄘˊ 眞摯的情意在言語文辭中完全表露出來。

情投意合 ㄑㄧㄥˊ ㄊㄡˊ ㄧˋ ㄏㄜˊ 形容雙方思想感情融洽，意見一致，很處得來。

8 **情狀** ㄑㄧㄥˊ ㄓㄨㄤˋ 事物的狀況及所表現出來的情態。

參考 參閱「心心相印」條。

情事 ㄑㄧㄥˊ ㄕˋ 情狀和事實。多用於法令文件。

情況 ㄑㄧㄥˊ ㄎㄨㄤˋ 事物的狀態或發展演變的經過、結果。

參考 ①同情形。②衍緊急情況。

情非得已 ㄑㄧㄥˊ ㄈㄟ ㄉㄜˊ ㄧˇ 指在當時的情況下，不得不如此做。

9 **情侶** ㄑㄧㄥˊ ㄌㄩˇ 感情上的伴侶，指戀愛中的男女而言。

情面 ㄑㄧㄥˊ ㄇㄧㄢˋ 交情，臉面。

參考 同面子，顏面。

10 **情致** ㄑㄧㄥˊ ㄓˋ 情調和趣味。

情致纏綿 ㄑㄧㄥˊ ㄓˋ ㄔㄢˊ ㄇㄧㄢˊ 形容文字的描摹，細膩深刻。

11 **情理** ㄑㄧㄥˊ ㄌㄧˇ 人的通常心理和事物的一般道理。例做人不可不通情理。

12 **情報** ㄑㄧㄥˊ ㄅㄠˋ ㈠以偵察手段或其他方法獲知敵方軍事、政治、經濟等各方面的情形，並進行分析研究所得的成果。(二)泛指一切最新的情況報導。

參考 ①(一)衍情報局、情報人員。②(二)衍科學情報。

情景 ㄑㄧㄥˊ ㄐㄧㄥˇ (一)情況與景象。(二)外界的景物與景物所激起的感情。

情景交融 ㄑㄧㄥˊ ㄐㄧㄥˇ ㄐㄧㄠ ㄖㄨㄥˊ 內心的感情與外界的景物互相融合在一起。通常用來形容詩文繪畫等所給人的觀感。

13 **情勢** ㄑㄧㄥˊ ㄕˋ 事物的情況和趨勢。

情節 ㄑㄧㄥˊ ㄐㄧㄝˊ (一)事情的演變和經過。(二)文指小說、戲劇等文藝作品中所反映的矛盾衝突的發生，演變和解決的過程。完整的情節一般包括開端、發展、高潮、結局等組成部分。

情意 ㄑㄧㄥˊ ㄧˋ 感情，心意。

情義 ㄑㄧㄥˊ ㄧˋ 指親友間的感情與道義。

情感 ㄑㄧㄥˊ ㄍㄢˇ 人的內心受外界事物刺激所產生的情緒。如愉快、痛苦、愛戀、仇恨等。

參考 與「感情」可互用。

情愫 ㄑㄧㄥˊ ㄙㄨˋ 眞情實意。

參考 愫，又作「素」。

14 **情網** ㄑㄧㄥˊ ㄨㄤˇ 形容情慾束縛人，好像張開的羅網一般。

情態 ㄑㄧㄥˊ ㄊㄞˋ 表情與姿態。

參考 同情狀。

情緒 ㄑㄧㄥˊ ㄒㄩˋ (一)心中的情境。指進行某種活動時所產生的興奮、愉快等。(二)特指不安心、不愉快的感覺。例鬧情緒。

參考 參閱「心情」條。

15 **情調** ㄑㄧㄥˊ ㄉㄧㄠˋ 基於一定的思想意識所表現出來的感情色彩，是一種與感覺、知覺相關聯的情緒體驗。

情趣 ㄑㄧㄥˊ ㄑㄩˋ 情致意趣。例情趣盎然。

情誼 ㄑㄧㄥˊ ㄧˊ 彼此間的感情和友誼。

16 **情操** ㄑㄧㄥˊ ㄘㄠ 指種種感情用一觀念做中心所組成的比較穩定的精神狀態。

參考 參閱「友情」條。

19 **情懷** ㄑㄧㄥˊ ㄏㄨㄞˊ 充滿著某種感情的心境。例「老夫情懷惡。」

參考 衍少女情懷。

情願 ㄑㄧㄥˊ ㄩㄢˋ 眞心願意。

參考 ①衍甘心情願、一廂情願。②與「寧願」都指願意，但「情願」指經過考慮，自己願意這麼做，「寧願」則指經過選擇，決定取此捨彼。二者有時雖可通用，但「寧願」的語氣較爲堅決。

情韻 ㄑㄧㄥˊ ㄩㄣˋ 情趣韻味。例這首詩情韻俱佳。

情韻綿邈 ㄑㄧㄥˊ ㄩㄣˋ ㄇㄧㄢˊ ㄇㄧㄠˇ 情調韻味綿密而邈遠。

20 **情竇** ㄑㄧㄥˊ ㄉㄡˋ (一)人情出入的孔穴，指禮義而言。(二)指少年男女了解愛情的孔道。

情竇初開 ㄑㄧㄥˊ ㄉㄡˋ ㄔㄨ ㄎㄞ 指少年男女開始懂得愛情，初嘗戀愛的滋味。

▽愛情、溫情、感情、親情、友情、事情、實情、心情、眞情、深情、性情、多情、衷情、陳情、同情、人情、薄情、表情、風情、無情、戀情、絕情、交情、寡情、國情、鄉情、豪情、留情、忘情、悲情、詩情、私情、道情、別情、容情、傷情、一見鍾情、人之常情、不近人情、翻臉無情、眉目傳情、觸景生情、日久生情、到處留情。

常 8 **悻** 形解 形聲；從心，幸聲。恨怒爲悻。

音義 ㄒㄧㄥˋ 副惱怒的樣子；例悻悻然。

11 **悻悻** ㄒㄧㄥˋ ㄒㄧㄥˋ 怨恨發怒的樣子。

常 8 **悵** 形解 形聲；從心，長聲。失望怨恨爲悵。

音義 ㄔㄤˋ 副①怨恨地；例悵恨。②失意地；例悵惘。③懊惱；例來訪不遇，悵然若失。

11 **悵惋** ㄔㄤˋ ㄨㄢˇ 失意歎惋。

悵悵 ㄔㄤˋ ㄔㄤˋ 失意不痛快的樣子。

12 **悵然** ㄔㄤˋ ㄖㄢˊ 失意落寞的樣子。

參考 同悵惘。

▽惆悵。

常 8 **惜** 形解 形聲；從心，昔聲。痛愛爲惜。

音義 ㄒㄧ 動①珍愛;例珍惜。②憐愛;例惜香憐玉。③傷痛;例痛惜。④捨不得。例惜別。

參考 同憐,愛,憫。

7 **惜別** ㄒㄧˊ ㄅㄧㄝˊ 依依不忍分別。

參考 衍惜別會。

11 **惜陰** ㄒㄧˊ ㄧㄣ 愛惜時間。

14 **惜福** ㄒㄧˊ ㄈㄨˊ 珍愛福澤,不作過分的享用。

15 **惜墨如金** ㄒㄧˊ ㄇㄛˋ ㄖㄨˊ ㄐㄧㄣ 比喻不輕易落筆。

▽愛惜、顧惜、珍惜、痛惜、吝惜、不惜、惋惜、可惜、死不足惜、在所不惜。

常 8 **惘** 解形 形聲;從心,罔聲。罔是網的初文,所以心神被網住,無法自主為惘。

音義 ㄨㄤˇ 形失意的;例惘然。

12 **惘然** ㄨㄤˇ ㄖㄢˊ 失意的樣子。

▽迷惘、悵惘。

常 8 **惕** 解形 形聲;從心,易聲。誠敬為惕。

音義 ㄊㄧˋ 動戒慎恐懼;例警惕。

參考 ①「惕」字從易(ㄧˋ),不從昜(ㄧㄤˊ)。②「惕厲」的「惕」字,與「愓悍」的「愓」(音ㄕㄤ)字,字形相似,音義不同。③「惕」、「剔」有別:「警惕」、「戒惕」的「惕」,字左從「忄」(心),右從「易」;「挑剔」的「剔」,字左從「易」,右從「刂」(刀)。

15 **惕厲** ㄊㄧˋ ㄌㄧˋ 對危險有所警惕,引申為戒慎警惕。厲:危險。

參考 厲,俗作「勵」。

▽怵惕、悚惕、怛惕、戒惕、警惕。

常 8 **悼** 解形 形聲;從心,卓聲。哀傷為悼。

音義 ㄉㄠˋ 名①哀傷;例悼念。②憂懼;例悼慄。③愛憐;例悼惜。

參考 ①「哀悼」的「悼」字,與「泥淖」的「淖」(音ㄋㄠˋ)字,字形相似,一從忄(心),一從氵(水),但音義都不同。②「悼」、「掉」有別:「追悼」的「悼」字是指內心活動,所以字左邊是從「忄」(心),音ㄉㄠˋ。「掉」和手的動作有關,所以字左邊是從「扌」(手),音ㄉㄧㄠˋ。

3 **悼亡** ㄉㄠˋ ㄨㄤˊ ㊀文晉潘岳為哀悼妻子死亡作悼亡詩三首,因此後世稱哀悼死去的妻子為悼亡。㊁引申為喪妻。

參考 衍悼亡詩、悼亡賦。

8 **悼念** ㄉㄠˋ ㄋㄧㄢˋ 對已死的人哀痛地懷念。

12 **悼詞** ㄉㄠˋ ㄘˊ 對死者表示哀悼的文詞。

參考 ①又作「哀悼詞」、「哀悼文」。②同祭文。

▽哀悼、嗟悼、深悼、追悼、悲悼、傷悼、惋悼、祭悼。

常 8 **惆** 解形 形聲;從心,周聲。失意為惆。

音義 ㄔㄡˊ 副懊惱失意的樣子;例惆悵。

參考 「惆悵」的「惆」字,與「稠密」的「稠」字、「絲綢」的「綢」字,讀音相同,字形,一從忄(心),一從禾,一從糸,意義不同。

11 **惆悵** ㄔㄡˊ ㄔㄤˋ 因愁悶、感傷或失意而若有所失的樣子。

常 8 **惟** 解形 形聲;從心,隹聲。思慮為惟。

音義 ㄨㄟˊ 名姓。動思,想;例思惟。副只,獨,通「唯」;例惟利是圖。連①與,和;例「齒革羽毛惟木。」②雖然;例「惟信亦為大王不如也。」助語首助詞,多用於年月日之前,無義。歎嗚呼;例惟乎。

參考 「唯」字音ㄨㄟˊ時與「惟」通用,音ㄨㄟˇ時則不同;「維」作語助詞用時,亦可與「惟」通。

1 **惟一** ㄨㄟˊ ㄧ 獨一無二。

參考 惟,又作「唯」。

7 **惟妙惟肖** ㄨㄟˊ ㄇㄧㄠˋ ㄨㄟˊ ㄒㄧㄠˋ 形容模仿得非常精妙似真,幾乎分不出真假。肖:相像。

參考 ①惟,又作「唯」。②又作「維妙維肖」。③與「栩栩如生」、「活靈活現」有別:「栩栩如生」著重在「像活的一樣」;「活靈活現」偏重在「像親眼看見一樣」;「維妙維肖」強調

「非常精妙」。

惟利是視 ㄨㄟˊ ㄌㄧˋ ㄕˋ ㄕˋ 眼睛只看到利益而一味貪求，不顧其他。

參考 ①惟，又作「唯」。②又作「惟利是圖」。

16 **惟獨** ㄨㄟˊ ㄉㄨˊ 單單，只有。

參考 惟，又作「唯」。

常 8

悸

形解 形聲；從心，季聲。季有少小的意思，所以心湖微動爲悸。

音義 ㄐㄧˋ 名病名，即心悸病，通「痵」。動因驚怖而心跳；例心有餘悸。

常 8

惚

形解 形聲；從心，忽聲。心神恍忽爲惚。

音義 ㄏㄨ 副記憶不清或看不清楚的樣子；例恍惚。

常 8

惑

形解 形聲；從心，或聲。或是疑詞，所以疑亂不能確定爲惑。

音義 ㄏㄨㄛˋ 名迷亂，困惑；例傳道、授業、解惑，是老師的職責。動①懷疑，奇怪；例疑惑。②迷亂，錯誤；例智者不惑。

參考 同迷，疑。

11 **惑術** ㄏㄨㄛˋ ㄕㄨˋ 能使人迷惑的法術。

11 **惑衆** ㄏㄨㄛˋ ㄓㄨㄥˋ 用不正當的言行，去迷惑衆人。例妖言惑衆。

▽疑惑、眩惑、蠱惑、困惑、不惑、迷惑、誘惑、熒惑、解惑、大惑。

常 8

惡

形解 形聲；從心，亞聲。亞爲醜的意思，所以過失不善爲惡。

音義 ㄜˋ 名壞事；例無惡不作。形①凶狠的，激烈的；例惡形惡狀。②不善的，不吉的；例惡夢。③醜陋的；例醜惡。④粗陋的；例惡衣惡食。

ㄨˋ 名恥辱；例羞惡之心。動①憎恨，討厭；例厭惡。②中傷，說人壞話；例毀惡。副不和睦；例交惡。

ㄨ 副何，怎麼，同「烏」；例「居惡在？仁是也。」歎猶「唉」，駁斥聲；例「孔子曰：『惡！賜是何言？』」

ㄜˇ 動反胃欲吐，通「噁」；例惡心。

參考 ①同兇，憎，厭。②反善、美、好。③孳噁、諡。

4 **惡少** ㄜˋ ㄕㄠˋ 指品行惡劣，胡作非爲的年輕人。又作「惡少年」、「不良少年」。

惡化 ㄜˋ ㄏㄨㄚˋ 情況向險惡衰敗的方向演化。可指事態、品性、病情等方面言。

參考 反好轉。

惡心 (一)ㄜˇ ㄒㄧㄣ 1.有要嘔吐的感覺。2.厭煩不耐的感覺。(二)ㄜˋ ㄒㄧㄣ 不好的心念。

6 **惡劣** ㄜˋ ㄌㄧㄝˋ 邪惡低劣。形容壞透了。

7 **惡作劇** ㄜˋ ㄗㄨㄛˋ ㄐㄩˋ 使人難堪並產生反感的玩笑、戲弄。

8 **惡阻** ㄜˋ ㄗㄨˇ 噁心想吐，缺乏食慾。通常發生在消化不良或婦人懷孕的時候。

惡果 ㄜˋ ㄍㄨㄛˇ 宗原爲佛家語。今泛指不好的結果。

參考 ①反善果。②衍自食惡果。

惡性循環 ㄜˋ ㄒㄧㄥˋ ㄒㄩㄣˊ ㄏㄨㄢˊ 事物互爲因果，循環不已，使情況愈來愈壞或愈嚴重。

9 **惡毒** ㄜˋ ㄉㄨˊ 形容心性或手段惡劣狠毒。

10 **惡耗** ㄜˋ ㄏㄠˋ 壞消息。通常指人死亡的消息而言。

惡徒 ㄜˋ ㄊㄨˊ 品行惡劣的人。

惡疾 ㄜˋ ㄐㄧˊ 泛指難以治癒的疾病。

11 **惡習** ㄜˋ ㄒㄧˊ 不好的習性。例不良惡習。

惡貫滿盈 ㄜˋ ㄍㄨㄢˋ ㄇㄢˇ ㄧㄥˊ 比喻作惡極多，到了該受報應的地步。又作「惡貫已盈」。

12 **惡棍** ㄜˋ ㄍㄨㄣˋ 爲非作歹，欺壓善良的流氓無賴。

惡補 ㄜˋ ㄅㄨˇ 爲了特殊目的，過分重視某種學科或項目，而以填鴨方式灌輸大量的知識或技巧。又稱「惡性補習」。

13 **惡感** ㄜˋ ㄍㄢˇ 不好或不滿的感覺。

參考 反好感。

惡意 ㄜˋ ㄧˋ 不良的居心。

參考 反善意。

16 **惡戰** ㄜˋ ㄓㄢˋ 激烈而難分勝負的戰鬥。

21 **惡霸** ㄜˋ ㄅㄚˋ 依靠惡勢力稱霸一

方，欺壓和掠奪善良百姓的壞人。

惡魔 ㄜˋ ㄇㄛˊ 比喻足以為禍害人的人物或事物。

參考 同惡鬼。

惡露 ㄜˋ ㄌㄨˋ ㈠宗佛家指身上不潔的液體，如膿、血、尿、屎等。㈡生指婦女產後從陰道排出的液體，含有血、黏液和壞死的子宮內膜組織等。

▽舊惡、兇惡、險惡、好惡、罪惡、邪惡、醜惡、善惡、元惡、大惡、奸惡、過惡、粗惡、交惡、憎惡、欺善怕惡、窮兇極惡。

常 8 **悲** 解形 形聲；從心，非聲。非是違逆的意思，所以凡事不能如意而傷心痛苦為悲。

音義 ㄅㄟ 名①傷痛的事；例忍辱含悲。②姓。動①傷感，恨惘；例悲秋。②哀痛；例傷悲。③哀憐；例悲憫。

參考 ①同哀，傷，慘。②反喜。

4 **悲切** ㄅㄟ ㄑㄧㄝˋ 悲傷淒切，表示極為悲傷。

悲不可抑 ㄅㄟ ㄅㄨˋ ㄎㄜˇ ㄧˋ 悲傷得無法控制自己。

悲不自勝 ㄅㄟ ㄅㄨˋ ㄗˋ ㄕㄥ 悲傷得無法承受。形容極為悲傷。

悲天憫人 ㄅㄟ ㄊㄧㄢ ㄇㄧㄣˇ ㄖㄣˊ 憂念時局的艱困，憐憫人類的災苦。天：天命，時局。

7 **悲壯** ㄅㄟ ㄓㄨㄤˋ 悲痛而雄壯。

9 **悲秋** ㄅㄟ ㄑㄧㄡ 因為蕭瑟淒涼的秋意而興起悲愁。

悲哀 ㄅㄟ ㄞ 悲傷哀痛。

參考 與「悲痛」、「悲慘」、「悲憤」都有傷心的意思，但有區別：「悲哀」與「悲痛」意義極相近，唯「悲哀」側重內心的傷情，「悲痛」則包括傷情的內溢和外露，程度較深。至於「悲慘」、「悲憤」，前者指使人傷心、同情的不幸遭遇；後者除悲傷外，還有憤恨之意，常由惡人惡事所引起。

11 **悲涼** ㄅㄟ ㄌㄧㄤˊ 悲傷淒涼。

參考 同悲戚，悲愁。

悲戚 ㄅㄟ ㄑㄧ 悲傷哀愁。

悲從中來 ㄅㄟ ㄘㄨㄥˊ ㄓㄨㄥ ㄌㄞˊ 悲傷的情緒自內心發出。

參考 反喜從天降。

12 **悲痛** ㄅㄟ ㄊㄨㄥˋ 悲傷痛苦。

參考 參閱「悲哀」條。

悲喜交集 ㄅㄟ ㄒㄧˇ ㄐㄧㄠ ㄐㄧˊ 悲傷喜悅同時湧上心頭的感覺。多用來形容由眼前歡樂而聯想起過去悲苦的激動心情。

13 **悲傷** ㄅㄟ ㄕㄤ 悲哀傷心。

參考 反喜樂。

14 **悲慟** ㄅㄟ ㄊㄨㄥˋ 哀痛得大哭。表示極為哀傷。

參考 同痛哭。

悲慘 ㄅㄟ ㄘㄢˇ 情景淒慘悲苦，表示極為不幸。

參考 參閱「悲哀」條。

悲鳴 ㄅㄟ ㄇㄧㄥˊ 悲傷地鳴叫。

參考 參閱「悲啼」條。

悲歌 ㄅㄟ ㄍㄜ ㈠悲壯或哀淒的歌聲、曲調。㈡悲壯地歌唱。例慷慨悲歌。

15 **悲劇** ㄅㄟ ㄐㄩˋ ㈠藝以悲慘感傷的事為主題，且結局不如人意的戲劇。㈡比喻悲慘不幸的事。例戰爭是人類最大的悲劇。

參考 ①同莊劇。②反喜劇。③衍悲劇性、悲劇效果。

悲歎 ㄅㄟ ㄊㄢˋ 悲哀感歎。

16 **悲憤** ㄅㄟ ㄈㄣˋ 悲傷憤恨。例悲憤交集。

22 **悲歡離合** ㄅㄟ ㄏㄨㄢ ㄌㄧˊ ㄏㄜˊ 悲傷、歡樂、分離、團聚，指人生所遭遇的各種感情與狀況。例人有悲歡離合。

參考 參閱「悲哀」條。

25 **悲觀** ㄅㄟ ㄍㄨㄢ ㈠指對世事、前途抱著失望、消極、厭倦的態度。㈡宗佛家語，指常懷救苦救難的心觀察眾生。

參考 反樂觀。

▽慈悲、傷悲、可悲、心悲、大慈大悲、樂極生悲、大發慈悲、兔死狐悲、不以物喜，不以己悲。

常 8 **悶** 解形 形聲；從心，門聲。門有閉鎖的意思，所以內心緊鎖，不得暢快為悶。

音義 ㄇㄣˋ 名不愉快的心情；例彈琴解悶。動煩憂；例悶悶不樂。形①密封的，不通聲氣的；例悶葫蘆。②愁苦的；例悶容。

ㄇㄣ 動密閉著使不出氣；例

把茶悶一會兒再喝。形①氣壓低或空氣不流通所引起的感覺；例悶熱。②聲音不響亮或不作聲的；例悶聲不響。

10 **悶氣** (一)ㄇㄣˋㄑㄧˋ 屏住呼吸，暫時停止呼吸。同「屏息」。(二)ㄇㄣˋㄑㄧˋ 胸中糾結化不開的怨怒之氣。

12 **悶悶** ㄇㄣˋㄇㄣˋ (一)心中抑鬱不舒暢。例悶悶不樂。(二)愚昧的樣子。

悶悶不樂 ㄇㄣˋㄇㄣˋㄅㄨˋㄌㄜˋ 形容心裏煩悶，不能快活。

參考 反心花怒放。

13 **悶葫蘆** ㄇㄣˋㄏㄨˊㄌㄨˊ 比喻難以猜透而令人納悶的話或事。

參考 同啞謎。

▽苦悶、煩悶、憂悶、鬱悶、愁悶、密悶、天悶、納悶、心煩氣悶。

常 8 **惠** 形解 會意；從心叀。叀是謹慎，所以審愼體恤，親愛的表現爲惠。

音義 ㄏㄨㄟˋ 名①仁慈；例德惠。②賜恩，給人好處；例施惠。③智慧，通「慧」。④姓。動①施恩；例「惠此中國。」②賜，有所求於人的敬辭；例惠我好音。形柔和的；例惠風和暢。

參考 ①同恩，賜，益。②孳蕙、蟪。

6 **惠存** ㄏㄨㄟˋㄘㄨㄣˊ 送紀念品時，請對方保存的敬詞。

惠而不費 ㄏㄨㄟˋㄦˊㄅㄨˋㄈㄟˋ 施惠他人，自己卻沒有什麼耗費。

17 **惠臨** ㄏㄨㄟˋㄌㄧㄣˊ 稱別人到自己這裏來的敬詞。

參考 同光臨，駕臨。

21 **惠顧** ㄏㄨㄟˋㄍㄨˋ 稱客人到自己店裏來選購物品的敬詞。

參考 ①同賜顧。②衍銘謝惠顧。

▽恩惠、嘉惠、厚惠、私惠、慈惠、小惠、德惠、受惠、互惠、施惠、賜惠、一時口惠。

次 8 **惇** 形解 形聲；從心，𦎫聲。𦎫爲純的本字，所以內心純潔敦厚爲惇。

音義 ㄉㄨㄣ 形淳厚的；例「世惇俗厚。」副勤勉地；例「惇誨故老。」

參考 從𦎫聲的「敦」、「惇」、「淳」(ㄔㄨㄣˊ)、「醇」，都有「篤厚」的意思。

11 **惇惇** ㄉㄨㄣ ㄉㄨㄣ 仁厚的樣子。

次 8 **悾** 形解 形聲；從心，空聲。空有虛的意思，所以虛中誠實爲悾。

音義 ㄎㄨㄥ 形誠懇忠厚的；例悾款。副無知的樣子；例悾悾。ㄎㄨㄥˇ 形悾愡，急迫、愁困地。

次 8 **悰** 形解 形聲；從心，宗聲。宗有高大的意思，所以心情高昂而充滿快樂爲悰。

音義 ㄘㄨㄥˊ 名快樂的心情；例「戚戚苦無悰。」

次 8 **惓** 形解 形聲；從心，卷聲。卷有委屈的意思，所以委婉懇切爲惓。

音義 ㄑㄩㄢˊ 副懇切地；例惓念。ㄐㄩㄢˋ 形病危的。

11 **惓惓** ㄑㄩㄢˊㄑㄩㄢˊ 忠誠懇切的。

次 8 **惏** 形解 形聲；從心，林聲。林聲字皆有多的意思，所以心中有所貪婪稱爲惏。

音義 ㄌㄢˊ 形貪心的，同「婪」。ㄌㄧㄣˊ 形悲傷的；例惏悷。

次 8 **惙** 形解 形聲；從心，叕聲。叕有聯屬繫合的意思，所以心中憂愁，糾結難解爲惙。

音義 ㄔㄨㄛˋ 動停止，通「輟」；例弦歌不惙。形①憂愁的；例惙怛。②疲乏的；例氣力惙惙。

8 **惙怛** ㄔㄨㄛˋㄉㄚˊ 憂傷的。

11 **惙惙** ㄔㄨㄛˋㄔㄨㄛˋ 深憂的樣子。例憂心惙惙。

▽惙惙、氣力不惙、弦歌不惙。

次 8 **惝** 形解 形聲；從心，尚聲。悵然若有所失爲惝。

音義 ㄊㄤˇ 副失意不高興地；例惝然若失。ㄔㄤˇ 形寬大的，通「敞」。

參考 「倘若」、「淌血」，都不作

「恂」。

次 8 **悱** 形解 形聲；從心，非聲，非有違逆的意思。所以心裏想說卻表達不出來為悱。
音義 ㄈㄟˇ 形 ①心裏想說而說不出來的；例不悱不發。②悲切動人的；例纏綿悱惻。
12 **悱惻** ㄈㄟˇ ㄘㄜˋ 內心悲傷。例纏綿悱惻。

次 8 **惛** 形解 形聲；從心，昏聲。昏為日光不明，所以心中不明而迷亂為惛。
音義 ㄏㄨㄣ 動 糊塗；例「智以勢惛。」
參考 又作「惽」、「怋」。

次 8 **惎** 形解 形聲；從心，其聲。其有老謀深算的意思，所以心計毒害為惎。
音義 ㄐㄧˋ 動 ①毒害；例惎閒王害。②憎恨；例「趙襄子由是惎智伯。」③教導；例「楚人惎之脫扃。」
參考 同忌，恨，害。

次 8 **惄** 形解 形聲；從心，叔聲。叔為豆子，一心繫念著豆食，所以飢餓為惄。
音義 ㄋㄧˋ 形 憂思傷痛的；例「我心憂傷，惄焉如擣。」

常 9 **愜** 形解 形聲；從心，匧聲。心滿意足為愜。
音義 ㄑㄧㄝˋ 形 滿足的；例愜意。
參考 ①字又作「㥦」。②俗作「懕」。
4 **愜心** ㄑㄧㄝˋ ㄒㄧㄣ 稱心快意。
13 **愜當** ㄑㄧㄝˋ ㄉㄤˋ 妥貼恰當。例詞理愜當。
愜意 ㄑㄧㄝˋ ㄧˋ 滿足而安適自在的樣子。

常 9 **愣** 形解 字本作怔，從心，正聲。四方即是正，所以痴呆不知圓通為愣。
音義 ㄌㄥˋ 名 失神；例發愣。形 呆笨的；例愣頭愣腦。ㄌㄥ 形 驚呆的；例愣兒。
參考 「愣」、「楞」有別：「愣頭愣腦」、「發愣」的「愣」，字從「忄」(心)，讀ㄌㄥˋ。「楞角」、「楞場」的「楞」，字從「木」，讀ㄌㄥˊ。

常 9 **惺** 形解 形聲；從心，星聲。星有多的意思，所以多方思考，心領神悟為惺。
音義 ㄒㄧㄥ 動 覺醒；例始皇惺悟。形 蘇醒的。
參考 又音ㄒㄧㄥˇ。
7 **惺忪** ㄒㄧㄥ ㄙㄨㄥ (一)搖擺不定的。(二)剛睡醒，眼睛模糊不清的樣子。例睡眼惺忪。忪，又作「松」或「鬆」。
12 **惺惺** ㄒㄧㄥ ㄒㄧㄥ (一)聰慧機靈。(二)模擬鶯啼的聲音。例「鶯語惺惺野雉嬌。」
惺惺相惜 ㄒㄧㄥ ㄒㄧㄥ ㄒㄧㄤ ㄒㄧ 聰慧機靈的人彼此互相憐惜。
惺惺作態 ㄒㄧㄥ ㄒㄧㄥ ㄗㄨㄛˋ ㄊㄞˋ 裝模作樣，表現賣弄。

常 9 **愕** 形解 形聲；從心，咢聲。驚嚇為愕。
音義 ㄜˋ 名 直言，通「諤」。動 陡然驚嚇；例錯愕。
12 **愕然** ㄜˋ ㄖㄢˊ 驚訝發愣的樣子。
▽驚愕、錯愕、疑愕、愕愕。

常 9 **惰** 形解 形聲；從心，墮省聲。墮為墜落，誠心日下，所以不恭不敬為惰。
音義 ㄉㄨㄛˋ 動 ①懶，懈怠；例怠惰。形 不易變動的；例惰性。
參考 「懶惰」的「惰」字，與「墮落」的「墮」字讀音相同，字形相似，但意義不同。
8 **惰性** ㄉㄨㄛˋ ㄒㄧㄥˋ (一)物「慣性」的別稱。指物體在不受外力的情況下，靜者恆靜，動者恆動，依一定的速度行進。(二)不想改變消極落後狀態的習性。(三)怠惰的習性。
參考 衍 惰性原理、惰性氣體、惰性元素。
▽懈惰、驕惰、勤惰、怠惰、懶惰。

常 9 **惻** 形解 形聲；從心，則聲。則是用刀畫物，所以心被刀畫，傷痛至極為惻。
音義 ㄘㄜˋ 形 ①傷痛的；例悽惻。②誠懇的，通「切」；例闇闇惻惻。

參考「惻隱」的「惻」字、「測量」的「測」字與「側目」的「側」字讀音相同，字形一從心、一從水、一從人，惟字義都不相同。

12 **惻然** ㄘㄜˋ ㄖㄢˊ 哀傷的樣子。

17 **惻隱** ㄘㄜˋ ㄧㄣˇ 指對別人的痛苦和不幸表示同情。例惻隱之心，人皆有之。

參考 衍惻隱之心。

▽悽惻、愴惻、悲惻、纏綿悱惻。

常 9 **惴** 形解 形聲；從心，耑聲。耑有提的意思，所以提心弔膽，憂懼之至爲惴。

音義 ㄓㄨㄟˋ 形憂愁、恐懼的；例「雖褐寬博，吾不惴焉。」

參考「惴慄」的「惴」字，和「揣度」的「揣(音ㄔㄨㄞˇ)」字，一從忄(心)、一從扌(手)，音義不同。

12 **惴惴** ㄓㄨㄟˋ ㄓㄨㄟˋ 形容發愁害怕的樣子。

惴惴不安 ㄓㄨㄟˋ ㄓㄨㄟˋ ㄅㄨˋ ㄢ 憂慮恐懼，心神不安寧的樣子。

13 **惴慄** ㄓㄨㄟˋ ㄌㄧˋ 因憂慮恐懼而打顫發抖。

常 9 **惶** 形解 形聲；從心，皇聲。皇有大的意思，所以非常恐懼爲惶。

音義 ㄏㄨㄤˊ 動懼怕；例惶恐灘頭說惶恐。形急迫的；例愴惶。

參考 同驚，懼，恐。

10 **惶恐** ㄏㄨㄤˊ ㄎㄨㄥˇ 驚慌恐懼。

12 **惶惑** ㄏㄨㄤˊ ㄏㄨㄛˋ 恐懼疑惑，不知如何是好。

惶惶 ㄏㄨㄤˊ ㄏㄨㄤˊ ㈠驚懼不安的樣子。例愴愴惶惶。㈡匆忙急迫的樣子。例人心惶惶。

參考 又作「皇皇」。

▽驚惶、倉惶、急惶、憂惶、人心惶惶。

常 9 **惱** 形解 形聲；從心，𡿺省聲。𡿺指人頭，所以不稱心意而有生怨恨爲惱。

音義 ㄋㄠˇ 名精神上的煩悶；例苦惱。動①恨怒；例惱怒。②招惹，撩撥；例春色惱人。形厭恨的；例惱恨。

參考①同恨，懊，氣。②「煩惱」的「惱」字，與「頭腦」的「腦」字，讀音相同，字形相似，一從忄(心)，一從月(肉)，意義不同。③「惱」字從囟(ㄒㄧㄣˋ)，不從囱(ㄔㄨㄤ)。

2 **惱人** ㄋㄠˇ ㄖㄣˊ 引人煩惱。例惱人的秋風。

4 **惱火** ㄋㄠˇ ㄏㄨㄛˇ 撓動平靜的心緒，使人發脾氣。

9 **惱怒** ㄋㄠˇ ㄋㄨˋ 懊惱生氣。

惱恨 ㄋㄠˇ ㄏㄣˋ 苦惱憤恨。

11 **惱羞成怒** ㄋㄠˇ ㄒㄧㄡ ㄔㄥˊ ㄋㄨˋ 懊惱羞愧到了極點而大發脾氣。又作「老羞成怒」。

▽懊惱、苦惱、煩惱、惹惱、自尋煩惱。

常 9 **愎** 形解 形聲；從心，复聲。复是走原來的路，所以一意孤行，師心自用爲愎。

音義 ㄅㄧˋ 形執拗，頑强的；例剛愎自用。

參考「剛愎」的「愎」字，與「復仇」的「復」字，字形相似，一從忄(心)，一從彳，音義不同。

▽剛愎。

常 9 **愉** 形解 形聲；從心，俞聲。俞有中空的意思，所以心中空無一物，膚淺偷薄爲愉。

音義 ㄩˊ 形①快樂的；例勝任愉快。②和悅的；例蕩心愉目。

參考①「愉快」的「愉」字，與「娛親」的「娛(ㄩˊ)」字，音義相似，都有快樂的意思，「歡愉」也可作「歡娛」。②同悅，樂。

7 **愉快** ㄩˊ ㄎㄨㄞˋ 滿意快樂。

參考 與「高興」都表示人的心情快樂，精神振奮。但「高興」含有興奮、願意的意思；「愉快」含有幸福的意思，有時不能通用。如「我很高興這樣做」和「他們過著愉快的生活」中，「高興」與「愉快」都不可互換。而且「愉快」較文雅，常用於書面語；「高興」較通俗，常用於口語。

10 **愉悅** ㄩˊ ㄩㄝˋ 歡欣喜悅。

參考 同夷悅。

▽歡愉、欣愉、心愉、和愉、悲愉、愉愉。

常 9 **愀** 形解 形聲；從心，秋聲。秋天草木變色，所以心有所感，臉色乍變爲愀。

音義 ㄑㄧㄠˇ 副 ①容色改變的樣子；例愀然變色。②淒愴憂愁地；例愀然不樂。

參考「愀愴」的「愀」字，與「愁悶」的「愁」字，因結構位置不同，音義也不同。

12 **愀然** ㄑㄧㄠˇ ㄖㄢˊ 神色變得嚴肅或憂懼的樣子。

愀然變色 ㄑㄧㄠˇ ㄖㄢˊ ㄅㄧㄢˋ ㄙㄜˋ 臉色變得嚴肅或不愉快的樣子。

常 9 **慨** 形解 形聲；從心，既聲。慷慨大方爲慨。

音義 ㄎㄞˇ 動 歎息，通「嘅」、「愾」；例慨嘆。副 意氣激昂，無所吝惜地；例慨然承諾，慨然而賦。

參考 ①又讀ㄎㄞˋ。②「慷慨」的「慨」字，與「概念」的「概」字，一從忄(心)、一從木，音義不同。

4 **慨允** ㄎㄞˇ ㄩㄣˇ 慷慨應允。

12 **慨然** ㄎㄞˇ ㄖㄢˊ (一)慷慨憤激的樣子。(二)感慨悲歎的樣子。(三)大大方方地，毫不吝惜。例慨然應允。

15 **慨歎** ㄎㄞˇ ㄊㄢˋ 因感慨而歎氣。

參考 ①歎，又作「嘆」。②同感嘆。

▽感慨、慷慨、憤慨、憂慨、悲慨、長慨、既慷且慨。

常 9 **愚** 形解 形聲；從心，禺聲。禺是猴子，形體似人，但智慧相差很多，所以呆傻爲愚。

音義 ㄩˊ 名 ①蠢笨的事或人；例愚不可及。②姓。代 書信中長輩對晚輩稱己的謙詞；例「愚以爲宮中之事，事無大小，悉以咨之。」動 ①欺罔；例愚弄其民。②使之無知；例愚民政策。形 不聰明的；例愚蠢。

參考 同蠢，笨，魯。

4 **愚公移山** ㄩˊ ㄍㄨㄥ ㄧˊ ㄕㄢ 古代寓言。愚公因太行、王屋二山阻礙出入，而想把山鏟平的故事。後用來比喻人做事有頑强的毅力，不怕困難。

愚不可及 ㄩˊ ㄅㄨˋ ㄎㄜˇ ㄐㄧˊ 極爲愚笨，非一般人可比。

參考 與「愚昧無知」有別：後者有「無知」的意思；前者則不含此意。同樣表示「愚笨」，前者著眼於其程度，突出愚笨之極；後者著眼其內容，强調不明事理，什麼也不懂。

5 **愚民** ㄩˊ ㄇㄧㄣˊ (一)蒙昧無知的民衆。(二)愚弄人民，使他們愚昧無知。例愚民政策。

7 **愚弄** ㄩˊ ㄋㄨㄥˋ 欺騙作弄。

愚見 ㄩˊ ㄐㄧㄢˋ 稱自己主張、見解的謙辭。

愚孝 ㄩˊ ㄒㄧㄠˋ 盲目而不明事理的孝行。

8 **愚忠** ㄩˊ ㄓㄨㄥ (一)專制時代臣子對皇帝盡忠，謙而自稱愚忠。(二)不達事理，盲目地對一人一姓效忠。

愚者千慮必有一得 ㄩˊ ㄓㄜˇ ㄑㄧㄢ ㄌㄩˋ ㄅㄧˋ ㄧㄡˇ ㄧ ㄉㄜˊ 思想比較遲鈍的人，在多次的考慮中，總會有一點是可取的。常用爲自謙之辭。

9 **愚昧** ㄩˊ ㄇㄟˋ 缺乏知識，不明事理。例愚昧無知。

參考 ①同愚蒙。②反明智、聰明。③參閱「愚蠢」條。④「愚昧」、「愚蠢」有別：「愚昧」著重在無知識，缺乏教養。「愚蠢」指「傻」、「笨」，因爲受教育少或有生理缺陷而表現得笨拙。它可以用於人，也可以用於動物。

12 **愚鈍** ㄩˊ ㄉㄨㄣˋ 因愚笨而反應遲鈍。

21 **愚蠢** ㄩˊ ㄔㄨㄣˇ 愚騃蠢笨。

參考 ①同愚笨。②反聰敏。③參閱「愚昧」條。④與「愚昧」都含有無知笨拙的意思：但「愚昧」著重形容缺乏知識，蒙昧落後的狀態；「愚蠢」則著重形容頭腦遲鈍不靈活，而表現出來的蠢笨無知的狀態。

▽下愚、賢愚、昏愚、若愚、儒愚、懦愚、自愚、一得之愚、上智下愚、大智若愚。

㊅ 9 **意** 形解 會意；從心音。音指言語，所以心中所想，志之所生爲意。

音義 一ˋ 名 ①心志；例意志。②意義；例別出新意。③情趣，理趣；例「自笑茅檐多野意。」④姓。動推想，猜測；例意料。副或，通「抑」。連表示意外的轉折連詞；例不意。

5 **意外** 一ˋ ㄨㄞˋ (一)沒有意料到的。(二)料想不到的事件，常指不幸的事件而言。

參考 ①同義。②擊噫、憶、臆。

6 **意向** 一ˋ ㄒㄧㄤˋ 心意的趨向。

意旨 一ˋ ㄓˇ 意願和要求。多指要求他人應遵從的規定。

意在言外 一ˋ ㄗㄞˋ 一ㄢˊ ㄨㄞˋ 語言的眞正意義沒有明白說出，隱約在話語當中，讓人自行體會。

參考 同弦外之音、題外之意。

7 **意見** 一ˋ ㄐㄧㄢˋ (一)主張，見解。(二)彼此見解不合。例鬧意見。

參考 衍意見箱、意見表、意見調查。

意志 一ˋ ㄓˋ 指人把持一定的立場、觀點、信念，自覺地確立目標，並使用種種方法採取行動的心理活動。

參考 衍意志力、意志自由、意志哲學、意志薄弱。

8 **意表** 一ˋ ㄅㄧㄠˇ 出乎意外。例出人意表。

意味 一ˋ ㄨㄟˋ (一)値得細細體會的意義和趣味。(二)象徵，表示。

意味深長 一ˋ ㄨㄟˋ ㄕㄣ ㄔㄤˊ 意義深遠，情味綿長。

意念 一ˋ ㄋㄧㄢˋ 意見，念頭。

9 **意思** 一ˋ ㄙ (一)想法。(二)意義。(三)心意。(四)趣味。

參考 參閱「意義」條。

10 **意料** 一ˋ ㄌㄧㄠˋ 事先的估計。料：料想。例出人意料。

參考 同預料。

意氣 一ˋ ㄑㄧˋ (一)意志和勇氣。(二)意態，氣概。(三)主觀而偏激任性的情緒。

意氣用事 一ˋ ㄑㄧˋ ㄩㄥˋ ㄕˋ 憑著主觀、偏激而產生的任性情緒化來處理事情。

意氣相投 一ˋ ㄑㄧˋ ㄒㄧㄤ ㄊㄡˊ 志趣性格互相投合。

意氣風發 一ˋ ㄑㄧˋ ㄈㄥ ㄈㄚ 精神氣概奮發豪邁。

13 **意義** 一ˋ 一ˋ (一)意思，含義。(二)旨趣，作用。

參考 與「意思」都指事物或言行所包含的內容，在指語言文字的含義時可以通用。但「意義」還指旨趣和作用，常用來說明言行的效果和影響，詞義較深刻而莊重，使用範圍也較狹窄。「意思」則還可指想法、心意、趣味、用意，並與好、不好連用，含有羞澀、慚愧的意味，詞義較輕而通俗，使用的範圍較廣泛。

意會 一ˋ ㄏㄨㄟˋ 不經直接說明而心中領會。例只能意會，不能言傳。

參考 ①同心領，神會。②反言傳。

14 **意境** 一ˋ ㄐㄧㄥˋ 指文學藝術作品中描寫事物所達到的情景交融，具有強烈藝術感染力的境界。

意圖 一ˋ ㄊㄨˊ 想達到某種目的的打算。

參考 參閱「企圖」條。

15 **意趣** 一ˋ ㄑㄩˋ 意味，旨趣。

16 **意興** 一ˋ ㄒㄧㄥˋ 意味，興致。例意興闌珊、意興索然。

意興闌珊 一ˋ ㄒㄧㄥˋ ㄌㄢˊ ㄕㄢ 懶洋洋地提不起興致。

參考 同興味索然。

19 **意願** 一ˋ ㄩㄢˋ 願望，心願。

意識 一ˋ ㄕˋ 人腦對客觀世界的反映，是一種特殊的機能。包括知覺、記憶、想像等，

參考 衍意識流、潛意識、下意識。

20 **意譯** 一ˋ 一ˋ (一)不逐字逐句地翻譯，僅將原文的大意表達出來。與「直譯」相對。(二)根據詞語的意義譯成另一種語言的詞語。與「音譯」相對。

▽惡意、善意、敬意、決意、故意、主意、大意、注意、得意、如意、本意、留意、生意、用意、心意、快意、不意、同意、中意、有意、情意、無意、假意、一心一意、三心二意、出其不意、自鳴得意、回心轉意、全心全意、言外之意、春風得意、差强人意、粗心大意、盡如人意、

稱心如意、醉翁之意、辭不達意、假仁假意、假情假意。

常 9 **惹** 形解 形聲；從心，若聲。引起禍亂爲惹。

音義 ㄖㄜˇ 動 招引，挑起；例 惹禍。

參考「惹」字又作「偌」。

8 **惹事** ㄖㄜˇ ㄕˋ 招引痲煩或爭端。

9 **惹是生非** ㄖㄜˇ ㄕˋ ㄕㄥ ㄈㄟ 招惹原本好好的事，使發生問題。指引起爭端，製造痲煩而言。

參考 ①同招惹是非。②與「無事生非」有別：後者多半是故意或惡意的；前者有時是無意的，有時是惡意的。

14 **惹禍** ㄖㄜˇ ㄏㄨㄛˋ 引起禍事。例 惹禍上身。

參考 ①同闖禍。②又作「惹出亂子」。

▽招惹、空惹、不好惹。

常 9 **愁** 形解 形聲；從心，秋聲。秋天萬物凋零，感到生物衰微而憂心生，所以憂傷爲愁。

音義 ㄔㄡˊ 名 憂傷的事；例「舉杯澆愁愁更愁」。動 憂慮；例 不愁衣食。形 悲傷的；例「酒入愁腸，化作相思淚。」

參考 ①參閱「愀」字條。②同憂，悶，鬱。③反喜。

9 **愁城** ㄔㄡˊ ㄔㄥˊ 憂愁的城池。比喩被憂愁所包圍的心境。例 困坐愁城。

愁眉不展 ㄔㄡˊ ㄇㄟˊ ㄅㄨˋ ㄓㄢˇ 發愁而緊皺的眉頭不能開展，形容憂愁不快樂的表情。

參考 和「愁眉苦臉」有別：前者强調雙眉緊鎖；後者强調哭喪著臉。形容心事重重多用「愁眉不展」，而少用「愁眉苦臉」。

愁眉苦臉 ㄔㄡˊ ㄇㄟˊ ㄎㄨˇ ㄌㄧㄢˇ 愁悶哀苦的表情。又作「愁眉苦眼」。

12 **愁悶** ㄔㄡˊ ㄇㄣˋ 憂愁苦悶。

愁雲慘霧 ㄔㄡˊ ㄩㄣˊ ㄘㄢˇ ㄨˋ 哀愁的烏雲，慘淡的晨霧。比喩愁悶淒慘的景象和暗淡的氣氛。也作「雲愁霧慘」。

13 **愁腸** ㄔㄡˊ ㄔㄤˊ 形容抑鬱愁悶的情緒。

愁腸百結 ㄔㄡˊ ㄔㄤˊ ㄅㄞˇ ㄐㄧㄝˊ 形容抑鬱愁悶的情緒像成百糾結的結扣，既理不清也解不開。

14 **愁緒** ㄔㄡˊ ㄒㄩˋ 愁慮的心緒。

▽哀愁、鄉愁、悲愁、憂愁、離愁、窮愁、旅愁、春愁、莫愁、邊愁、消愁、萬古愁、藉酒澆愁愁更愁。

常 9 **愈** 形解 形聲；從心，俞聲。俞有超越的意思，所以超過以前爲愈。

音義 ㄩˋ 名 姓。動 ①病癒，通「癒」。②勝過，較好。副 超越，更加；例 愈挫愈勇。

參考 ①「病愈」的「愈」字，與「超越」的「越」字，在作連接詞「愈……愈……」和「越……越……」的用法上可以通用，如「愈來愈好」也可作「越來越好」。②同更，越，益。

常 9 **愛** 形解 形聲；從夊，㤅聲。夊是實踐，㤅爲仁惠，所以身行仁惠爲愛。

音義 ㄞˋ 名 ①仁惠；例 遺愛。②親慕的感情；例 友愛。③稱所愛的人；例 尊稱別人的女兒，叫「令愛」；逕稱自己的妻爲「吾愛」。④姓。動 ①親慕；例 愛慕。②男女情好；例「結髮爲夫妻，恩愛兩不離。」③喜歡；例 愛吃。④保護；例 愛國。⑤憐惜；例 愛惜。

4 **愛不釋手** ㄞˋ ㄅㄨˋ ㄕˋ ㄕㄡˇ 非常喜愛而捨不得放手。

參考 同愛不忍釋。

6 **愛好** ㄞˋ ㄏㄠˋ ㈠喜愛。㈡喜歡做的事物。

參考 與「嗜好」都有「喜愛」與「很喜歡某種事物」的意思，但有區別：「愛好」是針對某種事物有深厚興趣，並積極參與，多指正當的喜愛，是動詞，兼作名詞用；「嗜好」則指對某種事物特別喜好，積習難改，程度比「愛好」深，經常指不良的喜愛，是名詞，如：抽煙、喝酒。

愛因斯坦 ㄞˋ ㄧㄣ ㄙ ㄊㄢˇ 人 有極大貢獻的德國物理學家，他最重要的成就是提出相對論，爲現代物理學奠下了最主要的理論基礎。西元一九二一年獲諾貝爾物理學獎。一九三三年，因受納粹政權迫害，遷居美國。

9 **愛迪生** ㄞˋ ㄉㄧˊ ㄕㄥ 〔人〕美國的電學家、企業家、大發明家。曾發明留聲機，並改進了白熱燈和電話。以後又制定照明系統，並製成當時容量最大的發電機。此外，對於電影技術、礦業、建築、化工等方面也有不少發明貢獻。

愛屋及烏 ㄞˋ ㄨ ㄐㄧˊ ㄨ 因喜愛屋舍而連帶喜愛在屋簷築巢的烏鴉。比喻因愛一個人而推愛與他有關的事物。

11 **愛情** ㄞˋ ㄑㄧㄥˊ ㈠廣義言之，凡男女朋友親屬間所發生的感情。㈡狹義來說，指男女相戀時，相互愛慕的情懷。

愛惜 ㄞˋ ㄒㄧˊ 珍愛憐惜，不忍捨棄或不使受到損害。

參考 ①與「珍惜」都含有珍愛憐惜的意思，但「珍惜」強調在「珍」，表示十分看重，詞義比「愛惜」為重。②參閱「愛護」條。

愛莫能助 ㄞˋ ㄇㄛˋ ㄋㄥˊ ㄓㄨˋ 雖然同情，卻無力幫助。

參考 與「心有餘而力不足」有別：前者強調內心同情愛惜；後者強調心裡很想做。前者限用於給人幫助的場合；後者則不在此限。

14 **愛爾蘭** ㄞˋ ㄦˇ ㄌㄢˊ 〔地〕大不列顛羣島之一，面積約七〇、三〇〇平方公里。十四、五世紀與英格蘭、蘇格蘭、威爾斯三部合組英國，至西元一九三七年西南部正式獨立為共和國。首都為都柏林。

15 **愛慕** ㄞˋ ㄇㄨˋ 因喜愛而追求或願意親近。

愛憎分明 ㄞˋ ㄗㄥ ㄈㄣ ㄇㄧㄥˊ 指愛什麼或恨什麼的立場和態度非常鮮明清晰。

17 **愛戴** ㄞˋ ㄉㄞˋ 敬愛並衷心擁護。

參考 ①與「熱愛」、「擁護」都含有喜愛、對人或事物有鮮明的感情的意思，但有區別：「熱愛」表示喜愛的程度很深，感情很強烈，可用於人，也可用於事物，使用範圍較大；「愛戴」表示因敬愛而尊奉推戴，對象一定是領導者或領導的組織，感情色彩比「熱愛」莊重；「擁護」則表示贊成、愛護，對象可以是領導者，也可以是政府、組織、運動、法令等，語氣比「愛戴」積極。②參閱「愛護」條。

21 **愛護** ㄞˋ ㄏㄨˋ 喜愛並加以保護。

參考 與「愛戴」、「愛惜」都含有喜愛的意思，但有區別：「愛戴」指敬愛擁護，用於對領袖、上級、長輩或所敬愛的人；「愛護」指喜愛並加保護，用於對年齡、地位與自己平行或低於自己的人，以及一般事物；「愛惜」指重視而不糟蹋浪費，一般用於供使用的事物，有時也可指對人疼愛憐惜。又「愛護」、「愛惜」可對人，也可對物，如：愛護花木；但「愛戴」只適用於人。

▽遺愛、恩愛、割愛、敬愛、兼愛、自愛、慈愛、親愛、仁愛、相愛、寵愛、溺愛、博愛、偏愛、友愛、戀愛、母愛、父愛、情愛、喜愛、憐愛、互愛、疼愛、歡愛、可愛、不知自愛、互信互愛、人見人愛。

常 9 慈

形解 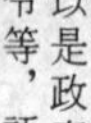 形聲；從心，茲聲。茲是草木生長茂盛，所以心中充滿著愛心為慈。

音義 ㄘ 名 ①本指父母的愛，引申為凡憐愛之稱；例「宣慈惠幼。」②母親的代稱；例家慈。③姓。動 愛護；例敬老慈幼。形 仁愛的；例慈愛。

參考 同母，愛。

10 **慈航** ㄘˊ ㄏㄤˊ 〔宗〕菩薩救度眾生，出生死海，如同船隻航行一般。引申指助人脫離苦難的佛力。例慈航普渡。

11 **慈祥** ㄘˊ ㄒㄧㄤˊ 慈善和藹。

參考 與「慈愛」都指長者的親切、和善，但「慈祥」指長者慈善和悅的容貌、神態；「慈愛」則指長輩對晚輩親愛真摯的感情。二者是有區別的。

12 **慈悲** ㄘˊ ㄅㄟ 〔宗〕佛家指使眾生普得利樂為慈，祓除眾生的苦難為悲。今泛指對人類的同情與憐恤。例大發慈悲。

慈悲爲懷 ㄘˊ ㄅㄟ ㄨㄟˊ ㄏㄨㄞˊ 以仁愛的胸襟爲言行的準則，所產生對人的同情和憐憫。懷：心胸。

慈善 ㄘˊ ㄕㄢˋ 仁慈善良，富同情心。

參考 衍慈善家、慈善事業、慈善機構。

慈善事業 ㄘˊ ㄕㄢˋ ㄕˋ ㄧㄝˋ 人類基於宗教信仰或同情心，對於遭遇不幸或貧苦的人提供救濟或其他服務，使他們衣食溫飽，生活上得到照顧的社會工作。

13 **慈愛** ㄘˊ ㄞˋ 慈祥而有愛心。多指長輩對晚輩的愛。

參考 參閱「慈祥」條。

17 **慈禧太后** ㄘˊ ㄒㄧˇ ㄊㄞˋ ㄏㄡˋ 人滿州鑲黃旗人，姓那拉氏，是清咸豐帝的妃子，同治的親生母親。咸豐死後，在同治、光緒兩朝垂簾聽政，是實際統治者。當政期間，平定太平天國，多次與外國簽定喪權辱國的不平等條約，反對變法維新，並幽禁光緒於瀛臺，殺死六君子。又信義和團，引起八國聯軍之亂。加深了中華民族的災難。又稱「西太后」或「那拉太后」。

18 **慈顏** ㄘˊ ㄧㄢˊ 尊親的容貌。尤指母親而言。

▽家慈、孝慈、仁慈、大慈、念慈、惠慈、大悲大慈。

常 9 **想** 解形  形聲；從心，相聲。相是仔細察看，所以覬望之思爲想。

音義 ㄒㄧㄤˇ 動 ①假想、聯想；例想像。②希望、打算；例想繼續深造。③料想；例想必如是。④懷念；例望風懷想。⑤思考；例想想辦法。

參考 同思，欲，念。

1 **想一想** ㄒㄧㄤˇ ㄧ ㄒㄧㄤˇ 稍加思索。例你快想一想到底把針線盒放到那兒去了，我急著用呢！

2 **想入非非** ㄒㄧㄤˇ ㄖㄨˋ ㄈㄟ ㄈㄟ 脫離現實地胡思亂想。非非：出於佛經，表示虛幻的境界。

參考 與「異想天開」都有「想得超乎尋常」的意思，但有區別：「想入非非」表示思想進入虛幻的境界，完全脫離實際，多指不可能實現的想法、企圖與目的，偏重在虛幻、不實際，是個貶義詞；「異想天開」則形容「想法非常奇特」，除指不能實現的想法、企圖與目的外，也能指可以做到或已經做到的事情，但偏重在奇特、不尋常，是個中性詞。

7 **想見** ㄒㄧㄤˇ ㄐㄧㄢˋ ㈠想像。㈡由想像而推知。

8 **想念** ㄒㄧㄤˇ ㄋㄧㄢˋ 懷想思念。

參考 同懷念。

14 **想像** ㄒㄧㄤˇ ㄒㄧㄤˋ ㈠一種由聯想引發的心靈創造活動。㈡假想，推測。

想像力 ㄒㄧㄤˇ ㄒㄧㄤˋ ㄌㄧˋ 在已知事實或已有觀念的基礎上，在腦海中創造出新形象的能力。

▽回想、懷想、感想、空想、幻想、思想、著想、夢想、冥想、理想、連想、聯想、料想、推想、猜想、追想、懸想、不作此想、不堪設想、前思後想、胡思亂想、痴心妄想、望風懷想。

常 9 **感** 解形 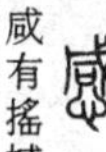 形聲；從心，咸聲。咸有搖撼的意思，所以動人心爲感。

音義 ㄍㄢˇ 名 ①感慨，感觸；例百感交集。②感覺；例好感。③情意；例感情。動 ①情緒的激動；例感人肺腑。②染受；例感染。③受了外界刺激而引起反應；例感動。④打動別人的心；例感化。⑤觸及；例感觸。⑥致謝；例感謝。

ㄏㄢˋ 動 動搖，通「撼」；例無感我帨。

參考 ①「感動」的「感」字，與「迷惑」的「惑」字，字形相似，一從咸，一從或，音義不同。②同覺，染。

2 **感人肺腑** ㄍㄢˇ ㄖㄣˊ ㄈㄟˋ ㄈㄨˇ 肺、腑都是人的內臟，比喻使人內心深受感動。與「沁人肺腑」有別：後者主要表示詩文美好動人，給人清新爽朗的感受；前者則主要表示內容令人深受感動，扣人心弦。

4 **感化** ㄍㄢˇ ㄏㄨㄚˋ 有意識地藉著勸告或行動影響他人，使人的思想行為逐漸發生變化。通常是指由惡向善的變化。

參考 參閱「感染」、「感動」條。

5 **感召** ㄍㄢˇ ㄓㄠˋ 以精神力量使他人的思想受到觸動而有所覺悟，自願效力。例精神感召。

6 **感光** ㄍㄢˇ ㄍㄨㄤ 化照相用的軟片或相紙等受光線照射而起化學變化。例這捲膠捲已經感光，大概不能用了。

參考 衍感光片、感光紙、感光性藥水。

8 **感念** ㄍㄢˇ ㄋㄧㄢˋ 感謝而懷念。

感官 ㄍㄢˇ ㄍㄨㄢ 「感覺器官」的簡稱。指眼、耳、口、鼻、皮膚等，各具有特殊的生理結構和機能，以分別接受外界不同的刺激。

參考 衍感官動詞。

感受 ㄍㄢˇ ㄕㄡˋ ㈠實際生活中的感想、體會。㈡染受疾病。例感受風寒。

9 **感冒** ㄍㄢˇ ㄇㄠˋ 由濾過性病毒所引起的呼吸道的傳染病。有鼻塞、流涕、咳嗽、發燒等症狀，常以飛沫傳染。

參考 ①同傷風。②衍感冒藥、流行性感冒。

感染 ㄍㄢˇ ㄖㄢˇ ㈠接觸病菌而得病。㈡通過作品、言語或動作，使人引起相同的思想或感情。

參考 ①衍感染力。②與「感化」都指因一方作用，引起他方發生變化。但「感化」有教育意味，多是有目的的行為，指用潛移默化或勸導方式使人改過遷善；「感染」本指接觸病菌而得病，引申為有意無意地使他人的思想情緒受到影響，偏重情緒、氣氛的傳播，多是自然發生，沒有既定的目標。③參閱「傳染」條。

10 **感恩** ㄍㄢˇ ㄣ 感激他人所施予的恩惠。

參考 衍感恩節。

感恩圖報 ㄍㄢˇ ㄣ ㄊㄨˊ ㄅㄠˋ 感念他人恩德，而設法報答。

11 **感情** ㄍㄢˇ ㄑㄧㄥˊ ㈠受外界刺激而發生的喜、怒、哀、樂、愛、憎等心理反應。例感情用事。㈡對人或事物關切喜愛的心情。例他對國家民族有極深厚的感情。

參考 反忘恩負義。

感動 ㄍㄢˇ ㄉㄨㄥˋ 受外界刺激而內心引起波動。常表示同情、感激、欽佩等感情。

參考 ①與「感化」都表示受外物影響，內心產生共鳴而有所變化。惟「感動」著重「動」，強調內在的感情波動，而不發生思想行為的改變，這種感動很短暫；「感化」著重「化」，乃是用潛移默化的教育方法，使行為、氣質發生根本的變化，這種變化比較持久。②參閱「感激」、「感慨」條。

12 **感慨** ㄍㄢˇ ㄎㄞˇ 有所感觸而慨歎。

參考 ①同感喟，感歎，慨歎。②與「感動」都指受外界刺激而感情波動，但感慨多用於不如意的事上，且常有歎息的意思；「感動」則可用於好事、引人同情的事等，使用範圍較廣泛。

13 **感傷** ㄍㄢˇ ㄕㄤ 因有所感觸而情緒低沈，心裏悲傷。

參考 衍感傷主義。

感想 ㄍㄢˇ ㄒㄧㄤˇ 受外物影響所引起的想法。

15 **感歎** ㄍㄢˇ ㄊㄢˋ 因感動而歎息。

參考 同感慨，感喟，慨歎。

16 **感激** ㄍㄢˇ ㄐㄧ 受到別人的幫助或鼓勵，心生感謝而情緒激動。㈡心有所感而奮發。

參考 與「感動」、「感謝」都是因外物影響而引起的情緒上的變化，都可作名詞或動詞用。但「感動」僅表感情有所波動，適用範圍廣，可用於表示同情、嚮慕、謝意等，在表示謝意時，語意比表示因心中謝意而情緒激動的「感激」輕淺；至於「感謝」，除了心中的謝意外，常有以言行、物品酬謝報答他人的意思，不像「感動」、「感激」僅表個人的感情或情緒，不包括具體的行動。

感激涕零 ㄍㄢˇ ㄐㄧ ㄊㄧˋ ㄌㄧㄥˊ 對別人的幫助非常感動，以至於流下眼淚鼻涕。

參考 與「感恩戴德」有別：前者

著眼於感激的程度；後者著眼於感激的內容。前者强調感激之甚；後者强調不忘恩德。前者用來形容感激的樣子和心情；後者用來表示對別人非常感激。

17 **感謝** ㄍㄢˇ ㄒㄧㄝˋ 因受人恩惠而感到謝意，常以言語、行動表達出來。

參考 參閱「感激」條。

感戴 ㄍㄢˇ ㄉㄞˋ 感激恩德而推崇擁護。通常用於下級對上級。

感應 ㄍㄢˇ ㄧㄥˋ ㈠對外物刺激，引起相應的感情、行動或造成某種結果。㈡物指因帶電或具磁性的物體靠近，而使原未帶電、具磁性的物體產生電流或呈磁性的現象。

參考 衍磁感應、感應圈、感應電流、靜電感應、心電感應。

19 **感懷** ㄍㄢˇ ㄏㄨㄞˊ 心中有所感觸，懷想。古人常用爲詩題，以抒寫懷抱。

20 **感觸** ㄍㄢˇ ㄔㄨˋ 因接觸外物而引起的思想情緒。例這件事情給我的感觸很深。

感覺 ㄍㄢˇ ㄐㄩㄝˊ ㈠客觀事物的個別特性，透過感覺器官、神經組織在腦中所呈現的直接反映。包括視覺、聽覺、嗅覺、味覺、觸覺等。㈡覺得。

參考 衍感覺論、感覺中樞、感覺器官、感覺中樞、感覺細胞。

▽音感、快感、好感、同感、敏感、靈感、反感、惡感、悲感、性感、冷感、觸感、動感、第六感、幽默感、多愁善感。

次 9 **愔** 形解 形聲；從心，音聲。音有幽深蘊藏的意思，所以內心安和淡泊爲愔。

音義 ㄧㄣ 副深靜的樣子；例愔愔。

12 **愔愔** ㄧㄣ ㄧㄣ ㈠安和的樣子。㈡深靜的樣子。

次 9 **惲** 形解 形聲；從心，軍聲。軍有厚大的意思，所以厚重爲惲。

音義 ㄩㄣˋ 名姓。動謀劃。形厚重的，通「渾」。

次 9 **愊** 形解 形聲；從心，畐聲。畐是充滿，所以至誠爲愊。

音義 ㄅㄧˋ 形①誠懇的；例言多悃愊。②心情鬱結的；例愊臆。

次 9 **愖** 形解 形聲；從心，甚聲。甚是特別甘美，所以熱誠信實爲愖。

音義 ㄔㄣˊ 形①遲疑不決的。②誠懇的，通「忱」。

參考 和「精湛」的「湛」(ㄓㄢˋ)音義不同。

次 9 **愒** 形解 形聲；從心，曷聲。喘息爲愒。

音義 ㄎㄞˋ 動蹉跎；例玩歲愒時。

ㄑㄧˋ 動休息，同「憩」。

常 9 **惸** 形解 形聲；從心，享聲。孤獨哀愁爲惸。

音義 ㄑㄩㄥˊ 名本指沒有兄弟，引申爲孤獨無依的人；例哀此惸獨。形憂思的；例憂心惸惸。

參考 ①同煢，獨。②與「恂」字音義各不相同。

次 9 **愍** 形解 形聲；從心，敃聲。敃是勉强，所以心懷傷痛爲愍。

音義 ㄇㄧㄣˇ 動①憂傷；例哀愍。②憐恤；例憐愍。

參考 同憫，憐。

▽憐愍、哀愍、悲愍。

次 9 **愆** 形解 形聲；從心，衍聲。衍有流失的意思，所以心趨於下流而有過失爲愆。

音義 ㄑㄧㄢ 名①過失；例過愆。②惡疾；例愆痾。動耽擱差誤；例匪我愆期。形過期的；例「舍其愆令。」

參考 同誤，謬，過，錯，訛，失。

12 **愆期** ㄑㄧㄢ ㄑㄧˊ 誤期，過期。

▽罪愆、過愆、咎愆。

常 10 **慎** 形解 形聲；從心，眞聲。眞是誠實，所以內心貞誠則能小心爲慎。

音義 ㄕㄣˋ 名姓。動①小心戒慎；例謹言慎行。②誠，眞；例「予慎無罪。」副吩咐，禁戒之詞，必與「勿」、「無」、「毋」等字連用；例慎勿多言。

參考「謹慎」的「慎」字，「滇池」的「滇」字，字形相似，一從忄(心)，一從氵(水)，音義不同。

6 **慎行** ㄕㄣˋ ㄒㄧㄥˊ 謹慎地作爲。例謹言慎行。

8 **慎始** ㄕㄣˋ ㄕˇ 事情開始時小心謹慎。

9 **慎思** ㄕㄣˋ ㄙ 小心謹慎地思索。

慎重 ㄕㄣˋ ㄓㄨㄥˋ 謹慎認眞，不輕率隨便。

參考①反苟且、隨便。②與「鄭重」都指事關重大，認眞對待。但「慎重」强調小心、謹慎；「鄭重」則强調嚴肅、重視，二者音義略有不同。

11 **慎終追遠** ㄕㄣˋ ㄓㄨㄥ ㄓㄨㄟ ㄩㄢˇ 父母年老壽終，辦理喪葬謹慎盡哀；祖先歿後，雖爲時久遠，舉行祭祀仍保存誠敬追念。

16 **慎獨** ㄕㄣˋ ㄉㄨˊ 一個人獨處，無人注意時，行爲也要謹慎不苟。

慎謀能斷 ㄕㄣˋ ㄇㄡˊ ㄋㄥˊ ㄉㄨㄢˋ 處理事情能謹慎地策劃謀慮，並判斷利害得失以下決斷。

▽戒慎、謹慎、勤慎、明慎。

常 10 **慌** 解形 形聲；從心，荒聲。荒是繁蕪雜亂，所以內心昏亂沒有主張爲慌。

音義 ㄏㄨㄤ 動①驚懼；例經濟恐慌。②急迫，忙亂；例慌張。③發昏；例悶的發慌。

6 **慌忙** ㄏㄨㄤ ㄇㄤˊ 倉皇急迫。

11 **慌張** ㄏㄨㄤ ㄓㄤ 急切忙亂，不沈著。

參考①反沈著、穩定。②衍慌慌張張。

▽驚慌、發慌、落慌、恐慌。

常 10 **愾** 解形 形聲；從心，氣聲。氣是呼吸的氣息，所以心中頗有感傷而深深大息爲愾。

音義 ㄎㄞˋ 名怒恨的事；例同仇敵愾。副歎息的樣子；例愾然歎息。

ㄒㄧˋ 動歎息。例愾我寤歎。

▽忼愾、敵愾、憤愾、感愾、仇愾、同仇敵愾。

常 10 **慍** 解形 形聲；從心，𥁕聲。有怨有怒爲慍。

音義 ㄩㄣˋ 動①憤怒；例慍怒。②蘊蓄，通「蘊」；例慍羝。形發怒的；例商兵開常無慍容。

參考①「忄」字俗作「慍」。②「慍怒」的「慍」字，與「溫和」的「溫」字，字形相似，一從忄(心)、一從氵(水)，音義不同。③同怒。

6 **慍色** ㄩㄣˋ ㄙㄜˋ 怨怒的神色。

參考①同慍容。②反喜色。③衍面有慍色。

9 **慍怒** ㄩㄣˋ ㄋㄨˋ 怨恨生氣。

常 10 **愧** 解形 形聲；從心，鬼聲。心虛則有鬼，所以慚媿爲愧。

音義 ㄎㄨㄟˋ 動①羞慚；例尚不愧于屋漏。②使人感到羞慚；例慚愧。形羞慚的；例皆有愧色。

參考①「媿」爲「愧」的本字。②同慚。

4 **愧不敢當** ㄎㄨㄟˋ ㄅㄨˋ ㄍㄢˇ ㄉㄤ 對於人家的誇獎或贈送的禮物，表示愧疚不敢接受的謙詞。

6 **愧色** ㄎㄨㄟˋ ㄙㄜˋ 羞愧的臉色。

參考反受之無愧。

9 **愧恨** ㄎㄨㄟˋ ㄏㄣˋ 因羞愧而心懷怨恨。

▽感愧、慚愧、羞愧、問心無愧、問心有愧、受之無愧、當之無愧。

常 10 **慄** 解形 形聲；從心，栗聲。懼怕戰抖爲慄。

音義 ㄌㄧˋ 動因害怕而發抖；例不寒而慄。副①恐懼的樣子；例慄慄危懼。②寒冷的樣子；例慄冽。

參考「慄」從栗聲，和「栗」是通假字，「戰慄」也作「戰栗」。

▽寒慄、惴慄、戰慄、怖慄、不寒而慄。

常 10
愴 形解 形聲;從心,倉聲。倉有隱藏的意思,所以創傷之心暗懷悲痛爲愴。
音義 ㄔㄨㄤˋ 動哀傷;例愴惻。形悲傷的;例愴心。副傷悲的樣子;例愴然淚下。
參考 從「倉」聲的字,讀音很不一致,如:①ㄘㄤ:倉、滄、蒼、艙;②ㄔㄨㄤ:瘡、創;③ㄔㄨㄤˋ:愴、創;④ㄑㄧㄤ:槍、搶。
12 **愴然** ㄔㄨㄤˋ ㄖㄢˊ 悲傷的樣子。例「念天地之悠悠,獨愴然而涕下。」
▽下愴、悽愴、悲愴。

常 10
慇 形解 形聲;從心,殷聲。殷有盛大的意思,所以創傷之大,憂痛之切爲慇。
音義 ㄧㄣ 形傷痛的;例憂心慇慇。副親切而周到地;例慇懃更向手中吹。
參考「慇懃」的「慇」字,與「殷富」的「殷」字,讀音相同,作「憂愁」解時,「慇」和「殷」可以通用。
17 **慇懃** ㄧㄣ ㄑㄧㄣˊ 親切而周到。又作「殷勤」。

常 10
態 形解 會意;從心能。內心所想所欲而表現在外的神情、舉止、動作爲態。
音義 ㄊㄞˋ 名①人或事物的情狀;例故態復萌。②姿容;例滂心綽態。③風緻;例逸態橫生。
9 **態度** ㄊㄞˋ ㄉㄨˋ ㈠人的舉止和神情。㈡對於事情的看法和採取的行動。
參考 參閱「作風」條。
13 **態勢** ㄊㄞˋ ㄕˋ ㈠狀態和形勢。多指軍事而言。㈡姿態與氣勢。
參考 ㈠衍態勢圖。
▽形態、姿態、醜態、狀態、常態、生態、世態、事態、容態、心態、奇態、作態、氣態、固態、液態、媚態、儀態、體態、裝腔作態、滂心綽態。

常 10
愿 形解 形聲;從心,原聲。小心謹愼,必恭必敬爲愿。
音義 ㄩㄢˋ 形①謹愼,樸質的;例愿謹。②忠厚誠實的;例愿愛。

次 10
慉 形解 形聲;從心,畜聲。畜有蓄積的意思,所以心中蓄養起意與欲爲慉。
音義 ㄒㄩˋ 動①養育,通「畜」;例「不我能慉。」②抑鬱,通「蓄」;例「疏越蘊慉。」

次 10
慊 形解 形聲;從心,兼聲。兼有幷取的意思,所以不知所從,依違難決爲慊。
音義 ㄑㄧㄢˋ 動憾恨。ㄑㄧㄝˋ 動滿足,通「愜」;例行有不慊於心。ㄒㄧㄢˊ 名嫌疑,通「嫌」;例避慊。

次 10
愫 形解 形聲;從心,素聲。素爲未染的細布,所以心意純樸,由衷流露爲愫。
音義 ㄙㄨˋ 名眞情;例情愫。

次 10
愷 形解 形聲;從心,豈聲。豈有寬大的意思,所以內心舒暢爲愷。
音義 ㄎㄞˇ 形①和樂的;例愷悌君子。②凱旋獻俘時所奏的(音樂),通「凱」;例愷樂。
10 **愷悌** ㄎㄞˇ ㄊㄧˋ 和樂而平易。例愷悌君子。

次 10
慆 形解 形聲;從心,舀聲。舀是抒出的意思,所以心意抒暢,充滿喜悅爲慆。
音義 ㄊㄠ 動①逝去;例日月其慆。②掩藏,通「韜」;例以樂慆憂。③娛樂;例慆心。副長久地;例慆慆不歸。

次 10
愬 形解 形聲;從心,朔聲。朔有初的意思,所以將心中原意告訴對方爲愬。
音義 ㄙㄨˋ 動①告知,通「訴」。②驚懼;例愬而再拜。副向,通「遡」。

次 10
慁 形解 形聲;從心,圂聲。圂有汚穢髒亂的意思，所以心思紊亂，憂心忡忡爲慁。

音義 ㄏㄨㄣˋ 動①患苦。②汚辱。③勞煩。形紊亂的，通「混」；例「煩而不慁。」

參考 又作「惛」。

常11 **慷** 形解 形聲；字本做忼：從心，亢聲。亢有高的意思，所以壯士不得志於心爲忼。後俗作「慷」字。

音義 ㄎㄤ 形 激昂的，通「忼」；例慨當以慷，憂思難忘。

12 **慷慨** ㄎㄤ ㄎㄞˇ ㈠意氣高昂。例慷慨赴義。㈡器量寬宏，毫不吝嗇，猶言「大方」。例慷慨解囊。

參考 ①慷，又作「忼」。②同慷愾。

慷慨激昂 ㄎㄤ ㄎㄞˇ ㄐㄧ ㄤˊ 形容情緒激動，精神振奮。激昂：振奮昂揚。

參考 ①也作「激昂慷慨」。②含有褒揚的意思。

常11 **慢** 形解 形聲；從心，曼聲。曼是牽引，所以怠惰爲慢。

音義 ㄇㄢˋ 名 文唐、宋詞曲的一種體制；例聲聲慢。動輕視，怠忽；例輕慢。形①遲緩的；例慢板。②疏忽；例疏慢。③倨傲的；例他是個傲慢的人。副①莫，休；例慢要。②不快；例慢走。

參考 ①「慢怠」的「慢」字，與「漫談」的「漫」字，讀音相同，字形相似，一從氵(水)、一從忄(心)，音義不同。②同漸，遲。③反快。

3 **慢工出細活** ㄇㄢˋ ㄍㄨㄥ ㄔㄨ ㄒㄧˋ ㄏㄨㄛˊ 從容不迫，有條不紊地工作，才能製造出精巧細緻的成品。

參考 同慢工出細貨，慢工出巧匠。

4 **慢火** ㄇㄢˋ ㄏㄨㄛˇ 微弱的小火。

參考 ①同文火。②反大火、烈火。

5 **慢打法器** ㄇㄢˋ ㄉㄚˇ ㄈㄚˇ ㄑㄧˋ 慢點兒敲打做法事的樂器，引申爲暫且不要張揚之意。

7 **慢走** ㄇㄢˋ ㄗㄡˇ 小心緩慢地走，通常用作送客的客套話。

慢車 ㄇㄢˋ ㄔㄜ ㈠速度較慢，且停站次數較多的火車。㈡行車速率較低的車輛，多指憑人力或獸力行駛的車輛，如腳踏車、三輪車、牛車、馬車等。

8 **慢性** ㄇㄢˋ ㄒㄧㄥˋ ㈠性情不積極，不急躁，慢條斯理的。例他是個慢性子的人。㈡經長期累積，發展緩慢的。例慢性腸炎。

參考 反急性。

9 **慢待** ㄇㄢˋ ㄉㄞˋ 招待疏忽怠慢而不周到。是主人待客時常用的謙詞。

參考 ①又作「怠慢」。②和「虧待」都有待人不夠好的意思，但「慢待」所强調的是待客疏慢不周，是待客用的謙詞，如：「很抱歉，慢待你了」；「虧待」則强調待人有所欠缺，可廣泛的用於對人，如：「我這麼做，可沒有虧待你」。

11 **慢條斯理** ㄇㄢˋ ㄊㄧㄠˊ ㄙ ㄌㄧˇ ㈠形容講話、做事有條有理，從容不迫。㈡遲緩不著急的樣子。即慢吞吞。

12 **慢跑** ㄇㄢˋ ㄆㄠˇ 不講求速度，長距離的跑步，是一種有氧健身運動。

參考 衍慢跑鞋、慢跑運動。

▽驕慢、倨慢、輕慢、傲慢、怠慢、緩慢、侮慢、快慢、聲聲慢、倨傲怠慢。

常11 **慣** 形解 形聲；從心，貫聲。貫是接連循序的意思，所以習性爲慣。

音義 ㄍㄨㄢˋ 名 經久養成的習性；例習慣。動縱容；例別把孩子慣壞了。形①老是這樣，習成自然的；例依照慣例。②放任的；例嬌生慣養。副平常地；例司空見慣。

7 **慣技** ㄍㄨㄢˋ ㄐㄧˋ 經常使用的手段。多含不屑的意味。

8 **慣例** ㄍㄨㄢˋ ㄌㄧˋ 相因而成習慣的老規矩。

慣性 ㄍㄨㄢˋ ㄒㄧㄥˋ 物 物體在不受外力或外力的合力爲零的情況下，所具有的保持原有運動狀態的性質。即靜者恒靜，動者恒以等速度作直線運動。

參考 衍慣性定律。

13 11 **慣常** ㄍㄨㄢˋ ㄔㄤˊ 習以為常。

慣賊 ㄍㄨㄢˋ ㄗㄟˊ 屢戒不改，常常作案的小偷。

參考 同慣竊。

23 **慣竊** ㄍㄨㄢˋ ㄑㄧㄝˋ 反覆的為竊取他人財物行為的人。

參考 ①竊，又作「窃」。②同慣賊。

▽習慣、不慣、老習慣、司空見慣。

常 11 慟

形解 形聲；從心，動聲。動是感動的意思，所以哀傷至甚而放聲大哭為慟。

音義 ㄊㄨㄥˋ 副①放聲大哭；例顏淵死，子哭之慟。②哀痛之至；例大慟。

參考 「慟哭」的「慟」字，與「痛哭」的「痛」字，讀音相同，意思有別，「慟」是悲哀，而「痛」則是盡情的意思。

10 **慟哭** ㄊㄨㄥˋ ㄎㄨ 非常哀傷的哭泣。

▽悲慟、哀慟、感慟、逾恒哀慟。

常 11 慚

形解 形聲；從心，斬聲。羞愧為慚。

音義 ㄘㄢˊ 形 羞愧的；例羞慚。

參考 ①字亦作「慙」。②同愧。③「慚」、「漸」有別：「慚愧」的「慚」字，是因做錯了事或未盡責任而心裏感到不安，所以偏旁是從「忄」(心)，音ㄘㄢˊ。「漸」可以讀作ㄐㄧㄢˋ，表示「慢慢地」、「一步一步地」；也可以讀作ㄐㄧㄢ，意思是「浸」或「流入」，和水有關，所以偏旁是「氵」(水)。

6 **慚色** ㄘㄢˊ ㄙㄜˋ 羞愧的臉色。例面有慚色。

13 **慚愧** ㄘㄢˊ ㄎㄨㄟˋ 因自己有缺點或錯誤而感到愧疚不安。

參考 同羞慚，羞愧。

▽愧慚、無慚、羞慚、自慚、大言不慚。

常 11 慘

形解 形聲；從心，參聲。毒害為慘。

音義 ㄘㄢˇ 動 陷害；例慘毒於民。形①哀痛的；例悲慘世界。②寒凍的；例慘慄。③殘虐的；例苛慘。④陰暗，通「黲」；例烟昏日慘。

4 **慘不忍睹** ㄘㄢˇ ㄅㄨˋ ㄖㄣˇ ㄉㄨˇ 形容十分悽慘，令人不忍心看。

8 **慘狀** ㄘㄢˇ ㄓㄨㄤˋ 悲慘的狀況。

9 **慘重** ㄘㄢˇ ㄓㄨㄥˋ 極為嚴重，多指損失而言。例損失慘重。

10 **慘案** ㄘㄢˇ ㄢˋ 慘痛的案件。常指政治方面的殘害屠殺事件而言。

參考 衍五州慘案、濟南慘案。

慘烈 ㄘㄢˇ ㄌㄧㄝˋ 悲慘壯烈，泛指十分悽慘。

11 **慘殺** ㄘㄢˇ ㄕㄚ ㈠用狠毒的手段殺害。㈡悽慘極了。殺：表示極度的語助詞。又作「慘煞」。

慘淡經營 ㄘㄢˇ ㄉㄢˋ ㄐㄧㄥ ㄧㄥˊ ㈠苦心構思。㈡形容費盡苦心從事某種事情。例這間小店全靠他慘淡經營，才得以維持。

參考 ①淡，又作「澹」。②與「苦心經營」有別：「慘淡」是指「苦費心思」的樣子；「苦心」是指「費盡心思」的意思。因此在突出環境艱苦，經營不易時，用前者比用後者為恰當。

12 **慘然** ㄘㄢˇ ㄖㄢˊ 悲苦的樣子。

慘痛 ㄘㄢˇ ㄊㄨㄥˋ 悲慘沈痛。

慘絕人寰 ㄘㄢˇ ㄐㄩㄝˊ ㄖㄣˊ ㄏㄨㄢˊ 形容人世間再也沒有比這個更悲慘的事了。常用來形容景象或悲痛的程度。寰：人間。

參考 參閱「慘無人道」條。

慘無人道 ㄘㄢˇ ㄨˊ ㄖㄣˊ ㄉㄠˋ 形容極度凶殘，沒有人性。

參考 與「慘絕人寰」都形容「慘毒殘酷」，但有區別：「慘無人道」表示慘毒殘酷，毫無人性，常形容掠奪、壓榨、奴役、屠殺的程度，可形容人，指施行慘酷手段的人；「慘絕人寰」則表示人世間再沒有比此更慘痛的事了，多用來修飾悲慘的景象，也形容屠殺、暴虐的程度，但程度比「慘無人道」更深，並且不能用來形容人。

14 **慘酷** ㄘㄢˇ ㄎㄨˋ 慘毒殘酷。

慘綠少年 ㄘㄢˇ ㄌㄩˋ ㄕㄠˋ ㄋㄧㄢˊ 稱風度翩翩的年輕男子。慘綠：深綠、暗綠。此處指衣服的顏色。

參考 慘，本作「黲」。

15 **慘劇** ㄘㄢˇ ㄐㄩˋ 慘痛的事件。人生如戲，戲如人生，所以用悲慘的戲劇比喻人世間慘痛的事件。

16 **慘澹** ㄘㄢˇ ㄉㄢˋ ㈠暗淡沒有光彩。㈡費盡心思，辛苦籌畫。例慘澹。

參考 ①澹，又作「淡」。②㈠同慘黯。③㈡衍慘澹經營。

▽陰慘、悽慘、悲慘、愁慘、好慘、悲涼悽慘。

常11 **慝** 形解 形聲；從心，匿聲。匿是隱藏，～所以隱藏事實，掩飾文過爲慝。

音義 ㄊㄜˋ 名①惡事；例無使作慝。②災害；例蟲慝。形污穢的。

參考「姦慝」的「慝」與「親暱」的「暱」(ㄋㄧˋ)，形狀相似，音義不同，不可混用。

常11 **慕** 形解 形聲；從心，莫聲。因心生愛好而學習摹倣爲慕。

音義 ㄇㄨˋ 名姓。動①仿效；例竊伺倣慕。②思念；例思慕。③愛羨；例仰慕。

參考 ①「慕」字從忄(心)，不從氵(水)。②同羨，敬。③「羨慕」的「慕」字，與「摹倣」的「摹」字，字形相似，一從忄(心)、一從手，音義不同。

5 **慕尼黑** ㄇㄨˋ ㄋㄧˊ ㄏㄟ 地德國南部的第一大城，瀕多瑙河支流伊薩河，工業發達，是文藝美術中心，所產啤酒著稱於世。

參考 又譯作「慕尼克」、「門占」。

6 **慕名** ㄇㄨˋ ㄇㄧㄥˊ ㈠愛慕人家的美名。例慕名而來。㈡喜愛好名聲。例好事慕名。

13 **慕義** ㄇㄨˋ ㄧˋ 傾慕而嚮往正義。

▽愛慕、怨慕、思慕、心慕、敬慕、傾慕、羨慕、欽慕、倣慕、孝子儒慕。

常11 **憂** 形解 形聲；從夊，𢝊聲。夊是行動，𢝊爲憂愁；所以行走時緩慢從容爲憂。

音義 ㄧㄡ 名①愁苦的事；例隱憂。②父母之喪；例丁憂。③姓。動①懼怕，擔心；例憂懼。②煩勞；例憂國憂民。形愁悶、愁苦的；例憂愁。

參考 ①同悶，愁，慮，鬱。②反樂。

4 **憂心如焚** ㄧㄡ ㄒㄧㄣ ㄖㄨˊ ㄈㄣˊ 憂煩的心像火燒一般，形容非常憂愁焦慮的樣子。

參考 ①同憂心如熏，憂心如惔。②與「憂心忡忡」有別：後者强調「心事重重，十分不安」，前者强調「憂愁焦急已到了極點」。

憂心忡忡 ㄧㄡ ㄒㄧㄣ ㄔㄨㄥ ㄔㄨㄥ 心中憂慮不安的樣子。

9 **憂思** ㄧㄡ ㄙ ㈠憂愁思慮。㈡憂愁的思緒。

10 **憂悒** ㄧㄡ ㄧˋ 憂悶不安。悒：愁悶。

11 **憂患** ㄧㄡ ㄏㄨㄢˋ 困苦患難。例生於憂患，死於安樂。

參考 ①反安樂。②衍飽經憂患、憂患意識。

憂戚 ㄧㄡ ㄑㄧ 憂愁悲傷。

參考 戚，又作「慼」。

12 **憂勞成疾** ㄧㄡ ㄌㄠˊ ㄔㄥˊ ㄐㄧˊ 因爲憂慮及操勞過度，以致於生病。

13 **憂傷** ㄧㄡ ㄕㄤ 憂愁哀傷。

參考 反喜樂。

憂愁 ㄧㄡ ㄔㄡˊ 憂悶愁苦。

參考 ①反喜樂。②參閱「憂慮」條。

15 **憂慮** ㄧㄡ ㄌㄩˋ 憂悒思慮。

參考 與「憂愁」都有發愁的意思，但「憂慮」表示爲未可預測或向不良方向發展的事發愁；「憂愁」則表示爲眼前的困苦發愁，在用法上有區別。

16 **憂憤** ㄧㄡ ㄈㄣˋ 憂愁憤恨。

27 **憂鬱** ㄧㄡ ㄩˋ 憂愁鬱悶。

參考 衍憂鬱症。

▽隱憂、丁憂、內憂、杞憂、悲憂、采薪之憂、仁者不憂、高枕無憂、人無遠慮，必有近憂、一則以喜，一則以憂。

常11 **慧** 形解 形聲；從心，彗聲。聰敏爲慧。

音義 ㄏㄨㄟˋ 名①聰敏；例聰慧質仁。②巧黠；例慧黠。形有才智的；例慧者。

參考 ①「智慧」的「慧」字，與

常 12 **憎** 形解 形聲；從心，曾聲。厭惡爲憎。

音義 ㄗㄥ 動 嫌恨，疾惡；例 憎惡。

參考 ①同恨，惡，厭。②反愛。

9 **憎恨** ㄗㄥ ㄏㄣˋ 討厭怨恨。

12 **憎惡** ㈠ㄗㄥ ㄜˋ 討厭壞人或壞事。㈡ㄗㄥ ㄨˋ 憎恨厭惡。

▽愛憎、怨憎、好憎、嫉憎。

常 12 **憬** 形解 形聲；從心，景聲。景有大的意思，所以徹底覺悟爲憬。

音義 ㄐㄧㄥˇ 動 忽然醒悟；例 憬悟。

10 **憬悟** ㄐㄧㄥˇ ㄨˋ 從矇昧無知中覺醒而明白眞理。

參考 同覺悟，醒悟。

12 **憬然** ㄐㄧㄥˇ ㄖㄢˊ ㈠從矇昧無知中覺醒過來的樣子。例 景然頓悟。㈡因思念而產生想像的樣子。例 憬然赴目。

憬然赴目 ㄐㄧㄥˇ ㄖㄢˊ ㄈㄨˋ ㄇㄨˋ 似覺往日的情景猶在眼前。赴目：奔赴於眼前。

▽憧憬。

常 12 **憚** 形解 形聲；從心，單聲。單有困難的意思，所以憎惡而難之爲憚。

音義 ㄉㄢˋ 動 懼怕；例 忌憚。

參考 「憚改」的「憚」字，與「撣」的「撣（音ㄉㄢˇ）」字，字形相似，一從忄（心）、一從扌（手），音義不同。

13 **憚煩** ㄉㄢˋ ㄈㄢˊ 害怕事情的煩瑣。

▽畏憚、忌憚、疑憚、敬憚、肆無忌憚。

常 12 **憧** 形解 形聲；從心，童聲。心意不定爲憧。

音義 ㄔㄨㄥ 形 心意不定的。副 ①往來不絕的樣子；例 憧憧。②昏愚，同「惷」；例 愚憧。

參考 參閱「幢」字條。

15 **憧憧** ㄔㄨㄥ ㄔㄨㄥ 形容往來不絕或搖曳不定。例 人影憧憧。

憧憬 ㄔㄨㄥ ㄐㄧㄥˇ 爲理想事物所吸引而充滿美好的想像。

參考 與「嚮往」都指想望，但有區別：「憧憬」指被理想的事物吸引而激起美好的想像，多帶有褒揚的意思；「嚮往」指一心想著，充滿著熱切的希望，對象可是美好的事物，也可是不好的事物，是中性詞。

常 12 **憤** 形解 形聲；從心，賁聲。賁有滿的意思，所以心中充塞煩悶爲憤。

音義 ㄈㄣˋ 名 仇恨；例 莫結私憤。動 ①怨怒；例 神人共憤。②奮發；例 發憤。

參考 ①「憤激」的「憤」與「忿怒」的「忿」，兩字讀音相同，作「怒恨」解時，可互通。②同怒，怨，忿。

4 **憤不欲生** ㄈㄣˋ ㄅㄨˋ ㄩˋ ㄕㄥ 憤怒得不想再活下去。比喻十分生氣的樣子。

5 **憤世嫉俗** ㄈㄣˋ ㄕˋ ㄐㄧˊ ㄙㄨˊ 對世事、社會習俗的現實、黑暗，表示極度的憤怒、憎惡。

9 **憤怒** ㄈㄣˋ ㄋㄨˋ 非常生氣而發怒。

參考 ①又作「忿怒」。②與「震怒」都指發怒，都可作動詞或形容詞用。但震怒語氣較重，且不能像憤怒當名詞用，如：「你激起了我的憤怒」。

12 **憤慨** ㄈㄣˋ ㄎㄞˇ 氣憤不平。

16 **憤激** ㄈㄣˋ ㄐㄧ 憤怒激動。

18 **憤懣** ㄈㄣˋ ㄇㄣˋ 心中憤恨不痛快。

▽鬱憤、怨憤、感憤、義憤、公憤、痛憤、發憤、悲憤、憂憤、氣憤、大動公憤、引起公憤、莫結私憤。

常 12 **憔** 形解 形聲；從心，焦聲。焦有乾枯的意思，所以乾瘦枯槁，面有病容爲憔。

音義 ㄑㄧㄠˊ 形 ①困苦的。②瘦病的；例 憔悴。

參考 字或作「顦」。

11 **憔悴** ㄑㄧㄠˊ ㄘㄨㄟˋ ㈠面色黃瘦，沒有精神的樣子。㈡困苦。

參考 又作「顦顇」。

常 12 **憐** 形解 形聲；從心，粦聲。粦是鬼火，人看到鬼火便心生哀傷，所以哀傷爲憐。

音義 ㄌㄧㄢˊ 動 ①哀矜，同情；例 憐憫。②愛惜；例 憐才。

參考 ①同愛，憫，惜。②「憐」或作「怜」。

9 **憐香惜玉** ㄌㄧㄢˊ ㄒㄧㄤ ㄒㄧˊ ㄩˋ 形容男人對女人的疼愛體貼，非常周到。香和玉都用來比喻女人。又作「惜玉憐香」。

參考 本詞只能用來形容女性。

11 **憐惜** ㄌㄧㄢˊ ㄒㄧˊ 心疼愛惜。

15 **憐憫** ㄌㄧㄢˊ ㄇㄧㄣˇ 對不幸的人表示可憐同情。又作「憐閔」、「憐愍」。

▽哀憐、愛憐、可憐、自憐、同病相憐、形影相憐、搖尾乞憐、顧影自憐。

常 12 **憲** 形解 形聲；從心目，害省聲。心眼並用，所以敏捷疾速爲憲。

音義 ㄒㄧㄢˋ 名 ①法令；例憲章。②姓。

7 **憲兵** ㄒㄧㄢˋ ㄅㄧㄥ 軍 軍中司警察事務，負責警衛領袖、官員安全，監督並稽查軍隊紀律的兵種。

參考 衍 憲兵節、憲兵組、憲兵隊、憲兵信條。

8 **憲法** ㄒㄧㄢˋ ㄈㄚˇ 政 (一)國內規定國家體制、政府組織、人民權利義務的根本大法。(二)法令制度。

▽立憲、違憲、行憲、君主立憲。

常 12 **憑** 形解 形聲；從心，馮聲。依賴爲憑。

音義 ㄆㄧㄥˊ 名 ①證明；例口說無憑。②依據；例依憑。③姓。動 ①依靠，仗恃；例憑藉。②任隨；例憑你怎麼說，我也不信。

參考 ①「憑」字本作「凭」字。②同 依，倚，凭，藉，據，證，仗，靠。

4 **憑弔** ㄆㄧㄥˊ ㄉㄧㄠˋ 面對遺跡、墳墓而悼念古人或感慨往事。

5 **憑仗** ㄆㄧㄥˊ ㄓㄤˋ 憑恃倚仗。

參考 同 依恃，依賴。

8 **憑依** ㄆㄧㄥˊ ㄧ (一)憑仗依靠。(二)憑仗的依據。

參考 憑，又作「馮」。

憑空 ㄆㄧㄥˊ ㄎㄨㄥ 沒有依據的。

參考 衍 憑空臆造，憑空杜撰。

11 **憑眺** ㄆㄧㄥˊ ㄊㄧㄠˋ 站在高的地方向遠處看。

16 **憑據** ㄆㄧㄥˊ ㄐㄩˋ (一)依憑以爲證據。(二)可證明事情眞假的字據或證物。

參考 同 憑證。

18 **憑藉** ㄆㄧㄥˊ ㄐㄧㄝˋ (一)依憑倚仗。(二)足以倚恃的人或物。猶言「靠山」。

▽依憑、信憑、任憑、准憑、口說無憑。

常 12 **憩** 形解 形聲；從舌，息聲。休息爲憩。

音義 ㄑㄧˋ 動 休息，同「愒」；例小憩。

參考 ①「憩」字俗作「憇」。②同 息。

10 **憩息** ㄑㄧˋ ㄒㄧˊ 休息。

▽休憩、小憩、遊憩。

常 12 **憊** 形解 形聲；從心，備聲。身心疲困爲憊。

音義 ㄅㄟˋ 形 疲困的；例疲憊。

19 **憊懶** ㄅㄟˋ ㄌㄢˇ 疲乏慵懶。

▽疲憊、昏憊、衰憊、困憊、身心疲憊、知老之憊。

次 12 **憱** 形解 形聲；從心，就聲。心神不安爲憱。

音義 ㄘㄡˋ 副 ①發愁的樣子，通「蹙」。②變色的樣子；例憱然不悅。

次 12 **憯** 形解 形聲；從心，朁聲。朁有深入的意思，所以我心悲傷沈痛爲憯。

音義 ㄘㄢˇ 形 傷痛的，同「慘」。

次 12 **憭** 形解 形聲；從心，尞聲。尞有光明的意思，所以思慮精明爲憭。

音義 ㄌㄧㄠˇ 動 明白；例大義已憭。ㄌㄧㄠ 副 悽涼地；例憭慄。

參考 「憭」音「ㄌㄧㄠˇ」時，可和「瞭」、「暸」、「了」通，都讀「ㄌㄧㄠˇ」。

次 12 **憒** 形解 形聲；從心，貴聲。貴有高大的意思，所以心情高傲而神智昏亂爲憒。

音義 ㄎㄨㄟˋ 形 昏亂的；例憒亂。

次 12 **憍** 形解 形聲；從心，喬聲。喬有高大的意思，所以矜恣自大爲憍。

音義 ㄐㄧㄠ 形自大的，同「驕」。

㊋12 **憮** 形解 形聲；從心，無聲。憐愛爲憮。

音義 ㄨˇ 形驚愕的。副失意地；例「憮然中夜而起。」

㊋12 **憝** 形解 形聲；從心，敦聲。敦有嫌惡的意思，所以心生好惡怨怒爲憝。

音義 ㄉㄨㄟˋ 動奸惡。動怨恨，同「譈」。

參考 同懟、怨。

㊋12 **憨** 形解 形聲；從心，敢聲。敢有隱暗的意思，所以心智癡傻愚昧爲憨。

音義 ㄏㄢ 形痴傻的；例憨子。副傻傻地；例憨笑。

9 **憨厚** ㄏㄢ ㄏㄡˋ 正直厚道。

㊋12 **憖** 形解 形聲；從心，猌聲。猌是狗發怒，狗怒必生戒心，所以敬謹爲憖。

音義 ㄧㄣˋ 動損傷。副願意。

參考 又作「慭」。

㊐13 **懍** 形解 形聲；從心，稟聲。稟是接受賞賜，受賞必心存敬畏，所以敬畏爲懍。

音義 ㄌㄧㄣˇ 副危懼的樣子；例懍然。

參考 「懍慄」的「懍」，與「凜冽」的「凜」，讀音相同，字形相似，一從忄(心)、一從冫(冰)，意思不同。

㊐13 **憶** 形解 形聲；從心，意聲。意是心志，所以心中思念爲憶。

音義 ㄧˋ 動①回想；例回憶。②思念；例憶舊。③記住；例記憶。

參考 同念，記，想。

18 **憶舊** ㄧˋ ㄐㄧㄡˋ 追念從前的人或從前的事情。

參考 同憶昔。

▽記憶、追憶、回憶、長相憶。

㊐13 **懊** 形解 形聲；從心，奧聲。悔恨爲懊。

音義 ㄠˋ 動因失意而沮喪；例懊惱。

參考 ①同悔。②字從奧，宀內從釆(ㄅㄧㄢˋ)不從米(ㄇㄧˇ)。

10 **懊悔** ㄠˋ ㄏㄨㄟˇ 心中悔恨，覺得過去不該那樣。

參考 ①同後悔、懊恨、懊惱。②與「懊惱」、「懊喪」都有後悔，煩憂的意思，但有差別：「懊悔」多由自己所引起，表示爲自己做錯事、說錯話或錯失良機感到悔恨；「懊惱」多由別人或外物引起，表示因外界影響而煩惱，因而怨自己，恨別人，程度比「懊悔」深；「懊喪」則多指因事情不如意、希望落空而致後悔喪氣的心情，程度最深。

12 **懊喪** ㄠˋ ㄙㄤˋ 因不如意或失望而後悔頹喪。

參考 參閱「懊悔」條。

懊惱 ㄠˋ ㄋㄠˇ 煩惱悔恨。多因他人或外物所引起。

參考 ①又作「懊儂」、「懊憹」。②參閱「懊悔」條。

㊐13 **憾** 形解 形聲；從心，感聲。悔恨、怨恨。

音義 ㄏㄢˋ 名內心感到不滿足或不圓滿的事物；例抱憾以終。動悔恨；例憾恨。形追悔的；例憾事。

參考 「憾恨」的「憾」與「撼動」的「撼」，讀音相同，字形相似，一從忄(心)、一從扌(手)，意思不同。

8 **憾事** ㄏㄢˋ ㄕˋ 令人失望，不滿意的事。

▽遺憾、悲憾、宿憾、缺憾、深表遺憾。

㊐13 **懈** 形解 形聲；從心，解聲。解是分散，所以心志懶散、做事怠惰爲懈。

音義 ㄒㄧㄝˋ 動鬆弛，怠惰；例努力不懈。

9 **懈怠** ㄒㄧㄝˋ ㄉㄞˋ 鬆懈懶散。

▽怠懈、鬆懈、努力不懈、夙夜匪懈。

㊐13 **應** 形解 形聲；從心，雁聲。對應，相當爲應。

音義 ㄧㄥ 動該當；例應當。副①猜測之詞，即白話文的「想來是」；例他應該走了吧。

②當然之詞；例應有盡有。㈡一ㄥ 名姓。動①回答；例應答。②承諾；例應承。③對付，面臨；例臨機應變。④合，和；例同聲相應。⑤物之相從；例心電感應。

參考 ①「譍」是「應」的本字。②同該，允，答。

4 應允 ㄧㄥˋ ㄩㄣˇ 答應，允許。

應市 ㄧㄥˋ ㄕˋ 將貨物拿到市面上供應發售。

參考 同上市。

5 應卯 ㄧㄥˋ ㄇㄠˇ 舊時官府每天卯時（清晨五點）點名，點名時回應一聲，表示到班，故稱。今喻循例到場敷衍一下。

應付 ㄧㄥˋ ㄈㄨˋ ㈠對付或處置。㈡將就，湊合。㈢敷衍。

參考 與「周旋」都指對付、應酬。但「應付」有敷衍、將就的意思，一般是被動的，可用於對人、事、局面、事變等，是及物動詞，適用範圍較廣泛；「周旋」本指交戰雙方在戰場上相追逐，又指敵強我弱時，運用策略巧妙地與敵人鬥爭，還指應酬、交際，態度是主動積極的，多用於對人或團體，是不及物動詞，適用範圍較狹窄。

應用 ㄧㄥˋ ㄩㄥˋ ㈠適合實用的。㈡用在實際上，運用。㈢ㄧㄥ ㄩㄥˋ 應當使用。

參考 參閱「使用」條。

應用文 ㄧㄥˋ ㄩㄥˋ ㄨㄣˊ 文指人們在日常生活、工作、學習中所應用的簡易通俗的文章，通常有慣用格式。包括公文、書信、契約、單據等。

6 應有盡有 ㄧㄥ ㄧㄡˇ ㄐㄧㄣˋ ㄧㄡˇ 應該有的統統都有。形容非常齊全。

參考 參閱「包羅萬象」條。

8 應屆 ㄧㄥ ㄐㄧㄝˋ 當屆，本次。

參考 應屆畢業生。

應承 ㄧㄥˋ ㄔㄥˊ 應允，答應做。

10 應時 ㄧㄥˋ ㄕˊ ㈠即時，即刻。㈡適應季節或時代。

11 應接不暇 ㄧㄥˋ ㄐㄧㄝ ㄅㄨˋ ㄒㄧㄚˊ ㈠原指景物繁多，使人來不及觀賞。㈡後引申指人事紛繁，一時應付不過來。

參考 ①同目不暇接。②與「目不暇接」有別：前者偏重在「應」，有來不及應付之意；後者偏重在「目」，含有來不及觀賞之意。形容頭緒多，事情多，宜用前者。

12 應景 ㄧㄥˋ ㄐㄧㄥˇ ㈠在某種場合下聊爲敷衍一番。㈡適應節令。

13 應當 ㈠ㄧㄥ ㄉㄤ 應該。㈡ㄧㄥˋ ㄉㄤˋ 應合。

應該 ㄧㄥ ㄍㄞ 表示按理該當如此。

參考 ①同應當。②「應」、「應該」、「應當」有別：這三個詞用法相似，但有以下幾點不同：a「應」不能單獨回答問題，「應該」、「應當」可以。b「應」只用於書面，「應該」、「應當」口語、書面都用。c「應」後面不能用小句，「應該」、「應當」可以。如：大家的事情應該（應當）大家辦。d在一些四字成語中，只用「應」，不用「應該」、「應當」；如：罪有應得。

應酬 ㄧㄥˋ ㄔㄡˊ ㈠與人交際往來。㈡私人間的宴會。

參考 ①同交際。②衍應酬話。③參閱「寒暄」條。

14 應對 ㄧㄥˋ ㄉㄨㄟˋ 言語間的對答。

參考 ①同應答。②衍應對進退。

應對如流 ㄧㄥˋ ㄉㄨㄟˋ ㄖㄨˊ ㄌㄧㄡˊ 形容與人對答非常敏捷暢達。

參考 同對答如流。

15 應徵 ㄧㄥˋ ㄓㄥ ㈠參加某種徵求。㈡接受徵召。

16 應諾 ㄧㄥˋ ㄋㄨㄛˋ 答應允諾。

應戰 ㄧㄥˋ ㄓㄢˋ ㈠與發起戰爭的敵人接戰。例沈著應戰。㈡接受對方提出的挑戰條件。

17 應邀 ㄧㄥˋ ㄧㄠ 接受邀請。

應聲 ㄧㄥˋ ㄕㄥ ㈠隨著聲音。例應聲而倒。㈡回聲。

23 應驗 ㄧㄥˋ ㄧㄢˋ 事後發生的情況符合或證實事前的預言或估計。

應變 ㄧㄥˋ ㄅㄧㄢˋ 應付事態變化。例隨機應變。

參考 衍應變措施。

▽感應、呼應、順應、對應、照應、相應、適應、內應、反應、報應、答應、虛應、響應、感應、一呼百應、有求必應。

㊥13 **懂** 形解 形聲；從心，董聲。懵懂，昏愚爲懂。

音義 ㄉㄨㄥˇ 動明白；例不懂禮貌。

參考 同明、知、解。

8 **懂事** ㄉㄨㄥˇ ㄕˋ 了解事理。

參考 同曉事，解事。

11 **懂得** ㄉㄨㄥˇ ˙ㄉㄜ 明白，了解。

㊥13 **懇** 形解 形聲；從心，貇聲。眞心誠意爲懇。

音義 ㄎㄣˇ 名誠意，忠誠；例忠懇。動乞求；例懇乞留養。

參考 參閱「墾」字條。

4 **懇切** ㄎㄣˇ ㄑㄧㄝˋ 誠懇而情意切實。

參考 與「殷切」都有誠懇的意思，但有區別：「懇切」表示情意眞實、懇切，多用於幼對長、下對上或同輩之間，常形容言語、態度、要求等；「殷切」則表示情意深厚而急切，多用於長對幼、上對下，常形容關懷、期待、希望等。

6 **懇求** ㄎㄣˇ ㄑㄧㄡˊ 誠懇迫切地希望得到想要的事物或需要的幫助。

參考 ①同懇請。②參閱「要求」條。

10 **懇託** ㄎㄣˇ ㄊㄨㄛ 誠懇地託付。

15 **懇請** ㄎㄣˇ ㄑㄧㄥˇ 誠懇迫切地請求。

▽勤懇、誠懇、忠懇、精懇、哀懇、祈懇、求懇、至懇、至懇至懇。

㊇13 **慅** 形解 形聲；從心，喿聲。喿有衆多的意思，所以憂愁不安，不得抒發爲慅。

音義 ㄘㄠˇ 副憂愁不安的樣子；例念子慅慅。

㊇13 **懌** 形解 形聲；從心，睪聲。睪有光明盛大的意思，所以心中喜悅爲懌。

音義 ㄧˋ 形喜悅的；例歡懌。

▽不懌、欣懌、夷懌、歡懌。

㊇13 **憸** 形解 形聲；從心，僉聲。僉有隱暗狹窄的意思，所以心計陰險，口利佞人爲憸。

音義 ㄒㄧㄢ 名諂佞；例憸佞。

㊇13 **懃** 形解 形聲；從心，勤聲。忠誠辛勞爲懃。

音義 ㄑㄧㄣˊ 名姓。形勞苦的，同「勤」；例實勞且懃。

㊇13 **懋** 形解 形聲；從心，楙聲。楙爲樹木茂盛，所以意氣軒昂自我嘉勉爲懋。

音義 ㄇㄠˋ 名姓。動勸勉；例懋賞。形①喜悅的；例懋懷。②美盛的；例懋德。

參考 又音ㄇㄡˋ。

15 **懋德懿行** ㄇㄠˋ ㄉㄜˊ ㄧˋ ㄒㄧㄥˋ 德業盛大，品性美好，可作爲楷模。

17 **懋績** ㄇㄠˋ ㄐㄧ 大功，殊功。

㊥14 **懦** 形解 形聲；從心，需聲。需是遇雨而暫歇；所以遇事軟弱膽怯，不敢前進爲懦。

音義 ㄋㄨㄛˋ 名怯弱的人；例激貪立懦。形怯弱的；例懦怯。

參考 「懦弱」的「懦」與「糯米」的「糯」，讀音相同，字形相似，一從忄(心)，一從米，意思不同。

4 **懦夫** ㄋㄨㄛˋ ㄈㄨ 軟弱無能的人。

10 **懦弱** ㄋㄨㄛˋ ㄖㄨㄛˋ 膽小而軟弱。

▽怯懦、柔懦、庸懦、愚懦、激貪立懦。

㊥14 **懣** 形解 形聲；從心，滿聲。悲哀、氣憤充塞於心胸之中，所以煩悶爲懣。

音義 ㄇㄣˋ 名憤悶；例憤懣。

參考 「憂懣」的「懣」與「苦悶」的「悶」，讀音相同，意思相似。

▽忿懣、憤懣、憂懣、愁懣、煩懣。

㊇14 **懥** 形解 形聲；從心，疐聲。疐有妨礙不行的意思，所以心有所欲，礙而難通爲懥。

音義 ㄓˋ 動憤怒；例身有所忿懥。

㊇14 **懨** 形解 形聲；從心，厭聲。厭爲飽足，所以內心滿足安靜，別無他求爲懨。

音義 ㄧㄢ 副懨懨，精神不振的樣子；例懨懨瘦損。

17 **懨懨** ㄧㄢ ㄧㄢ 形容患病，精神疲累的樣子。例病懨懨。

參考 ①又作「厭」。②字雖從厭，但不可讀成ㄧㄢˋ。

次 14 **懟** 解形 形聲；從心，對聲。對有應、相值的意思，所以彼我相怨之辭爲懟。

音義 ㄉㄨㄟˋ 動 怨恨；例怨懟心。

參考 同憝，譈。

常 15 **懲** 解形 形聲；從心，徵聲。儆戒制止爲懲。

音義 ㄔㄥˊ 動 ①責罰；例嚴懲。②警戒；例懲戒。③懊悔；例心不懲。

參考 ①又音ㄔㄥ。②同誡、罰。

1 **懲一警百** ㄔㄥˊ ㄧ ㄐㄧㄥˇ ㄅㄛˇ 懲罰少數人以警戒多數人。

7 **懲戒** ㄔㄥˊ ㄐㄧㄝˋ 藉懲罰過錯而對未來有所警戒。

參考 警，又作「儆」。

8 **懲治** ㄔㄥˊ ㄓˋ 懲辦定罪。例懲治凶徒。

9 **懲前毖後** ㄔㄥˊ ㄑㄧㄢˊ ㄅㄧˋ ㄏㄡˋ 吸取以前的教訓，小心謹慎，不再犯類似的錯誤。懲：警戒；毖：謹慎。

參考 又省作「懲毖」。

11 **懲處** ㄔㄥˊ ㄔㄨˇ 懲治處罰。

14 **懲罰** ㄔㄥˊ ㄈㄚˊ 懲治責罰。

參考 與「懲辦」都有責罰的意思，但「懲罰」著重罰，泛指因某人做錯事而責罰他；「懲辦」則著重辦，多指官方、軍方或機關團體等依法辦理違反法律、規章等的被管理者。「懲罰」比「懲辦」語意輕，使用的範圍廣。

16 **懲辦** ㄔㄥˊ ㄅㄢˋ 官方、軍方或機關團體依法處置違反法律、規章的被管理者。

參考 參閱「懲罰」條。

19 **懲羹吹虀** ㄔㄥˊ ㄍㄥ ㄔㄨㄟ ㄐㄧ 人被熱羹燙過後，吃細切的冷食菜肉也要吹一下。比喻心懷戒懼，做事過分謹慎。虀：細切的酢菜。

參考 與「杯弓蛇影」有別：後者喻自己疑神疑鬼，過分驚懼。

▽勸懲、膺懲、嚴懲、獎懲、有罪必懲。

常 16 **懶** 解形 形聲；從心，賴聲。懈怠爲懶。

音義 ㄌㄢˇ 動 怠惰，通「嬾」；例懶惰。形 怠忽的；例「高臥從人笑懶夫。」副 不耐煩，不願意地；例懶得理他。

參考 ①「懶惰」的「懶」與「依賴」的「賴」，形、聲相似，意思不同，不可混用。②「嬾」是懶的正字。③同惰，怠。④反勤。

9 **懶洋洋** ㄌㄢˇ ㄧㄤˊ ㄧㄤˊ 倦怠沒有精神的樣子。

12 **懶散** ㄌㄢˇ ㄙㄢˇ 鬆懈散漫。

參考 ①北平語也作ㄌㄢˇ ㄙㄢ。②反振作。

懶惰 ㄌㄢˇ ㄉㄨㄛˋ 不愛勞動和工作。

參考 反勤勞。

▽偷懶、困懶、憊懶、慵懶、好吃貪懶。

常 16 **懵** 解形 形聲；從心，瞢聲。瞢是看不清楚，所以心緒混亂，神情不明爲懵。

音義 ㄇㄥˊ 形 心緒混亂的；例一時懵懂。

16 **懵懂** ㄇㄥˊ 形 無知的樣子。ㄇㄥˇ ㄉㄨㄥˇ ㈠無知，不明白道理。㈡心亂，迷糊。又作「懞懂」。

參考 衍懵懵懂懂。

常 16 **懷** 解形 形聲；從心，褱聲。褱有隱藏的意思，所以心中有所思念爲懷。

音義 ㄏㄨㄞˊ 名 ①胸臆；例胸懷。②抱負；例心愴恨以傷懷。③心意；例正中下懷。④姓。動 ①想念，思念；例懷念。②包藏；例心懷鬼胎。③招安；例懷柔百神。

參考 ①「懷」字俗作「怀」。③同念，思。

3 **懷才不遇** ㄏㄨㄞˊ ㄘㄞˊ ㄅㄨˋ ㄩˋ 懷有才能而未能得到施展的機會。

參考 同英雄無用武之地。

5 **懷古** ㄏㄨㄞˊ ㄍㄨˇ 追懷古代的人物或事情。常作爲歌詠古蹟的詩題。例赤壁懷古。

8 **懷念** ㄏㄨㄞˊ ㄋㄧㄢˋ 對已分離的親友或過去的事物的懷想思念。

懷抱 ㄏㄨㄞˊ ㄅㄠˋ ㈠抱在懷裏。㈡

胸襟，抱負。㈢心裏懷有。

9懷恨 ㄏㄨㄞˊ ㄏㄣˋ 心中存著怨恨。

參考 ①同記恨。②衍懷恨在心。

懷春 ㄏㄨㄞˊ ㄔㄨㄣ 舊指少女春情蕩漾，有擇友求偶的意思。

參考 同思春。

懷柔 ㄏㄨㄞˊ ㄖㄡˊ 指統治者運用柔和的手段籠絡遠方的國家或外族使他們歸附。

參考 ①反高壓。②衍懷柔政策。

13懷想 ㄏㄨㄞˊ ㄒㄧㄤˇ 緬懷想念。

參考 同懷念。

14懷疑 ㄏㄨㄞˊ ㄧˊ ㈠心中疑惑，不相信。㈡猜測。

參考 ①同猜疑。②反相信、信任。③與「顧慮」都有不放心、不敢確定的意思，但「懷疑」表示猜測、不信任，多是對人；「顧慮」則表示患得患失、不放心，多是為己。

18懷舊 ㄏㄨㄞˊ ㄐㄧㄡˋ 想念老朋友或過去的事。

參考 同念舊，憶往。

▽詠懷、感懷、胸懷、悲懷、所懷、追懷、本懷、襟懷、傷懷、情懷、心懷、寬大為懷、正中下懷、少女情懷。

常 16 懸

解形 形聲；從心，縣聲。繫掛為懸。

音義 ㄒㄩㄢˊ 動 ①繫掛，吊掛；例懸掛。②牽念；例懸念。③憑空，無所依據；例懸空臆度。④牽延，擱置；例懸案。副遠隔，遙遠地；例懸想。

參考 同掛，吊，念。

4懸心 ㄒㄩㄢˊ ㄒㄧㄣ 記掛心上，不放心。

參考 同掛心。

懸心吊膽 ㄒㄩㄢˊ ㄒㄧㄣ ㄉㄧㄠˋ ㄉㄢˇ 比喻擔心害怕，放心不下。

參考 ①又作「提心吊膽」。②與「心驚膽戰」有別：當強調「擔心、不放心」時，宜用前者；當強調「既害怕又驚慌」時，宜用後者。

8懸念 ㄒㄩㄢˊ ㄋㄧㄢˋ 懸心掛念。

懸河 ㄒㄩㄢˊ ㄏㄜˊ ㈠形容瀑布傾瀉不止。㈡形容說話滔滔不絕或文辭流暢奔放。

參考 衍懸河瀉水、懸河注水、口若懸河。

懸空 ㄒㄩㄢˊ ㄎㄨㄥ ㈠懸掛空中，下不著地。㈡憑空架構。

參考 同架空。參閱「落空」條。

10懸殊 ㄒㄩㄢˊ ㄕㄨ 相差遠，區別大。

參考 同迥別。

懸案 ㄒㄩㄢˊ ㄢˋ 長期擱置尚未解決或一時不能解決的案件或問題。

11懸掛 ㄒㄩㄢˊ ㄍㄨㄚˋ 懸吊繫掛。

懸梁 ㄒㄩㄢˊ ㄌㄧㄤˊ ㈠把自己的脖子套在繩結中而將繩頭繫在梁上，讓身體吊掛在空中。是一種自殺的方式。例懸梁自盡。㈡比喻刻苦自學。例懸梁刺股。

懸崖 ㄒㄩㄢˊ ㄧㄞˊ ㈠高而陡的山崖。㈡比喻危險的邊緣。例懸崖勒馬。

參考 ①衍懸崖峭壁。②與「峭壁」、「絕壁」都指又高、又陡、又險的山崖，但有區別：「懸崖」指高而陡的山崖，可引申為危險的邊緣；「峭壁」指像牆一樣陡的山崖；「絕壁」指極陡峭，幾乎無法攀登的山崖，也能指已到盡頭，無路可走。三者中，「絕壁」的程度最深。

懸崖勒馬 ㄒㄩㄢˊ ㄧㄞˊ ㄌㄜˋ ㄇㄚˇ 驅馬奔臨懸崖，急行勒止，而免墮落崖下。比喻到了危險的邊緣，及時醒悟回頭。勒馬：收住韁繩，使馬止步。

12懸腕 ㄒㄩㄢˊ ㄨㄢˋ 手腕懸空而不靠在桌上，是一種寫字的方法。

參考 衍懸腕直筆。

懸絕 ㄒㄩㄢˊ ㄐㄩㄝˊ 相差極遠。

參考 同懸殊。

懸壺 ㄒㄩㄢˊ ㄏㄨˊ 賣藥行醫。例懸壺濟世。

懸壺濟世 ㄒㄩㄢˊ ㄏㄨˊ ㄐㄧˋ ㄕˋ 行醫以救助世人的苦難。例他從小就立下懸壺濟世的大志。

14懸疑 ㄒㄩㄢˊ ㄧˊ ㈠懸置疑問。㈡文指故事情節中緊張而留予讀者或觀眾猜疑的下一步進展。

參考 衍懸疑案。

15懸賞 ㄒㄩㄢˊ ㄕㄤˇ 定出給予報酬的數目廣告，招人做某種事。

▽下懸、倒懸、危懸、天懸、解懸。

次 16 **懻** 解 形 形聲；從心，冀聲。強悍爲懻。

音義 ㄐㄧˋ 形 強健的。

常 17 **懺** 解 形 形聲，從心，韱聲。悔過爲懺。

音義 ㄔㄢˋ 名 和尚爲人拜禱時所念的經文；例 梁皇懺。動 悔恨，悔悟；例 懺除罪障。

參考 ①「懺悔」的「懺」與「讖緯」的「讖(音ㄔㄣˋ)」，字形相似，一從忄(心)，一從言，音義都不同。②「懺」字俗作「懴」。③同 悔。

10 **懺悔** ㄔㄢˋ ㄏㄨㄟˇ 泛指人認識自己的過錯和罪行，表示痛心和悔改。

參考 衍 懺悔文、懺悔書。

常 18 **懼** 解 形 形聲；從心，瞿聲。瞿是驚恐地望着，所以驚恐害怕爲懼。

音義 ㄐㄩˋ 動 害怕；例 懼怕。

參考 同 怕。

6 **懼色** ㄐㄩˋ ㄙㄜˋ 害怕恐懼的神色。例 面有懼色。

▽畏懼、戒懼、疑懼、恐懼、驚懼、怖懼、憂懼、不憂不懼。

常 18 **懾** 解 形 形聲；從心，聶聲。失氣心服爲懾。

音義 ㄓㄜˊ 動 ①懼怕；例 懾慴。受威逼而屈服；例 懾服。

參考 ①又音ㄕㄜˋ。②「懾」、「攝」有別：「懾服」、「威懾」的「懾」字，是心理上受威逼而氣餒，左從「忄」(心)，音ㄓㄜˊ。「攝影」、「攝制」的「攝」字，有收取的意思，左從「扌」(手)，音ㄕㄜˋ。

8 **懾服** ㄓㄜˊ ㄈㄨˊ 因畏懼而屈服。

▽震懾、驚懾、聲懾。

常 18 **懿** 解 形 形聲；從心從欠，壹聲。心欠指心意，壹爲專一。所以壹久而美爲懿。

音義 一ˋ 名 姓。形 ①美善的；例 好是懿德。②深沈的；例 女執懿筐。助 發語詞，通「噫」。

6 **懿旨** 一ˋ ㄓˇ 舊稱皇太后或皇后的命令。

15 **懿德** 一ˋ ㄉㄜˊ 美好的德行。

參考 同 美德。

懿範 一ˋ ㄈㄢˋ 美善的典範。今多指女德而言。

參考 ①衍 懿範猶存、懿範足式。②「懿範猶存」、「懿範足武」今多作悼念用語，宜審慎使用。

▽淑懿、親懿、貞懿、雅懿、美懿、淵懿。

次 18 **懽** 解 形 形聲；從心，雚聲。意有所欲，喜樂無限爲懽。

音義 ㄏㄨㄢ 形 悅樂的，同「歡」。ㄍㄨㄢˋ 形 憂苦而無處可訴。例 懽懽。

常 19 **戀** 解 形 形聲；從心，䜌聲。䜌有治絲不絕的意思，所以愛慕纏綿爲戀。

音義 ㄌㄧㄢˋ 名 姓。動 ①愛慕不捨；例 依戀。②男女相思；例 愛戀。形 有情愛的；例 戀人。

參考 ①同 愛。②字又作孌。

12 **戀棧** ㄌㄧㄢˋ ㄓㄢˋ 原指劣馬戀念馬屋中的豆料，引喻人貪戀祿位。

13 **戀愛** ㄌㄧㄢˋ ㄞˋ 指男女相悅，神魂顛倒。

18 **戀舊** ㄌㄧㄢˋ ㄐㄧㄡˋ ㈠戀慕老朋友。㈡依戀舊地或故鄉。

參考 同 念舊。

23 **戀戀** ㄌㄧㄢˋ ㄌㄧㄢˋ 眷戀留連，形容捨不得的樣子。

參考 ①又作孌孌。②同 依依。

戀戀不捨 ㄌㄧㄢˋ ㄌㄧㄢˋ ㄅㄨˋ ㄕㄜˇ 留戀不已，捨不得分開的樣子。捨：捨棄，分開。

參考 同 依依不捨。

▽愛戀、眷戀、失戀、單戀、迷戀、苦戀、依戀、初戀、留戀、櫻花戀。

次 19 **戁** 解 形 形聲；從心，難聲。心中爲難而恐怕悚懼爲戁。

音義 ㄋㄢˇ 形 恐懼的；例 不戁不竦。

次 24 **戇** 解 形 形聲；從心，贛聲。愚直爲戇。

音義 ㄓㄨㄤˋ 形 愚笨而性急直率

的。參考①又作「戇」。②又音「ㄍㄤˋ」。③「憨」(ㄏㄢ)是癡傻，和「戇」意思略有不同。

【戈部】ㄍㄜ

常 0

戈

形解 象形；象干戈形。

音義 ㄍㄜ 名①我國古代的主要青銅兵器。橫刃安裝在長柲(柄)上，柲根有鐓，持之可橫擊，鉤援，盛行於殷商至戰國時期；例枕戈待旦。②姓。

① 戈

參考①「戈」與「戟」皆爲一種長柄的兵器，然「戈」的刃爲平橫式，與「戟」爲叉枝式的刃不同。②孳划、戕。

16 **戈壁** ㄍㄜ ㄅㄧˋ 地蒙古語稱沙漠爲戈壁，也就是指蒙古大沙漠，爲亞洲第二大沙漠。戈壁以北稱外蒙古或漠北，以南稱內蒙古或漠南。

▽干戈、兵戈、矛戈、義戈、倒戈、長戈、楚戈、入室操戈、同室操戈、載戢干戈。

常 1

戊

形解 象形；象斧鉞形。今作鉞。

音義 ㄨˋ 名天干的第五位；例甲、乙、丙、丁、戊、己。

參考①「戊」的第二筆沒有挑起，與挑起的「戉」(音ㄩㄝˋ)不同。②孳茂。

次 1

戉

形解 象形；象大斧頭形。

音義 ㄩㄝˋ 名大斧，「鉞」本字。

參考「戉」左旁直筆要勾起。

常 2

戎

形解 會意；從戈甲。被甲持戈，所以會兵器的總稱的意思。

音義 ㄖㄨㄥˊ 名①兵器的總稱；例五戎。②兵車；例元戎。③戰爭；例兵戎。④軍旅之事；例投筆從戎。⑤古居於西北地區的種族名；例西戎。⑥姓。例戎功。形偉大的，通「崇」；例戎功。

參考「戎」、「戒」有別：「投筆從戎」、「戎裝」的「戎」字，左下方是從「十」，古「甲」字。「戒指」、「戒備」的「戒」字，左下方是從「廾」，「廾」(ㄍㄨㄥˇ)是兩隻手，兩手持戈，所以有警衛戒備的意思。

10 **戎馬** ㄖㄨㄥˊ ㄇㄚˇ ㈠兵馬。㈡軍事，戰爭。

參考衍戎馬餘生。

13 **戎裝** ㄖㄨㄥˊ ㄓㄨㄤ 軍裝。

▽軍戎、犬戎、西戎、兵戎、元戎、從戎、投筆從戎、忝也無戎。

常 2

戌

形解 象形；象大斧形。

音義 ㄒㄩ 名①地支第十一位。②時辰名，午後七至九時；例戌時。③姓。

參考孳歲、穢、劌、翽。

常 2

戍

形解 會意；從人持戈。所以會警戒守邊的意思。

音義 ㄕㄨˋ 名①守衛的士兵。②營寨。動駐守邊疆；例衛戍。

6 **戍守** ㄕㄨˋ ㄕㄡˇ 守衛，軍隊駐紮防守。

19 **戍邊** ㄕㄨˋ ㄅㄧㄢ 防衛邊疆。

▽衛戍、征戍、鎮戍、屯戍、邊戍、遠戍、移戍。

常 2

成

形解 形聲；從戊，丁聲。丁有盛大的意思，所以成就爲成。

音義 ㄔㄥˊ 名①古十平方里的土地；例「有田一成。」②量詞，全體的十分之一爲一成；例九成的把握。③已完功的事物；例守成不易。④姓。動①成就、促成；例成人之美。②完功；例功成身退。③表允許之詞，猶言可以；例這樣做，也成。形①生理發展達到某一階段的；例成人。②固定不變的；例成例。③組織的單位；例成員。④完成的；例大功告成。⑤足夠；例成了！成了！這樣做就好了。

[參考] [擊]城、宬、盛、誠。

2 **成人之美** ㄔㄥˊ ㄖㄣˊ ㄓ ㄇㄟˇ 助人成就的美學。

4 **成仁取義** ㄔㄥˊ ㄖㄣˊ ㄑㄩˇ ㄧˋ 爲了實踐仁義而不惜捨身丟命。

[參考] [同]捨身取義、殺身成仁。

5 **成本** ㄔㄥˊ ㄅㄣˇ [商]對一件商品所投下的各項資本的總額。

成立 ㄔㄥˊ ㄌㄧˋ ㈠成長，能自立。㈡議案經議會通過，學說得到公認，事業或組織、機構創辦成功，都叫「成立」。

[參考] ①[同]誕生。②參閱「誕生」條。

成功 ㄔㄥˊ ㄍㄨㄥ 功成業就。

[參考] [反]失敗。

6 **成交** ㄔㄥˊ ㄐㄧㄠ [商]商業中稱買賣雙方交易成立。

成衣 ㄔㄥˊ ㄧ ㈠別人做好的現成衣服。[例]成衣工廠。㈡裁製衣服。

[參考] [衍]成衣商、成衣廠、成衣工人。

成色 ㄔㄥˊ ㄙㄜˋ 金、銀、貨幣中所含金銀的眞正分量。

成年 ㄔㄥˊ ㄋㄧㄢˊ ㈠[法]凡男女年滿二十歲者爲成年，達此年齡，法律上承認其有完全的行爲能力。㈡指思想行爲成熟的人。

成竹在胸 ㄔㄥˊ ㄓㄨˊ ㄗㄞˋ ㄒㄩㄥ 比喻心中已有定見。又作「胸有成竹」。

成吉思汗 ㄔㄥˊ ㄐㄧˊ ㄙ ㄏㄢˋ [人]元太祖統一蒙古，即皇帝位時，被各部酋王及羣臣擁戴爲「成吉思汗」，表示「强盛的皇帝」、「海內的皇帝」的意思。

7 **成見** ㄔㄥˊ ㄐㄧㄢˋ 對於人或事預先存有的主觀看法。

8 **成例** ㄔㄥˊ ㄌㄧˋ 慣例，早已有的規矩。

成果 ㄔㄥˊ ㄍㄨㄛˇ 成績和效果。[例]成果奇佳。

[參考] 「成績」與「成效」、「成果」、「結果」都有完成任務，取得某種結果的意思，但有別：「成績」一般指工作上或學習上的收穫；「成就」一般指有創造性的收穫或事業上較重大的收穫；「成效」一般指達到預期目的而經實踐證明良好的結果；「成果」指經由行動所產生有效的結果，一般指較重大的收穫；「效果」著重通用某種東西或力量引起事物變化而產生的最後狀態。

9 **成品** ㄔㄥˊ ㄆㄧㄣˇ [商]在一個企業中加工完畢，符合一定的質量標準，可以向外供應銷售的合格產品。

10 **成家** ㄔㄥˊ ㄐㄧㄚ [俚]即成立家室，娶妻的意思。[例]成家立業。

成效 ㄔㄥˊ ㄒㄧㄠˋ 事物已見的功效。[例]成效卓著。

12 **成就** ㄔㄥˊ ㄐㄧㄡˋ ㈠動詞，完成。㈡優良的結果或成效，多指人的事業而言。

13 **成羣結隊** ㄔㄥˊ ㄑㄩㄣˊ ㄐㄧㄝˊ ㄉㄨㄟˋ 結合成一羣一羣或一隊一隊的意思。形容人數衆多。

[參考] ①又作「成羣作隊」、「成羣逐隊」。②與「三五成羣」都是形容成羣的人或其他動物，但前者所表示的數量大於後者。

14 **成語** ㄔㄥˊ ㄩˇ ㈠固定詞組的一種。特點是意義完整，結構定型。在句子中通常只作一個詞來使用，有較强的表現力。我國成語大多由四個字組成，如：一舉兩得、口蜜腹劍、緣木求魚等。㈡社會上習用的古語。

15 **成熟** ㄔㄥˊ ㄕㄨˊ ㈠指果實稻麥等豐碩可食。[例]芒果成熟時。㈡事機醞釀已達到可收效果的程度，或已經具備發動的條件。[例]時機成熟。㈢心理學上稱由於內在的成長而使個體在構造上、機能上或行爲上發生變化的過程。[例]發育成熟。

16 **成親** ㄔㄥˊ ㄑㄧㄣ 指男女結婚。又作「成婚」。

17 **成績** ㄔㄥˊ ㄐㄧ 事情達到的結果和功效。又作「成效」。

[參考] 「成績」、「成就」有別：「成就」通常是指較大的收穫，而且是經過多年的努力和奮鬥得來的。「成績」是指工作和學習的收穫，不一定是經過多年努力得來的。「成就」有大小之分，沒有好壞之別。「成績」有好壞之分，沒有大小之別。

18 **成蟲** ㄔㄥˊ ㄔㄨㄥˊ [動]昆蟲類發育到體制完成，與親體相同，且能繁殖後代的階段。如蠶蛾就是蠶的成蟲，蚊即是孑孓的成蟲。

參考 反幼蟲。

19 **成雙作對** ㄔㄥˊ ㄕㄨㄤ ㄗㄨㄛˋ ㄉㄨㄟˋ 雙雙對對。又作「成雙成對」。

成藥 ㄔㄥˊ ㄧㄠˋ 醫 有一定療效，採用商標名稱或專用名稱，並已標明效能、用法、用量的現成藥物。

▽完成、結成、合成、贊成、促成、速成、達成、晚成、編成、養成、落成、老成、作成、事成、不成、十成、形成、造成、一氣呵成、一事無成、大器晚成、大功告成、水到渠成、功敗垂成、有志竟成、少年老成、坐享其成、相輔相成。

常 3 **我** 形解 象形；象在戈上繫有旗幟的形狀。古時諸侯多以旗幟代表自己邦國，引申有「我」的意思。

音義 ㄨㄛˇ 代①自稱之詞；例我是中國人。②自己的；例我家。ㄜˋ 名①私心；例大公無我。②姓。代①自稱之詞。②自稱自己的國家曰我；例「齊師伐我。」

參考 ①我：a. 有時也用來指稱「我們」，如：我校、我軍。b.「我」、「你」對舉，表示泛指。參閱「你」字條。②反你。

6 **我行我素** ㄨㄛˇ ㄒㄧㄥˊ ㄨㄛˇ ㄙㄨˋ 不管別人怎麼說，只依照自己的主張去做。

7 **我見猶憐** ㄨㄛˇ ㄐㄧㄢˋ ㄧㄡˊ ㄌㄧㄢˊ 形容女子姿貌端莊，即使同性看了，也生憐惜的意思。

10 **我們** ㄨㄛˇ ˙ㄇㄣ 我的多數。

參考 ①參閱「咱們」條。②又作「我曹」、「我輩」、「吾儕」、「我儕」、「咱們」。

▽自我、小我、大我、唯我、物我、忘我、無我、人我、舍我、依然故我、盡其在我、犧牲小我完成大我。

常 3 **戒** 形解 會意；從廾戈。兩手執戈，以便警戒爲戒。

音義 ㄐㄧㄝˋ 名①宗佛教的一種修練儀式；例齋戒。②姓。動①防備；例戒備。②警告；例勸戒。③慎重；例戒慎。④革除；例戒賭。

參考 ①參閱「戎」字條。②同警，除，革。③孳械、誡。

4 **戒心** ㄐㄧㄝˋ ㄒㄧㄣ 警惕，戒備的心。

戒尺 ㄐㄧㄝˋ ㄔˇ ㈠佛教說戒時的用具，爲兩塊小木，說戒時敲擊木塊，發出聲響，使聽者集中注意力。㈡舊時塾師體罰學生所用的木板。又名「戒方」。

9 **戒指** ㄐㄧㄝˋ ㄓˇ 套在手指上的指環，多由金、銀、玉石等做成。例結婚戒指。

戒律 ㄐㄧㄝˋ ㄌㄩˋ 宗佛教名詞。「戒」是「禁制」的意思，有五戒、十戒、及二百五十戒等種類；「律」是「調伏」的意思，爲戒律中條文的解釋等。

10 **戒除** ㄐㄧㄝˋ ㄔㄨˊ 改除不良嗜好。例他已戒除偷竊的惡習。

12 **戒備** ㄐㄧㄝˋ ㄅㄟˋ 提高警覺，加强警戒，以防備敵人和不法分子的突襲或搗亂的行爲。

20 **戒嚴** ㄐㄧㄝˋ ㄧㄢˊ ㈠嚴密的防備。㈡國家的安全與秩序，遭受外患或變亂的破壞威脅時，政府所採取的軍事管制等特別措施。例戒嚴法。

▽訓戒、警戒、齋戒、十戒、受戒、授戒、女戒、懲戒、天戒、破戒、儆戒、勸戒、心敬必戒。

常 4 **或** 形解 會意；從口從戈從一。一，指土地；口，象半穴居的穴形；戈，所以衞社稷；所以會邦國的意思。

音義 ㄏㄨㄛˋ 代①泛稱某人；例或曰。②泛稱某物；例或好或壞。副不一定；例或許。

參考 ①「或」與從「心」的「惑」音同而義別：「或」表不定的意思，而「惑」多有惑亂、懷疑的意思，二者不宜混淆。②孳域、或、惑、蜮、馘、國、幗、摑、蟈。

11 **或許** ㄏㄨㄛˋ ㄒㄩˇ 也許。

常 4 **戕** 解形 形聲；從戈，爿聲。外臣來弒君為戕。

音義 ㄑㄧㄤˊ 動殺害；例自戕。

參考 同殺。

13 **戕賊** ㄑㄧㄤˊ ㄗㄜˊ 傷害。

次 4 **戔** 解形 會意；從二戈。殘傷為戔。

音義 ㄘㄢˊ 動殘傷。

ㄐㄧㄢ 形淺小的；例「束帛戔戔。」

ㄔㄢˇ 動撞傷。

ㄆㄢ 形狹小的。

參考 ①ㄔㄢˇ又音ㄔㄨㄢˇ。②孳剗、淺、棧、棧、踐、綫、箋、錢、餞、賤、濺、盞。

8 **戔戔** ㄐㄧㄢ ㄐㄧㄢ ㈠微細的。例戔戔之數，何足掛齒？㈡積聚的；例戔戔五束素。

常 7 **戚** 解形 形聲；從戉，尗聲。大斧為戚。

音義 ㄑㄧ 名①古代似斧的兵器；例「干戈戚揚。」②親屬；例外戚。③姓。動煩憂；例悲戚。形憂患的；例休戚與共。

ㄘㄨˋ 形促迫的；例戚速。

參考 ①「戚」與「慼」作「憂愁」解時，二字可通用。然作「親戚」解時，則與「慼」不可通。②同哀，愁，悲，親。

10 **戚容** ㄑㄧ ㄖㄨㄥˊ 指哀戚的面容。

20 **戚繼光** ㄑㄧ ㄐㄧˋ ㄍㄨㄤ 人明代民族英雄、軍事家。山東定遠（一說蓬萊）人，出身將家。嘉靖年間調浙江，任參將，抵抗倭寇。後又升福建總兵官，與俞大猷剿平廣東倭寇。他對練兵、治械、陣圖等都有創見，所著「紀效新書」、「練兵實紀」，極受兵家重視。

21 **戚屬** ㄑㄧ ㄕㄨˇ 親屬。

▽哀戚、姻戚、外戚、休戚、親戚、憂戚、內戚、婚戚、國戚、悲戚、長戚、皇親國戚。

常 7 **戛** 解形 會意；從戈從百。以戈擊百（首），所以會戟的意思。

音義 ㄐㄧㄚˊ 名古代一種長矛兵器。動敲擊；例戛擊。

參考 「戛」與「嘎」不同，「戛」讀ㄐㄧㄚˊ，「嘎」讀ㄍㄚ；「戛」有敲擊的意思，而「嘎」為狀聲字，宜加區分。

11 **戛戛** ㄐㄧㄚˊ ㄐㄧㄚˊ ㈠形容東西互相撞擊的聲音。㈡意見不合，吵嘴不停的樣子。㈢特立的樣子。例戛戛獨造。

12 **戛然** ㄐㄧㄚˊ ㄖㄢˊ ㈠像鳥鳴聲。㈡停止的樣子。例戛然而止。

常 8 **戟** 解形 會意；從戈，榦省（𠦝）。榦指枝條，所以前端分叉成枝狀的兵器為戟。

音義 ㄐㄧˇ 名古代兵器，由矛與戈組合而成，可前刺又可後勾；例戟盾。

參考 參閱「戈」字條。

▽弓戟、劍戟、交戟、刺戟、矛戟、畫戟、戈戟、長戟。

常 9 **戢** 解形 形聲；從戈，咠聲。收藏兵器為戢。

音義 ㄐㄧˊ 名姓。動①收斂；例戢翼。②停止；例戢怒。③收藏；例戢藏。

參考 「戢」與「檝」有別：「檝」為「楫」的異體字，「楫」為船槳，宜加區分。

17 **戢翼** ㄐㄧˊ ㄧˋ 收斂翅膀，停止飛翔；比喻退隱不仕。

常 9 **戡** 解形 形聲；從戈，甚聲。甚有極至的意思，所以干戈所刺極其深入為戡。

音義 ㄎㄢ 動①平靖；例戡亂。②攻克；例「西伯既戡黎。」③殺。

參考 「戡」與「堪」有別：「堪」有勝任的意思，如：不堪其擾，不用「戡」字。然「戡亂時期」亦不用「堪」字。

13 **戡亂** ㄎㄢ ㄌㄨㄢˋ 平定亂事。

次 9 **戣** 解形 形聲；從戈，癸聲。兵器名，有三鋒刃的矛為戣。

音義 ㄎㄨㄟˊ 古三鋒刃的武器。

次 9 **戥** 解形 形聲；從戈，星聲。度量貴重物品的小衡器為戥。

音義 ㄉㄥˇ 名小秤，多用來稱貴重物品的重量；例戥子。動以戥子稱量。

㊔ 10

截

形解 形聲；從戈，雀聲。切斷爲截。

音義 ㄐㄧㄝˊ 名 段；㊟大半截。②動 ①切割；㊟截長補短。②阻擋；㊟攔截。形 分明的；㊟截然不同。

參考 ①「截」本作「𢧵」。②「截」與「戳」(ㄔㄨㄛ)形近音義不同，戳爲圖章，如郵戳。③「直截了當」的「截」字，音ㄐㄧㄝˊ，常誤寫成「接」。

8 **截長補短** ㄐㄧㄝˊ ㄔㄤˊ ㄅㄨˇ ㄉㄨㄢˇ 截取長處以彌補短處。截，又作「絕」、「取」。

10 **截留** ㄐㄧㄝˊ ㄌㄧㄡˊ 扣留不放。

參考 同移多補少，移東補西。

12 **截然** ㄐㄧㄝˊ ㄖㄢˊ 界限分明的樣子。㊟截然不同。

15 **截稿** ㄐㄧㄝˊ ㄍㄠˇ 指報紙或雜誌文稿等截止收件的時間。

17 **截擊** ㄐㄧㄝˊ ㄐㄧˊ 半路上攔擊。

截獲 ㄐㄧㄝˊ ㄏㄨㄛˋ 在中途截路捕獲。

▽橫截、裁截、攔截、半截、直截、斷截。

㊋ 10

戠

形解 形聲；從戈，晋聲。晋有前進的意思，所以進攻翦滅敵人爲戠。

音義 ㄐㄧㄢˇ 動 ①殲滅，通「翦」。②竭盡；㊟俾爾戠穀。

㊋ 10

戧

形解 形聲；從戈，倉聲。刀傷爲戧。

音義 ㄔㄨㄤ 名 創傷，古「創」字。

ㄑㄧㄤ 動 逆著；㊟戧風。形 決裂的；㊟我倆鬧戧了。

ㄑㄧㄤˋ 動 ①支持；㊟這屋樑已鬆動，應該戧上一根木頭。②塡補，在器物上鑲嵌金屬；㊟「戧金」。

㊔ 11

戮

形解 形聲；從戈，翏聲。殺害爲戮。

音義 ㄌㄨˋ 動 ①殺害；㊟殺戮。②侮辱。形 窮盡的；㊟戮力合作。

參考 「戮」與「勠」雖都有合力的意思，惟作殺解時，只用「戮」而不可用「勠」。

2 **戮力** ㄌㄨˋ ㄌㄧˋ 盡力，努力。

▽刑戮、殺戮、大戮、誅戮、屠戮、引頸就戮。

㊔ 12

戰

形解 形聲；從戈，單聲。戈是兵器，單是盾牌，所以執干戈打仗爲戰。

音義 ㄓㄢˋ 名 姓。動 ①打仗；㊟挑戰。㊟愈戰愈勇。②競爭；㊟戰慄。③因冷而顫動，通「顫」；㊟筆戰、舌戰、論戰。④泛指角勝負，比高下；㊟筆戰、舌戰、論戰。形 關於戰爭方面的；㊟戰術。

參考 同鬭，顫，抖。

3 **戰士** ㄓㄢˋ ㄕˋ 軍人。

4 **戰火** ㄓㄢˋ ㄏㄨㄛˇ 指戰爭。因使用爆炸物引起火燒，故稱。

5 **戰犯** ㄓㄢˋ ㄈㄢˋ 即戰爭罪犯。指犯有戰爭罪行的人。

戰功 ㄓㄢˋ ㄍㄨㄥ 作戰的功績。

7 **戰局** ㄓㄢˋ ㄐㄩˊ 戰爭雙方在一定時間或一定戰區內形成的局勢。

戰役 ㄓㄢˋ ㄧˋ 軍 軍隊在一定的方向上和時間內，所進行的所有戰鬥的總和。

戰利品 ㄓㄢˋ ㄌㄧˋ ㄆㄧㄣˇ 軍 戰爭所俘獲敵人的物品。如武器、彈藥、車輛、器材和旗徽、文件等。

8 **戰爭** ㄓㄢˋ ㄓㄥ 爲了一定的政治目的而進行的具有一定規模的武裝衝突。往往發生於民族與民族、國家與國家、政治集團與政治集團之間。

參考 ①與「鬥爭」有別：「戰爭」指用兵力來決勝負；「鬥爭」指兩種矛盾勢力的衝突，是多方面的，可以是物質的，也可以是精神的。所以，「鬥爭」可以包括「戰爭」；「戰爭」則是「鬥爭」的一種最尖銳、最激烈的形式。②參閱「戰鬥」條。

9 **戰俘** ㄓㄢˋ ㄈㄨˊ 作戰時被敵人所俘虜的官兵。

10 **戰鬥** ㄓㄢˋ ㄉㄡˋ ㈠軍事上指敵對雙方所進行的武裝衝突，是達到戰爭目的的主要手段。㈡比喻在工作中和困難作戰。

參考 「戰鬥」、「戰役」、「戰爭」都是名詞，但有差別：「戰鬥」有兩個意義：一是指敵對雙方所進行的武裝衝突，是達到戰爭目的的主要手段；

二是泛指鬥爭。「戰役」是指爲實現一定的戰略目的，按照統一的作戰計劃，在一定的方向上和一定的時間內所進行的一系列戰鬥的總和。「戰爭」是指民族與民族之間、國與國之間、政治集團之間的武裝鬥爭。「戰爭」是政治的延續，是解決政治矛盾的最高鬥爭形式。

戰鬥力 ㄓㄢˋ ㄉㄡˋ ㄌㄧˋ 軍隊從事戰鬥決定成敗的力量。包括士氣、作戰經驗、技能、武器、火力、補給等。

戰書 ㄓㄢˋ ㄕㄨ 通知敵軍交戰的文書。

參考 同戰表。

11 **戰術** ㄓㄢˋ ㄕㄨˋ 軍進行戰鬥的原則和方法。

參考 參閱「戰略」條。

戰略 ㄓㄢˋ ㄌㄩㄝˋ (一)軍軍事術語，對戰爭全局的籌劃和指導。(二)泛指一般工作、競賽等活動中的總方針、計劃、安排、部署。

參考 與「戰術」都指鬥爭的原則和方式，但略有區別：「戰略」指導戰爭全局的總方針和總計劃，又可比喻決定全局的策略。「戰術」是爲實現戰略計劃而規定的戰鬥方法；又可比喻解決局部問題的方法。

12 **戰場** ㄓㄢˋ ㄔㄤˇ (一)兩軍交戰的地方。(二)比喻考試的場所。

戰備 ㄓㄢˋ ㄅㄟˋ (一)打仗前的一切準備。(二)作戰時的武器裝備。

13 **戰慄** ㄓㄢˋ ㄌㄧˋ 恐懼的樣子。

參考 ①同顫抖。②參閱「顫抖」條。③又作「戰栗」。

15 **戰線** ㄓㄢˋ ㄒㄧㄢˋ 軍指敵對雙方軍隊作戰時的接觸線。即雙方的最前線。

16 **戰戰兢兢** ㄓㄢˋ ㄓㄢˋ ㄐㄧㄥ ㄐㄧㄥ 畏懼戒愼的樣子。

參考 兢不可誤讀或寫作「競爭」的「競」字。

17 **戰壕** ㄓㄢˋ ㄏㄠˊ 軍作戰時作掩體用的壕溝。如塹壕、交通壕等。

戰績 ㄓㄢˋ ㄐㄧ 作戰的功績。例戰績輝煌。

參考 同戰功。

▽應戰、開戰、休戰、血戰、決戰、交戰、好戰、作戰、股戰、舌戰、善戰、挑戰、熱戰、冷戰、奮戰、野戰、停戰、越戰、韓戰、苦戰、速戰、心戰、政治戰、肉搏戰、星際大戰、世界大戰、二次大戰。

常 13
戲

形解 形聲；從戈，䖒聲。三軍中的副軍爲戲。

音義 ㄒㄧˋ 名①運用語言、音樂、肢體等效果來表情達意的一種藝術；例戲劇。②泛稱歌舞、雜技等的表演；例掌中戲。③姓。動①玩耍；例嬉戲。②開玩笑；例戲弄。

ㄏㄨ 感表感傷至深的歎詞，常用於文言文中通「虖」；例於戲。

ㄏㄨㄟ 名軍隊中用以指揮的旗幟，通「麾」；例戲下。

參考 ①「戲」讀做ㄏㄨ時與「呼」通，讀做ㄏㄨㄟ時與「麾」通。②同玩，嬉，耍，劇。③字或作「戱」。

6 **戲曲** ㄒㄧˋ ㄑㄩˇ 藝中國傳統的戲劇形式。是包含文學、音樂、美術、舞蹈、武術、雜技以及人物扮演等各種表演的綜合藝術。

7 **戲言** ㄒㄧˋ ㄧㄢˊ 開玩笑的話。

戲弄 ㄒㄧˋ ㄋㄨㄥˋ 耍笑玩弄，拿人開心。

8 **戲法** ㄒㄧˋ ㄈㄚˇ (一)藝一種技藝表演，演員以熟練靈活的手法，或利用觀衆視覺、聽覺上的錯覺，表演各種幻術。(二)指一些變詐的小手段。

15 **戲劇** ㄒㄧˋ ㄐㄩˋ 藝一種由演員扮演角色，當衆表演故事的藝術形式。通過典型的舞臺形象，反映社會現實生活，表現主題思想。

16 **戲謔** ㄒㄧˋ ㄋㄩㄝˋ 戲弄取笑。

▽演戲、嬉戲、兒戲、遊戲、京戲、於戲、木偶戲、皮影戲、地方戲、作戲、逢場作戲、視同兒戲。

常 13
戴

形解 形聲；從異，𢦏聲。異是分開物體，故有始生的意思；所以分物得能增益爲戴。

音義 ㄉㄞˋ 名姓。動①將物件

加在頭頂、四肢或身體上；例穿戴整齊。②冒著；例披星戴月。③尊崇；例擁戴。

參考「戴」字左下方從「異」，與從「車」的「載」字有別：「戴」有穿戴、擁護的意思，如：愛戴、不共戴天等是。「載」有裝載、記錄的意思，如：載貨、記載等是。

4 **戴天** ㄉㄞˋ ㄊㄧㄢ 存在於世間。例不共戴天。

戴月披星 ㄉㄞˋ ㄩㄝˋ ㄆㄧ ㄒㄧㄥ 形容星夜奔走，極爲辛勞。又作「披星戴月」、「戴星」。

9 **戴盆望天** ㄉㄞˋ ㄆㄣˊ ㄨㄤˋ ㄊㄧㄢ 比喻事實與理想違背，難以如願。

10 **戴高帽子** ㄉㄞˋ ㄍㄠ ㄇㄠˋ ㄗ˙ 俚說些別人愛聽的讚美話，使別人心裏感覺舒服。又作「戴高帽兒」。

13 **戴罪立功** ㄉㄞˋ ㄗㄨㄟˋ ㄌㄧˋ ㄍㄨㄥ 以有罪之身建立功勞。 戴：頭上頂著。

參考 與「立功贖罪」都常用來敎育有罪過的人去建立功勞，以抵消罪過，但有別：前者的意義重點落在「立功」上；而後者的重點則是在「贖罪」。

▽推戴、奉戴、擁戴、愛戴、穿戴、負戴、張冠李戴。

常 14 **戳** 解形 形聲；從戈，翟聲。翟是雄雉，有威武的意思，所以用銳器刺物爲戳。

音義 ㄔㄨㄛ 名圖章的一種；例郵戳。動以銳器刺劃物體；例戳破衣服。

參考 ①「戳」與「戮」有別：「戮」有殺、盡力的意思，而「戳」有刺、戳記的意思。②同刺。

10 **戳記** ㄔㄨㄛ ㄐㄧˋ 圖章、印記。

▽郵戳、信戳。

【戶部】 ㄏㄨˋ

常 0 **戶** 解形 象形；象半門形。單扇爲戶，雙扇爲門。

音義 ㄏㄨˋ 名①單扇的門稱戶。②出入口的通稱。③政戶政管理的單位，即人家；例三百戶。④帳冊登載的單位；例基本用戶。⑤姓。

參考 ①同門，家。②擎妒、所、戹、雇、扈、滬、顧。

3 **戶口** ㄏㄨˋ ㄎㄡˇ 一家戶中的人員。例戶口名簿。

9 **戶限爲穿** ㄏㄨˋ ㄒㄧㄢˋ ㄨㄟˊ ㄔㄨㄢ 形容來訪的賓客很多。戶限：即門檻，門下的橫木，用以界別內外。穿：磨透。

參考 ①同門庭若市。②反門可羅雀。

15 **戶樞不蠹** ㄏㄨˋ ㄕㄨ ㄅㄨˋ ㄉㄨˋ 常轉動的門樞不會被蟲蛀壞，比喻勞動不息能避免退化或老化。戶樞：門軸。蠹：蛀蟲。

20 **戶籍** ㄏㄨˋ ㄐㄧˊ ㈠政府對於各戶的人數、籍貫、職業等的調查紀錄。㈡戶政人員登記每戶人口事項的簿冊。

▽門戶、農戶、商戶、酒戶、荊戶、大戶、客戶、過戶、貧戶、千門萬戶、家家戶戶。

次 3 **戺** 解形 形聲；從戶，巳聲。堂下的空地爲戺。

音義 ㄕˋ 名①昔日木門的樞紐，有支撐門板，承接孔臼的功用。②堂簾。③石階兩旁的斜面石。

參考「戺」從「戶」從「巳」（ㄙˋ），「巳」要封口；不可從己（ㄐㄧˇ）或已（ㄧˇ）。

常 4 **房** 解形 形聲；從戶，方聲。方是「旁」省，有邊側的意思，所以旁室爲房。

音義 ㄈㄤˊ 名①古代指正堂兩旁的房間，今爲房屋的通稱；例瓦房。②房間；例書房。③全體中分隔獨立的部分；例蜂房。④妻室；例塡房。⑤家族的分支；例遠房。⑥姓。

參考「房」與「屋」古代意思有別，然今已難分，但是習慣用語，如：樓房、洋房、廂房、客房、套房，都不用「屋」字。

8 **房事** ㄈㄤˊ ㄕˋ 男女性交之事。又稱「行房」。

10 **房租** ㄈㄤˊ ㄗㄨ 租借別人的房子所付的錢。

參考 同房錢。

12 **房間** ㄈㄤˊ ㄐㄧㄢ 屋內所分隔的單位。

▽空房、閨房、茶房、山房、書房、暖房、廚房、文房、私房、同房、洋房、雅房、心房、大房、二房、藥房、臥房、蜂房、新房、親房、遠房、近房、廂房、樓房、套房、新娘房、老大房、七大房。

常 4 **戾** 解形 會意；從犬戶。犬出戶下，必彎曲其身，所以委曲爲戾。

音義 ㄌㄧˋ 名①罪罰；例罪戾。②姓。動①至，抵達；例鳶飛戾天。②違背；例乖戾。形①兇殘的；例暴戾。②勁疾的；例疾風戾吹帷。

參考 ①擘唳、淚、捩。②字從犬，不可從大。

▽乖戾、暴戾、違戾、罪戾。

常 4 **所** 解形 形聲；從斤，戶聲。伐木聲爲所。

音義 ㄙㄨㄛˇ 名①處所；例各得其所。②地方行政基層組織，多負責技術性業務；例衛生所。③猶「座」，多用於計算房屋的量詞；例樓房一所。④姓。代指示代名詞；例有所思。連約計之詞，表示大約估計的詞，通「許」；例行走一里所。助①虛字，置於動詞前，表動作的歸屬；例己所不欲，勿施於人。②與「爲」或「被」連用，受詞多置於「爲」、「被」之前，屬被動語態；例爲人所乘。

參考 同處。

5 **所以** ㄙㄨㄛˇ ㄧˇ ㈠因此，常與「因爲」相應而用。㈡理由，原因。

參考 「所以」、「因此」、「因而」有別：「所以」可以同「因爲」或「由於」配合；「因此」、「因而」一般只能同「由於」配合。「所以」有「之所以…；是因爲（由於）」的突出原因或理由的用法，「因此」、「因而」卻沒有這種用法。

所以然 ㄙㄨㄛˇ ㄧˇ ㄖㄢˊ 爲什麼會這樣的原因。例知其然而不知其所以然。

6 **所在** ㄙㄨㄛˇ ㄗㄞˋ ㈠居住的地方。㈡處所，方向。

所有 ㄙㄨㄛˇ ㄧㄡˇ ㈠擁有的東西。㈡一切，全部。例傾其所有。㈢法對物主張權利上的歸屬。例所有權。

所向披靡 ㄙㄨㄛˇ ㄒㄧㄤˋ ㄆㄧ ㄇㄧˇ 比喻勢量所到達的地方，什麼也擋不住。所向：風吹到的地方；披靡：草本都被吹倒。

參考 ①同所向無敵。②反望風披靡。

所向無敵 ㄙㄨㄛˇ ㄒㄧㄤˋ ㄨˊ ㄉㄧˊ 所到之處，沒有人能抵抗。

參考 ①同勢如破竹。②不堪一擊。

11 **所得稅** ㄙㄨㄛˇ ㄉㄜˊ ㄕㄨㄟˋ 政府對於人民或私人營利事業團體在一定期間內的所得，加以稽徵的稅收。我國所得稅分個人綜合所得稅和營利事業所得稅兩項。

16 **所謂** ㄙㄨㄛˇ ㄨㄟˋ ㈠通常人所說的。㈡總結上文的用語。

▽居所、住所、廁所、處所、派出所、衛生所、招待所、研究所、各得其所、流離失所。

次 4 **戽** 解形 形聲；從斗，戶聲。其形如斗的盛水器爲戽。

音義 ㄏㄨˋ 名汲水灌田的農具；例戽斗。動以戽斗汲水。

4 **戽斗** ㄏㄨˋ ㄉㄡˇ 農家用以引水灌溉田地的器具。

戽水 ㄏㄨˋ ㄕㄨㄟˇ 用戽斗或水車引水灌田。

常 5 **扁** 解形 會意；從戶冊。冊書於門戶上，是爲橫扁。今作匾。

音義 ㄅㄧㄢˇ 名①匾額，通「匾」。②姓。形形體寬而薄的；例扁平。ㄆㄧㄢ 形狹小的；例一葉扁舟。

參考 擘匾、偏、遍、篇、翩、萹、編、偏。

6 **扁舟** ㄆㄧㄢ ㄓㄡ 小船。例昨夜扁舟雨一簑。

7 **扁豆** ㄅㄧㄢˇ ㄉㄡˋ 植豆類，一年生草本，莖是蔓藤的形狀，果實成莢，扁平如鐮形，供食用。名「扁豆子」、又名「白豆」。

參考 ①又作「萹豆」。②又有「沿

籬豆」、「峨眉豆」等別名。

9 **扁食** ㄅㄧㄢˇ ㄕˊ 餛飩的別名。

扁柏 ㄅㄧㄢˇ ㄅㄞˇ 植 常綠喬木，柏科，葉小像鱗片，木材緻密，供建築和製器所用。葉可入藥。又稱「側柏」。

10 **扁桃腺** ㄅㄧㄢˇ ㄊㄠˊ ㄒㄧㄢˋ 生 淋巴腺之一種，位於口蓋及咽頭四周，呈扁桃狀，是防禦性的腺體。

19 **扁鵲** ㄅㄧㄢˇ ㄑㄩㄝˋ 人 ㈠黃帝時良醫名。㈡戰國時名醫，姓秦，名越人。能以把脈而查出五臟中的毛病，因為他住於盧內，故世稱「盧醫」。

次 5 **扃** 形解 形聲；從戶，冋聲。冋有圍繞在外的意思，所以門外用來閂門的橫木為扃。

音義 ㄐㄩㄥ 名 ①門閂或環紐；例「入戶奉扃」。②門戶；例山扃。③車上橫木。動 關閉；例扃門。ㄐㄩㄥˇ 形 明察的；例我心扃扃。

參考 ㄐㄩㄥ 又音 ㄐㄩㄥˇ。

常 6 **扇** 形解 會意；從戶羽。羽有掩覆的意思，所以會門扉的意思。

音義 ㄕㄢˋ 名 ①能造成空氣流動的用具；例電扇。②量詞，用以計算門窗、屏風、玻璃等單位；例一扇門。

ㄕㄢ 動 ①使空氣流動而生風，通「搧」；例扇爐子。②從恿他人，造生事端，通「煽」；例扇動。

參考 ①「扇」與「煽」唯有作鼓動解時，才可以通用。②同扉。③孳 煽。

7 **扇形** ㄕㄢˋ ㄒㄧㄥˊ 數 以圓的兩半徑及其所截的弧圍成的部分。

▽羽扇、秋扇、團扇、鐵扇、涼扇、舞扇、門扇、摺扇、電扇、涼風扇、芭蕉扇、檀香扇、夏爐冬扇、綸巾羽扇。

次 6 **扆** 形解 形聲；從戶，衣聲。凡室戶東牖西，戶牖之間的地方為扆。

音義 ㄧˇ 名 ①屏風。②姓。動 隱藏。

常 7 **扈** 形解 形聲；從邑，戶聲。夏后同姓所封戰於甘之野的功臣為扈。

音義 ㄏㄨˋ 名 ①侍從；例扈從。②動 候鳥名，本作「雇」；例九扈。③姓。副 強橫地；例跋扈。

11 **扈從** ㄏㄨˋ ㄗㄨㄥˋ 隨從天子的車輛和人員。

參考 同隨從。

▽跋扈、京扈、飛揚跋扈。

常 8 **扉** 形解 形聲；從戶，非聲。非有違逆的意思，戶與戶既相反又相成，所以門扇為扉。

音義 ㄈㄟ 名 門扇；例柴扉。

參考 同扇。

9 **扉頁** ㄈㄟ ㄧㄝˋ 書籍書冊封面或封底前的第一頁，舊稱護頁或副頁。用以保護書籍正文。

▽門扉、柴扉、荊扉、扣扉、竹扉、蓬門柴扉。

次 8 **扊** 形解 形聲；從戶，炎聲。安在戶上關門用的木栓為扊。

音義 ㄧㄢˇ 名 門閂；例扊扅。

10 **扊扅** ㄧㄢˇ ㄧˊ 即門閂。

【手部】 ㄕㄡˇ

常 0 **手** 形解 象形；象五指掌連著手腕形。

音義 ㄕㄡˇ 名 ①人體上肢的總稱，一般指手腕以下，可以拿握的部分；例雙手萬能。②專精某種事物的人；例鼓手。③參與工作的人；例人手。④技藝；例他在烹調方面，真有一手。⑤表動作的開始或結果；例著手。動 ①執持；例人手一冊。②使用；例手刃。形 體積小且便於拿握的；例手槍。副 親手地；例手自抄寫。

參考 「手」與「掌」有別：「手」可指上肢的全部或指可以持物的部分，而「掌」專指手、足的中心部位。

3 **手下** ㄕㄡˇ ㄒㄧㄚˋ 部下。

手工 ㄕㄡˇ ㄍㄨㄥ 運用雙手的技藝及簡單的工具來製作成品。

[參考] [反]機工，車工。

手工業 ㄕㄡˇ ㄍㄨㄥ ㄧㄝˋ [經]運用手工操作及簡便工具從事小規模生產的工業。

4 **手不釋卷** ㄕㄡˇ ㄅㄨˋ ㄕˋ ㄐㄩㄢˋ 比喻勤學不倦。卷：書卷。

[參考] 與「愛不釋手」有別：前者含有「勤奮、用功」的意思，還含有「(看書)入迷」的意思；後者含有「喜愛」到放不下手的意思，範圍較廣。

5 **手民** ㄕㄡˇ ㄇㄧㄣˊ ㈠木匠。㈡排字工人。

手白 ㄕㄡˇ ㄅㄛˊ 親手寫的，書信結尾用語。

[參考] 同手啓，手書。

手印 ㄕㄡˇ ㄧㄣˋ 文書上為表示負責所印捺的指紋。

[參考] 同指模。

手令 ㄕㄡˇ ㄌㄧㄥˋ 長官親自下達的命令。

手札 ㄕㄡˇ ㄓㄚˊ 親筆所寫的書信。

手本 ㄕㄡˇ ㄅㄣˇ 親筆寫的文稿。

手冊 ㄕㄡˇ ㄘㄜˋ ㈠一種索求資料的工具書。㈡一種攜帶方便、記載簡明的小冊子。[例]會員手冊。

6 **手忙腳亂** ㄕㄡˇ ㄇㄤˊ ㄐㄧㄠˇ ㄌㄨㄢˋ 比喻做事慌亂而毫無頭緒。

[參考] 參閱「七手八腳」條。

7 **手足** ㄕㄡˇ ㄗㄨˊ ㈠手和腳。㈡比喻同胞兄弟。[例]同胞手足。㈢比喻親密。[例]情同手足。

手足無措 ㄕㄡˇ ㄗㄨˊ ㄨˊ ㄘㄨㄛˋ 臨事慌張，不知如何是好。

[參考] ①又作「手足失措」。②與「束手無策」都有不知如何是好的意思，然「手足無措」偏重於慌亂的意思，而「束手無策」偏重於一籌莫展的意思。

8 **手卷** ㄕㄡˇ ㄐㄩㄢˋ 書畫橫幅類的長卷，因其適於用手舒展瀏覽而得名。

手法 ㄕㄡˇ ㄈㄚˇ ㈠處理文藝材料的方法，並含有風格、技巧、工夫的意味。[例]手法脫俗。㈡應對人事的技巧，通「手段」。[例]手法高明。

手帕 ㄕㄡˇ ㄆㄚˋ ㈠指拭面手用的布，通常由絲絹、棉綢製成。㈡古人隨身所繫的佩巾。

[參考] 「手帕」、「手巾」、「手絹」都可用來指拭面手，然「手巾」較著重於吸汗的設計，編製法也不相同；「手帕」、「手絹」較著重於隨身的特性，而「手絹」多指為女性使用且較為精緻的織物。

手帕交 ㄕㄡˇ ㄆㄚˋ ㄐㄧㄠ 俗稱結拜姐妹。

[參考] [反]拜把子，手帕姊妹。

手到擒來 ㄕㄡˇ ㄉㄠˋ ㄑㄧㄣˊ ㄌㄞˊ 形容隨心所欲，便能獲致成功。

9 **手段** ㄕㄡˇ ㄉㄨㄢˋ 為達到某種目的所使用的方法。

[參考] 通常是指不正當的行為途徑。

10 **手紙** ㄕㄡˇ ㄓˇ 舊稱衛生紙。

手書 ㄕㄡˇ ㄕㄨ 親筆的信函。

[參考] 同手翰，手札，手示。

手套 ㄕㄡˇ ㄊㄠˋ 泛稱套在手部的用具，具有防護、美觀及便於操作等多項用途。

11 **手術** ㄕㄡˇ ㄕㄨˋ [醫]醫師用刀子、剪刀等醫療器械在病患的身體上所做的切合、縫合等治療。[例]動手術。

[參考] 「手術」與「開刀」均指同類的治療方式，然「手術」的含義較廣，如割雙眼皮、換腎都可稱「手術」；「開刀」則偏重於外科醫師在病人體腔內部所做的手術。

12 **手植** ㄕㄡˇ ㄓˊ 親手栽種。

手腕 ㄕㄡˇ ㄨㄢˋ ㈠[生]手與臂相連的關節部位。㈡指辦事的能力；[例]外交手腕。

[參考] 「手腕」與「手段」意思相同；習慣上「交際手腕」、「手腕圓滑」不作「手段」，而「手段毒辣」、「不擇手段」不作「手腕」。

手筆 ㄕㄡˇ ㄅㄧˇ ㈠親手所寫或所畫的東西，通「手迹」。㈡文學創作。㈢排場，指用度的氣派。

手無寸鐵 ㄕㄡˇ ㄨˊ ㄘㄨㄣˋ ㄊㄧㄝˇ 徒手。

[參考] 與「赤手空拳」都有空手的意思，然「手無寸鐵」傾向於難於抗拒的意思，「赤手空拳」著重在毫無憑藉的意思。

13 **手腳** ㄕㄡˇ ㄐㄧㄠˇ ㈠動作。[例]手脚俐落。㈡暗中施用詭計。[例]做手腳。

手跡 ㄕㄡˇ ㄐㄧ 親筆留下的痕迹。

例先人手跡。又作「手迹」。
手勢 ㄕㄡˇ ㄕˋ 以手做各種姿勢來傳達意思。例打手勢。
14 **手槍** ㄕㄡˇ ㄑㄧㄤ 單手發射的短槍，體積小而攜帶方便。
手語 ㄕㄡˇ ㄩˇ (一)以手的姿勢或動作，代表特定的意義，而溝通思想的方法。(二)彈奏絃樂器。
手榴彈 ㄕㄡˇ ㄌㄧㄡˊ ㄉㄢˋ 軍 用手投擲的小型炸彈。
手舞足蹈 ㄕㄡˇ ㄨˇ ㄗㄨˊ ㄉㄠˋ 形容極爲快樂。
參考 參閱「載歌載舞」條。
15 **手稿** ㄕㄡˇ ㄍㄠˇ 書 (一)未刊布的著述。(二)親筆寫的文稿。
手談 ㄕㄡˇ ㄊㄢˊ 圍棋的別名。
參考 同 鬪牌。
16 **手澤** ㄕㄡˇ ㄗㄜˊ 手汗所沾潤，比喻先人的遺物。例手澤猶存。
手頭 ㄕㄡˇ ㄊㄡˊ (一)在身邊。例「再有一箇玉龍筆架，也是這箇匠人一手做的，卻不在手頭。」(二)手中所有，指經濟狀況。例手頭不便。
手諭 ㄕㄡˇ ㄩˋ 尊長給屬下的親筆書信。諭：長輩的命令。
18 **手簡** ㄕㄡˇ ㄐㄧㄢˇ 親筆書信。
19 **手藝** ㄕㄡˇ ㄧˋ 雙手操作的技藝。
21 **手鐲** ㄕㄡˇ ㄓㄨㄛˊ 以金屬或玉石做成，戴在腕部的環形飾物。
手續 ㄕㄡˇ ㄒㄩˋ 辦事的步驟及程序。
參考 「程序」的含義較廣，偏重於團體，如節目演出的程序；「手續」偏重於個人，如申報所得稅的手續。
22 **手籠** ㄕㄡˇ ㄌㄨㄥˊ 形似籠，兩端開口，可供取煖的東西。又稱「火籠」。
▽握手、下手、舉手、敵手、國手、助手、選手、素手、著手、徒手、入手、魔手、怪手、妙手、牽手、名手、空手、隨手、生手、熟手、槍手、上手、聯手、鼓手、劊子手、上下其手、大顯身手、鹿死誰手、得心應手、棋逢敵手、斲輪老手、强中更有强中手。

常 0 **才**
形解 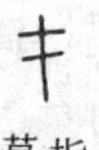 指事；指草木剛剛從地下冒出地面爲才。

音義 ㄘㄞˊ 名 ①智慧、能力，通「材」；例才德兼備。②具有某種專業知識的人；例通才。③姓。副 ①始，通「纔」；例方才。②只有；例他今年才三歲。
參考 ①「才」與「材」都有能力的意思，如：「才幹」可做「材幹」，「人才」可做「人材」。然作木料解時，只用「材」字。②同 能，纔。③孿 材、財、豺、栽、哉、裁、載、烖、戴、存、荐、在。
2 **才力** ㄘㄞˊ ㄌㄧˋ (一)辦事能力。例才力過人。(二)才智與力量。例才力相當。又作「材力」。
3 **才子** ㄘㄞˊ ㄗˇ 聰明而有文采的男子；例才子佳人。
8 **才具** ㄘㄞˊ ㄐㄩˋ 即才能。
9 **才俊** ㄘㄞˊ ㄐㄩㄣˋ 才智和能力出類拔萃的人。又作「才畯」。
10 **才氣** ㄘㄞˊ ㄑㄧˋ 充滿活力，才能顯露。例才氣縱橫。
參考 同 才華。
才氣橫溢 ㄘㄞˊ ㄑㄧˋ ㄏㄥˊ ㄧˋ 天賦聰明毫無困難地表現出來。
才能 ㄘㄞˊ ㄋㄥˊ (一)知識和能力。(二)「才能夠」的簡稱。例勤奮才能成功。
11 **才情** ㄘㄞˊ ㄑㄧㄥˊ 才華和情思。
才略 ㄘㄞˊ ㄌㄩㄝˋ 指政治或軍事上的才能和謀略。
才疏學淺 ㄘㄞˊ ㄕㄨ ㄒㄩㄝˊ ㄑㄧㄢˇ 自謙之詞，形容自己無論才能或學識都很淺薄。
參考 參閱「志大才疏」條。
12 **才智** ㄘㄞˊ ㄓˋ 才能和智慧。
參考 「才智」、「才華」、「才能」、「才幹」都有能力、技術、特長的意思；然「才智」多指具備敏捷的智慧和思考能力，「才華」多指文藝方面的能力、特長，「才能」多指辦事能力、技巧，「才幹」多指工作能力。
才筆 ㄘㄞˊ ㄅㄧˇ 指文才。
才華 ㄘㄞˊ ㄏㄨㄚˊ 表現在外的能力。例才華洋溢。
13 **才幹** ㄘㄞˊ ㄍㄢˋ 工作能力。
14 **才貌** ㄘㄞˊ ㄇㄠˋ 才能與容貌。例才貌出衆。
才貌雙全 ㄘㄞˊ ㄇㄠˋ ㄕㄨㄤ ㄑㄩㄢˊ 才能與容貌俱佳。
才德出衆 ㄘㄞˊ ㄉㄜˊ ㄔㄨ ㄓㄨㄥˋ 才能和品德都可作爲人倫表率。

15 **才德俱備** ㄘㄞˊ ㄉㄜˊ ㄐㄩˋ ㄅㄟˋ 同時兼有高超的才能和優秀的品德。

參考 ①同才德兼備，德才兼備。②與「才德出衆」有別：後者偏重在「出衆」，有與衆不同，出類拔萃的意思；前者卻偏重在「俱備」，特指「才」與「德」二者既高超又優秀的意思。

▽英才、奇才、鬼才、秀才、俊才、天才、奴才、人才、口才、文才、高才、人盡其才、作育英才、博學多才。

常 1 **扎** 形解 形聲；從手，乙聲。乙有生出的意思，所以用手拔出爲扎。

音義 ㄓㄚ 名 刺繡法之一。動 ①刺入；例 扎了一刀。②鑽入；例 扎入人潮中。ㄓㄚˊ 名 書信，通「札」；例 信扎。動 ①奮力支撐；例 掙扎。②寒冷刺骨；例 這塊冰凍得扎手。③纏縛，通「紮」；例 將上衣扎在褲帶裏。④製，做；例 這個燈籠是他親手扎的。ㄓㄚ 動 停止；例 扎住。

參考 ①同刺，鑽。②同紮。

4 **扎手** ㄓㄚ ㄕㄡˇ ㈠即棘手，比喻難辦的事或難應付的人。㈡寒冷刺骨。例 天寒地凍，連玻璃杯也變得扎手。

15 **扎實** ㄓㄚ ㄕˊ ㈠穩固。㈡比喻學問根基深固。

▽信扎、垂死掙扎。

常 2 **打** 形解 形聲；從手，丁聲。丁有實的意思，所以用手掌擊實物爲打。

音義 ㄉㄚˇ 名 姓。動 ①敲擊；例 打鼓。②戰鬥；例 打仗。③取汲；例 打水。④製作；例 打鎖。⑤撐開；例 打傘。⑥購買；例 打票。⑦編織；例 打毛線。⑧注射；例 打針。⑨表示動作的泛稱；例 打哈欠。介 從；例 打那裡來？ ㄉㄚˊ 名 外 (dozen) 音譯量詞，由十二個組成；例 一打雞蛋。

參考 同擊，撾。

4 **打牙祭** ㄉㄚˇ ㄧㄚˊ ㄐㄧˋ 俚 指偶爾吃一次豐盛的飯菜。牙祭：舊俗在每月初二和十六才有肉吃，故稱。

6 **打尖** ㄉㄚˇ ㄐㄧㄢ 旅客在途中休息或飲食。

打交道 ㄉㄚˇ ㄐㄧㄠ ㄉㄠˋ 和某人來往交通。又作「打交待」。

打成一片 ㄉㄚˇ ㄔㄥˊ ㄧ ㄆㄧㄢˋ 形容密切接合在一起，多指行動、思想和情感融洽。

參考 ①同水乳交溶。②反 分崩離析。

7 **打岔** ㄉㄚˇ ㄔㄚˋ 打斷別人的話頭或工作。岔：兩路分歧的地方。

參考 與「插嘴」有別：前者偏於打斷人的話頭，而將話題扯開。後者專指談話中，突然有第三者插進來說話。

打坐 ㄉㄚˇ ㄗㄨㄛˋ ㈠僧道修行方法之一；閉目、兩腳交叉而坐，使心神入定。㈡氣功療養法之一，即靜坐。

8 **打扮** ㄉㄚˇ ㄅㄢˋ 修飾容貌及服飾。

打劫 ㄉㄚˇ ㄐㄧㄝˊ 盜賊劫奪人家財物。

打油詩 ㄉㄚˇ ㄧㄡˊ ㄕ 指語言俚俗、格律隨便而詼諧的詩。

打抱不平 ㄉㄚˇ ㄅㄠˋ ㄅㄨˋ ㄆㄧㄥˊ 遇見不公平的事，就出頭干預，支持或幫助受欺負的一方。

參考 與「路見不平，拔刀相助」同義。

9 **打盹** ㄉㄚˇ ㄉㄨㄣˇ 打瞌睡，小睡。

打秋風 ㄉㄚˇ ㄑㄧㄡ ㄈㄥ ㈠舊指利用各種關係，假借名義，向有錢的人索取財物。㈡今指利用婚喪喜慶等名目，濫發帖子給人，以斂取錢財。又作「打抽豐」。

10 **打烊** ㄉㄚˇ ㄧㄤˋ 商店晚上收市，停止營業。

打消 ㄉㄚˇ ㄒㄧㄠ 取消，撤消。例 打消念頭。

參考 「打消」、「取消」有別：「打消」有放棄、除去的意思，偏重在抽象或未完方面。如：打消念頭。「除去」的意思也可以用「消除」。如：消除誤會。「取消」是指已經約定或商妥的事情，加以解除或消除。如：取消會員資格，取消約會。

打草驚蛇 ㄉㄚˇ ㄘㄠˇ ㄐㄧㄥ ㄕㄜˊ ㈠原

爲打動草叢，以驚走蟄蛇。比喻懲罰某人，來警戒他人。㈡比喻採取機密行動前，行迹有所暴露，驚動了對方，使人有所防備。

參考 ①本詞含有貶損的意思，所以用時宜加斟酌。②參閱「投鼠忌器」條。

打破記錄 ㄉㄚˇ ㄆㄛˋ ㄐㄧˋ ㄌㄨˋ 在某種特殊事項上，成績超越了前人，創下了新的記錄。

參考 多指運動方面的成就。

打破成規 ㄉㄚˇ ㄆㄛˋ ㄔㄥˊ ㄍㄨㄟ 打破沿襲下來或不能適應形勢發展的辦法或規章制度。

參考 反墨守成規。

打退堂鼓 ㄉㄚˇ ㄊㄨㄟˋ ㄊㄤˊ ㄍㄨˇ 舊時官員退堂時要打鼓示意。今喻對決定要做或開始做的事畏懼退縮或中途放棄。

打躬作揖 ㄉㄚˇ ㄍㄨㄥ ㄗㄨㄛˋ ㄧ 形容人恭敬地拱手向人行禮的樣子。躬：彎腰。揖：推手行禮。

11 **打發** ㄉㄚˇ ㄈㄚ ㈠派遣。㈡施捨。例打發了乞丐。

打通關節 ㄉㄚˇ ㄊㄨㄥ ㄍㄨㄢ ㄐㄧㄝˊ 暗中請託，做人情。關節：本是人體運動的要害，此作「關鍵所在」解。又作「打關節」、「打點」。

12 **打量** ㄉㄚˇ ㄌㄧㄤˊ ㈠注意觀察。㈡估測。又作「打諒」。

打開僵局 ㄉㄚˇ ㄎㄞ ㄐㄧㄤ ㄐㄩˊ 突破了僵持的局面，解決了問題的困難。僵局：雙方都不肯妥協，以致事情進退不得的局面。

13 **打落水狗** ㄉㄚˇ ㄌㄨㄛˋ ㄕㄨㄟˇ ㄍㄡˇ ㈠比喻趁機追擊已經窘迫失敗的人。㈡比喻徹底打擊已經失敗了的壞人。

參考 與「落井下石」有別：前者特指趁機繼續打擊失敗窘困的人，後者指乘人危急時更加陷害。

14 **打算** ㄉㄚˇ ㄙㄨㄢˋ 心裏所設定的一種計劃。

參考「打算」、「計劃」有別：「打算」是心中有某種想法或念頭，但不一定是經過仔細考慮而定下的行動方針。「計劃」則是行動以前所擬定的具體步驟。

打滾 ㄉㄚˇ ㄍㄨㄣˇ ㈠躺在地上往來翻轉。㈡比喻歷盡艱辛波折。例他在商場打滾多年。

15 **打趣** ㄉㄚˇ ㄑㄩˋ 用戲謔或俏皮話開人玩笑。

16 **打鴨子上架** ㄉㄚˇ ㄧㄚ ㄗˇ ㄕㄤˋ ㄐㄧㄚˋ 原指強逼鴨子上架受烤，比喻強逼人做超越能力或不願意做的工作。

17 **打擊** ㄉㄚˇ ㄐㄧˊ ㈠敲打。例打擊鑼鼓。㈡挫折。例他無法承受太大的打擊。

打點 ㄉㄚˇ ㄉㄧㄢˇ ㈠整理收拾。例打點行李。㈡託人關照。

18 **打雜** ㄉㄚˇ ㄗㄚˊ 暫時從事一些零碎的工作以維持生活。

打擾 ㄉㄚˇ ㄖㄠˇ ㈠擾亂。㈡接受款待，客人告別時對主人所說的客套話。

21 **打鐵趁熱** ㄉㄚˇ ㄊㄧㄝˇ ㄔㄣˋ ㄖㄜˋ 比喻趁著好時機加緊進行。

22 **打聽** ㄉㄚˇ ㄊㄧㄥ 探問。例打聽消息。

▽安打、毆打、痛打、撲打、鞭打、一打、攻打、電打、英打、中打、討打、犧牲打、全壘打、穩紮穩打、邊走邊打。

常 2

扔

形解  形聲；從手，乃聲。乃有出的意思，所以用手拋出爲扔。

音義 ㄖㄥ 動 ①拋棄；例不可亂扔紙屑。②投擲；例把球扔給我。

參考 ㄖㄥ，又音 ㄖㄥˋ。

常 2

扒

形解 形聲；從手，八聲。八有分別的意思，所以用手分別拔出爲扒。

音義 ㄅㄚ 動 ①攀援；例扒樹。②掰開；例把橘子扒成四分。③以強力脫人衣衫；例他不還帳，就扒他的衣服。④挖掘；例扒坑。

ㄆㄚˊ 動 ①盤臥；例門口扒著一隻狗。②攀登；例扒上岩石。③撓抓；例扒癢。

參考「扒」讀 ㄆㄚˊ 時，與「爬」都有搔抓、攀登的意思，作「盤伏」解時，不能用「爬」字，而「爬」的意思爲四足伏地而行，如「爬行」，亦不作「扒」。此外，「扒」尚有聚攏、挖掘的意思，皆不可與「爬」混用。

4扒手 ㄆㄚˊ ㄕㄡˇ 趁人不備而偷取人身上或所攜帶物品的賊。

參考「扒手」與「小偷」都是竊盜，「扒手」多指偷取人身上或攜帶的東西，「小偷」多指偷取乏人照料的東西。

▽扒竊財物。

次 2 **扑** 形解 形聲；從手，卜聲。輕輕擊打爲扑。

音義 ㄆㄨ 名①刑杖；例「執敲扑以鞭笞天下。」②戒具，即榎楚，是古代體罰用具。動①擊打；例扑撻。②跌倒，通「仆」。

參考「扑」、「訃」、「朴」有別：「扑打」的「扑」，字從「扌」（手）；「訃告」、「訃聞」的「訃」，字從「言」；「朴」有三個讀音而義殊：①ㄆㄨˊ，姓；「樸」的簡寫。②ㄆㄧㄠˊ，姓。③ㄆㄛˋ：朴刀。

常 3 **托** 形解 形聲；從手，乇聲。乇是草葉，以手承物爲托。

音義 ㄊㄨㄛ 名①用以承物的座子；例茶托。②姓。動①以手掌承舉；例托腮。②由下往上推；例托正下巴。③墊襯；例下面托張複寫紙。

參考「托」與「託」有別：「托」多有用手承舉、推擊的意思；而「託」多有以言語來吩咐、委任、寄託的意思。

8托孤 ㄊㄨㄛ ㄍㄨ 將孤子托付給他人養育照料。

托兒所 ㄊㄨㄛ ㄦˊ ㄙㄨㄛˇ 社接受幼兒委託管理的機構。

參考①又作「託兒所」。②與「幼稚園」有別：「托兒所」接受的對象是由出生一、二星期的新生兒到三足歲以前的幼兒；「幼稚園」則接受三足歲以上，學齡之前的兒童。

13托運 ㄊㄨㄛ ㄩㄣˋ 委託他人代爲運送貨物。例汽車托運。

托鉢 ㄊㄨㄛ ㄅㄛ (一)宗佛教戒律規定僧人飲食時，必須用手托鉢到施主家乞討。故稱僧人化緣或請求布施爲托鉢。(二)向人乞求。例沿門托鉢。又作「托缽」。

14托福 ㄊㄨㄛ ㄈㄨˊ 外美國語言教育機構爲非英語系國家留美學生所作的英語能力測驗。

托夢 ㄊㄨㄛ ㄇㄥˋ 傳說鬼神能夠出現在人的夢裏，預示吉凶禍福。

托辣斯 ㄊㄨㄛ ㄌㄚˋ ㄙ 外以獨占市場，增加利潤爲目的的企業體制。「托辣斯」最先發生於美國，原本爲一種信託制度，後因壟斷市場，而爲輿論界反對。

參考又譯作「託辣斯」、「托拉斯」、「托賴斯」。

托爾斯泰 ㄊㄨㄛ ㄦˇ ㄙ ㄊㄞˋ 人俄國文學家。主張信仰純簡的宗教，提倡人道主義，並以爲農業生產可以解決社會問題。著有復活、戰爭與和平、安娜·卡列尼娜等小說；又有人生論、藝術論等論著。

▽寄托、襯托、拜托、信托、茶托。

常 3 **扛** 形解 形聲；從手，工聲。工爲規矩器具，所以兩人以橫木對舉一重物爲扛。

音義 ㄍㄤ 動①以兩手舉重物；例扛鼎。②兩人或兩人以上共抬一物；例扛舉。

ㄎㄤˊ ①以肩荷擔；例扛槍上陣。②頂撞。

參考同掮。

13扛鼎 ㄍㄤ ㄉㄧㄥˇ 把鼎舉起來，形容力量很大。例力能扛鼎。

常 3 **扣** 形解 形聲；從手，口聲。牽馬爲扣。

音義 ㄎㄡˋ 名①用以鈎結的物品；例鈕扣。②結子；例繩扣兒。動①牽引；例扣馬。②鈎住；例把門反扣。③覆蓋；例把碗扣在桌上。④敲擊，通「叩」；例扣鐘。⑤按比率減除；例七折八扣。⑥戴上；例扣帽子。

參考同留。

2扣人心絃 ㄎㄡˋ ㄖㄣˊ ㄒㄧㄣ ㄒㄧㄢˊ 比喻故事情節的發展，或音樂的演奏，足以激動人心的程度。

參考與「動人心弦」有別：前者除形容「使人非常激動」外，還可形容「能牽動人的心」；

後者除形容「使人非常激動」外，還常形容「使人十分感動」。

8 **扣押** ㄎㄡˋ ㄧㄚ 法 法院對於得為犯罪證據或可供沒收之物暫行留置的處分。

10 **扣除** ㄎㄡˋ ㄔㄨˊ 在某數額中除去若干數額。

扣留 ㄎㄡˋ ㄌㄧㄡˊ 拘制人員或押置物品，以待處理。

參考 衍 扣除額。

14 **扣槃捫燭** ㄎㄡˋ ㄆㄢˊ ㄇㄣˊ ㄓㄨˊ 比喻認識不深而招致錯誤。是說瞎了眼的人，沒見過太陽。人家告訴他，太陽的形狀像銅槃，太陽的光像蠟燭。於是他扣槃而聞見它的聲音，捫燭而懂得它的形狀；以後，他聽到鐘聲和銅槃一樣，摸到籥管的形狀如同蠟燭一般，就誤以為那是太陽。

參考 同 盲人摸象、瞎子摸象。

19 **扣關** ㄎㄡˋ ㄍㄨㄢ 敲擊邊關。大門表示求見。

參考 同 扣邊。

▽七折八扣、不折不扣、絲絲入扣。

扞

次 3

形解 形聲；從手，干聲。干為防攻衛身的盾牌，所以保護防衛為扞。

音義 ㄏㄢˋ 名 護臂套；例 鎧扞。動 護衛，抵擋；例 扞衛。

參考 ①「扞」右從「干」，「干」上一橫畫平直而短。②同 捍。

10 **扞格** ㄏㄢˋ ㄍㄜˊ 牴觸，不相適合。

扞格不通 ㄏㄢˋ ㄍㄜˊ ㄅㄨˋ ㄊㄨㄥ 彼此抵觸而不相入。

參考 ①同 格格不入。②與「方枘圓鑿」有別：前者強調「互相抵觸」的意思，又具有形性語法功能，前者可加上「多麼」、「更加」等詞，可直接修飾人；這些特色都是後者所無。

16 **扞衛** ㄏㄢˋ ㄨㄟˋ 保衛。

扦

次 3

形解 形聲；從手，千聲。千有抽引上穿的意思，所以用細長而尖的東西去通物或剔除汙垢為扦。

音義 ㄑㄧㄢ 名 ①以竹木金屬製成的細長尖銳的物體，可用來刺穿或挑剔；例 牙扦。②拳術招式，以拳擊對方上部。動 貫穿；例 以針扦住。

參考 又作「攓」。

扢

次 3

形解 形聲；從手，乞聲。乞有搖動的意思，所以摩擦為扢。

音義 ㄒㄧˋ 副 振奮鼓舞的樣子；例 扢然而舞。ㄍㄨ 動 擦拭。ㄍㄜ 名 結子，突起物；例 扢搭。

折

常 4

形解 會意；從斤斷艸。所以會斬斷的意思。

音義 ㄓㄜˊ 名 ①按比率扣減；例 打八折。②文 元雜劇結構的段落，一幕叫一折，每戲大都有四折。③姓。動 ①斷；例 折斷。②彎，曲；例 折腰。③損失；例 損兵折將。④人未成年而亡；例 夭折。⑤非常佩服；例 心折。⑥抵作，折合；例 折現。⑦摺疊；例 折紙飛機。⑧轉變方向；例 走到盡頭，再折回來。⑨挫敗；例 百折不撓。ㄕㄜˊ 動 ①虧損；例 折了老本。②斷裂；例 直尺折了。ㄓㄜ 動 翻轉；例 折筋斗。

參考 ①「折」字從「斤」，與從「斥」的「拆」形近而音義不同。②同 損，拗，屈，服，抵。

4 **折中** ㄓㄜˊ ㄓㄨㄥ 調和過與不及，使之適中。亦作「折衷」。

5 **折本** ㄕㄜˊ ㄅㄣˇ 虧本。

6 **折合** ㄓㄜˊ ㄏㄜˊ 不同的貨幣或度量衡單位間的換算。

折扣 ㄓㄜˊ ㄎㄡˋ 貨品按照原訂價扣除若干個百分點出售。例 七折八扣。

8 **折服** ㄓㄜˊ ㄈㄨˊ 屈服。又作「折伏」。

折返 ㄓㄜˊ ㄈㄢˇ 半途轉回。返，又作「回」。

10 **折耗** ㄕㄜˊ ㄏㄠˋ 虧損。

折射 ㄓㄜˊ ㄕㄜˋ 理 光波在傳播過程中，由於媒質改變，而產生的偏折現象。

參考 衍 折射率。

折衷 ㄓㄜˊ ㄓㄨㄥ 即折中。例 折衷家庭。

折價 ㄓㄜˊ ㄐㄧㄚˋ 照市價降低價格

出售。

折衝 ㄓㄜˊ ㄔㄨㄥ 以手腕或言語進行交涉。

折衝樽俎 ㄓㄜˊ ㄔㄨㄥ ㄗㄨㄣ ㄗㄨˇ 在杯酒言歡之間，壓制敵人；今泛指國際間外交交涉。樽俎：宴享時盛酒食的器皿。

16 **折磨** ㄓㄜˊ ㄇㄛˊ 虐待。

18 **折舊** ㄓㄜˊ ㄐㄧㄡˋ 商指固定資產成本（如房屋、汽車等）因經時間和使用而生耗損，致使價值降低，因此依照合理而有系統的方式，分期預估攤銷。

參考 衍折舊率。

20 **折騰** ㄓㄜ ㄊㄥ (一)亂搞。(二)辛苦。(三)揮霍。例萬貫家財也抵不住你恣意地折騰。

▽曲折、摧折、挫折、夭折、骨折、波折、心折、打折、百折、一波三折、迂迴曲折。

常 4

抄

解形 形聲；從手，少聲。又取為抄。

音義 ㄔㄠ 名①古量名，約升的千分之一；例「十撮為一抄。」②姓。動①用匙杓取物；例抄取。②偏離正路而前進；例抄小道。③謄錄；例照抄。④掠奪；例抄掠。⑤沒收；例抄家。⑥提拿；例抄起一根棒子。形手抄的；例抄本。

參考 ①同寫，包。②「抄」通「鈔」，故「抄寫」或作「鈔寫」；但「鈔票」不作「抄票」。

4 **抄手** ㄔㄠ ㄕㄡˇ (一)雙臂交叉於胸前。(二)著手從事。(三)雙手攏在袖管裡，即「袖手」。例抄手而立。(四)方四川話稱「餛飩」。例紅油抄手。

5 **抄本** ㄔㄠ ㄅㄣˇ 抄寫而成的書籍。例抄本聊齋。

參考 「抄本」、「寫本」都是手抄的書籍，習慣上唐以前稱「寫本」，唐以後稱「抄本」。

11 **抄掠** ㄔㄠ ㄌㄩㄝˋ 抄奪掠取。

22 **抄襲** ㄔㄠ ㄒㄧˊ (一)抄錄他人的文字以為自己的作品。(二)軍軍隊繞道前進，從敵軍的側面或背面加以出其不備的攻擊。

▽雜抄、詩抄、手抄、文抄、別抄、類抄、叢抄、小抄、照抄、書抄、天下文章一大抄。

常 4

扮

解形 形聲；從手，分聲。分有別的意思，所以用手分別握持為扮。

音義 ㄅㄢˋ 動①裝飾；例打扮。②喬裝，扮演；例男扮女裝。

參考 同裝，飾。

14 **扮演** ㄅㄢˋ ㄧㄢˇ 裝扮表演。

參考 同飾演。

常 4

技

解形 形聲；從手，支聲。手藝巧妙，擁有特殊的能耐為技。

音義 ㄐㄧˋ 名①專業的才藝；例與其家財萬貫，不如一技在身。②古稱工匠；例百技所成。

參考 ①參閱「伎」字條。②同藝。

3 **技工** ㄐㄧˋ ㄍㄨㄥ 具有專門技術的工人。例車床技工。

5 **技巧** ㄐㄧˋ ㄑㄧㄠˇ 熟練而巧妙的技能。例寫作技巧。

參考 「技巧」、「技術」都有特長、技能的意思；然「技巧」多指人表現於藝術、體能等方面的巧妙的才能；而「技術」則指人在開發自然中所累積，在工作中所體驗的經驗和知識。

10 **技師** ㄐㄧˋ ㄕ 具有學理研究，並且從事實地操作的技術專家。例鐵路技師。

技倆 ㄐㄧˋ ㄌㄧㄤˇ 花招，手段。又作「伎倆」。

參考 本認有貶損的意思。

11 **技術** ㄐㄧˋ ㄕㄨˋ 根據學理與經驗而發展成的專業技巧。例駕駛技術。

20 **技癢** ㄐㄧˋ ㄧㄤˇ 身懷技藝而具有極強烈的表現慾望。又作「伎癢」。

▽演技、競技、特技、武技、雜技、末技、球技、雕蟲小技。

常 4

扶

解形 形聲；從手，夫聲。用手佐助為扶。

音義 ㄈㄨˊ 名①古代度名，並四指寬為一扶。②古代女子肅拜的姿態。③姓。動援助；例濟弱扶傾。

參考 同攙。

4 **扶手** ㄈㄨˊ ㄕㄡˇ 供手扶持的器具或設備。

6 **扶老攜幼** ㄈㄨˊ ㄌㄠˇ ㄒㄧ ㄧㄡˋ 扶持

年老的人一起走路，提攜年幼者一同行動。比喻廣受大衆歡迎。

7 **扶助** ㄈㄨˊ ㄓㄨˋ 援助。例扶助貧弱。

參考「扶助」與「扶植」都是用手攙扶，有援助支持的意思，然「扶助」的對象是人或是動物；而「扶植」則不限對象，有好有壞，如：蘇俄扶植中國共產黨。

9 **扶持** ㄈㄨˊ ㄔˊ ㈠攙扶。㈡救助。例疾病相扶持。

10 **扶桑** ㄈㄨˊ ㄙㄤ ㈠植錦葵科落葉小灌木。又作「佛桑」。㈡古神話中，東海日出地方的神木。㈢地我國對日本的舊稱。

11 **扶疏** ㄈㄨˊ ㄕㄨ 枝葉繁盛茂密的樣子。例枝葉扶疏。又作「扶踈」。

12 **扶植** ㄈㄨˊ ㄓˊ 扶助培植。

參考 參閱「扶助」條。

13 **扶搖** ㄈㄨˊ ㄧㄠˊ ㈠自下迅猛盤旋而上的風。㈡比喻人仕途得意或事業發展快速。例扶搖直上。

扶搖直上 ㄈㄨˊ ㄧㄠˊ ㄓˊ ㄕㄤˋ 乘著由下而上的急劇盤旋的風暴一直上升。比喻事物或官職、地位迅速地直線上升。

參考 反一落千丈。

15 **扶養** ㄈㄨˊ ㄧㄤˇ ㈠扶育教養。㈡法特定之人對於不能存活及無力求學之人，而供給其生活需求或教育費用。

參考「扶養」、「撫養」都有扶助、養活的意思，然「扶養」多指下對上的贍養，而「撫養」則多指年長者對於年幼者所為的養育。

▽攙扶、親扶、協扶、輔扶。

常 4 抉

解形 形聲；從手，夬聲。用手挑取挖出為抉。

音義 ㄐㄩㄝˊ 名古代射箭的用具；例抉拾。動①挖出，挑出；例抉目。②戳，刺穿。

16 **抉擇** ㄐㄩㄝˊ ㄗㄜˊ 根據客觀形勢所作的最好的選擇。

常 4 抖

解形 形聲；從手，斗聲。振動，顫慄為抖。

音義 ㄉㄡˇ 動①顫慄；例渾身亂抖。②振動；例抖去身上的木屑。③全部倒出，即毫不保留地說出；例他若不依，我們就全抖出來。④突然發迹而變成闊綽，帶著傲氣般；例他這幾年發了些橫財，可就抖起來了。

18 **抖擻** ㄉㄡˇ ㄙㄡˇ ㈠振動。㈡奮發振作。例精神抖擻。

參考「抖擻」、「振奮」、「振作」都有精神旺盛的意思，然「抖擻」原指搖落抖掉，引申為提起精神；而「振奮」、「振作」偏重在精神情緒的奮發。

▽發抖、顫抖、戰抖、渾身亂抖。

常 4 抗

解形 形聲；從手，亢聲。亢有大的意思，所以用手使力扞禦為抗。

音義 ㄎㄤˋ 名姓。動①抵禦；例抗日殺敵。②拒絕；例抗命。③匹對；例分庭抗禮。形高尚的，通「亢」；例抗志高節。

5 **抗生素** ㄎㄤˋ ㄕㄥ ㄙㄨˋ 醫由微生物所產生的化學物質，能抑制或殺死病菌，用於治療感染病症。如金黴素、鏈黴素等是。

8 **抗爭** ㄎㄤˋ ㄓㄥ 對相反的意見，力爭到底。

抗命 ㄎㄤˋ ㄇㄧㄥˋ 違反長官的命令。

抗拒 ㄎㄤˋ ㄐㄩˋ 對不合理的事情加以抵抗或拒絕。

參考 ①「抗拒」與「抵抗」都有反抗的意思，然「抗拒」是頑固地拒絕；而「抵抗」是用力制止對方的進攻。②參閱「抗衡」條。

16 **抗衡** ㄎㄤˋ ㄏㄥˊ 互相牽制，勢力相當。

參考「抗衡」與「抗拒」都有對抗的意思；然「抗衡」，指平衡敵對，取得均勢；而「抗拒」，是抵抗拒絕，著重在對不合理的事情加以拒絕。

抗戰 ㄎㄤˋ ㄓㄢˋ 國家民族，為了獨立生存，用武力對抗外來侵略的戰爭。例八年抗戰。

18 **抗禮** ㄎㄤˋ ㄌㄧˇ 平行的禮儀。例分庭抗禮。又作「亢禮」。

20 **抗議** ㄎㄤˋ ㄧˋ 對他方的意見或措

施，提出强烈的反對，以表明自己的立場和態度。

21 **抗辯** ㄎㄤˋ ㄅㄧㄢˋ 提出事實，對於他方不利於己的陳述作有力的辯護。

參考 衍抗辯權。

23 **抗體** ㄎㄤˋ ㄊㄧˇ 醫機體在微生物及其毒素等抗原物質刺激下所產生的特異性球蛋白，能與相應的微生物及其毒素等抗原物質起特異性結合，并使它喪失毒害作用。

▽拮抗、對抗、抵抗、反抗、負隅頑抗。

常 4 **扭** 形解 形聲；從手，丑聲。丑有爪持的意思，所以用手猛力旋轉使之彎曲為扭。

音義 ㄋㄧㄡˇ 動①旋擰；例將衣服扭乾。②回轉；例扭頭便走。③揪住；例一把扭住他的衣領。④搖擺；例扭動柳腰。⑤筋骨受傷；例扭了腰。

參考 同捏，擰。

10 **扭送** ㄋㄧㄡˇ ㄙㄨㄥˋ 揪住而送往官署裏接受懲罰。

12 **扭捏** ㄋㄧㄡˇ ㄋㄧㄝ ㈠走路搖擺不定，故作姿態。㈡因害羞而表現不自然。又作「扭扭捏捏」、「扭扭怩怩」、「扭怩」。

18 **扭轉** ㄋㄧㄡˇ ㄓㄨㄢˇ ㈠緊握住而加以旋轉。例扭轉瓶蓋。㈡促使情勢有所改觀。例扭轉乾坤。

扭轉乾坤 ㄋㄧㄡˇ ㄓㄨㄢˇ ㄑㄧㄢˊ ㄎㄨㄣ 比喻將現有的或不利的局勢作非常大的轉變。乾、坤：易經八卦名之一，乾為天，坤為地。

參考 反一敗塗地。

常 4 **把** 形解 形聲；從手，巴聲。單手握持為把。

音義 ㄅㄚˇ 名器物的量名；例一把米。動①握緊；例把住扶手。②看管；例把守。③抱著小孩排泄糞便；例把尿。④掌握；例把舵。⑤對人或物怎樣處置；例把這封信寄出去！形表概略數量；例百把尺長。介將；例把燈關了。

ㄅㄚˋ 名握柄，通「弝」；例刀把。

ㄅㄞˇ 介將；例把窗戶關上。

參考 ①「把」又引申為計算器物的單位，可當作有柄的器具解，如：一把槍，兩把傘。又可當作抓握滿手解，如：抓一把花生，一把瓜子。亦可形容捆紮成束的長條東西，如：一把青菜，一把蔥。②同握，守，持，將，柄。

9 **把風** ㄅㄚˇ ㄈㄥ 從事不法勾當時，派人偵察動靜，以防走漏風聲。

參考 本詞含有貶損的意思。

把柄 ㄅㄚˇ ㄅㄧㄥˇ ㈠刀劍類的手把。比喻可用來做為要挾的憑據。例行事光明磊落，不怕人抓把柄。㈡言論的根據。

把持 ㄅㄚˇ ㄔˊ 攬權專斷，不讓他人介入。例把持朝政。

參考 ①「把持」、「操縱」、「控制」都指把某一對象掌握在自己手裏隨意支配；然「把持」指獨占位置或權利，不讓他人參與，這種行為多半是霸占性的、公開的，對象偏重於事物權；而「操縱」有兩種用法：一種指掌握和管理機器，如：操縱方向盤；另一種是用不正當的手段支配事物或他人，使之符合自己的意圖；至於「控制」是指掌握住，不使任意活動或超出範圍。②參閱「把握」條。

10 **把酒** ㄅㄚˇ ㄐㄧㄡˇ ㈠手持酒杯。㈡勸酒，酌酒陪客。

11 **把晤** ㄅㄚˇ ㄨˋ 會面，執手晤談。

把舵 ㄅㄚˇ ㄉㄨㄛˋ ㈠控制行船的方向。㈡主持。

12 **把握** ㄅㄚˇ ㄨㄛˋ ㈠抓住，掌握。例把握機會。㈡對事情有絕對成功的信心。

參考 ①「把握」與「把持」都有將事物控制在手，加以支配的意思；然「把持」多指獨攬權力，排斥其他的意思；而「把握」含有握住、抓住的意思。②「把握」與「掌握」都指用手拿、捏、抓的意思；然「把握」多指拿、捏、抓住或控制，用於本質、機會，又表示成功的可靠性；而「掌握」多指了解并能支配和運用或主持、控制，對象為具體的人及抽象的命運。

13 **把盞** ㄅㄚˇ ㄓㄢˇ 舉杯喝酒。盞：

酒杯。

17 **把戲** ㄅㄚˇ ㄒㄧˋ ㈠指江湖賣藝人所表演的戲法、武藝等雜耍。例耍把戲。㈡鬼計或花招。

把臂 ㄅㄚˇ ㄅㄧˋ 握住對方的手臂，表示親密。例把臂言歡。

▽一把、刀把、劍把、門把、拖把、掃把、柄把、槍把。

常 4 **扼** 解形 形聲；從手，厄聲。本篆作「搹」，重文作「扼」，隸變作「扼」。中人滿手把之，它的周圍是九寸爲扼。

音義 ㄜˋ 名 套在牛馬頸項，可用來牽引車輛的曲木，通「軛」。動 ①使力掐住；例扼虎。②把守；例扼險。

6 **扼守** ㄜˋ ㄕㄡˇ 據守險要地形，阻扼他人進入。

參考 同握。

8 **扼制** ㄜˋ ㄓˋ 壓抑，控制。例扼制海峽的要衝。

9 **扼要** ㄜˋ ㄧㄠˋ ㈠言語簡單明瞭。㈡佔據險要的地勢。

11 **扼殺** ㄜˋ ㄕㄚ 抹殺。

12 **扼腕** ㄜˋ ㄨㄢˋ 文 用手緊握手腕。㈠表示惋惜。例扼腕太息。㈡表示憤怒。例日夜扼腕，憤懣不已。

常 4 **找** 解形 形聲；從手，戈聲。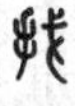 戈有揮舞的意思，所以用手撐竿，撥船前進爲找。

音義 ㄓㄠˇ 動 ①尋求；例找門路。②退還多餘(的錢)；例車上不找零。③招惹；例自找麻煩。

參考 ①「找」字由「扌」(手)與「戈」組成，二文必分，橫畫不可相連；與「我們」的「我」橫畫相連不同。②同覓，尋。

11 **找麻煩** ㄓㄠˇ ㄇㄚˊ ㄈㄢˊ ㈠自尋苦惱。㈡尋釁。㈢挑剔。㈣惹是生非。

14 **找臺階** ㄓㄠˇ ㄊㄞˊ ㄐㄧㄝ 尋找機會罷休，以顧全自己的體面，不使難堪。

找碴兒 ㄓㄠˇ ㄔㄚˊ ㄦ 故意挑事物的毛病以尋釁。碴：小碎塊。

參考 同找麻煩。

▽尋找、快找、難找、免找、到處找。

常 4 **批** 解形 形聲；從手，比聲。字本作「⿰扌毘」，形聲；從手，毘聲。反手擊殺爲⿰扌毘。俗作「批」。

音義 ㄆㄧ 名 ①數量詞，數量衆多卻分次出貨或付款爲批；例一批貨款。②公文之一，上級對下級的評斷；例批示。③札記式的評語；例眉批。動 ①用手打；例批個耳光。②排除；例批患。③分開；例將貨品批成二分。④評審；例批改文章。⑤削；例批竹。⑥批判；例揭批。副 大量，用於買賣貨物；例批發。

參考 「批」與「劈」音同而義別：「批」是分離開，而「劈」是剖開；「劈柴」不可用「批」，「批改」不可用「劈」。

5 **批示** ㄆㄧ ㄕˋ 上級機關或領導者對下級的請示、報告等所作的書面指示。

7 **批改** ㄆㄧ ㄍㄞˇ 批評改正。

批判 ㄆㄧ ㄆㄢˋ 批示判斷。

參考 「批判」、「批駁」與「批評」都有對錯誤的言行進行說理、爭執的意思。然「批評」是對工作、思想、生活、作風等方面的缺點、錯誤提出意見。「批駁」是對錯誤的言論、論點加以駁斥；「批判」是對錯誤的思想、觀點、理論、行爲等進行系統的分析、批駁，而加以否定。

10 **批准** ㄆㄧ ㄓㄨㄣˇ ㈠上級對下級請求的事項，加以批示准許。㈡許可。

12 **批評** ㄆㄧ ㄆㄧㄥˊ ㈠評論人的是非或好壞。㈡藝 對文學或藝術品的分析、比較及評價的態度。

參考 ①「批評」、「抨擊」有別：「批評」，是指對工作、生活、思想、態度等方面的缺點或錯誤提出意見。「抨擊」的語氣就嚴重得多了，專指對別人或別人的言論、行動等加以攻擊，而所抨擊的，往往是與國家、政治或社會有關的事。②參閱「批判」條。

批發 ㄆㄧ ㄈㄚ 經 大量交易的商業行爲。例批發商。

14 **批駁** ㄆㄧ ㄅㄛˊ ㈠批評駁斥。㈡書面否定或駁斥下級的意見或要求。

參考 參閱「批判」條。

15 **批閱** ㄆㄧ ㄩㄝˋ 閱讀後並加以批示或批改。

16 **批頰** ㄆㄧ ㄐㄧㄚˊ ㈠打耳光。㈡動鳥名。本作「鵯鴂」。

17 **批點** ㄆㄧ ㄉㄧㄢˇ ㈠文評論文字而加以圈點。㈡修改文字。

▽硃批、御批、眉批、一批、多批、圈點眉批。

常 4 **扳** 形解 形聲;從手,反聲。反有覆的意思,所以用手反覆援引為扳。

音義 ㄅㄢ 動 ①拉;例扳槍機。②扭轉,挽回;例離終場前一分鐘,球賽比數扳平。

ㄆㄢ 動 援引,通「攀」。

參考「扳」與「搬」音同而義別:「扳」指位置不變而姿勢、方向改變;「搬」則指位置改變,而姿勢、方向可變,可不變。

15 **扳談** ㄅㄢ ㄊㄢˊ 閒談。例扳談家常。

常 4 **扯** 形解 形聲;從手,止聲。字本作「撦」,形聲;從手,奢聲。奢有張大的意思,所以用手撕裂為撦。俗作「扯」。

音義 ㄔㄜˇ 動 ①拉,撕;例他把紙扯得粉碎。②道,說;例扯謊。③抵銷;例扯平。④牽制;例扯後腿。⑤沒有主題漫無邊際的閒談;例胡扯。⑥張掛;例扯緊帆,把穩舵。⑦將聲音頻率、音量提高;例扯開嗓門。

參考 同拉,撕,牽。

5 **扯平** ㄔㄜˇ ㄆㄧㄥˊ 拉平。

9 **扯後腿** ㄔㄜˇ ㄏㄡˋ ㄊㄨㄟˇ 對別人的行為加以破壞或阻撓。

11 **扯淡** ㄔㄜˇ ㄉㄢˋ 俚杭州俗稱無聊的談話。又作「哆淡」。

17 **扯謊** ㄔㄜˇ ㄏㄨㄤˇ 說謊。

▽拉扯、拉拉扯扯、鬼扯、胡扯、胡亂扯、東拉西扯。

常 4 **投** 形解  形聲;從手,殳聲。殳是用杖隔遠之,所以手執殳擿撻為投。

音義 ㄊㄡˊ 名 姓。動 ①拋擲;例投石探路。②投贈;例投桃報李。③投奔;例走投無路。④投入;例自投羅網。⑤合得來;例意氣相投。

參考 ①「投」多有固定的目標或方向,如:投球、投票、投稿等;而「拋」、「棄」卻沒有。②「走投無路」的「投」常誤作「頭」。

6 **投考** ㄊㄡˊ ㄎㄠˇ 報名參加考試。

8 **投河** ㄊㄡˊ ㄏㄜˊ 跳河自殺。

投其所好 ㄊㄡˊ ㄑㄧˊ ㄙㄨㄛˇ ㄏㄠˋ 迎合他人的好惡。

9 **投保** ㄊㄡˊ ㄅㄠˇ 參加保險,委託保險公司擔保。

投胎 ㄊㄡˊ ㄊㄞ 人死之後,靈魂轉生人間。又作「投生」。

投降 ㄊㄡˊ ㄒㄧㄤˊ 放下武裝,歸服敵人。

參考「投降」與「投誠」都指改變立場,然有別:「投降」指軍隊放下武器或改變立場投向敵方;「投誠」指誠心歸服,只限用於敵人自動地歸順我方。

投奔 ㄊㄡˊ ㄅㄣ 投向。例投奔自由。

10 **投效** ㄊㄡˊ ㄒㄧㄠˋ 獻身效力。例投效軍旅。

投桃報李 ㄊㄡˊ ㄊㄠˊ ㄅㄠˋ ㄌㄧˇ 比喻朋友之間相互答贈。

11 **投票** ㄊㄡˊ ㄆㄧㄠˋ 政選舉或表決時將個人意見表達在選票或表決票上,再投進票箱。

12 **投筆從戎** ㄊㄡˊ ㄅㄧˇ ㄘㄨㄥˊ ㄖㄨㄥˊ 比喻棄文就武。

投閒置散 ㄊㄡˊ ㄒㄧㄢˊ ㄓˋ ㄙㄢˇ 形容一個人被安置在不重要的職位。

13 **投誠** ㄊㄡˊ ㄔㄥˊ 政誠心歸服。

參考 參閱「投降」條。

投資 ㄊㄡˊ ㄗ ㈠動詞,把資金投入營利事業。㈡名詞,投入企業的資金。

投鼠忌器 ㄊㄡˊ ㄕㄨˇ ㄐㄧˋ ㄑㄧˋ 為了擊打老鼠而怕波及旁邊的器物。比喻做事時有所顧忌。

參考 與「打草驚蛇」有別:前者比喻做事時有所顧忌,怕因小(鼠)失大(器)的意思;後者藉著懲罰次要的人員(草),來警戒主要的幹部(蛇),含有「殺雞警猴」的意味。

14 **投遞** ㄊㄡˊ ㄉㄧˋ 送達。

15 **投緣** ㄊㄡˊ ㄩㄢˊ 情投意合。

投稿 ㄊㄡˊ ㄍㄠˇ 投送稿件至報章、雜誌上刊載。

投標 ㄊㄡˊ ㄅㄧㄠ 凡招辦工程或買賣大宗物品，先公告其圖案、材料、貨樣、規格、說明等。凡符合條件並願訂承攬契約者，可按照公告情形估計價目，詳細開具說帖，投函於事主。

投靠 ㄊㄡˊ ㄎㄠˋ 投奔依靠。例投靠無門。

投影 ㄊㄡˊ ㄧㄥˇ 用一組光線將物體的形象投射到平面上。參考 衍投影機。

16 **投機** ㄊㄡˊ ㄐㄧ (一)見解相合。例話不投機半句多。(二)迎合時機，謀取私利。例投機份子。

投機取巧 ㄊㄡˊ ㄐㄧ ㄑㄩˇ ㄑㄧㄠˇ 相機投資或迎合時機以博取利益或地位。

18 **投鞭斷流** ㄊㄡˊ ㄅㄧㄢ ㄉㄨㄢˋ ㄌㄧㄡˊ 比喻軍隊人多勢衆。

19 **投繯** ㄊㄡˊ ㄏㄨㄢˊ 俚自縊。例投繯自盡。又作「投環」。

▽暴投、南投、北投、林投、主投、代投、走投、臭味相投、志趣相投。

常 4 **抓** 解形 形聲；從手，爪聲。搔摩爲抓。

音義 ㄓㄨㄚ 動①搔；例抓癢。②用手或爪拿取；例抓一把砂。③緝拿；例抓小偷。④把握；例抓重點。

參考 ①「抓」讀音爲ㄓㄠˇ。②同捉、拿。

6 **抓耳撓腮** ㄓㄨㄚ ㄦˇ ㄋㄠˊ ㄙㄞ (一)形容焦急而又無辦法的樣子。(二)忙亂的樣子。(三)苦悶的樣子。

12 **抓周** ㄓㄨㄚ ㄓㄡ 俗以嬰兒在周歲時，擺著各色各樣物品讓他去抓取，以預測未來的志趣和性向。

19 **抓藥** ㄓㄨㄚ ㄧㄠˋ 醫根據處方購買湯藥。

27 **抓鬮** ㄓㄨㄚ ㄐㄧㄡ 抓取作好記號的紙團或紙卷，以決定勝負或由誰來做。

常 4 **抒** 解形 形聲；從手，予聲。予是推予，所以挹彼注此爲抒。

音義 ㄕㄨ 動①表達，傾吐；例各抒己見。②解除，通「紓」；例抒難。③發泄；例抒憤。

參考 ①「抒」從扌(手)與從木的「杼」字有別：「抒」有發抒的意思，「杼」有機杼的意思。②同發。

11 **抒情** ㄕㄨ ㄑㄧㄥˊ 抒發感情。

抒情文 ㄕㄨ ㄑㄧㄥˊ ㄨㄣˊ 文文體名，以抒發感情爲主要內容的文章。

19 **抒難** ㄕㄨ ㄋㄢˋ 抒解危難。又作「紓難」。

抒懷 ㄕㄨ ㄏㄨㄞˊ 抒寫自己的懷抱。例雨夜抒懷。

常 4 **抑** 解形 會意；從手從反印。按捺爲抑。

音義 ㄧˋ 動①遏止；例抑強扶弱。②低沉；例抑揚頓挫。③謙退；例自抑。④俯；例抑首。連還是，表選擇；例「求之與？抑與之與。」歎表悲痛歎息之聲，通「噫」；例「抑此皇父。」

參考 ①「抑」與從「亻」而有舉頭、敬慕的意思的「仰」字音義不同，不可混用。②同屈，或，壓，遏。

5 **抑且** ㄧˋ ㄑㄧㄝˇ 況且。

8 **抑制** ㄧˋ ㄓˋ 壓抑控制。參考 ①參閱「克制」條。②同抑止。

抑或 ㄧˋ ㄏㄨㄛˋ 選擇連接詞，猶言「還是」。用於疑問句，表示揣測中選取一樣。參考 同還是，或者。

12 **抑揚頓挫** ㄧˋ ㄧㄤˊ ㄉㄨㄣˋ ㄘㄨㄛˋ 聲音高高低低，有停止，也有轉換，變化多端。形容聲音高低起伏，和諧而有節奏。

29 **抑鬱** ㄧˋ ㄩˋ 心情憂悶而不能舒洩。

▽損抑、壓抑、沈抑、自抑、貶抑。

常 4 **承** 解形 會意；從手卩廾。卩是符節，廾是竦敬，所以用手奉受爲承。

音義 ㄔㄥˊ 名姓。動①奉；例承君之命。②接受；例承受。③負責；例承辦。④繼續；

例承先啓後。

ㄓㄥˇ 動援救，通「拯」。

6 **承先啓後** ㄔㄥˊ ㄒㄧㄢ ㄑㄧˇ ㄏㄡˋ 繼承前人的遺教，開啓後來的事業，即繼往開來。

參考 ①又作「承前啓後」。②「承先啓後」與「承上啓下」都有承接前邊的，並啓發後邊的意思。但有區別：「承先啓後」是繼承前代，啓發後代的；「承上啓下」是承接上面的，並引起下面的，一般多用於寫文章方面。

8 **承受** ㄔㄥˊ ㄕㄡˋ 接受。

11 **承祧** ㄔㄥˊ ㄊㄧㄠ 指無子嗣的人以同族的子姪承繼香火。祧：宗祧。

承教 ㄔㄥˊ ㄐㄧㄠˋ 受教。

13 **承當** ㄔㄥˊ ㄉㄤ 擔當。

14 **承認** ㄔㄥˊ ㄖㄣˋ (一)對既成事實，表示認可。(二)供認自己的某種作爲，不再推諉隱瞞。

承領 ㄔㄥˊ ㄌㄧㄥˇ 領取和接受的客套話。

承蒙 ㄔㄥˊ ㄇㄥˊ 接受別人好意的客套話。蒙：承受。

16 **承諾** ㄔㄥˊ ㄋㄨㄛˋ 答應，許諾。

承辦 ㄔㄥˊ ㄅㄢˋ 負責辦理。例承辦單位。

承擔 ㄔㄥˊ ㄉㄢ 承受擔當。又作「承當」、「承管」。

20 **承繼** ㄔㄥˊ ㄐㄧˋ (一)延續後代。例承繼香火。(二)繼續。(三)法人死後將財產移轉給其他具有一定親屬身分之人。

22 **承歡** ㄔㄥˊ ㄏㄨㄢ (一)順從父母的意思，使父母高興歡喜。例承歡膝下。(二)迎合別人，使人喜悅。例承歡諂媚。

承襲 ㄔㄥˊ ㄒㄧˊ (一)繼承先人的爵位或產業。(二)亦指模仿前人或他人的作品。

24 **承攬** ㄔㄥˊ ㄌㄢˇ 承擔總攬其事。例承攬工程。

參考 衍承攬契約。

▽繼承、師承、奉承、一脈相承、依法繼承。

常 4 **抃**

形解 形聲；從手，卞聲。兩手相擊爲抃。

音義 ㄅㄧㄢˋ 動歡欣；例抃悅。

次 4 **抆**

形解 形聲；從手，文聲。文有紋飾的意思，所以拭擦、刷拭爲抆。

音義 ㄨㄣˇ 動擦拭；例抆淚。

11 **抆淚** ㄨㄣˇ ㄌㄟˋ 擦拭眼淚。

次 4 **抎**

形解 形聲；從手，云聲。雲至上而下散失，所以有所散失爲抎。

音義 ㄩㄣˇ 動墜落，通「隕」；例「國家滅亡，抎失社稷。」

次 4 **抔**

形解 形聲；從手，不聲。不有大的意思，所以用手掬爲抔。

音義 ㄆㄡˊ 動以雙手捧取；例抔飲。

3 **抔土** ㄆㄡˊ ㄊㄨˇ (一)只一捧手的土，形容極少。(二)指墳墓。又作「掊土」。

次 4 **扱**

形解 形聲；從手，及聲。及是手前伸，所以用手收取爲扱。

音義 ㄒㄧ 動①歛收。②及，到；例「婦拜扱地。」ㄔㄚ 動插著，直豎，同「插」。

次 4 **抵**

形解 形聲；從手，氏聲。用手側擊掌心爲抵。

音義 ㄓˇ 動①拍擊；例奮髯抵几。②拋擲；例「抵金玉於沙礫。」

參考「抵」與「抵」形近，同有擲拋的意思，但在其他意思則不可通。

12 **抵掌而談** ㄓˇ ㄓㄤˇ ㄦˊ ㄊㄢˊ 比喻交談氣氛融洽，非常歡暢。抵掌：以一手覆按另一隻手的手掌。

常 5 **拉**

形解 形聲；從手，立聲。摧折爲拉。

音義 ㄌㄚ 名以秤稱物，秤桿不平而低垂，謂之「拉」。動①摧毀；例摧枯拉朽。②牽引；例拉車。③排泄；例拉屎。④延長；例拉長時間。ㄌㄚˇ 形不整潔的，通「邋」；例拉遢。

參考 ①「拉」作「半拉」或「拉忽」解時，讀做ㄌㄚˇ。②同扯，牽，拽。

7 **拉扯** ㄌㄚ ㄔㄜˇ ㈠牽扯著不使離開。㈡牽引。㈢提攜。

8 **拉拔** ㄌㄚ ˙ㄅㄚ 提攜。又作「拉巴」。

9 **拉風** ㄌㄚ ㄈㄥ 俚出風頭，引人側目。

10 **拉倒** ㄌㄚ ㄉㄠˇ 俚江南一帶方言，是「罷了」的意思。

16 **拉鋸戰** ㄌㄚ ㄐㄩˋ ㄓㄢˋ 像拉鋸鋸木一般，一勝一負的戰爭。

17 **拉縴** ㄌㄚ ㄑㄧㄢˋ ㈠在岸上用繩子拉船，使船前進。㈡比喻為雙方牽引拉合。

18 **拉薩** ㄌㄚ ㄙㄚˋ 地市名。西藏前藏的首府。地勢高峻，有世界屋頂城之稱，全藏政治宗教中心，為達賴喇嘛的駐地。

拉雜 ㄌㄚ ㄗㄚˊ ㈠不問好壞，一併處理。㈡不整潔，無條理。

19 **拉攏** ㄌㄚ ㄌㄨㄥˇ 聯絡，牽合。

▽沙拉、拖拉、拖拖拉拉。

常 5

拌

形解 形聲；從手，半聲。半有剖分的意思，所以用手掰開物體為拌。

音義 ㄅㄢˋ 動①調和；例攪拌。②爭吵；例拌嘴。

ㄆㄢ 動①捨棄；例何以驀然拌捨去來休。②分開，通「判」。

參考①同攪。②「伴侶」之「伴」多作名詞用，而「拌」則多作動詞用，二者音同形近而義別。

16 **拌嘴** ㄅㄢˋ ㄗㄨㄟˇ 爭吵。

常 5

拄

形解 形聲；從手，主聲。主有重心所在的意思，所以用手支撐，以穩重心為拄。

音義 ㄓㄨˇ 動①支撐；例撐腸拄腹。②以物自支；例青山拄杖尋。

參考①同撐。②「拄」與「柱」有別，柱為名詞，拄作動詞，不可混用。

常 5

抿

形解 形聲；從手，民聲。撫摸為抿。

音義 ㄇㄧㄣˇ 名用來刷頭髮的刷子；例抿子。動①輕微地合攏；例抿嘴而笑。②以嘴唇沾觸杯碗中的液體，淺淺地嘗一點；例抿一小口酒。③婦女輕輕地刷齊頭髮；例抿頭。

常 5

拂

形解 形聲；從手，弗聲。弗有違逆的意思，所以擊而過之為拂。

音義 ㄈㄨˊ 名拂拭塵埃的用具；例拂塵。動①掠過；例清風拂面。②甩；例拂袖而去。③違背；例拂逆。④照應；例照拂。

ㄅㄧˋ 動輔助。同「弼」。

參考「拂」字從「弗」聲，但不可讀成ㄈㄛˊ。

8 **拂拂** ㄈㄨˊ ㄈㄨˊ 風兒輕吹的樣子。例「曉風何拂拂？」

9 **拂拭** ㄈㄨˊ ㄕˋ ㈠輕輕拍打而除去塵埃。㈡將取物使用時，必先拂去塵垢，比喻受到恩惠。

10 **拂袖** ㄈㄨˊ ㄒㄧㄡˋ ㈠甩動衣袖。㈡表示不悅或憤怒。例拂袖而去。

拂袖而去 ㄈㄨˊ ㄒㄧㄡˋ ㄦˊ ㄑㄩˋ 一甩袖子就走了。形容很生氣地走開了。

14 **拂塵** ㄈㄨˊ ㄔㄣˊ ㈠手持去塵埃和驅蚊蠅等的用具。今多用馬尾，古代用塵尾。㈡拂拭塵埃。㈢接風的宴會。又作「洗塵」。

16 **拂曉** ㄈㄨˊ ㄒㄧㄠˇ 黎明。

參考 反黃昏。

▽輕拂、照拂、微拂、彈拂。

常 5

抹

形解 形聲；從手，末聲。塗抹。

音義 ㄇㄛˇ 動①塗；例塗抹。②擦；例把桌子抹乾淨。③敷；例抹藥。④除掉；例抹去零頭。⑤拉長；例抹下臉來。⑥玩弄；例麝月在旁抹骨牌。

ㄇㄛˋ 名胸間的小衣；例抹胸。動①塗；例抹灰。②轉；例拐彎抹角。

參考①「抹」字從「末」（ㄇㄛˋ），不可作「未」（ㄨㄟˋ）。②「抹」字有三個讀音：a. ㄇㄛˇ：一筆抹煞。b. ㄇㄛˋ：轉彎抹角。c. ㄇㄚ：抹桌子。

5 **抹布** ㄇㄛˇ ㄅㄨˋ 擦拭物品使之清潔的布塊。

參考①同搌布。②又音ㄇㄚ ㄅㄨˋ。

13 **抹煞** ㄇㄛˇ ㄕㄚ 一筆勾消。

▽一抹、塗抹、濃妝艷抹、輕描淡抹。

常 5 **拒** 形解 形聲；從手，巨聲。字本做「歫」，止於巨為規矩，止於規矩，所以制止為歫。俗作「拒」。

音義 ㄐㄩˋ 動 ①抵禦；例拒敵。②不承受；例拒人於千里之外。

參考 同擋，抗，抵。

10 **拒捕** ㄐㄩˋ ㄅㄨˇ 抗拒逮捕。

12 **拒絕** ㄐㄩˋ ㄐㄩㄝˊ 不答應，不接受。

16 **拒諫飾非** ㄐㄩˋ ㄐㄧㄢˋ ㄕˋ ㄈㄟ 對善言不接受，反而用花言巧語掩飾了自己的過錯。

▽抗拒、防拒、婉拒、抵拒、擋拒、來者不拒。

常 5 **招** 形解 形聲；從手，召聲。召有呼喚的意思，所以用手勢喚人使來為招。

音義 ㄓㄠ 名 ①拳術的動作；例一招半式。②廣告標幟；例市招。③姓。動 ①打手勢喚人；例招手。②經由公告的方式，集聚人羣；例招生。③引起；例滿招損，謙受益。④承認過錯；例招供。⑤逗弄；例招惹。⑥迎風飄動；例花枝招展。

參考 ①招唸ㄓㄠ，召唸ㄓㄠˋ，字形相近而容易混用；「招」有惹逗、引來的意思，如：招呼、招攬；而「召」有呼喚的意思，如：召集。②同惹，引，認，召。

4 **招之即來揮之即去** ㄓㄠ ㄓ ㄐㄧˊ ㄌㄞˊ ㄏㄨㄟ ㄓ ㄐㄧˊ ㄑㄩˋ 形容輕易就事，毫無遲滯。

6 **招安** ㄓㄠ ㄢ 猶招撫，招降；勸使歸順。

7 **招兵買馬** ㄓㄠ ㄅㄧㄥ ㄇㄞˇ ㄇㄚˇ 從各方面招攬兵源，購買馬匹，以擴充武裝力量。比喻組織或擴充人力。兵，又作「軍」。

參考 參閱「招降納叛」條。

8 **招供** ㄓㄠ ㄍㄨㄥˋ 犯人坦白承認自己的罪狀。

參考 同招認，承認。

9 **招架** ㄓㄠ ㄐㄧㄚˋ 抵擋。例招架不住。

招待 ㄓㄠ ㄉㄞˋ ㈠動詞，接待客人。㈡名詞，負責接待賓客的人。

招待所 ㄓㄠ ㄉㄞˋ ㄙㄨㄛˇ ㈠接待客人住宿的地方。㈡收容難民的地方。

招降納叛 ㄓㄠ ㄒㄧㄤˊ ㄋㄚˋ ㄆㄢˋ ㈠招收、接納敵方投降、叛變過來的人。㈡泛指收羅壞人。

參考 與「招兵買馬」有別：前者的對象為「降」、「叛」，專指敵對陣營的人或各種各樣的壞人，含有貶義；後者的對象為「兵」、「馬」，專指願意參加自己陣營的人，屬中性成語。

10 **招展** ㄓㄠ ㄓㄢˇ 飄動張揚的樣子。例花枝招展。

11 **招徠** ㄓㄠ ㄌㄞˊ ㈠設法招致。㈡今謂商業上招攬顧客。例以廣招徠。

參考 ①徠，又音ㄌㄞˋ。②同招攬。

12 **招集** ㄓㄠ ㄐㄧˊ 招來集合。例招集自衛隊。

招貼 ㄓㄠ ㄊㄧㄝ 張貼在公共場所或街巷上的廣告。

招牌 ㄓㄠ ㄆㄞˊ ㈠商店作為標識的名牌。㈡拿手的。例招牌菜。

13 **招募** ㄓㄠ ㄇㄨˋ 募集。例招募慈善基金。

參考 本詞之對象可以是人，也可以是物，如招募兵卒，招募基金。

招搖 ㄓㄠ ㄧㄠˊ ㈠做事虛張聲勢或賣弄風情的樣子。例招搖過市。㈡搖動的樣子。

招搖撞騙 ㄓㄠ ㄧㄠˊ ㄓㄨㄤˋ ㄆㄧㄢˋ 假藉他人聲勢或各種名義到處張揚炫耀，進行欺詐、蒙騙，以誘取財物。撞騙：找機會行騙。

14 **招領** ㄓㄠ ㄌㄧㄥˇ 招告他人認領失物。例失物招領。

招魂 ㄓㄠ ㄏㄨㄣˊ 古代喪禮之一，人剛死時可拿死者衣服登上屋頂，以招來魂魄。

15 **招標** ㄓㄠ ㄅㄧㄠ 工程徵求包辦的廠商公開投標的一種措施，經開標後，將工程交給出價最低的人承攬營建。

招撫 ㄓㄠ ㄈㄨˇ 招降安撫。

參考 同招安，招附。

18 **招贅** ㄓㄠ ㄓㄨㄟˋ 招納未婚男子來家做女婿。又作「招女婿」、「招門納婿」。

24 **招攬** ㄓㄠ ㄌㄢˇ ㈠收羅、邀集。例招攬人才。㈡招惹，攬上來。例招攬是非。㈢猶「招徠」。例招攬顧客。

▽市招、妙招、怪招、接招、不打自招。

常 5 **披** 形解  形聲；從手，皮聲。皮有剝取的意思，所以用手從旁分開爲披。

音義 ㄆㄧ 動 ①揭開；例披肝露膽。②開發；例披山開道。③分散；例披頭散髮。④翻閱；例披閱。⑤排除；例披荊斬棘。⑥將衣服搭在肩上而不穿整；例披衣。

參考 ①「披」又音 ㄆㄟ。②同 穿，覆，戴。

5 **披甲** ㄆㄧ ㄐㄧㄚˇ 穿著鎧甲。

7 **披肝瀝膽** ㄆㄧ ㄍㄢ ㄌㄧˋ ㄉㄢˇ 比喻坦誠相待，也用以形容非常忠誠。瀝，或作「露」。

9 **披星戴月** ㄆㄧ ㄒㄧㄥ ㄉㄞˋ ㄩㄝˋ 身披星星，頭頂月亮，漏夜奔波，或早出晚歸，形容備極辛勞。又作「戴月披星」、「帶月披星」。

10 **披荊斬棘** ㄆㄧ ㄐㄧㄥ ㄓㄢˇ ㄐㄧˊ 斬除叢生多刺的植物，比喻在前途上清除障礙，克服重重困難。

11 **披堅執銳** ㄆㄧ ㄐㄧㄢ ㄓˊ ㄖㄨㄟˋ 戰士身披堅甲，手執銳器以捍衛國家。披，又作「被」。

15 **披閱** ㄆㄧ ㄩㄝˋ 同披覽閱讀。例披閱公文。

披髮 ㄆㄧ ㄈㄚˇ 頭髮散亂。例披髮左衽。

19 **披瀝** ㄆㄧ ㄌㄧˋ 竭誠相待。

披靡 ㄆㄧ ㄇㄧˇ ㈠草木隨風偃倒的樣子。例應風披靡。㈡潰敗逃散的樣子。例所向披靡。

21 **披露** ㄆㄧ ㄌㄨˋ 發表，公布。

常 5 **拓** 形解  形聲；從手，石聲。拾取爲拓。

音義 ㄊㄨㄛˋ 動 ①擴充；例拓展。②開墾；例拓荒。ㄊㄚˋ 動 以紙和墨摹印碑帖，通「搨」；例拓甲骨。ㄓˊ 動 拾撿；例拓取。

5 **拓本** ㄊㄚˋ ㄅㄣˇ 以紙覆在碑帖或金石等文物上，用墨打拓出來的文字或圖形。又作「搨本」，也稱「脫本」。

12 **拓殖** ㄊㄨㄛˋ ㄓˊ 開闢荒地以便遷移人民去長久居住。

▽開拓、落拓、恢拓、墨拓、嚮拓。

常 5 **拔** 形解 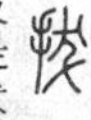 形聲；從手，犮聲。犮是犬走的樣子，所以用手抽引爲拔。

音義 ㄅㄚˊ 動 ①抽出來；例拔劍。②超出；例出類拔萃。③吸取；例拔毒膿。④攻下；例連拔數城。⑤挑選；例選拔。

參考 同 抽、選、超。

2 **拔刀相助** ㄅㄚˊ ㄉㄠ ㄒㄧㄤ ㄓㄨˋ 打抱不平。見他人危急時，不管是否認識，鼎力地給與幫助。

8 **拔河** ㄅㄚˊ ㄏㄜˊ 體 由人數相等的兩隊，各執繩的一端，分布在河界兩岸，按比賽規則用力拉繩，以把對方拉過河界爲勝。

17 **拔擢** ㄅㄚˊ ㄓㄨㄛˊ 提拔，選拔。

▽海拔、識拔、選拔、不拔、卓拔、秀拔、超拔、挺拔、一毛不拔、不能自拔。

常 5 **拋** 形解 字本作「抛」，形聲；從才，尥聲。尥有交集的意思，所以投擲爲拋。俗作「抛」。

音義 ㄆㄠ 動 ①投擲；例拋綉球。②丟棄；例勿亂拋果皮。

參考 同 擲，投，棄。

8 **拋物線** ㄆㄠ ㄨˋ ㄒㄧㄢˋ 拋擲物體落地時，所循行的一種曲線。

11 **拋售** ㄆㄠ ㄕㄡˋ 商 商業上謂工廠、公司或商店等以低價大量賣出貨物。

16 **拋磚引玉** ㄆㄠ ㄓㄨㄢ ㄧㄣˇ ㄩˋ 自謙之辭。以自己粗鄙的意見或粗陋詩文請求別人的賜予高見或酬和。例「比來拋磚引玉，卻引得個墼子。」

拋頭露面 ㄆㄠ ㄊㄡˊ ㄌㄨˋ ㄇㄧㄢˋ 舊謂婦女不肯守於深閨之中，在外出現。今指公開露面（多含貶損的意思）。又作「露面拋頭」。

17 **拋錨** ㄆㄠ ㄇㄠˊ ㈠將鐵錨或重物投入水底，使船舶或水上浮動工具停泊於一定位置的操作。(二)泛指車輛發生故障，無法行駛。

常 5 **拈** 形解 形聲；從手，占聲。用手指拿取東西為拈。

音義 ㄋㄧㄢˊ 動 以手指持取東西；例拈花微笑。ㄋㄧㄢˇ 動 用手指揉搓，通「捻」。ㄉㄧㄢ 通「掂」。

參考「拈」與「捻」作揉搓的意思解時，可以通用，其餘的意思則不同。

8 **拈花惹草** ㄋㄧㄢˊ ㄏㄨㄚ ㄖㄜˇ ㄘㄠˇ 到處留情，勾誘異性。又作「惹草拈花」。

拈花微笑 ㄋㄧㄢˊ ㄏㄨㄚ ㄨㄟˊ ㄒㄧㄠˋ 宗 佛教語，相傳釋迦牟尼在靈山會上說法，大梵天王獻上金色波羅花，佛即拈花示眾，大眾不解其意，惟有摩訶迦葉破顏微笑，於是佛祖就把佛法傳授給他。後喻已參透禪機。

9 **拈香** ㄋㄧㄢˊ ㄒㄧㄤ 宗 佛家語，原是以手指撮香焚燒以祭拜菩薩。後世泛指在神前進香。

28 **拈鬮** ㄋㄧㄢˊ ㄐㄧㄡ 用幾張小紙片寫上文字或記號，作成紙團，由有關的人各取其一，以決定權利或義務該屬於誰。又作「抓鬮」。

常 5 **抨** 形解 形聲；從手，平聲。用手開弓為抨。

音義 ㄆㄥ 動 彈劾；例抨彈。ㄅㄥ 動 遣，使。

17 **抨擊** ㄆㄥ ㄐㄧˊ 用言語或文字攻擊別人。

常 5 **抽** 形解 形聲；從手，由聲。由有長出的意思，所以用力引出為抽。

音義 ㄔㄡ 動 ①引出；例抽絲剝繭。②吸；例抽煙。③長出；例抽芽。④打；例抽他幾鞭。⑤脫；例抽身。⑥從全體中提取部分；例抽稅。⑦拔出；例抽刀斷水水更流。⑧騰出；例抽空。⑨收縮；例抽筋。

參考 ①「抽」義多指由全體中抽取部分，「拉」則無特定的範圍。②打，拔，吸。

7 **抽身** ㄔㄡ ㄕㄣ 脫身。

8 **抽抽噎噎** ㄔㄡ ㄔㄡ ㄧㄝ ㄧㄝ 哭泣時口氣一吸一頓發出聲音來的樣子。又作「抽噎」、「抽抽搭搭」。

10 **抽屜** ㄔㄡ ㄊㄧˋ 桌子、櫃子等裝置著的可以送進抽出的盛物匣子。又作「抽替」、「抽斗」。

12 **抽象** ㄔㄡ ㄒㄧㄤˋ 哲 哲學名詞，與「具體」相對。指從具體事物中被抽出來的相對獨立的各個方面、屬性、關係等。

抽絲剝繭 ㄔㄡ ㄙ ㄅㄛ ㄐㄧㄢˇ 剝開蠶絲，抽取繭絲：(一)比喻從外表緩慢而逐漸地揭露事物內部的眞貌。(二)比喻文章內容豐富，新義層出不窮。

16 **抽頭** ㄔㄡ ㄊㄡˊ 約人聚賭，從中抽取紅利。

23 **抽籤** ㄔㄡ ㄑㄧㄢ (一)在神前卜問吉凶的方法之一。(二)憑機會決定權利或義務該屬於誰的一種辦法。與「拈鬮」類似。

常 5 **押** 形解 形聲；從手，甲聲。用手掌塗色，按在文書上以代替署名的印信為押。

音義 ㄧㄚ 動 ①以財物作為擔保；例抵押。②監管；例押送。③拘留；例扣押。ㄧㄚ 名 在公文或契約上簽字，作記號，表示憑證；例畫押。

參考 ①「押」與「壓」音同，形義都是不同：「壓」有由上往下使力的意思，「押」則為認定某一範圍而言，如押寶，畫押等。②同拘，扣，質。

10 **押租** ㄧㄚ ㄗㄨ 租用他人土地、房屋或其他財物的使用權時所支付的保證金。

13 **押解** ㄧㄚ ㄐㄧㄝˋ (一)押送犯人或俘虜。(二)監督運送。例押解貨物。

19 **押韻** ㄧㄚ ㄩㄣˋ 寫作韻文(詩、詞、歌、賦等)時，於句末或聯句末用相同的韻腳。又作「壓韻」。

▽花押、典押、抵押、判押、拘押、畫押、扣押、質押、

假扣押、申請扣押。

拐 ㊕ 5
解形 形聲；從手，另聲。手杖爲拐。

音義 ㄍㄨㄞˇ 名 拐杖，通「柺」；例 賜以木拐一。動 ①詐騙；例 拐帶幼童。②轉彎；例 拐個彎就到了。副 跛行的樣子；例 他走起路來一拐一拐地。

參考 「拐」字從手從「另」，「另」下不是從「力」。

19 **拐騙** ㄍㄨㄞˇ ㄆㄧㄢˋ 設圈套誘騙別人的子女和錢財等。

參考 同 誘騙，詐騙。

22 **拐彎抹角** ㄍㄨㄞˇ ㄨㄢ ㄇㄛˇ ㄐㄧㄠˇ (一)隨著路途的曲折前進。(二)比喻說話不夠爽快，不能直截了當。抹角：挨著牆角繞過。又作「拐彎兒抹角兒」。

參考 與「旁敲側擊」有別：前者強調「不直率、不爽快」，還能表示「沿著彎彎曲曲的路行」，比喻各種曲折的關係；後者可用來表示用反語和隱語諷刺，尋釁，如：他在文章中旁敲側擊，含沙射影，對我們進行了惡毒的攻擊。

▽誘拐、騙拐、設計詐拐。

拙 ㊕ 5
解形 形聲；從手，出聲。呆笨不會做事爲拙。

音義 ㄓㄨㄛˊ 形 ①不靈敏的；例 勤能補拙。②自謙之詞；例 拙著。

參考 ①「拙」與「茁」音同形近義別：「拙」有笨呆的意思，「茁」有草木成長的意思。②同 笨，呆。

6 **拙劣** ㄓㄨㄛˊ ㄌㄧㄝˋ 粗惡低劣。例 品質拙劣。

7 **拙見** ㄓㄨㄛˊ ㄐㄧㄢˋ 謙稱自己的見解低劣。

拙作 ㄓㄨㄛˊ ㄗㄨㄛˋ 謙稱自己的著作。又稱「拙著」。

10 **拙荊** ㄓㄨㄛˊ ㄐㄧㄥ 謙稱自己的妻子。又作「拙妻」、「拙內」、「荊妻」。

12 **拙筆** ㄓㄨㄛˊ ㄅㄧˇ 謙稱自己的書畫文章等作品。又稱「拙稿」。

▽巧拙、樸拙、古拙、笨拙、粗拙、弄巧成拙、勤能補拙、大巧若拙、心勞日拙。

拇 ㊕ 5
解形 形聲；從手，母聲。大指頭爲拇。

音義 ㄇㄨˇ 名 手和腳上的大指頭稱拇指。

參考 「拇」、「姆」有別：「大拇指」的「拇」字從「扌」(手)；「保姆」、「婆姆」的「姆」字從「女」。

9 **拇指** ㄇㄨˇ ㄓˇ 手足上的大指。

16 **拇戰** ㄇㄨˇ ㄓㄢˋ 酒令的一種。兩人相對出手，各猜對方所伸手指之數目來合計以決勝負。又作「猜拳」、「搳拳」、「划拳」。

拍 ㊕ 5
解形 形聲；從手，百聲。用手拊摩輕擊爲拍。俗作「拍」。

音義 ㄆㄞ 名 ①樂曲的節奏；例 節拍。②拍擊用的器具；例 球拍。動 ①以手掌輕打；例 拍手。②照相；例 拍照。③發送；例 拍電報。

參考 ①「拍」讀音做ㄆㄛ。②同 抗，擋，拒，押。

3 **拍子** ㄆㄞ ˙ㄗ 名 音樂術語。樂曲中表明節奏的度數單位。

4 **拍手稱快** ㄆㄞ ㄕㄡˇ ㄔㄥ ㄎㄨㄞˋ 拍手表示痛快。多用來形容正義伸張，公憤消除時，大家高興愉快的動作。

參考 與「拍案叫絕」有別：前者多用於對社會公眾事情上的某一方面或某一件事而言，所牽涉的價值判斷觀念與道德是非有關；後者多用於對某一個人的某件事或某作品，比較偏向美感欣賞的好壞。

8 **拍板** ㄆㄞ ㄅㄢˇ (一)名 打擊樂器名。由三片堅木組成，用繩連結，左手執奏，以調節樂曲。又稱「綽板」、「檀板」。(二)歌唱時調拍其節奏。(三)拍賣貨物時，所使用的板子。

拍板

10 **拍案叫絕** ㄆㄞ ㄢˋ ㄐㄧㄠˋ ㄐㄩㄝˊ 拍著桌子叫好，形容非常讚賞。

參考 ①參閱「拍手稱快」條。②與「讚不絕口」有別：前者偏重在「讚賞」；後者偏重在「讚美」。前者強調「拍桌子叫好」

的動作；後者則有「連聲，不住口地稱贊」的意思。前者對象爲詩文、言論和人的作法；後者之對象除此之外，尚可用於人物方面。

拍馬屁 ㄆㄞ ㄇㄚˇ ㄆㄧˋ 比喻諂媚奉承。又簡作「拍馬」。

13 **拍照** ㄆㄞ ㄓㄠˋ 「攝影」的俗稱。

15 **拍賣** ㄆㄞ ㄇㄞˋ 商 商人定期在一定場所，當衆發賣貨物，由多數欲購者互相競爭出價，賣主認爲價格滿意時，則拍板作響，表示賣定。㈡減價拋售。例換季大拍賣。

▽節拍、輕拍、抽拍、合拍、反拍、慢半拍、輕打細拍。

常 5 **抵** 形解 形聲；從手，氐聲。用手排擠相歫爲抵。

音義 ㄉㄧˇ 動①犯，通「牴」；例抵觸。②拒；例抵抗。③到；例抵達。④當，言其價值相當；例「家書抵萬金。」⑤頂住；例拿椅子把門抵著。⑥拋擲；例抵地。副概括之詞，通「氐」；例大抵。

ㄉㄧˇ 動①禦擋；例抵不住。②償還；例抵命。

ㄓˇ 動拍擊；同「抵」。例抵掌。

參考 ①同抗，擋，拒，押。②與「抵」(ㄓˇ)有別，參閱「抵」字條。

7 **抵抗** ㄉㄧˇ ㄎㄤˋ 抵禦打擊。

參考 參閱「抗拒」條。

8 **抵制** ㄉㄧˇ ㄓˋ 對抗，抗拒。

參考 同杯葛。

13 **抵罪** ㄉㄧˇ ㄗㄨㄟˋ 各當其罪。

16 **抵賴** ㄉㄧˇ ㄌㄞˋ 推脫嫌疑，不肯承認。

參考 同抵讕。

17 **抵償** ㄉㄧˇ ㄔㄤˊ 賠償。

抵禦 ㄉㄧˇ ㄩˋ 抵抗禦侮。

20 **抵觸** ㄉㄧˇ ㄔㄨˋ ㈠撞擊。㈡觸犯。㈢衝突，矛盾。

▽互抵、大抵、功過相抵。

常 5 **拚** 形解 形聲；從手，弁聲。弁有合的意思，所以兩手相拍爲拚。

音義 ㄆㄢ 動①捐棄；例拚死吃河豚。②爭鬥；例拚個你死我活。

ㄈㄣˋ 動掃除；例拚除。

參考「拚」當作爭鬥時，當讀作ㄆㄢ。

常 5 **抱** 形解 形聲；從手，包聲。包有裹的意思，所以用手合裹爲抱。

音義 ㄅㄠˋ 名①胸襟；例「區區丹抱。」②姓。動①懷摟；例抱著嬰兒。②懷在心頭；例抱憾終身。③孵蛋；例抱小雞。

參考 ①「抱」與「摟」都有圍繞的意思，「抱」除有此意外，並有承擧的意思，如「抱娃娃」不作「摟」。②同擁。

4 **抱不平** ㄅㄠˋ ㄅㄨˋ ㄆㄧㄥˊ 當別人受到不公平的待遇時，自己產生憤慨的情緒。

7 **抱佛腳** ㄅㄠˋ ㄈㄛˊ ㄐㄧㄠˇ 比喻事前不準備，臨時倉皇措辦。

9 **抱負** ㄅㄠˋ ㄈㄨˋ ㈠手抱肩負，有攜帶或關照的意思。㈡指所懷抱的志願。例抱負不凡。

抱怨 ㄅㄠˋ ㄩㄢˋ 心中懷著怨恨。

參考 與「埋怨」都有因不滿而責備的意思，但有區別：「抱怨」是心中不滿，數說別人不對；「埋怨」是「因爲事情不如意而對別人或自己表示不滿」。又「抱怨」的語意較輕，「埋怨」的語意較重。

12 **抱殘守缺** ㄅㄠˋ ㄘㄢˊ ㄕㄡˇ ㄑㄩㄝ 本指墨守古學遺文，引申而有泥古守舊的意思。抱：守住不放。又作「保殘守闕」。

參考 和「故步自封」都有因循守舊，不想革新，不求進步的意思，但有區別：「抱殘守缺」偏重在守舊，多指不學習新知識、不接受新事物；「故步自封」偏重在停頓，多指不事進取，不求進步。「抱殘守缺」與「墨守成規」、「因循守舊」的意思相近；「故步自封」與「裹足不前」、「夜郎自大」的意思接近。

14 **抱歉** ㄅㄠˋ ㄑㄧㄢˋ 在某事上對別人過意不去，心中不安的意思。

參考 與「道歉」都有對不起的意思，但有差別：「抱歉」表示一種心理狀態，是感到對不住別人而心中不安；「道歉」表示一種行動，是向人家認錯、賠禮，以表示自己的歉意。

16 **抱樸** ㄅㄠˋ ㄆㄨˊ 不失其本眞。

抱璞 ㄅㄠˋ ㄆㄨˊ 比喻懷藏眞才實學。

抱頭鼠竄 ㄅㄠˋ ㄊㄡˊ ㄕㄨˇ ㄘㄨㄢˋ 抱著頭像老鼠一樣迅速地逃跑。形容狼狽地倉皇逃跑。

17 **抱薪救火** ㄅㄠˋ ㄒㄧㄣ ㄐㄧㄡˋ ㄏㄨㄛˇ 抱著薪柴去救火。比喻處事方法不對，不但於事無補，反而使禍害擴大。

參考 ①同揚湯止沸。②又作「負薪救火」。

19 **抱關擊柝** ㄅㄠˋ ㄍㄨㄢ ㄐㄧ ㄊㄨㄛˋ 比喻地位低微的小吏。抱關：指守關的人；擊柝：指巡夜的人。

▽懷抱、擁抱、合抱、摟抱、摟摟抱抱、投懷送抱。

常 5 **拘** 解形 形聲；從手，句聲。用手挽留住為拘。

音義 ㄐㄩ 動①捉拿；例拘捕。②顧忌；例不拘小節。③限制；例不拘大小。④囚禁；例拘禁。形不知變通的；例拘泥。

ㄑㄩ 動約束；例拘著。

7 **拘束** ㄐㄩ ㄕㄨˋ ㈠管理束縛。㈡不自在。

參考 參閱「約束」條。

8 **拘泥** ㄐㄩ ㄋㄧˋ 固執而不知權變。

參考 同固執，執著。

10 **拘捕** ㄐㄩ ㄅㄨˇ 法拘提，逮捕。

參考 「拘提」係由司法警察或司法檢察官持拘票强制被告到達一定之處所接受詢問。「逮捕」係對於犯罪嫌疑人的身體自由直接予以拘束處分。依法對於現行犯，任何人得以逕行逮捕。

11 **拘執** ㄐㄩ ㄓˊ ㈠拘泥而不知變通。㈡拘捕。

18 **拘謹** ㄐㄩ ㄐㄧㄣˇ 性情謹愼而不夠開朗。

拘禮 ㄐㄩ ㄌㄧˇ 被禮法所約束，不知變通以適應環境需要。

▽迂拘、提拘、男女不拘。

常 5 **拖** 解形 字本作「拕」，形聲；從手，它聲。曳引為拕。俗作「拖」。

音義 ㄊㄨㄛ 動①牽引；例拖拽。②延遲；例推拖。③垂下；例長髮拖地。

參考 ①「拖」與「托」形義有別：「拖」有曳引的意思，「托」有承舉的意思。②同拉，拽。

4 **拖欠** ㄊㄨㄛ ㄑㄧㄢˋ 借貸他人財物久欠不還。

7 **拖延** ㄊㄨㄛ ㄧㄢˊ 因推託而延誤時間。又作「拖宕」。

8 **拖泥帶水** ㄊㄨㄛ ㄋㄧˊ ㄉㄞˋ ㄕㄨㄟˇ 比喻說話做事不夠乾脆、俐落。

參考 與「牽絲攀藤」有別：後者强調在「比喻拉關係」上；前者則是强調「拖著泥，帶著水」，比喻說話、寫字、作文不簡潔、不爽利，也可表示辦事不乾脆俐落。

15 **拖鞋** ㄊㄨㄛ ㄒㄧㄝˊ 在室內穿著的一種無後跟的便鞋。

常 5 **拗** 解形 形聲；從手，幼聲。用手彎折為拗。

音義 ㄠˋ 動反抗；例違拗。形不順利的；例拗口。

ㄠˇ 動彎折；例拗斷。

參考 ①音ㄧㄠˋ，「拗」字又唸作ㄋㄧㄡˋ，但不可讀成ㄧㄡˋ。②「拗」字讀ㄩˋ時，有抑制的意思。

3 **拗口令** ㄠˋ ㄎㄡˇ ㄌㄧㄥˋ 文將發音類似的字眼，編成語句，念時至為拗口，有矯正口音的功用。又稱「繞口令」、「急口令」、「吃口令」。

▽執拗、催拗、違拗。

常 5 **拆** 解形 形聲；從手，㡿聲。㡿有裂開的意思，所以用手使東西裂開為[扌㡿]。隸變作「拆」。

音義 ㄔㄜ 動①開裂；例拆卸。②傾毀；例拆除。

參考 ①「拆」語音做ㄔㄞ。②「拆」、「折」有別：「拆牆」、「拆信」的「拆」字，在「斤」上有一點；「折扣」、「折斷」的「折」字從「斤」，就沒有一點。

5 **拆台** ㄔㄞ ㄊㄞˊ ㈠故意搗亂，從中破壞。㈡對雙方合作的事項，中途故意退出，使不能成功。

6 **拆字** ㄔㄞ ㄗˋ 占卜的一種方法，任取一字，拆合增減，隨機解釋，以判斷所問的事項的吉凶。古稱「破字」、「相字」。又作「測字」。

8 **拆卸** ㄔㄞ ㄒㄧㄝˋ 把整個物品，分開成爲零件。

9 **拆穿** ㄔㄞ ㄔㄨㄢ 說破或揭露事情的眞相。

常 5 **抬** 解形 形聲；從手，台聲。舉起爲抬。

音義 ㄊㄞˊ 動 ①舉起；例高抬貴手。②二人或數人共同扛物；例抬桌子。

參考 同扛。

15 **抬寫** ㄊㄞˊ ㄒㄧㄝˇ 信箋書寫表示尊敬的方法。最常用的爲平擡、挪擡。平擡，即涉及受信人時，提行書寫與各行相齊平；挪擡，是就原行空一格寫。抬寫是尊稱自己師長或受信人長輩時用之。

16 **抬頭** ㄊㄞˊ ㄊㄡˊ ㈠仰頭。㈡書信中遇到尊稱時，另起一行或空一格書寫，又稱「抬寫」。㈢價值趨漲，地位升高。例美金抬頭。

▽哄抬、合抬、輪抬。

常 5 **拎** 解形 形聲；從手，令聲。用手懸空提拿爲拎。

音義 ㄌㄧㄥ 動 以手提拿；例他拎著一件行李。

參考 「拎」與「提」都有懸持的意思，大體上「拎」多指使力較小的，「提」則多指使力較大的，如拎著一斤肉，提著一桶水等等。

常 5 **拜** 解形 會意；從兩手下。行禮時將頭低至和手平衡的位置（手未嘗下於心）爲拜。

音義 ㄅㄞˋ 名 姓。動 ①低頭拱手或跪地磕頭的禮敬動作；例拜祭祖先。②祝賀；例拜年。③任職；例官拜少尉。④互相訪問；例回拜。

參考 同賀。

6 **拜年** ㄅㄞˋ ㄋㄧㄢˊ 舊曆春節時，互相行禮慶賀的禮俗。

7 **拜見** ㄅㄞˋ ㄐㄧㄢˋ 恭敬的拜訪人家。

參考 同晋見，覲見，謁見。

8 **拜金主義** ㄅㄞˋ ㄐㄧㄣ ㄓㄨˇ ㄧˋ 諷刺崇拜金錢的心理，以爲金錢是萬能的觀念。

10 **拜託** ㄅㄞˋ ㄊㄨㄛ 以事情託付他人。

拜倒石榴裙下 ㄅㄞˋ ㄉㄠˇ ㄕˊ ㄌㄧㄡˊ ㄑㄩㄣˊ ㄒㄧㄚˋ 極言男子對女子的傾心迷戀。石榴裙：女子的紅色裙，汎稱女子。

11 **拜訪** ㄅㄞˋ ㄈㄤˇ 前去探望他人的敬詞。例登門拜訪。

參考 同拜望，探訪，造訪。

▽再拜、跪拜、崇拜、禮拜、三拜、迎拜、祭拜、叩拜、百拜、三跪九拜。

次 5 **拑** 解形 形聲；從手，甘聲。甘有口咬的意思，所以脅制而持之爲拑。

音義 ㄑㄧㄢˊ 動 脅持，强迫；例拑制。

參考 同鉗，箝。

次 5 **拊** 解形 形聲；從手，付聲。以手輕擊爲拊。

音義 ㄈㄨˇ 名 刀柄。動 ①撫慰；例「拊我愛我。」②拍擊；例拊掌。③求索，通「付」。

12 **拊掌** ㄈㄨˇ ㄓㄤˇ 拍手，表示喜樂的樣子。例拊掌大笑。

次 5 **拏** 解形 形聲；從手，奴聲。捕捉拿持爲拏。

音義 ㄋㄚˊ 動 攫取、拘捕，通「拿」。ㄋㄨˊ 動 牽連；例「禍拏而不解。」

常 6 **挖** 解形 形聲；從手，穵聲。用手掏取掘出爲挖。

音義 ㄨㄚ 動 以手掏取；例挖掘。

參考 ①「挖」作「耳挖子」解時，語音念做ㄨㄚˇ。②「挖」的本義是徒手掘取，而「掘」則是使用器具挖取，今二字已混用。③同掘。

6 **挖肉補瘡** ㄨㄚ ㄖㄡˋ ㄅㄨˇ ㄔㄨㄤ 比喻以其他用處的東西先挪至此處來用，即暫時救急的意思。

參考 俗語又作「挖東牆，補西牆」。

8 **挖空心思** ㄨㄚ ㄎㄨㄥ ㄒㄧㄣ ㄙ 用盡一切計謀。

參考 與「搜索枯腸」有別：前者含有貶義，後者爲中性成語。前者所應用的範圍廣，如「找話」、「作文」、「耍手段」、「弄錢」、「搞陰謀」、「打扮」等場合都可用；後者多用於寫作方面。

9 **挖苦** ㄨㄚ ㄎㄨˇ 用刻薄的話諷刺別人。

常 6 **按** 形解 形聲；從手，安聲。以手壓下爲按。

音義 ㄢˋ 名姓。動①抑止；例按兵不動。②以手掌或手指輕壓；例按電鈴。③輕握不動；例按劍。④依照；例按圖施工。⑤考察；例按察。⑥檢舉；例奏按貪濁。⑦文考據用字，表明自己的意見，通「案」。

參考①同壓，照，擱，撫。②「按」、「照」、「按照」有別：a「照」不能跟表示期限、時間或其他界限的詞組合。如：按時完成（不可用「照」）。用「按」或「按照」與後面名詞的音節多寡有關。如：按照期限完成。b「照」有模仿、臨摹的意思，「按」沒有。如：照我的樣子做。

7 **按兵不動** ㄢˋ ㄅㄧㄥ ㄅㄨˋ ㄉㄨㄥˋ 停止軍隊不予推進。又作「案兵不動」。

8 **按例** ㄢˋ ㄌㄧˋ 依照從前的例子處理。

參考 反 聞風而動。

11 **按部就班** ㄢˋ ㄅㄨˋ ㄐㄧㄡˋ ㄅㄢ 比喻做事有條理，有層次，毫不紊亂。班：門類，引申爲次序。就：動詞，歸於。

參考①「部」不能誤寫成「步」。②與「循序漸進」有別：前者强調「按照一定的條理」的意思；後者强調「逐漸深入或提高」的意思。

14 **按捺** ㄢˋ ㄋㄚˋ 抑制。又作「按納」。

14 **按圖索驥** ㄢˋ ㄊㄨˊ ㄙㄨㄛˇ ㄐㄧˋ ㈠按照畫好的圖樣來索求良馬。索：動詞，尋找。驥：良馬。㈡比喻一個人只知拘泥前人舊法處事，不知權變。㈢比喻根據圖形或資料來搜尋目的物。

按摩 ㄢˋ ㄇㄛˊ 醫復健醫學上，對身體作敲、打、揉、搓等動作，以放鬆肌肉，促進循環，恢復疲勞或鬆馳組織黏連的感覺。又作「推拿」。

按語 ㄢˋ ㄩˇ 作者或編者對有關文章所作的說明，判斷或所加的具有指導性的文字。也作「案語」。

▽糾按、巡按、考按、稽按。

常 6 **拽** 形解 形聲；從手，曳聲。曳有拖引使長的意思，所以用手牽引爲拽。

音義 ㄓㄨㄞ 動①牽引；例把門拽好。②扯；例拽著衣角不放。
ㄓㄨㄞ 動使勁拋擲；例把球拽得越遠越好。形關節因故而不能伸屈的；例拽胳膊。
ㄧㄝˋ 動拖拉；例起前拽後。

參考「拽」字與從水的「洩」不可通用：「拽」有牽引、扯拉的意思；而「洩」有漏洩、發散的意思。

常 6 **拭** 形解 形聲；從手，式聲。用手擦抹使之乾淨爲拭。

音義 ㄕˋ 動拂抹；例拭淚。

參考 同拂，抹。

5 **拭目** ㄕˋ ㄇㄨˋ 擦亮眼睛以便觀察清楚。

拭目以待 ㄕˋ ㄇㄨˋ ㄧˇ ㄉㄞˋ 比喻有所期待，先擦亮眼睛，以便察看。

11 **拭淚** ㄕˋ ㄌㄟˋ ㈠擦拭眼淚。㈡因哭泣而擦拭淚水，多用於報喪或訃書中。

參考 與「抆淚」有別：對於近親親屬用「抆淚」，遠親則用「拭淚」。

▽拂拭、擦拭、揩拭、彈拭。

常 6 **持** 形解 形聲；從手，寺聲。寺是掌管庶務的地方，所以握持爲持。

音義 ㄔˊ 名姓。動①拿握；例持槍。②固守；例保持；③抗拒；例相持不下。④幫助；例扶持。⑤管理；例持家。⑥挾制；例挾持。

參考①「持」與從心（忄）而有依仗義的「恃」字不同。②同拿，握，執。

3 **持久** ㄔˊ ㄐㄧㄡˇ 保持長久而不改變。

5 **持正** ㄔˊ ㄓㄥˋ ㈠主持公道。㈡立場公正，不偏不倚。

9 **持重** ㄔˊ ㄓㄨㄥˋ 舉止穩重，不輕浮暴躁。例老成持重。

15 **持論** ㄔˊ ㄌㄨㄣˋ 拿出主張，講出自己的意見。例持論公允。

21 **持續** ㄔˊ ㄒㄩˋ 連續不斷。

參考 與「繼續」都有接連、延續的意思，但有別：「持續」是延續不斷，指行爲、動作或某一事情沒有間斷地延續下去；「繼續」是連下去，延長下去，指行爲動作前後相連，可以是連續不斷，也可以是有間斷的。

▽維持、堅持、護持、支持、扶持、保持、主持、住持、把持、捧持、劫持、抱持、挾持、太阿倒持。

常 6

拮

解形 形聲；從手，吉聲。吉有祥善的意思，所以手口並用，共有所作爲拮。

音義 ㄐㄧㄝˊ 形 手與口共作的；例予手拮掘。

參考 ①「拮」字右上從「士」(ㄕˋ)而不從「土」(ㄊㄨˇ)，宜加注意。②「拮」與從「木」而有桔梗、桔槔義的「桔」不同。

11 **拮据** ㄐㄧㄝˊ ㄐㄩ ㈠事情爲難，手足忙亂，不容易進行。例狀況拮据。㈡錢財不夠，境況窘迫。例手頭拮据，頭寸甚緊。

常 6

拯

解形 形聲；從手，丞聲。丞有升的意思，把溺水者自水中上舉提起爲拯。

音義 ㄓㄥˇ 動援助；例拯救。

參考 同救。

11 **拯救** ㄓㄥˇ ㄐㄧㄡˋ 把人從苦難中救援出來。例拯救大陸同胞。

常 6

指

解形 形聲；從手，旨聲。旨有主要的意思，所以手之指爲指。

音義 ㄓˇ 名①手、腳尾端分叉，可以持、拿、曲、握的部分；例手指。②主要內容，通「旨」、「恉」；例「言近而指遠。」動①提示；例指點迷津。②用手表示方向；例「牧童遙指杏花村。」③依恃；例指望。④批評，斥責；例千人所指。形直豎的；例頭髮上指。

4 **指日** ㄓˇ ㄖˋ 猶即日，不日；即所需時間不長。例指日可待。

參考 同不日，剋日。

指日可待 ㄓˇ ㄖˋ ㄎㄜˇ ㄉㄞˋ 形容不要等很久就可以實現或迅即就可達到目地。待：等待。

參考 ①也作「指日可俟」。②多用於事情或希望等的付諸實現。③反遙遙無期。④與「計日可待」有別：前者強調「迅即(實現)」；後者強調「如期(實現)」。後者前面常有「可以」一詞；前者因本身含有「可」字，而不能這樣。

指引 ㄓˇ ㄧㄣˇ 指出正確方向而引導他人前進。

參考 同指導，指點，指示，領引。

指手畫腳 ㄓˇ ㄕㄡˇ ㄏㄨㄚˋ ㄐㄧㄠˇ 形容說話時，手腳忙亂的樣子。

參考 參閱「比手畫腳」條。

5 **指正** ㄓˇ ㄓㄥˋ 指出重點，以便修正他人。

指印 ㄓˇ ㄧㄣˋ 按捺手指上的紋路做爲印信，因爲每個人的指紋都不相同，可做爲辨別身分之用。亦稱「指摹」。

指示 ㄓˇ ㄕˋ ㈠用手指著物品給別人看。㈡長官對屬下說明處理某事情的原則和方法。㈢指教。

參考 同指點。

8 **指定** ㄓˇ ㄉㄧㄥˋ 特別規定或派定。

指使 ㄓˇ ㄕˇ 自己躲在幕後充當主謀，操縱別人動手去做。含有貶損的意思

參考 ①同唆使。②含有貶損的意思。③參閱「指派」條。

9 **指派** ㄓˇ ㄆㄞˋ 指定人選。

參考 ①與「指使」都是使別人按照自己的命令或意圖去做，但有別：「指使」是指暗中出主意叫別人去幹壞事；「指派」是派人去做某項工作，或上級指定下級去進行某項工作，是光明正大的。②同指定。

指南 ㄓˇ ㄋㄢˊ ㈠指定方向。㈡一種介紹或嚮導用的小冊子。例旅遊指南。

指南針ㄓˇ ㄋㄢˊ ㄓㄣ 指示方位的一種簡單儀器，是我國古代三大重要發明之一。可以辨別方向，常用於航海、旅行和軍事方面。

10 **指紋**ㄓˇ ㄨㄣˊ 法人類手指尖端內側上凸出紋路所構成的複雜圖形。可做為辨別身分之用。

指桑罵槐ㄓˇ ㄙㄤ ㄇㄚˋ ㄏㄨㄞˊ 比喻用隱語罵人，而不從正面批評。桑、槐，都是植物名。

參考 同指鷄罵狗。

11 **指責**ㄓˇ ㄗㄜˊ 指斥，責備。

指望ㄓˇ ㄨㄤˋ 抱持著希望。

參考 同盼望，希望，期望。

指鹿為馬ㄓˇ ㄌㄨˋ ㄨㄟˊ ㄇㄚˇ 指著鹿，說是馬。比喻顛倒黑白，混淆是非。

參考 與「顛倒黑白」、「混淆是非」有別：當强調「故意把甲說成乙，來試探別人的態度」的意思時，用前者比用後二者為確切、恰當。前者又含有「自恃權勢在握，作威作福」的意思，後二者沒有。

12 **指掌**ㄓˇ ㄓㄤˇ 比喻事理淺近而易明。例瞭如指掌。

指揮ㄓˇ ㄏㄨㄟ ㈠發號施令，調遣人馬。例指揮若定。亦作「指麾」。㈡官名，總理指示調度的職責。

參考 ①衍指揮官、指揮刀、指揮所。②參閱「指導」條。

指揮若定ㄓˇ ㄏㄨㄟ ㄖㄨㄛˋ ㄉㄧㄥˋ 指揮調度從容不迫，很有把握的樣子。形容胸有成竹，穩操勝算。定：定局。

參考 含有褒揚的意思。

13 **指腹為婚**ㄓˇ ㄈㄨˋ ㄨㄟˊ ㄏㄨㄣ 兩婦同孕，指腹約定，產後若是一男一女，那麼就讓他們結為夫婦，完成婚姻。

14 **指摘**ㄓˇ ㄓㄜˊ 指出錯誤的地方。

參考 同指斥，指責。

15 **指數**ㄓˇ ㄕㄨˋ 數表示某數自乘若干次，即在某處的右肩上寫小字數目來表示。此小字數目就是指數。例3^2的2是指數。

16 **指導**ㄓˇ ㄉㄠˇ 指示領導。例指導功課。

參考 ①與「指揮」、「領導」都有在前引導的意思，但有別：「領導」，是上級以身作則率領下級，個人帶動團體。「指導」，是別人工作或學習時，指示和教導；「指揮」，是指支配發令叫人做事，初用於軍事，後來也可用於一般事物。②參閱「引導」條。③衍指導有方。

17 **指點**ㄓˇ ㄉㄧㄢˇ 指示別人該如何做，如何進行。例指點迷津。

參考 同指示，指引。

▽屈指、十指、彈指、手指、意指、小指、食指、姆指、戒指、千夫所指、令人髮指、首屈一指。

常 6 拱

解形 形聲；從手，共聲。共有合的意思，所以合兩手，大指頭相拄為拱。

音義 ㄍㄨㄥˇ 動①兩手合抱，以示恭敬；例子路拱而立。②環繞；例眾星拱月。③聳起或掀動；例拱肩縮背。形用兩臂合圍來表示粗大的程度；例拱木。

參考 同護，彎。

4 **拱手**ㄍㄨㄥˇ ㄕㄡˇ ㈠兩手在胸前相合，表示敬禮。例拱手作揖。㈡袖手旁觀，毫不費心思或不付諸行動。例拱手讓人。

8 **拱門**ㄍㄨㄥˇ ㄇㄣˊ 圓拱形的門。我國古代建築特殊設計之一。

15 **拱衛**ㄍㄨㄥˇ ㄨㄟˋ 在周圍環繞保衛。

▽垂拱、拜拱、盈拱、合拱、墓木已拱。

常 6 拷

解形 形聲；從手，考聲。用器械捶打為拷。

音義 ㄎㄠˇ 動用器械擊打；例拷打。

7 **拷貝**ㄎㄠˇ ㄅㄟˋ 外㈠電影用語，從影片原膠捲複製以供發行配售的新膠捲。㈡原件的複製、影印、模仿或抄本。㈢動詞，影印。

常 6 拳

解形 形聲；從手，𢍏聲。𢍏有捲曲的意思，所以合掌指向內捲曲握緊為拳。

音義 ㄑㄩㄢˊ 名①五指緊握的形狀；例揮拳亂打。②徒手的武術；例太極拳。③姓。形彎曲的，通「蜷」；例拳曲。

參考 「拳」與「豢」形近容易混

淆，「拳」念ㄑㄩㄢˊ有五指合攏的意思，「豢」唸ㄏㄨㄢˋ則有飼養的意思。

6 **拳曲** ㄑㄩㄢˊ ㄑㄩ 彎曲伸不直的樣子。

10 **拳拳** ㄑㄩㄢˊ ㄑㄩㄢˊ ㈠奉持不失的樣子。例拳拳服膺。㈡忠謹懇摯的樣子。例拳拳之忠。㈢劬勞勤苦的樣子。例拳拳若親。㈣親愛的樣子。㈤彎曲的樣子。例拳拳月初生。

10 **拳拳服膺** ㄑㄩㄢˊ ㄑㄩㄢˊ ㄈㄨˊ ㄧㄥ 時時謹記在胸臆之中，盡力持守，不使失去。

▽空拳、打拳、鐵拳、跆拳、曲拳、握拳、花拳、莒拳、出拳、太極拳、螳螂拳、永春拳、赤手空拳、繡腿花拳、飽以老拳。

常 6 **挈** 解形 形聲；從手，㓞聲。懸空提持爲挈。

音義 ㄑㄧㄝˋ 動①提拿；例提綱挈領。②提攜；例挈妻攜子。③契刻，通「鍥」；例手挈龜。

參考 同提，攜。

常 6 **括** 解形 形聲；從手，𠯑聲。凡物總會爲括。

音義 ㄍㄨㄚ 名箭的末端，搭絃之處；例括而羽之。動①獲致；例概括。②包含；例囊括。③聚集；例搜括。

參考 「括」與「刮」字音同形近義別，「括」有概略的意思，「刮」從刀有將表層削除的意思。

8 **括弧** ㄍㄨㄚ ㄏㄨˊ ㈠數將兩個以上的項或數括爲一項或一數，所用的符號叫括弧。例$(x+4)^2$的( )。㈡文字上用來表示附注的符號，形式多作( )、〔 〕、〓。又稱夾注號。又作「括號」。

9 **括約肌** ㄍㄨㄚ ㄩㄝ ㄐㄧ 生分布在人和動物某些管腔周緣的一種環狀肌肉，有收縮及放鬆的功能。

13 **括號** ㄍㄨㄚ ㄏㄠˋ 參閱「括弧」條。

▽概括、總括、統括、包括、兼括、含括、囊括。

常 6 **拾** 解形 形聲；從手，合聲。俯身揀取(東西)爲拾。

音義 ㄕˊ 名①古代射箭時的皮製護袖手套；例「決拾既佽」。②數名，「十」字的大寫。動①揀取；例拾玉鐲。②斂集；例收拾。

① 拾

ㄕㄜˋ 動一步一步的走路，通「涉」；例拾級而上。

參考 「拾翻」之「拾」讀作ㄕ。

2 **拾人牙慧** ㄕˊ ㄖㄣˊ ㄧㄚˊ ㄏㄨㄟˋ 拾取人家的一言半語當作自己的話。比喻抄襲他人的意見，文字或言語。牙慧：本作牙惠，指別人已說過的話。

參考 ①同拾人涕唾。②與「鸚鵡學舌」、「人云亦云」有別：前者大多用於語文創作，偏重在沒有創見；「鸚鵡學舌」大多用於創作以外的地方強調沒有主見；「人云亦云」可兼括前二詞，既可重於沒有創見，又可重於沒有主見。

8 **拾金不昧** ㄕˊ ㄐㄧㄣ ㄅㄨˋ ㄇㄟˋ 稱讚別人在路上或車上撿到他人財物，卻不據爲己有的優良品行。

10 **拾級** ㄕㄜˋ ㄐㄧˊ 循著階級往上走去。例拾級聚足。

▽採拾、收拾、掇拾、揀拾、不可收拾、難以收拾。

常 6 **拴** 解形 形聲；從手，全聲。縛綁牽繫爲拴。

音義 ㄕㄨㄢ 動①縛綁；例拴馬。②把門扣上；例把門拴上。

常 6 **拼** 解形 字本作「拼」：形聲；從手，幷聲。幷有相合的意思，所以湊和爲拼。俗作「拼」。

音義 ㄆㄧㄣ 動①將零碎的事物連綴在一起；例拼湊。②捐棄，通「拚」；例跟他拼命了。

參考 「拼」與「拚」在表示捐棄的意思時，可通用，其餘則不可通。

9 **拼音** ㄆㄧㄣ ㄧㄣ ㈠連綴音素成複合音。㈡從標音發音讀出文字來。

12 **拼湊** ㄆㄧㄣ ㄘㄡˋ 把零星的東西聚合起來。

常 6
挑

形解 形聲；從手，兆聲。兆是燒灼龜甲，有動的意思，所以用手撥動煩擾爲挑。

音義 ㄊㄧㄠ 名彈奏弦樂器的一種指法；例「輕攏慢撚抹復挑」。動①揀取；例挑選。②用肩擔承；例挑擔。③抉剔；例挑燈夜讀。④苛求；例挑剔。

ㄊㄧㄠˇ 名用針穿，縫紉的一種；例挑花。動①引起；例挑撥。②引誘，通「誂」；例挑逗。

參考 ①「挑」作「挑達」講時，音ㄊㄠ。②同担，選，引，逗。

10 **挑剔** (一)ㄊㄧㄠ ㄊㄧ 故意過分地在細節上找毛病。(二)ㄊㄧㄠˇ ㄊㄧ 挑剪燈心。

11 **挑逗** ㄊㄧㄠˇ ㄉㄡˋ 用言語、動作去引誘別人。

參考 本詞多用於男女關係上，且含有貶損的意思。

14 **挑精揀肥** ㄊㄧㄠ ㄐㄧㄥ ㄐㄧㄢˇ ㄈㄟˊ 比喻爲了個人利益，挑來挑去，選擇對自己有利或最合意的(工作或事物)。精：瘦肉；肥：肥肉。

參考 ①同挑肥揀瘦，揀精揀肥。②本詞含有貶損的意思。

15 **挑撥** ㄊㄧㄠˇ ㄅㄛ (一)搬弄是非。例挑撥是非。(二)激起別人的意念。

參考 ①「挑撥」、「挑釁」有別：「挑撥」適用的對象較多，受「挑撥」的可以是個人、單位、政黨、民族或國家。「挑釁」適用的對象較少，常用於民族和國家，多和軍事、政治方面有關。②與「離間」都有用不正當手段使別人起衝突而分開意思，但有別：「挑撥」是指激怒，又指搬弄是非、製造糾紛；「離間」是從中挑動、使人彼此不和睦。

挑撥離間 ㄊㄧㄠˇ ㄅㄛ ㄌㄧˊ ㄐㄧㄢˋ 從中搬弄是非，使彼此離心離德而不和睦。離間：使人與人產生疑心而不和睦。

16 **挑選** ㄊㄧㄠ ㄒㄩㄢˇ 從很多之中選擇出來。

挑戰 ㄊㄧㄠˇ ㄓㄢˋ (一)軍用言語或計策激引敵人出戰。(二)故意和別人引起衝突。

挑燈夜戰 ㄊㄧㄠˇ ㄉㄥ ㄧㄝˋ ㄓㄢˋ 比喻夜以繼日，酣戰不歇。

26 **挑釁** ㄊㄧㄠˇ ㄒㄧㄣˋ 故意惹起爭端。

參考 ①與「挑撥」近似。參閱「挑撥」條。②與「挑戰」有別：「挑釁」，多指使用不光明的手段去激怒別人；「挑戰」，則是公開或直接的叫陣，邀人作戰。

▽琴挑、單挑、撿挑、肩挑、擔挑、抹復挑、重任一肩挑。

常 6
拿

形解 會意；從手從合。所以會執取、握持的意思。字本作「拏」，俗作「拿」。

音義 ㄋㄚˊ 動①握持；例拿書。②料事的把握；例十拿九穩。③故意裝著；例拿架子。④逮捕；例狗拿耗子。⑤利用；例拿話刺他。⑥把；例拿我當笑柄。⑦提取；例拿過來。⑧掌握；例拿定主義。

參考 ①同掘，抓。②字或作拏、舒。

4 **拿手** ㄋㄚˊ ㄕㄡˇ 擅長的技藝。例我最拿手的是寫文章。

拿手好戲 ㄋㄚˊ ㄕㄡˇ ㄏㄠˇ ㄒㄧˋ 原指戲劇演員最擅長的劇目。比喻最擅長的本領。

10 **拿破崙** ㄋㄚˊ ㄆㄛˋ ㄌㄨㄣˊ 人法國軍事家，法國皇帝(一八○四—一八一五)，生於科西嘉島。西元一七九九年發動霧月政變，建立執政府，自任第一執政。西元一八○四年稱帝，建立集中的軍事組織機構，頒布「拿破崙法典」。對外不斷發動侵略戰爭，幾乎統治整個中歐和西歐。西元一八一五年，滑鐵盧之役戰敗，被流放於聖赫勒那島而死。

▽緝拿、捉拿、擒拿、捕拿、提拿。

次 6
挍

形解 形聲；從手，交聲。比較度量爲挍。

音義 ㄐㄧㄠˋ 動比較，估算。

參考 「挍」與「校」音同形似而義別，「校」爲勘正錯誤的意思。

次 6 **挂** 解形 形聲；從手，圭聲。分別畫出爲挂。

音義 ㄍㄨㄚˋ 動①懸掛；例「挂於季指。」②鉤取。例以挂功名。

參考「挂」與「掛」音同形近，同有懸結的意思，但其他的意思則不相通。

1 **挂一漏萬** ㄍㄨㄚˋ ㄧ ㄌㄡˋ ㄨㄢˋ 提到的少，漏掉的很多。形容處事僅考慮一部分而遺漏萬端，非常不周備。漏：遺漏。

次 6 **挎** 解形 形聲；從手，夸聲。夸有中空的意思，所以用手刻挖使之中空爲挎。

音義 ㄎㄨ 動①執持；例「挎越內弦。」②刻挖，通「刳」；例挎木爲舟。

ㄎㄡ 動以手指或指甲抓挖，通「摳」；例勿當衆挎鼻。

ㄎㄨㄚ 動掛在肩膀上；例挎著個皮包。

次 6 **拶** 解形 形聲；從手，𡿪聲。逼迫爲拶。

音義 ㄗㄚ 動緊壓；例排拶。

ㄗㄢˇ 名古代酷刑，以繩索連貫小木棍，套在手指上而用力收緊；例拶子。

次 6 **挐** 解形 形聲；從手，如聲。如有從命隨行的意思，所以牽引相連爲挐。

音義 ㄖㄨˊ 名姓。動紛亂；例挐首墨面。

ㄋㄩˊ 名船槳，通「橈」。

ㄋㄚˊ 動「拿」的異體字；例挐攫。

常 7 **挾** 解形 形聲；從手，夾聲。夾有懷藏的意思，所以藏匿持有爲挾。

音義 ㄒㄧㄝˊ 動①夾在胳膊下；例挾持。②脅迫；例挾制。③懷藏；例挾怨。④倚恃，倚以自重；例挾勢欺人。

ㄐㄧㄚ 動①通達；例挾四方。②持拿，通「夾」。

參考「挾」字右旁從二人（ㄖㄣˊ），作「夾」，而不從二入（ㄖㄨˋ）作「夾」，書寫時宜多注意。

8 **挾制** ㄒㄧㄝˊ ㄓˋ 威脅逼迫。

9 **挾恨** ㄒㄧㄝˊ ㄏㄣˋ 懷恨在心。例挾恨尋仇。又作「挾嫌」、「挾仇」、「挾怨」。

挾持 ㄒㄧㄝˊ ㄔˊ ㈠把東西挾在腋下。㈡因有所倚恃而脅迫他人（從事某事）。

常 7 **振** 解形 形聲；從手，辰聲。辰有動的意思，所以動手拯救或救濟爲振。

音義 ㄓㄣˋ 名姓。動①救濟；例振貧。②抖動；例振衣千仞崗。③奮發；例軍心大振。④震驚，通「震」；例威振四方。⑤揮動；例振筆直書。⑥整頓；例乃修德振兵。⑦自，起；例振古。

參考①「振振」連用時，音ㄓㄣ。②「振」與「震」都有動搖的意思，然習慣上，大的動搖時多用「震」，如：地震；小的動盪時多用「振」，如：振鈴。

5 **振古鑠今** ㄓㄣˋ ㄍㄨˇ ㄕㄨㄛˋ ㄐㄧㄣ 比喻千古盛舉，照耀史册。例國父所領導的國民革命，是振古鑠今的大事業。

7 **振作** ㄓㄣˋ ㄗㄨㄛˋ 奮發興起。參考參閱「抖擻」條。

10 **振振有辭** ㄓㄣ ㄓㄣ ㄧㄡˇ ㄘˊ 自以爲理直氣壯，辯個不停。振振：理直氣壯的樣子。

參考①辭，又作「詞」。②同掩過飾非，强辭奪理。③反理屈詞窮。④與「理直氣壯」有別：後者爲褒義成語；前者爲中性成語，可褒可貶。如「對方總是振振有辭地巧言爭辯」中的「振振有辭」，不能用「理直氣壯」替換。

11 **振動** ㄓㄣˋ ㄉㄨㄥˋ ㈠震驚，騷動。例天下振動。㈡物物體往返於一定位置間，以一定的限度（振幅）反覆進行，有一定的往返時間（週期）者之謂。又作「振盪」。

12 **振筆疾書** ㄓㄣˋ ㄅㄧˇ ㄐㄧˊ ㄕㄨ 形容飛快的寫字。

16 **振奮** ㄓㄣˋ ㄈㄣˋ 振作奮發。例振奮人心。

參考①同振作。②參閱「抖擻」條。

17 **振濟** ㄓㄣˋ ㄐㄧˋ 救濟貧困的人。振，又作「賑」。

22 **振聾發聵** ㄓㄣˋ ㄌㄨㄥ ㄈㄚ ㄎㄨㄟˋ 大聲呼籲，使愚頑的人警覺奮起。聵：耳聾。

▽三振、不振、力振、強振、復振、一蹶不振、委靡不振。

常 7 **捕** 形解 形聲；從手，甫聲。甫有大的意思，所以緝拿獵取爲捕。

音義 ㄅㄨˇ 名 ①古稱刑事警察；例巡捕。②姓。動 ①緝拿；例捕盜；②獵取；例捕魚爲業。

參考 ①捕又音ㄅㄨ。②「捕」與「補」有別：「捕」從手(扌)而「補」從衣(衤)，「捕」有獲致的意思，而「補」有塡合的意思。③同捉。

9 **捕風捉影** ㄅㄨˇ ㄈㄥ ㄓㄨㄛ ㄧㄥˇ 比喻所做的事或所說的話毫無根據，虛幻不實，有如風影一般，難以捉摸。

參考 與「無中生有」都可表示「憑空捏造」的意思，但有別：前者著眼於沒有事實根據；後者著重在本來就沒有的，語氣較重。

10 **捕捉** ㄅㄨˇ ㄓㄨㄛ ㈠捉拿。㈡藝 在攝影上，剎那間把景像完美地拍攝下來。

▽逮捕、追捕、擒捕、搜捕、圍捕、合捕、捉捕、緝捕、快捕。

常 7 **捂** 形解 形聲；從手，吾聲。吾有相對的意思，所以違逆爲捂。

音義 ㄨˇ 動 ①遮掩；例捂著嘴。②密封而不透氣；例捂著被子。

ㄨˋ 動 逆，對面，同「迕」。

常 7 **捆** 形解 形聲；從手，困聲。束紮爲捆。

音義 ㄎㄨㄣˇ 名 計算物件的量詞，通常是由集束而成者；例一捆柴火。動 拴綁；例把這些東西捆在一起。

參考 ①「捆」與「悃」音同而義別：「捆」有綁縛的意思，而「悃」則爲至誠的意思。②同綁。

常 7 **捏** 形解 形聲；從手，呈聲。捻聚爲捏。今通行作捏。

音義 ㄋㄧㄝ 動 ①用手指頭夾住；例捏鼻子。②用手搏搓捻聚；例捏麵人。③虛構；例捏造事實。

參考 字俗作「捏」。

4 **捏手捏腳** ㄋㄧㄝ ㄕㄡˇ ㄋㄧㄝ ㄐㄧㄠˇ 放輕腳步，把手握緊，比喻不敢聲張。又作「躡手躡腳」。

11 **捏造** ㄋㄧㄝ ㄗㄠˋ 虛構而不眞實的事情。

12 **捏詞** ㄋㄧㄝ ㄘˊ 虛構的謊言。

▽拿捏、捉捏、提捏。

常 7 **捉** 形解 形聲；從手，足聲。握取爲捉。

音義 ㄓㄨㄛ 動 ①抓，握；例捉筆賦詩。②逮捕；例捉強盜。③調戲；例捉弄。

參考 同捕，抓。

2 **捉刀** ㄓㄨㄛ ㄉㄠ 比喻代替別人作文章。刀猶筆，古人以刀削簡。

7 **捉弄** ㄓㄨㄛ ㄋㄨㄥˋ 戲弄，開玩笑。

9 **捉姦** ㄓㄨㄛ ㄐㄧㄢ 捉拿通姦的男女。姦：男女私通。

10 **捉拿** ㄓㄨㄛ ㄋㄚˊ 緝捕(犯人)。

捉迷藏 ㄓㄨㄛ ㄇㄧˊ ㄘㄤˊ 把眼睛蒙起來，摸索捉人的遊戲。

14 **捉摸** ㄓㄨㄛ ㄇㄛ 揣度，尋思。例捉摸不定。

18 **捉襟見肘** ㄓㄨㄛ ㄐㄧㄣ ㄐㄧㄢˋ ㄓㄡˇ ㈠整理一下衣襟，胳膊手肘就露了出來。形容衣服破爛，生活窮困。㈡比喻顧了這個，失去那個，窮於應付。

參考 ①同正冠纓絕。②與「顧此失彼」有別：前者偏重在「窘困不堪」，是比喻性，很具形象；後者著重在「窮於應付」，是直陳性，容易理解。

▽捕捉、擒捉、把捉、提捉、強捉、偷捉。

常 7 **挺** 形解 形聲；從手，廷聲。直立而起爲挺。

音義 ㄊㄧㄥˇ 名 量詞，多用於計算外形挺直的物品；例一挺機關槍。動 ①舉起；例仗義挺劍。②撐直；例抬頭挺胸。形 ①平整的；例這件襯衫眞挺。②特出的；㊀英挺。副很，甚，北方語；㊀他今天挺高興的。

參考 「挺」、「鋌」、「侹」有別：㈠「挺立」、「挺直」的「挺」，有硬而直的意思，字從「扌」（手）。「鋌而走險」的「鋌」，字從「金」。㈡「挺」和「侹」都能修飾形容詞、動詞，表示「很」的意思；「侹」的感情色彩比「挺」更重些。而「挺」能修飾的形容、動詞，表示「很」的意思；「侹」的感情色彩比「挺」更重些。唯「挺」能修飾的形容詞、動詞範圍較廣。

5 **挺立** ㄊㄧㄥˇ ㄌㄧˋ 形容有精神地直立著。

參考 參閱「矗立」條。

7 **挺身而出** ㄊㄧㄥˇ ㄕㄣ ㄦˊ ㄔㄨ 挺出身子，勇敢地站出來；多指能夠承擔某種較大的責任或肯冒較大的風險。

參考 與「自告奮勇」有別：後者指主動地要求完成某項任務。

8 **挺拔** ㄊㄧㄥˇ ㄅㄚˊ ㈠直立而高聳。㈡形容書法筆力雄渾深厚，非常峻峭。

挺秀 ㄊㄧㄥˇ ㄒㄧㄡˋ 特立不羣，秀美出衆。

▽英挺、畢挺、筆挺、俊挺、奇挺、美好挺。

常 7 **捐** 形解 形聲；從手，肙聲。肙有薄的意思，所以捨棄爲捐。

音義 ㄐㄩㄢ 名 一種稅收的名目；㊀教育捐。動 ①奉獻財物；㊀捐助。②捨棄；㊀細大不捐。

參考 「捐」從「肙」與從「員」的損字不同，「損」有傷害，減少的意思，與「捐」的意思相去甚遠，然其形似而易生混淆。

10 **捐除成見** ㄐㄩㄢ ㄔㄨˊ ㄔㄥˊ ㄐㄧㄢˋ 捨棄心中既定的意見。

12 **捐稅** ㄐㄩㄢ ㄕㄨㄟˋ 政府向人民徵收的某種稅金。

16 **捐輸** ㄐㄩㄢ ㄕㄨ 捐獻財物。㊀慷慨捐輸。

18 **捐軀** ㄐㄩㄢ ㄑㄩ 爲國家或正義而犧牲生命。

19 **捐贈** ㄐㄩㄢ ㄗㄥˋ 拿出財物送給別人。

20 **捐獻** ㄐㄩㄢ ㄒㄧㄢˋ 拿出財物獻給國家或團體。

▽棄捐、義捐、募捐、樂捐、稅捐、房捐、苛捐、雜捐、港工捐、細大不捐。

常 7 **挽** 形解 形聲；從手，免聲。牽引爲挽。

音義 ㄨㄢˇ 動 ①牽引；㊀挽牛車。②卷起，通「綰」；㊀挽起袖子。③悼念，通「輓」；㊀哀挽。

參考 同拉，救，提，攜。

6 **挽回** ㄨㄢˇ ㄏㄨㄟˊ 設法使局勢好轉或恢復原狀。

10 **挽留** ㄨㄢˇ ㄌㄧㄡˊ 懇切地請求要離去的人能夠留下來。

11 **挽救** ㄨㄢˇ ㄐㄧㄡˋ 盡力補救，使脫離危險的境地。

常 7 **挪** 形解 形聲；從手，那聲。兩手相互搓揉爲挪。

音義 ㄋㄨㄛˊ ①兩手相互揉搓；㊀「挪繩破篾。」②移動；㊀挪位。

參考 同移。

5 **挪用** ㄋㄨㄛˊ ㄩㄥˋ 把某種款項移作他用。

11 **挪移** ㄋㄨㄛˊ ㄧˊ 移動，轉移。

常 7 **挫** 形解 形聲；從手，坐聲。坐有委屈的意思，所以搓摩摧折爲挫。

音義 ㄘㄨㄛˋ 名 書法用筆的一種，即將筆一頓後，略略提起而使筆鋒轉動，常在折處和挑處用之。動 ①失敗；㊀挫折。②屈辱；㊀挫辱。③按抑，使音調暫時停頓；㊀抑揚頓挫。④摧毀；㊀挫了銳氣。⑤折斷；㊀挫斷。

7 **挫折** ㄘㄨㄛˋ ㄓㄜˊ ㈠事情進行中遇到困難和阻礙。㈡失敗，失利。

▽頓挫、受挫、抑揚頓挫。

常 7 **挨** 形解 形聲；從手，矣聲。以手擊背爲挨。

音義 ㄞ 動 ①遭受；㊀挨餓受凍。②擠進；㊀挨身而入。③靠攏；㊀挨肩並坐。④依次；㊀挨門逐戶。⑤拖延；㊀挨磨。

ㄞˊ ①動遭受，通「捱」；㊀挨餓。②拖延；㊀挨日子。

參考 ①動①③⑤義又音ㄞˊ。②「挨」與「捱」或可通用，然「捱」又有抗拒的意思，爲「挨」字所無。

6 **挨次** ㄞ ㄘˋ 依照次序。

8 **挨近** ㄞ ㄐㄧㄣˋ 靠近，逼近。

15 **挨罵** ㄞ ㄇㄚˋ 受到責罵。

常 7

捎

解形 形聲；從手，肖聲。肖有末梢的意思，所以用手提取東西的上端爲捎。

音義 ㄕㄠ 動①拂揉；例花兒捎蝶。②芟除；例捎去。③順便寄帶；例捎個口信回來。

ㄕㄠˋ 動①灑水；例往水果上捎些水。②雨珠飄灑，而沁進屋內；例把窗戶關好，免得捎雨。③窺伺；例眼睛往後捎一捎。④退卻；例你捎一步，讓出條路來。

參考 「捎」字從手(扌)與從木而有「小樹枝」義的「梢」字不同。

次 7

捄

解形 形聲；從手，求聲。用力引物使之聚攏爲捄。

音義 ㄐㄩ 動以手用力掬合。

ㄑㄡˊ 形修長的。

ㄐㄧㄡˋ 動救護，通「救」。

次 7

捅

解形 形聲；從手，甬聲。以手牽引進前爲捅。

音義 ㄊㄨㄥˇ 動①觸惹；例捅馬蜂窩。②戳刺；例紙窗被捅了一個洞。③揭發；例捅人陰私。

10 **捅馬蜂窩** ㄊㄨㄥˇ ㄇㄚˇ ㄈㄥ ㄨㄛ 比喻惹動糾紛。

次 7

挶

解形 形聲；從手，局聲。局有彎曲的意思，所以曲著手肘翹起手腕而持之爲挶。

音義 ㄐㄩˊ 名盛土的器具；例畚挶。動承持，常指彎曲肘部翹手腕而擡起。

次 7

捃

解形 形聲；從手，君聲。收拾別人遺散的東西爲捃。

音義 ㄐㄩㄣˋ 動拾取；例捃其菁華。

參考 又作「攈」、「攟」、「攗」。

14 **捃摭** ㄐㄩㄣˋ ㄓˊ 猶搜集。又作「捃拾」、「捃採」。

次 7

捍

解形 形聲；從手，旱聲。旱有勇敢的意思，所以保護防衛爲捍。

音義 ㄏㄢˋ 動護衛；例捍衛。形强悍，通「悍」。

參考 「捍衛」、「保衛」有別：「捍衛」是「防禦」、「保衛」，具有莊嚴的感情色彩，多用於重大的，比較抽象的事物。如：捍衛國家主權。若改用「保衛」，就失去了莊嚴的感情色彩。

次 7

捌

解形 形聲；從手，別聲。別是分剖，所以用手解析使之分別爲捌。

音義 ㄅㄚ 名①用以推引聚合穀物的農具。②「八」字的大寫。動擘開；例捌格。

參考 「捌」與「杷」都是推聚穀物的農具，然「杷」有齒，而「捌」則無。

次 7

挹

解形 形聲；從手，邑聲。邑是人聚居的地方，所以用器酌水傾注爲挹。

音義 ㄧˋ 動①汲取；例挹酒。②作揖，通「揖」。形謙退的，通「抑」；例謙挹。

參考 同舀，汲。

8 **挹注** ㄧˋ ㄓㄨˋ 指以有餘補不足，多指錢財而言。

次 7

捋

解形 形聲；從手，寽聲。寽是用五指拿東西，所以用手指輕取爲捋。

音義 ㄌㄜˋ 動①揉搓；例捋奶。②將環套著物體取下；例請把鑽戒捋下。③撫摸；例捋髭。

ㄌㄩˇ 動以手撫順；例他捋捋長鬚，開懷大笑。

ㄌㄨㄛ 動以掌握緊而滑取；例捋果子。

8 **捋虎鬚** ㄌㄜˋ ㄏㄨˇ ㄒㄩ 捋住老虎的鬍鬚。比喻：㈠危險的事。㈡冒險。

7 ㊋ **挼** 形解 形聲；從手，妥聲。妥有安適妥貼的意思，所以兩手互相搓摩，往復揉按為挼。

音義 ㄋㄨㄛˊ 動①搓摩；例「碎挼花打人。」②揉弄；例「手挼裙帶繞花行。」

ㄙㄨㄟ 名祭祀的牲禮。

參考 語音唸 ㄖㄨㄛˊ。

11 **挼挲** ㄋㄨㄛˊ ㄙㄨㄛ 相互切摩。又作「挼搓」。

7 ㊋ **挲** 形解 形聲；從手，沙聲。沙有摩擦的意思，所以用手摩擦為挲。

音義 ㄙㄨㄛ 動以手搓撫；例摩挲。

˙ㄕㄚ 形張開的；例挓挲。

參考「挲」又作「挱」。

8 常 **掠** 形解 形聲；從手，京聲。京有大的意思，所以以暴力奪取為掠。

音義 ㄌㄩㄝˋ 名書法的長撇稱掠。動①奪取；例侵掠。②拂過；例拂掠。③拷打；例答掠。④以手輕輕梳理；例掠掠鬢髮。

參考「掠」與「略」都有奪取的意思，然奪取財物多用「掠」，如：「掠奪」；而奪取土地都用「略」，如：「攻略城池」。

9 **掠美** ㄌㄩㄝˋ ㄇㄟˇ 掠取別人的美名或功績以為己有。

參考 與「專美」有別：後者指獨占美名或功績，不讓人超越。

14 **掠奪** ㄌㄩㄝˋ ㄉㄨㄛˊ 用武力搶奪。

參考 參閱「奪取」條。

▽剽掠、擄掠、奪掠、拂掠、肆掠、劫掠。

8 常 **控** 形解 形聲；從手，空聲。空有中空的意思，所以用手拉開使近成遠為控。

音義 ㄎㄨㄥˋ 動①拉；例控弦。②告；例控訴。③操縱；例控制。

參考 同制，告。

8 **控制** ㄎㄨㄥˋ ㄓˋ ㈠駕馭制服，受人擺佈。㈡在一定條件，由人掌握和支配，使不出範圍。例溫度控制。

參考 ①與「牽制」有別：前者指用勢力或技巧操縱別人；後者是指牽纏別人，使他不能自由行動。②參閱「把持」條。

12 **控訴** ㄎㄨㄥˋ ㄙㄨˋ 法受害人向大眾陳述自己被迫害的事實，並揭發作惡者的罪行。

▽指控、遙控。

8 常 **捲** 形解 形聲；從手，卷聲。卷有曲折的意思，所以用手捲收物件使之成圓筒形為捲。

音義 ㄐㄩㄢˇ 名斂轉成圓筒形的物品；例雞蛋捲。②量詞，多用於計算筒狀物；例一個鋪蓋捲。動①斂轉成圓筒形的動作；例捲簾。②吹襲；例風捲落葉。③聚斂；例捲款。④牽連；例捲入旋渦。

參考「捲」與「卷」都有收斂起來的意思，可以通用。然「卷」又有試卷、卷帙、篇卷的意思，而「捲」字卻沒有。

3 **捲土重來** ㄐㄩㄢˇ ㄊㄨˇ ㄔㄨㄥˊ ㄌㄞˊ 比喻受挫折或失敗後傾出全力，企圖恢復。

參考 同東山再起，東山復出。

10 **捲逃** ㄐㄩㄢˇ ㄊㄠˊ 拐帶財物逃匿而去。

▽席捲、龍捲、收捲、包捲、蛋捲、內捲、外捲、魷魚捲。

8 常 **掖** 形解 形聲；從手，夜聲。用手攙持他人的手臂為掖。

音義 一ㄝˋ 名①胳肢窩，通「腋」。②君主的後宮；例掖庭。動①叉著別人的臂膀；例掖以赴外。②幫助；例獎掖。③扶持；例扶掖。形兩旁的；例掖門。

一ㄝ 動塞藏；例「把饅頭掖在懷裡。」

▽張掖、宸掖、宮掖、扶掖、獎掖。

8 常 **掄** 形解 形聲；從手，侖聲。侖有聚集的意思，所以在眾多人物中選擇為掄。

音義 ㄌㄨㄣˊ 動①選擇；例掄材。

ㄌㄨㄣ 動①舉臂揮動；例掄棍。②浪廢金錢；例掄個精光。

3 **掄才** ㄌㄨㄣˊ ㄘㄞˊ ㈠選取木材。㈡選拔人才。又作「掄材」。

常 8 **接** 解形 形聲；從手，妾聲。妾有交替的意思，所以相交連結爲接。

音義 ㄐㄧㄝ 名姓。動①連結；例接骨。②交往；例接物。③連續；例接著看了兩場戲。④承受；例接招。⑤輪換；例接替。⑥相迎；例接待。⑦靠近；例接近。⑧連成一線；例他倆眼光相接。

參考 ①「接」有碰頭的意思，如：接吻、接洽、接辦、接觸不作「結」；而結婚、結合、團結、結社不作「接」。②同收，受，納。

2 **接二連三** ㄐㄧㄝ ㄦˋ ㄌㄧㄢˊ ㄙㄢ 一個接著一個，連續不斷。參考 同絡繹不絕。

4 **接手** ㄐㄧㄝ ㄕㄡˇ ㈠接替前人的工作。㈡從旁接應的人。

接引 ㄐㄧㄝ ㄧㄣˇ ㈠迎接導引。例接引賓客。㈡宗佛祖引導信徒到西天去。例接引西方。

5 **接生** ㄐㄧㄝ ㄕㄥ 醫助理產婦分娩，使胎兒安全出生。參考 衍接生婆。

7 **接見** ㄐㄧㄝ ㄐㄧㄢˋ 多指上級延見下級，或主人延見賓客。

接收 ㄐㄧㄝ ㄕㄡ ㈠收取管理。㈡承辦業務。參考 與「接受」都有接過來之意。但有別：「接收」是接管，指所有權、管理權、使用權的轉移，又有接納、收受之意。與「移交」相反。「接受」是收下、領受，指對事物容納而不拒絕，和「給予」相對。

8 **接近** ㄐㄧㄝ ㄐㄧㄣˋ ㈠距離不遠。㈡親近，有很好的交情。參考 同靠近。

接物 ㄐㄧㄝ ㄨˋ 與人交際往來。例待人接物。

接受 ㄐㄧㄝ ㄕㄡˋ 收納。參考 參閱「接收」條。

9 **接待** ㄐㄧㄝ ㄉㄞˋ 迎接招待。

接洽 ㄐㄧㄝ ㄑㄧㄚˋ 與人商談，交涉事務。

接風 ㄐㄧㄝ ㄈㄥ 設酒宴款待遠來的客人。參考 ①同洗塵。②反餞別。

10 **接班** ㄐㄧㄝ ㄅㄢ 交接繼續執掌職務。參考 衍接班人。

接納 ㄐㄧㄝ ㄋㄚˋ 接受；多指意見、事務或個人，爲人所接受而不排斥。

12 **接掌** ㄐㄧㄝ ㄓㄤˇ 接替掌管。參考 同掌管。

接棒 ㄐㄧㄝ ㄅㄤˋ ㈠體在接力賽跑中，先後兩人接替的時候，接受傳交的棒子。㈡指工作任務方面的新舊傳遞接替。

14 **接種** ㄐㄧㄝ ㄓㄨㄥˋ 醫注射或接種在人體上使受感染時可以免疫疾病的疫苗。例接種牛痘。

16 **接頭** ㄐㄧㄝ ㄊㄡˊ ㈠接洽碰頭。例這件事由我去接頭。㈡電線路或機件互相接合的地方。

接踵 ㄐㄧㄝ ㄓㄨㄥˇ 後面的人的腳尖接著前面的人的腳跟；形容人數衆多，接連不斷。踵：腳後跟。

接踵而至 ㄐㄧㄝ ㄓㄨㄥˇ ㄦˊ ㄓˋ ㈠接連不斷地或緊跟著前者到來。㈡比喻事情不斷地發生。

17 **接濟** ㄐㄧㄝ ㄐㄧˋ 在物質上支援、幫助。

接應 ㄐㄧㄝ ㄧㄥˋ 戰鬥或集體行動時，配合自己一方人的行動。

20 **接觸** ㄐㄧㄝ ㄔㄨˋ ㈠碰到。㈡人與人的交往。㈢指軍事上的衝突或戰鬥行爲。

▽應接、間接、直接、鄰接、銜接、交接、連接、迎接、嫁接、目不暇接、青黃不接、短兵相接。

常 8 **捷** 解形 形聲；從手，疌聲。疌有手腳並用而有所獲得的意思，所以作戰有所俘獲爲捷。

音義 ㄐㄧㄝˊ 名①戰利品；例獻捷。②姓。動戰勝；例連戰皆捷。形快速的；例迅捷。參考 同勝，快，迅，速。

7 **捷足先得** ㄐㄧㄝˊ ㄗㄨˊ ㄒㄧㄢ ㄉㄜˊ 行動快捷的人每每先取得其物或達到目的。參考 同捷足先登、疾足先得。

10 **捷徑** ㄐㄧㄝˊ ㄐㄧㄥˋ ㈠近路，較快達到的路途。㈡比喻處事不循正軌而用簡便快速的方法或手段。

12 **捷報** ㄐㄧㄝˊ ㄅㄠˋ 勝利的消息。

捷給 ㄐㄧㄝˊ ㄐㄧˇ 指言辭敏捷，善於應對。

13 **捷運系統** ㄐㄧㄝˊ ㄩㄣˋ ㄒㄧˋ ㄊㄨㄥˇ (一)僅有少數停車地點，以高速運行於立體交叉設施的路線上的集體客運。(二)範圍廣闊的都市，對於距離遙遠、快速行駛之直達交通，頗為需要，為解決此類而興建的道路體系。有減輕或緩和幹線道路之交通密度或交通流量的功能。例大臺北捷運系統。

▽大捷、敏捷、迅捷、戰捷、報捷、速捷、疾捷。

常 8 **捧** 形解 形聲；從手，奉聲。用兩手掌相合承物為捧。

音義 ㄆㄥˇ 名 兩掌相合所承受的數量；例一捧雪。動 ①兩手托承；例捧花。②擁戴；例捧場。③代人吹噓或奉承他人；例瞎吹胡捧。

12 **捧場** ㄆㄥˇ ㄔㄤˇ 原指有財勢的人，特意到劇場去讚賞某一演員的表演，以增助聲勢。今泛指到場替某人加油、鼓勵以壯聲勢。

14 **捧腹** ㄆㄥˇ ㄈㄨˋ 形容大笑不已。參考 同絕倒。

▽高捧、手捧、跪捧、瞎捧、瞎吹胡捧。

常 8 **掘** 形解 形聲；從手，屈聲。屈有短淺的意思，所以以物搰地為掘。

音義 ㄐㄩㄝˊ 動 挖掘；例掘土。參考 參閱「挖」字條。

▽採掘、發掘、挖掘、開掘。

常 8 **措** 形解 形聲；從手，昔聲。安置為措。

音義 ㄘㄨㄛˋ 動 ①安放；例手足無措。②擱置；例刑措不用。③籌辦；例措辦糧草。④夾雜，通「錯」；例「內措齊晉。」ㄗㄜˊ 動 ①追捕。②軋，夾住；例措指。參考 同置，放，籌。

3 **措大** ㄘㄨㄛˋ ㄉㄚˋ 舊稱貧寒的讀書人，含有輕慢之意。例窮措大。參考 本詞含有貶損的意思。

4 **措手不及** ㄘㄨㄛˋ ㄕㄡˇ ㄅㄨˋ ㄐㄧˊ 事情來得太快，出乎意外，來不及應付。參考 與「驚慌失措」有別：後者著重於驚恐慌亂，不知如何應付。

9 **措施** ㄘㄨㄛˋ ㄕ 安排施行，指為解決某一問題所採取的方法。

13 **措置** ㄘㄨㄛˋ ㄓˋ (一)料理事件。例親往措置。(二)安頓。例無所措置。

19 **措辭** ㄘㄨㄛˋ ㄘˊ 說話或寫文章時選用和安排詞句。又作「措詞」。

▽舉措、失措、籌措、手足無措、不知所措、張皇失措、驚惶失措。

常 8 **捱** 形解 形聲；從手，厓聲。厓有高危的意思，所以抵擋抗拒為捱。

音義 ㄞˊ 動 ①靠近；例捱近。②遭受；例捱罵。③拖延；例捱時間。參考 參閱「挨」字條。

常 8 **掩** 形解 形聲；從手，奄聲。奄有覆蓋的意思，所以同手遮蓋為掩。

音義 ㄧㄢˇ 動 ①遮蓋；例掩口而笑。②關閉；例掩門而坐。③乘人不備而加以襲擊；例掩殺。

參考 ①「掩」為遮蔽的意思。而「奄」字有覆占的意思，彼此有別，不可通用。②同遮，蔽，藏，隱。

2 **掩人耳目** ㄧㄢˇ ㄖㄣˊ ㄦˇ ㄇㄨˋ 比喻欺騙蒙蔽他人。

6 **掩耳盜鈴** ㄧㄢˇ ㄦˇ ㄉㄠˋ ㄌㄧㄥˊ 先把自己的耳朵捂住再去偷人家的鈴鐺，誤以為自己聽不見，別人也不會聽見。比喻自己欺騙自己。參考 同自欺欺人。

8 **掩泣** ㄧㄢˇ ㄑㄧˋ 遮著臉哭泣。

9 **掩映** ㄧㄢˇ ㄧㄥˋ 彼此遮掩，互相映照、襯托。

10 **掩埋** ㄧㄢˇ ㄇㄞˊ (一)埋藏。(二)埋葬。

13 **掩飾** ㄧㄢˇ ㄕˋ 遮掩隱飾，藏匿過錯。

參考 ①「掩蓋」、「掩飾」都是把真實情況遮蓋起來，指壞的思想、行為。但有別：「掩蓋」指遮住、遮蓋，又指隱藏、隱瞞，大都指不好的思想行爲和罪惡行徑；「掩飾」指用話語來掩蓋眞情眞相，或用花言巧語，各種手法來遮蓋缺點、錯誤。二者都含有貶損的意思。

14 **掩鼻** ㄧㄢˇ ㄅㄧˊ 用手掩蓋鼻子，爲嫌惡臭穢的表示。

15 **掩蔽** ㄧㄢˇ ㄅㄧˋ 遮蔽，隱藏。

參考 ①與「掩飾」、「掩蓋」、「蒙蔽」都有遮掩之意，但有別：「掩飾」指掩藏、僞裝，不欲使人明白眞象；「掩蓋」指遮住，不令人看見；「蒙蔽」指掩蓋起來，不使人明白瞭解眞象。②參閱「掩飾」條。③衍掩蔽。

21 **掩護** ㄧㄢˇ ㄏㄨˋ ㈠軍對敵採取警戒、箝制、壓制等手段，保障部隊或人員行動的安全。㈡採取某種措施，使被保護的對象不致受到攻擊。

參考 參閱「保護」條。

▽遮掩、埋掩、棚掩、雪掩。

常 8 **掉** 形解  形聲；從手，卓聲。卓有高的意思，所以把手舉高而搖動爲掉。

音義 ㄉㄧㄠˋ 動 ①落下；例掉下來。②消褪；例掉色。③回轉；例掉頭而去。④搖擺；例尾大不掉。⑤擺弄；例掉書袋。⑥遺失；例掉了車票。⑦對換；例掉包。副用在某些動詞後，表示動作的完成；例賣掉。

參考 ①「掉」與「調」形、義俱不可通。「掉」有搖動、交換的意思，如：掉頭、掉換；「調」有和合、遷移的意思，如：調劑、調任。②同丟。

5 **掉包** ㄉㄧㄠˋ ㄅㄠ 暗中用假的換眞的，或用壞的換好的。又作「調包」。

掉以輕心 ㄉㄧㄠˋ ㄧˇ ㄑㄧㄥ ㄒㄧㄣ 用輕率的漫不經心的態度來對待。

參考 ①本詞是「以輕心掉之」的倒裝，略去賓語「之」字。②與「等閑視之」有別：前者偏重在「態度上輕率」，在强調對事物採取漫不經心的態度時用之；後者偏重於「思想上輕視」，在强調把事物看得很尋常時用之。③反鄭重其事。

6 **掉舌** ㄉㄧㄠˋ ㄕㄜˊ 鼓動口舌，指遊說、談辯。又作「掉三寸舌」。

10 **掉書袋** ㄉㄧㄠˋ ㄕㄨ ㄉㄞˋ 譏諷人喜愛引用古書中典故，賣弄才學。

▽丟掉、死掉、揮掉、當掉、除掉、去掉、尾大不掉。

常 8 **掃** 形解 形聲；從手、帚聲。字本作「埽」，形聲；從土，帚聲。用帚清除塵土爲埽。俗作「掃」。

音義 ㄙㄠˇ 動 ①用掃帚除去塵土，引申爲消除；例灑掃。②消滅；例掃蕩羣魔。③塗抹；例淡掃蛾眉。④迅速的掠過；例颱風橫掃全島。⑤敗壞；例掃興。形全部的；例掃數歸還。

ㄙㄠˋ 名 掃地的用具；例掃帚。

參考 同除。

6 **掃地** ㄙㄠˇ ㄉㄧˋ ㈠掃除地上的塵土汚物。㈡比喩摧毀無餘。例斯文掃地。

10 **掃射** ㄙㄠˇ ㄕㄜˋ 軍以自動武器實施橫向移動的連續射擊。

掃除 ㄙㄠˇ ㄔㄨˊ ㈠清掃髒東西。例大掃除。㈡消除、清除。例掃除奸宄。

14 **掃墓** ㄙㄠˇ ㄇㄨˋ 到墳墓前祭奠、打掃，對死者表示追思懷念。

掃榻 ㄙㄠˇ ㄊㄚˋ 掃除牀榻上的塵土。是表示歡迎賓客到來的客套話。例掃榻以待。

16 **掃蕩** ㄙㄠˇ ㄉㄤˋ 徹底清除（多指敵人、盜匪等）。

掃興 ㄙㄠˇ ㄒㄧㄥˋ （因遇到挫折、阻礙）敗壞了興緻。

參考 ①反乘興。②又作「敗興」。

▽清掃、打掃、灑掃、橫掃。

常 8 **掛** 形解 形聲；從手，卦聲。字本作「挂」，形聲；從手，圭聲。圭爲瑞玉，手上拿著瑞玉，所以謹持牽繫爲挂。

音義 ㄍㄨㄚˋ 名 量詞，多指串狀的物品；待一掛佛珠。動 ①懸；例掛起風帆。②登記；例掛號。③暫記；例掛帳。④牽繫；例小事不足掛齒。

參考 ①「掛」從手（扌）與從衣（衤）而有外衣之意的「褂」不同。②同弔，懸，記。

1 **掛一漏萬** ㄍㄨㄚˋ ㄧ ㄌㄡˋ ㄨㄢˋ 形容慮事不周備，遺漏很多。

參考 可省略作「掛漏」。

5 **掛失** ㄍㄨㄚˋ ㄕ 遺失身分證、存款憑證、票據、有價證券及其他證件時，失主向有關單位辦理聲明遺失，宣告該證件無效的手續。

6 **掛名** ㄍㄨㄚˋ ㄇㄧㄥˊ 空居其名而無其實。例掛名夫妻。

掛羊頭賣狗肉 ㄍㄨㄚˋ ㄧㄤˊ ㄊㄡˊ ㄇㄞˋ ㄍㄡˇ ㄖㄡˋ 比喻說的是一套，做的是另外一套，名實不符，狡詐欺騙。

8 **掛念** ㄍㄨㄚˋ ㄋㄧㄢˋ 心中惦記，想念。又作「掛心」、「掛懷」、「掛慮」。

9 **掛冠** ㄍㄨㄚˋ ㄍㄨㄢ 辭官，去官。例掛冠求去。

11 **掛彩** ㄍㄨㄚˋ ㄘㄞˇ ㈠遇節日或喜慶時，門前懸掛紅綠彩綢，以示慶賀。㈡作戰時兵士流血受傷。

13 **掛號** ㄍㄨㄚˋ ㄏㄠˋ ㈠郵務上的掛號信件。㈡編號登記，如醫院登記依次就診者的姓名稱爲「掛號」。

15 **掛齒** ㄍㄨㄚˋ ㄔˇ 掛在嘴邊上；指時常談起，提及。例何足掛齒？

19 **掛懷** ㄍㄨㄚˋ ㄏㄨㄞˊ 心中惦記，放心不下。

▽牽掛、吊掛、一絲不掛、寸絲不掛。

常 8 捫

形解 形聲；從手，門聲。用手按著門，所以撫持爲捫。

音義 ㄇㄣˊ 動 ①摸觸；例捫心自問。②捻；例捫蝨。

參考 同摸。

4 **捫心自問** ㄇㄣˊ ㄒㄧㄣ ㄗˋ ㄨㄣˋ 自我反省或自我檢討。

常 8 推

形解 形聲；從手，隹聲。用手向外排開爲推。

音義 ㄊㄨㄟ 動 ①從物體後面加力，使它依向前運動；例長江後浪推前浪。②提倡推動；例推行。③開展；例推銷。④判斷；例推算。⑤拒絕；例推卸。⑥辭讓；例推讓。⑦藉口；例推故不來。⑧薦舉；例推選。⑨揣度；例推測。

參考 同舉，荐，測。

3 **推三阻四** ㄊㄨㄟ ㄙㄢ ㄗㄨˇ ㄙˋ 假藉各種理由來推諉阻撓。

推己及人 ㄊㄨㄟ ㄐㄧˇ ㄐㄧˊ ㄖㄣˊ 用親身的感受去替別人著想。指儒家「己所不欲，勿施於人」的恕道精神。

參考 同設身處地。

4 **推心置腹** ㄊㄨㄟ ㄒㄧㄣ ㄓˋ ㄈㄨˋ 形容以眞誠對待人，如推出自己的赤心，放置於對方腹中一般。

5 **推本溯源** ㄊㄨㄟ ㄅㄣˇ ㄙㄨˋ ㄩㄢˊ 推究根源，尋找原因。溯：探求原委。

6 **推行** ㄊㄨㄟ ㄒㄧㄥˊ 推展使之廣泛實行。

參考 與「推廣」有別：前者著重在「行」，指把某種方針、政策、計劃貫徹於行動中；後者偏重於擴大事物使用的範圍或起作用的範圍。

7 **推究** ㄊㄨㄟ ㄐㄧㄡ 探索和追查事物原因、道理等。

推求 ㄊㄨㄟ ㄑㄧㄡˊ 根據已知之點來進一步的研究。

8 **推卸** ㄊㄨㄟ ㄒㄧㄝˋ 推脫應該承擔的責任。

推事 ㄊㄨㄟ ㄕˋ 法 通稱法官，在法院掌理審判事務之公務員。

推波助瀾 ㄊㄨㄟ ㄅㄛ ㄓㄨˋ ㄌㄢˊ 形容從旁助長別人的聲勢或推動其事物的發展。瀾：大浪。

參考 同興風作浪。

9 **推派** ㄊㄨㄟ ㄆㄞˋ 推舉或委任某人出來辦事。

推重 ㄊㄨㄟ ㄓㄨㄥˋ 推崇尊重。

參考 本詞多指重視某人的思想、行爲、著作、發明等，給予很高的評價。

10 **推展** ㄊㄨㄟ ㄓㄢˇ 擴大，推動，使有所發展。

推託 ㄊㄨㄟ ㄊㄨㄛ 藉口推辭規避。

11 **推動** ㄊㄨㄟ ㄉㄨㄥˋ ㈠用手在物體的後面用力，使它向前移動。㈡使事物前進，使工作開展。

推移 ㄊㄨㄟ ㄧˊ ㈠指時間、形勢等的變遷，流轉。㈡依隨著他人，附和別人意見。

推理 ㄊㄨㄟ ㄌㄧˇ 哲 由已知或假定之理以推求新理，或由已知的答案，反求其理由或根據的思想活動。參考推理的基本要求是在前提與結論。

推陳出新 ㄊㄨㄟ ㄔㄣˊ ㄔㄨ ㄒㄧㄣ ㈠揚棄舊事物的糟粕，使其精華往新的方向發展。推：擺脫。陳：舊的。㈡在舊有的基礎上創造新的方法或開創新局勢。參考①反因循苟且，墨守成規。②同新陳代謝。

12 **推測** ㄊㄨㄟ ㄘㄜˋ 根據已知的事物，來推斷或猜測未知的事物。參考與「猜測」有別：後者是憑空猜想，沒有已知的事物做爲根據。

推進 ㄊㄨㄟ ㄐㄧㄣˋ 推動工作，使能向前進步。

14 **推敲** ㄊㄨㄟ ㄑㄧㄠ ㈠比喻寫作文章時斟酌字句，反復琢磨。㈡做事情時反覆思考或推尋。傳說唐代詩人賈島騎驢做詩，吟得「鳥宿池邊樹，僧敲月下門」句。第二句開始想用「推」字，後又想改用「敲」字，猶豫不決，邊念邊作推、敲的動作，後來撞見了韓愈，愈才點醒他用「敲」較爲佳美。

15 **推廣** ㄊㄨㄟ ㄍㄨㄤˇ 擴大事物的使用範圍或起作用的問題。

推諉 ㄊㄨㄟ ㄨㄟˇ 把責任推給別人，或托故推卸責任。諉：推卸責任或過錯。參考①衍推諉塞責。②又作「推委」。

推銷 ㄊㄨㄟ ㄒㄧㄠ 採取某種措施，向外銷售貨物。參考與「促銷」有別：前者多用遊說或介紹商品優點，以推廣銷路；後者用打折、贈獎等方式，加速商品出售或脫手。

推論 ㄊㄨㄟ ㄌㄨㄣˋ ㈠數由某定理再引申其義而直接推得的定理。㈡同「推理」。

16 **推選** ㄊㄨㄟ ㄒㄩㄢˇ 推舉，選拔。參考「推薦」、「推選」有別：「推薦」的對象可以是人，也可以是事物，如經驗、影片、文章、作品、小說、教材等；「推選」的對象只限於人而已。

17 **推戴** ㄊㄨㄟ ㄉㄞˋ 推舉擁戴。例爲衆推戴。

推薦 ㄊㄨㄟ ㄐㄧㄢˋ 推舉，介紹。

18 **推斷** ㄊㄨㄟ ㄉㄨㄢˋ 依據推測而加以論斷。

推翻 ㄊㄨㄟ ㄈㄢ ㈠推倒已成的局面，多指政權而言。㈡取銷已定的案件，多指原則、協定、結論、定律、言論等。

19 **推辭** ㄊㄨㄟ ㄘˊ 對饋贈、邀請、任命等事物，表示拒絕，即不答應。

▽類推、公推、首推、猛推、用力推、介之推、往前推、拉拉推推。

常 8 授

解形  形聲；從手，受聲。受是接受，所以手付之令其受爲授。

音義 ㄕㄡˋ 名姓。動①給與；例取酒授之。②傳習；例講授。③任命；例授官。參考①「授」與「受」不同，「授」有給予的意思，而「受」爲接承的意思。②同給，交，傳。

8 **授受** ㄕㄡˋ ㄕㄡˋ 交接，指一方交付，一方接受。例夫婦相授受。

授受不親 ㄕㄡˋ ㄕㄡˋ ㄅㄨˋ ㄑㄧㄣ 比喻男女有別，彼此應守禮法不可行爲隨便踰矩。

授命 ㄕㄡˋ ㄇㄧㄥˋ ㈠獻出生命。㈡下達命令；多指國家元首或最高長官所爲。

10 **授粉** ㄕㄡˋ ㄈㄣˇ 花粉從雄蕊花藥傳遞到雌蕊柱頭上的過程。有天然授粉和人工授粉。

13 **授業** ㄕㄡˋ ㄧㄝˋ 師長以學業技藝傳授給弟子。例傳道授業解惑。

授意 ㄕㄡˋ ㄧˋ 把意圖告訴別人，讓別人照著去辦。

22 **授權** ㄕㄡˋ ㄑㄩㄢˊ 授予某種權力給他人。

▽教授、口授、傳授、神授、天授、人權天授、客座教授。

常 8 掙

解形 形聲；從手，爭聲。爭有牽引的意思，所以以手用力支拄爲掙。

音義 ㄓㄥ 動①勉力支撐；例掙扎。②用力；例掙脫魔掌。ㄓㄥˋ 動以勞力換取；例掙錢。②爭取；例掙面子。③拉扯；例掙斷。

4 **掙扎** ㄓㄥ ㄓㄚˊ 盡力支撐或擺脫。又作「⿵門爭⿵門坐」。

常 8 **探** 形解 形聲；從手，罙聲。罙有深的意思，所以遠手取物爲探。

音義 ㄊㄢˋ 名 專門從事暗中察訪工作的人；例 警探。動 ①尋找；例 探採。②訪查；例 偵探。③看望；例 探親。④測試；例 探他的口吻。⑤推量；例 探究。⑥向前伸出；例 探身察看。

ㄊㄢ 動 ①嘗試；例 探湯。②伸展；例 探頭探腦。

8 **探花** ㄊㄢˋ ㄏㄨㄚ 科舉制度中殿試一甲第三名。

10 **探討** ㄊㄢˋ ㄊㄠˇ 深入地研究討論。

探索 ㄊㄢˋ ㄙㄨㄛˇ 深入搜索尋求。

參考 參閱「摸索」條。

11 **探望** ㄊㄢˋ ㄨㄤˋ (一)看望問候。(二)察看。例 四處探望。

12 **探測** ㄊㄢˋ ㄘㄜˋ 對於不能直接觀察的事物或現象，用儀器進行考察和測量。例 太空探測。

參考 參閱「猜測」條。

13 **探照燈** ㄊㄢˋ ㄓㄠˋ ㄉㄥ 一種用於遠距離搜索和照明的裝置。在軍事上主要用於搜索和照射空中、地上和水面的目標。

16 **探險** ㄊㄢˋ ㄒㄧㄢˇ 到還沒有人去過或一般人不敢去的地方，考察自然界的情況。

參考 衍 探險家、探險觀測站。

22 **探聽** ㄊㄢˋ ㄊㄧㄥ 訪察，打聽。例 探聽虛實。

探囊取物 ㄊㄢˋ ㄋㄤˊ ㄑㄩˇ ㄨˋ 手伸到袋子裏取東西，比喻事情極容易辦到，絲毫不費氣力。

參考 ①同 易如反掌。②又作「探囊中物」。與「甕中捉鱉」有別：前者著眼於「事」，形容辦好它「輕而易舉」；後者著眼於「物」，形容取得它「很有保握」。後者又表現一種氣勢，寫成「以甕中捉鱉之勢」。

▽打探、偵探、密探、訪探、警探、採探、試探。

常 8 **採** 形解 形聲；從手，采聲。用手捋取爲採。

音義 ㄘㄞˇ 動 ①摘取，通「采」；例 採花。②掘取；例 採礦。③選擇，通「采」。

參考 ①「采」爲「採」的古字，作摘取等動作解時，多可通用，其餘則不可。②同 摘，選。

5 **採用** ㄘㄞˇ ㄩㄥˋ 選取來用。又作「采用」。

參考 「採用」、「採取」有別：「採用」重點在「用」，它常和「方案」、「技術」、「工具」、「物品」等詞搭配使用；「採取」是認爲合適而採用，它常和「方針」、「措施」、「態度」、「手段」等詞搭配使用。

6 **採光** ㄘㄞˇ ㄍㄨㄤ (一)設計選擇門窗的大小、位置和結構，使建築物內部得到適宜而充分的光線。(二)攝影學上稱攝取鏡頭時光線強弱。

8 **採取** ㄘㄞˇ ㄑㄩˇ 採擇，摘取。

9 **採風** ㄘㄞˇ ㄈㄥ (一)古代稱民歌爲「風」。因稱搜集民間歌謠爲「採風」。(二)介紹某地的風俗民情。

10 **採納** ㄘㄞˇ ㄋㄚˋ 選取，接受。指意見、建議等。

11 **採訪** ㄘㄞˇ ㄈㄤˇ (一)採採尋訪。(二)新聞工作人員爲取得新聞所進行的活動，包含瞭解情況、分析情況、組織報導與寫作的過程。

參考 衍 採訪車。

12 **採集** ㄘㄞˇ ㄐㄧˊ (一)選取搜集。又作「采集」。(二)民俗學上在沒有農耕或畜牧業的情形下，從野外採取植物或動物資源來使用。

參考 衍 採集經濟。

16 **採辦** ㄘㄞˇ ㄅㄢˋ 選買各種貨品。

17 **採購** ㄘㄞˇ ㄍㄡˋ (一)選購各種物品。(二)商 企業者爲獲得所需用的物料，以金錢作交易的行爲。

20 **採礦** ㄘㄞˇ ㄎㄨㄤˋ 工 通過各種方法把埋藏在地下或露出地表的各種礦物開採出來的過程。

▽開採、摘採、亂採、砍採、濫墾亂採。

常 8 **掬** 形解 形聲；從手，匊聲。雙手捧取爲掬。

音義 ㄐㄩˊ 動 ①雙手捧取；例 掬水而飲。②表露在外；例 笑容可掬。

▽笑容可掬。

常 8 **排** 形解 形聲；從手，非聲。用手推其非，所以擠除爲排。

音義 ㄆㄞˊ 名①「排骨」的省稱；例牛排。②軍國軍建制編組，介於班、連之間；例班、排、連、隊。③編排而成之物；例竹排。動①推開；例排闥而入。②消除；例排解。③預演；例排練。④編整次序；例排座位。

ㄆㄞˇ 名戴運器物的車子；例排子車。

參考①「排」指動物的肋骨，如：牛排、豬排；而「腓」字的意思爲小腿脛骨中較小的一支，如腓骨。②同擺，除，擠，練。

3 **排山倒海** ㄆㄞˊ ㄕㄢ ㄉㄠˇ ㄏㄞˇ 把高山推開，把大海倒過來。形容來勢兇猛，聲威巨大，不可阻擋。

參考與「翻江倒海」有別：後者意義範圍較廣；a形容雨勢很大；b能把江倒翻過來，形容聲勢浩大，氣魄偉大。c指心潮激盪，心情非常激動。d形容環境、氣氛或心境被破壞得很厲害；意與「天翻地覆」同。②與「雷霆萬鈞」有別：前者著重於「氣勢盛」，常用來描寫波浪、潮流等；後者著重於「力量大」，常用來描寫快而猛地前進的力量。

4 **排比** ㄆㄞˊ ㄅㄧˇ 文修辭格的一種。用一連串結構相同或相似的句子成分、分句或子句，來加強語勢或表示意思的層次。如：「富貴不能淫，貧賤不能移，威武不能屈。」

排水量 ㄆㄞˊ ㄕㄨㄟˇ ㄌㄧㄤˋ 一般指船體入水部分所排開水的重量。它等於船本身的重量，通常以噸計算。

5 **排印** ㄆㄞˊ ㄧㄣˋ 排列活字模而加以印刷。例排印版。

排外 ㄆㄞˊ ㄨㄞˋ 排斥外國、外地或本黨派、本單位、本集團以外的人。

排斥 ㄆㄞˊ ㄔˋ 彼此不相容而使離開自己這方。

參考①參閱「排擠」條。②衍排斥性。

6 **排行** ㄆㄞˊ ㄏㄤˊ ㈠兄弟長幼的次序。㈡排列成行。

10 **排除異己** ㄆㄞˊ ㄔㄨˊ ㄧˋ ㄐㄧˇ 排擠任何不利於自己的人。

11 **排球** ㄆㄞˊ ㄑㄧㄡˊ ㈠球名。㈡體球類運動項目之一。比賽分兩隊，每隊六人，各站在球網的一邊。以積滿十五分爲一局。

12 **排隊** ㄆㄞˊ ㄉㄨㄟˋ 排列隊伍。

排場 ㄆㄞˊ ㄔㄤˊ ㈠外表鋪張的形式。㈡身分。㈢戲場，戲臺。

13 **排解** ㄆㄞˊ ㄐㄧㄝˇ 調解糾紛或爭執。

參考同調解。

14 **排遣** ㄆㄞˊ ㄑㄧㄢˇ 對已發生不如意的事情，自行寬慰。

排演 ㄆㄞˊ ㄧㄢˇ 戲劇、舞蹈、電影等在演出或開拍前的排練。

15 **排練** ㄆㄞˊ ㄌㄧㄢˋ 戲劇、曲藝、音樂等演出前的練習。

17 **排擠** ㄆㄞˊ ㄐㄧˇ 指憑藉勢力或運用手段，使不利於自己的人失去地位或利益。

參考與「排斥」、「排除」有別：「排擠」著重於「擠」，是指憑借著勢力，或以不正當的手段，把自己不喜歡的人推擠出去。「排斥」是指用力量拒絕外來的人或物加入自己的集團或圈子，或把內部的人或物驅逐出去。「排除」著重在「除」，指用力除去的意思。

19 **排難解紛** ㄆㄞˊ ㄋㄢˋ ㄐㄧㄝˇ ㄈㄣ ㈠原指替別人排除危難，解決糾紛。㈡今指調停雙方爭執、糾紛。

21 **排闥** ㄆㄞˊ ㄊㄚˋ 推門。闥，門戶。例排闥直入。

▽安排、一排、牛排、並排、全排、戰鬥排、值星排。

常 8 **掏** 形解 形聲；從手，匋聲。匋是瓦器，深入瓦器中取物爲掏。

音義 ㄊㄠ 動①以手探取；例掏腰包。②挖掘；例掏擢胃腎。

13 **掏腰包** ㄊㄠ ㄧㄠ ㄅㄠ 拿錢出來，比喻破費、花錢。腰包：腰間裝錢的口袋。

常 8 **掀** 形解 形聲；從手，欣聲。欣有起的意思，所以用手高舉出為掀。

音義 ㄒㄧㄢ 動①揭舉開來；例掀起妳的蓋頭來。②激蕩；例掀起籃球運動的高潮。③吹翻；例這陣狂風把屋頂都掀了。

4
掀天 ㄒㄧㄢ ㄊㄧㄢ ㈠形容波浪洶湧，高達天際。例白浪掀天。㈡聲勢浩大。例鑼鼓掀天。

4
掀天揭地 ㄒㄧㄢ ㄊㄧㄢ ㄐㄧㄝ ㄉㄧˋ 掀揭起天地，比喻聲勢浩大。

10
掀起 ㄒㄧㄢ ㄑㄧˇ 抓住覆蓋物的一端，往上打開。

常 8
捻

形解 形聲；從手，念聲。念為常思，有纏繞的意思，所以在手指間搓揉為捻。

音義 ㄋㄧㄢˇ 名①用紙或線搓揉而成的條狀物；例線捻。②史「捻匪」的簡稱。動用手指揉搓；例捻紙。

ㄋㄧㄝ 動①動捏；例手捻鼻子。

參考 ①「捻」的意思為搓揉，如：捻麻、捻線。「稔」的意思為成熟，如：豐稔、熟稔。②字亦作「拈」、「撚」。

常 8
捩

形解 形聲；從手，戾聲。戾有委曲的意思，所以用手扭轉為捩。

音義 ㄌㄧㄝˋ 動扭轉。例捩手覆羹。

常 8
捨

形解 形聲；從手，舍聲。解釋為捨。

音義 ㄕㄜˇ 動①放棄；例捨身取義。②散布；例施捨。

參考 ①「舍」字讀做ㄕㄜˇ時，和「捨」字可通，然習慣上「施捨」、「捨棄」，不作「舍」。②同棄。

3
捨己為人 ㄕㄜˇ ㄐㄧˇ ㄨㄟˋ ㄖㄣˊ 犧牲自己，利益他人。

5
捨生取義 ㄕㄜˇ ㄕㄥ ㄑㄩˇ ㄧˋ 為正義真理而犧牲生命。

參考 參閱「殺身成仁」條。

捨本逐末 ㄕㄜˇ ㄅㄣˇ ㄓㄨˊ ㄇㄛˋ 捨棄根本，注重末節。形容人不顧重要問題，只注意細微末節無關緊要的事情。

參考 與「本末倒置」有別：後者偏重在「把事物的主次位置擺顛倒了」，多指評論事理而言；而前者則多指處理事情分不清本末而言。

8
捨近求遠 ㄕㄜˇ ㄐㄧㄣˋ ㄑㄧㄡˊ ㄩㄢˇ ㈠捨去近的而追求遠的。比喻做事走彎路或追求不實際的東西。㈡比喻做事不得要領或摸不著門徑。

▽取捨、割捨、違捨、依依不捨、難分難捨、窮追不捨、戀戀不捨。

常 8
掣

形解 形聲；從手，制聲。制有強行制裁的意思，所以用手控制、牽曳為掣。

音義 ㄔㄜˋ 動①牽引；例風馳電掣。②抽取；例掣取。

參考 ①「掣」字不可誤讀成ㄓˋ。②「掣」、「挈」有別：「風馳電掣」的「掣」字，讀ㄔㄜˋ，字從「制」；「提綱挈領」的「挈」字，讀ㄑㄧㄝˋ，字從「㓞」。

7
掣肘 ㄔㄜˋ ㄓㄡˇ 拉住胳膊。比喻做事時受到別人牽制或阻撓。

▽牽掣、風馳電掣。

常 8
掌

形解 形聲；從手，尚聲。尚有上的意思，所以手指之上為掌。

音義 ㄓㄤˇ 名①手心，足心，即手足的中央部分；例手掌。②動物的腳底部分；例熊掌。③姓。動①以手掌擊打；例掌嘴。②主管；例掌權。③點燃；例掌燈。

參考 參閱「手」字條。

3
掌勺 ㄓㄤˇ ㄕㄠˊ 主持烹調。

掌上明珠 ㄓㄤˇ ㄕㄤˋ ㄇㄧㄥˊ ㄓㄨ ㈠拿在手掌上的珠子，比喻極珍愛的人。㈡今多專指父母特別疼愛的女兒。

9
掌故 ㄓㄤˇ ㄍㄨˋ 關於歷史上的典章制度、人物事迹等的傳說或故事。例文壇掌故。

11
掌舵 ㄓㄤˇ ㄉㄨㄛˋ ㈠比喻舵手控制行船方向。㈡比喻領導者、領袖。

12
掌握 ㄓㄤˇ ㄨㄛˋ ㈠猶言在手掌中，比喻力量所能及或權力的範圍。㈡控制，主持。例掌握政權。㈢了解事物並能充分加以運用。例掌握技術。

參考 ①與「把握」、「掌管」有別：「掌握時間」除了抓住時間外，還有充分運用的意思。「把握」只有「握住、抓住」的意思。「有把握」是「有成功的信心」，「能夠成功」的意思。「掌管」著重在負責管理具體事物。②參閱「把握」條。

16 **掌燈** ㄓㄤˇ ㄉㄥ 點燈。

▽合掌、職掌、熊掌、手掌、典掌、雙掌、孤掌、魔掌、鼓掌、一巴掌、易如反掌、磨拳擦掌、瞭如指掌。

次 8 **捥** 形解 形聲；從手，宛聲。宛有委宛彎曲的意思，所以用手腕取物爲捥。

音義 ㄨㄢˇ 名 手臂與掌心間的關節部位；例「莫不搤捥。」

次 8 **掊** 形解 形聲；從手，咅聲。咅有迫使接受的意思，所以用手把聚歛稻麥爲掊。

音義 ㄆㄡˇ 動 剖開。

ㄆㄡ 動 ①以手挖土，同「抔」。②聚歛；例 掊克。ㄈㄨ 動 仆倒，通「踣」。

次 8 **掂** 形解 形聲；從手，店聲。店有墊而使高的意思，所以徒手估量物體的輕重爲掂。

音義 ㄉㄧㄢ 動 以手托承而推測重量；例 他掂一掂這隻土雞，就知道有多重。

4 **掂斤估兩** ㄉㄧㄢ ㄐㄧㄣ ㄍㄨ ㄌㄧㄤˇ 指錙銖必較的意思。

參考 ①同 斤斤計較。②又作「掂斤播兩」。

次 8 **捽** 形解 形聲；從手，卒聲。卒有倉促的意思，所以倉皇爲捽。

音義 ㄗㄨˊ 動 ①揪拽；例「誰肯把你揪捽住？」②拔起；例 捽草。③衝突；例 交捽。

參考 又音 ㄗㄨㄛˊ。

次 8 **掞** 形解 形聲；從手，炎聲。炎有大而上的意思，所以用手張弛爲掞。

音義 ㄕㄢˋ 動 ①舖張；例 掞張。②削尖，通「剡」；例「剸掞度擬。」形 光燄的。

參考 掞作「舖張」解時又音 ㄧㄢˋ。

次 8 **掭** 形解 形聲；從手，忝聲。挑剔燈火的棍子爲掭。

音義 ㄊㄧㄢˋ 動 ①撥動；例 掭燈蕊。②將毛筆橫拖而蘸墨；例 寫大字多掭些墨。

次 8 **掗** 形解 形聲；從手，亞聲。把握著東西前後搖動爲掗。

音義 ㄧㄚˋ 動 ①方 硬要人接受東西。②揮舞。③把持；例 掗把。

次 8 **掫** 形解 形聲；從手，取聲。持戒而有所防備爲掫。

音義 ㄗㄡ 名 麻桿，通「菆」。動 古打更報時。

次 8 **捺** 形解 形聲；從手，奈聲。奈有氣息抑止停頓的意思，所以用手按物，使它停止不動爲捺。

音義 ㄋㄚˋ 名 書法筆法之一，由左上往右下斜拖。動 ①揿按；例 捺手印。②抑制；例 按捺不住。

5 **捺印** ㄋㄚˋ ㄧㄣˋ 將手指指紋著墨，印在指紋卡片上。

次 8 **掎** 形解 形聲；從手，奇聲。奇有偏引的意思，所以從旁施力斜引使就範爲掎。

音義 ㄐㄧˇ 動 ①捕獸時拖住後腳，使獸就範。②牽制；例 掎角。③發射。

次 8 **掇** 形解 形聲；從手，叕聲。叕是相與聯屬，所以用手拾取爲掇。

音義 ㄉㄨㄛ 動 ①拾取；例 拾掇。②慫恿；例 攛掇。③掠取；例 撓掇。

參考 ①字雖從叕，但不可讀成 ㄔㄨㄛˋ。②與「啜」，嘗食；「惙」，憂勞；「輟」，停止；「醊」，以酒酹地；「歠」，吸飲，音義都不相同，不可混用。

▽拾掇、取掇、摘掇、采掇、攛掇、刺掇。

(次) 8

掐

形解 形聲;從手,臽聲。用手指甲刺入為掐。

音義 ㄑㄧㄚ 動 ①以手指或指甲扼住或捏按;例掐脖子。②以指甲折摘;例掐兩朵玉蘭花。③以拇指尖指點別的指節來測度;例掐指一算。形 些許的;例國家又不曾虧你半掐。

參考 與「陷」字有別:陷,ㄒㄧㄢˋ,是「穽」的意思。

(次) 8

据

形解 形聲;從手,居聲。居有曲的意思,所以有所操作,曲其肘如戟而持物為据。

音義 ㄐㄩ 名 醫 一種因操勞過度而起的手部疾病。形 困窘的;例拮据。

參考 「據」俗作「据」。

(次) 8

掯

形解 形聲;從手,肯聲。做事說話不得要領為掯。

音義 ㄎㄣˋ 動 留難;例勒掯。

(次) 8

捵

形解 形聲;從手,典聲。伸手扯出為捵。

音義 ㄔㄣ 動 拉扯,同「抻」;例捵麵。

參考 「捵」唸ㄔㄣ,撐唸ㄔㄥ,音已不同而義亦有別:「捵」為平衡使力,有拉扯的意思;「撐」為垂直使力,有豎立的意思。

(次) 8

捭

形解 形聲;從手,卑聲。卑有增益的意思,所以左右兩手相擊為捭。

音義 ㄅㄞˇ 動 ①兩手排擊;例「拉捭摧藏。」②分開,通「擘」;例捭闔。

18 **捭闔** ㄅㄞˇ ㄏㄜˊ 即開合。

捭闔縱橫 ㄅㄞˇ ㄏㄜˊ ㄗㄨㄥ ㄏㄥˊ 一面分化,一面拉攏,為戰國時代游說的方法,後來喻在外交場上應付適當。

(次) 8

掮

形解 形聲;從手,肩聲。用肩扛物為掮。

音義 ㄑㄧㄢˊ 動 以肩扛擡;例掮行李。

9 **掮客** ㄑㄧㄢˊ ㄎㄜˋ 舊時商業場中一種中間剝削的人。現在泛指銷售商品的中間介紹人。

參考 同中人。

(次) 8

掰

形解 會意;從手從分。兩手把東西分開為掰。

音義 ㄅㄞ 動 以手分離,通「擘」;例掰開。

(次) 8

捼

形解 形聲;從手,委聲。委有柔軟的意思,所以兩手相搓揉按摩為捼。

音義 ㄋㄨㄛ 動 搓揉;例捼莎。

(次) 8

掔

形解 形聲;從手,臤聲。臤有堅固的意思,所以手安穩牢固地握持為掔。

音義 ㄑㄧㄢ 動 ①牽引,通「牽」;例肉袒掔羊。②除去。形 堅厚的。

(次) 8

掱

形解 會意;從三手。俗稱竊賊為三隻手,所以會扒手的意思。

音義 ㄕㄡˇ 名 俚 俗稱扒手為三隻手。

參考 又音ㄆㄚˊ。

(常) 9

描

形解 形聲;從手,苗聲。依樣摹畫為描。

音義 ㄇㄧㄠˊ 動 ①依樣摹繪;例素描。②重覆塗抹;例越描越黑。

參考 ①「描」與「繪」都有畫的意思,然「描」多指依照圖樣而畫,「繪」則多指自由的畫。②同摹。

8 **描金** ㄇㄧㄠˊ ㄐㄧㄣ 用金銀粉漆於器物上以為裝飾。

參考 同塗金。

15 **描摹** ㄇㄧㄠˊ ㄇㄛˊ 依事物原樣描寫或描繪。又作「描模」。

描寫 ㄇㄧㄠˊ ㄒㄧㄝˇ 用語言文字等對事物作具體的刻劃和描繪。

19 **描繪** ㄇㄧㄠˊ ㄏㄨㄟˋ (一)照原樣畫下來。(二)用文字描摹,書寫。

▽素描、難描、掃描、照描、輕描、淡寫輕描。

(常) 9

捶

形解 形聲;從手,垂聲。垂有往下的意思,所以用杖向下敲擊為捶。

音義 ㄔㄨㄟˊ 名 用來敲打的工

具；例鐵捶。動以拳頭或棍棒敲擊；例捶背。
參考 同搥，槌。
10 **捶胸頓足** ㄔㄨㄟˊ ㄒㄩㄥ ㄉㄨㄣˋ ㄗㄨˊ 敲胸跺脚，形容極端懊喪悲痛的樣子。

常 9 **揀** 解 形聲；從手，柬聲。柬有分別的意思，所以簡擇挑選為揀。
音義 ㄐㄧㄢˇ 動①挑選；例揀擇。②拾取，同「撿」；例揀破爛。
參考 ①文言文「揀」與「柬」作選擇解時多可通，今白話文已不用「柬」，而都用「揀」。②「揀」字右半從「柬」而不從「東」。
14 **揀精揀肥** ㄐㄧㄢˇ ㄐㄧㄥ ㄐㄧㄢˇ ㄈㄟˊ 又挑精細的，又挑肥美的；喻挑剔得非常嚴格或厲害。又作「挑精揀肥」。

常 9 **揩** 解 形聲；從手，皆聲。皆有全的意思，所以全面擦拭為揩。
音義 ㄎㄞ 動擦抹；例揩汗。
參考 ①「揩」從手(扌)與從木而有規範之意的「楷」不同。②同擦，拭，抹。
8 **揩油** ㄎㄞ ㄧㄡˊ 舞弊謀利或白佔人家的便宜。
參考 揩，又音 ㄎㄚ。

常 9 **揉** 解 形聲；從手，柔聲。柔有輕軟的意思，所以用手輕捻為揉。
音義 ㄖㄡˊ 動①來回擦或搓。②搓(在一起)；例揉成一團。③使木條彎曲；例揉輻。④使順服，通「柔」；例揉此萬邦。
13 **揉搓** ㄖㄡˊ ㄘㄨㄛ ㈠用手壓擠揉弄。㈡按摩。例揉搓四肢。㈢玩弄，折磨。

常 9 **揆** 解 形聲；從手，癸聲。癸有揆度的意思，所以度量為揆。
音義 ㄎㄨㄟˊ 名①尺度。②負一切成敗責任的官員；例首揆。③稱宰相的職位為揆。動①度量；例揆度情理。②管理；例以揆百事。
9 **揆度** ㄎㄨㄟˊ ㄉㄨㄛˋ 忖度細察。又作「揆測」。
▽測揆、度揆、道揆、居揆、百揆。

常 9 **揍** 解 形聲；從手，奏聲。奏有前進的意思，所以手向前投擲為揍。
音義 ㄗㄡˋ 動①投入。②拳打；例揍他一頓。
參考 同打。

常 9 **插** 解 形聲；從手，臿聲。臿有搗的意思，所以刺入為插。
音義 ㄔㄚ 動①刺入；例一根木刺插在手心。②栽植；例插秧。③參加進去；例插嘴。④插上；例插翅難飛。
參考 ①同刺。②字之右旁從干從臼，所以直筆穿透臼字，作臿。
4 **插手** ㄔㄚ ㄕㄡˇ 參與其事。例請不要插手管這檔子事。
6 **插曲** ㄔㄚ ㄑㄩˇ ㈠電影或戲劇中幕與幕之間所奏的樂曲。又稱「間奏曲」。㈡比喻事情進行中，臨時發生的有趣小事件。
9 **插科打諢** ㄔㄚ ㄎㄜ ㄉㄚˇ ㄏㄨㄣˋ ㈠指戲劇演員在表演中穿插一些滑稽的談話和動作，逗引觀眾發笑。㈡一般人在言行中插入一些戲謔的動作和語言。科：戲曲演員的動作表情。諢：開玩笑的話語。
10 **插班** ㄔㄚ ㄅㄢ 學校收取他校的轉學生，依其程度，歸為某班。
插秧 ㄔㄚ ㄧㄤ 農將稻的秧苗種植在水田中。
插翅難飛 ㄔㄚ ㄔˋ ㄋㄢˊ ㄈㄟ 插上翅膀也難飛去。比喻怎樣也逃脫不了。又作「插翼難飛」。
14 **插圖** ㄔㄚ ㄊㄨˊ 指插附在書刊中的圖畫。有的印在正文中間，有的用插頁方式，對正文內容起補充說明或藝術欣賞作用。又作「插畫」。
16 **插嘴** ㄔㄚ ㄗㄨㄟˇ 不等人家把話說完，從中插入自己的言論。又作「插口」、「插言」、「插話」。

常 9 **揣** 解 形聲；從手，耑聲。衡量為揣。

音義 ㄔㄨㄞˇ 名姓。動①測量。②忖度；例揣測。③藏在懷中，同「搋」；例把車票揣好。副積聚的樣子，通「團」。

9 **揣度** ㄔㄨㄞˇ ㄉㄨㄛˋ 推測，估計。

參考 同揣測。

12 **揣測** ㄔㄨㄞˇ ㄘㄜˋ 估量，推測。

參考 同揣度。

15 **揣摩** ㄔㄨㄞˇ ㄇㄛˊ ㈠反覆推敲琢磨事物的眞相或含意。㈡料想，忖度。

常 9 **提** 解形 形聲；從手，是聲。一高一下地懸持爲提。

音義 ㄊㄧˊ 名①一種舀取液體的用器；例油提。②姓。動①懸持；例提壺。②取出；例提款。③敍說；例舊事重提。④摘出；例提要。⑤標擧；例提倡。⑥振作；例提神醒腦。⑦提拔；例提獎後輩。

ㄉㄧ 動持拿；例提溜。

參考 ①古地名「朱提」的「提」，又音ㄕˊ。②「提」一般讀爲ㄊㄧˊ，如：提拔。在「提防」這個詞裏，「提」字又讀ㄉㄧ。

4 **提心吊膽** ㄊㄧˊ ㄒㄧㄣ ㄉㄧㄠˋ ㄉㄢˇ 形容精神驚恐，非常擔心害怕。

參考 ①參閱「心驚膽戰」條。②又作「提心在口」。

5 **提示** ㄊㄧˊ ㄕˋ ㈠把可以啓發思考的有關因素提出來，幫助對方思考。㈡啓發如何解題的注文或要點。

參考 與「暗示」有別：後者著重在「暗」字，指背地裡幫助或提供解答問題的要點。

7 **提防** ㄊㄧˊ ㄈㄤˊ 小心注意，謹愼防備。

參考 又讀ㄉㄧ ·ㄈㄤ。

8 **提拔** ㄊㄧˊ ㄅㄚˊ 薦擧提攜他人，使得以任事。

提取 ㄊㄧˊ ㄑㄩˇ ㈠從負責保管的機構中取出。例提取存款。㈡經過提煉而取得。例提取副產品。

提供 ㄊㄧˊ ㄍㄨㄥ 提出可供參考或利用的意見、資料、物資、條件等。

9 **提前** ㄊㄧˊ ㄑㄧㄢˊ 把已定的時間向前挪移。

提要 ㄊㄧˊ ㄧㄠˋ ㈠摘要。例論文提要。㈡摘出全書的大要。例四庫全書總目提要。

10 **提高** ㄊㄧˊ ㄍㄠ 將程度、等級、數量等擡高。

提倡 ㄊㄧˊ ㄔㄤˋ 宣傳，倡導。

提神 ㄊㄧˊ ㄕㄣˊ ㈠留意。例夜晚走路，可要提神些才好。㈡提振精神。例提神醒腦。

提案 ㄊㄧˊ ㄢˋ ㈠提出會議中打算討論的事件。㈡提供團體討論研究做決定的問題。

參考 與「提議」都有把意見提出來的意思，但有別：「提議」可在會議中，個別口頭述說，把自己的意見提出來。「提案」一定寫在書面上，將自己的意見用文案在會議中提出。

提挈 ㄊㄧˊ ㄑㄧㄝˋ ㈠攜帶，用手提著。㈡照顧，提拔。例多謝提挈。㈢揭示要領。爲「提綱挈領」之略語。㈣指揮和帶領。例提挈全軍。

11 **提梁** ㄊㄧˊ ㄌㄧㄤˊ 竹籃、水桶、茶壺、提包、銅器等上面用手提而有如屋樑的部分。

12 **提單** ㄊㄧˊ ㄉㄢ 商對外貿易中，運輸部門承運貨物簽發給發貨人的一種憑證。收貨人憑提單向貨運目的地的運輸部門提貨。

提筆爲文 ㄊㄧˊ ㄅㄧˇ ㄨㄟˊ ㄨㄣˊ 拿起筆來就能寫文章。比喻文思泉湧，下筆快捷。

13 **提煉** ㄊㄧˊ ㄌㄧㄢˋ ㈠用化學方法或物理方法從物質中抽取所需的東西。㈡對文章、生活、經驗等加工提高。

14 **提稱語** ㄊㄧˊ ㄔㄥ ㄩˇ 書信中寫在名字或稱謂下面，表示請對方讀信之意。通常要按雙方的關係來措辭。如對父母用「膝下」、「膝前」，對師長用「道席」、「函丈」。

提綱挈領 ㄊㄧˊ ㄍㄤ ㄑㄧㄝˋ ㄌㄧㄥˇ 比喻掌握事理的重要部分。綱：網的總繩。挈：提起。領：衣領。綱和領都是比喻事物重要的地方或部分。

15 **提調** ㄊㄧˊ ㄉㄧㄠˋ ㈠指揮調度。㈡負責指揮調度的人。

16 **提醒** ㄊㄧˊ ㄒㄧㄥˇ 從旁督促別人留意。

參考 與「喚醒」都有使人從迷惑或沈睡中淸醒過來。但有別：

「提醒」著重從旁指點，促使注意，對象是人；「喚醒」的對象是人，也可以是物，當對象是物時，往往選用擬人格的修辭方式，如「春雷喚醒了沈睡的大地」。

20 **提議** ㄊㄧˊ ㄧˋ 向會議或公衆提出意見供大家討論；也指提出的意見。

參考 ①與「建議」有別：前者是在會議上提出意見，來徵得別人同意，多是由上級或帶頭人提議。後者是提出具體辦法供參考，建議者通常是下級或平級的人。②參閱「提案」條。

21 **提攜** ㄊㄧˊ ㄒㄧ ㈠牽引，扶持。㈡幫助，照顧。引申爲提拔。

▽孩提、菩提、前提、手提、學提、朱提、隻字不提、絕口不提、舊事重提。

常 9 **握** 形解 形聲；從手，屋聲。屋有容納的意思，所以用手捉持爲握。

音義 ㄨㄛ 名量詞，一把爲握；例一握黃豆。動①執持或抓緊；例握管。②管理；例掌握。

參考 同把，報，拿。

4 **握手** ㄨㄛˋ ㄕㄡˇ 緊握彼此的手，表示親熱或友誼。例握手言歡。

7 **握別** ㄨㄛˋ ㄅㄧㄝˊ 握手告別。

14 **握管** ㄨㄛˋ ㄍㄨㄢˇ 提筆書寫。管：筆管。

▽掌握、把握、一握、合握、盈握、大權在握。

常 9 **揖** 形解 形聲；從手，咠聲。拱手向前推出爲揖。

音義 ㄧ 動①拱手敬禮；例作揖。②謙虛；例揖讓。③邀請；例開門揖盜。

ㄐㄧ 動聚斂，通「輯」。

24 **揖讓** ㄧ ㄖㄤˋ ㈠古代賓主相見時，入門三揖，升堂三讓的禮節。例揖讓而升，坐而飲。㈡謙讓，遜讓。

▽長揖、拱揖、延揖、前揖、揖揖、打躬作揖。

常 9 **揭** 形解 形聲；從手，曷聲。掀開高舉爲揭。

音義 ㄐㄧㄝ 名姓。動①舉；例揭竿起義。②表露；例揭開謎底。③掀去；例揭鍋蓋。④肩挑；例揭篋擔囊。

ㄑㄧˋ 動提起褲管或衣衫下擺；例「深則厲，淺則揭。」—

參考 同開，掀。

5 **揭示** ㄐㄧㄝ ㄕˋ ㈠公布。㈡把事物的本質表示出來。

9 **揭竿** ㄐㄧㄝ ㄍㄢ ㈠直豎起竿子。例揭竿爲旗。㈡倉卒間舉事，特指平民起義。例揭竿起義。

揭穿 ㄐㄧㄝ ㄔㄨㄢ 披露，使人明白眞相。

參考 ①又作「揭破」。②「揭露」、「揭發」與「揭穿」都有使隱蔽、暗藏的人或事物顯露出來的含義，但有別：「揭露」是使人或事物揭開顯露出來；「揭發」是使壞人壞事、錯誤、陰謀公諸於大衆；「揭穿」是徹底揭露人或事物的僞裝，使之完全暴露無遺。

14 **揭幕** ㄐㄧㄝ ㄇㄨˋ ㈠開幕。㈡開始。

16 **揭曉** ㄐㄧㄝ ㄒㄧㄠˇ 公布出來，使人知道。特指考試後公布錄取名單或謎題的答案。

19 **揭櫫** ㄐㄧㄝ ㄓㄨ ㈠標誌。㈡表現出。

21 **揭露** ㄐㄧㄝ ㄌㄡˋ 使隱蔽的事物顯露出來。

參考 「揭露」與「暴露」都是指使隱蔽的人或事物顯露出來，有時二者可以互換，但有別：「揭露」總是有目的地使人或事物顯露出來；「暴露」除了有與「揭露」相同的用法外，還可以指人或事物（如思想、面目、本性等）自己顯露出來。

▽掀揭、啓揭、昭然若揭。

常 9 **揮** 形解 形聲；從手，軍聲。軍有大的意思，所以奮力振動爲揮。

音義 ㄏㄨㄟ 名旗旛，通「徽」。動①搖振；例揮扇。②耍動；例揮舞。③散發；例發揮。④抛灑；例揮汗如雨。⑤發號施令；例揮軍前進。

4 **揮手** ㄏㄨㄟ ㄕㄡˇ ㈠舉手揮動，表

示惜別。例揮手道別。㈡招手。例揮手招呼。㈢示意人走開。

6 **揮汗成雨** ㄏㄨㄟ ㄏㄢˋ ㄔㄥˊ ㄩˇ 所流下的汗水也足以變成雨滴。㈠比喻人數眾多而擁擠不堪。㈡形容天熱多汗，有如雨水般落個不停。

8 **揮金如土** ㄏㄨㄟ ㄐㄧㄣ ㄖㄨˊ ㄊㄨˇ 把金錢當作泥土一樣花費，形容浪費無度。

11 **揮毫** ㄏㄨㄟ ㄏㄠˊ 運筆寫字或作畫。

揮淚 ㄏㄨㄟ ㄌㄟˋ 揮灑淚水。形容傷心憂愁到了極點。

12 **揮發** ㄏㄨㄟ ㄈㄚ 沸點低的液態或固態物質(如汽油、樟腦)在常溫下轉變為氣態的現象。物質的蒸氣壓力愈大，揮發傾向也愈大。

參考 衍揮發油、揮發固體、揮發性價格。

16 **揮霍** ㄏㄨㄟ ㄏㄨㄛˋ ㈠疾速敏捷的樣子。㈡用錢浪費，沒有節制。㈢發揮盡致。又作「揮攉」。

揮霍無度 ㄏㄨㄟ ㄏㄨㄛˋ ㄨˊ ㄉㄨˋ 用錢迅速毫無節制。搖手叫揮，反手叫霍，形容速度很快。

參考 與「揮金如土」都有非常浪費錢財的意思，但有別：前者指花費多而快，毫無節制；後者是形容不重視金錢，用起錢來有如糞土般，毫不吝惜。

22 **揮灑自如** ㄏㄨㄟ ㄙㄚˇ ㄗˋ ㄖㄨˊ 揮毫灑墨，極為自在，毫不拘泥。多指寫字或作畫的工夫技巧非常純熟，而不拖泥帶水。

▽指揮、發揮、信手一揮、借題發揮。

(常) 9 援

形解 形聲；從手，爰聲。爰有牽引的意思，所以引取為援。

音義 ㄩㄢˊ 名 ①攀附；例攀藤援枝。②引據；例援例辦理。③救助；例支援。

參考 同助，救，幫。

4 **援引** ㄩㄢˊ ㄧㄣˇ ㈠引用他說做為例證。例援引文義。㈡攀附，牽引。

5 **援古證今** ㄩㄢˊ ㄍㄨˇ ㄓㄥˋ ㄐㄧㄣ 援引古代的事例，以證驗今日的是非得失。

7 **援助** ㄩㄢˊ ㄓㄨˋ 支援幫助。

參考 ①同幫助。②參閱「幫助」條。

8 **援例** ㄩㄢˊ ㄌㄧˋ ㈠依照慣例。㈡引用成例。

參考 本詞已成為公文術語，如「援例辦理」。

11 **援救** ㄩㄢˊ ㄐㄧㄡˋ 支援救濟。

參考 與「搶救」、「援助」都有幫助之意，而用法有別：「搶救」多用於危急且急待救濟的場合；「援救」多用於緊急的事件；「援助」多用於困難的環境。

12 **援筆立就** ㄩㄢˊ ㄅㄧˇ ㄌㄧˋ ㄐㄧㄡˋ 拿起筆來即刻寫成作品，形容文思敏捷，無需思索。

▽救援、支援、後援、聲援、求援、無援、討援、美援、孤軍無援。

(常) 9 揪

形解 形聲；從手，秋聲。秋有收成的意思，所以用手聚物成束為揪。

音義 ㄐㄧㄡ 動 以手抓住，扭住；例互相揪打。②收聚；例揪斂。

(常) 9 換

形解 形聲；從手，奐聲。奐有華麗炫目的意思，所以更易為換。

音義 ㄏㄨㄢˋ 動 ①互兌；例換錢。②更替；例物換星移。

8 **換帖** ㄏㄨㄢˋ ㄊㄧㄝ 舊時朋友結為兄弟，交換寫有年齡、籍貫、家世等的帖子。

12 **換湯不換藥** ㄏㄨㄢˋ ㄊㄤ ㄅㄨˋ ㄏㄨㄢˋ ㄧㄠˋ 比喻外表雖已改換，而實質內容和從前一樣，並未改變。

▽交換、兌換、轉換、變換、掉換、對換、更換、改換、調換、互換、移換。

(常) 9 摒

形解 形聲；從手，屏聲。屏為蔽障，所以排除為摒。

音義 ㄅㄧㄥ 動 ①排除；例摒斥。②整理；例摒擋。

10 **摒除** ㄅㄧㄥ ㄔㄨˊ 排除。

參考 同摒棄。

11 **摒棄** ㄅㄧㄥ ㄑㄧˋ 排除，捨棄。例摒棄成見。

16 **摒擋** ㄅㄧㄥ ㄉㄤˋ 整理，收拾，料理。摒、擋都有整理的意思。

例摒擋行李。又作「屏當」、「併當」。

常 9 **揚** 形解 形聲；從手，昜聲。易有顯明的意思，所以飛舉爲揚。

音義 ㄧㄤˊ 名①地古九州之一。②姓。動①舉起；例揚鞭。②稱頌；例讚揚。③宣傳；例隱惡揚善。④飄動；例飛揚。⑤播散；例揚米。形①聲音高的；例抑揚。②得意的；例趾高氣揚。

參考 揚從「昜」不可從「易」（ㄧˋ）。

6 **揚名天下** ㄧㄤˊ ㄇㄧㄥˊ ㄊㄧㄢ ㄒㄧㄚˋ 使天下人都知道自己的名聲。

7 **揚言** ㄧㄤˊ ㄧㄢˊ 當衆聲稱，有意宣揚。

8 **揚長** ㄧㄤˊ ㄔㄤˊ 丟下別人，高視闊步離去。例揚長而去。

參考 「揚」又作「颺」。

9 **揚眉吐氣** ㄧㄤˊ ㄇㄟˊ ㄊㄨˇ ㄑㄧˋ ㈠形容長久困頓終獲成功而欣喜不已。㈡形容長期受壓抑後終償所願的暢快心情。亦作「吐氣揚眉」。

11 **揚棄** ㄧㄤˊ ㄑㄧˋ 哲包含拋棄、保留、發揚和提高的意思。指新事物代替舊事物不是單純的拋棄，而是克服，拋棄舊事物中消極的部分，而保留和繼承以往發展中對新事物有積極意義的部分，並把它發展到新的階段。

揚湯止沸 ㄧㄤˊ ㄊㄤ ㄓˇ ㄈㄟˋ ㈠將沸水、沸湯揚起使它快冷。比喻遭遇急迫的事件，只好用臨時措施寬延一下。㈡比喻辦法不夠徹底，只是治標，不從根本上解決問題。

參考 ①同抱薪救火。②反釜底抽薪。

12 **揚揚** ㄧㄤˊ ㄧㄤˊ 意氣發揚的。例揚揚得意。

▽高揚、稱揚、宣揚、發揚、悠揚、抑揚、張揚、褒揚、表揚、顯揚、飛揚、飄揚、揄揚、其貌不揚、神采飛揚、趾高氣揚。

次 9 **揎** 形解 形聲；從手，宣聲。宣有揭開的意思，所以捲起袖子，露出手臂爲揎。

音義 ㄒㄩㄢ 動①將袖子捲起。②揮拳擊打。

次 9 **揃** 形解 形聲；從手，前聲。按摩爲揃。

音義 ㄐㄧㄢˇ 動①修剪。②消滅；例揃平。

ㄐㄧㄢ 動記識，通「箋」。

參考 或作「[扌剪]」。

次 9 **撝** 形解 形聲；從手，爲聲。用手擗開爲撝。

音義 ㄏㄨㄟ 動①剖開。②指揮，通「揮」。形謙讓的；例撝挹。

次 9 **揠** 形解 形聲；從手，匽聲。匽有隱藏的意思，所以用手强行拔出爲揠。

音義 ㄧㄚˋ 動拔起；例揠苗助長。

參考 ①「揠」從「手」，與從「人」（ㄧ）唸ㄧㄢˇ的「偃」，音義不同。偃，仆倒。②字雖從匽，但不可讀成ㄧㄢˋ。

9 **揠苗助長** ㄧㄚˋ ㄇㄧㄠˊ ㄓㄨˋ ㄓㄤˇ 拔取草木的幼苗，卻以爲幫助它成長。比喻速於求成，急躁妄爲，欲益反損，反而壞事。又作「拔苗助長」。

參考 與「欲速不達」有別：前者多著眼於「强求速成」的行動上，是比喻性的；後者多著眼於「强求速成」的結果上，是直陳性的。

次 9 **揶** 形解 形聲；從手，耶聲。耶有輕浮不正的意思，所以用手戲弄爲揶。

音義 ㄧㄝˊ 動捉弄；例揶揄。

12 **揶揄** ㄧㄝˊ ㄩˊ 嘲弄。例數被鬼揶揄。又作邪揄、耶揄、揶歈。

次 9 **揕** 形解 形聲；從手，甚聲。甚有深入的意思，所以用手深刺爲揕。

音義 ㄓㄣˋ 動刺擊。

次 9 **揲** 形解 形聲；從手，枼聲。枼聲有叢集的意思，所以用固定的單位計數爲揲。

音義 ㄕㄜˊ 動以固定的單位計

數；例「揲之以四」。

ㄧㄝˋ 名 箕舌，通「葉」；例執箕膺揲。

參考 ㄕㄜˊ又音ㄉㄧㄝˊ。

次 9
揹

形解 形聲；從手，背聲。背負爲揹。

音義 ㄅㄟ 動 以背馱承；例揹小孩。

次 9
掾

形解 形聲；從手，彖聲。彖有經營的意思，所以傾力經營爲掾。

音義 ㄩㄢˋ 名 古衙署屬吏的通稱；例掾吏。動 輔佐。

次 9
揜

形解 形聲；從手，弇聲。弇有掩蓋的意思，所以掩取爲揜。

音義 ㄧㄢˇ 動 ①强奪。②掩遮，通「掩」；例瑕不揜瑜。③捕捉；例揜狡兔。

參考 「揜」與「掩」音同，也有掩遮的意思，其餘的意思則不同。

次 9
揄

形解 形聲；從手，俞聲。俞有引渡的意思，所以引導爲揄。

音義 ㄩˊ 動 揮舞。ㄧㄡˊ 動 舀取，同「抗」。

▽揶揄。

常 10
搓

形解 形聲；從手，差聲。揉擦爲搓。

音義 ㄘㄨㄛ 動 兩手相揉擦；例「綠搓楊柳線初軟」。

常 10
搾

形解 形聲；從手，窄聲。壓擠物體而取得汁液爲搾。

音義 ㄓㄚˋ 動 應用力學原理壓擠物質而取得汁液；例搾甘蔗汁。

參考 字又作「榨」。

8 **搾取** ㄓㄚˋ ㄑㄩˇ 形容殘酷地剝削掠取。

參考 同搜刮。

12 **搾菜** ㄓㄚˋ ㄘㄞˋ 植 芥菜的變種。葉柄基部有瘤狀突起，成爲膨大的肉質莖。嫩莖經鹽醃，榨出汁液成微乾狀態後再供食用。搾：又作「榨」。

▽壓搾、軋搾。

常 10
搞

形解 形聲；從手，高聲。橫向投擲爲搞。

音義 ㄍㄠˇ 動 ①做，弄；例把工作搞完。②煩擾；例他危言聳聽，搞得人心惶惶。③從事；例他搞電影已有五年經驗。

參考 小篆作「敲」，俗作「搞」。

常 10
搪

形解 形聲；從手，唐聲。唐有大的意思，所以擴張爲搪。

音義 ㄊㄤˊ 動 ①抵擋；例搪風。②敷衍；例搪塞。③塗抹勻稱；例搪瓷。④觸犯；例搪突。

11 **搪瓷** ㄊㄤˊ ㄘˊ 金屬表面附有琺瑯層的製品。在金屬坯胎上塗敷一層或多層的琺瑯漿，經乾燥、燒成而得。

13 **搪塞** ㄊㄤˊ ㄙㄜˋ 敷衍塞責。搪：又作「唐」。

常 10
搭

形解 形聲；從手，荅聲。披懸爲搭。

音義 ㄉㄚ 名 姓。動 ①披；例肩上搭著一條浴巾。②架設；例搭棚。③接連；例搭錯線。④乘坐；例搭車。⑤牽引；例勾肩搭背。⑥搭配；例大的搭小的。

ㄊㄚˋ 動 摹寫，通「拓」。

參考 同乘，坐，附。

9 **搭客** ㄉㄚ ㄎㄜˋ 搭乘車、船等交通工具的人，泛指旅客。

參考 同乘客。

10 **搭配** ㄉㄚ ㄆㄟˋ 按一定目的安排分配。

搭訕 ㄉㄚ ㄕㄢˋ (一)隨口敷衍，無心說話。(二)爲了想接近他人或打開尷尬的局面而找話題說。(三)上前與人攀搭交談。

參考 衍 搭訕著。

搭救 ㄉㄚ ㄐㄧㄡˋ 幫助人脫離險境。

14 **搭夥** ㄉㄚ ㄏㄨㄛˇ 合爲一夥。

16 **搭擋** ㄉㄚ ㄉㄤˋ 合夥。擋：又作「檔」。

參考 同 搭對。

▽勾搭、白搭、排搭、附搭。

常10 **搽** 解形 形聲；從手，茶聲。敷抹爲搽。

音義 ㄔㄚˊ 動 敷抹；例搽藥。

參考 ①「搽」又音ㄘㄚ。②「搽」與「擦」作塗抹解時，可以相通，其餘的意思則不同。

常10 **搬** 解形 形聲；從手，般聲。般有旋轉的意思，所以遷移轉運爲搬。

音義 ㄅㄢ 動 ①移動；例搬運。②挑撥；例搬弄是非。

參考「搬」是「般」的俗寫，但今作遷移、移動解時，多用「搬」字。

7 **搬弄** ㄅㄢ ㄋㄨㄥˋ 挑撥離間。

搬弄是非 ㄅㄢ ㄋㄨㄥˋ ㄕˋ ㄈㄟ 向雙方或兩造挑撥離間。

參考 ①同搬弄口舌，搬脣遞舌。②又作「搬是弄非」。

13 **搬運** ㄅㄢ ㄩㄣˋ 移動或運送東西。

16 **搬磚砸脚** ㄅㄢ ㄓㄨㄢ ㄗㄚˊ ㄐㄧㄠˇ 由自己所引起而事先沒想到的害處。含有「弄巧成拙」、「自做自受」的意思。

常10 **損** 解形 形聲；從手，員聲。減損爲損。

音義 ㄙㄨㄣˇ 動 ①減少；例損益。②喪失；例損兵折將。③嘲諷；例別再拿話損他了。④傷害；例損人利己。

參考 ①「損」右邊從員，與右邊從肙的「捐」，形音義不同。②同害，失，傷，毀。③「損」、「捐」有別：「損失」、「損害」的「損」，字右下從「貝」，音ㄙㄨㄣˇ。「捐款」、「樂捐」的「捐」，字右下從「月」，音ㄐㄩㄢ。

2 **損人利己** ㄙㄨㄣˇ ㄖㄣˊ ㄌㄧˋ ㄐㄧˇ 損害別人以圖利自己。又作「利己損人」。

4 **損友** ㄙㄨㄣˇ ㄧㄡˇ 有害無益的朋友。

5 **損失** ㄙㄨㄣˇ ㄕ 損毀失去。

10 **損益** ㄙㄨㄣˇ ㄧˋ ㈠增減。㈡盈虧。會計用語。

損耗 ㄙㄨㄣˇ ㄏㄠˋ 工農產品在生產、儲運、銷售過程中，由於各種原因，如蒸發、鋸割、沾汚、變質、裂漏、短秤等等所造成的損失部分。

損害 ㄙㄨㄣˇ ㄏㄞˋ 損傷，破害。

13 **損傷** ㄙㄨㄣˇ ㄕㄤ 損壞，傷害。

19 **損壞** ㄙㄨㄣˇ ㄏㄨㄞˋ 即破壞。

參考「損壞」、「毀壞」有別：「損壞」是指使事物失去原來的使用效能，但只要加以修理或補修，還可以繼續使用。「毀壞」是破壞的意思，指東西受到毀滅性的破壞，已經無法修理或修補，使之恢復使用了。

▽ 汚損、毀損、耗損、破損、貶損、減損、無損、增損。

常10 **搔** 解形 形聲；從手，蚤聲。蚤爲跳蚤，所以因癢而用手去抓刮爲搔。

音義 ㄙㄠ 動 ①以指甲撓抓；例搔癢。②擾亂，通「騷」；例內外搔動。

參考 同撓，抓。

9 **搔首** ㄙㄠ ㄕㄡˇ 用手抓頭，形容心緒煩亂焦急或有所思考時的動作。例搔首踟躕。

參考 同搔頭。

12 **搔著癢處** ㄙㄠ ㄓㄠˊ ㄧㄤˇ ㄔㄨˋ 比喻恰合心意，非常痛快之意。

參考 同正中下懷。

16 **搔頭弄姿** ㄙㄠ ㄊㄡˊ ㄋㄨㄥˋ ㄗ 形容女子賣弄姿態，以取媚人。多用作貶損的意思。「頭」又作「首」。

參考 同賣弄風騷。

搔頭摸耳 ㄙㄠ ㄊㄡˊ ㄇㄛ ㄦˇ 形容心神不寧，猶豫不決的樣子。

18 **搔擾** ㄙㄠ ㄖㄠˇ ㈠擾亂使人不安。㈡紛亂而不安寧。

參考 同騷擾。

20 **搔癢** ㄙㄠ ㄧㄤˇ 用手指抓著癢處。例隔靴搔癢。

常10 **搶** 解形 形聲；從手，倉聲。倉是穀倉，有聚集的意思，所以結夥奪取爲搶。

音義 ㄑㄧㄤˇ 動 奪取；例搶劫。副 爭先地；例搶修。ㄑㄧㄤ 動 碰撞；例以頭搶地。ㄔㄥ 形 紛亂；例搶攘。

參考 ①ㄑㄧㄤ又音ㄔㄨㄤ。②同奪，劫，掠。

5 **搶白** ㄑㄧㄤˇ ㄅㄛˊ 當面指責。

7 **搶劫** ㄑㄧㄤˇ ㄐㄧㄝˊ 搶奪掠取。

參考 參閱「洗劫」條。

11 **搶救** ㄑㄧㄤˇ ㄐㄧㄡˋ 爭著救助。
參考 參閱「援救」條。
14 **搶眼** ㄑㄧㄤˇ ㄧㄢˇ 惹人注目。
搶奪 ㄑㄧㄤˇ ㄉㄨㄛˊ 用暴力強取別人的財物。
參考 參閱「奪取」條。
19 **搶鏡頭** ㄑㄧㄤˇ ㄐㄧㄥˋ ㄊㄡˊ ㈠搶先拍攝珍貴的鏡頭，以捕捉剎那即永恆的美感。㈡比喻受人注意，出盡風頭。

常10 搜

形解 形聲；從手，叟聲。叟是持火在屋下找東西，所以入家用手尋求爲搜。隸變爲「搜」。
音義 ㄙㄡ 動 ①尋求；例搜索。②檢查；例搜察。
參考 同尋，找，查，索。
8 **搜刮** ㄙㄡ ㄍㄨㄚ ㈠搜求。㈡官吏掠奪人民財物。刮，又作「括」。
10 **搜索** ㄙㄡ ㄙㄨㄛˇ ㈠搜查。㈡法爲發現物或人之目的，對於一定之處所，例如住宅、物件或人之身體，所實施之強制處分。㈢軍情報搜集手段的一種，用搜查探索的行動，尋求所需要的敵軍活動等情報資料。
搜索枯腸 ㄙㄡ ㄙㄨㄛˇ ㄎㄨ ㄔㄤˊ 比喻絞盡腦汁，竭力思考，苦思苦想。多指爲詩作文而言。枯腸：比喻思索時空空的腦子。又作「索枯腸」。
參考 參閱「挖空心思」條。
12 **搜集** ㄙㄡ ㄐㄧˊ 搜求聚集。
參考 同收集。
19 **搜羅** ㄙㄡ ㄌㄨㄛˊ 搜求，羅致。
參考 與「網羅」都有集中起來的意思，但有別：「搜羅」著重在「搜」，把搜尋所得的收羅起來，對象可用於人，也可用於物；「網羅」著重在「網」，像張網那樣，將所得一概收羅起來，一般用於網羅天下人才。

常10 搖

形解 形聲；從手，䍃聲。揮擺爲搖。
音義 ㄧㄠˊ 名 姓。動 揮擺；例搖旗吶喊。
6 **搖曳** ㄧㄠˊ ㄧˋ ㈠輕輕的擺動。㈡逍遙自得。
搖曳生姿 ㄧㄠˊ ㄧˋ ㄕㄥ ㄗ ㈠形容物體搖擺飄蕩，姿態美妙。㈡形容文章曲折變化，非常耐讀。
7 **搖尾乞憐** ㄧㄠˊ ㄨㄟˇ ㄑㄧˇ ㄌㄧㄢˊ 形容對人有所請求，故意做出卑下諂媚以討好別人的樣子。
10 **搖晃** ㄧㄠˊ ㄏㄨㄤˋ 擺動不定。
參考 ①同搖擺，搖蕩。②晃又作「愰」。
11 **搖脣鼓舌** ㄧㄠˊ ㄔㄨㄣˊ ㄍㄨˇ ㄕㄜˊ ㈠多話以逞口才。㈡比喻用言語來挑撥是非，製造混亂。
13 **搖搖欲墜** ㄧㄠˊ ㄧㄠˊ ㄩˋ ㄓㄨㄟˋ 形容極不牢固，快要倒塌或掉落下來了。
參考 參閱「風雨飄搖」條。
14 **搖旗吶喊** ㄧㄠˊ ㄑㄧˊ ㄋㄚˋ ㄏㄢˇ ㈠形容作戰時的聲勢勇猛。㈡從旁助長威勢。
16 **搖頭** ㄧㄠˊ ㄊㄡˊ ㈠把頭向左右搖動。㈡不願意或意思相反的表示。
參考 反點頭。
搖頭晃腦 ㄧㄠˊ ㄊㄡˊ ㄏㄨㄤˋ ㄋㄠˇ ㈠形容自得其樂的樣子。㈡驕傲自得的醜態。
參考 同搖頭擺尾。
搖頭擺尾 ㄧㄠˊ ㄊㄡˊ ㄅㄞˇ ㄨㄟˇ ㈠得意時做出輕狂的舉動。㈡心中有所領悟，怡然自樂的樣子。亦作「擺尾搖頭」。
20 **搖籃** ㄧㄠˊ ㄌㄢˊ ㈠可以左右擺動，使嬰兒易於入睡的寢具。㈡指培養人才的場所。㈢比喻人的幼兒期。㈣比喻安樂的地方。
▽招搖、扶搖、飄搖、動搖、風雨飄搖。

常10 搗

形解 形聲；從手，島聲。用手椎築爲搗。
音義 ㄉㄠˇ 動 ①舂；例搗米。②攻擊；例直搗黃龍。
參考 ①同砸，打，擾。②小篆作「擣」，俗作「搗」。
13 **搗亂** ㄉㄠˇ ㄌㄨㄢˋ ㈠用不正當的手段從中破壞秩序。㈡把整齊的東西弄亂。
參考 同搗鬼，搗蛋，胡鬧。

常10 搏

形解 形聲；從手，尃聲。尃有普徧的意思，所以全面搜索、捕捉爲搏。
音義 ㄅㄛˊ 動 ①以手撲打；例搏擊。②相互撲打；例肉搏。

③跳動；例脈搏。
參考「搏」右上從「甫」，與從「叀」的「摶」，形音義都不同。
▽徒搏、手搏、肉搏、互搏。

次 10
搐
形解 形聲；從手，畜聲。畜有受人控制的意思，所以牽制、牽引爲搐。
音義 ㄔㄨˋ 動 筋肉牽動，如抽搐；例「一二指搐。」
ㄔㄡ 動 與「抽」同；例 搐風。

次 10
搉
形解 形聲；從手，隺聲。以手重敲猛擊使之堅實爲搉。
音義 ㄑㄩㄝˋ 動 ①挖取；例 搉眼。②商量，通「榷」；例 商搉。
參考 又音 ㄐㄩㄝˋ。

次 10
搠
形解 形聲；從手，朔聲。朔有不順的意思，所以用物刺人爲搠。
音義 ㄕㄨㄛˋ 動 刺擊；例 一槍搠倒。

次 10
搤
形解 形聲；從手，益聲。益有添加的意思，所以雙手用力握持爲搤。
音義 ㄜˋ 動 ①用力掐住。②把守。
參考 同 扼，㧖。

次 10
搳
形解 形聲；從手，害聲。害有削裂的意思，所以用手刮摩撕裂爲搳。
音義 ㄏㄨㄚˊ 動 猜測；例 搳拳。

次 10
搆
形解 形聲；從手，冓聲。冓爲木材對應交合的意思，所以交錯密合而不易解開爲搆。
音義 ㄍㄡˋ 動 ①伸長手臂來取物；例 個子太矮搆不到窗戶。②建造，通「構」。
8 搆和 ㄍㄡˋ ㄏㄜˊ 講和。搆，又作「媾」。
9 搆怨 ㄍㄡˋ ㄩㄢˋ 結怨。
11 搆陷 ㄍㄡˋ ㄒㄧㄢˋ 設計陷害，使人獲罪。搆，又作「構」。

常 10
搘
形解 形聲；從手，耆聲。用手支撐爲搘。
音義 ㄓ 動 支持；例 搘梧。

次 10
搢
形解 形聲；從手，晉聲。晉有進入的意思，所以晉見天子時將挺笏插入腰帶中爲搢。
音義 ㄐㄧㄣˋ 動 ①插著；例 搢笏。②搖振；例 挺鈹搢鐸。
11 搢紳之士 ㄐㄧㄣˋ ㄕㄣ ㄓ ㄕˋ 指做官的人。搢：插；紳：大帶。古代仕人，插笏於紳，所以叫搢紳。今又用來指地方上的紳士。又作「縉紳」。

次 10
搌
形解 形聲；從手，展聲。展有延展的意思，所以擴展、張大爲搌。
音義 ㄓㄢˇ 動 將潮溼吸除或除去汚穢；例 書溼了，快拿布搌一下。

次 10
搦
形解 形聲；從手，弱聲。以手按壓爲搦。
音義 ㄋㄨㄛˋ 動 ①抑遏。例 搦秦起趙。②握持；例 搦管。③磨礪；例 搦朽摩鈍。④挑釁。

次 10
搨
形解 形聲；從手，㬱聲。以手輕輕拍打爲搨。
音義 ㄊㄚˋ 動 ①摹拓；例 搨碑。②收斂。③拍打。

次 10
摁
形解 形聲；從手，恩聲。以手按捺爲想。
音義 ㄣˋ 動 按捺；例 摁電鈴。

次 10
搵
形解 形聲；從手，𥁕聲。用手把東西按入水中爲搵。
音義 ㄨㄣˋ 動 ①浸泡。②按捺。③擦起。

次 10
搯
形解 形聲；從手，舀聲。舀有捧出的意思，所以用手掏出(東西)爲搯。
音義 ㄊㄠ 動 ①取出；例 搯擢胃腎。②叩擊；例 搯膺擗摽。

次 10
搊
形解 形聲；從手，芻聲。芻有執持的意思，所以用手拘持爲搊。

音義 ㄔㄡ 名 琵琶彈奏指法，以五指摳撮。

次 10 **搗** 形解 形聲；從手，烏聲。烏有不明的意思，所以以手遮掩爲搗。

音義 ㄨ 動 ①掩遮；例搗著眼睛。②密封而不透氣；例搗著棉被哭。

次 10 **搥** 形解 形聲；從手，追聲。追有逼迫的意思，所以用手敲打爲搥。

音義 ㄔㄨㄟˊ 動 敲打，同「捶」；例搥打。

次 10 **搧** 形解 形聲；從手，扇聲。扇有拍打的意思，張開手掌如扇狀以便打人爲搧。

音義 ㄕㄢ 動 ①搖動生風；例搧扇子。②發揮；例大搧威虐。③以手掌劈擊；例搧了一個耳光。

次 10 **搋** 形解 形聲；從手，虒聲。用手推拖拉引爲搋。

音義 ㄔˊ 動 ①析離。②拽引。

ㄔㄨㄞ 動 ①藏在懷裡；例兩手搋在懷裡。②使勁揉搓；例搋麵。

次 10 **搴** 形解 形聲；從手，寒省聲。雙手用力向上拉引爲搴。

音義 ㄑㄧㄢ 名 姓。動 ①拔取；例斬將搴旗。②撩揭；例搴裳訪古。

常 11 **撤** 形解 本字作勶；從力，徹聲。徹有通達的意思，所以以手通力除去爲勶。俗作「撤」。

音義 ㄔㄜˋ 動 ①除掉；例撤職查辦。②後退；例撤兵。

參考「撤」字中間從「育」，與從「背」的「撒」字，形音義不同。

7 **撤防** ㄔㄜˋ ㄈㄤˊ 撤去駐防的軍隊。

參考 與「移防」有別：後者指軍隊移換防守的陣線或陣地。

18 **撤職** ㄔㄜˋ ㄓˊ 取消犯過公務員的職務，通常是施予懲罰、提起告訴前的預備工作。

參考 ①亦作「撤任」、「撤差」。②與「免職」不同：「撤職」通常是除去職權，等待查辦，「免職」則是在派予新職之前，免去舊職，不屬於懲戒行爲。

常 11 **摸** 形解 形聲；從手，莫聲。莫有暗的意思，所以用手觸摩或探取爲摸。

音義 ㄇㄛ 動 ①以手觸摩；例觸摸。②用手探取；例他伸手去摸煙管，裝上煙，點了火，猛吸著。③探求；例摸清行情。④掏取；例往褲袋一摸，才知忘了帶錢。⑤偷拿；例偷雞摸狗。⑥戲玩；例摸八圈。

ㄇㄛˊ 動 仿效，照樣複製，通「摹」。

參考 ①ㄇㄛ 又音ㄇㄠ。②同 撫，捫，捉，摹。

10 **摸索** ㄇㄛ ㄙㄨㄛˇ 探求，尋求。

參考 與「探索」都是動詞，都含有「尋求」的意思，都可用於對情況、道理、辦法等的尋求方面。但詞義著重點不同：「摸索」原指在黑暗中尋找，比喻經過實踐，以求得經驗或尋找新的途徑。「探索」則較深進一層，表示對事物進行研究、試探，尋求出答案或尋找出事物發展的規律。

▽瞎摸、觸摸、撫摸、不可捉摸。

常 11 **撇** 形解 形聲；從手，敝聲。敝有速去的意思，所以用手揮去爲撇。

音義 ㄆㄧㄝ 動 ①揮去；例撇涕拭淚。②拋棄；例撇開妻子。③從液體上層舀取；例把泡沫撇掉。

ㄆㄧㄝˇ 名 文書法向左橫掠或斜掠的筆劃。

11 **撇清** ㄆㄧㄝ ㄑㄧㄥ 故意在別人面前表示自己的清白。

21 **撇蘭** ㄆㄧㄝ ㄌㄢˊ 與人共同出資購物或宴飲的遊戲。即在紙上畫蘭葉一叢，葉數等於人數，葉根寫上多寡不等的錢數而遮蓋起來，令各人隨意在蘭葉上簽署名字，依數出錢，但其中有一葉是不出錢的，該人即是贏家。

常 11 **摘** 形解 形聲；從手，啻聲。用手取物。俗寫作摘。

音義 ㄓㄜˊ 動①以手取物；例摘花。②選取；例尋章摘句。③借貸；例東摘西借。④舉發；例指摘。

參考 ①動①②③義語音爲ㄓㄞ。②「摘」字右邊從「啇」而不從「商」（ㄕㄤ）。

6 **摘奸發伏** ㄓㄜˊ ㄐㄧㄢ ㄈㄚ ㄈㄨˊ 揭發隱伏的惡人及犯罪事實。

9 **摘要** ㄓㄜˊ ㄧㄠˋ 對原著內容加以分析，提出其中主旨及精要部分，獨立成篇，以供參考檢索之用。

參考 同提要。

16 **摘錄** ㄓㄜˊ ㄌㄨˋ 擇取重點加以記錄。

參考 ①同節錄。②反全錄。③亦作「摘記」。

▽指摘、採摘、攀摘、文摘、抉摘、書摘、黃臺之瓜不堪再摘。

常 11 **摔** 形解 形聲；從手，率聲。率有悉數的意思，所以用全力丟棄在地爲摔。

音義 ㄕㄨㄞ 動①扔；例把帽子摔在牀上。②擺脫；例摔手而去。③跌；例摔了個四腳朝天。

參考「摔」與「甩」讀音相似，但是聲調有別；二字同有扔拋的意思，其餘的意思則不同。

13 **摔跤** ㄕㄨㄞ ㄐㄧㄠ ㈠空手比賽武力的遊戲，能摔倒對手者就算勝利。又作「摔角」。㈡即跌倒。亦作「跌跤」、「跌交」等。

常 11 **摟** 形解 形聲；從手，婁聲。用手緊抱爲摟。

音義 ㄌㄡˊ 動牽引。

ㄌㄡ 動①聚集；例摟柴火。②搜括；例他到處摟錢。③招徠；例摟生意。④撩起；例摟起裙擺。

ㄌㄡˇ 動把持；例摟在懷裡。

參考 同抱。

常 11 **摺** 形解 形聲；從手，習聲。習有數次的意思，所以用手上下重複折疊爲摺。

音義 ㄓㄜˊ 名以紙疊成而頁數固定的本子；例存摺。動①折疊；例摺手帕。②折曲；例轉摺。形折疊式的；例摺尺。

參考 ①「摺」字作因摺疊而生成的痕跡解時，音ㄓㄜˊ。②「摺」與「折」作「折疊」解時可通用，其餘的則不可。

10 **摺扇** ㄓㄜˊ ㄕㄢˋ 一種用竹木或象牙做扇骨，韌紙或綾絹做扇面而能自由抒展或摺疊的扇子。也叫「摺疊扇」。

常 11 **摑** 形解 形聲；從手，國聲。國有大的意思，所以用力揮打爲摑。

音義 ㄍㄨㄛˊ 動以手掌擊打；例摑耳光。

參考「摑」字通常指以手擊打他人臉龐。

常 11 **摧** 形解 形聲；從手，崔聲。崔有高大的意思，用力毀壞使之折斷爲摧。

音義 ㄘㄨㄟ 動①折斷；例摧折。②毀壞；例摧枯拉朽。③挫敗；例折銳摧矜。④傷悲；例阿母大悲摧。

ㄘㄨㄛˋ 動鍘草，通「莝」。

參考「摧」字右上方從「山」，與從「𠂇」的「摧」，形音義不相同。

9 **摧枯拉朽** ㄘㄨㄟ ㄎㄨ ㄌㄚ ㄒㄧㄡˇ 比喻非常容易摧毀，通常用於軍事行動。枯、朽：枯草朽木。

參考 與「勢如破竹」有別：前者強調「非常容易，毫不費力」，比喻很容易地摧毀敵人或事物（尤指打垮腐敗勢力）；後者泛指氣勢迅猛，除用於軍事比賽外，還可用於工作中，適用範圍廣。

12 **摧殘** ㄘㄨㄟ ㄘㄢˊ ㈠傷害破壞。㈡挫折打擊。

13 **摧毀** ㄘㄨㄟ ㄏㄨㄟˇ 徹底損毀或破壞。

參考 與「摧殘」有別：在含意

上，「摧殘」是漸進的，「摧毀」是立即的，稍有不同。

㊖11 **摯** 形解 形聲；從手，執聲。執是捕捉，所以用手握持爲摯。

音義 ㄓˋ 名 ①古禮，於見面時所持的禮品，通「贄」。②姓。形 ①誠懇的；例眞摯。②凶猛的，通「鷙」；例摯獸。

參考 「摯」從「手」，與從「糸」而有拘囚義的「縶」不同。

4 **摯友** ㄓˋ ㄧㄡˇ 交情很深厚的朋友。

參考 同密友，知交。

▽眞摯、誠摯、懇摯、獻摯。

㊖11 **摹** 形解 形聲；從手，莫聲。莫有探索的意思，所以合規中矩地仿效爲摹。

音義 ㄇㄛˊ 動 仿效，通「模」；例摹拓。

6 **摹仿** ㄇㄛˊ ㄈㄤˇ 依照樣品加以仿效。

參考 ①同依樣畫葫蘆。②亦作「模倣」。

17 **摹擬** ㄇㄛˊ ㄋㄧˇ ㈠文學作品對人生或自然界中的種種現象，加以描寫假設，以增加作品引人入勝及感人力量。㈡特指後人在創作時以前人之佳作爲模範，加以效法臨摹，幫助創造新境。

㊖11 **摩** 形解 形聲；從手，麻聲。麻有緜密的意思，所以兩手不斷地切磋爲摩。

音義 ㄇㄛˊ 動 ①接觸；例摩肩接踵。②切磋；例觀摩。③迎合；例揣摩。④用手搓擦或兩種物體互相抵觸；例摩擦。形 接近的；例摩天大樓。ㄇㄚ 動 以手撫慰；例摩挲。

參考 「摩」與「磨」都有摩擦的意思，但若使用工具摩擦，則當用「磨」字。

6 **摩托車** ㄇㄛˊ ㄊㄨㄛ ㄔㄜ 外 本義爲裝有內燃機的腳踏車。又名「機車」，即「機器腳踏車」的省稱。

參考 參閱「機車」條。

8 **摩肩接踵** ㄇㄛˊ ㄐㄧㄢ ㄐㄧㄝ ㄓㄨㄥˇ 形容人多而擁擠，以致於肩頭相摩擦，腳跟相接連。又作「肩摩踵接」。

10 **摩拳擦掌** ㄇㄛˊ ㄑㄩㄢˊ ㄘㄚ ㄓㄤˇ 形容積極準備，想要表現一番。

參考 ①同躍躍欲試。②本詞用於作戰或工作皆可。

11 **摩頂放踵** ㄇㄛˊ ㄉㄧㄥˇ ㄈㄤˇ ㄓㄨㄥˇ 從頭到腳都受了傷，形容一個人不辭艱苦，捨己救世的行爲。放：到。

參考 同捨己爲人。

12 **摩登** ㄇㄛˊ ㄉㄥ 外 原義是指「現代」或「入時」。現在通常用以形容人的服飾新奇，迎奉時尚。

參考 同時髦，新潮。

17 **摩擦** ㄇㄛˊ ㄘㄚ ㈠物理學名詞。一個物體在他物上往復擦動會產生熱能或靜電。例摩擦生電。㈡比喻人與人之間的爭執或衝突。例意見不合，常起摩擦。

▽按摩、揣摩、維摩、達摩、研摩、觀摩。

㊅11 **摛** 形解 形聲；從手，离聲。离是「離」省，有分開的意思，所以將手掌舒展張開爲摛。

音義 ㄔ 動 舒展；例英名遠摛。

㊅11 **摭** 形解 形聲；從手，庶聲。庶有衆多的意思，所以俯身不斷地拾取（東西）爲摭。

音義 ㄓˊ 動 摘拾；例摭拾。

▽採摭、拾摭。

㊅11 **摴** 形解 形聲；從手，雩聲。雩從于聲，而有大的意思，所以寬舒大展爲摴。

音義 ㄔㄨ 動 ①戲耍；例摴蒲。②舒展。

參考 ①又音 ㄕㄨ。②又作「攄」。

㊅11 **摶** 形解 形聲；從手，專聲。專有圓轉的意思，所以用手搓物使圓爲摶。

音義 ㄊㄨㄢˊ 動 將散碎物揉捏成團；例摶沙。ㄓㄨㄢ 動 專精，通「專」；例摶心揖志。

㊅11 **摳** 形解 形聲；從手，區聲。區有曲折的意思，

所以矯枉使正爲摳。

音義 ㄎㄡ 動①挖掘；例摳鼻孔。②抓牢；例摳衣。形吝嗇的；例摳門兒。

次 11

摽

形解 形聲；從手，票聲。票有輕捷的意思，所以用木杖快速攻擊爲摽。

音義 ㄅㄧㄠ 名記號，通「標」。動①指使。②擊打。

ㄆㄧㄠ 動落下，例摽梅。

ㄅㄠ 動①依偎。②勒綑。

次 11

撂

形解 形聲；從手，畧聲。畧有輕忽的意思，所以隨手丟開爲撂。

音義 ㄌㄧㄠ 動①放下；例撂下窗簾。②拋棄；例廢紙請撂到垃圾筒裡。

3 **撂下** ㄌㄧㄠ ㄒㄧㄚ (一)放下。例請把窗簾撂下來。(二)留下，拋下；例爲了到臺北謀職，他不得不暫時撂下兩個孩子。

4 **撂手** ㄌㄧㄠ ㄕㄡ 放下不管。

次 11

摞

形解 形聲；從手，累聲。累有堆積的意思，所以堆疊置放爲摞。

音義 ㄌㄨㄛ 動重疊置放；例快把洗好的碗摞起來。

次 11

摜

形解 形聲；從手，貫聲。貫有貫串的意思，所以積久成習，照做不誤爲摜。

音義 ㄍㄨㄢ 動①扔掉；例摜在地上。②摔跌；例摜交。

次 11

摻

形解 形聲；從手，參聲。參有加入的意思，所以用手混和攪拌爲摻。

音義 ㄕㄢ 動握持；例摻執。

ㄒㄧㄢ 形纖柔的；例摻摻女手。

ㄔㄢ 動混和，通「攙」。

ㄘㄢ 名曲調；例漁陽摻。

次 11

摠

形解 形聲；從手，悤聲。悤有會聚的意思，所以用手聚攏成束爲摠。

音義 ㄗㄨㄥ 動合計，同「總」。

常 12

撰

形解 形聲；從手，巽聲。巽有具備的意思，所以執筆做成完備的記錄爲撰。

音義 ㄓㄨㄢ 名指天地、陰陽等自然現象的變化規律；例天地之撰。動①持拿；例撰杖。②著述；例撰述。

參考 ①「撰」與「譔」作「著述」解時可通，其餘的則不同。②同著，述。

9 **撰述** ㄓㄨㄢ ㄕㄨ 編寫著述。

參考 同撰著，著作。

▽自撰、修撰、杜撰、敕撰、合撰、編撰。

常 12

撞

形解 形聲；從手，童聲。迅速搗擊爲撞。

音義 ㄓㄨㄤ 動①敲擊；例撞鐘。②碰；例撞頭。③闖；例橫衝直撞。④衝突；例莽撞。

7 **撞見** ㄓㄨㄤ ㄐㄧㄢ 無意中碰見。

參考 同碰，擊。

11 **撞球** ㄓㄨㄤ ㄑㄧㄡ 體球戲之一，起源於十四世紀英國。在於球檯上放置若干色球，以球桿擊母球以與色球碰撞的遊戲。

19 **撞騙** ㄓㄨㄤ ㄆㄧㄢ 到處設法行騙。例招搖撞騙。

▽猛撞、碰撞、橫衝直撞。

常 12

撲

形解 形聲；從手，菐聲。以手擊背爲撲。

音義 ㄆㄨ 名①拍拭的用具；例粉撲。②刑杖，同「扑」；例撲罰。動①輕拍；例撲去衣上的灰塵。②氣味薰人；例花香撲鼻。③打擊；例相撲。④衝擊；例猛撲。⑤捕捉；例撲蝴蝶。⑥附著；例撲粉。

參考 同打，拍，拂，挨。

8 **撲空** ㄆㄨ ㄎㄨㄥ (一)拜訪他人而沒有遇著。(二)所希望的沒有達到。又作「撲了個空」。

9 **撲面** ㄆㄨ ㄇㄧㄢ 迎面。例撲面而來。

10 **撲朔迷離** ㄆㄨ ㄕㄨㄛˋ ㄇㄧˊ ㄌㄧˊ 比喻事情錯綜複雜，眞相不明。

11 **撲通** ㄆㄨ ㄊㄨㄥ 形容物體落到水中的聲音。又作「撲鼕」。

13 **撲滅** ㄆㄨ ㄇㄧㄝ 消滅。

14 **撲鼻** ㄆㄨ ㄅㄧ 氣味衝到鼻子裏來。

撲滿 ㄆㄨ ㄇㄢ 一種存錢的器

物；有入孔無出孔，存滿錢時可破壞取出，所以稱「撲滿」。又作「撲滿子」、「撲錢罐兒」。

17 **撲簌簌** ㄆㄨ ㄙㄨˋ ㄙㄨˋ 急速滾落的樣子。

常12 播

解形 形聲；從手，番聲。番有審辨的意思，所以仔細辨別五穀的良莠而散布種子爲播。

音義 ㄅㄛ 動 ①撒放；例播種。②宣傳；例播名海內。③遷移；例播遷。

參考 ①「播」又有動搖的意思。②同散，送，種。

7 **播弄** ㄅㄛ ㄋㄨㄥˋ 挑撥玩弄。例播弄是非。

9 **播映** ㄅㄛ ㄧㄥˋ 電視或電影放映節目。

播音 ㄅㄛ ㄧㄣ 用無線電傳送播放節目。

10 **播送** ㄅㄛ ㄙㄨㄥˋ 利用無線電傳送。

12 **播揚** ㄅㄛ ㄧㄤˊ 宣布傳揚。

14 **播種** ㄅㄛ ㄓㄨㄥˇ 農 作物栽培措施的一種方法。播種時常隨之進行覆土、加蓋、施肥等。(二)比喻開始傳布一種新思想或新理論。

參考 衍播種期、播種機。

15 **播遷** ㄅㄛ ㄑㄧㄢ 流離遷徙。

參考 同播越。

▽傳播、散播、廣播、導播、聯播、收播、選播、插播、插播、威名遠播。

常12 撐

解形 形聲；從手，掌聲。字本作「牚」，從止，尚聲。尚有上的意思，所以向上衺歫爲牚。俗作「撐」，又作「撑」。

音義 ㄔㄥ 名 斜柱，通「樘」；例床撐。動 ①支持；例撐著下巴。②以竹篙撥水前進；例撐船。③吃得過飽；例吃得太多，撐得好難受。④張開；例撐傘。

9 **撐竿跳** ㄔㄥ ㄍㄢ ㄊㄧㄠˋ 體 田賽運動項目之一。當運動員經快速助跑後，把所持竿子插入插斗內起跳，使身體懸垂竿上，越過橫竿。以所跳的高度來決定勝負。

12 **撐場面** ㄔㄥ ㄔㄤˊ ㄇㄧㄢˋ 撐持外觀，充排場，擺闊。

13 **撐腰** ㄔㄥ ㄧㄠ 從旁或暗中輔助別人做事。

常12 撫

解形 形聲；從手，無聲。揗摩使之安適爲撫。

音義 ㄈㄨˇ 名 姓。動 ①按著；例撫劍。②拍擊；例撫掌。③安慰；例撫慰。④調弄；例撫琴。

參考 同摸，摩，慰。

4 **撫今追昔** ㄈㄨˇ ㄐㄧㄣ ㄓㄨㄟ ㄒㄧ 就目前的情況，追想到以前的事情。撫：依據；追：追憶。

7 **撫育** ㄈㄨˇ ㄩˋ 撫養教育。

參考 ①同哺育。②參閱「哺育」條。

9 **撫恤** ㄈㄨˇ ㄒㄩˋ (一)撫慰救濟。(二)今多指慰問傷殘人員或死者家屬並給與物質上的援助。恤：又作「卹」。

10 **撫躬自問** ㄈㄨˇ ㄍㄨㄥ ㄗˋ ㄨㄣˋ 平心靜氣地自我反省。撫躬：形容自我檢討的懇切。自身叫躬。

參考 同捫心自問。

撫時感事 ㄈㄨˇ ㄕˊ ㄍㄢˇ ㄕˋ 面對當今的時事而引發出種種感慨。

15 **撫慰** ㄈㄨˇ ㄨㄟˋ 安撫慰問。

撫養 ㄈㄨˇ ㄧㄤˇ 保護教養。

參考 ①同扶養。②參閱「扶養」條。

撫劍疾視 ㄈㄨˇ ㄐㄧㄢˋ ㄐㄧˊ ㄕˋ 按著劍，很生氣地瞪著眼睛，表示憤怒到極點而準備動武的樣子。

▽愛撫、慰撫、安撫、巡撫、照撫、輕撫。

常12 撚

解形 形聲；從手，然聲。捕取罪人爲撚。

音義 ㄋㄧㄢˇ 動 ①揉搓；例撚鬚。②驅逐，通「攆」；例把他們撚出去。

常12 撈

解形 形聲；從手，勞聲。勞有非常用力的意思，所以用力從水中取出爲撈。

音義 ㄌㄠ 動 ①把物品由水中取出；例打撈。②以不正當的手段求取或拾獲；例他在股票上撈了一筆。

撥 ㊝12 形解 形聲；從手，發聲。用手引發而加以治理爲撥。

音義 ㄅㄛ 動 ①除去；例撥亂反正。②以手指轉動；例撥電話。③彈奏；例撥動琴弦。④調配；例撥款。

參考 同挑，給。

5 **撥冗** ㄅㄛ ㄖㄨㄥˇ 從繁忙中抽出時間來。例敬請撥冗參加。

7 **撥弄** ㄅㄛ ㄋㄨㄥˋ (一)用手指撥動撫弄。例撥弄琴弦，高歌一曲。(二)挑引作弄。

撥弄是非 ㄅㄛ ㄋㄨㄥˋ ㄕˋ ㄈㄟ 向兩方面挑撥離間，使彼此不和。

12 **撥款** ㄅㄛ ㄎㄨㄢˇ 調配款項。例撥款賑濟災民。

撥雲見日 ㄅㄛ ㄩㄣˊ ㄐㄧㄢˋ ㄖˋ 撥開雲霧，重見天日。比喻(一)原來事態不明，或心中迷惑不清，突然轉爲明朗。(二)處在困苦的環境中，突然好轉。

13 **撥亂反正** ㄅㄛ ㄌㄨㄢˋ ㄈㄢˇ ㄓㄥˋ 整治亂世，回歸正道。撥：整治；反，又作「返」，有回復、回歸的意思。

參考 同撥亂反治。

▽挑撥、反撥、交撥、除撥、開撥、調撥。

撓 ㊝12 形解 形聲；從手，堯聲。煩擾爲撓。

音義 ㄋㄠ 動 ①捉住；例撓住他的袖子。②逃離；例撓者重罰。

ㄋㄠˊ 動 ①擾亂；例阻撓。②屈服；例百折不撓。③搔，抓；例撓著癢處。

參考 ①「撓」作「搔抓」解時，又音ㄋㄠ。②同搔，抓。

▽不屈不撓、百折不撓。

撮 ㊝12 形解 形聲；從手，最聲。最有小心取物的意思，所以同時用三根手指頭抓取(東西)爲撮。

音義 ㄘㄨㄛ 名 容量名，十撮爲一勺。動 ①以兩三個指頭取抓；例撮些茶葉來泡了喝。②聚集；例撮合。③摘要；例撮其意旨。

ㄗㄨㄛˇ 名 叢聚；例一撮雜草。

參考 ㄘㄨㄛ 又音ㄘㄨㄛˋ。

6 **撮合** ㄘㄨㄛ ㄏㄜˊ 拉攏說合。

7 **撮弄** ㄘㄨㄛ ㄋㄨㄥˋ (一)擺布，戲弄。(二)教唆，煽動。

9 **撮要** ㄘㄨㄛ ㄧㄠˋ 採取要點，加以敘述。

撬 ㊝12 形解 形聲；從手，毳聲。舉起爲撬。

音義 ㄑㄧㄠˋ 動 ①舉起；例撬腿而坐。②運用槓桿原理將緊合的物體挑起；例撬開罐頭。

撕 ㊝12 形解 形聲；從手，斯聲。斯有分析的意思，所以用手分離爲撕。

音義 ㄙ 動 扯；例撕破。

參考 同扯。

撒 ㊝12 形解 形聲；從手，散聲。散有放開的意思，所以用手把東西散布爲撒。

音義 ㄙㄚ 名 姓。動 放開；例撒手不管。

ㄙㄚˇ 動 散布；例把黃豆撒了一地。

參考 ①參閱「撤」字條。②同散。

4 **撒手** ㄙㄚ ㄕㄡˇ (一)放手不管。(二)去世。例撒手塵寰。

撒手塵寰 ㄙㄚ ㄕㄡˇ ㄔㄣˊ ㄏㄨㄢˊ 比喻去世。塵寰：佛家以爲人間。

5 **撒旦** ㄙㄚ ㄉㄢˋ 宗指魔鬼、惡魔、魔王、最高位的邪惡精靈。在宗教上原指反抗上帝而誘人犯罪的惡魔，他是善的仇敵，是上帝和人類的敵對者。又作「但旦」。

11 **撒野** ㄙㄚ ㄧㄝˇ 胡鬧，放肆。

15 **撒嬌** ㄙㄚ ㄐㄧㄠ 仗恃著寵愛而使性子。多指兒女對於父母。又作「撒嬌撒癡」。

撒潑 ㄙㄚ ㄆㄛ 耍無賴，用無理蠻橫的行動對待別人。又作「撒潑打滾」。

17 **撒謊** ㄙㄚ ㄏㄨㄤˇ 說假話。

撩 ㊝12 形解 形聲；從手，尞聲。尞是燒柴祭天，有戒愼的意思，所以用手撥動整理爲撩。

音義 ㄌㄧㄠˊ 動 ①挑逗；例春色撩人。②整理；例撩髮。

ㄌㄧㄠ 動 ①揭；例撩起布幔。②灑水；例在地上撩些水，免得塵土飛揚。③瞥見；例撩了他一眼。

參考 同掀，揭。

13撩亂 ㄌㄧㄠˊ ㄌㄨㄢˋ 紛亂。撩，又作「繚」。

次 12 **撙** 形解 形聲；從手，尊聲。尊有減少的意思，所以強加節制約束為撙。

音義 ㄗㄨㄣˇ 動①限制；例撙節。②勒住；例伏軾撙銜。

13撙節 ㄗㄨㄣˇ ㄐㄧㄝˊ 猶克制。行為不敢放肆叫撙，不敢過度叫節。

次 12 **撢** 形解 形聲；從手，覃聲。覃有深長的意思，所以深入探求為撢。

音義 ㄊㄢˇ 動探測。ㄉㄢˇ 動拂除，通「撣」。

次 12 **撅** 形解 形聲；從手，厥聲。厥有短小的意思，所以用手捊聚，所杷不多為撅。

音義 ㄐㄩㄝ 動挖掘，通「掘」。ㄍㄨㄟ 動撩起衣服。

次 12 **撏** 形解 形聲；從手，尋聲。尋有找的意思，所以探求取得為撏。

音義 ㄒㄩㄣˊ 動拔除；例撏毛。

次 12 **撣** 形解 形聲；從手，單聲。單有獨一的意思，所以單手拂拭為撣。

音義 ㄕㄢˋ 名撣人，緬甸東部種族名。ㄉㄢˇ 動拂除；例撣掃。ㄔㄢˊ 形嬋美的，通「嬋」；例撣媛。

次 12 **撳** 形解 形聲；從手，欽聲。用手按壓為撳。

音義 ㄑㄧㄣˋ 動①按，同「搇」；例撳門鈴。②垂下；例撳著頭。

次 12 **撟** 形解 形聲；從手，喬聲。喬有高而曲的意思，所以高舉雙手為撟。

音義 ㄐㄧㄠˇ 動①翹舉；例撟首。②矯正，通「矯」；例撟邪防非。③詐僞，通「矯」。副强固地；例撟然。

6撟舌 ㄐㄧㄠˇ ㄕㄜˊ 因恐懼而舉舌不能出聲。

常 13 **撻** 形解 形聲；從手，達聲。達有速及的意思，所以扑打人背為撻。

音義 ㄊㄚˋ 動以鞭子或棍子擊打；例鞭撻。副疾速地；例撻伐。

▽鞭撻、抽撻。

常 13 **擅** 形解 形聲；從手，亶聲。專壹為擅。

音義 ㄕㄢˋ 動①專門；例擅長。②據有；例趙獨擅之。③精於；例不擅言詞。

6擅自 ㄕㄢˋ ㄗˋ 依照自己的主張行事。

7擅作威福 ㄕㄢˋ ㄗㄨㄛˋ ㄨㄟ ㄈㄨˊ 利用職權，作威作福。

8擅長 ㄕㄢˋ ㄔㄤˊ 在某方面擁有專長。擅：擁有。

11擅專自為 ㄕㄢˋ ㄓㄨㄢ ㄗˋ ㄨㄟˊ 憑著個人一己的私意來決定或行動。

18擅斷 ㄕㄢˋ ㄉㄨㄢˋ 獨斷獨行，毫不商量。

擅離職守 ㄕㄢˋ ㄌㄧˊ ㄓˊ ㄕㄡˇ 不守紀律，隨隨便便離開自己的工作崗位。

22擅權 ㄕㄢˋ ㄑㄩㄢˊ 獨攬大權。

▽專擅、獨擅、不擅。

常 13 **擁** 形解 形聲；從手，雝聲。雝有和睦相悅的意思，所以用手抱持為擁。隸變作「擁」。

音義 ㄩㄥ 動①抱持；例擁膝長談。②圍著；例擁被而臥。③阻塞，通「壅」。④保護；例前呼後擁。ㄩㄥˇ 動①遮掩；例擁蔽。②眾人一齊來；例電影散場，人潮像海水一般擁出來。

參考 同聚，抱。

8擁抱 ㄩㄥˇ ㄅㄠˋ 摟抱在一起。

17擁戴 ㄩㄥˇ ㄉㄞˋ 擁護愛戴。

擁擠 ㄩㄥˇ ㄐㄧˇ 眾人密集在一起。

21擁護 ㄩㄥˇ ㄏㄨˋ 贊成並支持、愛戴。例擁護政府。

㊝13 擋

解形 形聲；從手，當聲。當有承受的意思，所以攔阻爲擋。

音義 ㄉㄤˇ 動 ①遮蔽；例擋風。②攔阻；例擋住。

參考 ①「摒擋」的「擋」，音ㄉㄤˋ，料理。②同遮，攔。

7 **擋住** ㄉㄤˇ ㄓㄨˋ 攔阻。例擋住去路。

15 **擋駕** ㄉㄤˇ ㄐㄧㄚˋ 謝絕接見來訪的客人。擋：阻攔。

擋箭牌 ㄉㄤˇ ㄐㄧㄢˋ ㄆㄞˊ (一)古代的兵士，作戰時用以護身遮擋敵方箭矢的盾牌。(二)比喻以某個人或某件事，來掩護自己，或藉故推諉別人的請求。

㊝13 撼

解形 形聲；從手，感聲。字本作「揻」，形聲；從手，咸聲。咸有全部的意思，所以全力搖動爲揻。俗作「撼」。

音義 ㄏㄢˋ 動 ①搖動；例搖撼。②慫恿；例微言撼之。

參考 同震，搖。

▽震撼、搖撼、動撼。

㊝13 據

解形 形聲；從手，豦聲。豦爲虎豕相鬥不解，有勢均力敵的意思，所以有所仗恃無所恐懼爲據。

音義 ㄐㄩˋ 名 ①憑證；例收據。②姓。動 ①按照；例根據。②依憑；例進退失據。③佔領；例佔據。

參考 ①「據」與「居」都有佔有的意思，然「據」多指全面的持有，如：割據、據險；而「居」多指全體中的部分，如：居大多數。②同依，憑，佔。

6 **據守** ㄐㄩˋ ㄕㄡˇ 軍 軍隊在某據點上守備防禦。

參考 與「駐紮」有別：前者任務重在守備防禦；後者指軍隊在某一地方停留聚集，不是以防衛爲主要目的。

9 **據爲己有** ㄐㄩˋ ㄨㄟˊ ㄐㄧˇ ㄧㄡˇ 把原本不是自己的東西佔爲自己所有。

11 **據理力爭** ㄐㄩˋ ㄌㄧˇ ㄌㄧˋ ㄓㄥ 依據道理，極力抗爭。

14 **據說** ㄐㄩˋ ㄕㄨㄛ 根據傳述。

17 **據點** ㄐㄩˋ ㄉㄧㄢˇ 軍 軍隊據以作爲戰鬥行動依托的地點。

▽依據、割據、根據、證據、佔據、憑據、收據、字據、眞憑實據、進退失據、毫無根據。

㊝13 擄

解形 形聲；從手，虜聲。虜有俘獲的意思，所以掠奪爲擄。

音義 ㄌㄨˇ 動 ①劫奪（財物或人口）；例擄掠。②捉住；例擄獲。

參考 ①又讀做ㄌㄨㄛˇ。②同掠，搶。③擄字右下作「男」，不可從「男」（ㄋㄢˊ）。

11 **擄掠** ㄌㄨˇ ㄌㄩㄝˋ 用暴力搶奪別人的財物。

參考 ①同洗劫。②參閱「洗劫」條。

㊝13 擇

解形 形聲；從手，睪聲。睪有伺察的意思，所以揀選爲擇。

音義 ㄗㄜˊ 動 ①挑揀；例擇友。②分別；例與死無擇。

參考 ①語音讀做ㄓㄞˊ。②同選，揀。

6 **擇交** ㄗㄜˊ ㄐㄧㄠ 選擇朋友結交。

擇吉 ㄗㄜˊ ㄐㄧˊ 選定吉日。舊時凡婚、嫁、安葬等都要選定吉利日子，以表示愼重其事。

7 **擇言** ㄗㄜˊ ㄧㄢˊ 選擇合於道理的話來說。

12 **擇善固執** ㄗㄜˊ ㄕㄢˋ ㄍㄨˋ ㄓˊ 選擇善道而堅守著，不會輕易改變。

15 **擇鄰** ㄗㄜˊ ㄌㄧㄣˊ 選擇良善的鄰居而居處。相傳孟子的母親爲了替孟子找一個良好的教育環境，曾三遷其住處。例擇鄰而居。

▽選擇、抉擇、揀擇、精擇、急不暇擇。

㊝13 擂

解形 形聲；從手，雷聲。雷有振動的意思，所以擊鼓爲擂。

音義 ㄌㄟˊ 動 研磨；例擂藥。ㄌㄟˋ 名 從前武術家比賽武藝的臺子；例擺擂臺。動 捶，擊；例擂鼓。

參考 「擂臺」和「自吹自擂」的「擂」字，讀ㄌㄟˋ。

14 **擂臺** ㄌㄟˋ ㄊㄞˊ (一)武術家用來比

試武藝的高臺。例打擂臺。二泛稱競賽。例歌唱擂臺。
▽大吹大擂、自吹自擂。

常 13 **操** 解形 [seal] 形聲；從手，喿聲。喿有羣集的意思，所以把持為操。
音義 ㄘㄠ 名①一種徒手鍛鍊體力的方法；例健身操。②姓。動①握持；例穩操勝算。②駕御；例操舟。③從事；例重操舊業。④訓練；例軍事操演。⑤使用某種語言或方音說話；例操南方口音。
ㄘㄠˋ 名①琴曲的一種；例龜山操。②志行；例節操。
參考 同練，作，握。

3 **操之過急** ㄘㄠ ㄓ ㄍㄨㄛˋ ㄐㄧˊ 形容作事不細究本末先後，倉促行事。
4 **操心** ㄘㄠ ㄒㄧㄣ 一勞費心力。二執守心志，時時體念。
4 **操戈** ㄘㄠ ㄍㄜ 一把執干戈。二比喻互相敵視，彼此攻擊。例同室操戈。
6 **操行** ㄘㄠ ㄒㄧㄥˋ 操守品行。
操守 ㄘㄠ ㄕㄡˇ 平日執持的志行品德。
7 **操作** ㄘㄠ ㄗㄨㄛˋ 一勞動。二工人操縱機械之過程的總稱。
9 **操持** ㄘㄠ ㄔˊ 一經營管理。例操持家務。二持握。三平日的操守。
12 **操勞** ㄘㄠ ㄌㄠˊ 操心勞力，辛苦作事。例操勞國事。
操觚 ㄘㄠ ㄍㄨ 一拿筆作文。觚：古代用來寫字的一種木板。二比喻操持某一種行業或擁有某項技藝。
14 **操演** ㄘㄠ ㄧㄢˇ 操練演習。
15 **操練** ㄘㄠ ㄌㄧㄢˋ 即練習。把生疏的事務一遍又一遍做熟。
7 **操縱** ㄘㄠ ㄗㄨㄥˋ 一用權力左右一切。二對機器等的控制管理。
參考 ①參閱「把持」條。②與「操持」都有用權力控制的意思，但有別：「操縱」指用不正當的手段控制別人，使他人屈服自己，含有貶損的意思；又機器的使用也用「操縱」。「操持」指費盡心力處理事物，是善意的。③「操縱」、「控制」與「管制」都是動詞，都含有運用力量掌握、支配人或事物的意思，但有別：「操縱」，對象可以是人，也可以是機器，運用技術來管理和運轉機器（或機械）；「控制」，是對於自己或別人的抽象思想或具體行為的真正掌握，不使越出範圍；「管制」，是以敵人或犯人為對象，加以強制管理。
▽志操、情操、節操、體操、貞操、出操、賢操、早操、健身器、勝算可操、演練出操。

常 13 **撿** 解形 [seal] 形聲；從手，僉聲。拱手為撿。
音義 ㄐㄧㄢˇ 動①查驗。②拾取，通「揀」；例撿樹葉。③儌幸獲得；例撿便宜。
參考 ①「撿」與「檢」都有查驗的意思，而「撿」又有拾取的意思，不可混用。②同揀。

常 13 **擒** 解形 形聲；從手，禽聲。字本作「捦」，形聲：從手，金聲。急速提拿為捦。俗作「擒」。
音義 ㄑㄧㄣˊ 動捕捉；例擒賊。
參考 同捉，拿。

13 **擒賊擒王** ㄑㄧㄣˊ ㄗㄜˊ ㄑㄧㄣˊ ㄨㄤˊ 比喻做事要先從重要的地方著手。

常 13 **擔** 解形 [seal] 形聲；從手，詹聲。詹有承的意思，所以用肩承負為擔。
音義 ㄉㄢ 動①挑，以肩承負；例擔柴。②承當；例勇擔重任。
ㄉㄢˋ 名①挑承的用具；例扁擔。②扁擔和掛在兩端的東西；例貨郎擔。③重量單位，古百斤為擔；例市擔。④成擔貨物的計算單位；例十擔禮物。⑤責任；例重擔。
參考 同挑，負，任。

4 **擔心** ㄉㄢ ㄒㄧㄣ 心中很關心。
參考 「擔心」與「擔憂」同指不放心，都是動詞。「擔憂」比「擔心」語氣更重，除「不放心」外，還有憂愁、憂慮的意思。
6 **擔任** ㄉㄢ ㄖㄣˋ 承擔起責任。
9 **擔架** ㄉㄢ ㄐㄧㄚˋ 醫需由兩人合力擡高來搬運傷患所用的架子。
擔負 ㄉㄢ ㄈㄨˋ 負起責任。
擔待 ㄉㄢ ㄉㄞˋ 一包容，寬恕。

(二)承受。例擔待不起。

擔保 ㄉㄢ ㄅㄠˇ 法由第三人或由特定物確保債權得受清償。有「保證」之意。

13 **擔當** ㄉㄢ ㄉㄤ 肩負起責任。例擔當過錯。

參考「擔任」、「擔負」與「擔當」都是動詞，都有負責、承擔的意思，但有別：「擔任」指負責某種職務或是工作；「擔負」是「承擔」的意思；「擔當」是承受並負起責任。「擔任」和「擔負」指一般的任務，「擔當」常用於艱鉅任務。若表示「擔當工作」這個意義時，擔任和擔負都可以通用。

14 **擔綱** ㄉㄢ ㄍㄤ 在戲劇中擔任重要角色。綱：主繩，引申有主要的意思。

參考 衍擔綱挑樑。

15 **擔憂** ㄉㄢ ㄧㄡ 擔心憂愁。

參考 參閱「擔心」條。

▽負擔、分擔、承擔、挑擔、自我承擔。

常 13

擎

解形 形聲；從手，敬聲。敬有肅敬的意思，所以高舉為擎。

音義 ㄑㄧㄥˊ 動①舉起；例眾擎易舉。②高舉；例一柱擎天。

4 **擎天柱** ㄑㄧㄥˊ ㄊㄧㄢ ㄓㄨˋ 古代傳說能支撐天體的柱子。比喻能在困難局面下轉危為安的重要人物。

常 13

擊

解形 形聲；從手，毄聲。毄有相毄中的意思，所以扑打為擊。

音義 ㄐㄧˊ 動①敲打；例打擊。②殺害；例槍擊。③接觸；例目擊。

11 **擊缻** ㄐㄧˊ ㄈㄡˇ 敲擊瓦器，秦人用來擊拍以為歌唱的節奏。缻：同「缶」，瓦器。

12 **擊筑** ㄐㄧˊ ㄓㄨˊ 彈奏琴筑。筑：古樂器名，似琴而大，頭圓，五弦，以竹尺敲擊而發聲。它能奏出悲壯的曲調，使心胸激憤慷慨。

13 **擊節** ㄐㄧˊ ㄐㄧㄝˊ 猶言打拍子，後引申為得意或讚賞。例擊節讚賞。

15 **擊潰** ㄐㄧˊ ㄎㄨㄟˋ 打敗敵人而使之潰散。潰：散亂。

參考 與「擊退」有別：後者著重於打敗而使之後退。

▽攻擊、射擊、襲擊、衝擊、打擊、進擊、追擊、突擊、砲擊、槍擊、目擊、遊擊、電擊、拳擊、出擊、撞擊、觸擊、分進合擊、不堪一擊、迎頭痛擊、旁敲側擊、無懈可擊。

常 13

擘

解形 形聲；從手，辟聲。用手剖裂為擘。

音義 ㄅㄛˋ 名①大拇指；例首大如擘。②比喻優秀的人才；例巨擘。動①分裂；例擘肌分理。②處置分析；例擘畫。

參考「擘」與「擗」(音ㄆㄧˋ)有別；擗：用手擊胸，如「擗踊」。但「擗踊」不可作「擘踊」。

6 **擘肌分理** ㄅㄛˋ ㄐㄧ ㄈㄣ ㄌㄧˇ 形容分析得非常精細。

9 **擘指** ㄅㄛˋ ㄓˇ 大姆指。

12 **擘畫** ㄅㄛˋ ㄏㄨㄚˋ 安排，規劃。例擘畫經營。

參考 同策畫。

次 13

擗

解形 形聲；從手，辟聲。辟有細小的意思，所以用手輕輕地拍撫為擗。

音義 ㄆㄧˋ 動①捶胸；例擗踊。②剖開，通「擘」。

次 13

擐

解形 形聲；從手，睘聲。睘有巧捷的意思，所以穿著繫束為擐。

音義 ㄏㄨㄢˋ 動穿著；例擐甲。

參考 又音ㄍㄨㄢˋ。

次 13

擉

解形 形聲；從手，蜀聲。蜀有觸動的意思，所以刺取(東西)為擉。

音義 ㄔㄨㄛˋ 動刺取，通「戳」；例擉鼈於江。

次 13

撾

解形 形聲；從手，簻聲。簻是竹鞭，所以用竹鞭擊打為簻。省作「撾」。

音義 ㄓㄨㄚ 動敲擊；例撾鼓。

常 14

擠

解形 形聲；從手，齊聲。齊有齊平的意思，所以用手齊力推排為擠。

擠 音義 ㄐㄧˇ 動①用力壓榨使東西排出；例擠牙膏。②眨一眨；例擠擠眼。③排斥；例排擠。④許多人堆軋在一塊兒；例擁擠。

參考 同榨，擁，壓，迫。

7 **擠兌** ㄐㄧˇ ㄉㄨㄟˋ 許多人拿有價證券或國幣到銀行裏擠著兌換現款或外幣。

9 **擠眉弄眼** ㄐㄧˇ ㄇㄟˊ ㄋㄨㄥˋ ㄧㄢˇ ㈠以眉和眼作姿態，表示情意。㈡譎詐鬼祟的樣子。

▽排擠、擁擠、推擠、人擠、車擠、人車擁擠。

常 14 **擰** 解形 形聲；從手，寧聲。錯亂爲擰。

音義 ㄋㄧㄥˊ 動①絞；例快把毛巾擰乾！②以手指夾住而扭轉；例寶釵笑著把黛玉腮上一擰。

ㄋㄧㄥˇ 動用力扭轉；例把螺絲釘擰緊。副誤會；例把「竹竿」當做「豬肝」，是我聽擰了。

ㄋㄧㄥˋ 形倔强的；例擰性。

常 14 **擦** 解形 形聲；從手，察聲。察是反復審視，所以仔細拭抹爲擦。

音義 ㄘㄚ 名抹拭的用具；例黑板擦。動①用力急摩；例摩拳擦掌。②揩拭；例擦黑板。③塗敷；例擦胭脂。④貼近；例擦肩而過。

參考 同拭，抹，揩。

9 **擦拭** ㄘㄚ ㄕˋ 用布等擦抹物體使它乾淨。

▽摩擦、板擦、拭擦、塗擦、橡皮擦、邊磨邊擦。

常 14 **擬** 解形 形聲；從手，疑聲。疑有疑惑的意思，所以揣測爲擬。

音義 ㄋㄧˇ 動①起草；例擬稿。②摹倣；例擬古。③打算；例擬計。④猜測；例擬度。⑤比方；例比擬。

參考 同想，訂，仿。

2 **擬人化** ㄋㄧˇ ㄖㄣˊ ㄏㄨㄚˋ 將動物或事物使之具備人類的形體、抽象觀念，或其他無生命的性格、情感等，表現人的舉動或思想情感。

5 **擬古** ㄋㄧˇ ㄍㄨˇ 摹仿古人的作爲，多指詩文的摹仿。

參考 ①衍擬古詩。②反創作。

8 **擬定** ㄋㄧˇ ㄉㄧㄥˋ 事先起草制定。

參考 參閱「制訂」條。

9 **擬訂** ㄋㄧˇ ㄉㄧㄥˋ 事前起草訂立。

20 **擬議** ㄋㄧˇ ㄧˋ ㈠事先的考慮、打算。㈡揣度而得的評論。

▽模擬、比擬、草擬、如擬、擬如擬、莫可比擬。

常 14 **擱** 解形 形聲；從手，閣聲。閣有止的意思，所以放置爲擱。

音義 ㄍㄜ 動①安放；例擱筆。②停頓不前；例擱淺。③按下不提；例延擱。④添加；例湯裏少擱點味精。⑤容納；例房子太小擱不下這些傢俱。

參考 同置，放。

11 **擱淺** ㄍㄜ ㄑㄧㄢˇ ㈠船舶在航行或停泊中，因水淺而使船底擱住，不能前行。㈡比喻事情遭到阻礙而中途停頓。

參考 與「觸礁」有別：後者指船碰撞到礁石而不能前行。

12 **擱筆** ㄍㄜ ㄅㄧˇ ㈠放下筆。㈡比喻中止寫作的事。

參考 同停筆。

13 **擱置** ㄍㄜ ㄓˋ ㈠放置。㈡停止不辦。

次 14 **擯** 解形 形聲；從手，賓聲。賓有外來之客的意思，所以舍棄於旁或排除在外爲擯。

音義 ㄅㄧㄣˋ 動①排斥，同「摒」；例擯棄。②接待賓客，通「儐」。

5 **擯斥** ㄅㄧㄣˋ ㄔˋ 擯棄，排斥。

10 **擯除** ㄅㄧㄣˋ ㄔㄨˊ 驅除，驅逐。

11 **擯棄** ㄅㄧㄣˋ ㄑㄧˋ 逐斥。

參考 與「拋棄」、「放棄」都有丟棄的意思，但有別：「擯棄」的語氣最不客氣，其次是「拋棄」；「放棄」一般是不含惡意或貶義的。

次 14 **擩** 解形 形聲；從手，需聲。以手揉染物件爲擩。

音義 ㄖㄨㄢˊ 動①沾染，與「揳」同；例目擩耳染。②摩挲，

㊅ 22
攮 形解 形聲；從手，囊聲。囊是有底的袋子，所以用手推物塞入爲攮。
音義 ㄋㄤˇ 動 ①推擠；例推推攮攮。②以匕首或尖物刺人。

【支部】 ㄓ

常 0
支 形解 會意；從手持半竹。去掉竹子的枝葉爲支。
音義 ㄓ 名 ①量詞；例一支軍隊。②草木的枝，通「枝」。③肢體，通「肢」。④「地支」的簡稱，即子、丑、寅、卯、辰、巳、午、未、申、酉、戌、亥；例干支。⑤姓。動 ①受得住；例樂不可支。②領取；例預支薪水。③打發；例把他支走了。④維持；例支持。⑤付款；例收支。⑥調度；例支配。⑦撐，持；例一木難支。形 由總體分出來的；例支店。
參考 孳枝、肢、忮、伎、妓、庋、跂、吱、岐、歧、技、屐、翅、鼓、芰。

7 **支吾** ㄓ ㄨˊ 說話應付搪塞，躲躲閃閃，含糊其詞。

8 **支使** ㄓ ㄕˇ 差遣使喚。

9 **支持** ㄓ ㄔˊ ㈠堅持支撐。例你一定要支持下去！㈡贊同幫助。
參考 「支持」有勉强的意味，「支援」是實際行動的幫助。「聲援」則只限於言論上的贊成。

支流 ㄓ ㄌㄧㄡˊ 由主要的大河流中分出的小河流。與「主流」相對。
參考 反主流。

10 **支配** ㄓ ㄆㄟˋ 指揮分配，管轄統馭。
參考 同支使。

支脈 ㄓ ㄇㄛˋ 地 由主脈分出的支脈。如：山脈、礦脈等。

支氣管 ㄓ ㄑㄧˋ ㄍㄨㄢˇ 氣管下端分出的小氣管，左右各一，連通肺部，是呼吸道的一部分。
參考 衍支氣管炎。

11 **支票** ㄓ ㄆㄧㄠˋ 商 票據的一種；活期存款的存戶對銀行發出的一種支付憑證。

支絀 ㄓ ㄔㄨˋ 指金錢、物資、力量等不夠支付。

12 **支援** ㄓ ㄩㄢˊ 支持援助。例支援前線。

15 **支線** ㄓ ㄒㄧㄢˋ 與「幹線」相對；指交通線、電線等分出的線路。例中橫宜蘭支線。
參考 參閱「支持」條。

17 **支點** ㄓ ㄉㄧㄢˇ 物 力學名詞；槓桿原理中，指槓桿支於他物上的點。

19 **支離** ㄓ ㄌㄧˊ ㈠分散。㈡殘缺不全。例支離破碎。㈢散亂而無條理。例言語支離。

支離破碎 ㄓ ㄌㄧˊ ㄆㄛˋ ㄙㄨㄟˋ 分散殘破而不完全。
參考 參閱「四分五裂」條。

▽干支、收支、地支、開支、雜支、預支、透支、一木難支、樂不可支。

㊅ 8
攲 形解 形聲；從支，奇聲。支有持的意思，奇有不正的意思；所以持去而致不正爲攲。
音義 ㄑㄧ 名 容易翻覆傾斜的器具；例攲器。動 傾側；例攲枕釵橫鬢亂。

11 **攲斜** ㄑㄧ ㄒㄧㄝˊ 傾斜的。

攲器

【攴部】 ㄆㄨ

常 2
收 形解 形聲；從攴，ㄐ聲。ㄐ有兩物交纏的意思，所以捕取爲收。
音義 ㄕㄡ 名 姓。動 ①聚集保藏；例收藏。②結束；例收工。③拘捕；例收押。④招回；例收兵。⑤割取農作物；例秋收。⑥接受；例收信。⑦控制；例收心。⑧整理；例收拾。

參考 反放。

2 **收入** ㄕㄡ ㄖㄨˋ 金錢款項的收進。例收入頗豐。

參考 ①反支出。②衍收入表、收入清單。

4 **收支** ㄕㄡ ㄓ 財物的收入和支出。又稱「出納」。

收心 ㄕㄡ ㄒㄧㄣ (一)把散漫放縱的心收起來。(二)把做壞事的念頭收起來。

參考 反放心。

6 **收成** ㄕㄡ ㄔㄥˊ (一)指農產品的收穫。(二)泛指各種有形無形的成績或成果。

收回成命 ㄕㄡ ㄏㄨㄟˊ ㄔㄥˊ ㄇㄧㄥˋ 撤銷已經發布的命令。

9 **收拾** ㄕㄡ ㄕˊ (一)把散亂的東西收集整理好。(二)折磨懲罰。(三)放開，解脫。

參考 同拾掇。

收音機 ㄕㄡ ㄧㄣ ㄐㄧ 收聽無線電廣播的機器，基本原理是將電波轉換爲聲波。其結構包括檢波器、放大器、揚聲器及選臺器。

10 **收發** ㄕㄡ ㄈㄚ 公司、機關中文件的收進和發出。

參考 衍收發室。

收留 ㄕㄡ ㄌㄧㄡˊ 收容留止，給無處安身的人適當的生活安置。

收益 ㄕㄡ ㄧˋ 法所有權人依法取得其物所產生出的利益。如房主收取房租。

參考 與「受益」有別：後者指事物的發生使得若干人得到益處。如：開闢道路，使鄰近住戶受益。

收容 ㄕㄡ ㄖㄨㄥˊ 收留容納。例育幼院收容無辜的孤兒。

參考 與「收留」都指接受並留下，但有別：前者指收下來並作一定的安排，時間一般不很長，對象是人；後者指留下來並照管其生活，時間較長，有時也指把物品留下。

12 **收買** ㄕㄡ ㄇㄞˇ (一)購買物品。(二)以金錢利益引誘別人，爲自己做事。

參考 同買通，賄賂。

收場 ㄕㄡ ㄔㄤˇ (一)事情的結局、下場。例作惡的人終究不會有好的收場。(二)泛稱結束、停止。

16 **收據** ㄕㄡ ㄐㄩˋ 一方收領他方金錢或物件後所給予的憑證。

17 **收縮** ㄕㄡ ㄙㄨㄛ 縮緊，綣曲。

收斂 ㄕㄡ ㄌㄧㄢˋ (一)收取賦稅。(二)收割穀物。(三)行爲較檢點，不再放縱。

參考 衍收斂劑。

18 **收藏** ㄕㄡ ㄘㄤˊ 收集儲藏。

19 **收穫** ㄕㄡ ㄏㄨㄛˋ (一)割取成熟的農作物。(二)泛指努力之後，所得到的成果或利益。

參考 ①(一)同收成。②(二)同斬獲。

24 **收攬人心** ㄕㄡ ㄌㄢˇ ㄖㄣˊ ㄒㄧㄣ 用手段籠絡，使人心歸向。

▽驗收、豐收、秋收、沒收、採收、查收、名利雙收、美不勝收、覆水難收、照單全收、十年九不收。

㊅ 2

攷

形解 形聲；從攴，丂聲。丂有制止的意思，所以扣擊爲攷。

音義 ㄎㄠˇ 動 ①扣擊；例有鐘鼓弗擊弗攷。②測驗；例攷試。③檢查；例攷勤。④研究；例攷古。

參考 「攷」同「考」，但「姓氏」、「考妣」只能用「考」。

㊥ 3

改

形解 形聲；從攴，己聲。己有分別的意思，所以變更爲改。

音義 ㄍㄞˇ 名 姓。動 ①變更；例朝令夕改。②革除不良事物使之變好；例改革。

參考 同革，變，更。

3 **改土歸流** ㄍㄞˇ ㄊㄨˇ ㄍㄨㄟ ㄌㄧㄡˊ 史 即廢除世襲的土司，改派正式的官員。是明清對雲貴邊疆民族的一種政策。流：輪流，流是指有任期限制的普通官員。

4 **改元** ㄍㄞˇ ㄩㄢˊ 史 指我國歷史上皇帝即位時或在位期間改換年號，每個年號開始的第一年稱元年。如唐玄宗即位初年改元「先天」，繼位後又改元「開元」，後又改元「天寶」。

7 **改良** ㄍㄞˇ ㄌㄧㄤˊ 除去事物中的缺點，加以改進，使之良好。例品種改良。

參考 參閱「改進」條。

改邪歸正 ㄍㄞˇ ㄒㄧㄝˊ ㄍㄨㄟ ㄓㄥˋ 改正過去的錯誤，成爲好人。

參考 與「棄暗投明」有別：後者

多指在政治上脫離共產世界，投向自由世界，或是脫離罪惡集團；前者只强調離開邪路，邁向正道。

8 **改革** ㄍㄞˇ ㄍㄜˊ 改掉事物中不合理的、腐舊的部分，使它合理、完善。例土地改革。

改弦更張 ㄍㄞˇ ㄒㄧㄢˊ ㄍㄥ ㄓㄤ 比喻改變計劃，重新做起。

參考 同改弦易轍。

改弦易轍 ㄍㄞˇ ㄒㄧㄢˊ ㄧˋ ㄓㄜˊ 改換琴弦，變更行車道路。比喻改變辦法或制度。轍：車輪所留下的痕跡。

10 **改悔** ㄍㄞˇ ㄏㄨㄟˇ 因懊悔而改過向善。

11 **改造** ㄍㄞˇ ㄗㄠˋ ㈠重新製造。㈡根本上的改變。

參考 同改製，改裝。

改組 ㄍㄞˇ ㄗㄨˇ 對原有機構或其主要領導成員進行改變或調整的一種措施。例內閣改組。

12 **改善** ㄍㄞˇ ㄕㄢˋ 有所改變，使更趨完善。

參考 ①同改良，改進。②參閱「改進」條。

改進 ㄍㄞˇ ㄐㄧㄣˋ 改變舊的狀況，使有所進步和提高。例改進工作方法。

參考 與「改良」、「改善」有別：「改進」用於動態事物；「改良」用於靜態事物，如品種、土質；「改善」用於靜態狀況，如關係、人民生活。

改道 ㄍㄞˇ ㄉㄠˋ ㈠改變行車道路。㈡河水氾濫而改變水道。

13 **改過** ㄍㄞˇ ㄍㄨㄛˋ 改正過錯。例改過遷善。

改過自新 ㄍㄞˇ ㄍㄨㄛˋ ㄗˋ ㄒㄧㄣ 改正錯誤，重新做人。

參考 與「痛改前非」有別：前者有重新做人的意思；後者沒有。同樣表示「改正錯誤」，但後者偏重於「徹底地」；前者偏重於「自覺地」。

15 **改編** ㄍㄞˇ ㄅㄧㄢ ㈠根據原有的著作加以改寫。如小說改編成電影。㈡軍隊改變原來的建制或性質。

16 **改竄** ㄍㄞˇ ㄘㄨㄢˋ 修改文字，多與事實不符。例改竄歷史。

改頭換面 ㄍㄞˇ ㄊㄡˊ ㄏㄨㄢˋ ㄇㄧㄢˋ ㈠比喻表面上改變，而實質上和原來一樣。㈡今指改變原有的面目。例改頭換面，重新做人。

參考 與「喬裝改扮」有別：後者指人進行僞裝，隱蔽身分；前者指人改變事物外在的形象而不改變其內容或本質。

23 **改變** ㄍㄞˇ ㄅㄧㄢˋ 轉換更動，使與原來的狀況不同。

參考 ①同改動。②與「改革」都是指很大幅度的變更，中性詞，不一定是好或是壞。但「改正」、「改良」、「改進」都是由壞變好。

24 **改觀** ㄍㄞˇ ㄍㄨㄢ ㈠改變原來的樣子，使面目一新。㈡改變看法。

▽刪改、更改、修改、增改、悔改、批改、勞改、朝令夕改、幡然悔改、不知悔改、一字不改、本性難改、江山易改。

常 3

攻

形解 攻　形聲；從攴，工聲。工有精巧的意思，所以計畫周詳地進擊爲攻。

音義 ㄍㄨㄥ 名姓。動①進擊；例攻擊。②責備；例鳴鼓而攻。③琢磨；例攻玉。④製造，加工；例攻金之工六。⑤治學，用功；例術業有專攻。

參考 「功課」、「功勞」的「功」字不可誤用「攻」。

4 **攻心** ㄍㄨㄥ ㄒㄧㄣ ㈠不以武力，而以謀略動搖敵人的意志，使其屈服的戰術。現代戰術謂之心理戰或思想戰。㈡俗稱因發怒、悲憤而神志迷亂爲「怒氣攻心」。

8 **攻其不備** ㄍㄨㄥ ㄑㄧˊ ㄅㄨˋ ㄅㄟˋ ㈠利用別人鬆懈不防備時，立即進攻。㈡攻擊對方防守不到的地方。

9 **攻城掠地** ㄍㄨㄥ ㄔㄥˊ ㄌㄩㄝˋ ㄉㄧˋ 大舉進攻敵人的城池，並佔有他們的土地。

10 **攻訐** ㄍㄨㄥ ㄐㄧㄝˊ 揭發別人的過失，並加以抨擊。

13 **攻勢** ㄍㄨㄥ ㄕˋ 進攻的態勢。例猛烈攻勢。

16 **攻錯** ㄍㄨㄥ ㄘㄨㄛˋ ㈠琢磨。㈡以他人爲借鏡，改正自己的錯誤。例他山之石，可以攻錯。

17 **攻擊** ㄍㄨㄥ ㄐㄧˊ ㈠軍事上主動迫使敵方屈服的種種行動。例拂曉攻擊。㈡用言語、文字詆毀別人。例他的言論受到各方的攻擊。

▽專攻、仰攻、側攻、進攻、反攻、搶攻、先攻、火攻、水攻、非攻、遠交近攻、密集進攻。

次 3 **攸** 形解 會意；從攴從人，從水省。攴有引導的意思，所以由人引導使行水順其性則安流入海爲攸。

音義 一ㄡ 名 姓。副 ①水流動地；例安流攸攸。②疾速地；例攸然而逝。助 無義；例予攸好德。

19 **攸關** 一ㄡ ㄍㄨㄢ 彼此有關係。例性命攸關。

常 4 **放** 形解 形聲；從攴，方聲。方是邦國，所以遭到强迫，被放逐他去爲放。

音義 ㄈㄤˋ 動 ①解除約束；例釋放。②驅逐；例放逐。③棄置；例投戈放甲。④安置；例放在桌上。⑤畜牧；例放牛。⑥綻開；例百花齊放。⑦發出；例放射。⑧遠出；例放洋。⑨京官調任外省；例外放。⑩擴展；例放大。ㄈㄤˇ 名 姓。動 ①依據；例放利而行。②至，到達；例摩頂放踵。③放效，通「仿」；例不如放物。

參考 反收。

3 **放工** ㄈㄤˋ ㄍㄨㄥ ㈠工作結束，離開工廠。㈡工廠放假。

參考 同下班，下工。

放下屠刀立地成佛 ㄈㄤˋ ㄒㄧㄚˋ ㄊㄨˊ ㄉㄠ ㄌㄧˋ ㄉㄧˋ ㄔㄥˊ ㄈㄛˊ 比喻一個人只要馬上痛下決心，知過能改，善莫大焉。

4 **放心** ㄈㄤˋ ㄒㄧㄣ ㈠放鬆心情；安心。㈡開拓心胸。

放手 ㄈㄤˋ ㄕㄡˇ ㈠把手放開。㈡停手，罷手。㈢行事自由，不受限制。

5 **放生** ㄈㄤˋ ㄕㄥ 釋放被捕捉到的動物，是慈悲心的表現。

6 **放任** ㄈㄤˋ ㄖㄣˋ 順其自然，不加以阻撓。

參考 同放縱。

9 **放映** ㄈㄤˋ ㄧㄥˋ 利用光學器材，將圖片或資料的影像擴大投影到銀幕上，供人觀看。

放洋 ㄈㄤˋ ㄧㄤˊ ㈠船舶出海。㈡出國留學。

10 **放哨** ㄈㄤˋ ㄕㄠˋ 派出衛兵以偵防敵人。

參考 同巡邏。

放浪 ㄈㄤˋ ㄌㄤˋ ㈠言行不檢點，不能守禮節。㈡漫遊。

參考 同放蕩，放縱。

放浪形骸 ㄈㄤˋ ㄌㄤˋ ㄒㄧㄥˊ ㄏㄞˊ 比喻一個人對自己的行爲不加檢點，隨心所欲，毫無限制。

參考 與「放蕩不羈」有別：前者偏重於「不拘形迹」，多指人一時的表現，有時也指一貫的表現，但一般不指性格；後者偏重於「不受約束」，常指人一貫的表現和性格。

放射 ㄈㄤˋ ㄕㄜˋ 由一個定點散布、發射。

放射性 ㄈㄤˋ ㄕㄜˋ ㄒㄧㄥˋ 理 化 釷、鈾等元素能使密閉暗箱中的攝影乾片感光，並能使周圍空氣變成導電體，此種特性稱爲放射性。

參考 衍 放射性元素。

11 **放棄** ㄈㄤˋ ㄑㄧˋ 拋棄，不要。例放棄權利。

參考 參閱「擯棄」條。

放假 ㄈㄤˋ ㄐㄧㄚˋ 某個特定時日停止工作。

放逐 ㄈㄤˋ ㄓㄨˊ 把罪犯流放到邊遠的地方，或是驅逐出境。

13 **放肆** ㄈㄤˋ ㄙˋ 任性而不知約束。

參考 同放縱，放蕩，放恣。

16 **放學** ㄈㄤˋ ㄒㄩㄝˊ ㈠學生下課回家。㈡學校放假。

放蕩不羈 ㄈㄤˋ ㄉㄤˋ ㄅㄨˋ ㄐㄧ 行爲隨便，不加檢束。羈：約束。

參考 ①參閱「放浪形骸」條。②反循規蹈矩。

▽開放、解放、豪放、釋放、奔放、流放、發放、外放、下放、安放、心花怒放、窮追不放。

次 4 **攽** 形解 形聲；從攴，分聲。分有隔離的意思，所以分給爲攽。

音義 ㄅㄢ 動 分給，通「頒」。ㄅㄣ 動 ①分。②減少。

參考 ①同賦，予，分。②反頒。③或作「攽」。

常 5 **政** 形解 形聲；從攴，正聲。正有光明正大的意思，所以教正庶民爲政。

音義 ㄓㄥˋ 名 ①衆人的事；例政治。②辦事的原理原則；例鹽政。③古代官名；例家政。動 指正，通「正」；例斧政。

ㄓㄥ 動 通「征」；例政適伐國。

7 **政局** ㄓㄥˋ ㄐㄩˊ 政治的局勢。

政見 ㄓㄥˋ ㄐㄧㄢˋ 對於政事的意見。例政見發表會。

8 **政府** ㄓㄥˋ ㄈㄨˇ 政國家統治機關的總稱，是近代國家構成要素之一。

政事 ㄓㄥˋ ㄕˋ 政治事務的總稱。

政治 ㄓㄥˋ ㄓˋ ㈠政治理國家一切行爲的總稱。㈡政事清明太平。㈢哲政，就是衆人的事；治，是管理；管理衆人的事就是政治。

政治家 ㄓㄥˋ ㄓˋ ㄐㄧㄚ 稱富有政治學識和經驗的專家。

政治庇護 ㄓㄥˋ ㄓˋ ㄅㄧˋ ㄏㄨˋ 一國之公民，因政治立場不同，爲避免受到本國政權迫害，而要求他國之政府以政治力量給予保護。

9 **政客** ㄓㄥˋ ㄎㄜˋ ㈠政俗稱以政治活動爲專業，缺乏政治理想，只求個人權益，不擇手段的人。㈡積極從事政治活動，以從政爲專業的人。

10 **政躬康泰** ㄓㄥˋ ㄍㄨㄥ ㄎㄤ ㄊㄞˋ 尊稱國家元首（也指一般長官）的身體健康安適舒泰。躬：當事者的身體。泰：舒泰。

政教 ㄓㄥˋ ㄐㄧㄠˋ ㈠當政者對人民的領導與教化。㈡政治與教育。例政教合一。

政務 ㄓㄥˋ ㄨˋ 國家及其他政治團體所有的事務或職務。

參考 衍政務官。

12 **政策** ㄓㄥˋ ㄘㄜˋ ㈠政指某一團體組織設定的目標和達到目標所採取的方法。又稱「政略」。㈡政爲達成組織目標的一般策略，也是管理者對未來行動所設立的基礎和範圍。

20 **政黨** ㄓㄥˋ ㄉㄤˇ 由政治理想相同的人結合而成，在一定的紀律下，謀求政治權力，以合法控制政府人事及政策，進而實現其共同政見的組織。

22 **政權** ㄓㄥˋ ㄑㄩㄢˊ ㈠統治國家，執行政令的力量。㈡與「治權」相對，即人民管理政府的權力。可分選舉、罷免、創制、複決四種。

23 **政變** ㄓㄥˋ ㄅㄧㄢˋ 對於政治現狀不滿的人，利用武力做後盾，突然改變政府制度，或撤換最高權力人物的行動。

政體 ㄓㄥˋ ㄊㄧˇ 國家的政治形態，即國家運用政權所表現的形式。如民主政體、專制政體。

▽王政、家政、軍政、憲政、財政、市政、施政、仁政、攝政、德政、行政、苛政、訓政、暴政、呈政、執政、內政、國政、新政、各自爲政。

常 5 **故** 形解 形聲；從攴，古聲。古有故舊的意思，所以使爲之的原故爲故。

音義 ㄍㄨˋ 名 ①事情；例事故。②原因；例緣故。③舊時事物；例溫故而知新。動 死亡；爲例病故。形 ①以前的；例故俗。②老的；例故人。③舊的；例故宮。副 有意地；例明知故犯。連 所以；例求也退，故進之。

2 **故人** ㄍㄨˋ ㄖㄣˊ ㈠已死的人。㈡老朋友，舊時相識的人。例西出陽關無故人。

參考 ①同舊。②反新。

6 **故交** ㄍㄨˋ ㄐㄧㄠ 老朋友。

參考 同故人。

7 **故步自封** ㄍㄨˋ ㄅㄨˋ ㄗˋ ㄈㄥ 比喻固執保守、不求進步。

參考 ①同抱殘守缺。②不可作「固步自封」。③與「墨守成規」有別：前者偏重於停頓，多指不求進步，不事進取；後者偏重於守舊，多指固執地按老法子辦，不肯改進。

7 **故弄玄虛** ㄍㄨˋ ㄋㄨㄥˋ ㄒㄩㄢˊ ㄒㄩ 故意玩弄手段或花樣，使人弄不清他眞正的意圖，好欺騙別人。弄：玩弄；玄虛：用來掩蓋眞相使人迷惑的欺騙手段。

8 **故事** ㄍㄨˋ ㄕˋ ㈠前朝的事例，遺規。㈡泛稱歷史記載。㈢傳說或杜撰的事物。例神話故事。

14 **故宮** ㄍㄨˋㄍㄨㄥ 地在北平紫禁城神武門內，原是元明清舊宮，殿宇高聳，庭園宏麗，民國十四年改名爲故宮博物院，開放供人參觀。

參考 衍故宮博物院。

11 **故都** ㄍㄨˋㄉㄨ 舊日的國都。

故國 ㄍㄨˋㄍㄨㄛˊ ㈠創建很久的國家。㈡故鄉。㈢祖國。

12 **故智** ㄍㄨˋㄓˋ 別人已經用過的計謀或方法。

故鄉 ㄍㄨˋㄒㄧㄤ 自己出生與幼年居住成長的地方。例低頭思故鄉。

參考 ①同「故里」。②「故鄉」與「家鄉」稍有不同：「家鄉」多指「祖籍」，範圍比「故鄉」爲大。

13 **故園** ㄍㄨˋㄩㄢˊ 舊日所居住的地方。

參考 同故鄉，故里。

14 **故態復萌** ㄍㄨˋㄊㄞˋㄈㄨˋㄇㄥˊ 恢復以前不好的行爲或習慣。復：又；萌：發生。

14 **故障** ㄍㄨˋㄓㄤˋ ㈠阻礙，缺陷。㈡機械發生毛病。

18 **故舊** ㄍㄨˋㄐㄧㄡˋ 指老朋友。

▽緣故、溫故、事故、世故、典故、物故、親故、變故、原故、亡故、無故、何故、一見如故、持之有故。

次 5 敁

形解 形聲；從攴，占聲。占有測量的意思，所以用手掂試斤兩爲敁。

音義 ㄉㄧㄢ 動用手掂試斤兩，或指在心中揣摩輕重；例敁敪。

常 6 效

形解 形聲；從攴，交聲。交有相合的意思，所以模仿得相像爲效。

音義 ㄒㄧㄠˋ 名①功用；例效用。②姓。動①摹仿；例效法。②貢獻；例願效愚忠。

參考 俗作「効」。

2 **效力** ㄒㄧㄠˋㄌㄧˋ ㈠甘心爲人出力賣命。㈡功能。

參考 ①同效果，效用，效益，效能。②亦作「効力」。

4 **效尤** ㄒㄧㄠˋㄧㄡˊ 仿效他人的過錯去做。尤：錯誤。

5 **效用** ㄒㄧㄠˋㄩㄥˋ 事物所產生的效果和功用。

7 **效忠** ㄒㄧㄠˋㄓㄨㄥ 對國家或在上位的人盡心竭力。例效忠領袖。

8 **效法** ㄒㄧㄠˋㄈㄚˇ 摹仿，學習。例效法先烈爲國犧牲的精神。

8 **效果** ㄒㄧㄠˋㄍㄨㄛˇ ㈠有效的結果。㈡在戲劇中，爲配合劇情需要而造成的特殊聲光。

參考 同成果。

效命 ㄒㄧㄠˋㄇㄧㄥˋ 不顧自己的生命，努力去做。

參考 ①又作「効命」。②同效死。

11 **效率** ㄒㄧㄠˋㄌㄩˋ 人或機器在單位時間內所完成工作量的大小。例提高工作效率。

12 **效勞** ㄒㄧㄠˋㄌㄠˊ 盡心爲他人服務或出力幹事。

▽仿效、上行下效。

次 6 敉

形解 形聲；從攴，米聲。米有用食物安撫人的意思，所以安撫爲敉。

音義 ㄇㄧˇ 動安撫；例敉亂。

參考 同定。

5 **敉平** ㄇㄧˇㄆㄧㄥˊ 平定大局。例王陽明曾敉平過朱宸豪之亂。

常 7 啟

形解 形聲；從攴，启聲。启是打開門戶，所以開導爲啟。

音義 ㄑㄧˇ 名①古代的官信。②書信用語，用於署名之下；例某某先生謹啟。③姓。動①打開；例啟齒。②開導；例啟發。③陳述；例啟事。④開始；例啟禮。

參考 ①俗字作「启」，又作「啓」。②同開。

5 **啟用** ㄑㄧˇㄩㄥˋ 開始使用。

啟示 ㄑㄧˇㄕˋ 對人或事的開導、提醒，使其有所領悟。

參考 「啟發」、「啟示」有別：「啟發」指通過闡明事例，引發對方思考，使對方有所了解，而不說出問題的癥結、結論或答案，偏重在「啟」。如：啟發學生的思考力，是老師的責任。「啟示」指直接把事物擺出來，或把道理指出來，使別人知道或明白，偏重在「示」。如：校長語重心長的訓話，給了我很大的啟示。

8 **啟事** ㄑㄧˇ ㄕˋ ㈠陳述事情。例尋人啟事。㈡應用文的一種，利用書面向社會大眾陳說事情。例遷移啟事。

9 **啟迪** ㄑㄧˇ ㄉㄧˊ 啟發，教導。

參考 同啟沃。

10 **啟航** ㄑㄧˇ ㄏㄤˊ ㈠飛機或輪船第一次航行。又作「處女航」。㈡出發。

12 **啟程** ㄑㄧˇ ㄔㄥˊ 開始動身遠行。程：旅程。

啟發 ㄑㄧˇ ㄈㄚ ㈠開發誘導。㈡開卷檢查。

參考 參閱「啟示」條。

14 **啟蒙** ㄑㄧˇ ㄇㄥˊ ㈠開發無知，教導初學的人。例祛蔽啟蒙。㈡淺近的入門書籍，也常以啟蒙為名。如三字經、百家姓之類。

參考 衍啟蒙時代、啟蒙運動。

15 **啟齒** ㄑㄧˇ ㄔˇ ㈠發笑。㈡開口說話，指向人請求。

▽天啟、台啟、鈞啟、道啟、謹啟、開啟、天啟、行啟、陳啟、拜啟、敬啟、安啟、親啟、不憤不啟。

常 7

敖

形解 會意；從出放，外出放浪，所以會出游的意思。隸變作「敖」。

音義 ㄠˊ 名姓。動遊玩，通「遨」。副焦灼，通「熬」。ㄠˋ 形①倨慢無禮的，通「傲」。②戲謔調笑的；例謔浪笑敖。

參考 ①字的左半是由「土」和「方」構成。②孳遨、熬、傲、聱、獒、螯、嗸、嗷。

12 **敖遊** ㄠˊ ㄧㄡˊ 到處遊玩。又作「遨遊」。

常 7

救

形解 形聲；從攴，求聲。要求制止為救。

音義 ㄐㄧㄡˋ 動①禁止；例「女弗能救與？」②援助；例救助。③使脫險；例營救。

3 **救亡圖存** ㄐㄧㄡˋ ㄨㄤˊ ㄊㄨˊ ㄘㄨㄣˊ 挽救危亡，力圖生存。

7 **救助** ㄐㄧㄡˋ ㄓㄨˋ 救護和援助。

7 **救兵** ㄐㄧㄡˋ ㄅㄧㄥ ㈠解救危難的援兵。㈡泛指可以幫助自己的人。

9 **救星** ㄐㄧㄡˋ ㄒㄧㄥ 尊稱能援助別人使脫離苦難的人。例先總統蔣公是民族的救星。

12 **救援** ㄐㄧㄡˋ ㄩㄢˊ 救助。例派兵救援前線部隊。

參考 同援助，支援。

17 **救濟** ㄐㄧㄡˋ ㄐㄧˋ 用金錢物資去救助貧苦的人。

21 **救護** ㄐㄧㄡˋ ㄏㄨˋ 救濟，保護。例在戰時，各地都成立救護隊。

參考 衍救護隊、救護車、救護人員。

▽求救、援救、匡救、拯救、急救、獲救、得救、補救、無藥可救、見死不救。

常 7

敗

形解 會意；從支貝。貝為貨貝，支是敲擊，將貨貝擊破，所以會毀壞的意思。

音義 ㄅㄞˋ 名①戰爭失利；例戰敗。②事情不成功；例成敗利鈍。動①毀壞；例敗壞。②腐爛；例腐敗。③凋落；例殘花敗柳。形①破壞的；例敗筆。②凋殘的；例枯枝敗葉。③崩潰的；例敗軍之將，不可言勇。

參考 ①同輸，失。②反勝，贏，成。

5 **敗北** ㄅㄞˋ ㄅㄟˇ 戰敗逃亡。

8 **敗法亂紀** ㄅㄞˋ ㄈㄚˇ ㄌㄨㄢˋ ㄐㄧˋ 不遵守法律的約束而胡作非為。

12 **敗筆** ㄅㄞˋ ㄅㄧˇ ㈠用壞了的毛筆。㈡書畫或文章裡有缺陷的地方。㈢計劃不周密或行事有缺失。

12 **敗絮** ㄅㄞˋ ㄒㄩˋ 破敗的棉絮。比喻無用的東西。絮：粗棉。例金玉其表，敗絮其中。

16 **敗興** ㄅㄞˋ ㄒㄧㄥˋ 敗壞了對某事物喜愛的情緒。

參考 同掃興。

17 **敗績** ㄅㄞˋ ㄐㄧ ㈠作戰大敗。㈡毀壞已往的功績。

19 **敗壞** ㄅㄞˋ ㄏㄨㄞˋ 損毀。

19 **敗類** ㄅㄞˋ ㄌㄟˋ ㈠人的惡行，連累同胞。例貪人敗類。㈡稱品德低下，行為無恥的人。

21 **敗露** ㄅㄞˋ ㄌㄨˋ ㈠做壞事情被發覺。例陰謀敗露。㈡祕密的事情被洩漏出來。例軍機敗露。

▽慘敗、失敗、大敗、打敗、勝敗、成敗、腐敗、不敗、

落敗、優勝劣敗、坐觀成敗、驕兵必敗。

常 7 **敏** 形解 形聲；從攴每。每為草盛，所以行動疾速為敏。

音義 ㄇㄧㄣˇ 名 ①材能；例四肢之敏。②足大趾，通「拇」。③姓。動 ①勤快；例敏於事而慎於言。②奮勉；例敏而好學，不恥下問。形 聰明的；例聰敏。

參考 擎 繁、鱉。

11 **敏捷** ㄇㄧㄣˇ ㄐㄧㄝˊ 反應迅速快捷。

參考 ①同靈敏。②參閱「敏銳」條。

13 **敏感** ㄇㄧㄣˇ ㄍㄢˇ ㈠心 神經上的一種病態，對於外界情況容易引起迅速而強烈的反應。㈡泛指心理、生理上超乎尋常程度的感受與反應。例神經過敏。

15 **敏銳** ㄇㄧㄣˇ ㄖㄨㄟˋ 心思靈活，反應迅速。

參考 ①同敏叡，敏睿。②「敏銳」多指思想、智慧而言；「敏捷」則可形容動作或行為過程。

▽過敏、機敏、聰敏、不敏、克敏、靈敏、勤敏、敬謝不敏。

常 7 **敘** 形解 形聲；從攴，余聲。余有舒暢的意思，所以依照順序次第為敘。

音義 ㄒㄩˋ 名 ①文章的一種體裁。說明全書要旨或敘述撰寫經過的一段文字，古代殿於書末，今放在書前，同「序」；例說文解字敘。②姓。動 ①陳述；例敘述。②發抒；例敘悲。③按規定的等級次第授官職及按考績的優劣給予獎勵；例銓敘。④聚會；例餐敘。⑤敘談；例「一觴一詠，亦足以談敘幽情。」

參考 ①字又作「敍」、「叙」。②同 序。

8 **敘事詩** ㄒㄩˋ ㄕˋ ㄕ 文 ㈠中國文學中，凡敘述故事的詩歌都屬之，如「孔雀東南飛」。又稱「故事詩」。㈡西洋文學中，一種半戲劇性的詩歌，以記敘人物事件為主，大多述說英雄行為，取材於歷史、傳說及神話。如荷馬的「伊利亞德」、「奧德賽」等是。又稱「史詩」。

9 **敘述** ㄒㄩˋ ㄕㄨˋ 陳述，說明。亦作「序述」。

18 **敘舊** ㄒㄩˋ ㄐㄧㄡˋ 親友間談論舊時的往事以敦睦感情。又作「話舊」。

▽自敘、後敘、前敘、列敘、倒敘、插敘、逆敘、補敘、詳敘、略敘、平鋪直敘。

常 7 **教** 形解 會意；從攴，從孝。孝為小孩仿效的意思，攴為督促，所以上所施教，下所仿效為教。

音義 ㄐㄧㄠ 動 ①傳授知識技能；例教學。②使，讓；例悔教夫壻覓封侯。

ㄐㄧㄠˋ 名 ①禮儀；例禮教。②因思想信仰相同而聚集在一起的團體；例佛教。③姓。動 ①授業，指導；例教導。②訓誨；例教訓。③使，讓；例莫教枝上啼。④教育；例教之誨之。

參考 字又作「敎」。

3 **教士** ㄐㄧㄠˋ ㄕˋ 基督教的修士。又稱「傳教士」。

4 **教化** ㄐㄧㄠˋ ㄏㄨㄚˋ ㈠政教風俗。㈡教育感化。㈢對於監獄受刑人所施予的教育與訓誨，以期各受刑人之行為、性格將來能符合社會規範。

7 **教材** ㄐㄧㄠˋ ㄘㄞˊ 教課時所運用的材料，有時專指教科書而言。

8 **教育** ㄐㄧㄠˋ ㄩˋ ㈠父母對子女的養育與教誨。㈡按照一定的目標，對受教者的身心發展施以影響的一種有計劃有步驟的行為。其目的在於培養自立自主之個人，創造和諧的社會。

9 **教室** ㄐㄧㄠˋ ㄕˋ 教學講課所用的屋舍。

9 **教皇** ㄐㄧㄠˋ ㄏㄨㄤˊ 宗 歐洲基督教教會，原本在各地均有主教主持教務。西元四、五世紀後，羅馬城主教勢力逐漸擴張，又受到西羅馬帝國皇帝支持，遂凌駕西歐各主教之上，成為基督教會最高統治者，特稱「教皇」，又稱「教宗」。

甘肅敦煌縣東南之鳴沙山莫高窟，有無數石洞，爲我國古代壁畫、塑像等藝術寶庫。俗稱千佛洞。石室之一爲書庫，藏有自唐代以前各朝手寫佛經及各類寫卷極爲豐富。

參考 參閱「千佛洞」、「莫高窟」、「變文」條。

15 **敦請** ㄉㄨㄣ ㄑㄧㄥˇ 恭敬的請求。

㊅ 8 **敠** 解形 形聲；從攴，叕聲。叕有停止不前的意思，所以慢吃爲敠。

音義 ㄉㄨㄛ 用手掂試斤兩，故以手測物爲敠，例敁敠。

參考 字又從攴作「敪」。

常 9 **敬** 解形 會意；從攴苟。苟有約束的意思，所以持事振敬爲敬。

音義 ㄐㄧㄥˋ 名①恭肅的禮節；例「爲人臣，止於敬。」②謝意；例遺生送敬。③姓。動①禮貌待人；例敬之以禮。②愼重；例敬愼。③尊重；例敬老尊賢。④獻上；例敬酒。⑤以禮物表示敬意；例賀敬。

參考 ①同恭，莊。②擎驚、憼、警、儆、擏、擎、檠。

6 **敬仰** ㄐㄧㄥˋ ㄧㄤˇ 對人的品德尊敬仰慕。

參考「敬仰」多用以稱譽自己的師長，「景仰」則用於關係較疏遠的人。

7 **敬畏** ㄐㄧㄥˋ ㄨㄟˋ 敬重畏懼。

8 **敬佩** ㄐㄧㄥˋ ㄆㄟˋ 尊敬而佩服。

9 **敬重** ㄐㄧㄥˋ ㄓㄨㄥˋ 恭敬而重視。

參考 同尊重。

13 **敬意** ㄐㄧㄥˋ ㄧˋ ㈠虔敬的心意。㈡表達心意的禮品。

敬愛 ㄐㄧㄥˋ ㄞˋ 尊敬愛戴。

參考「敬愛」在性質上比「敬重」、「敬佩」等詞要深一些，帶有「愛護」、「關愛」的意味。

17 **敬禮** ㄐㄧㄥˋ ㄌㄧˇ ㈠基於尊敬而以禮相待。㈡對人致敬的禮節。

17 **敬謝不敏** ㄐㄧㄥˋ ㄒㄧㄝˋ ㄅㄨˋ ㄇㄧㄣˇ 表示推辭的客氣話，謙稱自己能力不及，無法做到他人所交付的任務或囑託。謝：推辭，謝絕；不敏：沒有才能。

▽恭敬、居敬、失敬、崇敬、尊敬、主敬、虔敬、大不敬、先乾爲敬、必恭必敬、肅然起敬。

常 10 **敲** 解形 形聲；從攴，高聲。自高而下橫擲爲敲。

音義 ㄑㄧㄠ 動①叩擊；例敲門。②斟酌，推究；例推敲。③勒索；例敲詐。

參考 ①同擊，打，捶，叩。②字又作「毃」。

6 **敲竹槓** ㄑㄧㄠ ㄓㄨˊ ㄍㄤˋ 利用別人不明事理，或假借幫助別人的機會，加以求索財物利益。

參考「敲竹槓」多指佔小便宜，「敲詐」是嚴重的勒索。

8 **敲門磚** ㄑㄧㄠ ㄇㄣˊ ㄓㄨㄢ 比喻進行一件事情的憑藉或工具。

參考 ①亦作「敲門石」、「叩門磚」。②此語通常含有貶損的意味。

12 **敲詐** ㄑㄧㄠ ㄓㄚˋ 假借事端或利用弱點，以恐嚇勒索他人的財物。

參考 與「巧取豪奪」相似，巧取即是「詐」，豪奪即是「敲」。

19 **敲邊鼓** ㄑㄧㄠ ㄅㄧㄢ ㄍㄨˇ ㈠在背地裡煽動鼓勵。㈡在旁邊幫別人說好話，以利事情的進行。

▽推敲、急敲、猛敲。

常 11 **敵** 解形 形聲；從攴，啇聲。相等相當爲敵。

音義 ㄉㄧˊ 名①仇人；例一日縱敵。②能力相當的人；例白也詩無敵。動抵抗；例萬夫莫敵。形①相當的；例勢均力敵。②能力相當的；例敵手。

參考 反友。

2 **敵人** ㄉㄧˊ ㄖㄣˊ 立場不同而相互敵對的人。

11 **敵情** ㄉㄧˊ ㄑㄧㄥˊ 敵對一方的狀況。

23 **敵體** ㄉㄧˊ ㄊㄧˇ 地位相同，不相統屬的雙方，互爲敵體。

▽仇敵、強敵、匹敵、不敵、宿敵、力敵、抵敵、抗敵、殺敵、仁者無敵、工力悉敵、四面受敵、如臨大敵、勢均力敵、腹背受敵、靦顏事敵、一夫當關萬夫莫敵。

常 11 **敷** 形解 形聲；從攴，尃聲。尃有分布的意思，所以用手布施爲敷。

音義 ㄈㄨ 名姓。動①鋪設；例敷設。②陳述；例敷陳其事。③展開；例敷衽。④塗抹；例敷藥。⑤足夠；例入不敷出。形淺薄的，通「膚」；例敷淺。

參考「敷」的本字作「敷」，又作「尃」。

9 **敷衍** ㄈㄨ ㄧㄢˇ ㈠散布傳播。㈡加以引申擴充。㈢維持表面的應付而不切實。例敷衍塞責。

敷衍了事 ㄈㄨ ㄧㄢˇ ㄌㄧㄠˇ ㄕˋ 做事馬虎應付，草草了結。了：完畢。

參考①反盡力竭力。②與「敷衍塞責」有別：前者偏重於「了事」，指「隨便應付一下，草草了結」；後者偏重於「塞責」，指「對自己應付的責任搪塞應付過去」。

敷衍塞責 ㄈㄨ ㄧㄢˇ ㄙㄜˋ ㄗㄜˊ 做事馬虎，搪塞責任。塞責：搪塞責任。

11 **敷設** ㄈㄨ ㄕㄜˋ 布置鋪設。

敷陳 ㄈㄨ ㄔㄣˊ 詳細述說。

常 11 **數** 形解 形聲；從攴，婁聲。計算爲數。

音義 ㄕㄨˇ 動①計算，查點數目；例數鈔票。②責備；例數落。副比較上；例全班數他最好。

ㄕㄨˋ 名①數目，計算用詞的總稱。②六藝之一；例禮、樂、射、御、書、數。③技藝；例小數。④方法。⑤命運；例劫數。⑥權謀；例術數。形若干的；例我輩數人。

ㄕㄨㄛˋ 副屢次；例數諫不聽。

ㄘㄨˋ 形細密的；例數罟。

ㄙㄨˋ 名只用於「數珠兒」一詞，念佛時手中所拿的串珠。

參考①同算，計。②擊藪。

1 **數一數二** ㄕㄨˇ ㄧ ㄕㄨˇ ㄦˋ ㈠數得著，不算第一，也算第二。㈡形容很突出，不平凡。

參考與「首屈一指」有別：前者表示不是第一，就是第二；後者表示第一，居首位。換言之，後者僅指第一；前者有可能第一，也有可能第二。

7 **數見不鮮** ㄕㄨㄛˋ ㄐㄧㄢˋ ㄅㄨˋ ㄒㄧㄢ 常常可以看見的東西，沒有什麼稀奇。也作「屢見不鮮」。

8 **數典忘祖** ㄕㄨˇ ㄉㄧㄢˇ ㄨㄤˋ ㄗㄨˇ 比喻一個人不明白歷史，忘記了祖先的功業。

13 **數落** ㄕㄨˇ ㄌㄨㄛ ㈠責備，把別人的過錯一條條陳說出來。㈡嘮叨絮念。

16 **數學** ㄕㄨˋ ㄒㄩㄝˊ 數討論數量、形狀及它們之間的關係的科學，包括算術、代數、幾何、三角、解析幾何、微分、積分等。舊名「算學」。

18 **數額** ㄕㄨˋ ㄜˊ 物品的數目。

參考參閱「數量」條。

▽奇數、偶數、計數、乘數、吉數、歲數、算數、多數、少數、無數、曆數、天數、劫數、冥數、命數、運數、定數、實數、虛數、複數、有理數、未知數、自然數、心裡有數、不可勝數、不計其數、屈指可數、恆河沙數、濫竽充數、擢髮難數、寥寥可數。

次 11 **敺** 形解 形聲；從攴，區聲。區有劇烈的意思，所以用鞭子驅馬快馳爲敺。

音義 ㄑㄩ 動逐趕，同「驅」。

ㄡ 動同「毆」，見「毆」字。

常 12 **整** 形解 形聲；從敕，正聲。敕有戒止的意思，所以對事物加以戒止，使之齊一而正爲整。

音義 ㄓㄥˇ 動①使齊一；例整隊。②治理；例整肅儀容。形①完全的；例整批購買。②數目沒有零頭的；例一百元整。③齊一的；例整齊。

參考反零，散。

7 **整形** ㄓㄥˇ ㄒㄧㄥˊ 整治外形，使其美觀。亦作「整型」。今稱以醫學技術彌補人外觀上的缺憾，使其恢復正常或美觀的目的爲整形。亦稱「整容」。

8 **整治** ㄓㄥˇ ㄓˋ ㈠整頓治理。例整治綱紀。㈡準備，安排。例整治晚飯。㈢脩補，整理。例整治縫補。㈣使人受痛苦。

9 **整軍經武** ㄓㄥˇ ㄐㄩㄣ ㄐㄧㄥ ㄨˇ 即整頓軍事，加強戰備。

參考 同秣馬厲兵。

11 **整理** ㄓㄥˇ ㄌㄧˇ 把原本零亂的治理整齊。

12 **整飭** ㄓㄥˇ ㄔˋ (一)整治而使其有條理。(二)整齊而嚴肅。

參考 同收拾，拾掇。

13 **整頓** ㄓㄥˇ ㄉㄨㄣˋ 將散亂的事務整理清楚。

參考「整頓」也有整理的意思，但範圍比「整理」要大，如「整頓交通」。

14 **整數** ㄓㄥˇ ㄕㄨˋ (一)數 數學上稱不帶有分數或小數的數目，包括正整數與負整數。(二)剛好到達某一數量，沒有零頭。

整齊 ㄓㄥˇ ㄑㄧˊ (一)使零亂的有規則。例 整齊度量。(二)排列齊一而美觀。例 行陣整齊。

15 **整編** ㄓㄥˇ ㄅㄧㄢ 整頓改編，多用於軍隊。

整潔 ㄓㄥˇ ㄐㄧㄝˊ 既整齊又清潔。例 整潔爲强身之本。

23 **整體** ㄓㄥˇ ㄊㄧˇ 完整的全體。例 整體利益。

參考「整體」有時與「團體」通，但「整體」常用於抽象的含意，範圍也較廣大；「團體」則專指人羣形成的組織。

▽嚴整、修整、端整、調整、不整、完整、平整、重整。

常 13 **斂** 形解 形聲；從攴，僉聲。僉有收拾的意思，所以收聚爲斂。

音義 ㄌㄧㄢˋ 名 姓。動 ①聚集，凝聚；例 斂財。②收藏；例「斂輕霧，藏鳴湍」。③縮束；例 斂手。④檢束；例 斂迹。⑤爲死者更衣入棺，通「殮」。

參考 ①又作「歛」。②又音「ㄌㄧㄢˇ」。

10 **斂容** ㄌㄧㄢˇ ㄖㄨㄥˊ 使容貌莊重嚴肅。

參考 同正容，端容。

斂迹 ㄌㄧㄢˇ ㄐㄧ 檢束自己的舉動。

▽收斂、聚斂、小斂、大斂、賦斂、自斂、橫徵暴斂。

常 13 **斃** 形解 形聲；從死，敝聲。敝是破敗，所以頓仆死亡爲斃。

音義 ㄅㄧˋ 動 ①死亡；例 暴斃。②傾敗；例 多行不義必自斃。③結束；例 一槍斃命。

參考 同死，亡。

▽凍斃、餓斃、槍斃、擊斃、暴斃、自斃、坐以待斃、作法自斃、束手待斃。

次 13 **斁** 形解 形聲；從攴，睪聲。睪有脫落的意思，所以分解爲斁。

音義 ㄉㄨˋ 動 敗壞；例 大職墜斁。 ㄧˋ 動 厭倦；例 服之無斁。副 繁盛地；例 庸鼓有斁。

【文部】 ㄨㄣˊ

常 0 **文** 形解 象形；象人紋理交錯形。

音義 ㄨㄣˊ 名 ①字。古代稱獨體的象形、指事爲「文」，如日、月等；合體的會意、形聲爲「字」，如江、河等。②集合許多字所成的篇章；例 作文。③花紋；例 五色成文。④外表；例 文質彬彬。⑤美，善；例 以進爲文。⑥典章制度；例「有不享，則修文。」⑦古錢名，制錢一面鑄有文字，故稱一枚爲一文；例 一文不名。⑧法令條文；例 深文周納。⑨姓。動 刺畫花紋；例 文身。形 ①優雅的；例 溫文爾雅。②溫和的；例 文火。③有學識的；例 文人。

ㄨㄣˋ 動 掩飾，修飾；例 文飾。

參考 ①反 武。②孳 紋、雯、蚊、汶、旻、閔、抆、紊、虔、玟、吝。

4 **文化** ㄨㄣˊ ㄏㄨㄚˋ (一)文治教化。(二)人類社會由野蠻到文明努力所得的成績，表現於各方面，形成了科學、藝術、宗教、道德、法律、風俗、習慣，這些方面綜合起來就叫做文化。

參考 ①衍 文化史、文化變遷。②與「文明」略有不同，參閱「文明」條。

文天祥 ㄨㄣˊ ㄊㄧㄢ ㄒㄧㄤˊ 人 字宋瑞，又字履善，號文山，宋吉水人。官做到左丞相，封信國公。他抵抗元兵，愈挫愈奮，後爲元兵所捕，拘在燕京三年，屢次拒降，終於被殺。臨刑時，作「正氣歌」以明志。著有文山集、文山詩集等書。

文不加點 ㄨㄣˊ ㄅㄨˋ ㄐㄧㄚ ㄉㄧㄢˇ 比喻文筆優美，文思敏捷，寫成文章後不用改易，即可誦讀。

文不對題 ㄨㄣˊ ㄅㄨˋ ㄉㄨㄟˋ ㄊㄧˊ 作文時，文章內容離開了題目的範圍。

6 **文件** ㄨㄣˊ ㄐㄧㄢˋ 指政黨、政府、機關團體發布的公文、信件等。

參考 與「文獻」略有別：「文獻」是典籍文章的統稱，常指歷史上對思想、文化或學術有重大貢獻的經典著作。

文字 ㄨㄣˊ ㄗˋ ㈠人類用來表示觀念、代表語言的符號。㈡文書。

參考 衍文字學、文字畫、文字交、文字係數。

文字獄 ㄨㄣˊ ㄗˋ ㄩˋ 專制時代，因文字觸犯當政者而引起的刑案。

7 **文告** ㄨㄣˊ ㄍㄠˋ 舊稱官廳的公文布告。今日凡政治領袖或政府機關向民衆告諭的文書，都叫做文告。例總統文告。

文言 ㄨㄣˊ ㄧㄢˊ 不用現代口語體虛字及口語語調，而專用古文辭句寫作而成的文體，有別於語體。

參考 ①衍文言文。②反語體。

文君新寡 ㄨㄣˊ ㄐㄩㄣ ㄒㄧㄣ ㄍㄨㄚˇ 指年輕的婦女，剛剛喪夫不久。事典出於漢朝卓文君丈夫剛死不久，就嫁給司馬相如的故事。

8 **文具** ㄨㄣˊ ㄐㄩˋ 讀書寫字時所使用的器具。如：筆、墨、紙、硯。

文虎 ㄨㄣˊ ㄏㄨˇ ㈠有文采裝飾的老虎。㈡「燈謎」的別稱。例射文虎。

文定 ㄨㄣˊ ㄉㄧㄥˋ 本指文王和太姒的婚約。今日就以文定做爲訂婚的雅稱。

文官 ㄨㄣˊ ㄍㄨㄢ 除法官、武官以外，擔任文職的官吏，都可稱爲文官。

參考 反武官。

文盲 ㄨㄣˊ ㄇㄤˊ 指不識文字的人。

文采 ㄨㄣˊ ㄘㄞˇ ㈠鮮麗的色澤。㈡文辭著述，可以遺留給後世的作品。㈢豐采。

參考 衍文采風流、文采緣飾。

文法 ㄨㄣˊ ㄈㄚˇ ㈠文作文的法則，或文章的結構方式。㈡語文的程式。將措詞造句的規則與習慣、歸納爲一定的程式。㈢文書法令。

參考 衍文法學、文法成分。

文明 ㄨㄣˊ ㄇㄧㄥˊ ㈠指人言行合理，不撒野。㈡清末民初稱新奇的事物常加上「文明」二字。例文明戲。㈢文化已開的狀態，是「野蠻」的對稱。㈣文化演進的一個層次，含有農業、畜牧、文字、公共建築、科學、複雜的分工及基於經濟的階層組織。

參考 ①衍文明人、文明古國。②與「文化」都指社會進步的形態，但有別：「文明」指人類社會發展到具有較高文化的狀態，與「野蠻」對稱；「文化」指人類的知識和用這些知識創造出來的產物總和，專指精神方面而言。

文房四寶 ㄨㄣˊ ㄈㄤˊ ㄙˋ ㄅㄠˇ 文人書房中經常使用的筆、墨、紙、硯。

文治武功 ㄨㄣˊ ㄓˋ ㄨˇ ㄍㄨㄥ 比喻國家的政治修明，武力强盛。文治：以文教施政；武功：用武力建立的功業。

文武合一 ㄨㄣˊ ㄨˇ ㄏㄜˊ ㄧ 文德與武備並重。

參考 同文武兼備、文武全才。

9 **文風** ㄨㄣˊ ㄈㄥ ㈠文人作文章的風氣。㈡文章的風格。

參考 衍文風不動。

文風不動 ㄨㄣˊ ㄈㄥ ㄅㄨˋ ㄉㄨㄥˋ 言絲毫兒也不動搖。

文思泉湧 ㄨㄣˊ ㄙ ㄑㄩㄢˊ ㄩㄥˇ 比喻行文時思路的迅速豐暢。

文恬武嬉 ㄨㄣˊ ㄊㄧㄢˊ ㄨˇ ㄒㄧ 國家太平和樂，政府的文武官員習慣於安逸嬉遊的生活。

10 **文書** ㄨㄣˊ ㄕㄨ ㈠公文、契約等文件的總稱。㈡負責抄寫的人。㈢掌理文書的官員。

參考 衍文書管理、文書鑑定、文書鑑定學。

11 **文理** ㄨㄣˊ ㄌㄧˇ ㈠事務的條理。㈡文章組織的條理。㈢文科、理科的合稱。例文理學院。

文章 ㄨㄣˊ ㄓㄤ ㈠文采。㈡成篇的文字。例㈢曲折隱微的意思。例此中另有文章。

參考 衍文章軌範、文章正宗、文章四友、文章緣起。

文章自娛 ㄨㄣˊ ㄓㄤ ㄗˋ ㄩˊ 創作文字篇章，以陶冶娛樂自己的性情。

文從字順 ㄨㄣˊ ㄘㄨㄥˊ ㄗˋ ㄕㄨㄣˋ 作文用字，妥貼通順。

12 **文雅** ㄨㄣˊ ㄧㄚˇ 優美，有禮貌而不粗俗。

文筆 ㄨㄣˊ ㄅㄧˇ 文辭。

13 **文過** ㄨㄣˊ ㄍㄨㄛˋ 掩飾自己的過失。

參考 衍文過飾非。

15 **文廟** ㄨㄣˊ ㄇㄧㄠˋ 即孔廟，舊稱祀奉孔子的廟宇。

參考 反武廟。

文墨 ㄨㄣˊ ㄇㄛˋ ㈠泛指文學創作。㈡溫文儒雅，知書達禮。

參考 衍文墨人兒、文墨才學。

文質彬彬 ㄨㄣˊ ㄓˋ ㄅㄧㄣ ㄅㄧㄣ ㈠文采和質樸都能兼備。文質：文采與質樸。彬彬：調配適當的樣子。㈡舉止溫文有禮。

16 **文縐縐** ㄨㄣˊ ㄗㄡ ㄗㄡ 舉止安詳文雅的樣子。又作「文謅謅」。

文壇 ㄨㄣˊ ㄊㄢˊ ㈠文人聚集會合的場所。㈡文學界。

文憑 ㄨㄣˊ ㄆㄧㄥˊ ㈠用作憑信的文書，㈡學校頒給學生的證明文書。

參考 ①舊稱文憑，今稱證書。②衍文憑主義。

文選 ㄨㄣˊ ㄒㄩㄢˇ 選取古今文人優良的文學作品，彙編成冊的選集。

文學 ㄨㄣˊ ㄒㄩㄝˊ 有廣狹二義：廣義，泛指一切以文字記述表現思想的著作；狹義，則專指以藝術的手法，表現思想、情感或想像的作品。

參考 衍文學批評、文學類型、文學革命、文學研究會。

19 **文牘** ㄨㄣˊ ㄉㄨˊ ㈠公文書信的總稱。㈡即文書。

參考 同文書，文案。

文藝 ㄨㄣˊ ㄧˋ ㈠從廣義言，文藝是文學和藝術的總稱。包括文學、音樂、美術、舞蹈、戲劇、電影、攝影、建築等項目。㈡從狹義言，乃專指純文學的創作。包括詩歌、散文、小說、戲劇等。

參考 衍文藝節、文藝活動、文藝創作、文藝復興、文藝心理學。

23 **文體** ㄨㄣˊ ㄊㄧˇ 文章的體裁。例如論說、抒情、記敘、應用四大類。

▽韻文、經文、古文、今文、作文、散文、序文、人文、碑文、本文、逸文、詩文、奇文、金文、天文、國文、英文、駢文、虛文、行文、變文、互文、明文、文言文、白話文、甲骨文、一紙空文、身無分文。

常 8

斑

解 字本作「辬」：形 形聲；從文，辡聲。辡有紛亂的意思，所以錯得駁雜的花紋稱為辬。俗作「斑」。

音義 ㄅㄢ 名 ①點點的痕迹；例雀斑。②一小部分；例「管中窺豹，時見一斑。」③雜色的斑點；例染竹成斑。形 ①顏色駁雜不純的；例斑駁。②有文彩的；例斑斕。③頭髮花白的；例斑白。

參考 字又作「斒」、「辬」。

5 **斑白** ㄅㄢ ㄅㄛˊ 半黑半白的頭髮。表示年紀老了。

參考 ①斑又作「班」、「頒」。②參閱「花白」條。

6 **斑竹** ㄅㄢ ㄓㄨˊ 植 竹子的一種，竹幹上有紫褐色的斑點。又稱「湘妃竹」。

10 **斑馬線** ㄅㄢ ㄇㄚˇ ㄒㄧㄢˋ 全名為「斑馬線行人穿越道」，簡稱「斑馬線」。因其用黑白相間的斜紋塗繪於馬路上，類似斑馬的花紋，故名。

12 **斑斑** ㄅㄢ ㄅㄢ ㈠形容斑點很多。例血跡斑斑。㈡文彩明顯的。例文質斑斑。㈢流淚滿面的樣子。例淚痕斑斑。

斑斑可考 ㄅㄢ ㄅㄢ ㄎㄜˇ ㄎㄠˇ 證據充分可以很清楚的考證出來。

14 **斑駁** ㄅㄢ ㄅㄛˊ 多種顏色雜糅在一起。

17 **斑點** ㄅㄢ ㄉㄧㄢˇ 散佈在物品上雜色的痕跡。

參考 與「汙點」有別：前者泛指

物品上的雜色小點，後者多指人品性行爲上的缺點。

21 **斑斕** ㄅㄢ ㄌㄢˊ 花紋鮮麗的樣子。例身穿五色斑斕的衣服。

常 8 **斐** 形解 形聲；從文，非聲。非有分別交錯的意思，所以文采分別交錯爲斐。

音義 ㄈㄟˇ 名姓。

ㄈㄟˇ 副有文彩的樣子；例斐然成章。

參考「斐」與「裴」(ㄆㄟˊ)所從偏旁及音義都不同。

12 **斐然** ㄈㄟˇ ㄖㄢˊ (一)文采繁盛的樣子。例文采斐然。(二)靡然。例斐然嚮風。

參考 衍斐然成章、斐然嚮風。

斐然成章 ㄈㄟˇ ㄖㄢˊ ㄔㄥˊ ㄓㄤ 學問修養已有成就，能寫成可觀的完美篇章。

次 8 **斌** 形解 會意；從文從武。文質兼備的意思。

音義 ㄅㄧㄣ 副斌斌，通「彬」，文質兼備的樣子。

次 9 **媥** 形解 形聲；從文，扁聲。扁有雜揉的意思，所以色雜不純爲媥。

音義 ㄅㄢ 副顏色不純地，同「斑」；例媥斕。

次 17 **斕** 形解 形聲；從文，闌聲。闌有不清的意思，所以色雜不純爲斕。

音義 ㄌㄢˊ 副富有文彩的樣子。

【斗部】ㄉㄡˇ

常 0 **斗** 形解 象形；金文作[金文]，上象斗形，下爲斗柄，是一種量器。隸變作「斗」。

音義 ㄉㄡˇ 名①容量名，十升爲一斗。②有柄，口大底小的方形量器名。③形狀像斗而有柄的器具；例漏斗。④古酒器名；例玉斗。⑤姓。形①狹小的；例斗室。②險峻的，通「陡」。③龐大的；例斗膽。

斗 ③名

參考①斗有一定的大小，比斗大的東西用斗來形容，斗即是小的意思；比斗小的東西用斗形容，即有大的意思。所以「斗室」爲小室，「斗膽」爲大膽。②擊抖、料、蚪、斜。③臺灣從前流行的斗是直筒狀的，用來量米。

4 **斗方名士** ㄉㄡˇ ㄈㄤ ㄇㄧㄥˊ ㄕˋ 形容以風雅自命的無聊文人。斗方：寫字或題詩所用的約一二尺見方的紙。

13 **斗筲之人** ㄉㄡˇ ㄕㄠ ㄓ ㄖㄣˊ 鄙陋淺薄的人。斗容十升，筲容一斗二升，比喻度量之狹小鄙陋，有如斗筲一般。

▽熨斗、泰斗、北斗、漏斗、玉斗、煙斗、刁斗、南斗、國學泰斗、才高八斗。

常 6 **料** 形解 會意；從米在斗中。所以會斗量的意思。

音義 ㄌㄧㄠˋ 名①可供製造的物質；例材料。②供使用或飲用的物品；例飲料。③泛指一切廢棄物；例廢料。④分別物質分量的單位；例單料，雙料。⑤有某種發展可能的人；例不是讀書的料。⑥經人工調配專供禽畜吃的食物；例飼料。動①核計；例預料。②猜想；例不出所料。

ㄌㄧㄠˊ 動撩撥，通「遼」。

4 **料中** ㄌㄧㄠˋ ㄓㄨㄥˋ 猜中。

8 **料事如神** ㄌㄧㄠˋ ㄕˋ ㄖㄨˊ ㄕㄣˊ 形容預料事情的發展或結果非常準確。

10 **料峭** ㄌㄧㄠˋ ㄑㄧㄠˋ 帶有寒意的冷風，吹到身上的感覺。例春寒料峭。

11 **料理** ㄌㄧㄠˋ ㄌㄧˇ (一)處理。(二)烹調的方式。例日本料理。

13 **料想** ㄌㄧㄠˋ ㄒㄧㄤˇ 預料。

參考 同預料，料中。

▽預料、飲料、原料、材料、食料、資料、塗料、燃料、肥料、草料、作料、雙料、布料、飼料、不料、難料、

這塊料、不出所料、難以預料。

常 7 **斜** 形解 形聲；從斗，余聲。余爲言語舒緩，所以用斗取物，緩緩挹出爲斜。

音義 ㄒㄧㄝˊ 名①以地勢傾斜得名的地名；例陳濤斜。②姓。形不正的；例斜風細雨不須歸。

9 **斜風細雨** ㄒㄧㄝˊ ㄈㄥ ㄒㄧˋ ㄩˇ 微風飄雨的氣候。

12 **斜陽** ㄒㄧㄝˊ ㄧㄤˊ 傍晚西沈的太陽。

13 **斜睨** ㄒㄧㄝˊ ㄋㄧˋ 歪斜著眼睛看。

▽傾斜、歪斜、乜斜、陳濤斜、歪歪斜斜。

次 7 **斛** 形解 形聲；從斗，角聲。角有滿而上銳的意思，所以十斗爲斛。

音義 ㄏㄨˊ 名①量器名，古謂十斗，今容五斗爲一斛。②姓。

斛 ①

次 8 **斝** 形解 象形；從斗，吅象器形，所以玉爵爲斝。

音義 ㄐㄧㄚˇ 名古代的青銅酒器之一；例銅斝。

斝

參考 亦作「斚」。

常 9 **斟** 形解 形聲；從斗，甚聲。甚有甘美的意思，所以用斗挹酒爲斟。

音義 ㄓㄣ 名飲料；例廚人進斟。動①執壺(瓶)往杯裏傾注(酒或茶)；例斟酒。②考慮；例斟酌。③滴落；例重簷一線斟。

參考「斟」雖與酒、水有關，但字從「甚」不從「酉」。

10 **斟酌** ㄓㄣ ㄓㄨㄛˊ 考慮情形，審度事理。

斟酌損益 ㄓㄣ ㄓㄨㄛˊ ㄙㄨㄣˇ ㄧˋ 權衡得失。損益：得失。

常 10 **斡** 形解 形聲；從斗，倝聲。倝有運行的意思，所以手執勺柄轉動爲斡。

音義 ㄨㄛˋ 名姓。動轉動；例斡旋。ㄍㄨㄢˇ 動主管；例擅斡。

參考①「斡」、「幹」(ㄍㄢˋ)二字形近音義互殊易誤，用時宜加留意。②因受「幹」字讀音的影響，「斡」常被誤讀成ㄍㄢˋ。

11 **斡旋** ㄨㄛˋ ㄒㄩㄢˊ ㈠比喻居中調停，扭轉僵局，挽回已經弄壞的事情或彌縫缺失。㈡解決國際爭端的方法之一。

參考與「調停」不同：進行斡旋的國家不參加雙方之間的談判；而調停則要參加。

次 10 **斠** 形解 形聲；從斗，冓聲。冓有對等的意思，所以劃平斗斛面使它平正爲斠。

音義 ㄐㄧㄠˋ 名平斗斛的器具。

【斤部】 ㄐㄧㄣ

常 0 **斤** 形解 象形；象斧頭形。

音義 ㄐㄧㄣ 名①砍木用的斧頭；例斧斤。②重量名，一台斤合十六兩；例半斤八兩。③姓。

參考①「斤」和「斧」的分別是，凡是用來砍斫東西的就是斧，而專門砍斫木頭的爲斤。

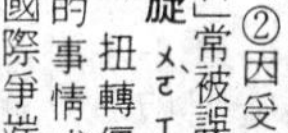
斤 ①图

②擧 斫、斬、蘄、祈、頎、旂、圻、芹、近、斷、听、欣、忻。

4 **斤斤計較** ㄐㄧㄣ ㄐㄧㄣ ㄐㄧˋ ㄐㄧㄠˋ 形容注意細事，連一絲一毫也要計較。

參考本詞含有貶損的意思。

8 **斤兩** ㄐㄧㄣ ㄌㄧㄤˇ ㈠稱重量的單位名。㈡分量，多用於比喻。

▽斧斤、公斤、台斤、半斤、市斤、斤斤、百上加斤、八兩半斤。

常 1 **斥** 形解 字本作「㡿」：形聲；從广，屰聲。屰有迎的意思，所以開拓屋宇使之寬廣爲㡿。俗作「斥」。

音義 ㄔˋ 動①推拒；例同性相

斥。②責罵；例申斥。③探測；例「斥山澤之險。」④開拓；例斥地。⑤指出；例「擬斥乘輿。」形①充滿的；例外貨充斥。②弱小的；例「斥鷃笑之。」

參考 ①擘訴、泝。②「斥」與「斤」之別，主要是在右直豎上有無一點；故「折」與「拆」二字書寫時亦宜注意，以避免混淆。

9 **斥革** ㄔˋ ㄍㄜˊ 革退，斥退。

參考 同革職，革除。

10 **斥候** ㄔˋ ㄏㄡˋ 軍中稱伺望敵兵之人，猶現在的尖兵、哨兵。

11 **斥逐** ㄔˋ ㄓㄨˊ 驅逐。

斥責 ㄔˋ ㄗㄜˊ 責罵，指責。

參考 ①同指責。②與「指摘」有別：「指摘」的語氣較輕，「斥責」的語氣更重。

▽指斥、排斥、擯斥、黜斥、呵斥、責斥、怒斥。

常 4 **斧** 形解 形聲；從斤，父聲。父有巨大的意思，所以大而長柄的斤爲斧。

音義 ㄈㄨˇ 名①伐木的工具；例斧頭。②兵器或刑具；例斧鉞。③費用；例資斧。動用斧頭砍物；例「斧冰持作糜。」

斧 ①名

參考 注意它和「釜」字的分別：「釜」字從金，音ㄈㄨˇ，烹飪器。

5 **斧正** ㄈㄨˇ ㄓㄥˋ 請人修改詩文的客氣話。又作「斧政」、「斧削」。

▽神斧、班門弄斧、神工鬼斧。

次 4 **斨** 形解 形聲；從斤，爿聲。爿有剖分的意思，所以有方形柄孔的斧頭爲斨。

音義 ㄑㄧㄤ 名 方銎的斤斧。

常 7 **斬** 形解 會意；從車斤。古代的腰斬仿自斬法車裂，所以腰斬用的鐵鉞爲斬。

音義 ㄓㄢˇ 動①用刀切斷；例快刀斬亂麻。②斷絕；例五世而斬。

參考 「斬新」又可用「嶄」字。

10 **斬釘截鐵** ㄓㄢˇ ㄉㄧㄥ ㄐㄧㄝˊ ㄊㄧㄝˇ 形容言語行動堅決果斷，毫不含糊。

參考 與「直截了當」有別：前者偏重於「堅決、果斷」，表示毫不猶豫、拖沓，往往在選擇是非，決定可否的場合顯出很有決斷；後者偏重於爽直，表示說話做事不旁敲側擊，不拐彎抹角。

斬草除根 ㄓㄢˇ ㄘㄠˇ ㄔㄨˊ ㄍㄣ 比喻除去禍源，不留後患。

12 **斬絕** ㄓㄢˇ ㄐㄩㄝˊ 斷絕，割斷。

參考 同 與「斷絕」有別：「斬絕」有主動性，意味對生命的戕害；「斷絕」的對象不限於人，對物亦可，如音訊斷絕。

17 **斬獲** ㄓㄢˇ ㄏㄨㄛˋ 斬首虜獲，本指戰場上的收穫，後引申作一切收穫而言。例頗有斬獲。

常 8 **斯** 形解 形聲；從斤，其聲。其爲簸箕，用斤破箕，所以剖析爲斯。

音義 ㄙ 名 姓。代 指示代名詞，通「此」。動 析開，通「撕」；例斯食之。形 指示形容詞，通「此」；例「斯人也而有斯疾也。」介 猶「之」，通「的」；例「螽斯羽。」助 ①句中助詞，無義。例恩斯勤斯。②句末助詞，無義。

參考 擘 廝、凘、澌、嘶、撕、撕。

4 **斯文掃地** ㄙ ㄨㄣˊ ㄙㄠˇ ㄉㄧˋ ㈠文化或文人不受尊重。㈡讀書人品行不端，自甘墮落，敗壞善良風俗。

▽瓦斯、波斯、宙斯、俄羅斯。

次 8 **斮** 形解 形聲；從斤，昔聲。昔有殘餘的意思，所以正面斬斷爲斮。

音義 ㄓㄨㄛˊ 動①斬斷；例斮脛。②砍削；例斮魚。

參考 同斫，斷。

常 9 **新** 形解 形聲；從斤木，辛聲。辛象曲刀形，所以用斧斤取木爲新。

音義 ㄒㄧㄣ 名①新的事物；例除舊布新。②王莽篡漢後所建的國號。③「新疆省」的簡稱。④姓。動①改進，變好；例日新又新。②整修；例房屋翻新。形①與「舊」對稱；例舊瓶裝新酒。②初開始的；例新芽。③結婚時有關的一切人事；例新房。

參考 ①反舊，故，老。②擘薪。

4 **新月** ㄒㄧㄣ ㄩㄝˋ 陰曆每月初一所見細而彎的月牙。

參考 衍新月派、新月社、新月沃地。

5 **新生** ㄒㄧㄣ ㄕㄥ ㈠新入學的學生。㈡初生。例新生兒。㈢重生。

參考 衍新生代、新生之犢、新生兒手冊。

新加坡 ㄒㄧㄣ ㄐㄧㄚ ㄆㄛ ㈠地國名，在馬來半島的南端，西元一九六五年脫離馬來西亞聯邦而成立獨立共和國。㈡都市名。爲新加坡國的首都。

8 **新奇** ㄒㄧㄣ ㄑㄧˊ 新穎奇特。

新秀 ㄒㄧㄣ ㄒㄧㄡˋ 傑出的新進人才。

參考 同新銳。

11 **新婦** ㄒㄧㄣ ㄈㄨˋ 新嫁娘。

新陳代謝 ㄒㄧㄣ ㄔㄣˊ ㄉㄞˋ ㄒㄧㄝˋ ㈠一切事態除舊更新的過程。㈡生物體不斷地吸收新的養分，排除體內因燃燒所產生的廢物的交互作用。

參考 與「推陳出新」有別：前者是客觀的規律；後者是主觀努力的結果。後者有批判地繼承舊文化，創造出新文化的意思；前者沒有。這二條成語不能替換使用。

13 **新詩** ㄒㄧㄣ ㄕ ㈠文白話文運動後，文人所作不拘格律的新體白話詩。又叫「新體詩」。㈡新創作的詩篇。

14 **新聞** ㄒㄧㄣ ㄨㄣˊ ㈠最新發生的事件，出現在傳播媒介上者。㈡從來沒見過的新鮮事。

參考 ㈠參閱「消息」條。㈡衍新聞人物、新聞自由、新聞媒體。

新聞記者 ㄒㄧㄣ ㄨㄣˊ ㄐㄧˋ ㄓㄜˇ 從事採訪新聞消息，及撰寫消息發表於報刊雜誌或廣播電視上的專業人員。

15 **新銳** ㄒㄧㄣ ㄖㄨㄟˋ 新進的人才。

參考 同新秀，新進。

16 **新穎** ㄒㄧㄣ ㄧㄥˇ 新奇超俗。穎：禾葉的末端。

17 **新鮮** ㄒㄧㄣ ㄒㄧㄢ ㈠指食物清潔鮮美而不陳腐。㈡指少見的事情。

參考 與「新穎」都是形容詞，與「陳舊」相對，但有別：「新鮮」多半指鮮嫩果菜食物或空氣而言，或未接觸而剛出現的事物。「新穎」的範圍比較小，多用於思想內容或形式。

▽維新、革新、刷新、日新、創新、嶄新、自新、更新、全新、簇新、長新、洗新、耳目一新、溫故知新、改過自新、記憶猶新、推陳出新、萬象更新、煥然一新、厭故喜新、日新又新。

次 11

斲

形解 會意；從斤，㽬聲。所以用斧頭砍物爲斲。

音義 ㄓㄨㄛˊ 動①斫伐；例發塚斲棺。②雕飾；例木不成斲。

參考 ①同斫。②亦作「斵」。

12 **斲喪** ㄓㄨㄛˊ ㄙㄤˋ 因沈溺酒色而致虛耗精神，傷害身體。

參考 同損耗。

15 **斲輪** ㄓㄨㄛˊ ㄌㄨㄣˊ 形容一個人極富經驗。

常 14

斷

形解 會意；從斤、㡭。是斷絲，所以切截使絕爲斷。

音義 ㄉㄨㄢˋ 動①切割爲二；例藕斷絲連。②隔絕；例斷絕來往。③停止去做；例斷奶。④裁斷，決定；例當機立斷。⑤斬，切；例斷指。副絕對地；例斷無此理。

參考 ①俗作「断」。②和「一段路」、「一段音樂」的「段」字在用法上要分清楚。

4 **斷片** ㄉㄨㄢˋ ㄆㄧㄢˋ ㈠零碎的片段。㈡影片放映時中斷的現象。

8 **斷定** ㄉㄨㄢˋ ㄉㄧㄥˋ 肯定。

斷弦 ㄉㄨㄢˋ ㄒㄧㄢˊ 古代以琴瑟比喻夫婦，喪妻稱爲斷弦。

斷炊 ㄉㄨㄢˋ ㄔㄨㄟ 形容窮到沒有飯吃。

10 **斷送** ㄉㄨㄢˋ ㄙㄨㄥˋ 糟蹋，犧牲。

斷袖 ㄉㄨㄢˋ ㄒㄧㄡˋ 比喻男性方面的同性戀。

11 **斷章取義** ㄉㄨㄢˋ ㄓㄤ ㄑㄩˇ ㄧˋ 引證書籍文字時，只取一句、數句或一段以供應用，而不顧及全文及作者之本意。

12 **斷絕** ㄉㄨㄢˋ ㄐㄩㄝˊ 隔斷，隔絕。

斷然 ㄉㄨㄢˋ ㄖㄢˊ ㈠果決判斷的言詞。㈡絕對地。

13 **斷腸** ㄉㄨㄢˋ ㄔㄤˊ ㈠切斷腸子。㈡比喻傷痛到了極點。例斷腸人在天涯。

15 **斷線風箏** ㄉㄨㄢˋ ㄒㄧㄢˋ ㄈㄥ ㄓㄥ 比喻人失去聯絡，不知下落。

18 **斷簡殘編** ㄉㄨㄢˋ ㄐㄧㄢˇ ㄘㄢˊ ㄅㄧㄢ 殘零不全的簡策或文字。又作「斷編殘簡」。

▽横斷、果斷、決斷、診斷、專斷、中斷、獨斷、判斷、不斷、武斷、切斷、隔斷、割斷、難斷、買斷、了斷、一刀兩斷、憂柔寡斷、肝腸寸斷、當機立斷、柔腸寸斷。

【方部】ㄈㄤ

常 0 **方** 形解 指事；甲文作，從人在一（擔）中，所以等邊爲方。

音義 ㄈㄤ 名 ①邊長相等的四邊形；例正方形。②數 數自乘的積；例平方。③大地；例戴圓履方。④法術；例方術。⑤藥單；例祕方。⑥位置；例東方。⑦處所；例神無方。⑧禮制法度；例有勇知方。⑨目類；例方式。⑩道理；例教子有方。⑪姓。形①四邊形的；例方桌。②某一地帶的；例方言。③品行好的；例「賢良方正」。副①正當地；例「血氣方剛」。②將要地；例「方解纓絡」。③剛才；例失去自由，方知自由可貴。④當；例方今唯秦。

參考 肇坊、肪、枋、昉、放、舫、房、防、坊、魴、彷、旁、芳、髣、仿、紡、訪、妨。

3 **方寸** ㄈㄤ ㄘㄨㄣˋ ㈠長寬各一寸的面積。㈡比喻內心。

方丈 ㄈㄤ ㄓㄤˋ ㈠一丈見方。㈡宗原指佛教寺院的長老、住持居住的房屋。後也作爲對佛教、道教寺觀內主持者的尊稱。

5 **方外** ㄈㄤ ㄨㄞˋ ㈠世外。用來指和尚、道士等。例「就近因了某種因緣，和方外友弘一和尚相聚。」㈡異域。㈢國境之外。

6 **方式** ㄈㄤ ㄕˋ 方法和形式。例工作方式。

方向 ㄈㄤ ㄒㄧㄤˋ ㈠東西南北上下的區別。㈡情勢。

參考 衍方向舵、方向角、方向穩定性。

7 **方言** ㄈㄤ ㄧㄢˊ ㈠某地方的語言，並不通行於其他各地。㈡書共十三卷，舊本題作：漢揚雄撰，晉郭璞注。

參考 衍方言館、方言文學。

8 **方法** ㄈㄤ ㄈㄚˇ 要達到目的所運用的步驟及方式。

參考 ①衍方法論。②與「方式」都是指解決問題的手法，但有別：前者偏重於解決的辦法；後者偏重於解決的形式。如生活方式、生產方式；思想方法、工作方法。

方法論 ㄈㄤ ㄈㄚˇ ㄌㄨㄣˋ 研究治學方法的學問。

方枘圓鑿 ㄈㄤ ㄖㄨㄟˋ ㄩㄢˊ ㄗㄨㄛˋ 比喻立場不同或意見不合，無法相容。枘：木柄；鑿：容柄之孔。

參考 ①與「格格不入」有別：後者含有「互相牴觸」的意思，當強調此意時，宜用之；前者具有名性語法功能，常作「像」的賓語。前者只用在書面；後者多用在口語。②反水乳交融，融爲一體。

9 **方便** ㄈㄤ ㄅㄧㄢˋ ㈠便利。㈡宗佛教名詞。權宜之意。

10 **方針** ㄈㄤ ㄓㄣ 進行計劃的方向。

參考 同方向。

方案 ㄈㄤ ㄢˋ 爲達成計劃目標、組織所應採取的措施。

11 **方略** ㄈㄤ ㄌㄩㄝˋ 策劃，計謀。

16 **方興未艾** ㄈㄤ ㄒㄧㄥ ㄨㄟˋ ㄞˋ 形容事物正在蓬勃發展中，一時不會終止。艾：停止。

▽遠方、處方、雙方、地方、平方、立方、藥方、見方、東方、西方、南方、北方、四方、八方、處方、對方、無方、正方、前方、後方、比方、遊必有方、四面八方、大大方方、貽笑大方、落落

⑧「日本」的簡稱；例中日甲午戰爭。

參考 孳 駬、衵。

3 **日子** ㄖˋ ˙ㄗ ㈠光陰，時間。例日子過得眞快。㈡特指的一天。例今天是他結婚的好日子。㈢固定期間。例老闆給我三天的日子，讓我返家掃墓。㈣生活。例近來他都是過著愁眉苦臉的日子。㈤生計。例抗戰時期的日子，大家都過得很刻苦。

日上三竿 ㄖˋ ㄕㄤˋ ㄙㄢ ㄍㄢ ㈠太陽已經升至三枝竹竿的高度，指時間不早，大約是早上八、九點。㈡指晚起。又作「日高三竿」。

日久彌新 ㄖˋ ㄐㄧㄡˇ ㄇㄧˊ ㄒㄧㄣ 雖然經過許多日子，但意義更加深刻，適合時代潮流。彌：更加。又作「歷久彌新」。

日久見人心 ㄖˋ ㄐㄧㄡˇ ㄐㄧㄢˋ ㄖㄣˊ ㄒㄧㄣ 經過長時間的相處，心地的好壞自然可以看出。

參考 本詞常與「路遙知馬力」併用。

4 **日內瓦** ㄖˋ ㄋㄟˋ ㄨㄚˇ 地 城市名；位於瑞士西南部，臨日內瓦湖。是瑞士工商業、金融中心和遊覽勝地。以製造鐘錶及手飾聞名於世。

參考 衍 日內瓦公約。

日月如梭 ㄖˋ ㄩㄝˋ ㄖㄨˊ ㄙㄨㄛ 形容時間過得快，猶如織布機上飛快往來的梭子一般。

參考 本詞常與「光陰似箭」連用。

5 **日本** ㄖˋ ㄅㄣˇ 地 亞洲東部的島國。國土由北海道、本州、四國、九州四個大島和許多小島組成。面積三七二、〇〇〇方公里，人口一億一千萬。首都東京。漁產豐富，海運便利，是亞洲最大的工業國。

參考 衍 日本海、日本腦炎。

10 **日記** ㄖˋ ㄐㄧˋ 個人每日的生活紀錄，內容記載有關遇到或發生的事情，以及所做所想等事。

12 **日程** ㄖˋ ㄔㄥˊ ㈠按日排定的辦事程序。例會議日程。㈡一天的行程。

日期 ㄖˋ ㄑㄧˊ 特指的日子。

日晷 ㄖˋ ㄍㄨㄟˇ ㈠日影。晷：太陽的影子。㈡古代利用日影以定時刻的一種儀器。又名「日規」。

參考 衍 日晷儀。

13 **日新月異** ㄖˋ ㄒㄧㄣ ㄩㄝˋ ㄧˋ 每天每月都有新的變化，形容發展進步得很快速。新：更新；異：不同。

參考 反 依然如故。

參考 參閱「日新又新」條。

日新又新 ㄖˋ ㄒㄧㄣ ㄧㄡˋ ㄒㄧㄣ 每天都在追新，求進步。

參考 與「日新月異」都有日日進步之義，但著重點不同：前者著重「新」的意義，即不斷求新、求進步；後者著重於「異」的意義，而在改變中又包含新的意思。二者常可互用。

14 **日誌** ㄖˋ ㄓˋ 學校或公私機關中，每日記載所發生事情的紀錄。例教室日誌。

參考 與「日記」同義，但使用對象不同：後者多指私人的紀錄。

日蝕 ㄖˋ ㄕˊ 天 月球運行到太陽和地球之間，成一直線時，太陽的光被月亮擋住，地球表面上某些地區短時間內看不到太陽，這現象稱「日蝕」。

15 **日課** ㄖˋ ㄎㄜˋ 每日一定的課程。

日暮途窮 ㄖˋ ㄇㄨˋ ㄊㄨˊ ㄑㄩㄥˊ 太陽已下山，路途已走盡；比喻事情的發展已到達絕望、滅亡的境地。暮：傍晚；窮：盡。

參考 反 欣欣向榮。

16 **日曆** ㄖˋ ㄌㄧˋ 記載年、月、日、星期和季候、節氣等的印刷物，一天一頁的稱爲日曆。又作「日歷」。

日積月累 ㄖˋ ㄐㄧ ㄩㄝˋ ㄌㄟˇ 指長時間的累積。

17 **日薄西山** ㄖˋ ㄅㄛˊ ㄒㄧ ㄕㄢ 太陽迫近西山，即將下落。比喻人年老力衰，接近死亡。薄：迫近。

參考 反 旭日東昇。

▽隔日、忌日、近日、祭日、終日、旬日、昔日、即日、落日、烈日、節日、今日、往日、白日、指日、前日、生日、紀念日、黃道吉日、不見天日、永無寧日、光天

化日、指天誓日、重見天日、偷天換日、暗無天日、蜀犬吠日、飽食終日。

㊌ 1

旦

形解 指事；從日見一上。一，指地面，所以天剛明亮的時候爲旦。

音義 ㄉㄢˋ 名①天剛亮的時候；例枕戈待旦。②早晨；例旦夕之間。③國劇裡扮演女子的腳色；例老旦。④日；例元旦。⑤姓。

參考①反夕。②孳疸、担、怛、妲、靼、坦、但、胆、袒。

3 **旦夕** ㄉㄢˋ ㄒㄧˋ ㈠早晚。㈡比喻時間短促，亦即「不久」。例旦夕之間。㈢比喻非常急迫危險。例危在旦夕。

參考 同朝夕、旦暮、旦昔。

5 **旦旦** ㄉㄢˋ ㄉㄢˋ ㈠日日，每天。㈡誠懇的樣子。例信誓旦旦。

15 **旦暮** ㄉㄢˋ ㄇㄨˋ ㈠白晝和夜晚，一整天。㈡指很短的時間。

▽元旦、歲旦、平旦、正旦、老旦、花旦、文旦、昧旦、刀馬旦、枕戈待旦、通宵達旦、坐以待旦。

㊌ 2

早

形解 會意；從日在甲上。甲是草木初生時破土而出的種皮，日升出於孚甲上的時間，所以會清晨的意思。

音義 ㄗㄠˇ 名①天明的時候；例大清早。②姓。形①剛開始的；例早春。②未到預定時間的；例早產兒。③先前的；例早先。④晨間的；例早操。⑤晨間招呼表敬意的用語；例老師早！副事先；例早作準備。

參考①通「蚤」字。②早、旱有別：「早」下邊是「十」。「天旱」、「防旱」的「旱」下邊是「干」。

9 **早春** ㄗㄠˇ ㄔㄨㄣ 初春，立春以後的一段時間。

12 **早晚** ㄗㄠˇ ㄨㄢˇ ㈠早上和晚上。㈡時間的先後早晚。例老闆來上班的時間早晚不一定。㈢遲早。例他早晚會成功的。

15 **早熟** ㄗㄠˇ ㄕㄡˊ ㈠農作物的果實提早成熟。㈡人的身體或心智發育比一般的早。

▽遲早、特早、最早、提早、稍早、你早、趕早、一大早。

㊌ 2

旨

形解 形聲；從甘，匕聲。用匕取食嚐試，然後覺得美味，所以甘美爲旨。

音義 ㄓˇ 名①心意，志趣；例宗旨。②帝王的命令；例聖旨。③美食；例食旨不甘。形美好的；例旨酒。

參考 孳脂、指、酯。

15 **旨趣** ㄓˇ ㄑㄩˋ 宗旨及大意。旨又作「指」。

▽主旨、要旨、宗旨、無關宏旨。

㊌ 2

旬

形解 形聲；從日，勻省聲。勻是平均，將一月均分成三等分，所以十日爲旬。每一等分爲一旬，

音義 ㄒㄩㄣˊ 名①十天；例一旬。②十歲；例年滿七旬。動周徧；例來旬來宣。形整個的；例旬歲。

參考①孳峋、徇、恂、洵、郇、栒、荀、詢、侚、殉。②「旬」、「甸」有別：「上旬」的「旬」，因爲與時間有關，所以裏面是從「日」。「沉甸甸」的「甸」，指的是草地或郊野，因此字裏面是從「田」。

4 **旬日** ㄒㄩㄣˊ ㄖˋ 指十天。

▽上旬、下旬、中旬、初旬、卜旬、年過六旬。

㊌ 2

旭

形解 形聲；從日，九聲。日始出爲旭。

音義 ㄒㄩˋ 名早晨初出的太陽；例朝旭。形光明的；例旭日煙雲卷。

參考「旮」音「ㄍㄚ」，旯音「ㄌㄚˊ」，和「旭」字音義都不同。

4 **旭日** ㄒㄩˋ ㄖˋ 早晨剛升起的太陽。例旭日東升。

▽朝旭、初旭。

㊋ 2

旯

形解 形聲；從日，九聲。九有隱而不顯的意思，所以太陽剛剛升起爲旯。

音義 ㄌㄚˊ 名旮旯，參閱「旮旯」條。

㊇2 **旮** 形解 形聲；從日，九聲。九有隱而不顯的意思，所以太陽剛剛升起爲旮。

音義 ㄍㄚ 名旮旯，角落，指不受注意的角落；例他躲在旮旯兒裡。

6 **旮旯兒** ㄍㄚ ㄌㄚˊ ㄦ 即角落，不受注意的暗隅。又作「旮旯子」。

㊥3 **旱** 形解 形聲；從日，干聲。干有進犯的意思，所以烈陽恣虐，草木枯槁，久不下雨爲旱。

音義 ㄏㄢˋ 名久不下雨；例防旱。形①陸地的；例旱路。②乾燥的，無水的；例旱田。

參考 ①同乾。②反澇、水。③擘捍、睅、悍、趕、焊。④與「旰」，音義不同。

5 **旱田** ㄏㄢˋ ㄊㄧㄢˊ 農地勢較高，或缺乏充足水分灌溉的田地，多種植不需要大量水分的作物。

參考 反水田。

7 **旱災** ㄏㄢˋ ㄗㄞ 因爲天不下雨而造成的災害。

參考 反水災。

15 **旱魃** ㄏㄢˋ ㄅㄚˊ 古代傳說中的怪物，能造成旱災。魃：造成旱災的凶神。

旱潦 ㄏㄢˋ ㄌㄠˋ 指久旱不雨和雨水過多兩種天災。潦：雨水盛大的樣子。

▽枯旱、炎旱、荒旱、乾旱、天旱。

㊇3 **旰** 形解 形聲；從日，干聲。干即是盾，有遮蔽的意思，太陽爲山水所遮蔽，所以日落時分爲旰。

音義 ㄍㄢˋ 名晚，日落時分；例日旰。

參考 「旰」與從「于」的「盱」，音義不同。

9 **旰食** ㄍㄢˋ ㄕˊ 比喻勤勞做事，不暇及食。

㊥4 **明** 形解 會意；從日，從月。日月照天，光顯明亮爲明。

音義 ㄇㄧㄥˊ 名①視覺；例失明。②史朝代名，朱元璋代元後國號曰明，凡十六帝，二百七十七年。③陽世；例幽明永隔。④表面；例明進暗退。⑤白天；例晦明。⑥姓。動①懂得；例深明大義。②彰顯；例明恥教戰。③發光；例天色未明。形①乾淨的；例几淨窗明。②次，下一個；例明年。③光潔的；例明鏡。④光亮的；例月明星稀。⑤悟性高的；例聰明人。⑥顯著的；例明效。副公開地；例有話明說。

參考 ①字又作「朙」、「眀」。②擘盟、萌、盟。

4 **明文** ㄇㄧㄥˊ ㄨㄣˊ 公開見於文字的文件。多指法令、規章等。例明文公布。

明火執仗 ㄇㄧㄥˊ ㄏㄨㄛˇ ㄓˊ ㄓㄤˋ 舊小說裏形容强盜在夜裏點著火把，公開進行搶劫的行爲。仗：棍棒之類的武器。

參考 參閱「明目張膽」條。

明日黃花 ㄇㄧㄥˊ ㄖˋ ㄏㄨㄤˊ ㄏㄨㄚ 原指重陽節(農曆九月九日)一過，黃花(菊花)就要凋謝。比喻過時的事物。

明心見性 ㄇㄧㄥˊ ㄒㄧㄣ ㄐㄧㄢˋ ㄒㄧㄥˋ 哲中國哲學術語，原爲佛教禪宗的主要修養方法。意指「心」是可以轉變的(轉迷爲悟)，但佛「性」是永遠不變的。因此只要悟了自心本性(即佛性)，就能成佛。後宋明理學家如陸九淵、王陽明用此術語，認爲只要通過內省(明心)的功夫，就可以認識眞理(見性)。

5 **明令** ㄇㄧㄥˊ ㄌㄧㄥˋ 公開發布的命令。例總統明令褒獎。

明白 ㄇㄧㄥˊ ㄅㄞˊ ㈠清晰，清楚。例他將道理剖析得非常明白。㈡了解。例我明白他的意思。㈢聰明，不糊塗。

參考 「明白」、「清楚」有別：「明白」表示「明顯」、「透徹」的意思。如：這個問題，他講得十分明白。「清楚」著重表示「明晰有條理」，如：要把工作交代清楚。

明目張膽 ㄇㄧㄥˊ ㄇㄨˋ ㄓㄤ ㄉㄢˇ 本指有膽有識，敢作敢爲。現多用以形容公開地、毫無顧忌地幹壞事。
參考 ①同膽大妄爲。②與「明火執仗」有別：前者指膽大，毫無忌憚，使用對象廣泛；後者偏重公開，毫不隱蔽，多指強盜行爲。

8 **明知故犯** ㄇㄧㄥˊ ㄓ ㄍㄨˋ ㄈㄢˋ 明明知道不該做而仍舊去做。
參考 與「知法犯法」有別：前者泛指不該做的事，後者指做了違法的事。

9 **明星** ㄇㄧㄥˊ ㄒㄧㄥ ㈠明亮的星。㈡影藝界或體育界的出色人物。例電影明星、明星球員。

明信片 ㄇㄧㄥˊ ㄒㄧㄣˋ ㄆㄧㄢˋ 郵局出售的不用封套的寫信紙片，郵費比平信便宜一半。

10 **明朗** ㄇㄧㄥˊ ㄌㄤˇ ㈠光線充足明亮。㈡明顯清晰。例態度明朗。㈢形容思想開闊、爽快。

明哲 ㄇㄧㄥˊ ㄓㄜˊ 明智，洞明事理。哲：智慧高，察明事理。

明哲保身 ㄇㄧㄥˊ ㄓㄜˊ ㄅㄠˇ ㄕㄣ 明智的人善於保全自己，不參與可能給自己帶來危險的事。
參考 與「潔身自好」有別：前者偏重指明智地處事待人，保全自己的安全利益；後者偏重指不與世俗同流合汚，保持自己的純潔、清白。

明珠 ㄇㄧㄥˊ ㄓㄨ 光澤晶瑩的珍珠，比喻爲人所喜愛的人或珍貴之物。

明珠暗投 ㄇㄧㄥˊ ㄓㄨ ㄢˋ ㄊㄡˊ 原指把閃閃發光的珍珠投到黑暗的地方。比喻：㈠才智之士得不到重視、任用。㈡貴重的東西落到不識貨人的手裡。㈢好人入邪黨。
參考 與「懷才不遇」有別：後者指人不得志；前者多指人爲昏庸的、不賞識他的人服務或誤入歧途。

明師益友 ㄇㄧㄥˊ ㄕ ㄧˋ ㄧㄡˇ 賢明的師長和有助益的朋友，使自己學問品德上有所助益。又作「良師益友」。

11 **明眸皓齒** ㄇㄧㄥˊ ㄇㄡˊ ㄏㄠˋ ㄔˇ 明亮的眼睛，潔白的牙齒；多用以形容女子的美貌。眸：眼珠。皓：潔白。

12 **明媚** ㄇㄧㄥˊ ㄇㄟˋ 指景色鮮明可愛。媚：美好。例春光明媚。

明晰 ㄇㄧㄥˊ ㄒㄧ 明白清楚而不模糊。
參考 反混亂。

明媒正娶 ㄇㄧㄥˊ ㄇㄟˊ ㄓㄥˋ ㄑㄩˇ 經過媒人的介紹說合，光明正大的娶過大門；引申指正式而獲得大家公認的婚姻。

14 **明槍暗箭** ㄇㄧㄥˊ ㄑㄧㄤ ㄢˋ ㄐㄧㄢˋ 比喻公開的與隱蔽的各種攻擊和破壞。

明察秋毫 ㄇㄧㄥˊ ㄔㄚˊ ㄑㄧㄡ ㄏㄠˊ 形容目光敏銳，連極細微的東西也能看得一清二楚。秋毫：秋天鳥獸新生的細毛，比喻極微小的東西。
參考 與「洞若觀火」有別：前者強調觀察事物的精細入微；後者強調觀察事物的透徹深遠，又可比喻事物本身非常明白清楚。

15 **明德** ㄇㄧㄥˊ ㄉㄜˊ 崇高而完美的德性。

明確 ㄇㄧㄥˊ ㄑㄩㄝˋ 明白確切。例請你給我一個明確的答覆。
參考 反含混。

17 **明瞭** ㄇㄧㄥˊ ㄌㄧㄠˇ 明白瞭解。
參考 同知曉。

19 **明證** ㄇㄧㄥˊ ㄓㄥˋ 明白的證據。

明鏡高懸 ㄇㄧㄥˊ ㄐㄧㄥˋ ㄍㄠ ㄒㄩㄢˊ 泛指辦案的司法官吏公正清明，毋枉毋縱。又作「秦鏡高懸」。

20 **明礬** ㄇㄧㄥˊ ㄈㄢˊ 名是鋁和鉀的硫酸鹽。無色結晶，易溶於水，用於造紙、印染等工業，也用作淨水劑。

23 **明顯** ㄇㄧㄥˊ ㄒㄧㄢˇ 明白顯露，使人容易看得出。
參考 反模糊。

24 **明豔照人** ㄇㄧㄥˊ ㄧㄢˋ ㄓㄠˋ ㄖㄣˊ 光彩豔麗，奪人眼目。常用來形容豔麗的女子或景色。

▽賢明、光明、失明、證明、神明、聲明、說明、鮮明、透明、發明、表明、文明、英明、申明、聰明、無明、天明、啓明、自知之明、反清復明、另請高明、正大光明、先見之明、大放光明。

常 4
旺

解形 暀 形聲；從日，往聲。往有衆多的意思，所以衆光調和始見其美盛爲暀。俗作「旺」。

音義 ㄨㄤˋ 名姓。形①美好的；

例旺運。②興盛的；例興旺。③猛烈的，熾盛的；例火很旺。

參考 同盛。

11 **旺盛** ㄨㄤˋ ㄕㄥˋ 形容生長力或體力充沛興盛。例精力旺盛。

常 4 **昔** 形解 象形；從日，上象殘肉形。乾肉為昔。

音義 ㄒㄧˊ 名①古代，以前；例今非昔比。②夜，通「夕」；例一昔之期。③姓。形過去的；例昔日。

ㄘㄨㄛˋ 形粗糙的。

參考 擎厝、措、錯、惜、腊。

4 **昔日** ㄒㄧˊ ㄖˋ 從前，往日。

參考 同昔時、昔年。

▽往昔、今昔、宿昔、疇昔、古昔、撫今憶昔。

常 4 **昏** 形解 會意；從日，氏省。氏有低下的意思，所以太陽將落近地的時分為昏。

音義 ㄏㄨㄣ 名①太陽快下山的時候；例黃昏。②婚姻，通「婚」；例昏姻。動昏迷，不省人事；例昏了過去。形①黑暗的；例昏天暗地。②糊塗的；例昏聵。③迷亂的；例利令智昏。

參考 ①字又作「昬」。②擎婚、惛、閽。

4 **昏天黑地** ㄏㄨㄣ ㄊㄧㄢ ㄏㄟ ㄉㄧˋ 形容天色昏暗，不能辨清方向，比喻：㈠人的昏亂無知。㈡社會黑暗混亂，沒有秩序。

參考 與「天昏地暗」有別：前者可比喻思想昏聵糊塗，又可比喻社會黑暗；後者不能。前者表示程度過甚；後者表示混亂到不可收拾的地步。

8 **昏花** ㄏㄨㄣ ㄏㄨㄚ 視覺模糊不清。例老眼昏花。

昏昏 ㄏㄨㄣ ㄏㄨㄣ ㈠熟睡的樣子。㈡迷糊不明的樣子。例昏昏欲睡。

9 **昏昧** ㄏㄨㄣ ㄇㄟˋ ㈠昏庸愚昧，引申為不明白事理。㈡混沌不清的樣子。

參考 同昏蒙。

10 **昏迷** ㄏㄨㄣ ㄇㄧˊ ㈠昏暗迷惘，不能辨清事理。㈡醫以失去知覺為主要表現的一種病情，通常由於中樞神經，特別是大腦皮層受到嚴重損害、抑制或缺血、缺氧時都可能發生。

11 **昏庸** ㄏㄨㄣ ㄩㄥ 形容人才智昏暗愚昧。例昏庸無能。

參考 反賢明。

13 **昏暗** ㄏㄨㄣ ㄢˋ ㈠指光線黑暗，視線不明。㈡引申指政治、社會等黑暗不光明。

昏亂 ㄏㄨㄣ ㄌㄨㄢˋ ㈠昏昧，作亂。例國家昏亂有忠臣。㈡昏迷錯亂。例頭腦昏亂。

18 **昏聵** ㄏㄨㄣ ㄎㄨㄟˋ 昏庸糊塗。聵：不能明察事理的樣子。聵又作「瞶」、「憒」。

▽黃昏、晨昏、發昏、頭昏、利令智昏、暗香浮動月黃昏。

常 4 **易** 形解 象形；象蜥蜴形。

音義 一ˋ 名①書即易經；例讀易。②姓。動①更換；例改易。②治理；例易田。③輕視；例慢易。④互相交換；例交易。形①不困難的；例知難行易。②和氣；例平易近人。

參考 ①反艱、難、困、苦。②擎瘍、蜴、剔、惕、踢、賜、錫、裼、餳、暘。

6 **易如反掌** 一ˋ ㄖㄨˊ ㄈㄢˇ ㄓㄤˇ 形容非常容易，有如反翻手掌一般的簡單。

參考 反登天之難。

9 **易俗** 一ˋ ㄙㄨˊ 改善風俗。例移風易俗。

18 **易轍** 一ˋ ㄔㄜˋ 改變行車的道路，比喻變更方針、計畫或辦法。轍：行車的軌跡。

▽改易、簡易、輕易、交易、難易、不易、平易、辟易、變易、貿易、容易、周易、三易、移易、改易、易易、談何容易。

常 4 **昌** 形解 會意；從日，從曰。日有美善的意思，曰為言語，所以美言為昌。

音義 ㄔㄤ 名姓。動生長；例萬物以昌。形①美好而適當的；例昌言。②興盛的；例昌盛。③光明的；例昌明。

參考 ①擎倡、娼、猖、菖、錩、

闔、錩、倡、唱。②「昌」、「倡」有別：「提倡」的「倡」字是音ㄔㄤˋ，與「科學昌明」的「昌」字（音ㄔㄤ）不同。

7 **昌言** ㄔㄤ ㄧㄢˊ 善言，無所隱諱的善言。

8 **昌明** ㄔㄤ ㄇㄧㄥˊ 光明，光大，美好。例政治昌明。

▽殷昌、隆昌、文昌、南昌、武昌、繁昌、五世其昌。

常 4 **昆** 形解 會意；從日，從比。比有齊一的意思，所以等同爲昆。

音義 ㄎㄨㄣ 名①兄；例昆仲。②後世子孫；例後昆。形眾多的；例昆蟲。副同時；例昆鳴。

參考 孳崑、混、焜、琨、錕、鯤、鵾、餛。

5 **昆布** ㄎㄨㄣ ㄅㄨˋ 植藻類植物，生於海中，細長如帶，含有豐富的碘，可食，狹的稱海帶，尚有鵝掌菜、裙帶菜等。

6 **昆仲** ㄎㄨㄣ ㄓㄨㄥˋ 稱他人弟兄的敬辭。例賢昆仲。

參考 ①同兄弟、昆玉。②又作「昆季」。

8 **昆明** ㄎㄨㄣ ㄇㄧㄥˊ 地雲南省省會，位於滇池之北，是全省經濟、文化、政治、工業中心。

參考 衍昆明池、昆明湖。

18 **昆蟲** ㄎㄨㄣ ㄔㄨㄥˊ ㈠蟲類的總稱。㈡身體由頭、胸、腹等三部組成，以氣管呼吸的節足動物，如螞蟻、蜜蜂等。

參考 衍昆蟲類、昆蟲綱、昆蟲學。

常 4 **昂** 形解 形聲；從日，卬聲。卬有仰的意思，所以高舉爲昂。

音義 ㄤˊ 動①高仰；例昂首。②物價高漲；例物價踴昂。形①氣概高朗的；例氣宇軒昂。②很貴的；例物價奇昂。

9 **昂首** ㄤˊ ㄕㄡˇ 擡頭。例昂首闊步。

12 **昂貴** ㄤˊ ㄍㄨㄟˋ 貨物的價格非常高。

參考 與「名貴」有別：前者指貨物價格高，後者指物品有名而高貴。

昂然 ㄤˊ ㄖㄢˊ 擡頭挺胸，高傲不卑屈的樣子。例昂然不屈。

18 **昂藏** ㄤˊ ㄘㄤˊ 形容人儀表雄偉，氣宇不凡的樣子。藏：涵泳而不外現，形容含蓄而有氣質的樣子。

▽激昂、低昂、里昂、波昂、雄赳赳、氣昂昂、器宇軒昂、慷慨激昂。

次 4 **昉** 形解 形聲；從日，方聲。方有廣大的意思，所以明亮爲昉。

音義 ㄈㄤˇ 形天明亮的。副開始地。

次 4 **昒** 形解 形聲；從日，勿聲。勿有浮動不明的意思，所以天色將亮未亮爲昒。

音義 ㄏㄨ 名黎明；例昒昕。副深遠的樣子；例昒穆無窮。

參考 又音ㄨˋ。

次 4 **昕** 形解 形聲；從日，斤聲。斤有劈開的意思，所以天將破曉日將出爲昕。

音義 ㄒㄧㄣ 名早晨；例昕夕靡爽。

3 **昕夕** ㄒㄧㄣ ㄒㄧˋ 早晚，比喻隨時。

參考 衍昕夕往返、昕夕惕勵。

常 4 **旻** 形解 形聲；從日，文聲。文有完成的意思，秋天物熟而盛，所以物熟而盛的秋天爲旻。

音義 ㄇㄧㄣˊ 副旼旼，和藹的樣子。

參考 「旻」與從天的「昊」，音義不同。

4 **旻天** ㄇㄧㄣˊ ㄊㄧㄢ ㈠秋天。㈡天的通稱。

▽秋旻、蒼旻、小旻。

次 4 **昊** 形解 形聲；從日夰，夰亦聲。夰有萌生的意思，春天萬物滋生，所以春天爲昦。隸變作「昊」。

音義 ㄏㄠˋ 名①天；例昊天。②姓。

4 **昊天** ㄏㄠˋ ㄊㄧㄢ ㈠夏天。㈡天的泛稱。㈢比喻廣大的。㈣比喻父母給予子女的大恩。例昊天罔極。

參考 衍昊天有成命。

4 **昊天罔極** ㄏㄠˋ ㄊㄧㄢ ㄨㄤˇ ㄐㄧˊ 比

喻父母的大恩，好像上天般無窮無盡。罔極：無窮。

次 4 **昃** 形解 （篆） 形聲；從日，仄聲。仄有傾斜的意思，所以太陽西斜的時分爲昃。

音義 ㄗㄜˋ 名 太陽西斜的時分；例日昃。

次 4 **昇** 形解 （篆） 形聲；從日，升聲。升是上升，所以太陽上升爲昇。

音義 ㄕㄥ 名 姓。動 ①太陽上升，同「升」；例旭日東昇。②登進；例步步高昇。

5 **昇平** ㄕㄥ ㄆㄧㄥˊ 太平。例昇平之世。

12 **昇華** ㄕㄥ ㄏㄨㄚˊ ㈠化合物由固體直接變成氣體，等到冷後，由氣體直接變成固體，均不經由液體的作用。例如硫黃就是。㈡比喻人的情感由低級趣味轉變而成高尚的表現。例昇華人生。

▽上昇、高昇、晉昇、步步高昇。

常 5 **春** 形解 （篆） 形聲；從日艸，屯聲。屯象草木初生形，所以草木得以滋生的時候爲春。

音義 ㄔㄨㄣ 名 ①四季之首，陰曆一到三月，陽曆三到五月；例春、夏、秋、冬。②男女間的情感；例有女懷春。③生機；例妙手回春。形 ①關於春天的；例春風。②關於男女之情的；例春情。

參考 ①字又作「萅」。②攣椿、蠢。

4 **春分** ㄔㄨㄣ ㄈㄣ 節氣名，在陽曆三月二十一日前後，這一天晝夜時間相等。春分後，北半球晝長夜短，南半球卻相反。

6 **春光** ㄔㄨㄣ ㄍㄨㄤ ㈠春天的景色，風光。例春光明媚。㈡比喻女子的玉體。例春光外洩。

春色 ㄔㄨㄣ ㄙㄜˋ ㈠春天的景色。㈡比喻色情。

9 **春風** ㄔㄨㄣ ㄈㄥ ㈠春天的風，因爲它的溫暖和煦，所以用來比喻：1.良師的教導。例春風化雨。2.恩惠。例口角春風。3.愉快、順利。例春風得意、滿面春風。㈡指男女性交行爲。例春風一度。

春風得意 ㄔㄨㄣ ㄈㄥ ㄉㄜˊ ㄧˋ ㈠舊稱進士及第。㈡稱人神采奕奕，在事業上順利有成就。

春秋 ㄔㄨㄣ ㄑㄧㄡ ㈠春季和秋季。㈡指歲月，光陰。㈢指年齡。㈣書 儒家經典之一，編年體的史書。孔子依據魯國歷史春秋加以整理修訂而成。㈤史 時代名，孔子作春秋起於魯隱公元年，終於魯哀公十四年，凡歷十二公，二百四十二年，世稱春秋時代。

參考 衍 春秋之筆、春秋五霸、春秋時代。

10 **春宵** ㄔㄨㄣ ㄒㄧㄠ 春夜。宵：夜晚。

11 **春假** ㄔㄨㄣ ㄐㄧㄚˋ 學校在春季期間所放的假，常在三月底，四月初。例春假旅行。

春情 ㄔㄨㄣ ㄑㄧㄥˊ ㈠春天的情景。㈡男女相愛戀之情。

12 **春筍** ㄔㄨㄣ ㄙㄨㄣˇ 春日初生的竹筍，古人用來比喻：㈠忽然多了起來。例多如雨後春筍。㈡女子手指纖細美好。例纖纖春筍。

春華秋實 ㄔㄨㄣ ㄏㄨㄚˊ ㄑㄧㄡ ㄕˊ 春天開花，秋天結果。華：同「花」。比喻：㈠人的文采和德行，都有所得。㈡比喻文章的品質、風格不同。

13 **春暉** ㄔㄨㄣ ㄏㄨㄟ ㈠春天溫暖的陽光。暉：陽光。㈡比喻慈母的恩惠。例「誰言寸草心？報得三春暉。」

春節 ㄔㄨㄣ ㄐㄧㄝˊ 舊以立春爲春節，民國以來以農曆正月初一爲春節，習慣上把正月初一以後的五天也叫春節。

14 **春夢** ㄔㄨㄣ ㄇㄥˋ ㈠春天好睡，夢境容易忘失；比喻人事繁華，如春夜的夢境一樣容易消失。例事如春夢了無痕。㈡稱空想、幻想、妄想爲春夢。例戰地春夢。

春夢無痕 ㄔㄨㄣ ㄇㄥˋ ㄨˊ ㄏㄣˊ 形容世事多變化，立即消逝，不留痕跡。

17 **春聯** ㄔㄨㄣ ㄌㄧㄢˊ 春節時貼在門

旁的對聯。內容多爲吉祥話。源出於古代桃符的習俗。

▽初春、青春、惜春、早春、暮春、陽春、立春、仲春、孟春、晚春、懷春、賣春、新春、妙手回春、枯木逢春、著手成春、少女懷春、一年之計在於春。

常 5 **昨** 形解 形聲；從日，乍聲。乍有迫近的意思，所以今天的前一天爲昨。

音義 ㄗㄨㄛˊ 名①今天的前一天；例昨天。②往日；例今是昨非。

常 5 **昭** 形解 形聲；從日，召聲。召是用言語招呼人，所以日光明澈爲昭。

音義 ㄓㄠ 名①光明；例昭昭。②古代宗廟的次序，始祖廟居中，左爲昭，右爲穆；例昭穆。③姓。動使冤情得以洗清；例昭雪。形顯著的；例罪名昭彰。

參考①同明。②擎照。

5 **昭示** ㄓㄠ ㄕˋ 在上位者垂訓告示下位者。

參考與「訓示」都指在上位的人告知在下位的人，但有別：前者有明白告示的意思，後者有訓勉教誨的意思。

11 **昭雪** ㄓㄠ ㄒㄩㄝˇ 爲被誣枉的人洗清冤屈。

參考與「平反」都有重新回復之意，但有別：前者用於冤屈的洗清；後者多指政治地位上的恢復。

12 **昭然若揭** ㄓㄠ ㄖㄢˊ ㄖㄨㄛˋ ㄐㄧㄝ 眞相明明白白、完全地顯露出來。揭：披露、暴露。

14 **昭彰** ㄓㄠ ㄓㄤ 明白顯著。例天理昭彰，報應不爽。

參考同昭著。

▽顯昭、宣昭、明昭、天理昭昭。

常 5 **映** 形解 形聲；從日，央聲。央有正中的意思，太陽正照射在物體上，所以明照爲映。

音義 ㄧㄥˋ 名日光；例夕映。動①光線照射；例映射。②反射；例映雪讀書。

參考①字又作「暎」。②同照。

11 **映雪讀書** ㄧㄥˋ ㄒㄩㄝ ㄉㄨˊ ㄕㄨ 利用雪的反光讀書，古時人貧而好學的故事。

▽照映、反映、輝映、上映、夕映、餘映、倒映、放映、前後輝映。

常 5 **昧** 形解 形聲；從日，未聲。未有否定的意思，所以日出以前將明而未明的時分爲昧。

音義 ㄇㄟˋ 名天將明而未明時；例昧旦。形①昏暗的；例幽昧。②笨拙的；例愚昧。

參考字不可誤從目作「眛」：眛，ㄇㄟˋ，眼睛不明亮。

4 **昧心** ㄇㄟˋ ㄒㄧㄣ 蒙昧著良心。例我們不應貪取昧心錢。

參考同欺心。

▽曖昧、昏昧、蒙昧、幽昧、童昧、冒昧、拾金不昧。

常 5 **是** 形解 會意；從日正。日照無私，遍及萬物，所以正直爲是。

音義 ㄕˋ 名①正確，不錯；例積非成是。②事；例國是。③姓。動①爲，表肯定；例王之不王，是折枝之類。②正合；例你來得是時候。形①指示形容詞，通「此」；例是日。②好，表答應之詞；例是，我馬上回來。助語中助詞；例唯命是從。

參考①本字作「昰」。②反非、錯、誤、謬。③擎諟、提、匙、湜、韙、隄、堤、題。

5 **是以** ㄕˋ ㄧˇ 承接上文的連接詞，相當於「所以」。例是以君子賤之也。

參考同是故。

7 **是否** ㄕˋ ㄈㄡˇ 副詞，表示是或不是的疑問詞。例昨天他是否缺席？

8 **是非** ㄕˋ ㄈㄟ ㈠對的和錯的，正確和謬誤。例分辨是非。㈡泛稱口舌爭論。例搬弄是非。

參考衍是非題、是非曲直、是非善惡。

▽國是、如是、稱是、於是、反是、自以爲是、比比皆是、各行其是、俯拾即是、莫衷一是、實事求是、觸目皆是。

常 5 **星** 形解 形聲；從晶，生聲。象衆星羅列形，所以星辰爲星。

音義 ㄒㄧㄥ 名 ①宇宙中發光或反射光的天體；例恒星。②秤桿上記數的金屬點。③比喻爲人所崇拜注目或主要的人物；例歌星。④細碎的東西；例油星水點。⑤姓。形 ①細微的；例星火燎原。②白色的；例星鬢。副 ①散布羅列地；例星羅棋布。②快疾地；例星馳。

參考 擘惺、猩、腥、醒。

4 **星火** ㄒㄧㄥ ㄏㄨㄛˇ ㈠微小的火花。例星火燎原。㈡流星之火，比喻急迫。例急如星火。

7 **星辰** ㄒㄧㄥ ㄔㄣˊ 星的通稱。

8 **星夜** ㄒㄧㄥ ㄧㄝˋ 夜間，多用於連夜趕路。

星河 ㄒㄧㄥ ㄏㄜˊ ㈠天 由一千億顆以上恒星(包括太陽)及其他物質所組成的龐大天體系統。由於大多數恒星距離太陽太遠，所以在晴朗的夜晚，肉眼看上去呈一條淡白色的光帶，統稱爲星河、天河、銀河。㈡借指演藝圈。

10 **星座** ㄒㄧㄥ ㄗㄨㄛˋ 天 爲了便於認識和研究恒星位置，而將恒星羣劃分的區域。如北斗七星是屬大熊星座。

11 **星球** ㄒㄧㄥ ㄑㄧㄡˊ 天 泛指宇宙中的列星而言，因其多呈圓球形，故名。

星宿 ㄒㄧㄥ ㄒㄧㄡˋ 天 ㈠泛稱天空中的列星。㈡天空的恒星羣，人爲的加以分類，稱爲星宿。例二十八星宿。

12 **星象** ㄒㄧㄥ ㄒㄧㄤˋ 天 指天上星辰明、暗、薄、蝕等形象，古代天文家即據此占驗。

參考 「星相」、「星象」有別：「星相」是根據星象和相貌來占定人事的吉凶。這一門學問叫「星相學」或「星相術」，從事這方面研究的人是「星相家」。「星象」是指星體的明暗、位置等。歷史上有人通過觀察星象，來預測人事的吉凶。如：夜觀星象。

星散 ㄒㄧㄥ ㄙㄢˋ 像星星般散布在天空，比喻原來在一起的人或事物分離四散。

19 **星羅棋布** ㄒㄧㄥ ㄌㄨㄛˊ ㄑㄧˊ ㄅㄨˋ 像星星一樣羅列著，像棋子一樣散布著。形容數量多，分布廣。例港外島嶼，星羅棋布。

▽行星、恒星、明星、流星、名星、隕星、衛星、惑星、巨星、彗星、油星、小星、零星、影歌星、北斗七星、一路福星、寥若晨星。

次 5 **昶** 形解 形聲；從日，永聲。永有長久的意思，所以日長爲昶。

音義 ㄔㄤˇ 形 ①白天時間長的。②舒暢，通「暢」。

次 5 **昵** 形解 形聲；從日，尼聲。尼有親近的意思，所以日日相親近爲昵。

音義 ㄋㄧˋ 動 親近，同「暱」。ㄋㄧˇ 名 父廟，通「禰」。

▽狎昵、親昵。

次 5 **昜** 形解 會意；從日一勿。一指雲，勿有開展的意思，所以揚開爲昜。

音義 ㄧㄤˊ 同「陽」，見「陽」字。

參考 ①「陽」的古字。②「昜」與從勿的「易」，音義不同。

次 5 **昳** 形解 形聲；從日，失聲。失有隱落的意思，所以日落爲昳。

音義 ㄉㄧㄝˊ 動 日落。ㄧˋ 形 出色的，通「逸」；例昳麗。

次 5 **昫** 形解 形聲；從日，句聲。句有曲縮的意思，所以日出溫暖而不强烈爲昫。

音義 ㄒㄩˇ 形 日出溫暖的，通「煦」；例昫伏。

參考 「昫」、「响」音同形近而意思不同。

次 5 **昱** 形解 形聲；從日，立聲。立有高直的意思，所以日照光明爲昱。

音義 ㄩˋ 名 日光。動 照耀。

參考 「昱」與從丙的「昺」，音義不同。

次 5

昴

形解 形聲；從日，卯聲。白虎宿星爲昴。

音義 ㄇㄠˇ 名 天 星名，二十八宿之一。

常 6

晌

形解 形聲；從日，向聲。向有正對的意思，所以正午時分爲晌。

音義 ㄕㄤˇ 名 ①片刻；例一晌貪歡。②正午；例晌午。

參考 此字不可誤作「响」（ㄒㄧㄤˇ），「响」是「響」的俗字。注意讀音，不可唸爲ㄒㄧㄤˇ；字雖從向，也不可讀成ㄒㄧㄤˋ。

常 6

時

形解 形聲；從日，寺聲。寺從之聲，有行走的意思，所以日行爲時。

音義 ㄕˊ 名 ①季節；例天有四時。②古將一晝夜分成的十二個時間單位；例子時。③期間；例彼一時也，此一時也。④鐘點；例七時起牀。⑤朝代；例宋時人。⑥機會；例時不可失。⑦姓。副 常常；例「學而時習之。」

參考 ①字又作「时」。②孳 塒、鰣、蒔。

2 **時人** ㄕˊ ㄖㄣˊ ㈠指當時的人。㈡此人。

4 **時日** ㄕˊ ㄖˋ ㈠時間。例拖延時日。㈡良辰吉日。

時不我予 ㄕˊ ㄅㄨˋ ㄨㄛˇ ㄩˇ 上天的時機不利於我。予：動詞，與、給。

參考 與「歲不我與」有別：前者是說自己沒有好機運，後者是指時間不會等待我們的。

時不我待 ㄕˊ ㄅㄨˋ ㄨㄛˇ ㄉㄞˋ 時間不會等待我們。指要好好把握時間。

參考 與「時不我予」有別：前者勸人應把握時間；後者指上天不給我好的機運。

5 **時令** ㄕˊ ㄌㄧㄥˋ 歲時節令。例時令已交初夏。

時代 ㄕˊ ㄉㄞˋ ㈠按照一定歷史時期或某種特徵劃分的社會、國家或個人的各個發展階段。例君主時代、青年時代。㈡現代的潮流。例你的想法趕不上時代。

參考 ①衍 時代病、時代精神。②與「時期」、「時間」、「時刻」有別：「時代」指歷史上以經濟、政治、文化等狀況爲依據而劃分的某個時期，或指個人生命中的某個時期。「時期」指社會歷史、自然過程中具有某種特徵的某個階段，或指個人生命中的某個階段，常有一定的起訖點。「時間」一般沒有一定的起訖點，只有在所指比較具體的時候，有一定的起訖點。「時刻」泛指短暫時間。

7 **時局** ㄕˊ ㄐㄩˊ 當時國家社會的政治形勢。例時局動盪不安。

參考 與「時代」有別：後者泛指某一期間的年限；前者指某時期的政治情勢安定與否。

時辰 ㄕˊ ㄔㄣˊ 舊時計時的單位。一晝夜分十二時辰：子、丑、寅、卯、辰、巳、午、未、申、酉、戌、亥。子時是半夜十一點至一點，丑時是一點到三點，其餘依此類推。

8 **時尚** ㄕˊ ㄕㄤˋ 當時崇尚的風氣、愛好。

時刻 ㄕˊ ㄎㄜˋ ㈠時時，隨時。例香煙是他時刻不離身的寶貝。㈡時間，時候。

時宜 ㄕˊ ㄧˊ 當時的需要或當時風俗、習慣認爲合宜的事物。

時事 ㄕˊ ㄕˋ 當代發生的大事，常指國家政治方面的事。例時事座談會。

時來運轉 ㄕˊ ㄌㄞˊ ㄩㄣˋ ㄓㄨㄢˇ 壞的運氣過去，轉來了好運。

參考 同 否極泰來。

9 **時限** ㄕˊ ㄒㄧㄢˋ 限定完成某項工作的時間。例時限已到。

10 **時差** ㄕˊ ㄔㄚ ㈠最準確時鐘所記的時刻和按日晷所量得的太陽時的差異。㈡地 由於地球經度不同，全世界分二十四個時區，故不同時區的地方，其時間也不同，此差異稱時差。

時候 ㄕˊ ㄏㄡˋ ㈠時間。例現在是什麼時候了？㈡稱某一段時期。例小時候。

參考 與「時辰」、「時刻」有別：「時候」泛指時間，使用範圍廣，有時可替換時辰、時刻，常用於「在」、「當」等介詞後。「時辰」指兩小時，有時也泛指短時間；「時刻」泛指更短的時間。

時效 ㄕˊ ㄒㄧㄠˋ 在一定時間內能起的作用，或所具有的效力。例這藥已經超過時效。

11 時常 ㄕˊ ㄔㄤˊ 經常，常常。又作「時時」。

時務 ㄕˊ ㄨˋ (一)眼前的狀況。例識時務者為俊傑。(二)猶世事，指當世有關國計民生的大事。(三)按時應做的事情，指農事。

12 時間 ㄕˊ ㄐㄧㄢ (一)泛指時刻的長短。如地球自轉一周是一日，公轉一周是一年，年和日都是時間單位。(二)哲對空間而言，凡過去、現在、未來的流轉而無限者，稱為時間。

參考 衍時間表、時間效用、時間藝術。

13 時勢 ㄕˊ ㄕˋ 時代的趨勢，當時的情勢。例時勢造英雄。

時節 ㄕˊ ㄐㄧㄝˊ (一)季節，節令。例清明時節。(二)時候。例抗戰結束那時節他還是小孩。

時祺 ㄕˊ ㄑㄧˊ 書信中結尾敬辭，指時時平安吉祥。

時裝 ㄕˊ ㄓㄨㄤ 當時流行的服裝。

參考 ①反古裝。②衍時裝戲、時裝表演、時裝展示會。

時運 ㄕˊ ㄩㄣˋ 宿命論者認為世事的變遷或個人的遭遇都由命定，因此稱時世或遭遇為時運。

時運不濟 ㄕˊ ㄩㄣˋ ㄅㄨˋ ㄐㄧˋ 當時的運氣不佳。濟：通達。

14 時髦 ㄕˊ ㄇㄠˊ (一)本義為一時的俊傑。(二)今指一時風行的，流行的。例穿著時髦。

參考 同摩登。

15 時價 ㄕˊ ㄐㄧㄚˋ 當時的價格，此價格隨時間而漲落。

參考 ①同市價。②又作「時值」。

16 時機 ㄕˊ ㄐㄧ 有利的時間和機會。

時興 ㄕˊ ㄒㄧㄥ 當時的流行。

參考 同時髦。

▽一時、隨時、暫時、四時、即時、天時、當時、農時、不時、臨時、及時、花時、良時、吉時、何時、今時、應時、千載一時、名震一時、取快一時、轟動一時、風靡一時、盛極一時、傳誦一時。

常 6 **晉** 形解 會意；從日，從臸。臸有到達的意思，所以日出而萬物進為晉。

音義 ㄐㄧㄣˋ 名 ①史周朝時國名，姬姓，春秋末為韓、趙、魏三國所瓜分。②史朝代名，司馬炎代魏而建，凡十五帝，一百五十六年。③山西省的簡稱。④姓。動前往；例晉謁。

參考 ①字又作「晋」。②擘搢、縉。

7 晉見 ㄐㄧㄣˋ ㄐㄧㄢˋ 下級拜見上級。

12 晉階 ㄐㄧㄣˋ ㄐㄧㄝ 晉升官階。

參考 與「授階」有別：後者是指上級授予正式官階，不含升遷之意。

16 晉謁 ㄐㄧㄣˋ ㄧㄝˋ 敬辭，指進見地位高的或輩分高的人。謁：有崇敬的意思。

常 6 **晏** 形解 形聲；從日，安聲。安有閒靜自適的意思，所以天晴日清為晏。

音義 ㄧㄢˋ 名姓。形①天空晴朗無雲；例天清日晏。②安然，和平；例海內晏如。副遲，晚；例晏起。

參考 ①和「宴會」的「宴」字不同，參閱「宴」字。

10 晏起 ㄧㄢˋ ㄑㄧˇ 很晚才起床。

常 6 **晃** 形解 形聲；從日，光聲。日光明耀為晃。

音義 ㄏㄨㄤˇ 動①搖動；例搖頭晃腦。②閃過；例一晃，一年又過去了。

ㄏㄨㄤˇ 名姓。動閃動；例窗戶上有個人影一晃就不見了。副光明地；例亮晃晃的一把尖刀。

參考 擘幌、滉。

16 晃蕩 (一)ㄏㄨㄤˋ ㄉㄤˋ 光影動蕩的樣子。(二)ㄏㄨㄤˋ ㄉㄤˋ 1.泛指一般東西的搖動。2.形容高遠空曠。

常 6 **晒** 形解 字本作「曬」：形聲；從日，麗聲。麗有散發的意思，所以日光暴物為曬。俗作「晒」。

音義 ㄕㄞˋ 動①曝在日光下使乾燥；例晒衣服。②攝影後將底片浸過藥水，放置在有光處，使其顯影的過程。

參考 字本作「曬」。

14 **晒臺** ㄕㄞˋ ㄊㄞˊ 晒衣裳的平臺。

次 6 **晟** 解形 形聲；從日，成聲。成有充實、盛大的意思，所以明亮為晟。

音義 ㄕㄥˋ 形 明亮，熾盛的。

參考 又音 ㄔㄥˊ。

次 6 **晁** 解形 形聲；從日，兆聲。兆有顯示的意思，所以早上太陽已經出來為晁。

音義 ㄔㄠˊ 名 ①古「朝」字。②姓。

常 7 **晝** 解形 會意；從日，從晝省。晝有界分的意思，所以從日出到日落，與夜為界的時刻為晝。

音義 ㄓㄡˋ 名 ①白天；例 晝伏夜出。②姓。

參考 ①字又作「昼」。②「晝」從「旦」，「書」從「曰」，「畫」從「田」，不可混用。③反 夜、晚。

8 **晝夜** ㄓㄡˋ ㄧㄝˋ 日夜。

▽白晝、永晝、平晝、昏晝、長晝。

常 7 **晚** 解形 形聲；從日，免聲。免有隱逸的意思，所以天黑日冥為晚。

音義 ㄨㄢˇ 名 ①日落時分；例 傍晚。②夜間；例 今晚。③暮年；例 孔子晚而喜易。④姓。形 ①時間較後的；例 晚春。②後輩的；例 晚生。副 較後地；例 大器晚成。

參考 ①同 遲。②反 早。

5 **晚生** ㄨㄢˇ ㄕㄥ 後進對於先輩的自稱。可略稱「晚」。

參考 同 晚輩、後輩。

6 **晚年** ㄨㄢˇ ㄋㄧㄢˊ 年老的時期。例 安養晚年。

參考 同 老年、末年。

8 **晚近** ㄨㄢˇ ㄐㄧㄣˋ 距離現在最近的若干年。

參考 同 晚世。

12 **晚進** ㄨㄢˇ ㄐㄧㄣˋ 新進的人。例 後生晚進。

參考 ①同 後進、新進。②與「晚生」有別：前者泛稱後進來的人；後者多指學術界之後學而言。

晚期 ㄨㄢˇ ㄑㄧˊ 指一個時代、一個過程或一個人的最後階段。例 與早期、中期分立而言。這是他晚期的代表作。

參考 反 早期。

晚景 ㄨㄢˇ ㄐㄧㄥˇ ㈠太陽將落時的景色。㈡比喻人老年時的景況。例 晚景之計。

13 **晚節** ㄨㄢˇ ㄐㄧㄝˊ ㈠晚年的節操。㈡末世，末年。㈢猶晚年、老年。

15 **晚輩** ㄨㄢˇ ㄅㄟˋ 後輩，輩分低的人。與「長輩」、「同輩」相對。

17 **晚霞** ㄨㄢˇ ㄒㄧㄚˊ 日落時天空出現的彩雲。

參考 與「彩霞」意思相近，但著重點不同：前者強調在傍晚時分的雲霞；後者偏重形容雲霞的燦麗。

▽歲晚、早晚、昨晚、今晚、不晚、暮晚、向晚、天晚、相見恨晚、坐看楓林晚。

常 7 **晤** 解形 形聲；從日，吾聲。明白為晤。

音義 ㄨˋ 動 見面；例 會晤。形 聰明的；例 秀晤。

參考 注意和從口的「唔」字的分別。

15 **晤談** ㄨˋ ㄊㄢˊ 見面談話。

參考 與「約談」有別：前者指見面談話；後者是因為有事前約定而談話。

▽把晤、如晤、相晤、後晤。

常 7 **晦** 解形 形聲；從日，每聲。陰曆每月的最後一日，月由明轉暗，所以月盡為晦。

音義 ㄏㄨㄟˋ 名 ①陰曆每月的最後一日。②夜晚；例 晦而休。形 ①昏暗的；例 風雨如晦。②不吉利的；例 晦氣。

10 **晦氣** ㄏㄨㄟˋ ㄑㄧˋ 俗稱不吉利的倒霉氣。

參考 同 霉氣、倒霉。

17 **晦澀** ㄏㄨㄟˋ ㄙㄜˋ 文 指詩文等作品的意義表達得隱晦不明。例 他的文章實在晦澀難讀。

▽隱晦、幽晦、昏晦、明晦、冥晦、韜光養晦、雞鳴如晦。

常 7 **晨** 解形 形聲；從日，辰聲。辰指大辰星，在天快亮的時分始出，所以破曉爲晨。

音義 ㄔㄣˊ 名 早上太陽剛出來的時候；例清晨。動 雞鳴報曉；例牝雞司晨。

參考 反昏。

6 **晨光** ㄔㄣˊ ㄍㄨㄤ 清晨的太陽光。

晨光熹微 ㄔㄣˊ ㄍㄨㄤ ㄒㄧ ㄨㄟˊ 早晨太陽初出光線不明的樣子。

9 **晨星** ㄔㄣˊ ㄒㄧㄥ (一)清晨稀疏的星。(二)比喻事物的稀少。例寥若晨星。

20 **晨曦** ㄔㄣˊ ㄒㄧ 太陽初升時的陽光。

▽早晨、清晨、凌晨、明晨、牝雞司晨。

次 7 **晡** 解形 形聲；從日，甫聲。甫有盛大的意思，所以申時日光明盛爲晡。

音義 ㄅㄨ 名 申時，約當午後三時至五時；例晡夕。

參考「晡」與從口的「哺」（ㄅㄨˇ），音義不同。字雖從甫，但不可讀成ㄆㄨˇ或ㄈㄨˇ。

次 7 **晞** 解形 形聲；從日，希聲。希有稀少的意思，所以曬乾變少爲晞。

音義 ㄒㄧ 名 天將亮時的日光；例晨晞。動 ①晾晒；例晞曬。②消失。形 乾燥的；例白露未晞。

參考「晞」與從目的「睎」，音同形近而義異。

次 7 **晳** 解形 形聲；從日，折聲。昭明爲晳。

音義 ㄓㄜˊ 形 明白的；例昭晳。

參考「晳」與從口的「哲」音同形近而意義不同。

常 8 **普** 解形 形聲；從日，竝聲。竝有合併的意思，所以日光無色爲普。

音義 ㄆㄨˇ 名 姓。形 廣大而周遍的；例普天之下。副 達到各方面地；例普度衆生。

參考 ①同偏、遍。②孿譜、錯。

4 **普及** ㄆㄨˇ ㄐㄧˊ 普遍傳布、推廣，使大衆化。

參考 與「普遍」、「遍及」、「廣泛」都有多而廣之意，但有別：「普及」指事物傳布或推廣到各方面去；「普遍」有一般、全面、共同的意思，是形容詞。「遍及」與「普及」同義；「廣泛」有廣大、寬泛、多方面的意思。

9 **普度** ㄆㄨˇ ㄉㄨˋ 宗(一)佛家以廣施法力來度化衆生。(二)剃度。例普度僧尼。

參考 度又作「渡」。

11 **普通** ㄆㄨˇ ㄊㄨㄥ 通常，一般。對特別或專門而言。

參考 ①衍普通法、普通名詞、普通考試、普通選舉。②反特別。

13 **普遍** ㄆㄨˇ ㄅㄧㄢˋ 廣泛存在而具有共同性。

參考 ①遍，又作「徧」。②衍普遍律、普遍數學、普遍演化派。

▽樂普、三普、特普、蓋樂普。

常 8 **晰** 解形 形聲；從日，析聲。在太陽底下分析東西，所以清楚明白爲晰。

音義 ㄒㄧ 形 清楚明白的；例晝面清晰。

參考「晰」和「晳」本爲一字，如今「清晰」用「晰」，「白晳」用「晳」。

常 8 **晴** 解形 形聲；從日，青省聲。本作「姓」：形聲；從夕，星省聲。雨而夜止，天星始見爲姓。俗作晴。

音義 ㄑㄧㄥˊ 名 不雨不陰的好天氣；例新晴。動 雨雪停止；例雨過天晴。形 清朗的；例晴空萬里。

參考 和從目的「睛」（ㄐㄧㄥ）字形近，不可混同。

4 **晴天霹靂** ㄑㄧㄥˊ ㄊㄧㄢ ㄆㄧ ㄌㄧˋ 晴天中突然打的響雷。比喻突然發生的令人震驚的事件。霹靂：強烈的雷聲。又作「青天霹靂」。

10 **晴朗** ㄑㄧㄥˊ ㄌㄤˇ 陽光普照的好天氣。

參考 ①反陰雨。②參閱「明朗」條。

▽陰晴、天晴、放晴、秋晴、初晴、新晴、雨過天晴。

晶

㊌ 8 **晶** 形解 晶 象形；象眾星羅列的形。

音義 ㄐㄧㄥ 名 ①光輝；例晶瑩。②凝結的透明體；例結晶。③「水晶」的簡稱，爲透明有閃光的礦石；例玉屑瓊晶。

參考 與從口的「品」字，音義有別，不可混用。

12 **晶晶** ㄐㄧㄥ ㄐㄧㄥ 明亮的樣子。

15 **晶瑩** ㄐㄧㄥ ㄧㄥˊ 光潔而透明。

▽結晶、水晶、亮晶晶。

景

㊌ 8 **景** 形解 景 形聲；從日，京聲。京有高的意思，日高舉而後光普照，所以日光爲景。

音義 ㄐㄧㄥˇ 名 ①日光；例浮景忽西沉。②風光，形色；例美景。③情況；例晚景淒涼。④姓。動 仰慕；例景仰前修。形 宏大的；例以介景福。

ㄧㄥˇ 動 同「影」；例景印。

參考 𢒈影、憬。

6 **景色** ㄐㄧㄥˇ ㄙㄜˋ 風景，風光。例景色宜人。

參考 同景致。

景行 ㄐㄧㄥˇ ㄒㄧㄥˋ ㈠偉大高尚的德行。㈡ ㄐㄧㄥˇ ㄏㄤˊ 大道，引申作了不起的好榜樣。

參考 衍景行聽、景行行止。

景仰 ㄐㄧㄥˇ ㄧㄤˇ 尊敬，仰慕。

參考 ①同敬仰。②與「久仰」都有仰慕之意，但後者著重於久，多用於初次見面時的應酬話。如：久仰大名。③參閱「瞻仰」條。

8 **景況** ㄐㄧㄥˇ ㄎㄨㄤˋ ㈠事物的各種狀況。例景況不惡。㈡人的境遇。

景物 ㄐㄧㄥˇ ㄨˋ 風景事物。

參考 同景色、景致、風光。

10 **景致** ㄐㄧㄥˇ ㄓˋ 風景，風光。又作「景緻」。

景氣 ㄐㄧㄥˇ ㄑㄧˋ 經 ㈠指社會生產增加、失業減少、商業活躍、市場繁榮等現象。㈡景象。

景泰藍 ㄐㄧㄥˇ ㄊㄞˋ ㄌㄢˊ 即「招絲琺瑯」的俗稱。我國美術工藝品之一，創始於明宣德年間，至明景泰年間才廣泛流行。用銅製成器具，再用銅絲盤成各式花紋嵌在上面，再塗以各色的琺瑯質。當時以藍釉最出色，故名。

11 **景教** ㄐㄧㄥˇ ㄐㄧㄠˋ 宗 即天主教，唐太宗貞觀九年由波斯傳入中國，取名景教。

12 **景象** ㄐㄧㄥˇ ㄒㄧㄤˋ 狀況，現象。例太平景象。又作景狀。

▽遠景、光景、好景、勝景、風景、夜景、絕景、晚景、良辰美景、大殺風景、西湖十景、臺灣八景。

暑

㊌ 8 **暑** 形解 暑 形聲；從日，者聲。者有盛大的意思，所以日照強烈而生濕熱爲暑。

音義 ㄕㄨˇ 名 ①炎熱；例避暑。②炎熱的夏天；例寒來暑往。形 炎熱的；例暑氣。

參考 ①反寒。②和「官署」的「署」字不同：「暑熱」、「暑假」的「暑」，「者」字的上面是從「日」。「公署」、「署名」的「署」，「者」字的上面是從「网」。「署」審音取ㄕㄨˇ，不取ㄕㄨˋ。③與「睹」(ㄉㄨˇ)作「且明」解的音義不同。

4 **暑天** ㄕㄨˇ ㄊㄧㄢ 熱天。

10 **暑氣** ㄕㄨˇ ㄑㄧˋ 夏天炎熱之氣。

參考 反寒氣。

11 **暑假** ㄕㄨˇ ㄐㄧㄚˋ 學校通常在七、八兩月，因夏季炎熱而放的假期。

參考 ①反寒假。②衍暑假作業、暑假活動。

13 **暑溽** ㄕㄨˇ ㄖㄨˋ 炎熱潮濕。

▽寒暑、酷暑、避暑、大暑、炎暑、中暑、盛暑。

智

㊌ 8 **智** 形解 本字作「知」。知：會意；從口矢。識見敏捷，所以能像流矢般地用言語表達爲知。俗作「智」。

音義 ㄓˋ 名 ①才識；例不經一事，不長一智。②謀略；例鬥智不鬥力。③姓。形 聰明的；例智者千慮，必有一失。

參考 「知」唸成「ㄓˋ」時，和「智」字相通。

2 **智力** ㄓˋ ㄌㄧˋ 智慧的程度，通常指人認識事物和運用知識、經驗解決問題的能力。

參考 衍智力測驗。

16 **智謀** ㄓˋ ㄇㄡˊ 智慧和計謀。

19 **智識** ㄓˋ ㄕˋ 智慧和才識。

參考 與「知識」有別：後者有二

義：㈠心即認識，泛指意識作用的認知。㈡所知道或了解事物之理。

22 **智囊** ㄓˋ ㄋㄤˊ 比喻足智多謀的人。多指善於爲別人出謀略策劃的人。

參考 衍智囊團。

▽才智、明智、愛智、鬥智、心智、機智、急智、大智、不智、見仁見智、襲人故智、大愚大智。

次 8

晾

形解 形聲；從日，京聲。京有居高的意思，所以在高處曝曬爲晾。

音義 ㄌㄧㄤˋ 動①把東西放在通風處吹乾；例晾乾。②曝曬；例快把衣服晾一晾。

參考 ①「晾」與從言的「諒」字，音同義異。②與「景」字音義互殊。

次 8

晬

形解 形聲；從日，卒聲。卒有盡止的意思，所以歲盡一周爲晬。

音義 ㄗㄨㄟˋ 名嬰兒滿百日或滿一歲；例百晬。

次 8

晻

形解 形聲；從日，奄聲。奄有隱暗的意思，所以光線不明爲晻。

音義 ㄢˇ 形昏暗的，通「暗」；例三光晻昧。副陰雨的樣子；例有晻淒淒。

參考 ①「晻」與從口的「唵」字，音同義異。②又音ㄢˋ。

次 8

晷

形解 形聲；從日，咎聲。咎有相對的意思，所以日影爲晷，用來測定時刻的儀器亦爲晷。

音義 ㄍㄨㄟˇ 名①日光；例焚膏繼晷。②以日影測定時刻的儀器；例立晷測影。③時間；例日無暇晷。

參考 字雖從咎，但不可讀成ㄐㄧㄡˋ。

8 **晷刻** ㄍㄨㄟˇ ㄎㄜˋ 時刻。刻：時間名，十五分爲一刻。

▽光晷、日晷、暮晷、斜晷、暇晷、餘晷、焚膏繼晷。

常 9

暖

形解 形聲；從日，爰聲。溫煦爲暖。

音義 ㄋㄨㄢˇ 動使冷的變得溫熱；例暖酒。形溫和的；例暖流。

ㄒㄩㄢ 副柔婉的樣子；例暖姝。

參考 ①字又作「煖」。②同溫。

8 **暖和** ㄋㄨㄢˇ ˙ㄏㄨㄛ 溫暖。又作「暖活」。

暖房 ㄋㄨㄢˇ ㄈㄤˊ 遷居或結婚的前一天，親友鄰里送酒食前往道賀。又作「暖屋」、「暖室」。

▽溫暖、飽暖、春暖、天暖、冷暖、三溫暖、噓寒問暖、席不暇暖、人間有溫暖。

常 9

暉

形解 形聲；從日，軍聲。日光爲暉。

音義 ㄏㄨㄟ 名日光；例落日餘暉。

參考 「光輝」的「輝」通常不用此字，但「暉映」亦可作「輝映」。

▽光暉、夕暉、落暉、餘暉、殘暉、春暉、落日餘暉、寸草春暉。

常 9

暇

形解 形聲；從日，叚聲。叚有寬大的意思，所以時間餘裕，空閒從容爲暇。

音義 ㄒㄧㄚˊ 名空閒；例無暇顧及。動從容；例自暇自逸。

參考 又音「ㄒㄧㄚˋ」。

4 **暇日** ㄒㄧㄚˊ ㄖˋ 空閒的日子。

▽閑暇、餘暇、小暇、空暇、無暇、公暇、好整以暇、自顧不暇、應接不暇、筆耕餘暇。

常 9

暗

形解 形聲；從日，音聲。音有深沈不明的意思，所以日月無光爲暗。

音義 ㄢˋ 名①不光明；例棄暗投明。②姓。形昏黑的；例柳暗花明。副秘密地；例暗度陳倉。

參考 ①反光、明、亮。②「暗」是指缺少光亮；「黯」是指物體本身不鮮艷，沒有光彩，所以「色發黯」，不能寫成「色發暗」；「暗溝」、「暗室」不能寫成「黯溝」、「黯室」。

4 **暗中** ㄢˋ ㄓㄨㄥ ㈠私底下。㈡昏暗之中。例暗中透露消息。例暗中摸索。

參考 ①又作「暗地裏」。②與「光

明正大」之意相反。

暗中摸索 ㄢˋ ㄓㄨㄥ ㄇㄛ ㄙㄨㄛˇ 比喻沒有師傅和門徑，獨自探求事物的道理。

5 **暗示** ㄢˋ ㄕˋ 用間接、含蓄的方法把意思表達出來。

8 **暗房** ㄢˋ ㄈㄤˊ 沖洗照片時，爲使底片或相紙不曝光，而將光線隔絕的房間。

9 **暗度陳倉** ㄢˋ ㄉㄨˋ ㄔㄣˊ ㄘㄤ 比喻男女私通，是貶詞。

參考 本詞多與「明修棧道」連用，比喻暗中行事，尤其多用在男女私通方面。

10 **暗害** ㄢˋ ㄏㄞˋ 用陰謀陷害他人。

暗記 ㄢˋ ㄐㄧˋ ㈠默默地記著。㈡秘密的記號。又稱「暗記兒」。

暗送秋波 ㄢˋ ㄙㄨㄥˋ ㄑㄧㄡ ㄅㄛ 原指女子暗中以眉目傳情。今也比喻暗中勾結串通，不做好事。秋波：秋天的水波，比喻美女的眼睛。

11 **暗許** ㄢˋ ㄒㄩˇ ㈠暗中答應某人。㈡暗自讚賞某人或某事。

暗殺 ㄢˋ ㄕㄚ 乘人不備而暗中殺害。

參考 與「謀殺」有別：前者是用直接的手段將人殺害；後者指運用計謀間接將人殺害。

12 **暗無天日** ㄢˋ ㄨˊ ㄊㄧㄢ ㄖˋ 比喻黑暗而無天理。

13 **暗號** ㄢˋ ㄏㄠˋ 彼此事先約定用以進行秘密聯繫的信號。

14 **暗算** ㄢˋ ㄙㄨㄢˋ 暗地裏謀畫害人。

參考 同算計。

15 **暗箭** ㄢˋ ㄐㄧㄢˋ 比喻暗中傷害人的行爲或陰謀詭計。例明槍易躲，暗箭難防。

參考 同冷箭。

暗箭傷人 ㄢˋ ㄐㄧㄢˋ ㄕㄤ ㄖㄣˊ 比喻乘人不備，而加以傷害。

16 **暗澹** ㄢˋ ㄉㄢˋ ㈠不鮮明，不鮮豔。㈡猶慘澹，指沒有希望的意思。例景況暗澹。

參考 又作「暗淡」。

17 **暗礁** ㄢˋ ㄐㄧㄠ ㈠在海面以下的岩礁。深度很小，一般不到十公尺。孤立海中或位近海岸。㈡比喻前進中所遇到的困難、阻力。

▽明暗、幽暗、黑暗、晦暗、昏暗、欺暗、陰暗、敵明我暗、化明爲暗、天昏地暗。

常 9

暈

形解 形聲；從日，軍聲。軍有圜圍的意思，所以環繞在日月周圍的光氣爲暈。

音義 ㄩㄣ 動①昏厥；例暈倒。②迷糊；例忙暈了頭。

ㄩㄣˋ 名①太陽及月亮周圍的光圈；例月暈。②面頰所泛輪狀的淡紅色；例酒暈。

ㄧㄣˋ 名只用於「血暈」一詞，謂傷處未破而呈現紅暈。

參考 「暈」、「葷」有別：「頭暈」、「月暈」的「暈」字，上面是從「日」。「葷菜」的「葷」，上面從「艹」。

▽月暈、日暈、眩暈、船暈、頭暈、昏暈、月暈、血暈。

次 9

暄

形解 形聲；從日，宣聲。宣有散布的意思，所以日光遍布充滿溫暖爲暄。

音義 ㄒㄩㄢ 名泛指一切應酬話；例寒暄。形溫暖的；例暄暖。

參考 「暄」與從口的「喧」，音同形近而義異。

次 9

暌

形解 形聲；從日，癸聲。癸有收攬的意思，所以太陽西落，餘光盡斂爲暌。

音義 ㄎㄨㄟˊ 動離別，通「睽」；例暌違。

次 9

暐

形解 形聲；從日，韋聲。日光爲暐。

音義 ㄨㄟˇ 名日光。形光輝的；例春華何暐暐？

參考 「暐」與從火的「煒」字，音同義異。

次 9

暘

形解 形聲；從日，易聲。易有開展的意思，所以日出爲暘。

音義 ㄧㄤˊ 名晴天；例「日雨日暘。」

參考 「暘」與「楊」、「煬」，音同義異。

次 9

暍

形解 形聲；從日，曷聲。曷有積止的意思，所以中暑成傷爲暍。

音義 ㄏㄜˋ 動中暑而生病；例

民多暍死。
參考「暍」與從口的「喝」字，從水的「渴」字，音同義異。

次 9 **暋** 解形 形聲；從日，敃聲。敃有勉强的意思，所以强力自勉為暋。

音義 ㄇㄧㄣˇ 動勉勵；例不暋作勞。形强橫的；例暋不畏死。
ㄇㄣˋ 形鬱悶的；例慰暋沈屯。
參考「暋」與從心的「愍」，音同義異。

常 10 **暢** 解形 形聲；從申，昜聲。昜有開展的意思，所以通徹為暢。

音義 ㄔㄤˋ 名①祭祀用的鬱鬯酒，通「鬯」。②姓。動①申說；例不可盡暢。②通達；例貨暢其流。形①無礙的；例文筆流暢。②繁茂的；例枝葉暢盛。③爽適的；例身心酣暢。④細長的；例文茵暢轂。副盡情地，無礙地；例暢行無阻。
參考 字從昜(ㄧㄤˊ)，不可誤作易(ㄧˋ)。

7 **暢快** ㄔㄤˋ ㄎㄨㄞˋ (一)心中非常舒適痛快。例心意暢快。(二)性情直爽。例為人暢快。
8 **暢所欲言** ㄔㄤˋ ㄙㄨㄛˇ ㄩˋ ㄧㄢˊ 把想說的話痛痛快快地說出來。
11 **暢敘** ㄔㄤˋ ㄒㄩˋ 談得很痛快、很投機。
參考 同歡敘。
12 **暢飲** ㄔㄤˋ ㄧㄣˇ 酒喝得很痛快。
13 **暢達** ㄔㄤˋ ㄉㄚˊ 說話或文章流暢通達。
15 **暢銷** ㄔㄤˋ ㄒㄧㄠ 商品銷路廣，賣得快。
15 **暢談** ㄔㄤˋ ㄊㄢˊ 與人非常盡興、痛快地談話。
19 **暢懷** ㄔㄤˋ ㄏㄨㄞˊ 心中開朗舒暢。例暢懷大笑。
參考 同舒懷，開懷。
▽舒暢、流暢、和暢、通暢、歡暢。

常 10 **暨** 解形 形聲；從旦，既聲。既有小食的意思，所以日被小食，略見而未全出為暨。

音義 ㄐㄧˋ 名姓。動到達；例上求不暨。連與，及；例呈文暨附件。
參考①字本作「曁」。②同及、與、和、同。③和「既」字形義不同。

次 10 **暝** 解形 形聲；從日，冥聲。冥有幽深的意思，所以隱暗為暝。

音義 ㄇㄧㄥˊ 形①幽暗的；例晦暝。②黃昏的；例暝色入高樓。
ㄇㄧㄥˋ 名夜；例暝宿長林下。動太陽快下山；例暱暱日欲暝。
參考「暝」與從目的「瞑」字，音同義異。

常 11 **暮** 解形 形聲；從日，莫聲。字本作「莫」：會意；從日在茻中。所以會日且冥的意思。俗作「暮」。

音義 ㄇㄨˋ 名太陽快下山的時候；例薄暮心動。形①天晚的；例暮色。②衰頹的；例暮氣沈沈。③較晚的；例天寒歲暮。

6 **暮年** ㄇㄨˋ ㄋㄧㄢˊ 老年，晚年。
9 **暮秋** ㄇㄨˋ ㄑㄧㄡ 陰曆九月，秋季的末期。又作「暮商」、「晚秋」。
10 **暮氣** ㄇㄨˋ ㄑㄧˋ (一)精神衰頹，不能振作。例暮氣沈沈。(二)傍晚時昏暗的現象。
13 **暮鼓晨鐘** ㄇㄨˋ ㄍㄨˇ ㄔㄣˊ ㄓㄨㄥ 佛寺中晚上打鼓，早上敲鐘以報時。比喻可以使人覺悟警醒的言語。
▽歲暮、旦暮、朝暮、日暮、薄暮、夕暮。

常 11 **暴** 解形 會意；從日出，從廾米。日出時，雙手捧米出去曬，所以在太陽下曬東西為暴。

音義 ㄅㄠˋ 名姓。動①空手搏鬥；例暴虎馮河。②不知愛惜；例自暴自棄。形①兇惡的；例暴徒。②急躁的；例脾氣暴躁。③急驟的；例暴風雨。副突然地；例暴斃。
ㄆㄨˋ 動①曬；同「曝」。②顯現；例暴骨沙場。
參考 擊瀑、曝、爆。

2 **暴力** ㄅㄠˋ ㄌㄧˋ 用蠻橫不講理的手段，從事非法活動，多指武裝的力量而言。

參考 ①衍暴力行爲、暴力主義。②與「蠻力」有別：前者指非法强暴的手段；後者指人徒有一番力氣，卻沒有頭腦。

6 **暴行** ㄅㄠˋ ㄒㄧㄥˊ 殘暴兇惡的行爲。

7 **暴君** ㄅㄠˋ ㄐㄩㄣ 專橫殘暴的君主。

8 **暴戾** ㄅㄠˋ ㄌㄧˋ 殘暴，凶狠。

暴戾恣睢 ㄅㄠˋ ㄌㄧˋ ㄗˋ ㄙㄨㄟ 殘暴凶狠，胡作非爲。恣睢：放縱，任意幹壞事。

參考 同窮凶極惡。

暴虎馮河 ㄅㄠˋ ㄏㄨˇ ㄆㄧㄥˊ ㄏㄜˊ 赤手空拳打老虎，不靠舟船渡河；比喻有勇無謀，專憑血氣而行事。暴虎：徒手打虎；馮河：涉水過河。

9 **暴虐** ㄅㄠˋ ㄋㄩㄝˋ 行爲凶狠殘酷。虐：殘忍。

參考 衍暴虐無道。

暴殄天物 ㄅㄠˋ ㄊㄧㄢˇ ㄊㄧㄢ ㄨˋ 本義爲滅絕殘害天生之物。殄：毀害。

10 **暴徒** ㄅㄠˋ ㄊㄨˊ 用强暴手段侵害別人，擾亂社會秩序的人。

11 **暴動** ㄅㄠˋ ㄉㄨㄥˋ 羣衆糾集，從事暴力的行爲，嚴重破壞社會秩序和安寧。

12 **暴發戶** ㄅㄠˋ ㄈㄚ ㄏㄨˋ 突然發財或得勢的人或人家。多指由於意外的機會，或以不正當手段發財的人。

13 **暴亂** ㄅㄠˋ ㄌㄨㄢˋ 羣衆以暴力手段所作的亂事。

暴跳如雷 ㄅㄠˋ ㄊㄧㄠˋ ㄖㄨˊ ㄌㄟˊ 形容大發脾氣時盛怒的樣子。

參考 參閱「大發雷霆」條。

20 **暴躁** ㄅㄠˋ ㄗㄠˋ 遇事粗暴而急躁，不能控制感情。例脾氣暴躁。

參考 與「急躁」、「毛躁」都指遇事不能冷靜，急於從事；但著重點不同：「暴躁」偏重於粗暴，後二者則含有慌急的意思。

21 **暴露** ㄆㄨˋ ㄌㄨˋ 顯露，使隱蔽的東西公開。

參考 ①衍暴露狂。②「暴露」、「揭露」有別：「揭露」是指使別人的隱蔽事物暴露，如：揭露別人的秘密。「暴露」可以指使別人的隱蔽事物暴露，如：暴露(或揭露)他的罪行；也可以指使本身的隱蔽事物暴露，如：暴露本身的弱點。

暴露無遺 ㄆㄨˋ ㄌㄨˋ ㄨˊ ㄧˊ 一毫無保留地全部暴露出來。

參考 與「原形畢露」有別：a.前者著眼於「暴露」的程度—無遺；後者著眼於「本來的面目」—原形。b.後者一般僅用於人本身；前者除可用於人本身外，還可用於人的「嘴臉」、「靈魂」…，又可用於社會的黑暗、政治的腐敗等。

▽橫暴、凶暴、强暴、粗暴、殘暴、以暴易暴。

常 11 暫

形解 形聲；從日，斬聲。斬有急速的意思，所以霎時間爲暫。

音義 ㄓㄢˋ 副①短時間；例「卿但暫還家。」②姑且；例暫且。

參考 ①字又作「蹔」。②讀音作「ㄗㄢˋ」。③同且。

5 **暫且** ㄓㄢˋ ㄑㄧㄝˇ 姑且，多用在臨時權變的事上。例暫且作罷。

10 **暫時** ㄓㄢˋ ㄕˊ 時間不長，不是永久的意思。

參考 參閱「臨時」條。

▽短暫、但暫、權暫。

常 11 暵

形解 形聲；從日，𦰩聲。𦰩爲黏土，所以曬乾爲暵。

音義 ㄏㄢˋ 名乾旱；例旱暵之事。動曬乾，通「熯」。

次 11 暱

形解 形聲；從日，匿聲。匿有隱微的意思，所以日近爲暱。

音義 ㄋㄧˋ 動親近，同「嫟」；例暱狎。

常 12 暹

形解 會意；從日進。日光進升爲暹。

音義 ㄒㄧㄢ 動日光進升。

常 12 曆

形解 形聲；從日，厤聲。厤有條理整齊的意思，所以推算日月星辰運行的法則爲曆。

音義 ㄌㄧˋ 名①推算年月日和節氣的方法；例陰曆。②年代；例年曆。③記載年月日節氣的書冊；例曆書。④運命；例曆命。

參考 字又作「暦」。

8 **曆法** ㄌㄧˋ ㄈㄚˇ 以年、月、日等計時單位，依一定的法則組合，供計算較長時間的系統。以太陽爲標準的稱爲陽曆，以月亮爲標準的稱爲陰曆，既配合日躔又符合月象的稱太陰陽曆。

10 **曆書** ㄌㄧˋ ㄕㄨ 按一定曆法排列年、月、日並給出有關數據的書，現今一般使用的包括陽曆和陰曆的日序、星期、節氣、月相、日月食和紀念日等。

▽改曆、舊曆、新曆、算曆、農曆、陽曆、日曆、律曆、黃曆、夏曆、西曆、公曆、民曆、回曆、太陰陽曆。

常 12 曉

形解 形聲；從日，堯聲。堯有高出的意思，所以日出天明爲曉。

音義 ㄒㄧㄠˇ 名①天明時；例破曉。②姓。動①懂，知道；例你好不曉事。②明告；例「以曉左右。」③公布；例揭曉。④嫺熟；例曉暢軍事。形清晨的；例楊柳岸曉風殘月。

14 **曉暢** ㄒㄧㄠˇ ㄔㄤˋ ㈠精通，熟悉。例曉暢軍事。㈡明白通達。例文章要寫得明白曉暢。

16 **曉諭** ㄒㄧㄠˇ ㄩˋ 明白地告知。

參考 ①又作「曉喩」、「曉示」。②同昭示。

▽知曉、通曉、分曉、明曉、破曉、拂曉、家喩戶曉、雞鳴欲曉。

次 12 曈

形解 形聲；從日，童聲。童有起動的意思，所以天色將明爲曈。

音義 ㄊㄨㄥˊ 副曈曨，天色將明未明的樣子。

參考 「曈」、「瞳」、「疃」音同形近；但「曈」爲月初出，「瞳」爲眼珠。

次 12 暾

形解 字本作暾，形聲；從日，𢿙聲。形聲；從日，敦聲。𢿙有怒的意思，所以太陽剛露，光芒怒射爲暾。隸變作「暾」。

音義 ㄊㄨㄣ 名早晨剛出的太陽；例朝暾。

參考 字雖從敦，但不可讀成ㄉㄨㄣ。

次 12 曀

形解 形聲；從日，壹聲。壹有凝聚不散的意思，所以天色陰沈爲曀。

音義 ㄧˋ 副天色陰沈地；例曀曀。

參考 「曀」與從歹作死解的「殪」字，音同義異。

次 12 曄

形解 形聲；從日，華聲。華有明麗的意思，所以日光爲曄。

音義 ㄧㄝˋ 副①光明的樣子。②繁盛的樣子。

參考 亦作「曅」。

次 12 曇

形解 會意；從日雲。雲彩散布爲曇。

音義 ㄊㄢˊ 名①雲氣；例彩曇。②花名；例曇花。動雲氣布於天空。

8 **曇花** ㄊㄢˊ ㄏㄨㄚ 植原稱「優曇鉢花」，通常無花結實，偶爾開花，多在晚間，時間很短促，開後即謝。又名「無花果」。

曇花一現 ㄊㄢˊ ㄏㄨㄚ ㄧ ㄒㄧㄢˋ ㈠比喩不常見的事物。㈡比喩才出現不久就消失的事物。

參考 與「過眼雲煙」有別：前者表示「迅即消失」；後者表示「容易消失」。前者之時間比後者短暫得多。後者能比喩一掠而過，容易忽視的事物；前者不能。

次 12 曏

形解 形聲；從日，鄉聲。鄉有偏小的意思，所以時間不久爲曏。

音義 ㄒㄧㄤˋ 動明白；例「證曏今故。」副從前，通「向」；例曏者。

常 13 曙

形解 形聲；從日，署聲。署有部分的意思，所以天剛亮，或白或暗爲曙。

音義 ㄕㄨˋ 名天剛亮時；例曉曙。形拂曉時分的；例曙色。

6 **曙色** ㄕㄨˋ ㄙㄜˋ 天剛亮時的景色。

曙光 ㄕㄨˋ ㄍㄨㄤ ㈠一清早時太陽放出的陽光。㈡比喩有希望，光明。例這案子已露出曙光，相信即將破案。

▽昏曙、殘曙、曉曙。

常 13 **曖** 解形 形聲；從日，愛聲。太陽昏暗不明爲曖。

音義 ㄞˋ 形昏暗不明的；例幽曖。

參考 字不可誤作「瞹」。

9 **曖昧** ㄞˋ ㄇㄟˋ ㈠立場和態度含糊，不明朗。例態度曖昧。㈡不光明，見不得人的。例他們倆的關係曖昧。

次 14 **曜** 解形 會意；從日，從翟。翟有彩飾的意思，所以光明照耀爲曜。

音義 一ㄠˋ 名①日光；例日出有曜。②日、月及火、水、木、金、土五星的合稱；並以此代表星期日，月曜代表星期一，以下順推；例七曜周旋。副光明地；例曜曜振振。

參考 又音ㄩㄝˋ。

▽顯曜、照曜、日曜、月曜、榮曜、隱曜。

次 14 **曚** 解形 形聲；從日，蒙聲。蒙有隱暗的意思，所以天色未明爲曚。

音義 ㄇㄥˊ 副曚曨，不清楚的樣子。

參考 字亦作「矇」。

20 **曚曨** ㄇㄥˊ ㄌㄨㄥˊ 太陽初出時光線暗淡的樣子。

次 14 **曛** 解形 形聲；從日，熏聲。熏有上升的意思，所以夕陽的餘暉爲曛。

音義 ㄒㄩㄣ 名①夕陽的餘暉；例「夕曛嵐氣陰。」②黃昏；例曛黃。

參考 「曛」與從月(肉)解作肉羊羹的「臐」，音同義異。

▽夕曛、日曛、餘曛、紅曛。

常 15 **曝** 解形 形聲；從日，暴聲。陽光下曬東西爲曝。「曝」是暴的俗字。

音義 ㄆㄨˋ 動在陽光下晒；例曝日。

20 **曝獻** ㄆㄨˋ ㄒㄧㄢˋ 今指貢獻意見或贈送薄禮而表示心意誠懇之意。又作「獻曝」。

常 15 **曠** 解形 形聲，從日，廣聲。廣有闊大的意思，所以廣大光明爲曠。

音義 ㄎㄨㄤˋ 名姓。動荒廢；例曠日費時。形①寬廣的；例曠野。②明朗，豁達的；例曠達。

4 **曠日持久** ㄎㄨㄤˋ ㄖˋ ㄔˊ ㄐㄧㄡˇ 空廢時日，拖延很久。持：持續，引申拖延。

參考 同空費時日。

5 **曠古** ㄎㄨㄤˋ ㄍㄨˇ 前所未有的。

參考 同空前、邃古。

曠代 ㄎㄨㄤˋ ㄉㄞˋ ㈠絕代，當代無與倫比。㈡歷時長久。

參考 同曠世。

曠世 ㄎㄨㄤˋ ㄕˋ ㈠當代沒有能與相比的。例曠世功勳。㈡歷時長久。

參考 ①又作「曠代」。②同絕世。

11 **曠野** ㄎㄨㄤˋ 一ㄝˇ 空闊的原野。

13 **曠達** ㄎㄨㄤˋ ㄉㄚˊ 心胸廣大，遇事看得開。

參考 同豁達。

15 **曠課** ㄎㄨㄤˋ ㄎㄜˋ 學生沒有請假而缺課。又稱「翹課」。

18 **曠廢** ㄎㄨㄤˋ ㄈㄟˋ 空曠荒廢。

曠職 ㄎㄨㄤˋ ㄓˊ ㈠凡在職未經請假未依時限銷假的行爲。㈡曠廢職務。㈢保留空職。例「苟非其人，不如曠職。」

參考 與「曠工」同義，但前者爲泛稱，後者多指勞工方面的缺席。

▽空曠、放曠、超曠。

常 16 **曦** 解形 形聲；從日，義聲。日光爲曦。

音義 ㄒㄧ 名日光；例朝曦。

▽曙曦、朝曦、丹曦、晨曦。

次 16 **曨** 解形 形聲；從日，龍聲。龍有不明的意思，所以太陽將出而未明爲曨。

音義 ㄌㄨㄥˊ 「曚曨」，不清楚的樣子。

參考 或作「朧」。

次 17 **曩** 解形 形聲；從日，襄聲。襄有去除的意思，所以昔日爲曩。

音義 ㄋㄤˇ 名姓。副從前地；

8 **曩昔** ㄋㄤˇ ㄒㄧˊ 從前，過去。例曩者。

【曰部】 ㄩㄝ

常 0 **曰** 形解 指事；從口，乚指口氣冒出的形狀，所以發語示意之詞爲曰。

音義 ㄩㄝ 動 ①說；例子曰：「學而時習之，不亦說乎？」②稱爲；例「水中可居者曰洲。」

參考 ①「曰」和「云」爲古今字，意思相同。②和「日」(ㄖˋ)形近易誤，不可混淆。

常 2 **曲** 形解 象形；象彎曲可容物的圓器形。

①名 曲

音義 ㄑㄩ 名 ①養蠶用的器具。②彎曲處；例河曲。③隱僻處；例鄉曲。④隱情，心聲；例心曲。⑤姓。動 折彎；例曲膝。形 ①不直的；例曲徑通幽。②不正確的；例曲解。③隱密的；例委曲求全。副 宛轉地；例劇情曲折。

ㄑㄩˇ 名 ①音樂或歌唱；例樂曲。②文 我國韻文的一種，元代最盛，故稱元曲，分散曲、劇曲二種。

參考 「屈」和「曲」都有不直的意思，但「委曲」和「委屈」意思不同。又「寃屈」不能寫成「寃曲」或「怨曲」。

7 **曲折** ㄑㄩ ㄓㄜˊ ㈠彎彎曲曲迴轉之狀。例到達山頂還有一段曲折小徑。㈡形容事情的隱情。例這件案子的內幕十分曲折。

曲折離奇 ㄑㄩ ㄓㄜˊ ㄌㄧˊ ㄑㄧˊ 比喻事情的發展，出乎意料之外。

8 **曲阜** ㄑㄩ ㄈㄨˋ 地 山東縣名之一。春秋時代魯國國都，孔子誕生於此。城東北爲孔林，是孔子的墓地。城中闕里有孔廟及衍聖公府，廟中有杏壇，爲孔子當年講學處。

9 **曲突徙薪** ㄑㄩ ㄊㄨ ㄒㄧˇ ㄒㄧㄣ 比喻防患於未然。突，指煙囪；薪，是木柴。據漢書霍光傳記載：有位客人發現某家煙囪太直，旁邊堆積乾材可能引發火災，勸主人把煙囪改成彎曲的，移開木柴。主人不聽，果然發生大火，事後主人才恍然大悟：若採信客人的建議，則可防患未然。

10 **曲徑通幽** ㄑㄩ ㄐㄧㄥˋ ㄊㄨㄥ ㄧㄡ 經過彎曲狹長的小路，通往景緻優雅的地方。

曲高和寡 ㄑㄩˇ ㄍㄠ ㄏㄜˋ ㄍㄨㄚˇ 樂曲的格調越高，能跟著唱和的人就越少。㈠比喻懷才不遇。㈡比喻知音難遇。和：跟著別人唱；寡：少。

13 **曲解** ㄑㄩ ㄐㄧㄝˇ 歪曲解釋。例他故意把事實眞象曲解了。

參考 「曲解」、「誤解」有別：「曲解」是有意的或別有用心的；「誤解」是「理解錯了」，是無意的。「曲解」含有貶損的意思；「誤解」則是中性的。

▽委曲、婉曲、歌曲、樂曲、戲曲、序曲、編曲、名曲、新曲、舞曲、心曲、部曲、河曲、彎曲、折曲、隱曲、插曲、戀曲、指定曲、主題曲、自選曲、同工異曲、自由歌曲、自編自唱曲。

常 2 **曳** 形解 形聲；從申，厂聲。厂有引而長之的意思，所以牽引爲曳。

音義 ㄧㄝˋ 動 拖引；例棄甲曳兵。形 困頓的；例疲曳。

參考 ①語音作ㄧˋ。②摯 拽、洩。

▽倒曳、搖曳、引曳、拖曳、疲曳。

常 3 **更** 形解 形聲；從攴，丙聲。丙有炳然著見的意思，攴爲擊打使變，所以改變爲更。

音義 ㄍㄥˋ 副 ①越發；例「抽刀斷水水更流。」②再；例「欲窮千里目，更上一層樓。」

ㄍㄥ 名 ①夜間的時刻名；例五更。②姓。動 ①代替；例更代。②改換；例更爵。③經歷；例少不更事。副 輪流地；例可以更休。

參考 ①「三更」、「五更」的「更」字語音可讀「ㄐㄧㄥ」。②摯 哽、埂、梗、綆、骾、鯁。

4 **更夫** ㄍㄥ ㄈㄨ 舊時打更巡夜的人。又作「更卒」。語音可讀ㄐㄧㄥ ㄈㄨ。

5 **更正** ㄍㄥ ㄓㄥˋ 改正錯誤。

更生 ㄍㄥ ㄕㄥ ㈠獲得新的生命。比喻振興起來。例自力更生。㈡再生。例更生布。

參考 衍更生保護、更生保護會、更生輔導員。

7 **更改** ㄍㄥ ㄍㄞˇ 變換或改正。

參考 與「更換」有別：前者多半指計畫、行爲修正而已；後者著重於完全變換。

8 **更事** ㄍㄥ ㄕˋ 對世事有所閱歷。例少不更事。

更始 ㄍㄥ ㄕˇ ㈠革新。例「誠欲正身，與天下更始也。」㈡年號。新莽時代，起兵征討莽者立劉玄爲帝，年號更始(二三—二四)。

9 **更迭** ㄍㄥ ㄉㄧㄝˊ 輪流替換。迭：輪流。例四時更迭。

參考 同更番、更替、更代。

11 **更動** ㄍㄥ ㄉㄨㄥˋ 改換，變動。例上課的時間更動，請大家注意。

更張 ㄍㄥ ㄓㄤ 本指把琴瑟的弦放鬆後重行配好，引申爲從根本上改變。

12 **更換** ㄍㄥ ㄏㄨㄢˋ 更改掉換。例更換投手。

更替 ㄍㄥ ㄊㄧˋ 依次序替代。

參考 同更迭，更代，更番。

更番 ㄍㄥ ㄈㄢ 輪流調換。例更番上陣。

參考 同更迭，輪番。

13 **更新** ㄍㄥ ㄒㄧㄣ 革除舊的，變爲新的。例萬象更新。

14 **更僕難數** ㄍㄥ ㄆㄨˊ ㄋㄢˊ ㄕㄨˇ 比喻事物繁多，難以一一陳述。原爲孔子回答魯哀公關於儒行的問話，意思是儒行很多，一下子說不完，要一個一個說需要很長的時間，即使中間換了人也未必能說完。

▽變更、深更、初更、打更、半夜三更。

常 5 曷

形解 形聲；從曰，匃聲。匃是亡人，所以何不爲曷。

音義 ㄏㄜˊ 副①何故，通「何」；例「汝曷弗告朕？」②何不；例「時日曷喪？」③豈；例曷若。

參考 同何、盍。②孳渴、褐、蝎、鞨、喝、葛。

常 6 書

形解 形聲；從聿，者聲。者爲楮皮紙，所以用筆在竹帛上寫字爲書。

音義 ㄕㄨ 名①有文字或圖畫的册子；例教科書。②信件；例家書。③字體；例草書。④文件；例說明書。⑤〔書〕「尚書」的簡稱。⑥姓。動①記載；例「子張書諸紳。」②寫字；例書寫。

5 **書札** ㄕㄨ ㄓㄚˊ 書信，信件。

書包 ㄕㄨ ㄅㄠ 上學時攜帶書本的袋子。

書生 ㄕㄨ ㄕㄥ ㈠讀書人。例書生報國的最佳途徑是貢獻智慧。㈡不通世故的迂儒。例常言道：「百無一用是書生。」

7 **書局** ㄕㄨ ㄐㄩˊ ㈠書店，賣書的店鋪。㈡舊時國家刻書的地方或宮中藏書之處。

8 **書房** ㄕㄨ ㄈㄤˊ ㈠讀書用的房子，同書齋、書室。㈡書店。㈢家塾。

書法 ㄕㄨ ㄈㄚˇ ㈠寫字的筆法。㈡舊時史家記事的筆法，即史筆。

9 **書信** ㄕㄨ ㄒㄧㄣˋ 信札。

書面 ㄕㄨ ㄇㄧㄢˋ 用文字寫成的文件。例書面報告。

書契 ㄕㄨ ㄑㄧˋ ㈠文字。㈡取予市物的符券。㈢簿書。

10 **書院** ㄕㄨ ㄩㄢˋ 舊時研究學問的機關。

書記 ㄕㄨ ㄐㄧˋ ㈠書籍。例博涉書記。㈡掌管書牘契記的人。㈢辦理文書或抄寫的人。

15 **書篋** ㄕㄨ ㄑㄧㄝˋ 書箱。

參考 同書笥。

19 **書牘** ㄕㄨ ㄉㄨˊ 書信、書札、簡牘之類。有書、啓、移、牘、簡、札、帖等異名。

參考 與「書翰」有別：前者的牘，是古時寫字的竹木簡；後者的翰，是指羽翰製成的筆，都是書寫時的必備工具。

▽楷書、行書、史書、草書、投書、讀書、圖書、秘書、隸書、文書、校書、古書、著書、四書、說書、藏書、

情書、遺書、留書、天書、傳書、訣別書、線裝書、原文書、大書特書、史不絕書、罄竹難書、無字天書。

常 7 **勗** 形解 形聲；從曰，助聲。字本作「勖」：形聲；從力，冒聲。不顧艱危而勉力前進爲勖。後誤寫作勗。

音義 ㄒㄩˋ 動 勉勵；例 勗勉。

參考 ①字又作「勖」。②字中的「曰」、「且」是自「曰」、「目」譌變而來。

常 7 **曹** 形解 會意；從㯥從曰。㯥在廷東，稱爲治事，所以聽獄理訟的辦公處爲曹。

音義 ㄘㄠˊ 名 ①訴訟時原告和被告兩方稱爲兩曹，又稱兩造。②古代官署分科辦事稱爲「曹」，分科辦事的官職也稱「曹」；例 功曹。③姓。代 等，輩，們；例 吾曹。副 同，一致；例 民所曹好。

參考 孳 嘈、漕、槽、糟、螬、遭。

5 **曹丕** ㄘㄠˊ ㄆㄧ 〔人〕即魏文帝。曹操的長子，字子桓，在位六年卒。性愛文學，其詩受民歌影響，語言通俗，描寫細緻。所著典論．論文，對我國文學批評的發展頗。有影響，著有魏文帝集。

11 **曹雪芹** ㄘㄠˊ ㄒㄩㄝˇ ㄑㄧㄣˊ 〔人〕清人，名霑，字雪芹，工詩畫。本世家子，所著紅樓夢小說盛傳於世，迄今成爲紅學。

12 **曹植** ㄘㄠˊ ㄓˊ 〔人〕字子建，三國時代曹操的第三子，魏文帝曹丕之弟，爲當時著名文學家。謝靈運曾經說過：「天下才共一石，子建獨得八斗。」，曾封陳王，卒謚思，故世稱陳思王。著曹子建集。

16 **曹操** ㄘㄠˊ ㄘㄠ 〔人〕後漢沛國譙縣人。本姓夏侯，字孟德。漢獻帝時的丞相，封魏王，爲人機詐多謀。後來其子曹丕篡漢，追尊爲武帝。

▽我曹、爾曹、軍曹、法曹、六曹、部曹。

常 7 **曼** 形解 形聲；從又，冒聲。引長爲曼。

音義 ㄇㄢˋ 名 姓。動 延長；例 曼延。形 ①美好的；例 曼妙。②長且廣；例 孔曼且碩。

參考 孳 幔、謾、慢、漫、蔓、饅、鰻、鏝、縵。

9 **曼衍** ㄇㄢˋ ㄧㄢˇ ㈠連綿無極的樣子。㈡分布，擴散。

17 **曼聲** ㄇㄢˋ ㄕㄥ 拉長的聲音。例 曼聲之歌。

19 **曼麗** ㄇㄢˋ ㄌㄧˋ 柔媚艷麗。

▽婉曼、靡曼、美曼、孔曼、間扼黷曼。

常 8 **曾** 形解 形聲；從八從曰，四聲。四字爲中空通明，從八象氣之分散，曰是發語詞，所以言詞舒暢爲曾。

音義 ㄘㄥˊ 形 多重的；例 曾臺累榭。副 發生過，經歷過地；例 曾經。

ㄗㄥ 名 姓。形 隔兩代的（親屬）；例 曾祖父。副 ①加多，通「增」；例 曾益其所不能。②乃；例 曾是以爲孝乎？

參考 孳 增、憎、橧、矰、罾、繒、甑、贈、增、層、嶒、鄫、蹭、增。

11 **曾國藩** ㄗㄥ ㄍㄨㄛˊ ㄈㄢ 〔人〕清代中興的功臣，湖南湘鄉人。字伯涵，號滌生，道光進士。咸豐二年奉命在湖南辦團練，後擴編爲湘軍。因滅太平天國，功封一等侯，官至武英殿大學士，歷任兩江及直隸總督，卒謚文正。梁啓超以曾氏爲立德、立功、立言三不朽的人物。著有曾文正公全集。

13 **曾經滄海** ㄘㄥˊ ㄐㄧㄥ ㄘㄤ ㄏㄞˇ ㈠歷經憂患。㈡見識廣大的人，眼界極高，平凡事已不足爲奇了。例 曾經滄海難爲水，除却巫山不是雲。

常 8 **替** 形解 會意；從竝，從曰。二人併立相爭，告訴他們實情，然後淘汰其中一個，所以存此廢彼爲替。

音義 ㄊㄧˋ 動 ①廢壞、滅絕；例 興替。②代；例 接替。形 衰敗的；例風頹化替。

參考 同代、換。

7 **替身** ㄊㄧˋ ㄕㄣ 替代的人。

▽交替、興替、衰替、廢替、隆替、淪替、代替、接替、更替、盛衰交替。

常 9 **會** 解形  象形；象盒中盛物形。

音義 ㄏㄨㄟˋ 名 ①團體；例工會。②多數人的聚集處；例紀念會。③大城市或行政中心；例都會。④民間小型的經濟互助組織，具有儲蓄、放款的作用；例標會。⑤時機；例適逢其會。⑥姓。動 ①集合在一起；例會合。②相見；例會晤。③領悟；例體會。④付款；例會鈔。副 ①可能；例他不會不知道。②能夠；例大同世界必會實現。介 正好；例「會暮，大風起。」

ㄏㄨㄟˇ 副 片刻；例等一會。

ㄎㄨㄞˋ 名 姓。動 統計；例會計。

ㄍㄨㄟˋ 名 地名；例會稽。

參考 ①字又作「会」。②辨儈、劊、澮、獪、噲、檜、膾、鱠。

4 **會心** ㄏㄨㄟˋ ㄒㄧㄣ 心裏領會別人沒有說明的意思。例會心一笑。

6 **會合** ㄏㄨㄟˋ ㄏㄜˊ 人或事物同時聚集在一起或一處。

參考 衍會合處、會合周期。

會同 ㄏㄨㄟˋ ㄊㄨㄥˊ (一)和有關的方面一道去做。例會同有關單位進行研究。(二)古代諸侯朝見天子或互相見面的通稱。

8 **會社** ㄏㄨㄟˋ ㄕㄜˋ (一)舊指政治或學術團體。如：同盟會、南社。(二)日本稱公司爲會社。例株式會社。

9 **會計** ㄎㄨㄞˋ ㄐㄧˋ (一)經 管理和計算財務的出納。(二)負責管理和計算財務出納的人。(三)「會計學」的略稱。

參考 衍會計學、會計師、會計原理。

10 **會師** ㄏㄨㄟˋ ㄕ 軍 數支己方部隊或友軍在戰地會合。師：軍隊。

會員 ㄏㄨㄟˋ ㄩㄢˊ 一團體或機構組成的每一份子。

參考 與「職員」有別：前者多指有某一共同目的或宗旨所組成的團體；後者指受雇用的機關行號而言。

11 **會晤** ㄏㄨㄟˋ ㄨˋ 見面，碰面。

會商 ㄏㄨㄟˋ ㄕㄤ 會合在一起，共同商量事情。

參考 與「商議」同指討論事情，但前者指人數較多會集在一起討論。

12 **會診** ㄏㄨㄟˋ ㄓㄣˇ 醫 會同數位專科醫生的意見共同診斷疑難病症。

13 **會話** ㄏㄨㄟˋ ㄏㄨㄚˋ 相對談話。例英語會話。

16 **會餐** ㄏㄨㄟˋ ㄘㄢ 多人相聚進餐。

會戰 ㄏㄨㄟˋ ㄓㄢˋ 軍 戰爭雙方集中主力軍在一定地區和時間內所進行的決戰。如對日抗戰期間的徐蚌會戰、長沙會戰等。

會館 ㄏㄨㄟˋ ㄍㄨㄢˇ (一)舊時旅居異地的同鄉人，在京城、省城等設立的館舍，用爲聯絡鄉誼及舉辦其他慈善活動。(二)同業集會的館舍。例教師會館。

20 **會議** ㄏㄨㄟˋ ㄧˋ 多數人聚集在一起討論議事。

▽省會、都會、茶會、舞會、酒會、集會、開會、聚會、工會、商會、交會、標會、納會、散會、國會、議會、同鄉會、同學會、經建會、國科會、國建會、研究會、互助會、心領神會、穿鑿附會、風雲際會、牽强附會。

次 10 **朅** 解形 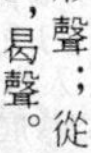 形聲；從去，曷聲。去有往的意思，所以離去爲朅。

音義 ㄑㄧㄝˋ 動 離去；例朅來。副 勇武地；例伯兮朅兮。

【月部】 ㄩㄝˋ

常 0 **月** 解形 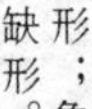 象形；象月缺形。

音義 ㄩㄝˋ 名 ①地球的衞星，繞地球運行。②陰曆、陽曆的單位，一年分十二個月。

③光陰；例歲月。④姓。形圓形的；例月餅。

6 **月老** ㄩㄝˋ ㄌㄠˇ「月下老人」的簡稱，主管姻緣的神。

9 **月食** ㄩㄝˋ ㄕˊ 天與「月蝕」同，地球運行至太陽和月亮中間時，月所得的太陽光為地球所掩，於是形成「月蝕」。

11 **月華** ㄩㄝˋ ㄏㄨㄚˊ 月色，月光。

14 **月餅** ㄩㄝˋ ㄅㄧㄥˇ 中秋節時吃的一種糕餅。農曆八月十五日是中秋節，家家有賞月團圓吃月餅的習俗。又叫「團圓餅」。

月臺 ㄩㄝˋ ㄊㄞˊ 車站中軌道旁的高地，方便乘客上下車。

▽歲月、殘月、日月、正月、新月、風月、滿月、明月、缺月、年月、彎月、彌月、上弦月、下弦月、水中撈月、光風霽月、吟風弄月、吳牛喘月、披星戴月、長年累月、海底撈月、經年累月、窮年累月、蹉跎歲月、鏡花水月。

常 2

有

形解 形聲；從肉，又聲。又象手形，所以手持祭肉為有。

音義 ㄧㄡˇ 名姓。代某；例有一天。動「無」的相反，表示存在、發生、掌握；例庖有肥肉，廄有肥馬。副或；例不敢有後。助①用在名詞前作「襯」字，無義；例有清。②用在動詞前表客氣，無義；例有勞大駕。

ㄧㄡˋ 副反覆，通「又」；例邪說暴行有作。連用於整數與餘數之間，通「又」；例現年六十有九。

參考 ①反無。②孳侑、囿、宥、銪、洧、鮪、郁、賄。

3 **有口無心** ㄧㄡˇ ㄎㄡˇ ㄨˊ ㄒㄧㄣ ㈠心直口快，隨口說說，並未放在心上。㈡只有口惠，毫無真誠。

3 **有口皆碑** ㄧㄡˇ ㄎㄡˇ ㄐㄧㄝ ㄅㄟ 所有人的嘴都是記功碑。形容人人稱讚歌頌不已。碑：記功碑。

參考 ①反怨聲載道。②與「交口稱譽」有別：前者有「皆碑」—嘴都是記功碑的含義，是比喻性的；後者有「交口」—眾口一辭的含義，是直陳性的。

4 **有心人** ㄧㄡˇ ㄒㄧㄣ ㄖㄣˊ ㈠關心公眾利害和朋友痛癢的人。㈡有志者。

5 **有司** ㄧㄡˇ ㄙ 古時官吏的別稱，代表職有專司的意思。

有目共睹 ㄧㄡˇ ㄇㄨˋ ㄍㄨㄥˋ ㄉㄨˇ 為大眾所共見。

6 **有名** ㄧㄡˇ ㄇㄧㄥˊ 聲譽為社會人士所共知。例赫赫有名。

有名無實 ㄧㄡˇ ㄇㄧㄥˊ ㄨˊ ㄕˊ 只有空名，沒有實質。

參考 衍有名望。

7 **有志竟成** ㄧㄡˇ ㄓˋ ㄐㄧㄥˋ ㄔㄥˊ 只要意志堅定，終會成功。

有求必應 ㄧㄡˇ ㄑㄧㄡˊ ㄅㄧˋ ㄧㄥˋ 只要有請求，一律都答應。

8 **有恆** ㄧㄡˇ ㄏㄥˊ 人有毅力，行事能持久不變。如：持之有恆。

參考 衍有恆心、有恆為成功之本。

有些 ㄧㄡˇ ㄒㄧㄝ 為數不多。

參考 衍有些兒。

有始無終 ㄧㄡˇ ㄕˇ ㄨˊ ㄓㄨㄥ 不能貫徹一件事情。

有板有眼 ㄧㄡˇ ㄅㄢˇ ㄧㄡˇ ㄧㄢˇ 文㈠戲劇中的唱角，或歌唱家的演唱，節拍分明。㈡形容人的言行清晰，富有條理。例他做起事來有板有眼，一絲不苟。

9 **有為** ㄧㄡˇ ㄨㄟˊ 有所作為。例年輕有為。

有限 ㄧㄡˇ ㄒㄧㄢˋ 有一定的限度。

參考 衍有限公司、有限花序、有限小數、有限責任。

有勇無謀 ㄧㄡˇ ㄩㄥˇ ㄨˊ ㄇㄡˊ 只有勇氣卻沒有計謀。

10 **有效** ㄧㄡˇ ㄒㄧㄠˋ 有效果。

11 **有條不紊** ㄧㄡˇ ㄊㄧㄠˊ ㄅㄨˋ ㄨㄣˋ 事物或文章處理得清晰有秩序。

有眼無珠 ㄧㄡˇ ㄧㄢˇ ㄨˊ ㄓㄨ 比喻見識淺陋，毫無辨識能力。

12 **有備無患** ㄧㄡˇ ㄅㄟˋ ㄨˊ ㄏㄨㄢˋ 預先準備好，才可免除後患。

參考 參閱「未雨綢繆」條。

13 **有道** ㄧㄡˇ ㄉㄠˋ ㈠稱有學問道德者，書函中常用此來作對人之敬稱。㈡天下承平時候。㈢漢代舉士科目之一。

16 **有機體** ㄧㄡˇ ㄐㄧ ㄊㄧˇ 化凡具有生活機能的，都稱為有機體。

17 **有聲有色** ㄧㄡˇ ㄕㄥ ㄧㄡˇ ㄙㄜˋ 形容精彩動人的表演或表現。

參考 參閱「繪聲繪色」條。

▽烏有、具有、國有、固有、私有、所有、佔有、專有、富有、領有、保有、享有、公有、莫須有、一無所有、化爲烏有、亙古未有、相驚伯有、無中生有、無奇不有、絕無僅有、據爲己有、應有盡有。

常 4 **服** 形解 形聲；從舟，𠬝聲。金文舟象盤形，𠬝象人屈服形，所以捧著舟盤聽候使喚爲服。

音義 ㄈㄨˊ 名 ①衣裳的總稱；例禮服。②喪衣；例五服。③藥物的量詞；例他吃了三服藥。④姓。動 ①穿著；例非先王之法服不敢服。②吃；例服藥。③欽佩；例佩服。④擔任；例服役。⑤承認；例服罪。⑥適應；例水土不服。⑦駕御；例服牛乘馬。

7 **服役** ㄈㄨˊ ㄧˋ ㈠服兵役。㈡給公事之役。

8 **服侍** ㄈㄨˊ ㄕˋ 伺候。

10 **服氣** ㄈㄨˊ ㄑㄧˋ 心中十分佩服。

11 **服務** ㄈㄨˊ ㄨˋ ㈠做事情。例爲民服務。㈡供職。例他目前在這所學校服務。㈢替別人做事。例人人都應以服務爲目的。

參考 衍服務台、服務員、服務中心。

服從 ㄈㄨˊ ㄘㄨㄥˊ 聽從命令。例服從爲負責之本。

參考 與「遵守」都有依從照辦的意思，但有別：「服從」是聽從的意思，多指接受上級或集體的指揮、命令；多用於下級對上級，不一定有明文規定，多半跟從領導、組織。「遵守」是接受一定的法令，不限於下對上，也用於平行關係，對象多有明文規定，如憲法、法令、紀律等等。

13 **服罪** ㄈㄨˊ ㄗㄨㄟˋ 承認自己犯罪。

17 **服膺** ㄈㄨˊ ㄧㄥ 記在心裏。例拳拳服膺。

參考 衍服膺勿失。

▽衣服、屈服、荒服、五服、臣服、信服、制服、征服、禮服、和服、喪服、悅服、佩服、說服、西服、微服、大學服、心服口服、心悅誠服、水土不服、遵禮成服。

常 4 **朋** 形解 小篆作「賏」，會意；從二貝。駢貝以成頸飾爲賏，「朋黨」字假「賏」爲之。

音義 ㄆㄥˊ 名 ①志同道合的人；例朋友。②量詞，古貨貝二或五枚；例錫我百朋。③姓。動 ①相比；例碩大無朋。②合同；例朋心合力。

參考 ①同友。②擘棚、堋、棚、硼、鵬、崩。

4 **朋分** ㄆㄥˊ ㄈㄣ 多人分受所得，即大家共同分配。

5 **朋比爲奸** ㄆㄥˊ ㄅㄧˇ ㄨㄟˊ ㄐㄧㄢ 兩個人或多數人，串通做壞事。朋比：依附，互相勾結。

參考 與「狼狽爲奸」有別：前者僅表示「互相勾結起來幹壞事」；不像後者用「狼」、「狽」比作兩個或兩羣壞蛋。所以前者通用範圍大於後者；但後者的語義較重，而且是比喻性的。

20 **朋黨** ㄆㄥˊ ㄉㄤˇ 本指同類的人因私利而互相勾結。後專指士大夫各樹黨羽，互相傾軋。如唐中葉有牛僧孺、李德裕的朋黨之爭。

▽僚朋、親朋、友朋、同朋、良朋、碩大無朋。

次 5 **朏** 形解 會意；從月出。新月開始發光，不甚明亮的時候爲朏。

音義 ㄈㄟˇ 動 ①新月開始發光，也是陰曆每月初三的代稱。②天剛發亮。

參考 又音 ㄆㄟˋ。

常 6 **朔** 形解 形聲；從月，屰聲。屰有不順的意思，所以陰曆每月初一，月光晦暗爲朔。

音義 ㄕㄨㄛˋ 名 ①陰曆的每月初一。②「曆法」的代稱；例告朔。③天子的政令；例六戎仰朔。④開始；例皆從其朔。⑤北方；例朔方。⑥姓。

參考 ①擘搠、塑、槊、溯、愬。②反望。

9 **朔風** ㄕㄨㄛˋ ㄈㄥ 北方吹來的寒風。

▽告朔、正朔、奉朔、望朔、奉正朔。

常 6 **朕** 形解 會意；從舟，從火廾。兩手捧盤火來燒灼龜甲，所以兆象爲朕。

音義 ㄓㄣˋ 名 ①我，上古無論貴賤自稱爲朕；例朕皇考曰伯庸。②皇帝自稱，秦始皇時所定。③預兆；例兆朕。

參考 ①字不可誤作「眹」(ㄓㄣˋ)，「眹」是瞳仁。但「眹」也有「預兆」的意思，作此義時，則可與「朕」通。②國君也自稱「寡人」。

6 **朕兆** ㄓㄣˋ ㄓㄠˋ 事先的徵象。

參考 同兆朕。

常 6 **朗** 形解 形聲；從月，㒵聲。㒵有美善的意思，所以月圓明潔爲朗。

音義 ㄌㄤˇ 名 姓。形 明亮的；例豁然開朗。副 響亮地；例朗誦。

參考 和「郎中」、「女郎」的「郎」(ㄌㄤˊ)字不可混用。

14 **朗誦** ㄌㄤˇ ㄙㄨㄥˋ 高聲誦讀。

22 **朗讀** ㄌㄤˇ ㄉㄨˊ 即朗誦。

▽晴朗、開朗、明朗、疏朗、清朗、和朗、爽朗、依朗、豁然開朗、天氣晴朗。

次 6 **朒** 形解 形聲；從月，肉聲。朔日月球在東方天空出現爲朒。

音義 ㄋㄩˋ 名 ①朔而月見東方名；例朒朓警闕。②算術上的不足數；例盈朒。

參考 反朓。

次 6 **朓** 形解 形聲；從月，兆聲。月球在西方天空出現爲朓。

音義 ㄊㄧㄠˋ 名 ①晦而月見西方名；例朒朓警闕。②遷廟的祭典，通「祧」。

參考 反朒。

常 7 **望** 形解 形聲；從亡，朢省聲。𡈼有跕起脚尖，伸長脖子，遠眺的意思，所以企盼出亡在外的人早日歸來爲望。

音義 ㄨㄤˋ 名 ①名譽；例德高望重。②通「朢」，陰曆每月十五；例既望。③心願；例大喜過望。④姓。動 ①向遠處或高處看；例眺望。②希冀；例盼望。③慰問，訪問；例拜望。副 往，向；例望後退。

參考 此字下從「𡈼」(ㄊㄧㄥˇ)不從「王」。

3 **望子成龍** ㄨㄤˋ ㄗˇ ㄔㄥˊ ㄌㄨㄥˊ 希望自己的兒子將來能夠成大器。

4 **望文生義** ㄨㄤˋ ㄨㄣˊ ㄕㄥ ㄧˋ 不了解詞句的確切涵義，只從字面上牽强附會、斷章取義地作解釋。

5 **望外** ㄨㄤˋ ㄨㄞˋ 出乎意料之外。例喜出望外。

6 **望而卻步** ㄨㄤˋ ㄦˊ ㄑㄩㄝˋ ㄅㄨˋ 一看就往後退縮。形容十分害怕艱難和危險。

8 **望門寡** ㄨㄤˋ ㄇㄣˊ ㄍㄨㄚˇ 女子訂婚後，而未婚夫就死了，舊俗稱爲「望門寡」。

望門投止 ㄨㄤˋ ㄇㄣˊ ㄊㄡˊ ㄓˇ 人在窘迫之中，見有人家，即去投宿，暫求安身。止：步履。

9 **望風撲影** ㄨㄤˋ ㄈㄥ ㄆㄨ ㄧㄥˇ 所知不詳確，而作無把握及無定向的尋求。

參考 同捕風捉影。

望穿秋水 ㄨㄤˋ ㄔㄨㄢ ㄑㄧㄡ ㄕㄨㄟˇ 比喻盼望得十分殷切。秋水：比喻眼睛。

參考 同望眼欲穿。

望洋興歎 ㄨㄤˋ ㄧㄤˊ ㄒㄧㄥ ㄊㄢˋ (一)眼界開闊，驚奇自失。(二)無能爲力，莫可奈何。

11 **望族** ㄨㄤˋ ㄗㄨˊ 鄉里推重，有聲望的大族。

望眼欲穿 ㄨㄤˋ ㄧㄢˇ ㄩˋ ㄔㄨㄢ 眼睛都要望穿了。形容盼望、想念的迫切。

參考 ①與「望穿秋水」有別：後者一般用來形容對遠地親友的盼望之殷切；而前者不在此限。現在常用前者，少用後者。②同望穿秋水。

望梅止渴 ㄨㄤˋ ㄇㄟˊ ㄓˇ ㄎㄜˇ 比喻願望無法實現，只好藉空想來加以安慰。

參考 與「畫餅充飢」有別：後者往往有「畫餅」的行動；前者只是「空等」、「空望」而已，連畫餅的行動也沒有。

14 **望遠鏡** ㄨㄤˋ ㄩㄢˇ ㄐㄧㄥˋ 物 儀器名稱，用來觀察天體或遠處物體的儀器。

望聞問切 ㄨㄤˋ ㄨㄣˊ ㄨㄣˋ ㄑㄧㄝˋ 醫 中醫診斷病症的四種方法：望是看病人的神色；聞是聽病人的聲音喘息；問是詢問病的症狀；切是用手診脈；統稱「四診」。

望塵莫及 ㄨㄤˋ ㄔㄣˊ ㄇㄛˋ ㄐㄧˊ 遠遠望著前面人馬行走時飛揚起來的塵土，而追趕不上。比喻別人進展快速，自己遠遠落後。

▽願望、希望、失望、眾望、聲望、絕望、眺望、展望、名望、欲望、遠望、盼望、人望、仰望、德望、朔望、怨望、無望、來蘇之望、大所失望、大喜過望、冠蓋相望。

常 8 **期** 解形 形聲；從月，其聲。約定時日來相會為期。

音義 ㄑㄧ 名 ①時日；例日期。②約定的時間；例過期不候。動 ①約定；例不期而遇。②希望；例期待。

ㄐㄧ 名 ①一周年；例期年。②「期服」的簡稱，為一年的喪服。

參考 唸成「ㄐㄧ」時，又作「朞」。

4 **期月** ㄐㄧ ㄩㄝˋ 一整月。

9 **期限** ㄑㄧˊ ㄒㄧㄢˋ 預定的時限。

期待 ㄑㄧˊ ㄉㄞˋ 希望等待。

期勉 ㄑㄧˊ ㄇㄧㄢˇ 期望勉勵。

參考 與「期望」略有不同：「期勉」除了期望之外，更多一層勉勵與鼓舞。

期盼 ㄑㄧˊ ㄆㄢˋ 等待盼望。

參考 與「期望」、「希望」、「希圖」、「企圖」、「圖謀」等詞有別：「期盼」、「期望」指對未來事有所盼望，「希望」指有目的的盼望；而「希圖」除了希望之外，更積極圖謀計畫，採取行動。「企圖」又加強了積極爭取的意圖；「圖謀」多半指自私自利的人，有利己害人的計畫，以惡意的為多。

11 **期許** ㄑㄧˊ ㄒㄩˇ 期望，希望。

期票 ㄑㄧˊ ㄆㄧㄠˋ 經 定期付款的票子。

期望 ㄑㄧˊ ㄨㄤˋ 期待希望。

參考 ①同「期盼」。②參閱「期盼」條。③「期望」、「希望」有別：「期望」含有濃厚的感情色彩，多用於對別人，上對下，集體或組織對個人，長對幼方面；如：我不能辜負師長對我的期望。「希望」的對象可以是事物，也可以是人（自己或別人）；如：希望你能按照原訂的計畫去完成任務。

12 **期間** ㄑㄧˊ ㄐㄧㄢ 在限定的時期內。

期期艾艾 ㄑㄧˊ ㄑㄧˊ ㄞˋ ㄞˋ 形容口吃難言。漢代周昌口吃，他曾與漢高祖爭論一件事，說：「臣口不能言，然期期知其不可。」又三國時魏國鄧艾也是口吃，一說自己時就連說「艾艾」。後來綜合這兩個典故形成了「期期艾艾」。

▽學期、後期、死期、時期、初期、末期、無期、有期、婚期、假期、暑期、短期、長期、星期、日期、定期、船期、活期、即期、到期、青春期、更年期、癌症末期、萬壽無期。

常 8 **朝** 解形 形聲；從倝，舟聲。今據甲文知：殘月在天，日微露自草莽中，所以會旦的意思。篆作從「舟」是「月」的訛變。

音義 ㄔㄠˊ 名 ①古代君主聽政、辦事的地方；例在朝言朝。②君主帝王的世代；例宋朝。③姓。動 ①古代臣下覲見君主；例盛服將朝。②教徒到遠處去參拜神明；例朝聖。③對，向；例朝東望去。

ㄓㄠ 名 ①早晨；例朝辭白帝彩雲間。②日，天；例今朝有酒今朝醉。③姓。形 有生氣的；例朝氣。

3 **朝夕** ㄓㄠ ㄒㄧ (一)時時。例朝夕思慕。(二)形容時間短促。例朝夕不保。(三)早晚。

朝三暮四 ㄓㄠ ㄙㄢ ㄇㄨˋ ㄙˋ 原比喻使用詐術，欺騙他人；後引申為常常變卦、反覆無常。

4 **朝不保夕** ㄓㄠ ㄅㄨˋ ㄅㄠˇ ㄒㄧ 比喻危急難保。

參考 同與「朝不慮夕」有別：強

調「隨時保不住」時，宜用前者；強調「只能顧眼前」時，宜用後者。

朝不慮夕 ㄓㄠ ㄅㄨˋ ㄌㄩˋ ㄒㄧ 生命危急難保。又作「朝不謀夕」。

參考 參閱「朝不保夕」條。

5 **朝代** ㄔㄠˊ ㄉㄞˋ 一姓帝王的系統。

朝令夕改 ㄓㄠ ㄌㄧㄥˋ ㄒㄧ ㄍㄞˇ 法令時常改變。

參考 同朝令暮改。

朝生暮死 ㄓㄠ ㄕㄥ ㄇㄨˋ ㄙˇ 比喻生命短促。

7 **朝廷** ㄔㄠˊ ㄊㄧㄥˊ ㈠古代君王視朝的地方，相當於現代政府。㈡天子的代稱詞。

10 **朝秦暮楚** ㄓㄠ ㄑㄧㄣˊ ㄇㄨˋ ㄔㄨˇ 比喻反覆無常。秦、楚本是仇敵，若一會事秦，一會又事楚，呈現出朝夕變節，反覆無常的性格。

參考 參閱「朝三暮四」條。

朝氣蓬勃 ㄓㄠ ㄑㄧˋ ㄆㄥˊ ㄅㄛˊ 形容很有生氣，蓬勃向上，充滿了青春活力。蓬勃：肥盛的樣子。

11 **朝野** ㄔㄠˊ ㄧㄝˇ 政府和民間。

12 **朝陽** ㈠ ㄓㄠ ㄧㄤˊ 早晨的太陽。㈡ ㄔㄠˊ ㄧㄤˊ 向著太陽。

朝陽鳴鳳 ㄓㄠ ㄧㄤˊ ㄇㄧㄥˊ ㄈㄥˋ ㈠比喻可喜的事情。㈡比喻直言敢諫的人。

朝發夕至 ㄓㄠ ㄈㄚ ㄒㄧ ㄓˋ 早上出發，晚上就到了。形容路程不遠，或速度極快。

13 **朝聖** ㄔㄠˊ ㄕㄥˋ 教徒到聖地去朝拜。

朝會 ㄓㄠ ㄏㄨㄟˋ 中小學校，每晨集於操場舉行升旗典禮。

18 **朝覲** ㄔㄠˊ ㄐㄧㄣˋ 諸侯謁見天子。

21 **朝露** ㄓㄠ ㄌㄨˋ 早晨殘留的露水，引申為人生短暫，不能長久的意思。

▽王朝、市朝、早朝、天朝、登朝、入朝、六朝、異朝、改朝、今朝、明朝、清朝、歷朝、上朝、前朝、退朝、終朝、南北朝、換代改朝。

次 10 **朢**

形解 會意；從月，從臣，從壬。𡈼為踮起脚尖，張大眼睛遠望形，人與滿月相望，所以會月滿的意思。

音義 ㄨㄤˋ 名 陰曆每月十五日；例朔望。

次 12 **朣**

形解 形聲；從月，童聲。童有動的意思，所以月亮剛升起地平線為朣。

音義 ㄊㄨㄥˊ 副 朣朧不明地；例月朣朧。

常 14 **朦**

形解 形聲；從月，蒙聲。蒙有遮蔽的意思，所以月亮被雲所遮，月色不明為朦。

音義 ㄇㄥˊ 動 欺騙；例朦官取咎。形 月色昏暗狀；例朦朧。

參考 「朦」和「矇」有別，但「朦朧」和「矇朧」都可以用來形容不清楚的狀況，不過形容月色昏暗時只能用「朦朧」。

20 **朦朧** ㄇㄥˊ ㄌㄨㄥˊ ㈠月光昏暗的樣子。㈡模糊、不清楚。

常 16 **朧**

形解 形聲；從月，龍聲。龍有隱沒的意思，所以月亮被雲遮蔽，時隱時現為朧。

音義 ㄌㄨㄥˊ 名 月色。形 月光皎潔的；例朗月何朧朧？

▽朦朧、朧朧、朣朧。

【木部】ㄇㄨˋ

常 0 **木**

形解 象形；象樹木。上象有枝葉，下象根柢形。

音義 ㄇㄨˋ 名 ①樹木的通稱；例十年樹木。②木材，木料；例朽木不可雕也。③棺槨；例行將就木。④五行之一；例金木水火土。⑤天行星名；例木星。⑥姓。動 失去知覺；例痲木不仁。形 ①呆笨的；例木頭木腦。②失去知覺的；例腳都凍木了。③質樸的；例剛毅木訥。④木製的；例木箱。

參考 ①「木」字與「白朮」的「朮（音 ㄓㄨˊ）」字，形似而音義有別。②同樹。

2 **木人** ㄇㄨˋ ㄖㄣˊ 木做的人，沒有知覺。比喻不為外物所動。

參考 衍木人石心。

3 **木工** ㄇㄨˋ ㄍㄨㄥ ㊀製作木器的工人。㊁「木材工藝」的簡稱。

參考 同木作、木匠。

木乃伊 ㄇㄨˋ ㄋㄞˇ ㄧ 外 人或動物的屍體，利用古代埃及的方法或其他方法處理後，而能防止其腐壞者。又作「木默」。

3 **木已成舟** ㄇㄨˋ ㄧˇ ㄔㄥˊ ㄓㄡ 木頭已經做成了船。比喻事情已成定局，沒有辦法再挽回或是不可能再改變了。

5 **木本** ㄇㄨˋ ㄅㄣˇ 植 植物的根莖枝幹是木質的，又有喬木、灌木之分。例松柏都是木本植物。

木主 ㄇㄨˋ ㄓㄨˇ 即神主，以栗木製成，故稱。

木石 ㄇㄨˋ ㄕˊ ㊀木與石。㊁比喻毫無知覺或情感。

7 **木材** ㄇㄨˋ ㄘㄞˊ 割截下來的樹木，可供建築及製作器物用。

8 **木版** ㄇㄨˋ ㄅㄢˇ 舊時刻字印書的一種版本，是用棗木、梨木，或黃楊木等雕刻而成的。

9 **木炭** ㄇㄨˋ ㄊㄢˋ ㊀礦 木材經密閉加以強熱未完全燃燒後所得的無定形碳。表面多細孔，可供作燃料。㊁素描用的特製炭條。

10 **木屐** ㄇㄨˋ ㄐㄧ 以木材做底的拖鞋。

木馬 ㄇㄨˋ ㄇㄚˇ ㊀木製的馬。㊁體操器械之一。木身四足，形略如馬，用以練習縱躍之術。㊂又名「跳馬」。

木魚

11 **木魚** ㄇㄨˋ ㄩˊ 佛家法器之一。是僧徒唸經時所敲打的木質法器。

木訥 ㄇㄨˋ ㄋㄜˋ 質樸遲鈍，不善於言辭。

木偶 ㄇㄨˋ ㄡˇ 用木頭雕刻而成的人。

參考 ①衍 木偶馬、木偶戲。②又作「木偶人」、「木禺」。

木偶戲 ㄇㄨˋ ㄡˇ ㄒㄧˋ 配合劇情，用不同臉譜的木人來表演故事，服裝道具也可隨戲情需要而變化，動作、聲音可表現人物特點。有傀儡戲、布袋戲等。

12 **木筏** ㄇㄨˋ ㄈㄚˊ 用木材連結成板形，可浮於水面，作為交通工具，或用來運貨。又稱「木簰」。

木犀 ㄇㄨˋ ㄒㄧ 植 木犀科，常綠木本，高三尺，葉橢圓形而尖，花有黃白等色，香氣甚烈。又作「木樨」，俗稱「桂花」。

木棉 ㄇㄨˋ ㄇㄧㄢˊ 植 棉的一種，草本者稱草棉，木本者稱木棉，盛產於閩、廣一帶，高七八丈，棉如柳絮，可作被褥，但不能紡織。又作「木緜」、「木綿」、「吉貝」。

15 **木樁** ㄇㄨˋ ㄓㄨㄤ 插在地上的短木。

16 **木樨** ㄇㄨˋ ㄒㄧ ㊀植 同「木犀」。參閱「木犀」條。㊁食物烹調中加進蛋花的作法。例木樨湯、木樨飯。

木頭 ㄇㄨˋ ˙ㄊㄡ ㊀木材。㊁比喻不靈活的人。

18 **木雞** ㄇㄨˋ ㄐㄧ ㊀用木製的雞。㊁形容人不靈活，呆滯的模樣，或嚇得沒了主意的樣子。例呆若木雞。㊂比喻人學養淵深。例木雞養到。

21 **木鐸** ㄇㄨˋ ㄉㄨㄛˊ 金口木舌的大鈴。古時政教上用於警示眾人，今用木鐸或振鐸來比喻老師的教誨。

▽灌木、朽木、喬木、巨木、古木、神木、樹木、草木、土木、伐木、啄木、山木、大木、麻木、質木、移花接木、行將就木。

常 1 **朮** 形解 象形；象高粱上有穗，中為莖，左右是葉片形。

音義 ㄓㄨˊ 名 植 山薊，多年生草本，高二三尺，花有紅、紫、綠等色，根白，可入藥，又分白朮和赤朮兩種。

參考 參閱「木」字條。

常 1 **本** 形解 指事；從木，下加「一」，指明是樹木的根。

音義 ㄅㄣˇ 名 ①草木的根或莖；例草本。②根源，基礎；例捨本逐末。③母金；例本利和。④版本；例宋刻本。⑤量詞；例一本書。⑥古代臣下奏事的文書；例奏本。⑦姓。動依據；例本著良心做事。形①自己或自己的；例本鄉本土。②最先的，開頭的；例本義。③原來的；例英雄本色。④現在的，目前的；例本日公休。副本來地；例「今日之舉，非本願也。」

參考 ①「本」字俗作「夲」。②同原。③反末。④辨笨、鉢、苯。

4 **本分** ㄅㄣˇ ㄈㄣˋ ㈠本人應盡的責任和義務。例讀書是學生應盡的本分。㈡比喻很安分，不敢越軌。例這個人很本分。

5 **本末** ㄅㄣˇ ㄇㄛˋ ㈠根本與細節。例本末並舉。㈡一事的開始和終結。

本末倒置 ㄅㄣˇ ㄇㄛˋ ㄉㄠˋ ㄓˋ 根本與末節處置顛倒。

參考 參閱「捨本逐末」條。

6 **本行** ㄅㄣˇ ㄏㄤˊ 原來的行業。例教書是他的本行。

參考 同舊業。

本色 ㄅㄣˇ ㄙㄜˋ ㈠本來面目，不加粉飾，未經渲染的。㈡青、黃、赤、白、黑五種正色。㈢本來特色。例勇往直前是軍人的本色。

本旨 ㄅㄣˇ ㄓˇ 本來的或主要的意向。

參考 同原意。

本地 ㄅㄣˇ ㄉㄧˋ 當地，對「異地」而言。例本地人。

7 **本位** ㄅㄣˇ ㄨㄟˋ ㈠基本單位。例金本位。㈡本體或主體，爲本身立場打算。例本位主義。

本位主義 ㄅㄣˇ ㄨㄟˋ ㄓㄨˇ ㄧˋ 無論在任何工作或情況下，都以一己所知所學的事物，及一己所從事的工作與權益爲前提，以偏私之見，强調某一方面的重要性之謂。

8 **本金** ㄅㄣˇ ㄐㄧㄣ ㈠借給他人以收取利息的母金。㈡經營事業所投下的資本。

本事 ㄅㄣˇ ㄕˋ ㈠詩詞或戲劇所寫的故事，或所依據的事實。例電影本事。㈡本領，技能。

本性 ㄅㄣˇ ㄒㄧㄥˋ 天生的性格。

參考 「本性」與「天性」都指人或生物原來的性質或個性，都是名詞。但「本性」强調「原來」的性質，常用來指背景的本質；「天性」强調「先天具有的」某種條件或屬性。

本性難移 ㄅㄣˇ ㄒㄧㄥˋ ㄋㄢˊ ㄧˊ 天生的性格很難轉移，稍有責備或調侃的意味。例江山易改，本性難移。

參考 與俚語中的「狗改不了吃屎」意義相近。

本來 ㄅㄣˇ ㄌㄞˊ 原來。例他本來是要來的。

參考 參閱「原來」條。

本來面目 ㄅㄣˇ ㄌㄞˊ ㄇㄧㄢˋ ㄇㄨˋ 原來的樣子。

10 **本家** ㄅㄣˇ ㄐㄧㄚ 同宗族或同姓的人，互稱本家。

參考 同同族，同宗。

本能 ㄅㄣˇ ㄋㄥˊ 指不必經由學習，與生俱來的性能。具有三項特點：一爲天賦的，不學而能的動作；二爲先天有組織的反應；三爲同類生物各分子所同有。例一看到蛇，他本能的倒退了一步。

本草綱目 ㄅㄣˇ ㄘㄠˇ ㄍㄤ ㄇㄨˋ 書 明李時珍撰，凡五十二卷，就本草經及諸家之說刪訂，糾謬補闕，歷時三十年始告完成。

11 **本票** ㄅㄣˇ ㄆㄧㄠˋ ㈠（銀行）債務人對債權人開發的，隨時或於一定日期，無條件照付一定數額貨幣的書面承諾。㈡（國貿）爲票據的一種，乃承諾於可確定之期日，對持票人或特定之人，或其指定人，無條件支付一定金額的票據。

本埠 ㄅㄣˇ ㄈㄨˋ 本地，與「外埠」相對。

參考 反外埠。

13 **本源** ㄅㄣˇ ㄩㄢˊ 根本，起源。

14 **本領** ㄅㄣˇ ㄌㄧㄥˇ 本事，技能。例好本領。

參考 ①同才力，能力，技能，本事。②「本領」與「技倆」，都是名詞，「本領」指技巧能力，是中性詞，口語。「技倆」指不正當的手段、花招，書面語，含有貶損的意思。

15 **本質** ㄅㄣˇ ㄓˊ 哲 ㈠事物中永遠不變，且必不可缺的性質。㈡人的本性。

參考 「本質」與「實質」都指決定事物性質、面貌和發展的根本屬性，都是名詞，都可以跟「現象」相對。但「本質」是哲學上的用語，跟「非本質」相對；還可指人的背景本性或物品的質量；可以構成「本質特點」、「本質特徵」等詞組。「本質」強調的是「實」，跟「（虛）假（現）象」相對，有時也用「實質上」與「表面上」相對。可以構成「精神實質」等詞組。

16 **本錢** ㄅㄣˇ ㄑㄧㄢˊ ㈠經營事業所用的資本。㈡用來生利息的母金。㈢貨物的成本。

20 **本籍** ㄅㄣˇ ㄐㄧˊ 法指原始戶籍所在地，有別於寄籍。戶籍法稱本籍，通稱爲籍貫。

參考 ①同原籍。②反寄籍。

▽基本、根本、書本、教本、原本、資本、寫本、鈔本、善本、張本、謄本、草本、木本、日本、課本、奏本、版本、虧本、蝕本、血本、無本、板本、老本、宋本、元本、明本、腳本、內府本、巾箱本、百納本、元元本本、原原本本。

常 1 **未** 形解 象形；從木，象枝葉重出形。枝葉繁茂而後果實始有滋味爲未。未借爲干支後，加口作「味」，以承本義。

音義 ㄨㄟˋ 名①地支的第八位。②十二時辰之一，十三時至十五時。③姓。副①今後，將來；例未來。②「已」的相對詞；例未老先衰。助①否定語助詞，通「不」、「非」、「弗」；例未定之數。②同「否」，表詢問的；例來日綺窗前，寒梅著花未？

參考 ①同不，沒。②反已。③孳沫、寐、昧、妹、昧。④「未」、「末」的「未」字[illegible]長；「始[illegible]及。中國古代夏朝皇[illegible]妃子是妹喜ㄇㄛˋ ㄒㄧˇ，[illegible]妹喜ㄇㄟˋ ㄒㄧˇ。

2 **未卜先知** ㄨㄟˋ ㄅㄨˇ ㄒㄧㄢ ㄓ 在事情未發生、時間未到的時候，就已知道結果。

參考 同先見之明。

3 **未亡人** ㄨㄟˋ ㄨㄤˊ ㄖㄣˊ 舊時寡婦的自稱。

5 **未央** ㄨㄟˋ 一ㄤ ㈠未半。例夜未央。㈡未盡；例未央歌。

6 **未老先衰** ㄨㄟˋ ㄌㄠˇ ㄒㄧㄢ ㄕㄨㄞ 比喻人年紀尚輕，卻心境已老或已老態龍鍾。

7 **未免** ㄨㄟˋ ㄇㄧㄢˇ 不免，難免。

8 **未來** ㄨㄟˋ ㄌㄞˊ ㈠還沒有來到。㈡以後。

未知數 ㄨㄟˋ ㄓ ㄕㄨˋ 數沒有明示而有待推求的數。

未定之天 ㄨㄟˋ ㄉㄧㄥˋ ㄓ ㄊㄧㄢ 尚未決定的時候。天：時候。

參考 同未定之數。

未雨綢繆 ㄨㄟˋ ㄩˇ ㄔㄡˊ ㄇㄡˊ 是說在還沒下雨的時候，就要先修繕房屋門窗。比喻事先做好準備工作。綢繆：纏捆、修繕。

參考 ①同早爲之計。②與「有備無患」都有「事先做好準備」的意思，但有區別：「未雨綢繆」是比喻性的，「有備無患」是直陳性的；前者沒有强調「無患」，後者則明確地提出「無患」。「有備」跟「無患」間已有條件、假設等關係；而「未雨綢繆」則作爲條件關係偏正複句中表條件的分句。如：「如果不未雨綢繆，將來必要後悔。」

12 **未幾** ㄨㄟˋ ㄐㄧˇ ㈠不久，沒多時。㈡不多，沒幾個。

常 1 **末** 形解 指事；從木，上加「一」，指明是草木的末梢。

音義 ㄇㄛˋ 名①樹梢，引申爲事物的末梢；例刀錐之末。②盡頭，最後；例末日。③事情的結束；例物有本末，事有終始。④碎屑；例煙末。⑤戲元雜劇裡的一種男腳色名；例淨末。⑥不重要的，非根本的；例本末倒置。

參考 ①參閱「未」字條。②同尾，後，終。③反本。④孳秣、抹、沫。

4 **末日** ㄇㄛˋ ㄖˋ ㈠又作「世界末日」，基督教教義之一。該教認爲現實社會充滿罪惡，不可能改善，最後終有一天歸於毀滅，是謂末日。㈡今用來泛指消滅或滅亡的日子。例殖民主義的末日。

參考 衍末日審判、末日審判書。

末日審判 ㄇㄛˋ ㄖˋ ㄕㄣˇ ㄆㄢˋ 宗基督教認爲一至世界末日，一切死者皆當復活，與生人同受上帝的審判，善者升天堂，惡者入地獄。

參考 同最後審判。

5 末世 ㄇㄛˋ ㄕˋ 指一個朝代的末期，含有衰弱的意思。也作「末代」。

參考 同末造。

7 末尾 ㄇㄛˋ ㄨㄟˇ ㈠末了。例學期末尾。㈡最後的數字。例演算所得的數其末尾是零。

10 末席 ㄇㄛˋ ㄒㄧˊ 最後的座次。

參考 同末座。

13 末節 ㄇㄛˋ ㄐㄧㄝˊ ㈠細節。㈡無關緊要的事。

13 末路 ㄇㄛˋ ㄌㄨˋ ㈠晚年，晚節。㈡絕路，比喻沒有前途。例窮途末路。

16 末學 ㄇㄛˋ ㄒㄩㄝˊ ㈠沒有根本的學問。㈡自稱的謙詞。又作「後學」。

▽卷末、期末、毫末、歲末、始末、週末、本末、季末、粉末、物有本末、凶終隙末、舍本逐末、强弩之末。

常 1 **札** 形解 形聲；從木，乙聲。薄小的木簡爲禮。

音義 ㄓㄚˊ 名①書信；例信札。②記載文字的小木片；例筆札。③下行的公文；例札子。動非命而死；例夭札。

參考 ①「札」字與「扎緊」的「扎（音ㄓㄚ）」字，音同形似而意思不同。②同信。

10 札記 ㄓㄚˊ ㄐㄧˋ 文文體名。把讀書的心得、體會或聞見所及隨時記錄下來，累積成篇之稱。

▽簡札、書札、信札、手札、夭札、玉札。

常 2 **朱** 形解 指事；從木，「一」在中間，指明樹心紅色的部分，所以松柏之類的赤心木爲朱。

音義 ㄓㄨ 名①紅色；例「我朱孔陽。」②紅色的物品；例「紆朱懷金。」③姓。形紅色的；例朱衣象笏。

參考 ①同紅，丹。②孳珠、侏、殊、誅、邾、姝、洙、銖。

8 朱門 ㄓㄨ ㄇㄣˊ 古代王侯貴族的住宅大門漆成紅色，以示尊貴，故以「朱門」爲貴族宅第的代稱；例「朱門酒肉臭，路有凍死骨。」

參考 衍朱門恩怨。

11 朱脣皓齒 ㄓㄨ ㄔㄨㄣˊ ㄏㄠˋ ㄔˇ 脣紅齒白，形容美人面貌姣好。

15 朱墨爛然 ㄓㄨ ㄇㄛˋ ㄌㄢˋ ㄖㄢˊ 書上用硃筆和墨筆評點的痕跡清晰鮮明，形容讀書的勤奮。

16 朱熹 ㄓㄨ ㄒㄧ 人南宋哲學家、教育家。字元晦，一字仲晦，號晦庵，別稱紫陽，徽州婺源人，寄居建陽。宋代理學至朱熹而集其大成。世稱「程朱學派」，又因講學於考亭，稱爲「考亭學派」。紹興進士，歷仕高、孝、光、寧四朝，慶元中辭官隱退。，卒年七十一，世稱「朱子」，又稱「朱文公」。著有朱子全書傳世。

▽丹朱、楊朱、奪朱、敷粉施朱。

常 2 **朶** 形解 象形；從木，「几」象花果低垂形。所以枝葉上的花果爲朶。

音義 ㄉㄨㄛˇ 名①計算花的量詞；例一樹桃花千朶紅。②植物的花蕊；例蓮朶。

參考 「朶」字俗作「朵」。

16 朶頤 ㄉㄨㄛˇ ㄧˊ 動著腮頰，想吃東西的樣子。頤：面頰。例大快朶頤。

▽花朶、耳朶、千花萬朶、心花朶朶。

常 2 **朽** 形解 形聲；從木，丂聲。腐壞的樹木或木頭爲朽。

音義 ㄒㄧㄡˇ 名腐物；例摧枯拉朽。動①壞爛；例棺槨朽腐。②消散，磨滅；例不朽。③衰老；例年朽髮落。形①腐敗的；例朽木糞土。②年老的；例老朽。

參考 「朽」字與「枵腹從公」的「枵（音ㄒㄧㄠ）」字，形似而音義有別；枵，空虛。

4 **朽木糞土** ㄒㄧㄡˇ ㄇㄨˋ ㄈㄣˋ ㄊㄨˇ 比喻不堪造就。

▽不朽、老朽、枯朽、腐朽、衰朽、永垂不朽、摧枯拉朽。

常 2 **朴** 形解 形聲；從木，卜聲。樹木的外皮為朴。

音義 ㄆㄨˊ 名 ①敦厚的本性，通「樸」；例「生而離其朴。」②姓。形 朴實正直的；例朴直。ㄆㄛˋ 名 植 榆科植物名；例朴樹。

8 **朴直** ㄆㄨˊ ㄓˊ 樸實正直。例朴直的員工往往最受老闆歡迎。

參考「朴」又是「樸」的簡體字。

參考「朴直」雖與「樸直」同，最好還是用「樸直」較妥。

次 2 **机** 形解 形聲；從木，几聲。即榿木為机。

音義 ㄐㄧ 名 植 木名，同「榿」，形狀像榆樹，燃燒後可作肥料；例机木。ㄐㄧˇ 名 用木做的小桌，同「几」；例桌机。

參考「機」的俗字亦作「机」；就字義來看，「機」與「机」完全不同。

常 3 **束** 形解 會意；從囗木。囗有圍繞的意思，所以捆綁木頭為束。

音義 ㄕㄨˋ 名 ①古以物十個，或肉乾十條，或箭十二支、五十支、百支為一束，今引申為一綑或一紮東西的計量名；例馨香一束。②姓。動 ①綁縛，結紮；例束帶。②管教；例約束。

2 **束之高閣** ㄕㄨˋ ㄓ ㄍㄠ ㄍㄜˊ 棄置不用。

參考 與「置之不理」近似，都有放在一邊，不理不睬的意思。但有區別：束之高閣偏重在「不用」上，置之不理偏重在「不理」上。前者的對象是「物」，可以是具體的「物」，也可以是抽象的「物」，如：把不被採用的稿子束之高閣。後者的對象是「事」，如：對別人的惡意攻擊置之不理。

4 **束手無策** ㄕㄨˋ ㄕㄡˇ ㄨˊ ㄘㄜˋ 沒有一點辦法。

參考 ①同 束手待斃，無計可施。②參閱「手足無措」條。

4 **束手待斃** ㄕㄨˋ ㄕㄡˇ ㄉㄞˋ ㄅㄧˋ 無計可施，只有等死。

參考 ①與「坐以待斃」、「束手就擒」有別：「束手待斃」、「坐以待斃」表示消極地等死（死亡、完蛋）；「束手就擒」表示乖乖地讓人捉住。②反 負隅頑抗、垂死掙扎。

11 **束脩** ㄕㄨˋ ㄒㄧㄡ ㈠古人以肉脯十條紮成一束，作為拜見老師的禮物，因此現在稱學費為束脩。㈡約束，修整。

13 **束裝** ㄕㄨˋ ㄓㄨㄤ 人將遠行，整理行李。

16 **束縛** ㄕㄨˋ ㄈㄨˊ 受拘束而不自由。

參考 ①同 拘束，牽制。②參閱「約束」條。③「束縛」、「拘束」、「約束」有別：「束縛」指人或物受到某種勢力或影響的限制，不能自由活動。如：請不要把這不必要的束縛，加在我的身上。「拘束」即不自然、不自在，指一般人面對某種不尋常或較生疏的場面時，不知如何是好，而顯出侷促不安的樣子。如：主人平易近人的態度，很快地就使客人不再感到拘束了。「約束」有兩層意思：a.即限制的意思，指依據一定的準則，如法律、制度、習慣、規律等，對人或事物加以限制或控制，使人或物只能在一定的範圍或準則內活動。如：法律如果失去了約束人們的力量，就沒有了存在的價值。b.即自覺地控制自己。如：在大庭廣眾的面前，她約束自己，不亂發脾氣。

▽結束、檢束、拘束、約束、裝束、收束、管束、花束。

常 3 **李** 形解 形聲；從木，子聲。子有果實的意思，所以李樹的果實為李。

音義 ㄌㄧˇ 名 ①植 薔薇科，落葉喬木，葉長橢圓形，邊緣有鋸齒，花白色，果實圓形，果皮有紫紅、青綠和黃色，可食；例瓜田李下。②李樹所結的果實；例李子。③驛使；例行李之往來。④姓，通「里」；例李克。

參考「李」字與「季節」的「季」字，形似而音義不同。

5 **李白** ㄌㄧˇ ㄅㄞˊ ㈠白色的李花。例桃紅李白新秧綠。㈡人唐大詩人之一。祖籍隴西成紀，漢將軍李廣後裔，字太白，號青蓮居士。少年即顯露才華，吟詩作賦，博學廣覽，并好行俠，天才英特，賀知章嘆爲「謫仙」，言於玄宗，供奉翰林。詩風雄奇豪邁，高妙清逸，和杜甫並稱詩宗，有「詩仙」之稱。

李代桃僵 ㄌㄧˇ ㄉㄞˋ ㄊㄠˊ ㄐㄧㄤ 比喻以這個代替那個，或代人受過的意思。

李世民 ㄌㄧˇ ㄕˋ ㄇㄧㄣˊ 人即唐太宗，高祖次子，在位二十三年。在位期間，推行均田制、租庸調法和府兵制度，並加强對地方官吏的考核。又修「氏族志」，發展科舉制度。當時文治武功均盛極一時，史家譽爲「貞觀之治」。

11 **李清照** ㄌㄧˇ ㄑㄧㄥ ㄓㄠˋ 人南宋女詞人。號易安居士，濟南人。早期生活優裕，與夫趙明誠共同致力於書畫金石的搜集與整理，作詞多悠閒情趣。金兵入侵後，流寓南方，明誠病死，境遇孤苦。作品多悲嘆身世，富感傷情調。有漱玉詞一卷行世。

李商隱 ㄌㄧˇ ㄕㄤ ㄧㄣˇ 人唐河內人。字義山，又號玉谿生。詩綺麗綿密，爲文則瑰奇邁古。作品多感傷時事，與溫庭筠、段成式齊名，著李義山詩集、樊南文集。

12 **李斯** ㄌㄧˇ ㄙ 人秦上蔡人。是荀子的學生，秦始皇統一天下，以斯爲相，定郡縣之制，下禁書令，變籀爲小篆。始皇駕崩，趙高專權，與李斯互忌，趙高誣告李斯與子李由反，於是腰斬咸陽市，誅殺三族。

▽行李、桃李、夭桃穠李、投桃報李。

常 3 **杏** 解形  形聲；從木，向省聲。杏果爲杏。

音義 ㄒㄧㄥˋ 名①植薔薇科，落葉喬木，葉闊卵形或圓卵形，邊緣有鈍鋸齒，花淡紅色，核果圓，果皮多金黃色。②杏樹的果實；例杏仁。③杏樹開的花；例「杏過梨已開。」

參考 與從日之「杳」字，音義互不相同。

8 **杏林** ㄒㄧㄥˋ ㄌㄧㄣˊ 相傳三國吳人董奉爲人治病，不受報酬，只求被治癒的病人爲其種杏樹幾株，數年後杏樹蔚然成林。後世常用以稱頌醫家。

參考 衍杏林春滿。

16 **杏壇** ㄒㄧㄥˋ ㄊㄢˊ 相傳爲孔子講學的地方。後來泛指授徒講學的地方。

常 3 **材** 解形  形聲；從木，才聲。才指有爲堪用的人，所以勁直堪用的木頭爲材。

音義 ㄘㄞˊ 名①木料；例木材。②可供製造器物的原料；例鋼材。③資質，能力；例因材施教。動裁斷，通「裁」；例材官萬物。

參考 ①「材」字與「森林」的「林」字形似，而音義各異。②「材」字與「才幹」的「才」字都作「能力」解時，「才幹」可作「材幹」，「人才」可作「人材」，但當木料講時，則應作「材」。③「身材」的「材」，不作「剪裁」的「裁」。

10 **材料** ㄘㄞˊ ㄌㄧㄠˋ ㈠製造物品的原料。㈡泛指一般供參考用的資料，如書籍、學報、論文。

參考 「材料」、「資料」有別：「材料」是指構成文章內容的事物。如果所寫的是關於勞工生活的文章，那麼有關工人生活的一切事物，就是文章的材料。「資料」通常是指經過整理的，可供參考的材料。如果所寫的是一篇學術論文，那麼有關的統計數字、調查報告、前人的研究結果等都是重要「資料」。

13 **材幹** ㄘㄞˊ ㄍㄢˋ ㈠木材。㈡才能。例材幹絕人。

▽器材、教材、取材、題材、木材、藥材、良材、身材、資材、棟樑材、一表人材、上駟之材、下乘之材、可造

之材，就地取材。

常 3
村

形解 形聲；從木，寸聲。小篆作「邨」：形聲；從邑，屯聲。屯有聚集的意思，所以人們屯聚居住的地方爲邨。俗作「村」。

音義 ㄘㄨㄣ 名 ①聚落；例村落。②鄙陋；例「連車載酒來，不飲外酒嫌其村。」動 言語傷人；例「黛玉自悔失言，原是打趣寶玉的，就忘了村了彩雲了。」形 粗野的；例「我居固已陋，爾鳴良亦村。」

參考 ①「村」正字作「邨」。②同鄉。

11 **村莊** ㄘㄨㄣ ㄓㄨㄤ 村人聚居的地方。

參考 同村落、村子。

13 **村落** ㄘㄨㄣ ㄌㄨㄛˋ 即村莊，鄉人聚居的地方。

參考 同村莊、村子。

▽漁村、江村、鄉村、農村、孤村、前村、新村、文化村、前不巴村、牧童遙指杏花村。

常 3
杜

形解 形聲；從木，土聲。木名，甘棠爲杜。

音義 ㄉㄨˋ 名 ①植 木名，即甘棠、棠梨。②史 古國名，今陝西西安東南；例杜陵。③姓。動 堵塞，斷絕；例杜門。

參考 「杜」字與「社會」的「社」字，形似而音義各異。

3 **杜口** ㄉㄨˋ ㄎㄡˇ 閉口不言。

6 **杜宇** ㄉㄨˋ ㄩˇ 傳說中的古代蜀國國王，號曰望帝。後歸隱，讓位於其相開明；時適二月，子鵑鳥鳴，蜀人懷念他，因呼鵑鳥爲杜鵑。

7 **杜甫** ㄉㄨˋ ㄈㄨˇ 人 唐代大詩人，杜審言之孫，字子美。安史亂前，居長安的杜陵，自號「杜陵布衣」，又號「杜陵野老」。曾做過檢校工部員外郎的官，後人因而尊稱杜工部。大曆中遊耒陽，大醉而卒。其詩顯示出唐代由開元盛世轉向分裂衰微的歷史過程，故有「詩史」之稱。與李白齊名，後人尊稱爲「詩聖」。著有杜工部集。

8 **杜門謝客** ㄉㄨˋ ㄇㄣˊ ㄒㄧㄝˋ ㄎㄜˋ 閉門深居，謝絕見客；形容隱居在家不與世務相接。例數年來他杜門謝客，爲的是要專心寫作。

參考 ①同杜門卻掃，閉門謝客。②與「深居簡出」有別：前者「有不想跟外界接觸，謝絕交游」的意思；而後者沒有。同樣表示少出門，在程度上，前者甚於後者。

12 **杜絕** ㄉㄨˋ ㄐㄩㄝˊ (一)阻塞斷絕。(二)舊時出賣房地產，賣契上寫明永不取贖者，稱爲「杜絕契」。

杜漸防萌 ㄉㄨˋ ㄐㄧㄢˋ ㄈㄤˊ ㄇㄥˊ 防患於未然。在壞念頭、壞事情或錯誤剛冒出頭時，就加以防止、杜絕，不讓他發展下去。防：防止；萌：事物的茵頭。

參考 ①反 養癰遺患。②與「防患未然」有別：後者是「防止事故、禍患或災害於發生之前」的意思，所涵蓋的範圍較大。

15 **杜撰** ㄉㄨˋ ㄓㄨㄢˋ 臆造，捏造。例這部小說的情節是作者自己杜撰的。

18 **杜鵑** ㄉㄨˋ ㄐㄩㄢ (一)動 鳥名，屬鳥綱，鵑形目，口大尾長，鳴聲淒厲，能感動旅客萌發歸思。(二)植「杜鵑花」的省稱，一種常綠灌木，春夏開紅、紫或白色的花。

參考 ①又名「子規」、「杜宇」。②衍 杜鵑花、杜鵑目、杜鵑座。

▽小杜、李杜、老杜。

常 3
杖

形解 形聲；從木，丈聲。丈有長的意思，所以人手中所持的長木爲杖。

音義 ㄓㄤˋ 名 ①走路時用來扶持身體的棍子；例龍頭拐杖。

①图杖

②棍子的通稱；例拿刀弄杖。③刑罰之一；例杖刑。④喪禮中所用的孝棒；例苴杖。

動 ①拄著；例「五十杖於家。」②倚恃，通「仗」；例杖勢欺人。③執持；例杖劍。

參考 「杖」字與「儀仗」的「仗」字

音同形似，作「倚靠」解時，兩字可通。

12 **杖期** ㄓㄤˋ ㄐㄧ 古時服喪禮制。杖是居喪時拿的孝棒；期，是一年的喪期，穿著期服又拿孝杖的叫「杖期」。

▽策杖、錫杖、手杖、拐杖、廷杖、几杖、鳩杖、龍頭拐杖。

㊐常 3

杞

形解 形聲；從木，己聲。枸杞，又名枸檵，爲茄科落葉灌木。

音義 ㄑㄧˇ 名①木名；例枸杞。②史周時國名，今河南杞縣。③姓。

參考 ①「杞」字從己(ㄐㄧˇ)，不從巳(ㄙˋ)。②「杞」、「祀」有別：「杞人憂天」的「杞」，本來是一種植物，字左從「木」，右從「己」。「祭祀」的「祀」，與鬼神迷信有關，字左從「示」，右從「巳」。

2 **杞人憂天** ㄑㄧˇ ㄖㄣˊ ㄧㄡ ㄊㄧㄢ 杞國有個人老是擔心天會塌下來。比喻不必要的或無根據的憂慮和擔心。杞：周代諸侯國名。

參考「杞人憂天」與「庸人自擾」都有「本來沒有事，而自己瞎擔心」的意思，但有別：前者偏重在「憂」，指不必要的擔憂、害怕，所指一般限於心理活動上的；後者所涉的範圍較廣泛，除了不必要的擔心、害怕外，還指自找麻煩、自尋煩惱等意思，除心理活動外，還兼指不必要的具體行動。

㊐常 3

杉

形解 形聲；從木，彡聲。木名，幹直而高的常綠喬木爲杉。

音義 ㄕㄢ 名植木名。杉科，常綠喬木，高可達三十公尺以上。葉線狀披針形，有鋸齒，球果，種子扁圓形，兩側有翅。木紋平直，容易加工，能耐朽，是我國主要用材樹種。

參考 ①又音ㄕㄚ。②「杉」字與「衣衫」的「衫」字，音同形似，而意義不同。③「杉」、「彬」有別：「杉木」的「杉」字，音ㄕㄢ，從木從彡。「彬彬有禮」的「彬」字，音ㄅㄧㄣ，從林從彡。

17 **杉嶺** ㄕㄢ ㄌㄧㄥˇ 地在江西光澤縣與黎川縣之間，爲閩、贛兩省之界嶺，亦爲二省交通要道，盛產杉木。

㊐次 3

杆

形解 形聲；從木，干聲。木名，即檀木。

音義 ㄍㄢ 名①長竿；例旗杆。②用竹、木、鐵、石等製成的欄隔物；例欄杆。

ㄍㄢˇ 名器物上像棍子的細長部分；例筆杆。

㊐次 3

杇

形解 形聲；從木，亐聲。亐有平舒的意思，所以用以塗平牆壁之木器爲杇。

音義 ㄨ 名塗平牆壁的木器爲杇，即鏝；例杇鏝。動塗飾；例糞土之牆，不可杇也。

參考 又作「圬」。

㊐次 3

杠

形解 形聲；從木，工聲。工有大的意思，所以牀前的大橫木爲杠。

音義 ㄍㄤ 名①牀前的橫木；例牀杠。②橋樑；例杠樑。③旗竿；例「搖曳長杠。」

ㄍㄤˋ 名①擡重物或拴門的粗棍子；例木杠。②車牀上的棍狀機件；例絲杠。③鍛鍊身體用的器械；例單杠。

參考 音ㄍㄤˋ時，字或作「槓」。

㊐次 3

杙

形解 形聲；從木，弋聲。果樹名，生長在山中，果實如梨，酢甜，核堅爲杙。

音義 ㄧˋ 名小木樁，通「樴」；例以杙扶傷。

㊐次 3

杕

形解 形聲；從木，大聲。大有繁多的意思，所以樹木茂盛繁大爲杕。

音義 ㄉㄧˋ 形樹木茂盛的；例有杕之杜。

ㄉㄨㄛˋ 名船尾；例毀舟爲杕。

㊐次 3

杌

形解 形聲；從木，兀聲。兀有「無」的意思，所以沒有枝葉者爲杌。

音義 ㄨˋ 名①方而無靠背的小

矮凳；例杌子。②只有主幹而沒有旁枝的樹木。

12 **杌隉** ㄨˋ ㄋㄧㄝˋ 危險不安。隉：危急。例杌隉不安。

次 3 **杈** 形解 杈 形聲；從木，叉聲。叉有分歧相錯的意思，所以樹枝為杈。

② 杈

音義 ㄔㄚ 名 ①歧出的樹枝；例杈椏。②叉取禾束的農器；例杈杷。③捕魚的器具，即魚叉。

參考 語音唸ㄔㄚˋ。

3 **杈子** (一)ㄔㄚˋ ˙ㄗ 樹幹的分枝。(二)ㄔㄚˇ ㄗ 拿木條交叉著做成遮攔，用來阻止行人通過。

8 **杈枒** ㄔㄚ ㄧㄚ 樹枝歧出。又作「杈椏」。

次 3 **杓** 形解 杓 形聲；從木，勺聲。勺的木柄為杓。

音義 ㄅㄧㄠ 名 因 星名，北斗七星的柄，指第五到第七星，象斗柄；例玉衡杓建。動 拉開，通「摽」；例「孔子勁杓國門之關。」形 被打擊的；例「為人杓者死。」

ㄕㄠ 名 取水的器具，同「勺」；例杯杓。

次 3 **宊** 形解 宊 形聲；從木，亡聲。屋上的棟樑為宊。

音義 ㄇㄤˊ 名 屋子上的正樑；例大木為宊。

常 4 **東** 形解 東 會意；從日在木中。太陽從樹叢中升起，所以日出的方向為東。

音義 ㄉㄨㄥ 名 ①太陽出來的方向；例旭日東昇。②古時主位在東，賓位在西，故稱主人為東；例作東。③姓。動 向東方行進；例率師東征。

參考 ①「東」字與「一東」的「東」字，形似而音義不同。②反 西。③日在木上是「杲」(ㄍㄠˇ)，日在木下是「杳」(ㄇㄧㄠˇ)字。

3 **東山再起** ㄉㄨㄥ ㄕㄢ ㄗㄞˋ ㄑㄧˇ 比喻某種勢力、組織或事業，失敗後再重新振作恢復起來。

參考 ①與「死灰復燃」都有重新活動起來的意思，但前者只用於人的某種勢力組織；後者除人外，還用於抽象的或具體的「物」，且含有貶損的意思。②與「捲土重來」有別：後者適用對象比前者多。前者只限用於人，而且限於本來有勢力，有地位的人；但後者不在此限。

5 **東市** ㄉㄨㄥ ㄕˋ 古時處決罪犯的地方。

東半球 ㄉㄨㄥ ㄅㄢˋ ㄑㄧㄡˊ 地 地球東半部，擁有亞、歐、非三洲及大洋洲。

6 **東西** ㄉㄨㄥ ㄒㄧ (一)東方和西方。泛指方向。(二)泛指一切物件。(三)罵人的話。例什麼東西！

參考 同 物件。

8 **東坡居士** ㄉㄨㄥ ㄆㄛ ㄐㄩ ㄕˋ 人 即蘇軾，宋眉山人，嘉祐年間進士，官做到翰林院侍讀。書、畫、詩、詞、文章都極有成就，是唐宋八大家之一。貶謫黃州時，因築屋於東坡而自號東坡居士。

參考 參閱「蘇軾」條。

東京 ㄉㄨㄥ ㄐㄧㄥ (一)地 古都名，東漢都洛陽，因在西漢舊都長安之東，故稱東京。又以建都地點代表這兩個朝代，故又稱西漢為西京，東漢為東京。(二)日本首都，全國經濟、文化與交通中心，世界最大城市之一。在本州島關東平原南端，臨東京灣北岸，是世界航空線的中心之一。人口一千一百萬，分二十三個區。又稱「東京都」。

參考 衍 東京灣、東京夢華錄。

東牀 ㄉㄨㄥ ㄔㄨㄤˊ 即指女婿。

參考 衍 東牀快婿、東牀坦腹。

東拉西扯 ㄉㄨㄥ ㄌㄚ ㄒㄧ ㄔㄜˇ (一)勉強湊集起來，雜亂而沒有條理。例這篇論文東拉西扯的毫無條理可言。(二)閒聊。(三)左右牽引。例你倆別東拉西扯的，快過來。

9 **東南亞** ㄉㄨㄥ ㄋㄢˊ ㄧㄚˇ 地 就是國人慣稱的「南洋」，包括中南半島，和半島南面的南洋羣島兩大單位。因介於我國和印度之間，所以境內動、植物種類多來自中土和印度，居民也多有中、印血統，南洋文化深深染上中、印兩大文化的色彩。素有「海外的中國」之稱。

東施效顰 ㄉㄨㄥ ㄕ ㄒㄧㄠˋ ㄆㄧㄣˊ 比喻以醜拙學美好，無自知之明。顰：皺眉頭。

10 **東宮** ㄉㄨㄥ ㄍㄨㄥ (一)太子所居的宮室，也可以指太子。例東宮之妹。(二)複姓，周代齊國有東宮得臣。

參考 同青宮。

東家 ㄉㄨㄥ ㄐㄧㄚ (一)東邊的鄰居。(二)舊時被雇用的職工或被聘用的塾師、幕友之類對主人的稱呼。

東倒西歪 ㄉㄨㄥ ㄉㄠˇ ㄒㄧ ㄨㄞ (一)歪來倒去，比喻零亂傾倒的樣子。(二)比喻搖搖晃晃，將倒未倒的樣子。

參考 同東零西亂。

11 **東張西望** ㄉㄨㄥ ㄓㄤ ㄒㄧ ㄨㄤˋ 向各方觀看的意思。

參考 反目不斜視。

12 **東窗事發** ㄉㄨㄥ ㄔㄨㄤ ㄕˋ ㄈㄚ 比喻密謀敗露。傳說秦檜殺岳飛時，曾與妻王氏在東窗下密謀定計。後秦檜死，在地獄裡受苦，王氏請道士做法超度他，秦檜的亡魂便對道士說：「請轉告夫人，東窗事發了！」

13 **東道** ㄉㄨㄥ ㄉㄠˋ 作東請客。

參考 又作「東道主」。

東道主 ㄉㄨㄥ ㄉㄠˋ ㄓㄨˇ (一)本指東路上的主人，後泛指居停主人。(二)以酒食請客的主人。請客即「作東」，做「東道」。

23 **東鱗西爪** ㄉㄨㄥ ㄌㄧㄣˊ ㄒㄧ ㄓㄨㄚˇ 原指古人畫飛龍時，龍在雲中，東露一片鱗，西露一隻爪，不見龍的全身。比喻零碎不全的東西。例這堆東鱗西爪的東西得花極大工夫才能把它整理好。

參考 與「一鱗半爪」有別：前者著重在「散、亂、無系統」；後者著重在「細、碎、不完整」。前者含有「材料來自各方面」或比喻「東拉西扯」的意思；但後者沒有。

▽河東、關東、江東、山東、遼東、遠東、作東、房東、二房東、自是人生常恨水長東。

常 4

果

形解 象形；從木，象果實在木上形。所以樹木所結成的果實爲果。

音義 ㄍㄨㄛˇ 名①草木的果實；例果蓏。②結局；例自食惡果。③宗佛家語，指善惡的報應；例因果。④姓。動①成爲事實；例「聞之欣然規往，未果。」②堅毅；例言必行，行必果。副誠然，與預料的事相合；例果然。

參考 孳菓、粿、裸、顆、稞、課、夥、棵、踝。

7 **果決** ㄍㄨㄛˇ ㄐㄩㄝˊ 堅定有決斷。例果決是事業成功的要件。

10 **果眞** ㄍㄨㄛˇ ㄓㄣ 果然是眞的。例他果眞中計了。

12 **果報** ㄍㄨㄛˇ ㄅㄠˋ 即因果報應，由原因所得的結果。

果敢 ㄍㄨㄛˇ ㄍㄢˇ 果決敢行。

參考 「果敢」與「勇敢」都有毫無畏懼的意思，但有別：「果敢」是「決斷」、「敢作敢爲」的意思；「勇敢」是「不怕危險困難」、「有膽量」的意思。前者多形容人的行動或作風；後者多形容人的精神或品格。

果然 ㄍㄨㄛˇ ㄖㄢˊ (一)結果與先前所預料的一樣。(二)吃飽的樣子。

參考 「果然」表示結果與預期的相符，含有「不出所料」、「果眞這樣」的意思。「居然」和「竟然」都表示結果和預期的相反，含有「出意料之外」的意思。又「居然」指好的方面，表示「不容易這樣而這樣」；指壞的方面，表示「不該這樣而這樣」。「竟然」一般表示「不該這樣而這樣」，但比「居然」語氣爲重，它可用於好、壞兩方面。

14 **果腹** ㄍㄨㄛˇ ㄈㄨˋ 填飽肚子。

果實 ㄍㄨㄛˇ ㄕˊ 草木所結的實。例蕃茄是一種多子的果實。

18 **果斷** ㄍㄨㄛˇ ㄉㄨㄢˋ 果敢決斷。

參考 「果斷」、「武斷」都是形容詞，指迅速作出判斷。但「果斷」指經過調查研究，毫不猶豫地作出正確的判斷，有褒獎的意思。「武斷」指未經客觀實際的考察，主觀輕率地作出錯誤的判斷，常與「主觀」、「專橫」連用，有貶損的意思。

▽因果、結果、效果、善果、惡果、後果、乾果、球果、成果、不果、如果、漿果、蘋果、水果、製果、乳果、茶果、糖果、無花果、互爲因果、自食其果、前因後果。

常 4 **杳** 形解 会意；從日在木下。太陽已在木叢下，表示天色既暗，所以昏暗爲杳。

音義 ㄇㄧㄠˇ 形 幽暗，深遠的；例 桃花流水杳然去。

參考 ①又音 ㄧㄠˇ。②「杳」字與「雜沓」的「沓」字，形似而音義不同。

6 **杳如黃鶴** ㄇㄧㄠˇ ㄖㄨˊ ㄏㄨㄤˊ ㄏㄜˋ 比喻全無消息，沒有蹤跡。崔顥．黃鶴樓詩：「黃鶴一去不復返，白雲千載空悠悠。」後人用「杳如黃鶴」來比喻一去無影無踪。

參考 與「泥牛入海」有別：後者常形容事情毫無消息或預料事情毫無希望，又可作「如」一類動詞的賓語；前者都不能這樣。

12 **杳無音信** ㄇㄧㄠˇ ㄨˊ ㄧㄣ ㄒㄧㄣˋ 一直沒有一點消息。音信：消息，回信。

常 4 **杭** 形解 形聲；從木，亢聲。抗禦爲杭。

音義 ㄏㄤˊ 名 ①地「杭州市」的簡稱；例 上有天堂，下有蘇杭。②姓。動 渡河，通「航」。

參考 「杭」字與「引吭高歌」的「吭」字，音同形似而義不同。

6 **杭州** ㄏㄤˊ ㄓㄡ 地 位於錢塘江北岸，大運河南端，是浙江省政治、經濟、文化和交通中心。市區西部的西湖是著名的風景區和遊覽勝地，有十大勝景及許多寺院古剎。

▽蘇杭、無杭。

常 4 **枋** 形解 形聲；從木，方聲。樹木名，枋木，可作車。

音義 ㄈㄤ 名 ①植 木名，即檀木。②建築名詞，兩柱間起聯繫作用的橫木。

ㄅㄧㄥˇ 名 權柄，通「柄」；例「掌王八枋之法。」

參考 「枋」字與「牌坊」的「坊」字，音同形似而義不同。

常 4 **枕** 形解 形聲；從木，冘聲。睡臥時用來薦藉頭部的器具爲枕。

音義 ㄓㄣˇ 名 ①睡時頭部所墊的東西；例 輾轉伏枕。②車後的橫木，通「軫」；例 車枕。

枕 ①名

ㄓㄣˋ 動 ①用物墊頭；例「曲肱而枕之。」②臨近；例 廟枕清淮。

參考 「枕」字與「熱忱」的「忱」字，形似而音義不同。

4 **枕木** ㄓㄣˇ ㄇㄨˋ 是軌枕的一種。因過去軌枕絕大多數爲木製，所以有時也把軌枕叫枕木。

枕中書 ㄓㄣˇ ㄓㄨㄥ ㄕㄨ ㈠書 一卷，晉葛洪撰，描述神仙道術的事。㈡祕藏不肯示人的奇書。

枕戈待旦 ㄓㄣˇ ㄍㄜ ㄉㄞˋ ㄉㄢˋ 枕著兵器以等待天明。形容隨時準備迎擊敵人。旦：天亮。

18 **枕藉** ㄓㄣˇ ㄐㄧㄝˊ ㈠橫七豎八地倒臥或躺在一起。㈡雜亂堆積，沒有秩序。例 杯盤枕藉。

▽安枕、高枕、孤枕、伏枕、邯鄲枕、鴛鴦枕。

常 4 **松** 形解 形聲；從木，公聲。公有大的意思，所以高大而挺直的常綠喬木爲松。

音義 ㄙㄨㄥ 名 ①植 松科植物的總稱，常綠或落葉喬木，皮爲鱗片狀，結球果。木材用途廣，樹脂可提煉松香和松節油，種子可榨油或食用。②姓。

8 **松花江** ㄙㄨㄥ ㄏㄨㄚ ㄐㄧㄤ 地 黑龍江最大支流。發源於長白山，向西北流，與嫩江會合後折向東北叫松花江。在同江縣注入黑龍江，全長一八四〇公里，是我國東北主要水運幹線，水力資源豐富，有豐滿發電廠。

9 **松香** ㄙㄨㄥ ㄒㄧㄤ 松脂蒸餾後剩下的物質，固體，透明，質硬而脆，淡黃色或棕色，是製造油漆、肥皂、紙張、火柴等的原料。

13 **松鼠** ㄙㄨㄥ ㄕㄨˇ 動哺乳動物，外形略像鼠，比鼠大，尾巴蓬鬆，善跳躍。生活在松林中，吃乾果、漿果和嫩葉。

▽喬松、蒼松、青松、黑松、老松、孤松、枯松。

常 4 析

形解 會意；從木從斤。斤是劈木的斧頭，所以用斤破木爲析。

音義 ㄒㄧ 名①地邑名，春秋時許都，今河南省內鄉縣西北。②姓。動①分開，離散；例分崩離析。②解釋道理；例解析。③劈裂；例析薪。

參考 ①「析」字與「忻喜」的「忻(音ㄒㄧㄣ)」字，形似而音義不同。②同分，解。③擎蜥、晰、淅。④「分析」、「析疑」的「析」字，雖作動詞用，但字從「木」旁，不從「扌」(手)。

8 **析居** ㄒㄧ ㄐㄩ 分居。

14 **析疑** ㄒㄧ ㄧˊ 解釋有疑問的地方。

▽解析、分析、剖析、離析、分崩離析。

常 4 杷

形解 形聲；從木，巴聲。收麥用的木器爲杷。

音義 ㄆㄚˊ 名①農家收麥時鈀疏用的器具；例屈竹作杷。②植果樹名；例枇杷。

參考 又音ㄆㄚ。

▽枇杷。

常 4 枇

形解 形聲；從木，比聲。比有緊密相接的意思，所以枇杷木爲枇。

音義 ㄆㄧˊ 名植果樹名，薔薇科，常綠小喬木，葉長橢圓形，花冠淡黃白色，有芳香。果球形或橢圓形，色橙黃或淡黃；例枇杷。

常 4 枝

形解 形聲；從木，支聲。支有分開的意思，所以樹幹旁分歧出的小條爲枝。

音義 ㄓ 名①樹木旁生的支條；例枝格。②家族自本支分出的旁系；例本枝百世。③桿狀物的計量詞；例一枝筆。④肢體，通「肢」；例折枝。⑤姓。形分散的；例心如閒枝。

13 **枝節** ㄓ ㄐㄧㄝˊ 比喻細小或旁出的事情或中途發生的麻煩。又作「枝枝節節」。

枝葉 ㄓ 一ㄝˋ ㈠樹枝和樹葉。㈡指遠族旁支，比喻子孫。㈢喻與本題無關的閒話。例辭有枝葉。

▽寒枝、樹枝、整枝、楊柳枝、連理枝、突長枝、節外生枝、越鳥朝南枝。

常 4 林

形解 會意；從二木。叢木爲林。

音義 ㄌㄧㄣˊ 名①叢聚的樹木；例森林。②人文薈萃之處；例君子之林。③姓。形旺盛，衆多的；例林林總總。副衆多地；例林立。

參考 擎琳、淋、霖、禁、痳。

5 **林立** ㄌㄧㄣˊ ㄌㄧˋ 像林中的樹木一樣密集地樹立著，比喻衆多。例烟囪林立。

8 **林肯** ㄌㄧㄣˊ ㄎㄣˇ 人美國第十六任總統。主張廢除黑奴制度，南部諸州反對，於是引起南北戰爭，北部勝利後奴隸得以解放。西元一八六五年遇刺被害。

9 **林則徐** ㄌㄧㄣˊ ㄗㄜˊ ㄒㄩˊ 人清福建侯官人，字少穆，道光時任湖廣總督，力主禁絕鴉片，引起外商不滿，終被革職，流放新疆。

▽翰林、山林、上林、儒林、森林、竹林、茂林、士林、樹林、書林、藝林、叢林、防風林、酒池肉林、獨木不成林。

常 4 杯

形解 桮的俗字。桮，小篆作「桮」，形聲；從木，否聲。木質的盛羹器爲桮。俗作「杯」。

音義 ㄅㄟ 名①盛茶酒飲料的器具，同「盃」、「桮」；例「舉杯邀明月。」②競賽優勝的獎品；例冠軍杯。③量詞；例

「幸分我一杯羹。」

3 **杯弓蛇影** ㄅㄟ ㄍㄨㄥ ㄕㄜˊ ㄧㄥˇ 比喻疑神疑鬼，枉自驚慌。晉書上記載：樂廣有一次請客吃飯，掛在牆上的弓影投照在酒杯裡，有個客人以爲是蛇，回家就生病了。也作「蛇影杯弓」。

參考 與「草木皆兵」有別：前者偏重於外在的事物導致「妄自驚擾」，强調不必要的疑慮、驚慌；後者偏重於「內心極端恐懼」，特別適宜於形容戰敗者或畏敵者的疑懼心態。

4 **杯中物** ㄅㄟ ㄓㄨㄥ ㄨˋ 「酒」的代稱。例「天運苟如此，且進杯中物。」

4 **杯水車薪** ㄅㄟ ㄕㄨㄟˇ ㄐㄩ ㄒㄧㄣ 比喻無濟於事。杯水：比喻其分量之小；車薪：指火勢之大。薪：柴草。

參考 與「無濟於事」有別：前者形容力量太小，對解決問題起不了作用，不含「於事無補」的意思；後者表示對事情無所補益，泛指不頂用，不能解決問題，不含「力量微小」的意思。

13 **杯葛** ㄅㄟ ㄍㄜˊ 集體抵制。西元一八八〇年，愛爾蘭農場管理人杯葛，拒絕佃戶們公議的繳田租的辦法，佃戶們大起公憤，和他斷絕一切交易往來，故名。

15 **杯盤狼藉** ㄅㄟ ㄆㄢˊ ㄌㄤˊ ㄐㄧˊ 形容宴會將畢或已畢，桌上杯盤散亂的情形。狼藉：狼窩裡散亂的草堆。

▽乾杯、苦杯、舉杯、酒杯、玉杯、金杯、獎杯、茶杯、苦酒滿杯、威廉瓊斯杯。

常 4 杰

形解 會意；從木從火。「傑」的俗字。

音義 ㄐㄧㄝˊ 名才智特出的人；例杰人。形特出的；例有厭其杰。

常 4 杵

形解 形聲；從木，午聲。字本作「午」，象舂米去皮的木器形。木旁後加作「杵」。

音義 ㄔㄨˇ 名①舂米的棒槌；例舂杵。②築土的木錘；例千人萬人齊把杵。③搗衣的木槌；例香杵。

參考 ①「杵」字與「忤逆不孝」的「忤(音ㄨˇ)」字，形似而音義不同。②「忤」、「杵」有別：「不以爲忤」、「忤逆」的「忤」，因爲與人的性格和心理有關，所以字從「忄」(心)。「木杵」、「杵臼」的「杵」，是一種圓木棒，字從「木」。

▽臼杵、砧杵、鐵杵、玉杵。

常 4 板

形解 形聲；從木，反聲。反爲「正」的背面，所以剖析爲正反二面的片狀木頭爲板。

音義 ㄅㄢˇ 名①片狀的木頭；例板牆。②一切板狀的物品；例玻璃板。③印書用的板片；例雕板印刷。④詔書；例手板。⑤刑具名；例板子。⑥音樂的節拍；例行板。⑦姓。形少變化，不活潑的；例表情呆板。

參考 「板」字與「版畫」的「版」字，音同形似而義近，兩字可通。作「印刷版式」解時，

5 **板本** ㄅㄢˇ ㄅㄣˇ 印書的木刻版，始於隋唐。

10 **板書** ㄅㄢˇ ㄕㄨ (一)在黑板上寫字。例她的板書寫得極好。(二)指寫在黑板上的字。

11 **板眼** ㄅㄢˇ ㄧㄢˇ (一)指戲曲音樂中的節拍。强拍擊板，叫「板」；次强拍和弱拍擊鼓，叫「眼」。合稱板眼。(二)即有板有眼，比喻做事有條理。例他做起事來有板有眼的，效率極高。

16 **板蕩** ㄅㄢˇ ㄉㄤˋ (一)指詩．大雅諷「板」、「蕩」二篇，都是歌詠周厲王的無道。(二)政局混亂，社會動盪不寧。

▽活板、看板、甲板、平板、跳板、黑板、木板、墊板、地板、砧板、呆板、古板、樣板、天花板、保麗龍板、壓克力板。

常 4 枚

形解 會意；從木攴。攴有輕擊的意思，因枚可以擊人，所以可以爲枚的木幹爲枚。

音義 ㄇㄟˊ 名①樹幹；例伐其條枚。②量詞；例一枚別針。③古代行軍時防止士卒喧雜

的用具；例銜枚疾走。④姓。
參考 「枚」字與「玫瑰」的「玫」字，音同形似而意義各不同。例不勝枚舉。
17 **枚舉** ㄇㄟˊ ㄐㄩˇ 一一列舉。例不勝枚舉。
▽銜枚、袁枚、數枚、若干枚。

常 4 **枉** 形解 形聲；從木，㞷聲。㞷為草木妄生，引申有不正的意思，所以樹木邪曲不正不直為枉。
音義 ㄨㄤˇ 名 ①邪曲的人；例舉直錯諸枉。②委屈不平的事；例冤枉。動 ①邪曲，不正；例枉己正人。②遷就；例枉駕。形 歪曲，不正的；例枉尺直尋。副 徒然；例枉費工夫。
8 **枉法** ㄨㄤˇ ㄈㄚˇ 曲解或違背國家的律令。例貪贓枉法。
12 **枉然** ㄨㄤˇ ㄖㄢˊ 徒勞無功。
枉費 ㄨㄤˇ ㄈㄟˋ 浪費，白白地用去。例枉費心機。
枉費心機 ㄨㄤˇ ㄈㄟˋ ㄒㄧㄣ ㄐㄧ 比喻所用的心思，所作的努力，都白費了。
參考 同白費心血。
15 **枉駕** ㄨㄤˇ ㄐㄧㄚˋ 屈尊相訪，尊稱他人來訪的敬辭。
參考 同屈駕，枉顧。
▽冤枉、邪枉、誣枉、屈枉、曲枉、毋縱毋枉。

次 4 **枓** 形解 形聲；從木，斗聲。斗象盛物器具，所以古人沃盥用來盛水的器具為枓。
音義 ㄓㄨˇ 名 盛水器；例沃水用枓。
ㄉㄡˇ 名 柱子上端的方木，用來承欒的；例枓栱。

次 4 **枅** 形解 字本作「枅」：形聲；從木，幵聲。幵有齊平的意思，所以屋頂上用來承載瓦片的橫木為枅。俗作「枅」。
音義 ㄐㄧ 名 柱上的橫木；例枅櫨。
參考 ①或作「枅」。②又音 ㄐㄧㄢ。

次 4 **枒** 形解 形聲；從木，牙聲。木葉在顛，略似欆樹，而實大如瓠，繫在顛上，若掛物，如牙出，所以椰子樹為枒。俗作「梛」，今作「椰」。
音義 ㄧㄚ 名 ①植 木名，即椰子樹；例枒葉無陰。②車輪的外周，通「牙」。形 樹枝歧出，同「椏」；例枒杈。
參考 「枒」字右從「牙」。

次 4 **杶** 形解 形聲；從木，屯聲。樹木名，香椿為杶。
音義 ㄔㄨㄣ 名 植 香椿，木名，楝科，落葉喬木，高三、四丈，夏季開小白花，可製琴；例杶榦栝柏。
參考 字或作「櫄」。

次 4 **杼** 形解 形聲；從木，予聲。予聲有舒張的意思，所以織布機上橫織之木為杼。
音義 ㄓㄨˋ 名 織布機上用來持理緯線的梭子；例杼柚。動 ①削薄；例杼輪。②傾訴，通「抒」；例杼情。

次 4 **杻** 形解 形聲；從木，丑聲。杶的古文，香椿為杻。
音義 ㄔㄡˇ 名 古刑械，同「杽」；例死罪桎而加杻。
ㄋㄡˇ 名 植 木名，葉子像杏而尖，皮赤色，材可製弓幹；例北山有杻。

次 4 **杪** 形解 形聲；從木，少聲。少有細小的意思，所以樹枝的末端為杪。
音義 ㄇㄧㄠˇ 名 ①樹枝的末梢；例雁過林杪。②年月季節的末尾；例年杪。形 細微的，同「眇」；例杪小。
參考 字雖從「少」，但不可讀作「ㄕㄠˇ」。

次 4 **枘** 形解 形聲；從木，內聲。內有容納的意思，所以斧頭的木柄為枘。
音義 ㄖㄨㄟˋ 名 一端削成方形的短木頭，能容入鑿孔，成為鑿柄；例枘鑿。
▽圓鑿方枘。

次 4 **枌** 形解 形聲；從木，分聲。樹木名，枌榆爲枌。

音義 ㄈㄣˊ 名 植 木名，即白榆，爲落葉喬木，可製器具。

參考 字雖從分，但不可讀成ㄈㄣˋ。

次 4 **杲** 形解 會意；從日在木上。天色明亮爲杲。

音義 ㄍㄠˇ 名 姓。形 高遠的；例 杲如登天。副 明亮的樣子；例「杲杲出日」。

參考 ①「杲」與「杳」形近而音義不同：杳，音ㄧㄠˇ，昏暗爲杳。②日在木中是「東」字，尚冥的意思；日在木上是「杲」字，明旦的意思。

常 5 **柿** 形解 形聲；從木，巿聲。小篆作「柹」。樹木名，落葉喬木，果實扁圓，呈紅色，可供食用爲柿。俗作「柿」。

音義 ㄕˋ 名 植 果樹名。柿樹科，落葉喬木，葉橢圓形，鐘狀黃白花，果供食用，樹供觀賞，柿蒂與柿餅可入藥。

參考 「柿」正字作「柹」。

14 **柿餅** ㄕˋ ㄅㄧㄥˇ 經壓扁、曬乾等處理後所製成的餅形柿。味道極爲香甜可口。

常 5 **染** 形解 會意；從水木，從九。木是染色用的植物，水爲木汁，九指布帛浸入的次數。所以素繒帛入染而成色爲染。

音義 ㄖㄢˇ 名 ①男女間不正當的關係；例 與某人有染。②姓。動 ①著色於布帛等織物上；例 染絲。②畫上著色；例 點染。③沾上不良嗜好；例 沾染。

參考 「傳染」、「染料」的「染」字，在木的上面，左方是從「氵」(水)，右方是從「九」，「九」常誤寫成「丸」。

6 **染色體** ㄖㄢˇ ㄙㄜˋ ㄊㄧˇ 生 細胞核內易爲鹼性染料著色的物體。每種生物染色體的數目、形狀相對穩定，在生物遺傳上扮演著重要的作用。

9 **染指** ㄖㄢˇ ㄓˇ 比喻貪取不應得的利益。春秋時，鄭靈公請大臣們吃甲魚，故意不給子公吃，子公很生氣，就伸出指頭向盛甲魚的鼎裡蘸上點肉湯，嘗嘗滋味走了。

10 **染料** ㄖㄢˇ ㄌㄧㄠˋ 能使纖維或其它物料相當牢固地著色的有機物質。

▽ 汚染、感染、纖染、浸染、沾染、傳染、習染、熏染、渲染、一塵不染、耳濡目染。

常 5 **柔** 形解 形聲；從木，矛聲。木性可曲可直爲柔。

音義 ㄖㄡˊ 名 和順的人或事物；例 柔以克剛。動 使人順服；例 柔聲以諫。形 ①溫和的；例 柔順。②弱嫩的；例 柔弱。③溫順的；例 柔婉。④軟的；例 柔輭。

參考 ①同 輭，弱，和。②反 硬。③辨 揉、猱、糅、蹂。

8 **柔和** ㄖㄡˊ ㄏㄜˊ 柔順，不頑強。

10 **柔荑** ㄖㄡˊ ㄊㄧˊ 比喻女子的纖纖玉手，柔軟而白晰。荑：初生的茅。例 手如柔荑。

11 **柔情** ㄖㄡˊ ㄑㄧㄥˊ 女子柔媚的情意。例 柔情萬丈。

柔軟體操 ㄖㄡˊ ㄖㄨㄢˇ ㄊㄧˇ ㄘㄠ 徒手體操，間或用啞鈴、木環等輕便的器械練習，使身體各部關節靈活，增加身體柔軟度的體操。

12 **柔順** ㄖㄡˊ ㄕㄨㄣˋ 性情溫順。

柔韌 ㄖㄡˊ ㄖㄣˋ 柔軟而堅韌。

13 **柔道** ㄖㄡˊ ㄉㄠˋ 日本人吸收中國摔角的技術結合日本武技而創造出來的一種運動。又稱「柔術」。

柔腸寸斷 ㄖㄡˊ ㄔㄤˊ ㄘㄨㄣˋ ㄉㄨㄢˋ 比喻傷心到了極點。

▽ 溫柔、懷柔、剛柔、優柔、陰柔、百媚千柔。

常 5 **某** 形解 會意；從木甘。甘有美的意思，所以酸果爲某。後，另造「梅」字，以承本義。某借爲指稱詞

音義 ㄇㄡˇ 代 ①人、地、事物的代稱詞；例 某在斯！某在斯！②自稱之詞；例 某受命當仙。

參考 ①孳媒、煤、謀。②「某」字有時疊用，如：某某人、某某學校。

㊔ 5 **柬** 形解 會意；從束八。八有分別的意思，所以分別簡擇爲柬。

音義 ㄐㄧㄢˇ 名 信札，請帖，通「簡」；例請柬。動 選擇，通「揀」；例柬理也。

參考 「柬」字與「揀擇」的「揀」字，音同形似，當「選擇」解時，可通用，今只用「揀」字。②同書，簡，帖，信。

㊔ 5 **架** 形解 形聲；從木，加聲。加有增加的意思，由木頭搭配而成的棚子爲架。

音義 ㄐㄧㄚˋ 名 ①擱置或支撐東西的用具；例床架。②器物的組織；例骨架。③棚子；例瓜棚豆架。④計量詞；例一架飛機。動 ①搭建；例架橋。②把人劫走；例綁架。③抵擋；例招架不住。④攙扶；例兩個護士架著病人走入病房。⑤毆打；例打架。⑥虛構，揑造；例架空裝點。

參考 ①「架」字與「枷鎖」的「枷」字，因結構位置不同，而音義不同。②同搭，撐。

3 **架子** ㄐㄧㄚˋ ˙ㄗ ㈠放東西的器具。㈡驕傲的態度。例擺架子。

6 **架式** ㄐㄧㄚˋ ㄕˋ 姿勢，姿態。例擺個架式。也作「架勢」。

8 **架空** ㄐㄧㄚˋ ㄎㄨㄥ ㈠建築物、器物下面用柱子等支撐使之離開地面。㈡比喻沒有根據或基礎，憑空揑造。例計畫必須要有相應措施，才不致架空。

參考 衍架空橋、架空立論。

12 **架詞誣揑** ㄐㄧㄚˋ ㄘˊ ㄨ ㄋㄝ 憑空虛構言詞來陷害別人。

參考 與「血口噴人」有別：後者係用極毒惡的語言誣蔑別人；前者著重在「架詞」，後者偏重在「噴人」。

▽衣架、屋架、高架、構架、鷹架、書架、擔架、筆架、畫架、支架、招架、吵架、打架、勸架、骨架、十字架、曬衣架、瓜棚豆架。

㊔ 5 **枸** 形解 形聲；從木，句聲。植物名，落葉灌木，葉呈橢圓形，花淡紫色，果實可供藥用。

音義 ㄍㄡˇ 名 植 木名，即枸杞。ㄐㄩˇ 名 植 木名，即枳椇；例「南山有枸。」

參考 ㄍㄡ 形 彎曲的；例枸木。又音ㄐㄩ。

7 **枸杞** ㄍㄡˇ ㄑㄧˇ 植 茄科，落葉灌木，莖叢生，有短刺，高三、四尺，夏、秋開淡紫花，漿果，紅色，卵圓形。嫩莖、葉可作蔬菜；果實、根皮可入藥。

㊔ 5 **柱** 形解 形聲；從木，主聲。主有主幹的意思，所以屋宇的主幹，可用豎地承樑的粗大木頭爲柱。

音義 ㄓㄨˋ 名 ①支撐屋宇的粗木；例樑柱。②泛稱支撐物；例柱子。③像柱形的細長東西；例水柱。④弦樂器上繫弦的枕木；例琴柱。⑤姓。動 支撐，通「拄」；例支柱。

5 **柱石** ㄓㄨˋ ㄕˊ 形 像柱子般立著的。㈠承負屋梁的柱子和柱子下面的基石。㈡比喻起支撐作用的重要力量。㈢比喻肩負國家重任的人。例將軍爲國柱石。

▽支柱、水柱、冰柱、梁柱、台柱、膠柱、圓柱、擎天柱、中流砥柱。

㊔ 5 **柵** 形解 形聲；從木，冊聲。冊有編排的意思，所以編排豎木成垣爲柵。

音義 ㄓㄚˋ 名 用竹木編結的短牆；例柵欄。

參考 ①又音ㄕㄢˋ；但不可讀成ㄘㄜˋ。②「柵」字與「珊瑚」的「珊」字，形似而音義各不同。

▽水柵、籬柵、木柵、欄柵。

㊔ 5 **柩** 形解 形聲；從木，匠聲。匠有久藏的意思，所以藏屍的木製棺材爲柩。

音義 ㄐㄧㄡˋ 名 裝有屍體的棺材；例先遷柩於廟。

參考 「柩」字與「棺木」的「棺」字，其義有別：裝屍的器具稱「棺」，已裝有屍體的棺材稱「柩」。

▽靈柩、引柩。

常 5
柯
解形 形聲；從木，可聲。斧柄爲柯。

音義 ㄎㄜ 名①斧柄。②植木名，常綠喬木，材質堅硬，可供建築之用。③樹枝；例眄庭柯以怡顏。④姓。

常 5
柄
解形 形聲；從木，丙聲。丙有把持的意思，所以斧頭的把手處爲柄。

音義 ㄅㄧㄥˇ 名①器物的把手；例斧柄。②根本；例「治國不失其柄。」③植物的花葉和枝莖相連的地方；例葉柄。④言語或行爲成爲別人的談笑資料；例話柄。⑤權術；例權柄。⑥姓。動操持；例柄政。

參考 又音ㄅㄧㄥˋ。

▽權柄、執柄、笑柄、斗柄、話柄、刀柄、把柄、援人以柄、授人話柄。

常 5
枯
解形 形聲；從木，古聲。古有久遠的意思，所以樹久幹老枝殘，了無生機爲枯。

音義 ㄎㄨ 名植物失去水分或失去生機；例草木早枯。動瘦弱；例枯瘠。形①乾渴的；例乾枯。②疲病的；例形容枯槁。③腐朽的；例枯朽。

參考 字雖從古，但不可讀成ㄍㄨˇ。

4 **枯木逢春** ㄎㄨ ㄇㄨˋ ㄈㄥˊ ㄔㄨㄣ 枯樹到了春天，恢復了生命力。㈠比喻垂危的病人或瀕進絕境的人或物重獲生機。㈡比喻失意很久，忽然得意。㈢原係不可能的事，而竟然成爲可能。又作「枯樹生花」、「枯木發榮」。

7 **枯坐** ㄎㄨ ㄗㄨㄛˋ 寂寞而沒趣地呆坐著。

13 **枯腸** ㄎㄨ ㄔㄤˊ 思慮枯竭。例搜索枯腸。

14 **枯瘦** ㄎㄨ ㄕㄡˋ 又乾又瘦的樣子。

參考 參閱「枯槁」條。

枯竭 ㄎㄨ ㄐㄧㄝˊ 乾涸，竭盡。例思慮枯竭。

枯槁 ㄎㄨ ㄍㄠˇ ㈠乾燥。㈡草木乾死蕭條。㈢憔悴。例形容枯槁。

參考 與「枯瘦」有別：前者指憔悴、蕭條，多用來形容植物的形態也可以形容人或其他事物；後者專指面黃飢瘦，常用來形容人的形態。

17 **枯燥** ㄎㄨ ㄗㄠˋ ㈠乾枯。㈡單調沒有趣味。

枯燥無味 ㄎㄨ ㄗㄠˋ ㄨˊ ㄨㄟˋ 形容單調，沒有趣味。

參考 ①反津津有味。②與「味同嚼臘」、「索然無味」有別：「枯燥無味」偏重於「枯燥、單調」；「索然無味」偏重於「毫無興味」；「味同嚼臘」偏重於「嚼臘」—無味到了極點。

常 5
柏
解形 形聲；從木，白聲。白有確切不移的意思，所以常綠堅挺的樹木爲柏。

音義 ㄅㄛˊ 名①植木名，常綠喬木，高達三十米，葉小型，前端尖銳，可供建築用；例扁柏。②史古國名，周時所封，爲楚所滅，今河南西平縣西。③姓。動靠近，通「迫」。

參考 ①「柏」字俗作「栢」。②字雖從白，但不可讀成ㄅㄞˊ。③「柏油」一詞念作ㄅㄛˊ ㄧㄡˊ；德國的首都叫「柏林」，念作ㄅㄛˊ ㄌㄧㄣˊ。

8 **柏油** ㄅㄛˊ ㄧㄡˊ 由煙煤、石油、油頁岩、木材或其他有機物加以乾餾後，凝聚而成一種具有黏稠狀的或黑色物質，是製造煤氣時的副產物，也是瀝青材料。

柏林 ㄅㄛˊ ㄌㄧㄣˊ 地舊爲德國首都，跨奧得河支流史普利河，爲政治、文化、經濟中心。第二次世界大戰結束後，分爲東西兩部，由英、美、法（西德）、蘇（東德）共管。

參考 衍柏林圍牆、柏林危機。

柏拉圖 ㄅㄛˊ ㄌㄚ ㄊㄨˊ 人希臘哲學家，是蘇格拉底的弟子，亞里士多德的老師。他主張由眞知識以達於德行，更創辯證法、設觀念世界，所著書多爲對話體，他的著作以

「理想國」一書爲最有名。
▽松柏、竹柏、扁柏、龍柏、翠柏、古柏。

常 5 **柑** 形解 形聲；從木，甘聲。植物名，果實甘美爲柑。

音義 ㄍㄢ 名 植 果樹名。芸香科，常綠灌木或小喬木，單身複葉，開白色花，果扁圓形，中心柱大，味酸甜不一；例椪柑。

ㄑㄧㄢˊ 動 用東西塞住口，通「箝」、「鉗」、「拑」；例臣畏刑而柑口。

▽金柑、蜜柑、椪柑、甜柑、酸柑、臺灣椪柑。

常 5 **枴** 形解 本作柺。柺，形聲；從木，冎聲。年長的人所用的柱杖爲柺。俗作「拐」。

音義 ㄍㄨㄞˇ 名 手杖；例木枴。

參考 「枴」或作「柺」、「拐」。

常 5 **柚** 形解 形聲；從木，由聲。植物名，由有大的意思，所以果實似橘而大者爲柚。

音義 ㄧㄡˋ 名 植 果樹名。常綠喬木，葉大而厚，初夏開小白花，五瓣，果實大，圓形、扁圓形，略帶酸性，可食；例葡萄柚。

▽斗柚、文旦柚、葡萄柚。

常 5 **柞** 形解 形聲；從木，乍聲。植物名，常綠喬木，枝幹堅韌，可以爲鑿柄。

音義 ㄗㄨㄛˋ 名 植 樹名，即柞木。

ㄗㄜˊ 動 除去樹木；例柞木翦棘。形 ①狹窄的，通「迮」；例「轂小而長則柞。」②大聲的，通「咋」；例鍾侈則柞。

常 5 **柳** 形解 形聲；從木，丣聲。植物名，丣有少而小的意思，所以枝條柔細而長垂者爲柳。

音義 ㄌㄧㄡˇ 名 ①植 木名。楊柳科，落葉喬木或灌木，枝條柔韌而長，葉常狹長，花雌雄異株，柔荑花序，種子具毛能飛；例垂柳。②棺車；例柳車。③天 星名，二十八宿之一；例柳宿。④姓。

8 **柳宗元** ㄌㄧㄡˇ ㄗㄨㄥ ㄩㄢˊ 人 字子厚，唐河東人。貞元進士，累官監察御史，因參與王韋黨事被貶永州司馬，徙柳州刺史，世稱「柳柳州」。爲文雅健雄深，爲唐宋古文八大家之一。著柳河東集、龍城錄。

9 **柳眉** ㄌㄧㄡˇ ㄇㄟˊ 形容女子細長秀美的眉毛。

12 **柳絮** ㄌㄧㄡˇ ㄒㄩˋ 柳樹的種子上帶有白色絨毛，稱爲「柳絮」，常隨風四處飄動。又作「柳綿」。

13 **柳腰** ㄌㄧㄡˇ ㄧㄠ 形容女子腰枝柔軟，像柳條一樣。

13 **柳暗花明** ㄌㄧㄡˇ ㄢˋ ㄏㄨㄚ ㄇㄧㄥˊ (一)形容春天綠柳成蔭，繁花如錦的景象。(二)比喻處於絕處忽然展露出新希望。例「山重水複疑無路，柳暗花明又一村。」

參考 ①(一)同柳綠花紅。②(二)同絕處逢生。

▽花柳、垂柳、折柳、蒲柳、楊柳、青柳、尋花問柳、眠花臥柳。

常 5 **查** 形解 字本作「柤」：形聲；從木，且聲。用以閉門禁行的方直木欄爲柤。至隸變作「査」，俗又作「查」。

音義 ㄔㄚˊ 名 水中浮木，通「槎」；例「堯時巨查浮於西海上。」動 考察，驗證；例查核。

ㄓㄚ 名 姓。

參考 ①「查」字與「杳茫」的「杳」字，形似而音義各不同。②「查」字與「觀察」的「察」字，音同而意思不同：「查」有追究或弄明白的意思，因此凡是運用法律權力加以處理時，應作「查」，如查封；表示鄭重語氣也當用查，如查收。「察」有調查了解的意思，故凡是表示要了解一件事情的原委多用「察」，如觀察、監察。

6 **查考** ㄔㄚˊ ㄎㄠˇ 檢核考查。

9 **查封** ㄔㄚˊ ㄈㄥ 法 爲確保債權人債權得受清償，對於債務人之財產加以限制處分之行爲。

11 **查勘** ㄔㄚˊ ㄎㄢ 實地調查察看。

13 **查禁** ㄔㄚˊ ㄐㄧㄣˋ 查明禁止。

16 **查辦** ㄔㄚˊ ㄅㄢˋ 查明罪狀或錯誤情況，加以懲辦或處分。

▽檢查、審查、搜查、探查、調查、巡查、考查、清查。

㊅5 **柁** 形解 形聲；從木，它聲。它有曲垂的意思，所以裝在船尾引導航行方向的曲垂器為柁。

音義 ㄉㄨㄛˋ 名引導船行方向的裝備，通「舵」。

ㄊㄨㄛˊ 名房屋前後兩柱子間的大橫梁；例房柁。

㊅5 **柈** 形解 形聲；從木，半聲。樹木名。

音義 ㄆㄢˊ 名盛物的器皿，通「槃」、「盤」；例金柈。

ㄆㄢˋ 名大塊的木材。

㊅5 **枰** 形解 形聲；從木，平聲。平有平坦的意思，所以平坦的木器為枰。

音義 ㄆㄧㄥˊ 名①古代的博局，一局叫「一枰」；例「然其所志，不出一枰之上」。②棋盤；例棋枰。

㊅5 **柜** 形解 形聲；從木，巨聲。樹木名，柜木為柜。

音義 ㄐㄩˇ 名植木名，即櫸木，榆科，落葉喬木，高數丈，木質堅細，可作箱案。

㊅5 **枻** 形解 形聲；從木，世聲。世有拖延的意思，所以划船用的船槳為枻。

音義 一ˋ 名①船槳；例鼓枻而去。②矯正弓弩的器具；例接人則用枻。

㊅5 **柘** 形解 形聲；從木，石聲。樹木名，柘桑為柘。

音義 ㄓㄜˋ 名①植木名，即柘桑，落葉灌木，幹直，葉尖厚，可飼蠶，皮可做黃色染料。②姓。

參考 字雖從石，但不可讀成ㄕˊ、ㄊㄚˋ或ㄊㄨㄛˋ。

㊅5 **枷** 形解 形聲；從木，加聲。加有用力其上的意思，所以用來舂擊稻穀的木器為枷。

音義 ㄐㄧㄚ 名①古套在罪犯脖子上的刑具；例枷鎖。②擱置衣物的家具或衣架；例椸枷。

18 **枷鎖** ㄐㄧㄚ ㄙㄨㄛˇ ㈠枷和鎖鏈，是繫犯人最苛刻的刑具。㈡比喻難以解脫的負擔。

㊅5 **柤** 形解 形聲；從木，且聲。且有阻止的意思，所以用來阻擋東西的木閑為柤。

音義 ㄓㄚ 名植木名，實像梨，味酸，通「樝」。

㊅5 **柟** 形解 字本作「枏」；從木，冄聲。梅樹的一種，與楠同。俗作柟。

音義 ㄋㄢˊ 名植常綠喬木，實紫黑，木材堅密，可作棟梁、器具等用；例柟梓。

參考 或作「楠」、「枏」。

㊅5 **枵** 形解 形聲；從木，号聲。号多有空虛的意思，所以多空穴的大樹為枵。

音義 ㄒㄧㄠ 名中心空虛的樹根或樹幹。形飢餓的；例枵腹。

㊅5 **柙** 形解 形聲；從木，甲聲。甲有隱暗的意思，所以關閉野獸的木檻為柙。

音義 ㄒㄧㄚˊ 名①關猛獸的檻或押解罪犯的囚籠；例虎兕出於柙。②裝衣木箱，同「匣」。③劍匣。

㊅5 **枳** 形解 形聲；從木，只聲。果樹，似橘而小為枳。

音義 ㄐㄧˇ 名植即枳椇，落葉喬木，高數丈，葉卵形而尖，味甘可食，木質堅硬，可製器。

ㄓˇ 名植常綠灌木，枝多刺，春天開花，秋間實熟，可入藥；例橘踰淮而北為枳。

▽棘枳、荊枳、南橘北枳、橘踰淮而枳。

次 5
柷 形解 形聲；從木，祝省聲。所以止音爲節的樂器。
音義 ㄔㄨˋ 名 音 古木製樂器名，古代表示音樂節奏的木椌，方二尺四寸；例合止柷敔。
參考 字又音ㄓㄨˋ。

次 5
柮 形解 形聲；從木，出聲。出有屈曲的意思，所以木材砍截所剩下的斷木頭爲柮。
音義 ㄉㄨㄛˋ 名 榾柮，斷木頭，可燒成木碳；例爭似滿爐煨榾柮。

次 5
枹 形解 形聲；從木，包聲。擊鼓用的木槌爲枹。
音義 ㄈㄨˊ 名 鼓槌，同「桴」；例「援枹而鼓。」
ㄅㄠ 名 植 木名，落葉喬木，緣有鋸齒，木材可製器具，又可作薪炭。

次 5
柎 形解 形聲；從木，付聲。付有附著的意思，所以器物的底座爲柎。
音義 ㄈㄨ 名 ①花萼；例圓葉而白柎。②器物的底座；例鼓柎。動 撫摸，通「撫」；例父老柎枝而論。

次 5
柢 形解 形聲；從木，氐聲。氐有低下的意思，所以樹木的根爲柢。
音義 ㄉㄧˇ 名 樹根，引申爲基礎；例根深柢固。
▽根柢、深根固柢。

次 5
柝 形解 形聲；從木，㡿聲。㡿有擴大的意思，所以木頭裂開爲㯰。俗作「柝」。
音義 ㄊㄨㄛˋ 名 古守夜者用來報更、警盜的木梆；例重門擊柝。
參考 字雖從斥，但不可讀成ㄔˋ、ㄔㄞˋ或ㄒㄧ。
▽金柝、擊柝。

次 5
柒 形解 形聲；從水，從木，七聲。樹木名，漆木爲柒。
音義 ㄑㄧ 名 ①植 木名，即漆木。②「七」字的大寫。③姓。

次 5
柰 形解 形聲；從木，示聲。果樹名，柰果爲柰。
音義 ㄋㄞˋ 名 植 果木名，與蘋果同類而異種。副 通「奈」；例柰夢雲不到愁邊。
參考 俗作「奈」。

次 5
枲 形解 形聲；從朩（ㄆㄧㄣˋ），台聲。大麻爲枲。
音義 ㄒㄧˇ 名 植 不結實的大麻，莖皮纖維可織成夏布。

常 6
柴 形解 形聲；從木，此聲。可供燒火用的零散木材。
音義 ㄔㄞˊ 名 ①燃燒用的枯枝；例打柴燒火。②姓。形 ①木製的；例相送柴門月色新。②衰瘦乾枯；例骨瘦如柴。
4 **柴火** ㄔㄞˊ ㄏㄨㄛˇ 供作燃料的柴薪。
▽薪柴、燔柴、茅柴、木柴、乾柴、火柴、骨瘦如柴。

常 6
校 形解 形聲；從木，交聲。交有交合的意思，所以囚禁犯人的木製器具爲校。
音義 ㄒㄧㄠˋ 名 ①受教求學的地方；例學校。②我國軍階名，將之下、尉之上的中級軍官，分上、中、下三級；例上校。③姓。形 學校的；例校刊。
ㄐㄧㄠˋ 動 ①計較；例校量。②核對、考訂書籍；例校勘。③計算；例不可勝校。
參考 ①同對、訂、較。②「校訂」、「校對」的「校」字音ㄐㄧㄠˋ，不可誤讀成ㄒㄧㄠˋ或ㄐㄧㄠ。
5 **校正** ㄐㄧㄠˋ ㄓㄥˋ 對照改正錯誤。
8 **校長** ㄒㄧㄠˋ ㄓㄤˇ 主持校務的人。
校舍 ㄒㄧㄠˋ ㄕㄜˋ 學校的房屋。
11 **校勘** ㄐㄧㄠˋ ㄎㄢ 對書籍根據不同的版本或其他資料，比較異同，進行文字考證、訂正的工作。
14 **校對** ㄐㄧㄠˋ ㄉㄨㄟˋ ㈠動詞，根據

原稿或定件，在校樣或抄件上改正錯誤的工作。㈡名詞，擔任校對工作的人員。

15 **校閱** ㄐㄧㄠˋ ㄩㄝˋ ㈠審閱校訂，與校對義近。㈡檢閱。

23 **校讎** ㄐㄧㄠˋ ㄔㄡˊ 即校勘。比較一書不同的版本，將其文字篇幅相異之處，加以研究而校正其錯誤。讎，也作「讐」。

▽學校、勘校、初校、上校、中校、少校、住校、入校、分校、母校、返校、離校、高校、僑校、護校、商校、軍校、本校、讎校、大專院校、軍事學校。

常 6 **核** 形解 形聲；從木，亥聲。果實中堅硬的部分爲核。

音義 ㄏㄜˊ 名 ①果實內保護果仁的硬殼；例果核。②事物的重心；例文吏不學，世之教無核也。動詳細審察，通「覈」；例審核。形詳實正確的；例其文直，其事核。

參考 同對，算。

3 **核子武器** ㄏㄜˊ ㄗˇ ㄨˇ ㄑㄧˋ 軍即原子武器。利用原子核反應所放出的能量而起殺傷破壞作用的武器。如原子砲、原子彈及氫彈等。

4 **核心** ㄏㄜˊ ㄒㄧㄣ 中心，主要部分。例領導核心。

參考 衍核心作用。

8 **核定** ㄏㄜˊ ㄉㄧㄥˋ 審核後決定下來。又作「核奪」。

10 **核准** ㄏㄜˊ ㄓㄨㄣˇ 審核批准。

核桃 ㄏㄜˊ ㄊㄠˊ 植落葉喬木，果形如桃，殼硬，肉可食，種仁富營養，含油量高，除食用外，供榨油或入藥。又名「胡桃」。

核能 ㄏㄜˊ ㄋㄥˊ 理即核子能，核子反應時所放出的能量。可用於發電或其他動力方面的用途。又稱「原子能」。

14 **核對** ㄏㄜˊ ㄉㄨㄟˋ 審核查對。

核算 ㄏㄜˊ ㄙㄨㄢˋ 核對和計算。

參考 參閱「合算」條。

▽結核、精核、果核、考核、察核、審核、桃核、複核。

常 6 **框** 形解 形聲；從木，匡聲。匡有盛物的意思，所以門窗周邊用來固定門窗的木檔爲框。

音義 ㄎㄨㄤ 名①門、窗上的架子；例窗框。②器物的邊緣或輪廓；例鏡框。

參考「框」字與「恇懼」的「恇」字，形似而音義不同。

常 6 **桓** 形解 形聲；從木，亘聲。亘有威嚴的意思，所以郵亭所豎立的華表爲桓。

音義 ㄏㄨㄢˊ 名①植木名，葉似柳葉，黃白皮。②姓。形寬大的；例「元王桓撥。」

▽三桓、盤桓、烏桓。

常 6 **根** 形解 形聲；從木，艮聲。草木長在土中的部分爲根。

音義 ㄍㄣ 名①植植物的莖部，埋藏在泥土之中；例貯藏根。②物體的基部；例舌根。③事物的本原；例游談無根。④宗眼、耳、鼻、舌、身、意，佛家合稱六根。⑤數「方根」的簡稱；例平方根。⑥細長物的量詞；例數根頭髮。⑦姓。

5 **根本** ㄍㄣ ㄅㄣˇ ㈠事物的根源或最重要部分。例根本問題。㈡本來，從來。例那地方根本沒去過。㈢完全、徹底。例問題已經根本解決。

參考 與「基本」相近但有別：「根本」指事物的根源或決定事物性質的部分，最重要的部分。「基本」指事物的大部分或重要的部分。修飾動詞時，「根本」指本來、從來或完全，徹底，語氣較重；「基本」指「大部分」、「大體上」、「主要方面」，語氣較輕。

根由 ㄍㄣ ㄧㄡˊ 來歷原由。

8 **根治** ㄍㄣ ㄓˋ 徹底治好，從根本上治理。

根底 ㄍㄣ ㄉㄧˇ ㈠根源，詳細的內情。例追問根底。㈡基礎，底子。例他的外語根底很好。

參考 ㈡又作「根柢」、「根蒂」、「根抵」。

9 **根柢** ㄍㄣ ㄉㄧˇ 事物的基礎。例蟠木的根柢。又作「根抵」。

11 **根基** ㄍㄣ ㄐㄧ 基礎。

根深蒂固 ㄍㄣ ㄕㄣ ㄉㄧˋ ㄍㄨˋ 基礎牢固，不可動搖。又作「根深柢固」。

13 **根源** ㄍㄣ ㄩㄢˊ 事物發生的由來。

16 **根據** ㄍㄣ ㄐㄩˋ ㈠把某種事物作爲結論的前提或語言行動的基礎。例根據氣象臺預報，今天有雨。㈡做爲根據的事物。例說話要有根據。

根據地 ㄍㄣ ㄐㄩˋ ㄉㄧˋ 軍即戰略基地，足以達到保存和發展自我，消滅和驅逐敵人的目的。

▽禍根、氣根、球根、舌根、善根、草根、病根、六根、性根、樹根、山根、尋根、實根、虛根、平方根、斬草除根、游談無根、落葉歸根。

常 6

桂

形解 形聲；從木，圭聲。植物名，江南木，樟科，常綠喬木爲桂。

音義 ㄍㄨㄟˋ 名①植木名，即木犀。②地「廣西」的簡稱。因秦置桂林郡，宋爲桂州，清廣西省會在桂林府而得名；例湘桂黔鐵路。③姓。

9 **桂冠** ㄍㄨㄟˋ ㄍㄨㄢ 以桂葉編成的花冠。古希臘人，把月桂看作神聖的東西，凡是詩才出衆，或是競技得勝的，便給他戴上桂冠，這是一種無上的榮譽。

參考 衍桂冠詩人。

桂冠詩人 ㄍㄨㄟˋ ㄍㄨㄢ ㄕ ㄖㄣˊ 文古代希臘人曾用桂樹葉編成冠冕，給予有名的英雄或詩人，表示崇敬。但作爲英國王室御用詩人的稱號，則始於英國詹姆士一世。桂冠詩人領取宮廷津貼，爲國王寫作應景詩，點綴王室喜慶宴會或官方盛典。

13 **桂圓** ㄍㄨㄟˋ ㄩㄢˊ 植龍眼。

▽折桂、攀桂、月桂、肉桂、銀桂、秋桂、米珠薪桂、吳剛伐桂。

常 6

桔

形解 形聲；從木，吉聲。桔梗，植物名，桔梗科，多年生草本，秋天開花，生長於地下的部分可入藥。

音義 ㄐㄧㄝˊ 名①植草名，中醫學以根入藥，能增加呼吸道的分泌而發揮祛痰作用；例桔梗。②一種原始的提水工具，春秋時代已開始應用；例桔槔。

ㄐㄩˊ 名橘子，同「橘」。

參考「桔子」的「桔」字，音ㄐㄩˊ，不可誤讀成ㄐㄧˊ。

14 **桔槔** ㄐㄧㄝˊ ㄍㄠ 汲水的器具，用繩子懸在橫木上，一端繫汲水桶，另一端繫重物，使更相上下，以節省人力。

常 6

栩

形解 形聲；從木，羽聲。植物名，即櫟樹，殼斗科的落葉喬木爲栩。

音義 ㄒㄩˇ 名①植木名，一名柞櫟，即柞木；例「集于苞栩。」②姓。

10 **栩栩** ㄒㄩˇ ㄒㄩˇ 生動活潑的樣子。

栩栩如生 ㄒㄩˇ ㄒㄩˇ ㄖㄨˊ ㄕㄥ 逼眞生動，好像活生生的一樣。例他以白描的手法將父親的性格寫得栩栩如生。

參考 與「躍然紙上」都用以形容繪畫或描寫的生動、逼眞，有時可以相通，但有別：a.後者限於「紙上」，只能形容書面的、筆寫的描繪或繪畫的生動、逼眞，而不能形容說話或雕塑的生動、逼眞；前者則都可使用。b.前者有時有「像煞有介事」的意思，形容聳人聽聞的述說，後者則沒有這種意思和用法。

常 6

桐

形解 形聲；從木，同聲。植物名，玄參科的落葉喬木爲桐。

音義 ㄊㄨㄥˊ 名①植木名。②姓。

8 **桐油** ㄊㄨㄥˊ ㄧㄡˊ 由油桐子所榨得的乾性油。塗成薄層，在空氣中乾燥後能形成結膜；是油漆的重要原料，也是製油布和油紙所必需。

常 6

梳

形解 形聲；從木，疏省聲。疏有順通的意思，所以木製的順髮器具爲梳。

音義 ㄕㄨ 名①整理頭髮的用具；例梳子。動①用梳子整理頭髮；例梳洗一番。②清理；例爬梳。

參考 梳子中齒稀的叫「梳」，密

的叫「篦」。

9 **梳洗** ㄕㄨ ㄒㄧˇ 梳頭洗面。

12 **梳粧** ㄕㄨ ㄓㄨㄤ 婦女理髮粧飾，即所謂「打扮」。

▽髮梳、櫛梳、爬梳、分梳。

常 6 **桌** 形解 形聲；從木，卓省聲。卓有高的意思，所以有脚相承而高出地面的几案爲桌。

音義 ㄓㄨㄛ 名①放置物品的日用家具；例書桌。②計算酒席的量詞；例訂四桌酒席。

參考「桌」字古字作「槕」。

11 **桌球** ㄓㄨㄛ ㄑㄧㄡˊ 在一張長方形桌上，用球網隔成兩半，各端有一或兩人持球拍互打擊的運動。據傳是由網球改革而成。又名「乒乓球」。

常 6 **栗** 形解 會意；從鹵木。鹵象下垂的果實，果實下垂的樹爲栗。

音義 ㄌㄧˋ 名①植木名。②地臺灣省北部的一縣；例苗栗。③姓。動恐懼，通「慄」；例不寒而栗。形①謹愼狀；例寬而栗。②有威嚴的。

13 **栗碌** ㄌㄧˋ ㄌㄨˋ 事務忙迫。

▽苗栗、火中取栗。

常 6 **案** 形解 形聲；從木，安聲。安有平穩的意思，所以可放得平穩的木製几類爲案。

音義 ㄢˋ 名①進食用的木盤；例舉案齊眉。②事件；例五卅慘案。③官府成例的文書，或論定的訴訟文件；例有案可查。④提出計劃、辦法等的文件；例提案。⑤長桌；例伏案疾書。動①考定，通「按」。②撫摸；例案劍。

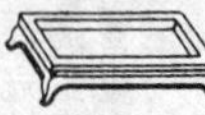

案

參考①同桌，檔。②字或作「桉」。

3 **案子** ㄢˋ ㄗ˙ ㈠事件，特指涉及法律的事件。㈡長條的大桌子。

6 **案件** ㄢˋ ㄐㄧㄢˋ ㈠法凡有關訴訟的事件，統稱爲案件。㈡存檔有案的文件。

8 **案卷** ㄢˋ ㄐㄩㄢˋ 政府機關歸檔的文件、材料。每一案成爲一卷，分類保存以備查考。又稱「卷宗」。

11 **案情** ㄢˋ ㄑㄧㄥˊ 案件的情節。

16 **案頭** ㄢˋ ㄊㄡˊ 即桌上。例資料堆積案頭。

19 **案牘** ㄢˋ ㄉㄨˊ 舊日官府的公文案卷。即今政府機關間往來的公文。

▽几案、議案、懸案、原案、食案、圖案、草案、斷案、提案、答案、腹案、文案、翻案、立案、神案、公案、檔案、法案、問案、審案、稽案、考案、疑案、定案、鐵案。

常 6 **桑** 形解 象形；象桑樹上有枝葉，下爲樹根爲桑。

音義 ㄙㄤ 名①植木名。②植桑養蠶的事業；例農桑爲業。③姓。

5 **桑田** ㄙㄤ ㄊㄧㄢˊ ㈠栽植桑樹的田地。㈡比喻世事變遷。例滄海桑田。

11 **桑梓** ㄙㄤ ㄗˇ 即「家鄉」的代稱。古代住宅旁邊常栽種桑和梓等樹木，後來就把桑梓作爲家鄉的代稱。

13 **桑榆** ㄙㄤ ㄩˊ ㈠落日的餘輝照在桑樹、榆樹上。指傍晚。㈡比喻人的暮年時光。㈢桑樹與榆樹。

▽扶桑、農桑、採桑、種桑、蠶桑、養蠶植桑。

常 6 **栽** 形解 形聲；從木，𢦏聲。從才聲有開始的意思，所以築牆長版爲栽。

音義 ㄗㄞ 名①植物的幼苗；例桃栽。②姓。動①種植；例栽種。②安插；例栽贓。③跌倒；例栽觔斗。

參考①「栽」字與「裁衣」的「裁」字，形似而音義不同。②同種，植。

11 **栽培** ㄗㄞ ㄆㄟˊ ㈠種植和培養。㈡教養人才。㈢受人提拔錄用，稱爲受栽培。

13 **栽跟斗** ㄗㄞ ㄍㄣ ㄉㄡˇ ㈠跌跤。㈡出醜，丟臉。㈢受別人陷害或攻擊而失敗。又作「栽跟頭」。

14 **栽種** ㄗㄞ ㄓㄨㄥ 種植草木。

25 **栽贓** ㄗㄞ ㄗㄤ 原指將偷盜而來的物品，放在別人的地方，誣賴人家做賊。後凡故意放置僞造的證物加以陷害他人都叫栽贓。

▽盆栽、新栽、移栽。

常 6 **格** 解形 形聲；從木，各聲。各有到達的意思，樹木修長爲格。

音義 ㄍㄜ 名 ①方形的框子；例方格紙。②一定的標準、式樣；例聊備一格。③人品，風度；例性格。④文法用語，通過一定的語法形式表示名詞、代詞在語言結構中同其他詞的種種關係；例主格。⑤姓。動 ①阻碍，隔閡；例格格不入。②推究；例格物窮理。③改定，更正；例格非。④殺；例格殺勿論。⑤來；例「神之格思。」形 可爲法則的；例格言。

參考 ①「格」字與「恪守」的「恪」字，形似而意思不同。②同 式，鬥。

5 **格外** ㄍㄜ ㄨㄞ ㈠出於常例之外。例格外重賞。㈡特別，更加。例格外高興。

參考 ㈠同額外。

6 **格式** ㄍㄜ ㄕ ㈠規格式樣。㈡計算機程式語言中的術語，表示輸出或輸入的型態。

7 **格言** ㄍㄜ ㄧㄢ 文字精煉又含有教育意義的定型語句。多指砥礪品德鼓勵上進的言詞。如：虛心使人進步，驕傲使人落後。

8 **格物** ㄍㄜ ㄨ 推究事物的道理。

格物致知 ㄍㄜ ㄨ ㄓ ㄓ 哲 中國哲學史上認識論的命題。語出大學。朱熹解釋「格物」爲窮至事物之理，「致知」爲推極吾之知識無不盡。司馬光則解釋格物爲扞格物欲。王守仁訓解「格物」爲「正意之不正以歸於正」，「致知」係「明吾人先天之良知」。所謂格物致知，是「致吾心之良知於事事物物也」。

9 **格律** ㄍㄜ ㄌㄩ 創作詩詞所依照的一定格式、規則和韻律。

參考 衍格律詩。

10 **格致** ㄍㄜ ㄓ ㈠格物、致知的省稱，即窮究事理，獲得知識。㈡物 化 清末統稱聲、光、化、電等自然科學的學門，相當於今所謂的物理、化學。

格鬥 ㄍㄜ ㄉㄡ 激烈地搏鬥。

參考 參閱「搏鬥」條。

格殺 ㄍㄜ ㄕㄚ 擊殺，打死。

參考 衍格殺勿論。

格殺勿論 ㄍㄜ ㄕㄚ ㄨ ㄌㄨㄣ 舊指對拒捕或違反禁令的人，可以當場打死，不以殺人論罪。格殺：打死。

格格不入 ㄍㄜ ㄍㄜ ㄅㄨ ㄖㄨ 有抵觸，弄不到一塊兒。格格：相互抵觸。

參考 參閱「方枘圓鑿」條。

11 **格陵蘭** ㄍㄜ ㄌㄧㄥ ㄌㄢ 地 世界第一大島。在北美洲東北，大西洋、北冰洋之間。面積二一七·五萬平方公里，屬丹麥。全部是高原，大部分被大陸冰川所覆蓋。

15 **格調** ㄍㄜ ㄉㄧㄠ ㈠文學藝術作品的風格。例他的油畫作品格調很高。㈡人的風格或品質。㈢文 詩文的格律聲調。

▽規格、嚴格、合格、骨格、資格、人格、正格、性格、體格、品格、風格、變格、破格、格格、枝格、窗格。

常 6 **桃** 解形 形聲；從木，兆聲。植物名。兆有繁多的意思，發花繁多者爲桃。

音義 ㄊㄠ 名 ①植 果木名，落葉小喬木，高丈餘，葉闊披針形。春時開花，有紅、白色，果夏熟，肉厚汁多；例梨山水蜜桃。②桃狀的東西；例壽桃。③桃花色；例笑疑桃臉開。④姓。

6 **桃色** ㄊㄠ ㄙㄜ ㈠粉紅色，桃紅色。㈡比喻有關男女間情愛之事。例桃色新聞。

7 **桃李** ㄊㄠ ㄌㄧ ㈠指所教育的學生。唐代狄仁傑曾向朝廷薦舉姚元崇等幾十人，都成爲名臣。有人對狄說：「天下的桃李都在你門下的了。」例桃李滿天下。㈡比喻美豔的容貌。例色豔桃李。

11 **桃符** ㄊㄠ ㄈㄨ ㈠古代新年掛在大門旁的兩塊在板上畫有門

神，或題上門神的名字，用以鎮邪避惡。㈡指春聯。後來因在桃符上面貼春聯，所以桃符便成了春聯的別名。

參考 ㈠又稱「桃板」。

▽櫻桃、胡桃、扁桃、楊桃、仙桃、水蜜桃。

常 6 **株** 形解 形聲；從木，朱聲。樹木露在地面上的根部爲株。

音義 ㄓㄨ 名 ①露出地面的樹根；例守株待兔。②計算樹木的量詞；例成都有桑八百株。

參考「株」與「侏儒」的「侏」字，音同形似而義不同。

6 **株守** ㄓㄨ ㄕㄡˇ 比喻安守故常，不求改變。例株守家園。

株式會社 ㄓㄨ ㄕˋ ㄏㄨㄟˋ ㄕㄜˋ 外 即股份有限公司。日本稱股份爲株式，公司爲會社。

11 **株連** ㄓㄨ ㄌㄧㄢˊ 指一人犯罪而牽連其他的人。

▽守株、根株、新株、秧株、連株、分株。

常 6 **桅** 形解 形聲；從木，危聲。危有高險的意思，所以船上懸帆的高柱爲桅。

音義 ㄨㄟˊ 名 豎立於船舶甲板上的圓形長桿；例桅桿。

參考 船桅的功用，帆船用以揚帆，機動船用以懸旗、裝設航行燈、無線電或雷達天線，或兼作吊桿桿柱。

7 **桅杆** ㄨㄟˊ ㄍㄢ 帆船上掛帆用的木桿。又作「桅竿」。

常 6 **栓** 形解 形聲；從木，全聲。木釘爲栓。

音義 ㄕㄨㄢ 名 ①器物上可以開關的活門；例門栓。②瓶塞；例瓶栓。

參考「門栓」的「栓」與「拴門」的「拴」，音同形似，「栓」爲名詞，「拴」是動詞，彼此有別；如果「拴」作名詞用時，是「栓」的假借。

常 6 **桀** 形解 會意；從舛在木上。舛有背離的意思，所以將人身首分離而懸掛在木上爲桀。

音義 ㄐㄧㄝˊ 名 ①小木樁；例雞棲于桀。②才智特出的人，通「傑」；例豪桀。③人名。夏末國王，暴虐無道，被商湯所滅；例夏桀商紂。④姓。

動 擔，肩挑；例桀石投人。

形 殘暴的；例桀黠。

4 **桀犬吠堯** ㄐㄧㄝˊ ㄑㄩㄢˇ ㄈㄟˋ ㄧㄠˊ 桀的狗只會對著堯狂叫不已。比喻爲人臣僕或奴才，就像桀所畜養的狗一樣，只知道聽從主人的命令去做事，不問是非善惡。

13 **桀傲不馴** ㄐㄧㄝˊ ㄠˋ ㄅㄨˋ ㄒㄩㄣˊ 凶暴乖戾，毫不馴順。

18 **桀黠** ㄐㄧㄝˊ ㄐㄧㄝˊ 凶悍而狡猾。

▽夏桀、暴桀、雄桀、俊桀。

次 6 **栟** 形解 形聲；從木，井聲。樹木名，椶樹爲栟。

音義 ㄅㄧㄥ 名 木名，有葉無枝，即棕櫚。

音義 或作「栟」。

次 6 **桉** 形解 形聲；從木，安聲。樹木名，油加利樹爲桉。

音義 ㄢ 名 ①植 木名，即油加利樹。②同「案」。

次 6 **栲** 形解 形聲；從木，考聲。樹木名，即山樗爲栲。

音義 ㄎㄠˇ 名 植 木名，即山樗，葉像櫟樹，皮厚，可作車輻。

次 6 **栳** 形解 形聲；從木，老聲。柳條製的盛物器。

音義 ㄌㄠˇ 名 栲栳，用竹或柳條編成的盛物器具。

次 6 **栖** 形解 形聲；從木，西聲。西是鳥在巢上，所以鳥在樹上結巢棲留爲栖。俗作「棲」。

音義 ㄒㄧ 動 ①鳥類歇宿；例雞栖于塒。②泛指居住；例栖身之所。

參考 ①又音ㄑㄧ。②今作「棲」。

次 6 **栱** 形解 形聲；從木，共聲。共有大的意思，所以大木樁為栱。

音義 ㄍㄨㄥˇ 名①大木椿。②屋柱上承屋梁的方木。③彎弧形的建築物；例拱橋。

次 6
桎
形解 形聲；从木，至聲。至有堅固的意思，所以用來禁錮人足的刑具為桎。

音義 ㄓˋ 名 古用來拘繫犯人的刑具；例桎梏。動 窒礙；例不桎。

參考 在足叫桎，即腳鐐；在手稱梏，即手銬。

11 **桎梏** ㄓˋ ㄍㄨˋ (一)古用來拘繫犯人的刑具。在足稱桎，在手稱梏，就是腳鐐手銬。(二)束縛。

次 6
桄
形解 形聲；從木，光聲。光有大的意思，所以大木頭為桄。

音義 ㄍㄨㄤ 名 植 桄榔，常綠喬木，羽狀複葉，花小，色綠，幹內有赤黃色粉，可作餅餌，幹外包有纖維鞘。

ㄍㄨㄤˋ 名①橫木；例床桄。②繞線的器具；例桄子。③計量線束、線圈的單位；例一桄線。

次 6
栴
形解 形聲；從木，冄聲。香木名，檀香為栴。

音義 ㄓㄢ 名 栴檀，香木名，即檀香。

次 6
栝
形解 形聲；從木，舌聲。撥動竈中柴火的舔火棍為栝。

音義 ㄍㄨㄚ 名①植 木名，即檜木；例「杶幹栝柏」。②箭末扣弦處；例箭栝。

ㄊㄧㄢˇ 名 撥動竈中柴火的舔火棒。

▽檃栝。

次 6
桁
形解 形聲；從木，行聲。栅架上的橫木為桁。

音義 ㄏㄥˊ 名 屋上的橫木；例桁梧。

ㄏㄤˊ 名 大的木械，古刑具之一；例桁楊。

ㄏㄤˋ 名 衣架；例桁上無懸衣。

常 7
梁
形解 形聲；從木水，刅聲。刅有加置在某物之上的意思，所以架木在水面兩岸的橋為梁。

音義 ㄌㄧㄤˊ 名①橋；例「乃相與登飛梁。」②支撐屋頂的橫木；例餘音繞梁。③身體或物體上居中拱起，或成弧形的部分；例鼻梁。④設隄障水，用以捕魚的地方；例魚梁。⑤州名。⑥姓。

3 **梁上君子** ㄌㄧㄤˊ ㄕㄤˋ ㄐㄩㄣ ㄗˇ 躲在屋梁上的竊賊。(一)小偷、竊賊的代稱。(二)現在有時也指脫離實際的人。

參考 與「鼠竊狗盜」有別：後者為書面語，含有鄙夷的意味，較少用；前者為「小偷」的代稱，含有詼諧的意味，為口語，較常用。

11 **梁啓超** ㄌㄧㄤˊ ㄑㄧˇ ㄔㄠ 人 字卓如，號任公，別號飲冰室主人，廣東新會人，舉人出身。師事康有為，和康氏同為戊戌政變中的主腦人物，世稱「康梁」。政變失敗後，逃往日本，先後主編時務報、清議報、新民叢報、國風報等，鼓吹革新政治，影響極大。民國後，曾任司法總長、財政總長，晚年在清華大學從事講學。著述極多，以「飲冰室全集」蒐輯得最為完備。

▽魚梁、大梁、棟梁、浮梁、橋梁、河梁、鼻梁。

常 7
梵
形解 形聲；從林，凡聲。衆木隨風搖晃為梵。

音義 ㄈㄢˋ 名①宗 梵文「梵摩」的簡稱，意為清靜，寂靜；例常修梵行。②印度古文字；例胡梵音別。③姓。形 與佛教有關的事物；例梵音。

4 **梵文** ㄈㄢˋ ㄨㄣˊ (一)指梵文字母，即古印度文字，據唐朝玄奘的說法，共有字母四十個。(二)指梵語，古印度語的一種。

10 **梵唄** ㄈㄢˋ ㄅㄞˋ 佛教經文的贊頌。

14 **梵語** ㄈㄢˋ ㄩˇ 印歐語系中印度語族的語言之一。一般指印度的書面語，有的兼指吠陀經所用的語言，擁有豐富的文獻。今已罕用，但婆羅門教徒仍用來作爲宗教語言。

16 **梵諦岡** ㄈㄢˋ ㄉㄧˋ ㄍㄤ 地 在義大利首都羅馬城西北角，天主教的世界中心，羅馬教廷所在地。

常 7

梯

形解 形聲；從木，弟聲。弟有依次排比的意思，所以木階爲梯。

音義 ㄊㄧ 名 ①升降用的設備；例電梯。②漸進的階段；例階梯。③導致事故的因由；例毋爲禍梯。動 ①攀登；例梯山航海。②憑依；例西王母梯几。形 梯狀的；例梯田。

3 **梯子** ㄊㄧ ˙ㄗ 登高的用具。

5 **梯田** ㄊㄧ ㄊㄧㄢˊ 沿山坡等高線修築的階梯式農田，邊緣築有田埂。是防止水土流失及充分利用山坡地的有效措施。

7 **梯形** ㄊㄧ ㄒㄧㄥˊ 僅有一組對邊平行的四邊形。爲有規則多邊形之一。

12 **梯隊** ㄊㄧ ㄉㄨㄟˋ 軍 (一)行軍時把部隊區分數層，各負有主要戰鬥任務，像梯形一樣。(二)一個司令部所分出的部分，如前方梯隊、後方梯隊。

▽雲梯、階梯、懸梯、樓梯、電梯、滑梯、扶梯、天梯、飛梯、石梯、木梯、繩梯、廻旋梯、升降梯、登天梯、上樹拔梯。

常 7

梢

形解 形聲；從木，肖聲。肖有微小的意思，樹枝的末端爲梢。

音義 ㄕㄠ 名 ①樹枝的末端；例風在林梢。②泛指事物的末尾或盡頭；例喜上眉梢。③小柴；例曳梢肆柴。④竿子；例玉梢。

參考 「樹梢」的「梢」與「稍微」的「稍」，音同形似而義不同。

4 **梢公** ㄕㄠ ㄍㄨㄥ 船中掌舵的人。亦稱「梢子」。

16 **梢頭** ㄕㄠ ㄊㄡˊ (一)樹木的末梢。例月上柳梢頭，人約黃昏後。(二)盡頭。

▽枝梢、末梢、正梢、眉梢、樹梢、髮梢、柳梢、玉梢、喜上眉梢。

常 7

梓

形解 形聲；從木，宰省聲。植物名，楸木爲梓。

音義 ㄗˇ 名 ①植 落葉喬木，夏開唇形淡黃花，生長較快，木材輕巧耐朽，可製家具、樂器。②雕刻印書的木板；例付梓。③古代多用梓製器，遂爲木材的泛稱；例梓匠。④故鄉的代稱；例桑梓。⑤兒子的代稱；例喬梓。⑥姓。

參考 ①「梓」雖從辛，但不讀作ㄒㄧㄣ。②字不可作「榟」。

7 **梓里** ㄗˇ ㄌㄧˇ 故鄉。

▽桑梓、文梓、上梓、付梓、造福桑梓。

常 7

桿

形解 形聲；從木，旱聲。木棍爲桿。

音義 ㄍㄢˇ 名 ①長竿；例旗桿。②細長像棍子的器物；例槍桿。③計算竿狀物的量詞；例一桿槍。

參考 ①「杆」爲「桿」的正字。②「旗桿」的「桿」，與「麥稈」的「稈」，音同形似而義不同。③同杆，棍，棒。

常 7

桶

形解 形聲；從木，甬聲。甬有花木茂盛的意思，所以可以大量盛物的木質容器爲桶。

音義 ㄊㄨㄥˇ 名 ①長圓形的盛物器；例汽油桶。②古代量器名，即方形的斛；例平斗桶。

參考 「木桶」的「桶」，與「捅破」的「捅」，音同形似而義不同。

▽木桶、圓桶、米桶、飯桶、水桶、鐵桶、酒桶、垃圾桶、啤酒桶、橡木桶。

常 7

梱

形解 形聲；從木，困聲。困有塞止的意思，所以直豎門中央，制止住門面外滑的直木爲梱。

音義 ㄎㄨㄣˇ 名 門檻，門限，通「閫」。動 使齊平；例取矢梱之。

參考 「梱」與「捆綁」的「捆」字，音同形似而義不同。

常 7

梧

形解 形聲；從木，吾聲。梧桐，植物名，

梧桐木為梧。

音義 ㄨˊ 名 植 木名；梧桐，植物名，梧桐科，落葉喬木。葉大如掌形，夏日開花；例梧桐。動 支架；例梧鼎而爨。

ㄨˋ 形 高大的；例魁梧。

參考「梧」字與「浯水」的「浯」字，音同形似而義不同。

13 **梧鼠技窮** ㄨˊ ㄕㄨˇ ㄐㄧˋ ㄑㄩㄥˊ 比喻技能不專，再多也沒有用處。

▽魁梧、枝梧、碧梧、翠梧、高梧。

常 7 **梗** 形解 形聲；從木，更聲。植物名，山枌榆為梗。

音義 ㄍㄥˇ 名 ①植物的莖；例荷葉梗。②大略；例梗概。動 阻塞；例梗阻。形 強硬，挺直的；例性梗直。

參考 ①「梗」字與「田埂」的「埂」，音同形似而義不同。②「梗」字與「梗樹」的「梗(ㄅㄢˋ)」字，形似而音義不同。

8 **梗直** ㄍㄥˇ ㄓˊ 比喻人個性正直而有原則。

13 **梗概** ㄍㄥˇ ㄍㄞˋ 大略的內容或情節。例故事梗概。

梗塞 ㄍㄥˇ ㄙㄜˋ ㈠阻塞，不暢通。㈡梗死。

▽桔梗、枝梗、生梗、桃梗、為梗、從中作梗。

常 7 **械** 形解 形聲；從木，戒聲。戒有警戒的意思，所以加在罪犯手腳上的木製刑具為械。

音義 ㄒㄧㄝˋ 名 ①器物、用具的總名；例器械。②武器；例繳械。③刑具，即桎梏；例繫械。

參考「械」字從戒，不可從戎(ㄖㄨㄥˊ)作「栰」。

10 **械鬥** ㄒㄧㄝˋ ㄉㄡˋ 雙方各持器械相搏鬥。

19 **械繫** ㄒㄧㄝˋ ㄒㄧˋ 用腳鐐手銬等刑具束禁犯人，使不得自由。

▽器械、機械、兵械、利械、彈械、槍械。

常 7 **梃** 形解 形聲；從木，廷聲。廷有勁直的意思，所以長木為梃。

音義 ㄊㄧㄥˇ 名 ①棒棍；例「殺人以梃與刃。」②計量詞，通「枝」；例「甘蔗百梃。」

參考「梃」字與「挺拔」的「挺」，音同形似而義不同。

常 7 **棄** 形解 會意；從廾從𠦒從㐬。用雙手把逆生的嬰兒倒在簸箕中推走為棄，所以會捐棄的意思。

音義 ㄑㄧˋ 動 ①拋離，捨去；例棄兒滿路。②白費；例前功盡棄。

5 **棄世** ㄑㄧˋ ㄕˋ 即去世，死亡。

參考 同 逝世，過世。

棄市 ㄑㄧˋ ㄕˋ 古時在鬧市執行死刑，並將屍體扔在大街示眾的刑罰。

棄甲曳兵 ㄑㄧˋ ㄐㄧㄚˇ ㄧˋ ㄅㄧㄥ 丟下盔甲，扔了武器，形容打了敗仗，狼狽逃跑的樣子。曳：拖曳。

參考 同 棄甲投戈。

11 **棄婦** ㄑㄧˋ ㄈㄨˋ 被丈夫遺棄的婦人。

13 **棄置** ㄑㄧˋ ㄓˋ 扔在一邊。例棄置不用。

棄暗投明 ㄑㄧˋ ㄢˋ ㄊㄡˊ ㄇㄧㄥˊ 比喻離開邪暗之途而歸向光明正道。

15 **棄養** ㄑㄧˋ ㄧㄤˇ 為人子女理當孝養其親，所以稱父母死亡為棄養。

23 **棄權** ㄑㄧˋ ㄑㄩㄢˊ 放棄權利。多用於選舉、表決或比賽等。

▽遺棄、捐棄、毀棄、唾棄、背棄、廢棄、擯棄、放棄、拋棄、丟棄、捨棄、見棄、自暴自棄、前功盡棄。

常 7 **梭** 形解 形聲；從木，夋聲。夋有往返的意思，所以在織布機上往返於經、緯線間的織具為梭。

音義 ㄙㄨㄛ 名 織布機上用作牽引緯紗的用具，兩端呈圓錐形而中粗的長方體，體空可容納針及紗；例穿梭。形 來往不斷的；例梭巡。

參考「梭」字與「梳妝」的「梳」字，形似而音義各別。

7 **梭巡** ㄙㄨㄛ ㄒㄩㄣˊ 往來巡察。

▽投梭、穿梭、織梭、日月如梭。

常 7 **梆** 形解 形聲；從木，邦聲。打更用的長筒形木器爲梆。

音義 ㄅㄤ 名 ①文 戲曲腔調名；例河南梆子。②巡更時所敲擊的木器；例敲梆。

常 7 **梅** 形解 形聲；從木，每聲。植物名，枏木，可食者爲梅。

音義 ㄇㄟˊ 名 ①植 果木名，薔薇科，落葉喬木，早春開紅、白兩色花，果實球形，可食。②節候名之一；例梅雨。③姓。

8 **梅雨** ㄇㄟˊ ㄩˇ 常指春末夏初，產生在江淮流域雨期較長的陰雨天氣。因正值梅子黃熟時期，故名。又因空氣長期潮濕，器物易霉，故又叫「霉雨」。又名「黃梅雨」。

9 **梅毒** ㄇㄟˊ ㄉㄨˊ 醫 主要是通過性交感染梅毒螺旋體而發生的性病，也可經由孕婦傳給胎兒引起先天性梅毒。例國際性梅毒。

▽寒梅、臘梅、老梅、早梅、玉梅、青梅、落梅、話梅、畫梅、松竹梅。

常 7 **梔** 形解 形聲；從木，卮聲。植物名，黃木可染者爲梔。俗作栀。

音義 ㄓ 名 植 木名，常綠灌木，高六、七尺，葉橢圓形，夏開白花，果實長橢圓形，熟則色黃，可入藥，又可製黃色染料。

常 7 **條** 形解 形聲；從木，攸聲。攸有細長的意思，所以樹木的細長小枝爲條。

音義 ㄊㄧㄠˊ 名 ①小樹枝；例枝條。②文書的款項；例憲法第二條規定：中華民國之主權屬於國民全體。③長而細的東西；例鍊條。④理路，脈絡；例有條不紊。⑤計算細長物的量詞；例五條髮帶。⑥姓。動 暢達；例聲氣遠條。形 ①分項列舉的；例條列。②修長的；例身材苗條。

ㄉㄧ 名 古官名；例條狼氏。

4 **條文** ㄊㄧㄠˊ ㄨㄣˊ 分條說明的文字。如：法律條文、章程條文等。

條分縷析 ㄊㄧㄠˊ ㄈㄣ ㄌㄩˇ ㄒㄧ 一條一縷地分析。形容分析得細密清楚而有條理。

5 **條目** ㄊㄧㄠˊ ㄇㄨˋ (法規、條約、章程等)按內容分類的細目。

6 **條件** ㄊㄧㄠˊ ㄐㄧㄢˋ ㈠爲某事而提出的要求或規定的標準。例買賣條件。㈡指制約事物存在和發展的各種因素。

8 **條例** ㄊㄧㄠˊ ㄌㄧˋ ㈠泛指一般分條訂立的規則。㈡由國家最高權力機關、中央政府制定或批准的法律性文件。

9 **條約** ㄊㄧㄠˊ ㄩㄝ 廣義指兩個或兩個以上國家，關於政治、經濟、軍事、文化等方面的相互權利和義務的各種協議。狹義指重要政治性的，以條約爲名稱的國際協議。

11 **條陳** ㄊㄧㄠˊ ㄔㄣˊ ㈠舊時官府下級對上級提出意見的文件。㈡分條陳述。

條理 ㄊㄧㄠˊ ㄌㄧˇ 系統，層次。

12 **條款** ㄊㄧㄠˊ ㄎㄨㄢˇ 法規、條約、章程等文件上的項目。

條幅 ㄊㄧㄠˊ ㄈㄨˊ 直掛的長條字畫。單幅的叫單條，成組的(多爲四幅)叫屏條。

▽枝條、蕭條、信條、逐條、油條、發條、木條、皮條、鋼條、分條、線條、老油條、井井有條。

常 7 **梨** 形解 形聲；從木，𥝢聲。植物名，梨果爲梨。

音義 ㄌㄧˊ 名 ①植 果樹名，落葉喬木，開五瓣白花，果實圓大，味甘可食。②姓。形 黑而老的，通「黧」；例眉梨耋鮐。

參考「梨」正字作「棃」。

8 **梨花大鼓** ㄌㄧˊ ㄏㄨㄚ ㄉㄚˋ ㄍㄨˇ 民間曲藝之一，起源於山東，故又稱「山東大鼓」。樂器除了鼓外，另用兩枚鐵片或銅片拍擊，並用胡琴伴奏。一人演唱或二人對唱，二、三人伴奏。題材多取自小說、戲劇或民間傳說。

12 **梨渦** ㄌㄧˊ ㄨㄛ 指女子面頰上的笑靨或酒渦。

13 **梨園** ㄌㄧˊ ㄩㄢˊ 原是唐玄宗教練歌舞藝人的地方。後人泛稱戲班爲「梨園」，戲劇演員爲「梨園子弟」，蓋源於此。

▽水梨、青梨、橫山梨、廿世紀梨。

常 7

梟

形解 [篆] 會意；從鳥在木上。鳥名，不孝鳥爲梟。

音義 ㄒㄧㄠ 名①動惡鳥名，嘴短，有鈎，羽毛柔軟，飛時無聲，入夜以後瞳孔放大，能視物，聽力敏銳，能捕食，爲一種凶猛的鳥，即「鴞」；例「爲梟爲鴟」。②豪強雄健的人；例爲天下梟。③凶險不馴的人；例私梟。④姓。動古代刑法之一，斬首懸於木上；例梟首示衆。形勇猛的；例梟騎助漢。

5 **梟示** ㄒㄧㄠ ㄕˋ 梟首就是爲了示衆，所以稱「梟示」，也簡稱爲「梟」。

9 **梟首** ㄒㄧㄠ ㄕㄡˇ 把人頭割下高懸示衆，是舊時的一種酷刑。例梟首示衆。

12 **梟雄** ㄒㄧㄠ ㄒㄩㄥˊ 強橫狡詐的領袖人物。例一代梟雄。

次 7

桹

形解 [篆] 形聲；從木，良聲。良有高起的意思，所以高大的樹木爲桹。

音義 ㄌㄤˊ 名①桄桹，通「榔」。②桹桹，相擊聲。

次 7

梐

形解 [篆] 形聲；從木，陛省聲。用來攔阻行人的木製障礙物爲梐枑。

音義 ㄅㄧˋ 名古設置在官署前用來攔阻行人的障礙物，多由木條交互製成；例梐枑。

次 7

桮

形解 [篆] 形聲；從木，否聲。否有委屈的意思，所以屈木而成的素杯爲桮。俗作「杯」。

音義 ㄅㄟ 名①盛酒或茶水的木製器具，同「杯」、「盃」。②姓。

次 7

梫

形解 [篆] 形聲；從木，侵省聲。桂樹的一種，肉桂爲梫。

音義 ㄑㄧㄣ 名①植桂樹的一種，即木桂。②植梫木，常綠灌木，葉長卵形，有小鋸齒含劇毒，早春枝頭開壺形小白花，多生深山中。又名「馬醉木」。

次 7

桯

形解 [篆] 形聲；從木，呈聲。呈有凸出的意思，所以床前几爲桯。

音義 ㄊㄧㄥ 名牀前的長凳；例桯凳。

參考 字雖從呈，但不可讀成ㄔㄥˊ或ㄔㄥ。

次 7

梣

形解 [篆] 形聲；從木，岑聲。藥用木名，青皮木爲梣。

音義 ㄔㄣˊ 名植落葉喬木，枝幹青，羽狀對生複葉，有鋸齒，三、四月開花，皮可入藥。

次 7

桴

形解 [篆] 形聲；從木，孚聲。孚有包裹的意思，所以眉棟爲桴。

音義 ㄈㄨˊ 名①房屋前後簷的橫棟；例荷棟桴而高驤。②小筏子；例乘桴浮於海。③鼓槌，同「枹」；例君若桴，臣若鼓。

次 7

梲

形解 [篆] 形聲；從木，兌聲。兌有美好的意思，所以梁上塗飾美觀的短柱爲梲。

音義 ㄓㄨㄛˊ 名梁上的短柱，通「棳」；例山節藻梲。ㄊㄨㄛ 名木棒；例揮梲而呼狗。

次 7

梏

形解 [篆] 形聲；從木，告聲。告有固著的意思，所以用來禁錮罪人雙手的木製刑具爲梏。

音義 ㄍㄨˋ 名古木製的手銬；例桎梏。動拘禁。

▽桎梏、脫梏、重梏、手梏、腳鐐手梏。

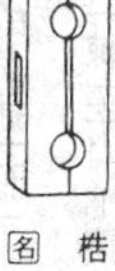
梏 名

次 7

桷

形解 [篆] 形聲；從木，角聲。角有棱角的意思，所以長木方形的屋椽爲桷。

音義 ㄐㄩㄝˊ 名①植木名，落葉喬木，葉橢圓形，鋸齒緣，春末開花，果如豌豆大。②方形的屋椽，即「榱」；例刻桓宮桷。

常 8
棠
形解 形聲；從木，尚聲。植物名，牡棠爲棠。

音義 ㄊㄤˊ 名①植落葉亞喬木，有赤、白兩種：赤棠木理堅韌，實澀無味；白棠實似梨而小，味酸而帶甜；例蔽芾甘棠。②姓。

12 **棠棣** ㄊㄤˊ ㄉㄧˋ (一)植一種葉狹長，果實如櫻桃的果樹。又名「常棣」、「唐棣」。(二)比喻兄弟。

▽海棠、錦棠、甘棠、秋海棠、一樹梨花壓海棠。

常 8
棺
形解 形聲；從木，官聲。官有安定的意思，所以用來盛斂屍體的木器爲棺。

音義 ㄍㄨㄢ 名裝斂屍體的器物；例棺木。

參考 ①參閱「柩」字條。②「棺」字不可從宮作「⿰木宮」。

▽石棺、入棺、寢棺、木棺、開棺、移棺、空棺、內槨外棺。

常 8
棕
形解 形聲；從木，宗聲。小篆作「椶」：形聲；從木，㚇聲。栟櫚，木皮可作雨衣爲椶。俗作「棕」。

音義 ㄗㄨㄥ 名植木名，常綠喬木，高三丈許，無枝條，葉大而圓，集生幹頂；例棕櫚。形①棕製的；例棕帚。②褐色的；例棕色的毛。

參考「棕」正字作「椶」。

19 **棕櫚** ㄗㄨㄥ ㄌㄩˊ 植棕櫚科常綠喬木，高二、三丈。幹直立，不分枝，爲葉鞘形成的棕衣所包。葉大，集生幹頂，扇形，多分裂，葉柄有細刺。花小，色淡黃。可製繩、刷、帚、雨衣等，葉子可製扇，木材可製器物。又作「椶櫚」。

常 8
森
形解 會意；從林從木。木出平林之上，所以會長木的意思。

音義 ㄙㄣ 名姓。形①樹木叢生繁密；例翠色綿森。②繁茂的；例森森。③幽暗的；例陰森。④嚴肅的；例森嚴。

8 **森林** ㄙㄣ ㄌㄧㄣˊ 叢生的樹木。分原生林與人工林；依其所有權之所屬，又有國有林、公有林、私有林之別。

參考 衍森林法、森林學、森林經理、森林植羣、森林生態系、森林遊樂區。

12 **森森** ㄙㄣ ㄙㄣ (一)樹木深密茂盛。(二)形容陰沈可怕或寒氣逼人。例陰森森。

森森銀竹 ㄙㄣ ㄙㄣ ㄧㄣˊ ㄓㄨˊ 形容驟急而下的大雨。森森：長密的樣子。

19 **森羅萬象** ㄙㄣ ㄌㄨㄛˊ ㄨㄢˋ ㄒㄧㄤˋ 宇宙間存在的各種現象，森然羅列在眼前。

20 **森嚴** ㄙㄣ ㄧㄢˊ 整飭而嚴肅。例戒備森嚴。

▽林森、蕭森、嚴森、陰森、陰森森、陰氣森森。

常 8
棘
形解 會意；從竝朿。朿是木刺，所以多刺而叢生的小棗爲棘。

音義 ㄐㄧˊ 名①叢生的棗樹；例針棘。②兵器，通「戟」；例越棘大弓。③哺乳動物的毛，蛻變而成的硬刺；例棘鰭。④姓。形緊急的，通「亟」；例玁狁孔棘。

參考 ①「棘手」的「棘」字，不讀作ㄌㄚˋ。②「棘」字與「棗林」的「棗」字，結構異位而致音義不同。③「棘」字從「朿」不從「束」作。

2 **棘人** ㄐㄧˊ ㄖㄣˊ 今用作居父母喪者自稱。

4 **棘手** ㄐㄧˊ ㄕㄡˇ 荊棘刺手，比喻事情難辦。

參考 與「辣手」有別：前者專指事情的困難；後者指厲害的手段或手段厲害的人。

▽荊棘、叢棘、草棘、披荊斬棘。

常 8
棗
形解 會意；從重朿。朿是木刺，所以多刺隨地可生的棗木爲棗。

音義 ㄗㄠˇ 名①植落葉喬木，高二丈餘，初夏開黃綠色小花，果實小而橢圓，味甘可食；例川棗。②棗樹的果實；例「棗栗鍛脩。」③姓。形赤紅色的；例棗紅色的旗袍。

8 **棗泥** ㄗㄠˇ ㄋㄧˊ 將棗子煮熟，打成泥漿樣的食品，多用作餅餡。例棗泥月餅。

▽乾棗、酸棗、蜜棗、黑棗、紅棗、囫圇吞棗。

常 8 **椅** 形解 形聲；從木，奇聲。植物名，梓木為椅。

音義 一ˇ 名有靠背的坐具；例椅子。

一 名植木名，即山桐子，落葉喬木，夏開黃花，葉圓端尖，果實圓形，木材可作細巧的器具。

3 **椅子** 一ˇ ㄗ˙ 有靠背的坐具。

▽桌椅、輪椅、躺椅、搖椅、靠椅、竹椅、藤椅。

常 8 **棟** 形解 形聲；從木，東聲。東有至高至遠的意思，所以支承屋舍至高處的大木樑為棟。

音義 ㄉㄨㄥˋ 名①屋樑；例上棟下宇。②計算房屋的量詞；例一棟大廈。③姓。

參考 ①「棟」字不作「楝」。②同樑。

11 **棟梁** ㄉㄨㄥˋ ㄌㄧㄤˊ (一)房屋的大梁。(二)比喻擔當重大責任的人。例棟梁之才。梁：又作「樑」。

▽楹棟、飛棟、屋棟、文棟、雕梁畫棟、汗牛充棟。

常 8 **棵** 形解 形聲；從木，果聲。盛薦祭品，形似俎的木製器具為棵。

音義 ㄎㄜ 名計算植物的量詞；例棵柳樹。

參考「棵」字與「幾顆糖」的「顆」字，音同形似而意思不同。

常 8 **棹** 形解 形聲；從木，卓聲。卓有高長的意思，所以安裝在舟旁用來撥水的長木為棹。

音義 ㄓㄠˋ 名搖船的用具，通「櫂」；例歸棹落花前。

ㄓㄨㄛ 名放東西的用具，同「桌」；例方棹。

參考「棹」字與「哀悼」的「悼(ㄉㄠˋ)」字，形似而音義不同。

常 8 **椎** 形解 形聲；從木，隹聲。用以敲擊的木具為椎。

音義 ㄓㄨㄟ 名①敲擊的工具；例鐵椎。②構成脊柱的短骨；例脊椎骨。動槌擊；例椎殺晉鄙。形樸實的。

參考 ①又音 ㄔㄨㄟˊ。②「椎」字與「錐鍊」的「錐」字，讀作 ㄓㄨㄟ 時，兩字義同；而讀作 ㄔㄨㄟˊ 時，則與「鎚」字同義。

4 **椎心泣血** ㄓㄨㄟ ㄒㄧㄣ ㄑㄧˋ ㄒㄩㄝˋ 刺到心，哭出血，形容悲痛到了極點。

16 **椎髻** ㄓㄨㄟ ㄐㄧˋ 有如椎形的髮髻。又作「魋結」。

▽脊椎、鐵椎、大椎。

常 8 **棧** 形解 形聲；從木，戔聲。用竹若木散材編成輿箱的車子為棧。

音義 ㄓㄢˋ 名①堆積貨物的地方；例堆棧。②旅店；例客棧。③姓。④圈養牲畜的柵欄；例馬棧。形用竹木編組或閣架搭成的；例明修棧道，暗渡陳倉。

參考「棧」字與「驛站」的「站」字，音同義近，都有佇足停留的意思。

8 **棧房** ㄓㄢˋ ㄈㄤˊ 名囤積貨物或供客商住宿的地方。

13 **棧道** ㄓㄢˋ ㄉㄠˋ 在險絕的山巖上用竹木材架起來，以利交通的險要道路。例劍閣棧道。又作「閣道」、「棧閣」。

▽堆棧、客棧、內棧、外棧、叢棘棧棧、駑馬戀棧。

常 8 **棒** 形解 形聲；從木，奉聲。奉有拿的意思，所以可兩手合拿使用的木棍為棒。

音義 ㄅㄤˋ 名棍子；例「把棒呼狗」。動擊打；例當頭棒喝。形技術極高的；例他的舞跳得很棒。

參考「棒」字與「捧檄」的「捧」字，形似而音義不同。

11 **棒球** ㄅㄤˋ ㄑㄧㄡˊ 體用棍擊球的遊戲。雙方各有隊員九人，攻守互換，以得分的多寡計較勝負。

12 **棒喝** ㄅㄤˋ ㄏㄜˋ 比喻警醒迷誤的人。本爲佛家語，或用棒，或用喝，或棒喝交施，都在促使沈迷的徒衆翻然覺悟。例當頭棒喝。

▽棍棒、少棒、魔棒、成棒、很棒、强棒、冰棒、揮棒、打狗棒、指揮棒、棉花棒、如意棒、玩棍弄棒。

常 8 **棲** 形解 形聲；從木，妻聲。妻有安居的意思，所以鳥在樹上寄寓休息爲棲。

音義 ㄑㄧ 動 居住，停留；例棲息。

參考 ①「棲」本字作「栖」。②同 停，宿。

4 **棲止** ㄑㄧ ㄓˇ 止宿，停留。

7 **棲身** ㄑㄧ ㄕㄣ 居住，安身。

10 **棲息** ㄑㄧ ㄒㄧ 指在能夠獲得庇護之處休息或停留。

參考 衍 棲息生物。

13 **棲遑** ㄑㄧ ㄏㄨㄤˊ 忙忙碌碌，奔波不定的樣子。

16 **棲遲** ㄑㄧ ㄔˊ ㈠游息。㈡拙劣。例謀計棲遲。㈢延續。

▽山棲、宿棲、雙棲、兩棲、同棲、水棲、單棲、移棲、一枝之棲、影視雙棲、水陸兩棲。

常 8 **棣** 形解 形聲；從木，隶聲。植物名，白棣爲棣。

音義 ㄉㄧˋ 名 ①植 常綠落葉灌木，高四、五尺，葉針形對生，花白色，實小似櫻桃；例唐棣。②相傳詩・小雅・常棣是周公宴兄弟的樂歌，所以後人借「棣」爲「弟」；例賢棣。

ㄊㄧˋ 副 暢通地；例萬物棣通。

12 **棣鄂** ㄉㄧˋ ㄜˋ 比喻兄弟間的相友愛。亦作「棣萼」。

▽常棣、唐棣、賢棣。

常 8 **棋** 形解 形聲；從木，其聲。有枝條交錯的意思，所以縱橫劃局的奕博爲棋。

音義 ㄑㄧˊ 名 博奕的用具；例象棋。

ㄐㄧ 名 根柢，通「基」；例萬物根棋。

參考 「棋」字與「旗幟」的「旗」字，音同形似而義不同。

5 **棋布** ㄑㄧˊ ㄅㄨˋ 像棋子般繁密的分布著。形容數量多，分布廣。例星羅棋布。

7 **棋局** ㄑㄧˊ ㄐㄩˊ ㈠棋盤。㈡著棋的局勢。㈢賭棋的事件。賭一次棋稱一局。

10 **棋高一着** ㄑㄧˊ ㄍㄠ ㄧ ㄓㄨㄛˊ 比喻更有能耐，更高明。

參考 同 道高一尺，魔高一丈。

11 **棋逢敵手** ㄑㄧˊ ㄈㄥˊ ㄉㄧˊ ㄕㄡˇ 下棋碰上了實力相當的對手，比喻雙方旗鼓相當，本領不相上下。

參考 同 將遇良才。

15 **棋盤** ㄑㄧˊ ㄆㄢˊ 畫成方格，以供著棋用的器具。又作「棋枰」。

19 **棋譜** ㄑㄧˊ ㄆㄨˇ 記述圍棋和象棋的圖譜，是指導著棋布局方法的書。

▽圍棋、奕棋、象棋、下棋、觀棋、和棋、軍棋、無棋、死棋、六子棋、西洋棋、萬物根棋。

常 8 **棍** 形解 形聲；從木，昆聲。長的木棒爲棍。

音義 ㄍㄨㄣˋ 名 ①棒杖；例木棍。②俗稱無賴；例惡棍。

10 **棍徒** ㄍㄨㄣˋ ㄊㄨˊ 無賴之徒。

▽賭棍、惡棍、無情棍、打狗棍。

常 8 **植** 形解 形聲；從木，直聲。直有豎立的意思，所以古代門旁用以閫門的直木爲植。

音義 ㄓˊ 動 ①栽種；例植樹。②培育；例培植人才。③樹立；例植基。

參考 ①「植」字與「繁殖」的「殖」字，音同形似，作動詞時，兩字有別：「植」有培育成長的意思；「殖」有增加的意思。②同 種，栽。

8 **植物** ㄓˊ ㄨˋ 植 百穀草木的總稱。是自然界中有生命物體的一大類，與動物和微生物共同組成生物界。

參考 衍 植物油、植物園、植物學、植物色原、植物蛋白、植物生長素。

16 **植樹節** ㄓˊ ㄕㄨˋ ㄐㄧㄝˊ 獎勵種樹的紀念日，民國十四年三月十二日，國父孫中山先生逝世，政府為紀念 國父締造民國的豐功偉業，並遵照其植樹造林的遺教，特定每年此日為植樹節。

▽移植、種植、誤植、培植、播植、扶植、墾植、人植、蕃植、器官移植。

㊌8 椒

解 形聲；從木，叔聲。植物名，調味香料為椒。

音義 ㄐㄧㄠ 名①植即花椒，似茱萸，有針刺，葉堅而滑，多子，可製香料。②山巔；例菊散芳於山椒。③姓。

參考 椒有草本、木本：草本有青椒、辣椒等；木本有胡椒、花椒等。

8 **椒房** ㄐㄧㄠ ㄈㄤˊ (一)皇后所居住的宮殿。取椒和泥塗壁，有繁衍多子之含意。(二)皇后的代稱。

參考 同椒閣、椒屋、椒掖、椒庭、椒殿。

▽胡椒、辣椒、青椒、山椒、花椒。

㊌8 棉

解 會意；從木從帛。植物名，可以紡織而成布匹為棉。

音義 ㄇㄧㄢˊ 名植一年生或多年生灌木，全株均有油腺，莖有毛或光滑，青或紫色，互生掌狀葉。種子密生長纖維和絨毛，可紡紗或做棉絮。棉子絨是製造火藥和塑膠的原料。莖皮的纖維可製繩索和造紙。形棉製的；例棉布。

5 **棉布** ㄇㄧㄢˊ ㄅㄨˋ 用棉紗織成的布匹。

8 **棉花** ㄇㄧㄢˊ ㄏㄨㄚ 植棉樹的果實成熟後綻裂開來，所脹出長纖維和絨毛，因其團絮類似花朵，故名。

參考「棉花」並非棉樹的花朵，而是指如花的棉絮。

10 **棉紗** ㄇㄧㄢˊ ㄕㄚ 棉花紡成的紗綻。

12 **棉絮** ㄇㄧㄢˊ ㄒㄩˋ (一)棉花的纖維。(二)棉花去子後彈鬆，做成的衣服、被褥等的裡胎。

18 **棉襖** ㄇㄧㄢˊ ㄠˇ 以棉花夾裡的衣服。

棉織品 ㄇㄧㄢˊ ㄓ ㄆㄧㄣˇ 以棉花為主要原料所織造而成的成品。亦稱「棉織物」。

▽草棉、木棉、純棉、海棉、衛生棉、生理用棉。

㊌8 棚

解 形聲；從木，朋聲。朋有並列的意思，所以眾木並排架在上空用來遮蔽下方的遮架為棚。

音義 ㄆㄥˊ 名①用竹、木、蘆葦等材料搭成的篷架或小屋；例豆棚。②軍清代陸軍的編制單位名，十四人為一棚。

▽綵棚、書棚、涼棚、草棚、茶棚、帳棚、木棚、豆架瓜棚。

㊋8 棓

解 形聲；從木，咅聲。咅有大的意思，所以培大木杖為棓。

音義 ㄆㄡˊ 名懸絕處，用來墊腳的踏板；例踊於棓而窺客。
ㄅㄤˋ 名①大木杖，同「棒」；例羿死於桃棓。②打穀的器具。

㊋8 棬

解 形聲；從木，卷聲。卷有彎曲的意思，所以曲木而成的素盂為棬。

音義 ㄑㄩㄢ 名曲木製成的盂；例桮棬。

㊋8 楮

解 形聲；從木，者聲。木名，惡木為楮。

音義 ㄔㄨˇ 名①植落葉喬木，葉像桑樹，花單性，皮為造紙的原料。②紙；例縑楮。③紙幣；例萬楮。④俗稱祭祀用的冥錢；例楮錢。⑤姓。

㊋8 椏

解 形聲；從木，亞聲。亞有傾斜的意思，所以斜出的樹枝為椏。

音義 ㄧㄚ 名①樹枝；例桂椏。②旁岐的樹枝；例杈椏。

▽枝椏、杈椏、分椏、指椏。

㊋8 棖

解 形聲；從木，長聲。門兩旁的長木柱為棖。

音義 ㄔㄥˊ 名豎在門戶兩旁的長木。動以物觸物，通「樘」；

例以物棖撥。

次 8 **棫** 形解 形聲；從木，或聲。樹木名，白桵為棫。
音義 ㄩˋ 名 植 叢生的小木，莖葉多細刺，黃花黑實。

次 8 **椓** 形解 形聲；從木，豖聲。豖有椎擊的意思，所以以物擊物為椓。
音義 ㄓㄨㄛˊ 名 ①宦官；例昏椓靡共。②宮刑；例劓刵椓黥。②動 ①砍伐；例椓之丁丁。②告訴；例太子又使椓之。

次 8 **椐** 形解 形聲；從木，居聲。樹木名，靈壽木為椐。
音義 ㄐㄩ 名 植 木名，即靈壽木，多腫節，可作杖。

次 8 **椇** 形解 形聲；從木，具聲。具有設置的意思，所以以盛放祭品的木俎為椇。

椇 ②

音義 ㄐㄩˇ 名 ①植 木名，也指果實味甜可食，即「枳椇」。②殷代祭祀用的牲架；例殷以椇。

次 8 **梴** 形解 形聲；從木，延聲。延有延長的意思，所以高長的樹木為梴。
音義 ㄔㄢ 名 高長的樹木；例松桷有梴。

次 8 **棼** 形解 形聲；從林，分聲。分有重複的意思，所以重屋上的短梁為棼。
音義 ㄈㄣˊ 名 ①短梁；例棼楣。②麻布，通「蕡」；例素車棼蔽。動 雜亂，通「紊」；例棼棼。
▽治絲益棼。

次 8 **棨** 形解 形聲；從木，啓省聲。啓有開通的意思，所以古人通關傳信專用的木刻憑證為棨。
音義 ㄑㄧˇ 名 ①古官吏出行時作為引導的一種符信，用木頭刻成，像戟，憑此可通行關津；例建幢棨。②棨戟，有繒衣或油漆的木戟，古官吏出行時作為前導的一種儀仗；例棨戟遙臨。

12 **棨戟** ㄑㄧˇ ㄐㄧˇ 舊時官吏出行時，作為前驅的儀仗，戟上有套子，套子用赤黑繒製成。

常 9 **業** 形解 象形；丵象懸鐘鼓的木架，木象座足形。

業

音義 一ㄝˋ 名 ①大事；例創業垂統。②學習的內容或過程；例講業。③社會上的各種工作；例樂其業。④家資，財產；例以田為業。⑤書冊的版；例請業則起。⑥宗 佛教名詞，惡因，同「孽」；例業力。動 從事於；例業農。副 既，已；例業已。
▽開業、學業、企業、失業、修業、肄業、畢業、就業、專業、創業、卒業、霸業、本業、職業、產業、事業、工業、商業、作業、經國大業、兢兢業業、安居樂業。

常 9 **楚** 形解 形聲；從林，疋聲。疋有低下的意思，所以叢生的矮木為楚。
音義 ㄔㄨˇ 名 ①植 落葉灌木，高四、五尺，新莖方形綠色，舊莖圓形褐色，葉掌狀複葉，枝葉有毛茸。葉可供藥用。②地 湖南、湖北的通稱。③史 周代南方國名；例荊楚吳越。④姓。
參考 「楚」字俗作「椘」。②同 痛。

3 **楚弓楚得** ㄔㄨˇ ㄍㄨㄥ ㄔㄨˇ ㄉㄜˊ 比喻自己的東西雖然失去，拾得的仍是自家人。

7 **楚材晉用** ㄔㄨˇ ㄘㄞˊ ㄐㄧㄣˋ ㄩㄥˋ 楚國的人才被晉國重用，比喻人才外流，為他國利用。

8 **楚河漢界** ㄔㄨˇ ㄏㄜˊ ㄏㄢˋ ㄐㄧㄝˋ 楚漢紛爭時，以黃河為界。比喻敵對的兩方。

13 **楚楚** ㄔㄨˇ ㄔㄨˇ ㈠形容衣著鮮明整潔。例衣冠楚楚。㈡纖弱的樣子。例楚楚可憐。㈢泛指叢莽。例平楚蒼然。

楚楚可憐 ㄔㄨˇ ㄔㄨˇ ㄎㄜˇ ㄌㄧㄢˊ ㈠纖弱。㈡形容女子的嬌弱可愛，令人憐惜。

19 **楚辭** ㄔㄨˇ ㄘˊ 文我國古代一部詩歌總集，西漢劉向編輯。收戰國楚人屈原、宋玉和漢代淮南小山、東方朔、王褒、劉向等人的辭賦。作品具有楚地文學特色，故名楚辭。

▽夏楚、苦楚、酸楚、清楚、三楚、悽楚、一清二楚、朝秦暮楚、衣冠楚楚。

常 9 **楷** 形解 形聲；從木，皆聲。植物名，楷木為楷。

音義 ㄎㄞˇ 名①植木名。②典範，法式；例楷模。③正體書法之一，又名眞書；例楷書。

參考「楷」字與「揩油」的「揩」字，形似而音義不同。

10 **楷書** ㄎㄞˇ ㄕㄨ 正體的書法。形體方正，筆畫平直，可作楷模，故名。又叫「正書」、「眞書」。

15 **楷模** ㄎㄞˇ ㄇㄛˊ 模範，典範。

▽行楷、隸楷、正楷、小楷、大楷。

常 9 **楊** 形解 形聲；從木，昜聲。植物名，蒲柳為楊。

音義 一ㄤˊ 名①植喬木名，楊柳科，落葉喬木，生於水濱，與柳相似而葉上挺，時有白絮飛散；例二月楊花滿路飛。②姓。

參考「楊」字與「揚州」的「揚」字、「陽曆」的「陽」字，三字音同而義不同。

9 **楊柳** 一ㄤˊ ㄌㄧㄡˇ 植(一)楊樹與柳樹。(二)泛指柳樹。

▽垂楊、白楊、枯楊、赤楊、黃楊、百步穿楊。

常 9 **楨** 形解 形聲；從木，貞聲。貞有堅固的意思，所以質地堅硬的直木為楨。

音義 ㄓㄣ 名①植常綠灌木，高一丈餘，葉呈卵形，質厚而有光澤。夏開白花，材可供建築、造船之用。②賢良的人才；例維周之楨。

參考「楨」字與「禎祥」的「禎」字，音同形似而義不同。

14 **楨榦** ㄓㄣ ㄍㄢˋ (一)築牆時兩端所立的木頭。例峙乃楨榦。(二)比喻賢良的人才。又作「貞幹」。(三)捍衞，支持。例楨榦王室。

▽幹楨、女楨。

常 9 **楫** 形解 形聲；從木，咠聲。所以擢舟的木槳為楫。

音義 ㄐㄧˊ 名划船用的槳；例剡木為楫。動①聚合，通「輯」；例統楫羣元。②划船；例烝徒楫之。

參考「楫」字與「揖讓」的「揖」字，形似而音義不同。

▽舟楫、艤楫、渡江楫。

常 9 **楠** 形解 形聲；從木，南聲。植物名，楠樹為楠。

音義 ㄋㄢˊ 名植常綠喬木，高十餘丈，葉為長橢圓形，花淡綠，實紫黑，產四川、雲南山中，枝幹端偉，木材芬芳細密，是建築和製具的良材。

參考「楠」正字作「枏」。

常 9 **楓** 形解 形聲；從木，風聲。植物名。風有飄搖的意思，所以厚葉弱枝善搖的楓木為楓。

音義 ㄈㄥ 名植落葉喬木，幹高二、三丈，葉如掌狀而三裂，與槭樹相似，邊緣有鋸齒，秋季變紅色，極為美麗。春季開黃褐色小花，果實成球形，有軟刺；例楓橋夜泊。

▽丹楓、錦楓、霜楓、江楓、紅楓、秋楓、白露丹楓。

常 9 **楹** 形解 形聲；從木，盈聲。盈有飽實的意思，所以下豎立於地，上承棟樑的大木柱為楹。

音義 一ㄥˊ 名①堂屋的大柱子；例丹桓宮楹。②計算房屋的量詞；例有屋三十楹。

參考 同柱。

17 **楹聯** 一ㄥˊ ㄌㄧㄢˊ 懸於門旁或柱子上的對聯。

▽東楹、西楹、欒楹、奠於兩楹、丹桓宮楹。

(常) 9

榆

形解 (篆) 形聲；從木，俞聲。植物名，松木爲榆。

音義 ㄩˊ 名 ①(植)落葉喬木，幹高可達十餘丈，葉橢圓形，邊緣有鋸齒，三、四月開淡綠帶紫色花，果實扁圓，有膜質之翅，稱榆莢，亦云榆錢。嫩葉可拌麵蒸食，木材堅緻，可製器具。②姓。

參考 「榆」字與「揶揄」的「揄」字，音同形近而義不同。

▽桑榆、失之東隅收之桑榆。

(常) 9

楞

形解 會意；從四方木。四方形的木頭爲楞。

音義 ㄌㄥˊ 名 物體的緣角，同「稜」；例有楞有角。ㄌㄥ 形 神志茫然的，通「愣」；例發楞。

參考 「楞」字與「模稜」的「稜」字，音同，或可與「稜」通，但「模稜」一詞不可作「模楞」。

(常) 9

楔

形解 (篆) 形聲；從木，契聲。契有吻合的意思，所以木器有縫隙，以前尖後闊的木塊嵌入爲楔。

音義 ㄒㄧㄝ 名 ①門兩旁的木柱；例「棖闑扂楔，各得其宜」。②小說戲曲的引言或序幕；例楔子。③(數)五平面包圍而成的立體。④(植)木名，似松而有刺。

3 **楔子** ㄒㄧㄝ ㄗ˙ (一)上粗下銳的小木橛，插進榫縫中使接榫密合固定。(二)(文)古代小說的引子。類似話本中的「入話」，通常加在小說故事開始之前，起著引起、補充正文的作用。例水滸傳的首卷即有「楔子」。

7 **楔形文字** ㄒㄧㄝ ㄒㄧㄥˊ ㄨㄣˊ ㄗˋ 古代蘇美爾人的文字，是從地下發現的最古的文字。刻在磚、石、泥版上。筆畫作楔狀，像釘頭或箭頭。西元前四千多年蘇美爾人所創。也叫「釘頭字」或「箭頭字」。

(常) 9

極

形解 (篆) 形聲；從木，亟聲。屋頂正中的棟梁爲極。

音義 ㄐㄧˊ 名 ①窮盡處；例無極。②地軸的兩端；例南極。③最高點；例登峯造極。④棟梁；例屋極。⑤帝位；例登極。⑥邊境；例四方八極。⑦(史)春秋國名，今山東省魚臺縣西南。⑧(科)磁力發生最强作用的兩點，或陰陽電流集中的兩點；例陰極。⑨(數)動徑與極軸的交點。動 到；例駿極于天。副 ①窮盡的；例曷其有極。②甚，很，非常；例兩地相隔極遠。

參考 ①「極」字與「竭力」的「竭」字，都有「盡」的意思，但不可混用。②同很，甚。③「極」也可做補語，但前頭不能用「得」，後面一般帶「了」，如：忙極了。

2 **極力** ㄐㄧˊ ㄌㄧˋ 使用最大的力量來做。例極力不相讓。

參考 與「竭力」有別：「竭力」是指使盡所有的力量來從事某事，程度較「極力」稍强。

5 **極目** ㄐㄧˊ ㄇㄨˋ 一眼望去，盡目力所能看到的。

6 **極光** ㄐㄧˊ ㄍㄨㄤ 經常出現在高緯度地區高空的一種輝煌瑰麗的彩色光像。一般呈帶狀、弧狀或放射狀。

極刑 ㄐㄧˊ ㄒㄧㄥˊ 指死刑，即最嚴重的刑罰。

8 **極其** ㄐㄧˊ ㄑㄧˊ 十分，非常。

9 **極品** ㄐㄧˊ ㄆㄧㄣˇ (一)最好的品質。(二)最高的官階。

極度 ㄐㄧˊ ㄉㄨˋ (一)最高度，無以復加的程度。(二)極點，極端。

極限 ㄐㄧˊ ㄒㄧㄢˋ 最高的限度，不容再加的限度。

10 **極致** ㄐㄧˊ ㄓˋ 最高的造詣。

14 **極端** ㄐㄧˊ ㄉㄨㄢ (一)事物的盡頭，頂點。(二)偏向一邊的言行。例各走極端。(三)非常。例他對同事極端熱忱。

15 **極樂世界** ㄐㄧˊ ㄌㄜˋ ㄕˋ ㄐㄧㄝˋ (宗)由梵文翻譯過來的佛教名詞。佛經說，這是阿彌陀佛成道時依著願力而建立的，遠在西方十萬億佛土以外的世界。這裡沒有衆苦，但受諸樂，所以叫「極樂」。

參考 一譯「安樂國」、「養安國」。或稱爲「淨土」，俗稱「西天」。

17 **極點** ㄐㄧˊ ㄉㄧㄢˇ 頂點，最高的程度。

22 **極權** ㄐㄧˊ ㄑㄩㄢˊ 由個人或少數人所絕對控制的政權。

參考 ①反民主。②衍極權主義。

▽陰極、陽極、窮極、皇極、終極、消極、積極、太極、南極、北極、兩極、無極、正極、負極、何極、南北極、登峯造極、罪大惡極、陰陽兩極。

常 9

椰

解形 形聲；從木，耶聲。植物名，椰樹爲椰。

音義 一ㄝ 名 植 常綠喬木，高十丈，葉大，羽狀，花單性，雌雄同株，果實圓大，果肉滋養，又可供採油、製藥，汁液甘美，多生長於熱帶。

參考 「椰」字與「揶揄」的「揶」字，音同形似而義不同。

常 9

榔

解形 形聲；從木，郎聲。植物名，檳榔爲榔。

音義 ㄌㄤˊ 名 ①植 木名，棕櫚科的常綠木本，葉呈羽狀複葉，果實橢圓形，可食，多產於熱帶；例檳榔。②錘子；例榔頭。③漁人敲船驅魚用的長棍；例漁人鳴榔歸去。

參考 「榔」字與「瑯環」的「瑯」字，音同形似而義不同。

16 **榔頭** ㄌㄤˊ ·ㄊㄡ 鎚子。

常 9

概

解形 形聲；從木，既聲。既有完結的意思，所以刮平斗斛的刮子爲概。

音義 ㄍㄞˋ 名 ①平斗斛的器具；例以井水準其概。②人的舉止、風度；例氣概。③風景，狀況；例勝概。動 ①理平；例釜鼓滿則人概之。②總括；例以此一端，可概其餘。副 ①一切；例概不負責。②大略地；例概論。

參考 ①字或作「槩」。②「概」、「慨」有別：「概」，音ㄍㄞˋ，如：大概、概念。「慨」，音ㄎㄞˇ，如：慷慨、感慨。「慨」指憤激，屬心理活動，所以左邊是從「忄」(心)；「概」本指刮平米斗的刮子，所以字從「木」。

8 **概況** ㄍㄞˋ ㄎㄨㄤˋ 大概的情形。例經濟概況。

概念 ㄍㄞˋ ㄋㄧㄢˋ ㈠普遍觀念。㈡以一個概括的名稱或符號，代表具有共同屬性一類事物的全體時，此名稱或符號所代表者爲概念。

參考 參閱「觀念」條。

9 **概要** ㄍㄞˋ ㄧㄠˋ 大體的要點。例哲學概要。

概括 ㄍㄞˋ ㄍㄨㄚ ㈠總括。㈡歸納法的一種。分析若干事物的某一共同特性，推而界定其他事物均有此特性。

參考 ①與「綜合」近似，概括是從同一類事物中找出事物的共同特點或總括，也可指簡單扼要。如：概括地講一講。「綜合」是把各個獨立而互相關聯的事物或現象總合起來；也指多方面、全面。如：綜合利用。或把不同種類、性質的事物組合在一起。如：綜合大學。②衍概括性、概括法。

11 **概略** ㄍㄞˋ ㄌㄩㄝˋ ㈠大概。㈡摘述要點的簡短報告。

14 **概算** ㄍㄞˋ ㄙㄨㄢˋ ㈠大概的計算。㈡政府財務收支預算，完成法定程序以前，稱爲概算。

15 **概論** ㄍㄞˋ ㄌㄨㄣˋ 總括其意旨而說明其大要。例文學概論。

25 **概觀** ㄍㄞˋ ㄍㄨㄢ 大略的觀察。

▽一概、氣概、梗概、大概、文概、教育概論。

次 9

楦

解形 形聲；從木，宣聲。製鞋用的木模爲楦。

音義 ㄒㄩㄢˋ 名 木製的鞋子模型；例楦頭。動 用楦頭塡塞或撐大；例楦鞋子。

參考 或作「楥」。

次 9

椸

解形 形聲；從木，施聲。施有張布的意思，所以掛衣服的木架爲椸。

音義 一 名 晾衣服的竹竿或衣架；例男女不同椸枷。

椸

參考 或作「萅」。

椿 次 9

形解 形聲；從木，春聲。香木名，其葉可食爲椿。

音義 ㄔㄨㄣ 名①植木名，落葉喬木，葉大可食，材堅實，可作器。②大椿長壽，後爲父親的尊稱；例椿庭。

參考「椿」「椿」形近而音義不同：「椿」是從木、春聲；而「椿」是從木、舂聲（ㄔㄨㄥ），木椿。

椿萱[13] ㄔㄨㄣ ㄒㄩㄢ 比喻父母。例「堂上椿萱雪滿頭。」

椿萱並茂 ㄔㄨㄣ ㄒㄩㄢ ㄅㄧㄥˋ ㄇㄠˋ 比喻父母都尚健在。

▽香椿、大椿、靈椿、莊椿。

楝 次 9

形解 形聲；從木，柬聲。樹木名，苦楝樹爲楝。

音義 ㄌㄧㄢˋ 名植楝科，落葉喬木，複葉，春夏之交開花，果實近球形，熟時呈黃色。木堅實，供製家具、樂器等用，果及根皮可入藥。

椹 次 9

形解 形聲；從木，甚聲。砍物用的砧板爲椹。

音義 ㄓㄣ 名砧板，同「碪」；例鐵椹。

ㄕㄣˋ 名①桑實，同「葚」；例紫椹。②樹身上長出的菌類。

楂 次 9

形解 形聲；從木，查聲。查從且聲，且有動的意思，所以水中浮木爲楂。

音義 ㄓㄚ 名植即山楂，落葉喬木，實圓而紅，味酸，可食或入藥。

ㄔㄚˊ 名水中木筏，通「槎」；例窮岸有盤楂。

ㄔㄚ 名楂枒，旁出的樹枝，通「杈」。

楣 次 9

形解 形聲；從木，眉聲。眉有在前的意思，所以屋前門框上邊的橫木爲楣。

音義 ㄇㄟˊ 名門上的橫木；例門楣。②門第；例光耀門楣。③房屋上的橫梁；例堂則物當楣。④屋檐口椽端的橫板。

▽藻楣、門楣、倒楣、光耀門楣。

楙 次 9

形解 形聲；從林，矛聲。矛有衆多的意思，所以林木繁茂爲楙。

音義 ㄇㄠˋ 名植果木名，即木瓜。形茂盛的；例楙盛。

參考 ①又音ㄇㄡˋ。②作「茂盛」解時，是「茂」的古體字。③與「楸」同音形近意思不同：楸：冬桃。

楛 次 9

形解 形聲；從木，苦聲。樹木名，楛木爲楛。

音義 ㄏㄨˋ 名植木名，莖似荊，葉如蓍，材可作矢幹。

ㄎㄨˇ 形本謂木材粗劣，引申爲粗糙不堅固的，惡劣的；例楛耘傷歲。

楬 次 9

形解 形聲；從木，曷聲。作標誌用的小木椿爲楬。

音義 ㄐㄧㄝˊ 名作標誌用的小木椿；例埋而置楬。

ㄑㄧㄚˋ 名音古音樂將演奏完時用來止樂的樂器，即「敔」。

楬櫫[19] ㄐㄧㄝˊ ㄓㄨ ㈠用來當標誌用的小木椿。楬、櫫都是小木椿。㈡表明，標明。

參考 ①同楬著。②現在一般誤寫作「揭櫫」。

楎 次 9

形解 形聲；從木，軍聲。門上的樞紐爲楎。

音義 ㄨㄟ 名門臼，承納門樞。

椽 次 9

形解 形聲；從木，彖聲。屋頂上承瓦的橫木條爲椽。

音義 ㄔㄨㄢˊ 名①安在梁上支架屋面和瓦片的木條；例椽木。②計算房屋間數的單位詞；例東宇西房數十椽。

▽屋椽、采椽、簷椽、有筆如椽。

楥 次 9

形解 形聲；從木，爰聲。製鞋用的之木楦爲楥。

音義 ㄩㄢˊ 名①植木名，即楓楊或欅柳。②履法；例楥楦。

③籬笆；㊀棪菊茂新芳。

㊅ 9
棰 ㄒㄩㄢˋ「楦」的異體字。
形解 形聲；從木，垂聲。垂有落下的意思，所以用木棍擊打爲棰。
音義 ㄔㄨㄟˊ 名 ①鞭子；㊀馬棰。②古杖刑；㊀棰杖。動 以杖擊人，通「捶」；㊀棰笞。

㊅ 9
楸 形解 形聲；從木，秋聲。樹木名，其葉早脫的千樹萩爲楸。
音義 ㄑㄧㄡ 名 植 紫葳科，落葉喬木，樹幹端直，葉似桐，夏開花，實成筴，木材細緻，供建築、造船等用。

㊅ 9
椴 形解 形聲；從木，段聲。樹木名，椴樹爲椴。
音義 ㄉㄨㄢˋ 名 植 椴樹科，落葉喬木，單葉互生，材質優良，供建築、家具等用。

㊅ 9
楩 形解 形聲；從木，便聲。樹木名，黃楩木爲楩。
音義 ㄆㄧㄢˊ 名 植 即黃楩木；㊀楩楠。

㊅ 9
楯 形解 形聲；從木，盾聲。盾有防衛的意思，所以橫的欄杆爲楯。
音義 ㄕㄨㄣˇ 名 ①欄杆的橫木；㊀楯軒。②欄杆；㊀丹楯。③古武器名，即藤牌，通「盾」；㊀楊楯。動 拔擢；㊀引楯萬物。
參考 又音ㄕㄨㄣˋ。

㊅ 10
榻 形解 形聲；從木，㬎聲。㬎有隱暗狹小的意思，所以低而狹長的木牀爲榻。
音義 ㄊㄚˋ 名 床；㊀連榻而坐。
參考 ①「榻」字與「搨本」的「搨」字，音同形似而義不同。②同牀。
▽臥榻、御榻、淨榻、床榻、石榻、木榻、几榻。

榻

㊅ 10
槓 形解 形聲；從木，貢聲。貢有獻上的意思，所以扛物用的粗長木棍爲槓。
音義 ㄍㄤˋ 名 ①擡物用的棍子；㊀單槓。②運動器材；㊀槓子。動 ①劃去；㊀請把這段文字槓掉。②爭嘴；㊀抬槓。
11 **槓桿** ㄍㄤˋ ㄍㄢˇ 一種簡單的機械，是在力的作用下能繞固定點轉動的桿。在工作和生活中使用槓桿，既能省力，又能改變力的方向。例如剪刀、鍘刀就是利用槓桿原理造成的。

㊅ 10
構 形解 形聲；從木，冓聲。冓象木材交錯累積形，所以架屋覆蓋爲構。
音義 ㄍㄡˋ 名 ①詩文作品；㊀妙構。②大廈；㊀華構。③組織；㊀結構。動 ①建設，造作；㊀王業肇構。②組成；㊀構圖。③指抽象事物的結成；㊀構怨。④各組成部分及其相互關係；㊀人體構造。⑤謀畫；㊀構亂。
參考「構怨」、「構兵」的「構」也可作「搆」；但「構造」的「構」不可作「搆」。
6 **構成** ㄍㄡˋ ㄔㄥˊ 造成。
7 **構兵** ㄍㄡˋ ㄅㄧㄥ 交戰。
9 **構怨** ㄍㄡˋ ㄩㄢˋ 結怨，結仇。
構思 ㄍㄡˋ ㄙ 作家、藝術家在創作中所進行的思維活動。
11 **構陷** ㄍㄡˋ ㄒㄧㄢˋ 設計陷人於罪。也作「搆陷」。
構造 ㄍㄡˋ ㄗㄠˋ 事物的組織、結構。
13 **構亂** ㄍㄡˋ ㄌㄨㄢˋ 圖謀叛亂。
構想 ㄍㄡˋ ㄒㄧㄤˇ 對處理或完成某一事件，預先所設想的方式、步驟。
參考「構想」與「構思」不同：後者多指文章、作品言；前者則多指事物的處理。
14 **構圖** ㄍㄡˋ ㄊㄨˊ 藝 造型藝術術語。藝術家爲了要表現特定的主題思想和美感效果，在一定的空間，安排和處理形象的關係和位置，把個別或局部的形象組成藝術的整體。在中國傳統繪畫中稱爲章法或布局。

▽機構、虛構、結構、架構、向壁虛構。

常 10 **榛** 形解 形聲；從木，秦聲。植物名，榛木爲榛。

音義 ㄓㄣ 名 ①植 樺木科的落葉喬木，葉互生，緣有鋸齒，春日開花，果實爲堅果，有包殼。果實叫榛子，果皮堅硬，果仁可食。②草木叢雜而生，同「蓁」；例披榛斬棘。

8 **榛狉** ㄓㄣ ㄆㄧ 草木叢集，野獸橫行。形容尚未開化，處於原始的狀態。又作「獉狉」。

參考 衍 榛狉未啓。

11 **榛莽** ㄓㄣ ㄇㄤˇ 叢生的草木。又作「蓁莽」。

14 **榛榛** ㄓㄣ ㄓㄣ 草木叢生，荒蕪蕭條的景象。例竹林榛榛。

▽棘榛、荊榛、荒榛、叢榛、斬棘披榛。

常 10 **榷** 形解 形聲；從木，隺聲。隺有極力往高處的意思，所以水上用來過渡的橫木爲榷。

音義 ㄑㄩㄝˋ 名 ①植 木名，即枳樹。②賦稅；例擅加雜榷。動 ①專利，專賣；例初榷酒酤。②課征稅賦；例榷茶。③商討，通「搉」；例商榷。

參考 「榷」字與「確切」的「確」字，音同形似而義不同。

常 10 **榫** 形解 形聲；從木，隼聲。製作器物時，兩件木料凹進凸起相接合處爲榫。

音義 ㄙㄨㄣˇ 名 爲接合器物而製的凹凸部分；例合榫。

16 **榫頭** ㄙㄨㄣˇ ㄊㄡˊ 指機械上金屬物或木製物突出的末端，可以套入榫眼中的部分。俗稱「筍頭」。

常 10 **榨** 形解 形聲；從木，窄聲。打油的長形木器爲榨。

音義 ㄓㄚˋ 名 壓酒的器具；例榨牀。動 用力壓取；例榨油。

參考 「榨」字俗作「搾」。

8 **榨取** ㄓㄚˋ ㄑㄩˇ 形容殘酷地剝削掠奪。例榨取勞力。

常 10 **槁** 形解 形聲；從木，高聲。高有久長的意思，所以草木年久枯萎爲槁。

音義 ㄍㄠˇ 名 枯的木葉；例舉若振槁。形 ①凋萎的；例槁木死灰。②枯乾的；例形容枯槁。

參考 ①「槁」字又作「稾」。②「槁」字與「草稿」的「稿」字、「縞素」的「縞」字，音同形似而義不同。

4 **槁木死灰** ㄍㄠˇ ㄇㄨˋ ㄙˇ ㄏㄨㄟ 比喻毫無生氣或心情極端消沈。又作「枯木死灰」。

▽枯槁、衰槁、舉若振槁、形容枯槁。

常 10 **榜** 形解 形聲；從木，旁聲。旁指居側，所以用來輔正弓弩，使它平直的木器爲榜。

音義 ㄅㄤˇ 名 ①張貼出來的告示或名單；例聯考放榜。②行動的模範；例榜樣。動 相互表揚；例標榜。ㄅㄥˋ 名 舟；例榜人。動 ①笞打；例强榜服之。②使舟前進；例榜舟。

參考 「榜」字與「牓子」的「牓」字，音同形似；唯當作「告示牌」時，兩字可通，餘則不同。

3 **榜上無名** ㄅㄤˇ ㄕㄤˋ ㄨˊ ㄇㄧㄥˊ 考試落第。

參考 同 名落孫山。

5 **榜示** ㄅㄤˇ ㄕˋ 張貼在牆上，讓民衆知道。又作「牓示」。

15 **榜樣** ㄅㄤˇ ㄧㄤˋ 常指值得學習效法的對象，包括人、單位或特定事物。

參考 與「模範」、「典範」近似，但「榜樣」有時有貶義的用法，如：下場可悲的希特勒，就是一切獨裁者的榜樣。「模範」指值得學習的人和事，一般帶褒獎的意思；它還能修飾動詞作狀語，如：模範地執行董事會的決議。「典範」指可供學習的最好的榜樣或應該遵循的標準、法則，用於不可多得的人和事，含有褒獎的意味。

18 **榜額** ㄅㄤˇ ㄜˊ 匾額。

▽標榜、落榜、上榜、酒榜、黃榜、金榜、進榜、排行榜、互相標榜。

㊝10 **榮** 形解 形聲；從木，熒省聲。熒有明顯的意思，所以屋檐兩端高起的地方爲榮。

音義 ㄖㄨㄥˊ 名①草類開的花或穀類結的穗；例草榮識節和。②茂盛；例欣欣向榮。③屋翼，屋頂上兩頭翹起的部分；例直於東榮。④植「梧桐」的別名。⑤聲譽；例榮譽。⑥姓。動①顯赫；例位足榮身。②開花；例半夏生，木菫榮。副光耀地；例榮升。

參考「榮」字或作「荣」。

5 **榮民** ㄖㄨㄥˊ ㄇㄧㄣˊ 退役的軍人。因軍人曾爲國效命，保衛國土及人民，所以退役後被稱爲「榮譽國民」，簡稱「榮民」。

6 **榮光** ㄖㄨㄥˊ ㄍㄨㄤ ㈠光榮。㈡具備五色的祥瑞之氣。

8 **榮幸** ㄖㄨㄥˊ ㄒㄧㄥˋ 光榮幸運。

9 **榮枯** ㄖㄨㄥˊ ㄎㄨ ㈠草木的發榮和凋謝。㈡人的富貴或貧賤。

10 **榮辱** ㄖㄨㄥˊ ㄖㄨˋ 光榮和恥辱。

榮辱與共 ㄖㄨㄥˊ ㄖㄨˇ ㄩˇ ㄍㄨㄥˋ 無論榮耀或恥辱都共同來承擔。

參考 同休戚與共。

12 **榮華富貴** ㄖㄨㄥˊ ㄏㄨㄚˊ ㄈㄨˋ ㄍㄨㄟˋ 人所擁有的名利、錢財、地位。

參考 榮華，參閱「繁榮」條。

17 **榮膺** ㄖㄨㄥˊ ㄧㄥ 榮任。膺：擔任。

18 **榮歸** ㄖㄨㄥˊ ㄍㄨㄟ ㈠富貴後返回故鄉。例衣錦榮歸。㈡打仗勝利歸來。例凱旋榮歸。

20 **榮耀** ㄖㄨㄥˊ ㄧㄠˋ ㈠光榮顯耀。例榮耀當世。㈡泛稱光榮。

21 **榮譽** ㄖㄨㄥˊ ㄩˋ ㈠光榮和名譽。㈡只是名譽上的榮銜，而非實際的。

參考 衍榮譽博士、榮譽校友、榮譽市民。

▽虛榮、光榮、顯榮、枯榮、殊榮、繁榮、尊榮、欣欣向榮、賣友求榮、引以爲榮、安富尊榮。

㊝10 **榴** 形解 形聲；從木，留聲。植物名，石榴爲榴。

音義 ㄌㄧㄡˊ 名植落葉灌木，五月開紅花，果實球狀，內有很多小粒種子，味甘美，可食，皮可入藥。

4 **榴火** ㄌㄧㄡˊ ㄏㄨㄛˇ 形容石榴花盛開時的紅豔。例兩株榴火發詩愁。

▽石榴、紅榴、青榴、番石榴。

㊝10 **槐** 形解 形聲；從木，鬼聲。植物名，槐木爲槐。

音義 ㄏㄨㄞˊ 名植豆科落葉喬木，花黃白色。果實長莢形，中有黑子，可入藥。木材堅硬，可供建築和製造家具之用。花蕾可製黃色染料。

▽指桑罵槐。

㊝10 **槍** 形解 形聲；從木，倉聲。木製的刺擊兵器。

音義 ㄑㄧㄤ 名①兵器名，刺擊用的長矛；例長槍。②發射子彈的武器；例機關槍。③槍形的器物；例水槍。④姓。動碰觸；例見獄吏頭槍地。

ㄔㄥ 名天欃槍，彗星名。

參考 ①「槍」字與「搶奪」的「搶」字，字形相似，音義不同。②「槍」俗作「鎗」。③同矛，④「槍」、「搶」有別：「機關槍」、「手槍」的「槍」，原是指古代用竹或木作柄的長矛之類的武器，所以字從「木」。「搶奪」、「搶劫」的「搶」是動作，所以從「扌」(手)。

4 **槍手** ㄑㄧㄤ ㄕㄡˇ ㈠持槍的兵士。㈡俚俗稱在考試時，代別人作答的人。

7 **槍決** ㄑㄧㄤ ㄐㄩㄝˊ 法用槍彈擊死，是處決囚犯的一種方式。

8 **槍林彈雨** ㄑㄧㄤ ㄌㄧㄣˊ ㄉㄢˋ ㄩˇ 槍如林，彈如雨。形容敵火密集，戰鬥激烈。

參考 槍也作「鎗」。

17 **槍斃** ㄑㄧㄤ ㄅㄧˋ 用槍彈擊死。

▽手槍、短槍、長槍、刀槍、鳴槍、明槍、暗槍、空槍、機槍、步槍、放槍、匹馬單槍、臨陣磨槍。

㊝10 **榭** 形解 形聲；從木，射聲。字本作「榭」：形聲；從木，躲聲。建在臺上的屋子爲榭。俗作「榭」。

音義 ㄒㄧㄝˋ 名平臺上搭建的屋

子，可供表演之用；例舞榭歌臺。

參考「榭」字與「感謝」的「謝」字，音同形似而意思不同。

▽歌臺舞榭。

常10 **榕** 形解 形聲；從木，容聲。植物名，榕樹爲榕。

音義 ㄖㄨㄥˊ 名 植 桑科常綠喬木，樹枝有氣根，生長在熱帶，高三、四丈，花紅色，果圓而小，似無花果，木材可製器具。

常10 **槌** 形解 形聲；从木，追聲。架設蠶箔的木柱爲槌。

音義 ㄔㄨㄟˊ 名 敲打的用具；例木槌。動 敲打；例槌鼓。

參考「槌」字與「搥打」的「搥」字，音同形似，唯作「敲打」解時，兩字可通，餘則不同。

▽鐵槌、木槌、釘槌、飛槌。

次10 **榱** 形解 形聲；從木，衰聲。衰有參差的意思，所以秦人稱承載瓦片的木條爲榱。

音義 ㄘㄨㄟ 名 屋椽、屋角的總稱；例棟折榱崩。

次10 **槎** 形解 形聲；從木，差聲。差有參差的意思，所以樹枝斜出分叉爲槎。

音義 ㄔㄚˊ 名 ①用竹木編成的筏，通「楂」；例泛槎。②枝木歧出，通「杈」。動 砍伐；例山不槎櫱。

參考 字從「差」，十畫。

次10 **榖** 形解 形聲；從木，㱿聲。樹木名，楮木爲榖。

音義 ㄍㄨˇ 名 植 落葉喬木，葉卵形，花淡綠，實味甘可食，皮爲造紙的原料。

參考「榖」下從木，不可誤作從禾的「穀」。

次10 **榰** 形解 形聲；從木，耆聲。耆有根始的意思，所以柱子下的基石爲榰。

音義 ㄓ 名 柱下的腳跟；例榰恒凶。動 支撐，通「搘」；例雲生杖獨榰。

次10 **榼** 形解 形聲；從木，盍聲。盍有掩蓋的意思，所以有蓋的酒器爲榼。

音義 ㄎㄜ 名 古盛酒或貯水的器具；例執榼承飲。

次10 **榎** 形解 形聲；從木，夏聲。木名，小葉槐爲榎。

音義 ㄐㄧㄚˇ 名 植 木名，即小葉槐。

參考「榎」與「檟」同字。

次10 **榧** 形解 形聲；從木，匪聲。樹木名，榧木爲榧。

音義 ㄈㄟˇ 名 植 松柏科，常綠喬木，像杉，木理美，有香氣，是上好的建材。

次10 **榾** 形解 形聲；從木，骨聲。樹木名，其枝似骨，可製箭爲榾。

音義 ㄍㄨˇ 名 木節；例榾柮。

次10 **榤** 形解 形聲；從木，桀聲。雞棲息於架上爲榤。

音義 ㄐㄧㄝˊ 名 即杙，小木樁。動 雞羣集棲息在木架上。

次10 **槔** 形解 形聲；從木，皋聲。井上汲水的木機爲槔。

音義 ㄍㄠ 名 桔槔，我國最早利用槓桿原理汲取井水的木製工具。

參考 又作「槹」。

次10 **榦** 形解 形聲；從木，倝聲。倝有筆直的意思，所以築牆時兩邊兩頭所豎立的標木爲榦。

音義 ㄍㄢˋ 名 樹榦。

次10 **槊** 形解 形聲；從木，朔聲。朔有修長的意思，所以長丈八的矛爲槊。

音義 ㄕㄨㄛˋ 名 古兵器名，長矛，同「矟」；例橫槊賦詩。

▽戟槊、劍槊、矛槊、橫槊。

次10 **槃** 形解 形聲；從木，般聲。般有平坦的意思，所以承水的木盤爲槃。

音義 ㄆㄢˊ 名 盛放物品或承水的器具，同「盤」；例少者奉槃。動回旋；例槃桓。形快樂的，通「般」；例考槃在澗。副槃槃，大的樣子；例大才槃槃。

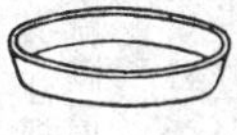
槃 图

10
槃根錯節 ㄆㄢˊ ㄍㄣ ㄘㄨㄛˋ ㄐㄧㄝˊ 比喻事情艱難，不能立刻理清，就像樹根交纏錯雜在一起。錯：交錯。例不遇槃根錯節，何以別利器乎？

參考 與「根深柢固」有別：①就本義來說，後者强調樹木的根部牢固；前者則强調枝葉交錯糾結。②就比喻義來說，後者偏重於基礎牢固，不可動搖；前者偏重在關係錯綜複雜，難以處理。

▽涅槃、考槃。

常 11
樣

形解 形聲；從木，羕聲。栩樹的果實爲樣。

音義 ㄧㄤˋ 名①形狀；例模樣。②多數種類；例樣樣都行。③做標準的物品；例樣品。

ㄒㄧㄤˋ 名 栩木的果實，俗作「橡」。

參考 ①「樣」字「羊」下從永，不從水。②「樣本」的「樣」字，與「盪漾」的「漾」字，音同形似，唯一個從木，一個從氵（水），意義不同。③「樣」、「種」有別：這兩個量詞的共同點是强調與別的同類事物有區別：說「一種」，就意味著有別的一種或幾種；說「一樣」，就意味著有別的一樣或幾樣。所以，有時「樣」和「種」可以通用。如：好多種（樣）商品。但「種」著眼在內在的性質或作用，而「樣」則偏重於外表的、形式的方面。所以，有時「樣」和「種」不能通用。如：「兩種人」，不能說成「兩樣人」。

3
樣子 ㄧㄤˋ ˙ㄗ ㈠模樣，情態。㈡供校對用的印刷品樣張。㈢即樣品，樣本，做為標準的物品。㈣式樣。

5
樣本 ㄧㄤˋ ㄅㄣˇ ㈠物的雛形、圖樣或貨物的一部分，用以示買主作爲議價的標準。㈡摘印出版物的一部分，以表其內容及性質，作爲廣告之用。

6
樣式 ㄧㄤˋ ㄕˋ 式樣。

9
樣品 ㄧㄤˋ ㄆㄧㄣˇ 作爲樣本的物品。

11
樣張 ㄧㄤˋ ㄓㄤ 印刷品未付印前所製供人校對的單張式樣。

▽一樣、式樣、圖樣、同樣、模樣、舊樣、新樣、照樣、老樣、原樣、花樣、一模一樣、大模大樣、裝模作樣、亂耍花樣。

常 11
模

形解 形聲；從木，莫聲。可以用來摹仿而製定形物的木器爲模。

音義 ㄇㄛˊ 名①法式；例楷模。②姓。動仿傚；例模仿。

參考 ①又音ㄇㄨˊ。②「模」字與「摸索」的「摸」字，字形相似，當作「仿傚」解時，兩字可通，餘則不同。③「模」字審音取ㄇㄛˊ不取ㄇㄛ。但「模子」、「模樣」應念ㄇㄨˊ。

6
模仿 ㄇㄛˊ ㄈㄤˇ 仿照他人的行爲舉止。

9
模型 ㄇㄛˊ ㄒㄧㄥˊ ㈠根據實物、設計圖或設想，按比例、生態或其他特徵製成的和實物相似的物體，作爲展覽、觀賞、攝影或試驗、觀測之用。㈡鑄造用的模具。也作「模形」。

10
模特兒 ㄇㄛˊ ㄊㄜˋ ㄦˊ 藝創作藝術品的模型。通常指攝影、繪畫或雕刻時，作爲寫生對象的人物、動物或靜物。

13
模稜兩可 ㄇㄛˊ ㄌㄥˊ ㄌㄧㄤˇ ㄎㄜˇ 對問題或事物正反兩方面，持既不肯定，也不否定的態度。模稜：含糊，不明確，不肯定。

參考 ①稜，也作「棱」。②與「不置可否」有別：後者通常不說話，最多只發出「嗯」、「啊」之類的單音詞；前者則大多說了話，但含糊其詞，說了等於沒說。

15
模糊 ㄇㄛˊ ㄏㄨˊ ㈠不分明，不清楚。㈡混淆。

參考 ①衍模糊不清。②參閱「含蓄」條。

模範 ㄇㄛˊ ㄈㄢˋ 值得學習的榜樣。例敬軍模範。

17
模擬 ㄇㄛˊ ㄋㄧˇ 仿效現成的樣子。

▽楷模、規模、型模。

常 11

樓

形解 [篆文] 形聲；從木，婁聲。婁有隆高、相重的意思，所以重疊隆高的木屋爲樓。

音義 ㄌㄡˊ 名 ①兩層以上的房子；例欲窮千里目，更上一層樓。②姓。③計算房屋層數的量詞；例三樓。形 雙層的；例樓車。

參考 ①「樓」字俗作「楼」。②「樓房」的「樓」字，與「佝僂」的「僂」字、「摟抱」的「摟」字，音同形似，唯一從木，一從亻(人)，一從扌(手)，而意義不同。

11 **樓梯** ㄌㄡˊ ㄊㄧ 上下樓的階梯。

14 **樓閣** ㄌㄡˊ ㄍㄜˊ 兩層以上的建築物。

▽畫樓、紅樓、高樓、城樓、青樓、船樓、飛樓、水樓、玉樓、危樓、海樓、騎樓、閣樓、西樓、層樓、望江樓、海市蜃樓、山雨欲來風滿樓。

常 11

椿

形解 [篆文] 形聲；從木，舂聲。舂有上下擣的意思，所以自上往下擊，用來植入土中的木頭爲椿。

音義 ㄓㄨㄤ 名 ①一端插入地裡的木棍或石柱；例橋椿。②計算事情的量詞；例一椿事。

參考 ①「椿」字於「舂」下從臼，不從白。②「木椿」的「椿」字，與「椿庭」的「椿」字，形似而音義各不相同。

常 11

樞

形解 [篆文] 形聲；從木，區聲。區有隱藏的意思，所以門上可供轉動開閉的轉軸爲樞。

音義 ㄕㄨ 名 ①門上的轉軸；例戶樞不蠹。②重要的部分；例樞紐。③中心；例中樞。④天子之位；例握紀登樞。⑤政要機構；例樞府。⑥天 北斗星羣中的第一顆；例天樞。⑦植 刺榆。⑧姓。

10 **樞紐** ㄕㄨ ㄋㄧㄡˇ 比喻居於要衝的地點或事物的關鍵處。

16 **樞機** ㄕㄨ ㄐㄧ (一)戶樞與弩牙，比喻主要的事物。(二)職務重要的官吏。

▽機樞、戶樞、政樞、中樞、天樞、門樞。

常 11

標

形解 [篆文] 形聲；從木，票聲。票有末、小的意思，所以樹木的末梢爲標。

音義 ㄅㄧㄠ 名 ①樹木的末梢；例治標不如治本。②表面；例施于松標。③記號；例標點符號。④天 北斗星羣中的第七顆。⑤競賽中授予優勝者的錦旗；例奪標。⑥一批工程或商品的程限或規格；例投標。動 表示；例標明。

參考 ①「標準」的「標」字，與「鏢客」的「鏢」字、「熛風」的「熛」字，音同形似，唯一從木，一從金，一從火，而意義不同。②「標」字音ㄅㄧㄠ，常常錯讀成「ㄆㄧㄠ」，「標」的聲母是「ㄅ」，不是「ㄆ」。

5 **標本** ㄅㄧㄠ ㄅㄣˇ 科學上保存其原樣，以供研究參考的動、植、礦物。

8 **標的** ㄅㄧㄠ ㄉㄧˋ 鵠的，靶子。

參考 衍 標的物。

10 **標致** ㄅㄧㄠ ㄓˋ (一)表明意旨。(二)讚美女子丰姿出色。(三)風度，文采。

參考 也作「標緻」。

標記 ㄅㄧㄠ ㄐㄧˋ 記號。

參考 與「標志」都指表明特徵的記號，都是名詞，有時可以互換。但前者一般是指具體的東西；後者則可以是具體的，也可以是抽象的事物。

13 **標準** ㄅㄧㄠ ㄓㄨㄣˇ (一)衡量事物的準則，可作依據的一定程式。例取捨標準。(二)榜樣，規範。例道德標準。

參考 衍 標準時、標準化、標準子午線。

標準時 ㄅㄧㄠ ㄓㄨㄣˇ ㄕˊ 因爲各地經度不同，鐘表的時間也不同，所以在經度相差不遠的各地，選定一個本初子午線，爲各該地計算時間的標準；現在世界標準時，以英國格林威治天文臺的子午線爲計算的標準。

標新立異 ㄅㄧㄠ ㄒㄧㄣ ㄌㄧˋ ㄧˋ 創立新奇的名目、主張，顯示與衆不同，以炫惑大衆。含有貶損的意思。

參考 參閱「獨樹一幟」條。

14**標榜** ㄅㄧㄠ ㄅㄤˇ 稱揚，讚賞。今一般用作貶損的意思。例互相標榜。

標槍 ㄅㄧㄠ ㄑㄧㄤ ㈠運動器材之一，狀如長矛，以所擲的遠度判定勝負。㈡一種原始社會武器。用竹作桿，頂端包鐵鏃，可以擲遠殺敵。

標語 ㄅㄧㄠ ㄩˇ 為了表明主張、態度，或達到某種目的，而向公眾張貼的一種語句簡明扼要的文字。

參考 參閱「口號」條。

標誌 ㄅㄧㄠ ㄓˋ ㈠即標識，表明特徵的記號。㈡以文字或圖案繪製的標牌。㈢表明，顯示。

參考 參閱「符號」條。

15**標價** ㄅㄧㄠ ㄐㄧㄚˋ 商店在貨品上面標明售價。

標幟 ㄅㄧㄠ ㄓˋ 作記號以資識別。也作「標識」。

17**標點符號** ㄅㄧㄠ ㄉㄧㄢˇ ㄈㄨˊ ㄏㄠˋ 在文句中，用來分別句讀和標明詞句性質、種類的符號。

18**標題** ㄅㄧㄠ ㄊㄧˊ 用簡要文字標明的題目，為新聞工作術語。

19**標識** ㄅㄧㄠ ㄕˋ 符號，記號。

23**標籤** ㄅㄧㄠ ㄑㄧㄢ 繫掛或黏貼於物品上的小紙片，為產品信譽的標誌。

▽高標、座標、指標、路標、目標、奪標、本標、商標、投標、浮標、魚標、招標、里程標、死會活標。

常 11

樊

形解  形聲；從𠬜，棥聲。棥是籬笆，𠬜是攀的初文，所以脚踩在籬笆上，想越過又無法越過為樊。

音義 ㄈㄢˊ 名①籠子；例畜於樊中。②籬笆，通「藩」；例折柳樊圃。③姓。副紛雜地；例樊然殽亂。

參考 攀 蠜、礬、攀。

22**樊籠** ㄈㄢˊ ㄌㄨㄥˊ 關鳥獸的籠子。比喻受拘束不自由的地方。

24**樊籬** ㄈㄢˊ ㄌㄧˊ 籬笆。比喻對事物的限制。

常 11

槳

形解 形聲；從木，將聲。將有引導的意思，所以用來撥水行舟的木器為槳。

音義 ㄐㄧㄤˇ 名木製划船的用具，常裝置在船的兩旁，短小的為「槳」，粗長的稱「櫓」；例蘭槳。

參考 ①「槳」字從木，不從水。②「船槳」的「槳」字，與「獎金」的「獎」字，音同形似，唯一從木，一從犬，意義不同。又「豆漿」的「漿」字從水，不從木，不可與「槳」字混用。

常 11

樂

形解  象形；象大鼓小鼓懸在架之形。五聲八音的總名為樂。

音義 ㄩㄝˋ 名①和諧而有節奏感的聲音；例仙樂飄飄處處聞。②六藝之一；例禮、樂、射、御、書、數。③六經之一；例詩、書、易、禮、樂、春秋。④姓。

ㄧㄠˋ 動愛好；例「知者樂水，仁者樂山。」

ㄌㄜˋ 名①喜悅；例「有朋自遠方來，不亦樂乎？」②聲色；例淫樂。動愛好；例樂於為善。

ㄌㄠˋ 名縣名：①樂亭，在河北省。②樂陵，在山東省。

參考 同歡，歌，曲。

3**樂土** ㄌㄜˋ ㄊㄨˇ 安樂的地方。

4**樂天知命** ㄌㄜˋ ㄊㄧㄢ ㄓ ㄇㄧㄥˋ 順應天理，守分安命。

樂不可支 ㄌㄜˋ ㄅㄨˋ ㄎㄜˇ ㄓ 形容快樂到極點。支：支撐。

樂不思蜀 ㄌㄜˋ ㄅㄨˋ ㄙ ㄕㄨˇ 比喻樂而忘返或樂而忘本。蜀漢亡國後，劉禪被安置在洛陽，仍然過著荒淫的生活，快樂得不想自己的國家。

參考 與「樂而忘返」有別：前者可比喻「樂而忘本」，後者不能；後者可形容喜歡一件事不肯罷休，前者不能。

6**樂曲** ㄩㄝˋ ㄑㄩˇ 歌曲。

樂此不疲 ㄌㄜˋ ㄘˇ ㄅㄨˋ ㄆㄧˊ 樂於從事，不以為苦。

8**樂府** ㄩㄝˋ ㄈㄨˇ ㈠古代音樂官署。㈡文詩體名。本指樂府官署所采集、創作的樂歌，也用以稱魏、晉至唐代可以入樂的詩歌，和後人仿效樂府古題的作品。宋元以後的詞、散曲和劇曲，因配合音樂，有時也稱樂府。

11**樂理** ㄩㄝˋ ㄌㄧˇ 研究器樂或聲樂

所組成的理論。

樂章 ㄩㄝˋ ㄓㄤ ㈠大型套曲，如交響曲、奏鳴曲、清唱劇等的組成部分。結構上有相對的獨立性，可以單獨演奏。㈡樂書的篇章，即詩。

12 **樂善好施** ㄌㄜˋ ㄕㄢˋ ㄏㄠˋ ㄕ 樂於行善和施捨以濟助窮人。

參考 ①反 一毛不拔。②與「慷慨解囊」有別：前者偏重在「樂善」——樂於做善事，對象為窮人；後者偏重在「慷慨」——毫不吝惜，對象不以窮人為限。

樂極生悲 ㄌㄜˋ ㄐㄧˊ ㄕㄥ ㄅㄟ 是說快樂到極點就轉化為悲痛。用以戒人行樂須有節制，不要因歡樂過度而招致悲傷之事。

13 **樂羣** ㄧㄠˋ ㄑㄩㄣˊ 本指樂於接近益友，今則泛稱樂於合羣。

樂園 ㄌㄜˋ ㄩㄢˊ ㈠泛指幸福快樂的地方。例兒童樂園。㈡宗基督教名詞。「伊甸園」的別稱，有時也指天堂。

15 **樂意** ㄌㄜˋ ㄧˋ 很願意。

樂趣 ㄌㄜˋ ㄑㄩˋ 做某事所感受到的快樂、興趣。

16 **樂器** ㄩㄝˋ ㄑㄧˋ 演奏音樂的器具。

19 **樂譜** ㄩㄝˋ ㄆㄨˇ 用各種符號或文字記載的音樂，有工尺譜、略號譜、五線譜、簡譜等。

25 **樂觀** ㄌㄜˋ ㄍㄨㄢ 精神愉快，充滿信心和希望。

參考 衍樂觀主義。

▽哀樂、安樂、逸樂、音樂、快樂、雅樂、歡樂、享樂、苦樂、軍樂、極樂、娛樂、女樂、聲樂、奏樂、禮樂、遊樂、和樂、國樂、喜樂、悅樂、康樂、伯樂、及時行樂、自得其樂、忽忽不樂、爲善最樂。

常 11

樟

形解 形聲；從木，章聲。植物名，樟木爲樟。

音義 ㄓㄤ 名 植 常綠喬木，木質堅固細緻，有香氣，製作家具，可防蟲蠹。樹根、樹皮及葉可提煉樟腦油及樟腦，果實可取臘。

13 **樟腦丸** ㄓㄤ ㄋㄠˇ ㄨㄢˊ 用樟腦製成的白色小球，防止衣服被蟲蛀及驅除汚穢氣味之用。又稱「樟腦球」。

常 11

槽

形解 形聲；從木，曹聲。餵養牲畜的食器爲槽。

音義 ㄘㄠˊ 名 ①餵養牲口的器具；例馬槽。②長或方的大型盛物器；例水槽。③東西兩邊高，中間凹下的部分；例在窗框上挖個槽兒。④河道；例河槽。

參考「槽」字與「漕糧」的「漕」字，音同形似，唯一從木，一從氵(水)，意義不同。②「槽」字與「糟糕」的「糟」字，字形相似，唯一從木，一從米，音義不同。

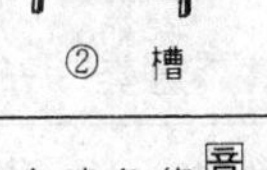

槽

②

▽馬槽、浴槽、酒槽、池槽、水槽、凹槽、溝槽、茶槽。

常 11

槨

形解 形聲；從木，郭聲。本字作「椁」：形聲；從木，𩫏聲。𩫏有外的意思，所以古代入葬時，套於內棺外的壽器爲椁。俗作「槨」。

音義 ㄍㄨㄛˇ 名 套在棺材外面的大棺材；例石槨。

參考 ①「槨」字又作「椁」。②外棺爲「椁」，內櫬爲「棺」，屍在棺內曰「柩」，三者有別。

常 11

樅

形解 形聲；從木，從聲。植物名，松葉柏身爲樅。

音義 ㄘㄨㄥ 名 ①植 松杉科，常綠喬木，果實橢圓形，暗紫色。木材供製器具，又可做建築材料。又名「冷杉」。②突兀聳立的樣子；例樅樅。③姓。動 擊撞；例「樅金鼓」。

次 11

樗

形解 形聲；從木，雩聲。惡木名，樗木爲樗。

音義 ㄕㄨ 名 植 落葉喬木，皮粗，色漆青，質鬆，葉臭。例采茶薪樗。

次 11

槥

形解 形聲；從木，彗聲。彗有小的意思，所以小棺爲槥。

音義 ㄏㄨㄟˋ 名 小而薄的棺材；例 槥櫝。

次 11 **槱** 形解 形聲；從木火，酉聲。燎燒積柴以祭天神爲槱。

音義 一ㄡˇ 名 宗 古祭祀儀式之一，堆積木材燃燒祭神。動 積木柴以備燃燒；例 薪之槱之。

次 11 **槿** 形解 形聲；從木，堇聲。堇有短小的意思，所以早上開花，晚上就凋謝的樹木爲槿。

音義 ㄐㄧㄣˇ 名 植 木名，即木槿，錦葵科，落葉灌木，葉卵形，花冠紫紅或白色，中醫以花和樹皮入藥。

▽ 朝槿、木槿、朱槿。

次 11 **槭** 形解 形聲；從木，戚聲。樹木名，可作大車輮的槭木爲槭。

音義 ㄗㄨˊ 名 植 落葉喬木，幹平滑，高數丈，四、五月開花，木材可作器具，又爲觀賞植物。

參考 字雖從戚，但不可讀成ㄑㄧ。

次 11 **樛** 形解 形聲；從木，翏聲。翏有高大的意思，所以樹木高大而枝葉垂密者爲樛。

音義 ㄐㄧㄡ 動 纏結，通「糾」；例 不樛垂。形 樹枝向下屈曲的，通「朻」；例 樛木。

次 11 **樝** 形解 形聲；從木，虘聲。果木名，果實似梨爲樝。

音義 ㄓㄚ 名 植 果名，即山樝，落葉小灌木，枝有刺，實味酸；例 傖父饋酸樝。

次 11 **槲** 形解 形聲；從木，斛聲。植物名，槲木爲槲。

音義 ㄏㄨˊ 名 植 山毛櫸科，喬木，幹高二十五公尺，葉大，木堅實，供建築、枕木、器具等用。

次 11 **槧** 形解 形聲；從木，斬聲。可供書寫文字的素版爲槧。

音義 ㄑㄧㄢˋ 名 ①古用木削成以備書寫的版片；例 斷木爲槧。②刻本；例 宋槧。③書信；例 時作寄我槧。

▽ 宋槧、明槧、斷木爲槧、懷鉛提槧。

常 12 **樽** 形解 形聲；從木，尊聲。尊是酒器，所以木製的酒器爲樽。

音義 ㄗㄨㄣ 名 盛酒用的木或銅製酒器；例 布筵席，陳樽俎。

參考 「樽俎」的「樽」字，與「撙節」的「撙」字，音同形似，唯一從木，一從扌(手)，意義不同。

▽ 金樽、酒樽、芳樽、殘樽、空樽。

常 12 **橙** 形解 形聲；從木，登聲。植物名，出產於江南的橘果爲橙。

音義 ㄔㄥˊ 名 ①植 芸香料，常綠喬木，葉長卵形，花白色，實似柑，經霜早熟，名橙子，可食，味酸甜，果皮可入藥。②紅、黃合成的顏色；例 紅、黃、橙、綠。③橙樹的果實；例 橙黃橘綠。

參考 「橙子」的「橙」字，與「澄清」的「澄」字，音同形似，唯一從木，一從氵(水)，意義不同。

常 12 **橫** 形解 形聲；從木，黃聲。用以阻止牲畜脫逸的遮欄爲橫。

音義 ㄏㄥˊ 名 ①東西爲「橫」，南北爲「縱」，與「直」對；例 縱橫。②姓。動 ①把物體放成橫向；例 橫槊賦詩。③遮蓋；例 雲橫秦嶺家何在？形 ①東西向的；例 橫剖面。副 ①東西向地；例 橫渡太平洋。②雜亂地；例 蔓草橫生。③不順情理地；例 橫加阻攔。ㄏㄥˋ 形 ①凶暴的；例 蠻橫。②意外不尋常的；例 橫死。

參考 ①反 直，豎，縱。②「橫」字可以唸ㄏㄥˊ，也可以唸ㄏㄥˋ

，在「橫財」、「橫禍」、「蠻橫」等詞裏「橫」都應唸去聲ㄏㄥˋ。

2 **橫七豎八** ㄏㄥˊ ㄑㄧ ㄕㄨˋ ㄅㄚ 比喻雜亂。

參考 同橫三豎四。

5 **橫亙** ㄏㄥˊ ㄍㄣˋ 橫著延伸（指橋梁、山岡等）。亙：從這一頭延長到那一頭。

參考 亙，又讀ㄍㄥˋ。

橫目 ㄏㄥˊ ㄇㄨˋ 怒目而視。

橫生 ㄏㄥˊ ㄕㄥ ㈠縱橫雜亂地生長。例草木橫生。㈡意外地發生。例橫生枝節。㈢洋溢而生。例妙趣橫生。㈣稱人類以外的萬物。

橫生枝節 ㄏㄥˊ ㄕㄥ ㄓ ㄐㄧㄝˊ 表示意外地插進了一些問題，使主要問題不能順利解決。

6 **橫死** ㄏㄥˋ ㄙˇ 死於非命，不得善終。

橫行 ㄏㄥˊ ㄒㄧㄥˊ ㈠倚仗暴力做壞事。㈡旁行。例橫行文字。

橫行霸道 ㄏㄥˊ ㄒㄧㄥˊ ㄅㄚˋ ㄉㄠˋ 蠻不講理，仗勢欺人。

8 **橫征暴斂** ㄏㄥˊ ㄓㄥ ㄅㄠˋ ㄌㄧㄢˋ 形容濫征捐稅，殘酷剝削。

參考 同「橫徵暴斂」。

10 **橫財** ㄏㄥˋ ㄘㄞˊ 僥倖得來的錢財，多指用不正當的手段得來的。

11 **橫掃千軍** ㄏㄥˊ ㄙㄠˇ ㄑㄧㄢ ㄐㄩㄣ 形容打仗時一舉擊敗殲滅了大量的敵人。

參考 與「風捲殘雲」有別：前者一般僅用於打仗；後者不在此限。同樣用於打仗，後者的「殘雲」比喻殘敵；前者不含消滅「殘敵」的意思。

13 **橫溢** ㄏㄥˊ ㄧˋ ㈠水向兩岸氾濫。㈡充分地表現出來。例才華橫溢。

14 **橫暴** ㄏㄥˊ ㄅㄠˋ 蠻橫粗暴。

橫禍 ㄏㄥˋ ㄏㄨㄛˋ 意外的禍患。

橫膈膜 ㄏㄥˊ ㄍㄜˊ ㄇㄛˊ 胸、腹兩腔間的筋肉膈膜。上接肺，下連肝、胃，中間有食道穿過到達胃，膜體色紅，呼氣時向上突起，吸氣時略成扁形。

15 **橫豎** ㄏㄥˊ ㄕㄨˋ ㈠橫和豎。㈡無論如何，表示肯定的意思。例他橫豎是不肯做了。

參考 同橫直，反正。

橫衝直撞 ㄏㄥˊ ㄔㄨㄥ ㄓˊ ㄓㄨㄤˋ 亂衝亂闖。

參考 與「狼奔豕突」有別：後者是「像狼亂竄，像豬衝撞」的意思，比喻壞人到處亂闖，肆意破壞；前者僅表示亂衝亂撞而沒有「肆意破壞」的意思。

橫徵暴斂 ㄏㄥˊ ㄓㄥ ㄅㄠˋ ㄌㄧㄢˋ 指當政者對百姓濫征捐稅，殘酷剝削。

參考 ①與「苛捐雜稅」都有殘酷剝削的意思，但有別：前者偏重在「橫暴」，後者偏重在「繁重」。前者的句法功能相當於動詞；後者的句法功能相當於名詞。②同橫征暴斂。

▽強橫、驕橫、縱橫、專橫、連橫、權橫、打橫、蠻橫、斗轉參橫、阡陌縱橫。

常 12
橘

解形 形聲；從木，喬聲。植物名，出江南，橘果爲橘。

音義 ㄐㄩˊ 名 植 芸香科的常綠喬木，枝多有刺。高一、二丈，莖有刺，葉長卵形，初夏開花，白色，果實至冬成熟，味甜酸，汁液多，可食。果皮可入藥。

4 **橘井** ㄐㄩˊ ㄐㄧㄥˇ ㈠地 井名，在湖南郴縣東，因神仙傳載蘇仙公告母以井水橘葉療疾的故事而得名。㈡比喻神醫。

▽柑橘、金橘、甘橘、綠橘、福橘。

常 12
樸

解形 形聲；從木，菐聲。菐有煩雜的意思，所以未加整治的素材爲樸。

音義 ㄆㄨ 名 ①植 落葉喬木，花淡黃色，果實黑色，木材供製家具。②尚未製成器物的材料；例樸散則爲器。形 質實的；例樸質。

參考 ①同素。②「樸」字與「僕人」的「僕」字，音同形似，唯一從木，一從亻（人），意義不同。③「樸」字或作「朴」。

8 **樸直** ㄆㄨˊ ㄓˊ 樸實直爽。

10 **樸素** ㄆㄨˊ ㄙㄨˋ ㈠不加修飾，不華麗。例服裝樸素。㈡原始的，自發的。㈢生活節約。例艱苦樸素。

參考 ①參閱「眞實」條。②「樸

素」、「樸實」有別：「樸素」著重在「素」，表示「不華麗」、「不奢侈」，多用於生活、服裝、修飾等。「樸實」著重在「實」，表示「眞實而不造作」，多用於人的品質、藝術品的風格等。「語言樸素」是指語言不華麗，「他很樸素」是說他不奢侈；「語言樸實」是指語言眞實而不造作，「他很樸實」是說他有踏實的品質。

14 **樸實** ㄆㄨˊ ㄕˊ ㈠樸素。㈡敦厚。㈢不浮誇，踏踏實實的。

參考 參閱「眞實」條。

16 **樸學** ㄆㄨˊ ㄒㄩㄝˊ ㈠一般指清代的考據學。㈡專從實際而不浮華的樸實之學，不以名譽利益爲目的的學問。

參考 參閱「漢學」條。

▽簡樸、質樸、淳樸、抱樸、勤樸、拙樸、俗樸、古樸、純樸、素樸、誠正勤樸。

常 12 樺

解形 形聲；從木，華聲。植物名，樺木爲樺。

音義 ㄏㄨㄚˋ 名植 落葉喬木，樹皮白色，容易剝離，木質細密，可製器具。

常 12 樹

解形 形聲；從木，尌聲。尌有豎立的意思，凡使草木五穀直立生長爲樹。

音義 ㄕㄨˋ 名 ①木本植物的總名；例樹林陰翳，鳴聲上下。②門屏；例臺門而旅樹。動 ①栽培；例十年樹木，百年樹人。②建立；例樹立門戶。

參考 ①「樹」字與「澍濡」的「澍」字，音同形似，唯一從木，一從氵（水），音義不同。②同木，立。③字或作「樹」。

3 **樹大招風** ㄕㄨˋ ㄉㄚˋ ㄓㄠ ㄈㄥ 比喻個人名聲太大，容易招致別人的妒嫉和攻擊。

4 **樹木** ㄕㄨˋ ㄇㄨˋ ㈠名詞，木本植物的通稱。㈡動詞，種植樹木。

5 **樹立** ㄕㄨˋ ㄌㄧˋ 建立。

10 **樹脂** ㄕㄨˋ ㄓ ㈠化植物細胞中的分泌物，由損傷的樹皮部漏出，如漆、松香等均是。㈡爲化學性質複雜的無定形物質，通常爲植物體代謝的最終產物，質地堅硬，加熱則軟化，然後熔化。

樹倒猢猻散 ㄕㄨˋ ㄉㄠˇ ㄏㄨˊ ㄙㄨㄣ ㄙㄢˋ 比喻中心人物失敗後，則附和的黨徒立刻四處逃散，用以諷刺依附勢利的人。

11 **樹梢** ㄕㄨˋ ㄕㄠ 樹木的頂端。

樹陰 ㄕㄨˋ ㄧㄣ 樹下爲枝葉所遮蔽，日光照不到的地方。也作「樹蔭」。

樹欲靜而風不止 ㄕㄨˋ ㄩˋ ㄐㄧㄥˋ ㄦˊ ㄈㄥ ㄅㄨˋ ㄓˇ 樹想要靜止不動，但風卻不停的吹著，比喻子女想孝養其親而親已亡故，勉人當及時行孝。

15 **樹敵** ㄕㄨˋ ㄉㄧˊ 多所積怨，造成敵對。

18 **樹叢** ㄕㄨˋ ㄘㄨㄥˊ 衆多聚集的樹木。

參考 ㄘㄨㄥˊ 又音 ㄘㄨㄥ。

▽果樹、綠樹、建樹、古樹、植樹、砍樹、紀念樹、常綠樹、針葉樹、落葉樹、長青樹、聖誕樹、千年老樹。

常 12 橄

解形 形聲；從木，敢聲。植物名，橄欖爲橄。

音義 ㄍㄢˇ 名植 橄欖，常綠喬木，花白色。果實翠綠，長橢圓形，可食。種子可榨油，樹脂供藥用。

常 12 橢

解形 形聲；從木，隋聲。隋有狹長的意思，所以狹長的木製盛器爲橢。

音義 ㄊㄨㄛˇ 形 狹長的；例橢圓拋物線曲面。

參考 字又作「楕」、「⿱隋木」。

常 12 橡

解形 形聲；從木，象聲。橡樹的果實爲橡。

音義 ㄒㄧㄤˋ 名植 ①橡樹，即櫟。②橡膠樹，常綠喬木，原產巴西，我國南方也有栽植，樹的乳汁，割採加工可提煉橡膠。

5 **橡皮** ㄒㄧㄤˋ ㄆㄧˊ ㈠橡樹樹幹中的乳狀膠質，乾後成爲黃色軟塊，即「橡皮」。富彈性，可製車輪、皮球等。㈡文具名，用來擦掉筆跡的橡皮製品。

常 12 橋

解形 形聲；從木，喬聲。喬有高曲的意思，所以高架在水上以便通行的駢木梁為橋。

音義 ㄑㄧㄠˊ 名 ①搭建在河面或交通要道上，接通兩地，便於通行的人工建築物；例澎湖跨海大橋。②姓。形崇高的，通「喬」；例山有橋松。

參考「橋」字與「僑胞」的「僑」字，音同形似，唯一從木，一從人，意義不同。

11 **橋梁** ㄑㄧㄠˊ ㄌㄧㄤˊ 即橋，也作「橋樑」。

▽虹橋、吊橋、浮橋、天橋、架橋、鐵橋、人橋、陸橋、搭橋、獨木橋、倍力橋、金門大橋、過河拆橋。

常12 橇

解 形 形聲；從木，毳聲。毳有輕揚易飛的意思，所以能輕滑在泥上的木具為橇。

音義 ㄑㄧㄠ 名 ①古在泥地上行走時乘用的工具；例泥行乘橇。②在冰雪上滑行的工具；例雪橇。

參考 ①又音 ㄘㄨㄟˋ。②「橇」字與「撬起」的「撬」(ㄑㄧㄠˋ)字，字形相似，唯一從木，一從扌(手)，意義不同。③「翹」字，音ㄑㄧㄠˊ時，為擡起(頭)，如翹首；音ㄑㄧㄠˋ時，為一頭向上仰起，如翹起來，與「橇」、「撬」音近而意思不同。

橇

常12 樵

解 形 形聲；從木，焦聲。供燃燒用的零散木柴為樵。

音義 ㄑㄧㄠˊ 名 ①木柴；例樵木。②砍柴的人；例樵夫。動①採柴；例負擔樵薪。②焚燒；例樵燒。

參考「樵」字與「憔悴」的「憔」字，音同形似，唯一從木，一從忄(心)，意義不同。

4 **樵夫** ㄑㄧㄠˊ ㄈㄨ 砍柴的人。又作「樵子」。

▽漁樵、山樵、薪樵、鄭樵、採樵、釣叟山樵。

常12 機

解 形 形聲；從木，幾聲。幾有細微的意思，所以能將細密的經線、緯線交織成布的工具為機。

音義 ㄐㄧ 名 ①「機器」的通稱；例錄影機。②事物的關鍵；例樞機。③先兆；例見機行事。④時會；例臨機應變。⑤對事情成敗有重要關係的中心環節，有保密性質的事件；例軍機不可洩漏。⑥「飛機」的簡稱；例民航客機。⑦生活機能；例有機體。形靈巧的；例機巧。

參考「機」字與「禨祥」的「禨」字，音同形似，唯一從木，一從示，意義不同。

4 **機心** ㄐㄧ ㄒㄧㄣ 深沉權變的心計。

7 **機伶** ㄐㄧ ˙ㄌㄧㄥ (一)伶俐，機巧。(二)猛吃一驚。例嚇得他一機伶，臉色都變了。

參考 ①也作「機靈」。②衍機伶鬼。

8 **機宜** ㄐㄧ ㄧˊ (一)時宜，事理。(二)機密的事。例面授機宜。

機杼 ㄐㄧ ㄓㄨˋ (一)織布機。(二)比喻作文的命意構思。

參考 (二)同心裁。

9 **機要** ㄐㄧ ㄧㄠˋ (一)精要。(二)機密重要的事件。

10 **機能** ㄐㄧ ㄋㄥˊ 活動的功能。

參考 參閱「性能」條。

11 **機密** ㄐㄧ ㄇㄧˋ (一)祕密的事機。(二)中樞貴近的職化。

參考 與「祕密」近似但有別：前者是重要而祕密，指對重大事件保守祕密，意思較莊重；後者指一般事情不公開，不讓人知道，使用範圍廣，引申可指隱藏的，未發現的。

機械 ㄐㄧ ㄒㄧㄝˋ (一)在工程技術中，泛指一切具有確定運動系統的器械。(二)猶言巧詐。(三)比喻呆板、不靈活。例機械的工作方法。

參考 (一)衍機械化、機械學、機械工業、機械工程。

機械化 ㄐㄧ ㄒㄧㄝˋ ㄏㄨㄚˋ (一)把舊式用手工勞動的生產方法，改進而為用機械生產的方法。(二)比喻事物的缺少變化。

參考 衍機械化部隊。

機動 ㄐㄧ ㄉㄨㄥˋ (一)利用機器(內燃機)發動使用的。如：機動車輛。(二)觀察時機，趁時出動，以打擊敵人。例機動作戰。(三)配合需要，靈活運用。

12 **機智** ㄐㄧ ㄓˋ 頭腦敏捷，反應迅速。

13 **機運** ㄐㄧ ㄩㄣˋ 命運、機緣。

機遇 ㄐㄧ ㄩˋ 機會遇合。

機會 ㄐㄧ ㄏㄨㄟˋ 適當的時機。

參考 衍機會教育、機會主義、機會均等主義。

14 **機構** ㄐㄧ ㄍㄡˋ 特定事物所組成的組織或體系。

機緣 ㄐㄧ ㄩㄢˊ 機會和因緣。

16 **機器人** ㄐㄧ ㄑㄧˋ ㄖㄣˊ 美國電學家汶斯列發明的一種自動電具，具有人類的某種功能，能替人做粗重危險的工作。

18 **機關** ㄐㄧ ㄍㄨㄢ (一)有組織的團體，指政府處理公務的場所。(二)機密或計謀。(三)有機件可活動的機械。

20 **機警** ㄐㄧ ㄐㄧㄥˇ 靈敏聰巧。

機變 ㄐㄧ ㄅㄧㄢˋ 適應事機的變化。

▽危機、飛機、軍機、玄機、事機、時機、心機、神機、樞機、待機、天機、轉機、投機、動機、見機、趁機、跳機、民航機、滑翔機、縫紉機、電視機、收音機、枉費心機、話不投機。

次 12 **橦** 形解 形聲；從木，童聲。童有高的意思，所以帳屋的高頂爲橦。

音義 ㄊㄨㄥˊ 名 植 木名，花可織布，產於雲南；例橦布。

ㄔㄨㄤˊ 名 ①帳幕的支柱。②旗竿；例脩橦。③桅檣；例摧橦。

ㄔㄨㄥ 名 古衝鋒車，通「幢」；例楯櫓鉤橦。

參考 不可從重作「檴」。

次 12 **橧** 形解 形聲；從木，曾聲。曾有堆積的意思，所以用木柴編積而成的居屋爲橧。

音義 ㄗㄥ 名 薪柴編聚成的住處；例橧巢。

ㄘㄥˊ 名 豬睡的墊草。

次 12 **樲** 形解 形聲；從木，貳聲。貳有次等的意思，所以既酸又小的棗子爲樲。

音義 ㄦˋ 名 植 果名，即酸棗，皮細，葉莖青色，果圓小而味酸；例樲棘。

次 12 **橈** 形解 形聲；從木，堯聲。屈曲的木頭爲橈。

音義 ㄋㄠˊ 名 屈曲的木頭；例竿木橈。動 ①曲折；例棟橈。②寃屈；例枉橈。③削弱；例謀橈楚權。④散亂；例橈散。

ㄖㄠˊ 名 船槳，又可指船；例停橈。

次 12 **樾** 形解 形聲；從木，越聲。越有超過的意思，所以兩棵大樹交會而成的樹蔭爲樾。

音義 ㄩㄝˋ 名 ①兩木交會而成的樹蔭；例清樾。②成蔭的路樹；例道樾。

次 12 **橛** 形解 形聲，從木，厥聲。厥有短小的意思，所以短木樁爲橛。

音義 ㄐㄩㄝˊ 名 ①小木樁；例棒橛。②馬銜；例銜橛之變。③樹木或禾稼的殘根；例樹橛。④門中豎立作爲限隔的短木；例門橛。⑤一小段；例爛木一橛。動 ①打擊，通「撅」。②折斷；例若橛株駒。

次 12 **樨** 形解 形聲；從木，犀聲。樹木名，桂花爲樨。

音義 ㄒㄧ 名 植 木樨，即桂花。

參考 又音 ㄒㄩ。

次 12 **橚** 形解 形聲；從木，肅聲。肅有蕭索的意思，所以樹木高大森然爲橚。

音義 ㄙㄨˋ 名 植 木名，即楸樹。

次 12 **橤** 形解 形聲；從木，惢聲。惢有繁多的意思，所以花木茂盛垂落的樣子爲橤。

音義 ㄖㄨㄟˇ 名 花蕊，植物傳種的器官，同「蕊」。副 下垂地；例橤橤芬華落。

參考 字又作「蕊」。

次 12 **橐** 形解 形聲；從[橐省]，石聲。「[橐省]」字從束，因有收束的意思，所以小囊爲橐。

音義 ㄊㄨㄛˊ 名 口袋；例「囊橐充盈。」

15 **槖駝** ㄊㄨㄛˊ ㄊㄨㄛˊ ㈠動即駱駝，屬哺乳綱，偶蹄目，又作槖佗。㈡比喻駝背的人。例郭槖駝傳。

常 13 **檀** 形解 形聲；從木，亶聲。植物名，檀木爲檀。

音義 ㄊㄢˊ 名①植落葉喬木，有黃檀、白檀兩種。葉長卵形，果實有翅爲核果，木材堅實而帶有香味，可爲香料、藥料。②畫國畫用的赭色；例畫家七十二色，有檀色，淺赭所合。③姓。

參考 與「講壇」、「聖壇」的「壇」字，音同形似，唯一從木，一從土，意義不同。

8 **檀板** ㄊㄢˊ ㄅㄢˇ 檀木製成的綽板，演奏音樂時打拍子用。也稱「拍板」。

9 **檀郎** ㄊㄢˊ ㄌㄤˊ 晉代潘岳是美男子，小名檀奴，所以舊時常以「檀郎」或「檀奴」爲夫婿或所愛的男子的美稱。

12 **檀越** ㄊㄢˊ ㄩㄝˋ 宗佛家稱施主。

▽紫檀、黑檀、相檀、黃檀、白檀。

常 13 **檔** 形解 形聲；從木，當聲。當有相抵的意思，所以可抵擋器物的橫木條或木框爲檔。

音義 ㄉㄤˋ 名①存放案卷用的櫥架；例歸檔。②分類保存的文件或材料；例查檔。③計算事件的量詞；例一檔事。④影藝節目的計算單位；例院線檔期。⑤俗稱汽車變速器爲檔；例自動換檔。

參考 ①又音ㄉㄤˇ。②「檔案」的「檔」字，與「摒擋」的「擋」字，音同形似，唯一從木，一從扌(手)，意義不同。

10 **檔案** ㄉㄤˋ ㄢˋ ㈠機關往來的公文書，經保管庋藏，以備查考者。㈡指官方或團體所藏，含有公證價值的手寫或印刷文書而言。㈢(計算機)相關資料的一種組合。

常 13 **檄** 形解 形聲；從木，敫聲。敫有光華外放的意思，所以古代用以徵召、聲討或傳遞軍令的文書爲檄。

音義 ㄒㄧˊ 名①古用於徵召、曉喻或聲討的文書；例檄文。②無枝葉的樹木；例檄擢直上。

4 **檄文** ㄒㄧˊ ㄨㄣˊ 古代用於調兵、聲討敵人或揭發罪行的文書。現也指富有挑戰性的、批判性的聲討文章。

▽羽檄、軍檄、飛檄、文檄、傳檄。

常 13 **檢** 形解 形聲；從木，僉聲。僉有收的意思。古代官府的重要文書，入木函封固，再於函上加標簽題署，以便於查閱收藏，此木函上的標簽題署爲檢。

音義 ㄐㄧㄢˇ 名①表署書函；例皁囊施檢。②信函；例肅承瑤檢。③品行；例不治素檢。④規範；例踰閑蕩檢。動①查看；例檢視。②約束；例行爲失檢。

參考 與「撿」同音，唯「撿」只有「拾取」的意思，如撿麥穗。

7 **檢束** ㄐㄧㄢˇ ㄕㄨˋ 拘束，約束。

8 **檢定** ㄐㄧㄢˇ ㄉㄧㄥˋ 檢查、判定事物的質量、性質。例檢定貨物。

9 **檢查** ㄐㄧㄢˇ ㄔㄚˊ 檢點考察。

參考 參閱「監察」條。

10 **檢討** ㄐㄧㄢˇ ㄊㄠˇ ㈠檢查自己思想、工作方面的缺點和錯誤，並作自我批評。㈡檢查研究。㈢官名。掌修國史，唐、宋均曾設置。

14 **檢察** ㄐㄧㄢˇ ㄔㄚˊ 審查檢舉犯罪事實。

檢察官 ㄐㄧㄢˇ ㄔㄚˊ ㄍㄨㄢ 法代表國家追訴犯罪的法官，其職權爲實施偵查、提起公訴、實行公訴、協助自訴等。

15 **檢閱** ㄐㄧㄢˇ ㄩㄝˋ ㈠按一定儀式，高級領導人對軍隊或羣衆隊伍進行檢查。㈡查看。

參考 ㈠同校閱。

17 **檢點** ㄐㄧㄢˇ ㄉㄧㄢˇ ㈠仔細查看。例檢點書籍。㈡約束。例言行有失檢點。

參考 同檢束，檢核。

檢舉 ㄐㄧㄢˇ ㄐㄩˇ (向情治機關)揭發壞人壞事。

23 **檢驗** ㄐㄧㄢˇ ㄧㄢˋ ㈠考查證明。㈡對於各種原材料、成品或半成品，檢查其是否合乎規格的過程。

▽巡檢、迭檢、臨檢、抽檢、受檢。

㊥13 **檜** 形解 形聲；從木，會聲。植物名，柏葉松身爲檜。

音義 ㄎㄨㄞˋ 名①植檜柏，常綠喬木，柏科。樹冠塔形，葉有鱗形及刺形兩種。木材淡黃褐色或紅褐色，細緻堅實耐腐而有香氣，可供建築及製家具、工藝品、繪圖板、鉛筆桿等用；例臺灣檜。②史古國名，同「鄶」。③棺木上的飾物；例棺有翰檜。

參考 又音 ㄍㄨㄟˋ。

㊥13 **櫛** 形解 形聲；從木，節聲。節有依次排比的意思。古時梳理頭髮的器具，齒疏者爲梳，齒密者爲篦，櫛是梳與篦的通名。

音義 ㄐㄧㄝˊ 名梳子、篦子的總名；例男女不同巾櫛。動①梳頭；例冠者不櫛。②剔除；例櫛垢爬癢。

櫛 名

參考①又音ㄓˋ。②「櫛」字與「癤子」的「癤」字，音同形似，唯一從木，一從疒，意義不同。

9 **櫛風沐雨** ㄐㄧㄝˊ ㄈㄥ ㄇㄨˋ ㄩˇ 比喻奔走辦事，非常辛苦。

▽巾櫛、梳櫛、沐櫛。

㊇13 **檍** 形解 形聲；從木，意聲。意有堅實的意思，所以材質堅固，可製作弓箭者爲檍。

音義 ㄧˋ 名植木名，葉像杏，皮赤色，材可作弓弩。

㊇13 **檁** 形解 形聲；從木，稟聲。稟本爲穀倉，所以屋上的橫木爲檁。

音義 ㄌㄧㄣˇ 名樑上撐住屋椽的橫木。

參考 又作「檩」。

㊇13 **檥** 形解 形聲；從木，義聲。義有直的意思，所以立木爲表爲檥。

音義 ㄧˇ 動停船靠岸，同「艤」；例烏江亭長檥船待。

㊇13 **檉** 形解 形聲；從木，聖聲。樹木名，河柳爲檉。

音義 ㄔㄥ 名植木名，柳屬，葉細如絲，婀娜可愛，多長在湖畔河邊；例其檉其居。

㊇13 **檟** 形解 形聲；從木，賈聲。樹木名，楸樹爲檟。

音義 ㄐㄧㄚˇ 名植木名，楸屬；例美檟。

㊇13 **檣** 形解 形聲；從木，嗇聲。嗇有高的意思，所以船上的大桅杆爲檣。

音義 ㄑㄧㄤˊ 名帆船上掛風帆的桅杆；例萬里連檣。

參考 又作「艢」。

▽危檣、帆檣、船檣、舟檣。

㊇13 **檗** 形解 形聲；從木，辟聲。樹木名，黃木爲檗。

音義 ㄅㄛˋ 名植木名，即黃檗，落葉喬木，樹皮可入藥，材可製器具。

㊇13 **檐** 形解 形聲；從木，詹聲。詹有障蔽的意思，所以屋前遮雨的木板爲檐。

音義 ㄧㄢˊ 名①屋頂向外伸出部分；例屋檐。②覆蓋物體的邊緣或突出部分；例帽檐。

參考 又作「簷」。

▽屋檐、飛檐、重檐、笠檐、廊檐。

㊇13 **檇** 形解 形聲；從木，雋聲。以木擣物爲檇。

音義 ㄗㄨㄟ 名檇李，李子的優良品種之一。動以棒擣物。

參考 又作「槜」。

㊇13 **檎** 形解 形聲；從木，禽聲。果樹名，林檎爲檎。

音義 ㄑㄧㄣˊ 名植林檎，落葉小喬木，果實像蘋果而小。

㊇13 **檃** 形解 形聲；從木，隱省聲。隱有斜曲的意思，所以用以矯正木條的

器具爲檃。

音義 ㄧㄣˇ 名 矯正木頭斜曲的器具；例檃括。

㊇13 **檠** 形解 形聲；從木，敬聲。糾正弓形的器具爲檠。

音義 ㄑㄧㄥˊ 名 ①矯正弓弩的器具；例不善紲檠巧用。②燈架；例長檠八尺空自長。③有腳的器皿。

參考 又作「擏」。

㊥14 **檳** 形解 形聲；從木，賓聲。植物名，檳榔爲檳。

音義 ㄅㄧㄥ 名 植 檳榔，常綠喬木，高三丈餘，生長在熱帶或亞熱帶，果實呈橢圓形可食，亦可入藥，有健胃、助消化和驅蟲的功用。ㄅㄧㄣ 名 植 蘋果類之一，是蘋果和沙果的雜交種。

參考 ①或作「梹」。②「檳」字與「海濱」的「濱」ㄅㄧㄣ字，音近形似，唯一從木，一從氵（水），意義不同。

▽香檳。

㊥14 **檬** 形解 形聲；從木，蒙聲。植物名，黃槐爲檬。

音義 ㄇㄥˊ 名 植 ①似槐的樹木，葉黃，故名黃槐。②檸檬，常綠小喬木，果實橢圓形，淡黃色，皮厚而香，果汁極酸，可作飲料或香料。

▽檸檬。

㊥14 **櫃** 形解 形聲；從木，匱聲。匱是匣子，所以木匣爲櫃。

音義 ㄍㄨㄟˋ 名 ①收藏衣物的長方形家具，有蓋或有門；例櫃櫥。②商店售貨臺或銀行出納的所在；例售貨櫃。

14 **櫃臺** ㄍㄨㄟˋ ㄊㄞˊ 商店售貨臺。又作「櫃面兒」。

▽金櫃、書櫃、櫝櫃、衣櫃、法櫃、飯櫃、掌櫃、廚櫃。

㊥14 **檻** 形解 形聲；從木，監聲。監有禁錮的意思，所以禁錮禽獸的木籠爲檻。

音義 ㄐㄧㄢˋ 名 ①圈養獸類的柵欄；例圈檻。②窗戶下或長廊旁的欄杆；例雲攀殿檻。ㄎㄢˇ 名 門限，即門下的橫木；例門檻。

參考 「檻」字唸作ㄐㄧㄢˋ的時候，是指欄杆或關禽獸的木籠。

▽圈檻、獸檻、籠檻、朱檻、門檻、折檻、殿檻。

㊥14 **檸** 形解 形聲；從木，寧聲。植物名，檸檬爲檸。

音義 ㄋㄧㄥˊ 名 植 ①檸檬，參閱「檬」字。②檸條，落葉灌木，樹皮黃綠色，枝條有稜角，有刺，花蝶形，莢果。枝葉可做燃料、飼料及綠肥。

㊥14 **櫂** 形解 形聲；從木，翟聲。撥水行舟的木具爲櫂。

音義 ㄓㄠˋ 名 ①划船用的長槳；例桂櫂。②船的代稱；例買櫂歸園。

參考 字或作「棹」、「䑲」。

㊇14 **檮** 形解 字今作檮：形聲；從木，壽聲。斷木爲檮。

音義 ㄊㄠˊ 名 檮杌，古傳說中的惡人，爲舜時四凶之一。副 無知地；例檮昧。ㄔㄡˊ 名 ①植 檮著，能知吉凶的瑞草名。②姓。

㊇14 **檯** 形解 形聲；從木，臺聲。臺有高平的意思，所以木製之高桌爲檯。

音義 ㄊㄞˊ 名 桌子，通「臺」；例書檯。

參考 又作「枱」。

㊥15 **櫝** 形解 形聲；從木，賣聲。藏物的櫃子爲櫝。

音義 ㄉㄨˊ 名 ①木匣；例買櫝還珠。②棺木；例今郡國給槥櫝葬埋。③木櫃。

參考 「櫝」字與「犢牛」的「犢」字，音同形似，唯一從木，一從牛，意義不同。

▽匱櫝、木櫝、金櫝、筆櫝、槥櫝、啓櫝。

㊥15 **櫥** 形解 形聲；從木，廚聲。廚是烹調食物的屋子，所以藏物的木櫃爲櫥。

音義 ㄔㄨˊ 名 收藏衣物、東西

而前面有門的櫃子；例書㡡。

參考 ①字又作「㡡」、「櫉」。②同櫃。③「廚房」的「廚」字，不能寫作「㡡」或「櫉」。

常 15 **櫚** 形解 形聲；從木，閭聲。植物名，棕櫚為櫚。

音義 ㄌㄩˊ 名 植 ①棕櫚，棕櫚科，常綠喬木，幹高而直，外被棕皮，不分枝，葉大，集生在幹頂。幹可作建材，棕皮能製繩索、毛刷、簑笠、床墊等。②木名，紫紅色，似紫檀，有花紋，性堅硬，可作器具或扇骨。又稱「花櫚木」或「花梨木」。

參考「櫚」、「閭」二字，審音取「ㄌㄩˊ」，不取「ㄌㄩ」。

▽棕櫚。

常 15 **櫓** 形解 形聲；從木，魯聲。魯有遲鈍的意思，所以木製的大盾為櫓。

音義 ㄌㄨˇ 名 划水使船前進的工具，粗大的是「櫓」，短小的是「槳」；例搖櫓過江。

▽逆櫓、楯櫓、搖櫓、船櫓。

常 15 **櫧** 形解 形聲；從木，諸聲。樹木名，櫧木為櫧。

音義 ㄓㄨ 名 植 常綠闊葉喬木，木材堅實，可作舟車棟梁，通「楮」。

次 15 **櫑** 形解 形聲；從木，畾聲。畾為雷的初文，所以刻有雲雷花紋的木杯為櫑。

音義 ㄌㄟˊ 名 表面刻有花紋的酒器，同「罍」。

參考 與「藟」音義有別：藟，ㄌㄟˇ，樹藤。

次 15 **櫟** 形解 形聲；從木，樂聲。樹木名，樂有不平的意思，所以其樹皮粗厚不平為櫟。

音義 ㄌㄧˋ 名 ①植 即橡樹，落葉喬木，樹皮粗厚，材劣。②闌干；例重櫟。

次 15 **櫜** 形解 形聲；從㯻省，咎聲。兵車上裝弓箭的大皮囊為櫜。

音義 ㄍㄠ 名 古時收藏兵甲弓矢的皮口袋；例垂櫜而入。

動 收藏；例載櫜弓矢。

次 15 **櫫** 形解 形聲；從木，豬聲。木樁為櫫。

音義 ㄓㄨ 名 拴牲口的小木樁。

動 揭示；例揭櫫。

參考 又作「橥」。

次 16 **櫳** 形解 形聲；從木，龍聲。龍有大的意思，所以大檻為櫳。

音義 ㄌㄨㄥˊ 名 ①窗戶；例簾櫳。②養鳥獸的籠架或柵欄；例櫳檻。③房舍；例房櫳。

▽簾櫳、玉櫳、房櫳、珠櫳。

次 16 **櫬** 形解 形聲；從木，親聲。親有接近的意思，所以最接近死者的內棺為櫬。

音義 ㄔㄣˋ 名 ①植 木名，梧桐的別稱。②棺材；例靈櫬。

次 16 **櫸** 形解 形聲；從木，舉聲。木名，櫸樹為櫸。

音義 ㄐㄩˇ 名 植 榆科，落葉喬木，木質堅細，可作建材或造船。

次 16 **櫪** 形解 形聲；從木，歷聲。束夾手指的刑具為櫪。

音義 ㄌㄧˋ 名 ①植 木名，通「櫟」；例楓柙櫨櫪。②馬槽；例老驥伏櫪。③夾手指的刑具；例櫪撕。

▽皁櫪、槽櫪、馬櫪、故櫪、老驥伏櫪。

次 16 **櫨** 形解 形聲；從木，盧聲。盧有陳立的意思，所以樑上之短柱為櫨。

音義 ㄌㄨˊ 名 ①植 黃櫨，落葉小喬木。②梁上短柱；例標林欂櫨。

次 16 **櫱** 形解 形聲；從木，辥聲。辥有惡的意思，所以砍去主幹後再生的枝條為櫱。

音義 ㄋㄧㄝˋ 名 ①樹木砍伐後再生的枝條，同「欁」；例苞有三櫱。②姓。

參考 又作「蘖」。

常17 **櫻** 解形 形聲；從木，嬰聲。植物名，櫻桃為櫻。

音義 一ㄥ 名植 ①薔薇科的落葉喬木，春開鮮豔的淡紅花朵，供觀賞。果實甘美，可食，木材堅硬緻密，可做器具。②「櫻桃」的簡稱。

參考 字與「攖」、「嚶」、「纓」、「瓔」、「鸚」同音而義異：攖：觸犯；嚶：形容鳥叫聲；纓：裝飾的穗子；瓔：玉名；鸚：鸚鵡，攀禽類鳥名。

▽朱櫻、山櫻、垂櫻。

常17 **欄** 解形 形聲；從木，闌聲。闌是門遮，所以木闌為欄。

音義 ㄌㄢˊ 名 ①飼養家畜的圈欄；例馬欄。②遮攔的東西；例回欄。③報章雜誌上按內容、性質劃分的版面；例體育專欄。④集中張貼海報、公告、報紙等的地方；例布告欄。⑤一種體育器材；例低欄。

參考 「欄」字與「阻攔」的「攔」字，音同形似，唯一從木，一從扌(手)，意義不同。

7 **欄杆** ㄌㄢˊ ㄍㄢ 具有攔擋作用的設施。例橋欄杆。

▽勾欄、牛欄、危欄、井欄、雕欄、憑欄、倚欄、布告欄。

次17 **櫺** 解形 形聲；從木，霝聲。霝有中空的意思，所以窗戶上的闌格為櫺。

音義 ㄌㄧㄥˊ 名 ①窗戶上的格子；例翼櫺。②屋檐；例橑櫺乘隔。③欄杆上的格子；例櫺檻。

參考 又作「欞」、「檽」。

次17 **欂** 解形 形聲；從木，薄聲。薄有逼近的意思，所以梁柱上的方形短木為欂。

音義 ㄅㄛˊ 名 欂櫨，即斗拱，梁柱上的短木。

常18 **權** 解形 形聲；從木，雚聲。植物名，黃華為權。

音義 ㄑㄩㄢˊ 名 ①秤錘；例謹權量。②依據法律規定，人民應有的利益；例罷免權。③職責範圍內支配和指揮的力量；例一朝權在手，便把令來行。④不依常規而能隨機應變；例權變。⑤面頰骨，通「顴」；例顴輔承權。⑥姓。

動 ①稱量；例權其輕重。②暫代官職；例權充。副 姑且；例權宜。

2 **權力** ㄑㄩㄢˊ ㄌㄧˋ 有所憑藉而能使人服從的力量。

參考 與「權利」有別：「權力」指一種可以統治、管轄、支配別人的權柄(主要是職權)；「權利」指照規定給予人們的可以享受的利益(包括保護享受這種利益的應有權力)。

5 **權且** ㄑㄩㄢˊ ㄑㄧㄝˇ (一)姑且。(二)暫且。

7 **權利** ㄑㄩㄢˊ ㄌㄧˋ (一)關於權勢、貨物、錢財的利益。(二)依據法律的規定，人民應享有的利益；為「義務」的對稱。

參考 反義務。

8 **權宜** ㄑㄩㄢˊ ㄧˊ 暫時變通的處置。

9 **權柄** ㄑㄩㄢˊ ㄅㄧㄥˇ 權力。

9 **權限** ㄑㄩㄢˊ ㄒㄧㄢˋ 權力的限度。

權威 ㄑㄩㄢˊ ㄨㄟ (一)權能和威勢；即包含權利在內的權力，它具有為社會認可的制裁他人的行為。(二)在某種事業或學術上最有成就、地位的人。例醫學權威。

權要 ㄑㄩㄢˊ ㄧㄠˋ (一)居高位而掌握權勢。(二)機密緊要。

11 **權術** ㄑㄩㄢˊ ㄕㄨˋ 使用權謀智巧來處世。

12 **權貴** ㄑㄩㄢˊ ㄍㄨㄟˋ 居高位掌政權的人。也作「權右」。

13 **權勢** ㄑㄩㄢˊ ㄕˋ 權柄勢力。例貪於權勢。

16 **權衡** ㄑㄩㄢˊ ㄏㄥˊ (一)秤。即稱東西輕重的工具，引申為衡量、比較。例權衡得失。(二)古星名。

23 **權變** ㄑㄩㄢˊ ㄅㄧㄢˋ 隨機應變。

▽棄權、債權、實權、人權、民權、奪權、掌權、職權、霸權、版權、兵權、政權、全權、參政權、所有權、選舉權、罷免權、創制權、複決權、治外法權、中央集權、地方分權。

㊇ 19
欐 形解 形聲；從木，麗聲。麗有並列的意思，所以屋子一棟棟相連爲欐。
音義 ㄌㄧˋ 名 ①中梁；例餘音繞梁欐。②小船；例呼吸吞船欐。

㊇ 19
欒 形解 形聲；從木，䜌聲。樹木名，欒木似欄爲欒。
音義 ㄌㄨㄢˊ 名 ①植 落葉喬木，果似燈籠，花可提煉黃色染料，又供藥用，種子可榨油。②柱上曲木，所以受櫨；例結重欒以相承。③一胎生兩子，通「孿」；例欒子。④姓。
▽團欒、檀欒、香欒、重欒。

㊥ 21
欖 形解 形聲；從木，覽聲。植物名，橄欖爲欖。
音義 ㄌㄢˇ 名 植 橄欖，橄欖科的常綠喬木。

【欠部】ㄑㄧㄢˋ

㊥ 0
欠 形解 會意；從儿，從气。气即是氣，儿是人，所以人張口吐氣爲欠。
音義 ㄑㄧㄢˋ 名 債務；例舊欠未清。動 ①借款未還；例欠債。②肢體稍向上提伸；例欠身。③累的時候張嘴呼氣；例呵欠。副 不夠地；例玉體欠安。
參考 ①孳 坎、芡。②與「攵」字形近而音義不同。③「欠」、「久」有別：「欠債」、「有欠公允」的「欠」字，與「長久」、「久遠」的「久」字，字形很接近，不可混淆。

6
欠安 ㄑㄧㄢˋ ㄢ 說人生病的文言用語。例身體欠安。
參考 同違和。

7
欠身 ㄑㄧㄢˋ ㄕㄣ 將坐著的軀體稍微傾斜上提，好像站著彎腰鞠躬的樣子。今常用「欠身」以表示恭敬感謝。例欠身道謝。

13
欠債 ㄑㄧㄢˋ ㄓㄞˋ 向人借用財物而尚未歸還。
參考 ①同 負債。②衍 欠債累累。③與「欠款」都與「向人借用財物而未歸還」有關，有時可以互通，但有區別：「欠款」强調的是所欠的財物本身，可指數目等言，如「我還有很多欠款要還」；而「欠債」較强調借用財物未還的狀態，如「他決心量入爲出，以後不再欠債了」。

17
欠薪 ㄑㄧㄢˋ ㄒㄧㄣ 薪俸該發放而積欠未發。
▽虧欠、亡欠、呵欠、拖欠、積欠。

㊥ 2
次 形解 會意；從欠，從二。二是亞、副的意思，所以不前，不精爲次。
音義 ㄘˋ 名 ①等第；例以功次定朝位。②秩序；例失次犯令。③出外停留的處所；例旅次。④量詞，事情一回爲一次；例三番兩次。形 ①品質不精的；例次貨。②第二個的；例次子。
ㄗ 副 不敢前進的樣子，通「趑」；例其行次且。
參考 孳 咨、資、粢、姿、恣、茨、餈、瓷。

7
次序 ㄘˋ ㄒㄩˋ 排列先後的順序。
參考 ①同 次第。②「次序」、「秩序」有別：「次序」是指排列的先後，「秩序」是指有條理，不混亂的情況。如：他把文件的次序弄亂了，這個句子裏，不可用「秩序」代替「次序」。而「維持社會秩序」這個句子裏，不可用「次序」代替「秩序」。

8
次長 ㄘˋ ㄓㄤˇ 政 我國中央政府各部的副首長，分政務、常務兩類。例內政部常務次長。

11
次第 ㄘˋ ㄉㄧˋ ㈠排列的順序。㈡依次，接著，有多數的意味。例東風次第有花開。

15
次數 ㄘˋ ㄕㄨˋ 回數。
▽位次、順次、席次、漸次、造次、年次、編次、目次、鱗次、座次、其次、旅次、屢次、再次、前次、語無倫次。

常 4
欣
形解 形聲；從欠，斤聲。歡喜為欣。

音義 ㄒㄧㄣ 名姓。形快樂的；例歡欣鼓舞。

參考 同忻，喜，悅，歡，樂。

8 **欣欣** ㄒㄧㄣ ㄒㄧㄣ ㈠高興喜樂的樣子。㈡草木生機旺盛的樣子。例木欣欣以向榮。

欣欣向榮 ㄒㄧㄣ ㄒㄧㄣ ㄒㄧㄤˋ ㄖㄨㄥˊ ㈠形容草木生長繁盛的樣子。㈡比喻事業蓬勃發展，興旺昌榮。

參考 與「蒸蒸日上」都形容事物迅速發展，但有區別：「蒸蒸日上」偏重向上，多指生產、學業、聲望等能上升或提高的狀態，著重表明事物的發展情況；「欣欣向榮」偏重繁盛，多指興旺、繁榮、昌盛的景象，著重表明說話人的強烈感覺。另外，「欣欣向榮」可形容草木生機旺盛，「蒸蒸日上」則無此用法。

15 **欣慰** ㄒㄧㄣ ㄨㄟˋ 因高興而感到安慰。

參考 ①同快慰。②本詞為長輩對晚輩，長官對部屬的用語。

欣賞 ㄒㄧㄣ ㄕㄤˇ ㈠用喜愛的心情領略美好事物的意味。例奇文共欣賞。㈡認為美好。例他對這件古玩相當欣賞。

參考 衍欣賞力。

▽歡欣、悲欣。

次 6
欬
形解 形聲；從欠，亥聲。亥有極至的意思，所以呼氣疾速為欬。

音義 ㄎㄞˋ 同「咳」，參閱「咳」字。

參考 語音唸ㄎㄜˊ。

12 **欬唾成珠** ㄎㄞˋ ㄊㄨㄛˋ ㄔㄥˊ ㄓㄨ 本是指說話得人尊重，引申為文字優美的意思。

常 7
欲
形解 形聲；從欠，谷聲。谷深可容物，所以貪得而不易滿足為欲。

音義 ㄩˋ 名貪念，通「慾」；例私欲。動①期望；例欲仁而得仁。②想要；例欲明明德於天下。③愛好；例魚，我所欲也。副將要；例山雨欲來風滿樓。

參考 ①「欲」字用於「嗜欲」、「情欲」等名詞之下可以加「心」；而作副詞用，如「欲立」、「欲來」的「欲」字，則不可作「慾」。②擘慾。

11 **欲望** ㄩˋ ㄨㄤˋ 企圖滿足想取得某種東西或達到某種目的感情。

參考 參閱「願望」條。

欲速不達 ㄩˋ ㄙㄨˋ ㄅㄨˋ ㄉㄚˊ 不依循正途，一味貪快，反而達不到目的。

14 **欲蓋彌彰** ㄩˋ ㄍㄞˋ ㄇㄧˊ ㄓㄤ 想掩蓋壞事的眞相，卻因而暴露得更加明顯。含有貶損的意思。

15 **欲罷不能** ㄩˋ ㄅㄚˋ ㄅㄨˋ ㄋㄥˊ 想要停止卻不能夠。

16 **欲擒故縱** ㄩˋ ㄑㄧㄣˊ ㄍㄨˋ ㄗㄨㄥˋ 想要捉緊他，故意先放開他。比喻為了能加緊控制，故意先放鬆一步。

▽愛欲、意欲、淫欲、寡欲、禁欲、情欲、食欲、性欲、節欲、貪欲、肉欲、物欲、無欲、利欲、縱欲、私欲、求知欲、七情六欲。

次 7
欷
形解 形聲；從欠，希聲。希有少的意思，所以輕聲嘆息為欷。

音義 ㄒㄧ 名抽咽聲；例欷吁。

15 **欷歔** ㄒㄧ ㄒㄩ 悲痛哭泣氣噎的樣子。又作「歔欷」。

▽歔欷、涕欷。

次 7
欸
形解 形聲；從欠，矣聲。矣是不說話，所以感歎為欸。

音義 ㄞˇ 名應答聲。動感歎；例欸秋冬之緒風。ㄟˋ 歎表承諾；例欸！可以。

參考 「欸」表承諾語氣時，又音ㄞ。

3 **欸乃** ㄞˇ ㄋㄞˇ 搖櫓聲。例欸乃一聲山水綠。

常 8
款
形解 會意；從欠，𥦗省。欠是張口，𥦗是堵塞，所以口雖不能言，私下心中卻有所打算為款。

音義 ㄎㄨㄢˇ 名①錢財；例公款。②法規條文裏分列的項目；例憲法第三十條第二款。

③器物上的刻字或書畫上的題名；例款識。動①招待；例款待。②叩；例款關請見。形①空洞的；例款言。②緩慢；例吳宮夜長宮漏款。參考①字又作「款」、「欵」。②擊窾。

6 **款式** ㄎㄨㄢˇ ㄕˋ 格式，式樣。

款曲 ㄎㄨㄢˇ ㄑㄩˇ ㈠委婉殷勤地應酬。㈡殷切的情意。例暗通款曲。

9 **款待** ㄎㄨㄢˇ ㄉㄞˋ 殷切熱情地招待。又作「款接」。

12 **款款** ㄎㄨㄢˇ ㄎㄨㄢˇ ㈠忠實誠懇的樣子。㈡徐緩的樣子。例穿花蛺蝶深深見，點水蜻蜓款款飛。㈢情意深濃的樣子。例深情款款。

19 **款識** ㄎㄨㄢˇ ㄓˋ ㈠鐘鼎彝器上所刻的文字。㈡後世稱在書、畫上的題名。

▽交款、借款、條款、通款、落款、付款、罰款、現款、悃款、債款。

常 8

欺

形解 形聲；從欠，其聲。詐騙爲欺。

音義 ㄑㄧ 動①詐騙；例吾誰欺？②凌辱；例仗勢欺人。③昧著良心；例欺心。參考 同騙。

2 **欺人太甚** ㄑㄧ ㄖㄣˊ ㄊㄞˋ ㄕㄣˋ 欺凌他人，到對方無法忍受的地步。

5 **欺世盜名** ㄑㄧ ㄕˋ ㄉㄠˋ ㄇㄧㄥˊ 欺哄世人以盜取名聲。

9 **欺負** ㄑㄧ ㄈㄨˋ 用强暴的手段壓迫、侮辱。

欺侮 ㄑㄧ ㄨˇ 欺凌侮辱，用惡意待人。

11 **欺軟怕硬** ㄑㄧ ㄖㄨㄢˇ ㄆㄚˋ ㄧㄥˋ 欺凌軟弱的人而畏懼强硬的人。

17 **欺壓** ㄑㄧ ㄧㄚ 欺凌壓迫，使別人吃虧受難。例貪官汚吏經常欺壓百姓。

19 **欺騙** ㄑㄧ ㄆㄧㄢˋ 欺詐矇騙。

▽詐欺、自欺、誣欺、誰不我欺。

常 8

欽

形解 形聲；從欠，金聲。疲倦而張口爲欽。

音義 ㄑㄧㄣ 名①君主時代對「皇帝」的尊稱；例欽定四庫全書。②姓。動敬仰；例欽佩。參考 同敬，佩。

6 **欽仰** ㄑㄧㄣ ㄧㄤˇ 敬佩仰慕。例他風骨高潔，頗得大家欽仰。

8 **欽佩** ㄑㄧㄣ ㄆㄟˋ 敬重而佩服。參考 同敬佩。

10 **欽差** ㄑㄧㄣ ㄔㄞ 封建時代由皇帝派遣到各地辦理重大事件的官員。

15 **欽慕** ㄑㄧㄣ ㄇㄨˋ 欽敬愛慕。

16 **欽遲** ㄑㄧㄣ ㄓˋ 尊敬景仰。

▽仰欽、丕欽。

次 8

欹

形解 形聲；從欠，奇聲。奇有特別不同的意思，所以讚美之辭爲欹。

音義 一 感 讚美之詞，通「猗」；例欹歟。ㄑㄧ 形 傾斜；例欹斜。

次 8

欻

形解 形聲；從欠，炎聲。炎有銳利的意思，所以向上吹氣爲欻。

音義 ㄏㄨ 副 忽然，同「忽」；例欻忽。ㄒㄩ 動 動搖；例趨欻欻。ㄔㄨㄚ 形 描摹聲音的字；例欻的一聲。

次 8

欿

形解 形聲；從欠，臽聲。臽有蘊藏的意思，所以心中欲得爲欿。

音義 ㄎㄢˇ 名 坑穴。副①不滿意地；例自視欿然。②愁苦的樣子；例「欿愁悴而委情。」

常 9

歇

形解 形聲；從欠，曷聲。曷爲鼻息的聲音，所以鼻息爲歇。

音義 ㄒㄧㄝ 動①停止；例蕭蕭雨歇。②休息、睡眠；例歇息。③竭盡；例氣未歇也。參考 ①同息。②擊蠍。

4 **歇手** ㄒㄧㄝ ㄕㄡˇ ㈠停止工作。㈡放棄競爭。同「罷手」。

9 **歇後語** ㄒㄧㄝ ㄏㄡˋ ㄩˇ 一種習慣用語，由兩部分組成，前多類似謎語的謎面，後是謎底，即本意。說時隱去後文，以前文表示說者的意思，所以叫做歇後語。例圍棋盤裏下象棋——不對路數。又作「歇腳語」。

10 **歇息** ㄒㄧㄝ ㄒㄧˊ ㈠停止工作，休息。㈡睡覺。又作「安歇」。

12 **歇斯底里** ㄒㄧㄝ ㄙ ㄉㄧˇ ㄌㄧˇ 外 (一)醫 由潛意識的思想與感情的衝突、矛盾所引起的神經病。患者易激動，言語錯亂，哭笑無常。(二)因受某種劇烈刺激而情緒激動，言行錯亂，狂喊亂叫，無法自我控制。

13 **歇業** ㄒㄧㄝ ㄧㄝˋ 停止營業。

參考 參閱「停業」條。

歇腳 ㄒㄧㄝ ㄐㄧㄠˇ (一)行遠路的人疲倦時的暫時休息。(二)暫住過夜。

▽間歇、停歇、消歇、休歇、衰歇、未歇、不歇、瀟瀟雨歇、香臭盡歇。

次 9 **歆** 解形 形聲；從欠，音聲。音有蘊藏的意思，所以神靈接受祭享爲歆。

音義 ㄒㄧㄣ 動 ①神享；例不歆其祀。②悅服；例民歆而德之。③羨慕；例歆羨。

參考 與「欣」字音同義異。

13 **歆羨** ㄒㄧㄣ ㄒㄧㄢˋ 羨慕。

參考 ①同欣羨。②又作「欣豔」。

次 9 **歃** 解形 形聲；從欠，臿聲。臿有插入的意思，所以飲吮爲歃。

音義 ㄕㄚˋ 名 歃血，古盟誓時，用牲血塗在嘴邊，表示守信不悔。

參考 或作「啑」。

6 **歃血爲盟** ㄕㄚˋ ㄒㄩㄝˋ ㄨㄟˊ ㄇㄥˊ 古時盟誓，以牲畜血塗在口旁，稍微吸著，表示誠意。所塗的血有分等級：天子用牛血、馬血；諸侯用豬血、狗血；大夫以下用雞血。

參考 同瀝血以誓。

次 9 **歈** 解形 形聲；從欠，俞聲。俞有歡愉的意思，所以歡愉地唱歌爲歈。

音義 ㄩˊ 名 歌調；例吳歈蔡謳。形 和悅的，通「愉」；例色歈暢眞心。

常 10 **歌** 解形 形聲；從欠，哥聲。歌詠爲歌。

音義 ㄍㄜ 名 ①文 詩體的一種；例子夜歌。②合樂的曲調；例山歌。動 ①吟唱；例高歌一曲。②頌揚；例論歌文武之道。

參考 ①字又作「謌」。②「歌」和「謠」的分別在於有樂曲伴奏的叫做「歌」，清唱而沒樂曲伴奏的叫做「謠」。

5 **歌功頌德** ㄍㄜ ㄍㄨㄥ ㄙㄨㄥˋ ㄉㄜˊ 用語言、詩歌或文字來頌揚別人的功績德業。有時含有逢迎阿諛的意思。頌，又作「誦」。

6 **歌曲** ㄍㄜ ㄑㄩˇ 由歌詞和樂曲結合，供人歌唱的作品。

11 **歌唱** ㄍㄜ ㄔㄤˋ 發聲唱出歌曲。

12 **歌詠** ㄍㄜ ㄩㄥˇ 詠唱歌曲。

13 **歌頌** ㄍㄜ ㄙㄨㄥˋ 用言語文詞讚美頌揚。頌，又作「誦」。

參考 參閱「讚美」條。

14 **歌舞** ㄍㄜ ㄨˇ (一)歌唱與舞蹈。(二)比喻狂歡享樂。

參考 衍 歌舞劇、歌舞團、歌舞場。

歌舞昇平 ㄍㄜ ㄨˇ ㄕㄥ ㄆㄧㄥˊ 唱歌跳舞，慶祝太平。含有粉飾太平的意思。

歌臺舞榭 ㄍㄜ ㄊㄞˊ ㄨˇ ㄒㄧㄝˋ 表演歌舞的地方。

15 **歌劇** ㄍㄜ ㄐㄩˋ 藝 具有主題、情節，綜合音樂、歌唱、舞蹈等藝術，而以歌唱爲主要表現手段的戲劇形式。十六世紀末，出現於義大利。

參考 衍 歌劇院。

17 **歌謠** ㄍㄜ ㄧㄠˊ (一)民間文學中經由口頭流傳而集體創作的短篇韻文作品。包括民歌、民謠、兒歌、童謠等，一般說來，能唱的叫民歌，只誦不唱的叫民謠。它含有濃厚的地方特色。

19 **歌譜** ㄍㄜ ㄆㄨˇ 記載歌曲音符的譜表。

▽哀歌、謳歌、凱歌、狂歌、軍歌、弦歌、校歌、高歌、國歌、聖歌、詩歌、唱歌、樵歌、田歌、山歌、挽歌、驪歌、民歌、情歌、牧歌、四面楚歌、引吭高歌。

常 10 **歉** 解形 形聲；從欠，兼聲。口徒銜食不能飽腹爲歉。

音義 ㄑㄧㄢˋ 形 ①作物收成不好；例歉收。②心裡過意不去的；例歉意。

參考「作物收成不好」字又作「嗛」。

6 **歉收** ㄑㄧㄢˋ ㄕㄡ 收成不好。

8 **歉疚** ㄑㄧㄢˋ ㄐㄧㄡˋ 覺得對不起人而內心不安。疚，又作「咎」。

13 **歉意** ㄑㄧㄢˋ ㄧˋ 抱歉的心情。

次 10 **歊** 形解 形聲；從欠，高聲。高有升起的意思，所以氣體往上冒出為歊。

音義 ㄒㄧㄠ 名熱氣；例歊蒸。副氣上出的樣子；例歊蒸鬱冥。

常 11 **歐** 形解 形聲；從欠，區聲。欠為張口，區有隱藏的意思，所以將腹中的東西吐出來為歐。

音義 ㄡ 名①外「歐羅巴洲」的簡稱。②姓。動①吐出，通「嘔」；例歐血事酸辛。②擊打，通「毆」；例歐打。

參考①又音ㄡˇ。②俗作「嘔」。

4 **歐化** ㄡ ㄏㄨㄚˋ 欽慕歐洲的思想文明而仿效學習，以改變本國的文化習俗。

參考與「西化」、「洋化」都指模仿外國而改變成他們的風貌，但範圍不同：「洋化」模仿的對象是泛指外國，範圍最大；「西化」指模仿的對象限定為西方國家，範圍較小；「歐化」模仿的對象則專指歐洲國家，範圍最小。

9 **歐洲** ㄡ ㄓㄡ 地位於東半球西北部，是世界六大洲之一。東連亞洲，西臨大西洋，北瀕北冰洋，南隔地中海與非洲相望，大部分處於北溫帶，氣候溫和，面積一〇、一六〇、〇〇〇方公里，是世界人口密度最大，海岸線最曲折，平均海拔最低的一個洲。

▽東歐、西歐、南歐、北歐、中歐。

次 11 **歎** 形解 形聲；從欠，鷬省聲。鷬是鳥鳴聲，所以情有所悅而發出的吟聲為歎。

音義 ㄊㄢˋ 名姓。動①吟詠；例吟歎。②呼出長氣，以發洩憂悶；例喟然長歎。③讚美；例讚歎。

8 **歎服** ㄊㄢˋ ㄈㄨˊ 讚歎信服。

9 **歎為觀止** ㄊㄢˋ ㄨㄟˊ ㄍㄨㄢ ㄓˇ 讚美看到的事物好到極點。

10 **歎氣** ㄊㄢˋ ㄑㄧˋ 歎息使氣發洩出來，以舒散內心的煩悶。

歎息 ㄊㄢˋ ㄒㄧ ㈠悲歎。又作「太息」。㈡讚美。

15 **歎賞** ㄊㄢˋ ㄕㄤˇ 讚歎賞識。

▽喟然長歎、望洋興歎、長吁短歎、一唱三歎。

常 12 **歙** 形解 形聲；從欠，翕聲。翕有斂聚的意思，所以縮鼻以吸氣為歙。

音義 ㄒㄧˋ 動斂合；例呼張歙之。

次 12 **歔** 形解 形聲；從欠，虛聲。口中出氣時發出「虛虛」聲為歔。

音義 ㄒㄩ 動出氣；例或歔或吹。

11 **歔欷** ㄒㄩ ㄒㄧ 悲泣時因氣咽而抽氣的意思。又作「欷歔」。

次 13 **歜** 形解 形聲；從欠，蜀聲。蜀有盛大的意思，所以盛氣怒為歜。

音義 ㄔㄨˋ 名人名。副氣盛地；例饗有昌歜。

參考字雖從蜀，但不可讀成ㄕㄨˇ。

常 14 **歟** 形解 形聲；從欠，與聲。出氣舒緩為歟。

音義 ㄩˊ 助①語末助詞，表疑問；例子非三閭大夫歟？②表讚歎；例猗歟偉歟！

參考古文也可用「與」字代替，但要讀成ㄩˊ。

次 15 **歠** 形解 形聲；從歙省，叕聲。叕有聯繫的意思，所以連續吸引為歠。

音義 ㄔㄨㄛˋ 動連飲；例歠粥。

▽飲歠、餔歠、流歠。

常 18 **歡** 形解 形聲；從欠，雚聲。雚為雀，雀是歡樂鳥，所以喜樂為歡。

音義 ㄏㄨㄢ 名①情人；例另結新歡。②喜樂；例尋歡。形

①快樂的；例相得甚歡。②活潑的；例歡虎兒。副愉悅地；例歡迎光臨。
參考 ①字又作「懽」。②同喜，樂，欣，悅。

4 **歡心** ㄏㄨㄢ ㄒㄧㄣ 喜悅或賞識的心情。

歡天喜地 ㄏㄨㄢ ㄊㄧㄢ ㄒㄧˇ ㄉㄧˋ 十分高興的樣子。
參考 與「歡欣鼓舞」都有非常高興的意思，有時相通，但有別：「歡天喜地」只表示非常高興，可用來形容多數人，也可用來形容一個人；「歡欣鼓舞」則除了表示非常高興外，還有興奮、振奮，受到鼓舞等意思，只能形容多數人一同歡樂，不能單獨形容個人的欣喜。

8 **歡呼** ㄏㄨㄢ ㄏㄨ ㈠高興、喜悅的喊叫。㈡表示擁護、推崇的喊叫。

歡迎 ㄏㄨㄢ ㄧㄥˊ ㈠高興地迎接。㈡誠懇歡欣地希望與接受。例歡迎參觀。
參考 ㈠反歡送。

歡欣鼓舞 ㄏㄨㄢ ㄒㄧㄣ ㄍㄨˇ ㄨˇ 形容非常高興振奮。
參考 參閱「歡天喜地」條。又作「歡虞」、「驩虞」。

11 **歡娛** ㄏㄨㄢ ㄩˊ 歡樂。

17 **歡聲雷動** ㄏㄨㄢ ㄕㄥ ㄌㄟˊ ㄉㄨㄥˋ 歡呼的聲音像雷一般響徹天空。形容熱烈歡呼的動人場面。

20 **歡騰** ㄏㄨㄢ ㄊㄥˊ 高興得歡呼跳躍。例舉國歡騰。
參考 與「沸騰」都可指情緒高漲，但有別：「歡騰」指歡喜得手舞足蹈，只具正面意義，語意較輕，如「普世歡騰」；「沸騰」原指液體到達沸點，翻滾冒氣，可用以比喻事物蓬勃發展或情緒高漲而激動，正面或負面意義時均可使用，如「民情沸騰」。

▽新歡、交歡、合歡、承歡、悲歡、同歡、尋歡、賓主盡歡、醉不成歡、鬱鬱寡歡。

【止部】 ㄓˇ

常 0 **止** 解形 止 象形；象人的腳趾形。

音義 ㄓˇ 名①足，通「趾」；例魯有兀者無止。②威儀；例儀止。③姓。動①停息；例適可而止。②禁阻；例禁止。③來臨；例泣止。④居住；例惟民所止。形寧靜的；例心如止水。副僅，只；例不止如此。助用於語尾，為加強語氣；例高山仰止。
參考 孳址、沚、阯、芷、祉、趾、企、齒。

7 **止步** ㄓˇ ㄅㄨˋ ㈠停止步伐，不再前進。例止步凝思。㈡禁止前進。例閒人止步。

10 **止息** ㄓˇ ㄒㄧ 終止停息。

14 **止境** ㄓˇ ㄐㄧㄥˋ 終止的境地。例學無止境。
參考 同終點，盡頭。

▽休止、仰止、舉止、禁止、行止、終止、制止、中止、停止、廢止、息止、進止、儀止、歇止、適可而止。

常 1 **正** 解形 正 會意；從止，從一。一，是古人半穴居的「穴」之簡化，人趾至穴，所以會是的意思。

音義 ㄓㄥˋ 名①主事的人；例里正。②嫡妻；例令正。③姓。動①治罪；例正法。②修訂錯誤；例就有道而正焉。③整理；例正衣冠。④釐辨；例正名。形①不偏不斜的；例正中。②純粹不雜的；例正白色。③整數的；例壹佰元正。④「反」的相對；例正面。⑤「副」的相對；例正本。⑥「負」的相對；例正電。副①恰好；例正中下懷。②動作進行中；例球賽正進行。
ㄓㄥ 名陰曆一月；例正月。
參考 ①凡關於銀錢數目都用國字大寫，如壹、貳、叁…；又「正」是「整」的字根，所以「壹佰元整」或寫成「壹佰元正」。②孳征、怔、鉦、整、政、症。

2 **正人君子** ㄓㄥˋ ㄖㄣˊ ㄐㄩㄣ ㄗˇ 行為端正，品德高尚的人。

3 **正大光明** ㄓㄥˋ ㄉㄚˋ ㄍㄨㄤ ㄇㄧㄥˊ 行為正派，胸襟坦蕩。

參考 同光明磊落。

4 **正文** ㄓㄥˋ ㄨㄣˊ 著作的本文或主要文句。

參考 反附錄。

正片 ㄓㄥˋ ㄆㄧㄢˋ 照像、印製電影畫面或幻燈片用的感光材料的總稱。可將底片上的負像印成供放映用的正像。

參考 反負片。

正月 ㄓㄥ ㄩㄝˋ 陰曆每年的第一個月。

正方形 ㄓㄥˋ ㄈㄤ ㄒㄧㄥˊ 數四邊相等而且每個角都是直角的四邊形。

正中下懷 ㄓㄥˋ ㄓㄨㄥ ㄒㄧㄚˋ ㄏㄨㄞˊ 正好合於心意。

5 **正史** ㄓㄥˋ ㄕˇ 指史記、漢書等二十五史，都是紀傳體的史書。後來以皇帝所核准的記載中華民族歷史的史書為正史。

參考 反野史。

正本 ㄓㄥˋ ㄅㄣˇ (一)指具有多種文本的文件中能作為正式依據的一份。(二)同一藏書多種版本中最原始、最珍貴的一本。(三)從根本上整頓。例「一為元者，視大始而欲正本也。」

參考 ①同原本，眞書，眞本。②反副本。

正本清源 ㄓㄥˋ ㄅㄣˇ ㄑㄧㄥ ㄩㄢˊ 從根本上整頓，從源頭上清理。比喻從根本上徹底解決問題。例式明王度，正本清源。

6 **正式** ㄓㄥˋ ㄕˋ (一)符合規定的法式。(二)合於規定法式的。例正式職員。

正色 ㄓㄥˋ ㄙㄜˋ (一)嚴肅莊重的神情。(二)指青、黃、赤、白、黑五種顏色。

正名 ㄓㄥˋ ㄇㄧㄥˊ 辨正名稱與名分。是孔子的主張，他認為名不正則言不順，所以不論是君、臣、父、子都應按周禮的尺度，嚴格遵守自己的名分，不許違禮犯上。

7 **正言厲色** ㄓㄥˋ ㄧㄢˊ ㄌㄧˋ ㄙㄜˋ 言語鄭重，表情嚴肅。

8 **正取** ㄓㄥˋ ㄑㄩˇ 正式錄取。

參考 反備取。

正宗 ㄓㄥˋ ㄗㄨㄥ (一)宗原指佛教各派創始者直接傳下來的支派。(二)後指各種技藝從創始者直接承學的流派。

參考 反嫡派。

正直 ㄓㄥˋ ㄓˊ 公正剛直不偏邪。

參考 與「正派」都指端正的品格、作風，都是形容詞，但有別：「正直」指性格公正剛直或坦率，偏重內在秉性；「正派」則指品行、作風規矩、嚴肅、光明，偏重外在表現。

正法 ㄓㄥˋ ㄈㄚˇ (一)法依法律執行死刑。例就地正法。(二)正當的法則。

9 **正派** ㄓㄥˋ ㄆㄞˋ 品德高尚，言行光明正大。

參考 參閱「正直」條。

正軌 ㄓㄥˋ ㄍㄨㄟˇ 比喻事情進行的正當道路。

參考 ①同正道，正途。②參閱「正規」條。

正音 ㄓㄥˋ ㄧㄣ (一)名詞，字音的正確讀法。(二)動詞，矯正發音的錯誤。

10 **正氣** ㄓㄥˋ ㄑㄧˋ 純正剛直的氣，多指人的思想、作風等。

參考 ①反邪氣。②衍正氣歌、正氣凜然。

11 **正途** ㄓㄥˋ ㄊㄨˊ 正確的途徑。

參考 ①同正道、正路。②反異途。

正規 ㄓㄥˋ ㄍㄨㄟ 符合正式規定或一定標準。

參考 ①衍正規化、正規軍、正規教育。②與「正軌」都有規律、不雜亂的意思，但有別：「正規」指符合正式規定或一般公認的標準，是形容詞，可兼作名詞用；「正軌」則指符合常理的發展道路，只作名詞用。

正常 ㄓㄥˋ ㄔㄤˊ 合乎常態，而沒有特殊缺陷。

12 **正統** ㄓㄥˋ ㄊㄨㄥˇ (一)統一天下，一系相承的統緒。(二)泛指由創立者直接繼承的流派。

正視 ㄓㄥˋ ㄕˋ (一)向前平視。(二)用嚴肅的態度對待，不迴避、不敷衍。例我們必須正視青少年犯罪的問題。

參考 與「重視」都有認眞對待的意思，但有別：「正視」指用嚴肅的態度面對，不迴避、不敷衍，常用於壞的或消極的事物，並有向前平視的意思；「重視」則指因認為人或事物重要而認眞對待，不輕看疏忽，可以用於好人好事，也可用於壞人壞事。

13 **正道** ㄓㄥˋ ㄉㄠˋ 正當的道路。

參考 ㈠同正途，正軌。

正義 ㄓㄥˋ ㄧˋ ㈠大衆公認的眞理。㈡舊時指注釋古書，後來常用爲古書注釋本的名稱。例五經正義。

正義感 ㄓㄥˋ ㄧˋ ㄍㄢˇ 追求符合公認眞理的情操。

正經 ㄓㄥˋ ㄐㄧㄥ ㈠態度莊重正派。㈡指儒家經典，如十三經等。

參考 衍正經話、正經貨。

正當 ㄓㄥˋ ㄉㄤ ㈠剛好遇上。㈡純正合理。

參考 ㈠同正值，適逢。

14 **正誤** ㄓㄥˋ ㄨˋ 勘正錯誤。

正寢 ㄓㄥˋ ㄑㄧㄣˇ ㈠古代帝王治事的地方。㈡房屋的正室。

參考 ①㈠同路寢。②㈡衍壽終正寢。

15 **正論** ㄓㄥˋ ㄌㄨㄣˋ 正確合理的言論。

正確 ㄓㄥˋ ㄑㄩㄝˋ 符合實際，沒有錯誤。

參考 ①與「明確」都可以形容方法、方針、主張等，但有別：「正確」指沒有錯誤，「明確」指明顯而確切不移，彼此間有很大的差別。②與「準確」都指沒有差錯，但有別：「正確」是符合事實、道理或某種公認的標準，著重於「對」，使用範圍較廣，能指抽象的思想活動，也能指具體的行動；「準確」是符合要求，絲毫不差，著重於「準」，使用的範圍比較小，一般用於計算、測量、射擊或語言、詞章等方面。

18 **正襟危坐** ㄓㄥˋ ㄐㄧㄣ ㄨㄟˊ ㄗㄨㄛˋ 整好衣襟，端端正正地坐著。形容嚴肅、恭敬或拘謹的樣子。

▽改正、匡正、矯正、公正、校正、剛正、修正、端正、中正、訂正、反正、嚴正、心正、立正、糾正、更正、清正、斧正、改邪歸正、堂堂正正、矯枉過正。

常 2

此

形解 會意；從止匕。匕是比次，因爲相比次而知所止爲此。

音義 ㄘˇ 代這個；例此起彼落。副這樣；例胡此畏忌？連斯，纔；例有德此有人，有人此有土。

參考 反彼，那。

4 **此仆彼起** ㄘˇ ㄆㄨ ㄅㄧˇ ㄑㄧˇ 這邊倒下，那邊就起來了，比喻連接不斷。例時代的逆流也正在此仆彼起的困擾我們。又作「此伏彼起」、「此起彼伏」、「此起彼落」。

10 **此起彼伏** ㄘˇ ㄑㄧˇ ㄅㄧˇ ㄈㄨˊ 這裏起來，那裏落下，比喻㈠連續不斷。㈡形容事物發展有起有落。此：這；彼：那。例洶湧的浪潮此起彼伏，似乎沒有一刻平息。又作「此起彼落」、「此伏彼起」。

13 **此道** ㄘˇ ㄉㄠˋ 這一種事的門路、方法。

18 **此舉** ㄘˇ ㄐㄩˇ 這種舉動。

▽彼此、從此、如此、欽此、謹此、因此、有鑒於此、一寒如此。

常 3

步

形解 會意；從止𣥂相背。兩足一前一後相隨而動，所以徐行爲步。

音義 ㄅㄨˋ 名①行走時兩腳間的距離；例五十步笑百步。②表示程度；例進步。③情況；例地步。④氣運；例國步。⑤姓。動①走路；例安步當車。②追隨；例步其後塵。

參考 「步」字是七畫，不可多寫一點，變成「步」。

6 **步伐** ㄅㄨˋ ㄈㄚˊ ㈠隊伍行進時腳步的大小快慢。步：軍隊行進；伐：以兵器刺擊。例步伐整齊。㈡比喻事物進行的速度。例你處理事情的步伐太緩慢了，必須提高效率。

參考 參閱「步調」條。

7 **步步爲營** ㄅㄨˋ ㄅㄨˋ ㄨㄟˊ ㄧㄥˊ ㈠軍隊在進攻或防守時，一步一步地構築工事，以鞏固自己的戰地。㈡比喻做事一步一步來，穩紮穩打。

參考 與「穩紮穩打」有別：①就

打仗而言：前者著眼於軍事行動的謹慎；後者著眼於作戰穩當而有把握。②就做事而言：前者偏重於「行動謹愼，考慮周密」；後者偏重於「做得穩當而有把握」。

15 **步調** ㄅㄨˋ ㄉㄧㄠˋ ㈠脚步的大小快慢。例你必須調整步調，跟上隊伍。㈡比喻事情進行的方式、程序和進度。例步調一致。

參考 與「步伐」、「步驟」都指行進的情況，但有別：「步伐」指隊伍行進脚步的大小快慢，可用以比喻事物進行的速度，多指人的行動或事物的進行而言；「步調」可解爲脚步的大小快慢，但較常用來比喻事情進行的方式、程序和進度，可指人的行動、思想、主張，以及事物的進行而言；「步驟」則指事情進行的程序，乃指工作、事物等言。

步履 ㄅㄨˋ ㄌㄩˇ 行走的脚步。

步履維艱 ㄅㄨˋ ㄌㄩˇ ㄨㄟˊ ㄐㄧㄢ 行走困難。維：文言助詞。

參考 ①反健步如飛。②與「寸步難行」有別：前者多指老人或病人行動不便；而後者除了有走路困難的意思之外，還能比喻處境困難。

24 **步驟** ㄅㄨˋ ㄗㄡˋ 事情進行的程序。

參考 參閱「步調」條。

▽安步、舞步、緩步、健步、闊步、疾步、寸步、地步、獨步、徒步、漫步、閒步、走步、固步、國步、跬步、蓮步、邯鄲學步、高視闊步、規行矩步、五十步笑百步、不敢越雷池一步。

常 4

武

形解 会意；從止戈。以兵止亂，所以止戈爲武。

音義 ㄨˇ 名①「文」的對稱，有威武、勇猛、戰鬥精神等意義；例偃武修文。②半步；例步武尺寸之間。③姓。形①關於軍事的；例武器。②不講理的；例武斷。

2 **武人** ㄨˇ ㄖㄣˊ 從事軍務或武藝的人。

參考 反文。

武力 ㄨˇ ㄌㄧˋ 能制服別人的勇猛力量。

參考 反智謀。

3 **武士道** ㄨˇ ㄕˋ ㄉㄠˋ 史日本封建時代，武士階層以神道爲基礎所訂定的內部的道德規範，內容包括忠君、節義、勇武、堅忍等。主要目的是要武士忠實地爲主子效勞，以鞏固封建統治。

參考 衍武士道精神。

4 **武夫** ㄨˇ ㄈㄨ ㈠勇武而缺乏謀略的人。有輕視的意味，常用爲自謙之辭。例一介武夫。㈡勇武有力的兵士。例赳赳武夫，公侯干城。

5 **武功** ㄨˇ ㄍㄨㄥ ㈠作戰得來的功業。例文治武功。㈡精通武打的功夫。例武功高强。

參考 反文治。

8 **武昌起義** ㄨˇ ㄔㄤ ㄑㄧˇ ㄧˋ 史清宣統三年（一九一一），即辛亥年的八月十九日（陽曆十月十日），我革命黨人在武昌所發起的推翻滿清政府的革命戰役。中華民國因而肇建。

參考 同辛亥革命，雙十革命。

9 **武則天** ㄨˇ ㄗㄜˊ ㄊㄧㄢ 人即武后。名曌，并州文水人。高宗死後，她連廢中宗、睿宗，西元六九〇年自行稱帝，改國號周，成爲中國歷史上唯一的女皇帝。執政期間獎勵告密，誅殺唐朝宗室、勛臣，改革科舉制度，並曾派兵抵禦突厥、吐蕃的侵擾，收復安西四鎮。

11 **武術** ㄨˇ ㄕㄨˋ 拳術、刺擊等能攻擊、防衛、鍛鍊身體的技藝。又作「武藝」、「武技」。

12 **武備** ㄨˇ ㄅㄟˋ 軍事方面的裝備設施。

參考 同兵備，軍備。

13 **武裝** ㄨˇ ㄓㄨㄤ ㈠軍用軍服、武器來裝備。例武裝部隊。㈡軍佩帶的兵器。㈢整齊正式的穿戴並攜帶必備用品。例全副武裝。

參考 衍武裝中立，武裝叛亂，武裝暴動。

15 **武廟** ㄨˇ ㄇㄧㄠˋ 清代稱祭祀關羽的廟。民國三年陸海軍部呈准以關羽、岳飛合祀，稱爲關岳廟，也就是今日通稱的武廟。
參考 反孔廟，文廟。

16 **武器** ㄨˇ ㄑㄧˋ ㈠可以殺傷敵人，破壞敵方軍備的用具。㈡比喻用來爭鬥取勝的東西。例政治武器。

18 **武斷** ㄨˇ ㄉㄨㄢˋ 沒有充分根據，只憑主觀判斷。
參考 ①反寡斷。②參閱「果斷」條。

19 **武藝** ㄨˇ ㄧˋ 拳術、刀劍、刺擊等能防身或制服別人的技藝。
參考 同武術。

▽威武、玄武、習武、尚武、湯武、文武、英武、步武、踵武、允文允武、窮兵黷武。

常 4
歧

解形 形聲；從止，支聲。足多趾爲歧。

音義 ㄑㄧˊ 名大路岔出的小路；例世路多歧。形①錯誤的；例誤入歧途。②不公平的；例歧視。③錯雜的；例紛歧。
參考「岐」的本義是「高峻」，但作「分岔」解時可以通「歧」字，不過「歧路」、「歧途」最好不要寫成「岐路」、「岐途」。

5 **歧出** ㄑㄧˊ ㄔㄨ 錯雜不一致。常用來指一篇文章中的用字、用詞前後不符。

7 **歧見** ㄑㄧˊ ㄐㄧㄢˋ 不同的看法、意見。

11 **歧途** ㄑㄧˊ ㄊㄨˊ 旁出的路，比喻錯誤的道路。例誤入歧途。又作「歧路」。

歧視 ㄑㄧˊ ㄕˋ 不公平的看待而加以排斥、壓制。例種族歧視。
參考 參閱「輕視」條。

歧異 ㄑㄧˊ ㄧˋ 不相同，不相合。例意見歧異。

12 **歧黃** ㄑㄧˊ ㄏㄨㄤˊ ㈠「岐伯」和「黃帝」的合稱。㈡醫家奉「岐」、「黃」爲始祖，故後代以「岐黃」來比喻中醫學。例歧黃之術。

13 **歧路亡羊** ㄑㄧˊ ㄌㄨˋ ㄨㄤˊ ㄧㄤˊ 比喻在學習研究時，因岔路太多而迷失方向，不能有所收穫。古時楊子的鄰人丟了羊，到處都找不到，楊子問他爲什麼找不到，他回答說，歧路太多，不知道羊跑到那兒去了，只好作罷而回。

常 5
歪

解形 會意；從不正。邪曲不正爲歪。

音義 ㄨㄞ 動①偏向一邊；例歪著頭。②暫時側臥著休息；例在床上歪了一會兒。形①不正當的；例歪理。②不正的；例歪頭。
ㄨㄞˇ 動扭傷；例歪了腳。
參考 ①反正，直。②「歪」是「不正」的合文。

5 **歪打正著** ㄨㄞ ㄉㄚˇ ㄓㄥˋ ㄓㄠˊ 比喻方法本來不恰當，卻僥倖得到滿意的結果。

6 **歪曲** ㄨㄞ ㄑㄩ 故意改變事物本來的面目或對事物作不正確的解釋或反映。例歪曲事實。
參考 與「誣蔑」、「汙蔑」都指蒙蔽眞相，有意毀壞，但有區別：「歪曲」指故意改變事實或原意，以達到顛倒是非的目的，對象多爲事物；「誣蔑」指無中生有地硬說別人做了壞事，對象多是人；「汙蔑」則指用汙穢言語破壞他人的名譽，對象也多是人。「誣蔑」與「汙蔑」現在多通用。

常 9
歲

解形 歲 形聲；從步，戌聲。戌是古人收割禾麥的石刀，我國北方一年一穫，所以一年爲一歲。

音義 ㄙㄨㄟˋ 名①年；例歲暮。②年齡；例今年幾歲？③時光；例歲月。④姓。
參考 又作「歳」、「嵗」。

4 **歲月** ㄙㄨㄟˋ ㄩㄝˋ 年月，時光。

9 **歲首** ㄙㄨㄟˋ ㄕㄡˇ 一年開始的時候，通常指一年的第一個月。

10 **歲除** ㄙㄨㄟˋ ㄔㄨˊ 一年中的最後一天。因除舊歲，所以稱爲歲除。

12 **歲寒三友** ㄙㄨㄟˋ ㄏㄢˊ ㄙㄢ ㄧㄡˇ 指松、竹、梅而言。松、竹經冬不凋，梅則耐寒開花，故稱。

15 **歲暮** ㄙㄨㄟˋ ㄇㄨˋ ㈠一年將盡的時候。㈡活命的年歲將盡，比喻年紀老大。
參考 ①㈠同歲末，年尾。②㈡同年老。

▽客歲、凶歲、終歲、守歲、千歲、早歲、太歲、首歲、年歲、改歲、望歲、新歲、

舊歲、除歲、千秋萬歲。

常 12
歷

形解 形聲；從止，厤聲。厤有清晰的意思，所以凡所經過為歷。

音義 ㄌㄧˋ 名姓。動經過；例歷險歸來。形清晰分明的；例歷歷在目。副徧及；例歷告天下。

參考 ①字或作「歴」。②擘嚦、瀝、櫪、藶、癧、轣、靂。

3 **歷久** ㄌㄧˋ ㄐㄧㄡˇ 經歷長久的時間。例歷久彌堅。

歷久彌新 ㄌㄧˋ ㄐㄧㄡˇ ㄇㄧˊ ㄒㄧㄣ 經歷長時期的考驗，仍然跟得上時代，像新的一樣。

歷久不衰 ㄌㄧˋ ㄐㄧㄡˇ ㄅㄨˋ ㄕㄨㄞ 經過了長久的時間，某件事物的流傳或對後代的影響，仍未衰退。

5 **歷史** ㄌㄧˋ ㄕˇ 泛指一切事物的發展過程或記載此一發展過程的文字。包括自然史與社會史，是史學研究的對象。

參考 衍歷史劇、歷史家、歷史社會學。

歷代 ㄌㄧˋ ㄉㄞˋ 過去的每一個朝代。

參考 同累世。

6 **歷次** ㄌㄧˋ ㄘˋ ㈠過去的每一次。例歷次派給他任務，他都能順利達成。㈡經過許多次數。例他歷次扮演這個角色，已經駕輕就熟了。

歷年 ㄌㄧˋ ㄋㄧㄢˊ ㈠過去的每一年。例你的業績，打破本公司歷年的紀錄。㈡經過的年歲。例歷年長久。

參考 同累年。

7 **歷劫** ㄌㄧˋ ㄐㄧㄝˊ ㈠遭遇災難惡運。劫：命定的災難。例歷劫多幸，夙世善緣。㈡宗佛家指經過許多年代。劫：佛經中計時間的單位。

8 **歷來** ㄌㄧˋ ㄌㄞˊ 表示從以前到現在。例這項活動歷來都由本單位承辦。

參考 同從來，素來，向來，一向。

歷屆 ㄌㄧˋ ㄐㄧㄝˋ 過去各次。例歷屆校友。

10 **歷時** ㄌㄧˋ ㄕˊ 指經過的時間。例

12 **歷程** ㄌㄧˋ ㄔㄥˊ 經歷的路程。例心路歷程。

參考 同過程。

14 **歷盡滄桑** ㄌㄧˋ ㄐㄧㄣˋ ㄘㄤ ㄙㄤ 經歷人世間難以算計的苦難與變遷。滄桑：比喻世事無常，變化很大。

15 **歷練** ㄌㄧˋ ㄌㄧㄢˋ ㈠體驗和鍛鍊。㈡因經驗多而熟練。

16 **歷歷** ㄌㄧˋ ㄌㄧˋ 分明可數的樣子。例晴川歷歷漢陽樹。

參考 衍歷歷在目、歷歷不爽。

▽閱歷、經歷、學歷、遊歷、來歷、履歷、往事歷歷。

常 14
歸

形解 形聲；從止，婦省，𠂤聲。女子嫁人為歸。

音義 ㄍㄨㄟ 名①珠算除法的第一步；例九歸。②姓。動①出嫁；例于歸。②回返；例歸國。③還給；例完璧歸趙。④聚附；例眾望所歸。⑤併合一切推到別人身上；例歸功。⑥屬於；例歸我處理。

ㄎㄨㄟˋ 動贈送，通「饋」；例歸孔子豚。形慚愧的，通「愧」；例狀有歸色。

參考 字或作「皈」、「逯」。

4 **歸心** ㄍㄨㄟ ㄒㄧㄣ ㈠盼望回家的心情。例歸心似箭。㈡心悅誠服而歸附。例四海歸心。

歸心似箭 ㄍㄨㄟ ㄒㄧㄣ ㄙˋ ㄐㄧㄢˋ 比喻企盼回家的心情至為殷切。

歸化 ㄍㄨㄟ ㄏㄨㄚˋ ㈠依附他國而取得該國的國籍。㈡歸服教化。

參考 ㈠同入籍。

8 **歸併** ㄍㄨㄟ ㄅㄧㄥˋ 把原來的數個合成一個。

參考 同合併。

歸依 ㄍㄨㄟ ㄧ 宗佛家語，歸敬依賴。是仰慕佛法的人入教成為正式佛教徒的一種儀式。歸，又作「皈」。

參考 衍歸依佛、歸依法、歸依僧。

歸咎 ㄍㄨㄟ ㄐㄧㄡˋ 把罪過或錯誤推給某人或某方面。

參考 同歸罪，委過。

歸附 ㄍㄨㄟ ㄈㄨˋ 歸降依附。

參考 與「歸服」都有歸降的意思，但有別：「歸服」著重「服」，有順服、心甘情願的意味；「歸附」著重「附」，強調依附，有時卻是受強勢壓

迫，不得不如此。

10 **歸納** ㄍㄨㄟ ㄋㄚˋ 哲 考察許多個別的具體事例而推求出普遍原理的思惟方式。

參考 ①反演繹。②衍歸納法、完全歸納法、簡單枚舉歸納法。

歸根結底 ㄍㄨㄟ ㄍㄣ ㄐㄧㄝˊ ㄉㄧˇ 歸結到事物的本質、底細。

參考 底，或作「蒂」、「柢」。

歸眞反璞 ㄍㄨㄟ ㄓㄣ ㄈㄢˇ ㄆㄨˊ 除去外在的裝飾，歸返性情的本眞。璞：未經琢磨的玉。

11 **歸宿** ㄍㄨㄟ ㄙㄨˋ ㈠最後的著落，結局。㈡指女子出嫁後，可以長期依靠的夫婿、婆家。

12 **歸順** ㄍㄨㄟ ㄕㄨㄣˋ 歸附順從。

參考 同歸服。

歸期 ㄍㄨㄟ ㄑㄧˊ 回家的日期。

13 **歸罪** ㄍㄨㄟ ㄗㄨㄟˋ ㈠承認自己的罪過。㈡把罪責推到別人身上。

參考 同認罪、歸咎、委過。

14 **歸寧** ㄍㄨㄟ ㄋㄧㄥˊ ㈠回家向父母請安。指已婚婦女回娘家探望父母。㈡泛指歸省父母。

17 **歸檔** ㄍㄨㄟ ㄉㄤˇ 把文件、資料分門別類放進書夾、櫥櫃等保存起來。

▽依歸、回歸、懷歸、來歸、大歸、終歸、總歸、不如歸、無家可歸、久假不歸、殊途同歸、異路同歸、視死如歸、賓至如歸、滿載而歸、撒手西歸、鎩羽而歸。

【歹部】ㄉㄞˇ

常 0 **歹** 形解 象形；象半冎形。冎是剔去骨間的餘肉，所以殘骨爲歹。俗作「歺」。

音義 ㄉㄞˇ 名 壞事；例爲非作歹。形 不好的；例歹徒。

參考 反好。

▽不知好歹、爲非作歹。

常 2 **死** 形解  會意；從歹人。歹爲殘骨，人既成殘骨，所以會澌滅的意思。

音義 ㄙˇ 名 ①死人；例事死如事生。②姓。動 ①失去生命；例人死不能復生。②爲某事而犧牲生命；例死節。形 ①無知覺的；例睡死了！②呆板的；例死腦筋。③不通的；例死巷。④不動的；例死水。⑤不可改變的；例死規矩。⑥無法挽救的；例死棋。⑦絕對不能相容的；例死敵。副 ①非常；例怕死了！②固執而不知變通地；例死讀書。③堅決地；例死不承認。④固定地；例釘死了。⑤表示達到極點；例笑死人。

參考 ①同亡。②反活。

3 **死亡** ㄙˇ ㄨㄤˊ 亡故，喪生。

參考 衍死亡率、死亡人數、死亡名單。

死乞白賴 ㄙˇ ㄑㄧˇ ㄅㄞˊ ㄌㄞˋ 形容糾纏不休。

參考 參閱「死皮賴臉」條。

4 **死心塌地** ㄙˇ ㄒㄧㄣ ㄊㄚ ㄉㄧˋ 一心一意，不作他想。又作「死心踏地」、「死心搭地」、「死心落地」。

參考 與「執迷不悟」有別：前者著重於「死心」，多指對他人所持的態度；後者著重於「不悟」，指對自己的錯誤所持的態度。

死水 ㄙˇ ㄕㄨㄟˇ 不流動、停滯的水。

參考 反活水。

5 **死皮賴臉** ㄙˇ ㄆㄧˊ ㄌㄞˋ ㄌㄧㄢˇ 寡廉鮮恥的糾纏不清。

參考 與「死乞白賴」有別：前者强調「厚著臉皮」；後者强調「糾纏著要求」。

6 **死守** ㄙˇ ㄕㄡˇ ㈠盡全力防守。㈡固執遵守。例死守著老規矩。

死灰復燃 ㄙˇ ㄏㄨㄟ ㄈㄨˋ ㄖㄢˊ 失勢的又再得勢，失去希望的又有了生機。

參考 參閱「東山再起」條。

死有餘辜 ㄙˇ ㄧㄡˊ ㄩˊ ㄍㄨ 罪惡極大，即使死了也還有殘罪。辜：罪過。

參考 與「罪該萬死」有別：前者只用來形容罪大惡極，在死前死後都可用；後者是爲己爲人請求對方寬恕，所犯的可以是死罪，也可能是小罪或過錯，只用在死之前。

8 **死板板** ㄙˇ ㄅㄢˇ ㄅㄢˇ 木訥而沒有變化。

參考 ①與「死氣沉沉」略有不同：「死板板」對象在於人的表情、舉止、動作方面；而「死氣沉沉」指氣氛呆滯，多用於指環境，或人的精神方面。②同死拍拍。

死於非命 ㄙˇ ㄩˊ ㄈㄟ ㄇㄧㄥˋ 遭遇意外而死亡，不是自然地壽終。

參考 反壽終正寢。

9 死活 ㄙˇ ㄏㄨㄛˊ 不論如何。不管死活，指決心已下，不再理會任何狀況。

參考 同橫豎。

13 死節 ㄙˇ ㄐㄧㄝˊ ㈠古時臣子為了忠君愛國而不惜一死。㈡婦女為了固守貞潔而犧牲。

14 死對頭 ㄙˇ ㄉㄨㄟˋ ㄊㄡˊ 永遠不能和解的仇敵。

▽橫死、客死、餓死、急死、決死、枯死、慘死、殊死、生死、墜死、溺死、病死、必死、心死、朝生暮死、老而不死、不得好死、貪生怕死、出生入死、生老病死、好生惡死、醉生夢死、士為知己者死、不到黃河心不死。

常 4 **歿** 解形 形聲；從歹，𠬛聲。壽終，死亡為歿。

音義 ㄇㄛˋ 動死亡；例病歿。

參考 ①字又作「歾」。②表「死亡」也可用「沒」字替代，但「沒」還有其他意思。

次 4 **殀** 解形 形聲；從歹，夭聲。夭有屈曲的意思，所以短命早死為殀。

音義 ㄧㄠˇ 動少壯而死，同「夭」；例殀壽。

次 4 **歾** 解形 形聲；從歹，勿聲。勿有禁止的意思，所以歾是終結。

音義 ㄇㄛˋ 動殺盡，同「歿」。ㄨㄣˇ 動殺，同「刎」；例歾頸。

常 5 **殃** 解形 形聲；從歹，央聲。凶禍為殃。

音義 ㄧㄤ 名災禍；例遭殃。動殘害；例禍國殃民。

5 殃民 ㄧㄤ ㄇㄧㄣˊ 使人民受災殃。

參考 同禍，害。

▽遭殃、天殃、禍殃、災殃、池魚之殃。

常 5 **殆** 解形 形聲；從歹，台聲。危險為殆。

音義 ㄉㄞˋ 形①危險的；例危殆。②疲乏的；例疲殆。副①恐怕；例夫子殆將病也。②將近；例死亡殆盡。③僅，只；例此殆空言。

參考 和「怠慢」、「怠惰」的「怠」字，音同形近而意思不同。

▽危殆、疲殆、思而不學則殆。

次 5 **殂** 解形 形聲；從歹，且聲。且有往的意思，所以死去為殂。

音義 ㄘㄨˊ 動死亡；例崩殂。

參考 「殂」與從彳的「徂」字，音同義異。

13 殂落 ㄘㄨˊ ㄌㄨㄛˋ 死亡。

次 5 **殄** 解形 形聲；從歹，㐱聲。㐱有深的意思，所以絕盡為殄。

音義 ㄊㄧㄢˇ 動①窮盡；例敗國殄民。②滅絕；例殄憂。③浪費；例暴殄天物。

13 殄滅 ㄊㄧㄢˇ ㄇㄧㄝˋ 盡滅，絕滅。

▽暴殄、誅殄。

常 6 **殊** 解形 形聲；從歹，朱聲。首身分離的死罪為殊。

音義 ㄕㄨ 名①斬首的罪刑；例殊死。②區別；例萬殊為一。形①不同的；例殊禮。②異常的；例殊寵。副①拚命；例作殊死戰。②非常；例殊念。

參考 ①同別，異。②反同。③與「誅」字有別：誅，音ㄓㄨ，義為討伐、殺戮。

11 殊途同歸 ㄕㄨ ㄊㄨˊ ㄊㄨㄥˊ ㄍㄨㄟ 出發點雖有不同而結局總是相同。

參考 同同歸殊途。

13 殊遇 ㄕㄨ ㄩˋ 優待，特殊待遇。

14 殊榮 ㄕㄨ ㄖㄨㄥˊ 特殊的榮耀。

18 殊禮 ㄕㄨ ㄌㄧˇ ㈠特殊的禮遇。㈡言因人各異其禮。

▽特殊、萬殊、懸殊、絕殊。

常 6
殉
解 形 形聲；從歹，旬聲。用活人陪葬為殉。

音義 ㄒㄩㄣˋ 動①為達到目的，不惜犧牲生命；例殉職。②陪葬；例殉葬。

參考「殉」字可通「徇」，但「殉葬」一詞不可用「徇」。

11 **殉國** ㄒㄩㄣˋ ㄍㄨㄛˊ 為國家的前途而犧牲性命。

13 **殉節** ㄒㄩㄣˋ ㄐㄧㄝˊ 堅守名節以致不屈而死。

殉道 ㄒㄩㄣˋ ㄉㄠˋ 為正義而死。

參考 衍殉道精神。

殉葬 ㄒㄩㄣˋ ㄗㄤˋ 陪葬，包括活人及俑、器物等等。

參考 衍殉葬品、殉葬儀式。

19 **殉難** ㄒㄩㄣˋ ㄋㄢˋ 以生命殉國家大難。

次 7
殍
解 形 形聲；從歹，孚聲。孚有在外的意思，所以餓死為殍。

音義 ㄆㄧㄠˇ 名餓死的人；例野有餓殍。動餓死；例民多流殍。

常 8
殘
解 形 殘 形聲；從歹，戔聲。戔是傷害，所以賊害為殘。

音義 ㄘㄢˊ 動①毀壞；例摧殘花木。②殺傷；例殘民以逞。形①缺壞的；例敦煌殘卷。②將盡的；例風中殘燭。③剩餘的；例殘羹。④暴戾的；例殘暴。

3 **殘山剩水** ㄘㄢˊ ㄕㄢ ㄕㄥˋ ㄕㄨㄟˇ 殘破的山河，多形容亡國或變亂以後的土地景物。

7 **殘忍** ㄘㄢˊ ㄖㄣˇ 兇殘狠毒，毫無同情心。

參考 與「殘暴」、「殘酷」在用法上略有不同：「殘忍」多指本質、性格、感情上的無情惡毒，也指行動；而「殘暴」專指動作性強的具體行動；至於「殘酷」是凶狠、暴虐到了極點，常指行動，也用來形容更尖銳、更惡劣的環境及迫害程度。

殘局 ㄘㄢˊ ㄐㄩˊ ㈠未下完的棋局。㈡形容戰後敗亂殘破的景象。例收拾殘局。

8 **殘杯冷炙** ㄘㄢˊ ㄅㄟ ㄌㄥˇ ㄓˋ 吃剩的酒食。比喻權貴的施捨。

9 **殘垣斷壁** ㄘㄢˊ ㄩㄢˊ ㄉㄨㄢˋ ㄅㄧˋ 形容敗壞荒廢到了極點。垣：低牆。

10 **殘缺** ㄘㄢˊ ㄑㄩㄝ 不完全。

殘疾 ㄘㄢˊ ㄐㄧˊ 殘廢。

參考 與「殘病」略有不同：「殘病」指惡疾，或形體殘缺；而「殘疾」就是殘廢。

殘留 ㄘㄢˊ ㄌㄧㄡˊ 剩餘留下。

參考 ①衍殘留物、殘留應力。②與「殘存」相似：「殘存」多用於物，「殘留」有時也可用於人。

14 **殘酷** ㄘㄢˊ ㄎㄨˋ 殘忍狠毒。

參考 參閱「殘忍」條。

15 **殘廢** ㄘㄢˊ ㄈㄟˋ 指身體某一部分或某一種機能因受傷損毀而失去作用。

殘暴 ㄘㄢˊ ㄅㄠˋ 殘忍暴戾。

參考 參閱「殘忍」條。

殘餘 ㄘㄢˊ ㄩˊ 剩餘。

參考 與「糟粕」有別：「糟粕」是指釀酒時賸下的殘渣，多指無用之物；而「殘餘」指事物基本消滅之後，所賸下一些不完整的東西。

殘篇斷簡 ㄘㄢˊ ㄆㄧㄢ ㄉㄨㄢˋ ㄐㄧㄢˇ 殘缺不全的書籍，後引申為資料不全。又作「斷簡殘篇」。

16 **殘骸** ㄘㄢˊ ㄏㄞˊ 殘破的餘物。

▽摧殘、老殘、傷殘、抱殘。

常 8
殖
解 形 殖 形聲；從歹，直聲。脂膏過久而敗壞為殖。

音義 ㄓˊ 名姓。動①栽種；例農殖嘉穀。②作生意賺錢；例殖財。③孳息蕃生；例繁殖。

參考 作「栽種」解時也可用「植」字。

5 **殖民地** ㄓˊ ㄇㄧㄣˊ ㄉㄧˋ 強國以武力或經濟開拓本土以外的地區，而獲得統治權者，叫殖民地。

▽貨殖、生殖、增殖、播殖、繁殖、養殖、有性生殖、無性生殖。

次 9
殛
解 形 形聲；從歹，亟聲。歹是殘骨，亟為敏疾，所以誅殺為殛。

音義 ㄐㄧˊ 動 誅殺；例明神殛之。
參考 同殺，戮。

次 10 **殞** 形解 形聲；從歹，員聲。歿亡為殞。
音義 ㄩㄣˇ 動 ①死亡；例殞沒。②落，通「隕」；例槁葉夕殞。
參考 「殞」、「隕」有別：「殞命」的「殞」，從「歹」；「隕星」、「隕落」的「隕」，從「阝」。

常 11 **殤** 形解 形聲；從歹，傷省聲。未成年而夭折為殤。
音義 ㄕㄤ 名 未成年而死亡。
參考 殤又可分為三等：十六到十九歲死為「長殤」，十二到十五為「中殤」，八到十一為「下殤」。

次 11 **殣** 形解 形聲；從歹，堇聲。堇有寡少的意思，所以餓死為殣。
音義 ㄐㄧㄣˋ 名 餓死的人；例道殣相望。動 埋葬；例駐蹕殣之。

次 11 **殢** 形解 形聲；從歹，帶聲。帶有停頓不前的意思，所以非常疲乏為殢。
音義 ㄊㄧˋ 動 滯留；例豪貴殢長安。形 糾纏不清的；例殢人。

次 12 **殪** 形解 形聲；從歹，壹聲。壹為專一，歹為殘骨，所以死亡為殪。
音義 ㄧˋ 動 ①死；例左驂殪兮右刃傷。②殺；例殪此大兕。③滅亡；例殪滅。

次 12 **殫** 形解 形聲；從歹，單聲。單有極至的意思，所以極盡為殫。
音義 ㄉㄢ 動 竭盡；例殫天下之財。
參考 「殫」與從示的「禪」（音ㄔㄢˊ），音義不同。

[7] 殫見洽聞 ㄉㄢ ㄐㄧㄢˋ ㄑㄧㄚˋ ㄨㄣˊ 學識豐富，見聞廣博。洽：普徧。

常 13 **殮** 形解 形聲；從歹，僉聲。僉有收藏的意思，所以把屍體裝進棺材為殮。
音義 ㄌㄧㄢˋ 名 為死人沐浴、飯含、換衣服等，然後放進棺材的儀式；例小殮大殮。動 為死人沐浴、飯含、換衣服等工作。

常 13 **殭** 形解 形聲；從歹，畺聲。畺有巨大的意思，死後僵硬不腐爛為殭。
音義 ㄐㄧㄤ 形 僵硬，不能活動；例殭屍。

常 14 **殯** 形解 形聲；從歹，賓聲。將棺柩停厝在堂上而待葬為殯。
音義 ㄅㄧㄣˋ 名 人死後更衣入棺，停柩在堂而未葬；例殯殮。動 埋葬；例出殯。
參考 字又作「殡」。

常 17 **殲** 形解 形聲；從歹，韱聲。韱有絕滅的意思，所以趕盡殺絕為殲。
音義 ㄐㄧㄢ 動 趕盡殺絕；例殲滅。
參考 ①字不可讀為「ㄑㄧㄢ」或「ㄒㄧㄢ」。②古書有時也用「瀸」字代替。

【殳部】 ㄕㄨ

常 0 **殳** 形解 形聲；從又，几聲。几有撥動的意思，所以用杖將人隔離為殳。
音義 ㄕㄨ 名 ①古用竹子或木頭做成的兵器，長一丈二尺，有稜無刃；例執殳。②姓。

常 5 **段** 形解 形聲；從殳，耑省聲。耑為初生草木的尖端，殳是兵器，所以用椎擊物為段。
音義 ㄉㄨㄢˋ 名 ①計算事物的量詞；例一段情。②姓。
參考 ①凡是事物、時間分截的各部分都可以用「段」，如「分段」、「地段」、「一段歌詞」。②孳 椵、緞、鍛。

[13] 段落 ㄉㄨㄢˋ ㄌㄨㄛˋ 文章或事物結

束或停頓的地方。例告一段落。

參考 與「階段」相似，都是指完成單獨一部分，還有下文，但沒有結束的意思。

▽階段、手段、分段、工務段、不擇手段。

常 6 **殷** 形解 會意；從㐆殳。㐆是身體迴旋，殳是舞樂中所持干戚之類的兵器，所以舞樂盛大為殷。

音義 ㄧㄣ 名①史朝代名，即商朝，盤庚遷都於殷(今河南安陽縣)，改國號為殷。②姓。形①盛大的；例情意甚殷。②富足的；例殷商。副情意深厚，通「慇」；例殷勤。

ㄧㄢ 形紅黑色；例殷紅。

ㄧㄣ 動震動；例殷天動地。

副描摹「雷聲」之詞；例雷聲殷殷。

參考 孳慇。

4 **殷切** ㄧㄣ ㄑㄧㄝˋ 情意懇切而且周到。

13 **殷勤** ㄧㄣ ㄑㄧㄣˊ 情意周到，做事懇切。

參考 反怠慢。

15 **殷憂** ㄧㄣ ㄧㄡ 深憂，當在艱苦之時。殷：幽深。

22 **殷鑒** ㄧㄣ ㄐㄧㄢˋ 借鏡，殷人滅夏，殷的子孫應以夏之滅亡為借鏡，不必遠求。鑒：鏡子。

參考 ①同商鑒。②衍殷鑒不遠。

常 7 **殺** 形解 形聲；從杀，殳聲。杀即古殺字，殳為兵器，所以誅戮為殺。

音義 ㄕㄚ 名殺人的刑罰；例勝殘去殺。動①用刀劍等置人於死地；例殺人放火。②致死；例殺菌。③敗壞；例殺風景。④戰鬥；例殺在一處。⑤說服使降低；例殺價。⑥收束；例殺尾。副極，甚，同「煞」；例惱殺。

ㄕㄞˋ 名等差；例親親之殺。動減少；例威勢稍殺。形衰敗的；例德之殺也。副快疾地；例東風莫殺吹。

參考 俗字也作「殺」(省略×下的一點)。

1 **殺一儆百** ㄕㄚ ㄧ ㄐㄧㄥˇ ㄅㄞˇ 殺一個人來警戒許多人。儆：使人警覺。

2 **殺人越貨** ㄕㄚ ㄖㄣˊ ㄩㄝˋ ㄏㄨㄛˋ 殺死了人，搶走財物。殺人：是斷送人生命；越貨：是趕上前去搶東西；二種都是強盜的行為。

參考 與「殺人如麻」、「殺人盈野」略有不同：前者是指個人的犯罪行為，後者形容戰爭的慘烈。

殺人如麻 ㄕㄚ ㄖㄣˊ ㄖㄨˊ ㄇㄚˊ 殺的人很多，形容極其兇惡殘忍。

參考 參閱「殺人越貨」條。

7 **殺身成仁** ㄕㄚ ㄕㄣ ㄔㄥˊ ㄖㄣˊ 原意是為成全正義、仁德而犧牲生命。今指犧牲生命，以維護正義天理。

參考 與「捨身取義」意義相似，都是以生命成全正義。

9 **殺風景** ㄕㄚ ㄈㄥ ㄐㄧㄥˇ (一)破壞別人的雅興。(二)遭逢沒趣的事。

18 **殺雞取卵** ㄕㄚ ㄐㄧ ㄑㄩˇ ㄌㄨㄢˇ 為了取出蛋竟然把母雞殺掉。比喻只圖眼前的一點好處，不惜損害長遠的利益。卵：雞蛋。

殺雞警猴 ㄕㄚ ㄐㄧ ㄐㄧㄥˇ ㄏㄡˊ 比喻嚴懲某人，以儆戒他人。

參考 同殺一警百，殺雞駭猴，殺雞教猴，殺雞嚇猴。

▽暗殺、刺殺、自殺、射殺、他殺、屠殺、抹殺、謀殺、絞殺、撲殺、誅殺、衰殺、稍殺、氣殺、砍殺、刺殺、毒殺、自相殘殺、南京大屠殺。

常 8 **殼** 形解 字本作殻：形聲；從殳，𡉉聲。從上擊下，正中其物，確然有聲為殼。俗作殼。

音義 ㄎㄜˊ 名堅硬的外皮；例地殼。

參考 ①字或作「殼」。②又音ㄑㄩㄝˋ、ㄑㄧㄠˋ。

▽介殼、甲殼、地殼、龜殼、蛋殼、破殼、硬殼、烏龜背殼、金蟬脫殼。

次 8 **殽** 形解 形聲；從殳，肴聲。肴有雜合的意思，所以相雜錯為殽。

音義 ㄧㄠˊ 名①菜，通「肴」；例果殽。②地山名，通「崤」；

例秦孝公據殽函之固。動摻合；例混殽。

常 9 **毀** 形解 毀 形聲；从土，毇省聲。毇是舂米，殳是兵器，所以破壞爲毀。

音義 ㄏㄨㄟˇ 動①傷害；例身體髮膚，不敢毀傷。②誹謗；例詆毀。③哀傷過度；例毀瘠不形。

13 **毀滅** ㄏㄨㄟˇ ㄇㄧㄝˋ 徹底地破壞和消滅。

21 **毀譽** ㄏㄨㄟˇ ㄩˋ 毀謗，稱讚，即褒貶的意思。

參考 衍毀譽參半、毀譽歡戚。

毀譽參半 ㄏㄨㄟˇ ㄩˋ ㄘㄢ ㄅㄢˋ 有褒有貶，比喻好評與惡評都有。

▽詆毀、自毀、謗毀、撕毀、殘毀、銷毀、燒毀、求全之毀、玉石俱毀。

常 9 **殿** 形解 殿 形聲；從殳，屍聲。屍爲髀股，殳是打擊，所以打擊臀部爲殿。

音義 ㄉㄧㄢˋ 名①高大的廳堂；例佛殿。②殿軍，行軍的後頭部隊。③第四名；例殿軍。動鎮壓；例殿天子之邦。

參考 孳澱、癜。

3 **殿下** ㄉㄧㄢˋ ㄒㄧㄚˋ ㈠魏晉六朝稱天子爲殿下。㈡唐代對皇后或皇太子的尊稱。㈢一般指諸侯王居宮殿中，臣下尊稱爲殿下。此與稱天子爲「陛下」同。

9 **殿軍** ㄉㄧㄢˋ ㄐㄩㄣ ㈠殿後的軍隊。㈡舊時考試，名列榜尾。㈢今稱一般比賽優勝錄取中最後一名爲殿軍。(即第四名)

▽宮殿、神殿、正殿、佛殿、寢殿、禁殿、偏殿、大殿、寶殿、前殿、聖殿、皇帝殿、三寶殿、大雄寶殿、無事不登三寶殿。

常 11 **毅** 形解 毅 形聲；從殳，豙聲。豙爲豬怒而毛豎，所以盛怒爲毅。

音義 一ˋ 形堅定果決的；例毅力。

2 **毅力** 一ˋ ㄌㄧˋ 堅忍的力量。

參考 「毅力」、「耐力」、「定力」都指對一件事不半途而廢，有堅持到底的決心，但有別：「毅力」强調果決之氣；「耐力」是持久忍耐時間上的長久；「定力」是指外界的干擾很多，而仍不爲所動的力量。

12 **毅然** 一ˋ ㄖㄢˊ 堅決的樣子。

參考 通常與「決然」成爲同義複合詞作「毅然決然」。

毅然決然 一ˋ ㄖㄢˊ ㄐㄩㄝˊ ㄖㄢˊ 堅決的態度毫不退縮。

▽果毅、剛毅、沈毅、堅毅、勇毅。

常 11 **毆** 形解 毆 形聲；從殳，區聲。區有範圍的意思，所以用杖擊中人物爲毆。

音義 ㄡ 動擊打；例毆擊士卒。ㄑㄩ 動逐趕，通「敺」、「驅」；例爲淵毆魚。

次 12 **毈** 形解 毈 形聲；從卵，段聲。段有打擊的意思，所以卵孵不成爲毈。

音義 ㄉㄨㄢˋ 動蛋孵不出小鳥；例鳥卵不毈。

【毋部】 ㄨ

常 0 **毋** 形解 毋 會意；從女一。女爲有作姦的人，一表示禁止，使勿姦，所以禁止之詞爲毋。

音義 ㄨˊ 名姓。動沒有，通「無」；例脛毋毛。副①不可，表禁止；例臨財毋苟得。②不要，表否定；例毋意，毋必，毋固，毋我。

參考 ①「毋」、「毌」(ㄍㄨㄢˋ)、「母」(ㄇㄨˇ)三字形近而音義不同。②「毋」、「母」有別：「毋庸贅述」、「不自由，毋寧死」的「毋」，字中間有一撇貫穿。「母親」、「母體」的「母」，字中間是兩點分開。

7 **毋忘在莒** ㄨˊ ㄨㄤˋ ㄗㄞˋ ㄐㄩˇ 光復國土。莒，戰國時代齊國的小城，燕連攻七十二城之後，齊只剩莒和即墨二城池，齊國以小小據點，辛苦準備五年，終於一舉收復失土。後來，凡是土地小，志氣高的國家，都以毋忘在莒激勵國人。

㊥ 0
母 形解 象形；從女，兩點象其乳，所以有乳能牧養子女者為母。
音義 ㄇㄨˇ 名 ①媽媽；例母親。②對女性長輩的尊稱；例姑母。③老婦；例信釣城下，諸母漂。④來源；例失敗為成功之母。形雌性的；例母雞。②原本的；例母校。
參考 ①反公，父。②孳每、姆。

6 **母老子弱** ㄇㄨˇ ㄌㄠˇ ㄗˇ ㄖㄨㄛˋ 母親年老，孩子還小。

16 **母親節** ㄇㄨˇ ㄑㄧㄣ ㄐㄧㄝˊ 每年五月的第二個星期日為母親節，西元一九一九年由美國加維斯女士發起，本意在安慰歐戰中陣亡將士的妻母，後經基督教教士推行各國。

▽雲母、繼母、酵母、字母、慈母、主母、聖母、祖母、乳母、父母、保母、養母、教母、岳母、伯母、地母、公母、阿母、老母、嚴父慈母。

㊁ 0
毌 形解 象形，從一橫毌。毌象用繩穿玉片形，所以穿繩持物為毌。
音義 ㄍㄨㄢˋ 動 穿通，通「貫」。
參考 ①孳貫、慣。②同通。

㊥ 2
每 形解 形聲；從屮，母聲。母有養育的意思，所以花草茂盛上出為每。
音義 ㄇㄟˇ 名 姓。形 各個的；例每日一字。副 ①屢次；例每依北斗望京華。②凡是；例每逢佳節倍思親。助 表示多數，通「們」；例他每在此逗留。
參考 孳痗、莓、梅、侮、敏、緐、悔、誨、晦。

3 **每下愈況** ㄇㄟˇ ㄒㄧㄚˋ ㄩˋ ㄎㄨㄤˋ 情況越來越壞。
參考 ①今每誤用為「每況愈下」。②原指愈從低微的事物去推求，越能看出道理的眞相。後來用成「每況愈下」意思也完全變了，是指情況越來越壞的意思。

7 **每每** ㄇㄟˇ ㄇㄟˇ 時常。
參考 同時時，常常，往往。

㊁ 3
毐 形解 會意；從士毋。毋有不正的意思，所以沒有品德的人為毐。
音義 ㄞˇ 名 無品德的人。

㊥ 4
毒 形解 形聲；從屮，毐聲。毐是沒有品德的人，所以害人之草為毒。
音義 ㄉㄨˊ 名 禍害；例汝自生毒。動 怨恨；例令人憤毒。形 ①對生物體有危害性質的；例毒性植物。②厲害的；例太陽很毒。
參考 ①孳碡。②字與「毐」（ㄞˇ）形近，音義不同。

4 **毒化** ㄉㄨˊ ㄏㄨㄚˋ 以邪惡狠毒的思想或手段使人受到身心雙方的摧殘。

9 **毒品** ㄉㄨˊ ㄆㄧㄣˇ 有毒的物品。在刑法上，毒品指嗎啡、高根、海洛英或其他合成製品。

14 **毒辣** ㄉㄨˊ ㄌㄚˋ 手段惡毒狠辣。
參考 ①同狠毒。②反溫和。

▽解毒、消毒、胎毒、丹毒、中毒、梅毒、病毒、荼毒、下毒、怨毒、身毒、尿毒、病毒、劇毒、服毒、蛇毒、狠毒、蛋白毒。

㊥ 8
毓 形解 會意；從㐬，從每。㐬有順育的意思，所以養子使作善為毓。
音義 ㄩˋ 動 ①養育，同「育」；例豐圃草以毓獸。②生出；例黷則生怨，怨亂毓災。

【比部】 ㄅㄧˇ

㊥ 0
比 形解 會意；二人為从，反从為比。相近親密為比。
音義 ㄅㄧˇ 名 地 國名，「比利時」的簡稱。動 ①較量；例比一場籃球。②摹擬；例每自比於管仲。③詩的六義之一，即譬喻；例賦、比、興。④兩數相除的算式，以 A：B 或 A/B 表示；例5/2。⑤比賽結果的表示法；例比賽結果五比二。
ㄅㄧˋ 動①結黨營私；例朋比爲奸。②相並；例比肩。副接連；例天涯若比鄰。
參考①和「北」(ㄅㄟˇ)字形近，而音義不同。②孳妣、秕、毗、紕、批、屁。③比：a．加量詞「二」在「比」的前後重複，可以表示程度的累進。如：國民的生活一年比一年富裕了。b．比較高下的時候用「比」，表示異同的時候用「跟」或「同」。

4 **比方** ㄅㄧˇ ㄈㄤ 譬如。方，也是比的意思。
參考①同比如。②衍比方說。

比比皆是 ㄅㄧˇ ㄅㄧˇ ㄐㄧㄝ ㄕˋ 形容很普遍的現象，到處都有。
參考與「俯拾皆是」有別：①前者僅表示爲數很多，沒有「很容易得到」或「俯拾」的意思。②前者可用於大的事物，如「建築物」、「這種場面」等；後者僅可用於地上的小東西，強調「很容易拾到」。

比手劃腳 ㄅㄧˇ ㄕㄡˇ ㄏㄨㄚˋ ㄐㄧㄠˇ (一)四肢舞動，補足語言的不足。例看他比手劃腳地，大概是個啞巴。(二)一種以動作傳遞意思的遊戲。
參考與「指手劃腳」有別：前者可形容不理智地揮動手脚；後者還可比喻亂加批評、指點或者瞎指揮。

8 **比肩** ㄅㄧˇ ㄐㄧㄢ 並肩。例比肩作戰。
參考衍比肩人、比肩民、比肩街、比肩獸、比肩繼踵、比肩而立。

比例 ㄅㄧˇ ㄌㄧˋ (一)取以往的例子相比擬。(二)數兩比相等而以符號：或＝聯結。例a：b＝c：d。
參考衍比例尺、比例規、比例中項。

9 **比重** ㄅㄧˇ ㄓㄨㄥˋ 物物質的密度與攝氏四度純水密度之比，稱爲此物質的比重。

12 **比喻** ㄅㄧˇ ㄩˋ 比方，譬喻。
參考①衍比喻法。②同譬喻。

13 **比照** ㄅㄧˇ ㄓㄠˋ (一)互相對照而加以比較。例比照字跡。(二)依照以往的成例。例比照成例辦理。

比較 ㄅㄧˇ ㄐㄧㄠˋ 取二個以上的事物，較量優劣，或辨別異同。
參考衍比較法、比較儀、比較文學。

17 **比擬** ㄅㄧˇ ㄋㄧˇ 和別的事物相比附。
參考衍比擬善類。

比賽 ㄅㄧˇ ㄙㄞˋ 比較優劣。
參考與「競賽」相似：「比賽」的範圍比較廣，用得較通俗；「競賽」必定有勝負結果，分出高下名次。

▽櫛比、對比、等比、鄰比、鱗比、朋比、阿比、皋比、今非昔比、無與倫比、鱗次櫛比。

常 5 **毗** 形解 形聲；從囟，比聲。囟有通氣的意思，所以人的肚臍爲毗。俗作「毘」。
音義 ㄆㄧˊ 動①連接；例毗鄰。②輔助；例毗輔。
參考①字亦作「毘」。②「毗」、「仳」有別：「毗連式洋房」的「毗」，有連接的意思，字從「囟」；「夫妻仳離」的「仳」，指夫妻離婚，字從「人」。

11 **毗連** ㄆㄧˊ ㄌㄧㄢˊ 互相連接。土地相連接叫毗。
參考同連接，相連，相接。

次 5 **毖** 形解 形聲；從比，必聲。必有分明的意思，所以行爲謹慎爲毖。
音義 ㄅㄧˋ 動①謹慎；例懲前毖後。②辛苦；例無毖于恤。副泉水流動地；例毖彼泉水。

次 13 **毚** 形解 會意；從㲋兔。㲋有俊大的意思，所以大而狡猾的兔子爲毚。
音義 ㄔㄢˊ 名①狡兔；例躍躍毚兔。②檀木的別名；例毚檀。

【毛部】 ㄇㄠˊ

常 0 **毛** 形解 象形；象眉髮及獸毛形。

音義 ㄇㄠˊ 名①動植物或果實表皮所生的柔細髮狀物；例羊毛。②植物；例深入不毛。③錢幣單位名，一角爲一毛。④姓。形①驚慌的；例嚇毛了！②粗糙的；例毛本。③幼小的；例毛丫頭。副①粗略地；例毛舉其數。②瑣碎地；例毛舉細故。

參考 孳 旄、髦、芼、眊、耄。

4 **毛孔** ㄇㄠˊ ㄎㄨㄥˇ ㈠生皮膚上的細孔，也是汗毛生長處。㈡比喻細小。例像毛孔大的事，你也要計較。

毛手毛腳 ㄇㄠˊ ㄕㄡˇ ㄇㄠˊ ㄐㄧㄠˇ ㈠行動粗疏慌張，不夠俐落。亦作「毛腳毛手」。㈡形容人的舉止輕浮，不守禮法。

10 **毛病** ㄇㄠˊ ㄅㄧㄥˋ ㈠人的缺點，瑕疵。㈡今人謂生病叫有毛病。另事物有故障或弊端亦稱毛病。

參考 參閱「錯誤」條。

毛骨悚然 ㄇㄠˊ ㄍㄨˇ ㄙㄨㄥˇ ㄖㄢˊ 驚懼害怕的樣子。悚：恐懼的樣子。

參考 參閱「不寒而慄」條。

11 **毛細管** ㄇㄠˊ ㄒㄧˋ ㄍㄨㄢˇ ㈠物內徑極小的內管，又稱微管。㈡生微血管。

參考 衍毛細現象。

12 **毛筆** ㄇㄠˊ ㄅㄧˇ 用兔毛、羊毛、狼毛等製成的軟筆。有狼毫筆、羊毫筆之分。

參考 衍毛筆畫、毛筆套。

13 **毛遂自薦** ㄇㄠˊ ㄙㄨㄟˋ ㄗˋ ㄐㄧㄢˋ 毛遂自我推薦。比喻自告奮勇，自我推薦去做某事。毛遂：戰國時趙國平原君門下士。

參考 與「自告奮勇」有別：前者强調「自我推薦」；後者著眼在「自己提出來」。

▽老毛、羽毛、毫毛、不毛、羊毛、牛毛、去毛、脫毛、雞毛、二毛、長毛、不殺二毛、千里鵝毛、輕於鴻毛、嘴上無毛、九牛一毛。

毨

次 6

形解 形聲；從毛，先聲。先有抽引的意思，所以選理羽毛爲毨。

音義 ㄒㄧㄢˇ 形獸毛整齊的；例鳥獸毛毨。

毫

常 7

形解 會意；從毛，高省聲。細而長的獸毛爲毫。

音義 ㄏㄠˊ 名①長而細的毛；例毫末。②細微；例明察秋毫。③毛筆的代稱；例狼毫。④衡度單位名，十分之一釐。⑤數在公制中表千分之一。⑥姓。副一點兒；例毫不在意。

參考 與「豪放」、「豪雨」的「豪」字音同而形義有別。

4 **毫不遷就** ㄏㄠˊ ㄅㄨˋ ㄑㄧㄢ ㄐㄧㄡˋ 絕不屈服順從。

參考 與「毫不姑息」相似，都是不肯委曲自己依從他人的成語，但有別：「姑息」多指惡事；「遷就」沒有善惡的意思，指依順他人而已。

12 **毫無成見** ㄏㄠˊ ㄨˊ ㄔㄥˊ ㄐㄧㄢˋ 絕沒有先入爲主的意見。

參考 與「胸有成竹」、「早有成見」有別：「胸有成竹」指內心已有主意；「早有成見」指態度不客觀。

毫無忌憚 ㄏㄠˊ ㄨˊ ㄐㄧˋ ㄉㄢˋ 一點也沒有顧忌害怕地任意而爲。忌：忌諱；憚：害怕。

參考 與「毫無畏懼」不同：後者指不害怕邪惡的勇氣；前者指毫無顧忌，任性而爲，也不怕別人指責。

毫無二致 ㄏㄠˊ ㄨˊ ㄦˋ ㄓˋ 絲毫沒有什麼兩樣，即完全一樣。

▽揮毫、秋毫、絲毫、分毫、一絲一毫、明察秋毫。

毬

次 7

形解 形聲；從毛，求聲。求爲皮衣，所以外皮帶毛的球爲毬。

音義 ㄑㄧㄡˊ 名圓形成團的物體；例花毬。

毯

常 8

形解 形聲；從毛，炎聲。毛席爲毯。

音義 ㄊㄢˇ 名鋪設用的棉毛織品；例毛毯。

毳

次 8

形解 會意；從三毛。獸的細毛爲毳。

音義 ㄘㄨㄟˋ 名鳥獸的細毛；例合聚牛羊毳。形①纖細的。②脆弱的，通「脆」；例事小敵毳。③食物酥鬆可口的，通「脆」；例甘毳食物。

常 9 **毽** 形解 形聲；從毛，建聲。雞毛所製，用足踢的玩具爲毽。

音義 ㄐㄧㄢˋ 名 用皮或布裹銅錢，錢孔中插羽毛，用腳承踢使上下起落而不致掉落地上的一種健身玩具；例毽子。

次 9 **毹** 形解 形聲；從毛，俞聲。俞有並連的意思，所以毛毯爲毹。

音義 ㄕㄨ 名 氍毹，毛織的地毯。

次 11 **毵** 形解 形聲；從毛，參聲。參有錯綜的意思，所以毛長爲毵。

參考 ①又音ㄩˊ。②亦作「毿」。

音義 ㄙㄢ 形 毛長的；例鬖毛不覺白毵毵。

次 11 **氂** 形解 會意；從犛省，從毛。犛牛之尾爲氂。

音義 ㄌㄧˊ 名 ①同「犛」；例氂牛。②馬尾；例馬氂截玉。③彎曲的毛；例以氂裝衣。④長毛；例足下生氂。

次 12 **氄** 形解 形聲；從毛，畗聲。畗有滿溢的意思，所以毛髮盛多爲氄。

音義 ㄖㄨㄥˇ 名 細密的毛；例鳥獸氄毛。形 纖細柔軟的；例氄刺。

次 12 **氅** 形解 形聲；從毛，敞聲。敞有寬大的意思，所以鶖鳥毛爲氅。

音義 ㄔㄤˇ 名 ①用鳥毛編成的外衣；例鶴氅。②用鳥毛編成的旌旗；例孔雀白氅。

參考 字從敞(ㄔㄤˇ)，不可誤從「敝」(ㄅㄧˋ)。

次 13 **氈** 形解 形聲；從毛，亶聲。亶有盛多的意思，所以蹂毛成氈爲氈。

音義 ㄓㄢ 名 用毛著膠汁壓合而成，可做墊褥或鞋帽的織物；例床氈。

▽毛氈、戎氈、雪氈、如坐針氈。

次 18 **氍** 形解 形聲；從毛，瞿聲。瞿有集中的意思，所以將許多毛集中編織成席爲氍。

音義 ㄑㄩˊ 名 氍毹，毛織的地毯。

【氏部】 ㄕˋ

常 0 **氏** 形解 象形；象石塊依傍在山腰，將要崩落形。

音義 ㄕˋ 名 ①姓的支系；例姓氏。②古朝代名；例神農氏。③古爲世業的官名；例太史氏。④專家或名人的尊稱；例釋氏。⑤舊時婦人的稱呼；例江氏。⑥姓。

ㄓ 名 ①史古西域國名；例月氏。②漢朝稱匈奴君主的妻子；例閼氏。

參考 ①注意和「氐」(ㄉㄧˇ)字形近，而音義不同。②孳紙、抵、祇、柢、芪。③「氏」、「氐」有別：「姓氏」的「氏」，讀ㄕˋ。「紙」字右邊是從「氏」；「氐」讀ㄉㄧ或ㄉㄧˇ，「低」、「底」、「抵」字都從「氐」。

11 **氏族** ㄕˋ ㄗㄨˊ (一)人類社會最原始的血源團體，普通以母系爲中心，並崇拜一種動植物爲祖先。(二)姓氏宗族的分系，分開來稱氏，合起來爲族。

▽月氏、左氏、姓氏、華氏、攝氏、閼氏、無名氏、葛天氏、太史氏。

常 1 **民** 形解 象形；金文象用橛刺入眼睛形。

音義 ㄇㄧㄣˊ 名 ①人的通稱；例軍民一家。②百姓；例厥初生民。③姓。

參考 孳岷、珉、緡、泯、愍、暋、湣。

4 **民心** ㄇㄧㄣˊ ㄒㄧㄣ 人民的心意。

參考 衍民心向背。

民不聊生 ㄇㄧㄣˊ ㄅㄨˋ ㄌㄧㄠˊ ㄕㄥ 人民生活困苦，幾乎無法生存下去。

參考 參閱「民不堪命」條。

民不堪命 ㄇㄧㄣˊ ㄅㄨˋ ㄎㄢ ㄇㄧㄥˋ 徵役煩急，百姓都不能忍受奔波的苦痛。
參考 與「民不聊生」有別：前者是勞役之苦；後者重在生活基本條件不足，飢餓之苦。

5 民主 ㄇㄧㄣˊ ㄓㄨˇ 一國的主權在全體人民。又稱「共和國」。
參考 ①衍民主黨、民主主義。②反專制。

9 民胞物與 ㄇㄧㄣˊ ㄅㄠ ㄨˋ ㄩˇ 人民都是我同胞，宇宙萬物都與我同類。與：是類的意思。
參考 「民胞物與」、「天下一家」、「四海之內」都是兄弟的博愛層次不相同：後二者均指人類之間的相愛相助；前者推廣愛心到宇宙萬事萬物上。

10 民脂民膏 ㄇㄧㄣˊ ㄓ ㄇㄧㄣˊ ㄍㄠ 用人民血汗換來的財富，多指人民供輸於官方的財物。亦作「民膏民脂」。

11 民衆 ㄇㄧㄣˊ ㄓㄨㄥˋ 泛指一般老百姓。
參考 衍民衆組訓、民衆運動、民衆警察化。

民族 ㄇㄧㄣˊ ㄗㄨˊ 由於王道自然力造成的團體，稱爲民族；亦即由血統、生活、語言、宗教、風俗習慣相同而結合的人羣。例我們是屬於文化精湛、歷史悠久的中華民族。
參考 衍民族學、民族國家、民族文化。

12 民間文學 ㄇㄧㄣˊ ㄐㄧㄢ ㄨㄣˊ ㄒㄩㄝˊ 〔文〕凡流行於民間之通俗文藝：如戲劇、歌謠、小調、彈詞、鼓詞等。又如民間的神話、故事、傳說等等也是屬於民間文學的範疇。

17 民營 ㄇㄧㄣˊ ㄧㄥˊ 由民間投資經營的事業。
參考 ①衍民營事業。②反國營。

民謠 ㄇㄧㄣˊ ㄧㄠˊ 各地民間所流傳而具有風土特色的純樸樂曲。形式簡單，眞情流露，富有地方色彩。

▽愛民、安民、移民、飢民、愚民、公民、國民、市民、庶民、臣民、人民、生民、賤民、難民、農民、貧民、平民、黎民、牧民、良民、便民、親民、子民、天民、魚肉鄉民、禍國殃民、吾國吾民。

常 1 **氐** 形解 會意；從氏一。氏是土塊，一代表地，土塊落至於地，所以低下爲氐。
音義 ㄉㄧ 名基礎，同「柢」。副總括，通「抵」；例大氐。
參考 孳坻、底、抵、邸、柢、牴、砥、骶、詆。

常 4 **氓** 形解 形聲；從民，亡聲。亡有逃亡的意思，所以自他地歸來的人爲氓。
音義 ㄇㄤˊ 名①古代稱「人」爲「氓」；例氓之蚩蚩。②無業遊民；例流氓。

【气部】 ㄑㄧˋ

常 0 **气** 形解 象形；象雲氣升起形。
音義 ㄑㄧˋ 名雲氣。
參考 ①气爲「氣」的本字。②孳氣、汽。

常 2 **氖** 形解 形聲；從气，乃聲。非金屬化學元素(Neon)的譯名。
音義 ㄋㄞˇ 名化(Ne)化學非金屬元素，無色無臭氣體，不易和他種元素作用。在眞空管中放入少量氖，通過電流，能發出橙紅色的光芒，可作航空航海的信號燈、商店的霓虹燈等。

次 3 **氙** 形解 形聲；從气，山聲。化學元素的譯名。
音義 ㄒㄧㄢ 名化稀有氣體，符號是Xe，無色無臭，置眞空管中，發出淡藍色的光芒，可製造霓虹燈。

常 4 **氛** 形解 形聲；從气，分聲。祥氣、凶氣的通稱。
音義 ㄈㄣ 名①「氣」的通稱；例妖氛。②對情境的感受；例氣氛。

12 **氛圍** ㄈㄣ ㄨㄟˊ 籠罩周圍的氣氛和情調。

常 5 **氟** 形解 形聲；從气，弗聲。非金屬化學元素(Fluorine)的譯名。

音義 ㄈㄨˊ 名化(F)氣體元素之一，呈淡黃色，有特別臭味，最易與他物化合，是骨骼與牙齒中不可缺少的成分。

次 5 **氠** 音義 ㄕㄣ 名 是「氙」的舊譯名。

常 6 **氣** 形解 形聲；從米，气聲。饋送客人的芻米為氣。

音義 ㄑㄧˋ 名 ①物體三態之一，沒有固定的形狀、體積，能自由流散；例氧氣。②動物的呼吸；例氣息奄奄。③味道；例香氣。④憤怒；例忍氣吞聲。⑤陰晴寒暖的自然現象；例氣候。⑥人的精神態度；例勇氣。⑦體勢；例文氣。⑧一片；例連成一氣。⑨醫人體血脈、百骸、九竅所充滿的物體；例血氣。⑩難以忍受的待遇或態度；例我何必受他的氣？動使人憤怒；例氣死我了！

參考 ①字或省作「气」。②「汽」和「氣」同音，但意思有別：「汽」是水蒸氣，「氣」是物體三態(固、液、氣)之一；「汽」的意思較窄，而「氣」可以涵蓋「汽」。③擊餼、愾。

6 **氣色** ㄑㄧˋ ㄙㄜˋ 人的神色氣息。例善觀氣色。

氣宇軒昂 ㄑㄧˋ ㄩˇ ㄒㄩㄢ ㄤˊ 指人的風度、氣概很不平凡的樣子。軒：高敞的意思。

參考 同氣概不凡。

7 **氣沖斗牛** ㄑㄧˋ ㄔㄨㄥ ㄉㄡˇ ㄋㄧㄡˊ ㈠形容怒氣沖天或氣勢很盛。牛：牽牛星；斗：南斗星；斗牛指天空。㈡形容才華高卓。

氣吞山河 ㄑㄧˋ ㄊㄨㄣ ㄕㄢ ㄏㄜˊ 氣勢可以把山河吞沒，形容氣勢浩瀚，莫可遏抑。

參考 參閱「氣勢磅礡」條。

氣氛 ㄑㄧˋ ㄈㄣ ㈠氣氛。例登靈臺以望氣氛。㈡指洋溢於某個特定環境中的情調與氣息。

參考 與「空氣」有別：前者指一定環境中給人某種強烈感覺的精神表現或景象，使用範圍較小。後者的本義指構成地球周圍大氣的氣體，引申而有數義：一、與「氣氛」意義相同；二、指一種流行的風氣；三、指故意製造出來以進行欺騙、蒙蔽的假象或煙幕。

8 **氣味** ㄑㄧˋ ㄨㄟˋ ㈠芳香或臭氣。例氣味芬芳。㈡脾氣與志趣。例氣味相投。

氣味相投 ㄑㄧˋ ㄨㄟˋ ㄒㄧㄤ ㄊㄡˊ 彼此意氣、志趣相合。

氣派 ㄑㄧˋ ㄆㄞˋ ㈠氣概，派頭。例他第一天上班，就氣派十足。㈡形容房舍裝潢得美觀、豪華。例大飯店比起小餐廳當然要氣派多了。

9 **氣度** ㄑㄧˋ ㄉㄨˋ 氣量，度量。例氣度恢宏。

氣急敗壞 ㄑㄧˋ ㄐㄧˊ ㄅㄞˋ ㄏㄨㄞˋ 形容十分慌張、懊喪的樣子，上氣不接下氣，失去了常態。

參考 ①同驚慌失措。②反穩若泰山，氣定神閒。

10 **氣候** ㄑㄧˋ ㄏㄡˋ 某一地區多年的天氣特徵。由太陽輻射、大氣環流、地面性質等因素相互作用所決定。

參考 「氣候」、「天氣」有別：「氣候」是一定地區長時期概括或統計出來的氣象情況；「天氣」是大氣在短時間內的變化現象。

氣息 ㄑㄧˋ ㄒㄧ ㈠呼吸，也指出入的氣。例氣息奄奄。㈡氣味，比喻情感或意趣。

12 **氣喘** ㄑㄧˋ ㄔㄨㄢˇ ㈠一種因呼吸困難而發喘的疾病。㈡呼吸急促。例氣喘如牛。

氣短 ㄑㄧˋ ㄉㄨㄢˇ ㈠失望。㈡氣力不足，呼吸急促。㈢志氣沮喪。例英雄氣短。

氣溫 ㄑㄧˋ ㄨㄣ 天空氣的溫度。通常用溫度表測定。我國以攝氏度數表示。

氣量 ㄑㄧˋ ㄌㄧㄤˋ 指人的度量。例他是個氣量狹小的人。

參考 同胸襟。

氣象 ㄑㄧˋ ㄒㄧㄤˋ ㈠天大氣中的冷、熱、風、雲、雨、雪、霜、霧、雷電等各種物理狀態和物理現象的統稱。㈡景象，光景。例氣景萬千。㈢人的精神氣度。例一觀聖賢氣象。

參考 ①㈠與「天文」有別：有關日、月、星辰等天文現象不屬氣象研究範圍，但二者關係密切，如天氣的轉折性變化，往往與太陽輻射的變動有關。太陽輻射在大氣中的削弱過程等是氣象研究上的重要課題。②衍氣象學、氣象臺、氣象站、氣象潮、氣象哨、氣象預測、氣象報告、氣象雷達、氣象衛星。

氣象萬千 ㄑㄧˋ ㄒㄧㄤˋ ㄨㄢˋ ㄑㄧㄢ 指景象千變萬化，蔚為大觀。

13 **氣節** ㄑㄧˋ ㄐㄧㄝˊ 志氣和節操。

氣概 ㄑㄧˋ ㄍㄞˋ ㈠指人的態度與舉動。例氣概非凡。㈡比喻一種堅定、豪邁、有勇氣、有決心的精神風貌。例他是個有氣概的青年。

參考 與「氣魄」都能指精神風貌或氣勢，但一外（氣概）一內（氣魄），各有所偏重。

氣勢 ㄑㄧˋ ㄕˋ ㈠氣焰，聲勢。㈡氣象，形勢。

參考 ①與「氣焰」有別：前者指人或事物表現出來的某種力量、聲勢，是中性詞，用於貶義時程度比「氣焰」淺；後者本指火勢（盛大），又指威風、氣勢，多用於壞的方面，含貶損的意思。②衍氣勢洶洶、氣勢磅礡。

氣勢洶洶 ㄑㄧˋ ㄕˋ ㄒㄩㄥ ㄒㄩㄥ 比喻氣勢威猛。

參考 與「威風凜凜」有別：前者形容氣勢凶猛，使人害怕；含有貶損的意思；後者形容氣勢嚴肅，使人敬畏，有褒獎的意思。

氣勢磅礡 ㄑㄧˋ ㄕˋ ㄆㄤˊ ㄅㄛˊ 氣勢宏偉壯盛的樣子。磅礡：形容廣大無邊，風貌懍烈。

參考 與「氣吞山河」都有氣勢宏偉盛大的意思，但有別：前者著眼於「氣勢」，經常用來形容山、水的雄偉氣勢；後者著眼於「氣魄」，組成成分中就含有「山」、「河」，因此不能用來形容「山」、「水」。又後者經常用來形容人的氣概、聲音等；而前者一般不用以形容人。

15 **氣餒** ㄑㄧˋ ㄋㄟˇ 內心恐懼、慚愧，以致氣魄衰敗不能壯盛有力。

參考 與「氣喪」、「灰心」義近。

氣魄 ㄑㄧˋ ㄆㄛˋ 即魄力。一種敢作敢為，不怕困難的氣概。

參考 與「氣勢」有別，參閱「氣勢」條。

氣質 ㄑㄧˋ ㄓˋ ㈠氣稟。天賦的材質及生理、心理等特點。㈡心理學名詞。指個人情緒上的特徵，即日常所謂性情或脾氣。㈢即風骨。指作者的性情或文章的義理而言。

參考 參閱「品質」條。

▽意氣、英氣、銳氣、腳氣、景氣、血氣、元氣、浩氣、才氣、殺氣、士氣、濕氣、冷氣、蒸氣、暑氣、正氣、生氣、暖氣、天氣、電氣、怒氣、毒氣、勇氣、靈氣、和氣、脾氣、養氣、一鼓作氣、一團和氣、低聲下氣、沆瀣一氣、垂頭喪氣、烏煙瘴氣、迴腸盪氣、揚眉吐氣、浩然正氣、一鼻孔出氣。

常 6
氧

形解 形聲；從气，羊聲。非金屬化學元素（Oxygen）的譯名。

音義 ㄧㄤˇ 名化 (O)非金屬元素之一，以氣態分子(O_2)自然存在於空氣中，又廣布地上，無色、無臭、無味，有助燃性，易與他物化合，為動植物呼吸作用所不可或缺的氣體。

參考 氧原子為「O」（原子量16），氧分子為「O_2」則由兩個氧原子構成（分子量32），即一般所稱的氧氣。一般氣態元素大多以雙原子分子自然存在，如氫氣（H_2），氮氣（N_2）、氯氣（Cl_2）等皆然。

常 6
氨

形解 形聲；從气，安聲。非金屬化學元素（Ammonia）之譯名。是無色而有劇臭的氣體，由氫與氮依一定比例化成的有毒氣體。

音義 ㄢ 名化 (NH_3)無機化合物，由氫與氮化合，為無色有臭味的氣體，俗稱阿摩尼亞。水溶液叫氨水，可直接用作肥料；經液化後的液體氨用作溶劑、冷凍劑等。

11 **氨基酸** ㄢ ㄐㄧ ㄙㄨㄢ 含有氨基和羧基的化合物，通式R－NH_2－COOH(R代表烴基)，是組成蛋白質的單位。如：氨基乙酸。

常 6 **氦** 解形 形聲；從气，亥聲。非金屬化學元素(Helium)的譯名。

音義 ㄏㄞˋ 名化(He)一種稀有元素。氦氣，無色無臭的氣體，產於天然燃氣中，不與他物化合，易傳電，通過電流時呈金黃色，可用來填充電子管；質量很輕，可以代氫氣充氣球或飛船的氣囊或潛水衣，又可用於原子能工業上。

常 6 **氤** 解形 形聲；從气，因聲。煙氣瀰漫爲氤。

音義 ㄧㄣ 形雲烟瀰漫的；例氤氳。

14 **氤氳** ㄧㄣ ㄩㄣ 烟雲瀰漫的樣子。例香氣氤氳。

常 7 **氫** 解形 形聲；從气，巠聲。非金屬化學元素(Hydrogen)的譯名。

音義 ㄑㄧㄥ 名化(H)元素中最輕的氣體，無色、無臭、無味，能自燃而不助燃，跟氧化合成水。可用作合成氨的原料，液體氫可做火箭中的高能燃料，是發展國防工業的要件之一。

15 **氫彈** ㄑㄧㄥ ㄉㄢˋ 利用氫元素原子核在高溫下聚變(熱核反應)瞬間放出的巨大能量，來發生殺傷破壞作用的一種爆炸性原子武器。主要組成部分是裝料、引爆裝置和彈殼。爆炸的殺傷破壞因素和景象，與原子彈基本相同，但威力更大。

次 7 **氪** 解形 形聲；從气，克聲。化學元素之一。

音義 ㄎㄜˋ 名化化學元素，符號Kr，無色無臭氣體，不跟其他元素化合，通過電流，會顯出黃綠色。

常 8 **氮** 解形 形聲；從气，炎聲。非金屬化學元素(Nitrogen)的譯名。

音義 ㄉㄢˋ 名化(N)一種非金屬元素，無色無臭氣體，占空氣五分之一，也稱「淡氣」。化學性質不活潑，是動植物蛋白質的主要成分之一；可用大量合成氨製成氮肥；也用於易揮發、易氧化物質的保護氣。

常 8 **氯** 解形 形聲；從气，彔聲。非金屬化學元素(Chlorine)之譯名。

音義 ㄌㄩˋ 名化(Cl)有惡臭的黃綠色氣體，毒性劇烈，易液化，化學性質很活潑，能和許多元素直接反應而產生氯化物。廣泛應用於製造漂白粉、染料、塑膠原料、醫藥、農藥等方面，也可作毒氣使用。又稱「綠氣」。

參考 又音ㄌㄨˋ。

23 **氯黴素** ㄌㄩˋ ㄇㄟˊ ㄙㄨˋ 化西元一九四七年所發現的一種抗生素，工業上主要用人工合成。係白色或微黃色結晶，味苦，略溶於水，性穩定。抗生範圍廣泛，對多種細菌、立克次體和某些病毒具有抗生作用。

次 8 **氰** 解形 形聲；從气，青聲。化學元素之一。

音義 ㄑㄧㄥ 名化碳、氮二元素的化合物，有杏仁味，含劇毒，性質和鹵素多類似。在火上燃燒能發出青色火焰，所以通稱「青氣」。

次 8 **氬** 解形 形聲；從气，亞聲。化學元素之一。

音義 ㄧㄚˋ 名化化學元素，符號Ar或A，不易跟別的元素化合，可用以防止氧化、氫化、氮化；也可用來充入燈泡。

常 10 **氳** 解形 形聲；從气，𥁕聲。氤氳，煙氣瀰漫。

音義 ㄩㄣ 形煙雲瀰漫的；例氤氳。

【水部】ㄕㄨㄟˇ

0 常 **水** 解形 巛 象形；象流水形。中象主流，旁有支流形。

音義 ㄕㄨㄟˇ 名 ①化 (H_2O) 氫氧的化合物，爲無色無臭液體。②江、河、湖、海的通稱；例水陸交通。③河流名；例漢水。④果汁；例橘子水。⑤銀子的品質；例貼水。⑥額外的利潤；例油水。⑦姓。

2 **水力** ㄕㄨㄟˇ ㄌㄧˋ 江、河、湖、海等的水流所產生的作功的能力，是自然能源之一，可用來轉動機器或發電。

水力發電 ㄕㄨㄟˇ ㄌㄧˋ ㄈㄚ ㄉㄧㄢˋ 工 利用水的流量和落差產生的機械能來轉動水輪或渦輪發電機以產生電力。

3 **水土** ㄕㄨㄟˇ ㄊㄨˇ ㈠地表的水和土。例水土保持。㈡一個地方的自然環境和氣候飲食。例水土不服。

4 **水手** ㄕㄨㄟˇ ㄕㄡˇ 職位較低的船員。

參考 衍水手帽、水手裝。

水中撈月 ㄕㄨㄟˇ ㄓㄨㄥ ㄌㄠ ㄩㄝˋ 比喻事情根本做不到，純屬幻想，白費力氣。

參考 ①又作「水中捉月」。②同「鏡裏拈花」。③與「海底尋針」、「水底撈針」，都有事情做不到，白費力氣的意思。但有別：「水中撈月」純屬幻想，毫無實現的可能；「海底尋針」、「水底撈針」雖成功的機率極小，實現的機會渺茫，但終究還有一絲希望。

5 **水平** ㄕㄨㄟˇ ㄆㄧㄥˊ ㈠與水面平行，即與鉛垂線呈直角相交的面或線。㈡測定水平的工具。㈢即水準，在某方面所達到的高度。例目前國民的教育水平普遍提高。

參考 ①㈠衍水平面。②㈡同水準。

水平線 ㄕㄨㄟˇ ㄆㄧㄥˊ ㄒㄧㄢˋ 與鉛垂線垂直的直線。

7 **水災** ㄕㄨㄟˇ ㄗㄞ 由於雨量過多或河水氾濫，而沖毀房屋、田產、人畜等的天然災害。

參考 ①反火災。②又作「水患」。

水位 ㄕㄨㄟˇ ㄨㄟˋ 江河、湖泊、水庫等自由水面與地下水面，相對於基準面的高度。常隨季節、雨量而變化。

8 **水性楊花** ㄕㄨㄟˇ ㄒㄧㄥˋ ㄧㄤˊ ㄏㄨㄚ 水性流動，楊花輕飄，比喻女子輕佻風騷，用情不專。又作「楊花水性」。

水乳交融 ㄕㄨㄟˇ ㄖㄨˇ ㄐㄧㄠ ㄖㄨㄥˊ 水和乳汁融合在一起，比喻思想感情融洽，毫無距離。

水泄不通 ㄕㄨㄟˇ ㄒㄧㄝˋ ㄅㄨˋ ㄊㄨㄥ 比喻十分擁擠或包圍得非常嚴密，好像連滴水都流不出去。

水到渠成 ㄕㄨㄟˇ ㄉㄠˋ ㄑㄩˊ ㄔㄥˊ 水流到的地方，自然會成一條河道。比喻條件成熟，事情自然順利完成。

11 **水產** ㄕㄨㄟˇ ㄔㄢˇ 水裏出產的動、植、礦物的總稱。如海藻、蝦、蚌等都是。

參考 衍水產物、水產業、水產試驗所。

水深火熱 ㄕㄨㄟˇ ㄕㄣ ㄏㄨㄛˇ ㄖㄜˋ 比喻生活處境異常艱難痛苦，無法生存。

13 **水源** ㄕㄨㄟˇ ㄩㄢˊ 水流起源的地方。

水雷 ㄕㄨㄟˇ ㄌㄟˊ 軍 一種內有起爆裝置和炸藥，佈置在水中的爆炸武器。一般由艦艇、飛機佈設，以炸毀敵方艦船或限制其活動。

水準 ㄕㄨㄟˇ ㄓㄨㄣˇ ㈠水的平面可爲萬物的準的。㈡測量平直的工具。又稱「水準器」。㈢作爲標準的程度。

水落石出 ㄕㄨㄟˇ ㄌㄨㄛˋ ㄕˊ ㄔㄨ 水落下去，石頭自然就會顯露出來。比喻事情眞相大白。

14 **水榭** ㄕㄨㄟˇ ㄒㄧㄝˋ 建在水邊或水上供人游憩的樓臺。

水銀 ㄕㄨㄟˇ ㄧㄣˊ 「汞」的俗稱，是常溫下唯一的液態金屬，有劇毒，可用來製水銀燈、溫度計、氣壓計等。

水滸傳 ㄕㄨㄟˇ ㄏㄨˇ ㄓㄨㄢˋ 書 元末施耐庵根據長期流傳在民間的水滸故事改寫而成的長篇白話章回小說，描寫以宋江為首的一百零八條好漢落草為寇，據地稱雄的故事，塑造了許多生動的人物形象。

水漲船高 ㄕㄨㄟˇ ㄓㄤˇ ㄔㄨㄢˊ ㄍㄠ 水漲起，船就會跟著浮高。比喻事物隨著它所憑藉的基礎的提昇而升高。「漲」也作「長」。

16 **水磨** (一)ㄕㄨㄟˇ ㄇㄛˊ 雕刻器物時加水細磨，是一種講求精密細緻的工作。(二)ㄕㄨㄟˋ ㄇㄛˋ 用水力推轉用來磨粉的器具。

▽薪水、逝水、洪水、墨水、聖水、天水、流水、山水、香水、海水、噴水、井水、雨水、汽水、河水、湖水、行雲流水、千山萬水、白山黑水、窮山惡水、一衣帶水、心止如水、付之流水、如魚得水、拖泥帶水、望穿秋水、落花流水、君子之交淡如水。

常 1 **永** 形解 象形；象水的流脈形。

音義 ㄩㄥˇ 名 姓。形 長遠的；例 江之永矣。副 久遠地；例 永垂不朽。

參考 ①同 久，遠，長。②孳 泳、咏、詠。

3 **永久** ㄩㄥˇ ㄐㄧㄡˇ 長久，久遠。參考 ①衍 永久性。②參閱「永遠」條。

5 **永生** ㄩㄥˇ ㄕㄥ (一)一生一世，一輩子。又作「永世」、「畢生」、「終身」。例 永生難忘。(二)宗 指人死後靈魂升天，永遠存活。(三)比喻死後精神永不磨滅。多用作哀悼死者的話。

永矢弗諼 ㄩㄥˇ ㄕˇ ㄈㄨˊ ㄒㄩㄢ 發誓永遠不會忘記。矢：發誓。

9 **永恆** ㄩㄥˇ ㄏㄥˊ 長久不變。參考 ①衍 永恆性。②參閱「永遠」條。

永垂不朽 ㄩㄥˇ ㄔㄨㄟˊ ㄅㄨˋ ㄒㄧㄡˇ 指光輝的事迹和偉大的精神長久流傳，永不磨滅。

11 **永訣** ㄩㄥˇ ㄐㄩㄝˊ 永遠別離。通常指死亡而言。訣：死別。參考 同 永別，訣別。

14 **永遠** ㄩㄥˇ ㄩㄢˇ 時間久遠而沒有終止。參考「永遠」、「永久」、「永恒」有別：「永遠」是副詞，常修飾形容詞、動詞作狀語，如：一本好書有永遠流傳的價值。「永久」是形容詞，作定語，修飾名詞，如：永久利益。「永久」也修飾動詞，可以和「永遠」互換，如：永久(永遠)不變。「永恆」是永遠不變的，也是形容詞，作定語，常修飾名詞，如：永恆的友誼。

常 2 **汁** 形解 形聲；從水，十聲。流液為汁。

音義 ㄓ 名 物體中含有的水分或液體；例 果汁。

參考「汁」與「液」含義有別：前者專指物體中所含的水分；後者則泛稱流質。

▽膽汁、乳汁、墨汁、果汁、肉汁、米汁、膽汁、蘆筍汁、太羹汁、百香果汁。

常 2 **汀** 形解 形聲；從水，丁聲。水中平坦的沙洲為汀。

音義 ㄊㄧㄥ 名 ①水邊的平地。②水中的小沙洲；例 汀洲。

參考 字雖從丁，但不可讀成ㄉㄧㄥ。

▽沙汀、長汀、水泥汀、熱水汀、西門汀。

常 2 **氾** 形解 形聲；從水，㔾聲。氾濫為氾。

音義 ㄈㄢˋ 形 ①水大量向外橫流；例 氾濫。②搖動的；例 氾崇蘭些。副 ①普遍，通「汎」；例 氾愛。②漂浮，通「泛」。

ㄈㄢˊ 名 姓。

參考 ①字和從「巳」的「汜」(ㄙˋ)字不同。②「汎」、「泛」、「氾」三字有同有異：「汎舟」可作「泛舟」，但不可作「氾舟」；而「氾濫」可作「汎濫」或「泛濫」。③孳 范。

5 **氾氾** ㄈㄢˋ ㄈㄢˋ (一)若浮若沈的樣子。(二)漂動不定的樣子。

17 **氾濫** ㄈㄢˋ ㄌㄢˋ (一)江河湖泊的水溢出來。(二)比喻壞的事物或不好的思想擴散漫布沒有止境。

參考 同 瀰漫。

常 2
求

形解 象形；象衣領及皮毛之形。

音義 ㄑㄧㄡˊ 名姓。動①乞助於人；例求助。②責備；例君子求諸己。③貪心；例不忮不求。④需要；例供過於求。⑤希望；例不求有功，但求無過。

參考 ①同乞。②擘俅、逑、球、毬、絿、裘、賕、救。③求爲裘的本字。

6 **求全** ㄑㄧㄡˊ ㄑㄩㄢˊ 設法保持完好。例委曲求全。

求好心切 ㄑㄧㄡˊ ㄏㄠˇ ㄒㄧㄣ ㄑㄧㄝˋ 要求事物做得完美的心情過於急切。

7 **求見** ㄑㄧㄡˊ ㄐㄧㄢˋ 請求接見。通常用於下對上、幼對長。有時可作謙辭。

11 **求教** ㄑㄧㄡˊ ㄐㄧㄠˋ 請求他人的指點。

15 **求賢若渴** ㄑㄧㄡˊ ㄒㄧㄢˊ ㄖㄨㄛˋ ㄎㄜˇ 徵求人才像口渴求水一般，十分誠懇而迫切。

16 **求學** ㄑㄧㄡˊ ㄒㄩㄝˊ (一)研究、追求知識。例努力求學。(二)指具有學籍，在校讀書。例求學時期。

▽希求、請求、搜求、探求、追求、要求、需求、講求、討求、訪求、予取予求、供不應求、供過於求、降格相求、夢寐以求。

次 2
汃

形解 形聲；從水，八聲。水波相擊的聲音爲汃。

音義 ㄅㄧㄣ 名地西方極遠處的水名，通「邠」。

ㄆㄚ 名波濤激湧的聲音；例澎汃。

次 2
氽

形解 會意；從入水。水推物前進爲氽。

音義 ㄊㄨㄣˇ 動①水推送東西前進。②人在水上漂浮。

ㄘㄨㄢ 名把食物投入沸水中稍稍一煮，就連湯盛起來的烹飪法；例氽湯。

常 3
汝

形解 形聲；從水，女聲。水名爲汝。

音義 ㄖㄨˇ 名①地水名；例汝水。②姓。代你；例汝曹。

參考 ①「女」唸成ㄖㄨˇ時，與「汝」通。②同你，爾，女，若，而。

11 **汝曹** ㄖㄨˇ ㄘㄠˊ 你們。是文言中對子輩的稱呼。又作「爾輩」、「汝等」、「汝輩」。

常 3
汗

形解 形聲；從水，干聲。皮膚所分泌的液體爲汗。

音義 ㄏㄢˋ 名①由動物皮膚毛孔所排泄出的液體；例流汗。②姓。動發汗；例胸喘膚汗。

ㄏㄢˊ 名古西域國王的稱號；例可汗。

4 **汗牛充棟** ㄏㄢˋ ㄋㄧㄡˊ ㄔㄨㄥ ㄉㄨㄥˋ 形容書籍很多。汗牛：言其重量足使牛流汗。充棟：言其體積可以充滿整個屋宇。

參考 與「浩如煙海」有別：①前者僅形容書籍多、著作多；後者則不限於此，如語詞、事件也多可用。②前者僅表示「多」；後者兼含「廣大」和「繁多」的意思。

8 **汗衫** ㄏㄢˋ ㄕㄢ 貼身而易吸汗的內衣。通常指男子所穿者而言。

參考 同笠衣，汗衣，汗襦。

汗青 ㄏㄢˋ ㄑㄧㄥ (一)古代記事用的竹簡。是用青竹烤去油質水分製成，烤時竹上出水如汗，故名。(二)泛指書籍史冊；例留取丹心照汗青。

參考 同汗簡。

9 **汗流浹背** ㄏㄢˋ ㄌㄧㄡˊ ㄐㄧㄚ ㄅㄟˋ (一)汗多而濕透脊背。形容因炎熱或過分勞動而出汗很多。(二)形容極度惶恐或慚愧。

參考 (一)同滿身大汗。

10 **汗馬功勞** ㄏㄢˋ ㄇㄚˇ ㄍㄨㄥ ㄌㄠˊ (一)比喻爲征戰奔走的功勞。汗馬：比喻征戰的勞苦。(二)指爲工作辛勞而有所貢獻。

18 **汗顏** ㄏㄢˋ ㄧㄢˊ 因慚愧而面頰冒出汗水。形容羞慚的樣子。

▽盜汗、流汗、冷汗、血汗、發汗、漫汗、反汗、熱汗、香汗、滿頭大汗。

常 3
污

形解 形聲；從水，亏聲。骯髒不乾淨爲污。

音義 ㄨ 名①停止著不流動的

水；例潢污行潦。②髒物；例污衊。②姦淫；例姦污。形①不潔的；例污水。②不廉潔的；例貪官污吏。

6 **污吏** ㄨ ㄌㄧˋ 利用職權取得不正當財物的官吏。

參考 ①同貪官。②反清官。③衍貪官污吏。

9 **污垢** ㄨ ㄍㄡˋ 人身上或物體上的髒東西。

污染 ㄨ ㄖㄢˇ ㈠沾染上髒的東西。㈡指工、礦業排出的廢料對自然環境的破壞。如水污染、大氣污染等。

10 **污辱** ㄨ ㄖㄨˇ ㈠用橫暴無理的言行使人蒙受羞辱。㈡用強硬的手段姦淫別人。

17 **污點** ㄨ ㄉㄧㄢˇ ㈠東西骯髒的地方。㈡事物的缺失。㈢難以洗刷的不光采的行為。

18 **污穢** ㄨ ㄏㄨㄟˋ 骯髒，不潔淨。

21 **污衊** ㄨ ㄇㄧㄝˋ 扭曲事實或製造謠言破壞別人的名譽。

參考 參閱「歪曲」條。

▽垢污、沾污、濁污、玷污、貪污、泥污、同流合污、藏垢納污。

常 3 江

形解 形聲；從水，工聲。江水穿峽瀉灘，所發出「工工」的聲音為江。

音義 ㄐㄧㄤ 名 ①地水名，古稱「長江」為江；例江、淮、河、漢。②地「江蘇省」的簡稱。③大河的通稱；例江水。④水名；例珠江。⑤姓。

3 **江山** ㄐㄧㄤ ㄕㄢ 江河和山嶺，是國家的代稱。

江山易改 ㄐㄧㄤ ㄕㄢ ㄧˋ ㄍㄞˇ 改朝換代還比較容易。常用來反襯人的本性改變之難。例江山易改，本性難移。

4 **江心** ㄐㄧㄤ ㄒㄧㄣ 江流的中央。

參考 反江邊。

8 **江河日下** ㄐㄧㄤ ㄏㄜˊ ㄖˋ ㄒㄧㄚˋ 江河的水天天向下流，比喻情況一天一天地壞下去。

9 **江南** ㄐㄧㄤ ㄋㄢˊ 泛指長江中下游以南的地區。

江郎才盡 ㄐㄧㄤ ㄌㄤˊ ㄘㄞˊ ㄐㄧㄣˋ 比喻才情減退，文思枯竭。南朝梁國人江淹少有文名，晚年夢見郭璞索回五色筆後，詩文便不再有佳句，時人稱它做「才盡」。

12 **江湖** ㄐㄧㄤ ㄏㄨˊ ㈠「三江五湖」的合稱。㈡四方各地。舊指流浪各地賣藥、賣藝為生的人為走江湖。㈢隱士或辭官閒居者的居處。㈣指閱歷廣闊，練達世故的人。例老江湖。

參考 衍江湖術士。

▽長江、烏江、寒江、九江、曲江、湖江、大江、嘉陵江、黑龍江。

常 3 池

形解 形聲；從水，也聲。水聚集停留的地方為池。

音義 ㄔˊ 名 ①地上積水的大坑；例魚池。②護城河；例金城湯池。③低平如池的地方；例舞池。④姓。

4 **池中物** ㄔˊ ㄓㄨㄥ ㄨˋ 比喻蟄居一處，沒有遠大抱負的人。

8 **池沼** ㄔˊ ㄓㄠˇ 蓄水的窪地。圓的稱「池」，曲的稱「沼」。

11 **池魚之殃** ㄔˊ ㄩˊ ㄓ ㄧㄤ 城門失火，殃及池魚；比喻不相關的人受到拖累，無辜受禍。

13 **池塘** ㄔˊ ㄊㄤˊ 低窪而能蓄水的地方。

24 **池鹽** ㄔˊ ㄧㄢˊ 含鹽分高的水池所出產的食鹽。在我國以山西解池、甘肅花馬池所產的最著名。

▽硯池、沼池、城池、墨池、臨池、天池、差池、硯池、貯水池、消防水池。

常 3 汐

形解 形聲；從水，夕聲。海水受日月引力，定時漲落，早潮稱潮，晚潮稱夕。

音義 ㄒㄧ 名 海水的晚潮；例潮汐。

參考 早上的海濤稱「潮」，晚上的稱「汐」。

▽海汐、潮汐。

常 3 汕

形解 形聲；從水，山聲。魚游水為汕。

音義 ㄕㄢ 名 地汕頭，廣東省轄市，臨南海，是粵東和閩南的門戶。副魚游水的樣子；例南有嘉魚，蒸然汕汕。

常 3 **汞** 形解 形聲；從水，工聲。水銀爲汞。

音義 ㄍㄨㄥˇ 名 化（Hg）俗稱水銀，一種金屬元素，常溫下爲銀白色液體，有劇毒，使用在農藥、醫藥及工業方面，如溫度計、氣壓計，水銀燈及雷汞等。

參考 ①又作「銾」。②又音ㄏㄨㄥˋ。③汞爲唯一以液態存在的金屬元素。

次 3 **汜** 形解 形聲；從水，巳聲。巳有重生的意思；所以水的別流再流回本流者爲汜。

音義 ㄙˋ 名 ①水的別流再流回本流；例江有汜。②不流通的死水。③水涯。④地 水名，在河南汜水縣，北流入黃河。

參考 「汜」右從巳，不從己或已。

次 3 **汱** 形解 形聲；從水，大聲。水勢盛大，發出淅瀝的聲音爲汱。

音義 ㄉㄞˋ 名 波濤；例齊吳榜而擊汱。動 沖洗；例汱衣服。

參考 「汱」、「汰」，音義不同。

次 3 **汊** 形解 形聲；從水，叉聲。又有分岐的意思，所以水的分流爲汊。

音義 ㄔㄚˋ 名 河道的支流。

參考 「汊」與從衤（衣）的「衩」字，音同義異。

次 3 **汎** 形解 形聲；從水，凡聲。凡有急起的意思，所以灑水爲汎。

音義 ㄒㄩㄣˋ 名 ①張潮，定期而來的海水；例潮汎。②婦女的月經；例月汎。動 灑；例汎掃。

參考 「汎」與從丸（ㄨㄢˊ）的「汍」字，音義不同。

次 3 **汎** 形解 形聲；從水，凡聲。在水面漂流爲汎。

音義 ㄈㄢˋ 名 姓。動 漂浮，通「泛」；例汎舟於河。形 ①大水漫溢的，通「氾」；例汎濫。②英文 Pan 的音譯，表示全面的；例汎美。副 普遍地，通「泛」；例汎涉百家。

參考 「汎」、「汛」、「汍」形近，而音義不同。

13 **汎愛** ㄈㄢˋ ㄞˋ 博愛。例汎愛衆。

14 **汎稱** ㄈㄢˋ ㄔㄥ 總稱，通稱。

常 4 **沒** 形解 形聲；從水，𠬛聲。𠬛是深水，又是伸手入水中取物，所以全部沈入水中爲沒。

音義 ㄇㄛˋ 動 ①沈入水中；例沈沒。②掩埋；例積雪沒脛。③隱藏；例神出鬼沒。④消滅；例湮沒。⑤扣收財物；例沒收。⑥死亡，通「歿」；例包犧氏沒，神農氏作。

ㄇㄟˊ 動 無，沒有；例沒錢。副 未，不曾；例沒來。

參考 ①俗作「没」。②同沈。③反浮。

2 **沒人** ㄇㄛˋ ㄖㄣˊ 很會潛水的人。

6 **沒死** ㄇㄛˋ ㄙˇ 冒著生命的危險。

參考 同冒死，昧死。

6 **沒收** ㄇㄛˋ ㄕㄡ ㈠把犯罪的個人或集團的財產強制地收歸公有。㈡把違反禁令或規定的東西收去歸公。又作「沒入」。

7 **沒沒** ㄇㄛˋ ㄇㄛˋ ㈠迷戀，沈溺。㈡無聲無息，沒有作爲。有被埋沒的意味。

8 **沒來由** ㄇㄟˊ ㄌㄞˊ ㄧㄡˊ 沒有原因、理由。

參考 ①同沒巴臂。②又作「沒來頭」。

9 **沒指望** ㄇㄟˊ ㄓˇ ㄨㄤˋ 沒有前途或希望。

10 **沒骨花卉** ㄇㄛˋ ㄍㄨˇ ㄏㄨㄚ ㄏㄨㄟˋ 藝 國畫畫法的一種，是在枝葉花朵外圍不打輪廓線，直接用水彩畫成的花卉圖。

13 **沒落** ㄇㄛˋ ㄌㄨㄛˋ ㈠下陷沈落。㈡由壯盛逐漸衰微、落後或死亡。

參考 與「消逝」都有逐漸衰微的意思，但「沒落」不一定完全消滅；「消逝」則是一去不返，完全消滅了。

沒意思 ㄇㄟˊ ㄧˋ ㄙ ㈠無聊，沒有趣味。㈡沒有興趣。可用於對人或對事，對人通常專指男女間的交往。㈢形容人不夠義氣，從中壞事或不肯幫忙。閩南語中常用。

14 **沒精打采** ㄇㄟˊ ㄐㄧㄥ ㄉㄚˇ ㄘㄞˇ 不帶勁，沒有精神的樣子。
參考 ①同垂頭喪氣。②又作「無精打采」。

15 **沒趣** ㄇㄟˊ ㄑㄩˋ ㈠沒有趣味。㈡不了解別人喜怒哀樂，而遭人嫌惡。例自討沒趣。

沒齒 ㄇㄛˋ ㄔˇ ㈠一輩子。沒：終了。齒：年齡。例沒齒無怨言。㈡兒童由乳牙更換為永久齒。通常男孩在八歲，女孩在七歲左右。
參考 ㈠同沒世，終身。

沒齒難忘 ㄇㄛˋ ㄔˇ ㄋㄢˊ ㄨㄤˋ 一輩子也不會忘記。又作「沒齒不忘」。

16 **沒頭沒腦** ㄇㄟˊ ㄊㄡˊ ㄇㄟˊ ㄋㄠˇ ㈠罵人沒有知識，缺乏智慧。㈡不明不白，不知是什麼緣故。例他沒頭沒腦的挨了一頓罵。

▽出沒、沈沒、埋沒、掩沒、淪沒、泯沒、淹沒、存沒、汩沒、神出鬼沒、全軍覆沒。

常 4 **汽** 解 形 形聲；從水，气聲。水乾涸為汽。

音義 ㄑㄧˋ 名 液體受熱蒸發而得的氣體，即水蒸氣；例蒸汽。
參考 ①參閱「氣」字條。②另有「汔」字，是「乾涸」、「幾乎」、「將近」的意思，和「汽」字音同義異。③「汽」、「氣」、「愾」有別：「汽油」、「汽車」、「汽水」的「汽」字從「氵」(水)。「生氣」、「氣憤塡膺」的「氣」，是餽客的芻米，所以字從「米」。「同仇敵愾」的「愾」，是指對敵人的痛恨，情感發自內心，所以字從「忄」(心)，音ㄒㄧˋ或ㄎㄞˋ。

4 **汽水** ㄑㄧˋ ㄕㄨㄟˇ 一種含有固定比例的二氧化碳、水、糖、檸檬酸、香料、食用色素等製造而成的清涼飲料。

汽化 ㄑㄧˋ ㄏㄨㄚˋ 物 液體物質吸收熱量，經由蒸發或沸騰轉化為氣體的過程。
參考 反 凝結。

常 4 **沈** 解 形 形聲；從水，冘聲。山陵上久雨積水成為停潦為沈。

音義 ㄔㄣˊ 動 ①沒入水中；例載沈載浮。②耽溺；例沈迷。③埋沒；例英俊沈下僚。④抑制；例沈下臉來。⑤作色；例沈不住氣。形 ①長久的；例多病沈年。②重大的；例擔子很沈。③深切的；例沈痛。④過量的；例酒沈。副 深入地；例沈睡。
ㄕㄣˇ 名 姓。
參考 俗字作「沉」，但意思略異，參閱「沉」字條。

7 **沈吟** ㄔㄣˊ ㄧㄣˊ 遲疑不決，低聲地自言自語。

沈沈 ㄔㄣˊ ㄔㄣˊ ㈠物體分量很重的樣子。㈡低沈不開朗的樣子。例暮氣沈沈。

沈沒 ㄔㄣˊ ㄇㄛˋ ㈠完全下沈浸入水中而看不見。㈡比喻有才能被埋沒而不能顯露。
參考 ㈡同埋沒。

9 **沈思** ㄔㄣˊ ㄙ 完全沈默不語而深入地考慮。

沈重 ㄔㄣˊ ㄓㄨㄥˋ ㈠形容物體的重量很重。㈡比喻心理壓力大或有很重的負擔。㈢形容人的深沈莊重。
參考 與「繁重」都有分量重的意思，但有別：「沈重」著重在重量，多適用於表示具體物質、心情、疾病等方面；「繁重」著重在數量，多適用於表示工作、任務等方面。

10 **沈疴** ㄔㄣˊ ㄜ 久治不癒的重病。疴：疾病。

沈浸 ㄔㄣˊ ㄐㄧㄣˋ ㈠泡在水中。㈡比喻陷入某種境界或思想活動中。

沈迷 ㄔㄣˊ ㄇㄧˊ 形容對某種事物迷戀過深。
參考 衍 沈迷其中。

沈浮 ㄔㄣˊ ㄈㄨˊ ㈠在水面上一會兒沈沒，一會兒浮出。㈡比喻世道榮枯盛衰的變遷。㈢比喻一個人沒有原則，隨波逐流。

11 **沈冤** ㄔㄣˊ ㄩㄢ 積久未能伸雪或難以辯白的冤屈。
參考 衍 沈冤莫白。

沈淪 ㄔㄣˊ ㄌㄨㄣˊ ㈠沒入水中。㈡比喻陷入不好的境地，含有貶損的意思。
參考 同 墮落，陷落。

沈寂 ㄔㄣˊ ㄐㄧˊ ㈠非常寂靜，沒有一點聲響。㈡比喻失去音訊。㈢比喻拋卻俗務，不問世事。

參考 參閱「沈靜」條。

沈魚落雁 ㄔㄣˊ ㄩˊ ㄌㄨㄛˋ ㄧㄢˋ 原指大家所公認爲美麗的東西，魚鳥麋鹿看見了都會避開，後來用作比喻女子的容貌美麗。

參考 同閉月羞花。

12 **沈痛** ㄔㄣˊ ㄊㄨㄥˋ 十分悲傷，感到極度痛心。

沈悶 ㄔㄣˊ ㄇㄣˋ 沈靜鬱悶，使人透不過氣來。可形容天氣、時局、藝術或人的精神等。

沈湎 ㄔㄣˊ ㄇㄧㄢˇ ㈠原意是染上酒癮，每天非喝不可。㈡比喻深深地迷戀某種事物，不能自拔。又作「湛沔」。

沈著 ㄔㄣˊ ㄓㄨㄛˊ 比喻遇事鎮靜，從容不迫。

參考 ①同鎮定。②反浮躁。③參閱「冷靜」條。衍沈著堅毅、沈著應付、沈著應戰。

13 **沈溺** ㄔㄣˊ ㄋㄧˋ ㈠沈沒在水裏。㈡比喻深深地陷入某種不好的嗜好等境地中，含有貶損的意思。

14 **沈滯** ㄔㄣˊ ㄓˋ 凝聚而不通暢。

15 **沈醉** ㄔㄣˊ ㄗㄨㄟˋ ㈠喝酒過量而大醉不醒。㈡比喻深深地迷戀或沈浸在某種事物當中。

16 **沈默** ㄔㄣˊ ㄇㄛˋ ㈠文靜不愛說話。㈡不說話，不表示意見。例保持沈默。

參考 ①衍沈默寡言。②參閱「沈靜」條。

沈澱 ㄔㄣˊ ㄉㄧㄢˋ ㈠液體中不溶解的物質沈積到底部。㈡化使溶液中的離子或化合物，形成難溶物質而析出的過程。是製取或分離物質常用的方法。㈢經由沈澱所析出的物質。

參考 衍沈澱物。

29 **沈鬱** ㄔㄣˊ ㄩˋ ㈠深沈蘊積，內容豐富。多用來形容文思。㈡低沈鬱悶。

▽浮沈、擊沈、深沈、低沈、下沈、自沈、浸沈、與世浮沈。

常 4 沉

解 是「沈」的俗體字。形 沒入水中爲沉。

音義 ㄔㄣˊ 動同「沈」，參閱「沈」字條。

參考 ①反浮。②爲「沈」的俗體字，意思相同，但不能讀成ㄕㄣˇ，所以也不能用爲姓氏。

▽暮氣沉沉、死氣沉沉。

常 4 沙

解 會意；從水少。少是小，水中細小的石子爲沙。

音義 ㄕㄚ 名 ①極細碎的石粒；例飛沙走石。②細碎而呈顆粒狀的東西；例金沙。③姓。動挑揀選擇；例沙汰。形聲音啞的；例嗓子有點兒沙。

參考 和「砂」字意思近同，但「沙漠」、「沙灘」的「沙」字，均不作「砂」。

7 **沙克疫苗** ㄕㄚ ㄎㄜˋ ㄧˋ ㄇㄧㄠˊ 外醫 (Salk vaccine) 一種用死了的小兒麻痺病毒製成，分數次注入人體，使人產生抗體，保護中樞神經系統，不致受活病毒感染，以防止小兒麻痺症的疫苗。

9 **沙洲** ㄕㄚ ㄓㄡ 地 江河湖泊裏，海濱或淺海中，由泥沙堆積而露出水面的較大片沙地。

沙皇 ㄕㄚ ㄏㄨㄤˊ 外 ㈠帝制時代俄羅斯及保加利亞帝王的稱號。㈡指專制君主，獨裁者、獨攬大權的特權人物。

12 **沙場** ㄕㄚ ㄔㄤˊ ㈠平坦空曠的沙地。㈡戰場。

14 **沙漏** ㄕㄚ ㄌㄡˋ ㈠一種裝有細沙，上下隆起，中間以小孔相通的密封容器，古人以沙從上漏下的多寡來計時，爲元代詹希元所創。㈡一種使水經過沙層或骨炭與沙雜置層以濾去水中穢物的裝置。又稱「沙濾器」或「砂濾器」。

沙漠 ㄕㄚ ㄇㄛˋ 地 指年雨量少於二五〇公釐，氣溫變化大，地面多流沙、礫石等，植物極貧乏的地區。分冷沙漠(如戈壁)、熱沙漠(如撒哈拉)兩種。

參考 衍沙漠氣候、沙漠之舟。

17 **沙彌** ㄕㄚ ㄇㄧˊ 外宗 指初出家的年輕和尚。

參考 反沙彌尼。

沙彌尼 ㄕㄚ ㄇㄧˊ ㄋㄧˊ 外 指初受十戒出家的年輕女子。

參考 反沙彌。

▽平沙、流沙、金沙、泥沙、白沙、細沙、浪淘沙、博浪沙、

一般散沙。

常 4 **汪** 形解 形聲；從水，㞷聲。水既深又廣爲汪。

音義 ㄨㄤ 名①水池；例周室之汪。②液體停聚在一處；例一汪秋水。③姓。形深廣的；例汪洋大海。

7 **汪汪** ㄨㄤ ㄨㄤ ㈠水面寬廣的樣子。㈡眼淚盈眶的樣子。㈢眼光晶瑩清澈的樣子。㈣狗叫聲。㈤明朗清澈的樣子。

9 **汪洋** ㄨㄤ ㄧㄤˊ ㈠形容水勢浩大。㈡形容人的氣量寬宏雄渾。㈢比喻文章的氣勢磅礴。㈣比喻人的惠澤浩大廣被。

常 4 **決** 形解 形聲；從水，夬聲。夬是分決，掘地使水往低處流爲決。

音義 ㄐㄩㄝˊ 動①除去壅塞而使水通行；例予決九川。②隄防崩潰使大水流溢；例黃河決口。③打定主意；例猶豫不決。④審斷；例議決。⑤處死；例槍決。⑥咬斷；例毋濡肉齒決。副必然；例決無此理。

參考①又作「決」。②除了當「一定」、「必然」的意思講時可以用「絕」字代替外，其餘二字不可互混，如「絕對」不作「決對」，「決定」不可作「絕定」。

3 **決口** ㄐㄩㄝˊ ㄎㄡˇ 河道堤岸崩潰，河水向外橫流。常氾濫成災，須迅速搶修。例黃河決口。

4 **決心** ㄐㄩㄝˊ ㄒㄧㄣ 堅定不移的意志。

參考 參閱「信心」條。

8 **決定** ㄐㄩㄝˊ ㄉㄧㄥˋ ㈠對將要如何行事定下主張。㈡對事物堅定不移的主張。㈢構成先決條件，起主導作用。例決定因素。

參考 與「確定」都有肯定不變的意思，有時可以互換，但有時意義不同。「確定」表示明確肯定，是把事物從不穩定或不明確的狀態中明確肯定下來；「決定」則指拿定主意，作出決斷或構成先決條件，起主導作用。

9 **決計** ㄐㄩㄝˊ ㄐㄧˋ ㈠決意已定，不再改變。例我決計堅持到底。㈡對自己判斷有信心的加強語。例我猜的決計沒錯。

參考 同絕對。

10 **決鬥** ㄐㄩㄝˊ ㄉㄡˋ ㈠決定最後勝敗死活的爭鬥。㈡過去歐洲流行的一種風俗，當兩人發生爭執，相持不下時，約定時間、地點，並邀約證人，彼此用武器格鬥。「鬥」又作「鬭」。

12 **決絕** ㄐㄩㄝˊ ㄐㄩㄝˊ ㈠堅決斷絕。㈡永遠分離。

決策 ㄐㄩㄝˊ ㄘㄜˋ ㈠動詞，決定戰略或策略。㈡名詞，所決定的戰略或策略。

參考 衍決策權、決策功能。

決裂 ㄐㄩㄝˊ ㄌㄧㄝˋ ㈠斷裂，一刀兩斷。常指感情、意見、關係等方面的斷裂。㈡分割。例決裂諸侯。

參考 參閱「分裂」條。

13 **決意** ㄐㄩㄝˊ ㄧˋ 心中所拿定的主意。

14 **決算** ㄐㄩㄝˊ ㄙㄨㄢˋ 政府機關或事業團體根據年度預算執行結果所作的年度會計報告。

16 **決戰** ㄐㄩㄝˊ ㄓㄢˋ 敵對雙方使用主力，進行決定勝負的作戰。

17 **決賽** ㄐㄩㄝˊ ㄙㄞˋ 經由初賽、複賽入選後，所做決定名次勝負的最後比賽。

18 **決斷** ㄐㄩㄝˊ ㄉㄨㄢˋ ㈠最後做出而絕不反悔的決定。㈡堅決，果斷。

參考 ㈡衍決斷力。

20 **決議** ㄐㄩㄝˊ ㄧˋ 通過表決，經多數人贊成而決定的議案。

參考 衍決議案。

▽解決、議決、裁決、自決、處決、判決、否決、果決、槍決、片信可決、懸而未決、速戰速決、猶豫不決。

常 4 **沖** 形解 形聲；從水，中聲。水上湧往四周灑下爲沖。

音義 ㄔㄨㄥ 名姓。動①用水注入；例沖茶。②向上而下洗清；例沖一個澡。③被水衝擊；例沖垮。④向上衝飛；例一飛沖天。⑤衝突；例子午相沖。⑥破解厄運；例沖喜。形①幼小的；例沖人。②空虛；例沖虛。③和易；

例謙沖。

參考 ①俗誤作「冲」。②「沖」和「衝」意思近同，但「沖水」、「沖天」都不用「衝」；而「衝突」、「衝鋒」也不用「沖」，只有「沖犯」亦作「衝犯」。

4 **沖天** ㄔㄨㄥ ㄊㄧㄢ 直上天空，形容氣勢旺盛。例怒氣沖天。

5 **沖犯** ㄔㄨㄥ ㄈㄢˋ ㈠沖撞冒犯，不分輕重得罪了人。㈡道家利用五行相生相剋的原理，以人與人之間的相剋爲沖犯。如「子」與「午」相沖犯。

9 **沖洗** ㄔㄨㄥ ㄒㄧˇ ㈠沖刷洗滌。㈡攝影後將已曝光的感光材料進行顯影、定影、水洗、乾燥等處理的整個過程。

11 **沖淡** ㄔㄨㄥ ㄉㄢˋ ㈠形容人的胸懷沖和淡泊，沒有慾念。㈡在味濃色深的東西中加水或其他物質，使味道或顏色變淡。㈢使某種情況的緊張程度或嚴重性減弱。

參考 ㈡同稀釋。

12 **沖喜** ㄔㄨㄥ ㄒㄧˇ 俚俗謂吉凶運數的破解之一，在將發生凶事時舉辦喜事，想藉喜事來沖破不祥。是一種迷信的習俗。

▽虛沖、謙沖、太沖、幼沖、興沖沖、子午相沖、怒氣沖沖。

常 4 **沃** 形解 形聲；從水，夭聲。字本作渶：形聲；從水，芺聲。灌溉爲沃。

音義 ㄨㄛˋ 名姓。動灌溉、澆水；例引水沃田。形肥饒的；例沃土。

參考 又音ㄨˋ。

3 **沃土** ㄨㄛˋ ㄊㄨˇ 濕潤肥美的土地。

參考 同沃壤。

11 **沃野** ㄨㄛˋ ㄧㄝˇ 肥沃的田野。例沃野千里。

▽肥沃、饒沃。

常 4 **沐** 形解 形聲；從水，木聲。洗頭髮爲沐。

音義 ㄇㄨˋ 名①洗頭髮用的米汁；例丐沐沐我。②姓。動①洗髮；例一沐三握髮。②蒙受；例沐恩空改髮。③休息；例休沐。

參考 今「沐浴」多連用，爲「洗澡」的意思；古「沐」和「浴」有別：「沐」原爲「洗髮」，而「浴」爲「澡身」。

8 **沐雨櫛風** ㄇㄨˋ ㄩˇ ㄐㄧㄝˊ ㄈㄥ ㈠以雨水洗髮，用疾風梳頭。櫛：動詞，理髮。㈡形容經常在外面奔波勞碌，極言辛勞。又作「櫛風沐雨」。

參考 與「餐風宿露」有別：前者偏重於勞動、跋涉；後者偏重於生活艱苦。前者有「頂風冒雨」的意思；後者沒有。

10 **沐浴** ㄇㄨˋ ㄩˋ ㈠洗頭和洗身子，泛指洗澡。㈡比喻承受恩澤或培育。例沐浴膏澤。㈢浸漬，沈浸。例沐浴在春風裏。

12 **沐猴而冠** ㄇㄨˋ ㄏㄡˊ ㄦˊ ㄍㄨㄢˋ ㈠獮猴戴帽子，比喻裝扮得像個人樣，而實際行爲卻不像。常用來諷刺依附惡勢力，擺威風或只有人形而沒有人性的人。㈡猴性浮躁不耐久，所以也可比喻人性情浮躁而沒有耐心。

參考 同虛有其表。

▽膏沐、櫛沐、湯沐、洗沐、休沐。

常 4 **汰** 形解 形聲；從水，大聲。表示用水淅米，除去砂粒爲汏。俗作「汰」。

音義 ㄊㄞˋ 動除掉；例汰舊換新。形過分的；例生活奢汰。

▽淘汰、擇汰。

常 4 **沌** 形解 形聲；從水，屯聲。水不通爲沌。

音義 ㄉㄨㄣˋ 形大氣昏濁不清的；例混沌。

常 4 **沛** 形解 形聲；從水，巿聲。水名，沛水爲沛。

音義 ㄆㄟˋ 名①地縣名，在江蘇省。②水草叢生的地方；例焚沛澤。③姓。副氣勢盛大地；例沛然下雨。

參考 此字從「巿」不從「市」(音ㄕˋ)。

12 **沛然** ㄆㄟˋ ㄖㄢˊ ㈠盛大而不可抵禦的樣子。㈡雨勢盛大的樣子。例沛然降雨。㈢深受感動的樣子。㈣恩澤深厚的樣子。

▽顛沛、豐沛、充沛。

㊥ 4 **汨** 形解 形聲；從水，冥省聲。水名，汨羅江爲汨。

音義 ㄇㄧˋ 名 地 水名，源江西修水縣，西南流入湖南省境。

參考 ①和「羅水」合稱「汨羅」。②「汨」字從「日」和從「曰」的「汩」（ㄍㄨˇ）字音義不同。

㊥ 4 **沁** 形解 形聲；從水，心聲。水名，沁水爲沁。

音義 ㄑㄧㄣˋ 名 ①地 水名，源山西沁源縣北縣山，東南流至河南武涉縣折南注入黃河。②姓。動 滲入；例 寒風沁骨。

參考 「沁」、「泌」有別：「沁人心脾」的「沁」字，左從「氵」（水），右從「心」，音ㄑㄧㄣˋ。「分泌」的「泌」字，左從「氵」（水），右從「必」，音ㄇㄧˋ。

2 **沁人心脾** ㄑㄧㄣˋ ㄖㄣˊ ㄒㄧㄣ ㄆㄧˊ ㈠形容感人至深，已浸入心肝脾臟之內。㈡形容吸入芳香或涼爽之氣，令人心曠神怡，舒適得很。

㊥ 4 **汲** 形解 形聲；從水，及聲。及是達到，所以引水爲汲。

音義 ㄐㄧˊ 名 姓。動 ①用桶從井裏取水；例 汲井漱寒齒。②探究；例 汲古得修綆。

4 **汲引** ㄐㄧˊ ㄧㄣˇ 提拔引進人才。

5 **汲古得綆** ㄐㄧˊ ㄍㄨˇ ㄉㄜˊ ㄍㄥˇ 比喻研究古籍頗有心得。綆：汲水所用的繩子。

7 **汲汲** ㄐㄧˊ ㄐㄧˊ ㈠匆忙欲速的樣子。㈡不眠不休的樣子。㈢虛詐巧僞的樣子。

汲汲營營 ㄐㄧˊ ㄐㄧˊ ㄧㄥˊ ㄧㄥˊ 形容人追逐功名利祿的急切。

8 **汲取** ㄐㄧˊ ㄑㄩˇ 吸收，取得。

參考 參閱「吸收」條。

11 **汲深綆短** ㄐㄧˊ ㄕㄣ ㄍㄥˇ ㄉㄨㄢˇ 所要汲的水很深，而汲水用的繩子太短，其義有二：㈠比喻心有餘而力不足。㈡自謙語，言才力薄弱，不能稱職。綆：汲水所用的繩子。又作「綆短汲深」。

㊥ 4 **沅** 形解 形聲；從水，元聲。水名。

音義 ㄩㄢˊ 名 地 水名，在湖南西部，東北注入洞庭湖，是湖南四大河之一；例 濟沅湘。

參考 洞庭湖的四大河是湘、資、沅、澧。

㊥ 4 **汾** 形解 形聲；从水，分聲。水名，汾水爲汾。

音義 ㄈㄣˊ 名 地 水名，即汾河，源山西寧武縣西南管涔山，西南流於滎河縣北注黃河。

㊍ 4 **汴** 形解 形聲；從水，卞聲。本字作「汳」：形聲；從水，反聲。水名，汳水爲汳。俗作「汴」。

音義 ㄅㄧㄢˋ 名 ①地 古水名，黃河支流，即今之汴水，在河南滎陽縣。②河南省的別稱。

參考 「汴」右從卞，不從卡。

㊍ 4 **沆** 形解 形聲；從水，亢聲。亢有高起的意思，所以大水爲沆。

音義 ㄏㄤˊ 動 渡水。形 水流動的。

音義 ㄏㄤˋ 名 大水；例 莽沆。副 水勢浩大地；例 瀇瀁沆漭。

19 **沆瀣** ㄏㄤˋ ㄒㄧㄝˋ ㈠夜間的水氣。㈡水慢慢地流的樣子。

參考 同 沆漑。

沆瀣一氣 ㄏㄤˋ ㄒㄧㄝˋ ㄧˊ ㄑㄧˋ 比喻彼此志氣相投合。唐朝乾符年間，崔沆曾任主考官，有個叫崔瀣的考生被錄取。因爲二人皆姓崔，而兩人的單名連起來是「沆瀣」，所以人家說他倆是「座主門生，沆瀣一氣」。

參考 與「臭味相投」有別：前者往往含有「勾結成一夥」的意思，除了形容人，還可用於人的集體、組織，含有貶損的意思；後者僅用於人，爲中性成語。

㊍ 4 **汸** 形解 形聲；從水，方聲。併船爲汸。

音義 ㄆㄤ 名 ①地 水名，出箕尾山。②地 泉名；例 我命汸泉。副水勢盛大地；例汸汸如河海。

次 4
汶
形解 形聲；從水，文聲。水名，汶水爲汶。
音義 ㄨㄣˋ 名①地水名，源自山東萊蕪縣。②姓。
ㄇㄣˊ 動玷辱。形昏暗不明的。
ㄇㄣˊ 名地山名，與「岷」通；即岷山。

次 4
沍
形解 形聲；從水，互聲。互有終止的意思，所以寒凍爲沍。
音義 ㄏㄨˋ 同「冱」，參閱冰部「冱」字條。

次 4
沏
形解 形聲；從水，切聲。切有急迫的意思，所以水流急促爲沏。
音義 ㄑㄧ 動①沖泡；例沏茶。
ㄑㄩ 動①用水撲滅燃燒物；例把香火兒沏了。②將加有佐料的熱油澆在菜肴上。

10 沏茶 ㄑㄧ ㄔㄚˊ 泡茶。

次 4
沔
形解 形聲；從水，丏聲。水名，沔水爲沔。
音義 ㄇㄧㄢˇ 名地水名，在陝西沔縣境，是漢水的上游。副水流充滿地；例沔彼流水。
參考「沔」右從丏(ㄇㄧㄢˇ)，不從丐(ㄍㄞˋ)。

次 4
汩
形解 形聲；從水，曰聲。曰有外出的意思，所以疏通水患爲汩。
音義 ㄍㄨˇ 動①治水；例決汩九川。②擾亂；例汩陳其五行。形①水流的；例分流汩汩兮。②潔淨的樣子；例汩磑磑以璀璨。

7 汩沒 ㄍㄨˇ ㄇㄛˋ (一)沈淪消失。(二)波浪聲。

次 4
沚
形解 形聲；从水，止聲。止有停留的意思，所以水中的小洲爲沚。
音義 ㄓˇ 名水中小洲；例于沼于沚。
參考「沚」與從土的「址」，音義不同。

次 4
汭
形解 形聲；從水，內聲。內有進入的意思，所以水流入彎爲汭。
音義 ㄖㄨㄟˋ 名地水名：一在江西鉛山縣，一在甘肅省。
參考 字雖從內，但不可讀成ㄋㄟˋ。

次 4
沇
形解 形聲；從水，允聲。水名，沇水爲沇。
音義 ㄧㄢˇ 名①地水名，在山西省，有三源，合而南流入黃河。②通「兗」，沇州即兗州。
參考 字雖從允聲，但不可讀成ㄩㄣˇ。

次 4
沕
形解 形聲；從水，勿聲。勿有浮動的意思，所以潛入深水爲沕。
音義 ㄨˋ 動①隱藏。②精氣喪失；例罔兮沕。

次 4
沂
形解 形聲；從水，斤聲。水名，沂水爲沂。
音義 ㄧˊ 名①地水名，有二：一源山東蒙陰縣的大沂河；一源山東沂水縣的小沂河。②地山東省舊府名，臨沂縣爲其舊治。③姓。
參考 不可誤讀作ㄑㄧˊ。

次 4
沓
形解 會意；從水曰。話多有如水流不停爲沓。
音義 ㄊㄚˋ 動相合；例天與地沓。形眾多的；例雜沓。副重複地；例紛至沓來。
參考「沓」、「杳」有別：「紛至沓來」、「拖沓」的「沓」字，「曰」的上面是從「水」；「杳無音信」、「杳如黃鶴」的「杳」字，「日」的上面是從「木」，音ㄧㄠˇ，又音ㄇㄧㄠˇ。

8 沓沓 ㄊㄚˋ ㄊㄚˋ (一)話多的樣子。例笑語沓沓。(二)怠緩的樣子。

▽雜沓、紛沓、複沓。

常 5
泣
形解 形聲；從水，立聲。傷心流淚而不哭出聲音爲泣。
音義 ㄑㄧˋ 動不哭出聲只有流眼淚；例泣不成聲。

6 泣血 ㄑㄧˋ ㄒㄩㄝˋ (一)極言悲慟，後爲子女居父母喪之詞。㈡形容非常氣憤，傷痛至極。

10 **泣鬼神** ㄑㄧˋ ㄍㄨㄟˇ ㄕㄣˊ 形容文章或事蹟的偉大感人，連鬼神都感動得流下淚水。

▽怨泣、掩泣、哭泣、涕泣、悲泣、飲泣、啜泣、可歌可泣、牛衣對泣、莫不掩泣。

常 5 **注** 形解 形聲，從水，主聲。灌入爲注。

音義 ㄓㄨˋ 名①解釋或說明，古代注解古書方法之一；例說文解字注。②賭博時所投下的財物；例孤注一擲。③稱事物的量詞；例一注買賣。④記錄性的文字；例起居注。動①灌入；例挹水而注之。②心神集中在一點上；例全神貫注。副必然；例注定。

參考 作「解釋」、「說明」解時，通「註」。

5 **注目** ㄓㄨˋ ㄇㄨˋ ㈠目光集中在一點上。例引人注目。㈡爲表敬意而定眼睛直視。例行注目禮。

參考 ①㈠同注視。②㈡同矚目。

8 **注定** ㄓㄨˋ ㄉㄧㄥˋ ㈠依某種客觀規律必定如此。㈡舊謂凡人事成敗吉凶都有定數。

9 **注重** ㄓㄨˋ ㄓㄨㄥˋ 注意而重視。

參考 與「注意」、「著重」都有很用心，特別重視或加强某一方面的意思，但有別：「注意」指把意志集中在某一方面；「注重」指特別注意、重視，比「注意」更深入一層；「著重」則指把重點放在某方面，有特別著力、强調的意思。

注音符號 ㄓㄨˋ ㄧㄣ ㄈㄨˊ ㄏㄠˋ 用來標注字音的符號，民國七年由教育部公布，共有四十個，原稱「注音字母」，民國十九年改名「注音符號」。現在只使用三十七個，聲符二十一個，韻符十六個，爲學習國語發音的利器。

11 **注疏** ㄓㄨˋ ㄕㄨ 解釋古書字句的文字。舊時稱注解先秦古書的文字爲注或傳，後來解釋傳、注的文字爲疏，合稱注疏。

12 **注視** ㄓㄨˋ ㄕˋ 視線集中，很注意地看。

參考 ①「注視」、「凝視」有別：「注視」可以用於人，也可以用於具體或抽象的事物。「注視」的方法可以是公開，也可以是暗中的。「凝視」用於具體的人或事物，「凝視」的方法卻是完全公開的。②參閱「凝視」條。

13 **注腳** ㄓㄨˋ ㄐㄧㄠˇ 解釋字句的文字。

參考 同注解，注釋，注文。

注意 ㄓㄨˋ ㄧˋ 留心，使心理活動或意志集中在某一方面。

參考 ①衍注意力。②參閱「注重」條。

注解 ㄓㄨˋ ㄐㄧㄝˇ ㈠用淺顯的文字說明書中難懂的文詞、文句。㈡解釋難懂字詞、文句的文字。

參考 同注釋。

20 **注釋** ㄓㄨˋ ㄕˋ ㈠用簡明的文字解釋書籍中的字、詞、句。㈡解釋書中難懂字、詞、句的文字。

參考 ①同注解。②又叫「注文」、「注腳」。

▽校注、評注、箋注、標注、關注、下注、賭注、灌注、轉注、下賭注、血流如注、全神貫注。

常 5 **泳** 形解 形聲；從水，永聲。潛行水中爲泳。

音義 ㄩㄥˇ 動在水中游動；例游泳。

▽游泳、仰泳、捷泳、立泳、涵泳、潛泳。

常 5 **泥** 形解 形聲；從水，尼聲。水名，泥水爲泥。

音義 ㄋㄧˊ 名①土和水合成的東西；例水泥。②搗碎後調勻的東西；例棗泥。③姓。動塗抹；例泥壁。

ㄋㄧˋ 動①不知變通；例泥古。②留滯不通；例致遠恐泥。

ㄋㄧˇ 形①露濃的；例零露泥泥。②柔潤的；例維葉泥泥。

3 **泥土** ㄋㄧˊ ㄊㄨˇ ㈠泥和土。通常較稀的稱泥，較乾的稱土。㈡半濕半乾的土地。

4 **泥牛入海** ㄋㄧˊ ㄋㄧㄡˊ ㄖㄨˋ ㄏㄞˇ 泥巴

做的牛一掉入海中就會溶化，比喻一去不復返，沒有踪影。

參考 ①同石沈大海。②參閱「杳如黃鶴」條。

5 **泥古** ㄋㄧˋ ㄍㄨˇ 拘泥於古代的成規或古人的說法。

參考 ①衍泥古不化。②泥，不可讀成ㄋㄧˊ。

泥古不化 ㄋㄧˋ ㄍㄨˇ ㄅㄨˋ ㄏㄨㄚˋ 拘泥於古代的成規、說法而不懂得融合變通。

參考 反推陳出新、通權達變。同食古不化。

7 **泥沙俱下** ㄋㄧˊ ㄕㄚ ㄐㄩˋ ㄒㄧㄚˋ 泥土和沙子都跟著水流下來，比喻好的、壞的都混雜在一起。

參考 衍與「魚龍混雜」有別：後者僅用於人；前者用於人或事物都可以，範圍較大。同樣比喻好人、壞人難以分辨，但後者的「混雜」意思很明顯；前者的「俱下」—「一起來」的意思也很清楚。

13 **泥塑木雕** ㄋㄧˊ ㄙㄨˋ ㄇㄨˋ ㄉㄧㄠ ㈠形容人像泥製的塑像，木刻的雕像一般呆滯而毫無反應。㈡指泥塑、木刻的藝術品或佛像。又作「木雕泥塑」。

17 **泥濘** ㄋㄧˋ ㄋㄧㄥˋ ㈠泥與水混雜以致滑濕的樣子。常用來形容路不好走。㈡淤積的爛泥。

▽污泥、淤泥、拘泥、沙泥、爛泥、爛醉如泥。

常 5 **河** 形解 形聲；從水，可聲。河水流經沙土平原發出「可可」的聲音爲河。

音義 ㄏㄜˊ 名 ①水道的通稱；例運河。②「黃河」的簡稱；例河套。③天空中密集的星羣；例星河。④姓。

參考 較大的水道稱「江」、「河」；較小的水道稱「溪」、「川」。

3 **河川** ㄏㄜˊ ㄔㄨㄢ 河流。

8 **河東獅吼** ㄏㄜˊ ㄉㄨㄥ ㄕ ㄏㄡˇ 比喻生性妒悍的婦女。

9 **河流** ㄏㄜˊ ㄌㄧㄡˊ 河的流道。

10 **河畔** ㄏㄜˊ ㄆㄢˋ 河流的兩邊。

11 **河梁** ㄏㄜˊ ㄌㄧㄤˊ ㈠橋。㈡比喻送別的地方。例攜手河梁。

河清海宴 ㄏㄜˊ ㄑㄧㄥ ㄏㄞˇ ㄧㄢˋ 比喻太平盛世，連黃河也能水流澄清，大海也可風平浪靜。河：黃河；晏：平靜。

14 **河漢** ㄏㄜˊ ㄏㄢˋ ㈠銀河。㈡比喻語言夸誕，大而無當。例吾驚怖其言，猶河漢而无極也。㈢不以置信，忽視。例不置河漢。

▽運河、銀河、山河、黃河、江河、星河、冰河、天河、沙河、多瑙河、暴虎馮河、口若懸河、血流成河、信口開河。

常 5 **油** 形解 形聲；從水，由聲。水名，油水爲油。

音義 ㄧㄡˊ 名 ①動物脂肪質煉製而成的液體；例豬油。②植物種子壓榨而成的液體；例花生油。③礦物中所提煉的液體，可用來燃燒；例汽油。形 ①浮華不實的；例油腔滑調。②有光澤的；例綠油油的稻田。副 充盛地；例油然作雲。

12 **油然** ㄧㄡˊ ㄖㄢˊ ㈠自然美好的樣子。㈡雲氣很盛的樣子。

參考 衍油然而生。

油腔滑調 ㄧㄡˊ ㄑㄧㄤ ㄏㄨㄚˊ ㄉㄧㄠˋ 形容說話輕浮油滑，缺乏誠意。

參考 ①與「油嘴滑舌」有別：前者著眼於「腔調」、「態度」，當強調態度輕浮時，宜用之；後者著眼於「所說的話」，當強調耍嘴皮子時，宜用之。②反一本正經。

13 **油滑** ㄧㄡˊ ㄏㄨㄚˊ 圓滑，虛浮。

油漆 ㄧㄡˊ ㄑㄧ ㈠自漆樹汁提煉出來的防腐塗料。㈡乾性油和顏料混合而成的黏液狀塗料，可塗飾器物或絕緣材料。

參考 衍油漆工、油漆匠、油漆廠。

16 **油頭粉面** ㄧㄡˊ ㄊㄡˊ ㄈㄣˇ ㄇㄧㄢˋ ㈠形容女人濃粧而庸俗的樣子。㈡形容男人喜好修飾而行爲輕佻的樣子。

油嘴滑舌 ㄧㄡˊ ㄗㄨㄟˇ ㄏㄨㄚˊ ㄕㄜˊ 形容人說話圓滑虛浮，耍嘴皮子，不值得信賴。

參考 參閱「油腔滑調」條。

▽石油、煤油、柴油、礦油、鯨油、醬油、桐油、燈油、香油、柏油、豬油、沙拉油、食用油、花生油、綠油油、太空油、火上加油、高級汽油。

常 5

況

解形 形聲；從水，兄聲。兄是增長，所以增益爲況。

音義 ㄎㄨㄤˋ 名 ①情形；例近況。②姓。動 ①比喻；例以古況今。②賞賜；例況施。③訪問；例來況齊國。連 表示進一層的意思；例「困獸猶鬬，況國相乎？」

參考 字或作「况」。

5 **況且** ㄎㄨㄤˋ ㄑㄧㄝˇ 表示本意以外，更進一層的語詞。

▽意況、近況、景況、狀況、情況、概況、實況、比況、病況、何況、而況、每下愈況、北面拜況。

常 5

沿

解形 形聲；從水，㕣聲。緣水而下爲沿。

音義 ㄧㄢˊ 動 ①順流而下；例沿于江海。②因襲相傳；例相沿成習。③在衣履邊上加一條邊飾；例沿邊兒。④順著；例沿門托鉢。⑤靠近；例沿海一帶。
ㄧㄢˋ 名 水邊；例河沿兒。

參考 ①又作「沿」。②和「延長」、「延緩」的「延」字音同而義不同。

8 **沿泝阻絕** ㄧㄢˊ ㄙㄨˋ ㄗㄨˇ ㄐㄩㄝˊ 舟船上下不能通行。沿：順流而下。泝：同「溯」，逆流而上。

9 **沿革** ㄧㄢˊ ㄍㄜˊ 指事物發展和變化的過程。沿：依照原樣；革：變化革新。

10 **沿海** ㄧㄢˊ ㄏㄞˇ ㈠靠海一帶的地區。㈡海岸附近的水域。例沿海航運。

11 **沿途** ㄧㄢˊ ㄊㄨˊ 循著路途，一路上。例沿途風景優美。又作「沿路」、「沿線」。

22 **沿襲** ㄧㄢˊ ㄒㄧˊ 沿用因襲，照原樣繼續下去。

常 5

治

解形 形聲；從水，台聲。水名，治水爲治。

音義 ㄓˋ 名 ①地方政府所在地；例縣治。②姓。動 ①管理；例治理。②診療；例治病。③修建；例繕治郵亭。④研究；例治學。⑤經營；例治生有術。⑥準備；例薄治酒菜。⑦處罰；例治罪。⑧鎮壓；例治亂持危。形 太平安定的；例天下大治。

參考 ①反亂。②動詞各義的讀音也可唸ㄔˊ。

5 **治本** ㄓˋ ㄅㄣˇ 從根本上解決問題。

參考 反治標。

6 **治安** ㄓˋ ㄢ ㈠使政治修明，社會安定。㈡社會秩序。例維護治安。

參考 衍治安機關。

10 **治病** ㄓˋ ㄅㄧㄥˋ 醫治疾病，用藥物或方法使疾病減輕或痊癒。

11 **治理** ㄓˋ ㄌㄧˇ ㈠統治管理，使安定而有秩序。㈡整治修理，使不發生危害。

12 **治喪** ㄓˋ ㄙㄤ 辦理喪事。

參考 衍治喪委員會。

治絲益棼 ㄓˋ ㄙ ㄧˋ ㄈㄣˊ 整理蠶絲，不找頭緒，愈理愈亂。比喻做事不得要領，愈弄愈紛亂。棼：紛亂。

13 **治罪** ㄓˋ ㄗㄨㄟˋ 給犯罪的人應得的懲罰。

治裝 ㄓˋ ㄓㄨㄤ 整治行裝。

參考 同治任，治行。

15 **治標** ㄓˋ ㄅㄧㄠ 只處理表面上的枝節問題，而不從根本加以解決。標：樹梢。

參考 反治本。

▽根治、資治、自治、政治、統治、不治、法治、民治、理治、內治、縣治、長治、醫治、診治、三頭政治、勵精圖治。

常 5

沽

解形 形聲；從水，古聲。水名，沽水爲沽。

音義 ㄍㄨ 名 地 河名，即沽河，河北省白河下游的別名。動 ①購買；例沽酒。②出售；例沽售。③釣取；例沽名釣譽。

參考 注意和「估計」、「估價」的「估」字音同而義異。

6 **沽名釣譽** ㄍㄨ ㄇㄧㄥˊ ㄉㄧㄠˋ ㄩˋ 有意做作或使用不正當的手段謀取好的名聲和榮譽。又作「釣名沽譽」。

參考 與「盜名竊譽」、「欺世盜名」有別：①「盜名竊譽」的手法是隱蔽的；「沽名釣譽」、「欺世盜名」的手法是爲公開的。其中「沽名釣譽」往往用故意做作的手段，「欺世盜名」不用這種手段。②「欺世盜名」語義最重，「盜名竊譽」次之，「沽名釣譽」最輕。

▽屠沽、待價而沽。

常 5 **沾** 形解 形聲；從水，占聲。占有據有的意思，所以增益為沾。

音義 ㄓㄢ 動 ①浸濕；例「人生有情淚沾臆。」②接觸；例滴酒不沾唇。③假藉別人所擁有而獲得；例沾光。④接近；例說話不沾邊兒。⑤染上；例沾上惡習。

參考「沾」、「玷」(ㄉㄧㄢˋ)、「砧」(ㄓㄣ)三字音義各殊：「沾」，本指浸濕，所以從水；而「玷」，為玉上的汙點；「砧」，捶、砸或切東西時墊在底下的器具，古時多用石頭製成，所以字從石。

6 **沾光** ㄓㄢ ㄍㄨㄤ 因別人的緣故，使自己也連帶得到好處。又作「叨光」。

8 **沾沾** ㄓㄢ ㄓㄢ 暗自歡喜的樣子。又例沾沾自喜。

沾沾自喜 ㄓㄢ ㄓㄢ ㄗˋ ㄒㄧˇ ㈠形容自以為很好而高興自滿的樣子。㈡計謀得逞或僥倖得到好處而暗自歡喜。

參考 與「洋洋自得」都形容高興、得意的樣子，常可相通，但有別：「沾沾自喜」形容自以為很好或僥倖得到好處而高興自滿的樣子，著重形容心理狀態，強調的是高興，多用於書面語；「洋洋自得」也作「洋洋得意」，形容得意的樣子，著重形容得意時表現的神色，強調的是得意，書面、口語都常用。

16 **沾親帶故** ㄓㄢ ㄑㄧㄣ ㄉㄞˋ ㄍㄨˋ 有親戚或朋友關係。親：親戚；故：朋友，有交情的人。

18 **沾襟** ㄓㄢ ㄐㄧㄣ 眼淚沾濕衣襟。襟：上衣的前幅。又作「衿」。

常 5 **沼** 形解 形聲；從水，召聲。水池為沼。

音義 ㄓㄠˇ 名 形狀彎曲的水池；例沼澤。

參考 字從召，但不讀成ㄓㄠ。

16 **沼澤** ㄓㄠˇ ㄗㄜˊ 水草叢生的泥濘地帶，由於湖裏物質長期沈積，湖水日淺而形成。

▽湖沼、池沼、泥沼。

常 5 **波** 形解 形聲；從水，皮聲。皮是表皮，所以由於水湧流而表面起浪為波。

音義 ㄅㄛ 名 ①水面因流動或風力等所產生的起伏現象；例清風徐來，水波不興。②事情的變化；例一波未平，一波又起。③目光；例秋波含情。④物彈性振動所產生的起伏現象；例電磁波。⑤姓。動 ①影響；例一家失火，波及四鄰。②奔跑；例奔波。

參考 ①又音 ㄆㄛ。②孳 菠、婆。

4 **波及** ㄅㄛ ㄐㄧˊ 如水波擴散般地影響到，牽連到。例波及無辜。

6 **波光粼粼** ㄅㄛ ㄍㄨㄤ ㄌㄧㄣˊ ㄌㄧㄣˊ 水波中反映的亮光閃爍躍動的樣子。

7 **波折** ㄅㄛ ㄓㄜˊ ㈠水波因起伏而成的曲折現象。㈡事情進行中所發生的曲折、變化。

10 **波紋** ㄅㄛ ㄨㄣˊ ㈠水面受輕微的外力而形成的水紋。㈡泛指輕微的起伏。

波浪 ㄅㄛ ㄌㄤˋ ㈠海洋、江河、湖泊等水面受外力作用後，所呈現的起伏不平的現象。㈡泛指像波浪般起伏不平的樣子。

17 **波濤** ㄅㄛ ㄊㄠ ㈠水面興起的大波浪。例波濤洶湧。㈡比喻像波濤般壯闊起伏的現象。

波濤洶湧 ㄅㄛ ㄊㄠ ㄒㄩㄥ ㄩㄥˇ ㈠形容波浪很大，聲勢雄偉。㈡形容感情起伏激盪的樣子。

參考 參閱「波瀾壯闊」條。

20 **波瀾** ㄅㄛ ㄌㄢˊ ㈠水面興起的大波浪。㈡比喻像波瀾一樣起伏震盪的現象。

參考 同波濤。

波瀾壯闊 ㄅㄛ ㄌㄢˊ ㄓㄨㄤˋ ㄎㄨㄛˋ ㈠形容波浪很大，氣勢雄偉壯麗。㈡形容文章氣勢雄偉壯盛的樣子。

參考 與「洶湧澎湃」、「波濤洶湧」原都指水勢，都有聲勢浩大的意思，且在形容波浪大，聲勢雄壯時意思相同互通，但當作其他解釋時則有別：「波瀾壯闊」偏重在雄偉壯闊，多用來形容文章的氣勢；「洶湧澎湃」、「波濤洶湧」則偏重在互相撞擊，發出巨響，多用來形容感情的激盪。

▽煙波、音波、水波、長波、短波、電波、風波、碧波、金波、銀波、秋波、奔波、清波、綠波、微波、超音波、平地風波、古井不波、軒然大波。

常 5
沫
形解  形聲；從水，末聲。水名，沫水爲沫。

音義 ㄇㄛˋ 名 ①水面上的水泡；例水沫。②唾液；例口沫橫飛。動消止；例芬至今猶未沫。

參考 ①和「沬」(ㄇㄟˋ)字音義不同。「泡沫」的「沫」從「末」聲，「沬」字右邊是從「未」。

▽水沫、飛沫、浮沫、泡沫、流沫、口沫、唾沫、末沫、相濡以沫。

常 5
泡
形解  形聲；從水，包聲。水名，泡水爲泡。

音義 ㄆㄠˋ 名 ①在水面漂浮，內含氣體的球狀物，大的稱「泡」，小的稱「沫」；例水泡。②表皮因受傷而凸出像球形的症狀；例腳起了泡。③類似泡一樣的東西；例電燈泡。動①用水浸潤；例泡飯。②窮追歪纏；例泡妞。③瞎混；例你別在這兒泡了。

ㄆㄠ 名①數量名，一灘或一片爲一泡；例一泡屎。②浸水鬆發的東西；例豆泡兒。形質地鬆軟的；例這包花生很泡。

參考 與「疱」(ㄆㄠˋ)字音同義不同，「疱」是指皮膚上因病毒傳染所生的腫病，如疱疹，和因磨擦而起水泡不同。另又有「皰」(ㄆㄠˋ)字，指臉上的粉刺，俗稱青春痘。

8 **泡沫** ㄆㄠˋ ㄇㄛˋ 液體中的氣泡。

參考 衍肥皂泡沫。

15 **泡影** ㄆㄠˋ ㄧㄥˇ 宗佛教用泡和影比喻事物的虛幻不實，生滅無常。後常用來比喻落空的事情或希望。

▽水泡、幻泡、沖泡、鬆泡泡。

常 5
泛
形解  形聲；從水，乏聲。漂浮水上爲泛。

音義 ㄈㄢˋ 動①漂浮；例泛舟。②呈現；例臉色泛紅。形不切實的；例浮泛。副普及各方面地；例泛論。

參考 和「汎」字通用，其餘參閱「氾」字條。

8 **泛泛** ㄈㄢˋ ㄈㄢˋ ㈠膚淺，尋常。㈡漂浮的樣子。

參考 衍泛泛之交。

泛泛之交 ㄈㄢˋ ㄈㄢˋ ㄓ ㄐㄧㄠ 交情不深的朋友。

參考 ①同普通朋友。②與「點頭之交」都指交情不深的朋友，有時可通用，但有別：「點頭之交」指僅是見面打招呼，彼此並不熟識的朋友；「泛泛之交」則指不很知心的普通朋友。二者有程度上的差別。

9 **泛指** ㄈㄢˋ ㄓˇ ㈠廣泛普遍地指。㈡手指輕彈琴弦。

參考 反專稱。

▽廣泛、浮泛、空泛、泛泛。

常 5
法
形解  會意；從水，從去。字本作「灋」：會意；從水，從廌，從去。傳說廌獸能辨識有罪惡者，以角逐去惡人。水是表示平正，所以公正判刑以除去惡人爲灋。後省作「法」。

音義 ㄈㄚˇ 名①規律或命令；例約法三章。②刑罰；例伏法。③制度；例法制。④可供仿效的形式；例文法。⑤處理事情的方式或手段；例辦法。⑥佛家道理；例現身說法。⑦道教的法術；例作起法來。⑧姓。動仿效；例效法。形①可爲法則的；例法帖。②屬於佛家的；例法號。

ㄈㄚˋ 名國名，「法國」的簡稱，位在西歐。

ㄈㄚˊ 名辨事的手段；例法子。

ㄈㄚ 名只用在「沒法兒」一詞。

2 **法力** ㄈㄚˇ ㄌㄧˋ 指能治病、作怪害人或制伏妖魔鬼怪的神奇力量。

法人 ㄈㄚˇ ㄖㄣˊ 法 自然人以外，得爲權利義務之主體。

參考 自然人爲有生命的主體，如張三；法人爲無生命的主體，如公司，爲一社團法人。

5 **法令** ㄈㄚˇ ㄌㄧㄥˋ 國家立法機構所頒布的決定、指示、命令等的總稱。

6 **法式** ㄈㄚˇ ㄕˋ ㈠標準的格式。㈡效法的典範。㈢法 法律上所定的方式。

8 **法制** ㄈㄚˇ ㄓˋ 經由國家立法機關建立起來的法律制度。

法官 ㄈㄚˇ ㄍㄨㄢ 法 泛稱從事司法審判工作的人員。如推事、檢察官。

9 **法律** ㄈㄚˇ ㄌㄩˋ 由立法機關制定或認可，由國家政府保證執行的行爲規則。

參考 衍 法律制裁、法律行爲。

10 **法案** ㄈㄚˇ ㄢˋ 提交國家立法機關審查、討論的有關法律、法令問題的議案。

法院 ㄈㄚˇ ㄩㄢˋ 法 對審判民事、刑事訴訟案件，有管轄權之國家司法機關。分爲最高法院、高等法院、地方法院三級。

法師 ㄈㄚˇ ㄕ 宗 ㈠佛教中對通曉某種經典並能講解佛法的有道行僧侶的尊稱。㈡對佛教僧人或道教道士的禮貌稱呼。

法家 ㄈㄚˇ ㄐㄧㄚ ㈠戰國時期以商鞅、韓非子等爲主要代表的重要學派。他們主張重農兵，抑工商，厲行嚴刑峻法，强調以戰致强及以法治國。㈡深明法度的大臣。㈢對書畫家的尊稱。又稱「方家」。

11 **法術** ㄈㄚˇ ㄕㄨˋ ㈠舊時迷信中指神仙或巫婆術士所施行的呼風喚雨，驅鬼除病等的手段。如畫符、念咒等。㈡先秦法家的學說之一。

12 **法場** ㄈㄚˇ ㄔㄤˇ ㈠執行死刑的地方。又稱「刑場」。㈡宣揚佛法或作佛事的場所。又作「道場」。

14 **法網** ㄈㄚˇ ㄨㄤˇ 原指像羅網一般嚴密的刑法。今泛指法律制裁。例 法網恢恢，疏而不漏。

20 **法寶** ㄈㄚˇ ㄅㄠˇ ㈠宗教或神話中指能制伏妖魔鬼怪的寶物。㈡比喻特別有效的工具、方法或經驗。

▽違法、刑法、憲法、合法、作法、司法、說法、佛法、不法、文法、兵法、方法、民法、無法、用法、立法、療法、六法、家法、師法、軍法、書法、效法、守法、以身試法、奉公守法、知法犯法、徇私枉法、貪贓枉法、就地正法、嚴刑峻法、現身說法、國家安全法。

常 5 **泓** 形解  形聲；從水，弘聲。弘有廣大的意思，所以水下深廣爲泓。

音義 ㄏㄨㄥˊ 名 ①清澈的深水；例 曉過扶桑水一泓。②地 古水名，在今河南柘城縣北；例 泓水之戰。形 深廣的；例 潭水泓涵。

常 5 **沸** 形解  形聲；從水，弗聲。泉水向上湧現爲沸。

音義 ㄈㄟˋ 動 ①液體加熱到一定溫度，發生急遽變化，產生水蒸氣，以致上下翻滾；例「竹爐湯沸火初紅。」②大水湧起；例 海水沸出。③喧鬧；例 諠沸。形 滾燙的；例 沸湯。

參考 ①「沸水」又可稱「水開了」、「水滾了」。②「沸沸」疊用時唸成 ㄈㄨˊ ㄈㄨˊ，沸騰湧起的樣子。

4 **沸水** ㄈㄟˋ ㄕㄨㄟˇ 熱至攝氏一百度而滾沸的水。

參考 ①同滾水。②與「開水」都指燒開的水，但有別：「沸水」專指正在或剛剛才滾沸過的熱水；「開水」則指曾經到達過沸點，燒開過的水，與水的冷熱無關。

8 **沸沸揚揚** ㄈㄨˊ ㄈㄨˊ ㄧㄤˊ ㄧㄤˊ 形容風聲很緊，到處都議論紛紛，像水沸騰後氣泡直冒，熱氣蒸騰翻滾一樣。又作「沸沸騰騰」。

17 **沸點** ㄈㄟˋ ㄉㄧㄢˇ ㈠物 在一定的外界壓力下，液體加熱發生汽化的特定溫度。水在一大氣壓下的沸點是攝氏一百度。㈡比喻所能忍受或控制的極限、頂點。指即將爆發的情況。

20 **沸騰** ㄈㄟˋ ㄊㄥˊ (一)物在一定的外界壓力下，液體加熱至一定溫度，表面與內部同時發生的汽化現象。(二)水湧起翻滾的樣子。例百川沸騰。(三)比喻情緒高漲或紛擾喧嘩，如水翻滾一般。例熱血沸騰。

參考 參閱「歡騰」條。

▽煮沸、鼎沸、騰沸、滾沸、人聲鼎沸、揚湯止沸。

常 5 **沱** 解形 形聲；從水，它聲。它有另外的意思，所以長江的別流爲沱江。

音義 ㄊㄨㄛˊ 名 地 水名，長江的支流，在四川省。形 水勢盛大的；例大雨滂沱。副 流淚地；例出涕沱若。

常 5 **沮** 解形 形聲；從水，且聲。水名，沮水爲沮。

音義 ㄐㄩ 名 ① 地 水名，即沮河，山東、陝西兩省都有。②姓。ㄐㄩˇ 動 ①阻止；例亂庶遄沮。②崩壞；例何日斯沮。③失敗；例力竭功沮。④使人恐懼；例沮之以兵。⑤失望；例沮喪。ㄐㄩˋ 名 低濕處；例沮洳。

參考 ①和「詛咒」的「詛」(ㄗㄨˇ)字異，音義不同。②孳 菹。③「沮喪」的「沮」字，音ㄐㄩˇ，常誤讀成ㄓㄨˇ。

12 **沮喪** ㄐㄩˇ ㄙㄤˋ 灰心失望。

常 5 **泗** 解形 形聲；從水，四聲。水名，泗水爲泗。

音義 ㄙˋ 名 ①鼻液；例涕泗滂沱。② 地 水名，山東省，有泗水，也稱泗河。

參考 「泗水」又爲地名，有三處，參閱「泗水」條。

4 **泗水** ㄙˋ ㄕㄨㄟˇ 地 (一)水名，在山東中部，源出山東泗水縣東蒙山南麓，四源幷發，故名。(二)秦時郡名，當今江蘇、安徽、淮河以北。(三)縣名，在山東曲阜縣東北。(四)爪哇商埠名。又稱「蘇拉巴雅」。

▽洙泗、涕泗。

常 5 **泄** 解形 形聲；從水，世聲。水名，泄水爲泄。

音義 ㄒㄧㄝˋ 名 姓。動 ①洩漏；例泄氣。②散放；例陽氣發泄。③宣告；例「勝已泄之矣。」④流出；例窮岫泄雲。副 錯雜地；例當頗泄用之。ㄧˋ 副 舒緩地；例泄泄。

參考 「泄」和「洩」作「漏」義解時，通用；另有「瀉」字，是「水向下流」，和「泄」、「洩」二字不同。

8 **泄沓** ㄧˋ ㄊㄚˋ 苟且隨和的樣子。又作「泄泄沓沓」。

泄泄 ㄧˋ ㄧˋ (一)舒緩的樣子。一說鼓翼的樣子。(二)衆多的樣子。一說往來自得的樣子。(三)和樂的樣子。例其樂也泄泄。(四)競進的樣子；一說怠緩悅從的樣子；一說多言的樣子。

15 **泄憤** ㄒㄧㄝˋ ㄈㄣˋ 發洩怨氣。

21 **泄露** ㄒㄧㄝˋ ㄌㄨˋ 使旁人知道機密的事。

參考 ①又作「泄漏」。②同走露、透露。③與「暴露」都有露出來讓別人知道的意思，但有別：「泄露」是機密的事讓人知道了，多是暗中進行的，多用於抽象的事物，常跟「秘密」、「情報」等詞搭配；「暴露」則是把隱密的東西露出來，多是明目張膽的，可用於具體事物，也可用於抽象事物，常跟「目標」、「野心」等詞搭配。

▽宣泄、排泄、導泄、漏泄。

常 5 **泌** 解形 形聲；從水，必聲。輕快的水流爲泌。

音義 ㄇㄧˋ 動 液體從細孔中滲出；例分泌。

參考 ①又音ㄅㄧˋ。②人體的分泌又可分爲：內分泌與外分泌兩種。

▽分泌、內分泌、外分泌。

常 5 **泅** 解形 形聲；從水，囚聲。浮行於水上爲泅。

音義 ㄑㄧㄡˊ 動 身體浮在水面游行；例泅水。

參考 ①同游，泳。②字本作「汓」。

常 5
泱
形解 形聲；從水，央聲。雲氣興起，翁翁然，葱白色爲泱。

音義 一ㄤ 形 ①宏大深廣的；例泱泱大國。②雲氣興起狀。

8 泱泱 一ㄤ 一ㄤ ㈠水面寬廣的樣子。㈡氣魄宏大的樣子。㈢雲氣騰湧的樣子。

常 5
泊
形解 形聲；從水，白聲。停舟靠岸爲泊。

音義 ㄅㄛˊ 名 湖沼；例湖泊。動 ①停船靠岸；例「夜泊秦淮近酒家。」②棲息；例棲泊靈臺側。③流淚；例飄泊。形 安適不求名利的；例淡泊。

參考 字本作「洦」。

▽憩泊、宿泊、駐泊、漂泊、停泊、旅泊、淡泊、湖泊、船泊、梁山泊、楓橋夜泊、四日三泊。

常 5
泉
形解 象形；象水從石縫中涓涓流出形。隸變作「泉」。

音義 ㄑㄩㄢˊ 名 ①水源；例山泉。②古稱錢幣爲泉；例泉布。③陰間；例九泉。④姓。

參考 摯線。

3 泉下 ㄑㄩㄢˊ ㄒㄧㄚˋ ㈠黃泉之下，地下。㈡人死就埋葬在地下，故稱死後所歸宿之處。

13 泉源 ㄑㄩㄢˊ ㄩㄢˊ ㈠泉水的根源。㈡凡是一切事物的起源。

▽溫泉、甘泉、九泉、黃泉、清泉、飛泉、井泉、冷泉、寒泉、湧泉、上窮碧落下黃泉。

常 5
泰
形解 形聲；從廾水，大聲。大有寬鬆的意思，廾是雙手，水在手中，很快就會流盡，所以滑溜爲泰。

音義 ㄊㄞˋ 名 ①地國名，在中南半島，舊稱暹羅。②姓。形 ①通「大」、「太」；例泰半。②平靖；例國泰民安。③舒適；例福體安泰。④奢侈；例奢泰。⑤暢通；例天地交泰。

參考「泰」雖可通「大」、「太」，惟國名只作「泰國」不作「太國」。

泰山北斗 ㄊㄞˋ ㄕㄢ ㄅㄟˇ ㄉㄡˇ 比喻衆人所推尊仰慕的人。泰山、北斗都是崇高而令人圍拱仰望的自然景物，所以拿來作比喻。

3 泰山壓卵 ㄊㄞˋ ㄕㄢ 一ㄚ ㄌㄨㄢˇ 把泰山壓在蛋上，比喻用強大的力量，壓在脆弱的東西上，脆弱的東西必然粉碎無疑。

泰山壓頂 ㄊㄞˋ ㄕㄢ 一ㄚ ㄉㄧㄥˇ 沈重的泰山壓在頭上，比喻困難重重，壓力極大。

參考 衍泰山壓頂不彎腰。

泰山鴻毛 ㄊㄞˋ ㄕㄢ ㄏㄨㄥˊ ㄇㄠˊ 比喻輕重差別極大。

參考 ①同輕重懸殊。②又作「鴻毛泰山」。

4 泰斗 ㄊㄞˋ ㄉㄡˇ 「泰山北斗」的省稱，比喻因學術技藝深湛，德高望重而受到尊崇仰慕的人。又作「山斗」。

5 泰半 ㄊㄞˋ ㄅㄢˋ 大半，超過一半。又作「太半」。

6 泰西 ㄊㄞˋ ㄒㄧ 極西，舊指西方國家，即歐、美等國。例泰西佚事。

參考 同西洋。

12 泰然 ㄊㄞˋ ㄖㄢˊ 安然鎮靜或若無其事樣子。

參考 衍泰然自若、泰然處之。

泰然自若 ㄊㄞˋ ㄖㄢˊ ㄗˋ ㄖㄨㄛˋ 安閒自在，從容不迫。形容對不快事物絲毫不放在心上的樣子。

參考 參閱「悠然自得」條。

▽安泰、驕泰、豐泰、國泰、長泰、舒泰、侈泰、富泰、民安國泰、福體安泰。

次 5
泫
形解 形聲；從水，玄聲。玄有幽暗的意思，所以潛流爲泫。

音義 ㄒㄩㄢˋ 動 水珠下垂；例「花上露猶泫。」副 流淚地；例泫然。

13 泫然 ㄒㄩㄢˋ ㄖㄢˊ 傷心流淚的樣子。例泫然欲涕。

▽潸泫、悲泫、涕泫。

次 5
泮
形解 形聲；從水，半聲。半有分別的意思，所以古代諸侯西南有水，東北爲牆的學宮爲泮。

音義 ㄆㄢˋ 名 學宮；例 入泮。動 散解；例 冰泮。

參考 ①亦作「頖」。②字雖從半，但不可讀成ㄅㄢˋ。

次 5 **沬** 形解 形聲；從水，未聲。未有滋味的意思，所以用水洒面爲沬。字本作「頮」。

音義 ㄏㄨㄟˋ 動 洗面；例 沬血。ㄇㄟˋ 名 地 殷首都朝歌的故地，在河南淇縣。形 微明的；例 日中見沬。

參考「沬」與從末解釋爲小泡沫的「沫」字（ㄇㄛˋ），音義不同。

次 5 **泔** 形解 形聲；從水，甘聲。甘有美味的意思，所以淅米的水汁爲泔。

音義 ㄍㄢ 名 ①掏洗米的水；例 泔水。②烹調法之一種，用米汁浸漬食品。

次 5 **沭** 形解 形聲；從水，朮聲。水名，沭水爲沭。

音義 ㄕㄨˋ 名 地 河名，源山東沂水縣北的沂山，南流經江蘇東海縣入黃河。

次 5 **沷** 形解 形聲；從水，犮聲。犮有急速的意思，所以灌水爲沷。

音義 ㄈㄨ 動 ①通流。②灌水。形 寒冷的。

次 5 **泯** 形解 形聲；從水，民聲。民有昏而不明的意思，所以淹滅爲泯。

音義 ㄇㄧㄣˇ 動 消除殆盡；例 良心未泯。

參考「泯」、「抿」形近，音同義不同。

7 泯沒 ㄇㄧㄣˇ ㄇㄛˋ 淹沒。

13 泯滅 ㄇㄧㄣˇ ㄇㄧㄝˋ 消滅淨盡。

次 5 **泐** 形解 形聲；從水，阞聲。阞有脈絡的意思，所以水石的紋理爲泐。

音義 ㄌㄜˋ 名 水石的紋理。動 ①石頭順其脈理而散裂；例 泐開。②書寫，書信用語；例 手泐。③刻識；例 泐碑。

參考「泐」右從「阞」（ㄌㄜˋ），不從「肋」（ㄌㄟˋ 或 ㄌㄜˋ）。

次 5 **泂** 形解 形聲；從水，冋聲。冋有幽遠的意思，所以寒冷爲泂。

音義 ㄐㄩㄥˇ 形 深遠的，通「迥」；例 泂酌彼行潦。副 水深廣地；例 泂泂。

參考「泂」與「洞」（ㄉㄨㄥˋ），形近音義不同。

次 5 **泆** 形解 形聲；從水，失聲。失有離去的意思，所以水濺起動盪奔突爲泆。

音義 ㄧˋ 動 水滿泛濫，通「溢」；例 數若泆湯。形 放蕩的，通「佚」；例 驕奢淫泆。

參考「泆」、「佚」，音同義不同。

次 5 **泲** 形解 形聲；從水，𠂔聲。𠂔有隔離的意思，所以去除酒中殘渣爲泲。

音義 ㄐㄧˇ 名 ①清純的酒。② 地 水名，即濟水，在山東省。③將酒的渣滓過濾後而成的清酒。

次 5 **泖** 形解 形聲；從水，卯聲。卯有活動的意思，所以水的流動爲泖。

音義 ㄇㄠˇ 名 ① 地 水名，在江蘇省，源太湖，入吳淞江。②水停留的地方。

次 5 **泝** 形解 字本作「㴑」：形聲，從水，㡿聲。㡿有違背的意思，所以逆流而上爲㴑。隸變作「泝」。

音義 ㄙㄨˋ 動 ①逆流而上；例「他年一葉泝江來。」②面對；例「其泝於日乎？」③疏通；例 泝八埏。

參考 同溯。

次 5 **泠** 形解 形聲；從水，令聲。水名，泠水爲泠。

音義 ㄌㄧㄥˊ 名 ①以演戲爲職業的人，通「伶」；例 泠人。②姓。動 明白；例 精神曉泠。形 聲音清越的；例「金磬泠泠水南寺。」

參考「泠」與從ㄅㄧㄥ（冰）的「冷」，音義不同。

8 泠泠 ㄌㄧㄥˊ ㄌㄧㄥˊ 形容聲音清越。例泠泠盈耳。

▽清泠、流泠。

次 5 **沴** 解形 形聲；從水，㐱聲。㐱有稠密的意思，所以水被堵塞不流暢為沴。

音義 ㄌㄧˋ 名災病；例百沴自辟易。動氣不和順而有害；例「唯金沴木。」副水流不順地；例跖魂負沴。

參考 亦作「[illegible]」。

次 5 **泵** 解形 會意；從石從水。水流激起為泵。

音義 ㄅㄥˋ 名工藉壓力作用輸送氣體或液體的機械裝置；例離心式泵。

常 6 **洋** 解形 形聲；從水，羊聲。水名，洋水為洋。

音義 一ㄤˊ 名①地球上最廣大的水域；例太平洋。②舊稱銀幣；例大洋。③外國；例東洋。④姓。形①外國的；例洋貨。②廣大而衆多的；例洋洋大觀。

6 洋灰 一ㄤˊ ㄏㄨㄟ 「水泥」的俗稱。

9 洋洋 一ㄤˊ 一ㄤˊ ㈠形容衆多或盛大的樣子。㈡水在沸騰滾動的樣子。㈢形容高興愉悅，情緒高昂的樣子。例喜氣洋洋。又作「揚揚」。

洋洋自得 一ㄤˊ 一ㄤˊ ㄗˋ ㄉㄜˊ 形容非常得意，自我欣賞的神色。

參考 ①參閱「沾沾自喜」條。②「洋洋」原作「揚揚」。③又作「洋洋得意」。

洋洋灑灑 一ㄤˊ 一ㄤˊ ㄙㄚˇ ㄙㄚˇ 形容文章篇幅長而且流暢達意。多指議論文而言。

12 洋場 一ㄤˊ ㄔㄤˇ ㈠指清末民初，中國受帝國主義侵略勢力所及，洋商聚集，藏汚納垢的地方。㈡舊時對「外國租界」的別稱。㈢指繁華奢靡的大都會。例十里洋場。

13 洋溢 一ㄤˊ 一ˋ 指情緒、氣氛等飽滿而充分流露。

▽遠洋、汪洋、海洋、洸洋、西洋、東洋、南洋、大洋、越洋、放洋、北洋、出洋、金洋、得意洋洋、五大洲三大洋。

常 6 **洲** 解形 形聲；從水，州聲。水中的陸地為洲。

音義 ㄓㄡ 名①大陸；例七大洲。②地球陸地的區劃名稱；例亞洲。③水中可居的陸地；例二水中分鸚鵡洲。

參考 「洲」是「州」的俗字。

11 洲渚 ㄓㄡ ㄓㄨˇ 水中的小島或小沙地。

▽沙洲、芳洲、汀洲、亞洲、歐洲、美洲、非洲、白鷺洲。

常 6 **洪** 解形 形聲；從水，共聲。共有大的意思，所以氾濫成災的大水為洪。

音義 ㄏㄨㄥˊ 名①大水；例防洪。②醫中醫稱脈搏浮而有力為洪。③姓。形很大的；例洪福齊天。

參考 讀成「ㄏㄨㄥˊ」的字，都有大的意思，如「洪」、「宏」、「閎」、「鴻」、「弘」等是。

4 洪水猛獸 ㄏㄨㄥˊ ㄕㄨㄟˇ ㄇㄥˇ ㄕㄡˋ 比喻危害極大的自然災禍。猛獸：凶猛的野獸。

參考 與「滔天大禍」有別：前者多比喻危害極大的事物或極為殘暴的力量；後者多指人闖下的大禍，也指其他大災禍。

9 洪亮 ㄏㄨㄥˊ ㄌㄧㄤˋ 聲音大而響亮。

參考 ①參閱「響亮」條。②亦作「宏亮」。

10 洪荒 ㄏㄨㄥˊ ㄏㄨㄤ 指太古時代。例天地玄黃，宇宙洪荒。亦作「鴻荒」。

12 洪喬之誤 ㄏㄨㄥˊ ㄑㄧㄠˊ ㄓ ㄨˋ ㈠晉朝殷羨，字洪喬，為人傳遞書信，盡投江水中的故事。㈡比喻書信寄失，使收信人無法收到。又作「洪喬所誤」、「付洪喬」。

20 洪爐 ㄏㄨㄥˊ ㄌㄨˊ ㈠大鑪。㈡比喻鍛煉陶冶人才的大場所或環境。㈢比喻融合、同化力大的治化功能。

▽鈞洪、防洪、洩洪、山洪。

常 6 **流** 解形 會意；從水㐬。㐬有順暢的意思，所以水行為流。

音義 ㄌㄧㄡˊ 名①水的通稱；例河流。②派別；例儒家者流。

③等級；例一流人物。④舊時五刑之一，即發遣罪人於遠方；例流配。⑤像水流能移動的東西；例氣流。動①液體移動；例月湧大江流。②留傳散播；例流芳百世。③放逐；例流放。④因某種因素不足而失敗；例流產。⑤泌出；例流血。形①往來不定的；例流雲。②漫無目標的；例流失。③沒有根據的；例流言。④沒有節制的；例流志而行。⑤轉動不停的；例流光。副①遍布地；例流毒。

參考①又作「汖」。②孳鎏。

3 **流亡** ㄌㄧㄡˊ ㄨㄤˊ 因在本鄉、本國不能存身而逃亡他國，流落在外。

參考①衍流亡學生、流亡政府。②參閱「逃亡」條。

6 **流年** ㄌㄧㄡˊ ㄋㄧㄢˊ ㈠似流水般迅速流逝不返的光陰。㈡算命、看相時，稱人一年的運氣為流年。例流年不利。

參考不可作「留年」。

流行 ㄌㄧㄡˊ ㄒㄧㄥˊ ㈠迅速傳播而盛行一時。㈡挨次傳遞。例「觴酌流行。」

參考衍流行病、流行性、流行歌、流行性感冒。

7 **流利** ㄌㄧㄡˊ ㄌㄧˋ 靈活暢通而不生澀滯。多用來形容說話、寫文章、書法等。

流言 ㄌㄧㄡˊ ㄧㄢˊ 沒有根據而廣為傳播的話。多指暗中散布，具誣蔑性、挑撥性的壞話。

參考①同蜚話。②與「傳言」、「謊言」、「謠言」、「讕言」都指沒有根據的話，但有別：「傳言」是沒有根據廣為流傳的話，無褒貶義，並可解釋為由人代為傳遞的話；「謊言」是用來騙人的假話；「謠言」是憑空捏造出來或沒有事實根據的消息；「讕言」是捏造以誣蔑、陷害別人或抵賴過失的話；「流言」則是暗中散布，具有誣蔑性、挑撥性的壞話。後四者都含貶損的意思。

流言蜚語 ㄌㄧㄡˊ ㄧㄢˊ ㄈㄟˋ ㄩˇ 毫無根據的謠言，多指背後散布的誹謗性的壞話。「蜚」，同「飛」。

參考①又作「蜚語流言」。②與「無稽之談」都指毫無根據的話，但有別：「流言蜚語」往往出自險惡的用心，多指誣蔑的，挑撥性的，散布者都躲在背後不露面；「無稽之談」往往出自迷信落後、愚昧無知或別有用心，多指荒唐神怪，無可查考，經不起檢驗的話，發表者有時會露面或公開。③與「風言風語」有別：前者多指誣蔑、挑撥的壞話，是有人有意散布的；後者多指傳說的、沒根據的話，不一定是有人有意散布的。

8 **流放** ㄌㄧㄡˊ ㄈㄤˋ 舊時把犯人或觸犯朝廷的官吏驅逐到邊遠的外鄉去。

流氓 ㄌㄧㄡˊ ㄇㄤˊ ㈠原意是無業遊民，今指不務正業，為非作歹的人。例地痞流氓。㈡刁蠻、撒賴、調戲、猥褻等惡劣行徑。例耍流氓。

流芳百世 ㄌㄧㄡˊ ㄈㄤ ㄅㄞˇ ㄕˋ 美好的名聲永遠流傳到後代。

參考①反遺臭萬年。②與「名垂青史」有別：後者有「在史書上流傳下去」的意思，一般用於人；前者有「在後代流傳下去」的意思，無論人或詩文都可使用。

9 **流毒** ㄌㄧㄡˊ ㄉㄨˊ ㈠流傳開來，使人受到毒害。㈡遺留下來的毒害。

流派 ㄌㄧㄡˊ ㄆㄞˋ ㈠指學術、文藝等方面所分的派別。㈡河川的支流。

參考同流別。

流俗 ㄌㄧㄡˊ ㄙㄨˊ ㈠社會上流行的風氣、習慣。用時多含貶損的意思。㈡鄙陋世俗的人。例流俗譏彈。

10 **流浪** ㄌㄧㄡˊ ㄌㄤˋ 生活沒有著落，到處轉移飄泊。

參考①衍流浪兒、流浪漢。②參閱「流落」條。

11 **流寇** ㄌㄧㄡˊ ㄎㄡˋ 到處流竄，沒有固定據點的盜匪。

參考同流賊。

流通 ㄌㄧㄡˊ ㄊㄨㄥ 流動暢通，沒有阻礙。例空氣流通。

流域 ㄌㄧㄡˊ ㄩˋ 地一般指某一河

流的集水區域或受水面積而言。

流產 ㄌㄧㄡˊ ㄔㄢˇ ㈠懷孕未滿七個月，胎兒自然地或使用人工方法而從子宮內排出。前者稱「自然流產」，後者稱「人工流產」。㈡比喻某種事情由於條件不成熟或遭遇挫折而未能實現。

參考 同小產。

流動 ㄌㄧㄡˊ ㄉㄨㄥˋ 像流水般移動不定。

參考 衍流動人口、流動戶口。

流連 ㄌㄧㄡˊ ㄌㄧㄢˊ ㈠留戀而捨不得離開。㈡轉徙離散。例百姓流連。又作「留連」。

流連忘返 ㄌㄧㄡˊ ㄌㄧㄢˊ ㄨㄤˋ ㄈㄢˇ 留戀徘徊，捨不得離去，連該回到原處也都忘記了。返：回，歸。

參考 與「樂而忘返」有別：後者強調在「樂」，因快樂而忘了回去；前者強調在「流連」，因留戀某景物而捨不得離開。

12 **流寓** ㄌㄧㄡˊ ㄩˋ 久在異鄉而定居下來。

13 **流傳** ㄌㄧㄡˊ ㄔㄨㄢˊ 流傳下去或傳播開來。

流落 ㄌㄧㄡˊ ㄌㄨㄛˋ 窮困潦倒，暫時在某處停留、落腳。

參考 與「流浪」都有飄流外地的意思，都是動詞，但有別：「流浪」指生活無著落，到處轉移，隨地謀生，著重在行踪無定；「流落」指窮困潦倒，暫時在某處停留、落腳，著重在潦倒與落腳。

14 **流暢** ㄌㄧㄡˊ ㄔㄤˋ 流順通暢。

流弊 ㄌㄧㄡˊ ㄅㄧˋ ㈠由於事物本身不完善或工作中有偏差而產生的弊病。㈡轉相沿襲的弊病。

15 **流質** ㄌㄧㄡˊ ㄓˋ 液體的食物，是醫療上常用的詞。

18 **流轉** ㄌㄧㄡˊ ㄓㄨㄢˇ ㈠流動移轉。㈡輪流轉換。

19 **流離** ㄌㄧㄡˊ ㄌㄧˊ ㈠因暴政或戰亂災荒而被迫離開家鄉到處流浪。例流離失所。㈡淚水淋漓的樣子。例涕流離而縱橫。㈢光彩煥發的樣子。又作「陸離」。㈣方古代函谷關以西地方，稱「梟」爲「流離」。㈤寶石名，即琉璃。

流離失所 ㄌㄧㄡˊ ㄌㄧˊ ㄕ ㄙㄨㄛˇ 因災荒戰亂等在外轉徙流浪，失去了安身的居處。

參考 ①反安居樂業。②與「流離轉徙」有別：前者著重於「失所」，強調「失去安身的地方」；後者著重在「轉徙」，強調「輾轉遷移」的意思。

20 **流蘇** ㄌㄧㄡˊ ㄙㄨ 下垂的穗子。多用絲線或五彩羽毛製成，用爲車馬、旌旗、樓臺上的裝飾品。

流露 ㄌㄧㄡˊ ㄌㄨˋ 不自覺地表現出來。

參考 ①衍眞情流露。②與「顯露」都是動詞，都有表現出來的意思，但有別：「流露」是不自覺地表現出來，所「流露」的都是通過語言文字所表現出來的情緒，不能作形容詞用；「顯露」是原來看不見的變爲看得見，可能是刻意的，也可能是自然發生的，是通過人或事物的外表或形體而表現出來，有時可作形容詞用，表示顯明的意思。

▽一流、下流、寒流、逆流、急流、氣流、溪流、激流、源流、交流、合流、主流、上流、女流、支流、清流、濁流、對流、暖流、潮流、電流、漂流、風流、名流、末流、中流、順流、寒流、人慾橫流、投鞭斷流、從善如流、開源節流、盡付東流、隨波逐流、應對如流。

常 6 **津**

解形 𣶒 形聲；從水，聿聲。字本作「𣶒」：形聲；從水，𦘒聲。渡口爲𣶒。隸變作「津」。

音義 ㄐㄧㄣ 名 ①渡口；例使子路問津焉。②液汁；例清濟涸無津。③口水；例生津止渴。④交通要道；例津要。⑤方法；例欲之因無津耳。⑥地河北「天津市」的簡稱；例津浦鐵路。形明潤的；例若旬虛期於月津。

9 **津要** ㄐㄧㄣ ㄧㄠˋ ㈠指位在出入衝要的地方。㈡指重要的官位。又作「要津」。

津津 ㄐㄧㄣ ㄐㄧㄣ ㈠滿溢的樣子。㈡很有滋味，令人口生津液的樣子。

參考 衍津津有味、津津樂道。

津津有味 ㄐㄧㄣ ㄐㄧㄣ ㄧㄡˇ ㄨㄟˋ ㈠很有滋味。㈡興趣濃厚。

11 **津梁** ㄐㄧㄣ ㄌㄧㄤˊ ㈠橋梁，架在河流上以濟渡。㈡比喻接引，有如橋樑引渡的作用。

12 **津貼** ㄐㄧㄣ ㄊㄧㄝ 以財物補助人，使能獲得津潤的利益。

▽河津、孟津、問津、要津、天津、迷津、生津、止渴生津。

常 6 **洌** 解形 形聲；從水，列聲。水清澈見底爲洌。

音義 ㄌㄧㄝˋ 形①(水或酒)清澈的；例泉香而酒洌。②寒冷的；例洌風。

參考「寒冷」可以用「洌」，也可以用「冽」字，但「清澈」只能用「洌」字。

▽清洌、冷洌、凝洌、寒洌。

常 6 **洱** 解形 形聲；從水，耳聲。水名，洱水爲洱。

音義 ㄦˇ 名地①湖名，在雲南大理縣城東，即洱海，滇池，又叫昆明池。②洱水，出自河南熊耳山，故名。

參考 參閱「滇池」條。

常 6 **洞** 解形 形聲；從水，同聲。同是共同，衆水會合則水盛而流疾，所以疾流爲洞。

音義 ㄉㄨㄥˋ 名①深穴；例山洞。②穿破的孔；例破洞。形不切實際的；例空洞。副透徹地；例洞燭先機。

參考 同孔、穴。

4 **洞天** ㄉㄨㄥˋ ㄊㄧㄢ ㈠宗道教稱神仙居住的地方，含洞中別有天地的意思。神話傳奇中常用。又作「洞府」。㈡風光特殊的隱蔽處。例別有洞天。

洞天福地 ㄉㄨㄥˋ ㄊㄧㄢ ㄈㄨˊ ㄉㄧˋ 宗道教傳說中指神仙所居的名山勝境。有十大洞天、三十六小洞天和七十二福地。

洞見癥結 ㄉㄨㄥˋ ㄐㄧㄢˋ ㄓㄥ ㄐㄧㄝˊ ㈠傳說古代名醫扁鵲醫病，能看出五臟內病根的所在。㈡比喻明察事理或清楚知道疑難或病根的所在。㈢稱頌良醫醫術高明的讚詞。

洞房 ㄉㄨㄥˋ ㄈㄤˊ ㈠深邃的內室。㈡今專指新婚夫婦的臥室。例洞房花燭夜。

9 **洞若觀火** ㄉㄨㄥˋ ㄖㄨㄛˋ ㄍㄨㄢ ㄏㄨㄛˇ 比喻好像看火一般看得十分清楚透徹。

參考 ①又作「明如觀火」。②與「瞭若指掌」都有看得清楚明白的意思，但有別：「洞若觀火」偏重指對事理的觀察透徹，不能用於人；「瞭若指掌」則偏重指對情況的了解清楚，可用於事物，也可用於人。③與「洞察一切」有別：前者著重於觀察事物的透徹程度—十分明白清楚，可用於人，亦可用於事；後者著重於觀察得深入而全面—無一遺漏，只用於人。④反管窺蠡測。

11 **洞悉** ㄉㄨㄥˋ ㄒㄧ 很清楚地了解。

14 **洞徹** ㄉㄨㄥˋ ㄔㄜˋ ㈠形容水流清澈見底。㈡透徹地了解。又作「洞澈」。

洞察 ㄉㄨㄥˋ ㄔㄚˊ 觀察得十分透徹和清楚。

17 **洞燭機先** ㄉㄨㄥˋ ㄓㄨˊ ㄐㄧ ㄒㄧㄢ 在事情發生之前，就已經清楚深切地看出眞象。燭：照見。

洞燭其奸 ㄉㄨㄥˋ ㄓㄨˊ ㄑㄧˊ ㄐㄧㄢ 看透了對方的陰謀詭計。

▽空洞、山洞、地洞、岩洞、白鹿洞、無底洞、千佛洞。

常 6 **洗** 解形 形聲；從水，先聲。先是足，所以用水滌除足垢爲洗。

音義 ㄒㄧˇ 名盛水的器具；例夙興設洗。動①滌除污垢；例洗衣。②伸雪冤屈恥辱；例洗冤。③趕絕殺盡；例洗城。ㄒㄧㄢˇ 名①官名；例爲吳王洗馬。②姓。

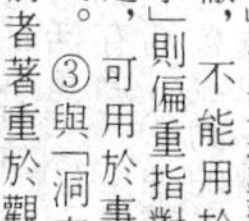
洗 图

參考「洗滌」之「洗」或作「洒」字，餘則不可通用。

4 **洗手** ㄒㄧˇ ㄕㄡˇ ㈠洗掉手上的污垢。㈡比喻盜賊等不再幹慣作的壞事，改務正業。

參考 衍金盆洗手。

洗心革面 ㄒㄧˇ ㄒㄧㄣ ㄍㄜˊ ㄇㄧㄢˋ 清除壞思想，改變舊面貌，比喻徹底改過自新。

參考 ①又作「洗面革心」。②與「脫胎換骨」都可用來比喻徹底改造，重新作人，但有別：「脫胎換骨」指思想上深入徹底的改造，可指罪人，也可把一般思想上有毛病的人，適用範圍較大；「洗心革面」除了思想上深入徹底的改造外，還有强調改變舊日作爲的意思，通常僅指罪人，適用範圍較小。又「脫胎換骨」可比喻師法前人寫作的命意或技巧，從事新的創作；「洗心革面」就沒有這一層意思。

6 **洗耳恭聽** ㄒㄧˇ ㄦˇ ㄍㄨㄥ ㄊㄧㄥ 把耳朵洗乾淨，恭敬地傾聽，形容專心、恭敬地傾聽別人說話。

參考 ①反充耳不聞。②與「傾耳而聽」有別：①前者强調「恭敬地聽」；後者强調「注意聽」。②後者能用於上對下；前者不能。

7 **洗劫** ㄒㄧˇ ㄐㄧㄝˊ 把一個地方或一戶人家的財物搶光。

參考 ①衍洗劫一空。②與「搶劫」、「擄掠」都表示搶奪他人的財物，但「搶劫」、「擄掠」泛言搶奪財物；「洗劫」則語意較强，有搶光，搶得一乾二淨的意思。

8 **洗刷** ㄒㄧˇ ㄕㄨㄚ ㈠沖洗刷除髒東西。又作「刷洗」。㈡比喻除去汚點、恥辱、冤屈等不好的事物。例洗刷罪名。

11 **洗雪** ㄒㄧˇ ㄒㄩㄝˇ 洗得像雪一樣潔白，就是洗刷乾淨。多用於冤曲、恥辱方面。

14 **洗塵** ㄒㄧˇ ㄔㄣˊ 洗除灰塵，指宴請剛從遠道而來的客人。

參考 同接風。

17 **洗濯** ㄒㄧˇ ㄓㄨㄛˊ 用水清除髒東西。

參考 同洗滌。

18 **洗禮** ㄒㄧˇ ㄌㄧˇ ㈠宗基督教或天主教的入教儀式。行禮時，主禮者口誦禱詞，向受洗人頭部滴水或將受洗人全身浸入水中，表示洗除罪惡，並接賜聖名。全身浸入水中的，也稱「浸禮」。㈡比喻經歷了重大的考驗或鍛鍊。

▽盥洗、梳洗、濯洗、沐洗、雪洗、手洗、清洗、血洗、刷洗、乾洗、漿洗、燙洗、一貧如洗、囊空如洗。

常 6 **活** 形解  形聲；從水，舌聲。字本作「浯」：形聲；從水，昏聲。流水聲爲活。隸變作「活」。

音義 ㄏㄨㄛˊ 名①生計；例賣文爲活。②工作；例趕活。動①生存，與「死亡」相對；例好死不如賴活著。②救命；例活人無算。形①有生命的；例活魚。②不固定的；例活期存款。③生動；例雨餘山態活。④通靈的；例活佛。⑤會流動的；例活水。副①逼眞地；例活像一隻老虎。②很，應；例活該。③生動地；例活學活用。

ㄍㄨㄛ 形水流聲或泥濘；例活活。

參考 ①同生。②反死，亡。

2 **活力** ㄏㄨㄛˊ ㄌㄧˋ ㈠活動力。㈡生活力。

9 **活頁** ㄏㄨㄛˊ ㄧㄝˋ 篇頁可以隨意拆開、裝訂的書本簿冊。

11 **活動** ㄏㄨㄛˊ ㄉㄨㄥˋ ㈠靈活變動，不固定，不呆板。㈡爲達到某種目的而奔走行動，如說情、行賄。㈢指各種動作、運動。

參考 ①與「活躍」雖都有「行動」的意思，但有別：「活躍」指行動的活潑積極，精神的奮發，及氣氛的熱烈。②與「靈活」有別：「靈活」不僅可以形容具體的動作，還可以形容抽象的「頭腦」、「手腕」、「運用」等；「活動」則只用在較具體的「人」或「物」上。③衍業餘活動、課外活動、野外活動。

15 **活潑** ㄏㄨㄛˊ ㄆㄛ ㈠生動自然，毫不呆板。㈡天機流動，富有生意。

參考 參閱「生動」條。

16 **活龍活現** ㄏㄨㄛˊ ㄌㄨㄥˊ ㄏㄨㄛˊ ㄒㄧㄢˋ ㈠比喻非常逼眞。㈡形容誇張的描述。

21 **活躍** ㄏㄨㄛˊ ㄩㄝˋ ㈠行動或進展積極而有力，活潑而熱烈。㈡生氣勃勃的樣子。

參考 衍活躍份子、活躍人物。

▽快活、死活、生活、復活、

全活、苟活、救活、作活、靈活、存活、過活、你死我活、尋死覓活、賣文爲活。

常 6 **洽** 形解 形聲；從水，合聲。浸濕爲洽。

音義 ㄒㄧㄚˋ 動 ①商議；例接洽。②侵潤；例好生之德，洽于民心。③和合；例以洽百禮。形 ①和諧的；例感情融洽。②周徧的；例博洽。

參考 ①又音ㄑㄧㄚˋ。②注意和「恰巧」、「恰當」的「恰」字，音同而義異。

11 **洽商** ㄒㄧㄚˋ ㄕㄤ 雙方接洽商量，以交換意見。例洽商事宜。

▽商洽、博洽、協洽、融洽、接洽、和洽。

常 6 **派** 形解 形聲；從水，𠂢聲。𠂢是水的分流，所以別流爲派。

音義 ㄆㄞˋ 名 ①支流；例流九派乎潯陽。②人、事的分支系統；例江西詩派。動 ①差遣；例派員參加。②分配；例輪派。

參考 同黨。

5 **派出所** ㄆㄞˋ ㄔㄨ ㄙㄨㄛˇ 警察機構中屬分局管轄，負責勤務執行的分支機構。

7 **派別** ㄆㄞˋ ㄅㄧㄝˊ 學術、宗教、政黨等內部所歧分的派系、集團。

14 **派遣** ㄆㄞˋ ㄑㄧㄢˇ 調派差遣，命令人員到某處去做工作。

16 **派頭** ㄆㄞˋ ㄊㄡˊ 言語舉止的氣度。

參考 ①同氣派，架勢，架子。②例派頭十足。

▽學派、硬派、支派、宗派、黨派、別派、流派、洋派、分派、攤派、鴿派、鷹派、幫派、正派。

常 6 **洶** 形解 形聲；從水，匈聲。匈有大的意思，所以水勢盛大爲洶。

音義 ㄒㄩㄥ 副 洶湧，猛烈地；例波濤洶湧。

參考 ①又作「汹」。②字不可從「囟」作「洶」。

9 **洶洶** ㄒㄩㄥ ㄒㄩㄥ ㈠形容波濤的聲音。㈡形容來勢盛猛的樣子。例氣勢洶洶。③喧擾的樣子。又作「詾詾」。

12 **洶湧** ㄒㄩㄥ ㄩㄥˇ 大水激盪上湧的樣子。例波濤洶湧。

▽來勢洶洶、氣勢洶洶、謗議洶洶。

常 6 **洛** 形解 形聲；從水，各聲。水名，洛河爲洛。

音義 ㄌㄨㄛˋ 名 地 水名：①即洛河，在陝西省。②洛水，源於陝西洛南縣，東流經河南入黃河，古作「雒」。③姓。

12 **洛陽紙貴** ㄌㄨㄛˋ ㄧㄤˊ ㄓˇ ㄍㄨㄟˋ 稱譽某種著作流傳很廣，風行一時的讚詞。晉代左思的三都賦寫成後，洛陽士人競相傳寫，一時紙張搶購一空，引起紙價上漲。

▽伊洛、京洛、河洛。

次 6 **洨** 形解 形聲；從水，交聲。水名，洨水爲洨。

音義 ㄐㄧㄠ 名 地 ①水名，今安徽靈壁縣東南。②洨河，出河北獲鹿縣西南之井陘山，注入寧晉泊。③縣名，今安徽省靈壁縣。

次 6 **洴** 形解 字本作「洴」，形聲；從水，幷聲。水聲爲洴。俗作「洴」。

音義 ㄆㄧㄥ 動 漂濯；例洴澼。形 洴澼，漂絮的聲音。

參考 ①亦作「洴」。②或作「泙」、「澎」。

次 6 **洟** 形解 形聲；從水，夷聲。鼻液爲洟。

音義 ㄧˋ 名 鼻涕；例「垂涕洟。」

參考 「洟」、「咦」、「荑」、「痍」、「胰」，音同義異：咦：驚訝之詞；荑：芟刈；痍：創傷；胰：胰臟。

常 6 **洹** 形解 形聲；從水，亘聲。水名，洹水爲洹。

音義 ㄏㄨㄢˊ 名 地 水名，即安陽河，源山西黎城縣，東至河南內黃縣入衛河。

參考 又音ㄩㄢˊ。

次 6 **洼** 形解 形聲；從水，圭聲。圭有圓而深的意思，所以深而圓的水池爲洼。

音義 ㄨㄚ 名 窪下有水的地方；例 低洼。
ㄍㄨㄟ 名 姓。

次 6 **洒** 形解 形聲；從水，西聲。西有停留的意思，所以用水洗滌為洒。
音義 ㄒㄧˇ 動 洗滌，同「洗」。
ㄙㄚˇ 動 散布，同「灑」；例 洒水。代 自稱詞；例 洒家。
ㄒㄧㄢˇ 副 ①肅敬地；例 洒如。②水深地；例 望厓洒。③驚懼地；例 洒然異之。
ㄘㄨㄟˇ 副 高峻地；例「新臺有洒。」
參考「洒」與從酉的「酒」（ㄐㄧㄡˇ），音義各異。
10 **洒家** ㄙㄚˇ ㄐㄧㄚ 宋元時關西一帶人的自稱語。
▽ 瀟洒、望厓洒、新臺有洒。

次 6 **洧** 形解 形聲；從水，有聲。水名，洧水為洧。
音義 ㄨㄟˇ 名 地 水名，源河南陽城山，至扶溝縣入賈魯河。

次 6 **洊** 形解 形聲；從水，存聲。存有顧及的意思，水到為洊。
音義 ㄐㄧㄢˋ 形 再，下一次；例 洊歲。副 屢次地；例 水洊至。
參考 亦作「瀳」。

次 6 **洿** 形解 形聲；從水，夸聲。夸有過剩的意思，濁水不流為洿。
音義 ㄨ 名 濁水停積的地方，同「汙」；例 洿池。動 ①挖地成水池；例「洿其宮而豬焉。」②渲染；例 以墨洿色。形 深沈的。
6 **洿池** ㄨ ㄔˊ ㈠髒水停積的低處。㈡池塘。

次 6 **洸** 形解 形聲；從水，光聲。水涌而有光為洸。
音義 ㄍㄨㄤ 名 ①地 水名，在山東寧陽縣，為汶水支流。②泉水湧起時所映射的亮光。副 威武地；例「有洸有潰。」
ㄏㄨㄤˇ 副 洸洸，水來的樣子。
9 **洸洋** ㄍㄨㄤ ㄧㄤˊ ㈠水面廣大而無邊際的。㈡比喻言辭荒誕。

次 6 **泚** 形解 形聲；從水，此聲。此有靜止的意思，水靜止則清澈，所以水清為泚。
音義 ㄘˇ 動 濡染；例 泚筆。副 ①水清地。②鮮明地；例「新臺有泚。」③流汗地；例「其顙有泚。」

次 6 **洩** 形解 形聲；從水，曳聲。曳有牽引的意思，所以水流順暢為洩。
音義 ㄒㄧㄝˋ 名 姓。動 ①漏；例 水洩不通。②散布；例 宣洩。
ㄧˋ 形 舒散和樂的，同「泄」；例 其樂洩洩。副 浮沈地；例「淫淫洩洩。」
14 **洩漏** ㄒㄧㄝˋ ㄌㄡˋ 走漏，透漏；例 洩漏消息。

次 6 **洄** 形解 形聲；從水，回聲。回有轉折的意思，所以逆流而上為洄。
音義 ㄏㄨㄟˊ 副 ①水盤旋廻轉地；例 澴洄。②逆流而上；例「上涉盡洄沿。」
▽ 湖洄、灣洄。

次 6 **洮** 形解 形聲；從水，兆聲。水名，洮水為洮。
音義 ㄊㄠˊ 名 地 水名，在甘肅，源西傾山，入黃河。動 盥洗；例「王乃洮頮水。」
ㄧㄠˊ 名 地 湖名，在江蘇宜興縣，為我國五大湖之一。

次 6 **洙** 形解 形聲；從水，朱聲。水名，洙水為洙。
音義 ㄓㄨ 名 地 水名，泗水的支流。
參考 又音 ㄕㄨ。

次 6 **洺** 形解 形聲；從水，名聲。水名，洺水為洺。
音義 ㄇㄧㄥˊ 名 地 水名，源山西太行山，東流入大陸澤。

次 6 **洵** 形解 形聲；從水，旬聲。水自淵出為洵。
音義 ㄒㄩㄣˊ 名 自動溢出的水；例「過為洵。」動 水自漩渦流出。形 遙遠的；例「于嗟洵兮。」(副)信，眞是，通「恂」；(例)洵屬虛構。

(次) 6
洚
[形解] 形聲；從水，夅聲。夅有強横的意思，所以水不遵循水道而亂流爲洚。

[音義] ㄐㄧㄤˋ (形)水亂流的；(例)洚水。

(次) 6
洎
[形解] 形聲；從水，自聲。自有直下的意思，所以用水灌釜爲洎。

[音義] ㄐㄧˋ (名)肉汁；(例)洎饋。(動)①加水；(例)「洎之則淡。」②到；(例)自古洎今。

[參考]「洎」與從白的「泊」(ㄅㄛˊ)字，音義各異。

(次) 6
洫
[形解] 形聲；從水，血聲。田間水道有如血脈流通爲洫。

[音義] ㄒㄩˋ (名)①田間水道；(例)溝洫。②護城河；(例)經城洫。③水門；(例)方梁石洫。

[參考]或作「淢」。

▽溝洫、城洫、田洫、石洫。

(次) 6
洑
[形解] 形聲；從水，伏聲。伏有隱伏的意思，所以伏流爲洑。

[音義] ㄈㄨˊ (名)隱伏在地下的溪流；(例)洑流。ㄈㄨˊ (動)游泳；(例)洑水。

(次) 6
洳
[形解] 形聲；從水，如聲。如有依循的意思，所以逐漸濕潤爲洳。

[音義] ㄖㄨˋ (名)(地)水名，源河北石城山，北入洵河。(形)潮濕的；(例)沮洳。

(常) 7
浪
[形解] 形聲；從水，良聲。水名，滄浪水爲浪。

[音義] ㄌㄤˋ (名)①大的水波；(例)海浪。②因振動而起伏的東西；(例)稻浪。③姓。(動)①放縱；(例)放浪形骸。②飄泊；(例)浪迹天涯。(形)飄蕩的；(例)浪人。(副)虛妄地；(例)浪得虛名。

10 **浪迹** ㄌㄤˋ ㄐㄧ 因沒有固定的住處而行踪無定。「迹」，又作「跡」。

12 **浪費** ㄌㄤˋ ㄈㄟˋ 無益的消耗。可指人力、財物、時間等言。

[參考]①參閱「糟蹋」條。②「浪費」、「花費」有別：「花費」是指用掉或耗費掉，如：建築一條高速公路，要花費不少人力、物力和財力。「浪費」指用得不得當，如：浪費時間、浪費生命。

14 **浪漫** ㄌㄤˋ ㄇㄢˋ (一)富有詩意，充滿幻想。(二)行爲輕浮放蕩。

[參考](衍)浪漫派、浪漫時期。

▽巨浪、滄浪、波浪、風浪、海浪、放浪、流浪、聲浪、孟浪、乘風破浪、無風起浪、興風作浪、驚濤駭浪、無風不起浪、無風三尺浪。

(常) 7
涕
[形解] 形聲；從水，弟聲。眼淚爲涕。

[音義] ㄊㄧˋ (名)①眼淚；(例)涕泗。②鼻液，通「洟」；(例)鼻涕。

[參考]「涕」和「泗」的不同是：「涕」有時用作「眼淚」講，有時用作「鼻液」講；而「泗」只有「鼻液」一個意思。

8 **涕泣** ㄊㄧˋ ㄑㄧˋ 流淚哭泣。

涕泗 ㄊㄧˋ ㄙˋ (一)眼淚和鼻涕。(二)流眼淚和流鼻涕。(例)涕泗縱橫。又作「涕洟」。

13 **涕零** ㄊㄧˋ ㄌㄧㄥˊ 落下眼淚。零：掉落。(例)感激涕零。

▽感涕、泣涕、悲涕、流涕、垂涕、鼻涕、痛哭流涕。

(常) 7
消
[形解] 形聲；從水，肖聲。未盡而將盡爲消。

[音義] ㄒㄧㄠ (動)①除去；(例)消毒。②溶化；(例)冰消瓦解。③散失；(例)煙消雲散。④排遣；(例)消遣。⑤需要；(例)不消說。⑥耗損；(例)消費。

5 **消失** ㄒㄧㄠ ㄕ 消去散失，從「有」變成「沒有」。

[參考] 參閱「消逝」條。

7 **消災** ㄒㄧㄠ ㄗㄞ 消除災患。(例)破財消災。

消沈 ㄒㄧㄠ ㄔㄣˊ 情緒低落，萎靡不振。(例)意志消沈。

消防 ㄒㄧㄠ ㄈㄤˊ 撲滅火災和預防火警發生的工作。

[參考](衍)消防車、消防設備、消防隊員。

8 **消長** ㄒㄧㄠ ㄓㄤˇ ㈠減少或增加。㈡比喻盛衰的變化。

消受 ㄒㄧㄠ ㄕㄡˋ ㈠享受，受用。例無福消受。㈡忍受。例「這一去，胡地風霜，怎生消瘦？」

參考 本詞多用於否定方面。

9 **消毒** ㄒㄧㄠ ㄉㄨˊ 用蒸煮、藥物及曬太陽、放射線等方式殺死致病的細菌、病毒以消除病原體。

參考 衍消毒器、消毒劑。

消弭 ㄒㄧㄠ ㄇㄧˇ 消除，平息。弭：停息。

參考 衍消弭篡弒、消弭兵禍。

10 **消除** ㄒㄧㄠ ㄔㄨˊ 消滅，廢除。

參考 ①與「消釋」都指散失、滅絕，有時可以互換，但有別：「消除」指把不利的事物除去，使不存在，人爲、刻意的痕跡較明顯；「消釋」原指固體溶解成液體，比喻疑慮、怨隙、痛苦等像冰塊溶化般地解開了，消失了，多在某種情況下自然發生，而比較沒有人爲、刻意的痕跡。②參閱「消滅」條。

消夏 ㄒㄧㄠ ㄒㄧㄚˋ 消除，擺脫夏天的酷熱。

參考 ①又作「銷夏」、「消暑」。②「消夏」、「消暑」含有「避暑」的意思，但不等於「避暑」。「避暑」著重「避」，專指到清涼的地方去躲避、擺脫夏季的炎熱；是刻意的、人爲的。「消夏」、「消暑」則著重「消」，指消除或擺脫夏天的炎熱，不一定要到清涼的地方去，喝一杯清涼飲料，或天公作美，在熱天下一場大雨都有「消夏」、「消暑」的作用，有時是人爲的，有時則是因自然現象而發生的。

消息 ㄒㄧㄠ ㄒㄧˊ ㈠音訊，信息。㈡消滅增長，比喻生滅盛衰。㈢一種廣泛使用的新聞體裁，乃以簡要迅速的方式報導重要的新聞事實。用電報傳遞的消息，又稱「電訊」。

參考 與「新聞」都有最近發生的新事情之義，但有別：「消息」表示關於人或事物情況的報導，可泛指新發生的事或傳出的情況，並有音信的意思，使用的範圍較廣泛，通常形式簡短；「新聞」指報紙或廣播電視報導的國內外剛發生的事件或最近發生的事情，特別强調「新」，使用範圍較狹，形式繁簡也長短不拘。

消耗 ㄒㄧㄠ ㄏㄠˋ 因使用或經過變化而逐漸減少。

參考 ①與「損失」都有逐漸減少的意思，但有別：「消耗」可能沒有代價，也可能會有代價；「損失」則是白白的失去，一定沒有代價。②與「消費」都有在使用過程中，某種東西逐漸消失的意思，但有別：「消費」著重把財物用掉，多指生活物資，適用對象一般較爲具體；「消耗」著重減損，可指人力、財力、物力，適用對象有具體的，也有抽象的。③衍消耗戰。

11 **消停** ㄒㄧㄠ ㄊㄧㄥˊ ㈠安靜，停歇。㈡舒緩，從容不迫。

消逝 ㄒㄧㄠ ㄕˋ 消失，從有逐漸變成沒有。常指時間而言。

參考 ①與「消失」都指逐漸減少以至沒有，常可互換，但有別：「消失」著重言事物、現象的不再存在，在變化中歷時較短，不能表示時間的過去；「消逝」著重言過去了或不見了，變化中歷時可長可短，且常用來表示時間的過去。②參閱「沒落」條。

12 **消極** ㄒㄧㄠ ㄐㄧˊ ㈠消沈不求進取。例態度消極。㈡反面的，阻礙發展的。例消極因素。

參考 反積極。

消費 ㄒㄧㄠ ㄈㄟˋ 使用物質財貨以滿足人類從事生產與豐富物質、精神生活的需求。

參考 ①反生產。②衍消費品、消費國、消費水準、消費借貸。③參閱「消耗」條。

13 **消搖** ㄒㄧㄠ ㄧㄠˊ 優游自得的樣子。又作「逍遙」、「消遙」。

消滅 ㄒㄧㄠ ㄇㄧㄝˋ 消失，滅絕。

參考 ①與「消除」都有除去、不存在的意思，但有別：「消滅」使用的範圍較大，可用於人，也可用於具體或抽象的事物；「消除」使用的範圍較小，不用於人，多用於抽象的事物。②與「消亡」都有消失、滅亡的意思，但有別：「消滅」是及物動詞，指用外力強制，使人或事物不能存在，必有一方主動，一方被動，由一方消滅另一方，且適用範圍較廣，可用於人與具體或抽象的事物；「消亡」則是不及物動詞，指事物在發展過程中逐漸自行消失，是自動的或自然的。③參閱「殲滅」條。

14 **消瘦** ㄒㄧㄠ ㄕㄡˋ 體貌變得清癯而瘦弱。

參考 衍消瘦症。

消魂 ㄒㄧㄠ ㄏㄨㄣˊ 心魂迷亂，用來形容人極度歡樂、興奮或極度哀傷、痛苦時，情緒難以控制的狀態。

消遣 ㄒㄧㄠ ㄑㄧㄢˇ ㈠消除排解，指消解愁悶。㈡用自己感到愉快的事情來打發時間。㈢捉弄，把某人當作目標開玩笑取樂。

16 **消磨** ㄒㄧㄠ ㄇㄛˊ ㈠消散磨滅。通常用於志氣、精力等抽象的事物。㈡打發時間，虛度光陰。

17 **消聲匿跡** ㄒㄧㄠ ㄕㄥ ㄋㄧˋ ㄐㄧ 隱藏起來，使人找不到。聲：聲音；跡：形跡；即指整個人的聲音和形體。

▽魂消、損消、香消、撤消、取消、只消、一筆勾消、玉殞香消。

常 7 **涇** 形解 形聲；從水，巠聲。水名，涇河爲涇。

音義 ㄐㄧㄥ 名 地 水名，即涇河，源甘肅，流入陝西注渭水。

12 **涇渭** ㄐㄧㄥ ㄨㄟˋ ㈠地 涇水與渭水。例涇渭不分。㈡比喻人品的清濁。例伊人有涇渭，非余揚濁清。

常 7 **浦** 形解 形聲；從水，甫聲。水濱爲浦。

音義 ㄆㄨˇ 名 ①水濱；例送美人兮南浦。②大河流的小叉口；例浦口望斜月。③姓。

▽烟浦、海浦、合浦、南浦、淮浦、京浦。

常 7 **浸** 形解 形聲；從水，𠬶聲。字本作濅：形聲；從水，寑聲。水名，浸水爲濅。隸變作「浸」。

音義 ㄐㄧㄣˋ 動 ①把東西沈入水裏使之變濕；例浸濕。②受水滲透而漸濕；例浸彼苞根。副 漸漸地；例浸衰。

參考 ①又音ㄐㄧㄣ。②「浸水」的「浸」字和「侵犯」的「侵」(ㄑㄧㄣ)字形近義殊而易誤。③同漬。④孳寖。

11 **浸淫** ㄐㄧㄣˋ ㄧㄣˊ ㈠逐漸擴及，漸進。例浸淫日廣。㈡相互親附。亦作「寖淫」、「侵淫」。

▽沈浸、漬浸、涵浸。

常 7 **海** 形解 形聲；從水，每聲。廣大的水域爲海。

音義 ㄏㄞˇ 名 ①地 地球上的水域，比洋小，多位於大陸邊緣；例南海。②內陸的鹹水湖；例青海。③很多人或事物聚在一起；例人山人海。④領域；例苦海無邊。⑤姓。形 浩大的；例海量。

3 **海口** ㄏㄞˇ ㄎㄡˇ ㈠河流通入海洋的地方。㈡漫無邊際的大話。例誇下海口。

4 **海內** ㄏㄞˇ ㄋㄟˋ ㈠海水裏面。㈡稱國境以內的區域。因古人認爲我國疆土四面環海，故稱。㈢借指全世界。

參考 ①同國內。②反海外。

5 **海外** ㄏㄞˇ ㄨㄞˋ 指國外。

參考 ①同國外。②反海內。③衍海外版、海外同胞、海外工作會。

海市蜃樓 ㄏㄞˇ ㄕˋ ㄕㄣˋ ㄌㄡˊ ㈠物 光線經不同密度的空氣層，發生顯著的折射時，把遠處景物顯現在空中或近處地面的奇異幻象。常發生在海邊或沙漠地區。因古人誤以爲是蜃吐氣而成，所以叫「海市蜃樓」。㈡比喻繁華而虛幻不實的東西。

參考 ①又叫「蜃景」。②與「空中樓閣」都指虛幻不實的事物，有時可互通，但有別：「海市蜃樓」偏重在虛無飄渺，遠離現實，多指幻景，比喻容易幻滅的希望，虛幻的前景等；而「空中樓閣」偏重指沒有根基，脫離實際，多指幻想，比喻脫離實際的理論、計畫、空想等是。

7 **海防** ㄏㄞˇ ㄈㄤˊ ㈠爲防備外來侵略以保衛國家主權，領土完整及安全，而在沿海地區採取的軍事措施。㈡地越南北部重要的港市。

參考 衍海防線、海防艦、海防部隊。

海角天涯 ㄏㄞˇ ㄐㄧㄠˇ ㄊㄧㄢ ㄧㄚˊ 形容極邊遠的地方。又作「天涯海角」、「天涯地角」。

8 **海拔** ㄏㄞˇ ㄅㄚˊ 地從平均海平面起，測量出來的地勢高度。又稱「絕對高度」或「高度」。

海事 ㄏㄞˇ ㄕˋ ㈠泛指一切有關航海的事務。如造船、驗船、海運法規、海損事故處理等。例海事學校。㈡指航行或停泊中的船舶所發生的事故。如擱淺、碰撞、沈沒、盜劫、失火等。

參考 ㈠衍海事聲明書。

海底撈月 ㄏㄞˇ ㄉㄧˇ ㄌㄠ ㄩㄝˋ ㈠比喻白費力氣，根本不可能達到目的。㈡我國武術中的一種動作。

參考 ①同江中釣月。②參閱「海底撈針」條。

海底撈針 ㄏㄞˇ ㄉㄧˇ ㄌㄠ ㄓㄣ 比喻白費力氣，希望渺茫，決不會成功。

參考 與「江中釣月」、「水中撈月」、「海底撈月」都有白費力氣的意思，但程度略有不同：「海底撈針」，僅表示希望渺茫；「江中釣月」、「水中撈月」、「海底撈月」卻表示毫無希望，根本無法達到目的。

9 **海枯石爛** ㄏㄞˇ ㄎㄨ ㄕˊ ㄌㄢˋ 比喻可經歷極長時間的考驗。多用於誓言，表示意志堅定，絕不改變。

參考 同地老天荒。

10 **海峽** ㄏㄞˇ ㄒㄧㄚˊ 地連接兩片海洋，夾在兩個陸地之間的狹窄水道。例臺灣海峽。

11 **海涵** ㄏㄞˇ ㄏㄢˊ 形容像大海容納百川一樣地包容。後多用爲請人原諒的敬辭。

12 **海量** ㄏㄞˇ ㄌㄧㄤˋ ㈠像海一般寬宏的度量。㈡形容人能喝很多酒，酒量很大。

14 **海誓山盟** ㄏㄞˇ ㄕˋ ㄕㄢ ㄇㄥˊ 指男女相愛時所立的誓言和盟約。表示彼此的情愛要像山和海一樣永不改變。

16 **海嘯** ㄏㄞˇ ㄒㄧㄠˋ 因地震、火山爆發或風暴而引起的特大海浪。它傳至近岸時，浪高有時可達十幾公尺，常對沿岸地區造成巨大的損害。

17 **海闊天空** ㄏㄞˇ ㄎㄨㄛˋ ㄊㄧㄢ ㄎㄨㄥ ㈠原形容大自然的廣闊，後比喻心胸開闊，無拘無束。㈡今常用來比喻想像、議論漫無邊際或隨意漫談，沒有重點。

19 **海關** ㄏㄞˇ ㄍㄨㄢ 由國家設置，專掌對進出國境的物品和運輸工具進行監督檢查、徵收關稅並查禁走私等工作的行政管理機構。

▽雲海、沿海、外海、學海、宦海、苦海、公海、航海、四海、深海、青海、滄海、內海、領海、碧海、火海、人海、入海、跳海、人山人海、石沉大海、泥牛入海、浩如煙海、排山倒海、精衛塡海。

常 7 浙

解形 形聲；從水，折聲。江名，浙江爲浙。

音義 ㄓㄜˋ 名地①江名，即浙江，古稱漸水、漸江，又稱「之江」，東流入東海。②省名，即「浙江省」的簡稱；例浙贛鐵路。

常 7 涓

解形 形聲；從水，肙聲。肙有小的意思，所以細小的水流爲涓。

音義 ㄐㄩㄢ 名①細流；例涓流。②姓。動選擇；例涓吉日。形①細微的；例涓埃。②清潔的；例涓潔。

14 **涓滴歸公** ㄐㄩㄢ ㄉㄧ ㄍㄨㄟ ㄍㄨㄥ ㈠雖是一分一毫極小的款項都能歸入公家所有。㈡比喻廉潔無比。

常 7 浬

解形 形聲；從水，里聲。泥浬，是波斯酋長名。

音義 ㄌㄧˇ 名「海里」的略稱。

常 7 **涉** 形解 會意；從水步。步是行走，徒行渡水爲涉。

音義 ㄕㄜˋ 名 姓。動 ①徒步渡水；例跋山涉水。②乘船渡水。③經歷；例涉世未深。④牽連；例涉及刑案。⑤深入；例「涉魏而東。」ㄉㄧㄝˊ 動 跌踏前行，通「蹀」、「喋」。例涉血。

參考 這個字左旁從「步」而「步」字是從正反二「止」，所以「步」的下「止」應作「少」而不從「少」作。

5 **涉世** ㄕㄜˋ ㄕˋ 經歷社會上的事。例涉世未深。

7 **涉足** ㄕㄜˋ ㄗㄨˊ 進入某種環境、領域。例涉足舞廳。

13 **涉嫌** ㄕㄜˋ ㄒㄧㄢˊ 跟某件事情有牽連的嫌疑。

參考 本詞只用於法院判決未定讞之前。

18 **涉獵** ㄕㄜˋ ㄌㄧㄝˋ 有如涉水獵獸般，作廣泛粗略的閱讀或研究。

▽干涉、交涉、跋涉、牽涉、參涉、無涉、旁涉、互不干涉。

常 7 **浮** 形解 形聲；從水，孚聲。漂在水面爲浮。

音義 ㄈㄨˊ 動 ①漂在水面；例「道不行，乘桴浮於海。」②超過；例人浮於事。③受罰；例多者浮，少者歌。形 ①浮在水上的；例浮萍。②虛泛的；例浮名。③表面的；例浮土。④不沈著；例心浮氣躁。⑤飄流的；例浮雲。

參考 ①反沈。②「浮」字，音 ㄈㄨˊ，常誤讀成 ㄈㄡˊ。

5 **浮生** ㄈㄨˊ ㄕㄥ 漂浮不定，無所依憑的人生。例浮生若夢。

6 **浮名** ㄈㄨˊ ㄇㄧㄥˊ 虛浮不實的名聲。

參考 同虛名，浮譽。

浮光掠影 ㄈㄨˊ ㄍㄨㄤ ㄌㄩㄝˋ ㄧㄥˇ ㈠水面上的反光，一掠而過的影子。比喻印象不深，一幌眼就過去了。㈡比喻文章或言論膚淺貧乏，不著邊際。㈢比喻世事稍縱即逝，不可捉摸。

參考 與「走馬觀花」都有看得不夠眞切的意思，但有別：「浮光掠影」是指所看的對象一掠而過，轉眼就消失了，强調的是難以掌握，印象不深；「走馬觀花」則指觀物的主體漫不經心或飛快走過，强調的是沒有細致深入的觀察。前者是所看的對象飛逝，後者是觀物的主體疾走，區別自見。

7 **浮言** ㄈㄨˊ ㄧㄢˊ 缺乏事實根據的話。

參考 同流言，謠言。

浮沉 ㄈㄨˊ ㄔㄣˊ ㈠在水中時上時下。㈡比喻跟著潮流，消極應付的處世態度。例與世浮沉。㈢比喻境遇地位升降起落。例宦海浮沉。又作「沈浮」。

8 **浮泛** ㄈㄨˊ ㄈㄢˋ ㈠乘舟漫游。㈡浮淺，不切實。

參考 同空洞。

11 **浮動** ㄈㄨˊ ㄉㄨㄥˋ ㈠落入流體中隨著流體漂流。例暗香浮動月黃昏。㈡浮躁不定，不能穩定。例人心浮動。

12 **浮華** ㄈㄨˊ ㄏㄨㄚˊ ㈠表面上好看華麗，內容卻很空虛。㈡只講求表面的華美而不切實際。

19 **浮辭** ㄈㄨˊ ㄘˊ 浮誇或沒有根據的文辭或言論。

20 **浮躁** ㄈㄨˊ ㄗㄠˋ 輕浮急躁；不莊重，缺乏耐心。

參考 反沉著。

▽輕浮、沉浮、虛浮、幽浮、飄浮、漂浮。

常 7 **浚** 形解 形聲；從水，夋聲。取水爲浚。

音義 ㄐㄩㄣˋ 名 地 水名，即浚河，在山東省。動 ①疏通或鑿深水道；例浚溝渠。②榨取；例「浚民之膏澤。」形 深沈的；例莫浚匪泉。副 大大地；例夙夜浚明。

參考 與「俊」字形近音同而義不同。

常 7 **浴** 形解 形聲；從水，谷聲。用水洒身爲浴。

音義 ㄩˋ 名 姓。動 ①洗身；例「新浴必振衣。」②洗涮；例圉人浴馬。③鳥飛忽高忽低；例黑鳥浴。

參考 ①與「峪」、「裕」音同，但

義有別：「峪」指山谷，「裕」義爲富足。②反沐。

6 **浴血** ㄩˋ ㄒㄩㄝˋ 全身沾滿血液。例浴血苦戰。

▽沐浴、入浴、洗浴、淋浴、海水浴、冷水浴、三日一沐五日一浴。

常 7 **浩** 形解 形聲；從水，告聲。大水爲浩。

音義 ㄏㄠˋ 名姓。形①巨大的；例浩劫。②繁多的；例浩如煙海。

參考 與「誥（ㄍㄠˋ）」、「梏」（ㄍㄨˋ）音義均殊：上告下，或上告下的文體稱爲「誥」；「梏」爲古代刑具，猶今之手銬。

7 **浩劫** ㄏㄠˋ ㄐㄧㄝˊ ㈠佛比喻時間極其長久。㈡大災禍。㈢宮殿裡外的階梯。

10 **浩氣** ㄏㄠˋ ㄑㄧˋ 盛大至剛的氣勢。是「浩然之氣」的省語。

12 **浩然** ㄏㄠˋ ㄖㄢˊ ㈠盛大的。㈡遠長地。

參考 同正氣。

15 **浩歎** ㄏㄠˋ ㄊㄢˋ 感慨深長。

16 **浩蕩** ㄏㄠˋ ㄉㄤˋ ㈠壯闊廣大的樣子。㈡無思無慮的樣子。

17 **浩繁** ㄏㄠˋ ㄈㄢˊ 廣大而繁多。例舟車輻輳，人庶浩繁。

19 **浩瀚** ㄏㄠˋ ㄏㄢˋ 水勢廣大，引申有衆多的意思。

次 7 **浣** 形解 形聲；從水，完聲。完有美好的意思，所以洗滌衣垢爲浣。

音義 ㄏㄨㄢˇ 名古時每十天休沐一次，遂稱十日爲浣；所以古時每月分爲上浣、中浣、下浣；例上浣。動洗滌；例浣紗。

ㄨㄢˇ 名動浣態。

次 7 **涌** 形解 形聲；從水，甬聲。甬有興起的意思，所以水自下向上冒出騰湧爲涌。

音義 ㄩㄥˇ 動水自下向上冒出，同「湧」；例涌湍。

參考 「涌」、「泳」，音同義異。

次 7 **浡** 形解 形聲；從水，孛聲。孛有興盛的意思，所以大水湧動爲浡。

音義 ㄅㄛˊ 動湧動；例「原流泉浡。」副盛大地；例「苗浡然興之矣。」

參考 「浡」與「渤」，音同義異。

次 7 **浭** 形解 形聲；從水，更聲。水名，浭水爲浭。

音義 ㄍㄥ 名地水名，源河北遵化縣，經北塘入海。

次 7 **浯** 形解 形聲；從水，吾聲。水名，浯江爲浯。

音義 ㄨˊ 名①地浯江，在福建晉江縣，爲晉江上游之一。②地浯溪，在湖南祁陽縣，北入湘水。③地浯水，源山東壺山，入濰水。

次 7 **涑** 形解 形聲；從水，束聲。束有整治的意思，所以但用手搊水洗漱去垢爲涑。

音義 ㄙㄨ 名地水名，源出山西絳縣陳村峪，西流經聞喜，折南至永濟縣，入黃河。

次 7 **涊** 形解 形聲；從水，忍聲。忍有敏捷的意思，所以汗水疾出爲涊。

音義 ㄋㄢˇ 副流汗的樣子；例涊然汗出。

參考 「涊」與從念解釋爲水無波的「淰」字音同義不同。

次 7 **浹** 形解 形聲；從水，夾聲。夾有兼及的意思，所以水流遍及爲浹。

音義 ㄐㄧㄚˊ 動①浹透；例汗浹。②包融；例「浹萬物之變。」③流通；例不浹於骨髓。

參考 「浹」與「俠」、「挾」、「蛺」，音同義不同。

▽周浹、流浹、均浹、輔浹。

次 7 **涅** 形解 形聲；從水土，日聲。日有堅實的意思，所以黑土在水中者爲涅。俗作「湼」。

音義 ㄋㄧㄝˋ 名地水名，一在山西襄桓縣，源分水嶺，入漳河；一在河南鎮平縣。動染黑；例涅而不緇。

14
涅槃 ㄋㄧㄝˋ ㄆㄢˊ 佛 梵文的音譯，或稱作般涅槃；意譯圓寂。是佛教的最高境界。佛經說，信仰佛教的人，經過長期修道，就能除去一切煩惱，並能圓滿一切清淨功德，這種境界，名爲涅槃。後來遂稱佛或高僧的逝世爲涅槃。

次 7
涓

形解 形聲；從水，貝聲。水名，涓水爲涓。

音義 ㄆㄟˋ 名 地 水名，即鴨綠江，爲中、韓國界河。

次 7
浥

形解 形聲；從水，邑聲。邑有周遍的意思，所以潮溼爲浥。

音義 ㄧˋ 名 姓。動 潤溼；例 渭城朝雨浥輕塵。

參考 「浥」與「悒」、「挹」，音同義異：「悒」，愁悶；「挹」，牽引。

次 7
浞

形解 形聲；從水，足聲。些微沾溼爲浞。

音義 ㄓㄨㄛˊ 名 人名，夏代夷族首領，被后羿用爲助手，羿推翻夏，浞又殺羿掌政，後至少康中興，才恢復夏代。

次 7
涔

形解 形聲；從水，岑聲。岑有高起的意思，所以水由下往上浸潤爲涔。

音義 ㄘㄣˊ 動 ①積水；例 涔旱。②流下；例 「涔淚猶在袂。」

參考 「涔」與「潸」同有流淚的意思，「潸」字音 ㄕㄢ。

10
涔涔 ㄘㄣˊ ㄘㄣˊ 形 ㈠形容雨、汗或淚水不斷地流下。㈡頭腦脹痛。

▽ 淚涔涔、汗涔涔、雨涔涔。

次 7
浠

形解 形聲；從水，希聲。水名，浠水爲浠。

音義 ㄒㄧ 名 ①地 水名，源湖北英山縣，流至浠水縣入長江。②地 湖南縣名，因瀕浠水，故名。

次 7
浼

形解 形聲；從水，免聲。免有不明的意思，所以汚濁的水爲浼。

音義 ㄇㄟˇ 動 ①沾汚。②以事託人；例 浼人設法。

參考 字不讀 ㄨㄢˇ，也不讀 ㄇㄧㄢˇ。

次 7
涂

形解 形聲；從水，余聲。水名，涂水爲涂。

音義 ㄊㄨˊ 名 ①道路，通「塗」；例 五溝五涂。②姓。

參考 又作「塗」、「涂」。

次 7
涘

形解 形聲；從水，矣聲。矣有止盡的意思，所以水邊爲涘。

音義 ㄙˋ 名 水邊；例 在河之涘。

參考 「涘」與從解釋爲等待的「俟」字，音同義異。

▽ 涯涘、水涘、洛涘、河涘。

常 8
涎

形解 形聲；從水，延聲。口液爲涎。

音義 ㄒㄧㄢˊ 名 ①唾液；例 垂涎三尺。②黏汁；例 「煎之有涎。」動 厚著臉皮；例 涎皮賴臉。

ㄧㄢˋ 形 光澤的。

參考 ①又作「次」。②「垂涎三尺」的「涎」，從「水」從「延」，但不讀 ㄧㄢˊ，應讀爲 ㄒㄧㄢˊ。

5
涎皮賴臉 ㄒㄧㄢˊ ㄆㄧˊ ㄌㄞˋ ㄌㄧㄢˇ 俚 形容臉皮厚，惹人厭煩，不知廉恥的樣子。又作「涎皮涎臉」、「涎皮嬾臉」。

▽ 蝸涎、垂涎、流涎、口涎、唾涎。

常 8
涼

形解 形聲；從水，京聲。京是高丘，地高則溫度較低，所以薄寒爲涼。

音義 ㄌㄧㄤˊ 名 ①風寒；例 著涼。②史 東晉時十六國中有前涼、後涼，先後分據今甘肅之地。③姓。動 變冷，比喻失望；例 涼了半截。形 ①淺薄的；例 虢多涼德。②微寒；例 北風其涼。

ㄌㄧㄤˋ 動 放在通風處使溫度降低；例 把茶涼一下。形 信實的；例 職涼善背。

參考 ①或作「凉」。②「涼」字作「使熱的東西溫度降低」，或「使溼的東西風乾」解時，念 ㄌㄧㄤˋ。如：把水涼（ㄌㄧㄤˋ）涼（ㄌㄧㄤˋ）了再喝。

9
涼亭 ㄌㄧㄤˊ ㄊㄧㄥˊ 供行人休息、納涼或避雨的亭子。

11涼爽 ㄌㄧㄤˊ ㄕㄨㄤˇ 清涼爽快。
參考 同涼快。
▽炎涼、荒涼、西涼、淒涼、納涼、悲涼、清涼、新涼、溫涼、沖涼、冰涼、蒼涼、心涼、寒涼、世態炎涼。

常 8 **淳** 解形 形聲；從水，享聲。字本作「湻」：形聲；從水，𦎫聲。水慢慢下滲。隸變作「淳」。

音義 ㄔㄨㄣˊ 動配備；例「廣車、輇車，淳十五乘。」形濃厚的；例淳酒味甘。副偉大地；例淳耀敦大。

參考 ①又作「湻」。②與「醇」、「鶉」音同，但義有別：酒味濃厚爲「醇」，亦可作「淳」，引申凡有濃厚義都可用此二字，但「甲醇」不作「甲淳」，作「配備」解時的「淳」不作「醇」。又「鶉」爲鳥名，與「淳」、「醇」二字絕不可通。

淳厚 ㄔㄨㄣˊ ㄏㄡˋ 性情樸實敦厚而不浮華。
16淳樸 ㄔㄨㄣˊ ㄆㄨˊ 樸實。
參考 與「質樸」有別：「淳樸」指人的性格淳厚、樸素、誠摯；「質樸」則指人的性格、感情、藝術或陳設事物的眞實道地，不做作，不虛誇。
▽溫淳、至淳、忠淳、清淳、眞淳。

常 8 **淙** 解形 形聲；從水，宗聲。水流動時發出「宗宗」的聲音爲淙。

音義 ㄘㄨㄥˊ 形①形容水聲；例石泉淙淙若風雨。②樂聲如水流的；例我有金石兮，擊拊淙淙。

參考 與「崇」有別：「崇」音ㄔㄨㄥˊ，義爲山高，引申爲尊敬、重視。

11淙淙 ㄘㄨㄥˊ ㄘㄨㄥˊ ㈠流水聲。例水流淙淙。㈡形容金石聲；例拊石淙淙。

常 8 **淚** 解形 形聲；從水，戾聲。目液爲淚。

音義 ㄌㄟˋ 名眼液；例「一聲何滿子，雙淚落君前。」

參考 ①又作「泪」。②與「唳」、「捩」有別：「唳」，音ㄌㄧˋ，指鳥類高聲鳴叫；「捩」，音ㄌㄧㄝˋ，指事物的關鍵，如「轉捩點」不作「唳」、「淚」。

淚痕 ㄌㄟˋ ㄏㄣˊ 流過眼淚的痕跡。例「但見淚痕溼，不知心恨誰？」
▽掬淚、血淚、聲淚、熱淚、落淚、流淚、粉淚、別淚、掉淚、揮淚、眼淚、清淚、灑淚、胭脂淚、一字一淚。

常 8 **液** 解形 形聲；從水，夜聲。津汁爲液。

音義 一ㄝˋ 名①流質；例血液。②姓。

參考 ①讀音一ˋ。②與「掖」、「腋」音同，但義有別：肩與臂交接的下方部位爲「腋」，如「腋窩」；扶持、幫助爲「掖」，如「扶掖」、「獎掖」。

4液化 一ㄝˋ ㄏㄨㄚˋ 物氣體變爲液體的過程。
▽胃液、血液、唾液、粘液、甘液、玉液、汁液、津液、血液、體液。

常 8 **淡** 解形 形聲；從水，炎聲。味薄爲淡。

音義 ㄉㄢˋ 形①稀薄的；例雲淡風輕。②不旺盛的；例淡季。③不熱心的；例冷淡。④不鹹的；例淡水。⑤色淺的；例淡黃。

參考 ①反濃、厚、鹹。②與「啖」字音同，但義有別：啖，義爲吃、食，又可引申爲誘使他人聽從自己，而無「平淡」、「淡薄」的含義。

7淡妝濃抹 ㄉㄢˋ ㄓㄨㄤ ㄋㄨㄥˊ ㄇㄛˇ 淡雅和濃豔兩種不同的妝飾，用以形容婦女的打扮。
8淡泊 ㄉㄢˋ ㄅㄛˊ 恬淡寡欲。
14淡漠 ㄉㄢˋ ㄇㄛˋ ㈠安靜淡泊。㈡不熱心。
參考 反熱忱。
17淡薄 ㄉㄢˋ ㄅㄛˊ 稀薄而不濃厚。
參考 衍人情淡薄。
▽慘淡、清淡、沖淡、恬淡、濃淡、平淡、冷淡、粗淡、疏淡、扯淡。

常 8 **淌** 解形 形聲；從水，尚聲。大水波。

音義 ㄊㄤˇ 動 流下；例淌淚。

參考 字雖從尚，但不可讀成ㄕㄤˋ。

常 8 **淤** 解形 形聲；從水，於聲。於有黑色的意思，所以沈澱的渣滓濁泥爲淤。

音義 ㄩ 名 沈澱的濁泥；例溝淤。動 ①沉積；例地上淤了一層泥。②阻塞不通；例淤塞。形 停滯不流動的；例淤泥。

參考 血液不能暢通應作「瘀血」，今俗亦可作「淤血」。

13 **淤塞** ㄩ ㄙㄜˋ 泥水阻滯不通。

16 **淤積** ㄩ ㄐㄧ 泥沙壅塞。

常 8 **添** 解形 形聲；從水，忝聲。增加爲添。

音義 ㄊㄧㄢ 名 姓。動 增加；例「那堪愁上又添愁。」

參考 「添」字從「天」聲，所以上橫筆爲水平而非斜筆，不可寫作「夭」（ㄧㄠ）。

2 **添丁** ㄊㄧㄢ ㄉㄧㄥ 生子。

12 **添補** ㄊㄧㄢ ㄅㄨˇ 增添補充。

▽加添、憑添、增添、多添。

常 8 **淺** 解形 形聲；從水，戔聲。戔有小的意思，所以水不深爲淺。

音義 ㄑㄧㄢˇ 名 ①獸類的短毛；例鹿淺覊。②姓氏。形 ①水不深的；例淺海。②時間不長的；例享國日淺。③才學不夠深厚的；例淺見。④容易，不難；例淺顯。⑤交往不久的；例交淺言深。副 ①少，稍微地；例淺斟低唱。②淡薄地；例淺紅。

ㄐㄧㄢ 形 淺淺，水流急促的；例石瀨兮淺淺。

7 **淺見** ㄑㄧㄢˇ ㄐㄧㄢˋ 見解淺薄。例淺見寡聞。

參考 反 高見。

8 **淺易** ㄑㄧㄢˇ ㄧˋ 簡明容易。

9 **淺陋** ㄑㄧㄢˇ ㄌㄡˋ 見聞不廣，粗淺鄙陋。淺：少聞；陋：少見。例文意淺陋。

參考 反 博聞。

17 **淺薄** ㄑㄧㄢˇ ㄅㄛˊ 知識學養浮泛而不深厚。

參考 反 深厚。

▽深淺、清淺、擱淺、粗淺、膚淺、浮淺、短淺、才疏學淺、受益匪淺、眼福不淺。

常 8 **清** 解形 形聲；從水，青聲。青有清明的意思，所以水清澈澄靜爲清。

音義 ㄑㄧㄥ 名 史 朝代名，（一六四四—一九一一）滿族愛新覺羅氏所建，爲中國最後一個王朝，亡於辛亥革命。動 ①整頓；例清黨。②結算；例清帳。③使潔淨；例清洗。形 ①潔淨的；例清潔。②高潔的；例清高。③安靜的；例清夜。④公正廉明的；例清官。副 ①純粹地；例清一色。②明白；例點清人數。

參考 ①反 濁。②「清」不能指顏色，指淡藍色當用「青」字。③與「晴」、「睛」、「精」、「情」字有別：「晴」，音ㄑㄧㄥˊ，指雨雪停止，天氣轉好；「睛」，音ㄐㄧㄥ，眼珠；「精」，音ㄐㄧㄥ，指提煉過的純物，或事情的主要部分；「情」，音ㄑㄧㄥˊ，心理的意念。

5 **清白** ㄑㄧㄥ ㄅㄞˊ（ㄑㄧㄥ ㄅㄛˊ）㈠品性純潔，沒有汙點。㈡社會上稱不操汙賤職業的人。例身家清白。㈢清楚明白。

清平世界 ㄑㄧㄥ ㄆㄧㄥˊ ㄕˋ ㄐㄧㄝˋ 太平盛世。也省作「清世」。

8 **清秀** ㄑㄧㄥ ㄒㄧㄡˋ 清爽秀美而不俗氣。例眉目清秀。又作「清妍」。

清官 ㄑㄧㄥ ㄍㄨㄢ ㈠清廉不阿的官吏。㈡清貴的官職。

參考 反 貪官，汙吏。

清明 ㄑㄧㄥ ㄇㄧㄥˊ ㈠節氣名，每年四月五日或六日。㈡形容天下太平而不混亂。㈢形容精神清朗光明。例神志清明。

清夜捫心 ㄑㄧㄥ ㄧㄝˋ ㄇㄣˊ ㄒㄧㄣ 在夜深人靜時按摸胸口，作一番自我反省的工夫。捫：按，摸。

參考 與「捫心自問」有別：前者強調「在夜深人靜時自我反省」的意思；後者強調「向自己發問自我檢查」的意思。

10 **清高** ㄑㄧㄥ ㄍㄠ 清正高潔。例自命清高。

清除 ㄑㄧㄥ ㄔㄨˊ 清掃乾淨。例清除垃圾。

參考 與「肅清」有別：「肅清」是偏重在把壞人或壞的思想消滅淨盡，語氣較重；「清除」則指對於不良的事物或思想意識等加以清理掃除，語氣較輕。

11 清爽 ㄑㄧㄥ ㄕㄨㄤˇ ㈠清潔涼爽。㈡清鬆爽快。

清淡 ㄑㄧㄥ ㄉㄢˋ ㈠清明淺淡。㈡不景氣的。例生意清淡。

清規戒律 ㄑㄧㄥ ㄍㄨㄟ ㄐㄧㄝˋ ㄌㄩˋ ㈠宗佛教寺院的規戒，爲「清規」和「戒律」的合稱。㈡宗道教的規約戒條，以不嗜殺、不偷盜、不邪淫、不兩舌、不葷口爲戒文的基本內容。㈢比喻限制束縛人的成規慣例或禁忌。

參考 與「金科玉律」有別：後者多指不可變更的條規，字面上是肯定的，用時大多出於譏諷的口吻；前者多指不合理的規定，是應該否定的，用時都出以貶斥的口吻。

12 清寒 ㄑㄧㄥ ㄏㄢˊ ㈠清高貧寒。例家境清寒。㈡天氣清朗而帶有寒意。例月色清寒。

參考 衍清寒獎學金。

清閒 ㄑㄧㄥ ㄒㄧㄢˊ 清靜安閒沒有瑣事。

參考 反繁忙。

13 清新 ㄑㄧㄥ ㄒㄧㄣ 清雅新鮮。例文筆清新。

16 清醒 ㄑㄧㄥ ㄒㄧㄥˇ 神志清明。

17 清償 ㄑㄧㄥ ㄔㄤˊ 還清債務。

20 清議 ㄑㄧㄥ ㄧˋ 清正的評論。古代指鄉里或學校中對官吏的批評。

參考 與「清談」有別：前者多指批評時政；後者指對老莊名理的談論。

▽血清、肅清、澄清、大清、明清、反清、太清、自清、晚清、淒清、天朗氣清、雨過天清、月白風清、旁觀者清、濁者自濁清者自清。

常 8 **淇**

解形 形聲；從水，其聲。水名，淇水爲淇。

音義 ㄑㄧˊ 名地水名，即淇水，在河南，注入衛河。

常 8 **淋**

解形 澆水爲淋。形聲；從水，林聲。

音義 ㄌㄧㄣˊ 名醫生殖器傳染性疾病之一。病原爲淋病雙球菌，有傳染性，患者症狀是尿道發炎腫爛，化膿，小便帶血而出；也稱淋痛。動澆水；例淋浴。

ㄌㄧㄣˋ 名淋病的「淋」字的又讀。

ㄌㄩㄣˋ 動雨水澆溼；例渾身淋透了！

參考「淋漓盡致」的「淋」字，不作「琳」或「霖」。

10 淋病 ㄌㄧㄣˊ ㄅㄧㄥˋ 醫主要由性交傳染，因淋病雙球菌感染所引起的性病。病狀發生在尿道和生殖系統上，有排尿疼痛、灼熱感，以及出現黏液膿性分泌物。治療時用抗生素及磺胺類藥物等有效。

參考 淋病患者應馬上就醫，千萬不可亂投成藥或諱疾忌醫，耽誤病情。

14 淋漓 ㄌㄧㄣˊ ㄌㄧˊ ㈠溼透或流滴的樣子。例鮮血淋漓。㈡形容充盛酣暢。例濡染大筆何淋漓？

淋漓盡致 ㄌㄧㄣˊ ㄌㄧˊ ㄐㄧㄣˋ ㄓˋ 形容充盛酣暢而周詳到了極點：㈠形容表達得充分、透徹、詳盡。㈡形容痛快到了極點。

常 8 **涯**

解形 形聲；從水，厓聲。厓有邊的意思，所以水邊爲涯。

音義 ㄧㄚˊ 名①水邊；例其無津涯。②窮盡；例吾生也有涯。③邊遠的地方；例天涯海角。

參考 山邊爲「崖」（ㄧㄞˊ），而「厓」字可通「涯」，也可通「崖」。

▽際涯、生涯、水涯、天涯、邊涯、津涯、無涯、咫尺天涯、浪跡天涯、海角天涯。

常 8 **淑**

解形 形聲；從水，叔聲。清澈而深沈爲淑。

音義 ㄕㄨˊ 動認爲好而學習；例私淑。形①美好的；例遇人不淑。②稱美女人的品德；例賢淑。

參考 同善。

3 **淑女** ㄕㄨˊ ㄋㄩˇ 閑雅貞靜、富有德性的女子。例窈窕淑女。
參考 反紳士。

淑世主義 ㄕㄨˊ ㄕˋ ㄓㄨˇ ㄧˋ 哲 (Meliorism) 折衷厭世與樂天兩派間的人生觀。認爲人世雖然不是盡善，也不是至惡，而可由人類的共同努力來加以改善。

▽賢淑、私淑、不淑、遇人不淑。

常 8 **涮** 解形 形聲；從水，刷聲。刷是淸除，所以洗滌爲涮。

音義 ㄕㄨㄢˋ 動 ①清洗；例涮杯子。②中國食譜吃法之一，將肉片等食物夾入滾開的湯中，即刻取出，蘸佐料吃；例涮羊肉。

參考 字從「刷」，但不可唸成ㄕㄨㄚ。

常 8 **淞** 解形 形聲；從水，松聲。水名，吳淞江爲淞。

音義 ㄙㄨㄥ 名 地 江名，即吳淞江，黃浦江支流，源於江蘇太湖，流至上海市，與黃浦江會合，至吳淞江入海。

常 8 **淹** 解形 形聲；從水，奄聲。水名，淹水爲淹。

音義 ㄧㄢ 動 ①浸沒；例淹沒。②滯留；例淹留。形 ①遲緩的；例淹速之度兮。②廣泛的；例學識淹博。

參考 ①「淹沒」的「淹」字，口語也讀ㄧㄢ。②與「湮」字同音而義異：湮，又讀ㄧㄣ，指事物被埋沒，如「湮沒」。但「湮沒」和「淹沒」不同，後者僅指被水覆蓋，前者則包含他物，如荒草、灰塵等，故「古蹟湮沒」，不作「淹沒」。

7 **淹沒** ㄧㄢ ㄇㄛˋ ㈠被水遮沒。㈡埋沒。

10 **淹留** ㄧㄢ ㄌㄧㄡˊ 停留，久留。也作「奄留」。

16 **淹遲** ㄧㄢ ㄔˊ 遲緩，緩慢。

▽久淹、漫淹、滯淹、水淹。

常 8 **涸** 解形 形聲；從水，固聲。河水乾竭爲涸。

音義 ㄏㄜˊ 名 積水無存；例枯涸。形 水已枯竭的；例池水乾涸。

參考 ①又音ㄏㄠˋ。②乾涸的「涸」字音ㄏㄜˊ，不可誤讀爲ㄍㄨˋ。

19 **涸轍鮒魚** ㄏㄜˊ ㄔㄜˋ ㄈㄨˋ ㄩˊ 比喻窮困的境地，正需要別人的救急。莊周家貧，去向監河侯借糧，監河侯答以收了市邑的賦稅，才借他三百金。莊子生氣的說，昨天在途中，聽到車轍中的鮒魚叫我，希望給他一升的水來活命。我回答說：「可以，我將南遊，必引西江水來救你。」鮒魚非常憤怒的說：「我只求斗升的水，而你這樣說，倒不如早點到乾魚舖中去找我吧！」

▽乾涸、凝涸、枯涸、衰涸。

常 8 **混** 解形 形聲；從水，昆聲。昆有衆多的意思，所以豐水盛流爲混。

音義 ㄏㄨㄣˋ 動 ①苟且度過；例混日子。②欺騙；例爲什麼拿這話來混我？副 ①胡亂地；例你們別混猜度。②摻雜；例混合。

ㄏㄨㄣˊ 形 汚濁的；例渾水摸魚。

ㄏㄨㄣˇ 形 雜亂的；例事情一片混亂。

ㄎㄨㄣ 名 史 混夷，古西戎國名。

ㄍㄨㄣˇ 副 混混，泉水湧出的樣子。

參考 「混」跟「渾」都是多音字，唸ㄏㄨㄣˊ時，二字可通用，都當「水不清的樣子」解，如「混濁」同「渾濁」。但「渾」作「全」、「滿」解時，就與「混」字有別。

4 **混水摸魚** ㄏㄨㄣˋ ㄕㄨㄟˇ ㄇㄛ ㄩˊ 比喻趁著紛亂的時刻偷取利益。

參考 ①與「趁火打劫」有別，後者含有「乘人之危」的意思，特指趁別人有危難的時候撈一把；前者一般指趁混亂時刻撈一把，有時還指故意製造混亂，以便從中漁利。②又作「渾水摸魚」。

6 **混合** ㄏㄨㄣˋ ㄏㄜˊ 把種類不同的東西摻合在一起。

參考 衍混合物、混合林帶。

7 **混沌** ㄏㄨㄣˋ ㄉㄨㄣˋ ㈠古人想像中

世界未開闢前的景象。㈡糊塗無知的樣子。亦作「渾沌」。

混沌初開 ㄏㄨㄣˋ ㄉㄨㄣˋ ㄔㄨ ㄎㄞ 天地剛形成的那個時刻。

混身解數 ㄏㄨㄣˋ ㄕㄣ ㄐㄧㄝˇ ㄕㄨˋ 比喻用盡所有的本領手段去完成一件事。混身：全身。「混」亦作「渾」。

11 混淆 ㄏㄨㄣˋ ㄧㄠˊ 混亂在一起，使界線劃分不清。例混淆不清。

混淆黑白 ㄏㄨㄣˋ ㄧㄠˊ ㄏㄟ ㄅㄞˊ 故意把黑的說成白的，把白的說成黑的。特指故意製造混亂，使人辨不清眞僞、好壞。

參考 與「顚倒是非」有別：當强調「故意製造混亂」時，宜用前者；當强調「故意歪曲事實」時，宜用後者。

▽含混、廝混、鬼混、雜混、相混、蒙混。

常 8 **淵** 形解 [seal] 形聲；從水，𣶒聲。𣶒是回旋的水，所以深沈的回水爲淵。

音義 ㄩㄢ 名 ①潭，深水；例臨淵履薄。②姓。形 深沈的；例淵博。

12 淵博 ㄩㄢ ㄅㄛˊ 精深而廣博。例學業淵博。

參考 ①與「廣博」有別：「淵博」側重在學識的廣而精深，尤其是用在比較專深的學問或奇特的見識上；而「廣博」則指學識見聞的範圍廣，方面多，也涉及到經歷世面廣，生活經驗豐富等。②反 淺陋。

13 淵源 ㄩㄢ ㄩㄢˊ ㈠水的源頭。㈡泛指事物的根源，如師友、親誼的關係。例師友淵源。

19 淵藪 ㄩㄢ ㄙㄡˇ ㈠魚和獸類聚居的地方。淵：指深潭，是魚類聚居的所在。藪：指大草澤，乃獸類聚居的所在。㈡比喻人或物聚集的處所。例罪惡淵藪。

▽深淵、天淵、陸九淵、履薄臨淵。

常 8 **淅** 形解 [seal] 形聲；從水，析聲。析有分開的意思，所以以水洗米，除去雜物爲淅。

音義 ㄒㄧ 名 ①淘米的水；例接淅而行。②地 水名，即淅水，源河南盧氏縣。動 淘米；例淅米於堂。副 形容雨水落下的聲音；例雨淅瀝瀝下個不停。

14 淅颯 ㄒㄧ ㄙㄚˋ 鳥獸細微的動作聲。

19 淅瀝 ㄒㄧ ㄌㄧˋ ㈠形容下雨雪聲。㈡形容落葉的聲音。㈢風吹聲。

常 8 **淒** 形解 [seal] 形聲；從水，妻聲。雲雨興起爲淒。

音義 ㄑㄧ 形 ①寒冷的；例亂葉和淒雨。②悲傷的，通「悽」；例寒蟬淒切。

參考 ①「悽」只有「悲傷」而沒有「寒冷」的意思，和「淒」字略異。②或作「凄」。③與「萋」同音而義異：「萋」爲草盛的樣子，常連作「萋萋」一詞，並無「悽涼」的意思。

4 淒切 ㄑㄧ ㄑㄧㄝˋ 淒涼悲切。

9 淒風苦雨 ㄑㄧ ㄈㄥ ㄎㄨˇ ㄩˇ ㈠形容風雨不斷，既寒冷，又愁苦的惡劣天氣。㈡比喻處境的悲慘淒涼。

11 淒涼 ㄑㄧ ㄌㄧㄤˊ ㈠寂寞冷落。㈡悲傷。

參考 參閱「淒慘」條。

▽悲淒、哀淒、幽淒。

常 8 **渚** 形解 [seal] 形聲；從水，者聲。水名，渚水爲渚。

音義 ㄓㄨˇ 名 水中的小塊陸地；例沙渚。

參考 又作「渚」，或作「陼」。

▽洲渚、汀渚、沙渚、平渚。

常 8 **涵** 形解 [seal] 形聲；從水，圅聲。字本作「涵」。水澤涯聚爲涵。後寫作「涵」。

音義 ㄏㄢˊ 名 涵洞；例橋涵。形 水澤很多的；例涵澤。動 包容；例包涵。

參考 ①本字作「涵」。②「涵」可以通「函」作「包容」的意思講，但「信函」只作「函」，「涵養」只作「涵」，二者不可混用。

8 涵泳 ㄏㄢˊ ㄩㄥˇ 沈浸其中。

10 涵容 ㄏㄢˊ ㄖㄨㄥˊ 寬假包涵。

參考 同 包涵，包容。

13 涵義 ㄏㄢˊ ㄧˋ 所包容的意義。

參考 衍 涵義肯定、涵義很廣。

14 **涵蓋** ㄏㄢˊ ㄍㄞˋ 包容遮蓋。例涵蓋一切。

15 **涵養** ㄏㄢˊ ㄧㄤˇ (一)身心方面的修養。(二)滋潤化育。

▽海涵、包涵、內涵、混涵。

常 8 **淫** 形解 形聲；從水，㸒聲。浸漬爲淫。

音義 ㄧㄣˊ 名 男女不正當的性行爲；例賣淫。動 ①迷惑；例富貴不能淫。②沈湎；例浸淫其中。形 ①行爲放蕩的；例淫娃。②久而不止的，通「霪」；例淫雨霏霏。③過甚的；例淫威。④邪曲的；例淫學流說。

參考 ①「淫」字右下，從「壬」不從「王」。②指不正當的男女關係時，字或作「婬」。

8 **淫雨** ㄧㄣˊ ㄩˇ (一)下個不停的雨。(二)例淫雨霏霏，連月不開。過量的雨。又作「霪雨」。

9 **淫威** ㄧㄣˊ ㄨㄟ 濫用權力和威勢。例懾於淫威。

16 **淫蕩** ㄧㄣˊ ㄉㄤˋ 淫亂放蕩。

19 **淫辭** ㄧㄣˊ ㄘˊ 放蕩無禮的言辭。

▽姦淫、驕淫、荒淫、邪淫、手淫、浸淫、書淫、防淫、富貴不能淫。

常 8 **淘** 形解 形聲；從水，匋聲。用水洗米爲淘。

音義 ㄊㄠˊ 動 ①洗去雜質；例淘米。②去掉（不好地）；例淘汰。③清除淤泥或汚穢；例淘井。形 〔方〕頑皮的；例淘氣。

參考 「嚎啕」的「啕」不能用「淘」字。

7 **淘汰** ㄊㄠˊ ㄊㄞˋ (一)用水洗淨糧食中的雜質。又作「洮汰」。(二)競賽中失敗被除名。例淘汰賽。(三)〔生〕生物經競爭或選擇，而剔除無用低劣的個體。例自然淘汰。

參考 ①同洗濯。②又作「洮汰」。

10 **淘氣** ㄊㄠˊ ㄑㄧˋ 頑皮不聽話。

▽姊妹淘、樂淘淘。

常 8 **淪** 形解 形聲；從水，侖聲。小水波爲淪。

音義 ㄌㄨㄣˊ 名 水上的波紋；例輞水淪漣。動 ①滅亡；例殷其淪喪。②沒入；例淪爲盜賊。

3 **淪亡** ㄌㄨㄣˊ ㄨㄤˊ 沈淪滅亡。

參考 同淪滅。

11 **淪陷** ㄌㄨㄣˊ ㄒㄧㄢˋ 國土被敵人占領。例大陸淪陷。

12 **淪喪** ㄌㄨㄣˊ ㄙㄤˋ 淪沒喪亡。

參考 同淪亡。

13 **淪落** ㄌㄨㄣˊ ㄌㄨㄛˋ (一)衰微沒落。(二)流落在外。例同是天涯淪落人。

▽沈淪、小波爲淪。

常 8 **深** 形解 形聲；從水，㴱聲。水名。深水爲㴱。隸變作「深」。

音義 ㄕㄣ 形 ①不淺的；例深則厲，淺則揭。②困難精奧的；例題目太深。③時間久遠的；例年深月久。④茂盛的；例城春草木深。⑤周密的；例深謀遠慮。⑥濃厚的；例交情很深。副 ①很，甚；例深得人緣。

參考 ①反淺，淡。②亦作「㴱」。

2 **深入淺出** ㄕㄣ ㄖㄨˋ ㄑㄧㄢˇ ㄔㄨ 用淺近的語言、文字，表達深奧的道理。

4 **深切** ㄕㄣ ㄑㄧㄝˋ 深刻切實的。

7 **深沉** ㄕㄣ ㄔㄣˊ 稱人穩重不浮躁，喜怒不形於辭色。

8 **深刻** ㄕㄣ ㄎㄜˋ (一)待人嚴峻刻薄。(二)深入內心，難以忘懷。例記憶深刻。(三)含意深遠。

參考 「深入」、「深」、「深刻」有別：「深」和「深刻」都可以用來說明「印象」、「影響」、「認識」、「了解」；「深」比較口語化。「深入」是動詞，「深刻」是形容詞，用作定語、狀語、補語時，意思不大一樣。「了解得很深入」是指「了解」的方法和過程，而「了解得很深刻」是指「了解」所達到的程度。

深居簡出 ㄕㄣ ㄐㄩ ㄐㄧㄢˇ ㄔㄨ (一)居於偏遠的地方，不常外出。(二)譏稱居高位而踪跡深密的人物。

9 **深思熟慮** ㄕㄣ ㄙ ㄕㄨˊ ㄌㄩˋ 再三的思量考慮。

參考 「深謀遠慮」、「深思熟慮」有別：「深謀遠慮」有兩個意思：(一)周密地計劃，往長遠考慮。如：他飽經世故，做事深謀遠慮，很少出差錯。㈡指周密的計畫，長遠的打算；如：這件事關係重大，沒有深謀遠慮是不行的。「深思熟慮」是指深入地反覆思考；如：經過深思熟慮之後，他決定答應對方的要求。

10 **深根固柢** ㄕㄣ ㄍㄣ ㄍㄨˋ ㄉㄧˇ 比喻根基穩固而毫不動搖。柢：樹根。語出老子：「是謂深根固柢，長生久視之道。」又作「深根固蒂」、「深根固本」。

11 **深造** ㄕㄣ ㄗㄠˋ 研究更為高深的學問。

12 **深淵** ㄕㄣ ㄩㄢ 比喻危險的地方。淵：深水。例如臨深淵。

深惡痛絕 ㄕㄣ ㄨˋ ㄊㄨㄥˋ ㄐㄩㄝˊ 極為厭惡的樣子。

參考 與「嫉惡如仇」有別：後者是「憎恨壞人壞事，如同仇敵一般」的意思；前者是「厭惡憎恨到極點」，對象不一定是壞人壞事。又「嫉惡如仇」可用來表示人的性格和一貫態度；「深惡痛絕」則不能。

16 **深謀遠慮** ㄕㄣ ㄇㄡˊ ㄩㄢˇ ㄌㄩˋ 對於事情的計畫，考慮得非常深遠周密。

參考 反目光短淺。

18 **深邃** ㄕㄣ ㄙㄨㄟˋ 深遠的樣子。

深藏不露 ㄕㄣ ㄘㄤˊ ㄅㄨˋ ㄌㄡˋ 比喻有涵養功夫的人，喜怒不形於顏色。

▽水深、幽深、高深、艱深、交淺言深、舐犢情深、一往情深、博大精深、莫測高深、創鉅痛深、綆短汲深、諱莫如深。

常 8 淮

解形 形聲；從水，隹聲。水名，淮水為淮。

音義 ㄏㄨㄞˊ 名 地 水名，即淮水，源於河南，經安徽、江蘇北部注入黃海。

參考 與「准」有別：准音ㄓㄨㄣˇ，為允許、依照的意思，與「淮」字形近，不可混同。又「准」與「準」有別，參閱「准」字條。

常 8 淨

解形 形聲；從水，爭聲。魯國北城門池為淨。

音義 ㄐㄧㄥˋ 名 國劇腳色名，即花臉；例生旦淨末丑。動 洗清；例淨面。形 ①澄明的；例水淨珠明。②一無所有的；例一乾二淨。③純潔的；例純淨。副 ①全都；例遍地淨是落花。②只是；例淨存一人。③純粹地；例淨重一磅。

參考 ①又作「凈」、「淨」。②不可誤為「安靜」的「靜」字。

9 **淨重** ㄐㄧㄥˋ ㄓㄨㄥˋ 商 商品除去包裝材料後所得的實際重量。在商品交易中，一般都按淨重計價。

參考 反毛重。

▽乾淨、明淨、潔淨、澄淨、窗明几淨、六根清淨、一乾二淨。

常 8 淆

解形 形聲；從水，肴聲。混雜為淆。

音義 ㄧㄠˊ 動 攪亂；例混淆。形 雜亂的；例名實淆紊。

參考 「菜肴」可以作「菜餚」、「菜殽」，但不可作「菜淆」。

13 **淆亂** ㄧㄠˊ ㄌㄨㄢˋ 紛雜不整。例淆亂視聽。

▽混淆、紛淆、溷淆。

常 8 淄

解形 形聲；從水，甾聲。沈澱的黑泥為淄。

音義 ㄗ 名 地 水名，即淄水，源山東萊蕪縣，東北流，滙為清水泊，由淄河入海。形 黑色的；例涅而不淄。

參考 「黑色的」又可作「緇」。

次 8 淀

解形 形聲；從水，定聲。定有靜止的意思，所以淺水為淀。

音義 ㄉㄧㄢˋ 名 ①地 河名，即河北的大清河，因納淀泊的水而得名。②清淺的河流或湖泊之水域；例掘鯉之淀。③藍汁，染料之一，通「靛」；例淀藍。

次 8 涴

解形 形聲；從水，宛聲。宛有彎曲的意思，所以水流曲迴為涴。

音義 ㄨㄛˋ 動 汙染，同「汙」。ㄨㄢˇ 副 涴演，水流廻曲的樣子。

次 8
涪 形解 形聲；從水，咅聲。水名，涪水爲涪。
音義 ㄈㄨˊ 名 地 ①水名，源四川雪欄山，至合川縣入嘉陵江。②舊州名，即四川涪陵縣。

次 8
淬 形解 形聲；從水，卒聲。卒有給事的意思，所以滅火器爲淬。
音義 ㄘㄨㄟˋ 名 滅火器，同「焠」。動 ①打造刀劍時，燒紅後立即浸入水中，可使它變成堅固而銳利；例 清水淬其鋒。②浸染；例 以藥淬之。③冒犯；例 淬霜露。形 發憤自勵的；例 淬礪。

20 **淬礪** ㄘㄨㄟˋ ㄌㄧˋ ㈠磨煉兵刃。礪：磨刀石。㈡比喻刻苦進修。又作「淬厲」。

次 8
淩 形解 形聲；從水，夌聲。水名，淩水爲淩。
音義 ㄌㄧㄥˊ 名 姓。動 ①經歷；例 汎海淩山。②乘越，通「凌」；例 淩虛御空。③侵犯，通「凌」；例 淩犯。

次 8
淶 形解 形聲；從水，來聲。水名，淶水爲淶。
音義 ㄌㄞˊ 名 ①地 縣名，在河北，平漢鐵路新易支線經此。盛產小麥、雜糧、棉花。
參考 「淶」、「淬」形近，音義均異。

次 8
涿 形解 形聲；從水，豖聲。豖有緩慢的意思，所以水滴爲涿。
音義 ㄓㄨㄛ 名 ①地 古水名，源察哈爾涿鹿山。②地 河北縣名，在平漢鐵路上。③滴下的水滴；例 一涿。動 扣擊。

次 8
淠 形解 形聲；從水，畀聲。水名，淠水爲淠。
音義 ㄆㄧˋ 名 地 水名，在安徽，源霍山縣，入淮水。副 船行地；例 「淠彼涇舟。」
ㄆㄟˋ 副 淠淠，衆多地；例 「萑葦淠淠。」

次 8
淖 形解 形聲；從水，卓聲。卓有特異的意思，所以水和土和合而成的泥漿爲淖。
音義 ㄋㄠˋ 名 爛汚的泥；例 泥淖。
ㄓㄠ 形 柔和的；例 「嘉薦普淖。」
ㄓㄨㄛ 名 姓。
▽ 泥淖、嘉薦爲淖。

次 8
淥 形解 形聲；從水，彔聲。彔有從事的意思，所以汲水爲淥。
音義 ㄌㄨˋ 名 ①地 水名，北源江西萬載，南源江西萍鄉，西流經湖南醴陵，入湘江。②姓。動 水慢慢滲下，通「漉」。形 水澄清的；例 淥水。

次 8
淝 形解 形聲；從水，肥聲。水名，淝水爲淝。
音義 ㄈㄟˊ 名 地 河流名，源出安徽合肥縣西南紫蓬山。一作肥水，東晉淝水之戰即在此爆發的。

次 8
淛 形解 形聲；從水，制聲。水名，淛水爲淛。
音義 ㄓ 名 地 古水名。
參考 又音 ㄓㄜˋ，同「浙」。

次 8
淴 形解 形聲；從水，忽聲。忽有失去的意思，所以水流散出爲淴。
音義 ㄏㄨ 形 水流狀；例 淴泱。
參考 「淴」、「唿」、「惚」，音同義異。

次 8
淦 形解 形聲；從水，金聲。金有深入的意思，所以水入船中爲淦。
音義 ㄍㄢˋ 名 ①地 水名，源江西南離嶺，北流入贛江。②大水波。③姓。動 水入船中。

次 8
淼 形解 會意；從三水。大水爲淼。
音義 ㄇㄧㄠˇ 副 水面地廣大的樣子；例 「淼南度之焉如。」

常 9
港 形解 形聲；從水，巷聲。水的支流爲港。

音義 ㄍㄤˇ 名 ①江河的支流；例港汊交錯。②海灣深曲處，可以停泊船隻的口岸；例臺中港。③地「香港」的簡稱；例港九地區。

3 **港口** ㄍㄤˇ ㄎㄡˇ 江海的出口，可以停泊船隻的地方。

25 **港灣** ㄍㄤˇ ㄨㄢ ㈠港口的通稱。㈡曲折深入的支流。

▽漁港、軍港、商港、海港、良港、入港、出港、不凍港、國際商港。

常 9

游

形解 形聲；從㫃，汓聲。汓是浮行水上，旌旗的游隨風飛揚爲游。

音義 ㄧㄡˊ 名 ①江河的段落；例上游。②姓。動①在水裏浮行；例濠下游魚。②涵泳；例游於藝。③遊玩，通「遊」；例游子。形浮動的；例游資。

參考 ①「游」跟「遊」通常不能混用，如「游泳」的「游」、「遊玩」的「遊」，二字不能互換。②又作「㳺」。

4 **游手** ㄧㄡˊ ㄕㄡˇ ㈠空手。㈡喜愛游惰而不從事生產。例游手好閒。

游目騁懷 ㄧㄡˊ ㄇㄨˋ ㄔㄥˇ ㄏㄨㄞˊ 目光隨意觀覽，舒暢胸懷。騁：放開。

9 **游俠** ㄧㄡˊ ㄒㄧㄚˊ 古代稱一種好交游，重信義，輕生死，能幫助人解救急難的人。

11 **游移** ㄧㄡˊ ㄧˊ ㈠移動不定。㈡拿不定主義，做事沒有決心。例他的意向游移不定。

參考 參閱「猶豫」條。

13 **游資** ㄧㄡˊ ㄗ 社會上流通而無所存儲的浮游資金。

14 **游說** ㄧㄡˊ ㄕㄨㄟˋ 古代的政客，周游各國，憑著口才勸說統治者採納他的政治主張，以求取富貴。

15 **游談無根** ㄧㄡˊ ㄊㄢˊ ㄨˊ ㄍㄣ 說話不切實際，胡說八道。根：依據。例宋明理學到了末流竟成爲游談無根之說。

18 **游離** ㄧㄡˊ ㄌㄧˊ ㈠化指元素不和其他物質化合而單獨存在，或元素由化合物中分離出來。㈡比喻離開集團或所依附的事業而自我存在。例游離份子。

19 **游藝** ㄧㄡˊ ㄧˋ ㈠利用六藝陶冶身心。藝，指六藝：禮、樂、射、御、書、數。㈡從事技藝或藝術的鍛練。㈢娛樂活動。例游藝會。

▽下游、力爭上游。

常 9

湔

形解 形聲；從水，前聲。水名，湔江爲湔。

音義 ㄐㄧㄢ 名 地水名，即湔江，在四川，爲中江上流。動①洗刷冤枉；例湔雪。②洗清；例湔裳。

參考 ①不可誤讀作ㄐㄧㄢˇ。②與「煎」同音而義不同：「煎」字從灬(火)，故有用火熬炙的意思，又可引申爲逼迫的意思，如：相煎何太急？

11 **湔雪** ㄐㄧㄢ ㄒㄩㄝˇ 將冤屈的罪名洗刷乾淨。例湔雪奇恥。

常 9

渡

形解 形聲；從水，度聲。度有通過的意思，所以通過水流，由此岸到彼岸爲渡。

音義 ㄉㄨˋ 名 可搭船過河的岸邊；例「荒城臨古渡。」動①由此岸到彼岸；例「項梁渡淮。」②通過；例春渡桃源。③拯救；例普渡衆生。

參考 「度」和「渡」常可通用，但「渡口」不可用「度」字。

3 **渡口** ㄉㄨˋ ㄎㄡˇ 過渡河流的津口。

11 **渡船** ㄉㄨˋ ㄔㄨㄢˊ 維持兩岸渡口交通的船隻。用篙、槳等操作，或用機器，纜索牽引往返。

▽過渡、津渡、讓渡、古渡、引渡、濟渡、桃花過渡。

常 2

湧

形解 形聲；從水，勇聲。水由下向上冒出來爲湧。

音義 ㄩㄥˇ 動①水向上冒出；例「溪流暴湧。」②如水湧出；例風起雲湧。③上漲；例穀價湧貴。

參考 與「涌」字音同義近，但「涌」只用於「水向上冒出」一義，餘則只作「湧」而不作「涌」。

11 **湧現** ㄩㄥˇ ㄒㄧㄢˋ 記憶中的印象，顯現出來。湧：上升。

參考 見「出現」條。

▽泉湧、洶湧、上湧、騰湧、滾湧、風起雲湧。

㊐9
湊
形解 形聲；從水，奏聲。水流滙聚爲湊。

音義 ㄘㄡˋ 動 ①聚合；例湊在一起。②挨近；例湊前一步。副 ①將就；例湊合著用。②碰巧；例湊巧。

參考 ②「捶打」是用「揍」（ㄗㄡˋ）字而不用「湊」字。

5 **湊巧** ㄘㄡˋ ㄑㄧㄠˇ 碰巧、剛好。例來得湊巧。

6 **湊合** ㄘㄡˋ ㄏㄜˊ ㈠聚集在一起。㈡將就。

7 **湊足** ㄘㄡˋ ㄗㄨˊ 聚集完全，沒有欠缺。

15 **湊趣** ㄘㄡˋ ㄑㄩˋ ㈠迎合別人的興趣。㈡逗趣取笑。

湊數 ㄘㄡˋ ㄕㄨˋ ㈠湊成一筆數目。㈡自謙沒有大用處，只能湊一湊數目，猶「濫竽充數」。

湊熱鬧 ㄘㄡˋ ㄖㄜˋ ㄋㄠˋ 參加聚會，共同玩樂。

㊐9
渠
形解 形聲；從水，榘聲。榘即規矩的矩，所以人工水道爲渠。

音義 ㄑㄩˊ 名 人工挖掘的水道；例溝渠。②姓。代 他。形 大的；例渠魁。

14 **渠魁** ㄑㄩˊ ㄎㄨㄟˊ 盜寇中的大頭目。

▽溝渠、水渠、河渠、運渠。

㊐9
渥
形解 形聲；從水，屋聲。雨水浸溼爲渥。

音義 ㄨㄛˋ 動 塗染；例顏如渥丹。形 深厚的；例優渥。

▽優渥、隆渥、親渥、寵渥。

㊐9
渣
形解 形聲；從水，查聲。殘滓爲渣。

音義 ㄓㄚ 名 ①物質提出精華或液汁後所剩下的乾燥物；例豆腐渣。②碎塊；例煤渣。

ㄓㄚˇ 名 塊狀物，通「砟」；例渣子。

參考 「渣」和「滓」細分有別，「滓」是物品去水後的沈澱物，但二字古代音同，有時也可用「渣」字代替。

13 **渣滓** ㄓㄚ ㄗˇ 物品提去精華後所剩下粗糙的東西。又作「滓渣」。

㊐9
減
形解 形聲；從水，咸聲。消損爲減。

音義 ㄐㄧㄢˇ 名 姓。動 ①數 算數四則之一，扣除的意思，符號爲「－」；例五減三等於二。②就全體中免除一部分；例減免學雜費。③損耗；例減損。④降低程度；例減色。

參考 ①或作「减」。②反 加。③與「滅」字有別：二字形近，但「滅」從火，音ㄇㄧㄝˋ，意思爲熄火，與「減」字不相同。

▽加減、削減、銳減、遞減、縮減、衰減、增減、有增無減。

㊐9
湛
形解 形聲；從水，甚聲。沈沒爲湛。

音義 ㄓㄢˋ 名 姓。形 ①深厚的；例湛露。②澄澈的；例神志湛然。

ㄉㄢ 形 快樂的；例和樂且湛。

參考 ①字雖從甚，但不可讀成ㄕㄣˋ。②「桑葚」的「葚」字，音ㄕㄣˋ，又作「桑椹」，但不作「湛」。

㊐9
湘
形解 形聲；從水，相聲。水名，湘江爲湘。

音義 ㄒㄧㄤ 名 ①地 水名，即湘江，源廣西興安縣陽海山，與灕江同源，東北流入湖南，注洞庭湖；又稱湘水。②「湖南省」的代稱。；例湘黔鐵路。

18 **湘繡** ㄒㄧㄤ ㄒㄧㄡˋ 湖南出產的刺繡，用色鮮明，十分强調顏色的陰陽和濃淡。

▽瀟湘、沅湘、灕湘、蒸湘。

㊐9
渤
形解 形聲；從水，勃聲。海名，渤海爲渤。

音義 ㄅㄛˊ 名 地 渤海，我國的內海名，在我國東北，以山東、遼東兩半島環抱而成，東以渤海海峽與黃海相通。

㊐9
湖
形解 形聲；從水，胡聲。胡有廣大的意思，所以大池爲湖。

音義 ㄏㄨˊ 名 ①大水滙集的湖泊；例洞庭湖。②湖北、湖南的省稱；例湖廣。③湖州；

例湖筆。④姓。
參考「潭」、「池」、「塘」都較「湖」爲小。
▽鹽湖、江湖、五湖、大湖、西湖、太湖、鹹水湖、洞庭湖、天鵝湖。

常 9 **湮** 解形 沈沒爲湮。形聲；從水，垔聲。
音義 ㄧㄣ 動①埋沒；例湮滅。②堵塞，通「堙」；例湮塞。形長久的；例世系湮遠。
參考①又音ㄧㄢ。②與「淹」有別，參閱「淹」字條。
7湮沒 ㄧㄣ ㄇㄛˋ ㈠消滅。㈡死亡。
參考 衍湮沒無聞。
▽沈湮、埋湮、鬱湮、荒湮、塞湮、代遠年湮。

常 9 **渲** 解形 形聲；從水，宣聲。小水爲渲。
音義 ㄒㄩㄢˋ 名藝美術上繪畫技藝的一種，畫紙塗上墨或顏料後，用水筆淋擦，使色彩濃淡適宜。動塗抹；例渲染。
參考①與「楦」字同音而義別：「楦」字爲做鞋的木製模型，字不從水，所以不含渲染的意思。②字從「宣」，但不可誤讀爲「ㄒㄩㄢ」。
9渲染 ㄒㄩㄢˋ ㄖㄢˇ ㈠藝國畫技法之一，繪畫時用水墨或顏料塗染畫面，顯出物像明暗向背和墨彩深淺。㈡文把言辭、文字，加以吹噓誇大的形容。

常 9 **渭** 解形 水名，渭河爲渭。形聲；從水，胃聲。
音義 ㄨㄟˋ 名地水名，即渭河；黃河最大支流，源出甘肅渭源縣鳥鼠山，東流橫貫陝西中部，至潼關注入黃河。又稱渭水。

常 9 **渦** 解形 形聲；從水，咼聲。旋流爲渦。
音義 ㄨㄛ 名①旋渦，急流旋轉形成中央低洼的地方。②樣子像旋渦的小凹點；例酒渦。③姓。
ㄍㄨㄛ 名地水名，即渦河，在河南。
參考 音ㄨㄛ時，與「窩」同音而意思有別：「窩」指鳥獸的巢穴，也指凹陷處，故「酒渦」也作「酒窩」，但「鳥窩」不可作「渦」。

常 9 **湯** 解形 熱水爲湯。形聲；從水，昜聲。
音義 ㄊㄤ 名①熱水；例「見善如探湯。」②食物加水煮熟後的汁液；例蛋花湯。③人商朝的開國君主，曾起兵滅夏桀，建立商朝，都亳（今河南商丘），也稱商湯、成湯或成唐。④中藥方劑之一；例四物湯。⑤姓。
ㄕㄤ 副水流盛地；例江漢湯湯。
19湯藥 ㄊㄤ ㄧㄠˋ 中藥多用水煮成湯而後服用，故名。又作「湯劑」。
▽藥湯、浴湯、熱湯、菜湯、黃湯、喝湯、探湯、商湯、蛋花湯、江漢湯湯、固若金湯。

常 9 **渴** 解形 水乾涸枯竭爲渴。形聲；從水，曷聲。
音義 ㄎㄜˇ 名口乾，想喝水；例解渴。副迫切地？例非常渴望。
ㄐㄧㄝˊ 形水分乾涸的；例渴澤。
ㄏㄜˊ 名方楚越方言，水的反流爲「渴」；例袁家渴。
參考①「渴」最容易和「喝水」的「喝」字混同；「喝」，音ㄏㄜ，字從口。②「袁家渴記」爲唐．柳宗元所作模山範水的文章之一。
11渴望 ㄎㄜˇ ㄨㄤˋ 迫切希望。
參考 參閱「希望」、「盼望」條。
▽飢渴、枯渴、口渴、乾渴、望梅止渴、飲鴆止渴。

常 9 **湍** 解形 形聲；從水，耑聲。淺水急流爲湍。
音義 ㄊㄨㄢ 名急流；例飛湍。形水流急速的；例湍急。
參考 與「惴」，音ㄓㄨㄟˋ；「揣」，音ㄔㄨㄞˇ；「喘」。音ㄔㄨㄢˇ等字，音義不同。
9湍流 ㄊㄨㄢ ㄌㄧㄡˊ 急流。
湍急 ㄊㄨㄢ ㄐㄧˊ 水勢急速。例水流湍急。
參考 同湍悍。
▽急湍、飛湍、碧湍、激湍、

奔湍、怒湍。

常 9 **渺** 解形 形聲；從水，眇聲。水勢遼闊為渺。

音義 ㄇㄧㄠˇ 形 ①動盪的；例「細似輕絲渺似波。」②微小的；例微渺。③水勢遙遠而遼闊的，通「淼」；例渺沔。

參考 ①「輕視人家」用「藐視」而不作「渺視」；但「邈」字也有遙遠的意思。②「縹緲虛無」的「緲」字從糸，而不作「縹渺虛無」。

10 **渺茫** ㄇㄧㄠˇ ㄇㄤˊ ㈠遼闊而不著邊際。㈡離得太遠而模糊不清。例烟霧渺茫。㈢因為沒有把握而難以預料。例希望渺茫。

12 **渺渺** ㄇㄧㄠˇ ㄇㄧㄠˇ 距離遠而看不清的樣子。

▽漂渺、杳渺。

常 9 **測** 解形 形聲；從水，則聲。則有法度等級的意思，所以衡量水的深度為測。

音義 ㄘㄜˋ 動 ①度量；例深不可測。②測量；例測繪。③了解；例人心難測。

參考 「側」，是「旁邊」；「惻」，是「悲傷」；「廁」，是「廁所」，都和「測」同音而意思不同。

6 **測字** ㄘㄜˋ ㄗˋ 拆離字形以預卜吉凶。又作「拆字」。

參考 衍測字先生。

10 **測候** ㄘㄜˋ ㄏㄡˋ 觀測氣象，預告天氣。

參考 衍測候站。

12 **測量** ㄘㄜˋ ㄌㄧㄤˊ 用儀器量算水陸的高低、大小、深淺、廣狹。

19 **測繪** ㄘㄜˋ ㄏㄨㄟˋ 測量和地圖繪製的合稱。包括大地測量、地圖製印和工程測量等主要工種，是進行各項基本建設的先行步驟。

23 **測驗** ㄘㄜˋ ㄧㄢˋ ㈠以一定標準測量學生的能力或成績的方式。如：智力測驗。㈡泛指有別於論文式的考試。

▽臆測、觀測、推測、不測、目測、難測、猜測、預測、居心叵測、管窺蠡測、變幻莫測、吉凶莫測。

常 9 **滋** 解形 形聲；從水，茲聲。茲是草木盛多，所以水多增益為滋。

音義 ㄗ 名 ①美味。②汁液；例草木之滋。③感受；例「別有一番滋味在心頭。」動 ①成熟；例「五穀不滋。」②繁殖；例「鳥獸阜滋。」③潤澤；例滋潤。④增添；例滋益。形 ①多量的；例樹德務滋。②濃厚的；例日暮浮雲滋。副 更加；例滋甚。

參考 「滋」和「孳（ㄗ）」都有繁殖的意思，但「孳」沒有「美味」、「滋補」、「繁多」的意思。

8 **滋事** ㄗ ㄕˋ 生出事端。

參考 ①本詞含有貶損的意思。②衍滋事生非。

滋味 ㄗ ㄨㄟˋ ㈠泛指食物的酸、甜、苦、辣、鹹等五味。㈡趣味。

12 **滋補** ㄗ ㄅㄨˇ 滋養補益。

滋養 ㄗ ㄧㄤˇ 滋補營養。

滋蔓 ㄗ ㄇㄢˋ ㈠草木蔓延生長。㈡引申為禍患擴大滋長。

15 **滋潤** ㄗ ㄖㄨㄣˋ ㈠使乾燥的東西光滑潤澤。㈡不會乾枯。

滋蔓難圖 ㄗ ㄇㄢˋ ㄋㄢˊ ㄊㄨˊ 喻人的權勢愈大，就會愈難翦除。滋蔓：本意是指草木的蔓延生長，借喻當權的人，勢力滋長擴大。

18 **滋擾** ㄗ ㄖㄠˇ 鬧事，惹禍。

常 9 **湃** 解形 形聲；從水，拜聲。形容水勢或水聲的浩大為湃。

音義 ㄆㄞˋ 形 澎湃，波浪相激，水勢洶湧的；例波濤澎湃。

▽澎湃。

常 9 **渝** 解形 形聲；從水，俞聲。由乾淨變成污穢為渝。

音義 ㄩˊ 名 ①地四川重慶市的別名。②地四川巴縣的別名。動 改變；例始終不渝。

參考 ①當「渝」作動詞用時，多指感情和態度方面。②與「愉快」的「愉」、「逾越」的「逾」、「榆樹」的「榆」同音而意思不同。

常 9 **渾** 形解 形聲；從水，軍聲。二水合流的溷流聲音爲渾。

音義 ㄏㄨㄣˊ 形①濃濁的；例「汲多井水渾。」②未經鍛鍊的；例渾金璞玉。③全部的；例渾身是汗。副①還，尚；例「巴童渾不寢，半夜有行舟。」②完全；例「渾不似，舊心情。」

ㄍㄨㄣˇ 形暢盛的；例「財貨渾渾如泉湧。」

ㄏㄨㄣˋ 形雜亂的，通「混」；例渾淆。

參考 ①參閱「混」字條。②與「琿」、「諢」有別：「琿」（ㄏㄨㄣˊ），一種美玉；「諢」（ㄏㄨㄣˋ），戲弄的言辭。

4 **渾水摸魚** ㄏㄨㄣˊ ㄕㄨㄟˇ ㄇㄛ ㄩˊ 比喻乘著混亂的時機，從中取利。

參考 ①同趁火打劫。②又作「混水摸魚」。③參閱「混水摸魚」條。

9 **渾厚** ㄏㄨㄣˊ ㄏㄡˋ ㈠質樸老實。例他爲人渾厚。㈡文形容詩文書畫的筆力和風格樸實厚重，並不偏重色澤或詞藻。例色調渾厚。

10 **渾家** ㄏㄨㄣˊ ㄐㄧㄚ ㈠全家。㈡謙稱自己的妻子，多見於早期白話。

12 **渾然** ㄏㄨㄣˊ ㄖㄢˊ ㈠完整而自然的形成一體，不可分割。例「渾然天成。」㈡全然。

渾然一體 ㄏㄨㄣˊ ㄖㄢˊ ㄧ ㄊㄧˇ 形容整個事物不可分割，完整如一。渾然：全然。

參考 與「水乳交融」有別：前者偏重於「成爲一體」；後者偏重於「融合爲一」。前者可用人和物；後者只可用於人。

渾渾噩噩 ㄏㄨㄣˊ ㄏㄨㄣˊ ㄜˋ ㄜˋ ㈠渾厚而嚴正。㈡形容糊里糊塗，什麼事也不懂的樣子。

13 **渾圓** ㄏㄨㄣˊ ㄩㄢˊ ㈠光滑而圓潤的。㈡比喻人的行爲、言語或文字不露鋒芒，面面都能照顧周到。

▽雄渾、吐谷渾。

常 9 **渙** 形解 形聲；從水，奐聲。奐有衆多的意思，所以分散的水流爲渙。

音義 ㄏㄨㄢˋ 動離散；例軍心渙散。形水勢盛大的。副盛大地；例「渙發大號。」

參考 「『渙』然冰釋」、「精神『煥』發」的「渙」、「煥」二字不可互用。

12 **渙散** ㄏㄨㄢˋ ㄙㄢˋ 人心非常散漫，不能集中。例軍中渙散。

渙然冰釋 ㄏㄨㄢˋ ㄖㄢˊ ㄅㄧㄥ ㄕˋ 比喻積恨或嫌隙，已經完全消釋。渙然：分散的樣子。

常 9 **溉** 形解 形聲；從水，既聲。水名。俗作漑。

音義 ㄍㄞˋ 動①引水灌田；例灌溉。②洗滌；例滌溉。

參考 和「氣概」（ㄍㄞˋ）的「概」，「感慨」（ㄎㄞˇ）的「慨」二字意思不同。

▽灌溉、滌溉、濯溉。

次 9 **渟** 形解 形聲；從水，亭聲。亭有安而止的意思，所以水停止的地方爲渟。

音義 ㄊㄧㄥˊ 形水停止不流動的；例渟水。

次 9 **湉** 形解 形聲；從水，恬聲。恬有安和的意思，所以水流平靜爲湉。

音義 ㄊㄧㄢˊ 副湉湉，水流平靜的樣子。

次 9 **溈** 形解 形聲；從水，爲聲。水名，溈河爲溈。

音義 ㄍㄨㄟ 名地水名，同「媯」，溈河。

參考 亦作「媯」。

次 9 **渼** 形解 形聲；從水，美聲。水名，渼水爲渼。

音義 ㄇㄟˇ 名水的波紋。

次 9 **湢** 形解 形聲；從水，畐聲。畐有高厚的意思，所以水波高湧爲湢。

音義 ㄅㄧ 名浴室；例不共湢浴。副整齊的樣子；例湢然肅然。

次 9 **渫** 形解 形聲；從水，枼聲。枼有輕薄的意思，除去汙垢爲渫。

音義ㄒㄧㄝˋ 名姓。動①除去；例「井渫不食。」②分散；例「粟有所渫。」③停歇；例爲歡未渫。形污濁的；例卑辱奧渫。

次 9 **湝** 解形 形聲；從水，皆聲。水流湯湯爲湝。

音義ㄐㄧㄝ 副水流的樣子。

參考「湝」、「偕」、「喈」，音同義異：「偕」：共同；「喈」：鳥鳴聲。

次 9 **湎** 解形 形聲；從水，面聲。沈迷於飲酒爲湎。

音義ㄇㄧㄢˇ 動沈迷；例流湎忘本。

▽酣湎、荒湎、耽湎、沈湎。

次 9 **湣** 解形 形聲；從日，泯聲。泯有掩沒的意思，故暗淡無光爲湣。

音義ㄇㄧㄣˇ 名古謚號，通「閔」；例魯湣公。

ㄏㄨㄣ 形昏亂；例湣湣。

參考「湣」、「愍」、「暋」，音同義異。

12 **湣湣** ㄏㄨㄣ ㄏㄨㄣ 混亂的樣子。

次 9 **湄** 解形 形聲；從水，眉聲。水草相交的河邊爲湄。

音義ㄇㄟˊ 名水岸；例海湄。

參考「湄」、「嵋」、「堳」，音同義異。

▽河湄、水湄、江湄、曲湄、浙江湄。

次 9 **湜** 解形 形聲；從水，是聲。水清可以見底爲湜。

音義ㄕˊ 副湜湜，水清澈見底的樣子。

次 9 **湲** 解形 形聲；從水，爰聲。水流聲爲湲。

音義ㄩㄢˊ 副水流動的樣子；例潺湲。

參考「湲」與「援」、「猨」，音同義異。

次 9 **湱** 解形 形聲；從水，砉聲。波浪相衝擊聲爲湱。

音義ㄏㄨㄛˋ 名水聲，同「㶁」；例「漰湱㶁濟。」

參考「湱」與「剨」、「騞」，音同義異。

次 9 **湫** 解形 形聲；從水，秋聲。河道低矮狹小爲湫。

音義ㄐㄧㄠˇ 名湫隘，低溼狹小的地方。

ㄐㄧㄡ 名地①水名；例湫淵。②水池。

參考「湫」、「揪」，音同義異。

13 **湫隘** ㄐㄧㄠˇ ㄞˋ 低下狹小的地方。

次 9 **渹** 解形 形聲；從水，訇聲。訇有大的意思，所以波浪相撞擊聲爲渹。

音義ㄏㄨㄥ 名渹湱，波浪相激盪的聲音。

參考「渹」、「訇」、「輷」，音同義異。

次 9 **渢** 解形 形聲；從水，風聲。猛急之風浪聲爲渢。

音義ㄈㄥˊ 名水聲。

ㄈㄢˋ 形渢渢，形容聲音婉約，同「汎汎」。

次 9 **湟** 解形 形聲；從水，皇聲。水名，湟水爲湟。

音義ㄏㄨㄤˊ 名①地水名，源青海噶爾藏嶺，經甘肅會大通河後，注入黃河。②地水名，即湟水。③低溼的地方；例湟潦生苹。

參考「湟」與「喤」、「惶」、「隍」，音同義異。

次 9 **渰** 解形 形聲；從水，弇聲。弇有掩蓋的意思，所以將下雨前烏雲四布爲渰。

音義ㄧㄢˇ 名陰雲；例「有渰萋萋。」副雲興起地；例渰浸萬物。

參考 或作「䨠」。

次 9 **湓** 解形 形聲；從水，盆聲。盆又從分聲，分有盛大的意思，所以水滿而溢出爲湓。

音義ㄆㄣˋ 名水流的聲音；例「湖流雷呴而電激。」動水滿溢出；例河水湓溢。

ㄆㄣˊ 名地水名。在江西省，源出瑞昌縣清湓山。

常10 **溶** 形解 形聲；從水，容聲。容有包容的意思，所以水勢盛大爲溶。

音義 ㄖㄨㄥˊ 動 物質在液體中化開；例糖被水溶解掉了。形 水勢盛大的；例溶溶。

參考 ①「溶」和「融」的分別是：「溶」是物質消散在液體中，如「溶化」、「溶解」。「融」是物體本身消散或變成液體，如「融化」、「融合」。②「溶」、「熔」有別：「溶化」、「溶解」的「溶」字從「氵」(水)，與液體或水有關。「熔化」、「熔鑄」的「熔」字，從「火」，與火力有關。

4 **溶化** ㄖㄨㄥˊ ㄏㄨㄚˋ 猶溶解，物質分化在水裏。

參考 參閱「熔化」條。

12 **溶液** ㄖㄨㄥˊ ㄧㄝˋ 化 由兩種或兩種以上不同物質所組成的均勻物系，在這物系中的任何部分都具有相同的性質。又稱「溶體」。

13 **溶解** ㄖㄨㄥˊ ㄐㄧㄝˇ 化 一物質(溶質)均勻地分散於另一物質(溶劑)中的過程。如食鹽或糖溶解於水中而成均勻的水溶液。

參考 衍 溶解度、溶解熱、溶解質。

溶溶 ㄖㄨㄥˊ ㄖㄨㄥˊ ㈠水盛大的樣子。

常10 **滂** 形解 形聲；從水，旁聲。旁有大的意思，所以滂沱豐沛爲滂。

音義 ㄆㄤ 動 湧流；例「孤臣入門自滂。」副 ①雨勢強大地；例大雨滂沱。②水湧出地。

8 **滂沱** ㄆㄤ ㄊㄨㄛˊ ㈠雨下得很大的樣子。㈡流淚很多的樣子。例涕泗滂沱。

12 **滂湃** ㄆㄤ ㄆㄞˋ 水勢浩大的。例山雨滂湃。

常10 **溢** 形解 形聲；從水，益聲。益有多的意思，所以器滿爲溢。

音義 ㄧˋ 名 ①二十兩，通「鎰」；例千溢之寶。②量名，一滿握爲一溢；例一溢米。動 水滿而流出；例「水溢氾諸國。」形 盛滿的；例滿溢。副 過分地；例溢美之言。

參考 與「縊」同音而義殊：縊，用繩索繞緊脖子而死，如「自縊」。

9 **溢美** ㄧˋ ㄇㄟˇ 過分的讚美。例「夫兩喜必多溢美之言。」

▽驕溢、充溢、豐溢、滿溢、橫溢、外溢、流溢、熱情洋溢。

常10 **準** 形解 形聲；從水，隼聲。水平爲準。

音義 ㄓㄨㄣˇ 名 ①測水平的器具；例繩直生準。②法度；例標準。③鼻子；例隆準。④程度；例水準。⑤姓。動 ①使平正；例平準。②依照，多用於官方文書。形 ①正確的；例鐘不準。②將要成爲的；例準博士。副 一定；例他準會來。

參考 ①和「准」字音同而義異，「准許」、「准考證」的「准」字不可混用。②與「淮」字有別：「淮」，音ㄏㄨㄞˊ，水名。

9 **準則** ㄓㄨㄣˇ ㄗㄜˊ 以之爲標準的法則。又作「準程」。

10 **準時** ㄓㄨㄣˇ ㄕˊ 確守時間。例準時上班。

12 **準備** ㄓㄨㄣˇ ㄅㄟˋ ㈠事前的安排、籌劃等。㈡打算。例我準備明日找你商量這個問題。

15 **準確** ㄓㄨㄣˇ ㄑㄩㄝˋ 完全符合實際情況或事先的要求。

19 **準繩** ㄓㄨㄣˇ ㄕㄥˊ ㈠工匠用來測驗水平的水準和測驗垂直的掛線。㈡比喻權衡事物的法度。

▽基準、水準、標準、平準、瞄準、算準、隆準、精準、超水準、國際標準。

常10 **溯** 形解 形聲；從水，朔聲。逆流而上爲溯。

音義 ㄙㄨˋ 動 ①沿水逆流而上；例溯洄。②往前推求；例追溯。③回想；例「每溯往事，歷歷如昨。」④探求本源；例不溯既往。

參考 ①又作「泝」、「遡」。②與「塑膠」、「塑造」的「塑」字同音而意思不同。

13 **溯源** ㄙㄨˋ ㄩㄢˊ 探求本源。例沿流溯源。

常10 **滓** 形解 形聲；從水，宰聲。沈澱的滓渣爲滓。

音義 ㄗˇ 名 渣子，物品提取水分後剩餘下來的沈澱物；例「奮迅泥滓。」

參考 ①參閱「渣」字條。②字從宰聲，但不可讀作ㄗㄞˇ。

常10 **溥** 形解 形聲；從水，尃聲。尃是廣布，所以水面廣大爲溥。

音義 ㄆㄨˇ 名 ①水邊地，通「浦」。例「儲與虖大溥。」②姓。形 廣大的；例溥博。副 普遍地。；例溥被災害。

參考 「溥」字作形容詞用時，意思與「普」字相近，如「溥天之下」又可作「普天之下」。

常10 **源** 形解 形聲；從水，原聲。「原」是原本，所以流水的出處爲源。

音義 ㄩㄢˊ 名 ①流水的出處；例水源。②事物的本始；例「六合之內，莫不同源共流。」③姓。副 相繼不斷地；例源源不斷。

參考 與「原」音同而義有別：「原」指「本原」，「原來」，也可以指「平原」；而「源」只能指水的出處，如「本源」。

8 **源委** ㄩㄢˊ ㄨㄟˇ 事物的本末。

9 **源流** ㄩㄢˊ ㄌㄧㄡˊ 事情的源始和流變。

13 **源源不斷** ㄩㄢˊ ㄩㄢˊ ㄅㄨˋ ㄉㄨㄢˋ 比喻連續而不終止。源源：繼續。

參考 與「綿綿不斷」有別：前者多指一般事物連續不斷地出現、增加；後者多指山脈、雨雪、思緒等的連續狀態。

源源本本 ㄩㄢˊ ㄩㄢˊ ㄅㄣˇ ㄅㄣˇ ㈠事情從頭到尾。㈡比喻全部事實。又作「元元本本」。

14 **源遠流長** ㄩㄢˊ ㄩㄢˇ ㄌㄧㄡˊ ㄔㄤˊ ㈠本源深遠而流傳長久。㈡比喻其來有自，不是一朝一夕培養成功的。

▽淵源、起源、光源、語源、根源、財源、資源、水源、泉源、電源、發源、病源、本源、溯源、探源、正本清源、左右逢源、世外桃源、飲水思源、有本有源。

常10 **溝** 形解 形聲；從水，冓聲。水溝爲溝。

音義 ㄍㄡ 名 ①田間水道；例「溝瀆修利。」②街旁的下水道；例血流入溝中。③護城河；例深溝高壘。④淺槽，像溝一樣的東西；例車溝。動 通達；例溝通江淮。

參考 「溝」和「渠」的差別是：「溝」泛指一切水道，而「渠」是指人工所開鑿成的水溝。

9 **溝洫** ㄍㄡ ㄒㄩˋ ㈠田間的水道。㈡農田水利。

11 **溝渠** ㄍㄡ ㄑㄩˊ 供灌溉或排水用的水道的通稱。通常稱灌溉用的爲「渠」，排水用的爲「溝」。

溝通 ㄍㄡ ㄊㄨㄥ 使兩方面彼此相互流通。例溝通東西文化。

17 **溝壑** ㄍㄡ ㄏㄨㄛˋ 溪谷。

▽城溝、河溝、鴻溝、代溝、排水溝。

常10 **滇** 形解 形聲；從水，眞聲。池名，滇池爲滇。

音義 ㄉㄧㄢ 名 ①地「雲南省」的簡稱；例滇緬公路。②地 湖名，即滇池，在雲南省昆明縣南，是雲南的精華區。

參考 字雖從眞，但不讀成ㄓㄣ。

常10 **滅** 形解 形聲；從水，威聲。威是消滅，所以水消失殆盡爲滅。

音義 ㄇㄧㄝˋ 動 ①熄火；例把火撲滅。②沈沒；例過涉滅頂。③除去；例消滅。④消逝；例幻滅。⑤消亡，指整體滅亡；例夷滅宗族。形 不明的；例燈火明滅。

參考 ①同 消，亡，沒。②參閱「減」字條。

3 **滅亡** ㄇㄧㄝˋ ㄨㄤˊ 消滅淪亡。

滅口 ㄇㄧㄝˋ ㄎㄡˇ 壞人爲防止洩漏秘密而殺死知情的人。

6 **滅此朝食** ㄇㄧㄝˋ ㄘˇ ㄓㄠ ㄕˊ 形容消滅敵人之心至爲急切，連用早餐的時間都沒有。

10 **滅迹** ㄇㄧㄝˋ ㄐㄧ 消滅痕迹，常指壞人消滅足以證明其犯罪的痕迹。

11 **滅頂** ㄇㄧㄝˋ ㄉㄧㄥˇ 水已淹沒過頭頂，指淹死。

滅族 ㄇㄧㄝˋ ㄗㄨˊ 舊時的一種刑法，因一人犯法而株連以至殺死他的全家族。

12 **滅絕** ㄇㄧㄝˋ ㄐㄩㄝˊ ㈠完全消滅。㈡完全喪失。

14 **滅種** ㄇㄧㄝˋ ㄓㄨㄥˇ 種族滅亡。

▽潰滅、幻滅、消滅、破滅、滑滅、磨滅、撲滅、毀滅、泯滅、不滅、寂滅、生滅、存滅、不可磨滅、天誅地滅、自生自滅。

㊖ 10 **溘** 解形 形聲；從水，盍聲。忽然爲溘。

音義 ㄎㄜˋ 副 ①忽然；例溘然長逝。②水聲；例塘水聲溘溘。

參考 ①「瞌睡」的「瞌」（ㄎㄜ）不可誤作「溘」字。②與「嗑」音同而義不同：嗑，指以牙齒咬裂硬物，如嗑瓜子。③「溘然長逝」只能稱人死亡，餘者均不適用。④字本作「㵆」，隸變作「溘」。

11 **溘逝** ㄎㄜˋ ㄕˋ 指人死亡。又作「溘死」。

㊖ 10 **溼** 解形 形聲；從一土水，從㬎省聲。一指覆蓋，所以覆蓋的土中多含水分爲溼。

音義 ㄕ 名 醫 中醫六氣之一，因溼氣過大而致病；例風溼。動 沾漬；例冷露無聲溼桂花。形 含水分多的；例溼毛巾。

參考 ①又作「濕」。②反 乾，燥。

9 **溼度** ㄕ ㄉㄨˋ 空氣所含水氣的多少或潮溼程度。

10 **溼疹** ㄕ ㄓㄣˇ 醫 皮膚病之一，由摩擦、溫熱、日光、電氣、藥劑等的刺激或血管、神經的異常而引起。

▽溼溼、潮溼、乾溼、淋溼、浸溼。

㊖ 10 **溫** 解形 形聲；從水，昷聲。水名，溫水爲溫。

音義 ㄨㄣ 名 ①暖，不冷不熱；例溫泉。②冷熱的程度；例體溫。③姓。動 ①稍微加熱使暖和；例溫酒。②複習；例溫故知新。形 ①暖和的；例天氣溫和。②性情柔和的；例溫柔敦厚。③作事遲鈍的；例溫吞。

參考 ①又作「温」。②同 暖，和。③反 寒，冷。

4 **溫文** ㄨㄣ ㄨㄣˊ 既溫和又文雅。

參考 衍 溫文儒雅。

6 **溫存** ㄨㄣ ㄘㄨㄣˊ ㈠憐惜慰問。㈡性情和順而溫柔。㈢靜養休息。

8 **溫和** ㄨㄣ ㄏㄜˊ ㈠不冷不熱。㈡指人的性情或態度溫良平和。

溫牀 ㄨㄣ ㄔㄨㄤˊ ㈠使牀舖溫暖。㈡供給溫熱的苗牀，即堆積馬糞、木葉、塵埃而使之化合起熱。㈢比喻易於醞釀某物的地方。例垃圾是病菌的溫牀。

參考 與「醞釀」有別：前者引申凡是便利事物發生的條件、環境等，是名詞；後者引申凡在重要決定前所進行的意見交換或在羣眾性運動展開前所做的培育功夫，動詞。

9 **溫泉** ㄨㄣ ㄑㄩㄢˊ 天然溫度的泉水，大抵由於地殼有裂隙，地下的水滲入，而受地熱的影響，熱暖高出一般水溫。又稱「湯泉」。

溫柔 ㄨㄣ ㄖㄡˊ 溫和柔順。

溫故知新 ㄨㄣ ㄍㄨˋ ㄓ ㄒㄧㄣ 把已經學過的知識再加復習，而能獲得新的知識。

11 **溫習** ㄨㄣ ㄒㄧˊ 溫故練習。

13 **溫飽** ㄨㄣ ㄅㄠˇ 衣食豐足。

▽寒溫、氣溫、常溫、體溫、微溫、保溫、高溫、室溫、平均溫。

㊖ 10 **滑** 解形 形聲；從水，骨聲。銳利爲滑。

音義 ㄏㄨㄚˊ 名 姓。動 ①溜著走；例滑冰。②跌倒；例滑了一跤。形 ①光溜而不滯澀的；例滑梯。②虛浮不實的；例浮滑少年。③狡詐的；例滑頭。

ㄍㄨˇ 形 可笑的；例滑稽。

參考 ①今俗多將「滑稽」唸成ㄏㄨㄚˊ ㄐㄧ。②與「猾」音同而義不同：「猾」字也有狡詐義，但「狡猾」不作「狡滑」，而「猾」卻不含「光滑」的意思。

11 **滑雪** ㄏㄨㄚˊ ㄒㄩㄝˇ 體寒帶地區冬天的一種戶外運動，也是奧運會項目之一，以腳穿滑雪板和手持滑雪杖在雪地上滑行的激烈運動。

16 **滑稽** ㄍㄨˇ ㄐㄧ ㈠能言善辯。㈡言行足以逗人發笑。例滑稽戲。

參考①參閱「幽默」條。②滑，不可讀成ㄏㄨㄚˊ。

滑稽突梯 ㄏㄨㄚˊ ㄐㄧ ㄊㄨ ㄊㄧ 言語詼諧，做人圓滑。突梯：圓滑。

▽圓滑、潤滑、平滑、光滑、溼滑、奸滑、油滑、老奸巨滑。

常 10 **溜** 解形 形聲；從水，留聲。水名，溜水爲溜。

音義 ㄌㄧㄡ 動①滑行；例溜冰。②偷偷離開；例溜之大吉。③流動；例「醴泉涌溜於陰渠。」④滑脫；例「一似溜了韁的馬。」⑤閃動；例「酒涵花影紅光溜。」⑥瞟，看；例溜眼。ㄌㄧㄡˋ 名①屋頂上流下來的雨水，通「霤」；例「玉溜檐下垂。」②屋簷上安裝用來接雨的長槽；例三進及溜。③流水；例春溜含新碧。④行列；例一溜兒三房間。⑤一道，一股；例像一溜煙的走了。

參考 同滑。

4 **溜之大吉** ㄌㄧㄡ ㄓ ㄉㄚˋ ㄐㄧˊ 逃得不知去向。

參考 同走爲上計。

6 **溜冰** ㄌㄧㄡ ㄅㄧㄥ 體穿著一種特製有滑輪或冰刀的鐵鞋，在堅硬平地或冰塊上所作的滑走遊戲。溜：滑動。

13 **溜達** ㄌㄧㄡˋ ˙ㄉㄚ 在路上閒逛。

常 10 **滄** 解形 形聲；從水，倉聲。倉有隱藏的意思，寒冷時萬物隱藏，所以寒冷爲滄。

音義 ㄘㄤ 名①寒冷；例滄熱。②冷落；例滄涼。形暗綠的，通「蒼」；例滄海月明珠有淚。

參考①作「暗綠」解時，只能形容水色而已。②與「傖」、「蒼」、「艙」同音而義異：「傖」：鄙賤的人；「蒼」：深青色；「艙」：船或飛機容納客貨的空間部分。

10 **滄桑** ㄘㄤ ㄙㄤ 比喻時勢與人事的變遷，「滄海桑田」的簡稱。例歷盡滄桑。

參考 衍滄桑史、滄桑變化。

滄海 ㄘㄤ ㄏㄞˇ ㈠大海。滄：青綠色，通「蒼」。㈡地「東海」的別稱。㈢神話傳說中仙人所居住的島名。

滄海一粟 ㄘㄤ ㄏㄞˇ ㄧ ㄙㄨˋ 大海中的一粒粟子，比喻非常渺小。

參考 與「九牛一毛」有別：前者多指極爲渺小的東西；後者多指極大數量中的極小數量。且前者可表示貢獻、成就、力量等極其渺小，也可用來表示自謙，但後者不能。

滄海桑田 ㄘㄤ ㄏㄞˇ ㄙㄤ ㄊㄧㄢˊ ㈠比喻世事變遷很大。㈡經歷很多事故，簡作「滄桑」。

參考 與「百雲蒼狗」有別：前者強調世事變化之「大」；後者則強調世事變化「無常」。

滄海橫流 ㄘㄤ ㄏㄞˇ ㄏㄥˊ ㄌㄧㄡˊ 海水四處奔流，比喻政治混亂，社會動蕩不安。

滄海遺珠 ㄘㄤ ㄏㄞˇ ㄧˊ ㄓㄨ 海中之珠，爲收採者所遺棄，比喻埋沒了人才。

13 **滄溟** ㄘㄤ ㄇㄧㄥˊ 海水瀰漫的樣子。

常 10 **滔** 解形 形聲；從水，舀聲。水勢盛大爲滔。

音義 ㄊㄠ 動①瀰漫；例罪惡滔天。②輕慢；例「士不濫，官不滔。」副不絕的樣子；例滔滔不絕。

參考①與「掐」、「韜」同音而義殊：「掐」，取出；「韜」，藏匿。②與「淘」有別：淘，音ㄊㄠˊ，義爲洗汰、挖深、疏通。

4 **滔天** ㄊㄠ ㄊㄧㄢ 比喻非常大。例滔天罪惡。

參考 同漫天。

13 **滔滔** ㄊㄠ ㄊㄠ ㈠水流不絕，水勢盛大的樣子。㈡比喻話多，連續不停地說。例滔滔不絕。㈢形容時間的流逝。㈣形容混亂。例滔蕩。

滔滔不絕 ㄊㄠ ㄊㄠ ㄅㄨˋ ㄐㄩㄝˊ 形容話多而連續不斷。例他滔滔不絕地數落我。

參考 參閱「口若懸河」條。

常 10 **溪** 解形 形聲；從水，奚聲。山谷間的溝澗爲溪。

音義 ㄒㄧ 名①山間的小河溝；例溪澗。②小河；例溪水。

參考 ①又音ㄑㄧ。②或作「谿」。③與「徯」、「蹊」、「鼷」同音而義不同：「徯」，可通「蹊」，指小路；「徯」，又有「等待」義；「蹊」，有「踐踏」義；「鼷」，爲鼠名。

▽清溪、山溪、碧溪、野溪、小溪、青溪、大甲溪、濁水溪。

常 10 **溺** 解形 形聲；從水，弱聲。水名，溺水爲溺。

音義 ㄋㄧˋ 名姓。動①沒入水中；例溺水。②陷於艱困中；例陷溺。③沈迷不悟；例溺於酒色。副過分而不當地；例溺愛。

ㄋㄠˋ 名小便，通「尿」；例撒泡溺。

參考 字從「弱」，但不可讀成ㄖㄨㄛˋ。

13 **溺愛** ㄋㄧˋ ㄞˋ 過份寵愛。參考 參閱「寵愛」條。

18 **溺職** ㄋㄧˋ ㄓˊ 失職，有虧職守。

▽陷溺、耽溺、沈溺、便溺、己饑己溺、人饑己饑人溺己溺。

次 10 **溏** 解形 形聲；從水，唐聲。池塘爲溏。

音義 ㄊㄤˊ 名水池。形汁液流動而不凝結的；例溏薄。

參考 「溏」與「塘」、「搪」、「煻」，音同義異。

次 10 **溟** 解形 形聲；從水，冥聲。冥有迷濛不清的意思，所以小雨連綿爲溟。

音義 ㄇㄧㄥˊ 名海；例「伯陽遁西溟。」形幽暗的；例溟海。副小雨連綿地；例密雨溟沐。

參考 「溟」與「暝」、「瞑」，音同義異。

▽南溟、北溟、滄溟、海溟、四溟。

次 10 **溠** 解形 形聲；從水，差聲。水名，溠水爲溠。字本作「[illegible]」，隸變作「溠」。

音義 ㄓㄚˋ 名地水名，源湖北隨縣雞鳴山。

次 10 **溱** 解形 形聲；從水，秦聲。水名，溱水爲溱。

音義 ㄓㄣ 名①地水名，有三：一源河南密縣，入賈魯河；一源河南桐柏山，入汝水；一源湖南臨武縣，流入廣東。②地古州名，在四川綦江縣。形衆多的。

13 **溱溱** ㄓㄣ ㄓㄣ ㈠茂盛的樣子。例室家溱溱。㈡流汗不止的樣子。例「汗出溱溱」。

次 10 **溧** 解形 形聲；從水，栗聲。水名，溧水爲溧。字本作「[illegible]」，隸變作「溧」。

音義 ㄌㄧˋ 名地水名，在江蘇溧陽縣。

次 10 **溽** 解形 形聲；從水，辱聲。辱有深厚的意思，所以暑氣重且潮溼爲溽。

音義 ㄖㄨˋ 形①潮溼的；例林無不溽。②濃厚的；例「飲食不溽。」

次 10 **滁** 解形 形聲；從水，除聲。河名，滁水爲滁。

音義 ㄔㄨˊ 名①地水名，源合肥黃泥坡，至六合縣入長江。②地安徽縣名之一，瀕滁河，津浦鐵路經此。

次 10 **溷** 解形 形聲；從水，圂聲。圂本爲豬圈，髒亂混雜，所以積水混濁爲溷。

音義 ㄏㄨㄣˋ 名①豬圈；例「王捐之於溷中。」②廁所，通「圂」；例「門庭藩溷。」動淆亂；例溷濁。

▽圊溷、廁溷、濁溷、豬溷、藩溷。

次 10 **滏** 解形 形聲；從水，釜聲。河名，釜陽河爲滏。

音義 ㄈㄨˇ 名地水名，即滏陽河，源河北磁縣滏山，故名。

次 10 **溲** 解形 形聲；從水，叟聲。以草濾酒爲溲。

音義 ㄙㄡ 名①小便；例解溲。②微賤之物；例牛溲馬勃。

動①小解；例溲尿。②用水調麵粉。形溲溲，描摹淘米的聲音。

次 10
溴
形解 形聲；從水，臭聲。水氣爲溴。
音義 ㄒㄧㄡˋ 名〔化〕化學元素之一，符號 Br，非金屬，爲暗紅色有毒的液體，有臭味，能嚴重侵蝕皮膚。

次 10
滃
形解 形聲；從水，翁聲。雲氣彌漫爲滃。
音義 ㄨㄥˇ 名〔地〕湖名，在湖南岳陽縣，冬春水涸。副①雲氣湧起；例滃滃澹澹。②大水地。

次 10
滕
形解 形聲；字本作滕，從水，朕聲。水勢盛大奔騰爲滕。隸變作「滕」。
音義 ㄊㄥˊ 名①〔地〕山東省縣名之一，介於蒙山與獨山湖之間，津浦鐵路經此。②姓。

次 10
滎
形解 形聲；從水，熒省聲。熒有暗小的意思，所以細小的水流爲滎。
音義 ㄒㄧㄥˊ 名〔地〕古澤名，至漢填爲平地，在河南滎澤縣。
參考 又音ㄧㄥˊ。

次 10
漳
形解 形聲；從水，章聲。水名，漳水爲漳。
音義 ㄓㄤ 名①〔地〕水名，即漳河，上游分清漳、濁漳，清漳源山西平定縣，濁漳源山西長子縣，至河南涉縣合流，又東南流入衞河。②〔地〕水名，即漳江，在福建省。

次 10
演
形解 形聲；從水，寅聲。寅有長的意思，所以長流爲演。
音義 ㄧㄢˇ 動①推廣；例演繹。②發揮；例演義。③練習；例演練。④公開出示或表現；例公演。⑤使漂流；例東演析木。⑥不斷發展或變化；例演化。⑦表演技藝；例演唱。

4 **演化** ㄧㄢˇ ㄏㄨㄚˋ 〔生〕生物在世代遺傳中，逐漸變化，而成爲與原生物不盡相同的種類。

11 **演習** ㄧㄢˇ ㄒㄧˊ 照想像情況擬定計畫，事先練習。例防空演習。

13 **演義** ㄧㄢˇ ㄧˋ ㈠敷陳經義而加以引申。㈡〔文〕古代長篇小說的一體，由講史話本發展而來。

17 **演講** ㄧㄢˇ ㄐㄧㄤˇ ㈠根據原意，加以闡說。演：推演。㈡在公衆面前就某一問題表示自己的意見或闡說某一事理。又叫「演說」、「講演」。

演戲 ㄧㄢˇ ㄒㄧˋ 照著腳本演出戲劇。又作「演劇」。

19 **演繹** ㄧㄢˇ ㄧˋ 由普通的原理以推斷特殊眞相，與「歸納」相對。繹：延及。

參考 ①反歸納。②同推演。③又作「外籀」。④衍演繹法。

▽開演、講演、試演、上演、主演、表演、義演、導演、公演、好戲上演。

常 11
滾
形解 形聲；從水，衮聲。水流動翻騰爲滾。
音義 ㄍㄨㄣˇ 動①打轉；例滾雪球。②沸騰；例水滾了。③惡聲叱人走開；例你給我滾！形水流盛大的；例滾滾遼河。副非常地；例滾熱的開水。
參考 又作「滚」。

4 **滾水** ㄍㄨㄣˇ ㄕㄨㄟˇ 沸水。

5 **滾瓜爛熟** ㄍㄨㄣˇ ㄍㄨㄚ ㄌㄢˋ ㄕㄨˊ 形容極爲熟悉。滾瓜：熟透的西瓜可以自動滾裂。

常 11
滴
形解 形聲；從水，啇聲。水往下注爲滴。
音義 ㄉㄧ 名①小水點；例雨滴。②量詞，液體一點爲一滴；例一滴露水。③落下的少量液體；例汗滴。動①水珠掉落；例握手淚再滴。②液體一點一點地落下；例滴水。副滴水聲；例滴里搭拉。
參考 ①同點。②與「嘀咕」的「嘀」(ㄉㄧˊ)，「嫡妻」的「嫡」(ㄉㄧˊ)二字，音義不同。

4 **滴水穿石** ㄉㄧ ㄕㄨㄟˇ ㄔㄨㄢ ㄕˊ 比喻有恆心的人事情一定能夠做成功。又作「水滴石穿」。

19 **滴瀝** ㄉㄧ ㄌㄧˋ 水滴下時的聲音。

▽水滴、雨滴、涓滴、點滴、打點滴、饞涎欲滴、垂涎欲滴、青翠欲滴。

常 11 漩

形解 字本作淀，形聲；從水，旋省聲。旋是周旋，所以水中回流爲漩。

音義 ㄒㄩㄢˊ 名①旋轉的水流；例漩澴。②旋轉的水渦；例漩渦。

參考①又音ㄒㄩㄢˋ。②與「璇」同音而義不同：璇，又作「琁」是一種美玉。

12 **漩渦** ㄒㄩㄢˊ ㄨㄛ ㈠水的廻旋處。㈡比喻足以牽累他人的糾紛。

常 11 漾

形解 形聲；從水，羕聲：水名，漾水爲漾。

音義 一ㄤˋ 名地水名，即漢水的上流，源陝西寧羌縣北的嶓冢山。動①泛舟；例漾舟玄圃。②用盪動的方式來拋擲；例漾瓦塊兒。③吐出；例漾酸水。形長遠的；例「川既漾而濟深。」④水面微微動蕩；例「漣漪繁波漾。」⑤液體溢出來；例桶裏的水漾出來了。

參考①「漾」字從「永」不從「水」。②與「模樣」的「樣」音同而義不同。

14 **漾漾** 一ㄤˋ 一ㄤˋ ㈠水波動蕩的樣子。㈡不在意的樣子。

▽蕩漾、幌漾。

常 11 漓

形解 形聲；從水，离聲。水滲入地爲漓。

音義 ㄌㄧˊ 形①淺薄的，通「醨」；例風俗澆漓。②滲透往下流滴的；例淋漓。

參考①與「灕」音同而義有別：灕，水名，即灕江。②與「縭」、「璃」、「樆」同音而義不同：縭，彩巾；璃，只用於「玻璃」、「琉璃」；樆，山梨。

▽淋漓、澆漓。

常 11 漠

形解 形聲；從水，莫聲。北方的流沙爲漠。

音義 ㄇㄛˋ 名①廣大而無水草的積沙地帶；例大漠。②特指我國蒙古高原大沙漠；例漠南漠北。形靜寂的；例眞人恬漠。副①冷淡地；例漠視。②不關心地；例漠然置之。

參考和「寂寞」的「寞」，「驀然回首」的「驀」字同音而義異。

4 **漠不關心** ㄇㄛˋ ㄅㄨˋ ㄍㄨㄢ ㄒㄧㄣ 對人對事冷淡之至，毫不關心。漠：冷淡的樣子。

參考 參閱「漫不經心」條。

11 **漠視** ㄇㄛˋ ㄕˋ 忽視，不關心。

參考 參閱「忽視」條。

12 **漠然** ㄇㄛˋ ㄖㄢˊ 冷淡而不關心的樣子。例漠然不覺。

▽沙漠、空漠、索漠、冷漠、大漠、荒漠、朔漠。

常 11 漬

形解 形聲；從水，責聲。浸漬爲漬。

音義 ㄗˋ 名①汚痕；例墨漬。②地面積水；例排漬。③一種醬過的瓜類；例瓜漬。動①浸入水中；例天下沈漬。②沾染；例漬病。③油泥等黏在上面難以除去；例不讓精密機器漬上油泥。

參考①同浸，染。②字從責，卻不可讀成ㄗㄜˊ。

▽浸漬、沈漬、風漬、漸漬、泡漬、汚漬。

常 11 漏

形解 形聲；從水，屚聲。屚從尸，尸是房屋，所以雨水入屋爲屚。今作「漏」。

音義 ㄌㄡˋ 名①佛煩惱的別名；例三界中三種漏。②屋子的西北角安置神主的深暗處；例不愧屋漏。③器物上的破洞；例鍋漏。④姓。動①(東西)從孔或縫中流出或落下；例房屋漏水。②逃避；例漏稅。③溢出；例淫雨漏河。④逃脫；例漏網之魚。⑤穿過；例朱弘漏越。⑥引誘；例「特地說些風話，漏你下手。」⑦脫失；例千緒萬端，罔有遺漏。⑧醫中醫學指精液不固；例漏精。⑨泄漏；例走漏風聲。形破舊的；例窮閻漏屋。

參考①注意和「露」(ㄌㄡˋ)字的分別，除了「洩露」可以作「洩漏」而意思略近者外，其餘用法都不同。②「瘻管」的簡稱作「瘺」，如「痔瘺」，亦可作「痔漏」。

4 **漏斗** ㄌㄡˋ ㄉㄡˇ 引導液體流入他器的喇叭形用具。

5 **漏卮** ㄌㄡˋ ㄓ ㈠有漏洞的酒器。㈡豪飲的人。㈢比喻權利被外人所剝奪。

8 **漏夜** ㄌㄡˋ ㄧㄝˋ 深夜。(例)漏夜趕路。

9 **漏洞** ㄌㄡˋ ㄉㄨㄥˋ ㈠可漏出東西的縫隙。㈡比喻說話行事中的破綻或不周密的地方。

12 **漏脯充飢** ㄌㄡˋ ㄈㄨˇ ㄔㄨㄥ ㄐㄧ 比喻只顧眼前的利益，而忘卻日後的害處。

▽遺漏、屋漏、刻漏、沙漏、滲漏、洩漏、疎漏、脫漏、更漏、夜漏、破漏、吞舟是漏、不愧屋漏。

(次) 11

漂

[形解] 形聲；從水，票聲。票有輕揚的意思，所以浮在水上爲漂。

[音義] ㄆㄧㄠ (動)①浮動；(例)流血漂櫓。②震動；(例)漂搖。③吹，通「飄」；(例)風其漂女。

ㄆㄧㄠˇ (動)使潔白；(例)漂白。

ㄆㄧㄠˋ (形)美麗的；(例)漂亮。

[參考]「飄」和「漂」都是「浮動」的意思，「飄」，在空中浮動；「漂」，在水上浮動，但有時二字可互通。

5 **漂白** ㄆㄧㄠˇ ㄅㄞˊ 除去紡織纖維材料或紙漿中所含色質的過程。

8 **漂泊** ㄆㄧㄠ ㄅㄛˊ ㈠隨流漂盪或停泊。㈡比喻行止不定，居無定所。

9 **漂亮** ㄆㄧㄠˋ ㄌㄧㄤˋ ㈠美觀。㈡出色。

[參考] 參閱「美麗」條。

漂洋過海 ㄆㄧㄠ ㄧㄤˊ ㄍㄨㄛˋ ㄏㄞˇ 航海，到外國去。

▽浮漂、萍漂、水漂。

(常) 11

漢

[形解] 形聲；從水，難省聲。水勢盛大爲漢。

[音義] ㄏㄢˋ (名)①種族名，我國五大民族之一；(例)漢族。②〔史〕朝代名：(i)劉邦所建，分西漢、東漢。(ii)漢末三國之一，劉備所建，即蜀漢。(iii)晉時前趙本號爲漢。(iv)五代十國之一，即北漢。(v)五代十國之一，即南漢。③〔天〕天河；(例)河漢。④〔地〕水名，即漢水，源於陝西，經湖北入長江。⑤成年男子的通稱；(例)老漢。⑥「中國」的別稱；(例)漢字。⑦姓。(形)漢族的；(例)漢語。

[參考] 我國五大族爲：漢、滿、蒙、回、藏。

6 **漢奸** ㄏㄢˋ ㄐㄧㄢ 指出賣祖國利益的民族敗類。

▽惡漢、好漢、醉漢、西漢、兩漢、河漢、東漢、銀漢、老漢、後漢、大漢、壯漢、無情漢、阿羅漢、無賴漢、門外漢、流浪漢、彪形大漢。

(常) 11

滿

[形解] 形聲；從水，㒼聲。㒼是平，水置於容器中必先平而後滿，所以盈溢爲滿。

[音義] ㄇㄢˇ (名)①種族名，我國五大族之一；(例)滿族。②姓。(動)充溢；(例)「山雨欲來風滿樓。」(形)①全，遍；(例)滿天星斗。②圓而不缺的；(例)思君如滿月。③驕傲；(例)自滿。④已到限度的；(例)假期已滿。⑤滿足的；(例)滿意。(副)①頗，很；(例)他滿高興的。②足了，夠了；(例)錢繳滿了

[參考] ①(反)損。②(同)盈。

5 **滿目蕭然** ㄇㄢˇ ㄇㄨˋ ㄒㄧㄠ ㄖㄢˊ 所看到的全是悽涼的景象。

7 **滿足** ㄇㄢˇ ㄗㄨˊ ㈠完滿充足。㈡願望達成，無所貪求。(例)滿足現狀。

[參考] 與「滿意」、「得意」有別：「滿足」是覺得夠了，或使人感到不缺什麼；「滿意」是滿足自己的願望，符合自己的心意，可用於工作、學習、討論等方面；「得意」是稱心如意，多指自身的感受，現在多用於驕傲、自滿方面。

9 **滿城風雨** ㄇㄢˇ ㄔㄥˊ ㄈㄥ ㄩˇ 比喻一件事發生後，很快就轟動起來，到處議論紛紛。

滿面春風 ㄇㄢˇ ㄇㄧㄢˋ ㄔㄨㄣ ㄈㄥ 形容高興、得意的神情。

12 **滿腔熱血** ㄇㄢˇ ㄑㄧㄤ ㄖㄜˋ ㄒㄧㄝˇ 比喻正義的情緒激昂。

13 **滿載而歸** ㄇㄢˇ ㄗㄞˋ ㄦˊ ㄍㄨㄟ 有了大收穫而回來。

滿腹經綸 ㄇㄢˇ ㄈㄨˋ ㄐㄧㄥ ㄌㄨㄣˊ 比

喩才識豐富，常指對政治方面的才學。

參考 與「學富五車」有別：後者形容書讀得多，學問大，不含「很有才能」之意；當强調「很有才能」時，宜用前者。

▽盈滿、圓滿、充滿、豐滿、飽滿、期滿、月滿、自滿、小豐滿、大豐滿、印堂飽滿。

常 11
滯
形解 形聲；從水，帶聲。帶有拘制的意思，所以凝滯爲滯。

音義 ㄓˋ 動 ①停止；例流而不滯。②拘制；例凝滯於物。形 ①殘漏的；例彼有遺秉，此有滯穗。②停留不動的；例滯流。③難以銷售的；例和璧變爲滯貨。

參考 ①「滯」和「遲」義雖相近，但「遲」多形容時間；「滯」多指動作。②「停滯」、「呆滯」的「滯」音ㄓˋ，常誤讀爲ㄉㄞ。

15 滯銷 ㄓˋ ㄒㄧㄠ 貨物賣不出去。

滯：停止。

▽凝滯、停滯、留滯、沉滯、呆滯、積滯。

常 11
漆
形解 形聲；從水，桼聲。水名，漆水爲漆。

音義 ㄑㄧ 名 ①植 木名，落葉喬木，樹皮的黏汁可做成塗料以塗抹器物；例漆樹。②各種黏液狀塗料的統稱，分天然漆與人造漆二類。③地 水名，源於陝西，流入渭水。④姓。動 用漆塗抹；例上漆。形 黑色的；例漆車藩蔽。ㄑㄩ 形 像漆一般黑的；例漆黑。

12 漆黑 ㄑㄧ ㄏㄟ ㈠顏色烏黑。㈡光線很暗。

參考 衍 漆黑一團。

16 漆器 ㄑㄧ ㄑㄧˋ 塗漆的器物。

▽膠漆、光漆、油漆、烏漆、上漆、水泥漆、反光漆、如膠似漆。

常 11
漱
形解 形聲；從水，敕聲。敕是用口含吮，所以口中含水盪滌口腔爲漱。

音義 ㄙㄡˋ 動 ①含水沖盪（口腔）；例盥漱。②洗滌；例諸母不漱裳。ㄕㄨˋ 動 用水洗滌口腔。

參考 「漱」、「嗽」有別：「漱口」、「漱洗」的「漱」，字從「氵」（水）；「咳嗽」的「嗽」從「口」，音ㄙㄡˋ。

3 漱口 ㄕㄨˋ ㄎㄡˇ 用水洗盪口腔，使之清潔。

5 漱石枕流 ㄙㄡˋ ㄕˊ ㄓㄣˇ ㄌㄧㄡˊ 形容隱居生活的清高。

▽盥漱、淨漱、含漱、滌漱。

常 11
漸
形解 形聲；從水，斬聲。水名，漸水爲漸。

音義 ㄐㄧㄢˋ 副 慢慢地；例漸入佳境。ㄐㄧㄢ 動 ①流入；例東漸於海。②侵漬；例漸車帷裳。③埋沒；例斯路漸。

參考 ①「漸」字和「慚愧」的「慚」（ㄘㄢˊ）形近而音義各不同。②字雖從斬，但不可以讀成ㄓㄢˇ。

2 漸入佳境 ㄐㄧㄢˋ ㄖㄨˋ ㄐㄧㄚ ㄐㄧㄥˋ 比喻境況逐漸好轉或興味逐漸濃厚。

漸漸 ㄐㄧㄢˋ ㄐㄧㄢˋ ㈠慢慢地，逐漸地。㈡水流的樣子。

參考 ①又作「漸次」。②與「慢慢」有別：前者常用來指事物的變化，表示程度或數量逐步增減；後者用於具體的動作或抽象的行爲，是慢的重迭形式，表示所費的時間很長。

▽逐漸、東漸、漸漸、文風東漸。

常 11
漲
形解 形聲；從水，張聲。張有廣大的意思，所以水勢增大爲漲。

音義 ㄓㄤˋ 動 ①體積增大；例豆子泡漲了。②瀰漫；例煙塵漲天。③湧起；例其後沙漲。④多出；例漲出半尺布。ㄓㄤˇ 動 ①水量增多；例漲水。②水面上升；例水漲船高。③（價格）提高；例漲價。形 盛大的；例色漲桃花然。

參考 ①字與「脹」、「賬」、「帳」音同而義不同：「膨脹」、「賬單」、「蚊帳」諸詞，都不作「漲」。②「漲」，當作「水位升提、物價提高」時唸ㄓㄤˇ，如：水漲船高、漲落；當「體積增大、充血」的意思，都唸ㄓㄤˋ，如：頭昏腦脹、漲大。

15 **漲潮** ㄓㄤˇ ㄔㄠˊ 由於月球和太陽的引力作用，海洋水面發生漲落，水面上升時的過程。

▽積漲、上漲、怒漲、高漲、暴漲、水漲、猛漲、飛漲。

常11 **漣** 形解 形聲；從水，連聲。波瀾壯闊爲漣。

音義 ㄌㄧㄢˊ 名 風吹水面牽引而起的波紋；例「濯清漣而不妖。」副 流淚的樣子；例 泫漣落。

14 **漣漪** ㄌㄧㄢˊ ㄧ ㈠水面上的波紋。㈡比喻小小的騷動。

▽漪漣、清漣、流漣、微漣、淪漣、心漣。

常11 **漕** 形解 形聲；從水，曹聲。以水道轉運穀物爲漕。

音義 ㄘㄠˊ 名 ①河渠；例 通溝大漕。②地 春秋衞國地名，在今河南滑縣南。③姓。動 由水路轉運糧食；例 漕粟於趙。

ㄗㄠˋ 名 姓。

參考「水槽」的「槽」不可用「漕」字。

13 **漕運** ㄘㄠˊ ㄩㄣˋ ㈠水道運輸。㈡舊時東南各省，從水路運米粟，供給京師或軍旅，或分儲倉廒。

▽運漕、海漕、轉漕、通溝大漕。

常11 **漫** 形解 形聲；從水，曼聲。曼有引長的意思，所以水勢廣大爲漫。

音義 ㄇㄢˋ 名 姓。動 水滿出；例 其流波漫。形 ①遍布的；例 漫山遍野。②不著邊際的；例 空作漫語。③不拘束的；例 浪漫。副 ①徒然地；例 當初漫留華表語。②莫，別；例 漫說。③隨意地；例 漫卷詩書喜欲狂。

ㄇㄢˊ 動 盈滿；例 桃李漫山總粗俗。形 長遠的；例 故園東望路漫漫。

參考 ①「漫」作副詞用時，通「慢」字。②與「慢」同音而義異：「慢」，有緩慢，不快的意思，「浪漫」、「漫山遍野」均不可作「慢」；而「快慢」、「緩慢」也不能作「漫」。又「漫步」指隨心所欲毫無目的的行走，如：太空漫步；「慢步」指慢慢走，二詞詞義不同。

3 **漫山遍野** ㄇㄢˋ ㄕㄢ ㄅㄧㄢˋ ㄧㄝˇ 比喻很多，到處都是。

4 **漫天** ㄇㄢˋ ㄊㄧㄢ ㈠布滿天空。漫：充滿。例 漫天大雪。㈡形容無邊無際，毫無限制的。例 漫天討價。

漫不經心 ㄇㄢˋ ㄅㄨˋ ㄐㄧㄥ ㄒㄧㄣ 極不留心。

參考 與「漠不關心」有別：前者指隨隨便便地，不放在心上；後者是冷冷淡淡地，毫不關心。

7 **漫步** ㄇㄢˋ ㄅㄨˋ 隨意走走。

12 **漫畫** ㄇㄢˋ ㄏㄨㄚˋ 一種具有強烈的諷刺性或幽默性的繪畫。

漫無止境 ㄇㄢˋ ㄨˊ ㄓˇ ㄐㄧㄥˋ ㈠形容一眼望不到盡頭，毫無邊際的。㈡比喻說話抓不住中心，沒完沒了。

參考 同漫無邊際。

漫無目的 ㄇㄢˋ ㄨˊ ㄇㄨˋ ㄉㄧˋ 散漫，沒有目標。

13 **漫遊** ㄇㄢˋ ㄧㄡˊ 隨意的，不受拘束地遊覽。

參考 與「周遊」有別：前者是人或動物(尤其水生動物)隨意遊玩；後者是指人有明確計畫地四處遊歷。

14 **漫漫** ㄇㄢˋ ㄇㄢˋ ㈠形容時間或距離長遠。例 長夜漫漫。㈡放縱，不自檢束。

15 **漫談** ㄇㄢˋ ㄊㄢˊ 隨意談談。

16 **漫罵** ㄇㄢˋ ㄇㄚˋ 放肆亂罵。

▽瀰漫、散漫、汗漫、浪漫、流漫、淼漫、天眞爛漫。

常11 **漪** 形解 形聲；從水，猗聲。水波爲漪。

音義 ㄧ 名 水面上的波紋；例「頒首承綠漪。」助 同「兮」、「猗」；例「河水清且漣漪。」

參考 與「猗」、「欹」同音，而在當助詞或歎詞用時可通，其他的意思則不同。

常11 **漯** 形解 形聲；從水，累聲。水名，漯河爲漯。

音義 ㄊㄚˋ 名地水名，古代黃河的支流，源河南武涉縣分支，行今黃河北，經河北到山東，改行今黃河南，向東注入渤海。

ㄌㄟˇ 名地水名，源山西雁門關。

ㄌㄨㄛˋ 名地水名，即漯河，流經山東、河南兩省。

常11
澈
解形 形聲；從水，徹省聲。徹是通暢，所以水澄清爲澈。

音義 ㄔㄜˋ 動①了悟；例大澈大悟。②首尾貫通，同「徹」；例澈底。形清明的；例清澈見底。

參考 參閱「徹」字條。

8 **澈底** ㄔㄜˋ ㄉㄧˇ 一直到底，形容深入貫澈，無所遺留。又作「徹底」。

9 **澈查** ㄔㄜˋ ㄔㄚˊ 澈底追查，以見根底。

10 **澈悟** ㄔㄜˋ ㄨˋ 能夠從頭到尾完全地了解參悟。

常11
滬
解形 形聲；從水，扈聲。水名，滬江爲滬。

音義 ㄏㄨˋ 名①地水名，即滬瀆，松江的下流，在上海市東北。②地「上海市」的簡稱；例滬杭甬鐵路。

常11
漁
解形 形聲；從水，魚聲。捕魚爲漁。

音義 ㄩˊ 名姓。動①捕魚；例命漁師始漁。②用不正當的手段謀取或侵奪；例漁利。

參考 ①又作「漁」。②打魚的人是「漁夫」而非「魚夫」。③凡是與魚業有關的事務都作「漁」字，而不用「魚」字，如：漁火、漁業、漁訊、漁場、漁港、漁人之利等是。

2 **漁人得利** ㄩˊ ㄖㄣˊ ㄉㄜˊ ㄌㄧˋ 比喻雙方爭持不下，卻使第三者佔了便宜。

參考 同鷸蚌相爭。

4 **漁火** ㄩˊ ㄏㄨㄛˇ 漁船上的燈火。例江楓漁火對愁眠。

9 **漁利** ㄩˊ ㄌㄧˋ 用不正當的手段謀取利益。例從中漁利。

▽捕漁、打漁、漁師始漁、竭澤而漁。

常11
滲
解形 形聲；從水，參聲。水往下漉漏爲滲。

音義 ㄕㄣˋ 動①液體慢慢地由物體的表面透入或漏出；例滲透。②一種勢力逐漸侵入別的勢力組織；例有奸細滲入。

參考 不可誤讀爲ㄘㄢ。

12 **滲透** ㄕㄣˋ ㄊㄡˋ (一)兩種氣體或液體，彼此能通過多孔性物質的間壁而互相混合的作用。(二)軍軍隊利用敵人部署的空隙，秘密地滲入敵人的作戰行動。

常11
滌
解形 形聲；從水，條聲。清洗盪濯爲滌。

音義 ㄉㄧˊ 動①洗濯；例滌器。②掃除；例滌場。形放盪的；例狄成滌濫之音作。

參考 ①同洗，濯，清。②字從條而不可讀成ㄊㄠ。

16 **滌蕩** ㄉㄧˊ ㄉㄤˋ (一)搖動。(二)洗除。又作「滌盪」。

▽浣滌、洗滌、清滌。

常11
漿
解形 形聲；從水，將省聲。酢漿爲漿。

音義 ㄐㄧㄤ 名較濃的汁液；例豆漿。②呈糊狀的液體固體混合物；例泥漿。動衣服洗淨後用粉汁或米汁浸過，曬乾後可以平挺而不易弄髒；例漿洗衣服。

參考 ①和划船用的「船槳」的「槳」(ㄐㄧㄤˇ)字形近而義不同：一從「水」、一從「木」，二字不可混用。②字本作「漿」，或省作「[illegible]」。

次11
滸
解形 形聲；從水，許聲。水邊的土厓爲滸。

音義 ㄏㄨˇ 名水邊；例在河之滸。形描摹伐木聲；例伐木滸滸。

▽水滸、鳥滸。

次11
漉
解形 形聲；從水，鹿聲。過濾爲漉。

音義 ㄌㄨˋ 動①水漫漫的下滲；例滋液滲漉。②竭盡；例母漉陂池。③濾清；例漉我新熟酒。

次 11 **溥** 形解 形聲；從水，專聲。露水重多爲溥。

音義 ㄊㄨㄢˊ 形露多的；例溥溥零露。

次 11 **漚** 形解 形聲；從水，區聲。以水浸泡，使之柔軟爲漚。

音義 ㄡ 名①水泡；例浮漚。②動水禽名，通「鷗」；例有好漚鳥者。

ㄡˋ 動①在水中長時間的浸泡。②老是溼著。

參考「漚」、「嘔」，音同義異。

次 11 **潁** 形解 形聲；從水，頃聲。水名，潁水爲潁。

音義 ㄧㄥˇ 名①地河名，出河南，經安徽入淮水。②物的尖端，通「穎」；例五穀垂潁。③比喻才能出衆的人；例摧苗落潁。

次 11 **漘** 形解 形聲；從水，脣聲。脣有邊緣的意思，所以水邊山厓爲漘。

音義 ㄔㄨㄣˊ 名水邊；例在河之漘。

參考 同滸。

次 11 **漊** 形解 形聲；從水，婁聲。婁爲縷之省，有連綿的意思，所以小雨連綿不絕爲漊。

音義 ㄌㄡˊ 名地水名。即九溪河，源湖北鶴峯縣，入澧水。

ㄌㄩˇ 形飲酒不醉的。副小雨不停的樣子。

次 11 **漶** 形解 形聲；從水，患聲。漫漶爲漶。

音義 ㄏㄨㄢˋ 副漫漶，模糊不清，難測的樣子；例漶滅。

次 11 **滹** 形解 形聲；從水，虖聲。水名，滹沱河爲滹。

音義 ㄏㄨ 名地滹沱，水名，源出山西泰戲山，東流爲子牙河的上游，至天津入海。

次 11 **漭** 形解 形聲；從水，莽聲。水勢盛大爲漭。

音義 ㄇㄤˇ 副漭漭，水廣遠的樣子；例涉漭漭。

參考「漭」與「莽」、「蟒」，音同義異。

次 11 **滷** 形解 形聲；從水，鹵聲。鹵象鹽粒形，所以含鹽分的鹹水爲滷。

音義 ㄌㄨˇ 名①鹹水。②滷味，烹飪法之一，先放水於鍋內，加入醬油、葱、薑等佐料，再把食物放入，用慢火燉燒即成。形用鹹汁調治的；例滷蛋。

次 11 **潨** 形解 形聲；從水，衆聲。衆有衆多的意思，所以衆多小溪流匯聚成大河爲潨。

音義 ㄓㄨㄥ 名衆水會合的地方。

次 11 **漵** 形解 形聲；從水，敍聲。水邊爲漵。

音義 ㄒㄩˋ 名地水名，源湖南漵浦縣，北入沅江，古名序水。

次 11 **滫** 形解 形聲；從水，脩聲。脩有修長的意思，所以久浸爲滫。

音義 ㄒㄧㄡˇ 名米泔水，即淅米汁；例漸之滫中。

參考 亦作「糔」。

次 11 **漦** 形解 形聲；從水，𠩺聲。水順流而下爲漦。

音義 ㄌㄧˊ 名唾液；例龍漦。形順流的。

參考「漦」與「犛」、「氂」、「釐」，音同義異。

常 12 **潼** 形解 形聲；從水，童聲。水名，潼水爲潼。

音義 ㄊㄨㄥˊ 名①地水名，即潼水，出廣漢梓潼北界，南入涪江。②地關名，即潼關，在陝西東部潼關縣。

參考 與「僮」、「獞」、「橦」、「艟」、「瞳」同音而義不同：僮，未成年的人；獞，蠻族名；

橦，木名；艟，大的戰船；瞳，眼珠。

㊅12 **澄** 解形 形聲；從水，登聲。水靜止而清澈爲澄。

音義 ㄔㄥˊ 動 使清；例澄清事實。形 靜止而清澈的；例澄江靜如練。副 清楚地；例澄察善惡。

參考 ①「澄清」的「澄」同「澂」（ㄔㄥˊ）字。②與「橙」字音同而義不同：「橙」，是水果名，如：「柳橙」，又「橙色」不可作「澄」。

8 **澄明** ㄔㄥˊ ㄇㄧㄥˊ 清澄明亮。

11 **澄清** ㄔㄥˊ ㄑㄧㄥ ㈠明淨，清澈。㈡比喻變混亂爲治平。㈢渾水變清的過程。例澄清法。

參考 衍 澄清湖。

14 **澄澈** ㄔㄥˊ ㄔㄜˋ 水清見底，清澈不已。例鏡湖澄澈，清流瀉注。

▽清澄、平澄、明澄、虛澄。

㊅12 **潑** 解形 形聲；從水，發聲。發聲有離去的意思，所以棄水爲潑。

音義 ㄆㄛ 動 猛力傾倒液體使之迅速散開；例潑油救火。形 ①惡劣凶頑而蠻不講理的；例潑賊。②生動有活力的；例活潑。副 方 有魄力地；例他幹事很潑。

參考 和「撥弄」、「撥雲見日」的「撥」（ㄅㄛ）字形近義異而容易誤用。

11 **潑婦** ㄆㄛ ㄈㄨˋ 指蠻不講理而愛吵鬧的婦女。

14 **潑辣** ㄆㄛ ㄌㄚˋ ㈠凶惡，毒辣。㈡有魄力，沒有顧忌。例大膽潑辣，敢作敢爲。

㊅12 **潦** 解形 形聲；從水，尞聲。地上的雨水爲潦。

音義 ㄌㄠˇ 名 地 古水名，即今潦河，源河南南陽縣。副 ①不齊地；例潦草。②不得志地；例潦倒。

ㄌㄠˇ 名 路上的積水；例洞酌行潦。形 雨勢大的；例潦水盡而寒潭清。

ㄌㄠˋ 動 淹水，通「澇」；例比年水潦。

參考 與「燎」同音而義不同：「燎」字，是焚燒，故從「火」；「潦」字，是積水，故從「水」。

10 **潦草** ㄌㄠˇ ㄘㄠˇ 草率，不認眞。

潦倒 ㄌㄠˇ ㄉㄠˇ ㈠落拓不羈，舉止不知檢束。㈡失意落魄而不得志。

㊅12 **潔** 解形 形聲，從水，絜聲。潔淨爲潔。

音義 ㄐㄧㄝˊ 動 修治；例潔身自好。形 ①乾淨的；例粢盛不潔。②端正的；例廉潔。

5 **潔白** ㄐㄧㄝˊ ㄅㄞˊ 乾淨清潔。

參考 ①反 汚穢。②副 潔白如玉。

7 **潔身** ㄐㄧㄝˊ ㄕㄣ 保持自身的純潔，不同流合汚。例潔身自好。

參考 ①參閱「明哲保身」條。②衍 潔身上進、潔身自負、潔身自愛。

11 **潔淨** ㄐㄧㄝˊ ㄐㄧㄥˋ 清潔乾淨。

▽簡潔、玉潔、高潔、純潔、清潔、不潔、廉潔、貞潔、洗潔、整潔、冰清玉潔。

㊅12 **澆** 解形 形聲；從水，堯聲。灌漑爲澆。

音義 ㄐㄧㄠ 動 ①淋，灑；例洗竹澆花興有餘。②灌漑；例灌地。③灌注；例澆鉛字。形 輕薄的；例澆風下黷。

參考 字從堯聲，但不可讀成ㄧㄠˊ。

17 **澆薄** ㄐㄧㄠ ㄅㄛˊ ㈠人情風俗不夠淳厚。㈡器物的不牢固。

參考 同「澆漓」。

㊅12 **潭** 解形 形聲；從水，覃聲。水名，潭水爲潭。

音義 ㄊㄢˊ 名 ①深水池，比湖稍小的水域；例日月潭。②水邊；例江潭。③方 坑洞；例獅潭。④姓。形 深的，通「覃」；例潭奧。

參考 ①與「沼澤」的「澤」音義各不同：「澤」，音ㄗㄜˊ，衆水匯聚處。②與「譚」、「醰」同音而義不同：「譚」可通「談」，義爲談論；「醰」，醇厚。

▽寒潭、江潭、碧潭、清潭、明潭、深潭、綠潭、劍潭、虎穴龍潭。

㊅12 **潛** 解形 形聲；從水，朁聲。涉入水中爲潛。

音義 ㄑㄧㄢˊ 動①在水面下游動；例潛水。②伏流；例河水所潛也。形①隱藏的；例潛龍勿用。②秘密的；例同惡潛謀。副偷偷地；例潛逃。

參考①不可和「潸然」的「潸」(ㄕㄢ)，「誣譖」的「譖」(ㄗㄣˋ)二字混淆。②字或作「濳」。

4
潛心 ㄑㄧㄢˊ ㄒㄧㄣ 專心做事。

潛水艇 ㄑㄧㄢˊ ㄕㄨㄟˇ ㄊㄧㄥˇ 軍在水中進行戰鬥活動的軍艦，具有良好隱蔽性，以暗中施放魚雷、擔任戰役偵察、偷襲敵人大中型艦船和岸上重要目標爲目的。簡稱「潛艇」。

6
潛伏 ㄑㄧㄢˊ ㄈㄨˊ 隱藏，埋伏。

參考 衍潛伏期。

11
潛移默化 ㄑㄧㄢˊ ㄧˊ ㄇㄛˋ ㄏㄨㄚˋ 人的思想或性格不知不覺受到環境或別人的感染、影響而發生變化。

13
潛意識 ㄑㄧㄢˊ ㄧˋ ㄕˋ 介於意識與無意識之間，平時潛伏的意念，遇到特別刺激時就會浮現出來。又叫「下意識」、「半意識」。

▽深潛、沈潛、下潛、隱潛。

常 12
潸

形解 形聲；從水，散省聲。散就是散字，所以哭泣時眼淚散流爲潸。

音義 ㄕㄢ 副①流淚的樣子；例潸然淚下。②下雨的樣子；例疏林日暮雨潸潸。

參考 或作「澘」。

12
潸然 ㄕㄢ ㄖㄢˊ 流淚的樣子。例潸然流涕。

15
潸潸 ㄕㄢ ㄕㄢ (一)傷心地哭泣著。(二)下雨不停的樣子。

常 12
潮

形解 形聲；從水，朝聲。海水定時漲落，所以在早上上漲的爲潮。

音義 ㄔㄠˊ 名①受日月引力影響而定時漲落的海水；例不覺青林沒晚潮。②像潮水般湧動的東西；例思潮。動水漲；例海水上潮。形①微溼的；例征衫潮潤。②如潮水般的；例運動高潮。

參考①參閱「汐」字條。②與「嘲笑」的「嘲」同音而義不同。

6
潮汐 ㄔㄠˊ ㄒㄧˋ 天由於月球和太陽引力的作用，所引起海洋水面周期性的升降現象。潮，日間漲的海潮；汐，夜間漲的海潮。

9
潮流 ㄔㄠˊ ㄌㄧㄡˊ (一)天海水受潮汐影響而產生的周期性流動，和潮汐的周期一致。在海峽、海灣口及河口中，因受兩岸的影響，形成往復的水流。(二)比喻時代或社會發展的趨勢。

參考 衍新潮流、時代潮流。

17
潮濕 ㄔㄠˊ ㄕ 由於下雨太多造成空氣或土壤濕潤而多水氣。

▽江潮、退潮、漲潮、怒潮、風潮、思潮、暗潮、海潮、浪潮、落潮、浙江潮。

常 12
澎

形解 形聲；從水，彭聲。水波相擊爲澎。

音義 ㄆㄥˊ 名地名用字，如澎湖列島、澎浪磯等。ㄆㄥ 動濺射；例澎了一身水。形水波聲；例汩活澎濞。

參考 音ㄆㄥˊ時與「膨」、「蟚」同音而義不同：「膨」，脹大，如「膨脹」；「蟚」，蟹類動物名。

常 12
潺

形解 形聲；從水，孱聲。水流聲爲潺。

音義 ㄔㄢˊ 形描摹水聲或雨聲；例谷水潺潺。副水流緩慢的樣子；例混沌而潺湲。

15
潺潺 ㄔㄢˊ ㄔㄢˊ (一)形容水聲。(二)形容雨聲。

參考 衍潺潺流水。

常 12
潰

形解 形聲；從水，貴聲。漏水爲潰。

音義 ㄎㄨㄟˋ 動①(大水)沖破堤防或水壩，致使水外溢；例大水潰出。②敗散；例當之者潰。③發怒；例有洸有潰。④腐爛；例潰瘍。⑤突破；例潰陷。ㄏㄨㄟˋ 瘡潰爛；例潰膿。

參考①「不虞匱乏」的「匱」(ㄎㄨㄟˋ)字不可作「潰」。②音ㄎㄨㄟˋ時，與「憒」、「饋」、「簣」同音而義不同：憒，心智昏亂；饋，致贈，進食；簣，竹籠。

4
潰不成軍 ㄎㄨㄟˋ ㄅㄨˋ ㄔㄥˊ ㄐㄩㄣ 形容軍隊被攻打得七零八落，

四處逃竄，已不成隊伍。

參考 ①反勢如破竹。②與「落花流水」有別：表示慘敗時，前者只用於軍隊或其他隊伍；後者不在此限，如「地方政權」、「舊世界」等都能用。前者還能形容因缺糧等其他原因而致散亂；後者可比喻事物殘敗零落。

11 **潰敗** ㄎㄨㄟˋ ㄅㄞˋ 形容戰爭徹底失敗，有如山崩堤決一般。

12 **潰散** ㄎㄨㄟˋ ㄙㄢˋ 軍隊戰敗，四處逃竄。

14 **潰瘍** ㄎㄨㄟˋ ㄧㄤˊ ㈠醫皮膚或黏膜表面組織壞死脫落後所形成的缺損，形成的原因主要有局部感染、外傷、血液循環障礙、營養機能失調或神經系統反射性營養障礙等。㈡植植物的皮層或表皮受菌類侵害或物理因素，所造成的損傷。

▽決潰、崩潰、亂潰、洸潰。

常 12 **潤** 形解 形聲；從水，閏聲。浸潤爲潤。

音義 ㄖㄨㄣˋ 名①利益；例分潤。②雨水；例比日密雲，逐無大潤。動①修飾，使有光澤；例富潤屋，德潤身。②使不乾枯；例潤一潤喉。③施予恩澤；例功潤諸侯。④受惠；例潤澤。⑤報酬；例潤筆。形①溼濡的；例山雲蒸而柱礎潤。②細膩光滑的；例潤澤。

12 **潤筆** ㄖㄨㄣˋ ㄅㄧˇ 請人作書畫、文字時，所給予的酬資。

參考 與「閏」同音而義不同：「閏年」、「閏月」不可作「潤」。

參考 同潤毫。

16 **潤澤** ㄖㄨㄣˋ ㄗㄜˊ ㈠名詞，滋潤而帶有光澤。㈡動詞，使滋潤。㈢比喻施給別人恩惠。

▽光潤、滋潤、溼潤、濡潤、浸潤、豐潤、利潤、圓潤、珠圓玉潤。

常 12 **澗** 形解 字本作「澗」，形聲；從水，閒聲。兩山間的水流爲澗。俗作「澗」。

音義 ㄐㄧㄢˋ 名兩山間的水溝；例于澗之中。

參考 ①「溪」和「澗」的分別是：「溪」，是山間的小河；而「澗」，是小水流，較「溪」爲小。②與「覵」、「鐧」同音而義不同：覵，窺視；鐧，車軸鐵。

▽溪澗、山澗、清澗、深澗。

常 12 **潘** 形解 形聲；從水，番聲。番有分別的意思，所以洗米水爲潘。

音義 ㄆㄢ 名①淘米水；例使疾而遺之潘沐。②姓。

參考 與「藩」音義各不同：藩，音ㄈㄢ，本義爲籬笆，又可引申爲屏障、保衛。

11 **潘陸** ㄆㄢ ㄌㄨˋ 人西晉太康時詩人潘岳與陸機的合稱，他們都是太康體的代表作家。例降及元康，潘陸詩秀。

次 12 **潾** 形解 形聲；從水，粦聲。流水清澈而美麗爲潾。

音義 ㄌㄧㄣˊ 形潾潾，水清澈的。

參考 「潾」與「嶙」、「鄰」、「璘」，音同義異。

次 12 **澇** 形解 形聲；從水，勞聲。水名，澇水爲澇。

音義 ㄌㄠˊ 名①地水名，在山西，入汾水。②大波；例飛澇相磢。ㄌㄠˋ 動被水淹沒；例其域恆澇。

參考 反旱。

次 12 **濆** 形解 形聲；從水，賁聲。賁有高大的意思，所以水邊的懸崖爲濆。

音義 ㄆㄣ 動噴水，通「噴」。ㄈㄣˊ 名①地水名，在河南郾城，是汝水的支流。②水涯；例鋪敦淮濆。

次 12 **澒** 形解 形聲；從水，項聲。水銀爲澒。

音義 ㄏㄨㄥˋ 名尚未形成的雲氣；例澒濛鴻洞。形澒洞，雲氣瀰漫的。副水既深且廣的樣子；例澒湧。

次 12 **澍** 形解 形聲；從水，尌聲。尌爲樹之省，所以能滋生萬物的及時雨爲澍。
音義 ㄕㄨˋ 名 ①及時雨；例冀蒙嘉澍。②姓。動 滋潤；例澍濡。
ㄓㄨˋ 動 通「注」。
參考 「澍」、「尌」、「樹」，音同義異。

次 12
澉
形解 形聲；從水，敢聲。食物味道清淡爲澉。
音義 ㄍㄢˇ 名 ①澉浦，地名，在浙江省。②姓。動 洗滌；例澹澉手足。
參考 「澉」與「撖」、「橄」，音同義異。

次 12
澌
形解 形聲；從水，斯聲。斯有窮盡的意思，所以河水乾涸爲澌。
音義 ㄙ 動 完全消滅；例澌滅。形 形容聲音散亂的；例風雨澌澌。
參考 「澌」、「撕」，音同義異。
13 **澌滅** ㄙ ㄇㄧㄝˋ 消滅淨盡。例形體澌滅。

次 12
潢
形解 形聲；從水，黃聲。積水的小池塘爲潢。
音義 ㄏㄨㄤˊ 名 地 水名，源湖北麻城縣，入淮河。②積水池；例娥輪泛淺潢。動 裝褫字畫或室內的裝飾；例裝潢。
參考 俗作「璜」。
▽裝潢、陂潢、星潢、天潢、流潢、池潢。

次 12
潏
形解 形聲；從水，矞聲。矞有滿出的意思，所以水勢盛大而湧出爲潏。
音義 ㄐㄩㄝˊ 名 ①在水中塡成的陸地。②地 水名，一在陝西，一在山西。動 水湧出來；例酆鎬潦潏。

次 12
潯
形解 形聲；從水，尋聲。尋有歧出的意思，所以旁支的深水爲潯。
音義 ㄒㄩㄣˊ 名 ①地 水名，在廣西桂平縣，爲黔、鬱二江合流的總稱。②九江的別稱；例潯陽江頭夜送客。③水邊；例江潯。

次 12
潠
形解 形聲；從水，巽聲。噴水聲爲潠。
音義 ㄙㄨㄣˋ 動 ①從嘴裏噴出；例含酒三潠。②刷洗。
參考 又音 ㄒㄩㄣˋ。

次 12
澂
形解 形聲；從水，徵省聲。清澂爲澂。
音義 ㄔㄥˊ 名 地 江名，雲南縣名，瀕撫仙湖。動 澄清，同「澄」；例淵源誰澂？

次 12
潲
形解 形聲，從水，稍聲。稍有剩餘的意思，所以洗米剩下的水爲潲。
音義 ㄕㄠˋ 動 ①雨經風吹而斜掃；例雨往南潲。②洒水；例潲水。③用泔水飼豬。

次 12
潟
形解 形聲；從水，舄聲。海水侵入陸地，殘留而形成的鹹地爲潟。
音義 ㄒㄧˋ 名 土質帶鹹而瘠薄的地方；例鹹潟用貆。
12 **潟湖** ㄒㄧˋ ㄏㄨˊ 地 海岸附近，泥沙堆積成堤防狀，海水爲其攔截而形成的湖沼。

次 12
澔
形解 形聲；從水，皓聲。水勢廣大爲澔。
音義 ㄏㄠˋ 形 ①澔汗，玉石光彩映耀的。②澔翰，同「浩」。

常 13
濂
形解 形聲；從水，廉聲。廉有狹小的意思，所以薄冰爲濂。
音義 ㄌㄧㄢˊ 名 地 溪水名，即濂溪，在湖南道縣。

常 13
澱
形解 形聲；從水，殿聲。殿有落後的意思，所以渣滓爲澱。
音義 ㄉㄧㄢˋ 名 ①可作染料的藍色汁液，由藍葉製成，俗作「靛」。②渣滓；例沉澱。
參考 與「臀」音義不同：臀，音ㄊㄨㄣˊ，俗稱屁股爲「臀部」，切不可讀成ㄉㄧㄢˋ ㄅㄨˋ。
▽沉澱。

常 13
澡
形解 形聲；從水，喿聲。洒手爲澡。

音義 ㄗㄠˇ 名 沐浴；例洗了一個澡。動①清洗；例澡頰。②修潔；例澡身浴德。

參考①擊藻。②與「浴」、「沐」有別：古稱洗頭爲「沐」，洗身爲「浴」，洗手爲「澡」，今通稱「沐浴」爲「洗澡」。

11 **澡堂** ㄗㄠˇ ㄊㄤˊ 供人洗澡的場所。亦作「澡堂子」、「澡塘」。

▽洗澡、沖澡、鴛鴦澡。

常 13 **濃** 形解 形聲；從水，農聲。農有厚重的意思，所以露多爲濃。

音義 ㄋㄨㄥˊ 形①多而厚的；例濃嵐橫入半江青。②顏色深的；例濃綠。③感情摯厚的；例情深意濃。④酣熟的；例綽約佳人睡正濃。⑤茂密的；例濃林。

參考①同深，厚。②反淡，淺，薄。③凡從農聲的字都有厚的意思，如醲，酒厚；襛，衣厚等是。

9 **濃郁** ㄋㄨㄥˊ ㄩˋ 香氣很濃厚。

濃厚 ㄋㄨㄥˊ ㄏㄡˋ ㈠程度深。常用於興趣、氣氛、色彩、意識等。㈡稠密。例煙霧濃厚。

參考與「深厚」用法有別：前者可形容抽象事物和具體事物；後者常用來形容感情、友誼、情誼、基礎等抽象事物。

▽酒濃、情濃、美濃、情深意濃。

常 13 **澤** 形解 形聲；從水，睪聲。光澤爲澤。

音義 ㄗㄜˊ 名①衆水積聚處；例大澤。②光亮的顏色；例美澤。③恩惠；例德澤。④流風餘韻；例君子之澤。⑤氣味；例香澤襲人。⑥雨露；例「澤滲灕而下降。」⑦姓。

參考與「選擇」的「擇」同音而義不同。

11 **澤國** ㄗㄜˊ ㄍㄨㄛˊ ㈠河水和湖泊很多的地方。

參考 衍水鄉澤國。

▽遺澤、恩澤、光澤、膏澤、手澤、潤澤、色澤、德澤、水澤、聖澤、厚澤、袍澤、美澤、陂澤、沼澤、洪澤。

常 13 **濁** 形解 形聲；從水，蜀聲。水名，濁水爲濁。

音義 ㄓㄨㄛˊ 名①天星名，即畢宿。②姓。形①渾黃不清的；例江頭看濁浪。②醜陋的；例濁吏。③低沉粗重的；例聲音重濁。④混亂的；例濁代。」

參考①反清。②與「鐲」同音而義不同：鐲，戴在手腕上的環飾，如玉鐲。

5 **濁世** ㄓㄨㄛˊ ㄕˋ ㈠宗佛家指紅塵世界。㈡亂世。

▽汚濁、混濁、重濁、清濁、塵濁、黑濁、渾濁、溷濁。

常 13 **澧** 形解 形聲；從水，豊聲。水名，澧水爲澧。

音義 ㄌㄧˇ 名地①水名，源河南桐柏縣，南入唐河。②澧水，水名，是湖南四大河之一，分南、北、中三源，會合後注入洞庭湖。

常 13 **澳** 形解 形聲；從水，奧聲。奧有隱密的意思，所以水邊彎曲凹入處爲澳。

音義 ㄠˋ 名①可停泊船舶的天然港灣；例南方澳。②地洲名，即「澳大利亞洲」的省稱。③地「澳門」的簡稱。

ㄩˋ 名岸邊水流彎曲處，通「隩」；例「瞻彼淇澳。」

常 13 **激** 形解 形聲；從水，敫聲。流水遇阻礙向旁斜出所形成的疾波爲激。

音義 ㄐㄧ 名姓。動①水勢受阻而湧起或加速；例激流。②衝撞；例衝激。③振奮；例以激其意。④打擊；例如何禁得驟雨一激？形①躁急的；例激動。②明澈的；例脣如激丹。③快疾的；例激流。副急劇地；例激增。

參考①與「繳」有別：繳，音ㄐㄧㄠˇ，交納，如繳稅。②「感激」、「激勵」的「激」字，音ㄐㄧ，常被人誤讀成ㄐㄧˊ或ㄐㄧˋ。

6 **激光** ㄐㄧ ㄍㄨㄤ 物利用特殊裝置所發出一種單色性很強，能量高度集中，並朝著單一方向發射的光。和普通的發光不同。可用於材料的打孔、焊接、切割以及精密測量，雷達、遠距離通信、醫療衛生和科學研究等方面。又名「雷射」。

參考 衍 激光通信、激光雷達、激光測距儀。

9 **激怒** ㄐㄧˋ ㄋㄨˋ 因受刺激而發怒。

激昂 ㄐㄧ ㄤˊ (一)情緒激動高昂。例慷慨激昂。(二)奮發振作。

10 **激烈** ㄐㄧ ㄌㄧㄝˋ 强烈。例壯懷激烈。

參考 參閱「猛烈」條。

11 **激將** ㄐㄧ ㄐㄧㄤˋ 用反面的話刺激他人，使之努力奮起去做某事。

參考 衍 激將法。

激動 ㄐㄧ ㄉㄨㄥˋ (一)名詞，因受刺激而致情緒衝動。(二)動詞，使人感情衝動。例激動人心。

15 **激賞** ㄐㄧ ㄕㄤˇ 非常欣賞。

16 **激奮** ㄐㄧ ㄈㄣˋ 激動、振奮。

激勵 ㄐㄧ ㄌㄧˋ 激發勉勵。

參考 ①又作「激厲」。②與「激奮」有別：前者爲及物動詞，對象爲人；後者指激動振奮，爲不及物動詞。

激濁揚清 ㄐㄧ ㄓㄨㄛˊ ㄧㄤˊ ㄑㄧㄥ 比喻掃除壞人，表彰好人。激：沖去；濁：髒水；清：清水。

17 **激盪** ㄐㄧ ㄉㄤˋ 動盪。例水波激盪。

▽感激、衝激、憤激、刺激、偏激、奮激、受激、無限感激。

常 13 **澹** 解形 形聲；從水，詹聲。水搖盪爲澹。

音義 ㄉㄢˋ 名姓。形①清淡的；例澹月。②安定的；例澹災。副恬靜地；例使海內澹然。ㄊㄢˊ 名澹臺，複姓；例澹臺滅明。

參考「澹」和「淡」通用，但「淡」不能讀成 ㄊㄢˊ，也不能用爲姓氏。

8 **澹泊** ㄉㄢˋ ㄅㄛˊ 生活平靜，不追求名利。

▽恬澹、澄澹、平澹、濃澹、慘澹、澹澹。

次 13 **澶** 解形 形聲；從水，亶聲。水名，澶淵爲澶。

音義 ㄔㄢˊ 名地①澶淵，古湖澤名，在河北濮陽縣。②古州名，因澶淵而得名。形縱逸的；例澶漫。副水靜地；例澶湉。

次 13 **澣** 解形 形聲，從水，幹聲。幹有動作的意思，所以在水中洗濯爲澣。

音義 ㄏㄨㄢˋ 名唐代制度，每十天休息洗沐一次，因稱每月上、中、下旬，爲上、中、下澣。動洗濯，同「浣」；例薄澣我衣。

參考 又音 ㄏㄢˋ、ㄨㄢˇ。

▽濯澣、漱澣、滌澣。

次 13 **濇** 解形 形聲；從水，嗇聲。嗇有不順的意思，所以遲滯不滑爲濇。

音義 ㄙㄜˋ 形滯，不滑，同「澀」；例濇毛。

次 13 **澦** 解形 形聲；從水，預聲。地名，灩澦堆爲澦。

音義 ㄩˋ 名地灩澦堆，地名，在四川奉節縣瞿塘峽口，巉崖矗立江中，爲舟行之患。

次 13 **澼** 解形 形聲；從水，辟聲。在水中漂布的聲音爲澼。

音義 ㄆㄧ 動漂洗；例「世世以洴澼絖爲業。」

參考「澼」、「僻」、「擗」，音同義異。

次 13 **澠** 解形 形聲；從水，黽聲。水名，澠池爲澠。

音義 ㄇㄧㄢˇ 名地水名，源河南澠池縣廣陽山，南入穀水。ㄕㄥ 名地水名，在山東臨淄縣古齊城外，入時水。

參考「澠」、「繩」，音同義異。

次 13 **潞** 解形 形聲；從水，路聲。水名，潞水爲潞。

音義 ㄌㄨˋ 名地水名，即河北的白河，爲北運河的上游。②姓。

參考「潞」、「璐」、「路」，音同義異。

次 13 **濊** 解形 形聲；從水，歲聲。歲有創傷的意思，傷則有礙，所以水流受阻不順爲濊。
音義 ㄏㄨㄛ 形濊濊，描摹魚網投入水中的聲音。
ㄏㄨㄟ 副水多的樣子。
ㄨㄟ 名地水名，出河北平山縣。形汙濊的，通「穢」；例「盡滌濁濊。」副深廣地；例「湛恩汪濊。」

次13 澨 形解 形聲；從水，筮聲。水邊土人所積增的土岸爲澨。
音義 ㄕˋ 名①地水名，源湖北京山縣，東入漢水。②水邊；例江澨。
參考「澨」與從口解釋爲食的「噬」，音同義異。

次13 澥 形解 形聲；從水，解聲。海灣內的水域是屬於大海的別枝爲澥。
音義 ㄒㄧㄝˋ 名斷水；例「浮勃澥。」
參考「澥」與「懈」、「邂」，音同義異。

次13 澮 形解 形聲；從水，會聲。水名，澮水爲澮。
音義 ㄎㄨㄞˋ 名①地水名，源山西翼城縣，入汾河。②小流；例商推涓澮。③田間水溝；例溝澮。
參考「澮」與「儈」、「獪」、「噲」，音同義異。

常14 濘 形解 形聲；從水，寧聲。泥濘爲濘。
音義 ㄋㄧㄥˊ 名路上積水而形成的爛泥；例泥濘。動牽滯；例不濘車輪。
ㄋㄥˋ 形稀糊的；例濘泥。

常14 濱 形解 形聲；從水，賓聲。水涯爲濱。
音義 ㄅㄧㄣ 名水邊；例湖濱。動臨近；例濱海。
▽海濱、水濱、河濱、江濱、砂濱。

常14 濟 形解 形聲；從水，齊聲。水名，濟水爲濟。
音義 ㄐㄧˋ 動①渡河；例濟河而西。②救助；例濟困扶危。③補益；例無濟於事。④成功；例「以人從欲鮮濟。」⑤增加；例「盍請濟師于王？」⑥停止；例不能旋濟。⑦利用；例萬民以濟。
ㄐㄧˇ 名地水名，即濟水，在河南，流入黃河。
參考與「擠」有別：擠，音ㄐㄧˇ，壓榨、聚集。

8 濟事 ㄐㄧˋ ㄕˋ ㈠事情順利成功。㈡活不久的樣子，通常指垂危的病人。
9 濟急 ㄐㄧˋ ㄐㄧˊ 救助別人的急難。例緩不濟急。
10 濟弱扶傾 ㄐㄧˋ ㄖㄨㄛˋ ㄈㄨˊ ㄑㄧㄥ 扶助弱小民族或國家。
17 濟濟一堂 ㄐㄧˇ ㄐㄧˇ ㄧˊ ㄊㄤˊ 許多人聚集在一起。
▽救濟、經濟、接濟、無濟、助濟、同舟共濟、人才濟濟、和衷共濟。

常14 濠 形解 形聲；從水，豪聲。護城河爲濠。
音義 ㄏㄠˊ 名①護城河；例城濠。②凹溝；例戰濠。③地州名，在今安徽鳳陽縣東北。
參考「護城河」也作「溝」，所以「濠」、「溝」常連用作「濠溝」，爲同義複詞。

常14 濛 形解 形聲；從水，蒙聲。蒙有模糊不明的意思，所以細雨爲濛。
音義 ㄇㄥˊ 形形容漫天細雨的；例零雨其濛。
參考讀成ㄇㄥˊ聲的字，多有模糊不清的意思，如「濛」、「矇」、「朦」、「瞢」、「懵」等是。
▽空濛、迷濛、昏濛、細雨濛濛。

常14 濤 形解 形聲；從水，壽聲。波濤爲濤。
音義 ㄊㄠ 名①大波浪；例鼓怒而作濤。②聲音似濤的；例松濤。
參考又音ㄊㄠˊ。

常14 濫 形解 形聲；從水，監聲。氾濫爲濫。
音義 ㄌㄢˋ 名浮華語；例除煩去濫。動①漫溢；例泛濫。

②違禮越軌；例小人窮斯濫矣。副隨意地；例罰不濫加。

參考 與「亂」有別：亂，音ㄌㄨㄢˋ本義爲絲線紛紜理不出頭緒，引申有無秩序、無條理的意思，如「桌上好亂」，而不可作「濫」。

5
濫用 ㄌㄢˋ ㄩㄥˋ 過度地使用。例濫用公款。

參考 與「亂用」有別：前者指不必或不該用而用；後者指該用這個，而卻用了那個。

9
濫竽充數 ㄌㄢˋ ㄩˊ ㄔㄨㄥ ㄕㄨˋ 比喻沒有才能而占據某一職位。語出韓非子・內儲說上。

15
濫調 ㄌㄢˋ ㄉㄧㄠˋ 浮泛空洞的言論。例陳腔濫調。

18
濫觴 ㄌㄢˋ ㄕㄤ ㈠水流的源頭。㈡事情的開端。

▽汜濫、泛濫、浮濫。

常 14
濯

形解 形聲；從水，翟聲。洗除衣垢爲濯。

音義 ㄓㄨㄛˊ 名姓。動①洗滌；例濯纓濯足。②祈神以清除罪惡；例「曲賜湔濯。」

參考 ①同洗，滌。②與「擢」音同而義殊：「擢」爲拔取、提拔的意思，如「擢升」、「擢用」。③不可讀作ㄉㄧˊ。

17
濯濯 ㄓㄨㄛˊ ㄓㄨㄛˊ ㈠光明的樣子。㈡肥壯的樣子。㈢山上沒有草木的樣子。例童山濯濯。

▽盥濯、洗濯、漱濯、滌濯、浣濯、童山濯濯。

常 14
澀

形解 形聲；從水，歰聲。歰從四止，有不滑的意思，所以不滑爲澀。

音義 ㄙㄜˋ 形①不滑的；例輪軸發澀，該上油了。②味覺的一種，能使舌頭味蕾有麻木感；例苦澀的柿子。③文字生硬難懂；例文字生澀。④不暢通的；例塗澀無人行。副遲鈍地；例澀於言論。

參考 ①又作「澁」、「濇」。②與「滯」有別：二字都有阻礙不通的意思，但「滯」之程度較深，指完全凝聚不通；「澀」，則指不滑順，但不至於不通。

▽晦澀、苦澀、艱澀、生澀、阮囊羞澀。

常 14
濬

形解 形聲；從水，睿聲。睿有深通的意思，所以鑿通水道爲濬。

音義 ㄐㄩㄣˋ 動疏通或鑿深水道；例濬川。形深沉的；例濬哲維商。

ㄒㄩㄣˋ 名〔地〕濬縣，在河南北部。

參考 ①又作「濬」。②同浚。

常 14
濡

形解 形聲；從水，需聲。水名，濡水爲濡。

音義 ㄖㄨˊ 名〔地〕水名，在河北易縣；也稱北易水或北濡水。動①霑溼；例伸紙濡毫，用紓悃愫。②沾染；例耳濡目染。形潤澤的；例六轡如濡。

參考 ①同染，沾。②作「沾染」解時，是說聽得多，看得多了以後，無形中受到潛移默化的影響。

9
濡染 ㄖㄨˊ ㄖㄢˇ ㈠受影響而同化。例目濡耳染。㈡浸溼。例濡染大筆何淋漓？

次 14
濩

形解 形聲；從水，蒦聲。屋檐流水爲濩。

音義 ㄏㄨㄛˋ 名姓。動烹煮，通「鑊」；例「是刈是濩。」副屋簷雨水向下流的樣子。

次 14
濕

形解 形聲；從水，㬎聲。水名，濕水爲濕。

音義 ㄕ 名〔醫〕六氣之一，因濕度過大，影響人體致病；例風濕。動①濕生；例胎卵濕化。②沾潤；例冷露無聲濕桂花。形含有水分的；例濕布。

參考 俗作「溼」。

▽潮濕、浸濕、潤濕、風濕、瀼瀼濕濕、江州司馬青衫濕。

次 14
濞

形解 形聲；從水，鼻聲。山洪暴發的聲音爲濞。

音義 ㄆㄧˋ 名大水暴發的聲音；例濞焉洶洶。

參考 「濞」、「渒」，音同義異。

次 14 **濮** 形解 形聲；從水，僕聲。水名，濮河為濮。

音義 ㄆㄨˊ 名①〔人〕古夷族名，殷、周時分布于江、漢一帶；例百濮。②〔地〕山東縣名，在魯冀交界處。③〔地〕古水名。④姓。

次 14 **濰** 形解 形聲；從水，維聲。水名，濰河為濰。

音義 ㄨㄟˊ 名①〔地〕水名，源山東莒縣，入渤海。②〔地〕山東縣名之一，膠濟鐵路經此。

常 14 **瀉** 形解 形聲；從水，寫聲。水向下急流為瀉。

音義 ㄒㄧㄝˋ 動①水向下急流或湧出；例一瀉千里。②拉肚子；例上吐下瀉。

參考 參閱「泄」字條。

19 **瀉藥** ㄒㄧㄝˋ ㄧㄠˋ 通大便的藥物。

常 14 **瀋** 形解 形聲；從水，審聲。湯汁為瀋。

音義 ㄕㄣˇ 名①汁液；例墨瀋未乾。②〔地〕遼寧省省會「瀋陽市」的簡稱；例瀋吉鐵路。

常 15 **濾** 形解 形聲；從水，慮聲。慮是細察謀思的意思，所以除去雜質為濾。

音義 ㄌㄩˋ 名過濾氣體或液體的裝置；例濾清器。動使液體或氣體經過特殊裝置，除去所含雜物或渣質；例過濾。

13 **濾過性病毒** ㄌㄩˋ ㄍㄨㄛˋ ㄒㄧㄥˋ ㄅㄧㄥˋ ㄉㄨˊ 生構造最簡單的生物，一般顯微鏡無法觀察到的絕對寄生性病原體，通常由核酸及蛋白質組成。

▽過濾、滲濾、篩濾。

常 15 **瀆** 形解 形聲；從水，賣聲。賣有流通的意思，所以流水用的溝渠為瀆。

音義 ㄉㄨˊ 名①水溝；例溝瀆。②大水，江、河、淮、濟為四瀆；例四瀆樓船泛。③姓。動①輕慢；例「上交不諂，下交不瀆。」②冒犯；例「瀆則不告。」

參考 動溝，渠。

18 **瀆職** ㄉㄨˊ ㄓˊ (一)沒有盡到職務上應盡的責任和義務。(二)〔法〕公務員違反職務上的操守和義務所成立的罪。

常 15 **濺** 形解 形聲；從水，賤聲。水疾射為濺。

音義 ㄐㄧㄢˋ 動水受衝激而向四處飛散；例水花四濺。副水流急速地；例出浦水濺濺。

▽水花四濺、水鳴濺濺。

常 15 **瀑** 形解 形聲；從水，暴聲。暴有快速的意思，所以疾雨為瀑。

音義 ㄆㄨˋ 名瀑布，從山上懸崖陡坡傾瀉而下的流水，遠看像白布一般地垂落；例飛瀑。

ㄅㄠˋ 名①暴雨。②姓。動水流激飛；例拊拂瀑沫。

5 **瀑布** ㄆㄨˋ ㄅㄨˋ 山裏懸崖陡坡傾瀉下來的水流，遠看像垂掛著的白布。亦簡稱「瀑」。

▽飛瀑、懸瀑、垂瀑。

常 15 **瀏** 形解 形聲；從水，劉聲。水流清澈為瀏。

音義 ㄌㄧㄡˊ 形清涼的；例瀏若清風。副①風吹疾勁地；例風瀏瀏而夙興。②水深地。

參考 另有作「美好」解的「瀏」字，二字不可混用。

21 **瀏覽** ㄌㄧㄡˊ ㄌㄢˇ 隨意翻看。例瀏覽書籍。

參考 與「閱讀」有別：前者指大略地看書報、雜誌以及風景等事物；後者指認眞地看文字方面的東西，並領會其內容。

次 15 **瀍** 形解 形聲；從水，廛聲。水名，瀍河為瀍。

音義 ㄔㄢˊ 名〔地〕水名，源出河南孟津縣，東流入洛水。

參考「瀍」與左從糸解釋為繞的「纏」字，音同義異。

次 15 **瀁** 形解 形聲；從水，養聲。水名，瀁水為瀁。

音義 ㄧㄤˇ 副水面廣大地；例瀁瀁且潮平。

參考 ①又音ㄧㄤˋ。②與解釋為拋擲的「漾」字，音同義異。

次 15 **瀅**

解形 形聲；從水，瑩聲。瑩有小的意思，所以小水流稱爲汀瀅。

音義 一ㄥˊ 形①水澄清的；例曲江汀瀅水平杯。②水流迴旋的；例瀅瀠。

參考 與解釋爲光潔的「瑩」字，音同義異。

次 15 **瀦**

解形 形聲；從水，豬聲。積水的地方爲瀦。

音義 ㄓㄨ 名積水的地方。

參考 亦作「潴」。

次 15 **濼**

解形 形聲；從水，樂聲。水名，濼水爲濼。

音義 ㄆㄛ 名湖沼，通「泊」；例梁山濼。

ㄌㄨㄛˋ 名地濼水，源山東歷城城西北，東入大清河。

參考 ①「濼」解釋爲湖泊時，又音 ㄆㄛˋ。②音 ㄆㄛ 時，多用作我國湖泊名。

常 16 **瀟**

解形 形聲；從水，蕭聲。字本作「潚」，肅有蕭索的意思，所以水深而清爲潚。俗作「瀟」。

音義 ㄒㄧㄠ 名地水名，在湖南，即瀟水，在零陵縣入湘水。形風雨急驟的；例風瀟瀟兮易水寒。

參考 又作「潚」。

18 **瀟瀟** ㄒㄧㄠ ㄒㄧㄠ 形容風雨暴急的樣子。例風雨瀟瀟。

22 **瀟灑** ㄒㄧㄠ ㄙㄚˇ 自然大方，毫不拘束的樣子。又作「蕭洒」。

常 16 **瀨**

解形 形聲；從水，賴聲。水流沙上爲瀨。

音義 ㄌㄞˋ 名①急流；例「抑減怒瀨。」②多沙石的淺水；例「石瀨兮淺淺。」

參考 與「癩」、「籟」同音而義異：「癩」，即痲瘋病；「籟」，聲響。

▽石瀨、淺瀨、急瀨、清瀨。

常 16 **瀚**

解形 形聲；從水，翰聲。瀚海爲瀚。

音義 ㄏㄢˋ 形廣大的；例浩瀚無垠。

參考 「翰林」、「翰墨」的「翰」不可寫作「瀚」。

常 16 **瀝**

解形 形聲；從水，歷聲。水往下滴爲瀝。

音義 ㄌㄧˋ 名①剩餘的水酒；例時賜餘瀝。②雨聲；例淅瀝。動①過濾；例瀝酒。②滴下；例瀝血。③表陳；例披肝瀝膽。

6 **瀝血** ㄌㄧˋ ㄒㄩㄝˋ (一)滴血。(二)發誓。例瀝血之仇。(三)比喻深痛的樣子。

8 **瀝青** ㄌㄧˋ ㄑㄧㄥ (一)黑色油狀體或固體的礦物，和砂及油類相混和後，可作道路鋪料及防水、防腐的塗料。又稱「柏油」。(二)松脂的別名。

17 **瀝膽披肝** ㄌㄧˋ ㄉㄢˇ ㄆㄧ ㄍㄢ 比喻竭誠相對待。瀝，又作「露」。

▽滴瀝、披瀝、淋瀝、餘瀝、淅瀝。

常 16 **瀕**

解形 會意；從頁，從涉。頁是人，涉爲徒步過水，所以人涉深水，頻眉蹙頞而止爲瀕。

音義 ㄅㄧㄣ 名水邊；例海瀕廣瀉。形靠近的；例瀕海。副迫臨地；例瀕死。

參考 ①又音 ㄆㄧㄣˊ。②同濱。③與解釋作「屢次」的「頻」字不可混用，如「頻頻揮手」的「頻頻」不作「瀕瀕」。

6 **瀕危** ㄅㄧㄣ ㄨㄟˊ 臨危，迫近危險。

17 **瀕臨** ㄅㄧㄣ ㄌㄧㄣˊ 臨近。

參考 又音 ㄆㄧㄣˊ ㄌㄧㄣˊ。

常 16 **瀛**

解形 形聲；從水，嬴聲。大海爲瀛。

音義 一ㄥˊ 名①大海；例流芳播滄瀛。②池澤；例倚沼畦瀛。形廣大的；例瀛海。

參考 ①字從女，不可從貝誤作「瀛」。②東瀛，本指東海，今借指日本國。

16 **瀛寰** 一ㄥˊ ㄏㄨㄢˊ 地球上水陸的總稱。瀛：大海；寰：寰宇。例瀛寰志略。

▽東瀛、滄瀛。

次 16 **瀧**

解形 形聲；從水，龍聲。龍有迷濛不清的意思，所以細雨連綿，瀧瀧不停爲瀧。

音義 ㄌㄨㄥˊ 名湍急的河流；例七里瀧。動浸漬。形瀧瀧，形容水聲。

ㄕㄨㄤ 名地①水名，源湖南臨武縣，入粵之東江。②瀧水鎭在廣東省南部。

參考 音ㄌㄨㄥˊ作名詞解時，多用於地名。

次 16 **瀠** 形解 形聲；從水，縈聲。縈有圍繞的意思，所以大水迴旋爲瀠。

音義 一ㄥˊ 副瀠洄，水流迴旋的樣子。

參考 與解釋爲水流聲的「瀯」字，音同義異。

9 **瀠洄** 一ㄥˊ ㄏㄨㄟˊ 水流廻旋的。

次 16 **瀘** 形解 形聲；從水，盧聲。水名，瀘水爲瀘。

音義 ㄌㄨˊ 名地水名：①瀘水，今金沙江在蜀宜賓以上至雲南四川交界處的一段；例五月渡瀘，深入不毛。②瀘水，即今怒江。

次 16 **瀣** 形解 形聲；從水，韰聲。海水形成的蒸氣爲瀣。

音義 ㄒㄧㄝˋ 名沆瀣，夜間的水氣；例「夏餐沆瀣。」

常 17 **瀾** 形解 形聲；從水，闌聲。大水波爲瀾。

音義 ㄌㄢˊ 名大的波浪；例推波助瀾。

ㄌㄢˋ 形分散雜亂的；例瀾漫狼藉。

參考 ①字從「闌」不從「蘭」，故不可誤寫作「灡」。②與「讕」同音而義異：讕，誣妄的話，如「讕言」。

14 **瀾漫** ㄌㄢˋ ㄇㄢˋ ㈠分散雜亂的樣子。例「道瀾漫而不修。」㈡形容色彩濃厚。例黃吻瀾漫赤。㈢歡情洋溢。例「留連瀾漫。」

▽波瀾、力挽狂瀾、推波助瀾。

常 17 **瀰** 形解 形聲；從水，彌聲。水勢廣大爲瀰。

音義 ㄇㄧˊ 形水滿的；例「既清而瀰。」副布滿地，通「彌」；例煙霧瀰漫。

ㄇㄧˇ 副水流盛滿地；例河水瀰瀰。

14 **瀰漫** ㄇㄧˊ ㄇㄢˋ ㈠形容大水的。㈡滿布的樣子。例戰雲瀰漫。㈢水勢盈滿。

次 17 **瀼** 形解 形聲；從水，襄聲。襄有盛多的意思，所以露水盛多爲瀼。

音義 ㄖㄤˊ 形瀼瀼，露水濃多的。

ㄖㄤˇ 名①自山間流至江河的溪水。②地瀼河鎭，在河南。③瀼水，在山西。

次 17 **瀺** 形解 形聲；從水，毚聲。石頭在水中或隱或現爲瀺。

音義 ㄔㄢˊ 名手足所出的汗水；例「病必入中，出及瀺水。」形形容水注入隙穴的聲音；例「碓投瀺穴。」

次 17 **瀲** 形解 形聲；從水，斂聲。水波揚溢爲瀲灩。

音義 ㄌㄢˋ 名水邊；例「青蕃蔚乎翠瀲。」形水滿溢的；例「瀲浹瀲灩。」

27 **瀲灩** ㄌㄢˋ 一ㄢˋ ㈠水滿出來的。㈡兩水相連的地方。

次 17 **瀹** 形解 形聲；從水，龠聲。沈浸於熱水中加以烹煮爲瀹。

音義 ㄩㄝ 動①浸漬；例「其實皆瀹。」②烹煮；例瀹茗。③疏通(河道)；例「瀹濟漯。」

參考 ①又音一ㄠˋ。②與從火解釋爲火光的「爚」字，音同義異。

常 18 **灌** 形解 形聲；從水，雚聲。水名，灌水爲灌。

音義 ㄍㄨㄢˋ 名姓。動①注入；例百川灌河。②澆水；例灌田。③飲；例灌酒。

參考 同溉，注，澆。

4 **灌木** ㄍㄨㄢˋ ㄇㄨˋ 植無明顯主幹且較低矮的木本植物，基部多分枝或叢生，如酸棗、紫穗槐等是。

參考 ①反喬木。②衍灌木叢。

8 **灌注** ㄍㄨㄢˋ ㄓㄨˋ ㈠用水注入。㈡將思想觀念注入對方。又作

「灌輸」。

[12] **灌溉** ㄍㄨㄢˋ ㄍㄞˋ 〔農〕利用渠道或管道輸水到田間，澆灌農田，滿足作物需水要求的措施。方式有地面灌溉、人工降雨、滴灌及地下灌溉等。

[16] **灌輸** ㄍㄨㄢˋ ㄕㄨ 注入。

▽澆灌、沃灌、浸灌、賜灌、強灌。

㊇ 18

灃

形解 形聲；從水，豐聲。水名，灃水爲灃。

音義 ㄈㄥ 名〔地〕水名，灃水，源陝西寧陝縣，入渭河。

㊇ 18

灊

形解 形聲；從水，鬵聲。水名，即今四川的渠江。

音義 ㄑㄢˊ 名〔地〕古水名，即四川的渠江。

㊇ 18

灉

形解 形聲；從水，雝聲。灉河爲灉。

音義 ㄩㄥ 名①〔地〕水名，灉河源山東曹縣，入黃河。②潰決流出復還流入的河水；例灉沮會同。

㊥ 19

灑

形解 形聲；從水，麗聲。灑水爲灑。

音義 ㄙㄚˇ 動①散水；例「涕淚所灑，松草變色。」②散落；例灑了一地杜鵑花。③洗滌；例「清灑舊京。」④拋投；例灑網捕魚。

參考 和「洒」字同，但用作自稱的「洒」或「洒家」，則不可以用「灑」字。

[11] **灑脫** ㄙㄚˇ ㄊㄨㄛ 態度自然豪爽，不受拘束的樣子；例舉止灑脫。同蕭灑，灑落。

灑淚 ㄙㄚˇ ㄌㄟˋ 揮灑眼淚，形容非常感動或悲傷的樣子。

㊥ 19

灘

形解 形聲；從水，難聲。水濡而乾爲灘。

音義 ㄊㄢ 名①水淺流急，沙石淤積的地方；例「卻放輕舟下急灘。」②近水邊的沙地；例沙灘。

㊇ 19

灕

形解 形聲；從水，離聲。離有分離的意思，所以水滲入地中爲灕。

音義 ㄌㄧˊ 名〔地〕水名，灕江，源廣西興安縣，爲桂江的上游。

㊇ 21

灞

形解 形聲；從水，霸聲。水名，灞水爲灞。

音義 ㄅㄚˋ 名〔地〕①水名，源陝西藍田縣，北流入渭河。②灞上，古地區名，今陝西藍田西，因地處灞水西原上，故名。

㊇ 21

灝

形解 形聲；從水，顥聲。豆子湯爲灝。

音義 ㄏㄠˋ 名豆汁。形水勢盛大的；例灝漾潢漾。

㊇ 22

灣

形解 形聲；從水，彎聲。彎有曲的意思，所以水流彎曲爲灣。

音義 ㄨㄢ 名①水流彎曲處；例河灣。②海岸深曲可以停泊船的地方；例膠州灣。動停泊；例灣船。

▽臺灣、港灣、海灣、深灣、河灣、長灣、肥沃月灣。

㊇ 23

灤

形解 形聲；從水，欒聲。水名，灤河爲灤。

音義 ㄌㄨㄢˊ 名〔地〕河名，即灤河，源察哈爾省，經熱河、河北，注入渤海。

㊇ 24

灨

形解 形聲；從水，贛聲。水名，贛水爲灨。

音義 ㄍㄢˋ 名〔地〕①江名，即江西的贛江。②「江西省」的簡稱；例浙灨鐵路。

㊇ 28

灩

形解 形聲；從水，豔聲。水面廣闊相連爲灩。

音義 ㄧㄢˋ 名〔地〕灩澦堆，蜀東長江瞿塘峽口的巨石，附近水流多湍急。形瀲灩，水滿溢的。

參考 亦作「灎」。

【火部】

ㄏㄨㄛˇ

0 ㊣ **火** 形解 象形；象火燄燃燒形。

音義 ㄏㄨㄛˇ 名①物體氧化時所產生光和熱的現象；例火焰。②古兵制十人爲一火。③羣體，通「伙」、「夥」；例這一火人。④武器彈藥的總稱；例軍火。⑤五行之一；例金木水火土。⑥醫中醫稱病因之一爲火；例動了肝火。⑦姓。動①燃燒；例不以火田。②發怒；例他一火，誰都不理了。形赤紅色的；例火腿。副緊急地；例十萬火急。

2 **火力** ㄏㄨㄛˇ ㄌㄧˋ ㈠靠燃燒煤炭而產生的動力。㈡軍槍炮射擊威力遠近。

參考 ①衍火力發電。②㈡又稱「射擊威力」。

3 **火山** ㄏㄨㄛˇ ㄕㄢ 地殼內噴出熔岩及碎屑物質堆積而成的錐形山。

參考 衍火山口、火山作用。

4 **火化** ㄏㄨㄛˇ ㄏㄨㄚˋ ㈠用火焚化屍體。即火葬。㈡以火烹煮食物。

火中取栗 ㄏㄨㄛˇ ㄓㄨㄥ ㄑㄩˇ ㄌㄧˋ 猴子唆使貓去取出爐火中烤著的栗子。結果栗子讓猴子吃了，貓不但沒吃著，還燒掉了腳毛，又被女僕發現。比喻冒險替別人賣力，吃盡了苦果，却一無所得。

參考 反坐享其成。

7 **火車** ㄏㄨㄛˇ ㄔㄜ 靠蒸汽力、電力發動，行駛於陸地鐵道的一種車交通工具。

8 **火併** ㄏㄨㄛˇ ㄅㄧㄥˋ 同夥人互相決裂之後，彼此拼鬥。

9 **火星** ㄏㄨㄛˇ ㄒㄧㄥ 天太陽系中九大行星之第四星，距太陽十五天文單位，有二個衞星。

火冒三丈 ㄏㄨㄛˇ ㄇㄠˋ ㄙㄢ ㄓㄤˋ 非常生氣，氣憤到了極點。

參考 同大爲光火。

10 **火候** ㄏㄨㄛˇ ㄏㄡˋ 烹飪的火力。

12 **火傘高張** ㄏㄨㄛˇ ㄙㄢˇ ㄍㄠ ㄓㄤ 比喻夏日炎熱，陽光熾烈。

13 **火葬** ㄏㄨㄛˇ ㄗㄤˋ 死後用火焚化屍體的葬禮儀式。

參考 ①衍火葬場。②又稱「火化」。

14 **火腿** ㄏㄨㄛˇ ㄊㄨㄟˇ 食品名稱。以食鹽醃製鮮豬的後腿，經多次加工而成，有獨特香氣，便於長期保存。

15 **火箭** ㄏㄨㄛˇ ㄐㄧㄢˋ 軍㈠古代兵器名稱，裝有火藥，或敷有引火物的箭類。㈡「火箭發動機」的簡稱。一種無人駕駛的飛行器。軍事上用作武器。

16 **火燒眉毛** ㄏㄨㄛˇ ㄕㄠ ㄇㄟˊ ㄇㄠˊ 火燒到眉毛。比喻情勢和時間非常緊迫。也作「眉燒眉睫」。

參考 與「迫在眉睫」有別：後者指事情非常急迫，如同逼近眉毛、睫毛前一樣，多著眼於「事情」，偏重於「急迫、迫近」；前者指情勢、時間非常緊迫、緊急，如火燒到眉毛，多著眼於情勢、時間，偏重於「緊急、緊迫」。

18 **火雞** ㄏㄨㄛˇ ㄐㄧ 動㈠「鴕鳥」的古稱。㈡食火鷄的別名。學名爲吐綬鷄，鳥綱，鶉雞目。雄鳥時時展開扇狀尾羽，肉瘤及肉瓣都可變成藍白色。日名「七面鳥」。

19 **火藥** ㄏㄨㄛˇ ㄧㄠˋ 供炸裂破壞用的硝磺藥品，最普通的是用硝石、木炭、硫黃等混合而成的黑色火藥。

▽鬼火、炬火、漁火、失火、大火、炭火、燈火、發火、兵火、烽火、野火、烈火、猛火、煙火、燐火、肝火、動火、光火、救火、無名火、抱薪救火、急如星火、洞若觀火、赴湯蹈火、飛蛾撲火、萬家燈火、隔岸觀火、煽風點火、江楓漁火。

2 ㊣ **灰** 形解 會意；從火又。又即手，火滅以後可以用手持取的餘燼爲灰。

音義 ㄏㄨㄟ 名①物體燃燒後所殘留的粉狀物質；例紙灰。②塵埃；例惹了一身灰。③「石灰」的省稱。形①淺黑色的；例灰鶴。②消極的；例心灰意冷。

參考 ①同暗，塵。②擊恢、詼、盔。③「恢復」不可作「灰復」；「灰心」不可作「恢心」。

4 **灰心** ㄏㄨㄟ ㄒㄧㄣ ㈠遭遇挫折，心志懶散消極。㈡心寂然不動如死灰。

參考 同失望。

6 **灰色** ㄏㄨㄟ ㄙㄜˋ ㈠色彩介於黑白之間。㈡比喻思想消極悲觀，處處從壞處想。

9 **灰飛煙滅** ㄏㄨㄟ ㄈㄟ ㄧㄢ ㄇㄧㄝˋ 戰後由火爆轉寂寥的景象。灰：指戰爭焚毀之灰；煙：指戰爭時的煙塵。

18 **灰燼** ㄏㄨㄟ ㄐㄧㄣˋ 火燒盡殘留下的餘物。

▽石灰、爬灰、抹灰、紙灰、骨灰、槁木死灰、萬念俱灰。

㊥ 3
灶
形解 會意；從火從土。炊煮飲食的土爐。「竈」的俗字。

音義 ㄗㄠˋ 名 以磚石砌成，用來生火、造飯、烹煮的設備；例鍋灶。

參考「竈」的俗寫。

▽火灶、木灶、炭灶、泥灶、另起爐灶。

㊥ 3
灼
形解 形聲；從火，勺聲。勺有適度取得的意思，所以適度地用火炙物爲灼。

音義 ㄓㄨㄛˊ 動 ①炙；例灼龜。②透徹；例灼然。形 ①顯明的；例眞知灼見。②花朵盛開的；例桃之夭夭，灼灼其華。③急切的；例焦灼。

參考 同燒，炙。

7 **灼灼** ㄓㄨㄛˊ ㄓㄨㄛˊ 光明、鮮明的樣子。例桃花灼灼。

灼見 ㄓㄨㄛˊ ㄐㄧㄢˋ 明見，所見十分明切。

參考 同焯見。

▽薰灼、焦灼、燥灼、燒灼。

㊥ 3
災
形解 形聲；從火，巛聲。巛有害的意思，火害爲災。隸變作「災」。

音義 ㄗㄞ 名 泛指自然或人爲所引起的禍害；例天災。形 遭受禍害的；例災區。

參考 ①「災」原專指因自然而發生的禍害，然今則泛指一切天災人禍。②同害，殃。③或作「灾」、「烖」、「菑」。

5 **災民** ㄗㄞ ㄇㄧㄣˊ 遭受災害的人民。

參考 與「難民」有別：前指多指受自然災害(如風災、水災、地震等)的人民；後者指受戰火或政治迫害而逃離受盡苦難的人民。

10 **災害** ㄗㄞ ㄏㄞˋ 大自然給人類帶來的損害，如水災、火災等等。至於慘烈人禍如戰爭，亦稱災害。

參考 參閱「災難」條。

19 **災難** ㄗㄞ ㄋㄢˋ 天災人禍所引發的苦難。

參考 與「災害」、「災荒」有別：「災害」泛指大大小小的自然損害，如：水旱災、蟲害等等，也包括戰爭等人禍；而「災荒」限於大自然給人類帶來的損害，以農業生產方面爲主；「災難」則兼有天災人禍雙方的苦難，並可構成新詞：災難性。

▽火災、旱災、救災、天災、水災、風災、無妄之災。

㊥ 3
灸
形解 形聲；從火，久聲。久有附著相拒的意思，所以用火物灼燒爲灸。

音義 ㄐㄧㄡˇ 名 醫 中醫治療法之一，以燃著的艾絨製品在病患部位或穴位灼烤，用來醫治病患；例針灸。

參考「灸」字從「久」聲，而與從「夕」(肉)有燒烤之義的「炙」字(音ㄓˋ)不同，如：「針灸」不作「炙」，「膾炙」不作「灸」。

▽針灸、鍼灸。

㊥ 4
炕
形解 形聲；從火，亢聲。亢有大的意思，所以用大火使物品乾燥爲炕。

音義 ㄎㄤˋ 名 北方磚塊或土坯砌成中空且可供生火取暖的長方形臥鋪；例睡炕。動 方 以火烘烤；例炕餅。形 燠熱的；例炕旱。

參考 ①不可讀成 ㄎㄥ。②字或作「匟」。

㊥ 4
炎
形解 會意；從火重火。燄燃燒而火光上騰爲炎。

音義 ㄧㄢˊ 名 身體部位因感染化學物品、細菌或病毒等而致紅腫、熱痛的症狀；例急性腸炎。動 ①火焰騰升；例「火曰炎上」。②焚燒；例火炎崑岡，玉石俱焚。形 ①悶熱的；例炎夏。②極熱的(天氣）；例炎陽高照。

參考 ①同熱。②華菼、毯、談、錟、淡、痰、啖、郯、掞、剡、琰、餤。

11 炎涼 ㄧㄢˊ ㄌㄧㄤˊ ㈠氣候不正常。例炎涼世態。㈡比喻人情的冷暖。

12 炎黃之胄 ㄧㄢˊ ㄏㄨㄤˊ ㄓ ㄓㄡˋ 炎帝及黃帝的後代，中國人的自稱之詞。胄：子孫相承繼的意思。

參考 同炎黃子孫，炎黃世胄，炎黃裔胄。

15 炎熱 ㄧㄢˊ ㄖㄜˋ 氣候悶熱。

▽趨炎、發炎、肝炎、夏日炎炎、突發性肝炎。

常 4 **炒** 形解 形聲；從火，少聲。用火烙物使熱爲炒。

音義 ㄔㄠˇ 動放適量的油於鍋內，並將食物不斷地翻攪至熟爲止的一種烹調法；例炒花生。

常 4 **炊** 形解 形聲；從火，吹省聲。藉上升的火炎煮熟食物爲炊。

音義 ㄔㄨㄟ 動燒火烹煮食物；例「析骸而炊之。」

ㄔㄨㄟˋ 副炊累，浮塵游動的樣子。

7 炊沙成飯 ㄔㄨㄟ ㄕㄚ ㄔㄥˊ ㄈㄢˋ 比喻徒勞無功。又作「炊砂成飯」。

8 炊事 ㄔㄨㄟ ㄕˋ 料理飲食方面的事。

參考 ①衍炊事兵、炊事用具、炊事比賽。②同膳食。

▽午炊、自炊、野炊、斷炊、巧婦難爲無米之炊。

常 4 **炙** 形解 會意；從肉，在火上。以火烤肉爲炙。

音義 ㄓˋ 動①燒烤；例煎熬炮炙。②薰陶或影響；例親炙。

參考 ①參閱「灸」字條。②「炙手可熱」的「炙」不可錯寫作「灸」字。

4 炙手可熱 ㄓˋ ㄕㄡˇ ㄎㄜˇ ㄖㄜˋ 大權在握，氣勢熾盛。炙：烤肉。

15 炙膚皸足 ㄓˋ ㄈㄨ ㄐㄩㄣ ㄗㄨˊ 皮膚被太陽烤曬，腳因寒冷乾燥而破裂。形容農人工作辛苦到了極點。皸：凍裂。

▽膾炙、親炙、燔炙、薰炙、燒炙。

次 4 **炔** 形解 形聲；從火，夬聲。夬有分別的意思，所以煙火向上冒出爲炔。

音義 ㄍㄨㄟˋ 名姓。

ㄐㄩㄝ 名化含有叁鍵結構而頗具不飽和性的有機化合物；例乙炔。

次 4 **炘** 形解 形聲；從火，斤聲。斤有盛大的意思，所以火盛而炙熱爲炘。

音義 ㄒㄧㄣ 形炙熱的，同「焮」。副火光盛大的樣子；例炘炘。

次 4 **炅** 形解 會意；從火日。光亮顯明爲炅。

音義 ㄐㄩㄥˇ 名熱力；例「得炅則痛立止。」

ㄍㄨㄟˋ 名姓，同「昋」、「炔」。

常 5 **炫** 形解 形聲；從火，玄聲。玄有遠的意思，所以光輝照遠爲炫。

音義 ㄒㄩㄢˋ 動①强光照耀著；例光焰炫目。②誇耀；例炫耀。形光耀的；例炫炫。

參考 「炫」與「眩」、「泫」音同而義別：「眩」，多指眼睛昏花，如頭暈目眩；「泫」，爲水珠滴下的樣子；而「炫」的意思爲誇耀。

20 炫耀 ㄒㄩㄢˋ ㄧㄠˋ ①光耀的樣子。②向人誇耀自己的長處。

參考 同眩耀。

常 5 **爲** 形解 會意；甲金文從又從象。用手牽著大象去工作，所以任勞做事爲「爲」。

音義 ㄨㄟˊ 名姓。動①做；例事在人爲。②是；例天下爲公。③當作；例四海爲家。④治理；例爲政以德。介因；例爲有源頭活水來。連與；例道不同，不相爲謀。助①表示詰問；例匈奴未滅，何以家爲？②表示感歎；例予無所用天下爲！

ㄨㄟˋ 動①幫助；例爲虎作倀。②被；例爲人所崇敬。介①於；例爲國效勞。②與；

例不足爲外人道也。③替；例爲人作嫁。④因爲；例爲正義而戰。連提示原因；例爲何不走？

2 **爲人** (一)ㄨㄟˊ ㄖㄣˊ 做人的態度。(二)ㄨㄟˋ ㄖㄣˊ 替人費心力。例爲人作嫁。

參考 ①(一)衍爲人正直、爲人厚道。②(二)同「做人」。

爲人作嫁 ㄨㄟˋ ㄖㄣˊ ㄗㄨㄛˋ ㄐㄧㄚˋ 原意是指貧女終年勤於趕製衣服，却都是爲別人作嫁裳。比喻爲別人的事情辛苦忙碌。

參考 與「爲人服務」不同：「爲人作嫁」有自歎徒勞無功之感傷；「爲人服務」是贊美人爲公務忘私利的熱忱。

4 **爲什麼** ㄨㄟˋ ㄕㄜˊ ˙ㄇㄛ 表疑問之詞。例你爲什麼歎氣呢？

參考 「爲什麼」、「爲什麼不」、「何不」有別：「爲什麼不」常含有勸告的意思，跟「何不」相同，如：這種技術很有用處，你爲什麼不學一學？「爲什麼」是詢問原因或目的。如：爲什麼他不肯幫助別人？

6 **爲伍** ㄨㄟˊ ㄨˇ 和他人作伴。

8 **爲非作歹** ㄨㄟˊ ㄈㄟ ㄗㄨㄛˋ ㄉㄞˇ 作惡事。歹：是壞的意思。

參考 同胡做非爲。

爲所欲爲 ㄨㄟˊ ㄙㄨㄛˇ ㄩˋ ㄨㄟˊ 想做什麼便任性地做什麼。

參考 與「隨心所欲」不盡相同：「爲所欲爲」多指壞事而言，動作性比「隨心所欲」強；後者屬於中性行爲，不關善惡，沒有褒貶性質，只是求適己心性去做，不加勉強而已。

爲虎作倀 ㄨㄟˋ ㄏㄨˇ ㄗㄨㄛˋ ㄔㄤ 充當老虎的倀鬼。比喻做壞人的幫凶。

參考 本詞含有貶損的意思，用時宜加斟酌。

19 **爲難** ㄨㄟˊ ㄋㄢˊ (一)困難。例這件事實在很令人爲難。(二)刁難，作對。例你不要再爲難人家了吧！

▽以爲、行爲、作爲、人爲、有爲、無爲、認爲、因爲、變爲、成爲、胡作非爲、大有可爲、分所應爲、任性妄爲、見義勇爲、事在人爲、敢作敢爲、無所不爲、爲所欲爲、膽大妄爲、何樂而不爲。

常 5 炳

形解 形聲；從火，丙聲。丙有明的意思，光明如火爲炳。

音義 ㄅㄧㄥˇ 動①點燃；例炳燭。②閃耀；例炳爍。形顯著的；例功業彪炳。

▽彪炳、文炳、宗炳、功業彪炳。

常 5 炬

形解 形聲；從火，巨聲。火把爲炬。

音義 ㄐㄩˋ 名①火把；例自由的火炬。②蠟燭；例蠟炬成灰淚始乾。動焚燒；例楚人一炬。

①炬

▽火炬、紙炬、燭炬、蠟炬、目光如炬。

常 5 炯

形解 形聲；從火，同聲。同有明亮的意思，所以光明爲炯。

音義 ㄐㄩㄥˇ 形光明的；例炯炯有神。副明顯地；例以昭炯戒。

7 **炯戒** ㄐㄩㄥˇ ㄐㄧㄝˋ 明白的警惕。炯：明白的意思。

9 **炯炯** ㄐㄩㄥˇ ㄐㄩㄥˇ (一)光明的樣子。例目光炯炯。(二)心緒不寧。例炯炯不寐。

常 5 炭

形解 形聲；從火，屵聲。經過燃燒炭化以後，尚未化成灰燼的木頭爲炭。

音義 ㄊㄢˋ 名①木材經由燃燒而除去氫氧、雜質等，僅留下炭素，可供燃料的物體；例木炭。②姓。

參考 ①今化學系統上，凡炭素及其化合物的名稱，全部作「碳」字。②「生靈塗炭」、「勢同冰炭」之「炭」字，都不作「碳」。

12 **炭筆** ㄊㄢˋ ㄅㄧˇ 以木炭燒焦製成的作畫工具。

▽黑炭、石炭、塗炭、木炭、吞炭、冰炭、生靈塗炭、雪中送炭。

常 5 炸

形解 形聲；從火，乍聲。乍有短暫的意思，所以引火煎物爲炸。

音義 ㄓㄚˋ 動 ①火藥爆破；例炸橋。②爆裂；例倒開水的時候，不小心玻璃杯炸了。③激怒；例他聽了這話，都氣炸了。

ㄓㄚˊ 動 烹調法之一，以多量的油烹煮食物；例炸雞腿。

15 **炸彈** ㄓㄚˋ ㄉㄢˋ 內裝炸藥的子彈。

19 **炸藥** ㄓㄚˋ 一ㄠˋ 火藥的一類，包括礮彈、炸彈、水雷、地雷等是。

常 5 **炮** 形解 形聲；從火，包聲。包有包裹的意思，所以肉帶毛而燒烤爲炮。

音義 ㄆㄠˊ 動 ①燒烤；例炮鼈熊蹯。②以火來熬煉；例炮煉。

ㄆㄠˋ 名 軍 軍火名，同「砲」；例火炮。

ㄅㄠ 動 以少量的油並用猛火將食物炒熟，通常用於肉類；例蔥炮牛肉。

10 **炮烙** ㄆㄠˊ ㄌㄨㄛˋ 商紂王所用的酷刑，使罪犯赤足在熾熱的銅柱上行走。

參考 同炮格。

▽火炮、銃炮、大炮、野炮、空炮、高射炮、飛機大炮。

次 5 **炷** 形解 形聲；從火，主聲。燈火的中心爲炷。

音義 ㄓㄨˋ 名 ①燈心；例「斷衣帶以爲炷。」②量詞，指可燃的細長物；例一炷香。動 點燃；例寶玉炷了香。

參考「炷」爲形狀粗大，故「一炷香」不作「柱」。

次 5 **炤** 形解 形聲；從火，召聲。召有大的意思，所以大火爲炤。

音義 ㄓㄠˋ 動 照耀，同「照」；例炤耀。

ㄓㄠ 形 明顯的，通「昭」；例炤炤。

次 5 **炱** 形解 形聲；從火，台聲。煤灰爲炱。

音義 ㄊㄞˊ 名 燃燒時煙氣所凝結成的黑灰；例煤炱。

次 5 **炰** 形解 形聲；從火，包聲。以火燒烤食物爲炰。

音義 ㄆㄠˊ 動 ①用火烤熟食物；例「炰鼈膾鯉。」②驕傲氣盛，通「咆」；例炰烋。

常 6 **烊** 形解 形聲；從火，羊聲。羊是溫順緩慢的家畜，所以用慢火熏食物爲烊。

音義 一ㄤˊ 動 ①鎔化金屬；例烊錫。②因潮濕而溶化；例糖果放久了，都烊了。③方 吳語稱商店收市爲「打烊」。

常 6 **烘** 形解 形聲；從火，共聲。以火烤物爲烘。

音義 ㄏㄨㄥ 動 ①薰燒；例烘餅。②用火烤乾；例烘衣物。副 熱烈地；例鬧烘烘。

6 **烘托** ㄏㄨㄥ ㄊㄨㄛ 從周圍或旁邊渲染，使主體或重點更加顯明。

參考 同烘襯，襯托。

常 6 **烤** 形解 形聲；從火，考聲。以火炙物爲烤。

音義 ㄎㄠˇ 動 ①利用火的輻射熱而使食物變熟；例烤麵包。②以火取暖；例烤手。

常 6 **烙** 形解 形聲；從火，各聲。各有至的意思，所以以火貼物而燒爲烙。

音義 ㄌㄨㄛˋ 動 ①使食物在燒熱的器具上變熟；例烙餅。②熨燙；例烙鐵。

參考 語音 ㄌㄠˋ。

5 **烙印** ㄌㄨㄛˋ 一ㄣˋ 於器物上燒成印文，用來辨別。烙：用燒熱的金屬器物燙東西。

參考 本詞可引申作「烙印」在心頭，含有「深刻」之意。

常 6 **烈** 形解 形聲；從火，列聲。列有暴解的意思，所以火勢兇猛爲烈。

音義 ㄌㄧㄝˋ 名 ①功績；例功烈。②威力；例餘烈。③姓。形 ①強猛的；例興高采烈。②剛毅的；例貞烈。③猛勁的；例烈日。④嚴厲的；例嚴主烈君。⑤盛大的；例轟轟烈烈。

參考「烈」字從火，與從水的「洌」字不同：「烈」，多指火勢的猛烈；「洌」，多指水勢的猛烈。

3 **烈士** ㄌㄧㄝˋ ㄕˋ 爲了正義而犧牲生命的人。

烈女 ㄌㄧㄝˋ ㄋㄩˇ (一)剛正而有節操的女子。(二)寧願殞身以抗強暴的女子。

4 **烈日** ㄌㄧㄝˋ ㄖˋ 熾熱的太陽。

▽英烈、激烈、功烈、壯烈、忠烈、熱烈、猛烈、熾烈、剛烈、酷烈、寒烈、於今爲烈、興高采烈、悲慘壯烈。

㊥ 6 **烏** 解形 象形；從鳥而象看不到眼睛形。

音義 ㄨ 名①動「烏鴉」的省稱。②古神話以爲太陽中有三足烏，(實即今所謂的太陽黑子)，因以爲太陽的代稱；例烏飛兔走。③姓。動染黑；例烏髮水。形黑色的；例烏雲密佈。副①何；例又烏足道乎？②無；例化爲烏有。③怎麼；例烏能相提並論？歎歎息聲，通常與「乎」字連用；例烏乎！

參考①「烏」與「鳥」都可表示鳥類，然「烏」僅用於「烏鴉」一種，而內涵較狹隘。②擘鄔、嗚、鎢。

2 **烏七八糟** ㄨ ㄑㄧ ㄅㄚ ㄗㄠ 形容非常糟糕。

參考與「亂七八糟」有別：後者偏重於「亂」，用來形容具體事物處於混亂、無秩序狀態；前者偏重於「糟」、「汚」，用來形容糟糕、汚穢、惡劣的事情。

6 **烏托邦** ㄨ ㄊㄨㄛ ㄅㄤ 書英國湯姆斯．摩爾爵士在西元一五一年出版的寓言小說書名。書中的烏托邦是一假想島國，實行社會主義，凡社會上、政治上的各種措施，無不盡善盡美。後世用烏托邦一詞作爲「空想」的意思。

烏合之衆 ㄨ ㄏㄜˊ ㄓ ㄓㄨㄥˋ 倉卒集合的大衆，有如烏鴉的忽聚忽散一般。烏合：烏鴉的聚合。

9 **烏飛兔走** ㄨ ㄈㄟ ㄊㄨˋ ㄗㄡˇ 古傳說日中有三足烏，月中有兔；比喻日月運行，光陰流逝。又作「兔走烏飛」。

10 **烏烟瘴氣** ㄨ ㄧㄢ ㄓㄤˋ ㄑㄧˋ (一)山林間對人體有害的濕熱毒氣。(二)比喻氣氛惡劣，人事不和諧。(三)形容秩序混亂，各種壞現象都出現了。

12 **烏雲** ㄨ ㄩㄣˊ (一)黑雲。(二)比喻婦女的黑髮。

13 **烏賊** ㄨ ㄗㄟˊ 動海產軟體動物，頭部有大眼一對，觸腳十條，腹有外套膜，肛門近處有墨汁囊，能噴黑水以自我逃生，肉質鮮美可食。

參考衍烏賊魚。

18 **烏龜** ㄨ ㄍㄨㄟ (一)動爬蟲類動物，有殼。(二)比喻苟且畏縮。(三)縱妻淫亂的男人。明俗稱妻子外淫，其夫爲烏龜。

▽寒烏、慈烏、金烏、曉烏、愛屋及烏。

㊅ 6 **烜** 解形 形聲；從火，亘聲。亘有大的意思，取火於日，所以光明宣著爲烜。

音義 ㄒㄩㄢˇ 動曬乾；例日以烜之。形顯著的；例烜赫。

參考字雖從亘，但不可讀成ㄩㄢˊ或ㄒㄩㄢ。

14 **烜赫** ㄒㄩㄢˇ ㄏㄜˋ 聲威盛大。

㊅ 6 **烝** 解形 形聲；從火，丞聲。丞有上升的意思，所以火氣上行爲烝。

音義 ㄓㄥ 名古祭名。動①煮熟，通「蒸」。②上升。形衆多的；例烝民。副興盛地；例烝烝日上。

10 **烝烝日上** ㄓㄥ ㄓㄥ ㄖˋ ㄕㄤˋ 比喻事情一天一天的蓬勃發展起來。又作「蒸蒸日上」。

㊅ 6 **烋** 解形 形聲；從火，休聲。休有美好的意思，所以福祿爲烋。

音義 ㄒㄧㄠ 副強健而自誇的樣子，同「咻」；例烋烋。

㊥ 7 **烹** 解形 會意；從火，從亨。亨有獻享的意思，所以用火熟物而獻享爲烹。

音義 ㄆㄥ 動①燒煮；例「治國如烹小鮮。」②被殺；例狡兔死走狗烹。

參考同煮。

12 **烹飪** ㄆㄥ ㄖㄣˋ 燒煮食物。飪：是烹熟的意思。

參考 衍烹飪法、烹飪技巧、烹飪教室。

15 **烹調** ㄆㄥ ㄊㄧㄠˊ 用煮、煎、炸、炒等方法做食物。

參考 衍烹調法。

▽兔死狗烹。

常 7 **焊** 解形 形聲；從火，旱聲。旱有乾的意思，所以用火乾物爲焊。

音義 ㄏㄢˋ 動 連接或修補金屬（或非金屬）器物的一種方法；例焊接。

參考 字又作「銲」、「釬」。

常 7 **焉** 解形 象形；象焉鳥形。

音義 ㄧㄢ 代 ①它，彼，指示代名詞；例衆好之，必察焉。②如何；例「余焉能戰？」③於此；例善莫大焉。介 於；例自然存焉天地之間。連 ①乃；例必知亂之所自起，焉能治之。②於是乎；例天子焉始乘舟。助 ①語助詞，無義；例「於其歸焉，用事乎河」。②置於形容詞或副詞後，同「然」；例「惄焉如擣。」③表疑問；例王若隱其無罪而就死地，則牛羊何擇焉？

參考 「焉」與「馬」形似，宜加區分，是故「心不在焉」不可作「心不在馬（ㄇㄚˇ）」。

▽心不在焉。

常 7 **烽** 解形 形聲；從火，夆聲。古代邊境遇警則燔柴擧火以報國都爲烽。

音義 ㄈㄥ 名 古夜間以煙火爲信號的邊防警報系統；例夜擧烽。

參考 與從「虫」的「蜂」字不同：「烽」，指警報煙火；而「蜂」，指昆蟲的一種。

4 **烽火連天** ㄈㄥ ㄏㄨㄛˇ ㄌㄧㄢˊ ㄊㄧㄢ 比喻戰亂頻仍，四處動盪不已。烽火：兵亂的代稱。

13 **烽煙** ㄈㄥ ㄧㄢ 指邊警。古時邊境有敵人入侵，即晚上擧火，白天燃煙以報警，故名。

次 7 **烺** 解形 形聲；從火，良聲。良有高起的意思，所以大火爲烺。

音義 ㄌㄤˇ 名 火光；例爣烺。副 烺烺，光輝明亮的樣子。

次 7 **烷** 解形 形聲；從火，完聲。完又從元聲，元有開始的意思，所以細火爲烷。

音義 ㄨㄢˊ 名 化 有機化合物只含單鍵結構而具飽和性，其碳原子結合完全；例甲烷。

次 7 **烴** 解形 形聲；從火，巠聲。巠有長的意思，所以長久用火溫熱爲烴。

音義 ㄑㄧㄥ 名 化 由碳和氫構成的有機化合物，稱碳氫化合物，簡稱爲烴。

次 7 **烯** 解形 形聲；從火，希聲。乾燥爲烯。

音義 ㄒㄧ 名 化 含雙鍵結構而具有不飽和性的有機化合物；例乙烯。

次 7 **焄** 解形 形聲；從火，君聲。君有茂盛的意思，所以火上出以熏物爲焄。

音義 ㄒㄩㄣ 名 香臭的氣味；例焄蒿。動 用火煙熏炙，同「熏」；例「以焄大豪。」

參考 字雖從君，但不可讀成ㄐㄩㄣ。

常 8 **焙** 解形 形聲；從火，音聲。以火烘物爲焙。

音義 ㄅㄟˋ 動 用微火烘烤；例焙製茶葉。

參考 俗音ㄆㄟˊ。

常 8 **焚** 解形 會意；從火從林。火燒林木爲焚。

音義 ㄈㄣˊ 動 燃燒；例玩火自焚。形 乾燥而滾熱的；例焚風。

參考 同燒。

10 **焚書坑儒** ㄈㄣˊ ㄕㄨ ㄎㄥ ㄖㄨˊ (一)比喻不修文教的暴政。(二)指秦始皇焚燒書籍，坑殺儒生的事。

11 **焚掠** ㄈㄣˊ ㄌㄩㄝˋ 放火搶劫。

參考 同焚劫。

12 **焚琴煮鶴** ㄈㄣˊ ㄑㄧㄣˊ ㄓㄨˇ ㄏㄜˋ 指不解風雅大殺風景的行爲。竟然劈琴爲柴而加以焚燒，殺鶴烹煮而成食品。多用於破壞性行爲上。

14 **焚膏繼晷** ㄈㄣˊ ㄍㄠ ㄐㄧˋ ㄍㄨㄟˇ 形容日夜勤勞不倦。膏：點燈用的油脂；晷：日影。

參考 同日以繼夜，夙夜匪懈。

▽自焚、玉石俱焚、玩火自焚、憂心如焚。

㊥ 8 焦

解形 字本作「𤎅」：形聲；從火，雥聲。被火燒至枯黑爲𤎅。或省作焦。

音義 ㄐㄧㄠ 名①物品焦糊的氣味；例「其味苦，其臭焦。」②姓。形①枯乾的；例舌敝唇焦。②煩躁的；例誰知我心焦。副物體經火燒而變黃變酥地；例燒焦。

參考 同急，煩。

7 **焦灼** ㄐㄧㄠ ㄓㄨㄛˊ 心裏焦慮、着急。灼：薰燒。

參考 ①同憂急。②「焦急」、「焦慮」和「焦灼」都指內心憂慮而言，但有別：「焦急」的對象直接；「焦慮」之事比較長遠；「焦灼」指憂慮時內心的急苦之景。

9 **焦急** ㄐㄧㄠ ㄐㄧˊ 着急。

參考 ①反從容。②衍焦急萬分。

15 **焦慮** ㄐㄧㄠ ㄌㄩˋ 擔心憂慮。

參考 ①同焦急。②反放心，從容。

16 **焦頭爛額** ㄐㄧㄠ ㄊㄡˊ ㄌㄢˋ ㄜˊ ㈠救火的人被火嚴重灼傷的樣子。㈡形容做事非常困苦疲敗，外形狼狽。

17 **焦點** ㄐㄧㄠ ㄉㄧㄢˇ ㈠事情的中心、核心部分。㈡本是物理學名詞。投射於凹鏡及凸鏡之平行光線，反射之後，收斂而集於一點，若置易燃物，立即燃燒。故稱此點爲焦點或燃燒點。

參考 衍焦點人物。

▽心焦、枯焦、燒焦、烤焦、口乾舌焦、舌敝唇焦。

㊥ 8 焰

解形 形聲；從火，臽聲。火光爲焰。

音義 ㄧㄢˋ 名物體燃燒時發光發熱的部分；例火焰。形氣勢很盛的；例氣焰逼人。

參考 ①又音 ㄧㄢˊ。②與「諂」有別：諂，音 ㄔㄢˇ，指用言語取悅於人，如：「諂媚」不作「焰媚」。③「焰」是「爓」的俗字。

㊥ 8 無

解形  象形；象人兩手持羽旄而舞形。

音義 ㄨˊ 名姓。動沒有；例毫無頭緒。副①禁止，通「毋」；例無庸諱言。②不論；例事無大小。③不；例無偏無黨。④未；例無之有也。助①句首語詞，無義；例無念爾祖。②句尾語詞，表疑問，同「否」；例畫眉深淺入時無？

ㄇㄛˊ 名外佛家語的音譯；例南無阿彌陀佛。

參考 同沒，不。

3 **無干** ㄨˊ ㄍㄢ 互不相干。

參考 ①反有關。②同無關。

無上 ㄨˊ ㄕㄤˋ 最高。

參考 衍無上榮耀、無上光榮。

4 **無比** ㄨˊ ㄅㄧˇ 非常。

參考 ①衍無比興奮、無比快樂。②同無限。

無不畢肖 ㄨˊ ㄅㄨˋ ㄅㄧˋ ㄒㄧㄠˋ 十分相像。肖：相像。

參考 與「維妙維肖」有別：前者重在形貌相像，彷彿完全相同；後者含有非常巧妙，值得贊美的意思。

無孔不入 ㄨˊ ㄎㄨㄥˇ ㄅㄨˋ ㄖㄨˋ 比喻滲透力量非常強。

參考 與「無遠弗屆」有別：「無遠弗屆」屬於中性詞；「無孔不入」含有貶損的意思，常用於形容惡人的生存力量。

5 **無可奈何** ㄨˊ ㄎㄜˇ ㄋㄞˋ ㄏㄜˊ 形容毫無辦法。

參考 同無計可施。

無可非議 ㄨˊ ㄎㄜˇ ㄈㄟ ㄧˋ 無從批評指責，比喻人格或事情極爲完好，不容置評。

參考 與「無可厚非」有別：前者是贊歎之詞；後者含有原諒、同情，有不必過分去苛責的意思。

無可厚非 ㄨˊ ㄎㄜˇ ㄏㄡˋ ㄈㄟ 不可過分指責。

參考 參閱「無可非議」條。

無出其右 ㄨˊ ㄔㄨ ㄑㄧˊ ㄧㄡˋ 沒有比他再好的。右：指尊位。

參考 同無以倫比。

無功不受祿 ㄨˊ ㄍㄨㄥ ㄅㄨˋ ㄕㄡˋ ㄌㄨˋ 無端受人餽贈獎賞時的謙詞。

無巧不成書 ㄨˊ ㄑㄧㄠˇ ㄅㄨˋ ㄔㄥˊ ㄕㄨ 比喻事情發生，常有湊巧機緣。

6 **無如** ㄨˊ ㄖㄨˊ 無奈。

無名氏 ㄨˊ ㄇㄧㄥˊ ㄕˋ ㈠隱藏姓名不讓別人知道的人。㈡亡失姓名的人。

無妄之災 ㄨˊ ㄨㄤˋ ㄓ ㄗㄞ 意外的災禍。無妄：意想不到的。又作「毋望之災」。

參考 同 飛來橫禍。

無地自容 ㄨˊ ㄉㄧˋ ㄗˋ ㄖㄨㄥˊ 沒有地方可以藏身。形容羞愧至極的樣子。容：容納。

7 **無形** ㄨˊ ㄒㄧㄥˊ 不見形體。

參考 ①衍 無形資本、無形輸入、無形輸出。②反 有形。

無妨 ㄨˊ ㄈㄤˊ ㈠不妨，可以。例 這樣做也無妨。㈡沒有妨礙，無須顧慮。

8 **無法無天** ㄨˊ ㄈㄚˇ ㄨˊ ㄊㄧㄢ 比喻人的肆無忌憚，橫行霸道。

參考 同 無所不爲。

無花果 ㄨˊ ㄏㄨㄚ ㄍㄨㄛˇ 植 落葉亞喬木，葉大而粗糙，三裂或五裂，花單性，實爲肉果，熟則紫色軟爛，味甘如柿，無核。

無事不登三寶殿 ㄨˊ ㄕˋ ㄅㄨˋ ㄉㄥ ㄙㄢ ㄅㄠˇ ㄉㄧㄢˋ ㈠登門求人的謙詞。㈡譏諷有目的才拜訪人家的人。

無所適從 ㄨˊ ㄙㄨㄛˇ ㄕˋ ㄘㄨㄥˊ 徬徨無主，不知如何是好。

參考 與「無所事事」有別：前者心情茫然，有所操心；後者是閒盪無事，任意率性。

無所事事 ㄨˊ ㄙㄨㄛˇ ㄕˋ ㄕˋ 沒有什麼可做的事。指閒著不做任何事情。

參考 參閱「無所適從」條。

無的放矢 ㄨˊ ㄉㄧˋ ㄈㄤˋ ㄕˇ 比喻說話沒有目的。

參考 同 盲目行事。

無拘無束 ㄨˊ ㄐㄩ ㄨˊ ㄕㄨˋ 比喻非常自由自在。

參考 同 無羈無束。

9 **無畏** ㄨˊ ㄨㄟˋ 毫不懼怕。

無限 ㄨˊ ㄒㄧㄢˋ 無窮盡的。例 無限惆悵。

參考 ①反 有限。②衍 無限公司。

無計可施 ㄨˊ ㄐㄧˋ ㄎㄜˇ ㄕ 毫無辦法。

參考 與「無能爲力」、「心有餘而力不足」意思相近。

無風不起浪 ㄨˊ ㄈㄥ ㄅㄨˋ ㄑㄧˇ ㄌㄤˋ 比喻事情的發生，一定是有原因的。

10 **無恙** ㄨˊ ㄧㄤˋ 沒有疾病或憂慮。恙：噬人心的蟲子，引申爲疾病的意思。

無效 ㄨˊ ㄒㄧㄠˋ ㈠沒有結果。㈡不爲法律所承認。

參考 反 有效。

無能爲力 ㄨˊ ㄋㄥˊ ㄨㄟˊ ㄌㄧˋ 毫無辦法。

參考 ①同 無技可施。②與「心有餘而力不足」意思相似。

無病呻吟 ㄨˊ ㄅㄧㄥˋ ㄕㄣ ㄧㄣˊ 沒有病痛，故意哀吟。用來譏責一個人無緣無故地哀聲嘆氣。

無記名投票 ㄨˊ ㄐㄧˋ ㄇㄧㄥˊ ㄊㄡˊ ㄆㄧㄠˋ 選舉人在選票上，只寫被選舉人姓名，而不寫自己姓名的選舉方法。

無疾而終 ㄨˊ ㄐㄧˊ ㄦˊ ㄓㄨㄥ 比喻事情有頭無尾，無端終止。

11 **無聊** ㄨˊ ㄌㄧㄠˊ ㈠煩悶空虛，無所寄託。㈡說話舉動沒有意義，使人討厭。

參考 與「無賴」、「無聊賴」都是指精神空虛，沒寄託，但有別：「無賴」指潦倒失意，又指潑辣，撒野。「無聊賴」，指沒有依靠，十分無聊或潦倒失意，接近於形容詞。

無動於衷 ㄨˊ ㄉㄨㄥˋ ㄩˊ ㄓㄨㄥ 思想上絲毫不受觸動。

參考 ①反 深受感動。②同 不爲所動。③參閱「不動聲色」條。

12 **無視** ㄨˊ ㄕˋ ㈠不見。例 他在室內專心工作，無視於室外任何事件的發生。㈡藐視。例 自大者常無視於別人的存在。

無辜 ㄨˊ ㄍㄨ 沒有罪惡的人。辜：罪惡。

參考 與「無罪」有別：「無辜」，不完全指觸法犯罪與否，多偏重於心靈上或生活小節上的受冤屈。如：這人挨罵眞冤枉，他根本是無辜的啊！「無罪」，是經法律裁判後，認定沒有過失。

無惡不作 ㄨˊ ㄜˋ ㄅㄨˋ ㄗㄨㄛˋ 比喻作惡多端。

參考 同 爲非作歹。

無爲 ㄨˊ ㄨㄟˊ ㈠道家無形的教化

叫無爲。㈡純任自然，毫不做作。

參考 道家所說的「無爲」，並非束手不做事，而是以「無爲」爲「無不爲」之形而上的政治理想。

13 **無微不至** ㄨˊ ㄨㄟˊ ㄅㄨˋ ㄓˋ 非常精細週到。

參考 與「無所不至」都是「沒有一處不及到」的意思，但用法有別：前者多用於「關懷」、「照顧」得非常體貼周到；而後者多指做壞事，無法無天，所有能做的都做了。

無業遊民 ㄨˊ ㄧㄝˋ ㄧㄡˊ ㄇㄧㄣˊ 沒有職業，四處流浪的人。

無意識 ㄨˊ ㄧˋ ㄕˋ ㈠一個人不知不覺時的精神狀態。㈡不是出於理性和誠意的。例無意識的輕擧妄動。

14 **無端** ㄨˊ ㄉㄨㄢ 沒有理由或原因。

參考 ①與「無緣無故」、「莫名其妙」意思相似。②同無由。

無精打彩 ㄨˊ ㄐㄧㄥ ㄉㄚˇ ㄘㄞˇ 形容精神頹喪。

參考 ①同沒精打彩，垂頭喪氣。②反神采飛揚。

無遠弗屆 ㄨˊ ㄩㄢˇ ㄈㄨˊ ㄐㄧㄝˋ 再遠的地方也能到達。屆：到達。

參考 ①反鞭長莫及。②參閱「無孔不入」條。

無與倫比 ㄨˊ ㄩˇ ㄌㄨㄣˊ ㄅㄧˇ 沒有能夠跟他相比的。倫：有「類」、「比」的意思。

參考 ①同絕無僅有。②與「無出其右」有別：「無出其右」指的是好事；「無與倫比」兼指好壞兩方面而言。

15 **無敵** ㄨˊ ㄉㄧˊ 即無人可比，無人足以對抗。敵：有相當、相等，及抵抗的意思。例天下無敵。

無數 ㄨˊ ㄕㄨˋ ㈠許多。㈡不定的數目。

參考 ①同無算。②反無幾。

無窮 ㄨˊ ㄑㄩㄥˊ 沒有止境。

參考 ①同無盡，無限。②反有窮，有限，有盡。

無論 ㄨˊ ㄌㄨㄣˋ 不論，不管。例無論如何。

參考 「無論」、「不管」、「任憑」有別：「無論」、「不管」可以用來表示選擇的並列成分；如：無論成與不成，後天一定給你回話。「任憑」不可以用在這裏。「任憑」後邊不能帶表示選擇的並列成分，如：任憑（無論）什麼樣的風浪，也擋不住我們永遠向前的決心。

無線電 ㄨˊ ㄒㄧㄢˋ ㄉㄧㄢˋ 不用電線，只用電波傳達訊息。是義大利人馬可尼所發明。

參考 衍無線電台、無線電話、無線電波、無線電報。

無價之寶 ㄨˊ ㄐㄧㄚˋ ㄓ ㄅㄠˇ 價值無窮的寶貝。

16 **無獨有偶** ㄨˊ ㄉㄨˊ ㄧㄡˇ ㄡˇ 雖然罕見，但也並非只此一個；表示兩人或兩事十分相似。獨：單獨；偶：一雙。

無稽之談 ㄨˊ ㄐㄧ ㄓ ㄊㄢˊ 沒有根據的話。無稽：毫無根據。

無懈可擊 ㄨˊ ㄒㄧㄝˋ ㄎㄜˇ ㄐㄧˊ 沒有弱點或毛病可以讓人攻擊或挑剔。形容天衣無縫，非常嚴密。

17 **無濟於事** ㄨˊ ㄐㄧˋ ㄩˊ ㄕˋ 是說對於已經發生的事情毫無幫助。濟有補和助的意思。

參考 同無益於事，於事無補。

▽有無、虛無、空無、絕無、南無、可有可無、聊勝於無、略識之無。

常 8 **然**

解形  形聲；從火，肰聲。肰是狗肉，古代有燔燒狗肉來祭天的禮節，所以燔燒爲然。

音義 ㄖㄢˊ 名姓。代如此；例不然。動①是；例汝之言然。②許應；例然諾。連①但是；例然而。②表轉接，如此以後；例雖然。助置於形容詞、副詞之後，表狀態；例斐然。

參考 同是。

6 **然而** ㄖㄢˊ ㄦˊ 轉折語氣的連接詞，與「但是」、「可是」同義。

9 **然後** ㄖㄢˊ ㄏㄡˋ 轉折詞，隨後、以後的意思。例學然後知不足。

15 **然諾** ㄖㄢˊ ㄋㄨㄛˋ 答應，許諾。

▽依然、果然、欣然、偶然、公然、浩然、自然、泰然、超然、天然、必然、茫然、未然、悠然、固然、當然、不然、愴然、渾然、一目了然、大義凜然、大謬不然、毛骨

悚然、防患未然、處之泰然、道貌岸然、興味索然、輿論譁然、順其自然、不以爲然、理所當然、知其然而不知其所以然。

常 8 **煮** 形解 形聲；從火，者聲。用火烹物爲煮。

音義 ㄓㄨˇ 動 以沸水烹熟食物；例 生米已煮成熟飯。

6 **煮字療飢** ㄓㄨˇ ㄗˋ ㄌㄧㄠˊ ㄐㄧ 比喻讀書人賣文爲生。

▽烹煮、水煮、關東煮、烹調燒煮。

次 8 **焠** 形解 形聲；從火，卒聲。卒有聚合提煉的意思，所以鍛煉刀劍使之堅固爲焠。

音義 ㄘㄨㄟˋ 動 ①打造刀劍，燒紅後立即浸入水中，取出再搥打，通「淬」；例 清水焠其鋒。②燒灼；例 焠掌。

次 8 **焯** 形解 形聲；從火，卓聲。卓有大的意思，所以大放光明爲焯。

音義 ㄓㄨㄛˊ 形 明達的，同「灼」；例 焯見。

參考 高超、高遠，爲「卓」、爲「踔」；明顯、明達，爲「灼」、爲「焯」。

次 8 **焜** 形解 形聲；從火，昆聲。昆有大的意思，所以火光盛大爲焜。

音義 ㄎㄨㄣ 動 光大；例 焜燿寡人之望。副 一同，通「昆」；例 樵蒸焜上。

次 8 **焮** 形解 形聲；從火，欣聲。欣有大的意思，所以大火燒之爲焮。

音義 ㄒㄧㄣ 動 灼，燒，同「炘」；例 光彌焮洲渚。

次 8 **焱** 形解 會意；從三火。火光盛大爲焱。

音義 ㄧㄢˋ 名 火花；例 飛厲焱學。

參考 與「炎熱」的「炎」（ㄧㄢˊ）字義異。

常 9 **煎** 形解 形聲；從火，前聲。前有迫近的意思，所以使物近火而熬熟爲煎。

音義 ㄐㄧㄢ 動 ①烹調法之一，以少量的油把食物烹熟；例 煎荷包蛋。②逼迫；例 相煎何太急？形 痛苦的；例 煎熬。

參考 「煎」與「炸」都是放食物在油鍋中，使之變黃變脆而可口可食，然「煎」所用的油較「炸」爲少。

15 **煎熬** ㄐㄧㄢ ㄠˊ ㈠熬煮，爲烹調法的一種。㈡形容焦灼的心情。

▽相煎、油煎、

常 9 **煙** 形解 形聲；從火，垔聲。垔有填塞瀰漫的意思，所以物質燃燒時所漫出的氣狀物爲煙。

音義 ㄧㄢ 名 ①物質燃燒時所產生的氣體；例 炊煙。②山嵐、水氣、雲霧等；例 雲煙。③菸草製成品；例 香煙。④「鴉片」的省稱；例 禁煙。

參考 又作「烟」。

8 **煙波浩渺** ㄧㄢ ㄆㄛ ㄏㄠˋ ㄇㄧㄠˇ 形容煙霧籠罩的江湖水面廣闊無際的樣子。浩渺：水面遼闊，漫無邊際。

10 **煙消雲散** ㄧㄢ ㄒㄧㄠ ㄩㄣˊ ㄙㄢˋ ㈠事情過去，如煙雲消散一般毫無痕迹。㈡比喻事物消失無餘。

參考 同 煙雲過眼。

12 **煙視媚行** ㄧㄢ ㄕˋ ㄇㄟˋ ㄒㄧㄥˊ 形容女人微視徐行的模樣。

▽雲煙、香煙、洋煙、人煙、炊煙、暮煙、野煙、狼煙、油煙、濃煙、抽煙、吸煙、戒煙、風煙、輕煙、禁煙、渺無人煙。

常 9 **煩** 形解 會意；從頁從火。因炎熱而引起的頭痛爲煩。

音義 ㄈㄢˊ 名 ①心情躁悶；例 動靜增煩。②瑣碎；例 不憚煩。動 ①勞動他人的敬詞；例 煩你代言。②鬱悶；例 心煩氣躁。形 ①雜亂的；例 要言不煩。②煩躁的；例 一掃煩慮。

參考①同悶，勞，亂。②「煩」與「繁」音同而義異：「煩」，指心情的紛亂；「繁」，則偏重於事物的龐雜。如：「心煩」、「煩悶」不可作「繁」，「繁華」、「繁忙」不可作「煩」。

12 **煩惱** ㄈㄢˊ ㄋㄠˇ 擾亂身心。煩是擾，惱是亂。

▽苛煩、冗煩、頻煩、勞煩、厭煩、心煩、痲煩、不勝其煩、要言不煩。

常 9 **煤** 解形 形聲；從火，某聲。石炭爲煤。

音義 ㄇㄟˊ 名 古植物因地殼變動而埋入地層中，經過長久的自然地質作用、煤化作用而形成，爲堅硬的、黑色的物質，供作燃料及提煉化學物質用。

9 **煤炭** ㄇㄟˊ ㄊㄢˋ 古代植物埋沒地下，分解而成炭質，色黑，質堅的煤。

10 **煤氣** ㄇㄟˊ ㄑㄧˋ 將石炭粉末入鐵製曲頸瓶加熱，令所發生之氣體通過洗滌器、冷凝器等，以除去其中所含焦油、氨、二氧化碳、硫化氫、二硫化碳等等，所殘留之氣體即是可點火燃燒之煤氣。

20 **煤礦** ㄇㄟˊ ㄎㄨㄤˋ 古代植物被泥沙掩埋，經過長期地質作用轉變而成的可燃礦產。是由多種有機化合物和礦物組合成。經變質程度不同可分：無煙煤、煙煤、褐煤、泥煤四種。

▽炭煤、煙煤、松煤、墨煤。

常 9 **煉** 解形 形聲；從火，柬聲。柬有擇取的意思，所以鑠而冶之，愈消則愈精的冶金法爲煉。

音義 ㄌㄧㄢˋ 動 ①經由加熱等方式將物質變成堅韌或純淨；例煉鐵。②醫以火熬製成的藥石、藥材；例煉丹。

參考「煉」與「練」音同形似而意思不同：「練」，有反覆學習而熟練的意思，如：訓練；「煉」，多指金屬物質的冶製過程，如：冶煉。

8 **煉乳** ㄌㄧㄢˋ ㄖㄨˇ 一種濃縮精製的乳製品。一般用鮮牛奶經過消毒，除去一部分水分，以便貯存和運輸。

16 **煉鋼** ㄌㄧㄢˋ ㄍㄤ 以生鐵和廢鐵爲原料，在煉鋼爐中熔煉，降低碳素含量，排除雜質，成爲合格的鋼水，或直接鑄成鋼錠或塑成鋼件。

參考 衍煉鋼廠、煉鋼爐。

▽修煉、洗煉、鍛煉、精煉、蜜煉。

常 9 **煜** 解形 形聲；從火，昱聲。昱有光明的意思，所以明耀爲煜。

音義 ㄩˋ 名 火焰；例飛烽戰煜。動 光耀。形 盛大的樣子；例管絃曄煜。

常 9 **煬** 解形 形聲；從火，昜聲。昜有乾燥的意思，所以用火炙物使乾爲煬。

音義 ㄧㄤˋ 動 ①烘乾；例夫竈，一人煬焉。②焚燒；例詩書煬而爲煙。形 方 火勢雄旺的。

ㄧㄤˊ 動 熔化金屬，通「烊」；例煬錫。

參考「煬」與「烊」當作熔鑄解時，可通，其餘的意思則不同。

常 9 **照** 解形 形聲；從火，昭聲。昭有明亮的意思，所以燃火放明爲照。

音義 ㄓㄠˋ 名 ①陽光；例夕照。②相片；例小照。③憑證；例護照。動 ①光線投射；例日月所照。②對著自身反射於鏡中的影子；例攬鏡自照。③模擬；例仿照。④核對；例對照。⑤通知；例照會。⑥對著；例照著靶心射擊。⑦明白；例心照不宣。⑧看護；例照顧。⑨拍攝影像；例照相

參考①與「招」有別：「照」，有愛護的意思，如：照應、照顧，不用「招」字；而「招」字有招引、呼喊的意思，如：招呼，不用「照」字。②同依，據，按。③孳羔、窯。

5 **照本宣科** ㄓㄠˋ ㄅㄣˇ ㄒㄩㄢ ㄎㄜ 照著本子讀。形容只是死板地照念，毫無創意，也不懂發揮。宣科：道士誦經。

8 **照例** ㄓㄠˋ ㄌㄧˋ 按照原先的案例行事。
參考 同按例，照舊。
照拂 ㄓㄠˋ ㄈㄨˊ 照顧。拂：掩蔽、照顧。
參考 ①衍照拂病人。②同照顧，照管，照應，照料。
9 **照亮** ㄓㄠˋ ㄌㄧㄤˋ 照得很光亮。
參考 與「照耀」、「閃耀」都指明亮的意思，但有別：「照亮」的光比較穩定恆久；「閃耀」側重描述光的燦爛及跳躍之感。
照相 ㄓㄠˋ ㄒㄧㄤˋ 攝取人物的形象。
參考 衍照相機、照相館、照相師、照相技術。
照面 ㄓㄠˋ ㄇㄧㄢˋ 會面，碰面。
10 **照料** ㄓㄠˋ ㄌㄧㄠˋ 關照料理。
參考 ①參閱「照顧」條。②衍照料病人、照料後事。
照射 ㄓㄠˋ ㄕㄜˋ 光線集中在某處。例照射X光。
參考 「照射」與「照耀」不同：前者指有目的的集中光線在一定點；後者泛稱光芒的灑落。
照准 ㄓㄠˋ ㄓㄨㄣˇ 允許同意。
參考 ①同批准。②「允許」、「同意」二詞語氣緩和，沒有尊卑之分；但「照准」、「批准」限於上對下的公文用詞。
13 **照會** ㄓㄠˋ ㄏㄨㄟˋ ㈠外交文書的一種，是外交部對於各國公使、各省行政長官、各國領事用的。㈡會同照閱。
參考 ㈠同通牒。㈡同核對。
16 **照辦** ㄓㄠˋ ㄅㄢˋ 照著規定或計劃辦理。
17 **照應** ㄓㄠˋ ㄧㄥˋ ㈠照顧幫助。例工作太重，照應不過來。㈡彼此呼應對照吻合。例這段描述正好照應到文章前段的伏筆。
20 **照耀** ㄓㄠˋ ㄧㄠˋ 光芒閃閃照射下來。
參考 參閱「照射」條。
21 **照顧** ㄓㄠˋ ㄍㄨˋ 關照愛護。
參考 與「照料」同有關照之意，但二者重點不同：「照顧」著重在「照看」、「關顧」，多用在對人上；「照料」則著重在「關心」、「料理」，可以對人，也可以對事。如：照料事業，照顧孩子。

▽護照、查照、參照、殘照、斜照、燭照、夕照、對照、返照、拍照、晚照、心照、察照、覆照、依照、結婚照、生活照、學士照、回光反照、肝膽相照、畢業紀念照。

常 9 煦

形解 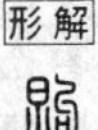 形聲；從火，昫聲。昫為日出溫暖，所以暖氣上騰為煦。
音義 ㄒㄩˇ 形溫暖的；例煦日東昇。
參考 ①「煦」字右上從「句」，宜與從「召」的「照」字分別。②「昫」字右上從「句」，不可誤從「旬」。③不可讀成ㄒㄩ或ㄐㄩ。
6 **煦伏** ㄒㄩˇ ㄈㄨˊ 本指鳥類的孵卵，轉用以比喻養育的恩情。
13 **煦煦** ㄒㄩˇ ㄒㄩˇ 和惠，仁愛。
14 **煦嫗** ㄒㄩˇ ㄩˇ 溫撫。
參考 ①亦作「昫嫗」。②「煦嫗」原指天地生養萬物之狀。煦：是氣，天無形以氣養萬物；嫗：指體，地有體形，以其形體載育衆生。
▽和煦、溫煦、恩煦。

常 9 煌

形解 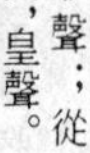 形聲；從火，皇聲。皇有大的意思，所以光盛為煌。
音義 ㄏㄨㄤˊ 形光明的；例金碧輝煌。
參考 「惶恐」的「惶」字與「心」有關，故從「忄」(心)，不可作「煌」。
▽金碧輝煌。

常 9 煥

形解 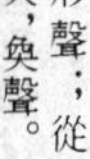 形聲；從火，奐聲。奐有大的意思，所以火燃燒時所發出的光亮為煥。
音義 ㄏㄨㄢˋ 動照耀；例一天星斗煥文章。形光明的；例煥然一新。
參考 ①「煥」字與從水的「渙」不同，「渙」字多指水勢盛大或散漫的樣子，而「煥」的意思為光輝朗照。②「煥」、「換」有別：「煥」是光明、光亮的意思，所以「煥然一新」的「煥」字從「火」，不可以寫成「換然一新」。「汰舊換新」的「換」字是動詞，字從扌(手)。

12 **煥發** ㄏㄨㄢˋ ㄈㄚ 光彩外現的樣子。
參考 ①衍精神煥發。②同抖擻，振作，蓬勃。
煥然一新 ㄏㄨㄢˋ ㄖㄢˊ 一 ㄒㄧㄣ 鮮明光亮、氣象一新。形容人或事物的面貌變得嶄新、鮮亮。
▽昭煥、彪煥、炳煥、明煥。

常 9 **煞** 解形 會意；從火從攴，從急省。火有猛烈的意思，攴是輕擊，急爲急切，所以奮力摧殘爲煞。
音義 ㄕㄚˋ 名神情凶惡；例凶神惡煞。動收束；例煞尾。副①極，甚；例煞費苦心。②什麼，通「啥」；例煞有介事。
ㄕㄚ 動①減除；例薑蒜煞濕氣。②縛緊；例把腰帶煞緊。助語詞，同「啊」；例睏煞我也。
參考「煞」與「殺」當作「甚極」解時可通，其餘的意思則不同。
6 **煞有介事** ㄕㄚˋ 一ㄡˇ ㄐㄧㄝˋ ㄕˋ 像眞有這麼一回事似的。含有小題大作、裝腔作勢的意思。
7 **煞車** ㄕㄚˋ ㄔㄜ 操縱車子的制動器，使車子停止行進。
參考 衍煞車失靈。
12 **煞費周章** ㄕㄚˋ ㄈㄟˋ ㄓㄡ ㄓㄤ 很費心思安排。
參考 ①同煞費苦心。②與「挖空心思」都有用盡心思之意，但有別：前者是費盡心思，後者有想盡一切辦法的意思，且多用在壞事上。「煞費周章」是中性的，指好事也可以指壞事，不含褒貶。「挖空心思」在情感上含有貶損的意思。
煞費苦心 ㄕㄚˋ ㄈㄟˋ ㄎㄨˇ ㄒㄧㄣ 費盡心思。煞：很。
▽一筆抹煞。

次 9 **煇** 解形 形聲；從火，軍聲。軍有大的意思，所以火光明亮爲煇。
音義 ㄏㄨㄟ 名火光，同「輝」；例庭燎有煇。
ㄒㄩㄣ 動燒灼，通「熏」；例去眼煇耳。

次 9 **煒** 解形 形聲；從火，韋聲。韋有大的意思，所以光輝盛明爲煒。
音義 ㄨㄟˇ 同顏色紅而鮮豔的；例彤管有煒。
ㄏㄨㄟ 名光輝，通「輝」；例青煒登平。

次 9 **煠** 解形 形聲；從木，枼聲。枼有隱暗的意思，所以光線微弱爲煠。
音義 ㄓㄚˊ 動油炸，通「炸」；例反不曾將去油鍋裡煠。
一ㄝˋ 形光耀的，同「爚」。

次 9 **煁** 解形 形聲；從火，甚聲。火爐爲煁。
音義 ㄔㄣˊ 名可以移動的爐灶。

次 9 **煨** 解形 形聲；從火，畏聲。畏有隱蔽的意思，所以盆中火爲煨。
音義 ㄨㄟ 名火盆中的火或熱灰；例犯白刃，蹈煨灰。動①把食物埋在火紅的熱灰中燒熟；例煨番薯。②把菜料放進鍋中，加水，用文火久煮，等熟爛後再放鹽的烹飪法；例煨牛肉。

次 9 **煖** 解形 形聲；從火，爰聲。爰有大的意思，所以高溫爲煖。
音義 ㄋㄨㄢˇ 形溫暖的，同「暖」；例七十非帛不煖。
ㄒㄩㄢ 動使溫暖，同「煊」；例煖之以日月。

次 9 **煢** 解形 形聲；從卂，營省聲。營有圍繞的意思，所以鳥盤旋孤飛爲煢。
音義 ㄑㄩㄥˊ 形孤單的；例煢獨無依。

次 9 **煲** 解形 形聲；從火，保聲。以慢火烹煮食物爲煲。
音義 ㄅㄠ 名方廣東方言稱鍋子；例瓦煲。動用緩慢的溫火烹煮食物；例雞煲飯。

常 10 **熔** 解形 形聲；從火，容聲。容有包合的意思，所以用火燒物使其融化包合爲熔。

音義 ㄖㄨㄥˊ 動經由高溫將物質從固體化爲液體；例熔解。

參考 ①「熔」與「鎔」都有化合的意思，然「鎔」還含有其它意思，不可混用。②「熔」與「融」音同形異而義別：「熔」，專指金屬物的熔解；而「融」，多指非金屬的化解。

4 **熔化** ㄖㄨㄥˊ ㄏㄨㄚˋ 固體受熱到一定溫度時變成液體。

參考 與「溶化」有別：後者指固體在液體中化開。

8 **熔岩** ㄖㄨㄥˊ ㄧㄢˊ 地火山噴口或地面裂罅迸發出來的岩漿，冷卻後凝固而成的岩石。

17 **熔點** ㄖㄨㄥˊ ㄉㄧㄢˇ 物晶體物質熔解時的溫度，也是該物質的液態和固態可以平衡共存的溫度。

22 **熔鑄** ㄖㄨㄥˊ ㄓㄨˋ ㈠以大火高溫熔化鐵器，鑄造成新的器物。㈡指思想情感的塑造或改變。例惡劣環境熔鑄成他堅強的性格。

參考 與「溶化」、「融化」及「熔化」都有銷熔化解的意思，但有別：「熔鑄」更有定型之意；「溶化」與「熔化」都是化開，也用在冰雪變成水。「融化」介於二者之間，凡幾種物質加在一起成均勻狀態，如水乳融化一起。

常10 **熙** 形解 形聲；從火，巸聲。巸有廣大的意思，火大然後物易乾，所以曬物使乾爲熙。

音義 ㄒㄧ 動①興盛；例庶績咸熙。②曝曬；例仰熙丹崖。③嬉戲，通「戲」；例鼓腹而熙。形①光明的；例熙天曜日。②和樂的；例雍熙。

ㄧ 名姓。

參考 「熙」字左上從「𦣝」而不從「臣」作。

8 **熙來攘往** ㄒㄧ ㄌㄞˊ ㄖㄤˇ ㄨㄤˇ 形容行人來往眾多。熙：廣大眾多的樣子。攘：紛亂的樣子。

參考 同熙熙攘攘。

14 **熙熙** ㄒㄧ ㄒㄧ 和樂的樣子。

參考 同熙笑。

熙熙攘攘 ㄒㄧ ㄒㄧ ㄖㄤˇ ㄖㄤˇ 形容人羣來往，熱鬧擁擠的樣子。熙：廣大眾多的樣子；攘：紛亂，同「攘」。

參考 同熙來攘往。

▽光熙、洪熙、雍熙、康熙、春熙、和熙。

常10 **煽** 形解 形聲；從火，扇聲。用扇子搧風助火，使之熾熱猛烈爲煽。

音義 ㄕㄢ 動①以扇子搖動造成空氣流動而生風使助燃；例煽動。②透過方法而使情緒激昂；例煽惑。

參考 「煽」與「搧」都有搖動生風的意思，二者可通用，其餘的意思則不同。

11 **煽動** ㄕㄢ ㄉㄨㄥˋ 本同「扇動」，引申爲思想情緒上的鼓動、挑撥。多用於壞事。

參考 參閱「鼓舞」條。

常10 **熊** 形解 形聲；從能，炎省聲。能獸爲熊。

音義 ㄒㄩㄥˊ 名①動野獸名，屬哺乳綱，食肉目，足粗大，可站立，身體肥滿，頭大，四肢短，毛密而硬，常居深山樹洞，晝隱夜出，善攀木；例臺灣黑熊。②姓。形光明的；例熊熊烈火。

常10 **熄** 形解 形聲；從火，息聲。息有息止的意思，所以滅火爲熄。

音義 ㄒㄧ 動①消滅；例熄火。②銷亡；例王者之迹熄而詩亡。

參考 同滅。

次10 **熇** 形解 形聲；從火，高聲。高有大的意思，所以火勢大而燥熱爲熇。

音義 ㄎㄠ 動燒炙，同「烤」；例嘉穀坐熇焚。

ㄏㄜˋ 形火勢盛大的。

參考 又音ㄏㄨˋ。

次10 **熅** 形解 形聲；從火，昷聲。昷有遲滯的意思，所以火光不盛而有濃煙爲熅。

音義 ㄩㄣ 形有濃煙而不見火光的；例置熅火。

ㄩㄣˋ 動用熱力燙平東西，同「熨」。

㊇10
熒
形解 會意；從焱，從冂。火在冂中，為屋中有光，冂上二火是燈光外現，所以屋下燈燭之光為熒。

音義 ㄧㄥˊ 動眩惑；例熒感。形光線微弱的；例熒惑。

14 **熒熒** ㄧㄥˊ ㄧㄥˊ ㈠燈光微弱的樣子。例燈火熒熒。㈡亮光閃爍的樣子。例明星熒熒。

▽光熒、燭熒、晶熒。

㊇10
熏
形解 會意；從屮，從黑。黑是煙囪，屮為冒煙，所以火煙上出為熏。

音義 ㄒㄩㄣ 名黃昏，通「曛」；例熏夕。動①火煙上升；例煙火熏天。②用香料塗身；例熏沐。③用木柴或木屑的煙火熏炙食物；例熏魚。④感動；例衆口熏天。副和悅地；例公尸來止熏熏。

參考 又音 ㄒㄩㄣˋ。

▽光熏、香熏、火熏、煙熏、草香木熏。

㊥11
熟
形解 形聲；從火，孰聲。烹煮食物使之爛透可食為熟。

音義 ㄕㄨˊ 動①食物烹煮使之爛透而可食；例君賜腥，必熟而薦之。②農作物成熟而可收穫；例瓜熟蒂落。形①事情發展接近完成的；例時機成熟。②技藝精巧的；例純熟。③認識的；例熟人。④開化的；例熟蕃。⑤加工過的；例熟鐵。⑥印象深刻的；例耳熟能詳。副①食物到了可吃的程度；例飯煮熟了。②深入的狀態；例熟睡。③精審地；例熟慮。

參考 ①「熟」作生熟、成熟解時語音讀成ㄕㄡˊ。②「熟」與左上從「坴」而為悶熱之意的「埶」字，形似而音義不同，宜加區分。

10 **熟能生巧** ㄕㄨˊ ㄋㄥˊ ㄕㄥ ㄑㄧㄠˇ 事情做得熟練，自然就會變通，就能巧妙。熟，又唸ㄕㄡˊ。

11 **熟悉** ㄕㄨˊ ㄒㄧ 知道得很仔細透徹。

參考 與「熟練」、「熟識」不同：「熟練」是指技術純熟，指「行動」；「熟悉」是指「認識」；「熟識」的對象比較具體，往往是人。「熟悉」的對象比較廣泛，可指具體的人、事物。「熟識」的重點在很認識。「熟練」的重點在知道得很清楚。

15 **熟慮** ㄕㄨˊ ㄌㄩˋ 深切地考慮。例深思熟慮。

熟練 ㄕㄨˊ ㄌㄧㄢˋ 對某種技術熟練久了，就能精通而有經驗。

參考 參閱「熟悉」條。

19 **熟識** ㄕㄨˊ ㄕˋ 認識，熟稔。

參考 參閱「熟悉」條。

▽圓熟、秋熟、習熟、稔熟、成熟、早熟、爛熟、記熟、嫻熟、後熟、煮熟、滾瓜爛熟、駕輕就熟、蒂落瓜熟。

㊥11
熬
形解 形聲；從火，敖聲。敖有留連的意思，所以用火把食物久煎使乾為熬。

音義 ㄠˊ 動①乾煎；例熬豬油。②煮熟；例熬小米粥。③勉強支撐；例熬夜。ㄠ 動悶煮；例熬白菜。形懊悔而不悅的；例熬心。

參考 ①「熬」字左上方從「士」「方」而不從「麦」。②同煮。

13 **熬煎** ㄠˊ ㄐㄧㄢ 本是痛苦的意思，引申作「忍受」。

參考 ①反享受。②與「忍耐」有別：「熬煎」的痛苦程度含有幾乎凡人所不能忍耐的情形。

▽煎熬、焦熬、苦熬、強熬、痛苦難熬。

㊥11
熱
形解 形聲；從火，埶聲。埶為種植草木，所以火燒草木所生的高溫為熱。

音義 ㄖㄜˋ 名①溫度高，與「冷」相對；例冷熱。②物物體粒子的運動而產生熱；例幅射熱。③姓。動使溫度增加；例把飯盒熱過後再吃。形①高溫的；例熱帶植物。②親近的；例熱情。③旺盛的；例熱門。副即刻地；例打鐵趁熱。

參考 ①參閱「熟」字條。②反冷。

4 **熱切** ㄖㄜˋ ㄑㄧㄝˋ 迫切。

參考 衍熱切盼望。

熱心 ㄖㄜˋ ㄒㄧㄣ ㈠有血性，富同

情心。㈡興趣十分濃厚。例提到辦郊遊，他最熱心了。
參考 ①同熱腸。②衍熱心公益。③「熱心」、「熱情」、「熱忱」有別：「熱心」表示對人或對事的態度積極，不但熱情，而且肯盡心，常用來形容人的做事態度；如：他一向熱心社會公益。「熱情」表示待人接物有熱烈的感情；如：許多人都說中國人是熱情的。「熱忱」表示對人或對事的態度熱誠、眞摯；如：他以無比的熱忱去面對新環境、新工作。

6 **熱血** ㄖㄜˋ ㄒㄩㄝˋ ㈠有血性的熱心人。㈡動即熱血動物，對冷血動物而言，體內溫度保持恆溫而不會隨外界溫度而升降的動物，如人類。
參考 ①衍熱血沸騰、熱血動物。②反冷血。

7 **熱忱** ㄖㄜˋ ㄔㄣˊ 熱烈眞摯。例他做事熱忱懇切。
參考 ①反冷漠。②與「熱心」、「熱情」、「熱誠」有別：「熱心」表示對人對事態ㄊㄞˋ積極主動，肯盡心力，常指對事而言；「熱情」多用於待人接物的態度，情感十分熱烈；「熱忱」乃是熱誠眞實的心情，常用「滿腔」、「無比」、「高度」的熱忱作形容詞，用在書面上的機會多。「熱心」、「熱情」常用在口語中；「熱誠」不用於事，專指待人熱心又誠懇而言。

8 **熱河** ㄖㄜˋ ㄏㄜˊ 地㈠省名，因省會東有熱河環繞而得名。省會承德。㈡河名。
參考 衍熱河省。

10 **熱烈** ㄖㄜˋ ㄌㄧㄝˋ 感情激昂。
參考 ①衍熱烈捐款、熱烈響應。②反冷淡。

11 **熱情** ㄖㄜˋ ㄑㄧㄥˊ 熱烈的感情。例熱情感人。
參考 參閱「熱心」、「熱忱」條。

熱帶 ㄖㄜˋ ㄉㄞˋ 地地表赤道南北緯各二三度二七分之間的地區。即位於南北回歸線之間的地球表面地帶，溫度最高，終年沒有冬季，稱熱帶。
參考 ①衍熱帶魚、熱帶植物。②反寒帶。

12 **熱量** ㄖㄜˋ ㄌㄧㄤˋ ㈠物當物體在一定條件下，產生溫度變化，稱爲此物獲得或散失多少熱量，單位是卡路里。㈡食物被吸收在體內轉變成能量，以熱的形式被吸收之謂。

13 **熱愛** ㄖㄜˋ ㄞˋ 十分喜愛。
參考 ①參閱「愛戴」條。②與「酷愛」有程度上的差異：「熱愛」有欣賞喜悅的成分；「酷愛」在程度上更爲强烈。

15 **熱鬧** ㄖㄜˋ ㄋㄠˋ ㈠喧嘩吵鬧不清靜。㈡繁華盛況。

▽炎熱、溫熱、火熱、酷熱、白熱、發熱、炙熱、解熱、高熱、狂熱、加熱、悶熱、熾熱、內熱、燥熱、炙手可熱、水深火熱、打鐵趁熱、酒酣耳熱。

常 11 熨

形解 形聲；從火，尉聲。手拿火斗燙平東西爲熨。
音義 ㄩㄣˋ 動使用烙鐵、熨斗及熱力將物品或衣服壓平；例熨西服。
ㄩˋ 動事情辦妥；例熨帖。形妥切的；例熨貼。
參考 ①參閱「燙」字條。②字雖從「尉」，不可讀成ㄨㄟˋ或ㄊㄤ。③「熨」、「燙」有別：「熨帖」的「熨」，不可與「燙傷」的「燙」相混。

次 11 熯

形解 形聲；從火，漢省聲。火盛而使物乾燥爲熯。
音義 ㄏㄢˋ 動①燃燒；例熯焚。②煎食物；例熯爐子。形乾燥的，通「暵」；例燥萬物者，莫熯乎火。

次 11 熠

形解 形聲；從火，習聲。習有多的意思，所以光亮爲熠。
音義 一ˋ 形光亮的；例熠燿。
參考 字雖從習，但不可讀成ㄒㄧˊ。

常 12 熾

形解 形聲；從火，戠聲。戠有聚合的意思，所以衆火聚燃，火勢旺盛爲熾。
音義 ㄔˋ 動烹煮，通「饎」；例三月而熾之。形①强盛的；例玁狁孔熾。②火勢旺盛的；

例熾熱。

參考①「熾」與「織」形似而音義不同。②同熱。

10 **熾烈** ㄔˋ ㄌㄧㄝˋ 火光強烈的樣子。

15 **熾熱** ㄔˋ ㄖㄜˋ 火盛的樣子。

▽盛熾、繁熾、隆熾、昌熾、旺熾、白熾。

常 12 **燉**

解形 形聲；從火，敦聲。敦有豐厚的意思，所以火勢盛大爲燉。

音義 ㄉㄨㄣˋ 動①一種烹飪法，將食物混和湯汁，用文火煮得熟爛；例燉雞湯。②把物品盛在碗或其他器皿中，再放於水中加溫。

參考 字雖從「敦」，但不可讀成ㄉㄨㄣ或ㄉㄨㄟˋ。

常 12 **燙**

解形 形聲；從火，湯聲。用熱水溫物爲燙。

音義 ㄊㄤˋ 動①被火或高熱所灼痛或灼傷；例燙手。②使物體溫度升高；例燙酒。③利用高溫改變原有物體的形態；例燙髮。

參考「熨」與「燙」都有用熱能來改變形體的意思，然「熨」字多指使物變成平整，而「燙」卻沒有此義。

常 12 **燒**

解形 形聲；從火，堯聲。堯有高的意思，所以火焚爲燒。

音義 ㄕㄠ 名①身體體溫升高的病變；例發高燒。②「燒酒」的省稱；例高粱燒。動①使之起火；例燃燒。②加熱使物體產生變化；例燒磚。③烘烤；例燒雞。④烹煮；例燒飯。⑤譏諷別人因得富貴而致忘形胡來；例他發了一筆橫財，燒得誰也不認得了。形燒烤而成的；例燒餅。

參考①同煮、燃。②「燒」字雖從「堯」聲，但不可讀成ㄧㄠ或ㄐㄠ。

11 **燒殺淫掠** ㄕㄠ ㄕㄚ ㄧㄣˊ ㄌㄩㄝˋ 指敵人的殘酷暴行，即燒毀建築物、殺人姦淫及掠奪財物。

▽燃燒、焚燒、火燒、灼燒、發燒、延燒、劫掠焚燒。

常 12 **燈**

解形 形聲；從火，登聲。登是盛物的瓦器，所以置油點火，可以照明爲燈。

音義 ㄉㄥ 名①照明或做其他用途的發光用具；例煤油燈。②飾燈；例張燈結綵。③宗佛教以佛法能破除黑暗，故以「燈」稱「佛法」；例傳燈。

參考 字簡寫作「灯」，學生不宜使用。

13 **燈塔** ㄉㄥ ㄊㄚˇ ㈠引導船舶航行的標誌，一般設置在沿海航線附近的島嶼、礁石或港灣海岸的明顯位置，通常建成塔形。㈡比喻引導的中心目標。例臺灣是自由的燈塔。

17 **燈謎** ㄉㄥ ㄇㄧˊ 文黏貼在花燈上，供人猜解取樂的謎語。猜燈謎是我國民間年節習俗之一。又稱「燈虎」。

22 **燈籠** ㄉㄥ ㄌㄨㄥˊ ㈠手提的燈，常有外罩圍住燈光，能使亮光集中。㈡元宵節兒童所提的花燈。

▽街燈、神燈、電燈、風燈、檯燈、花燈、明燈、壁燈、吊燈、車燈、點燈、熄燈、美術燈、走馬燈、日光燈、長命燈、只許州官放火不許百姓點燈。

常 12 **燐**

解形 形聲；從火，粦聲。鬼火爲燐。

音義 ㄌㄧㄣˊ 名①化學元素之一，通「磷」；例赤燐。②鬼火；例燐火。

參考 化學元素的「磷」，參閱「磷」字條。

4 **燐火** ㄌㄧㄣˊ ㄏㄨㄛˇ 燐質遇空氣燃燒放出來的青光，墳地常可見到。俗稱鬼火，因其忽明忽滅的緣故。

▽黃燐、鬼燐、野燐、塚燐。

常 12 **燕**

解形 象形；象燕鳥之形。

音義 ㄧㄢˋ 名動鳥名，屬鳥綱、燕雀目，體小翼長，尾分叉如剪的候鳥，俗稱「燕子」。動飲讌，通「宴」；例燕享。形安閒的；例孔燕豈弟。

ㄧㄢ 名①史古國名。②地「河北省」的簡稱。③姓。

參考 與「雁」有別：兩種鳥都是「候鳥」，春來秋返，但形體不同。「燕」，尾長分歧如剪，口大腳短；「雁」，是水鳥，狀似鵝。

7 **燕尾服** ㄧㄢˋ ㄨㄟˇ ㄈㄨˊ 歐美紳士所穿的晚禮服。前短後長，背後下端分歧如燕尾，故名。

8 **燕享** ㄧㄢˋ ㄒㄧㄤˇ 祭祀時以酒食饗宴鬼神。

燕居 ㄧㄢˋ ㄐㄩ 退朝後的私生活。

參考 ①同閒居，平日。②又稱「宴居」。

▽飛燕、北燕、歸燕、泥燕、飲燕、王謝堂前燕。

常 12 熹

形解 形聲；從火，喜聲。以火烤肉爲熹。

音義 ㄒㄧ 名①微弱的陽光；例熹微。②天亮；例晨熹。動使光亮；例星熹。形光明的；例熹微。

參考 ①「熹」字又有炙熱的意思。②或作「爐」。

13 **熹微** ㄒㄧ ㄨㄟˊ 早晨光線不太明亮的樣子。例晨光熹微。

常 12 燎

形解 形聲；從火，尞聲。尞是古文「慎」字，有謹慎的意思，所以敬慎以行柴祭爲燎。

音義 ㄌㄧㄠˊ 名火炬；例庭燎。動①古代耕作法之一，用火燒田；例燎獵。②烘烤；例燎衣。形明亮的；例佼人燎兮。

ㄌㄧㄠˊ 動延燒；例烈火燎原。

ㄌㄧㄠˇ 動①焚燒；例燎毛。②挨近了火而燒焦；例離燈火遠些，別燎了頭髮。

參考 ①「燎」當作「燙傷成水泡」解而構成「燎漿泡」一詞時，應讀做ㄌㄧㄠˊ。②音ㄌㄧㄠˇ時，多用於燒焦毛髮而言。

▽柴燎、庭燎、郊燎、野燎、燔燎。

常 12 燃

形解 形聲；從火，然聲。燒起火焰爲燃。

音義 ㄖㄢˊ 名姓。動①燒起火焰；例燃燒。②引火點著；例燃燈。形①熾盛的；例林間花欲燃。②可供燃燒的；例燃料。

參考 ①「然」爲「燃」的古字，但是現在僅以「燃」表示燒的意思，不再採用「然」字；而「然」多作虛字或語詞用了。②同燒。③反熄，滅。

9 **燃眉之急** ㄖㄢˊ ㄇㄟˊ ㄓ ㄐㄧˊ 火已燒著眉毛，比喻事情萬分緊迫。

參考 參閱「迫在眉睫」條。

10 **燃料** ㄖㄢˊ ㄌㄧㄠˋ 燃燒用，發火力強的材料，如木材、木炭、煤等等。

▽點燃、自燃、助燃、死灰復燃。

常 12 燄

形解 形聲；從炎，臽聲。臽有微小的意思，炎是火光上騰，所以火初著時所發出的微小光熱爲燄。

音義 ㄧㄢˋ 形火光微燃的；例無若火始燄燄。

參考 「燄」與「焰」形近音同而義不同：「焰」，多指火苗的意思；而「燄」，則指火苗微著的意思。

常 12 燜

形解 形聲；從火，悶聲。悶是氣懣在內，不得發洩，所以用微火久煮食物，不使洩氣爲燜。

音義 ㄇㄣ 動我國烹調法之一，將食物放在帶有固定水分的鍋中，扣緊鍋蓋，用文火慢煮，不使氣味外溢而使物熟湯乾；例紅油燜冬筍。

次 12 熸

形解 形聲；從火，朁聲。朁有消滅的意思，所以火熄滅爲熸。

音義 ㄐㄧㄢ 動本義是火熄滅，比喻軍隊打敗仗；例王夷師熸。

次 12 燖

形解 形聲；從火，尋聲。以火燒熟食物爲燖。

音義 ㄒㄩㄣˊ 動①用開水去毛；例揚湯燖毛。②沈肉於湯中，通「炶」。③溫熱食物，同「燅」。

參考 又音ㄑㄧㄢˊ。

次 12 燁

形解 形聲；從火，華聲。華有美好的意思，所以光色明盛美麗為燁。

音義 一せˋ 副 光色鮮盛地；例燁然玉質而金色。

參考 同曄，煜，燿，燭。

次 12 **燔** 形解 形聲；從火，番聲。以火燒煮食物為燔。

音義 ㄈㄢˊ 名 祭祀用的熟肉，通「膰」；例與執燔焉。動 焚燒；例燔書。

參考 同燃，焚，燒，炙。

次 12 **燊** 形解 會意；從焱在木上。火盛為燊。

音義 ㄕㄣ 形 火光旺盛的。

常 13 **燧** 形解 形聲；從火，遂聲。遂有興作的意思，所以用鏡子吸引日光起火為燧。

音義 ㄙㄨㄟˋ 名 ①古時取火的器具；例鑽燧取火。②古邊防用來告警，傳遞訊號的烽煙；例烽燧。③火把；例燧象。

參考 字從「遂」作，不可誤從「逐」而寫成「燧」。

▽烽燧、木燧、陽燧。

常 13 **營** 形解 形聲；從宮，熒省聲。熒有環繞的意思，所以環圍而居為營。

音義 一ㄥˊ 名 ①軍隊駐紮的所在；例安營紮寨。②國軍建制編組之一，介於「連」與「團」之間；例憲兵營。③從事某種活動的臨時編組；例夏令營。④地 古州名。⑤姓。動 ①建設；例召伯營之。②謀求；例營救。③惑亂，通「熒」；例營惑。④圍繞；例朱絲營社。

參考 同做。

5 **營生** 一ㄥˊ ㄕㄥ 營謀生計。

參考 同謀生。

7 **營利** 一ㄥˊ ㄌ一ˋ 營謀利益。經濟學上的營利，指增加貨幣價值的行為。

參考 衍 營利稅、營利事業、營利生產、營利經濟。

13 **營業** 一ㄥˊ 一せˋ 以營利為目的的業務。通常指與商業有關的事業而言。

參考 衍 營業稅。

▽軍營、經營、公營、私營、國營、宿營、陣營、兵營、本營、野營、露營、民營、大衛營、天體營、大本營、步步為營、狗苟蠅營、慘澹經營。

常 13 **燮** 形解 形聲；從言又，炎聲。調和為燮。

音義 ㄒ一せˋ 名 姓。動 調和；例燮理陰陽。

參考 字或作「爕」。

常 13 **燥** 形解 形聲；從火，喿聲。喿有雜亂的意思，所以東西乾焦為燥。

音義 ㄗㄠˋ 名 乾，缺少水分；例水流濕，火就燥。形 焦急不安的；例燥灼。

參考 ①與「操」、「澡」有別：操，音ㄘㄠ，義為運用、從事、訓練等；澡，音ㄗㄠˇ，原為洗手，今通稱沐浴為洗澡。②「臊」、「燥」、「躁」有別：「害臊」的「臊」字，音ㄙㄠ，從肉。「乾燥」的「燥」字，從「火」，音ㄗㄠˋ，字雖從火為偏旁，但與脾氣壞無關。「急躁」、「暴躁」的「躁」字，音ㄗㄠˋ，從「足」，而與脾氣壞有關。

▽乾燥、枯燥、口乾舌燥。

常 13 **燦** 形解 形聲；從火，粲聲。粲有明潔的意思，所以光彩鮮明為燦。

音義 ㄘㄢˋ 形 光彩、鮮明、耀眼的；例燦爛。

21 **燦爛** ㄘㄢˋ ㄌㄢˋ 光彩耀眼的樣子。例燦爛奪目。

▽光燦、明燦。

常 13 **燭** 形解 形聲；從火，蜀聲。蜀有大的意思，所以古代以葦、麻、薪、蒸、油布等製成用以照明的庭燎大燭為燭。

音義 ㄓㄨˊ 名 ①火炬；例燭不見跋。②「蠟燭」的省稱；例洞房昨夜停紅燭。③姓。動 照耀；例火光燭天。

參考 字或作「爥」。

▽秉燭、蠟燭、紅燭、紙燭、殘燭、銀燭、明燭、燈燭、花燭、照燭、洞燭、搖燭。

常 13

燬

形解 形聲；從火，毀聲。毀有破壞的意思，所以烈火爲燬。

音義 ㄏㄨㄟˇ 動 燒掉；例 銷燬。形 火勢凶猛的；例 王室如燬。

參考 ①與「毀」同音而義別：「毀謗」、「毀壞」都不可作「燬」。②「毀家紓難」一詞的「毀」字不可作「燬」或「譭」。

常 13

燴

形解 形聲；從火，會聲。會有聚合的意思，所以配合多種食物使其稍煮即熟的烹調方法爲燴。

音義 ㄏㄨㄟˋ 動 ①烹飪法，混合湯汁烹煮，至湯少時加以鈎芡而成；例 燴牛肉。②把飯菜等混在一起，加水煮熟或煮熱；例 燴飯。

次 13

燠

形解 形聲；從火，奧聲。奧有隱蔽的意思，所以內部炎熱爲燠。

音義 ㄠˋ 形 炎熱的；例 燠暑。ㄩˋ 形 和暖的；例 寒燠。

常 14

燻

形解 形聲；從火，熏聲。熏黑煙向上冒出爲燻。

音義 ㄒㄩㄣ 動 做菜方法之一，燃燒木屑、茶葉、穀殼等物，以其煙與熱將食物烤熟並呈焦黑色爲止；例 松枝燻鴨。②(煙火)上升；例 煙火燻天。

次 14

燼

形解 形聲；從火，盡聲。盡有完結的意思，所以燃燒後的殘餘物爲燼。

音義 ㄐㄧㄣˋ 名 ①燃燒後的殘餘物；例 燭燼。②遺民；例 收二國之燼。③兵難或災變後剩下的東西；例 具禍以燼。

▽ 遺燼、灰燼、餘燼、殘燼、化爲灰燼。

次 14

燾

形解 形聲；從火，壽聲。光明寬廣而無不覆照爲燾。

音義 ㄊㄠˋ 動 覆蓋，通「幬」；例 無不覆燾。

參考 又音 ㄉㄠˋ。

次 14

燹

形解 形聲；從火，豩聲。豩有紛亂的意思，所以野火亂燒爲燹。

音義 ㄒㄧㄢˇ 名 兵火；例 煙火高低變烽燹。

常 15

爆

形解 形聲；從火，暴聲。暴是把東西曬乾，所以火花迸飛爲爆。

音義 ㄅㄠˋ 動 ①做菜方法之一，以猛火快炒；例 蔥爆牛肉。②猛然炸裂；例 爆破。③突發；例 大戰爆發。

參考 ①「爆」字又有以火烘乾的意思。②與「曝」有別：「曝」，音 ㄆㄨˋ，指在陽光下曬；而「暴」字音 ㄆㄨˋ 時，可互通。

6 **爆竹** ㄅㄠˋ ㄓㄨˊ 用紙捲火藥，點火即爆發出強大聲音的東西。

7 **爆冷門** ㄅㄠˋ ㄌㄥˇ ㄇㄣˊ 在競賽當中，出乎意料地獲得優勝。又作「爆出冷門」。

12 **爆發** ㄅㄠˋ ㄈㄚ ㈠火藥突然爆炸。例 炸彈爆發。㈡突然發生。如：火山爆發。

▽ 音爆、空爆、核爆、試爆、蔥爆。

常 15

爍

形解 形聲；從火，樂聲。樂有神采飛揚，容光煥發的意思，所以火光閃耀散發爲爍。

音義 ㄕㄨㄛˋ 動 ①銷鎔金屬；例 爍金以爲刃。②發光；例 閃爍。

參考 ①「爍」字雖從「樂」，然不可讀成 ㄌㄜˋ。②「爍」與「鑠」於作銷鎔義解時，可以通用，然餘義則不同。

▽ 光爍、閃爍。

次 15

爊

形解 形聲；從火，麃聲。麃是鍛鍊，所以把食物放在火灰中煨烤爲爊。

音義 ㄠˊ 動 放在火灰中煨烤。

參考 ①或作「熝」。②字雖從麃，但不可讀成 ㄅㄧㄠ。

次 15

爇

形解 形聲；從火，埶聲。用火燒爲爇。

音義 ㄖㄨㄛˋ 動 焚燒；例 爇香。

參考 與「熱」(ㄖㄜˋ)字，音義各異。

常 16 **爐** 解形 形聲；從火，盧聲。盧有裝盛的意思，所以盛火器具爲爐。

音義 ㄌㄨˊ 名 爐子，炊事的設備之一；例煤球爐。

參考 「爐火純靑」的「爐」字不可作「盧」或「轤」。

4 **爐火純靑** ㄌㄨˊ ㄏㄨㄛˇ ㄔㄨㄣˊ ㄑㄧㄥ 煉丹的火候呈純靑色，即表示煉丹成功。比喻功力造詣之深，已達巔峯狀態。

▽火爐、香爐、手爐、暖爐、風爐、壁爐、烤爐、圍爐。

次 16 **爓** 解形 形聲，從火，閻聲。火苗爲爓。

音義 ㄒㄩㄣˊ 名 湯中的肉；例三獻爓。

ㄧㄢˋ 名 火苗，同「焰」、「燄」；例高爓飛煽於天垂。

常 17 **爛** 解形 形聲，從火，闌聲。食物煮得熟透爲爛。

音義 ㄌㄢˋ 形 ①食物因水分過多或過熟而鬆軟的；例稀粥爛飯。②腐敗的；例爛西瓜。③破舊的；例破銅爛鐵。④光明的；例明星有爛。⑤不端正的；例這個人生活很爛。

參考 ①「爛」與「瀾」音同形似而義別：「瀾」，多指水勢盛大義，與「爛」不可混用。②與「濫」音同而義異：「濫」，指大水漫溢，故字從「氵」(水)，又有過度，放浪義，都與「爛」字不同。

▽潰爛、燦爛、糜爛、腐爛、絢爛、熟爛、海枯石爛。

次 17 **爝** 解形 形聲；從火，爵聲。用葦草束成的火把爲爝。

音義 ㄐㄩㄝˊ 名 小火把；例爝火不息。動 古焚燒成束的葦草，以祓除不祥；例爝以爟火。

參考 又音 ㄐㄧㄠˋ。

次 17 **爚** 解形 形聲；從火，龠聲。閃爍的火光爲爚。

音義 ㄩㄝˋ 名 火光。形 光耀的；例光明熠爚。

參考 又音 ㄧㄠˋ。

次 18 **爟** 解形 形聲；從火，雚聲。雚有高的意思，所以舉火爲爟。

音義 ㄍㄨㄢˋ 動 舉火；例爟火。

常 25 **爨** 解形 會意；從臼，從林，從廾、從火。上持甑於竈上，下推薪木以燃燒，所以燒煮食物爲爨。

音義 ㄘㄨㄢˋ 名 ①爐竈；例執爨踖踖。②古稱雲南省部分的種族爲爨。③宋金時代稱以演出簡短故事內容的雜劇。④姓。動 ①炊煮；例許子以釜甑爨。②燒火做飯；例分爨。

參考 ①「爨」字筆劃複雜，宜加注意。②同炊，煮。

▽薪爨、炊爨、析爨、異爨。

【爪部】 ㄓㄠˇ

常 0 **爪** 解形 象形；象覆手形。覆手爲爪。

音義 ㄓㄠˇ 名 ①長在手指、腳趾上「甲」的通稱；例腳爪。②鳥獸的腳或趾甲；例雪泥鴻爪。③器物基座的部分；例這個茶盤有四個爪。

參考 ①「爪」字當作鳥獸的腳趾又可讀作 ㄓㄨㄚˇ。②與「瓜」形近音義不同：瓜，音 ㄍㄨㄚ，果菜類，如西瓜、南瓜。③孳 笊、抓。

4 **爪牙** ㄓㄠˇ ㄧㄚˊ (一)趾爪牙齒。(二)武勇之士。(三)惡霸的助手。

參考 衍 爪牙之士、爪牙之臣。

▽鐵爪、指爪、鷹爪、獸爪、鱗爪、手爪、腳爪、一鱗半爪、東鱗西爪、張牙舞爪、雪泥鴻爪。

常 4 **爬** 解形 形聲；從爪，巴聲。搔抓爲爬。

音義 ㄆㄚˊ 動 ①搔抓；例笑嘲愜爬癢。②攀援；例爬樹。③伏地而行；例七坐八爬。

參考 ①參閱「扒」字條。②字從

爪，不可誤從「瓜」寫成「爬」。

常 4 **爭** 形解 [篆] 會意；從受厂。受為兩個人的手，厂為曳引，所以兩人奪引為爭。

音義 ㄓㄥ 動 ①拚命求取；例爭權奪利。②鬥嘴；例爭吵。③力求獲致或達成；例為國爭光。④差別；例風景好，不爭多。副怎麼，通「怎」；例「爭知我倚闌干處，正憑凝愁？」

參考 ①「爭」字上從爪不可作「⺈」，中間是從「又」，所以橫劃宜有出頭。②同奪。

6 **爭光** ㄓㄥ ㄍㄨㄤ 爭取光榮。

爭先恐後 ㄓㄥ ㄒㄧㄢ ㄎㄨㄥˇ ㄏㄡˋ 只有搶先，惟恐落後。

參考 與「爭長競短」，都有往前不讓人之意，但有別：前者用於批評生活小節不知禮讓；後者指在公平競賽中爭取勝利。

8 **爭取** ㄓㄥ ㄑㄩˇ 盡力求取。

參考 ①反放棄。②與「爭取」、「奪取」有別：「爭取」能用於人，也能用於事物。如：爭取羣眾的支持，爭取時間。「奪取」只能用於事物，有「努力爭取」的意思，如：奪取錦標；也有「用武力強取」的意思，如：奪取政權。

8 **爭奇鬥豔** ㄓㄥ ㄑㄧˊ ㄉㄡˋ ㄧㄢˋ 比賽外表的華美、奇異及豔麗。

參考 與「爭奇鬥勝」有別：「爭奇鬥豔」多半形容女子服飾或花草豔麗方面的競爭；後者也是競爭，範圍較為廣泛，不限於美豔方面。

10 **爭氣** ㄓㄥ ㄑㄧˋ ㈠爭強好勝而不願屈服。㈡指一個人發憤圖強，不願輸給別人。

11 **爭執** ㄓㄥ ㄓˊ 堅持己見，引起爭辯。

參考 ①同爭持，爭論。②參閱「力爭」條。

14 **爭端** ㄓㄥ ㄉㄨㄢ 本指爭訟的依據，後來多指引起爭執的事由。

爭奪 ㄓㄥ ㄉㄨㄛˊ 爭取搶奪。例爭奪家財。

參考 與「爭取」有別：「爭奪」態度蠻橫無理；「爭取」是以合理的方式力求達到目的。

20 **爭議** ㄓㄥ ㄧˋ ㈠爭辯，爭論。㈡因意見不一致而無結論。例本案尚在爭議之中。

▽與世無爭、據理力爭、鷸蚌相爭。

常 5 **爰** 形解 [篆] 會意；從受從亐。受為上下兩隻手，亐有平舒的意思，所以兩手平緩地援引為爰。

音義 ㄩㄢˊ 名 姓。動 改換；例自爰其處。連 於是；例爰得我所。

參考 ①「爰」與從扌(手)的「援」形似音同而義別：「爰」有更換義；「援」有救助、牽引義。②「爰」作文言虛字用時，有「於是」、「乃」諸義。

常 13 **爵** 形解 [篆] 象形；上象爵形，下從又從鬯，飲酒器。隸變作爵。

音義 ㄐㄩㄝˊ 名 ①古代銅製飲酒禮器之一，形狀似雀立鬯形；例金爵。②君主國家對貴族或功臣所封的名分或等級；例爵位。③鳥名，同「雀」；例為叢毆爵者。④姓。動 封爵。

▽公爵、侯爵、五爵、子爵、人爵、世爵、封爵、伯爵、玉爵、康爵、天爵、加官晉爵、賣官鬻爵。

①名 爵

【父部】 ㄈㄨˋ

常 0 **父** 形解 [篆] 會意；從又持丨。丨象杖，所以家中手持杖以指揮全家者為父。

音義 ㄈㄨˋ 名 ①稱生我的男性；例父親。②稱直系血親的男性；例祖父。③同宗或親戚關係的長輩；例伯父。ㄈㄨˇ 名①古代男子的美稱，通「甫」；例師尚父。②敬稱長者；例漁父。

參考①同爸。②反母。③孳斧、釜。

6 **父老** ㄈㄨˋ ㄌㄠˇ ㈠年紀大的人。㈡古代鄉職，以年高者擔任。

▽王父、岳父、家父、義父、漁父、繼父、嚴父、師父、神父、祖父、田父、養父、天父、叔父、伯父、樵父、老父、國父、慈母嚴父、知子莫若父。

常 4 **爸** 形解 形聲；從父，巴聲。俗稱父親為爸。

音義 ㄅㄚˋ 名①對父親的稱呼；例爸爸。②方四川方言稱叔伯；例二爸。

參考①「爸」與「父」同義，然「爸」為「父」的後起字。原本「父」有ㄅㄚˋ的讀音，後來不傳了，所以把「父」字再加「巴」聲用來標注它的聲音，因而造了「爸」這個形聲字。②同父。

常 6 **爹** 形解 形聲；從父，多聲。父親的俗稱為爹。

音義 ㄉㄧㄝ 名①對父親的稱呼；例爹娘。②對年老男子的尊稱；例老爹。

參考①「爹」字某些方言也可稱祖父。②字雖從多，但不可讀成ㄉㄨㄛ。

常 9 **爺** 形解 形聲；從父，耶聲。古人尊稱父親為爺。

音義 ㄧㄝˊ 名①祖父；例爺爺。②對父親的稱呼；例阿爺無大兒。②對長輩或年長的男子之尊稱；例老大爺。③奴僕對所侍男子的敬稱；例少爺。④稱呼某些神祇；例灶王爺。

▽老爺、大爺、阿爺、少爺、王爺、老太爺、城隍爺。

【爻部】 ㄧㄠˊ

常 0 **爻** 形解  象形；象文理相交形。

音義 ㄧㄠˊ 名八卦卦上的橫線；例爻也者，效天下之動者也。

參考「爻」字讀音為ㄒㄧㄠˊ。

常 7 **爽** 形解  會意；從㸚大。㸚是縫隙，所以自縫隙透光，通明光朗為爽。

音義 ㄕㄨㄤˇ 名姓。動差錯；例報應不爽。形①明朗的；例爽朗。②暢快的；例秋高氣爽。③豪邁不拘的；例俊爽。

8 **爽直** ㄕㄨㄤˇ ㄓˊ 形容人性情率直，不拐彎抹角，氣度豁達。

參考 同坦直。

9 **爽約** ㄕㄨㄤˇ ㄩㄝ 就是失約。

10 **爽朗** ㄕㄨㄤˇ ㄌㄤˇ ㈠天氣晴朗。㈡性情通達。

12 **爽然若失** ㄕㄨㄤˇ ㄖㄢˊ ㄖㄨㄛˋ ㄕ 失意惆悵的樣子。

▽清爽、涼爽、豪爽、舒爽、秋高氣爽。

常 10 **爾** 形解  形聲；從冂㸚，尒聲。冂象帷幕形，㸚是帷幕上的空隙，所以窗欞華麗為爾。

音義 ㄦˇ 代①你，第二人稱代名詞；例爾虞我詐。②如此；例未能免俗，聊復爾耳。動接近，通「邇」。形①華麗的；例彼爾維何？②那；例爾夜風恬月朗。助①形容詞、副詞的語尾助詞；例莞爾。②「而已」的合音；例不崇朝而偏雨乎天下者，唯泰山爾。③表示疑問，同「乎」；例然則何言爾？④表示肯定，通「耳」；例盡此不勝，將去而歸爾。

參考①孳邇、嬭、彌、璽、瀰。②今第二人稱代名詞多用「你」，但在成語中猶用「爾」而不用「你」，如「爾虞我詐」不可作「你虞我詐」。

14 **爾虞我詐** ㄦˇ ㄩˊ ㄨㄛˇ ㄓㄚˋ 彼此毫無誠意，各懷鬼胎，互相欺詐。

參考 參閱「鉤心鬥角」條。

▽莞爾、卓爾、聊爾、果爾、不過爾爾、出爾反爾、不覺莞爾。

【爿部】 くㄧㄤˊ

常 4 **牀** 形解 形聲；從木，爿(くㄧㄤˊ)聲。爿是木板，所以供人躺臥休息的木製品爲牀。

音義 ㄔㄨㄤˊ 名 ①供人睡臥的寢具。②古稱坐榻；例胡床。③放置器物的架子；例琴牀。④井上圍欄；例後園鑿井銀作牀。⑤水道的底部；例河牀。⑥殮前停尸的壽具；例停屍在牀。

11 **牀笫** ㄔㄨㄤˊ ㄗˇ 牀席，多含有私褻的意思。笫：竹蓆。

17 **牀頭金盡** ㄔㄨㄤˊ ㄊㄡˊ ㄐㄧㄣ ㄐㄧㄣˋ (一)身邊的錢都用完了，常指因冶遊而用盡財物。(二)比喻窮困。

▽牙牀、河牀、同牀、胡床。

次 5 **牁** 形解 形聲；從爿，可聲。用來繫舟的木樁爲牁。

音義 ㄍㄜ 名 用來維繫舟船的木樁；例牂牁。

次 6 **牂** 形解 形聲；從羊，爿聲。母羊爲牂。

音義 ㄗㄤ 名 母羊；例牂羊墳首。形 茂盛的；例其葉牂牂。

參考 字雖從羊，但不可讀成ㄧㄤˊ。

常 13 **牆** 形解 形聲；從嗇，爿聲。爿是半木，嗇有收藏的意思，所以用來障蔽的垣壁爲牆。

音義 くㄧㄤˊ 名 以磚、石砌成，可用來支撐或防護，通常爲建築物結構之一部分；例帷幕牆。

參考 同垣，壁。

▽垣牆、宮牆、女牆、門牆、土牆、庭牆、爬牆、越牆、高牆、圍牆、短牆、矮牆、兄弟鬩牆、忝爲門牆。

【片部】 ㄆㄧㄢˋ

常 0 **片** 形解 象形；象判木成半形。

音義 ㄆㄧㄢˋ 名 ①薄而扁的物體；例肉片。②數量詞，指面積廣泛而連綿不斷的事物；例一片蒼綠的原野。③形態較小的片狀物；例名片。形 ①簡短的；例片言隻字。②短暫的；例片刻。③偏一的；例片面。

參考 「片」與「爿」形似而音義不同：「片」，爲木頭劈開的右半塊；「爿」讀做くㄧㄤˊ，義指左半塊木頭。

5 **片甲不留** ㄆㄧㄢˋ ㄐㄧㄚˇ ㄅㄨˋ ㄌㄧㄡˊ 形容全軍覆沒，一個士兵也不留。

參考 同片甲不存。

8 **片刻** ㄆㄧㄢˋ ㄎㄜˋ 一會兒。

9 **片段** ㄆㄧㄢˋ ㄉㄨㄢˋ 零碎而不連貫的東西。

參考 與「片斷」都指事物零碎不全的一部分，但有別：「片斷」本指從整個物體中切削下來的一個平而薄的橫斷面，有零碎而不完整的意思。「片段」是從整個事物中截取一段，有一定的完整性(但不全)；以容量而言，「片段」大於「片斷」。

片面 ㄆㄧㄢˋ ㄇㄧㄢˋ 單方面。

參考 ①反全面。②同單面。

10 **片紙隻字** ㄆㄧㄢˋ ㄓˇ ㄓ ㄗˋ 零星的文字材料或簡短的書信。

▽紙片、切片、雪片、破片、碎片、刀片、名片、照片、唱片、影片、相片、長片、切片、圖片、賀年片、明信片、雪花片。

常 4 **版** 形解 形聲；從片，反聲。片木爲版。

音義 ㄅㄢˇ 名 ①古代築牆所用的夾板；例傳說舉於版築。②古撰寫時所使用的木片；例投版棄官而去。③朝笏；例修業不息版。④印刷時所用的底片；例照相製版。⑤

刊物印刷發行的次數；例再版。⑥報刊上新聞報導時所做的區域分畫；例地方版。⑦報刊發行時的區域分畫；例海外版。

參考「版」與「板」形似音同而義不同：「版」，有手版、冊籍的意思；而「板」，有片狀、節拍的意思。

5 **版本** ㄅㄢˇ ㄅㄣˇ 製版印成的書本。

參考 各時代的版本不同，根據版本的不同來考究古書出版時代的學問，叫版本學。

12 **版稅** ㄅㄢˇ ㄕㄨㄟˋ 著作人以其著作物委託出版商出版，訂立契約出版後，按照書價百分之若干抽取的報酬。

版畫 ㄅㄢˇ ㄏㄨㄚˋ 將繪畫複製在木、竹、石、銅等版上，再拓下來的圖畫。

參考 衍版畫家、版畫比賽。

14 **版圖** ㄅㄢˇ ㄊㄨˊ ㈠戶籍和地圖。㈡國家的疆域。

參考 衍版圖遼闊。

22 **版權** ㄅㄢˇ ㄑㄩㄢˊ 擁有出版、排印某一作者所撰圖書的權利，他人不能擅自翻印仿製。

▽鉛版、凹版、凸版、初版、再版、出版、銅版、木版、原版、鋅版、紙版、雕版、銅版、排版、平凹版。

常 8 **牌**

形解 形聲；從片，卑聲。卑有小的意思，所以題署於門上或門側的小木版為牌。

音義 ㄆㄞˊ 名①揭示或標幟用的看板；例告示牌。②註冊商標；例總統牌香煙。③軍符；例令牌。④古防護身體的武器「干盾」之俗稱；例藤牌。⑤一種娛樂用品，多可用作賭具；例麻將牌。⑥神位；例神主牌。⑦詞曲的調名；例曲牌。

7 **牌坊** ㄆㄞˊ ˙ㄈㄤ 牌樓。用竹木搭成，表示慶祝的建築物。

牌位 ㄆㄞˊ ㄨㄟˋ ㈠設位致祭所供奉的木牌；例祖先牌位。㈡「靈牌」的通稱。㈢用以揭示某種特定的方位或號碼的標誌。

13 **牌號** ㄆㄞˊ ㄏㄠˋ 招牌，字號，商標。

牌照 ㄆㄞˊ ㄓㄠˋ 執照，政府所頒發的特許證。

15 **牌樓** ㄆㄞˊ ㄌㄡˊ 為美觀或紀念而建造的高聳偉大之建築物。

▽牙牌、骨牌、門牌、金牌、招牌、盾牌、靈牌、功牌、獎牌、令牌、明牌、麻將牌、十道金牌。

次 8 **牋**

形解 形聲；從片，戔聲。戔有小的意思，所以公文小簡為牋。

音義 ㄐㄧㄢ 名①古文體名，上國君的公文；例賦牋奏書。②文書；例奉牋。③文書所用的紙張；例出小碧牋。

參考「牋」除不含「經傳的注解」之意外，餘與「箋」字義同。

次 9 **牒**

形解 形聲；從片，枼聲。小木札為牒。

音義 ㄉㄧㄝˊ 名①古用來書寫，形狀小而薄的竹片、木片或玉片；例玉牒。②公文；例手持尺牒牓鄉村。③文書；例最後通牒。④證件；例戒牒。⑤姓。動堆積，通「疊」；例積牒旋石。

參考「牒」字又有牀板義。

▽通牒、譜牒、官牒、度牒、史牒、文牒、訟牒、最後通牒。

次 10 **牓**

形解 形聲；從片，旁聲。木牌為牓。

音義 ㄅㄤˇ 名①告示牌，通「榜」；例射黃金牓。②古用以陳述事情，或自書姓名頭銜，類似名片的摺帖；例牓子。

常 11 **牖**

形解 形聲；從片戶，甫聲。木窗為牖。

音義 ㄧㄡˇ 名窗戶；例自牖執其手。動誘導，通「誘」；例牖民孔易。

參考 同窗。

常 15 **牘**

形解 形聲；從片，賣聲。書版為牘。

音義 ㄉㄨˊ 名①古寫字用的木簡；例簡牘。②文書作業；例案牘勞形。③書信；例尺牘。④古竹製樂器名；例舂牘應雅。

參考 字從「賣」，不可誤從「買」。

寫成「牘」。
▽案牘、簡牘、尺牘、版牘、連篇累牘。

【牙部】ㄧㄚˊ

常 0 **牙** 形解 象形；象大齒上下相錯形。

音義 ㄧㄚˊ 名①生口腔中位於顎骨前排上，有切斷作用的齒；例門牙。②「象牙」的省稱；例牙笏。③買賣間的介紹人；例牙商。④古稱官署；例北門南牙。動齧咬；例輕起相牙。

參考 擘芽、齖、呀、枒、雅、迓、訝、邪、鴉、釾、砑。

15 **牙齒** ㄧㄚˊ ㄔˇ 古稱口中兩旁的爲牙，中間的爲齒。現在概稱「牙齒」，或單稱「牙」或「齒」。

牙慧 ㄧㄚˊ ㄏㄨㄟˋ 「拾人牙慧」的省稱。比喻蹈襲別人的餘緒。

23 **牙籤** ㄧㄚˊ ㄑㄧㄢ 剔牙用的細木枝或竹枝。

▽犬牙、爪牙、萌牙、門牙、象牙、金牙、鑲牙、拔牙、佶屈聱牙、以牙還牙。

次 8 **掌** 形解 形聲；從牙，堂省聲。堂有支拒的意思，所以用來支持大木柱使它正直的小木柱爲掌。

音義 ㄔㄥ 名支柱；例枝掌杈枒而斜據。動抵抗；例掌拒。

參考 擘撐、橕。

【牛部】ㄋㄧㄡˊ

常 0 **牛** 形解 象形；象俯視牛形。

音義 ㄋㄧㄡˊ 名①動屬脊椎動物，哺乳綱，偶蹄目。體碩大，溫馴而力大，可爲耕作，牠的肉與乳汁均可食用；例水牛。②姓。

3 **牛山濯濯** ㄋㄧㄡˊ ㄕㄢ ㄓㄨㄛˊ ㄓㄨㄛˊ ㈠草木不生的禿山。㈡比喻禿子。

6 **牛衣對泣** ㄋㄧㄡˊ ㄧ ㄉㄨㄟˋ ㄑㄧˋ 比喻貧賤夫婦生活困苦的情形。

12 **牛飲** ㄋㄧㄡˊ ㄧㄣˇ 豪飲。形容人喝水或酒又多又急，有如牛喝水一般。

參考 同痛飲。

▽蝸牛、水牛、牽牛、鬥牛、乳牛、野牛、牧牛、黃牛、犂牛、犛牛、犀牛、[illegible]牛、目無全牛、庖丁解牛。

常 2 **牟** 形解 象形；象牛的聲氣從口吐出形。

音義 ㄇㄡˊ 名①牛鳴聲；例牟然而鳴。②大麥，通「麰」；例貽我來牟。③似釜的用具，通「堥」；例敦牟巵匜。④兜鍪，通「鍪」。動①獲取；例牟利。②等齊，通「侔」；例德牟往初。

參考「牟」與「侔」二字於等齊、獲取的意思時可通，然「侔」字只有這二種解釋。

7 **牟利** ㄇㄡˊ ㄌㄧˋ 圖取利益。牟：獲得。

參考 同圖利。

▽中牟、夷牟、貽我來牟。

常 2 **牝** 形解 形聲；從牛，匕聲。匕有雌類的意思，母牛爲牝。

音義 ㄆㄧㄣˋ 名①雌性的鳥、獸；例牝牡不分。②谿谷；例丘陵爲牡，谿谷爲牝。

參考 ①「牝」又有鎖孔的意思。②同母，雌。③反牡。

18 **牝雞司晨** ㄆㄧㄣˋ ㄐㄧ ㄙ ㄔㄣˊ 由雌雞擔任晨啼的工作，比喻婦人專權。

常 3 **牡** 形解 字本作牡：形聲；從牛，士聲。士有雄類的意思，所以公牛爲牡。今作「牡」。

音義 ㄇㄨˇ 名雄性的鳥、獸；例雉鳴求其牡。

參考 ①「牡」又音ㄇㄡˇ。②「牡」又有門閂、鎖匙的意思。③同雄，公。④反牝。

4 **牡丹** ㄇㄨˇ ㄉㄢ 植花木名，落葉灌木，葉小花大，初夏開花，非常富貴美麗。

參考 衍牡丹花、牡丹江、牡丹亭。

21 **牡蠣** ㄇㄨˇ ㄌㄧˋ 海產軟體動物，肉可食，殼可燒灰製藥。

參考 臺灣人稱「蚵」、閩粵人稱「蠔」，江浙人稱「蠣黃」。

常 3 牢

形解 會意；從宀牛。圈養牲畜的獸欄爲牢。

音義 ㄌㄠˊ 名 ①圈養牲畜的地方；例亡羊補牢。②監獄；例坐牢。③古稱祭祀用成套的犧牲；例大牢。④姓。形 堅固經久的；例牢不可破。

4 **牢不可破** ㄌㄠˊ ㄅㄨˋ ㄎㄜˇ ㄆㄛˋ ㈠固執而不知變通。㈡非常堅固。

參考 參閱「顛撲不破」條。

8 **牢固** ㄌㄠˊ ㄍㄨˋ 堅固可靠。

參考 參閱「鞏固」條。

10 **牢記** ㄌㄠˊ ㄐㄧˋ 記住不忘。

參考 衍牢記心頭。

20 **牢騷** ㄌㄠˊ ㄙㄠ 抑鬱不平所發出的怨言。

參考 ①參閱「怨言」條。②衍牢騷滿腹。

22 **牢籠** ㄌㄠˊ ㄌㄨㄥˊ ㈠關鳥獸的籠檻。㈡比喻束縛、限制人的東西。例打破固步自封的牢籠。㈢騙人的圈套。例誤入牢籠。

▽監牢、少牢、太牢、獄牢、囚牢、大牢、坐牢、亡羊補牢。

常 3 牠

形解 形聲；從牛，也聲。無角牛爲牠。

音義 ㄊㄚ 代 第三人稱代名詞，用來稱「人」以外的事物，通常用於動物。

參考 ①又音 ㄊㄨㄛ。②同它。

大 3 牣

形解 形聲；從牛，刃聲。刃有滿而止的意思，所以充塞而滿溢爲牣。

音義 ㄖㄣˋ 形 ①堅固的，通「韌」；例堅且牣。②充滿的；例充牣。

常 4 牧

形解 會意；從攴牛。攴爲以杖趕牛，所以養牛人爲牧。

音義 ㄇㄨˋ 名 ①牧人；例牧童。②放牧的場地；例牧場。③古官吏名；例州牧。④姓。動 ①放飼牲畜；例遊牧。②修養；例謙謙君子，卑以自牧。③治理；例牧民。

12 **牧場** ㄇㄨˋ ㄔㄤˇ 飼養牲畜的地方。

▽岳牧、九牧、州牧、畜牧、農牧、放牧、遊牧、養牧、自牧、謙卑自牧。

常 4 物

形解 形聲；從牛，勿聲。牛爲大物，所以萬物爲物。

音義 ㄨˋ 名 ①存在於宇宙間的一切事物；例天生萬物。②爲吾人所認知的意識以外的事物；例心物合一。③外在的環境或事物；例物換星移。④眾人；例物望所歸。⑤自己以外的人或環境；例待人接物。⑥內容；例言之有物。動 尋求；例物色。

5 **物以類聚** ㄨˋ ㄧˇ ㄌㄟˋ ㄐㄩˋ 物或人因同類而聚集一起。

參考 同臭味相投，一丘之貉。

12 **物換星移** ㄨˋ ㄏㄨㄢˋ ㄒㄧㄥ ㄧˊ 景物改換，星位轉移。比喻時間的流轉，世事的變遷。

物極必反 ㄨˋ ㄐㄧˊ ㄅㄧˋ ㄈㄢˇ 比喻世事循環，盛極之後，必要發生缺憾。

13 **物資** ㄨˋ ㄗ 物質可資利用者。

參考 參閱「物質」條。

15 **物質** ㄨˋ ㄓˊ 占有空間的東西。

參考 與「物資」都是名詞，指實有存在的東西，但有別：「物質」是指人在意識之外又能爲人感官所反映的客觀實在，是世界上一切現象的抽象和概括，與「精神」、「思想」相對，詞義範圍大，指人類生活的物件、物品，這層意義和「物資」相似，如：物質生活。「物資」則專指具體的資源、財物，如物資供應、物資交流。範圍較小。

物價 ㄨˋ ㄐㄧㄚˋ 貨物的價值。

參考 衍物價高漲、物價猛跌。

▽異物、怪物、格物、外物、貨物、禁物、古物、財物、產物、事物、什物、植物、動物、人物、靜物、廢物、萬物、風物、文物、寶物、唯物、雜物、博物、言之無物、恃才傲物、待人接物、身無長物、探囊取物、暴殄天物、龐然大物。

常 5

牲

形解　形聲；從牛，生聲。牛完全無傷可供祭祀用者爲牲。

音義 ㄕㄥ 名 ①家畜的總稱；例牲畜。②祭祀用的牛、羊、豕等家畜；例三牲。③罵連禽獸都不如的人；例畜牲。

▽犧牲、三牲、畜牲、全牲、牢牲。

常 5

牯

形解　形聲；從牛，古聲。公牛爲牯。

音義 ㄍㄨˇ 名 閹割過的公牛；例即墨怒牯齊奔踊。

常 5

牴

形解　形聲；從牛，氐聲。氐有低下的意思，牛低下頭以角觸人爲牴。

音義 ㄉㄧˇ 動 ①有角的獸類如牛、羊等用角相互碰撞或頂觸；例牴觸。②衝突；例法律與命令相牴觸。

參考 ①同抵，觝。②字從「氐」作，不可誤從「氏」寫成「牴」。

20 **牴觸** ㄉㄧˇ ㄔㄨˋ 前後不符，發生矛盾。

參考 同矛盾，抵觸。

▽角牴、觳牴。

常 6

特

形解　會意；從寺牛。祭祀用的公牛爲特。

音義 ㄊㄜˋ 名 ①雄性的牲畜；例赤特。②「特務」的省稱；例防奸防特。③姓。形 ①傑出的；例百夫之特。②不平常的；例特殊。副 ①專門地；例特派。②只，但；例不特如此。

參考 ①「特」原本指祭祀時所用的一頭牲品，引申而有單一、獨特的意思。②同殊，異，奇，專。

6 **特地** ㄊㄜˋ ㄉㄧˋ 特別。

特色 ㄊㄜˋ ㄙㄜˋ 與衆不同的地方。

7 **特別** ㄊㄜˋ ㄅㄧㄝˊ 與衆不同。

參考 ①衍特別法、特別費、特別護士。②參閱「獨特」條。③「特別」、「特殊」有別：「特別」有格外、非常或尤其著重的意思，如：他只不過是個平凡的人，沒有什麼特別的地方。它經常用來修飾形容詞和動詞。「特殊」也有突出或與衆不同的意思，但只用來修飾名詞，如：特殊情況，特殊地位。

8 **特性** ㄊㄜˋ ㄒㄧㄥˋ 特別的性質。

特長 ㄊㄜˋ ㄔㄤˊ ㈠專長，技能。㈡特有的長處。

10 **特效藥** ㄊㄜˋ ㄒㄧㄠˋ ㄧㄠˋ 醫 化學治療藥物之一。即某一種化學治療藥物僅對特殊種類的病原體所產生的疾病具有特效。

11 **特異** ㄊㄜˋ ㄧˋ 即特殊，與衆不同的。

15 **特徵** ㄊㄜˋ ㄓㄥ 事物的特殊徵象。

參考 「特徵」、「特性」有別：「特徵」指事物表露出來的特有的形象或標誌、性格等，著重於外部的表現，可用於具體形象或抽象事物；如：腹部白色，背部黑色，直立，以雙腳步行，擺出一副紳士的神態，這就是企鵝的特徵。「特性」指事物所具有的特殊性質、性格或性能，著重於內在的性質；如：耐旱、耐熱和吃得起苦，就是駱駝的特性。

特質 ㄊㄜˋ ㄓˋ 特別的性質。

參考 「特點」、「特質」、「特徵」、「特色」、「特性」都含有獨特不同於一般的意思，但詞義著重點不同：「特點」着重事物最突出的某一點；「特徵」是事物特有的徵象；「特色」着重事物所表現的獨特色彩、風格；「特性」指某一事物所特有的性質，包括人的性格、器物的性能。適用對象也不同：「特點」常可代替「特色」、「特質」、「特徵」，其餘卻不宜互換。

特價 ㄊㄜˋ ㄐㄧㄚˋ 商品打折之後的價錢，比原定價爲低。

參考 衍特價品。

特寫 ㄊㄜˋ ㄒㄧㄝˇ ㈠用於新聞報導的一種體裁。以文藝手法描繪新聞事件中富有特徵的片斷，突出人物的活動，因適於迅速及時地反映現實，往往具有強烈的感染力。又稱「報導文學」。㈡即「特寫鏡頭」的省稱。相機或電影攝影機與被攝對象在極近距離內所攝取的一種特別的畫面叫「特寫鏡頭」。特寫鏡頭多將某個局部需要強調的加以放大，以造成強烈和清晰的視覺形象和特殊效果。

17 **特點** ㄊㄜˋ ㄉㄧㄢˇ 特別的地方。

22 **特權** ㄊㄜˋ ㄑㄩㄢˊ 擁有的權利比正常情況更多。

參考 衍 特權階級。

▽奇特、獨特、孤特、卡特。

次 6 **牸** 形解 形聲；從牛，字聲。母牛為牸。

音義 ㄗˋ 名 雌性的牲畜；例 當畜五牲。形 雌，牝的；例 牸牛。

參考 反 雄，牡，公。

次 6 **牷** 形解 形聲；從牛，全聲。色純而角正，肢體完全，用於祭祀的犧牲為牷。

音義 ㄑㄩㄢˊ 名 ①純色的牛。②保護完整專作祭祀用的牲畜；例 牲牷肥腯。

常 7 **牽** 形解 形聲；從牛，玄聲。冖象引之韁繩，玄有遠的意思，所以引牛而前為牽。

音義 ㄑㄧㄢ 名 ①方 閩南語指夫妻；例 牽手。②姓。動 ①引領著；例 牽引。②拉；例 手牽著手。③拖累；例 牽累。

參考 ①「牽」與「遷」音同而形義不同：「牽」有拽引的意思，如：牽牛；而「遷」，有改換位置的意思，如遷移。②同 引，拽，拉。

8 **牽制** ㄑㄧㄢ ㄓˋ 被糾纏住，不得自由。

參考 參閱「控制」條。

10 **牽涉** ㄑㄧㄢ ㄕㄜˋ 相連相關。

參考 同 連累。

11 **牽掛** ㄑㄧㄢ ㄍㄨㄚˋ 思念。

參考 同 掛念，牽念，懸念。

牽強 ㄑㄧㄢ ㄑㄧㄤˇ 勉強牽合。

參考 衍 牽強附會。

牽強附會 ㄑㄧㄢ ㄑㄧㄤˇ ㄈㄨˋ ㄏㄨㄟˋ 把關係不大或沒有關係的事物勉強地扯在一起，強作解釋。

牽動 ㄑㄧㄢ ㄉㄨㄥˋ 用牽連的關係而被影響。

參考 衍 牽動全局。

牽絆 ㄑㄧㄢ ㄅㄢˋ 受到牽連繫絆。

參考 與「牽制」有別：「牽制」所控制的事物比「牽絆」的範圍大也重要，實質上的自由度很低；「牽絆」多指生活上的瑣事，指情緒上很困惑煩擾。

牽累 ㄑㄧㄢ ㄌㄟˋ 因牽連而受累。

參考 同 牽連。

牽連 ㄑㄧㄢ ㄌㄧㄢˊ 有連帶關係。

參考 同 關連。

13 **牽腸掛肚** ㄑㄧㄢ ㄔㄤˊ ㄍㄨㄚˋ ㄉㄨˋ 形容非常想念，很不放心。

參考 同 寢食難安。

▽羈牽、拘牽。

常 7 **犂** 形解 形聲；從牛，黎省聲。以牛耕田為犂。

音義 ㄌㄧˊ 名 ①農 耕耘時用於翻土的農具；例 犂耙。②姓。動 ①用犂耕作；例 犂田。②摧毀；例 犂其庭，掃其閭。形 黑色的，通「黧」；例 犂黑。

參考 ①「犂」字當作「明確義」解而與「然」連用時，讀做 ㄌㄡˊ。②字或作「犁」。

10 **犂庭掃穴** ㄌㄧˊ ㄊㄧㄥˊ ㄙㄠˇ ㄒㄩㄝˋ 比喻直搗敵人巢穴而徹底消滅，即滅亡別人的國家。

參考 同 犂庭掃閭，直搗黃龍。

▽耕犂、鋤犂。

次 7 **牾** 形解 形聲；從牛，吾聲。獸名為牾。

音義 ㄨˇ 動 違逆，同「忤」、「啎」；例 無所牾意。

次 7 **牼** 形解 形聲；從牛，巠聲。牛脛下骨為牼。

音義 ㄎㄥ 名 牛膝下的骨頭。

次 7 **牿** 形解 形聲；從牛，告聲。告有禁止的意思，所以圈養牛馬的牢為牿。

音義 ㄍㄨˋ 名 ①飼養牛馬的圈欄；例 無敢傷牿。②縛在牛角上使牛不能觸人的橫木；例 童牛之牿。

常 8 **犄** 形解 形聲；從牛，奇聲。奇為奇異，所以去勢的公牛為犄。

音義 ㄐㄧ 名 獸類的角；例 犄角。

參考 「犄」與「觭」形似音同而意思不同：「犄」，指牛頭上突出的角；「觭」，指獸角傾欹不一。

7 犄角 ㄐㄧ ㄐㄧㄠˇ ㈠獸類頭上突起的角。㈡敵我雙方軍隊相對駐紮。例互為犄角。㈢角落。

常 8 犀 形解 形聲；從牛，尾聲。西南方邊塞所產的特種牛——一角在鼻，一角在頂——為犀。

音義 ㄒㄧ 名動 屬脊椎草食性動物，哺乳綱、奇蹄目，體壯皮堅毛稀少，鼻端生一只或二只角，名為犀角，可入藥。形 堅硬的；例犀利。

參考 犀 墀、遲。

5 犀甲 ㄒㄧ ㄐㄧㄚˇ 用犀牛皮製成的戰甲。

7 犀利 ㄒㄧ ㄌㄧˋ ㈠堅固銳利。㈡語言文字十分尖銳有力。

參考 同厲害。

▽角犀、木犀。

次 8 犉 形解 形聲；從牛，享聲。黑脣的黃牛為犉。

音義 ㄖㄨㄣˊ 名動 ①黃毛黑脣的牛；例九十其犉。②七尺高的牛。

次 9 犍 形解 形聲；從牛，建聲。去勢的牛為犍。

音義 ㄐㄧㄢ 名動 閹割過的牛；例烏犍。

次 9 犎 形解 形聲；從牛，封聲。封有高大的意思，所以項上有肉隆起的牛曰犎。

音義 ㄈㄥ 名動 背上肉腫起高大像駱駝的野牛。

常 10 犒 形解 形聲；從牛，高聲。以牛羊酒食慰勞軍隊為犒。

音義 ㄎㄠˋ 動 ①以酒食宴饗軍士；例以乘韋先，牛十二犒師。②慰勞；例犒賞。

12 犒勞 ㄎㄠˋ ㄌㄠˋ 用酒食慰勞辛苦的部下。

15 犒賞 ㄎㄠˋ ㄕㄤˇ 獎勵賞賜。

常 10 犖 形解 形聲；從牛，勞省聲。雜色牛為犖。

音義 ㄌㄨㄛˋ 名 ①雜色牛。②明顯；例卓犖。形 ①雜色的；例駁犖。②分明的；例犖犖大端。

參考 「犖」字不可讀成ㄌㄠˊ或ㄧㄥˊ。

14 犖犖 ㄌㄨㄛˋ ㄌㄨㄛˋ 事理分明的樣子。犖：本是雜色牛，引申為文彩錯雜。

參考 衍犖犖大端。

次 10 犗 形解 形聲；從牛，害聲。害有削物的意思，所以去勢的牛為犗。

音義 ㄐㄧㄝˋ 名 閹割過的公牛，同「犍」；例五十犗。

常 11 犛 形解 形聲；從牛，𠩺聲。西南夷所生產的長髦牛為犛。

音義 ㄌㄧˊ 名動 一種哺乳類，產於西藏，身上有長毛，多黑褐色，喜寒冷氣候；例犛牛。

參考 ①又音ㄇㄠˊ。②「犛」與「氂」都有犛牛的意思，但其他的意思則不同。

4 犛牛 ㄇㄠˊ ㄋㄧㄡˊ 動 獸名。哺乳動物，反芻偶蹄類，體大如牛，全身長毛，尾似馬尾，西藏人多養來供作力役。

常 15 犢 形解 形聲；從牛，賣聲。小牛為犢。

音義 ㄉㄨˊ 名 ①小牛；例初生之犢不畏虎。②姓。

次 16 犨 形解 形聲；從牛，雔聲。牛的喘息聲為犨。

音義 ㄔㄡ 名 ①牛的喘息聲。②姓。動 突出；例南家之牆，犨於前而不直。

參考 字亦作「犫」。

常 17 犧 形解 形聲；從牛，羲聲。毛色純一，用來祭祀宗廟的禮牲為犧。

音義 ㄒㄧ 名 專供祭祀用的牲畜；例犧牲。形 顏色純一的；例犧羊。

參考 「犧」字右下從「禾」從「丂」，不從「秀」。

9 犧牲 ㄒㄧ ㄕㄥ ㈠本為祭祀所用之牛羊豕。㈡現在引申為捐棄的意思。

參考 衍犧牲權利、犧牲身家、犧牲奉獻。

【犬部】 ㄑㄩㄢˇ

常 0 **犬** 形解 象形；上象犬頭，下象其身及足尾形。

音義 ㄑㄩㄢˇ 名 動 狗，屬哺乳綱，食肉目的一種家畜。

參考 ①同狗。②擘畎。

3 **犬子** ㄑㄩㄢˇ ㄗˇ ㈠比喻無能的兒子。例虎父無犬子。㈡謙稱自己的兒子。

4 **犬牙相錯** ㄑㄩㄢˇ ㄧㄚˊ ㄒㄧㄤ ㄘㄨㄛˋ 形容交界線很曲折，像狗牙般參差不齊，相互交錯。又作「犬牙相制」。

▽愛犬、狂犬、獵犬、小犬、猛犬、雜犬、家犬、牧羊犬、喪家之犬。

常 2 **犯** 形解 形聲；從犬，㔾聲。侵犯爲犯。

音義 ㄈㄢˋ 名 有罪的人；例戰犯。動 ①侵擾；例敵軍來犯。②違背，抵觸；例衆怒難犯。③發作；例犯病。④發生；例犯錯誤。副 表示值得地；例犯不著。

參考 ①同干，觸，罪，侵，擾。②「犯」、「患」有別：「犯」讀作ㄈㄢˋ，「患」讀作ㄏㄨㄢˋ。「患」的其中一種意思是「害某種病」或「得到某種病」，如：患了肺病。「犯」有牴觸、發生等意思，如：犯法，犯罪等。

2 **犯人** ㄈㄢˋ ㄖㄣˊ 法 指犯罪並被監禁或拘留的人。即指觸犯刑法法規之人。

10 **犯案** ㄈㄢˋ ㄢˋ 犯法，觸犯刑案。

13 **犯罪** ㄈㄢˋ ㄗㄨㄟˋ 違反刑罰法令的行爲。

19 **犯難** ㄈㄢˋ ㄋㄢˋ 猶「冒險」。

▽違犯、共犯、重犯、觸犯、初犯、侵犯、戰犯、冒犯、逃犯、再犯、欽犯、前科犯、現行犯、明知故犯、秋毫無犯、衆怒難犯。

次 3 **犴** 形解 形聲；從犬，干聲。干有侵犯的意思，所以野狗爲犴。

音義 ㄏㄢˋ 名 ①動 胡地野狗，黑嘴，善於守護。同「豻」。②監獄；例獄犴不治。

參考 又音ㄢˋ。

常 4 **狂** 形解 形聲；從犬，㞷聲。㞷爲艸木怒生，所以瘋狗爲狂。

音義 ㄎㄨㄤˊ 名 ①發瘋；例發狂。②姓。形 ①誇大的；例口出狂言。②猛烈的；例力挽狂瀾。③驕傲的；例狂妄。副 放蕩地，縱情地；例狂歡。

參考 ①同瘋，癲。②擘誑、逛。

4 **狂犬病** ㄎㄨㄤˊ ㄑㄩㄢˇ ㄅㄧㄥˋ 病名。由被瘋狗咬傷，感染狂犬病毒引起的急性傳染病。病徵在聲門痙攣，呼吸促迫，全身抽搐，見水必恐。又稱「恐水病」。

6 **狂妄** ㄎㄨㄤˊ ㄨㄤˋ 極端驕傲自大，目空一切。例狂妄無知。

6 **狂狷** ㄎㄨㄤˊ ㄐㄩㄢˋ ㈠意氣奔放，志在進取的人。㈡品性高潔，有所不爲的人。

13 **狂蜂浪蝶** ㄎㄨㄤˊ ㄈㄥ ㄌㄤˋ ㄉㄧㄝˊ 本指穿梭花間，盡情採取花粉的蜂蝶。比喻放蕩、愛好尋花問柳的男子。狂、浪，形容盡情放縱。

20 **狂瀾** ㄎㄨㄤˊ ㄌㄢˊ 洶湧的波濤，比喻險惡的局勢或猛烈的潮流。例力挽狂瀾。

21 **狂飆** ㄎㄨㄤˊ ㄅㄧㄠ 猛烈的暴風，比喻迅猛的潮流或力量。飆：忽然而起的暴風。

22 **狂歡** ㄎㄨㄤˊ ㄏㄨㄢ 盡情地歡樂。

參考 衍 狂歡曲、狂歡之夜。

▽癲狂、發狂、瘋狂、酒狂、詩狂、猖狂、佯狂、喪心病狂、大喜若狂、欣喜若狂。

常 4 **狄** 形解 形聲；從犬，赤省聲。赤色犬爲狄。

音義 ㄉㄧˊ 名 ①我國古稱北方的部族名之一；例北狄。②雉類的長尾羽，通「翟」；例干戚旄狄以舞之。③姓。

參考 擘逖。

▽夷狄、戎狄、北狄、蠻狄、西戎北狄。

常 4 **狀** 形解 形聲；從犬，爿聲。犬的形態爲狀。

音義 ㄓㄨㄤˋ 名①形態；例奇形怪狀。②情形；例狀況。③記載事迹的文字；例行狀。④陳述事件的文書；例自訴狀。⑤證件；例任用狀。動描繪；例不可名狀。

參考 ①「狀」與「壯」音同形似而意思有別：「狀」，有描摹、陳述的意思；而「壯」，有強大的意思。②同形，況。

8 **狀況** ㄓㄨㄤˋ ㄎㄨㄤˋ 情形。

14 **狀態** ㄓㄨㄤˋ ㄊㄞˋ 形態，形象，樣子。

▽異狀、形狀、罪狀、情狀、書狀、訴狀、陳狀、名狀、獎狀、行狀、慘狀、無狀、苦狀、不可言狀、奇形怪狀。

次 4 **狃** 形解 形聲；從犬，丑聲。丑有固執的意思，所以犬性溫馴，親狎成習爲狃。

音義 ㄋㄧㄡˇ 動習慣；例狃習。

參考 同忸，習，慣，熟。

次 4 **狁** 形解 形聲；從犬，允聲。玁狁，古代我國北方蠻族名。

音義 ㄩㄣˇ 名玁狁，古我國北方蠻族名，漢以後稱爲匈奴。

參考 參閱「玁狁」條。

常 5 **狗** 形解 形聲；從犬，句聲。大者爲犬，小者爲狗。

音義 ㄍㄡˇ 名①動家畜之一種，哺乳類，聽覺嗅覺敏銳，易受訓練，可守戶或助獵。②幫助作惡的人；例走狗。③姓。

參考 「狗」與「犬」於古有別，原以大者爲「犬」，小而未生毫毛者爲「狗」，今則以「狗」爲通名。

5 **狗仗人勢** ㄍㄡˇ ㄓㄤˋ ㄖㄣˊ ㄕˋ 比喻依靠有權勢的人，欺壓善良，橫行無忌。

7 **狗尾續貂** ㄍㄡˇ ㄨㄟˇ ㄒㄩˋ ㄉㄧㄠ (一)古代近侍官員以貂尾爲冠飾；如果官太多，貂尾不夠，就用狗尾代替。喻不計才能優劣而濫設官爵。(二)比喻拿不好的東西接在好東西後面，顯得不倫不類，不能相稱。(三)謙稱爲他人既有的文章再寫續文。

狗苟蠅營 ㄍㄡˇ ㄍㄡˇ ㄧㄥˊ ㄧㄥˊ 像狗般地搖尾乞憐，像蒼蠅般地到處鑽營。比喻苟且偷生，到處鑽營，不擇手段的卑劣行爲。又作「蠅營狗苟」。

9 **狗急跳牆** ㄍㄡˇ ㄐㄧˊ ㄊㄧㄠˋ ㄑㄧㄤˊ 比喻人被逼到走投無路時，往往會做最後的掙扎。

16 **狗頭軍師** ㄍㄡˇ ㄊㄡˊ ㄐㄩㄣ ㄕ 指愛給人出主意但主意並不高明的人。

▽走狗、天狗、屠狗、野狗、瘋狗、喪家狗、白雲蒼狗。

常 5 **狐** 形解 形聲；從犬，瓜聲。狐狸爲狐。

音義 ㄏㄨˊ 名①動獸名，屬脊椎動物，哺乳類，食肉目，體瘦，嘴尖，尾長，性狡猾，尾基能分泌惡臭，遇敵即能放出以自衞，白天隱伏，夜間覓食。②姓。

10 **狐臭** ㄏㄨˊ ㄔㄡˋ 即腋臭。人體胳肢窩發出的異味。

11 **狐假虎威** ㄏㄨˊ ㄐㄧㄚˇ ㄏㄨˇ ㄨㄟ 比喻假借別人的聲勢去嚇唬別人。

參考 同驢蒙虎皮，狗仗人勢。

13 **狐羣狗黨** ㄏㄨˊ ㄑㄩㄣˊ ㄍㄡˇ ㄉㄤˇ 比喻勾結起來的一幫壞人。又稱「狐朋狗友」。

14 **狐疑** ㄏㄨˊ ㄧˊ 狐性多疑，故稱多疑爲狐疑。

參考 與「猜疑」有別：後者指猜測懷疑。

▽野狐、妖狐、鬼狐、白狐、沙漠之狐。

常 5 **狙** 形解 形聲；從犬，且聲。似猨而狗頭的獮猴爲狙。

音義 ㄐㄩ 名猴子之一種，古書裡指獮猴；例衆狙皆悅。動暗中埋伏，乘機襲擊；例狙擊。

參考 「狙」字雖從「且」，但不可讀成ㄗㄨ。

17 **狙擊** ㄐㄩ ㄐㄧˊ 偷襲。埋伏在暗處等待機會而刺擊人。

常 5 **狎** 形解 形聲；從犬，甲聲。犬性馴善，可與人相熟悉爲狎。

音義 ㄒㄧㄚˊ 動 ①親近而熱烈；例狎近。②輕忽；例民狎而翫。③戲弄；例狎妓。形 親密的；例雖狎必變。

參考「狎」與從手(扌)的「押」字形似而音義不同：「狎」，有親近的意思；「押」，有抵押的意思。

▽愛狎、昵狎、近狎、親狎。

次 5 **狖** 形解 形聲；從犬，穴聲。獸名，似猿的長尾猴爲狖。

音義 ㄧㄡˋ 名 獸名，黑色的長尾猴；例猨狖。

次 5 **狉** 形解 形聲；從犬，丕聲。獸羣奔走爲狉。

音義 ㄆㄧ 名 狸子，同「豾」。副 野獸成羣走動的樣子。

次 5 **狒** 形解 形聲；從犬，弗聲。獸名，狒狒。

音義 ㄈㄟˋ 名 動 狒狒，屬哺乳綱，靈長目，猴屬，凶暴有力，長三尺左右。

參考 不可讀成 ㄈㄜˊ ㄈㄜˊ。

次 5 **狌** 形解 形聲；從犬，生聲。獸名，猩猩。

音義 ㄒㄧㄥ 名 狌狌，同「猩猩」。ㄕㄥ 名 即黃鼠狼，同「鼪」；例狸狌。

常 6 **狩** 形解 形聲；從犬，守聲。冬天逐獵禽獸爲狩。

音義 ㄕㄡˋ 名 打獵；例冬狩。動 泛稱打獵；例不狩不獵。

參考 ①同獵。②又音 ㄕㄡ。

▽巡狩、田狩、山狩、冬狩。

常 6 **狠** 形解 形聲；從犬，艮聲。艮爲怒目，所以犬鬥聲爲狠。

音義 ㄏㄣˇ 動 痛下決心；例狠下心來，力拚到底。形 殘暴的；例心狠手辣。

參考「狠」字從「艮」右上沒有一點，與從「良」的「狼」字有別：「狼」，爲獸類名；「狠」，爲凶暴的意思。

4 **狠心** ㄏㄣˇ ㄒㄧㄣ 心胸殘忍。

參考 反 慈心，不忍心。

9 **狠毒** ㄏㄣˇ ㄉㄨˊ 殘忍毒辣。

參考 衍 狠毒娘。

常 6 **狡** 形解 形聲；從犬，交聲。小狗爲狡。

音義 ㄐㄧㄠˇ 形 ①奸滑的；例狡獪。②健壯的；例壯狡。③年少而美好的；例狡童。

參考「狡」與「佼」音同形似而義不同：「佼」，美好；「狡」，爲貌美而無才德之人。

9 **狡兔三窟** ㄐㄧㄠˇ ㄊㄨˋ ㄙㄢ ㄎㄨ 狡猾的兔子擁有三個洞穴，是說藏身的地方多，則便於躲避災禍。比喻逃避禍事的計劃非常周密。窟：洞穴。

參考 狡兔三穴。

13 **狡猾** ㄐㄧㄠˇ ㄏㄨㄚˊ 不老實，耍花招。

參考「狡猾」、「圓滑」有別：「狡猾」是指利用各種方法去掩飾自己的不良動機和醜惡行爲，來達到自己的目的。如：他是個狡猾的人，所以很不受人歡迎。「圓滑」是指人圓通練達，能隨機應變，有時甚至不擇手段，來達到目標。如：由於他的手段很圓滑，所以很快地便能博得了上司的歡心。

次 6 **狨** 形解 形聲；從犬，戎聲。獸名，金絲猿爲狨。

音義 ㄖㄨㄥˊ 名 動 即金絲猴，矮小，頭圓，尾長，棲樹上，似松鼠，皮毛最爲珍貴；例我前狨又啼。

常 7 **狼** 形解 形聲；從犬，良聲。似犬，尖頭白頰，肩高臀尾稍大的獸爲狼。

音義 ㄌㄤˊ 名 ①動 獸名，屬哺乳綱，犬科。體形似狗，頭銳喙尖，性凶暴，獵殺禽畜爲生；例野狼。②我國西南種族名，在廣東、廣西交界處。③天 古代東方星名之一；例天狼星。④姓。

參考 參閱「狠」字條。

7 **狼吞虎嚥** ㄌㄤˊ ㄊㄨㄣ ㄏㄨˇ ㄧㄢˋ 形容一個人吃東西既猛又急，

粗魯難看。

參考「嚥」或作「咽」。

10 **狼狽** ㄌㄤˊ ㄅㄟˋ (一)動狼與狽，兩種獸名。(二)指互相勾結做壞事的人。例狼狽為奸。(三)比喻困頓的樣子。例狼狽不堪。

狼狽為奸 ㄌㄤˊ ㄅㄟˋ ㄨㄟˊ ㄐㄧㄢ 比喻兩相倚賴而不可分離，互相勾結，共同作惡。狽：狼屬。

參考 同朋比為奸。

13 **狼煙** ㄌㄤˊ ㄧㄢ 即戰火，烽火。古時白天的烽火用狼糞燃燒，煙直而凝聚，風吹不斜，遠處一望即見。

18 **狼藉** ㄌㄤˊ ㄐㄧˊ (一)散亂不整齊。例杯盤狼藉。(二)敗壞的意思。例聲名狼藉。

▽虎狼、豺狼、野狼、色狼、前門拒虎後門進狼。

常 7 **狹** 形解 形聲；從犬，夾聲。夾為夾持，所夾以窄隘為狹。

音義 ㄒㄧㄚˊ 形 不寬闊的；例地狹人稠。

參考 ①同窄。②反寬，闊。

13 **狹隘** ㄒㄧㄚˊ ㄞˋ 氣量不夠宏大。

參考 ①同狹窄。②反寬闊。③與「狹義」都有狹窄的意思，但範圍各異：「狹隘」指度量、觀念的褊狹；「狹義」指對事物下定義時的範圍較狹。④與「狹小」、「狹窄」都有不寬廣的意思。引申為人的思想意識，一般含有貶損的意思，而重點不同：「狹窄」是面積小；「狹隘」重在抽象的部分。「狹小」和「狹窄」相似，重在具體的面積。

狹義 ㄒㄧㄚˊ ㄧˋ 範圍小的意義。

參考 ①反廣義。②參閱「狹隘」條。

狹路相逢 ㄒㄧㄚˊ ㄌㄨˋ ㄒㄧㄤ ㄈㄥˊ 冤家路窄，仇人相逢。

▽淺狹、褊狹、人稠地狹。

常 7 **狽** 形解 形聲；從犬，貝聲。

音義 ㄅㄟˋ 名動 為古傳說中的獸名，狼屬為狽。獸類名，與「狼」相似，然前腿較短。

參考「狽」字常與「狼」字合用，組成「狼狽」一詞，多指窘困或勾結的意思。古人以為狽前腳很短，而必須架在狼身上，才可以行走，沒有狼則走不動。

常 7 **狸** 形解 形聲；從犬，里聲。獸名，狐狸為狸。

音義 ㄌㄧˊ 名動 獸名，屬脊椎動物門，哺乳類，食肉目，犬科，體形似狐而色黑褐，四肢短小，尾粗長。

參考「狸」與「貍」音同形似而意思不同：「狸」，為犬科動物；「貍」，為貓科動物。

常 7 **狷** 形解 形聲；從犬，肙聲。肙有小的意思，所以度量狹窄，性情急躁為狷。

音義 ㄐㄩㄢˋ 形 ①潔身自愛的，孤高耿直的；例狷介之士。②心胸狹窄而性情急躁的；例愚衷深褊狷。

4 **狷介** ㄐㄩㄢˋ ㄐㄧㄝˋ 形容品性清高、孤傲。

參考 ①同清高。②衍狷介之士。

次 7 **狺** 形解 形聲；從犬，言聲。犬吠聲為狺。

音義 ㄧㄣˊ 副 狗叫聲；例狺狺犬吠籬。

10 **狺狺** ㄧㄣˊ ㄧㄣˊ 犬吠聲。

次 7 **狴** 形解 形聲；從犬，坒聲。獸名，狴犴為狴。

音義 ㄅㄧˋ 名 ①動狴犴，傳說中威猛好訟的一種野獸名。②監獄；例幽篇動圜狴。

次 7 **狾** 形解 形聲；從犬，折聲。折有斷挫的意思，所以狂犬為狾。

音義 ㄓˋ 形 ①發狂的(犬類)；例宋國人逐狾狗。②兇猛的。

次 7 **狻** 形解 形聲；從犬，夋聲。夋有雄偉的意思，所以大獅子為狻麑。

音義 ㄙㄨㄢ 名動 狻猊，即獅子。

參考 字雖從夋，但不可讀 ㄐㄩㄣˋ。

常 8 **猜** 形解 形聲；從犬，青聲。疑懼為猜。

音義 ㄘㄞ 名 疑慮；例兩小無猜。動 ①疑心；例猜疑。②推測；例猜謎語。

參考 同測，度，量，疑，想，忖。

7 **猜忌** ㄘㄞ ㄐㄧˋ 猜疑他人對自己不利而心生嫉妒。

9 **猜度** ㄘㄞ ㄉㄨㄛˋ 猜想。

猜拳 ㄘㄞ ㄑㄩㄢˊ 喝酒時行的一種酒令。又叫「瞎拳」。

12 **猜測** ㄘㄞ ㄘㄜˋ 推想。

13 **猜想** ㄘㄞ ㄒㄧㄤˇ 心中推想。

猜嫌 ㄘㄞ ㄒㄧㄢˊ 彼此有猜忌的嫌隙。

參考 ①反信賴。②與「猜忌」、「猜疑」有別：「猜嫌」是重在彼此不合，有了嫌隙；「猜疑」指產生疑心而言；「猜忌」重在由於猜疑而生的忌恨之心。各詞的重心不同。

14 **猜疑** ㄘㄞ ㄧˊ 疑人不利於己而加以猜測、懷疑。

參考 與「探測」、「推測」都有料想、估計的意思，但詞義重點不同：「猜測」重點在「猜」，重於主觀的猜想、估計，不一定有什麼依據。「探測」的重點在「探」，指選用儀器或其他器具對不能直接觀察的事物進行試探、考察或測算；「推測」的重點在「推」，是有根據的估計。如：依天氣圖的變化可推測明後天的天候。

17 **猜謎** ㄘㄞ ㄇㄧˊ 設謎語讓人猜測、思考的遊戲。

參考 衍猜字謎、猜啞謎。

▽怨猜、疑猜、嫌猜、無猜、瞎猜、兩小無猜、莫要胡亂猜。

常 8

猛

形解 形聲；從犬，孟聲。孟有居長的意思，所以健勇的狗爲猛。

音義 ㄇㄥˇ 名①嚴厲；例寬以濟猛。②姓。形①勇敢的；例猛士。②凶殘的；例猛獸。③劇烈的；例猛烈。④急促的；例猛雨。副①急速地；例突飛猛進。②突發地；例猛然。③氣勢壯，力量大地；例猛打猛衝，毫不退縮。

10 **猛烈** ㄇㄥˇ ㄌㄧㄝˋ 勢力大而厲害。

參考 與「強烈」、「激烈」、「劇烈」有別：「猛烈」指來勢凶猛快速，常用於砲火、火勢、藥性等方面；「強烈」指力強勁足，常用於光線、感情、意願等方面；「激烈」指激昂熱烈的感情。

12 **猛然** ㄇㄥˇ ㄖㄢˊ 忽然。

參考 參閱「忽然」條。

▽剛猛、勇猛、威猛、雄猛、凶猛、用力過猛。

常 8

猖

形解 形聲；從犬，昌聲。昌爲盛大，所以狂放無所顧忌爲猖。

音義 ㄔㄤ 動任意妄爲；例猖獗。

參考 ①「爲虎作倀」一詞的「倀」字，不可誤成「倡」或「猖」。②「猖狂」亦不可作「倡狂」。

7 **猖狂** ㄔㄤ ㄎㄨㄤˊ 狂妄，放肆，隨意橫行。

參考 與「猖獗」、「瘋狂」有別：「猖狂」指橫行無忌，胡作亂爲，常跟「進攻」、「反撲」等詞連用。「猖獗」比猖狂含意深刻些，有凶猛囂張，橫行霸道，或蔓延、氾濫的意思，古時還指傾覆、跌倒；常作謂語。「瘋狂」，偏重於精神狀態，本指精神錯亂，喪失常態。

15 **猖獗** ㄔㄤ ㄐㄩㄝˊ ㈠盜賊勢盛。㈡強橫亂行。㈢傳染病非常流行。

常 8

猙

形解 形聲；從犬，爭聲。爭爲爭鬥，所以爭鬥時顯出兇惡爲猙。

音義 ㄓㄥ 形兇狠可怕的；例猙獰。

17 **猙獰** ㄓㄥ ㄋㄧㄥˊ 兇狠可怕的樣子。

參考 摹面目猙獰。

常 8

猓

形解 形聲；從犬，果聲。獸名，長尾猿爲猓。

音義 ㄍㄨㄛˇ 名①種族名之一；例猓玀。②動猓然，長尾猿。

次 8

猝

形解 形聲；從犬，卒聲。卒有倉卒的意思，所以犬突然追逐人爲猝。

音義 ㄘㄨˋ 副突然；例猝不及防。

12 **猝然** ㄘㄨˋ ㄖㄢˊ 突然。

參考 同遽，卒，驟。

次 8

猗

形解 形聲；從犬，奇聲。奇有不正的意思，所以去勢的狗爲猗。

音義 ㄜ 副柔順的樣子；例猗儺其枝。

一名姓。感表讚歎；例猗嗟昌兮。

次 8 **猇** 解形 形聲；從犬，虎聲。犬吠聲爲猇。

音義 ㄒㄧㄠ 動猛虎怒吼。

參考 ①同哮，唬，唬。②字雖從虎，但不可讀成ㄏㄨˇ。

次 8 **猘** 解形 形聲；從犬，制聲。狂犬爲猘。

音義 ㄓˋ 名瘋狗。形凶猛的；例往往逞兇猘。

次 8 **猊** 解形 形聲；從犬，兒聲。獸名，獅子爲猊。

音義 ㄋㄧˊ 名狻猊，即獅子，簡稱「猊」。

參考 又作「麑」。

▽狻猊、獅猊、奔猊、海虎奔猊。

次 8 **猋** 解形 會義；從三犬。犬疾走爲猋。

音義 ㄅㄧㄠ 形快疾的，同「飆」；例猋風暴雨。副狗羣急走的樣子。

參考 擊飆。

常 9 **猶** 解形 形聲；從犬，酋聲。猴屬，性多疑的獸名爲猶。

音義 ㄧㄡˊ 名①動獸名，體形似猴，而生性疑懼。②謀略，通「猷」；例克壯其猶。③姓。動①如同；例寔命不猶。②疑惑；例猶豫。副尚且；例困獸猶鬥。

參考「猶」與「猷」音同形似而義不同：當作謀劃解時，可以通用，其餘的意思則不同。

4 **猶太** ㄧㄡˊ ㄊㄞˋ 外種族名，也稱「希伯來人」。西元前九五三年在巴勒斯坦南部建國，至西元前五八六年被羅馬人滅亡，人民散居全世界，大都經商致富。二次大戰後在西元一九四八年建以色列國。

6 **猶如** ㄧㄡˊ ㄖㄨˊ 好像。

參考 衍猶太人、猶太教。

16 **猶豫** ㄧㄡˊ ㄩˋ 遲疑不決。

參考 ①衍猶豫不決。②與「遲疑」、「躊躇」、「游移」都指拿不定主意，但有別：「猶豫」指內心活動，「遲疑」、「躊躇」着重行動的不決，三辭互爲表裏。而「游移」指態度、辦法、方針在兩者之間搖擺不定，是動詞。「躊躇滿志」則有得意洋洋的意思。

常 9 **猥** 解形 形聲；從犬，畏聲。畏是可畏，所以犬吠聲爲猥。

音義 ㄨㄟˇ 形①混亂的；例猥雜。②鄙賤的；例卑猥。③疊累的；例山勢猥積而崎嶇。副①衆多地；例水猥盛則放溢。②突然；例山水猥至。③繁雜地；例猥雜。連乃，於是；例猥蒙不棄。

參考 同雜。

6 **猥自枉屈** ㄨㄟˇ ㄗˋ ㄨㄤˇ ㄑㄩ 貶低自己的身分。猥：屈辱；枉屈：委屈。

14 **猥瑣** ㄨㄟˇ ㄙㄨㄛˇ 鄙陋瑣屑。

17 **猥褻** ㄨㄟˇ ㄒㄧㄝˋ 淫穢。

參考 衍猥褻行爲。

▽淫猥、積猥、貪猥、雜猥。

常 9 **猩** 解形 形聲；從犬，星聲。犬吠聲爲猩。

音義 ㄒㄧㄥ 名動「猩猩」的省稱。也叫黑猿，比猴子大，前肢長，尾短，全身有赤褐色長毛。形鮮豔的；例猩紅色。

9 **猩紅熱** ㄒㄧㄥ ㄏㄨㄥˊ ㄖㄜˋ 醫一種危險性的傳染病。發燒至最高度，數日內便死亡。病發時可注射猩紅熱血清，即無危險。

常 9 **猴** 解形 形聲；從犬，侯聲。獼猴爲猴。

音義 ㄏㄡˊ 名動屬脊椎動物門，哺乳綱，靈長目，可以人立，善於攀援。動像猴子一樣傴僂地蹲著；例猴下身去。形詭稱小孩乖巧的；例你看這小孩有多猴。

常 9 **猷** 解形 形聲；從犬，酋聲。謀略爲猷。

音義 ㄧㄡˊ 名①計劃；例釐猷嘉猷。②道理；例秩秩大猷。

③姓。動圖謀；例以猷鬼神示之居。

參考 參閱「猶」字條。

▽鴻猷、嘉猷、皇猷、秩秩大猷。

次 9 **猢** 解形 形聲；從犬，胡聲。猢猻，獸名，猿的別名為猢。

音義 ㄏㄨˊ 名動 猢猻，猴子的別稱；例樹倒猢猻散。

13 猢猻 ㄏㄨˊ ㄙㄨㄣ 動 猴子的別稱。又作「胡孫」。

次 9 **猱** 解形 形聲；從犬，柔聲。獸名，長臂猿的一種為猱。

音義 ㄋㄠˊ 名動 即獼猴，體輕手長，善於攀援；例勿教猱升木。動 抓、搔，通「撓」；例心癢難猱。

參考 又作「獿」，或稱「狨」，楚人稱為「沐猴」。

次 9 **猧** 解形 形聲；從犬，咼聲。咼有不正的意思，所以矮小的犬為猧。

音義 ㄨㄛ 名動 小狗；例嬌猧睡猶怒。

次 9 **猲** 解形 形聲；從犬，曷聲。獸名，猲狙為猲。

音義 ㄏㄜˋ 動 用威力脅迫；例恐猲良民。副 恐懼地；例恫疑虛猲。ㄒㄧㄝ 名動 猲獢，短嘴狗。

常 10 **獅** 解形 形聲；從犬，師聲。師為軍隊，有盛壯的意思，所以猛獸之王為獅。

音義 ㄕ 名動 大型肉食性猛獸名，屬脊椎動物門，哺乳綱，貓科。雄獅頭頸有鬣，頭臉寬大，母獅頭頸無鬣，頭臉較小，身上短毛多為黃褐或暗褐色，尾端有毛叢。

常 10 **猿** 解形 形聲；從犬，袁聲。猴子的一種，體型大而能嘯為猿。

音義 ㄩㄢˊ 名動 獸名，屬脊椎動物，哺乳類，靈長目，似人，全身有毛，能坐立，四肢如手，與猴同類，然無尾。

▽哀猿、心猿、通臂猿、意馬心猿。

常 10 **猾** 解形 形聲；從犬，骨聲。狡詐而慧黠為猾。

音義 ㄏㄨㄚˊ 動 擾亂；例蠻夷猾夏。形 虛詐而不誠信的；例狡猾。

參考「猾」與「滑」都有虛浮的意思，但習慣上「滑頭」不作「猾頭」。

▽姦猾、狡猾、凶猾、佞猾、老奸巨猾。

次 10 **猻** 解形 形聲；從犬，孫聲。猢猻，獸名，猴子的一種。

音義 ㄙㄨㄣ 名動 猢猻，猴子的別稱。

次 10 **獃** 解形 形聲；從犬，豈聲。愚傻不明事理為獃。

音義 ㄉㄞ 形 ①痴愚的，同「呆」；例獃氣。②出神的；例發獃。

參考 又讀ㄞˊ。

次 10 **獀** 解形 形聲；從犬，叟聲。獵犬名為獀。

音義 ㄙㄡ 名 獵名，古春獵或秋獵，通「蒐」；例而弟達乎獀狩。動 選擇，通「搜」；例獀馬。

參考 獀、狩有別：春獵為獀，冬獵為狩。

常 10 **獄** 解形 會意；從犾，從言。犾是兩犬相爭，所以爭訟為獄。

音義 ㄩˋ 名 ①犯罪的人服刑的地方；例監獄。②訴訟案件；例斷獄。

參考「獄」與「嶽」形似而音義有別：「獄」，音ㄩˋ，義指監牢；「嶽」，音ㄩㄝˋ，義為高山。

▽監獄、地獄、典獄、入獄、牢獄、冤獄、煉獄、折獄、出獄、十八重地獄。

常 11 **獐** 解形 形聲；從犬，章聲。麞屬為獐。

音義 ㄓㄤ 名動 屬哺乳綱，偶蹄目，似鹿而形小，無角，毛皮柔軟，雄的有獠牙露在嘴外。是我國長江流域特有的動物，又叫「牙獐」。

參考 字或作「麞」。

常 11 **獎** 形解 字本作獎：形聲；從犬，將省聲。嗾犬齧物爲獎。俗作奬。

音義 ㄐㄧㄤˇ 名 一種榮譽的標幟，通常以證件或財物來表示；例 頒獎。動 ①讚揚；例 誇獎。②鼓勵；例 獎掖後進。

參考 獎亦作「奬」。

8 **獎狀** ㄐㄧㄤˇ ㄓㄨㄤˋ 具有鼓勵、獎賞含義的證書。狀：證書。

11 **獎章** ㄐㄧㄤˇ ㄓㄤ 賞給有功於國家社會的人的徽章。

11 **獎掖** ㄐㄧㄤˇ ㄧㄝˋ 對晚輩後進獎勉提拔。掖：以手扶人臂，後作扶持解。

參考 衍 獎掖後進、獎掖儒學。

15 **獎賞** ㄐㄧㄤˇ ㄕㄤˇ 嘉獎優良的人，贈給獎品。

16 **獎學金** ㄐㄧㄤˇ ㄒㄩㄝˊ ㄐㄧㄣ 學校中對於成績特別優良的學生，頒給金錢，以補助學費，用意是鼓勵學生勤勉求學。

17 **獎勵** ㄐㄧㄤˇ ㄌㄧˋ 用獎賞的方法來勉勵別人。

參考 衍 獎勵金。

▽ 推獎、得獎、領獎、頒獎、贈獎、褒獎、誇獎、中獎、嘉獎、大獎、金像獎、金球獎、金馬獎、通通有獎。

次 11 **獍** 形解 形聲；從犬，竟聲。猛獸名爲獍。

音義 ㄐㄧㄥˋ 名 動 獸名，狀如虎豹而小，傳說初生即食其母，故後世用來稱呼不孝順的人。

次 11 **獘** 形解 形聲；從犬，敝聲；敝有敗壞的意思，所以犬死倒地爲獘。

音義 ㄅㄧˋ 名 野獸名，同「獙」。形 破敗的，通「弊」；例 願守先人獘廬。

次 11 **獒** 形解 形聲；從犬，敖聲。敖有壯大的意思，所以凶猛的大狗爲獒。

音義 ㄠˊ 名 動 大而凶猛的狗；例 公嗾夫獒焉。

常 12 **獗** 形解 形聲；從犬，厥聲。厥爲撅撥，有強硬的意思，所以頑暴爲獗。

音義 ㄐㄩㄝˊ 形 狂放橫行的；例 猖獗。

次 12 **獠** 形解 形聲；從犬，尞聲。尞有周繞的意思，所以包圍狩獵爲獠。

音義 ㄌㄧㄠˊ 名 ①西南夷，居嶺南山中。②古罵人的話；例 何不撲殺此獠？動 晚上打獵；例「獠於蕙圃。」形 兇惡的；例 青面獠牙。

4 **獠牙** ㄌㄧㄠˊ ㄧㄚˊ 指露在口外的長牙，形容面貌兇惡的樣子。例 青面獠牙。

次 12 **獝** 形解 形聲；從犬，矞聲。矞本有驚嚇的意思，所以鳥獸驚嚇而飛走爲獝。

音義 ㄒㄩˋ 動 驚飛；例 故鳥不獝。

常 13 **獨** 形解 形聲；從犬，蜀聲。蜀有大的意思，所以犬爲爭食而打鬥爲獨。

音義 ㄉㄨˊ 名 ①年老而無子者。②獨處的時候；例 慎獨。③姓。形 孤單的；例 獨木難撐大廈。副 ①僅，只；例 不獨親其親。②唯一地；例 唯獨他沒來。

4 **獨夫** ㄉㄨˊ ㄈㄨ 即一夫，衆叛親離的人。

參考 同 單，孤。

獨木舟 ㄉㄨˊ ㄇㄨˋ ㄓㄡ 用一根大木所刳成的船。

獨木難支 ㄉㄨˊ ㄇㄨˋ ㄋㄢˊ ㄓ 比喻一人力薄難以辦到。

5 **獨白** ㄉㄨˊ ㄅㄞˊ 劇中人物自說自語。

參考 反 對白。

獨占 ㄉㄨˊ ㄓㄢˋ ㈠壟斷。㈡只有一人或一團體享有某種權利。

獨占鰲頭 ㄉㄨˊ ㄓㄢˋ ㄠˊ ㄊㄡˊ ㈠比喻首居第一。㈡科學時代謂考中狀元。

參考 ①反 名落孫山。②同 榮獲冠軍。③與「名列前茅」有別：前者表示名列第一；後者則籠統地表示名次在前，可能是第一，也可能是第二、第三……。

獨立 ㄉㄨˊ ㄌㄧˋ ㈠能夠自立，無須倚賴他人。㈡脫離保護者而自立，如殖民地脫離母國而成獨立的國家。

參考 參閱「孤獨」條。

獨立宣言 ㄉㄨˊ ㄌㄧˋ ㄒㄩㄢ ㄧㄢˊ 史 西元一七七六年七月四日，經美國十三州的代表所組成的「大陸會議」，通過宣布美國脫離英國而獨立的宣言。

6 獨步 ㄉㄨˊ ㄅㄨˋ 最好，第一，一時無兩。例獨步天下。

8 獨到 ㄉㄨˊ ㄉㄠˋ 特殊，不同於一般人。例獨到之見。

獨具隻眼 ㄉㄨˊ ㄐㄩˋ ㄓ ㄧㄢˇ 形容見識高超，與衆不同。

9 獨奏 ㄉㄨˊ ㄗㄡˋ 一人單獨奏樂。

參考 衍獨奏會。

10 獨特 ㄉㄨˊ ㄊㄜˋ 特別不同於凡俗。

參考 與「特殊」、「特別」有別：「特別」表格外、非常、尤其等意思；「特殊」有異常的意思。如：特殊的日子；特別奇怪。

11 獨清獨醒 ㄉㄨˊ ㄑㄧㄥ ㄉㄨˊ ㄒㄧㄥˇ 舉世都是汚濁而唯獨我是清白，衆人都已沈醉而唯獨我是清醒的。比喻見識高超，不肯和俗衆同流合汚。

12 獨裁 ㄉㄨˊ ㄘㄞˊ 一個國家的政治領袖，具有絕對的權利，可以獨斷獨行。

參考 ①衍獨裁者、獨裁主義。②反民主。

獨善其身 ㄉㄨˊ ㄕㄢˋ ㄑㄧˊ ㄕㄣ 只顧自己的修養。例「窮則獨善其身，達則兼善天下。」

參考 反兼善天下。

13 獨腳戲 ㄉㄨˊ ㄐㄧㄠˇ ㄒㄧˋ 比喻做事孤立無助。

獨當一面 ㄉㄨˊ ㄉㄤ ㄧˊ ㄇㄧㄢˋ 能獨立擔當某種重任。

14 獨幕劇 ㄉㄨˊ ㄇㄨˋ ㄐㄩˋ 指全劇事件限在一幕之內完成的戲劇。與「多幕劇」對稱。由於劇情受到時間、場景的限制，故內容上要求緊湊並能扣緊主題。此劇於十九世紀後半期已開始流行。

18 獨斷 ㄉㄨˊ ㄉㄨㄢˋ 憑自己的主觀斷定事情的是非或做與不做。例獨斷獨行。

▽孤獨、愼獨、單獨、專獨、煢獨。

次 13 **獧**

形解 形聲；從犬，睘聲。睘有巧捷的意思，所以犬急跳躍爲獧。

音義 ㄐㄩㄢˋ 形 ①性情急躁；例民俗獧急。②(行事)有所不爲的；例獧者。

參考 ①同狷。②字雖從睘，但不可讀成ㄏㄨㄢˊ。

次 13 **獬**

形解 形聲；從犬，解聲。猛獸名，獬豸爲獬。

音義 ㄒㄧㄝˋ 名 動 獬豸，古怪獸，似牛而僅一角，見人爭鬥，會以角觸理屈的人。

次 13 **獫**

形解 形聲；從犬，僉聲。長嘴犬爲獫。

音義 ㄒㄧㄢˇ 名 動 長嘴的狗；例載獫歇驕。

次 13 **獪**

形解 形聲；從犬，會聲。狡黠的狗爲獪。

音義 ㄎㄨㄞˋ 形 狡猾的；例狡獪。

常 14 **獲**

形解 形聲；從犬，蒦聲。蒦爲從手持萑，有獲得的意思，所以獵有所得爲獲。

音義 ㄏㄨㄛˋ 名 ①勞動所得；例田獲。②古供作奴婢的俘虜；例臧獲。③姓。動 得到；例獲勝。副 能夠；例不獲錄取。

參考 ①「獲」當作專有名詞「獲鹿」時，讀做ㄏㄨㄞˋ。②「獲」與「穫」音同形似而義不同：「獲」，有得到的意思，如：獲得；「穫」，有收割莊稼的意思，如：收穫。③同得。

10 獲益不淺 ㄏㄨㄛˋ ㄧˋ ㄅㄨˋ ㄑㄧㄢˇ 得到許多好處。

參考 同獲益匪淺。

▽漁獲、採獲、捕獲、弋獲、拾獲、田獲、一無所獲、人贓俱獲、不勞而獲。

常 14 **獰**

形解 形聲；從犬，寧聲。兇惡爲獰。

音義 ㄋㄧㄥˊ 形 凶暴的；例猙獰。

10 獰笑 ㄋㄧㄥˊ ㄒㄧㄠˋ 奸笑。獰：猙獰狡黠。

次 14 **獮**

形解 形聲；從犬，爾聲。秋季時的狩獵爲獮。

音義 ㄒㄧㄢˇ 動 ①秋天打獵。②殺戮；例已獮其十七八。

參考 字雖從爾，但不可讀成ㄦˇ或ㄇㄧ。

次 14 **獯** 解形 形聲；從犬，熏聲。獯鬻，匈奴的別稱。

音義 ㄒㄩㄣ 名 獯鬻，夏朝時北方種族名，即秦漢時的匈奴。

常 15 **獷** 解形 形聲；從犬，廣聲。廣為宏大，所以犬猛惡為獷。

音義 ㄍㄨㄤˇ 形 ①粗野的；例犬獷獷不可附也。②凶悍的；例粗獷。

參考「粗獷」的「獷」字，應唸ㄍㄨㄤˇ。大概是受了礦、曠、鄺等字音的影響，而常被誤唸作ㄎㄨㄤˋ。

常 15 **獵** 解形 形聲；從犬，巤聲。巤為毛髮直豎，所以追禽逐獸為獵。

音義 ㄌㄧㄝˋ 動 ①搜捕禽獸；例狩獵。②追求；例獵奇。③踐踏，通「躐」；例不獵禾稼。

參考 同獲，取，狩。

2 **獵人** ㄌㄧㄝˋ ㄖㄣˊ 在山中捕捉野獸的人。

8 **獵取** ㄌㄧㄝˋ ㄑㄩˇ 設法取得。

參考 與「獲取」有別：「獵取」的主動侵略性强；「獲取」是自然、合理地得到。

▽漁獵、狩獵、涉獵、田獵、打獵、遊獵、射獵、出獵。

常 15 **獸** 解形 會意；從嘼從犬。四足的動物為獸。

音義 ㄕㄡˋ 名 四足而全身長毛脊椎動物的總稱；例野獸。形 野蠻的；例獸慾。

參考「獸」字左從「嘼」右從「犬」。

6 **獸行** ㄕㄡˋ ㄒㄧㄥˊ 行為穢亂，違背倫常。

8 **獸性** ㄕㄡˋ ㄒㄧㄥˋ ㈠野性。㈡下等的慾望。

18 **獸醫** ㄕㄡˋ ㄧ 治療獸類疾病的醫生。

▽怪獸、禽獸、走獸、鳥獸、百獸、猛獸、野獸、奇獸、異獸、衣冠禽獸、洪水猛獸。

常 16 **獺** 解形 形聲；從犬，賴聲。形如小狗的水獸，喜食魚者為獺。

音義 ㄊㄚˇ 名 動 屬哺乳動物綱，食肉目，形似狗而稍小，種類有水獺、旱獺及海獺等多種。

參考 ①「獺」字雖從賴，但不可讀成ㄌㄞˋ。②「水獺」的「獺」字，有兩個讀音：一讀ㄊㄚˇ，一讀ㄊㄚˋ，但不讀為ㄌㄞˋ。

▽水獺、海獺、旱獺。

常 16 **獻** 解形 形聲；從犬，鬳聲。鬳為瓦器，用犬為牲的祭祀為獻。

音義 ㄒㄧㄢˋ 名 ①賢能的人；例黎獻。②典籍；例文獻。③姓。動 ①恭敬莊嚴地送給；例獻禮。②表演；例獻唱。③故意向人表露；例獻殷勤。

參考 同奉，呈。

12 **獻媚** ㄒㄧㄢˋ ㄇㄟˋ 為了私利，做出討人歡心的姿態或行動。

獻替 ㄒㄧㄢˋ ㄊㄧˋ 即「獻可替否」的簡語。古代臣子對國君勸善規過，使該興立的事能興立，當革除的事就革除之謂。獻：進用；替：革除。

19 **獻曝** ㄒㄧㄢˋ ㄆㄨˋ 以物品或意見提供別人時的謙詞。比喻平凡人供獻的平凡事物。例野人獻曝。

▽貢獻、進獻、文獻、奉獻、呈獻。

次 17 **獼** 解形 形聲；從犬，爾聲。大猴為獼。

音義 ㄇㄧˊ 名 動 獼猴，猿類，臉紅色，毛灰褐色，尾短，易怒，產於四川、兩廣山中。

參考 與「獮」（ㄒㄧㄢˇ）字形近易誤。

次 18 **獾** 解形 形聲；從犬，雚聲。獸名，鼬鼠為獾。

音義 ㄏㄨㄢ 名 動 (Meles meles)哺乳綱，鼬科，頭長耳短，前肢爪特長，適於掘土，為夜間活動的雜食性動物。

參考 又作「貛」、「獾」。

常 19 **玀** 解形 形聲；從犬，羅聲。玀玀，蠻族名，居雲貴、四川等地。

音義 ㄌㄨㄛˊ 名 ①西南少數種族

名之一，即「玀玀」的省稱。②方豬玀，即豬。

次 20 **玁** 形解 形聲；從犬，嚴聲。玁狁，種族名，即匈奴。

音義 ㄒㄧㄢˇ 名玁狁，周代北方蠻族名，即秦漢時的匈奴。

參考 字雖從嚴，但不可讀成ㄧㄢˊ。

【玄部】ㄒㄩㄢˊ

常 0 **玄** 形解 象形；象以棒絞絲形。

音義 ㄒㄩㄢˊ 名①微妙深奧的道理；例談玄。②「天」的異稱；例天地玄黃。③姓。形①黑色的；例玄冠。②高深奧妙的；例頗言玄理。③虛僞，不眞實的；例故弄玄虛。④不符合事實或距離事實太遠的；例這話太玄了。

參考 擘炫、衒、牽、紘、舷、鉉。

7 **玄妙** ㄒㄩㄢˊ ㄇㄧㄠˋ 道理深奧而微妙。

參考 衍玄妙虛無。

11 **玄虛** ㄒㄩㄢˊ ㄒㄩ 空洞而不實在。

參考 衍故弄玄虛。

16 **玄學** ㄒㄩㄢˊ ㄒㄩㄝˊ ㈠形而上的精神哲學。㈡道家的學問。㈢佛學。

玄機 ㄒㄩㄢˊ ㄐㄧ ㈠道家謂奇妙難測的靈機。㈡高明奧妙的計謀。

▽太玄、九玄、清玄、談玄、虛玄、玄之又玄。

次 4 **玅** 形解 會意；從少，從玄。所以會美妙的意思。

音義 ㄇㄧㄠˋ 形美妙的，同「妙」。

常 6 **率** 形解 象形；象絲網，上下其竿形。

音義 ㄕㄨㄞˋ 名①模範；例爲人表率。②姓。動①帶領；例率獸食人。②依循；例率由舊章。形①輕易而不慎重的；例輕率。②坦白的；例直率。③漂亮的，通「帥」；例這樣打扮眞率。副大概；例率如此也。

ㄌㄩˋ 名數兩個相關的數在一定條件下的比值；例土地增値率。

參考 ①又音ㄕㄨㄛˋ。②擘蟀。③「率」字有兩個讀音：a ㄌㄩˋ，比率、利率、頻率。b ㄕㄨㄞˋ，輕率、坦率、表率。

14 **率爾操觚** ㄕㄨㄞˋ ㄦˇ ㄘㄠ ㄍㄨ 隨便寫寫，喩不多考慮。觚：木簡，古人用來書寫；操觚：執筆爲文。

▽輕率、眞率、統率、比率、利率、直率、表率、百分率、因果率、圓周率。

次 6 **玈** 形解 形聲；從玄，旅省聲。黑色爲玈。

音義 ㄌㄨˊ 形黑色的；例玈弓。

【玉部】ㄩˋ

常 0 **王** 形解 指事；三指天、地、人，從丨貫三。天下人心所歸往的人爲王。

音義 ㄨㄤˊ 名①古指皇帝或一國最高統治者；例國王。②封爵名之一；例諸侯王。③指輩分的尊大；例王母。④同類中最特出或最偉大的首領；例花中之王。⑤技藝超羣的人；例足球王。⑥姓。動外族或諸侯朝見天子；例四夷來王。

ㄨㄤˋ 動①君臨一國；例王此大邦。②王道，以仁義治國，對「霸」而言；例以德行仁者王。③往來，通「往」；例及爾出王。形旺盛的，通「旺」；例神雖王，不善也。

參考 擘往。

13 **王道** ㄨㄤˊ ㄉㄠˋ 王者所行的正道。

參考 衍王道蕩蕩。

▽勤王、君王、郡王、國王、帝王、霸王、法王、素王、大王、先王、父王、親王、擒賊先擒王。

常 0 **玉** 形解 象形；象三玉串連形。

音義 ㄩˋ 名①溫潤有光澤的美石；例玉器。②昂貴如玉的米穀；例炊金饌玉。③姓。形①尊敬之辭；例玉照。②如玉般美麗的；例玉階生白露。

參考①「君王」的「王」字，與「碧玉」的「玉」字，形似而音義不同。②擘項。

6 **玉成** ㄩˋ ㄔㄥˊ 幫助。

玉米 ㄩˋ ㄇㄧˇ 植玉蜀黍的俗稱。一年生禾本植物，莖直立，葉平行脈，子實有黃、白、紅各色。可供食用、飼料用及釀酒。

參考又稱「玉麥」、「玉高粱」。臺灣話稱「番麥」，客家話稱「包黍」。

16 **玉樹臨風** ㄩˋ ㄕㄨˋ ㄌㄧㄣˊ ㄈㄥ 形容人的風采高潔美妙。

19 **玉璽** ㄩˋ ㄒㄧˇ 玉印。天子的印信，用美玉刻成，故稱。

23 **玉體** ㄩˋ ㄊㄧˇ ㈠尊稱別人的身體。㈡女人的身體。

參考同貴體。

▽瓊玉、珠玉、佩玉、璞玉、金玉、寶玉、小家碧玉、拋磚引玉、藍田種玉。

次 2 **玎** 形解 玎 形聲；從玉，丁聲。玉石碰撞聲爲玎。

音義 ㄉㄧㄥ 副玉石碰撞聲；例玎玎。

參考又音 ㄓㄥ。

常 3 **玖** 形解 玖 形聲；從玉，久聲。久爲久遠，黑色爲不變之色，所以黑色美石爲玖。

音義 ㄐㄧㄡˇ 名①淺黑色似玉的石頭；例遺我佩玖。②國字「九」的大寫。

參考與「玫」有別：「玫瑰」的「玫」，音ㄇㄟˊ，不可作「玖」。

次 3 **玕** 形解 玕 形聲；從玉，干聲。地中出土的玉珠稱爲琅玕。

音義 ㄍㄢ 名①美石；例琅玕。②古神話中的植物名。

次 3 **玓** 形解 玓 形聲；從玉，勺聲。勺有明而小的意思，所以珠寶的光輝爲玓瓅。

音義 ㄉㄧˋ 副明珠光澤的樣子。

常 4 **玩** 形解 玩 形聲；從玉，元聲。玩弄爲玩。

音義 ㄨㄢˊ 動①做某種遊戲；例玩家家酒。②欣賞；例在船裡，推開窗子，憑船玩月。名可供觀賞、把玩的東西；例古玩。動①忽視；例寇不可玩。②研習；例玩索。③戲弄；例將玩吳國於股掌之上。

參考「玩笑」的「玩」字，與「完畢」的「完」字，音同形似，一從玉，一從宀，而義異。

4 **玩日愒歲** ㄨㄢˋ ㄖˋ ㄎㄞˋ ㄙㄨㄟˋ 怠惰偷安，浪費光陰。玩、愒，都有貪閒的意思。又作「玩歲愒時」。

8 **玩忽** ㄨㄢˋ ㄏㄨ 不當一回事。

參考亦讀 ㄨㄢˊ ㄏㄨ。

玩物 ㈠ㄨㄢˊ ㄨˋ 玩具。㈡ㄨㄢˋ ㄨˋ 愛好及玩弄器物。

參考衍玩物喪志。

玩味 ㄨㄢˊ ㄨㄟˋ 仔細體會其中意趣。

參考同玩索。

9 **玩耍** ㄨㄢˊ ㄕㄨㄚˇ 遊戲。

11 **玩偶** ㄨㄢˊ ㄡˇ ㈠人形玩具。㈡比喻沒有自主能力的人，供人使喚、擺弄。

參考同傀儡。

▽奇玩、賞玩、珍玩、古玩、遊玩、嬉玩、把玩、寇不可玩。

常 4 **玫** 形解 玫 形聲；從玉，文聲。玫瑰，赤色美玉。

音義 ㄇㄟˊ 名①植玫瑰，落葉灌木，枝上有刺。花有紫紅色、粉紅色、白色等多種，香味很濃，可做香料，花和根可入藥。②礦石的一種，赤色美石。

參考「玫瑰」的「玫」字，與「坆墓」的「坆」字形似，一從王，一從土，而音義各異。

常 4 **玨** 形解 玨 會意；從二玉。二玉相合成玨爲玨。

音義 ㄐㄩㄝˊ 名兩玉相合而成的器物。

參考①「玨」字又寫作「珏」。②字雖從二玉，但不可讀成ㄩˋ。

㊅ 4

玦

形解 形聲；從玉，夬聲。夬有殘缺的意思，所以半圓形如環而有缺的玉佩爲玦。

① 玦

音義 ㄐㄩㄝˊ 名 ①半環形的佩玉；例絕人以玦。②射箭時戴在指頭上的扳指；例右佩玦。

㊅ 4

玠

形解 形聲；從玉，介聲。介有大的意思，所以大圭爲玠。

音義 ㄐㄧㄝˋ 名 大圭，通「琾」。

㊅ 5

玷

形解 形聲；從玉，占聲。占是灼龜甲卜問吉凶，有灼裂的意思，所以玉上的斑點如灼者爲玷。

音義 ㄉㄧㄢˋ 名 ①玉上的斑點；例白圭之玷。②人的缺點或過失；例斯言之玷。動 ①侮辱；例有玷校譽。②忝辱，自謙之辭；例名玷薦賢中。

參考 ①「玷辱」的「玷」字，與「白圭反坫」的「坫（ㄉㄧㄢˋ）」字，音同形似，一從玉，一從土，而義不同。②「玷」字雖從占，但只讀ㄉㄧㄢˋ，不讀ㄓㄢ。③「玷」、「沾」有別：「玷」，音ㄉㄧㄢˋ，本指玉上的污點，所以字的偏旁是從「玉」。「沾」，音ㄓㄢ，本指浸濕，所以字的偏旁是從「氵」(水)。

6 **玷污** ㄉㄧㄢˋ ㄨ 美玉上的污點。因比喻完美的人品有了缺點。

10 **玷辱** ㄉㄧㄢˋ ㄖㄨˇ ㈠污損。㈡使蒙受恥辱。

▽塵玷、微玷、瑕玷。

㊅ 5

珊

形解 形聲；從玉，刪省聲。珊瑚，海底中的腔腸動物。

音義 ㄕㄢ 名 動 珊瑚，一種腔腸動物所分泌的石灰質的東西，形狀像樹枝，有紅、白等色，可以做裝飾品。

參考 「珊瑚」的「珊」字，與「姍姍來遲」的「姍」字，音同形似，一從玉，一從女，而義不同。

13 **珊瑚** ㄕㄢ ㄏㄨˊ 動 腔腸動物珊瑚類，產於熱帶深海中，羣體結成樹枝狀，枝狀表面附有連續的肉。肉上具爲多數水螅體，稱珊瑚蟲。

珊瑚礁 ㄕㄢ ㄏㄨˊ ㄐㄧㄠ 海中珊瑚蟲骨骼凝成的礁石，多生於熱帶及副熱帶內接近陸地的海洋中，太平洋南部尤其多。

㊅ 5

玲

形解 形聲；從玉，令聲。令爲發號，所以玉聲爲玲。

音義 ㄌㄧㄥˊ 形 玉聲的；例玲琅。

參考 「玲瓏」的「玲」字，與「鈴鐺」的「鈴」字，音同形似，一從玉，一從金，而義不同。

20 **玲瓏** ㄌㄧㄥˊ ㄌㄨㄥˊ ㈠形容物體製作精巧。㈡形容聰慧美好。㈢形容晶瑩透明。㈣玉聲。

參考 衍 玲瓏剔透。

㊅ 5

珍

形解 形聲；從玉，㐱聲。寶物爲珍。

音義 ㄓㄣ 名 ①珠玉寶物；例稀世之珍。②貴重的人才或器物；例鄒魯之珍。③精美的食品；例食無兼珍。動 重視；例珍惜。形 可貴的；例四庫珍本。副 寶愛地；例珍藏。

參考 「殄」、「珍」有別：「暴殄天物」的「殄」，字從「歹」，音ㄊㄧㄢˇ；「珍貴」、「珍惜」的「珍」，字從「玉」，音ㄓㄣ。

11 **珍惜** ㄓㄣ ㄒㄧ 十分珍愛。

參考 參閱「愛惜」條。

12 **珍貴** ㄓㄣ ㄍㄨㄟˋ 可貴、寶貝的。

參考 參閱「寶貴」條。

18 **珍藏** ㄓㄣ ㄘㄤˊ 小心收藏，非常寶貝的意思。

▽至珍、袖珍、八珍、海珍、奇珍、藏珍、如數家珍、希世之珍、敝帚自珍。

㊅ 5

玻

形解 形聲；從玉，皮聲。玉名，玻璃爲玻。

音義 ㄅㄛ 名 化 用白砂、石灰石、碳酸鈉、碳酸鉀等化學原料，混和、熔融、澄清、勻化後，加工成形，再經冷卻處理而得的化學物，有透明及半透明兩種，可製窗門、光學等多種用途；例玻璃。

參考「玻璃」的「玻」字，與「水波」的「波」字，音同形似，一從玉，一從氵，而意思不同。

15 **玻璃** ㄅㄛ ㄌㄧˊ 化學品，一般是透明的脆硬性固體，加熱時逐漸軟化，無一定熔點，是用白砂、石灰石、碳酸鈉、碳酸鉀混合燒熔，冷卻後呈透明及半透明兩種。

參考 衍玻璃紙。

常 5 **珀** 形解 形聲；從玉，白聲。玉名，琥珀為珀。

音義 ㄆㄛˋ 名礦古代松柏等植物的樹脂化石，非晶體，色黃褐而透明，可製飾物。中醫用以治淋病、尿血、不寐及外傷等症；例琥珀。

參考 字雖從白，但不可讀成ㄅㄞˊ或ㄅㄛˊ。

常 5 **玳** 形解 形聲；從玉，代聲。動物名，玳瑁為玳。

音義 ㄉㄞˋ 名動爬蟲類，海龜科動物，四肢呈鰭足狀，背甲光滑美麗，有褐色、淡黃色相間的花紋，可製鈕扣、眼鏡框或裝飾品。在中醫學上，甲片可入藥，性寒味甘，有清熱解毒之功效。

13 **玳瑁** ㄉㄞˋ ㄇㄟˋ 動脊椎動物，爬蟲類，海龜的一種。背甲美麗，可以作裝飾品。

參考 衍玳瑁鏡框、玳瑁胸針。

次 5 **珂** 形解 形聲；從玉，可聲。玉名，白瑪瑙為珂。

音義 ㄎㄜ 名①似玉的美石。②海貝。③馬勒上的裝飾品。④石名，通「砢」。

▽玉珂、佩珂、鳴珂、寶珂。

常 5 **珈** 形解 形聲；從玉，加聲。加有增附的意思，所以婦人頭上的玉飾為珈。

音義 ㄐㄧㄚ 名古婦女的首飾名，通「笳」；例副笄六珈。

次 5 **珅** 形解 形聲；從玉，申聲。玉名，珅玉為珅。

音義 ㄕㄣ 名玉石名。

常 6 **班** 形解 會意；從玨刀。玨為二玉相合，所以用刀分玨為班。

音義 ㄅㄢ 名①按時間分成段落的工作；例早班。②定時開行的運輸工具；例普通班機。③舊時劇團的名稱；例戲班子。④同等、並列的人；例伯夷、伊尹於孔子若是班乎？⑤按同性質或同進度的課業，所編成的組別；例班級。⑥軍軍隊編制的最小單位，屬於排之下，通常由九人組成；例炊事班。⑦計算人或運輸工具的量詞；例我坐下一班車。⑧姓。動①調動；例班師振旅。②排列等級；例周室班爵祿。

參考「班級」的「班」字，與「斑紋」的「斑」字，音同形似，一從刂，一從文，而義不同。

8 **班底** ㄅㄢ ㄉㄧˇ ㈠戲班裡主角外的其他角色。㈡一個團體由各基層的幹部組成，這些基層幹部即是班底。

班門弄斧 ㄅㄢ ㄇㄣˊ ㄋㄨㄥˋ ㄈㄨˇ 在魯班門前舞弄斧頭。比喻在行家面前賣弄本事。班：魯班，春秋時著名的木匠。

參考 本詞含有不自量力的意思，是貶義詞。

10 **班師** ㄅㄢ ㄕ 凱旋返防。

參考 衍班師回朝。

班荊故道 ㄅㄢ ㄐㄧㄥ ㄍㄨˋ ㄉㄠˋ 形容老朋友途中不期而遇，共話舊誼。班：鋪開。

16 **班機** ㄅㄢ ㄐㄧ 按照一定時間航行的飛機。

參考 衍頭班機、末班機。

▽早班、晚班、值班、同班、輪班、退班、上班、下班、換班、脫班、趕班、加班、補班、溜班、蹺班、補習班、按部就班。

常 6 **琉** 形解 形聲；從玉，㐬聲。字本作「瑠」：形聲；從玉，丣聲。有光澤的玉石為瑠。今作「琉」。

音義 ㄌㄧㄡˊ 名鋁和鈉的矽酸化合物所燒製而成的釉料；例琉璃瓦。

參考「琉璃」的「琉」字，與「硫

黃」的「硫」字，音同形似，一從玉，一從石，而義不同。

15 **琉璃** ㄌㄧㄡˊ ㄌㄧˊ 一種用鋁和鈉的化合物燒成的釉料。常見的有綠色和金黃色兩種。多用爲建築材料。

參考 衍 琉璃瓦、琉璃牆。

常 6

珮

形解 形聲；從玉，佩省聲。玉珮爲珮。

音義 ㄆㄟˋ 名 玉珮；例「珮雖可贈，疏華竟無陳。」

參考 與「佩」有別：「珮」、「佩」二字可通，如玉珮可作玉佩，但「佩帶」、「佩服」、「佩劍」等詞，一般都不作「珮」。

常 6

珠

形解 形聲；從玉，朱聲。朱爲赤心木，所以蚌的分泌物內結成圓體者爲珠。

音義 ㄓㄨ 名 ①蛤蚌殼內由砂石與分泌物結成的有光小圓體，可作裝飾品，亦可入藥；例珠箔銀屏迤邐開。②如珠般的圓形顆粒；例露珠。

參考「珍珠」的「珠」字，與「硃砂」的「硃」字，音同形似，一從玉，一從石，而義不同。

9 **珠胎暗結** ㄓㄨ ㄊㄞ ㄢˋ ㄐㄧㄝˊ 比喻女子私通後懷了非婚生的胎兒。

14 **珠算** ㄓㄨ ㄙㄨㄢˋ 我國傳統的計算方法。利用算盤來進行加、減、乘、除、開方等運算。

16 **珠璣** ㄓㄨ ㄐㄧ 以珠子美玉比喻優美智慧的文章或詞句。

參考 衍 字字珠璣。

▽珍珠、念珠、明珠、寶珠、眞珠、串珠、靈珠、素珠、龍吐珠、玻璃珠、老蚌生珠、探驪得珠、魚目混珠、買櫝還珠、掌上明珠、滄海遺珠。

次 6

珓

形解 形聲；從玉，交聲。玉製的器具，可擲於地，視其俯仰交互，以定吉凶，爲杯珓。

音義 ㄐㄧㄠˋ 名 祭祀或祈禱時，擲之於地，觀其俯仰，以占吉凶的兩片蚌殼形之器具；例杯珓。

次 6

珪

形解 形聲；從玉，圭聲。行禮用的瑞玉爲珪。

音義 ㄍㄨㄟ 名 ①古文「圭」字。②化「矽」(Si)的別名。

參考 說文中，「圭」是正篆，「珪」是古文。

次 6

珙

形解 形聲；從玉，共聲。共有大的意思，所以大璧爲珙。

音義 ㄍㄨㄥˇ 名 大璧；例求天叩地持雙珙。

次 6

珥

形解 形聲；從玉，耳聲。用玉塞耳爲珥。

音義 ㄦˇ 名 ①女子的珠玉耳飾；例夫人脫簪珥。②劍鼻；例撫長劍兮玉珥。③日、月暈之一；例抱珥虹。動 ①插戴；例珥貂。②割獸耳，通「刵」。

12 **珥筆** ㄦˇ ㄅㄧˇ ㈠古時史官、諫官入朝時，插在帽上，以便隨時記錄的毛筆。㈡古史官、諫官的代稱。

▽珠珥、簪珥、玉珥、日珥、墜珥。

次 6

玼

形解 形聲；從玉，此聲。玉色光鮮爲玼。

音義 ㄘ 名 瑕疵，通「疵」。副 鮮豔的樣子；例玼玼。

次 6

珧

形解 形聲；從玉，兆聲。水蟲名，蚌屬，其殼可爲刀飾者爲珧。

音義 ㄧㄠˊ 名 ①蚌類的一種。②蚌殼；例弓珧解檠。

次 6

珣

形解 形聲；從玉，旬聲。東夷玉名，珣玗琪爲珣。

音義 ㄒㄩㄣˊ 名 玉名；例珣玗琪。

次 6

珞

形解 形聲；從玉，各聲。玉製的頸飾爲珞。

音義 ㄌㄨㄛˋ 名 用珠玉做成的頸飾；例瓔珞。形 石頭堅硬的；例珞珞如石。

次 6

珩

形解 形聲；從玉，行聲。佩玉名，撞擊聲可以節制行止者爲珩。

音義 ㄏㄥˊ 名 一種形似小磬的佩玉；例白玉之珩六雙。

珩

參考「珩」從行聲，不念ㄒㄧㄥˊ。

常 7 **琅** 形解 琅 形聲；從玉，良聲。良有美好的意思，一種圓潤如珠的美玉為琅玕。

音義 ㄌㄤˊ 名 ①似玉的美石；例琅玕。②美妙而響亮或清脆的聲音；例琅琅。③姓。

形 潔白的；例琅華千點。

參考 ①「琅」字俗作「瑯」。②「琅琅」的「琅」字，與「桹桹」的「桹」字、「硠硠」的「硠」字，三字音同形似，一從玉，一從木，一從石，而義亦相近：「琅」，指金屬相擊聲；「桹」，指木相擊聲；「硠」，指玉石相擊聲。

▽玕琅、琳琅、琺琅。

常 7 **琊** 形解 形聲；從玉，邪聲。古地名，琅邪為琊。

音義 ㄧㄝˊ 名 地 古郡名，在今山東膠縣等地；例瑯琊。

參考「琊」字，又作「峫」、「耶」。

常 7 **球** 形解 球 形聲；從玉，求聲。玉磬為球。

音義 ㄑㄧㄡˊ 名 ①美玉；例受大球小球。②玉磬；例戛擊鳴球。③圓形立體物；例地球。

形 球形的；例球莖。

參考「球」字又作「毬」。

▽眼球、氣球、打球、投球、網球、排球、地球、棒球、籃球、皮球、桌球、環球、乒乓球、曲棍球、玻璃球。

常 7 **理** 形解 理 形聲；從玉，里聲。里有條理的意思，所以治玉為理。

音義 ㄌㄧˇ 名 ①事物的條貫或次序；例俯察地理。②物質組織的條紋；例肌理細膩骨肉勻。③事物的規律，多指自然科學而言；例物理。④本性；例天理。⑤獄官，通「吏」；例生子與為理。⑥姓。

動 ①治事；例管理。②對別人的言語行動表示態度；例置之不理。③治玉；例玉未理者為璞。④溫習書本；例理書。⑤整治；例快把家理一理。

參考「道理」的「理」字，與「妯娌」的「娌」字，音同形似，一從玉，一從女，而義不同。

5 **理由** ㄌㄧˇ ㄧㄡˊ 道理上的根據。

參考 同原因，原由。

8 **理性** ㄌㄧˇ ㄒㄧㄥˋ ㈠天賦的良知。㈡思考的能力。

參考 衍理性論、理性時代、理性主義、理性知識。

理事 ㄌㄧˇ ㄕˋ ㈠治理事物。㈡公私法人團體裏執行事務，行使職權的人。

參考 衍理事人、理事長、理事會。

理直氣壯 ㄌㄧˇ ㄓˊ ㄑㄧˋ ㄓㄨㄤˋ 理由正大，無所畏懼，說話有氣勢。

參考 ①同光明正大。②反心虛理虧，理短詞窮。

理所當然 ㄌㄧˇ ㄙㄨㄛˇ ㄉㄤ ㄖㄢˊ 在道理上是必然的結果。簡作「當然」。

參考 同應然。

12 **理智** ㄌㄧˇ ㄓˋ 理性和知識。不憑感情的衝動而辨別思考事物的一種作用。

13 **理解** ㄌㄧˇ ㄐㄧㄝˇ ㈠了解，明白事理。㈡推想事理而解釋它。即以口語、文字或其他符號，將已知的事實原理原則作一番解說。

參考 參閱「了解」條。

理睬 ㄌㄧˇ ㄘㄞˇ 對別人的言語、行動，表示反應。

參考 ①衍不理不睬。②同理會。

理會 ㄌㄧˇ ㄏㄨㄟˋ ㈠由推理而明白。㈡明曉，知道，覺得。㈢處理。

理想 ㄌㄧˇ ㄒㄧㄤˇ 根據事理構成想像，以推定事之究竟，是可努力而實現的目標。

參考 ①與「空想」不同：「空想」是不付諸行動，徒作幻想、白日夢。「理想」是希望達到的目標，具有客觀之妥當性。理想不實踐，即是變成空想。②衍理想國。

15 **理論** ㄌㄧˇ ㄌㄨㄣˋ ㈠名詞，對事物之原理、原則的討論或評論。

與「現實」、「實際」相對。㈡動詞，依據道理，與人爭論。

16 **理學** ㄌㄧˇ ㄒㄩㄝˊ 性理之學；宋儒解釋儒家經典，著重在闡揚義理，故稱為理學。因又兼談性命，也稱性理學、道學；世人為了有別於漢學，故又稱「宋學」。

▽學理、管理、窮理、義理、玄理、原理、公理、修理、受理、條理、處理、事理、心理、眞理、審理、推理、生理、整理、調理、地理、哲理、天理、道理、物理、無理、料理、倫理、講理、法理、治理、歪理、入情入理、言之成理、豈有此理、強詞奪理、傷天害理、置之不理、慢條斯理、人同此心心同此理、公說公有理婆說婆有理。

常 7 現

解形 形聲；從玉，見聲。見為目視，見所以玉光顯露為現。

音義 ㄒㄧㄢˋ 名實有的或立即可交易的金錢；例貼現。動顯露出；例有形則影現。形①當今的；例國際現勢。②目前所有的；例現金交易。副即時地；例現買現賣。

參考①「現」與「限」音同而義不同：限，義為界域，窮盡，如「界限」、「無限」，都不可作「現」。②同顯，今。

5 **現代** ㄒㄧㄢˋ ㄉㄞˋ 眼前的年代。

參考①衍現代化、現代感、現代文明、現代雕塑。②同當代。

現世報 ㄒㄧㄢˋ ㄕˋ ㄅㄠˋ 佛家說因果報應，當世即得惡報的稱現世報。

6 **現在** ㄒㄧㄢˋ ㄗㄞˋ 在過去和未來之間的時刻。佛家指現世為現在，與過去、未來合稱三世。

參考①同此刻。②「現在」、「如今」有別：「現在」，可以指較長的一段時間，也可以指極短的時間；「如今」，只能指較長的一段時間。

8 **現狀** ㄒㄧㄢˋ ㄓㄨㄤˋ 現在的情形。

參考同近況。

12 **現款** ㄒㄧㄢˋ ㄎㄨㄢˇ 現鈔。

現象 ㄒㄧㄢˋ ㄒㄧㄤˋ ㈠事物的跡象。㈡哲由實體而起的變化狀態。

參考衍現象論、現象學。

15 **現實** ㄒㄧㄢˋ ㄕˊ ㈠客觀實際。與「理想」相對。㈡哲指已經實現了的可能性。

參考參閱「實際」條。

▽具現、顯現、實現、出現、體現、發現、表現、呈現、浮現、忽隱忽現、曇花一現。

次 7 琇

解形 形聲；從玉，秀聲。美玉為琇。

音義 ㄒㄧㄡˋ 名①美玉；例充耳琇實。②姓。形俊美的。

次 7 琀

解形  形聲；從玉，含聲。送死者口中所含的玉為琀。

音義 ㄏㄢˊ 名古稱含在死人口中的珠、玉、貝的通稱，通常刻成蟬形及蟬紋。

常 8 琺

解形 形聲；從玉，法聲。一種塗於金屬器皿的表面，用來防腐與增加美觀的塗料為琺。

音義 ㄈㄚˇ 名用硼砂、玻璃粉、石英等原料，加鉛、錫等金屬氧化物，燒製成像釉的塗料，塗在金屬表面可作裝飾，又可防鏽。琺瑯器物是我國特有的製品。

常 8 琪

解形 形聲；從玉，其聲。玉屬，美玉為琪。

音義 ㄑㄧˊ 名美玉；例仙人琪樹白無色。形華美的；例琪殿。

參考「琪花瑤草」的「琪」字，與「祺祥」的「祺」字，音同形似，一從玉，一從示，而義不同。

常 8 琳

解形 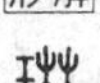 形聲；從玉，林聲。美玉為琳。

音義 ㄌㄧㄣˊ 名美玉；例琳瑯滿目。

參考「琳瑯滿目」的「琳」字，與「晽晽」的「晽」字，音同形似，一從玉，一從日，而義不同。

13 **琳瑯滿目** ㄌㄧㄣˊ ㄌㄤˊ ㄇㄢˇ ㄇㄨˋ 比喻所見都是優美珍貴的東西。琳瑯：珠玉之名。

參考與「美不勝收」都形容美好的事物很多，但有別：前者有「滿眼都是」的意思；後者則有「來不及看」，「來不及一一欣賞」的意思。

常 8 **琢** 形解 形聲；從玉，豖聲。治玉爲琢。

音義 ㄓㄨㄛˊ 動 ①雕治玉石；例玉不琢，不成器。②修練；例琢磨道德。③推敲文辭；例鍊字琢句。

參考「琢」字從「豖」，不從「豕」。

16 **琢磨** ㄓㄨㄛˊ ㄇㄛˊ ㈠雕刻玉器，細細加工。治玉曰琢，治石曰磨。㈡對一切事物加工，有精益求精的意思。

參考 衍琢磨字句。

▽雕琢、刻琢、玉琢、如磨如琢。

常 8 **琥** 形解 形聲；從玉，虎聲。遣使發兵的玉符爲琥。

音義 ㄏㄨˇ 名 ①玉製的虎形器物；例以白琥禮西方。②琥珀，寶石名。③姓。

參考「琥珀」的「琥」字，與「嚇唬」的「唬」字，音同形似，一從玉，一從口，而義不同。

9 **琥珀** ㄏㄨˇ ㄆㄛˋ 一種蠟黃或赤褐色透明的礦物，係松樹的脂所變成的，摩擦能夠生電，可製裝飾品、琥珀酸、香料，亦可入藥。

參考 同蜜蠟，虎魄，蠟珀。

常 8 **琵** 形解 形聲；從玨，比聲。樂器名，琵琶爲琵。

音義 ㄆㄧˊ 名 音 弦樂器，梧桐木製成，下部橢圓，上有長柄，繫四根絃；例琵琶。

琵琶

12 **琵琶** ㄆㄧˊ ㄆㄚˊ 撥弦樂器。半梨形，曲頸，四弦，音域廣闊，能奏所有半音，音色獨特，技法豐富。例猶抱琵琶半遮面。

參考 ①衍琵琶行、琵琶記、琵琶獨奏、琵琶別抱。②又讀 ㄆㄧ ˙ㄆㄚ。

琵琶別抱 ㄆㄧˊ ㄆㄚˊ ㄅㄧㄝˊ ㄅㄠˋ ㈠比喻婦女再嫁。㈡今指妻子、女友移情別戀，另結新歡。

常 8 **琶** 形解 形聲；從玨，巴聲。樂器名，琵琶爲琶。

音義 ㄆㄚˊ 名 琵琶。

參考 又音 ˙ㄆㄚ。

常 8 **琴** 形解 形聲；從玨，今聲。字本作「珡」：象形；外象琴體，中象琴柱形。俗作「琹」。

音義 ㄑㄧㄣˊ 名 ①「古琴」的簡稱，以梧桐木製成，本爲五絃，後增爲七絃；例士無故不徹琴瑟。②一般樂器的泛稱；例小提琴。③姓。

參考 ①「琴」字俗作「琹」。②「琴」字於「玨」下從「今（ㄐㄧㄣ）」不從「令（ㄌㄧㄥˋ）」。

13 **琴瑟** ㄑㄧㄣˊ ㄙㄜˋ ㈠琴與瑟的合稱。㈡以樂器的聲音相合，比喻夫婦相處的和合。例妻子好合，如鼓琴瑟。

▽月琴、素琴、彈琴、提琴、風琴、木琴、鋼琴、豎琴、胡琴、鳴琴、無弦琴、煮鶴焚琴、對牛彈琴。

次 8 **琮** 形解 形聲；從玉，宗聲。宗有大的意思，所以用來祭祀地祇的大玉爲琮。

音義 ㄘㄨㄥˊ 名 ①古方形筒狀玉製禮器名；例以黃琮禮地。②姓。

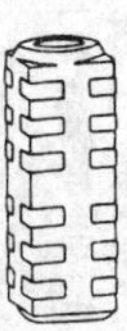

琮 ①

參考 字雖從宗，但不可讀作「ㄗㄨㄥ」、「ㄓㄨㄥ」。

次 8 **琯** 形解 形聲；從玉，官聲。官有管子的意思，所以玉製的管形樂器爲琯。

音義 ㄍㄨㄢˇ 名 古玉製管樂器，同「管」；例飛琯促節。動 磨磋金石，使之光亮。

次 8 **琬** 形解 形聲；從玉，宛聲。宛有彎曲的意思，所以玉圭頂部，無鋒芒而圓曲者爲琬。

音義 ㄨㄢˇ 名 琬圭，上端渾圓

而無棱角的禮器。

6 **琬圭** ㄨㄢˇ ㄍㄨㄟ 上端渾圓而無棱角的圭。圭：古玉器名，上尖下方。例琬圭九寸。

12 **琬琰之章** ㄨㄢˇ ㄧㄢˇ ㄓ ㄓㄤ 稱美對方的來信，猶言瑤章、玉音。琬，琰，都是美好的玉圭。

次 8 **琛** 解形 形聲；從玉，深省聲。美麗的寶物爲琛。

音義 ㄔㄣ 名珍寶；例來獻其琛。

次 8 **琰** 解形 形聲；從玉，炎聲。炎有盛大的意思，所以玉璧的光輝爲琰。

音義 ㄧㄢˇ 名美玉名；例雕琰表飾。動削刻，通「剡」。形圭之上端削成尖銳形的；例琰圭。

琰

次 8 **琖** 解形 形聲；從玉，戔聲。戔有小的意思，所以玉製的小酒杯爲琖。

琖

音義 ㄓㄢˇ 名玉製小杯，通「盞」。

次 8 **琦** 解形 形聲；從玉，奇聲。奇有大的意思，所以大玉爲琦。

音義 ㄑㄧˊ 名美而大的玉；例無宵朗之琦。形①出衆的；例瑰意琦行。②詭異的，通「奇」；例琦辭。

6 **琦行** ㄑㄧˊ ㄒㄧㄥˋ 特異不凡的操守。

次 8 **琚** 解形 形聲；從玉，居聲。間雜在佩玉中的美石爲琚。

音義 ㄐㄩ 名玉佩；例瓊琚。

次 8 **琨** 解形 形聲；從玉，昆聲。昆有大的意思，所以大而美的玉石爲琨。

音義 ㄎㄨㄣ 名美玉名；例瑤琨。

次 8 **琱** 解形 形聲；從玉，周聲。周有多而密的意思，所以用磨石攻治玉石爲琱。

音義 ㄉㄧㄠ 名似玉的石頭。動①磨治；例斲琱。②繪畫；例牆塗而不琱。③刻鏤，通「雕」。④零落，通「凋」。

次 8 **琤** 解形 形聲；從玉，爭聲。玉石撞擊聲爲琤。

音義 ㄔㄥ 副玉石撞擊聲；例余撞玉琤。

12 **琤琤** ㄔㄥ ㄔㄥ (一)玉器相撞擊的聲音。(二)形容琴聲或水聲的美妙。

常 9 **瑕** 解形 形聲；從玉，叚聲。叚有紅的意思，所以玉稍含赤色爲瑕。

音義 ㄒㄧㄚˊ 名①玉上的斑點；例白璧無瑕。②過錯；例心苟無瑕。③罅隙；例審乎無瑕。

參考 ①「瑕疵」的「瑕」字，與「閒暇」的「暇」字，音同形似，一從玉，一從日，而義不同。②「瑕」字從「叚」，不從「段」。

4 **瑕不掩瑜** ㄒㄧㄚˊ ㄅㄨˋ ㄧㄢˇ ㄩˊ 不因爲一點兒瑕疵，便掩沒了所有的優點。

11 **瑕疵** ㄒㄧㄚˊ ㄘ 比喻缺點、過失。

▽赤瑕、白璧無瑕、白璧微瑕。

常 9 **瑚** 解形 形聲；從玉，胡聲。動物名，珊瑚爲瑚。

音義 ㄏㄨˊ 名①動珊瑚，海中腔腸動物，相連成枝狀形。②宗廟盛黍稷的禮器名；例瑚璉。

常 9 **瑟** 解形 形聲；從琴省，必聲。庖犧所作鼓弦發音的樂器爲瑟。

音義 ㄙㄜˋ 名①弦樂器，形狀似琴，長八尺，古有五十絃，相傳黃帝改爲二十五絃；例「錦瑟無端五十絃。」②玉上如瑟般的橫紋，通「璱」；例瑟彼玉瓚。動鼓奏。形①莊嚴的。②衆多的。

①名 瑟

17瑟縮 ㄙㄜˋ ㄙㄨㄛ ㈠局縮收斂。㈡形容寒冷。

▽琴瑟、膠瑟、蕭瑟、錦瑟、寶瑟。

常 9 **瑞** 形解 形聲；從玉，耑聲。耑有敬愼的意思，所以以玉爲信爲瑞。

音義 ㄖㄨㄟˋ 名①吉兆；例祥瑞之氣。②玉製的信物，多作符節或朝祭之用；例司馬請瑞焉。③姓。形吉祥的；例瑞雪兆豐年。

參考「瑞玉」的「瑞」字，與「開端」的「端」字，形似，一從玉，一從立，而音義不同。

▽祥瑞、符瑞、人瑞、吉瑞。

常 9 **瑁** 形解 形聲；從玉，冒聲。冒有覆蓋的意思，古時諸侯執圭覲見天子，天子就執玉覆蓋在圭上，表示接見，天子之玉爲瑁。

音義 ㄇㄠˋ 名古天子接見諸侯時所執的玉器；例天子執瑁四寸。

ㄇㄟˋ 名玳瑁。

參考「玳瑁」一詞的「瑁」字，音ㄇㄟˋ，不可讀成ㄇㄠˋ。

常 9 **琿** 形解 形聲；從玉，軍聲。軍有堅密的意思，所以質地堅硬的玉爲琿。

音義 ㄏㄨㄣˊ 名美玉，今用作地名；例瑷琿。

常 9 **瑙** 形解 形聲；從玉，腦省聲。一種有紋理的玉石爲瑙。

音義 ㄋㄠˇ 名礦爲結晶石英、石髓及蛋白石的混合物，主要成分是氧化硅，顏色美麗，質硬耐磨，可作軸承、研缽、裝飾品；例瑪瑙。

參考「瑙」字是從「囟（ㄒㄧㄣˋ）」，不可從「囪」。

常 9 **瑛** 形解 形聲；從玉，英聲。英爲花，花有美的意思，所以玉的光彩爲瑛。

音義 ㄧㄥ ①透明似玉的美石；例紫石瑛。②玉的光彩；例齊玉鐺與璧瑛。

常 9 **瑜** 形解 形聲；從玉，俞聲。美玉爲瑜。

音義 ㄩˊ 名①美玉；例瑾瑜。②玉石上的光彩；例瑕不掩瑜。③宗佛家語，指靜坐思維得道；例瑜伽。

7瑜伽 ㄩˊ ㄐㄧㄚ 外㈠佛家語是相應的意思。指靜坐思維得道。相應有五義：1.與境相應；2.與行相應；3.與理相應；4.與果相應；5.與機相應。㈡印度哲學一派，行禁慾苦修，默想深思，使精神從身體分離，入於平等一味之境。

參考 衍瑜伽術、瑜伽天地。

▽瑕不掩瑜。

常 9 **瑯** 形解 形聲；從邑，琅聲。郡名，瑯琊爲瑯。

音義 ㄌㄤˊ 名「琅」的俗字。

ㄌㄢˋ 名塗料名，俗稱搪瓷；例琺瑯。

次 9 **瑄** 形解 形聲；從玉，宣聲。玉名，六寸的璧爲瑄。

音義 ㄒㄩㄢ 名古祭天所用的大璧；例「有司奉瑄玉。」

次 9 **瑋** 形解 形聲；從玉，韋聲。韋有奇偉的意思，所以美玉爲瑋。

音義 ㄨㄟˇ 名美玉名。形珍奇的；例明珠瑋寶。

次 9 **瑑** 形解 形聲；從玉，彖聲。刻有篆形花紋的圭璧爲瑑。

音義 ㄓㄨㄢˋ 名玉器上隆起的雕鏤紋。動雕刻；例艮玉不瑑。

次 9 **瑗** 形解 形聲；從玉，爰聲。爰有上穿的意思，所以有大孔的玉璧爲瑗。

音義 ㄩㄢˋ 名大孔璧；例召人以瑗。

參考 同璧。

瑗

次 9 **瑀** 形解 形聲；從玉，禹聲。佩玉爲瑀。

音義 ㄩˇ 名似玉的白石，

可做珮飾的零件；例琚瑀。

常10 **瑤** 形解 形聲；從玉，䍃聲。美玉爲瑤。

音義 一ㄠˊ 名美玉名；例瓊瑤。形美好的，稱美之詞；例瑤函貞跡在。

6 **瑤池** 一ㄠˊ ㄔˊ ㈠仙境。㈡美池。㈢地地名，今新疆阜康縣。

常10 **瑣** 形解 形聲；從玉，𧴪聲。𧴪爲貝聲，所以玉聲如貝爲瑣。

音義 ㄙㄨㄛˇ 名①連環的玉。②地一說爲春秋鄭地，在河南新鄭縣北；一說爲春秋楚地，在安徽霍丘縣東。③姓。形細碎的；例瑣細如插秧。

參考「瑣」、「鎖」有別：「瑣碎」、「繁瑣」的「瑣」，字左從「玉」；「鎖匙」的「鎖」，字左從「金」。二字同音ㄙㄨㄛˇ。

10 **瑣屑** ㄙㄨㄛˇ ㄒㄧㄝˋ 雜碎的麻煩事。

參考 同零碎，瑣細。

▽連瑣、煩瑣、金瑣。

常10 **瑪** 形解 形聲；從玉，馬聲。一種有紋理的玉石爲瑪。

音義 ㄇㄚˇ 名瑪瑙，參閱「瑙」字條。

13 **瑪瑙** ㄇㄚˇ ㄋㄠˇ 礦礦石的一種，爲結晶石英、石髓及蛋白石的混合物，可作飾物。

參考 ①衍瑪瑙項鍊。②亦作「碼碯」。

常10 **瑰** 形解 形聲；從玉，鬼聲。圓形的珠玉爲瑰。

音義 ㄍㄨㄟ 名①美石；例瓊瑰。②玫瑰，參閱「玫」字條。形珍異的；例瑰奇瑋麗。

參考「瑰」字俗多誤讀去聲作ㄍㄨㄟˋ。

19 **瑰麗** ㄍㄨㄟ ㄌㄧˋ 美麗。

常10 **瑩** 形解 形聲；從玉，熒省聲。熒爲屋下燈光，所以玉色明潔爲瑩。

音義 一ㄥˊ 名光澤似玉的美石；例充耳琇瑩。動磨光；例鏡每被磨瑩，皎然益明。形①光潔透明的；例晶瑩剔透。②明澈的；例一生一死，性命瑩矣！

參考「晶瑩」的「瑩」字，與「螢光」的「螢」字，音同形似，一從玉，一從虫，而義不同。

次10 **瑳** 形解 形聲；從玉，差聲。玉色鮮白爲瑳。

音義 ㄘㄨㄛ 動切磋，通「磋」。形①潔白似玉色的；例瑳瑳白玉。②巧笑的；例巧笑之瑳。

次10 **瑱** 形解 形聲；從玉，眞聲。眞有充實的意思，所以用來充塞耳朵的玉爲瑱。

音義 ㄊㄧㄢˋ 名①古冠冕懸垂兩側以塞耳的玉器；例瑱以塞耳。②美玉；例盈瑱。③柱礎；例雕玉瑱以居楹。

ㄓㄣˋ 名古帝王受諸侯朝見時所執的圭；例瑱圭。形用以壓物的，通「鎭」；例玉瑱。

次10 **瑲** 形解 形聲；從玉，倉聲。玉相撞擊聲爲瑲。

音義 ㄑㄧㄤ 名玉相撞擊聲；例有瑲葱珩。形瑲瑲的，描摹聲音的詞；例八鸞瑲瑲。

常11 **璋** 形解 形聲；從玉，章聲。半圭爲璋。

音義 ㄓㄤ 名①形似半圭的玉製禮器，爲古代祭祀、朝聘、喪葬時所用；例載弄之璋。②純潔；例如圭如璋，令聞令望。

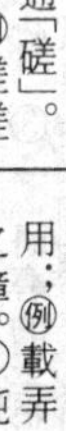

①璋

常11 **璃** 形解 形聲；從玉，离聲。光潔如玉的石珠爲璃。

音義 ㄌㄧˊ 名①琉璃。②玻璃。

參考「璃」字又作「瓈」。

▽玻璃、琉璃。

次11 **璇** 形解 形聲；從玉，旋聲。美玉名爲璇。省作「旋」。

音義 ㄒㄩㄢˊ 名美玉；例璇玉。形華麗的；例璇宮。

參考 又作「璿」。

16 **璇璣** ㄒㄩㄢˊ ㄐㄧ 天㈠古以北斗魁四星爲璇璣。㈡「春秋運斗樞」一書又以第二星爲璇，第三星爲璣。㈢古測天文的儀器名。

參考 又作「璿璣」。

次 10 **璉** 形解 形聲；從玉，連聲。宗廟盛黍稷的禮器爲璉。

音義 ㄌㄧㄢˇ 名古盛黍稷的禮器；例瑚璉。

次 11 **瑾** 形解 形聲；從玉，堇聲。美玉名，瑾瑜爲瑾。

音義 ㄐㄧㄣˇ 名①美玉名；例瑾瑜匿瑕。②美德；例懷瑾握瑜。

次 11 **璆** 形解 形聲；從玉，翏聲。玉名，璆琳爲璆。

音義 ㄑㄧㄡˊ 名①美玉，同「球」；例厥貢璆。②玉磬；例蓮蔯蒙璆。副玉相撞擊聲；例玉聲璆然。

參考 字雖從翏，但不可讀成ㄌㄠˊ或ㄌㄧㄠˋ。

次 11 **璀** 形解 形聲；從玉，崔聲。玉石的光彩爲璀。

音義 ㄘㄨㄟˇ 形光耀的；例璀璨。副鮮明地；例璀璀花落架。

17 **璀璨** ㄘㄨㄟˇ ㄘㄢˋ ㈠光輝燦爛。㈡衣服相摩擦聲。又作「綷縩」、「綷粲」。

次 11 **璁** 形解 形聲；從玉，悤聲。似玉的美石爲璁。

音義 ㄘㄨㄥ 名似玉的美石。形潔淨光亮的；例璁瓏。

次 11 **瑽** 形解 形聲；從玉，從聲。行步時佩玉相碰擊的聲音爲瑽。

音義 ㄘㄨㄥ 副佩玉相碰擊的聲音；例瑽琤。

次 11 **璅** 形解 形聲；從玉，巢聲。似玉的美石爲璅。

音義 ㄙㄨㄛˇ 形①零碎的，通「瑣」。②形容聲音細碎；例合口誦經聲璅璅。③細小的；例璅璅常流。

常 12 **璜** 形解 形聲；從玉，黃聲。半圓規形的玉爲璜。

音義 ㄏㄨㄤˊ 名半環形的玉器；例玄璜。

璜

參考「璜符」的「璜」字，與「硫磺」的「磺」字、「潢池」的「潢」字，音同形似，一從玉，一從石，一從氵(水)，而義不同。

常 12 **璣** 形解 形聲；從玉，幾聲。外形不圓的珠玉爲璣。

音義 ㄐㄧ 名①天北斗星的第三星。②測試天文的儀器；例在璿璣玉衡，以齊七政。③不圓的珠子；例貫魚眼與珠璣。

參考「珠璣」的「璣」字，與「采石磯」的「磯」字，音同形似，一從玉，一從石，而義不同。

▽珠璣、璇璣(璿璣)、滿腹珠璣。

次 12 **璘** 形解 形聲；從玉，粦聲。美玉所散發的光彩爲璘。

音義 ㄌㄧㄣˊ 形光彩如玉的；例璘斒。

次 12 **璚** 形解 形聲；從玉，矞聲。美玉爲璚。

音義 ㄑㄩㄥˊ 名赤色玉，同「瓊」。ㄐㄩㄝˊ 名玉佩，同「玦」。

次 12 **璟** 形解 形聲；從玉，景聲。景有盛的意思，所以玉的光彩爲璟。

音義 ㄐㄧㄥˇ 名玉的光彩。

次 12 **璞** 形解 形聲；從玉，菐聲。菐有原始的意思，所以未經研磨的玉爲璞。

音義 ㄆㄨˊ 名①未經研磨的玉；例金彩玉璞。②未經鍛鍊磨礪的劍；例干將之璞。③比喻人的天眞純樸；例歸眞返璞。④姓。

5 **璞玉渾金** ㄆㄨˊ ㄩˋ ㄏㄨㄣˊ ㄐㄧㄣ ㈠未雕琢的玉，未冶煉的金。㈡比喻人品質樸眞純，毫不做作。也作「渾金璞玉」。

▽和璞、玉璞、眞璞、歸眞返璞。

㊇12

璠 形解 璠 形聲；從玉，番聲。璠璵，寶玉名。

參考 ㄈㄢˊ 名 美玉；例璠璵。

㊥13

環 形解 環 形聲；從玉，睘聲。圓形的玉，中空處與環身同寬度者爲環。

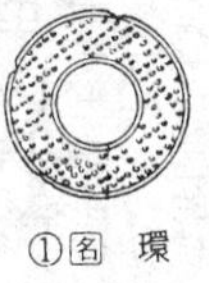
環 ①名

音義 ㄏㄨㄢˊ 名 ①形平而圓的玉器，中有圓孔，圓孔的半徑與周邊的寬度相等；例環佩有聲。②圈形器物的通稱；例花環。③姓。動 包圍；例環繞。形 圍繞一圈的；例環島公路。副 圍成一圈地；例環坐。

參考「環海」的「環」字，與「寰宇」的「寰」字，音同形似，一從玉，一從宀，而義不同。

8 **環抱** ㄏㄨㄢˊ ㄅㄠˋ 圍繞著（多用於自然景物）。例羣山環抱。

11 **環球** ㄏㄨㄢˊ ㄑㄧㄡˊ 環繞地球全面，就是全世界的意思。

參考 衍 環球比賽、環球小姐。

環堵 ㄏㄨㄢˊ ㄉㄨˇ ㈠四面圍繞土牆的房屋。㈡四壁。

參考 衍 環堵蕭然。

12 **環視** ㄏㄨㄢˊ ㄕˋ 環顧，向四周看。

14 **環境** ㄏㄨㄢˊ ㄐㄧㄥˋ ㈠周圍的境域。㈡生物周圍所接觸的事物，有自然環境和社會環境兩種。

參考 衍 環境污染、環境控制。

環境污染 ㄏㄨㄢˊ ㄐㄧㄥˋ ㄨ ㄖㄢˇ ㈠由於人爲因素，致使構成環境的成分與狀態發生變化，因而降低其利用價值，或造成危害。㈡動植物的穢物，排入土壤、空氣、水，數量超出其自然狀態。

環境保護 ㄏㄨㄢˊ ㄐㄧㄥˋ ㄅㄠˇ ㄏㄨˋ 環境保護是針對環境破壞和環境污染所產生的問題，加以研究並防止自然環境惡化的一項重要工作。如：土壤保護、大氣保護，都是屬於此類。

18 **環繞** ㄏㄨㄢˊ ㄖㄠˋ 四面圍繞。

21 **環顧** ㄏㄨㄢˊ ㄍㄨˋ 向四周觀望。

參考 同環視。

▽玉環、指環、耳環、循環、刀環、佩環、連環、圓環、門環、西門圓環。

㊥13

璩 形解 璩 形聲；從玉，豦聲。環形的玉器爲璩。

音義 ㄑㄩˊ 名 ①環形的玉器，後多用作人名；例閻若璩。②姓。

㊥13

璦 形解 形聲；從玉，愛聲。美玉，璦琿爲璦。

音義 ㄞˋ 名 美石，後用爲地名；例璦琿。

㊥13

璧 形解 璧 形聲；從玉，辟聲。環形，中空，璧身大於中空處的玉器爲璧。

璧 名

音義 ㄅㄧˋ 名 形圓而平的玉製禮器，中有圓孔，周邊的寬度是內孔半徑的一倍，古代祭天或朝聘時用之。形 ①美好的；例誰家璧人？②如璧一般圓的；例璧日垂彩，玉帶生煙。

參考 ①「璧玉」的「璧」字，與「牆壁」的「壁」字，音同形似，一從玉，一從土，而義不同。②與訓「青綠色」、「石之青美者」的「碧」字，音同而義異。

17 **璧還** ㄅㄧˋ ㄏㄨㄢˊ 退還別人所贈的禮物。

▽完璧、拱璧、白璧、雙璧、連城璧、夜光璧、和氏璧、寸陰尺璧、視同拱璧。

㊇13

璫 形解 形聲；從玉，當聲。當有在前的意思，所以冠前的玉飾爲璫。

音義 ㄉㄤ 名 ①女子耳飾；例耳著明月璫。②玉製瓦當；例華榱璧璫。③兩漢武職宦官的代稱。

▽珠璫、玎璫、琅璫。

㊇13

璨 形解 形聲；從玉，粲聲。粲有光輝的意思，所以玉石的光芒爲璨。

音義 ㄘㄢˋ 形 燦爛的；例天河漫漫北斗璨。

17 璨璨 ㄘㄢˋ ㄘㄢˋ 燦爛明亮的樣子。

(次) 13 **璐** 形解 璐 形聲；從玉，路聲。
音義 ㄌㄨˋ 名美玉；例寶璐。

(次) 13 **璪** 形解 璪 形聲；從玉，喿聲。刻在玉上像水藻形的花紋為璪。
音義 ㄗㄠˇ 名①以水藻為圖案的紋飾。②古冕旒上貫串珠玉的五色絲帶。

(常) 14 **璽** 形解 璽 形聲；從土，爾聲。君王守土的印信為璽。籀文作「壐」。
音義 ㄒㄧˇ 名①本為「印章」的統稱，秦以後始專指帝王使用的印鑑；例玉璽。②姓。

璽 ①

參考「玉」在合體字左邊為偏旁（形符）時，均省一點只作「王」；而於「璽」字所從「玉」上的一點絕不能省。

▽印璽、玉璽、御璽、符璽、國璽、劍璽、傳國之璽。

(次) 14 **瓀** 形解 瓀 形聲；從玉，需聲。似玉的美石為瓀。
音義 ㄖㄨㄢˇ 名似玉的美石；例瓀珉。

(次) 14 **璵** 形解 璵 形聲；從玉，與聲。寶玉名，璠璵為璵。
音義 ㄩˊ 名美玉；例璠璵。

(次) 14 **璿** 形解 璿 形聲；從玉，睿聲。睿有佳美的意思，所以美玉為璿。
音義 ㄒㄩㄢˊ 名美玉，通「璇」；例黃金璿。

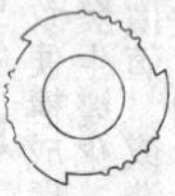
璿

(常) 15 **瓊** 形解 瓊 形聲；從玉，夐聲。夐有赤的意思，所以赤玉為瓊。
音義 ㄑㄩㄥˊ 名美玉；例報之以瓊琚。形美好的；例瓊樓玉宇。

15 瓊樓玉宇 ㄑㄩㄥˊ ㄌㄡˊ ㄩˋ ㄩˇ 本指月中宮殿，後用以形容精美的樓閣。

(次) 15 **璺** 形解 會意；從玉，釁省聲。釁有圻罅的意思，所以玉石有破損者為璺。
音義 ㄨㄣˋ 名玉石、陶瓷、玻璃製品上的裂紋。

(次) 15 **瓅** 形解 瓅 形聲；從玉，樂聲。珍珠閃耀的光芒。
音義 ㄌㄧˋ 副玓瓅，珠光閃耀的樣子。

(常) 16 **瓏** 形解 瓏 形聲；從玉，龍聲。古時以龍為興雲祈雨的神物，所以用以祈雨救旱祭神的玉為瓏。
音義 ㄌㄨㄥˊ 名①金玉之聲；例金鏞玉響瓏璁。②透明；例玲瓏望秋月。

▽玲瓏、八面玲瓏、小巧玲瓏、嬌小玲瓏。

(次) 17 **瓔** 形解 形聲；從玉，嬰聲。似玉的美石為瓔。
音義 ㄧㄥ 名①似玉的美石。②古人的頸飾；例瓔珞。

10 瓔珞 ㄧㄥ ㄌㄨㄛˋ 用珠玉綴成頸飾。印度舊俗，凡貴族男女多以珠玉做為頸飾。我國古代南方各族也以瓔珞為飾。也作「纓珞」。

瓔 ②

(次) 18 **瓘** 形解 瓘 形聲；從玉，雚聲。玉名，瓘圭為瓘。
音義 ㄍㄨㄢˋ 名祼圭，通「祼」。

(次) 19 **瓚** 形解 瓚 形聲；從玉，贊聲。三玉二石，質地不佳的玉所製成的禮器為瓚。
音義 ㄗㄢˋ 名①質地不純的玉；例侯用瓚。②古以圭為柄祭祀用的灌酒禮器；例玉瓚。

瓚 ②

(次) 20 **瓛** 形解 瓛 形聲；從玉，獻聲。瑞玉名，桓圭為瓛。

音義 ㄏㄨㄢˊ 名古三公所執以朝天子的圭。也叫「桓圭」。

【瓜部】 ㄍㄨㄚ

常 0 **瓜** 形解 象形；外象其藤蔓，中象其果實形。

音義 ㄍㄨㄚ 名植胡蘆科，蔓生植物，有卷鬚，葉掌狀，花多黃色，實可食用。

參考①「瓜子」的「瓜」字，與「鳥爪」的「爪」字，字形相似；唯「爪」字中畫是直筆，而「瓜」字中畫本象胡蘆作形，隸定後作「ㄙ」，與「爪」字的直筆有別，而音義不同。「腳爪」、「爪牙」的「爪」是象動物的爪形；「南瓜」、「西瓜」的「瓜」中間是象瓜的形狀。「爪」指「動物的有尖甲的腳」時，唸ㄓㄨㄚˇ。如：爪子、貓爪子。②衍孤、苽、狐、弧。

4 **瓜分** ㄍㄨㄚ ㄈㄣ 像切瓜一樣的分割。特指若干帝國主義國家侵占分割別國的領土。

參考①同分割，豆剖。②衍瓜分豆剖。

5 **瓜代** ㄍㄨㄚ ㄉㄞˋ 任職期滿換人接替。

瓜田李下 ㄍㄨㄚ ㄊㄧㄢˊ ㄌㄧˇ ㄒㄧㄚˋ 避免被人懷疑偷瓜摘李。比喻容易引起嫌疑的場所或情況。

10 **瓜瓞緜緜** ㄍㄨㄚ ㄉㄧㄝˊ ㄇㄧㄢˊ ㄇㄧㄢˊ 祝福新婚夫婦子孫繁盛的賀詞。小瓜稱瓞。緜緜：不絕的樣子。

13 **瓜葛** ㄍㄨㄚ ㄍㄜˊ 牽連，牽纏。比喻事情有了糾紛。瓜、葛兩種植物都是蔓生的藤類，引申爲人與人之間相連的複雜關係。

15 **瓜熟蒂落** ㄍㄨㄚ ㄕㄡˊ ㄉㄧˋ ㄌㄨㄛˋ 瓜熟了蒂就自然脫落。比喻時間一到，條件成熟，自然成功。蒂：連接枝莖與瓜的部分。

參考①與「水到渠成」有別，比喻體不同：當詞句涉及「瓜熟」時，只能用「瓜熟蒂落」；當涉及「水到」或某種趨勢時，只宜用「水到渠成」。②反欲速不達。

▽絲瓜、西瓜、南瓜、木瓜、傻瓜、苦瓜、香瓜、胡瓜、冬瓜、菜瓜、瓠瓜、哈密瓜。

次 5 **瓞** 形解 形聲；從瓜，失聲。瓝瓜爲瓞。

音義 ㄉㄧㄝˊ 名小瓜；例緜緜瓜瓞。

參考同瓝。

常 6 **瓠** 形解 形聲；從瓜，夸聲。匏瓜爲瓠。

音義 ㄏㄨˋ 名①植胡蘆科，蔓生植物，有卷鬚，葉掌狀淺裂，互生。花是合瓣花冠，單性雌雄同株。實爲瓠果，長橢圓形，尖端五裂，白色，約尺餘，供食用。其果皮乾燥後，可做容器或舀水器。②姓。

參考①又音ㄏㄨˊ。②字雖從「夸」，但不可讀成ㄎㄨㄚ。

常 11 **瓢** 形解 形聲；從瓠省，票聲。票有挹取的意思，所以老瓠去肉，剖成兩半，可以挹水的勺子爲瓢。

音義 ㄆㄧㄠˊ 名①胡瓜對剖後，製成的舀水器或盛酒器；例瓢簞。②舀水瓢勺的總稱；例水瓢。③姓。

參考「瓢瓜」的「瓢」字，與「飄泊」的「飄」字，形似，一從瓜，一從風，而音義不同。

常 14 **瓣** 形解 形聲；從瓜，辡聲。辡是爭訟，有相對的意思，所以對剖的瓜實爲瓣。

音義 ㄅㄢˋ 名①花片；例花瓣。②瓜類的子；例多瓤少瓣。③瓜果或球莖等中有膜隔開或可依其自然紋理分開的部分；例蒜瓣。

參考「花瓣」的「瓣」字，與「辦理」的「辦」字，音同形似，一從瓜，一從力，而意思不同。

次 17 **瓤** 形解 形聲；從瓜，襄聲。襄有肥盛的意思，所以瓜實爲瓤。

音義 ㄖㄤˊ 名①瓜果內部的肉；例果瓤。②糕餅的餡；例月餅瓤。③物品的內部；例信瓤。

參考 又音ㄋㄤˊ。

【瓦部】

常 0 **瓦** ㄨㄚˇ 形解  象形；象屋瓦綣曲形。

音義 ㄨㄚˇ 名 ①陶土燒成的器物；例瓦當。②覆於屋頂，遮蔽風雨的陶片；例屋瓦。③電功率單位「瓦特」的簡稱；例四十瓦。④姓。形 瓦製的；例瓦房。ㄨㄚˋ 動 用灰泥把瓦砌在房上或牆上；例瓦瓦。

6 **瓦全** ㄨㄚˇ ㄑㄩㄢˊ 比喻沒有氣節，苟且偷生。常與「玉碎」連用。例寧爲玉碎，不爲瓦全。

10 **瓦特** ㄨㄚˇ ㄊㄜˋ 人 英國大發明家，發明蒸汽機，由於蒸汽機的廣泛使用，導致工業革命。

10 **瓦釜雷鳴** ㄨㄚˇ ㄈㄨˇ ㄌㄟˊ ㄇㄧㄥˊ 比喻沒有才學的人占據高位，顯赫一時。

11 **瓦崗寨** ㄨㄚˇ ㄍㄤ ㄓㄞˋ 地 古地名，在今河南滑縣南。隋末爲單雄信等羣盜所聚集的地方。又稱「瓦崗集」。

12 **瓦斯** ㄨㄚˇ ㄙ 外 一般指煤氣、天然氣等氣體混合物。有時專指礦井中危害人的生命安全並能引起爆炸的有害氣體。

參考 衍 瓦斯爐、瓦斯彈。

13 **瓦當** ㄨㄚˇ ㄉㄤ 古代宮殿建築滴水瓦的瓦頭。圓形或半圓形，上有圖案或文字。當：底。

瓦解 ㄨㄚˇ ㄐㄧㄝˇ 比喻崩潰或分裂，或使崩潰、分裂。破敗的迅速如瓦片的破碎一般。

參考 ①衍 瓦解冰銷、瓦解土崩。②與「解散」，都指由聚而散的意思，但對象不同：「瓦解」重在軍隊、形勢的敗壞傾覆，含有失敗之意；「解散」多形容人羣分離，或公司的組織分離、結束。沒有强烈的失敗意識，重點在「形狀」由聚合而散離。③同 離散，分裂。

瓦解土崩 ㄨㄚˇ ㄐㄧㄝˇ ㄊㄨˇ ㄅㄥ 比喻大勢崩潰傾覆，到不可收拾的地步。

參考 參閱「分崩離析」條。

15 **瓦影龜魚** ㄨㄚˇ ㄧㄥˇ ㄍㄨㄟ ㄩˊ 瓦的陰影遮蔽龜和魚；比喻求人庇護。

▽弄瓦、舊瓦、屋瓦、磚瓦、琉璃瓦、石棉瓦、載弄之瓦。

次 4 **瓮** 形解 形聲；從瓦，公聲。公有大的意思，所以大腹小口的陶容器爲瓮。

音義 ㄨㄥˋ 名 大腹小口的陶容器；例酒瓮。

次 5 **瓴** 形解  形聲；從瓦，令聲。令有小的意思，所以盛水用的小口瓶爲瓴。

音義 ㄌㄧㄥˊ 名 ①古小口大腹有耳的盛水瓶；例甕瓴。②瓦溝，房屋上仰蓋的瓦片；例高屋建瓴。

常 6 **瓷** 形解 形聲；從瓦，次聲。堅實細緻的陶器爲瓷。

音義 ㄘˊ 名 以黏土、長石和石英爲原料，經混和、成形、乾燥、燒製而成的陶器，質地通常爲白色，可施釉彩；例瓷器。形 瓷製的；例瓷枕。

3 **瓷土** ㄘˊ ㄊㄨˇ 製造瓷器的原料。由正長石分解而成，質極細，有白、黃、紅等色。也叫「陶土」，俗稱「白土」。

常 6 **瓶** 形解  形聲；從瓦，幷聲。汲水器爲瓶。

音義 名 ①汲水器；例觀瓶之居，居井之眉。②口小腹大長頸器皿的泛稱；例醬油瓶。

參考 「瓶」字又作「缾」、「甁」。

16 **瓶頸** ㄆㄧㄥˊ ㄐㄧㄥˇ ㈠瓶子入口處較細部分，引申爲狹隘之意。㈡今通稱行進中易生阻礙的部分。例交通瓶頸。

▽花瓶、酒瓶、水瓶、空瓶、暖瓶、舊瓶、拖油瓶、玻璃瓶、醬油瓶、守口如瓶。

次 8 **瓿** 形解 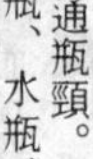 形聲；從瓦，咅聲。咅有小的意思，所以小罌爲瓿。

音義 ㄆㄡˇ 名 圓口深腹的小瓮；

㊀用覆醬瓿。

參考 同餢。

瓿

㊗ 9 **甄** 形解 形聲；從瓦，垔聲。瓦器爲甄。

音義 ㄓㄣ 名 ①陶人製陶器所用的轉軘；例若植在甄。②姓。動①製造陶器；例甄陶品類。②表明；例甄大義以明責。③選取；例甄拔才望。

7 **甄別** ㄓㄣ ㄅㄧㄝˊ 區分優劣，決定去取。

參考 同分別。

8 **甄拔** ㄓㄣ ㄅㄚˊ 鑒別人才，加以薦舉。

13 **甄試** ㄓㄣ ㄕˋ 爲選拔某種人才或取得某種資格而舉行的考試。例甄試入學。

16 **甄選** ㄓㄣ ㄒㄩㄢˇ 甄別選擇。

參考 衍甄選人才。

㊅ 9 **甃** 形解 形聲；從瓦，秌聲。秌有完成的意思，所以以磚壘砌成井壁爲甃。

音義 ㄓㄡˋ 名 磚井壁。動 以磚砌成。

㊗ 11 **甌** 形解 形聲；從瓦，區聲。區有藏匿不露的意思，所以小瓦盆爲甌。

音義 ㄡ 名 ①盆、盂一類的瓦器；例哺時酌酒三四甌。②地 浙江「溫州」的簡稱。③姓。

參考 「甌江」的「甌」字，與「歐洲」的「歐」字，音同形似，一從瓦，一從欠，而義不同。

㊅ 11 **甍** 形解 形聲；從瓦，夢省聲。夢有飄渺不明的意思，所以屋瓦的高處爲甍。

音義 ㄇㄥˊ 名 屋脊；例鎮其甍。動 萌發，通「萌」。

參考 與「薨」字有別：薨，音ㄏㄨㄥ，諸侯之死。

㊅ 12 **甑** 形解 形聲；從瓦，曾聲。曾有寬緩的意思，所以無底的瓦器爲甑。

音義 ㄗㄥˋ 名 ①古蒸飯的炊具，底部有通氣孔，爲「甗」的一部分；今稱蒸飯用的木製桶狀物。②一種蒸餾或使物體分解用的器皿；例曲頸甑。

14 **甑塵釜魚** ㄗㄥˋ ㄔㄣˊ ㄈㄨˇ ㄩˊ 甑中生塵，釜中已可養魚，比喻貧苦人家斷炊已久。甑、釜，都是蒸煮食物的炊具。

▽瓦甑、覆甑、釜甑、炊甑。

㊗ 13 **甕** 形解 形聲；從瓦，雍聲。雍有聚的意思，所以盛酒的瓦器爲甕。

音義 ㄨㄥˋ 名 ①口小腹大的瓦器；例醯醢百甕。②姓。

參考 「酒甕」的「甕」字，與「饔飧」的「饔(ㄩㄥ)」字，形似，一從瓦，一從食，而音義不同。

甕

4 **甕中捉鱉** ㄨㄥˋ ㄓㄨㄥ ㄓㄨㄛ ㄅㄧㄝ 比喻手到擒來，極有把握。

▽請君入甕。

㊅ 13 **甓** 形解 形聲；從瓦，辟聲。辟有堅硬的意思，所以磚頭爲甓。

音義 ㄆㄧˋ 名 磚頭；例中唐有甓。

參考 又作「礕」。

㊅ 14 **甖** 形解 形聲；從瓦，嬰聲。嬰有小的意思，所以小瓦器爲甖。

音義 ㄧㄥ 名 小口大腹的瓶子。

參考 同罌。

甖

㊅ 16 **甗** 形解 形聲；從瓦，鬳聲。上若甑，下若鬲，可飪物的器皿爲甗。猶今之蒸籠。

音義 ㄧㄢˇ 名 ①古青銅或陶製的炊具，由鬲與甑組成；例王孫鑄飲甗。②甑形山；例善陟甗。

【甘部】ㄍㄢ

常 0
甘
形解 甘 指事；從口含一。一，指所含之物，所以甜美而含之為甘。

音義 ㄍㄢ 名 ①美味；例誰謂荼苦？其甘如薺。②姓。動 順遂；例心甘情願。形 ①甜蜜的；例鼎鑊甘如飴。②和悅的；例甘言。③舒適的；例寢甘無復夢。副 樂意地；例甘拜下風。

參考 ①同願，甜。②反苦。③擘柑、箝。

3 **甘之如飴** ㄍㄢ ㄓ ㄖㄨˊ ㄧˊ 感到甜得像糖一樣。比喻對某件事物極為喜愛，或對瑣碎令人厭煩的事情，心甘情願去做，不辭勞苦。飴：糖漿。

4 **甘心** ㄍㄢ ㄒㄧㄣ 心甘情願。

6 **甘休** ㄍㄢ ㄒㄧㄡ 罷休，甘願。

甘旨 ㄍㄢ ㄓˇ 美味。

8 **甘油** ㄍㄢ ㄧㄡˊ 藥用或工業用的一種液體油。澄明無色或淡黃色，從油質、脂肪或糖漿分解而成。

9 **甘拜下風** ㄍㄢ ㄅㄞˋ ㄒㄧㄚˋ ㄈㄥ 甘心情願地居於別人之下，服從、聽命。後泛指真心佩服，自認不如。

參考 ①同自嘆不如。②古代發號施令的人站在上風的位置，聽命的人站在下風的地方。

15 **甘蔗** ㄍㄢ ㄓㄜˋ 植 多年生草本，屬於禾本科植物，莖如竹，有節實心，汁水甜美，可製蔗糖。

16 **甘霖** ㄍㄢ ㄌㄧㄣˊ 久旱後所獲得的雨水。

參考 同甘雨。

19 **甘願** ㄍㄢ ㄩㄢˋ 心甘情願。

▽味甘、肥甘、自甘、美甘、不甘、共苦同甘。

常 4
甚
形解 甚 會意；從甘匹。甘是甜美，匹為溺愛，所以尤安樂為甚。

音義 ㄕㄣˋ 形 過度的；例欺人太甚。副 很；例甚好。ㄕㄜˊ 代 疑問代名詞；例甚事？

參考 ①ㄕㄜˊ又音ㄕㄣˊ。②擘諶、湛、椹、堪、戡、勘、黮、碪、椹、斟、葚。③「甚至」的「甚」字，不作「什」。

6 **甚至** ㄕㄣˋ ㄓˋ 連詞，表示最極限的結果。例他抓緊一切時間寫作，甚至春節期間都不肯停一停，歇一歇。

9 **甚囂塵上** ㄕㄣˋ ㄒㄧㄠ ㄔㄣˊ ㄕㄤˋ 人聲喧嚷，塵土飛揚。㈠形容軍中忙於備戰的狀態。㈡形容議論紛紛或消息盛行。囂：喧鬧；塵上：塵土飛揚。

參考 本詞含有貶損的意思，多用以形容反對派言論的囂張，氣燄高張。

▽一之謂甚、不為已甚、欺人太甚。

常 6
甜
形解 甛 會意；甘，從舌。舌能分別滋味，所以甘美為「甛」。今作「甜」。

音義 ㄊㄧㄢˊ 形 ①味道甘美的；例甜食。②熟睡的；例他睡得好甜。

參考 同甘。

7 **甜言蜜語** ㄊㄧㄢˊ ㄧㄢˊ ㄇㄧˋ ㄩˇ ㈠悅耳動聽的話語。又作「甜言美語」。㈡用悅耳動聽的話誘惑對方。

參考 與「花言巧語」都指用以騙人的動聽的話，但有別：前者著重於「甜」—甜蜜、動聽；後者著重於「花」—可以迷惑人，不真實。

12 **甜菜** ㄊㄧㄢˊ ㄘㄞˋ 植 形狀像蘿蔔的一種蔬菜，可製糖。

14 **甜蜜** ㄊㄧㄢˊ ㄇㄧˋ ㈠甜味如蜜。㈡情濃似蜜。

16 **甜頭** ㄊㄧㄢˊ ㄊㄡˊ 便宜，好處。例吃盡甜頭。

【生部】ㄕㄥ

常 0
生
形解 生 會意；從屮從土。屮木長出土上為生。

音義 ㄕㄥ 名 ①生命；例養生。②一輩子；例今生今世。③

生存；例起死回生。④生活；例無以謀生。⑤古稱儒者；例書生。⑥舊稱弟子；例諸生。⑦藝國劇中扮演男性角色名；例生、旦、淨、末、丑。⑧姓。動①出現；例發生。②生育；例生於深宮之中，長於婦人之手。③成長；例生得如花似玉。④培養；例生聚教訓。⑤創新；例生花妙筆。形①未成熟的；例生米煮成熟飯。②罕見的；例生面孔。③不熟練的；例生手。④未開化的；例生番。副甚，極，非常；例生恐。助①語助詞，無義；例守著窗兒，獨自怎生得黑。②副詞語尾，無義；例偏生。

參考①同活，出。②異笙、牲、狌、甥、鼪、眚、旌、星、姓、性。

2 **生力軍** ㄕㄥ ㄌㄧˋ ㄐㄩㄣ 新力量，新細胞。本是指新加入戰線的軍隊，後引申為一切新的力量。生的意思是儲藏而未用的潛在力量。

5 **生民塗炭** ㄕㄥ ㄇㄧㄣˊ ㄊㄨˊ ㄊㄢˋ 比喻人民生活極端困苦。塗：泥淖；炭：炭火；以土炭形容生活環境的疾苦。

參考同生靈塗炭。

6 **生色** ㄕㄥ ㄙㄜˋ ㈠增光。㈡鮮明如生一般。

參考①衍生色不少。②反遜色。

生存 ㄕㄥ ㄘㄨㄣˊ 活在世界上。

參考衍生存空間、生存環境、生存競爭。

7 **生育** ㄕㄥ ㄩˋ ㈠即生長。例生育萬物。㈡生孩子。例節制生育。㈢生產和養育。例生育兒女。

生吞活剝 ㄕㄥ ㄊㄨㄣ ㄏㄨㄛˊ ㄅㄛ 比喻生硬的接受，或機械地搬用別人的言論、經驗、方法來用而未加以消化。

參考①反融會貫通。②同囫圇吞棗。

8 **生長** ㄕㄥ ㄓㄤˇ 發育成長。

參考衍生長點、生長過程。

生物 ㄕㄥ ㄨˋ ㈠動植物的總稱。㈡有生命的東西。㈢「生物學」的省稱。

生事 ㄕㄥ ㄕˋ ㈠闖禍，挑動事端。㈡生養之事，猶生計。

生命 ㄕㄥ ㄇㄧㄥˋ 性命。

參考①衍生命力、生命旺盛、生命萎縮。②與「性命」都指人和動物的生活能力，但有別：「生命」指人，也指動物、植物以及有活力的事物，多用於書面。如生命力、生命線。「性命」則偏重在指人的生命。

9 **生計** ㄕㄥ ㄐㄧˋ ㈠生活。㈡謀生的方法。

參考衍生計教育、生計經濟。

生活 ㄕㄥ ㄏㄨㄛˊ ㈠人或生物為生存、發展和傳宗接代而進行的各種活動。㈡衣、食、住、行等方面的情況。㈢俗稱做工討生活。

參考①衍生活能力、生活水準。②「生活」的範圍大，泛指衣、食、住、行的情況；「生計」指謀取生存資料，或謀生的辦法，屬於書面用語；「生涯」是指長期的職業性活動。如：戎馬生涯。

10 **生息** ㄕㄥ ㄒㄧ ㈠繁殖。㈡猶生存。㈢生活。

生員 ㄕㄥ ㄩㄢˊ 科舉時代，凡在學肄業的學生通稱生員。

生氣 ㄕㄥ ㄑㄧˋ ㈠朝氣。例生氣勃勃。㈡發怒。

參考反和悅。

11 **生涯** ㄕㄥ ㄧㄞˊ 即生計。

生疏 ㄕㄥ ㄕㄨ 陌生，不熟悉。

參考「生疏」、「陌生」有別：「生疏」的使用範圍比較廣，可用來指：㈠從未接觸過。㈡因接觸的時間不長，次數不多，所以不熟悉。㈢以前熟悉或者曾經有過接觸，但因為間隔很久，所以又不大熟悉了。

生理 ㄕㄥ ㄌㄧˇ ㈠「生理學」的簡稱。㈡生計。㈢生意，買賣。

生動 ㄕㄥ ㄉㄨㄥˋ 活潑，靈活；有生氣，能感動人。

參考①反死板。②與「活潑」都指新生的、活動的，但有別：「生動」是充滿活力，具體、不死板，重於內容的表現；「活潑」重在形式或外部的表現，專指人的行動、語言。

生殺予奪 ㄕㄥ ㄕㄚ ㄩˇ ㄉㄨㄛˊ 任意控制他人的寵辱禍福。生殺：讓人活或把人殺死；予奪：給與或剝奪財物等。

參考與「草菅人命」有別：①前

者指對人的生命財產可以任意處置的權力；後者則指輕視人命，隨意把人處死或殺人的行爲。②前者還含有「擁有給人富貴或剝奪人財產的權力」的意思；後者沒有。

12 **生硬** ㄕㄥ ㄧㄥˋ ㈠動作不純熟，不柔和。㈡語言不流利，不自然。

參考 ①反純熟，流暢。②同僵硬，生澀。

生殖 ㄕㄥ ㄓˊ ㈠生產繁殖。㈡生物延續種族和後代的現象，爲生物表現生命的基本特性之一。

參考 衍生殖器、生殖腺、生殖作用。

生殖器 ㄕㄥ ㄓˊ ㄑㄧˋ 生負責生殖作用的器官。分爲二種：顯露在外表的稱外生殖器，如男子的陰莖、睪丸；隱藏於體內的稱內生殖器，如女子的子宮、卵巢。

13 **生意** ㄕㄥ ㄧˋ ㈠買賣。㈡求生的意念。例生意盎然。

參考 衍生意興隆、生意清淡。

15 **生趣** ㄕㄥ ㄑㄩˋ ㈠生活的意趣。㈡猶言生機。

16 **生機** ㄕㄥ ㄐㄧ ㈠生活的機能，即生命力。

參考 衍一線生機、生機勃勃、生機蓬勃、生機日蹙。

生龍活虎 ㄕㄥ ㄌㄨㄥˊ ㄏㄨㄛˊ ㄏㄨˇ 比喻身手矯健、活潑勇猛。

17 **生還** ㄕㄥ ㄏㄨㄢˊ 活著回來。

生澀 ㄕㄥ ㄙㄜˋ 生硬晦澀，即不夠圓熟滑利。

24 **生靈** ㄕㄥ ㄌㄧㄥˊ ㈠人民。㈡生命。

參考 衍生靈塗炭。

▽學生、寄生、更生、後生、死生、終生、衆生、儒生、先生、誕生、畜生、長生、發生、平生、出生、來生、醫生、前生、救生、新生、陌生、書生、九死一生、死裡逃生、苟且偷生、人急智生、白面書生、民不聊生、自力更生、百弊叢生、劫後餘生、物腐蟲生、芸芸衆生、虎口餘生、栩栩如生、起死回生、素昧平生、絕處逢生、睥睨一生、談笑風生、險象環生、應運而生、髀肉復生。

次 5

甡

解形 會意；從二生。衆生並立爲甡。

音義 ㄕㄣ 形 ①生物聚集的；例萬甡園。②衆多的，通「莘」。

常 6

產

解形 形聲；從生，彥省聲。出生爲產。

音義 ㄔㄢˇ 名 ①天然或人工製造的物品；例農產。②財富；例動產。③生產的地方；例國產。④姓。動生下；例產卵。

參考 同生。

11 **產婦** ㄔㄢˇ ㄈㄨˋ 專稱生產時期的婦人。

產婆 ㄔㄢˇ ㄆㄛˊ 以助產爲業的婦人。

13 **產業** ㄔㄢˇ ㄧㄝˋ ㈠舊指私有財產，如貨、財、田宅等。㈡工業生產。

22 **產權** ㄔㄢˇ ㄑㄩㄢˊ 法不動產的所有權。

▽遺產、財產、資產、出產、生產、治產、土產、破產、物產、流產、難產、田產、家產、恆產、置產、名產、共產、傾家蕩產。

常 7

甥

解形 形聲；從男，生聲。姊妹所生的子女爲甥。

音義 ㄕㄥ 名 ①姊妹所生的孩子；例外甥。②男性對阿姨、舅舅的自稱。③古代通稱姑、舅的子女，妻的兄弟，姊妹的丈夫。④姓。

參考 ①「甥」又有女婿的意思。②「甥」與「姪」有別：「甥」，多指姊妹所生的子女；「姪」，爲兄弟所生的子女。

常 7

甦

解形 會意；從更生。死而復活爲甦。

音義 ㄙㄨ 動 ①死而復活；例甦醒。②拯救；例志郤出任甦蒼生。

參考 「甦」與「穌」都有死而復生的意思，然同音的「酥」字義爲脆酥，不可混用。

16 **甦醒** ㄙㄨ ㄒㄧㄥˇ 從昏迷中醒過來。

【用部】 ㄩㄥˋ

常 0 **用** 形解 象形；象鐘形。

音義 ㄩㄥˋ 名①功能；例作用。②消費；例家用。③器物；例犧牲用。④姓。動①使用；例潛龍勿用。②進食；例用飯。③任用；例因才適用。副需要；例不用費心。

參考 孳 俑、勇、恿、涌、蛹、踊、通、痛。

4 **用心** ㄩㄥˋ ㄒㄧㄣ ㈠多費心思。㈡注意。㈢專心。

參考 參閱「專心」條。

5 **用功** ㄩㄥˋ ㄍㄨㄥ 勤勉修習。

7 **用兵** ㄩㄥˋ ㄅㄧㄥ 帶領軍隊作戰。

8 **用命** ㄩㄥˋ ㄇㄧㄥˋ 服從命令。例將士用命。

用事 ㄩㄥˋ ㄕˋ ㈠掌有實權。㈡行事。例意氣用事。

9 **用度** ㄩㄥˋ ㄉㄨˋ 費用。

參考 與「用費」有別：「用度」重在總括各種費用、開支；「用費」重在某一件事上的費用。

11 **用途** ㄩㄥˋ ㄊㄨˊ 用處。

13 **用意** ㄩㄥˋ ㄧˋ 存心，居心。

參考 ①衍用意甚佳。②同用心。

14 **用語** ㄩㄥˋ ㄩˇ 通用的語詞，即術語。

▽引用、運用、器用、軍用、公用、效用、混用、作用、使用、試用、信用、適用、日用、費用、服用、妙用、無用、藥用、利用、租用、功用、大才小用、物盡其用、活學活用、剛愎自用、愚而好自用。

常 0 **甩** 形解 指事；從用，中筆右挑。把不用的東西摔棄而去為甩。

音義 ㄕㄨㄞˇ 名驅逐蟲蠅的撣子；例甩兒。動①任意拋棄；例他在交友方面眞是玩世不恭，交一個就甩一個。②擺動；例甩手。③投擲；例甩手榴彈。④理睬；例他為人處事不夠厚道，所以沒人甩他。

參考 「甩」與「用」形近，但音義不同，且「甩」字末筆尾巴翹起，與「用」字之直落不同。

次 1 **甪** 形解 指事；從用，「丶」指獸角。獸名。

音義 ㄌㄨˋ 名①古獸名。②姓甪里，複姓。

參考 「甪」字不可錯寫作「角」，也不可讀成ㄐㄧㄠˇ。

常 2 **甬** 形解 象形；象鐘形，與「用」為同一字。

音義 ㄩㄥˇ 名①古量器名，即「斛」；例柷如漆甬。②鐘柄。③地浙江鄞縣的別稱；例滬杭甬鐵路。④姓。

參考 孳 涌、湧、恿、蛹、踊、通、踴。

常 2 **甫** 形解 形聲；從用，父聲。父之立身行事可為人子的模範，所以古時對男子的美稱為甫。

音義 ㄈㄨˇ 名①古稱讚男子之詞；例仲山甫。②尊稱他人；例尊甫。③姓。副剛才；例驚魂甫定。

參考 孳 脯、輔、黼、傅、膊。

常 4 **甭** 形解 會意；從不用。不用、不需要為甭。

音義 ㄅㄥˊ 副「不用」二字的合文，意思即「不用」；例甭客氣。

參考 ①與「甭」類似結構的字有：「孬」、「歪」。②ㄅㄥˊ是「不用」二字的合音；長言之為「不用」，短言之為「甭」。

次 7 **甯** 形解 形聲；從用，寧省聲。寧為心有所願，用為施行，所以實現往日的願望為甯。

音義 ㄋㄧㄥˊ 名姓。ㄋㄧㄥˊ 形安寧，通「寧」；例永以康甯。

【田部】 ㄊㄧㄢˊ

常 0

田

解形 田 象形；象樹穀的田畝形。

音義 ㄊㄧㄢˊ 名①耕種五穀的地方；例萬頃良田。②泛稱土地；例有衆一旅，有田一成。③姓。動①耕種，通「佃」。②打獵，通「畋」；例田獲三狐。

5 **田田** ㄊㄧㄢˊ ㄊㄧㄢˊ 蓮葉浮水鮮碧的樣子。例江南可採蓮，蓮葉何田田！

參考 孳佃、畋、鈿、甸。

6 **田地** ㄊㄧㄢˊ ㄉㄧˋ ㈠耕種的土地。㈡地步。例落到這般田地。

8 **田舍** ㄊㄧㄢˊ ㄕㄜˋ ㈠農家。舍：是房舍。㈡田產及屋舍。

13 **田園** ㄊㄧㄢˊ ㄩㄢˊ 田地和園圃，泛指農村。

參考 衍田園詩、田園詩人、田園交響曲。

15 **田賦** ㄊㄧㄢˊ ㄈㄨˋ 對田地所徵收的土地稅。依生產力的大小及土地等則所課徵實物或代金。

18 **田雞** ㄊㄧㄢˊ ㄐㄧ ㈠動青蛙，兩生綱，無尾目。㈡俚俗稱戴近視眼鏡的人為四眼田雞。

田獵 ㄊㄧㄢˊ ㄌㄧㄝˋ 打獵。田：同「畋」字，打獵。

參考 同打圍。

19 **田疇** ㄊㄧㄢˊ ㄔㄡˊ 可種五穀的田地。

▽鹽田、瓜田、均田、公田、屯田、水田、旱田、井田、丹田、油田、良田、心田、稻田、下田、耕田、犂田、種田、滄海桑田、解甲歸田。

常 0

由

解形 由 象形；從田有路可入，所以隨從為由。

音義 ㄧㄡˊ 名①原因；例事由。②姓。動①經歷；例觀其所由。②聽從；例言不由衷。③萌芽；例由蘖。介①表所從出；例由此及彼。②表因果；例咎由自取。

參考 ①「由」字出頭，與「甲」字出尾、「田」字上下不出有別，書寫時宜加注意。②孳油、抽、妯、柚、廸、蚰、宙、岫、袖、胄、笛、軸、舳、鮋、鼬。

8 **由於** ㄧㄡˊ ㄩˊ ㈠原因，理由，事由。㈡自從，自表及裡。

參考 「由於」、「因為」有別：「由於」可以同「因此、因而」配合，「因為」不能。「因為」可以用在後一小句，「由於」不能。如：這裡無法過江，因為水流太急。口語裡少用「由於」，多用「因為」。

由來 ㄧㄡˊ ㄌㄞˊ ㈠原因，來歷。例由來已久。㈡事物發生的原因，來源。

10 **由衷** ㄧㄡˊ ㄓㄨㄥ 眞心，從心底發出的眞誠。衷：內心深處。

參考 ①反無心。②同眞心。

由剝而復 ㄧㄡˊ ㄅㄛ ㄦˊ ㄈㄨˋ 從消到長，是天道循環的法則。剝和復是易經的兩個卦名。

參考 ①同否極泰來。②反樂極生悲。

11 **由淺入深** ㄧㄡˊ ㄑㄧㄢˇ ㄖㄨˋ ㄕㄣ 從淺近的意義而再進入深奧的義蘊。

參考 ①同由表及裡、由近及遠。②反由深而淺。

▽因由、來由、經由、自由、事由、理由、緣由、原由。

常 0

甲

解形 甲 象形；象其下有莖，其上猶冒出種殼形。

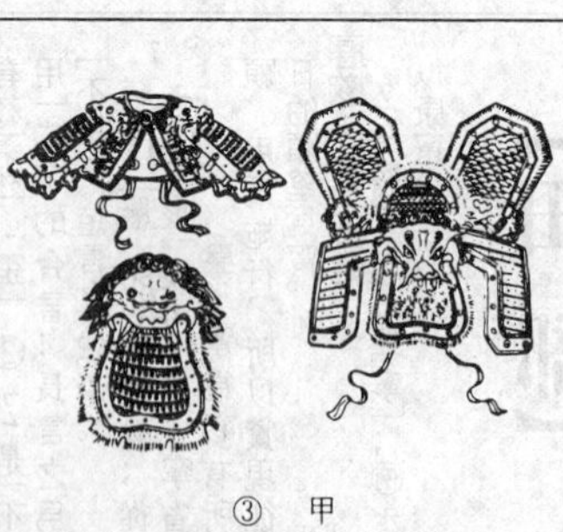

甲③

音義 ㄐㄧㄚˇ 名①天干的第一位；例甲乙。②由角質所形成的硬殼；例指甲。③古代戰鬥中用以防護身體的衣服；例盔甲。④臺灣面積單位名，一甲有二、九三四坪。⑤古代戶政編組名；例保甲。⑥姓。代假設的代名詞；例甲乙雙方。動超羣出衆；例桂林山水甲天下。形最優的；例甲等。

參考①「甲」又音ㄐㄧㄚˋ。②孳押、狎、呷、柙、匣、胛、鉀、閘、鴨。

3 **甲子** ㄐㄧㄚˇ ㄗˇ ㈠用干支記年、月、日的第一個名稱，記數至六十為一週。㈡比喻年齡。

10 **甲骨文** ㄐㄧㄚˇ ㄍㄨˇ ㄨㄣˊ 商代人占卜時在龜甲或獸骨上面所刻寫的文字。清光緒廿五年(一八九九)發現於河南安陽縣。又稱「殷墟文字」、「貞卜文字」。

▽偃甲、龜甲、裝甲、鐵甲、保甲、盔甲、鱗甲、鎧甲、指甲。

常 0 申

形解 象形；象閃電屈折激射形。

音義 ㄕㄣ 名①地支的第九位。②古以下午三時至五時為申時。③「上海」的簡稱；例春申。④姓。動陳述；例重申。副①向上陳述；例申報。②重複，表次數；例天其申命用休。③訓誡；例申斥。

參考①同說，請。②孳伸、神、呻、紳、電、陳、陣。

5 **申斥** ㄕㄣ ㄔˋ 指責，責備。

8 **申明** ㄕㄣ ㄇㄧㄥˊ 鄭重地說明。

參考 參閱「聲明」條。

11 **申冤** ㄕㄣ ㄩㄢ 說明冤屈。

12 **申報** ㄕㄣ ㄅㄠˋ 報告，呈報，陳訴。

申訴 ㄕㄣ ㄙㄨˋ 受懲罰的人，向上級說明冤情。例申訴冤枉。

15 **申請** ㄕㄣ ㄑㄧㄥˇ 人民對政府或下級對上級的請求。

17 **申謝** ㄕㄣ ㄒㄧㄝˋ 稱謝，致謝。

21 **申辯** ㄕㄣ ㄅㄧㄢˋ 申述理由，加以辯解。

參考 同辯論，辯說。

▽屈申、具申、追申、三令五申。

常 2 甸

形解 會意；從勹田。勹有裹的意思，田為土地，所以包圍天子都城以內的土地為甸。

音義 ㄉㄧㄢˋ 名①郊外；例邦甸。②田野產物；例納甸。動治理；例維禹甸之。

▽畿甸、區甸、侯甸、郊甸、大甸、邦甸、緬甸、伊甸。

常 2 男

形解 會意；從田力。能夠勝任田事的有力雄性為男。

音義 ㄋㄢˊ 名①男性；例男女平等。②兒子；例一男附書至。③兒子對雙親自稱之詞；例邇際男身體如常。④春秋以後爵位之第五等；例公侯伯子男。⑤壯丁；例丁男。⑥姓。

參考 反女。

17 **男爵** ㄋㄢˊ ㄐㄩㄝˊ ㈠中國舊時五等爵中的第五等。㈡歐洲貴族中最低的爵位。

▽丁男、善男、嫡男、長男、美男、在室男、信女善男。

次 2 町

形解 形聲；從田，丁聲。丁有治平的意思，所以田中所耕之地為町。

音義 ㄊㄧㄥ 名①田間路徑；例町畦。②田畝；例編町成篁。③日制面積單位。

ㄊㄧㄥˇ 名古田地的界線。

參考①ㄊㄧㄥ又音ㄊㄧㄥˇ。②「畹町」的「町」音ㄉㄧㄥ。

常 3 甽

形解 形聲；從田，川聲。川是水流，所以田間的小溝為甽。

音義 ㄑㄩㄢˇ 名田間的小溝；例舉舜甽畝任之天下。

參考 同畎。

次 3 甿

形解 形聲；從田，亡聲。亡有亡失無知的意思，所以無知之民，田夫之流為甿。

音義 ㄇㄥˊ 名老百姓，通「氓」。

參考 又音ㄇㄤˊ。

次 3 畀

形解 形聲；從丌，田聲。田有隱藏的意思，丌為几具，所以把東西放在閣架上為畀。

音義 ㄅㄧˋ 名鼻子，通「鼻」。動交給；例畀予。

常 4 畏

形解 會意；從由虎省。由象鬼頭，虎是惡獸，所以憎厭害怕為畏。

音義 ㄨㄟˋ 動①恐懼；例畏怯。

②敬服；例敬畏。形恐怖的；例視爲畏途。

參考 ①同怕，懼，怯。②擊偎、煨、猥、隈。

7 **畏忌** ㄨㄟˋ ㄐㄧˋ 因有所畏懼而生顧忌。

9 **畏首畏尾** ㄨㄟˋ ㄕㄡˇ ㄨㄟˋ ㄨㄟˇ 比喻顧忌多或過分疑懼。

參考 反勇往直前。

13 **畏罪** ㄨㄟˋ ㄗㄨㄟˋ 害怕犯罪。

▽憚畏、怖畏、敬畏、後生可畏、望而生畏、人言可畏。

常 4 **界** 形解 畁 形聲；從田，介聲。介有區畫的意思，兩地域間所區分劃定的邊境爲界。

音義 ㄐㄧㄝˋ 名①地域的限隔；例省界。②限定；例以禮爲界。③以從事的行業或事物的特性所作的區劃；例動物界。動①離間；例界涇陽。②毗鄰；例右界褒斜隴首之險。

9 **界限** ㄐㄧㄝˋ ㄒㄧㄢˋ 區域分界的限制。

參考 與「界線」有別：後者偏重在「邊線」；前者強調在「限制」。

14 **界說** ㄐㄧㄝˋ ㄕㄨㄛ 定義。限定一個名詞範圍，說明意義之所在。

15 **界線** ㄐㄧㄝˋ ㄒㄧㄢˋ 土地之間的分界線。

參考 參閱「界限」條。

▽眼界、境界、國界、世界、仙界、天界、分界、邊界、田界、疆界、政界、色界、欲界、三界、無色界、十法界、大千世界、大開眼界、花花世界、萬花筒世界。

次 4 **畎** 形解 畎 形聲；從田，犬聲。田間水溝爲畎。

音義 ㄑㄩㄢˇ 名①田間小溝渠；例畎畝。②溪谷；例羽畎夏翟。動流通。

10 **畎畝** ㄑㄩㄢˇ ㄇㄨˇ 指田間。畎：田間水溝；畝：田壟。

次 4 **畋** 形解 畋 會意；從攴田。攴爲輕擊，所以平治田土爲畋。

音義 ㄊㄧㄢˊ 動①墾植或種田；例畋爾田。②狩獵；例畋于有洛之表。

常 5 **畔** 形解 畔 形聲；從田，半聲。半有分的意思，所以田與田的分界爲畔。

音義 ㄆㄢˋ 名①田界；例行無越思，如農之有畔。②邊側；例河畔。動背叛，通「叛」；例據邑以畔。

參考 「畔」與「叛」於背離的意思時，二字可通，其餘意思則不同。

▽河畔、橋畔、湖畔、水畔、池畔、江畔、田畔、農之有畔、行吟澤畔、據邑以畔。

常 5 **畝** 形解 畝 形聲；從田，從十，久聲。計算田地面積的單位爲畝。

音義 ㄇㄨˇ 名①田地面積單位名，古以一千二百尺平方爲畝，今則以六十丈平方爲畝；例五畝之宅。②田壟；例居於畎畝。

參考 又音 ㄇㄡˇ。

常 5 **畜** 形解 畜 會意；從田，從茲省。茲有增加的意思，所以田間生產的積儲爲畜。

音義 ㄔㄨˋ 名①泛稱禽獸；例牲畜。②爲人豢養的禽獸；例五穀豐登，六畜興旺。ㄒㄩˋ 名①儲積，通「蓄」；例無私貨，無私畜。②姓。動①扶養；例仰足以事父母，俯足以畜妻子。②放牧；例畜牧。

參考 ①「畜」有二讀，義隨音轉，如「畜生」不可讀成 ㄒㄩˋ，「畜牧」又不可讀成 ㄔㄨˋ，宜加分辨。②同養。③擊蓄、慉。

5 **畜生** ㄔㄨˋ ㄕㄥ ㈠禽獸的通稱。㈡也借用作罵一個人沒有道德觀念，不懂倫常，就和禽獸一樣。又作「畜牲」。

8 **畜牧** ㄒㄩˋ ㄇㄨˋ 在原野畜養動物。

參考 衍畜牧事業。

▽家畜、耕畜、六畜、人畜、牲畜、獸畜、禽畜。

常 5 **畚** 形解 形聲；從田，弁聲。弁有裝盛的意思，所以盛土的竹器爲畚。

音義 ㄅㄣˇ 名以草或竹製成的盛土用具；例畚箕。

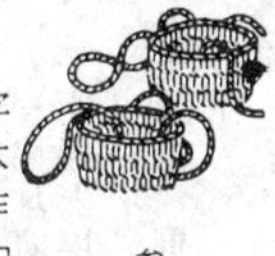

畚

常 5 **留** 形解 字本作「畱」；形聲；從田，丣聲。丣是古文「酉」，有成就的意思，所以停止爲畱。今作「留」。

音義 ㄌㄧㄡˊ 名姓。動①停止；例可疾去矣，愼勿留。②阻止；例扣留。③耽擱；例逗留。④保存；例留得青山在，不怕沒柴燒。

參考 ①「留」與「流」音同而形義各別：「留」多指位置不改變或保有，如：留下、留存；「流」多指位置改變或散布開來，如：流逝、流傳。②同停。③擊溜、餾、遛、榴、瘤、鎦、騮。

6 **留任** ㄌㄧㄡˊ ㄖㄣˋ 官職任期滿後又再連任。

10 **留神** ㄌㄧㄡˊ ㄕㄣˊ 小心謹慎。參考 與「留心」、「留意」、「介意」都是注意，形容心理活動的動詞，但有別：「留神」含有小心、當心的意思，常用於防備危險、疾病和錯誤；「留心」有關心、提防、注意的意思；「留神」只在口語中加强留點神時用；「留意」是留心、注意；「介意」則指對不愉快的事放在心上，多用於否定句中。

11 **留情** ㄌㄧㄡˊ ㄑㄧㄥˊ ㈠保留情面，顧及人情。含有寬恕的意思。例手下留情。㈡情有所注，而留下情感。例到處留情。

13 **留意** ㄌㄧㄡˊ ㄧˋ 小心注意。參考 參閱「留神」條。

16 **留學** ㄌㄧㄡˊ ㄒㄩㄝˊ 留居他國學習。參考 衍留學生。

23 **留戀** ㄌㄧㄡˊ ㄌㄧㄢˋ 依戀。參考 參閱「迷戀」條。

▽遺留、久留、滯留、去留、居留、拘留、駐留、停留、逗留、保留、挽留、慰留、淹留、寸草不留、片甲不留。

次 5 **畛** 形解 形聲；從田，㐱聲。㐱有稠密高起的意思，所以田間高出的小路爲畛。

音義 ㄓㄣˇ 名①田間的小徑；例徂隰徂畛。②界域；例畛域。③致告；例畛於鬼神。

11 **畛域** ㄓㄣˇ ㄩˋ 範圍、界限。例不分畛域。

常 6 **略** 形解 形聲；從田，各聲。各有各自分開的意思，所以經畫土地，各不相混爲略。

音義 ㄌㄩㄝˋ 名①謀劃；例方略。②重點；例要略。③姓。動①治理；例經略。②佔領；例攻略。形簡省的；例略圖。副①稍微地；例略知梗概。②大約地；例略論。

參考 ①「略」與「掠」都可以當作奪取解，但奪取財物多用「掠」，如：掠奪；奪取土地多用「略」，如：攻城略地。②同簡，節，省，策，謀，稍。

6 **略地** ㄌㄩㄝˋ ㄉㄧˋ ㈠佔據敵人的土地。例攻城略地。㈡勘查邊界。例吾將略地焉。

11 **略略** ㄌㄩㄝˋ ㄌㄩㄝˋ 稍微。

12 **略勝一籌** ㄌㄩㄝˋ ㄕㄥˋ ㄧ ㄔㄡˊ 互相比較，略爲高明。籌：本是計數的工具，也是賭博時代表錢幣的碼子。

參考 同棋高一著。

▽概略、簡略、機略、才略、策略、省略、侵略、政略、戰略、大略、兵略、方略、謀略、要略、約略、淺略、疏略、忽略、雄才大略。

常 6 **畢** 形解 會意；從田，從𠦒。田指田獵，下象有桿的網，所以田獵時用以捕物的網爲畢。

音義 ㄅㄧˋ 名①用以捕捉小動物的長柄網；例兔畢。②簡札；例呻其佔畢。③天星名，古二十八宿之一，因其構形似畢網而得名。④姓。動①以網捕取；例鴛鴦于飛，畢之羅之。②結束；例完畢。副①一齊；例羣賢畢至。②完全；例原形畢露。②

參考 ①同完，竣，卒，終。②擘篳、蓽、蹕、嗶。

8 **畢命** ㄅㄧˋ ㄇㄧㄥˋ 死，絕命。

10 **畢恭畢敬** ㄅㄧˋ ㄍㄨㄥ ㄅㄧˋ ㄐㄧㄥˋ 非常恭敬的樣子。

參考 同恭恭敬敬。

11 **畢竟** ㄅㄧˋ ㄐㄧㄥˋ 終究。

參考 ①與「究竟」都指終究到底的副詞，判斷時兩者可以互換，但有別：「究竟」是追根究底用於問句；「畢竟」是客觀情勢的必然趨勢，常用在肯定句中加强語氣之用。②參閱「終於」條。

13 **畢業** ㄅㄧˋ ㄧㄝˋ ㈠學生在校修業期滿考試及格，獲教育部承認，取得畢業證書之謂。㈡俚籃球規則，一人一場球賽中犯規滿五次，不能再上場比賽，稱畢業。

參考 衍畢業生、畢業證書、畢業論文。

▽役畢、完畢、禮畢。

常 6 **畦** 解形 畦 形聲；從田，圭聲。圭有畫定的意思，所以田面積五十畝定為一畦。

音義 ㄒㄧ 名 ①田地五十畝。②田地菜圃間用土埂分成整齊的小塊地；例菜畦。③姓。

參考 ①「畦」當作菜畦解，又音ㄑㄧˊ。②「畦」與「圃」都為種植用的田地，然「畦」多指種蔬菜的園地，而「圃」多指種蔬果、花卉之地方，二字略有區別。

常 6 **異** 解形 畀 會意；從廾畀。廾爲竦手，畀是給予，所以竦手予人則物與己分，而有彼此之分爲異。

音義 ㄧˋ 名 ①變故；例災異。②特殊行爲；例標新立異。③姓。動 ①分開；例離異。②驚訝；例詫異。③寵愛；例遂見寵異。形 ①特殊的；例異才。②另外的；例異日再談。③其他；例獨在異鄉爲異客。④不同的；例異口同聲。

參考 ①同奇，怪，殊。②擘冀、翼。

3 **異口同聲** ㄧˋ ㄎㄡˇ ㄊㄨㄥˊ ㄕㄥ 大家的話語意見相同。

參考 ①與「不約而同」有別：「異口同聲」重在語言、意見的相同；「不約而同」的範圍較廣，常指行動一致，沒有例外。②與「眾口一辭」有別：由於「異」與「眾」含義不同，所以前者只要二個人以上就能用；而後者要有許多人才能使用。

6 **異同** ㄧˋ ㄊㄨㄥˊ 有差別，不一致。

異曲同工 ㄧˋ ㄑㄩˇ ㄊㄨㄥˊ ㄍㄨㄥ 曲調雖然不同，卻都同樣美妙。比喻不同的說法或作法都能收到同樣的效果。工：工巧。又作「同工異曲」。

參考 參閱「殊途同歸」條。

8 **異性** ㄧˋ ㄒㄧㄥˋ 不同的性質或性別。

參考 ①反同性。②衍異性相吸。

9 **異軍突起** ㄧˋ ㄐㄩㄣ ㄊㄨ ㄑㄧˇ 比喻一支新力量突然出現。異軍：另一支與眾不同的軍隊。

11 **異族** ㄧˋ ㄗㄨˊ 別的民族或不同種族。

參考 ①衍異族通婚。②反同族。

異域 ㄧˋ 外國。

異常 ㄧˋ ㄔㄤˊ ㈠不同於平常。㈡副詞，非常，特別。例異常激動。

參考 ①反正常。②與「非常」都指程度很深，不同於正常情況，但有別：「異常」的程度比「非常」更深，而且用法不同，如：非常時期、非常事件；異常舉動、情況異常、異乎尋常。

12 **異鄉** ㄧˋ ㄒㄧㄤ 他鄉，外地，外鄉。例流浪異鄉。

參考 ①反故鄉。②衍異鄉人、異鄉風土。

13 **異想天開** ㄧˋ ㄒㄧㄤˇ ㄊㄧㄢ ㄎㄞ 只是憑空地想根本沒有的事情。比喻：㈠作法離奇而不切實際。㈡思想解放，想得獨特。天開：指憑空、沒有根據之事。

參考 參閱「想入非非」條。

20 **異議** ㄧˋ ㄧˋ ㈠不同的議論。㈡反對的意見。

▽怪異、奇異、災異、殊異、珍異、特異、變異、妖異、詭異、駭異、迥異、驚異、訝異、大同小異、日新月異、

求同存異、標新立異、黨同伐異。

次 6 **畤** 形解 (篆) 形聲；從田，寺聲。①寺有法度的意思，所以祭天地五帝的地方爲畤。

音義 ㄓˋ 名 古祭祀天地和五帝的處所。動 堆積，通「峙」；例 以畤其糧。

常 7 **番** 形解 (篆) 象形；采象野獸的指爪清晰可辨，田象野獸的腳掌，所以獸腳爲番。

音義 ㄈㄢ 名 ①次數；例 三番兩次。②值勤；例 更番。③舊稱西部邊疆的民族；例 吐番。④舊稱外國或異族；例 番邦。⑤非本土所生產的東西；例 番茄。動 輪代；例 番代往來。

ㄆㄛ 名 姓。

參考 ①「番」當作專有名詞「番禺」用時，讀做ㄆㄢ。②孳 蕃、潘、燔、播、蹯。

▽當番、輪番、交番、數番、外番、紅番、此番、連番。

常 7 **畫** 形解 (篆) 象形；從聿從田象田四界。聿即筆，「畫」象田及其田界，所以執筆明確地區分彼此田地的界域爲畫。

音義 ㄏㄨㄚˋ 名 ①畫成的藝術品；例 水彩畫。②國字的一筆；例「正」字有五畫。③書法的橫筆；例 橫畫。④姓。動 ①分界；例 區畫。②設計；例 計畫。③描繪；例 畫一幅山水。④簽寫；例 畫押。副 齊一地；例 整齊畫一。

參考 ①參閱「劃」字條。②同 圖，繪，劃。③孳 劃。

4 **畫分** ㄏㄨㄚˋ ㄈㄣ 區分，分開。

參考 衍 畫分界線。

6 **畫地自限** ㄏㄨㄚˋ ㄉㄧˋ ㄗˋ ㄒㄧㄢˋ 比喻妄自菲薄，不求上進。畫：自畫界限。

參考 同 畫地爲牢。

8 **畫虎成犬** ㄏㄨㄚˋ ㄏㄨˇ ㄔㄥˊ ㄑㄩㄢˇ 畫老虎不像，畫得像隻狗。比喻弄巧成拙。含有好高騖遠，終無所成，反而鬧出笑話的意思。

9 **畫面** ㄏㄨㄚˋ ㄇㄧㄢˋ ㈠圖畫表面所呈現的形式，像線條、光、色等的配置。㈡物體與視點之間，理想的直立平面。

參考 衍 畫面處理。

11 **畫蛇添足** ㄏㄨㄚˋ ㄕㄜˊ ㄊㄧㄢ ㄗㄨˊ 比喻做多餘的事，反而弄巧成拙，徒勞無功。戰國時有二人畫蛇比賽，約好如果先完成的人才可飲酒，結果一人先完成，一面飲酒，一面加蛇足，不久酒杯被遲完成的人搶去，理由是蛇本來沒有足。

參考 ①同 多此一舉。②與「弄巧成拙」有別：前者是形象的比喻，有「做多餘的事」的意思；後者是直率的陳說，有「想做得好些，巧妙些」的意思。

12 **畫廊** ㄏㄨㄚˋ ㄌㄤˊ 專供畫家陳列畫作的地方。包括展覽和買賣業務。

14 **畫餅充飢** ㄏㄨㄚˋ ㄅㄧㄥˇ ㄔㄨㄥ ㄐㄧ 畫個餅子來解餓。比喻只有虛名而得不到實利。後來比喻只用空想來安慰自己。

參考 參閱「望梅止渴」條。

16 **畫龍點睛** ㄏㄨㄚˋ ㄌㄨㄥˊ ㄉㄧㄢˇ ㄐㄧㄥ 先畫成全龍，最後才點上眼睛。比喻作畫或寫文章時，在重要處添上一筆，使作品更加生動有力。

參考 同 神來之筆。

19 **畫譜** ㄏㄨㄚˋ ㄆㄨˇ ㈠把名家的繪畫作品收在一書中，供後學欣賞臨摹之用。㈡討論繪畫理論或批評畫家優劣的書。

▽繪畫、油畫、水墨畫、水彩畫、木炭畫、口講指畫、手比腳畫、電腦作畫。

次 7 **畬** 形解 (篆) 形聲；從田，余聲。余有寬緩的意思，所以新開墾的田爲畬。

音義 ㄩˊ 名 墾植三年的熟田。動 耕作。

ㄕㄜ 名 東南、西南山區少數民族之一。動 火耕。

常 8 **畸** 形解 (篆) 形聲；從田，奇聲。奇有偏側不齊的意思，所以零星不整的田地爲畸。

音義 ㄐㄧ 動 偏頗；例 畸輕畸重。形 ①數的零頭；例 畸零。②不正常的；例 畸形。

參考「畸形」的「畸」字，念ㄐㄧ，常誤讀成ㄑㄧ。

7 **畸形** ㄐㄧ ㄒㄧㄥˊ ㈠生物體格的一部分發育異常，和別的部分不相稱。㈡反常，不合正則。

參考 衍 畸形發展。

13 **畸零** ㄐㄧ ㄌㄧㄥˊ ㈠零零碎碎的數目。㈡孤單的人。

常 8 **當** 形解 當 形聲；從田，尚聲。尚有差不多的意思，所以田與田高低大小相差不多為當。

音義 ㄉㄤ 名 姓。動 ①從事某種工作；例 當教練。②主管；例 當政。③承受；例 不敢當。④時值，表過去的時間；例 當堯之時。⑤相稱；例 旗鼓相當。⑥抵擋；例 萬夫不當之勇。形 ①對著的；例 當機立斷。②眼前的；例 當務之急。副 ①應該；例 挽弓當强。②描摹聲音的詞；例 丁當。ㄉㄤˇ 動 認為；例 我當他是張三。ㄉㄤˋ 名 詭計；例 不要上了敵人的當。動 ①抵押實物借錢；例 把手錶當了。②認為；例 你當我走了。形 ①合適的；例 賞罰得當。②在某一時段之內；例 當時。

參考 ①同 作，充，宜，妥，押，質。②辨 擋、鐺、璫、噹。

4 **當仁不讓** ㄉㄤ ㄖㄣˊ ㄅㄨˋ ㄖㄤˋ 凡事謙遜，唯遇行仁的事，該勇往直前，自己承當。

參考 ①與「義不容辭」都有逢正義之事，不辭讓，不推托的意思，但有別：「當仁不讓」是重在積極主動去做；「義不容辭」的重點在道義上不容推辭、拒絕，多用於任務、義務、責任、職責、工作等名詞之後；「當仁不讓」卻不受此限。②同 義無反顧。

5 **當令** ㄉㄤ ㄌㄧㄥˋ 正合時代的需要。

5 **當世** ㄉㄤ ㄕˋ ㈠今世。㈡為世所用。

6 **當地** ㄉㄤ ㄉㄧˋ 本地方。

當年 ㄉㄤ ㄋㄧㄢˊ ㈠從前。例 想當年。㈡正值有為之年。㈢ㄉㄤˋ ㄋㄧㄢˊ 本年，這一年。

7 **當初** ㄉㄤ ㄔㄨ 開始的時候。

參考 ①同 起初。②反 後來，結果。

當局 ㄉㄤ ㄐㄩˊ ㈠擔任此事的首長或機關部門。㈡身當其事的人。例 當局者迷，旁觀者清。

8 **當事人** ㄉㄤ ㄕˋ ㄖㄣˊ 跟這件事直接有關係的人。如訴訟的原告、被告，商業上交易的買方及賣方。

參考 ①反 局外人。②同 當事者。

10 **當時** ㄉㄤ ㄕˊ ㈠昔時，在那時。㈡立刻。㈢ㄉㄤˋ ㄕˊ 就在這時候。

當家 ㄉㄤ ㄐㄧㄚ ㈠管理家務。㈡管家。㈢俚 北方女人俗稱丈夫為「當家的」。

11 **當務之急** ㄉㄤ ㄨˋ ㄓ ㄐㄧˊ 當前應做事情中最急需辦的。

參考 ①反 不急之務。②與「燃眉之急」有別：後者著重於「燃眉」，强調事情之急有如火燒眉毛；前者著重於「當務」，强調事情中最急需去做的。

12 **當場** ㄉㄤ ㄔㄤˇ 就在這個場合中。

參考 衍 當場逮捕、當場暈倒。

13 **當道** ㄉㄤ ㄉㄠˋ ㈠掌握政權的人。㈡擋住去路。

15 **當鋪** ㄉㄤˋ ㄆㄨˋ 商 可以用物品抵押而借得金錢的店鋪。

16 **當選** ㄉㄤ ㄒㄩㄢˇ 選舉時，合於法定的多數票而被選上。

參考 衍 當選人。

當頭棒喝 ㄉㄤ ㄊㄡˊ ㄅㄤˋ ㄏㄜˋ 比喻促使人醒悟的警告。

當機立斷 ㄉㄤ ㄐㄧ ㄌㄧˋ ㄉㄨㄢˋ 比喻在關鍵時刻，毫不猶豫地作出決定。

參考 ①反 猶豫不決、當斷不斷。②與「毅然決然」有別：前者表示「在關鍵時刻旋即作出決斷」；後者表示「堅決果敢毫不畏縮的樣子」。

▽穩當、過當、失當、充當、正當、相當、妥當、擔當、適當、不當、便當、流當、應當、合當、難當、該當、本當、恰當、典當、大而無當、銳不可當、直截了當、愧不

敢當、旗鼓相當。

㊅8 **畹** 形解 [篆文] 形聲；從田，宛聲。三十畝田爲畹。

音義 ㄨㄢˇ 名古面積單位，有三十畝、十二畝等說。

參考 又音ㄩㄢˋ。

㊅10 **畿** 形解 [篆文] 形聲；從田，幾省聲。幾有限定的意思，所以特定地域爲畿。

音義 ㄐㄧ 名①京城；例王畿。②國都近郊；例近畿。③田野；例晨光照麥畿。④門內；例薄送我畿。⑤姓。

▽王畿、近畿、京畿。

㊥14 **疇** 形解 [篆文] 象形；從田，[篆文]象田經耕治形，所以已經耕過的田畝爲[篆文]。隸變作「疇」。

音義 ㄔㄡˊ 名①田地；例平疇千里。②類目；例洪範九疇。③姓。動報酬；例疇庸。副從前；例疇昔。

參考 ①同田。②與「籌」音同而義別：籌，計數的用具，如算籌、酒籌等。

8 **疇昔** ㄔㄡˊ ㄒㄧˊ 昔日，疇日。

▽田疇、範疇、平疇、艮疇。

㊥14 **疆** 形解 [篆文] 形聲；從土，畺聲。畕指兩田密近，一表示區分，所以田與田之間的界限爲畺。後作「疆」。

音義 ㄐㄧㄤ 名界限；例疆域。形窮盡的；例無疆之休。

參考「疆」與「彊」形似而音義不同：「疆」，有界域的意思；而「彊」音ㄑㄧㄤˊ，有堅強的意思。

3 **疆土** ㄐㄧㄤ ㄊㄨˇ 國家的領土。

9 **疆界** ㄐㄧㄤ ㄐㄧㄝˋ 疆域境界。

11 **疆域** ㄐㄧㄤ ㄩˋ 境界。

12 **疆場** ㄐㄧㄤ ㄔㄤˊ 戰場。

▽邊疆、封疆、新疆、萬壽無疆。

㊥17 **疊** 形解 會意；從畾從宜。字本作「曡」：會意；從晶從宜。晶是星的初文，宜有多的意思，星星重累而繁多，所以重累、累積爲疊。亡新改從三田作「疊」。

音義 ㄉㄧㄝˊ 名量詞，堆積成的一個單位；例一疊信件。動①堆砌；例堆疊。②摺疊；例疊棉被。③音樂曲間歇以後再度彈奏；例陽關三疊。④恐懼，通「慴」；例莫不震疊。形一層一層的；例重巖疊嶂。

ㄉㄚˊ 名許多薄物所堆積成的厚層物；例一疊新票子。

參考「疊」與從土而有兵營工事之意的「壘」字有別。

8 **疊牀架屋** ㄉㄧㄝˊ ㄔㄨㄤˊ ㄐㄧㄚˋ ㄨ ㈠一再重複。㈡形容重複詞句。

19 **疊羅漢** ㄉㄧㄝˊ ㄌㄨㄛˊ ㄏㄢˋ 體團體遊戲的一種，由許多人層層疊疊成各種樣式，可以自由變化，富有趣味。

疊韻 ㄉㄧㄝˊ ㄩㄣˋ ㈠二字同歸一韻爲疊韻。如「飄遙」、「大家」都是疊韻。㈡寫作詩賦所押之韻重用前韻。

▽層疊、重疊、複疊、折疊、陽關三疊、萬山層疊。

【疋部】 ㄆㄧˇ

㊥0 **疋** 形解 [篆文] 象形；象腳踝，止是趾的初文，膝蓋以下，足踝、足踵、足掌、足指的總稱爲疋。

音義 ㄆㄧˇ 名量詞，常用於計算布帛，通「匹」；例一疋布。

㊥6 **疏** 形解 [篆文] 形聲；從疋，㐬聲。㐬是順利而出，疋爲足，足可行遠，所以通達爲疏。

音義 ㄕㄨ 名①粗糲的飯食；例客飧主人，辭以疏。②蔬果，通「蔬」；例百穀百疏。③姓。動①開通；例禹決江疏河。②分散；例疏散。形①稀鬆的；例疏落。②不熟識；例生疏。③粗心；例疏忽。④淺陋；例才疏學淺。⑤粗糙；例疏布。

ㄕㄨˋ 名①對古書注文的解

釋；例十三經注疏。②下呈上的文書，通常指上呈皇帝；例上疏。動分條陳述的文字；例數疏光過失。

參考 ①ㄕㄨ又音ㄙㄨ。②擊蔬。

8 **疏忽** ㄕㄨ ㄏㄨ 做事粗心，不細密，以致發生錯誤。

參考 與「忽略」有別：前者著重「疏」，表示因粗心大意而出差錯；後者著重「略」，表示略而不完備，指對整體中的某一方面有所遺漏或欠缺。

11 **疏通** ㄕㄨ ㄊㄨㄥ ㈠疏導而使水流通暢。㈡從中調解，溝通雙方的意見。

12 **疏散** ㄕㄨ ㄙㄢˋ ㈠把集中的人員、裝備、物質分散開。㈡疏落。

13 **疏落** ㄕㄨ ㄌㄨㄛˋ 疏疏落落，形容稀少而分散。例疏散的村落。

14 **疏漏** ㄕㄨ ㄌㄡˋ 疏忽遺漏。

14 **疏遠** ㄕㄨ ㄩㄢˇ 不親近。又作「疏逖」。

16 **疏導** ㄕㄨ ㄉㄠˇ 使淤塞的水道暢通。

17 **疏濬** ㄕㄨ ㄐㄩㄣˋ 清除淤塞，挖深河漕，使水流暢通。濬：挖深。濬，又作「浚」、「瀹」。

19 **疏離感** ㄕㄨ ㄌㄧˊ ㄍㄢˇ 心 個人覺得自己在團體中既不重要，也無地位，因而對團體的價值觀念和行為規範漠不關心的心理狀態。

▽上疏、奏疏、注疏、生疏、粗疏、人地生疏、別久情疏。

常 9 **疑** 形解 形聲；從子，𠤕省，止聲。子即幼子，𠤕指未定，止是行止，小孩遇事常徬徨不知定止，所以猶豫、迷惑為疑。

音義 一ˊ 動①迷惑；例半信半疑。②嫌猜；例猜疑。形①難於確定的；例疑案。②不能斷定的；例疑義。副彷彿；例飛流直下三千丈，疑是銀河落九天。

參考 ①同惑，猜。②擊疑。

7 **疑忌** 一ˊ ㄐㄧˋ 因懷疑而生猜忌之心。

疑似 一ˊ ㄙˋ 好像是而不敢斷定。

10 **疑案** 一ˊ ㄢˋ ㈠真相不明，一時難以判決的案件。㈡泛指不能確定的事件或情節。

疑神疑鬼 一ˊ ㄕㄣˊ 一ˊ ㄍㄨㄟˇ ㈠懷疑的心意。㈡猜測。

11 **疑問** 一ˊ ㄨㄣˋ 懷疑而生問。

參考 衍 疑問句、疑問號、疑問代名詞。

12 **疑惑** 一ˊ ㄏㄨㄛˋ ㈠心裏不明白，不相信。㈡因不敢相信而猜測。

14 **疑團** 一ˊ ㄊㄨㄢˊ 積聚在心裡的疑惑不解的問題。

參考 同 疑雲。

15 **疑慮** 一ˊ ㄌㄩˋ 因懷疑而有所顧慮。

19 **疑難** ㈠一ˊ ㄋㄢˊ 有疑問而難於判斷處理。㈡一ˊ ㄋㄢˋ 疑問、困難。

20 **疑竇** 一ˊ ㄉㄡˋ 令人懷疑的漏洞。竇：孔穴。

參考 同 疑點。

21 **疑懼** 一ˊ ㄐㄩˋ 疑惑畏懼。

▽懷疑、嫌疑、狐疑、質疑、遲疑、存疑、猜疑、多疑、闕疑、可疑、不容置疑、半信半疑、形跡可疑、將信將疑、深信不疑、無可置疑。

次 9 **疐** 形解 指事；冂表牽引而行，叀為牽制，止為行動，所以受到阻礙不行為疐。

音義 ㄓˋ 動 顛躓；例狼跋其胡，載疐其尾。

參考 擊 懥。

【疒部】 ㄔㄨㄤˊ

次 2 **疔** 形解 形聲；從疒，丁聲。丁有直入物內的意思，所以創痛為疔。

音義 ㄉㄧㄥ 名 醫 皮膚腺體失調所生的膿瘡；例疔瘡。

常 3 **疚** 形解 形聲；從疒，久聲。字本作「宂」：形聲；從宀，久聲。久本有距止的意思，所以貧窮而難以外出為宂。隸變作「疚」。

音義 ㄐㄧㄡˋ 名 ①長時間生病；例愀然疚懷。②對自己的錯誤，心裡感覺痛苦；例負疚。
動愧恨；例內疚。

常 3 **疙** 形解 形聲；從疒，乞聲。乞即氣字，乞有圓泡的意思，所以肌膚上腫起的肉團爲疙。
音義 ㄍㄜ 名皮膚或肌肉上長出形狀突起不平的圓粒；例雞皮疙瘩。
參考「疙」又有癡的意思。
15 **疙瘩** ㄍㄜ ㄉㄚ ㈠皮膚或肌肉上生長的塊狀物。例雞皮疙瘩。㈡球狀或塊狀的東西。㈢比喻想不通或解決不了的問題。

常 3 **疝** 形解 形聲；從疒，山聲。像山隆起般地陰部腫大，並引起小腹疼痛的病症爲疝。
音義 ㄕㄢ 名醫腹腔內臟向外突出或墜落等病症；例疝氣。
10 **疝氣** ㄕㄢ ㄑㄧ 醫通常指腹股溝部的疝。因小腸通過腹股溝區的腹壁肌肉弱點墜入陰囊而引起，症狀是腹股溝凸起或陰囊腫大，有時劇痛，能引起休克和腸子的壞死。又稱「小腸串氣」。

常 4 **疫** 形解 形聲；從疒，役省聲。役是指使他人行事，所以能感染他人同受此疾者爲疫。
音義 一 名流行性急性傳染病的總稱；例瘟疫。
參考「疫」與「病」都有疾病的意思，但有別：「疫」義多指構成大範圍流行性的急性疾病；「病」義指慢性或個人的疾病。
9 **疫苗** 一 ㄇㄧㄠ 醫用病毒、細菌或其他微生物所製備，用於人工自動免疫的生物品的總稱。
▽防疫、免疫、瘟疫、疾疫。

常 4 **疤** 形解 形聲；從疒，巴聲。巴有貼近的意思，所以瘡病後貼近肌膚所留下的痕跡爲疤。
音義 ㄅㄚ 名①傷口或瘡口痊癒後所留下的痕迹；例瘡疤。②器物上像疤一般的痕迹；例銅疤。
參考「疤」是因病變、受傷而殘留的痕跡，不可與「巴」字混用。

常 4 **疥** 形解 形聲；從疒，介聲。介有硬的意思，表皮微硬，所以有癢待搔的皮膚病爲疥。
音義 ㄐㄧㄝ 名一種由疥蟲引起的傳染性皮膚病，多生在指縫、手腕、腋窩等部位，患處甚癢難受；例疥瘡。

常 4 **疢** 形解 會意；從火從疒。熱病爲疢。
音義 ㄔㄣ 名熱病；例疢如疾首。

次 4 **疣** 形解 形聲；從疒，尤聲。尤有殊異的意思，所以結生皮膚的肉瘤爲疣。
音義 一ㄡ 名①皮膚腫瘤；例附贅懸疣。②一種病毒感染的皮膚病。

次 4 **疧** 形解 形聲；從疒，氏聲。氏有生出的意思，所以多病爲疧。
音義 ㄓ 名疾病；例俾我疧兮。形憂愁的。

常 5 **疾** 形解 形聲；從疒，矢聲。矢有傷害的意思，所以病痛爲疾。
音義 ㄐㄧ 名①病；例諱疾忌醫。②缺點；例寡人有疾，寡人好色。動①憎恨；例疾惡如仇。②憂患；例君子疾沒世而名不稱焉。③疼痛；例痛心疾首。形急速的；例疾風知勁草。副迅捷地；例疾速。
參考①同病，恙。②辨嫉、蒺。
7 **疾足先得** ㄐㄧ ㄗㄨ ㄒㄧㄢ ㄉㄜ 比喻行動敏捷的人能夠首先達到目的。又作「捷足先登」。
疾言厲色 ㄐㄧ ㄧㄢ ㄌㄧ ㄙㄜ 說話急迫，容色嚴厲。形容發怒的樣子。
參考 同聲色俱厲。
9 **疾首** ㄐㄧ ㄕㄡ 內心有所憎恨而至於頭痛。形容恨怒到了極點。
疾風知勁草 ㄐㄧ ㄈㄥ ㄓ ㄐㄧㄥ

ㄘㄠˇ只有在大風中才能看出什麼樣子的草是強勁的。比喻只有在關鍵的時刻才能考驗出一個人的堅強意志，堅定立場和高風亮節的操守。例疾風知勁草，板蕩識忠貞。

10 **疾病** ㄐㄧˊ ㄅㄧㄥˋ 醫 指機體在一定條件下，由致病因素所引起的一種複雜而有規律的病理過程。

11 **疾視** ㄐㄧˊ ㄕˋ 怒目而視。

12 **疾惡如仇** ㄐㄧˊ ㄜˋ ㄖㄨˊ ㄔㄡˊ 痛恨壞人，壞事如同仇敵一般。疾，又作「嫉」。

參考 反 同流合汙。

▽惡疾、痼疾、宿疾、瘧疾、疫疾、風疾、舊疾、寡人有疾、河魚腹疾、積勞成疾、癬疥之疾。

常 5 **病** 形解 形聲；從疒，丙聲。丙是火，火的傷害重，所以重疾爲病。

音義 ㄅㄧㄥˋ 名 ①生物體發生不健康的現象或疾病；例生病。②瑕疵；例疵病。③錯誤；例語病。動 ①擔憂；例病不得其衆也。②責備；例君子不以其所能者病人。③患疾；例他病了許久，現在已痊癒了。④損害；例禍國病民。形 ①有病的；例東亞病夫。②疲憊的；例今日病矣，予助苗長矣。

參考 ①「病」與「疾」程度不同，「病」較「疾」爲嚴重。②同疾。

2 **病入膏肓** ㄅㄧㄥˋ ㄖㄨˋ ㄍㄠ ㄏㄨㄤ 本意爲疾病要是深入到肓（心臟與膈膜之間）之上、膏（心尖脂肪）之下，那就任何藥力都不能到達，病就不能治好。比喻事情嚴重到了不可挽救的程度。

參考 同 無藥可救。

10 **病根** ㄅㄧㄥˋ ㄍㄣ 疾病發生的根源。又作「病源」。

12 **病菌** ㄅㄧㄥˋ ㄐㄩㄣˋ 能使人或其他生物致病的細菌，如傷寒桿菌。

16 **病歷** ㄅㄧㄥˋ ㄌㄧˋ 醫 醫療機構對病人過去及目前疾病累積記載的資料。爲醫師診斷和治療的依據，醫學科學研究重要的資料，也是病人健康情況的檔案。又作「病案」。

病篤 ㄅㄧㄥˋ ㄉㄨˇ 病勢沉重。篤：深重。

參考 與「病危」有別，二者都指病重，但在程度上不同：前者不致於立刻就死；後者指危險即將死亡。

21 **病魔** ㄅㄧㄥˋ ㄇㄛˊ 疾病纏身，像魔鬼擾人一般。

▽看病、疾病、重病、熱病、久病、生病、毛病、舊病、貧病、染病、通病、弊病、心病、傳染病。

常 5 **症** 形解 形聲；從疒，正聲。可供徵驗疾病實況的徵候爲症。

音義 ㄓㄥˋ 名 疾病的現象；例對症下藥。形 疾病的；例症候。

參考 同病。

▽病症、重症、癌症、重聽症、健忘症、倦怠症、不治之症。

常 5 **疲** 形解 形聲；從疒，皮聲。人太過勞累爲疲。

音義 ㄆㄧˊ 動 ①困倦；例疲於奔命。②厭惡；例樂此不疲。形 ①困倦的；例精疲力竭。②經 商品或有價證券交易情況不夠熱絡；例股市疲軟。

參考 同 倦，累，困。

4 **疲乏** ㄆㄧˊ ㄈㄚˊ 疲勞困乏，沒有精神。

8 **疲於奔命** ㄆㄧˊ ㄩˊ ㄅㄣ ㄇㄧㄥˋ 原指因受命奔走搞得精疲力盡；後也指忙於奔走，耗盡精力，難於應付。奔命：奉命奔走。

10 **疲倦** ㄆㄧˊ ㄐㄩㄢˋ 疲勞而沒有精神。

11 **疲敝** ㄆㄧˊ ㄅㄧˋ 疲憊困頓。又作「罷弊」。

疲軟 ㄆㄧˊ ㄖㄨㄢˇ (一)疲乏無力，不能振作。(二)商 在市場上某種貨物銷路不好，而且價格有低落的趨勢，一般稱這種貨物的行情疲軟。

12 **疲勞** ㄆㄧˊ ㄌㄠˊ (一)因過度地使用體力和腦力而感到勞累，需要休息。(二)因運動過度或刺激過強，細胞、組織或器官的機能或反應能力減弱。例聽覺疲勞。

疲勞轟炸 ㄆㄧˊ ㄌㄠˊ ㄏㄨㄥ ㄓㄚˋ (一)軍戰時飛機作長時間間歇性轟炸，使敵方精神疲勞而喪失鬥志。(二)比喻故意拖延時間使人疲勞的言談。

16 **疲憊** ㄆㄧˊ ㄅㄟˋ 極度困倦，沒有精神。憊：極端疲乏。

17 **疲癃** ㄆㄧˊ ㄌㄨㄥˊ 年老衰頹多病的樣子。癃：年老背部彎曲的病。

▽身心交疲、力盡精疲、樂此不疲。

常 5

疳

解形 形聲；從疒，甘聲。幼兒貪吃甜食而導致的腸胃疾病為疳。

音義 ㄍㄢ 名①一種腫脹、蟲積或潰爛病症；例下疳。②醫中醫指小兒消化不良，營養失調的慢性病；例疳積。

常 5

疼

解形 形聲；從疒，冬聲。冬季氣候冰寒，引起肌膚腫裂之痛，所以傷痛為疼。

音義 ㄊㄥˊ 動①痛；例肚子疼。②關心而憐愛；例疼愛。

13 **疼愛** ㄊㄥˊ ㄞˋ 憐惜愛顧。

常 5

疹

解形 形聲；從疒，㐱聲。㐱是指稠密的頭髮，所以皮膚上生出密而細的顆粒為疹。

音義 ㄓㄣˇ 名醫中醫病名，一種皮膚病變，皮膚上起的紅色小顆粒，多由於皮膚表層發炎而起；例溼疹。

參考 與「診」音同而義別：診，動詞，視，驗；「診所」、「診斷」，必須作「診」，不可作「疹」。

▽濕疹、痲疹、疱疹、風疹。

常 5

疽

解形 形聲；從疒，且聲。發腫已久的瘡為疽。

音義 ㄐㄩ 名醫中醫指一種局部皮膚腫脹堅硬的毒瘡；例癰疽。

次 5

疰

解形 形聲；從疒，主聲。主為火炷，所以疫病為疰。

音義 ㄓㄨˋ 名一種不能適應氣候或水土而得的疾病；例疰夏。

次 5

痂

解形 形聲；從疒，加聲。加有增加的意思，所以傷癒所結的硬塊為痂。

音義 ㄐㄧㄚ 名傷口或瘡疥所凝結成的硬塊，癒後脫落；例結痂。

次 5

痁

解形 形聲；從疒，占聲。占有臨近的意思，所以瘧疾為痁。

音義 ㄕㄢ 名瘧疾。

ㄉㄧㄢ 動面臨危險，通「阽」。

次 5

疻

解形 形聲；從疒，只聲。毆傷為疻。

音義 ㄓˇ 名毆傷時，皮膚青腫而無創瘢者；例疻痏。

次 5

疸

解形 形聲；從疒，旦聲。皮膚泛黃的毛病為疸。

音義 ㄉㄢˇ 名肝臟、膽道及血液系統的病變所引起的疾病；例黃疸。

ㄉㄚ˙ 名疙瘩，通「瘩」。

次 5

痄

解形 形聲；從疒，乍聲。乍有逼迫的意思，所以病重為痄。

音義 ㄓㄚˇ 名痄腮，即腮腺炎。形不相合的；例痄痄。

次 5

痀

解形 形聲；從疒，句聲。句有彎曲的意思，所以駝背為痀。

音義 ㄐㄩ 動曲脊；例痀僂。

常 6

痕

解形 形聲；從疒，艮聲。艮有留止的意思，所以瘡癒脫痂後所遺留下的疤為痕。

音義 ㄏㄣˊ 名①創傷痊癒後留下的疤；例刀痕箭瘢。②印跡；例衣上酒痕詩裡字。

參考 ①同跡，印。②與「跡」字音義有別：跡，音ㄐㄧ，足印。

▽彈痕、刀痕、墨痕、淚痕、夢痕、傷痕、疤痕、印痕、創痕、卻似春夢了無痕。

常6 **痔** 形解 形聲；從疒，寺聲。寺有止的意思，因久坐、久立而血行止塞，所引起肛門大腸連接腫爛的疾病為痔。

音義 ㄓˋ 名 醫 一種肛管與直腸間的靜脈曲張病症；例痔瘡。

參考 「痔」與「痣」音同而形義有別：「痔」，多指肛管與直腸的病變；「痣」，多指皮膚上局部生的斑痕。

15 **痔瘡** ㄓˋ ㄔㄨㄤ 醫 一種常見的肛管疾病。由直腸下端或肛管的靜脈曲張所造成，經常便秘者易得此病。有內痔、外痔及混合痔。症狀為排便後滴鮮血，局部疼痛或有腫物由肛門突出等。

▽吮癰舐痔。

常6 **疵** 形解 形聲；從疒，此聲。此有留止的意思，所以皮膚上駐生黑點的病為疵。

音義 ㄘ 名 小毛病；例吹毛求疵。

▽瑕疵、吹毛求疵。

常6 **痊** 形解 形聲；從疒，全聲。全有完美、完整的意思，病好則身心健全，所以疾病除去為痊。

音義 ㄑㄩㄢˊ 動 病好了；例藥驗者疾易痊。

參考 同癒。

18 **痊癒** ㄑㄩㄢˊ ㄩˋ 疾病消除，完全康復。又作「痊可」、「痊愈」、「全癒」。

常6 **痎** 形解 形聲；從疒，亥聲。亥有滋長的意思，所以二日一發的瘧疾為痎。

音義 ㄐㄧㄝ 名 二日一發的瘧疾之古名。

次6 **痒** 形解 形聲；從疒，羊聲。疾病為痒。

音義 ㄧㄤˊ 名 病；例癙憂以痒。

參考 「癢」的省體。

次6 **痍** 形解 形聲；從疒，夷聲。夷為箭矢，所以創傷為痍。

音義 ㄧˊ 名 創傷；例瘡痍。

▽滿目瘡痍。

次6 **痏** 形解 形聲；從疒，有聲。毆傷為痏。

音義 ㄨㄟˇ 名 ①毆人致皮破血流，有創瘢者。②針灸後穴位留下的瘢痕。③瘡疥；例齊王疾痏。

次6 **痌** 形解 形聲；從疒，同聲。同有大的意思，所以大痛為痌。

音義 ㄊㄨㄥ 形 痛苦的；例痌瘝在抱。

15 **痌瘝在抱** ㄊㄨㄥ ㄍㄨㄢ ㄗㄞˋ ㄅㄠˋ 比喻關懷人的疾苦如同身受。

常7 **痢** 形解 形聲；從疒，利聲。利有順的意思，所以腹瀉為痢。

音義 ㄌㄧˋ 名 醫 痢疾，總稱由痢疾桿菌或痢疾內變形蟲所引起的急性傳染病；例痢疾。

10 **痢疾** ㄌㄧˋ ㄐㄧˊ 醫 ㈠由痢疾桿菌或阿米巴原蟲所引起的腸道傳染病。常見的為細菌性痢疾，有發熱、腹痛、腹瀉、裡急後重、大便頻繁且帶血及黏液等症。㈡大便中帶有黏物的疾病。

常7 **痛** 形解 形聲；從疒，甬聲。甬有興起、湧現的意思，所以身體或精神上出現的傷疼感覺為痛。

音義 ㄊㄨㄥˋ 名 ①因疾病或創傷所感覺的苦楚；例牙痛。②姓。動 ①苦惱；例親者痛，仇者快。②悲傷；例悲痛。③憎恨；例士林憤痛，民怨彌重。副「甚」「極」之辭；例痛改前非。

參考 ①「痛」與「慟」音同，都可與哭連用，然其程度不同；如：「痛哭」義指盡情大哭，「慟哭」義乃哭得非常悲哀。②同疼，悲，傷，苦。

4 **痛切** ㄊㄨㄥˋ ㄑㄧㄝˋ 沉痛而深切。例痛切的教訓。

痛心 ㄊㄨㄥˋ ㄒㄧㄣ 形容極端地傷心。

痛心疾首 ㄊㄨㄥˋ ㄒㄧㄣ ㄐㄧˊ ㄕㄡˇ 形容痛恨厭惡到了極點。疾首：

頭痛。

7 **痛快** ㄊㄨㄥˋ ㄎㄨㄞˋ ㈠心情愉快舒暢。㈡做事乾脆爽快，不拖泥帶水。

8 **痛定思痛** ㄊㄨㄥˋ ㄉㄧㄥˋ ㄙ ㄊㄨㄥˋ 悲痛的心情平靜後，回想當時所遭受的痛苦。含有吸取教訓，警惕未來的意思。

9 **痛苦** ㄊㄨㄥˋ ㄎㄨˇ 肉體或精神上所遭受的苦楚。

參考 參閱「疾苦」條。

10 **痛哭流涕** ㄊㄨㄥˋ ㄎㄨ ㄌㄧㄡˊ ㄊㄧˋ 非常悲傷忿恨或受感動而流淚流得很多。

參考 與「涕泗縱橫」都指眼淚流得很多，但有別：前者偏於內心的激動、悲傷或忿恨的表現；後者多是形容流淚很多的樣子。

11 **痛惜** ㄊㄨㄥˋ ㄒㄧ 沉痛地惋惜。

▽苦痛、疾痛、心痛、陣痛、沈痛、悲痛、哀痛、頭痛、傷痛、疼痛、創痛、切膚之痛、痛定思痛。

常 7 **痣** 解形 形聲；從疒，志聲。志有標識、表記的意思，所以皮膚上生出明顯突出的斑點為痣。

音義 ㄓˋ 名醫 一種異於一般膚色的局部性新生物，可能是血管性或表皮性的變異；例美人痣。

參考 參閱「痔」字條。

▽善痣、惡痣、黑痣、青痣、硃砂痣、美人痣。

常 7 **痙** 解形 形聲；從疒，巠聲。巠有直的意思，所以肢體由於筋肉收縮以致僵直難伸的病為痙。

音義 ㄐㄧㄥˋ 名醫 肌肉的不自主性急劇收縮，通常有疼痛感覺或致使機能障礙；例痙攣。

23 **痙攣** ㄐㄧㄥˋ ㄌㄨㄢˊ 醫 指骨骼肌、平滑肌等局部緊張，而發生較長時間的急劇、不自主的收縮。常由於中樞神經系統受刺激，肌肉本身受束縛、損傷或寒冷引起。如腓腸痙攣、胃痙攣等。

常 7 **痘** 解形 形聲；從疒，豆聲。痘瘡，俗稱天花，傳染病之一。病發時，遍生小斑，繼而變成水疱，狀若小豆，故名。

音義 ㄉㄡˋ 名醫 ①一種接觸傳染的急性疾病，中醫稱痘瘡，俗稱天花；例種牛痘。②青春期因分泌過旺長在臉上的小脂肪球；例青春痘。

▽牛痘、種痘、水痘。

常 7 **痞** 解形 形聲；從疒，否聲。一種腹內結硬塊的病痛為痞。

音義 ㄆㄧˇ 名①醫 一種脾臟腫大病症。②為非作歹的人；例地痞流氓。

參考 「痞」與「癖」音同而形義有別：「痞」是指為非作歹的人；「癖」是指不良嗜好。

次 7 **痧** 解形 形聲；從疒，沙聲。沙有碎粒的意思，所以身現細粒搔癢的病症為痧。

音義 ㄕㄚ 名醫 中醫指霍亂、中暑、盲腸炎等急性病症；例絞腸痧。

次 7 **痡** 解形 形聲；從疒，甫聲。甫有大的意思，所以病痛為痡。

音義 ㄆㄨ 名 疲憊而不能走路；例我僕痡矣。

次 7 **痤** 解形 形聲；從疒，坐聲。坐有高起的意思，所以小腫痛為痤。

音義 ㄘㄨㄛˊ 名①皮膚病之一；例痤瘡。②癰疽。

次 7 **痗** 解形 形聲；從疒，每聲。每有生長的意思，所以憂疾為痗。

音義 ㄇㄟˋ 形 憂煩成病的；例使我心痗。

次 7 **痠** 解形 形聲；從疒，夋聲。夋有前行的意思，所以疼痛不止為痠。

音義 ㄙㄨㄢ 動 酸痛，通「酸」；例骨痠體重。

常 8 **瘀** 解形 形聲；從疒，於聲。於有在、止的意思，所以血液滯積不暢的病爲瘀。

音義 ㄩ 名 血液不得通暢：例瘀血。

參考「瘀」與「於」形似而音義各別：「瘀」有積留的意思；「於」爲一種植物名。

常 8 **痰** 形解 形聲；從疒，炎聲。炎有向上湧出的意思，所以人氣管和支氣管分泌而湧出的黏液爲痰。

音義 ㄊㄢˊ 名 ①氣管或支氣管黏膜分泌出來的黏液。②喉管發炎時的分泌物；例止咳化痰。

8 **痰盂** ㄊㄢˊ ㄩˊ 供人吐痰用的器皿。盂：似盆子的盛物器具。

10 **痰氣** ㄊㄢˊ ㄑㄧˋ 醫 中醫病症名：㈠痰多而氣逆的病。㈡腦出血的病。㈢一種瘋狂的病。

常 8 **痲** 形解 形聲；從疒，痲省聲。痲樹樹皮粗厚，所以痲瘋桿菌侵入人皮膚黏膜及神經末梢致使顏面呈現赤、褐色密痲斑紋，而逐漸潰爛的傳染病爲痲。

音義 ㄇㄚˊ 名 ①醫 一種因痲瘋桿菌所引起的慢性傳染病；例痲瘋。②因天花而留下的痕印；例痲子。

參考「痲」字從二朮(朩)，而不從二木(林)(ㄌㄧㄣˊ)。

10 **痲疹** ㄇㄚˊ ㄓㄣˇ 醫 由痲疹病毒引起的傳染性疹熱病。患者多爲六個月至五歲的小兒。初起有發燒、流淚、咳嗽、上呼吸道發炎等症狀，口腔頰黏膜出現白斑，頸、胸腹部、四肢皮膚相繼出現斑丘疹。易發生肺炎併合症。接種痲疹疫苗可以預防。

14 **痲瘋** ㄇㄚˊ ㄈㄥ 醫 痲瘋桿菌引起的一種慢性傳染病。主要分爲瘤型和結核型兩種，病毒的潛伏期長，不易治療。

常 8 **瘁** 形解 形聲；從疒，卒聲。卒有窮盡的意思，所以過度勞累致使精神體力呈衰竭窮盡的現象爲瘁。

音義 ㄘㄨㄟˋ 名 疾病；例邦國殄瘁。形 勞累的；例心力交瘁。

參考 ①字雖從卒，但不可讀成ㄗㄨˊ。②與「悴」同音而義別：悴，憂慮。

▽心力交瘁、鞠躬盡瘁。

常 8 **痱** 形解 形聲；從疒，非聲。夏日暑熱，皮膚上叢起的小粒爲痱。

音義 ㄈㄟˊ 名 一種癱瘓的疾病；例即陽病痱。

ㄈㄟˋ 名 因煩悶致使出汗不順暢而引起的紅疹，通常發生於夏季；例痱子。

3 **痱子** ㄈㄟˋ ˙ㄗ 醫 夏季常見的皮膚病，由於出汗不暢而引起的密集的、如針頭大小的紅色丘疹。有刺痛、騷癢感。

參考 衍 痱子粉、痱子膏。

常 8 **痺** 形解 形聲；從疒，卑聲。下肢之病爲痺。

音義 ㄅㄧˋ 動 雌性的鵪鳥；例牝痺。形 卑下；例痺下倨句。

常 8 **痿** 形解 形聲；從疒，委聲。委有委頓廢壞的意思，所以身體筋肉萎縮而不能行動的病爲痿。

音義 ㄨㄟˇ 名 ①一種肌肉痲痺不能活動的病變；例痿痺。②因糖尿病等引起男性陰莖不能挺舉的病症；例陽痿。

常 8 **痴** 形解 形聲；從疒，知聲。字本作「癡」：從疒，疑聲。呆傻不聰慧爲痴。

音義 ㄔ 名 ①呆傻；例白痴。②瘋癲；例發痴。③迷戀；例書痴。

次 8 **瘏** 形解 形聲；從疒，者聲。者有聚集的意思，所以病痛集身爲瘏。

音義 ㄊㄨˊ 名 馬病。

次 8 **痳** 形解 形聲；從疒，林聲。林有盛多的意思，所以急痛爲痳。

音義 ㄌㄧㄣˊ 名 疝氣。

ㄌㄧㄣˊ 名 一種淋病。雙球菌所感染的傳染性病；患者尿道發炎，化膿，尿中帶血。通「淋」。

(次) 8
瘃 形解 形聲；從疒，豖聲。豖有椎擊的意思，所以腫痛如椎擊者爲瘃。
音義 ㄓㄨˊ 名凍瘡。

(次) 8
痾 形解 形聲；從疒，阿聲。阿以狀聲，所以疼痛聲爲痾。
音義 ㄜ 名病；例沉痾。
參考 又音 ㄎㄜ。

(次) 8
痼 形解 形聲；從疒，固聲。固有久長的意思，所以久病爲痼。
音義 ㄍㄨˋ 名①長期難治的疾病。②很難克服的惡習；例痼癖。

10 **痼疾** ㄍㄨˋ ㄐㄧˊ 久治不癒的疾病。
參考 ①同久病。②又作「錮疾」、「固疾」。

18 **痼癖** ㄍㄨˋ ㄆㄧˇ 難以改變的積習或嗜好。
參考 本詞含有貶損的意思。

(次) 8
痹 形解 形聲；從疒，畀聲。畀有共舉的意思，所以麻木不仁需人扶持的病爲痹。
音義 ㄅㄧˋ 名醫中醫稱因風、寒、濕等引起的關節疼痛或麻木之病症。

(次) 8
瘐 形解 形聲；從疒，臾聲。臾有束縛的意思，所以飢寒交迫爲瘐。
音義 ㄩˇ 動囚犯因故死在獄中；例瘐死。

6 **瘐死** ㄩˇ ㄙˇ ㈠舊稱囚犯死於獄中。瘐：疾病。㈡泛指罪犯因各種原因死在獄中。

(常) 9
瘧 形解 形聲；從疒，虐聲。虐有殘害的意思，所以按一定時刻發冷發熱，殘害身體甚大的疾病爲瘧。
音義 ㄋㄩㄝˋ 名醫經由蚊蟲叮咬而傳播瘧原蟲的傳染性疾病；例瘧疾。

(常) 9
瘍 形解 形聲；從疒，易聲。易有開裂的意思，所以肌膚潰爛破裂的病爲瘍。
音義 ㄧㄤˊ 名①瘡；例身有瘍則浴。②糜爛；例胃潰瘍。

(常) 9
瘋 形解 形聲；從疒，風聲。風有散亂的意思，所以由於腦神經錯亂致使精神失常的疾病爲瘋。
音義 ㄈㄥ 名①醫一種神經錯亂，精神失常的病變；例瘋癲。②癱瘓；例瘋癱。形言行失常的；例瘋言瘋語。
參考 同狂，癲。

3 **瘋子** ㄈㄥ ·ㄗ 精神失常，患瘋癲病的人。又稱「瘋人」、「精神病患者」。

7 **瘋狂** ㄈㄥ ㄎㄨㄤˊ 發瘋、失去理智。

24 **瘋癲** ㄈㄥ ㄉㄧㄢ 神經錯亂而發狂。

(常) 9
瘉 形解 形聲；從疒，俞聲。俞有中空的意思，所以疾病自體內除去爲瘉。
音義 ㄩˋ 名疾病；例胡俾我瘉。動痊愈；例病瘉。副嚴重地，通「愈」；例「周王病瘉矣。」
參考 「瘉」與「癒」都有病好的意思，其餘的意思則不可通。

(常) 9
瘓 形解 形聲；從疒，奐聲。奐有張大的意思，所以四肢麻痹難以自由伸張的疾病爲瘓。
音義 ㄏㄨㄢˋ 名肢體麻木不仁而不能活動；例癱瘓。

(次) 9
瘖 形解 形聲；從疒，音聲。音有發聲的意思，所以不能言語爲瘖。
音義 ㄧㄣ 形嗓子啞不能發聲的；例瘖啞。
參考 與從「者」作「瘏」之字，形近而音義各異：「瘏」，音ㄊㄨˊ，病痛集身。

(次) 9
瘛 形解 形聲；從疒，契聲。契有約束的意思，所以疾病纏身爲瘛。
音義 ㄐㄧˋ 形瘋狂的；例瘛瘲。
ㄑㄧ 動痙攣；例瘛瘲。
ㄓˋ 名瘋狗，通「猘」。

(次) 9
瘌 形解 形聲；從疒，剌聲。剌有乖戾的意思，所以毒藥爲瘌。

音義 ㄌㄚˋ 名 頭部的瘡癬；例瘌痢。ㄌㄚ 名 瘡巴；例疤瘌。
參考 ㄌㄚˋ又音ㄌㄞˋ。

次 9 **瘕** 形解 形聲；從疒，叚聲。叚有大的意思，所以腹病爲瘕。
音義 ㄐㄧㄚˇ 名 腹肉結塊的病；例癥瘕。ㄒㄧㄚˊ 名 缺點；例唯恐長疵瘕。

次 9 **瘊** 形解 形聲；從疒，侯聲。侯有小而可見的意思，所以皮膚上的小疣爲瘊。
音義 ㄏㄡˊ 名 皮膚上的小疣；例瘊子。

常 10 **瘩** 形解 形聲；從疒，荅聲。皮膚上肥腫之肉塊爲瘩。
音義 ㄉㄚ˙ 名 ①疙瘩。②醫 瘩背，中醫稱生在背部的癰。形 肥腫的。

常 10 **瘡** 形解 形聲；從疒，倉聲。倉有隱藏的意思，所以皮膚腫起，包藏膿水，或潰爛等病的總稱爲瘡。
音義 ㄔㄨㄤ 名 ①一種皮膚潰爛瘍的病；例膿瘡。②外傷；例金瘡。

9 **瘡疤** ㄔㄨㄤ ㄅㄚ ㈠皮膚上生過瘡留下的疤痕。㈡比喻某人的缺點、隱私或痛苦的往事。例不要揭人瘡疤。

11 **瘡痍** ㄔㄨㄤ ㄧˊ ㈠皮膚因受傷而裂開。㈡比喻戰爭或自然災害後民生凋敝的景象。㈢比喻民生疾苦。

▽凍瘡、面瘡、刀瘡、剜肉補瘡、百孔千瘡。

常 10 **瘟** 形解 形聲；從疒，昷聲。流行性急性傳染病的總稱爲瘟。
音義 ㄨㄣ 名 一種流行急性傳染病；例瘟疫。

9 **瘟疫** ㄨㄣ ㄧˋ 容易引起廣泛流行的烈性傳染病，如鼠疫、天花、霍亂等。

常 10 **瘤** 形解 形聲；從疒，留聲。留有停止不去的意思，所以餘血贅肉聚生不去的腫結爲瘤。
音義 ㄌㄧㄡˊ 名 醫 動物皮膚或身體內組織中增殖生成的腫塊；例肉瘤。
參考 瘤可分爲良性瘤與惡性瘤，後者即一般人稱之爲「癌」。

常 10 **瘦** 形解 形聲；從疒，叟聲。字本從「痠」：形聲；從疒，叜聲。叜即叟，老人之稱；老人體多瘠弱，所以體瘠爲痠。今作「瘦」。
音義 ㄕㄡˋ 形 ①肌肉不夠豐滿的；例瘦骨嶙峋。②肉不帶脂肪的；例瘦肉。③瘠薄的；例田瘦合歸犂。
參考 反肥。

8 **瘦金體** ㄕㄡˋ ㄐㄧㄣ ㄊㄧˇ 藝 書法字體之一，宋徽宗趙佶楷書學唐朝薛曜，而寫得更瘦硬勁挺，自號「瘦金書」，後人稱「瘦金體」。

9 **瘦削** ㄕㄡˋ ㄒㄩㄝˋ 形容身體消瘦，肌肉減削。

▽清瘦、消瘦、胖瘦、綠肥紅瘦、環肥燕瘦、人比黃花瘦。

常 10 **瘠** 形解 形聲；從疒，脊聲。脊有瘦弱的意思，所以瘦弱爲瘠。
音義 ㄐㄧˊ 形 ①瘦弱的；例瘠瘦。②土質磽薄；例瘠土。
參考 ①「瘠」從「脊」不可寫成「春」。②同瘦。③反肥。

次 10 **瘥** 形解 形聲；從疒，差聲。差有失離的意思，所以病癒爲瘥。
音義 ㄘㄨㄛˊ 名 疾疫；例「天方薦瘥。」ㄔㄞˋ 動 病癒；例病瘥。
參考 字雖從差，但不可讀成ㄔㄞ。

次 10 **瘞** 形解 形聲；從土，㾜聲。㾜爲病逝，所以人死埋入土中爲瘞。
音義 ㄧˋ 動 ①掩埋；例「上下奠瘞。」②祭禱；例「有年瘞土。」

㊇10 **瘝** 形解 形聲；從疒，眔聲。眔有迫及的意思，所以病痛壓迫爲瘝。

音義 ㄍㄨㄢ 名疾病；例痌瘝。動①曠廢；例「時瘝厥官。」②痛苦，通「矜」；例「恫瘝乃身。」

㊇10 **瘢** 形解 形聲；從疒，般聲。瘡痕爲瘢。

音義 ㄅㄢ 名①傷口癒合後所留下的疤痕；例瘡瘢。②皮膚上異常的斑紋；例汗瘢。

㊒11 **瘴** 形解 形聲；從疒，章聲。山林間濕熱蒸鬱之氣所引起的病症爲瘴。

音義 ㄓㄤ 名熱帶或亞熱帶山林間濕熱蒸鬱的空氣，可以致人疾病；例瘴癘之氣。

10 **瘴氣** ㄓㄤˋ ㄑㄧˋ ㈠山林間因濕熱蒸鬱而成的毒氣。㈡比喻亂七八糟惡劣的氣氛。例烏煙瘴氣。

18 **瘴癘** ㄓㄤˋ ㄌㄧˋ 山林間濕熱蒸發而成的癘氣，人處在其中會生病。

㊒11 **瘸** 形解 形聲；從疒，冏聲。冏是瘡口結疤，所以手腳結疤行走不便的病爲瘸。

音義 ㄑㄩㄝ 形步履不平衡的樣子；例瘸腿。

㊇11 **瘯** 形解 形聲；從疒，族聲。皮膚病爲瘯。

音義 ㄘㄨˋ 名癬疥；例「不疾瘯蠡。」

㊇11 **瘭** 形解 形聲；從疒，票聲。惡瘡爲瘭。

音義 ㄅㄧㄠ 名一種急性化膿炎症，多發生於指甲連肉部位，通常由傷口感染引起。

㊇11 **瘳** 形解 形聲；從疒，翏聲。翏爲高飛的意思，所以疾病去身爲瘳。

音義 ㄔㄡ 動損失；例「於已何瘳？」形①痊癒的；例「厥疾弗瘳。」②振興的；例「其國有瘳乎？」

參考 字雖從翏，但不可讀成ㄌㄠ或ㄌㄠˋ。

㊇11 **瘺** 形解 形聲；從疒，屚聲。屚有穿通的意思，所以痔瘡爲瘺。

音義 ㄌㄡˋ 名器官與器官間或體表間的異常管路，同「瘻」。

㊇11 **瘼** 形解 形聲；從疒，莫聲。疾病爲瘼。

音義 ㄇㄛˋ 名疾苦；例民瘼。

㊇11 **瘵** 形解 形聲；從疒，祭聲。疾病纏身爲瘵。

音義 ㄓㄞˋ 名①疾病；例「士民其瘵。」②肺結核；例癆瘵。動敗壞；例「凝瘵滿膏肓。」

㊇11 **瘲** 形解 形聲；從疒，從聲。從有雜陳的意思，所以病狀顯現爲瘲。

音義 ㄗㄨㄥ 名抽風；例瘛瘲。

㊒12 **癆** 形解 形聲；從疒，勞聲。古代朝鮮人稱服用藥物以致中毒的病爲癆。

音義 ㄌㄠ 名一種感染結核菌的傳染病；例肺癆。

㊒12 **療** 形解 形聲；從疒，尞聲。尞是古代燔柴祭天祈福的祭祀，所以診治疾病爲療。

音義 ㄌㄧㄠˊ 動①醫治；例療養。②救治；例療妒。③解除痛苦或困難；例療飢。

10 **療飢** ㄌㄧㄠˊ ㄐㄧ 解除飢餓。

11 **療貧** ㄌㄧㄠˊ ㄆㄧㄣˊ 救治貧乏。

15 **療養** ㄌㄧㄠˊ ㄧㄤˇ 患有慢性病或身體衰弱的人，在特設的醫療機構進行以休養爲主的治療。

參考 衍療養院。

療養院 ㄌㄧㄠˊ ㄧㄤˇ ㄩㄢˋ 專門爲某些慢性疾病(如結核病、風濕病等)的診療、休養而設立的一種醫療預防機構。

▽醫療、治療。

㊒12 **癌** 形解 形聲；從疒，嵒聲。嵒是高聳危險的樣子，所以極難醫治的惡性毒瘤爲癌。

音義 ㄧㄢˊ 名一種細胞惡化而成的增生性惡性腫瘤；例肝癌。

參考 又音ㄞˊ。

10 **癌症** ㄧㄢˊ ㄓㄥˋ 醫簡稱「癌」，由上皮細胞所形成的惡性腫瘤，凹凸不平，硬而疼痛。常見的有鱗狀細胞癌、基底細胞癌和腺癌；多發於子宮頸、胃腸道、肺、肝、皮膚等處。轉移途徑多數通過淋巴管，少數則經血流。

次 12 **癃** 形解 形聲；從疒，隆聲。隆有高起的意思，所以身上有腫起發病為癃。

音義 ㄌㄨㄥˊ 名①手足不靈活的毛病；例「癃病勿遺」。②排尿不順暢；例癃閉。

次 12 **癈** 形解 形聲；從疒，發聲。發有高起的意思，所以長期的老毛病為癈。

音義 ㄈㄟˋ 名痼疾，同「廢」。

參考 今多作「廢」。

次 12 **癉** 形解 形聲；從疒，單聲。單有疲敝的意思，所以疲勞過度為癉。

音義 ㄉㄢˋ 名黃疸病，通「疸」。動①積勞成疾；例「下民卒癉」。②憎恨；例彰善癉惡。副熾熱地，通「彈」；例近夏癉熱。

次 12 **癇** 形解 形聲；從疒，閒聲。癲癇症為癇。

音義 ㄒㄧㄢˊ 名醫古代中醫稱兒童突發間歇性大腦機能異常症狀，後世則以癇疾總稱腦機能紊亂的諸症狀；例癲癇。

參考 同「癎」。

常 13 **癖** 形解 形聲；從疒，辟聲。辟有固定不移的意思，所以腹中積食不能消化的毛病為癖。

音義 ㄆㄧˇ 名①一種消化不良的病症，通「痞」。②嗜好；例潔癖。

參考 ①參閱「痞」字條。②同癮，嗜，愛。

▽潔癖、習癖、怪癖、酒癖。

常 13 **癘** 形解 形聲；從疒，蠆省聲。蠆是毒蟲，毒蟲作怪所致的惡病為癘。

音義 ㄌㄧˋ 名①惡瘡；例疥癘。②瘟疫；例疫癘。

▽疫癘、瘴癘、疥癘。

常 13 **癒** 形解 形聲；從疒，愈聲。病好了為癒。

音義 ㄩˋ 動病好了，通「愈」、「瘉」；例痊癒。

參考 參閱「瘉」字條。

▽痊癒、治癒、病癒。

次 13 **癜** 形解 形聲；從疒，殿聲。皮膚病名，膚色異常的疾病為癜。

音義 ㄉㄧㄢˋ 名顏色異常的皮膚病；例紫癜。

次 13 **癤** 形解 形聲；從疒，節聲。節有凸出的意思，所以皮膚發腫潰爛為癤。

音義 ㄐㄧㄝˊ 名局部皮膚和皮下組織的化膿性炎症；例凍癤。

次 13 **癙** 形解 形聲；從疒，鼠聲。鼠有憂患的意思，所以心身憂勞之病為癙。

音義 ㄕㄨˇ 名憂鬱症；例癙憂以痒。

常 14 **癡** 形解 形聲；從疒，疑聲。疑有迷惑的意思，所以呆傻不聰慧為癡。俗作「痴」。

音義 ㄔ 名①呆子；例癡漢。②瘋癲；例癡狂。③迷戀；例書癡。

2 **癡人說夢** ㄔ ㄖㄣˊ ㄕㄨㄛ ㄇㄥˋ ㈠本指對蠢人說荒唐的話，而他竟信以為真。㈡今用以指愚昧的人自己說荒誕不著邊際的言論。

參考 與「白日作夢」有別：前者是著重於「說話荒誕」；後者是幻想根本不能實現的事情，著重於「癡心妄想」。

4 **癡心妄想** ㄔ ㄒㄧㄣ ㄨㄤˋ ㄒㄧㄤˇ 形容一心想著不能實現、不合實際的事。

參考 與「胡思亂想」有別：前者指癡呆的心思、荒謬的想法；後者指胡亂地想。

7 **癡呆** ㄔ ㄉㄞ ㈠癡迷呆笨，多用作貶損的意思。㈡醫一種心智減退情況的總稱。又作「癡騃」。

8 **癡肥** ㄔ ㄈㄟˋ 軀體臃腫而難看。用作貶損的意思。

10 **癡迷** ㄔ ㄇㄧˊ 呆傻的執著、沉迷而不覺悟。

11 **癡情** ㄔ ㄑㄧㄥˊ 癡迷於不捨的戀情。多是一方的單戀。

參考 衍 癡情郎。

▽愚癡、白癡、呆癡。

㊅ 14 **癟** 形解 形聲；從疒，鷩聲。鳥類乾枯而不能飛的病爲癟。

音義 ㄅㄧㄝˇ 名 田禾熟而不結穀粒的病。動 凹下，不飽滿；例 球癟了。

ㄆㄧㄝ 動 不能飛。

㊥ 15 **癢** 形解 形聲；從疒，養聲。皮膚受到些微刺激必須搔抓之後才感到快意的感覺爲癢。

音義 ㄧㄤˇ 名 皮膚或黏膜受到刺激而產生需要搔擦的感覺；例 隔靴搔癢。

▽不關痛癢、隔靴搔癢。

㊥ 15 **癥** 形解 形聲；從疒，徵聲。徵有收斂的意思，所以肚中飲食不消化以致斂結成塊的病爲癥。

音義 ㄓㄥ 名 醫 中醫指腹腔中結硬塊的病；例 肉癥。

12 **癥結** ㄓㄥ ㄐㄧㄝˊ (一)醫 腹內氣鬱不散，結成硬塊的病。(二)比喻事情的糾葛或問題所在。例 洞見癥結。(三)比喻病根的所在。

參考 與「關鍵」有別：前者偏指事物中的主要問題所在，一般指影響或妨礙事物正常發展的部分，是需要去掉的；後者本義指門閂、鎖鑰之類東西，引申指事物中最緊要之點。一般指事物的發展變化、成功或失敗起主要作用的部分。

㊥ 16 **癩** 形解 形聲；從疒，賴聲。賴有附著不去的意思。所以全身皮膚上發生斑點的傳染病爲癩。

音義 ㄌㄞˋ 名 ①癩病，惡性傳染病，即麻瘋。②因生癬疥而致毛髮脫落的病；例 癩子。形 ①惡劣的；例 事情有好有癩。②像生了癩似的；例 癩蛤蟆想吃天鵝肉。

15 **癩蝦蟆** ㄌㄞˋ ㄏㄚˊ ˙ㄇㄚ 動 即「蟾蜍」，似青蛙而較大，皮上有疙瘩，體呈灰褐色，有臭味。其耳後腺與皮膚分泌物可製成蟾酥，可入藥。

癩蝦蟆想喫天鵝肉 ㄌㄞˋ ㄏㄚˊ ˙ㄇㄚ ㄒㄧㄤˇ ㄔ ㄊㄧㄢ ㄜˊ ㄖㄡˋ 比喻不自量力，妄作非分之想。喫，同「吃」；肉，又作「屁」。

㊥ 17 **癮** 形解 形聲；從疒，隱聲。隱微之嗜好久而成癖不能遽去之的毛病爲癮。

音義 ㄧㄣˇ 名 嗜好；例 煙癮。

參考 ①「癮」與「癖」都有嗜好的意思，習慣上用法有別：如「煙癮」、「酒癮」不作「癖」；「怪癖」、「潔癖」不作「癮」。②同 癖。

㊥ 17 **癬** 形解 形聲；從疒，鮮聲。有傳染性而且會發癢的一種皮膚病。

音義 ㄒㄧㄢˇ 名 醫 皮膚因感染黴菌所引起的局部發癢的症狀，有白癬、黃癬、紅癬、牛皮癬等；例 頭癬。

9 **癬疥** ㄒㄧㄢˇ ㄐㄧㄝˋ 癬、疥是兩種皮膚病。也可用來比喻作危害還很輕的小禍患。

㊅ 17 **癭** 形解 形聲；從疒，嬰聲。嬰本爲纏繞在頸的意思，所以頸上長瘤爲癭。

音義 ㄧㄥˇ 名 ①脖子上的囊瘤；例「發憤生癭。」②樹木上突起的異常組織；例「長歌敲柳癭。」③失音病，通「瘖」；例 禿與癭人。

㊅ 18 **癰** 形解 形聲；從疒，雝聲。雝有蔽塞的意思，所以蓄膿而腫脹爲癰。

音義 ㄩㄥ 名 皮膚和皮下組織化膿性炎症，有多個膿頭，局部呈腫脹。

10 **癰疽** ㄩㄥ ㄐㄩ 醫 由於血液運行不良，毒質淤積而生的毒瘡。大而淺的爲「癰」，深的爲「疽」，多長在脖子、背部或臀部。

常 19 **癱** 形解 形聲；從疒，難聲。神經障礙，難以運動者爲癱。

音義 ㄊㄢ 名 醫由於神經機能發生障礙，以致身體的某種機能喪失運動功能的病變；例癱瘓。

14 **癱瘓** ㄊㄢ ㄏㄨㄢˋ ㈠醫由於神經機能發生障礙，身體某一部分完全或不完全地喪失運動功能。㈡比喻機構不能正常地進行工作。

參考 與「痲痺」有別：前者指失去運動功能；後者指感覺或運動功能喪失。

常 19 **癲** 形解 形聲；從疒，顚聲。顚有次序倒置的意思，所以精神錯亂的病症爲癲。

音義 ㄉㄧㄢ 名 一種精神錯亂的疾病；例瘋癲。

參考 「癲」與「瘨」音同形似而義別：「癲」特指精神錯亂；「瘨」泛指疾病。

7 **癲狂** ㄉㄧㄢ ㄎㄨㄤˊ 神經錯亂而發狂。

17 **癲癇** ㄉㄧㄢ ㄒㄧㄢˊ 醫由腦部疾患、腦外傷或先天發育不全引起的大腦機能紊亂。大發作時俗稱羊角瘋，突然昏倒，口吐泡沫，意識喪失，全身抽動；小發作時，在數秒內喪失神志，但無抽搐的現象。

▽瘋癲、癡癡癲癲。

【癶部】 ㄅㄛ

常 4 **癸** 形解 象形，象有三鋒的矛形。爲「戣」的初文。

音義 ㄍㄨㄟˇ 名 ①天干的第十位，可用來記時或等第。②生月經；例癸水。③姓。

常 7 **登** 形解 會意；從癶豆。癶爲足，足可表示行動，所以捧豆以進爲登。

音義 ㄉㄥ 名 姓。動 ①上升；例羽化而登仙。②攀援；例「登泰山而小天下」。③成熟；例豐登。④紀錄；例登載。⑤考上；例登科。副 立即；例登時。

參考 ①「登」與「豋」音同形似而義別：「登」有爬升的意思；「豋」爲豆類的飲食禮器。②同升。③反降。④攀凳、橙、鐙、燈、瞪、鄧、磴、嶝、證。

9 **登科** ㄉㄥ ㄎㄜ 科舉時代稱考中進士爲登科。又稱「登第」。

10 **登記** ㄉㄥ ㄐㄧˋ ㈠把人的身分或其他事項記錄在簿冊上。㈡法記載身分、權利義務關係於官方簿冊。如戶籍登記、法人登記、抵押權設定登記。

登時 ㄉㄥ ㄕˊ 立刻、馬上。

登高 ㄉㄥ ㄍㄠ ㈠爬上高處。㈡指陰曆九月九日登高的習俗。

登峯造極 ㄉㄥ ㄈㄥ ㄗㄠˋ ㄐㄧˊ 比喻修養或造詣達到極高的水平。造：到達；極：最高點。

參考 同爐火純青。

11 **登基** ㄉㄥ ㄐㄧ 皇帝即位。

登庸 ㄉㄥ ㄩㄥ ㈠選拔重用人才。庸：用。㈡舊時也用以稱皇帝登位。

登堂入室 ㄉㄥ ㄊㄤˊ ㄖㄨˋ ㄕˋ 比喻學問造詣的次第或造詣很深。又作「升堂入室」。

12 **登報** ㄉㄥ ㄅㄠˋ 把事實或意見發表在報紙上。例登報聲明作廢。

登場 ㄉㄥ ㄔㄤˊ ㈠糧食收割後運到場上。例新穀登場。㈡臨考場。例登場應對。㈢戲劇中人物登上舞臺。例粉墨登場。㈣比喻反面人物登上政治舞臺。

13 **登載** ㄉㄥ ㄗㄞˇ 在報刊雜誌上印刷公布。

參考 同刊載。

17 **登臨** ㄉㄥ ㄌㄧㄣˊ 登山臨水或登高臨下，泛指遊覽山水名勝。

▽攀登、先登、捷足先登、五穀豐登。

常 7 **發** 形解 形聲；從弓，癹聲。癹爲足踏夷草，有起行的意思，所以開弓射箭爲發。

音義 ㄈㄚ 名 ①數量名，射箭一次或子彈一顆；例一發五靶。②姓。動 ①放射；例百發百中。②生長；例發芽。③開始；例發動。④興起；例舜發於畎畝之中。⑤揭露；

例發奸擿伏。⑥啓發；例不憤不啓，不悱不發。⑦發洩；例發脾氣。⑧顯現；例臉色發白。⑨表達；例發議論。⑩付給；例發薪水。

參考 ①同交，付，放，揭。②擊撥、潑。

2 **發人深省** ㄈㄚ ㄖㄣˊ ㄕㄣ ㄒㄧㄥˇ 啓發人們作深刻的思考而自我反省、覺悟。省：思考醒悟。

參考 與「引人深思」有別：二者著重點不同，前者重在反省，後者重在思考。

3 **發凡** ㄈㄚ ㄈㄢˊ 說明全書體例大意的文字，通常放在書前。也常用做書名，指對某一學科的一般介紹，相當於概論。

4 **發毛** ㄈㄚ ㄇㄠˊ 心中疑懼，恐怖。

發引 ㄈㄚ ㄧㄣˇ 出殯時柩車出發，送喪者執紼前導。引：指拉柩車的大索，也就是紼。

5 **發布** ㄈㄚ ㄅㄨˋ 宣布告知。例發布命令。

發刊詞 ㄈㄚ ㄎㄢ ㄘˊ 報紙、雜誌等初次發行時說明本刊宗旨、性質和緣起的文字。例民報發刊詞。

6 **發汗** ㄈㄚ ㄏㄢˋ ①出汗。②醫服藥使出汗。

參考 衍發汗劑。

發行 ㄈㄚ ㄒㄧㄥˊ ㈠出版物經商店或郵局發售到讀者手中的工作。㈡發出新印刷品使廣通行。(如貨幣、郵票、公債等)。

7 **發抖** ㄈㄚ ㄉㄡˇ 身體因寒冷或恐懼而顫抖。

發作 ㄈㄚ ㄗㄨㄛˋ ㈠自內部爆發，物質在體內起作用。例舊病發作。㈡發脾氣。㈢開始動作。

發育 ㄈㄚ ㄩˋ ㈠生物個體在一生發展過程中，構造和機能由簡單到複雜的變化和成長。㈡滋生長養。

發言 ㄈㄚ ㄧㄢˊ ㈠在集會或公眾場合發表意見。㈡說話。

參考 衍發言人、發言權。

發言人 ㄈㄚ ㄧㄢˊ ㄖㄣˊ 代表某機關或團體對外發表言論的人。例國防部軍事發言人。

8 **發放** ㄈㄚ ㄈㄤˋ ㈠分發薪資、財物或施捨救濟的物品。㈡處分發落。

發芽 ㄈㄚ ㄧㄚˊ 植植物的種子或休眠芽，因本身的生理條件和外部環境條件(如水、溫度)的合適，而開始萌發的現象。

發表 ㄈㄚ ㄅㄧㄠˇ 公開宣布。例發表言論。

參考 ①衍發表會。②「發表」、「公布」有別：「發表」和「公布」都有「向大眾宣布」的意思；「發表」是指「個人」向團體表達意見，如：發表政見；「公布」是指政府向人民宣布的政令或條文，如：政府公布法令。這兩個詞有時可以互相替代，如：代表團名單還未正式發表(此例中「發表」可以用「公布」替代)。有時又不可以互相替代，如：「發表聯合聲明」，不可以說成「公布聯合聲明」。

發明 ㄈㄚ ㄇㄧㄥˊ 創造出從前沒有的事物、義理或方法。

參考 ①衍發明家。②與「發現」有別：前者重在創造出前所未有的事物；後者指看到或找到原來就有的而以前未知的事物或規律。

9 **發洩** ㄈㄚ ㄒㄧㄝˋ 藉著其他事物而將內在的情緒、情感、慾望儘量地散發出來。洩，又作「泄」。

10 **發財** ㄈㄚ ㄘㄞˊ 獲得許多錢財而富裕。

發迹 ㄈㄚ ㄐㄧ 指人由隱微而到得志顯通。「迹」又作「跡」。

發起 ㄈㄚ ㄑㄧˇ ㈠首先倡議作某一件事情。㈡發動。例發起反攻。

參考 衍發起人。

發配 ㄈㄚ ㄆㄟˋ 古代刑罰之一，是把犯罪的人押送到邊遠地方去服勞役。

發展 ㄈㄚ ㄓㄢˇ ㈠事物由小到大，由簡到繁，由低級到高級，由舊質到新質的運動變化過程。㈡擴大，進展(如組織、規模)。

參考 衍發展史、發展心理學。

發軔 ㄈㄚ ㄖㄣˋ 拿掉止住車輛的木頭，使車前進。比喻事物的開端，初創。軔：阻止車輛轉動的木頭。

11 **發售** ㄈㄚ ㄕㄡˋ 公開販賣。例新發售。

參考 同發端。

發問 ㄈㄚ ㄨㄣˋ 提出問題請人解

答。

發掘 ㄈㄚ ㄐㄩㄝˊ ㈠把潛藏的東西挖掘出來。例發掘新人。㈡田野考古學指將埋藏在地下的古物、遺址、墓葬挖開掘出。

發條 ㄈㄚ ㄊㄧㄠˊ 一種螺旋狀的彈性鋼條，可以轉緊而產生動力，藏於鐘錶、玩具中。

發情 ㄈㄚ ㄑㄧㄥˊ 母畜(獸)卵子成熟前後，生理上要求交配的現象。

參考 ①衍發情週期。②同思春。

發票 ㄈㄚ ㄆㄧㄠˋ 商㈠商店開給買方的一種憑單。上記載貨物品名、數量和價格等，政府依據此課稅。又稱發單。㈡對外貿易中，指出口商簽發給進口商，以證明發運商品數量辦理押滙的證件。

發動 ㄈㄚ ㄉㄨㄥˋ ㈠車、船、馬達等開始運轉而產生動力。㈡開始行動。例發動攻擊。

參考 衍發動機。

發現 ㄈㄚ ㄒㄧㄢˋ 本有的事物或規律，經過探索、研究，才開始知道。

參考 ①與「發覺」有別：前者偏於外在感官的知道；後者偏指用內心的察覺，有時可互用。②「發現」、「發明」有別：「發現」是指原來就有的事物被找出或看到，可用於抽象也可用在具體方面，如：牛頓發現了萬有引力。「發明」是創造新的東西，偏重在實物，如：愛迪生發明了電燈。

發祥地 ㄈㄚ ㄒㄧㄤˊ ㄉㄧˋ ㈠舊指帝王出生或創業的地方。㈡今泛指民族、文化、革命等的起源或建立基業的地方。例黃河流域是我國古文明的發祥地。

12 **發散** ㄈㄚ ㄙㄢˋ ㈠物氣體、光線等由某一點向四方散開。㈡醫中醫指用發汗藥物把體內的熱散發出來。

發揮 ㄈㄚ ㄏㄨㄟ ㈠把事物的內在因素充分表現出來。㈡把意思和道理充分表達出來。例發揮題旨。

參考 與「發揚」有別：前者指內在的潛力或意思、道理得到充分地表達和發展；後者指某些好的事物進一步的擴展、傳揚。

發揚 ㄈㄚ ㄧㄤˊ ㈠在原有的基礎上發展、擴大和提高。㈡威武鷹揚的樣子。例發揚蹈厲。

13 **發源** ㄈㄚ ㄩㄢˊ ㈠河流的起源。㈡比喻事物的開端。

發落 ㄈㄚ ㄌㄨㄛˋ ㈠處分，處置。例從輕發落。㈡派遣。例聽候發落。

發達 ㄈㄚ ㄉㄚˊ ㈠事業興盛、進步、開展。例工業發達。㈡事物已有充分發展。例四肢發達。㈢發揚顯達。例他近些年發達起來了。

發電 ㄈㄚ ㄉㄧㄢˋ ㈠工用機械力量產生電力。例核能發電。㈡拍發電報。

參考 衍發電機、發電廠。

發號施令 ㄈㄚ ㄏㄠˋ ㄕ ㄌㄧㄥˋ 發布命令，下達指示。

參考 與「頤指氣使」都形容傲慢地指揮別人，但有別：前者偏重於「指揮」，後者偏重於指揮別人時的傲慢態度；且「發號施令」有發布「具體」的命令之意；「頤指氣使」則沒有。

14 **發福** ㄈㄚ ㄈㄨˊ 稱人發胖。

發端 ㄈㄚ ㄉㄨㄢ 開始，開頭。

發榜 ㄈㄚ ㄅㄤˇ 考試後將被錄取者的名單公布出來。又作「放榜」。

發誓 ㄈㄚ ㄕˋ ㈠立下誓言而不違背。㈡表示決心。例我發誓要戒賭。

參考 同賭咒，發咒。

發酵 ㄈㄚ ㄒㄧㄠˋ ㈠生生物或離體的酶分解糖類，產生乳酸或酒精和二氧化碳等的作用。㈡泛指一般利用微生物(如酵母菌)製造工業原料或工業產品的過程。

15 **發標** ㄈㄚ ㄅㄧㄠ 方擺架子，發脾氣，胡鬧一陣。

參考 ①又稱「發標勁」。②與「招標」有別：後者指一工程公開由包商估價後，給條件最好估價最低的包商承建。

發憤 ㄈㄚ ㄈㄣˋ 下定決心，振奮精神。

參考 ①衍發憤圖強、發憤忘食。②參閱「發奮」條。

發憤圖強 ㄈㄚ ㄈㄣˋ ㄊㄨˊ ㄑㄧㄤˊ 決心奮鬥，謀求強盛。圖：謀求。

又作「發奮圖强」。
16 **發奮** ㄈㄚ ㄈㄣˋ 振作起來。
參考 與「發憤」意近，而有別：後者指受刺激後，下定決心，振奮精神，偏於內心的自强；前者偏重在興起、振作、盡力的意思，且可顛倒作「奮發」。
18 **發蹤指示** ㄈㄚ ㄗㄨㄥ ㄓˇ ㄕˋ ㈠獵人發現野獸的蹤跡，指示獵狗跟蹤追擊。㈡比喻在後面指揮操縱。
19 **發願** ㄈㄚ ㄩㄢˋ ㈠立下志願。㈡向神許立心願。
發難 ㄈㄚ ㄋㄢˋ ㈠首先反動反抗或起事。㈡問難，發起質問責難。
參考 同起義。
20 **發覺** ㄈㄚ ㄐㄩㄝˊ ㈠事情、陰謀或罪跡被人發現、察覺。㈡發現先前所沒有察覺的情況。
參考 參閱「發現」條。
22 **發聾振聵** ㄈㄚ ㄌㄨㄥˊ ㄓㄣˋ ㄎㄨㄟˋ 聲音很大，能使聾人都聽得到。比喻言論或文章能使人清醒感奮的作用。聵：耳聾。
▽開發、啓發、激發、出發、蒸發、突發、爆發、奮發、連發、分發、告發、風發、核發、打發、頒發、自動自發、一觸即發、東窗事發、容光煥發、意氣風發、彈無虛發。

【白部】ㄅㄞˊ

常 0 **白** 形解  象形；象米粒形。
音義 ㄅㄛˊ 名 ①像霜雪的顏色；例雪白。②古稱罰酒用的杯子；例飛觴舉白。③姓。動 ①陳述；例稟白。②戲劇中的對話；例獨白。③天亮；例不知東方之既白。④清楚；例眞相大白。形 ①白色的；例白花。②乾淨的；例潔白。③淺顯的；例白話。④直率；例坦白。⑤錯誤的；例白字。⑥哀喪的；例紅白事。副 ①徒然；例白忙。②不付代價而享有地；例白吃白喝。
參考 ①語音爲ㄅㄞˊ。②同素，皓。③孳 伯、泊、柏、迫、拍、帛、舶、魄、怕、碧、箔。
3 **白刃** ㄅㄛˊ ㄖㄣˋ 鋒利發光的刀劍。例空手入白刃。
4 **白手** ㄅㄞˊ ㄕㄡˇ 空手，沒有一物。例白手起家。
白手起家 ㄅㄞˊ ㄕㄡˇ ㄑㄧˇ ㄐㄧㄚ 形容不靠先人餘蔭，而靠自己的力量創立起一番事業。又作「白手興家」。
白日夢 ㄅㄞˊ ㄖˋ ㄇㄥˋ 比喻作不切實際的幻想。
白內障 ㄅㄞˊ ㄋㄟˋ ㄓㄤˋ 醫 眼球內晶狀體全部或部分混濁，分先天性、後天性兩種。後天以老年患者爲多，也有因其他眼病或外傷引起的。
5 **白皮書** ㄅㄞˊ ㄆㄧˊ ㄕㄨ 政 一些國家(如英、美、葡、日)政府部門或會議，正式發表的重要文件或報告書的封面有慣用的顏色，其封面爲白色的爲白皮書。多用於外交文件。
6 **白字** ㄅㄞˊ ㄗˋ 猶別字。即筆畫錯誤或誤寫音同義異的字。
8 **白夜** ㄅㄞˊ ㄧㄝˋ 指四九度以上的高緯度地區，由於地軸偏斜和地球自轉、公轉的關係，有時黃昏還沒有過去就接著呈現黎明的現象。
白居易 ㄅㄞˊ ㄐㄩ ㄧˋ 人 唐代中期詩人，字樂天，號香山居士，下邽(今陝西渭南)人。中進士後曾任左拾遺等職。文學創作上倡導新樂府運動，提出「文章合爲時而著，歌詩合爲事而作」的主張。文字通俗平易，老嫗都解。著有白氏長慶集。
11 **白眼** ㄅㄞˊ ㄧㄢˇ 用白眼珠看人，表示輕視或厭惡。晉阮籍能爲青白眼。
白帶 ㄅㄞˊ ㄉㄞˋ 醫 婦女陰道中流出的白色粘液。
白雪公主 ㄅㄞˊ ㄒㄩㄝˇ ㄍㄨㄥ ㄓㄨˇ ㈠美國狄斯耐大師所創造的卡通人物，講白雪公主與七個小矮人的故事，廣受世界小朋友的歡迎和喜愛。㈡今比喻男子心目中所理想的女伴侶。
參考 反 白馬王子。
12 **白皙** ㄅㄛˊ ㄒㄧ 稱容貌、皮膚的潔白。皙：皮膚色白。

白描㈠ㄅㄛˊ ㄇㄧㄠˊ 國畫畫法技巧之一。用墨線勾描物像，不著顏色的畫法，多用於人物畫。創自唐代。又稱「鉤勒」。㈡ㄅㄞˊ ㄇㄧㄠˊ 指文學創作上的一種表現手法，即使用簡鍊的筆墨，不加烘托，而刻畫出鮮明生動的形象。

白費 ㄅㄞˊ ㄈㄟˋ 徒然花費，多指投下心力或錢財，卻一無所得。

參考 與「浪費」有別：後者指過度地花費於不必要的事物上。

白雲蒼狗 ㄅㄛˊ ㄩㄣˊ ㄘㄤ ㄍㄡˇ 比喻世事變化萬端。蒼狗：猶「蒼穹」，指天空。

參考 同蒼海桑田。

13 白搭 ㄅㄞˊ ㄉㄚ 徒然，白費。

白煤 ㄅㄞˊ ㄇㄟˊ 因水力可以發電，故稱水力爲白煤。

白話 ㄅㄞˊ ㄏㄨㄚˋ ㈠通俗淺明的話語。與「文言」相對。㈡沒有效果或沒有信用的話。例空口說白話。

白話文 ㄅㄞˊ ㄏㄨㄚˋ ㄨㄣˊ 是以接近口語來抒寫的文體，優點爲平易近人，人人皆懂。缺點是易受時代變遷影響而不能傳之久遠。與「文言文」相對。又稱「語體文」。

15 白熱化 ㄅㄞˊ ㄖㄜˋ ㄏㄨㄚˋ 形容事態發展到最緊張的階段。

白駒過隙 ㄅㄛˊ ㄐㄩ ㄍㄨㄛˋ ㄒㄧˋ 本意指如同白色的馬在狹小的縫隙前飛跑，轉眼就過去了。形容時間過得極快。

18 白璧無瑕 ㄅㄛˊ ㄅㄧˋ ㄨˊ ㄒㄧㄚˊ 潔白的玉石上沒有一點斑點。比喻完美而沒有缺點。

19 白蟻 ㄅㄞˊ ㄧˇ 動害蟲之一，比螞蟻大，羣居，口器發達，蛀食木料，危害房屋、樹木、橋樑、枕木等。

白癡 ㄅㄞˊ ㄔ ㈠智能低下，舉動遲鈍，嚴重患者不能自理生活。㈡指智力極低下的人。

21 白露 ㄅㄛˊ ㄌㄨˋ 節氣名，在陽曆九月八日前後，白露以後，我國大部分地區氣溫顯著的下降。

白蘭地 ㄅㄞˊ ㄌㄢˊ ㄉㄧˋ 外酒名，用葡萄、蘋果等的汁，經發酵、蒸餾而製成。酒精含量三八—四三%。

22 白癬 ㄅㄞˊ ㄒㄧㄢˇ 醫生於幼兒頭部的皮膚病，能使毛髮脫落，係由黴菌所引起。

▽潔白、黑白、自白、太白、獨白、表白、明白、蒼白、清白、對白、坦白、不白、搶白、泛白、李白、黃白、空白、不分皂白、不明不白、顛倒黑白、眞相大白、不分青紅皂白。

常 1

百

形解 會意；從一白。白是告白，一是明定其界，十與十自乘之數爲百。

音義 ㄅㄞˇ 名①數目名，十的十倍。②姓。形①衆多的；例百川灌河。②泛指一切；例百爾君子。副完全；例百無禁忌。

參考 ①擘佰、陌、貊。②數目名大寫時作「佰」，如佰元大鈔。

3 百工 ㄅㄞˇ ㄍㄨㄥ ㈠指各種行業的手藝工匠。㈡指許多官吏。

百口莫辨 ㄅㄞˇ ㄎㄡˇ ㄇㄛˋ ㄅㄧㄢˋ 即使長了一百張嘴，也不能辯白清楚。比喻無可辯解。

4 百日咳 ㄅㄞˇ ㄖˋ ㄎㄜˊ 醫由百日咳桿菌引起的呼吸道急性傳染病。

百孔千瘡 ㄅㄞˇ ㄎㄨㄥˇ ㄑㄧㄢ ㄔㄨㄤ 原形容到處都是漏洞，後也比喻局勢敗壞或破壞嚴重，已到了不可收拾的地步。

百尺竿頭 ㄅㄞˇ ㄔˇ ㄍㄢ ㄊㄡˊ 原是佛教用來比喻佛道修養永無止境。後比喻已到了極高處，還須更進一步，方能成功。例百尺竿頭，更進一步。

6 百年大計 ㄅㄞˇ ㄋㄧㄢˊ ㄉㄚˋ ㄐㄧˋ 關係到長遠利益的計劃或措施。

7 百折不撓 ㄅㄞˇ ㄓㄜˊ ㄅㄨˋ ㄋㄠˊ 比喻意志堅强，不論受多少挫折都不屈服。撓：彎曲、屈服。又作「百折不回」。

參考 「百折不撓」、「不屈不撓」的「撓」字常常誤寫作「饒」，誤讀作ㄖㄠˊ。

百步穿楊 ㄅㄞˇ ㄅㄨˋ ㄔㄨㄢ ㄧㄤˊ 相傳春秋時楚國的將領養由基，善於射箭，能射中一百步外楊柳樹的葉子。後用以形容槍法箭法非常準確。

參考 同百發百中。

9 **百科全書** ㄅㄞˇ ㄎㄜ ㄑㄩㄢˊ ㄕㄨ 以辭典形式編排的大型參考書，是完備的科學文化知識之滙編。搜集各科專門術語、重要名詞(人名、地名、物名、事件名稱等)，分列條目，加以詳細、系統和全面的敍述說明，並附有圖片和參考書目；例大英百科全書。

參考 依內容而分，有包羅萬象的綜合性的百科全書，也有專科性的百科全書，如醫學百科全書，工程技術百科全書等。

百思不解 ㄅㄞˇ ㄙ ㄅㄨˋ ㄐㄧㄝˇ 經過反覆思考，還是不能理解。

10 **百般** ㄅㄞˇ ㄅㄢ 形容用多種方法。例百般刁難。

參考 同各式，各樣。

百家 ㄅㄞˇ ㄐㄧㄚ (一)泛指各家學說。例諸子百家。(二)多數人家。

參考 衍百家姓、百家爭鳴。

百家姓 ㄅㄞˇ ㄐㄧㄚ ㄒㄧㄥˋ 書我國舊時流行於村塾的識字課本。相傳爲北宋時編，作者不可考。收集四百零八個單姓和三十個複姓，按四字一句，隔句押韻編成。

百家爭鳴 ㄅㄞˇ ㄐㄧㄚ ㄓㄥ ㄇㄧㄥˊ 指我國戰國時期，學術思想百家林立，互相爭辯的現象。著名的有儒、道、墨、名、法、陰陽、縱橫、農、雜家等，促成學術蓬勃發展。

12 **百無聊賴** ㄅㄞˇ ㄨˊ ㄌㄧㄠˊ ㄌㄞˋ 形容生活枯燥，毫無意義。聊賴：憑藉，依賴。

參考 同無聊萬分。

13 **百感交集** ㄅㄞˇ ㄍㄢˇ ㄐㄧㄠ ㄐㄧˊ 形容許多不同的感觸交織在一起。

14 **百聞不如一見** ㄅㄞˇ ㄨㄣˊ ㄅㄨˋ ㄖㄨˊ ㄧ ㄐㄧㄢˋ 聽到一百次不如親眼看到一次，形容耳朵聽到的不如親眼看到的可靠。

百弊叢生 ㄅㄞˇ ㄅㄧˋ ㄘㄨㄥˊ ㄕㄥ (一)毛病衆多。(二)發生了許多缺失或弊端。

參考 同百病叢生。

15 **百廢俱興** ㄅㄞˇ ㄈㄟˋ ㄐㄩˋ ㄒㄧㄥ 許多原來荒廢了的事情，都興辦起來。

16 **百戰百勝** ㄅㄞˇ ㄓㄢˋ ㄅㄞˇ ㄕㄥˋ 形容善於作戰，每戰必勝，所向無敵。

參考 反屢戰屢敗。

▽半百、殺一儆百、以一警百、年近半百、懲一儆百、一傳十十傳百。

常 2

皂

形解  字本作「草」：形聲；從艸，早聲。櫟木所結的果實，其汁可染物成黑色。俗作「皁」，亦作「皀」。

音義 ㄗㄠˋ 名 可以去汚的用品；例肥皂。

參考 ①「皂」與「皁」皆「草」之俗字，然而後世使用有所不同。「皂」字專用爲肥皂之皂，「皁」字則表櫟實，引申而爲染黑的意思。「皂」、「皁」故偶亦有通用之處：如「青紅皂白」的「皂白」亦作「皁白」。②「皂」與「皀」(音 ㄅㄧˋ)形似而音義不同；「皂」爲肥皂之皂；「皀」爲穀物馨香的意思。

次 2

皁

形解 字本作「草」，俗作「皁」，亦作「皂」。

音義 ㄗㄠˋ 名 ①古賤役；例士、臣、皁。②馬廄；例牛驥同一皁。③供洗濯去汚的用品；例肥皁。形 ①穀實初結成的狀態；例既方既皁。②黑色的；例皁布。

參考 亦作「皂」，參閱「皂」字條。

5 **皁白** ㄗㄠˋ ㄅㄞˊ (一)黑色和白色。(二)事情的是非。例不分青紅皁白。又作「皀白」。

12 **皁帽** ㄗㄠˋ ㄇㄠˋ 黑色的帽子。例皁帽布裙，安貧樂道。

常 3

的

形解 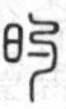 本字作「旳」：形聲；從日，勺聲。勺聲亦有明的意思，所以大明爲旳。俗作「的」。

音義 ㄉㄧˋ 名 ①箭靶的中心；例衆矢之的。②欲達到的目標；例目的。形 鮮明的；例的歷。

ㄉㄧˊ 形 可靠的；例的確。副 眞正地；例「掩妝無語，的是銷擬處。」

˙ㄉㄜ 形 ①形容詞語尾；例年輕的。②表人稱；例讀書的。介 表所有格；例我們的國歌。助置於句末；例這是免不了的。

參考「底」與「的」當作介詞時，多有所屬的意思，如我的母親。此「的」也可寫作「底」。然今多用「的」來表示。

13 **的當** ㄉㄧˋ ㄉㄤˋ ㈠恰當，妥貼。㈡正確，確實。

▽端的、中的、目的、標的、一語中的、一語破的、衆矢之的、毫無目的。

常 4 **皆** 形解 會意；從比，從白。比爲並，白爲自我，所以並同自我爲皆。

音義 ㄐㄧㄝ 形普遍的；例「降福孔皆。」副①都；例「人皆可以爲堯舜。」②一同，通「偕」；例皆行。

參考 ①同都，全，盡。②「皆」字爲「比」下從白，而「坒」字則是「比」下從土，二者音義不同。

3 **皆大歡喜** ㄐㄧㄝ ㄉㄚˋ ㄏㄨㄢ ㄒㄧˇ 事情做得圓滿周到，使人人都高興滿意。

▽悉皆、一皆、全皆。

常 4 **皇** 形解 會意；從自王。大君爲皇。俗作皇。

音義 ㄏㄨㄤˊ 名①君主；例三皇五帝。②姓。動①匡正；例四國是皇。②閑暇，通「遑」；例皇恤我後。形①偉大的；例皇天后土。②莊嚴的；例「賓入門皇。」③輝煌的；例「朱芾斯皇。」④敬稱祖先的；例皇考。

參考 ①「皇」與「王」有別：「皇」與「王」都有君主和偉大的意思，習慣上「皇家」、「皇天」不作「王」，「國王」不作「皇」。②「皇」、「黃」同音而與「王」音異，從「黃」或「皇」得聲的字多唸ㄏㄨㄤˊ，如：簧、磺、蝗、凰等是。

3 **皇上** ㄏㄨㄤˊ ㄕㄤˋ 舊時臣子對皇帝的稱呼。

4 **皇天** ㄏㄨㄤˊ ㄊㄧㄢ 高大的天。常與「后土」併用，合稱天地。例皇天后土。

6 **皇后** ㄏㄨㄤˊ ㄏㄡˋ 天子的正妻。古時只稱「后」，秦以後天子稱「皇帝」，后因此也稱「皇后」。

皇考 ㄏㄨㄤˊ ㄎㄠˇ ㈠古代稱曾祖爲皇考。㈡父祖的通稱。㈢宋代以前，一般尊稱亡父爲皇考；元代以後，用爲皇帝亡父的專稱。

7 **皇妣** ㄏㄨㄤˊ ㄅㄧˇ 尊稱已逝去的母親。

皇皇 ㄏㄨㄤˊ ㄏㄨㄤˊ ㈠彷徨，恐懼而不安的樣子。同「惶惶」。㈡匆匆忙忙。同「遑遑」。㈢形容美盛顯明的樣子。例皇皇巨著。

17 **皇儲** ㄏㄨㄤˊ ㄔㄨˊ 即皇太子。

▽玉皇、三皇、上皇、天皇、保皇、堂皇、倉皇、倉倉皇皇、冠冕堂皇、富麗堂皇。

常 4 **皈** 形解 會意；從白從反。歸類爲皈。

音義 ㄍㄨㄟ 動歸類，通「歸」；例皈依。

參考 ①皈字從白從反，卻不可讀ㄈㄢˇ。②「皈」與「叛」形似而音義不同：「皈」，有依順的意思；「叛」，有抗逆的意思。

8 **皈依** ㄍㄨㄟ ㄧ ㈠宗佛教的入教儀式。表示對佛、法（教義）、僧三者歸順依附，故又稱「三皈依」。㈡泛指全心全意地信奉佛教或參加其他宗教組織。又作「歸依」。

次 5 **臯** 形解 會意；從白本，本有疾進的意思，所以白氣上升爲臯。俗作「皐」。

音義 ㄍㄠ 名①沼澤；例九臯。②近水邊的高地；例江臯。③水田；例東臯。④姓。形通「高」；例天子臯門。ㄏㄠˊ 動呼喚而告訴，通「嘷」、「嗥」；例「詔來瞽臯舞。」

參考 又作「皋」、「皐」。

4 **臯比** ㄍㄠ ㄆㄧˊ ㈠虎皮。㈡任教。㈢武將的座席。

常 6 **皎** 形解 形聲；從白，交聲。月色潔白明亮爲皎。

音義 ㄐㄧㄠˇ 名姓。形潔白光明的；例「月出皎兮。」

15 **皎潔** ㄐㄧㄠˇ ㄐㄧㄝˊ 明亮潔白。例皎潔的月色。

(常) 7 **皖** [形解] 形聲；從白，完聲。完全白色，所以明亮為皖。
[音義] ㄨㄢˇ [名] ①[地]春秋時國名，在今安徽潛山縣北。②[地]「安徽省」的簡稱；(例)皖派。③姓。
[參考] 又音ㄏㄨㄢˇ。

(常) 7 **皓** [形解] 形聲；從白，告聲。告有告白的意思，所以潔白為皓。
[音義] ㄏㄠˋ [名]姓。[形]①光明的；(例)皓月。②潔白的；(例)皓齒。
[參考]「皓」與「晧」音同形似而義別：「晧」，有光明的意思；「皓」，有白色的意思。
9 **皓首** ㄏㄠˋ ㄕㄡˇ 滿頭白髮，指老年人。
12 **皓皓** ㄏㄠˋ ㄏㄠˋ ㈠潔白的樣子。㈡盛大的樣子。
15 **皓齒** ㄏㄠˋ ㄔˇ 潔白的牙齒。(例)明眸皓齒。

(次) 7 **皕** [形解] 會意；從二百。二百為皕。
[音義] ㄅㄧˋ [名]二百；(例)皕宋樓。

(次) 8 **晳** [形解] 形聲；從白，析聲。皮膚潔白為晳。俗作「晰」。
[音義] ㄒㄧ [形]①皮膚潔白；(例)白晳。②[植]棗名。③明白清楚，同「晰」；(例)明晳。

(常) 10 **皚** [形解] 形聲；從白，豈聲。豈有大的意思，白是潔白，霜雪白遍大地，所以大白為皚。
[音義] ㄞˊ [形]潔白的；(例)「皚如山上雪，皎若雲間月。」
[參考]「皚」從豈，但不可讀成ㄑㄧˇ，也不讀作ㄎㄞˇ。
15 **皚皚** ㄞˊ ㄞˊ 潔白的樣子。

(次) 10 **皜** [形解] 形聲；從白，高聲。白色為皜。
[音義] ㄏㄠˋ [副]潔白地；(例)「皜皜乎不可尚已。」
[參考]「皓」的異體字。

(次) 10 **皞** [形解] 形聲；從白，皋聲。皋有大的意思，所以大白為皞。
[音義] ㄏㄠˋ [名]姓。[形]①白色或明亮的。②廣大的，通「昊」；(例)皞天。[副]心情舒暢地；(例)「皞皞如也。」
[參考] 又作「皡」。

(次) 12 **皤** [形解] 形聲；從白，番聲。番有分別意思，所以老人鬚髮盡白為皤。
[音義] ㄆㄛˊ [動]變成白色；(例)「換盡朱顏兩鬢皤。」[形]皤皤，豐多的。[副]雪白的樣子；(例)「髮白皤然。」

(次) 13 **皦** [形解] 形聲；從白，敫聲。玉石的白光為皦。
[音義] ㄐㄧㄠˇ [名]姓。[形]①玉石的白。②明亮的；(例)皦日。[副]①潔白地；(例)皦潔。②清晰地；(例)皦如。
[參考] 同皎。
4 **皦日** ㄐㄧㄠˇ ㄖˋ 明亮的太陽。

(次) 17 **皭** [形解] 形聲；從白，爵聲。潔白為皭。
[音義] ㄐㄧㄠˋ [副]潔白地；(例)「皭然泥而不滓者也。」

【皮部】ㄆㄧ

(常) 0 **皮** [形解] 象形；乛象獸身，ㄋ象其皮，ヨ為手，象用手剝取獸革形。
[音義] ㄆㄧˊ [名]①動植物的表層組織，具有保護等作用；(例)獸皮。②獸皮製成的靶；(例)「射不主皮。」③很薄的物體；(例)豆腐皮。④表面，通常指容積或大小；(例)地皮。⑤包在外面的東西；(例)書皮。⑥姓。[形]①皮革的；(例)皮包。②頑皮的；(例)這小孩眞皮。③膚淺的；(例)皮相。
4 **皮毛** ㄆㄧˊ ㄇㄠˊ ㈠泛稱禽獸的皮和毛。㈡比喻事物的表面或膚淺不深刻的學識。(例)略知皮毛。
9 **皮革** ㄆㄧˊ ㄍㄜˊ 用獸的皮毛製成的熟皮，可製作器物。
12 **皮黃** ㄆㄧˊ ㄏㄨㄤˊ 戲曲聲腔。西皮

和二黃的合稱。京劇在皮黃系統中流傳最廣，因此皮黃有時也專指京劇。

皮開肉綻 ㄆㄧˊ ㄎㄞ ㄖㄡˋ ㄓㄢˋ 皮肉都裂開了。形容被打得傷勢極重。綻：開裂。

13 **皮裏陽秋** ㄆㄧˊ ㄌㄧˇ ㄧㄤˊ ㄑㄧㄡ 指表面上不作任何批評而心裏卻有所褒貶。參考 晉書・褚裒傳本作「皮裏春秋」，因晉簡文帝后名阿春，因避諱而改「春」爲「陽」。

15 **皮膚** ㄆㄧˊ ㄈㄨ 生 覆蓋在身體表面的組織，分表皮、眞皮、內皮三層。皮膚有感覺和保護身體、調節體溫、排泄廢物等機能。毛髮、指(趾)甲、汗腺等爲皮膚的附屬物。

皮膚病 ㄆㄧˊ ㄈㄨ ㄅㄧㄥˋ 醫 生在皮膚表面的病，其症狀多爲紅腫、癢、過敏、潰爛等，有些有傳染性，如疥瘡、香港腳、溼疹等。

皮影戲 ㄆㄧˊ ㄧㄥˇ ㄒㄧˋ 用燈光把獸皮等做成的人物剪影照射在白色的幕上，表演故事。表演者在幕後操縱剪影、演唱，並配合音樂。又作「影戲」、「燈影」。

▽表皮、臉皮、羊皮、樹皮、面皮、果皮、鐵皮、書皮、頑皮、毛皮、獸皮、人工皮、羊質虎皮、與虎謀皮、雞毛蒜皮、人有臉樹有皮、食其肉而寢其皮、人死留名虎死留皮。

常 5 **皰** 形解  形聲；從皮，包聲。包有包裹的意思，所以面皮生小瘡爲皰。

音義 ㄆㄠˋ 名 生 因內分泌失調而使皮膚上生的小疙瘩；例 面皰。

參考 「皰」字從包，卻不可讀成ㄅㄠ。

常 7 **皴** 形解 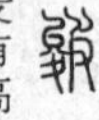 形聲；從皮，夋聲。夋有高的意思，所以表皮隆起爲皴，即今之疙瘩。

音義 ㄘㄨㄣ 名 ①皮膚上積存的泥垢；例 幾天沒洗澡，一身都皴了。②國畫畫法之一。動 肌膚因受凍而裂開；例「手腳凍皴皮肉死。」

參考 「皴」與「皺」音義不同：「皴」，指皮膚上積存的泥垢；「皺」，褶紋。

8 **皴法** ㄘㄨㄣ ㄈㄚˇ 藝 國畫技巧的一種，多以淡墨和乾墨用側鋒和中鋒來表現山石樹身的脈絡、紋理、明暗、向背。

次 9 **皸** 形解 形聲；從皮，軍聲。軍有攻擊突圍的意思，所以皮膚破裂爲皸。

音義 ㄐㄩㄣ 動 手足的皮膚因寒冷或乾燥而破裂；例 皸裂。

常 10 **皺** 形解 形聲；從皮，芻聲。芻有聚的意思，所以面皺爲皺。

音義 ㄓㄡˋ 名 ①皮膚因肌肉鬆弛而生的紋路；例 皺紋。②因褶壓而生的痕紋；例 皺褶。動 緊蹙；例 皺眉頭。

參考 ①參閱「皴」字條。②「皺」與「縐」音同形似而義不同：「皺」，指褶紋；「縐」，指一種絲織品。③同 蹙。④反 平。

10 **皺紋** ㄓㄡˋ ㄨㄣˊ ㈠臉或皮膚，因年老肌肉組織鬆弛而產生的褶紋。㈡泛稱東西表面的褶紋。

次 11 **皻** 形解 形聲；從皮，虘聲。虘有剛燥的意思，所以鼻子上長刺隆起爲皻。

音義 ㄓㄚ 名 面部或鼻上所生的小瘡粒，同「皺」。

次 13 **皽** 形解 形聲；從皮，亶聲。亶有厚的意思，所以皮上的膜爲皽。

音義 ㄓㄢˇ 名 皮肉上的薄膜；例 去其皽。

【皿部】 ㄇㄧㄣˇ

常 0 **皿** 形解  象形；上象容物之處，中是其體，下係其底座形。指器皿。

音義 ㄇㄧㄣˇ 名 一種廣口而底淺的容器；例 器皿。

參考 ①「皿」與「血」字有別：如

「血液」不可作「皿液」；而「器皿」不可誤作「器血」。②㊥孟、蜢、猛、艋。

㊥3 **盂** 形解 [篆] 形聲；從皿，于聲。于爲吐氣，皿是器皿，盛湯水的器皿爲盂。

音義 ㄩˊ 名①用以盛液體或固體物質的圓形容器；例缽盂。②地春秋地名，在今河南睢縣。

參考「盂」字是從有鉤的「于」聲，而非從「干」，所以字不可寫成「盂」。

盂 ①

㊥4 **盈** 形解 [篆] 會意；從皿夃。皿爲盛物器，夃爲增加，所以充滿容器爲盈。

音義 一ㄥˊ 動①充滿；例不盈頃筐。②溢出；例「水流而不盈。」形過多的，通「贏」；例「進退盈縮。」

參考①同滿，豐，剩，餘。②與「淫」有別：「淫」多當形容詞使用，如「淫雨」；「盈」則多作動詞，如「惡貫滿盈」。

7 **盈利** 一ㄥˊ ㄌ一ˋ 工商業等除去開支後所賺的利潤。

參考 同盈餘。

15 **盈餘** 一ㄥˊ ㄩˊ ㈠營業所得的利潤。㈡剩餘。

17 **盈虧** 一ㄥˊ ㄎㄨㄟ ㈠指月亮的圓和缺。㈡指企業的賺錢和賠本。

▽豐盈、惡貫滿盈。

㊥4 **盆** 形解 [篆] 形聲；從皿，分聲。底小口大，用以盛物的瓦器。

音義 ㄆㄣˊ 名①底小而口闊，形似盤而較深的容器；例臉盆。②似盆的容器；例花盆。③量詞；例一盆花。動浸沒在水中；例「夫人繅，三盆手。」

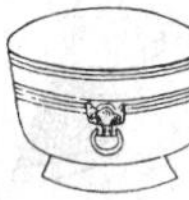
盆 ①

6 **盆地** ㄆㄣˊ ㄉ一ˋ 地四周高，中間低平的地形。例四川盆地。

12 **盆景** ㄆㄣˊ ㄐ一ㄥˇ ㈠一種供觀賞的陳設品。在盆裏栽種花、草、木本植物，並配合水、石、假山等，佈置成爲縮小的山水風景。㈡玉石製成花樹的形狀，放置盆器中，作爲擺設。

▽面盆、澡盆、鼓盆、瓦盆、烏盆、花盆、覆盆、傾盆、臨盆。

㊥4 **盃** 形解 形聲；從皿，不聲。盛液體的容器爲盃。

音義 ㄅㄟ 名①盛液體的容器；例酒盃。②競賽優勝的標幟；例金盃。③量器；例一盃水。

參考 字本作「桮」，或作「盃」，或省作「杯」。

㊇4 **盅** 形解 [篆] 形聲；從皿，中聲。中有中央的意思，所以中空的器皿爲盅。

音義 ㄓㄨㄥ 名俚小杯子；例茶盅。 ㄔㄨㄥˊ 名器虛。形空虛的，通「沖」；例「道盅而用之。」

㊥5 **益** 形解 [篆] 會意；從水在皿上。水滿出爲益。

音義 一ˋ 名①好處；例獲益不淺。②六十四卦之一。③姓。動①「溢」的本字；例濰水暴益。②助長；例增益。③富裕；例其家必日益。④增加；例延年益壽。副更加地；例精益求精。

參考①「益」又音一ˊ。②「益」爲「溢」之古字，是以當作「滿出」解時可互通，餘義則不同。③㊥溢、鎰、嗌、鷁。

12 **益發** 一ˋ ㄈㄚ 更加，愈發。

參考 同益愈。

益智 一ˋ ㄓˋ ㈠啓發智慧。㈡植草名，葉尖長，春日開粉紅色花，果實如小棗。㈢「龍眼」的代稱。

▽增益、損益、利益、助益、越益、有益、無益、集思廣益。

㊥5 **盍** 形解 字本作「盇」，形聲；從血，大聲。大，象蓋形，所以覆蓋爲盇。隸變作「盍」。

音義 ㄏㄜˊ 名姓。動聚合；例「朋盍簪。」副①爲何，表疑問；例「盍不出從乎？君將有行。」②何不，表疑問；例「盍各言爾志?」」

參考 ①「蓋」作副詞解時讀作ㄏㄜˊ與「盍」可以通用，餘義則不同。②孳闔、嗑、蓋。

常 5

盎

形解 形聲；從皿，央聲。央有大的意思，所以口小腹大的瓦器爲盎。

音義 ㄤˋ 名①一種大腹小口的容器；例瓦盎。②盎斯，音譯重量單位名之一。動洋溢；例「睟然見於面，盎於背。」

參考「盎」與「盆」都是容器：「盎」，是大腹而斂口；「盆」，是斂底而寬口，二者形制不同。

盎 ①

12 盎然 ㄤˋ ㄖㄢˊ 豐滿、盛大的樣子。例詩意盎然。

次 5

盉

形解 形聲；從皿，禾聲。禾爲穀物，所以調味器爲盉。

音義 ㄏㄜˊ 名古調酒器，青銅製，形似現代的酒壺，而有三足或四足；通「和」。例龍首盉。動調味，通「和」。

常 6

盔

形解 形聲；從皿，灰聲。作戰時用以護頭的面具爲盔。

音義 ㄎㄨㄟ 名作戰時用以防護頭部的帽子，用金屬或其他堅硬質料製成；例鋼盔。

盔

參考 ①同胄。②反甲。③字雖從灰，但不可讀ㄏㄨㄟ。

5 盔甲 ㄎㄨㄟ ㄐㄧㄚˇ 古代戰士的護身服裝。多用金屬製成，也有用藤或皮革製的。盔：護頭；甲：護身。

常 6

盒

形解 形聲；從皿，合聲。合爲相合，皿爲盛物器，所以能蓋合的盛物器爲盒。

音義 ㄏㄜˊ 名底蓋大小相合，可以盛物的容器；例餅乾盒。

常 6

盛

形解 形聲；從皿，成聲。成有充實的意思，所以器中實滿黍稷以供祭祀爲盛。

音義 ㄕㄥˋ 名①頂點；例「平者，水停之盛也。」②姓。動充足；例「氣盛則言之短長與聲之高下者皆宜。」形①豐富的；例盛饌。②隆重的；例盛典。
ㄔㄥˊ 動①以容器裝物；例盛飯。②容納；例盛東西。

參考 ①「盛」字多指興旺，如：茂盛、興盛、盛典、盛夏；而「勝」字多指超越、優於，如：勝地、勝遊、勝場、勝利。二者不可混用。②同旺。

6 盛行 ㄕㄥˋ ㄒㄧㄥˊ 廣泛地流行。

盛年 ㄕㄥˋ ㄋㄧㄢˊ 壯年。例盛年不重來。

8 盛典 ㄕㄥˋ ㄉㄧㄢˇ 盛大隆重的典禮。

盛況空前 ㄕㄥˋ ㄎㄨㄤˋ ㄎㄨㄥ ㄑㄧㄢˊ 盛大熱鬧的場面是前所未見的。

9 盛怒 ㄕㄥˋ ㄋㄨˋ 大怒。

10 盛氣 ㄕㄥˋ ㄑㄧˋ ㈠驕慢逼人的氣勢。例盛勢凌人。㈡滿懷怒氣。

盛氣凌人 ㄕㄥˋ ㄑㄧˋ ㄌㄧㄥˊ ㄖㄣˊ 驕傲自大，氣焰逼人。凌：駕越。

參考 與「咄咄逼人」有別：前者指驕矜之氣，對象爲人；後者可用於人、事物和形勢等方面，指氣勢逼人。

盛衰榮辱 ㄕㄥˋ ㄕㄨㄞ ㄖㄨㄥˊ ㄖㄨˋ 指人事發展變化的各種情況。盛：興盛；衰：衰敗；榮：榮耀；辱：恥辱。

11 盛情 ㄕㄥˋ ㄑㄧㄥˊ 深厚、眞摯的情意。例盛情難卻。

12 盛開 ㄕㄥˋ ㄎㄞ 指花朵開得很茂盛。

盛極一時 ㄕㄥˋ ㄐㄧˊ ㄧˋ ㄕˊ 形容一時非常興盛或流行。

13 盛裝 ㄕㄥˋ ㄓㄨㄤ 華美高貴的裝束。多指在隆重或正式場合的穿著。

17 盛舉 ㄕㄥˋ ㄐㄩˇ 盛大的活動。例共襄盛舉。

參考 同盛服。

▽熾盛、昌盛、全盛、繁盛、茂盛、興盛、豐盛、粢盛、隆盛。

常 7 **盜** 形解 [篆] 會意；從次皿。次為垂涎，皿為器物，所以竊取他人器物佔為己有為盜。

音義 ㄉㄠˋ 名 搶劫財物的人；例「大盜不止。」動①掠奪；例欺世盜名。②通姦；例盜其嫂。

參考 ①「盜」字從三點水（氵），不可寫成二點冰（冫）。②同竊，匪，偷，賊。

6 **盜汗** ㄉㄠˋ ㄏㄢˋ 醫 中醫學病症名。指睡眠時出虛汗的病，多由陰虛陽浮，血液不內斂所致。如結核病即有此種症狀。

13 **盜賊** ㄉㄠˋ ㄗㄟˊ 偷竊和劫奪財物的行為，也指偷竊劫奪的人。

參考 與「盜匪」意義相近，但在程度上有不同：後者使用手段更殘暴凶狠，且常由多人一起行動。

14 **盜墓** ㄉㄠˋ ㄇㄨˋ 偷掘墳墓，竊取墓中殉葬的物品。

15 **盜賣** ㄉㄠˋ ㄇㄞˋ 偷取他人或公眾的東西，私自出售。

22 **盜竊** ㄉㄠˋ ㄑㄧㄝˋ 偷取。

▽強盜、竊盜、大盜、狗盜、偷盜、海盜、開門揖盜、慢藏誨盜、監守自盜、江洋大盜、誨淫誨盜、雞鳴狗盜。

常 8 **盞** 形解 [篆] 形聲；從皿，戔聲。戔有小的意思，所以小杯為盞。

音義 ㄓㄢˇ 名①淺小的杯子；例酒盞。②量詞；例一盞油燈。

參考 ①「盞」字雖從戔聲，但不可讀成ㄐㄧㄢ。②凡從戔得聲的形聲字，都有小的意思，如錢、箋、淺、盞、賤等是。

常 8 **盟** 形解 [篆] 形聲；從明，皿聲。皿為器皿，明為表明，所以殺牲歃血於朱盤以為約誓的儀式為盟。

音義 ㄇㄥˊ 名①一種約誓；例海誓山盟。②我國邊疆行政區劃之一；例盟旗。動立約互守；例盟誓。形結義的；例盟兄。

參考 ①同誓，約。②盟字雖從明聲，但不可讀成ㄇㄧㄥˊ。

4 **盟友** ㄇㄥˊ ㄧㄡˇ 互相結盟立誓的人或國家。

5 **盟主** ㄇㄥˊ ㄓㄨˇ (一)古代指諸侯盟會中的首領或主持盟會的人。(二)今指某集團、集體的首領或權威。例武林盟主。

▽會盟、結盟、同盟、連盟、海誓山盟。

常 9 **盡** 形解 [篆] 形聲；從皿，㶳聲。㶳有剩餘的意思，所以器皿中一無所餘為盡。

音義 ㄐㄧㄣˋ 名姓。動①竭力；例盡其所能。②效命；例奉公盡節。③自殺而死；例自盡。④終止；例盡頭。形完備的；例詳盡。副①全部地；例盡如人意。②極致地；例盡善盡美。

參考 ①「盡」與「儘」音近形似而義別：「盡」，音ㄐㄧㄣˋ，有竭盡、全備的意思；「儘」，音ㄐㄧㄣˇ，有聽任的意思。如：「盡力」，「盡忠」不做「儘」；「儘量」、「儘管」不做「盡」。②同完，畢，罄。③「盡」字上半作「𦘒」，只有五筆，如寫成六畫作「聿」就錯了。

2 **盡力** ㄐㄧㄣˋ ㄌㄧˋ 竭盡所有的力量。

參考 參閱「努力」條。

4 **盡心** ㄐㄧㄣˋ ㄒㄧㄣ 竭盡心力。

6 **盡收眼底** ㄐㄧㄣˋ ㄕㄡ ㄧㄢˇ ㄉㄧˇ 將所有的景物全看到眼裏。

參考 同一覽無遺。

7 **盡忠** ㄐㄧㄣˋ ㄓㄨㄥ 竭盡忠誠，多指盡瘁國事或殉身國難。

盡孝 ㄐㄧㄣˋ ㄒㄧㄠˋ 對父母親能盡孝道。

8 **盡其在我** ㄐㄧㄣˋ ㄑㄧˊ ㄗㄞˋ ㄨㄛˇ 不問他人，而盡自己的心力去做。

11 **盡情** ㄐㄧㄣˋ ㄑㄧㄥˊ (一)儘量抒發情感，不受拘束。例盡情歌唱。(二)儘量報答他人的好意。

盡棄前嫌 ㄐㄧㄣˋ ㄑㄧˋ ㄑㄧㄢˊ ㄒㄧㄢˊ 完全拋棄過去的怨隙，重修舊好。嫌：怨恨。

12 **盡量** ㄐㄧㄣˋ ㄌㄧㄤˋ 盡所有的力量(去做成功某件事情)。

盡善盡美 ㄐㄧㄣˋ ㄕㄢˋ ㄐㄧㄣˋ ㄇㄟˇ 形容事物完美到極點，沒有一點兒缺陷。

參考 同十全十美。

13 **盡瘁** ㄐㄧㄣˋ ㄘㄨㄟˋ 盡心竭力，不辭勞瘁。瘁：過度疲勞。例鞠躬盡瘁。

16 **盡致** ㄐㄧㄣˋ ㄓˋ 充分表現出其中的情態。例淋漓盡致。

盡頭 ㄐㄧㄣˋ ㄊㄡˊ 終點。

22 **盡歡** ㄐㄧㄣˋ ㄏㄨㄢ 盡情歡樂。

▽窮盡、終盡、竭盡、無盡、精疲力盡、一網打盡、山窮水盡、一言難盡、仁至義盡、民窮財盡、同歸於盡、江郎才盡、取之不盡、除惡務盡、筋疲力盡。

常 9 **監** 形解 監 形聲；從臥，峪省聲。峪有留止的意思，臥爲伏身，所以臨物下視爲監。

音義 ㄐㄧㄢ 名 ①「監獄」的簡稱；例女監。②管理員；例舍監。動①視察；例監視。②督導；例監工。③拘禁；例監管。

ㄐㄧㄢˋ 名 ①古官名；例祕書監。②古官署名；例國子監。③宦官；例太監。④「監生」的簡稱。⑤鏡子；例明監所以照形。⑥姓。

參考 ①擘濫、鑑、鑒。②「監」字右上角作「𠂉」，係由甲金文的「𠂉」(人)訛變而來，不可寫成「𠂉」。

3 **監工** ㄐㄧㄢ ㄍㄨㄥ ㈠工頭，管理督導工人的人。㈡督察工人做工。例當工程進行時，你要注意監工。

5 **監印** ㄐㄧㄢ ㄧㄣˋ ㈠擔任保管印信的人。㈡監督蓋印信的事。

6 **監守自盜** ㄐㄧㄢ ㄕㄡˇ ㄗˋ ㄉㄠˋ 盜取自己負責看管的財物。

參考 監守自盜，罪加一等。

7 **監牢** ㄐㄧㄢ ㄌㄠˊ 關押、拘留犯人的地方。又作「監獄」。

11 **監視** ㄐㄧㄢ ㄕˋ ㈠從旁察看注視。㈡監臨視察。

參考 「監視」、「看管」有別：「監視」是指時時刻刻密切注意別人的行動，以防萬一；「看管」有照顧和管理的意思，受看管的是人或物。

13 **監禁** ㄐㄧㄢ ㄐㄧㄣˋ 把犯人關押起來並限制他的自由。

參考 同拘押。

14 **監督** ㄐㄧㄢ ㄉㄨ 監察和督促。

監獄 ㄐㄧㄢ ㄩˋ 關押犯人的地方。又稱「監牢」、「囹圄」。

監察 ㄐㄧㄢ ㄔㄚˊ 監督察考。

參考 ①與「檢查」、「化驗」有別：「監察」指上級對下級工作的監督考察；「檢查」指用感官來直接查看東西；「化驗」指用化學方法來檢驗東西或分析其成分。②衍監察人、監察院、監察權、監察委員、監察御史。

21 **監護** ㄐㄧㄢ ㄏㄨˋ 監督和保護。

參考 衍監護人。

▽總監、舍監、太監、國子監。

常 10 **盤** 形解 盤 形聲；從皿，般聲。般有圓轉的意思，所以圓形可輕輕移動的器皿爲盤。

音義 ㄆㄢˊ 名 ①一種扁淺的盛物器皿；例杯盤狼藉。②狀似盤形的物體；例羅盤。③買賣的價格；例開盤。④量詞；例一盤棋。⑤姓。動①糾繞；例盤根錯節。②屈曲；例盤膝而坐。③回旋，徘徊；例盤桓。④清點；例盤帳。副反復地；例盤問。

盤 ①

參考 字雖從般聲，但不可讀成ㄅㄢ。

5 **盤尼西林** ㄆㄢˊ ㄋㄧˊ ㄒㄧ ㄌㄧㄣˊ 醫 一種抗菌特效藥，爲英國人弗萊明所發明，自青黴菌中製出，故又名「青黴素」。對於肺炎、梅毒、淋病等病都有特效。

6 **盤存** ㄆㄢˊ ㄘㄨㄣˊ 商 企業組織在物料管理中，將廠庫所存的物料全盤清點，作成紀錄，以隨時明瞭自身的供應能量。

10 **盤桓** ㄆㄢˊ ㄏㄨㄢˊ ㈠徘徊，逗留。㈡廣大的樣子。㈢轉圈圈。

盤馬彎弓 ㄆㄢˊ ㄇㄚˇ ㄨㄢ ㄍㄨㄥ 馳馬盤旋，張弓欲射。㈠比喻先作出姿態，不立刻行動，引而不發。㈡比喻行動前的準備。

盤根錯節 ㄆㄢˊ ㄍㄣ ㄘㄨㄛˋ ㄐㄧㄝˊ 樹根木節盤旋交錯，不易砍伐。比喻事情繁難複雜，不易處理。盤，又作槃。

11 **盤旋** ㄆㄢˊ ㄒㄩㄢˊ ㈠旋轉，環繞。㈡徘徊，留連。又作「槃旋」、「般還」。

盤問 ㄆㄢˊ ㄨㄣˋ 詳細地追究查問。

13 盤詰 ㄆㄢˊ ㄐㄧㄝˊ 詳細追問。詰：責問。
參考 同盤問。
14 盤算 ㄆㄢˊ ㄙㄨㄢˋ 仔細估計籌劃。
20 盤纏 ㄆㄢˊ ㄔㄢˊ 路費，旅費。
▽ 大盤、中盤、小盤、羅盤、算盤、銀盤、玉盤、開盤、唱盤、杯盤、碗盤、拼盤、承露盤。

常 11
盧
形解 形聲；從皿，𧇡聲。𧇡為小口缶，所以盛飯食的器皿為盧。

音義 ㄌㄨˊ 名 ①地春秋時齊地，今山東長清縣西南。②地古國名，今湖北南漳縣東南。③古時博奕，以五子皆黑為頭彩。④獵犬；例「盧令令。」⑤安置酒罈的土墩，通「壚」；例「文君當盧」。⑥姓。形黑色的；例「盧弓一，盧矢百。」

參考 ①「盧」又有盛飯器的意思。②孳壚、瀘、櫨、爐、臚、蘆、罏、鱸、轤、顱。

13 盧溝橋 ㄌㄨˊ ㄍㄡ ㄑㄧㄠˊ 地在北平市廣安門西南，跨永定河上，建於金大定二十九年（一一八九）。由十一孔石拱組成，橋兩側建有石欄，其上共有精刻石獅約五百個，姿態各殊，生動雄偉。對日八年抗戰的序幕在此揭開。

常 11
盥
形解 會意；從臼水皿。臼是雙手，掬水澡手洗臉為盥。

音義 ㄍㄨㄢˋ 名 ①洗手器具；例「承姑奉盥」。②洗手的地方；例盥洗室。動 ①以水洗手；例「請沃盥」。②洗滌；例盥洗。

① 盥

參考 字從二手（臼）掬水洗臉，所以中間從「水」。

6 盥洗 ㄍㄨㄢˋ ㄒㄧˇ 洗臉、洗手、漱口等事。
參考 衍盥洗室。
▽ 洗盥、濯盥、奉盥。

次 11
盦
形解 形聲；從皿，酓聲。酓有深藏的意思，所以盛物器物為盦。

音義 ㄢ 名 ①先秦盛食物的禮器。②器皿的蓋子。③俗通「庵」；例茅盦。

① 盦

常 12
盪
形解 形聲；從皿，湯聲。湯為熱水，皿為盛物器，所以洗滌器為盪。

音義 ㄉㄤˋ 動 ①洗滌；例「聊以盪意平心。」②搖幌；例「波心盪，冷月無聲。」③抵擋；例「單騎出盪。」
ㄊㄤˋ 名走一回，通「趟」；例走一盪。

參考 「盪」與「蕩」音同形似而義別：「盪」與「蕩」皆有動搖的意思，然習慣上，「動盪」、「盪鞦韆」皆不用「蕩」；「蕩」有放縱、毀壞的意思，如：「蕩婦」、「傾家蕩產」，而「盪」字無此義。

3 盪口 ㄉㄤˋ ㄎㄡˇ 漱口。
6 盪舟 ㄉㄤˋ ㄓㄡ ㈠划船。㈡用手推動船隻，以衝鋒陷陣。
13 盪滌 ㄉㄤˋ ㄉㄧˊ 冲洗，清除。
14 盪漾 ㄉㄤˋ ㄧㄤˋ ㈠水波微動的樣子。漾：水波搖動。㈡形容起伏不定，飄飄蕩蕩的樣子。例歌聲盪漾。又作「蕩漾」。
17 盪盪 ㄉㄤˋ ㄉㄤˋ ㈠空曠廣遠的樣子。㈡法度敗壞的樣子。例板板盪盪。
▽ 震盪、搖盪、滌盪、腦震盪。

次 12
盩
形解 會意；從夲攴皿。夲有罪犯的意思，攴為出擊，所以引而擊之為盩。

音義 ㄓㄡ 名山曲。動引擊。
ㄔㄡ 動抽搐，通「抽」；例「涉血盩肝。」

參考 又作「盩」。

次 13
盬
形解 形聲；從鹽省，古聲。古有長久的意思，所以鹽池為盬。

音義 ㄍㄨˇ 名古鹽池名，今山西猗氏縣。動 ①停止；例「王事靡盬。」②描摹吸引聲，引申為吸飲；例盬其腦。形不堅固的；例器用盬惡。

㊇ 15

盭 形解 會意；從弦省，從盩。弦為弓箭，盩為引擊，所以詘曲為盭。

音義 ㄌㄧˋ 名 植 草名，像艾，可染綠，通「莀」。形 ①綠色；例盭綬。②通「戾」，凶狠的；例盭夫。

參考 ①本字作「盭」。②「盭」古「戾」字。

【目部】 ㄇㄨˋ

常 0

目 形解 象形；甲文作目，象人眼目形。

音義 ㄇㄨˋ 名 ①眼睛；例雙目。②細則；例請問其目。③名稱；例隨其罪目。④書籍前面所載，用以索檢全書的條文；例目錄。⑤官名；例孔目。⑥姓。動 ①注視；例注目。②怒視；例怒目。③用眼睛示意；例范增數目項王。

參考 犛 苜、鉬。

2 **目力** ㄇㄨˋ ㄌㄧˋ 眼睛看東西的能力。參考 同視力。

3 **目下** ㄇㄨˋ ㄒㄧㄚˋ ㈠指空間，跟前，身旁。㈡指時間，目前，近來。例目下安寧。

4 **目中無人** ㄇㄨˋ ㄓㄨㄥ ㄨˊ ㄖㄣˊ 形容高傲自大，誰都瞧不起。參考 同目無餘子，目空一切。

目不交睫 ㄇㄨˋ ㄅㄨˋ ㄐㄧㄠ ㄐㄧㄝˊ 沒有合眼。形容人辛勞或憂慮，以致沒有合眼睡覺。

目不暇接 ㄇㄨˋ ㄅㄨˋ ㄒㄧㄚˊ ㄐㄧㄝ 形容周圍的景物繁盛眾多，眼睛都來不及看。暇：空閒。又作「目不暇給」。

目不轉睛 ㄇㄨˋ ㄅㄨˋ ㄓㄨㄢˇ ㄐㄧㄥ 形容聚精會神注視著，連眼珠也不轉動一下。參考 與「目不斜視」不同：前者形容注意力集中；後者形容安分守己，正大光明。

目不識丁 ㄇㄨˋ ㄅㄨˋ ㄕˋ ㄉㄧㄥ 連最普通的「丁」字也不認識，形容一個字也不認識。參考 ①與「胸無點墨」有別：後者形容一點學問都沒有。②後一說「丁」是「個」字之誤，形容一個字也不認識。

6 **目次** ㄇㄨˋ ㄘˋ ㈠書刊的目錄。㈡節目的次序。

目光 ㄇㄨˋ ㄍㄨㄤ ㈠眼睛的神態。例目光炯炯。㈡觀察事物的能力。例目光敏銳。參考 同眼光。

目光如豆 ㄇㄨˋ ㄍㄨㄤ ㄖㄨˊ ㄉㄡˋ 眼光像豆子那麼小，形容見識短淺，只圖近利。參考 同鼠目寸光。

目光如炬 ㄇㄨˋ ㄍㄨㄤ ㄖㄨˊ ㄐㄩˋ ㈠眼光亮得像火炬；形容目光遠大，洞察細微。炬：火把。㈡形容激怒的樣子。

8 **目的** ㄇㄨˋ ㄉㄧˋ 意念中想要達到的境地或希望實現的結果。參考 與「目標」都指想達到的某種意圖或境地，有時可互換，但有別：後者原指射擊、攻擊或尋求的對象，多用於具體的人或事物，也用於較抽象的事物和奮鬥的方向、指標。

目的地 ㄇㄨˋ ㄉㄧˋ ㄉㄧˋ 預期想要到達的地方。

目空一切 ㄇㄨˋ ㄎㄨㄥ ㄧ ㄑㄧㄝˋ 形容狂妄自大，把凡人世間的一切都不放在眼裏。參考 同旁若無人，不可一世。

9 **目前** ㄇㄨˋ ㄑㄧㄢˊ ㈠指空間，眼前，近邊。㈡指時間，現在。參考 同目下。

10 **目送** ㄇㄨˋ ㄙㄨㄥˋ 目光隨著離去的人或物，表示依依不捨或尊敬之意。

目眩 ㄇㄨˋ ㄒㄩㄢˋ 眼花。例頭暈目眩。

12 **目無法紀** ㄇㄨˋ ㄨˊ ㄈㄚˇ ㄐㄧˋ 為非作歹，毫不把法律綱紀放在眼裏。

13 **目睹** ㄇㄨˋ ㄉㄨˇ 親眼看見。

15 **目標** ㄇㄨˋ ㄅㄧㄠ ㈠尋求或攻擊的對象。㈡工作或計劃中想要達到的境地和標準。參考 參閱「目的」條。

目錄 ㄇㄨˋ ㄌㄨˋ 按一定次序開列出來供查考的事物名目。例圖書目錄。㈡指書刊正文前面所提示內容章節的篇目。參考 衍目錄學。

17 **目擊** ㄇㄨˋ ㄐㄧˊ 親眼看到。參考 ①同目睹。②衍目擊者。

目擊者 ㄇㄨˋ ㄐㄧ ㄓㄜˇ 親眼目睹某事發生經過的人。通常是用來判定某罪行的直接證人。

目濡耳染 ㄇㄨˋ ㄖㄨˊ ㄦˇ ㄖㄢˇ 耳目常常聽到看到，自然受到影響。濡：染習。又作「耳濡目染」。

目瞪口呆 ㄇㄨˋ ㄉㄥˋ ㄎㄡˇ ㄉㄞ 形容受到驚嚇，而一時眼睛發直，嘴裏說不出話來。

參考 同呆若木雞。

▽刮目、科目、細目、耳目、題目、注目、反目、品目、面目、名目、盲目、要目、拭目、眉目、心目、條目、側目、孔目、頭目、魚目、以耳代目、本來面目、死不瞑目、掩人耳目、琳瑯滿目、賞心悅目、歷歷在目、麞頭鼠目。

常 2

盯

形解 形聲；從目，丁聲。丁有平的意思，所以眼睛直視為盯。

音義 ㄉㄧㄥ 動 注視；例 兩眼盯著他。

參考「盯」和「瞪」的差別是：「瞪」字帶有怒意或埋怨意味，而「盯」沒有這種含義。

常 3

盲

形解  形聲；從目，亡聲。亡是亡失，眼睛沒有目瞳子為盲。

音義 ㄇㄤˊ 名 對某些事物沒有認識的能力；例 文盲。形 ①眼睛看不見東西的；例 盲人騎瞎馬。②昏暗的；例 天大風晦盲。副 胡亂，不經考慮地；例 盲動。

參考 ①同瞎。②目不見物為「盲」，故字從目不從「月」(肉)，與從月(肉)的「肓」不同：如「病入膏肓」不可誤作「病入膏盲。」③亦作盳。

2 **盲人摸象** ㄇㄤˊ ㄖㄣˊ ㄇㄛ ㄒㄧㄤˋ 比喻所獲得的非常狹隘，只是片面的問題，不能明瞭全體。

參考 ①同扣槃捫燭。②又作「瞎子摸象」。

盲人瞎馬 ㄇㄤˊ ㄖㄣˊ ㄒㄧㄚ ㄇㄚˇ 比喻輕舉妄動，十分危險。

5 **盲目** ㄇㄤˊ ㄇㄨˋ 眼睛，看不見東西。比喻認識不清或沒有主見。例 盲目行動。

11 **盲從** ㄇㄤˊ ㄘㄨㄥˊ 不辨是非，盲目地跟著別人瞎說、亂做。

盲動 ㄇㄤˊ ㄉㄨㄥˋ 不考慮客觀條件，一味地蠻幹。

13 **盲腸** ㄇㄤˊ ㄔㄤˊ 生 大腸起始段的袋狀部位。在成人，其平均約六至八公分。位於腹腔右下部。與回腸交換處有回盲瓣，可防止大腸內容物倒流入小腸。其內下部有一小孔通闌尾。

▽色盲、文盲、夜盲、目盲、問道於盲。

常 3

直

形解  會意，從十目乚。被許多人看到，而無所隱藏，所以正面所見為直。

音義 ㄓˊ 名 姓。動 ①伸展；例「枉尺而直尋」。②抵得上，通「值」；例 春宵一刻直千金。形 ①正而不曲的；例「其直如矢」。②縱的；例 直行書寫。③不隱諱的；例 恕我直言。副 ①毫無阻礙地；例 直達車站。②逕自地；例 直入坐。③呆視的樣子；例 兩眼發直。④即，就；例「直是無情也斷腸。」

參考 ①字本作「直」。②孳 值、埴、植、殖。

7 **直角** ㄓˊ ㄐㄧㄠˇ 一直線垂直於另一直線上，所成的兩個相等的角。例 一直角等於九十度。

直言 ㄓˊ ㄧㄢˊ ㈠照事情眞相說明。例 直言無隱。㈡正直無私的話。

直言不諱 ㄓˊ ㄧㄢˊ ㄅㄨˋ ㄏㄨㄟˋ 毫不隱諱地說出來。

直系親屬 ㄓˊ ㄒㄧˋ ㄑㄧㄣ ㄕㄨˇ 有直接血緣關係的親屬。如父母與子女，祖父母與孫子女都是。

參考 反旁系血親。

9 **直流電** ㄓˊ ㄌㄧㄡˊ ㄉㄧㄢˋ 一般指方向不隨時間變化的電流。簡稱「直流」。

10 **直徑** ㄓˊ ㄐㄧㄥˋ 數 連接圓周上兩點並通過圓心的線段。

11 **直爽** ㄓˊ ㄕㄨㄤˇ 正直爽快。

直率 ㄓˊ ㄕㄨㄞˋ 性情爽直率眞，無所避諱。

直接 ㄓˊ ㄐㄧㄝ 彼此親自接觸，不經過中間的人或事物傳達。

參考 反間接。

13 **直達** ㄓˊ ㄉㄚˊ 直接通達或傳達。

參考 衍直達車。

14 **直截了當** ㄓˊ ㄐㄧㄝˊ ㄌㄧㄠˇ ㄉㄤ 說話做事爽快，不繞圈子。

參考 與「開門見山」有別：「直截了當」除了能形容說話、作文不拐彎抹角以外，還能形容辦事的乾脆、辦法的直截等；「開門見山」只能形容說話、作文不會拐彎抹角。「直截了當」前面可以加表示程度的詞語「很、最」等；「開門見山」不能。

17 **直轄** ㄓˊ ㄒㄧㄚˊ 直接管轄。轄：管理。

參考 衍直轄市。

20 **直覺** ㄓˊ ㄐㄩㄝˊ (一)哲指不由推理經驗認知事物，而由心靈直接體驗領會。(二)藝一種智慧領悟的能力，不藉思考分析而能覺察對象眞善美的能力。

直譯 ㄓˊ ㄧˋ 按照原文逐字逐句的翻譯。

▽曲直、剛直、正直、垂直、率直、拉直、心直。

次 3 **盱** 解形 盱 形聲；從目，于聲。于多有張大、誇大的意思，所以張目直視爲盱。

音義 ㄒㄩ 名①植草名，即蛇床。②姓。動①揚眉舉目；例盱衡。②憂愁，通「忏」；例「我不見兮，云何盱矣。」

參考 與「盰」有別：「盰」，音ㄍㄢˋ，目白的樣子。

常 4 **盹** 解形 形聲；從目，屯聲。屯有聚集的意思，所以眼珠藏於眼簾中爲盹。

音義 ㄉㄨㄣˇ 名小睡；例「伏著號板，打一個盹。」

參考 又音 ㄉㄨㄣ。

常 4 **盼** 解形 盼 形聲；從目，分聲。分爲分別，所以眼球黑白分明爲盼。

音義 ㄆㄢˋ 名姓。動①回看；例左顧右盼。②眷顧；例亦蒙恩盼。③想望；例盼著歸期。④期待，希望；例盼星星，盼月亮，盼來了中秋荷塘月色。形眼睛黑白分明的；例美目盼兮。

11 **盼望** ㄆㄢˋ ㄨㄤˋ 殷切地盼望。

參考 與「渴望」都有非常希望的意思，但有別：前者對象是人或事物；後者指如飢似渴地急切希望，比「盼望」程度深，對象是一般事物。

▽企盼、美目盼盼、左顧右盼。

常 4 **眉** 解形 眉 象形；從目，⺆象眉，仌象額頭紋形。所以目上額下爲眉。隸變作「眉」。

音義 ㄇㄟˊ 名①生眼上額下的細毛；例眉開眼笑。②水邊，通「湄」；例居井之眉。③凡在上端的部位都可稱爲眉；例書眉。④姓。

參考 孳嵋、湄、郿、楣、媚。

4 **眉月** ㄇㄟˊ ㄩㄝˋ 猶「新月」，指像眉毛般彎曲的月亮。

5 **眉目** ㄇㄟˊ ㄇㄨˋ (一)眉毛和眼睛，泛指容貌。例眉目清秀。(二)比喻事情的頭緒。例事情辦得有眉目了。(三)比喻事情有條理。例文章寫得眉目清楚。

6 **眉宇** ㄇㄟˊ ㄩˇ 兩眉上面的地方，比喻指面貌、容顏。例他眉宇之間，顯得氣度不凡。

7 **眉批** ㄇㄟˊ ㄆㄧ 在書頁的天頭處或文稿上方空白處所寫的批注。

8 **眉來眼去** ㄇㄟˊ ㄌㄞˊ ㄧㄢˇ ㄑㄩˋ 男女雙方以眉和目互相傳情勾搭。

參考 與「眉目傳情」意思相近，但前者含有貶損的意思。

9 **眉急** ㄇㄟˊ ㄐㄧˊ 「燃眉之急」的省略詞，形容火燒到眉頭般的急迫。

眉飛色舞 ㄇㄟˊ ㄈㄟ ㄙㄜˋ ㄨˇ 形容非常高興得意的樣子。

參考 與「眉開眼笑」都有高興的意思，但著重點不同：前者偏重在得意的樣子；後者偏重在笑。

11 **眉清目秀** ㄇㄟˊ ㄑㄧㄥ ㄇㄨˋ ㄒㄧㄡˋ 形容人的面貌端莊而秀麗。又作「眉目清秀」。

12 **眉開眼笑** ㄇㄟˊ ㄎㄞ ㄧㄢˇ ㄒㄧㄠˋ 形容非常高興。

參考 ①同心花怒放。②反眉頭不展。

13 **眉睫** ㄇㄟˊ ㄐㄧㄝˊ 眉毛和眼睫毛，比喻近在眼前，有急迫之意。

例迫在眉睫。

▽蛾眉、鬚眉、愁眉、柳眉、濃眉、畫眉、頂眉、蹙眉、皺眉、刀眉、八字眉、臥蠶眉、新月眉、舉案齊眉、吐氣揚眉。

常 4 **省** 形解 會意；從眉省，從屮。屮有微小的意思，所以觀察入微爲省。

音義 ㄕㄥˇ 名 ①古代官署名；例中書省。②國家行政區域單位名，是我國地方最大的一級行政區域，省下設若干縣、市；例中華民國臺灣省。動 ①節約；例省吃儉用。②減免的；例省一道手續。形 簡約的；例法省而不煩。副 簡略地；例省稱。

ㄒㄧㄥˇ 動 ①自我檢討；例反躬自省。②了悟；例口不能言心自省。③考校；例日省月視。④問候；例昏定晨省。⑤記憶；例往事後期空記省。

參考 ①地方行政單位，省下有縣、市、鄉、鎮、區、村、里等。②當問候解時，其問候的對象，多指長輩、親屬之類。

8 **省事** ㈠ㄕㄥˇ ㄕˋ 減省時間，盡力去做某事。㈡ㄒㄧㄥˇ ㄕˋ 明白了解他人的心意，而善於權變。

10 **省悟** ㄒㄧㄥˇ ㄨˋ 明白覺悟。參考 同醒悟。

11 **省略** ㄕㄥˇ ㄌㄩㄝˋ 省去語言、文章或其他事物中不必要的部分，或不必明言就能了解的部分。

13 **省會** ㈠ㄕㄥˇ ㄏㄨㄟˋ 指省一級行政機關（即省政府）所在地。一般指全省的政治、經濟、文化中心。又稱「省城」。㈡ㄒㄧㄥˇ ㄏㄨㄟˋ 告知，曉喻。

15 **省察** ㄒㄧㄥˇ ㄔㄚˊ ㈠審察。㈡心指對自己的行爲和思想，作客觀的觀察。

16 **省親** ㄒㄧㄥˇ ㄑㄧㄣ 回家探望父母親。

▽三省、自省、晨省、內省、反省、節省、臺灣省、尚書省、晨昏定省、發人深省。

常 4 **看** 形解 會意，從手下目。以手遮目，所以遙望爲看。

音義 ㄎㄢˋ 動 ①以目視物；例「千門立馬看。」②探望；例「梁車爲鄴令，其姊往看之。」③對待；例看待。④觀賞；例中天月色好誰看？⑤以爲；例我看回家比較好。⑥當心；例別跑，看摔着。⑦診治；例看病。⑧拿取；例看茶。

ㄎㄢ 動 守護；例看門。

參考 「看」字可以讀ㄎㄢ，也可以讀ㄎㄢˋ。如果「看」的意思指守護、監視、照料，就應該唸ㄎㄢ，如：看守、看管、看護等；如果「看」是指見到、對待、診治等，就要讀ㄎㄢˋ，如：看見、看病、看待等。

4 **看中** ㄎㄢˋ ㄓㄨㄥˋ 看了心裏合意。參考 同看上。

6 **看守** ㄎㄢ ㄕㄡˇ 看管守護。參考 衍看守所。

看守所 ㄎㄢ ㄕㄡˇ ㄙㄨㄛˇ 拘禁未定罪的人或被告者的處所。參考 與「監獄」有別：後者指拘禁罪行已判決的犯人的地方。

9 **看待** ㄎㄢˋ ㄉㄞˋ 對待。

看相 ㄎㄢˋ ㄒㄧㄤˋ 通過觀察人的相貌、骨骼或手掌的紋理來判斷其命運。又稱「相面」。

看重 ㄎㄢˋ ㄓㄨㄥˋ 重視，看得起。參考 反看輕。

看風使帆 ㄎㄢˋ ㄈㄥ ㄕˇ ㄈㄢ 比喻跟著情勢轉變方向。又作「看風使舵」。

10 **看家** ㄎㄢ ㄐㄧㄚ ㈠看守家中門戶，以防止小偷進入。㈡比喻自己所唯一擁有而拿手的，並且不外傳。例看家本領。

看破紅塵 ㄎㄢˋ ㄆㄛˋ ㄏㄨㄥˊ ㄔㄣˊ 看穿世間的紛擾情形，出家修行。紅塵：塵埃，亦指熱鬧繁華之地，引申指人世。

14 **看齊** ㄎㄢˋ ㄑㄧˊ ㈠體操或團體行動的口令之一，令行列中的人各向鄰位注視比齊，以整隊形。㈡勉勵人向某人學習。

21 **看護** ㄎㄢ ㄏㄨˋ 看管，照顧。

▽好看、相看、細看、遠望近看、另眼相看、刮目相看。

常 4 **盾** 形解 象形；從目，𠂆象盾體。目在盾後

窺敵，所以用以扞身蔽目的
武器爲盾。

音義 ㄉㄨㄣˋ 名①古作戰時防護身體，抵禦敵人刀箭的武器；例矛盾。②製成盾形物的紀念品或獎品，作爲勝利的表徵；例銀盾。③外荷蘭貨幣單位「季爾盾」的簡稱。

參考 ①又音ㄕㄨㄣˇ。②孳楯、循、遁。

▽矛盾、甲盾、自相矛盾、以子之矛攻子之盾。

常 4
相

形解  會意；從目木。用眼睛察看景觀，所以注視察看爲相。

音義 ㄒㄧㄤ 名姓。副①彼此；例出入相友，守望相助。②比較上；例相形見絀。助用於動詞前，指一方對另一方的行爲；例實不相瞞。
ㄒㄧㄤˋ 名①人的狀貌；例吃相。②君主時代百官的首長；例丞相。③姓。動①輔助；例相夫教子。②觀察人的容貌，判斷其心術或命運；例相君之面，不過封侯。③審視；例相時而動。④察看事物，以判吉凶；例相宅。

參考 ①孳湘、箱、緗。②參閱「象」字條。③「相」、「互相」有別：「相」多用於書面，多修飾單音節動詞，如：首尾相接。修飾雙音動詞時，只限於某些慣用的熟語，如：不相符合、兩相情願、疾病相扶持。「互相」在口語、書面都可用，只能修飾雙音動詞，如：互相幫助。「相」有指一方對另一方的行爲、態度的意思，如：實不相瞞（＝⋯⋯不瞞你）、好言相勸（＝⋯⋯勸某個人）。「互相」沒有這種用法。

3 **相干** ㄒㄧㄤ ㄍㄢ ㈠冒犯。㈡互有牽涉或關係。例互不相干。

參考 同相關。

4 **相夫教子** ㄒㄧㄤˋ ㄈㄨ ㄐㄧㄠˋ ㄗˇ 幫助丈夫發展事業，教育子女長大成人。

相互輝映 ㄒㄧㄤ ㄏㄨˋ ㄏㄨㄟ ㄧㄥˋ 彼此的成就互相媲美，顯得更加光輝燦爛。

5 **相左** ㄒㄧㄤ ㄗㄨㄛˇ ㈠相違反，不一致。例意見相左。㈡訪友時，適逢友人外出而沒有碰到。

6 **相向** ㄒㄧㄤ ㄒㄧㄤˋ 面對著面。例怒目相向。

相同 ㄒㄧㄤ ㄊㄨㄥˊ 完全一樣。

參考 與「相通」有別：前者爲形容詞，與「不同」、「相異」相對；後者指事物間彼此連貫、溝通，一般要有共同的或一致的因素作基礎，爲不及物動詞，與「隔絕」相對。

相安無事 ㄒㄧㄤ ㄢ ㄨˊ ㄕˋ 和睦相處，沒有是非、爭鬥。

7 **相投** ㄒㄧㄤ ㄊㄡˊ 彼此的心意，互相契合。例臭味相投。

相似 ㄒㄧㄤ ㄙˋ 指任何兩件事物或同一件事物在不同的時空下，其內在的本質和外表的形象具有很多共通的地方。

相形見絀 ㄒㄧㄤ ㄒㄧㄥˊ ㄐㄧㄢˋ ㄔㄨˋ 相比較之下，顯出了一方的不足。絀：不夠。

參考 同相形失色。

8 **相知** ㄒㄧㄤ ㄓ ㈠彼此相交，互相瞭解。㈡彼此瞭解，情誼深厚的朋友。

相依爲命 ㄒㄧㄤ ㄧ ㄨㄟˋ ㄇㄧㄥˋ 彼此相互依賴過生活，誰也離不開誰。

相知恨晚 ㄒㄧㄤ ㄓ ㄏㄣˋ ㄨㄢˇ 形容新結交的朋友，一見如故，情感融洽，而惋惜悔恨彼此認識得太晚。又作「相見恨晚」。

9 **相信** ㄒㄧㄤ ㄒㄧㄣˋ 不懷疑，認定。

參考 與「認爲」有別：前者是由外在事物經過內心判斷而肯定；後者是主觀的認定。

相思 ㄒㄧㄤ ㄙ 互相思念愛慕，多指男女間的戀情。

參考 ①反單戀。②衍相思病、相思樹。

相映成趣 ㄒㄧㄤ ㄧㄥˋ ㄔㄥˊ ㄑㄩˋ 比喻兩件事物互相映照，使人覺得更有趣味。

相持不下 ㄒㄧㄤ ㄔˊ ㄅㄨˋ ㄒㄧㄚˋ ㈠彼此爭執，不肯相讓。㈡敵對的雙方，勢均力敵，誰也難於在短時間內取勝。

11 **相逢** ㄒㄧㄤ ㄈㄥˊ 彼此遇見。

相率 ㄒㄧㄤ ㄕㄨㄞˋ 大家一致行動。例相率離去。

相術 ㄒㄧㄤˋ ㄕㄨˋ 推測人的氣數、

命運的術數。

相得益彰 ㄒㄧㄤ ㄉㄜˊ ㄧˋ ㄓㄤ 兩者互相配合或映襯，使雙方的優點和作用更能顯示出來。

12 相等 ㄒㄧㄤ ㄉㄥˇ 指事物的體積、重量、長度等量度單位相同。

相提並論 ㄒㄧㄤ ㄊㄧˊ ㄅㄧㄥˋ ㄌㄨㄣˋ 把不同的人或事物不加區別地放在一起談論或同等地看待。

參考 本詞多用於否定，如：服務品質不能和外滙的漲跌相提並論。

13 相當 ㄒㄧㄤ ㄉㄤ (一)合適。例他做這工作很相當。(二)差不多，能夠相抵。例旗鼓相當。(三)達到某一程度，與「很」的意思相近。例相當困難。

相敬如賓 ㄒㄧㄤ ㄐㄧㄥˋ ㄖㄨˊ ㄅㄧㄣ 比喻夫妻間互相敬重，有如主人對待賓客一般。

參考 同學案齊眉。

14 相稱 (一)ㄒㄧㄤ ㄔㄣˋ 事物配合得恰當、合適。(二)ㄒㄧㄤ ㄔㄥ 互相呼稱。

相對 ㄒㄧㄤ ㄉㄨㄟˋ (一)相互對立，指意義、性質等方面。(二)哲 哲學上指依靠一定條件而存在，隨著一定條件而變化。(三)比較的。例相對優勢。

參考 衍相對論、相對高度、相對濕度、相對壓力。

相輔相成 ㄒㄧㄤ ㄈㄨˇ ㄒㄧㄤ ㄔㄥˊ 指兩件事物互相補充，互相配合，缺一不可，才能得到成功。又作「相因相成」。

15 相撲 ㄒㄧㄤ ㄆㄨ 體 (一)古代的角抵，宋代稱相撲或爭交，大約與現代的摔跤相似。(二)日本式摔跤的一種，又稱「角力」。

16 相機 ㄒㄧㄤ ㄐㄧ (一)動詞，觀察當時的情況和時機。例相機而行。(二)名詞，照像機。

相親 (一)ㄒㄧㄤ ㄑㄧㄣ 舊時家長在子女議婚前，安排雙方見面。(二)ㄒㄧㄤ ㄑㄧㄣ 彼此親愛和好。例相親相愛。

相親相愛 ㄒㄧㄤ ㄑㄧㄣ ㄒㄧㄤ ㄞˋ 彼此互相親愛。

17 相濡以沫 ㄒㄧㄤ ㄖㄨˊ ㄧˇ ㄇㄛˋ 本意指無水之魚，彼此以沫相濕潤，苟延生命。今喻人在困境中，彼此貢獻心力，互相救助。濡：濕潤。又作「以沫相濡」。

相應 ㄒㄧㄤ ㄧㄥˋ (一)互相呼應或適應。例首尾相應。(二)舊式公文用語，應該。例相應函達。

相聲 ㄒㄧㄤˋ ㄕㄥ 曲藝的一種，吸取民間講故事、說笑話的手法和戲曲中的喜劇因素，講究說、學、逗、唱，具有幽默風趣的特點。

19 相識 ㄒㄧㄤ ㄕˋ 彼此互相認識。

相關 ㄒㄧㄤ ㄍㄨㄢ 互相關聯。

參考 同相干。

20 相繼 ㄒㄧㄤ ㄐㄧˋ 一個接著一個。例相繼發言。

21 相顧失色 ㄒㄧㄤ ㄍㄨˋ ㄕ ㄙㄜˋ 彼此相互顧看，神色大變。

參考 和「面面相覷」有別：前者爲「連臉色都嚇得改變了」；後者爲「不知如何是好」。就驚恐的程度來說，前者較爲嚴重。

▽異相、賢相、骨相、面相、宰相、首相、丞相、眞相、手相、皮相、實相、虛相、照相、互相、一臉呆相、吉人天相。

(次) 4 **眈**

形解 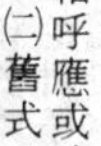 形聲；從目，冘聲。冘有游移不斷的意思，所以心中有深遠打算爲眈。

音義 ㄉㄢ 形 喜悅的；例眈悅。副 垂目注視地；例虎視眈眈。ㄊㄢ 副 宮室深邃地，通「沈」；例大廈眈眈。

參考 與耽(躭)音同義異；耽(躭)：延遲、沈迷。

9 眈眈 ㄉㄢ ㄉㄢ (一)垂目注視的樣子。例虎視眈眈。(二)威重的樣子。

參考 同躭躭，眈眈。

▽虎視眈眈。

(次) 4 **眄**

形解 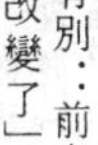 形聲；從目，丏聲。丏有正面有所掩蔽的意思，所以目光斜視爲眄。

音義 ㄇㄧㄢˇ 動 ①斜視；例流眄。②環顧；例「眄庭柯以怡顏。」③關愛；例慈眄。

▽流眄、顧眄、佇眄、相眄。

次 4 **眇** 形解 形聲；從目，少聲。少有微小的意思，所以目眶稍陷而致眼睛微小爲眇。

音義 ㄇㄧㄠˇ 名 一隻眼睛了。動 ①眯著眼看；例「凡諦視者必眇其目。」②窮盡；例「仁眇天下。」形 ①微小的，通「秒」；例眇身。②遼遠的，通「渺」；例「眇不知其所蹠。」副 ①高遠地；例眇然絕俗離世。ㄇㄧㄠˋ 形 精微的，通「妙」；例眇論。

3 **眇小** ㄇㄧㄠˇ ㄒㄧㄠˇ ㈠微細。㈡瘦弱。又作「渺小」。

9 **眇眇** ㄇㄧㄠˇ ㄇㄧㄠˇ ㈠微小。㈡高遠的樣子。㈢遠望的樣子。

▽微眇、幽眇、玄眇。

次 4 **眊** 形解 形聲；從目，毛聲。毛有少的意思，所以眼珠昏花不明爲眊。

音義 ㄇㄠˋ 名 年老的人，通「耄」；例老眊。形 眼睛失神的；例眸子眊焉。

次 4 **盻** 形解 形聲；從目，兮聲。兮爲語氣欲出而有所停止的意思，所以怨恨而凝視爲盻。

音義 ㄒㄧˋ 動 怒視。例「褚瞋目盻之。」副 勤苦不息地；例使民盻盻然。

參考 與「盼」有別：盻，從兮；盼，從分（ㄈㄣ）。

常 5 **眩** 形解 形聲；從目，玄聲。玄是幽遠，所以眼睛看東西昏暗不明爲眩。

音義 ㄒㄩㄢˋ 動 迷惑；例眩惑。②眼睛昏花而看不清楚；例頭暈目眩。

13 **眩暈** ㄒㄩㄢˋ ㄩㄣˋ 頭昏眼花，感覺本身和周圍的東西都在旋轉。

▽昏眩、目眩、暈眩、瞑眩、頭暈目眩。

常 5 **眠** 形解 形聲；從目，民聲。民多有昏昧的意思，所以閉目睡覺爲眠。

音義 ㄇㄧㄢˊ 動 ①睡覺；例「我醉欲眠卿可去。」②動物因蛻皮或入冬後藏伏不動不食的現象；例「蠶眠桑葉稀。」形 ①草木偃伏的；例眠柳。②橫擺的；例眠琴綠陰。

參考 ①字本作「瞑」。②同睡。

▽安眠、永眠、長眠、睡眠、冬眠、不眠、熟眠、蠶眠、臥眠、輾轉難眠。

常 5 **真** 形解 字本作眞：會意；從匕從目從乚從八。匕有變化的意思，所以仙人變形而登天爲眞。俗作「真」。

音義 ㄓㄣ 名 ①人像；例寫眞。②自然；例返璞歸眞。③姓。形 不虛假的；例不識廬山眞面目。副 誠，的確；例眞有其事。

參考 ①又作「眞」。②反 假，僞。③聲 縝、鬒、鎮、瞋、嗔。

5 **眞正** ㄓㄣ ㄓㄥˋ 確實不假。

參考 ①反 虛假。②與「眞正」、「的確」有別：「眞正」有兩個意思：a 表示實質和名義完全相符，如：眞正的君子。b 確實，如：眞正懂得人生的道理。「的確」和「眞正」的第二個用法可以互換，不過換用以後，增加了「實質上是這樣」的意思，如：的確看過，眞正看過。

8 **眞空** ㄓㄣ ㄎㄨㄥ ㈠物 指沒有空氣及任何物質存在的空間。㈡宗 佛家語，指超出一切色相意識的境界。㈢比喻一切事物都不銜接的狀態。例眞空時期。

眞知灼見 ㄓㄣ ㄓ ㄓㄨㄛˊ ㄐㄧㄢˋ 正確的認識，透闢的見解。灼：明白。

9 **眞相** ㄓㄣ ㄒㄧㄤˋ ㈠宗 本爲佛家語，指本來面目。㈡事情的眞實情況。例眞相大白。

眞面目 ㄓㄣ ㄇㄧㄢˋ ㄇㄨˋ 本來的眞實形態。

10 **眞迹** ㄓㄣ ㄐㄧ 藝 出於書法家或畫家本人之手的作品，別於臨摹或僞造者而言。

11 **眞率** ㄓㄣ ㄕㄨㄞˋ 眞誠直率，而不做作。

眞情 ㄓㄣ ㄑㄧㄥˊ ㈠事情的眞相。㈡眞實的性情或感情。例眞情流露。

眞理 ㄓㄣ ㄌㄧˇ 客觀事物及其規律在人們意識中的正確反應，即確切不移的道理。

參考 反謬誤。

15 **眞摯** ㄓㄣ ㄓˋ 眞誠的，出自內心的。摯：誠懇。

16 **眞諦** ㄓㄣ ㄉㄧˋ 眞實的道理。

參考 同眞義，眞詮。

眞憑實據 ㄓㄣ ㄆㄧㄥˊ ㄕˊ ㄐㄩˋ 確鑿可靠的證據。

▽寫眞、純眞、清眞、天眞、女眞、失眞、去僞存眞、弄假成眞。

常 5 **眨** 形解 形聲；從目，乏聲。乏有反覆的意思，所以眼睛一開一閉爲眨。

音義 ㄓㄚˇ 動 眼睛一開一閉；例眨眼。

參考 ①和「貶」字形近易誤，「貶」(ㄅㄧㄢˇ)從貝，「眨」從「目」。②「眨」、「貶」有別：「眨」是眼皮一開一閉，所以左邊是從「目」；「貶」是降低價值，所以左邊是從「貝」。

次 5 **眛** 形解 形聲；從目，未聲。未有蒙昧的意思，所以眼睛看不清楚爲眛。

音義 ㄇㄟˋ 名 眼睛的不明亮。

次 5 **眙** 形解 形聲；從目，台聲。直視不移爲眙。

音義 ㄔˋ 動 瞪著眼看；例「目眙不禁。」

次 5 **眚** 形解 形聲；從目，生聲。眼有疾病不便視物爲眚。

音義 ㄕㄥˇ 名 ①生翳的眼疾。②過失；例「不以一眚掩大德。」形 簡略的；例眚禮。

次 5 **眢** 形解 形聲；從目，夗聲。夗聲字有中空的意思，所以眼睛看不清楚爲眢。

音義 ㄩㄢ 形 ①眼球枯陷失明的。②枯竭的；例眢井。

常 6 **眼** 形解 形聲；從目，皀聲。皀有彼此相對的意思，所以目珠爲眼。

音義 ㄧㄢˇ 名 ①視覺器官；例「惟將終夜未開眼。」②東西的孔穴；例針眼。③要點；例詩眼。動 望，看；例偷眼豔陽天。

參考 ①同目。②「眼」與「睛」有別：眼指全部視覺器官而言；睛則特指眼珠的瞳孔部分。

2 **眼力** ㄧㄢˇ ㄌㄧˋ (一)視力。(二)辨別是非、好壞、眞僞的能力。

參考 同目力。

眼中人 ㄧㄢˇ ㄓㄨㄥ ㄖㄣˊ 比喻時時在心目中的人。

眼中釘 ㄧㄢˇ ㄓㄨㄥ ㄉㄧㄥ 比喻最憎恨的人物。又作「眼中刺」。

6 **眼色** ㄧㄢˇ ㄙㄜˋ 向人示意的目光。

眼光 ㄧㄢˇ ㄍㄨㄤ (一)視線。(二)觀察事物的能力或對事物的看法。例眼光遠大。(三)眼睛的神態。例他的眼光發散。(四)比喻意志旨趣。例這樣的東西還怕不對他的眼光。

8 **眼拙** ㄧㄢˇ ㄓㄨㄛˊ (一)眼力不強，多用於不識人姓名時的客套語。(二)比喻觀察事物的能力很不靈敏。

眼明手快 ㄧㄢˇ ㄇㄧㄥˊ ㄕㄡˇ ㄎㄨㄞˋ 形容眼光銳利，動作敏捷。

眼花撩亂 ㄧㄢˇ ㄏㄨㄚ ㄌㄧㄠˊ ㄌㄨㄢˋ 看到了紛繁複雜的事物而感到迷亂。撩，又作「繚」。

9 **眼界** ㄧㄢˇ ㄐㄧㄝˋ (一)所能看到的範圍。(二)借指見識的廣度。例大開眼界。

眼紅 ㄧㄢˇ ㄏㄨㄥˊ (一)眼熱，形容非常妒羨。(二)激怒的樣子。例仇人相見，分外眼紅。

10 **眼高手低** ㄧㄢˇ ㄍㄠ ㄕㄡˇ ㄉㄧ 眼光高，要求的標準高，但實際的水準低，工作能力低。

參考 反手高眼低。

14 **眼福** ㄧㄢˇ ㄈㄨˊ 慶幸有機會看到新奇或美好的事物。

15 **眼熱** ㄧㄢˇ ㄖㄜˋ 看到好的事物而希望得到。含有羨慕的意思。

參考 衍眼福不淺。

眼線 ㄧㄢˇ ㄒㄧㄢˋ 預先安排人選，以提供消息或引導逮捕罪犯或盜賊的人。

眼熟 ㄧㄢˇ ㄕㄡˊ 曾經看過，在記憶中仍有印象，但不能明確認出。

眼壓 ㄧㄢˇ ㄧㄚ 生 眼內液體對於眼球壁的壓力。正常人眼壓一般爲18～27毫米水銀柱高。眼壓過高時，會影響眼球力血液循環及視力。

▽心眼、砂眼、著眼、肉眼、白眼、斜眼、老眼、醉眼、字眼、針眼、板眼、千里眼、青白眼、獨具慧眼、獨具隻眼、殺人不眨眼。

次 6

眶

形解 形聲；從目，匡聲。匡指限界，所以目界爲眶。

音義 ㄎㄨㄤ 名 眼睛的四周；例「嗆哽淚盈眶。」

參考 又音 ㄎㄨㄤ。

常 6

眸

形解 形聲；從目，牟聲。牟有大的意思，所以瞳孔爲眸。

音義 ㄇㄡˊ 名 眼珠裡的瞳仁；例「觀其眸子。」動 審視；例眸而見之。

▽凝眸、雙眸、明眸、黑眸、晶眸、眼眸。

常 6

眺

形解 形聲；從目，兆聲。兆有遠達的意思，所以張目遠望爲眺。

音義 ㄊㄧㄠˋ 動 ①遠望；例眺望。②目不正視；例邪眺旁剔。

11 **眺望** ㄊㄧㄠˋ ㄨㄤˋ 遠望，遠看。

參考 ①同遙望。②與「瞭望」都指向遠處看，但有別：前者用於隨意的觀看或欣賞景物；後者指負有任務，眼光專注地觀察情況。

▽遠眺、臨眺、登眺、長眺。

常 6

眷

形解 形聲；從目，𢍏聲。𢍏有往復轉動的意思，所以回頭顧盼爲眷。

音義 ㄐㄩㄢˋ 名 ①家屬；例同是一家眷屬。②稱婦女；例問是誰家好宅眷。③姓。動 ①懷戀；例眷戀庭闈。②照顧；例眷顧。

參考 字只從二橫畫，不可寫成「眷」。

8 **眷注** ㄐㄩㄢˋ ㄓㄨˋ 關懷。

眷念 ㄐㄩㄢˋ ㄋㄧㄢˋ 關懷思念。

11 **眷眷** ㄐㄩㄢˋ ㄐㄩㄢˋ 回首反顧的樣子，形容依戀不捨。

21 **眷屬** ㄐㄩㄢˋ ㄕㄨˇ 家眷，親屬。

23 **眷戀** ㄐㄩㄢˋ ㄌㄧㄢˋ 懷念，留戀。

▽恩眷、殊眷、寵眷、家眷、女眷、親眷。

常 6

眾

形解 會意；從乑目。乑爲衆，有多的意思，所以盛多爲衆。

音義 ㄓㄨㄥˋ 名 許多人；例衆心成城，衆口鑠金。形 ①許多的；例衆星拱月。②凡庸的；例衆人遇我。

參考 ①又作「衆」、「乑」。②同多，夥。

3 **衆口鑠金** ㄓㄨㄥˋ ㄎㄡˇ ㄕㄨㄛˋ ㄐㄧㄣ ㈠大家都說同樣的話，其力量足以熔化金屬；形容輿論的力量大。鑠金：以火熔化金屬。㈡指人多口雜，足以混淆是非含有貶損的意思。

5 **衆生** ㄓㄨㄥˋ ㄕㄥ ㈠泛指人類和一切動物。㈡指人以外的各種生物。

衆矢之的 ㄓㄨㄥˋ ㄕˇ ㄓ ㄉㄧˋ 比喻大家攻擊的目標。矢：箭；的：箭靶子。

衆目昭彰 ㄓㄨㄥˋ ㄇㄨˋ ㄓㄠ ㄓㄤ 大家都看得非常清楚。昭彰：明顯，清楚。

衆目睽睽 ㄓㄨㄥˋ ㄇㄨˋ ㄎㄨㄟˊ ㄎㄨㄟˊ 大家睜著眼睛注視。指在衆人的注視下壞人壞事無法隱遁。睽睽：睜大眼睛注視著。

7 **衆志成城** ㄓㄨㄥˋ ㄓˋ ㄔㄥˊ ㄔㄥˊ 萬衆一心，可以堅固得像城堡一樣不可摧毀；比喻大家團結一致，力量無比強大。原作「衆心成城」。

參考 參閱「大庭廣衆」條。

8 **衆所周知** ㄓㄨㄥˋ ㄙㄨㄛˇ ㄓㄡ ㄓ 大家都已知道。

9 **衆叛親離** ㄓㄨㄥˋ ㄆㄢˋ ㄑㄧㄣ ㄌㄧˊ 衆人反叛，親信背離，形容陷於極端孤立的情狀。

參考 反衆望所歸。

衆怒難犯 ㄓㄨㄥˋ ㄋㄨˋ ㄋㄢˊ ㄈㄢˋ 衆人的憤怒不可激怒或觸犯。

衆望所歸 ㄓㄨㄥˋ ㄨㄤˋ ㄙㄨㄛˇ ㄍㄨㄟ 深得衆人的寄望、愛戴，爲人心所歸向。

14 **衆說紛紜** ㄓㄨㄥˋ ㄕㄨㄛ ㄈㄣ ㄩㄣˊ 每一個人的說法都不同。紛紜：

多而雜亂。

參考 反衆口同聲。

17 **衆擎易舉** ㄓㄨㄥˋ ㄑㄧㄥˊ ㄧˋ ㄐㄩˇ 許多人一齊用力，就容易把東西高舉起來；比喻大家同心合力就容易成功。擎：用手高舉。

▽羣衆、公衆、大衆、聽衆、民衆、觀衆、俗衆、寡不敵衆、大庭廣衆、烏合之衆、勞師動衆。

次 6 **眹** 形解 形聲；從目，关聲。眼珠為眹。

音義 ㄓㄣˋ 名 ①眼珠；例「無目眹。」②迹象，通「朕」；例眹兆。

次 6 **眯** 形解 形聲；從目，米聲。碎雜物侵入眼中為眯。

音義 ㄇㄧˇ 動 灰沙或細物飛入眼中；例「播糠眯目。」ㄇㄟˋ 名 夢魘；例眯魘。

次 6 **眭** 形解 形聲；從目，圭聲。圭聲字多有圓而深的意思，所以眼睛深陷為眭。

音義 ㄙㄨㄟ 名 姓。副 目光深注地；例眭然能視。

次 6 **眴** 形解 形聲；從目，旬聲。眼珠移動以示意為眴。

音義 ㄒㄩㄢˋ 動 ①目搖；例目眴轉而意迷。②頭昏眼花；例顛眴病。ㄕㄨㄣˋ 動 用目示意；例「梁眴籍曰：可行矣。」副 ①圜視地。②柔順地。③鮮明地；例眴煥燦爛。

次 6 **眽** 形解 形聲；從目，𠂢聲。𠂢有分理支流的意思，所以斜視為眽。

音義 ㄇㄛˋ 動 斜視。形 眽眽，凝視地；例眽眽含情。

參考 又音 ㄇㄞˋ。

次 6 **眥** 形解 形聲；從目，此聲。眼眶為眥。

音義 ㄗˋ 名 ①眼眶；例拭眥揚眉。②衣交領處；例衣眥。動 怒目而視；例睚眥。

參考 又作「眦」。

常 7 **睏** 形解 形聲；從目，困聲。困有破廢的意思，所以眼睛疲倦而想睡覺為睏。

音義 ㄎㄨㄣˋ 動 ①疲倦想睡；例睏得睜不開眼。②睡覺；例我睏在大門邊南屋裏。

次 7 **睆** 形解 形聲；從目，完聲。張目為睆。

音義 ㄏㄨㄢˇ 形 ①光滑的；例「華而睆，大夫之簀與！」②好看的；例睍睆黃鳥。副 ①明亮地；例睆彼牽牛。②渾圓地；例「有睆其實。」

次 7 **睇** 形解 形聲；從目，弟聲。弟比兄為小，所以稍微斜視為睇。

音義 ㄉㄧˋ 動 ①流盼；例含睇。②小視；例微睇。

次 7 **睅** 形解 形聲；從目，旱聲。旱為日光熊熊，所以張大眼睛為睅。

音義 ㄏㄢˋ 動 使眼睛突出；例睅其目。

次 7 **睊** 形解 形聲；從目，肙聲。肙有小的意思，所以側目斜視為睊。

音義 ㄐㄩㄢˋ 副 側目相視地；例睊睊胥讒。

參考 又作「⿰言肙」。

次 7 **睎** 形解 形聲；從目，希聲。希有罕少而欲求的意思，所以殷切盼望為睎。

音義 ㄒㄧ 動 ①遠望。②仰慕，通「希」；例「追睎祖德。」

常 8 **睛** 形解 形聲；從目，青聲。青有明的意思，所以眼珠為睛。

音義 ㄐㄧㄥ 名 眼珠；例目不轉睛。

參考 注意「晴天」的「晴」（ㄑㄧㄥˊ）字是從「日」，和「睛」字易混。

▽眼睛、畫龍點睛、目不轉睛。

常 8 **睫**

解形 形聲；從目，疌聲。疌是疾速，所以眼皮上下旁邊的細毛開合迅速爲睫。

音義 ㄐㄧㄝˊ 名 眼皮上下邊緣所生的細毛；例 目不交睫。

▽眼睫、眉睫、迫在眉睫。

常 8 **睦**

解形 形聲；從目，坴聲。坴爲土塊，有高平的意思，所以目光平順爲睦。

音義 ㄇㄨˋ 名 ①親愛；例 講信修睦。②姓。動 親厚；例 敦親睦鄰。形 和順的；例 百姓親睦。

參考 同 親。

15 **睦鄰** ㄇㄨˋ ㄌㄧㄣˊ 與鄰國或鄰人保持友好關係。

參考 衍 睦鄰政策。

▽修睦、肅睦、親睦、敦睦、和睦。

常 8 **睞**

解形 形聲；從目，來聲。來爲行來，有流動的意思，所以眼珠轉動爲睞。

音義 ㄌㄞˋ 動 ①特別顧念；例 青睞。②向左右兩邊看；例 明眸善睞。

常 8 **督**

解形 形聲；從目，叔聲。叔爲拾取，所以視察爲督。

音義 ㄉㄨ 名 ①大將。②官名，管轄事業或地方的官；例 總督。③中脈；例 督脈。④姓。動 ①催促；例 督促。②監察；例 監督。③責備；例 督過。④統率；例 督師。

參考 同 監，察。

9 **督促** ㄉㄨ ㄘㄨˋ 監督催促。

12 **督飭** ㄉㄨ ㄔˋ 監督和飭令。

14 **督察** ㄉㄨ ㄔㄚˊ (一)監督視察。(二)上級機關負責監督下級機關的人。

16 **督戰** ㄉㄨ ㄓㄢˋ 監督指揮士兵作戰。

督學 ㄉㄨ ㄒㄩㄝˊ (一)史 清代提督學政別稱爲「督學使者」。(二)教育行政機關負責督察和指導教育工作的人員。

督辦 ㄉㄨ ㄅㄢˋ (一)史 清代後期，中央及地方都設有臨時機構，其主管官如身分特高，即尊稱爲「督辦」。(二)監督辦理。

▽監督、總督、提督、都督。

常 8 **睬**

解形 形聲；從目，采聲。采是擇取，所以專注而視爲睬。

音義 ㄘㄞˇ 動 理會；例 理睬。

參考 ①「睬」原有「注視」的意思。②字從「采」(木上從爪)而不可從「釆」。

常 8 **睜**

解形 形聲；從目，爭聲。爭有兩相牽引的意思，所以不悅而怒目相視爲睜。

音義 ㄓㄥ 動 張開眼睛；例 睜目切齒而罵。

參考 「開」、「張」兩字都可代替「睜」字，如「張目」、「開眼」；但「眼睜睜地」的「睜」卻不可用「張」或「開」字替代。

常 8 **睪**

解形 會意；從目從夲。夲是罪人，古時吏人攜帶眼目逮捕罪人爲睪。

音義 ㄍㄠ 名 生 雄性動物生殖器的一部分，能產生精子；衍 睪丸。形 高大的；例「自望其廣，則睪如也。」

參考 ①又作「睾」。②本作「睪」，音ㄧˋ。③孳 斁、鐸、擇、澤、釋、繹、譯、懌、驛、嶧。

常 8 **睹**

解形 形聲；從目，者聲。者有聚集的意思，所以目光積聚，得以看見爲睹。

音義 ㄉㄨˇ 動 看見；例 睹物思人，遺愛永在。

參考 ①又作「覩」。②同 看，見。③「睹」、「賭」有別：「睹」是用眼睛看，所以字從「目」；「賭」和「錢」有關，所以字從「貝」(上古用「貝」作貨幣)。

▽有目共睹、耳聞目睹、視若無睹、慘不忍睹、熟視無睹。

常 8 **睥**

解形 形聲；從目，卑聲。卑有卑下的意思，目光低邪看人爲睥。

音義 ㄆㄧˋ 動 斜眼看人，表示瞧不起或不服氣；例 睥睨。

參考 「睥睨」又可作「俾倪」、「埤

埤」，也可表示「古代城上的矮牆」。

13 **睥睨** ㄅㄧˋ ㄋㄧˋ ㈠斜著眼睛看。有高傲瞧不起他人的意思。㈡城牆上具有防護作用的短牆。又作「埤堄」。

常 8 **睨** 解形 形聲；從目，兒聲。兒有小的意思，所以斜眼看人爲睨。

音義 ㄋㄧˋ 動 斜眼看人；例 睥睨。

參考 參閱「睥」字條。

▽睥睨、斜睨。

次 8 **睟** 解形 形聲；從目，卒聲。卒有會聚的意思，所以目光集中地正視爲睟。

音義 ㄙㄨㄟˋ 名 顏色純粹；例「牛，玄，騂，白，睟而角。」副 潤澤地；例 睟然。

9 **睟面盎背** ㄙㄨㄟˋ ㄇㄧㄢˋ ㄤˋ ㄅㄟˋ 君子內在之德自然流露，可使他臉色潤澤，背部隆厚。

次 8 **睠** 解形 形聲；從目，卷聲。卷有卷曲的意思，所以回頭看爲睠。

音義 ㄐㄩㄢˋ 動 回頭看，通「眷」；例 睠顧。副 回顧地；例 睠睠懷顧。

次 8 **睒** 解形 形聲；從目，炎聲。炎有火光閃動的意思，所以眼神閃爍爲睒。

音義 ㄕㄢˇ 動 ①窺視；例 曹復睒天。②閃爍；例 其光睒也。副 晶瑩地；例 太白睒睒。

次 8 **睖** 解形 形聲；從目，夌聲。夌有凸出尖銳的意思，所以瞪眼直視爲睖。

音義 ㄔㄥ 副 直視地；例 睖瞪。

參考 又音 ㄌㄥˊ。

次 8 **睚** 解形 形聲；從目，厓聲。厓有邊緣的意思，所以眼睛的四周爲睚。

音義 ㄧㄞˊ 名 眼角。動 瞪眼睛；例 睚眥。形 小怒小怨的；例 睚眥必報。

次 8 **睢** 解形 形聲；從目，隹聲。仰目而視爲睢。

音義 ㄙㄨㄟ 名 ①地 水名，源河南虞城縣，注洪澤湖。②姓。動 任意；例 恣睢。副 仰目上視的樣子；例 萬衆睢睢。

參考 與從且的「雎」字形近音義不同：「雎」音 ㄐㄩ，鳥名。

13 **睢睢盱盱** ㄙㄨㄟ ㄙㄨㄟ ㄒㄩ ㄒㄩ ㈠囂張跋扈的樣子。㈡凝視而靜聽的樣子。

▽暴戾恣睢。

常 9 **瞄** 解形 形聲；從目，苗聲。苗有初起的意思，所以隱而不明的注視爲瞄。

音義 ㄇㄧㄠˊ 動 看，注視；例 瞄了一眼。

參考 與「睨」有別：「瞄」有「注意」的意思；「睨」則有輕視的含意。

13 **瞄準** ㄇㄧㄠˊ ㄓㄨㄣˇ 爲使彈丸射向目標，射擊者集中視力以一定方向和角度對準目標。

常 9 **睡** 解形 形聲；從目，垂聲。垂有邊緣的意思，所以眼簾下垂爲睡。

音義 ㄕㄨㄟˋ 動 閉目安歇以休養精神；例 共君今夜不須睡。形 ①熟眠的；例 睡獅。②睡眠時用的；例 睡衣。

參考 反 覺，醒。

10 **睡眠** ㄕㄨㄟˋ ㄇㄧㄢˊ 一種與「醒」交替出現的機能狀態。人在睡眠時對外界刺激相對地失去感受能力，腦功能可在睡眠中得到恢復。

12 **睡鄉** ㄕㄨㄟˋ ㄒㄧㄤ 睡夢中的境界。

參考 同 夢鄉。

▽午睡、愛睡、沈睡、昏睡、熟睡、酣睡、甜睡、小睡、瞌睡、長睡、昏昏欲睡，共君今夜不須睡。

常 9 **睽** 解形 形聲；從目，癸聲。癸有分歧的意思，所以目光游移，不能集中爲睽。

音義 ㄎㄨㄟˊ 動 ①分離；例 睽合。②懷疑；例 內自睽疑。

參考 「睽違」、「睽離」等表示「分離」的意思時，可與「暌」字通。

13 **睽隔** ㄎㄨㄟˊ ㄍㄜˊ 相隔很遠，只能用眼睛瞻仰；常用作書信應酬語。例睽隔師門，瞬將半載。

14 **睽違** ㄎㄨㄟˊ ㄨㄟˊ 分離。

睽睽 ㄎㄨㄟˊ ㄎㄨㄟˊ 張大眼睛注視。例衆目睽睽。

▽衆目睽睽。

常 9 **睿** 形解 會意；從𣦵省，從目，從谷省。𣦵爲穿透，目是看得清楚，谷有深的意思，所以深明爲睿。

音義 ㄖㄨㄟˋ 名通達事理；例思曰睿，睿作聖。形①有關天子的；例睿旨。②聰明的；例睿知。

參考 ①又作「叡」。②同智。③字從「𣦵」，「冖」上作「⺊」而下有一橫，不可寫成「穴」。

12 **睿智** ㄖㄨㄟˋ ㄓˋ ㈠非常深遠的智識。例聰明睿智。㈡哲指人類的理性。

次 9 **瞅** 形解 形聲；從目，秋聲。眼睛斜視爲瞅。

音義 ㄔㄡˇ 動看；例瞅了一眼。

次 9 **瞀** 形解 形聲；從目，敄聲。敄聲字有模糊不清的意思，所以眼睛模糊不清爲瞀。

音義 ㄇㄠˋ 名姓。動①眼睛昏花；例眼瞀。②心緒紊亂；例瞀亂。形沒有知識的；例瞀儒。

常 10 **瞎** 形解 形聲；從目，害聲。害爲傷害，所以目盲爲瞎。

音義 ㄒㄧㄚ 名眼睛看不見；例瞎子。形目盲的；例瞎馬。副胡亂地；例瞎扯。

3 **瞎子摸象** ㄒㄧㄚ ㄗ˙ ㄇㄛ ㄒㄧㄤˋ 比喻所見只是部分而非全體。

參考 參閱「盲人摸象」條。

7 **瞎抓** ㄒㄧㄚ ㄓㄨㄚ 比喻做事茫無頭緒而導致事半功倍。

常 10 **瞇** 形解 形聲；從目，迷聲。迷爲迷惑，所以邪視爲瞇。

音義 ㄇㄧ 動上下眼皮微閉而互不接觸；例瞇眼。

常 10 **瞌** 形解 形聲；從目，盍聲。盍爲覆蓋，所以眼皮覆蓋想要睡覺爲瞌。

音義 ㄎㄜ 動疲倦時坐著或趴著小睡；例瞌睡。

參考 瞌睡的「瞌」從目，不可訛作「磕」。

常 10 **瞑** 形解 形聲；從目，冥聲。冥爲幽暗，所以閉上兩隻眼睛爲瞑。

音義 ㄇㄧㄥˊ 動閉上眼睛；例甘心瞑目。形昏暗的；例秋深瞑猿悲。

ㄇㄧㄢˋ 動憤悶；例瞑眩。

參考 ①ㄇㄧㄥˊ又音ㄇㄧㄥˋ。②和「暝」字不同，暝：幽暗。

5 **瞑目** ㄇㄧㄥˊ ㄇㄨˋ ㈠閉上眼睛。㈡比喻死，常指死時沒有牽掛。

次 10 **瞋** 形解 形聲；從目，眞聲。眞聲字多有充實上升的意思，所以張目直視爲瞋。

音義 ㄔㄣ 動張大眼睛而怒目相視，同「嗔」；例瞋恚。

參考 又作「瞋」。

5 **瞋目張膽** ㄔㄣ ㄇㄨˋ ㄓㄤ ㄉㄢˇ 膽大而無所畏懼。

參考 和「明目張膽」有別：後者常指做惡事；前者則單指勇敢，並無貶損的意思。

次 10 **瞍** 形解 形聲；從目，叟聲。叟有隱匿的意思，所以眼中空洞無眸子爲瞍。

音義 ㄙㄡˇ 名瞎子；例矇瞍。

常 11 **瞞** 形解 形聲；從目，㒼聲。平整的眼睛爲瞞。

音義 ㄇㄢˊ 名姓。動①隱藏實情不讓別人知道；例隱瞞。②欺騙；例瞞騙。

參考 同騙，藏，掩，蔽。

4 **瞞天過海** ㄇㄢˊ ㄊㄧㄢ ㄍㄨㄛˋ ㄏㄞˇ 比喻用僞裝來欺騙對方，偷偷地行動。爲三十六計之一。

參考 ①「瞞天」的「瞞」字從目，不可寫作「滿」。②與「一手遮天」有別：後者强調「倚仗權勢，欺上瞞下」，只用於大權在握的人；前者强調「用欺騙的手段暗中活動」，適用於各種人。

9 **瞞哄** ㄇㄢˊ ㄏㄨㄥˇ 欺瞞哄騙。

參考 同瞞騙。

▽欺瞞、隱瞞、偷瞞。

常 11 **瞠** 解形 形聲；從目，堂聲。堂有平正的意思，所以兩眼平視直看爲瞠。

音義 ㄔㄥ 動瞪眼直看；例「瞠目不識問是誰？」副直視地；例「瞠若乎後矣。」

5 **瞠目結舌** ㄔㄥ ㄇㄨˋ ㄐㄧㄝˊ ㄕㄜˊ 瞪著眼睛看而說不出話來。形容受窘或驚呆的樣子。

參考 同目瞪口呆。

瞠乎其後 ㄔㄥ ㄏㄨ ㄑㄧˊ ㄏㄡˋ 在後面乾瞪眼。形容差距很大，趕不上別人。

參考 ①同難望項背。②與「望塵莫及」有別：前者偏重於「遠遠落後」，有「乾瞪眼」的意思；後者偏重於「趕不上」，有「望前面飛揚的塵土」的意思。

常 11 **瞟** 解形 形聲；從目，票聲。票有小的意思，所以微視爲瞟。

音義 ㄆㄧㄠˇ 動斜視；例瞟一眼。

參考 「正視」用「瞄」、「盼」、「瞧」、「看」、「視」、「眄」；「斜視」用「瞟」、「睨」、「睥」。

次 11 **瞜** 解形 形聲；從目，婁聲。婁有微小的意思。所以微視爲瞜。

音義 ㄌㄡ 動注視。

ㄌㄩˊ 動眴瞜，歡笑。②微視；例瞜瞜。

次 11 **瞢** 解形 會意；從苜從旬。苜是目光不正，而旬爲目光搖動，所以視力模糊不明爲瞢。

音義 ㄇㄥˊ 形①慚愧的；例瞢容。②憂悶的；例無瞢。副①陰暗無光的樣子；例日月瞢瞢。②神智不清的樣子；例瞪瞢忘食。

▽愚瞢、昏瞢。

常 12 **瞬** 解形 形聲；從目，舜聲。舜有瞬息的意思，所以目光轉動爲瞬。

音義 ㄕㄨㄣˋ 名短暫的時間；例瞬間。動轉動眼珠；例「先學不瞬而後可言射矣。」

10 **瞬息** ㄕㄨㄣˋ ㄒㄧ 一眨眼和一呼吸之間。比喻極短的時間。

瞬息萬變 ㄕㄨㄣˋ ㄒㄧ ㄨㄢˋ ㄅㄧㄢˋ 在極短的時間內發生了千變萬化。形容變化很快、很多。瞬：眼一轉動；息：氣一呼吸。

▽一瞬、不瞬、轉瞬。

常 12 **瞳** 解形 形聲；從目，童聲。童有小的意思，所以眼珠爲瞳。

音義 ㄊㄨㄥˊ 名眼珠；例瞳豔凝溢。

4 **瞳孔** ㄊㄨㄥˊ ㄎㄨㄥˇ 生眼球壁血管膜和視網膜前面部分（虹膜）中心圓孔。沿瞳孔環形排列的平滑肌收縮時，使瞳孔縮小；沿瞳孔放射狀排列的平滑肌收縮時，使瞳孔放大，以調節眼球的光線量。又作「眼珠」、「瞳人」、「瞳仁」。

▽眼瞳、重瞳、雙瞳。

常 12 **瞥** 解形 形聲；從目，敝聲。敝有殘餘的意思，所以偶然過目爲瞥。

音義 ㄆㄧㄝ 動匆匆過目；例驚鴻一瞥。

參考 同看，見。

▽一瞥、斜瞥、驚鴻一瞥。

常 12 **瞪** 解形 形聲；從目，登聲。登有升的意思，所以目珠突升，怒目直視爲瞪。

音義 ㄉㄥˋ 動①注視，常用來表示憤怒或埋怨；例瞪他一眼。②睜眼直視；例目瞪口呆。

參考 參閱「盯」字條。

常 12 **瞰** 解形 形聲；從目，敢聲。敢有隱暗狹小的意思，所以由上向下眺望爲瞰。

音義 ㄎㄢˋ 動①遠望；例瞰瑤谿之赤岸兮。②俯視；例鳥瞰。

參考 ①又作「矙」。②和從口的「噉」（ㄉㄢˋ）字不同，「噉」同「啖」和「啗」。

▽下瞰、鳥瞰、俯瞰。

常 12 **瞧** 形解 形聲；從目，焦聲。偷看爲瞧。

音義 ㄑㄧㄠˊ 動①看；例瞧一眼。②偷看；例「什麼人敢來瞧俺腳色。」

參考 ①又作「瞔」。②和「雎」(ㄙㄨㄟˋ)字的音義不同。③同看，望，瞄。

常 12 **瞭** 形解 形聲；從目，尞聲。尞有光明的意思，所以目明爲瞭。

音義 ㄌㄧㄠˇ 動明白；例瞭解。形明亮的；例胸中正，則眸子瞭焉。

ㄌㄧㄠˋ 動在高處遠望；例瞭望。

參考 和「了」(ㄌㄧㄠˇ)字通，如「明瞭」、「瞭解」都可以用「了」字，但「了結」、「了斷」等都不可用「瞭」。

6 **瞭如指掌** ㄌㄧㄠˇ ㄖㄨˊ ㄓˇ ㄓㄤˇ 清楚得就像看自己的手掌一樣。形容對事物的了解非常透徹。又作「瞭若指掌」。

11 **瞭望** ㄌㄧㄠˋ ㄨㄤˋ 向遠處看去。多指負有任務，專注地觀察情況。

參考 ①參閱「眺望」條。②衍瞭望臺。

▽明瞭、遠瞭、近看遠瞭。

次 12 **瞵** 形解 形聲；從目，粦聲。粦有火光閃動的意思，所以眼光明亮爲瞵。

音義 ㄌㄧㄣˊ 動眼光閃閃地看；例虎視鷹瞵。副有文采的樣子，通「璘」；例瞵瓊。

次 12 **瞷** 形解 形聲；從目，閒聲。閒有空隙的意思，所以眼睛向上看而眼白較多爲瞷。俗作「瞯」。

音義 ㄐㄧㄢˋ 動窺視。

ㄒㄧㄢˊ 名姓。動眼睛向上看。形英武的樣子。

參考 又作「瞯」。

次 12 **瞶** 形解 形聲；從目，貴聲。貴有缺虧的意思，所以目中無珠爲瞶。

音義 ㄍㄨㄟˋ 名盲人；例聾瞶。形愚昧的，同「瞶」；例昏瞶。

參考 ①又音ㄎㄨㄟˋ。②又作「瞆」。

常 13 **瞿** 形解 形聲；從隹，䀠聲。䀠爲左右看，隹爲鳥禽，所以鷹隼向左右注視爲瞿。

音義 ㄑㄩˊ 名姓。ㄐㄩˋ 動心驚；例聞名心瞿。

參考 ①ㄑㄩˊ又音ㄑㄩ。②辨矍、衢、臞、癯、懼。

12 **瞿然** ㄐㄩˋ ㄖㄢˊ (一)驚視的樣子。例瞿然注視。(二)心驚的樣子。例「曾子聞之，瞿然曰」。(三)欣喜的樣子。例瞿然而喜。(四)沈默的樣子。例「憂悲之色，瞿然以靜。」(五)忙迫的樣子。例瞿然而起。

常 13 **瞻** 形解 形聲；從目，詹聲。詹有悠遠的意思，目爲所見，所以臨遠而視爲瞻。

音義 ㄓㄢ 動仰面向上或向前看；例瞻彼日月，悠悠我思。

參考 ①「瞻」是向前看，「顧」是向後看。②不可與「膽量」的「膽」(ㄉㄢˇ)字混同，且不可讀作ㄉㄢˇ。③反顧。

6 **瞻仰** ㄓㄢ ㄧㄤˇ 懷著敬意仰望。多用爲對他人表示尊敬之辭。

參考 ①與「敬仰」、「景仰」都有敬慕的意思，但有別：「瞻仰」的對象爲人或事物；「敬仰」指尊敬仰慕，對象是人；「景仰」指佩服、尊敬或仰慕，一般用於人，有時也用於具有歷史意義的事物。②衍瞻仰遺容。

9 **瞻前顧後** ㄓㄢ ㄑㄧㄢˊ ㄍㄨˋ ㄏㄡˋ 先看看前面再看看後面。(一)原形容做事謹慎，考慮周密。(二)後多形容顧慮過多，猶豫不決。

11 **瞻望** ㄓㄢ ㄨㄤˋ 擡頭遠望。

▽觀瞻、仰瞻、眺瞻、前瞻、馬首是瞻。

常 13 **瞽** 形解 形聲；從目，鼓聲。鼓皮平合，所以目合而無見爲瞽。

音義 ㄍㄨˇ 名①眼睛看不見東西的人；例師瞽。②樂工或樂官；例「有瞽有瞽，在周之庭。」③不能分辨是非善惡的人。形不正確的；例瞽說。

參考「瞎」、「盲」、「矇」、「瞽」都是指眼睛看不見東西的人。

次 13

瞼

形解 形聲；從目，僉聲。僉有收聚的意思，所以上下眼皮為瞼。

音義 ㄐㄧㄢˇ ①眼皮。②方南蠻語稱州為瞼；例十瞼。

參考 字不可受「臉」字讀音的影響而讀成ㄌㄧㄢˇ。

▽眼瞼、兩瞼。

常 14

矇

形解 形聲；從目，蒙聲。蒙有覆蓋的意思，所以迷濛不清為矇。

音義 ㄇㄥˊ 名眼膜損壞，雖有眼珠而看不見的人，即青盲；例「矇瞍奏公。」形事理被蔽障而不明的；例「乃今日發矇。」副模糊不清地；例矇矓。

ㄇㄥ 動①欺瞞；例別矇人。②猜測；例被他矇著了。

參考 和「曚」、「朦」二字形近而音同，且「曚曨」、「朦朧」都有模糊不清的意思。

19 矇騙 ㄇㄥ ㄆㄧㄢˋ 欺騙。

21 矇矓 ㄇㄥˊ ㄌㄨㄥˊ ㈠視覺模糊不清楚的狀態。㈡將睡時眼睛欲閉又張的樣子。

次 15

矍

形解 會意；從又從瞿。瞿為驚視，又即手，鷹隼為人所捉，所以驚視欲去為矍。

音義 ㄐㄩㄝˊ 名姓。副驚訝而注目地；例「矍然失容。」

23 矍鑠 ㄐㄩㄝˊ ㄕㄨㄛˋ 老而強健的樣子。例「矍鑠哉！是翁也。」

常 16

矓

形解 形聲；從目，龍聲。龍為時隱時現的神物，所以目不明亮為矓。

音義 ㄌㄨㄥˊ 副模糊不清的樣子；例矓矇。

參考 參閱「矇」字條。

常 19

矗

形解 會意；從三直。既高且直為矗。

音義 ㄔㄨˋ 形①直立高聳的；例巍然矗立。

5 矗立 ㄔㄨˋ ㄌㄧˋ 高聳直立。

參考 與「聳立」、「屹立」有別：「矗立」偏重高而直；「聳立」偏重向上而突出，二者對象都是「物」。「屹立」著重在高而穩，常用來比喻堅定不可動搖，對象為人或物均可。

次 20

矙

形解 形聲；從目，闞聲。闞為伺望的意思，所以窺視為矙。

音義 ㄎㄢˋ 動窺視，同「瞰」；例「陽貨矙孔子之亡也。」

參考 同瞯，瞷。

常 21

矚

形解 形聲；從目，屬聲。屬為連接，所以凝神注視為矚。

音義 ㄓㄨˇ 動注視；例凝神遠矚。

參考「屬」、「囑」、「矚」三字的分別是：「屬」（ㄕㄨˇ），是「專注」、「所有」的意思；「囑」（ㄓㄨˇ）是「託付」、「吩咐」的意思；「矚」是「注視」，所以字從「目」。

5 矚目 ㄓㄨˇ ㄇㄨˋ 注目。例舉世矚目。

11 矚望 ㄓㄨˇ ㄨㄤˋ ㈠期望、期待。㈡注視。

▽凝矚、瞻矚、高瞻遠矚。

【矛部】 ㄇㄠˊ

常 0

矛

形解 象形；直者象其把柄，左右象其毛羽的裝飾形。

音義 ㄇㄠˊ 名古兵器名，柄長而有尖刃，形狀似戟；例「操弓執矛。」

矛

參考 ①孳茅、蝥、袤、瞀、楙。②「矛」、「茅」有別：「名列前茅」的「茅」，不可寫成「矛」。

9 矛盾 ㄇㄠˊ ㄉㄨㄣˋ ㈠古代兩種不同用處的武器。矛用來攻擊敵人，盾用來保護自己。又作「楯」。㈡比喻互相抵觸，互不相容。

▽戈矛、利矛、戟矛、弓矛、長矛。

常 4 **矜** 形解 形聲；從矛，今聲。矛的長柄爲矜。

音義 ㄐㄧㄣ 名禍亂；例居以凶矜。動①憐惜；例嘉善而矜不能。②莊重自制；例君子矜而不爭。③誇張；例自矜。副敬慎地；例矜行以事君。

ㄍㄨㄢ 名老而無妻的人，通「鰥」；例「矜寡孤獨廢疾者，皆有所養。」

參考 ①不可誤從予作「矝」。②老而無妻爲「矜」，老而無夫爲「寡」；後通稱喪妻爲「矜」，喪夫爲「寡」。

6 **矜式** ㄐㄧㄣ ㄕˋ 敬重和取法。

9 **矜持** ㄐㄧㄣ ㄔˊ 保持莊重嚴肅的態度。今多指過分拘謹，態度不夠自然。

13 **矜誇** ㄐㄧㄣ ㄎㄨㄚ 驕矜自滿，自我誇耀。

14 **矜寡** ㄍㄨㄢ ㄍㄨㄚˇ 指死去妻子的鰥夫和死去丈夫的寡婦。同「鰥寡」。

▽哀矜、驕矜、自矜、誇矜、伐矜、孤矜。

次 7 **矞** 形解 形聲；從矛，冏聲。冏有插入的意思，所以以錐穿物爲矞。

音義 ㄩˋ 動①用錐穿入。②溢出，通「潏」。副驚懼地。

ㄐㄩㄝ 形權詐的，通「譎」；例矞宇崔瑣。

【矢部】ㄕˇ

常 0 **矢** 形解 象形；象箭形。

音義 ㄕˇ 名①箭；例無的放矢。②糞便，通「屎」；例以筐盛矢。③姓。動①發誓，通「誓」；例矢誓。②刺射；例「公矢魚于棠。」③實行；例矢其文德。形正直的；例矢言。

參考 ①「矢」字沒有出頭，與出頭的「失」(ㄕ)字有別。②同箭。③擘知、疾、雉、疑、肄、凝、擬、嶷、癡、疾、嫉。

3 **矢口不移** ㄕˇ ㄎㄡˇ ㄅㄨˋ ㄧˊ 一口咬定某一句話而毫不改變。

參考 與「一口咬定」有別：後者有認定某事物而誣賴的意思。

矢口否認 ㄕˇ ㄎㄡˇ ㄈㄡˇ ㄖㄣˋ 一口咬定，完全不承認。矢：發誓。

5 **矢石** ㄕˇ ㄕˊ 箭和礌石，古代守城的武器。

▽弓矢、嚆矢、毒矢、飛矢、流矢、遺矢、無的放矢。

常 2 **矣** 形解 形聲；從矢，目聲。目有及、止的意思，所以表示結束或感嘆的語末助詞爲矣。

音義 ㄧˇ 助①表已然；例今臣之力，十九年矣。②表肯定；例雖未學，吾必謂之學矣。③表停頓；例漢之廣矣，不可泳思。歎表感歎；例甚矣！吾衰也。

參考 字從「矢」不誤從「失」。

▽垂垂老矣、墓木拱矣、廉頗老矣。

常 3 **知** 形解 會意；從口矢。人有知識，說話就能敏捷如矢，所以有識爲知。

音義 ㄓ 名①見識；例求知。②交情；例舊雨新知。動①明白；例知之爲知之，不知爲不知，是知也。②通告；例知會內政部。③契合；例知己。④主持；例知縣。⑤接待；例知客。

ㄓˋ 名①智慧，同「智」；例好學近乎知。②姓。

參考 ①「知」字現在多作「知識」解；「智」字現多作「智慧」、「智謀」解，所以「知識分子」多不用「智」字。②同曉，明。③擘蜘、智、踟。

2 **知了** ㄓ ㄌㄧㄠˇ 「蟬」的別稱。又作「蜘蟟」。

3 **知己** ㄓ ㄐㄧˇ 彼此相互了解，情誼深厚、關係密切的朋友。

知己知彼 ㄓ ㄐㄧˇ ㄓ ㄅㄧˇ 原指對敵我雙方的實情能了解透徹，打起仗來就可以立於不敗之地。後來泛指了解自己和對方。例知己知彼，百戰百勝；知己知彼，百戰不殆。

6 **知名** ㄓ ㄇㄧㄥˊ 名聲很大，大家都知道。例知名人士。

知名度 ㄓ ㄇㄧㄥˊ ㄉㄨˋ 名聲爲衆人所知聞的程度。

知行合一 ㄓ ㄒㄧㄥˊ ㄏㄜˊ ㄧ 〔哲〕明朝王守仁(陽明)所提倡的學說。認爲知和行是一事，知必能行；知而不行，不是眞知。

7 **知足** ㄓ ㄗㄨˊ 心裏知道滿足。例知足常樂。

8 **知事** ㄓ ㄕˋ ㈠明白事情。㈡〔史〕舊官名，民國初年稱一縣的長官爲縣知事。今改稱「縣長」。

知命 ㄓ ㄇㄧㄥˋ ㈠知道天命，不作分外的要求。語出論語：「五十而知天命。」㈡後人因以「知命」爲五十歲的代詞。例自冠弱涉乎知命之年。

知法犯法 ㄓ ㄈㄚˇ ㄈㄢˋ ㄈㄚˇ 明知違法，還要去觸犯法律。

[參考] [同]明知故犯。

知其然而不知其所以然 ㄓ ㄑㄧˊ ㄖㄢˊ ㄦˊ ㄅㄨˋ ㄓ ㄑㄧˊ ㄙㄨㄛˇ ㄧˇ ㄖㄢˊ 知道它是這樣，而不知道它所以這樣的原因或道理。

9 **知音** ㄓ ㄧㄣ ㈠精通音律的人。㈡傳說古代伯牙善鼓琴，鍾子期善聽琴，能從伯牙的琴聲中聽出他的心意。後稱知己的朋友爲「知音」。

13 **知遇** ㄓ ㄩˋ 得到賞識和重用。

知照 ㄓ ㄓㄠˋ 通知關照。

知道 ㄓ ㄉㄠˋ ㈠明白瞭解。㈡知曉道理。例人不學不知道。

[參考]「懂」、「知道」有別：「懂」，是澈底明白；「知道」，只限於曉得。如：你懂這個道理嗎？又如：你知道他叫什麼名字嗎？

15 **知趣** ㄓ ㄑㄩˋ 知道好歹，不惹人討厭。

[參考] [同]識相。

19 **知識** ㄓ ㄕˋ ㈠人們經過各種生活體驗所獲得對客觀事物的認識。㈡所知事物的理論和實際，如以化學爲一種知識。

知識分子 ㄓ ㄕˋ ㄈㄣˋ ㄗˇ 指具有一定科學文化知識學術，主要從事勞心的人。如教師、文藝工作者、科學技術工作者等。

知難行易 ㄓ ㄋㄢˊ ㄒㄧㄥˊ ㄧˋ 〔哲〕國父孫中山先生針對「知易行難」的缺點及國人迷惑而不重力行所提的學說，認爲：知道一件事理是很難的，但實行起來卻很容易。並舉飲食、用錢……等十大例證。

20 **知覺** ㄓ ㄐㄩㄝˊ ㈠〔心〕感覺與再現觀念結合以認識外界事物的作用。㈡有時也指感覺。

▽故知、周知、察知、致知、通知、新知、無知、自知、良知、求知、深知、相知、告知、未卜先知、舊雨新知。

(次) 4

矧

[形解] 形聲；從矢，引聲。況且，何況爲矧。

[音義] ㄕㄣˇ [名]齒根；例笑不至矧。[副]①況且；例豪傑不易得，矧得聖賢。②亦；例矧咸奔走。

(常) 5

矩

[形解] 形聲；從矢，巨聲。測定方形的工具爲矩。

[音義] ㄐㄩˇ [名]①繪圖用具，即曲尺；例圓出於方，方出於矩。②法則；例循規蹈矩。

19 **矩矱** ㄐㄩˇ ㄏㄨㄛˋ 規矩，法度。矱：尺度。

▽規矩、繩矩、方矩、踰矩、不踰矩、循規蹈矩。

(常) 7

短

[形解] 形聲；從矢，豆聲。豆是較矮小的禮器，所以不長爲短。

[音義] ㄉㄨㄢˇ [名]缺點；例護短。[動]①說人短處；例上官大夫短屈原於頃襄王。②喪失；例英雄氣短。[形]①矮小的；例五短身材。②短暫的；例書短苦夜長。

[參考] ①[同]小。②[反]長。

3 **短工** ㄉㄨㄢˇ ㄍㄨㄥ 暫時雇用的工人。

[參考] [反]長工。

短小精悍 ㄉㄨㄢˇ ㄒㄧㄠˇ ㄐㄧㄥ ㄏㄢˋ ㈠形容人身材矮小而精明能幹。㈡形容文章、發言等簡短有力。

7 **短見** ㄉㄨㄢˇ ㄐㄧㄢˋ ㈠淺薄的見識。㈡自殺。例自尋短見。

短兵相接 ㄉㄨㄢˇ ㄅㄧㄥ ㄒㄧㄤ ㄐㄧㄝ ㈠雙方距離很近的作戰。短兵：指刀、劍等武器。㈡比喻針鋒相對的爭鬥。

8 **短命** ㄉㄨㄢˇ ㄇㄧㄥˋ 壽命短促。

參考 反長壽。

短波 ㄉㄨㄢˇ ㄆㄛ 物通常指波長一百公尺到十公尺（頻率從三兆赫到三十兆赫）範圍內的無線電波。

短長 ㄉㄨㄢˇ ㄔㄤˊ ㈠短和長。㈡是非善惡。㈢優劣。例一較長短。

9 **短促** ㄉㄨㄢˇ ㄘㄨˋ 形容（時間）極短，急促。

短垣自踰 ㄉㄨㄢˇ ㄩㄢˊ ㄗˋ ㄩˊ 短矮的牆壁，連自己都去跨越，不能再去要求別人不可跨越。比喻自己不能遵守禮法，也不能使別人守禮法。

10 **短氣** ㄉㄨㄢˇ ㄑㄧˋ ㈠志氣沮喪而不能振奮。

11 **短絀** ㄉㄨㄢˇ ㄓㄨㄛˊ 短少，缺乏。絀：缺少。絀，又音 ㄔㄨˋ。

短視近利 ㄉㄨㄢˇ ㄕˋ ㄐㄧㄣˋ ㄌㄧˋ 指人目光短淺，只顧到眼前的利益，而忽略了長遠的打算。

參考 反高瞻遠矚。

13 **短路** ㄉㄨㄢˇ ㄌㄨˋ 電路中電位不同的兩點直接發生接觸或被導體聯接，使電流變大的現象。

短綆汲深 ㄉㄨㄢˇ ㄍㄥˇ ㄐㄧˊ ㄕㄣ 吊桶繫著短繩，無法汲取深井裏的水。比喻才能小者不能擔當重任。綆：汲水用的繩子。又作「綆短汲深」。

▽長短、淺短、五短、三長兩短、護短、簡短、縮短、人窮志短、取長補短、說長道短。

次 7 **矬** 形解 形聲；從矢，坐聲。身材短小爲矬。

音義 ㄘㄨㄛˊ 形低矮的；例矬胖子。

常 8 **矮** 形解 形聲；從矢，委聲。委有曲而短的意思，所以短人爲矮。

音義 ㄞˇ 名身材短小的人；例矮子。形短小或低下的；例矮屋。

音義 ①同低，小。②反高，大。

2 **矮人觀場** ㄞˇ ㄖㄣˊ ㄍㄨㄢ ㄔㄤˇ 矮人看野臺戲，因遭人遮擋而完全看不見。比喻：㈠隨聲附和，毫無己見。㈡稱人所見不廣，所知不多。觀，又作「看」。

常 12 **矯** 形解 形聲；從矢，喬聲。喬有高且曲的意思，所以能把彎曲的箭幹變成爲平直的箝子爲矯。

音義 ㄐㄧㄠˇ 名姓。動①使彎曲者變直；例矯箭控弦。②舉起；例矯首遐觀。③假托；例矯以鄭伯之命而犒師焉。形強健的；例君子和而不流，強哉矯！

5 **矯正** ㄐㄧㄠˇ ㄓㄥˋ 糾正，修正。

8 **矯枉過正** ㄐㄧㄠˇ ㄨㄤˇ ㄍㄨㄛˋ ㄓㄥˋ 把彎曲的東西扭直，結果過了頭又歪向另一方。比喻糾正錯誤超過了應有的限度。枉：不直的東西。

11 **矯健** ㄐㄧㄠˇ ㄐㄧㄢˋ 強健而有力。例身手矯健。

矯情 ㄐㄧㄠˇ ㄑㄧㄥˊ 故意違反常情，表示與衆不同。

參考 衍矯情干譽、矯情寬假。

12 **矯揉造作** ㄐㄧㄠˇ ㄖㄡˊ ㄗㄠˋ ㄗㄨㄛˋ 形容裝腔作勢，故意做作。造，又作「做」。

參考 參閱「裝模作樣」條。

13 **矯飾** ㄐㄧㄠˇ ㄕˋ 故意做作掩飾，以欺騙他人。

參考 同做作。

▽奇矯、匡矯、誣矯。

次 12 **矰** 形解 形聲；從矢，曾聲。曾有高的意思，所以以生絲繫矢，射擊空中飛鳥的短箭爲矰。

音義 ㄗㄥ 名一種用絲繩繫住，便於射飛鳥的短箭；例具矰繳以射鳧鴈。

次 14 **矱** 形解 形聲；從矢，蒦聲。長度單位名，約一尺長爲矱。

音義 ㄏㄨㄛˋ 名尺度，標準；例梨矱。

參考 又音 ㄨㄛˋ。

【石部】 ㄕˊ

常 0 **石** 形解 象形；厂指巖岸，口象石塊，所以山巖下的石塊爲石。

音義 ㄕˊ 名①由矽質所結成的

礦物，係構成地殼的堅硬物質；例岸石。②古八音之一，石製的樂器；例擊石拊石，百獸率舞。③石刻；例功績銘乎金石。④醫古代用來治病的石針。⑤古重量單位，一百二十市斤爲一石。⑥姓。

ㄉㄢˋ 名容量名，十斗爲石；例臣飲一斗亦醉，一石亦醉。

參考 孳拓、斫、妬、碩、磔、甋、橐、蠹。

6 **石灰** ㄕˊ ㄏㄨㄟ 礦分生石灰和熟石灰二種。生石灰的主要成分爲氧化鈣。熟石灰由生石灰加水化合而成，主要成分爲氫氧化鈣。

7 **石沈大海** ㄕˊ ㄔㄣˊ ㄉㄚˋ ㄏㄞˇ ㈠石頭沈入大海，比喻再也沒有消息。㈡比喻有去無回。

8 **石刻** ㄕˊ ㄎㄜˋ ㈠以文字或圖象摹刻於崖壁上者。亦稱「摩崖」。㈡泛稱將文字摹刻於石上者。

石林 ㄕˊ ㄌㄧㄣˊ 許多柱狀岩石組成的地形，是石灰岩地區特有的景象。如貴州桂林的石林即是著例。

石英 ㄕˊ ㄧㄥ 地礦石名。結晶的二氧化矽，是岩石和砂子的主要成分，也是製造玻璃的重要原料。

石英手表 ㄕˊ ㄧㄥ ㄕㄡˇ ㄅㄧㄠˇ 電子手表的一種。利用石英振盪器計量時間，是目前走時精度最高的手表，誤差約每年一分鐘。

10 **石破天驚** ㄕˊ ㄆㄛˋ ㄊㄧㄢ ㄐㄧㄥ 即一鳴驚人。原來形容箜篌（古樂器）的聲音忽而高亢，忽而低沈，出人意外，有不可名狀的奇境。後用以比喻多指文字、議論出奇而驚人。例「女媧煉石補天處，石破天驚逗秋雨。」

12 **石敢當** ㄕˊ ㄍㄢˇ ㄉㄤ ㈠後晉力士。㈡碑石上的刻字。唐宋以來百姓在家門或巷衢前豎一塊小石碑，上頭刻有「石敢當」之字，以用來避邪。

14 **石綿** ㄕˊ ㄇㄧㄢˊ 礦纖維狀礦物，具有絲絹光澤，耐高溫、耐酸鹼、不導電等性質。廣泛用於製造消防、保溫、電氣絕緣、隔音等材料。因含有致癌的成分，先進國家已禁止使用。又作「石棉」。

15 **石墨** ㄕˊ ㄇㄛˋ 礦物名，是碳的單形態之一。鐵灰色，片狀結晶，熔點高，很滑潤，能導電，耐腐蝕，廣泛應用於化工設備和原子能工業。又稱「黑鉛」、「筆鉛」、「畫眉石」等。

16 **石器時代** ㄕˊ ㄑㄧˋ ㄕˊ ㄉㄞˋ 人類有文字記載歷史以前的一時期，是考古學分期之一，也是人類最古的時代，因使用的生產工具以石器爲主，故名。

21 **石蠟** ㄕˊ ㄌㄚˋ 礦從石油中提煉出來的白色或淡黃色的固體，是製造蠟燭、火柴、日用化學品、電絕緣材料等的原料，也可用於醫藥、食品等工業。

▽化石、岩石、玉石、金石、碁石、磁石、磐石、木石、藥石、基石、試金石、他山之石、落井下石、人非木石、以卵投石。

常 3
矽

解 形 形聲；從石，夕聲。非金屬化學元素之一爲矽。

音義 ㄒㄧˋ 名 化 一種非金屬元素（Si），爲構成岩石的重要物質，是自然界最豐富的元素之一。石英、砂子都是矽的化合物。

參考 又名「硅」（ㄍㄨㄟ）。

次 3
矼

解 形 形聲，從石，工聲。石橋爲矼。

音義 ㄐㄧㄤ 名 石橋；例石矼。ㄑㄧㄤ 形 誠謹的；例「德厚信矼。」

次 3
矻

解 形 形聲；從石，乞聲。石頭爲矻。

音義 ㄎㄨˋ 副 矻矻，勤奮不懈地；例終日矻矻。

參考 又音ㄨˋ。

常 4
砂

解 形 形聲；從石，沙省聲。沙是水中小石，所以流水沖擊而成的碎散石粒爲砂。

音義 ㄕㄚ 名 ①細碎的石粒；例砂粒。②狀似砂粒的物質；例鐵砂。

參考 參閱「沙」字條。

▽丹砂、土砂、硃砂、金砂、礦砂。

常 4 **研** 形解 形聲；從石，幵聲。幵有平的意思，所以用石頭將東西磨平為研。
音義 ㄧㄢˊ 動 ①磨細；例研成粉。②深入探究；例研究。
ㄧㄢˋ 名 磨墨的文具，同「硯」；例安能久事筆研間乎？
參考 同磨。

7 **研究** ㄧㄢˊ ㄐㄧㄡˋ ㈠用嚴密的方法窮究事理，以獲得正確結果。㈡商量。
參考 ①同研求。②與「鑽研」相似，但「研究」範圍較廣，不限於一人去做；「鑽研」則僅限於一人，且範圍較窄，指科學、技術、理論、學問、業務等方面。

10 **研討** ㄧㄢˊ ㄊㄠˇ 研究討論。
參考 同探討，鑽研。

11 **研習** ㄧㄢˊ ㄒㄧˊ 研究學習。例教學研習會。

▽窮研、鑽研、精研、學研、攻研。

常 4 **砌** 形解 形聲；從石，切聲。切是刀割，切有方正的意思，所以方階為砌。
音義 ㄑㄧˋ 名 臺階；例雕闌玉砌應猶在。動 堆疊；例砌磚。
參考 「砌」與「末」連用當作道具解時，應讀做ㄑㄧㄝˋ。

常 4 **砍** 形解 形聲；從石，欠聲。欠是氣不足，所以擊石而未碎為砍。
音義 ㄎㄢˇ 動 以刀劍劈殺；例砍頭。
參考 同劈。

常 4 **斫** 形解 形聲；從斤，石聲。以斧擊石為斫。
音義 ㄓㄨㄛˊ 動 ①砍殺；例拔劍斫地。②襲擊；例斫敵前營。
參考 同砍。

次 4 **砆** 形解 形聲；從石，夫聲。似玉的美石為砆。
音義 ㄈㄨ 名 碔砆，像玉的美石；例「碝石碔砆」。
參考 「碔砆」也作「珷玞」。

次 4 **砑** 形解 形聲；從石，牙聲。碾磨打光為砑。
音義 ㄧㄚˋ 動 ①碾壓，通「㧎」；例砑石。②以石碾磨紙、布、皮革等物，使之密實而光滑；例砑光。

次 4 **砒** 形解 形聲；從石，比聲。砒石或砒霜為砒。
音義 ㄆㄧ 名 化 ①「砷」的舊稱。②「砒霜」的簡稱，一種無機化合物，即不純的三氧化二砷（As_2O_3），白色或灰色固體，含有劇毒。

次 4 **砉** 形解 形聲；從石，丰聲。皮骨相離之聲為砉。
音義 ㄏㄨㄛˋ 副 皮骨相離聲；例砉然嚮然。
ㄒㄩ 形 描摹動作迅速的聲音。

常 5 **砰** 形解 形聲；從石，平聲。形容大聲為砰。
音義 ㄆㄥ 形 描摹巨大的聲響；例砰然作響。

常 5 **砧** 形解 形聲；從石，占聲。占有臨近的意思，所以擣衣用的石頭為砧。
音義 ㄓㄣ 名 ①擣衣石；例「秋至拭清砧。」②擣衣的聲音；例「江人授衣晚，十月始聞砧。」
參考 「砧」從占，但不可讀成ㄓㄢ。

▽刀砧、清砧、聞砧。

常 5 **砸** 形解 形聲；從石，匝聲。以重物擊碎東西為砸。
音義 ㄗㄚˊ 動 ①打壞；例把碗砸了。②失敗；例把事辦砸了。③搗碎；例砸蒜。④用沈重的東西搗築或敲擊；例砸地基。⑤沈重的東西掉落在物體上；例石頭砸了腳。
參考 與「咂」有別：「咂」從「口」，音ㄗㄚ，有品嚐、吸取的意思；「砸」從「石」，音ㄗㄚˊ，有搗碎、敲擊的意思。

常 5 **砝** 形解 一音為ㄐㄧㄝˊ，形聲；從石，劫省聲。堅硬為砝。
音義 ㄈㄚˊ 名 一種量器名，在天平，磅秤上用作重量標準的東西，用金屬製成；例砝碼。

㊣ 5 **破** 形解 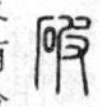 形聲；從石，皮聲。皮有分裂離析的意思，所以裂石使碎爲破。

音義 ㄆㄛˋ 動 ①裂開；例石破天驚。②毀壞；例破釜沈舟。③殘破；例國破山河在。④批判；例不破不立。⑤耗費；例破財消災。⑥窮盡；例讀書破萬卷。⑦超過；例「二月已破三月來。」⑧使眞相大白；例破案。⑨突出；例打破世運記錄。形①殘爛的；例破布。②差勁的；例他的英文說得很破。

參考 同爛，敗，裂。

3 **破土** ㄆㄛˋ ㄊㄨˇ ㈠擇日挖建墓穴。㈡興建土木工程時初次動工。

4 **破天荒** ㄆㄛˋ ㄊㄧㄢ ㄏㄨㄤ 比喻從來沒有過的事情，只是第一次發生。

7 **破折號** ㄆㄛˋ ㄓㄜˊ ㄏㄠˋ 文 標點符號的一種。其用法有三：㈠表示底下的解釋、說明的部分，有括號的作用；㈡表示意思的遞進；㈢表示意思的轉折。符號作「—」。例美的追求是人生的一種飢渴—精神上的飢渴。

8 **破例** ㄆㄛˋ ㄌㄧˋ 不依照往例或慣例辦事。

參考 同破格。

9 **破音字** ㄆㄛˋ ㄧㄣ ㄗˋ 中國文字本是一形一音一義，一字爲了要表示另一種意義，而改變原字讀音以示區別，具有這樣條件的文字爲破音字。例暖「和」，音ㄏㄨㄛ˙；我「和」你，音ㄏㄢˋ。

10 **破格** ㄆㄛˋ ㄍㄜˊ 即破例，不拘成規。

破案 ㄆㄛˋ ㄢˋ ㈠犯罪的祕密敗露。㈡查獲或揭穿犯罪事實。

破涕爲笑 ㄆㄛˋ ㄊㄧˋ ㄨㄟˊ ㄒㄧㄠˋ 收起眼淚，轉悲爲喜。

破釜沈舟 ㄆㄛˋ ㄈㄨˇ ㄔㄣˊ ㄓㄡ 比喻下定決心只以一次機會達到成功的彼岸，不留後路。

參考 同背水一戰。

11 **破產** ㄆㄛˋ ㄔㄢˇ ㈠猶言破家。㈡徹底失敗。多指一個人的陰謀詭計被拆穿。㈢法 於債務人不能淸償其債務時，爲使總債權人獲得平等滿足，並兼顧債務人之利益，而就債務人之總財產，由法院參與其事之一般强制執行之程序。

12 **破裂** ㄆㄛˋ ㄌㄧㄝˋ 破損分裂。

破鈔 ㄆㄛˋ ㄔㄠ 花費錢財。

參考 同破費。

破費 ㄆㄛˋ ㄈㄟˋ 花費錢財。

參考 「破費」、「浪費」有別：「破費」指的多數是錢財，常常當作客套話來講，表示重禮的意思。如：你買這麼貴重的禮物，眞是太破費了。「浪費」是指沒有節制。「浪費」的是時間、金錢、精力、能源等等。如：別再浪費時間了。

破落戶 ㄆㄛˋ ㄌㄨㄛˋ ㄏㄨˋ ㈠衰落的門弟。㈡敗落的世家或無賴的宦門子弟。

13 **破碎** ㄆㄛˋ ㄙㄨㄟˋ ㈠破損，不完整。例山河破碎風拋絮。㈡割裂。㈢散亂。㈣將大塊物料破碎成小塊的作業。破碎常是選礦、建築材料、化工等生產過程中必經的準備作業。

破傷風 ㄆㄛˋ ㄕㄤ ㄈㄥ 醫 由破傷風桿菌經傷口侵入人體引起的急性傳染病。病菌產生毒素侵害神經系統，有肌肉痙攣、呼吸困難、牙關緊閉、高燒等症狀。治療時須給患者注射破傷風抗毒素血清。

破落戶 ㄆㄛˋ ㄌㄨㄛˋ ㄏㄨˋ ㈠先前有錢有勢而後來敗落的人家。㈡門第敗落。

14 **破綻** ㄆㄛˋ ㄓㄢˋ ㈠破裂的痕跡。㈡事情或言語上敗露出毛病。

16 **破曉** ㄆㄛˋ ㄒㄧㄠˇ 天剛亮的時候。

破獲 ㄆㄛˋ ㄏㄨㄛˋ 捕獲罪犯並且破案。

18 **破題兒** ㄆㄛˋ ㄊㄧˊ ㄦˊ ㈠唐宋詩賦及明清八股文中的起首部分，多係剖析題義，闡明宗旨，稱「破題」。㈡引申爲第一次。例破題兒才那麼第一遭。

19 **破壞** ㄆㄛˋ ㄏㄨㄞˋ 破碎，敗壞。

破鏡重圓 ㄆㄛˋ ㄐㄧㄥˋ ㄔㄨㄥˊ ㄩㄢˊ 比喻夫妻失散後重新聚合或離婚後又復合。典出太平廣記．氣義：陳朝徐德言夫婦各執半邊破鏡作爲日後相互尋找的憑信的故事。

參考 與「言歸於好」有別：前者只用於夫婦之間；後者應用範圍則較廣。

▽看破、擊破、說破、打破、突破、道破、踏破、雲破、識破、攻破、撕破、刺破、一語道破、不攻自破、各個擊破、牢不可破、顛撲不破。

常 5 **砥** 形解 形聲；從石，氐聲。較精細可供磨刀劍用的石頭為砥。

音義 ㄉㄧˇ 名磨刀石；例砥劍。動磨鍊；例砥礪志節。

參考 ①舊讀又音ㄓˇ。②「砥」與「礪」都是磨刀石，然「砥」為細質磨石，「礪」是粗質磨石。③字從「氐」，不可訛作「氏」。

9 **砥柱中流** ㄉㄧˇ ㄓㄨˋ ㄓㄨㄥ ㄌㄧㄡˊ (一)比喻堅強勇敢，能擔當重任，支撐危局的人。(二)比喻在動盪艱難的環境中屹立不動搖，能起支撐作用的力量。

20 **砥礪** ㄉㄧˇ ㄌㄧˋ 砥礪都是磨刀石，引申為磨練。

常 5 **砭** 形解 形聲；從石，乏聲。古時以石針刺肌膚治病的一種醫法為砭。

音義 ㄅㄧㄢ 名醫刺穴治病的石針。動①以石針刺穴治病；例士病吾能砭。②刺入；例寒風砭骨。③改過遷善；例痛下針砭。

參考 與「眨」有別：眨，音ㄓㄚˇ，眼睛一閉一開為「眨眼」，不可作「砭」。

7 **砭灸** ㄅㄧㄢ ㄐㄧㄡˇ 古代中醫治病的方法之一，用石針刺稱砭，用艾草薰燒稱灸。

常 5 **砷** 形解 形聲；從石，申聲。非金屬化學元素之一為砷。

音義 ㄕㄣ 名化一種非金屬元素，符號As，原子序33，由於晶體結構不同，呈現黃、灰、黑褐三色。

次 5 **砢** 形解 形聲；從石，可聲。眾石堆積為砢。

音義 ㄌㄨㄛˇ 副①盤結地；例長松桀柏枝崔砢。②眾石堆積地；例磊砢。③大聲的樣子。ㄎㄜ 副砢磣：①醜陋地；例長相砢磣。②難堪地。

次 5 **砠** 形解 形聲；從石，且聲。且有阻止的意思，所以山勢高而不平為砠。

音義 ㄐㄩ 名有土的石山；例陟彼砠矣。

次 5 **砲** 形解 形聲；從石，包聲。火礮為砲。

音義 ㄆㄠˋ 名重型武器的一種，通「炮」、「礮」；例高射砲。

參考 「砲」是「礮」的簡字。

次 5 **砮** 形解 形聲；從石，奴聲。奴有殘破的意思，所以可做矢鋒的石頭為砮。

音義 ㄋㄨˊ 名石製的箭鏃；例石砮。

參考 又作「砮」。

常 6 **硃** 形解 形聲；從石，朱聲。朱是丹赤色，所以丹砂為硃。

音義 ㄓㄨ 名硃砂，一種紅色的無機化合物，符號HgS，主要成分為硫化汞。可作鎮定劑，也可作顏料，也是提煉汞(Hg)的重要原料。

9 **硃砂** ㄓㄨ ㄕㄚ 鮮紅色的礦物顏料，是水銀和硫磺的天然化合物。可以用來寫字、作畫，亦可入藥。又名「辰砂」，亦作「朱砂」。

常 6 **硫** 形解 形聲；從石，㐬聲。硫黃，非金屬化學元素之一為硫。

音義 ㄌㄧㄡˊ 名化一種非金屬元素，符號S，黃色固體，質脆，可用來製硫化橡膠、硫酸、農藥等。俗稱「硫磺」。

參考 與「琉」音同而義不同：「琉璃」、「琉璃瓦」只作「琉」，不可訛作「硫」。

14 **硫酸** ㄌㄧㄡˊ ㄙㄨㄢ 化化學藥品之一，化學式為H_2SO_4，性劇烈，有腐蝕性，易與他種物質化合，工業上需求量大。

次 6 **硒** 形解 形聲；從石，西聲。化學非金屬元素之一為硒。

音義 ㄒㄧ 名化非金屬元素之

一，符號Se，質脆。導電能力隨光照強度而改變，是半導體材料，也可製電池、整流器等。

㊅6 **砦** 形解 形聲；從石，此聲。山寨以木柵爲營爲砦。

音義 ㄓㄞˋ 名①防守用的柵欄。②四周圍柵欄或圍牆的村落，同「寨」、「柴」。③古堡壘；例拔砦。

參考 同寨。

常7 **硝** 形解 形聲；從石，消省聲。芒硝爲硝。

音義 ㄒㄧㄠ 名即「硝石」。藥石名，結晶體，白色而透明，可製火藥及玻璃。動以芒硝等物鞣製毛革，使皮板柔軟；例硝皮。

14 **硝酸** ㄒㄧㄠ ㄙㄨㄢ 化化學物質，強酸之一，化學式爲HNO_3。可用於製造王水、硝化甘油及腐蝕性藥物等。

▽煙硝、芒硝。

常7 **硯** 形解 形聲；從石，見聲。石頭質地光滑細緻爲硯。

音義 ㄧㄢˋ 名①硯臺，研磨黑墨的文具，通常以石製者爲主；例文房四寶：筆、墨、紙、硯。②「同學」的代稱；例硯友。

參考 字雖從見，但不可讀成ㄐㄧㄢˋ。

5 **硯田** ㄧㄢˋ ㄊㄧㄢˊ 比喻以寫文章維持生計。

參考 同筆耕。

▽石硯、端硯、筆硯、朱硯、歙硯。

常7 **硬** 形解 形聲；從石，更聲。更爲庚的假借，庚有充實的意思，所以堅實的石頭爲硬。

音義 ㄧㄥˋ 形①物體質地緊密，品質堅實的；例硬核桃。②剛健的；例強硬。③不自然的；例生硬。④穩定的；例價格很硬。⑤扎實的；例硬功夫。副偏偏；例給他錢，他硬是不要。

參考 ①「硬」方言又讀做ㄣˋ。②同堅，固。③反柔，軟。

4 **硬化** ㄧㄥˋ ㄏㄨㄚˋ 一種物體由軟體變硬的過程。例動脈硬化。

硬水 ㄧㄥˋ ㄕㄨㄟˇ 含有多量礦物質的水，可經由煮沸消除它。

8 **硬性** ㄧㄥˋ ㄒㄧㄥˋ 不能變通的。例硬性規定。

9 **硬度** ㄧㄥˋ ㄉㄨˋ 固體礦物對於外力所能抵抗的程度。

14 **硬幣** ㄧㄥˋ ㄅㄧˋ 金屬製成的貨幣，一般都是小面額的輔幣。

硬漢 ㄧㄥˋ ㄏㄢˋ 秉性耿直，威武不屈的人。

23 **硬體** ㄧㄥˋ ㄊㄧˇ ㈠電腦的外殼、機器本身。㈡所有的電子儀器、裝置。今泛指一切實體設備而言。

▽強硬、堅硬、生硬、心硬、軟硬、吃軟不吃硬。

㊅7 **硤** 形解 形聲；從石，夾聲。兩山間的溪谷爲硤。

音義 ㄒㄧㄚˊ 名①兩山間的溪谷，通「峽」；例山硤。②古州、路名。③硤石，地名，在浙江。

㊅7 **硜** 形解 形聲；從石，巠聲。石製的樂器爲硜。

音義 ㄎㄥ 副①敲打石頭的聲音，通「硜」；例石聲硜。②淺見固執的樣子；例硜硜。

㊅7 **硭** 形解 形聲；從石，芒聲。藥名，硭硝爲硭。

音義 ㄇㄤˊ 名化藥硭硝，藥品名，醫學上用作下瀉、消化、利尿等劑。

㊅7 **确** 形解 形聲；從石，角聲。多石瘠薄的地方。

音義 ㄑㄩㄝˋ 名瘠薄；例确瘠。動角逐；例确逐。形堅定的，通「確」；例确信不疑。

常8 **碎** 形解 形聲；從石，卒聲。卒有破折的意思，所以用石頭使物破裂爲碎。

音義 ㄙㄨㄟˋ 動①破裂；例粉碎敵人的陰謀。②嘮叨；例嘴太碎。形①不完整的；例碎片。②破裂的；例寧爲玉碎，不爲瓦全。③瑣屑的；例碎務。

參考 ①同破，爛。②與「誶」音同而義不同：碎，是指完整的東西破裂成零片或零塊；誶，是責罵或諫諍。

9 **碎屍萬段** ㄙㄨㄟˋ ㄕ ㄨㄢˋ ㄉㄨㄢˋ ㈠指對罪大惡極的人處以殛刑。㈡刻毒罵人的話。

▽玉碎、擊碎、瑣碎、破碎、粉碎、零碎、煩碎、捽碎、心碎、細碎、支離破碎、寧為玉碎。

常 8 **碰** 解形 形聲；從石，並聲。並有兩者相合的意思，所以東西相撞為碰。

音義 ㄆㄥˋ 動①相撞；例碰擊。②偶然相見；例碰面。③試探；例碰運氣。

參考 ①同撞，擊。②字雖從並，但不可讀成ㄅㄥˋ。

5 **碰巧** ㄆㄥˋ ㄑㄧㄠˇ 剛好，湊巧。

參考 同恰巧，剛好。

15 **碰撞** ㄆㄥˋ ㄓㄨㄤˋ ㈠理相對運動的物體相遇，在極短時間內運動狀態發生顯著變化的過程。㈡泛指人或物體之間的相互撞擊。

16 **碰壁** ㄆㄥˋ ㄅㄧˋ 碰到牆壁，比喻做事遭到挫折，或要求為人所拒絕。

常 8 **碗** 解形 形聲；從石，宛聲。宛有委曲而小的意思，所以小盂為碗。

音義 ㄨㄢˇ 名①一種敞口而深，用來盛飲食的小型食器；例飯碗。②形狀像碗的東西；例軸碗兒。③量詞，舊稱「燈一盞」為「一碗」；例喚一個莊客提碗燈籠。

參考 又作「盌」、「瓫」、「椀」。

常 8 **碑** 解形 形聲；從石，卑聲。卑有低下的意思，所以古代宮中豎石以識日景，宗廟豎石繫祭牲，墓立石以供施繩下棺為碑。

音義 ㄅㄟ 名①古代宮、廟堂前用以識日影、拴牲口或以為行禮位置標識的人工豎石；例上當碑。②石碑，上面刻有文字或圖畫，用以標識或紀念的人工豎石；例紀念碑。

參考 「碑」與「碣」都是人工豎石：「碑」指長方形的豎石；而「碣」多指圓頂形的豎石。

8 **碑帖** ㄅㄟ ㄊㄧㄝˋ 碑刻與帖書的合稱。

8 **碑林** ㄅㄟ ㄌㄧㄣˊ 我國保存歷代石碑的所在，在陝西省西安城內。創建於宋哲宗元祐五年，為研究我國經學、歷史和藝術的重要史料。

14 **碑誌** ㄅㄟ ㄓˋ 石碑上所刻的文字，多為歌功頌德的作品。

▽口碑、石碑、墓碑、建碑、立碑、紀念碑、有口皆碑。

常 8 **碉** 解形 形聲；從石，周聲。周有嚴密的意思，所以累石而成，密合無間的建築物為碉。

音義 ㄉㄧㄠ 名以磚、石或其他建材築成的建築物，通常為二、三層，有圓形、方形、多角形等數種，主要用於射擊、瞭望等防禦工事上；例碉堡。

參考 與「凋」、「雕」同音而義不同：凋，為零落、枯萎；雕，為刻鏤。

12 **碉堡** ㄉㄧㄠ ㄅㄠˇ 建築土石有如城堡，用以屯兵禦寇，其形式依地形而定。又稱「堡壘」。

常 8 **碘** 解形 形聲；從石，典聲。非金屬化學元素之一為碘。

音義 ㄉㄧㄢˇ 名化鹵素之一，符號為I。單質碘是紫灰色鱗片狀晶體，有金屬光澤，易升華而呈紫紅色蒸氣，易溶於酒精等有機溶劑。

10 **碘酒** ㄉㄧㄢˇ ㄐㄧㄡˇ 將碘溶解於酒精中的消毒劑，醫藥外科常用。又作「碘酊」。

常 8 **硼** 解形 形聲；從石，朋聲。本義為石名，今指非金屬化學元素之一為硼。

音義 ㄆㄥˊ 名化非金屬固體元素之一，符號為B，主要以硼酸和硼酸鹽存在。非結晶硼為暗棕色粉末狀；結晶體硼灰色透明，堅硬。硼鋼用於原子能工業，硼氫化合物是高能燃料。

ㄆㄥ 形水聲；例硼研。

9 **硼砂** ㄆㄥˊ ㄕㄚ 加碳酸鈉於硼酸而成，能溶解各種氧化金屬，故用以檢驗金屬，又可作防腐、消毒劑。

14 **硼酸** ㄆㄥˊ ㄙㄨㄢ 化學溶劑，化學式爲H_3BO_3，色透明，狀如鱗片，可做防腐、消毒之用。

常 8

碌

形解 形聲；從石，彔聲。彔有歷歷可見的意思，所以光色鮮明，歷歷可見的碎石頭爲碌。

音義 ㄌㄨˋ 名碎石；例碌砆。形①繁忙的；例勞碌。②平庸的；例庸碌。

ㄌㄨㄛˋ 名碌碡，農具名，圓柱形，用石頭做成，用來軋脫穀粒或軋平場院。

參考 與「祿」、「錄」有別：「祿」從示，有福分的意思；「錄」從金，有記載的意思。

13 **碌碌** ㄌㄨˋ ㄌㄨˋ ㈠隨俗變遷，平庸無能的樣子。亦作「錄錄」、「陸陸」。㈡才氣縱橫的樣子。㈢石頭色彩華美的樣子。㈣形容車聲。例「碌碌復碌碌，百年雙轉轂。」同「轆轆」。㈤忙碌勞苦的樣子。

次 8

碇

形解 形聲；從石，定聲。繫舟石爲碇。

音義 ㄉㄧㄥˋ 名繫船的石礅或鐵錨，通「矴」、「椗」；例下碇。

次 8

碔

形解 形聲；從石，武聲。像玉的美石爲碔。

音義 ㄨˇ 名碔砆，像玉的美石；例美玉蘊於碔砆。

參考 同瑞、砌。

次 8

碏

形解 形聲；從石，昔聲。染色石爲碏。

音義 ㄑㄩㄝˋ 名①染色石。②人名，春秋時有衞大夫石碏。動敬重。

次 8

碓

形解 形聲；從石，隹聲。舂米用的器具爲碓。

音義 ㄉㄨㄟˋ 名舊時舂穀的用具，掘地安放石臼，上架木杠，杠端裝杵或縛石，用腳踏動木杠，使杵起落，能脫去穀粒的皮，或舂成米粉。

常 9

磁

形解 形聲；從石，茲省聲。能夠吸引鐵、鎳、鈷等的礦石爲磁。

音義 ㄘˊ 名①磁性，具有吸引鐵、鈷、鎳等物質屬性的物質；例磁鐵。②地縣名，在河北省。③通「瓷」；例磁器。

12 **磁場** ㄘˊ ㄔㄤˇ 理傳遞運動電荷或電流之間相互作用的物理範圍。整個地球的內外空間都有磁場存在。指南針的指南就是受它的磁力影響而起的定向作用。

常 9

碧

形解 形聲；從王石，白聲。色青質美而又似玉的石頭爲碧。

音義 ㄅㄧˋ 形鮮綠色的；例碧草如茵。

參考 ①「碧」又有「青綠色的石頭」的意思。②同綠。③「碧血丹心」的「碧」字，不可誤作「避」、「璧」或「壁」。

5 **碧玉** ㄅㄧˋ ㄩˋ ㈠礦物名，石英類。質細密而不透明，呈褐黃或暗綠等色，可作裝飾品。㈡比喻小戶人家的女兒。例小家碧玉。

6 **碧血** ㄅㄧˋ ㄒㄧㄝˇ ㈠傳說周敬王時大臣劉文公的所屬大夫萇弘，因忠於劉氏，在蜀被人所殺，三年後他的血化爲碧玉。㈡比喻爲正義而流的鮮血。常與「丹心」連用。例碧血丹心。

10 **碧海青天** ㄅㄧˋ ㄏㄞˇ ㄑㄧㄥ ㄊㄧㄢ 形容晴朗的天空如碧海一般，開闊而無際。例碧海青天夜夜心。

13 **碧落** ㄅㄧˋ ㄌㄨㄛˋ 宗道家稱東方的高天爲碧落。

▽翬碧、深碧、清碧、翠碧。

常 9

碟

形解 形聲；從石，枼聲。枼有輕、薄的意思，所以邊緣淺薄的小盤子爲碟。

音義 ㄉㄧㄝˊ 名①形狀較小的盤子，多用來盛乾的或汁液較少之菜肴或佐料；例瓷碟。②狀似碟的物體；例飛碟。③資訊工業中儲存或記憶資料的配件之一；例磁碟。

常 9 **碳** 形解 形聲；從石，炭聲。非金屬化學元素之一爲碳。

音義 ㄊㄢˋ 名 化 非金屬元素之一，符號爲C是構成有機化合物的主要成分。

參考 ①與「炭」同音而義不同：「碳」單指化學元素C；「炭」多指「木炭」，爲燃料，二字不可混同。②煤的主要成分是碳，鑽石、石墨是自然界的純碳。

14 **碳酸** ㄊㄢˋ ㄙㄨㄢ 化 一種無機化合物，分子式H_2CO_3，即二氧化碳的水溶液。是一種不穩定的弱酸。

常 9 **碩** 形解 形聲；從頁，石聲。大頭爲碩。

音義 ㄕˊ 名 ①壯大；例壯碩。②姓。形 ①健康而佼好的；例碩大無朋。②堅實的，通「石」；例碩交。

參考 ①語音ㄕㄨㄛˋ。②同 大，壯，健。

3 **碩士** ㄕㄨㄛˋ ㄕˋ 教 在博士之下，學士之上的一種學位。大學畢業獲有學士學位者，經甄試後，在大學研究院或研究所繼續研究二年以上，學期成績及學科考試合格，經碩士論文考試及格，並經教育部覆核通過所授與的學位。

碩大無朋 ㄕˊ ㄉㄚˋ ㄨˊ ㄆㄥˊ 原形容貌壯德美，無與倫比。後引申爲巨大無比。

8 **碩果僅存** ㄕˊ ㄍㄨㄛˇ ㄐㄧㄣˇ ㄘㄨㄣˊ 比喻唯一仍然存在的人或物。

16 **碩儒** ㄕˊ ㄖㄨˊ 學問精湛而博洽多聞的人。

▽耆碩、肥碩、材碩、博碩、彥碩。

次 9 **碲** 形解 形聲；從石，帝聲。化學非金屬元素之一爲碲。

音義 ㄉㄧˋ 名 化 非金屬元素之一，符號Te，銀白色，質脆，用於煉製合金，是半導體的要材。

次 9 **碪** 形解 形聲；從石，甚聲。擣衣石爲碪。

音義 ㄓㄣ 名 ①搗衣石，同「砧」。②捶、砸或切東西時墊在底下的器具。

參考 同 砧。

次 9 **碴** 形解 形聲；從石，查聲。碎石爲碴。

音義 ㄔㄚˊ 名 ①碎屑；例玻璃碴兒。②能引起爭吵的事端；例找碴兒。動 皮肉被碎片碰破或割破；例手被碎玻璃碴了。

ㄓㄚ 名 小塊物；例煤碴子。

次 9 **碭** 形解 形聲；從石，昜聲。石名，文石爲碭。

音義 ㄉㄤˋ 名 ①有花紋的石頭；例墉垣碭基。②地 古地名，即今安徽碭山。③姓。

次 9 **碣** 形解 形聲；從石，曷聲。專爲某種目的而設立的碑石爲碣。

音義 ㄐㄧㄝˊ 名 ①圓頂的碑石；例建隆碣。②地 碣山，山名，河北昌黎縣北。副 聳立的樣子。例碣以崇山。

次 9 **碫** 形解 形聲；從石，段聲。石名，磨刀石爲碫。

音義 ㄉㄨㄢˋ 名 磨刀石；例以碫投卵者，虛實是也。

次 9 **碞** 形解 會意；從石品。品有衆多的意思，所以堆石頭成高峻爲碞。

音義 ㄧㄢˊ 名 險惡；例用顧畏於民碞。副 積石高峻地；例暫碞。

常 10 **磊** 形解 會意；從三石。三表示衆多，所以形容石頭衆多爲磊。

音義 ㄌㄟˇ 形 ①石累積而多的；例磊磊。②高大的；例隆樓傑閣磊嵬高。

參考 會意字中合三個同文而成的字，如「犇」、「驫」、「淼」、「鱻」等字，都有盛大而多的意思。

13 **磊落** ㄌㄟˇ ㄌㄨㄛˋ (一)衆多雜沓的樣子。(二)容儀俊偉。例風神磊落。(三)胸襟坦白。例光明磊落。

磊塊 ㄌㄟˇ ㄎㄨㄞˋ ㈠不平的石頭。㈡比喻人胸中有不平的鬱氣。例胸有磊塊。

常 10
確
解形 形聲；從石，隺聲。隺是隹鳥高飛遠至，鳥性堅强仍能高飛，所以堅固如石爲確。

音義 ㄑㄩㄝˋ 名眞實；例千眞萬確。形堅定的；例確信不疑。副①堅固地；例確立。②實在地；例確論。

參考 ①同眞，實。②字又作「确」、「塙」、「碻」。

4 **確切** ㄑㄩㄝˋ ㄑㄧㄝˋ 正確而切實。

參考 與「確實」有別：「確切」多半形容行動或語言；而「確實」指數字或消息的可靠程度。但都具有肯定、實在的意思。

5 **確立** ㄑㄩㄝˋ ㄌㄧˋ 穩固地建立或樹立。

8 **確定** ㄑㄩㄝˋ ㄉㄧㄥˋ 確實決定。

參考 參閱「決定」、「肯定」二條。

9 **確保** ㄑㄩㄝˋ ㄅㄠˇ 把握保持或保證。

確信 ㄑㄩㄝˋ ㄒㄧㄣˋ 確實地相信，堅信不疑。

14 **確認** ㄑㄩㄝˋ ㄖㄣˋ 肯確地認定。

確實 ㄑㄩㄝˋ ㄕˊ 眞實。

參考 ①與「確鑿」相似，但程度上略有不同：「確實」形容眞實性很高，是中性的詞，如「消息很確實」；「確鑿」則程度更深，多用於貶義，如：「證據確鑿，無話可說。」②「確實」、「切實」有別：「確實」著重在「的確」，眞實可靠；「切實」是實實在在，如：要切實地深入調查研究。

28 **確鑿** ㄑㄩㄝˋ ㄗㄠˊ 非常確實。例證據確鑿。

參考 參閱「確實」條。

▽正確、精確、切確、的確、明確、詳確、眞確、準確、千眞萬確。

常 10
碾
解形 形聲；從石，展聲。研磨爲碾。

音義 ㄋㄧㄢˇ 名把東西軋碎、壓平或使米穀去皮所使用的工具；例石碾。動滾動碾子去軋或磨壓；例碾米。

參考 ①「碾」與「輾」音同形似而不同：「碾」，壓磨；「輾」，以轉輪壓碎。②字雖從展，但不可讀成 ㄓㄢˇ。

常 10
磋
解形 形聲；從石，差聲。磨治象牙爲磋。

音義 ㄘㄨㄛ 動①把骨、角等物研磨製成器物；例如切如磋。②仔細商量；例磋商。

參考 ①同磨，研。②字從「差」而非從「羞」。③與「搓」、「蹉」同音而不同意思：兩手揉擦爲「搓」，越過、誤差爲「蹉」，所以「搓弄」、「蹉跎」都不可作「磋」。④字雖從差，但不可讀成 ㄔㄚ。

11 **磋商** ㄘㄨㄛ ㄕㄤ 共同商量。

參考 同諮商，會商。

16 **磋磨** ㄘㄨㄛ ㄇㄛˊ 互相討論研究，互相激發。

常 10
磅
解形 形聲；從石，旁聲。石頭墜地聲爲磅。

音義 ㄅㄤˋ 名①英制重量單位的音譯字，一公斤約等於二點二磅。②大秤；例地磅。動用磅秤測量物體重量；例磅一磅，看有多重？ ㄆㄤ 名①石頭墜地碰擊聲；例砰磅。②鼓擊聲；例磅硠。形(氣勢)雄偉浩大的；例「烏蒙磅礴走泥丸。」

參考 ①「磅」當作過磅解時，又音 ㄅㄥˋ。②音 ㄅㄤˋ 時，與「鎊」同音而義不同：「鎊」爲英、土耳其等國的貨幣單位名，而「磅」則爲重量單位名。

10 **磅秤** ㄅㄤˋ ㄔㄥˋ 秤的一種。度量重量的儀器，有固定的底座。從前這種秤多用磅作重量單位，乃應用槓桿原理製成。

20 **磅礴** ㄆㄤˊ ㄅㄛˊ ㈠廣大無垠的樣子。㈡充塞天地的樣子。

常 10
磕
解形 形聲；從石，盍聲。盍有覆合的意思，所以石頭相碰的聲音爲磕。

音義 ㄎㄜ 名鼓聲；例「登長平兮雷鼓磕。」動①敲擊；例磕頭。②碰撞；例一不小心，頭磕著窗欞上。

參考 與「搕」、「瞌」同音而義不同：搕爲敲擊；瞌爲瞌睡，即小睡片刻。

常10 **磐** 形解 形聲；從石，般聲。般有大的意思，所以巨石爲磐。
音義 ㄆㄢˊ 名 巨石；例 鴻漸于磐。動 流連，通「盤」；例 久磐京邑。
參考 ①「磐」與「盤」解作流連時，可以通用，餘義則不同。②字雖從般聲，但不可讀成ㄅㄢ。

5 **磐石** ㄆㄢˊ ㄕˊ ㈠扁而厚的大石頭。㈡磐石都用作屋基或柱基，因比喻基礎穩固。

常10 **碼** 形解 形聲；從石，馬聲。碼碯，一種似玉而又僅次於玉的美石爲碼。
音義 ㄇㄚˇ 名 表示數目的符號，現在用「碼」指一定的數目字；例 頁碼。②英制長度單位名，三呎爲一碼。③計事物之詞，指一件或一類事；例 兩碼事。④計數的用具；例 砝碼。動 壘疊或摞起；例 快把磚頭碼起來！

16 **碼頭** ㄇㄚˇ ㄊㄡˊ ㈠岸邊泊舟之處。亦作「馬頭」。例 碼頭工人。㈡俗稱在外旅行落腳的地方。㈢俚 地痞流氓聚集的所在。例 拜碼頭。

次10 **碻** 形解 形聲；從石，高聲。堅實爲碻。
音義 ㄑㄩㄝˋ 名 鞭子，通「確」。副 眞實地，通「確」。
參考 音ㄑㄩㄝˋ時，又作「確」、「塙」、「确」。

次10 **磑** 形解 形聲；從石，豈聲。豈有互相摩礎的意思，所以磨碎東西的石器爲磑。
音義 ㄨㄟˋ 名 石磨。動 研磨。
ㄨㄟˊ 形 ①堅固的。②崇高的。副 磑磑，高積地。

磑 圖

次10 **磔** 形解 形聲；從石，桀聲。桀有展開的意思，所以分裂肢體而殺之爲磔。
音義 ㄓㄜˊ 名 ①古分裂肢體的一種酷刑。②書法用語，即「捺」，漢字筆劃向右下斜拖的部分。

常11 **磚** 形解 形聲；從石，專聲。用黏土燒成長方形的建築材料爲磚。
音義 ㄓㄨㄢ 名 ①以黏土塑成陰坯然後燒成的建材；例 空心磚。②狀似磚的物體；例 茶磚。

常11 **磬** 形解 會意；從石，殸聲。古代用玉石製成的敲擊樂器爲磬。

磬 ①圖

音義 ㄑㄧㄥˋ 名 ①古代以玉石製成的敲擊樂器；例 編磬。②寺廟唸經時所敲的銅鉢。又稱「磬兒」。形 空盡的，通「罄」；例 磬龜無腹。
參考 「磬」與「罄」都有盡空的意思，然餘義則不可通。

7 **磬折** ㄑㄧㄥˋ ㄓㄜˊ 彎腰如磬呈九十度角的形狀，表示恭敬。
▽ 擊磬、空磬、懸磬。

常11 **磨** 形解 形聲；從石，靡省聲。小篆作「」，形聲；從石，靡聲。靡有分散的意思，所以能旋轉研碎穀物的石器爲磨。
音義 ㄇㄛˊ 動 ①摩擦使平滑或銳利；例 磨刀霍霍向牛羊。②研細；例 磨碎。③消除；例 百世不磨。形 ①阻礙的；例 好事多磨。②煩人的；例 這娃兒眞磨人。
ㄇㄛˋ 名 研磨用的工具；例 石磨。動 調頭；例 把車頭磨過頭來。
參考 ①「磨」與「摩」都有摩擦的意思，然「磨」是使摩擦光亮或銳利；「摩」爲兩物輕輕接觸而來回擦動，二者有別。②同 研。③字從「麻」而不從「麻」。④「磨」字在「磨刀」、「折磨」、「磨滅」等詞裏，「磨」讀作ㄇㄛˊ。但如果是指「把糧食弄碎的工具」或「用磨把糧食弄碎」，就必須讀去聲ㄇㄛˋ。

6 **磨光** ㄇㄛˊ ㄍㄨㄤ 將器物或金屬之外表磨亮。例「刮垢磨光。」

8 **磨杵成針** ㄇㄛˊ ㄔㄨˇ ㄔㄥˊ ㄓㄣ 比喻只要肯努力下功夫，自然會有成就。亦作「磨杵作鍼」、「鐵杵成針」等。

13 **磨滅** ㄇㄛˊ ㄇㄧㄝˋ 消失，損滅。磨，又作「摩」。

▽琢磨、研磨、水磨、石磨、推磨、切磋琢磨、好事多磨、耳鬢廝磨、有錢能使鬼推磨。

次 11

磝

形解 形聲；從石，敖聲。敖有堅的意思，所以堅石為磝。

音義 ㄠˊ 名 ①小石眾多的山。②碻磝，古城名，今山東境內。

次 11

磧

形解 形聲；從石，責聲。淺水中露出的沙石為磧。

音義 ㄑㄧˋ 名 ①淺水裏的沙石。②沙漠；例磧北。

次 11

磣

形解 形聲；從石，參聲。參為星辰，有交雜的意思，所以食物中夾雜有沙石為磣。

音義 ㄔㄣˇ 名 食物中夾雜有沙子。形 醜，不大方的；例磣樣子。

參考 字雖從參，但不可讀ㄘㄢ。

常 12

磺

形解 形聲；從石，黃聲。磺石多呈土黃色，所以含有銅鐵等金屬而未經提煉過的礦石為磺。

音義 ㄏㄨㄤˊ 名「硫磺」。

常 12

磴

形解 形聲；從石，登聲。登有上升的意思，所以便於登上山巖的石級為磴。

音義 ㄉㄥˋ 名 ①用石頭鋪成的階梯；例石磴。②泛稱階梯。

參考 字雖從登，但不可讀成ㄉㄥ或ㄔㄥ。

常 12

磯

形解 形聲；從石，幾聲。川流中大石阻擋水流為磯。

音義 ㄐㄧ 名 水邊岩石錯落的地方；例釣磯。

參考「磯」與「灘」都指水邊之地，然「磯」多指岩石的岸邊；「灘」多指沙石的岸際，二者有別。

▽釣磯、漁磯、石磯、采石磯。

常 12

礁

形解 形聲；從石，焦聲。海洋中隱現於水面的岩石。

音義 ㄐㄧㄠ 名 ①海島附近隱現水面的岩層；例珊瑚礁。②障礙；例觸礁。

參考 俗或讀作ㄑㄧㄠˊ，是誤讀，應當改正。

常 12

磷

形解 形聲；從石，粦聲。粦有光耀閃爍的意思。水流石間，其光粼粼，所以形容水在石間奔流為磷。

音義 ㄌㄧㄣˊ 名 化 非金屬固體元素之一；符號P，原子序15，可製造火柴及各種磷化物；例白磷。形 水流石間的；例磷磷。

ㄌㄧㄣˋ 名「雲母」的別名。形 扁薄的；例磨而不磷。

參考「磷」與「燐」都有化學元素的意思，然餘義則不同。

次 12

磽

形解 形聲；從石，堯聲。石頭多，土質硬，不適合耕種的地方為磽。

音義 ㄑㄧㄠ 形 ①土質硬，不肥沃的；例磽薄。②磽确，土質堅硬，不夠肥沃的。

參考 字雖從堯，但不可讀成ㄧㄠˊ。

12 **磽确** ㄑㄧㄠ ㄑㄩㄝˋ 土壤貧瘠而堅硬。确：堅硬。

次 12

磻

形解 形聲；從石，番聲。以生絲繫住小石子用來射擊飛鳥為磻。

音義 ㄅㄛ 名 維繫繳矢所用的石塊；例磻不特絓。

ㄆㄢˊ 名 地 溪名，陝西寶雞縣內；例磻溪。

常 13

礎

形解 形聲；從石，楚聲。在大柱下用以承柱的石頭。

音義 ㄔㄨˇ 名 ①柱下的基石；例礎石。②事情的根本；例基礎。

15 **礎潤而雨** ㄔㄨˇ ㄖㄨㄣˋ ㄦˊ ㄩˇ ㈠下雨前兆。因下雨之前，空氣潮溼，潤及柱下石礩。㈡比喻見微知著。

(次) 13 **礌** 形解 形聲；從石，雷聲。推石自高落下為礌。

音義 ㄌㄟˋ 名 礌石，古守城用的石頭，從城上推下轟打攻城的敵人。動 自高處推石下擊，通「礧」。

ㄌㄟˇ 副 礌礌落落，心地光明地，通「磊」；例 礌礌落落，如日月皎然。

(常) 14 **礙** 形解 形聲；從石，疑聲。疑有困惑難行的意思，所以積石阻路為礙。

音義 ㄞˋ 動 ①阻擋；例 阻礙。②遮掩；例 礙目。③妨害；例 有礙公正。④牽絆；例 掛礙。

參考 ①又作「碍」。②與「凝」、「擬」音義不同：凝，音ㄋㄧㄥˊ，液體受冷而「凝結」；擬，音ㄋㄧˇ，義為設計、摹倣，如「草擬」、「模擬」。以上各詞都不可誤作「礙」。

3 **礙口** ㄞˋ ㄎㄡˇ 不便說出來。

4 **礙手礙腳** ㄞˋ ㄕㄡˇ ㄞˋ ㄐㄧㄠˇ 妨害別人做事而使人不方便。

8 **礙事** ㄞˋ ㄕˋ ㈠妨礙事務。㈡有危險。

11 **礙眼** ㄞˋ ㄧㄢˇ ㈠不想看見的人或物。例 他看起來有些礙眼。㈡有所妨礙，使人不便。

19 **礙難** ㄞˋ ㄋㄢˊ ㈠很難，不能。例 礙難照辦。㈡為難。

▽阻礙、防礙、障礙、掛礙。

(常) 15 **礪** 形解 形聲；從石，厲聲。厲是粗糙磨石，所以磨刀石為礪。

音義 ㄌㄧˋ 名 粗糙的磨刀石；例 金就礪則利。動 ①磨利；例 礪乃鋒刃。②鼓勵，通「勵」；例 砥礪。

參考 「礪」與「厲」解做於磨刀石時，可通用，餘義則不同。

11 **礪帶山河** ㄌㄧˋ ㄉㄞˋ ㄕㄢ ㄏㄜˊ ㈠言海枯石爛。㈡比喻久遠，無窮盡。亦作「礪山帶河」。

▽淬礪、砥礪、勉礪、磨礪。

(常) 15 **礦** 形解 形聲；從石，廣聲。埋藏在地下，可以提煉出金屬的石頭為礦。

音義 ㄎㄨㄤˋ 名 ①地層中有用的物質；例 鈾礦。②尚未提煉的礦石；例 雄光寶礦獻春卿。

參考 又音 ㄍㄨㄥˇ。

7 **礦床** ㄎㄨㄤˋ ㄔㄨㄤˊ 存在於地殼中，具有開採價值的礦物集合體。

礦坑 ㄎㄨㄤˋ ㄎㄥ 採掘礦物時所挖掘的洞穴或坑道。例 礦坑災變。

9 **礦苗** ㄎㄨㄤˋ ㄇㄧㄠˊ 礦體在地面的露頭，是一種找尋礦物的重要標誌。

10 **礦脈** ㄎㄨㄤˋ ㄇㄞˋ 以板狀或其他不規則形狀充填在各種岩石裂隙中的礦體。如鎢礦石英脈、含金石英脈，以及重晶石、熒石等礦脈。

11 **礦產** ㄎㄨㄤˋ ㄔㄢˇ 已經開採的礦石和未經開採的礦藏總稱。例 礦產豐富。

(常) 15 **礬** 形解 形聲；從石，樊聲。樊有紛雜的意思，所以可以入藥的各色結晶石塊，有白、青、黃、黑、絳五種為礬。

音義 ㄈㄢˊ 名 化 一種礦物，多為半透明結晶，亦有塊或粒狀的含水重鹽。

(常) 15 **礫** 形解 形聲；從石，樂聲。細小石子為礫。

音義 ㄌㄧˋ 名 碎小的石子；例 礫石。

參考 不可讀成 ㄕㄨㄛˋ。

(次) 15 **礧** 形解 形聲；從石，畾聲。推石自高而下為礧。

音義 ㄌㄟˋ 名 自高處往下滾落的石頭；例 聚礧石。動 ①自高處推石下擊；例 礧石相擊。②撞擊，通「擂」；例 駭崩浪相礧。

ㄌㄟˇ 副 ①心地光明地，通「磊」。②磽礧，山崖不平的樣子。

參考 ①讀ㄌㄟˋ時，又音ㄌㄟˊ。②與「礨」音同義異：礨，小穴。

(次) 16 **礱** 形解 形聲；從石，龍聲。以石礪物為礱。

音義 ㄌㄨㄥˊ 名 ①磨石。②即

礱

②①名

磨臼，去稻殼的農具，多用竹木作成，形狀像磨；例轉礱。動①琢磨；例礱斲。②用礱磨去稻殼；例礱穀。

參考①又作「𥗪」。②同礲。

次 17
礴 形解 形聲；從石，薄聲。廣大無際爲礴。

音義 ㄅㄛˊ 動 廣被、充塞；例 磅礴。副 廣大無垠地；例 磅礴立四極。

參考 教育部公布次常用字字作「礡」。

【示ㄕˋ部】

常 0
示 形解 示 指事；二 爲日月星辰懸掛天空，泛指與神鬼有關的事爲示。

音義 ㄕˋ 名 ①敬稱他人來信或訓示；例賜示。②姓。動①顯露；例國之利器不可以示人。②宣告；例告示。
ㄑㄧˊ 名 ①地神；例掌建邦之天神、人鬼、地示之禮。②姓。

參考 摯祁、眎、宗、視。

9 **示威** ㄕˋ ㄨㄟ ㈠顯示權威。㈡對政府或社會有所抗議或要求，所進行顯示自身威力的集體行動。例示威遊行。

10 **示弱** ㄕˋ ㄖㄨㄛˋ 表示自己軟弱，不敢較量。

11 **示眾** ㄕˋ ㄓㄨㄥˋ 展示給大眾看。多指當眾給予懲罰或揭發罪行。例梟首示眾。

13 **示意** ㄕˋ ㄧˋ 向別人表達自己的意見。

參考①同表示、表態。②「示意」通常是公開明顯的，與「暗示」不同。③衍示意圖。

15 **示範** ㄕˋ ㄈㄢˋ 標舉出某種典範以供人倣效。例示範社區。

參考①衍示範作用。②與「模範」有別：「示範」也有模範的意思，但「模範」所表現的推崇意義更爲濃厚。

20 **示警** ㄕˋ ㄐㄧㄥˇ 預先顯示危險狀況，以警告他人。

▽暗示、訓示、啓示、揭示、告示、指示、展示、表示、明示、提示、顯示、手示、圖示。

次 2
礽 形解 形聲，從示，仍省聲。仍有因循停滯的意思，所以神所賜的福聚集不去爲礽。

音義 ㄖㄥˊ 名 ①幸福。②第七代孫，通「仍」；例礽孫。

常 3
社 形解 社 會意；從示土。土爲土地，示有祭神明的意思，所以土神爲社。

音義 ㄕㄜˋ 名 ①土地神或祭祀土地神的場所；例封土立社。②祭祀社神的節日；例春社。③古代地方行政區域分劃，二十五家爲一社。④有固定宗旨而結成的團體；例出版社。⑤早期臺灣山地同胞的基層社會組織；例番社。⑥姓。

6 **社交** ㄕㄜˋ ㄐㄧㄠ 社會上人與人之間的交際。例社交廣闊。

13 **社會** ㄕㄜˋ ㄏㄨㄟˋ ㈠各個體間具有一定之關係，共通之利益，循此合作以達一定目的之組織體。通常指同職業、同身分的人。㈡節日慶典時里社之民的集會。㈢社區人民所組成的團體。

參考 衍社會學、社會主義、社會風氣、社會福利。

14 **社團** ㄕㄜˋ ㄊㄨㄢˊ 法以社員爲成立基礎，依團體之意思，作自律性活動的法人。例社團組織。

15 **社論** ㄕㄜˋ ㄌㄨㄣˋ 報紙對於有關時事所作的論評，除解釋、批判外，並提出主張，以影響大眾。

社稷 ㄕㄜˋ ㄐㄧˋ ㈠土神和穀神。㈡國家的代稱。

▽會社、結社、蓮社、神社、公社、旅社、書社、吟社、王社、詩社、結社。

常 3
祀 形解 形聲；從示，巳聲。祭祀爲祀。
音義 ㄙˋ 名殷商稱「年」爲「祀」；例「惟王十有三祀。」動祭拜；例祀天。
參考 ①「祀」字從封口的「巳」（ㄙˋ）而不可從已（ㄐㄧˇ）或已（ㄧˇ）。②同祭。
▽祭祀、宗祀、郊祀、祠祀。

常 3
祁 形解 形聲；從邑，示聲。地名，今山西太原縣。
音義 ㄑㄧˊ 名①地春秋時秦邑名，在今陝西澄城縣附近。②姓。形非常的；例冬祁寒。
參考「祁」與「祈」音同形似而義不同：「祁」，有盛大的意思；「祈」，爲請求的意思。

常 4
祈 形解 形聲；從示，斤聲。求福爲祈。
音義 ㄑㄧˊ 名①京畿，通「圻」、「畿」；例祈父。②姓。動①求神福佑；例祈禱。②請求；例敬祈。
參考 ①參閱「圻」字條。②同求，禱。

7 **祈求** ㄑㄧˊ ㄑㄧㄡˊ 懇切地請求。
19 **祈禱** ㄑㄧˊ ㄉㄠˇ 宗宗教儀式之一。信仰宗教的人向天地、神佛禱告，祈福免災，含有贊美、感謝、告白、請求等意。各教都有這種儀式。

常 4
祉 形解 形聲；從示，止聲。止有到來的意思，所以神降福祉爲祉。
音義 ㄓˇ 名福祿；例福祉。
參考 同福。
▽天祉、福祉、祿祉。

常 4
祇 形解 形聲；從示，氏聲。氏有子孫繁衍的意思，所以載育萬物的地神爲祇。
音義 ㄑㄧˊ 名地神；例神祇。形①盛大的；例不遠復，无祇悔。②病痛，通「疧」；例俾我祇也。ㄓˇ 副僅；例祇得。
參考「祇」與「衹」讀做ㄓˇ時，都有僅、只的意思；然讀做ㄑㄧˊ時，則意思不同。
▽神祇、地祇、山祇、水祇。

常 4
祆 形解 形聲；從示，天聲。胡人的神名爲祆。
音義 ㄒㄧㄢ 名①妖怪；例祆怪。②波斯拜火教的神名。
參考 不可讀成ㄧㄠ。

11 **祆教** ㄒㄧㄢ ㄐㄧㄠˋ 宗古波斯的瑣羅亞斯德教。其教義以爲有陰陽二神，陽神爲善，陰神爲惡，以火代表陽神，是善和光明的化身，所以崇拜火，南北朝時傳入我國。又稱「拜火教」。

次 4
祅 形解 字本作「䄏」：形聲；從示，芺聲。物積久而生的怪異爲祅。隸變作「祅」，今通作「妖」。
音義 ㄧㄠ 形奸邪的，通「妖」；例祅言惑衆。
參考「祆教」的「祆」（ㄒㄧㄢ）字從天，和從「夭」的「祅」字不同。

常 5
祟 形解 形聲；從示，出聲。鬼神所作的禍害爲祟。
音義 ㄙㄨㄟˋ 名鬼怪所生的禍害；例鬼神驟祟。動禍亂；例具鬼不祟。副曖昧地；例鬼鬼祟祟。
參考「祟」（從出從示）與「崇」（從山從宗）形似而音義不同：「祟」，有禍亂的意思；而「崇」有高峻、尊敬的意思。
▽作祟、鬼鬼祟祟、暗中作祟。

常 5
祖 形解 形聲；從示，且聲。且是祖的初文，象神主形，所以始廟爲祖。
音義 ㄗㄨˇ 名①稱父母以上的直系親屬；例祖母。②通稱先人；例祖先。③奉祀創業先人的廟宇；例受命于祖。④開始；例萬物之祖。⑤姓。動①古代出行時所祭祀的路神；例韓侯出，祖。②效法；例祖述堯舜。③練習；例祖識地德。
參考「祖」字從「示」與從「禾」而

有稅捐義的「祖」字不同。

6 **祖先** ㄗㄨˇ ㄒㄧㄢ 稱一個民族或一個家族比較久遠的先代。

8 **祖宗** ㄗㄨˇ ㄗㄨㄥ ㈠古稱開國之君為祖，繼祖者為宗。㈡祖先的通稱。例祖宗遺產。

9 **祖述** ㄗㄨˇ ㄕㄨˋ 效法及遵循前人的行為或學說。

10 **祖師** ㄗㄨˇ ㄕ ㈠一派學問的創始者。㈡創立宗派的人。㈢各行業對其本行業的創始人的尊稱。

11 **祖國** ㄗㄨˇ ㄍㄨㄛˊ ㈠先世所居住或本身所屬的國家。㈡僑居在外的人，對自己國家的稱呼。例祖國之行。

20 **祖籍** ㄗㄨˇ ㄐㄧˊ 原來的籍貫，祖先居住占籍的地方。

▽遠祖、先祖、鼻祖、始祖、佛祖、彭祖、高祖、曾祖、數典忘祖。

常 5 **神**

形解 形聲；從示，申聲。創造萬物的主宰為神。

音義 ㄕㄣˊ 名 ①宗 宗教中以為超乎自然存在，且為宇宙的主宰；例至上神。②宗 宗教信仰以為靈魂不滅，受景仰者死後的英靈；例神明。③微妙難知；例陰陽不測之謂神。④思慮與想像的能力；例心領神會。⑤姓。形 ①超凡出衆的；例神機妙算。②玄奧不可知的；例神奇。

3 **神女** ㄕㄣˊ ㄋㄩˇ ㈠古代神話中的女神；㈡舊時妓女的代稱。例神女生涯原是夢。

神工鬼斧 ㄕㄣˊ ㄍㄨㄥ ㄍㄨㄟˇ ㄈㄨˇ 形容建築、雕塑等的技藝非常精細巧妙，好像不是人工所能製成的。又作「鬼斧神工」。參考 同巧奪天工。

4 **神父** ㄕㄣˊ ㄈㄨˋ 宗 天主教的神職人員，職位在主教之下，通常是一個教堂的管理者，主持宗教活動。又作「神甫」。

神不守舍 ㄕㄣˊ ㄅㄨˋ ㄕㄡˇ ㄕㄜˋ 形容精神不集中，心情不穩定的樣子。參考 ①反 精神專注。②同 失魂落魄，魂不守舍。

5 **神仙眷屬** ㄕㄣˊ ㄒㄧㄢ ㄐㄩㄢˋ ㄕㄨˇ 稱讚夫婦和睦，婚姻非常美滿的家庭。亦作「神仙美眷」。參考 本詞係用來讚美他人，不可用來形容自己。

神出鬼沒 ㄕㄣˊ ㄔㄨ ㄍㄨㄟˇ ㄇㄛˋ 比喻行動迅速，變化莫測。

6 **神色** ㄕㄣˊ ㄙㄜˋ 人的臉色和態度。

8 **神往** ㄕㄣˊ ㄨㄤˇ 心中嚮往不已。例悠然神往。

神奇 ㄕㄣˊ ㄑㄧˊ 非常奇怪，令人不敢相信。參考 同 神異，奇特。

神明 ㄕㄣˊ ㄇㄧㄥˊ ㈠泛指天神。㈡人的精神。㈢稱譽他人有如神一般的精明。

神來之筆 ㄕㄣˊ ㄌㄞˊ ㄓ ㄅㄧˇ 比喻自己或別人的書畫、文章有突出的表現，平常人卻不容易做到。

9 **神祇** ㄕㄣˊ ㄑㄧˊ ㈠天神與地祇的合稱。㈡泛指所有的神。參考「神祇」讀音為ㄕㄣˊ ㄑㄧˊ，「祇」字不讀ㄓˇ，字也不作「祗」。

10 **神氣** ㄕㄣˊ ㄑㄧˋ ㈠表情態度。㈡精神飽滿，外表威武。㈢驕傲得意的樣子。亦作「神情」。參考 衍 神氣活現。

神祕 ㄕㄣˊ ㄇㄧˋ 神奇隱祕，不易為人所知曉。參考 參閱「詭祕」條。

11 **神情** ㄕㄣˊ ㄑㄧㄥˊ 表情，指面部流露出來的情緒及感受。參考 同 神色，表情，神氣。

神通 ㄕㄣˊ ㄊㄨㄥ ㈠宗 佛家名詞，修行到相當程度的人，能具有種種變化自在，神妙莫測的能力。㈡變化神奇而且通達無礙。㈢形容心領神會的境界。㈣本領高強，手段靈活。例大顯神通。參考 衍 神通廣大。

神通廣大 ㄕㄣˊ ㄊㄨㄥ ㄍㄨㄤˇ ㄉㄚˋ 形容本領高強，極有辦法。

神荼鬱壘 ㄕㄣˊ ㄕㄨ ㄩˋ ㄌㄩˋ 傳說中的兩個神名，能夠治服惡鬼，後來便圖畫其形象在門上，做為門神，以為避邪。參考 荼，不可讀成ㄊㄨˊ。

12 **神童** ㄕㄣˊ ㄊㄨㄥˊ 具有某種超乎常人能力的孩童。

13 **神馳** ㄕㄣˊ ㄔˊ ㈠形容思念深切。例時切神馳。㈡心意嚮往不已。

神話 ㄕㄣˊ ㄏㄨㄚˋ ㈠荒誕無稽的言

論。㈡文反映初民對世界起源、宇宙現象及社會活動的故事。㈢文文學作品中凡以神話人物來反映現實或諷喻現實等模擬神話的創作都屬之。

神經 ㄕㄣˊ ㄐㄧㄥ 生聯繫腦、脊髓和身體各部的纖維幹或纖維束的總稱。

神經質 ㄕㄣˊ ㄐㄧㄥ ㄓˋ 神經過敏，情感極易衝動的病態表現。

神經病 ㄕㄣˊ ㄐㄧㄥ ㄅㄧㄥˋ ㈠因神經系統發生病變，以致精神狀態或身體行動發生不協調的疾病。㈡俚俗以為罵人的話。例這人走路橫衝直撞，沒頭沒腦的，眞是神經病！

神聖 ㄕㄣˊ ㄕㄥˋ 無論道德、事功都非常高超偉大。

14 **神態** ㄕㄣˊ ㄊㄞˋ 神情與姿態。

神魂顛倒 ㄕㄣˊ ㄏㄨㄣˊ ㄉㄧㄢ ㄉㄠˇ 為了某人或某事入迷至極，以致心神不寧，好像魂魄已被吸去一般。

參考 同意亂情迷、神不守舍。

16 **神學** ㄕㄣˊ ㄒㄩㄝˊ 宗㈠特指基督教論證神的存在、本質，和研究教義、教規的學問。㈡統稱各宗教的學說。

神機妙算 ㄕㄣˊ ㄐㄧ ㄇㄧㄠˋ ㄙㄨㄢˋ 計策安排得完美至極，一切都推算得準確無訛，有如神仙的籌劃一般。

參考 與「錦囊妙計」有別：前者強調計策的高妙；後者強調計策能解決危急問題。

▽鬼神、失神、心神、精神、愛神、天神、入神、出神、留神、用神、費神、敬神、分神、眼神、有神、清神、人神、祭神、社神、稷神、拜神、牛鬼蛇神、料事如神、聚精會神、炯炯有神、錢可通神、怪力亂神。

常 5 **祕** 形解 形聲；從示，必聲。神祕為祕。

音義 ㄇㄧˋ 名 姓。形 ①不公開的；例祕而不宣。②珍奇的；例祕本。

參考 ①「祕」又讀做ㄅㄧˋ。②「祕」與「密」都有不可宣露的意思，然「密」又有周密、稠密的意思。③又作「秘」。

6 **祕而不宣** ㄇㄧˋ ㄦˊ ㄅㄨˋ ㄒㄩㄢ 隱瞞而不公布。

參考 同守口如瓶。

11 **祕密** ㄇㄧˋ ㄇㄧˋ 隱密而不便公開的事項。例祕密結社。

參考 衍祕密投票、祕密活動。

祕訣 ㄇㄧˋ ㄐㄩㄝˊ 私密而有效的處理方法。

常 5 **祗** 形解 形聲；從示，氐聲。尊敬為祗。

音義 ㄓ 副 恭敬地；例祗請教安。

參考「祗」與「祇」都有ㄓ音，字形又相似，然意思有別：「祗」為恭敬的意思；「祇」為「僅」、「只」。

常 5 **祝** 形解 會意；從示，從兄。兄有發號施令的意思，所以祭祀中負責祭主贊詞，能與人神溝通的人為祝。

音義 ㄓㄨˋ 名 ①祭祀時負責禮贊的人；例廟祝。②姓。動 ①頌賀；例祝壽。②祈禱；例祝福。③斷絕；例祝髮。

參考 同禱，頌。

12 **祝賀** ㄓㄨˋ ㄏㄜˋ 祝福，慶賀。

14 **祝壽** ㄓㄨˋ ㄕㄡˋ 拜壽。又作「祝嘏」。

祝福 ㄓㄨˋ ㄈㄨˊ ㈠禱告神明以求福祿。㈡誠意地說出對人、對事的美好願望。

參考 ①衍祝福語。②反咀咒。

16 **祝融** ㄓㄨˋ ㄖㄨㄥˊ ㈠火神名。亦稱「重黎」。㈡火官名。㈢古皇帝名。亦作「祝誦」。

▽慶祝、巫祝、尸祝、恭祝、廟祝、虔祝、敬祝。

常 5 **祐** 形解 形聲；從示，右聲。右有佐助的意思，所以神明護衛為祐。

音義 ㄧㄡˋ 動 神明護衛；例保祐。

參考「祐」與「佑」音同形似而義不同：「祐」，專指神明的護佑；「佑」除有此義而外，又有扶助的意思。

▽嘉祐、神祐、天祐、保祐、助祐、庇祐。

常 5 **祠** 形解 祠 形聲；從示，司聲。春祭爲祠。

音義 ㄘˊ 名①春祭；例禴、祠、烝、嘗，于公先王。②奉祀祖先聖賢的處所；例忠烈祠。③農穫之後的酬神儀式；例禱祠於上下神祇。動祭祀；例伊尹祠于先王。

參考「祠」與「詞」音同形似而義不同：「祠」，多用於典祀；「詞」，則多作告語解。

11 **祠堂** ㄘˊ ㄊㄤˊ 祭祀祖先或先賢、烈士的廟堂。

▽荒祠、古祠、社祠、祖祠、烈士祠、忠烈祠、萬善祠。

常 5 **祚** 形解 祚 形聲；從示，乍聲。福祚爲祚。

音義 ㄗㄨㄛˋ 名①皇位；例帝祚。②年歲；例初歲元祚。動①佑助；例天祚明德。②報答；例祚靈主以元吉。

參考「祚」字從乍，但不可讀做ㄓㄚˋ。

▽皇祚、踐祚、登祚、國祚、天祚、年祚、福祚。

次 5 **祔** 形解 祔 形聲；從示，付聲。付有寄附的意思，所以後死的人其神位附祭於先祖的廟爲祔。

音義 ㄈㄨˋ 動①將新死的子孫附祭於先祖；例班祔。②子孫附葬於祖墳；例周公蓋祔。

次 5 **祛** 形解 形聲；從示，去聲。去有去除的意思，所以祈求去除災患爲祛。

音義 ㄑㄩ 動①除去；例祛疑。②舉起；例祛黼帷。

參考①「祛」除不作「袖口」解外，餘與「袪」字的音義沒有不同。②字雖從去，但不可讀成ㄑㄩˋ。

14 **祛疑** ㄑㄩ ㄧˊ 去除疑惑。

次 5 **祏** 形解 祏 形聲；從示，石聲。宗廟中保藏神主的石室爲祏。

音義 ㄕˊ 名宗廟中藏先祖神位的石室；例典司宗祏。

次 5 **祜** 形解 祜 形聲；從示，古聲。福氣爲祜。

音義 ㄏㄨˋ 名福祉；例受天之祜。

次 5 **祓** 形解 祓 形聲；從示，犮聲。犮有去除的意思，所以除災求福的祭祀爲祓。

音義 ㄈㄨˊ 動①古代爲除去災邪而舉行儀式；例帝祓霸上。②除去；例祓飾厥文。

參考不可受「拔」字讀音的影響而誤讀作ㄅㄚˊ。

常 6 **祥** 形解 祥 形聲；從示，羊聲。上古游獵，以獲羊爲福祉爲祥。

音義 ㄒㄧㄤˊ 名①泛稱一切的福善；例和氣致祥。②吉凶的預兆；例禎祥。③古代一種喪祭；例小祥。④姓。形①吉利的；例祥瑞。②和善的；例祥和。

參考①同吉，瑞，慈。②反凶，暴，禍。③「祥」、「詳」有別：「吉祥」、「慈祥」的「祥」，字從「示」；「詳細」、「詳盡」的「詳」，字從「言」。兩個字不可混用。

12 **祥雲** ㄒㄧㄤˊ ㄩㄣˊ 代表祥瑞的彩雲。例五彩祥雲。

13 **祥瑞** ㄒㄧㄤˊ ㄖㄨㄟˋ 吉祥的徵兆。

▽吉祥、發祥、不祥、瑞祥、嘉祥、慈祥、大祥、小祥。

常 6 **票** 形解 㶾 字本作「㶾」，會意；從火，𡕧省。𡕧有升高的意思，所以火勢輕揚爲票。

音義 ㄆㄧㄠˋ 名①作爲憑證的券契；例支票。②量詞，計量事物一宗爲一票；例這一票賺了不少吧！③人質；例綁票。④簽題的文字或書表；例票擬。

ㄆㄧㄠ 形輕捷的；例票姚。

參考①同券。②擊漂、剽、摽、標、嫖、鏢、飄、驃。

4 **票友** ㄆㄧㄠˋ ㄧㄡˇ 業餘的演劇人員。

參考同客串。

16 **票據** ㄆㄧㄠˋ ㄐㄩˋ 統稱載有一定時日地點，對於債權人支付一定金額之有價證券。分滙票、支票、本票三種。

▽開票、彩票、傳票、投票、廢票、車票、戲票、鈔票、發票、郵票、銀票、支票、贖票、綁票、撕票、肉票、買票、賣票、飯票、布票、招待票、統一發票。

常 6 **祭** 形解 會意；從示，從手持肉。所以以手捧肉於神前爲祭。

音義 ㄐㄧˋ 名 哀悼或追思等儀式；例家祭無忘告乃翁。動 祭祀；例祭神如神在。

ㄓㄞˋ 名 姓。

參考 ①同祀，禱，拜。②擘僻、際、瘵、蔡、察、詧。

4 **祭文** ㄐㄧˋ ㄨㄣˊ 祭祀時所誦讀的文詞，以表達生者哀戚之情懷，並安慰死者的靈魂。

8 **祭祀** ㄐㄧˋ ㄙˋ 宗教禮儀，用以崇敬天神、地祇、人鬼的通稱。

9 **祭品** ㄐㄧˋ ㄆㄧㄣˇ 祀神供祖所用的物品。

參考 同供品。

12 **祭奠** ㄐㄧˋ ㄉㄧㄢˋ 設置供品於靈主之前，以祭祀神靈或先祖。

▽郊祭、告祭、國祭、血祭、大祭、家祭、會祭、公祭、追祭、遙祭、時祭、拜祭。

次 6 **祧** 形解 形聲；從示，兆聲。兆有到達的意思，所以天子歷代先祖保藏神主而不遷的宗廟爲祧。

音義 ㄊㄧㄠ 名 ①祖廟；例先君之祧。②遠祖世次超過定制時，神主所遷的別廟。③繼承爲後嗣的人；例承祧。動 遷去神主；例不祧之主。

次 6 **祫** 形解 形聲；從示，合聲。祭祀名，會合歷代先祖的神主一起祭祀爲祫。

音義 ㄒㄧㄚˊ 名 集合遠近祖先的神主，合祭於太祖廟中之祭祀；例三歲一祫。

次 7 **祲** 形解 形聲；從示，侵省聲。陰陽兩氣相侵襲，漸成災異爲祲。

音義 ㄐㄧㄣ 名 妖邪不祥的氣氛；例赤黑之祲。形 壯盛的；例祲威盛容。

常 8 **祺** 形解 形聲；從示，其聲。吉祥爲祺。

音義 ㄑㄧˊ 名 安和無懼，通常用於書信的祝頌語；例順頌儷祺。形 吉祥的；例壽考維祺。

參考 同祥，吉。

常 8 **祿** 形解 形聲；從示，彔聲。彔爲「鹿」的假借，古人游獵，見鹿而祥有祥福的感受，所以祥福爲祿。

音義 ㄌㄨˋ 名 ①福分；例天祿。②薪俸；例厚祿。③利益；例無功不受祿。④姓。

參考 ①「祿」與「福」二字古音同，且都有天所賜予的意思，然今「福」指一般的福分，而「祿」是指飲食的福分，「福祿」連用成詞則表示既有福，又有祿。②同福。

▽顯祿、食祿、世祿、俸祿、厚祿、高祿、回祿、不祿、壽祿、爵祿、高官厚祿。

常 8 **禁** 形解 形聲；從示，林聲。爲了趨吉避凶所當戒止的事爲禁。

音義 ㄐㄧㄣˋ 名 ①避忌的事務；例入國問禁。②限制或阻止從事某些行爲的法令；例毀關去禁。③古時稱天子的居所；例宮禁。④監獄；例重禁之中。⑤姓。動 ①制止，不准；例以時入而不禁。②羈押；例監禁。形 ①屬於君主的；例禁衛軍。②列於管制的；例禁藥。

ㄐㄧㄣ 名 結合衣襟的帶子，通「襟」；例其纓禁緩。動 ①支持；例情不自禁。②承受，耐得住；例餘年似酒那禁瀉？

4 **禁止** ㄐㄧㄣˋ ㄓˇ 制止。

參考 同阻止。

7 **禁忌** ㄐㄧㄣˋ ㄐㄧˋ ㈠忌諱。㈡原是人類由於懼怕超自然的責罰，來維繫對某種行爲的禁止或限制。也指迷信的人認爲犯了忌諱的話和行爲。例百無禁忌。㈢指使用醫藥時應避免的事物。

10 **禁書** ㄐㄧㄣˋ ㄕㄨ (一)書籍、出版品因政治關係或妨害風俗而由當局禁止刊行。(二)被禁止發行的書刊。

16 **禁錮** ㄐㄧㄣˋ ㄍㄨˋ (一)監禁起來。(二)使不得仕進。(三)法 舊刑法中有禁錮之刑，即監禁。

參考 我國現行刑法無「禁錮」之名，舊律及日本刑法則有「禁錮」之刑。

25 **禁臠** ㄐㄧㄣˋ ㄌㄨㄢˊ 為某人所獨享，他人不得接近的東西。

▽解禁、嚴禁、宵禁、幽禁、軟禁、宮禁、監禁、難禁、失禁、不禁、忍俊不禁、情不自禁、入國問俗入境問禁。

(次) 8 **祼** 形解 形聲；從示，果聲。酌酒獻尸，尸受之而灌地以降神為祼。

音義 ㄍㄨㄢˋ 動 灌祭，灑酒於地以降神；例 王入大室祼。

參考 不可和「裸體」的「裸」(ㄌㄨㄛˇ)混同。

(常) 9 **禎** 形解 形聲；從示，貞聲。祥瑞為禎。

音義 ㄓㄣ 名 祥瑞的徵候；例 國之將興，必有禎祥。

參考 ①「禎」又有因貞誠感動上天，而致接受福分的意思。②同 祥，瑞。③與「偵」、「楨」音同而義別：「偵」，為探伺，如「偵察」；「楨」，是木名。

(常) 9 **福** 形解 形聲；從示，畐聲。畐有滿的意思，無所不順為福。

音義 ㄈㄨˊ 名 ①統稱壽、考、康、寧等吉祥如意的事；例 享福。②祭典用的牲品、醴酒；例 必速祠而歸福。③古婦女雙手扣合，置於腰際的敬禮；例 道個萬福。④姓。動 護佑；例 福助。形 幸運的；例 福將。

參考 ①反 禍。②同 祥。

6 **福地** ㄈㄨˊ ㄉㄧˋ (一)神仙的住處，比喻安樂的地方。(二)風水良好的地方。例 洞天福地。

福至心靈 ㄈㄨˊ ㄓˋ ㄒㄧㄣ ㄌㄧㄥˊ 幸運來時，心思特別靈敏，更能得心應手。

福如東海 ㄈㄨˊ ㄖㄨˊ ㄉㄨㄥ ㄏㄞˇ 喻人的福氣像東海一樣廣大而漫無止境。是稱頌別人生日的祝賀辭。

參考 同 壽比南山。

7 **福利** ㄈㄨˊ ㄌㄧˋ (一)幸福及利益。指對生活方面的照顧。例 社會福利。(二)營利事業以盈餘分享員工。例 福利金。

9 **福相** ㄈㄨˊ ㄒㄧㄤˋ 具有福氣的相貌，指體肥面圓的樣子。

福音 ㄈㄨˊ ㄧㄣ (一)好消息。(二)宗 基督徒把耶穌和他的門徒所說的教義稱為福音。聖經新約中有馬太、馬可、路加、約翰所作四傳，稱之為「四福音書」。(三)有益於人們的言論。

10 **福氣** ㄈㄨˊ ㄑㄧˋ 幸福及好運氣。

參考 ①同 福分。②反 薄福，無福。

15 **福慧雙修** ㄈㄨˊ ㄏㄨㄟˋ ㄕㄨㄤ ㄒㄧㄡ 稱贊既有福氣又有智慧的人。

▽禍福、幸福、祝福、萬福、託福、口福、眼福、一飽眼福、因禍得福、作威作福。

(常) 9 **禍** 形解 形聲；從示，咼聲。咼為邪惡不善，神不福祐，所以災害為禍。

音義 ㄏㄨㄛˋ 名 災、殃、晦、咎等不如意的統稱；例 禍莫大於不知足。動 為害；例 禍國殃民。

參考 ①反 福。②同 災。

4 **禍心** ㄏㄨㄛˋ ㄒㄧㄣ 為亂或做惡的心志。例 包藏禍心。

禍水 ㄏㄨㄛˋ ㄕㄨㄟˇ (一)害人的東西。(二)指迷惑男人，敗壞大事的女人。例 紅顏禍水。

禍不單行 ㄏㄨㄛˋ ㄅㄨˋ ㄉㄢ ㄒㄧㄥˊ 倒霉的事情，常常接二連三而來。

參考 同 福無雙至。

9 **禍首** ㄏㄨㄛˋ ㄕㄡˇ 造成災禍的主要人物。

參考 同 罪魁。

10 **禍害** ㄏㄨㄛˋ ㄏㄞˋ 泛指一切災害。

禍起蕭牆 ㄏㄨㄛˋ ㄑㄧˇ ㄒㄧㄠ ㄑㄧㄤˊ 禍患起自於內部，或紛擾起於家庭。

▽奇禍、災禍、慘禍、橫禍、闖禍、招禍、惹禍、人禍、

幸災樂禍。

次 9 **禘** 形解 形聲；從示，帝聲。帝有大的意思，所以大祭爲禘。

音義 ㄉㄧˋ 名①大祭，三年一祭，取已遷廟祖，合祭於太祖廟；例三年一禘。②夏天祭祀的名稱。③有吉事時的祭禮。

次 9 **禊** 形解 形聲；從示，契聲。臨水洗濯，祓除不祥的祭祀爲禊。

音義 ㄒㄧˋ 名在水邊舉行的一種驅除不祥的祭祀，有春禊與秋禊。

參考 同禳、祓。

▽修禊、祓禊、春禊、秋禊。

次 9 **禋** 形解 形聲；從示，垔聲。誠心敬意的祭祀爲禋。

音義 ㄧㄣ 名古祭天大典。動燃燒柴火，因煙氣上升以表達精誠的祭祀；例禋于六宗。

次 9 **祺** 形解 形聲；從示，某聲。求子的祭祀爲祺。

音義 ㄇㄟˊ 名①古人求子的祭名。②求子所祀的神；例爲立祺。

次 9 **禕** 形解 形聲；從示，韋聲。美好有福氣爲禕。

音義 ㄧ 形美好；例漢帝之德，侯其禕而。

次 9 **禔** 形解 形聲；從示，是聲。是有舒緩的意思，所以厚福爲禔。

音義 ㄊㄧˊ 動安定。ㄓ 副但、只，同「祇」；例禔取辱耳。

次 10 **禡** 形解 形聲；從示，馬聲。行軍在外所行的祭禮爲禡。

音義 ㄇㄚˋ 名古軍中祭名；例禡於所征之地。

常 11 **禦** 形解 形聲；從示，御聲。御爲迓迎，所以迎神的祭祀爲禦。

音義 ㄩˋ 名①敵軍；例不畏強禦。②防禦部隊；例置左右禦。動抗拒；例禦侮。

參考「禦」與「御」音同形似而義別：「禦」，多指防禦、抗拒；而「御」，多指駕御、統御。

9 **禦侮** ㄩˋ ㄨˇ 抵禦外侮。

15 **禦敵** ㄩˋ ㄉㄧˊ 抗拒敵人。

▽扞禦、守禦、防禦、抵禦、抗禦。

常 12 **禧** 形解 形聲；從示，喜聲。喜有樂的意思，所以行禮獲吉爲禧。

音義 ㄒㄧ 名吉祥如意；例新婚之禧。

參考 ①又音ㄒㄧˇ。②每逢新年，人們相見都以「恭賀新禧」相互問候或祝福。③同福。

常 12 **禪** 形解 形聲；從示，單聲。祭天大典爲禪。

音義 ㄔㄢˊ 名①宗梵文「禪那」的省稱。②打坐調息；例坐禪。③宗佛教宗派之一；例禪宗。形有關佛家事務的；例禪語。ㄕㄢˋ 動①除地爲墠以祭天；例封禪。②讓位；例禪讓。

7 **禪杖** ㄔㄢˊ ㄓㄤˋ ㈠用來驚醒坐禪時昏睡者的竹杖。㈡泛稱僧人所用之手杖。

8 **禪房** ㄔㄢˊ ㄈㄤˊ 僧人居住的地方。

禪宗 ㄔㄢˊ ㄗㄨㄥ 宗佛教派別之一，其名稱始於唐代。自迦葉以下廿八傳至菩提達摩，東來中土，駐嵩山少林寺，是爲中國禪宗的初祖。傳至慧能，禪宗大盛。其主要特色爲以心傳心，不立文字，直指本心，見性成佛。故在佛教各宗，以簡易明快著稱。元、明後禪風漸衰。又稱「佛心宗」或「心宗」。

16 **禪機** ㄔㄢˊ ㄐㄧ ㈠佛家語。即禪理，非有成熟的功力，不容易捕捉的禪宗妙旨。㈡不落跡象的玄奧語言。

▽參禪、封禪、內禪、心禪、入禪、吹禪、坐禪、枯木禪。

次 12 **禫** 形解 形聲；從示，覃聲。喪禮結束前除去喪服時所舉行的祭祀爲禫。

音義 ㄊㄢˇ 名 除孝服時的祭祀；例 中月而禫。

次 12

禨

形解 形聲；從示，幾聲。事鬼以求祥福爲禨。

音義 ㄐㄧ 動 迷信鬼神和災祥；例 楚人鬼而越人禨。

ㄐㄧˋ 名 沐浴後所飲的酒；例 進禨進羞。

常 13

禮

形解 形聲；從示，豊聲。豊爲祭祀的器具，所以事神致福爲禮。

音義 ㄌㄧˇ 名 ①人類行爲的規範；例 知書達禮。②通稱慶賀的儀式；例 婚禮。③威儀；例 克己復禮。④表示敬意的贈品或財貨；例 送禮。⑤姓。

動 ①祭祀；例 禮拜。②尊敬；例 禮賢下士。

參考 ①同 讚，敬，祭。②與「醴」、「澧」音同而義有別：醴，味醇的酒；澧，水名。③與「理」、「法」有別：「理」，是不可違反的原理原則；「禮」爲發自內心的道德行爲；「法」則爲明文規定，必須遵行的具體條文。總之，「禮」可以防患未然，而「法」只能制裁於既然之後；一爲積極之約束，一爲消極之懲罰。

8 **禮尚往來** ㄌㄧˇ ㄕㄤˋ ㄨㄤˇ ㄌㄞˊ 在禮節上講究有來有往。現在指彼此相等地對待。

禮券 ㄌㄧˇ ㄐㄩㄢˋ 商店爲了促銷活動，所發行有面額，可以兌換禮品的憑證。

9 **禮拜** ㄌㄧˇ ㄅㄞˋ 宗 (一)基督教徒每星期日聚會，對上帝作禱告的儀式。後俗多沿稱「星期」爲禮拜。(二)向佛菩薩或神明行敬拜禮。

13 **禮節** ㄌㄧˇ ㄐㄧㄝˊ (一)禮制的儀式。(二)遵守禮法的行爲。例 禮節爲治事之本。(三)用禮儀去節制。

15 **禮儀** ㄌㄧˇ ㄧˊ 禮節和儀式。

16 **禮賢下士** ㄌㄧˇ ㄒㄧㄢˊ ㄒㄧㄚˋ ㄕˋ 帝王、大臣或社會地位較高的人降低自己的身分去敬重或延攬有才德的人。

▽嘉禮、儀禮、婚禮、祭禮、失禮、周禮、葬禮、典禮、答禮、非禮、還禮、無禮、行禮、敬禮、分庭抗禮、彬彬有禮、克己復禮。

常 14

禱

形解 形聲；從示，壽聲。壽有長久的意思，示爲祭神的事，所以告事求福爲禱。

音義 ㄉㄠˇ 動 ①祭祀；例 禱祀②祈求；例 禱告。

參考 同 祝，拜，祭，祀。

7 **禱告** ㄉㄠˇ ㄍㄠˋ 祝告鬼神或祖先上帝，以求福佑。

▽祈禱、祝禱、默禱、懇禱、求禱、晚禱、少女祈禱。

次 14

禰

形解 形聲；從示，爾聲。父廟爲禰。

音義 ㄇㄧˊ 名 ①亡父在宗廟中所立的神主；例 入廟稱禰。②姓。

ㄋㄧˇ 名 隨行的神主；例 公禰。

參考 ①又作「祢」。②字雖從爾，但不可讀成ㄦˇ。

次 17

禳

形解 形聲；從示，襄聲。驅除疫厲的祭祀爲禳。

音義 ㄖㄤˊ 動 祭祀消災；例 禳禱。

【内部】 ㄖㄡˊ

次 0

内

形解 象形；象野獸的足跡形。

音義 ㄖㄡˊ 名 獸類踐踏的蹄痕，同「蹂」。

常 4

禹

形解 象形；象蟲形，内象其足。蟲名爲禹。

音義 ㄩˇ 名 ①夏代開國的帝王，即夏禹。②姓。

參考 與「禺」字形近而音義不同：禺，音ㄩ，指區域，或爲山名；又音ㄩˋ，則爲獸名。

▽夏禹、大禹。

(次) 4
禺 形解 會意；從由、從内。大猴爲禺。
音義 ㄩˋ 名①界域；例十禺。②地禺山，今浙江德清縣。ㄩˋ 名古傳說中青目長尾似猴而大的野獸。ㄡˇ 名木偶，通「偶」；例木禺龍欒車。
參考 孳偶、寓、耦、愚、隅、遇、藕、鰅。

(常) 8
萬 形解 象形；象蠍蟲形。内象其足，蠍蟲爲萬。
音義 ㄨㄢˋ 名①蠍子。②舞名，即干舞；例萬也者，干戚舞也。③數名，千的十倍；例萬貫家財。④姓。形衆多的；例萬物靜觀皆自得。副絕對地；例萬無此理。
參考 字上的「卄」非「艹」，字乃是「蠍」螯的訛變；因此字不入「艹」部而入「内」部。

1 **萬一** ㄨㄢˋ ㄧ ㊀萬分之一。㊁或者。例萬一失敗。㊂意外。例以防萬一。

4 **萬夫莫敵** ㄨㄢˋ ㄈㄨ ㄇㄛˋ ㄉㄧˊ 比喻勇猛無比。

萬古流芳 ㄨㄢˋ ㄍㄨˇ ㄌㄧㄡˊ ㄈㄤ 比喻美好的名聲，永遠流傳下來。參考 ①反遺臭萬年。②亦作「萬世流芳」。

6 **萬全** ㄨㄢˋ ㄑㄩㄢˊ 非常周密而安全。

萬有引力 ㄨㄢˋ ㄧㄡˇ ㄧㄣˇ ㄌㄧˋ 理牛頓的發明之一。宇宙間一切物體或物質的微粒，無論距離的遠近，彼此都具有相互吸引力量。又稱「宇宙引力」。

7 **萬劫不復** ㄨㄢˋ ㄐㄧㄝˊ ㄅㄨˋ ㄈㄨˋ 比喻永遠難以恢復元氣或舊觀等。劫：梵語，佛說世界有成、住、壞、空四期，由生成到毀滅爲一劫；萬劫：經歷世界成壞一萬次，即指爲時極爲久遠。

10 **萬能** ㄨㄢˋ ㄋㄥˊ 指有多種技能或用途。例雙手萬能。

萬般 ㄨㄢˋ ㄅㄢ ㊀各種。例萬般皆下品。㊁極端。例萬般無奈。

11 **萬衆一心** ㄨㄢˋ ㄓㄨㄥˋ ㄧ ㄒㄧㄣ 千萬人一條心，形容全國團結一致。

12 **萬無一失** ㄨㄢˋ ㄨˊ ㄧ ㄕ 絕對不會出差錯。參考 與「十拿九穩」有別：前者偏重在「無所失」上，經常跟會丟失或出差錯的事物搭配；後者重點在「有所得」上，經常跟能取得的事物連屬，比喻十分有把握，而並非絕對的有把握。

萬紫千紅 ㄨㄢˋ ㄗˇ ㄑㄧㄢ ㄏㄨㄥˊ 形容百花盛放的美景。例萬紫千紅總是春。

萬象更新 ㄨㄢˋ ㄒㄧㄤˋ ㄍㄥ ㄒㄧㄣ 一切事物都更換了樣子，呈現出新的景象。更：改換。

22 **萬籟無聲** ㄨㄢˋ ㄌㄞˋ ㄨˊ ㄕㄥ 形容非常寂靜的夜景。參考 ①同夜闌人靜。②與「萬籟俱寂」相同，但與「鴉雀無聲」有別：前者多形容自然環境的靜寂，萬籟指大自然的一切聲響；後者多形容人們或人羣聚集、活動場所的安靜。

▽千萬、億萬、挂一漏萬、成千上萬、千千萬萬。

(常) 8
禽 形解 形聲；從厹，今聲。走獸的總名爲禽。
音義 ㄑㄧㄣˊ 名①鳥類的總稱；例飛禽走獸。②古時泛稱獸類；例終日不獲一禽。③姓。動捕捉，通「擒」。
參考 ①在野外「禽」和「獸」對稱，如「飛禽走獸」；在家中飼養「禽」和「畜」對稱，如「家禽」、「家畜」。②孳噙、擒、檎。

19 **禽獸** ㄑㄧㄣˊ ㄕㄡˋ ㊀鳥獸的總稱。例禽獸草木。㊁比喻行爲卑鄙，沒有人性的人。例衣冠禽獸。

▽家禽、生禽、珍禽、鳴禽、飛禽、野禽。

【禾部】 ㄏㄜˊ

(常) 0
禾 形解 象形；上象穗與葉，中象稈，下象根形。

音義 ㄏㄜˊ 名①植穀類植物之一；例禾稼。②姓。

參考①擘和、盉、龢。②與「示範」、「表示」的「示」字（ㄕˋ）形近而音義各不同。

▽稻禾、嘉禾。

常 2

私

形解  形聲；從禾，厶聲。禾屬爲私。

音義 ㄙ 名①屬於個人的事物；例公私之積。②嬖愛的臣妾；例君多私。③財產；例家私。④姦情；例呂洞賓與何仙姑有私。⑤閒居或獨處時的情狀；例退而省其私。⑥人的生殖器官；例私處。⑦姓。動①偏愛；例私暱。②據爲己有；例私吞公款。形①屬於個人的；例私生活。②邪曲的；例私道塞矣。③不公開的；例私情。④偏頗的；例私心。副①暗中地；例私下。②●偏頗地；例地無私載。③秘密地；例私奔。

參考 反公。

2 **私人** ㄙ ㄖㄣˊ ㈠法個人。㈡親戚故舊。㈢家臣。

3 **私下** ㄙ ㄒㄧㄚˋ 暗地裡。

4 **私心** ㄙ ㄒㄧㄣ ㈠利己的心。例私心自用。㈡個人的心意。

5 **私立** ㄙ ㄌㄧˋ 由私人或財團法人所承辦的，如學校、銀行等。

私生子 ㄙ ㄕㄥ ㄗˇ 經由非法定的婚姻關係而受胎所生的子女。又作「非婚生子女」。

6 **私宅** ㄙ ㄓㄞˊ 個人的住宅。

私刑 ㄙ ㄒㄧㄥˊ 不按法律規定或賦與的權利，而私自加諸他人的刑罰。

7 **私見** ㄙ ㄐㄧㄢˋ ㈠個人的見解。㈡自私的偏見。

8 **私房錢** ㄙ ㄈㄤˊ ㄑㄧㄢˊ 家中個人私下的積蓄。又省稱「私房」。

私定終身 ㄙ ㄉㄧㄥˋ ㄓㄨㄥ ㄕㄣ 男女未經雙親同意，私底下個自所定的婚約。

9 **私奔** ㄙ ㄅㄣ 女子不循禮法結合而任意奔隨所愛的男子。

私相授受 ㄙ ㄒㄧㄤ ㄕㄡˋ ㄕㄡˋ 公共物品，不依法律規定或經公衆同意而私自轉移管理主權的行爲。

10 **私衷** ㄙ ㄓㄨㄥ 個人的心意。

參考 同私意。

11 **私通** ㄙ ㄊㄨㄥ ㈠秘密的往來。㈡非婚姻關係的性行爲。

私情 ㄙ ㄑㄧㄥˊ ㈠私人的情誼。㈡男女間狹窄的愛情。例兒女私情。

私淑 ㄙ ㄕㄨˊ 私心仰慕、效法而未能親受其業。

14 **私塾** ㄙ ㄕㄨˊ 私人開設的學堂。

私語 ㄙ ㄩˇ ㈠以私事相請託。㈡心底下想說，却又不能宣揚表白的。㈢語聲低沈的小語。

15 **私德** ㄙ ㄉㄜˊ 個人的道德。

參考 反公德。

18 **私藏** ㄙ ㄘㄤˊ 私人收藏。

▽陰私、營私、公私、無私、家私、自私、走私、大公無私、公爾忘私、假公濟私、植黨營私、鐵面無私。

常 2

秀

形解  象形；從禾，乃象禾實下垂的形狀，所以禾的豐碩果實爲秀。

音義 ㄒㄧㄡˋ 名①稻麥的果穗；例九禾之秀。②草木的花朶；例方疏含秀。③天地間的靈氣；例靈秀。④才智出衆的人；例南士之秀。⑤姓。動①稻麥吐穗開花；例雉雊麥苗秀。②草木開花；例叢蘭欲秀。③成長；例或秀或苗。形①清麗的；例山明水秀。②傑出的；例舉其秀士。③聰明而美好的；例容則秀雅。

參考①擘琇、誘、銹。②與「禿頭」的「禿」字（ㄊㄨ）形近而音義不同。

5 **秀外慧中** ㄒㄧㄡˋ ㄨㄞˋ ㄏㄨㄟˋ ㄓㄨㄥ 形容女人外貌秀麗，內心慧敏。

6 **秀色可餐** ㄒㄧㄡˋ ㄙㄜˋ ㄎㄜˇ ㄘㄢ 形容人、物姿色美好，使人見而忘飢。

10 **秀氣** ㄒㄧㄡˋ ㄑㄧˋ ㈠優雅不俗。㈡面貌清秀。㈢器物細巧。

19 **秀麗** ㄒㄧㄡˋ ㄌㄧˋ 清秀美麗。例山川秀麗。

▽閨秀、俊秀、清秀、優秀、神秀、作秀、靈秀、韶秀、山明水秀、大家閨秀、後起之秀。

常 2

禿

形解 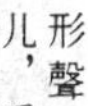 形聲；從儿，秀省聲。儿是「人」的

古文，秀爲禾秀屈曲下垂，其莖屈處圓轉光潤，頭上圓轉光潤，與禾秀莖屈處相似，所以無髮爲禿。

音義 ㄊㄨ 形①沒有頭髮的；例「髮禿骨力羸。」②山上沒有草木的；例「燒餘山頂禿。」③毛脫落的；例禿筆。

12 **禿筆** ㄊㄨ ㄅㄧˇ ㈠脫毛失去尖端的筆。㈡不合用的筆。㈢文人自謙的說詞。

常 3 **秉** 形解 會意；從又持禾。手持一禾爲秉。

音義 ㄅㄧㄥˇ 名①權柄；例持國秉。②容量名，古代以十六斛爲一秉，現以十公石爲一秉。③姓。動①執持；例秉筆。②按照；例秉公處理。③主持；例秉政。

參考 ①和「稟」(ㄅㄧㄥˇ、ㄌㄧㄣˇ)字不同：「承受」、「陳述」等義，用「稟」而不用「秉」。②反兼。

8 **秉性** ㄅㄧㄥˇ ㄒㄧㄥˋ 天賦。

秉承 ㄅㄧㄥˇ ㄔㄥˊ 執持承續。

參考 參閱「繼承」條。

15 **秉賦** ㄅㄧㄥˇ ㄈㄨˋ 稟受的天賦。

次 3 **秈** 形解 形聲；從禾，山聲。早熟而米粒不黏的水稻爲秈。

音義 ㄒㄧㄢ 名早熟而米粒不黏的稻子，同「籼」；例秈米。

常 4 **科** 形解 會意；從禾斗。斗爲量器，所以評量爲科。

音義 ㄎㄜ 名①等級；例爲力不同科。②類別；例文科。③分別辦事的單位；例兵役科。④戲劇中的動作；例科白。⑤法律條文；例作奸犯科。⑥古代取士的條目；例宋之科目，有進士，有諸科，有武舉。⑦水坑；例雨水盈科。⑧生分類的單位名，生物分類依界、門、綱、目、科、屬、種；例貓科。動課責；例科罪。

參考 ①和「料」(ㄌㄧㄠˋ)字形近而音義不同。②擘蝌。

5 **科白** ㄎㄜ ㄅㄞˊ 文戲曲中人物的動作和道白。「科」：爲舉止動作；「白」：指言談道白。

科目 ㄎㄜ ㄇㄨˋ ㈠科舉考試的名目。㈡學術或其他事項的分類。㈢各科所分的細目。

6 **科名** ㄎㄜ ㄇㄧㄥˊ 科舉考試制度中由鄉、會試中考中的功名。

7 **科技** ㄎㄜ ㄐㄧˋ 科學技術。

16 **科學** ㄎㄜ ㄒㄩㄝˊ ㈠自然界、社會和思維發展規律中，有系統有組織的知識體系。㈡合乎科學的。

參考 衍科學館、科學院、科學家、科學研究部門。

17 **科舉** ㄎㄜ ㄐㄩˇ 唐代以來設科取士，選用人才。

參考 衍科舉時代、科舉制度。▽醫科、學科、[illegible]科、外科、齒科、專科、[illegible]科、文科、理科、前科、術科、工科、內科、小兒科、婦產科、人事科、大登科、小登科、作奸犯科。

常 4 **秒** 形解 形聲；從禾，少聲。少有小的意思，所以禾芒爲秒。

音義 ㄇㄧㄠˇ 名①穀物種子上所長出的鋒芒；例禾秒。②計時單位之一，分的六十分之一；例讀秒。③圓周計算法：六十秒爲一分，六十分爲一度。

參考 和「木」旁的「杪」(ㄇㄧㄠˇ)字音同而義異：凡「末端」、「盡頭」都用「杪」字而不用「秒」；「分秒必爭」、「讀秒」的「秒」字不可作「杪」。

常 4 **秋** 形解 形聲；從禾，龜省聲。龜有熟的意思，所以禾穀成熟之時爲秋。

音義 ㄑㄧㄡ 名①四季之一，陰曆爲七、八、九三月，陽曆爲九、十、十一三月；例一日不見如隔三秋。②年歲；例人皆壽命得千秋。③孔子所作的魯史；例春秋。④緊急時刻；例危急存亡之秋。⑤姓。動穀類成熟；例麥秋。

參考 ①又作「龝」、「秌」。②擘楸、萩、鞦、鰍、鶖、愁。

3 **秋千** ㄑㄧㄡ ㄑㄧㄢ 傳統的體育遊戲，是在木架上懸掛兩繩，下拴橫板，玩者在板上或站或坐，兩手握繩，使前後擺動。又作「鞦韆」。例盪秋千。

4 **秋分** ㄑㄧㄡ ㄈㄣ 節氣名，在每年九月二十三日或二十四日，當時太陽經過秋分點，日光正射赤道上，南北半球晝夜一樣長，為秋分。

秋水 ㄑㄧㄡ ㄕㄨㄟˇ ㈠指秋天的水。㈡比喻清澈的神色。㈢比喻美女的眼波。㈣比喻鏡面。

6 **秋收** ㄑㄧㄡ ㄕㄡ 秋季收割農作物。

8 **秋波** ㄑㄧㄡ ㄆㄛ 比喻美女的眼睛，像秋水一樣清澈明亮。例朱德潤·對鏡寫眞詩：「兩面秋波隨彩筆。」

秋風過耳 ㄑㄧㄡ ㄈㄥ ㄍㄨㄛˋ ㄦˇ 比喻淡漠到毫無所動的境界。

11 **秋毫** ㄑㄧㄡ ㄏㄠˊ 動物的毛，秋天更生，極其細微。因此比喻極其細微的東西。

秋毫無犯 ㄑㄧㄡ ㄏㄠˊ ㄨˊ ㄈㄢˋ ㈠比喻一絲一毫都不敢冒犯或妄取。㈡常用來形容軍隊的紀律嚴明。

▽春秋、千秋、悲秋、中秋、初秋、晚秋、立秋、仲秋、新秋、入秋、清秋、三秋、早秋、一日三秋、一雨成秋、一葉知秋、各有千秋、老氣橫秋、危急存亡之秋。

次 4

秕

形解  形聲；從禾，比聲。禾稻患疾，不能長成粟米者為秕。

音義 ㄅㄧˇ 名中空或不實的穀粒。動敗壞。例秕我王政。形①不良的；例秕政。②漏洞，通「紕」；例秕謬。

9 **秕政** ㄅㄧˇ ㄓㄥˋ 不清明的政治。

次 4

种

形解 形聲；從禾，中聲。姓。

音義 ㄔㄨㄥˊ 名姓。

參考 又作為「種」的省筆字。

常 5

秤

形解 形聲；從禾，平聲。平有平正的意思，稱物的輕重為秤。

音義 ㄔㄥˋ 名衡量輕重的器具；例磅秤。動量輕重；例「秤薪而爨。」

ㄆㄧㄥˊ 名天秤，量輕重的器具，於直柱上立一支桿，桿兩端各懸一小盤，一盤置物，一盤放砝碼，以量輕重。

參考 讀成ㄔㄥˋ時，與「稱」字同音同義。

常 5

秣

形解 形聲；從禾，末聲。飼馬的草穀為秣。

音義 ㄇㄛˋ 名牲口的飼料；例芻秣之式。動餵飼料；例秣馬。

參考 字從「末」（ㄇㄛˋ）不從未（ㄨㄟˋ），書寫時上橫長而下橫短。

10 **秣馬厲兵** ㄇㄛˋ ㄇㄚˇ ㄌㄧˋ ㄅㄧㄥ 比喻做好一切作戰前的準備，以迎接戰鬥。秣馬：餵飽戰馬；厲兵：磨快武器。又作「秣馬利兵」、「厲兵秣馬」。

參考 與「嚴陣以待」有別：前者重在人員的行動；後者則有「等待來犯之敵」的意思，重在整個軍隊的陣勢。

▽芻秣、糧秣、仰秣。

常 5

秧

形解  形聲；從禾，央聲。禾苗為秧。

音義 ㄧㄤ 名①稻苗；例插秧。②植物的幼苗；例樹秧。③剛生出不久的動物；例豬秧。動栽植；例看人秧稻午風涼。

參考 不可誤與「災殃」的「殃」字混同，如「池魚之殃」不作「池魚之秧」。

常 5

秩

形解 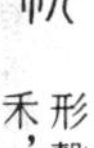 形聲；從禾，失聲。積聚而有次第為秩。

音義 ㄓˋ 名①次第；例守秩序。②俸祿；例爵秩。③官級；例遂復三人官秩如故。④計年歲的單位，十年為一秩；例七秩華誕。形常有的；例常秩。

參考 與「佚」、「迭」有別：佚，音ㄧˋ，義為散失、過失，如「散佚」、「淫佚」；迭，音ㄉㄧㄝˊ，義為更替、屢次，如「高潮迭起」。

7 **秩序** ㄓˋ ㄒㄩˋ ㈠次序。㈡人或事物所在的位置整齊，含有守規矩的意思。

參考 參閱「次序」條。

秩序井然 ㄓˋ ㄒㄩˋ ㄐㄧㄥˇ ㄖㄢˊ 比喻整齊守規律，很有條理。

▽恩秩、官秩、爵秩、高秩、

常秩。

常 5 **租** 形解 形聲；從禾，且聲。田賦爲租。

音義 ㄗㄨ 名 ①田賦；例畏人愁報吏催租。②稅捐；例租稅。③賃借他人房地器物等所付出的代價；例房租。動出代價暫時借用他人的房地器物；例租屋居住。

參考「租」和「稅」不同：「稅」通常指國家向人民徵收其所得的一部分，以供國用；「租」是指借用器物或房地等所付出的代價。但有時也通用，如「田租」也作「田稅」(或作田賦)；並且二字常連用成「租稅」或「稅租」。但「租」作動詞用時，如「租房子」除方言外通常不作「稅房子」；「出租」不可作「出稅」。

5 **租用** ㄗㄨ ㄩㄥˋ 向人租借使用。例租用土地。

8 **租金** ㄗㄨ ㄐㄧㄣ 承租房屋、土地或器物的人，付給物主的租借酬金。又稱「租錢」。

9 **租約** ㄗㄨ ㄩㄝ 租借契約。

租界 ㄗㄨ ㄐㄧㄝˋ 一國於通商口岸或城市劃出一定區域，允許訂約國的人民居留或經商的地界，只是其主權仍屬本國所有。

11 **租庸調法** ㄗㄨ ㄩㄥ ㄉㄧㄠˋ ㄈㄚˇ 史㈠唐代受田課丁征賦的三種賦役的合稱。租，指丁男授田一頃，歲輸粟二斛，稻三斛；庸，指歲輸絹二匹，綾絁二丈，布加五之一，綿三兩，麻三斤，非蠶鄉則輸銀十四兩。調，指役人力，歲二十日，閏加二日，不役者日爲絹三尺。㈡日本在大化革新以後的賦役制度。

12 **租稅** ㄗㄨ ㄕㄨㄟˋ ㈠古以征自田畝的收入叫做租，而征自工商貨物的收入稱作稅。㈡統稱國家爲適應公共需要，用强制力向人民或人民團體所課征的財賦。

參考 ①同賦稅，稅收，租貢。②衍租稅制度。

13 **租賃** ㄗㄨ ㄌㄧㄣˋ 法當事人的約定，一方將物租給他方使用，而他方必須支付租金之契約。

▽官租、田租、稅租、房租、地租、分租、出租、招租。

常 5 **秦** 形解 會意；從禾，舂省。秦地所產的禾稻爲秦。

音義 ㄑㄧㄣˊ 名 ①史朝代名。周孝王封伯益之後的秦國，至戰國時爲七雄之一，傳到秦始皇，併吞六國而統一中原，定鼎天下，傳國十五年，亡於漢。②地「陝西省」的簡稱。③姓。

參考 ①孳蓁、臻、榛、溱、湊。②「秦」字從「禾」，不可從「示」作「奈」。

8 **秦始皇** ㄑㄧㄣˊ ㄕˇ ㄏㄨㄤˊ 人莊襄王子，姓嬴，名政。戰國末期秦國的國君，併吞六國，統一天下，建立秦王朝。自以爲功蓋三皇，德過五帝，故兼稱「皇帝」。又自稱「始皇帝」，後世以數計，而不用諡號。

▽强秦、先秦、帝秦、大秦、暴秦、義不帝秦，批孔揚秦。

次 5 **秘** 形解 形聲；從禾，必聲。不公開者爲秘。

音義 ㄇㄧˋ 形 非公開的；例秘而不宣。

參考 ①本作「祕」。②又音 ㄅㄧˋ。③「秘書」的「秘」字，應該讀 ㄇㄧˋ；只有在「便秘」這個詞裏，才讀 ㄅㄧˋ。

▽隱秘、奧秘、機秘、嚴秘、神秘、便秘、奇秘、密秘。

次 5 **秫** 形解 形聲；從禾，朮聲。朮兼象外形，所以黏性的稷爲秫。

音義 ㄕㄨˊ 名 植黏性的穀物。

參考 右從「朮」，不作「木」。

次 5 **秬** 形解 形聲；從禾，巨聲。黑黍爲秬。

音義 ㄐㄩˋ 名 黑黍；例維秬維秠。

次 5 **秭** 形解 形聲；從禾，𠂔聲。計數單位名，禾二百秉爲秭。

音義 ㄗˇ 名 ①數計數單位名，

禾二百秉爲一秭。②地秭歸，湖北縣名。

常 6 **移** 形解 形聲；從禾，多聲。形容稻禾豐碩，隨風婀娜起伏形爲移。

音義 ㄧˊ 名①官方文書的一種；例致僚屬作文移。②姓。動①遷徙；例河內凶，則移其民於河東。②改易；例貧賤不能移。③動搖；例手足勿移。④傳承；例代代相移。

參考 與「奢侈」的「侈」字，形近而音義不同。

3 **移山倒海** ㄧˊ ㄕㄢ ㄉㄠˇ ㄏㄞˇ ㈠移動山岳，倒翻大海。㈡比喻神通廣大，法力無邊。㈢比喻人類克服自然，改造自然的偉大力量和氣魄。㈣比喻聲勢浩大，無法抵禦。

5 **移民** ㄧˊ ㄇㄧㄣˊ 一國人民，因宗教上、政治上、經濟上的種種原因，而遷往遠省異邦，永久定居的人。

參考 衍移民條例、移民實邊。

8 **移居** ㄧˊ ㄐㄩ 遷移居處。

參考 同喬遷。

移花接木 ㄧˊ ㄏㄨㄚ ㄐㄧㄝ ㄇㄨˋ ㈠栽植花木的方法之一，把花木的枝條嫁接在別的花木上。㈡比喻暗中使用手段，以甲換乙，使用不同的明堂來欺騙人。

9 **移風易俗** ㄧˊ ㄈㄥ ㄧˋ ㄙㄨˊ 轉移風氣，改變習俗。

10 **移時** ㄧˊ ㄕˊ 暫時，片刻。

移情作用 ㄧˊ ㄑㄧㄥˊ ㄗㄨㄛˋ ㄩㄥˋ 外德語 Einfühlung 和英語 Empathy 的意譯，爲審美觀念中的一種感情移入現象。十九世紀末，德國美學家李普斯（Theodor Lipps, 1851－1914）以此解釋一切審美現象，都是主觀的感情移入他所知覺或想像的對象中，其意識在主客兩者間相互融合。依人們外在的容貌、舉止、聲響，而直覺其內心的精神狀態，爲普通移情；而以主觀的感情，移於山川草木等無情物，物亦感染其情的，爲象徵移情，如杜甫‧春望詩：「感時花濺淚，恨別鳥驚心。」即屬此類。

12 **移植** ㄧˊ ㄓˊ ㈠農指自苗床挖起秧苗，移至大田或他處栽種的過程。㈡醫醫生將器官移植，以使病體完整或恢復。

參考 衍心臟移植、腎臟移植、眼角膜移植。

16 **移樽就教** ㄧˊ ㄗㄨㄣ ㄐㄧㄡˋ ㄐㄧㄠˋ ㈠移坐到別人席上共飲，以便求教。樽：酒杯。㈡比喻屈尊遷就，主動的去向人請教。

18 **移轉** ㄧˊ ㄓㄨㄢˇ 法地位、權利的變動。例物體移轉。

▽推移、遷移、轉移、物換星移、江山易改本性難移。

次 6 **秸** 形解 形聲；從禾，吉聲。稻禾莖的外皮，可以製席爲秸。

音義 ㄐㄧㄝ 名農作物的莖稈；例豆秸。

參考 ①又音 ㄐㄧㄚ。②一作「稭」。

常 7 **稅** 形解 形聲；從禾，兌聲。租稅爲稅。

音義 ㄕㄨㄟˋ 名國家向人民徵收全部所得中的一部分，作爲國用的經費；例綜合所得稅。動①贈送（東西）；例未任者不敢稅人。②脫釋，通「脫」；例稅駕。

參考 ①參閱「租」字條。②字雖從「兌」，但不可讀成 ㄉㄨㄟˋ 或 ㄊㄨㄛ。

11 **稅率** ㄕㄨㄟˋ ㄌㄩˋ 計算課稅對象（課徵稅收的目的物）每一單位應徵收稅額的比率。

▽課稅、國稅、雜稅、增稅、納稅、賦稅、重稅、免稅、繳稅、逃稅、漏稅、關稅、田稅、營業稅、所得稅、地價稅、田賦稅、綜合所得稅。

常 7 **稈** 形解 形聲；從禾，旱聲。旱有直的意思，所以禾莖爲稈。

音義 ㄍㄢˇ 名穀類植物的莖；例稻稈。

參考 不可誤與「筆桿」、「電線桿」的「桿」字混同。

常 7 **稍** 形解 形聲；從禾，肖聲。肖有小的意思，所以禾末爲稍。

音義 ㄕㄠ 名①官府所給的糧食；例均其稍食。②姓。副①略微地；例稍等一下。②漸漸地；例漁樵稍欲稀。③極，甚；例風流稍是有聲價。④已經；例早霞稍霏霏，殘月猶皎皎。⑤方才；例稍觀汾水曲，俄指絳臺前。

參考①「稍」和「梢」音同義異：「梢」指事物的末端，如「樹梢」、「眉梢」。②不可受「消」字讀音的影響唸成ㄒㄧㄠ。

6 **稍安勿躁** ㄕㄠ ㄢ ㄨˋ ㄗㄠˋ 用以勸人冷靜行事，不必急躁。

12 **稍微** ㄕㄠ ㄨㄟˊ 略微，多表示動作或形狀變化的輕微細少。

17 **稍縱即逝** ㄕㄠ ㄗㄨㄥˋ ㄐㄧˊ ㄕˋ 稍微放鬆，立即消逝，以見消逝得快捷。

參考 與「瞬息即逝」有別：前者有「稍縱」兩字，强調「要及時抓住」；後者則强調「存在時間極其短暫」。

▽廩稍、末稍、稍稍。

常 7

程

形解 形聲；從禾，呈聲。呈有平準的意思，所以度量的總名爲程。

音義 ㄔㄥˊ 名①規範；例章程。②道路的段落；例路程。③事情進行的步驟；例議程。④一段時間；例日程。⑤期限；例程度。⑥姓。動估量；例引重鼎不程其力。

參考 與「逞」有別：逞，音ㄔㄥˇ，如「逞意」、「逞强」。放縱、顯露的意思，

6 **程式設計** ㄔㄥˊ ㄕˋ ㄕㄜˋ ㄐㄧˋ (一)用電子計算機解算問題時，爲使機器能自動完成計算，需要將機器所能接受的語言，來描述事先選好的算法。其所描述的算法稱爲「程序」，描述的過程稱爲「程式設計」。(二)研究程式編制的方法和技巧的學科。

7 **程序** ㄔㄥˊ ㄒㄩˋ 指按時間先後或依次安排的工作步驟。

8 **程門立雪** ㄔㄥˊ ㄇㄣˊ ㄌㄧˋ ㄒㄩㄝˇ 比喻尊師重道，虔誠求教。程門：指程頤的門下。

9 **程度** ㄔㄥˊ ㄉㄨˋ 凡一切知識、能力、道德高下的階段或事物性質的分量。

15 **程儀** ㄔㄥˊ ㄧˊ 送給遠行者的禮物。

▽過程、課程、工程、行程、前程、日程、里程、旅程、歷程、路程、章程、兼程、啓程、各奔前程、錦繡前程、萬里鵬程。

常 7

稀

形解 形聲；從禾，希聲。希有寡少的意思，所以疏少爲稀。

音義 ㄒㄧ 名姓。形①疏而不密的；例月明星稀。②少而不多的；例但傷知音稀。③薄而不濃的；例火冷餳稀杏粥稠。副極，很；例稀軟。

參考①同疏，少，薄。②反濃，密，稠。②與「希」有別：「希」，也有少的意思，但今已不常用，而只存希望的意思。

4 **稀少** ㄒㄧ ㄕㄠˇ 很少、不多。

7 **稀罕** ㄒㄧ ㄏㄢˇ (一)極少，很難得的意思。(二)稀奇、珍貴的意思。

8 **稀奇** ㄒㄧ ㄑㄧˊ 少見而奇怪的事物。

12 **稀疏** ㄒㄧ ㄕㄨ 少而不密。

20 **稀釋** ㄒㄧ ㄕˋ 化指加溶劑在溶液中，使它的濃度減少而變成稀薄。

21 **稀爛** ㄒㄧ ㄌㄢˋ 很爛。

▽依稀、古稀、月明星稀、地廣人稀。

次 7

稂

形解 形聲；從禾，良聲。妨害稻禾幼苗生長的惡草爲稂。

音義 ㄌㄤˊ 名對禾苗有害的莠草；例稂莠。

12 **稂莠** ㄌㄤˊ ㄧㄡˇ 稂和莠都是形似禾苗的害草。今用來比喻壞人。

次 7

稊

形解 形聲；從禾，弟聲。外形與稻米相似的作物爲稊。

音義 ㄊㄧˊ 名①植一種形似稻米的作物。②植物的嫩芽；例枯楊生稊。

次 7

稃

形解 形聲；從禾，孚聲。孚有包裹在外的意思，所以米穀的皮爲稃。

音義 ㄈㄨ 名即麩，禾本科植

物由花冠退化變形而成的子房基部上的小鱗片，同「稃」；例敖稃。

次 7
稌
形解 形聲；從禾，余聲。稻的總名爲稌。
音義 ㄊㄨˊ 名 ①植 稻類的別稱。②糯稻。

常 8
稜
形解 形聲；從禾，夌聲。夌有尖刺的意思，所以禾粒呈三角形，屬於稻之一種爲稜。
音義 ㄌㄥˊ 名 物體兩面相交點而形成突起的角；例夜霜穿屋衣生稜。形 威嚴的；例風采稜岸。
參考 與「棱」、「凌」有別：棱，也音ㄌㄥˊ，指四方形的木頭，或義爲威嚴；凌，音ㄌㄧㄥˊ，有侵犯、踰越、升登等意思。

常 8
稚
形解 形聲；從禾，隹聲。隹有短小的意思，所以短小的禾苗爲稚。
音義 ㄓˋ 名 ①幼兒；②姓。形 幼小的；例稚子候門。副 遲緩的樣子；例百穀稚熟。
參考 ①又作「穉」。②同幼。

3 **稚子** ㄓˋ ㄗˇ ㈠幼兒。㈡竹筍的代稱。
10 **稚氣** ㄓˋ ㄑㄧˋ ㈠孩子氣。㈡幼稚淺薄。
▽童稚、幼稚、孩稚。

常 8
稠
形解 形聲；從禾，周聲。周有密的意思，所以禾多爲稠。
音義 ㄔㄡˊ 名 姓。形 ①濃密的；例稠密。②頗多的；例地狹人稠。
參考 ①同 濃，密。②反 稀，疏，薄。③與「綢」有別：綢也音ㄔㄡˊ，絲織品的一種，如「綢緞」。「未雨綢繆」的「綢」字，不可作「稠」。

2 **稠人廣衆** ㄔㄡˊ ㄖㄣˊ ㄍㄨㄤˇ ㄓㄨㄥˋ 羣衆會聚，人數衆多。
▽粘稠、繁稠、綠野疇稠、綠野平稠、地狹人稠。

常 8
稔
形解 形聲；從禾，念聲。穀熟爲稔。
音義 ㄖㄣˇ 名 年；例不及五稔。動 ①積聚；例惡積釁稔。②熟悉；例素稔。形 豐收的；例多說明年是稔年。副 素常地；例稔知。
參考 ①「稔知」、「素稔」爲書信用語，即「素聞」、「素知」的意思，如「素稔台端，古道熱腸……」。②字雖從念，但不可讀成ㄋㄧㄢˋ。
▽熟稔、大稔、豐稔。

常 8
稟
形解 會意；從㐭禾。㐭爲穀倉，取倉中禾穀，以供民食，所以賜穀爲稟。
音義 ㄅㄧㄥˇ 名 天賦的資質；例天然異稟。動 ①承受；例元氣陶鑠，衆生稟焉。②下對上或卑對尊的陳述；例稟明長上。
參考 ①俗作「禀」。②又音ㄌㄧㄣˇ，即「廩」。③參閱「秉」字條。④孳 凜、廩、懍、檁。

11 **稟啓** ㄅㄧㄥˇ ㄑㄧˇ 用於書信結尾具名語的一種，多在晚輩對長輩時使用。稟：對上報告。
15 **稟賦** ㄅㄧㄥˇ ㄈㄨˋ 天生的心性、體氣、資質，尤指聰明才智方面。
▽異稟、承稟、天稟、上稟、敬稟。

次 8
稑
形解 形聲；從禾，坴聲。稻禾早熟的品種爲稑。
音義 ㄌㄨˋ 名 早熟的穀類。
參考 ①亦作「穋」。②反 穜。③先種後熟的爲穜，後種先熟的爲稑。

次 8
稙
形解 形聲；從禾，直聲。早種先熟的稻穀爲稙。
音義 ㄓ 動 早種的植物；例稙稚。
參考 ①反 稚。②先種曰稙，後種曰稚。

次 8
稞
形解 形聲；從禾，果聲。好的稻穀爲稞。
音義 ㄎㄜ 名 植 青稞，一種耐寒耐旱的麥類，多生長在我國西北或西南高原。

次 8 **稗** 解形 形聲；從禾，卑聲。卑有短小的意思，所以細米爲稗。

音義 ㄅㄞˋ 名 植 一種似稻的禾本科草本植物。形 細小的；例 稗官。

5 **稗史** ㄅㄞˋ ㄕˇ 通常指閭巷風俗，遺聞舊事的記錄。相傳古代設有稗官，專門採集民情，以供在上位者參考。故後世稱雜記瑣事的史籍爲稗史。或泛稱「野史」。

8 **稗官** ㄅㄞˋ ㄍㄨㄢ 採訪民間瑣事的小官。稗爲細米，指街談巷語，道聽塗說等微不足道的言論。

常 9 **種** 解形 形聲；從禾，重聲。可種植的穀類爲種。

音義 ㄓㄨㄥˇ 名 ①植物的種子；例 播種。②人的族類；例 種族。③類別；例 種類。④生物生命的延續；例 絕種。

ㄓㄨㄥˋ 動 栽植，使之生長；例 南北種梧桐。

參考（音 ㄓㄨㄥˋ 時）同植。

3 **種子** ㄓㄨㄥˇ ㄗˇ ㈠植 種子植物雌蕊受精後，子房內胚珠成熟，一般由種皮、胚和胚乳等部分組成。㈡運動競賽採用淘汰制或分組循環制時，預先選出的實力較強的個人或隊伍。例 種子球員。

6 **種瓜得瓜種豆得豆** ㄓㄨㄥˋ ㄍㄨㄚ ㄉㄜˊ ㄍㄨㄚ ㄓㄨㄥˋ ㄉㄡˋ ㄉㄜˊ ㄉㄡˋ ㈠比喻造就什麼因，就會得什麼果。㈡唯有耕耘，就有收穫。

參考 同 種麥得麥，種稷得稷，種穀得穀，種李得李。

11 **種族** ㄓㄨㄥˇ ㄗㄨˊ 人的種類。

種族歧視 ㄓㄨㄥˇ ㄗㄨˊ ㄑㄧˊ ㄕˋ 一個種族對其他種族的敵視、迫害與不平等待遇。

12 **種植** ㄓㄨㄥˋ ㄓˊ 把植物的種子或秧苗埋入土中，使它生長。

14 **種種** ㄓㄨㄥˇ ㄓㄨㄥˇ ㈠各種事物。㈡頭髮短。㈢淳厚樸實的樣子。

19 **種類** ㄓㄨㄥˇ ㄌㄟˋ 類別。

▽各種、雜種、接種、人種、播種、品種、變種、耕種、同種、歪種、有種、栽種、純種。

常 9 **稱** 解形 形聲；從禾，爯聲。爯有舉的意思，所以衡量物體的輕重爲稱。

音義 ㄔㄥˋ 名 衡量輕重的工具，同「秤」；例 磅稱。動 配置得當；例 相稱。

ㄔㄥ 名 ①名號；例 通稱。②名聲；例 少有英稱。③姓。

動 ①計量輕重；例 把貨物稱一稱。②叫或叫做；例 稱夫之母曰姑。③述說；例 據稱他是個抗日英雄。④舉；例 故稱兵於蔡。

ㄔㄣˋ 動 適合於；例 人生在世不稱意。

參考 ①稱的本字爲「偁」，俗字作「称」，唯俗寫不宜使用。②「稱」字有三種讀音：讀 ㄔㄣˋ 時，意思是恰合、適當，如：稱心如意、稱職。讀 ㄔㄥˋ 時，意思和「秤」一樣。「稱贊」的「稱」字，應讀 ㄔㄥ。

4 **稱心** ㄔㄣˋ ㄒㄧㄣ 滿意，恰合心意。

稱心如意 ㄔㄣˋ ㄒㄧㄣ ㄖㄨˊ ㄧˋ 十分滿意。

參考 ①與「心滿意足」有別：前者偏重在稱心，可直接用作人和事的定語；後者重在滿意，而不可用作人、事的定語。②同 稱心滿意、稱心遂意。

6 **稱臣** ㄔㄥ ㄔㄣˊ ㈠尊奉他人爲君王，而以人臣自稱。㈡臣服。

參考 衍 稱臣納貢。

7 **稱身** ㄔㄣˋ ㄕㄣ 衣服的長短寬窄合身。

8 **稱呼** ㄔㄥ ㄏㄨ ㈠對人口頭上的呼其名號。㈡尊稱之。

13 **稱道** ㄔㄥ ㄉㄠˋ 稱揚讚美。

稱頌 ㄔㄥ ㄙㄨㄥˋ 讚揚歌頌。

16 **稱謂** ㄔㄥ ㄨㄟˋ ㈠稱道。㈡名稱，稱號。

稱謂語 ㄔㄥ ㄨㄟˋ ㄩˇ 書信開頭中，用來稱呼受信人的辭句。如「父母親」、「伯父母」等是。

18 **稱職** ㄔㄣˋ ㄓˊ ㈠才能與職位相當。㈡對所擔任職務能勝任愉快。

21 **稱譽** ㄔㄥ ㄩˋ 稱揚誇讚。

26 **稱讚** ㄔㄥ ㄗㄢˋ 讚美，讚揚。

▽公稱、自稱、尊稱、追稱、通稱、名稱、過稱、號稱、

美稱、全稱、對稱、戲稱。

常10 **穀** 解形 形聲；從禾，㱿聲。百穀的總名為穀。

音義 ㄍㄨˇ 名①莊稼和糧食的總稱；例五穀雜糧。②稻類的種子；例稻穀。③姓。動①養育；例「以穀我士女。」形良好的；例春秋戰國時代，楚王自稱為不穀。

參考①與「稻」、「米」不同：「稻」的種子為「穀」，「穀」去皮即為「米」。②字從「禾」㱿聲，不可將「禾」訛作「木」或「糸」、「豕」；因字從「㱿」聲，所以「禾」上有一橫畫，絕不可省略。

5 **穀日** ㄍㄨˇ ㄖˋ 吉利的日子。

13 **穀道** ㄍㄨˇ ㄉㄠˋ (一)長生不老的道術。(二)肛門以內。

▽五穀、稻穀、錢穀、不穀、米穀、布穀、打穀、晒穀。

常10 **稿** 解形 形聲；從禾，高聲。乾稻草為稿。

音義 ㄍㄠˇ 名①乾的稻草。②文章、繪畫或樂譜的草底；例底稿。③文集名；例劍南詩稿。

參考①又作「稾」、「藳」。②不可與「枯槁」的「槁」字混同。

3 **稿子** ㄍㄠˇ ㄗ˙ 詩文的草底。

5 **稿本** ㄍㄠˇ ㄅㄣˇ (一)香草。(二)成冊的草稿。

12 **稿費** ㄍㄠˇ ㄈㄟˋ 新聞或出版機構付給著作人的文章報酬。又作「稿酬」。

▽遺稿、原稿、草稿、投稿、腹稿、改稿、擬稿、退稿、脫稿、底稿、定稿、完稿。

常10 **稼** 解形 形聲；從禾，家聲。家有充實的意思，所以禾實為稼。

音義 ㄐㄧㄚˋ 名①穀類等作物；例十月納禾稼。②農事；例樊遲請學稼。動耕種；例稼穡。

參考 字雖從家，但不可讀成ㄐㄧㄚ。

18 **稼穡** ㄐㄧㄚˋ ㄙㄜˋ (一)播種和收穫。(二)農事。

▽耕稼、農稼、桑稼、稻稼、禾稼、莊稼。

常10 **稷** 解形 形聲；從禾，畟聲。小黃米為稷。

音義 ㄐㄧˋ 名①植一年生禾本科植物，穗小梗長，性硬而不黏，有紅、白二種。②農官；例后稷。③穀神。④國家的代稱；例社稷。⑤姓。

▽后稷、黍稷、社稷、執干戈以衛社稷。

常10 **稻** 解形 形聲；從禾，舀聲。禾的總名為稻。

音義 ㄉㄠˋ 名植一年生禾本科植物，食米的來源；種植於水田中的稱水稻，種在旱地的稱旱稻。

參考 稻米是我國長江流域及南方各省的主食。

▽水稻、粳稻、陸稻、旱稻、割稻。

常10 **稽** 解形 形聲；從禾，從尤，旨聲。禾象老樹不能再向上長，而枝幹橫斜形，尤旨是特別美好的意思，所以留連不去為稽。

音義 ㄐㄧ 名姓。動①留滯；例是以令出而不稽。②計較；例婦姑不相悅，則反脣而相稽。③考校；例以名稽虛實。ㄑㄧˇ 動雙手先下拜而後叩頭至地；例「大小稽首。」

參考①與「嵇」同音而義殊：嵇，為姓，又為山名。②「無稽之談」的「稽」字，音ㄐㄧ，常誤讀成ㄐㄧˋ。

8 **稽延** ㄐㄧ ㄧㄢˊ 長久停留不肯進行。

9 **稽首** ㄑㄧˇ ㄕㄡˇ 九拜中最崇敬的禮節，叩頭到地，稽留許久，是臣拜君或婿拜女父的禮儀，在衆拜中是最尊重的一種。

▽會稽、考稽、滑稽、無稽、反脣相稽。

次10 **稹** 解形 形聲；從禾，眞聲。眞有稠密的意思，所以穀物播種稠密為稹。

音義 ㄓㄣˇ 形①草木叢生狀。②細密，通「縝」；例稹理。

常11 **積** 形解 形聲；從禾，責聲。堆聚爲積。

音義 ㄐㄧ 名 ①數兩數或多數相乘所得的總數；例三乘五的積是十五。②數幾何測度所得的圖形；例面積。動①累聚；例積貨逐利。②蓄藏；例霜露積丘。形長久的；例積愁落芳鬢。

參考 ①「成績」、「功績」是從「糸」旁的「績」，不可與「積」字混同。②與「蹟」、「績」音同而義殊：「古蹟」、「遺蹟」的「蹟」，「成績」、「績麻」的「績」，都不可作「積」。

4 **積木** ㄐㄧ ㄇㄨˋ ㈠積聚的木材。㈡兒童玩具的一種，用木料或其他代用品製成若干片塊，用以拼搭各種圖形，或器物、建築等各種模型，可以啓發兒童的想像力和創造力。

積少成多 ㄐㄧ ㄕㄠˇ ㄔㄥˊ ㄉㄨㄛ 聚合少數可以成爲多數。

參考 例聚沙成塔、集腋成裘。

9 **積怨** ㄐㄧ ㄩㄢˋ 長時期累積壓抑的怨恨。亦作「積怒」、「宿怨」。

積重難返 ㄐㄧ ㄓㄨㄥˋ ㄋㄢˊ ㄈㄢˇ ㈠原指罪孽深重，迷不知返。㈡比喻積習既久，難以革除的事。含有貶損的意思。

參考 同積習難改。

10 **積案如山** ㄐㄧ ㄢˋ ㄖㄨˊ ㄕㄢ ㈠堆疊案件像山一樣高。㈡比喻衆多。

11 **積習難改** ㄐㄧ ㄒㄧˊ ㄋㄢˊ ㄍㄞˇ 積聚既久的習氣，就難以改變。含有貶損的意思。

12 **積極** ㄐㄧ ㄐㄧˊ 做事勇往直前，力圖進取。

參考 反消極。

14 **積蓄** ㄐㄧ ㄒㄩˋ ㈠積聚。㈡儲蓄。

積漸 ㄐㄧ ㄐㄧㄢˋ 由小到大，由淺到深，逐漸積成。

15 **積弊** ㄐㄧ ㄅㄧˋ 相沿既久所累積成的弊病。

17 **積壓** ㄐㄧ ㄧㄚ ㈠累積壓抑，用於情緒方面。㈡積聚按壓，用於公文處理方面。

積薪厝火 ㄐㄧ ㄒㄧㄣ ㄘㄨㄛˋ ㄏㄨㄛˇ 比喻處於危急的境地，而猶苟且偷安。

▽鬱積、充積、體積、堆積、蓄積、面積、容積、累積、屯積、聚積、乘積。

常11 **穎** 形解 形聲；從禾，頃聲。禾末爲穎。

音義 ㄧㄥˇ 名 ①禾葉的尖端；例稻穎。②錐尖；例脫穎而出。③毛的尖端；例毛穎。④才能出衆的人；例皆當世秀穎。

參考 又作「頴」。

10 **穎悟** ㄧㄥˇ ㄨˋ 敏慧過人。

▽聰穎、毛穎、脫穎。

常11 **穆** 形解 形聲；從禾，㣎聲。禾屬爲穆。

音義 ㄇㄨˋ 名 ①古代宗廟裏祖先神位排列的次序，左爲昭，右爲穆。②姓。形①美好的；例於穆清廟。②溫和的；例穆如清風。③恭敬的；例兄弟友穆之至。

參考 字右從「白」從「㣎」，「㣎」爲「小」下三撇。

7 **穆罕默德** ㄇㄨˋ ㄏㄢˇ ㄇㄛˋ ㄉㄜˊ 人回教的始祖，生於阿拉伯半島的麥加城。年四十，受眞神阿拉的指引，入近郊一山中求道，出山後，遵依可蘭之旨，以救世度人。其教義以猶太教、基督教之一神爲基礎，以祈禱、清潔、齋戒、布施等爲功德。

16 **穆穆** ㄇㄨˋ ㄇㄨˋ ㈠美好。㈡敬謹。㈢深遠。

▽肅穆、昭穆、和穆、敦穆、清穆。

常11 **穌** 形解 形聲；從禾，魚聲。稻米散亂，用耙梳理爲穌。

音義 ㄙㄨ 名 基督教的神名之一；例耶穌基督。動①割草；例樵穌後爨。②死而再生，通「甦」、「蘇」；例復穌。

參考 孳蘇、囌。

次11 **穋** 形解 形聲；從禾，翏聲。早熟的穀物爲穋。

音義 ㄌㄨˋ 名 生長期短的穀類，同「稑」；例黍稷重穋。

次11 **穄** 形解 形聲；從禾，祭聲。黍類而無黏性者爲穄。

音義 ㄐㄧˋ 名「稷」的別名，是不黏的黍類。

常 12 **穗** 形解 形聲；從禾，惠聲。惠有實的意思，禾穀開花結果爲穗。

音義 ㄙㄨㄟˋ 名①穀類植物聚合成串的花實；例麥穗。②泛稱植物成串的花實；例水洪花穗倒空潭。③用絲線或布條等結紮成的穗狀裝飾品；例帽穗。④地「廣州市」的別稱。

參考 ①形容穗狀的東西也可用「穗」字。②同穗。

▽稻穗、麥穗、拾穗、禾穗。

次 12 **穜** 形解 形聲；從禾，童聲。先種後熟的穀物爲穜。

音義 ㄊㄨㄥˊ 名生長期較長的穀類；例穜稑。

參考 是「種」的本字。

常 13 **穢** 形解 形聲；從禾，歲聲。本字作「薉」，形聲；從艸，歲聲。田中雜草爲薉。今作「穢」。

音義 ㄏㄨㄟˋ 名田中的雜草；例草穢。形①骯髒的；例穢物。②醜陋的；例自慚形穢。③邪惡的；例穢俗。

參考 ①又音ㄨㄟˋ，但不可讀成ㄙㄨㄟˋ。②同污，髒。

▽汚穢、荒穢、蕪穢、淫穢、自慚形穢。

常 13 **穡** 形解 形聲；從禾，嗇聲。嗇有藏積的意思，所以收穫貯存的穀類爲穡。

音義 ㄙㄜˋ 動收割農作物；例稼穡。

▽稼穡。

次 13 **穠** 形解 形聲；從禾，農聲。農有濃厚的意思，所以花木茂盛爲穠。

音義 ㄋㄨㄥˊ 形花木茂盛狀；例穠華。

23 **穠纖合度** ㄋㄨㄥˊ ㄒㄧㄢ ㄏㄜˊ ㄉㄨˋ 形容人或物大小肥瘦都能恰到好處。

常 13 **穫** 形解 形聲；從禾，蒦聲。蒦有獲得的意思，所以收割稻穀爲穫。

音義 ㄏㄨㄛˋ 名一年中作物收成的次數；例一穫、二穫或多穫。動收割農作物；例猶殘穫稻功。

參考 「穫」和「獲」最易弄混，「穫」主要用在莊稼的收割上，如：「收穫」；但「收穫」又可引申爲工作或學習中有所得；「獲」主要是「得到」的意思，如：「獲得一枝鋼筆」。「獲得」用「獲」而「收穫」用「穫」，二者有別，絕不可混。

▽一穫、二穫、多穫、一分耕耘，一分收穫。

常 14 **穩** 形解 形聲；從禾，隱省（㥯）聲。㥯有安謹的意思，所以安妥爲穩。

音義 ㄨㄣˇ 動使安定；例把車穩住。形①安定的；例穩定。②可靠的；例十拿九穩。副一定；例他這麼做，穩倒楣囉！

參考 「穩」、「隱」有別：「安穩」、「平穩」的「穩」，字從「禾」，音ㄨㄣˇ；「隱居」、「隱瞞」的「隱」，字從「阝」(阜)，音ㄧㄣˇ。

6 **穩如泰山** ㄨㄣˇ ㄖㄨˊ ㄊㄞˋ ㄕㄢ 形容堅固穩定，立於不敗之地。

參考 參閱「固若金湯」條。

8 **穩固** ㄨㄣˇ ㄍㄨˋ 安穩堅固。

參考 與「穩定」有別：「穩固」著重在牢固，常用來指事物的基礎、根底及牢固程度；「穩定」則側重在安定，常用來指事物的局面、情況和人的情緒等，所以跟局勢、政權、市場、秩序等詞搭配。

9 **穩重** ㄨㄣˇ ㄓㄨㄥˋ 安穩厚重，謹慎沉著。

參考 ①與「莊重」、「莊嚴」都有「鄭重、嚴肅」的意思，但有別：「莊嚴」重在壯美威嚴，可用於人的態度、行動，亦可用於事物上；「莊重」是不隨便、不輕浮的意思；「穩重」是沉著而有分寸，後二者都限用於人。②反輕浮。

11 **穩健** ㄨㄣˇ ㄐㄧㄢˋ ㈠穩重有力。㈡愼重而不輕浮。例處事穩健。

穩紮穩打 ㄨㄣˇ ㄓㄚ ㄨㄣˇ ㄉㄚˇ ㈠打仗時，步步為營，紮實穩健，以攻擊敵人。㈡比喻作事有步驟，不浮躁，能切實的把握重點。

▽安穩、平穩、十拿九穩、四平八穩。

㊁ 14 **穧** 形解 形聲；從禾，齊聲。齊有剪除的意思，所以割除田中雜草為穧。

音義 ㄐㄧˋ 名 已割而未收的農作物。

㊁ 14 **穨** 形解 形聲；從禿，貴聲。禿頭病為穨。

音義 ㄊㄨㄟˊ 形 ①光禿的。②衰廢。

參考 或作「頹」。

㊁ 17 **穰** 形解 形聲；從禾，襄聲。春去穀皮的稻米為穰。

音義 ㄖㄤˊ 名 ①禾莖中白色柔軟的部分；例黍穰作焰。②果肉，同「瓤」；例棗穰。③姓。形 莊稼豐收的；例穰歲。

ㄖㄤˇ 形 ①繁盛的；例稠穰。②煩亂的，通「攘」；例咱心緒穰。

22 **穰穰** ㈠ ㄖㄤˊ ㄖㄤˊ 豐盛的樣子。例降福穰穰。㈡ ㄖㄤˇ ㄖㄤˇ 紛亂的樣子。例天下穰穰。

參考 同攘攘。

【穴部】ㄒㄩㄝˋ

㊅ 0 **穴** 形解 象形；古代生民掘土而居，穴象土屋穹隆下垂及入口形。

音義 ㄒㄩㄝˋ 名 ①山洞；例洞穴。②墓坑；例死則同穴。③窩巢；例不入虎穴，焉得虎子？④孔隙；例空穴來風。⑤醫 中醫稱人體血脈會聚的要害；例太陽穴。

參考 同洞、巢。

8 **穴居** ㄒㄩㄝˋ ㄐㄩ 以洞穴為居室。

13 **穴道** ㄒㄩㄝˋ ㄉㄠˋ ㈠醫 針灸穴位的俗名，是人體經絡臟腑氣血輸注的處所。又作「穴位」、「俞穴」。㈡武術上，人身的筋脈要害所在。

▽巖穴、虎穴、洞穴、墓穴、幽穴、地穴、龍穴、孔穴、要穴、太陽穴、犂庭掃穴。

㊅ 2 **究** 形解 形聲；從穴，九聲。九是個位數的極盡，所以窮盡、窮極為究。

音義 ㄐㄧㄡˋ 名 山谷低淺處，通常用於地名；例南陵究。動 ①仔細推求；例探究。②追查；例既往不究。副 終竟；例要來的，終究要來。

參考 ①又音 ㄐㄧㄡ。②同盡、竟。③與「宄」不同：宄，音 ㄍㄨㄟˇ，意思是奸惡，如「姦宄」。

11 **究竟** ㄐㄧㄡˋ ㄐㄧㄥˋ ㈠窮盡。㈡完畢，結束。例究竟如何。

參考 參閱「畢竟」條。

16 **究辦** ㄐㄧㄡˋ ㄅㄢˋ 究查事實，而治以相當的罪。例依法究辦。

▽學究、研究、考究、講究、推究、探究、追究、論究、窮究、深究。

㊅ 3 **空** 形解 形聲；從穴，工聲。工有大的意思，所以空虛無物為空。

音義 ㄎㄨㄥ 名 ①虛而能容的處所；例空間。②藍天；例高空。③宗 佛教以一切事物的現象都有其因與緣，但卻無實體存在；例四大皆空。④姓。形 ①虛無所有的；例空手。②不切實際的；例空想。副 徒然地；例空忙。

ㄎㄨㄥˋ 名 ①閒暇；例抽空。②間隙；例留個空，好放東西。動 ①缺欠；例虧空。②使其虛空；例不會寫的先空著，先做會的。

參考 ①同虛，間。②孳 箜、崆、控、悾、倥、腔。③「今天我沒空」的「空」字，應該讀 ㄎㄨㄥˋ。「空白」、「空心」、「空閒」等的「空」字也唸四聲。

4 **空中樓閣** ㄎㄨㄥ ㄓㄨㄥ ㄌㄡˊ ㄍㄜˊ 比喻虛幻的事或構想。

參考 參閱「海市蜃樓」條。

5 **空穴來風** ㄎㄨㄥ ㄒㄩㄝˋ ㄌㄞˊ ㄈㄥ 比喻謠言乘隙而入。

參考 同嚮壁虛構。
7 空投 ㄎㄨㄥ ㄊㄡˊ 軍補給品、裝備等利用航空器，如飛機、滑翔翼等自空中向地面或海上投送，通常以降落傘行之。
參考 人員不作「空投」，只能作「空降」，如空降部隊。
空谷足音 ㄎㄨㄥ ㄍㄨˇ ㄗㄨˊ ㄧㄣ 比喻難得而可貴的人物或言論。
8 空泛 ㄎㄨㄥ ㄈㄢˋ 籠統而不切實際。
空空 ㄎㄨㄥ ㄎㄨㄥ ㈠空無所有。㈡微妙的道理，多指佛法。
空門 ㄎㄨㄥ ㄇㄣˊ ㈠宗佛教以空法爲進入涅槃的法門，以爲世界一切都是空有，是叫空門。㈡空無一人的住家。例闖空門。
空空如也 ㄎㄨㄥ ㄎㄨㄥ ㄖㄨˊ ㄧㄝˇ ㈠誠懇的樣子。㈡一無所有。
9 空前絕後 ㄎㄨㄥ ㄑㄧㄢˊ ㄐㄩㄝˊ ㄏㄡˋ ㈠形容藝術或表演達到獨一無二，超越古今，無與倫比的境界。㈡形容事物的奇罕妙絕，爲古今所少見。
空洞 ㄎㄨㄥ ㄉㄨㄥˋ ㈠寬闊而空無所有。㈡形容文章沒有內容。例內容空洞。
參考 ①反充實。與「空虛」、「空泛」有別：「空洞」是沒有內容或內容不充實，多用於形容口頭或書面的表達，如文章言談；而「空虛」是指裏面沒有什麼實在的東西，多指精神上或物質上的力量不足而言。
空城計 ㄎㄨㄥ ㄔㄥˊ ㄐㄧˋ ㈠平劇名，演諸葛亮利用空城的招術，智退司馬懿的故事，取材自三國演義。㈡比喻毫無實力，虛張聲勢，徒以嚇人。㈢俚戲稱空著肚子，飢腸轆轆地叫爲「唱空城計」。
10 空氣調節 ㄎㄨㄥ ㄑㄧˋ ㄊㄧㄠˊ ㄐㄧㄝˊ 物處理建築物內空氣，使其潔淨，並保持適當的溫度及濕度。
參考 衍空氣調節機。
空氣污染 ㄎㄨㄥ ㄑㄧˋ ㄨ ㄖㄢˇ 空氣中雜有由於人爲或外來因素而發生的污染物質，或直接或間接地使人類、植物、動物的生命遭受損失，更因此種現象而使人類不能享受到正常的生活，這種狀態稱爲空氣污染。
11 空虛 ㄎㄨㄥ ㄒㄩ ㈠空空，不充實，一無所有。㈡精神苦悶，心無著落。例心裡很空虛。
參考 ①反充實。②與「空洞」有別：「空洞」用於說話、寫文章方面，常跟內容、文章、理論等詞搭配；「空虛」常用於精神、思想、物質等方面。
12 空閒 ㄎㄨㄥ ㄒㄧㄢˊ 閒暇。
空間 ㄎㄨㄥ ㄐㄧㄢ ㈠上下四方，佔有面積或體積的部分。㈡泛指天地之間。
參考 ①反時間。②衍空間美、空間分析、空間格子、空間曲線、空間數列、空間藝術、空間維持器。
13 空想 ㄎㄨㄥ ㄒㄧㄤˇ 空洞而不切實際的想法。
參考 參閱「理想」、「夢想」條。
空運 ㄎㄨㄥ ㄩㄣˋ ㈠泛指空中運輸。㈡軍「航空軍事運輸」的簡稱，指人員、裝備及補給品等由空中運送者，通常由運輸機或滑翔機擔任。又稱「空中運輸」。
14 空隙 ㄎㄨㄥ ㄒㄧˋ 留空的間隙。
16 空頭支票 ㄎㄨㄥ ㄊㄡˊ ㄓ ㄆㄧㄠˋ ㈠法票面金額超過存款餘額或透支限額而不能兌付的支票。空頭：徒有名目。㈡比喻不能實踐的諾言。
19 空曠 ㄎㄨㄥ ㄎㄨㄤˋ 地方遼闊。例江邊空曠。
參考 同空闊，遼闊。
24 空靈 ㄎㄨㄥ ㄌㄧㄥˊ ㈠文詩評家形容詩文中玲瓏剔透的境界爲空靈。㈡藝國畫中的留白，用以寓情寄意，妙在無有。
▽航空、高空、虛空、上空、眞空、天空、碧空、太空、長空、低空、中空、防空、落空、妙空、一掃而空、人去樓空、十室九空、坐吃山空、妙手空空、海闊天空、四大皆空。

常 3 穹
形解 形聲；從穴，弓聲。弓是終極，所以窮極究竟爲穹。
音義 ㄑㄩㄥ 名天空；例蒼穹。形①碩大的；例穹石。②深沈的；例穹谷。③像天空中央隆起而邊緣下垂的；例穹隆。

參考 又音ㄑㄩㄥ。

14 **穹蒼** ㄑㄩㄥ ㄘㄤ 天。穹：天形隆高。蒼：天色青。

▽蒼穹、天穹。

次 3 **穸** 形解 形聲；從穴，夕聲。夕有黑暗的意思，所以埋葬死者的墓穴為穸。

音義 ㄒㄧ 名①長夜。②墓穴；例窀穸。

常 4 **穿** 形解 會意；從牙在穴中。鼠輩以牙齧穴，所以齧物使通為穿。

音義 ㄔㄨㄢ 名①壙穴。②姓。動①鑿通；例何以穿我墉？②通過；例穿山越嶺。③穿著衣物；例穿戴。形破而有洞的；例杆不穿，皮不蠹。副空透的樣子；例拆穿他的謊言。

10 **穿針引線** ㄔㄨㄢ ㄓㄣ ㄧㄣˇ ㄒㄧㄢˋ (一)比喻居中撮合，拉攏，聯絡，交涉。(二)本指月下老人撮合男女婚事，比喻媒人在男女之間從中撮合。

11 **穿梭** ㄔㄨㄢ ㄙㄨㄛ 比喻往來不絕。例穿梭不息。

12 **穿插** ㄔㄨㄢ ㄔㄚ (一)從中說合。(二)藝小說或戲曲、電影中，以其他情節交織貫穿，來鋪排襯托主題。

參考 衍穿梭外交。

17 **穿幫** ㄔㄨㄢ ㄅㄤ (一)揭開幫襯的邊底。(二)攝影名詞，不該出現的畫面竟然出現在觀眾面前。

28 **穿鑿** ㄔㄨㄢ ㄗㄨㄛˊ 對於不能會通的義理，任意牽合意義，隨便解釋，以求相通。

參考 同附會。

穿鑿附會 ㄔㄨㄢ ㄗㄨㄛˊ ㄈㄨˋ ㄏㄨㄟˋ 妄加臆測。

▽貫穿、看穿、鑿穿、說穿、反穿、水洞石穿、戶限為穿、望眼欲穿。

常 4 **突** 形解 會意；從犬在穴中。犬由穴中忽然竄出為突。

音義 ㄊㄨ 名烟囪；例曲突徙薪。動①衝破；例突穿。②鼓凸；例突起。③侵犯；例唐突。副①莽撞的樣子；例窮虎奔突。②急猝地；例突飛猛進。

參考「突」與「凸」音同且都有隆起的意思；然「突」多指隆起的動作，而「凸」多指隆起的狀態，二者有別。

3 **突兀** ㄊㄨˊ ㄨˋ (一)高聳特出的樣子。(二)突然，出乎意料。例這消息來得太突兀。

6 **突如其來** ㄊㄨ ㄖㄨˊ ㄑㄧˊ ㄌㄞˊ 來得很突然。

9 **突飛猛進** ㄊㄨ ㄈㄟ ㄇㄥˇ ㄐㄧㄣˋ 比喻進步神速。

參考 ①同一日千里。②又作「突飛猛晉」。

10 **突破** ㄊㄨ ㄆㄛˋ (一)衝破或超過。例突破紀錄。(二)軍在敵方防禦陣地上打擊缺口的行動，用以分割、包圍、殲滅敵人。

12 **突圍** ㄊㄨ ㄨㄟˊ 軍被敵方包圍的軍隊，衝破敵方包圍圈而脫離的行動。

突然 ㄊㄨ ㄖㄢˊ 急猝，忽然。

參考「突然」、「忽然」有別：「突然」和「忽然」一般可以換用，但「突然」比「忽然」更強調情況發生的迅速和出人意料。

23 **突變** ㄊㄨ ㄅㄧㄢˋ (一)突然的變化。(二)醫遺傳結構或遺傳物質的變化，而引起形態上或生理上的遺傳特性的變異現象。

▽衝突、唐突。

次 4 **窀** 形解 形聲；從穴，屯聲。有深的意思，所以墓穴深處為窀。

音義 ㄓㄨㄣ 名窀穸，即墓穴。

8 **窀穸** ㄓㄨㄣ ㄒㄧ 建在故里永久不遷的墓穴。

常 5 **窄** 形解 形聲；從穴，乍聲。乍有促迫的意思，所以形容地域或空間的促迫狹隘為窄。

音義 ㄓㄞˇ 形①狹隘而不寬敞的；例窄橋。②困窘的；例艱難生理窄。

參考 ①又音ㄗㄜˊ。②同狹，隘。③反寬，敞。④擘榨。

▽狹窄、險窄、寬窄。

常 5 **窈** 形解 形聲；從穴，幼聲。幼有幽的意思，所以深暗悠遠為窈。

音義 一ㄠˇ 形 幽遠的；例 窈而深，廓其有容。

參考 ①不可讀成ㄧㄡˋ。②字從「幼」，不可誤從「幻」。

11 窈窕 ㄧㄠˇ ㄊㄧㄠˇ ㈠幽靜閒雅、美好的樣子。例 窈窕淑女，君子好逑。㈡妖冶的樣子。例 窈窕作態。㈢深遠的樣子。例 既窈窕以尋壑。

次 5 窆 形解 形聲；從穴，乏聲。乏有陰暗的意思，所以下棺於墓穴爲窆。

音義 ㄅㄧㄢˇ 名 墓穴。

次 5 窅 形解 會意；從穴，從目。眼框深凹，有如洞穴爲窅。

音義 一ㄠˇ 動 遠望；例 歸徑窅如迷。形 深遠的；例 天道窅然。

參考 同窈。

10 窅冥 一ㄠˇ ㄇㄧㄥˊ 深遠而難見的樣子。又作「窈冥」。

次 5 窊 形解 形聲；從穴，瓜聲。低窪的地方爲窊。

音義 ㄨㄚ 形 凹陷的；例 窊石。

參考 同窪。

常 6 窒 形解 形聲；從穴，至聲。至有受阻而止的意思，所以止塞難通爲窒。

音義 ㄓˋ 動 ①阻礙不通；例 窒塞。②壓抑；例 懲忿窒欲。

參考 ①「窒」與「制」音同且都有壓抑、約束的意思；然「窒」字偏重於內在的壓抑；而「制」字側重於外來的抑制。②同塞。③反 通。

10 窒息 ㄓˋ ㄒㄧ ㈠醫 由於呼吸障礙，人體內缺氧或二氧化碳蓄積過多所引起的病理狀態。㈡比喻事物受阻礙，不得發揚或發展。

19 窒礙 ㄓˋ ㄞˋ 障礙，行不通。

參考 ①衍 窒礙難行。②反 暢通。

常 6 窕 形解 形聲；從穴，兆聲。不盈滿，寬肆有餘爲窕。

音義 ㄊㄧㄠˇ 動 ①逗弄，通「挑」；例 目窕心與。②寬緩；例 布之天下而不窕。形 輕薄的；例 楚帥輕窕。

次 6 窔 形解 形聲；從穴，交聲。幽暗深遠爲窔。

音義 一ㄠˋ 名 屋室靠東南的角落；例 埽室聚諸窔。形 幽深的；例 奧窔。

參考 又作「穾」。

常 7 窗 形解 形聲；從穴，囪聲。屋室中用以通風、透煙或採光的開口爲窗。

音義 ㄔㄨㄤ 名 ①屋室中或其他封閉處，用以通風或採光的開口；例 窗戶。②求學讀書的處所；例 同窗共硯。

參考 ①「窗」古時僅指天窗而言，一般的窗子稱爲「牖」，而今「窗」字已取代「牖」字，而爲一切窗子的總稱。②「窗」、「囪」有別：「窗戶」的「窗」字不能寫成「煙囪」的「囪」字。

8 窗帘 ㄔㄨㄤ ㄌㄧㄢˊ 用布或其他質料做成的，掛在窗上以遮蔽光線或視線的布幔。又作「窗簾」、「窗幔」、「窗帷」、「窗戶擋子」。

窗明几淨 ㄔㄨㄤ ㄇㄧㄥˊ ㄐㄧ ㄐㄧㄥˋ 形容居室的明亮潔淨。又作「明窗淨几」。

21 窗櫺 ㄔㄨㄤ ㄌㄧㄥˊ 窗上用木條交錯製成的格子。例 小鶯飛度綠窗櫺。

▽寒窗、天窗、車窗、同窗、紙窗、綺窗、門窗、東窗、落地窗、鋁門窗、打開天窗。

常 7 窘 形解 形聲；從穴，君聲。困迫爲窘。

音義 ㄐㄩㄥˇ 名 尷尬；例 發窘。動 遭受困迫；例 又窘陰雨。形 ①貧困的；例 生活很窘。②困惑的；例 窘態畢露。

參考 ①又音ㄐㄩㄣˇ。②同困。

9 窘迫 ㄐㄩㄥˇ ㄆㄛˋ 處境困急；例 時間窘迫。又作窘急、窘促。

14 窘態畢露 ㄐㄩㄥˇ ㄊㄞˋ ㄅㄧˋ ㄌㄨˋ 困窮爲難的樣子完全表露出來。

▽窮窘、困窘。

常 7 窖 形解 形聲；從穴，告聲。地下藏東西的所在爲窖。

音義 ㄐㄧㄠˋ 名 用以蓄積東西的

地下室或地洞；例地窖。動將物品儲放於窖內；例窖藏。

參考「窖」與「窟」都是容物的處所：然「窖」多指地下儲放物品處；而「窟」除收藏物品外，也指可供人畜、動物聚留的半在地下，半在地上的所在。

常 8 **窟** 形解 形聲；從穴，屈聲。屈有曲的意思，所以深曲的洞穴爲窟。

音義 ㄎㄨ 名①可居住的土室；例冬則居營窟。②泛指水陸動物的藏避處；例狡兔三窟。③人物雜沓的地方；例銷金窟。④坑洞；例窟窿。

參考①參閱「窖」字條。②同洞，穴。

8 **窟居** ㄎㄨ ㄐㄩ 以洞穴爲住所。

參考同穴居。

17 **窟窿** ㄎㄨ ·ㄌㄨㄥ ㈠洞穴。㈡俗稱虧空債務爲窟窿。例掏窟窿。

參考同窟穴。又作「窟籠」。

▽巖窟、洞窟、巢窟、狡兔三窟。

常 8 **窠** 形解 形聲；從穴，果聲。鳥類營巢，多呈圓形，位居樹上，與果實相似，所以鳥巢爲窠。

音義 ㄎㄜ 名①泛稱鳥獸昆蟲棲息的所在；例蜂窠。②人類的居所；例拋却山中詩酒窠。

參考「窠」與「巢」都有棲所的意思：然「窠」乃泛指鳥獸的棲所；而「巢」則專稱鳥類的棲所。

6 **窠臼** ㄎㄜ ㄐㄧㄡˋ 不能別出心裁，而承襲陳舊的格調、老套。例不落窠臼。

參考①反創新。②又作「臼窠」、「臼科」。

次 8 **窣** 形解 形聲；從穴，卒聲。卒有突然的意思，所以自洞穴中突出爲窣。

音義 ㄙㄨˋ 動①縱躍；例窣身入水。②拂引；例窣珠裙。

13 **窣窣** ㄙㄨˋ ㄙㄨˋ 形容細碎作響的聲音。又作「窸窸」。

常 9 **窩** 形解 形聲；從穴，咼聲。咼有斜曲的意思，所以入口呈斜曲的洞窟爲窩。

音義 ㄨㄛ 名①動物的棲所；例鳥窩。②人類的居所；例安樂窩。③凹陷處；例胳肢窩。動①扳彎；例把大盤帽窩圓。②挫敗；例一經接觸，敵軍又窩了回去。副藏匿非法地；例窩藏嫌犯，要受法律制裁。

參考①同巢。②與「鍋」、「過」有別：「鍋」，音ㄍㄨㄛ，烹煮食物的器具；「過」，音ㄍㄨㄛˋ，錯誤。

4 **窩心** ㄨㄛ ㄒㄧㄣ ㈠受侮辱或誣蔑而懷恨於心，却不能表白。㈡方上海、蘇州一帶稱心裡快樂舒暢爲窩心。

12 **窩集** ㄨㄛ ㄐㄧˊ 方森林。吉林、黑龍江諸省的森林中，枝幹蔽天，落葉積地，水雍泥塞，土人稱爲「窩集」。

18 **窩藏** ㄨㄛ ㄘㄤˊ 私自藏匿人犯或贓物。例窩藏人犯。

22 **窩囊** ㄨㄛ ·ㄋㄤ 罵人飯桶無能的話。

▽燕窩、眼窩、蜂窩、腋窩、鳥窩、心窩、老窩、舊窩、酒窩、梨窩、蛇鼠一窩。

常 9 **窪** 形解 形聲；從穴，洼聲。洼是深池，所以窟穴深凹爲窪。

音義 ㄨㄚ 名小水坑；例牛躅之窪。形凹陷的；例窪地。

參考同洼，凹。

6 **窪地** ㄨㄚ ㄉㄧˋ 地因地殼變動而陷落的陸地，高度在海平面以下。又叫「陷落地」。例吐魯番窪地。

參考反高地。

▽低窪、下窪。

次 9 **窨** 形解 形聲；從穴，音聲。音有隱暗的意思，所以地下收藏室爲窨。

音義 ㄧㄣˋ 名地下室；例窨室。動藏酒於地下室；例窨藏。

次 9 **窬** 形解 形聲；從穴，俞聲。俞有超越的意思，所以穿牆鑿洞爲窬。

音義 ㄩˊ 名門旁的小孔；例篳門圭窬。動超越，通「踰」；例穿窬之盜。形中空的；例窬木方板。

常 10 **窯** 形解 形聲；從穴，羔聲。燒瓦器、陶器的竈爲窯。

音義 ㄧㄠˊ 名①燒製磚瓦或陶瓷器的爐竈；例磚窯。②著名陶瓷窯產品的代稱；例哥窯。③可供居住的山洞或土屋；例窯洞。④採礦的隧道；例煤窯。⑤俗稱妓女戶；例窯子。

參考 字從「羔」，但亦可從「缶」作「窰」。

3 **窯子** ㄧㄠˊ ㄗ˙ ㈠指妓館。㈡指妓女。

8 **窯姐** ㄧㄠˊ ㄐㄧㄝˇ 北方俗稱娼妓。

常 10 **窮** 形解 字本作「竆」：形聲；從穴，躳聲。躳有曲盡的意思，所以極盡爲竆。隸變作「窮」。

音義 ㄑㄩㄥˊ 名貧困；例君子固窮。動詳盡推研；例窮理盡性。形①終極的；例窮盡。②偏遠的；例窮鄉僻壤。

參考 ①同困，疲，乏，貧。②反富，厚。

2 **窮人** ㄑㄩㄥˊ ㄖㄣˊ 貧苦的人。

參考 反富人。

4 **窮凶極惡** ㄑㄩㄥˊ ㄒㄩㄥ ㄐㄧˊ ㄜˋ 凶惡至極。

7 **窮究** ㄑㄩㄥˊ ㄐㄧㄡ ㈠深究根源。例窮究事物的道理。又作「窮竟」。㈡談天。

窮兵黷武 ㄑㄩㄥˊ ㄅㄧㄥ ㄉㄨˊ ㄨˇ 窮盡兵力，好戰無厭。

9 **窮苦** ㄑㄩㄥˊ ㄎㄨˇ 貧窮困苦。

11 **窮途** ㄑㄩㄥˊ ㄊㄨˊ ㈠路的盡頭。㈡比喻境遇極艱難。例窮途方慟哭。

窮理 ㄑㄩㄥˊ ㄌㄧˇ 深究事物的道理。例窮理盡性。

窮途末路 ㄑㄩㄥˊ ㄊㄨˊ ㄇㄛˋ ㄌㄨˋ 比喻極其窮困的絕境。

參考 同走投無路。

12 **窮鄉僻壤** ㄑㄩㄥˊ ㄒㄧㄤ ㄆㄧˋ ㄖㄤˇ 荒遠偏僻的地區。

▽貧窮、困窮、無窮、濟窮、哭窮、送窮、鬧窮、喊窮、回味無窮、後患無窮、理屈詞窮、層出不窮、黔驢技窮、羅掘俱窮。

次 10 **窳** 形解 形聲；從穴，㼌聲。㼌爲二瓜，瓜屬恒在地下，所以低下的地方爲窳。

音義 ㄩˇ 形①衰弱的；例手足墮窳。②器物粗劣的；例品質窳劣。③怠惰的；例窳農亂田。

參考 反良，佳。

常 11 **窺** 形解 形聲；從穴，規聲。規有細小的意思，穴爲孔隙，所以微視爲窺。

音義 ㄎㄨㄟ 動①偷看；例窺視。②偵察；例窺探虛實。③觀看；例商聞雖衆，弗能窺矣！

參考 ①「窺」與「闚」音同且都有偷看的意思；然「闚」作校閱的意思解時，則不同。②同看，視。

7 **窺伺** ㄎㄨㄟ ㄙˋ 窺探動靜，等待機會下手。例窺伺敵情。

11 **窺探** ㄎㄨㄟ ㄊㄢˋ 偷看，察探。例窺探隱私。

12 **窺視** ㄎㄨㄟ ㄕˋ 偷看。

窺測 ㄎㄨㄟ ㄘㄜˋ 窺探測度。

▽管窺、俯窺、偷窺、暗窺。

次 11 **窶** 形解 形聲；從穴，婁聲。婁有空的意思，所以貧窮無財貨爲窶。

音義 ㄐㄩˋ 名窮困；例窶困。ㄌㄡˊ 名甌窶，高而狹小的地區。

次 11 **窸** 形解 形聲；從穴，悉聲。由洞穴中竄出爲窸。

音義 ㄒㄧ 副窸窸，描摹聲音的詞，細碎而斷續聲。

13 **窸窣** ㄒㄧ ㄙㄨˋ 描摹聲音的詞，形容拆裂摩擦等較輕微而細碎的聲音。

次 11 **窵** 形解 形聲；從穴，鳥聲。深邃爲窵。

音義 ㄉㄧㄠˋ 副深邃地；例窵遠。

次 12 **窿** 形解 形聲；從穴，隆聲。隆有廣大的意思，所以孔穴爲窿。

音義 ㄌㄨㄥ 名孔穴；例窟窿。

常13 **竄** 形解 會意；從鼠在穴中。老鼠急急跑入穴中潛藏爲竄。

音義 ㄘㄨㄢˋ 動①奔逃；例東奔西竄。②更改文字；例「清墨竄舊史。」

參考 ①同逃。②字從穴從鼠，不可把「鼠」錯成「鼡」字。

7 **竄改** ㄘㄨㄢˋ ㄍㄞˇ 刪改文字。例竄改歷史，罪大惡極。

▽改竄、逃竄、伏竄、奔竄、流竄、逐竄、抱頭鼠竄。

常13 **竅** 形解 形聲；從穴，敫聲。敫有流放、通放的意思，所以中空可通的孔穴爲竅。

音義 ㄑㄧㄠˋ 名①孔穴；②指人體的耳、目、口、鼻等器官；例七竅生煙。③關鍵；例訣竅。

參考 ①同孔，穴。②字從穴從敫，而「敫」字不可錯成「敖」。

8 **竅門** ㄑㄧㄠˋ ㄇㄣˊ 比喻事物的關鍵所在、秘訣、方法。

常15 **竇** 形解 形聲；從穴，瀆省聲。瀆有流通的意思，所以中空可通的孔穴爲竇。

音義 ㄉㄡˋ 名①孔穴；例狗竇。②地窖；例「穿竇窖。」③端倪；例疑竇叢生。④姓。

參考 ①同孔。②字從「賣」而不從「買」。

▽情竇、鼻竇、水竇、啓人疑竇。

常18 **竊** 形解 形聲；從穴、米，离、廿皆聲。掘穴盜米有如蟲疾速潛行，所以盜取爲竊。

音義 ㄑㄧㄝˋ 名偷取財物的人；例肅竊。動①偷取；例失竊。②非法占有；例竊國。副私自地；例「竊比於我老彭。」

參考 同偷，盜。

5 **竊玉偷香** ㄑㄧㄝˋ ㄩˋ ㄊㄡ ㄒㄧㄤ 比喻男子對女子的狎邪行爲。

7 **竊位素餐** ㄑㄧㄝˋ ㄨㄟˋ ㄙㄨˋ ㄘㄢ 竊據高位，無功而食祿。竊位：以不正當手段取得權位；素餐：只拿薪俸而不辦事。

參考 同尸位素餐。

10 **竊案** ㄑㄧㄝˋ ㄢˋ 法竊盜的案件。

竊笑 ㄑㄧㄝˋ ㄒㄧㄠˋ 暗中譏笑。

參考 同暗笑。

23 **竊竊私語** ㄑㄧㄝˋ ㄑㄧㄝˋ ㄙ ㄩˇ 低聲談話，不使旁人聽到。

參考 參閱「交頭接耳」條。

▽盜竊、剽竊、偷竊、慣竊、失竊。

【立部】 ㄌㄧˋ

常0 **立** 形解 象形；從大在一上。一，指地，人兩足站在地上，身體不移動爲立。

音義 ㄌㄧˋ 名姓。動①站著；例立于門外。②設置；例私立。③成就；例立德，立功，立言。④豎直；例「立爾矛。」⑤締結；例立約。

參考 ①同站，企，建。②孳拉、泣、粒、笠、翌、昱、煜。

4 **立方** ㄌㄧˋ ㄈㄤ 數(一)長、寬、高的立體。(二)長、寬、高相乘的體積。(三)某數的三次方。

5 **立冬** ㄌㄧˋ ㄉㄨㄥ 節氣名，在每年十一月七日或八日。

立功 ㄌㄧˋ ㄍㄨㄥ 建立功業。

立正 ㄌㄧˋ ㄓㄥˋ (一)體操開始的動作，體直、兩足跟靠攏並齊，兩臂自然下垂，頭正，頸直，口閉，眼平視。(二)軍禮之一，表示敬意。

6 **立地成佛** ㄌㄧˋ ㄉㄧˋ ㄔㄥˊ ㄈㄛˊ (一)宗立刻悟道而成就佛的境界。(二)比喻改過遷善。例放下屠刀，立地成佛。

7 **立志** ㄌㄧˋ ㄓˋ 心中樹下堅決的志向，以求達到目的。例立志報國。

立言 ㄌㄧˋ ㄧㄢˊ 著書立說，言語得其切要，道理足可流傳。

立即 ㄌㄧˋ ㄐㄧˊ 馬上。

參考 同立刻，馬上。

立足點 ㄌㄧˋ ㄗㄨˊ ㄉㄧㄢˇ (一)立場，根據。(二)基本的。例立足點平等。

8 **立刻** ㄌㄧˋ ㄎㄜˋ 即時，馬上，一會兒。

立法 ㄌㄧˋ ㄈㄚˇ 制定法律。民主國家由代議士依據民意，透過國家立法機關制定或修改法律。

9 **立竿見影** ㄌㄧˋ ㄍㄢ ㄐㄧㄢˋ ㄧㄥˇ ㈠把竹竿豎在太陽光下，可立刻見到影子。㈡比喻收效迅速。

10 **立案** ㄌㄧˋ ㄢˋ 法 私人或私法人，以創辦的事業，呈請主管機關核准存案。

11 **立異** ㄌㄧˋ ㄧˋ ㈠不因循成法，而抱持相反的意見或態度。㈡故意與人持相異的態度。例標新立異。

參考 反 苟同。

12 **立場** ㄌㄧˋ ㄔㄤˇ ㈠指站立的地位。㈡指觀察、批評或研究某問題的一定方法基礎與思想中心，或立論基礎。

15 **立德** ㄌㄧˋ ㄉㄜˊ 樹立德業。

15 **立談之間** ㄌㄧˋ ㄊㄢˊ ㄓ ㄐㄧㄢ 比喻時間的短促。

16 **立錐之地** ㄌㄧˋ ㄓㄨㄟ ㄓ ㄉㄧˋ ㈠比喻極其微小的地方。㈡比喻赤貧。例貧者無立錐之地。

23 **立體** ㄌㄧˋ ㄊㄧˇ 數 以面為界，有長、寬、厚，而在空間佔有一定位置的物體。

參考 ①衍 立體派、立體感覺、立體效果、立體幾何、立體主義、立體化學、立體電影。②反 平面。

▽確立、起立、公立、私立、國立、孤立、建立、樹立、自立、成立、設立、創立、對立、中立、佇立、獨立、兩立、林立、站立、亭亭玉立、勢不兩立、誓不兩立。

次 4 **竑** 形解 形聲；從立，厷聲。厷有大的意思，所以廣大為竑。

音義 ㄏㄨㄥˊ 動 量度；例竑其幅廣。

常 5 **站** 形解 形聲；從立，占聲。長久直立為站。

音義 ㄓㄢˋ 名 ①居於旅途中間可供休息或轉接的地方；例驛站。②一種地區性的小型組織，可供聯絡或服務之用；例加油站。動 直立；例站著。

參考 ①同 立，企。②反 臥，躺。

11 **站崗** ㄓㄢˋ ㄍㄤˇ 軍警站在崗位上，執行職務。

▽車站、驛站、靠站、駐站、終站、起站、過站、太空站、轉撥站。

常 7 **竣** 形解 形聲；從立，夋聲。夋有止的意思，所以停止為竣。

音義 ㄐㄩㄣˋ 動 完成；例竣工。

參考 ①「竣」與「峻」音同形似而義別：「竣」，有完成的意思；「峻」，多是高聳、陡峭的意思。②同 卒，完，盡。

3 **竣工** ㄐㄩㄣˋ ㄍㄨㄥ 工程完畢。

參考 同 完工。

常 7 **童** 形解 形聲；從辛，重省聲。辛是有罪，有罪須做粗重工作，所以古代有罪沒官為奴的男子為童。

音義 ㄊㄨㄥˊ 名 ①僕役；例書童。②未成年的人；例孩提之童。③姓。動 禿頂；例頭童齒豁。形 ①山無草木的；例童山。②牛羊還沒有長角的；例童牛之牿。③無知的；例童蒙。

參考 ①「童」本義為僮僕，後為「僮」字替代。②同 孩。③反 叟。④孳 僮。

3 **童工** ㄊㄨㄥˊ ㄍㄨㄥ 法 年齡幼小的勞動者，我國工廠法規定十四歲以上，未滿十六歲者為童工，只准予從事輕便工作。

童子軍 ㄊㄨㄥˊ ㄗˇ ㄐㄩㄣ 英人貝登堡首創的世界性兒童青少年活動組織，透過野外生活，以陶冶品性，發展機智，鍛鍊體能，培養為健全有為的國民。

童山濯濯 ㄊㄨㄥˊ ㄕㄢ ㄓㄨㄛˊ ㄓㄨㄛˊ 指沒有草木的山丘。童山：指不生草木的山；濯濯：光禿禿的樣子。

4 **童心** ㄊㄨㄥˊ ㄒㄧㄣ ㈠兒童的心，孩子氣。㈡真心，真情實感。

童心未泯 ㄊㄨㄥˊ ㄒㄧㄣ ㄨㄟˋ ㄇㄧㄣˇ 猶存一些孩子氣。泯：消滅。

參考 ①與「稚氣未脫」有別：「童心未泯」側重在心境、行動上，而「稚氣未脫」偏重在氣質上。②反 老氣橫秋。

6 **童年** ㄊㄨㄥˊ ㄋㄧㄢˊ 幼年時期。

參考 反老年。

7 **童言無忌** ㄊㄨㄥˊ ㄧㄢˊ ㄨˊ ㄐㄧˋ (一)小孩子說話無所忌諱。童言：幼稚無知的話。忌：忌諱。(二)說話幼稚無知，無所隱飾，聽者也可以不必計較。

9 **童叟無欺** ㄊㄨㄥˊ ㄙㄡˇ ㄨˊ ㄑㄧ 形容做生意誠實，無論老少，絕不欺騙。童：童子；叟：老人。

13 **童話** ㄊㄨㄥˊ ㄏㄨㄚˋ 〔文〕兒童文學的一種，是爲兒童編撰的故事或小說，藉著豐富的想像力、幻想，以及誇張的手筆，敍述神奇美妙的事。行文淺易，以滿足兒童的心理和興趣。

17 **童謠** ㄊㄨㄥˊ ㄧㄠˊ 兒童唱的歌謠。

▽學童、頑童、兒童、神童、牧童、幼童、孩童、乩童、提童、書童、變童、返老還童。

次 7 **竦** 形解 會意；從立，從束。束有拘謹收斂的意思，所以恭敬嚴肅爲竦。

音義 ㄙㄨㄥˇ 動①伸長脖子，提起脚跟站著；例竦而望歸。②恐懼，通「悚」。③崇高；例竦善抑惡。副恭敬的樣子；例竦然起敬。

12 **竦然** ㄙㄨㄥˇ ㄖㄢˊ 肅敬的樣子。

22 **竦聽** ㄙㄨㄥˇ ㄊㄧㄥ 肅敬而傾聽。

▽驚竦、森竦、戰竦。

次 8 **竫** 形解 形聲；從立，爭聲。爭有安靜的意思，所以安寧和平爲竫。

音義 ㄐㄧㄥˋ 形杜撰的；例竫言。副端正地；例竫立安坐。

參考 以直言糾正人過爲「諍」，故「諍言」與「竫言」不同。

7 **竫言** ㄐㄧㄥˋ ㄧㄢˊ 造作巧僞的話語。

常 9 **竭** 形解 形聲；從立，渴省聲。渴有盡的意思，所以盡力負舉東西爲竭。

音義 ㄐㄧㄝˊ 動①盡淨；例取之不盡，用之不竭。②頹敗；例衰竭。副盡；例竭盡所能。

參考 ①「竭」與「極」用法相近，然有程度上的不同：「極」，有十分的意思；「竭」有用盡的意思。如：「極力」是十分用力，「竭力」是用盡了力量；「竭」字於程度上較「極」字爲强。②同盡，完。

2 **竭力** ㄐㄧㄝˊ ㄌㄧˋ 盡所有的力量。

參考 ①同盡力。②參閱「極力」條。

13 **竭誠** ㄐㄧㄝˊ ㄔㄥˊ 十分誠懇。例竭誠歡迎。

16 **竭澤而漁** ㄐㄧㄝˊ ㄗㄜˊ ㄦˊ ㄩˊ 比喻榨取殆盡而不留餘地。竭澤：抽盡湖澤中的水。漁：動詞，捕魚。

參考 同焚林而獵，趕盡殺絕。

▽窮竭、耗竭、枯竭、困竭、衰竭、用之不竭、智窮力竭、精疲力竭。

常 9 **端** 形解 形聲；從立，耑聲。耑象草木初生向上形，所以直立爲端。

音義 ㄉㄨㄢ 名①首，頭；例筆端。②開始；例惻隱之心，仁之端也。③方法；例詭計多端。④涯際；例無端。⑤姓。動①以雙手承托；例端盤子。②詳審；例端視。形方正的；例品行不端。

參考 ①同正，始。②與「瑞」字形近而音義不同。

4 **端午節** ㄉㄨㄢ ㄨˇ ㄐㄧㄝˊ 陰曆五月初五，爲紀念屈原的忠貞愛國，投江而死，民間有吃粽子，划龍船等習俗。又作「端五」、「重五」、「端陽」。

5 **端正** ㄉㄨㄢ ㄓㄥˋ 整齊美好。例他的長相很端正。

參考 參閱「糾正」條。

8 **端的** ㄉㄨㄢ ㄉㄧˊ (一)眞的，果然。例端的如此。(二)究竟，底細。例憑誰去花街覓？細說與此中端的。

9 **端架子** ㄉㄨㄢ ㄐㄧㄚˋ ˙ㄗ 比喻自以爲高人一等而表現傲慢的態度。

10 **端倪** ㄉㄨㄢ ㄋㄧˊ (一)頭緒。倪：事物的開始。(二)邊際。(三)推測事情的始末。

▽異端、極端、先端、萬端、發端、末端、兩端、無端、尖端、尾端、前端、詭計多端。

常 15 **競** 形解 形聲；從二人，誩聲。誩是以言語相爭，所以二人以語言爭執爲競。

音義 ㄐㄧㄥˋ 動角逐；例競技。形强勁的；例南風不競。

參考 ①「競」與「兢」音近形似而義別：「競」，多有爭逐的意思；而「兢」，音ㄐㄧㄥ，有謹愼的意思。如「戰戰兢兢」，不可作「戰戰競競」。②同賽，爭，比。③字或作「竸」。

7 **競走** ㄐㄧㄥˋ ㄗㄡˇ 比賽行走的速度。

8 **競爭** ㄐㄧㄥˋ ㄓㄥ ㈠互相爭勝。㈡不同種的生物，彼此在覓求食物、空間或其他需要時，有利害衝突的情況。

參考 與「競賽」有別：前者用各種手段互相爭勝；後者的作用是先進的帶動落後的向更高的技術標準看齊。

16 **競選** ㄐㄧㄥˋ ㄒㄩㄢˇ 在選舉前互相爭取選票的活動。

17 **競賽** ㄐㄧㄥˋ ㄙㄞˋ ㈠互相比賽。例勞動競賽。㈡角逐，爭勝。例軍備競賽。

參考 參閱「競爭」條。

▽爭競、馳競、奔競。

【竹 ㄓㄨˊ 部】

常 0

竹

形解 象形；象竹葉敷布形。

音義 ㄓㄨˊ 名①植一種中空有節，質地堅韌，葉爲平行脈的多年生禾本科植物，可供建築、製造器具等用途；例不可以居無竹。②八音之一，指簫、管等竹製的樂器所發出的聲音；例無絲竹之亂耳。③簡册；例罄竹難書。④姓。

參考 ①孳竺，筑，築。②反筍。

8 **竹帛** ㄓㄨˊ ㄅㄛˊ 竹簡和帛絹，古代用來書寫文字，因此竹帛也可指典籍。

竹林七賢 ㄓㄨˊ ㄌㄧㄣˊ ㄑㄧ ㄒㄧㄢˊ 人魏晉間的七個名士。即山濤、阮籍、阮咸、向秀、嵇康、劉伶、王戎七人，常游集於竹林下，肆意酣暢。

10 **竹馬** ㄓㄨˊ ㄇㄚˇ 小孩子遊戲，把竹竿當馬騎。

12 **竹報** ㄓㄨˊ ㄅㄠˋ 即家書。

竹報平安 ㄓㄨˊ ㄅㄠˋ ㄆㄧㄥˊ ㄢ 用來報平安的家書。簡稱「竹報」。

18 **竹簡** ㄓㄨˊ ㄐㄧㄢˇ 古代經過人工處理，可以用來書寫的竹片。

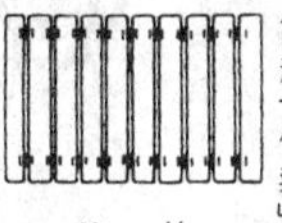

竹簡

▽絲竹、修竹、新竹、破竹、爆竹、石竹、茂竹、孟宗竹、胸有成竹、勢如破竹。

常 2

竺

形解 形聲；從二，竹聲。篤厚爲竺。

音義 ㄓㄨˊ 名①史古國名，「天竺」的省稱，即今印度；例雙匣猶傳竺國經。②地山名，在浙江省杭縣。③姓。動厚，通「篤」；例帝何竺之？

常 3

竿

形解 形聲；從竹，干聲。干有直立的意思，所以直竹爲竿。

音義 ㄍㄢ 名①竹幹；例揭竿起義。②量詞，一竿之長度；例日上三竿。③「釣竿」的省稱；例一竿在手，其樂無窮。④類似竹竿的東西，通「杆」；例旗竿。

參考 「竿」與「杆」音同形近：「竿」爲竹製的桿子；「杆」爲木製的桿子。

▽旗竿、釣竿、竹竿、滑竿、標竿、漁竿、收竿、日上三竿。

常 3

竽

形解 形聲；從竹，于聲。多簧的管樂器爲竽。

音義 ㄩˊ 名音古簧管樂器名，爲笙的一種，原有三十六簧片，後世改良成爲十九簧片。

竽

參考 ①「竽」與「笙」都是一種簧管樂器，然「竽」較「笙」爲大。②與「芋」形近（一從竹，一從艸）而音義不同。

常 4

笆

形解 形聲；從竹，巴聲。枝節有刺的竹子爲笆。

音義 ㄅㄚ 名①一種有刺的棘竹名。②用竹子或柳條編織成的器物或栅欄；例籬笆。

常 4
笑
形解 形聲；從竹，夭聲。小篆作𥬇，會意；從竹從犬。喜悅爲笑。今作「笑」。

音義 ㄒㄧㄠˋ 名 因喜悅或愉快而顯露出啓齒解顏的表情；例樂然後笑。動 譏諷而嗤之；例五十步笑百步。

參考 ①同哂。②反哭。③字從竹從「夭」(ㄧㄠ)，不從「天」(ㄊㄧㄢ)。

9 **笑柄** ㄒㄧㄠˋ ㄅㄧㄥˇ 可以用來取笑的資料。

10 **笑納** ㄒㄧㄠˋ ㄋㄚˋ 贈送禮物給人時，希望對方接受的謙語。也作「哂納」。

笑容可掬 ㄒㄧㄠˋ ㄖㄨㄥˊ ㄎㄜˇ ㄐㄩ 形容笑容滿面，情意洋溢，似乎可以掬取的樣子。掬：用兩手捧取物品。

11 **笑逐顏開** ㄒㄧㄠˋ ㄓㄨˊ ㄧㄢˊ ㄎㄞ 形容愉快的樣子。

參考 參閱「喜形於色」條。

13 **笑話** ㄒㄧㄠˋ ㄏㄨㄚˋ ㈠能引人發笑的話或事情。㈡表示輕視。例別笑話人家。㈢文內容以揭發事物矛盾，使人發笑爲主。形式簡短，表現手法較爲靈活。

笑裏藏刀 ㄒㄧㄠˋ ㄌㄧˇ ㄘㄤˊ ㄉㄠ 比喻外貌和善而內心陰險。

參考 同口蜜腹劍。

23 **笑靨** ㄒㄧㄠˋ ㄧㄝˋ 笑時臉上所露出的酒渦。

▽嘻笑、苦笑、大笑、微笑、談笑、嘲笑、冷笑、傻笑、失笑、玩笑、戲笑、譏笑、暴笑、可笑、不苟言笑、付之一笑、回眸一笑、哄堂大笑、眉開眼笑、破涕爲笑、啞然失笑、捧腹大笑、嫣然一笑、皮笑肉不笑。

次 4
笄
形解 形聲；從竹，开聲。开有平整的意思，所以固定頭髮的簪爲笄。

音義 ㄐㄧ 名 ①簪子，用來插住挽起的頭髮或固定弁冕；例髮笄。②古女子成年可以盤髮插笄的年齡(滿十五歲)；例及笄。

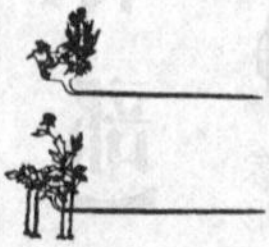
笄 ①

參考 又作「筓」。

▽及笄、玉笄、珥笄。

次 4
笏
形解 形聲；從竹，勿聲。竹製的手板爲笏。

音義 ㄏㄨˋ 名 大臣朝見君王時所持狹長而可作記事用的板子。

笏

次 4
笈
形解 形聲；從竹，及聲。書箱爲笈。

音義 ㄐㄧˊ 名 書箱；例負笈游學。

笈

▽書笈、負笈、武林秘笈。

次 4
笊
形解 形聲；從竹，爪聲。用以盛物去汁的竹器爲笊。

音義 ㄓㄠˋ 名 笊籬，漏孔很多而可在水中撈物的杓形竹器，可過濾水分。

常 5
笠
形解 形聲；從竹，立聲。傘狀無柄的竹製雨具爲笠。

音義 ㄌㄧˋ 名 ①用竹葉或箬擁編成防曬遮雨的帽子；例何簑何笠。②竹製的覆蓋物；例笠蓋。

笠 ①

▽斗笠、大笠、簑笠、戴笠、何簑何笠。

常 5
笨
形解 形聲；從竹，本聲。本有內裏的意思，所以竹子裏面色白如紙的薄膜爲笨。

音義 ㄅㄣˋ 名 竹莖的裡層。形 ①不靈敏的；例笨拙。②不聰明的；例笨伯。

參考 字從竹從「本」，不可從「夲」。

7 **笨伯** ㄅㄣˋ ㄅㄛˊ ㈠傻瓜。㈡胖子。

8 **笨拙** ㄅㄣˋ ㄓㄨㄛ 不伶俐。

常 5 **符** 形解 形聲；從竹，付聲。付有相授的意思，所以古代雙方授受驗明以取信的竹製證物爲符。

符 图①

音義 ㄈㄨˊ 名 ①古代一種憑信用的證物，用金、銅、玉、石、竹、木等製成；例兵符。②（吉瑞的）徵兆；例祥符。③標幟；例符號。④宗道士用來招魂驅鬼，治病延年的神秘文書；例符籙。⑤姓。動吻合；例言行相符。

參考 ①「符」與「苻」音同形近而義別：「符」爲憑信；「苻」爲草名，或做姓氏解。②同對，合。

8 **符咒** ㄈㄨˊ ㄓㄡˋ 道家術士用來驅鬼避邪的符籙和咒語。

13 **符節** ㄈㄨˊ ㄐㄧㄝˊ 古人在竹木片上刻字，然後分成兩半，兩人各取一半，用爲憑信的標記。

符號 ㄈㄨˊ ㄏㄠˋ 記號。

參考「標誌」一般都是比較大的，「符號」則可大可小。「符號」、「旗幟」只作名詞使用；「標誌」則可作「名詞」或「動詞」使用。

22 **符籙** ㄈㄨˊ ㄌㄨˋ 道家役使鬼神的一種神祕文字。

▽音符、虎符、護符、祥符、剖符、合符、畫符、護身符、名實相符。

常 5 **笙** 形解 形聲；從竹，生聲。可以發出樂聲的竹製樂器爲笙。

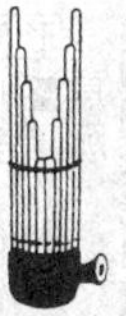
笙 ①

音義 ㄕㄥ 名 ①一種簧管樂器名。古以瓠爲之，十三簧，列置瓠中，施簧管底，吹之可以發，又有十七、十九簧者；例鼓瑟吹笙。②方宋魏之間「竹席」的別名；例桃笙。

參考 參閱「竽」字條。

16 **笙磬同音** ㄕㄥ ㄑㄧㄥˋ ㄊㄨㄥˊ ㄧㄣ 比喻氣味相投，互相協助。磬：敲擊樂器名。

常 5 **笛** 形解 形聲；從竹，由聲。樂器名，竹管鑿洞，可吹氣發聲的樂器爲笛。

音義 ㄉㄧˊ 名 語竹製的管樂器名，在竹管上鑿開數洞，有一吹孔，一膜孔，六個指孔，通常爲橫吹，用於獨奏、伴奏及合奏。

參考 ①與「苗」、「柚」有別：苗，音ㄇㄧㄠˊ，植物的幼芽；柚，音ㄧㄡˋ，水果名。②古代以七孔龠爲笛，後世則以橫吹者爲笛。

▽長笛、短笛、簫笛、牧笛、吹笛、角笛、橫笛、玉笛、警笛、風笛、鳴笛、汽笛。

常 5 **第** 形解 形聲；從竹，弟聲。弟有次序的意思，所以先後的次序爲第。

音義 ㄉㄧˋ 名 ①次序；例亂必有第。②表明順序或等級；例第一。③古稱官宦、富貴人家的住宅；例府第。④科舉時代考試及格的等次；例進士及第。⑤姓。

參考 與「弟」、「悌」有別：弟，音ㄉㄧˋ，如兄弟；又音ㄊㄧˋ，通「悌」，義爲兄弟友愛。二字與第的意思不同。

1 **第一次世界大戰** ㄉㄧˋ ㄧ ㄘˋ ㄕˋ ㄐㄧㄝˋ ㄉㄚˋ ㄓㄢˋ 史西元一九一四年七月二十八日爆發，始於歐洲，蔓延於全世界的大戰。初爲德、奧等同盟國與英、法、俄等協約國作戰，後又分別加入土耳其與美國。結果同盟國戰敗，於西元一九一八年十一月十一日結束戰爭。

2 **第二次世界大戰** ㄉㄧˋ ㄦˋ ㄘˋ ㄕˋ ㄐㄧㄝˋ ㄉㄚˋ ㄓㄢˋ 史西元一九三九年九月一日德國攻擊波蘭，至西元一九四五年九月二日日本簽降的世界大戰，爲中、美、英、法、俄等國抵抗德、日、義的侵略之戰爭。

▽科第、宅第、府第、及第、次第、邸第、登第、落第、館第、門第、私第、狀元及第。

常 5 **笞** 形解 形聲；從竹，台聲。以竹杖擊人爲笞。

音義 ㄔ 名 舊時一種竹片製成

的刑具；例鞭笞。動用竹板打擊；例笞罵。

參考①同鞭。②與「苔」音義有別：苔，音ㄊㄞˊ，爲貼生在地面或石面的隱花植物。「鞭笞」不可誤作「苔」，或誤讀爲ㄅㄧㄢ ㄊㄞ或ㄅㄧㄢ ㄊㄞˊ。

▽撻笞、鞭笞。

次 5 **笵** 形解 形聲；從竹，氾聲。竹製的模型爲笵。

音義 ㄈㄢˋ 名①竹製的模型。②土製的銅模；例內模外笵。

次 5 **笥** 形解 形聲；從竹，司聲。司有主事的意思，所以盛飯或裝衣服的竹器爲笥。

音義 ㄙˋ 名①盛飯食或衣物的方形竹器；例衣裳在笥。②書箱；例經笥。

笥

次 5 **笢** 形解 形聲；從竹，民聲。竹的表皮爲笢。

音義 ㄇㄧㄣˇ 名①竹子外表的青皮。②梳洗頭髮的工具。動吹笛時手循笛孔；例笢笏抑隱。

次 5 **笤** 形解 形聲；從竹，召聲。竹掃帚爲笤。

音義 ㄊㄧㄠˊ 名竹掃帚；例笤帚。

參考「苕」也有掃帚的意思，但「苕帚」與「笤帚」的意思不同。

8 **笤帚** ㄊㄧㄠˊ ·ㄓㄡ 細竹枝紮成的掃帚。

次 5 **笳** 形解 形聲；從竹，加聲。竹製的樂器爲笳。

音義 ㄐㄧㄚ 名胡人捲曲蘆葉製成的樂器；例胡笳。

▽胡笳、塞笳、悲笳。

次 5 **笪** 形解 形聲；從竹，旦聲。以竹鞭抽打爲笪。

音義 ㄉㄚˊ 名①粗的竹席。②拉船用的繩索。③姓。

次 5 **笮** 形解 形聲；從竹，乍聲。乍有逼迫的意思，所以安在上、下椽之間的竹版爲笮。

音義 ㄓㄚˋ 名酒器，同「醡」。動壓榨；例笮汁。

ㄗㄜˊ 名①屋上承瓦的竹席或葦席。②竹製的盛箭器。③姓。動壓迫；例內笮齊晉。

次 5 **笱** 形解 形聲；從竹，句聲。句有曲折的意思，所以捕魚的竹筒爲笱。

音義 ㄍㄡˇ 名大口窄頸，能進而不能出的捕魚竹籠；例毋發我笱。

次 5 **笫** 形解 形聲；從竹，𠂔聲。竹蓆爲笫。

音義 ㄗˇ 名①牀上竹編的墊子。②「牀」的代稱；例牀笫之言。

參考不可誤作「第」，也不可誤讀作ㄉㄧˋ。

常 6 **等** 形解 會意；從竹，從寺。寺是官吏稽察庶政使其平適的所在，所以整理簡牘使其齊平爲等。

音義 ㄉㄥˇ 名①品級；例高人一等。②儕輩；例你等。③臺階上的階級；例土階三等。動①等候；例等一下。②齊一；例大小不等。副區分次第；例創制天下，等列諸侯。

參考同待，候，俟。

7 **等身** ㄉㄥˇ ㄕㄣ 比喻極多，幾乎和身高相等。例著作等身。

12 **等閒** ㄉㄥˇ ㄒㄧㄢˊ ㈠尋常，隨便。例等閒識得東風面。㈡不留意。例「莫等閒，白了少年頭。」

等閒視之 ㄉㄥˇ ㄒㄧㄢˊ ㄕˋ ㄓ 將它當成平常的事一樣看待，而不予重視。

等量齊觀 ㄉㄥˇ ㄌㄧㄤˋ ㄑㄧˊ ㄍㄨㄢ 同樣看待。

參考「一視同仁」與「等量齊觀」都有同等看待的意思，但有別：前者多用於指對待人或其他動物；後者多用於指對待事物。

▽均等、同等、平等、不等、高等、低等、差等、我等、齊等、相等、何等、劣等。

常 6 **策** 形解 形聲；從竹，朿聲。朿即木刺，竹鞭節處常有芒刺，所以擊馬的竹鞭爲策。

音義 ㄘㄜˋ 名①馬鞭；例僕執策立馬前。②古用以記事的木、竹片；例史策。③古皇帝對下封土、授爵或任官的文書；例受策以出。④文古考試題目書於策，而由應考人作答，後遂演變成一種文體；例策問。⑤籌碼；例籌策。⑥計謀；例束手無策。⑦姓。動①鞭打；例抽矢策其馬。②扶，拄；例策杖。

參考①「策」原義爲馬鞭，後多與同音的「册」字相假借，當作簡牘解時與「册」可通，其他的意思則不同。②同計，謀，略，鞭。③字從竹從朿（下不封口），不可誤成「束」（ㄕㄨˋ）。

3 **策士** ㄘㄜˋ ㄕˋ 謀士。本指戰國時代游說諸侯的人，後來泛指一般出計策、獻謀略的人。

11 **策動** ㄘㄜˋ ㄉㄨㄥˋ 推動，發動。

策略 ㄘㄜˋ ㄌㄩㄝˋ 計劃。

參考「策略」、「計劃」有別：「策略」的含義較狹窄，通常是指專爲某項行動或某種目標而擬定行動方式，如：採取新的策略；「計劃」是指一般性的行動方式和步驟，如：十年計劃；「計劃」還可以作動詞用，如：我計劃明年到歐洲旅行。「策略」就不可以。

12 **策畫** ㄘㄜˋ ㄏㄨㄚˋ 計畫。

參考「策畫」與「策動」都是爲了達到某種目的而在暗中設計謀畫，但有別：前者的對象可以是事件；後者涉及的對象可以是人或事件。

17 **策勵** ㄘㄜˋ ㄌㄧˋ 督責勉勵。也作「策勉」。

策應 ㄘㄜˋ ㄧㄥˋ ㈠與友軍呼應聯絡，對敵作戰。㈡互相呼應支援。

▽上策、下策、獻策、對策、決策、書策、祕策、簡策、驅策、艮策、束手無策、三十六計走爲上策。

常 6 **筆** 形解 會意；從聿竹。聿是書寫工具，古多以竹管爲之，所以加竹作筆。

音義 ㄅㄧˇ 名①書寫或繪畫的用具；例鉛筆。②文字的筆畫；例這一筆寫得不夠好。③文字的描寫或議論；例伏筆。④量詞，款項；例一筆交易。⑤古稱散文；例任彥升工於筆。⑥姓。動記錄；例筆之於書。

參考字從竹從聿，而「聿」爲從又（手）秉筆，是故下橫畫爲二筆。

2 **筆力** ㄅㄧˇ ㄌㄧˋ ㈠寫字時運筆的力量。㈡文章的氣勢。例筆力萬鈞。

6 **筆伐** ㄅㄧˇ ㄈㄚˊ 用文字來貶責。例口誅筆伐。

筆名 ㄅㄧˇ ㄇㄧㄥˊ 作者寫作時所用的別名。

8 **筆直** ㄅㄧˇ ㄓˊ 形容很直的樣子。

10 **筆記** ㄅㄧˇ ㄐㄧˋ 文文體名，泛指隨筆記錄，不拘體例的作品。內容包括記見聞、辨名物、釋古義、述史事、寫情景等。

12 **筆畫** ㄅㄧˇ ㄏㄨㄚˋ 寫字的橫直撇捺等叫筆畫。

筆順 ㄅㄧˇ ㄕㄨㄣˋ 筆劃的順序。

13 **筆跡** ㄅㄧˇ ㄐㄧ 字跡，書畫。也作「筆迹」。

14 **筆誤** ㄅㄧˇ ㄨˋ 無意中寫錯了字。

15 **筆調** ㄅㄧˇ ㄉㄧㄠˋ 文章的風格。

筆鋒 ㄅㄧˇ ㄈㄥ 筆的尖端，形容文字的鋒芒。

筆談 ㄅㄧˇ ㄊㄢˊ ㈠用筆寫字，代替談話。㈡文筆記一類的著作，如宋朝沈括的夢溪筆談。

16 **筆戰** ㄅㄧˇ ㄓㄢˋ 彼此寫文章加以探討辯論。

▽運筆、擱筆、潤筆、絕筆、代筆、禿筆、文筆、毛筆、色筆、執筆、朱筆、鋼筆、鉛筆、提筆、停筆、原子筆、自來水筆、生花妙筆。

常 6 **筐** 形解 形聲；從竹，匡聲。匡是盛物器，所以飯器爲筐。

音義 ㄎㄨㄤ 名以竹片或柳條編成的方形器具；例維筐及筥。

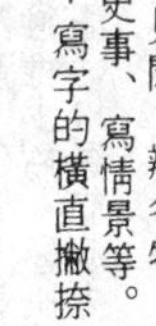

筐

常 6 **筒** 形解 形聲；從竹，同聲。無底的單管竹製樂器爲筒。

音義 ㄊㄨㄥˊ 名 ①竹管，通「筩」；例接筒引水喉不乾。②像竹筒中空的容器；例郵筒。

參考 ①又音ㄊㄨㄥˇ。②「筒」與「桶」都有容器的意思，習慣上「郵筒」不作「郵桶」，「水桶」不作「水筒」。

▽圓筒、竹筒、水筒、郵筒、筆筒、唧筒、錢筒。

常 6 **答** 形解 形聲；從竹，合聲。合有會聚的意思，所以用新竹與舊竹相參雜地補籬爲答。

音義 ㄉㄚˊ 動 ①回覆問題；例答話。②回報；例答禮。名 姓。動 允諾；例答應。

參考 ①同回。②俗或作「荅」，是錯誤的。

8 **答非所問** ㄉㄚˊ ㄈㄟ ㄙㄨㄛˇ ㄨㄣˋ 所問與所答互不相符合。

10 **答案** ㄉㄚˊ ㄢˋ 問題的解答。

12 **答腔** ㄉㄚ ㄑㄧㄤ 回答人家的問話。

17 **答謝** ㄉㄚˊ ㄒㄧㄝˋ 接受別人的幫助而向人表示謝意。

答應 ㄉㄚ ㄧㄥˊ ㈠應聲而回答。㈡允許。

18 **答覆** ㄉㄚˊ ㄈㄨˋ 回答問題。

▽應答、回答、酬答、報答、問答、對答、作答、問非所答。

常 6 **筍** 形解 形聲；從竹，旬聲。旬是十天，所以竹根初生嫩芽至長出地面約十天可以收割食用者爲筍。

音義 ㄙㄨㄣˇ 名 ①植 竹類地下莖所生的嫩芽；例竹筍。②用來懸掛鐘、磬的架上橫木；例筍虡。③木竹器結構交合處凸出的部分，通「榫」；例筍頭卯眼。

參考 ①「筍」與「榫」作接合器義時可通，然餘義則不同。②與「笱」不同：笱，音ㄍㄡˇ，爲捕魚具。

▽竹筍、新筍、雨後春筍。

常 6 **筋** 形解 會意；從肉從力從竹。肌肉用力時所呈現有脈理的韌帶爲筋。

音義 ㄐㄧㄣ 名 ①附著在骨肉的韌帶；例豬蹄筋。②具有韌性的物體；例橡皮筋。③肌肉所產生的能力；例筋疲力竭。④姓。

參考 筋與從助而有筷子義的「筯」字音義不同。

10 **筋疲力竭** ㄐㄧㄣ ㄆㄧˊ ㄌㄧˋ ㄐㄧㄝˊ 形容非常疲乏。

常 6 **筏** 形解 形聲；從竹，伐聲。伐有進擊的意思，所以用來擊水行進的渡水工具爲筏。

音義 ㄈㄚˊ 名 以竹木或皮草編排而成的浮水交通工具；例竹筏。

參考 字從竹從伐，不可從代。

筏

次 6 **筊** 形解 形聲；從竹，交聲。交有盤結的意思，所以以竹皮製成的繩索爲筊。

音義 ㄐㄧㄠˇ 名 ①用竹皮編製的繩索；例搴長筊兮沈美玉。②一尺二寸長的竹籥。③竹製的占卜用具；例杯筊。

參考 又音ㄒㄧㄠˋ。

次 6 **筇** 形解 形聲；從竹，邛聲。竹名，可以製杖者爲筇。

音義 ㄑㄩㄥˊ 名 ①竹名，即筇竹。②竹杖；例扶筇不駕車。

參考 又作「笻」。

次 6 **筑** 形解 形聲；從巩竹，竹亦聲。竹製的五弦樂器爲筑。

音義 ㄓㄨˊ 名 ①古樂器名。形似箏，頸細而肩圓，有十三弦，弦下設柱。演奏時，左手按弦的一端，右手執竹尺擊弦發聲。②地 貴州貴陽市的簡稱。③地 筑水，又名彭水、粉青河，在湖北省境。

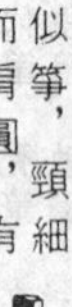

①筑

次 6 **筌** 形解 形聲；從竹，全聲。捕魚的竹器爲筌。

音義 ㄑㄩㄢˊ 名 ①捕魚用的竹器；例「筌者所以在魚，得魚而忘筌。」②達到目的的手段；例忘其蹄筌。

常 7 **筷** 形解 形聲；從竹，快聲。用來挾取食物的竹製飯具爲筷。

音義 ㄎㄨㄞˋ 名成雙的條形物，吃飯時用來夾取食物或扒飯的成雙用具；例一雙竹筷。

參考 同筯。

常 7 **節** 形解 形聲；從竹，即聲。即有約束飲食以免過度的意思，所以竹子小段與小段間略如纏束狀的地方爲節。

音義 ㄐㄧㄝˊ 名①植物幹枝經脈交錯處；例竹節。②動物筋骨交結處；例關節。③事物或文章的段落；例章節。④品行操守；例氣節。⑤節令；例每逢佳節倍思親。⑥禮儀規範；例繁文縟節。⑦古代使者的憑信；例符節。⑧音樂的一小段落；例音節。⑨航速單位，每小時航行一海浬爲一節。⑩姓。動①約束；例節制。②簡省；例節衣縮食。形高峻的；例節彼南山。

參考 ①同省，刪，減，段。②字俗或作「莭」，不可從。

4 **節日** ㄐㄧㄝˊ ㄖˋ 每年的固定紀念日。如「清明節」。

5 **節目** ㄐㄧㄝˊ ㄇㄨˋ (一)事情進行的程序和項目。例電視節目。(二)戲劇歌唱或比賽等表演程序的安排。例節目表。

節外生枝 ㄐㄧㄝˊ ㄨㄞˋ ㄕㄥ ㄓ 事情還沒解決，又在這件事上發生別的事端。也作「節上生枝」。

8 **節育** ㄐㄧㄝˊ ㄩˋ 節制生育子女。

節制 ㄐㄧㄝˊ ㄓˋ (一)指揮管理。(二)嚴整而有規律。例飲食起居有節制。(三)限制不使過度。例節制資本。

9 **節奏** ㄐㄧㄝˊ ㄗㄡˋ 指樂調的高低快慢程度。

節儉 ㄐㄧㄝˊ ㄐㄧㄢˇ 節省儉樸，使用財物有限度。

16 **節錄** ㄐㄧㄝˊ ㄌㄨˋ 摘錄大要。

節操 ㄐㄧㄝˊ ㄘㄠ 貞節的操守。

▽音節、佳節、關節、氣節、季節、志節、使節、時節、貞節、符節、禮節、末節、過節、細節、小節、晚節、高風亮節、不拘小節、盤根錯節、繁文縟節。

常 7 **筠** 形解 形聲；從竹，均聲。均有平的意思，所以薄而平的竹皮爲筠。

音義 ㄩㄣˊ 名①竹子外層的青皮。②竹子；例柴門空閉鎖松筠。

參考 筠字雖從均，但不能讀成ㄐㄩㄣ。

次 7 **筦** 形解 形聲；從竹，完聲。竹製樂器爲筦。

音義 ㄍㄨㄢˇ 名①捲絲的用具。②樂器名，與「管」同；例「鐘鼓筦絃。」③開門用的鑰匙；例其家無筦籥。④姓氏。動主持，管理；例筦事。

參考「筦」即「管」之異體字。

次 7 **筤** 形解 形聲；從竹，良聲。竹籃爲筤。

音義 ㄌㄤˊ 名①竹籃。②地 筍筤，山名，在四川省。③竹子的色澤之一；例蒼筤。

ㄌㄧㄤˊ 名支持車蓋的竹桿。

ㄌㄤˇ 名扇筤，馬車後方裝飾用的大扇子。

次 7 **筭** 形解 會意；從竹，弄聲。計算數目的竹製算籌爲筭。

音義 ㄙㄨㄢˋ 名計算數目用的籌，籌爲竹製。動①計謀，謀畫。②數，計算；例何足筭也？

參考 古作「筭」，今作「算」。

次 7 **筴** 形解 形聲；從竹，夾聲。記錄卜筮結果的簡策爲筴。

音義 ㄘㄜˋ 名①卜筮的用具；例龜爲卜，筴爲筮。②簡書，「書」之代稱；例挾筴讀書。③計謀。

ㄐㄧㄚˊ 名①箸，筷子；例火筴。②木柵；例牢筴。③小箕。動箝制；例掇黃岡，筴漢陽。

次 7 **筮** 形解 會意；從竹巫。巫，古文巫。以蓍草作占卜的工具爲筮。

音義 ㄕˋ 名①竹製的占卜用具；例筮短龜長。②從事卜筮的人；例筮者端策。動卜問，占卜；例卜筮。

參考 字雖從巫，但不可讀成ㄨ。

▽卜筮、蓍筮、占筮。

次 7 **筩** 形解 形聲；從竹，甬聲。作樂器用的竹管爲筩。

音義 ㄊㄨㄥˊ 名①作樂器用的竹管；例越上筩而通下管。②有細孔的竹筒，可藏物；例教吏爲缿筩。③捕魚的竹器；例筩灑連鋒。

ㄩㄥ 名盛箭用的有蓋竹筒。

參考 又音 ㄊㄨㄥˊ。

次 7 **筲** 形解 形聲；從竹，肖聲。盛穀物的竹器爲筲。

音義 ㄕㄠ 名①盛飯的竹器；例「飯用竹筲。」②用筲草做成，盛黍、稷、麥種子的容器；例苞二筲三。③水桶；例兩筲水。形氣量狹小的；例斗筲之人。

次 7 **筥** 形解 形聲；從竹，呂聲。盛米竹器爲筥。

音義 ㄐㄩˇ 名①盛米的竹器；例筥筐。②刈禾聚而成束；例四秉爲筥。

筥 ①

ㄌㄩˇ 名飯器名。

參考 音 ㄌㄩˇ 時，一作「篆」。

次 7 **筧** 形解 形聲；從竹，見聲。防水的竹堤爲筧。

音義 ㄐㄧㄢˇ 名導水的長竹管；例錢塘湖北有石函，南有筧，放水溉田。

ㄒㄧㄢ 名植竹名之一。

參考 又作「梘」。

次 7 **筳** 形解 形聲；從竹，廷聲。紡紗的竹具爲筳。

音義 ㄊㄧㄥˊ，名①紡紗時用以捲絲的竹具，亦稱爲「綻」。②小木條；例以筳撞鐘。③細竹枝；例竹筳。

次 7 **筱** 形解 形聲；從竹，攸聲。攸有小的意思，所以細小的竹子爲筱。

音義 ㄒㄧㄠˇ 名細竹子，同「篠」。

參考 ①通常假借作「小」。②字雖從攸，但不可讀成ㄧㄡ或ㄒㄧㄡ。

常 8 **管** 形解 形聲；從竹，官聲。形狀像篪而有六孔的竹製樂器爲管。

管 ①名

音義 ㄍㄨㄢˇ 名①竹製的樂器；例管樂。②通稱細長的圓筒形物；例水管。③筆管；例貽我彤管。④鑰匙；例「鄭人使我掌其北門之管。」⑤樞要；例道之管也。⑥姓。動①辦理；例管事。②約束；例看管。③供應；例管吃管住。④顧忌；例不管三七二十一。⑤干涉；例管他何事？⑥對，向；例「管著尤老娘，一口一聲叫老娘。」副保證地；例管用十年。介方北平話稱「把」、「將」爲「管」；例我們管他叫老王。

參考 與「菅」有別：菅，音ㄐㄧㄢ，草名，如「草菅人命」，切不可誤作「管」。

4 **管中窺豹** ㄍㄨㄢˇ ㄓㄨㄥ ㄎㄨㄟ ㄅㄠˋ 比喻人的見識不廣，如從管孔看豹，只能看到豹身的一些斑紋，而不能看到全部。也作「窺豹一斑」。

7 **管束** ㄍㄨㄢˇ ㄕㄨˋ 管理約束。

管見 ㄍㄨㄢˇ ㄐㄧㄢˋ 謙稱自己見識狹小，像從管中窺物一樣。

參考 同 拙見、鄙見。

8 **管制** ㄍㄨㄢˇ ㄓˋ 管理控制。例交通管制。

參考 ①參閱「操縱」條。②衍管制交通。

11 **管絃** ㄍㄨㄢˇ ㄒㄧㄢˊ 管樂器和絃樂器，也泛指音樂。例「雖無絲竹管絃之盛。」又作「管弦」。

管教 (一)ㄍㄨㄢˇ ㄐㄧㄠˋ 保證使，一定使。(二)ㄍㄨㄢˇ ㄐㄧㄠ 約束與教導。例管教不嚴。

管理 ㄍㄨㄢˇ ㄌㄧˇ (一)負責事物的處置。例管理文書工作。(二)對人加以指導防護。

16 **管窺蠡測** ㄍㄨㄢˇ ㄎㄨㄟ ㄌㄧˊ ㄘㄜˋ 用管窺天，用蠡測海，比喻所見有限。蠡：瓠瓜作成的水瓢。

17 **管轄** ㄍㄨㄢˇ ㄒㄧㄚˊ 管理，掌管。

23 **管籥** ㄍㄨㄢˇ ㄩㄝˋ ㈠兩種樂器名。㈡鎖匙。也作「管鑰」。

▽血管、水管、筆管、保管、鉛管、握管、寸管、主管、掌管、包管、儘管、不管、毛細管。

常 8

箕

形解 形聲；從竹，其聲。揚米去糠的圓形竹器爲箕。初文作「其」。

音義 ㄐㄧ 名①揚米去糠的圓形竹器；例簸箕。②收集廢物的器具；例畚箕。③天古二十八宿之一。④姓。動聚集；例「頭會箕斂以供軍費。」

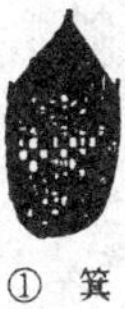

箕 ①

參考 與「萁」有別：萁，音ㄑㄧˊ，豆科植物的莖部，如「煮豆燃豆萁」。

4 **箕斗** ㄐㄧ ㄉㄡˇ ㈠天箕宿和斗宿二星名。㈡人的手指紋，螺形的稱斗，不成螺形的稱箕。

10 **箕倨** ㄐㄧ ㄐㄩˋ 形容坐時兩腳岔開，像簸箕形一樣。

常 8

箋

形解 形聲；從竹，戔聲。表明書中的隱略，並下己意爲箋。

音義 ㄐㄧㄢ 名①注解古書的格式之一，一種注釋經傳的文字；例獨恨無人作鄭箋。②精緻的紙張；例錦箋。③書信；例莫爲花箋費淚行。④書文體名，書札、奏記一類，同「牋」；例箋札。

參考 同緘。②與「棧」有別：棧，音ㄓㄢˋ，旅館，如客棧；又爲倉庫，如貨棧，與「箋」音義不同。

8 **箋注** ㄐㄧㄢ ㄓㄨˋ 注解古書。

▽信箋、詩箋、短箋、便箋、用箋、花箋、錦箋。

常 8

筵

形解 形聲；從竹，延聲。延有長大的意思，所以用來鋪陳飯食的長竹席爲筵。

音義 ㄧㄢˊ 名①竹席；例或肆之筵。②酒席；例壽筵。

參考 「筵」字從竹從「延」與從「廷」而有紡紗器具義的「筳」字有別。

10 **筵席** ㄧㄢˊ ㄒㄧˊ ㈠藉坐的器具。㈡酒席。例天下無不散的筵席。

▽瓊筵、盛筵、開筵、酒筵、設筵。

常 8

算

形解 會意；從竹從具。竹指筭，爲竹製計數工具，具表示數目完足無誤，所以以筭計數爲算。

音義 ㄙㄨㄢˋ 名①計劃；例盤算。②數目；例爵皆無算。③古代的籌碼；例一人執算。④竹器；例其饋遺人不過算器食。⑤年壽；例添算一紀。⑥姓。動①計數；例傷亡無算。②推測；例「杜郎俊賞，算而今重到須驚。」③認作；例就算不想來，也該說一聲。④屬於；例這個做好了，算誰的？⑤完結；例算了，不算理他。副尚且；例物價波動多時，這一陣子還算平穩。

參考 同計，數。

8 **算命** ㄙㄨㄢˋ ㄇㄧㄥˋ 以人的出生年月日時辰等來推算其一生的命運。相傳始於戰國時代的鬼谷子。

9 **算計** ㄙㄨㄢˋ ㄐㄧˋ ㈠考慮，計畫。例這事還得算計算計。㈡計算，約計。㈢暗中謀害人。㈣數目。例算計。

11 **算術** ㄙㄨㄢˋ ㄕㄨˋ 數數學中最基礎與最初等的部分。是討論自然數運算法則，以及在日常生活中應用的部門。

12 **算無遺策** ㄙㄨㄢˋ ㄨˊ ㄧˊ ㄘㄜˋ 比喻策畫周密，沒有錯失。

15 **算盤** ㄙㄨㄢˋ ㄆㄢˊ 我國的計算工具。

▽暗算、珠算、運算、換算、計算、勝算、心算、推算、打算、合算、結算、盤算、失算、划算、不算、老謀深算、神機妙算、精打細算。

常 8

箔

形解 形聲；從竹，泊聲。泊有棲止、停止的意思，所以止風遮陽的竹簾爲箔。

音義 ㄅㄛˊ 名 ①簾幕；例珠簾玉箔密遮燈。②養蠶用的竹篩或竹席；例春蠶看滿箔。③金屬薄片；例金箔。④冥紙；例錫箔。

參考 字雖從泊聲，但不可讀成ㄆㄛˋ或ㄆㄛ。

常 8 **箝** 形聲；從竹，拑聲。

解 拑有脅持的意思，所以用竹夾持物品爲箝。

音義 ㄑㄧㄢˊ 名 夾物的工具；例火箝。動 ①夾住；例箝緊。②强制；例箝口結舌。

參考 「箝」與「鉗」音同，解做夾物工具時可通，然餘義則不同。

3 **箝口** ㄑㄧㄢˊ ㄎㄡˇ ㈠脅迫人，使他不敢說話。㈡自己緘默不肯發言。

參考 同鉗口，閉口，緘口。

8 **箝制** ㄑㄧㄢˊ ㄓˋ 用威勢壓制人。例箝制輿論。也作「鉗制」。

常 8 **箏** 形聲；從竹，爭聲。

解 爭有兩手拉引的意思，箏是一種竹身的弦樂器名，須藉兩手拉引的意思，所以須藉兩手拉引其弦而後發音的竹聲弦樂器爲箏。

音義 ㄓㄥ 名 古弦樂器之一，戰國時流行於秦地，故又稱秦箏；例古箏。

參考 「箏」與「錚」音同形似而義別：「箏」爲撥弦樂器；「錚」爲敲擊樂器。

▽風箏、古箏、銀箏。

次 8 **箜** 形聲；從竹，空聲。

解 古樂器名爲箜。

音義 ㄎㄨㄥ 名 箜篌，古樂器名。體曲而長，有二十三弦，可抱於懷中，兩手一齊演奏。一說傳自西域。

15 **箜篌** ㄎㄨㄥ ㄏㄡˊ 圖 古撥弦樂器，像瑟而較小，有豎式、臥式兩種。又作「空侯」、「坎侯」。

次 8 **箑** 形聲；從竹，疌聲。

解 扇子爲箑。

音義 ㄕㄚˋ 名 扇子的別稱；例「覽巾箑以舒悲。」

參考 又音ㄐㄧㄝˊ。

次 8 **箐** 形聲；從竹，青聲。

解 小竹籠爲箐。

音義 ㄐㄧㄥ 名 笭箐，小竹籠。ㄑㄧㄢˋ 名 滇黔一帶稱大竹林爲箐。動 拉開竹製的弓弩。ㄑㄧㄤ 植 竹名。

次 8 **箸** 形聲；從竹，者聲。

解 者有分別的意思，所以筷子爲箸。

音義 ㄓㄨˋ 名 ①筷子；例紂爲象箸。②竹筩。③門屏之間的位置；例大夫日恪位箸。動 表彰，通「著」；例箸仁義。

參考 ①一作「筯」。②與從艸的「著」音義有別，用法不同。

次 8 **箍** 形聲；從竹，揯聲。

解 以竹皮束物爲箍。

音義 ㄍㄨ 名 圍束物體的竹篾或金屬圈；例鐵箍。動 圍束；例箍水桶。

次 8 **箇** 形聲；從竹，固聲。

解 固有堅固的意思，所以竹杖爲箇。

音義 ㄍㄜˋ 名 地 箇舊，雲南省縣名。

參考 ①爲「個」的異體字。②又音「ㄍㄜ」。③或作「个」。

次 8 **箚** 形聲；從竹，剳聲。

解 削竹刺入爲箚。

音義 ㄓㄚˊ 名 ①舊時上行的奏事公文或下行的告示公文。②通「札」；例箚記。

常 9 **箱** 形聲；從竹，相聲。

解 大車內容物乘人的地方爲箱。

音義 ㄒㄧㄤ 名 ①收藏物品的器具；例衣箱。②車輛載物的部分；例車箱。③廂房，通「廂」。④倉庫；例乃求萬斯箱。

參考 ①同篋。②與「廂」音同而義別：「廂」爲正屋兩旁的房間，或特別的隔間，如「西廂」、「包廂」；但也可通

「箱」，如「車箱」可作「車廂」。
▽衣箱、書箱、車箱、紙箱、木箱、化妝箱、賽錢箱。

㊖9 **範** 形解 形聲；從竹，從車，范省聲。古有大事將出行前，必祭告路神爲範。

音義 ㄈㄢˋ 名①法則；例洪範。②典型；例模範。③姓。形可供效法的；例範例。

參考 ①同樣，例。②與「范」有別：「范」，爲竹製模型，不能通「範」字。

8 **範例** ㄈㄢˋ ㄌㄧˋ 可以作爲模範的例子。

參考 參閱「典型」條。

13 **範圍** ㄈㄢˋ ㄨㄟˊ 界限。例這次考試的範圍很少。

19 **範疇** ㄈㄢˋ ㄔㄡˊ ㈠範圍，類型。㈡反映客觀事物的普遍本質的基本概念。

▽規範、洪範、師範、典範、模範、風範、懿範、儀範。

㊖9 **箭** 形解 形聲；從竹，前聲。箭竹，一種可以做箭桿的竹子爲箭。

音義 ㄐㄧㄢˋ 名①搭於弓弦上可以發射殺敵的武器；例明槍易躲，暗箭難防。②植一種細小可做箭桿用的竹子；例箭竹。形①迅捷的；例一個箭步追上前去。②形狀似箭的；例箭石。

參考 與「葥」音同而義別：「葥」，爲草名，故從「艸」；「箭」多爲竹製，故從「竹」。

13 **箭靶** ㄐㄧㄢˋ ㄅㄚˇ 射箭時的標的。

▽火箭、弓箭、毒箭、射箭、飛箭、流箭、搭箭、光陰似箭、歸心似箭。

㊖9 **箴** 形解 形聲；從竹，咸聲。用來縫綴衣服的細長竹針爲箴。

音義 ㄓㄣ 名①縫衣的用具，同「針」；例「紉箴請補綴」。②文體名，多作規勸用；例箴銘。動規戒；例「箴之曰：『民生在勤。』」

參考 「箴」與「鍼」音同形似，作縫衣針解時可通，然餘義則不同：如「箴規」、「箴諫」不用「鍼」；而「鍼灸」不作「箴」。

7 **箴言** ㄓㄣ ㄧㄢˊ 規戒的言詞。

▽規箴、文箴、世箴、艮箴。

㊖9 **篆** 形解 形聲；從竹，彖聲。在竹帛上寫字爲篆。

音義 ㄓㄨㄢˋ 名①我國文字書體名之一；例大篆，小篆。②印信；例接篆。③敬稱他人的名字；例台篆。④盤狀如篆字形的香；例寶篆沉烟裊。動①琢磨雕刻；例夏篆。②牢記在心；例無任感篆。

參考 ①「篆」與「撰」音同而義不同：「篆」，有銘刻義；「撰」，有著述義。②因印章多用篆文爲之，所以可名公私印章爲「篆」，今稱接掌印信爲「接篆」；代理職務爲「攝篆」。

▽小篆、大篆、秦篆、接篆、攝篆、臺篆、夏篆、眞草隸篆。

㊖9 **篇** 形解 形聲；從竹，扁聲。扁有書寫的意思，所以寫在竹簡上的文字爲篇。

音義 ㄆㄧㄢ 名①書籍；例得石室之名篇。②首尾完整的詩文；例李白一斗詩百篇。③量詞，整部著作中的一個單元；例論語二十篇。④內容完整的一張紙；例這篇大楷寫得眞好。⑤姓。

參考 ①「篇」與「從(草)」「艹」而有扁豆義的「萹」字有別。②同章。③反簡。

12 **篇幅** ㄆㄧㄢ ㄈㄨˊ 指文字的長短，或指紙張上容納文字的限度。

▽佳篇、詩篇、全篇、長篇、名篇、短篇、成篇、極短篇、博文宏篇。

㊖9 **篁** 形解 形聲；從竹，皇聲。皇有大的意思，所以竹田中衆竹叢生爲篁。

音義 ㄏㄨㄤˊ 名①泛稱竹子；例湘篁染淚多。②竹田；例植于汝篁。③竹林；例獨坐幽篁裡。

參考 「篁」與從草(艹)而有花草義的「葟」字不同。

㊇9 **篋** 形解 會意；從竹匧。匧本爲藏物櫃，所以竹製的匧爲篋。
音義 ㄑㄧㄝˋ 名小箱子；例書篋。
▽書篋、竹篋、封篋、胠篋、算篋、翻箱倒篋、傾筐倒篋。

㊇9 **箾** 形解 形聲；從竹，削聲。舞者所執的樂器爲箾。
音義 ㄕㄨㄛˋ 名舞曲名；例釣桓箾簡象。
ㄕㄠ 名古武舞所持竿；例象箾。

㊇9 **箬** 形解 形聲；從竹，若聲。竹皮爲箬。
音義 ㄖㄨㄛˋ 名①筍皮；例折箬蔽日。②植竹類，莖中空細長，葉闊而大，可供包物、編織，筍可食用；例箬席。
參考 又作「篛」。

㊇9 **箠** 形解 形聲；從竹，垂聲。打人用的竹杖爲箠。
音義 ㄔㄨㄟˊ 名①馬鞭；例以馬箠擊亭長。②笞刑；例榜箠。
13 **箠楚** ㄔㄨㄟˊ ㄔㄨˇ 杖刑的通稱。箠：木棍；楚：荊杖，爲古代打人用具。箠，又作「棰」、「捶」。

㊇9 **篌** 形解 形聲；從竹，侯聲。古樂器爲篌。
音義 ㄏㄡˊ 名箜篌，古樂器名。

㊥10 **篙** 形解 形聲；從竹，高聲。撐船使船前進的長竹竿爲篙。
音義 ㄍㄠ 名①撐船用的竹竿；例人力盡千篙。②船夫；例篙夫。③量詞，水到達篙長的深度稱一篙；例「不知湘水幾篙深？」④船隻；例「萬篙煙雨樓船靜。」
參考 與「稿」有別：「稿」，音ㄍㄠˇ，未經整理的文字、繪畫的草底。
▽竹篙、一篙、幾篙、千篙、撐篙、萬篙。

㊥10 **簑** 形解 形聲；從竹，衰聲。禦雨的草衣爲簑。
音義 ㄙㄨㄛ 名用草或棕櫚葉製成的雨具；例簑笠。動用草掩蓋；例仲幾之罪何？不簑城也。形穿著簑衣的；例孤舟簑笠翁，獨釣寒江雪。
參考 ①「簑」字雖從衰，但不可讀成ㄕㄨㄞ。②字從竹從「衰」作，而不可誤從「哀」。

㊥10 **築** 形解 形聲；從木，筑聲。筑有下擊的意思，所以擣土使堅的木杵爲築。
音義 ㄓㄨˊ 名①建築物；例小築。②搗土用的木杵，能使地基或土牆堅實；例身負版築。③姓。動①夯土使之堅硬；例甸人築坅坎。②建造；例築室道謀。
參考 擊①「築」又有刺的意思。②同建。③與「筑」同音而義別：筑，爲古弦樂器名。
▽營築、構築、修築、版築、建築、畚築、夯築、債臺高築。

㊥10 **篤** 形解 形聲；從馬，竹聲。馬行箸實遲緩爲篤。
音義 ㄉㄨˇ 名①專精；例篤在守業。②病情沉重；例病篤。③姓。形①結實的；例篤實。②純厚誠信的；例篤恭而天下平。副切實地；例篤行之。
參考 ①字雖從馬，但不可讀成ㄇㄚˇ。②字從「馬」作，不可誤從「焉」（ㄧㄢ）。
7 **篤志** ㄉㄨˇ ㄓˋ 意志堅定不移。例篤志於學。
8 **篤定** ㄉㄨˇ ㄉㄧㄥˋ 沈著鎮定。
9 **篤信** ㄉㄨˇ ㄒㄧㄣˋ ㈠深信，堅信。例篤信不移。㈡忠厚守信。例篤信好學。
15 **篤實** ㄉㄨˇ ㄕˊ 忠厚樸實。
▽危篤、仁篤、謹篤、病篤、誠篤、碩大且篤。

㊥10 **篛** 形解 形聲；從竹，弱聲。竹皮爲篛。
音義 ㄖㄨㄛˋ 名①竹筍的外皮；例細篛素筍。②植竹類，葉闊而長，通常用來製作斗笠

或包裹樓子，通「箬」。

12 **篛帽芒鞋** ㄖㄨㄛˋ ㄇㄠˋ ㄇㄤˊ ㄒㄧㄝˊ 本是農家的裝束，常用來比喻隱者的模樣。篛，同「箬」字。

常 10 **簒** 形解 形聲；從厶，算聲。算有算計、謀畫的意思，所以以下算計上者爲簒。

音義 ㄘㄨㄢˋ 動 ①强取豪奪；例簒奪。②專指臣下奪取王位；例王莽簒漢。

參考 ①「簒」與下從「糸」而有編纂義的「纂」字不同：「簒」，音ㄘㄨㄢˋ，如簒奪、簒位；「纂」，音ㄗㄨㄢˇ，字下從「糸」，如編纂。②同奪。③俗作「篡」，字下從「厶」。

14 **簒奪** ㄘㄨㄢˋ ㄉㄨㄛˊ 奪取。例簒奪王位。

次 10 **篩** 形解 形聲；從竹，師聲。小篆作「籭」：形聲，從竹，麗聲。一種可以漏細存粗的竹器爲籭。俗作「篩」。

音義 ㄕㄞ 名 ①以竹木或金屬品製成而有許多孔洞，可用來分離粗細顆粒的設備，通稱爲篩子。②植 植物用來運送養分的管道；例篩管。動 ①以篩子過濾物品；例篩米。②敲擊；例洗刷好了鍋子，順便用刷子在鍋邊篩一下吧！③像篩物時一般地灑落；例小窗朝爽日篩簾。④下雨；例雨兒微篩。⑤倒酒；例滿滿篩一碗酒來。⑥閒扯；例小鬼頭狐亂篩。

參考 ①「篩」字雖從「師」卻不可讀成ㄕ。②字從「師」，不可訛成「帥」。

次 10 **篝** 形解 形聲；從竹，冓聲。冓有交積的意思，所以用來熏衣的竹籠爲篝。

音義 ㄍㄡ 名 ①竹籠；例甌窶滿篝。②叢火；例松火一篝。動 用竹籠罩住；例夜篝火。

參考 又音ㄍㄡˋ。

4 **篝火狐鳴** ㄍㄡ ㄏㄨㄛˇ ㄏㄨˊ ㄇㄧㄥˊ 把火放在籠內，使之隱隱約約像燐火一般，更裝出狐狸鳴叫的聲音。本爲假託鬼狐以動衆起義，後因喻指圖謀起義。篝，又作「構」。

次 10 **篥** 形解 形聲；從竹，栗聲。竹名，可製竹矛爲篥。

音義 ㄌㄧˋ 名 ①竹名，可製成竹矛。②樂器名，即觱篥，胡人樂器之一，以竹爲管，以蘆爲首，狀似胡笳而有九孔，鳴聲悲慄、悽涼，聞之使人動容。一名笳管。

次 10 **篚** 形解 形聲；從竹，匪聲。有蓋子的圓形竹器爲篚。

音義 ㄈㄟˇ 名 ①在馬車前端兩旁遮避風塵的竹屏。②盛東西用的竹器；例厥篚織文。

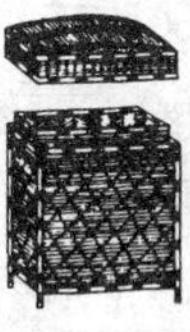

篚②

次 10 **篨** 形解 形聲；從竹，除聲。竹器爲篨。

音義 ㄔㄨˊ 名 籧篨，粗糙的竹席。

參考 參閱「籧」字條。

次 10 **篔** 形解 形聲；從竹，員聲。大竹爲篔。

音義 ㄩㄣˊ 名 植 篔簹，大竹名。

次 10 **篦** 形解 形聲；從竹，𣬉聲。竹製的髮具爲篦。

音義 ㄅㄧˋ 名 細齒的梳子；例篦子。動 梳頭；例髮短不勝篦。

次 10 **篪** 形解 形聲；從竹，虒聲。竹製樂器爲篪。

音義 ㄔˊ 名 ①植 竹名。②古樂器名，似笛，用竹製成，單管橫吹。

參考 又作「竾」。

常 11 **簇** 形解 形聲；從竹，族聲。族有叢集的意思，所以細小的竹子爲簇。

音義 ㄘㄨˋ 名 ①團 束在一起的物品；例桃花一簇開無主。②箭矢前端的鋒利部分；例箭簇。動 ①擁擠在一塊；例蜂簇野花吟細韻。②叢聚；例例花團錦簇。

參考 辨①「簇」雖從「族」，但不可讀成ㄗㄨˊ。②「簇」與從草(艹)而有攢聚意思的「蔟」字有別：如「簇生」、「蔟居」不作「簇」；「簇捧」、「簇擁」不作「蔟」。③同聚。

13 **簇新** ㄘㄨˋ ㄒㄧㄣ 極新，嶄新。

16 **簇擁** ㄘㄨˋ ㄩㄥ 擁著。

參考「簇擁」與「蜂擁」都是指聚在一起的意思：然前者多指以人或事物為中心，從外向內團團圍著；後者則形容一大羣人向著一個方向，像蜜蜂出巢似的擁擠著前進而言。

▽箭簇、蜂簇、桃花一簇、花團錦簇。

常11 **簍** 形解 形聲；從竹，婁聲。婁有空的意思，所以盛物的竹籠為簍。

音義 ㄌㄡˇ 名 ①用竹子或荊條等編織而成的盛物器，多呈網狀的圓形物；例字紙簍。②古車上的竹篷。③量詞，計算竹籠的單位；例一簍。

常11 **篷** 形解 形聲；從竹，逢聲。覆蓋在船上用以遮蔽風雨日光的竹編為篷。

音義 ㄆㄥˊ 名 ①遮蔽陽光或風雨的設備，通常用竹席或油布製成；例車篷。②船上的風帆；例拽起滿篷。③特稱船隻；例一篷衝雪返華陽。

參考 ①「篷」與從草(艸)而為一種植物名的「蓬」字不同。②同帆。③「篷」而有船義是部分代表全體的用法。④字雖從逢，但不可讀成ㄈㄥˊ。

▽孤篷、船篷、風篷、車篷。

常11 **篾** 形解 形聲；從竹，蔑省聲。蔑有輕薄的意思，所以竹子的外皮為篾。

音義 ㄇㄧㄝˋ 名 ①將竹子剖成細片，再修成竹皮，用來編製東西；例竹篾。②高粱或蘆葦的莖剖成薄片；例葦篾。③植竹名，即桃枝竹。

參考「篾」字最下一部分應寫作「戍」，而不可作「弋」、「戊」或「戌」。

次11 **簏** 形解 形聲；從竹，鹿聲。竹器，方形為筐，圓形為簏。

音義 ㄌㄨˋ 名 用竹子或藤條編織成呈圓形的盛器；例書簏。

次11 **篲** 形解 形聲；從竹，彗聲。竹掃帚為篲。

音義 ㄏㄨㄟˋ 名 掃帚；例太公擁篲。

參考 又作「彗」。

次11 **簀** 形解 形聲；從竹，責聲。責有齊平的意思，所以竹席為簀。

音義 ㄗㄜˊ 名 竹席；例即卷以簀。

次11 **簌** 形解 形聲；從竹，敕聲。篩物的竹器為簌。

音義 ㄙㄨˋ 副 ①繁密的樣子；例風動落花紅簌簌。②描摹蛇行聲；例簌簌地響。

17 **簌簌** ㄙㄨˋ ㄙㄨˋ ㈠茂密的樣子。㈡細碎不斷的聲音。㈢紛紛墜下的樣子。又作「蔌蔌」。

次11 **簋** 形解 會意；從竹皿皀。皀有黍稷的意思，所以盛黍稷稻粱的圓器為簋。

音義 ㄍㄨㄟˇ 名 古祭祀或宴享時盛黍稷用的圓形食器。

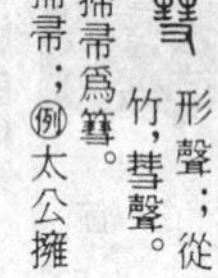

簋

次11 **篳** 形解 形聲；從竹，畢聲。畢聲有止的意思，所以竹籬笆為篳。

音義 ㄅㄧˋ 名 ①籬笆。②泛指荊竹樹枝編成的門、車等；例篳門。

8 **篳門閨竇** ㄅㄧˋ ㄇㄣˊ ㄍㄨㄟ ㄉㄡˋ 形容窮人居處的簡陋。篳門：柴門；閨竇：小戶。又作「篳門圭竇」。

13 **篳路藍縷** ㄅㄧˋ ㄌㄨˋ ㄌㄢˊ ㄌㄩˇ 坐著柴車，穿著破舊衣服，比喻創業艱辛。篳路：柴車；藍縷：敝衣。

㊅11 **簉** 形解 形聲；從竹，造聲。別居或妾室爲簉。

音義 ㄗㄠˋ 名 副車；例屬車之簉。形①附屬的；例簉室。②錯雜；例琳琅簇簉。

㊅11 **篠** 形解 形聲；從竹，條聲。條爲小枝，所以可以製箭的細竹爲篠。

音義 ㄒㄧㄠˇ 名 ①細竹，同「筱」；例「風含翠篠娟娟淨。」②竹器；例「以杖荷篠。」

常12 **簧** 形解 形聲；從竹，黃聲。笙竽等管樂器中，橫加薄片受氣鼓動以發聲者爲簧。

音義 ㄏㄨㄤˊ 名 ①吹奏樂器中用手振動發聲的薄銅片或竹薄片；例吹笙鼓簧。②具有彈性的機件；例彈簧。

13 **簧鼓** ㄏㄨㄤˊ ㄍㄨˇ 本爲樂器名，又指以花言巧語蠱惑別人。

▽彈簧、鎖簧、鼓簧。

常12 **簪** 形解 形聲；從竹，朁聲。古代男子用來束髮固冠的竹器爲簪。

音義 ㄗㄢ 名 ①簪子，古男子用來束髮或固冠；例渾欲不勝簪。②婦女用來別住髮髻的飾物；例夫人脫簪珥叩頭。動①插，戴；例乃簪一花。②連綴；例簪裳於衣。

參考 ①又音ㄗㄣ。②「簪」與「鐕」音同形似而義別：「簪」，爲髮釵；「鐕」，爲無頭釘子。

▽玉簪、斜簪、珠簪、花簪。

常12 **簞** 形解 形聲；從竹，單聲。一種與笥相似的竹器爲簞。

音義 ㄉㄢ 名 用竹或葦製成的圓形盛飯器；例高子執簞。

參考 ①「簞」與「匰」音同形似而義別：「簞」，爲容器；「匰」，爲木匣。②「簞食壺漿」的「簞」字不可作「單」。

簞

9 **簞食壺漿** ㄉㄢ ㄙˋ ㄏㄨˊ ㄐㄧㄤ 人民以筐盛飯，以壺裝酒，犒迎所愛戴的軍隊。

▽荷簞、瓢簞、一簞、空簞。

常12 **簣** 形解 形聲；從竹，貴聲。盛土的竹籠爲簣。

音義 ㄎㄨㄟˋ 名 竹製盛土的筐子；例功虧一簣。

參考 「簣」字從竹而與從草(艸)的「蕢」字有別，「蕢」是草編的盛器。

▽覆簣、功虧一簣。

常12 **簡** 形解 形聲；從竹，閒聲。古代用來書寫文字的竹板爲簡。

音義 ㄐㄧㄢˇ 名 ①古經過處理用來寫字的竹片或木片；例漢簡。②信件；例書簡。③姓。動①挑選(人材)；例簡兵蒐乘。②使不複雜；例精兵簡政。③怠慢；例簡慢。形①簡省的；例簡略。②盛大的，通「僩」；例「簡兮簡兮，方將萬舞。」

參考 ①「簡」與從草(艹)而爲花草名的「蕑」字有別。②同單，陋，束。③反繁。

8 **簡易** ㄐㄧㄢˇ ㄧˋ (一)簡單容易。(二)性情平易坦率，不講究禮節。

簡直 ㄐㄧㄢˇ ㄓˊ (一)簡單直捷。例議論簡直。(二)表示擴大誇張言語行動的程度或結果，有「可以說是」的意思。例這簡直是胡鬧！

參考 參閱「幾乎」條。

簡明 ㄐㄧㄢˇ ㄇㄧㄥˊ 簡要明白。

參考 ①「簡明」、「簡單」、「簡略」、「簡陋」都有「不詳盡」的意思，但有別：「簡明」著重指口頭或書面表達的內容語意簡要明白；「簡單」著重指事物內部組織結構不複雜；「簡略」多指口頭或書面表達的內容不完備；「簡陋」則指房屋結構不夠完備或設施不夠齊全。②衍簡明扼要。

9 **簡要** ㄐㄧㄢˇ ㄧㄠˋ 簡單扼要。

簡便 ㄐㄧㄢˇ ㄅㄧㄢˋ 簡單便利。

簡陋 ㄐㄧㄢˇ ㄌㄡˋ 簡略鄙陋，不完備。

11 **簡章** ㄐㄧㄢˇ ㄓㄤ 簡要的章程。例

參考 參閱「簡明」條。

招生簡章。

簡單 ㄐㄧㄢˇ ㄉㄢ 淺易而不複雜。

參考 ①「簡單」與「單純」都表不複雜，但有別：前者用以形容人的頭腦或思想時，有不聰明的意思；後者則表純粹、一致、沒有雜質的意思。② 衍 簡單扼要。

15 **簡潔** ㄐㄧㄢˇ ㄐㄧㄝˊ 簡要潔淨，多指語言文字方面。

▽狂簡、行簡、錯簡、書簡、竹簡、平簡、郵簡、斷簡、因陋就簡。

常 12

簫

形解 形聲；從竹，肅聲。多管編合而成的樂器為簫。

音義 ㄒㄧㄠ 名 ①竹製的單管直吹樂器，發音清幽，常用於獨奏或合奏；例 小紅低唱我吹簫。②弓的末端；例 右手執簫，左手承弣。

參考 ①古代有用數支竹管編排而成的排簫。後代簫以單管無底直吹為主，如：洞簫。②與「蕭」同音而義別：蕭，草名，又為姓；表寂寥、冷落之義時，如「蕭條」、「蕭索」之「蕭」，皆不作「簫」。

▽管簫、玉簫、吹簫、排簫、洞簫、笙簫。

次 12

簠

形解 形聲；從竹皿，甫聲。甫有寬大的意思，所以盛黍稷稻粱的方器為簠。

音義 ㄈㄨˇ 名 古祭祀或宴享時用來盛黍稷稻粱的方形食器。

參考 方的為「簠」，圓的為「簋」。

17 **簠簋不飾** ㄈㄨˇ ㄍㄨㄟˇ ㄅㄨˋ ㄕˋ 禮器不知整飭，比喻做官不能廉潔，後世彈劾貪吏，常借用此語。簠、簋都是商周時代吃飯用的禮器。又作「簠簋不飭」。

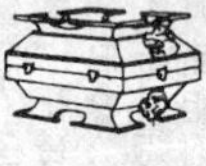

簠

次 12

簞

形解 形聲；從竹，覃聲。竹席為簞。

音義 ㄉㄧㄢˋ 名 ①供坐臥用的竹席；例「下莞上簞」。②車旁作障蔽用的竹席；例「簞茀朱鞹」。

▽車簞、簞簞、上莞下簞。

次 12

簦

形解 形聲；從竹，登聲。古擋雨器為簦。

音義 ㄉㄥ 名 古擋雨器，如同現在的雨傘；例「躡蹻擔簦」。

次 12

簨

形解 形聲；從竹，巽聲。懸掛鐘鼓的樂器架為簨。

音義 ㄙㄨㄣˇ 名 古懸掛鐘磬用的橫架。

參考 直的鐘磬架為「虡」（ㄐㄩˋ）。

常 13

簾

形解 形聲；從竹，廉聲。廉即堂邊，所以設於堂戶邊側以隔風日通光氣的竹編為簾。

音義 ㄌㄧㄢˊ 名 ①用來遮蔽門窗的設備，通常以竹、布、塑膠等細長物編成；例 簾幕。②舊時商店做標誌招徠顧客的旗子。

參考 ①「簾」與從草（艸）而為植物名的「薕」字不同。②同幕。

▽帷簾、珠簾、垂簾、竹簾、窗簾、門簾、水晶簾。

常 13

簿

形解 形聲；從竹，溥聲。溥有大而薄的意思，古時冊籍編簡而成，其形廣薄，所以冊籍為簿。

音義 ㄅㄨˋ 名 ①載錄事情的本子；例 筆記簿。②訴訟文書；例 對簿公堂。

ㄅㄛˊ 名 ①簾幕，同「箔」。②養蠶的用具，通常以細竹或蘆草編成，同「箔」；例 蠶簿。

參考 擘 ①「簿」讀做ㄅㄛˊ時，與從草（艸）的「薄」音同形似而義別：「簿」，為簾幕；「薄」，則有鄙視、卑賤的意思。②同部，冊。③「簿」、「薄」、「部」有別：「簿子」的「簿」字，沒有簡體，不可誤寫成「薄子」或「部子」。

10 **簿記** ㄅㄨˋ ㄐㄧˋ 外 依一定格式記錄財政出納的營業用帳冊。

▽主簿、賬簿、收支簿、筆記簿、點名簿、簽到簿。

常 13

簽

形解 形聲；從竹，僉聲。僉有收的意思，所以竹籠為簽。

[音義] ㄑㄧㄢ [名] 標示記號的紙片，通「籤」；(例)標簽。[動] ①在文件上署名或押畫；(例)簽字。②簡要地寫出；(例)簽注意見。

[參考] ①同寫，署，籤。②與「籤」有別：二字都有標示符記的意思，如「標簽」可作「標籤」，但「簽名」、「簽字」不作「籤」；「抽籤」、「牙籤」不作「簽」。

6 簽名 ㄑㄧㄢ ㄇㄧㄥˊ 題寫姓名。

8 簽到 ㄑㄧㄢ ㄉㄠˋ 在出席簿上簽名。

9 簽訂 ㄑㄧㄢ ㄉㄧㄥˋ 訂立條約或協定並簽字。

14 簽署 ㄑㄧㄢ ㄕㄨˋ 在文件、條約或憑證上簽字。

19 簽證 ㄑㄧㄢ ㄓㄥˋ 主管機關在護照或證件上簽名蓋章，表示准許出入國境的手續。

(常) 13 **簷** [形解] 形聲；從竹，詹聲。詹有障蔽的意思，接於屋舍邊沿以障蔽風雨的竹片爲簷。

[音義] ㄧㄢˊ [名] ①房頂向外延伸的部分；(例)風簷展書讀。②覆蓋物的邊緣或伸展出來的部分；(例)帽簷。

[參考] 字或作「檐」。

4 簷牙 ㄧㄢˊ ㄧㄚˊ 中國式房子屋簷邊上翹出如牙的部分。(例)「簷牙高啄。」

▽屋簷、牆簷、樓簷。

(常) 13 **簸** [形解] 形聲；從箕，皮聲。皮是穀皮，指米糠，所以用箕揚米去糠爲簸。

[音義] ㄅㄛˇ [動] ①利用上下顛動或搖幌產生浮力而將糠秕、塵土等雜物揚去；(例)「或舂或揄，或簸或蹂。」②幌動；(例)顛簸。

ㄅㄛˋ [名] 用來簸（ㄅㄛˇ）糧食或撮垃圾等用途的器具；(例)簸箕。

7 簸弄 ㄅㄛˇ ㄌㄨㄥˋ 玩弄，播弄。

(次) 13 **籀** [形解] 形聲；從竹，擂聲。擂有讀的意思，所以讀書爲籀。

[音義] ㄓㄡˋ [名] 先秦古字體的一種，即大篆。[動] 誦讀；(例)諷籀。

[參考] ①又作「籒」。②參閱「籀文」條。

4 籀文 ㄓㄡˋ ㄨㄣˊ 漢字字體的一種，即大篆，因著錄於史籀篇而得名。歷代大多以「史籀」爲人名，近人王國維則以爲「史籀」是「太史讀書」的意思。籀，動詞，「讀書」。大體而言，籀文形體較小篆繁複，且多重疊。又叫「籀書」。

(次) 13 **簹** [形解] 形聲；從竹，當聲。篔簹，竹名，當爲簹。

[音義] ㄉㄤ [名] 篔簹，竹名。

(次) 13 **簻** [形解] 形聲；從竹，過聲。過有度的意思，所以裁截適當的竹枝作爲馬鞭爲簻。

[音義] ㄓㄨㄚ [名] 馬鞭；(例)「裁以當簻便易持。」

(常) 14 **籍** [形解] 形聲；從竹，耤聲。寫在竹帛上的簿書爲籍。

[音義] ㄐㄧˊ [名] ①書冊；(例)經籍。②書；(例)古籍。③載錄用的簿冊；(例)兵籍。④一種隸屬關係，通常指國家、民衆團體；(例)國籍。⑤「籍貫」的通稱；(例)原籍。⑥姓。

[參考] ①「籍」從竹（⺮）與從草（艹）而有依賴、寬慰義的「藉」字有別。②不可受「藉」字讀音的影響而誤作 ㄐㄧㄝˋ。

12 籍貫 ㄐㄧˊ ㄍㄨㄢˋ 一個人祖居或出生的地方。

20 籍籍 ㄐㄧˊ ㄐㄧˊ 紛亂喧鬧的樣子。(例)人言籍籍。也作「藉藉」。

▽宦籍、戶籍、祖籍、史籍、典籍、圖籍、名籍、書籍、狼籍、國籍、原籍、隸籍、設籍。

(常) 14 **籌** [形解] 形聲；從竹，壽聲。壽有多的意思，古時投箭入壺遊戲中，用來計數的竹片爲籌。

[音義] ㄔㄡˊ [名] ①計數目的用具；(例)籌碼。②計劃；(例)一籌莫展。[動] ①謀劃；(例)運籌帷幄之中。②計算；(例)預籌資金。

[參考] 「統籌兼顧」的「籌」字不可誤作「疇」。

11 籌措 ㄔㄡˊ ㄘㄨㄛˋ 謀畫措置，常指錢的方面。例籌措資金。

12 **籌集** ㄔㄡˊ ㄐㄧˊ 謀畫收集。

籌備 ㄔㄡˊ ㄅㄟˋ 料量預備。

籌畫 ㄔㄡˊ ㄏㄨㄚˋ 謀畫，計畫。

參考「籌畫」、「籌備」、「籌辦」都有謀畫、準備的意義，但有別：「籌畫」指事前的計畫，事情還在思索考慮階段；「籌備」指事前的準備；「籌辦」則指著手舉辦。

15 **籌碼** ㄔㄡˊ ㄇㄚˇ ㈠賭博時用來計勝負的東西。㈡商業上用來代替實幣作支付工具的東西，如支票即是。

▽運籌、牙籌、一籌、頭籌。

常 14 **籃**

解形 形聲；從竹，監聲。監有大的意思，大籌爲籃。

音義 ㄌㄢˊ 名 以籐條、竹片編織成，有提手呈網狀形的盛器；例花籃。②籃球架上作爲投球目標的籃框；例射籃入網。

參考「籃」字從竹(⺮)與從草(艹)而有染料義的「藍」字不同。

▽花籃、搖籃、菜籃、竹籃、投籃、進籃、射籃、文化搖籃。

常 15 **籐**

解形 形聲；從竹，滕聲。竹製器具爲籐。

音義 ㄊㄥˊ 名 ①植 蔓生木本植物名，有白籐、紫籐等多種。②泛指有攀援莖或匍匐莖的植物；例葡萄籐。

參考「籐」、「藤」二字通用，但作姓氏用時只作「藤」。

常 16 **籟**

解形 形聲；從竹，賴聲。管樂器名，三孔龠爲籟。

音義 ㄌㄞˋ 名 ①古代一種管樂器，屬簫類，後稱排簫；例吹鳴籟。②從孔穴裏發出的聲音。③泛指一切聲響；例萬籟俱寂。

參考「萬籟俱寂」的「籟」字不可誤作「賴」。

常 16 **籠**

解形 形聲；從竹，龍聲。龍有大的意思，盛土的竹器爲籠。

音義 ㄌㄨㄥˊ 名 ①以竹片或鐵絲編成可以盛放或遮蓋的器具；例蛇籠。②監囚鳥獸的器具；例鳥籠。③籠屜；例蒸籠。動 ①包羅；例盡籠天下之貨物。②籠罩；例煙籠寒水月籠沙。

ㄌㄨㄥˇ 名 以竹、木製成帶蓋的裝盛器物，通常稱做籠子。

參考 ①「籠」當作包括解時，又音ㄌㄨㄥˇ。②「籠」有函罩、拘囚義，如籠罩、籠括，然「壟斷」的「壟」字不可作「籠」。

12 **籠統** ㄌㄨㄥˇ ㄊㄨㄥˇ 模糊不清，不具體。例籠統含糊。

籠絡 ㄌㄨㄥˇ ㄌㄨㄛˋ 籠和絡本是羈絆牲口的用具，引申爲用手段駕馭別人。絡：罩在馬頭上的套子。例籠絡人心。

13 **籠罩** ㄌㄨㄥˇ ㄓㄠˋ 像籠子似的蓋在上面。

參考「籠罩」與「覆蓋」都指蓋住，但有別：前者用於具體或抽象的事物；後者多用於具體的事物。

▽紗籠、樊籠、竹籠、燈籠、鳥籠、蒸籠、囚籠、魚籠、牢籠。

次 16 **籜**

解形 形聲；從竹，擇聲。擇有脫的意思，所以竹筍脫殼爲籜。

音義 ㄊㄨㄛˋ 名 ①竹皮；例初篁苞綠籜。②筍殼。

次 16 **籙**

解形 形聲；從竹，錄聲。錄有簿籍的意思，所以書箱爲籙。

音義 ㄌㄨˋ 名 ①書冊；例圖籙。②符咒；例符籙。

次 16 **籛**

解形 形聲；從竹，錢聲。竹名爲籛。

音義 ㄐㄧㄢ 名 ①植 竹名。②人名用字。③姓。

常 17 **籤**

解形 形聲；從竹，韱聲。占驗吉凶的器具。

音義 ㄑㄧㄢ 名 ①專供問卜吉凶的竹片；例卜卦抽籤。②用來標示文字記號的小東西；例書籤。③用來挑剔東西的細小而尖銳的竹木棒；例牙籤。④一種刻記點數的賭具，通常稱做籤兒。動 粗略地縫上；例籤貼邊。

參考「籤」與「簽」都有標示符記義，通常「靈籤」不作「簽」；而「簽章」、「簽字」不作「籤」。

13 **籤詩** ㄑㄧㄢ ㄕ 廟裏的神籤，上面編有號碼，卜者抽籤，再依照號數尋查同號詩語以決算吉凶，這種詩稱爲籤詩。也稱「籤語」。

▽牙籤、抽籤、竹籤、書籤。

次 17 **籧** 形解 形聲；從竹，遽聲。遽有粗大的意思，所以粗竹席爲籧。

音義 ㄐㄩˊ 名 養蠶器；例具曲植籧筐。

ㄑㄩ 名 籧篨：①粗竹席。②人不能俯看的疾病。

次 17 **籥** 形解 形聲；從竹，龠聲。龠是用管編成的樂器，所以用竹片編成，用白墻染之，可拭去再書的竹笞爲籥。

音義 ㄩㄝˋ 名 ①古樂器名，同「龠」；例左手執籥。②開鎖的管鑰；例魯人投其籥。動 閉合；例忠臣籥口。

常 19 **籬** 形解 形聲；從竹，離聲。離有分隔的意思，所以用竹編成的蔽障，可分隔內外者爲籬。

音義 ㄌㄧˊ 名 以植物枝條編織排成的圍柵；例「采菊東籬下，悠然見南山。」

參考「籬」與「笆」都有柵欄義，然二者有別：「籬」，多泛稱圍柵；而「笆」，專指有刺的竹子編成的柵欄。

▽垣籬、棘籬、荒籬、東籬、藩籬、生籬、竹籬。

常 19 **籮** 形解 形聲；從竹，羅聲。羅有中空的意思，所以底方上圓的竹筐爲籮。

音義 ㄌㄨㄛˊ 名 ①一種竹製的筐簍，通常底部方而開口圓；例飯籮。②一種邊框較深較寬的篩物器，於底部蒙上細密的網子，可用來過濾雜質，通「羅」。③詞量，以十二打爲一籮，通「羅」；例一籮原子筆。

籮 ①

參考 ①「籮」與從草（艹）而爲植物名的「蘿」字有別。②同筐。

次 19 **籩** 形解 形聲；從竹，邊聲。邊有連接的意思，所以用竹編成的盛物器爲籩。

音義 ㄅㄧㄢ 名 竹製食器，祭祀燕享時用來盛乾的果實、肉脯等物；例掌四籩之實。

7 **籩豆** ㄅㄧㄢ ㄉㄡˋ 籩和豆，古代禮器之一。籩用竹製，盛果脯等，豆用木製，也有用銅或陶製的，盛肉醬等禮品，供祭祀和宴會之用。例籩豆之事，則有司存。

籩

▽實籩、豆籩。

次 20 **籯** 形解 形聲；從竹，贏聲。贏有容受的意思，所以竹籠爲籯。

音義 ㄧㄥˊ 名 竹籠，能容三、四升；例攜籯赴初旭。

常 26 **籲** 形解 形聲；從頁，籥聲。籥有中空鼓氣的意思，所以高呼爲籲。

音義 ㄩˋ 動 ①爲達到某種要求而呼喊；例以哀籲天。②和諧；例率籲衆慼。

參考 ①「籲」與鑰匙的「鑰」（ㄧㄠˋ）字及籥舞的「籥」（ㄩㄝˋ）字讀音各不相同。②同呼，喊。

15 **籲請** ㄩˋ ㄑㄧㄥˇ 呼籲請求。

【米部】 ㄇㄧˇ

常 0 **米** 形解 象形；象米粒四分形。稻子的果實爲米。

音義 ㄇㄧˇ 名 ①去殼的穀物；例小米。②去皮的植物種子；例花生米。③粒狀似米的東西；例蝦米。④法國長度單位「米突」的簡稱，即公尺；例百米賽跑。⑤姓。

參考 ①參閱「稻」字條。②孳 敉、眯、迷、咪。

6 **米老鼠** ㄇㄧˇ ㄌㄠˇ ㄕㄨˇ 外 是美國卡通影片大師華特·狄斯耐所創造的卡通影片人物，最初出現於西元一九二八年他繪製的「輪船威利」卡通影片中。這個詞現已轉變為含有「陳腐、平凡、商業化的噱頭」的意思。

▽粟米、稻米、糙米、小米、玉米、精米、胚芽米、五斗米、花生米。

次 3 **籽** 形解 形聲；從米，子聲。穀類的種子為籽。

音義 ㄗˇ 名 植物的種子；例花籽。

次 3 **粆** 形解 形聲；從米，凡聲。用米磨成粉所製成的濃粥為粆。

音義 ㄈㄢˊ 名 ①粉滓。②粥糜凝成的塊狀。

常 4 **粉** 形解 粉 形聲；從米，分聲。分有細末的意思，所以將米輾成細末為粉。

音義 ㄈㄣˇ 名 ①細末；例漂白粉。②細末狀的化妝品；例塗脂抹粉。③用澱粉等製成的食品；例通心粉。動 ①塗抹；例粉刷。②掩飾；例粉飾。③使完全破碎，有如粉末一般；例粉身碎骨。形 ①白色的；例粉羅猶有殘紅透。②淺紅色；例這朵玫瑰是粉色的。③帶粉末的；例粉蝶。

參考 ①同末。②與「紛」有別：紛，音ㄈㄣ，紊雜，如「紛亂」不作「粉」。

7 **粉身碎骨** ㄈㄣˇ ㄕㄣ ㄙㄨㄟˋ ㄍㄨˇ 形容不惜犧牲生命，全力以赴。常用以比喻感恩圖報之切，雖萬死不辭。參考 同肝腦塗地。

8 **粉刺** ㄈㄣˇ ㄘˋ 面部尤其是鼻頭生出的細粒，乃是由皮脂腺分泌的皮脂停留，或為細菌感染所引起。

13 **粉碎** ㄈㄣˇ ㄙㄨㄟˋ 破碎如粉。例「粉碎銀山成雪片。」

粉飾 ㄈㄣˇ ㄕˋ ㈠表面的裝飾打扮。㈡只作表面裝飾，不顧實際。例粉飾太平。參考 參閱「修飾」條。

15 **粉墨登場** ㄈㄣˇ ㄇㄛˋ ㄉㄥ ㄔㄤˇ ㈠演劇的伶人，上臺時需要粉墨油彩化妝，比喻上臺演戲。㈡比喻登上政治舞台，開始執政。

▽鉛粉、花粉、香粉、麵粉、脂粉、金粉、米粉、胡椒粉、太白粉、塗脂抹粉。

次 4 **粑** 形解 形聲；從米，巴聲。西藏食品的一種為粑。

音義 ㄅㄚ 名 西藏人主食之一；例糌粑。

參考 藏族以青稞、豆類等炒熟磨製成粉，用酥油茶或青稞酒拌和，以手捏成小團而食。

次 4 **粊** 形解 粊 形聲；從米，比聲。不成熟的米為粊。

音義 ㄅㄧˋ 名 ①敗壞的米。②中空或不飽滿的穀粒，通「秕」。形 不良的；例粊政。

常 5 **粗** 形解 粗 形聲；從米，且聲。且有起始的意思，所以剛剛春去外皮的新米為粗。

音義 ㄘㄨ 形 ①不精緻的；例粗布衣裳。②不周密的；例粗心大意。③不文雅的；例粗俗。④圓形而大的；例粗大。⑤聲音大的；例粗嗓門。副 ①稍微地；例粗具規模。②大略地；例粗陳其略。

參考 ①反精，細。②字或作「觕」、「麤」。

4 **粗心** ㄘㄨ ㄒㄧㄣ 心思不細密，不謹慎。例粗心大意。

8 **粗枝大葉** ㄘㄨ ㄓ ㄉㄚˋ ㄧㄝˋ ㈠比喻疏略不細密。㈡事物大體的輪廓。

10 **粗茶淡飯** ㄘㄨ ㄔㄚˊ ㄉㄢˋ ㄈㄢˋ ㈠比喻飲食的簡略。㈡清貧度日。㈢主人款客飲食的謙詞，意謂招待的不隆重。

11 **粗鹵** ㄘㄨ ㄌㄨˇ 粗暴而愚鈍。

粗率 ㄘㄨ ㄕㄨㄞˋ ㈠粗疏而草率。㈡簡陋。

14 **粗暴** ㄘㄨ ㄅㄠˋ 性情暴躁，行動魯莽。
參考 同粗魯。
粗製濫造 ㄘㄨ ㄓˋ ㄌㄢˋ ㄗㄠˋ 製作粗劣，不夠精細。
15 粗魯 ㄘㄨ ㄌㄨˇ 粗俗鹵莽。
參考 同粗暴。
17 粗糙 ㄘㄨ ㄘㄠ 不光滑，不精細的意思。

常 5 **粒** 形解 粒 形聲；從米，立聲。立有分別獨立的意思，所以米的顆粒爲粒。
音義 ㄌㄧˋ 名 ①細小成顆狀的固體；例米粒。②量詞，似米粒大小的單位；例壺中一粒長生藥。動 得食；例烝民乃粒。
參考 同顆。
▽飯粒、米粒、顆粒、砂粒、穀粒。

次 5 **粘** 形解 形聲；從米，占聲。占有臨近的意思，所以黏合相附爲粘。
音義 ㄋㄧㄢˊ 名 ①具有黏性；例發粘。②姓。動 ①膠糊接合，同「黏」；例粘貼。②附著，同「黏」；例鮫絲辟水汗難粘。
參考 ①又音 ㄓㄢ。②字亦作「黏」。
5 粘皮帶骨 ㄋㄧㄢˊ ㄆㄧˊ ㄉㄞˋ ㄍㄨˇ 形容拖泥帶水，不夠爽快的樣子。
參考 同拖泥帶水。

次 5 **粕** 形解 粕 形聲；從米，白聲。糟粕爲粕。
音義 ㄆㄛˋ 名 ①酒渣；例糟粕。②魂魄，通「魄」。
參考 又音 ㄅㄛˋ。

常 6 **粟** 形解 粟 本作「⿱卤米」：會意；從卤，從米。卤爲植物果實的通稱，所以稻禾的果實未舂製前爲粟。
音義 ㄙㄨˋ 名 ①植 禾本科植物，耐旱，適應性强，葉似玉蜀黍而狹長，莖高三、四尺，花小而密，種實粒狀，黃或白色，是我國北方的主食作物之一。俗稱「小米」。②俸祿；例義不食周粟。③皮膚遇寒而起顆粒，俗稱雞皮疙瘩；例凍合玉樓寒起粟。④姓。
參考 ②「粟」、「栗」有別：「粟米」的「粟」，是一種沒有去皮的小米，字下從「米」，音ㄙㄨˋ；「栗子」的「栗」，字下從「木」，音ㄌㄧˋ。
▽太倉一粟、仁漿義粟、尺布斗粟、滄海一粟。

常 6 **粥** 形解 會意；從米，從弜。本作「鬻」，象米在鬲中，煮成稀飯爲鬻。隸省作「粥」。
音義 ㄓㄡ 名 稀飯，用米糧煮成的半流質食物；例粥少僧多。
ㄩˋ 名 姓。動 ①賣，同「鬻」；例宗廟之器，不粥於市。②嫁出；例請粥庶弟之母。
參考 「粥」(ㄓㄡ)讀音 ㄓㄨˋ。
4 粥少僧多 ㄓㄡ ㄕㄠˇ ㄙㄥ ㄉㄨㄛ 比喻事少人多，不敷分配。
▽清粥、豆粥、薄粥、羣雌粥粥。

次 6 **粢** 形解 粢 形聲；從米，次聲。次有不精的意思，所以祭祀用的稻餅爲粢。
音義 ㄗ 名 ①粟米。②穀類的總稱。③糯米糰；例「食則粢糲」。

常 7 **粵** 形解 粵 會意；從宷，從亏。宷爲審的省寫，有謹愼的意思，所以小心謹愼發話爲粵。
音義 ㄩㄝˋ 名 ①古南方種族名，居住在浙、閩、粵一帶，又稱百粵、百越。②地「廣東省」的簡稱；例粵漢鐵路。③姓。
參考 和「玄奧」、「奧祕」的「奧」(ㄠˋ)字形近而易誤。

常 7 **粱** 形解 粱 形聲；從米，梁省聲。梁有長大的意思，所以莖長實大的禾本科植物爲粱。
音義 ㄌㄧㄤˊ 名 ①植 禾本科植物，一年生草本，形似粟，或曰即是粟，通稱小米，果實紅褐色，叫高粱，可食用，也可釀酒。②古指品種特別好的穀子。③精美的食物；例粱則無矣，麤則有之。

參考 不可與「橋粱」、「屋粱」的「粱」字誤混。

6 **粱肉** ㄌㄧㄤˊ ㄖㄡˋ 精美的膳食。

▽高粱、黃粱、膏粱。

常 7 **粳** 形解 形聲；從米，更聲。稻不黏者爲粳。

音義 ㄍㄥ 名 植 稻的一種，即杭，或稱粳稻，葉較窄，色濃綠，耐寒、耐肥，稈挺拔不易倒伏，米近圓形，黏性不強，脹性小，而晚熟。形 方 吳語，生硬的。

參考 ①又作「梗」。②語音讀ㄐㄧㄥ。

次 7 **粲** 形解 形聲；從米，𣦼聲。𣦼有春的意思，所以春得精細潔白的米爲粲。

音義 ㄘㄢˋ 名 精鑿的白米。動 露齒而笑；例 以博一粲。形 鮮艷的；例 粲爛。

常 8 **粹** 形解 形聲；從米，卒聲。卒有會萃的意思，所以精選的米爲粹。

音義 ㄘㄨㄟˋ 名 精華；例 儒家思想是我國的國粹。形 純一不雜的；例 純粹。副 精，極；例 精粹。

參考 ①同精。②與「萃」、「翠」、「瘁」有別：「瘁」，從疒(病)，有勞苦的意思，如「鞠躬盡瘁」；「翠」，從羽，有青綠色的意思；「萃」，從艹(草)，有聚類的意思，如「出類拔萃」。

▽國粹、純粹、精粹、含精納粹。

常 8 **粽** 形解 形聲；從米，宗聲。用竹葉、蘆葉包裹米、黍等而製成的食品。

音義 ㄗㄨㄥˋ 名 用竹葉裹糯米及作料，製成三角錐形後煮熟或蒸熟的食品，又稱「角黍」，俗稱「粽子」；例 世人五月五日作粽。

參考 ①又作「糉」。②在端午節吃粽子是我國民間傳統習俗之一。

常 8 **精** 形解 形聲；從米，青聲。青有抽選的意思，所以仔細挑選過的好米爲精。

音義 ㄐㄧㄥ 名 ①經過挑選或提煉出來的純質；例 糖精。②神怪；例 狐狸精。③雄性動物的精蟲和生殖液；例 遺精。④心神；例 蚊蝱之聲聞，則挫其精。⑤姓。動 ①專精；例 業精於勤而荒於嬉。②特別擅長；例 精於算術。形 ①細密的；例 精粗。②特佳的；例 精品。③赤裸的；例 精著來，光著去。④機靈的；例 精明。副 ①極，很；例 精瘦。②特別地；例 精選。③完全；例 輸得精光。

參考 ①反粗。②與「菁」有別：「菁」，從艹(草)，韭菜花，又引申爲物體最美的部分；而「精」爲經由提煉而成的美質，二者有別。

2 **精力** ㄐㄧㄥ ㄌㄧˋ 精神和體力。例 精力彌滿，萬象在旁。

3 **精子** ㄐㄧㄥ ㄗˇ 生物學名詞，由精巢產出的雄性生殖物。爲一種單細胞，普通具長鞭毛；此鞭毛爲其尾部，司運動。細胞之本體爲頭部，中有核，核旁有少許之細胞質。頭尾的中間叫頸。頭部的形狀，隨動物的種類而不同。又稱「精蟲」。

4 **精心** ㄐㄧㄥ ㄒㄧㄣ 注意周密。

參考 同經心。

5 **精巧** ㄐㄧㄥ ㄑㄧㄠˇ 精細巧妙。

精打細算 ㄐㄧㄥ ㄉㄚˇ ㄒㄧˋ ㄙㄨㄢˋ 精密地規劃、詳細地打算。多用於形容個人在生活上，妥善安排，一點兒也不浪費。

7 **精兵** ㄐㄧㄥ ㄅㄧㄥ 精練的兵士。

精妙 ㄐㄧㄥ ㄇㄧㄠˋ 精美，奧妙。一般指文字、書法而言。

精良 ㄐㄧㄥ ㄌㄧㄤˊ 十分完美。例 簡選精良。

8 **精明** ㄐㄧㄥ ㄇㄧㄥˊ ㈠精細明察。㈡精誠，誠信。㈢晴明。

參考 「精明」是聰明機智的意思，處理事情又精細，又明白；而「精通」，是指對一種學問、技術或業務有深刻的研究；「精確」，則是指細密而準確。

10 **精悍** ㄐㄧㄥ ㄏㄢˋ 精銳而強悍。

精神 ㄐㄧㄥ ㄕㄣˊ 心理學上，精神作用指一切心意歷程，與生理作用相對。

精益求精 ㄐㄧㄥ ㄧˋ ㄑㄧㄡˊ ㄐㄧㄥ 好了還要再求更好，即不斷的力求進步的意思。

精疲力竭 ㄐㄧㄥ ㄆㄧˊ ㄌㄧˋ ㄐㄧㄝˊ 精神很疲倦，力氣也用盡。

11 **精細** ㄐㄧㄥ ㄒㄧˋ ㈠精緻細密。㈡小心有計謀。

精通 ㄐㄧㄥ ㄊㄨㄥ 對於某種事情知道得很詳細。

精密 ㄐㄧㄥ ㄇㄧˋ 精細而周密。

參考 同周密。

精彩 ㄐㄧㄥ ㄘㄞˇ 比喻事物做得出色動人。例精彩節目。又作「精采」。

12 **精湛** ㄐㄧㄥ ㄓㄢˋ 精切純粹，亦即學問或技藝精美深入。

精華 ㄐㄧㄥ ㄏㄨㄚˊ 物質精粹的部分。

參考 ①或作「菁華」。②「精華」和「精粹」都是指最好的部分，但有別：「精華」指物質中提煉出來最重要、最好的部分；「精粹」指精煉純粹，強調事物的純一，它與「混雜」相對。

13 **精當** ㄐㄧㄥ ㄉㄤˋ 精要適當。

精義 ㄐㄧㄥ ㄧˋ 比喻至高無上的道理。

精誠 ㄐㄧㄥ ㄔㄥˊ 至誠，眞心誠意。

14 **精粹** ㄐㄧㄥ ㄘㄨㄟˋ 精細純粹。

15 **精銳** ㄐㄧㄥ ㄖㄨㄟˋ ㈠精練而鋒利。㈡比喻精練的兵士。

精確 ㄐㄧㄥ ㄑㄩㄝˋ 精密切實。

精練 ㄐㄧㄥ ㄌㄧㄢˋ ㈠精心學習。㈡「黃金」的代稱。一作「精鍊」。㈢精於修練。

16 **精緻** ㄐㄧㄥ ㄓˋ ㈠細密。㈡優美。例精緻農業。

精衛塡海 ㄐㄧㄥ ㄨㄟˋ ㄊㄧㄢˊ ㄏㄞˇ 古代神話中的海邊小鳥，常銜西山的木石以塡東海。引申爲：㈠深仇大恨；㈡毅力可嘉。

21 **精闢** ㄐㄧㄥ ㄆㄧˋ 立論詳密而有獨創之處。

23 **精髓** ㄐㄧㄥ ㄙㄨㄟˇ 比喻事物的重要部分。

24 **精靈** ㄐㄧㄥ ㄌㄧㄥˊ ㈠神、鬼的泛稱。㈡稱聰明頑皮的人。

參考 口語上也說成 ㄐㄧㄥ ˙ㄌㄧㄥ。

▽山精、酒精、妖精、水精、狐狸精、害人精、精益求精。

次 8

粼

形解 形聲；從巛，粦聲。巛象流水之形，粦有閃爍的意思，所以水流石間，清澈見底爲粼。

音義 ㄌㄧㄣˊ 形 水流清澈的樣子；例「波光粼粼。」

14 **粼粼** ㄌㄧㄣˊ ㄌㄧㄣˊ 水流清澈的樣子。

次 8

粺

形解 形聲；從米，卑聲。卑有增益的意思，所以精米爲粺。

音義 ㄅㄞˋ 名 ①細舂的精米；例彼疏斯粺。②似穀類的草，通「稗」；例粃粺。

常 9

糊

形解 形聲；從米，胡聲。煮米成漿可以黏物者爲糊。

音義 ㄏㄨˊ 名 麥粉或米粉所調成的粥類；例麵糊。②黏稠的食物；例鱔糊。動 ①黏貼；例把那個破窗戶糊了。②吃飽；例糊口。形 不明白的；例模糊。

ㄏㄨˋ 名 像粥樣的東西或食品；例炒鱔糊。動 草草了事；例糊弄。

ㄏㄨ 動 塗抹黏合，使密閉起來；例把門縫糊上。

參考「糊口」、「芋糊」的「糊」都可用「餬」字代替。

▽含糊、模糊、迷糊、漿糊。

次 9

糅

形解 形聲；從米，柔聲。柔有柔和的意思，所以雜錯混合爲糅。

音義 ㄖㄡˇ 動 混合；例玉石糅雜

次 9

糈

形解 形聲；從米，胥聲。食糧爲糈。

音義 ㄒㄩˇ 名 ①米糧；例餉糈。②祭神的精米。

次 9

糌

形解 形聲；從米，昝聲。炒麵一類的食品爲糌。

音義 ㄗㄢ 名 即炒麵，以豆類、青稞等炒熟磨製成的粉末，是藏人的主食。

常 10

糕

形解 形聲；從米，羔聲。羔有柔弱的意思，所以米麵粉所製成的柔軟食物謂之糕。

亦作餻。

音義 ㄍㄠ 名 用米粉、麵粉或豆粉攙和他物蒸烤而成的片狀或塊狀食品；例 年糕。

參考 ①又作「餻」。②與「羹」有別：「羹」，從羔從美，音ㄍㄥ，湯汁。

常 10 **糖** 形解 形聲；從米，唐聲。用米、麵等熬成有甜味的漿汁爲糖。

音義 ㄊㄤˊ 名 ①由甘蔗、甜菜或米麥等提製而成的甜性物質；例 蔗糖。②由糖製成的食品；例 糖果。③碳水化合物，是人體內緩慢燃燒產生熱能的主要物質；例 葡萄糖。

參考 ①又作「餹」。②與「醣」有別：「醣」，從酉，多用以表示碳水化合物的生化術語，如「醣解反應」不可作「糖」。

7 **糖尿病** ㄊㄤˊ ㄋㄧㄠˋ ㄅㄧㄥˋ 醫 由於胰臟所分泌的胰島素異常，使體內產生糖分及燃燒糖分之機能發生障礙，尿液含糖過多的毛病。典型病例有多尿、多飲、多食、疲乏、糖尿和血糖增高等症狀。由於患者身體羸瘠，又多口渴，故舊名「消渴病」。

參考 患者唯有多運動可以矯治。

次 10 **糒** 形解 形聲；從米，葡聲。葡有儲備的意思，所以乾飯、乾糧爲糒。

音義 ㄅㄟˋ 名 乾糧；例 糒糗。

次 10 **糗** 形解 形聲；從米，臭聲。熬米麥爲糗。

音義 ㄑㄧㄡˇ 名 炒熟的米麥等穀物；例 峙乃糗糧。

常 11 **糢** 形解 形聲；從米，莫聲。莫本有昏暗不明的意思，所以不清楚、不分明爲糢糊。

音義 ㄇㄛˊ 名 大餅，通「饃」；例 烤糢。形 不清楚的，同「模」；例 糢糊。

參考 與「模」有別：「模」從木，「模仿」不能寫作「糢仿」。

常 11 **糠** 形解 形聲；從米，康聲。康有空虛的意思，所以穀皮中空可以容米爲糠。

音義 ㄎㄤ 名 穀類顆粒上脫下來的皮殼；例 米糠。形 質地不夠堅實緻密的；例 糠蘿蔔。

參考 又作「穅」、「粇」。

常 11 **糟** 形解 形聲；從米，曹聲。曹有相合的意思，所以雜而不純的酒爲糟。

音義 ㄗㄠ 名 ①釀酒時，把酒提取後所剩下的渣滓；例「何不餔其糟而歠其釃？」②沒有價值的東西；例 糟粕。③用酒或酒糟醃製而成的食品；例 糟魚。④姓。動 ①敗壞；例 事情糟了。②腐朽；例 木頭糟了。形 差勁的；例 這篇小說糟透了。

參考 與「遭」有別：「遭」，從辵(辶)，有遇合的意思。

11 **糟粕** ㄗㄠ ㄆㄛˋ ㈠酒渣。㈡比喻廢棄物。

16 **糟糕** ㄗㄠ ㄍㄠ 比喻事情壞到不可收拾的地步。

參考 ①同殘餘。②亦作「糟魄」。

17 **糟糠** ㄗㄠ ㄎㄤ ㈠粗劣的糧食。㈡貧賤時共患難的妻子。

糟蹋 ㄗㄠ ㄊㄚˋ ㈠侮辱，欺凌，摧殘。㈡隨意耗費，不愛惜。

參考「糟蹋」和「浪費」都指隨意耗費，不愛惜，但有別：「糟蹋」除了指浪費外，還指損壞、任意破壞、搶掠，而和「愛惜」相對。「浪費」只指人力、物力、時間使用不當，無益的耗費，而和「節約」、「節省」相對。「糟蹋」的語意比「浪費」爲重。

▽酒糟、紅糟、亂七八糟。

常 11 **糙** 形解 形聲；從米，造聲。未舂去胚芽的粗米爲糙。

音義 ㄘㄠ 名 只去穀皮而未加舂白的米；例 糙米。形 ①不光澤也不細緻的；例 粗糙。②魯莽的；例 毛糙。

參考 ①又音ㄘㄠˋ。②字雖從造，但不可讀成ㄗㄠˋ。③「糙」字音ㄘㄠ，常誤唸成ㄗㄠˋ。

▽粗糙。

常 11 **糜** 形解 形聲；從米，麻聲。稀飯爲糜。

音義 ㄇㄧˊ 名 ①濃稠的稀飯；例

粥糜。②姓。動①浪費;例坐糜廩粟而不知恥。②毀傷;例糜軀碎首。

ㄇㄟˊ 名植黍類的別名;例糜子。

參考和「靡」字形近,且都有「浪費」的意思,如「糜爛」、「糜費」可作「靡爛」、「靡費」;但「靡靡之音」則不可作「糜」字。

12 **糜費** ㄇㄧˊ ㄈㄟˋ 浪費金錢或時間、人力。

21 **糜爛** ㄇㄧˊ ㄌㄢˋ (一)毀傷,潰壞。(二)生活奢侈,腐化。或作「靡爛」。

常 11 **糞**

形解 會意;從廾,從𠦒,從釆。用手持帚除去不潔之物爲糞。

音義 ㄈㄣˋ 名動物的排泄物,即「屎」;例牛糞。動①掃除;例糞除而去。②施肥;例糞治園田。

參考①同屎,便。②與「冀」、「翼」有別:「糞」,上從「米」;「冀」上從「北」,音ㄐㄧˋ,有希望的意思;「翼」,上從「羽」,音ㄧˋ,有羽翅的意思。

常 11 **糝**

形解 形聲;從米,參聲。參有雜的意思,所以用米和羹爲糝。

音義 ㄙㄢˇ 名①以米和羹的食物。②飯粒。③散粒;例紅糝鋪地。動噴撒粉末。

參考字雖從參,但不可讀成ㄘㄢ。

常 12 **糧**

形解 形聲,從米,量聲。量有適當的意思,所以行路所攜的食物爲糧。

音義 ㄌㄧㄤˊ 名①原糧和成品糧的總稱;例糧食。②穀類食物;例乾糧。③田賦;例納糧。

參考①或作「粮」。②與「粱」有別:「粱」是小米。

9 **糧食** ㄌㄧㄤˊ ㄕˊ 穀類食物的總稱。如:小麥、麵粉、稻穀、大米、大豆、……等。

▽食糧、兵糧、米糧、雜糧、錢糧、斷糧、絕糧、納糧、寅吃卯糧、無隔宿之糧。

常 14 **糯**

形解 形聲;從米,需聲。性軟而黏的稻米爲糯。

音義 ㄋㄨㄛˋ 名稻的品種之一,米富黏性,可以釀酒或作糕點等食品,又叫「江米」;例糯米。

參考①又作「稬」、「稉」。②與「懦」有別:「懦」,從心,音ㄋㄨㄛˋ,柔弱膽怯的。

次 14 **糰**

形解 形聲;從米,團聲。團有圓的意思,所以用米粉等製成的圓形食品爲糰。

音義 ㄊㄨㄢˊ 名用米粉做成圓形的食品;例湯糰。

次 15 **糲**

形解 形聲;從米,厲聲。厲本爲粗硬的石頭,所以粗米爲糲。

音義 ㄌㄧˋ 名糙米。形粗糙的;例糲食。

次 16 **糴**

形解 會意;從入糴。糴爲糧食,所以買米進來爲糴。

音義 ㄉㄧˊ 名姓。動①購進穀物;例糴米。②清洗,通「滌」。

參考①又可作「籴」。②反糶。

次 16 **糱**

形解 形聲;從米,辥聲。辥有萌芽的意思,所以生芽的米爲糱。

音義 ㄋㄧㄝˋ 名酒麴,釀酒用的發酵劑。

次 19 **糶**

形解 會意;從出從糴。賣米出去爲糶。

音義 ㄊㄧㄠˋ 動出售穀物;例五月糶新穀。

參考又作「粜」。

【糸部】 ㄇㄧˋ

常 0 **糸**

形解 象形;象束絲成股形。

音義 ㄇㄧˋ 名細絲。

ㄙ 名「絲」的省寫。

參考①參閱「絲」字條。②與「系」(音ㄒㄧˋ)形近而音義不同。

常 1 **系** 形解 會意；從糸在厂下。連繫爲系。

音義 ㄒㄧˋ 名 ①聯屬關係；例世系湮遠。②大學中設於「院」以下的科別；例中文系。③自成體統的；例體系。④姓。動 ①承續；例系唐統，接漢緒。②懸掛；例系念。

參考 ①擊係、繫。②與「係」同音而義別：「系」、「係」表連著義時可通，但習慣上「系統」、「系別」不作「係」，「關係」、「干係」不作「系」。

6 **系列** ㄒㄧˋ ㄌㄧㄝˋ (一)事物或觀念相繼出現而形成的一貫狀態。例同一系列的產品。(二)爲消長的一個單位，包含了目羣的整個發展過程，從一個拓荒者的出現，直到最後的極相階段，從起源到安定之所有具體的消長過程或階段都是。

參考 與「體系」都指同類事物或現象組合起來的整體，但「系統」指有條理的，結構完整的；又指一種組織、機構或派別。「體系」指各有關部分緊密相連成一個整體，可用於思想、學術、農、工業等方面。前者側重縱的方面，後者側重橫的方面。

11 **系統** ㄒㄧˋ ㄊㄨㄥˇ (一)相同或相類的事物按一定的秩序和內部聯系組合而成的整體。(二)生爲機體內能夠共同完成一種或幾種生理功能而組成的整套器官的總稱。如消化系統、循環系統。

參考 衍 系統性、系統差、系統理論。

▽世系、譜系、母系、直系、科系、派系、牽系、旁系、太陽系。

常 2 **糾** 形解 形聲；從糸，丩聲。丩有相纏繞的意思，所以三股繩子相合爲糾。

音義 ㄐㄧㄡ 名 姓。動 ①結繞；例糾纏。②督察；例「以糾邦國。」③舉發；例糾繆。④聚集；例糾合諸侯。⑤矯正；例糾正。⑥彈劾；例糾彈。

參考 ①又作「糺」。②又音 ㄐㄧㄡˇ。

5 **糾正** ㄐㄧㄡ ㄓㄥˋ 改正錯誤。

參考 ①與「端正」、「更正」有別：「糾正」是矯正差誤；「端正」是指使之不歪斜、不邪曲；「更正」是指改正語言文字的錯誤。②參閱「改正」條。

6 **糾合** ㄐㄧㄡ ㄏㄜˊ 集合。

10 **糾紛** ㄐㄧㄡ ㄈㄣ (一)紛擾，牽連不清，亦指人與人之間的爭執。(二)交錯雜亂的樣子。

12 **糾集** ㄐㄧㄡ ㄐㄧˊ 集中，集合。

參考 與「調集」有別：前者意指「拉攏」、「拼湊」，後者意指「調動」、「集中」。

13 **糾葛** ㄐㄧㄡ ㄍㄜˊ (一)糾纏不清的事件。例這兩件事糾葛在一起，使問題更複雜了。(二)糾紛。例他們之間的糾葛終於化解了。

14 **糾察** ㄐㄧㄡ ㄔㄚˊ (一)檢舉他人的過失。(二)維持羣眾的秩序。

參考 衍 糾察員、糾察隊。

21 **糾纏** ㄐㄧㄡ ㄔㄢˊ 糾結纏繞，難解難分。引申爲纏擾不休。例一味糾纏。

常 3 **紂** 形解 形聲；從糸，肘省聲。馬勒爲紂。

音義 ㄓㄡˋ 名 ①勒在馬臀上的皮帶。②繫在驢、馬等尾下的橫木；例紂棍。③人 商朝最後的一個君主。

參考 商帝辛，原名「受」，因「紂」、「受」古音同，所以或作「紂」。

常 3 **紅** 形解 形聲；從糸，工聲。顏色名，帛青白色爲紅。

音義 ㄏㄨㄥˊ 名 ①營業所得除了本息以外的利潤；例分紅。②象徵順利成功；例開門紅。③女子的陰血；例落紅。④像鮮血般的顏色；例鮮紅。形 ①紅色的；例紅花綠葉。②顯達的；例紅的了不得。③得寵的；例府中就四姨太最紅。④成功成名的；例紅歌星。⑤華美的；例紅顏。

ㄍㄨㄥ 名 通「工」；例女紅。

參考 形容紅色的字除了「紅」以外，還有「丹」、「赤」、「朱」、

「形」等字。

2 **紅人** ㄏㄨㄥˊ ㄖㄣˊ ㊀受上司寵信的人。㊁走運得意的人。㊂美州土人，也叫「紅番」、「印第安人」。

紅十字會 ㄏㄨㄥˊ ㄕˊ ㄗˋ ㄏㄨㄟˋ 一種志願的，國際性的救護、救濟團體。起源於西元一七九二年，法國士兵創設的戰地醫院。以在白底上加紅十字作爲它的標誌，戰時救護傷、病軍人和平民，平時也救濟自然災害和其他災害的受難者。

7 **紅利** ㄏㄨㄥˊ ㄌㄧˋ 商 企業股東由企業所取得的超過股息部分的利潤。紅利沒有定率，視利潤多少而定。

紅男綠女 ㄏㄨㄥˊ ㄋㄢˊ ㄌㄩˋ ㄋㄩˇ 衣飾華麗的男女。

紅杏出牆 ㄏㄨㄥˊ ㄒㄧㄥˋ ㄔㄨ ㄑㄧㄤˊ 比喻在室婦人有越軌的行爲。

10 **紅茶** ㄏㄨㄥˊ ㄔㄚˊ 即全發酵茶。是由鮮茶葉經過萎凋、揉捻、發酵(變紅褐色)、乾燥等程序而製成。

15 **紅樓夢** ㄏㄨㄥˊ ㄌㄡˊ ㄇㄥˋ 書 我國清代傑出的長篇小說之一。共一二〇回，著於清乾隆年間，前八〇回曹雪芹作，後四〇回一般認爲高鶚所續。小說以賈寶玉、林黛玉的愛情悲劇爲主綫，並通過對榮國府、寧國府爲主的賈、史、王、薛四大家族衰亡過程的描寫，反應了清代社會的形形色色，並表現了作者對於宇宙人生的觀照與慨歎。

18 **紅顏** ㄏㄨㄥˊ ㄧㄢˊ ㊀美女。㊁少年。

紅顏薄命 ㄏㄨㄥˊ ㄧㄢˊ ㄅㄛˊ ㄇㄧㄥˋ 嘆惜美貌的女子多是命運坎坷。

24 **紅豔欲滴** ㄏㄨㄥˊ ㄧㄢˋ ㄩˋ ㄉㄧ 形容鮮紅豔麗，惹人憐愛。

29 **紅鸞** ㄏㄨㄥˊ ㄌㄨㄢˊ ㊀星相家所謂吉星，主有喜事，比喻好事近了。例紅鸞星動。㊁動 紅色羽毛的鸞鳥。

▽火紅、朱紅、鮮紅、口紅、殷紅、殘紅、暗紅、通紅、臉紅、酡紅、泛紅、女紅、雪裡紅、萬紫千紅、萬綠叢中一點紅。

常 3

紀

解形 形聲；從糸，己聲。己有更別的意思，所以將絲線分開整理爲紀。

音義 ㄐㄧˋ 名 ①古代以十二年爲一紀。例廿世紀。②今稱百年爲一紀。③地質年代劃分的第二級單位，如古生代分成寒武紀等六個紀。④歲數；例年紀。⑤史 史書記錄帝王事跡的部分，稱本紀，簡稱爲「紀」；例高祖本紀。⑥法度；例軍紀。動 ①治理；例以德紀民。②記載，通「記」；例紀一事，詠一物。

參考 ①「紀」、「記」二字有時可通，尤其在古代，當「記載」講時，常用「紀」字。現在則「記載」、「記錄」、「記得」用「記」；「紀念」、「年紀」用「紀」，二者分用而不混。②「紀」、「級」有別：「級」是等級；「紀」，用來記年代，所以「年級」和「年紀」不同。③又音ㄐㄧˇ。

4 **紀元** ㄐㄧˋ ㄩㄢˊ 史 歷史上紀年的起算年代。我國紀元，當始於西周共和元年(西元前八四一)，自漢武帝建元元年(西元前一四〇)以後，歷朝皇帝都立年號紀元，即以皇帝即位或中途改換年號的第一年爲元年。現世界多數國家採用的公元紀年，以傳說耶穌誕生的那一年爲元年。

6 **紀年** ㄐㄧˋ ㄋㄧㄢˊ ㊀記載年代。我國古代用干支紀年。現在各國通用的是公元紀年，以相傳耶穌降生的一年爲第一年。㊁史 以年月順序爲中心編寫歷史的一種方法。例竹書紀年。

8 **紀念** ㄐㄧˋ ㄋㄧㄢˋ ㊀對於生活中的特殊事件，特地留下某一象徵性事物以資永久記憶。㊁留念不忘。

紀念日 ㄐㄧˋ ㄋㄧㄢˋ ㄖˋ 國家、社會將值得永久紀念的日期定爲紀念日，每年舉行慶祝或追悼的儀式。

紀念冊 ㄐㄧˋ ㄋㄧㄢˋ ㄘㄜˋ 供人題寫文字或附上照片以爲紀念的小冊。

紀念碑 ㄐㄧˋ ㄋㄧㄢˋ ㄅㄟ 爲紀念某

種重大事件和功績或紀念烈士而修建的石碑。如七十二烈士紀念碑。

紀事本末體 ㄐㄧˋ ㄕˋ ㄅㄣˇ ㄇㄛˋ ㄊㄧˇ 史我國史書體裁之一。以一事為一編，各詳其起訖。創始於宋袁樞的通鑑紀事本末。

9 **紀律** ㄐㄧˋ ㄌㄩˋ 黨政機關、團體、部隊、企業、學校等所制訂的，為所屬人員必須遵守的行動規則。

13 **紀傳體** ㄐㄧˋ ㄓㄨㄢˋ ㄊㄧˇ 史以人物傳記為中心的史書體裁。創始於司馬遷的史記。

14 **紀綱** ㄐㄧˋ ㄍㄤ ㈠即綱紀，國家的典章，法度。㈡為統領僕隸的人，也泛指僕人。

16 **紀錄** ㄐㄧˋ ㄌㄨˋ ㈠即記錄，事實記載。例會議紀錄。㈡被記載下來以作為進步里程的各項傑出表現的事蹟。例田徑賽的世界紀錄。

▽軍紀、經紀、校紀、綱紀、世紀、風紀、年紀、尊紀、違紀、目無法紀。

常 3 **紇** 解形 [seal] 形聲；從糸，乞聲。品質低下的絲為紇。

音義 ㄏㄜˊ 名①種族名之一；例回紇。②姓。

ㄍㄜ 名繩線等物打成的結；例紇繨。

參考 字雖從「乞」，但不可讀成ㄑㄧˇ。

常 3 **約** 解形 [seal] 形聲；從糸，勺聲。用繩索綁縛為約。

音義 ㄩㄝ 名①共同訂立，互相遵守的條款；例契約。②預先說定的事項；例失約。③簡要；例由博反約。④姓。動①纏束；例素約小腰身。②管束；例約之以禮。③預先說定；例約定。④訂定日期相會；例月上柳梢頭，人約黃昏後。形①鮮少的；例「故操彌約而事彌大。」②美好的；例婉約。③模糊的；例春秋約而不速。④節儉的；例以約失之者鮮矣。⑤簡要的；例其言也，約而達。⑥貧窮的；例不可以久處約。副大概；例約略。

ㄧㄠ 動稱重量；例你約一約這個包裹有多重？

參考 同邀，盟，簡，儉，省，束。

7 **約束** ㄩㄝ ㄕㄨˋ ㈠管束。㈡受契約的限制。

參考 與「拘束」、「束縛」都表示受到限制，不能自由地活動發展，但有別：「約束」是「限制，使不越出範圍」的意思，可以跟「放任」相對，通常是指依據一定的準則，對人或事物加以限制或控制，使之在一定範圍內活動；「拘束」是「過分約束，顯得不自然、偪促不安」的意思，可以與「自然」、「自在」相對，通常指人在遇到某種不尋常或較生疏的場面，不知怎樣對待時，表現出來的不自然、不自在；此外，也可指外來的限制力量。「束縛」有「扣綁」的意思，可與「開放」、「解放」相對，多指人或事物受到某種勢力或影響的限制，不能自由活動。

8 **約法** ㄩㄝ ㄈㄚˇ 法規相互約束。

約法三章 ㄩㄝ ㄈㄚˇ ㄙㄢ ㄓㄤ 比喻先談妥條件。

約定俗成 ㄩㄝ ㄉㄧㄥˋ ㄙㄨˊ ㄔㄥˊ 名物法則等為社會所習用或公認後，則漸漸成為當然，為大家所遵守。

11 **約略** ㄩㄝ ㄌㄩㄝˋ 大約，概略。

約莫 ㄩㄝ ㄇㄛˋ 大概，約略估計。

13 **約會** ㄩㄝ ㄏㄨㄟˋ ㈠預先約定的會面。㈡邀集，約請。

▽違約、隱約、簡約、契約、儉約、條約、誓約、節約、締約、盟約、失約、大約、邀約、合約、有約、不平等條約。

常 3 **紉** 解形 [seal] 形聲；從糸，刃聲。刃有單薄的意思，所以單股的繩為紉。

音義 ㄖㄣˋ 名穿針引線的工作；例學習縫紉。動①補綴；例縫紉。②穿針引線；例紉針請補綴。③綴結；例紉秋蘭以為佩。④佩服；例至紉高誼。

參考 和「紐扣」的「紐」字形近而易誤。

次 3
紆 解形 形聲；從糸，于聲。于爲氣舒圍繞難伸，所以回繞屈曲爲紆。

音義 ㄩ 動①圍繞；例縈紆。②繫結；例紆青拖紫。③抑制，委屈；例紆尊降貴。形鬱悶的；例煩紆。

12 **紆尊降貴** ㄩ ㄗㄨㄣ ㄐㄧㄤˋ ㄍㄨㄟˋ 尊貴者委曲自己的身分，去接近卑賤的人，或從事某一種低下的工作。

▽鬱紆、縈紆、盤紆、煩紆。

次 3
紃 解形 形聲；從糸，川聲。川有貫穿的意思，所以穿鞋用的五采圜綫爲紃。

音義 ㄒㄩㄣˊ 名環形細帶；例織紝組紃。動依循，通「循」；例反紃察之。

次 3
紈 解形 形聲；從糸，丸聲。丸爲色白質細的鳥卵，所以白細的生絹爲紈。

音義 ㄨㄢˊ 名質地細緻潔白的藻絹；例霜紈雪委。

12 **紈袴子弟** ㄨㄢˊ ㄎㄨˋ ㄗˇ ㄉㄧˋ 富貴人家行爲輕佻的子弟。

參考 同公子哥兒。

常 4
素 解形 會意；從糸下垂。細緻白潤的絲帛爲素。

音義 ㄙㄨˋ 名①潔白的生絹；例望若懸素。②眞情，通「愫」；例披肝膽，見情素。③蔬食；例吃素。④構成事物的基本成分；例元素。⑤原質；例色素。⑥書信的代稱；例尺素。形①質樸無文飾的；例樸素。②白色的；例素衣。③純植物性的；例素菜。④平日的，向來的；例素願。副①徒然；例尸位素餐。

參考 ①擊愫。②反葷。

1 **素一** ㄙㄨˋ ㄧ 純樸。例「情歸素一。」

7 **素志** ㄙㄨˋ ㄓˋ 向來的志願。

素材 ㄙㄨˋ ㄘㄞˊ 本爲未經處理的天然木材；亦指作者所搜羅、體驗，但未經集中、提煉和加工的文藝創作的原始材料。

8 **素來** ㄙㄨˋ ㄌㄞˊ 一向，向來。

素性 ㄙㄨˋ ㄒㄧㄥˋ 本性，生性。

9 **素食** ㄙㄨˋ ㄕˊ ㈠吃齋，不吃魚肉葷腥。㈡無葷腥的菜餚。㈢平時所吃的食物。㈣光吃飯不作事，或光拿薪水而不工作。

參考 同素餐。

素昧平生 ㄙㄨˋ ㄇㄟˋ ㄆㄧㄥˊ ㄕㄥ 從來不相識。昧：不了解。

11 **素淨** ㄙㄨˋ ㄐㄧㄥˋ 顏色或裝飾樸素雅淡。

12 **素描** ㄙㄨˋ ㄇㄧㄠˊ ㈠藝一種主要以線條和明暗對襯的表現手法來描繪物體或形象的畫法。㈡文文藝作品中，寫實而不渲染、藻飾的文字敍述。

15 **素養** ㄙㄨˋ ㄧㄤˇ 平日的修養和鍛鍊。

素質 ㄙㄨˋ ㄓˋ ㈠人的生理上的原來的特點。㈡事物本來的性質。㈢白色的底質。㈣寶刀名。

19 **素願** ㄙㄨˋ ㄩㄢˋ 平素的願望。

參考 同素志，夙志，夙願，宿願。

▽元素、酵素、毒素、尿素、樸素、要素、平素、味素、簡素、激素、抗生素、維生素、簡單樸素、生長激素。

常 4
索 解形 會意；從木糸。木爲可製繩的草木，所以用草木的莖搓製成的繩子爲索。

音義 ㄙㄨㄛˇ 名①粗繩子；例朽索。②鏈條；例鐵索橋。③法度；例疆以周索。④姓。動①尋找；例探索。②討求；例函索即寄。副①獨自地；例離羣索居。②清冷地；例蕭索。③盡，完全地；例索然無味。

ㄙㄨㄛ 副乾脆直截了當，放手前進；例索性不幹。

參考 與「牽」有別：「牽」，音ㄑㄧㄢ，拉引，與「索」形近，音義不同。

4 **索引** ㄙㄨㄛˇ ㄧㄣˇ 外把書籍的內容要項或重要詞語，逐一摘出，按照一定順序依次排列，標明頁數，以便檢索。這樣所編成的，就叫做「索引」。也稱「引得」。

8 **索取** ㄙㄨㄛˇ ㄑㄩˇ 要，討取。例索

取簡章。
索居 ㄙㄨㄛˇ ㄐㄩ 離開衆人而獨自僻居一處，與世隔絕。
索性 ㄙㄨㄛˇ ㄒㄧㄥˋ 斷然進行。
參考 與「乾脆」都有直截了當的意思，一般可以互換，但前者偏重於「不顧一切」的意思，後者偏重於「爽快而不囉唆」的意思。
12 **索然** ㄙㄨㄛˇ ㄖㄢˊ ㈠完了，竟盡。㈡寂寞，冷清。例興致索然。
索然無味 ㄙㄨㄛˇ ㄖㄢˊ ㄨˊ ㄨㄟˋ 沒有絲毫趣味。
13 **索解** ㄙㄨㄛˇ ㄐㄧㄝˇ 尋求解釋，找到答案。例無從索解。
參考 同 味同嚼蠟。
14 **索盡枯腸** ㄙㄨㄛˇ ㄐㄧㄣˋ ㄎㄨ ㄔㄤˊ 比喻費盡心思。
▽思索、蕭索、搜索、摸索、探索、繩索、不假思索、窮搜泛索。

常 4 **紊** 形解 形聲；從糸，文聲。文有複雜的意思，所以紛亂爲紊。
音義 ㄨㄣˋ 形 雜亂的；例有條不紊。
參考 ①舊讀作ㄨㄣˇ。②與「抆」有別：「抆」，音ㄨㄣˇ，拭擦，如臨書抆淚。
13 **紊亂** ㄨㄣˋ ㄌㄨㄢˋ 秩序雜亂沒有條理。
參考 參閱「混亂」條。
▽有條不紊。

常 4 **紛** 形解 形聲；從糸，分聲。馬在奔跑時尾巴容易分散，所以馬尾韜爲紛。
音義 ㄈㄣ 名①擾攘的情狀；例排難解紛。②姓。形混亂的；例紛亂。副衆多的樣子；例大雪紛飛。
6 **紛至沓來** ㄈㄣ ㄓˋ ㄊㄚˋ ㄌㄞˊ 形容接連不斷地來。沓：多，重覆。
參考「紛」不可作「分」。
8 **紛爭** ㄈㄣ ㄓㄥ 糾紛爭執。
紛歧 ㄈㄣ ㄑㄧˊ 不一致。
9 **紛紅駭綠** ㄈㄣ ㄏㄨㄥˊ ㄏㄞˋ ㄌㄩˋ 紅花綠葉繁盛飄動的樣子。
10 **紛紜** ㄈㄣ ㄩㄣˊ 多而雜亂。例衆說紛紜。
紛紛 ㄈㄣ ㄈㄣ 衆多，雜亂，且又接連不斷的樣子。例議論紛紛。
13 **紛亂** ㄈㄣ ㄌㄨㄢˋ 雜亂，不規則。
19 **紛擾** ㄈㄣ ㄖㄠˇ 紛亂，騷擾，混亂。
▽糾紛、內紛、喧紛、繽紛、五色繽紛、議論紛紛、排難解紛。

常 4 **紐** 形解 形聲；從糸，丑聲。可以解開的結爲紐。
音義 ㄋㄧㄡˇ 名①器物可提起、繫掛或帶動的部分，通「鈕」；例門紐。②衣扣，通「鈕」；例衣紐。③帶子的交結處；例弟子縞帶并紐。形聯結的；例紐帶。
參考 與「扭」、「狃」有別：「扭」，音ㄋㄧㄡˇ，用手緊握物件而加以旋轉；「狃」從犭(犬)，習慣。
9 **紐約** ㄋㄧㄡˇ ㄩㄝ 地 ㈠美國東北部的一洲，濱大西洋，首邑爲奧爾巴尼。㈡美國第一大都市，在紐約州東南，哈得遜河河口，臨紐約灣，扼海陸要衝，人口稠密，爲美國經濟、工商業中心，市內有中央公園與自由女神像等名勝。
▽關紐、根紐、樞紐、秤紐。

常 4 **紡** 形解 形聲；從糸，方聲。方有整齊的意思，所以用絲織布爲紡。
音義 ㄈㄤˇ 名①「紡綢」的簡稱；例晌用束紡。②一種比綢子稀而薄的絲織品；例杭紡。③「紡織品」的通稱；例棉紡。動把麻、絲、棉、毛等纖維抽成細線；例紡絲。
參考「紡」，是把纖維抽理成細線；「績」，是把黃麻分開，並加以搓接成線；「織」，是將這些線編織成布匹。
7 **紡車** ㄈㄤˇ ㄔㄜ 舊式的紡紗工具之一。有輪可搖轉，以傳動紡錠，最初用手搖輪，後經改進以腳踏代替手搖。
10 **紡紗** ㄈㄤˇ ㄕㄚ 把棉、麻、絲、毛等抽成

紡車

細線稱爲紡紗。簡稱「紡」。

17 **紡錘** ㄈㄤˇ ㄔㄨㄟˊ 中間粗而兩端細的紡紗用具，全形如梭，多由鐵或木料製成。

18 **紡織** ㄈㄤˇ ㄓ 工紡紗和織布。

參考 衍紡織機、紡織娘、紡織工業。

▽混紡、績紡、織紡、毛紡、棉紡、夜績日紡。

常 4 **紗** 解形 形聲；從糸，少聲。少有細小的意思，所以輕細而薄的絲織品爲紗。

音義 ㄕㄚ 名①軟薄的絲織品；例麻紗。②用棉、麻等紡成的細縷；例棉紗。③縱橫交錯，稀疏有緻，且有細孔的織品；例蟲聲新透綠窗紗。

參考 把紡織纖維紡成單根的細縷，也稱「細紗」或「單紗」；再用紗捻成線或織成布。

12 **紗帽** ㄕㄚ ㄇㄠˋ 古代君主或貴族、官員所戴的一種帽子。後因沿用爲在官有職的代稱。也叫做「烏紗帽」。

15 **紗廠** ㄕㄚ ㄔㄤˇ 紡紗的工廠。

16 **紗錠** ㄕㄚ ㄉㄧㄥˋ 紡紗錠錘，紗廠用以計算生產數量的單位。

▽棉紗、窗紗、羅紗、輕紗、絳紗、紡紗、縐紗、雨過天青紗。

常 4 **純** 解形 形聲；從糸，屯聲。精而不雜的絲爲純。

音義 ㄔㄨㄣˊ 名還沒有染色的絲；例爵弁純衣。形①美好的；例德行純淑。②博大的；例純嘏。副①粹然不雜地；例純白色。②充分地；例純熟。

參考 ①摯純。②與「淳」、「醇」有別：「淳」，有樸實、配備的意思；「醇」，則有氣味濃郁的意思。③與「素」有別：素是未染色的生絹。

4 **純文學** ㄔㄨㄣˊ ㄨㄣˊ ㄒㄩㄝˊ 文詩歌、小說、戲劇等主情的文學，對雜文學、應用文學而言。

純正 ㄔㄨㄣˊ ㄓㄥˋ 純粹而正當。

參考「純正」意指單純、正當，著重在「正當」。「純粹」意指精純，不雜或完全，完善，著重在「不雜」。「純潔」意指潔淨，沒有汚點，著重在「潔淨」。

7 **純利** ㄔㄨㄣˊ ㄌㄧˋ 商商業上的純粹盈餘。

14 **純粹** ㄔㄨㄣˊ ㄘㄨㄟˋ (一)精純不雜。(二)完全。例這件事純粹是他的錯。

純嘏稱觴 ㄔㄨㄣˊ ㄍㄨˇ ㄔㄥ ㄕㄤ 開壽筵以慶祝大福大壽。純嘏：大福；觴：酒杯。

15 **純熟** ㄔㄨㄣˊ ㄕㄡˊ 非常熟練。

16 **純樸** ㄔㄨㄣˊ ㄆㄨˇ (一)純良而樸質。指人的性格。(二)未經雕琢的原木材。

▽清純、單純、精純、貞純。

常 4 **紋** 解形 形聲；從糸，文聲。文有文理的意思，所以絲織品所呈現的文彩爲紋。

音義 ㄨㄣˊ 名①錦繡上的文彩；例羅紋白布。②皺痕；例水紋。

ㄨㄣˋ 名陶、瓷、玻璃一類器物上的裂痕，通「璺」；例裂紋。

參考 與「紊」都是從糸文聲，但因形符與聲符位置經營的不同，而所表示的意思也就不同。

▽花紋、指紋、水紋、波紋、皺紋、縐紋、橫紋、簟紋、條紋。

常 4 **納** 解形 形聲；從糸，內聲。將絲織品沒入水中浸濕爲納。

音義 ㄋㄚˋ 名姓。動①斂藏；例納入。②收受；例納款。③貢獻；例納貢。④穿著；例俯而納屨。⑤繳付；例納稅是國民的義務。⑥享受；例納福。⑦收入；例出納。⑧密密地縫；例納鞋底。⑨接受；例敬祈采納。⑩交接；例結納。

參考 ①同接，容。②反出。

6 **納交** ㄋㄚˋ ㄐㄧㄠ 結爲朋友。

7 **納罕** ㄋㄚˋ ㄏㄢˇ 覺得驚奇、詫異。

11 **納涼** ㄋㄚˋ ㄌㄧㄤˊ 乘涼。

12 **納悶** ㄋㄚˋ ㄇㄣˋ 感到迷惑不解。

納稅 ㄋㄚˋ ㄕㄨㄟˋ 繳納賦稅。例國民有納稅的義務。

13 **納賄** ㄋㄚˋ ㄏㄨㄟˋ ㈠受賄。㈡行賄。

納福 ㄋㄚˋ ㄈㄨˊ 享福，受福。往昔通信或見面時常用的問候語。

納粹 ㄋㄚˋ ㄘㄨㄟˋ 外政是德語縮寫字「Nazi」的音譯，即德國希特勒所組織的「國家社會主義工人黨」，簡稱「國社黨」、「納粹黨」。成立於西元一九二〇年，代表中層階級及小商人之利益，主張民族自決，鞏固國家權力，排斥猶太人。曾掀起第二次世界大戰，戰後隨德國戰敗而潰散。

參考 衍納粹主義。

17 **納屨踵決** ㄋㄚˋ ㄐㄩˋ ㄓㄨㄥˇ ㄐㄩㄝˊ 由於鞋子破敗，以致穿上後，腳跟都畢露出來。比喻非常窮困。

▽延納、嘉納、歸納、笑納、出納、結納、接納、收納、採納、繳納。

常 4 **紙** 形解 紙 形聲；從糸，氏聲。用麻布等製成的薄片狀的東西爲紙。

音義 ㄓˇ 名 ①供書畫、印刷、包裝等用的薄片狀的東西，多用植物纖維爲原料，用機器或人工烘壓而成；例宣紙。②量詞，用以計算文件的張數；例一紙電文。③姓。

參考 字從「氏」(ㄕˋ)，不可誤作「氐」。

3 **紙上談兵** ㄓˇ ㄕㄤˋ ㄊㄢˊ ㄅㄧㄥ 比喻只憑書本知識虛誇空談，不能解決實際問題。語本戰國時趙括善於談兵，卻不知實際變通，結果在長平之役爲秦兵打敗的故事。

6 **紙老虎** ㄓˇ ㄌㄠˇ ㄏㄨˇ 比喻外表强大凶狠而實際空虛無力的人或事物。

8 **紙版** ㄓˇ ㄅㄢˇ ㈠厚硬的紙張。㈡紙型。

9 **紙型** ㄓˇ ㄒㄧㄥˊ 用特製的紙張覆在活字版或其他原版上壓成陰文的紙質模版，爲再版時鑄鉛的模型。亦稱「紙版」。

10 **紙屑** ㄓˇ ㄒㄧㄝˋ 零碎無用的紙。

12 **紙短情長** ㄓˇ ㄉㄨㄢˇ ㄑㄧㄥˊ ㄔㄤˊ 比喻紙箋雖然有限，但滿腔衷情卻是訴說不盡的。

14 **紙鳶** ㄓˇ ㄩㄢ 紙製的鳶鳥，即風箏。相傳梁武帝時，侯景造反，帝被圍困，作紙鳶飛上天空，向外告急。又名「鷂子」、「紙鷂」。

15 **紙幣** ㄓˇ ㄅㄧˋ ㈠即「鈔票」。是由國家發行，而流通於社會的有價信用證券。㈡指冥錢。

紙漿 ㄓˇ ㄐㄧㄤ 將木材、破布等，經蒸、煮、漂白等手續處理後所得的漿狀產品，是製紙的原料。

紙醉金迷 ㄓˇ ㄗㄨㄟˋ ㄐㄧㄣ ㄇㄧˊ 比喻生活奢侈靡爛，沈迷於聲色之中。

16 **紙錢** ㄓˇ ㄑㄧㄢˊ 粗紙製成在祭祀時燒化給死人當錢用的紙錠之類。亦稱「冥錢」。

▽色紙、壁紙、油紙、面紙、白紙、稿紙、聖經紙、道林紙、牛皮紙、畫圖紙、衞生紙。

常 4 **級** 形解 級 形聲；從糸，及聲。絲織品的等第爲級。

音義 ㄐㄧˊ 名 ①階梯；例階級。千級板峭壁。②等第；例計級行賞。③秦法斬首一個賜爵一級，故稱斬一個頭爲一級；例斬首數十級。④學校的班次；例三年級。⑤量詞，用於塔或臺階；例七級浮屠。

參考 ①與「汲」、「岌」有別：「汲」，音ㄐㄧˊ，自井中取水；「岌」，音ㄐㄧˊ，高山。②「岌岌可危」的「岌」字不可作「級」。

▽階級、首級、等級、晉級、上級、高級、班級、留級、初級、升級、年級、低級、降級、超級。

常 4 **紕** 形解 形聲；從糸，比聲。比有密的意思，所以細密的絲織品爲紕。

音義 ㄆㄧ 形 絲織品的縱線和橫線不相平衡或破壞散開，引申爲錯誤；例紕繆。

ㄆㄧ 名 衣帽的邊緣；例素絲紕之。動 裝飾；例縞冠素紕。

參考 與「批」、「砒」有別：「批」，音ㄆㄧ，爲數量名詞；「砒」，音ㄆㄧ，爲化學非金屬固體元素之一。

14 **紕漏** ㄆㄧ ㄌㄡˋ 本爲疏忽謬誤的

意思，今多指做錯事，出岔子為「出紕漏」。

常 4 **紜** 形解 字本作䫻，形聲；從員，云聲。員是物件的數目，云是回轉，所以物數紛亂為䫻。俗作「紜」。
音義 ㄩㄣˊ 副 多而雜亂的樣子；例 紛紜。
參考 與「芸」有別：「芸」，從艸，訓為除草，與「紜」音同而義異。

次 4 **紝** 形解 形聲；從糸從壬。壬有挺直的意思，所以紡織布帛，使其挺直為紝。
音義 ㄖㄣˋ 名 織帛的絲縷；例 紡績織紝。動 紡織；例 織紝組訓。
參考 又作「絍」。

次 4 **紘** 形解 形聲；從糸，厷聲。厷為兩臂，所以帽子兩旁的繫帶為紘。
音義 ㄏㄨㄥˊ 名 ①古冠冕上的紐帶；例 鏤簋朱紘。②古編磬成組的繩子；例 斁倚于頌磬西紘。動 維繫；例 紘宇宙。形 宏大，通「宏」；例 天地之道，至紘以大。

次 4 **紖** 形解 形聲；從糸，引聲。引有導引的意思，所以繫牛的繩子為紖。
音義 ㄓㄣˋ 名 ①拴繫牛鼻的繩子；例 君執紖。②拴繫棺柩的繩索；例 發紖。

次 4 **紓** 形解 形聲；從糸，予聲。予有寬緩的意思，所以絲帛柔細而寬緩者為紓。
音義 ㄕㄨ 動 ①使寬舒；例 紓憂。②解除；例 紓楚國之難。③延遲；例「姑紓死焉。」

常 5 **紮** 形解 形聲；從糸，札聲。札有細密的意思，所以用繩索緊縛為紮。
音義 ㄓㄚ 名 量詞，用於捆成把兒的，同「束」；例 一紮鮮花。動 ①纏綁；例 包紮。②屯駐；例 紮營。
ㄗㄚ 動 纏束；例 紮辮子。
參考 ①又作「紥」。②與「扎」、「札」、「軋」有別：「扎」，音ㄓㄚ，縫紉法的一種；「札」，音ㄓㄚ，古時用以寫字的小木片；「軋」，音ㄍㄚ，吳語擁擠的意思。③紥、紮：表示「捆、束」的「紥」，唸ㄗㄚ；表示「刺、駐紮」的「紮」，音ㄓㄚ。

常 5 **絆** 形解 形聲；從糸，半聲。繫馬足的繩索為絆。
音義 ㄅㄢˋ 名 勒馬的繩子；例 羈絆。動 ①阻攔；例 將馬絆倒。②行走中腿腳被纏住或擋住；例 絆了一跤。
參考 ①又作「靽」。②「羈」、「絆」都是勒馬繩，絡首為「羈」，繫足為「絆」。③與「伴」、「拌」有別：「伴」，陪著；「拌」，調和粉狀或液體的物質。

13 **絆腳石** ㄅㄢˋ ㄐㄧㄠˇ ㄕˊ ㈠路上的石塊，不小心碰到會跌倒。㈡比喻行事的阻礙。

常 5 **絃** 形解 形聲；從糸，玄聲。玄有微妙的意思，所以可妙奏八音的絲線為絃。
音義 ㄒㄧㄢˊ 名 ①琴瑟等樂器上經過摩擦、振動而能發聲的絲線，同「弦」；例 小絃切切如私語。②妻子；例 續絃。
參考 ①今「弦」、「絃」二字通用。②古人以琴瑟比喻夫婦，所以稱喪妻為「斷絃」，再娶為「續絃」。

5 **絃外之音** ㄒㄧㄢˊ ㄨㄞˋ ㄓ ㄧㄣ 比喻言外之意，指在話裏間接透露而直接沒有明說的含意。

15 **絃樂器** ㄒㄧㄢˊ ㄩㄝˋ ㄑㄧˋ 以弦作為發音體的樂器。分撥弦樂器（如琵琶）、拉弦樂器（如二胡、小提琴）、擊弦樂器（如揚琴）等。

常 5 **統** 形解 形聲；從糸，充聲。綱紀為統。
音義 ㄊㄨㄥˇ 名 ①民主國家的最高元首；例 總統。②眾絲的端緒；例 抽其統紀。③世世相繼不絕的關係；例 皇統。

④事務的連續關係；例系統。⑤姓。【動】①總管；例以統百官。②總括；例統稱。【副】整個地；例統論綱領旨趣。

【參考】字從「充」（ㄔㄨㄥ），不可訛作「琉」。

1 **統一** ㄊㄨㄥˇ ㄧ ㈠部分聯成整體，分歧歸於一致。㈡一致的，單一的，整體的。

8 **統治** ㄊㄨㄥˇ ㄓˋ ㈠用政權來控制、管理國家。㈡因佔有絕對優勢而支配別的事物。

9 **統計** ㄊㄨㄥˇ ㄐㄧˋ ㈠總括地計算。㈡【商】彙集同一範圍內的多數事物，用數學方法計算比較，以觀察其全體現象。

統計學 ㄊㄨㄥˇ ㄐㄧˋ ㄒㄩㄝˊ 【商】就統計材料，依大量觀察法，闡明其全體的現象、特徵，並研究其推移及變化的學科。

11 **統率** ㄊㄨㄥˇ ㄕㄨㄞˋ 統轄率領。

14 **統稱** ㄊㄨㄥˇ ㄔㄥ 總括起來的共同稱呼。例針法和灸法統稱爲針灸。

17 **統轄** ㄊㄨㄥˇ ㄒㄧㄚˊ 總括管轄。

▽一統、系統、血統、皇統、正統、聖統、總統、傳統、道統、法統、不成體統、籠籠統統。

㊉ 5 # 紹

【解形】 形聲；從糸，召聲。召有持續的意思，所以繼續爲紹。

【音義】ㄕㄠˋ 【名】姓。【動】①接續；例紹承。②從中接引；例介紹。

9 **紹述** ㄕㄠˋ ㄕㄨˋ 繼承，遵循。尤指承繼前人的遺規及事業。

【參考】【同】續，接，承。

㊉ 5 # 絀

【解形】 形聲；從糸，出聲。出爲進出，所以縫合爲絀。

【音義】ㄔㄨˋ 【動】貶退，通「黜」；例屈平既絀。【形】①不夠的；例相形見絀。②不足的；例經費支絀。

【參考】「絀」、「詘」、「黜」三字都讀成ㄔㄨˋ，且都有「貶斥」的意思。

▽相形見絀。

㊉ 5 # 細

【解形】 形聲；從糸，囟聲。囟有小的意思，所以細微爲細。

【音義】ㄒㄧˋ 【形】①微小的；例斜風細雨不須歸。②圓形而徑窄小的；例轉看腰細。③精緻的；例細布。④周密的；例細心。⑤瑣碎的；例細節。⑥邪佞的；例近細士，信讒臣。⑦儉樸的；例他過日子很細。

【參考】①【反】粗，糙。②與「紬」形近而音義不同：紬，音ㄔㄡ，抽引，綴集。

4 **細心** ㄒㄧˋ ㄒㄧㄣ 心思周密。

細水長流 ㄒㄧˋ ㄕㄨㄟˇ ㄔㄤˊ ㄌㄧㄡˊ ㈠比喻一點一滴堅持不間斷地做一件工作。㈡比喻節約使用財物，保持經常不缺。㈢力量雖微，持之以恆，也會生效。

5 **細目** ㄒㄧˋ ㄇㄨˋ ㈠詳細的目錄。㈡小的項目。

7 **細作** ㄒㄧˋ ㄗㄨㄛˋ 舊指暗探，間諜。

8 **細枝末節** ㄒㄧˋ ㄓ ㄇㄛˋ ㄐㄧㄝˊ 比喻事情無關緊要的環節。

9 **細則** ㄒㄧˋ ㄗㄜˊ 有關規章、制度等的詳細條例、規則。

細胞 ㄒㄧˋ ㄅㄠ 【生】組成生物體結構和功能的單位。包括細胞核、細胞質和細胞膜，具有營養、能量轉化、生物合成、對刺激反應、繁殖等功能。

【參考】【衍】細胞分裂、細胞週期、細胞診斷法。

細活 ㄒㄧˋ ㄏㄨㄛˊ 精細的活計。

10 **細致** ㄒㄧˋ ㄓˋ 精密而詳盡。

【參考】參閱「細緻」條。

11 **細軟** ㄒㄧˋ ㄖㄨㄢˇ 珠寶綢帛等輕便而易於攜帶的貴重物品。

細細 ㄒㄧˋ ㄒㄧˋ ㈠聲音細小。㈡輕飄的樣子。㈢比喻極其精細。㈣極細。

細密 ㄒㄧˋ ㄇㄧˋ 精細周密。

【參考】與「細致」、「細膩」有別：「細密」指質地精細仔密，又指在觀察、思考，分析、處理時不疏忽大意，與「粗疏」相對。「細致」常指做事、思考問題時態度認眞精細，也可指器物做得很精巧。「細膩」指光滑細致，也指描寫、刻畫、表演等的細致入微。

13 **細節** ㄒㄧˋ ㄐㄧㄝˊ ㈠瑣碎而不重要的事物或項目。㈡文藝作品中用來表現人物性格或事物本質特徵的細微描寫。

14 **細說** ㄒㄧˋ ㄕㄨㄛ ㈠詳細說明。㈡小人之言。

16 **細膩** ㄒㄧˋ ㄋㄧˋ ㈠精細光滑。㈡文藝的描寫或表演細致入微。

細緻 ㄒㄧˋ ㄓˋ ㈠一種細織的絲織品。㈡比喻精細而雅緻。

參考 與「細致」有別：「細緻」較偏重於雅緻，而「細致」則偏重於詳盡；「細緻」多指事物呈顯的狀態，「細致」則指人的思想情感。

▽巨細、仔細、詳細、精細、纖細、微細、瑣細、奸細、繁細、粗細、膽大心細。

常 5 **紳** 解形 紳 形聲；從糸，申聲。申有大的意思，所以大帶為紳。

音義 ㄕㄣ 名①古代士大夫束於腰間的大帶子；例紳衿。②大帶子的下垂部分；例「子張書諸紳。」③舊稱曾任過官職的人；例搢紳。

紳 ①

④社會上有名望地位的人；例鄉紳。

參考 與「呻吟」的「呻」、「伸縮」的「伸」、化學元素「砷」三字音同而義別。

3 **紳士** ㄕㄣ ㄕˋ 退職居家或在地方上有勢力，有名望的人。又稱「紳衿」、「鄉紳」。

▽貴紳、搢紳、士紳。

常 5 **組** 解形 組 形聲；從糸，且聲。上面織有花紋，用作綬纓的絲帶為組。

音義 ㄗㄨˇ 名①古時維繫印信、禮帽等物的絲帶；例組綬。②官職；例解組歸來道益光。③人事結合的單位；例審查小組。④量詞，用於由若干個體組成的全套；例一組茶具。⑤辦事單位名，例總務組。動結合而成；例華僑組團回國。形合成一套的(文藝作品)；例組詩。

參考 與「詛咒」的「詛」、「阻止」的「阻」音同而義別。

14 **組閣** ㄗㄨˇ ㄍㄜˊ 政組織內閣或改組內閣。

18 **組織** ㄗㄨˇ ㄓ ㈠構成。㈡有目的、有系統、有秩序地結合起來。例組織社團。㈢由各部分按一定的目的和系統所組成的團體。例政府組織。㈣動、植物和人體內，構造、起源和機能相同的細胞羣。例肌肉組織，神經組織。㈤岩石的組成顆粒或結晶的幾何型態與排列關係的總稱。

參考 ①又作「結構」。②㈢衍組織理論，組織目標，組織氣候。③㈣衍組織再生，組織發生學。

▽改組、解組、分組、小組、重組、工作小組。

常 5 **累** 解形 形聲；從糸，畾省聲。纍束為累。

音義 ㄌㄟˇ 動積增；例累進稅率。形①接連的；例累年。②重疊的；例危如累卵。③許多的；例累日。副屢次；例累犯。

ㄌㄟˋ 名負擔；例家累。動①損及；例不矜細行，終累大德。②負欠；例私累。形疲倦；例身子好累。

ㄌㄟˊ 名①捆綁犯人的黑色大繩，通「縲」；例以劍斫絕累。②負擔；例累贅。動①綑綁；例係累其子弟。②纏繞；例累繫。

參考 ①孳嫘、縲、漯。②與「絫」、「纍」有同有異：絫，為累之古字；纍，音ㄌㄟˊ，義為大繩，又引申為纏繞，囚繫。③「累」字有三個讀音：a ㄌㄟˇ：日積月累。b ㄌㄟˋ：我覺得很累。c ㄌㄟˊ：累贅。很多人把「累贅」和「連累(ㄌㄟˋ)」都唸成ㄌㄟˊ，那是錯的。

5 **累犯** ㄌㄟˇ ㄈㄢˋ 法一次犯罪受判決確定或執行後，再犯或數犯者，為累犯。

參考 同積犯。

6 **累次** ㄌㄟˇ ㄘˋ 屢次。

7 **累卵** ㄌㄟˇ ㄌㄨㄢˇ 疊高的卵，比喻極其危險。

11 **累累** ㄌㄟˇ ㄌㄟˇ ㈠累積眾多的樣子。例傷痕累累。㈡屢屢。

16 **累積** ㄌㄟˇ ㄐㄧ 聚集層積。

18 **累贅** ㄌㄟˊ ㄓㄨㄟˋ 多餘的負擔、麻煩。同「累墜」。

19 **累牘連編** ㄌㄟˇ ㄉㄨˊ ㄌㄧㄢˊ ㄆㄧㄢ 譏諷他人的文字冗長，不切要點。

▽家累、係累、俗累、積累、虧累、連累、受累、牽累、日積月累、銖積寸累。

(常) 5

紼

形解 形聲；從糸，弗聲。亂麻爲紼。

音義 ㄈㄨˊ 名 ①大繩；例汎汎楊舟，紼纚維之。②出殯時拉棺材用的繩索；例執紼不笑。

參考 ①又作「綍」。②與「拂」有別：「紼」僅作名詞，「拂」有動詞義，如「拂拭」、「拂袖而去」，俱不作「紼」。

(常) 5

終

形解 形聲；從糸，冬聲。夂有終止的意思，所以⿰糹集絲爲終。

音義 ㄓㄨㄥ 名 ①結局；例原始要終。②死亡；例君子曰終。③古稱音樂演奏的次數；例升歌三終。④自開頭到末了的整個一段時間；例年終。⑤姓。動 ①完畢；例曲終人散。②滅絕；例天祿永終。③死亡；例終於家。形 整個的；例吾嘗終日不食。副 究竟；例拳拳之忠，終不能自列。

參考 反 初，始。

2 **終了** ㄓㄨㄥ ㄌㄧㄠˇ 完畢。

3 **終久** ㄓㄨㄥ ㄐㄧㄡˇ 畢竟，最後。同「終究」、「終歸」。

4 **終止** ㄓㄨㄥ ㄓˇ (一)停止，結束。(二)音樂術語。用以結束樂段或樂句的幾個音或和弦。

5 **終生** ㄓㄨㄥ ㄕㄥ 終身，一生。

6 **終年** ㄓㄨㄥ ㄋㄧㄢˊ (一)全年，一年到頭。(二)人死時的年齡。例終年九十。

7 **終身大事** ㄓㄨㄥ ㄕㄣ ㄉㄚˋ ㄕˋ 關係一生的事，多用於男女婚嫁。

8 **終始** ㄓㄨㄥ ㄕˇ 從開始到結局，猶始終。

終於 ㄓㄨㄥ ㄩˊ 表示所預料或所期望的事情最終發生。

參考 與「到底」、「畢竟」都指將來的結局、最後的結果。而「終於」表示事物的結果或結局，在說話時(寫時)已經產生了；「到底」指經過種種變化或等待以後最後實現的情況，表示某種結果、結局的艱難；又用在疑問句裏，表示深究；有時還有畢竟的意思。「畢竟」有「最後還是這樣」的意思，往往强調事物的發展是不以人們的意志爲轉移的，有時表示追根究底所得的結論。

終其天年 ㄓㄨㄥ ㄑㄧˊ ㄊㄧㄢ ㄋㄧㄢˊ 指能長壽而終。

參考 同 壽終正寢。

12 **終結** ㄓㄨㄥ ㄐㄧㄝˊ 最後，結束。

13 **終極** ㄓㄨㄥ ㄐㄧˊ 最終，最後。

▽最終、歲終、始終、臨終、壽終、年終、善終、不知所終、自始至終、原始要終、有始有終。

(次) 5

紵

形解 形聲；從糸，宁聲。宁象中空可以容物形，所以析縷用以織成麻布之苧麻爲紵。

音義 ㄓㄨˋ 名 ①苧麻；例油油麻紵。②粗麻布。

(次) 5

紲

形解 形聲；從糸，世聲。世有延引的意思，所以引繩索以繫束爲紲。

音義 ㄒㄧㄝˋ 名 拘繫用的韁繩；例纍紲。動 拘押；例「紲子嬰於軹塗。」

參考 又作「緤」。

▽縲紲。

(次) 5

紺

形解 形聲；從糸，甘聲。色深青而含赤的布帛爲紺。

音義 ㄍㄢˋ 形 顏色黑裡透紅的；例綠衣紺尾。

(次) 5

紱

形解 形聲；從糸，犮聲。古繫印章可以佩掛的絲帶爲紱。

音義 ㄈㄨˊ 名 ①古繫印章的絲繩；例印紱。②古祭服中的蔽膝，同「市」；例朱紱方來。

(次) 5

絅

形解 形聲；從、糸，冋聲。冋爲林外無人的地方，所以沒有襯裏的衣服爲絅。

音義 ㄐㄩㄥˇ 名古單層罩袍，同「褧」；例衣錦絅裳。

次 5 **紬** 形解 形聲；從糸，由聲。由有抽引上穿的意思，所以抽引絲耑而理出細緒爲紬。

音義 ㄔㄡˊ 名絲織品的通稱，通「綢」；例醉來且擁黃紬睡。

ㄔㄡ 動①抽引，理出絲縷的頭緒。②撥弄；例紬大絃而雅聲流。③讀書，通「籀」；例紬史記金匱石室之書。

次 5 **紩** 形解 形聲；從糸，失聲。失有抽引的意思，所以縫補爲紩。

音義 ㄓˋ 動縫補；例縫紩成幡。

次 5 **絁** 形解 形聲；從糸，㐌聲。無文采的粗布爲絁。

音義 ㄕ 名古粗綢子之一。

次 5 **紾** 形解 形聲；從糸，㐱聲。㐱有稠密重滯的意思，所以纏絲爲紾。

音義 ㄓㄣˇ 動①扭轉；例紾兄之臂。②變化；例蟠委錯紾。

ㄊㄢˇ 形粗糙的；例老年之角紾。

次 5 **紿** 形解 形聲；從糸，台聲。台有怡然鬆弛的意思，所以絲過度張引而彈性盡失爲紿。

音義 ㄉㄞˋ 動①欺騙，通「詒」；例相紿。②怠惰，通「怠」。

常 6 **絞** 形解 形聲；從糸，交聲。交有相交的意思，所以用繩索繫合而縊殺爲絞。

音義 ㄐㄧㄠˇ 名①用繩索勒死犯人的刑罰；例絞刑。②如絞刑般的痛楚；例心痛如絞。③量詞，用於紗、線等物；例一絞線。動扭緊；例絞乾。形急切的；例「好直不好學，其蔽也絞。」

參考 與佼好的「佼」、狡猾的「狡」、水餃的「餃」三字音同而義別。

14 **絞盡腦汁** ㄐㄧㄠˇ ㄐㄧㄣˋ ㄋㄠˇ ㄓ 費盡心思。

15 **絞盤** ㄐㄧㄠˇ ㄆㄢˊ 用木料或金屬製成圓柱形，外加肋木數條，用汽力或槓桿轉動它，可用以收放纜索、錨鏈，或搬動重物。

常 6 **結** 形解 形聲；從糸，吉聲。吉多有堅固的意思，所以使繩索相交而不散爲結。

音義 ㄐㄧㄝˊ 名①繩、線或帶子打成的扣兒；例領結。②內心憂思的蘊積處；例一寸離腸千萬結。③表示保證或負責的文件；例具結。④姓。動①用繩或線互相鉤連；例結繩而治。②聯合；例結盟。③凝聚；例結冰。④構成；例結怨。⑤建造；例結廬在人境。⑥終了；例結案。

ㄐㄧㄝ 動①口吃；例結巴。②長出（果實或種子）；例開花結果。形堅固的；例結實。

4 **結巴** ㄐㄧㄝ ㄅㄚ 即口吃，說話不順暢而有重複字音的毛病。例結結巴巴。

5 **結石** ㄐㄧㄝˊ ㄕˊ 醫排泄或分泌器官的管腔或囊腔內，由於有機成分或無機鹽類沈積而集結成的堅硬物質。如腎結石、膽結石。

6 **結交** ㄐㄧㄝˊ ㄐㄧㄠ 聯結友誼。

結冰 ㄐㄧㄝˊ ㄅㄧㄥ 水在冰點以下冷凝而成的硬塊。

結舌 ㄐㄧㄝˊ ㄕㄜˊ (一)不敢說話。(二)因恐懼、震驚或理屈詞窮而說不出話來。例張口結舌。

結合 ㄐㄧㄝˊ ㄏㄜˊ 人們爲了某種目的而聯合的過程或因聯合而形成的團體。也作爲男女成婚的代稱。

參考「結合」指人或事物聯結在一起，是中性詞；「團結」是指人與人間或團體間、國家間，互相緊密地連合起來，是褒美詞。

7 **結伴** ㄐㄧㄝˊ ㄅㄢˋ 作伴。

結束 ㄐㄧㄝˊ ㄕㄨˋ (一)完畢，告一段落。(二)古指著裝。

結局 ㄐㄧㄝˊ ㄐㄩˊ (一)收場，最後的情況。(二)文文學作品情節的組成部分之一。一般指故事情節和人物性格發展的最後階段。

8 **結社** ㄐㄧㄝˊ ㄕㄜˋ 因多數特定的人爲了達成特定的目的，自由而繼續的結合成團體。

結果 ㄐㄧㄝˊ ㄍㄨㄛˇ ㈠植物長出果實。㈡在一定階段，事物發展所達到的最後狀態。㈢哲指由原因的作用而產生的事物。㈣將人殺死。

參考 ①與「結論」有別：前者指事物發展的過程中的一定收穫；後者指對某種事物最後所下的論斷。②參閱「成果」條。

9 **結怨** ㄐㄧㄝˊ ㄩㄢˋ 招惹怨尤。

結拜 ㄐㄧㄝˊ ㄅㄞˋ 指經過一定的形式彼此結爲異姓兄弟姊妹。例結拜兄弟。

10 **結納** ㄐㄧㄝˊ ㄋㄚˋ 攀附權貴，互相勾結。

結案 ㄐㄧㄝˊ ㄢˋ 對案件做出最後處理，使其結束。

結草 ㄐㄧㄝˊ ㄘㄠˇ 比喻受恩深重，雖死也要報答。

11 **結帳** ㄐㄧㄝˊ ㄓㄤˋ 結算帳目。

結婚 ㄐㄧㄝˊ ㄏㄨㄣ 男女正式結合成爲夫婦。

結紮 ㄐㄧㄝˊ ㄓㄚ 醫基於醫療上、避孕上的緣故，將血管、輸精管或輸卵管等加以束住的手術。

12 **結集** ㄐㄧㄝˊ ㄐㄧˊ ㈠把單篇的文章滙集起來編成集子。㈡聚合。例結集兵力。

結晶 ㄐㄧㄝˊ ㄐㄧㄥ ㈠化物質從溶液、熔融體或氣態裡形成晶體的過程。㈡具有一定化學成分的晶體物質，外型呈幾何式規則的多面體。㈢比喻經過一番辛勞、血汗的珍貴成果。

參考 衍結晶品、結晶水、結晶變質。

13 **結義** ㄐㄧㄝˊ ㄧˋ 即結拜。

結盟 ㄐㄧㄝˊ ㄇㄥˊ 不同國家爲了同一的目的而締結成同盟。

結業 ㄐㄧㄝˊ ㄧㄝˋ 結束學業，凡訓練、講習、補習等修業終了，均稱爲結業。

14 **結綵** ㄐㄧㄝˊ ㄘㄞˇ 遇喜慶事時，紮結綵綢彩紙以裝飾門戶。例張燈結綵。

結算 ㄐㄧㄝˊ ㄙㄨㄢˋ 對商品交易和勞務供應等發生的收支款項進行結帳清算。例年終結算。

結構 ㄐㄧㄝˊ ㄍㄡˋ ㈠建築物承受重量和外力的部分及構造。㈡構成整體的各個部分及其結合方式。例文章結構。㈢文藝作品的內部架構。

15 **結緣** ㄐㄧㄝˊ ㄩㄢˊ ㈠彼此由初識而交好。㈡佛創未來得度的緣分。如廣結善緣、歸依三寶都是結緣。

結論 ㄐㄧㄝˊ ㄌㄨㄣˋ 泛指對事物最後所下的論斷。

參考 參閱「結果」條。

結褵 ㄐㄧㄝˊ ㄌㄧˊ 結婚的代稱。古代女子出嫁，母親給女兒結頭巾，叫結褵，俗稱蓋頭。褵，又作「縭」。

結實 ㈠ ㄐㄧㄝˊ ㄕˊ 草木結子。㈡ ㄐㄧㄝˊ ˙ㄕ 堅固，強健。例肌肉結實。

參考 衍結實纍纍。

19 **結識** ㄐㄧㄝˊ ㄕˋ 跟人相識而來往。

20 **結黨營私** ㄐㄧㄝˊ ㄉㄤˇ ㄧㄥˊ ㄙ 結成宗派、小團體，以謀取私利爲目的。

▽鬱結、凝結、團結、締結、連結、永結、心結、情結、繩結、具結、作結、兵連禍結、精誠團結、鶉衣百結。

常 6

絶

形解 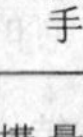 形聲；從糸、刀，卩聲。卩爲長短有節度，所以斷絲爲絶。

音義 ㄐㄩㄝˊ 名文絶句；例七絶。動①中止；例絶交。②橫度；例絶江河。③超越；例武力絶倫。④凋落；例委絶。⑤喪失；例絶命。形①獨一無二的；例絶代有佳人。②遙遠的；例邈彼絶域。副①極，甚；例秦女絶美。②無論如何；例絶不通融。

參考 和「決定」的「決」字同音，有時易混；除了「絶不」可以用「決不」外，其他用法都不同。參閱「決」字條。

3 **絶口** ㄐㄩㄝˊ ㄎㄡˇ ㈠閉口。例絶口不談。㈡住口。例讚不絶口。

5 **絶代** ㄐㄩㄝˊ ㄉㄞˋ ㈠當代獨一無二。例絶代佳人。㈡遠古的年代。

絶句 ㄐㄩㄝˊ ㄐㄩˋ 文我國古典詩的一種體裁，每首四句。常見的有五言（每句五字）、七言（

每句七字）兩種，五言的簡稱五絕，七言的簡稱七絕。

6 **絕交** ㄐㄩㄝˊ ㄐㄧㄠ ㈠與朋友斷絕關係。㈡國與國間斷絕外交關係或斷絕某種關係。例經濟絕交。

絕色 ㄐㄩㄝˊ ㄙㄜˋ ㈠極美的女子。㈡泛指極美的顏色。

絕地 ㄐㄩㄝˊ ㄉㄧˋ ㈠絕遠的地方，阻隔不通的地方。㈡極為困窘的境地，沒有生路的境地。

參考 同絕境。

7 **絕技** ㄐㄩㄝˊ ㄐㄧˋ 獨一無二的技藝。

絕妙 ㄐㄩㄝˊ ㄇㄧㄠˋ 非常美妙，極端巧妙。

8 **絕版** ㄐㄩㄝˊ ㄅㄢˇ 已毀版而不再重印的圖書。

9 **絕俗** ㄐㄩㄝˊ ㄙㄨˊ ㈠與世間隔絕。例
㈡能超然不苟合於世俗。
耿介絕俗。

絕食 ㄐㄩㄝˊ ㄕˊ 為了某種特殊原因而斷絕飲食。亦作「絕粒」。

10 **絕倫** ㄐㄩㄝˊ ㄌㄨㄣˊ 超越而無法比擬。倫：類比。例精美絕倫。

絕倒 ㄐㄩㄝˊ ㄉㄠˇ ㈠形容笑得前俯後仰。㈡極其佩服。㈢哭暈過去。

11 **絕望** ㄐㄩㄝˊ ㄨㄤˋ 毫無希望。

參考 參閱「失望」條。

絕頂 ㄐㄩㄝˊ ㄉㄧㄥˇ ㈠最甚，極端。㈡山頂。

絕唱 ㄐㄩㄝˊ ㄔㄤˋ 指詩文創作達到的最高造詣。也指最好的作品。

12 **絕筆** ㄐㄩㄝˊ ㄅㄧˇ ㈠死前最後所寫的文字或所作的字畫。㈡極好的詩文書畫。

絕無僅有 ㄐㄩㄝˊ ㄨˊ ㄐㄧㄣˇ ㄧㄡˇ 形容極其少有。

13 **絕跡** ㄐㄩㄝˊ ㄐㄧ ㈠連踪跡也沒有了，形容徹底滅絕。㈡超越的事迹。

14 **絕境** ㄐㄩㄝˊ ㄐㄧㄥˋ ㈠與人世遠隔的地方。㈡困窘險惡的境地。

絕對 ㄐㄩㄝˊ ㄉㄨㄟˋ ㈠肯定，毫無疑問。例絕對優勢。㈡哲事物的意義永恆而完全獨立，無條件也無限制。㈢對仗工穩妙絕的聯語或詩句。

參考 ①同相對。②衍絕對單位、絕對名詞、絕對放射性。

15 **絕緣體** ㄐㄩㄝˊ ㄩㄢˊ ㄊㄧˇ 不善於導電或傳熱的物質。如橡膠、玻璃等。

16 **絕壁** ㄐㄩㄝˊ ㄅㄧˋ 極為陡峭，無路可上的山崖。

參考 參閱「懸崖」條。

絕學 ㄐㄩㄝˊ ㄒㄩㄝˊ ㈠宏偉獨到的學術，失傳的學問。㈡廢絕學業。

21 **絕響** ㄐㄩㄝˊ ㄒㄧㄤˇ ㈠指失傳的學問技藝。㈡比喻世上少有的好作品。

▽隔絕、氣絕、拒絕、根絕、謝絕、卓絕、斷絕、廢絕、永絕、杜絕、不絕、超絕、滅絕、存亡繼絕、拍案叫絕、深惡痛絕、絡繹不絕、源源不絕、滔滔不絕、趕盡殺絕。

常 6
絨

形解 形聲；從糸，戎聲。細布為絨。

音義 ㄖㄨㄥˊ 名①棉、絲或毛製成的上面有層細毛的機織物；例呢絨。②刺繡所用的絲縷；例「爛嚼紅絨，笑向檀郎唾。」③柔軟細小的毛；例鴨絨。

常 6
紫

形解 形聲；從糸，此聲。青赤色的布帛為紫。

音義 ㄗˇ 名①藍、紅兩色混合成，像茄子皮那樣的顏色；例萬紫千紅。②姓。

2 **紫丁香** ㄗˇ ㄉㄧㄥ ㄒㄧㄤ 植丁香春開紫色花，故名。

5 **紫外線** ㄗˇ ㄨㄞˋ ㄒㄧㄢˋ 理波長在紫光和愛克斯（X）射線之間的電磁波。以三棱鏡分散日光時，熱線折射而排列於光譜中紫色部分以外，故稱紫外線。它不能引起視覺，但對生物體的細胞組織可起各種作用。

11 **紫毫** ㄗˇ ㄏㄠˊ 毛筆的一種。筆鋒用深紫色細硬的兔毛製成。

▽紅得發紫、千紅萬紫。

常 6
絮

形解 形聲；從糸，如聲。如有相似的意思，所以敝緜為絮。

音義 ㄒㄩˋ 名①彈過後鬆散的棉花；例被絮。②植物像棉花似的茸毛；例桃李陰陰柳

絮飛。③姓。動在衣物裡面襯上棉絮；例絮棉襖。副話多地；例夢中絮叨。

5 **絮叨** ㄒㄩˋ ㄉㄠ 形容說話繁瑣，嘮叨。

絮絮不休 ㄒㄩˋ ㄒㄩˋ ㄅㄨˋ ㄒㄧㄡ 連續不絕地低聲談話。絮絮：語言煩多而不間斷。

14 **絮語** ㄒㄩˋ ㄩˇ 連續不絕地低聲談話。

▽飛絮、綿絮、柳絮、敗絮、花絮、殘絮、落絮、飛雪如絮。

常 6 **絲** 形解 會意；從二糸。糸為單絲，糾合之而成者為絲。

音義 ㄙ 名①蠶所吐的細縷，為綢緞的原料；例抽絲剝繭。②絲織品；例「食不重肉，妾不衣絲。」③像絲一般的東西；例粉絲。④綿延不斷的思情；例慧劍斬情絲。⑤重量單位名，十忽為一絲，十絲為一毫。⑥八音之一，凡絃樂器所奏的稱為「絲」；例擊石彈絲。形①微細的；例絲雨帶風斜。②極小的；例一絲不掛。

參考 又作「丝」。

11 **絲毫** ㄙ ㄏㄠˊ 一點點，極其微小。例絲毫不差。

12 **絲絲入扣** ㄙ ㄙ ㄖㄨˋ ㄎㄡˋ 紡織時，每條經線都要從「扣」齒間穿過，因此比喻十分細緻、緊湊合度，多半指文章或藝術表演等。「扣」，應作「筘」，為織布機上的一種機件。

▽生絲、寸絲、青絲、粉絲、蠶絲、鐵絲、抽絲、瓜棚豆架雨如絲。

常 6 **絡** 形解 形聲；從糸，各聲。緜絮為絡。

音義 ㄌㄨㄛˋ 名①網；例天維地絡。②勒住馬頭的皮帶等，馬籠頭；例晨風白金絡。③中醫稱人體的血管和神經細脈；例脈絡分明。④繩子；例祥飛井絡。⑤果實內的網狀纖維；例絲瓜絡。動①纏繞。②包羅；例網絡古今。③聯繫；例聯絡。④維繫；例富貴利達，聲色貨利，如何籠絡得他住？

ㄌㄠˋ 名用線或繩編成的小網；例絡子。

參考 與「降落」的「落」、「洛水」的「洛」有別。

19 **絡繹不絕** ㄌㄨㄛˋ ㄧˋ ㄅㄨˋ ㄐㄩㄝˊ 前後相接，繼續不斷的樣子。

參考 ①又作「駱驛」、「落驛」。②與「川流不息」都有連續不斷的意思，但有別：前者專指人、馬、車、船的來來往往；後者所指比較廣泛，可以指人、馬、車、船的來往，也可以指別的事物；例如電報、資料、河水等。又前者含有繁盛的意思，所指的對象不能是單一的；後者不含繁盛的意思，所指的對象可以是單一的。

▽脈絡、連絡、籠絡、金絡、絲瓜絡。

常 6 **給** 形解 形聲；從糸，合聲。合有相合的意思，所以供應足備為給。

音義 ㄍㄟˇ 動交付；例給錢。介①與；例借給我錢。②向；例快給他道謝。助①被；例大伙都給他騙了。②替，為；例你給我卸下來罷。

ㄐㄧˇ 名姓。動①供應；例不能自給食者。②賜予；例給錢五萬。形言語敏捷的；例言論給捷。

參考「給」有三種用法，二種讀音：①用在動詞後面，表示「交與」、「付出」，如：送給他一束花。動詞本身有給予意義的，後面可以用「給」也可以不用「給」；動詞沒有給予意義的，後面必須用「給」，如：捎給他一封信，留你一把鑰匙。②引進動作的對象，跟「向」相同，如：小朋友給老師行禮。這種用法，普通話有一定限制，有的說法在方言裏有，普通話裏沒有，如：「車走遠了，她還在□我們招手」，此處應該用「向」或「跟」，不該用「給」。③「供給」和「自給自足」中的「給」字應讀ㄐㄧˇ，不可讀ㄍㄟˇ。④「給以」後面只說所給的事物，並且多為抽象事物，不說接受的人。要是說出接受的人，

「給以」就要改成「給」，如：朋友有困難的時候，應當給他幫助。

14 **給與** ㄐㄧˇ ㄩˇ (一)同「給予」。(二)薪餉，待遇，報酬。

15 **給養** ㄐㄧˇ ㄧㄤˇ 軍隊中主、副食、燃料以及牲畜飼料等物資供應的統稱。

▽供給、支給、自給、賑給、配給、俸給、送給、捷給、日不暇給。

常 6 **絢** 形解 形聲；從糸，旬聲。旬有偏匝的意思，所以絲織品上結成美觀圖案的花紋為絢。

音義 ㄒㄩㄢˋ 形 ①色彩華麗的；例藻帛絢文。②光彩耀目的；例絢爛。

參考 ①字雖從旬，但不可讀成ㄒㄩㄣˊ。②與「炫」有別：「絢」，多指文采華麗，如「絢爛」；「炫」，則指光線亮麗，如「炫晝縞夜」。

21 **絢爛** ㄒㄩㄢˋ ㄌㄢˋ 光彩燦爛。

▽光絢、彩絢。

次 6 **絓** 形解 形聲；從糸，圭聲。圭有牽掛的意思，所以繭絲成結為絓。

音義 ㄍㄨㄚˋ 動 ①絆住；例絓住。②牽掛。

次 6 **絰** 形解 形聲；從糸，至聲。至有實的意思，所以孝子頭上所繫的麻帶用來表示忠實之心為絰。

音義 ㄉㄧㄝˊ 名 古用麻布做成的喪帽、喪帶；例首絰，腰絰。

次 6 **絪** 形解 形聲；從糸，因聲。因有相依的意思，所以天地間蘊結之氣，像絲一般綿延者為絪。

音義 ㄧㄣ 名 薦墊；例加畫繡絪。副 氣體充盛的樣子，通「氤」；例絪縕。

次 6 **絏** 形解 形聲；從糸，曳聲。曳有引的意思，所以引繩索去繫東西為絏。

音義 ㄒㄧㄝˋ 名 繩索；例縲絏。動 綑綁，通「紲」。

次 6 **絳** 形解 形聲；從糸，夅聲。大紅色為絳。

音義 ㄐㄧㄤˋ 名 地 春秋晉地。形 深紅色；例百枝絳點燈煌煌。

次 6 **絜** 形解 形聲；從糸，㓞聲。麻一束為絜。

音義 ㄐㄧㄝˊ 動 ①整修；例君子絜其辯。②清淨，通「潔」；例自絜。ㄒㄧㄝˊ 動 ①衡量；例度長絜大。②約束；例絜之百圍。

次 6 **絫** 形解 形聲；從糸，厽聲。堆積增益為絫。隸變作「累」。

音義 ㄌㄟˇ 動 ①重疊。②增益。

參考 ①古「累」字。②與「纍」字有別。

常 7 **經** 形解 形聲；從糸，巠聲。巠有直而長的意思，所以織縱絲為經。

音義 ㄐㄧㄥ 名 ①紡織品上的直線；例經緯。②道路南北為「經」，東西為「緯」；例九經九緯。③中醫稱人體的脈絡；例五經並行。④常道；例凡為天下國家有九經。⑤有特殊價值而為人生所遵循的典籍；例五經。⑥生 婦女每月子宮內膜週期性的脫落並出血的現象，由陰部排出的血液稱為「月經」，簡稱「經」；例經期。⑦姓。動 ①治理；例經略。②閱歷；例身經百戰。③策劃；例經始靈臺，經之營之。④分劃；例體國經野。⑤縊死；例自經。⑥禁受；例經得起考驗。形 ①常有的；例國有經俗。②持久不變的；例不經之論。

參考 ①直線為「經」，橫線為「緯」。②同常。③反緯。④與「徑」(ㄐㄧㄥˋ)有別：「徑」有小路、直接、直徑的意思，而「經」卻無此義。

4 **經心** ㄐㄧㄥ ㄒㄧㄣ 注意，留心。

參考 與「精心」都指注意，留心，都是形容詞：但前者指遇事留心在意，常與「不」連用，可以構成成語「漫不經心」；後者指特別用心，在一件事情上費了很多心血，比「經心」程度深，而且多以肯定形式出現。

經手 ㄐㄧㄥ ㄕㄡˇ 經過其手，即親自辦理。

5 **經史子集** ㄐㄧㄥ ㄕˇ ㄗˇ ㄐㄧˊ 我國舊時圖書分類的四大總目：經（經典小學）、史（史書）、子（諸子百家）、集（詩、詞、圖贊）。

6 **經年** ㄐㄧㄥ ㄋㄧㄢˊ ㈠經歷整個年頭。㈡比喻很長久的時間。

經年累月 ㄐㄧㄥ ㄋㄧㄢˊ ㄌㄟˇ ㄩㄝˋ 比喻經過很久的時間。

8 **經典** ㄐㄧㄥ ㄉㄧㄢˇ ㈠一定的時代，一定的學界認為最重要而具有指導作用的著作。例經典之作。㈡宗教徒指各種宗教宣揚教義的經書。

9 **經紀人** ㄐㄧㄥ ㄐㄧˋ ㄖㄣˊ 一種中間商人。他們為買賣雙方進行撮合，而從中取得報酬。

11 **經商** ㄐㄧㄥ ㄕㄤ 從事商業經營。

經理 ㄐㄧㄥ ㄌㄧˇ ㈠管理。㈡主持公司某部事務的人。例業務經理。

經部 ㄐㄧㄥ ㄅㄨˋ 我國古代儒家的經典及小學（文字、音韻、訓詁）方面的書。如周易、春秋、尚書、儀禮等均屬經部。

經略 ㄐㄧㄥ ㄌㄩㄝˋ ㈠經營謀劃（指政治或軍事工作）。㈡官名，「經略使」的簡稱。

12 **經費** ㄐㄧㄥ ㄈㄟˋ 辦事的費用。

經絡 ㄐㄧㄥ ㄌㄨㄛˋ 醫 中醫學名詞，是人體內經脈和絡脈的總稱。凡直行的幹綫都稱為經；由經脈分出來的支脈，叫做絡。

13 **經傳** ㄐㄧㄥ ㄓㄨㄢˋ ㈠古時稱儒家的著作為經，解釋經文的書為傳，合稱經傳。如春秋為經，而穀梁為傳。㈡泛指有代表性的書籍。例不見經傳。

經過 ㄐㄧㄥ ㄍㄨㄛˋ ㈠通過。㈡事情的過程。㈢經歷，閱歷。

參考「經過」只是泛泛地說明一個過程；「經歷」則彷彿必須有事蹟可記的過程。二者可以當動詞，也可以當名詞用。「通過」只能當動詞用。

14 **經管** ㄐㄧㄥ ㄍㄨㄢˇ 經手管理。

經綸 ㄐㄧㄥ ㄌㄨㄣˊ ㈠整理蠶絲。㈡比喻規畫政治，處理國事。

15 **經銷** ㄐㄧㄥ ㄒㄧㄠ 經手出售。

參考 衍經銷處、經銷商。

經緯 ㄐㄧㄥ ㄨㄟˋ ㈠織布的直線叫「經」，橫線叫「緯」，而交錯相成叫「經緯」。㈡地球的經度和緯度。㈢辦事的步驟、計畫。㈣常法。

經緯萬端 ㄐㄧㄥ ㄨㄟˋ ㄨㄢˋ ㄉㄨㄢ ㈠（用）縱橫交錯的很多條綫（織成織物）。㈡比喻事務繁雜，不易處理。

16 **經歷** ㄐㄧㄥ ㄌㄧˋ ㈠親身遇到過，做過或參加過。㈡親身經驗過的事務。即所謂的「履歷」。

17 **經營** ㄐㄧㄥ ㄧㄥˊ 籌劃並管理。也泛指計劃和組織。

經濟 ㄐㄧㄥ ㄐㄧˋ 經 ㈠關於財貨的生產、分配、消費等事項。㈡節約，即以較少的耗費獲得較大的成果。㈢經世濟民，指治理國家而言。

參考 衍經濟法、經濟計劃、經濟建設、經濟新聞。

23 **經驗** ㄐㄧㄥ ㄧㄢˋ 即感性經驗或感覺經驗。人們在實踐過程中，通過自己的感官直接接觸客觀事物而獲得的對事物的表面現象的初步認識。

▽月經、五經、神經、聖經、石經、佛經、自經、曾經、已經、業經、詩經、易經、書經、途經、十三經、一本正經、四書五經、怪誕不經、荒誕不經、家家有本難念的經。

常 7

絹

形解 形聲；從糸，肙聲。生帛為絹。

音義 ㄐㄩㄢˋ 名 ①一種薄而堅韌的生絲織品。例遺絹二匹。②手帕。例手絹。

參考 ①與「狂狷」的「狷」及「捐血」的「捐」有別。②字雖從「肙」，但不可讀成ㄐㄩㄢ。

▽生絹、素絹、絲絹、手絹。

常 7

綁

形解 形聲；從糸，邦聲。用繩索綁縛為綁。

音義 ㄅㄤˇ 動 用繩、帶等綑縛；例綁在樹上。

參考 同綑，縛。

9 **綁架** ㄅㄤˇ ㄐㄧㄚˋ 以暴力劫持人家。

10 **綁票** ㄅㄤˇ ㄆㄧㄠˋ 擄人勒贖。

▽五花大綁。

常 7 **綏** 形解 形聲；從糸，妥聲。妥為安妥，所以升車時所執的車中靶為綏。

音義 ㄙㄨㄟ 名①旌旗；例乘車建綏。②用來拉引以便上車的繩索；例正立執綏。③地「綏遠省」的省稱；例平綏鐵路。動①退軍；例出戰交綏。②安撫；例綏之斯來。③平安，書信用語；例時綏。

參考 與「餒」有別：「餒」從食從妥，音ㄋㄟˇ，有飢餓，匱乏的意思。

13 **綏靖** ㄙㄨㄟ ㄐㄧㄥˋ 安撫，使其和平穩定。

綏靖政策 ㄙㄨㄟ ㄐㄧㄥˋ ㄓㄥˋ ㄘㄜˋ 政 對侵略者抱姑息態度，不惜犧牲他國的領土、主權以求安協的政策。

▽靖綏、鎮綏、撫綏、來綏。

常 7 **綑** 形解 形聲；從糸，困聲。困有圍合的意思，所以紮結為綑。

音義 ㄎㄨㄣˇ 名量詞，稱可以捆束的東西；例一綑報紙。動 用繩子綁住；例把小偷綑起來送警察局查辦。

參考 ①同綁，縛。②字雖從困，但不可讀成ㄎㄨㄣˋ。

次 7 **綈** 形解 形聲；從糸，弟聲。弟有先後次第的意思，所以多股絲線密織而成的厚繒為綈。

音義 ㄊㄧˊ 名①一種光澤的厚繒；例綈袍。②絲織品之一，質地較綢厚實；例線綈。

次 7 **綆** 形解 形聲；從糸，更聲。更為變改，所以可供兩手交替引以汲水的繩索為綆。

音義 ㄍㄥˇ 名①汲水用的繩索；例綆短汲深。②輪輻近軸處的隆起部分。

12 **綆短汲深** ㄍㄥˇ ㄉㄨㄢˇ ㄐㄧˊ ㄕㄣ 比喻才力不能勝任艱巨的任務。又作「汲深綆短」。

次 7 **綀** 形解 形聲；從糸，束聲。束有狹小的意思，所以狹長的布巾為綀。

音義 ㄕㄨ 名 麻布或粗葛布所製成的衣服。

次 7 **綒** 形解 形聲；從糸，孛聲。孛有盛大的意思，所以合衆絲編成的粗索為綒。

音義 ㄈㄨˊ 名 大索，古用來拉引棺柩，通「紼」。

次 7 **絿** 形解 形聲；從糸，求聲。求有需求應急的意思，所以絲纏過緊為絿。

音義 ㄑㄧㄡˊ 形 急躁的；例不競不絿。

次 7 **絺** 形解 形聲；從糸，希聲。希有少的意思，所以細葛為絺。

音義 ㄔ 名①細葛布；例為絺為綌。②地 春秋周邑名，今河南沁陽縣西南。

參考 字雖從希，但不可讀成ㄒㄧ。

次 7 **絻** 形解 形聲；從糸，免聲。免為俯俛，士大夫的喪冠為絻。

音義 ㄨㄣˋ 名①古發喪時孝子戴的喪冠。②古送葬者所執引柩入壙的繩子。動 穿著喪服；例季氏不絻。

ㄇㄧㄢˇ 名 古帝王、諸侯所戴的禮帽，通「冕」。

次 7 **綃** 形解 形聲；從糸，肖聲。生絲為綃。

音義 ㄒㄧㄠ 名①生絲。②用生絲織成的薄質紗綢；例綃頭。③竿條，通「梢」；例維長綃，挂帆席。

次 7 **綌** 形解 形聲；從糸，谷聲。粗葛布為綌。

音義 ㄒㄧˋ 名 粗葛布；例袗綌。

次 7 **絛** 形解 形聲；從糸，攸聲。攸有長的意思，所以編繩為絛。

音義 ㄊㄠ 名 絲帶。

參考 不可受「條」讀音的影響唸成ㄊㄧㄠˊ。

常 8 **綻** 形解 形聲；從糸，定聲。定有定止的意思，所以用絲帛縫補爲綻。

音義 ㄓㄢˋ 動①裂開；例皮開肉綻。②開花；例日照野塘梅欲綻。③縫製。補綻；例新衣當誰綻？

參考 字雖從定，但不可讀成ㄉㄧㄥˋ。

▽補綻、皮開肉綻。

常 8 **綰** 解形 形聲；從糸，官聲。官有治理的意思，所以繫束爲綰。

音義 ㄨㄢˇ 動①佩掛；例絳侯綰皇帝璽。②把長條物盤繞起來打成結子；例綰起頭髮。③穿貫；例雲鬟三尺綰芙蓉。④捲；例綰起袖子。

參考 字雖從官，但不可讀成ㄍㄨㄢ或ㄍㄨㄢˋ。

17 **綰轂** ㄨㄢˇ ㄍㄨˇ 貫穿車輻於車輪中心的軸上，比喻地處中樞，能與各方面聯絡具有扼制的作用。轂：車輻所聚集之處。

常 8 **綜** 解形 形聲；從糸，宗聲。宗有主要的意思，織布機上屈繩制經，令得開合的裝置爲綜。

音義 ㄗㄨㄥˋ 動①總聚；例綜其始終。②治理；例織婦欣而綜絲。③聚在一起；例錯綜複雜。形 起皺紋的；例這紙綜了。副 總合地；例綜述性靈。

ㄗㄥ 名 織布機上使經線交錯著上下分開以便緯線通過而交織成布的一種器件裝置。

參考 與「總」有別：「總」從悤，音ㄗㄨㄥˇ，除聚合義可通用外，餘義均不同。

6 **綜合** ㄗㄨㄥˋ ㄏㄜˊ ㈠總合起來。㈡指將各別分項分類的事物或概念，依其共通性，總合歸類而論定之。

參考 ①衍 綜合報導、綜合性向測驗。②參閱「概括」條。

9 **綜括** ㄗㄨㄥˋ ㄍㄨㄚ 總合一切。

11 **綜理** ㄗㄨㄥˋ ㄌㄧˇ 總管一切。

19 **綜藝** ㄗㄨㄥˋ ㄧˋ 「綜合藝術」的簡稱。通常專指形式上占有空間和時間，必須同時用視覺和聽覺感受的較複雜的綜合性藝術。

綜覈名實 ㄗㄨㄥˋ ㄏㄜˊ ㄇㄧㄥˊ ㄕˊ 總合其名義，而考核其實際。指做事實事求是，認眞負責。「覈」亦作「核」。

▽錯綜、紙綜。

常 8 **綽** 解形 形聲；從糸，卓聲。卓有高聳的意思，所以絲帛寬裕爲綽。

音義 ㄔㄨㄛˋ 動①抓住；例綽鎗上馬。②某些蔬菜在製作前放在沸水中過一下，通「焯」；例綽茄子。形①寬裕的；例綽有餘裕。②姿態柔美的；例綽約仙子。③另起的名號；例綽號。

參考 ①字雖從卓，但不可讀成ㄗㄨㄛ。②或音ㄔㄠ。③「綽綽有餘」不可誤作「卓卓有餘」。

9 **綽約** ㄔㄨㄛˋ ㄩㄝ ㈠姿態柔美的樣子。例風姿綽約。㈡比喻柔順。亦作「婥約」。

13 **綽號** ㄔㄨㄛˋ ㄏㄠˋ 本名以外另起的諢名，外號。多帶有諷嘲意味。

14 **綽綽有餘** ㄔㄨㄛˋ ㄔㄨㄛˋ ㄧㄡˇ ㄩˊ ㈠形容態度從容，不慌不忙的樣子。㈡亦指能力、財力的寬裕富足。綽綽：寬裕舒緩的樣子。

常 8 **綾** 解形 形聲；從糸，夌聲。有文采的細緻絲織品爲綾。

音義 ㄌㄧㄥˊ 名 比綢緞細薄的絲織品，今用桑蠶絲或桑蠶絲同人造絲交織而成；例綾羅綢緞。

常 8 **綠** 解形 形聲；從糸，彔聲。青黃色的布帛爲綠。

音義 ㄌㄨˋ 名 草名，通「菉」；例綠竹猗猗。形 藍、黃二色所調配而成的顏色；例紅花綠葉。

參考 ①語音ㄌㄩˋ。②參閱「緣」字條。

4 **綠化** ㄌㄩˋ ㄏㄨㄚˋ 以栽種綠色植物（如樹木、花卉、草皮等）來改善自然環境和居民生活條件的措施。

9 **綠洲** ㄌㄩˋ ㄓㄡ 沙漠中有水草的地方。也指荒漠中通過人工灌溉而農牧發達的地方。

10 **綠茶** ㄌㄩˋ ㄔㄚˊ 植 茶葉的一大類，

是由鮮茶葉經殺菁、揉捻、烘焙等程序而製成的。因其屬半醱酵茶，故所砌出的茶水較清淡，仍保持鮮茶葉原有的綠色，故稱。與「紅茶」不同。

11 **綠野** ㄌㄩˋ ㄧㄝˇ 綠色的原野。

20 **綠藻** ㄌㄩˋ ㄗㄠˇ 藻類植物的一門。生長在淡水、海水中或溼地、樹幹上。植物體綠色或黃綠色，呈球狀、絲狀、管狀等。如水綿就是常見的綠藻植物。

參考 衍綠藻門。

▽黛綠、碧綠、新綠、翠綠、草綠、墨綠、嫩綠、燈紅酒綠。

常 8 **緊** 形解 會意；從臤，絲省。臤有堅實的意思，所以用絲纏束使堅實爲緊。

音義 ㄐㄧㄣˇ 動①糾繚；例緊紮。②加力收束，即使物體受到較大的拉力或壓力；例緊一緊腰帶。③非常接近；例緊接著。形①嚴厲的；例管得很緊。②急迫的；例情況吃緊。③不寬鬆的；例功課很緊。④不寬裕的；例手頭很緊。副①密合地；例握緊槍桿。②加快地；例緊走幾步。③如影隨形地；例緊跟著我。

參考 ①字又作「緊」。②反寬，鬆，弛。

9 **緊急** ㄐㄧㄣˇ ㄐㄧˊ 情況嚴重急迫。

參考 衍緊急煞車、緊急貸款、緊急避難行爲。

緊要關頭 ㄐㄧㄣˇ ㄧㄠˋ ㄍㄨㄢ ㄊㄡˊ 重要的關鍵，緊急的時機。

11 **緊張** ㄐㄧㄣˇ ㄓㄤ (一)急迫。例情勢緊張。(二)情緒興奮，惶恐不安。例神情緊張。

緊密 ㄐㄧㄣˇ ㄇㄧˋ 細密。

參考 參閱「周密」條。

12 **緊湊** ㄐㄧㄣˇ ㄘㄡˋ 比喻能掌握要點，使密切結合。例節目緊湊。

▽吃緊、要緊、鬆緊、趕緊、打緊、綁緊、繫緊。

常 8 **綴** 形解 形聲；從糸，叕聲。叕爲叕聯，所以聯結合箸爲綴。

音義 ㄓㄨㄟˋ 名邊緣；例網戶朱綴。動①聯結；例綴句成章。②用針線縫緝；例補綴。③裝飾；例點綴。④結繫；例綴旒。

參考 與「啜」、「餟」有別：「啜」音 ㄔㄨㄛˋ，吃喝；「餟」音 ㄓㄨㄟˋ，古祭祀時把酒洒在地上。

4 **綴文** ㄓㄨㄟˋ ㄨㄣˊ 聯綴字句成爲文章。猶作文。

6 **綴字屬篇** ㄓㄨㄟˋ ㄗˋ ㄓㄨˇ ㄆㄧㄢ 結集文字，使成篇章。多指著作言。

▽點綴、縫綴、補綴、連綴。

常 8 **網** 形解 形聲；從糸，罔聲。罔是張網，結繩具孔，用來捕捉禽獸鳥魚的工具爲網。

音義 ㄨㄤˇ 名①用繩線織結而成，用來捕捉魚類飛禽的器具；例魚網。②網狀物；例鐵絲網。③組織周密如網的事物；例廣播網。動①羅致；例網羅人才。②用網捕捉；例網魚。

參考 ①字又作「网」、「䋄」、「網」。②同羅，罟。③不可與「大綱」、「綱要」的「綱」(ㄍㄤ)字誤混：「網」字，從亡；「綱」字，從山。

11 **網球** ㄨㄤˇ ㄑㄧㄡˊ 體(一)球名。(二)球類運動項目之一。在長方形場地中間用球網隔開，雙方各佔半場，可在空中擊球或球落地一次後回擊，有硬式與軟式之別，可單打也可雙打。

12 **網開三面** ㄨㄤˇ ㄎㄞ ㄙㄢ ㄇㄧㄢˋ 比喻從寬處置。語本史記．殷本紀所載：湯在野外看見打獵的人，四面都張滿了網，並且禱告說，天下四方的鳥獸，都到我的網裡來。湯說，這樣一來，就把天下的鳥獸全都抓光了。於是把網收起了三面，才剩下一面。俗亦作「網開一面」。

14 **網漏吞舟** ㄨㄤˇ ㄌㄡˋ ㄊㄨㄣ ㄓㄡ 吞舟的大魚用網也捕捉不到，比喻法律無法約束巨奸大惡。

19 **網羅** ㄨㄤˇ ㄌㄨㄛˊ (一)捕魚用網，捕鳥用羅，泛指捕捉魚鳥走獸的用具。(二)引申作搜求，包括收集的意思。

參考 ①參閱「搜羅」條。②衍網羅宏富。

▽魚網、蛛網、塵網、天網、情網、羅網、法網、灑網、

收網、漏網、通信網、天羅地網、自投羅網、恢恢法網。

常 8
綱
形解 形聲；從糸，岡聲。網上的大繩爲綱。

音義 ㄍㄤ 名 ①用來維繫網子的總繩；例綱舉目張。②事物的最主要部分；例爲政貴當舉綱。③古代結成幫會運輸貨物的組織；例鹽綱。④生 生物分類的第三級；例界、門、綱、目、科、屬、種。

參考 和「網」(ㄨㄤˇ)字易混，參閱「網」字條。

5 **綱目** ㄍㄤ ㄇㄨˋ 大綱和細目。例調查綱目。

9 **綱要** ㄍㄤ ㄧㄠˋ 提綱，概要。

綱紀 ㄍㄤ ㄐㄧˋ 社會的秩序和國家的法紀。

參考 參閱「綱領」條。

14 **綱領** ㄍㄤ ㄌㄧㄥˇ 總綱要領，泛指某方面帶根本性的指導原則。

參考 與「綱要」有別：前者指處理事情的基本原則，重在突出事物的方向性、根本性；後者指提綱或概要，側重事物的基本情況，或行動的具體步驟，常用於書名或文件名。

17 **綱舉目張** ㄍㄤ ㄐㄩˇ ㄇㄨˋ ㄓㄤ 比喻文章條理分明，也指抓住事物的關鍵，帶動其他環節。綱：是網上的大繩；目：是網上的孔眼，提起大繩來，一個個網眼也都張開了。

▽三綱、政綱、大綱、總綱、要綱、朝綱、黨綱、八目三綱。

常 8
綺
形解 形聲；從糸，奇聲。奇爲奇異，所以織有新奇花紋的帛類爲綺。

音義 ㄑㄧˇ 名 ①繡有花紋的絲織品；例衣錦繡綺。②有花紋的絲織品；例綺羅。③姓。形 美麗的；例平原妻兮綺色。

6 **綺年玉貌** ㄑㄧˇ ㄋㄧㄢˊ ㄩˋ ㄇㄠˋ 女子年輕貌美。綺年：猶華年、少年。

9 **綺思** ㄑㄧˇ ㄙ 美妙的想像。

19 **綺麗** ㄑㄧˇ ㄌㄧˋ 華麗。

綺襦紈袴 ㄑㄧˇ ㄖㄨˊ ㄨㄢˊ ㄎㄨˋ 原爲華美的服裝，借喻富貴子弟。紈：輕細的熟絹；襦：短衣。

▽紈綺、文綺、輕綺、羅綺、流綺。

常 8
綢
形解 形聲；從糸，周聲。周爲周密，所以絲麻緊合的織物爲綢。

音義 ㄔㄡˊ 名 一種細薄而柔平紋織物或平紋作地的提花織物；例紡綢。形 緻密的；例綢直如髮。

參考 ①字或作「紬」。②「未雨綢繆」的「綢」字，不可誤作「籌」或「疇」。

8 **綢直如髮** ㄔㄡˊ ㄓˊ ㄖㄨˊ ㄈㄚˇ 比喻性情密緻，處事認眞正直。

15 **綢緞** ㄔㄡˊ ㄉㄨㄢˋ ㈠綢與緞。㈡絲織品的通稱。

17 **綢繆** ㄔㄡˊ ㄇㄡˊ ㈠纏綿。㈡比喻修築使之堅固。㈢花朵稠密的樣子。例綢繆縟繡。

常 8
綿
形解 會意；從系帛。細絲相連甚爲微眇爲緜。俗作「綿」。

音義 ㄇㄧㄢˊ 名 ①棉花或棉絮；例牽弦以彈綿。②柳絮；例柳條如線未飛綿。③棉衣；例夏則衣綿。④絲棉。⑤柔輭物；例海綿。動 連續不斷；例竟晝綿宵。形 ①柔軟的；例綿軟。②單薄的；例綿力。

參考 ①「綿」和「錦」(ㄐㄧㄣˇ)不同，「錦」是有花紋的絲織品。「綿」和「棉」都是絲織的原料的一種，「綿」和「棉」可通；但作「輭」講時，只用「綿」，如「輭綿綿」。②字本作「緜」。

2 **綿力** ㄇㄧㄢˊ ㄌㄧˋ 比喻微薄的力量。

6 **綿亙** ㄇㄧㄢˊ ㄍㄣˋ 延續不斷。

8 **綿長** ㄇㄧㄢˊ ㄔㄤˊ 永久。

綿延 ㄇㄧㄢˊ ㄧㄢˊ 延續不斷。

參考 衍 綿延不絕。

11 **綿密** ㄇㄧㄢˊ ㄇㄧˋ 細致周密。例用意綿密。

14 **綿綿** ㄇㄧㄢˊ ㄇㄧㄢˊ 不斷的樣子。

參考 衍 綿綿不斷。

17 **綿薄** ㄇㄧㄢˊ ㄅㄛˊ 自謙之詞，指微小的力量，疏陋的才學。

▽海綿、純綿、纏綿、木綿、連綿。

常 8
綵
形解 形聲；從糸，采聲。采爲文采，所以有文采的絲織品爲綵。

音義 ㄘㄞˇ 名 ①絲織帛類的總

稱，今俗稱五色綢爲綵；例賜光纁綵一百匹。②光彩；例色彙列綵。形花紋有顏色的；例照見綵毬飛。

參考 與「光彩」、「彩色」、「水彩」的「彩」字通用，與「採花」、「採訪」的「採」字有別。

▽五綵、繒綵、文綵、剪綵、張燈結綵。

常 8 **綸** 形解 形聲；從糸，侖聲。侖有條理的意思，所以青絲繩辮糾合而成者爲綸。

音義 ㄌㄨㄣˊ 名 ①青色的絲帶；例縹衣綸綬。②較粗的絲線，多指釣線；例絲綸。③化學纖維的商品名稱，短纖爲綸；例錦綸。④姓。動 組合絲線，引申爲規劃；例經綸。

ㄍㄨㄢ 形 用青色絲帶編織成的；例羽扇綸巾。

參考「綸巾」只能讀成 ㄍㄨㄢ，不可誤讀作 ㄌㄨㄣˊ。

3 **綸巾** ㄍㄨㄢ ㄐㄧㄣ 古代用青絲帶做成的頭巾。又名諸葛巾。

▽垂綸、經綸、紛綸、滿腹經綸。

常 8 **維** 形解 形聲；從糸，隹聲。用於車蓋上的繩索爲維。

音義 ㄨㄟˊ 名 ①繫車蓋的粗繩子；例四維。②事物的主要部分；例禮義廉恥，國之四維。③條目；例略舉綱維。④纖細的物質；例纖維。⑤姓。動 ①繫住；例維舟山水間。②護持；例維持。③固安；例以維邦國。④保全；例大樹將傾，非一繩所維。介 因爲；例維子之故。助 文言助詞，無義；例維妙維肖。

參考 與「帷」、「唯」同音而義別：「帷」，分隔內外的帳幕；「唯」，只有，僅，單單。

3 **維也納** ㄨㄟˊ ㄧㄝˇ ㄋㄚˋ 地 奧地利首都，位於該國東北部。周圍峯巒環抱，有多瑙河流經，面積四一四平方公里，是全國政治、經濟、文化和交通中心。

5 **維生素** ㄨㄟˊ ㄕㄥ ㄙㄨˋ 化 維持機體正常代謝機能所必需的微量有機化合物。現已知有二十餘種，如維生素A、C、D、K、B_1、B_2等。又稱「維他命」。

7 **維妙維肖** ㄨㄟˊ ㄇㄧㄠˋ ㄨㄟˊ ㄒㄧㄠˋ 形容藝術技巧好，描寫、模仿得非常逼眞。維，也作「惟」。肖：相像。

參考 同栩栩如生。

9 **維持** ㄨㄟˊ ㄔˊ 維護支持。

參考 參閱「保持」條。

13 **維新** ㄨㄟˊ ㄒㄧㄣ 改除舊法而行新政。

參考 衍維新運動。

19 **維繫** ㄨㄟˊ ㄒㄧˋ 維持連繫，不使失墜渙散。

21 **維護** ㄨㄟˊ ㄏㄨˋ 支持保護。

▽四維、纖維、國維、王維、地維、思維、綱維、八德四維。

常 8 **緒** 形解 形聲；從糸，者聲。者有分別的意思，所以絲端爲緒。

音義 ㄒㄩˋ 名 ①絲的端頭；例絲多緒亂。②開端；例毫無頭緒。③絲線；例緝緒。④心情；例離情別緒。⑤統系；例尋墜緒之茫茫。⑥事業；例纘未竟之緒。⑦清德宗的年號；例光緒。⑧姓。形 ①殘餘的；例欸秋冬之緒風。②書或文章前，用以敘述要點的；例緒言。

參考 ①同端，頭。②與「畜」同音而義別：「畜」，指禽獸。③與「續」同音而義別：續，爲接連，增添的意思。

7 **緒言** ㄒㄩˋ ㄧㄢˊ 書籍前統述全書要旨及述作原由的文字。亦稱「導言」、「序言」、「緒論」等。

15 **緒論** ㄒㄩˋ ㄌㄨㄣˋ 同緒言。

▽遺緒、情緒、端緒、光緒、萬緒、心緒、思緒、絲緒、頭緒、就緒、餘緒、意緒、千頭萬緒。

常 8 **緇** 形解 形聲；從糸，甾聲。黑色的布帛爲緇。

音義 ㄗ 名 僧衣；例緇衣。形 黑色的；例緇衣。

參考 形容「黑色」的字有「黑」、「烏」、「墨」、「緇」等是。

次 8 **綷** 形解 形聲；從糸，卒聲。卒有會萃的意思，所以五采繒布爲綷。

音義 ㄘㄨㄟˋ 形 ①五彩雜糅的；例綷雲。②衣服磨擦聲；例綷縩。

次 8 **綣** 形解 形聲；從糸，卷聲。卷有曲的意思，所以曲卷不相離爲綣。

音義 ㄑㄩㄢˇ 形 繾綣：①纏繞的。②形容情意纏綿，感情上難捨難分。

次 8 **緅** 形解 形聲；從糸，取聲。青赤色的布帛爲緅。

音義 ㄗㄡ 名 青紅色，黑中帶紅的顏色；例君子不以紺緅飾。

次 8 **緄** 形解 形聲；從糸，昆聲。昆有混的意思，所以編織成帶爲緄。

音義 ㄍㄨㄣˇ 名 ①繩索；例緄縢。②織成的帶子；例緄佩綢繆。③滾邊。④捆束；例束組三百緄。

次 8 **緋** 形解 形聲；從糸，非聲。非有赤的意思，所以赤色的布帛爲緋。

音義 ㄈㄟ 形 紅色的；例血可染緋。

次 8 **綬** 形解 形聲；從糸，受聲。受有承受的意思，所以用來繫璽印或佩玉的絲帶爲綬。

音義 ㄕㄡˋ 名 ①多做拴印或佩玉用的絲帶；例結紫綬於要（腰）。②帷韍。

綬 ②

▽印綬、賜綬、綸綬、紫綬、璽綬、大綬。

次 8 **緌** 形解 形聲；從糸，委聲。委有曲垂的意思，所以冠上面的垂纓爲緌。

音義 ㄖㄨㄟˊ 名 古帽帶打結後下垂的部分；例冠緌纓。

次 8 **綯** 形解 形聲；從糸，匋聲。糾絞繩索爲綯。

音義 ㄊㄠˊ 名 繩索；例宵爾索綯。

次 8 **綹** 形解 形聲；從糸，咎聲。緯十縷爲綹。

音義 ㄌㄧㄡˇ 名 ①絲縷組合；例仙人長命綹。②量詞，鬚髮或線麻的束股；例一綹頭髮。③佩件；例剪綹。

次 8 **綖** 形解 形聲；從糸，延聲。延爲長行的意思，所以冠冕上前後垂覆的條形飾物爲綖。

音義 ㄧㄢˊ 名 冠冕上前後垂覆的飾物；例衡紞紘綖。

次 8 **綦** 形解 形聲；從糸，其聲。蒼艾色的布帛爲綦。

音義 ㄑㄧˊ 名 ①鞋帶；例綦繫于踵。②方 兩腳連并不良於行。形 青黑色的；例綦巾。副 極，很；例希望綦切。

次 8 **綮** 形解 形聲；從糸，啓省聲。細緻的布繒爲綮。

音義 ㄑㄧㄥˋ 名 筋骨交結處；例肯綮。

ㄑㄧˇ 名 古官吏出行所用的戟衣。

常 9 **綞** 形解 形聲；從糸，垂聲。紡織機上的綞子爲綞。

音義 ㄉㄨㄛˇ 名 有花紋的絲織品，同「綾」；例綞子。

參考 ①「紡錘」的「錘」字從「金」，不從「糸」作。②字雖從垂，但不可讀成ㄔㄨㄟˊ。

常 9 **締** 形解 形聲；從糸，帝聲。繫結而不得脫解爲締。

音義 ㄉㄧˋ 動 ①結合；例締交。②共同訂立；例締結盟約。③制止；例取締違規停車。

6 **締交** ㄉㄧˋ ㄐㄧㄠ (一)結成朋友。(二)建立邦交。

9 **締約** ㄉㄧˋ ㄩㄝ 訂立條約。

11 **締造** ㄉㄧˋ ㄗㄠˋ 創立、構建。多

指創建偉大的事業。

12 **締結** ㄉㄧˋ ㄐㄧㄝˊ 訂立，建立。尤指條約、同盟、邦交等關係的建立。

常 9 **練** 形解 形聲；從糸，柬聲。煮絲使熟爲練。

音義 ㄌㄧㄢˋ 名 ①柔軟潔白的熟絹；例白練。②姓。動 ①煮熟生絹使之潔白；例主練染。②熟悉；例熟練。③反覆學習；例練毛筆。④經歷；例歷練。⑤選擇，通「揀」；例練時日。

參考 練絲用「練」，煉金屬用「煉」或用「鍊」，都是使物質更爲精固美好。

7 **練兵** ㄌㄧㄢˋ ㄅㄧㄥ 訓練兵士。

11 **練習** ㄌㄧㄢˋ ㄒㄧˊ 反覆操作學習。例練習賽跑。

13 **練達** ㄌㄧㄢˋ ㄉㄚˊ 熟語世故，歷練通達。亦作「達練」。

▽教練、訓練、熟練、洗練、試練、歷練、白練、苦練、精練、演練。

常 9 **緯** 形解 形聲；從糸，韋聲。韋有相背的意思，機杼一往一返，與經縱橫相交，所以織橫絲爲緯。

音義 ㄨㄟˇ 名 ①和「經」對稱，織布的橫紗爲「緯」，縱紗爲「經」，編織物上的橫線也稱作「緯」；例踞機緯絕。②橫線。③地 地球上與赤道平行的線爲「緯」，以赤道爲基準，南北二緯各有九十度。④琴弦；例挾人箏而彈緯。⑤姓。動 治理；例經邦緯俗。

參考 反 經。

9 **緯度** ㄨㄟˇ ㄉㄨˋ 地 地球上從赤道至南北兩極距離間所畫的平行橫線。以赤道爲零度，南北極爲九十度，全球共一百八十度。

▽經緯、讖緯、南緯、北緯、絡緯。

常 9 **緻** 形解 形聲；從糸，致聲。細密爲緻。

音義 ㄓˋ 形 ①細密的；例墨尤堅緻。②美好的；例工緻侔古。

參考 「致」和「緻」的分別：「致」是名詞而「緻」是形容詞，如「興致」、「致書」用「致」，不可用「緻」。今常把「興致」誤作「興緻」。

▽細緻、精緻、工緻。

常 9 **緘** 形解 形聲；從糸，咸聲。束縛篋笥的繩索爲緘。

音義 ㄐㄧㄢ 名 ①書信；例惠緘。②信封；例開緘。動 封閉；例三緘其口。

參考 「緘」爲書信用字，常用在信封左下角，表示寄信人親手緘封，如「××緘」。

3 **緘口** ㄐㄧㄢ ㄎㄡˇ 閉口不言。

16 **緘默** ㄐㄧㄢ ㄇㄛˋ 閉口不言。

▽三緘、封緘、篋緘。

常 9 **緬** 形解 形聲；從糸，面聲。微細的絲爲緬。

音義 ㄇㄧㄢˇ 名 ①最細的絲；例緬緯。②地「緬甸」的簡稱；例滇緬公路。③姓。動 ①遠去；例啓塗情已緬。②綁紮；例把那佛青粗布衫子的衿子，往一旁一緬。副 ①遙遠地；例緬想舊歡多少事。②遙想地；例緬然長思。

19 **緬懷** ㄇㄧㄢˇ ㄏㄨㄞˊ 遙遠的懷念。

常 9 **緝** 形解 形聲；從糸，咠聲。咠有聚集的意思，所以撚絲使密合爲緝。

音義 ㄑㄧˋ 動 ①接續麻線；例緝麻。②縫衣邊；例緝屨。③搜捕；例緝私。形 連續更替的；例授几有緝御。

ㄑㄧ 動 一針對一針地密縫；例緝鞋底。

參考 「編輯」不可誤用「緝」，「通緝犯」不可誤用「輯」（ㄐㄧˊ）。

7 **緝私** ㄑㄧˋ ㄙ 政府機關負責查禁走私的行爲。亦稱「查私」。

10 **緝捕** ㄑㄧˋ ㄅㄨˇ ㈠搜捕、捉拿犯人。㈡古時官役名，主管捉捕盜匪之事。

▽通緝、撫緝、查緝。

常 9 **編** 形解 形聲；從糸，扁聲。從扁有扁薄卑小的意思，所以用繩索穿結竹簡使成冊爲編。

音義 ㄅㄧㄢ 名 ①成本的書籍；例得石室之名編。②書中大於章的部分；例上編。③計算書的量詞；例出一編書。④姓。動①交錯連結；例編蓆子。②順次組合，例編班。③纂集，把文字或資料加以組織整理；例編字典。④揑造；例編了一套瞎話來騙我。形順次連結的；例編鐘。

參考 與「篇」有別：「篇」，音ㄆㄧㄢ，量詞，指詩文一則或小說一卷。

4 **編戶** ㄅㄧㄢ ㄏㄨˋ ㈠將人民的戶口編列於戶籍冊中。㈡指編入戶籍的平民。

6 **編年** ㄅㄧㄢ ㄋㄧㄢˊ 按年份的次序記事。

編年體 ㄅㄧㄢ ㄋㄧㄢˊ ㄊㄧˇ 史書體裁的一種，以時間爲次，而事繫時日之下，如春秋經、左傳、資治通鑑都是以編年體寫成的史書。

8 **編制** ㄅㄧㄢ ㄓˋ ㈠排列，制訂。例編制預算。㈡機關、企業、學校的組織制度。例擴充編制。㈢軍隊的組織系統和各單位人員、裝備的編配規定，通常由最高統帥或最高軍事機關以命令頒布。

11 **編排** ㄅㄧㄢ ㄆㄞˊ ㈠把許多項目依次排列。㈡戲劇的編劇與排演。

12 **編著** ㄅㄧㄢ ㄓㄨˋ 參考利用已有的資料而編寫成書。

13 **編號** ㄅㄧㄢ ㄏㄠˋ 編列號數。

14 **編遣** ㄅㄧㄢ ㄑㄧㄢˇ 指改編隊伍、遣散多餘人員。

15 **編審** ㄅㄧㄢ ㄕㄣˇ 編次與審查。

16 **編輯** ㄅㄧㄢ ㄐㄧˊ ㈠在書籍、報刊的出版過程中，對稿件、資料進行整理、修改、加工等工作。㈡新聞出版機構中擔任編輯工作的人員。

20 **編纂** ㄅㄧㄢ ㄗㄨㄢˇ 根據大量的資料，整理編寫書籍。例編纂詞典。

▽簡編、次編、新編、陳編、主編、改編、上編、初編。

常 9 **緣** 形解 形聲；從糸，彖聲。彖有分解的意思，所以衣邊爲緣。

音義 ㄩㄢˊ 名 ①機會；例籠鳥得緣便飛去。②原因；例無緣無故。③情分；例永絕平生緣。④佛緣分，佛教以人和人有接觸或結合的機會爲「緣」；例一切法因緣生。⑤關係；例血緣。動①攀登；例緣木求魚。②順著。例緣溪行，忘路之遠近。③承襲；例緣例。④遵循；例緣法而治。

ㄩㄢˋ 名 ①衣服的飾邊；例緣廣寸半。②器物的邊；例席緣。

參考 和「綠色」的「綠」字，形近易誤。

4 **緣分** ㄩㄢˊ ㄈㄣˋ 即因緣，機緣。今泛指人與人或人與物之間發生某種聯繫的可能性。

緣木求魚 ㄩㄢˊ ㄇㄨˋ ㄑㄧㄡˊ ㄩˊ 爬到樹上去捉魚。喻方向或方法不對頭，勞而無功，絕對達不到目的。緣：順著。

參考 與「刻舟求劍」有別：前者比喻方向不對或採取的方法錯誤；後者比喻辦事刻板、拘泥，不根據變化了的客觀情況採取措施。

5 **緣由** ㄩㄢˊ ㄧㄡˊ 即原因。也作「原由」。

9 **緣故** ㄩㄢˊ ㄍㄨˋ 即原因。

參考 參閱「原因」條。

10 **緣起** ㄩㄢˊ ㄑㄧˇ ㈠事情的由來。㈡聲明發起某件事的緣由的文字。㈢著書的人記其編著的原因。性質如同序文。

11 **緣情體物** ㄩㄢˊ ㄑㄧㄥˊ ㄊㄧˇ ㄨˋ 依順著眞實情感，體察事物，猶言抒情和狀物。

▽因緣、機緣、宿緣、無緣、良緣、奇緣、姻緣、衣緣、邊緣、萍水因緣、仙履奇緣。

常 9 **線** 形解 形聲；從糸，泉聲。泉有穿引的意思，所以縫合衣物的細縷爲線。

音義 ㄒㄧㄢˋ 名 ①用絲、棉、麻等製成的細長物；例毛線。②數幾何學名詞；例點、線、面。③交通路徑；例航線。④界限；例海岸線。⑤範圍；例死亡線上。⑥推究事物的門徑；例線索。⑦像線的東西；例光線。⑧邊緣，接近某種邊際；例國防線。⑨姓。
參考 ①字又作「綫」。②作姓氏用時，只能作「線」，不可作「綫」。

5 **線民** ㄒㄧㄢˋ ㄇㄧㄣˊ 協助情治單位探取社會情報，或尋求破案線索的民衆。

10 **線索** ㄒㄧㄢˋ ㄙㄨㄛˇ 比喻事物發展的脈絡或探索問題的門徑頭緒。

13 **線裝** ㄒㄧㄢˋ ㄓㄨㄤ 我國傳統裝訂書籍方法之一。書頁對折，連同封面打孔穿線，裝訂成書本。

線裝書 ㄒㄧㄢˋ ㄓㄨㄤ ㄕㄨ 指用木版刻印，而用絲線或棉線裝訂的書，今多泛指一般古書。

▽曲線、光線、視線、直線、麵線、電線、路線、眼線、針線、航線、絲線、毛線、斑馬線、穿針引線、海底電線。

常 9
緞
形解 形聲；從糸，段聲。段有堅固的意思，所以鞋跟上的幫貼爲緞。

音義 ㄉㄨㄢˋ 名光滑而厚密的絲織物；例富貴長春宮緞四疋。

參考 古代只用「段」字，後來才加「糸」部而成從段聲的形聲字。

常 9
緩
形解 形聲；從糸，爰聲。爰有徐舒的意思，所以寬鬆爲緩。

音義 ㄏㄨㄢˇ 名姓。動①遲延；例吾緩其事。②寬弛；例寬緩。形①舒徐的；例緩慢。②寬鬆的；例衣帶日已緩。

參考 ①同舒，遲，徐，慢。②反急、疾、快、速。③字雖從爰，但不可讀成ㄩㄢˊ。

4 **緩不濟急** ㄏㄨㄢˇ ㄅㄨˋ ㄐㄧˋ ㄐㄧˊ 在緊迫的情況下，雖有好辦法，卻趕不及應用。

5 **緩召** ㄏㄨㄢˇ ㄓㄠˋ 軍常備兵預備役、補充兵預備役及國民兵等因故延緩動員召集。

6 **緩刑** ㄏㄨㄢˇ ㄒㄧㄥˊ 法在一定條件下，對犯人所判處的刑罰延期執行或不執行。

7 **緩兵之計** ㄏㄨㄢˇ ㄅㄧㄥ ㄓ ㄐㄧˋ 延緩敵方進軍的計謀。也比喻使事態緩和，以便應付。

8 **緩和** ㄏㄨㄢˇ ㄏㄜˊ 使激烈的情況、事件漸歸於平和。

9 **緩急** ㄏㄨㄢˇ ㄐㄧˊ (一)急迫、困難的事。例緩急相助。(二)緩慢和急迫。

緩急輕重 ㄏㄨㄢˇ ㄐㄧˊ ㄑㄧㄥ ㄓㄨㄥˋ 指事情有可以慢一點辦的和急於要辦的，有次要的和主要的。亦作「輕重緩急」。

15 **緩徵** ㄏㄨㄢˇ ㄓㄥ 對於災荒的地區，暫緩徵收賦稅。

緩衝 ㄏㄨㄢˇ ㄔㄨㄥ (一)使衝突緩和。(二)使緊迫性寬緩些。

16 **緩頰** ㄏㄨㄢˇ ㄐㄧㄚˊ 婉言勸解或替人求情。

▽弛緩、徐緩、遲緩、和緩、寬緩、延緩、減緩、刻不容緩。

次 9
絙
形解 形聲；從糸，恆聲。恆有長久的意思，所以粗大繩索爲絙。

音義 ㄍㄥ 名粗大的繩索。動緊繃著。形緊的，急的。
ㄍㄥˋ 動連接，通「絚」。

次 9
緧
形解 形聲；從糸，酋聲。駕車時套在牛馬尾下的飾物爲緧。

音義 ㄑㄧㄡ 名牲口拉車時套在駕轅，繞到牲口屁股後頭的皮帶，通「鞧」。副在後面地。

次 9
緗
形解 形聲；從糸，相聲。淺黃色的布帛爲緗。

音義 ㄒㄧㄤ 形淡黃色；例緗麗碧巘。

次 9
緙
形解 形聲；從糸，革聲。革有變易的意思，所以不同於一般的織緯法爲緙。

音義 ㄎㄜˋ 名①織紋緯線。②緙絲，我國特有的一種絲織手工藝。

次 9
緡
形解 形聲；從糸，昏聲。釣魚線爲緡。

音義 ㄇㄧㄣˊ 名①釣絲；例維絲伊緡。②古以緡來穿錢，每緡可串一千文，之後遂以一千文爲一緡。③固定弓弦或琴弦的線。④姓。

參考 又作「緍」。

次 9 **緦** 形解 形聲；從糸，思聲。思有細而疏的意思，所以縷細而織疏的布爲緦。

音義 ㄙ 名 染色過的細麻布，多用來製成喪服；例 緦麻。動 聚集。

次 9 **緲** 形解 形聲；從糸，眇聲。眇有微末的意思，所以細微的絲爲緲。

音義 ㄇㄧㄠˇ 形 縹緲，若隱若現的。

▽虛無縹緲。

次 9 **緹** 形解 形聲；從糸，是聲。丹黃色的絲帛爲緹。

音義 ㄊㄧˊ 名 ①橘紅色的綢緞；例 密布緹縵。②黃紅色的泥土；例 赤緹用羊。形 紅色的；例 緹幕。

次 9 **緶** 形解 形聲；從糸，便聲。交絲爲辮，交枲爲緶。

音義 ㄅㄧㄢ 名 用麻、麥稭編成的辮狀帶子；例 草帽緶。

參考 舊音 ㄆㄧㄢˊ。

次 9 **緱** 形解 形聲；從糸，侯聲。刀劍柄的當把處用絲纏繞的地方爲緱。

音義 ㄍㄡ 名 劍柄上纏繞的繩子。

常 10 **縊** 形解 形聲；從糸，益聲。絞殺爲縊。

音義 ㄧˋ 動 用繩子繞緊脖子而致死；例 自縊。

參考 一般以「自經」爲「縊」，「他縊」爲「扼」，但有時「他縊」也可用「縊」字。

▽自縊。

常 10 **縑** 形解 形聲；從糸，兼聲。兼有合并的意思，所以雙絲製成的帛爲縑。

音義 ㄐㄧㄢ 名 細絹，可供書畫等用；例 新人工織縑，故人工織素。

常 10 **縈** 形解 形聲；從糸，熒省聲。收卷長繩，重疊如環爲縈。

音義 ㄧㄥˊ 動 環繞；例 蔓長縈骨。形 紆曲的；例 縈帶。

參考 通 瀠。

18 **縈繞** ㄧㄥˊ ㄖㄠˋ 旋轉纏繞。

▽牽縈、紆縈、緹縈、魂縈、夢縈。

常 10 **縛** 形解 形聲；從糸，尃聲。以繩索纏束於物爲縛。

音義 ㄈㄨˊ 名 綑束用的繩子；例 武王親釋其縛。動 以繩索纏束；例 上令武士縛信。

參考 「縛」右從「尃」，不從「專」作。

▽就縛、束縛、擒縛、綁縛、受縛、綑縛、作繭自縛。

常 10 **縣** 形解 會意；從系持県。倒首而繫掛爲縣。

音義 ㄒㄧㄢˋ 名 ①地方行政單位名，舊時屬於州、府、道，現在隸於省；例 臺北縣。②姓。

ㄒㄩㄢˊ 動 ①繫掛；例 斷其首縣之赤旂。②揭示；例 縣賞以顯善。副 遙遠地；例 縣隔千里。

參考 ①讀成「ㄒㄩㄢˊ」時，通「懸」字。②通 懸。

5 **縣令** ㄒㄧㄢˋ ㄌㄧㄥˋ 舊稱一縣的長官。

8 **縣治** ㄒㄧㄢˋ ㄓˋ 縣政府管轄的地帶。

9 **縣政府** ㄒㄧㄢˋ ㄓㄥˋ ㄈㄨˇ 政 一縣的最高行政機關，由縣民選出縣長一人，綜理一縣事務，下分設局、科、室等。

▽郡縣、州縣、府縣。

次 10 **縞** 形解 形聲；從糸，高聲。高有崇偉的意思，所以潔白質美的生絹爲縞。

音義 ㄍㄠˇ 名 素絹；例 履絲曳縞。形 白色的；例 縞衣綦巾。

6 **縞衣綦巾** ㄍㄠˇ ㄧ ㄑㄧˊ ㄐㄧㄣ 形容安於貧賤而不會自怨自艾。縞衣：白色的衣服；綦巾：青黑色的巾帶。

10 **縞素** ㄍㄠˇ ㄙㄨˋ ㈠白色。㈡喪服。

▽素縞、紵縞、總縞、纖縞。

(常) 10 **縗** [形解] 形聲；從糸，衰聲。衰爲蓑草編成的粗劣衣服，所以喪服爲縗。
[音義] ㄘㄨㄟ [名] 粗麻布裁製成的喪服。
[參考] 字從「衰」，但不讀「ㄕㄨㄞ」。

(次) 10 **縟** [形解] 形聲；從糸，辱聲。辱有厚的意思，所以采飾繁富爲縟。
[音義] ㄖㄨˋ [形] ①繁飾的；(例)采飾纖縟。②繁瑣的；(例)繁文縟節。
[參考] 和「被褥」、「床褥」的「褥」字音同義別。
▽繁縟、纖縟。

(次) 10 **縠** [形解] 形聲；從糸，𣪊聲。𣪊有善的意思，所以細縳的縐紗爲縠。
[音義] ㄏㄨˊ [名] ①縐紗。②比喻波紋；(例)縠紋。
[參考] 和「貝殼」的「殼」(ㄎㄜˊ)、「稻穀」的「穀」(ㄍㄨˇ)，形近，但音義各別。

(次) 10 **縝** [形解] 形聲；從糸，眞聲。眞爲實而不虛的意思，所以密結爲縝。
[音義] ㄓㄣˇ [名] 黑髮，通「鬒」；(例)誰能縝不變？[形] 細緻的；(例)縝密。
[參考] 字雖從眞，但不可讀成ㄓㄣ。
11 縝密 ㄓㄣˇ ㄇㄧˋ 細致而精密。(例)講學切在深潛縝密。

(次) 10 **縉** [形解] 形聲；從糸，晉聲。赤白色的布帛爲縉。
[音義] ㄐㄧㄣˋ [名] 紅色帛布。
11 縉紳 ㄐㄧㄣˋ ㄕㄣ ㈠古代官吏插笏於紳帶之間。㈡稱地方紳士。

(次) 10 **縕** [形解] 形聲；從糸，𥁕聲。𥁕有熱中的意思，所以塡裝在夾層的舊棉絮爲縕。
[音義] ㄩㄣˋ [名] ①新舊混合的棉絮；(例)縕爲袍。②亂麻；(例)束縕。[形] 精深的，通「蘊」；(例)精縕。
ㄨㄣ [名] 黃赤色。

(次) 10 **縚** [形解] 形聲，從糸，舀聲。舀有自內取出的意思，所以凡物的外衣爲縚。
[音義] ㄊㄠ [名] ①絲帶，通「絛」。②泛指物品的函套，通「韜」。

(次) 10 **縢** [形解] 形聲；從糸，朕聲。以繩索束合爲縢。
[音義] ㄊㄥˊ [名] ①繩索；(例)朱英綠縢。②紟帶；(例)甲不組縢。③囊帶；(例)必攝緘縢。④緣飾；(例)緄縢。[動] 約束。
[參考] 和「勝利」的「勝」(ㄕㄥˋ)字，「螣蛇」的「螣」(ㄊㄥˊ)字，「謄寫」的「謄」(ㄊㄥˊ)字，「飛騰」的「騰」(ㄊㄥˊ)字，義各不同。

(次) 10 **縐** [形解] 形聲；從糸，芻聲。芻有小的意思，所以比絺布更細的布爲縐。
[音義] ㄓㄡˋ [名] ①細葛布；(例)縐絺。②一種有皺紋的絲織品；(例)碧縐。[動] 皺縮，同「皺」；(例)風乍起，吹縐一池春水。
10 縐紗 ㄓㄡˋ ㄕㄚ 絲織品的一種，質地疏細，並有摺紋。

(次) 10 **縋** [形解] 形聲；從糸，追聲。追有逐的意思，所以緣繩索而下爲縋。
[音義] ㄓㄨㄟˋ [動] 懸墜；(例)夜縋而出。
9 縋城 ㄓㄨㄟˋ ㄔㄥˊ 從城牆上攀緣繩索而下。

(常) 11 **縮** [形解] 形聲；從糸，宿聲。宿有宿止的意思，所以絲類宛曲不申展而致亂爲縮。
[音義] ㄙㄨㄛ [動] ①不伸出，或伸出又收回去；(例)縮頭。②收斂；(例)縮小。③退卻；(例)畏縮。④減少；(例)縮減預算。⑤不干預事務；(例)縮手。
ㄙㄨˋ [動] ①漉酒去掉渣滓；(例)爾貢包茅不入，王祭不共，無以縮酒。②藏匿；(例)縮手袖間。[形] 正直有理的；(例)自反而縮。
[參考] ㄙㄨˋ 是讀音，ㄙㄨㄛ 是語音。

4 **縮手縮脚** ㄙㄨㄛ ㄕㄡˇ ㄙㄨㄛ ㄐㄧㄠˇ 因寒冷而四肢不舒展。也用來形容膽子小，顧慮多，不敢放手做事。

6 **縮衣節食** ㄙㄨㄛ ㄧ ㄐㄧㄝˊ ㄕˊ 省吃省穿，泛指節約。也作「節衣縮食」。

9 **縮屋稱貞** ㄙㄨㄛ ㄨ ㄔㄥ ㄓㄣ 嚴守禮法，不致有淫亂越軌的事情發生。

參考 同坐懷不亂。

16 **縮頭縮腦** ㄙㄨㄛ ㄊㄡˊ ㄙㄨㄛ ㄋㄠˇ 比喻怯弱無能，毫無自信或無責任感不肯出來負責。

參考 同畏首畏尾。

▽畏縮、萎縮、減縮、收縮、伸縮、退縮、瑟縮、龜縮、緊縮。

績 常11

形解 形聲；從糸，責聲。責有齊平的意思，所以治麻求其勻細成縷爲績。

音義 ㄐㄧ 名 ①成效；例業績。②功勞；例功績。動 把黃麻劈開接連或搓成爲繩或線；例晝出耘田夜績麻。

參考 參閱「積」字條。

▽業績、功績、成績、治績、丕績、豐功偉績。

縷 常11

形解 形聲；從糸，婁聲。婁有小的意思，所以細絲線爲縷。

音義 ㄌㄩˇ 名 ①絲線；例一絲一縷。②泛稱纖細而長的東西；例多事年年二月風，剪出鵝黃縷。副 詳盡地；例縷述。

參考 ①字雖從「婁」，但不可讀成ㄌㄡˇ。②與「摟」、「樓」有別：「摟」，音ㄌㄡ，牽在手中；「樓」，音ㄌㄡˊ，兩層以上的房屋。

17 **縷縷** ㄌㄩˇ ㄌㄩˇ ㈠接連不絕。㈡比喻非常纖細。㈢逐一，一一。例不盡縷縷。

▽金縷、布縷、藍縷、絲縷、柳縷、不絕如縷、千絲萬縷。

縲 常11

形解 形聲；從糸，累聲。累有繫束的意思，所以拘執罪人的大繩索爲縲。

音義 ㄌㄟˊ 名 ①捆綁罪犯的黑色大繩；例縲絏。②「監獄」的代稱；例在縲絏之中。

參考 同纍。

繆 常11

形解 形聲；從糸，翏聲。麻十束爲繆。

音義 ㄇㄧㄠˋ 名 姓。ㄇㄧㄡˋ 形 錯誤的；例繆悠。ㄇㄨˋ 名 宗廟的位次，左昭右繆，通「穆」；例序以昭繆。ㄇㄡˊ 動 籌劃經營；例綢繆。ㄌㄧㄠˊ 動 糾纏圍繞，同「繚」；例山川相繆，鬱乎蒼蒼。

參考 「未雨綢繆」的「繆」字，音ㄇㄡˊ，不可讀成ㄇㄧㄠˋ或ㄌㄧㄠˊ。

14 **繆種流傳** ㄇㄧㄡˋ ㄓㄨㄥˇ ㄌㄧㄡˊ ㄔㄨㄢˊ 將繆誤的種子流傳於後世。繆，亦作「謬」。

▽乖繆、綢繆、紕繆、未雨綢繆。

繃 常11

形解 形聲；從糸，崩聲。纏束爲繃。

音義 ㄅㄥ 名 俗稱嬰兒穿的束衣；例小兒繃。動 ①使人穿小兒衣服；例苗君竟倒繃孩兒矣。②纏束；例緊繃。③緊撐；例衣服繃在身上。④粗粗地縫上或用針別上；例繃被頭。⑤勉强支持；例繃場面。⑥詐騙；例坑繃拐騙。形 用來包紮傷口的；例繃帶。ㄅㄥˇ 動 ①忍受；例繃不住笑。②板著；例繃著臉。ㄅㄥˋ 動 脹裂；例氣球繃了。

參考 字又作「綳」。

11 **繃帶** ㄅㄥ ㄉㄞˋ 紮裹傷口的布條，通常用柔軟的紗布做成。繃，亦作「綳」。

縫 常11

形解 形聲；從糸，逢聲。逢爲遇合，所以用針縫衣爲縫。

音義 ㄈㄥˊ 動 用針線連綴；例臨行密密縫，意恐遲遲歸。ㄈㄥˋ 名 ①綴合處；例衣縫。②間隙；例門縫。

參考 ①「縫」（ㄈㄥˋ）同隙、罅。②與「蓬」、「篷」有別：蓬，音ㄆㄥˊ，草名；篷，亦音ㄆㄥˊ，遮雨的設施，如車篷。③「縫衣服」的「縫」字，唸ㄈㄥˊ。假如「縫」是指「接合的地方」或「裂開的窄長口子」，作名詞用時，就要念去聲ㄈㄥˋ

。如：門縫、裂縫。

2 **縫工** ㄈㄥˊ ㄍㄨㄥ ㈠縫衣匠的舊稱。㈡裁製衣物的技藝。

9 **縫紉** ㄈㄥˊ ㄖㄣˋ 剪裁、縫合、補綴衣服等針線的工作。

▽裁縫、彌縫、門縫、衣縫、手縫、天衣無縫。

常 11 **總** 解形 形聲；從糸，悤聲。眾絲聚爲一束爲總。

音義 ㄗㄨㄥˇ 名①成束的禾稈；例百里賦納總。②綱要；例禮者……功名之總也。③綁頭髮的帶子；例布總。④姓。動①聚合；例總合。②統領；例總領。③連結；例總戈成林。形①合併的；例總數。②共合的；例終南，山方總名。副①皆，都；例總把新桃換舊符。②老是；例總是這般頑皮。③終究；例他總不答應。連縱使；例春總在，與誰同？

參考①又作「総」。②「總」與「老」有別：「總」有三個意思：㈠表示推測、估計，常和「大概」連用。㈡表示「畢竟，總歸」。㈢表示持續不變，一直、一向。「老」只有「總」的第三個用法；而「總」沒有「老」的表示程度高的用法。如：小華得自父親的遺傳，有著老高的個子。

5 **總司令** ㄗㄨㄥˇ ㄙ ㄌㄧㄥˋ 軍軍隊的最高長官，爲戰時在全軍發號施令的人。

6 **總共** ㄗㄨㄥˇ ㄍㄨㄥˋ 即總括，猶「一共」。

總行 ㄗㄨㄥˇ ㄏㄤˊ 設有分行的銀行或商行的總機關。

總而言之 ㄗㄨㄥˇ ㄦˊ ㄧㄢˊ ㄓ 總括起來說。

7 **總角** ㄗㄨㄥˇ ㄐㄧㄠˇ 古代原指未成年的人把頭髮紮成髻形如兩角，後借指幼年。

總角

9 **總括** ㄗㄨㄥˇ ㄍㄨㄚ 統括，概括，把各方面合在一起。

總則 ㄗㄨㄥˇ ㄗㄜˊ 列於法律、條例、規章前的概括性條文。

11 **總務** ㄗㄨㄥˇ ㄨˋ ㈠事務的滙總部分，如機關有總務司、總務處等是。多經管與金錢有關的事務。㈡一切的事務。

總理 ㄗㄨㄥˇ ㄌㄧˇ ㈠國父孫中山先生創同盟會，及後來改組的中華革命黨、中國國民黨時期，均被推爲總理，逝世後成爲黨員對他的專稱與尊稱。㈡政內閣制國家的行政首長，如內閣總理。㈢總成掌理。

總動員 ㄗㄨㄥˇ ㄉㄨㄥˋ ㄩㄢˊ ㈠臨近戰爭等緊急狀況的時候，將國家的政治、經濟、文化、軍事等各方面，由平時狀態進入戰爭狀態，稱爲總動員。㈡出動全部人員做同一件事。

12 **總集** ㄗㄨㄥˇ ㄐㄧˊ 彙集一人或多人作品的詩文集，叫做「總集」。參考反別集。

總裁 ㄗㄨㄥˇ ㄘㄞˊ ㈠中國國民黨的最高領袖，原稱總理，自孫中山先生逝世後，改稱總裁。民國六十四年五月，蔣公逝世後，總裁一詞，成爲黨員對蔣公的尊稱與專稱。㈡官職名，如明代的主考官、清代國史館監修官，都稱總裁；今銀行亦設有總裁的頭銜。例中央銀行總裁。

總統 ㄗㄨㄥˇ ㄊㄨㄥˇ ㈠政民主共和國的行政首長，對外代表國家，對內負政治上最高責任，爲全國陸海空軍的統帥。㈡總聚合而統理之。

13 **總會** ㄗㄨㄥˇ ㄏㄨㄟˋ ㈠總合聚會。㈡一般團體或各分會的總機關。㈢俱樂部的別稱。

總督 ㄗㄨㄥˇ ㄉㄨ ㈠明清兩代的地方官名。㈡代表君主治理屬地的官吏，如英國的香港總督等是。

總經理 ㄗㄨㄥˇ ㄐㄧㄥ ㄌㄧˇ 受企業主持人的選任，總管全部業務的人。

14 **總綱** ㄗㄨㄥˇ ㄍㄤ 法規、章程中說明總括原則性事項和內容要點的部分。

15 **總髮** ㄗㄨㄥˇ ㄈㄚˇ 將頭髮攏束起來。古時未成年的童子作此裝束，後用以比喻童年。

參考參閱「總角」條。

17 **總總** ㄗㄨㄥˇ ㄗㄨㄥˇ ㈠眾多的樣子。例林林總總。㈡雜亂的樣子。
23 **總體** ㄗㄨㄥˇ ㄊㄧˇ 若干個體所合成的事物，猶整體。
24 **總攬** ㄗㄨㄥˇ ㄌㄢˇ 全部控制、掌握。
▽林林總總。

㊝11 **縱** 形解 形聲；從糸，從聲。從有舒順的意思，所以絲不收束則自然舒緩爲縱。
音義 ㄗㄨㄥˋ 名姓。動①發出；例縱矢三百步。②燃放；例縱火焚廩。③釋放；例縱虎歸山。④放任；例縱兵屠略。連即使；例縱使。
ㄗㄨㄥ 名①直的線，與「橫」相對；例縱橫。②蹤迹，同「蹤」；例雲中鳥，一去無縱迹。
ㄗㄨㄥˇ 副急遽地；例縱縱。
參考①反橫。②與「蹤」有別：蹤，音ㄗㄨㄥ，形迹，如「行蹤」，不可作「行縱」。
4 **縱火** ㄗㄨㄥˋ ㄏㄨㄛˇ 放火。
8 **縱使** ㄗㄨㄥˋ ㄕˇ 即使。
縱虎歸山 ㄗㄨㄥˋ ㄏㄨˇ ㄍㄨㄟ ㄕㄢ 比喻放過惡人，使其再度危害社會。
10 **縱容** ㄗㄨㄥˋ ㄖㄨㄥˊ 放任不加約束。
11 **縱貫** ㄗㄨㄥˋ ㄍㄨㄢˋ 直線通貫。
參考衍縱貫鐵路。
縱情 ㄗㄨㄥˋ ㄑㄧㄥˊ 放任情意。
參考衍縱情聲色、縱情詩酒。
12 **縱然** ㄗㄨㄥˋ ㄖㄢˊ 推測之詞，「即使」的意思。
16 **縱橫** ㄗㄨㄥ ㄏㄥˊ ㈠交錯的樣子。㈡「合縱連橫」的簡稱。
縱橫捭闔 ㄗㄨㄥ ㄏㄥˊ ㄅㄞˇ ㄏㄜˊ 本爲戰國時期一面分化，一面拉攏的遊說方法，後用此比喻外交家、政客在外交場上手段運用靈活高明。捭：開；闔：閉。
▽恣縱、操縱、放縱、天縱、驕縱。

㊝11 **繅** 形解 形聲；從糸，巢聲。抽引繭絲爲繅。
音義 ㄙㄠ 動煮繭抽絲；例繅絲復鳴機。
參考①又作「繰」。②同繰。③不可讀成ㄙㄠˊ。

㊝11 **繁** 形解 本字作「緐」：會意；從糸每。每有興盛的意思，所以垂條爲飾者爲緐。俗作「繁」。
音義 ㄈㄢˊ 名①馬頸上的裝飾；例其可以稱旌繁乎？②姓。形①衆多的；例繁星滿天。②龐雜的；例吏事繁。③熱鬧的；例市容繁華。
ㄆㄛˊ 名姓。
參考①「繁」和「煩」音同，意思也偶有相通處，如作「衆多」、「龐雜」解時可通，餘義則不同。②擊緐。
4 **繁文縟節** ㄈㄢˊ ㄨㄣˊ ㄖㄨˋ ㄐㄧㄝˊ ㈠過分繁瑣的儀式或禮節。㈡比喻繁瑣多餘的事項。
8 **繁衍** ㄈㄢˊ ㄧㄢˇ 生物的品種數量，逐漸增加擴大。
9 **繁星熠熠** ㄈㄢˊ ㄒㄧㄥ ㄧˋ ㄧˋ 天空中許多星星閃爍著，十分明亮。
12 **繁華** ㄈㄢˊ ㄏㄨㄚˊ 指城鎮、街市等呈現出富麗、熱鬧的狀況。
參考「榮華」本指草木開花（木之花爲「華」，草之花爲「榮」），引申指富貴、顯達、興盛，有時也作名詞，指富麗榮耀的生活享受。
繁殖 ㄈㄢˊ ㄓˊ 生物傳種接代，越來越多。例繁殖魚苗。
參考衍繁殖力、繁殖控制、繁殖儀式。
14 **繁瑣** ㄈㄢˊ ㄙㄨㄛˇ 繁雜瑣碎。
繁榮 ㄈㄢˊ ㄖㄨㄥˊ ㈠蓬勃昌盛。例經濟繁榮。㈡使蓬勃發展。例繁榮經濟。
參考與「繁華」、「榮華」都指茂盛，興旺發達的景象，都是形容詞，但有別：「繁榮」指國家、地方、經濟或事業的蓬勃昌盛，又指人丁興旺，還可作動詞。
15 **繁複** ㄈㄢˊ ㄈㄨˋ 多而複雜。
16 **繁蕪** ㄈㄢˊ ㄨˊ 文字繁多蕪雜。
繁縟 ㄈㄢˊ ㄖㄨˋ ㈠多而瑣細。例禮儀繁縟。㈡細密。例琴聲繁縟。縟：繁多。
▽頻繁、滋繁、庶繁、食指浩繁。

㊡11 **縭** 形解 形聲；從糸，离聲。用絲介畫履間爲飾的繶絇爲縭。

音義 ㄌㄧˊ 名 古新娘所繫的佩巾，通「褵」；例 親結其縭。動 維繫，通「纚」。

次 11 **縴** 解形 形聲；從糸，牽聲。牽爲引而向前，所以引船前行的繩索爲縴。
音義 ㄑㄧㄢˋ 名 拉船行進的繩索；例 拉縴。

次 11 **縛** 解形 形聲；從糸，專聲。白色細絹爲縛。
音義 ㄓㄨㄢˋ 名 ①白色細絹。②羽束；例 十縛爲縛。ㄔㄨㄢˊ 動 捲裹；例 以帷縛其妻。
參考 和「束縛」的「縛」字形相近，但音義不同。

次 11 **縹** 解形 形聲；從糸，票聲。票有輕薄的意思，所以淡青色的布帛爲縹。
音義 ㄆㄧㄠˇ 名 青白色的絲織品。形 ①淺青色；例 縹青。②若隱若顯的；例 縹緲。
15 **縹緲** ㄆㄧㄠˇ ㄇㄧㄠˇ 高遠隱約的樣子。例 山在虛無縹緲間。

次 11 **顈** 解形 形聲；從糸，頃聲。有刺繡文飾的衣裳爲顈。
音義 ㄐㄩㄥˇ 名 無襯裏的衣裳；例 被顈黼。
參考 和「熲」(火光)字形近音同而義異。

次 11 **繈** 解形 形聲；從糸，強聲。強有大的意思，所以絲節粗長爲繈。
音義 ㄑㄧㄤˇ 名 ①舊稱貫串銅錢的繩索；例 藏繈千萬。②繈褓，通「襁」。

次 11 **縵** 解形 形聲；從糸，曼聲。無花紋的絲織品爲縵。
音義 ㄇㄢˋ 名 ①素繒；例 庶人衣縵。②弦索；例 操縵。形 ①素面的；例 縵帛。②毫不經意的，通「慢」。
參考 與「布幔」的「幔」字音同義不同。
17 **縵縵** ㄇㄢˋ ㄇㄢˋ ㈠形容雲行舒緩回薄的樣子，比喻教化的廣被。㈡廣遠的樣子。㈢沮喪的樣子。

次 11 **繇** 解形 形聲；從糸，䍃聲。䍃有由此達彼的意思，所以隨從爲繇。
音義 ㄧㄡˊ 動 自從，通「由」；例 繇膝以下爲揭。ㄧㄠˊ 名 傜役，通「傜」；例 繇役煩多。ㄓㄡˋ 名 卦辭名。

次 11 **縰** 解形 形聲；從糸，徙聲。以緇帛韜髮爲縰。
音義 ㄕˇ 名 包頭髮用的緇布，同「纚」；例 櫛縰笄總。
參考 又音 ㄒㄧˇ。

次 11 **縶** 解形 形聲；從糸，執聲。執有約束的意思，所以絆繫馬足爲縶。
音義 ㄓˊ 名 繮繩；例 執縶馬前。動 ①拴捆馬足；例 縶馬。②拘禁；例 縶囚。
參考 和「摯」(ㄓˋ，誠懇)字形相近，但音義不同。

次 11 **繄** 解形 形聲；從糸，殹聲。殹聲字有黑的意思，所以赤黑色的繒爲繄。
音義 ㄧ 助 古文常用的發語詞，通「惟」；例 繄我獨無。

常 12 **織** 解形 形聲；從糸，戠聲。編組絲麻縷而成布帛者爲織。
音義 ㄓ 動 ①用絲、麻、棉紗、毛線等編組成布或衣物；例 許子必織布，然後衣乎？②編製；例 織網。③構成；例 組織幫會。形 有文采的；例 厥篚織文。
參考 與「認識」、「知識」的「識」(ㄕˋ)、「熾熱」的「熾」(ㄔˋ)，音義各不同。
3 **織女** ㄓ ㄋㄩˇ ㈠天 古星名，屬天市垣。㈡人 神話人物之一，傳說與牽牛星爲夫婦，與銀河相對，每年在農曆七月七日一度會面。
11 **織造** ㄓ ㄗㄠˋ 史 明清官名，設於江寧、蘇州、杭州三處，專掌皇室各項繒帛的織造工作。

16 織錦 ㄓ ㄐㄧㄣˇ ㈠一種用彩色絲、緞交織而成山水、花卉、人物等極精美的工藝品，以杭州出產的最爲馳名。㈡文即迴文詩。

▽組織、紡織、針織、編織、精紡細織。

常 12 **繕** 形解 形聲；從糸，善聲。善有抽引上穿的意思，所以連引縫補爲繕。

音義 ㄕㄢˋ 動①修補；例繕城郭。②整治；例繕兵。③謄寫。④修養；例繕生之術。

參考 與「膳」有別：膳(ㄕㄢˋ)，又作「饍」，指飯食，如「晚膳」、「早膳」，不可作「繕」。

▽營繕、修繕。

常 12 **繞** 形解 形聲；從糸，堯聲。以布帛或繩索纏裹爲繞。

音義 ㄖㄠˇ 名姓。動①纏合；例四蛇相繞。②環圍；例繞樹三匝。③設圈套來算計他人；例繞磨。

參考 ①同纏、繚。②與「饒」、「撓」有別：饒，音ㄖㄠˊ，寬恕，豐足，如：「饒恕」、「富饒」；撓，音ㄋㄠˊ，擾亂，如：「阻撓」。③「繞」有兩個讀音：a.在「繞道」、「繞口令」、「繞彎兒」裏，讀ㄖㄠˋ。b.在「纏繞」、「圍繞」裏，唸ㄖㄠˇ。

3 繞口令 ㄖㄠˋ ㄎㄡˇ ㄌㄧㄥˋ 是兒歌的一種，利用語言聲韻的重複交錯，使人唸得越快越不容易正確。也叫「拗口令」、「急口令」。

參考 繞口令，一種語言遊戲，用聲、韻、調極易混同的字交叉重疊編成句子，要求一口氣急速唸出，說快了讀音容易發生錯誤。也叫「拗口令」或「急口令」。如：四是四，十是十，四不是十，十不是四，十四不是四十，四十不是十四。

9 繞指柔 ㄖㄠˋ ㄓˇ ㄖㄡˊ 比喻經過陶鎔鍛煉後變得柔軟。亦用以比喻女子的柔情。

▽圍繞、環繞、繚繞、纏繞、縈繞。

常 12 **繚** 形解 形聲；從糸，尞聲。尞有圍繞的意思，所以繞合爲繚。

音義 ㄌㄧㄠˊ 動圍繞；例繚以周牆。形屈曲的；例香煙繚繞。

參考 同纏，繞。

13 繚亂 ㄌㄧㄠˊ ㄌㄨㄢˋ 攪擾紛亂。

18 繚繞 ㄌㄧㄠˊ ㄖㄠˇ 回環盤旋的樣子。例雲煙繚繞。

▽縈繚、糾繚。

常 12 **繡** 形解 形聲；從糸，肅聲。針縷所縫，五采並備的彩紋爲繡。

音義 ㄒㄧㄡˋ 名①五彩兼備的繪畫或刺繡；例蘇繡。②姓。動用彩線在綢布上縫成花紋；例繡鴛鴦。形①刺成文彩的；例黼衣繡裳。②綺麗的；例花梁繡柱。

參考 ①又作「綉」。②與「錦」有別：織花曰錦，刺花曰繡。

8 繡花枕頭 ㄒㄧㄡˋ ㄏㄨㄚ ㄓㄣˇ ㄊㄡˊ 繡花的枕頭，外表美觀，而內部則全爲糠秕、稻草之類。比喻徒有外表而無眞才實學的人。

11 繡球 ㄒㄧㄡˋ ㄑㄧㄡˊ ㈠植落葉灌木，春開五瓣小花，百花成朵，團圓如球，色白或淡紅，爲著名觀賞植物。㈡用絲綢結成的球狀物，在張燈結綵時作爲飾物。古時又有女子拋繡球招親的風俗。

14 繡像 ㄒㄧㄡˋ ㄒㄧㄤˋ ㈠刺繡成的佛像。㈡俗稱工細的畫像。

▽錦繡、刺繡、文繡、湘繡、彩繡。

次 12 **繒** 形解 形聲；從糸，曾聲。布帛的總名爲繒。

音義 ㄗㄥ 名①絲織品的總稱。②用絲線繫住的箭，通「矰」。
ㄘㄥˊ 名古國名，今山東嶧縣東。
ㄗㄥˋ 動捆攏。

次 12 **繐** 形解 形聲；從糸，惠聲。喪服之輕而細的爲繐。

音義 ㄙㄨㄟˋ 名①古縫製喪服用的細布，適於喪服較短者所穿；例緆衰繐裳。②絲線蔟成的穗狀飾物，通「穗」；例絨穗。

次12 **繖** 形解 形聲；從糸，散聲。雨蓋爲繖。亦作「傘」。
音義 ㄙㄢˇ 名傘蓋。
參考 古字或作「𢅋」。

繖

次12 **繢** 形解 形聲；從糸，貴聲。貴爲遺的省略，所以織布所剩餘的線頭爲繢。
音義 ㄏㄨㄟˋ 名整匹布的頭尾。②彩繪或繡花紋飾；例繢飾。動繪畫，通「繪」；例繢畫彌精。

次12 **繙** 形解 形聲；從糸，番聲。番有播散的意思，所以織絲紛亂爲繙。
音義 ㄈㄢ 動①迻譯；例繙繹。②雜揉；例繙十二經以說。形隨風飄動的；例繙帑。

常13 **繫** 形解 形聲；從糸，毄聲。毄有緊密的意思，所以絲相聯，互相約束爲繫。
音義 ㄒㄧˋ 動①聯綴；例以九兩繫邦國之民。②綁束；例繫以絳紗。③拴住；例枝低繫客舟。④懸掛；例取金印如斗大，繫肘後。⑤囚拘；例囚繫。
ㄐㄧˋ 動綁紮；例繫鞋帶。
參考 ①同係，系，挂，掛。②與「擊」有別：擊，音ㄐㄧˊ，敲打、攻伐，如：「敲擊」、「攻擊」。
8 **繫念** ㄒㄧˋ ㄋㄧㄢˋ 掛念。
9 **繫風捕影** ㄒㄧˋ ㄈㄥ ㄅㄨˇ ㄧㄥˇ 比喻憑空捏造。
參考 同捕風捉影。
▽拘繫、羈繫、囚繫、捕繫、牽繫、連繫、維繫。

常13 **繹** 形解 形聲；從糸，睪聲。睪有指引的意思，所以抽引絲線爲繹。
音義 ㄧˋ 動推究事理；例演繹。副連續不斷地；例絡繹不絕。
參考 ①同尋，討，原。②「翻譯」一詞用「譯」，不用「繹」。③與「釋」有別：說明某事或解說字句爲「釋」，推求事理爲「繹」，如「解釋」，如「演繹」。
▽演繹、思繹、尋繹、絡繹、抽繹。

常13 **繩** 形解 形聲；從糸，蠅省聲。繩索爲繩。
音義 ㄕㄥˊ 名①用兩股以上的棉紗、麻、棕、草等纖維或金屬絲所擰成絞合成的長條物；例麻繩。②正直；例能進退履繩。③準則；例準繩。④姓。動①糾正過錯；例繩衍糾謬。②承繼；例繩其祖武。③約束；例繩之以法。
參考 ①同索。②與「蠅」有別：蠅，音ㄧㄥˊ，即蒼蠅，二字形近而音義不同。
10 **繩索** ㄕㄥˊ ㄙㄨㄛˇ 繩子的泛稱。索：粗大的繩子。
15 **繩墨** ㄕㄥˊ ㄇㄛˋ 木工取直的工具。用來比喻法度、規矩。例不中繩墨。
▽結繩、準繩、法繩、韁繩、跳繩、麻繩、絲繩、草繩、履繩、童軍繩。

常13 **繪** 形解 形聲；從糸，會聲。會爲會合，畫繡爲一，五采相合爲繪。
音義 ㄏㄨㄟˋ 名綵畫；例藻繪多文。動作畫；例繪一山水。
參考 ①同畫。②與「膾」有別：膾，音ㄎㄨㄞˋ，切細的肉絲。
12 **繪畫** ㄏㄨㄟˋ ㄏㄨㄚˋ 藝造型藝術之一。用筆、刀等工具，墨、顏料等物質材料，在紙、木版、紡織物或牆壁等平面上，通過構圖、造型和設色等表現手段，創造可供欣賞的形象。
15 **繪影繪聲** ㄏㄨㄟˋ ㄧㄥˇ ㄏㄨㄟˋ ㄕㄥ 形容描繪逼真，連影像、聲音都能表現出來。亦作「繪聲繪影」、「繪聲繪色」。
17 **繪聲繪色** ㄏㄨㄟˋ ㄕㄥ ㄏㄨㄟˋ ㄙㄜˋ 同「繪影繪聲」。
參考 與「有聲有色」同是形容說話、文章生動，但有別：前者多形容敘述描寫的生動逼眞，不能形容表現(實踐)得出色；後者能形容敍述描寫的生動逼眞，但多形容表現(實踐)得出色。前者一般不作補語，後者經常用作補語。
▽彩繪、圖繪、描繪、浮世繪。

常 13 **繭** 形解 [seal] 形聲；從糸從虫，芇聲。虫是蠶蟲，糸爲細絲，芇係相當，所以蠶衣爲繭。
音義 ㄐㄧㄢˇ 名①蠶將變成蛹時，吐絲所結成的橢圓形的巢；例抽絲剝繭。②手心或腳掌因勞動過度摩擦而成的厚皮，通「趼」；例申重繭以存荊。
10 **繭栗** ㄐㄧㄢˇ ㄌㄧˋ ㈠初生的小牛。㈡形容新長的筍。㈢比喻花的蓓蕾。例紅藥枝頭初繭栗。㈣比喻德操的堅貞。
▽蠶繭、絲繭、角繭、作繭。

次 13 **繰** 形解 [seal] 形聲；從糸，喿聲。深色的布帛爲繰。
音義 ㄗㄠˇ 名①絳紫色的絲織品。②帽冠上串垂玉的繩子，通「璪」。形用澡治過的布製成的；例緄冠繰纓。
ㄙㄠ 動繅絲，同「繅」；例繰絲須長不須白。
參考「聒噪」的「噪」(ㄗㄠˋ)字、「乾燥」的「燥」(ㄗㄠˋ)字，都不作「繰」。

次 13 **繯** 形解 [seal] 形聲；從糸，睘聲。睘多有圍繞的意思，所以用絲帛包裹爲繯。
音義 ㄏㄨㄢˊ 名①旗幟上的繫結；例虹蜺爲繯。②繩圈；例投繯。
參考又音ㄏㄨㄢˋ。

次 13 **繳** 形解 [seal] 形聲，從糸，敫聲。繫在箭尾的繩子爲繳。
音義 ㄐㄧㄠˇ 動支付；例繳納。形不識大體的；例繳繞。ㄓㄨㄛˊ 名古箭上繫的絲繩；例矰繳。
參考和「儌倖」的「儌」字，音同義不同。

常 14 **辮** 形解 [seal] 形聲；從糸，辡聲。辡有分合的意思，所以糸與糸交織爲辮。
音義 ㄅㄧㄢˋ 名①用線縷等編成的長條；例草帽辮。②把頭髮分股交叉編成的長條形；例辮子。
參考又作「緶」。

常 14 **繽** 形解 形聲；從糸，賓聲。紛亂爲繽。
音義 ㄅㄧㄣ 副①繁盛地；例芳草鮮美，落英繽紛。②衆多疾速的樣子；例繽紛往來，輻轤不絕。
參考與「檳」、「濱」、「儐」同音而義有別：檳，檳榔，木名；濱，水邊；儐，儐相，幫助主人行禮的人。
10 **繽紛** ㄅㄧㄣ ㄈㄣ ㈠繁多的樣子。㈡交錯雜亂的樣子。

常 14 **繼** 形解 [seal] 本字作「㡭」；會意；從糸㡭。㡭爲斷絲，所以用糸聯斷絲而使其連續不斷爲繼。今作「繼」。
音義 ㄐㄧˋ 名姓。動①接連而來；例前仆後繼。②承續；例紘入繼本宗。③延續；例存亡國，繼絕世。形後娶的；例繼母。副接續地；例水陸繼進。
參考①反絕，斷。②同續，嗣，紹，纘，襲，賡。③與「續」的意義有別：「繼」，是承接以往；「續」，是指接連不斷。
3 **繼子** ㄐㄧˋ ㄗˇ 稱過繼給他人的孩子。
參考與「養子」有別：前者多行於民間，在法律並無此稱。「繼子」，是因一方無子嗣，而由親友的兒子過繼給他作後嗣，並享有繼承權；而「繼子」不一定受其撫養，可居於親生父母家。後者指爲人所領養或收養的孩子，在法律上有一定的程序，養父母須盡到收養的責任；養子在法律上也享有繼承權，且須與收養人同姓。
8 **繼武** ㄐㄧˋ ㄨˇ 本指兩足跡相接

續，後用以比喩繼續前人的事業。

繼承 ㄐㄧˋ ㄔㄥˊ ㈠接續前人未完成的事業。㈡[法]因人之死亡，就該死亡人所遺財產，由其具有一定親屬身分之生存人，法律上當然予以包括的承繼。

[參考]①[衍]繼承權、繼承人。②與「秉承」有別：前者著重在「繼」，有「繼續」、「承接」的意思；後者著重在「秉」，有「拿著」、「承受」的意思。「繼承」的對象一般是過去的，常與傳統、事業、遺志、遺產等詞連用，惟法律上之「繼承」僅承認財產上的繼承。「秉承」的對象一般是現在的，指把別人的主張拿過來照著辦理，因此常與「旨意」、「命令」等詞連用。

繼往開來 ㄐㄧˋ ㄨㄤˇ ㄎㄞ ㄌㄞˊ 承繼前人(過去)既有的成就，開拓未來的新局面。

[參考][同]承先啓後。

12 **繼絕存亡** ㄐㄧˋ ㄐㄩㄝˊ ㄘㄨㄣˊ ㄨㄤˊ 使即將斷絕的得以延續，使即將亡失的得以保存。

[參考]與「繼往開來」有別：前者著重於「絕」、「亡」上，强調使「絕」者再繼，「亡」者能存；後者著重在「往」、「來」上，强調能承先啓後，開拓未來。

12 **繼晷** ㄐㄧˋ ㄍㄨㄟˇ 夜以繼日。比喩非常辛勞。晷：太陽的影子。

21 **繼續** ㄐㄧˋ ㄒㄩˋ 接連不斷。

[參考]與「持續」、「連續」、「陸續」、「延續」等有別：「繼續」是接連下去，延伸下去，後邊常跟「下去」或表時間的詞語；所表示的動作行爲可以有間斷，經過一段間隙，再連下去。「持續」是沒間斷地保持下去，延續下去。「連續」是一個緊接一個地不間斷地進行，常用於口語。「陸續」是不定數、不定時地先先後後，時斷時續地進行，只能修飾動詞，不能修飾名詞，這是與其他四個詞不同之處。「延續」是原樣的延長，或照原樣繼續下去。

▽後繼、承繼、紹繼、前仆後繼、饔飧不繼。

常 14 **纂** [形解] 形聲；從糸，算聲。紅色絲條爲纂。

[音義] ㄗㄨㄢˇ [名]①紅色的絲帶；例錦繡纂組。②婦女的髮髻，通「䰖」；例纂兒。③姓。[動]編輯書籍；例編纂。[副]繼續地；例纂修其續。

[參考]①[擊]攥。②與「篡」形近而音義有別：篡，音 ㄘㄨㄢˋ，奪取，如「篡位」，不可作「纂」。③不可讀成 ㄘㄨㄢˋ 或 ㄗㄨㄢˋ。

10 **纂修** ㄗㄨㄢˇ ㄒㄧㄡ 纂集修訂。

▽編纂、論纂、修纂、總纂。

次 14 **繻** [形解] 形聲；從糸，需聲。采色的繒布爲繻。

[音義] ㄖㄨˊ [名]①古帛製的通行憑證；例關吏予軍繻。②一種彩繒。

[參考]又音 ㄒㄩ。

次 14 **繾** [形解] 形聲；從糸，遣聲。相連不斷爲繾。

[音義] ㄑㄧㄢˇ [形]繾綣的，固結不解的。

14 **繾綣** ㄑㄧㄢˇ ㄑㄩㄢˇ 情意纏綿不忍分離的樣子。

次 14 **纁** [形解] 形聲；從糸，熏聲。淺紅色的布帛爲纁。

[音義] ㄒㄩㄣ [名]纁黃，黃昏。[形]絳色。

常 15 **纏** [形解] 形聲；從糸，廛聲。以繩索繞合爲纏。

[音義] ㄔㄢˊ [名]①[宗]佛家煩惱的異名；例八纏。②姓。[動]①環繞；例纏結。②束縛；例纏足。③攪擾；例別纏著我。④應付；例閻王好惹，小鬼難纏。⑤連結；例兵纏四海英雄得。

[參考]①又作「纒」。②[同]繞，繚，束，縛。

7 **纏足** ㄔㄢˊ ㄗㄨˊ 古時婦女以布帛裹足，使脚踝纖小，步履婀娜。此一風氣可能始於五代。

14 **纏綿** ㄔㄢˊ ㄇㄧㄢˊ ㈠比喩情意親密固結。㈡留連。例因風流寃孽，纏綿於此。㈢煩憂甚多。例纏綿彌思深。

纏綿悱惻 ㄔㄢˊ ㄇㄧㄢˊ ㄈㄟˇ ㄘㄜˋ 形容文詞或文學作品中的故事情節哀婉動人。

18 **纏繞** ㄔㄢˊ ㄖㄠˋ ㈠互相纏結。㈡糾纏，比喻人事的繫累。

常 15 續

形解 繢 形聲；從糸，賣聲。連續爲續。

音義 ㄒㄩˋ 名①事情後起而同於從前的；例欲誅有功之人，此亡秦之續耳。②姓。動①承接；例以夜續晝。②接連下去；例續假。③補綴；例絕長續短。形接繼前面的；例續世說十卷。

參考 ①反斷，絕。②同嗣，紹，賡，續，繼。③與「繼」有別，參閱「繼」字條。

9 **續約** ㄒㄩˋ ㄩㄝ 法㈠條約的一種，於正約訂定之後續訂的條約，主旨在補充正約，多因時效作用或環境變遷而訂。㈡契約的一種，即合約期滿後再另訂的新約，稱爲續約。

11 **續絃** ㄒㄩˋ ㄒㄧㄢˊ 即續娶，稱人妻死再娶。古人以琴瑟比喻夫妻，故稱喪妻爲斷絃，再娶爲續絃。絃，亦作弦。

12 **續貂** ㄒㄩˋ ㄉㄧㄠ ㈠譏稱爵賞太濫。㈡自謙繼續他人的著作或未完成的事業。

▽繼續、斷續、手續、陸續、連續、接續、延續。

次 15 纊

形解 纊 形聲；從糸，廣聲。細棉絮爲纊。

音義 ㄎㄨㄤˋ 名棉絮；例屬纊。

次 15 纆

形解 纆 形聲；從糸，墨聲。用兩股絲線聯合而成的繩索爲纆。

音義 ㄇㄛˋ 名繩索；例何異糾纆？

參考 又作「纆」、「墨」。

次 15 纍

形解 纍 形聲；從糸，畾省聲。畾有重疊的意思，所以許多絲線在一起排列整齊爲纍。

音義 ㄌㄟˊ 名①戎裝；例諸侯甲不解纍。②大索；例以劍斫絕纍。③姓。動①糾繞；例葛藟纍之。②拘囚；例纍囚。形①條理的；例纍纍乎端如貫珠。②不得志的；例纍纍若喪家之狗。

參考 和「堡壘」的「壘」(ㄌㄟˇ)字、「金罍」的「罍」(ㄌㄟˊ，酒器)字，音義不同。

21 **纍纍** ㄌㄟˊ ㄌㄟˊ ㈠衰疲的樣子。例喪客纍纍。㈡不得志的樣子。例纍纍若喪家之狗。㈢連結成串的樣子。㈣重疊的樣子。

▽係纍、羈纍、囚纍、纏纍、負債纍纍。

次 16 纑

形解 纑 形聲；從糸，盧聲。盧有連結的意思，所以連結絲帛成布爲纑。

音義 ㄌㄨˊ 名精練過的麻縷；例彼身織屨，妻辟纑。

常 17 纖

形解 纖 形聲；從糸，韱聲。韱有細的意思，所以細微爲纖。

音義 ㄒㄧㄢ 名①精美細緻的絲織品，如：縉、帛、羅、縠之類；例被文服纖。②泛稱小物；例玉纖遙指花深處。形①細小的；例纖埃起於朱輪。②輕巧的；例纖巧。③不肖的；例陛下何愛此纖人。

參考 ①反洪，鉅，大。②與「細」有別：纖，有細的意思，但本義爲絲織品，而「細」只作形容詞用。

4 **纖介** ㄒㄧㄢ ㄐㄧㄝˋ 比喻極其細微。同「纖芥」。

纖介之禍 ㄒㄧㄢ ㄐㄧㄝˋ ㄓ ㄏㄨㄛˋ 比喻微小的災難。

5 **纖巧** ㄒㄧㄢ ㄑㄧㄠˇ 纖細精巧。

參考 本詞多用來形容藝術品的小巧。

10 **纖弱** ㄒㄧㄢ ㄖㄨㄛˋ 細弱。

11 **纖細** ㄒㄧㄢ ㄒㄧˋ 非常細小。

纖毫 ㄒㄧㄢ ㄏㄠˊ 比喻極微細。

14 **纖維** ㄒㄧㄢ ㄨㄟˊ 化天然的或人工合成的細絲狀物質。

纖維素 ㄒㄧㄢ ㄨㄟˊ ㄙㄨˋ ㈠化一種有機化合物，是棉、麻等植物纖維的主要成分。用於紡織和造紙，也是製無烟火藥的原料。㈡生血液纖維素的簡稱。

纖塵不染 ㄒㄧㄢ ㄔㄣˊ ㄅㄨˋ ㄖㄢˇ 連細小的灰塵都不沾汚。形容十分潔淨。比喻沒有沾染上任何不艮思想和壞習氣。

23 **纖纖** ㄒㄧㄢ ㄒㄧㄢ 細長的樣子。

▽雲纖、人造纖、被文服纖。

常 17 **纓** 形解 形聲；從糸，嬰聲。嬰有繞的意思，所以用來繫冠使勿脫落的繩帶為纓。

音義 一ㄥ 名 ①帽帶；例滄浪之水清兮，可以濯我纓。②綵帶；例親說婦之纓。③繫馬頸或馬腹前的皮帶；例鞶厲游纓。④穗狀的裝飾物；例紅纓槍。⑤穗狀物；例蘿蔔纓子。動 纏繞；例不纓垢氛。

參考 與「櫻」、「鸚」、「嚶」、「攖」字都是音同而義不同。

12 **纓絡** 一ㄥ ㄌㄨㄛˋ ㈠用線縷珠寶結成的妝飾品。亦作「瓔珞」。㈡纏縛。多指解除世事糾纏，隱居山中。

▽冠纓、朱纓、絡纓、請纓、帽纓。

次 17 **纔** 形解 形聲；從糸，毚聲。毚有隱暗的意思，所以赤而微黑的布帛為纔。

音義 ㄘㄞˊ 副 ①僅，只；例然身死纔數月耳。②方才；例別日南雁纔北去，今朝北雁又南飛。

參考 今多作「才」，「纔」字已較少用。

次 19 **纚** 形解 形聲；從糸，麗聲。喪禮時所戴的布冠為纚。

音義 ㄕˇ 名 束髮的帛布。形 颯纚，長袖舞動的樣子。副 羣奔的樣子。例纚乎淫淫。ㄙㄚˇ 動 撒網，通「洒」；例纚鰋鮋。ㄌㄧˊ 動 維繫，通「縭」。ㄌㄧˇ 形 連綿的；例纚屬。ㄕˇ 形 纚纚，下垂的。

名 纚

參考 ㄕˇ又音ㄒㄧˇ。

次 19 **纘** 形解 形聲；從糸，贊聲。贊有會聚的意思，所以繼續不絕為纘。

音義 ㄗㄨㄢˇ 動 承繼；例纘禹舊服。

次 19 **纛** 形解 形聲；從縣，毒聲。懸有漂亮氂尾或羽飾的旌旗為纛。

音義 ㄉㄠˋ 名 ①飾有氂牛尾或雉尾的大旗；例黃屋左纛。②軍中大旗；例先豎纛於近城。③舞蹈時所持的羽毛。

參考 字雖從毒，但不可讀成ㄉㄨˊ。

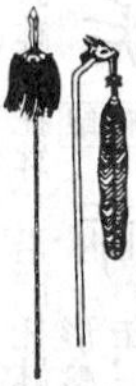

① 纛

常 21 **纜** 形解 形聲；從糸，覽聲。繫舟的繩索為纜。

音義 ㄌㄢˇ 名 繫船的繩索；例解纜及流潮，懷舊不能發。動 維繫；例江館清秋纜客船。

參考 ①又音ㄌㄢˋ。②俗字作「䌫」。

7 **纜車** ㄌㄢˇ ㄔㄜ 採用纜繩絞車沿水平或傾斜軌道拖拉車輛的起重設備。大多用於攀登高坡、山峯或在地面拖拉車輛。

【缶部】 ㄈㄡˇ

常 0 **缶** 形解 象形；象盛酒漿的瓦器形。上示缶蓋，中示缶腹，下示圓底。

音義 ㄈㄡˇ 名 ①盛裝液體的小口大腹瓦罐；例五獻之尊，門外缶，門內壺。②汲水的用具；例綆缶。③瓦質的敲擊樂器；例擊缶。④古代量名，十六斗為一缶；例出稷禾，秉芻，缶米。

參考 ①「缶」與「罐」都是盛物器；然「缶」專指腹大口小者；而「罐」泛稱圓形者。②「缶」字中間的橫筆宜較上下二畫為長。③衍寶。

▽擊缶、瓦缶、鼓缶。

常 3 **缸** 形解 形聲；從缶，工聲。形狀似罌而頸長的瓦器為缸。

音義 ㄍㄤ 名 ①以陶瓷或玻璃等製成的容器，通常呈口小、腹大、底窄的橢圓形；例水缸。②泛稱一般容器；例浴缸。

參考 「缸」與「釭」音同而義別：「缸」，為一種瓦器；而「釭」，為一種古燈。

常 4 **缺** 形解 形聲；從缶，夬聲。夬有破壞決裂的意思，所以器物破損為缺。

音義 ㄑㄩㄝ 名 ①物品的破漏處；例缺口。②欠缺完滿的地方；例缺失。③職位虛懸；例實缺。動 ①減少；例缺少。②殘破；例甕破缶缺。③應該來而不來；例缺班。形 ①不完美的；例缺點。②破陋的；例缺囊破筐。

參考 ①「缺」與「闕」讀做 ㄑㄩㄝ 時都有殘破或缺少的意思，二者可通。然「闕」讀做 ㄑㄩㄝˋ 時，為門闕，二者有別。②同虧，乏，少。

5 **缺乏** ㄑㄩㄝ ㄈㄚˊ 短少，不足。

參考 與「缺少」皆為動詞，都有「需要而沒有或應該有而沒有」的意思，但有別：前者著重於「乏」字，是貧乏、不足的意思；後者則著重於「少」字，是數量不夠的意思。「缺乏」多用於抽象事物，也可用於不需要計數的具體的人或事物，如：「缺乏了解」、「缺乏工具」等。在可計數而又需要具體說出多少的時候，一般用「缺少」。

10 **缺席** ㄑㄩㄝ ㄒㄧˊ ㈠聚會時不到場。㈡學生曠課。

參考 反出席。

參考 衍缺席判決。

11 **缺陷** ㄑㄩㄝ ㄒㄧㄢˋ 欠缺，不夠完美。

15 **缺德** ㄑㄩㄝ ㄉㄜˊ 罵人無道德修養或祖先缺少德業。

參考 衍缺德鬼。

16 **缺憾** ㄑㄩㄝ ㄏㄢˋ 不完美，令人不滿意的地方。

17 **缺點** ㄑㄩㄝ ㄉㄧㄢˇ 短處，不完美的地方。

參考 參閱「錯誤」條。

▽遺缺、殘缺、懸缺、抱殘守缺。

常 5 **鉢** 形解 形聲；從缶，本聲。僧侶盛食的器具為鉢。

音義 ㄅㄛ 名 ①宗僧尼所持化緣的食具，為梵語「鉢多羅」的省稱；例衣鉢。②泛稱圓形的盛器或滌洗用具；例菜鉢。

參考 「飯鉢」與「袈衣」為僧尼代代相傳之物，今以「衣鉢」泛稱師生相承的關係，如「衣鉢相傳」。

▽衣鉢、托鉢、沿門托鉢。

次 6 **缿** 形解 形聲；從缶，后聲。盛錢用的陶筒為缿。

音義 ㄒㄧㄤˋ 名 ①撲滿。②古時接受告密文件的瓦器，形狀如瓶，有小孔，可入而不可出；例缿筩。

參考 又音 ㄏㄡˋ。

次 6 **缾** 形解 形聲；從缶，幷聲。用以汲水的陶器為缾。通作「瓶」。

音義 ㄆㄧㄥˊ 「瓶」的俗字，見「瓶」字條。

次 10 **罃** 形解 形聲；從缶，𤇾省聲。𤇾有火光的意思，所以用以盛水備火的長頸瓶為罃。

音義 一ㄥ 名 盛水的長頸小口大腹瓶，是古水器之一。同「罌」。

參考 金文作「鎣」。

常 11 **罄** 形解 形聲；從缶，殸聲。殸是磬的初文，指懸在虡上可以擊出樂音的石製樂器。缶是瓦器，瓦器中空亦可以擊出似磬的聲音，所以形容器物中空無物為罄。

音義 ㄑㄧㄥˋ 動 ①用盡；例罄竹難書。②顯現；例夫犬馬，人所知也，且暮罄於前。形 ①器皿空虛而無物的；例缾之罄矣，維罍之恥。②嚴肅的；例師曠罄然又稱曰。

參考 ①「罄」字從殸從缶，但不讀做 ㄕㄥ。②與「磬」、「謦」音同而義不同：「磬」，為咳聲；「磬」，爲石製樂器名。

6 **罄竹難書** ㄑㄥˋ ㄓㄨˊ ㄋㄢˊ ㄕㄨ 比喻劣迹太多，非筆墨所能盡記。

參考 同擢髮難數。

▽用罄、告罄。

次 11
罅
形解 形聲；從缶，虖聲。虖有舒散的意思，所以陶器的裂痕爲罅。

音義 ㄒㄧㄚˋ 名①裂縫；例石罅。②事情的漏洞；例不能傳合疏罅。動裂開；例楞栗罅發。

14 **罅隙** ㄒㄧㄚˋ ㄒㄧˋ 漏洞。

罅漏 ㄒㄧㄚˋ ㄌㄡˋ 隙缺漏洞。 罅：陶缶的裂縫或孔隙。

常 12
罈
形解 形聲；從缶，覃聲。覃有長的意思，所以腹大而長的小口瓦器爲罈。

音義 ㄊㄢˊ 名一種陶質的小口、大肚容器；例泡菜罈。

參考「罈」與「缶」都是口小、腹大的瓦罐，但通常習慣上「酒罈」，「泡菜罈」等詞不用「缶」字。

次 13
罋
形解 形聲；從缶，雍聲。汲水用的瓦器爲罋。

音義 ㄨㄥˋ 名①陶器名，口小腹大，用來裝水或酒的容器；例酒罋。②姓。

參考 或作「瓮」、「甕」。

次 14
罌
形解 形聲；從缶，賏聲。賏有小的意思，所以小水瓶爲罌。

音義 ㄧㄥ 名小口大腹的瓶子；例椎破盧罌。

參考 或作「甖」。

次 15
罍
形解 形聲；從缶，畾聲。刻有雲雷花紋的酒器爲罍。

罍

音義 ㄌㄟˊ 名古酒樽，形似壺而表面刻鑄有雲雷花紋的盛酒器；例我姑酌彼金罍。

參考 或作「櫑」。

▽玉罍、樽罍、金罍、瓶罍。

次 16
罏
形解 形聲；從缶，盧聲。小酒器爲罏。

音義 ㄌㄨˊ 名①盛酒器，即「罍」；例金罏。②酒店安放酒瓮的土臺，也可指酒店。③火爐，通「爐」；例罏煖發餘香。

常 18
罐
形解 形聲；從缶，雚聲。汲水盛水用的瓦器爲罐。

音義 ㄍㄨㄢˋ 名①汲水的器具；例缾罐。②一種圓形瓦器，可以盛物或燒煮食物；例藥罐。③泛指一般的圓筒形容器；例啤酒罐。

參考 參閱「缶」字條。

【网部】 ㄨㄤˇ

次 0
网
形解 象形；象捕魚捕獸的網子，中間有繩交結的網孔形。

音義 ㄨㄤˇ 名捕魚捕獸的工具。

常 3
罕
形解 形聲；從网，干聲。干有直而長的意思，所以形狀似畢而有長柄小網的捕鳥器爲罕。

音義 ㄏㄢˇ 名①柄長網小的捕鳥器；例罼罕瑣結。②旗幟；例雲罕九斿。③姓。形稀少的；例罕聞。

參考 ①「罕」字從「冖」，不可從「穴」訛成「穼」。同②少，稀，奇。

7 **罕見** ㄏㄢˇ ㄐㄧㄢˋ 稀少，很少看見。

次 3
罔
形解 形聲；從网，亡聲。网象捕捉鳥獸魚類的網，後加亡聲，以示防其逃脫爲罔。

音義 ㄨㄤˇ 名①可用來捕捉鳥獸蟲魚的網子；例作結繩而爲罔罟，以佃以漁。②邪妄不正；例誣罔。③災禍；例罔兩。動①禍害；例罔民。②誣妄；例可欺也，不可罔也。形①迷惑的，通「惘」；例學而不思則罔。②失意的，通「惘」；例罔兮不樂，悵然失志。副①沒有，通「無」；例罔顧道義。②不可，表禁止；例罔失法度。

參考①「罔」與「岡」形似而音義各不同：「罔」，爲邪曲的意思；「岡」，音ㄍㄤ，爲山脊。②「罔」與同音字「枉」都有邪曲的意思，然「枉」又含有他義，宜加區分。③同無。

13 **罔極** ㄨㄤˇ ㄐㄧˊ ㈠沒有定準，變化無窮。㈡無窮，久遠。㈢無極，古時特指父母對子女的恩德，以爲深厚無窮。

▽侵罔、誣罔、欺罔、迷罔。

次 4 **罘** 解形 形聲；從网，不聲。捕獸網爲罘。

音義 ㄈㄨˊ 名①古捕捉野獸的網子；例罝罘羅網。②罘罳，古設在門外的屏風。

參考 又音ㄈㄡˊ。

14 **罘罳** ㄈㄨˊ ㄙ ㈠古代設在宮門外或城角的屏風，上面有孔，形狀像網，以鏤木做成，用來守望和防禦。㈡張放在屋簷或窗上防止鳥雀飛入的網子。㈢打獵用的網子。

常 5 **罟** 解形 形聲；從网，古聲。網的總稱爲罟。

音義 ㄍㄨˇ 名①網子的總稱；例罔罟。②魚網；例數罟不入洿池。③法網；例畏此罪罟。

參考 同罔，網。

▽罔罟、罪罟、數罟。

次 5 **罡** 解形 會意；從网，從正。网表示天象，居北方的正中北斗星爲天罡。

音義 ㄍㄤ 名天罡，星名，即北斗星，也指北斗七星的柄部。

參考 或作「[illegible]」。

次 5 **罝** 解形 形聲；從网，且聲。且有阻止的意思，所以捕兔網爲罝。

音義 ㄐㄩ 名①古捕捉兔子的網；例兔罝。②泛稱捕捉鳥獸的網；例罝網。

參考①俗作「罝」。②又音ㄐㄧㄝ。

▽罘罝、兔罝。

次 5 **罛** 解形 形聲；從网，瓜聲。瓜有大的意思，所以捕魚的大網爲罛。

音義 ㄍㄨ 名古代一種大漁網；例「施罛濊濊」。

次 6 **罣** 解形 形聲；從网，圭聲。懸掛爲罣。

音義 ㄍㄨㄚˋ 名過失；例罣誤。動①阻礙；例罣礙。②牽掛，通「掛」；例罣念。

14 **罣誤** ㄍㄨㄚˋ ㄨˋ 因事牽連而犯了過失。

次 7 **罥** 解形 形聲；從网，肙聲。以繩網懸掛爲罥。

音義 ㄐㄩㄢˋ 名網名。動纏繞；例荒葛罥塗。

參考「罥」與訓爲側目的「睊」，形近音同而義不同。

常 8 **置** 解形 形聲；從网，直聲。釋放爲置。

音義 ㄓˋ 名古代交通線上，供人休息補給及替換車馬的中點站；例置傳。動①安放；例本末倒置。②創立；例設置。③購買；例添置。④釋赦；例斬首捕虜，比三百石以上者皆殺之，無有所置。⑤擱棄；例是以小怨置大德也。⑥留止；例置車官屬。

參考①「置」與「製」音同而義不同：如：「設置」、「置產」，不作「製」；而「製造」、「製圖」，亦不作「置」。②同放，設。

4 **置之不理** ㄓˋ ㄓ ㄅㄨˋ ㄌㄧˇ 擱下而不理會。

參考①同置之不論。②參閱「束之高閣」條。

置之不顧 ㄓˋ ㄓ ㄅㄨˋ ㄍㄨˋ 棄置一旁，不予理會。

參考①同置之不理、置之腦後。②與「置若罔聞」有別：後者是有所聽聞而置之不加理會。

置之度外 ㄓˋ ㄓ ㄉㄨˋ ㄨㄞˋ 不放在考慮之中。

參考①亦作「度外置之」。②「置之度外」與「置若罔聞」都有「不理睬、不放在心上」的意思，但有別：a.前者偏重在「不予考慮」；後者偏重在「不予理睬」。b．前者適用於應該考慮的問題；後者則適用於「警告」、「請求」等可「聞」之事。c．前者前邊往往有「把…」或「將…」等狀語；後者一般不用「把…」或「將…」作狀語。d．後者前邊往往有「對…」或「對於…」等狀語；前者一般則不用此種狀語。

9 **置若罔聞** ㄓˋ ㄖㄨㄛˋ ㄨㄤˇ ㄨㄣˊ 雖曾聽見，但亦不加理睬。

參考 參閱「置之不顧」條。

19 **置辭** ㄓˋ ㄘˊ 措詞，運用詞句。

▽安置、位置、處置、設置、倒置、廢置、布置、放置、留置、棄置、本末倒置、輕重倒置。

常 8 **罩** 形解 形聲；從网，卓聲。卓有高大的意思，所以用竹編成的大籠為罩。

音義 ㄓㄠˋ 名 ①捕魚用的竹籠。②遮蓋障塵用的器具；例紗罩。③泛稱一切覆蓋在外的東西；例床罩。動掩遮；例籠罩。

參考 ①同遮，覆，蓋。②字雖從卓，但不可讀成ㄓㄨㄛ。

▽燈罩、碗罩、牀罩、面罩、口罩、籠罩。

常 8 **罪** 形解 形聲；從网，非聲。捕魚用的竹網為罪。

音義 ㄗㄨㄟˋ 名 ①過失；例子不教，誰之罪？②惡行或不容於法律的行為；例罪大惡極。③法觸犯刑法規章所科予的刑罰；例竊盜罪。④折磨；例活受罪。動①懲罰；例「罪己以收人心」。②責難；例罪我者，其惟春秋乎？

參考 ①「罪」與「罰」都有懲處不法的意思，然習慣上，「罪案」、「罪過」、「罪犯」等詞，不用「罰」字；「罰款」、「罰鍰」、「罰則」等詞不作「罪」字。②同惡，犯，咎。

4 **罪不容誅** ㄗㄨㄟˋ ㄅㄨˋ ㄖㄨㄥˊ ㄓㄨ 表示罪大惡極，將其處以死刑還不夠。

參考 同罪該萬死。

6 **罪名** ㄗㄨㄟˋ ㄇㄧㄥˊ 根據犯罪行為的性質和特徵所規定的犯罪名稱。

8 **罪狀** ㄗㄨㄟˋ ㄓㄨㄤˋ 犯罪的事實或情況。

12 **罪惡** ㄗㄨㄟˋ ㄜˋ 犯法的行為，泛指一切惡劣的行為。

參考「罪惡」、「罪行」、「罪責」三者都是名詞，都是指損害別人的犯罪的事或行為，但有別：「罪惡」指嚴重損害別人利益的行為，强調性質；「罪行」指犯罪的行為，强調事實；「罪責」指造成犯罪事件的責任，强調追究責任。

13 **罪過** ㄗㄨㄟˋ ㄍㄨㄛˋ ㈠過失，錯誤。㈡受人尊重，表示不安的謙詞，猶言「不敢當」。

19 **罪證確鑿** ㄗㄨㄟˋ ㄓㄥˋ ㄑㄩㄝˋ ㄗㄠˊ 犯罪的人證或物證，非常確實。

▽刑罪、死罪、謝罪、贖罪、同罪、犯罪、服罪、無罪、有罪、陪罪、受罪、歸罪、請罪、負荊請罪、將功折罪、興師問罪、彌天大罪、懷璧其罪。

常 8 **署** 形解 形聲；從网，者聲。者有分別的意思，所以分部置理為署。

音義 ㄕㄨˇ 名 ①政公務處理的機構；例官署。②姓。ㄕㄨˋ 動 ①安排；例部署。②簽題；例署名。③政代理職務；例署理。

參考 與「薯」音同而義不同：薯，植物名，即「番薯」。

6 **署名** ㄕㄨˋ ㄇㄧㄥˊ ㈠官吏簽名於自己所發的命令上。㈡簽字。

11 **署理** ㄕㄨˋ ㄌㄧˇ 凡官員出缺或離職，以他官暫理其務之謂。亦稱「署事」，以與正式任命者有所區別。

▽官署、公署、部署、本署、連署、佈署、簽署、聯合簽署。

次 8 **罭** 形解 形聲；從网，或聲。捕魚網為罭。

音義 ㄩˋ 名 古捕小魚的細眼網；例九罭之魚鱒魴。

次 8 **罫** 形解 形聲；從网，卦聲。卦是掛的省文，所以牽掛妨礙為罫。

音義 ㄍㄨㄚˋ 名 棋盤上的方格子，同「罣」。

ㄏㄨㄚˋ 動阻礙。

次 8 **罨** 形解 形聲;從网,奄聲。奄有掩蓋的意思,所以用來掩捕魚獸的大網爲罨。

音義 一ㄢˇ 名捕魚或鳥的網。動①用罨捕取;例罨翡翠。②掩敷;例熱罨法。

常 9 **罰** 形解 會意;從刀從詈。過罪不重大時應受的懲治爲罰。

音義 ㄈㄚˊ 名①給予犯規或犯法者的處分;例如詩不成,罰依金谷酒數。②以錢贖罪;例五刑不簡,正于五罰。動①鞭擊;例三讓而罰。②懲處;例罰勞役。

參考①參閱「罪」字條。②同懲。③反賞。

8 **罰金** ㄈㄚˊ ㄐㄧㄣ (一)法刑罰的一種,對於犯罪者所加的制裁。(二)違約金的一種。違反合同、延遲履行義務的一方,按照合同規定賠償給對方的款項。

參考①亦稱「罰款」。②與「罰鍰」有別。

17 **罰鍰** ㄈㄚˊ ㄏㄨㄢˊ (一)納金贖罪。(二)法對於違反行政規章所施加的處分,爲行政處罰的一種。

參考與「罰金」有別。

▽刑罰、賞罰、處罰、責罰、懲罰、受罰、信賞必罰、有罪必罰。

次 9 **罳** 形解 形聲;從网,思聲。以網製成的屏障爲罳。

音義 ㄙ 名罘罳,設在屋簷下擋住鳥雀做巢的金屬網;例走狗逐兔張罘罳。

常 10 **罵** 形解 形聲;從网,馬聲。用惡言加人爲罵。

音義 ㄇㄚˋ 動以粗厲詞語或聲調訓斥別人;例指桑罵槐。

參考同責,斥,詈。

▽笑罵、痛罵、辱罵、叫罵、叱罵、唾罵、責罵、怒罵、嬉笑怒罵。

常 10 **罷** 形解 會意;從网能。能指賢能,賢能的人偶然觸犯罪網,自當寬赦,所以寬赦、釋放爲罷。

音義 ㄅㄚˋ 動①停止;例罷課。②免除;例罷黜百家。副完成地;例做罷。歎表示失望;例不提也罷。

˙ㄅㄚ 助語尾助詞,多表示停頓、商量等義,通「吧」;例好罷!就到此爲止。

ㄆㄧˊ 形①疲勞的,通「疲」;例吳民既罷。②病弱的;例罷病。

參考①(ㄅㄚˋ)同除,免,黜。②(ㄆㄧˊ)同疲,困,蔽。

3 **罷工** ㄅㄚˋ ㄍㄨㄥ 多數工人爲了達到經濟或政治上某種目的而同時停止工作的示威運動。

參考參閱「怠工」條。

5 **罷市** ㄅㄚˋ ㄕˋ (一)停止市集。(二)今外國商店有因抗議某事,聯合暫停營業的行動。

6 **罷休** ㄅㄚˋ ㄒㄧㄡ 停止,放棄。例這事沒有結果,決不罷休。

8 **罷免** ㄅㄚˋ ㄇㄧㄢˇ 免職。

罷於奔命 ㄆㄧˊ ㄩˊ ㄅㄣ ㄇㄧㄥˋ 比喻奔波勞頓,不堪其煩。罷,通「疲」。

17 **罷黜** ㄅㄚˋ ㄔㄨˋ 廢除,罷退。

次 10 **罶** 形解 形聲;從网,留聲。捕魚的竹器爲罶。

音義 ㄌㄧㄡˇ 名古捕魚的竹簍;例魚罶。

常 11 **罹** 形解 形聲;從网,惟聲。惟是思慮,想到要入罪網,必心生恐懼而憂慮,所以心憂爲罹。

音義 ㄌㄧˊ 名苦難;例我生之後,逢此百罹。動遭遇不幸;例罹難。

參考①「罹」與「羅」形近(一從惟,一從維)而音義不同。②「罹」字不可讀成ㄌㄨㄛˊ。③同遭,受,遇。

14 **罹禍** ㄌㄧˊ ㄏㄨㄛˋ 遭遇災難。

次 **罻** 形解 形聲;從网,尉聲。捕鳥的小網爲罻。

音義 ㄨㄟˋ 名古捕鳥的小網;例罻羅。

參考又音ㄩˋ。

次 12 **罿** 形解 形聲;從网,童聲。張於車上的捕鳥

音義 ㄔㄨㄥ 名 古捕鳥網；例雉離於罿。

參考 又音ㄊㄨㄥ。

次 12
罾 形解 形聲；從网，曾聲。方形的魚網為罾。

音義 ㄗㄥ 名 用竹竿或木棍作支架的方形魚網；例罾何為兮木上？動 網起；例罾魚。

ㄗㄥ 形 巴巴罾兒，比喻人的面貌不揚。

次 12
罽 形解 形聲；從网，㓹聲。捕魚網為罽。

音義 ㄐㄧˋ 名 ①魚網。②一種類似毡子的毛織品；例綺縠、綺紵、罽。③史 罽賓，古西域國名之一。

參考 或作「𦆅」。

常 14
羅 形解 會意；從网從糸從隹。糸即絲，隹指鳥，所以用絲網網鳥為羅。

音義 ㄌㄨㄛˊ 名 ①捕魚網；例雉離于羅。②一種質地輕輭，觸感優美的絲織品；例綾羅。③孔洞細密的篩子；例銅絲羅。④植 羅梨樹的原種，或稱「鹿梨」。⑤量詞，十二打為一羅，又作「籮」。⑥古國名，約在今湖北宜城西。⑦姓。動 ①捕捉；例門可羅雀。②分布；例星羅棋布。③搜求；例羅致。④遭致；例羅害。

參考 同網，佈。

6 **羅列** ㄌㄨㄛˊ ㄌㄧㄝˋ 是說多數物品或景象分布得很有次序。例羅列成行。

參考 「羅列」、「陳列」有別：這兩個詞都只能用於事物，不能用於人。「羅列」，是貶義詞，是指不加選擇和整理地擺出來；「陳列」，是中性詞，指有計劃、有條理地擺出來。

10 **羅致** ㄌㄨㄛˊ ㄓˋ 原義為用網羅網取鳥類，後多用以比喻搜羅珍物或招致人才。

羅馬帝國 ㄌㄨㄛˊ ㄇㄚˇ ㄉㄧˋ ㄍㄨㄛˊ 史「羅馬城」相傳為公元前七五三年綸繆拉斯所建。初行王政，後改為共和，至西元前二七年屋大維統一羅馬，始稱羅馬帝國。至喀勞狄第一，領土益廣，東自小亞細亞，西至葡萄牙，南自阿非力加、地中海沿岸，北至英國，為羅馬最強盛的時代。至二八六年戴克里先分帝國為二，經君士坦丁統一後，再度分裂，後狄奧多西再將其統一，然終分為東西二國。西元四七六年西羅馬亡，西元一四五三年東羅馬亦為土耳其所滅。

參考 羅馬帝國即我國史上所稱之「大秦國」。

羅馬數字 ㄌㄨㄛˊ ㄇㄚˇ ㄕㄨˋ ㄗˋ 羅馬人記數所用的數字。今除錶面、書籍卷目、西曆紀年等仍多用之外，通常計算時已甚少使用。其數字有七，即I(1)、V(5)、X(10)、L(50)、C(100)、D(500)、M(1000)。

11 **羅雀掘鼠** ㄌㄨㄛˊ ㄑㄩㄝˋ ㄐㄩㄝˊ ㄕㄨˇ 比喻盡力設法籌措。

14 **羅網** ㄌㄨㄛˊ ㄨㄤˇ ㈠捕鳥獸的網。㈡比喻陷害人的器具或計策。㈢比喻控制、緝捕的勢力，猶如法網。

羅漢 ㄌㄨㄛˊ ㄏㄢˋ 宗「阿羅漢」的簡稱，是修行小乘佛教最高的境界。

15 **羅盤** ㄌㄨㄛˊ ㄆㄢˊ 利用指南針測定方向的一種儀器。

18 **羅織** ㄌㄨㄛˊ ㄓ 陷害沒有罪的人。

▽網羅、綾羅、伽羅、星羅、蒐羅、張羅、收羅、阿修羅、曼陀羅、天網地羅。

次 14
羃 形解 形聲；從网，幕聲。幕有覆蓋的意思，所以覆蓋食物的絲巾為羃。

音義 ㄇㄧˋ 名 覆蓋食物的絲巾。

次 14
羆 形解 形聲；從熊，罷省聲。動物名，有黃白相間條紋，形體似熊為熊。

音義 ㄆㄧˊ 名 動 獸名，熊的一種，屬哺乳綱，食肉目，體大，毛色褐黑。

次 17
羇 形解 形聲；從网、革，奇聲。奇有歧出的意思，所以留連在外做客為羇。

音義 ㄐㄧ 名 寄居在外的旅客；例為羇終世。動 ①寄居；例羇身海外。②停留外地；例羇留。

參考 或作「覊」，又作「羈」。

10 **羇旅** ㄐㄧ ㄌㄩˇ 寄身外鄉的旅客。

㊥19 **羈** 形解 會意；從网從馬從革。网即網，馬有繫絆的意思，革即皮革，所以用革網套在馬頭上以控制馬的馬絡頭為羈。

音義 ㄐㄧ 名①馬絡頭；例連之以羈馬。②古代女孩梳剪成像馬絡頭一樣的髻；例男角女羈。③客居在外，通「羇」；例單獻公棄親用羈。④姓。動①約束；例放蕩不羈。②繫綁；例繫羈。③寄居，通「羇」；例羈旅。

參考「羈」與「羇」音同且同有寄居義，然餘義則不同。

10 **羈旅** ㄐㄧ ㄌㄩˇ (一)寄寓在他處的人。(二)旅居在外。

羈留 ㄐㄧ ㄌㄧㄡˊ 羈束犯人的行動，而拘押於法院所設的看守所。與「羈押」同。

11 **羈絆** ㄐㄧ ㄅㄢˋ 籠首曰羈，繫足曰絆。比喻牽制束縛，不能脫身。

17 **羈縻** ㄐㄧ ㄇㄧˊ (一)繫牛馬的繩。(二)比喻繫聯、籠絡。

▽繫羈、絆羈、不羈、放曠不羈、落拓不羈。

【羊部】ㄧㄤˊ

㊥0 **羊** 形解 象形；象羊四足、尾及二彎角形。

音義 ㄧㄤˊ 名①動反芻偶蹄類的家畜；例山羊。②姓。ㄒㄧㄤˊ 名吉祥，通「祥」；例宜侯王，大吉羊。

參考①「羊」字古義與「祥」、「佯」通用，然今則彼此有別：羊，專用以指家畜；祥，是吉利、吉祥的意思；而佯，則是假裝、詐欺的意思。②擘佯、徉、洋、烊、恙、痒、庠、祥、姜、羌、翔、養、漾、樣。

13 **羊腸小徑** ㄧㄤˊ ㄔㄤˊ ㄒㄧㄠˇ ㄐㄧㄥˋ 像羊腸一般彎曲的小路。

15 **羊質虎皮** ㄧㄤˊ ㄓˋ ㄏㄨˇ ㄆㄧˊ 比喻徒具外表而中無實際。

19 **羊羹** ㄧㄤˊ ㄍㄥ (一)羊肉製成的羹湯。(二)食品名，以菓、麵、糖等製成塊狀的糕類。

24 **羊癲風** ㄧㄤˊ ㄉㄧㄢ ㄈㄥ 病名，即癲癇。患者昏迷不醒，手足痙攣，口吐白沫，聲似羊鳴，故名。又叫「羊角風」、「羊癇」。

▽羔羊、山羊、綿羊、羱羊、牧羊、牛羊、放羊、順手牽羊。

㊥2 **羌** 形解 形聲；從人，羊聲。西戎以牧羊為生的種族為羌。

音義 ㄑㄧㄤ 名①種族名，多居住於西部地方；例西羌。②姓。助語詞，無義；例羌無故實。

參考「羌」與「蜣」音同而義別：「羌」，為種族名；而「蜣」，為節肢動物名。

㊥3 **美** 形解 會意；從羊大。羊肥大則味甘為美。

音義 ㄇㄟˇ 名①聲色氣味等一切外在事物的美好；例天地之美。②善事；例成人之美。③地洲名，「亞美利加洲」的簡稱。④地國名，「美利堅合眾國」的簡稱。動稱讚；例吾妻之美我者，私我也。形①俚得意的；例臭美。②佳美的；例巧笑倩兮，美目盼兮。

參考①同好，善，麗，秀，佳，姸。②「美」字從「大」從「羊」，所以「大」上為三橫筆，不可訛成二橫作「美」。

2 **美人** ㄇㄟˇ ㄖㄣˊ (一)容貌美好的人。(二)比喻君王。例靈脩美人以媲於君。(三)指賢人君子。(四)指美國人。

美人香草 ㄇㄟˇ ㄖㄣˊ ㄒㄧㄤ ㄘㄠˇ 屈原離騷中多用美人比喻人君，以香草比喻忠貞。

4 **美化** ㄇㄟˇ ㄏㄨㄚˋ (一)經過加工，將可能美的事物，變成實際美的事物；或將不甚美的事物，變成甚美的事物。如美化環境便是。(二)將不甚美，甚至醜陋的事物，說成是美的，以掩飾其醜惡的本質。

美不勝收 ㄇㄟˇ ㄅㄨˋ ㄕㄥ ㄕㄡ 比喻

美好的事物太多，不及一一欣賞。勝：在此意爲足堪、能夠。

美中不足 ㄇㄟˇ ㄓㄨㄥ ㄅㄨˋ ㄗㄨˊ 大體而言雖然很好，但仍舊還有不夠完善的地方。即惋惜事物雖美而稍有缺陷。

7 **美妙** ㄇㄟˇ ㄇㄧㄠˋ 美好而令人愉悅的。例她的歌聲眞是美妙極了。

美材 ㄇㄟˇ ㄘㄞˊ 喩良好的資質。

11 **美術** ㄇㄟˇ ㄕㄨˋ 指狹義的藝術，專屬於視覺的藝術，如繪畫、雕刻、建築等。

美國獨立宣言 ㄇㄟˇ ㄍㄨㄛˊ ㄉㄨˊ ㄌㄧˋ ㄒㄩㄢ ㄧㄢˊ 史美國爲脫離英國統治而獨立所發布的文獻，內容包括三大要點：㈠任何人都生而平等，保有不可侵犯的圖生存，求自由，謀福利的天賦權利。㈡任何政府的正當權力，均由人民同意而產生。㈢任何政府如果破壞天賦人權，人民即可用武力將其推翻。

14 **美滿** ㄇㄟˇ ㄇㄢˇ 圓滿如意。

15 **美德** ㄇㄟˇ ㄉㄜˊ 優美的德性。例勤儉是中國人的美德。

美談 ㄇㄟˇ ㄊㄢˊ 人們慣於稱道的好事情。亦作「美譚」。

美輪美奐 ㄇㄟˇ ㄌㄨㄣˊ ㄇㄟˇ ㄏㄨㄢˋ 用以形容居室的高大華麗，通常爲賀人新居落成之詞。

16 **美學** ㄇㄟˇ ㄒㄩㄝˊ（Aesthetics）學科名，又叫「審美學」。是研究美的原理、本質及其法則的學問。

19 **美麗** ㄇㄟˇ ㄌㄧˋ 好看。

參考 ①「美麗」與「漂亮」都是形容詞，有好看的意思，但有別：「美麗」使用的範圍較小，多用來形容容貌姿態、風光景色之類的事物；「漂亮」使用的範圍較大，多用來形容服飾、用具、建築物之類的事物。此外，二者皆可形容女性。②「美麗」與「優美」有別：「美麗」多指外在的形象而言；「優美」不僅指外在的具體形象，同時也指內在的氣質而言。

25 **美觀** ㄇㄟˇ ㄍㄨㄢ 外表很美麗大方。

▽華美、甘美、優美、甜美、讚美、完美、褒美、柔美、嬌美、眞善美、十全十美、成人之美、兩全其美、盡善盡美、價廉物美。

次 3 **羑** 形解 形聲；從羊，久聲。引導人爲善爲羑。

音義 一ㄡˇ 名 地 羑里，古地名，今河南湯陰縣。動 誘導，通「誘」；例誕受羑若。

常 4 **羔** 形解 會意；從羊在火上。小羊味美，適合燒烤，所以小羊爲羔。

音義 ㄍㄠ 名 小羊；例臑鼈炮羔。形 小羊皮的；例緇衣羔裘。

6 **羔羊** ㄍㄠ ㄧㄤˊ 指從出生到斷乳的小羊。也有把一歲以內的統稱爲羔羊。

次 4 **羖** 形解 形聲；從羊，殳聲。黑色的公羊爲羖。

音義 ㄍㄨˇ 名 黑色的公羊；例俾出童羖。

參考 又作「⿰羊古」。

常 5 **羚** 形解 形聲；從羊，令聲。動物名，體大而角細爲羚。

音義 ㄌㄧㄥˊ 名 似山羊的偶蹄哺乳動物，角細圓而有節，多生活在草原和半荒漠地區，善於奔馳，高鼻羚羊的角是名貴的中藥藥材；例飛躍的羚羊。

參考 「羚」字從羊爲偏旁，是「羊」之直劃宜向左撇。

6 **羚羊掛角** ㄌㄧㄥˊ ㄧㄤˊ ㄍㄨㄚˋ ㄐㄩㄝˊ 用以比喻詩的意境超脫，沒有痕迹可尋。

常 5 **羞** 形解 形聲；從羊，丑聲。丑象人執物形，所以進獻爲羞。

音義 ㄒㄧㄡ 名 ①味美的食品；例珍羞。②恥辱；例蒙羞。動 ①使難爲情；例看他這樣難爲情，別再羞他了。②恥辱；例羞與爲伍。

參考 ①「羞」字下從丑（ㄔㄡˇ），與下從工而有差錯之意的「差」不同。②同臊，恥，辱。

8 **羞怯** ㄒㄧㄡ ㄑㄧㄝˋ 害羞膽怯的樣

子。

羞花 ㄒㄧㄡ ㄏㄨㄚ 古時用來形容女子的容貌，意謂比花還要含蓄美麗。

10 **羞辱** ㄒㄧㄡ ㄖㄨˋ ㈠侮辱。㈡恥辱。

羞恥 ㄒㄧㄡ ㄔˇ 羞愧恥辱。

11 **羞赧** ㄒㄧㄡ ㄋㄢˇ 因害羞而臉紅。

12 **羞惡** ㄒㄧㄡ ㄨˋ 慚愧自己行爲不好叫「羞」，討厭人家行爲不好叫「惡」。

羞答答 ㄒㄧㄡ ㄉㄚ ㄉㄚ 形容羞怯的樣子。

13 **羞愧** ㄒㄧㄡ ㄎㄨㄟˋ 慚愧，不好意思。

15 **羞憤** ㄒㄧㄡ ㄈㄣˋ 因慚愧而憤恨。

17 **羞澀** ㄒㄧㄡ ㄙㄜˋ ㈠難爲情的意思。㈡比喻匱乏。例阮囊羞澀。

▽含羞、嬌羞、害羞、時羞、蒙羞。

次 5 **羕** 形解 形聲；從永，羊聲。水流長遠爲羕。

音義 ㄧㄤˋ 水流長遠地；例江之羕矣。

次 5 **羜** 形解 形聲；從羊，宁聲。剛出生五個月的小羊爲羜。

音義 ㄓㄨˋ 名 出生五個月的羔羊；例既有肥羜。

次 5 **羝** 形解 形聲；從羊，氐聲。公羊爲羝。

音義 ㄉㄧ 名 公羊。

常 6 **善** 形解 字本作譱：會意；從誩羊。羊爲美好，誩是爭相說話，所以吉祥美好爲譱。俗作「善」。

音義 ㄕㄢˋ 名 ①美好的事物；例隱惡揚善。②好人；例嘉善而矜不能。③姓。動 ①容易；例善忘。②結交；例交善。形 ①熟習的；例面善。②友好的；例來者不善，善者不來。副 ①親切地；例善待。②擅長地；例晏平仲善與人交。③愛惜地；例善用時間。歎 稱許或贊歎之詞；例善哉！斯言也。

參考 ①同 良，美，利。②反 惡。③孳 膳、鄯、蟮、鱔。

5 **善本** ㄕㄢˋ ㄅㄣˇ 在學術上或藝術上有重要價值，而又珍貴稀見的圖書拓本，如舊刻本、精校本、手稿、舊拓碑帖等，通常稱爲善本。

7 **善男信女** ㄕㄢˋ ㄋㄢˊ ㄒㄧㄣˋ ㄋㄩˇ 泛稱信仰佛教或道教的男女。

8 **善始善終** ㄕㄢˋ ㄕˇ ㄕㄢˋ ㄓㄨㄥ 從開頭到結局都很好。

9 **善後** ㄕㄢˋ ㄏㄡˋ 指妥善地料理事後遺留的問題。

13 **善意** ㄕㄢˋ ㄧˋ 好意。

22 **善變** ㄕㄢˋ ㄅㄧㄢˋ 習性無法捉摸，容易改變。

▽慈善、和善、積善、性善、獨善、勸善、樂善、僞善、不善、行善、萬善、好善、與人爲善、多多益善、隱惡揚善。

次 6 **羢** 形解 形聲；從羊，戎聲。戎爲絨的省寫，所以細羊毛爲羢。

音義 ㄖㄨㄥˊ 名 ①柔軟纖細的毛；例羊羢。②表面有一層細毛的紡織品，同「絨」；例燈心羢。③狐貉、海龍等附在皮上的細毛；例底羢。

常 7 **羣** 形解 形聲；從羊，君聲。同類聚集爲羣。

音義 ㄑㄩㄣˊ 名 ①同類相聚；例鳥羣。②社會衆人；例離羣索居。③量詞，指相聚合的人或鳥獸；例一羣小孩子。動 聚合；例壹統類而羣天下之英傑。形 ①衆多的；例羣經諸子。②聚集在一起的；例琉球羣島。副 羣集地；例羣起而攻之。

參考 ①「羣」與「衆」都有多數的意思：然「羣」有同類相聚的意思，而「衆」則指不計類別的多數；「羣」可指人類也可指動物，而「衆」偏於指人而言。②俗作「群」。

11 **羣衆** ㄑㄩㄣˊ ㄓㄨㄥˋ ㈠聚在一起的許多人。㈡社會上的一般人。

12 **羣雄** ㄑㄩㄣˊ ㄒㄩㄥˊ 亂世中據地稱雄的諸人。

羣策羣力 ㄑㄩㄣˊ ㄘㄜˋ ㄑㄩㄣˊ ㄌㄧˋ 大家一起出主意，出力量。策：謀畫計策。

參考 與「同心協力」有別：前者强調「共同出主意想辦法」；

後者强調「思想認識的一致」的意思。且後者可用於衆人，也可用於兩個人；前者只能用於衆人。

14 **羣雌粥粥** ㄑㄩㄣˊ ㄘ ㄓㄨ ㄓㄨ ㈠母雞相呼的樣子。粥粥：雞羣相呼的聲音。㈡形容婦女聚集在一塊時，喧嘩吵鬧的情形。有譏嘲的意思。

16 **羣龍無首** ㄑㄩㄣˊ ㄌㄨㄥˊ ㄨˊ ㄕㄡˇ 比喻羣衆失去了領袖。

▽超羣、匹羣、不羣、離羣、合羣、牛羣、羊羣、失羣、三五成羣、卓爾不羣、鶴立雞羣。

常 7 **義** 形解 會意；從我從羊。羊有美善的意思，我是自稱之詞，所以自己所表現出的美善爲義。

音義 一ˋ 名 ①合理的事物；例見義勇爲。②道理；例義正辭嚴。③死節；例成仁取義。④情誼；例忘恩負義。⑤意思；例釋義。⑥正確合宜的道理或舉動，泛指道德規範或合乎道德規範的行爲；例義不容辭。⑦地「義大利」的簡稱；例法、英、德、義四强。⑧姓。形 ①合於義的；例義民。②周濟的；例義學。③人工製造的；例義肢。④爲公益的；例義賣。⑤由拜認所發生的親屬關係的；例義父。

參考 「義」與「宜」音近而義別：習慣上「適宜」、「合宜」不作「義」；而「正義」、「義氣」不作「宜」。

4 **義方** 一ˋ ㄈㄤ 合乎正義的道理。

義不容辭 一ˋ ㄅㄨˋ ㄖㄨㄥˊ ㄘˊ 是說在道義上不能不擔任。

5 **義正辭嚴** 一ˋ ㄓㄥˋ ㄘˊ 一ㄢˊ 理直氣壯，措詞嚴厲的文字或語言。

參考 參閱「當仁不讓」條。

7 **義形於色** 一ˋ ㄒㄧㄥˊ ㄩˊ ㄙㄜˋ 正義激發於心胸，而表現於容貌。

10 **義氣** 一ˋ ㄑㄧˋ ㈠主持正義的氣慨。㈡純正的敬愛。

義師 一ˋ ㄕ 爲維護正義而興起的軍隊。

11 **義務** 一ˋ ㄨˋ ㈠泛指人在社會中應盡的職責。㈡指出勞力而不接受報酬的行爲。㈢法對權利而言，依法律或契約的規定，强其作爲或不作爲的限制性。

義務教育 一ˋ ㄨˋ ㄐㄧㄠˋ ㄩˋ 國民應受之教育。凡達學齡期的兒童，國家可强迫其入學，故又稱「强迫教育」。

12 **義無反顧** 一ˋ ㄨˊ ㄈㄢˇ ㄍㄨˋ 本著正義，勇往直前，不稍退縮。

15 **義賣** 一ˋ ㄇㄞˋ 爲了公益而售賣物品的活動。所得的款項作爲公用，或慈善捐贈。

16 **義憤塡膺** 一ˋ ㄈㄣˋ ㄊㄧㄢˊ 一ㄥ 由正義而激發的怒氣，充滿胸中。

17 **義舉** 一ˋ ㄐㄩˇ 仗義的行爲、舉動。

▽意義、恩義、疑義、教義、經義、講義、字義、釋義、主義、信義、仁義、正義、忠義、道義、不義、禮義、名義、斷章取義、微言大義、捨生取義、天經地義、成仁取義、言不及義、見利忘義、忘恩負義、急公好義、背信棄義、假仁假義、從容就義、開宗明義、疏財仗義、顧名思義。

常 7 **羨** 形解 形聲；從羨省，次聲。受引誘而至垂涎，所以貪欲、愛慕爲羨。

音義 ㄒㄧㄢˋ 名 剩餘；例以羨補不足。動 ①愛慕；例無然歆羨。②想要捉到；例臨淵羨魚。③超越；例功羨於五帝。④氾濫；例河災之羨溢。

參考 ①「羨」從羊從次，而「次」字左旁是從三點水(氵)，而不可從二點(冫)作羡。②同慕，愛。

15 **羨慕** ㄒㄧㄢˋ ㄇㄨˋ 心裡很愛慕。

常 9 **羯** 形解 形聲；從羊，曷聲。去勢的公羊爲羯。

音義 ㄐㄧㄝˊ 名 ①閹割過的公羊。②史古代西北地方的種族，源於小月支，曾附屬於匈奴，爲五胡之一。

13 **羯鼓** ㄐㄧㄝˊ ㄍㄨˇ 古擊樂器。南北朝時從西域傳入，盛行於唐開元、天寶年間。用山桑木製成，形似漆桶，橫放在小牙床上，兩手持杖擊奏，故又名「兩杖鼓」。

常 10

羲

形解 形聲；從兮，義聲。形容氣之吹噓而出爲羲。

音義 ㄒㄧ 名 ①人名；例伏羲氏。②姓。

參考 ①「羲」字要注意左下的「禾丂」，不可訛寫成「秀」。②擊曦。③「義」字從羊從我，而與「羲」的形音義有別。

次 10

羱

形解 形聲；從羊，原聲。大角野羊爲羱。

音義 ㄩㄢˊ 名 動 羯羊，一種野生羊，爲綿羊的原種，產於蒙古、西藏、西伯利亞一帶。

常 13

羶

形解 形聲；從羊，亶聲。亶有多、厚的意思，羊多則氣味濃厚，所以羊臊味爲羶。

音義 ㄕㄢ 名 腥臊的氣味，多指由羊身上所散發出來的氣味；例胡羊肥美不覺羶。

參考 ①「羶」字從亶從羊，不可讀成ㄓㄢ。②同臊，腥。③字又作「膻」、「羴」。

▽如蟻附羶。

常 13

羹

形解 會意；從羔，從美。小羊味美，所以和以五味的肉湯爲羹。字本作「鬻」。

音義 ㄍㄥ 名 ①菜肉混合而成的濃湯；例肉羹。②拒絕人家而不與往來，稱作「閉門羹」。③加上芡粉以濃稠的湯來烹煮食物的成品；例魷魚羹。

參考 ①「羹」與「燴」都是和湯烹煮，然「燴」的湯汁較「羹」少些。②「焿」爲「羹」的俗字，今已成爲通俗用法，但最好用「羹」而不用「焿」。

常 13

羸

形解 形聲；從羊，𣎆省聲。𣎆是細腰的蜂，所以瘦弱爲羸。

音義 ㄌㄟˊ 動 ①覆蓋；例羸其瓶。形 ①弱瘦的；例羸弱。②疲倦的；例羸憊。

參考 ①與「贏」、「嬴」有別：「羸」字中下從「羊」，不可從「貝」或從「女」。②同弱，疲，憊。③不可受「贏」、「嬴」讀音的影響，而誤讀「羸」爲ㄧㄥ。

▽餓羸、疲羸、瘦羸。

次 15

羼

形解 會意；從三羊在尸下。尸是房屋，羊羣聚集在屋中爲羼。

音義 ㄔㄢˋ 動 ①攙雜；例典籍錯亂皆由後人所羼。②羊相廁雜。

【羽部】ㄩˇ

常 0

羽

形解 象形；象鳥翅上的長毛形。所以鳥類身上的長毛爲羽。

音義 ㄩˇ 名 ①鳥類的長毛；例鴻漸於陸，其羽可用爲儀。②鳥類的代稱；例羽蟲。③昆蟲或鳥類的翅膀；例六月莎雞振羽。④古代樂舞執持的雉羽，通常跳文舞時所用；例舞干羽于兩階。⑤箭的翎羽，可泛稱箭矢；例羽獵。⑥浮標；例羽有動靜。⑦古代五音之一；例宮商角徵羽。⑧樂曲名；例徹以振羽。⑨姓。

羽 ④

參考 擊栩、詡。

4 **羽毛** ㄩˇ ㄇㄠˊ ㈠雉雞的羽毛。㈡泛指鳥獸。㈢比喻人的聲望。例愛惜羽毛。

羽毛未豐 ㄩˇ ㄇㄠˊ ㄨㄟˋ ㄈㄥ 本指小鳥還未長成，身上的羽毛很稀少。多用以比喻尚未成熟或權勢未盛。

羽化 ㄩˇ ㄏㄨㄚˋ ㈠動 昆蟲由蛹變爲成蟲的過程。㈡得道成仙。例羽化登仙。

10 **羽扇綸巾** ㄩˇ ㄕㄢˋ ㄍㄨㄢ ㄐㄧㄣ 手拿羽毛扇，頭著青絲巾，形容從容不迫的樣子。

17 **羽翼** ㄩˇ ㄧˋ ㈠鳥的翅膀。㈡比喻輔佐或輔佐的人。

18 **羽觴** ㄩˇ ㄕㄤ ㈠酒杯的別稱。㈡樂曲名。

▽干羽、翠羽、項羽、毛羽、

鎩羽。

常 3 **羿** 形解 會意；從羽开。开有平的意思，所以羽毛憑風扶搖而上爲羿。隸變作「羿」。

音義 一ˋ 名 人名用字，傳說是夏代有窮氏的酋長，善於射箭；例后羿。

常 4 **翁** 形解 形聲；從羽，公聲。公有高居在上的意思，所以鳥的頸毛爲翁。

音義 ㄨㄥ 名 ①敬稱長者；例大富翁。②父親；例家祭毋忘告乃翁。③老年男子；例漁翁。④父親，特指丈夫的父親或妻子的父親；例翁媳。⑤對人的尊稱；例仁翁。⑥鳥頸部的羽毛；例黑文而赤翁。⑦鳥名稱呼的一種；例信天翁。

參考 ①「翁」與「公」有時可通用，如「主人翁」，也可作「主人公」；但也有些習慣用法宜加區別，如：「富翁」、「老翁」、「尊翁」都不宜作「公」。②擊滃、嗡、蓊。

6 **翁仲** ㄨㄥ ㄓㄨㄥˋ 古代稱銅像、石像，後用以爲墓前石人的專稱。

8 **翁姑** ㄨㄥ ㄍㄨ 丈夫的父母親。

▽家翁、岳翁、漁翁、老翁、醉翁、富翁、尊翁、放翁、白頭翁、不倒翁、信天翁、面團團作富翁。

常 4 **翅** 形解 形聲；從羽，支聲。支有歧出的意思，長在鳥類兩側的羽翼爲翅。

音義 ㄔˋ 名 ①鳥獸及昆蟲的飛行器官；例展翅高飛。②鯊魚的鰭；例魚翅。

參考 ①同翼。②字或作「翄」。

14 **翅膀** ㄔˋ ㄅㄤˇ 動 鳥類或昆蟲的羽翼。

▽展翅、學翅、振翅、魚翅。

次 4 **翃** 形解 形聲；從羽，厷聲。鳥飛爲翃。

音義 ㄏㄨㄥˊ 副 蟲飛的樣子。

參考 又作「翝」。

常 5 **翌** 形解 形聲；從羽，立聲。明日爲翌。

音義 一ˋ 形 次，下一個的（指日或年）；例翌日。

參考 ①「翌」與「昱」形似易誤：「翌」專指翌日；而「昱」則有明耀的意思。②與「翊」音同形似而義殊：翊爲輔佐、幫助的意思。③「翌」從羽從立，然不可讀成ㄩˋ或ㄌㄧˋ。④同明，次。

4 **翌日** 一ˋ ㄖˋ 明日。

常 5 **習** 形解 形聲；從羽，白聲。白是自的省文，鳥類振羽學飛爲習。

音義 ㄒㄧˊ 名 ①一種慣以爲常的行爲；例積習難改。②姓。動 ①飛行；例鷹乃學習。②研究；例性相近，習相遠。③常接觸而熟悉；例習見。④（通過書本、實踐）反覆地學；例學而時習之，不亦說乎！⑤精熟；例不習於誦。副 時常地；例習見。形 和緩的；例習習谷風。

參考 ①「習」與「慣」都有經久而形成的行爲之意，但習慣上「習題」、「習氣」都不作「慣」；而「慣例」、「慣技」也不可作「習」。②同學，練，慣。

5 **習以爲常** ㄒㄧˊ 一ˇ ㄨㄟˊ ㄔㄤˊ 積習既久，成爲不可缺少的本性。

參考 參閱「家常便飯」條。

8 **習性** ㄒㄧˊ ㄒㄧㄥˋ 習慣與性情。

參考 「習性」、「習慣」與「習氣」都指在長期生活中逐漸養成的行爲，但有別：「習性」多指長期在某種自然條件或社會環境中所養成的特性；「習慣」多指短期間不容易改變的行爲或社會風尚；「習氣」則多指逐漸形成的壞行爲，是貶義詞。

9 **習俗** ㄒㄧˊ ㄙㄨˊ 習慣風俗。

15 **習慣** ㄒㄧˊ ㄍㄨㄢˋ (一)一地的禮俗好尚。(二)習以爲常的事。

▽溫習、見習、實習、練習、複習、補習、學習、講習、風習、演習、自習、惡習、修習、積習、嫻習、狎習、陳規陋習。

常 5 **翎** 形解 形聲；從羽，令聲。羽毛爲翎。

音義 ㄌㄧㄥˊ 名①鳥類翅膀或尾巴的長羽毛；例翎毛。②昆蟲的翅翼；例蝶翎朝粉盡。③平衡箭體尾部所裝設的羽毛，具有平衡飛行的作用；例箭翎。④清代官帽上用來標幟官階的羽飾；例賞戴花翎。

參考 同羽。

次 5 **翊** 形解 形聲；從羽，立聲。鳥飛爲翊。

音義 ㄧˋ 名 明日，通「翌」；例越若翊辛丑。動 輔助；例匡翊。副 飛翔的樣子。

參考「翊」與「⿰犭立」，音義不同。

19 **翊贊** ㄧˋ ㄗㄢˋ 輔佐人主。

常 6 **翔** 形解 形聲；從羽，羊聲。鳥類乍高乍下而飛爲翔，盤旋而飛爲翔。

音義 ㄒㄧㄤˊ 動①隨著氣流而自然飄浮；例翱翔。②盤翔飛行；例回翔。形①明確的，通「詳」；例翔實。②吉利，通「祥」；例豐其屋，天際翔也。副 騰張地；例翔踊。

參考①「翔」與「翱」都有優游自適的意思；然習慣上「翱翔」連用而有飛揚高遠的意思，如漫天翱翔；但「翔步」、「翔集」、「翔舞」都不可作「翱」。②同飛，翱。

15 **翔實** ㄒㄧㄤˊ ㄕˊ 詳細而確實。

▽飛翔、翱翔、廻翔、高翔。

常 6 **翕** 形解 形聲；從羽，合聲。合有閉合的意思，所以鳥類將起時的歛翼爲翕。

音義 ㄒㄧˋ 動①親近和睦；例兄弟既翕。②合攏；例翕張。形 溫和的；例祥風翕習。

參考①「翕」與「滃」音同形似而義別：「翕」，指合、聚；而「滃」，爲水的急流聲。②擘 噏、歙、滃。

6 **翕如** ㄒㄧˋ ㄖㄨˊ 樂器並奏而隆重的樣子。

12 **翕然** ㄒㄧˋ ㄖㄢˊ ㈠一致的樣子。㈡熾盛的樣子。

常 8 **翡** 形解 形聲；從羽，非聲。赤羽雀名爲翡。

音義 ㄈㄟˇ 名①赤色羽毛的鳥；例翡鳥。②礦 硬玉，色彩鮮豔的天然礦石，成分爲硅酸鋁鈉，紅色的爲翡，綠色爲翠，統稱翡翠。

參考①「翡」與「翠」都是鳥名，「翡」指赤色羽毛鳥，而「翠」爲青色羽毛鳥，然今「翡翠」連稱則指赤羽青斑的鳥或指一種性質堅硬的玉石。②「翡」與從虫而爲昆蟲義的「蜚」字有別。③字不可作「⿱羽非」。

14 **翡翠** ㄈㄟˇ ㄘㄨㄟˋ ㈠動 鳥名，全體羽毛呈赤褐色，惟臀部中央與上尾間有白紋一條，又雜以青色斑紋，羽毛可作裝飾品。㈡綠色的硬玉。

常 8 **翠** 形解 形聲；從羽，卒聲。青羽雀爲翠。

音義 ㄘㄨㄟˋ 名①青色羽毛鳥；例翠鳥。②婦女化妝用的青色顏料；例塗紅抹翠。③打扮入時的女人；例依紅偎翠。④姓。形①翠羽裝飾成的；例翠被。②青綠色的；例翠旗。

參考①參閱「翡」字條。②「翠」與「綠」顏色相同：「翠」多指光澤耀眼的綠色；「綠」則泛指一般狀況下的綠顏色。

18 **翠繞珠圍** ㄘㄨㄟˋ ㄖㄠˋ ㄓㄨ ㄨㄟˊ ㈠繞以翡翠，圍以珠玉，喻婦女華麗的裝飾。㈡比喻花木繁茂。例一春翠繞珠圍。

▽蒼翠、翡翠、幽翠、青翠、晚翠、碧翠。

常 8 **翟** 形解 會意；從羽從隹。隹是鳥，從羽示其羽毛特長，所以長尾的山雉爲翟。

音義 ㄓㄞˊ 名 姓。

ㄉㄧˊ 名①長尾雉雞；例境懷春翟，野散秋螟。②古樂舞時所持的雉尾羽；例右手秉翟。③古代北方種族之一，同「狄」。④姓。

參考「翟」當作姓氏解時，語音讀成 ㄓㄞˊ，讀音爲 ㄓㄜˊ。

次 8
翣 形解 形聲；從羽，妾聲。棺木上的羽飾爲翣。
音義 ㄕㄚˋ 名①古出殯時用的棺飾，狀似扇。②大扇子；例扇翣。③古鐘鼓架橫木簨上的裝飾；例周之璧翣。

次 8
翥 形解 形聲；從羽，者聲。鳥飛高舉爲翥。
音義 ㄓㄨˋ 動飛舉；例鸞鳥軒翥而翔飛。
參考 ①或作「翥」。②「翥」與「翦」，音義各異。③不可讀作ㄓㄨˇ。

常 9
翩 形解 形聲；從羽，扁聲。扁有薄的意思，所以迅速而飛爲翩。
音義 ㄆㄧㄢ 動疾速飛動；例鶱翩而不禁。形形容飛得輕快的；例翩若驚鴻。
參考「翩」從羽從扁，但不可讀成ㄅㄧㄢˇ。

12
翩然 ㄆㄧㄢ ㄖㄢˊ 搖曳飄忽的樣子。

15
翩翩 ㄆㄧㄢ ㄆㄧㄢ ㈠鳥飛得很輕快的樣子。㈡比喻人文采風流的樣子。例風度翩翩。

次 9
翫 形解 形聲；從習，元聲。習是數飛，所以鳥飛厭倦爲翫。
音義 ㄨㄢˋ 名享樂，通「玩」。動①忽略；例寇不可翫。②貪求；例翫歲愒日。

12
翫愒 ㄨㄢˋ ㄎㄞˋ 偷安歲月，懈怠不前。翫：安於習慣，漫不經心；愒：蹉跎歲月。

次 9
翬 形解 形聲；從羽，軍聲。軍有大的意思，所以鳥用力飛爲翬。
音義 ㄏㄨㄟ 名羽毛亮麗的山雞；例如翬斯飛。副鼓翼疾飛的樣子；例翬然雲起。

次 9
翦 形解 形聲；從羽，前聲。前有抽引上穿的意思，所以鳥的羽毛向上抽生爲翦。
音義 ㄐㄧㄢˇ 動羽初生。名姓。
參考 姓氏時只作「翦」，不可用「剪」。

10
翦草除根 ㄐㄧㄢˇ ㄘㄠˇ ㄔㄨˊ ㄍㄣ 比喻除惡務盡，以免遺留後患。

常 10
翰 形解 形聲；從羽，幹聲。赤羽雞爲翰。
音義 ㄏㄢˋ 名①赤色羽毛的山雞；例文翰若翬雉。②白馬；例戎事乘翰。③長且硬的鳥毛；例故藉翰林以爲主人。④硬羽毛常用來作筆，是以後來有以「翰」代稱毛筆，及用筆寫成的文辭；例翰藻。⑤書函、信件的雅稱；例華翰。⑥姓。動飛揚上翔；例龍翰于天。
參考 ①「翰」字偏旁中間不可多加一橫寫成「翰」。②「華翰」是對他人來信的美稱，所以不可用來形容自己所寫的信件。

15
翰墨 ㄏㄢˋ ㄇㄛˋ 筆墨，又爲文章、書法的泛稱。
▽書翰、宸翰、藻翰、文翰、華翰。

次 10
翮 形解 形聲；從羽，鬲聲。鳥的羽莖爲翮。
音義 ㄏㄜˊ 名①鳥羽中的硬梗；例羽翮。②翅膀；例奮翮高飛。③量詞，羽一枚；例六翮。

常 11
翳 形解 形聲；從羽，殹聲。殹有遮蔽的意思，所以用來覆蓋車子，遮蔽東西的羽蓋爲翳。
音義 ㄧˋ 名①羽毛做成的傘蓋，

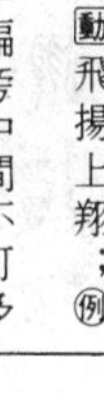
翳 名

多用於舞蹈的裝飾；例左手操翳。②眼疾之一，瞳孔因病變而生視線障蔽的白膜，通「瞖」；例去翳如拆屋。動①遮掩；例揚輕袖而翳面。②樹幹枯腐，通「殪」；例其菑其翳。形幽暗的；例臥看殘燈翳復明。
參考 ①字從殹聲，所以又讀做ㄧ。②「翳」與「瞖」都有眼睛視覺不良的意思，然餘義則不同。

▽陰翳、雲翳、隱翳、遮翳。

常11 **翼** 形解 形聲；從羽，異聲。異有分歧的意思，所以歧生於鳥類背腹間的兩翅爲翼。

音義 一、名①鳥類或昆蟲的翅膀；例大鵬展翼。②魚類的胸鰭；例鼓鱗奮翼。③翅狀飛行器；例滑翔翼。④軍軍隊部署的陣面之一；例左翼。⑤飛簷；例殿翼相當。⑥姓。動①輔佐；例求賢食以翼之。②撫育；例卵翼。③掩擋；例以身翼蔽沛公。形明，次，通「翌」；例翼日。

參考①「翼」與從北而有希冀的意思的「冀」字於形音義上各別。②同翅，輔。

17 **翼翼** 一、一、㈠恭敬謹愼的樣子。例小心翼翼。㈡健壯的樣子。例四騏翼翼。㈢繁盛的樣子。例我稷翼翼。

▽羽翼、匡翼、鼓翼、十翼、比翼、扶翼、鵬翼、輔翼、蟬翼、卵翼、右翼、兩翼、小心翼翼、如虎添翼、爲虎添翼。

常12 **翱** 形解 形聲；從羽，皋聲。皋有高的意思，所以振羽高飛爲翱。俗作「翺」。

音義 ㄠ 動①展翼飛翔；例「將翱將翔。」②(在空中)回旋飛行；例翱翔。

參考參閱「翔」字條。

12 **翱翔** ㄠ ㄒㄧㄤˊ ㈠鳥飛的樣子。㈡遨遊。

常12 **翹** 形解 形聲；從羽，堯聲。堯有高的意思，所以鳥類尾端高舉的長羽爲翹。

音義 ㄑㄧㄠˊ 名①鳥尾的長羽毛；例斑尾揚翹。②婦女的首飾，狀似鳥尾翹起；例金雀垂藻翹。③才俊；例英翹是務。動①仰望；例翹首東望。②舉起；例翹足。形才能出衆的；例翹楚。副渺遠地；例翹思慕遠人。

ㄑㄧㄠˋ 動中央低而邊緣突起；例這塊木板曬得翹起來了。

參考「翹」與「蹺」都有舉起的意思，「翹」與「蹺」都可用於舉起腳的意思，然仰頭只可用「翹首」不可作「蹺」。

9 **翹首** ㄑㄧㄠˊ ㄕㄡˇ 抬頭。例翹首遠望。

13 **翹楚** ㄑㄧㄠˊ ㄔㄨˇ 本指荊木高出於別的樹木，後用來比喻傑出的人才。也稱「俊彥」、「魁首」。

▽雲翹、舒翹。

常12 **翻** 形解 形聲；從羽，番聲。翻飛爲翻。

音義 ㄈㄢ 動①語言之間的迻譯；例請把文言翻成白話。②掀撥；例翻箱倒櫃。③超越；例翻山越嶺。副①轉承地；例翻刻。②飛翔的樣子；例飛鳥翻翻。

參考①「翻」與「番」音同義別：「翻」有倒轉、反覆的意思；而「番」爲次數、替代的意思。②同轉，倒。

4 **翻天覆地** ㄈㄢ ㄊㄧㄢ ㄈㄨˋ ㄉㄧˋ 形容非常巨大而徹底的變化。

參考與「天翻地覆」有別：後者指鬧得非常凶，但有時二者亦可通用。

5 **翻印** ㄈㄢ ㄧㄣˋ 指未經過原作者的同意，而私自印刷其著作以牟利之非法行爲。

7 **翻身** ㄈㄢ ㄕㄣ ㈠翻轉身體。㈡比喻從逆境中徹底改變過來。

8 **翻版** ㄈㄢ ㄅㄢˇ ㈠照原樣翻印出來的版本。㈡原指照原樣抄襲，後亦指雖形式不同而實質一樣的事物。㈢用印刷品上的圖片照像製版。

10 **翻案** ㄈㄢ ㄢˋ ㈠推翻前人的定論。例翻案文章。㈡推翻已經判定的罪案。

12 **翻雲覆雨** ㄈㄢ ㄩㄣˊ ㄈㄨˋ ㄩˇ 比喻反覆無常或善於玩弄手段。

參考「翻雲覆雨」與「朝三暮四」都有「反覆無常」的意思，但有別：前者多指人情世態；後者多指規章制度與思想的變更。

17 **翻臉** ㄈㄢ ㄌㄧㄢˇ 因生氣而臉色變易，表示與對方決裂。例翻臉不認人。

19 **翻覆** ㄈㄢ ㄈㄨˋ ㈠翻倒，傾覆。例汽車翻覆在山溝裏。㈡猶

「反覆」，形容變易無常。例人情翻覆似波瀾。

20 **翻譯** ㄈㄢ ㄧˋ 將一種語言文字用另一種語言文字表達出來。目前多用於：㈠將古代的文言文翻譯成白話文。㈡將外國語文翻譯成本國文字。

次 13 **翽** 形解 形聲；從羽，歲聲。鳥飛聲爲翽。

音義 ㄏㄨㄟˋ 副翽翽，鳥振動羽毛的聲音。

次 13 **翾** 形解 形聲；從羽，睘聲。睘有小巧的意思，所以鳥輕飛爲翾。

音義 ㄒㄩㄢ 形急速的，通「儇」；例喜則輕而翾。副低飛的樣子；例翾飛。

常 14 **耀** 形解 形聲；從光，翟聲。光耀爲耀。

音義 ㄧㄠˋ 名燦爛；例增日月之耀。動①照射；例照耀。②顯揚；例耀武揚威。

參考 ①又音 ㄩㄝˋ。②同明，朗，照。

8 **耀武揚威** ㄧㄠˋ ㄨˇ ㄧㄤˊ ㄨㄟ 比喻得意誇張，向人示威的樣子。

11 **耀眼** ㄧㄠˋ ㄧㄢˇ 光線强烈，使人眼睛看不清楚。

▽榮耀、光耀、照耀、炫耀、誇耀、閃耀、星光熠耀。

次 14 **翿** 形解 形聲；從羽，壽聲。古代舞師跳羽舞時所持的羽扇爲翿。

音義 ㄉㄠˋ 名古舞者所持的羽扇；例左執翿。

參考 又音 ㄊㄠ。

【老部】 ㄌㄠˇ

常 0 **老** 形解 象形；象年長者戴髮駝背扶杖形，所以年長者爲老。

音義 ㄌㄠˇ 名①稱年齡長的人；例三老凍餒。②尊稱年高德劭的人；例于右老。③「老子」的省稱；例老莊。④姓。動①退休；例桓公立，乃老。②尊崇；例上老老而民興孝。③熟練；例老於世故。形①熟稔的；例斲輪老手。②疲困；例師老兵疲。③年高的；例老驥伏櫪。④衰頹的；例人老簪花不自羞，花應羞上老人頭。⑤陳舊的；例紅老酒。⑥堅硬的；例這個黃瓜好老喲。⑦經常的；例老客戶。副①總是；例他老是遲到。②極，很；例老遠。助①表親暱的稱呼；例老王。②詞頭，加在兄弟姊妹排行之前；例老大。③名詞詞頭，無義；例老虎。

參考 ①同舊，弱。②反壯，健。③孳栳。④與「考」有別：考，從丂聲。

2 **老人家** ㄌㄠˇ ㄖㄣˊ ㄐㄧㄚ 稱自己父母或年長者的敬語。

3 **老子** ㈠ ㄌㄠˇ ㄗˇ 1.人相傳爲春秋時期楚國人，姓李，名耳，字伯陽，謚曰聃，爲道家之祖，著有道德經五千餘言。2.書即道德經，爲道家的主要經典。㈡ ㄌㄠˇ ㄗ˙ 1.俗稱父親。2.老年人或粗鄙漢的自稱。

4 **老手** ㄌㄠˇ ㄕㄡˇ 即能手，好手。

5 **老生常譚** ㄌㄠˇ ㄕㄥ ㄔㄤˊ ㄊㄢˊ 年老書生的平凡言論，比喻不足爲奇。譚，也作「談」。

老式 ㄌㄠˇ ㄕˋ 古老的樣子。

參考 反新式。

6 **老成** ㄌㄠˇ ㄔㄥˊ ㈠複姓。㈡閱歷豐富而練達世事。例老成持重。㈢形容文章剛勁穩練。

參考 同老到，老練。

老成凋謝 ㄌㄠˇ ㄔㄥˊ ㄉㄧㄠ ㄒㄧㄝˋ 年老而閱歷豐富，通曉事理的人，已是消逝不存。

老年 ㄌㄠˇ ㄋㄧㄢˊ 年老。

參考 「老年」、「晚年」有別：「晚年」指人生的末期，「老年」是指五、六十歲以上的年紀，但不一定已到了人生的末期。在用法上兩個詞也有不同，如：我們可以說「老年人」，卻不可以說「晚年人」；我們可以說「他的晚年很淒涼」，卻不可以說「他的老年很淒涼」。

7 **老身** ㄌㄠˇ ㄕㄣ 老婦人的自稱。

9 **老衲** ㄌㄠˇ ㄋㄚˋ 老僧。衲：僧衣。

10 **老氣橫秋** ㄌㄠˇ ㄑㄧˋ ㄏㄥˊ ㄑㄧㄡ 形容老練而自負的神態，又常用以諷刺別人自高自大。

參考 同 倚老賣老。

老蚌生珠 ㄌㄠˇ ㄅㄤˋ ㄕㄥ ㄓㄨ 比喻老年得子。

老馬識途 ㄌㄠˇ ㄇㄚˇ ㄕˋ ㄊㄨˊ 經驗豐富而能指導別人的稱詞。

12 **老鄉** ㄌㄠˇ ㄒㄧㄤ ㈠同鄉。㈡習慣上隨口稱呼不相識的人。

13 **老鼠會** ㄌㄠˇ ㄕㄨˇ ㄏㄨㄟˋ 一種欺詐錢財的組織，規定組織中的成員吸收一定目標的會員及錢財，首腦再視成績核發獎金給舊會員，因此會員及錢財就如老鼠滋生一樣的繁多，然而利益卻由首腦總攬，卒使人傾家蕩產，家破人亡。

老當益壯 ㄌㄠˇ ㄉㄤ ㄧˋ ㄓㄨㄤˋ 年老而志氣應當更加壯盛。

14 **老嫗** ㄌㄠˇ ㄩˋ 年老的婦人。

老實 ㄌㄠˇ ㄕˊ ㈠誠懇實在而不虛僞。㈡庸懦。㈢安靜而不浮躁。

15 **老態龍鍾** ㄌㄠˇ ㄊㄞˋ ㄌㄨㄥˊ ㄓㄨㄥ 形容年老體衰的樣子。

老練 ㄌㄠˇ ㄌㄧㄢˋ 閱歷多而有經驗。

16 **老謀深算** ㄌㄠˇ ㄇㄡˊ ㄕㄣ ㄙㄨㄢˋ 思慮周密，謀定而後動。

參考 同 足智多謀。

老邁 ㄌㄠˇ ㄇㄞˋ 年老體衰。

23 **老饕** ㄌㄠˇ ㄊㄠ 比喻貪吃的人。

26 **老驥伏櫪** ㄌㄠˇ ㄐㄧˋ ㄈㄨˊ ㄌㄧˋ 比喻老年人壯志不衰。

▽敬老、元老、國老、古老、故老、長老、野老、養老、遺老、衰老、宿老、送老、三朝元老、天荒地老、白頭偕老、寶刀未老。

常 0 考

形解  形聲；從老省，丂聲。丂多有屈曲的意思，所以老壽爲考。

音義 ㄎㄠˇ 名 ①子女稱已逝去的父親；例顯考。②文 一種敍述源流典制的文體；例文獻通考。③瑕疵；例夏后氏之璜，不能無考。④姓。動 ①完成；例剡麻考縷。②研究；例考世俗之行。③稽查；例考績。④終止；例身焦悴而考且兮。⑤敲擊；例故金石有聲，不考不鳴。⑥試驗；例考試。⑦推按；例詔遺覆考。⑧詢問；例考問。形 長壽的；例壽考無疆。

參考 ①同 試，測。②參閱「老」字條。

5 **考古** ㄎㄠˇ ㄍㄨˇ 實地調查古遺址、古墓葬，研究古代的器物或文字，來推究古代人類事跡與文化狀況。

7 **考究** ㄎㄠˇ ㄐㄧㄡ ㈠考查研究。㈡力求精美。例裝潢考究。

9 **考訂** ㄎㄠˇ ㄉㄧㄥˋ 對於古書或古物，加以稽考，校核，訂正。

考查 ㄎㄠˇ ㄔㄚˊ 查驗。

參考「考查」與「考察」都指進行調查研究，但有別：前者多指對歷史、文物或其他事物進行調查、考證，或用一定的標準來檢查衡量行爲、活動、成績；後者多指實地調查，深入細緻地觀察。

10 **考核辨證** ㄎㄠˇ ㄏㄜˊ ㄅㄧㄢˋ ㄓㄥˋ 考查審核，辨別證明。

13 **考試** ㄎㄠˇ ㄕˋ 出試題測驗考生的程度。

參考「考試」指經過一定的制度和形式來完成，且有一定的時間限制，常針對學識和技能而言；「考驗」不必經過一定的制度和形式，也沒有嚴格的時間限制，多針對一個人的思想品格而言。

15 **考慮** ㄎㄠˇ ㄌㄩˋ 思量，斟酌。例考慮周到。

考察 ㄎㄠˇ ㄔㄚˊ 查考，視察。

參考 參閱「考查」條。

16 **考據** ㄎㄠˇ ㄐㄩˋ 根據事實的考核和例證的歸納，提供可信的材料，作出結論。也作「考證」。

17 **考績** ㄎㄠˇ ㄐㄧ 考評工作人員的工作成績。

23 **考驗** ㄎㄠˇ ㄧㄢˋ 考察，試驗。

參考 參閱「考試」條。

▽皇考、參考、思考、壽考、祖考、先考、陪考、聯考、高考、普考、月考、期考、小考、科考。

常 4 者

形解 形聲；從白(自的省體，與「白」異字)，𣎵聲。𣎵有衆多的意思，白表示語詞，所以分別此與彼的詞爲者。

音義 ㄓㄜˇ 名姓。代①人或事物的代稱；例仁者安人。②泛指一切事物；例君子之道者三。形指示形容詞，相當於白話的「這」；例者邊走，那邊走。助①於句中，表停頓，無義；例孝悌也者，其爲仁之本與？②於句末，表完結語氣；例孔子於鄉黨，恂恂如也，似不能者也。③表時間；例昔者吾友嘗從事於斯矣。④置於動詞、名詞、形容詞之後，無義；例滅國者五十。⑤表祈使、命令；例下面聽者！快快去者！歎應諾聲，通「喏」；例也先答揚善曰：者，者。

參考孳赭、鍺。

▽隱者、王者、學者、患者、記者、作者、使者、儒者、仁者、長者、筆者、亡者、老者、死者、再者、何者、始作俑者、犖犖大者。

常 4 **耆** 解形 形聲；從老省，旨聲。老人爲耆。

音義 ㄑㄧˊ 名①通稱年長的人；例淹留問耆老。②姓。動憎惡；例上帝耆之，憎其式廓。形①頑固的；例不儒不耆。②年老的；例不可養耆年。

參考①「耆」泛稱老人，然其年齡的界定也有不同：或稱六十歲爲耆，或以七十歲爲耆。②「耆」不可讀成ㄕ或ㄕˋ。③同老。④孳鰭、鬐。

11 **耆宿** ㄑㄧˊ ㄙㄨˋ 年高而素有德望的人。

次 4 **耄** 解形 形聲；從老，毛聲。八十歲以上爲耄。

音義 ㄇㄠˋ 名八十歲以上的老人；例耄老。形昏亂的；例耄思。

12 **耄耋** ㄇㄠˋ ㄉㄧㄝˊ 年紀老大的人。八十、九十稱耄，七十稱耋。

參考耋，不可讀成ㄓˋ。

▽耆耄、老耄。

次 5 **耇** 解形 形聲；從老省，句聲。老人面上灰瘢如有汚垢者爲耇。

音義 ㄍㄡˇ 名背已傴僂而高壽的老人；例敬事耇老。

參考或作「耇」。

次 6 **耋** 解形 形聲；從老，至聲。年老者爲耋。

音義 ㄉㄧㄝˊ 名六十歲以上的老人；例耋老。

參考或作「耊」。

▽耄耋、老耋、衰耋。

【而部】 ㄦˊ

常 0 **而** 解形 象形；象鬍鬚下垂形。

音義 ㄦˊ 代汝，你；例必欲烹而翁，則幸分我一杯羹。動①至，到；例由上而下。②可以；例齊多知，而解此環不？副①猶，尚且；例而夫一麑而不忍，又何況於人乎？②乃，始，才，表時間；例吾今取此然後而歸爾。③惟；例不患寡，而患不均。介①以；例敬事而信，節用而愛人。②的；例君子恥其言而過其行。連①則，就；例可以速而速，可以久而久。②又；例人道嶮而難。③如果；例人而無信，不知其可也。④與，和，及；例不可有祝鮀之佞，而有宋朝之美。⑤並且；例學而時習之，不亦說乎？⑥然後；例因民之所利而利之。⑦卻，但是；例其爲人也孝悌，而好犯上者鮮矣。助①置於形容詞、副詞後，無義；例鋌而走險。②罷了，表歎息，同「矣」；例已而！已而！今之從政者殆而。

參考「而」的本義爲鬍子，然又有二說：一說指鬢髯，一說鬍鬚。

5 **而且** ㄦˊ ㄑㄧㄝˇ 表示平列，或進一層的連詞。

常 3 **耐** 解形 形聲；從寸，而聲。寸爲法度，而爲頰鬚，小罪而不至削除鬢髮的輕刑爲耐。

音義 ㄋㄞˋ 名①漢代一種不剃毛髮的勞役刑罰；例令郎中

有罪耐以上請之。②才能；例能耐。動①忍受；例不耐煩。②值得；例故人相逢耐醉倒。③適宜；例江田耐插秧。副①經久；例耐磨。②如何，通「奈」；例可耐東池到曉蛙。

參考①「耐」與「奈」當作堪、可、如何解時可通，餘義則不同。②同忍。

2 **耐人尋味** ㄋㄞˋ ㄖㄣˊ ㄒㄩㄣˊ ㄨㄟˋ 形容意味深遠，值得人咀嚼尋思。

4 **耐心** ㄋㄞˋ ㄒㄧㄣ 不急躁，不厭煩。

參考「耐心」與「耐性」都指不急躁，但有別：前者爲形容詞，後者爲名詞。

8 **耐性** ㄋㄞˋ ㄒㄧㄥˋ 能忍耐的性子。

參考參閱「耐心」條。

13 **耐煩** ㄋㄞˋ ㄈㄢˊ ㈠對煩瑣的事能夠忍耐。㈡性情不急躁。

▽忍耐、不耐、叵耐、能耐、俗不可耐。

常 3 **耍** 形解 會意；從而，從女。而有軟弱溫厚的意思，所以嬉戲爲耍。

音義 ㄕㄨㄚˇ 動①嬉樂；例玩耍。②戲弄；例耍猴子。③賣弄；例耍花招。④操練，通常指武藝；例耍關刀。

參考①「耍」字從「而」中間不可封口，與從「西」而有希求義的「要」字不同。②同玩，嬉，弄，舞。

次 3 **耑** 形解 象形；象上有枝芽出於地面，下有根形。

音義 ㄉㄨㄢ 名古禮器名，似觶而稍高的酒器，同「鍴」。動事物起始，通「端」。ㄓㄨㄢ 動貫穿。副同「專」；例耑送。

【耒部】ㄌㄟˇ

常 0 **耒** 形解 會意；從木推丰。丰是雜草，所以可用手操作掘土的鋤草農具爲耒。

音義 ㄌㄟˇ 名①古代農具上的曲柄。②犁耙；例耒耜。

參考①「耒」字第一筆，應該由右上往下撇，不可作橫畫。②「耒」爲部首字，用於左偏旁時直筆不鉤；於右偏旁時直筆宜鉤起。③擘誄。

耒　耜

17 **耒耜** ㄌㄟˇ ㄙˋ 耕田翻土時所用的器具。耜：農具名，形似後代的鍤。

次 3 **耔** 形解 形聲；從耒，子聲。子有保護的意思，所以培土於禾稻的根部爲耔。

音義 ㄗˇ 動用土來培壅苗根；例或耘或耔。

常 4 **耘** 形解 本字作「[耒芸]」：形聲；從耒艸，云聲。云有盛多的意思，所以除去苗間的雜草爲[耒芸]。俗省作「耘」。

音義 ㄩㄣˊ 動①除草；例曾子耘瓜，誤斬其根。②斬除；例不戰而耘。

參考同除、刈。

▽耕耘、鉏耘。

常 4 **耕** 形解 形聲；從耒，井聲。以耒犁土爲耕。

音義 ㄍㄥ 名①農具；例鑄殺不鑄耕。②泛指種植的事務；例以耕織爲業。動①墾植；例躬耕南陽。②從事；例筆耕而食。形①從事種植的；例耕夫讓畔以成仁。②種植用的；例耕器。

參考①又音 ㄐㄧㄥ。②「耕」與「耘」今多連用表耕作農事的意思，然其字義有別：「耕」，多指種植；而「耘」，則是除草。③同種，植。

7 **耕作** ㄍㄥ ㄗㄨㄛˋ 操作農事。

10 **耕耘** ㄍㄥ ㄩㄣˊ ㈠耕田與除草，泛指田間耕作的事。㈡比喻付出精神和勞力。例一分耕耘，一分收穫。

14 **耕種** ㄍㄥ ㄓㄨㄥˋ 耕田與種植。

▽火耕、耦耕、深耕、農耕、

筆耕、力耕、退耕、舌耕、休耕。

㊥4 **耙** 形解 形聲；從耒，巴聲。前面有鐵齒用以破土塊的農器爲耙。

音義 ㄆㄚˊ 名 一種有鋸齒形的農具，通常用來剖分土塊使之細碎；例犁耙。動 翻撥泥土；例耙土。

參考 又音ㄅㄚˋ。

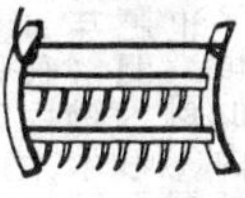
耙

㊥4 **耗** 形解 形聲；從耒，毛聲。減損爲耗。

音義 ㄏㄠˋ 名 ①貧乏；例虛耗。②訊息；例輕訴短懷，佇流嘉耗。③費用；例脂粉之耗，不可勝數。④收成不好；例視年之豐耗。⑤姓。動 ①減少；例耗失。②消耗；例耗資千萬。③延宕，通常指時間；例白耗了一天，啥事都沒幹好。

參考 ①「耗」又有訊息的意思，原本並無好壞的區分，後來多指不好的消息，如：噩耗。②「耗」與從「禾」有稻穀義的「秏」字有別。③同消，虛，費。

▽消耗、信耗、損耗、音耗、凶耗、惡耗。

㊋4 **耖** 形解 形聲；從耒，少聲。耕田翻土的農具爲耖。

音義 ㄔㄠˋ 名 農器名，形似耙，用來掘鬆泥土。

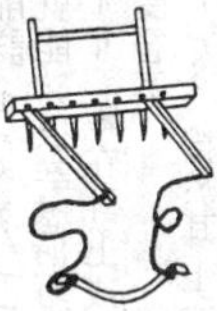
耖

㊥5 **耜** 形解 形聲；從耒，㠯聲。以耒伐地起土之器爲耜。

音義 ㄙˋ 名 ①挖土用的農具；例耕夫罷耜，織女投杼。②盛土的器具；例橐耜。動 挖土；例耜土。

參考 「耜」雖從「耒」從「㠯」，但不可讀成ㄧˇ。

㊋5 **耞** 形解 形聲；從耒，加聲。連耞，打穀的器具爲耞。

音義 ㄐㄧㄚ 名 農具名，即連耞，用來打稻。

㊋9 **耦** 形解 形聲；從耒，禺聲。禺爲偶的省寫，所以二耜相連以耕田爲耦。

音義 ㄡˇ 名 ①起土的農具。②二人一組；例耦耕。③配偶，通「偶」；例齊大，非吾耦也。④姓。形 ①偶數的，同「偶」；例陰卦耦。②淤積的；例耦沙。副 兩人並作；例耦耕。

㊋10 **耪** 形解 形聲；從耒，旁聲。用鋤頭翻土爲耪。

音義 ㄆㄤˇ 動 用鋤頭翻鬆泥土；例耪地。

㊋10 **耨** 形解 形聲；從耒，辱聲。除去田草的農具。

音義 ㄋㄡˋ 名 除草的器具；例耨柄尺。動 除草；例深耕易耨。

耨

參考 或作「鎒」。

㊋11 **耬** 形解 形聲；從耒，婁聲。婁有中空的意思，所以用來播種之木器爲耬。

音義 ㄌㄡˊ 名 農器名，即耬車，狀如三尺犂，用牛馬駕御，是下種的器具。動 耕田，同「耬」。

耬車

㊋15 **耰** 形解 形聲；從耒，憂聲。播種後以土掩蓋之爲耰。

音義 ㄧㄡ 名 農具名，即無齒的耙，可用來平田或擊碎土塊；例耒耜耰鉏。動 用土覆蓋種子；例耰而不輟。

【耳部】ㄦˇ

常 0 **耳** 形解 象形；外象耳的輪廓，中象耳竅形，主聽的器官爲耳。

音義 ㄦˇ 名①生人體或動物主司聽覺的器官；例耳不能兩聽而聰。②器物的把手，分別附著於器體的兩旁，狀似耳朵；例有雉登鼎耳。③狀似耳朵的東西；例白木耳。④穀物所生的芽；例禾頭生耳。⑤姓。動聽聞；例吾耳熟焉，故能詳也。助①置於尾末，表限定，類似白話文的「而已」；例人之易其言也，無責耳矣。②置於句末，表堅定，同「矣」；例歲適不爲，如雲而起耳。③置於句末，表驚嘆，通「邪」、「乎」；例父子如此，何其快耳！

參考 孳 洱、茸、餌、珥、弭、恥、聵。

5 **耳目** ㄦˇ ㄇㄨˋ ㈠眼睛和耳朵。㈡偵察消息的人。㈢審察。㈣標誌。

12 **耳提面命** ㄦˇ ㄊㄧˊ ㄇㄧㄢˋ ㄇㄧㄥˋ 形容教誨殷勤懇切。

14 **耳語** ㄦˇ ㄩˇ 將嘴湊到對方耳旁，低聲說話。

耳鳴 ㄦˇ ㄇㄧㄥˊ 無外界聲源的刺激，由於聽覺器官病變而產生的一種主觀聽覺上的感覺。

15 **耳熟能詳** ㄦˇ ㄕㄨˊ ㄋㄥˊ ㄒㄧㄤˊ 聽慣了也就能夠很詳盡地說出來。

16 **耳機** ㄦˇ ㄐㄧ 戴在耳上或插入耳中的受音器。

17 **耳環** ㄦˇ ㄏㄨㄢˊ 掛於耳上的飾物。俗稱「耳墜子」。

耳聰目明 ㄦˇ ㄘㄨㄥ ㄇㄨˋ ㄇㄧㄥˊ 聽覺聰敏，視覺清明，比喻頭腦靈敏。

耳濡目染 ㄦˇ ㄖㄨˊ ㄇㄨˋ ㄖㄢˇ 形容深受聞見的影響。濡：浸染。濡，也作「擩」。

19 **耳邊風** ㄦˇ ㄅㄧㄢ ㄈㄥ 比喻對所聽到的漠不關心。

21 **耳鬢廝磨** ㄦˇ ㄅㄧㄣˋ ㄙ ㄇㄛˊ 比喻非常親密。廝磨：相磨。通常指小兒女的相愛。

▽外耳、中耳、內耳、鼎耳、附耳、執牛耳、忠言逆耳、交頭接耳、言猶在耳、俯首帖耳、隔牆有耳、迅雷不及掩耳。

常 3 **耶** 形解 字本作邪；形聲；從邑，牙聲。郡名，琅邪爲邪。隸變作耶。今邪、耶二字分別使用。

音義 ㄧㄝˊ 名俗父親，通「爺」；例耶孃妻子走相送。助①表疑問，通「嗎」、「呢」；例是進亦憂，退亦憂，然則何時而樂耶？②表感歎；例時耶！命耶！從古如斯。③表決定，通「也」；例吾不能爲五斗米折腰，拳拳事鄉里小人耶。

ㄧㄝ 名外外來語音譯字；例耶穌。

參考「耶」與「爺」當作父親解時可通，餘義則不同。

8 **耶和華** ㄧㄝ ㄏㄜˊ ㄏㄨㄚˊ 外希伯來人稱呼上帝之名。

常 4 **耽** 形解 形聲；從耳，尤聲。耳朵大而下垂爲耽。

音義 ㄉㄢ 動①延宕；例耽擱。②沈浸；例耽古篤學。形①耳大而下垂的；例夸父耽耳。②愉悅的；例士之耽兮。副深入地；例耽思經書。

參考①「耽」與「眈」音同形似而義別：「耽」，爲沈迷；「眈」，是目光逼視。②「耽」雖從「耳」從「尢」，但不可讀成ㄔㄣˊ或ㄖㄣˊ。③同樂。

13 **耽溺** ㄉㄢ ㄋㄧˋ 沈溺，沈迷。

14 **耽誤** ㄉㄢ ㄨˋ 延遲失誤。

參考「耽誤」與「耽擱」都指遲延，但有別；後者表停留或拖延；前者是因停留、拖延而誤事，後面常跟著被耽誤的事情。

17 **耽擱** ㄉㄢ ㄍㄜ 遲延。

參考參閱「耽誤」條。

常 4 **耿** 形解 形聲；從耳，烓省聲。兩耳黏附於頰爲耿。

音義 ㄍㄥˇ 名①地古邑名，約今山西吉縣南。②姓。動①照耀；例其光耿于民矣。②悲泣；例甚以酸耿。③明白，通「曉」；例耿吾既得此中正。形①專一的；例耿介。②光亮的；例仰動華之耿暉。

4 **耿介** ㄍㄥˇ ㄐㄧㄝˋ ㈠有操守氣節，正直不阿。㈡德業光大。

8 **耿直** ㄍㄥˇ ㄓˊ 忠誠正直。

10 **耿耿** ㄍㄥˇ ㄍㄥˇ ㈠光明的樣子。㈡內心不安的樣子。例耿耿於懷。㈢形容輾轉反側，睡不著的樣子。

耿耿於懷 ㄍㄥˇ ㄍㄥˇ ㄩˊ ㄏㄨㄞˊ 一直惦記在心，無法釋懷。

▽忠心耿耿。

常 5 **聊** 解形 形聲；從耳，卯聲。耳鳴爲聊。

音義 ㄌㄧㄠˊ 名①樂趣；例無聊。②地古地名，約今山東聊城縣西北。③姓。動①依憑；例民不聊生。②歡樂；例幾載東華不目聊。③方北方話以「閒談」爲聊；例聊天。副姑且；例聊備一格。助句中助詞，無義；例椒聊之實。

參考①字雖從耳從卯，但不可讀成ㄇㄠˇ。②字從卯(ㄇㄠˇ)，不可訛成「卬」。

4 **聊以卒歲** ㄌㄧㄠˊ ㄧˇ ㄗㄨˊ ㄙㄨㄟˋ 勉強過一年。常用於人民生活的困苦。

12 **聊勝一籌** ㄌㄧㄠˊ ㄕㄥˋ ㄧ ㄔㄡˊ 微略高出一點兒。

聊勝於無 ㄌㄧㄠˊ ㄕㄥˋ ㄩˊ ㄨˊ 比完全沒有稍好一些。

16 **聊賴** ㄌㄧㄠˊ ㄌㄞˋ 姑且依賴，指生活或感情上的依托。

▽無聊、閒聊。

常 5 **聆** 解形 形聲；從耳，令聲。傾耳去聽爲聆。

音義 ㄌㄧㄥˊ 動傾聽；例獨聆風於極危。

參考①「聆」與「詅」音同形似而義別：「聆」，爲傾聽；「詅」，是吹噓。②同聽。

次 5 **聃** 解形 形聲；從耳，冉聲。耳朵很大而無耳輪爲聃。

音義 ㄉㄢ 名老子李耳的字。動耽樂，通「耽」；例聃樂。形耳大的。

次 6 **聒** 解形 形聲；從耳，昏聲。喧嘩多言爲聒。隸變作「聒」。

音義 ㄍㄨㄚ 動喧吵；例鳴鶴聒空林。形吵雜的；例聒耳。副多言的樣子；例今汝聒聒。

▽喧聒、噪聒、耳聒。

常 7 **聘** 解形 形聲；從耳，甹聲。甹有達遠的意思，所以造訪爲聘。

音義 ㄆㄧㄣˋ 動①訪問；例久無事則聘焉。②徵募；例輕軺徵聘。③訂婚；例聘妻。形訂婚所用的(東西)；例聘金。ㄆㄧㄥ 動婚嫁；例聘姑娘。

參考①同娉。②與「騁」有別：「騁」，從「馬」，音ㄔㄥˇ，有奔馳、施展的意思；「聘」，從「耳」，音ㄆㄧㄣˋ，有訪問、徵募的意思。

10 **聘書** ㄆㄧㄣˋ ㄕㄨ 聘請人擔任職務的證明交件。

15 **聘請** ㄆㄧㄣˋ ㄑㄧㄥˇ 恭敬地請求擔任某項職務。

18 **聘禮** ㄆㄧㄣˋ ㄌㄧˇ ㈠婚姻六禮之一，男家送給女家的訂婚禮物。又稱「彩禮」。㈡古代諸侯派遣大夫前往他國聘問的禮節。㈢書儀禮篇名之一。

▽下聘、重聘、召聘、納聘、禮聘、招聘、新聘、解聘、延聘。

常 7 **聖** 解形 形聲；從耳，呈聲。呈有挺立而出的意思，所以深明事理者爲聖。

音義 ㄕㄥˋ 名①廣博通達的人；例睿作聖。②人格高上的人；例聖賢。③於專門學識或技藝上有精深造詣的人；例詩聖。④姓。動精通；例杜甫聖於詩。形①帝王的；例聖旨。②屬於宗教的；例聖經。

參考「聖」從呈得聲，「呈」從壬，而「壬」之上一畫作斜撇，下從「土」字，與「壬」上一畫作橫筆而中筆較長者不同。

2 **聖人** ㄕㄥˋ ㄖㄣˊ ㈠有至高無上人

格的人。㈡孔子的專稱。㈢唐朝以來稱天子為聖人。㈣清酒。㈤宗大小乘見道位以上斷惑證理的人稱之。也作「聖位」。

13 **聖經** ㄕㄥˋ ㄐㄧㄥ ㈠聖人之書，舊多指儒家經典。㈡書基督教的經典，分舊約、新約兩種。

15 **聖賢** ㄕㄥˋ ㄒㄧㄢˊ ㈠聖人與賢人。㈡指神佛。

聖誕節 ㄕㄥˋ ㄉㄢˋ ㄐㄧㄝˊ 宗基督教以十二月二十五日為耶穌誕生日，世界各地基督徒於是日舉行盛大紀念。並且在節前友朋間互寄賀卡或禮物以慶祝。也作「耶誕節」。

▽亞聖、樂聖、玄聖、至聖、詩聖、神聖、先聖、畫聖、書聖、草聖、情聖、超凡入聖。

常 8 **聞** 形解 形聲；從耳，門聲。門為出入口，所以聽而知聲為聞。

音義 ㄨㄣˊ 名①見識；例博物洽聞，世無與匹。②消息；例新聞。③姓。動①聽到；例但聞人語響。②傳播；例聲聞于天。③嗅到；例聞香下馬。④趁，乘；例聞閑且共賞。

ㄨㄣˋ 名名聲；例令聞令望。

參考①「聞」有聽，嗅二義，二者區分端視上下文的不同而有區別，如：「聞香」，乃是氣味，即指嗅而言；「耳聞」，乃是聲音，則指聽而言。②同聽，嗅。

1 **聞一知十** ㄨㄣˊ ㄧ ㄓ ㄕˊ 聽到一點就能懂得很多，形容聰明過人。

2 **聞人** ㈠ㄨㄣˊ ㄖㄣˊ 有名望的人。㈡ㄨㄣˋ ㄖㄣˊ 複姓，漢代有聞人通。

6 **聞名** ㄨㄣˊ ㄇㄧㄥˊ ㈠著名。例遠近聞名。㈡聽到名字。

13 **聞達** ㄨㄣˊ ㄉㄚˊ 顯達。

▽異聞、見聞、寡聞、醜聞、新聞、舊聞、聲聞、側聞、多聞、聽聞、傳聞、博聞、風聞、名聞、令聞、耳聞、如是我聞、充耳不聞、沒沒無聞、孤陋寡聞、寂寂無聞、湮沒無聞、置若罔聞、聞所未聞、駭人聽聞。

常 8 **聚** 形解 形聲；從㐺，取聲。取有會聚的意思，㐺為眾立，所以會合為聚。

音義 ㄐㄩˋ 名①村落；例井諸小鄉聚。②羣眾；例輔氏之聚。③儲備；例陳人恃其聚而侵楚。動①堆積；例聚沙為佛塔。②集合；例五星聚於東井。形堆聚的；例聚花如薄雪。

參考①「聚」與「醵」音同且都有湊集的意思；然「聚」乃指一般的湊合；「醵」則指金錢的湊合，二者有別。②同集，湊。

7 **聚沙成塔** ㄐㄩˋ ㄕㄚ ㄔㄥˊ ㄊㄚˇ 比喻積少成多。語本妙法蓮華經，指童子聚沙成塔後修成佛果，佛家因稱兒童時期為「聚沙之年」。

8 **聚居** ㄐㄩˋ ㄐㄩ 集居一處。

12 **聚集** ㄐㄩˋ ㄐㄧˊ 集合。

13 **聚會** ㄐㄩˋ ㄏㄨㄟˋ 集會。

聚落 ㄐㄩˋ ㄌㄨㄛˋ 村落。

14 **聚精會神** ㄐㄩˋ ㄐㄧㄥ ㄏㄨㄟˋ ㄕㄣˊ 指精神心思專一而不雜。參考同全神貫注。

17 **聚斂** ㄐㄩˋ ㄌㄧㄢˋ 剝削，搜刮。

▽會聚、雲聚、積聚、屯聚、歡聚、團聚、集聚、物以類聚。

常 11 **聰** 形解 形聲；從耳，悤聲。悤有中空的意思，所以審慎觀察為聰。

音義 ㄘㄨㄥ 名①視聽靈敏；例明四目，達四聰。②聽覺；例失聰。形①智商高，領悟力強的；例聰敏。②聽覺靈敏的；例耳聰目明。

參考「聰」左從「耳」，右從「悤」，耳下沒有「壬」，與「聽」字有別。

8 **聰明** ㄘㄨㄥ ㄇㄧㄥˊ ㈠視覺和聽覺非常靈敏。例「耳目聰明。」㈡天資靈敏。㈢聞見。

參考「聰明」、「聰慧」、「智慧」都指有才智，但有別：「聰明」著重指人的智力較強；「聰慧」多用於形容知識豐富、閱歷廣泛、處理事情的能力強；「智慧」著重指理解和處理事物的能力。

16 **聰穎** ㄘㄨㄥ ㄧㄥˇ 聰明而有才能。

穎：禾末尖銳的部分。

▽天聽、耳聽、聖聽、失聽、聆聽。

常11 **聯** 形解 會意；從耳，從絲。絲是絲連不絕，所以相連爲聯。

音義 ㄌㄧㄢˊ 名 文 我國文體之一，通常爲兩句或兩句以上，每句字數相當，且上下聯互相對仗，排比、押韻、平仄而成的美文；例逐驛讀春聯。②古代戶政區劃，以十人爲一聯。③姓。動①連接；例聯袂度危橋。②持續不斷，通「連」；例繚垣緜聯。

參考「聯」與「連」都有接續的意思，然習慣上「聯貫」、「聯考」不作「連」，而「連忙」、「連帶」不作「聯」。

6 **聯合** ㄌㄧㄢˊ ㄏㄜˊ 結合。

參考①同連合。②衍聯合公報、聯合國宣言。

聯合國 ㄌㄧㄢˊ ㄏㄜˊ ㄍㄨㄛˊ 第二次世界大戰後成立的國際組織，於西元一九四五年，由中、美、英、法、蘇等國創立，主要宗旨爲制止侵略，維持世界和平與安全，並促進國際間的友好合作。

7 **聯邦** ㄌㄧㄢˊ ㄅㄤ 政 由幾個成員國組成的統一國家，以憲法明定中央與地方政府的權力。美國、加拿大均屬之。

9 **聯袂** ㄌㄧㄢˊ ㄇㄟˋ 本指衣袖相連，今比喻攜手同行。

12 **聯絡** ㄌㄧㄢˊ ㄌㄨㄛˋ 互相維繫而不斷絕。

13 **聯想** ㄌㄧㄢˊ ㄒㄧㄤˇ 由一事物而想起其他有關的事物。

聯盟 ㄌㄧㄢˊ ㄇㄥˊ ㈠國家、政黨、或團體之間，因共同的目的或利益而結成的聯合。㈡聯邦制國家的名稱之一。例蘇維埃社會主義共和國聯盟。

15 **聯誼** ㄌㄧㄢˊ ㄧˊ 團體或私人間，爲了增進友誼和情感，所舉行的活動。

19 **聯繫** ㄌㄧㄢˊ ㄒㄧˋ ㈠將事物連結起來。㈡指事物與事物間的關係。㈢聯絡，接洽。

▽關聯、春聯、對聯、柱聯、門聯、頷聯、頸聯、楹聯。

常11 **聱** 形解 形聲；從耳，敖聲。敖有外放的意思，聽不清楚爲聱。

音義 ㄠˊ 名 口吃；例能學聱牙。動 違背，違拗；例「其間一事聱牙，終身淪棄。」

參考「聱」左上從「敖」，宜寫成從「士」從「方」二部分，不可二者連筆寫成「敖」。

4 **聱牙** ㄠˊ ㄧㄚˊ ㈠乖忤不順。㈡言語不簡易。例詰屈聱牙。㈢形容老樹枝幹槎枒。

常11 **聲** 形解 形聲；從耳，殸聲。殸有懸空的意思，耳空以辨音聲爲聲。

音義 ㄕㄥ 名 ①因物體撞擊或摩擦而產生的音響；例夜來風雨聲。②樂音；例聲依永，律和聲。③言語；例此時無聲勝有聲。④名譽；例文王有聲。⑤訊息；例寄聲謝我。⑥歌謠；例鄭聲淫。⑦威勢；例先聲奪人。⑧語音學的輔音，如：ㄅ、ㄆ、ㄇ等是。⑨姓。動①發音；例金聲而玉振之也。②聲張；例聲東擊西。

參考「聲」與「音」都有音響的意思，但習慣上，「聲勢」、「聲威」不作「音」；而「音標」、「音信」不可作「聲」。

6 **聲名** ㄕㄥ ㄇㄧㄥˊ 聲望名譽。

聲名狼藉 ㄕㄥ ㄇㄧㄥˊ ㄌㄤˊ ㄐㄧˊ 形容人的名聲非常惡劣，已到了不可收拾的地步。狼藉：亂七八糟，零亂不堪。

聲色 ㄕㄥ ㄙㄜˋ ㈠說話時的聲音及容態。例聲色俱厲。㈡淫靡的音樂和美色等荒嬉娛樂的事情。

聲色俱厲 ㄕㄥ ㄙㄜˋ ㄐㄩˋ ㄌㄧˋ 責備他人的聲音與容態都非常嚴厲。俱：都；厲：嚴厲。

8 **聲明** ㄕㄥ ㄇㄧㄥˊ 公開說明。

參考「聲明」與「申明」都指把事情說清楚，但有別：前者語氣較鄭重，兼作名詞；後者有時含有解釋或辯白的意思。

聲東擊西 ㄕㄥ ㄉㄨㄥ ㄐㄧ ㄒㄧ 指虛張聲勢於此，實則集中主力於彼，用以迷惑敵人，造成敵人錯覺，給予出其不意的攻擊。比喻用兵出奇制勝的計策。

9 **聲音** ㄕㄥ ㄧㄣ 物體振動時所發出的聲響。

聲威 ㄕㄥ ㄨㄟ 聲名威望。

10 **聲討** ㄕㄥ ㄊㄠˇ 聲明罪狀而加以討伐。也作「聲罪征討」。

聲氣相投 ㄕㄥ ㄑㄧˋ ㄒㄧㄤ ㄊㄡˊ 比喻朋友之間思想一致，性情相合。

11 **聲張** ㄕㄥ ㄓㄤ 宣揚，喊叫。

聲望 ㄕㄥ ㄨㄤˋ 名望。例聲望日隆。

聲淚俱下 ㄕㄥ ㄌㄟˋ ㄐㄩˋ ㄒㄧㄚˋ 淚隨聲下，形容沉痛悲傷。

[參考] 與「痛哭流涕」有別：前者有邊哭邊說的意思；後者沒有這一層意思，但在哭泣的程度上大大超過前者。

12 **聲援** ㄕㄥ ㄩㄢˊ 響應和援助。

[參考] 參閱「支持」條。

13 **聲勢** ㄕㄥ ㄕˋ 聲威與氣勢。例聲勢浩大。

14 **聲稱** ㄕㄥ ㄔㄥ 聲明，宣稱。

[參考] 本詞是用在援引他人的自述、自稱時，且多用在公文上。

15 **聲樂** ㄕㄥ ㄩㄝˋ [藝] 音樂的一種，由人咽喉所發出的樂音而具有韻律和組織者。

[參考] [反] 器樂。

聲調 ㄕㄥ ㄉㄧㄠˋ ㈠詩文句裡音韻配置的抑揚頓挫。㈡音樂的節奏。㈢國音所分的平、上、去、入等讀法。㈣泛稱人的語音或樂器所發的音。

聲嘶力竭 ㄕㄥ ㄙ ㄌㄧˋ ㄐㄧㄝˊ 聲音沙啞，力氣用盡。比喻人的智盡能索。聲嘶：聲帶受傷，發音破啞；竭：盡。又作「力竭聲嘶」。

21 **聲譽** ㄕㄥ ㄩˋ 聲望及名譽。

▽名聲、四聲、形聲、家聲、清聲、笑聲、秦聲、秋聲、人聲、正聲、心聲、雙聲、和聲、女聲、歌聲、器聲、新聲、作聲、鼓聲、琴聲、忍氣吞聲、吠影吠聲、異口同聲、飲泣吞聲、鴉雀無聲、默不作聲、擲地金聲、此時無聲勝有聲、一犬吠影百犬吠聲。

常 11 聳

[形解] [篆] 形聲；從耳，從省聲。生而耳聾爲聳。又作「聳」。

[音義] ㄙㄨㄥˇ [動] ①驚嚇；例聳人聽聞。②直豎；例聳入雲霄。③讚賞；例聳善抑惡。[形] ①聵聾的；例有司聳昧，莫能識察。②高峙的；例聳秀。

[參考] ①「聳」雖從「從」從「耳」，不可讀成ㄘㄨㄥ。②[同]豎，直，挺。

2 **聳人聽聞** ㄙㄨㄥˇ ㄖㄣˊ ㄊㄧㄥ ㄨㄣˊ 誇大事實，製造謠言，使人聽了感到驚異。

11 **聳動** ㄙㄨㄥˇ ㄉㄨㄥˋ 驚動。

▽高聳、孤聳。

常 12 職

[形解] [篆] 形聲；從耳，戠聲。戠有識別的意思，纖微必識爲職。

[音義] ㄓˊ [名] ①管理負責的範圍；例六卿分職。②本分；例天職。③官位分類；例武職。④隸屬人員對長官的自稱；例卑職。⑤貢品；例四夷納職。⑥賦稅；例施貢分職。⑦姓。[動] 掌管；例職掌。[副] 因爲；例職是之故。[助] 惟，語首助詞；例職此而已。

[參考] 「職」與「執」當作掌理解時可通，餘義則不同。

7 **職位** ㄓˊ ㄨㄟˋ 職務地位。

10 **職務** ㄓˊ ㄨˋ 工作人員所擔任的工作事務。

職員 ㄓˊ ㄩㄢˊ 各種機關或團體裡管事務的人員。

11 **職責** ㄓˊ ㄗㄜˊ 職務上的責任。

12 **職掌** ㄓˊ ㄓㄤˇ 職務上所管轄的範圍。

13 **職業** ㄓˊ ㄧㄝˋ ㈠分內應做的事。㈡個人所擔任之職務或工作。

[參考] 參閱「事業」條。

職業病 ㄓˊ ㄧㄝˋ ㄅㄧㄥˋ [醫] 勞工因長期暴露於不良工作環境中，受到化學、物理或生物等因素影響而引起的疾病。

22 **職權** ㄓˊ ㄑㄩㄢˊ 執行職務的權限。

▽官職、兼職、在職、就職、辭職、殉職、瀆職、奉職、免職、離職、述職、公職、任職、失職。

常 12 **聶** 形解 會意；從三耳。附在耳朵邊說悄悄話爲聶。

音義 ㄋㄧㄝˋ 名 姓。動 靠在別人的耳邊小聲說話；例 聶嚅。

參考 ①「聶」字不可讀成ㄕㄜˋ。②擘 躡、鑷、攝。

次 12 **聵** 形解 形聲；從耳，貴聲。天生耳聾爲聵。

音義 ㄎㄨㄟˋ 形 ①耳聾的。②不明事理的；例 昏聵。

參考「聵」與從目的「瞶」字，音同義異。

▽昏聵、聾聵。

常 16 **聽** 形解 形聲；從耳悳，壬聲。壬有挺立的意思，所以豎耳聞知爲聽。

音義 ㄊㄧㄥ 名 ①聞語的內容；例 開張聖聽。②量詞，通常適用於計算罐頭食品；例 一聽奶粉。③廳堂，通「廳」；例 所坐聽事。④姓。動 ①聆聞；例 鍾期聽琴。②接受；例 聽命於廟。③等待；例 自死罪以下，縱遣歸家，期秋八月來京師聽決。④探問消息；例 打聽。

ㄊㄧㄥˋ 動 ①裁審；例 聽訟。②管理；例 是日移病不聽事。③順從；例 唯命是聽。④任憑；例 聽天由命莫強求。⑤麻將術語，只差一張牌就可以和了之謂；例 聽牌。

參考 ①「聽」因取自外來語而有罐頭之意的「聽」爲音譯用字，是以該字有ㄊㄧㄥ、ㄊㄧㄥˋ兩讀。②同聆。

4 **聽天由命** ㄊㄧㄥ ㄊㄧㄢ ㄧㄡˊ ㄇㄧㄥˋ 任其自然發展。

8 **聽其自然** ㄊㄧㄥ ㄑㄧˊ ㄗˋ ㄖㄢˊ 任其自然發展而不加以干涉。

11 **聽從** ㄊㄧㄥ ㄘㄨㄥˊ 順從，服從。

13 **聽話** ㄊㄧㄥ ㄏㄨㄚˋ 順從。

14 **聽說** ㄊㄧㄥ ㄕㄨㄛ (一)聽別人說。(二)順從。例 這孩子很聽說。

參考「聽說」、「據說」有別：「聽說」可以作謂語，如：我聽說他已經結婚了。亦可以作插入語，用在句首，如：聽說他已經去英國了。也可以用在句中，如：展覽會聽說已經結束了。用作插入語的「聽說」，可以換用「據說」。

16 **聽憑** ㄊㄧㄥ ㄆㄧㄥˊ 任憑，任隨。

20 **聽覺** ㄊㄧㄥ ㄐㄩㄝˊ 生 耳受聲波刺激後，由聽神經傳後大腦的感覺。

▽傾聽、視聽、聖聽、諦聽、天聽、難聽、旁聽、重聽、偷聽、聆聽、打聽、收聽、探聽、道聽、監聽、危言聳聽、洗耳恭聽、娓娓動聽、混淆視聽、傾耳細聽。

常 16 **聾** 形解 形聲；從耳，龍聲。聽不見爲聾。

音義 ㄌㄨㄥˊ 名 聽力不良；例 苦恨耳多聾。形 事理不明的；例 牛馬聾聵。

3 **聾子** ㄌㄨㄥˊ ˙ㄗ 耳朵聽不見或聽不清楚的人。

11 **聾啞學校** ㄌㄨㄥˊ ㄧㄚˇ ㄒㄩㄝˊ ㄒㄧㄠˋ 教 實施特殊教育的一種教學機構，以聽覺或語言具有障礙的學生爲教學對象。

▽瘖聾、耳聾、裝聾、震耳欲聾。

【聿部】 ㄩˋ

常 0 **聿** 形解 象形；甲文作，象手執筆形。

音義 ㄩˋ 名 ①筆；例 舌聿之利。②姓。形 疾速的，通「遹」；例 聿皇。助 發語詞，無義；例 聿求元聖。

常 7 **肆** 形解 形聲；從長，隶聲。隶有趕及的意思，所以竭力陳設爲肆。隸變作「肆」。

音義 ㄙˋ 名 ①陳售貨品的場所或店鋪；例 酒肆。②鬧區；例 樓船學飄而過肆。③中文數目字「四」的大寫，多用於票證、帳目等。④姓。動 ①古代處死刑後將屍體置於市集示衆以爲儆戒；例 凡殺人者，踣諸市，肆之三日。②陳列；例 肆筵。③放縱；例 穆王欲肆其心。④握持；例肆筆成書。副①極，盡；例其風肆好。②迅捷地；例狂風肆虐。

參考「肆」與「肄」形近而音義不同：「肆」，左從「镸」，有陳設的意思；而「肄」，左從「𠤕」，為修習的意思。所以「肆無忌憚」、「放肆」的「肆」與「肄業」的「肄」不同。

9 肆虐 ㄙˋ ㄋㄩㄝˋ 恣意作惡為禍。

12 肆無忌憚 ㄙˋ ㄨˊ ㄐㄧˋ ㄉㄢˋ 恣意妄為，毫無顧忌。

13 肆意 ㄙˋ ㄧˋ 恣意，任性。

▽驕肆、茶肆、恣肆、放肆、酒肆、市肆。

常 7 **肄** 形解 肄 形聲；從聿，𠤕聲。熟習為肄。

音義 一ˋ 名①辛勞；例既詒我肄。②樹木砍伐後，再生出的新枝；例伐其條肄。③後裔，通「裔」。例夏肄是屏。動修習；例肄業。

參考①參閱「肆」字條。②「肄」不可讀成ㄙˋ。

13 肄業 一ˋ 一ㄝˋ 修習學業。

常 8 **肅** 形解 肅 會意；從聿在𣶒上。持事謹敬為肅。如臨深淵，

音義 ㄙㄨˋ 動①謹慎；例眾賓肅慎。②整理；例整肅儀容。③導引；例主人肅客而入。④萎縮；例天地始肅。⑤書信用語，表尊敬；例謹肅。形①莊嚴的；例色容厲肅。②嚴苛的；例刑肅而俗敝。

參考①同敬，謹，嚴。②摯蕭。

11 肅清 ㄙㄨˋ ㄑㄧㄥ ㈠冷靜寂寞。例冬夜肅清。㈡削平亂事。例肅清賊亂。

16 肅穆 ㄙㄨˋ ㄇㄨˋ 嚴肅和緩。也作「肅睦」。

參考參閱「清除」條。

肅靜 ㄙㄨˋ ㄐㄧㄥˋ ㈠嚴肅寂靜。㈡平靖。例肅靜華夏。

▽恭肅、嚴肅、自肅、整肅、端肅。

常 8 **肇** 形解 肇 字本作「肈」，形聲；從戈，肁聲。肁有始的意思，所以初始為肈。今作「肇」。

音義 ㄓㄠˋ 名姓。動①創始；例肇我邦于有夏。②端正；例端本肇末。

參考①「肇」從攴從聿，不可讀成ㄑㄧˇ或ㄩˋ。②同始，創。

8 肇始 ㄓㄠˋ ㄕˇ 開始。

11 肇造 ㄓㄠˋ ㄗㄠˋ 創建，開始建造。

13 肇禍 ㄓㄠˋ ㄏㄨㄛˋ 闖禍，惹禍。

14 肇端 ㄓㄠˋ ㄉㄨㄢ 開始。

【肉部】ㄖㄡˋ

常 0 **肉** 形解 肉 象形；象大塊肉形，中間二畫象肌理形。隸變作「肉」。

音義 ㄖㄨˋ 名①動物裹於骨骼外的肌膚之總稱；例臣願抽其筋，食其肉。②蔬果可食用的部分；例果肉。

ㄖㄡˋ 名身軀，與「精神」相對而言；例靈肉合一。形①鬆軟不脆的；例這個梨好肉喲。②親暱疼愛，多指子女而言；例骨肉之情。③用禽獸肉製成的（東西）；例肉丸。副行動緩慢地；例肉得慌。

參考①ㄖㄨˋ的①義語音讀成ㄖㄡˋ。②「肉」當作偏旁時寫作「月」（冂內之上點由左上向右下斜，下點由左下向右上斜），與「月」字內成二橫筆者不同。③摯遙、繇、窰、謠、瑤、鷂、育。

6 肉刑 ㄖㄨˋ ㄒㄧㄥˊ 殘害罪人肢體肌肉的刑法。分墨、劓、剕、宮四種。亦稱「肉辟」。

9 肉食 ㄖㄨˋ ㄕˊ ㈠以肉為食，指享有厚祿的官吏。㈡泛指牛、羊、豬類的食品。

10 肉桂 ㄖㄡˋ ㄍㄨㄟˋ 植常綠喬木，可以入藥，也可以做香料。

肉袒 ㄖㄨˋ ㄊㄢˇ 古時表示服從的一種儀式，即脫去上衣，露出手臂。袒：裸露。

11 肉眼 ㄖㄡˋ 一ㄢˇ ㈠人的眼睛。㈡比喻眼光平凡，見識不深。例肉眼凡胎。

13 肉搏 ㄖㄡˋ ㄅㄛˊ 軍兩軍戰鬥時，短兵相接，以血肉相拚。

▽筋肉、肌肉、骨肉、贅肉、髀肉、魚肉、皮肉、果肉、

靈肉、瘦肉、肥肉、行屍走肉、掛羊頭賣狗肉、人爲刀俎我爲魚肉。

㊇ 1

肊 解形 形聲；從肉，乙聲。乙象胸旁骨的形狀，所以胸骨爲肊。

音義 一、名胸；例胸肊。副①無根據地；例肊測。②主觀地；例肊造。

參考「肊」與「肐」，音義各異。

㊥ 2

肋 解形 形聲；從肉，力聲。脅骨爲肋。

音義 ㄌㄜˋ 名形成胸腔的彎形骨條，部分爲軟骨所組成；例肋骨。

參考「肋」語音讀成ㄌㄟˋ。

▽雞肋。

㊥ 2

肌 解形 形聲；從肉，几聲。肌肉爲肌。

音義 ㄐㄧ 名①筋肉，人體和動物體的一種組織，由許多肌纖維集合而成，可分爲橫紋肌、平滑肌和心肌三種；例②乃割皮解肌，決脈結筋。皮膚；例肌如白雪。

15 **肌膚** ㄐㄧ ㄈㄨ 皮膚。

▽冰肌、玉肌、平滑肌、橫紋肌、隨意肌。

㊥ 3

肝 解形 形聲；從肉，干聲。五臟之一，肝臟爲肝。

音義 ㄍㄢ 名生脊椎動物體內最大的腺體，也是消化器官之一，具有儲存、合成、分泌、解毒和防禦等作用，體積大而質脆，最易受到損害；例肝臟。②義勇忠誠；例永激壯士肝。

13 **肝腸寸斷** ㄍㄢ ㄔㄤˊ ㄘㄨㄣˋ ㄉㄨㄢˋ 形容非常哀傷痛心。

肝腦塗地 ㄍㄢ ㄋㄠˇ ㄊㄨˊ ㄉㄧˋ (一)發誓爲人捨生盡力的用語。(二)比喻死亡的慘烈。

17 **肝膽** ㄍㄢ ㄉㄢˇ (一)比喻關係密切。(二)比喻眞誠的心意。

肝膽相照 ㄍㄢ ㄉㄢˇ ㄒㄧㄤ ㄓㄠˋ 比喻朋友以坦誠相見。

參考與「披肝瀝膽」有別：前者表示「對人」或「相互之間」的忠誠；後者可表示對集體、對人民、對國家的忠誠。

▽心肝、肺肝、傷肝。

㊥ 3

肘 解形 會意；從肉從寸。肱與臂之間爲肘。

音義 ㄓㄡˇ 名①人的上臂與前臂間交接部分，關節曲突的部位；例捉襟見肘。②方北方方言稱豬蹄的上部；例醬肘子。動牽掣肘部；例欲起時被肘。

參考「肘」字雖從寸，但不可讀成ㄔㄨㄣˋ。

12 **肘腋** ㄓㄡˇ ㄧㄝˋ 比喻切近的地方。例變生肘腋。

▽曲肘、掣肘、手肘、枕肘、捉襟見肘。

㊥ 3

肓 解形 形聲；從肉，亡聲。亡有隱匿的意思，隱藏在人體內心臟下、橫膈膜上的部位爲肓。

音義 ㄏㄨㄤ 名古代醫家稱心臟與橫膈膜之間的部位爲藥效所不能及的地方；例病入膏肓。

參考「肓」從亡從月(肉)，與從目的「盲」字有別，且不可誤讀成ㄇㄤˊ。「盲」是指眼睛看不見；「肓」是指心臟和膈膜之間的空間，字下比「盲」字少一畫。

▽病入膏肓。

㊥ 3

肛 解形 形聲；從肉，工聲。肛門爲肛。

音義 ㄍㄤ 名生人體和動物排泄糞便的器官名，包括肛管和肛門兩部分，肛門位於直腸末端，爲排泄的出口，周圍有括約肌，平時收束，排糞時則能放鬆；例肛門。

參考「疘」爲「肛」的異體字。

㊥ 3

肚 解形 形聲；從肉，土聲。動物的胃爲肚。

音義 ㄉㄨˋ 名①動物的腹部；例細觀初以指畫肚。②泛指圓而突出像肚子的部分；例腿肚子。

ㄉㄨˇ 名俗稱動物的胃；例牛肚。

▽毛肚、羊肚、小肚、大肚、牽腸掛肚。

常 3 **肖** 形解 形聲；從肉，小聲。此人形貌與另一人形貌相似爲肖。

音義 ㄒㄧㄠˋ 名姓。動像；例惟妙惟肖。

參考①「肖」與從⼧而有夜晚之意的「宵」字不同。②同似，像。③孳俏、悄、宵。

14 **肖像** ㄒㄧㄠˋ ㄒㄧㄤˋ ㈠像片。㈡圖畫、雕刻等，以像其人的。

▽不肖、十二生肖、維妙維肖。

常 3 **育** 形解 形聲；從ㄊㄨ，肉聲。是「子」字倒寫，有使不善者變善的意思，所以養子使作善爲育。

音義 ㄩˋ 名①生養；例贊天地之化育。②教化；例四育並重。③姓。動①生出；例發育萬物。②培養；例載生載育。③培植；例育秧。

參考同養，生。

3 **育才** ㄩˋ ㄘㄞˊ 造就人才。

▽教育、訓育、生育、體育、四育、發育、撫育、養育、化育、節育、德育、智育、鞠育、孕育。

次 3 **肐** 形解 形聲；從肉，乞聲。肩以下，手以上爲肐膊。

音義 ㄍㄜ 名肐臂，肩膀以下，手以上的部分。

參考「肐」與「紇」，音同義異。

常 4 **肺** 形解 形聲；從肉，市聲。肺臟爲肺。

音義 ㄈㄟˋ 名生人和高等動物的呼吸器官，位於胸腔中，左、右各一，人的左肺有兩葉，右肺有三葉，兩肺都與支氣管相連接；負責動物體內外氧氣與二氧化碳交換，提供體內新鮮的氧氣；例牛肺。

ㄆㄟˋ 形草木茂盛的樣子，通「芾」。

參考「肺」字從「月」從「市」，「市」字豎畫一筆完成，所以僅有四畫，與五筆的「市」(ㄕˋ)字不同。

9 **肺活量** ㄈㄟˋ ㄏㄨㄛˊ ㄌㄧㄤˋ 一次盡力吸氣後，再盡力呼出的氣體總量。是人體一次呼吸的最大限度。身長、體重、胸圍和體格強弱等與肺活量有一定關係。

12 **肺腑** ㄈㄟˋ ㄈㄨˇ ①比喻親密，同「心腹」。②比喻內心。例肺腑都無隔，形骸兩不羈。

肺腑之言 ㄈㄟˋ ㄈㄨˇ ㄓ ㄧㄢˊ 發自內心的真誠話。

▽人肺、豬肺、肝肺、心肺、狠心狗肺。

常 4 **肥** 形解 會意；從肉卪。卪有節制的意思，肉多已須加節制則爲肥。

音義 ㄈㄟˊ 名①健壯的馬；例乘堅策肥。②供植物吸收的養分，通常適用於農田；例施肥。③盈利；例分肥。④地水名，在安徽省，通「淝」，如「淝水」又作「肥水」。⑤姓。動施肥；例肥田。形①含脂肪豐厚的；例肥羊。②茂盛的；例道士晝閑丹竈冷，山童曉出藥苗肥。③細嫩的；例綠肥紅瘦。④豐腴的；例泉甘土肥。⑤寬鬆的（指衣服、鞋、襪等）；例衣服太肥了。

參考「肥」與「胖」都有豐腴的意思，然「肥」多用於牲畜，而「胖」多指人而言。

7 **肥沃** ㄈㄟˊ ㄨㄛˋ 土質多滋養料。

9 **肥美** ㄈㄟˊ ㄇㄟˇ ㈠土地的肥沃。㈡食物好吃。

10 **肥料** ㄈㄟˊ ㄌㄧㄠˋ 直接或間接供給作物所需養分，改善土質，以提高作物產量和品質之物。主要施入土壤，也有噴射在作物地上部分的。分類方法很多，一般分爲有機肥料、無機肥料和菌肥等。

▽臺肥、施肥、堆肥、分肥、減肥、秋高馬肥、乘堅策肥、腦滿腸肥。

常 4 **肢** 形解 形聲；從肉，支聲。支有歧出的意思，所以軀體的四肢爲肢。

音義 ㄓ 名①人體上手、腳、胳膊、腿的總稱；例四肢發達。②禽獸的足翼；例前肢。③軀幹；例腰肢。

參考「肢」與「枝」音同形近而義殊：「肢」，多指動物的肢體；而「枝」，則指植物的枝幹。

13 **肢解** ㄓ ㄐㄧㄝˇ 古時把四肢割裂的一種酷刑。

▽義肢、四肢、折肢、分肢。

常 4 **肱** 形解 會意；從肉厷。上臂爲肱。

音義 ㄍㄨㄥ 名 手臂由肘到腕的部分；例曲肱而枕。

參考「肱」雖從月從厷，但不可讀成ㄏㄨㄥ。

▽股肱、曲肱、折肱。

常 4 **股** 形解 形聲；從肉，殳聲。大腿爲股。

音義 ㄍㄨˇ 名 ①大腿；例懸梁刺骨。②集合資金的一分或財物平均分配的一分；例合股。③完整組織結構的一部分；例工務股。④數 中國代數稱直角三角形中較長的直角邊；例句股弦。⑤量詞，通常用以計算氣體或絲狀物；例一股濃煙。⑥計算直線形東西的單位名，如線香一束爲一股。

6 **股份** ㄍㄨˇ ㄈㄣˋ 即把資本總額按相等金額分成的個別單位。簡稱「股」。

8 **股東** ㄍㄨˇ ㄉㄨㄥ 出資經營公司並對公司債務負責的人。

股肱 ㄍㄨˇ ㄍㄨㄥ 比喻左右輔助的得力臣子。股：大腿骨；肱：上臂骨。

11 **股票** ㄍㄨˇ ㄆㄧㄠˋ 股份公司發給股東證明其所入的股份數並有權取得股息的有價證券。

▽持股、大股、小股、刺股、八股、文書股。

常 4 **肫** 形解 形聲；從肉，屯聲。顴骨爲肫。

音義 ㄓㄨㄣ 名 鳥禽的嗉囊；例雞肫。形 誠懇的；例肫肫其仁。

參考「肫」字雖從「月」從「屯」，但不可讀成ㄓㄣ或ㄔㄨㄣ。

常 4 **肩** 形解 象形；厂象肩與臂形，コ象肩上低窪處和鎖骨形。俗寫作「肩」。

音義 ㄐㄧㄢ 名 ①胳臂與身體連接的部位；例勾肩搭背。②動 擔負；例身肩重責大任。

參考 摯 掮。

11 **肩章** ㄐㄧㄢ ㄓㄤ 學生、軍警等佩掛在肩上的徽章，用以表明年級、職位。

14 **肩膀** ㄐㄧㄢ ㄅㄤˇ 頭頸下和兩臂相連的地方。

15 **肩摩轂擊** ㄐㄧㄢ ㄇㄛˊ ㄍㄨˇ ㄐㄧˊ 比喻路上往來之人，非常多且擁擠。

17 **肩輿** ㄐㄧㄢ ㄩˊ 轎子。

肩輿

▽雙肩、比肩、併肩、駢肩、五十肩。

常 4 **肴** 形解 形聲；從肉，爻聲。肉食爲肴。

音義 ㄧㄠˊ 名 特指魚肉等煮熟的食物；例肴核既盡。

參考 又音ㄒㄧㄠˊ。

▽佳肴、珍肴、美肴、酒肴。

常 4 **肪** 形解 形聲；從肉，方聲。肥脂爲肪。

音義 ㄈㄤˊ 名 動物的皮下油脂，爲有機化合物的一種；例脂肪。

▽脂肪、膏肪。

常 4 **肯** 形解 會意；從肉，冎省。冎是骨頭，所以緊附骨頭的肉爲肯。

音義 ㄎㄣˇ 名 ①黏著於骨頭上的筋肉；例肯綮。②關鍵部分或要害的地方；例中肯。動 允許；例首肯。副 願意地；例惠然肯來。

參考 ①同 允，諾。②字或作「肎」。

8 **肯定** ㄎㄣˇ ㄉㄧㄥˋ 和「否定」對稱。就是正面的確定、承認。

參考「肯定」是指毫不猶豫，是否定的對辭；而「確定」是指明確的規定。就程度上而言，「確定」比「肯定」更明確。

14 **肯綮** ㄎㄣˇ ㄑㄧㄥˋ 筋骨結合的地方。比喻關鍵的所在。

▽首肯、中肯。

㊈ 4 **肸** 形解 形聲；從十，𦘒聲。聲音響亮而廣布爲肸響。

音義 ㄒㄧˋ 副 笑聲散布的樣子；例天女笑肸肸。

參考 或作「肹」。

常 5 **胥** 形解 形聲；從肉，疋聲。疋是足，蟹是多足動物，所以蟹肉爲胥。

音義 ㄒㄩ 名 ①古掌管文書的官府小吏；例胥吏。②姓。動 ①輔助；例與人相胥。②等候，通「須」；例姑少胥，其自及也。③遠離，通「疏」；例兄弟昏姻，無胥遠矣。副 皆，全，都；例爾之教矣，民胥傚。助 置於語尾，無義；例君子樂胥。

參考「胥」古義又有蟹醬的意思。

▽華胥、淪胥、相胥。

常 5 **胖** 形解 形聲；從肉，半聲。半有大的意思，所以體肥爲胖。

音義 ㄆㄤˋ 名 人體內含脂肪多；例肥胖。形 肥重的；例胖哥。ㄆㄢˊ 形 安適的；例心廣體胖。

參考 ①參閱「肥」字條。②「心廣體胖」一詞，「胖」宜讀成ㄆㄢˊ。

▽肥胖、虛胖、心寬體胖。

常 5 **胚** 形解 字本作「肧」：形聲；從肉，不聲。孕胎爲肧。俗作「胚」。

音義 ㄆㄟ 名 ①動物受精卵細胞分裂後初期發育的生物體；例類胚渾之未凝。②植物種子所萌發的幼苗；例胚芽。③僅初具形狀而尚未成爲成品的器物；例粗胚。④女子懷孕一個月。

9 **胚胎** ㄆㄟ ㄊㄞ (一)動 在母體內初期發育的動物體。(二)比喻事物的開始或形成。

常 5 **胃** 形解 象形；⊗象穀食在胃中形，所以容納穀食的肉囊爲胃。

音義 ㄨㄟˋ 名 ①生具有攪磨食物功能的消化器官，是人和高等動物消化系統中重要器官之一，上連食道，下接十二指腸，能分泌胃液，消化食物。②天古星名，二十八宿之一。③姓。

參考 ①「胃」字不出頭，與出頭的「冑」字有別：「胃腸」、「胃口」的「胃」，字的上面是從「田」；「冑裔」、「甲冑」的「冑」，字的上面是從「由」。②孳 渭、喟、蝟、謂。

3 **胃口** ㄨㄟˋ ㄎㄡˇ (一)指食慾。(二)嗜好，興趣。

▽肝胃、腸胃、洗胃、脾胃、反芻胃。

常 5 **冑** 形解 形聲；從肉，由聲。由有從出的意思，所以後裔爲冑。

音義 ㄓㄡˋ 名 ①子孫；例將軍既帝室之冑。②姓。形 居長的；例教冑子。

參考 ①「冑裔」的「冑」字，從由從肉（月），與從冃（帽）的「甲冑」之「冑」字本不同，然由篆隸之變後已是混淆而不辨，唯有從上下文才能分辨出來。②參閱「胃」字條。

▽胤冑、裔冑、華冑、世冑。

常 5 **背** 形解 形聲；從肉，北聲。北是兩人相背，有相反的意思，所以人身的另一面爲背。

音義 ㄅㄟˋ 名 ①脊椎骨與肋骨所連成的軀體，爲胸部的反面，頸與腰之間的部分；例彎腰駝背。②物體的反面或後部；例刀背。動 ①死別；例慈父見背。②違反；例背信忘義。③遠離；例離鄉背井。④經過反覆練習將事物牢記或將記憶的內容表達出來；例背書。⑤以背部向著或靠著；例背山面海。形 ①不順利的；例手氣很背。②在背上的；例背包。③僻靜的；例背街。ㄅㄟ 動 ①以背部負荷；例背書包。②負擔；例背債。

參考 ①「背」的本字爲「北」，後借爲方向義，遂又造了從肉（月）的「背」，「北」也就失去了兩人相背的原義。②同反，負。③反面，腹。④「背著書包上學去」的「背」字，應該唸ㄅㄟ，不可讀成ㄅㄟˋ。

9 **背叛** ㄅㄟˋ ㄆㄢˋ 背離，叛變。

參考「背叛」、「背離」、「叛變」三者，都是動詞，都含有違背、違反的意思，但有別：①「背離」的詞義較輕；「背叛」的詞義較重；「叛變」則與「背叛」意思較為接近，而詞義更重。②「背離」和「叛變」為貶義詞。「背離」，是說違背了正確的方向；「背叛」、「叛變」通常含有圖謀不軌，存心反叛的意味，貶損之義較「背離」明顯。

背城借一 ㄅㄟˋ ㄔㄥˊ ㄐㄧㄝˋ ㄧ 在自己的城下跟敵人決一死戰，形容作最後的奮鬥。

10 **背書** ㄅㄟˋ ㄕㄨ 法票據持有人於票據轉讓時，在其背面簽章的行為。

12 **背棄** ㄅㄟˋ ㄑㄧˋ 背叛離棄。

背景 ㄅㄟˋ ㄐㄧㄥˇ ㈠文指文學作品中人物活動和事件發生的發展時間、地點和條件。㈡戲劇藝術中，除上述意義外，兼指演劇時舞台上的佈景。㈢繪畫作品中襯托主體的背後景物。㈣一般指對事態的發生、發展、存在和變化起重要作用的一切歷史條件或現實環境。

13 **背道而馳** ㄅㄟˋ ㄉㄠˋ ㄦˊ ㄔˊ 走相反的道路，比喻行動和所要達到的目的相反。

參考同南轅北轍。

▽違背、向背、腹背、見背、牛背、相背、反背、人心向背、汗流浹背、芒刺在背。

常 5

胡

形解 胡 形聲；從肉，古聲。牛頷處下垂的肥肉為胡。

音義 ㄏㄨˊ 名①通稱北方民族，然在唐代也稱西域的民族；例五胡亂華。②動物頷部下垂的肉；例狼跋其胡。③地古國名，約在今安徽阜陽縣。④姓。形①遠大的，通「遐」；例永受胡福。②產自胡地的；例胡桃。③混亂，不明理的；例胡塗。副①何故，為何，表疑問，通「曷」；例胡不歸？②隨心所欲地；例胡扯。

參考①同何。②孳湖、猢、糊、葫。

6 **胡同** ㄏㄨˊ ㄊㄨㄥˋ 小巷子。又作「衚衕」。

7 **胡作非為** ㄏㄨˊ ㄗㄨㄛˋ ㄈㄟ ㄨㄟˊ ㈠指不法的行為。㈡是說任意妄為。

12 **胡琴** ㄏㄨˊ ㄑㄧㄣˊ 音國樂中拉弦樂器。琴筒一端蒙蛇皮，筒上裝琴桿，桿端設木軫二，從木軫到筒底設弦二根，以弓張馬尾置於二弦間。演奏時，左手按弦，右手拉弓，使馬尾摩擦弦而發聲。有二胡、京胡、板胡等不同形制。

胡琴

17 **胡謅** ㄏㄨˊ ㄗㄡ 隨口亂講的空話。

▽五胡、東胡、南胡、二胡。

常 5

胛

形解 形聲；從肉，甲聲。肩胛為胛。

音義 ㄐㄧㄚˇ 名肩胛，背脊與兩臂連接的部位；例中矛貫胛。

參考與海岬的「岬」、化學元素的「鉀」有別。

常 5

胎

形解 胎 形聲；從肉，台聲。婦女懷孕三月為胎。

音義 ㄊㄞ 名①哺乳類動物妊娠中的幼兒；例懷胎十月。②器物的粗模或襯套；例泥胎。③事物發生的端緒；例福生有基，禍生有胎。

參考①「胎」與「胚」都指懷孕中的胎兒，然其分期不同：「胎」可稱懷孕的全期；「胚」僅指懷孕的初期。②「胎」、「貽」有別：「車胎」、「禍胎」的「胎」，字從「月」，音ㄊㄞ；「貽笑大方」的「貽」，有贈給義，所以字從「貝」，音ㄧˊ。

5 **胎生** ㄊㄞ ㄕㄥ 動動物的受精卵在母體子宮內發育，胚胎通過胎盤自母體獲得營養，直至出生時為止。哺乳類均為胎生。

11 **胎教** ㄊㄞ ㄐㄧㄠˋ 古人認為胎兒在

母體中能夠受孕婦的言行感化，所以孕婦的言行必須謹守禮儀，給胎兒以良好的影響。

15 **胎盤** ㄊㄞ ㄆㄢˊ 生 胎兒與母體交換物質的器官。受精卵在胚胎發育時期由胎兒的葉狀絨毛膜和子宮內膜所組成，呈扁圓形。通過絨毛的滲透作用，以維持胎兒發育時期的營養、呼吸和排泄作用的進行。

▽懷胎、胚胎、輪胎、鬼胎、怪胎、脫胎、投胎、墮胎、雙胞胎、多胞胎、十月懷胎、各懷鬼胎、禍生有胎。

常 5
胞
形解 形聲；從肉，包聲。勹象婦人懷孕，巳象胎兒在腹中尚未成形，所以包裹胎兒的胎衣爲胞。

音義 ㄅㄠ 名 ①包住胎兒與羊水的薄膜；例胎胞。②同一國籍人的自稱；例全國同胞。③一種皮膚性病變，多因病菌感染而成的潰爛或泡瘡；例膿胞。形 同父母所生的；例胞兄。

參考 與「疱」有別：「疱」，從疒，音ㄆㄠˋ，爲皮膚水腫病；新近流行的性病名，如「疱疹」。

6 **胞衣** ㄅㄠ ㄧ 生 人和哺乳動物妊娠時期裝有胎兒和羊水的膜質囊袋，由羊膜、絨毛膜和子宮內膜所組成，位於子宮內壁，對於胎兒有保護作用。

▽細胞、同胞、難胞、義胞、災胞、全國同胞。

常 5
胤
形解 會意；從肉從八從幺。八是支分派別，幺象累積綿延形，所以子孫相承續爲胤。

音義 ㄧㄣˋ 名 後代；例周公之胤也。動 世代相承；例予乃胤保，大相東土。

參考 ①「胤」字中的「𦙍」是「幺」下從「月」（肉），不從「日」。②有的字典將「胤」入「丿」部，而不在「肉」部。

▽皇胤、天胤、嗣胤。

次 5
胠
形解 形聲；從肉，去聲。去有左右兩邊的意思，所以腋下爲胠。

音義 ㄑㄩ 名 ①腋下。②古軍隊的右翼。動 ①從旁打開；例胠篋。②阻攔，通「阹」。

參考 「胠」與「呿」，音同義異。

7 **胠沙思水** ㄑㄩ ㄕㄚ ㄙ ㄕㄨㄟˇ 魚受阻於沙灘然後才想到水的重要。比喻來不及救，或後悔莫及。

次 5
朐
形解 形聲；從肉，句聲。句有彎曲的意思，所以卷曲的乾肉爲朐。

音義 ㄑㄩ 名 ①地 山名，即釜山，在山東臨朐縣。②屈曲的乾肉；例左朐右末。③車軛兩邊叉馬頸的曲木；例緜朐汰軥。④姓。形 遠離的；例有時而朐。

次 5
胝
形解 形聲；從肉，氐聲。氐有堅實的意思，所以皮肉厚實爲胝。

音義 ㄓ 名 胼胝，手掌足底因摩擦而生長的厚皮。

參考 「胝」與「胑」，音義各異。

▽手胼足胝。

次 5
胏
形解 形聲；從肉，𠂔聲。吃剩的食物爲胏。

音義 ㄗˇ 名 帶骨的乾肉；例噬乾胏。

次 5
胗
形解 形聲；從肉，㐱聲。疾病名，嘴脣上的潰瘍爲胗。

音義 ㄓㄣ 名 鳥類的胃；例鴨胗。
ㄓㄣˇ 名 脣瘍；例中脣爲胗。

參考 音ㄓㄣˇ時，與「眕」音同義異。

常 6
胰
形解 形聲；從肉，夷聲。附脊而生的肉爲胰。

音義 ㄧˊ 名 ①生 胰腺，人和高等動物體內的腺體之一。人的胰臟位於胃後方，灰紅色，長約十四—十八釐米，帶狀，有內、外分泌兩種機能：外分泌部分是分泌胰液經胰管注入十二指腸，有消化蛋白、脂肪、醣的作用；內分泌部分是分泌胰島素，有調節醣的代謝作用。②「胰子」的省稱。

3 **胰子** 一ㄗ ㈠豬羊等的胰臟。㈡舊時婦女取豬胰浸於酒中，冬日用以塗抹皮膚，使之潤澤，以免皺裂。後借稱「肥皂」爲「胰子」。

常 6
脂

解形 形聲；從肉，旨聲。旨有甘美的意思，所以獸類的膏油爲脂。

音義 ㄓ 名 ①動物體內或油料植物種子裏面的油質；例手如柔荑，膚如凝脂。②胭脂；例紅脂。③姓。動 以油脂潤滑；例遑脂爾車。

參考「脂」與「膏」都是油質；然「脂」多指凝結的油質；「膏」多指流體的油質。

8 **脂肪** ㄓ ㄈㄤ ㈠甘油和脂肪酸所構成的酯類，生物體的組成成分和儲能物質。㈡食油(如各種植物油、豬油、牛油等)的主要成分。亦稱「眞脂」、「中性脂肪」。

10 **脂粉** ㄓ ㄈㄣ 胭脂和香粉。

14 **脂膏** ㄓ ㄍㄠ ㈠生物體中的油脂。㈡比喻百姓用血汗掙來的成果或者財富。㈢比喻富裕的地方。

▽油脂、樹脂、凝脂、胭脂、合成油脂。

常 6
脅

解形 形聲；從肉，劦聲。劦有共同的意思，所以兩膀爲脅。

音義 ㄒㄧㄝ 名 胸側腋下至肋骨盡處的部位；例曹共公聞其駢脅，欲觀其裸。動 ①逼迫；例威脅。②收縮；例脅肩低眉。③祈請。④聳起；例脅肩諂笑。

參考①同迫，逼。②或作「脇」。

8 **脅肩諂笑** ㄒㄧㄝ ㄐㄧㄢ ㄔㄢ ㄒㄧㄠ 聳起肩膀，裝出笑臉，形容逢迎的醜態。

9 **脅迫** ㄒㄧㄝ ㄆㄛ 用武力强迫。

11 **脅從** ㄒㄧㄝ ㄘㄨㄥ 被迫而跟從別人(做壞事)的人。

▽威脅、要脅、劫脅。

常 6
胱

解形 形聲；從肉，光聲。膀胱爲胱。

音義 ㄍㄨㄤ 名 泌尿器官之一。人或高等動物體內的一種囊狀器官，位於骨盆腔內，上接兩側輸尿管，下通尿道，伸縮性大，有貯尿、排尿的功能；例膀胱。

常 6
胭

解形 形聲；從肉，因聲。胭喉爲胭。今作「咽」。

音義 一ㄢ 名 ①咽喉，通「咽」。②紅色脂粉，可作化妝用品；例胭脂。

參考 字雖從因，但不可讀成一ㄣ。

常 6
胴

解形 形聲；從肉，同聲。同有大的意思，大腸較小腸肥大，所以大腸爲胴。

音義 ㄉㄨㄥ 名 ①人的軀體，通常指女性的身軀；例胴體。②體腔，指胸腹部分。③大腸。

參考①「胴」雖從肉從「同」，但不可讀成ㄊㄨㄥ。②與「侗」有別：「侗」，從人，音ㄊㄨㄥ，有無知的意思。

常 6
脆

解形 字本作「脃」：形聲；從肉，絕省聲。絕有碎斷的意思，所以軟小易斷爲脃。俗作「脆」。

音義 ㄘㄨㄟ 形 ①易碎的；例微寒吹已空，性命一何脆？②酥鬆的；例既甘且脆。③聲音清亮的；例清脆。④薄弱的；例吳人輕脆。⑤說話做事痛快、俐落的；例乾脆。

參考①同弱，碎。②反韌，堅。③字雖從危，但不可讀成ㄨㄟ。

10 **脆弱** ㄘㄨㄟ ㄖㄨㄛ ㈠指東西不堅固，易於破裂。㈡指人的性格軟弱無能。

參考 參閱「薄弱」條。

▽甘脆、輕脆、清脆、薄脆。

常 6
胸

解形 形聲；從肉，匈聲。身體頸下腹上的部位爲胸。

音義 ㄒㄩㄥ 名 ①脊椎動物身體正面頸、腹之間的部位；例胸膛。②內心；例羣疑滿腹，衆難塞胸。③襟懷氣度；例心胸狹窄。④思想、見識、氣量的代稱；例胸有成竹。

參考①字或作「胷」。②不可從「凶」作「胸」。

4 **胸中有數** ㄒㄩㄥ ㄓㄨㄥ ㄧㄡˇ ㄕㄨˋ 指對事情心裡有底，有了打算。

參考 與「胸有成竹」有別：前者著重在「有數」，強調只是有了打算；後者著重在「成竹」，強調已有周詳的計畫和全面的安排。

6 **胸有成竹** ㄒㄩㄥ ㄧㄡˇ ㄔㄥˊ ㄓㄨˊ 原指畫竹之前，必須胸中先有竹子的形象，如此畫起來才能得心應手。比喻辦事之前，心中已有周詳的計畫和全面的安排，顯得非常鎮定而有把握。

12 **胸無宿物** ㄒㄩㄥ ㄨˊ ㄙㄨˋ ㄨˋ 比喻心地坦率，沒有成見。

12 **胸無點墨** ㄒㄩㄥ ㄨˊ ㄉㄧㄢˇ ㄇㄛˋ 比喻毫無學識。

參考 同 不識之無，目不識丁。

胸無城府 ㄒㄩㄥ ㄨˊ ㄔㄥˊ ㄈㄨˇ 舊時形容人直爽坦率，沒有心機。現多比喻襟懷坦蕩，沒有什麼隱藏。

參考 與「胸無宿物」有別：前者是指沒有心機；而後者是指沒有成見。

17 **胸臆** ㄒㄩㄥ ㄧˋ 心胸，胸懷。例思風發於胸臆。

19 **胸襟** ㄒㄩㄥ ㄐㄧㄣ 猶胸臆。後引申為志趣、抱負。

胸懷 ㄒㄩㄥ ㄏㄨㄞˊ 人的意志。

胸懷灑落 ㄒㄩㄥ ㄏㄨㄞˊ ㄙㄚˇ ㄌㄨㄛˋ 比喻心胸磊落灑脫，毫無隱私。

▽心胸、擴胸、前胸、挺胸、成竹在胸、義憤填胸。

常 6 **胳** 形解 形聲；從肉，各聲。各有分歧的意思，所以臂與肩相交之處為胳。

音義 ㄍㄜ 名 ①腋下；例胳肢窩。②肩膀以下手腕以上的部分，通「肐」；例胳膊往裡彎。

常 6 **脈** 形解 會意；從𠂢，從肉。𠂢是水脈，所以動物體內血管如水流一樣分歧旁出，以輸運血液為脈。

音義 ㄇㄞˋ 名 ①生動物體內遍布全身的血管，可流通血液供給養分；例血脈。②醫寸口附近的動脈；例扁鵲撫息脈而知疾所由生。③植樹葉內成網狀分布的筋絡；例葉脈。④物體連絡貫通的理路；例山行忘路脈。⑤水道；例洛水分餘脈。⑥連貫分布成為一個系統；例礦脈。

ㄇㄛˋ 副 脈脈，原指凝視，後多用來形容深含感情的樣子；例含情脈脈。

參考 字又作「脉」。

10 **脈脈** ㄇㄛˋ ㄇㄛˋ 本作「眽眽」，凝視的樣子。後多用以形容情思，有含情欲吐之意。例盈盈一水間，脈脈不得語。

12 **脈絡** ㄇㄛˋ ㄌㄨㄛˋ 人身的經絡，引申為事理或文章的線索條理。

脈絡相通 ㄇㄛˋ ㄌㄨㄛˋ ㄒㄧㄤ ㄊㄨㄥ 比喻事理的線索或文章的條理互相通達，沒有阻礙。

13 **脈搏** ㄇㄛˋ ㄅㄛˊ 動脈的搏動。心臟搏動所引起的壓力變化使主動脈管壁發生振動，沿著動脈管壁向外圍傳遞，即成脈搏。

參考 又讀 ㄇㄞˋ ㄅㄛˊ。

▽血脈、山脈、礦脈、支脈、動脈、靜脈、命脈、心脈、葉脈、地脈、平行脈、網狀脈、來龍去脈。

常 6 **能** 形解 形聲；從比，從肉，㠯聲。動物名，山居冬藏的熊屬為能。

音義 ㄋㄥˊ 名 ①動足似鹿而狀似熊的獸類；例晉侯夢黃能入於寢門。②才幹；例雖無殊能。③堪當重任的人；例選賢與能。④物力的本源；例位能。⑤物理學上「能量」的簡稱；例核子能。⑥文一種日本古典戲劇。動①善長；例柔遠能邇。②友善；例能言善道。副①可以；例少壯能幾時？②只，徒；例只益丹心若，能添白髮明。③那麼，通「恁」；例乾坤能大。連①所以；例能至於此。②而；例不欲強能不服。

參考 ①同才，力。②摯態。③「能」、「會」有別：a.「能」表示具備某種能力或達到某種效率，「會」表示學得某種本領。初次學會某種動作用「會」，恢復某種能力用「能」，如：他病好了，能下床了。

具備某種技能可以用「能」，也可以用「會」。如：能寫會算。達到某種效率，用「能」不用「會」。如：她一分鐘能打一百五十字。b.名詞前面文言可以用「能」，白話只用「會」。如：能歌善舞；會象棋。c.跟「不…不」組成雙重否定，「不能不」表示必須，「不會不」表示一定，如：你不能不來啊；他不會不來的。在疑問或揣測的句子裏都表示可能，如：他不能(會)不答應吧！

2 **能力** ㄋㄥˊ ㄌㄧˋ 通常指完成一定活動的本領。其中包括技能和能力兩方面：技能指完成一定活動的具體方式；能力指順利完成一定活動所必須的心理特徵。

4 **能手** ㄋㄥˊ ㄕㄡˇ 對於某種工作或技能特別熟練的人。

參考 反 生手。

7 **能見度** ㄋㄥˊ ㄐㄧㄢˋ ㄉㄨˋ 正常人視力能將目標物從背景中區別出來的最大距離所相應的等級。例觀測能見度對航空、航海等交通運輸部門具有實際意義。

8 **能屈能伸** ㄋㄥˊ ㄑㄩ ㄋㄥˊ ㄕㄣ 比喻不論是順境或逆境均能應付、適應。

能者多勞 ㄋㄥˊ ㄓㄜˇ ㄉㄨㄛ ㄌㄠˊ 人有才幹則事多而勞。用以稱譽多能之人，含有慰勉之意。

9 **能耐** ㄋㄥˊ ㄋㄞˋ 本領，技能。

11 **能夠** ㄋㄥˊ ㄍㄡˋ 足能，可能。

13 **能幹** ㄋㄥˊ ㄍㄢˋ 才力超人，辦事能力很強。

能源 ㄋㄥˊ ㄩㄢˊ 社會生產、生活等各方面所需要的能量來源。現在煤、石油、天然氣以及水力、風力、原子能等是主要能源。太陽能的利用正在發展，對潮汐、地熱的利用亦正在開始。

▽可能、機能、技能、功能、效能、才能、知能、低能、萬能、本能、無能、全能、賢能、官能、體能、難能、性無能、良知良能、碌碌無能、能人所不能。

常 6 **脊** 形解 會意；從仌從肉。仌象人身背脊骨，仌爲兩旁肋骨，因肋骨分在脊骨兩旁，而有違背的意思，所以背呂爲脊。隸變作「脊」。

音義 ㄐㄧˇ 名 ①脊椎動物背部的骨柱，連接頭骨與坐骨之間；例碎腦折脊。②泛稱物體中央高聳且縱貫首尾的部分；例曦車夜轉崑崙脊。③物體的背部；例以柔鐵爲刀脊。④書籍裝訂的部分，因其形似脊柱能挺立而不變；例書脊。⑤分明的理路；例有倫有脊。⑥屋頂傾斜面的交合處；例屋脊。

參考 ①又音ㄐㄧ。②「脊」字上半部爲四小橫段，書寫時不可連筆成二橫畫成「夫」誤作「脊」。

11 **脊梁** ㄐㄧˇ ㄌㄧㄤˊ 「脊柱」的俗稱。

▽屋脊、山脊、刀脊、背脊。

次 6 **胼** 形解 形聲；從肉，并聲。并有駢積的意思，所以手掌因勞動過度而長生的厚皮爲胼。

音義 ㄆㄧㄢˊ 名 手足因勞動過度而長出的厚皮；例胼胝。

4 **胼手胝足** ㄆㄧㄢˊ ㄕㄡˇ ㄓ ㄗㄨˊ 形容不辭辛勞，努力工作。胼胝：因勞動過度，手足皮膚久受摩擦，而生出厚繭，在手曰胼，在腳爲胝。

參考 ①與「摩頂放踵」有別：前者用來強調長期勞動的艱苦、辛勞；後者則形容不辭勞苦，以及用來稱頌人捨己爲人的精神。②胝，不可讀成ㄉㄧˇ。

次 6 **胾** 形解 形聲；從肉，𢦏聲。切成大塊的肉爲胾。

音義 ㄗˋ 名 切成大塊的肉；例食其胾。

參考 「胾」與訓爲腐肉的「胔」，音同義異。

次 6 **胹** 形解 形聲；從肉，而聲。煮得熟爛的肉爲胹。

音義 ㄦˊ 動 煮熟；例 宰夫胹熊蹯不熟。

㊇ 6 **胯** 形解 形聲；從肉，夸聲。夸有張大的意思，所以大腿之間為胯。

音義 ㄎㄨㄚˋ 名 兩股之間；例 腰胯。動 挎掛；例 胯在肩上。

3 **胯下之辱** ㄎㄨㄚˋ ㄒㄧㄚˋ ㄓ ㄖㄨˋ 古人以為從他人胯下爬過是一件奇恥大辱。胯下：褲胯的下面。例 能忍一時胯下之辱，才能成為有用之材。

10 **胯骨** ㄎㄨㄚˋ ㄍㄨˇ 生 腰的兩側間的骨。又作「寬骨」、「髖骨」、「無名骨」。

㊥ 7 **脫** 形解 形聲；從肉，兌聲。極瘦為脫。

音義 ㄊㄨㄛ 名 ①簡略；例 凡禮，始乎脫，成乎文。②姓。動 ①剔除肉中的筋骨；例 肉曰脫之。②解開；例 攬裙脫絲履。③離開；例 幸而得脫。④掉落；例 木葉盡脫。⑤遺漏；例 經或脫簡。⑥超逸；例 無禮則脫。⑦完成；例 脫稿。⑧漏掉（文字）；例 這個地方脫了一個字。形 不拘形式的；例 灑脫。

參考 ①同 解，落。②與「拖」同音而義異：「拖」，從手（扌）從佗，有牽引、垂下的意思。

6 **脫臼** ㄊㄨㄛ ㄐㄧㄡˋ 骨節脫離。

7 **脫身** ㄊㄨㄛ ㄕㄣ 抽身，逃出險境或擺脫一切。

9 **脫俗** ㄊㄨㄛ ㄙㄨˊ 清高，不俗氣。參考 反 庸俗。

脫胎換骨 ㄊㄨㄛ ㄊㄞ ㄏㄨㄢˋ ㄍㄨˇ 本是道教修煉用語。今比喻透過教育改造，根本改變一個人的立場觀點。參考 參閱「洗心革面」條。

13 **脫節** ㄊㄨㄛ ㄐㄧㄝˊ ㈠脫臼。㈡比喻前後不相連接。㈢落伍，跟不上時代。參考 參閱「脫離」條。

15 **脫稿** ㄊㄨㄛ ㄍㄠˇ 定稿，作文或著書完成。

16 **脫險** ㄊㄨㄛ ㄒㄧㄢˇ 脫離危險。

脫穎而出 ㄊㄨㄛ ㄧㄥˇ ㄦˊ ㄔㄨ 原指錐子的尖端透過布袋顯露出來。比喻出人頭地，露出頭角，本領或才能顯露出來。穎：細而尖的部分。

18 **脫離** ㄊㄨㄛ ㄌㄧˊ 離開。參考 與「脫節」有別：「脫離」是指從有關係、有聯繫的變成沒有關係、沒有聯繫；本身並無好壞的含義，故不論正當或不正當的行為均可形容。而「脫節」是指本來聯繫在一起的，但是現在卻有了距離；含有趕不上、聯繫不上的意思。

19 **脫韁之馬** ㄊㄨㄛ ㄐㄧㄤ ㄓ ㄇㄚˇ 脫掉韁繩的馬。比喻沒有拘束的人或失去控制的事物。

▽開脫、解脫、灑脫、超脫、逃脫、蟬脫、兔脫、舒脫。

㊥ 7 **脯** 形解 形聲；從肉，甫聲。甫有美的意思，經過調製而美味的乾肉為脯。

音義 ㄈㄨˇ 名 ①肉乾；例 沽酒市脯不食。②脫水製成的食品；例 梅脯。動 使脫水成脯；例 殺鬼侯而脯之。

ㄆㄨˊ 名 胸部的肉塊；例 雞脯。

參考「脯」有二讀：當作脫水食品用時，讀ㄈㄨˇ，如：肉脯；作胸肉用時，讀ㄆㄨˊ，如：胸脯。

㊥ 7 **脖** 形解 形聲；從肉，孛聲。肚臍為脖。

音義 ㄅㄛˊ 名 頸部；例 脖子一仰，一乾而盡。

參考「脖」與「膊」音同而形義不同：「脖」，為頸項；「膊」是臂膀。

3 **脖子** ㄅㄛˊ ㄗ˙ 頸項。

㊥ 7 **脣** 形解 形聲；從肉，辰聲。口的邊緣為脣。

音義 ㄔㄨㄣˊ 名 ①口嘴的邊緣，人或某些動物嘴周圍的肌肉組織；例 脣亡齒寒。②物體的邊緣；例 潤脣時外拓。③管樂的發音孔；例 絳脣錯雜。

參考 字或作「唇」。

3 **脣亡齒寒** ㄔㄨㄣˊ ㄨㄤˊ ㄔˇ ㄏㄢˊ 比喻彼此關係密切，不可分離。亡：失去。

6 **脣舌** ㄔㄨㄣˊ ㄕㄜˊ ㈠比喻口才。㈡指言詞。參考 衍 大費脣舌。

9 **脣紅齒白** ㄔㄨㄣˊ ㄏㄨㄥˊ ㄔˇ ㄅㄞˊ 形容人的美貌。

18 **脣鎗舌劍** ㄔㄨㄣˊ ㄑㄧㄤ ㄕㄜˊ ㄐㄧㄢˋ 比喻言語尖利，辯論非常激烈。

▽紅脣、兔脣、朱脣、嘴脣、皓齒紅脣。

㊅常 7
脩
形解 形聲；從肉，攸聲。攸有長的意思，所以割肉爲長形，再以薑桂調製，做成的乾肉爲脩。

音義 ㄒㄧㄡ 名①肉乾；例肉脩。②古代拜師時以裹束的肉乾爲禮物，後來爲教學酬薪的代稱；例束脩。③姓。動①研究，通「修」；例老子脩道德。②整理，翻蓋；例脩其祖廟。形①久遠的，通「修」；例脩短之命。②善美的；例伊中情之信脩兮。③乾枯的；例中谷有蓷，暵其脩矣。

參考①「脩」與「修」音同且都有研習的意思，然今口語中少用「脩」而多用「修」字。②同善，長。③反短。

▽束脩、脯脩。

次 7
脘
形解 形聲；從肉，完聲。以牛羊的胃製成的乾肉塊爲脘。

音義 ㄍㄨㄢˇ 名胃腔；例胃脘。

參考又音ㄨㄢˇ。

次 7
脰
形解 形聲；從肉，豆聲。頸肉爲脰。

音義 ㄉㄡˋ 名脖子；例絕其脰。

次 7
脤
形解 形聲；從肉，辰聲。盛於蜃器以祭社神的牲肉爲脤。

音義 ㄕㄣˋ 名①生的祭肉；例受脤于社。②臀部；例支離無脤。

次 7
脛
形解 形聲；從肉，巠聲。巠有直長的意思，所以小腿爲脛。

音義 ㄐㄧㄥˋ 名膝至腳踵的部分。形正直的；例脛脛。

參考亦作「踁」。

次 7
脬
形解 形聲；從肉，孚聲。孚有包裹在外之的意思，所以膀胱爲脬。

音義 ㄆㄠ 名膀胱；例尿脬。

參考「脬」與「脟」，音義各異。

次 7
脞
形解 形聲；從肉，坐聲。細碎的肉爲脞。

音義 ㄘㄨㄛˇ 形繁瑣的；例叢脞。

參考「脞」與「挫」，音義各異。

次 7
脡
形解 形聲；從肉，廷聲。廷有伸直的意思，所以直平的乾肉爲脡。

音義 ㄊㄧㄥˇ 名直條的乾肉；例肉脡。

參考「脡」與「艇」，音同義異。

次 7
脧
形解 形聲；從肉，夋聲。夋有休止的意思，所以減縮物資爲脧。

音義 ㄐㄩㄢ 動削減；例日削月脧。
ㄗㄨㄟ 名小男孩的生殖器，同「峻」。

常 8
腎
形解 形聲；從肉，臤聲。腎臟爲腎。

音義 ㄕㄣˋ 名①生高等脊椎動物體內，位於腰椎左右側，左右各一，似扁豆形，爲人和動物新陳代謝過程中的廢物排泄器官，俗稱「腰子」。②「睪丸」的別稱；例腎囊。

參考從「臤」從「肉」(月)的「腎」字，與從「貝」而有善義的「賢」字有別：「腎臟」的「腎」，與人體有關，字下面是從「月」(肉)，音ㄕㄣˋ；「賢淑」、「賢良」的「賢」與財貨有關，字下面是從「貝」，音ㄒㄧㄢˊ。

3 **腎上腺** ㄕㄣˋ ㄕㄤˋ ㄒㄧㄢˋ 生內分泌腺的一種。左右各一，腺的結構分皮質與髓質兩部。皮質分泌的激素總稱腎上腺皮質激素，屬於固醇類。髓質部分泌腎上腺素，能使小血管收縮和血壓增高。

常 8
腕
形解 形聲；從肉，宛聲。宛有彎曲的意思，所以手臂與手掌相連，可隨意轉動的關節部分爲腕。

音義 ㄨㄢˋ 名 ①〔生〕手掌與前臂間的關節部分；例篳紋生玉腕。②管理；例鐵腕。

2 **腕力** ㄨㄢˋ ㄌㄧˋ 腕部的力量。

8 **腕法** ㄨㄢˋ ㄈㄚˇ 寫字時拿筆的方法，有枕腕、提腕、懸腕等。

▽手腕、斷腕、鐵腕、懸腕、扼腕、割腕、壯士斷腕。

常 8

腔

形解 形聲；從肉，空聲。體內中空之處爲腔。

音義 ㄑㄧㄤ 名 ①動物體內容納臟器的空間或器官中的空間，如口、胸、腹中空之處稱口腔、胸腔、腹腔；例胸腔。②器物內虛空可容物的部分；例礮腔。③〔音〕樂曲裡的曲調；例海鹽腔。④講話的口音；例南腔北調。

參考 ①「腔」字從肉（月）從空，與從手（扌）而有告、制義的「控」字音義不同。②字雖從空聲，但不可讀成 ㄎㄨㄥ。③同 調。

15 **腔調** ㄑㄧㄤ ㄉㄧㄠˋ ㈠〔音〕樂律的變動爲調，歌聲的運轉爲腔，合指所唱的曲調。㈡〔文〕戲曲藝術的音樂組成部分。如京劇的西皮、二黃等，每種腔調大都包括許多板腔或曲牌。㈢說話的聲音、語氣。借指人的行動或作風，含有貶損的意思。例這是什麼腔調！

▽口腔、體腔、滿腔、腹腔、胸腔。

常 8

腋

形解 形聲；從肉，夜聲。夜有隱沒的意思，所以左右肘臂之間，不顯露在外的部分爲腋。

音義 一ˋ 名 ①肩與臂接合的凹陷部位，俗名「胳肢窩」；例頓覺好風生兩腋。②以狐腋部分的皮毛製成的上好皮衣；例一狐之腋。

參考 ①語音 一ㄝˋ。②「腋」與「掖」音同，當作「腋下」解時可通，餘義則不同。

常 8

腑

形解 形聲；從肉，府聲。府有內藏的意思，所以人體內臟爲腑。

音義 ㄈㄨˇ 名 ①〔醫〕中醫以人體內部器官屬陽的爲腑；例膽、胃、大小腸、膀胱、三焦六腑皆爲陽。②胸懷；例肺腑。

參考 統言之，「腑」與「臟」，都是指人體內部器官；析言之，則「臟」爲屬陰的肝、心、脾、肺、腎五臟，而腑是屬陽的。

▽肺腑、六腑、內腑、感人肺腑、五臟六腑。

常 8

脹

形解 形聲；從肉，長聲。長有大的意思，所以腹部膨大爲脹。

音義 ㄓㄤˋ 名〔醫〕皮膚因感染而引起的紅腫，浮痛；例無名腫脹。動 ①體積膨大；例冷縮熱脹。②因食物或焦躁而引起生理或心理的悶煩感覺；例頭昏腦脹。

參考 ①「脹」與「漲」都有膨大的意思，然「漲」又有湧起、瀰漫的意思，則不可與「脹」字混用。②同 膨，漲。③反 縮。

常 8

腆

形解 形聲；從肉，典聲。典有重要的意思，所以食物豐厚爲腆。

音義 ㄊㄧㄢˇ 名 當政的人，通「典」；例殷小腆。動 ①挺凸；例你看他，腆著胸脯，裝模作樣。②硬撐著而不顧難堪；通「靦」；例明目腆顏，曾無愧畏。形 ①豐潤的；例腆贈。②美好的；例辭無不腆。

參考 ①「腆」與「靦」音同且都有羞慚的意思，然「靦」只有此義，而「腆」尚有他義。②「腆」雖從肉從「典」，不可讀成 ㄉㄧㄢˇ。

常 8

脾

形解 形聲；從肉，卑聲。脾臟爲脾。

音義 ㄆㄧˊ 名 ①〔生〕五臟之一，爲最大的淋巴器官，在胃的左下側，呈深紫色，具有過濾血液，造新血球，破壞衰老血球及儲血，製造或調節淋巴細胞等功能；例脾臟。②性情；例脾氣。③牛胃，通「膍」；例其實葵菹，蠃醢，脾析。

參考 「脾」、「睥」有別：「脾氣」、「脾胃」的「脾」，是人體器官之一，字從「肉」，音 ㄆㄧˊ。「睥睨」的「睥」，與眼睛有關，字從「目」，音ㄅㄧˋ。

9 **脾胃** ㄆㄧˊ ㄨㄟˋ ㈠胃主消化，脾舊說有裨於胃氣、消化食物等作用，故二者常常合稱。㈡指消化力。㈢比喻人的脾氣。

10 **脾氣** ㄆㄧˊ ㄑㄧˋ ㈠性情。㈡憤怒的情緒。

參考 衍脾胃相投。

▽沁入心脾。

常 8 **腐** 形解 形聲；從肉，府聲。腐爛爲腐。

音義 ㄈㄨˇ 名古代割除男子生殖器官的刑罰；例腐刑。動①朽爛敗壞；例腐敗。②憤恨；例切齒腐心。形①枯爛的；例腐草爲螢。②迂腐，不通達的；例腐儒。③不振作的；例腐敗。④黃豆製成的；例豆腐乳。

參考「腐」、「腑」兩字雖同在肉部，同從府聲，然因部位的不同而致意思不同。

6 **腐朽** ㄈㄨˇ ㄒㄧㄡˇ 朽爛，陳腐。

11 **腐敗** ㄈㄨˇ ㄅㄞˋ 腐爛。引申爲人的行爲敗壞、墮落。

14 **腐蝕** ㄈㄨˇ ㄕˊ ㈠物質的表面因發生化學或電化學反應而受到破壞的現象。㈡在醫學方面，經病理變化或藥物作用等而組織受到破壞的現象。㈢比喻壞的思想、環境使人逐漸蛻變墮落的惡影響。

參考「腐蝕」與「侵蝕」，皆爲動詞，都是使事物腐爛受損的意思，但有別：「腐蝕」多指人在壞的思想、行動、環境等因素影響下，逐漸變質，而含有「內部腐爛」的意思；而「侵蝕」則是就外力的作用而說的。此外，「腐蝕」可以構成「腐蝕性」、「腐蝕劑」等詞，「侵蝕」則無構詞能力。

▽豆腐、陳腐、迂腐、臭豆腐、水流不腐、齒切心腐。

次 8 **腊** 形解 形聲；從肉，昔聲。昔有積久的意思，所以可久存的乾肉爲腊。

音義 ㄒㄧ 名乾肉；例腊肉。動曬乾；例離而腊之。副極，最；例毒之酋腊者。

ㄌㄚˋ 名同「臘」，見「臘」字條。

次 8 **腌** 形解 形聲；從肉，奄聲。奄有掩蓋蘊藏的意思，所以醃肉爲腌。

音義 ㄤ 動弄髒；例枉腌了他金屋銀屏。

ㄧㄢ 動同「醃」，見「醃」字條。

23 **腌臢** ㄤ ㄗㄤ 東西腥臭而不乾淨。又作「腌𦢊」。

次 8 **腓** 形解 形聲；從肉，非聲。小腿肉爲腓。

音義 ㄈㄟˊ 名①生脛後肌肉突出處；例腓無胈。②斷足的刑罰；例咎繇改臏作腓。動①迴避；例人人所腓。②生病；例百卉具腓。

參考「腓」與解釋爲不悅的「悱」字，字音義各異。

次 8 **腴** 形解 形聲；從肉，臾聲。腹部脂肪爲腴。

音義 ㄩˊ 名①肥肉；例鮮腴。②豬犬的腸胃；例豕腴。③油脂；例甘而多腴。④富裕；例處腴能約。形肥美的；例膏腴之地。

常 9 **腱** 形解 形聲；從肉，建聲。建有強的意思，所以位於筋肉兩端，白色質韌而附著於骨上者爲腱。

音義 ㄐㄧㄢˋ 名①生在肌肉的兩端，將肌肉固著於骨端的組織，色白而富於韌性；通常也指附著骨頭，使其能運動的肌肉。②牛蹄筋；例肥牛之腱。

參考與門鍵的「鍵」、毽子的「毽」二字音同而義不同。

常 9 **腰** 形解 形聲；從肉，要聲。兩手插腰的部分爲腰。

音義 ㄧㄠ 名①人體肋骨下方胯臀以上的身軀；例楚王好細腰。②獸類或昆蟲軀幹的中間部位；例蜂腰。③泛稱事物的中段；例山腰。④俗家畜的腎臟；例爆豬腰。⑤地地形要衝，戰略要點，通「要」；例梁者，山東之腰也。⑥量詞，計算帶子的單位；例金九環，帶一腰。動佩掛在腰際；例老翁七十自腰鐮。
形①與腰部有關的；例腰帶。
②形狀似腰的；例腰鼓。
5 **腰包** ㄧㄠ ㄅㄠ 錢袋，荷包。例掏腰包。
▽楚腰、蜂腰、柳腰、山腰、中腰、細腰、彎腰、扭腰、等腰、熊腰、楚王好細腰。

常 9
腸
形解 形聲；從肉，昜聲。大小腸爲腸。
音義 ㄔㄤˊ 名 ①生 消化器官的一部分，從胃的下面至肛門，即腹腔內的大小腸；例滌洗腸胃。②情緒；例迴腸盪氣。
9 **腸枯思竭** ㄔㄤˊ ㄎㄨ ㄙ ㄐㄧㄝˊ 是說沒有靈感，寫不出東西來。
18 **腸斷** ㄔㄤˊ ㄉㄨㄢˋ 形容極度悲痛。例夜雨聞鈴腸斷聲。
▽灌腸、愁腸、心腸、斷腸、盲腸、羊腸、胃腸、大小腸、古道熱腸、十二指腸、傾訴衷腸、木石心腸、蛇蠍心腸、搜索枯腸、盪氣迴腸、鐵石心腸。

常 9
腥
形解 形聲；從肉，星聲。豬肉中似星或米粒的小肉爲腥。
音義 ㄒㄧㄥ 名 ①尚未烹煮的鮮肉；例君賜腥。②魚、肉一類的食物；例葷腥。③魚肉、血水等散發出來的氣味；例魚腥。動陳放生肉；例薦其血毛，腥其俎。形帶腥臭氣味的；例腥風遠更飄。
參考 ①「腥」從肉（月）從星，與從犬（犭）而爲獸名的同音字「猩」有別。②同臭，臊。
19 **腥羶** ㄒㄧㄥ ㄕㄢ 牛羊肉的臭味。

常 9
腳
形解 形聲；從肉，卻聲。卻有後退的意思，所以膝下踝上之部分爲腳。
音義 ㄐㄧㄠˇ 名 ①人體下肢從踝子骨以下的部位；例手腳靈活。②禽獸、昆蟲等的下肢；例豬腳。③物體的基部；例桌腳。④在本文下面的釋文或說明；例六經皆我注腳。形①關於腳的；例腳掌。②舊時與搬運勞動有關的；例腳夫。
參考 ①腳讀音做 ㄐㄩㄝˊ。②「腳」與「足」都是指人體由踝子骨以下的部位，通常口語作「腳」，而文言作「足」。③同足。④反手。
2 **腳力** ㄐㄧㄠˇ ㄌㄧˋ ㈠舊稱傳遞文書的差役。㈡舊稱付給搬運東西的人的工錢，或給送禮的夫役的賞錢。㈢腳勁，走路的能力。㈣吳方言稱奧援爲「腳力」，有靠山爲「有腳力」。㈤指牲口。
參考 同擡力。
5 **腳本** ㄐㄧㄠˇ ㄅㄣˇ 劇本的通稱。常指經過導演處理，用於演出的劇本；也指戲曲、歌劇等劇本文學。
6 **腳色** ㄐㄧㄠˇ ㄙㄜˋ ㈠出身履歷。㈡傳統戲曲中根據劇中人不同的性別、年齡、身分、性格等而劃分的人物類型。㈢與「角色」通。
7 **腳步** ㄐㄧㄠˇ ㄅㄨˋ 行走時所移動的步伐。
15 **腳踏實地** ㄐㄧㄠˇ ㄊㄚˋ ㄕˊ ㄉㄧˋ 比喻實事求是，不虛浮誇大。
參考 反 好高騖遠。
▽行腳、山腳、註腳、赤腳、手腳、日腳、屋腳、跳腳、頓腳、跺腳、跌腳、七手八腳、頭痛醫頭腳痛醫腳。

常 9
腫
形解 形聲；從肉，重聲。重有厚的意思，所以身體受創，皮肉膨脹粗大爲腫。
音義 ㄓㄨㄥˇ 名 一種皮膚及皮下組織壞死所引起的疾病，通常患部因發炎而化膿，或內出血，使患部突起；例體生瘡腫。形①粗厚的；例臃腫。②浮脹的；例紅腫。
參考 ①「腫」與「瘇」音同形近而義不同：「瘇」，專指腳腫病；而「腫」，則泛稱一切腫脹。②「腫」從肉（月）從「重」，「重」不可誤寫成「童」。③同脹，臃。

常 9
腹
形解 形聲；從肉，复聲。腹有厚大的意思，胸部下的部位厚而有肉爲腹。
音義 ㄈㄨˋ 名 ①體腔內介於胸

與骨盆間的部位，俗稱肚子；例捧腹大笑。②居中的位置；例汝阜之山，江出其腹。③正面；例腹背受敵。④思緒；例披衣款軍門，披腹陳否臧。⑤姓。動懷抱；例出入腹我。形①深沈的；例口蜜腹劍。②內部的；例腹地。

6 **腹地** ㄈㄨˋ ㄉㄧˋ (一)地一般指深處國境內部的地區或與某一城市、港口保持有密切經濟聯繫的內地或背地。(二)在運輸業方面，水運的「吸引範圍」，也稱作「腹地」。

腹有鱗甲 ㄈㄨˋ ㄧㄡˇ ㄌㄧㄣˊ ㄐㄧㄚˇ 比喻居心深刻，不易接近。

9 **腹背受敵** ㄈㄨˋ ㄅㄟˋ ㄕㄡˋ ㄉㄧˊ 前後皆受敵人的攻擊，比喻處境困難。

11 **腹笥** ㄈㄨˋ ㄙˋ 比喻學識程度。例腹笥廣。

15 **腹稿** ㄈㄨˋ ㄍㄠˇ 預先想好而沒有寫出的文稿。

腹熱心煎 ㄈㄨˋ ㄖㄜˋ ㄒㄧㄣ ㄐㄧㄢ 比喻非常的渴望。

▽剖腹、心腹、切腹、捧腹、滿腹、遺腹、東牀坦腹、推心置腹、以小人之心度君子之腹。

常 9 **腺**

形解 形聲；從肉，線省聲。動物體內分泌液汁的器官爲腺。

音義 ㄒㄧㄢˋ 名生動物體內具有分泌某種化學物質功能的細胞組織或器官；例淋巴腺。

參考 與「線」音同而義不同：「線」，從糸，爲絲、麻、棉等製成的細縷狀物。

▽汗腺、淚腺、胸腺、淋巴腺、外分泌腺、內分泌腺。

常 9 **腦**

形解  字本作「匘」：會意；從匕巛囟。匕是比附，巛象頭髮，囟象頭蓋骨，附在頭骨下者爲頭髓，所以頭髓爲腦。

音義 ㄋㄠˇ 名①在頭殼內，爲中樞神經系統的主體，分大腦、小腦、延腦三部分，主司知覺，哺乳類動物較一般動物爲發達，而人的腦特別發達；例頭腦。②心思；例頭昏腦脹。③色白柔軟似腦髓的物體；例杏仁腦。

參考 ①「腦」字從「肉」（月）從「巛」從「囟」，「囟」字是頭囟，不可誤寫成「田」或「由」。②「腦」指中樞神經，在頭殼內，「頭」則泛指整個頭顱。③與「惱」、「瑙」有別：「惱」，從心，多指精神，抽象的意義，如「煩惱」、「苦惱」不作「腦」；「瑙」，從玉（王），爲一種玉石。

10 **腦海** ㄋㄠˇ ㄏㄞˇ 腦能思想，而思想則浩如瀚海，故稱。

12 **腦筋** ㄋㄠˇ ㄐㄧㄣ (一)腦神經。(二)比喻思想。例動腦筋。

14 **腦滿腸肥** ㄋㄠˇ ㄇㄢˇ ㄔㄤˊ ㄈㄟˊ 形容庸俗無知的胖子。亦作「腸肥腦滿」。

▽肝腦、大腦、小腦、樟腦、頭腦、土頭土腦、呆頭笨腦、丈二和尚摸不著頭腦。

常 9 **腮**

形解 形聲；從肉，思聲。面頰爲腮。

音義 ㄙㄞ 名雙頰的下半部，又名「腮幫子」；例托腮沈思。

參考 ①「腮」字從「肉」（月）從「思」，卻不可讀成ㄙ。②字本作「顋」。③與「鰓」同音而義不同：「鰓」，從魚，爲魚類的呼吸器官。

次 9 **腠**

形解 形聲；從肉，奏聲。奏有會聚的意思，所以肌膚的紋理爲腠。

音義 ㄘㄡˋ 名肌膚的紋理；例腠理。

參考 「腠」與「湊」、「輳」，音同義異。

次 9 **腷**

形解 形聲；從肉，畐聲。畐有飽滿的意思，所以怒氣積壓在心不能宣洩爲腷臆。

音義 ㄅㄧˋ 形腷膊，形容冰塊破裂聲。

參考 「腷」與「煏」、「湢」，音同義異。

13 **腷腷膊膊** ㄅㄧˋ ㄅㄧˋ ㄅㄛˊ ㄅㄛˊ (一)雞將鳴時鼓動翅膀發出的聲音。例腷腷膊膊雞初鳴。(二)冰塊破裂聲。例腷腷膊膊春冰裂。

腩 ㊅ 9

形解 形聲；從肉，南聲。乾肉的一種爲腩。

音義 ㄋㄢˇ 名 嫩牛肉；例牛腩。動 用調味品浸漬肉類以備炙食；例腩炙。

腯 ㊅ 9

形解 形聲；從肉，盾聲。鳥獸肥大爲腯。

音義 ㄊㄨˊ 形 肥壯的；例腯肥。

膀 ㊌ 10

形解 形聲；從肉，旁聲。旁有側的意思，所以手臂在人身體兩側，肩下肘上部位爲膀。

音義 ㄅㄤˇ 名 ①上臂靠近肩的部位；例肩膀。②飛禽的兩翼；例翅膀。

ㄆㄤˊ 名 排泄器官之一；例膀胱。

ㄆㄤ 形 皮肉浮腫的；例哭得好傷心，臉皮膀膀的。

參考 ①俗稱男女勾搭爲「吊膀子」的「膀」字，宜讀做ㄅㄤˋ。②「膀」與「臂」有別：「臂」，爲肩頭以下的上肢；而「膀」，專稱靠近肩頭的上臂，二者部位不同。

10 **膀胱** ㄆㄤˊ ㄍㄨㄤ 生 貯尿的囊狀器官。人的膀胱位於骨盆腔內，膀胱底有左右輸尿管入口；頸部有出口，通尿道。

膏 ㊌ 10

形解 形聲；從肉，高聲。高有多的意思，所以脂肪多爲膏。

音義 ㄍㄠ 名 ①脂肪；例焚膏繼晷。②肥美的肉；例膏粱。③醫 古以心臟與橫膈膜之間，爲藥力難於到達的地方；例膏肓。④凝結的稠糊狀物；例牙膏。⑤中醫成藥劑型之一，在常溫時爲固體、半固體或半流體的製品，可分爲內服膏、外貼膏、外敷膏；例雪梨膏。⑥恩惠；例膏澤下於民。⑦由辛勤工作而得到的成果；例民脂民膏。形 ①肥沃的；例膏壤沃野千里。②甘甜的；例天降膏露。

ㄍㄠˋ 動 ①把油抹在車軸或機械上，使之潤滑；例膏吾車兮秣吾馬。②將毛筆蘸飽墨汁後在硯臺上抹；例膏筆。

參考 「膏」字從肉(月)從「高」聲，「高」字不可省去下面的「口」。

7 **膏肓** ㄍㄠ ㄏㄨㄤ 醫 指人體心臟跟橫膈膜之間的部位，舊說以爲是藥效無法達到的地方，故引申爲病症已到難以治療的階段爲「病入膏肓」。

11 **膏粱子弟** ㄍㄠ ㄌㄧㄤˊ ㄗˇ ㄉㄧˋ 指但知飽食，不諳世務的富貴人家子弟。

12 **膏腴** ㄍㄠ ㄩˊ 比喻土地非常肥沃。

20 **膏壤** ㄍㄠ ㄖㄤˇ 肥沃的土地。

▽民膏、軟膏、油膏、牙膏、脂膏、藥膏、雪梨膏、保心安膏、民脂民膏。

膈 ㊌ 10

形解 形聲；從肉，鬲聲。鬲有隔的意思，介於胸與腹間的肉膜爲膈。

音義 ㄍㄜˊ 名 哺乳動物體內分離胸腔與腹腔的一層肌膜結構，有助長呼吸的功能；例橫膈膜。

參考 ①「膈」與「胳」音近而義別：「膈」，爲橫膈膜；「胳」，指腋下。②與「嗝」音同而義別：「嗝」，從口，指胃中的氣體上逆由口洩出而發的聲音。

膊 ㊌ 10

形解 形聲；從肉，尃聲。尃有散布的意思，所以切薄肉置於屋上曝乾爲膊。

音義 ㄅㄛˊ 名 ①上肢近肩膀的部位；例胳膊。②泛指上半身；例赤膊。③乾肉，通「脯」；例故同味而嗜厚膊者。

參考 ①「膊」從「肉」(月)從「尃」聲；「尃」不可誤寫成「專」。②同膀。③與「搏」同音而義別：「搏」，從手(扌)，有撲擊的意思。

腿 ㊌ 10

形解 形聲；從肉，退聲。小腿、大腿的合稱爲腿。

音義 ㄊㄨㄟˇ 名 ①人體下肢脛(小腿)和股(大腿)的總稱，是人和動物用來支持軀體和行走的部分；例左右腿。②器物底部用以支撐似腿狀的部分；例桌腿。③鹽漬風乾的豬腿；例火腿。

參考 字或作「骽」。

▽大腿、小腿、狗腿、擡腿、伸腿、玉腿、跑腿、掃堂腿、飛毛腿。

次 10 **膆** 形解 形聲；從肉，素聲。鳥類的嗉囊為膆。

音義 ㄙㄨˋ 名 嗉囊，鳥類消化器官之一，在食道的下部，同「嗉」；例裂膆。形 肥。

次 10 **膃** 形解 形聲；從肉，𥁕聲。肥而軟為膃。

音義 ㄨㄚˋ 名 動 膃肭，即海狗，海生哺乳動物，頭似狗，毛皮柔軟，可製裀褥等，腎可入藥。

參考 或作「腽」。

次 10 **膍** 形解 形聲；從肉，毘聲。鳥獸的胃為膍。

音義 ㄆㄧˊ 名 ①牛羊的胃；例膍胵。②鳥胃。動 厚賜；例福祿膍之。

參考 亦作「肶」。

10 **膍胵** ㄆㄧˊ ㄔˊ 反芻動物的重瓣胃。

次 10 **膂** 形解 形聲；從肉，旅聲。脊椎骨為膂。

音義 ㄌㄩˇ 名 ①脊椎骨；例背膂。②君主；例心膂。

參考 或作「膂」。

2 **膂力** ㄌㄩˇ ㄌㄧˋ 體力。例「膂力過人」。

▽心膂、筋膂。

次 10 **膋** 形解 形聲；從肉，勞省聲。牛胃腸中的脂肪為膋。

音義 ㄌㄠˊ 名 脂膏；例血膋。

參考 亦作「膫」。

常 11 **膜** 形解 形聲；從肉，莫聲。肌肉間的薄膜為膜。

音義 ㄇㄛˊ 名 ①動物體內薄皮性組織，具有保護作用；例眼角膜。②狀似薄皮物；例竹膜。

ㄇㄛˊ 名 佛教徒拜佛的一種禮節，表示極端恭敬，虔誠；例頂禮膜拜。

▽角膜、結膜、網膜、肋膜、腦膜、橫膈膜、保護膜。

常 11 **膝** 形解 形聲；從肉，桼聲。股脛相接而可屈伸之處為膝。

音義 ㄒㄧ 名 ①生 人體大腿、小腿間的關節前面，曲屈時向外突出的部位；例促膝而談。②姓。

參考 ①「膝」字從「肉」（月）從「桼」聲，「桼」下半應寫作「氺」而不可錯寫作「⺗」（從心）。②「膝」字不可讀成ㄑㄧ。③與「滕」有別：「滕」右從桼。

3 **膝下** ㄒㄧ ㄒㄧㄚˋ 子女幼時依靠於父母的膝下，因以膝下表示幼年。後用以表示對父母的孺慕，並在與父母通信時，用為敬辭，如：父母親大人膝下。

6 **膝行** ㄒㄧ ㄒㄧㄥˊ 跪著前進，表示畏服。

20 **膝癢搔背** ㄒㄧ ㄧㄤˇ ㄙㄠ ㄅㄟˋ 搔不著癢處。比喻不中肯，不得當。

▽抱膝、容膝、促膝、屈膝、奴顏婢膝。

常 11 **膠** 形解 形聲；從肉，翏聲。煮皮成糊狀用以黏合器物的物質為膠。

音義 ㄐㄧㄠ 名 ①以動物骨角、皮層熬煉成的黏稠汁液，能黏合東西的物質；例虎骨膠。②樹脂；例杏膠。③橡膠或塑膠製成品；例膠盔。④黏著用的物品；例膠帶。⑤姓。動 黏著；例置杯焉則膠。形 堅固的；例德音孔膠。

參考 「膠」與「謬」形音義不同：「膠」，從肉（月）從「翏」，讀做ㄐㄧㄠ，有黏膠的意思；而「謬」，從「言」從「翏」，讀做ㄇㄡˋ，有荒唐的意思。

9 **膠柱鼓瑟** ㄐㄧㄠ ㄓㄨˋ ㄍㄨˇ ㄙㄜˋ 琴上有柱，用以調節聲音；柱被黏住，音調就不能變換。比喻拘泥，不知變通。亦作「膠柱調瑟」，或簡稱「膠瑟」。

參考 與「刻舟求劍」有別：前者著重在「膠柱」，強調受到外在環境的約束；後者著重在「刻舟」，強調客觀環境的改變。

14 **膠漆** ㄐㄧㄠ ㄑㄧ 膠和漆。比喻情意相投，親密無間，如膠似漆一般。例親於膠漆。

常 11 **膛** 形解 形聲；從肉，堂聲。堂有大的意思，所以肥胖為膛。

音義 ㄊㄤˊ 名 ①生 人體的胸腔；例胸膛。②某些器物的中空部分；例礮膛。

參考 ①「膛」與「腔」都有中空的意思，但習慣上，「槍膛」、「竈膛」不用「腔」字；而「口腔」、「腹腔」不用「膛」字。②「膛」、「瞠」有別：「胸膛」、「槍膛」的「膛」，與身體有關，字從「月」(肉)，音ㄊㄤˊ；「瞠目結舌」的「瞠」，是眼睛的動作，故字從「目」，音ㄔㄥ。

常 11 **膚** 形解 形聲；從肉，盧省聲。皮臚為膚。

音義 ㄈㄨ 名 人類身體的表皮；例體無完膚。形 ①浮面的；例膚見。②廣大的，通「博」；例以奏膚功。

參考 ①同皮。②反肌。

11 **膚淺** ㄈㄨ ㄑㄧㄢˇ 淺薄，不深刻。

▽肌膚、皮膚、體無完膚、身體髮膚。

次 11 **膣** 形解 形聲；從肉，窒聲。窒有阻礙的意思，所以橫生贅肉為膣。

音義 ㄓˋ 名 陰道，女性生殖器官的一部分。

次 11 **膘** 形解 形聲；從肉，票聲。牛胸腹間的肥肉為膘。

音義 ㄅㄧㄠ 名 牲畜的肥肉；例長膘。

常 12 **膳** 形解 形聲；從肉，善聲。善有美好的意思，所以備置美食為膳。

音義 ㄕㄢˋ 名 飲食；例早膳。動 吃，飲用；例公膳，日雙雞。

11 **膳宿** ㄕㄢˋ ㄙㄨˋ 飯食和住宿。

▽饗膳、供膳、食膳、御膳、進膳。

常 12 **膩** 形解 形聲；從肉，貳聲。肥脂為膩。

音義 ㄋㄧˋ 名 ①油脂；例攻肉食之膻膩。②汚垢；例領膩如初。動 ①厭煩；例三餐吃麵，膩不膩？②以油灰塡補。形 ①油脂過多的；例胃不舒服，忌食油膩。②滑潤而柔細的；例肌理細膩骨肉勻。

參考 ①「膩」從肉(月)從「貳」，「貳」字宜寫成：從「弋」從「二」，不是從「貝」，不是從「戈」。②同油，滑，潤。

4 **膩友** ㄋㄧˋ ㄧㄡˇ 形容情誼親密而狎近的朋友。

常 12 **膨** 形解 形聲；從肉，彭聲。彭有大的意思，所以脹發為膨。

音義 ㄆㄥˊ 動 ①脹發；例膨脹。②擴大；例通貨膨脹。

12 **膨脹** ㄆㄥˊ ㄓㄤˋ 物 體積增大。例空氣受熱而膨脹。

次 12 **膱** 形解 形聲；從肉，戠聲。長一尺二寸的乾肉條為膱。

音義 ㄓˊ 名 乾肉條；例薦脯五膱。

參考 「膱」與「職」，音同義異。

次 12 **膦** 形解 形聲；從肉，粦聲。軟弱無力為膦。

音義 ㄌㄧㄢˇ 名 化 有機化合物磷氫(PH_2)分子裡的氫原子被烴基取代後所形成的弱鹼性物質。

次 12 **膵** 形解 形聲；從肉，萃聲。胰臟為膵。

音義 ㄘㄨㄟˋ 名 生 人體內臟之一，即胰臟，橫於胃下與十二指腸之間，扁平如牛舌，色黃白，分泌膵液，可助消化。

參考 亦作「脺」。

次 12 **膰** 形解 形聲；從肉，番聲。祭祀用的熟肉為膰。

音義 ㄈㄢˊ 名 宗廟祭祀用的熟肉，通「燔」。

次 12 **膴** 形解 形聲；從肉，無聲。去骨的乾肉為膴。

音義ㄏㄨ 名古時祭祀用的大塊魚肉。ㄨˇ 形厚重的；例膴仕。副膴膴，肥美的樣子。

常 13

臆

形解 形聲；從肉，意聲。胸骨爲臆。

音義ㄧˋ 名①前胸；例撫臆論心，有時而謬。②心思，通「意」；例口不能言，請對以臆。副①私見地；例臆斷。②無根據地；例臆測。

參考「臆」與「憶」音同形近而義別：「臆」，有胸懷、私見的意思；「憶」，爲想念、記住的意思。

9 **臆度** ㄧˋ ㄉㄨㄛˋ 憑主觀猜測。

18 **臆斷** ㄧˋ ㄉㄨㄢˋ 憑主觀猜測所下的判斷。

參考 反明察。

常 13

臃

形解 形聲；從肉，雍聲。臃腫過胖爲臃。

音義ㄩㄥˇ 名肥胖；例臃腫。

參考①又音ㄩㄥ。②同腫。

13 **臃腫** ㄩㄥˇ ㄓㄨㄥˇ (一)肌肉凸起。(二)樹木瘻節多，磊塊不平直。(三)形容肥大而呆滯。

參考①同癡肥。②反瘦削，苗條。

常 13

膿

形解 本字作「𧖵」：形聲；從血，農省聲。農有厚的意思，所以血肉潰爛的汁液爲𧖵。俗作「膿」。

音義ㄋㄨㄥˊ 名細胞因病菌侵入發炎後感染，致壞死、腐敗、分解而成的液體，是白血球、細菌及脂肪等的混合物；例化膿。形壯碩的；例肥豢膿肌。副潰爛地；例草悉膿死。

參考「膿」字語音做ㄋㄥˊ。

5 **膿包** ㄋㄨㄥˊ ㄅㄠ 罵人沒有出息，沒有用處。

參考 同飯桶。

常 13

膽

形解 形聲；從肉，詹聲。詹有屏障的意思，所以與肝互相爲屏障者爲膽。

音義ㄉㄢˇ 名①生動物腹腔內位於肝下方的器官，具有消化功能；例苦膽。②勇氣；例膽識過人。③於器物內的眞空容器，二者通常緊密結合成一體；例暖瓶膽。

參考 古人以爲「膽」爲力量的根源，是以比喻勇氣、力量的字多用「膽」，如：「肝膽相照」、「膽大妄爲」、「膽小如鼠」等是。

3 **膽大心小** ㄉㄢˇ ㄉㄚˋ ㄒㄧㄣ ㄒㄧㄠˇ 任事果決而又思慮周密，猶言有勇有謀。今多作「膽大心細」。

膽大妄爲 ㄉㄢˇ ㄉㄚˋ ㄨㄤˋ ㄨㄟˊ 肆無忌憚地做壞事。

8 **膽怯** ㄉㄢˇ ㄑㄩㄝˋ 害怕的意思。

參考「膽怯」、「恐懼」、「害怕」、「畏懼」都指怕，但有別：「膽怯」側重於膽子小，是形容詞；「恐懼」側重於心中慌張不安的狀態，也是形容詞；「害怕」則指內心不安而怕，是心理動詞；「畏懼」也是心理動詞。

12 **膽寒** ㄉㄢˇ ㄏㄢˊ 非常害怕。

膽量 ㄉㄢˇ ㄌㄧㄤˋ 勇氣。

參考 同膽力。

16 **膽戰心驚** ㄉㄢˇ ㄓㄢˋ ㄒㄧㄣ ㄐㄧㄥ 形容害怕到了極點。也作「膽顫心驚」。

19 **膽識** ㄉㄢˇ ㄕˋ 膽量和見識。

▽肝膽、大膽、狗膽、蛇膽、一身是膽、熊心豹膽、臥薪嚐膽、忠肝義膽、披肝瀝膽、明目張膽、提心吊膽。

常 13

臉

形解 形聲；從肉，僉聲。僉有皆是的意思，所以人面上的目鼻口所分布的範圍爲臉。

音義ㄌㄧㄢˇ 名①頭部正面的面孔部分；例笑臉迎人。②面子；例無臉見人。③身價；例有頭有臉。④某些物體的前部；例門臉兒。

參考 同面，顏。

19 **臉譜** ㄌㄧㄢˇ ㄆㄨˇ 傳統戲曲演員面部化粧的譜式。主要用於淨角和丑角：淨用各種色彩在面部鉤畫成種種紋樣圖案，藉以顯示人物的性格特徵或其他特點；丑大都只在鼻部周圍塗繪小塊白粉，譜式種類較少。

▽丟臉、大花臉、油頭粉臉、愁眉苦臉。

㊣13 **膺** 形解 字本作𦞦：形聲；從肉，雁聲。雁爲鷙鳥，其胸膛特別健壯發達，所以胸膛爲𦞦。隸變作「膺」。

音義 ㄧㄥ 名 ①胸膛；例義憤塡膺。②馬胸前的韁繩；例虎韔鏤膺。動 ①承當；例誕膺天命。②懲處；例戎狄是膺。副 親身地；例膺受多福。

參考 ①同胸。②「膺」、「贗」有別：「膺選」、「義憤塡膺」的「膺」，本義是胸，所以下從「月」(肉)；「贗品」的「贗」，是以假亂眞的意思，和財貨有關，所以下從「貝」。

16 **膺選** ㄧㄥ ㄒㄩㄢˇ 當選。

參考 同中選，被選。

▽服膺、榮膺、拊膺、悲憤塡膺。

㊣13 **臂** 形解 形聲；從肉，辟聲。辟有屈曲的意思，所以手腕至肩頭部分爲臂。

音義 ㄅㄧˋ 名 ①由肩頭至手腕間的部位；例胳臂。②動物的前肢；例螳臂當車。

參考 又音ㄅㄟˋ。

7 **臂助** ㄅㄧˋ ㄓㄨˋ 幫助，猶言助一臂之力。

▽手臂、猿臂、玉臂、三頭六臂、失之交臂。

㊣13 **膾** 形解 形聲；從肉，會聲。疾速切肉，其聲會會，所以把肉切細爲膾。

音義 ㄎㄨㄞˋ 名 細切的肉絲；例膾不厭細。動 切割；例纖手膾紅鮮。形 細切的；例膾腐皮。

參考 「膾」與「燴」不同：「膾」從「肉」(月)從「會」，有肉絲的意思；而「燴」從「火」從「會」，讀做ㄏㄨㄟˋ，爲一種烹飪法。

8 **膾炙人口** ㄎㄨㄞˋ ㄓˋ ㄖㄣˊ ㄎㄡˇ 膾：細切的肉；炙：烤肉。膾炙人所同嗜。詩文爲人所稱美傳頌而流行。

參考 「膾炙人口」、「喜聞樂見」都有受人歡迎、人人讚美的意思，而且一般都用以形容文藝作品之受人歡迎，但二者在用法上卻有差別：「喜聞樂見」前面一定有名詞或者代詞，並且必須和前面的名詞或代詞先結合起來，作爲一個單位，才能充當句子成分；而「膾炙人口」前邊可加「十分」、「很」等程度副詞，「喜聞樂見」則不能。故二者雖然意義相近，但由於用法上的差別，所以往往不相通。

㊣13 **臀** 形解 字本作「𡱂」：會意；從尸從丌從几。尸即人，丌爲可置物的底座，人可止坐者爲髀骨，猶承物的基座，所以人體落坐的部位爲𡱂。俗作「臀」。

音義 ㄊㄨㄣˊ 名 ①屁股，腰部與大腿相連部位；女性通常有豐厚的脂肪層；例美臀。②物體的底部；例其臀一寸。

參考 「臀」從「肉」(月)從「殿」，卻不可讀成ㄉㄧㄢˋ。

㊋13 **臄** 形解 形聲；從肉，豦聲。撅嘴爲臄。

音義 ㄐㄩㄝˊ 名 ①口邊肉；例嘉殽脾臄。②牛舌及其相連部分的肉。③上顎。

㊋13 **臌** 形解 形聲；從肉，鼓聲。表皮如鼓形的凸起爲臌。

音義 ㄍㄨˇ 動 膨脹；例氣臌。

㊋13 **臊** 形解 形聲；從肉，喿聲。動物脂肪爲臊。

音義 ㄙㄠ 名 如尿般的腥臭氣味；例羊臊。ㄙㄠˋ 名 碎肉；例臊子。動 ①害羞；例害臊。②羞辱；例怎麼當著董老爺臊我？

9 **臊眉搭眼** ㄙㄠˋ ㄇㄟˊ ㄉㄚ ㄧㄢˇ 形容羞慚之至的樣子。

㊣14 **臍** 形解 形聲；從肉，齊聲。齊有居中的意思，所以居人身之正中者爲臍。

音義 ㄑㄧˊ 名 ①生 胎生哺乳類腹部中央的凹陷處，爲初生時臍帶脫落處；例肚臍。②螃蟹腹下的硬甲殼，通常雄的成尖形，雌的成圓形。③螺殼動物底部開口部位的圓薄片。④植 胚珠的著生點。

11 **臍帶** ㄑㄧˊ ㄉㄞˋ 生 胎兒和胎盤之間的連繫結構。狀如繩索，爲由黏性結締組織所組成，爲胎兒與母體子宮之間血液內物質交換的通路。當胎兒娩出後臍帶失去作用，於數分鐘內搏動停止，此時在臍帶根部將其結紮剪斷。斷端經消毒處理後妥善包紮，以防止感染。

▽肚臍、噬臍。

常 14 **臏** 解形 形聲；從肉，賓聲。賓有引導的意思，所以大小腿接合處的關節部位爲臏。

音義 ㄅㄧㄣˋ 名 ①膝蓋骨；例王與孟說舉鼎，絕臏。②古代削除膝蓋骨的肉刑。動 處以臏刑；例孫子臏腳。

次 14 **臑** 解形 形聲；從肉，需聲。羊豕的肱部關節爲臑。

音義 ㄖㄨˊ 名 豬、羊前足上部的肉。ㄦˊ 副 肉熟爛的樣子，同「胹」；例能蹯之臑。

常 15 **臘** 解形 形聲；從肉，巤聲。巤有禽獸的意思，所以古時祭祀先祖神祇，必準備犧牲肉類的祭祀爲臘。

音義 ㄌㄚˋ 名 ①古代於歲末祭祀衆神的儀式。②陰曆十二月；例臘月。③宗 佛教僧侶每年受戒一次爲臘。④經過醃炙或風乾處理的肉類食品，使可保藏；例燒臘。動 舉行臘祭；例虞不臘矣！形 醃炙風乾製成的；例臘肉。

參考 字或作「臈」。

4 **臘月** ㄌㄚˋ ㄩㄝˋ 陰曆十二月。臘本祭名，古代在十二月間行之。秦時以十二月爲臘月，後世因循稱呼。

參考 同尾月。

13 **臘鼓** ㄌㄚˋ ㄍㄨˇ 古人有於臘日或臘前一日擊鼓之俗，以爲可以驅疫。

參考 衍 臘鼓頻催。

次 15 **臕** 解形 形聲；從肉，麃聲。麃有壯大的意思，所以肉肥爲臕。

音義 ㄅㄧㄠ 名 肥盛的脂肪；例臕滿肉肥。

參考 「臕」與「瀌」、「穮」，音同義異。

常 16 **臚** 解形 形聲；從肉，盧聲。人的表皮爲臚。

音義 ㄌㄨˊ 名 ①皮膚；例寒氣泄注腹臚脹。②頭蓋骨，通「顱」；例淳于能解臚以理腦。③腹部；例得土毒，病臚脹。動 ①布陳；例臚列。②陳述；例即岐趾而臚情。

6 **臚列** ㄌㄨˊ ㄌㄧㄝˋ 陳列。

11 **臚陳** ㄌㄨˊ ㄔㄣˊ 詳細敘述事實。

參考 同詳述。

次 16 **臛** 解形 形聲；從肉，霍聲。沒有放鹽菜的純肉湯爲臛。

音義 ㄏㄨㄛˋ 名 肉羹；例蠵臛。動 烹調；例臛物。

參考 「臛」與解釋爲使失明的「矐」字，音同義異。

次 16 **臙** 解形 形聲；從肉，燕聲。一種可供化妝用的紅顏料爲臙。

音義 ㄧㄢ 名 一種紅色顏料，可作化妝用品；例臙脂。

次 17 **臝** 解形 形聲；從果，𦝠聲。裸體爲臝。

音義 ㄌㄨㄛˇ 同「裸」，參閱「裸」字條。

參考 「臝」與「蠃」，音同義異。

常 18 **臟** 解形 形聲；從肉，藏聲。藏有儲積的意思，所以儲藏在人體內的器官爲五臟。

音義 ㄗㄤˋ 名 生 體腔內器官的通稱；例五臟六腑。

參考 參閱「腑」字條。

12 **臟腑** ㄗㄤˋ ㄈㄨˇ ㈠人體的五臟六腑。㈡比喻胸懷。例「老去祇餘臟腑明。」

▽肝臟、心臟、肺臟、腎臟、內臟、腑臟、脾臟、六腑五臟。

次 18 **臞** 解形 形聲；從肉，瞿聲。消瘦無肉爲臞。

音義 ㄑㄩˊ 形 清瘦，同「癯」；例形容甚臞。

參考 「臞」與「懼」，音義各異。

次19 **臢** 形解 形聲；從肉，贊聲。污穢爲臢。

音義 ㄗㄤ 形骯髒的；例腌臢。

參考 又音ㄗㄚ。

次19 **臠** 形解 形聲；從肉，䜌聲。大肉塊爲臠。

音義 ㄌㄨㄢˊ 名切成塊狀的肉；例鼎臠。形臠臠，瘦削的。副①分；例臠割。②卷曲的樣子；例臠卷。

【臣部】 ㄔㄣˊ

常0 **臣** 形解 甲文作「」，象形；象目形。眼睛。

音義 ㄔㄣˊ 名①君主時代做官的人；例爲人臣，止於敬。②君主時代人民對國君的自稱；例率土之濱，莫非王臣。③古人自謙的稱呼；例臣少好相人。④姓。動①屈服；例韓魏臣於秦。②使人屈服；例欲以力臣天下之主。

參考 仕於公家爲「臣」，服役於私人爲「僕」。

8 **臣服** ㄔㄣˊ ㄈㄨˊ (一)降服稱臣。(二)以臣禮事奉。

參考 同屈服。

▽家臣、奸臣、君臣、權臣、賢臣、重臣、人臣、稱臣、忠臣、諫臣、大臣、老臣、佞臣、叛臣、良臣、孤臣。

常2 **臥** 形解 會意；從人臣。臣有屈伏的意思，所以人俯伏而息爲臥。

音義 ㄨㄛˋ 動①睡眠；例醉則相枕而臥。②躺下休息；例遙見父臥簷下。③隱居；例高臥東山。形①橫躺的；例臥虎。②供寢臥用的；例臥室。

參考 ①又作「卧」。②反起，坐。③同伏，偃，俯，仆。

6 **臥冰求鯉** ㄨㄛˋ ㄅㄧㄥ ㄑㄧㄡˊ ㄌㄧˇ 比喻孝行。

8 **臥底** ㄨㄛˋ ㄉㄧˇ 潛伏敵方組織中，以作內應。

臥具 ㄨㄛˋ ㄐㄩˋ 枕席被帳等睡覺的用具。

參考 同寢具。

臥虎藏龍 ㄨㄛˋ ㄏㄨˇ ㄘㄤˊ ㄌㄨㄥˊ (一)比喻人才眾多而傑出。(二)比喻潛隱尚未顯達的賢士英豪。

10 **臥病** ㄨㄛˋ ㄅㄧㄥˋ 因生病而躺在床上。

13 **臥遊** ㄨㄛˋ ㄧㄡˊ 從想像中，或藉圖片、書本、影片等品味山水美景。例臥遊寰宇。

14 **臥榻** ㄨㄛˋ ㄊㄚˋ 即牀鋪。

15 **臥鋪** ㄨㄛˋ ㄆㄨˋ 車船上的寢鋪。

17 **臥薪嘗膽** ㄨㄛˋ ㄒㄧㄣ ㄔㄤˊ ㄉㄢˇ 形容刻苦自勵，奮發圖強。臥於薪木，表示不敢安逸；膽味苦，嘗膽表示不食美味。春秋時，越王勾踐爲了報復被吳王夫差打敗的仇恨，他夜裏睡在柴草上，吃飯睡覺之前都要嘗嘗膽的苦味，用此來激勵自己不忘恥辱。

▽安臥、高臥、仰臥、醉臥、睡臥、俯臥、橫臥。

常11 **臨** 形解 形聲；從臥，品聲。品有眾多的意思，所以據高處俯視眾物爲臨。

音義 ㄌㄧㄣˊ 名姓。動①從高處往下看；例登山臨水。②到達；例身臨其境。③靠近；例臨清流而賦詩。④書畫的摹仿學習；例臨帖。⑤面對；例臨危不亂。副當…之時；例臨去秋波。

ㄌㄧㄣˋ 動眾哭；例哀臨三日。

參考 字之右半「品」字上從人作「𠂉」，不可作「ケ」。

5 **臨去秋波** ㄌㄧㄣˊ ㄑㄩˋ ㄑㄧㄡ ㄅㄛ (一)美人走時向人拋媚眼，比喻臨去時示惠於人。(二)比喻臨走前忽然作出某事。

6 **臨危** ㄌㄧㄣˊ ㄨㄟˊ (一)在危難中。例臨危制變。(二)即臨終。

臨危不亂 ㄌㄧㄣˊ ㄨㄟˊ ㄅㄨˋ ㄌㄨㄢˋ 在危險困難的情況中，仍保持心中冷靜，毫不紊亂。

臨危授命 ㄌㄧㄣˊ ㄨㄟˊ ㄕㄡˋ ㄇㄧㄥˋ 在危急關頭勇於獻出生命。

臨池 ㄌㄧㄣˊ ㄔˊ 練習書法。

參考 因晉王羲之臨池學書，池水盡黑，故後代稱練習書法爲臨池。

8 **臨帖** ㄌㄧㄣˊ ㄊㄧㄝˋ 置字帖於旁，摹

仿筆畫以學習書法。

臨牀 ㄌㄧㄣˊ ㄔㄨㄤˊ 醫生實地診病，也泛指醫療機構的實踐作業。例臨牀醫學。

參考①與「病理研究」意思相對。②又作「臨床」。

9 **臨盆** ㄌㄧㄣˊ ㄆㄣˊ 婦女分娩。

10 **臨時** ㄌㄧㄣˊ ㄕˊ ㈠暫時的。例臨時雇員。㈡到時，當時。例臨時又後悔了。

參考①反永久，長遠。②「暫時」單指短時間；「臨時」則另有「事情發生之時」，以及「倉猝」、「非正式」的意思。

臨時抱佛腳 ㄌㄧㄣˊ ㄕˊ ㄅㄠˋ ㄈㄛˊ ㄐㄧㄠˇ 比喻平時不準備，事到臨頭才來忙亂趕工。例平時不燒香，臨時抱佛腳。

臨陣逃脫 ㄌㄧㄣˊ ㄓㄣˋ ㄊㄠˊ ㄊㄨㄛ ㈠事到臨頭，忽然逃避。又作「臨陣脫逃」。㈡軍戰時，軍隊不能面對敵人作戰，臨時怯懦逃逸。

臨陣磨槍 ㄌㄧㄣˊ ㄓㄣˋ ㄇㄛˊ ㄑㄧㄤ 到了要上陣殺敵的時候才去磨槍。比喻事到臨頭才作準備，

參考與「臨渴掘井」意思相近，有別：「臨陣磨槍」還有些補救作用；而「臨渴掘井」則已經來不及。

11 **臨終** ㄌㄧㄣˊ ㄓㄨㄥ 快死的時候。

參考同臨死，臨危。

臨深履薄 ㄌㄧㄣˊ ㄕㄣ ㄌㄩˇ ㄅㄛˊ 面對著深淵，腳踏著薄冰。比喻謹慎小心。

12 **臨渴掘井** ㄌㄧㄣˊ ㄎㄜˇ ㄐㄩㄝˊ ㄐㄧㄥˇ 到了口渴極了的時候，才去挖井。比喻平時毫無準備，需要時才忙亂設法，有來不及的意思。

參考①反未雨綢繆。②參閱「臨陣磨槍」條。

13 **臨淵羨魚** ㄌㄧㄣˊ ㄩㄢ ㄒㄧㄢˋ ㄩˊ 只是站在水邊想得到魚，就不如馬上回家去織網。比喻與其空想，不如實際努力。淵：深潭；羨：希望得到。

15 **臨摹** ㄌㄧㄣˊ ㄇㄛˊ 照樣摹仿。置摹仿的對象於旁而描摹稱「臨」，以薄紙覆於其上描寫稱「摹」。

參考反寫生。

16 **臨頭** ㄌㄧㄣˊ ㄊㄡˊ 到來。例大難臨頭。

臨機應變 ㄌㄧㄣˊ ㄐㄧ ㄧㄥˋ ㄅㄧㄢˋ 掌握時機，隨著事情的發展而變通應付。又作「隨機應變」。

▽君臨、光臨、親臨、登臨、來臨、面臨、照臨、蒞臨、駕臨、到臨、歡迎光臨。

【自部】 ㄗˋ

常 0 **自** 解形  象形；象鼻形。

音義 ㄗˋ 名①起源的地方；例其來有自。②姓。代己身；例願季自愛。副①主動而發自內心；例自願留營。②必然；例努力自能成功。③親身；例世事茫茫難自料。介從，由；例不自我先，不自我後。連如果，表假設語氣；例自非聖人，外寧必有內憂。

參考①反他。②擊洎、息、咱。③人稱自己，多指其鼻，所以又引申為己稱之詞。

2 **自力** ㄗˋ ㄌㄧˋ ㈠一切行動，出於自主。㈡盡自己的力量。

參考①反他力。②參閱「自力更生」條。

自力更生 ㄗˋ ㄌㄧˋ ㄍㄥ ㄕㄥ 用自己的力量開創前途。

參考「自力更生」和「自食其力」都有「靠自己的力量解決問題」的意思，但有別：前者著重在「不依賴」，而適用的範圍較廣，可以指團體、機關，或個人自力生產，不靠外援；後者只適用於個人，且僅限於生活問題。

自了 ㄗˋ ㄌㄧㄠˇ ㈠以自己的能力完成。㈡自行了斷，私下解決。㈢只顧自己而不管大局的。例自了漢。

3 **自大** ㄗˋ ㄉㄚˋ 自以為了不起而瞧不起別人。

4 **自反** ㄗˋ ㄈㄢˇ 自我反省。

自分 ㄗˋ ㄈㄣˋ 自己預料。

參考同自料。

自不量力 ㄗˋ ㄅㄨˋ ㄌㄧㄤˋ ㄌㄧˋ 過於高估自己的力量，做自己能力以外的事。比喻

5 **自用** ㄗˋ ㄩㄥˋ ㈠孤行己意，不聽

勸告。例剛愎自用。(二)自己專用的。例自用車。

自白 ㄗˋ ㄅㄞˊ (一)法被告自行承認並陳述犯罪事實。(二)自己陳說。

參考「自白」和「自首」不同：「自首」係犯罪未發覺前向偵查機關陳述犯罪事實。

自立 ㄗˋ ㄌㄧˋ 靠自己的力量而有所建樹。

參考 衍自立自强。

自主 ㄗˋ ㄓㄨˇ (一)自己主宰，不受他人干涉。例獨立自主。(二)控制自己的感情。例不由自主。

自由 ㄗˋ ㄧㄡˊ (一)由自己的意思行動而不受拘束。例不自由，毋寧死。(二)法人民所享有的自主法律權利。例言論自由。

參考 反拘束，牽制。

自由港 ㄗˋ ㄧㄡˊ ㄍㄤˇ 指定商港的全部或一部分爲免稅區，一律免徵關稅。如香港、新加坡、直布羅陀等皆是。

自甘墮落 ㄗˋ ㄍㄢ ㄉㄨㄛˋ ㄌㄨㄛˋ 自暴自棄，不求長進。

自以爲是 ㄗˋ ㄧˇ ㄨㄟˊ ㄕˋ 自己以爲自己的行爲很對，不顧別人的意見，有自傲自滿的意思。例他這個人很自以爲是。

6
自刎 ㄗˋ ㄨㄣˇ 以刀割頸自殺。

參考 同自剄。

自如 ㄗˋ ㄖㄨˊ (一)如平常一樣。(二)自由自在，不受拘束。

自行 ㄗˋ ㄒㄧㄥˊ (一)自己去做某事。例自行處理。(二)自動。例自行解散。

自行車 ㄗˋ ㄒㄧㄥˊ ㄔㄜ 即腳踏車。又稱「單車」、「自由車」。

7
自成一家 ㄗˋ ㄔㄥˊ ㄧ ㄐㄧㄚ 別出心裁，自成一派而有獨特的成就。

自我 ㄗˋ ㄨㄛˇ (一)自己（對自己做某事）。例自我約束。(二)自私。例做人不能太自我。

自作孽 ㄗˋ ㄗㄨㄛˋ ㄋㄧㄝˋ 自己所造成的惡事。

自吹自擂 ㄗˋ ㄔㄨㄟ ㄗˋ ㄌㄟˊ 大大地自我誇耀，比喻自我吹噓，不顧實際。

自作自受 ㄗˋ ㄗㄨㄛˋ ㄗˋ ㄕㄡˋ 自己作了壞事，自己承受惡果。

參考 參閱「自食其果」條。

自作多情 ㄗˋ ㄗㄨㄛˋ ㄉㄨㄛ ㄑㄧㄥˊ 單戀某人而以爲對方也喜歡自己。

參考 同一廂情願。

自投羅網 ㄗˋ ㄊㄡˊ ㄌㄨㄛˊ ㄨㄤˇ 比喻自己送死，自取災禍。

參考 同自尋死路。

自告奮勇 ㄗˋ ㄍㄠˋ ㄈㄣˋ ㄩㄥˇ 自動請求承擔某項艱難的任務。

參考 參閱「挺身而出」條。

自我作故 ㄗˋ ㄨㄛˇ ㄗㄨㄛˋ ㄍㄨˋ 自我創始，不因襲前人。又作「自我作古」。

自我陶醉 ㄗˋ ㄨㄛˇ ㄊㄠˊ ㄗㄨㄟˋ 自己沈醉在美好的幻境中，以獲得短暫的安慰或快樂。

參考「自我陶醉」，雖有「自得其樂」的意味，但有別：前者指陶醉於某事，後者則指生活的情態，著重點不同，如「他得了第一名，想到大家對他的看法，不禁自我陶醉」；又「他的生活雖清苦，却頗能自得其樂。」

自我解嘲 ㄗˋ ㄨㄛˇ ㄐㄧㄝˇ ㄔㄠˊ 自己爲自己解釋，以免別人嘲笑。有時也用作自我調侃、挖苦。

8
自取 ㄗˋ ㄑㄩˇ (一)自己取用，不受干涉。(二)自作自受，與旁人無關。例咎由自取。

參考 衍自取滅亡、自取其禍、自取其辱。

自卑 ㄗˋ ㄅㄟ (一)自己看不起自己，覺得處處不如人。例他的自卑感很重。(二)從低處開始。(三)降低自己的身分。例自卑而尊人。

自治 ㄗˋ ㄓˋ (一)自己的事務完全憑自己的意願處理。(二)自我約束。

參考 ①(二)同自制。②衍自治會、自治區、自治行政。

自治權 ㄗˋ ㄓˋ ㄑㄩㄢˊ 政地方政府在行政區自我管理處治的權力。

自知之明 ㄗˋ ㄓ ㄓ ㄇㄧㄥˊ 對自己的優缺點、長短處都有清楚的了解。例人貴有自知之明。

參考 反知人之明。

自命不凡 ㄗˋ ㄇㄧㄥˋ ㄅㄨˋ ㄈㄢˊ 非常自負，自以爲與衆不同。自命：自己認爲。

參考 與「孤芳自賞」不同：前者僅表示「不凡」；後者則兼有「不凡」和「清高」的意味。

9
自便 ㄗˋ ㄅㄧㄢˋ 隨著自己的方便自由行事。例聽其自便。

自苦 ㄗˋ ㄎㄨˇ (一)自己對待自己過於刻苦。(二)自尋苦惱。

自若 ㄗˋ ㄖㄨㄛˋ 不忸怩做態，態度自然。例談笑自若。

參考 同自如。

自信 ㄗˋ ㄒㄧㄣˋ (一)信任自己。(二)對自己所知所能深具信心。例他做事很有自信。

自首 ㄗˋ ㄕㄡˇ 法犯罪未被發覺前向偵查機關陳述自己犯罪的事實。

參考 ①參閱「自白」條。②法律上對自首者，減輕其刑。

自負 ㄗˋ ㄈㄨˋ (一)對自己期望很高。(二)自以為了不起。例他太自負了，總不聽勸，終將自食其果。

參考 「自尊」和「自負」都是指把自己看得很高，且都是形容詞，但有別：「自負」含有貶義；「自尊」則不帶褒貶，只是指尊重自己，不容他人侮辱，又可以構成新詞如「自尊心」、「自尊感」等。有時和「自大」、「自卑」等詞聯用時，「自尊」也有自大義，如「自尊自大」。

自食其力 ㄗˋ ㄕˊ ㄑㄧˊ ㄌㄧˋ 憑藉自己的力量來維持生活。

參考 ①參閱「自力更生」條。②乞討度日。

自相矛盾 ㄗˋ ㄒㄧㄤ ㄇㄠˊ ㄉㄨㄣˋ 自己的言行前後不相應或前後牴觸。又作「自相牴觸」。戰國時代有個人又賣矛，又賣盾。賣矛的時候說他的矛無比鋒利，什麼東西都能刺透；賣盾的時候又說他的盾無比堅固，什麼東西都穿不透。有人就問他，要是用你的矛刺你的盾怎麼樣呢？他無言可答。

自怨自艾 ㄗˋ ㄩㄢˋ ㄗˋ ㄧˋ 原意是指自己悔恨自己所做的過錯，自己改正。現只用為自我悔恨的意思。艾：治理，改正。

自食其果 ㄗˋ ㄕˊ ㄑㄧˊ ㄍㄨㄛˇ 比喻自己做了壞事，自己承受不好的後果。

參考 ①同自食惡果。②與「自作自受」有別：前者語意較重，指犯了罪，有「罪有應得」的意思；後者語意較輕，指做錯了事，有「咎由自取」的意思。

10
自修 ㄗˋ ㄒㄧㄡ (一)自我修養德行。(二)沒有老師指導，自己學習功課。

參考 同自習。

自討沒趣 ㄗˋ ㄊㄠˇ ㄇㄟˊ ㄑㄩˋ 自找掃興。例本想幫忙卻遭誤解，眞是自討沒趣。

11
自强 ㄗˋ ㄑㄧㄤˊ 自己奮發圖强，努力向上。例將相本無種，男兒當自强。

參考 衍自强不息。

自强不息 ㄗˋ ㄑㄧㄤˊ ㄅㄨˋ ㄒㄧˊ 自己不懈地奮發努力向上。例君子以自强不息。

自處 ㄗˋ ㄔㄨˇ (一)自己處理，應付環境中發生的事態。(二)自己安置自身的處境與地位。

自專 ㄗˋ ㄓㄨㄢ (一)自行專擅權柄。(二)自己擅作主張。

自得 ㄗˋ ㄉㄜˊ (一)自覺得意。(二)自得其樂，悠然閒適。(三)不失於正道。

自動 ㄗˋ ㄉㄨㄥˋ (一)出於自己意願而作某事。例他自動打掃房間。(二)不必藉他力而動作的。例自動汽車。

參考 ①反被動，他動。②「自動」和「主動」二詞的相同點是：都有出於自己的意願，或靠本身的動力而不靠外力動作的意思，都可以跟「被動」相對。但在程度上「自動」不如「主動」積極，「自動」只是不被動罷了，「主動」則表示無論任何事都出於自覺，自己親自去做。又「主動」只適用於人，不適用於物，「自動」則都適用。③「自覺」和「自動」的不同處是：前者指主觀的認識程度；後者一定要有行動。

自得其樂 ㄗˋ ㄉㄜˊ ㄑㄧˊ ㄌㄜˋ 自己享受樂趣，不在乎別人的看法。

12
自備 ㄗˋ ㄅㄟˋ 自行準備。例午餐自備。

自費 ㄗˋ ㄈㄟˋ 費用由自己負擔，對「公費」而言。例自費留學。

參考 ①反公費。②同私費。

自裁 ㄗˋ ㄘㄞˊ 自己結束自己的生命。又作「自殺」、「自盡」、「自戕」。

自發、ㄗˋ ㄈㄚ 由自己產生，自己行動，不受外力影響的行爲或狀態。例自發勢力。

參考「自發」和「自覺」都是指自己行動：但前者偏重於感性的認識而付諸行動，如「自發地向上」；後者偏重於理性的認識與覺悟，如「自覺應於加倍努力」。

自欺 ㄗˋ ㄑㄧ 昧著良心，欺騙自己。

自欺欺人 ㄗˋ ㄑㄧ ㄑㄧ ㄖㄣˊ 欺騙自己，以爲也可以矇騙別人。

參考 同掩耳盜鈴。

自給 ㄗˋ ㄐㄧˇ 不靠外援，自己供給自己的需求。

自給自足 ㄗˋ ㄐㄧˇ ㄗˋ ㄗㄨˊ 收支平衡，可以自己滿足需要，不必仰賴他人。

自然 ㄗˋ ㄖㄢˊ (一)天然而非人工的。例自然食品。(二)當然。例不努力，自然要失敗。(三)一定能夠。例船到橋頭自然直。(四)態度自適，不拘束、呆板。例語氣自然。

自然人、ㄗˋ ㄖㄢˊ ㄖㄣˊ 法即一般人類，爲權利義務的主體，對「法人」而言。

參考 參閱「法人」條。

自然界、ㄗˋ ㄖㄢˊ ㄐㄧㄝˋ 宇宙間生物與無生物的總稱，含動、植、礦物三界而言。

自然而然、ㄗˋ ㄖㄢˊ ㄦˊ ㄖㄢˊ 毫無勉強，完全自然的。

自然科學、ㄗˋ ㄖㄢˊ ㄎㄜ ㄒㄩㄝˊ 研究自然界的物質結構、形態和運動規律等的科學，如物理學、化學、動物學、植物學等皆是。

13 **自傳**、ㄗˋ ㄓㄨㄢˋ 自己敍述自己生平的著作。例富蘭克林自傳。

自新、ㄗˋ ㄒㄧㄣ 改過向善，重新做人。例改過自新。

自愛、ㄗˋ ㄞˋ (一)自己愛護自己，避免受到傷害。(二)自己尊重自己。

自亂陣腳、ㄗˋ ㄌㄨㄢˋ ㄓㄣˋ ㄐㄧㄠˇ 自己弄亂了行動的步驟。

自圓其說、ㄗˋ ㄩㄢˊ ㄑㄧˊ ㄕㄨㄛ 對自己所說的話或做過的事，給予圓滿的解釋。例知法犯法，看你如何自圓其說？

14 **自盡**、ㄗˋ ㄐㄧㄣˋ 自己結束自己的生命。即「自殺」。

自滿、ㄗˋ ㄇㄢˇ 驕傲，自負。

參考 參閱「驕傲」條。

自豪 ㄗˋ ㄏㄠˊ 因自己或與自己有關的團體、個人取得成就而感到光榮或滿足。

參考 參閱「驕傲」條。

自稱、ㄗˋ ㄔㄥ (一)自己對自己的稱呼。例他自稱員外。(二)自己對自己行爲的說明。例他自稱來自美國。(三)自己稱許。

自慚形穢、ㄗˋ ㄘㄢˊ ㄒㄧㄥˊ ㄏㄨㄟˋ (一)原指因自己容貌舉止不如人而感到慚愧。穢：鄙陋的。例珠玉在側，自慚形穢。(二)比喻自愧不如別人。又作「自覺形穢」。

自暴自棄、ㄗˋ ㄅㄠˋ ㄗˋ ㄑㄧˋ 自甘墮落而不知自我努力。暴：糟蹋，損害；棄：拋棄、鄙棄。

參考 參閱「妄自菲薄」條。

自鳴得意、ㄗˋ ㄇㄧㄥˊ ㄉㄜˊ ㄧˋ 自己表示得意，自以爲了不起。

參考「自鳴得意」和「躊躇滿志」都有「十分得意」的意思，但有別：前者重在「得意」，含有自我吹噓的意思，有貶損的意思；後者重在「滿意」，並未吹噓，只在神情上流露，而無貶損的意思。

15 **自餒**、ㄗˋ ㄋㄟˇ (一)失去信心而畏縮，不振作。(二)因心虛而畏怯。

16 **自縊**、ㄗˋ ㄧˋ 上吊自殺。又作「自經」。

自衛、ㄗˋ ㄨㄟˋ 以自身的力量保護自己。

自鄶以下、ㄗˋ ㄎㄨㄞˋ ㄧˇ ㄒㄧㄚˋ 比喻不足掛齒，不屑一談的事物。鄶：周時的一個小國，又作「檜」。語出左襄公二十九年傳：「自鄶以下無譏焉。」又作「自鄶無譏」。

17 **自謙之詞**、ㄗˋ ㄑㄧㄢ ㄓ ㄘˊ 表示自我謙遜，所說的貶抑自己的話，如「不才」、「攝官承乏，猥厠朝列」等皆是。

18 **自薦**、ㄗˋ ㄐㄧㄢˋ 自己推舉自己，以便受到重用。例毛遂自薦。

自轉、ㄗˋ ㄓㄨㄢˋ 天行星繞著本身的轉軸而旋轉的現象。

參考 太陽系的行星繞太陽而旋轉稱「公轉」。

19 **自願**、ㄗˋ ㄩㄢˋ 自己心甘情願。

參考 ①反被迫。②「自願」和「志願」都有「自己願意」的意思，但有別：前者是形容詞或副詞，表示主觀上的自覺自動，可以修飾名詞或動詞，如「自願兵」、「自願參加」；後者是名詞，是人的志向、理想、抱負，不可以修飾其他詞類。

20 **自覺** ㄗ ㄐㄩㄝˊ ㈠哲 對自身的言行心態都能自己覺知。㈡自己感覺到，認識到。例自覺並無不良嗜好。

參考 參閱「自發」條。

自顧不暇 ㄗˋ ㄍㄨˋ ㄅㄨˋ ㄒㄧㄚˊ 自己照顧自己還來不及。多用來說明無力幫助別人。暇：空閑；不暇：忙不過來。

▽各自、獨自、親自、擅自、其來有自。

常 4 **臭** 形解 會意；從犬自。自即鼻，犬善以鼻聞禽獸的氣息，所以用鼻聞氣為臭。

音義 ㄔㄡˋ 名①穢惡難聞的氣味；例惡臭。②惡名；例遺臭萬載。動敗壞；例朱門酒肉臭。形①難聞的；例臭氣薰天。②有穢氣的；例嫌其銅臭。副劇烈地；例臭罵一頓。

ㄒㄧㄡˋ 名氣味；例無聲無臭。動聞，通「嗅」。

參考 ①反香。②同聞，嗅。

6 **臭名昭着** ㄔㄡˋ ㄇㄧㄥˊ ㄓㄠ ㄓㄨˋ 壞名聲誰都知道。昭着：顯著。

臭名遠揚 ㄔㄡˋ ㄇㄧㄥˊ ㄩㄢˇ ㄧㄤˊ 壞名聲傳播得很遠。揚：傳播。

參考 與「臭名昭着」有別：前者偏重在「遠揚」，當強調壞名聲傳得遠時用之；後者著重在「昭着」，當強調壞名聲誰都知道時用之。

8 **臭味相投** ㄔㄡˋ ㄨㄟˋ ㄒㄧㄤ ㄊㄡˊ 喻彼此意氣與嗜好相投合，帶有嘲謔的意味。例他倆臭味相投，感情甚厚。

參考 與「氣味相投」有別：後者為中性詞；前者含有貶義，專指因有壞念頭、壞作風而合得來。

18 **臭蟲** ㄔㄡˋ ㄔㄨㄥˊ 動扁平形小蟲，喜吸人血液，注毒汁於人體，使人的皮膚腫癢。又稱「臭蝨」、「床蝨」。

▽惡臭、異臭、體臭、乳臭、奇臭、香臭、口臭、狐臭、朱門酒肉臭。

常 4 **臬** 形解 會意；從木，從自。射箭的準的為臬。

音義 ㄋㄧㄝˋ 名①箭靶子；例箭臬。②標準；例奉為圭臬。③門當中豎立的短木；例門臬。④終極；例其深不測，其廣無臬。

參考 ①孳臲、鎳、闑。②字從「自」，不可錯寫作「白」。

次 10 **臲** 形解 形聲；從危，臬聲。危險不安為臲。

音義 ㄋㄧㄝˋ 副臲卼，動搖不安的樣子；例臲卼跛躓。

【至部】 ㄓˋ

常 0 **至** 形解 象形；從一，倒矢，一指地面。矢自遠來降落到地，所以來、到為至。

音義 ㄓˋ 名天節令名，有冬至、夏至，冬至晝最短，夏至晝最長，冬至、夏至又稱「至日」。動到來；例海上風雨至。形情誼親厚的；例至交。副①極，最；例至大至剛。②大大地；例法令至行。③究竟；例至竟。介及；例自南至北。連表進一層意思；例至於

參考 ①同到，臻，詣，抵，迄，屆，及。②孳郅、桎、蛭、銍、侄、蛭、窒、咥、姪、垤、耋、絰、致、室。

4 **至少** ㄓˋ ㄕㄠˇ ㈠極為稀少。㈡最少，起碼。例買棟房子，至少需要百萬元。

6 **至交** ㄓˋ ㄐㄧㄠ 最親密要好的朋友。又作「至友」。

7 **至孝** ㄓˋ ㄒㄧㄠˋ 極為孝順。例事親至孝。

8 **至性** ㄓˋ ㄒㄧㄥˋ 篤厚、仁愛的天性。

至於 ㄓˋ ㄩˊ ㈠表示可能達到某種程度。例他還不至於出賣朋友。㈡表示另提一事，以轉換話題。例至於個人得失，

他根本不考慮。

參考①又作「至如」、「至若」。②「至於」、「關於」有別：用「至於」可以引進另一話題；用「關於」的句子只有一個話題。「關於」還可以用於書名、文章名，「至於」不能。

10 **至高無上** ㄓˋ ㄍㄠ ㄨˊ ㄕㄤˋ 最高等的，最尊貴的。

11 **至理名言** ㄓˋ ㄌㄧˇ ㄇㄧㄥˊ ㄧㄢˊ 極為正確、有價值，足以為時人或後人取法遵行的言論。

13 **至聖先師** ㄓˋ ㄕㄥˋ ㄒㄧㄢ ㄕ 明嘉靖九年釐正祀典，始題「至聖先師孔子」神位，後即以「至聖先師」尊稱孔子。

16 **至親** ㄓˋ ㄑㄧㄣ 關係最近或最常往來的親屬。例骨肉至親。

20 **至寶** ㄓˋ ㄅㄠˇ 極為珍貴的寶物。例如獲至寶。

▽夏至、冬至、乃至、必至、深至、一蹴即至、呵護備至、接踵而至、無微不至、羣賢畢至、口惠而實不至。

常 3 **致** 解形 形聲；從夂，至聲。至有來、到的意思，所以將人或物送到某處為致。

音義 ㄓˋ 名①意態；例樹草栽木，頗有野致。②旨趣；例悟太極之致。③終極；例極致。動①推究；例格物致知。②送至；例致贈。③歸還；例致政。④奉獻；例致力。⑤招來；例招致。⑥表示；例致敬。

參考①參閱「緻」字條。②擘緻。

2 **致力** ㄓˋ ㄌㄧˋ 把心力完全用在某方面。

5 **致用** ㄓˋ ㄩㄥˋ ㈠合於實際的應用。例學以致用。㈡盡其最大的功用。例備物致用。

致仕 ㄓˋ ㄕˋ 辭去官職。

參考①又作「致事」。②「致仕」與「致士」二詞意義完全不同，後者的意思為「招致賢士」。

8 **致命** ㄓˋ ㄇㄧㄥˋ ㈠喪失性命。例這槍傷足以致命。㈡傳達命令。㈢犧牲生命。例見危致命。

致命傷 ㄓˋ ㄇㄧㄥˋ ㄕㄤ ㈠可以致人於死的創傷。㈡使事情失敗的主因。

10 **致書** ㄓˋ ㄕㄨ 寄信。

12 **致賀** ㄓˋ ㄏㄜˋ 向人表達祝賀。

致富 ㄓˋ ㄈㄨˋ 成為富有的人。例儲蓄可以致富。

致詞 ㄓˋ ㄘˊ 在儀式中，發表關於祝賀、答謝、歡迎、歡送或哀悼等的講話。例來賓致詞。又作「致辭」。

13 **致敬** ㄓˋ ㄐㄧㄥˋ 向人敬禮或表示敬意。

致意 ㄓˋ ㄧˋ 向人表示思念、仰慕或問候等的心意。

14 **致遠恐泥** ㄓˋ ㄩㄢˇ ㄎㄨㄥˇ ㄋㄧˋ 想要推行久遠，恐怕滯泥不通。

17 **致謝** ㄓˋ ㄒㄧㄝˋ 向人表達謝意。

參考與「致答」有別：前者只是表達謝意的行動；後者除了表示謝意外，還用言語表達出來。

▽獲致、一致、雅致、興致、極致、招致、精致、風致、格致、密致、言行一致、步調一致、淋漓盡致、閒情逸致。

常 8 **臺** 解形 形聲；從至，從高省，ㄓ聲。積土而成，可供登臨遠望的高平建築為臺。

音義 ㄊㄞˊ 名①可供登臨遠望的高平建築；例陽臺。②器物的底座；例燭臺。③對人的敬稱；例兄臺。④量詞；例一臺野戲。⑤觀測天象或發送電訊的所在；例中華電視臺。⑥地「臺灣省」的簡稱；例臺、閩地區。⑦姓。

參考①擘擡、檯、薹。②「臺」、「齣」有別：「齣」只能用於戲曲，一個獨立演出的劇目叫「一齣」；「臺」可以用於歌舞、戲劇等，「一臺戲」可以只有一齣戲，也可以有幾齣小戲，還可以由不同劇種的幾個節目所組成。

12 **臺階** ㄊㄞˊ ㄐㄧㄝ ㈠用磚石等砌成以便人上下的階梯。㈡比喻轉圜的機會，以便挽回尊嚴或保有名譽。例事不可做絕，要留個臺階下才好。

25 **臺灣** ㄊㄞˊ ㄨㄢ 地省名，位我國東南部，為全國第一大島，東濱太平洋，南隔巴士海峽對菲律賓，西隔臺灣海峽對福建，北與琉球羣島相望。

包括本島、澎湖羣島與龜山、綠島、蘭嶼等羣島。西班牙人稱爲「福爾摩沙」，現爲反攻復興基地，三民主義的模範省。

臺灣海峽 ㄊㄞˊ ㄨㄢ ㄏㄞˇ ㄒㄧㄚˊ 地在臺灣與福建兩省之間，最狹處一三〇公里，爲來往東北亞及東南亞的海、空航線必經之地，也是南北洋流所必經之地。

▽拆臺、野臺、講臺、月臺、高臺、樓臺、舞臺、靈臺、玉臺、燭臺、燈臺、蘭臺、塔臺、亭臺、司令臺、舞榭歌臺。

常 10 **臻** 形解 形聲；從至，秦聲。到來爲臻。

音義 ㄓㄣ 動①達到；例身心手腦，皆臻健全。②會聚；例商賈之所臻。

參考 和「榛樹」的榛（ㄓㄣ）二字形近，但意思不同。

【臼部】ㄐㄧㄡˋ

常 0 **臼** 形解 象形；象穿木石成凹陷，中象米粒形。舂臼爲臼。

音義 ㄐㄧㄡˋ 名①舂米用的木石製盆形的器具；例石臼。②俗套；例窠臼。形像臼的；例臼齒。

參考 ①舂米的器具，「杵」、「臼」爲一付。②孳舅、舊。

▽石臼、舂臼、磨臼、杵臼、不落窠臼。

常 2 **臾** 形解 會意；從申，從乙。申爲束縛的意思，乙有牽引的意思，所以束縛又牽引爲臾。

音義 ㄩˊ 名①姓。②很短的時間；例須臾。ㄩㄥˇ 動勸導；例縱臾。

參考 孳腴、萸、諛。

次 3 **臿** 形解 形聲；從臼，干聲。干是木杵，所以用木杵舂去麥皮爲臿。

音義 ㄔㄚ 名挖土用的鐵鍬，同「鍤」；例築臿。動刺入，通「插」；例雜臿其間。

參考 孳歃、鍤、插、箑、唼。

臿

常 4 **舀** 形解 會意；從爪臼。爪爲手，臼是舂米器，所以用手撥動臼中米粟以便杵舂爲舀。

音義 ㄧㄠˇ 動用瓢、杓來汲取流體；例舀湯。

參考 ①又音ㄨㄞˇ、ㄎㄨㄞˇ。②孳韜、謟、滔、稻、蹈、搯。③與「臽」形似而音義不同，如「餡」從「臽」不可錯寫作「舀」。

次 4 **舁** 形解 會意；從臼，從廾，衆人協力共擧重物爲舁。

音義 ㄩˊ 動擡，擧；例虎賁舁上殿。

參考 ①又作「舁」。②「須臾」的「臾」不可作「舁」。

常 5 **舂** 形解 會意；從廾持杵以臨臼。兩手持杵，站在臼旁邊擣米粟爲舂。

音義 ㄔㄨㄥ 名古代刑罰的一種，婦女犯罪，以舂米代替軍役；例有罪當刑，及當爲城旦、舂者。動①把穀物放入臼中，擣去皮殼；例舂米。②搗擊；例舂破了頭。

參考 孳樁。

舂米 ㄔㄨㄥ ㄇㄧˇ 在石臼裏搗去米糠成清潔的白米。

次 6 **舃** 形解 象形；象鵲形。與鵲同。

音義 ㄒㄧˋ 名①古代的一種複底鞋；例履舃交錯。②含鹹性而瘠薄的土地；例襄陵廣舃。形高大的；例松桷有舃。

參考 孳潟、寫。

常 7 **舅** 形解 形聲；從男，臼聲。丈夫的父親、母親的兄弟，及妻子的兄弟皆可稱爲舅。

音義 ㄐㄧㄡˋ 名①母親的兄弟；例送舅氏。②古稱丈夫的父親爲「舅」，母親爲「姑」；例待曉堂前拜舅姑。③妻的兄弟；例小舅子。

8 **舅姑** ㄐㄧㄡˋ ㄍㄨ 妻稱丈夫的父爲舅，母爲姑。

▽外甥打燈籠—照舅。

常 7 **與** 形解 形聲；從舁，与聲。与是給予，舁是拱手舉物，所以舉物給人爲與。

音義 ㄩˇ 名①同類；例黨與。②姓。動①等待；例歲不我與。②對付；例易與之輩。③給予；例贈與。④推舉；例選賢與能。⑤幫助；例與人爲善。⑥依附；例與世浮沈。介①表示目的；例給與他幫助。②和，同；例與我同行。連①平行連詞；例我與他都是無辜的。②與其，如果；例與人刃我，寧自刃。ㄩˋ 動參加；例與會人士。ㄩˊ 助語末助詞，同「歟」；例孝弟也者，其爲仁之本與！

參考①同及，偕，和，同，跟，許，從，贊，助，施，予，給，參，預。②孳歟、璵、旟、嶼、礜、鱮、譽。

2 **與人爲善** ㄩˇ ㄖㄣˊ ㄨㄟˊ ㄕㄢˋ ㈠勸人，助人進取向善。㈡原指跟別人一同做好事，今指善意地幫助別人。與：讚許。

4 **與日俱增** ㄩˇ ㄖˋ ㄐㄩˋ ㄗㄥ 跟著時日的推移，一直增加，即不斷增加。形容增長得很快。

5 **與世浮沉** ㄩˇ ㄕˋ ㄈㄨˊ ㄔㄣˊ 苟且的隨著世俗而行事。

參考①同同流合汚，隨波逐流，隨俗浮沉。②又作「與世沉浮」。

與世長辭 ㄩˇ ㄕˋ ㄔㄤˊ ㄘˊ 和世間永別，即死亡、逝世。

參考通常形容受尊敬或親愛的人之死亡，出於委婉的口吻，含有莊重的色彩。

與世無爭 ㄩˇ ㄕˋ ㄨˊ ㄓㄥ 比喻淡薄名利，與任何人都沒有爭執。

8 **與其** ㄩˇ ㄑㄧˊ 比較連詞，表示不採取此而採取彼，常與「不如」、「不若」、「寧可」連用。例與其被俘，不如自殺。

與虎謀皮 ㄩˇ ㄏㄨˇ ㄇㄡˊ ㄆㄧˊ 同老虎商量，要剝下它的毛皮。比喻與惡人商量，要他犧牲自己既得的利益，是絕對辦不到的。

11 **與國** ㄩˇ ㄍㄨㄛˊ 與本國關係良好的國家。

參考 反敵國。

與衆不同 ㄩˇ ㄓㄨㄥˋ ㄅㄨˋ ㄊㄨㄥˊ 比喻獨樹一格，和一般人不同。

▽參與、授與、相與、難與、色授魂與。

常 9 **興** 形解 會意；從同舁。四手共同擧起爲興。

音義 ㄒㄧㄥ 名姓。動①起來；例夙興夜寐。②發展；例興起。③發動；例大興土木。④流行；例一時興長裙，一時興短裙，年年不同。形昌盛的；例生意興隆通四海。ㄒㄧㄥˋ 名喜悅的情緒；例未能盡興。動①文詩經六義之一，先言他物，以引起所詠的詞；例賦、比、興。②喜悅；例高興。③喜歡；例不興其藝，不能樂學。

3 **興亡** ㄒㄧㄥ ㄨㄤˊ 國家的興起和滅亡。例國家興亡，匹夫有責。

參考反亡，廢，衰，敗。

7 **興妖作怪** ㄒㄧㄥ ㄧㄠ ㄗㄨㄛˋ ㄍㄨㄞˋ 比喻壞人從事破壞搗亂。

8 **興旺** ㄒㄧㄥ ㄨㄤˋ ㈠事業發達。㈡盛大的樣子。例火勢興旺。

參考 反衰敗。

興味淋漓 ㄒㄧㄥˋ ㄨㄟˋ ㄌㄧㄣˊ ㄌㄧˊ 興趣非常濃厚。淋漓：濃盛的樣子。

參考①同興致勃勃。②又作「興會淋漓」。

9 **興風作浪** ㄒㄧㄥ ㄈㄥ ㄗㄨㄛˋ ㄌㄤˋ 比喻到處招惹事端，煽動別人起來搗亂，引起糾紛。

10 **興衰** ㄒㄧㄥ ㄕㄨㄞ 興盛與衰敗。原就一件事情、一個家庭、一個國家或一個民族的演變過程而言。今多指國家。

興起 ㄒㄧㄥ ㄑㄧˇ ㈠開始發生並蓬勃發展起來。例興起革命熱潮。㈡心有所感而奮起。

興致 ㄒㄧㄥˋ ㄓˋ 興趣和情致。例興致高昂。

興致勃勃 ㄒㄧㄥˋ ㄓˋ ㄅㄛˊ ㄅㄛˊ 極感興趣的樣子。

參考 和「興高采烈」都有「興致很高」的意思，但有別：前者偏重在興奮，除表示興致高外，還含有感興趣、積極從事的意思；後者偏重在高興，又含有精神飽滿的意思。

興師問罪 ㄒㄧㄥ ㄕ ㄨㄣˋ ㄗㄨㄟˋ 發兵聲討有罪的敵人。

興師動衆 ㄒㄧㄥ ㄕ ㄉㄨㄥˋ ㄓㄨㄥˋ ㈠大規模出兵。㈡比喻小題大作，動用很多不必要的人力。例這一點小事何必興師動衆。

興高采烈 ㄒㄧㄥ ㄍㄠ ㄘㄞˇ ㄌㄧㄝˋ ㈠文章旨趣高邁，言辭峻烈。㈡非常快樂的樣子。

參考 參閱「興致勃勃」條。

12 **興隆** ㄒㄧㄥ ㄌㄨㄥˊ 昌盛。例事業興隆。

興替 ㄒㄧㄥ ㄊㄧˋ 興盛和衰敗。替：衰頹。

參考 同興衰。

15 **興趣** ㄒㄧㄥˋ ㄑㄩˋ ㈠強烈的喜好。例他對研究科學很有興趣。㈡哲(Interest)隨著注意而引起的感情狀態。又作「興味」。

16 **興學** ㄒㄧㄥ ㄒㄩㄝˊ 開辦學校。例武訓興學。

興奮 ㄒㄧㄥ ㄈㄣˋ ㈠精神情緒極為振作、激動或緊張。㈡生有機體組織受外界刺激，由安靜而變為活動。

參考 衍興奮劑、興奮過度。

興頭 ㄒㄧㄥˋ ㄊㄡˊ ㈠興趣非常狂熱的時刻。例他正在興頭上，不要澆他冷水。㈡很得意，風頭很盛的。

▽復興、振興、中興、乘興、敗興、遊興、盡興、酒興、高興、時興。

常 10

舉

形解  字本作「擧」：形聲：從手，與聲。與有揚起、擎起的意思，所以用手將東西擎起為舉。俗作「舉」。

音義 ㄐㄩˇ 名行為；例人主無過舉。動①扛起；例力足以舉百鈞。②引薦；例君子不以言舉人。③起，行；例舉事。④糾正；例舉過。形全，合；例舉家遷徙。

參考 ①又作「舉」。②同揚，扛。

1 **舉一反三** ㄐㄩˇ ㄧ ㄈㄢˇ ㄙㄢ 提出一事而能聯想或領悟其他相關的事。

2 **舉人** ㄐㄩˇ ㄖㄣˊ ㈠漢代取士，由郡國守相薦舉之人。㈡唐宋時稱可以應試的人。㈢明清時鄉試中試的人。

3 **舉凡** ㄐㄩˇ ㄈㄢˊ 凡是，所有。例舉凡有功，都可領賞。

4 **舉止** ㄐㄩˇ ㄓˇ 動作，姿態。例舉止大方。

5 **舉目無親** ㄐㄩˇ ㄇㄨˋ ㄨˊ ㄑㄧㄣ 放眼望去，毫無親人。形容人地生疏，孤獨無依。

舉世無雙 ㄐㄩˇ ㄕˋ ㄨˊ ㄕㄨㄤ 獨一無二，全世界都沒有可以匹配的。

舉世矚目 ㄐㄩˇ ㄕˋ ㄓㄨˇ ㄇㄨˋ 有非凡的成就，為全世界人所注目。舉：全部；矚目：注目。又作「屬目」。

6 **舉行** ㄐㄩˇ ㄒㄧㄥˊ 開始施行或進行。例舉行運動會。

7 **舉步** ㄐㄩˇ ㄅㄨˋ 邁步行走。

舉足輕重 ㄐㄩˇ ㄗㄨˊ ㄑㄧㄥ ㄓㄨㄥˋ 比喻人地位重要，舉動和抉擇對事情有極大影響。

8 **舉事** ㄐㄩˇ ㄕˋ 發起某事。

參考 同起事。

9 **舉重** ㄐㄩˇ ㄓㄨㄥˋ 體通過各種方式舉起重物，以能舉起的重量的輕重來判定勝負。

10 **舉家** ㄐㄩˇ ㄐㄧㄚ 全家。例舉家歡喜。

舉酒屬客 ㄐㄩˇ ㄐㄧㄡˇ ㄓㄨˇ ㄎㄜˋ 舉起酒杯，勸客飲用。屬：吩咐。

舉案齊眉 ㄐㄩˇ ㄢˋ ㄑㄧˊ ㄇㄟˊ 比喻夫妻相親相敬。案：有足的托盤。

11 **舉動** ㄐㄩˇ ㄉㄨㄥˋ 行為，動作。

參考 參閱「行為」條。

舉國 ㄐㄩˇ ㄍㄨㄛˊ ㈠全國。例舉國上下。㈡傾盡國力。例舉國興師。

舉措 ㄐㄩˇ ㄘㄨㄛˋ 舉動，措置。例舉措失當。

參考 和「舉止」有別：前者偏重於動態的處理、安置；後者偏重於靜態的姿態、行止。

12 **舉發** ㄐㄩˇ ㄈㄚ 揭露出隱密不可告人的事。

參考 和「告發」有別：後者指第三者向偵查機關報告罪嫌的犯罪行為。

舉棋不定 ㄐㄩˇ ㄑㄧˊ ㄅㄨˋ ㄉㄧㄥˋ (一)拿著棋子不能決定怎樣走。(二)比喻拿不定主意。

參考 同猶豫不決。

13 **舉債** ㄐㄩˇ ㄓㄞˋ 借債。

舉鼎絕臏 ㄐㄩˇ ㄉㄧㄥˇ ㄐㄩㄝˊ ㄅㄧㄣˋ 比喻才力薄弱，而責任重大，妄想有所作爲，終究失敗。臏：膝蓋骨。

16 **舉辦** ㄐㄩˇ ㄅㄢˋ 舉行，辦理。例舉辦活動。

參考 反取消。

18 **舉薦** ㄐㄩˇ ㄐㄧㄢˋ 推舉，薦用。

▽檢舉、推舉、選舉、壯舉、列舉、枚舉、一舉、拔舉、義舉、不勝枚舉、不識擡舉、百廢待舉、百廢俱舉、多此一舉、衆擎易舉、輕而易舉、明智之舉。

常 12 **舊** 形解 形聲；從萑，臼聲。鳥名，一種叫聲很難聽的鳥爲舊。

音義 ㄐㄧㄡˋ 名 老朋友；例故舊。形 ①過去的；例舊事。②經過長時間的；例舊文化。③經長久使用的；例舊衣裳。

參考 反新。

4 **舊日** ㄐㄧㄡˋ ㄖˋ 從前。又作「舊時」。

6 **舊地** ㄐㄧㄡˋ ㄉㄧˋ 曾經居住過或遊玩過的地方。例舊地重遊。

舊交 ㄐㄧㄡˋ ㄐㄧㄠ (一)老朋友。(二)深厚的友誼。

參考 同舊友，舊遊，舊好。

8 **舊雨** ㄐㄧㄡˋ ㄩˇ 舊日的友人，即老朋友。例舊雨新知。

舊雨新知 ㄐㄧㄡˋ ㄩˇ ㄒㄧㄣ ㄓ 泛指相交已久和新交的朋友或顧客。

9 **舊約全書** ㄐㄧㄡˋ ㄩㄝ ㄑㄩㄢˊ ㄕㄨ 書 猶太教的經典，也是基督教「聖經」的前一部分，爲希伯來人選輯古聖先賢的許多著作和遺訓，集結而成。約：指希伯來人與上帝的合約。簡稱「舊約」。

15 **舊調重彈** ㄐㄧㄡˋ ㄉㄧㄠˋ ㄔㄨㄥˊ ㄊㄢˊ 再提出從前發過的議論或再做從前做過的事。

參考 同陳腔濫調。

16 **舊曆** ㄐㄧㄡˋ ㄌㄧˋ 天 即農曆，又稱陰曆。相傳起於夏代，所以也稱夏曆。它的特點是：既重視月亮的圓缺變化，也能顧及一年中的四季寒暑。

25 **舊觀** ㄐㄧㄡˋ ㄍㄨㄢ 原來的樣子。例無從恢復舊觀。

▽懷舊、故舊、新舊、親舊、陳舊、敘舊、念舊、戀舊、老舊、破舊、仍舊、依舊、貪新忘舊、喜新厭舊。

【舌部】 ㄕㄜˊ

常 0 **舌** 形解 象形；象口中舌頭伸出的形狀。動物口中司味覺的器官爲舌。

音義 ㄕㄜˊ 名 ①動物口中，主司辨味並能幫助咀嚼和發聲的器官；例舌敝耳聾。②姓。

參考 ①擊 銛。②「舌」上爲一橫，而非一撇。③與「舌」有別：「舌」篆文從氏從口作「𠯑」，所以該字第一畫是撇筆，有堵塞的意思。

2 **舌人** ㄕㄜˊ ㄖㄣˊ (一)古時稱譯官。(二)稱現代的翻譯人員。

9 **舌苔** ㄕㄜˊ ㄊㄞ 舌面上的垢膩。

參考 正常時舌苔薄白，患病時舌苔有白、黃、黑、膩等變化，是中醫診斷病情的主要依據之一。

10 **舌耕** ㄕㄜˊ ㄍㄥ 比喻靠教書維生。

參考 靠寫作維生稱「筆耕」。

11 **舌敝脣焦** ㄕㄜˊ ㄅㄧˋ ㄔㄨㄣˊ ㄐㄧㄠ 形容費盡口舌，反覆勸導或說明。敝：疲累；焦：焦爛。

15 **舌劍脣槍** ㄕㄜˊ ㄐㄧㄢˋ ㄔㄨㄣˊ ㄑㄧㄤ (一)形容說話很尖銳，很有力量。(二)比喻言辭鋒利，足以傷人。又作「脣槍舌劍」。

舌戰 ㄕㄜˊ ㄓㄢˋ 激烈的辯論。

參考 同激辯。

17 **舌燦蓮花** ㄕㄜˊ ㄘㄢˋ ㄌㄧㄢˊ ㄏㄨㄚ 形容人口才好，能言善道，有如蓮花般地美妙。

▽口舌、饒舌、長舌、捲舌、嚼舌、吐舌、七嘴八舌、油嘴滑舌、張口結舌、瞠目結舌。

常 2 **舍** 形解 會意；從亼屮口。亼爲集的古字，屮爲茅屋，口象區域，所以集屮做茅屋，以供居止爲舍。

音義 ㄕㄜˇ 動 ①除開；例舍我

其誰？②棄去，通「捨」；例舍生取義。
ㄕㄜˋ [名]①房屋；例農舍。②謙稱自己的家；例寒舍。③軍行三十里；例退避三舍。④休息一夜；例凡師一宿爲舍。⑤[俚]宋元時尊稱顯貴弟子；例張舍。[動]①止息；例「爾之安行，亦不遑舍。」②安頓；例舍之上舍。

[參考]①讀成ㄕㄜˇ時與「捨」通，讀成ㄕㄜˋ時則不同。②[反]取。③[擊]捨、猞。

3 **舍下** ㄕㄜˋ ㄒㄧㄚˋ 謙稱自己的家。又作「舍間」。

5 **舍生取義** ㄕㄜˇ ㄕㄥ ㄑㄩˇ ㄧˋ 爲正義的事犧牲生命。舍：同「捨」。

5 **舍本逐末** ㄕㄜˇ ㄅㄣˇ ㄓㄨˊ ㄇㄛˋ 捨棄根本，追求末節，形容輕重倒置。舍：同「捨」。

[參考]①又作「棄本逐末」。②和「本末倒置」都有「輕重倒置，主次不分」的意思，但有別：「舍本逐末」多指處理事情而言，一般都用「辦法」、「方法」、「措施」、「做法」爲中心詞，如「這種舍本逐末的做法」；「本末倒置」多指評論事理而言，一般都用「說法」、「結論」爲中心詞，如「一個本末倒置的結論」。

7 **舍利** ㄕㄜˋ ㄌㄧˋ [外]梵語的譯音：㈠稱佛的身骨，又作死屍的總名。㈡指佛身火化後結成的珠粒狀物，晶瑩堅固。也稱「舍利子」。

8 **舍近求遠** ㄕㄜˇ ㄐㄧㄣˋ ㄑㄧㄡˊ ㄩㄢˇ 捨棄近處隨手可得的事物，卻去追求遠處不易獲致的。形容做事走彎路或追求不切實際的東西。

12 **舍間** ㄕㄜˋ ㄐㄧㄢ 謙稱自己的家。又稱「舍下」。例請來舍間一敘。

14 **舍監** ㄕㄜˋ ㄐㄧㄢ 學校宿舍的監視管理人員。

▽打家劫舍、退避三舍、鍥而不舍。

(常) 4 舐

[形解] 形聲；從舌，氏聲。氏有根柢的意思，所以用舌取食爲舐。

[音義] ㄕˋ [動]用舌頭舔取東西；例舐糠及米。

[參考]①又作「舓」。②字的右旁不可誤從「氐」。

11 **舐痔吮癰** ㄕˋ ㄓˋ ㄕㄨㄣˇ ㄩㄥ 比喻諂媚的人卑賤汚穢的行爲。痔、癰，都是指皮膚腫病潰爛處；吮：吸吮。

19 **舐犢情深** ㄕˋ ㄉㄨˊ ㄑㄧㄥˊ ㄕㄣ 比喻對子女的深愛之情。犢：小牛。

(常) 6 舒

[形解]  形聲；從予，舍聲。舍爲止息的地方，予有寬緩的意思，所以安適寬緩爲舒。

[音義] ㄕㄨ [名]姓。[動]①伸展；例舒眉展眼。②散放；例舒心謝錦茵。[形]①遲緩的；例舒緩。②暢適的；例舒暢。③安閑的；例舒泰。

[參考]①[反]疾。②[同]展，開，申，伸，延，暢。

8 **舒服** ㄕㄨ ㄈㄨˊ 身體或精神感到安適、愉快。

[參考]「舒服」、「舒適」、「舒暢」都是形容詞，且指輕鬆愉快，但有別：「舒服」指因精神上、物質上的滿足或身體健康而感到愉快；「舒適」指因環境適宜、生活如意而覺得安適、愉快；「舒暢」則指人內心極爲開朗歡樂，程度最深。又「舒服」可以重疊成「舒舒服服」，而「舒適」和「舒暢」則不可。

9 **舒眉** ㄕㄨ ㄇㄟˊ 神情舒適無憂的樣子。例舒眉展目。

10 **舒展** ㄕㄨ ㄓㄢˇ ㈠展開，伸展。㈡使身心舒暢、安適。例舒展身心。

[參考][反]瑟縮，卷縮。

14 **舒暢** ㄕㄨ ㄔㄤˋ 極爲舒適愉快。例身心舒暢。

[參考]參閱「舒服」條。

15 **舒適** ㄕㄨ ㄕˋ 舒服安適，常指對環境的感受。

[參考]參閱「舒服」條。

(常) 8 舔

[形解] 形聲；從舌，忝聲。忝有增加的意思，舌頭伸出口外引物入口爲舔。

[音義] ㄊㄧㄢˇ [動]用舌頭舐物入口；例鼻上著糖，顎下黏飴——兩頭舔不到。

參考 ①又作「舓」。②字從忝，而「忝」字從「天（ㄊㄧㄢ）」聲，所以首畫作橫平筆，不可自右上向左下作斜筆。③「舔」、「舐」有別：用舌頭去舔東西的「舔」，與「舐犢情深」的「舐」，意思相同，但讀音與寫法卻不一樣。舔，音ㄊㄧㄢˇ；「舐」讀ㄕˋ，只用於書面語。

次 9 **鋪** 形解 形聲；從舍，甫聲。箸門佈首爲鋪。

音義 ㄆㄨˋ 名 ①商店；例肉鋪。②床；例床鋪。③地 地名用字；例三十里鋪。

參考 又音「ㄆㄨ」，參閱「鋪」字條。

▽店鋪、老鋪、書鋪、牀鋪、雜貨鋪、十里鋪。

【舛部】 ㄔㄨㄢˇ

常 0 **舛** 形解 會意；從二夂相背，以示抵足相臥的形狀，所以對臥爲舛。

音義 ㄔㄨㄢˇ 形 ①不幸的；例命途多舛。②錯亂的；例手校數萬卷，無一字舛。

參考 ①同差，違，爽，謬，誤。②擘舜。

15 **舛誤** ㄔㄨㄢˇ ㄨˋ 即錯誤。

▽命運多舛。

常 6 **舜** 形解 象形；從舛，匸象曲蔓，炎象相重的花簇。木槿爲舜。

音義 ㄕㄨㄣˋ 名 ①植 木槿的別名，通「蕣」；例顏如舜華。②人 古帝名，姓姚，名重華，受堯禪位而有天下，國號虞，又稱虞舜；例堯舜。③姓。

參考 擘 舜、瞬。

4 **舜日堯年** ㄕㄨㄣˋ ㄖˋ ㄧㄠˊ ㄋㄧㄢˊ 比喻太平盛世。舜、堯，都是古代的聖君。

次 7 **舝** 形解 形聲；從舛，萬省聲。車軸頭上橫著用來限制車輪的鐵鍵。

音義 ㄒㄧㄚˊ 名 車軸頭上的鐵鍵；例閒關車之舝兮。

參考 同轄。

常 8 **舞** 形解 形聲；從舛，無聲。隨著音樂節拍，手弄足蹈爲舞。

音義 ㄨˇ 名 ①按一定節奏及韻律轉動身體，表演各種姿勢的行爲；例跳舞。②姓。動 ①跳舞；例君莫舞，君不見，玉環飛燕皆塵土。②要動；例舞棍。③飛翔；例鳥舞魚躍。④興起；例舞幽壑之潛蛟。

參考 又作「儛」。

3 **舞女** ㄨˇ ㄋㄩˇ 以伴人跳舞爲業的女子。

4 **舞文弄墨** ㄨˇ ㄨㄣˊ ㄌㄨㄥˋ ㄇㄛˋ ㈠喜歡作文或玩弄文字技巧。㈡以文字歪曲事實。㈢歪曲並利用法律條文來作弊營私。又作「舞弄文墨」、「舞文弄法」。

參考 「弄」又讀ㄋㄨㄥˋ。

7 **舞弄** ㄨˇ ㄌㄨㄥˋ ㈠拿在手上舞動耍弄。㈡嘲笑戲弄。㈢「舞文弄墨」的簡稱。

參考 「弄」又讀ㄋㄨㄥˋ。

14 **舞臺** ㄨˇ ㄊㄞˊ ㈠表演歌舞、戲劇等的平臺。㈡比喻活動的場所，主要强調它的多變性。例政治舞臺。

15 **舞弊** ㄨˇ ㄅㄧˋ ㈠用欺騙的方式，從中作一些不法的勾當，以謀取私利。例營私舞弊。㈡學生考試作弊。

參考 弊，不可寫成「幣」。

17 **舞蹈** ㄨˇ ㄉㄠˋ ㈠古代朝拜的儀節。㈡以人體的韻律動作表示感情的藝術。可分爲民族舞、表演舞、交際舞、土風舞等。

25 **舞廳** ㄨˇ ㄊㄧㄥ 供人跳舞的營業場所。

▽歌舞、鼓舞、跳舞、劍舞、土風舞、交際舞、長袖善舞、眉飛色舞、載歌載舞、聞雞起舞、輕歌曼舞、龍飛鳳舞、歡欣鼓舞。

【舟部】ㄓㄡ

常 0 **舟** 形解 象形；象船形。

音義 ㄓㄡ 名①船；例學如逆水行舟，不進則退。②姓。動佩帶；例何以舟之？維玉及瑤。

3 **舟子** ㈠ㄓㄡ ˙ㄗ 小船。㈡ㄓㄡ ㄗˇ 船夫。

10 **舟師** ㄓㄡ ㄕ ㈠古代的水軍。㈡船夫。或稱「舟子」、「舟人」。

13 **舟楫** ㄓㄡ ㄐㄧˊ ㈠船和槳，泛指船隻。㈡比喻賢能的輔佐。

▽輕舟、扁舟、客舟、歸舟、漁舟、同舟、孤舟、小舟、泛舟、泊舟、移舟、操舟、木已成舟、破釜沉舟、順水推舟、積羽成舟。

次 2 **舠** 形解 形聲；從舟，刀聲。象刀般的小船爲舠。

音義 ㄉㄠ 名小船；例征舠犯夜湍。副船行動盪不穩的樣子。

常 3 **舢** 形解 形聲；從舟，山聲。舢板爲舢。

音義 ㄕㄢ 名小船；例舢舨。

次 3 **舡** 形解 形聲；從舟，工聲。工有大的意思，所以高大的船爲舡。

音義 ㄒㄧㄤ 名舟船；例濟大川而無舡楫。

參考 ①又音 ㄍㄤ、ㄔㄨㄢ。②船之俗字。

常 4 **航** 形解 形聲；從舟，亢聲。舟、船的總稱爲航。

音義 ㄏㄤˊ 名①舟船；例譬臨河而無航。②連舟而成的浮橋；例舟航。動①行舟；例航海。②飛翔；例航行空中。形屬於飛機或船所經過的；例航線。

8 **航空** ㄏㄤˊ ㄎㄨㄥ 人類在大氣層中利用飛機、滑翔機等飛行器從事飛行的活動。

航空母艦 ㄏㄤˊ ㄎㄨㄥ ㄇㄨˇ ㄐㄧㄢˋ 軍 一種大型軍艦，可負載軍機，並可供飛機起落，爲海軍飛機的海上基地，也是展示一國武力的利器。

10 **航海** ㄏㄤˊ ㄏㄞˇ 船舶行駛在海面上。

12 **航程** ㄏㄤˊ ㄔㄥˊ 船或飛機等由起點到終點所航行的里程。

13 **航路** ㄏㄤˊ ㄌㄨˋ 飛機或船舶航行的路線。

航運 ㄏㄤˊ ㄩㄣˋ 水上運輸事業的統稱。又分：內河航運、沿海航運、遠洋航運三種。

航道 ㄏㄤˊ ㄉㄠˋ 在江河、湖泊、港灣等水域內，供船舶或排筏等航行的通道。

參考「航道」和「航線」(或「航路」)不同的是：「航道」指在較小的範圍內，可供船隻航行的有形水道；而「航線」指空中或海洋上，船舶或飛機航行的路線，並沒有眞正的、有形的標誌或範圍。

15 **航線** ㄏㄤˊ ㄒㄧㄢˋ 船或飛機航行的路線。又作「航路」。

▽曳航、回航、歸航、出航、潛航、渡航、慈航、護航、返航。

常 4 **舫** 形解 形聲；從舟，方聲。並船爲舫。

音義 ㄈㄤˇ 名船；例東船西舫悄無言。

ㄈㄤ 動併船，通「方」；例「不舫舟，不避風，則不可以涉。」

▽畫舫、官舫、彩舫、巨舫。

常 4 **般** 形解 會意；從舟，從殳。殳是駛船的竹篙，所以用篙駛船爲般。

音義 ㄅㄢ 名①種類；例十八般武藝。②等，樣；例這般人，不理他也罷。動回，還；通「班」；例般師罷兵。形一樣的；例兇神般走到跟前。

ㄆㄢˊ 動喜歡；例「忠臣危殆，讒人般矣。」形盛大的；例般樂怠敖。

ㄅㄛ 名宗梵語，智慧；例般若。

參考①「般」和「班」古代常以同音通用，今二字有別：如「班級」、「班車」用「班」；和「一般」、「這般人」用「般」，絕不可混用。②擘幣、槃盤、磐、鞶、搬、瘢、蟹。

9 **般若** ㄅㄛ ㄖㄜˇ 宗佛教名詞，義爲智慧，指無上、無比、無等的智慧，能如實了解一切事物，與一般的智慧不同。

▽一般、百般、萬般、如此這般。

常 5 **舨** 形解 形聲；從舟，反聲。舟的泛稱爲舨。

音義 ㄅㄢˇ 名小船；例舫舨。

參考 「舢舨」也作「舢板」。

常 5 **舵** 形解 形聲；從舟，它聲。設在船尾扶正方向的木具爲舵。

音義 ㄉㄨㄛˋ 名①裝在船尾，控制行船方向的裝置；例張帆司舵。②泛指交通工具上控制方向的設備；例升降舵。③方針或憑藉；例掌穩人生之舵。

參考 字雖從它，但不可讀成ㄊㄨㄛ。

4 **舵手** ㄉㄨㄛˋ ㄕㄡˇ ㈠行船掌舵，控制航向的人。㈡比喻國家的領導者。

▽掌舵、尾舵、方向舵、見風使舵。

常 5 **舷** 形解 形聲；從舟，玄聲。船的邊沿爲舷。

音義 ㄒㄧㄢˊ 名①船邊；例扣舷而歌。②泛指船隻；例方津棹法舷。

常 5 **舶** 形解 形聲；從舟，白聲。航行在海洋中之大船爲舶。

音義 ㄅㄛˊ 名航行海中的大船；例船舶。

8 **舶來品** ㄅㄛˊ ㄌㄞˊ ㄆㄧㄣˇ 由外國進口的商品。

參考 同外國貨。

▽船舶、巨舶。

常 5 **船** 形解 舩 形聲；從舟，㕣聲。大舟爲船。

音義 ㄔㄨㄢˊ 名①航行水上的主要交通工具；例水行乘船。②航空工具；例太空船。

4 **船戶** ㄔㄨㄢˊ ㄏㄨˋ 以撐船過活的人家。又作「船家」。

8 **船長** ㈠ㄔㄨㄢˊ ㄓㄤˇ 主持全船事務的人。㈡ㄔㄨㄢˊ ㄔㄤˊ 船的長度。

10 **船員** ㄔㄨㄢˊ ㄩㄢˊ 船上除船長以外的服務或工作人員。

11 **船舷** ㄔㄨㄢˊ ㄒㄧㄢˊ 船身的兩側邊緣。

船舶 ㄔㄨㄢˊ ㄅㄛˊ 船的泛稱，常指較大的船隻。

13 **船塢** ㄔㄨㄢˊ ㄨˋ 造船和修船的主要設備或建築物，有固定的「乾塢」和漂浮的「浮塢」；前者爲與水域相通，有啓閉閘門的池形建築；後者爲浮於水面，利用灌水或排水而沈浮的箱形設備。

16 **船艙** ㄔㄨㄢˊ ㄘㄤ 船內部載乘客、裝貨物的地方。

▽汽船、商船、漁船、樓船、客船、帆船、沉船、渡船、乘船、搭船、坐船、輪船、太空飛船。

次 5 **舸** 形解 形聲；從舟，可聲。可有大的意思，所以大船爲舸。

音義 ㄍㄜˇ 名大船；例弘舸連軸。

次 5 **舳** 形解 舳 形聲；從舟，由聲。由有大的意思，所以長而大之船艦爲舳。

音義 ㄓㄡˊ 名舳艫，大船。

22 **舳艫** ㄓㄡˊ ㄌㄨˊ ㈠船的代稱。舳：船尾；艫：船頭。例舳艫千里。㈡方長形的船隻。

舳艫千里 ㄓㄡˊ ㄌㄨˊ ㄑㄧㄢ ㄌㄧˇ 船頭和船尾相接不斷，彷彿有千里之遙，形容船隻衆多。

次 5 **舴** 形解 形聲；從舟，乍聲。小船爲舴。

音義 ㄗㄜˊ 名舴艋，像蚱蜢般的小船；例「只恐雙溪舴艋舟，載不動許多愁！」

參考 不讀「ㄗㄚˋ」。

次 5 **舲** 形解 形聲；從舟，令聲。令有小的意思，所以有篷的小船爲舲。

音義 ㄌㄧㄥˊ 名設有窗戶的船；例「越舲蜀艇。」

常 7 **艇** 形解 形聲；從舟，廷聲。廷有直的意思，所以狹長的小舟爲艇。

音義 ㄊㄧㄥˇ 名①輕便的小船；例汽艇。②狀如小船的交通工具；例飛艇。③量詞，計算小舟的單位名；例小蓬船百什艇。

次 7 **艄** 形解 形聲；從舟，梢省聲。船尾爲艄。

音義 ㄕㄠ 名船尾；例船艄。

參考 同艉。

4 艄公 ㄕㄠ ㄍㄨㄥ (一)船尾掌舵的人。(二)泛指船夫。又作「梢公」。

次 7 **艅** 形解 形聲；從舟，余聲。余有寬舒的意思，所以高大而華麗的船爲艅。

音義 ㄩˊ 名艅艎，華麗的大船。

次 8 **艋** 形解 形聲；從舟，孟聲。小舟爲艋。

音義 ㄇㄥˇ 名舴艋，小舟。

次 9 **艎** 形解 形聲；從舟，皇聲。皇有大的意思，所以高大而華美的船爲艎。

音義 ㄏㄨㄤˊ 名大船；例「飛艎遡極浦。」

常 10 **艘** 形解 形聲；從舟，叟聲。船的總名爲艘。

音義 ㄙㄠ 名①泛指舟船；例瓊艘瑤楫。②量詞，計量船艦的單位名；例「連舫逾萬艘。」

參考 又音ㄙㄡ。

常 10 **艙** 形解 形聲；從舟，倉聲。倉是儲藏穀物的地方，所以船內部空間爲艙。

音義 ㄘㄤ 名①船或飛機內部的隔間；例貨艙。②船艦內部的分層；例底艙。

7 艙位 ㄘㄤ ㄨㄟˋ 船艙中分房列榻，以便旅客住宿或就座的所在。

▽船艙、太空艙。

次 12 **艟** 形解 形聲；從舟，童聲。童爲衝的省寫，所以用以衝破敵陣的戰艦爲艟。

音義 ㄊㄨㄥˊ 名艨艟，戰艦。

次 13 **艤** 形解 形聲；從舟，義聲。船向岸邊靠攏爲艤。

音義 ㄧˇ 動停船靠岸；例試水客，艤輕舟。

參考 又作「檥」。

常 14 **艦** 形解 形聲；從舟，監聲。監有察視的意思，所以上置板屋以禦敵箭的船隻爲艦。

音義 ㄐㄧㄢˋ 名戰船；例航空母艦。

16 艦橋 ㄐㄧㄢˋ ㄑㄧㄠˊ 軍艦艇指揮官在軍艦內施發號令時所在的高臺。又名「指揮臺」。

▽旗艦、軍艦、戰艦、驅逐艦、巡洋艦、無敵艦、航空母艦、太空航艦、太空戰艦。

次 14 **艨** 形解 形聲；從舟，蒙聲。蒙有蒙覆在外的意思，所以經得起敵軍攻擊的戰艦爲艨。

音義 ㄇㄥˊ 名艨艟，戰艦。

次 16 **艫** 形解 形聲；從舟，盧聲。盧爲顱的省寫，所以船頭爲艫。

音義 ㄌㄨˊ 名①大船；例「共乘艫江中。」②船頭。

參考 同舸，艎。

【艮部】 ㄍㄣˋ

常 0 **艮** 形解 會意；從匕目。匕是比的初文，所以以比目相視，行爲怪異，不屑聽從爲⿱目匕。隸變作「艮」。

音義 ㄍㄣˋ 名①易經八卦之一。②姓。

ㄍㄣˇ 形①堅韌不脆的；例艮蘿蔔。②耿直的；例性情很艮。

參考 ①孳根、跟、茛。②與「良」有別：「艮」上無一點，有一點的是善良的「良」。

9 **艮苦冰涼** ㄍㄣˋ ㄎㄨˇ ㄅㄧㄥ ㄌㄧㄤˊ (一)比喻窮苦悽涼，無依無靠。(二)比喻毫無感情。

常 1 **良** 形解 形聲；從富省，亡聲。富有塞止的意思，塞止逃亡，所以善良爲良。

音義 ㄌㄧㄤˊ 名①賢人；例世代忠良。②婦人尊稱夫爲「良」或「良人」；例良席在東。③姓。形①賢善的；例良師益友。②美好的；例良辰美景。③天賦的；例良知良能。④吉利的；例及良日。副①確然；例良有以也。②甚，很；例上默然良久。

參考①同好，善。②擘俍、莨、蜋、粮、悢、踉、郎、浪、狼、根、琅、硠、稂、筤、娘、埌。

2 **良人** ㄌㄧㄤˊ ㄖㄣˊ (一)舊指丈夫。(二)美人。(三)泛指善人，好人。(四)古代地方官名，即鄉大夫。(五)西漢妃嬪的稱號。

3 **良久** ㄌㄧㄤˊ ㄐㄧㄡˇ 很久。例沈吟良久。

良工心苦 ㄌㄧㄤˊ ㄍㄨㄥ ㄒㄧㄣ ㄎㄨˇ 比喻優秀藝術家的作品都是出於苦心經營的。

4 **良心** ㄌㄧㄤˊ ㄒㄧㄣ 人類天生的善心。例做事要憑良心。

良民 ㄌㄧㄤˊ ㄇㄧㄣˊ 安分守法的老百姓。

7 **良辰美景** ㄌㄧㄤˊ ㄔㄣˊ ㄇㄟˇ ㄐㄧㄥˇ 天氣晴和，景物美麗；用以指美好的時刻和景致。

8 **良夜** ㄌㄧㄤˊ ㄧㄝˋ (一)天色美好的夜晚。(二)深夜。

良知 ㄌㄧㄤˊ ㄓ (一)不學而知的，天生就具有的知識。(二)好友。

良知良能 ㄌㄧㄤˊ ㄓ ㄌㄧㄤˊ ㄋㄥˊ 不學而知，即天賦的知識，稱「良知」；不學而能，即天生的能力，稱「良能」。

10 **良家** ㄌㄧㄤˊ ㄐㄧㄚ (一)清白人家的。例良家婦女。(二)善於經營生意而致富的人家。

11 **良晤** ㄌㄧㄤˊ ㄨˋ 歡暢的會見。

12 **良莠不齊** ㄌㄧㄤˊ ㄧㄡˇ ㄅㄨˋ ㄑㄧˊ 素質不齊，好的壞的都有。參考本作「稂莠不齊」，參閱該條。

16 **良機** ㄌㄧㄤˊ ㄐㄧ 好機會。例把握良機。

19 **良藥苦口** ㄌㄧㄤˊ ㄧㄠˋ ㄎㄨˇ ㄎㄡˇ (一)能夠治好病的藥，通常是味苦難吃的。(二)比喻勸誡的話，聽起來雖然難受，但對人卻有益處。參考同忠言逆耳。

▽改良、溫良、善良、優良、純良、精良、忠良、不良、賢良、從良、除暴安良。

常 11 **艱** 形解 形聲；從堇，艮聲。艮有不相容的意思，堇爲黏土，所以不易耕種的土地爲艱。

音義 ㄐㄧㄢ 名①困難；例艱難。②諱稱父母的死；例母艱。形困難的；例艱辛。

7 **艱辛** ㄐㄧㄢ ㄒㄧㄣ 艱苦。

9 **艱苦** ㄐㄧㄢ ㄎㄨˇ 困難而辛苦。例這是一項艱苦的任務。參考同艱辛。

11 **艱深** ㄐㄧㄢ ㄕㄣ 文辭深奧難懂。

13 **艱鉅** ㄐㄧㄢ ㄐㄩˋ 極爲艱難的。參考「艱鉅」和「艱難」、「艱苦」意思相近，但程度上，以「艱鉅」爲最嚴重。

16 **艱險** ㄐㄧㄢ ㄒㄧㄢˇ 困難，危險。

17 **艱澀** ㄐㄧㄢ ㄙㄜˋ (一)文詞深奧難懂，即「艱深」。(二)阻礙不通的。(三)味道生澀，難以入口。

19 **艱難** ㄐㄧㄢ ㄋㄢˊ 非常困難。參考反容易，簡單。

▽時艱、險艱、多艱、履艱、母艱、步履維艱。

【色部】 ㄙㄜˋ

常 0 **色** 形解 會意；從人卪。卪爲符節，人的喜怒哀樂現於臉上，若合符節，所以顏氣爲色。

音義 ㄙㄜˋ 名①物光線射在物體上，反映在眼裏的現象；例顏色。②神情；例和顏悅色。③景象；例山光水色。④種類；例幾色禮物。⑤美色；例賢賢易色。⑥性慾；例戒之在色。⑦金銀的成分；例成色。⑧腳色；例教坊有部有色。⑨娼妓；例當今名色。⑩美貌；例色藝雙全。

⑪忿怒的面容；例忿然作色。動發怒變臉；例怒於室者色於市。

參考 ①「顏色」、「光色」的「色」字，語音作ㄕㄞˇ。②摯艷。

8 **色盲** ㄙㄜˋ ㄇㄤˊ 一種視覺病態，失去正常人辨別顏色的能力。色盲有遺傳性，又分紅、綠、紅綠、黃藍和全色盲，其中以紅綠色盲最常見。

10 **色素** ㄙㄜˋ ㄙㄨˋ 染色的原料或要素。

色衰愛弛 ㄙㄜˋ ㄕㄨㄞ ㄞˋ ㄔˊ 以姿色得寵的人，等姿色衰老，所受的寵愛也將減退。

11 **色彩** ㄙㄜˋ ㄘㄞˇ ㈠物表因吸收和反射光量的程度不同，而呈現出複雜的色彩現象。㈡趨向，傾向。例政治色彩。

色授魂與 ㄙㄜˋ ㄕㄡˋ ㄏㄨㄣˊ ㄩˇ ㈠對方以色授與，我以魂往接，本意爲神交默會，不露形迹。㈡今指男女情慾的交接。

15 **色調** ㄙㄜˋ ㄉㄧㄠˋ ㈠不同波長成分的可見光所引起的不同顏色感覺。㈡一幅畫中，色與色間構成的關係，形成色彩的特殊情調。

色厲內荏 ㄙㄜˋ ㄌㄧˋ ㄋㄟˋ ㄖㄣˇ 外表看起來很有威嚴，內心其實很軟弱。色：臉色；厲：嚴肅；荏：軟弱。

參考 參閱「外强中乾」條。

16 **色澤** ㄙㄜˋ ㄗㄜˊ 外表的顏色光彩。例色澤鮮明。

▽異色、顏色、氣色、原色、好色、古色、秋色、春色、潤色、染色、特色、物色、變色、暮色、容色、令色、女色、美色、漁色、失色、作色、生色、容色、天色、臉色、大驚失色、不動聲色、不露聲色、天香國色、五光十色、平分秋色、巧言令色、有聲有色、形形色色、和顏悅色、怫然作色、勃然變色、面有菜色、面無人色、疾言厲色、喜形於色、察言觀色、古道照顏色。

次 5 **艴** 形解 形聲；從色，弗聲。弗有相違的意思，所以臉色不悅爲艴。

音義 ㄈㄨˊ 副神情不悅的樣子；例艴然作色。

參考 又音ㄅㄛˊ。

【艸部】 ㄘㄠˇ

常 2 **艾** 形解 形聲；從艸，乂聲。植物名，菊科，艾草爲艾。

音義 ㄞˋ 名①植多年生草，莖高四五尺，葉背有很密的白毛，葉揉成艾絨，爲灸病之用，也可用作印泥；例艾草。②美好的女子；例「知好色，則慕少艾。」③老人；例「竦長劍兮擁幼艾。」④五十歲；例五十曰艾。⑤姓。動①息止；例方興未艾。②培養；例「樹於有禮，艾人必豐。」③久，盡；例夜未艾。

參考 又音ㄧˋ，與「乂」通，參閱「乂」字條。

12 **艾菲爾鐵塔** ㄞˋ ㄈㄟ ㄦˇ ㄊㄧㄝˇ ㄊㄚˇ 地法國著名的鐵塔。高三百公尺，重九千噸，海拔五七公尺、一一五公尺、二七六公尺三層平臺，供公衆遊覽。第四層平臺海拔三百公尺，上設氣象站。

▽耆艾、少艾、蓬艾、畜艾、保艾、老艾、方興未艾、自怨自艾、期期艾艾。

次 2 **艽** 形解 形聲；從艸，九聲。九有長遠的意思，所以荒遠的地方爲艽。

音義 ㄑㄧㄡ 名禽獸巢穴中的墊草；例禽獸有艽。形荒遠的；例艽野。

ㄐㄧㄠ 名植秦艽，多年生草本，葉寬而長，根供藥用，主治風濕痛。

常 3 **芒** 形解 形聲；從艸，亡聲。亡有失的意思，艸的末端細微，幾不可見者爲芒。

音義 ㄇㄤˊ 名①植多年生草，禾本科，葉細長而尖，有紅、白二種，莖葉可葺屋頂，也可製草鞋；例白芒。②禾類草葉的尖端；例麥芒。③植喬木果樹名，臺灣名產之一；例芒果樹。④像芒般四射的現象；例光芒。⑤刀劍最鋒利的部分；例鋒芒。⑥姓。副無知而迷亂地，通「茫」；例芒然。

參考 擊茫、鋩。

8 **芒刺** ㄇㄤˊ ㄘˋ (一)草木莖葉、果殼上的小刺。(二)比喻使人極度不安的感覺。例芒刺在背。

芒刺在背 ㄇㄤˊ ㄘˋ ㄗㄞˋ ㄅㄟˋ 像芒刺扎在背上一樣。形容心中惶恐，坐立不安，受到極大威脅。

參考 與「如坐針氈」有別：後者形容坐立不安的樣子。

15 **芒鞋** ㄇㄤˊ ㄒㄧㄝˊ 即「草鞋」。例「芒鞋竹杖最關身。」

▽光芒、毫芒、鋒芒、麥芒、小試鋒芒、畢露鋒芒。

常 3 **芋** 形解 形聲；從艸，于聲。于有大的意思，植物名，葉大，根部可食的芋頭爲芋。

音義 ㄩˋ 植 蔬菜類，天南星科，多年生草本，葉大，地下莖多肉，可供食用，俗稱「芋頭」；例「沙田紫芋肥。」

參考 與「芊」有別：「芊」(ㄑㄧㄢ)，從千，「千」首畫由右向左下撇；「芋」，從于，「于」首畫平直，末畫勾筆。

常 3 **芍** 形解 形聲；從艸，勺聲。草本植物名，荸薺爲芍。

音義 ㄕㄨㄛˊ 名 植 多年生草本，毛茛科，初夏開花，有紅、白、紫等數種，大而美艷，根可入藥，稱芍藥，中醫稱爲白芍。

參考 ①語音ㄕㄠˊ。②有些植物名，如「芍藥」、「苜蓿」、「芙蓉」、「蕃茄」、「茉莉」、「玫瑰」、「薔薇」等，均是記錄語言，屬於複合詞，才有意義；不能簡稱爲：「芍」、「苜」、「芙」、「蕃」、「玫」、「薔」等。

10 **芍藥之贈** ㄕㄨㄛˊ ㄧㄠˋ ㄓ ㄗㄥˋ 比喻指：(一)別離之贈。例「牛亨問曰：『將離別相贈以芍藥者何也？』答曰：『芍藥一名可離，故將別以贈之。』」(二)男女定情的贈物。

次 3 **芐** 形解 形聲；從艸，下聲。植物名，蒲草爲芐。

音義 ㄏㄨˋ 名 植 草名，多年生草本，根莖黃色，葉倒卵形，根莖可作藥。

ㄒㄧㄚˋ 名 ①蒲席；例「芐蒻不納。」②姓。

次 3 **芎** 形解 形聲；從艸，弓聲。香草名，芎藭爲芎。

音義 ㄑㄩㄥ 名 植 香草名，即芎藭，多年生草本，根莖含揮發油，中醫學以乾燥根莖入藥。

參考 ①又讀ㄑㄩㄥˊ。②又音ㄒㄩㄥ。

次 3 **芊** 形解 形聲；從艸，千聲。千有眾多的意思，所以草類茂盛爲芊。

音義 ㄑㄧㄢ 副 芊芊，草木茂盛的樣子。

14 **芊綿** ㄑㄧㄢ ㄇㄧㄢˊ 草木蔓衍叢生的樣子。又作「芊眠」、「千眠」、「芊緜」。

次 3 **芃** 形解 形聲；從艸，凡聲。凡有廣眾的意思，所以草類茂盛爲芃。

音義 ㄆㄥˊ 名 姓。副 芃芃，草茂密的樣子。形 獸毛蓬鬆的。

參考 字雖從凡但不可讀成ㄈㄢˊ。

次 3 **芄** 形解 形聲；從艸，丸聲。香草，芄蘭爲芄。

音義 ㄨㄢˊ 名 植 芄蘭，草本，蔓生；莖、葉和種子都可入藥。

常 4 **芟** 形解 形聲；從艸，殳聲。殳爲以杖隔離，割草爲芟。

音義 ㄕㄢ 名 鐮刀；例耒耜枷芟。動 ①除草；例芟蕪。②翦滅；例芟穢。芟敵搴旗。③削除，通「刪」；例載加芟正。

6 **芟夷** ㄕㄢ ㄧˊ (一)刈草。(二)刪除。(三)比喻削除亂賊。

18 **芟穢** ㄕㄢ ㄏㄨㄟˋ 刈除雜草，轉喻

爲除害。

常 4 **芹** 形解 形聲；從艸，斤聲。植物名，水芹菜爲芹。

音義 ㄑㄧㄣˊ 名 植 芹菜，水芹、香芹、旱芹的總稱，一般專指旱芹。蔬菜類，多年生草本，繖形花科，莖有稜，中空，羽狀複葉，夏天開白花，莖葉可食用，種子可做香料；例「有雲夢之芹。」

參考 字雖從斤，但不可讀成ㄐㄧㄣ。

20 **芹獻** ㄑㄧㄣˊ ㄒㄧㄢˋ 謙稱餽贈人的禮物菲薄，不能稱人之意。又作「獻芹」。

常 4 **芳** 形解 形聲；從艸，方聲。香草爲芳。

音義 ㄈㄤ 名 ①泛稱香花；例「眾芳搖落獨鮮妍。」②香草；例佩芳。③香氣；例「鼻以聞芳。」④美譽；例萬古流芳。形 ①有香氣的；例十步之內，必有芳草。②對人的敬稱詞；例芳儀。

參考 同芬，香。

6 **芳名** ㄈㄤ ㄇㄧㄥˊ ㈠美好的聲名。例芳名遠播。㈡敬稱他人的姓名，多用於女子。

10 **芳草** ㄈㄤ ㄘㄠˇ ㈠香草，比喻君子忠貞的美德。㈡比喻指女子。例天涯何處無芳草。

12 **芳華** ㄈㄤ ㄏㄨㄚˊ 青春歲月。例芳華虛度。

16 **芳澤** ㄈㄤ ㄗㄜˊ ㈠古代婦女用以潤澤頭髮的香油。又作「香澤」。㈡借稱女子。例一親芳澤。

18 **芳蹤** ㄈㄤ ㄗㄨㄥ 對女子蹤跡的美稱。

▽遺芳、羣芳、流芳、芬芳、秋芳、眾芳、萬世流芳。

常 4 **芝** 形解 形聲；從艸，之聲。草本植物，靈芝爲芝。

音義 ㄓ 名 ①植 菌類，寄生於枯樹，古以爲瑞草，又稱芝草、靈芝；例「尋林採芝去。」②香草，通「芷」；例芝蘭之室。③姓。

10 **芝草無根** ㄓ ㄘㄠˇ ㄨˊ ㄍㄣ 比喻出身寒微，沒有背景的英傑，有如香草無根一般。

21 **芝蘭玉樹** ㄓ ㄌㄢˊ ㄩˋ ㄕㄨˋ 比喻指好的子弟。

▽靈芝、仙芝、採芝。

常 4 **芙** 形解 形聲；從艸，夫聲。荷花爲芙。

音義 ㄈㄨˊ 名 ①植 即荷花；例芙蓉。②植 錦葵科，落葉灌木；例木芙蓉。

參考 「芙」只用於「芙蓉」、「芙蕖」，都是「荷花」的意思，但不能簡稱「芙」或「蓉」或「蕖」，必須組合成詞才有意義。

16 **芙蕖** ㄈㄨˊ ㄑㄩˊ 荷花的別稱。同「芙蓉」。又作「芙渠」、「扶渠」。

常 4 **芭** 形解 形聲；從艸，巴聲。香草名，芭蕉爲芭。

音義 ㄅㄚ 名 ①植 芭蕉科，多年生草本，葉大而綠，花白色，果實跟香蕉相似，唯稍短；例「芭蕉深處碧窗涼。」②香草；例「傳芭兮代舞。」③姓。

參考 「芭蕉」不能簡稱作「芭」，或「蕉」。

常 4 **芽** 形解 形聲；從艸，牙聲。牙有出的意思，所以草木萌發而出爲芽。

音義 ㄧㄚˊ 名 ①植物初生的嫩苗；例豆芽。②礦苗；例「銀芽生銀坑內石縫中。」③姓。

動 萌發；例「消姦宄於未芽。」

參考 與「枒」有別：「枒」，從木，有枝杈的意思，如「枒杈」不作「芽杈」；「芽」從草（艸），有幼苗的意思，如「萌芽」不作「萌枒」。

常 4 **花** 形解 形聲；從艸，化聲。植物的生殖器官爲花。

音義 ㄏㄨㄚ 名 ①植 被子植物的生殖器官，包括萼、冠及大小蕊；例開花結果。②像花一般的東西；例雪花。③妓女；例眠花臥柳。④棉絮；例棉花。⑤姓。動 消費；例這些錢夠花嗎？形 ①花多的；例花季。②許多花色的；例花布。③式樣繁多的；例花式溜冰。④虛假而引人喜歡的；例花言巧語。⑤美好的；例花樣年華。⑥心情不定，善變的；例花花公子。副模糊不清地；例看花了眼。

參考 又作「芲」。

4 **花天酒地** ㄏㄨㄚ ㄊㄧㄢ ㄐㄧㄡˇ ㄉㄧˋ 形容狂嫖縱酒，沉迷於聲色場中的糜爛生活。

參考 與「醉生夢死」有別：前者偏重於吃喝嫖賭荒淫腐化的生活，不能直接形容人；後者偏重指昏沉頹廢，常用來直接形容人。

5 **花甲** ㄏㄨㄚ ㄐㄧㄚˇ 古人十天干支配合十二地支，形成六十甲子，以六十為一循環，有六個甲：即甲子、甲戌、甲申、甲午、甲辰、甲寅。此一循環總稱周甲，又稱花甲。

6 **花色** ㄏㄨㄚ ㄙㄜˋ ㈠花樣和顏色。例這件衣服花色鮮明。㈡從外表上區分的種類。例花色繁多。

7 **花言巧語** ㄏㄨㄚ ㄧㄢˊ ㄑㄧㄠˇ ㄩˇ 用來騙人的虛假而動聽的話。

參考 參閱「甜言蜜語」條。

8 **花押** ㄏㄨㄚ ㄧㄚ 舊時公文契約上的草書簽名，也泛指契約文書上的簽名。

花招 ㄏㄨㄚ ㄓㄠ ㈠武術中靈巧好看的動作。㈡騙人的狡猾手段。例耍花招。

花花世界 ㄏㄨㄚ ㄏㄨㄚ ㄕˋ ㄐㄧㄝˋ 比喻繁華繽紛的世界。

花花絮絮 ㄏㄨㄚ ㄏㄨㄚ ㄒㄩˋ ㄒㄩˋ 形容雜多繽紛的樣子。

花枝招展 ㄏㄨㄚ ㄓ ㄓㄠ ㄓㄢˇ ㈠形容花兒美麗眾多。㈡形容女子裝扮艷麗，引人注意。

9 **花前月下** ㄏㄨㄚ ㄑㄧㄢˊ ㄩㄝˋ ㄒㄧㄚˋ 比喻指男女談情說愛的地方。

10 **花紋** ㄏㄨㄚ ㄨㄣˊ 在器物上裝飾用的線條和圖紋。

花圃 ㄏㄨㄚ ㄆㄨˇ 種花的圃地。

參考 與「花園」有別：前者專指栽種花的地方；後者指種有花草樹木的園地，可供休憩、觀賞用。

花拳繡腿 ㄏㄨㄚ ㄑㄩㄢˊ ㄒㄧㄡˋ ㄊㄨㄟˇ ㈠指好看而不切實用的拳腳功夫。㈡比喻中看不中用的事物。

花容月貌 ㄏㄨㄚ ㄖㄨㄥˊ ㄩㄝˋ ㄇㄠˋ 形容女子面貌美麗，像花和月一般。

參考 同閉月羞花。

12 **花街柳巷** ㄏㄨㄚ ㄐㄧㄝ ㄌㄧㄡˇ ㄒㄧㄤˋ 指妓院聚集的地方。

14 **花旗** ㄏㄨㄚ ㄑㄧˊ 指美國，由美國國旗的形象而得名。例花旗銀行。

花魁 ㄏㄨㄚ ㄎㄨㄟˊ 梅花開在百花之先，故稱「花魁」；也有稱「蘭花」為花魁。

花團錦簇 ㄏㄨㄚ ㄊㄨㄢˊ ㄐㄧㄣˇ ㄘㄨˋ 像花朵錦繡會合聚集在一起。形容燦爛華麗的樣子。簇：叢聚在一起。

15 **花樣** ㄏㄨㄚ ㄧㄤˋ ㈠花紋的式樣，泛指一切式樣或種類。例花樣多，種類齊。㈡猶「花招」，騙人的狡猾手段。例別耍花樣。

17 **花蕾** ㄏㄨㄚ ㄌㄟˇ 植含苞未開的花。

花燭 ㄏㄨㄚ ㄓㄨˊ 有彩飾的蠟燭，多用於結婚時洞房裏。例洞房花燭夜。

19 **花邊新聞** ㄏㄨㄚ ㄅㄧㄢ ㄒㄧㄣ ㄨㄣˊ 多指演藝人員或名聲大的人，出了一些引起社會大眾注目或談論的事，而登載於報章雜誌上的新聞。

▽開花、火花、奇花、燭花、萬花、百花、拈花、野花、名花、眼花、心花、天花、國花、交際花、霧中花、昨日黃花、人面桃花、火樹銀花、走馬看花、明日黃花、閉月羞花、錦上添花、鐵樹開花。

常 4

芬

形解 形聲；從艸，分聲。草香散布為芬。

音義 ㄈㄣ 名①香氣；例蘭蕙含芬。②好的名聲；例高芬遠映。③姓。形芳香的；例芬郁。副眾多的樣子，通「紛」；例芬哉茫茫。

參考 同芳，馨，香。

8 **芬芳** ㄈㄣ ㄈㄤ ㈠香，香氣。㈡比喻品德美好。㈢形容政績、政聲美好。

常 4

芥

形解 形聲；從艸，介聲。芥菜為芥。

音義 ㄐㄧㄝˋ 名①植蔬菜類，十字花科，葉有缺刻如鋸齒狀，莖葉都有辣味，可供食用；例芥菜。②小草；例芥爲之舟。形①細小的；例纖芥之失。②微賤的；例草芥。

3 芥子 ㄐㄧㄝˋ ㄗˇ (一)即「芥菜子」。(二)比喻極其微小的東西。

13 芥蔕 ㄐㄧㄝˋ ㄉㄧˋ (一)細小的梗塞物。(二)比喻積在心裏的怨恨或不快。例心存芥蔕。

參考 ①同嫌隙。②又作「芥蒂」。

▽塵芥、草芥、土芥、莽芥、蔕芥、纖芥。

常 4 **芻** 形解 會意；從二勹，從束二艸。割草爲芻。

音義 ㄔㄨˊ 名①飼養牲畜的草料；例食以芻叔。②草食的牲畜；例芻豢。③禾莖；例生芻一束。④姓。動①割草；例淫芻蕘者。②以草料飼養；例芻之三月。

參考 擊雛、縐、鄒、皺、趨、謅。

7 芻言 ㄔㄨˊ ㄧㄢˊ 草野之人的言論。謙稱自己的言論。

參考 同芻議。

8 芻牧 ㄔㄨˊ ㄇㄨˋ 放牲畜吃草。

10 芻秣 ㄔㄨˊ ㄇㄛˋ 餵養牲口的草料。

16 芻蕘 ㄔㄨˊ ㄖㄠˊ (一)割草打柴的人，也泛指草野之人。蕘：供燃燒用的草柴。(二)謙稱自己的議論爲芻蕘之言。(三)謙稱自己的文章淺陋。

18 芻糧 ㄔㄨˊ ㄌㄧㄤˊ 馬料和糧食。

20 芻議 ㄔㄨˊ ㄧˋ 謙稱自己粗淺的議論或意見。

▽反芻、苾芻。

次 4 **芯** 形解 形聲；從艸，心聲。草名，燈心草爲芯。

音義 ㄒㄧㄣ 名燈心草莖中的瓤，可用來點燈。

ㄒㄧㄣˋ 名物體的中心部分；例岩芯。

次 4 **芫** 形解 形聲；從艸，元聲。毒草爲芫。

音義 ㄩㄢˊ 名植①芫花，落葉灌木，果實白色，花蕾可入藥，莖皮纖維是造紙原料。②芫荽，一、二年生蔬菜作物，有特殊香味，全株可入藥。

次 4 **芸** 形解 形聲；從艸，云聲。香草，芸香爲芸。

音義 ㄩㄣˊ 名①植香草名，即芸香，可驅除蠹魚；例芸始生。②姓。動除草，通「耘」；例植其杖而芸。副花草枯黃地；例芸其黃矣。

8 芸芸衆生 ㄩㄣˊ ㄩㄣˊ ㄓㄨㄥˋ ㄕㄥ 繁雜的人羣。衆生：一切有生命者。

次 4 **芣** 形解 形聲；從艸，不聲。花盛爲芣。

音義 ㄈㄡˊ 名植芣苢，草名，即車前子，可作飼料，種子和葉可入藥。

參考 又讀 ㄈㄨˊ。

次 4 **芰** 形解 形聲；從艸，支聲。草名，菱角爲芰。

音義 ㄐㄧˋ 名植植物名，果實爲菱角；例屈到嗜芰。

次 4 **芾** 形解 形聲；從艸，市聲。小樹幹及小樹葉爲芾。

音義 ㄈㄟˋ 名姓。形形容草木枝幹葉莖細小的。

ㄈㄨˊ 名古祭服上的蔽膝，通「韍」；例朱芾斯黃。形草木茂盛的；例芾芾。

次 4 **芮** 形解 形聲；從艸，內聲。草葉柔細爲芮。

音義 ㄖㄨㄟˋ 名①繫盾的綬帶，通「繘」；例革抉吷芮。②水厓，通「汭」；例芮鞫之即。③地古國名，周諸侯國，今陝西朝邑南。④姓。形微小的；例蕞芮。

次 4 **芷** 形解 形聲；從艸，止聲。藥名，白芷爲芷。

音義 ㄓˇ 名植香草名，即白芷，生於水澤中，根可入藥；例衡蘭芷若。

▽岸芷、蘭芷、白芷。

次 4 **芼** 形解 形聲；從艸，毛聲。毛有叢雜的意思，所以雜草覆地蔓延爲芼。

音義 ㄇㄠˋ 動①擇取；例左右芼之。②用野菜雜入羹湯；例芼羹。

ㄇㄠˊ 名植可供食用的野菜或水草，通「毛」；例頗雜池沼芼。

次 4 **芨** 形解 形聲；從艸，及聲。草名，白芨爲芨。

音義 ㄐㄧˊ 名植①「菫草」的別稱。②白芨，藥草名，葉像稷苗，根像菱米而有臍。

次 4 **芡** 形解 形聲；從艸，欠聲。草名。

音義 ㄑㄧㄢˋ 名植多年生草本，全株有刺，葉像荷葉，浮出水面。

次 4 **芩** 形解 形聲；從艸，今聲。草藥名，黃芩爲芩。

音義 ㄑㄧㄣˊ 名植①禾本科蘆葦屬的植物；例食野之芩。②藥草名，即黃芩，可入藥。

常 5 **苧** 形解 形聲；從艸，宁聲。苧麻爲苧。

音義 ㄓㄨˋ 名「苧麻」的略稱：苧麻，蕁麻科，多年生草本植物，析皮爲絲，可以製繩線織布匹；例藜藿充腸苧作衣。

參考 字又可作「紵」。

常 5 **范** 形解 形聲；從艸，氾聲。草名，范草爲范。

音義 ㄈㄢˋ 名①動蜜蜂，通「蝱」；例范則冠而蟬有緌。②鑄器的模型；例刑范正。③法則，通「範」；例鴻文無范。④姓。動鑄造；例范金合土。

參考 作「法則」、「模型」解者，原作「笵」，又通「範」字。「笵」字的原義是「竹製的模型」。

常 5 **茅** 形解 形聲；從艸，矛聲。草名，菅草爲茅。

音義 ㄇㄠˊ 名①植禾本科，多年生草本，花序穗狀，密生白色柔毛。根莖橫生，有甜味，供藥用，有清熱、利尿和止血的作用，莖葉可供蓋屋、製繩等用；例茅草。②姓。

8 **茅舍** ㄇㄠˊ ㄕㄜˋ 茅草搭蓋成的房子。比喻居室簡陋。例竹籬茅舍。

9 **茅屋采椽** ㄇㄠˊ ㄨ ㄘㄞˇ ㄔㄨㄢˊ 以茅草做屋頂，用采(櫟木)做椽。比喻非常儉樸。椽：房屋上面承瓦的圓木。

12 **茅廁** ㄇㄠˊ ㄘㄜˋ 即「廁所」，指大小便的地方。

參考 同茅房。

13 **茅塞** ㄇㄠˊ ㄙㄜˋ (一)茅草擋住了去路，比喻人心爲物慾所蒙蔽。(二)自謙愚昧，知識未開。

茅塞頓開 ㄇㄠˊ ㄙㄜˋ ㄉㄨㄣˋ ㄎㄞ 堵塞的心忽然被打開了。形容受到啓發，一下子理解領會了道理。

參考 ①與「如夢初醒」有別：前者是「原本思想不通，而在得到某種知識」後豁然開朗，突然悟解；後者則强調「原本糊塗，剛剛醒悟」的意思。②同恍然大悟。

▽草茅、白茅、青茅、名列前茅。

常 5 **苣** 形解 形聲；從艸，巨聲。束葦使燒，以供照明爲苣。

音義 ㄐㄩˋ 名①植蔬菜名，即萵苣，葉無柄，可食；例萵苣。②火燭，通「炬」；例窗寒天欲曙，猶結同心苣。

常 5 **苛** 形解 形聲；從艸，可聲。可有小的意思，所以小草爲苛。

音義 ㄎㄜ 名①嚴酷的政治；例除苛解嬈。②姓。動①攪擾；例苛我邊鄙。②譴責，通「訶」；例苛責。形①繁瑣嚴酷的；例苛政猛於虎。②急切的；例涼風嚴且苛。③嚴重的；例苛疾不生。副繁瑣地；例警政苛擾。

參考 又音ㄏㄜˊ。

7 **苛求** ㄎㄜ ㄑㄧㄡˊ 不合理的或過嚴過高的要求。

8 **苛刻** ㄎㄜ ㄎㄜˋ 要求過嚴或條件過高，以致於刻薄。

苛性 ㄎㄜ ㄒㄧㄥˋ 化指化學品有腐蝕性的。如苛性鹹。

苛性鹹 ㄎㄜ ㄒㄧㄥˋ ㄐㄧㄢˇ 化鹹金屬氫氧化物的統稱。一般指苛性鈉(即氫氧化鈉)和苛性鉀(即氫氧化鉀)，因其對羊毛、皮膚、紙張、木材等具有強烈的腐蝕作用，故名。

9 **苛政猛於虎** ㄎㄜ ㄓㄥˋ ㄇㄥˇ ㄩˊ ㄏㄨˇ 煩苛的政令和賦稅比老虎傷人還要兇暴可怕。

10 **苛捐雜稅** ㄎㄜ ㄐㄩㄢ ㄗㄚˊ ㄕㄨㄟˋ 苛刻而名目繁多的稅捐。【參考】參閱「橫徵暴斂」條。

▽嚴苛、煩苛、殘苛、齋苛。

常 5
苦

【形解】形聲；從艸，古聲。草名，苦菜爲苦。蔓生，葉似荷青，莖紅色，其味極苦。

【音義】ㄎㄨˇ【名】①【植】荼，即苦菜；例「采苦采苦，首陽之下。」②五味之一；例酸、甜、苦、辣、鹹。③難以忍受的遭遇；例同甘共苦。【動】①勞頓；例何爲自苦如此？②因…而感到不足；例春宵苦短日高起。【形】①艱辛的；例不惜歌者苦。②味苦的；例這茶好苦。③憂傷的；例愁眉苦臉。④使人發愁的；例凄風苦雨。例埋頭苦讀。【副】用心而盡力地；例埋頭苦讀。

【參考】①【反】甘，甜。②與從「右」的「若」字，形近而音義不同，不可混用。

2 **苦力** ㄎㄨˇ ㄌㄧˋ (一)【外】指從事粗重體力的勞動者。最初專指在歐洲或殖民地的華工而言。(二)刻苦努力。

3 **苦口婆心** ㄎㄨˇ ㄎㄡˇ ㄆㄛˊ ㄒㄧㄣ 形容懇切、耐心，像慈愛的老婆婆一樣再三地勸說。【參考】與「語重心長」有別：前者指殷勤、懇切勸導人；後者指所說的話語誠懇深刻，心意深長。

4 **苦心** ㄎㄨˇ ㄒㄧㄣ (一)良苦的用心。例莫要辜負父母的苦心。(二)思慮勞苦。

苦水 ㄎㄨˇ ㄕㄨㄟˇ (一)【礦】含有硫酸鈉、硫酸鎂等礦物質而味道苦的水。(二)比喻受委屈而生的怨言。例吐苦水。

苦中作樂 ㄎㄨˇ ㄓㄨㄥ ㄗㄨㄛˋ ㄌㄜˋ 在困苦環境中，强自歡娛。

苦心孤詣 ㄎㄨˇ ㄒㄧㄣ ㄍㄨ ㄧˋ (一)用心苦，造詣深；專心研究而達精微的境地。詣：學問、技藝等所達到的程度。(二)形容辛苦的鑽研或經營。

5 **苦功** ㄎㄨˇ ㄍㄨㄥ 刻苦踏實的功夫。例下苦功。

6 **苦行** ㄎㄨˇ ㄒㄧㄥˊ 某些宗教流派的信徒用難以忍受的痛苦來折磨自己的一種修行方式。例苦行僧。

9 **苦衷** ㄎㄨˇ ㄓㄨㄥ 不便說出的痛苦或爲難的心情。例別有苦衷。

10 **苦海** ㄎㄨˇ ㄏㄞˇ【宗】佛教語，指人世間沒有盡頭的苦境。

13 **苦楚** ㄎㄨˇ ㄔㄨˇ 痛苦，多指生活受折磨或精神上受打擊。楚：痛苦。

14 **苦盡甘來** ㄎㄨˇ ㄐㄧㄣˋ ㄍㄢ ㄌㄞˊ 形容艱難困苦的日子已過去，幸福美好的日子已來到。

▽甘苦、刻苦、困苦、辛苦、痛苦、病苦、貧苦、勞苦、寒苦、悲苦、凄苦、憂苦、勤苦、疾苦、千辛萬苦、不辭勞苦、同甘共苦、含辛茹苦。

常 5
茄

【形解】形聲；從艸，加聲。荷莖爲茄。

【音義】ㄑㄧㄝˊ【名】【植】一年生草本茄科植物，果實或紫或青，形長圓，一名「落蘇」；例脯以青茄。

ㄐㄧㄚ【名】荷莖；例茄蔤倒植，吐彼芙蕖。

【參考】不可從竹誤作「笳」，「笳」（ㄐㄧㄚ）是胡人所製的樂器名。

常 5
若

【形解】形聲；從艸，右聲。甲骨文作，象人席地而坐，兩手理髮形。所以柔順爲若。

【音義】ㄖㄨㄛˋ【名】①香草，即杜若；例搏芳若。②姓。【代】①你；例「若雖長大，好帶刀劍，中情怯耳。」②如此；例以若所爲，求若所欲，猶緣木而求魚也。【動】①好像；例病若網在綱。②到，及；例未若死。③比得上；例未若貧而樂。④奈何；例其若先王與百姓何？【連】①如果；例若從踐土，若從宋，亦唯命。②至於；例「若民，則無恒產。」

ㄖㄜˇ【名】【外】梵語譯音；例般若。

【參考】①作「好像」意思解時，同

「如」、「猶」。②作代名詞時，同「汝」、「爾」。③作假設語氣時，同「如」。④「若」、「苦」有別：「倘若」、「若干」的「若」字，下邊是從「右」字；「辛苦」、「刻苦」的「苦」字，下邊是從「古」字。

3 **若干** ㄖㄨㄛˋ ㄍㄢ 多少。用於約計數目或疑問數。例若干年後。

6 **若合符節** ㄖㄨㄛˋ ㄏㄜˊ ㄈㄨˊ ㄐㄧㄝˊ 比喻兩件事物完全相同或一致。符節：印信，古代寫字或圖案在竹上，剖開各執一半，用為憑信的標記。

若有所思 ㄖㄨㄛˋ ㄧㄡˇ ㄙㄨㄛˇ ㄙ 形容心神出竅，好像正在思考一般。

參考 與「若有所失」著重點不同：前者著重在「思」，指精神出竅、不集中的樣子；後者著重在「失」，專指精神悵惘迷失的樣子。

7 **若何** ㄖㄨㄛˋ ㄏㄜˊ ㈠表詢問之詞，猶言「怎樣」。㈡奈何。

若即若離 ㄖㄨㄛˋ ㄐㄧˊ ㄖㄨㄛˋ ㄌㄧˊ 好像接近，又好像不接近。形容人的態度曖昧，使人捉摸不定。

參考 反如膠似漆。

8 **若非** ㄖㄨㄛˋ ㄈㄟ 如果不是。

若明若晦 ㄖㄨㄛˋ ㄇㄧㄥˊ ㄖㄨㄛˋ ㄏㄨㄟˋ 好像明亮，又好像昏暗。比喻模糊不清。晦：冥暗。

12 **若無其事** ㄖㄨㄛˋ ㄨˊ ㄑㄧˊ ㄕˋ 似乎沒有這回事。表示無動於衷或故作鎮靜。

17 **若隱若現** ㄖㄨㄛˋ ㄧㄣˇ ㄖㄨㄛˋ ㄒㄧㄢˋ 好像隱晦，好像出現。形容隱約不定的樣子。

▽杜若、自若、般若、蘭若、倘若、設若、假若、悠然自若。

常 5 **茂** 形解  形聲；從艸，戊聲。草盛為茂。

音義 ㄇㄠˋ 名姓。形①繁盛的；例草木叢茂。②美善的；例廣延茂士。副緊密地；例枝葉茂接。

11 **茂盛** ㄇㄠˋ ㄕㄥˋ ㈠草木高度生長發育的樣子。㈡興旺，繁盛。

參考 同豐，盛。

▽榮茂、修茂、滋茂、繁茂、俊茂。

常 5 **苗** 形解  會意；從艸田。生於田中的草為苗。

音義 ㄇㄧㄠˊ 名①穀類初生還未開花結實；例彼稷之苗。②初生的草木或蔬菜；例花苗。③初生的動物；例魚苗。④事情的端緒；例愛苗。⑤夏天打獵；例春蒐，夏苗，秋獮，冬狩。⑥露出地面的礦源；例礦苗。⑦我國國內種族名，散布貴州、湘西一帶；例苗族。⑧姓。動早夭；例或秀或苗。

參考 ①擊喵、貓、描、瞄、錨。②「苗」、「笛」有別：「樹苗」、「苗族」的「苗」字，是從「艸」，音ㄇㄧㄠˊ；「笛子」的「笛」是管樂之一，所以字從「竹」，音ㄉㄧˊ。③字是從「田」，不可從「由」作「苖」；苖，音ㄉㄧˊ，蓨草。

6 **苗而不秀** ㄇㄧㄠˊ ㄦˊ ㄅㄨˋ ㄒㄧㄡˋ 植物生長了，卻不吐穗揚花。秀：禾吐穗揚花。比喻：㈠才質秀美而早夭。㈡虛有其表。

13 **苗裔** ㄇㄧㄠˊ ㄧˋ 後代子孫。又作「苗胤」。

16 **苗頭** ㄇㄧㄠˊ ㄊㄡˊ ㈠事物變化時顯露的初步預兆。例苗頭不對。㈡彼此的能耐、本領。例別一別苗頭。

▽青苗、早苗、晚苗、秧苗、禾苗、稻苗、麥苗、魚苗、幼苗、民族幼苗。

常 5 **英** 形解 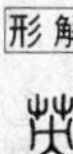 形聲；從艸，央聲。開放甚盛，但不結實的花朵為英。

音義 ㄧㄥ 名①物質的精華；例精英。②才德出眾的人；例與三代之英。③植物的花葉；例落英繽紛。④地「英國」的簡稱，位於歐洲西部，由大不列顛及愛爾蘭兩大島和附近五百多個小島組成，全名為「大不列顛及北愛爾蘭聯合王國」；例英法聯軍。⑤姓。形①賢明的；例英主。②雄豪的；例英風。③華美的；例才德英茂。副明智地；例天才英發。

參考 擊媖、瑛。

9 **英勇** ㄧㄥ ㄩㄥˇ 非常勇敢而出眾。

例英勇的國軍。
參考 與「勇敢」有別：後者指有膽量，敢作敢爲，使用範圍較大。

12 **英雄** ㄧㄥ ㄒㄩㄥˊ ㈠有抱負、不畏艱難困苦，能夠做出有重大貢獻的傑出人物。例民族英雄。㈡舊指勇武過人的人。例英雄好漢。

英雄氣短 ㄧㄥ ㄒㄩㄥˊ ㄑㄧˋ ㄉㄨㄢˇ 指有才志的人因遭遇困阻或沉迷於愛情而喪失進取心。後多與「兒女情長」連用。

英雄無用武之地 ㄧㄥ ㄒㄩㄥˊ ㄨˊ ㄩㄥˋ ㄨˇ ㄓ ㄉㄧˋ 形容有本領的人而無處施展。

24 **英靈** ㄧㄥ ㄌㄧㄥˊ ㈠指爲正義事業而英勇犧牲的人的靈魂。是一種對死者的敬稱。㈡英華秀靈所凝聚的氣。

▽雲英、羣英、精英、石英、落英、蒲公英。

常 5 **茁** 解形 會意；從艸出。草初生出地面爲茁。
音義 ㄓㄨㄛˊ 名姓。形①草木初生壯盛的；例草木茁茁。②肥美壯大的；例牛羊茁壯。
參考 ①同壯。②與「拙」同音而義別：「拙」，從手(扌)，有不靈活的意思，如「拙笨」、「拙見」、「拙荊」不作「茁」。

7 **茁壯** ㄓㄨㄛˊ ㄓㄨㄤˋ 長得旺盛、健壯。

常 5 **苜** 解形 形聲；從艸，目宿爲苜。植物名，苜
音義 ㄇㄨˋ 名植 即苜蓿，豆科，多年生草本，可供蔬食、飼料、肥料等用，俗稱金花菜；例紫花苜蓿，爲我國北方栽培的優質飼料。
參考 ①「苜蓿」，不可簡稱作「苜」或「蓿」。②與「苴」有別：「苴」從「且」不可作「目」，音ㄐㄩ，有包裹的意思。

常 5 **苔** 解形 本字作「菭」：形聲；從艸，治聲。色青綠，浮出於水面的水草。今作苔。
音義 ㄊㄞ 名植 隱花植物，根、莖、葉的區別不明顯，顏色蒼綠，常在陰濕處，延貼地面生長；例青苔。
ㄊㄞ 名舌面上所生的垢膩，由衰死的上皮細胞和粘液等形成；例舌苔。
參考 ①又作「菭」。②與「薹」有別：「薹」，從臺，爲高莖植物。③「苔」、「笞」有別：「青苔」、「苔蘚」的「苔」，是一種植物名，字上從「艸」；「鞭笞」的「笞」，指鞭打，與竹子有關，所以「台」字的上面從「竹」。

▽青苔、舌苔、海苔、綠苔、蒼苔。

常 5 **茉** 解形 形聲；從艸，末聲。花名，茉莉爲茉。
音義 ㄇㄛˋ 名植 即茉莉，木犀科，常綠小藤本植物，初夏開小白花，香氣襲人，常作薰製花茶的香料。
參考 「茉莉」是一種植物名，不可簡稱「茉」或「莉」。

常 5 **苑** 解形 形聲；從艸，夗聲。夗有圓的意思，所以圈養禽獸的園地爲苑。
音義 ㄩㄢˋ 名①畜養禽獸或種植花木的園子；例植林爲苑。②人文薈萃的地方；例文苑。
ㄩㄢˋ 名姓。
ㄩˋ 動蘊結，通「鬱」；例我心苑結。
參考 「藝苑」、「文苑」的「苑」音ㄩㄢˋ，不可誤讀成ㄨㄢˇ。

▽學苑、藝苑、文苑、鹿苑、上苑、御苑、上林苑。

常 5 **苞** 解形 形聲；從艸，包聲。草名，其莖可以編履織席的叢生野草爲苞。
音義 ㄅㄠ 名①花蒂上的葉片，花還沒開放時，包著花朵底部的小葉片；例含苞待放。②姓。動包裹，通「包」；例君子尚寬舒以苞身。形叢生的；例山有苞棣。
參考 與「孢」有別：「孢」爲植物病蟲害術語，如「卵孢子」。

9 **苞苴** ㄅㄠ ㄐㄩ ㈠包裹魚肉的蒲包。㈡引申指饋贈的禮物。㈢比喻賄賂。

常 5 **苓** 解形 形聲；從艸，令聲。卷耳爲苓。

音義 ㄌㄧㄥˊ 名 植 ①菌類植物名之一；例豬苓。②菌類植物，多寄生在松樹根上，形似瓜、拳、瓦罐等，淡黑色或紫褐色，可入藥，爲益氣利水劑，主治小便不利、水腫等；例茯苓。③香草；例山有榛，隰有苓。動散落，通「零」；例失時者苓落。

參考 和「芩」(ㄑㄣˊ)字形近，不可混用。

▽茯苓、豬苓、豨苓。

常 5 苟 形解 形聲；從艸，句聲。苟草爲苟。

音義 ㄍㄡˇ 名姓。動①急切求取；例竊位而苟祿。②妄行；例不苟於人。形草率的；例一筆不苟。副①只顧一時，不計後果或其他代價；例苟活。②眞誠地；例苟志於仁矣，無惡也。③隨便地；例不苟言笑。連假設；例苟或有之。

參考 ①副②同信，誠，眞，洵。②與「笱」有別：「笱」，從竹(⺮)，爲竹條編成的捕魚器。

5 苟且 ㄍㄡˇ ㄑㄧㄝˇ ㈠只顧眼前，得過且過。例苟且偷生。㈡敷衍了事，草率馬虎。例決不苟且從事。㈢不守禮法，不合道義。例「上下相安，莫有苟且之意。」㈣一時權宜的處置。例此人頗有悔改之意，苟且饒他一次。

參考 衍苟且因循、苟且偷生、苟且偷安、苟且偷情、苟且敷衍。

苟且偷安 ㄍㄡˇ ㄑㄧㄝˇ ㄊㄡ ㄢ 貪圖目前安逸，得過且過，不知奮發，不顧將來。又作「苟安」。

參考 與「苟且偷生」著重點不同：後者指貪圖目前的生存，得過且過。

6 苟全 ㄍㄡˇ ㄑㄩㄢˊ 苟且求保。例苟全性命於亂世，不求聞達於諸侯。

苟合 ㄍㄡˇ ㄏㄜˊ ㈠毫無原則地附和。㈡不正當的男女關係。

8 苟延殘喘 ㄍㄡˇ ㄧㄢˊ ㄘㄢˊ ㄔㄨㄢˇ 比喻暫時勉強存續生命，維持生活。苟延：勉強延續。殘喘：臨死前的喘息。

▽一絲不苟、蠅營狗苟。

次 5 苙 形解 形聲；從艸，立聲。藥草名，白芷爲苙。

音義 ㄌㄧˋ 名①範圍牲畜的圈欄；例「既入其苙。」②植藥草名，即白芷，通「茇」。

參考 又音ㄐㄧˊ。

次 5 苾 形解 形聲；從艸，必聲。花草的芳香爲苾。

音義 ㄅㄧˋ 形芳香的；例苾芬。

次 5 苹 形解 形聲；從艸，平聲。無根，浮水而生的草爲苹。

音義 ㄆㄧㄥˊ 名 植 ①植物名，可食；例「食野之苹。」②無根浮水而生的草本，通「萍」；例「湟潦生苹。」

參考 字亦作萍。

次 5 茇 形解 形聲；從艸，犮聲。犮有根本的意思，所以草根爲茇。

音義 ㄅㄚˊ 名①草根；例根茇。②姓。動在草間住宿，通「废」；例「召伯所茇。」

ㄅㄟˋ 名開白花的茗。副茇茇，翩翩飛翔的樣子。

次 5 茀 形解 形聲；從艸，弗聲。弗有困頓的意思，所以道路多草難行爲茀。

音義 ㄈㄨˊ 名①在古婦人所乘車子前後所設的遮蔽物；例「翟茀以朝。」②古婦人用的首飾，通「髴」；例「婦喪其茀。」③引棺的繩索，通「紼」；例「始用葛茀。」④安康，通「福」；例茀祿。動①野草塞路；例道茀不可行。②清除；例茀厥豐草。

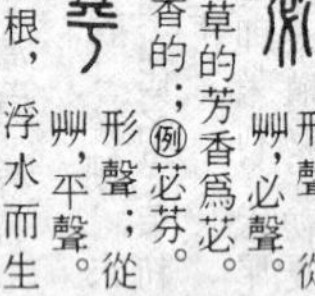

茀①

ㄅㄛˊ 副氣急促的樣子，通「勃」；例氣息茀然。

㊅ 5 **苕** 形解 [篆形] 形聲；從艸，召聲。草名，葦苕爲苕。

音義 ㄊㄧㄠˊ 名 植 ①葦花，可作苕帚；例「繫之葦苕。」②草名，又名凌霄、紫葳。

8 **苕帚** ㄊㄧㄠˊ ㄓㄡˇ 用苕枝編紮成的掃帚。

㊅ 5 **苫** 形解 [篆形] 形聲；從艸，占聲。占有遮隱的意思，所以用草覆蓋爲苫。

音義 ㄕㄢ 名 ①用草編成的覆蓋物；例草苫子。②居喪時睡的草薦；例寢苫枕塊。③姓。

參考 又音ㄕㄢˋ。

6 **苫次** ㄕㄢ ㄘˋ 舊指居親喪的地方，也用作居親喪的代稱。例苫次昏迷。

13 **苫塊** ㄕㄢ ㄎㄨㄞˋ 古禮，居親喪時，以乾草爲席，土塊爲枕。爲「寢苫枕塊」的略稱。苫：草薦；塊：土塊。

㊅ 5 **苴** 形解 [篆形] 形聲；從艸，且聲。鞋中的草墊爲苴。

音義 ㄐㄩ 名 鞋底的草墊。動 用東西墊鞋底；例冠雖敝，不以苴履。

ㄑㄩ 名 能結子的麻樹；例苴麻。形 粗劣的；例苴杖。

ㄔㄚ 名 ①浮草；例「如彼棲苴。」②枯草。

ㄓㄚ 名 渣滓，比喻極輕賤的事物，通「苲」；例土苴。

㊅ 5 **苡** 形解 [篆形] 形聲；從艸，以聲。芣苡爲苡。蓮子，果實如李。

音義 ㄧˇ 名 植 草名，即芣苡。其實如麥，令人宜子。

ㄙˇ 名 植 草名，即薏苡。

參考 ①又作「苢」。②作「薏苡」解，又音ㄧˇ。

㊅ 5 **茌** 形解 形聲；從艸，仕聲。草生茂盛爲茌。

音義 ㄔˊ 名 地 茌平，縣名，山東境內，同「茬」。

參考 字亦作「茬」。

㊅ 5 **苻** 形解 形聲；從艸，付聲。草名，白英爲苻。

音義 ㄈㄨˊ 名 ①植 草名，即白英。②蘆中白膜，通「莩」；例蘆苻。③姓。

ㄆㄨˊ 名 萑苻，盜賊出沒的地方。

㊅ 5 **茆** 形解 [篆形] 形聲；從艸，卯聲。菜名，蒓菜爲茆。

音義 ㄇㄠˇ 名 ①植 菜名，即蒓菜；例「薄采其茆。」②茅草，通「茅」；例茆屋。③姓。

㊅ 5 **苶** 形解 形聲；從艸，尒聲。疲病爲苶。

音義 ㄋㄧㄝˊ 副 疲倦的樣子；例苶然疲役。

㊌ 6 **茬** 形解 [篆形] 形聲；從艸，在聲。草生茂盛爲茬。

音義 ㄔㄚˊ 名 ①農作物收割後的殘留根莖；例麥茬兒。②農作物種植或收成的次數；例輪茬。③短而硬的頭髮或鬍子。動 劈削；例「既順時而取物，然猶山不茬蘖。」

參考 與從任而有輭弱之意的「荏」字有別。

㊌ 6 **茫** 形解 形聲；從艸，汒聲。廣大爲茫。

音義 ㄇㄤˊ 名 姓。副 ①急遽失措的樣子；例問以經濟策，茫如墜霧中。②空虛而看不清楚的樣子；例鬼神茫昧然。③全然；例茫無頭緒。④遼闊久遠的樣子；例蒼茫。

參考 「鋒芒」、「稻芒」、「光芒」等詞用「芒」而不用「茫」。

9 **茫昧** ㄇㄤˊ ㄇㄟˋ ㈠形容幽暗不可知。㈡形容思想模糊不清。

10 **茫茫** ㄇㄤˊ ㄇㄤˊ 形容廣大，一眼看不到邊際，或遼闊看不清楚。

12 **茫然** ㄇㄤˊ ㄖㄢˊ ㈠全無所知的樣子。㈡悵惘若失的樣子。㈢廣遠的樣子。

茫無頭緒 ㄇㄤˊ ㄨˊ ㄊㄡˊ ㄒㄩˋ 事情摸不著邊際，不知從那裏下手。緒：端倪。

▽蒼茫、渺茫、杳茫、空茫。

㊌ 6 **荒** 形解 [篆形] 形聲；從艸，巟聲。蕪雜爲荒。

音義 ㄏㄨㄤ 名 ①未經開墾的土地；例拓荒。②作物欠收的凶年；例救荒。③邊遠處；例北大荒。④姓。動①荒蕪，雜草叢生；例野荒民散。②沈湎；例荒酒縱獵。③廢棄；例業精於勤荒於嬉。形①忙亂的，通「慌」；例荒張。②偏僻的；例「古原荒廟掩蒼苔。」③非常缺乏的；例石油荒。④不正確的；例荒謬。

參考 ①孳慌、謊、塃。②與「慌」、「塃」有別：「慌」，從心(忄)，有昏厥、忙亂的意思，如慌忙、慌張都不作「荒」；「塃」從土，爲開採出來的礦石。

6 **荒地** ㄏㄨㄤ ㄉㄧˋ 荒蕪或未經開墾的土地。

荒年 ㄏㄨㄤ ㄋㄧㄢˊ 農作物收成不好的年頭。

參考 同凶年。

9 **荒怠縱恣** ㄏㄨㄤ ㄉㄞˋ ㄗㄨㄥˋ ㄗˋ 過分地荒淫怠惰，恣意地放縱自己。恣：放任。

10 **荒唐** ㄏㄨㄤ ㄊㄤˊ ㈠誇大而無邊際。例荒唐之言。㈡思想離奇，說話毫無根據，作事很不近情理。㈢行爲放蕩不合禮法。

11 **荒涼** ㄏㄨㄤ ㄌㄧㄤˊ 人煙稀少，冷清寂靜。

荒野 ㄏㄨㄤ ㄧㄝˇ 荒蕪而沒有人開墾的野地。

荒淫 ㄏㄨㄤ ㄧㄣˊ 過分地貪戀沉迷於酒色。

參考 衍荒淫無道、荒淫暴虐。

荒疏 ㄏㄨㄤ ㄕㄨ 因久不練習而生疏；多指學業、技術等。

參考 與「荒廢」義近，而後者程度較深。

12 **荒腔走板** ㄏㄨㄤ ㄑㄧㄤ ㄗㄡˇ ㄅㄢˇ ㈠唱曲時，腔調錯亂，節拍跟不上伴奏的樂器。㈡猶「離譜」，比喻做事不照規矩，亂來一通。

13 **荒煙蔓草** ㄏㄨㄤ ㄧㄢ ㄇㄢˋ ㄘㄠˇ 荒野上的煙霧，蔓生的野草；形容極端蒼涼蕭瑟的景象。

15 **荒誕** ㄏㄨㄤ ㄉㄢˋ 荒唐虛誕。例荒誕之談。

荒誕不經 ㄏㄨㄤ ㄉㄢˋ ㄅㄨˋ ㄐㄧㄥ 荒唐虛妄，不合常理。

參考 同荒謬絕倫。

16 **荒蕪** ㄏㄨㄤ ㄨˊ 土地無人照管，長滿了野草。

18 **荒謬** ㄏㄨㄤ ㄇㄧㄡˋ 毫無道理，極端錯誤。

參考 衍荒謬絕倫。

荒謬絕倫 ㄏㄨㄤ ㄇㄧㄡˋ ㄐㄩㄝˊ ㄌㄨㄣˊ 荒唐錯謬，到了極點，沒有可與之相比的。倫：類。

▽窮荒、八荒、邊荒、墾荒、拓荒、開荒、色荒、北大荒、破天荒。

常 6 荔

形解 形聲；從艸，劦聲。草名，似蒲而小根的草爲荔。

音義 ㄌㄧˋ 名①植草名；例「荔挺出。」②植荔枝，常綠喬木，無患樹科，羽狀複葉，果皮有瘤狀突起，果實多汁，味甘美，中有核。又稱「荔支」，古又名「離枝」。③姓。

參考 又作「茘」。

常 6 荊

形解 形聲；從艸，刑聲。刑有傷的意思，所以荊是一種有刺可以傷人的灌木爲荊。

音義 ㄐㄧㄥ 名①植「牡荊」的簡稱，爲多刺的灌木，多叢生，枝條柔軟，可編筐簍；例披荊斬棘。②由荊木所製成的刑杖；例「肉袒負荊。」③謙稱自己的妻子；例拙荊。④地古九州之一；例荊州。⑤地即楚國，春秋戰國時南方大國名，爲春秋五霸之一，也是戰國七雄之一。⑥姓。

參考 又作「荆」。

3 **荊山之玉** ㄐㄧㄥ ㄕㄢ ㄓ ㄩˋ ㈠即「和氏璧」。㈡後喻資質美好。

4 **荊天棘地** ㄐㄧㄥ ㄊㄧㄢ ㄐㄧˊ ㄉㄧˋ 比喻處境非常困難，有如在荊棘中。

11 **荊釵布裙** ㄐㄧㄥ ㄔㄞ ㄅㄨˋ ㄑㄩㄣˊ 用荊枝作髮釵，用粗布作裙子；形容婦女的儉樸。

12 **荊扉** ㄐㄧㄥ ㄈㄟ 柴門，爲貧民所居。扉：單扇的門。又作「荊柴」。

荊棘 ㄐㄧㄥ ㄐㄧˊ ㈠叢生多刺的小灌木。㈡比喻前進道路上遭遇的困難、障礙。

▽柴荊、拙荊、負荊、楚荊、山荊。

常 6 **茸** 解形 [篆] 形聲;從艸,耳聲。初生時細輭的草爲茸。

音義 ㄖㄨㄥˊ 名①初生柔細的草;例庭草滋新茸。②柔細的獸毛;例狐腋襲駝茸。③香蒲的花;例新蒲含紫茸。④繡線,通「絨」;例繡茸。⑤初生鹿角上的短毛;例鹿茸。⑥鹿角;例參茸。⑦人工培育的嫩蕈;例松茸。形草初生柔軟的;例綠茸茸的草地。

ㄖㄨㄥˇ 名細毛,通「氄」;例「在闒茸之中。」動推致,通「搑」;例「僕又茸以蠶室。」

參考 與「葺」有別:「葺」,從咠,有修補的意思;而「茸」,從耳,「耳」上無「口」。「鹿茸」、「毛茸」的「茸」字,讀ㄖㄨㄥˊ,不讀ㄦˇ;「修葺」的「葺」,比茸多一個「口」,不讀ㄖㄨㄥˊ,而讀ㄑㄧˋ。

常 6 **草** 解形 [篆] 形聲;從艸,早聲。一種可以染黑的草料爲草。

音義 ㄘㄠˇ 名①植矮小柔軟而叢生的植物,即「草本植物」的總稱;例碧草如茵。②山野;例草莽。③我國書體的一種;例章草。④詩文的底稿;例起草。⑤特指供作飼料和燃料用的某些穀物的莖葉;例稻草。⑥姓。動擬寫;例草其制。形①用草搭蓋或編成的;例草棚。②粗率的;例備草酌著紅娘來請你。③初步決定的;例草案。④雌性的,通「騲」;例草雞。副①初,始;例草創未就。②粗率地;例草具儀法。

參考 ①反正,精。②字作偏旁用時作「艸」、「艹」、「卄」。

4 **草木皆兵** ㄘㄠˇ ㄇㄨˋ ㄐㄧㄝ ㄅㄧㄥ 將山上的草木都誤當作敵方的伏兵。比喻神經過敏,疑神疑鬼的驚恐心理。

5 **草包** ㄘㄠˇ ㄅㄠ 譏笑人無眞才實學,不能任事。

8 **草具** ㄘㄠˇ ㄐㄩˋ 粗惡的食物。

草芥 ㄘㄠˇ ㄐㄧㄝˋ 比喻輕賤的微不足道的東西。芥:小草。

9 **草約** ㄘㄠˇ ㄩㄝ 尚未正式簽字的條約。

10 **草案** ㄘㄠˇ ㄢˋ 指尚未最後決定的文件、計畫、條例等案件。

草紙 ㄘㄠˇ ㄓˇ ㈠俗指「衛生紙」。㈡一種用草所製的紙,古代用作拔膿之用。㈢古埃及所製的書寫用紙。

草草 ㄘㄠˇ ㄘㄠˇ ㈠粗率,馬虎。例草草了事。㈡憂勞的樣子。例勞人草草。㈢草木茂盛的樣子。㈣書信末尾所附的客套語,表示苟且簡陋之意。例草草書之,不知所云。

草書 ㄘㄠˇ ㄕㄨ 漢字字體之一,字形比隸書、楷書簡化,筆畫牽連曲折,便於迅速書寫。從漢代以來,體勢屢有變遷,有章草、今草、狂草。

11 **草率** ㄘㄠˇ ㄕㄨㄞˋ 馬馬虎虎,不認眞,不細緻。

參考 與「輕率」有別:前者指做事的態度;後者是隨便、不愼重,不莊重,主要指對人對事的態度。

草野 ㄘㄠˇ ㄧㄝˇ ㈠舊指民間對朝廷而言。㈡粗野鄙陋。

草莽 ㄘㄠˇ ㄇㄤˇ ㈠雜草,叢草。莽:叢生的草。㈡田野。㈢指民間。㈣指盜賊。例草莽流寇。

草偃風從 ㄘㄠˇ ㄧㄢˇ ㄈㄥ ㄘㄨㄥˊ 比喻上位人的行爲措施能夠容易而快速地化服在下位的人。偃:躺臥。

12 **草創** ㄘㄠˇ ㄔㄨㄤˋ ㈠開始創造、興辦。㈡起草稿。

草間求活 ㄘㄠˇ ㄐㄧㄢ ㄑㄧㄡˊ ㄏㄨㄛˊ 形容苟且偷生。

草菅人命 ㄘㄠˇ ㄐㄧㄢ ㄖㄣˊ ㄇㄧㄥˋ 原指秦二世胡亥把殺人看得像割草一樣隨便;後比喻爲漠視人的生命,任意加以殘害。菅:多年生草,像茅,根短而硬。

參考 菅,音ㄐㄧㄢ,但不可讀成ㄍㄨㄢ;且字也不可從竹作「管」。

15 **草稿** ㄘㄠˇ ㄍㄠˇ 初步寫成,尚未確定的文稿。又作「草藁」,「草底兒」。

17 **草擬** ㄘㄠˇ ㄋㄧˇ 初步寫成或擬訂出(文稿、方案等)。

▽枯草、野草、起草、行草、

勁草、香草、雜草、除草、出草、水草、芳草、本草、藥草、萱草、綠草、春草、潦草、花草、青草、牧草、銜環結草、疾風知勁草。

常 6 **茵** 形解 形聲；從艸，因聲。車中編厚草而成的坐墊爲茵。

音義 ㄧㄣ 名 ①坐褥，墊子；例錦繡爲茵。②泛指鋪墊的東西；例綠草如茵。③柔厚的草類；例「到處草如茵」。

參考 同蓐。

常 6 **茴** 形解 形聲；從艸，回聲。回有轉的意思，所以異香迴繞的植物爲茴。

音義 ㄏㄨㄟˊ 名 植 茴香，多年生草本，繖形花科，葉細裂如絲，莖高五、六尺，花黃色，子大如麥粒，可作香料，又可入藥。

常 6 **茱** 形解 形聲；從艸，朱聲。一種朱色的草木爲茱。

音義 ㄓㄨ 名 植 茱萸，落葉喬木，有吳茱萸，食茱萸，山茱萸三種；例遍插茱萸少一人。

常 6 **茲** 形解 形聲；從艸，絲省聲。絲有多的意思，所以草木繁多爲茲。

音義 ㄗ 名 ①褥席；例「衞康叔布茲」。②年，時；例今茲未能，請輕之以待來年。③姓。

副 ①現在；例茲定某日公開標售。②更加，通「滋」；例歷年茲多。

ㄘ 名 史 龜茲，漢時西域國名之一。

參考 ①又作「兹」。②副①同爰。③擘孳、滋、慈、磁、糍。

6 **茲事體大** ㄗ ㄕˋ ㄊㄧˇ ㄉㄚˋ 這件事牽連甚廣，關係非常重大。

▽龜茲、今茲、在茲、念茲、來茲、休茲。

常 6 **茶** 形解 形聲；從艸，余聲。余有白的意思，其花白色，其味苦，所以可煮來飲用的植物爲茶。

音義 ㄔㄚˊ 名 ①植 常綠灌木，山茶科，高五、六尺，葉長圓形，有鋸齒，採其嫩葉加工後，即爲茶葉，是我國重要的飲料。②植 常綠喬木，花稱茶花，有紅白等色，用來觀賞，即山茶。③用茶葉製成的飲料；例品茶。④泛稱飲料；例菊花茶。⑤姓。

形 綠中帶黑的；例茶色。

參考 ①擘搽。②與「荼」有別：「荼」，從余，原指苦菜，引申爲毒害的意思，如「荼毒」不作「茶」。

13 **茶會** ㄔㄚˊ ㄏㄨㄟˋ 舊指商人在茶樓進行交易的一種集會，今泛稱備有茶點招待的集會。亦稱「茶話會」。

▽紅茶、新茶、製茶、煎茶、綠茶、飲茶、喝茶、泡茶、山茶、清茶、粗茶、純喫茶。

常 6 **茗** 形解 形聲；從艸，名聲。名有始出的意思，所以茶的嫩芽爲茗。

音義 ㄇㄧㄥˊ 名 ①茶芽。②泛指茶，茶葉製成的飲料；例小閣煮香茗。

參考 又音 ㄇㄧㄥˇ。

▽佳茗、玉茗、苦茗、品茗、香茗。

常 6 **荀** 形解 形聲；從艸，旬聲。草名，荀草爲荀。

音義 ㄒㄩㄣˊ 名 ①地 周代國名之一，春秋時滅亡，在今山西新絳縣西。②草名；例荀草。③姓。

參考 與從「竹」的「筍」(ㄙㄨㄣˇ)字形近而易混淆。

常 6 **茹** 形解 形聲；從艸，如聲。進食爲茹。

音義 ㄖㄨˊ 名 ①草根；例拔茅連茹。②蔬菜；例美茹。③姓。

動 ①吃，食；例「不茹葷者數月矣」。②度量；例不可以茹。

形 臭敗的；例茹魚去蠅。

參考 又音 ㄖㄨˋ。

4 **茹毛飲血** ㄖㄨˊ ㄇㄠˊ ㄧㄣˇ ㄒㄩㄝˋ 生吃鳥獸的肉，喝鳥獸的血；形容上古時代或未開化的人民的生活情形。

5 **茹古涵今** ㄖㄨˊ ㄍㄨˇ ㄏㄢˊ ㄐㄧㄣ 學問

淵博，能夠貫通古今。

9 **茹苦含辛** ㄖㄨˊ ㄎㄨˇ ㄏㄢˊ ㄒㄧㄣ 形容吃盡了各種辛苦。辛：辣味。又作「含辛茹苦」、「含蘗含辛」。

10 **茹素** ㄖㄨˊ ㄙㄨˋ 吃素，即不吃魚肉葷腥。

參考 反茹葷。

常 6 **荏** 解形 形聲；從艸，任聲。草本植物名，白蘇爲荏。

音義 ㄖㄣˇ 名 植 ①即白蘇，脣形花科，一年生草本，果實可食，子如粟米。也可榨油；例香不數葵荏。②古稱大豆爲「荏菽」，或簡稱「荏」。形 柔弱的；例色厲內荏。

9 **荏苒** ㄖㄣˇ ㄖㄢˇ 時間漸漸過去。又作「荏染」。例光陰荏苒。

10 **荏弱** ㄖㄣˇ ㄖㄨㄛˋ 柔弱，軟弱。

▽色厲內荏。

常 6 **荐** 解形 形聲；從艸，存聲。存有在的意思，所以置於席下的厚薦爲荐。

音義 ㄐㄧㄢˋ 動 推舉，同「薦」；例推荐。副 ①屢次；例荒饉荐至。②逐水草，流動不定地，同「薦」；例戎狄荐居。

參考 ①副①同 頻，仍，連，累，屢，重。②與「薦」有別：「薦」，從廌作，與「荐」音同且都有推舉的意思，然其餘的意思卻不同。③「茬」從在，音ㄔㄚˊ，指莊稼收割後的殘留根莖或收穫後的田地，與「荐」字不同。

次 6 **茳** 解形 形聲；從艸，江聲。香草名，茳蘺爲茳。

音義 ㄐㄧㄤ 名 植 ①茳芏，即席草，莖柔韌，可製席。②茳蘺，香草名。

次 6 **茨** 解形 形聲；從艸，次聲。以茅草蓋屋爲茨。

音義 ㄘˊ 名 ①植 草名，即蒺藜；例「牆有茨。」②用蘆葦、茅草覆蓋的屋頂；例「如茨如梁。」動 堆積，通「垐」；例「茨其所決而高之。」

▽棘茨、茅茨、蒺茨。

次 6 **茭** 解形 形聲；從艸，交聲。草名，牛蘄草爲茭。

音義 ㄐㄧㄠ 名 ①餵牲口的乾草；例芻茭。②植 草名，即牛蘄草。③篾纜，即用薄竹片或蘆葦編成的大索；例長茭。④「菰」的嫩莖，即「茭白」，可生食。

ㄒㄧㄠ 名 草根的通稱。

次 6 **荄** 解形 形聲；從艸，亥聲。草根爲荄。

音義 ㄍㄞ 名 草根；例根荄。

次 6 **荑** 解形 形聲；從艸，夷聲。草名，稊稗爲荑。

音義 ㄊㄧˊ 名 ①茅草的嫩芽；例手如柔荑。②草木初生的葉芽；例丹荑。③一種似稗的雜草，通「稊」；例「不如荑稗。」

ㄧˊ 動 割去田中野草。

次 6 **茜** 解形 形聲；從艸，西聲。倩草爲茜。

音義 ㄑㄧㄢˋ 名 ①植 茜草，多年生攀援草本，莖方形，有倒刺，根可入藥。②大紅色；例「東北雲如茜」。

參考 字雖從西，但不可讀成ㄒㄧ。

次 6 **茢** 解形 形聲；從艸，刿聲。草名，苕帚爲茢。

音義 ㄌㄧㄝˋ 名 苕帚；例「贊牛耳桃茢。」

次 6 **莨** 解形 形聲；從艸，艮聲。毒草名，野葛爲莨。

音義 ㄍㄣˋ 名 植 ①即野葛，藤本植物，根和葉含有劇毒。②毛莨，多年生草本，莖葉有毛，花黃色，植株有毒。

次 6 **茼** 解形 形聲；從艸，同聲。菜名，茼蒿爲茼。

音義 ㄊㄨㄥˊ 名 植 茼蒿，草本，菊科，嫩莖及葉有香氣，煮火鍋時的上菜。

次 6 **荍** 解形 形聲；從艸，收聲。草名，蕎麥爲荍。

音義 ㄑㄧㄠ 名植①蕎麥，農作物之一。實三稜形，種子磨粉，可供食用。②即「錦葵」的古名。

次 6 **茷** 形解 形聲；從艸，伐聲。草葉盛多爲茷。

音義 ㄈㄚˊ 名 茂盛的草葉，通「芨」；例 焚茅茷。ㄆㄟˋ 名 旗子，通「旆」；例 白茷。副 茷茷，嚴整的樣子；例「其旂茷茷。」

參考 讀 ㄈㄚˊ 時，又音 ㄈㄟˋ。

次 6 **茯** 形解 形聲；從艸，伏聲。草藥名，茯苓爲茯。

音義 ㄈㄨˊ 名植 茯苓，菌類植物，多寄生於松樹根上，可供藥用。

次 6 **荇** 形解 形聲；從艸，行聲。草名，荇菜爲荇。

音義 ㄒㄧㄥˋ 名植 荇菜，多年生水草，嫩葉可作菜；例「參差荇菜。」

參考 字亦作「葕」、「莕」。

次 6 **荃** 形解 形聲；從艸，全聲。鬆脆可口的香草爲荃。

音義 ㄑㄩㄢˊ 名①植 古香草名，通「蓀」。②捕魚器，通「筌」；例 得魚忘荃。

▽得魚忘荃。

次 6 **荅** 形解 形聲；從艸，合聲。小豆爲荅。

音義 ㄉㄚˊ 名①植 小豆；例 菽荅麻麥。②古量名，通「合」；例「蘖麴鹽豉千荅。」動 稱當，通「答」；例 不荅不饗。形 厚實的；例 荅布。副 解體的樣子，通「嗒」；例「荅焉似喪其耦。」

參考 字雖從合，但不可讀成 ㄏㄜˊ。

常 7 **莎** 形解 形聲；從艸，沙聲。草名，香附子爲莎。

音義 ㄙㄨㄛ 名植 草名，多年生草本，葉細長而硬，可製作斗笠和簑衣，地下塊根叫香附子，可入藥。

ㄕㄚ 名①動 蟲名，即莎雞，也叫紡織娘。②用於地名、人名的音譯字；例 莎士比亞。

[3] **莎士比亞** ㄕㄚ ㄕˋ ㄅㄧˇ ㄧㄚˋ 人 英國戲劇家兼詩人。生於斯特拉福，幼年失學，西元一五八六年赴倫敦爲伶人，繼而爲劇場譯改古曲。西元一五九二年起創編劇本，自成傑作三十五篇。其中四大悲劇：哈姆雷特、羅密歐與朱麗葉、奧塞羅、李爾王；四大喜劇：仲夏夜之夢、威尼斯商人、如願、一報還一報，尤膾炙人口，並有十四行詩及短歌集流傳於世。英人嘗云：「可以沒有英倫三島，但是不能沒有莎士比亞。」

常 7 **莞** 形解 形聲；從艸，完聲。一種叢生水邊，細莖中空，可以做蓆的鬚狀水葱爲莞。

音義 ㄍㄨㄢ 名①植 多年生草本，莎草科，或自生於沼澤，或種於水田，莖高五、六尺，可織蓆，葉小如鱗片，花黃綠色，又稱「水葱」。②莞草織成的蓆；例 藉莞芹。③姓。

ㄨㄢˇ 副 莞爾，微笑的樣子。例 不覺莞爾。

ㄍㄨㄢˇ 名 東莞，漢代縣名。

ㄨㄢ 名 通「豌」字；例 莞荳。

參考 字雖從「完」，但不可讀成 ㄨㄢˊ。

[14] **莞爾** ㄨㄢˇ ㄦˇ 微笑的樣子。例 夫子莞爾而笑。

常 7 **荸** 形解 形聲；從艸，孛聲。草名，其苗似龍鬚，根黑色可食爲荸。

音義 ㄅㄧˊ 名植 多年生草本，生在池沼中或栽培在水田裡，地上莖叢生，直立，深綠色；地下的球莖，皮厚，色黑，可食；又名「地栗」、「烏芋」、「慈姑」。

參考 又讀 ㄅㄛˊ。

常 7 **莢** 形解 形聲；從艸，夾聲。夾爲左右夾持，所以莢果爲莢。

音義 ㄐㄧㄚˊ 名①植豆科植物的果實，又稱「莢果」；例白花翠莢傍畦低。②如莢狀的乾果、裂果；例榆莢。③姓。

常 7
莖
形解 形聲；從艸，巠聲。巠爲水脈，有直而長的意思，所以草木的主幹爲莖。

音義 ㄐㄧㄥ 名①植物的主幹；例綠葉兮紫莖。②量詞，用來數條狀物；例數莖白髮那拋得？

參考 ①木本植物的莖通稱「榦」，如「樹榦」。②莖是植物體的一部分，上部一般生葉，開花、結實，下部與根連接，有輸送植物體內養料的功能，有的還有儲存養料的作用。莖一般生在地上，也有生在地下的。

參考 「根莖」的「莖」字，不可誤讀成ㄐㄧㄥˋ。

▽塊莖、根莖、球莖、鱗莖、支莖、地下莖。

常 7
莫
形解 形聲；從日，茻聲。茻爲衆草，日入草莽，則幽暗無光，所以日將落爲莫。

音義 ㄇㄛˋ 名姓。副①不可；例閒人莫進。②不要；例莫遲疑。③沒有；例莫非王土。

ㄇㄨˋ 名傍晚，「暮」的本字；例及莫又至。形晚的；例日莫途窮。

參考 ①「ㄇㄛˋ」同無，靡，罔，亡，勿，毋，沒，微。②孳寞、暮、幕、摸、模、瘼、慕、墓、驀。

4 **莫不是** ㄇㄛˋ ㄅㄨˋ ㄕˋ 疑問詞，難道是，應該是。

參考 ①與文言的「莫非」同義。②同莫不成。

5 **莫可奈何** ㄇㄛˋ ㄎㄜˇ ㄋㄞˋ ㄏㄜˊ 對於問題完全沒有辦法解決。亦作「無可奈何」、「無可如何」。

參考 同束手無策。

6 **莫如** ㄇㄛˋ ㄖㄨˊ 不如。亦作「莫若」。

莫名 ㄇㄛˋ ㄇㄧㄥˊ 不能充分說明、表達出來。例感激莫名。

莫名其妙 ㄇㄛˋ ㄇㄧㄥˊ ㄑㄧˊ ㄇㄧㄠˋ ㈠不知什麼緣故。例莫名其妙的挨了一頓罵。㈡沒有人說得出其中的奧妙，比喻深奧或奇怪不能解說的事物。㈢責斥人言行荒謬、不講理。又作「莫明其妙」。

8 **莫非** ㄇㄛˋ ㄈㄟ 副詞，表示揣測或反問。例莫非眞是我們盼望的救星來了嗎？

9 **莫衷一是** ㄇㄛˋ ㄓㄨㄥ ㄧ ㄕˋ 各有各的意見和說法，不能得出一致的結論。衷：成立。例衆說紛紜，莫衷一是。

莫爲已甚 ㄇㄛˋ ㄨㄟˊ ㄧˇ ㄕㄣˋ 不必太過分。

10 **莫逆** ㄇㄛˋ ㄋㄧˋ 沒有違逆的事情，比喻朋友情誼深厚，心意互相契合。

莫逆之交 ㄇㄛˋ ㄋㄧˋ ㄓ ㄐㄧㄠ 形容彼此情投意合，非常要好的朋友。莫逆：沒有抵觸；交：交情。

參考 與「生死之交」有別：前者重於「情投意合」；後者重於「感情深厚」。

12 **莫須有** ㄇㄛˋ ㄒㄩ ㄧㄡˇ 也許有，恐怕有。南宋秦檜誣害抗金名將岳飛要謀反，有人問他有什麼證據，他說：「莫須有。」後用以指故意捏造罪名來誣諂人。

莫斯科 ㄇㄛˋ ㄙ ㄎㄜ 地蘇聯的首都，位於蘇聯歐洲部分的中央，是全國政治、經濟、文化、交通中心，市街成同心圓放射式，爲全國放射狀鐵路網的中心和第一大城。

莫測高深 ㄇㄛˋ ㄘㄜˋ ㄍㄠ ㄕㄣ 形容極神秘無法揣測出究竟高深到什麼程度。

常 7
莒
形解 形聲；從艸，呂聲。芋頭爲莒。

音義 ㄐㄩˇ 名①植芋頭，塊莖可食的植物；例仲冬…收莒芋。②地春秋時國名，嬴姓。③地山東省縣名，在沂水縣東南；例毋忘在莒。④姓。

參考 「筥」是圓形竹器，和「莒」字不同。

常 7
莊
形解 形聲；從艸，壯聲。壯有大的意思，

所以草盛爲莊。
音義 ㄓㄨㄤ 名①田家村落；例村莊。②別墅；例山莊。③大道；例康莊。④商號；例錢莊。⑤賭博時作主的人；例坐莊。⑥姓。形嚴正的、端整的；例莊重。
參考①同敬，嚴。②反諧，褻，慢。③與「裝」同音而義別：「裝」，從衣，有服飾、修飾的意思，如「裝裱」、「裝配」不作「莊」。

9 **莊重** ㄓㄨㄤ ㄓㄨㄥˋ 嚴肅端正，不輕浮。例態度莊重。
參考 參閱「穩重」條。

15 **莊稼** ㄓㄨㄤ ㄐㄧㄚˋ 田地裏生長的農作物，多指糧食作物。
參考 參閱「穩重」條。

20 **莊嚴** ㄓㄨㄤ ㄧㄢˊ ㈠莊重嚴肅。㈡宗佛教語，裝飾之意。
參考 參閱「穩重」條。

▽山莊、村莊、端莊、老莊、別莊、漁莊、錢莊、康莊、京莊。

常 7 莓

解形 形聲；從艸，每聲。草名，結實似覆盆形爲莓。
音義 ㄇㄟˊ 名植①薔薇科，種類很多，如山莓、寒莓、蛇莓；開白花，結紅色果實，味酸甜，今名爲「草莓」。②青苔；例莓苔見屐痕。
參考①又作「苺」。②又稱覆盆草。

常 7 莉

解形 形聲；從艸，利聲。木名，茉莉爲莉。
音義 ㄌㄧˋ 名植茉莉，常綠亞灌木名，也是茉莉所開的花名。
參考 參閱「茉」字條。

常 7 莠

解形 形聲；從艸，秀聲。狗尾草爲莠。
音義 ㄧㄡˇ 名①植禾本科一年生草本，像稻禾，常妨害稻禾生長，又稱狗尾草，例惡莠。②惡人；例良莠不齊。形①惡劣的；例莠言自口。②不法的，作惡的；例莠民。
參考①又音 ㄧㄡˋ。②字雖從秀聲，但不可讀成 ㄒㄧㄡˋ。

5 **莠民** ㄧㄡˇ ㄇㄧㄣˊ 壞人，不良分子。

常 7 荷

解形 形聲；從艸，何聲。蓮葉爲荷。
音義 ㄏㄜˊ 名①植睡蓮科，一年生草本，生水中，葉圓而大，夏天開白或紅花，果實稱爲蓮，地下莖爲藕，都可以吃；又稱「蓮」、「芙蕖」、「菡萏」。②地國名，「荷蘭」的簡稱，在歐洲西海岸，以塡海成陸地聞名於世。
ㄏㄜˋ 動①用肩扛負；例田夫荷鋤至。②承受；例世荷朝恩。③握持；例荷筆入文昌。

5 **荷包** ㄏㄜˊ ㄅㄠ 隨身攜帶，裝零錢和零星東西的小袋子。
參考 同錢包，銀包。

14 **荷爾蒙** ㄏㄜˊ ㄦˇ ㄇㄥˊ 生意譯爲「激素」。內分泌腺所分泌的物質，是維持人體發育、生殖、新陳代謝等機能所不能缺少的。又音譯作「賀爾蒙」。

荷槍實彈 ㄏㄜˋ ㄑㄧㄤ ㄕˊ ㄉㄢˋ 兵士背著槍，槍膛裏裝滿子彈。比喻戒嚴或戰爭快要觸發時的緊張狀態。

▽重荷、擔荷、負荷、薄荷、感荷、蓮荷、野荷。

常 7 莽

解形 形聲；從犬，茻聲。茻爲叢草，所以犬入叢草逐兔爲莽。
音義 ㄇㄤˇ 名①植木蘭科，常綠灌木，生暖地，高丈餘；葉互生，橢圓形，全邊平滑，有透明細點；花瓣細長，黃白色，種子有劇毒；葉有濃香，可製末香、線香。②叢生的草；例宿莽。③姓。形粗鹵的；例莽漢。
參考 孳 [木莽]、蟒。

10 **莽原** ㄇㄤˇ ㄩㄢˊ ㈠廣大荒涼的草原。㈡地地理學上指在熱帶南、北回歸線附近，雨季短，乾季長的地區，因區內以粗大的草原爲主，故名。若有稀疏樹木散布，則稱稀疏林莽原。

11 **莽莽** ㄇㄤˇ ㄇㄤˇ ㈠草木茂盛的樣子。㈡廣闊無邊際的樣子。例莽莽萬重山，孤城山谷間。

14 **莽漢** ㄇㄤˇ ㄏㄢˋ 鹵莽的男子。
參考 同莽夫。

15 **莽撞** ㄇㄤˇ ㄓㄨㄤˋ 言語粗魯，行爲衝動。

參考 同鹵莽。

▽草莽、鹵莽。

常 7 **荻** 形解 形聲；從艸，狄聲。草名，蘆荻為荻。

音義 ㄉㄧˊ 名①植禾本科，多年生草本，生長水邊或原野，與「蘆」同類；例楓葉荻花秋瑟瑟。②姓。

參考「蘆」、「荻」的不同：「蘆」，大而中空；「荻」，小而中實。又「荻」的葉子較闊，莖較堅韌。

▽蘆荻、岸荻。

常 7 **荼** 形解 形聲；從艸，余聲。苦菜為荼。

音義 ㄊㄨˊ 名①植苦菜。例誰謂荼苦？其甘如薺。②開白花的菅茅。例欲其荼之白也。動毒害；例荼毒。

ㄕㄨ 名門神名；例神荼鬱壘。

參考 與「茶」(ㄔㄚˊ)字形近易誤，如「荼毒生靈」，不可誤作「茶毒生靈」。

9 **荼毒** ㄊㄨˊ ㄉㄨˊ 比喻毒害，殘害。毒：指螫人的毒蟲。例荼毒生靈。

參考 同殘虐。

21 **荼蘗之苦** ㄊㄨˊ ㄅㄛˋ ㄓ ㄎㄨˇ 比喻境遇艱辛。蘗：植物名，可入藥，味苦。

▽如火如荼。

常 7 **莘** 形解 形聲；從艸，辛聲。花紫黑色，供藥用的多年生草本為莘。

音義 ㄕㄣ 名姓。形①修長的；例魚在在藻，有莘其尾。②眾多的；例莘莘征夫。

參考 ①又音ㄒㄧㄣ。②與「梓」形近而音義不同：「梓」，從木，音ㄗˇ，為一種落葉喬木，如「造福鄉梓」，不可作「莘」。

次 7 **茛** 形解 形聲；從艸，艮聲。草名，薯茛為茛。

音義 ㄌㄧㄤˊ 名植薯茛，薯蕷科，多年生纏繞藤本。

ㄍㄣˋ 名植茛菪，茄科，一、二年生草本，全株有黏性腺毛，並有特殊臭氣。葉和種子均可入藥。

次 7 **荳** 形解 形聲；從艸，豆聲。豆類，荳蔻為荳。

音義 ㄉㄡˋ 名豆類植物的總稱，通「豆」。

15 **荳蔻年華** ㄉㄡˋ ㄎㄡˋ ㄋㄧㄢˊ ㄏㄨㄚˊ 比喻少女最美妙的時代。荳蔻：本作豆蔻，薑科，開淡黃色花，果實香氣頗烈，可入藥。一名「草豆蔻」、「草果」。

次 7 **莆** 形解 形聲；從艸，甫聲。瑞草，蓮莆為莆。

音義 ㄈㄨˇ 名植蓮莆，古傳說中的一種神異的草。

ㄆㄨˊ 名①地莆田，縣名，福建東部。②姓。

次 7 **莏** 形解 形聲；從艸，抄聲。以手互相磨搓為莏。

音義 ㄙㄨㄛ 動挼莏，兩手相互磋磨，通「莎」。

參考 語音ㄘㄨㄛ。

次 7 **莧** 形解 形聲；從艸，見聲。菜名，莧菜為莧。

音義 ㄒㄧㄢˋ 名植莧菜，一年生草本，嫩莖及葉可供食用或藥用。

ㄏㄨㄢˇ 副微笑的樣子，通「莞」、「唍」；例莧爾一笑。

參考 ①作「微笑的樣子」解時，又音ㄨㄢˇ。②與「萈」字音義各別。

次 7 **莩** 形解 形聲；從艸，孚聲。草名，葭莩為莩。

音義 ㄈㄨˊ 名蘆葦中的薄膜，通「稃」；例葭莩。

ㄆㄧㄠˇ 名餓死的人，通「殍」；例野有餓莩。

次 7 **荽** 形解 形聲；從艸，妥聲。藥草名，蔘荽為荽。

音義 ㄙㄨㄟ 名植香菜名；例蔘荽芬芳。

次 7 **莝** 形解 形聲；從艸，坐聲。坐有挫折的意思，所以割草餵牲口為莝。

音義 ㄘㄨㄛˋ 名鍘碎的草；例置莝豆其前。動鍘草；例莝芻。

次 7 **莛** 形解 形聲；從艸，廷聲。草樹的莖爲莛。

音義 ㄊㄧㄥˊ 名①樹幹。例以莛撞鐘。②屋梁。例舉莛與楹。

參考 又音ㄊㄧㄥˇ。

次 7 **莪** 形解 形聲；從艸，我聲。菜名，莪蒿爲莪。

音義 ㄜˊ 名植植物名，即莪蒿，通「蛾」。例蓼蓼者莪。

常 8 **菩** 形解 形聲；從艸，音聲。可蓋屋製薦的草爲菩。

音義 ㄆㄨˊ 名①植可以製薦蓋屋的一種草名；例菩草。②植菩提樹，桑科，常綠亞喬木。③宗梵語菩提，正覺的意思。

參考 字雖從音聲，但不可讀成ㄆㄟˋ或ㄅㄟˋ。

12 **菩提** ㄆㄨˊ ㄊㄧˊ 宗佛教語，意譯爲覺、智、道等。用指豁然開悟，如人睡醒，如日開朗的徹悟境界；又指覺悟的智慧和覺悟的途徑。

參考 衍菩提子、菩提樹、菩提達摩。

18 **菩薩** ㄆㄨˊ ㄙㄚˋ ㈠宗佛教語，菩提薩埵的略稱，意譯「覺有情」或「發大心的人」。原爲釋迦牟尼修行尚未成佛時的稱號，後用爲大乘教義修行者的稱號。㈡泛指佛和某些神。㈢比喻心腸慈善的人。

常 8 **萃** 形解 形聲；從艸，卒聲。卒有會集的意思，草聚叢生爲萃。

音義 ㄘㄨㄟˋ 名①羣類；例出類拔萃。②衣服摩擦的聲音；例翕呷萃蔡。動聚集；例人文薈萃。形勞苦困頓的，通「顇」；例勞苦頓萃。副聚集地；例有鴞萃至。

參考 同聚，集，輯，輳。

8 **萃取** ㄘㄨㄟˋ ㄑㄩˇ 化利用溶劑，將另一固相或液相中的可溶性物質溶入，以便於分離或精製的操作。

▽人文薈萃、出類拔萃。

常 8 **菸** 形解 形聲；從艸，於聲。於有雍塞的意思，所以陸草生於谷中傷於水而枯萎爲菸。

音義 ㄧㄢ 名植菸草，葉子可以製捲煙、煙絲。

ㄩ 動枯萎；例菸邑。

參考 又作「烟」、「煙」。

常 8 **萸** 形解 形聲；從艸，臾聲。藥草名，茱萸爲萸。

音義 ㄩˊ 名植茱萸，木本植物名，有山茱萸、吳茱萸、食茱萸三種。例紫萸黃菊映霜鬢。

參考 參閱「茱」字條。

常 8 **萍** 形解 形聲；從水，苹聲。浮水而生的草爲萍。

音義 ㄆㄧㄥˊ 名植浮萍科，浮生水面，葉扁平而小，上面綠色，下紫赤色，有鬚根下垂；例漂萍。副行踪無定地；例萍浮南北。

參考 ①又作「蓱」。②和「苹」同音可通假，但「苹」的本義是陸上的草，和「萍」爲水上的植物不同。

4 **萍水相逢** ㄆㄧㄥˊ ㄕㄨㄟˇ ㄒㄧㄤ ㄈㄥˊ 比喻本不相識的人偶然遇合。

10 **萍浮南北** ㄆㄧㄥˊ ㄈㄨˊ ㄋㄢˊ ㄅㄟˇ 如浮萍一般漂流而無定所。

18 **萍蹤** ㄆㄧㄥˊ ㄗㄨㄥ 比喻行踪不定。又作「萍踪」。

▽漂萍、浮萍、飄萍。

常 8 **菠** 形解 形聲；從艸，波聲。菜名，菠菜爲菠。

音義 ㄅㄛ 名植蔬菜名，藜科，葉略呈三角形，根部紅色，葉嫩綠，有甜味，含豐富的鐵質；例菠菜。

常 8 **萋** 形解 形聲；從艸，妻聲。草茂盛爲萋。

音義 ㄑㄧ 形草盛的；例萋萋芳草。副雲流動的樣子，同「淒」；例有渰萋萋，興雲祁祁。

參考 與「淒」、「悽」有別：「淒」，從水(氵)，有寒冷的意思，「棲」，從木，有居息的意思。

12 **萋萋** ㄑㄧ ㄑㄧ ㈠草茂盛的樣子。例芳草萋萋鸚鵡洲。㈡雲流動的樣子。

常 8 **菁** 形解 菁 形聲；從艸，青聲。韭菜花爲菁。

音義 ㄐㄧㄥ 名①植即韭華，俗稱「韭菜花」；例七八月收韭菁。②「花」的代稱；例麗服颺菁。形茂盛的；例其葉菁菁。

參考①參閱「精」字條。②「菁華」的「菁」字，音 ㄐㄧㄥ，不可誤讀成 ㄑㄧㄥ。

11 **菁菁** ㄐㄧㄥ ㄐㄧㄥ 茂盛的樣子。例其葉菁菁。

12 **菁華** ㄐㄧㄥ ㄏㄨㄚˊ 事物的精粹。同「精華」。

▽去蕪存菁。

常 8 **華** 形解 華 會意；從艸𠌶。開花爲華。

音義 ㄏㄨㄚˊ 名①「中國」的簡稱；例華語。②光澤；例春風拂檻露華濃。③文飾；例樸實無華。④外表；例華實相稱。⑤時光；例迎得韶華入中禁。⑥化妝用的香粉；例洗淨鉛華。動開花；例桐始華。形①白色的；例多情應笑我，早生華髮。②豪麗的；例華屋美廈。③虛空不實的；例華言翳實。④富有的；例榮華。

ㄏㄨㄚˋ 名山名；例華山。

ㄏㄨㄚ 名「花」的古字。

參考 孳 嘩、譁、鏵、驊。

6 **華而無實** ㄏㄨㄚˊ ㄦˊ ㄨˊ ㄕˊ 只開花而不結果；比喻表面好看，但沒有實際內容。

8 **華表** ㄏㄨㄚˊ ㄅㄧㄠˇ ㈠紀功的石柱。㈡墓前所立的石柱。例華表千尋臥碧苔，墳前石馬磨刀壞。

9 **華美** ㄏㄨㄚˊ ㄇㄟˇ 華麗而美觀。

華胄 ㄏㄨㄚˊ ㄓㄡˋ ㈠華夏族的後代，指漢族。㈡舊指貴族的後裔。

華屋山丘 ㄏㄨㄚˊ ㄨ ㄕㄢ ㄑㄧㄡ 華美的大廈變成丘墟。比喻興亡盛衰的快速。

10 **華夏** ㄏㄨㄚˊ ㄒㄧㄚˋ 我國的古稱，也指漢民族。

13 **華裔** ㄏㄨㄚˊ ㄧˋ ㈠在海外的中國人後裔的簡稱。習慣上稱華僑在僑居國所生的而又取得所在國國籍的子女爲華裔。㈡舊稱我國邊疆或邊疆外的地方。例華裔之夷。

15 **華誕** ㄏㄨㄚˊ ㄉㄢˋ 尊稱別人生日的敬辭。

16 **華髮** ㄏㄨㄚˊ ㄈㄚˇ 花白的頭髮。

華翰 ㄏㄨㄚˊ ㄏㄢˋ 尊稱他人的來信。

華燈 ㄏㄨㄚˊ ㄉㄥ 光亮燦爛的燈。例華燈初上。

▽榮華、月華、豪華、精華、中華、繁華、光華、才華、鉛華、風華、年華、奢華、重華、浮華、二八年華、荳蔻年華。

常 8 **菱** 形解 本作蔆；形聲；從艸，淩聲。水草名，菱角爲菱。

音義 ㄌㄧㄥˊ 名植一年生草本，葉浮游水面，果實有角，可食；又稱「水栗」。例早菱生軟角。

參考 又作「蔆」。

常 8 **萊** 形解 萊 形聲；從艸，來聲。草名，藜藿爲萊。

音義 ㄌㄞˊ 名①植草名，「藜」的別稱，新葉和嫩苗都可以食用。②廢棄而生雜草的田地；例田萊多荒。③雜草；例草萊。④姓。動除草；例萊山田之野。

12 **萊菔** ㄌㄞˊ ㄈㄨˊ 植即蘿蔔。

▽蒿萊、蓬萊、草萊。

常 8 **菴** 形解 形聲；從艸，奄聲。草名，莖直葉硬，葉可覆屋爲菴。

音義 ㄢ 名①圓形的草廬；例菴舍。②寺廟（多指尼姑住的），通「庵」；例尼姑菴。

ㄢ 形茂盛的；例菴藹。

常 8 **菰** 形解 形聲；從艸，孤聲。草名，菰米爲菰。

音義 ㄍㄨ 名①植禾本科多年生草本，生於淺水中，莖高五、六尺，春生新芽如筍，經某種病菌寄生後膨大，又稱菰菜，俗稱茭白筍；秋天結實如米，稱菰米；例秋菰亦滿陂。②植某些菌類植物，通「菇」；例蘑菰。

常 8 **萌** 解形 艸，明聲。形聲；從草木始生爲萌。

音義 ㄇㄥˊ 名①初生的嫩芽；例竹萌。②事情的開端；例蚤絕姦之萌。③先兆；例見微知萌。④人民，通「氓」；例高田之萌。⑤姓。動①發生；例故禍不萌。②發芽；例草萌芽。形無知的；例民萌何以勸勉？

參考 同發。

5 **萌生** ㄇㄥˊ ㄕㄥ ㈠始生，孳生。㈡眾多而爭生。

8 **萌芽** ㄇㄥˊ ㄧㄚˊ ㈠植物開始長出幼芽。㈡比喻指事物剛發生或新生的事物。

參考 ①同萌蘖。②衍萌芽林。

12 **萌發** ㄇㄥˊ ㄈㄚ 形容草木由初生而茁壯。

▽故態復萌。

常 8 **菌** 解形 艸，困聲。形聲；從生於地上的傘狀植物爲菌。

音義 ㄐㄩㄣ 名①植隱花植物，常寄生於他物，可別爲二類：一爲地衣類，如地耳；一爲眞菌類，有菌傘，如松菌；例掃窗秋菌落。②微生物，即「細菌」；例桿菌。

19 **菌類植物** ㄐㄩㄣ ㄌㄟˋ ㄓˊ ㄨˋ 隱花植物的一大類，構造簡單，無根、莖、葉分化，不具葉綠素，一般只能攝取現成養料，如細菌、霉、蘑菇等。

▽細菌、殺菌、病菌、黴菌、毒菌、酵母菌。

常 8 **菲** 解形 艸，非聲。形聲；從菜名，葑菲爲菲。

音義 ㄈㄟˇ 名植菜名，花紫紅色，葉根可食，與「蕪菁」同類；例采葑采菲，無以下體。形微薄的；例菲儀。

ㄈㄟ 名地國名，「菲律賓」的簡稱，爲亞洲東南部的共和國。

ㄈㄟˋ 名草鞋；例足下無菲。

參考「ㄈㄟˇ」同薄。

8 **菲林** ㄈㄟ ㄌㄧㄣˊ 外即攝影用的感光片。分乾片（或濕片）及軟片兩種：乾片的片基是平板玻璃，軟片的片基是塞璐路一類的化學物。又作「飛林」、「非林」。

12 **菲菲** ㄈㄟ ㄈㄟ ㈠香氣很盛的樣子。㈡形容花很美麗。㈢錯雜的樣子。㈣上下不定的樣子。

15 **菲儀** ㄈㄟˇ ㄧˊ 微薄的禮物，送禮時的謙辭。又作「菲敬」。

17 **菲薄** ㄈㄟˇ ㄅㄛˊ ㈠微薄。㈡小看，輕視。例妄自菲薄。㈢儉約。例躬自菲薄，去絕奢飾。

▽芳菲、不菲。

常 8 **菊** 解形 艸，匊聲。形聲；從大菊，即蘧麥爲菊。

音義 ㄐㄩˊ 名植多年生草本，菊科，種類很多，大抵以秋末開花，頭狀花序，顏色以黃白爲多，可供觀賞或藥用；例採菊東籬下，悠然見南山。

參考 又作「蘜」。

▽採菊、白菊、黃菊、紅菊、除蟲菊。

常 8 **萎** 解形 艸，委聲。形聲；從用草飼牛爲萎。

音義 ㄨㄟ 動①草木枯黃；例凋萎。②殂落；例哲人其萎。

ㄨㄟˇ 名植萎蕤，百合科，多年生草本，莖高一、二尺，生於山野中。

19 **萎靡** ㄨㄟ ㄇㄧˇ 精神頹廢，意志消沉。例萎靡不振。

▽枯萎、凋萎。

常 8 **萄** 解形 艸，匋聲。形聲；從草名，葡萄爲萄。

音義 ㄊㄠˊ 名植葡萄，果類植物，蔓生，果實可食，亦可供釀酒。

參考 又音 ·ㄊㄠ，參閱「葡」字條。

常 8 **菜** 解形 艸，采聲。形聲；從采爲擇取，所以可採摘以供食用的草類爲菜。

音義 ㄘㄞˋ 名①蔬類植物的總稱；例閉門種菜英雄老。②下飯佐酒的食品；例小菜。

6 **菜色** ㄘㄞˋ ㄙㄜˋ ㈠菜蔬的顏色，

即青黃色。㈡飢餓人的臉色。例民無菜色。㈢俚俗指營養不良或難看的臉色。例面有菜色。

▽蔬菜、野菜、素菜、青菜、燒菜、川菜、臺菜、合菜、和菜、江浙菜、一湯四菜。

常 8 **著** 解形 形聲；從艸，者聲。者有分別的意思，所以顯明而可加以區別者爲著。

音義 ㄓㄨˋ 名 作品；例名著。動①顯揚；例名豈文章著？②撰述；例著書。

ㄓㄨㄛˊ 名①圍棋下子或象棋走子；例棋高一著。②策略；例上著。動①穿戴；例都護鐵衣冷猶著。②命令；例「我著你但去行監坐守。」副特別地；例著重。

ㄓㄠ 動①燃燒；例著火。②表示中人計策；例他著了我的道了。助表示已然；例睡著了。

ㄓㄠˊ 動①受到；例著涼。②發生；例著慌。

·ㄓㄜ 助①表正在進行；例坐著吃。②表狀況；例貼著標語。③表命令或吩咐；例你給我記著！

參考 ①俗作「着」。②「ㄓㄨㄛˊ」同附，就，即，傅，粘。③「着」有四個讀音：a ㄓㄠ，例棋高一着，失着。b ㄓㄠˊ，例着火，猜着了。c ·ㄓㄜ，例沿着，照着。d ㄓㄨㄛˊ，例着眼，附着，不着邊際。

2 **著力** ㄓㄨㄛˊ ㄌㄧˋ 用力，盡力。

4 **著手** ㄓㄨㄛˊ ㄕㄡˇ 下手，開始從事某事。

著手成春 ㄓㄨㄛˊ ㄕㄡˇ ㄔㄥˊ ㄔㄨㄣ ㈠稱譽詩文用字遣詞的高妙。㈡今用以稱譽醫生的醫術高明，手到病除。又作「著手回春」。

6 **著名** ㄓㄨˋ ㄇㄧㄥˊ 非常有名。

7 **著作** ㄓㄨˋ ㄗㄨㄛˋ ㈠著書或撰寫詩文。今也指以自己的意見及技能製成的作品，如文藝、圖畫、雕刻等。㈡古代官名，即「著作郎」或「著作佐郎」的省稱，掌管國史資料和撰述之職。

著作權 ㄓㄨˋ ㄗㄨㄛˋ ㄑㄩㄢˊ 法就著作物向政府機關註册享有重製之利益。

參考 衍著作權法。

著作等身 ㄓㄨˋ ㄗㄨㄛˋ ㄉㄥˇ ㄕㄣ 形容寫作的文章或書籍數目非常多，能與身齊。

9 **著重** ㄓㄨㄛˊ ㄓㄨㄥˋ 側重，把重點放在某方面。

參考 同偏重。

著述 ㄓㄨˋ ㄕㄨˋ ㈠編纂書籍，撰寫文章。㈡作品。

10 **著書立說** ㄓㄨˋ ㄕㄨ ㄌㄧˋ ㄕㄨㄛ 寫成書籍，建立起一家的言論。

11 **著眼** ㄓㄠˊ ㄧㄢˇ ㈠從某一個觀點來看。例大處著眼，小處著手。㈡注視。

12 **著著失敗** ㄓㄨㄛˊ ㄓㄨㄛˊ ㄕ ㄅㄞˋ 本指下棋失利而言，比喻步步失敗。

參考 同節節失利。

13 **著想** ㄓㄠˊ ㄒㄧㄤˇ 設想，打算。

著落 ㄓㄠˊ ㄌㄨㄛˋ ㈠下落，事情的歸結。例工作有了著落沒有？㈡可以依靠或指望的來源。例這筆經費有了著落。

著腳書樓 ㄓㄨㄛˊ ㄐㄩㄠˊ ㄕㄨ ㄌㄡˊ 長了腳的書櫥，喻指學問豐富的人。又作「兩腳書櫥」。

14 **著稱** ㄓㄨˋ ㄔㄥ 因某方面有名而受人們稱頌。例杭州以西湖的風景著稱於世。

15 **著實** ㄓㄨㄛˊ ㄕˊ ㈠實在，確實。例這個青年的表現著實不錯。㈡指言語、動作等分量重、力量大。例著實地批評了他一頓。

▽執著、膠著、沈著、粘著、土著、先著、穿著、衣著、顯著、名著、論著、見微知著。

常 8 **菅** 解形 形聲；從艸，官聲。草名，官即管的省略，莖硬直如細管，皮可做繩索者爲菅。

音義 ㄐㄧㄢ 名①植禾本科，多年生草本，葉多毛，細長而尖。②蘭草，通「蕑」；例菅蕙。

參考 ①和「管」形近易誤，「菅」音 ㄐㄧㄢ，不可讀成 ㄍㄨㄢˇ。②「草菅人命」的「菅」字不可錯寫作「管」。

▽草菅、秉菅。

次 8 **菏**

解形 形聲；從艸，河聲。草名，菏菔為菏。

音義 ㄏㄜˊ 名地①水名，山東古濟水的支流。②菏澤，古澤名，今山東定陶縣北。

參考 ①又作「菏」。②又音ㄍㄜ ③與「荷」有別：前者從「河」作；後者從「何」作，不可混用。

次 8 **菹**

解形 形聲；從艸，沮聲。酸菜為菹。

音義 ㄐㄩ 名①多水草的沼澤地帶。②枯草，通「苴」；例「伐菹薪。」③酢菜；例「菜乞鄰家作菹美。」④肉醬；例麋鹿為菹。動剁成肉醬，通「醢」；例「菹其骨肉於市。」

17 **菹醢** ㄐㄩ ㄏㄞˇ (一)古代酷刑之一，將人殺死後剁成肉醬。(二)古代肉醬的通稱。

次 8 **菀**

解形 形聲；從艸，宛聲。草名，紫菀為菀。

音義 ㄨㄢˇ 名植紫菀，草名，多年生草本，根可入藥。ㄩˋ 動蘊結；例菀結。副茂盛的樣子，通「鬱」、「蔚」；例「菀彼桑柔。」ㄩㄢˋ 名園囿，通「苑」；例「諸生之根菀。」

次 8 **菶**

解形 形聲；從艸，奉聲。奉有大而多的意思，所以草木茂盛為菶。

音義 ㄅㄥˇ 副菶菶，草木茂盛的樣子；例菶菶萋萋。

參考 又音ㄆㄥˇ。

次 8 **萇**

解形 形聲；從艸，長聲。植物名，萇楚，為萇。

音義 ㄔㄤˊ 名①植萇楚，即羊桃，灌木，花赤色，柔弱蔓生，實味苦。②姓。

次 8 **菫**

解形 形聲；從艸，堇省聲。藥草名，菫芨為菫。

音義 ㄐㄧㄣˇ 名植菜名，多年生草本，生在山野，紫花，味苦。ㄐㄧㄣˋ 名植藥草名，即「芨」。

參考 又作「菫」、「堇」。

次 8 **萁**

解形 形聲；從艸，其聲。豆莖為萁。

音義 ㄑㄧˊ 名豆莖；例煮豆燃豆萁。ㄐㄧ 名植①草名，形狀像荻而細，可作箭簳。②野菜名，像蕨，可食；例「茈萁芸蒩。」

次 8 **菘**

解形 形聲；從艸，松聲。菜名，其味似松為菘。

音義 ㄙㄨㄥ 名植蔬菜名，葉闊大，有數種：青菜、白菜和黃芽菜。

次 8 **菡**

解形 形聲；從艸，函聲。菡萏，未開的荷花為菡。

音義 ㄏㄢˋ 名植菡萏，即荷花。

12 **菡萏** ㄏㄢˋ ㄉㄢˋ 荷花的別名。例「菡萏香銷翠葉殘。」

次 8 **菖**

解形 形聲；從艸，昌聲。水草名，菖蒲為菖。

音義 ㄔㄤ 名植菖蒲，多年生草本，有香氣，可作芳香油、澱粉和纖維的原料，根莖可入藥。

次 8 **菉**

解形 形聲；從艸，彔聲。草名，菉竹為菉。

音義 ㄌㄨˋ 名植草名，即菉竹，莖葉可作黃色的染料；例「菉竹猗猗。」ㄌㄩˋ 形通「綠」。

次 8 **菔**

解形 形聲；從艸，服聲。萊菔，即蘿蔔為菔。

音義 ㄈㄨˊ 名植萊菔，即「蘿卜」、「蘿蔔」。果子叫萊菔子，可入藥，能下氣、消積、化痰。

次 8 **菟**

解形 形聲；從艸，兔聲。藥草名，菟絲為菟。

音義 ㄊㄨˋ 名①植菟絲子，一年生草本，多纏繞寄生在豆科植物上，種子可入藥。②通「兔」；例「顧菟在腹。」ㄊㄨˊ 名①春秋時楚人稱虎為「於菟」。②姓。

次 8 **萏**

解形 形聲；從艸，臽聲。蓮花為萏。

音義 ㄉㄢˋ 名菡萏，即荷花。

副華麗的樣子；例「雲萏萏以張蓋。」

次 8 **萑** 形解 形聲；從艸，隹聲。草木繁多爲萑。

音義 ㄏㄨㄢˊ 名植蘆類植物，即荻草；例「八月萑葦。」 ㄓㄨㄟ 名植藥草名，即荒蔚，通「蓷」。

9 **萑苻不靖** ㄏㄨㄢˊ ㄈㄨˊ ㄅㄨˋ ㄐㄧㄥˋ 形容强盜很多，國家不能太平。萑苻：古沼澤名，草密易藏，比喻强盜聚集處。

次 8 **菇** 形解 形聲；從艸，姑聲。菌類植物名，香菇爲菇。

音義 ㄍㄨ 名植菌類植物；例草菇。

次 8 **菑** 形解 形聲；從艸田，巛聲。巛爲「災」的本字，所以田荒而雜草壅塞爲菑。

音義 ㄗ 名①荒田。②初耕的田地。③姓。動鋤草，通「緇」；例「厥父菑。」 ㄗˋ 名樹木植立而枯死；例身如斷菑。 ㄗㄞ 名通「災」。

參考 又作「菑」。

常 9 **葵** 形解 形聲；從艸，癸聲。葵菜爲葵。

音義 ㄎㄨㄟˊ 名①植蔬類植物的通稱；例「七月烹葵及菽。」②植「向日葵」的簡稱，菊科，一年生草本，莖直，葉大，開黃色大花。③姓。

13 **葵傾** ㄎㄨㄟˊ ㄑㄧㄥ 葵花向日而傾轉，比喻嚮往渴望的殷切。

▽蜀葵、蒲葵、秋葵、錦葵、向日葵。

常 9 **葦** 形解 形聲；從艸，韋聲。大蘆草爲葦。

音義 ㄨㄟˇ 名①植草名，即蘆，又稱「蘆葦」。②小船；例「誰謂河廣？一葦杭之。」

12 **葦戟桃杖** ㄨㄟˇ ㄐㄧˇ ㄊㄠˊ ㄓㄤˋ 古代用來驅邪或驅除疫病的東西。

▽蒲葦、蘆葦。

常 9 **葫** 形解 形聲；從艸，胡聲。草本，大蒜爲葫。

音義 ㄏㄨˊ 名植即大蒜，百合科，多年生草本，葉細長而扁，花白帶紫，葉、薹及地下莖都可供食用，因來自西域，所以稱之爲「葫」。

常 9 **葉** 形解 形聲；從艸，枼聲。生於植物莖幹各節旁，用以呼吸作用的薄片爲葉。

音義 一ㄝˋ 名①植物管呼吸、蒸發等作用的器官；例葉落歸根。②時期；例秦之末葉。③薄片；例百葉窗。④通「頁」；例「鼠翻書葉響。」⑤花瓣；例千葉蓮。⑥姓。 ㄕㄜˋ 名地古代地名，春秋時楚邑，今河南葉縣。

4 **葉公好龍** ㄕㄜˋ ㄍㄨㄥ ㄏㄠˋ ㄌㄨㄥˊ 比喻表面上愛好某事物，但並非眞正的愛好它；實際上卻害怕，甚至反對。春秋時，葉公子高愛龍成癖，家裡到處都畫著龍，刻著龍。後來眞龍來了，他卻怕得要死。

13 **葉落知秋** 一ㄝˋ ㄌㄨㄛˋ ㄓ ㄑㄧㄡ 比喻從某種微小的事情可以預測到事物的發展變化。

參考 參閱「一葉知秋」條。

葉落歸根 一ㄝˋ ㄌㄨㄛˋ ㄍㄨㄟ ㄍㄣ 比喻事物都有一定的歸宿。多指離開家鄉的人最後終究要回到本鄉本土上。

14 **葉綠素** 一ㄝˋ ㄌㄩˋ ㄙㄨˋ 存在於綠色植物細胞內葉綠體中的綠色色素，爲含鎂的複雜碳化物。光合作用即是在葉綠素的參與下進行，具有吸收和傳遞光能的重要作用。

▽枯葉、枝葉、楓葉、落葉、紅葉、黃葉、花葉、綠葉、草葉、粗枝大葉、金枝玉葉。

常 9 **葬** 形解 形聲；從死一，茻聲。死爲人屍，一指承屍的席，茻爲衆艸，所以埋藏屍體爲葬。

音義 ㄗㄤˋ 動掩埋；例「儂今葬花人笑癡，他年葬儂知是誰？」

參考 擘髒。

5 **葬玉埋香** ㄗㄤˋ ㄩˋ ㄇㄞˊ ㄒㄧㄤ 比喻美人的安葬。

10 **葬送** ㄗㄤˋ ㄙㄨㄥˋ ㈠指掩埋、送死等事。㈡猶言斷送，含有毀滅之意。

▽改葬、火葬、合葬、厚葬、國葬、送葬、土葬、埋葬、遷葬、卜葬。

常9 **葛** 解形 形聲；從艸，曷聲。豆科蔓草，野葛爲葛。

音義 ㄍㄜˊ 名姓。

ㄍㄜˇ 名植豆科，多年生蔓草，花紫紅色，結實成莢，纖維可以織布，根可入藥，又可提製澱粉；例「葛之覃兮，施於中谷。」

參考 擘噶、轕、

17 **葛屨履霜** ㄍㄜˊ ㄐㄩˋ ㄌㄩˇ ㄕㄨㄤ 冬天穿著夏天的鞋子，比喻儉嗇過度。

▽瓜葛、裘葛、細葛、糾葛。

常9 **萼** 解形 形聲；從艸，咢聲。花瓣外緣的綠托爲萼。

音義 ㄜˋ 名植花的外被，在花瓣外部，片狀輪生，多呈綠色；例花萼。

參考 或作「蕚」。

▽花萼、紅萼、綠萼。

常9 **蒂** 解形 形聲；從艸，帝聲。花蒂爲蒂。

音義 ㄉㄧˋ 名瓜果和枝莖相連的地方；例花開並蒂。

▽歸根結蒂。

常9 **葷** 解形 形聲；從艸，軍聲。有臭辛氣味的蔬菜，如葱、蒜、薤等爲葷。

音義 ㄏㄨㄣ 名①有臭辛氣味的蔬菜；例葷辛。②肉食；例酒家不忌葷、酒。

ㄒㄩㄣ 名葷允，葷粥，古種族名之一。

參考 反素。

常9 **落** 解形 形聲；從艸，洛聲。草木凋零爲落。

音義 ㄌㄨㄛˋ 名①人所聚居的地方；例「斜陽照墟落。」②歇留處；例下落不明。③量詞，堆；例一落書。④姓。動①凋謝；例草木零落。②下墜；例雙淚落君前。③剝除；例落髮爲沙門。④除去；例名妓要落籍。⑤降下；例潮落夜江斜月裏。⑥隱沒；例長河漸落曉星沉。⑦歸屬；例花落誰家。⑧題字，例落款。⑨堆疊；例把盤子落起來。形①凋落的；例「落葉滿階紅不掃。」②冷清；例「田園寥落干戈後。」

ㄌㄠˋ 動①得到；例管閒事，落不是。②剩餘；例一生吝嗇，落得幾個錢？

ㄌㄚˋ 動①遺忘；例東西落在車上了。②落後；例落在後頭。

參考 ①ㄌㄠˋ又讀ㄌㄜˋ。②「落」字唸ㄌㄚˋ的時候，有「跟不上而被丟在後面的意思」。因此，「落在後面」的「落」不唸ㄌㄨㄛˋ，而唸ㄌㄚˋ。

4 **落戶** ㄌㄨㄛˋ ㄏㄨˋ 到一個地方去，長期住下來。

落水狗 ㄌㄨㄛˋ ㄕㄨㄟˇ ㄍㄡˇ 掉在水裏的狗，比喻失勢的人。

落井下石 ㄌㄨㄛˋ ㄐㄧㄥˇ ㄒㄧㄚˋ ㄕˊ 比喻乘人危急時加以陷害的惡劣行徑。

落月屋梁 ㄌㄨㄛˋ ㄩㄝˋ ㄨ ㄌㄧㄤˊ 比喻思念故人的深切。

6 **落成** ㄌㄨㄛˋ ㄔㄥˊ 建築工程完成。例落成典禮。

落地 ㄌㄨㄛˋ ㄉㄧˋ ㈠嬰兒出生。例呱呱落地。㈡物垂直下端到地。例落地窗。

落伍 ㄌㄨㄛˋ ㄨˇ ㈠行動緩慢，跟不上隊伍。㈡思想行動落後，跟不上時代前進的步伐。

參考 與「落後」有別：後者思想行動落在衆人後面，引申形容經濟、文化、生產力等不如人，達不到相當的水準。

落地生根 ㄌㄨㄛˋ ㄉㄧˋ ㄕㄥ ㄍㄣ 一個人長期居留在某地，永遠不再遷移，有如種子落地而後生根一般。

8 **落拓** ㄌㄨㄛˋ ㄊㄨㄛˋ ㈠性情和行爲放浪，不拘小節。㈡失意不得志。㈢景物悽涼的樣子。

落花流水 ㄌㄨㄛˋ ㄏㄨㄚ ㄌㄧㄡˊ ㄕㄨㄟˇ ㈠形容暮春衰敗的景象。㈡比喻被打得大敗。㈢比喻男女之間，一方有意，一方卻是無情。

9 **落後** ㄌㄨㄛˋ ㄏㄡˋ ㈠落在人家的後面。㈡引申文化、經濟等不進步，掉落在人家之後。例落後民族。

參考 參閱「落伍」條。

落英繽紛 ㄌㄨㄛˋ ㄧㄥ ㄅㄧㄣ ㄈㄣ 形容落花紛紛掉下，繁盛好看的樣子。英：花。繽紛：繁多雜亂的樣子。

10 落荒 ㄌㄨㄛˋ ㄏㄨㄤ 離開大路，跑向荒野。例落荒而逃。

11 落第 ㄌㄨㄛˋ ㄉㄧˋ 舊指科舉時代考試未中榜。第：等第，名次。

參考 ①同落榜。②反上榜。

12 落款 ㄌㄨㄛˋ ㄎㄨㄢˇ 書畫家在所作書畫上題寫姓名、年月等。也泛指書信、文章上的署名。款：空白處。

落湯雞 ㄌㄨㄛˋ ㄊㄤ ㄐㄧ 形容全身被雨水淋濕或被潑濕的人。

落湯螃蟹 ㄌㄨㄛˋ ㄊㄤ ㄆㄤˊ ㄒㄧㄝˋ 比喻手足無措，情態狼狽，如落入熱湯中的螃蟹般。

落落大方 ㄌㄨㄛˋ ㄌㄨㄛˋ ㄉㄚˋ ㄈㄤ 形容人的舉止很自然，既不拘束呆板，又不矯揉造作。落落：舉止瀟灑自然的樣子。

落落寡合 ㄌㄨㄛˋ ㄌㄨㄛˋ ㄍㄨㄚˇ ㄏㄜˊ 跟別人合不來。

13 落腳 ㄌㄨㄛˋ ㄐㄧㄠˇ 止住腳步，在某處停留。

落葉知秋 ㄌㄨㄛˋ ㄧㄝˋ ㄓ ㄑㄧㄡ 看到了落葉，知道秋天將近；比喻見細微的徵兆，便知重大的趨勢。又作「一葉知秋」。

14 落網 ㄌㄨㄛˋ ㄨㄤˇ 罪犯被捕歸案，有如野獸落入網中一般。

落實 ㄌㄨㄛˋ ㄕˊ 使(計劃、措施、政策等)得以貫徹實行。

落幕 ㄌㄨㄛˋ ㄇㄨˋ ㈠舞臺表演完畢時，將布幕放下，稱為落幕。㈡引申為一件事情的結束。

15 落髮 ㄌㄨㄛˋ ㄈㄚˇ 剃髮出家。

參考 同削髮。

落魄 ㈠ㄌㄨㄛˋ ㄊㄨㄛˋ 失意潦倒，頹廢不振。通「落拓」。㈡心神喪失。例失魂落魄。

19 落難 ㄌㄨㄛˋ ㄋㄢˋ 遭遇災難。

▽院落、下落、陷落、村落、脫落、墮落、段落、凋落、墜落、部落、磊落、淪落、零落、降落、低落、失落、衰落、寥落、廓落、沒落、七零八落、此起彼落、瓜熟蒂落、自甘墮落、光明磊落、兔起鶻落、家道中落、胸懷磊落。

常 9 **葡**

形解 形聲；從艸，匍聲。匍有攀爬的意思，所以一種莖長蔓生，常攀緣他物成長的植物為葡。

音義 ㄆㄨˊ 名①植葡萄，葡萄科，藤本，掌狀分裂葉，葡萄生，莖有卷鬚，以攀緣他物；這種植物的果實也叫葡萄，漿果，或綠或紫或黑或白，多汁，味甜或酸，可供生食，製乾及釀酒。②地「葡萄牙」的簡稱，位於歐洲伊比利半島西部，與西班牙為鄰。

參考 葡萄佔世界水果的40％，是產量最多的水果。

常 9 **董**

形解 形聲。從艸，重聲。匡正督理為董。

音義 ㄉㄨㄥˇ 名①器物；例古董。②督理事物的人；例校董。③姓。動①監督；例董理。②匡正；例董正天下。

參考 ①同正，規，糾，匡。②摯懂。③字從「重」，不可誤成從「童」。

8 董事 ㄉㄨㄥˇ ㄕˋ 商股份公司股東會所推選的代表。

參考 衍董事長、董事會。

董事長 ㄉㄨㄥˇ ㄕˋ ㄓㄤˇ 商董事會的首席代表，公司業務的最高執行者。

董事會 ㄉㄨㄥˇ ㄕˋ ㄏㄨㄟˋ 商股份公司中，由全體董事所組成的議事組織。

常 9 **萱**

形解  形聲；從艸，宣聲。莖長中空，花及嫩芽可供食用的菜為萱。

音義 ㄒㄩㄢ 名①植百合科，多年生草本，葉狹長，花紅黃色，曝乾後可食用，亦可供觀賞，俗稱金針菜、黃花菜，又稱忘憂草，或宜男草。②母親；例椿萱並茂。形母親的；例萱堂。

參考 ①又作「萲」、「藼」。②字從宣，不可錯寫作「宜」。

11 萱堂 ㄒㄩㄢ ㄊㄤˊ 本指母親的居室，也指母親。

▽椿萱。

常 9 **葩**

形解  形聲；從艸，皅聲。巴有盛大的意思，

所以花的姿采美盛爲葩。

音義 ㄆㄚ 名 花朵；例奇葩異卉。形 華麗的；例詩正而葩。

常 9 **萵** 形解 形聲；從艸，咼聲。菜名，萵苣爲萵。

音義 ㄨㄛ 名 萵苣，菊科，一年生草本，葉無柄，抱莖，花黃，莖葉可食用。

參考 參閱「苣」字條。

次 9 **葶** 形解 形聲；從艸，亭聲。毒草名，葶藶爲葶。

音義 ㄊㄧㄥˊ 名 植 葶藶，一年生草本，開黃色小花，種子可入藥。

次 9 **葹** 形解 形聲；從艸，施聲。草名，枲耳爲葹。

音義 ㄕ 名 植 植物名，即枲耳；例 菉葹盈室。

次 9 **葑** 形解 形聲；從艸，封聲。草名，蕪菁爲葑。

音義 ㄈㄥ 名 植 植物名，即蕪菁；例「采葑采菲。」

ㄈㄥˋ 名 菰根；例「西湖水多葑。」

次 9 **葽** 形解 形聲；從艸，要聲。草名，莖草爲葽。

音義 一ㄠ 名 植 草名；例「四月秀葽。」副 葽葽，草盛的樣子；例「豆稀草葽葽。」

次 9 **葚** 形解 形聲；從艸，甚聲。桑樹的果實爲葚。

音義 ㄕㄣˋ 名 桑樹的果實，通「椹」；例 無食桑葚。

次 9 **葳** 形解 形聲；從艸，威聲。葳蕤，草木茂盛爲葳。

音義 ㄨㄟ 名 植 草名，即玉竹，通「萎」。副 草木茂盛的樣子；例 敷蕊葳蕤。

常 9 **萷** 形解 形聲；從艸，削聲。削有削減的意思，所以草葉凋零爲萷。

音義 ㄒ一ㄠ 副 樹木蕭疏的樣子；例「萷櫹槮之可哀兮。」

ㄕㄠ 名 樹梢，通「梢」。

ㄕㄨㄛ 名 植 萷蔘，藥草名。

次 9 **葭** 形解 形聲；從艸，叚聲。蘆葦爲葭。

音義 ㄐ一ㄚ 名 ①植 初生的蘆葦；例「彼茁者葭。」②音 樂器名，通「笳」；例「校鳴葭。」③姓。

參考 又音 ㄒㄚ。

次 9 **葺** 形解 形聲；從艸，咠聲。咠有收聚的意思，所以用茅草蓋、修補屋爲葺。

音義 ㄑ一ˋ 動 ①用茅草覆蓋房屋；例 修葺。②重疊累積；例 葺鱗鏤甲。

參考 又音 ㄐ一ˊ。

▽修葺、繕葺、捕葺。

次 9 **葸** 形解 形聲；從艸，思聲。思有細小的意思，所以謹慎畏懼爲葸。

音義 ㄒ一ˇ 副 ①畏懼的樣子；例 愼而無禮則葸。②不悅的樣子；例 色葸。

參考 又作「葸」。

次 9 **葆** 形解 形聲；從艸，保聲。保有包裹的意思，所以草木茂盛爲葆。

音義 ㄅㄠˇ 名 ①植 野菜；例「主葆旅事。」②車蓋；例 羽葆。③襁褓。④姓。動 ①韜藏；例 葆光。②守護，通「保」；例 民失其所葆。③珍惜，通「寶」；例 取而葆祠之。副 草茂盛的樣子；例 頭如蓬葆。

次 9 **萹** 形解 形聲；從艸，扁聲。草名，萹蓄爲萹。

音義 ㄆ一ㄢ 名 植 萹蓄，蓼科，一年生平臥草本，可作利水滲濕藥。

參考 又音 ㄅ一ㄢ，ㄅ一ㄢˇ。

次 9 **葒** 形解 形聲；從艸，紅聲。草名，莖草爲葒。

音義 ㄏㄨㄥˊ 名 植 植物名，蓼科，一年生高大草本，全體有毛，葉大，卵形；夏秋開花，可供觀賞，果實入藥。

次 9 **葯** 形解 形聲；從艸，約聲。草名，即白芷爲葯。

音義 一ㄠˋ 名 ①植 草名，即白芷；例「辛夷楣兮葯房。」②植 物雄蕊上端附生的小囊。ㄩㄝ 動 纏裹，通「約」；例「首葯綠素。」

參考 ①讀「一ㄠˋ」時，又音ㄩㄝˋ。②「藥」的俗字。

常 10 **蓉** 形解 形聲；從艸，容聲。花名，芙蕖的花爲蓉。

音義 ㄖㄨㄥˊ 名 ①植 芙蓉，荷花的別名。②植 落葉灌木，花和葉是消腫解毒的外敷藥；例 木芙蓉。③地 城名，即蓉城，在四川省。

參考 參閱「芙」字條。

常 10 **蒿** 形解 形聲；從艸，高聲。菊科，草本，青蒿爲蒿。

音義 ㄏㄠ 名 ①植 草名，菊科，多年生草本，艾類，葉成穗狀，嫩莖可食，結實如粟米；有青蒿、白蒿等種類，都可入藥。②姓。副 ①氣體蒸出的樣子；例 焄蒿悽愴。②消失的樣子；例 使民蒿焉忘其安樂。

參考 字雖從高，但不可讀成ㄍㄠ。

7 **蒿里** ㄏㄠ ㄌㄧˇ 文 樂府相和曲名，古代的輓歌，稱人死後魂歸蒿里。

▽艾蒿、蓬蒿、萄蒿、青蒿、白蒿、焄蒿。

常 10 **蓆** 形解 形聲；從艸，席聲。席有廣大的意思，所以草多繁雜爲蓆。

音義 ㄒㄧˊ 名 用藺草編織可供坐臥的墊子，通「席」；例「坐以文綺之蓆。」

常 10 **蓄** 形解 形聲；從艸，畜聲。畜爲聚積，所以積聚草糧爲蓄。

音義 ㄒㄩˋ 名 姓。動 ①積聚；例「洪恩素蓄。」②儲存；例 兼收並蓄。③心裡蘊藏而不表露；例 含蓄。④存留；例 蓄髮。

參考 ①同 貯，儲，存，積。②反 放。

13 **蓄意** ㄒㄩˋ 一ˋ 蘊積已久的意念。

參考 ①又作「蓄念」。②與「故意」有別：前者指心中蘊積已久而且有計劃的意念；後者指明知某事不能做，而執意去做。

蓄電池 ㄒㄩˋ ㄉㄧㄢˋ ㄔˊ 物 以化學能方式貯蓄電能的容器。放出電能後，可用沿著與放電電流方向（決定於其中的化學反應）相反之電流，將其充電後而再度使用，與原電池不同。

16 **蓄積** ㄒㄩˋ ㄐㄧ 儲藏，存積。

▽含蓄、積蓄、儲蓄、貯蓄。

常 10 **蒲** 形解 形聲；從艸，浦聲。浦爲水濱，水草爲蒲。

音義 ㄆㄨˊ 名 ①植「菖蒲」的簡稱，別稱「臭蒲」。②植 草名，即香蒲，多年生草本，生池沼中，葉片可製席、扇，作蒲包等用，根莖可提取澱粉。③植「蒲柳」的簡稱，即水楊。④地 春秋時衛國地名之一。⑤姓。

9 **蒲柳之姿** ㄆㄨˊ ㄌㄧㄡˇ ㄓ ㄗ ㈠虛弱無力的樣子。㈡女子自謙容貌不美。

10 **蒲扇** ㄆㄨˊ ㄕㄢˋ 以香蒲葉或蒲葵製成的扇子。俗稱「芭蕉扇」。

14 **蒲團** ㄆㄨˊ ㄊㄨㄢˊ 以蒲草編成的團形墊具，僧、道人物打坐和跪拜時所用。

▽菖蒲、樗蒲、香蒲。

常 10 **蒙** 形解 形聲；從艸，冡聲。冡有覆蓋的意思，所以纏附他類植物而生的女蘿爲蒙。

音義 ㄇㄥˊ 名 ①小兒；例 爲此書授之童蒙。②覆蓋物；例 頭上之蒙。③「蒙古」的簡稱，是種族名也是區域名，又是國名；例 外蒙古。④姓。動 ①覆蓋；例 令卒蒙氈秉燧以入。②冒犯；例 蒙死亡之罪。③欺騙；例 上下相蒙。④遭遇；例 以蒙大難。⑤承受；例 尋蒙國恩。⑥缺乏知識；例 蒙昧。

參考 ①擘 幪、懞、濛、曚、朦、

幪、矇、礞、艨。②字的下半從「豕」，不可誤從「豕」作。③字的「艹」下「豕」上有一橫畫，不可省略作「蒙」。④「蒙古」一詞的「蒙」又音ㄇㄥˇ。⑤「蒙」字，除了可以讀ㄇㄥˊ外，還可以讀成ㄇㄥ，如：蒙上欺下、蒙騙。

4 **蒙太奇** ㄇㄥˊ ㄊㄞˋ ㄑㄧˊ 外原義爲構成、裝配，後多指電影剪輯和組合的藝術。影片的內容，由分別拍攝成的幾個畫面，運用連貫、對比、聯想、襯托、懸疑等技巧，組合成完整的主題。除此之外，也常常運用畫面、音響和色彩的配合，來表現或凸顯主題。

5 **蒙古包** ㄇㄥˊ ㄍㄨˇ ㄅㄠ 漢人稱蒙古人所居住的帳篷。

蒙古高原 ㄇㄥˊ ㄍㄨˇ ㄍㄠ ㄩㄢˊ 地我國北方一千公尺以上的高地，東界大興安嶺，西界阿爾泰山，北界薩彥嶺，南界陰山、賀蘭山、祁連山；因爲是蒙古族分布地區，所以稱蒙古高原。

6 **蒙汗藥** ㄇㄥˊ ㄏㄢˋ ㄧㄠˋ 古代一種令人失去知覺的麻醉藥劑。

9 **蒙昧** ㄇㄥˊ ㄇㄟˋ 昏昧無知。形容欠缺知識或幼稚不懂事。

蒙昧無知 ㄇㄥˊ ㄇㄟˋ ㄨˊ ㄓ 昏昧而不知事理。又作「矇昧」。

11 **蒙混** ㄇㄥˊ ㄏㄨㄣˋ 趁著混亂時機，達成目的。例蒙混過關。

13 **蒙蒙** ㄇㄥˊ ㄇㄥˊ ㈠盛大的樣子。例微霜降之蒙蒙。㈡模糊不明的。例心蒙蒙又未察。

參考「濛濛」多指雨雪瀰漫的意思，如「煙雨濛濛」不作「蒙蒙」。

14 **蒙塵** ㄇㄥˊ ㄔㄣˊ 古諱稱天子出奔。

16 **蒙蔽** ㄇㄥˊ ㄅㄧˋ 隱藏事實。

19 **蒙難** ㄇㄥˊ ㄋㄢˋ 遭受災難。

蒙騙 ㄇㄥ ㄆㄧㄢˋ 以巧詐的手段，欺蒙對方。

▽啓蒙、童蒙、愚蒙、欺蒙、承蒙、外蒙、內蒙、吳下阿蒙。

常 10 **蒜**

形解 形聲；從艸，祘聲。

音義 ㄙㄨㄢˋ 名植蔬類，多年生草本，葉色青而扁平，味辛辣，根、莖、葉(即蒜苗、蒜薹、蒜頭)都可以食用，有大蒜、小蒜二種；蒜頭中含有大蒜素，可以入藥；例水仙不開花裝蒜。

常 10 **蓋**

形解 字本作葢。形聲；從艸，盍聲。盍爲掩覆，所以可編來覆屋的草爲蓋。今作「蓋」。

音義 ㄍㄞˋ 名①茅屋頂；例被苫蓋。②車篷；例金根車以青縑爲蓋。③傘；例天雨不張蓋。④覆於容器上的東西；例瓶蓋。⑤人體內某些扁平形的骨頭；例膝蓋。⑥寢具；例捲舖蓋。動①掩蔽；例浮雲蓋日。②被覆；例蓋棺論定。③搭建；例蓋房子。④超過；例英勇蓋世。⑤俚吹牛；例亂蓋。副①或許；例蓋上世嘗有不葬其親者。②表示不能確信，大概如此；例蓋近之矣。連①發語詞，同「夫」；例蓋聞王者莫高於周文。②因爲，表原因；例「雖疏食菜羹，未嘗不飽，蓋不敢不飽也。」③則，就；例君子於其所不知，蓋闕如也。助句中語氣詞，無義；例謂天蓋高，不敢不局。

ㄏㄜˊ 名①門扇；例九蓋皆繼。②姓。副①何不，表疑問，通「盍」；例蓋亦反其本矣？②豈，何，表疑問；例勢位富厚，蓋可忽乎哉？

ㄍㄜˇ 名①地戰國齊國蓋邑，漢置蓋縣，在今山東省。②姓。

參考 又作「盖」、「葢」。

5 **蓋世** ㄍㄞˋ ㄕˋ 形容高出當代之上。例蓋世無雙。

蓋世太保 ㄍㄞˋ ㄕˋ ㄊㄞˋ ㄅㄠˇ 外是希特勒統治德國的國家秘密警察，西元一九三三年成立，負責第三國境內外安全、情報工作，是殘暴統治的血腥工具。

12 **蓋棺論定** ㄍㄞˋ ㄍㄨㄢ ㄌㄨㄣˋ ㄉㄧㄥˋ 一個人的功過好壞，在死後才能作出結論。

▽華蓋、冠蓋、傾蓋、車蓋、頭蓋、天蓋、鋪蓋、掩蓋、遮蓋、覆蓋、亂蓋、天靈蓋、胡亂蓋、大蓋特蓋、天塌下來當被蓋。

常10 **蒸** 形解 艸,烝聲。形聲;從烝有中心起升的意思,所以麻草的中莖爲蒸。

音義 ㄓㄥ 名 ①細小的薪木;例冬伐薪蒸。②冬祭名,通「烝」;例「冬曰蒸。」動 ①液體受熱化成氣體上升;例氣蒸雲夢澤。②烹飪法的一種,藉水蒸氣的熱力把食物變熟或燉軟、燉熟;例清蒸牛肉。形 衆多的;例主我蒸民。

參考 木柴粗大的稱「薪」,細小的稱「蒸」。

7 **蒸汽機** ㄓㄥ ㄑㄧˋ ㄐㄧ 工 將鍋爐產生的蒸汽通入氣缸內推動活塞往復運動而產生動力的熱力發動機。又稱「復蒸汽機」。

11 **蒸發** ㄓㄥ ㄈㄚ 物 在液體表面發生的氣化現象。蒸發時,液體必須從周圍吸收熱量。如濕衣晾乾就是蒸發的結果。

13 **蒸蒸日上** ㄓㄥ ㄓㄥ ㄖˋ ㄕㄤˋ 形容事物一天天地向上發展。蒸發:上升和興盛的樣子。

參考 ①反日漸蕭條。②參閱「欣欣向榮」條。

14 **蒸漚歷瀾** ㄓㄥ ㄡˋ ㄌㄧˋ ㄌㄢˊ 蒸發漚泡,流過水波,泥土之氣非常重。漚:把物品用水泡爛。

18 **蒸餾** ㄓㄥ ㄌㄧㄡˊ (一)物 將液體加熱氣化,再冷凝而得較純淨的液體。(二)化 利用混合物沸點之不同,及平衡時液體與氣體相組成的不同,將該混合物分成二種以上之高沸點成分及低沸點成分的操作。

蒸餾水 ㄓㄥ ㄌㄧㄡˊ ㄕㄨㄟˇ 經過蒸餾而得的水,水質純粹,供製藥及化學實驗等用。

20 **蒸騰作用** ㄓㄥ ㄊㄥˊ ㄗㄨㄛˋ ㄩㄥˋ 物 植物體水分以氣體狀態通過植物體表面(主要是葉子)蒸發到體外的過程。它可以促進植物對水分的吸收和鹽類在體內的運輸,並能降低植物的體溫。

▽清蒸、火蒸、蒸蒸、炸炒燉蒸。

常10 **蓀** 形解 艸,孫聲。形聲;從香草名,荃草爲蓀。

音義 ㄙㄨㄣ 名 ①植 香草名,即「荃」;例「葴持若蓀。」②古書上所載的一種香草。

常10 **蓓** 形解 形聲;從艸,倍聲。花朵含蕊未綻放時爲蓓蕾。

音義 ㄅㄟˋ 名「蓓蕾」的簡稱,指含苞未開的花朵;例「金蓓鎖春寒。」

17 **蓓蕾** ㄅㄟˋ ㄌㄟˇ 含苞未開的花。

常10 **蒐** 形解 艸,鬼聲。會意;從草本植物名,茅蒐爲蒐。

音義 ㄙㄡ 名 ①植 茜草;例「釐山其陰多蒐。」②古代春獵與秋獵的專稱;例春蒐。動 ①聚集;例蒐輯。②隱蔽;例服讒蒐慝。

參考 字雖從「鬼」,但不可讀成ㄍㄨㄟˇ。

19 **蒐羅** ㄙㄡ ㄌㄨㄛˊ 搜集網羅。例「斷簡殘編,蒐羅匪易。」亦作「搜羅」。

常10 **蒼** 形解 艸,倉聲。形聲;從與草色相似的青色爲蒼。

音義 ㄘㄤ 名 ①地 水名,通「滄」;例蒼浪。②姓。形 ①青色的(包括藍色和深綠色);例蒼松翠柏。②衰老的;例蒼顏白髮。③灰白色的;例面色蒼白。

4 **蒼天** ㄘㄤ ㄊㄧㄢ 即「上天」。

5 **蒼白** ㄘㄤ ㄅㄞˊ 白中帶青的顏色,多形容不健康、生病或受驚嚇的面色。

參考 參閱「慘白」條。

蒼生 ㄘㄤ ㄕㄥ (一)生長草木之處。(二)後借喻老百姓。

6 **蒼老** ㄘㄤ ㄌㄠˇ (一)形容聲音、面貌等顯出衰老的樣子。(二)形容書畫的筆力老練而雄健。

8 **蒼穹** ㄘㄤ ㄑㄩㄥˊ 指天空。又作「穹蒼」。

參考 同蒼天,蒼昊。

10 **蒼茫** ㄘㄤ ㄇㄤˊ 曠遠迷茫,無邊際的樣子。又作「滄茫」。

11 **蒼涼** ㄘㄤ ㄌㄧㄤˊ 淒涼冷落的樣子。

參考 與「淒涼」有別:前者多形容老邁後孤獨無依的景象;後者形容悲苦無依的樣子。

14 **蒼蒼** ㄘㄤ ㄘㄤ (一)深青色。例天

蒼蒼，野茫茫。㈡形容頭髮花白的樣子。例視茫茫，而髮蒼蒼。㈢形容茂盛的樣子。例郁郁蒼蒼。㈣蒼老的樣子。例蒼蒼然老矣。

19 **蒼蠅** ㄘㄤ ㄧㄥˊ 動昆蟲名，種類很多，通常指家蠅，長四分許，色灰黑，背有硬毛，頭部有一對複眼。幼蟲稱蛆。成蟲能傳染霍亂、傷寒、痢疾等多種疾病。

▽鬱蒼、彼蒼、旻蒼、上蒼、穹蒼、青蒼。

常 10 **蒞**

解形 形聲；從艸水，位聲。駐足而臨視爲蒞。

音義 ㄌㄧˋ 動到臨；例蒞臨。

參考 ①又作「莅」、「涖」。②同到，臨，至，達。③反離。④用「蒞」表示到達，有尊敬的含義。

17 **蒞臨** ㄌㄧˋ ㄌㄧㄣˊ 來到，親臨。例蒞臨指導。

次 10 **蒗**

解形 形聲；從艸，浪聲。渠名，蒗蕩渠爲蒗。

音義 ㄌㄤˋ 名地 ①蒗蕩，渠名，即河南賈魯河的古名。②蒗蕖，縣名，在雲南永北縣東北。

次 10 **蒡**

解形 形聲；從艸，旁聲。草名，蒡蒟爲蒡。

音義 ㄆㄤˊ 名植 蒡蒟，即白蒿。ㄅㄤˋ 名植 牛蒡，二年生草木，葉肥大，像豬耳朵，根和種子可入藥。

次 10 **蒟**

解形 形聲；從艸，竘聲。蔓草的一種，蒟醬爲蒟。

音義 ㄐㄩˇ 名植 ①蒟蒻，即「魔芋」。②蒟醬，胡椒科，蓽茇類，蔓生，果實可以作果醬，可調味。

次 10 **蓑**

解形 形聲；從艸，衰聲。草名，蓑草爲蓑。

音義 ㄙㄨㄛ 名草製雨衣，通「簑」；例「何蓑何笠。」動用草覆蓋；例「不蓑城。」ㄙㄨㄟ 副蓑蓑，下垂的樣子。

11 **蓑笠共談** ㄙㄨㄛ ㄌㄧˋ ㄍㄨㄥˋ ㄊㄢˊ 讚美農人的成語。

次 10 **蒺**

解形 形聲；從艸，疾聲。藥草名，蒺藜爲蒺。

音義 ㄐㄧˊ 名植 蒺藜，蒺藜科，一年生草本，乾果可入藥。

次 10 **蓂**

解形 形聲；從艸，冥聲。瑞草名，蓂莢爲蓂。

音義 ㄇㄧㄥˊ 名植 ①蓂莢，古瑞草名。②思蓂子，草名，像青葙，味苦，可入藥。ㄇㄧˋ 名植 析蓂，草名，即大薺。

次 10 **蒹**

解形 形聲；從艸，兼聲。尚未開花的菲葦爲蒹。

音義 ㄐㄧㄢ 名植 不長穗的蘆葦；例蒹葭蒼蒼。

13 **蒹葭** ㄐㄧㄢ ㄐㄧㄚ ㈠蘆荻。例蒹葭蒼蒼。㈡比喻身分卑微鄙陋。

次 10 **蒴**

解形 形聲；從艸，朔聲。草名，蒴果爲蒴。

音義 ㄕㄨㄛˋ 名植 ①蒴果，植物的果實，由數個子房組合，成熟時會沿膈膜縱裂，將種子彈出子房之外，達到散播的目的。②蒴藋，多年生草本，即陸英。

次 10 **蓁**

解形 形聲；從艸，秦聲。秦有大的意思，所以草盛爲蓁。

音義 ㄓㄣ 名荊棘，通「榛」；例「逃於深蓁。」副草茂盛的樣子；例其葉蓁蓁。ㄑㄣˊ 名植 蓁椒，即辣椒，通「秦」。

14 **蓁蓁** ㄓㄣ ㄓㄣ ㈠草木茂盛的樣子。㈡積聚的樣子。

次 10 **蓍**

解形 形聲；從艸，耆聲。蒿草爲蓍。

音義 ㄕ 名 ①植 菊科，多年生草本，葉邊緣有鋸齒，莖可作占筮用，全草可入藥。②卜卦；例「蓍之德圓而神。」

參考 又作「蓍」。

16 **蓍龜** ㄕ ㄍㄨㄟ 占卜，蓍草與大龜，都是古人卜筮時所用的東西。

次 10
蒱 形解 形聲；從艸，捕聲。草名，蒱草爲蒱。
音義 ㄆㄨˊ 名 樗蒱，古博戲之一，投擲著有顏色的五顆木子，觀其采色來賭注勝負，與擲骰子略同。通「蒲」。

次 10
蓐 形解 形聲；從艸，辱聲。辱有孳乳的意思，所以舊草復生爲蓐。
音義 ㄖㄨˋ 名 ①草席，草墊；例 蓐被。②坐蓐，婦女臨產。③地 春秋國名，在汾水流域。④姓。

次 10
蒻 形解 形聲；從艸，弱聲。弱有小的意思，所以幼小的蒲草爲蒻。
音義 ㄖㄨㄛˋ 名 ①植 幼嫩的香蒲。②「蒻席」的簡稱；例「蒻阿拂壁。」③荷莖入泥的白色部分。

次 10
蒔 形解 形聲；從艸，時聲。依時種植花草樹木爲蒔。
音義 ㄕˋ 名 植 蒔蘿，傘形科，多年生草本，葉互生，羽狀複葉，果實橢圓形，有健脾開胃消食的功力。動 移栽；例 蒔秧。
參考 又音ㄕ。

次 10
蒯 形解 形聲；從艸，𣀒。草名，蒯草爲蒯。
音義 ㄎㄨㄞˇ 名 ①植 莎草科，草本，多叢生水邊，莖可編席。②地 古地名，在今河南洛陽縣西南。③姓。動 用繩纏繞。
參考 又音ㄎㄨㄞˋ。

次 10
蒨 形解 形聲；從艸，倩聲。草名，蒨草爲蒨。
音義 ㄑㄧㄢˋ 名 ①植 草名，多年生草本，根黃紅色，可提取染料，又可入藥。②姓。副 草茂盛的樣子，通「茜」；例 夏曄冬蒨。
參考 字雖從青，但不可讀成ㄑㄧㄥ。

次 10
蓖 形解 形聲；從艸，毘聲。植物名，蓖麻爲蓖。
音義 ㄅㄧ 名 植 蓖麻，大戟科，一年或多年生草本，種子可榨油，葉可飼養蓖麻蠶，莖的韌皮纖維可作繩索和造紙。

次 10
蓊 形解 形聲；從艸，翁聲。草木茂盛爲蓊。
音義 ㄨㄥˇ 副 蓊蔚，草木茂盛的樣子。ㄨㄥ 名 植 菜名，即蕹菜，俗名空心菜，旋花科，一年生草本，莖蔓性，中空，有節，葉長心臟形，嫩梢可供食用。

14 **蓊蓊鬱鬱** ㄨㄥˇ ㄨㄥˇ ㄩˋ ㄩˋ ㈠草木繁茂深密的樣子。㈡雲氣很盛的樣子。

次 10
蓏 形解 會意；從艸，從瓜。草本植物的果實爲蓏。
音義 ㄌㄨㄛˇ 名 瓜類的果實。
參考 樹木的果實叫「果」。

常 11
蔗 形解 形聲；從艸，庶聲。甘蔗爲蔗。
音義 ㄓㄜˋ 名 植 多年生草本，莖有節，含甜汁，可榨糖，是製糖的主要原料之一，通稱「甘蔗」；例「味美如啖蔗。」▽甘蔗、食用蔗、製糖蔗、埔里甘蔗。

常 11
蔚 形解 形聲；從艸，尉聲。草名，牡蒿爲蔚。
音義 ㄨㄟˋ 名 植 即牡蒿，菊科，多年生草本，葉呈楔形，互生，夏天開淡黃色小形穗狀花。形 ①茂盛的；例 茂樹蔭蔚。②色深的；例 蔚藍。③有文采的；例 雲蒸霞蔚。副 盛大地；例 蔚成大國。ㄩˋ 名 ①地 縣名，在察哈爾省。②姓。
參考 與「慰」同音而義別：慰，有安慰、心安的意思。

9 **蔚爲大觀** ㄨㄟˋ ㄨㄟˊ ㄉㄚˋ ㄍㄨㄢ 形容事物豐富多采，形成盛大壯觀的景象。

18 **蔚藍** ㄨㄟˋ ㄌㄢˊ 深藍色。

常 11
蓮 形解 形聲；從艸，連聲。水生植物名，水蓮爲蓮。
音義 ㄌㄧㄢˊ 名 ①植 多年生草

本，生於淺水中，葉圓大，高出水上，花托中結實爲蓮子，地下莖爲藕，均可供食用，花叫荷花或蓮花，供觀賞，一名芙蕖；例「竹喧歸浣女，蓮動下漁舟。」②宗佛家語，指彌陀的淨土。

參考 參閱「荷」字條。

7 **蓮步** ㄌㄧㄢˊ ㄅㄨˋ 美女的腳步。

▽睡蓮、池蓮、水蓮、青蓮、秋蓮。

常 11 **蔬** 形解 形聲；從艸，疏聲。凡草菜可食者通稱爲蔬。

音義 ㄕㄨ 名可供食用的草菜類的總稱；例灌園種蔬。形粗劣的；例蔬膳。

參考 又讀 ㄙㄨ。

▽園蔬、菜蔬、鬻蔬、果蔬、野蔬。

常 11 **蔭** 形解 形聲；從艸，陰聲。陰爲幽暗，所以草木下的陰地爲蔭。

音義 ㄧㄣ 動①沒有陽光，又涼又潮；例地窖很蔭。②因父祖有功於國家而恩澤被及子孫，通「廕」；例少以父蔭。③遮蔽；例遮蔭。④庇護，通「廕」；例「封妻蔭子。」 ㄧㄣˋ 名樹蔭，樹下不見陽光的地方；例綠樹成蔭。動遮蔽；例蔭覆。

▽庇蔭、恩蔭、資蔭、樹蔭、涼蔭、綠蔭、祖蔭、遮蔭、餘蔭。

常 11 **蔓** 形解 形聲；從艸，曼聲。曼爲長引，所以植物的莖細長而纏繞或攀附於他物者爲蔓。

音義 ㄇㄢˋ 名①植物細長而攀繞他物的莖；例「曉看瓜蘢初牽蔓。」②姓。動①延伸；例「無使滋蔓。」②攀引；例藤蔓。

ㄇㄢˊ 名植蔓菁，十字花科，草本植物，或稱「蕪菁」。

參考 ①草本爲「蔓」，木本爲「藤」，通言之都可稱「蔓」。②「蔓」在合成詞「蔓延」、「蔓生植物」裡讀 ㄇㄢˋ，但非合成詞時，蔓又音 ㄨㄢˋ。

8 **蔓延** ㄇㄢˋ ㄧㄢˊ 形容像蔓草一樣的擴展延伸。又作「蔓衍」。

10 **蔓草** ㄇㄢˋ ㄘㄠˇ 蔓延滋生的草。

常 11 **蔑** 形解 會意；從苜從戍。戍有疲憊的意思，所以過度疲勞，致眼目無神爲蔑。

音義 ㄇㄧㄝˋ 名地春秋時魯國「姑蔑」的簡稱，在今山東省。動①侮辱；例汙蔑。②輕視；例「傲百氏，蔑王侯。」③棄置；例蔑棄。形微小的；例視日月，而知衆星之蔑也。副①盡淨地；例「蔑棄五則。」②無；例蔑以復加。

參考 ①同小，藐。②孳幭、蠛、巕。③字從戍（ㄕㄨˋ），不可訛作「戍」或「戊」。④與「篾」同音而義殊：篾，用竹、蘆葦、高粱等莖皮劈成的條片。

11 **蔑棄** ㄇㄧㄝˋ ㄑㄧˋ 輕視而廢棄。

蔑理悖義 ㄇㄧㄝˋ ㄌㄧˇ ㄅㄟˋ ㄧˋ 輕忽公理，違悖正義。

12 **蔑視** ㄇㄧㄝˋ ㄕˋ 輕視，看不起。

參考 參閱「輕視」條。

▽輕蔑、侮蔑、汙蔑、鄙蔑。

常 11 **蔣** 形解 形聲；從艸，將聲。苽，即雕胡爲蔣。

音義 ㄐㄧㄤˇ 名①植草本植物，即「茭白筍」。②地周代國名，在今河南省。③地南京「鍾山」的別名。④姓。

4 **蔣中正** ㄐㄧㄤˇ ㄓㄨㄥ ㄓㄥˋ 人（一八八六—一九七五）浙江省奉化縣人，字介石，生於民國前二十五年（清光緒十三）十月三十一日。曾任中華民國總統、中國國民黨總裁。早年追隨國父革命。民國十五年繼承國父遺志，率師北伐，完成統一。民國二十六年起，更領導全國軍民，對日抗戰，獲得最後勝利。三十八年共匪叛亂，政府播遷來臺，蔣公復領導全國軍民及海內外同胞從事反共復國大業。不幸於民國六十四年四月五日崩殂，享年八十九歲。著有中國之命運、民生主義育樂兩篇補述、蘇俄在中國、科學的學庸等書。

13 **蔣經國** ㄐㄧㄤˇ ㄐㄧㄥ ㄍㄨㄛˊ 人浙江

省奉化縣人，生於民國前二年（一九一○），爲先總統蔣公長子。民國十四年留學蘇俄，就讀莫斯科中山大學，至二十六年學成歸國。歷任江西省第四區行政督察專員兼贛縣縣長、外交部東北特派員、上海區經濟管制督導員、國防部總政治部主任兼中國青年反共救國團團主任、國防部部長、行政院副院長、院長等職。於院長任內，革新政風，推動十大建設，最著勛勤，政績斐然。連任中華民國總統，宵衣旰食，百度維新，對於充實國力，改善民生，崇尚民主，拓展外交，更是經綸大展，庶績咸熙。著有負重致遠、風雨中的寧靜、十年風木等書行世。

常 11 **蔡** 形解 [篆文] 形聲；從艸，祭聲。草生散亂爲蔡。

音義 ㄘㄞˋ 名 ①烏龜；例「致大蔡焉。」②地 春秋時國名，在今河南上蔡、新蔡縣一帶。③姓。

常 11 **蔔** 形解 [篆文] 形聲；從艸，匐聲。蔬菜名，蘿蔔爲蔔。

音義 ㄅㄛˊ 名 植 蘿蔔，即萊菔，十字花科，一年或隔年生草本，主根肥大，球形或圓柱形，根和葉都可食用，種子可入藥。

參考 又音˙ㄅㄛ。

常 11 **蓬** 形解 [篆文] 形聲；從艸，逢聲。菊科，莖長根細，遇風往往被拔起，花如柳絮，飛如亂絲，所以勃盛爲蓬。

音義 ㄆㄥˊ 名 ①植 菊科，多年生草本，葉形似柳，花白色，秋枯根拔，風捲而飛，或稱「飛蓬」；例首如飛蓬。②姓。形 髮亂的；例蓬頭垢面。

參考 和「篷」字有別：如「車篷」、「船篷」都不可作「蓬」；「蓬」原指一種叫飛蓬的植物，所以字從「艸」，引申爲鬆散雜亂的意思，如：蓬頭垢面。「布篷」的「篷」是車、船或房子用來遮蔽日光、風雨的設備，用竹片或帆布製成，所以字從「竹」。

4 **蓬戶甕牖** ㄆㄥˊ ㄏㄨˋ ㄨㄥˋ ㄧㄡˇ 以蓬草爲門戶，以瓦甕當窗子。比喻指貧陋的人家。

9 **蓬勃** ㄆㄥˊ ㄅㄛˊ 繁榮旺盛的樣子。例朝氣蓬勃。

蓬首垢面 ㄆㄥˊ ㄕㄡˇ ㄍㄡˋ ㄇㄧㄢˋ 形容頭髮散亂，面容骯髒，不事修飾的樣子。

10 **蓬茸** ㄆㄥˊ ㄖㄨㄥˊ 形容草生長的很多、很盛的樣子。

15 **蓬蓽** ㄆㄥˊ ㄅㄧˋ ㈠用草、荊條等作成的門戶，形容窮苦人家所住的簡陋房屋。㈡謙稱自己的住宅。例蓬蓽生輝。

蓬蓽生輝 ㄆㄥˊ ㄅㄧˋ ㄕㄥ ㄏㄨㄟ 使貧賤之家增加光彩。今多作貴客臨門，不勝榮幸的自謙語。

18 **蓬鬆** ㄆㄥˊ ㄙㄨㄥ 形容鬆散雜亂的樣子。

▽轉蓬、飛蓬、飄蓬、帳蓬、運蓬、雨蓬、布蓬。

常 11 **蔥** 形解 [篆文] 形聲；從艸，悤聲。悤有中空的意思，所以一種葉中空成管狀，味辛可食的蔬菜爲蔥。俗作「葱」。

音義 ㄘㄨㄥ 名 植 百合科，多年生草本，管狀葉，中空，下部白色，包括大蔥、分蔥、細香蔥等，味辛可食，多用做調味品。形 蒼青色的；例有瑲蔥珩。

參考 又作「葱」。

常 11 **蔽** 形解 [篆文] 形聲；從艸，敝聲。敝有小的意思，所以小草爲蔽。

音義 ㄅㄧˋ 名 ①屏障；例蔽障。②壅塞；例蔽塞。③障礙；例「六言六蔽。」動 ①遮掩；例蔽日。②隱瞞；例蒙蔽。③隱藏；例掩蔽。④總括；例一言以蔽之。

參考 「錢幣」、「作弊」、「作法自斃」的「幣」、「弊」、「斃」都不能用「蔽」字代替。

4 **蔽日參天** ㄅㄧˋ ㄖˋ ㄘㄢ ㄊㄧㄢ 形容

高大的樹木遮蔽了太陽而上與天齊。
13 **蔽塞** ㄅㄧˋ ㄙㄜˋ 掩蔽阻塞而不通。
▽隱蔽、掩蔽、壅蔽、障蔽、蒙蔽。

(常) 11 **蓿**
形解 形聲；從艸，宿聲。宿有臥息的意思，所以常平臥地上的苜蓿爲蓿。
音義 ㄙㄨˋ 名 植 苜蓿，草名，豆科，多年生草本，是優質飼料，俗名金花葉。
參考 參閱「苜」字條。

(次) 11 **蔆**
形解 形聲；從艸，淩聲。水草名，蔆角爲蔆。
音義 ㄌㄧㄥˊ 名 ①植 即蔆角，通「菱」；例 蔆角蜻蜓翠蔓深。②稜角，通「稜」。

(次) 11 **蔤**
形解 形聲；從艸，密聲。水草名，藕鞭爲蔤。
音義 ㄇㄧˋ 名 藕鞭，同「藌」。
參考 或作「⿱艹宓」。

(次) 11 **蔻**
形解 形聲；從艸，寇聲。生於熱帶的草本植物，豆蔻爲蔻。
音義 ㄎㄡˋ 名 植 豆蔻，多年生草本，果實和種子都可入藥。

(次) 11 **蔀**
形解 形聲；從艸，部聲。用來遮光的東西爲蔀。
音義 ㄅㄨˋ 名 ①用以遮蔽光線的物體；例 豐其蔀。②天 古曆法中，以七十六年爲一部。動 遮蔽。

(次) 11 **蔟**
形解 形聲；從艸，族聲。竹器，鋪以茅草，可讓老蠶在上面作繭爲蔟。
音義 ㄘㄨˋ 名 ①蠶蔟，供蠶吐絲作繭的器物，用麥稭等製成。②巢。③量詞，通「叢」；例 一蔟花。動 攢聚，通「簇」；例「蔟以爲八。」
ㄘㄡˋ 名 音 大蔟，十二律中的第三律；例「其音角，律中大蔟。」

(次) 11 **蔊**
形解 形聲；從艸，焊聲。植物名，蔊菜爲蔊。
音義 ㄏㄢˇ 名 植 草名，一年生草本，味辛辣，可供食用，全株和莖、葉作野菜或飼料，種子都可入藥。

(次) 11 **蔫**
形解 形聲；從艸，焉聲。草色不潔爲蔫。
音義 ㄧㄢ 動 植 植物因失去水分而萎縮；例 菜蔫了！副 精神萎靡不振地；例 病得發蔫。

(次) 11 **蓺**
形解 形聲；從艸，埶聲。種植爲蓺。
音義 ㄧˋ 名 ①種子；例「不采蓺。」②才能技術，通「藝」；例 才蓺。動 種植；例 蓺麻。副 極限；例 貪無蓺。

(次) 11 **蔌**
形解 形聲；從艸，敕聲。菜茹的總名爲蔌。
音義 ㄙㄨˋ 名 ①植 野菜的總稱；例「其蔌維何？」②姓。副 蔌蔌：花落的樣子。

(次) 11 **蓴**
形解 形聲；從艸，專聲。草名，水葵爲蓴。
音義 ㄔㄨㄣˊ 名 植 即水葵，水生草本，葉浮在水面上，嫩汁可作菜湯，通「蒓」。
參考 字雖從「專」，但不可讀成ㄓㄨㄢ。
19 **蓴羹鱸膾** ㄔㄨㄣˊ ㄍㄥ ㄌㄨˊ ㄎㄨㄞˋ 指吳中名菜：蓴菜羹與鱸魚膾，借喻思歸故鄉。亦可省作「蓴鱸」。

(次) 11 **蔕**
形解 形聲；從艸，帶聲。瓜當，花與枝莖相連之處爲蔕。
音義 ㄉㄧˋ 名 ①花或瓜果與根莖相連接的部分，通「蒂」；例 瓜熟蔕落。②根柢；例 人生無根蔕。③姓。

(次) 11 **蓷**
形解 形聲；從艸，推聲。草名，即茺蔚，即益母草爲蓷。
音義 ㄊㄨㄟ 名 植 藥草名，即「益母草」；例 中谷有蓷。
參考 又音 ㄔㄨㄟ。

㊇ 11 **蓼** 解形 形聲；從艸，翏聲。草名，蓼莪爲蓼。

音義 ㄌㄧㄠˇ 名①植蓼科，一年或多年生草本，種類多，葉味辛香，古人用以調味。②辛苦；例「予又集于蓼。」③地古國名，在河南境內。④姓。

ㄌㄨˋ 副長大的樣子；例蓼蓼。

參考 字雖從翏，但不可受「廖」讀音的影響讀成ㄌㄠˋ。

9 **蓼風** ㄌㄧㄠˇ ㄈㄥ 秋風。秦人謂蓼風爲盲風。

11 **蓼莪** ㄌㄨˋ ㄜˊ 文詩經篇名之一。比喻孝子追念父母而不得終養的心情。

㊇ 11 **蓽** 解形 形聲；從艸，畢聲。草名，蓽茇爲蓽。

音義 ㄅㄧˋ 名①植蓽茇，草名，即羊蹄草。②蓽門，用荊竹樹枝編成的柴門，通「篳」；例蓽門閨竇。

8 **蓽門圭竇** ㄅㄧˋ ㄇㄣˊ ㄍㄨㄟ ㄉㄡˋ 荊條編的門，及上尖下方如圭形的小戶，比喻貧苦人家居住的簡陋。

13 **蓽路藍縷** ㄅㄧˋ ㄌㄨˋ ㄌㄢˊ ㄌㄩˇ 駕著柴車、穿著破衣，以開闢土地。比喻開創事業的艱辛困苦。亦作「篳路襤褸」。

㊇ 11 **蔞** 解形 形聲；從艸，婁聲。草名，蔞蒿爲蔞。

音義 ㄌㄡˊ 名①植草名，即蔞蒿，多年生草本，莖可供食用。②姓。

ㄌㄡˇ 名蔞翣，古棺飾。

參考 讀「ㄌㄡˇ」時，又音「ㄌㄩˇ」。

㊇ 11 **蔦** 解形 形聲；從艸，鳥聲。草名，寄生草爲蔦。

音義 ㄋㄧㄠˇ 名植通稱茶藨子，落葉小灌木，葉掌狀分裂，花白，實爲多汁漿果。

㊇ 11 **蓧** 解形 形聲；從艸，條聲。以竹或草木的枝條編成的芸田器爲蓧。

蓧

音義 ㄉㄧㄠˋ 名古除草用的農具；例以杖荷蓧。

參考 又音ㄉㄧˊ。

㊇ 11 **蓨** 解形 形聲；從艸，脩聲。草苗爲蓨。

音義 ㄊㄧㄠˊ 名植草名，即羊蹄。

ㄒㄧㄡ 名化蓨酸，一種有機酸，無色結晶，味酸有毒，可作漂白、染色用。

㊇ 11 **蓰** 解形 形聲；從艸，徙聲。從有遷移的意思，所以距離相差甚遠爲蓰。

音義 ㄒㄧˇ 名五倍；例倍蓰。副離蓰，翅膀下垂不振的樣子。

㊇ 11 **蓯** 解形 形聲；從艸，從聲。草名，蔓莖肉蓯容爲蓯。

音義 ㄘㄨㄥ 名植肉蓯蓉，一年寄生草本，全株無葉綠素，莖供藥用。

㊔ 12 **蕩** 解形 形聲；從水，蕩聲。淺水湖爲蕩。

音義 ㄉㄤˋ 名①水所滙聚的淺水湖；例黃天蕩。②姓。動①搖動；例舟子斜蕩槳。②動散；例放蕩。③滌除；例掃蕩仇恥。④毀壞；例傾家蕩產。⑤飄動；例飄蕩。⑥走來走去，無事閑逛；例游蕩。形縱佚的；例「今作蕩子婦。」

參考 ①同搖，撼，動。②參閱「盪」字條。

10 **蕩氣迴腸** ㄉㄤˋ ㄑㄧˋ ㄏㄨㄟˊ ㄔㄤˊ 形容聲音或文辭非常感動人。又作「迴腸蕩氣」。

11 **蕩婦** ㄉㄤˋ ㄈㄨˋ (一)不守婦道，淫蕩的婦女。(二)娼婦。

12 **蕩然** ㄉㄤˋ ㄖㄢˊ 形容原來存在的東西消失，毀壞得一乾二淨。例蕩然無存。

蕩然無存 ㄉㄤˋ ㄖㄢˊ ㄨˊ ㄘㄨㄣˊ 全部失去，一點兒也沒有留存。

14 **蕩滌** ㄉㄤˋ ㄉㄧˊ 沖洗，清除。例蕩滌污泥濁水。

蕩漾 ㄉㄤˋ ㄧㄤˋ (一)水波微動的樣子。(二)形容起伏不定，飄飄蕩蕩。例歌聲蕩漾。(三)港灣受大浪、暴潮、海嘯等侵襲後，灣內水面呈週期性的起伏，海水作往返性的流動。

16 **蕩蕩** ㄉㄤˋ ㄉㄤˋ ㈠廣大的樣子。例浩浩蕩蕩。㈡渺茫空曠的樣子。例空蕩蕩。㈢平坦、平易的樣子。例王道蕩蕩。

▽佚蕩、浩蕩、掃蕩、飄蕩、放蕩、遊蕩、搖蕩、淫蕩。

常 12 **蕙** 形解 形聲；從艸，惠聲。惠有美好的意思，所以佩蘭爲蕙。

音義 ㄏㄨㄟˋ 名 植 ①香草名，多年生草本，葉橢圓，秋初開紅花，結黑子，有香味，俗以爲佩帶在身上可以避邪，又稱「佩蘭」、「零陵香」；例蕙質蘭心。②蕙蘭，葉似草蘭而瘦長，一莖可開八、九朵花，色、香都較蘭花爲淡，也可單稱「蕙」。

常 12 **蕈** 形解 形聲；從艸，覃聲。一種生於木上的菌類爲蕈。

音義 ㄒㄩㄣˋ 名 植 寄生於木上的一種隱花植物，呈傘形，顏色鮮艷的多有毒，無毒者鮮美可食；例香蕈。

參考 ①又讀 ㄒㄧㄣˋ。②不可誤讀成 ㄐㄩㄣ 或 ㄐㄩㄣˋ。

常 12 **蕨** 形解 形聲；從艸，厥聲。厥類名稱，羊齒科，葉呈鋸齒狀，莖葉可食用爲蕨。

音義 ㄐㄩㄝˊ 名 植 羊齒科，多年生草本，葉爲複葉，春天出嫩葉，卷曲如拳狀，可食。又名「虌菜」。

▽野蕨、山蕨、薇蕨、採蕨。

常 12 **蕃** 形解 形聲；從艸，番聲。番有播散的意思，所以草類豐茂爲蕃。

音義 ㄈㄢ 名「蠻夷」的通稱，通「番」；例吐蕃。形 外國來的(物產)；例蕃舶。

ㄈㄢˊ 動 ①滋長；例蕃衍。②屏蔽；例以蕃王室。形 ①衆多的，通「繁」；例「水陸草木之花，可愛者甚蕃。」②茂盛的；例庶草蕃廡。副 茂盛繁多地；例蕃茂。

9 **蕃衍** ㄈㄢˊ ㄧㄢˇ 繁盛衆多。

12 **蕃殖** ㄈㄢˊ ㄓˊ 生長繁盛。

▽青蕃、吐蕃。

常 12 **蕊** 形解 形聲；從艸，惢聲。惢從三心，有多的意思，所以花心所吐的細鬚爲蕊。

音義 ㄖㄨㄟˇ 名 ①植物花內藉以傳種的生殖器官，又分雌蕊、雄蕊，俗稱「花心」；例「雨前初見花間蕊。」②未開放的花苞；例「花萼扶千蕊。」③燈燭的心；例燈蕊。

參考 花外爲「萼」，花內爲「蕊」。

常 12 **蕉** 形解 形聲；從艸，焦聲。未經泡水的麻爲蕉。

音義 ㄐㄧㄠ 名 ①還沒有加工過的生麻。② 植「芭蕉」的簡稱；例「乳蕉花發訟庭前。」③ 植「香蕉」的簡稱；例蕉農。

ㄑㄧㄠˊ 形 枯瘦的，通「憔」；例蕉萃。

▽芭蕉、綠蕉、香蕉、甘蕉、美人蕉。

常 12 **蕭** 形解 形聲；從艸，肅聲。草名，香蒿爲蕭。

音義 ㄒㄧㄠ 名 姓。形 ①清寂而冷落的；例蕭條。②莊嚴的，通「肅」；例蕭牆。

參考 ①孳 瀟、蟰。②「蕭」與「簫」有別：「蕭瑟」、「蕭條」的「蕭」，字從「草頭」；「笙簫」的「簫」，是一種用竹做成的樂器，所以字從「竹」。

10 **蕭索** ㄒㄧㄠ ㄙㄨㄛˇ ㈠寂寞冷清。㈡雲氣疏散的樣子。例荒城自蕭索。

11 **蕭條** ㄒㄧㄠ ㄊㄧㄠˊ ㈠寂寥冷清的樣子。㈡商 景氣循環的一個低潮階段，其特徵是：生產停滯，物價降低，商業萎縮，游資充斥等。㈢形容稀少。

蕭規曹隨 ㄒㄧㄠ ㄍㄨㄟ ㄘㄠˊ ㄙㄨㄟˊ 蕭何和曹參在西漢初期先後任丞相。蕭何創立了一套規章制度，死後曹參繼任，完全照章行事。後喻依照成規辦事而不創新。

13 **蕭瑟** ㄒㄧㄠ ㄙㄜˋ ㈠形容風吹樹木的聲音。例秋風蕭瑟。㈡形容景色淒涼。

17 **蕭牆之禍** ㄒㄧㄠ ㄑㄧㄤˊ ㄓ ㄏㄨㄛˋ 發生在照壁以內的禍亂，指內部的禍亂。蕭牆：門屏，古代君臣相見之禮，到屏而更加肅敬，故比喻指至近之地。

參考 與「鬩牆之禍」有別：後者指兄弟間爭鬥的禍亂。

常 12 **蕪** 形解 形聲；從艸，無聲。雜草叢生爲蕪。

音義 ㄨˊ 名 ①草生茂盛的地方；例春色滿平蕪。②雜亂的狀況；例舉要刪蕪。③姓。

動 ①長滿雜草；例荒蕪。②荒廢；例田園將蕪胡不歸？③雜亂；例蕪雜。

參考 參閱「蔓」字條。

15 **蕪蔓龐雜** ㄨˊ ㄇㄢˋ ㄆㄤˊ ㄗㄚˊ 形容枝蔓繁雜而不整齊。

18 **蕪雜** ㄨˊ ㄗㄚˊ 雜亂不整潔，多指文章方面。

▽荒蕪、榛蕪、青蕪、平蕪、繁蕪、綠蕪、雜蕪。

次 12 **蕖** 形解 形聲；從艸，渠聲。蓮花。

音義 ㄑㄩˊ 名 植 芙蕖，荷花的別稱。

次 12 **蕓** 形解 形聲；從艸，雲聲。草名，蕓薹爲蕓。

音義 ㄩㄣˊ 副 植 蕓薹，油菜的一種。

次 12 **蕡** 形解 形聲；從艸，賁聲。雜草香爲蕡。

音義 ㄈㄣˊ 名 ①大麻的種子。②雜草的香氣。③姓。形 果實繁多的。

次 12 **蕘** 形解 形聲；從艸，堯聲。草薪爲蕘。

音義 ㄖㄠˊ 名 ①柴草。②打柴草的人。動 打柴草；例「行牧且蕘。」

一ㄠˊ 名 植 蕘花，小灌木名，花黃可入藥，皮可造紙。

▽芻蕘。

次 12 **蕆** 形解 形聲；從艸，從貝，臧省聲。整敕完畢。

音義 ㄔㄢˇ 動 完成；例蕆事。

8 **蕆事** ㄔㄢˇ ㄕˋ 事情已完全解決。

次 12 **蕤** 形解 形聲；從艸，甤聲。草木茂盛下垂爲蕤蕤。

音義 ㄖㄨㄟˊ 名 植 萎蕤，即玉竹。副 ①花朵下垂的樣子；例「播芳蕤之馥馥。」②蕤蕤，草木茂盛的樣子。

次 12 **蕁** 形解 形聲；從艸，尋聲。草名，知母爲蕁。

音義 ㄊㄢˊ 名 植 草名，即知母。動 火勢上炎，通「燂」；例火上蕁。

ㄒㄩㄣˊ 名 植 蕁麻，多年生草本，葉對生，莖皮纖維可作紡織原料。

參考 又作「藙」。

11 **蕁麻疹** ㄒㄩㄣˊ ㄇㄚˊ ㄓㄣˇ 醫 皮膚出現扁平狀的凸起斑，並有明顯的發癢，常因食物或藥物過敏所致。

次 12 **蕞** 形解 形聲；從艸，最聲。最有聚集的意思，所以細小爲蕞。

音義 ㄗㄨㄟˋ 名 古學習禮儀時，束茅以表位的束茅；例綿蕞。形 蕞爾，物小的；例蕞爾小國。

參考 ①又音 ㄐㄩㄝˊ。②「蕞爾」所形容的小，多指地區或國家而言。

14 **蕞爾小國** ㄗㄨㄟˋ ㄦˇ ㄒㄧㄠˇ ㄍㄨㄛˊ 形容土地狹小的國家。例吳蜀雖蕞爾小國，依阻山水，皆難猝謀也。

次 12 **蕢** 形解 形聲；從艸，貴聲。草編的器具爲蕢。

音義 ㄎㄨㄟˋ 名 古盛土用的草包；例荷蕢。

ㄎㄨㄞˋ 名 ①植 即赤莧。②土塊，通「塊」。③姓。

參考 與從「賁」的「蕡」字音義不同。

次 12 **蕑** 形解 形聲；從艸，閒聲。草名，形似蘭爲蕑。

音義 ㄐㄧㄢ 名 ①植 古香草名，即蘭草。②姓。

參考 字不可從「間」作「蕳」。

次 12 **蕣** 形解 形聲；從艸，舜聲。舜爲瞬的省寫，所以木槿花朝發暮落爲蕣。
音義 ㄕㄨㄣˋ 名植 植物名，即木槿花。

次 12 **蕎** 形解 形聲；從艸，喬聲。麥的一種爲蕎。
音義 ㄑㄧㄠˊ 名植 蕎麥，農作物之一，實三稜形，磨粉可食用。
ㄐㄧㄠ 名植 即大戟。

次 12 **蕕** 形解 形聲；從艸，猶聲。水邊草名爲蕕。
音義 ㄧㄡˊ 名植 古書上的一種臭草；例一薰一蕕。
參考 又作「⿱艹猷」。

次 12 **薌** 形解 形聲；從艸，鄉聲。穀物的馨香氣味爲薌。
音義 ㄒㄧㄤ 名 ①植 古書上指像紫蘇一類用來調味的香草。②五穀的香氣，通「香」。

常 13 **薪** 形解 形聲；從艸，新聲。新爲取木，所以可供燃燒的柴草爲薪。
音義 ㄒㄧㄣ 名 ①木柴；例伐薪爲炭。②「薪水」的簡稱，即工作的酬勞；例月薪若干。③姓。動 採取木柴；例「采荼薪樗。」
參考 ①大而可剖析的爲「薪」，小而可捆束的爲「柴」。②採木爲「薪」或「樵」，採草爲「蘇」或「蕘」。

4 **薪水** ㄒㄧㄣ ㄕㄨㄟˇ ㈠打柴汲水。㈡舊指供打柴汲水等生活上必需的費用。今指工作或職業所得的酬金。
參考 同薪餉。

10 **薪桂米珠** ㄒㄧㄣ ㄍㄨㄟˋ ㄇㄧˇ ㄓㄨ 形容物價高漲，薪柴貴於桂，米貴於珠。

14 **薪餉** ㄒㄧㄣ ㄒㄧㄤˇ 薪水，俸給。餉：所配給的米糧等生活必需品。今又稱「薪俸」、「薪津」。

薪盡火傳 ㄒㄧㄣ ㄐㄧㄣˋ ㄏㄨㄛˇ ㄔㄨㄢˊ 柴雖燒盡，火種仍可留傳。比喻老師教化傳授不斷絕。略作「薪傳」。

▽臥薪、采薪、日薪、材薪、析薪、月薪、年薪、伐薪、加薪、留職停薪、留職留薪、曲突徙薪、杯水車薪、厝火積薪、釜底抽薪。

常 13 **薄** 形解 形聲；從艸，溥聲。溥有敷布的意思，所以草木叢生爲薄。
音義 ㄅㄛˊ 名 ①草木叢生處；例林薄。②姓。動 ①輕視；例薄其爲人。②減輕；例薄賦斂。③迫近；例日薄西山。④到達；例外薄四海。形 ①不厚的；例如臨深淵，如履薄冰。②微不足道的；例薄技。③粗劣的；例菲食薄衣。④不夠敦厚的；例刻薄。⑤不肥沃的；例薄田。⑥清淡的；例薄眉。⑦卑賤的；例出身微薄。副 輕微地；例躬自厚而薄責於人。
ㄅㄛˋ 名植 薄荷，脣形花科，多年生草本，莖葉有芳香，可入藥。
參考 ①語音ㄅㄠˊ。②反厚，濃。③同菲，淡。④和「簿」(ㄅㄨˋ)字不同，如「筆記簿」不可誤作「薄」。

6 **薄行** ㄅㄛˊ ㄒㄧㄥˋ 品性不好。

7 **薄技** ㄅㄛˊ ㄐㄧˋ 微小的技能。也用作才力微小的謙詞。

8 **薄命** ㄅㄛˊ ㄇㄧㄥˋ 命運不好。舊時常用以形容女子痛苦的遭遇。例紅顏多薄命。

薄具 ㄅㄛˊ ㄐㄩˋ ㈠粗劣的菜肴。㈡略微地準備。例薄具菲酌。

薄物細故 ㄅㄛˊ ㄨˋ ㄒㄧˋ ㄍㄨˋ 形容微小的事情。

9 **薄倖** ㄅㄛˊ ㄒㄧㄥˋ ㈠薄情，負心。多指男子。㈡舊時女子對所歡愛人的暱稱。猶「冤家」。

10 **薄弱** ㄅㄛˊ ㄖㄨㄛˋ 不堅強，柔弱。例意志薄弱。
參考 與「脆弱」、「軟弱」、「衰弱」、「虛弱」有別：「脆弱」指質地不堅而易斷；「軟弱」指質地柔軟而易彎曲改變；「衰弱」指漸趨衰敗；「虛弱」指實力空虛不強。

11 **薄荷** ㄅㄛˋ ㄏㄜ 名植 脣形科，多年生草本。高約二尺，莖方形，葉對生，呈卵形或長圓形。

秋季開紅、白或紫紅色唇形花。性喜溫暖，乾燥，根耐寒。莖可提取薄荷油、薄荷腦，可供醫藥、食品和化妝品等用途。

15 **薄暮** ㄅㄛˊ ㄇㄨˋ 傍晚，天將黑時。

▽輕薄、刻薄、淺薄、淡薄、菲薄、林薄、偷薄、澆薄、微薄、妄自菲薄、此厚彼薄。

㊥ 13
蕾
形解 形聲；從艸，雷聲。含蕊尚未開放的花苞為蕾。

音義 ㄌㄟˇ 名 含苞未開的花朵，或作「蓓蕾」；例「朔風吹寒珠蕾裂。」

參閱 參閱「蓓」字條。

㊥ 13
薜
形解 形聲；從艸，辟聲。辟有屈曲的意思，所以生於山野旁的藤狀植物為薜。

音義 ㄅㄛˋ 名 ①植 山蘄；例「薜下於萑，萑下於茅。」②植 藥草名，即「當歸」。

ㄅㄧˋ 名 植 薜荔，桑科常綠灌木，又名「木蓮」。

㊥ 13
薑
形解 字本作「䕬」：形聲；從艸，彊聲。彊為弓有力，所以可禦溼氣的菜為䕬。今字作「薑」。

音義 ㄐㄧㄤ 名 植 蔬菜類，蘘荷科，多年生草本，葉如箭鏃，對生，地下莖黃色，有辣味，可作調味品及漬菜。又名「生薑」。

㊥ 13
薔
形解 形聲；從艸，嗇聲。草名，或生原野，或生水澤。

音義 ㄑㄧㄤˊ 名 ①植 薔薇，薔薇科，落葉灌木，莖上多刺，羽狀複葉，夏初開花，花五瓣，有黃紅白等色，能散發芳香，果實內含多種維生素，營養豐富，可入藥，有利尿作用，也可簡稱「薔」；例「一丈紅薔擁翠筠。」②薔薇的花，也可稱為「薔」或「薔薇」。

參考 與「牆」、「嬙」、「檣」同音而義不同：牆：牆壁；嬙：古宮廷裡的宮女；檣：帆船上的桅桿。

㊥ 13
薛
形解 形聲；從艸，辥聲。草名，可食的野菜為薛。

音義 ㄒㄩㄝ 名 ①植 草名，即藾蒿，或稱「藾蕭」；例「高燥生薛。」②地 春秋時代國名，在今山東滕縣一帶。③姓。

參考 ①又作「辥」。②不可誤讀作ㄒㄩㄝˋ。

㊥ 13
薇
形解 形聲；從艸，微聲。野菜名，野豌豆為薇。

音義 ㄨㄟˊ 名 ①植 隱花植物，草本，羊齒類，葉上生多數胞子囊，嫩時可食；例「陟彼南山，言采其薇。」②植 薔薇，花名，莖有刺，花艷麗，可供觀賞，果實富維生素，可供食用。

參考 參閱「薔」字條。

▽紫薇、薔薇、採薇。

㊥ 13
薯
形解 形聲；從艸，署聲。草本植物名，甘薯為薯。

音義 ㄕㄨˇ 名 植 「番薯」的簡稱，蔬類，塊根橢圓形，可食。或稱「甘薯」、「甘藷」。

㊇ 13
薀
形解 形聲；從艸，溫聲。溫有煖的意思，所以積藏為薀。

音義 ㄨㄣ 名 植 水草名，即金魚藻。

ㄩㄣˋ 動 ①積聚；例「薀利生孽。」②加熱，通「熅」；例「晝夜難薀火。」

參考 讀「ㄩㄣˋ」時，又音「ㄩㄣˇ」。

㊇ 13
薏
形解 形聲；從艸，意聲。蓮子心為薏。

音義 ㄧˋ 名 ①蓮子心。②植 薏苡，一年生或多年生草本，穎果卵形，果仁名「薏米」，可入藥。

9 **薏苡明珠** ㄧˋ ㄧˇ ㄇㄧㄥˊ ㄓㄨ 比喻本未收受賄賂而橫被誣謗懷疑。

㊇ 13
薤
形解 字本作「䪥」：形聲；從韭，𣪠聲。菜名，蕎頭為䪥。俗作「薤」。

音義 ㄒㄧㄝˋ 名 ①植 多年生蔬菜，葉中空，稍扁平，斷面近三角形，鱗莖，似蒜瓣，可食用。②薤露，古送葬時所唱的喪歌。

21 **薤露** ㄒㄧㄝˋ ㄌㄨˋ 文 (一)古樂曲名。(二)喪歌名，出自田橫門人。田橫自殺，門人爲他作悲歌，說明人命奄忽，有如薤上的露水，一見陽光立即消逝。

次 13 **蕷** 形解 形聲；從艸，預聲。草名，薯蕷爲蕷。

音義 ㄩˋ 名 植 薯蕷，即山藥，多年生藤本，肉質塊莖呈圓柱形，可供食用和入藥。

次 13 **蕺** 形解 形聲；從艸，戢聲。草名，魚腥草爲蕺。

音義 ㄐㄧˊ 名 植 菜名，即魚腥草。葉像蕎麥，多生濕地，莖、葉都有臭味。

次 13 **薨** 形解 形聲；從死，薨省聲。古代公侯之死爲薨。

音義 ㄏㄨㄥ 名 古諸侯死之稱。 副 薨薨，蟲羣飛聲。

參考 古時對「死」有不同的名稱：天子死曰「崩」，諸侯曰「薨」，大夫曰「卒」，士曰「不祿」，庶人曰「死」。

次 13 **薆** 形解 形聲；從艸，愛聲。愛有隱蔽的意思，所以草木茂盛而隱蔽爲薆。

音義 ㄞˋ 名 隱蔽；例 衆樹蓊薆。 副 ①薆薱，草木茂盛的樣子。②薆薆，陰暗不明的樣子。

次 13 **薙** 形解 形聲；從艸，雉聲。除草爲薙。

音義 ㄊㄧˋ 動 ①除草。②剃髮，通「剃」。

參考 作「除草」解時，又音ㄓˋ。

次 13 **薊** 形解 形聲；從艸，魝聲。草名，薊草爲薊。

音義 ㄐㄧˋ 名 ①植 菊科，多年生草本，葉與莖多刺，可入藥。②地 古地名，在今北平城西南隅。③姓。

次 13 **薢** 形解 形聲；從艸，解聲。草名，薢茩爲薢。

音義 ㄐㄧㄝˋ 名 植 薢茩，「菱」的別名。

次 13 **薈** 形解 形聲；從艸，會聲。會有聚集的意思，所以草木盛多爲薈。

音義 ㄏㄨㄟˋ 動 聚集；例 薈萃。 形 草木繁盛的；例 林木薈蔚。

12 **薈萃** ㄏㄨㄟˋ ㄘㄨㄟˋ (一)興盛的樣子。(二)聚集。例 人文薈萃。亦作「會萃」、「彙萃」。

次 13 **薅** 形解 形聲；從蓐，好省聲。拔去田草爲薅。

音義 ㄏㄠ 動 ①拔去田中的雜草；例 薅草。②泛指拔去。③方 揪住；例 薅住。

參考 字雖從蓐，但不可讀成ㄖㄨˋ。

常 14 **薦** 形解 會意；從艸，從廌。獸類所食草料爲薦。

音義 ㄐㄧㄢˋ 名 ①獸類所食的草料；例「麋鹿食薦。」②草席；例 棕薦。③牲禮；例「嘉薦普淖。」④姓。 動 ①襯墊；例「薜荔飾而陸離薦兮。」②進獻；例 薦酒。③舉荐；例「諸侯能薦人於天子。」

6 **薦任** ㄐㄧㄢˋ ㄖㄣˋ 政 文官職等名，在簡任之下，委任之上；由機關首長呈請總統任命，如部會之科長、專員等。

17 **薦舉** ㄐㄧㄢˋ ㄐㄩˇ 推舉人才。例 薦舉賢良。

參考 同 薦引。

▽推薦、稱薦、口薦、草薦、舉薦、引薦、毛遂自薦。

常 14 **藍** 形解 形聲；從艸，監聲。草名，葉可製染料爲藍。

音義 ㄌㄢˊ 名 ①植 蓼科，一年生草本，葉互生，可作染料。俗稱「靛青」、「藍靛」。

②姓。形①深青色的；例高山藍水流。②破蔽的，通「檻」；例篳路藍縷。

參考「藍」、「籃」有別：「藍」本指蓼藍，是一種可以提取靛青染料的植物，所以字從「艸」；「籃」本指竹籃，所以字從「竹」。

5 **藍本** ㄌㄢˊ ㄅㄣˇ ㈠著作所根據的底本。㈡由原圖曬印而成的本子。

藍田生玉 ㄌㄢˊ ㄊㄧㄢˊ ㄕㄥ ㄩˋ 古時甘肅藍田縣出產美玉，故喻指賢父生賢子。

參考與「藍田種瓜」有別：後者喻指不負責男子使女子懷孕，與「珠胎暗結」同義。

14 **藍圖** ㄌㄢˊ ㄊㄨˊ ㈠〔工〕一種複製圖，由原圖曬印而成，一般爲藍底白線或白底藍線，故名。供工程設計施工或地圖繪製之用。㈡比喻建設規劃或計劃。例以三民主義爲藍圖，統一中國。

17 **藍縷** ㄌㄢˊ ㄌㄩˇ ㈠衣服破舊。同「襤褸」。㈡引申知識淺陋。

▽伽藍、甘藍、蔚藍、水藍、天藍、碧藍、青出於藍。

常 14

薩

形解 形聲；從艸，隡聲。能普渡衆生的人爲薩。

音義 ㄙㄚˋ 名①〔宗〕梵語「菩薩」的簡稱；例「聞彼行道唱薩聲。」②〔地〕國名，「薩爾瓦多」的簡稱，在中美洲。③姓。

常 14

藏

形解 藏 形聲；從艸，臧聲。臧爲隱善的意思，所以隱匿爲藏。

音義 ㄘㄤˊ 名姓。動①隱匿；例藏珠於淵。②收存；例藏書。③懷著；例包藏禍心。

ㄗㄤˋ 名①種族名，古稱「吐蕃」，大部分在今西藏、西康、青海一帶。②〔地〕「西藏」的簡稱；例青康藏高原。③倉庫；例「范氏之藏大火。」④佛教或道教的經典；例道藏。⑤內臟，通「臟」；例列於五藏。

參考①同收，斂，納。②反露。③〔華〕臟。④「寶藏」、「唐三藏」、「西藏」的「藏」，唸ㄗㄤˋ；「收藏」、「礦藏」的「藏」，音ㄘㄤˊ。

8 **藏拙** ㄘㄤˊ ㄓㄨㄛ 把自己短處掩藏起來，不使人知道。常用爲自謙之辭。

9 **藏垢納汚** ㄘㄤˊ ㄍㄡˋ ㄋㄚˋ ㄨ ㈠本比喻指君王要有所作爲，就當忍辱負重。垢：髒東西。㈡後喻爲包容種種壞人壞事。又作「藏汚納垢」。

10 **藏書** ㄘㄤˊ ㄕㄨ ㈠收藏圖書。㈡收藏的書籍。

參考 衍藏書量、藏書章。

11 **藏匿** ㄘㄤˊ ㄋㄧˋ 藏起來不讓發現。匿：隱藏。

15 **藏諸名山** ㄘㄤˊ ㄓㄨ ㄇㄧㄥˊ ㄕㄢ 將著作或文章深藏在名山之中，即不發表出來。

17 **藏頭露尾** ㄘㄤˊ ㄊㄡˊ ㄌㄨˋ ㄨㄟˇ 形容躲躲閃閃，害怕眞實情況暴露出來。

藏龍臥虎 ㄘㄤˊ ㄌㄨㄥˊ ㄨㄛˋ ㄏㄨˇ 本是描寫景物的詩句。後用以比喻隱藏著未被發現的人才。

▽行藏、收藏、寶藏、地藏、儲藏、祕藏、包藏、埋藏、隱藏、躲藏、冷藏、潛藏、庫藏、什襲珍藏。

常 14

藐

形解 字本作「藐」：形聲；從艸，貌聲。貌是容儀，所以根部紫色，可以染紫的草爲藐。今作「藐」。

音義 ㄇㄧㄠˇ 動①輕視；例藐視。②陵越；例藐名賢之高風。形①遙遠的；例「藐姑射之山。」②渺小的；例藐躬。

參考①同蔑，小。②與「渺」、「緲」有別：「渺」，有水流長遠的意思；「緲」，有細微的意思；如「渺茫」，「縹緲」不作「藐」。

12 **藐視** ㄇㄧㄠˇ ㄕˋ 輕視，小看。

參考 參閱「輕視」條。

常 14

藉

形解 藉 形聲；從艸，耤聲。祭祀時承放祭物的草席爲藉。

音義 ㄐㄧㄝˋ 名席子；例白茅爲藉。動①假借；例藉端生事。②坐臥；例眠花藉柳，實愜人心。③依賴；例民藉以安。

ㄐㄧˊ 形衆多雜亂的；例杯盤狼藉。

參考 除了「藉藉」、「狼藉」外都讀成ㄐㄧㄝˊ，不可和「籍貫」的「籍」(ㄐㄧˊ)字混用。

3 **藉口** ㄐㄧㄝˋ ㄎㄡˇ 假借他事以作爲託辭。

參考 ①同藉詞。②又作「借口」。

13 **藉資挹注** ㄐㄧㄝˋ ㄗ ㄧˋ ㄓㄨˋ 借助此來彌補一下。挹注：舀取注入，引申取有餘補不足之意。

▽慰藉、醞藉、枕藉、狼藉、憑藉、杯盤狼藉、聲名狼藉。

常 14 **薰** 形解 形聲；從艸，熏聲。香草名，蕙草爲薰。

音義 ㄒㄩㄣ 名①植香草名，豆科，草本，又名「蕙草」；例薰草。②香氣；例逆風聞薰。③姓。動①灼燒；例薰烤。②塗滿；例利慾薰心。③吐出香氣；例陌上草薰。④溫暖；例夕陽薰細草。形和煦的；例薰風自南吹。

參考 反蕕(臭草)。

4 **薰心** ㄒㄩㄣ ㄒㄧㄣ 貪婪的意念充滿心胸。例利慾薰心。

參考 同灼心。

7 **薰沐** ㄒㄩㄣ ㄇㄨˋ 焚香和沐浴，表示敬潔的意思。

9 **薰風** ㄒㄩㄣ ㄈㄥ 和風，南風。

薰染 ㄒㄩㄣ ㄖㄢˇ 指人的思想或生活逐漸受到影響，如薰之使香，染之成色。

參考 與「薰陶」有別：但前者多用於壞的染化；後者多用於好的教化。

11 **薰陶** ㄒㄩㄣ ㄊㄠˊ ㈠人的思想、行爲、愛好等逐漸受到影響。㈡比喻養育人才。

參考 參閱「薰陶」條。

16 **薰蕕** ㄒㄩㄣ ㄧㄡˊ 香草與臭草，比喻好人和壞人。蕕：臭草。

▽麝薰、蘭薰、香薰、草欣木薰。

次 14 **薴** 形解 形聲；從艸，寧聲。薺薴爲薴。

音義 ㄋㄧㄥˊ 名①植薺薴，一年生草本，葉可提煉芳香油。②化一種有機化合物，存於薄荷精內，液狀，可作香料，也是合成橡膠的原料。副⿱艹爭薴，散亂的樣子。

次 14 **薺** 形解 形聲；從艸，齊聲。草名，即疾黎爲薺。

音義 ㄐㄧˋ 名植薺菜，一、二年生草本，嫩葉爲優質野菜，可供食用；例其甘如薺。

ㄑㄧˊ 名植即荸薺，多年生草本，地下球莖可食用。

次 14 **藂** 形解 形聲；從艸，聚聲。聚有會合的意思，所以草木叢生爲藂。

音義 ㄘㄨㄥˊ 動聚集，通「叢」；例草木藂生。

次 14 **薹** 形解 形聲；從艸，臺聲。草名，薹草爲薹。

音義 ㄊㄞˊ 名植①薹草，莖叢生，葉可製蓑衣。②蒜、韭菜、油菜的花莖，分別叫：蒜薹、韭薹、菜薹。

參考 與「苔」音同，而形義不同。

次 14 **薳** 形解 形聲；從艸，遠聲。草名，薳志爲薳。

音義 ㄨㄟˇ 名①植薳志，草名，像麻黃，葉銳而黃，花赤。②姓。

次 14 **藎** 形解 形聲；從艸，盡聲。草名，藎草爲藎。

音義 ㄐㄧㄣˋ 名①植藎草，草本，牧草，汁液可作黃色染料，纖維可造紙。②沒有燒盡的柴草，通「燼」。形盡忠的；例藎臣。

次 14 **薶** 形解 形聲；從艸，貍聲。貍有藏的意思，所以埋藏於草下爲薶。

音義 ㄇㄞˊ 動埋葬，通「埋」；例「掩骼薶骴。」

ㄨㄛ 動沾污；例「塵垢弗能薶。」

ㄌㄧˊ 動填塞。

常 15 **藝** 形解 字本作埶：會意；從丮坴。丮爲手上拿東西，坴爲土塊，所以手持種在土壤中爲埶。今作「藝」。

音義 ㄧˋ 名①技術；例賣藝。

②古稱禮、樂、射、御、書、數，或詩、書、禮、樂、易、春秋爲六藝。③文章；例時藝。④姓。動①種植；例「藝黍稷。」②限度；例貪賄無藝。

參考「藝」字中間作「埶」不作「執」。

2 **藝人** 一ˋ ㄖㄣˊ 統稱戲曲、曲藝和雜技的演員。

4 **藝文志** 一ˋ ㄨㄣˊ ㄓˋ 史爲紀傳體史書中的一部分，內容專門記載書籍的目錄。導源於劉歆・七略，創始於班固・漢書。又稱「經籍志」。

8 **藝林** 一ˋ ㄌㄧㄣˊ 舊指收藏文藝圖書的地方。今泛指學界和藝術界。

11 **藝術** 一ˋ ㄕㄨˋ 對自然物及科學等凡通過人的製作，具有審美價值的事物，統稱爲藝術。可分爲：表演藝術（音樂、舞蹈），造型藝術（繪畫、雕刻），語言藝術（文學）和綜合藝術（戲劇、電影）等。

▽園藝、演藝、學藝、技藝、工藝、手藝、農藝、武藝、文藝、六藝、遊藝、巧藝、多才多藝、十八般武藝。

常 15
藩

形解 形聲；從艸，潘聲。做爲障蔽的竹籬爲藩。

音義 ㄈㄢˊ 名①籬笆；例「羝羊觸藩。」②「藩鎮」、「藩國」的簡稱；例「哀帝以外藩援立。」③姓。動保衛；例「貨以藩身，子何愛焉？」形設有屏蔽的；例「乘藩車，入閭巷。」

參考字與「潘」都是姓氏，然從草（艹）的「藩」字，念ㄈㄢˊ；無草字頭的「潘」字，音ㄆㄢ。

21 **藩屬** ㄈㄢˊ ㄕㄨˇ 君主時代的屬地或屬國及保護國，如過去之朝鮮、琉球、越南等在清道光以前都是我國藩屬。

24 **藩籬** ㄈㄢˊ ㄌㄧˊ ㈠用竹木編成的籬笆或圍柵。㈡引申爲屏障防衛之意。㈢比喻範圍。例突破藩籬。

▽三藩、宗藩、外藩、屏藩。

常 15
藪

形解 形聲；從艸，數聲。數有盛多的意思，所以水草叢生的地方爲藪。

音義 ㄙㄡˇ 名①大水滙集的地方；例「豐殖九藪。」②人物聚集的地方；例人才藪。③古量名，通「籔」。

▽淵藪、林藪、澤藪、人材藪、財賦藪、禽獸藪。

常 15
藕

形解 字本作「蕅」：形聲；從艸水，禺聲。禺有大的意思，所以蓮的地下莖，色白而肥大，味美可食爲蕅。今作「藕」。

音義 ㄡˇ 名植蓮的地下莖，橫臥泥中，色白而肥，中有管狀孔，斷開有絲，味道甜美，也可以加工製成藕粉；例咀嚼菱藕。

參考又作「蕅」。

18 **藕斷絲連** ㄡˇ ㄉㄨㄢˋ ㄙ ㄌㄧㄢˊ 比喻表面上斷了關係，實際上仍有牽連。多指男女之間情意未斷。又作「藕斷絲牽」。

參考①「藕」不可誤作「偶」。②反一刀兩斷。

常 15
藤

形解 形聲；從艸，滕聲。細長如繩而蔓延的木本植物爲藤。

音義 ㄊㄥˊ 名①植蔓生木本植物名，有紫藤、白藤等種類，或生巖壁，或附高樹；例數人攀藤而上。②蔓生植物的卷鬚或莖；例南瓜藤。形藤製的；例藤椅。

參考又作「籐」。

▽葛藤、爬藤、紫藤、柳藤、瓜藤、葡萄藤。

常 15
藥

形解 形聲；從艸，樂聲。樂有安適的意思，所以可供治病的草木的總名爲藥。

音義 一ㄠˋ 名①用來治病的物質；例「君有疾，飲藥。」②有爆發性的物質；例火藥。③「芍藥」的簡稱；例「紅藥當階翻。」④姓。動①治療；例不可救藥。②毒殺；例藥老鼠。

參考俗或作「葯」。

4 **藥方** 一ㄠˋ ㄈㄤ 醫師治病所開的藥名和分量的單子。又名「藥單」。

藥引 一ㄠˋ 一ㄣˇ 醫 中醫學名詞，在處方中，選用某種藥物以引導諸藥達到病處的副劑。

5 **藥石** 一ㄠˋ ㄕˊ ㈠治病的藥物和砭石，也泛指藥品。㈡比喻規勸人過失的言詞。

7 **藥材** 一ㄠˋ ㄘㄞˊ 製藥的原料，也泛指藥物。一般用於中藥方面。

11 **藥理** 一ㄠˋ ㄌ一ˇ 藥物在防治疾病中對有機體的作用及其原理。如藥物在體內被吸收、轉化、排泄等過程。

▽火藥、丸藥、膏藥、煎藥、湯藥、毒藥、服藥、良藥、靈藥、芍藥、丹藥、中藥、西藥、炸藥、不可救藥、無可救藥、對症下藥、換湯不換藥。

次 15 **藭** 形解 形聲；從艸，窮聲。草名，芎藭爲藭。

音義 ㄑㄩㄥˊ 名 植 芎藭，即川芎，多年生草本，羽狀複葉，根莖可入藥。

次 15 **藷** 形解 形聲；從艸，諸聲。藷蔗，即甘蔗爲藷。

音義 ㄓㄨ 名 植 藷蔗，即甘蔗。ㄕㄨˇ 名 植 薯類作物的統稱，通「薯」。

次 15 **藚** 形解 形聲；從艸，賣聲。水草名，水舄爲藚。

音義 ㄒㄩˋ 名 植 藥名，即「澤瀉」；例「言采其藚」。

次 15 **藟** 形解 形聲；從艸，畾聲。草藤爲藟。

音義 ㄌㄟˇ 名 ①植 蔓生植物，即藤，通「櫐」；例莫莫葛藟。②含苞未放的花朵，通「蕾」；例梅藟。動 纏繞；例網罟相縈藟。

次 15 **藜** 形解 形聲；從艸，黎聲。草名，灰條菜爲藜。

音義 ㄌ一ˊ 名 植 一年生草本，莖直立，葉菱狀卵形，背有粉狀物，嫩莖葉可食，莖老而長者可爲杖。

▽杖藜、蓬藜、蒺藜。

常 16 **藻** 形解 形聲；從艸，澡聲。水草名，水藻爲藻。

音義 ㄗㄠˇ 名 ①水草的總稱；例海藻。②文采；例「無藻無縟」。動 品鑑；例「品藻漢之將相」。形 美好的；例藻思。

4 **藻井** ㄗㄠˇ ㄐ一ㄥˇ 我國傳統建築中天花板上的一種裝飾處理。一般做成圓形、方形或多邊形的凹面，上有各種花紋、雕刻和彩畫。

13 **藻飾** ㄗㄠˇ ㄕˋ 用美麗的文辭修飾。

16 **藻翰** ㄗㄠˇ ㄏㄢˋ 華美的羽毛，也比喻文辭的華美典雅。

▽海藻、翰藻、辭藻、文藻、華藻、品藻。

常 16 **藹** 形解 形聲；從艸，謁聲。草木叢雜爲藹。

音義 ㄞˇ 名 ①雲氣，通「靄」；例「虛堂起青藹。」②姓。形 ①溫和的；例態度和藹。②親切的；例親藹。

參考「和藹」不可作「靄」。

常 16 **蘑** 形解 形聲；從艸，磨聲。蕈名，蘑菇爲蘑。

音義 ㄇㄛˊ 名 植 蘑菇，某些菌類植物名，蘑菰蕈，多生於枯樹幹上，形狀圓厚，味道醇美。

參考 又作「蘑菰」。

12 **蘑菇** ㄇㄛˊ ㄍㄨ ㈠植 菌類，多生於枯樹幹上，蓋小柄大，可食，品目繁多。㈡俚 俗指搗亂、麻煩或糾纏之意。例我沒時間和他泡蘑菇。又作「摩菇」。

常 16 **藺** 形解 形聲；從艸，閵聲。草名，燈心草爲藺。

音義 ㄌ一ㄣˋ 名 ①植 草名，即燈心草，莖細長，可以編蓆，小花黃綠色；例「藺似莞而細。」②姓。

參考 孳 躪。

㊖16 **蘆** 解形 形聲；從艸，盧聲。蔬菜名，蘆菔爲蘆。

音義 ㄌㄨˊ 名①植禾本科，多年生草本，莖高一丈左右，中空，常用以葺屋或製簾，也可編蓆和造紙；例「黃蘆苦竹孤舟泊。」②姓。

參考 參閱「葦」字條。

▽胡蘆、瓠蘆、依樣胡蘆。

㊖16 **蘋** 解形 形聲；從艸，頻聲。水上的大浮萍爲蘋。

音義 ㄆㄧㄣˊ 名植蘋科，多年生草本，生淺水中，葉柄頂端，輪生小葉四片，略如田字形，又叫「田字草」；例「于以采蘋，南澗之濱。」ㄆㄥˊ 名植蘋果，亞喬木名，爲我國北方重要經濟果樹之一，果實味甘而質鬆。

參考 參閱「萍」字條。

▽青蘋、渚蘋、野蘋。

㊖16 **蘇** 解形 形聲；從艸，穌聲。藥草名，紫蘇爲蘇。

音義 ㄙㄨ 名①植藥草名，一年生草本，即紫蘇，葉紫紅，莖葉可入藥；例「夏州土產蘇。」②下垂的穗狀物；例金蘇翠帷。③地「江蘇省」的簡稱；例蘇浙一帶。④地「蘇俄」的簡稱；例中美英法蘇。⑤姓。動①割草，同「穌」；例樵蘇後爨。②解救；例以蘇民困。③死而復活，同「穌」；例死而復蘇。④清醒；例「東方未明塵夢蘇。」

參考 採薪爲「樵」，採草爲「蘇」。

4 **蘇丹** ㄙㄨ ㄉㄢ (一)外阿拉伯語，意爲君主。(二)地國名，全名爲蘇丹共和國，在非洲東北部，西元一九五六年獨立，面積二五六、〇〇〇平方公里，物產有棉花、橡膠等，首都喀土穆。

5 **蘇打** ㄙㄨ ㄉㄚˇ 外化 一種鹼類，學名爲碳酸鈉(Na_2CO_3)。又稱「梳打」、「曹達」、「蘇達」。

8 **蘇武** ㄙㄨ ㄨˇ 人 西漢杜陵(今陝西長安縣東南)人，字子卿。武帝時出使匈奴被扣留，單于脅誘迫降，並不屈服，遂遭放逐北海，十九年後乃釋回。

蘇門達臘島 ㄙㄨ ㄇㄣˊ ㄉㄚˊ ㄌㄚˋ ㄉㄠˇ 地 印度尼西亞西部大島。東北隔馬六甲海峽與馬來半島相望，東南臨南海和爪哇海，西南濱印度洋。面積四三一、九八四平方公里，是南洋第二大島。

10 **蘇秦** ㄙㄨ ㄑㄧㄣˊ 人 戰國縱橫家。東周洛陽(今隸河南)人，字季子。與張儀同時，主張合縱，聯合六國抗拒秦國。身佩六國相印，爲縱約長，使秦兵不敢東出函谷關達十五年。後與齊大夫爭寵，被刺死。

蘇格拉底 ㄙㄨ ㄍㄜˊ ㄌㄚ ㄉㄧˇ 人 希臘大哲學家，雅典人。主張哲學的目的不在於認識自然，而在於認識自己，爲西方哲學之祖。

13 **蘇軾** ㄙㄨ ㄕˋ 人 北宋文學家、書畫家。字子瞻，眉山(今隸四川)人。蘇洵長子。因反對王安石新法，貶謫黃州。在黃州時，築室於東坡，自號東坡居士。後累官至端明殿侍讀學士，諡文忠。詩、文、詞、書、畫俱爲名家，爲文雄渾暢達；詩作清雋豪健，善用誇飾；詞開豪放一派。書法擅長行、楷，取法諸家，而能獨創新意；與蔡襄、黃庭堅、米芾并稱宋四家。著有東坡七集、東坡詞等。

14 **蘇維埃** ㄙㄨ ㄨㄟˊ ㄞ 政外 俄語的音譯，即委員會、評議會、議會之意，爲蘇聯的政治組織。起初爲革命指導機關，以工人代表組成。西元一九一七年二月革命，列寧控制蘇維埃大會，建立共產黨政權，即成爲蘇聯政治體制的基本組織。

17 **蘇聯** ㄙㄨ ㄌㄧㄢˊ 地 國名，全稱「蘇維埃社會主義共和國聯邦」。地跨歐亞，瀕臨北冰洋、太平洋、黑海和波羅的海；陸疆與中國、朝鮮、阿富汗、伊朗、土耳其、挪威、芬蘭、波蘭、捷克、匈牙利、羅馬尼亞交界。面積二二、四〇二、〇〇〇平方公里，人口衆多，民族複雜，俄羅斯人最多。礦產豐富，農業發達。首都爲莫斯科。

▽姑蘇、紫蘇、流蘇、復蘇。

常 16 **蘊** 形解 字本作「薀」：形聲；從艸，溫聲。積聚爲薀。俗作「蘊」。

音義 ㄩㄣˋ 名①枯草；例「里母束蘊。」②宗佛學以覆蔽眞性、妙明的現象爲「蘊」；例「照見五蘊皆空。」③奧秘；例「展盡底蘊無所隱。」動①積聚；例蘊蓄。②蓄藏；例「蘊利生孽。」形含蓄的；例風流蘊藉。副鬱積地；例蘊結。

參考 又作「薀」。

12 **蘊結** ㄩㄣˋ ㄐㄧㄝˊ 思慮積於心中而不可解。例「我心蘊結兮。」

14 **蘊蓄** ㄩㄣˋ ㄒㄩˋ 積蓄在裏面而沒有表露出來。

參考 與「積聚」義近，而用法不同：前者多用於內在抽象事物；後者多用具體事物。

18 **蘊藉** ㄩㄣˋ ㄐㄧㄝˋ 說話、神情或文章含蓄而不顯露。

蘊藏 ㄩㄣˋ ㄘㄤˊ 存在內部的蓄積。例該地蘊藏著豐富的油礦。

參考 衍蘊藏量。

▽精蘊、內蘊、義蘊、含蘊、不明底蘊。

次 16 **蘢** 形解 形聲；從艸，龍聲。草名，水葒爲蘢。

音義 ㄌㄨㄥˊ 名植草名，即水葒。副蘢蔥，草木青翠茂盛。

次 16 **藿** 形解 字本作「藿」：形聲；從艸，霍聲。嫩豆葉爲藿。今作「藿」。

音義 ㄏㄨㄛˋ 名①植藿香，香草名；例「草則藿蒳豆蔻。」②豆類的嫩葉；例「食我場藿。」

次 16 **蘱** 形解 形聲；從艸，賴聲。草名，蘱蕭爲蘱。

音義 ㄌㄞˋ 名①植蘱蕭，草名，即蘋。②被蔭庇的人；例「將庇其所蘱。」動蔭庇。

次 16 **蘀** 形解 形聲；從艸，擇聲。草木皮葉落地爲蘀。

音義 ㄊㄨㄛˋ 名草木脫落的皮或葉；例十月隕蘀。

參考 ①與「籜」音同義異。②字雖從「擇」，但不可讀作ㄗㄜˊ。

次 16 **藶** 形解 形聲；從艸，歷聲。葶藶，草名。

音義 ㄌㄧˋ 名植草名，葶藶，開黃色小花，種子可入藥。

次 16 **蘄** 形解 形聲；從艸，斳聲。草名，薜荔爲蘄。

音義 ㄑㄧˊ 名①植香草名，即薜荔。②馬銜；例「結駟方蘄。」③地蘄州，古地名，今湖北境內。④姓。動祈求，通「祈」；例蘄生。

次 16 **蘅** 形解 形聲；從艸，衡聲。香草，杜蘅爲蘅。

音義 ㄏㄥˊ 名植①杜蘅，香草名，像葵而香，根莖可入藥；例「雜杜蘅與芳芷。」②蘅蕪，一種香草。

常 17 **蘭** 形解 形聲；從艸，闌聲。香草爲蘭。

音義 ㄌㄢˊ 名①植多年生常綠草本，蘭科，葉細長，春開淡黃綠花，有幽香。②植蘭草，菊科，多年生草本，生山野中，葉對生，緣有鋸齒，整株有香氣，古書上所稱的蘭指蘭草而言。③姓。形美好的；例「蘭音未吐，紅顏若暉。」

參考 注意①「蘭花」和②「蘭草」的區別；現又有「洋蘭」，由國外傳入，是「蘭花」而非「蘭草」，而本國原產的蘭花又稱「國蘭」，皆爲蘭科，各有許多不同的品種。

6 **蘭艾同焚** ㄌㄢˊ ㄞˋ ㄊㄨㄥˊ ㄈㄣˊ 猶玉石俱焚，同歸於盡。蘭：香草；艾：臭草。

9 **蘭若** (一)宗 ㄌㄢˊ ㄖㄜˇ 宗原音譯「阿蘭若」的略稱。指僧人所住的空淨閑靜之處，即佛寺。(二)植 ㄌㄢˊ ㄖㄨㄛˋ 蘭花和杜若的合稱，皆爲香草名。

14 **蘭摧玉折** ㄌㄢˊ ㄘㄨㄟ ㄩˋ ㄓㄜˊ (一)比喻

寧可作守身潔白的君子而死，不作富貴榮華的小人而生。㈡哀悼人不幸早死之弔辭。

18 **蘭薰桂馥** ㄌㄢˊ ㄒㄩㄣ ㄍㄨㄟˋ ㄈㄨˋ ㈠比喻德澤長留，歷久不衰。馥：香氣。㈡比喻人子孫昌盛。

19 **蘭譜** ㄌㄢˊ ㄆㄨˇ ㈠舊時朋友相投合，結爲兄弟時交換的譜帖，稱「金蘭譜」。亦簡稱「蘭譜」。㈡國畫專供畫蘭者描摹的圖譜。㈢種蘭的專書。

▽金蘭、椒蘭、芝蘭、木蘭、幽蘭、樓蘭、劍蘭、洋蘭、春蘭。

常 17 **蘗** 解形 字本作「檗」：形聲；從木，辟聲，黃柏爲檗，俗作「蘗」。

音義 ㄅㄛˋ 名植 木名，即黃蘗，又稱「黃柏」，可以入藥。

參考 又作「檗」。

ㄅㄧˋ 名 同「薜」字。

常 17 **蘚** 解形 形聲；從艸，鮮聲。苔蘚爲蘚。

音義 ㄒㄧㄢˇ 名植 隱花植物，叢生於陰濕處，莖細小直立，葉爲一層細胞所構成，有葉綠粒，無氣孔，綠葉茸出，性嗜水濕，與「苔」類相似；例 工頳苔翠蘚。

▽苔蘚、綠蘚。

次 17 **蘘** 解形 形聲；從艸，襄聲。草名，蘘荷爲蘘。

音義 ㄖㄤˊ 名植 蘘荷，多年生草本，花穗和嫩芽可食，根可入藥。

次 17 **蘧** 解形 形聲；從艸，遽聲。草名，蘧麥爲蘧。

音義 ㄑㄩˊ 名 ①植 蘧麥，多年生草本，全草可入藥。②姓。副 蘧然，驚喜的樣子。

次 17 **蘩** 解形 形聲；從艸，繁聲。草名，白蒿爲蘩。

音義 ㄈㄢˊ 名植 ①白蒿；例「于以采蘩」②即款冬。

次 17 **蘞** 解形 形聲；從艸，斂聲。草名，白蘞爲蘞。

音義 ㄌㄧㄢˇ 名植 草名，有白蘞、赤蘞等，白蘞的根可入藥；例「蘞蔓于野。」

參考 ①又音 ㄌㄢˊ。②亦作蘝。

常 19 **蘸** 解形 形聲；從艸，醮聲。以物投入水中爲蘸。

音義 ㄓㄢˋ 動 ①物體沾上液體；例 蘸墨水。②黏附；例 蘸糖。③映照；例「湖池春水蘸紅妝。」

參考 字雖從「蕉」，但不可讀成 ㄐㄧㄠ 或 ㄑㄧㄠ。

常 19 **蘿** 解形 形聲；從艸，羅聲。多年生水草的莪蒿爲蘿。

音義 ㄌㄨㄛˊ 名 ①植 蘿蔔，蔬類植物，根長，色白多汁，可供食用。②植 女蘿，即菟絲，簡稱蘿，地衣類，產深山中，全體絲狀，又稱「松蘿」，可入藥；例「青蘿拂行衣。」

▽松蘿、女蘿、蔦蘿、蔓蘿。

次 19 **蘺** 解形 形聲；從艸，離聲。香草名，江蘺爲蘺。

音義 ㄌㄧˊ 名 ①植 香草名，即江蘺。②籬笆，通「籬」；例 藩蘺。

次 19 **虀** 解形 形聲；從艸，齏聲。瑣碎爲虀。

音義 ㄐㄧ 名 搗碎的薑、蒜或韭菜之細末。動 搗碎；例「虀萬物而不爲義。」形 細小，碎爛的；例 虀粉。

次 19 **蘼** 解形 形聲；從艸，靡聲。草名，蘼蕪爲蘼。

音義 ㄇㄧˊ 名植 蘼蕪，草名，多年生草本，莖高尺許，葉爲羽狀複葉，花白色，有清香；例「上山採蘼蕪。」

16 **蘼蕪路斷** ㄇㄧˊ ㄨˊ ㄌㄨˋ ㄉㄨㄢˋ 即秋扇見捐，比喻婦人被人拋棄，不再受人寵愛。

次 21 **虆** 解形 形聲；從艸，纍聲。纍有堆積的意思，所以覆地而生的蔓草爲虆。

音義 ㄌㄟˊ 名 ①植 蔓生植物，通「藟」。②古盛土用的土筐；例「蓋歸反虆裡而掩之。」

參考 又省作「蔂」。

【虍部】 ㄏㄨ

常 2 **虎** 形解 象形；象虎頭、身、足、尾形。

音義 ㄏㄨˇ 名 ①動 猛獸名，脊椎動物，哺乳綱，貓科，軀幹結實，呈黃金色或褐色，有黑色條紋，尾部呈黃色環紋；例印度虎。②姓。形 威猛的；例虎虎生風。

參考 擘琥。

3 **虎口餘生** ㄏㄨˇ ㄎㄡˇ ㄩˊ ㄕㄥ 比喻經歷極大危險而不死，僥幸保全生命。

10 **虎豹之文** ㄏㄨˇ ㄅㄠˋ ㄓ ㄨㄣˊ (一)喻虛有其表。(二)比喻富有才情的人易惹禍，如虎豹皮因條紋美麗而遭人獵殺。

12 **虎視眈眈** ㄏㄨˇ ㄕˋ ㄉㄢ ㄉㄢ 像老虎要捕食時那樣地注視著。形容貪婪地、惡狠狠地盯著，等待時機成熟以便下手。眈眈：注視的樣子。

15 **虎嘯猿啼** ㄏㄨˇ ㄒㄧㄠˋ ㄩㄢˊ ㄊㄧˊ 發聲悠長而悽厲。

虎踞龍盤 ㄏㄨˇ ㄐㄩˋ ㄌㄨㄥˊ ㄆㄢˊ 形容地勢雄壯險要，就如同盤繞的蒼龍，蹲著的白虎一般。又作「龍蟠虎踞」。

16 **虎頭蛇尾** ㄏㄨˇ ㄊㄡˊ ㄕㄜˊ ㄨㄟˇ 頭大的像老虎，尾巴細得像蛇。比喻做事有始無終，草草了事。

▽臥虎、市虎、白虎、伏虎、猛虎、狠虎、老虎、母老虎、三人成虎、九牛二虎、生龍活虎、青龍白虎、如狠似虎、勢成騎虎、前怕狠後怕虎、初生之犢不畏虎。

常 3 **虐** 形解 會意；從虎省，從爪人。虎以爪攫人，所以殘害爲虐。隸變作「虐」。

音義 ㄋㄩㄝˋ 名 ①殘害；例助紂爲虐。②災禍；例殷降大虐。形 ①殘暴的；例虐政。②嚴酷的；例虐暑薰天。副 嚴苛地；例虐待。

參考 ①「虐」字從「虍」從「E」，所從的「E」不可反寫成「彐」。②同暴，殘。

9 **虐待** ㄋㄩㄝˋ ㄉㄞˋ 苛刻的待遇。

虐政 ㄋㄩㄝˋ ㄓㄥˋ 苦害人民的暴政。

▽橫虐、殘虐、暴虐、苛虐、酷虐、自虐、助紂爲虐。

常 4 **虔** 形解 形聲；從虎省，文聲。文即紋，所以虎行走時身上的紋彩燦然有威爲虔。

音義 ㄑㄧㄢˊ 名 姓。動 ①殺伐；例奪攘撟虔。②恭敬；例虔闕職。形 ①誠敬的；例奉親虔恭。②堅固的；例虔共爾位。

參考 ①「虔」當作動詞時又有强取的意思。②「虔」又可形容老虎行走的樣子。③「虔」從「虍」從「文」，卻不可讀成ㄨㄣˊ。

11 **虔婆** ㄑㄧㄢˊ ㄆㄛˊ (一)甜言悅人而圖利的老婦。例「千般難出虔婆口。」(二)罵賤婦、老鴇的用語。例那虔婆倒先算了我。

13 **虔誠** ㄑㄧㄢˊ ㄔㄥˊ 恭敬而有誠心。例我是個虔誠的佛教徒。

▽恭虔、敬虔、肅虔。

次 4 **虓** 形解 形聲；從虎，九聲。虎吼叫聲爲虓。

音義 ㄒㄧㄠ 動 ①吼，叫，通「哮」；例虎虓。②敲擊；例以楫虓其頭。

參考 「虓」與「猇」，音同義異。

次 4 **虒** 形解 形聲；從虎，厂聲。委虒爲虒。

音義 ㄙ 名 ①動 動物名，有角似虎，能行於水中。②史 虒祁，古晉國宮名。

常 5 **處** 形解 形聲；從処，虎省聲。処爲初民遇穴而止居，所以居止爲處。

音義 ㄔㄨˇ 名 姓。動 ①居住；例君處北海。②安置；例何以處我？③置身於；例處變

不驚。④管理；例德以處事。⑤歸趣；例各有攸處。⑥退隱；例出處進退。⑦相待；例相處愉快
ㄔㄨˋ 名①地點；例「遷徙無常處。」②事物的特殊表現；例益處。③機關組織體系的一部分；例人事處。
參考 同所。

3 **處女** ㄔㄨˇ ㄋㄩˇ ㈠尚未出嫁而能保持貞節的女子。㈡比喻初次。如處女航。

處女地 ㄔㄨˇ ㄋㄩˇ ㄉㄧˋ 指尚未開墾的原始土地。例山區多處女地。

處士 ㄔㄨˇ ㄕˋ 古稱有才德智識而隱居不仕的人。

4 **處分** ㄔㄨˇ ㄈㄣˋ ㈠懲罰。㈡料理措置。
參考「處分」與「處罰」、「處理」、「處置」都是動詞，意義相近而有別：「處分」多指對犯錯誤的人的懲戒；「處罰」指對罪人的懲辦，兼有體罰的作法，詞義較重；「處理」即辦理，對象多指事物；「處置」除有「辦」的意思外，還有安置、懲治的意思，對象可包括人或事物，語氣也比「處理」重。「處分」與「處理」有時候意義可通。

處心積慮 ㄔㄨˇ ㄒㄧㄣ ㄐㄧ ㄌㄩˋ 蓄意已久。
參考 與「挖空心思」都有「費盡心思」的意思，但有別：前者強調「蓄謀已久」；後者則強調「用盡心計」。

7 **處決** ㄔㄨˇ ㄐㄩㄝˊ ㈠處置裁決。㈡執行死刑。

處理 ㄔㄨˇ ㄌㄧˇ 辦理。
參考 參閱「處分」條。

13 **處置** ㄔㄨˇ ㄓˋ ㈠料理事務。㈡處罰。
參考 參閱「處分」條。

14 **處境** ㄔㄨˇ ㄐㄧㄥˋ 所處的境地。

處罰 ㄔㄨˇ ㄈㄚˊ 依法律懲罰。
參考 參閱「處分」條。

▽妙處、佳處、住處、出處、幽處、隨處、到處、各處、區處、雜處、長處、短處、審處、好處、壞處、益處、害處、小處、大處、無處、訓導處、總務處、教務處、一無是處、穴居野處、恰到好處。

常 5
彪
形解 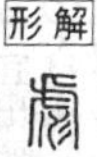 會意；從虎彡。彡是毛飾文采，所以虎皮上的斑紋爲彪。
音義 ㄅㄧㄠ 名①小老虎；例熊彪顧盼。②量詞，小說戲劇稱人馬隊伍，通「標」；例只見一彪軍馬從刺斜裏殺將來。③姓。動①顯露；例彪之以文。②曉悟；例童蒙來求，彪之用文。形壯碩的；例彪形大漢。

9 **彪炳** ㄅㄧㄠ ㄅㄧㄥˇ 形容非常偉大。例功業彪炳。

次 5
虖
形解  形聲；從虍，乎聲。老虎咆哮聲爲虖。
音義 ㄏㄨ 動喊，通「呼」；例歡虖。
參考 又音ㄏㄨˊ。

常 6
虛
形解  字本作「虗」；形聲；從丘，虍聲。虎有大的意思，所以大丘爲虗。隸變作「虛」。
音義 ㄒㄩ 名①高大的土丘；例升彼虛矣，以望楚矣。②居所；例鄭，祝融之虛也。③天空；例馮虛御風。④方位；例周流六虛。⑤洞穴；例循虛而出入。⑥虧缺；例盈虛之數。⑦姓。動①空出；例虛席以待。②謙退；例虛懷若谷。形①體力衰竭，肢體疲軟的；例虛弱。②謙退而不自滿的；例虛心求教。③華而不實的；例虛名。④愧餒膽怯的；例心虛。副①虛假地；例向壁虛造。②空無所有或徒勞地；例虛掜一招。
參考 ①同空，曠。②反實，盈，滿。

4 **虛文** ㄒㄩ ㄨㄣˊ 不切實用的儀式或禮節。例虛文俗套。

虛心 ㄒㄩ ㄒㄧㄣ ㈠謙卑不自滿。㈡心裏因有所慚愧而怯懦。
參考 反自傲，自滿。

6 **虛有其表** ㄒㄩ ㄧㄡˇ ㄑㄧˊ ㄅㄧㄠˇ 空有外表而沒有內涵。
參考 同華而不實。

9 **虛度** ㄒㄩ ㄉㄨˋ ㈠無所事事，白白地浪費時間。例莫使歲月

空虛度。㈡自稱馬齒徒增的謙詞。

10 **虛浮** ㄒㄩ ㄈㄨˊ 不切實，不穩重。

虛弱 ㄒㄩ ㄖㄨㄛˋ 身體不強健。

參考 參閱「薄弱」條。

11 **虛假** ㄒㄩ ㄐㄧㄚˇ 不眞實。

參考 參閱「虛僞」條。

虛僞 ㄒㄩ ㄨㄟˋ 虛飾作僞。

參考 ①反眞實，老實。②「虛僞」與「虛假」都是形容詞、貶義詞，都有「不實在」的意思，但有別：「虛僞」多用來形容人的作風、品性等，一般指待人處事缺乏誠意，口是心非，故意造作；「虛假」常用來形容事物的內容、實質或人的作爲。

虛張聲勢 ㄒㄩ ㄓㄤ ㄕㄥ ㄕˋ 對外誇張強盛而內在實一無所有，以嚇唬他人。

虛情假意 ㄒㄩ ㄑㄧㄥˊ ㄐㄧㄚˇ ㄧˋ 虛假的情意。

參考 ①同假仁假義，虛情僞意。②反眞心眞意，誠心誠意。

12 **虛無縹緲** ㄒㄩ ㄨˊ ㄆㄧㄠˇ ㄇㄧㄠˇ ㈠濛濛茫茫，若有若無。例「山在虛無縹緲間。」㈡比喻絕無其事。

14 **虛構** ㄒㄩ ㄍㄡˋ 憑空構想。

虛榮 ㄒㄩ ㄖㄨㄥˊ 虛浮的光榮。

虛榮心 ㄒㄩ ㄖㄨㄥˊ ㄒㄧㄣ 貪慕虛名浮華的觀念或心態。

虛與委蛇 ㄒㄩ ㄩˇ ㄨㄟ ㄧˊ ㈠勉強應酬。㈡隨緣自得的樣子。

參考 ①反坦誠相見。②蛇，不可讀作ㄕㄜˊ。

15 **虛實** ㄒㄩ ㄕˊ ㈠空虛和充實。㈡事情的眞相。例察探虛實。

17 **虛應故事** ㄒㄩ ㄧㄥˋ ㄍㄨˋ ㄕˋ 敷衍了事。

19 **虛懷若谷** ㄒㄩ ㄏㄨㄞˊ ㄖㄨㄛˋ ㄍㄨˇ 非常謙虛，像深谷一樣，能包容萬物。

24 **虛靈燭照** ㄒㄩ ㄌㄧㄥˊ ㄓㄨˊ ㄓㄠˋ 心境謙沖不執著，就能通達一切事物。

▽空虛、謙虛、靜虛、太虛、沖虛、盈虛、清虛、心虛、故弄玄虛、做賊心虛、深藏若虛、避實擊虛。

常 7 **虞** 形解 形聲；從虍，吳聲。獸名，白色黑紋，似虎，尾長於身，專食屍肉爲虞。

音義 ㄩˊ 名①史古傳說時代的國名，爲舜受堯禪讓後所建立。②姓。動①躭心；例不虞匱乏。②料想；例不虞之譽。③欺騙；例爾虞我詐。④安定；例虞於湛樂。⑤吵鬧；例不虞不驚。⑥失誤；例無貳無虞。

參考 同詐，疑。

常 7 **虜** 形解 形聲；從毌，從力，虍省聲。虎擅長抓人，毌是穿物而持有，所以奮力擄物，貫索而持爲虜。

音義 ㄌㄨˇ 名①戰俘；例獻虜。②奴隸；例伊尹爲宰，百里奚爲虜。③敵人；例胡虜未滅，何以家爲？動①擒住；例虜獲。②搶奪；例珍寶見剽虜。

參考 ①又音ㄌㄨㄛˇ。②「虜」字從「虍」從「男」，而「男」(從毌從力)橫筆宜出頭，不可寫成「男」。③古「虜」、「獲」二字有別：生擒爲「虜」，斬首爲「獲」。④同囚，俘，擒。

11 **虜掠** ㄌㄨˇ ㄌㄩㄝˋ 搶劫人或財物。

參考 同搶奪，虜獲。

▽俘虜、囚虜、降虜、胡虜。

常 7 **號** 形解 形聲；從虎，号聲。号是哀痛時所發出的聲音，所以高而淒厲的呼叫聲爲號。

音義 ㄏㄠˋ 名①名稱；例字號。②命令；例號令無常。③招牌；例公司行號。④軍軍用小喇叭，通常以吹氣大小而調節音律；例軍號。⑤標記；例信號。⑥編定的次第；例座號。動①稱謂；例號爲竹林七賢。②宣稱；例項羽兵四十萬，號百萬。

ㄏㄠˊ 動①大聲喊叫；例八月秋高風怒號。②哭出聲來；例哀號。③長鳴；例雞始三號。

參考 ①「號」有二讀音而義各不相同，宜加區別。②同叫，哭。③「號」唸作ㄏㄠˊ的時候，是指拖長聲音呼喊或放聲大哭，例：哀號、呼號。

5 **號外** ㄏㄠˋ ㄨㄞˋ 因某種重要消息，需要馬上傳播出去，在正式編號之外，臨時刊行的新聞紙。

號令 ㄏㄠˋ ㄌㄧㄥˋ (一)軍軍隊中口傳的或用樂器傳達的命令。(二)泛指上級對下級的命令。

號召 ㄏㄠˋ ㄓㄠ 向羣衆發出口頭或書面的召喚，以完成某一任務。

參考「號召」與「號令」、「召喚」都指「發出要求」的意思，但有別：「號召」、「號令」可作動詞或名詞，而「召喚」只作動詞。「號召」使用於各級組織或領導，對象多爲羣衆；「號令」多指軍中口傳的或用樂器傳達的命令，有明顯的强制性；「召喚」即呼叫，使用範圍較廣，一般是較高一級對屬下時用。

7 **號角** ㄏㄠˋ ㄐㄧㄠˇ (一)軍古軍隊中傳達命令的音響。(二)樂泛指喇叭一類的樂器。(三)比喻某種信號。

12 **號寒啼飢** ㄏㄠˊ ㄏㄢˊ ㄊㄧˊ ㄐㄧ 形容飢寒交迫，終日哭啼。

15 **號碼** ㄏㄠˋ ㄇㄚˇ 數數字符號。

▽年號、雅號、綽號、學號、信號、別號、暗號、符號、番號、稱號、記號、怒號、呼號、句號、逗號、分號、外號、口號、商號、廟號、寶號、熄燈號、郵遞區號。

次 8

虡

形解 象形；象裝飾有猛獸圖案的鐘架形。

音義 ㄐㄩˋ 名①懸掛鐘磬的柱子；例猛虎趪趪。②几。

參考「虡」與「虛」，形近而音義各異。

次 9

虢

形解 會意；從虎、寽。寽爲五指屈伸，所以虎以爪抓地的遺痕爲虢。

音義 ㄍㄨㄛˊ 名①史周代諸侯國名之一。②姓。

次 10

虣

形解 會意；從虎武。粗暴豪强爲虣。

音義 ㄅㄠˋ 形暴虐；例民不虣。

參考「暴」之古字。

常 11

虧

形解 形聲；從亏，雐聲。氣有損傷爲虧。

音義 ㄎㄨㄟ 名①缺陷；例盈虧。②損失；例吃虧就是占便宜。動①損失；例天道虧盈而益謙。②減少；例虧膳貶樂。③欠缺；例功虧一簣。④虛弱；例腎虧。⑤負，對不住；例不做虧心事。副①難爲，表僥倖；例多虧有你幫忙，才能渡過難關。②表斥責或諷刺；例這種主張，虧你也想得出來。

參考①「虧」字右半從「亏」，不可錯寫成「弓」（ㄍㄨㄥ）。②同乏，損，缺，弱。③反盈，實，强。

4 **虧欠** ㄎㄨㄟ ㄑㄧㄢˋ (一)欠債。(二)不足。

8 **虧空** ㄎㄨㄟ ㄎㄨㄥ (一)挪用公款，無法彌補。(二)入不敷出，以致負債。

13 **虧損** ㄎㄨㄟ ㄙㄨㄣˇ (一)身體因不知保養而虛弱。(二)公司的現存財產不及資本額。

▽吃虧、盈虧、猛虧、暗虧、幸虧、腎虧、眼前虧。

次 12

虩

形解 形聲；從虎，㡿聲。恐懼的樣子爲虩。

音義 ㄒㄧˋ 名動昆蟲名，形似蜘蛛而色灰白，善於捕蠅。副恐懼的樣子；例虩虩。

【虫部】ㄏㄨㄟˇ

常 0

虫

形解 象形；象蛇臥而綣曲形。

音義 ㄏㄨㄟˇ 名①動毒蛇，「虺」的本字；例羽山，其上多雨，無草本，多蝮虫。②姓。

ㄔㄨㄥˊ 名「蟲」字的省略。

常 2

虱

形解 形聲；從䖝，卂聲。字本作「蝨」；形凡有疾飛的意思，所以寄生在人畜身上吸取血液的小蟲爲蝨。俗作「虱」。

音義 ㄕ 名動寄生蟲之一，常寄生於人畜身上，吸食血液爲自身的養分，同「蝨」。

參考 ①虱字從「虫」從「⺄」，與左旁多加一撇(丿)的「風」(ㄈㄥ)字有別。②字也作「蝨」。

次 2 **虯** 形解 形聲；從虫，丩聲。丩有彎曲的意思，所以無角的龍爲虯。

音義 ㄑㄧㄡˊ 名 古傳說中無角的龍；例陰虯負檐。形 蜷曲的；例虯髯。

參考 又作「虬」。

常 3 **虹** 形解 形聲；從虫，工聲。日光照射在浮游空中的水氣上，經過折射而生的彩色弧形爲虹。

音義 ㄏㄨㄥˊ 名 ①天 大氣中的密集水滴，因光線照射所生的折射現象，通常形成七彩的同心弧；例彩虹。②形狀似虹的長橋；例橫截春流架斷虹。③姓。

參考 ①語音讀做ㄍㄤˋ，又讀做ㄐㄧㄤˋ。②「虹」與「蜺」都指彩虹而言，然古人以彩弧在內圈而色彩顯明者爲「虹」，在外圈而顏色暗淡者爲「蜺」。

7 **虹吸管** ㄏㄨㄥˊ ㄒㄧ ㄍㄨㄢˇ 理 一種彎曲的管子，能藉大氣的壓力，將高處容器中的液體流到低處的容器中。

▽彩虹、長虹、白虹、霓虹。

次 3 **虻** 形解 形聲；從虫，亡聲。會咬人的飛蟲爲虻。

音義 ㄇㄥˊ 名 動 昆蟲綱，雙翅目，虻科，狀似蠅而稍大，常見的爲牛虻，危害家畜。

參考 又作「蝱」。

次 3 **虺** 形解 形聲；從虫，兀聲。蜥蜴之一種爲虺。

音義 ㄏㄨㄟ 動 生病；例我馬虺隤。

ㄏㄨㄟˇ 名 動 毒蛇，比喻人惡毒；例虺蜴爲心。

常 4 **蚊** 形解 形聲；從虫，文聲。字本作「蟁」：形聲；從䖵，民聲。民有昏昧的意思，昏昧時出來螫吸人畜血液的小飛蟲爲蟁。俗作「蚊」。

音義 ㄨㄣˊ 名 動 昆蟲名，屬雙翅目，蚊科，體細長，黑褐色，口吻成細管，含有毒素，種類很多，通常雄蚊吸食植物汁液而雌蚊吸食人畜的血液，是傳染瘧疾的蟲媒。

常 4 **蚌** 形解 形聲；從虫，丰聲。動物名，蜃屬爲蚌。

音義 ㄅㄤˋ 名 動 屬軟體動物門，斧足綱，具有黑色輪紋的橢圓形殼，以舌形足伸出殼外運動，其肉丰滿可食，殼可製器皿或研製成藥粉，入藥。

參考 ①又音ㄅㄥˋ。②字從丰(ㄈㄥ)，首畫爲斜筆，而不可作平橫筆。③有的蚌殼內能產珍珠。

23 **蚌鷸相爭** ㄅㄤˋ ㄩˋ ㄒㄧㄤ ㄓㄥ 比喻兩方面互相爭持而互不相讓，結果讓第三者撿到便宜。鷸：水鳥名，嘴長二、三寸，頭部圓大，背茶褐色，胸腹白，趾間無蹼，性喜食魚。又作「鷸蚌相爭」。

常 4 **蚣** 形解 形聲；從虫，公聲。字本作「蜙」：形聲；從虫，松聲。蟲名，兩股切動作聲的蟲，即螽斯爲蚣。

音義 ㄍㄨㄥ 名 動 屬節足動物多足類，軀幹扁長，由環節聯綴而成，每節有腳一對，頭部的腳像鉤子，有毒腺，能分泌毒液，以小蟲爲食物，烘乾製品可入藥；例蜈蚣。

常 4 **蚤** 形解 形聲；從虫，叉聲。字本作「⿱叉䖵」：形聲；從䖵，叉聲。動物名，寄生在人或動物身上吸血液的小蟲爲蚤。

音義 ㄗㄠˇ 名 ①動 昆蟲類，頭小體扁肥，赤褐色，翅已退化作鱗片狀，後肢特長，善於跳躍，寄生人畜，吸食血液；例釋大道而任小技，無異使蟾蠩(蜍)捕蚤。②指甲，通「爪」；例爭利如蚤甲而喪其掌。副 表時間，通「早」；例蚤起。

參考「蚤」從「叉」從「虫」，「叉」中又有兩點。

常 4 **蚩** 解形 形聲；從虫，之聲。蟲名，毛蟲爲蚩。

音義 ㄔ 名①動毛蟲名。②醜陋，通「媸」；例孰知辨其蚩妍？③姓。動①侮辱；例蚩眩邊鄙。②開懷地笑，通「嗤」；例嗷嗷令自蚩。形癡呆的，通「癡」；例兒大黠，宗室無蚩者。

參考「蚩」字上的撇筆應由右上向左下撇，才是正確的寫法。

常 4 **蚪** 解形 形聲；從虫，斗聲。蟲名，蛙的幼蟲爲蚪。

音義 ㄉㄡˇ 名動蛙類在幼蟲期的幼蟲；例蝌蚪。

常 4 **蚓** 解形 形聲；從虫，引聲。引有延伸的意思，所以能屈伸其體，蠕動爬行的蟲爲蚓。

音義 ㄧㄣˇ 名動蟲名，身體柔軟，有環節，生活在泥土裡，有改良土壤的作用；例蚯蚓。

次 4 **蚨** 解形 形聲；從虫，夫聲。水蟲名，青蚨爲蚨。

音義 ㄈㄨˊ 名青蚨，水蟲名，狀似蟬，傳說殺死塗在錢上，錢用完會自動歸還，故又爲「錢」的代稱。

次 4 **蚖** 解形 形聲；從虫，元聲。水中蜥蜴爲蚖。

音義 ㄩㄢˊ 名動有尾兩棲動物，形狀象蜥蜴，同「螈」。

次 4 **蚍** 解形 形聲；從虫，比聲。大蟻爲蚍。

音義 ㄆㄧˊ 名蚍蜉，大的螞蟻。

13 **蚍蜉撼樹** ㄆㄧˊ ㄈㄨˊ ㄏㄢˋ ㄕㄨˋ 螞蟻想搖動大樹，比喻不自量力。

參考 同螳臂當車。

次 4 **蚑** 解形 形聲；從虫，支聲。支聲字多有歧出的意思，所以蟲類爬行爲蚑。

音義 ㄑㄧˊ 名動一種長腳的蜘蛛。副蟲行的樣子；例蚑行喘息。

次 4 **蚜** 解形 形聲；從虫，牙聲。草木萌芽時寄生的小蟲爲蚜。

音義 ㄧㄚˊ 名動昆蟲綱，同翅目，口吻管狀，可刺入植物新芽吸取汁液，爲害作物。

參考 蚜可分泌蜜汁，蟻喜食之，故螞蟻常保護蚜蟲，這種現象，稱爲共生。所以蚜蟲又稱「蟻牛」。

次 4 **蚋** 解形 形聲；從虫，內聲。小蟲名，蚋蠓爲蚋。

音義 ㄖㄨㄟˋ 名動昆蟲綱，雙翅目，蚋科，似蠅而小，雌蟲吸食人畜的血，傳染疾病。

參考 不可誤讀爲「ㄋㄚˋ」。

次 4 **蚡** 解形 形聲；從虫，分聲。田中的老鼠爲蚡。

音義 ㄈㄣˊ 名田鼠，同「鼢」。

次 4 **蚧** 解形 形聲；從虫，介聲。貝類爲蚧。

音義 ㄐㄧㄝˋ 名貝類；例化而爲蚧。

參考 ①同蛤。②大的貝類爲「蚢」。

次 4 **蚕** 解形 形聲；從虫，天聲，蟲名，寒蚓爲蚕。

音義 ㄘㄢˊ 名①動寒蚓。②「蠶」的俗字。

常 5 **蛇** 解形 形聲；從虫，它聲。動物名，爬蟲類；它，上象其頭，下象彎曲而垂尾形，所以長虫爲蛇。

音義 ㄕㄜˊ 名①動爬蟲類，體圓長而全身有鱗，無四肢，口大齒如鈎，以身軀伸縮來運動；例百步蛇。②姓。

參考 與「委」字連用而形成一詞時，應讀成ㄧ，如：虛與委蛇。

9 **蛇虺魍魎** ㄕㄜˊ ㄏㄨㄟˇ ㄨㄤˇ ㄌㄧㄤˇ 是說到處都是毒蛇怪獸。魍魎：也作「蝄蜽」，傳說是山中的精怪。

19 **蛇蠍** ㄕㄜˊ ㄒㄧㄝ 比喻惡毒的人。蠍：蜘蛛類，尾巴有毒鈎，會螫人注毒而致人於死。

參考 衍蛇蠍美人、蛇蠍心腸。

▽毒蛇、青蛇、白蛇、蝮蛇、臘蛇、百步蛇、響尾蛇、虛與委蛇、打草驚蛇。

常 5 **蛀** 形解 形聲；從虫，主聲。蠹蝕木頭的蟲爲蛀。

音義 ㄓㄨˋ 名 通稱蠹蝕東西的蟲類；例蠹侵嘉樹，蛀耗米珠。形 被蛀蝕的；例蛀牙。動 蛀蝕；例年久失修的房子，到處都可看到蟲蛀的洞孔。

常 5 **蚶** 形解 形聲；從虫，甘聲。動物名，軟體動物瓣鰓類，形狀似蚌而小的介蟲爲蚶。

音義 ㄏㄢ 名 動 屬軟體動物門，斧足綱，蚌屬，有兩扇貝殼，殼厚而堅硬，呈淡褐色，表殼有似屋瓦的放射肋，生活在海底泥沙中。貝殼可入藥，肉味鮮美可供食用。

參考「蚶」字從「虫」從「甘」，但不可讀成ㄍㄢ。

常 5 **蛄** 形解 形聲；從虫，古聲。動物名，螻蛄爲蛄。

音義 ㄍㄨ 名 昆蟲名：①蟪蛄，蟬的一種，體較小，紫青色，體、翅部有斑紋，雄性腹部有發音器，能鳴。②螻蛄，長嘴，狀如蟋蟀，生活在土中，前足能掘土，是咬食農作物幼苗、根、莖的地下害蟲。俗名「土狗子」、「拉拉蛄」。

常 5 **蚵** 形解 形聲；從虫，可聲。蟲名，蜣螂爲蚵。

音義 ㄏㄜˊ 名 方 閩南語稱「牡蠣」；例蚵仔。ㄎㄜˋ 名 俗稱「蜣螂」爲「屎蚵螂」。

參考 又稱博雅、蚵蠆、蜇蝪。

常 5 **蛆** 形解 形聲；從虫，且聲。字本作「胆」，形聲；從肉，且聲。蒼蠅在肉中產卵而生的幼蟲爲蛆。

音義 ㄑㄩ 名 ①動 蠅類的幼蟲，色白，體圓長，多生於糞便等有機物中。②汙穢不潔的東西；例何處放蛆來？今晚始顧。

參考 字雖從且，但不可讀成ㄑㄧㄝˇ或ㄗㄨˇ。

常 5 **蛋** 形解 字本作蜑：形聲；從虫，延聲。南方蠻族名爲蜑；又假借爲鳥類、爬蟲類所產的卵。今多用「蛋」。

音義 ㄉㄢˋ 名 ①鳥類或爬蟲類的卵；例雞蛋。②形狀像蛋的東西；例臉蛋兒。③南方種族名之一，通「蜑」；例「胡夷蛋蠻」。④俗 比喻用語；例搗蛋。

5 **蛋白質** ㄉㄢˋ ㄅㄞˊ ㄓˊ 化 由多種氨基酸結合而成的高分子化合物，是生物體內的主要組成物。蛋白質及類似蛋白質的種類很多，最普通的是卵白、乾酪素、麩素、動物膠、筋肉纖維素、血液纖維素、血紅素等。

常 5 **蚱** 形解 形聲；從虫，乍聲。形與蝗相似而後足特長的昆蟲爲蚱。

音義 ㄓㄚˋ 名 動 昆蟲名，蝗蟲的一類，頭尖，後肢特長，體綠色或枯黃色，是農業害蟲；例蚱蜢。

常 5 **蚯** 形解 形聲；從虫，丘聲。蚯蚓爲蚯。

音義 ㄑㄧㄡ 名 蚯蚓，軟體動物，蚯蚓性喜鑽土。

參考 參閱「蚓」字條。

次 5 **蚿** 形解 形聲；從虫，玄聲。馬蚿爲蚿。

音義 ㄒㄧㄢˊ 名 動 一種圓筒形的蟲；例夔憐蚿，蚿憐蛇。

次 5 **蚺** 形解 形聲；從虫，冉聲。大蛇爲蚺。

音義 ㄖㄢˊ 名 蟒蛇。

參考 又作「蚦」。

次 5 **蚰** 形解 形聲；從虫，由聲。蟲名，蚰蜒爲蚰。

音義 一ㄡ 名 蚰蜒，古稱草鞋蟲，體短而微扁，灰白色。

㊅5 **蚳** 形解 形聲；從虫，氐聲。蟻卵爲蚳。

音義 ㄔ 名 ①蟻卵，古取以製醬，供食用。②姓。

㊅5 **蛉** 形解 形聲；從虫，令聲。小蟲名，蜻蛉爲蛉。

音義 ㄌㄧㄥˊ 名 小蟲名，蜻蛉。

常6 **蛟** 形解 形聲；從虫，交聲。與龍相似而無角的鱗蟲爲蛟。

音義 ㄐㄧㄠ 名①動 古傳說中一種似龍而能發洪水的動物；例蛟龍。②泛稱鼉、鱷等水中的爬蟲類；例南山白額猛獸，長橋下蛟，并子爲三(害)矣！

參考 「蛟」字從「虫」從「交」，與從「文」而爲昆蟲的「蚊」字不同。

常6 **蛙** 形解 形聲；從虫，圭聲。似蝦蟆而較蝦蟆小的兩棲脊椎動物爲蛙。

音義 ㄨㄚ 名動 水陸兩棲的脊椎動物，體短，前尖後圓，無頸無尾，四肢發達，善於跳躍和泅水。卵孵化後爲蝌蚪，適宜生活水中；逐漸變化成長爲蛙，則能兩棲生活。種類很多，青蛙是常見的一種。也叫「蛤蟆」。

▽青蛙、牛蛙、樹蛙、井底蛙。

常6 **蛔** 形解 形聲；從虫，回聲。字本作「蛕」：形聲；從虫，有聲。寄生在人腹中的長蟲爲蛔。

音義 ㄏㄨㄟˊ 名動 一種寄生蟲，體長而圓，多寄於人畜的小腸裡，患者通常以孩童居多。能夠損害人、畜的健康，並能引起多種疾病。

常6 **蛛** 形解 形聲；從虫，朱聲。動物名，蜘蛛爲蛛。

音義 ㄓㄨ 名 昆蟲名，蜘蛛爲蛛，能吐絲結網以捕小蟲的昆蟲；例蜘蛛。

參考 參閱「蜘」字條。②「蛛絲馬迹」，不可寫作「蜘絲馬迹」。

12 **蛛絲馬跡** ㄓㄨ ㄙ ㄇㄚˇ ㄐㄧ 原指蜘蛛的細絲，可以找到蜘蛛的所在；跟著馬蹄的痕跡，可以尋得馬的去向。比喻事情發生後所留下來隱約可尋的痕跡和線索。

14 **蛛網塵封** ㄓㄨ ㄨㄤˇ ㄔㄣˊ ㄈㄥ 是說到處都佈滿了蜘蛛網和灰塵。比喻荒廢既久，或歷時久遠。

常6 **蛭** 形解 形聲；從虫，至聲。至有刺的意思，所以能夠刺入人畜肌膚而吸吮其血的水蟲爲蛭。

音義 ㄓˋ 名動 環節動物，形似蚯蚓，體形長扁而分節，前後都有吸盤，生長在水中或陰溼處，以吸食人畜血液爲生，又叫「螞蟥」；例水蛭。

▽水蛭、馬蛭。

常6 **蛤** 形解 形聲；從虫，合聲。合有密合、接合的意思，所以外殼常相密接，與蜃相似的貝蟲爲蛤。

音義 ㄍㄜˊ 名動 ①屬軟體動物門，斧足綱，有兩扇卵圓形堅硬的貝殼，生活在淺海泥沙中，肉質鮮美可食用；例蛤蜊。②蛤蚧，爬行動物，形狀與壁虎相似，頭大，背部灰色而有紅色斑點，中醫入藥，用作強壯劑。

ㄏㄚˊ 名①動 兩棲綱，蛙科，居於水澤中，善跳躍，通「蝦」；例蛤蟆。②青蛙和癩蛤蟆的統稱。

參考 ①「蛤」有二音，亦有二義：讀做ㄍㄜˊ時，如蛤蜊；讀做ㄏㄚˊ時，如蛤蟆。②字雖從合，但不可讀成ㄏㄜˊ；又不可受「恰」字讀音的影響而讀成ㄑㄧㄚˋ或ㄑㄧㄚ。

▽文蛤、蚌蛤。

㊅6 **蛘** 形解 形聲；從虫，羊聲。被咬後令人發癢的小蟲爲蛘。

音義 一ㄤˊ 名 通「癢」；例 蚊蚋之蛘。
參考 ①同「癢」，痒。②「恙」(一ㄤˋ)指疾病，意思與「蛘」不同。

(次)6 **蛐** 形解 形聲；從虫，曲聲。蟲名，蟋蟀爲蛐。
音義 ㄑㄩ 名 動 蛐蛐兒，即蟋蟀。

(次)6 **蛞** 形解 形聲；從虫，舌聲。蟲名，蛞蝓爲蛞
音義 ㄎㄨㄛˋ 名 動 ①蛞蝓，形似去殼的蝸牛，身體能分泌粘液，故俗稱「鼻涕蟲」。②蛞螻，螻蛄的別名。

(次)6 **蛩** 形解 形聲；從虫，巩聲。獸名，青獸形狀如馬爲蛩。
音義 ㄑㄩㄥˊ 名 動 ①蝗蟲；例 飛蛩滿野。②古稱蟋蟀；例 滿耳新蛩聲。
參考 「跫音」爲足音；「蛩音」爲蟲鳴。
▽吟蛩、秋蛩、飛蛩。

(常)7 **蛻** 形解 形聲；從虫，兌聲。兌有更換的意思，蛇蟬等換皮時所脫除的外皮爲蛻。
音義 ㄕㄨㄟˋ 名 昆蟲或爬蟲類成長或冬眠後所脫去的表皮；例 蟬蛻。動 ①蛇、蟬等脫皮；例 蛻化。②脫落。
參考 又讀 ㄊㄨㄟˋ。「蛻」、「脫」有別：「蛻化變質」、「蛻變」的「蛻」，本指蛇、蟬等動物脫皮，所以字從「虫」，字應讀爲 ㄊㄨㄟˋ，不讀 ㄙㄨㄟˋ；「脫離」、「脫水」的「脫」，字從「月」(肉)，不從「虫」。

4 **蛻化** ㄕㄨㄟˋ ㄏㄨㄚˋ 昆蟲脫皮以後，變成另一種形態的過程。今人可形容一個人的轉變或死亡。
參考 參閱「腐化」條。

23 **蛻變** ㄕㄨㄟˋ ㄅㄧㄢˋ ㈠原子核自發放射一個α(或β)粒子，同時自身轉變爲另一種核子的過程。㈡比喩形質改變。㈢昆蟲等脫去皮殼，往往變成另一種形態的現象也叫「蛻變」。如「蛹」變成「蠶」。

(常)7 **蛹** 形解 形聲；從虫，甬聲。甬有興起的意思，蛹在繭中，生翅化蛾，破繭而飛，所以結在繭中的蠶爲蛹。
音義 ㄩㄥˇ 名 動 ①完全變態昆蟲由幼蟲演變至成蟲的階段，在這期間不動不食，一般體外有繭或厚皮包裹，有的完全裸露；因以蠶蛹爲最常見，所以「蠶蛹」也可稱「蛹」。②隱居；例 蛹臥自裹。
參考 與「踊」、「蜅」有別：「踊」，從足，音 ㄩㄥˇ，跳躍；「蜅」，從甫，音 ㄈㄨˇ，小螃蟹。

(常)7 **蜈** 形解 形聲；從虫，吳聲。蟲名，蜈蚣爲蜈。
音義 ㄨˊ 名 節足動物名；例 蜈蚣。
參考 參閱「蚣」字條。

10 **蜈蚣** ㄨˊ ㄍㄨㄥ 動 屬節肢動物多足綱。身體扁平，經常在朽木和石縫中捕食蟲類。喜歡棲身於陰溼的地方，會螫人。

(常)7 **蜓** 形解 形聲；從虫，廷聲。蟲名，蝘蜓爲蜓。
音義 ㄊㄧㄥˊ 名 昆蟲名；例 點水蜻蜓款款飛。
參考 ①參閱「蜻」字條。②又名螾蜓、守宮。③「蜓」字從「虫」從「廷」，與從「延」有爲蜿蜒之意的「蜒」字不同：「蜓」字從「壬」；「蜒」字從「止」。

(常)7 **蜇** 形解 形聲；從虫，折聲。折有傷害的意思，蟲以毒牙或尾針刺傷人爲蜇。
音義 ㄓㄜ 名 動 海裡生長的一種腔腸動物，可供食用；例 海蜇。動 蜂、蠍子等用尾部的毒刺來螫刺人類和牲畜；例 蜇吻裂鼻。
參考 ①「蜇」字從「折」從「虫」，「折」不可錯寫作「析」。②同螫。

(常)7 **蛾** 形解 形聲；從虫，我聲。蠶吐絲成繭後蛻變而成有翅的飛蟲爲蛾。

音義 ㄜˊ 名 ①動昆蟲名，種類很多，狀似蝶而體粗壯肥大，口器未及蝶類發達，靜止時，翅覆蓋在體上，晝伏而夜行，幼蟲俗稱「毛蟲」，能危害農作物。②「蛾眉」的簡稱；例揚蛾微眺。③指寄生物；例木蛾。④姓。副俄頃；例始爲小使，蛾而大幸。
ㄧˇ 名古文通「蟻」；例蛾子時術之。副如螞蟻地；例扶服蛾伏二十年矣！

參考「蛾」、「蟻」於古文所以可通，是由於二字都從我聲，古音相同的緣故。

9 **蛾眉** ㄜˊ ㄇㄟˊ ㈠形容眉毛像蛾鬚一樣的彎曲、細長。例淡掃蛾眉。㈡蛾爲「娥」的假借字，蛾眉就是美人的代稱。

常 7 **蜂** 形解 形聲；從虫，夆聲。會螫人的飛蟲爲蜂。

音義 ㄈㄥ 名 ①動膜翅類昆蟲，種類很多，有的成羣生活，有毒刺，如蜜蜂、胡蜂；有的單獨或成對生活，如蜾蠃、金蜂；有的營寄生生活，如寄生蜂；有的危害植物或作物，如葉蜂、莖蜂。②特指蜜蜂；例工蜂。形隆起如蜂的；例蜂準長目。副①成羣地；例蜂聚。②衆多雜沓地；例豪傑蜂起。

參考「蜂」與「蠭」「蠭」當作昆蟲解時可通，其餘的意思則不同。

10 **蜂起** ㄈㄥ ㄑㄧˇ ㈠如羣蜂飛起一般，比喻多而雜亂。例豪傑蜂起。㈡比喻人成羣結隊而起。又作「蠭起」。蠭，是「蜂」的本字。

16 **蜂擁** ㄈㄥ ㄩㄥˇ 比喻有如蜜蜂的羣集。

參考①衍蜂擁而來、蜂擁而至。②參閱「簇擁」條。

▽胡蜂、蜜蜂、羣蜂、虎頭蜂、一窩蜂。

常 7 **蜀** 形解 象形；從虫，罒象頭形，勹象蟲身屈曲蠕動的形狀，與蠶相似的蟲爲蜀。

音義 ㄕㄨˇ 名 ①獨，一；例抱蜀不言。②三國時劉備建立的蜀漢，簡稱「蜀」；例魏、蜀、吳三分天下。③「四川省」的省稱；例蜀犬吠日。④姓。

參考 孳 濁、獨、燭、鐲、屬、囑、矚。

4 **蜀犬吠日** ㄕㄨˇ ㄑㄩㄢˇ ㄈㄟˋ ㄖˋ 四川盆地是霧多的地方，一旦太陽出來，狗都驚訝地吠了起來。比喻人少見多怪。

參考 同越犬吠雪。

▽巴蜀、後蜀、前蜀、得隴望蜀、樂不思蜀、蜎蜎者蜀。

常 7 **蜃** 形解 形聲；從虫，辰聲。蛤類爲蜃。

音義 ㄕㄣˋ 名 ①動蛤類的總稱。②大蛤蜊。③祭器名，繪有蜃形的漆尊。形古傳說中海裡的蜃吐氣所形成的；例蜃景。

參考①「蜃」雖字從「虫」從「辰」，不可讀成ㄔㄣˊ。②「蜃」、「唇」有別：「海市蜃樓」的「蜃」字，屬於斧足類，下面是從「虫」，音ㄕㄣˋ；「唇槍舌劍」的「唇」字，與嘴巴有關，下面是從「口」，音ㄔㄨㄣˊ。

15 **蜃樓** ㄕㄣˋ ㄌㄡˊ 夏天海水溫度低於空氣，所以海面的空氣密而空中的空氣薄，遠山船舶城市的光線，因而上入空氣稀薄的地方，經過反射，空中於是有遠山船舶城市的倒影。又沙漠中亦常見此種現象。

次 7 **蜋** 形解 形聲；從虫，良聲。蟲名，堂蜋爲蜋。

音義 ㄌㄧㄤˊ 名蟲名，蟯蜋。
ㄌㄤˊ 名同「螂」。

次 7 **蛺** 形解 形聲；從虫，夾聲。昆蟲名，蝶的一種。

音義 ㄐㄧㄚˊ 名動蛺蝶；例穿花蛺蝶深深見。

參考 同蝶，蜨。

次 7 **蛸** 形解 形聲；從虫，肖聲。蜱蛸，堂蜋的卵爲蛸。

音義 ㄒㄧㄠ 名螵蛸，章魚的別名。

參考 又音「ㄕㄠ」。

次 7 **蜆** 形解 形聲；從虫，見聲。蝶類的蛹為蜆。

音義 ㄒㄧㄢˇ 名動 ①斧足綱，蛤類，殼圓小，長約二—三公分，肉供食用。②蝶類的幼蟲，長寸許，黑色。

參考 ①「蜆」、「蛤」、「蜊」、「蚌」，為同類，細分則「蜆」、「蜊」較小，「蛤」、「蚌」較大，但「蛤蜊」合稱時，是蚌類的總稱。②字從見，但不可讀成ㄐㄧㄢˋ。

次 7 **蜎** 形解 形聲；從虫，肙聲。有小的意思，所以蚊子的幼蟲為蜎。

音義 ㄩㄢ 名 ①動蚊子的幼蟲，即孑孓。②姓。形撓曲；例「刺兵欲無蜎。」副蠕動的樣子。

9 **蜎飛蠕動** ㄩㄢ ㄈㄟ ㄖㄨㄢˇ ㄉㄨㄥˋ 比喻昆蟲各適其本性。

次 7 **蜉** 形解 形聲；從虫，孚聲。大蟻為蜉。

音義 ㄈㄨˊ 名動 蜉蝣，水蟲名，頭似蜻蛉而略小，體細長，成蟲的生存期很短，一般為朝生暮死。

15 **蜉蝣** ㄈㄨˊ ㄧㄡˊ 動 蟲名，長約六、七公分，有四翅，多近水而飛，生後數小時即死。比喻生命短暫。又作「浮游」、「浮蝣」。

次 7 **蜊** 形解 形聲；從虫，利聲。蛤蜊，蚌的一種為蜊。

音義 ㄌㄧˊ 名 蛤蜊，海蚌，生活於淺海泥沙中，肉質鮮美可食。

參考 參閱「蜆」字條。

次 7 **蜍** 形解 形聲；從虫，余聲。蟲名，蟾蜍為蜍。

音義 ㄔㄨˊ 名動 蟾蜍，兩棲動物，一種大形的蛙類，表皮有疙瘩，俗稱癩蛤蟆。

ㄩˊ 名 蝳蜍，蜘蛛的別名。

常 8 **蜿** 形解 形聲；從虫，宛聲。宛有屈曲的意思，形容龍蛇等動物行動屈曲為蜿。

音義 ㄨㄢ 形 彎曲的；例蜿蜒。

參考 ①又讀ㄨㄢˇ。②與「婉」、「彎」都有彎曲的意思，然其用法不同：「婉」多用於形容詞，「彎」多用於動詞。

14 **蜿蜒** ㄨㄢ ㄧㄢˊ ㈠龍蛇走路的樣子。㈡形容曲折的形狀。

常 8 **蜻** 形解 形聲；從虫，青聲。蟲名，蜻蛚為蜻。

音義 ㄑㄧㄥ 名動 昆蟲名，身體細長，有膜質翅兩對，飛翔在水邊，捕食蚊子等小飛蟲，雌的用尾點水而產卵於水中，若蟲(稚蟲)在水中生活，俗稱「螞螂」；例「行到中庭數花朵，蜻蜓飛上玉搔頭。」

常 8 **蜢** 形解 形聲；從虫，孟聲。蟲名，蚱蜢為蜢。

音義 ㄇㄥˇ 名 昆蟲名；例蚱蜢。

參考 參閱「蚱」字條。

常 8 **蜥** 形解 形聲；從虫，析聲。爬蟲類，蜥蜴為蜥。

音義 ㄒㄧ 名動 爬蟲類，有四肢，體形狹長，似蛇，被細鱗，口吻短厚，兩眼距遠闊，四肢有鉤爪，尾細長，易斷，生活在草叢裡，有些種類棲居在岩石縫裡或樹洞中，捕食昆蟲和其他小動物，俗稱「四腳蛇」；例蜥蜴。

參考「蜥」字從「虫」從「析」，而「析」不可寫成「折」。

常 8 **蜴** 形解 形聲；從虫，易聲。蜥蜴為蜴。

音義 ㄧˋ 名動 爬蟲類；例蜥蜴。

參考 ①「蜴」字從「虫」從「易」，「易」不可多加一橫畫而錯寫為「昜」。②「蜴」不可誤讀作ㄊㄧˋ。

常 8 **蜘** 形解 形聲；從虫，知聲。昆蟲，蜘蛛為蜘。

音義 ㄓ 名 昆蟲名，節肢動物的一種，有四對足，腹部末端有一個突起的紡績器，能分泌黏液，可以結成絲網，捕捉昆蟲為食；例蜘蛛。

常 8 **蜜** 形解 形聲；從虫，宓聲。蜂採花液所釀成的甘飴爲蜜。
音義 ㄇㄧˋ 名蜜蜂採取花中甜液所釀製成的漿汁，營養成分極高，亦可入藥；例野蜂蜜。形甜美的；例口蜜腹劍。
參考「蜜」與「密」音同形近(一從虫，一從山)而意思有別：「蜜」，指花蜜、甜蜜而言；「密」，則指隱密、秘密。
4 **蜜月** ㄇㄧˋ ㄩㄝˋ 西方習俗，稱新婚以後的第一個月。在這期間新婚夫婦例作旅行，稱爲「蜜月旅行」。
▽飴蜜、蜂蜜、甜蜜、花蜜、採蜜、波羅蜜、百花蜜、野蜂蜜、甜甜蜜蜜。

常 8
蝕
解形 字本作「䖸」：形聲；從虫人，食聲。人有敗創，爲蟲所食，所以爲蟲咬毀爲蝕。俗作「蝕」。
音義 ㄕˊ 動①蛀毀；例蠹蝕。②虧損；例蝕本。③地球、月球圍繞太陽在軌道上運行，自地球上看來，太陽、地球、月球成一直線，造成其中二者偶有互相遮蔽，致使未能見其亮圓的現象稱爲「蝕」；例月全蝕。
5 **蝕本** ㄕˊ ㄅㄣˇ 虧本。
▽月蝕、日蝕、吞蝕、侵蝕、腐蝕、鹼蝕、酸蝕、剝蝕。

次 8
蜷
解形 形聲；從虫，卷聲。卷有彎曲的意思，所以蟲的體形彎屈爲蜷。
音義 ㄑㄩㄢˊ 動彎曲身體；例蜷伏。副蟲行屈曲的樣子。
參考 ①同跧。②「蜷曲」、「蜷縮」的「蜷」字，音ㄑㄩㄢˊ，不可誤讀成ㄐㄩㄢˋ。

次 8
蜣
解形 形聲；從虫，羌聲。蟲名，蜣蜋爲蜣。
音義 ㄑㄧㄤ 名動蜣螂，甲蟲名，喜食人畜的糞便。

次 8
蝀
解形 形聲；從虫，東聲。蝃蝀，虹的別名爲蝀。
音義 ㄉㄨㄥ 名蝃蝀，即彩虹。
參考 又音「ㄉㄨㄥˋ」。

次 8
蜮
解形 形聲；從虫，或聲。蟲名，能含沙射人爲蜮。
音義 ㄩˋ 名動①傳說中一種能含沙射人的水中毒蟲；例「爲鬼爲蜮。」②食苗葉的害蟲；例無螟蜮。
參考 傳說中「蜮」含沙射人，被射中者即死，中影者亦病。又名「射影」、「射工」、「視影」、「水弩」、「短狐」。

次 8
蜞
解形 形聲；從虫，其聲。小蟹爲蜞。
音義 ㄑㄧˊ 名蟛蜞，蟹類動物名。
參考 又作「蟇」。

次 8
蜡
解形 形聲；從虫，昔聲。腐敗生蛆的肉爲蜡。
音義 ㄓㄚˋ 名周代歲末大祭名；例「與於蜡賓。」
參考 ①又音「ㄑㄩˋ」。②又作「䄍」。③「臘」可簡省作「腊」，但「蠟」不作「蜡」。
14 **蜡賓** ㄓㄚˋ ㄅㄧㄣ 幫助進行蜡祭的賓客。

次 8
蜾
解形 形聲；從虫，果聲。蜂的一種的爲蜾。
音義 ㄍㄨㄛˇ 名動蜾蠃，蟲名，細腰蜂。

次 8
蜩
解形 形聲；從虫，周聲。蟬名爲蜩。
音義 ㄊㄧㄠˊ 名動蟬的一種；例七月鳴蜩。
參考 同螗，蝘。
16 **蜩螗沸羹** ㄊㄧㄠˊ ㄊㄤˊ ㄈㄟˋ ㄍㄥ 形容紛亂喧雜有如蟬聲吵鬧，煮水沸騰。
參考 又作「蜩螗」、「蜩沸」。
▽寒蜩、茅蜩、鳴蜩、青蜩。

次 8
蜒
解形 形聲；從虫，延聲。蟲名，蚰蜒爲蜒。
音義 ㄧㄢˊ 名動蜒蚰，軟體動物名，即蛞蝓。副蠕行的樣子；例蜿蜿蜒蜒。
參考 和「蜑」(ㄉㄢˋ)字音義不同。

㳄 8 **蜺** 形解 形聲；從虫，兒聲。蟲名，寒蜩爲蜺。

音義 ㄋㄧˊ 名①動紅黑色的蟬。②虹的外圈，同「霓」；例虹蜺。

參考 「虹」又稱「雄虹」，是內虹，色彩鮮艷；「蜺」又稱「雌虹」，是外虹，色彩較淡，統稱則二者無別。

㳄 8 **蜚** 形解 形聲；從虫，非聲。臭蟲爲蜚。

音義 ㄈㄟ 名動蝗蟲的一種。動通「飛」；例蜚將沖天。ㄈㄟˇ 名動獸名，狀如牛，同「蟲」。動揚名；例蜚聲國際。

參考 ①亦作「蟲」。②「蜚聲」不可作「斐聲」或「裴聲」。

蜚英騰茂 ㄈㄟ ㄧㄥ ㄊㄥˊ ㄇㄠˋ 名聲與實質都能飛揚天下，流傳久遠。

蜚短流長 ㄈㄟ ㄉㄨㄢˇ ㄌㄧㄡˊ ㄔㄤˊ 流傳於衆人之口的閒言閒語。或作「飛短流長」。

㳄 8 **蜰** 形解 形聲；從虫，肥聲。蟲名，盧蜰爲蜰。

音義 ㄈㄟˊ 名動蟲名，節肢動物昆蟲綱，即臭蟲。

㳄 8 **蜑** 形解 形聲；從虫，延聲。我國南方種族爲蜑。

音義 ㄉㄢˋ 名我國南方蠻族之一，居廣、閩沿海一帶，終年住在船上。

常 9 **蝴** 形解 形聲；從虫，胡聲。昆蟲名，蝴蝶爲蝴。

音義 ㄏㄨˊ 名動昆蟲名，體小，有翅，喜飛集花間，幼蟲多吃農作物，是農業害蟲，成蟲較蛾細長，羽翅美麗而寬大，多白天活動，靜止時翅豎立在背上；例蝴蝶。

常 9 **蝶** 形解 形聲；從虫，枼聲。枼有薄的意思，所以一種有鱗翅薄翼的昆蟲爲蝶。

音義 ㄉㄧㄝˊ 名動昆蟲名，種類繁多，胸腹小而翼翅大，翅的色彩艷麗，善於採集花蜜，常飛舞於花間，靜止時，翅豎立在背上，幼蟲多是農業害蟲；例「花塢蝶雙飛，柳堤鳥百舌。」

參考 「蝶」與「鰈」音同形近，且都是動物名；但「蝶」爲昆蟲名；「鰈」是魚類名。

▽蝴蝶、彩蝶、鳳蝶、蛺蝶。

常 9 **蝦** 形解 形聲；從虫，叚聲。動物名，蛙屬，蝦蟆爲蝦。

音義 ㄒㄧㄚ 名動水生節肢動物，體分頭、胸、腹三部，外被甲殼，有二對修長的觸鬚，善跳，種類很多，都生活在水中，均可食用；例對蝦、龍蝦和米蝦。ㄏㄚˊ 名①動兩棲動物名，同「蛤」；例蝦蟆。②地蝦蟆嶺，在今陝西臨潼縣南。

參考 參閱「蛤」字條。

常 9 **蝸** 形解 形聲；從虫，咼聲。軟體，以腹當足，蝸牛爲蝸。

音義 ㄍㄨㄚ 名動生活在陸地上的軟體動物，有螺旋狀的外殼，頭部顯著，有兩對觸角，後一對頂端有眼，腹面有扁平寬大的足，爬行後會留下一條發光的涎線，爲農作物的害蟲，有些種類味美可食；例蝸牛。

參考 「蝸」字不可讀做ㄨㄛ。

常 9 **蝨** 形解 形聲；從䖵，卂聲。寄生人畜身上吸取血液的小蟲。

音義 ㄕ 名①動昆蟲名，頭扁小，腹肥大，六足，種類很多，寄生於人畜身上吸食血液，能傳染疾病；例捫蝨而言，旁若無人。②某些吸食植物汁液的農業害蟲；例稻飛蝨。③弊病；例蝨管。動徒具虛名，卻不做分內事。

參考 ①「蝨」與「虱」音同且都有寄生蟲的意思，習慣上，「蝨官」不作「虱」，「虱目魚」也不作「蝨」。②蝨字從「卂」從「二虫(䖵)」，而「卂」不可誤作「凡」。

3 蝨子皮襖 ㄕ˙ㄗㄆㄧˊㄠˇ 喻繁瑣而不易辨理清楚的事情。亦作「蝨子襖兒」。

常 9 **蝙** 形解 形聲；從虫，扁聲。動物名，蝙蝠爲蝙。

音義 ㄅㄧㄢ 名動能飛翔的哺乳動物，前後肢和尾部之間有飛膜，晨昏或夜間活動，捕食蚊、蛾等，對人類有益；例蝙蝠。

參考 ①又讀做ㄅㄧㄢˇ。②亦名飛鼠、服翼。

常 9 **蝗** 形解 形聲；從虫，皇聲。蝗蟲，穀類害蟲爲蝗。

音義 ㄏㄨㄤˊ 名動昆蟲名，軀體等粗，口器粗寬易於咀嚼，後足強大適於跳躍，活動於灌木叢、雜草間及田間，多危害農作物。其中又分：能成羣遠飛的叫飛蝗，不能遠飛的叫土蝗。

參考 「蝗」與「蟥」音同而義異：「蝗」，爲昆蟲名；「蟥」，爲軟體動物名，二者都能危害人類。

常 9 **蝠** 形解 形聲；從虫，畐聲。動物名，蝙蝠爲蝠。

音義 ㄈㄨˊ 名動能飛的哺乳動物名；例蝙蝠。

參考 參閱「蝙」字條。

常 9 **蝌** 形解 形聲；從虫，科聲。蝌蚪，蛙的幼蟲爲蝌。

音義 ㄎㄜ 名動蛙或蟾蜍等的幼體，橢圓形，有長尾，生活在溪流或靜水中，能吃孑孓，是有益的小動物；例蝌蚪。

常 9 **螂** 形解 形聲；從虫，郎聲。字本作「蜋」：形聲；從虫，良聲。昆蟲名，堂蜋爲螂。

音義 ㄌㄤˊ 名動螳螂，昆蟲名，體長腹大，頭爲三角形，前胸延長如頸，前肢成鐮形有刺，可用來捕捉食物；例螳螂捕蟬，不知黃雀在後。

參考 又作「堂螂」、「螳蜋」。

次 9 **蝣** 形解 形聲；從虫，斿聲。朝生夕死的小蟲爲蝣。

音義 ㄧㄡˊ 名動蜉蝣，一種朝生暮死的昆蟲。

次 9 **蝤** 形解 形聲；從虫，酋聲。蟲名，蝤蠐爲蝤。

音義 ㄐㄧㄡ 名動蝤蛑，蟹類動物。

ㄑㄧㄡˊ 名動蝤蠐，天牛或桑牛的幼蟲，通體白色。

ㄧㄡˊ 名動通「蝣」；例蜉蝤。

次 9 **蝘** 形解 形聲；從虫，匽聲。蟲名，蜥易的一種，即壁虎爲蝘。

音義 ㄧㄢˇ 名動①蟬類；例「蝳，蝘也。」②蝘蜓，爬行動物名。

參考 同蜩，蝳。

次 9 **蝎** 形解 形聲；從虫，曷聲。桑樹上的寄生蟲。

音義 ㄏㄜˊ 名動蠹蟲；例「蝎盛則木朽。」

ㄒㄧㄝ 名「蠍」的本字。

次 9 **蝟** 形解 形聲；從虫，胃聲。動物名，身有尖刺爲蝟。

音義 ㄨㄟˋ 名動脊椎動物，即刺蝟，形狀似鼠而較大，通體生毛，毛尖銳如針。副繁多而錯雜地；例華榱蝟集。

10 **蝟起** ㄨㄟˋㄑㄧˇ 事情很多，好像刺蝟的毛多而直豎起來一般。

12 **蝟集** ㄨㄟˋㄐㄧˊ 繁多而錯雜。

次 9 **蝯** 形解 形聲；從虫，爰聲。野獸名，長臂猿爲蝯。

音義 ㄩㄢˊ 名動猿猴，同「猨」。

參考 「猨」、「猿」、「蝯」，音義皆同。

次 9 **蝓** 形解 形聲；從虫，俞聲。蟲名，虒蝓爲蝓。

音義 ㄩˊ 名動蛞蝓，無殼的蝸牛。

次 9 **蝮** 形解 形聲；從虫，复聲。蛇名，有毒的蛇為蝮。

音義 ㄈㄨˋ 名 動 毒蛇，長尺餘，頭大，頸細，全身灰褐色，腹部有黑白斑點。

次 9
蝥
形解 形聲；從虫，敄聲。侵食苗根的害蟲。

音義 ㄇㄠˊ 名 ①一種專吃稻根的害蟲，屬節肢動物，同「蟊」。②比喻小人；例蝥賊。

參考 字雖從敄，但不可受「務」字讀音的影響讀成ㄨˋ。

常 10
螃
形解 形聲；從虫，旁聲。節肢動物名，螃蟹為螃。

音義 ㄆㄤˊ 名 甲殼動物名，有足五對，前一對呈鉗狀，橫著爬行，種類很多，如毛蟹、青蟹、梭子蟹等，肉鮮美可食，是江浙名菜之一；例螃蟹。

常 10
螟
形解 形聲；從虫，冥聲。專食禾苗心的昆蟲為螟。

音義 ㄇㄧㄥˊ 名 動 ①齧蝕稻禾莖髓的水稻鑽心害蟲；例驅除螟蝗，逐捕盜賊。②泛指各種鑽心的蛾類幼蟲。

參考 ①「螟」字從「冥」，「冥」字不從寶蓋頭作「宀」。②農作物遇螟害時，應聯合噴藥，共同防治，才有成效。

常 10
螞
形解 形聲；從虫，馬聲。蟲名，螞蟻為螞。

音義 ㄇㄚˇ 名 動 ①昆蟲名，多營巢羣居，一般雄蟻、雌蟻有翅，工蟻、兵蟻無翅；例螞蟻。②軟體動物名，即水蛭；例螞蟥。

ㄇㄚ 名 動 昆蟲名；例螞螂。

ㄇㄚˋ 名 動 昆蟲名，即蝗蟲的幼蟲；例螞蚱。

參考 「螞」字一形數音，義且隨音而轉變，宜加分辨。

常 10
螢
形解 形聲；從虫，熒省聲。熒有火光微明的意思，晚間腹下能發微光的飛蟲為螢。

音義 ㄧㄥˊ 名 動 昆蟲名，體長三分左右，黑褐色，尾部暗黃，有發光器，遇氧則發光，光亮微弱於夜間始能得見，夏日生於澤潤地區，捕食小蟲；例銀燭秋光冷畫屏，輕羅小扇撲流螢。

參考 ①「螢」與「熒」音同而義異，「螢」為螢火蟲，「熒」為微弱的光亮。②螢火蟲的光，是光質和氧化合時，加入光酶作用，再加上ATP（是一種生物能源）的化合物，才能發出亮光。

▽流螢、飛螢、野螢。

常 10
融
形解 形聲；從鬲，蟲省聲。蟲善蠕動，炊煮時蒸氣冉冉浮動為融。

音義 ㄖㄨㄥˊ 名 ①光亮；例「明而未融。」②姓。動 ①消溶；例樓雪融城溼。②流佈；例品物咸融。③溶釋調和；例水乳交融。④流通；例金融。形 ①和悅的；例融恰。②長遠的；例祈融世哲。

參考 ①「融」又有炊煙消散的意思。②「融」與「溶」都有消散義：「融」，多指物質本身消散或變化；「溶」，僅指物質消散在液體裡，使之成為溶液。③同和，合，洽。④反固，凝。

4 **融化** ㄖㄨㄥˊ ㄏㄨㄚˋ ㈠固體金屬受熱變成液體。同「鎔化」。㈡融合而化為無，逐漸消失。

參考 參閱「熔化」條。

6 **融合** ㄖㄨㄥˊ ㄏㄜˊ 將幾種不同的事物合成一體。

8 **融和** ㄖㄨㄥˊ ㄏㄜˊ 融化滙合。

9 **融洽** ㄖㄨㄥˊ ㄑㄧㄚˋ 是說感情和睦。

13 **融會** ㄖㄨㄥˊ ㄏㄨㄟˋ 融合衆說而加以了解體會。

融會貫通 ㄖㄨㄥˊ ㄏㄨㄟˋ ㄍㄨㄢˋ ㄊㄨㄥ 參合各種事理而徹底領悟。

參考 反生吞活剝、囫圇吞棗。

▽金融、祝融、渾融、雪融、水乳交融。

次 10
螗
形解 形聲；從虫，唐聲。蟲名，即蟬的別名。蜩螗為蟬。

音義 ㄊㄤˊ 名 動 蟬的一種；例如蜩如螗。

參考 蝘，蜩，蟬。

㊅10 **螓** 解形 形聲；從虫，秦聲。蟲名，似蟬而小爲螓。

音義 ㄑㄧㄣˊ 名動 一種頭闊而方的小蟬；例「螓首蛾眉。」

參考 反 蝒。

㊅10 **螈** 解形 形聲；從虫，原聲。蟲名，蠑螈爲螈。

音義 ㄩㄢˊ 名動 蠑螈，脊椎動物門兩生綱，有尾目，蠑螈科；同「蚖」。

㊅10 **螘** 解形 形聲；從虫，豈聲。體形微小的螞蟻爲螘。

音義 ㄧˇ 名 同「蟻」；例 螘塚。

㊅10 **螣** 解形 形聲；從虫，朕聲。神蛇名。

音義 ㄊㄥˊ 名動 神蛇名；例 螣蛇蜿而自糾。

ㄊㄜˋ 名動 蝗蟲的一種，專食苗葉；例 去其螟螣。

參考 陪嫁女子爲「媵」（ㄧㄥˋ），與「螣」形近義異。

㊅10 **螅** 解形 形聲；從虫，息聲。蟲名，即蟋蟀爲螅。

音義 ㄒㄧ 名 ①同「蟋」；例 蛟蟀居壁。②水螅，腔腸動物。

㊅10 **螄** 解形 形聲；從虫，師聲。蟲名，螺的一種爲螄。

音義 ㄙ 名動 螺的一種；例 螺螄。

㊔11 **蟆** 解形 形聲；從虫，莫聲。動物名，蝦蟆爲蟆。

音義 ㄇㄚˊ 名動 「蝦蟆」的簡稱；例「老蟆食月飽腹吐」。

參考 ①又音ㄇㄛˊ。②參閱「蝦」字條。

㊔11 **蟒** 解形 形聲；從虫，莽聲。莽有大的意思，所以大蛇爲蟒。

音義 ㄇㄤˇ 名動 爬蟲名，體圓長可達六公尺以上，有鱗甲，體黑色，有雲狀斑紋，無毒，以身軀盤繞捕食小禽獸，多生於熱帶、副熱帶的水澤區域，蟒肉可食，皮可製樂器等；例 錦蟒。形 繡有蟒形圖案的（衣物）；例 蟒服。

㊔11 **蟑** 解形 形聲；從虫，章聲。節肢動物名，蟑螂爲蟑。

音義 ㄓㄤ 名動 昆蟲名，種類多，體扁平，黑或褐色，多有光澤，能分泌惡臭，沾汚食物，傳染疾病，有的種類雌性無翅，可供藥用，又名蜚蠊；例 蟑螂。

㊔11 **螳** 解形 形聲；從虫，堂聲。蟲名，螳螂爲螳。

音義 ㄊㄤˊ 名動 螳螂。

參考 ①參閱「螂」字條。②與「螗」有別：「螗」，從虫，爲一種節肢動物，如「螗蜩」，不可作「螳」。

15 **螳螂捕蟬** ㄊㄤˊ ㄌㄤˊ ㄅㄨˇ ㄔㄢˊ 比喻只貪圖眼前的小利，而不顧以後的憂患。例 螳螂捕蟬，黃雀在後。

17 **螳臂當車** ㄊㄤˊ ㄅㄧˋ ㄉㄤ ㄐㄩ 比喻不自量力，必然失敗。

參考 參閱「蚍蜉撼樹」條。

㊔11 **螻** 解形 形聲；從虫，婁聲。螻蛄，是一種性好掘土的昆蟲爲螻。

音義 ㄌㄡˊ 名動 昆蟲名；例 螻蛄。

參考 ①參閱「蛄」字條。②又名土狗。

19 **螻蟻** ㄌㄡˊ ㄧˇ 螻蛄和螞蟻。比喻力量微小或地位低微無足輕重的人物。

㊔11 **螺** 解形 形聲；從虫，累聲。軟體動物名，腹足，田螺爲螺。

音義 ㄌㄨㄛˊ 名 ①動 腹足類軟體動物，具殼成下豐上尖的迴旋形，體宛轉伏藏其間，種類很多；例 田螺。②指頭紋路所成的螺旋形；例 一螺窮，二螺富，三螺開當鋪。③用螺殼製成的酒杯；例 香螺酌美酒。④梳成螺形的髻；例「雙綰香螺春意淺。」⑤青黑色胭脂顏料「螺黛」的省稱；例「隋家宮妓掃長娥，銷盡波斯萬斛螺。」⑥峯巒；例「拂黛遙峯濯萬螺。」⑦螺殼製成的號角；例吹螺擊鈸。

參考 ①字雖從果，但不可讀成ㄌㄟˇ、ㄌㄟˋ或ㄌㄟˊ。②與「騾」同音而義異：「騾」，從馬，爲馬、驢雜交而生的哺乳動物。

▽田螺、法螺、陀螺、大吹法螺。

常 11 **螫** 形解 形聲；從虫，赦聲。赦有棄置的意思，蜂蠍等蟲以毒牙或尾針刺人，留毒在人體中爲螫。

音義 ㄓㄜ 動①毒蟲毒蛇以針、鉤、或牙扎刺；例被蜂螫了一個疱。ㄕˋ 動激怒，通「奭」；例有如兩宮螫將軍。

參考 ①同蜇。②今多讀「螫」爲「蜇」。

常 11 **蟀** 形解 形聲；從虫，率聲。字本作䘃：從虫，帥聲。昆蟲名，悉䘃爲䘃。俗作「蟀」。

音義 ㄕㄨㄞˋ 名動昆蟲名，體黑褐色，觸角長，有兩個尾鬚，雌蟲還有一根長的產卵器，雄的好鬥，兩翅磨擦能發聲；例蟋蟀。

參考 ①「蟀」讀音做ㄕㄨㄛˋ。②䘃的俗字。

常 11 **蟈** 形解 形聲；從虫，國聲。動物名，似鼃，三足爲蟈。

音義 ㄍㄨㄛ 名動①螻蟈，「蛙」的別稱。②一種螽斯，翅短，腹大，雄的前翅基部可摩擦發聲，危害多種植物；例蟈蟈。

常 11 **蟋** 形解 形聲；從虫，悉聲。昆蟲名，蟋䘃爲蟋。

音義 ㄒㄧ 名動昆蟲名；例蟋蟀。

參考 參閱「蟀」字條。

次 11 **螾** 形解 形聲；從虫，寅聲。蟲名，即蚯蚓爲螾。

音義 ㄧㄣˇ 名同「蚓」；例螾蟻。副蠕動的樣子；例「始生螾然。」

次 11 **螭** 形解 形聲；從虫，离聲。龍的一種爲螭。

音義 ㄔ 名①古傳說動物名，似龍而無角；例蛟龍赤螭。②形似獸的神怪，通「魑」；例以禦螭魅。

次 11 **螬** 形解 形聲；從虫，曹聲。蟲名，蠐螬爲螬。

音義 ㄘㄠˊ 名動蠐螬，金龜子的幼蟲，常危害農作物的根部。

次 11 **螵** 形解 形聲；從虫，票聲。螵蛸，螳螂子爲螵。

音義 ㄆㄧㄠ 名動螵蛸，螳螂卵簇聚而成，長約一寸。

參考 產在桑樹上的稱「桑螵蛸」，可以入藥。

次 11 **螮** 形解 形聲；從虫，帶聲。雨後的虹爲螮。

音義 ㄉㄧˋ 名螮蝀，虹的別名。

參考 又作「蝃」。

次 11 **螯** 形解 形聲；從虫，敖聲。蟹的大足爲螯。

音義 ㄠˊ 名①動節肢動物變形的步足，首端兩歧，開合如鉗；例蟹六跪而二螯。②「蟹」的代稱；例持螯把酒。

參考 「詰屈聱牙」，不作「螯牙」。

次 11 **蟄** 形解 形聲；從虫，執聲。蟲類冬季伏藏爲蟄。

音義 ㄓˊ 動①動物冬天藏伏土中或洞中冬眠；例熊羆蟄藏。②潛藏；例久蟄人心。

參考 讀音作ㄓㄜˊ。

8 蟄居 ㄓˊ ㄐㄩ 隱伏不出。

▽驚蟄、冬蟄。

次 11 **蟊** 形解 形聲；從䖵，矛聲。食草根的蟲。

音義 ㄇㄠˊ 名動專食作物根部的害蟲，同「蝥」。

次 11 **螿** 形解 形聲；從虫，將聲。蟬名，寒蟬爲螿。

音義 ㄐㄧㄤ 名寒螿，似蟬而小

的昆蟲。

(次) 11 **螽** 形解 形聲；從蟲，冬聲。蝗蟲爲螽。

音義 ㄓㄨㄥ 名動 ①蝗類的總稱。②螽斯，昆蟲名，體褐綠色，飛行時，振翅而能發聲。

12 **螽斯衍慶** ㄓㄨㄥ ㄙ ㄧㄢˇ ㄑㄧㄥˋ 蝗蟲的後代繁殖很多，故用以祝福別人多子多孫的賀辭。

(常) 12 **蟯** 形解 形聲；從虫，堯聲。蠕形動物線蟲類，蟯蟲爲蟯。

音義 ㄖㄠˊ 名動 線蟲類蠕形動物，長約一釐米的白色紡錘形，多寄生於人的小腸下部和大腸內，頭部鑽入腸粘膜，吸取營養，被寄生者可引起蟯蟲病；例蟯蟲。

(常) 12 **蟬** 形解 形聲；從虫，單聲。昆蟲有吻類，鳴蜩爲蟬。

音義 ㄔㄢˊ 名 ①動昆蟲名，體長，頭短，額方廣，胸背有斑紋，翅翼如膜薄而透明狀，雄蟬腹部有發音器，善鳴，雌蟬不鳴，生於夏秋間，吸飲樹上汁露，危害樹木，幼蟲生活在土中，在其變化爲成蟲時脫的殼(即蟬蛻)可入藥；例秋蟬。②蟬鳴聲；例臨風聽暮蟬。③蟬形的裝飾物；例加黃金璫，附蟬爲文。④薄而透明如蟬翼的絲織品；例綈絡綀縑帛素蟬。動續接；例蟬聯。

13 **蟬蛻** ㄔㄢˊ ㄊㄨㄟˋ ㈠蚱蟬脫下的殼，可作藥用。亦稱「蟬衣」。㈡比喻解脫。例蟬蛻於濁穢。

16 **蟬聯** ㄔㄢˊ ㄌㄧㄢˊ ㈠繼續不絕。㈡聯任。

▽寒蟬、蜩蟬、貂蟬、鳴蟬、秋蟬、噤若寒蟬、螳螂捕蟬。

(常) 12 **蟲** 形解 會意；從三虫。三表示衆多，所以昆蟲的總名爲蟲。

音義 ㄔㄨㄥˊ 名 ①動昆蟲的通稱。②古泛稱動物爲「蟲」；例毛蟲、羽蟲。③蔑稱他人；例可憐蟲。④姓。

參考「蟲」字用作偏旁時可簡省作「虫」，然「虫」又是古「虺」字，「蟲」、「虫」今或可通，然古代則絕不相同。

▽益蟲、害蟲、甲蟲、大蟲、昆蟲、幼蟲、成蟲、迴蟲、毛蟲、羽蟲、介蟲、鱗蟲、倮蟲、長蟲、草履蟲、毛毛蟲、可憐蟲、天龍地蟲。

(次) 12 **蟢** 形解 形聲；從虫，喜聲。蜘蛛名，蟢子爲蟢。

音義 ㄒㄧˇ 名動 一種長腳蜘蛛，古以爲見之有喜兆，故名。

(次) 12 **蟛** 形解 形聲；從虫，彭聲。蟹名，蟛蜞爲蟛。

音義 ㄆㄥˊ 名動 蟛蜞，蟹類，頭胸甲略成方形，體小色紅。

參考 又作「蟚」。

(次) 12 **蟫** 形解 形聲；從虫，覃聲。蟲名，白魚爲蟫。

音義 ㄊㄢˊ 名動 蛀蝕衣物、書籍的蠹蟲。

(次) 12 **蟪** 形解 形聲；從虫，惠聲。蟪蛄，蟬的一種。

音義 ㄏㄨㄟˋ 名動 蟪蛄，蟬類，紫青色，有黑紋，是害蟲之一。

(次) 12 **蟥** 形解 形聲；從虫，黃聲。蟜蟥，甲蟲爲蟥。

音義 ㄏㄨㄤˊ 名動 ①蟥蛟，即甲蟲。②螞蟥，即水蛭。

參考 又作「横」。

(次) 12 **蟟** 形解 形聲；從虫，尞聲。蛁蟟，蟲名。

音義 ㄌㄧㄠˊ 名動 蛁蟟，蟬的一種。

(次) 12 **蟠** 形解 形聲；從虫，番聲。甕底所生的蟲爲蟠。

音義 ㄆㄢˊ 動 ①盤伏；例龍蟠於泥。②周徧；例極乎天而蟠于天地。

(次) 12 **蟜** 形解 形聲；從虫，喬聲。毒蟲爲蟜。

音義 ㄐㄧㄠˇ 名①動蟲名。②姓。形林木相連屈曲的樣子，通「矯」；例夭蟜。參考「蟜健」、「蟜捷」都不作「矯」。

次 12 **蟣** 解形 形聲；從虫，幾聲。蝨子為蟣。

音義 ㄐㄧˇ 名動①虱子的卵；例介冑生蟣蝨。②水中的蛭蟲。

次 12 **蠁** 解形 形聲；從虫，鄉聲。蟲名，能辨聲音方向為蠁。

音義 ㄒㄧㄤˇ 名動知聲蟲。形快疾的；例蠁曶如神。

ㄒㄧㄤ 名蛹中的蟲。

常 13 **蟻** 解形 形聲；從虫，義聲。螞蟻為蟻。

音義 一ˇ 名①動昆蟲名，屬昆蟲類膜翅類，體細長，黑色或褐色，頭大，有複二眼，喜羣居，分成女王蟻、雄蟻、工蟻三種；例螞蟻。②酒滓；例浮蟻若萍。③酒漿；例香蟻。④姓。形①細微的；例蟻親。②黑色的；例「麻冕蟻裳」。一副①羣聚地；例糜沸蟻動。②輕蔑不屑的樣子；例蟻視一禰衡。參考同螘。

8 **蟻附** 一ˇ ㄈㄨˋ 形容軍士攀登城牆，如蟻附壁而上。

▽螻蟻、螞蟻、白蟻。

常 13 **蠅** 解形 會意；從黽，從虫。黽是蛙類動物，腹特大，所以大腹的昆蟲為蠅。

音義 一ㄥˊ 名動①昆蟲名，一般指蒼蠅，是傳染疾病的害蟲，體呈長形，頭部為半球形，一對複眼甚大，口吻前凹入嗜舐食，翼翅透明，腳底有吸盤，能傳染霍亂、傷寒等疾病。②泛指雙翅目中身體粗壯的種類，如種蠅，麥稈蠅，潛葉蠅，其中有的是農業害蟲。

參考「蠅」字從「虫」從「黽」，書寫時宜注意「黽」字寫法，不可訛成從「龜」(ㄍㄨㄟ)。

16 **蠅頭微利** 一ㄥˊ ㄊㄡˊ ㄨㄟˊ ㄌㄧˋ 比喻很微小的利益。參考同蠅頭小利。

17 **蠅營狗苟** 一ㄥˊ 一ㄥˊ ㄍㄡˇ ㄍㄡˇ 形容小人的貪心無厭與無恥鑽營。

▽青蠅、蒼蠅、飛蠅、果蠅、蚊蠅。

常 13 **蠍** 解形 形聲；從虫，歇聲。歇有泄的意思，所以尾末毒鉤泄毒的毒蟲為蠍。

音義 ㄒㄧㄝ 名動節肢動物蜘蛛類毒蟲，頭，胸、前腹合成軀幹，顎上有觸鬚一對，胸腳四對，末端有二鉗，腹部十三節後束結成尾，尾末有毒鉤，能螫人，可施放毒劑，多夜間活動。蠍的乾燥體可入藥，主治抽搐、破傷風、半身不遂等症。

參考「蠍」與「蠆」都是同類的毒蟲，唯「蠍」的尾短，而蠆的尾長。

常 13 **蟹** 解形 形聲；從虫，解聲。節肢動物名，橫行的螃蟹為蟹。

音義 ㄒㄧㄝˋ 名動節肢動物，有甲殼，有五對足，第一對變成螯，橫行。

參考①又音ㄒㄧㄝˊ。②參閱「螃」字條。

6 **蟹行文字** ㄒㄧㄝˋ ㄒㄧㄥˊ ㄨㄣˊ ㄗˋ 指歐美橫寫的文字。

▽螃蟹、毛蟹、蜘蛛蟹、淡水蟹、海螃蟹。

次 13 **蟺** 解形 形聲；從虫，亶聲。蛩蟺，蚯蚓為蟺。

音義 ㄔㄢˊ 名動同「蟬」。

ㄕㄢˋ 名動蚯蚓。副展轉；例蛩蟺相糾。

次 13 **蠃** 解形 形聲；從虫，𣎆聲。似蜂而腰小的土蜂為蠃。

音義 ㄌㄨㄛˇ 名動螺蠃，細腰的土蜂。

ㄌㄨㄛˊ 名同「螺」。

參考「輸贏」的「贏」(一ㄥˊ)，「嬴秦」的「嬴」(一ㄥˊ)，「羸弱」的「羸」(ㄌㄟˊ)，都不作從虫的「蠃」。

次 13 **蟶** 解形 形聲；從虫，聖聲。蚌類，竹蟶為蟶。

音義 ㄔㄥ 名動 竹蟶，蚌類，殼長方形，肉可食。

次 13 **蠋** 形解 形聲；從虫，蜀聲。桑蟲爲蠋。

音義 ㄓㄨˊ 名動 蛾蝶類的幼蟲；例蜎蜎者蠋。

次 13 **蟾** 形解 形聲；從虫，詹聲。蟲名，蟾蜍爲蟾。

音義 ㄔㄢˊ 名動 ①「蟾蜍」的省稱，兩棲類；例小蟾徐行腹如鼓。②「月亮」的代稱；例三五玉蟾秋。

次 13 **蠆** 形解 象形；毒蟲。蠍類之一爲蠆。

音義 ㄔㄞˋ 名動 蠍的一種；例卷髮如蠆。

參考 長尾爲「蠆」，短尾爲「蠍」。

常 14 **蠔** 形解 形聲；從虫，豪聲。軟體動物門，肉可食，牡蠣爲蠔。

音義 ㄏㄠˊ 名動 軟體動物貝類名，有兩片甲殼：一個小而扁平，另一大而隆起，殼的外表凹凸不平。附著在沿海岩石或其他物體上。肉味鮮美，可提煉蠔油；殼可入藥，主治虛勞燥熱、遺精盜汗等。可由人工養殖，臺灣南部有廣大的養殖場。又名牡蠣。

常 14 **蠕** 形解 字本作蝡，形聲；從虫，耎聲。耎有徐緩的意思，所以蟲類行動緩慢爲蝡。俗作蠕。

音義 ㄖㄨㄢˇ 名史 古種族名，「柔然」的舊稱。動 ①蟲類扭曲緩慢移動而行；例蠕動。②微動；例端而言，蠕而動。

參考 ①又音ㄖㄨˊ。②字雖從需，但不可讀成ㄒㄩ。③與「擩」同音而義異：「擩」，從手(扌)，濡染。④蝡的異體字。

次 14 **蠙** 形解 形聲；從虫，賓聲。

音義 ㄅㄧㄣ 名動 「蚌」的別名。批珠爲蠙。

次 14 **蠐** 形解 形聲；從虫，齊聲。蟲名，蠐螬爲蠐。

音義 ㄑㄧˊ 名動 蠐螬，金龜子的幼蟲。

次 14 **蠑** 形解 形聲；從虫，榮聲。蠑螈爲蠑。

音義 ㄖㄨㄥˊ 名動 蠑螈，兩棲類，背和體側都呈黑色，腹面朱紅色，有不規則的黑斑。

次 14 **蠓** 形解 形聲；從虫，蒙聲。小飛蟲，蠛蠓爲蠓。

音義 ㄇㄥˇ 名動 蚊類，比家蚊小，頭有絮毛，雨後常作羣飛；例蠓蟲兒。

次 14 **蠖** 形解 形聲；從虫，蒦聲。屈伸蟲，尺蠖爲蠖。

音義 ㄏㄨㄛˋ 名動 「尺蠖」的省稱；例桑蠖。副 不得意地；例道隱則蠖屈。

▽尺蠖。

常 15 **蠣** 形解 形聲；從虫，厲聲。牡蠣爲蠣。

音義 ㄌㄧˋ 名 軟體動物名，肉可食；例牡蠣。

參考 參閱「蠔」字條。

▽牡蠣。

常 15 **蠢** 形解 形聲；從䖵，春聲。春有出動的意思，所以形容蟲類爬動爲蠢。

音義 ㄔㄨㄣˇ 動 蟲類挪移爬行；例蠢動。形 ①愚陋的；例蠢言笨行。②俗稱癡肥；例蠢胖不識字。副 ①發動的樣子；例蠢蠢欲動。②蟲類爬行的樣子；例蠢然而動。

參考 「蠢」原指蟲類的蠕動而言，因這些蟲類低等且無智慧，是以「蠢」字多含有貶損的意思。

7 **蠢材** ㄔㄨㄣˇ ㄘㄞˊ 罵愚笨的人。

11 **蠢動** ㄔㄨㄣˇ ㄉㄨㄥˋ 比喻盜匪預備謀亂。又作「蠢蠢欲動」。

21 **蠢蠢欲動** ㄔㄨㄣˇ ㄔㄨㄣˇ ㄩˋ ㄉㄨㄥˋ (一)比喻敵人準備進攻或壞人準備搗亂破壞的態勢。(二)躍躍欲試。蠢蠢：蠕動的樣子。

常 15 **蠡** 形解 形聲；從蚰，彖聲。蟲類蛀食木頭爲蠡。

音義 ㄌㄧˇ 名 ①動 一種專吃木頭的蛀蟲；例 以追蠡。②地 蠡縣，河北中部縣名之一。

ㄌㄧˊ 名 貝殼做的瓢；例 以蠡測海。

ㄌㄨㄛˊ 名動 一種螺絲，通「蠃」；例 登欙椓蠡。

參考 ①「蠡」讀ㄌㄧˇ時，有蛀蝕的意思，又有斑剝的意思。②字雖從彖，但不可讀成ㄊㄨㄢˋ。③字所從之「彖」，不可訛作「象」、「豕」。

12 **蠡測** ㄌㄧˊ ㄘㄜˋ 以蠡測海，比喻以淺見度高深的事物。

常 15 **蠟** 形解 形聲；從虫，巤聲。產自蜂房的油脂爲蠟。

音義 ㄌㄚˋ 名 ①製造蠟燭和防水劑的原料，有黃、白二種。②「蠟燭」的省稱；例 急絃腸對斷，剪蠟淚爭流。③油脂；例 鯨蠟。動 以蠟滑潤；例 蠟屐。形 ①蠟黃色的；例 蠟櫻。②用蠟製成的；例 蠟筆。

參考 ①「蠟」字右下從「鼠」，不可寫成「鼠」字。②字或作「蜡」。③與「臘」同音而義異：「臘」，從肉，有薰烤的意思。④天然蠟，黃蠟取自蜂房，白蠟取自白蠟蟲；人工蠟則是自石油提煉而得。

17 **蠟燭** ㄌㄚˋ ㄓㄨˊ 用蠟製成，可用來燃燒照明的物品。

▽黃蠟、白蠟、封蠟、蜜蠟、味同嚼蠟。

次 15 **蠛** 形解 形聲；從虫，蔑聲。蔑有小的意思，所以細蟲爲蠛。

音義 ㄇㄧㄝˋ 名動 蠛蠓，一種白色，頭有絨毛的小昆蟲。

次 15 **蠜** 形解 形聲；從虫，樊聲。皀蠜，草蟲爲蠜。

音義 ㄈㄢˊ 名動 蝗蟲類，即皀螽。

參考「明蠜」不作「明蠜」。

次 16 **蠨** 形解 形聲；從虫，蕭聲。蜘蛛的一種爲蠨。

音義 ㄒㄧㄠ 名動 蠨蛸，蜘蛛的一種。

常 17 **蠱** 形解 會意；從蟲，從皿。蟲指毒蟲，所以用器皿養毒蟲爲蠱。

音義 ㄍㄨˇ 名 ①動 腹內的寄生蟲；例 掌除毒蠱。②古人以百隻蟲置於瓶中，一年以後視其剩下最後一隻，爲最毒的蟲，此蟲能隱形以作禍害人。③動 米蟲；例 粟米饐熱生蠱。④易經六十四卦之一。動 惑亂；例 楚令尹子元欲蠱文夫人。

參考「蠱」字從「蟲」從「皿」，不可讀成ㄔㄨㄥˊ。

▽巫蠱。

次 17 **蠲** 形解 形聲；從蜀，益聲。多腳而行走緩慢的馬蠲爲蠲。

音義 ㄐㄩㄢ 名動 馬蠲，一種多腳而行動緩慢的昆蟲，俗稱百足蟲。動 ①洗清；例 蠲煩析酲。②光顯；例 蠲其大德。③免除；例 蠲削。形 清潔的；例 除其不蠲。

次 17 **蠳** 形解 形聲；從虫，翳聲。土蜂爲蠳。

音義 ㄧㄝ 名動 蠳翁，蜂的一種。

常 18 **蠶** 形解 形聲；從蚰，朁聲。朁有深藏的意思，所以能吐絲自縛的昆蟲爲蠶。

音義 ㄘㄢˊ 名 ①動 昆蟲名，鱗翅類幼蟲，環節蠕動，自幼自長必蛻皮數次，始能吐絲自縛而成繭蛹，成熟而蛹破化爲蛾。蠶繭爲紡織業的重要原料之一。②動 泛稱某些能吐絲結繭的昆蟲；例 柞蠶。動 養殖蠶而抽絲；例 一夫耕，一婦蠶，衣食百人。

9 **蠶食** ㄘㄢˊ ㄕˊ 比喻侵蝕他人的東西，就像蠶吃桑葉一樣。例 鯨吞蠶食。

蠶食鯨吞 ㄘㄢˊ ㄕˊ ㄐㄧㄥ ㄊㄨㄣ 喻緩食或急吞。多指侵占他國的領土或他人的財物。又作「鯨吞蠶食」。

▽春蠶、天蠶、養蠶、柞蠶、

野蠶。

常 18 **蠹** 形解 字本作「蠹」形聲；從䖵，橐聲。橐有中空無底的意思，所以深居木中蛀食木質的小蟲爲蠹。俗作「蠧」。

音義 ㄉㄨˋ 名 ①動昆蟲名，善長蛀蝕書籍、竹木、和衣服的小蟲；例書蠹。②從中削奪或侵耗財物的人；例財用之蠹。動 ①蛀蝕；例戶樞不蠹。②侵吞財物；例蠹蝕。

11 **蠹國嚼民** ㄉㄨˋ ㄍㄨㄛˊ ㄐㄩㄝˊ ㄇㄧㄣˊ 比喻危害國家，苛虐人民。

18 **蠹蟲** ㄉㄨˋ ㄔㄨㄥˊ 動咬壞書籍、竹、木和衣服的小蟲。

次 18 **蠵** 形解 形聲；從虫，巂聲。大龜爲蠵。

音義 ㄏㄨㄟˊ 名動嘴蠵，大龜；例抾靈蠵。

常 19 **蠻** 形解 形聲；從虫，䜌聲。䜌有紛亂的意思，所以南方民智未開的種族爲南蠻。

音義 ㄇㄢˊ 名 ①舊稱南方的種族；例南蠻。②姓。形 ①未開化的；例蠻子。②強悍的；例蠻勁不小。副 ①專橫地；例蠻不講理。②方很，口語中强調的用法；例蠻好。

參考 與「巒」、「鑾」形音近而義各異：「巒」，從山，「山巒」不作「山蠻」；「鑾」，從金，爲馬頭繫的鈴鐺。

15 **蠻橫** ㄇㄢˊ ㄏㄥˊ 野蠻橫行。

參考 參閱「野蠻」條。

▽南蠻、荊蠻、野蠻。

次 20 **蠼** 形解 形聲；從虫，矍聲。獸名，獮猴爲蠼。

音義 ㄐㄩㄝˊ 名 ①動獮猴，通「玃」；例蠼猱。②龍的形貌；例蠼以連卷。

參考 不可和「蠷」（ㄑㄩˊ）字混同。

【血部】ㄒㄧㄝˇ

次 0 **血** 形解 象形；從皿，「一」象血在皿中形。本指古代祭祀時所用的牲血，今泛指動物體內流動性紅色血液爲血。

音義 ㄒㄩㄝˋ 名 ①生高等動物全身管脈中的紅色液體，以心臟爲中心，循環全身，有輸送養分，排泄廢物及促使新陳代謝的機能。②淚水；例杜鵑泣血猿哀鳴。③指女人的月經；例來血。動染成紅色；例「兵不血刃」。形熱血沸騰的；例血性。副血色地；例血紅。

參考 ①「血」語音讀做ㄒㄧㄝˇ。②「血」與「皿」形近而音義各異：「血」，指血液；「皿」，讀做ㄇㄧㄣˇ，爲器皿。③同衁。

3 **血刃** ㄒㄩㄝˋ ㄖㄣˋ ㈠刀刃上染血。㈡比喻戰爭，殺人。

血小板 ㄒㄧㄝˇ ㄒㄧㄠˇ ㄅㄢˇ 醫血液內沒有細胞核的小體，形狀和大小很不規則，正常人每立方毫米血液內含有二〇—四〇萬個，含有豐富鐵質，有幫助血液凝固的作用。

血口噴人 ㄒㄧㄝˇ ㄎㄡˇ ㄆㄣ ㄖㄣˊ 用惡毒的話來誣罵別人。

5 **血本** ㄒㄩㄝˋ ㄅㄣˇ 辛辛苦苦積蓄下來的資本。例血本無歸。

參考 同資本，資金。

6 **血汗** ㄒㄩㄝˋ ㄏㄢˋ 比喻爲了工作所揮灑出來的血滴和汗水。例血汗錢。

參考 同勞力。

血肉橫飛 ㄒㄩㄝˋ ㄖㄡˋ ㄏㄥˊ ㄈㄟ 形容戰況激烈，殺伐的殘酷，場面悲慘。

參考 同傷亡枕藉，血肉模糊。

8 **血泊** ㄒㄩㄝˋ ㄅㄛˊ 血流滿地。例他倒在血泊中。

血雨腥風 ㄒㄧㄝˇ ㄩˇ ㄒㄧㄥ ㄈㄥ 比喻激戰後的悲慘景況。又作「血浪腥風」。

9 **血型** ㄒㄧㄝˇ ㄒㄧㄥˊ 醫人類血液的個體特徵之一，通常可分爲O、A、B和AB等四種主要類型，此外還有一些亞型（如A_1、A_2型）和RH因子等，乃就各人血清與紅血球相凝結的狀態而分。而血型原理的應用，有助於法醫學上親子關係的鑑定，及醫學上輸血手術的實施。

血流成渠 ㄒㄩㄝˋ ㄌㄧㄡˊ ㄔㄥˊ ㄑㄩˊ 形容戰場上死傷慘烈，流血很多，足以聚成溝渠。

血流漂杵 ㄒㄩㄝˋ ㄌㄧㄡˊ ㄆㄧㄠ ㄔㄨˇ 形容殺人很多，所流的血足以浮起木杵。

參考 同血流成渠。

10 **血案** ㄒㄩㄝˋ ㄢˋ 凶殺案件。例滅門血案。

血書 ㄒㄩㄝˋ ㄕㄨ 用自己的血水寫成表示激憤、緊急、危難或悲痛的文字，來表示赤誠。

血庫 ㄒㄩㄝˋ ㄎㄨˋ 一套采集、保存和供應血液的醫療救護組織設施。按血型的不同，分類保存於血庫之中，一旦需要，即可取用。

血氣 ㄒㄩㄝˋ ㄑㄧˋ ㈠有血液及氣息的人類。㈡元氣。㈢指血肉之軀。

參考 ①同眞元。②衍血氣之勇、血氣方剛。

血氣之勇 ㄒㄩㄝˋ ㄑㄧˋ ㄓ ㄩㄥˇ 僅憑藉一時意氣激發的勇氣，而不是生自大德大義的。

參考 同匹夫之勇。

11 **血統** ㄒㄧㄝˇ ㄊㄨㄥˇ 血族的統系，凡同一祖先所自出的爲同一血統。例他們有很深的血統關係。又作「血緣」。

血球 ㄒㄧㄝˇ ㄑㄧㄡˊ 生血液成分的一種，分紅血球和白血球，能隨血液的流動而周遍全身。又稱「血輪」、「血細胞」。

血液 ㄒㄧㄝˇ ㄧㄝˋ 醫流動於心臟和血管內的不透明紅色液體，主要成分爲血漿、血細胞和血小板三種。血細胞又分紅血球和白血球。有營養組織、調節器官活動和防禦有害物質的作用。

血清 ㄒㄧㄝˇ ㄑㄧㄥ 醫由凝結的血液中析出的清澄液體，其中主要的爲白蛋白和球蛋白，血清不會凝固，有免疫、維持酸鹼平衡和滲透壓的作用。

參考 衍血清病、血清學、血清療法。

血淚 ㄒㄩㄝˋ ㄌㄟˋ ㈠眼淚流盡而繼以流血，以見其悲痛鉅深。㈡悲泣至極所流下的淚水。例血淚徬徨。

13 **血跡** ㄒㄩㄝˋ ㄐㄧ ㈠血液滴落所留下的痕跡。例血跡斑斑。㈡血液沾附於各種物體上的痕跡。犯罪偵察上常用以研判案情，或採爲證據。㈢比喻犧牲性命所打開的道路。例踏著先烈們的血跡，勇往直前。

14 **血管** ㄒㄧㄝˇ ㄍㄨㄢˇ 人體內供血液流通的管道，分爲動脈、靜脈和微血管三種。

15 **血漿** ㄒㄧㄝˇ ㄐㄧㄤ 血液的液體部分，呈半透明的淡黃色黏稠狀，在體外可用各種方法使與血液中的細胞成分相分離，在人約占血量的五五%。

16 **血戰** ㄒㄩㄝˋ ㄓㄢˋ 劇烈的戰爭。

參考 同苦戰，死戰。

血親 ㄒㄧㄝˇ ㄑㄧㄣ ㈠源於同一祖先的後代間親屬的關係。㈡爲社會所承認的直接或間接的血緣關係。

參考 衍血親家族。

17 **血濃於水** ㄒㄧㄝˇ ㄋㄨㄥˊ ㄩˊ ㄕㄨㄟˇ 比喻骨肉至親、同國、同族人間關係密切而不可分。

血壓 ㄒㄧㄝˇ ㄧㄚ 推動血液在血管內向前流動的壓力。正常人的血壓隨年齡可有所變化，正常成人的收縮壓一般不超過一四〇毫米汞柱，舒張壓在九〇毫米汞柱以下。

▽鬱血、咯血、充血、心血、鮮血、鐵血、吐血、熱血、貧血、碧血、輸血、流血、啼血、泣血、止血、冷血、捐血、淤血、內出血、一針見血、嘔心瀝血。

次 4

衄

形解 形聲；從血，丑聲。

音義 ㄋㄩˋ 動①流鼻血；例鼻衄。②挫敗；例衄於犬羊。

參考 又音 ㄋㄡˋ。

次 15

衊

形解 形聲；從血，蔑聲。蔑有低下汙穢的意思，所以汙血爲衊。

音義 ㄇㄧㄝˋ 名汙血。動①流鼻血。②揑造罪名陷害他人；例汙衊宗室。

次 18

衋

形解 形聲；從血聿，皕聲。非常傷痛爲

衋。
音義 ㄒㄧˋ 副 傷痛的樣子；例 衋然不知涕之流落也。

【行部】 ㄒㄧㄥˊ

常 0
行
形解  象形；象四方通達的道路形。
音義 ㄒㄧㄥˊ 名 ①道路；例 行有死人。②行李；例 趣治行。③藝 我國書法「行書」的省稱；例 行楷。④文 文學體裁之一，指樂府歌行；例 兵車行。動 ①走路；例 行不由徑。②往；例 有女同行。③移動；例 運行。④流傳；例 流行。⑤頒布；例 發行。⑥從事；例 賄賂公行。⑦可以；例 行不行。⑧中用，多表體力衰竭或生命垂危；例 他病情急轉而下，似乎快不行了。⑨幹練；例 他在貿易上行得很。⑩足夠；例 行了，別再說了。⑪唐代官制之一，以大官兼代小官爲「行」；例 觀文殿學士特進行兵部尙書。⑫經歷；例 行年七十有二。形 走動的；例 行人。副 將要；例 行將遠遊。
ㄒㄧㄥˋ 名 品格行爲的表現；例 文人無行。
ㄏㄤˊ 名 ①直排爲「行」；例 昔別君未婚，兒女忽成行。②職業；例 行行出狀元。③以交易爲主的機構；例 洋行。④輩分；例 排行老大。⑤表處所，置於代名詞的後面；例 我衷腸事說與誰行？
ㄏㄤˋ 形 剛毅的；例 行行。
參考 ①同 走。②辨 桁、珩、衡、蘅。

2
行人 ㄒㄧㄥˊ ㄖㄣˊ (一)在道路上行走的人。(二)出行或出征的人。(三)官名，掌持朝覲聘問的事務。(四)使者的通稱。(五)宗 佛家指修行的人。(六)複姓，以官爲氏。
參考 衍 行人徒步區、行人穿越道。

3
行乞 ㄒㄧㄥˊ ㄑㄧˇ 向人乞討。
行尸走肉 ㄒㄧㄥˊ ㄕ ㄗㄡˇ ㄖㄡˋ (一)比喻庸碌無能，徒具形骸，缺乏生活意義的人。(二)不起作用的人。俗稱「活死人」。

4
行文 ㄒㄧㄥˊ ㄨㄣˊ (一)作文。例 行文簡鍊。(二)官廳機關裡文書的往來。例 行文往來。(三)修行文治。例 偃武行文。
行止 (一)ㄒㄧㄥˊ ㄓˇ 1.人的行爲舉動。2.人的行蹤遊止。例 行止不定。3.解決的辦法。例 再定行止。(二)ㄒㄧㄥˋ ㄓˇ 良好的品德行爲。

6
行列 ㄏㄤˊ ㄌㄧㄝˋ (一)有行有列的隊形。行：指直的排列；列：指橫的排列。(二)行伍，隊伍。
行伍 ㄏㄤˊ ㄨˇ (一)士卒的行列。古代軍隊編制，五人爲「伍」，二十五人爲「行」。(二)泛指隊伍。
行行 (一)ㄒㄧㄥˊ ㄒㄧㄥˊ 行走不停。(二)ㄏㄤˊ ㄏㄤˊ 各種職業。例 行行出狀元。(三)ㄏㄤˋ ㄏㄤˋ 剛强的樣子。
行百里者半九十 ㄒㄧㄥˊ ㄅㄞˇ ㄌㄧˇ ㄓㄜˇ ㄅㄢˋ ㄐㄧㄡˇ ㄕˊ (一)要走一百里路，走了九十里才算走了一半。(二)比喻做事愈接近成功愈困難。

7
行李 ㄒㄧㄥˊ ㄌㄧˇ (一)一般指出外的人所攜帶的衣箱、雜什、鋪蓋等物。(二)運輸上指憑客票托運的物品。

8
行刺 ㄒㄧㄥˊ ㄘˋ 暗中殺人。
參考 同 暗殺。
行者 ㄒㄧㄥˊ ㄓㄜˇ (一)宗 住在佛教寺院裡服雜役而尙未剃髮出家者的通稱。例 孫行者。(二)一般稱呼實踐苦行的僧侶。(三)泛指帶髮修行佛道的人。
行事 ㄒㄧㄥˊ ㄕˋ (一)做事。例 行事粗魯。(二)進行秘密的事，含有貶義。(三)辦理交際應酬的事或應付人的手段。(四)職業。

9
行軍 ㄒㄧㄥˊ ㄐㄩㄣ (一)軍 部隊基於作戰、訓練及行政等需要所做的地面活動。(二)用兵。
行爲 ㄒㄧㄥˊ ㄨㄟˊ 個人經內心思維支配而表露於外的舉止行動。例 行爲不檢。
參考 ①衍 行爲派、行爲模式、行爲目標、行爲能力、行爲科學、行爲主義、行爲人類學。②參閱「行動」條。
行政 ㄒㄧㄥˊ ㄓㄥˋ (一)政 立法、司法、考試、監察以外的政府業務。

(二)公務機關爲推行業務，完成使命，對其所需要的人、財、事物所作的管理。(三)以羣體合作方式達成目的的活動。

行星 ㄒㄧㄥˊ ㄒㄧㄥ 天沿近似正圓的橢圓軌道，環繞太陽運行，近似球形，是太陽系的主要天體。行星本身不發光，如水星、金星、地球等是。

10 **行宮** ㄒㄧㄥˊ ㄍㄨㄥ 帝王出遊時居駐的處所。

行家 ㄏㄤˊ ㄐㄧㄚ 內行人，知曉專門事務的人。

參考 同專家。

行徑 ㄒㄧㄥˊ ㄐㄧㄥˋ (一)通行的小路。(二)行爲舉動。

參考 同行動，行爲。

行書 ㄒㄧㄥˊ ㄕㄨ 一種介於草書、楷書之間的書體，以補救楷書的不便書寫和草書的難以辨認，筆勢不像草書那樣潦草，也沒有楷書那樣的端正。始於漢末，流行至今。

行旅 ㄒㄧㄥˊ ㄌㄩˇ (一)路上往來的旅客。(二)旅途。(三)即「行李」。

11 **行情** ㄏㄤˊ ㄑㄧㄥˊ 商業貿易間貨物的市價。例行情看漲。

行將就木 ㄒㄧㄥ ㄐㄧㄤ ㄐㄧㄡˋ ㄇㄨˋ 比喻離死期不遠。

行動 ㄒㄧㄥˊ ㄉㄨㄥˋ (一)行爲舉動。例展開行動。(二)走動。例行動不方便。

參考 與「行爲」、「舉動」有別：「行爲」着重在反映人的思想品質、精神風格的動作；而「行動」指行走、走動，或爲達到某種意圖而進行活動；「舉動」指人的態度、動作。

12 **行程** ㄒㄧㄥˊ ㄔㄥˊ (一)路程。(二)上路。(三)旅行出遊的日程。

行間 ㄏㄤˊ ㄐㄧㄢ (一)軍隊行列之間。(二)各行文字之間。例字裏行間。(三)行與行之間。

行雲流水 ㄒㄧㄥˊ ㄩㄣˊ ㄌㄧㄡˊ ㄕㄨㄟˇ (一)比喻純任自然，毫無拘滯。(二)比喻文章的自然流暢。(三)比喻無足輕重的事物。

13 **行話** ㄏㄤˊ ㄏㄨㄚˋ (一)對某種道藝很精熟而所說出的話。例行家說行話。(二)同業間專用的話。

行賄 ㄒㄧㄥˊ ㄏㄨㄟˋ 以財物或其他利益行使賄賂。

參考 ①同賄賂。②又作「行賕」。

行裝 ㄒㄧㄥˊ ㄓㄨㄤ (一)出門時所攜帶的行李衣裝。(二)軍服。

參考 同行李，行頭，行囊。

14 **行遠自邇** ㄒㄧㄥˊ ㄩㄢˇ ㄗˋ ㄦˇ 喻爲學做事須從淺近處著手，然後漸漸深入。邇：近處。

15 **行蹤** ㄒㄧㄥˊ ㄗㄨㄥ 出行的踪跡方向。例行踪飄忽。

參考 同行跡。

行銷 ㄒㄧㄥˊ ㄒㄧㄠ 銷售貨物。例行銷全球。

參考 衍行銷網、行銷制度。

行駛 ㄒㄧㄥˊ ㄕˇ 車船飛機等交通工具的駕駛。例行駛高速公路，請注意保持安全距離。

16 **行頭** (一)ㄒㄧㄥˊ ˙ㄊㄡ 1.演戲所用的衣物道具。2.尋常所穿的衣服。例你最近似乎添了不少行頭。(二)ㄏㄤˊ ㄊㄡˊ 1.漢代稱商肆之長，用以檢校一商肆的事務。又稱「鋪長」。2.古代軍隊中的隊長。

18 **行禮** ㄒㄧㄥˊ ㄌㄧˇ (一)向人鞠躬或作揖，以致敬意。(二)遵循儀式而行。例行禮如儀。

參考 同敬禮。

22 **行囊** ㄒㄧㄥˊ ㄋㄤˊ 旅行時所攜帶的行李和財物。

參考 同行李、行裝、行篋。

▽運行、橫行、言行、孝行、五行、道行、風行、施行、實行、修行、進行、隨行、直行、素行、德行、奉行、並行、步行、流行、旅行、油行、銀行、內行、外行、特立獨行、錦衣夜行、一目十行、一意孤行、三思而行、寸步難行、代拆代行、言出必行、坐言起行、身體力行、雷厲風行、禍不單行、謹言愼行、三句不離本行。

常 3 衍

形解  會意；從水行。水流行中，所以百川會流歸海爲衍。

音義 ㄧㄢˇ 名①沼澤。例陸夷曲衍。②沙洲；例沙衍。③山坡地；例鄗衍。動①溢滿；例國富人衍。②廣布；例支衍。③開展；例推衍。④引申，同「演」；例衍繹。形①延展的；例蔓衍。②肥美的；例沃衍。③不切實際的；例敷衍。④多餘的；例衍羨。

參考「衍」字有沼澤、沙洲、山坡等極不相同的意思，宜因品辨詞才能確定其含義。

4 **衍化** ㄧㄢˇ ㄏㄨㄚˋ 延伸變化。例青蛙是從蝌蚪慢慢衍化而成的。

23 **衍變** ㄧㄢˇ ㄅㄧㄢˋ 慢慢發展變化。例事情如何衍變成這個地步？

▽推衍、敷衍、蔓衍、墳衍。

次 3 **衎** 形解 形聲；從行，干聲。干聲字多有寬緩的意思，所以舉止和樂自得為衎。

音義 ㄎㄢˋ 動和樂；例「嘉賓式燕以衎。」

常 5 **術** 形解 形聲；從行，朮聲。城市中通行的道路為術。

音義 ㄕㄨˋ 名①指古代城市中的道路；例「當衢向術。」②技藝；例術業有專攻。③方法；例防身術。④學問；例易之為術。⑤姓。ㄙㄨㄟˋ 名郊外，通「遂」；例術有序，國有學。

參考 同法，藝，技。

3 **術士** ㄕㄨˋ ㄕˋ ㈠儒生。㈡占卜星相和道士一類的方技之士。例江湖術士。

14 **術語** ㄕㄨˋ ㄩˇ 專門學術中用以表示特殊意義的語詞，而以正確簡明、不引起誤會為主。又作「學語」。

▽醫術、學術、技術、藝術、劍術、幻術、算術、手術、心術、仁術、忍術、美術、魔術、國術、道術、神術、法術、回天乏術、駐顏有術、不學無術。

次 5 **衒** 形解 形聲；從行，玄聲。玄為「炫」的省文，所以沿街兜售物品為衒。

音義 ㄒㄩㄢˋ 動①沿街叫賣；例衒賣。②炫耀；例自衒自謀。

20 **衒耀** ㄒㄩㄢˋ ㄧㄠˋ 張揚顯露自己的才能或財富。

常 6 **街** 形解 形聲；從行，圭聲。通往東西南北四方的大路為街。

音義 ㄐㄧㄝ 名①都市中交通、輸運的道路；例大街小巷。②商業輻輳地區；例上街。

參考①「街」字方言又讀做ㄍㄞ。②同道，路。

7 **街坊** ㄐㄧㄝ ㄈㄤ ㈠鄰居。㈡村里，里巷。

15 **街談巷說** ㄐㄧㄝ ㄊㄢˊ ㄒㄧㄤˋ ㄕㄨㄛ ㈠街巷中路人互相評論所聽聞的事。㈡指不正確、不可靠的傳聞。

參考①同馬路消息，馬路新聞。②又作「街談巷語」、「街談巷議」。

16 **街頭巷尾** ㄐㄧㄝ ㄊㄡˊ ㄒㄧㄤˋ ㄨㄟˇ 泛指街市各處地方。

▽花街、市街、逛街、遊街、後街、上街、大街。

次 6 **衖** 形解 形聲；從行，共聲。共有共同的意思，所以鄰里中共同行走的巷道為衖。

音義 ㄌㄨㄥˋ 名大街旁支的巷道；例大街小衖。

參考 今俗音ㄋㄨㄥˋ。

次 6 **衕** 形解 形聲；從行，同聲。同有共同的意思，所以衆人可通行的大街為衕。

音義 ㄊㄨㄥˋ 名㈠方衚衕，北平語，小街道。ㄉㄨㄥˋ 名腹瀉。

常 7 **衙** 形解 形聲；從行，吾聲。行列為衙。

音義 ㄧㄚˊ 名①古代官署名；例縣衙。②唐代皇宮的前殿；例羣臣始朝於宣政衙。③排列成行的事物；例柳衙。④姓。ㄩˊ 副行動地；例導飛廉之衙衙。

參考①「衙」字從「行」從「吾」，卻不讀做ㄨˊ。②同署。

7 **衙役** ㄧㄚˊ ㄧˋ 官署的差役。又作「衙前」。

▽官衙、公衙、府衙、縣衙。

常 9 **衝** 形解 字本作衝：形聲；從行，童聲。童有動的意思，行道之中可以任意往返行動，所以通道為衝。隸變作「衝」。

音義 ㄔㄨㄥ 名①通路；例要衝。②位置適中，四通八達的地方；例陳留天下之衝。動①撞或碰；例橫衝直撞。②豎直；例怒髮衝冠。③筆直前進；例直衝要衝。④突擊；例衝鋒陷陣。⑤迎著；例帶酒衝山雨。⑥抵擋；例折衝尊俎。

ㄔㄨㄥˋ 動①對著；例衝東走。②假睡；例你別衝了，我知道你沒睡。③根據；例衝著你這句話，我就是蝕本也罷！形①氣味濃烈的；例冷氣車內吸煙，氣味眞衝。②勇氣的；例衝勁十足。③興盛的；例股市剛開盤，買賣就很衝。

參考①「衝」字從「行」從「重」，「重」不可寫作「童」。②「衝」與「沖」音同而形義各異：「衝」、「沖」都有冒犯的意思，「衝」多指以猛力或勇氣的衝撞；而「沖」多指因水勢的強猛所產生的沖刷。③同犯，冒，撞。

3 **衝口而出** ㄔㄨㄥ ㄎㄡˇ ㄦˊ ㄔㄨ 未經思考，隨意說出。

9 **衝要** ㄔㄨㄥ ㄧㄠˋ 重要關鍵的地點。

參考 同要路，要衝。

衝冠 ㄔㄨㄥ ㄍㄨㄢ 形容極爲憤怒，冠冕竟被衝起。例「衝冠一怒爲紅顏。」

參考 衍怒髮衝冠。

衝突 ㄔㄨㄥ ㄊㄨ ㈠攻擊。㈡意見參差，相互抵觸。㈢個人或團體間，爲了同一目標而從事直接和有意識的爭鬥。

11 **衝動** ㄔㄨㄥ ㄉㄨㄥˋ 心凡心有所動，而由本能出發，非訴諸理智的活動。例人生來就有一種向上的衝動。

15 **衝撞** ㄔㄨㄥ ㄓㄨㄤˋ ㈠相互矛盾抵觸。例這種做法，與法律有無衝撞？㈡冒犯頂撞。

衝鋒 ㄔㄨㄥ ㄈㄥ 軍突入敵人陣地以短兵衝殺。例衝鋒陷陣。

參考 衍衝鋒射擊。

衝鋒陷陣 ㄔㄨㄥ ㄈㄥ ㄒㄧㄢˋ ㄓㄣˋ 突入敵陣進攻，陷入敵人陣地。比喻戰事實況。

17 **衝擊** ㄔㄨㄥ ㄐㄧˊ ㈠突然攻擊。㈡打擊。例勇敢地接受任何橫逆的衝擊。

▽緩衝、折衝、要衝、橫衝、首當其衝。

常 9 衛

形解 衞的俗字。衞，會意；從韋帀行。韋是圍的省文，指圍守；帀即周帀；行指軍隊的行列，環繞巡邏以任戒備爲衛。

音義 ㄨㄟˋ 名①古代邊防的戍衛區；例以封四衛。②防護戍衛的兵士；例侍衛。③明代曾設置天津衛，後來以「衛」爲「天津」的代稱。④球類運動的防禦位置之一；例後衛。⑤地古國名，約在今河北省大名、濮陽縣一帶。⑥姓。動防護；例自衛。

參考①「衛」字從「行」從「韋」，中間或作「[illegible]」。②同護。

3 **衛士** ㄨㄟˋ ㄕˋ 負責防禦守衛的士兵。

參考 同衛兵，警衛。

5 **衛生** ㄨㄟˋ ㄕㄥ ㈠泛指個人的養生之道，以及社會大衆追求健康清潔的觀念和行爲。例公共衛生。㈡形容清潔。例這飯菜都很衛生。

6 **衛戍** ㄨㄟˋ ㄕㄨˋ 駐軍警備，保衛戍守。例衛戍司令部。

參考 同保衛，警備。

7 **衛兵** ㄨㄟˋ ㄅㄧㄥ 負責護衛的士兵。例站衛兵。

9 **衛星** ㄨㄟˋ ㄒㄧㄥ ㈠天圍繞行星運行的天體，本身不發光，卻能反射太陽光，如月球爲地球的衛星。㈡工「人造衛星」的省稱。例衛星轉播。㈢附屬的。例衛星城市。

參考 衍衛星工廠、衛星門診、衛星導航、衛星通信、衛星國家、衛星轉播。

衛星轉播 ㄨㄟˋ ㄒㄧㄥ ㄓㄨㄢˇ ㄅㄛˋ 利用傳播衛星，將訊號傳送至某國某地的一種新傳播方式。

13 **衛道** ㄨㄟˋ ㄉㄠˋ 護衛支持傳統的道德章法。例衛道之士。

▽禁衛、警衛、護衛、自衛、侍衛、守衛、屯衛、防衛、前衛、後衛、保衛。

次 9 衚

形解 形聲；從行，胡聲。北平稱街道爲衚。

音義 ㄏㄨˊ 名方衚衕，北平話，小街道。

12 **衚衕** ㄏㄨˊ ㄊㄨㄥˋ 街道。今北方方

言專用指巷子。或作「胡同」。

常 10 **衡** 解形 象形聲；從角大，行聲。橫以闌牛，防其觸人的大木爲衡。

音義 ㄏㄥˊ 名①車轅上的橫木；例其倚於衡。②古綁縛於牛角上，以防止觸撞傷人的橫木；例楅衡。③秤；例度量衡。④眉目之間；例揚衡含笑。⑤橫線，通「橫」；例衡從其畝。⑥姓。動①稱量輕重；例衡其輕重。②斟酌；例權衡緩急。副水平地；例大夫衡視。

參考 ①同平，量，測，稱，權。③擘蘅。

12 **衡量** ㄏㄥˊ ㄌㄧㄤˊ (一)權衡輕重。(二)考慮，思量，斟酌。

▽均衡、權衡、平衡、制衡、度量衡。

常 18 **衢** 解形 形聲；從行，瞿聲。行即道路，四處通達的道路爲衢。

音義 ㄑㄩˊ 名①四通八達的道路；例康衢。②姓。形縱橫交錯的；例葉狀如楊，其枝五衢。

參考 ①「衢」從「行」從「瞿」，「瞿」不可誤寫作「翟」。②同道，路。

13 **衢道** ㄑㄩˊ ㄉㄠˋ 分歧的道路。

參考 同歧路，衢塗。

【衣部】

常 0 **衣** 解形 象形；象衣領衣袖及襟衽左右掩覆形。

音義 一 名①可用來蔽體禦寒，又有美觀效果的穿著物，通常以絲棉，皮毛，纖維等質料製成；例大衣。②裹覆在器物外面的殼或包皮；例糖衣。③蔬果的皮膜；例芋衣。④鳥禽的羽毛；例細雨溼鶯衣。⑤「胞衣」的省稱。⑥姓。一ˋ 動①穿著；例乘肥馬，衣輕裘。②覆蓋；例衣之以薪。

參考 ①古人的服制上半身爲「衣」，下半身爲「裳」，今則有以「衣」爲服裝的全稱，如太空衣、睡衣等。②「衣」有二讀，名詞讀做一，動詞讀做一ˋ，如：解衣(一)衣(一ˋ)人。③擘依、哀、扆。④「衣」字作爲偏旁用時多作「衤」。

8 **衣衫襤褸** 一 ㄕㄢ ㄌㄢˊ ㄌㄩˇ 衣服破爛不堪。例雖是天和日暖，那些人卻也衣衫襤褸。

9 **衣冠** 一 ㄍㄨㄢ (一)衣和冠。(二)搢紳之家。

參考 衍衣冠禽獸、衣冠楚楚、衣冠文物、衣冠中人、衣冠盛事。

衣冠塚 一 ㄍㄨㄢ ㄓㄨㄥˇ 只埋葬死者衣帽等遺物的墳墓，多因爲紀念而建造的。又作「衣冠墓」。

衣冠楚楚 一 ㄍㄨㄢ ㄔㄨˇ ㄔㄨˇ 形容衣帽穿著裝扮得整齊鮮明的樣子。楚楚：整齊鮮明的樣子。

衣冠禽獸 一 ㄍㄨㄢ ㄑㄧㄣˊ ㄕㄡˋ (一)指有知識、有社會地位，但道德品性敗壞的人。(二)泛指外表衣帽整齊，而行爲卻如禽獸般的下流無恥。

參考 同人面獸心。

衣香鬢影 一 ㄒㄧㄤ ㄅㄧㄣˋ 一ㄥˇ 形容富貴婦女的狀態。

12 **衣著** 一 ㄓㄨㄛˊ (一)泛指身上的穿戴。(二)在家政學上，研究與服飾穿著有關的學問，包括衣服與織物、服裝設計、漂染學、服飾的選購及縫紉等。

13 **衣鉢** 一 ㄅㄛ (一)宗佛教禪宗師徒道法的傳授，常以託付衣鉢爲信物。衣：僧衣，即袈裟；鉢：僧人用的食具，即飯盂。(二)泛指一切師生間的傳授，如在思想、學術、技能上的傳授。

14 **衣裳** 一 ㄕㄤˊ 上衣下裙的總稱。衣：上衣；裳：下裙。

衣褐懷寶 一 ㄏㄜˊ ㄏㄨㄞˊ ㄅㄠˇ (一)外表穿著粗麻布服而內藏寶物。(二)喻人不可以貌相。

16 **衣錦還鄉** 一 ㄐㄧㄣˇ ㄏㄨㄢˊ ㄒㄧㄤ 富貴而歸故鄉。

▽羽衣、更衣、戎衣、寢衣、征衣、僧衣、朝衣、白衣、布衣、蓑衣、錦衣、裳衣、劍衣、外衣、內衣、雨衣、

風衣、青衣、和衣、毛線衣、弱不勝衣、白袍青衣。

常 2 **初** 形解  會意；從刀衣。做衣服最先以刀裁割布帛爲初。

音義 ㄔㄨ 名 ①出身；例進取不忘其初。②開頭；例月初。③姓。形 ①原先的；例和好如初。②最低的；例初級。③首度的；例初次。④陰曆每月一日至十日都可冠以初字；例初一。副 ①首次地；例初出茅廬。②剛剛地；例天下初定未久。

參考 ①「初」字左從「衣」(衤)，右從「刀」，其「衤」不可誤寫成「礻」(示)。②同首，端，啓，始，肇，甫，昉。③反末，尾。

5 **初民** ㄔㄨ ㄇㄧㄣˊ 上古時代、處於原始社會的人。

初出茅廬 ㄔㄨ ㄔㄨ ㄇㄠˊ ㄌㄨˊ 初入社會做事，缺乏歷鍊。

參考 ①反飽經世故。

6 **初交** ㄔㄨ ㄐㄧㄠ 交往時日不久的朋友。

參考 反深交。

7 **初步** ㄔㄨ ㄅㄨˋ ㈠開始。例民權初步。㈡指導初學、領導入門的書。例英文初步。

8 **初版** ㄔㄨ ㄅㄢˇ 即第一版，書籍第一次出版。

10 **初衷** ㄔㄨ ㄓㄨㄥ 最初的心願。

參考 ①衍一本初衷。②同本意。

16 **初學** ㄔㄨ ㄒㄩㄝˊ 剛開始學習，尚未深入。

▽太初、最初、年初、唐初、起初、原初、如初、悔不當初、和好如初。

常 3 **表** 形解  形聲；從衣，毛聲。古時衣裘，毛面在外，必再加裼衣以罩在裘上，所以裘外的罩衣爲表。

音義 ㄅㄧㄠˇ 名 ①標識；例「夜日，置表於南門之外。」②外貌；例虛有其表。③一種紀錄用的文書；例統計表。④古官員呈遞給皇帝的公文；例陳情表。⑤一種計時或計量的器具；例儀表。⑥楷模；例爲人師表。⑦姻親關係；例一表三千里。⑧石柱；例華表。⑨姓。動 ①宣講；例發表政見。②標示；例「表其宅里」。③條記；例太史表次，析有條理。

參考 ①「表」與「標」都有宣露的意思；然「表」著重於宣講、表白；而「標」偏重於記號、標幟。②同標，識，明，宣。③孳俵、裱。

5 **表示** ㄅㄧㄠˇ ㄕˋ 發表宣示。例請大家表示意見。

表白 ㄅㄧㄠˇ ㄅㄞˊ 解釋說明自己的情況或意見，或對事情的眞相加以辯白。

表皮 ㄅㄧㄠˇ ㄆㄧˊ ㈠皮膚的外層。又叫「上皮」。㈡生動、植物的最外層組織。

7 **表決** ㄅㄧㄠˇ ㄐㄩㄝˊ 會議時，對議案正式表示團體意見的決定，有投票、舉手、唱名等方式。

8 **表明** ㄅㄧㄠˇ ㄇㄧㄥˊ 表示得清楚明白。

參考 參閱「說明」條。

9 **表面** ㄅㄧㄠˇ ㄇㄧㄢˋ 外面。例表面功夫。

表面文章 ㄅㄧㄠˇ ㄇㄧㄢˋ ㄨㄣˊ ㄓㄤ 只顧外觀、外表上的光采而不講究內涵。

10 **表格** ㄅㄧㄠˇ ㄍㄜˊ 分格、分類，用來列記事物，以便閱覽和統計的一種格式。

表記 ㄅㄧㄠˇ ㄐㄧˋ ㈠標識。㈡文文體名，指表和記。㈢記號。例他身上從小就有一個表記。

11 **表情** ㄅㄧㄠˇ ㄑㄧㄥˊ 統稱由臉部的表現或身體的動作，所表達的喜、怒、哀、樂、好、惡等各種感情。

表率 ㄅㄧㄠˇ ㄕㄨㄞˋ 以身作則，以爲榜樣。

參考 同榜樣，楷模。

表章 ㄅㄧㄠˇ ㄓㄤ ㈠指古代臣子上君主的奏章。㈡顯揚表露。又作「表彰」。

表現 ㄅㄧㄠˇ ㄒㄧㄢˋ 顯露、反映出來。

參考 ①與「體現」有別：「表現」著重在「表」字，特別是內在的思想、感情、意志、願望、氣概、品質等自然的顯現，或在描寫刻劃、工作、學習中顯露出來；還指故意顯示出自己的能力、長處，含有貶損的意思。「體現」則偏重在「體」字，是把抽象的東西，如原則、精神、方針、政策等，具體地反映出來。②衍表現派、表現度、表現型、表現主義。

12 **表揚** ㄅㄧㄠˇ ㄧㄤˊ 對好的人或事予以公開的讚揚和獎勵，用以提倡。例表揚好人好事代表。

參考 與「表彰」有別：「表彰」特指對有特殊貢獻、偉大功績、忠烈事蹟的個人或團體所作的讚揚，語氣要來得莊重些。

13 **表達** ㄅㄧㄠˇ ㄉㄚˊ 表露傳達。

參考 參閱「傳達」條。

表裏不一 ㄅㄧㄠˇ ㄌㄧˇ ㄅㄨˋ ㄧ 內外很不一致。

參考 反表裏如一。

表裏如一 ㄅㄧㄠˇ ㄌㄧˇ ㄖㄨˊ ㄧ 內外一致，即說話、行動和心理所想的完全一致。

參考 ①同表裏一致。②反口是心非，表裏不一。

表裏山河 ㄅㄧㄠˇ ㄌㄧˇ ㄕㄢ ㄏㄜˊ 形容地勢的險要，可以用為屏障。

14 **表演** ㄅㄧㄠˇ ㄧㄢˇ (一)在戲劇、電影、音樂、舞蹈、雜技、特殊技術等，演員把情節、人物、或技藝表現出來。(二)用動作或方法，把事情的內容及特點一一演出，以供人模仿學習。例炊事表演。

表彰 ㄅㄧㄠˇ ㄓㄤ 宣揚，獎勵。

參考 參閱「表揚」條。

▽意表、雲表、華表、儀表、上表、圖表、年表、發表、墓表、外表、天表、出師表、陳情表、時間表、統計表、出人意表、虛有其表。

常 3 **衫**

形解  形聲；從衣從彡。衣的通稱。

音義 ㄕㄢ 名 ①通稱衣服；例座中泣者誰最多？江州司馬青衫溼。②單衣；例「衫薄偏憎日，裙輕更畏風。」③外上衣；例香港衫。

參考 「衫」從「衣」(衤)從「彡」，「衣」(衤)不可誤寫作示(礻)。

次 3 **衩**

形解 形聲；從衣，叉聲。叉有分歧的意思，所以有開叉的衣裳為衩。

音義 ㄔㄚˋ 名 衣裙兩旁的開縫；例開衩。

ㄔㄞˋ 名 褌衩，短褲。

常 4 **衰**

形解  象形；從衣，象草層層編結形。草編成的雨衣為衰。俗作「蓑」。

音義 ㄕㄨㄞ 動 體力或精神上虛竭；例「顏衰酒借紅。」

ㄘㄨㄟ 名 粗麻布裁成而不縫邊的喪服；例斬衰。動 降等；例自是以衰。

參考 ①同弱，虛。②反強，健，壯。③「衰」、「哀」、「衷」有別：「衰弱」、「衰老」的「衰」，字中間是作「⺕」，音ㄕㄨㄞ；「哀求」、「悲哀」的「哀」，字中間從「口」，音ㄞ；「由衷之言」、「苦衷」的「衷」，中間是從「中」，音ㄓㄨㄥ。

10 **衰弱** ㄕㄨㄞ ㄖㄨㄛˋ (一)不強健。例身體衰弱。(二)不興盛。例王室衰弱。

參考 ①反興盛，強壯。②參閱「薄弱」條。③「衰落」、「衰弱」有別：「衰落」指事物由興盛而變成沒落；「衰弱」指身體或精力不再健旺，或由盛而衰的現象。

衰退 ㄕㄨㄞ ㄊㄨㄟˋ (一)衰弱減退。例視力衰退。(二)經 經濟景氣循環的一個階段，指所得、生產與就業往下降，而資本投資與消費顯著減少現象的階段。

13 **衰微** ㄕㄨㄞ ㄨㄟˊ 不興旺，沒落。例國勢衰微。

衰落 ㄕㄨㄞ ㄌㄨㄛˋ (一)凋零沒落。例市況衰落。(二)失敗。例生意衰落。(三)腐敗。例國政衰落。

16 **衰頹** ㄕㄨㄞ ㄊㄨㄟˊ (一)衰老。(二)精神衰敗。例「何地置衰頹？」

參考 同頹敗，頹喪。

▽盛衰、斬衰、齊衰、興衰、未老先衰。

常 4 **衷**

形解 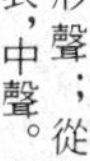 形聲；從衣，中聲。中有內的意思，所以著在內裏近身的衣服為衷。

音義 ㄓㄨㄥ 名 ①心意；例衷腸。②姓。形 ①適合的；例「服之不衷，身之災也。」②正直而不偏的；例齊明衷正。

參考 ①「衷」有貼身內衣的意

思。②「衷」字從「衣」從「中」，與從「口」的「哀」字音義各異，不可混用。③同誠。

6 **衷曲** ㄓㄨㄥ ㄑㄩ 內心所懷想的事。

參考 ①同心事。②又作「衷腸」。

11 **衷情** ㄓㄨㄥ ㄑㄧㄥ 內心的情懷。例互訴衷情。

▽苦衷、折衷、和衷、情衷、寸衷、初衷、言不由衷。

常 4 **袁** 形解 形聲；從衣，叀省聲。長衣爲袁。

音義 ㄩㄢˊ 名姓。

參考 ①「袁」字又有長衣形狀的意思。②「袁」字第一筆橫畫宜較第二筆橫畫爲短。③擘猿、轅。

常 4 **袂** 形解 形聲；從衣，夬聲。衣袖爲袂。

音義 ㄇㄟˋ 名①衣袖；例掩袂而趨。②指人的手；例「何時把袂？共披心腹。」

參考 ①「袂」雖從「衣」(衤)從「夬」，但不可讀成ㄐㄩㄝˊ。②同袖。

▽衣袂、振袂、連袂、分袂。

次 4 **衭** 形解 形聲；從衣，夫聲。盛劍的套子。

音義 ㄈㄨ 名①衣襟。②方廣東話，即褲子。

次 4 **衽** 形解 形聲；從衣，壬聲。衣領爲衽。

音義 ㄖㄣˋ 名①衣襟；例斂衽。②袖口；例引衽攘卷。③牀席；例衽席。④棺蓋上的楔形木。動①整理；例衽襟而肘見。②睡臥；例衽金革。

10 **衽席** ㄖㄣˋ ㄒㄧˊ 睡覺時用的席子。

參考 衽，亦作「袵」。

▽左衽、斂衽、引衽、牀衽。

次 4 **衵** 形解 形聲；從衣，日聲。每日所穿的衣服爲衵。

音義 ㄋㄧˋ 名內衣；例衵服。

參考 又音ㄖˋ。

次 4 **衲** 形解 形聲；從衣，內聲。內有相進的意思，所以用針線縫補爲衲。

音義 ㄋㄚˋ 名①僧侶自稱；例老衲。②僧服；例「挂衲雲林淨。」③補釘；例千補百衲。動①補綴；例補衲。②縫紉，通「納」；例衲鞋底。

▽老衲、拙衲、艾衲、補衲、百衲。

次 4 **衹** 形解 形聲；從衣，氏聲。紅而帶黃色的布帛爲衹。

音義 ㄑㄧˊ 名僧尼所穿的衣服。ㄓ 副只，僅，同「祇」；例「殺其君，衹以成惡。」

參考 ①「衹」字與「祇」、「袛」形近而義異。②衹是「緹」的或體字。

次 4 **衿** 形解 形聲；從衣，今聲。今有禁制的意思，所以衣領爲衿。

音義 ㄐㄧㄣ 名①衣襟，同「襟」。②交領。動繫結帶子；例衿纓綦履。

參考 ①老而無妻的人稱「矜」(ㄍㄨㄢ、也讀ㄐㄧㄣ)，但不作「衿」。②「衿」、「衾」二字都是從衣、今聲，而造字結構不同，所以意思有別。

次 4 **衾** 形解 形聲；從衣，今聲。今有含蘊的意思，所以寬大的棉被爲衾。

音義 ㄑㄧㄣ 名①大被；例同衾共枕。②古殮屍的包被；例「撫用衾。」

參考 字本作衾。

15 **衾影無慚** ㄑㄧㄣ ㄧㄥˇ ㄨˊ ㄘㄢˊ 比喻在暗中也不做虧心事。例「猶行不愧影，獨寢不愧衾。」

參考 同不愧屋漏。

▽錦衾、枕衾、同衾、孤衾、大衾、單衾、衣衾。

常 5 **袞** 形解 形聲；從衣，㕣聲。古代天子祭享先王時所穿繡有蟠龍的禮服爲袞。

音義 ㄍㄨㄣˇ 名①古稱天子的禮

袞 ①

服；例袞冕。②古上公穿袞服，後爲三公的代稱；例位居上袞。

參考「袞」從「衣」從「㕣」與從「口」的「哀」字音義各異，不可混淆。

常 5
袈
解形 形聲；從衣，加聲。加有加在諸衣之外的意思，所以袈裟爲袈。

音義 ㄐㄧㄚ 名宗梵語稱和尚穿著的衣袍；例袈裟。

13 **袈裟** ㄐㄧㄚ ㄕㄚ 外音譯「壞色」。佛教僧尼的法衣，避免用青、黃、赤、白、黑等正色，而用近似黑色的緇衣，亦用赤多黑少的似青色衣。

常 5
袋
解形 形聲；從衣，代聲。盛物囊爲袋。

音義 ㄉㄞˋ 名①三面密封，一面開口的囊，可以盛物，多以布帛，皮革等製成；例麵粉袋。②形狀像袋的東西；例薪水袋。③具有裝盛功能物，每於其後所加的詞尾；例腦袋。④詞量，計算以囊封成的物品；例一袋水泥。

參考①同囊。②字從衣從代，不可訛「代」成「伐」(ㄈㄚ)。

▽香袋、衣袋、口袋、睡袋、布袋、錢袋、熱水袋、酒囊飯袋。

常 5
袒
解形 形聲；從衣，旦聲。旦有光明的意思，所以衣縫解開，肌膚明而可見爲袒。

音義 ㄊㄢˇ 動①裸露，把上衣敞開，露出上身的一部分；例袒胸露乳。②偏心；例袒護。③表明態度；例「袒懷相識察，牀下拜老龐。」副裸露地；例「爲鄭袒縛而請命。」

參考①同露，裎，裸。②字或作「襢」。③與「坦」、「鉏」同音而義異：坦，有平坦、心裡安定的意思；鉏，一種金屬元素，符號Ta。

13 **袒裼裸裎** ㄊㄢˇ ㄒㄧ ㄌㄨㄛˇ ㄔㄥˊ 脫卻衣裳，露出身體，行爲粗野無禮。袒裼：露臂；裸裎：赤體。

參考 同赤身露體。

21 **袒護** ㄊㄢˇ ㄏㄨˋ 偏袒廻護。

▽肉袒、偏袒、裸袒、左袒。

常 5
袖
解形 形聲；從衣，由聲。由有經由的意思，上衣中手所經由出入之處爲袖。

音義 ㄒㄧㄡˋ 名①上衣穿著在手臂的部分；例袖裏乾坤。②姓。動將東西藏納在袖子裡面；例袖刃。形藏於袖中的；例袖箭。

參考①同袂。②字雖從由，但不可讀成 ㄧㄡˊ。

4 **袖手旁觀** ㄒㄧㄡˋ ㄕㄡˇ ㄆㄤˊ ㄍㄨㄢ 比喻在旁觀望而不肯參預其事。袖手：將手藏在袖子中。

9 **袖珍** ㄒㄧㄡˋ ㄓㄣ 形容小型或小巧的。例袖珍電腦。

參考①反粗大。②衍袖珍型、袖珍本、袖珍字典、袖珍電視。

袖珍本 ㄒㄧㄡˋ ㄓㄣ ㄅㄣˇ 版式極小的書籍，可以懷藏在袖子中。

▽長袖、領袖、衣袖、斷袖。

常 5
被
解形 形聲；從衣，皮聲。皮有包裹的意思，所以就寢時所穿的衣服爲被。

音義 ㄅㄟˋ 名①睡覺時蓋覆在身上以保護的東西，通常以布帛製成；例棉被。②姓。動①福祐；例天被爾祿。②到達；例光被四表。③披著；例被羽先登，所向皆靡。④穿著；例被袗衣。⑤承受；例「幼被慈母三遷之教。」助置於動詞前，表被動；例被殺。

ㄆㄧ 名姓。動披覆在身上而不繫緊，通「披」；例「被苫蓋。」

參考①「被」讀做 ㄆㄧ 時，有披戴的意思，與「披」可通，然餘義則不同。②「被」字從「衣」(ㄧ)從(皮)，「衣」不可訛從示(ㄕˋ)作。③同覆，蓋。

3 **被山帶河** ㄅㄟˋ ㄕㄢ ㄉㄞˋ ㄏㄜˊ 形容地勢的險阻。

參考 同表裏山河。

7 **被告** ㄅㄟˋ ㄍㄠˋ 法被人起訴的訴訟當事人。

參考①反原告。②衍被告席。

11 **被動** ㄅㄟˋ ㄉㄨㄥˋ ㈠受外力影響而發生動作。㈡軍對某一事件，須待別人發動後方能採取行動。

參考 ①反主動，自動。②衍被動式。

被堅執銳 ㄆㄧ ㄐㄧㄢ ㄓˊ ㄖㄨㄟˋ 比喻打仗。被堅：披著堅甲；執銳：拿著利兵。

14 被褐懷玉 ㄆㄧ ㄏㄜˊ ㄏㄨㄞˊ ㄩˋ ㈠外披粗褐而內懷寶玉。褐：賤者的粗服。㈡喻賢能的人，才德不外露。

▽布被、棉被、光被、翠被、擁被、蒙被、珠被、恩澤廣被。

常5 **袍** 形解 形聲；從衣，包聲。古時衣有表裏，中間著以棉絮者爲袍。

音義 ㄆㄠˊ 名①修長衣裳的通稱；例睡袍。②古稱以新舊棉絮混合製成的長衣；例纊爲繭，縕爲袍。③衣服的前襟；例「反袂拭面，涕沾袍。」

參考「袍」從「衣」(ㄧ)從「包」，不可讀成ㄅㄠ。

10 袍笏登場 ㄆㄠˊ ㄏㄨˋ ㄉㄥ ㄔㄤˇ ㈠演員登臺演唱。袍笏：古時官吏的朝服和手笏。㈡比喻官吏新到職，有如演員般登上政治舞臺。

參考 同粉墨登場。

16 袍澤 ㄆㄠˊ ㄗㄜˊ ㈠衣服名。袍：外衣，是穿在身體外面的長衣；澤，通「襗」，內衣。㈡後世軍人相語稱。例「同志之扶持，與夫袍澤之患難相共。」

參考 衍袍澤之誼。

次5 **祛** 形解 形聲；從衣，去聲。去有張開的意思，所以袖口爲祛。

音義 ㄑㄩ 名袖口；例摻執子之祛。動①揚舉；例祛袂。②消除；例酒能祛百慮。

次5 **袟** 形解 形聲；從衣，失聲。書或劍的函套爲袟。

音義 ㄓˋ 名函套。

次5 **袗** 形解 形聲；從衣，㐱聲。㐱聲字多有濃重的意思，所以文采繁複的衣服爲袗。

音義 ㄓㄣ 名純色衣，通「袀」。形華麗的；例被袗衣。ㄓㄣˇ 動穿著單衣；例當暑，袗絺綌。

次5 **袤** 形解 形聲；從衣，矛聲。衣帶以上的部分。

音義 ㄇㄠˋ 名縱長；例廣袤。

常6 **袱** 形解 形聲；從衣，伏聲。伏有隱藏的意思，所以包裹東西時所用的布包爲袱。

音義 ㄈㄨˊ 名包裹物品的方巾；例包袱。

參考「袱」字古又有婦女包頭巾的意思。

▽包袱。

常6 **裁** 形解 形聲；從衣，𢦏聲。𢦏是以刃傷物，所以用刀剪截製衣服爲裁。

音義 ㄘㄞˊ 名①體勢；例別出新裁。②量詞，計算布料單位；例袗布一裁。動①剪開；例裁剪。②縫製；例「裁衣學水田。」③決斷；例裁判。④控制；例總裁。⑤估量；例裁度。⑥消減；例裁員。⑦節省；例「救其不足，裁其有餘」。⑧殺戮；例自裁。副僅僅，通「纔」；例裁如嬰兒。

參考 ①同剪，減，判，定。②「裁」、「栽」、「載」、「戴」有別：「裁」字的讀音是ㄘㄞˊ，和裁剪衣服有關，所以字從「衣」；「栽」字的讀音是ㄗㄞ，和種植花木有關，所以字從「木」；「載」，音ㄗㄞˋ，和運送貨物有關，所以字從「車」；「戴」，音ㄉㄞˋ，和穿戴有關，所以字從「異」。

7 裁兵 ㄘㄞˊ ㄅㄧㄥ 削減兵額。例裁兵會議。

裁汰 ㄘㄞˊ ㄊㄞˋ 刪減淘汰。例裁汰冗員。

參考 同裁減。

裁判 ㄘㄞˊ ㄆㄢˋ ㈠法動詞，依法裁決判定兩方的爭論。㈡法名詞，指法院適用法律所爲之意思表示。「裁定」＋「判決」↓「裁判」。㈢在比賽中擔任裁判工作的人。又叫「裁判員」。

參考 衍裁判書。

裁決 ㄘㄞˊ ㄐㄩㄝˊ ㈠裁奪決定。㈡係行政官署依據法令及所構成違反的事實，對於違反行爲人，科以一定處罰的意思表示，違警裁決即爲其一。
參考 同裁斷。

9 **裁軍** ㄘㄞˊ ㄐㄩㄣ 減少軍備，裁減兵額。
參考 衍裁軍會議。

裁度 ㄘㄞˊ ㄉㄨㄛˋ 推度而定取捨。
參考 ①同審核。②又作「裁量」。

10 **裁員** ㄘㄞˊ ㄩㄢˊ (一)公司或機關爲節省經費而減少編制人員。(二)裁減淘汰冗員。
參考 同裁人。

12 **裁減** ㄘㄞˊ ㄐㄧㄢˇ 刪去或減少。

14 **裁奪** ㄘㄞˊ ㄉㄨㄛˊ 裁決定奪。

裁撤 ㄘㄞˊ ㄔㄜˋ 將已設立的機關或事物廢止。
參考 同撤消，撤除。

17 **裁縫** (一)ㄘㄞˊ ㄈㄥˊ 裁剪縫製衣服。(二)ㄘㄞˊ ˙ㄈㄥ 縫製衣服的成衣匠。

18 **裁斷** ㄘㄞˊ ㄉㄨㄢˋ 經過考慮作出的判斷或決定。

▽自裁、制裁、總裁、體裁、獨裁、洋裁、剪裁、別裁、別出新裁、獨出心裁。

常 6
裂
形解 形聲；從衣，列聲。列有分解的意思，所以衣裳綻開爲裂。

音義 ㄌㄧㄝˋ 名①古以車磔裂屍體的殘酷刑罰；例九裂不恨。②姓。動①裁剪；例裂裳帛而與之。②破敗；例衣裳綻裂。③撕開；例四弦一聲爲裂帛。④分離；例道術將爲天下裂。⑤缺毀；例僅裂一卷耳。

參考 ①「裂」又有零頭布的意思。②「裂」與「列」音同形似而義別：「裂」，爲破裂；「列」，爲排列。③同開，縫。

11 **裂痕** ㄌㄧㄝˋ ㄏㄣˊ (一)破裂的痕跡、隙縫。(二)比喻感情的破裂。例他們中間有一道裂痕。

▽龜裂、決裂、破裂、分裂、爆裂、車裂、綻裂、斷裂、心腹俱裂、身敗名裂、四分五裂、肝腸俱裂。

次 6
袺
形解 形聲；從衣，吉聲。吉有彎曲的意思，所以提起衣衽成袋狀爲袺。

音義 ㄐㄧㄝˊ 動擦持著衣襟以承物；例薄言袺之。

次 6
裀
形解 形聲；從衣，因聲。因有因襲的意思，所以有衣裡的厚衣爲裀。

音義 ㄧㄣ 名①夾衣。②雙層牀墊，通「茵」；例裀褥。

次 6
袷
形解 形聲；從衣，合聲。無絮的夾衣爲袷。

音義 ㄐㄧㄚˊ 名夾衣；例繡袷。ㄐㄧㄝˊ 名交叉式的衣領；例「曲袷如矩以應方。」

次 6
袽
形解 形聲；從衣，如聲。破敗的衣服爲袽。

音義 ㄖㄨˊ 名破舊的衣服或陳舊的棉絮；例袾袽。

常 7
裟
形解 形聲；從衣，沙聲。僧侶的法衣爲裟。

音義 ㄕㄚ 名宗梵語稱呼僧侶所穿的衣服；例袈裟。

常 7
裔
形解 形聲；從衣，冏聲。衣裙爲裔。

音義 ㄧˋ 名①邊際；例斂雙翮於水裔。②後代的子孫；例苗裔。③荒涼遙遠的地方；例投諸四裔。④夷狄的總稱；例裔不謀夏，夷不亂華。⑤姓。

參考 「裔」又有衣邊的意思。

▽遠裔、後裔、冑裔、苗裔、華裔。

常 7
裝
形解 形聲；從衣，壯聲。衣服外面加以裹束爲裝。

音義 ㄓㄨㄤ 名①服飾；例戎裝。②行李；例整裝待發。③書籍裝訂形式的總稱；例蝴蝶裝。④「妝扮」的省稱；例卸裝。動①打扮；例喬裝。②修飾；例佛要金裝，人要衣裝。③安置；例裝配。④作假；例裝傻。⑤藏匿。⑥承載；例裝運。

參考 ①同扮，放。②字從「壯」作，不可誤寫「壯」爲「妝」。

7 **裝扮** ㄓㄨㄤ ㄅㄢˋ 修飾打扮。例裝扮樸素。又作「妝扮」。

裝束 ㄓㄨㄤ ㄕㄨˋ (一)衣飾的打扮。

㈡整理行裝。

9 **裝訂** ㄓㄨㄤ ㄉㄧㄥˋ 出版物加工成書過程中的最後一道流程，或將散頁的書籍或字畫裝訂成冊。

10 **裝修** ㈠ㄓㄨㄤ ㄒㄧㄡ 裝置整修。例裝修內部。㈡ㄓㄨㄤ ㄒㄧㄡ 在中國傳統建築上，柱與柱間，用木製成，能透光透氣，可開可關的隔斷物。

12 **裝備** ㄓㄨㄤ ㄅㄟˋ ㈠裝置配備。㈡軍配備個人或一機構在生產上、軍事上所需的器材、武器和物品。

參考 與「設備」有別：「設備」多用於非軍事方面，指進行某項工作或供應某種需要所必需的成套建築物或器物。

裝腔作勢 ㄓㄨㄤ ㄑㄧㄤ ㄗㄨㄛˋ ㄕˋ 有意做作的姿態，含有假意殷勤或作威作福的意思。

參考 同裝模作樣，故作姿態。

13 **裝置** ㄓㄨㄤ ㄓˋ 安裝，設置。

裝運 ㄓㄨㄤ ㄩㄣˋ 裝載輸送。例裝運行李貨物。

裝飾 ㄓㄨㄤ ㄕˋ 身體或器物上加以修飾點綴，求取美觀。

參考 ①同打扮。②參閱「修飾」條。③衍裝飾品、裝飾音、裝飾畫、裝飾說、裝飾記號、裝飾教育、裝飾雕刻。

裝飾品 ㄓㄨㄤ ㄕˋ ㄆㄧㄣˇ 專取美觀而不重實用的物品。

參考 反實用品。

裝瘋賣傻 ㄓㄨㄤ ㄈㄥ ㄇㄞˋ ㄕㄚˇ 假裝糊塗瘋傻。又作「裝傻充愣」。

15 **裝潢** ㄓㄨㄤ ㄏㄨㄤˊ ㈠指裱背與裝飾書畫、碑帖。㈡指室內設計或物品的裝飾。例室內裝潢。又作「裝裱」、「裝池」、「裝治」、「裝背」、「裝褫」、「裱褙」、「潢治」。

裝模作樣 ㄓㄨㄤ ㄇㄨˊ ㄗㄨㄛˋ ㄧㄤˋ 故意做作而不自然。

參考 與「矯揉造作」有別：「裝模作樣」專指人的姿勢、態度，且偏重在虛僞、不忠實，含有借以欺人的意思；而「矯揉造作」除用以形容人的姿勢、態度做作、不自然外，也可用指詩文的雕琢過甚。

22 **裝聾作啞** ㄓㄨㄤ ㄌㄨㄥˊ ㄗㄨㄛˋ ㄧㄚˇ 故意裝作不聞不問，假作不知道。

▽衣裝、改裝、軍裝、輕裝、行裝、新裝、盛裝、服裝、武裝、春裝、秋裝、上裝、便裝、整裝、假裝、僞裝、全副武裝、人靠衣裳，佛靠金裝。

常 7 **裡**

形解 形聲；從衣，里聲。衣服的內襯爲裡。

音義 ㄌㄧˇ 名 ①衣服內層的襯布；例綠衣黃裡。②內在；例表裡如一。③表處所；例這裡。④表時間；例夜裡。⑤中；例口裡不言，心裡直想。動整理；通「理」。助語末助詞，無義，同「哩」。例春意，春意，只怕杜鵑催裡。

參考 ①「裡」是「裏」的俗字。②同內，中。③反外。

17 **裡應外合** ㄌㄧˇ ㄧㄥˋ ㄨㄞˋ ㄏㄜˊ 內外勾結響應。又作「裡勾外聯」。

▽手裡、心裡、內裡、表裡、袖裡、這裡、那裡。

常 7 **裙**

形解  形聲；從衣，君聲。字本作「帬」：形聲；從巾，君聲。君有主宰、首領的意思，衣領猶如一衣之首，所以披在肩部繞過衣領的布巾爲帬。俗作「裙」，指下裳。

音義 ㄑㄩㄣˊ 名 ①腰部以下的裳；例衣裙。②鼈甲邊緣的肉，膠質頗多，味道鮮美；例鼈裙。

參考 「裙」字古義指下裳，並無性別的區分，後世漸以專稱女性所穿著的下裳。

10 **裙屐少年** ㄑㄩㄣˊ ㄐㄧ ㄕㄠˋ ㄋㄧㄢˊ 只求修飾，不能當大任的年輕人。

11 **裙釵** ㄑㄩㄣˊ ㄔㄞ 指婦女。裙和釵都是婦女專用的衣飾。

參考 反鬚眉。

裙帶關係 ㄑㄩㄣˊ ㄉㄞˋ ㄍㄨㄢ ㄒㄧˋ 譏誚人由於妻子的牽引才有官做、事做。

▽布裙、羅裙、縞裙、素裙、長短、短裙、迷你裙、迷地裙、石榴裙、犢鼻裙、荊釵布裙。

常 7 **補**

形解 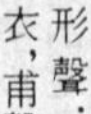 形聲；從衣，甫聲。將綻裂的衣服以

線縫合使其完好爲補。

音義 ㄅㄨˇ 名①滋養品；例涼補。②姓。動①將破漏或瘡洞修好；例女媧補天。②添足；例補充。③幫助；例於事無補。

參考 ①「補」與「捕」音同形似而義異：「補」，爲補足；「捕」，爲捕捉。②同足，充。③反缺，漏。

5 **補白** ㄅㄨˇ ㄅㄞˊ ㈠書籍、報刊、雜誌上塡補空白的文字。㈡指寫些零碎的文字，來塡補紙面空白的部分。㈢畫家用在款識上，謙稱自己的作品，供人塡補空白的牆壁。

補充 ㄅㄨˇ ㄔㄨㄥ 增補不足。例補充說明。

參考 與「補助」、「補償」、「彌補」都有增補充實的意思，但有別：「補充」是指因缺少或不完備而給予增加充實，使用於人或事物；「補助」是因需要而給予幫助；「補償」則因損失、消耗或差欠而給予賠補；「彌補」是因有缺陷而給予補足。故「補助」、「補償」多用於財物；「彌補」則多用於抽象的事物。

7 **補助** ㄅㄨˇ ㄓㄨˋ 增補或幫助闕漏。

參考 衍補助費、補助金、補助教育、補助商業。

補缺 ㄅㄨˇ ㄑㄩㄝ ㈠官吏有缺額，遴選人員遞補。㈡彌補缺漏。

11 **補救** ㄅㄨˇ ㄐㄧㄡˋ 彌補救濟。

補偏救弊 ㄅㄨˇ ㄆㄧㄢ ㄐㄧㄡˋ ㄅㄧˋ 矯正偏差，補救弊害。

12 **補給** ㄅㄨˇ ㄐㄧˇ ㈠補充供給。㈡軍爲供應部隊所需的一切軍品的補充供給。

參考 衍補給線、補給證、補給船。

16 **補遺** ㄅㄨˇ ㄧˊ 塡補缺漏。

17 **補償** ㄅㄨˇ ㄔㄤˊ 彌補或償還所虧欠的東西或事物。例補償損失。

參考 衍補償作用、補償財政、補償支付、補償教育、補償心理。

▽後補、塡補、修補、進補、冬補、食補、藥補、縫補、葺補、於事無補、冬至進補。

常 7 **裘** 形解 形聲；從衣，求聲。字本作「求」，象皮衣形，所以皮衣爲裘。

音義 ㄑㄧㄡˊ 名①皮衣；例彼都人士，狐裘黃黃。②姓。動尋找，通「求」；例熊羆是裘。

參考 「裘」與「衣」音義各異：「裘」，特指皮毛製的成品；而「衣」則泛指一般服裝而言。

13 **裘葛** ㄑㄧㄡˊ ㄍㄜˊ ㈠泛稱衣服。㈡時光或寒暑時序的交替。冬天穿皮裘，夏天穿麻葛，形容時序的推移。

14 **裘弊金盡** ㄑㄧㄡˊ ㄅㄧˋ ㄐㄧㄣ ㄐㄧㄣˋ 比喻生活窘迫，窮途潦倒的景狀。裘弊：皮衣破敗；金盡：錢財用盡。

▽輕裘、狐裘、貂裘、皮裘、羹裘、集腋成裘。

常 7 **裕** 形解 形聲；從衣，谷聲。谷有源源而來、充實的意思，所以衣物充足，儲存饒多爲裕。

音義 ㄩˋ 名①方法；例遠乃猷裕。②豐饒；例綽綽有裕。③姓。動①充塞；例天地裕於萬物。②包容；例裕以民寧。③誘導；例裕民。形①豐富的；例充裕。②寬緩的；例富裕。

參考 ①「裕」又有開的意思。②「裕」與「餘」音近而形義各異：「裕」，從衣從谷，指富厚，如「優裕」；而「餘」從食從余，爲過剩，如「年年有餘」。③同厚，富，足，利。

6 **裕如** ㄩˋ ㄖㄨˊ ㈠富足的樣子。例生活裕如。㈡從容不迫的樣子。例應付裕如。

▽寬裕、富裕、餘裕、充裕、綽有餘裕。

次 7 **裋** 形解 形聲；從衣，豆聲。豆有短小的意思，所以童子所穿的短衣爲裋。

音義 ㄕㄨˋ 名童僕的衣服；例裋褐。

次 7 **裎** 形解 形聲；從衣，呈聲。呈有呈現在外的意思，所以裸體爲裎。

音義 ㄔㄥˊ 名①赤體；例裸裎。②玉佩的繫帶。
ㄔㄥ 名對襟的單衣。

㊍ 7
裛 形解 形聲；從衣，邑聲。邑有收束的意思，所以書囊爲裛。

音義 一、名 ①書衣。②巾帊。動 ①纏繞；例裛以藻繡。②濡溼；例雨裛紅蕖冉冉香。③香味散發；例麝裛戰袍香。

㊍ 7
裒 形解 會意；從臼衣。臼爲兩手相合，有聚攏的意思，所以聚集爲裒。

音義 ㄆㄡˊ 動 ①聚集；例裒輯。②減除；例裒多益寡。③虜獲；例裒荊之旅。形 衆多的；例「裒時之對。」

16 **裒輯** ㄆㄡˊ ㄐㄧˊ 編輯文章或資料。

㊥ 8
裳 形解 形聲；從衣，尚聲。著在下身的衣裙爲裳。

音義 ㄔㄤˊ 名 古稱人的下半身所穿著的服裝，即裙子；例綠衣黃裳。動 穿著；例衣錦褧衣，裳錦褧裳。

參考 ①又音ㄕㄤ。②參閱「衣」字條。

▽衣裳、帷裳、霓裳、羅裳、下裳、雲裳。

㊥ 8
褂 形解 形聲；從衣，卦聲。長襦爲褂。

音義 ㄍㄨㄚˋ 名 ①方 北方人稱單衣爲褂；例大褂。②短外衣；例長袍馬褂。

參考 ①「褂」與「掛」音同形近而義異：「褂」，從「衣」(衤)，爲外衣；而「掛」，從提手旁(扌)，有懸繫的意思。②字本作「袿」。

㊥ 8
裴 形解 形聲；從衣，非聲。衣服特長爲裴。

音義 ㄆㄟˊ 名 姓。動 淹留，通「徘」；例裴回。

參考 ①「裴」字又有衣長的意思。②「裴」字從衣非聲，卻不讀成ㄈㄟ或ㄈㄟˇ。③「裴」與「斐」形似而音義各異：「裴」，音ㄆㄟˊ，作姓氏解；而「斐」，音ㄈㄟˇ，有文彩、顯著等義。

㊥ 8
裹 形解 形聲；從衣，果聲。果有內藏的意思，所以將物纏繞，妥藏於內爲裹。

音義 ㄍㄨㄛˇ 名 ①包紮成的物品；例包裹。②花房；例綠葉紫裹。③果實；例濯穎散果。動 ①綑紮；例裹傷。②包羅；例其於物無不受也，無不裹也。③停止；例裹足不前。④包裹後加以攜帶；例乃裹餱糧。

參考 ①「裹」與「裏」形似而音義各異：「裹」，音ㄍㄨㄛˇ，從衣果聲，有包紮的意思；「裏」，讀ㄌㄧˇ，從衣里聲，有內部的意思。②同 包，紮，綑，綁。③反 拆。④與「裸」音義各異：雖同是從衣果聲，但因位置經營不同而一作「裹」，一作「裸」，絕不可混淆或互通。

7 **裹足** ㄍㄨㄛˇ ㄗㄨˊ (一)古時女人用布條包裹腳足。(二)停止不敢向前。例裹足不前。

參考 ①又作「裹腳」。②衍 裹足不前。

裹足不前 ㄍㄨㄛˇ ㄗㄨˊ ㄅㄨˋ ㄑㄧㄢˊ 停止腳步而不向前進。

參考 反 勇猛向前。

10 **裹脅** ㄍㄨㄛˇ ㄒㄧㄝˊ 包圍脅迫。

13 **裹傷** ㄍㄨㄛˇ ㄕㄤ 包裹傷口。

㊥ 8
裸 形解 字本作「𧞤」：形聲；從衣，𣎆聲。赤著身體，不著衣服爲𧞤。俗作「裸」。

音義 ㄌㄨㄛˇ 名 赤身露體；例欲觀其裸。動 露顯；例裸露。形 不穿衣服的；例禹袒入裸國。副 赤裸地；例裸奔。

參考 ①「裸」從衣果聲，卻不讀成ㄍㄨㄛˇ。②同 露，顯。③參閱「裹」字條。

3 **裸子植物** ㄌㄨㄛˇ ㄗˇ ㄓˊ ㄨˋ 植 顯花植物中，胚珠不在子房內而完全裸露出的，如松、杉、麻黃等。

參考 反 被子植物。

12 **裸裎** ㄌㄨㄛˇ ㄔㄥˊ 不穿衣服，露出肉體。例散髮裸裎。

23 **裸體** ㄌㄨㄛˇ ㄊㄧˇ 赤身露體。例裸體照片。

參考 衍 裸體畫、裸體像、裸體素描。

▽赤裸、袒裸、全裸、半裸。

常 8 **製** 形解 形聲；從衣，制聲。制有裁斷的意思，所以裁斷布帛，縫綴成衣爲製。

音義 ㄓˋ 名 ①裁縫；例子有美錦，不使人學製焉。②文 創作性的詩文；例必有美製。③樣式；例服短衣楚製。動 ①剪裁；例裁製。②撰寫；例賦詩製序。③製造；例如法炮製。

參考 ①「製」與「裝」形似而音義各別：「製」爲造作；「裝」爲修飾。②參閱「制」字條。③同作，造。

9 **製訂** ㄓˋ ㄉㄧㄥˋ 製作訂立。例製訂規章。

參考 與「擬定」有別：「擬定」指草擬決定；「製訂」是指訂立。

11 **製造** ㄓˋ ㄗㄠˋ 將原料或粗製品做成器物或精製品。例製造精鹽。又作「製作」。

▽謹製、自製、精製、粗製、調製、佳製、監製、如法炮製。

常 8 **裨** 形解 形聲；從衣，卑聲。卑有增益的意思，作衣服遇到布帛短缺時，用其他布帛相接相益爲裨。

音義 ㄅㄧˋ 名 助益；例頭童齒豁，雖死何裨？動 ①添補；例裨補闕漏。②增益；例無裨於事。

ㄆㄧˊ 名 ①古稱爵位較低的禮服；例侯氏裨冕。②城上防護用的短牆，通「陴」；例反其裨。③姓。形 ①狹小的；例裨販。②副貳的；例裨將。

參考 ①「裨」從衣卑聲，卻不可讀成ㄅㄟˋ。②同助，益。

10 **裨益** ㄅㄧˋ ㄧˋ 幫助，補益。例裨益良多。

12 **裨補闕漏** ㄅㄧˋ ㄅㄨˇ ㄑㄩㄝ ㄌㄡˋ 彌補闕失，補助遺漏。

常 8 **褚** 形解 形聲；從衣，者聲。穿著赤色衣服做爲標識的徒卒爲褚。

音義 ㄔㄨˇ 名 ①袋囊；例褚小不可以懷大。②蓋棺材用的紅布；例褚幕丹質。③姓。

動 ①貯藏，通「儲」。②以絲棉塡充衣服。

ㄓㄜˇ 名 兵卒。

次 8 **裱** 形解 形聲；從衣，表聲。婦人的領巾爲裱。

音義 ㄅㄧㄠˇ 名 婦女用的領巾。

動 裝飾；例糊裱。

14 **裱褙** ㄅㄧㄠˇ ㄅㄟˋ ㈠用紙、布或絲織物爲襯底，將書法，圖畫等黏糊起來，以便於收藏或展示。書畫向外的一方爲裱，其襯底的托背爲褙。亦作「表背」、「裱背」。㈡以裝裱書畫爲業的人。

15 **裱糊** ㄅㄧㄠˇ ㄏㄨˊ 用紙或其他材料糊飾屋子的牆壁、天花板或其他物件。

次 8 **裾** 形解 形聲；從衣，居聲。居有居止的意思，所以衣的前襟可以容物爲裾。

音義 ㄐㄩ 名 衣服大襟。

次 8 **裼** 形解 形聲；從衣，易聲。脫衣露體爲裼。

音義 ㄒㄧ 名 披風。動 裸露；例袒裼。

ㄊㄧˋ 名 嬰兒的包布。

次 8 **裯** 形解 形聲；從衣，周聲。短的內衣爲裯。

音義 ㄔㄡˊ 名 被單；例抱衾與裯。

ㄉㄠ 名 祗裯，短衣。

常 9 **褐** 形解 形聲；從衣，曷聲。品質粗劣的衣服爲褐。

音義 ㄏㄜˊ 名 ①粗毛、粗麻所製成的衣服；例許子衣褐。②貧賤的人。③黃黑色，通「鶡」；例褐煤。④姓。

參考 與「葛」音義各異：「葛」，從草(艸)，音ㄍㄜˊ，多年生蔓草。

常 9 **複** 形解 形聲；從衣，复聲。复有重疊的意思，所以重層的衣服爲複。

音義 ㄈㄨˋ 名 夾衣；例夏不失複。形 ①重疊的；例重複。②雙層的；例藏岐複壁中。

③多數的，與「單」相對；例複眼。副依照地；例複印。

參考①「複」與「復」音同形近而義異：「複」，指重疊；而「復」，爲恢復、反覆。②同重，雜，繁。③反單。

5 複印機 ㄈㄨˋ ㄧㄣˋ ㄐㄧ 複製文件、圖片等的機器，可迅速、大量獲得與原件無異的副本。極便於利於資料的搜集與分發。

14 複製 ㄈㄨˋ ㄓˋ 仿效原本的形體而製成與原有者相似的作品。例

18 複雜 ㄈㄨˋ ㄗㄚˊ 繁複不單純。例關係複雜。

參考①反單純。②參閱「龐雜」條。

▽重複、單複。

常 9 褒 形解 形聲；從衣，保省聲。衣服前襟特別寬大的地方爲褒。

音義 ㄅㄠ 名①獎勵；例褒貶。②姓。動①贊揚；例褒揚之聲。②獎勵；例褒獎。形寬鬆的；例褒衣博帶。

參考①「褒」從「衣」從「保」，與從「𥝌」而有袖子之意的「褎」字不同。②同讚，揚，獎。③反貶，損。④與「褓」有別：雖同是從衣保聲，但因位置經營的不同而意思也不同。

12 褒揚 ㄅㄠ ㄧㄤˊ 讚美表揚。

褒貶 ㄅㄠ ㄅㄧㄢˇ ㈠贊美與貶損，批評優劣。㈡不好的批評。例別落了人家的褒貶。

15 褒獎 ㄅㄠ ㄐㄧㄤˇ 褒揚獎勵。

16 褒諱貶損 ㄅㄠ ㄏㄨㄟˋ ㄅㄧㄢˇ ㄙㄨㄣˇ 稱揚隱諱，貶抑責損。

▽過褒、稱褒、寵褒。

常 9 褓 形解 形聲；從衣，保聲。保有養的意思，所以用以保養小兒的衣物爲褓。

音義 ㄅㄠˇ 名幼兒的衣服。

參考①參閱「褒」字條。②字本作「緥」。

次 9 褌 形解 形聲；從衣，軍聲。軍有包圍的意思，所以有襠的袴子爲褌。

音義 ㄎㄨㄣ 名有襠的褲子；例褌襠。

次 9 褘 形解 形聲；從衣，韋聲。韋有圍轉的意思，所以蔽膝之衣爲褘。

音義 ㄏㄨㄟ 名①王后穿的祭服；例王后褘衣。②男用的蔽膝。

褘 ①

次 9 褙 形解 形聲；從衣，背聲。婦人所穿的外衣爲褙。

音義 ㄅㄟˋ 動裝裱黏貼書畫；例裱褙。

次 9 褕 形解 形聲；從衣，俞聲。有羽飾的衣服爲褕。

音義 ㄩˊ 名襜褕，直裾的衣服。形舒美的；例褕衣甘食。

次 9 褊 形解 形聲；從衣，扁聲。扁有狹小的意思，所以衣服窄小爲褊。

音義 ㄅㄧㄢˇ 形①狹小的；例褊窄。②急躁的。ㄆㄧㄢ 形褊褼，衣裙舞動的。

9 褊急 ㄅㄧㄢˇ ㄐㄧˊ 性情急躁，心胸狹窄。

10 褊狹 ㄅㄧㄢˇ ㄒㄧㄚˊ 偏頗，狹礙。

11 褊淺 ㄅㄧㄢˇ ㄑㄧㄢˇ 知識短淺。

次 9 褎 形解 會意；從衣，采。衣袖下垂，如稻禾的采，所以衣袂爲褎。

音義 ㄧㄡˋ 名華飾；例褎如充耳。ㄒㄧㄡˋ 名古「袖」字；例羔裘豹褎。

6 褎如充耳 ㄧㄡˋ ㄖㄨˊ ㄔㄨㄥ ㄦˇ 形容一個人服飾華美，卻不能和德行相稱。

常 10 褪 形解 形聲；從衣，退聲。退有除卻的意思，所以卸除衣服爲褪。

音義 ㄊㄨㄣˋ 動①脫卸；例羅衣寬褪，能消幾箇黃昏？②凋謝；例花褪殘紅青杏小。③脫落；例褪色。④退卻；例褪身。

參考①語音可讀成 ㄊㄨㄟˋ。②

6 **褪色** ㄊㄨㄣˋ ㄙㄜˋ 同脫，掉，落。顏色脫落或消滅。例那件衣服已經褪色了。又作「脫色」。

常 10 **褲** 形解 形聲；從衣，庫聲。字本作「絝」：形聲；從糸，夸聲。套於腰下、兩股及兩脛的衣服。
音義 ㄎㄨˋ 名 穿在下半身，裹束雙腿而成的服裝；例西褲。
形 附屬於褲子的；例褲帶。
參考 「褲」與「袴」古代有別：以「褲」爲有襠的下衣；而「袴」指套褲而言。然今則互用而無別。

11 **褲袋** ㄎㄨˋ ㄉㄞˋ 褲子的口袋。
▽衣褲、長褲、短褲、內褲、西褲、丁字褲、開襠褲、水兵褲、牛仔褲、燈籠褲。

常 10 **褫** 形解 形聲；從衣，虒聲。强迫解衣爲褫。
音義 ㄔˇ 動 ①將身上的衣物剝掉；例褫衣。②剝奪；例褫奪公權終身。③開革；例褫官。
參考 ①同脫，剝。③「褫」與「遞」音義各異：「褫奪」的「褫」字，音ㄔˇ，不可誤讀成ㄉㄧˋ；「傳遞消息」的「遞」字，才讀成ㄉㄧˋ。

14 **褫奪公權** ㄔˇ ㄉㄨㄛˊ ㄍㄨㄥ ㄑㄩㄢˊ 法 剝奪犯罪人享有公權之資格。亦稱「資格刑」。

常 10 **褥** 形解 形聲；從衣，辱聲。辱有屈居在下的意思，所以布帛製成供人坐臥的器具爲褥。
音義 ㄖㄨˋ 名 用布、棉絮、獸皮等製成的床上的舖墊物，坐臥時使柔軟舒適又可保溫暖的墊具；例被褥。
參考 與「蓐」、「縟」同音而義異：蓐，即草蓆，而婦女臨產也叫「坐蓐」，但不可作「坐褥」；縟，是繁瑣，繁重的意思。

15 **褥瘡** ㄖㄨˋ ㄔㄨㄤ 醫 病名。機體組織受到長期壓迫而壞死所引起的潰瘍，大多發生於重症病人。久臥床上而不能自動改變姿勢，致局部營養障礙而引起。

次 10 **褡** 形解 形聲；從衣，荅聲。橫蓋的小被爲褡。
音義 ㄉㄚ 名 ①無袖的衣服；例背褡。②盛物囊袋；例錢褡。動 衣服破敝。

次 10 **襬** 形解 形聲；從衣，能聲。顢頇而不通事理爲襬。
音義 ㄋㄞˋ 參閱「襬襶」條。ㄉㄜ˙ 參閱「襬襶」條。

22 **襬襶** (一) ㄋㄞˋ ㄉㄞˋ 1.夏天所戴的涼笠。2.不懂事。(二) ㄉㄜ ˙ㄉㄜ 1.衣冠不整的樣子。2.衣服厚重的樣子。

次 10 **褰** 形解 形聲；從衣，寒省聲。袴褲爲褰。
音義 ㄑㄧㄢ 名 袴褲；例徵褰與襦。動 撩提；例褰衣。

次 10 **褭** 形解 會意；從衣，從馬。以韁繩控馬爲褭。
音義 ㄋㄧㄠˇ 動 ①以繩索牽馬。②彎曲；例野鶴飛而桂褭。
形 柔美的，通「嫋」、「裊」。

次 10 **褧** 形解 形聲；從衣，耿聲。細絲絹所製的單衣爲褧。
音義 ㄐㄩㄥˇ 名 單層罩袍，通「絅」。

常 11 **褻** 形解 形聲；從衣，埶聲。私下居處時所穿的衣裳爲褻。
音義 ㄒㄧㄝˋ 名 貼身的衣服；例褻衣。動 ①親暱；例褻慢。②熟悉；例雖褻，必以貌。③狎玩；例可遠觀而不可褻翫焉。形 ①寵信的；例褻臣。②汚穢的；例褻器。
參考 ①「褻」與「藝」字形近而義異，且「褻」不可讀成ㄧˋ、ㄧ。②同親，穢，暱，汚。

6 **褻衣** ㄒㄧㄝˋ ㄧ 貼身的內衣。

27 **褻瀆** ㄒㄧㄝˋ ㄉㄨˊ (一)輕慢侮蔑。(二)謙稱以小事打擾人家。例瑣事不敢褻瀆。又作「褻黷」。
▽猥褻、狎褻。

常 11 **襄** 形解 形聲；從衣，㖩聲。㖩有治理的意思，所以脫去外衣，努力耕種爲襄。

音義 ㄒㄧㄤ 名①駕車的馬匹；例兩服上襄。②姓。動①幫助；例襄事。②完竣；例共襄盛舉。③攀登；例懷山襄陵。④掃除，通「攘」；例牆有茨，不可襄也。形高聳的；例襄岸夷塗。副輔助地；例襄理。

參考 ①同助。②擊驤、鑲。

11 襄理 ㄒㄧㄤ ㄌㄧˇ (一)襄助辦理。(二)工商、金融界的等級稱謂之一，輔助經理辦事的人。又作「襄辦」。

常 11 **褶** 形解 形聲；從衣，習聲。習有重複的意思，所以有夾層的衣服爲褶。

音義 ㄉㄧㄝˊ 名夾衣；例帛爲褶。ㄒㄧˊ 名古代騎乘的裝束；例幡翳捐褶。ㄓㄜˊ 名①衣服折疊後所留下的痕迹；例褲褶。②量詞，計算衣服上的折疊；例百褶金繡裙，四合杭絲衫。

6 褶曲 ㄓㄜˊ ㄑㄩ 地地質學名詞。地層呈波狀、盆狀、鐘狀等彎曲構造者，分爲背斜層和向斜層兩部。

常 11 **褸** 形解 形聲；從衣，婁聲。婁有中空的意思，所以衣襟爲褸。

音義 ㄌㄩˇ 名衣襟，即「衽」；例褸衽。形衣飾破爛的；例襤褸。

次 11 **褵** 形解 形聲；從衣，离聲。女子的香纓爲褵。

音義 ㄌㄧˊ 名古女子出嫁時覆面的頭巾，通「縭」。

次 11 **褳** 形解 形聲；從衣，連聲。行旅時盛物的布囊爲褳。

音義 ㄌㄧㄢˊ 名褡褳，一種中央開口，兩頭可裝東西的布袋。

次 11 **襁** 形解 形聲；從衣，强聲。背負小孩子的布帶爲襁。

音義 ㄑㄧㄤˇ 名背負嬰兒所用的布兜；例襁褓。

9 襁負 ㄑㄧㄤˇ ㄈㄨˋ 用襁褓將小孩子背在背上。

14 襁褓 ㄑㄧㄤˇ ㄅㄠˇ 背負幼兒用的長布，亦可比喻爲幼兒。亦作「襁緥」、「襁保」、「繦緥」、「强葆」。

次 12 **襌** 形解 形聲；從衣，單聲。單薄的衣服爲襌。

音義 ㄉㄢ 名單衣。

參考 同絅，褧。

次 12 **襆** 形解 形聲；從衣，菐聲。削去邊幅的衣裳爲襆。

音義 ㄆㄨˊ 名襆被，行李捲。

常 13 **襠** 形解 形聲；從衣，當聲。遮住小腹與臀部的部分的褲裝爲襠。

音義 ㄉㄤ 名①褲裝兩腿縫合的部位；例開襠褲。②兩腿中間的位置；例穿襠而過。

參考 與「鐺」同音而義異：鐺，描摹聲音詞，是撞擊金屬器物的聲音。

▽褲襠、褌襠、開襠。

常 13 **襟** 形解 形聲；從衣，禁聲。衣服前幅約當胸部相接合的部分爲襟。

音義 ㄐㄧㄣ 名①衣服前幅當胸釘紐扣的部分；例長使英雄淚滿襟。②女婿互相間的稱呼；例連襟。③人的志向和懷抱；例襟懷。

19 襟懷 ㄐㄧㄣ ㄏㄨㄞˊ 胸襟懷抱。

▽衣襟、胸襟、開襟、披襟、沾襟、連襟、愁襟、長使英雄淚滿襟。

常 13 **襖** 形解 形聲；從衣，奧聲。奧有深密的意思，所以皮製的衣服，或夾衣爲襖。

音義 ㄠˇ 名①中式有裡子的短上衣，通常因材料的不同，有皮、棉之分，因縫製的不同，又有夾、實之分；例棉襖。②上衣的通稱；例紅褲綠襖。

次 13 **襚** 形解 形聲；從衣，遂聲。贈給死者的衣衾爲襚。

音義 ㄙㄨㄟˋ 名 ①贈送死人的衣衾。②贈予他人的衣服。

次 13 **襛** 解形 形聲；從衣，農聲。農有厚重的意思，所以衣服厚重爲襛。
音義 ㄋㄨㄥˊ 形 ①衣服厚重的。②盛美的；例何彼襛矣？

次 13 **襜** 解形 形聲；從衣，詹聲。詹有障蔽的意思，所以衣長可以蔽膝者爲襜。
音義 ㄔㄢ 名 ①圍裙。②帷幕，通「幨」；例絳襜。形 衣帶飄舞的；例襜如。

次 13 **裣** 解形 形聲；從衣，僉聲。僉有隱蔽的意思，所以衣長可蔽膝者爲裣。
音義 ㄌㄧㄢˇ 動 整飭衣襟；例裣衽。
參考 字作「衣長」解時，同「襜」。
9 **裣衽** ㄌㄧㄢˇ ㄖㄣˋ 古代女子所行的拜手禮。同「斂衽」。

次 13 **襞** 解形 形聲；從衣，辟聲。辟有隱僻的意思，所以有摺縫的衣服爲襞。
音義 ㄅㄧˋ 名 衣服的褶痕。動 折疊衣服。

常 14 **襤** 解形 形聲；從衣，監聲。沒有縫緝布緣的衣裳爲襤。
音義 ㄌㄢˊ 名 無滾邊或滾邊而破舊的短衣；例襤褸。
參考 字或作「繿」。

次 14 **襦** 解形 形聲；從衣，需聲。長度僅至膝蓋以上的短衣爲襦。
音義 ㄖㄨˊ 名 ①短襖；例「珠襦玉匣」。②圍兜。③細密的羅網，通「繻」；例羅襦。

常 15 **襪** 解形 形聲；從衣，蔑聲。蔑有微小、輕視的意思，所以套於足下像衣服的織品爲襪。
音義 ㄨㄚˋ 名 套在腳上，用來保護或溫暖雙足的裝束，其材料通常以棉、毛、絲或化學纖維製成；例褲襪。
參考 字又可作「韈」、「袜」、「韤」。

次 15 **襭** 解形 形聲；從衣，頡聲。用衣服的下擺兜取物品爲襭。
音義 ㄒㄧㄝˊ 動 用衣服的下擺兜盛；例薄言襭之。

次 15 **襮** 解形 形聲；從衣，暴聲。有黑白色交飾的衣領爲襮。
音義 ㄅㄛˊ 名 ①衣領。②外表。動 表露；例「宜自表襮」。

次 15 **襬** 解形 形聲；從衣，罷聲。衣裙的下緣部分爲襬。
音義 ㄅㄞˇ 名 衣裙的下緣部分。

常 16 **襲** 解形 形聲；從衣，龖省聲。小斂、大斂以前爲死者所穿的向左開襟的衣袍爲襲。
音義 ㄒㄧˊ 名 ①衣外再加一層衣服；例寒不敢襲。②量詞，計算成套衣服的單位；例一襲灰衣萬縷情。③姓。動 ①穿著；例襲朝服。②重疊；例重仁襲義。③承繼；例世襲。④趁人不備，突然攻擊；例襲擊敵人。⑤觸及；例寒流侵襲。⑥接受；例故襲天祿。⑦照樣照做；例因襲成風。形 重疊的。副 ①掩擊地；例襲殺。②繼承地；例襲封。
參考 ①「襲」又有斂尸的意思。②同繼，嗣，紹。
14 **襲奪** ㄒㄧˊ ㄉㄨㄛˊ ㈠侵害奪取。㈡地 低位河常將高位河襲奪過來。
參考 衍 襲奪河、襲奪灣。
17 **襲擊** ㄒㄧˊ ㄐㄧ 乘人沒有防備時而加以攻擊。
▽因襲、空襲、蹈襲、偷襲、侵襲、夜襲、來襲、世襲、奇襲、一襲、遠襲。

常 16 **襯** 解形 形聲；從衣，親聲。親有親近的意思，所以貼身的衣裳爲襯。
音義 ㄔㄣˋ 名 內衣；例內襯。動 ①對照；例襯托。②協助；例幫襯。③施與，通「儭」、「嚫」；例以襯衆僧。形 ①在裏面托上一層的；例襯紙。②(穿)在裏面的；例襯衣。

參考 ①「襯」與「墊」都有承托的意思，習慣上墊肩、墊款，不可作「襯」；襯裏、襯裙，亦不可作「墊」。②與「櫬」同音而義異：「櫬」，從木，爲棺材。

4 **襯手** ㄔㄣˋ ㄕㄡˇ 手頭順溜，勝任愉快。又作「趁手」。

6 **襯托** ㄔㄣˋ ㄊㄨㄛ ㈠墊襯。㈡從旁陪襯烘托，使目標明顯。㈢用另一事物暗示，以顯露本意。

參考 同烘托。

㊋ 17 **襶** 形解 形聲；從衣，戴聲。愚笨而不知事理爲襶。

音義 ㄉㄞˋ 名 遮日笠帽，用竹片做胎，蒙上布吊爲褦襶。

參考 又音 ˙ㄉㄜ。

㊋ 17 **襴** 形解 形聲；從衣，闌聲。上下相連的衣衫爲襴。

音義 ㄌㄢˊ 名 上衣下裳相連的服裝。

【襾部】 ㄧㄚˋ

㊌ 0 **西** 形解 象形；上象鳥，下象鳥巢形。

音義 ㄒㄧ 名 ①方位名，爲日落的方位，或稱人面北時左手邊的方位，與「東方」對；例夕陽西下。②歐美各國的代稱；例中西文化交流。③地 國名，「西班牙」的簡稱，在歐洲西南部。④姓。動 向西行；例鼓行而西。形 ①歐美的；例西服。②西班牙的；例西語。

參考 ①反 東。②擘 栖、硒。

4 **西元** ㄒㄧ ㄩㄢˊ 歐美記載年代的名稱，以耶穌降生的那年爲元年。又稱「西曆」、「公元」。

西天 ㄒㄧ ㄊㄧㄢ ㈠地 中國古代稱印度爲天竺，因在中國之西，故漢文佛教著作中常稱「西天」。例西天取經。㈡宗 佛教名詞，一般淨土宗信仰者，指阿彌陀經所說西方極樂世界。例上西天。

7 **西伯利亞** ㄒㄧ ㄅㄛˊ ㄌㄧˋ ㄧㄚˋ 地 在亞洲北部，屬蘇聯。介於烏拉山和太平洋沿岸，北起北冰洋岸，南抵哈薩克丘陵。東西長七、〇〇〇公里，南北寬四、〇〇〇公里，面積約一、三〇〇萬平方公里。西部爲平原，中部、東部分別以高原、山地爲主。氣候寒冷，大陸性顯著。

8 **西京** ㄒㄧ ㄐㄧㄥ 地 指長安。又稱「西都」。

10 **西席** ㄒㄧ ㄒㄧˊ ㈠賓客所坐的席位。㈡稱呼家塾的教師或幕友。

參考 ①同 西賓，教師。②反 東席。

11 **西域** ㄒㄧ ㄩˋ 地 漢以後對於玉門關以西地區的總稱。

13 **西遊記** ㄒㄧ ㄧㄡˊ ㄐㄧˋ 書 通俗神魔小說，明吳承恩作，一百回，作者在民間流傳的唐僧玄奘取經故事，及有關的話本、雜劇的基礎上，經過再創作，寫成規模宏偉、結構完整的巨著。

19 **西羅馬帝國** ㄒㄧ ㄌㄨㄛˊ ㄇㄚˇ ㄉㄧˋ ㄍㄨㄛˊ 史 在西元三九五年，羅馬分爲東、西兩帝國，和挪留斯治西部，建都於羅馬，稱「西羅馬帝國」。西元四七六年被蠻族滅亡，形成歐洲的「黑暗時代」。

▽河西、關西、泰西、東西、偏西、一命歸西、聲東擊西、君家元在北橋西。

㊌ 3 **要** 形解 象形；從臼，「」象人身。人身之中，胯骨以上、肋骨以下的部位爲。隸變作「要」。

音義 ㄧㄠ 名 ①計數的簿書；例受其要，以待考。②重點；例摘要。動 ①乞討；例要飯。②希望擁有；例我想要一隻鋼筆。③求託；例他要我替他辦件事情。④總括；例要之。⑤叫，讓；例他要你立刻去辦。形 ①急切的；例要緊。②重要的；例要港。副 ①概括地；例要言之。②希望地；例我正要去找你。③

將要；例天要下雨了。④應該；例你要懂事一點。⑤如果；例明天要下雨，我就不去了。連「要麼」的簡語，表選擇；例這事要就不做，要就大幹一場。

一ㄠ 名①腰部，同「腰」；例「靈王好小要。」②約定；例「久要不忘平生之言。」③姓。動①邀約；例要我逛街。②求取；例「人生天地間，百歲孰能要？」③約結；例「以要晉國之成。」④强求，指有所仗恃而强行要求。⑤攔截；例將要而殺之。

參考①同想，欲，將。②孳腰。③與「耍」形近而音義不同：「耍」，從而，音ㄕㄨㄚˇ，有遊樂、舞動、賣弄等義。

2 **要人** ㈠一ㄠˋ ㄖㄣˊ 位居高位而有權勢的人。㈡一ㄠ ㄖㄣˊ 請求人。

5 **要犯** 一ㄠˋ ㄈㄢˋ 重要的罪犯。例朝廷要犯。

要目 一ㄠˋ ㄇㄨˋ ㈠重要的項目。㈡統計。㈢重要書目。

6 **要旨** 一ㄠˋ ㄓˇ 重要的意義。

要件 一ㄠˋ ㄐ一ㄢˋ ㈠重要的事務或文件。㈡必要的條件。

7 **要求** 一ㄠ ㄑ一ㄡˊ ㈠誠懇的請求。例苦苦要求。㈡有所依仗而强求。例「侈口要求。」

參考與「請求」、「懇求」、「央求」有別：「要求」是希望得到自己想要的事物和利益；「請求」是說明要求而希望得到滿足，語氣較「要求」客氣而鄭重，對象並不包括自己；「懇求」是誠懇迫切地希望得到想要的事物或利益，語氣較重，對象則是下對上或平輩間的人；而「央求」則是深切分外的要求，並含有不得已的心情。

要言不煩 一ㄠˋ 一ㄢˊ ㄅㄨˋ ㄈㄢˊ 言論簡明扼要。

8 **要命** 一ㄠˋ ㄇ一ㄥˋ ㈠非常，十分。例痛得要命。㈡被逼迫而憤急的話。例他天天纏人，眞要命。㈢關係生命的安危。例你要不要命。

參考衍要命鬼。

9 **要津** 一ㄠˋ ㄐ一ㄣ ㈠既重要又必經的交通要地。㈡指居於顯要的地位。又作「津要」。

10 **要員** 一ㄠˋ ㄩㄢˊ 政府或機關團體中重要的人員。

要挾 一ㄠ ㄒ一ㄝˊ 有所憑恃而强迫別人服從或向別人索求。

要素 一ㄠˋ ㄙㄨˋ 構成事物的必要因素。

要害 一ㄠˋ ㄏㄞˋ ㈠人體上攸關生命的部位。例命中要害。㈡關係重要的地點。

11 **要略** 一ㄠˋ ㄌㄩㄝˋ ㈠略數要點。㈡重要的謀略。㈢書淮南子篇名之一，以撮其書的大體旨要。

參考同要圖。

13 **要隘** 一ㄠˋ ㄞˋ 險要的關口。

要塞 一ㄠˋ ㄙㄞˋ 軍事上險要的關隘。例軍事要塞。

要義 一ㄠˋ 一ˋ 重要的旨義。例羣經要義。

要道 一ㄠˋ ㄉㄠˋ ㈠通行必經的道路。㈡切要的道理門徑。

參考同要旨。

14 **要領** ㈠一ㄠ ㄌ一ㄥˇ 腰部和頸領。㈡一ㄠˋ ㄌ一ㄥˇ 比喻事務的主旨和綱領。

要緊 一ㄠˋ ㄐ一ㄣˇ 急切而重要。例故意把最要緊的話留在後頭。

參考與「緊急」有別：「要緊」著重在「重要」上，一般用來形容事物的性質；而「緊急」則指「嚴重而緊迫」的意思，一般指情況、情勢而言，用語較重。

15 **要衝** 一ㄠˋ ㄔㄨㄥ 處在交通要道的地點。

參考同要地，要塞。

17 **要點** 一ㄠˋ ㄉ一ㄢˇ 重要的所在。

參考同要端。

18 **要職** 一ㄠˋ ㄓˊ 顯要的職位。例他身居要職，故須謹言慎行。

▽簡要、紀要、機要、緊要、險要、顯要、綱要、重要、主要、需要、樞要、提要、必要、摘要、權要、切要、扼要。

常 6

覃

形解 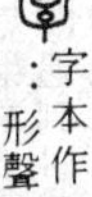 字本作[illegible]；形聲；從㫗，鹹省聲。㫗即古文「厚」，鹽味爲鹹，所以味重爲[illegible]。隸變作「覃」。

音義 ㄊㄢˊ 動蔓延；例覃恩。例肆赦覃恩。形深厚的；例研精覃思。副深刻地；例研精覃思。名姓。

ㄒㄩㄣˊ 名姓。

參考 ①同深。②擘潭、譚、醰、鐔。

9 **覃思** ㄊㄢˊ ㄙ 深思。

㊅ 7

覅

形解 會意；吳語「勿要」的意思，急讀便合爲一音，是「不要」的意思。

音義 ㄠˋ 副 急讀「勿」、「要」二字的合音，不要之意。

㊥ 12

覆

形解 形聲；從襾，復聲。襾，象上下遮掩之形，復有正反相背的意思，所以上下倒反爲覆。

音義 ㄈㄨˋ 動 ①傾倒；例傾覆。②詳察；例檢覆私隱。③遮蓋；例覆瓦。④被及；例仁覆天下。⑤回，還，通「復」；例答覆。⑥翻，傾斜；例覆巢之下無完卵。形 傾出的；例覆水難收。副 ①反而；例不懲其心，覆怨其正。②重，再；例覆校錯誤。

參考 「復」和「覆」在「反復」、「答復」、「覆書」等詞可通用，餘義則不同。

4 **覆水難收** ㄈㄨˋ ㄕㄨㄟˇ ㄋㄢˊ ㄕㄡ 潑在地上的水再也不能收回了。比喻：㈠夫妻已經離異就難再復合；㈡以前的過失已成定局，無法挽回。

參考 ①同破鏡難圓。②又作「潑水難收」。

7 **覆沒** ㄈㄨˋ ㄇㄛˋ ㈠傾覆沉沒。㈡軍隊全數潰敗。例全軍覆沒。㈢家運傾沒。

8 **覆命** ㄈㄨˋ ㄇㄧㄥˋ 回覆命令。

9 **覆盆** ㄈㄨˋ ㄆㄣˊ ㈠傾覆的盆子，內面黑暗。㈡比喻社會黑暗或沉冤莫白。㈢比喻雨勢極大。

覆盆之冤 ㄈㄨˋ ㄆㄣˊ ㄓ ㄩㄢ 翻過來的盆子，陽光照不到裡面。形容無處申訴的冤枉。

參考 同傾盆。

11 **覆巢之下無完卵** ㄈㄨˋ ㄔㄠˊ ㄓ ㄒㄧㄚˋ ㄨˊ ㄨㄢˊ ㄌㄨㄢˇ 鳥巢翻倒了就沒有打不碎的鳥蛋。比喻：㈠在大災禍之下，無一能夠倖免；㈡整體毀壞了，個體也不能僥倖保全。

覆瓿 ㄈㄨˋ ㄆㄡˇ ㈠比喻著書立說不爲人所重視。㈡謙稱自己著述的無足輕重。例覆瓿之作，敬祈賜正。

18 **覆轍** ㄈㄨˋ ㄔㄜˋ ㈠前車傾覆的路痕。㈡比喻失敗的教訓，足爲後者鑑戒。

參考 衍重蹈覆轍。

▽傾覆、檢覆、顛覆、反覆、回覆、答覆、函覆、重覆、天翻地覆。

㊅ 13

覈

形解 形聲；從襾，敫聲。敫有光亮的意思，所以考察事理，得其實情爲覈。

音義 ㄏㄜˊ 名 ①果核，通「核」；例覈物。②米麥舂餘的粗屑；例麥覈。動 ①考驗；例研覈。②仔細稽察，通「核」；例覈對。形 深刻的；例峭覈。

14 **覈實** ㄏㄜˊ ㄕˊ 考查實情。

▽檢覈、研覈、校覈、精覈、考覈。

【見部】 ㄐㄧㄢˋ

㊥ 0

見

形解 會意；從目儿。儿在人上，所以人以目注視爲見。

音義 ㄐㄧㄢˋ 名 ①對事物的看法；例高見。②姓。動 ①看到；例風吹草低見牛羊。②拜訪；例謁見。③遇到；例見水即溶。④會晤；例接見。⑤被，表被動；例「厚者爲戮，薄者見疑。」副 趨於；例日見興旺。助 用在動詞後，表示效果；例聽不見。

ㄒㄧㄢˋ 名 古棺木上的裝飾；例「於旁加見。」動 ①晉謁。②舉薦。③現出，通「現」；例「情見勢屈。」形 現在的，通「現」；例「軍無見糧。」

參考 ①同視，覩，覲，覽，看，觀，覯。②擘俔、峴、晛、現、莧、睍、筧。

4 **見仁見知** ㄐㄧㄢˋ ㄖㄣˊ ㄐㄧㄢˋ ㄓ 對於同一問題，各人從不同的立場角度而持有不同的見解。

6 **見地** ㈠ㄐㄧㄢˋ ㄉㄧˋ 見解，主張。㈡ㄒㄧㄢˋ ㄉㄧˋ 現有的土地。

參考 同見識。

見危授命 ㄐㄧㄢˋ ㄨㄟˊ ㄕㄡˋ ㄇㄧㄥˋ 遇到國家有危難時，不惜付出自己的生命。

8 見怪 ㄐㄧㄢˋ ㄍㄨㄞˋ 爲人所抱怨、責怪。例請不要見怪。

參考 衍見怪不怪。

9 見面禮 ㄐㄧㄢˋ ㄇㄧㄢˋ ㄌㄧˇ 初次見面所贈送的禮物。

見背 ㄐㄧㄢˋ ㄅㄟˋ ㈠棄我而去。㈡指親人死去。

15 見風轉舵 ㄐㄧㄢˋ ㄈㄥ ㄓㄨㄢˇ ㄉㄨㄛˋ ㈠比喻看情況行事，或據情況靈活應付。㈡比喻看人眼色行事，自己沒有堅定的信念、立場或原則，投機逢迎，隨風搖擺。

參考 ①與「見機行事」、「隨機應變」有別：「見風轉舵」側重在投機取巧，多用作貶損的意思；「見機行事」側重在抓住時機，用作褒獎的意思；「隨機應變」則側重在靈活機動。②又作「看風轉篷」、「順風轉舵」、「隨風轉舵」、「見風使帆」。

10 見效 ㄐㄧㄢˋ ㄒㄧㄠˋ 發生效力。例馬上見效。

參考 ①同生效。②反無效。

11 見笑 ㄐㄧㄢˋ ㄒㄧㄠˋ 被人譏笑。

見教 ㄐㄧㄢˋ ㄐㄧㄠˋ 承受指教。

見習 ㄐㄧㄢˋ ㄒㄧˊ 具備一定的專業知識後，到工作現場去觀察或參加一部分實際工作以練習。例見習醫生。

參考 衍見習生。

見異思遷 ㄐㄧㄢˋ ㄧˋ ㄙ ㄑㄧㄢ 意志不堅定，因而看到別的事物就改變原來的主意。

參考 ①同三心兩意。②反一本初衷。

12 見景生情 ㄐㄧㄢˋ ㄐㄧㄥˇ ㄕㄥ ㄑㄧㄥˊ ㈠看見景物而觸發自己的情感。㈡依當時的情景而處置。又作「觸景生情」。

13 見解 ㄐㄧㄢˋ ㄐㄧㄝˇ 對事物經過觀察、認識以後，表達對事物的看法及辨識的能力。

見義勇爲 ㄐㄧㄢˋ ㄧˋ ㄩㄥˇ ㄨㄟˊ 看到合乎正義的事便勇敢地去做。

參考 反見利忘義、袖手旁觀。

14 見聞 ㄐㄧㄢˋ ㄨㄣˊ 眼睛所看見，耳朵所聽見的知識。例見聞廣博。

15 見賢思齊 ㄐㄧㄢˋ ㄒㄧㄢˊ ㄙ ㄑㄧˊ 看見賢人，就想學得和他相等。齊：相等，並駕齊驅。

18 見獵心喜 ㄐㄧㄢˋ ㄌㄧㄝˋ ㄒㄧㄣ ㄒㄧˇ 比喻舊習難忘，觸其所好，則躍躍欲試。

19 見證 ㄐㄧㄢˋ ㄓㄥˋ ㈠法舊指案件發生時，在旁目睹其事，可以證明其事的人。今稱「證人」。㈡明確的功效。

見識 ㄐㄧㄢˋ ㄕˋ ㈠經驗和知識。㈡主義，計策。

參考 同識見，見解。

▽意見、引見、愚見、識見、私見、先見、淺見、卓見、偏見、管見、再見、一孔之見、世俗之見、各持己見、門戶之見、眞知灼見、喜聞樂見、視而不見、瑕瑜互見、圖窮匕見、踵門求見、顯而易見、百聞不如一見。

常 4 **覓** 解 會意；從爪從見。形 爪有掘取的意思，所以尋求爲覓。

音義 ㄇㄧˋ 名量詞，計算貝的單位；例貝十六枚爲一覓。動尋求；例涉舟航而覓路。

參考 ①又作「覔」。②同尋，索，求。

9 覓食 ㄇㄧˋ ㄕˊ 尋找食物。

常 4 **規** 解 會意；從夫見。形 夫爲丈夫，有識見合乎規矩的意思，所以法度爲規。

音義 ㄍㄨㄟ 名①畫圓形的器具；例圓規。②法則；例守規矩。③法律的條文；例法規。④姓。動①謀畫；例蕭規曹隨。②勸告改正；例官師相規。形圓形的；例規天有光。副摹仿地；例規遵王度。

參考 ①畫圓形的爲「規」，畫方形的爲「矩」。②同糾，正，訂，匡。③孳槻。

6 規行矩步 ㄍㄨㄟ ㄒㄧㄥˊ ㄐㄩˇ ㄅㄨˋ ㈠比喻言行謹慎，舉止端莊。㈡比喻安分守法。

8 規定 ㄍㄨㄟ ㄉㄧㄥˋ ㈠預先制定規則，以表示行爲的標準。㈡預先制定的規則。

參考 衍規定地價、規定濃度。

9 **規律** ㄍㄨㄟ ㄌㄩˋ 事物在一定條件下發展的本質聯繫和必然趨勢的法規條律。

規約 ㄍㄨㄟ ㄩㄝ 人與人關於某事互相協議所規定的條約。

規則 ㄍㄨㄟ ㄗㄜˊ ㈠規範。㈡規章制度。例交通規則。㈢整齊，合乎一定的程式。

參考 與「規定」、「規矩」有別：「規定」指關於某事物在時間、地點、方式、方法、數量、質量方面預先的決定；而「規矩」則指待人接物、處理事情的法則、標準、習慣。

10 **規矩** ㄍㄨㄟ ㄐㄩˇ ㈠畫圓形的規和畫方形的矩。㈡規則禮法。㈢人的言行正派老實。例他的行爲很規矩。㈣成規舊例。

規格 ㄍㄨㄟ ㄍㄜˊ ㈠生產事業單位對其產品或使用的原材料等規定的標準。㈡規模。㈢規矩，制度。

12 **規程** ㄍㄨㄟ ㄔㄥˊ 規則程式。例研究所組織規程。

規費 ㄍㄨㄟ ㄈㄟˋ 政府因提供特殊公共勞務或財貨時，向人民收取的費用。

規畫 ㄍㄨㄟ ㄏㄨㄚˋ ㈠籌謀策畫。㈡運輸上依照一定的程序與規範去做設計工作。

參考 參閱「計畫」條。

15 **規範** ㄍㄨㄟ ㄈㄢˋ ㈠哲人類的思想、行爲或感情所當遵循的原理或法則。例道德規範。㈡模範典型。

規模 ㄍㄨㄟ ㄇㄛˊ ㈠一定的規制法式。例這公司的制度頗具規模。㈡格局。例規模宏大。㈢榜樣。㈣計畫，範圍。又作「規摹」。

規模遠擧 ㄍㄨㄟ ㄇㄛˊ ㄩㄢˇ ㄐㄩˇ 制度法式可以行之久遠。擧：推行。

17 **規避** ㄍㄨㄟ ㄅㄧˋ 稱不應避開的事務而設法加以巧避。例規避刑責。

20 **規勸** ㄍㄨㄟ ㄑㄩㄢˋ ㈠用忠正良好的言語相勸誡。㈡同規諫。

▽子規、常規、定規、正規、成規、法規、圓規、清規、教規、校規、家規、墨守成規。

常 5

視

解形 視 形聲；從見，示聲。示是天空顯示的星象，所以瞻望爲視。

音義 ㄕˋ 名①眼力；例「視明」。②姓。動①觀看；例「視思其所以」。②察看；例視察。③看待；例視死如歸。④比擬；例視若無睹。⑤辦理；例視事。

參考 同見，觀，覽，看，瞻，覩。

2 **視力** ㄕˋ ㄌㄧˋ 常人在一定距離內，眼睛觀看東西的能力。又作「眼力」。

6 **視而不見** ㄕˋ ㄦˊ ㄅㄨˋ ㄐㄧㄢˋ 視線雖看到某物，卻因心不在焉而像未看見一般。

參考 參閱「熟視無睹」條。

視死如歸 ㄕˋ ㄙˇ ㄖㄨˊ ㄍㄨㄟ 形容勇敢不怕死。多指爲了公義，不惜犧牲生命，將死亡看成得到歸宿一般。

參考 反貪生怕死。

8 **視事** ㄕˋ ㄕˋ ㈠治理事務。㈡就職。

9 **視若無睹** ㄕˋ ㄖㄨㄛˋ ㄨˊ ㄉㄨˇ 雖然看到了，好像沒看到一樣。

參考 ①同視而不見。②參閱「熟視無睹」條。

11 **視野** ㄕˋ ㄧㄝˇ 視力所及的範圍。例視野廣闊。

參考 同視界。

14 **視察** ㄕˋ ㄔㄚˊ ㈠巡視考察。㈡職位名稱。擔任事務的巡視考察的工作。

參考 參閱「觀察」條。

15 **視線** ㄕˋ ㄒㄧㄢˋ 人眼和觀測目標相連結的直線。例視線模糊。

20 **視覺** ㄕˋ ㄐㄩㄝˊ 眼睛辨別外界物體明暗和顏色特性的感覺。

參考 衍視覺器、視覺型、視覺混色、視覺懸崖、視覺適應。

22 **視聽** ㄕˋ ㄊㄧㄥ 見聞，即所見到的和所聽到的。

▽遠視、監視、仰視、凝視、檢視、虎視、斜視、巡視、正視、注視、直視、敵視、俯視、無視、亂視、熟視、近視、輕視、小視、忽視、審視、善視、一瞑不視、不容忽視、側目而視、疏不間視。

次 5

覘

解形 覘 形聲；從見，占聲。占有隱暗的意思，所以暗中窺視爲覘。

音義 ㄓㄢ 動窺視；例覘候。

㊅6 **䚩** 解形 形聲；從見，兆聲。古禮名，諸侯之間每三年一次聘問爲䚩。

音義 ㄊㄧㄠ 名古諸侯聘問相見的禮節；例「以䚩聘。」動遠望，同「眺」。

㊅7 **覡** 解形 會意；從見，從巫。男巫爲覡。

音義 ㄒㄧ 名男巫。

參考 ①於女稱「巫」。②反巫。

常9 **親** 解形 形聲；從見，亲聲。亲字有密近的意思，見爲相見，所以情意懇至爲親。

音義 ㄑㄧㄣ 名①父母；例雙親。②親戚；例遠親。③婚姻；例成親。④情感；例親愛。⑤黨援；例親信。⑥姓。動①接近；例親近。②喜愛；例親暱。③以唇吻相接觸，表示喜愛；例親吻。形①有直接血緣關係的；例親兄弟。②忠心親近的；例「王無親臣矣。」③親自的；例親眼。副本身直接從事地；例親聽誓命。

ㄑㄧㄥ 名夫妻雙方的父母彼此相互的稱呼；例親家。

參考 ①反疏。②同近。③孽襯。

3 **親上加親** ㄑㄧㄣ ㄕㄤˋ ㄐㄧㄚ ㄑㄧㄣ 已有親戚關係的兩家再締結親戚關係。

4 **親王** ㄑㄧㄣ ㄨㄤˊ 皇帝或國王的親屬中封王的人。

親切 ㄑㄧㄣ ㄑㄧㄝˋ 親善懇切。例他待人很親切。

參考 ①衍親切有味。②參閱「親熱」條。

親手 ㄑㄧㄣ ㄕㄡˇ 親自動手。

參考 ①反假手。

6 **親自** ㄑㄧㄣ ㄗˋ 自己親身。

參考 ①同本人，自己，親身。②衍親自出馬，親自辦理。③「親自」、「自己」有別：「親自」是副詞，只能做表示情狀的意思用，就是由於重視一件事而自己去做。「親自」一般可以用「自己」代替。「自己」可以做定語，如：自己的房子；也可以做主語，如：自己不懂還好意思說別人。還可以說：你自己可以做完。這些「自己」都不能用「親自」代替。

7 **親身** ㄑㄧㄣ ㄕㄣ 親自，本人。

8 **親近** ㄑㄧㄣ ㄐㄧㄣˋ 親密接近。

親炙 ㄑㄧㄣ ㄓˋ 親身受到薰陶教益。

親事 ㄑㄧㄣ ㄕˋ (一)親自辦事。(二)俗稱婚姻大事。

參考 同婚事。

親和力 ㄑㄧㄣ ㄏㄜˊ ㄌㄧˋ (一)化異種元素相遇時，如能起化學作用而結合爲化合物，其間有一種互相吸引的力量，使之相互融合。(二)人與人之間親近和諧的力量。

9 **親故** ㄑㄧㄣ ㄍㄨˋ 親戚故舊。

親信 ㄑㄧㄣ ㄒㄧㄣˋ (一)親近信任。(二)親近信用的人。

10 **親家** ㄑㄧㄥˋ ㄐㄧㄚ (一)泛稱親戚。(二)習俗上，男女兩姻家的父母相互稱呼。父叫親家翁或親翁，母叫親家母或親母。

11 **親密** ㄑㄧㄣ ㄇㄧˋ 親近密切。例動作親密。

參考 ①反疏遠。②參閱「親熱」條。

親戚 ㄑㄧㄣ ㄑㄧ (一)父母兄弟等。(二)泛指內外親屬。

12 **親善** ㄑㄧㄣ ㄕㄢˋ 親愛友善。例親善大使。

參考 同親睦，和睦。

親筆 ㄑㄧㄣ ㄅㄧˇ (一)親自書寫，本人的手筆。(二)親自所作的字畫。

親痛仇快 ㄑㄧㄣ ㄊㄨㄥˋ ㄔㄡˊ ㄎㄨㄞˋ 指行爲上的不妥當，會使親人痛心，仇人稱快。

13 **親愛** ㄑㄧㄣ ㄞˋ 親密相愛。

參考 與「敬愛」有別：「親愛」指親近、感情好，表示與所愛者關係密切；而「敬愛」則指尊敬、佩服而愛，只能用於對上級和長輩。

15 **親暱** ㄑㄧㄣ ㄋㄧˋ 不拘禮儀的親愛。又作「親嫟」、「親昵」。

親熱 ㄑㄧㄣ ㄖㄜˋ 異常親切和熱絡。例親熱鏡頭。

參考 ①與「親密」、「親切」有別：「親密」指關係密切；「親切」指態度熱情懇切，或指事物的親近、深切、熟悉。②反冷淡。

16 **親歷** ㄑㄧㄣ ㄌㄧˋ 親自經歷過。

21 **親屬** ㄑㄧㄣ ㄕㄨˇ 法 凡血親，及姻親，在法律上皆稱親屬。

參考 ①衍 親屬羣體、親屬法、親屬制度、親屬關係、親屬稱謂。②「夫妻」在法律上稱「配偶」，其間似無親屬關係，親屬係以夫或妻為血統連絡中心而構成的團體。

▽近親、懇親、至親、六親、和親、定親、姻親、血親、相親、皇親、五等親、大義滅親、舉目無親。

常 9 **覦** 形解 形聲；從見，俞聲。俞有由此越彼的意思，所以由此望彼為覦。

音義 ㄩˊ 動 非分希望；例 闚覦神器。形 非分地希望或企圖得到的；例 能官人則民無覦心。

常 10 **覬** 形解 形聲；從見，豈聲。豈有希望的意思，所以冀望徼幸為覬。

音義 ㄐㄧˋ 動 ①非分想要；例 覬覦。②希望；例「覬足下由經以求道，勉之又勉。」

參考 字雖從豈，但不可讀成ㄑㄧˇ或ㄎㄞˇ。

16 **覬覦** ㄐㄧˋ ㄩˊ 非分希冀。

次 10 **覯** 形解 形聲；從見，冓聲。冓有相交的意思，所以相遇為覯。

音義 ㄍㄡˋ 動 ①遇見，通「遘」；例 覯見。②構成，通「構」；例 覯閔。

常 11 **覲** 形解 形聲；從見，堇聲。堇即「謹」的省文，所以諸侯謹身以朝見天子為覲。

音義 ㄐㄧㄣˋ 名 ①諸侯秋天進見天子的禮儀；例「韓侯入覲。」②宗教徒朝拜聖地的儀式；例 朝覲。動 ①召見；例「望祀山川，覲諸侯。」②訪謁；例「宣子私覲於子產。」

參考 ①又讀 ㄐㄧㄣ。②古代春見為「朝」，秋見為「覲」。

7 **覲見** ㄐㄧㄣˋ ㄐㄧㄢˋ ㈠古代諸侯在秋天晉見天子的禮節。㈡臣下謁見天子，今指政要見一國元首。

次 12 **覷** 形解 字本作「覰」：形聲；從見，虘聲。虘有狡詐的意思，所以窺伺為覷。俗作「覻」。

音義 ㄑㄩˋ 動 窺伺。

參考 字雖從「虛」，但不可讀作ㄒㄩ。

次 12 **覶** 形解 形聲；從見，𤔔聲。𤔔有安好的意思，所以委順待人為覶。

音義 ㄌㄨㄛˊ 覶縷，詳細敘述。

常 13 **覺** 形解 形聲；從見，學省聲。學為覺悟，目見了然，所以明白領悟為覺。

音義 ㄐㄩㄝˊ 名 ①感官的辨識力；例 聽覺。②宗 佛教尊稱「佛祖」；例 淨覺。③姓。動 ①啓發；例「使先知覺後知。」②感到；例 乍覺年華改。③感悟；例「覺今是而昨非。」④察知；例 發覺。⑤認為；例 我覺得不對。⑥醒悟；例 覺醒。

ㄐㄧㄠˋ 名 ①睡眠；例 睡午覺。②單位詞，睡眠一次為「一覺」；例 一覺醒來。

參考 ①同 悟，喻，了，曉。②孳 攪。

10 **覺悟** ㄐㄩㄝˊ ㄨˋ ㈠領悟從前的過失錯誤。㈡宗 佛教謂悟得眞理。

參考 與「覺醒」有別：「覺悟」指領悟、理解了某種道理，從而提高認識，是漸進的過程；「覺醒」則是思想意識的提高，為突然的清醒。

11 **覺得** ㄐㄩㄝˊ ˙ㄉㄜ ㈠感覺到。㈡認為。

14 **覺察** ㄐㄩㄝˊ ㄔㄚˊ 發覺，察到。

16 **覺醒** ㄐㄩㄝˊ ㄒㄧㄥˇ 覺察醒悟。

參考 參閱「覺悟」條。

▽感覺、嗅覺、幻覺、錯覺、視覺、自覺、觸覺、先覺、大覺、知覺、聽覺、直覺、發覺、味覺、夢覺、先知先覺、不知不覺、後知後覺、人不知鬼不覺。

常 14 **覽** 形解 形聲；從見，監聲。監為居高臨下，所以由上而下臨視為覽。

音義 ㄌㄢˇ 名①姓。動①觀看；例「茲登泰山，周覽東極。」②接納；例「大王覽其說。」

參考 ①同視，見，觀，看，瞻，望。②孳攬、欖。

12 **覽勝** ㄌㄢˇ ㄕㄥˋ 觀賞勝地的風光景致。

▽閱覽、縱覽、博覽、遊覽、展覽、歷覽、流覽、綜覽、俯覽。

次 15 **覿** 形解 形聲；從見，賣聲。進見為覿。

音義 ㄉㄧˊ 動①看見；例私覿。②訪問；例「花紅復來覿。」

9 **覿面** ㄉㄧˊ ㄇㄧㄢˋ 會晤。

常 18 **觀** 形解 形聲；從見，雚聲。雚是視力敏銳的猛禽，所以仔細審視為觀。

音義 ㄍㄨㄢ 名①景象；例不意拾奇觀。②樣子；例外觀。③對事物的認識；例人生觀。④姓。動看；例坐井觀天。

ㄍㄨㄢˋ 名①道士煉丹修行的所在；例道觀。②宮門前面懸示法令的地方；例周置兩觀。③臺榭；例苑中作層觀。④姓。

參考 ①「寺」、「庵」、「觀」三者有別：僧侶所居者為「寺」，尼姑所居者為「庵」，道士所居者為「觀」。②同見，視，看，覽，瞻，覿。③「觀」唸作ㄍㄨㄢ的時候，是指「看」，如袖手旁觀；唸作ㄍㄨㄢˋ的時候，是指「道教的廟宇」，如：道觀、白雲觀。

4 **觀止** ㄍㄨㄢ ㄓˇ (一)所見事物盡善盡美，無以復加，極言美好。

參考 衍歎為觀止、古文觀止。

6 **觀光** ㄍㄨㄢ ㄍㄨㄤ 參觀他國的文物制度及遊覽該地的風光景致。

參考 衍觀光客、觀光節、觀光簽證、觀光旅行團。

8 **觀念** ㄍㄨㄢ ㄋㄧㄢˋ (一)心理學名詞，指一切由認識作用而產生的意識內容的總稱。(二)再現於人心的過去印象。(三)對外界感受而來對事物的心象想法。例他的觀念倒很新。

參考 與「概念」有別：「概念」是指客觀事物共同性在人們頭腦中的反映，是思維的一種表現方式，人類在認知過程中，將感覺到的共同點抽出來，加以概括，就成為概念，它是抽象的。唯有時還可指事物留在腦子裡的大略輪廓。

9 **觀看** ㄍㄨㄢ ㄎㄢˋ 睜著眼睛看。

參考 與「觀望」有別：「觀看」有特意地看、欣賞、參觀、觀察的意思；「觀望」則是懷著猶豫兩可的心情而靜觀事態的發展，或指向四方遠處張望。

11 **觀望** ㄍㄨㄢ ㄨㄤˋ (一)靜觀事變，欲相機而行，遲疑不決的態度。例觀望不前。(二)看賞。例瞭望臺是用以觀望的。

參考 同遲疑。

12 **觀測** ㄍㄨㄢ ㄘㄜˋ (一)觀察推測。(二)工程上或軍事上的觀察測量。

13 **觀感** ㄍㄨㄢ ㄍㄢˇ 觀看事物後所得的感想。

14 **觀察** ㄍㄨㄢ ㄔㄚˊ 對於對象有意的考究、仔細地觀看。

參考 ①與「考察」、「視察」有別：「觀察」是觀看了解事情的情況；而「考察」乃實地深入地進行調查觀看；「視察」則是上級對下級深入地檢查與了解工作狀況。②衍觀察家、觀察員、觀察輔導期。

15 **觀摩** ㄍㄨㄢ ㄇㄛˊ 觀察別人的優點而揣摩、學習。例教學觀摩會。

觀賞 ㄍㄨㄢ ㄕㄤˇ 觀看欣賞。例觀賞電影。

參考 衍觀賞植物。

17 **觀點** ㄍㄨㄢ ㄉㄧㄢˇ 研究分析或批評一切問題與事象所依據的立場。

18 **觀瞻** ㄍㄨㄢ ㄓㄢ (一)觀看。(二)外觀。例有礙觀瞻。

▽外觀、概觀、奇觀、客觀、參觀、主觀、壯觀、達觀、悲觀、美觀、樂觀、大觀、宮觀、歷史觀、人生觀、世界觀、冷眼旁觀、作壁上觀、洋洋大觀、袖手旁觀、等量齊觀。

【角部】 ㄐㄩㄝˊ

㊥ 0

角

形解 象形；甲文作，象獸角形。

音義 ㄐㄩㄠˊ 名 ①牛、羊、鹿、犀等獸類頭上所生的硬質枝狀物；例牛角。②古代的銅製酒器；例「卑者擧角。」③男童所結的雙髻；例男角女羈。④五音之一；例宮商角徵羽。⑤古代軍中的樂器；例鳴角收兵。⑥戲劇扮演的名目；例主角。⑦突入海裏的陸地；例好望角。⑧新臺幣輔幣單位名；例一元折合十角。⑨〔數〕幾何學上，兩直線相交所夾的範圍；例直角。⑩物體邊緣的相交處；例桌角。動 ①競爭；例角逐。②爭吵；例口角。

角 名

ㄌㄨˋ 名 〔地〕角里，在江蘇吳縣西南。

參考 ①語音作ㄐㄧㄠˇ。②動物中長角生蹄多是草食性，有銳利爪牙而無角的多屬肉食性。

2 **角力** ㄐㄩㄝˊ ㄌㄧˋ ㈠比武。㈡以武力爭勝、較量。㈢ㄐㄧㄠˇ ㄌㄧˋ 現代的摔跤運動。

6 **角色** ㄐㄧㄠˇ ㄙㄜˋ ㈠擔任的職務。㈡〔文〕詩、小說、戲劇以第一人稱觀點敍述經驗與遭遇的人物。㈢有特殊才幹、顯露頭角的人。又作「腳色」。

9 **角度** ㄐㄧㄠˇ ㄉㄨˋ ㈠〔數〕角的大小。㈡觀察或言論的方向和立場。

11 **角逐** ㄐㄩㄝˊ ㄓㄨˊ 爭相取勝。例角逐天下。

參考 同競爭。

13 **角落** ㄐㄩㄝˊ ㄌㄨㄛˋ ㈠靠邊靠角的地方。㈡比較隱祕，平常不容易發現的所在。

▽銳角、鈍角、仰角、觸角、頭角、稜角、直角、口角、主角、配角、羊角、牛角、天涯海角、拐彎抹角、鉤心鬥角、鳳毛麟角。

㊋ 2

觔

形解 形聲；從角，力聲。筋力爲觔。

音義 ㄐㄧㄣ 名 ①筋力，通「筋」。②重量名之一，通「斤」。

㊋ 4

觖

形解 形聲；從角，夬聲。夬有斷絕的意思，所以有所希望者而不得爲觖。

音義 ㄐㄩㄝˊ 動 ①挑出，通「抉」；例擿觖。②怨望；例觖望。副 不滿意地；例觖如。

參考 「觖」與「駃」，音同義異。

㊋ 4

觕

形解 會意；從牛，從角。長而直的獸角爲觕。

音義 ㄘㄨ 形 大，疏的，通「粗」；例觕細。

㊋ 5

觝

形解 形聲；從角，氐聲。氐有抵觸的意思，所以相抵觸爲觝。

音義 ㄉㄧˇ 動 接觸，同「抵」；例觝觸。

參考 「觝」與解釋爲磨礪的「砥」，音同義異。

㊋ 5

觚

形解 形聲；從角，瓜聲。可盛三升的酒器。

音義 ㄍㄨ 名 ①古代青銅製盛酒禮器；例執觚。②稜角。③方形；例破觚爲圜。④古寫字用的木板；例觚牘。

參考 「觚」與「軱」，音同義異。

㊥ 6

解

形解 會意；從刀，從牛角。用刀分割牛角爲解。

音義 ㄐㄧㄝˇ 名 ①答案；例此題無解。②〔文〕文言文的文體名之一；例進學解。③大、小便；例大解小解。④姓。動 ①鬆開；例寬衣解帶。②剖分；例庖丁解牛。③脫下；例解衣衣我。④排除；例解嚴。⑤曉悟；例妙解法理。⑥說明；例「論解經傳。」⑦註釋；例「王弼之解易。」⑧消融；例東風解凍。

ㄐㄧㄝˋ 名 ①明清兩代的鄉試錄取的第一名；例解元。②官署；例高其解舍。動 押送；例押解。

ㄒㄧㄝˋ ①〔地〕古地名，在今河南洛陽縣南。②姓。〔動〕懂得；㊟終於解開了宇宙的奧祕。

參考 ①〔反〕繫，結。②〔擊〕解、懈、薢、邂、蟹。③作「押送」解時，其對象爲財物或犯人均可。

4 **解元** ㄐㄧㄝˋ ㄩㄢˊ 科舉時代鄉試第一名。又叫「解頭」。

解手 ㄐㄧㄝˇ ㄕㄡˇ ㈠分手，離別。因接近則攜手，所以離別叫解手。㈡小便。

5 **解甲歸田** ㄐㄧㄝˇ ㄐㄧㄚˇ ㄍㄨㄟ ㄊㄧㄢˊ 退役還鄉。

6 **解衣推食** ㄐㄧㄝˇ ㄧ ㄊㄨㄟ ㄕˊ 比喻慷慨給人物質上的幫助。

7 **解決** ㄐㄧㄝˇ ㄐㄩㄝˊ ㈠決定方法來解除問題，獲有結果。㊟解決問題。㈡結束。㊟這事解決了。㈢消滅，除去。㊟將敵人完全解決了。

參考 與「解除」有別：「解決」多和糾紛、問題、困難等詞結合使用；「解除」是取消的意思，而多和法令、武裝等詞結合使用。

8 **解放** ㄐㄧㄝˇ ㄈㄤˋ ㈠釋放，解除束縛。㈡解除種種違反自然的道德、習慣、制度等的束縛，使各個人歸於自由平等。㊟婦女解放運動。

解析 ㄐㄧㄝˇ ㄒㄧ ㈠分析解明。㈡〔哲〕將一概念或同類事物，依各別特性，辨析分類而論述。㈢〔化〕使物分解析離。

參考 〔衍〕解析批評、解析幾何、解析三角。

9 **解約** ㄐㄧㄝˇ ㄩㄝ 解除業已成立的契約。

10 **解除** ㄐㄧㄝˇ ㄔㄨˊ ㈠消除。㊟解除武裝。㈡〔法〕除去所成立的關係而回復本來的狀態。㊟解除契約。

解剖 ㄐㄧㄝˇ ㄆㄡˇ ㈠〔醫〕剖開生物體，以研究其骨骼、筋肉，及各器官的形態和結構。㈡比喻對事物進行深入細致的分析。

11 **解脫** ㄐㄧㄝˇ ㄊㄨㄛ ㈠擺脫，開脫。㈡解除，釋放。㈢〔宗〕佛家語，解除一切塵俗的牽累，而能自在圓滿。

參考 與「擺脫」有別：「擺脫」是指甩掉、脫離不願意作的事；而「解脫」是指解除脫離束縛。

12 **解答** ㄐㄧㄝˇ ㄉㄚˊ ㈠解釋回答。㊟解答問題。㈡〔數〕經解析後所獲得的答案。

解圍 ㄐㄧㄝˇ ㄨㄟˊ ㈠解除敵人包圍的情勢。㈡替人排除困難糾紛，或擺脫僵持難堪的處境。

解散 ㄐㄧㄝˇ ㄙㄢˋ ㈠離散消失。㈡〔軍〕令羣集的人們離散，其口令稱「解散」。㈢〔法〕以強制力消滅已結合的團體。㊟解散國會。

參考 參閱「瓦解」條。

解悶兒 ㄐㄧㄝˇ ㄇㄣˋ ㄦ ㈠以趣事來消除心中的煩惱。㈡俗多指賭博方面的消遣。

13 **解聘** ㄐㄧㄝˇ ㄆㄧㄣˋ 解除聘用的資格。

解鈴須用繫鈴人 ㄐㄧㄝˇ ㄌㄧㄥˊ ㄒㄩ ㄩㄥˋ ㄒㄧˋ ㄌㄧㄥˊ ㄖㄣˊ ㈠本指從老虎脖子上解鈴，惟有原繫鈴的人才能辦得到。㈡今指凡事由本來造成事態的人自行解決，常用此語。

14 **解僱** ㄐㄧㄝˇ ㄍㄨˋ 僱用人與受僱者消滅業已成立的僱傭關係。又作「解雇」。

解說 ㄐㄧㄝˇ ㄕㄨㄛ ㈠解釋說明。㈡勸解，說明。㈢〔哲〕對已加以觀察處理的一類事象，用假設來尋求深一層次的根源及關係。

15 **解嘲** ㄐㄧㄝˇ ㄔㄠˊ 替自己解釋被人嘲笑的所在。

參考 〔衍〕自我解嘲。

18 **解職** ㄐㄧㄝˇ ㄓˊ 解除職務。

解顏 ㄐㄧㄝˇ ㄧㄢˊ 展顏微笑。

參考 〔同〕解頤。

20 **解釋** ㄐㄧㄝˇ ㄕˋ ㈠分析說明。㈡對文字的注釋和解說。㈢消除。

23 **解體** ㄐㄧㄝˇ ㄊㄧˇ ㈠解散支體。㈡比喻人心的離叛瓦解。

參考 〔同〕瓦解。

▽瓦解、曲解、見解、誤解、詳解、圖解、正解、分解、理解、了解、和解、無解、押解、大解、小解、尸解、兵解、化解、一知半解、大惑不解、土崩瓦解、不求甚解、冰消瓦解、迎刃而解、難分難解、百思不得其解。

㊋ 6

觥

形解 形聲；從角，光聲。牛角製成的酒杯

爲觥。

音義 ㄍㄨㄥ 名 古盛酒器，青銅製，形似匜而有足；例兕觥。形 豐盛的；例觥飯。

參考 字或作「觵」。

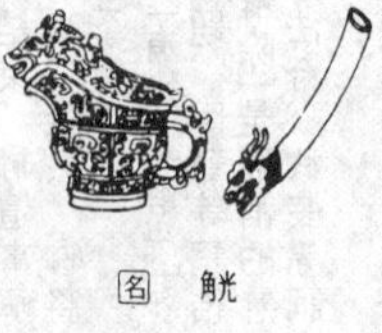

觥

20 **觥籌交錯** ㄍㄨㄥ ㄔㄡˊ ㄐㄧㄠ ㄘㄨㄛˋ 名 聚飲歡暢的樣子。觥：酒器；籌：行酒令時用以記數的東西。

次 6 **觜**

形解 觜 形聲；從角，此聲。此有銳小的意思，所以鳥頭上的毛角爲觜。

音義 ㄗ 名 ①鴟鳥頭上的毛角。②天 星名，二十八宿之一；例觜宿。ㄗㄨㄟˇ 名 ①鳥嘴，通「嘴」；例「裂膝破觜。」②人嘴；例觜吻。

次 7 **觩**

形解 形聲；從角，求聲。求有圓的意思，所以角向上卷曲爲觩。

音義 ㄑㄧㄡˊ 形 弓緊張的；例角弓其觩。副 角曲的；例兕觥其觩。

參考「觩」與「賕」，音同義異。

次 7 **觫**

形解 形聲；從角，束聲。因恐懼而發抖爲觫。

音義 ㄙㄨˋ 副 觳觫：恐懼的樣子。

次 8 **觭**

形解 觭 形聲；從角，奇聲。奇有分歧的意思，所以牛羊的角一俯一仰不齊者爲觭。

音義 ㄐㄧ 名 物體橫直兩邊集合的部分；例牆觭。形 ①單個的，通「奇」；例觭偶。②奇異的，通「奇」；例觭夢。

次 9 **觱**

形解 形聲；從角，咸聲。西域羌人所吹的樂器，以牛角製成爲觱。

音義 ㄅㄧˋ 形 風寒冷的；例觱發。副 泉水湧出地；例觱沸。

參考 或作「篳」。

次 10 **觳**

形解 觳 形聲；從角，㱿聲。㱿有中空的意思，所以大酒杯爲觳。

音義 ㄏㄨˊ 名 古時量器名，通「斛」；例「鬲實五觳。」形 貧脊的；例觳土。副 恐懼地；例觳觫。ㄐㄩㄝˊ 動 較量，通「角」。

14 **觳觫** ㄏㄨˊ ㄙㄨˋ 戰慄恐懼的樣子。觳：牲畜的足。觫，又作「悚」。

常 11 **觴**

形解 觴 形聲；從角，𥏻省聲。箭射入爲𥏻，角爲酒器，所以酒器中有酒爲觴。

音義 ㄕㄤ 名 古稱盛滿酒的酒杯；例曲水流觴。動 勸人飲酒；例仲尼之楚，楚王觴之。

參考「觴」右旁不可誤從「昜」，更不可訛作「易」。

▽羽觴、飛觴、濫觴、曲水流觴。

次 12 **觶**

形解 觶 形聲；從角，單聲。可容四升的青銅酒杯爲觶。

音義 ㄓˋ 名 古青銅製酒器，形似尊而小；例舉觶。

觶

常 13 **觸**

形解 觸 形聲；從角，蜀聲。蜀有蠕動的意思，所以用角碰撞爲觸。

音義 ㄔㄨˋ 名 姓。動 ①獸類用角頂撞東西；例「牛食羣草莫相觸。」②碰撞；例兔走觸株，折頸而死。③冒犯；例多觸禁忌。④接觸到；例觸目悲感。⑤感動；例感觸。

參考 ①同 牴，碰，摸。②與「觕」有別：「觕」，從牛（牛），音ㄘㄨ，有粗大、毛糙、魯莽等的意思。

5 **觸犯** ㄔㄨˋ ㄈㄢˋ 衝撞冒犯。例觸犯法令。

觸目 ㄔㄨˋ ㄇㄨˋ 眼睛所看到的。

觸目驚心 ㄔㄨˋ ㄇㄨˋ ㄐㄧㄥ ㄒㄧㄣ 形容景象的恐怖，令人害怕。

7 **觸角** ㄔㄨˋ ㄐㄧㄠˇ 生 節肢或軟體動物頭上多節的感覺器，甲殼類有大、小觸角各一對；昆蟲只有一對，具有觸覺、嗅覺或其他功用。

9 **觸怒** ㄔㄨˋ ㄋㄨˋ 惹人動怒，生氣。

參考 同惹惱。

12 **觸發** ㄔㄨˋ ㄈㄚ 觸動，引起。

12 **觸景生情** ㄔㄨˋ ㄐㄧㄥˇ ㄕㄥ ㄑㄧㄥˊ 見到眼前的景物而引發內心種種過往的情懷。

13 **觸電** ㄔㄨˋ ㄉㄧㄢˋ (一)指人體或動物被一定量的電流通過，引起機體組織、腦和心臟等重要器官的機能障礙，叫做觸電。(二)特指男女感情接觸時的感覺。

17 **觸礁** ㄔㄨˋ ㄐㄧㄠ (一)在海中碰到暗岩。(二)比喻事情受阻礙而不能順遂。

19 **觸類旁通** ㄔㄨˋ ㄌㄟˋ ㄆㄤˊ ㄊㄨㄥ 掌握了某一事物的知識或規律，而對同類的問題也可以類推了解。

參考 同舉一反三。

20 **觸覺** ㄔㄨˋ ㄐㄩㄝˊ 生 皮膚接觸到外物所產生的感覺。

▽感觸、接觸、抵觸、輕觸、無觸。

大 18 **觿** 形解  形聲；從角，巂聲。佩在身上的飾物，形狀如角，可以解結爲觿。

音義 ㄒㄧ 名 ①古代解開繩結用的骨製錐子；例佩觿。②童年；例觿年。

【言部】 ㄧㄢˊ

常 0 **言** 形解  形聲；從口，辛聲。辛是罪犯，口是犯人爲自己辯護，所以用口聲明己意爲言。

音義 ㄧㄢˊ 名 ①話語；例「言先信，行恭敬。」②一句話；例「一言以蔽之。」③一個字；例七言絕句。④著作；例成一家之言。⑤姓。動 ①發出聲音以表達意思；例「予欲無言。」②稱說；例言其貪也。③告知；例「子木懼，言諸王。」

參考 ①同謂，曰，云，道，說，語。②孳誩。

2 **言人人殊** ㄧㄢˊ ㄖㄣˊ ㄖㄣˊ ㄕㄨ 每個人說話都不相同。指對同一事物各有各的看法。殊：不同，差異。

4 **言不及義** ㄧㄢˊ ㄅㄨˋ ㄐㄧˊ ㄧˋ 只說些無聊的話，談不到正經的事情。比喻說話毫無內涵。

參考 反言之成理。

5 **言外之意** ㄧㄢˊ ㄨㄞˋ ㄓ ㄧˋ 話裡沒有明白說出來的本意。

參考 ①同言近旨遠。②與「言近旨遠」有別：後者是「言」與「旨」，在正面的意義上有某種程度的關係；前者則言外的意旨較爲廣泛，其所指可正面，也可反面。

言出必行 ㄧㄢˊ ㄔㄨ ㄅㄧˋ ㄒㄧㄥˊ 說得到，做得到。

參考 ①同言行一致，言行相顧。②反言不顧行。

6 **言行** ㄧㄢˊ ㄒㄧㄥˊ 言語和行爲。

言多必失 ㄧㄢˊ ㄉㄨㄛ ㄅㄧˋ ㄕ 說話太多，就必定有說錯的意思，戒人不可多言。

參考 同言多語失。

13 **言過其實** ㄧㄢˊ ㄍㄨㄛˋ ㄑㄧˊ ㄕˊ 言辭誇大，不符實際。

參考 與「誇大其詞」都有「說的話與實際不符」的意思，但有別：後者著重於「誇大」；前者強調「言語浮誇，不切實際」。前者可用來形容人的性格；後者卻不能這樣用。

14 **言語** ㄧㄢˊ ㄩˇ 人類爲表達自己的思想、意志所發出有體系的聲音。

15 **言論** ㄧㄢˊ ㄌㄨㄣˋ 表示主張或批評的言語。

言論自由 ㄧㄢˊ ㄌㄨㄣˋ ㄗˋ ㄧㄡˊ 政 指人民在羣眾集會或大庭廣眾前有發表演說或參加討論的權利。

18 **言簡意賅** ㄧㄢˊ ㄐㄧㄢˇ ㄧˋ ㄍㄞ 言辭簡單而意義卻包括無遺。賅：完備。賅，又作「該」。

言歸正傳 ㄧㄢˊ ㄍㄨㄟ ㄓㄥˋ ㄓㄨㄢˋ 話扯得太遠，再歸到本題上來。

22 **言聽計從** ㄧㄢˊ ㄊㄧㄥ ㄐㄧˋ ㄘㄨㄥˊ 對某人說的話，出的主意，全都聽信照辦。形容某人深被信任。

參考 與「百依百順」有別：前者

强調十分信任；後者强調十分順從。前者多用於上對下的關係上；而後者則不在此限。

▽遺言、格言、佳言、嘉言、寡言、諫言、狂言、讒言、至言、眞言、雜言、斷言、方言、宣言、謊言、留言、謠言、諾言、誓言、發言、流言、空言、傳言、一家言、仗義執言、有口難言、至理名言、沉默寡言、妙不可言、河漢斯言、金玉良言、啞口無言、嘖有煩言、暢所欲言、事無不可對人言、敢怒不敢言。

常 2 **計** 形解 會意；從言，從十。言是出聲數數，十爲整數單位，所以會合數目而核算爲計。

音義 ㄐㄧˋ 名 ①算術；例「八歲善計。」②簿書；例「五官之計。」③測量或計算度數、時間等的儀器；例溫度計。④數目；例合計。⑤主意；例眉頭一皺，計上心來。⑥姓。動 ①審量；例計較。②核算；例計日而待。③籌畫；例計畫。④商量；例計謀。副 大概；例「余以爲其人，計魁梧奇偉。」

參考 同籌，算，圖，謀，揆，畫，度，測，詮，較。

12 **計策** ㄐㄧˋ ㄘㄜˋ 有計畫的策略。

計畫 ㄐㄧˋ ㄏㄨㄚˋ ㈠泛指預先籌謀。㈡預籌的辦法。例生產計畫。

參考 ①「畫」，又作「劃」。②與「規畫」都可用作名詞或動詞，都含有「設計謀畫」的意思；但有別：「計畫」多指近期實行的，一般比較詳細、具體、周密；「規畫」是比較全面的長遠的發展計畫，一般比較簡要、概括。

13 **計較** ㄐㄧˋ ㄐㄧㄠˋ ㈠爭論。㈡商量。

14 **計算** ㄐㄧˋ ㄙㄨㄢˋ ㈠計數，通過已知數求出未知數。㈡籌劃，打算。㈢核算數目的多少。㈣算計，出謀劃策損害別人。

16 **計謀** ㄐㄧˋ ㄇㄡˊ ㈠謀劃。㈡預先擬定辦法。

▽會計、家計、詭計、合計、主計、生計、設計、總計、妙計、良計、伙計、算計、大計、奸計、方計、用計、溫度計、千方百計、百年大計、將計就計、陰謀詭計、緩兵之計、權宜之計。

常 2 **訂** 形解 形聲；從言，丁聲。丁有平實的意思，持平之議爲訂。

音義 ㄉㄧㄥˋ 動 ①締結；例訂合同。②預定；例訂貨。③修改；例訂正。④固定；例裝訂。

參考 「定」和「訂」同音，意思有別，如「訂約」、「校訂」、「訂婚」用「訂」，而「安定」、「定律」、「決定」用「定」；「定」主要是穩固的意思，而「訂」則有約商、預定的意思。

5 **訂正** ㄉㄧㄥˋ ㄓㄥˋ 校訂改正僞誤。

8 **訂定** ㄉㄧㄥˋ ㄉㄧㄥˋ 訂立決定。

▽改訂、校訂、增訂、裝訂、文訂、議訂。

常 2 **訃** 形解 形聲；從言，卜聲。卜爲灼龜甲問吉凶，陳告喪事爲訃。

音義 ㄈㄨˋ 名 爲死者告喪於親友的文書；例「聞訃三日泣。」動 報告喪事，通「赴」；例訃告。

參考 ①告喪，可單言「訃」，也可作「訃文」或「訃聞」。②字雖從卜，但不可讀成ㄅㄨˇ。

4 **訃文** ㄈㄨˋ ㄨㄣˊ 報告喪事的柬帖。一般記載死者的生卒年月日和祭喪的時間地點，文末並附死者親屬名單。又作「訃聞」。

次 2 **訄** 形解 形聲；從言，九聲。九有屈迫的意思，所以逼人說話爲訄。

音義 ㄑㄧㄡˊ 動 逼迫。

次 2 **訇** 形解 形聲；從言，勻省聲。受驚嚇時所發的聲音爲訇。

音義 ㄏㄨㄥ 名 ①阿訇，波斯語，教師。②姓。動 ①獨語不休。②呻吟。副 大聲的樣子；例訇然。

㊥ 3 **記** 形解 形聲；從言，己聲。己有分別的意思，一一分別而記識爲記。

音義 ㄐㄧˋ 名 ①文體的一種，記載或描寫事物的書或文章；㊀浮生六記。②圖章；㊀戳記。③標誌；㊀記號。④小孩生下來皮膚上就有的深色斑痕；㊀胎記。動 ①深入腦海而不忘；㊀博聞彊記。②回憶；㊀記憶猶新。③錄載；㊀右史記事。

參考「紀」與「記」的異同，參閱「紀」字條。

8
記取 ㄐㄧˋ ㄑㄩˇ 記著不忘。

記者 ㄐㄧˋ ㄓㄜˇ 報館編輯、採訪、主筆等的通稱。

11
記敘文 ㄐㄧˋ ㄒㄩˋ ㄨㄣˊ 文記述事情的文章體裁。

記帳 ㄐㄧˋ ㄓㄤˋ 把買賣的物價記入簿册，以便核算。

13
記載 ㄐㄧˋ ㄗㄞˇ 記事在書册上面。

記號 ㄐㄧˋ ㄏㄠˋ 作標記的符號。

參考 參閱「信號」條。

記過 ㄐㄧˋ ㄍㄨㄛˋ ㈠記載過失，以示懲儆。㈡官廳或學校對於犯過失的一種處分。

16
記錄 ㄐㄧˋ ㄌㄨˋ 把經過的事情記載下來。

記憶 ㄐㄧˋ ㄧˋ ㈠以往的事迹，存留在腦子裏。㈡計算機中央處理單元三大部分之一，爲儲藏資料的地方，由磁心或其他磁性材料構成。

記憶猶新 ㄐㄧˋ ㄧˋ ㄧㄡˊ ㄒㄧㄣ 過去的事，印象清晰，好像最近發生的事一樣。

參考「記憶猶新」與「念念不忘」、「歷歷在目」三句成語都有「記得清楚，沒有忘記」的意思，但有別：「記憶猶新」所記憶的可以是好事，也可以是壞事；「念念不忘」的「念」是連續不斷的想念，整個成語是「老是想念，不能忘記」的意思；「歷歷在目」的「歷歷」是「一個個清楚分明」，整個成語有兩個相關的意義：①指「遠方的景物看得清清楚楚」的意思。②是「過去的事情清清楚楚地重現在眼前」的意思。此外，「記憶猶新」只能以事爲對象，而「念念不忘」與「歷歷在目」可用於人或事方面皆可。

▽暗記、手記、書記、速記、追記、傳記、登記、筆記、簿記、日記、箚記、禮記、印記、札記、雜記、西遊記、博聞强記、東方遊記。

㊥ 3 **訐** 形解 形聲；從言，干聲。干是干犯，所以當面指摘對方罪狀爲訐。

音義 ㄐㄧㄝˊ 動 ①揭發人的陰私；㊀攻訐。②攻擊別人的短處；㊀父子相訐。

參考 ①字從「干」，不可誤從「于」作「訏」（ㄒㄩ）字。②字雖從干，不可誤讀爲ㄍㄢ。

12
訐發陰私 ㄐㄧㄝˊ ㄈㄚ ㄧㄣ ㄙ 把人家不願爲人知的私事，宣揚出來。

㊥ 3 **討** 形解 會意；從言寸。寸爲法度，所以研議事理使之合乎法度爲討。

音義 ㄊㄠˇ 動 ①征伐；㊀反不討賊。②探究；㊀「沿波討源。」③索取；㊀討債。④求乞；㊀討饒。⑤招惹；㊀自討沒趣。⑥婚娶；㊀討老婆。

參考 尋，原，究，繹，乞，索，求，要。

6
討好 ㄊㄠˇ ㄏㄠˇ 對人趨奉迎合。

討伐 ㄊㄠˇ ㄈㄚ 軍用兵征伐有罪的人。

11
討教 ㄊㄠˇ ㄐㄧㄠˋ 請人指教。

討情 ㄊㄠˇ ㄑㄧㄥˊ 代替別人求情。

14
討厭 ㄊㄠˇ ㄧㄢˋ 使人厭惡，厭煩。

15
討論 ㄊㄠˇ ㄌㄨㄣˋ 互相研討。

參考 參閱「議論」及「强辯」條。

討價還價 ㄊㄠˇ ㄐㄧㄚˋ ㄏㄨㄢˊ ㄐㄧㄚˋ ㈠本指稱商場上爲物價而彼此爭討。㈡泛指彼此談判時爭論條件。

▽征討、檢討、追討、索討、乞討、求討、研討、南征北討、東征西討。

㊥ 3 **訌** 形解 形聲；從言，工聲。工有自律的意思，所以內部自相爭吵爲訌。

音義 ㄏㄨㄥˋ 動 爭吵，潰敗；㊀外阻內訌。

參考 字雖從工，但不可讀成ㄍㄨㄥ。

㊢ 3
訕
形解 形聲；從言，山聲。以巧言惡語毀謗他人爲訕。
音義 ㄕㄢˋ 動 ①毀謗；例惡居下流而訕上者。②譏笑；例訕笑。③難爲情；例訕訕。
參考 同非，誹，謗，詆，毀，誚。

㊢ 3
訊
形解 形聲；從言，卂聲。卂有迅速的意思，所以急言詰問爲訊。
音義 ㄒㄩㄣˋ 名 ①書信；例故交音訊少。②消息；例中央通訊社訊。動 ①詢問；例訊問。②責問；例乃訊子胥。③審問；例審訊。
參考 ①名 同耗，息，信，聞。②動 同詢，問，咨，諏。③反答。④與「訉(ㄈㄢˋ，多言)」字形近而易混。⑤與「汛」、「迅」同音而義異：汛，江河定期的漲水；迅，快速。

11 **訊問** ㄒㄩㄣˋ ㄨㄣˋ ㈠審問。㈡通信。

▽音訊、問訊、審訊、通訊、資訊、電腦資訊。

㊢ 3
託
形解 形聲；從言，乇聲。乇有寄託的意思，所以依託爲託。
音義 ㄊㄨㄛ 動 ①寄附；例「柴霧香煙眇難託。」②委付；例「可以託六尺之孤。」③請求；例託人講情。④推諉；例託辭。⑤假借；例託疾請假。⑥依賴；例託福。
參考 ①與「托」同音而義異：以言詞帶動爲「託」，以手臂帶動爲「托」；所以「拜託」用「託」，而「沿門托鉢」用「托」，絕不可混淆。②與「訖」形近而音義不同：訖，音ㄑㄧˋ，終結，完畢。

7 **託庇** ㄊㄨㄛ ㄅㄧˋ 仰賴他人的庇蔭。

8 **託孤** ㄊㄨㄛ ㄍㄨ 將孤兒託人撫有或照應。

9 **託故** ㄊㄨㄛ ㄍㄨˋ 假借某種事故。

▽依託、委託、寄託、囑託、信託、請託、付託、拜託。

㊢ 3
訓
形解 形聲；從言，川聲。川有順暢的意思，所以用道理教導爲訓。
音義 ㄒㄩㄣˋ 名 ①可作爲法則的話；例古有明訓。②姓。動 ①教誨；例老師訓話。②教導；例訓練。③順從；例「咸訓於嘉時。」④解釋爲；例音訓。⑤解釋詞義；例訓詁。⑥斥責；例訓誡。
參考 ①同 教，誨。②「訓」爲端正人品，「練」爲學習技藝，二者有別。

5 **訓示** ㄒㄩㄣˋ ㄕˋ 上對下的教導指示。

訓斥 ㄒㄩㄣˋ ㄔˋ 訓誡和責備。
參考 同 訓責。

7 **訓戒** ㄒㄩㄣˋ ㄐㄧㄝˋ 訓誨警戒。亦作「訓誡」。

12 **訓詁** ㄒㄩㄣˋ ㄍㄨˇ 用通俗的文字去解釋詞義叫「訓」，用當代的話去解釋古語或用較通行的話去解釋方言叫「詁」。「訓詁」也可泛指解釋古書中的句、字、詞、義的意義。亦作「訓故」、「詁訓」。

14 **訓誨** ㄒㄩㄣˋ ㄏㄨㄟˋ 尊長對幼輩的教導。

15 **訓練** ㄒㄩㄣˋ ㄌㄧㄢˋ 通過有計畫的教育培養，使掌握某種技能。例駕駛訓練班。
參考 參閱「鍛鍊」條。

訓練有素 ㄒㄩㄣˋ ㄌㄧㄢˋ ㄧㄡˇ ㄙㄨˋ 技能操練的極爲成熟。

16 **訓導** ㄒㄩㄣˋ ㄉㄠˇ 訓誡勸導。

▽遺訓、家訓、教訓、詁訓、祖訓、庭訓、師訓、校訓、古訓、古有明訓、不可爲訓、不足爲訓、十年生聚十年教訓。

㊢ 3
訖
形解 字本作「訖」：形聲；從言，气聲。气爲雲氣，有上出至極的意思，言出竭盡而終止爲訖。隸變作「訖」。
音義 ㄑㄧˋ 動 ①終結；例銀貨兩訖。②到達，通「迄」；例聲教訖于四海。副 完畢；例查訖。
參考 「訖」、「迄」、「紇」、「屹」有別：「收訖」、「付訖」、「起訖」的「訖」字，從「言」；「迄今」的「迄」字，從「辶」(辵)；「屹立」的「屹」字，從「山」；「回紇」的「紇」字從「糸」。此四字意思完全不同。訖、迄，同音ㄑㄧˋ；屹，音ㄧˋ；紇音ㄏㄜˊ。

㊅ 3
訏
形解 形聲；從言，于聲。于有大的意思，所以大聲呼氣爲訏。

音義 ㄒㄩ 名說大話。形廣大的；例訏謨。

參考「訏」與「訐」，音義各異。

㊅ 3
訒
形解 形聲；從言，刃聲。刃有阻止的意思，所以言談遲鈍爲訒。

音義 ㄖㄣˋ 副出言困難的樣子；例其言也訒。

㊅ 3
訑
形解 形聲；從言，也聲。也有伸展的意思，所以多言爲訑。

音義 ㄊㄨㄛ 動欺騙，同「詑」；例訑謾。

ㄧˊ 形自滿的；例訑訑。

ㄉㄢˋ 動放縱，弛縱；例慢訑。

參考「訑」與「詑」，音義各異。

常 4
訪
形解 形聲；從言，方聲。方是合併，所以廣泛地諮詢謀畫爲訪。

音義 ㄈㄤˇ 名姓。動①尋求；例博訪遺書。②求問；例訪求。③謀畫；例訪序事。④探望；例「訪舊半爲鬼。」⑤向人詢問調查；例採訪。

參考 同問，訊，詢，咨，諏。

11 5
訪古 ㄈㄤˇ ㄍㄨˇ 探尋古迹。

訪問 ㄈㄤˇ ㄨㄣˋ ㈠拜訪，探問。例訪問朋友。㈡提出問題詢問。今多用於新聞界。

▽採訪、探訪、來訪、拜訪、詢訪、走訪、尋訪、查訪、明查暗訪。

常 4
訣
形解 形聲；從言，決省聲。決爲分決，所以用言語告別而各自離去爲訣。

音義 ㄐㄩㄝˊ 名①以事物內容編成順口押韻可以口誦，容易記憶的詞句；例湯頭歌訣。②妙法；例祕訣。動死別；例與妻訣別書。

7
訣別 ㄐㄩㄝˊ ㄅㄧㄝˊ 告別。例與妻訣別書。

參考①同永別。②「訣別」多指不再相見，即是死別的意思，所以使用時宜加斟酌。

18
訣竅 ㄐㄩㄝˊ ㄑㄧㄠˋ 高明而方便的方法。

參考 同秘要，秘訣。

▽永訣、口訣、秘訣、要訣、妙訣。

常 4
訝
形解 形聲；從言，牙聲。牙象牙齒上下相錯形，有相對相合的意思，所以相迎爲訝。

音義 ㄧㄚˋ 動①驚奇；例訝然。②詫異；例驚訝。③迎接，通「迓」；例訝賓於館。

參考①同驚，怪，奇，異。②字雖從牙，但不可讀成ㄧㄚˊ。

常 4
訥
形解 形聲；從言，內聲。內有進入的意思，言語蘊內難以表達爲訥。

音義 ㄋㄜˋ 動說話遲鈍；例「君子欲訥於言，而敏於行。」

參考 又讀ㄋㄚˋ。

8
訥於言 ㄋㄜˋ ㄩˊ ㄧㄢˊ 說話遲鈍的樣子。例「君子欲訥於言，而敏於行。」

參考①又讀ㄋㄚˋ。②「訥於言」與「愼言」、「寡言」有別：「愼言」指小心說話；「寡言」是說話少，有一種深沈或貞靜的性格或品德；「訥於言」是說話遲鈍，有一種渾厚誠實的性格或品德。

17
訥澀 ㄋㄜˋ ㄙㄜˋ 拙於言辭。例「性訥澀少言，不與朝士接。」

訥澀寡言 ㄋㄜˋ ㄙㄜˋ ㄍㄨㄚˇ ㄧㄢˊ 不善說話也很少說話。

▽口訥、拙訥、木訥。

常 4
許
形解 形聲；從言，午聲。聽從之言爲許。

音義 ㄒㄩˇ 名①地方；例先生不知何許人也？②地古國名，姜姓，在今河南許昌縣。③姓。動①答應；例爾不許我。②委付；例以身許人。③預先應允；例許願。④出嫁；例許配。⑤期待；例期許。形多，估量之詞；例二十許年。副①很，表大約的數目或程度；例許多。②或者；例也許。助用在語末，無義；例奈何許？

ㄏㄨ 副描摹聲音詞，衆人共同出力所發出的聲音；例伐木許許。

參考①反拒。②辨滸。

5 **許可** ㄒㄩˇ ㄎㄜˇ 允許。

參考①同允諾，應允，答應。②反反對，不可。

10 **許配** ㄒㄩˇ ㄆㄟˋ 允諾對方的婚約。

參考同許字，許婚，許嫁。

16 **許諾** ㄒㄩˇ ㄋㄨㄛˋ 答允。

參考同允諾，許可。

▽幾許、默許、少許、特許、認許、應許、期許、些許、准許、深自期許。

常 4 **設** 形解 會意；從言殳。殳有指使人的意思，所以使喚人去布列施陳爲設。

音義ㄕㄜˋ 名姓。動①裝置；例設網捕魚。②建立；例「設制度。」③籌措；例設法。④布陳；例「設六玉。」⑤數假設；例設X＝1。連假如；例「設秦得人，如何？」

參考連同若，使，如。

5 **設立** ㄕㄜˋ ㄌㄧˋ 建立。

參考①同設置。②反拆毁。

設身處地 ㄕㄜˋ ㄕㄣ ㄔㄨˇ ㄉㄧˋ 設想自己處在他人的地位。

8 **設法** ㄕㄜˋ ㄈㄚˇ 籌劃辦法。

參考同將心比心。

9 **設施** ㄕㄜˋ ㄕ ㈠佈置。㈡計畫施行。

設計 ㄕㄜˋ ㄐㄧˋ ㈠規畫。㈡根據訂出的計畫，提出具體進行實現計畫的方法和程序。㈢藝術方面的構圖。例室內設計。

12 **設備** ㄕㄜˋ ㄅㄟˋ ㈠設立裝備。㈡指建築物或器物中所配置的一切東西。

參考參閱「裝備」條。

13 **設置** ㄕㄜˋ ㄓˋ 設立，裝置。

設想 ㄕㄜˋ ㄒㄧㄤˇ 預先著想。

▽建設、常設、假設、虛設、陳設、天造地設、十大建設。

常 4 **訟** 形解 形聲；從言，公聲。公是公開，所以公開爭論爲訟。

音義ㄙㄨㄥˋ 名官司；例「聽訟，吾猶人也。」動①在法庭上爭論是非曲直；例「虞、芮二國爭田而訟。」②爭辯（是非）；例聚訟紛紜。③責備；例「吾未見能見其過而內自訟者也。」副共同地；例天下訟見。

參考與「頌」有別：「頌」，從頁，有讚美的意思。

▽獄訟、爭訟、訴訟、聚訟、自訟、纏訟。

常 4 **訛** 形解 形聲；從言，化聲。化有變化的意思，所以言語變幻無定爲訛。

音義ㄜˊ 名①謠言；例以訛傳訛。②錯誤；例貞訛。③姓。動①威嚇詐騙；例恃酒訛人。②走動；例或寢或訛。形①不實在的；例民之訛言。②錯誤的；例訛誤。③欺詐的；例訛人。

參考①字本作「譌」。②同誤，錯，謬，舛，忒，過。③反確。④字雖從化，但不可讀成ㄏㄨㄚˋ。

7 **訛言** ㄜˊ ㄧㄢˊ ㈠不確實的話。㈡散布謠言。

▽舛訛、謬訛、以訛傳訛。

次 4 **訢** 形解 形聲；從言，斤聲。斤有開展的意思，所以欣喜開朗爲訢。

音義ㄒㄧ 動蒸，通「熹」；例訢合。

ㄒㄧㄣ 名姓。形欣喜的，通「欣」；例訢訢。

ㄧㄣ 形謹敬的樣子。

參考「訢」與「訴」，音義各異。

常 5 **註** 形解 形聲；從言，主聲。主有明白的意思，所以言辭明晰爲註。

音義ㄓㄨˋ 名用來解釋或說明的文字，同「注」；例十三經註。動①用文字解釋字句，同「注」；例「上訓註孝經，頒行天下。」②記載；例註記。

參考「註」與「注」當作解釋、記載解時可通，餘則不同。

5 **註冊** ㄓㄨˋ ㄘㄜˋ 向有關機關、團體或學校等登記，作爲根據。例註冊商標。

11 **註疏** ㄓㄨˋ ㄕㄨ 注解古書的文字叫註或傳，解釋傳或註的文字叫疏。例十三經註疏。
參考 ①同注疏。②疏，又讀ㄕㄨ。
13 **註腳** ㄓㄨˋ ㄐㄧㄠˇ 附在正文下面的說明文字。
15 **註銷** ㄓㄨˋ ㄒㄧㄠ 取銷登記簿冊上已登記的事項。
參考 反登記，註冊。
20 **註釋** ㄓㄨˋ ㄕˋ ㈠用簡明的文字解釋書刊中的字、詞、句。㈡解釋或說明的文字。
參考 同註解。
▽夾註、小註、附註、箋註、舊註、古註。

常 5 **詠** 形解 形聲；從言，永聲。永有長遠的意思，所以長聲吟唱爲詠。
音義 ㄩㄥˇ 名 押韻的文辭；例妙詠傳人間。動①吟唱，有聲調地唸，同「咏」；例「浴乎沂，風乎舞雩，詠而歸。」②(以某種事物爲題)作詩；例詠雪。
參考 又作「咏」。
▽歌詠、吟詠、高詠、贊詠。

常 5 **評** 形解 形聲；從言，平聲。平有平正的意思，議論平正爲評。
音義 ㄆㄧㄥˊ 名①論斷是非好壞的文章；例書評。②姓。動①判定；例評理。②論斷或品議；例互相譏評。③在比較中作判斷；例評選作品。
參考 與「抨」有別：「抨」，從手(扌)，音ㄆㄥ，用言語或文字攻擊；「抨」義多偏重於譴責，與「評」兼顧好壞二義者不同。
7 **評判** ㄆㄧㄥˊ ㄆㄢˋ 批評審判。
11 **評理** ㄆㄧㄥˊ ㄌㄧˇ 根據道理，判定是非好壞。
15 **評價** ㄆㄧㄥˊ ㄐㄧㄚˋ 估定事物的價值。
評論 ㄆㄧㄥˊ ㄌㄨㄣˋ ㈠動詞，批評議論。㈡指批評或議論的文章。在報刊中包括社論、短評、述評等。例新聞評論。
16 **評頭論足** ㄆㄧㄥˊ ㄊㄡˊ ㄌㄨㄣˋ ㄗㄨˊ 品評人家的容貌舉止。
參考 ①參閱「指手劃腳」條。②與「說長道短」有別：前者多指議論人的外貌、姿態、神情、舉止；後者多指議論人的品德行爲。前者著眼於「多方挑剔」；後者著眼「議論不負責任」。

常 5 **詞** 形解 會意；從司言。司爲主司，能將心中意思表達出來的言語爲詞。
音義 ㄘˊ 名①代表一個觀念的文字或語言，是語言文字中最小的，有意義的，能自由運用的單位，如人、科學、實現等；例措詞。②有組織的語言文字；例演講詞。③說話或詩歌、戲劇、文章中的語句；例義正詞嚴。④文韻文的一種，句法長短不一，兼具押韻的詩體，由五、七言詩和民歌發展而成，興起於唐，全盛於宋，故常稱「宋詞」，又稱「長短句」；例蘇辛詞。⑤文法上的類別單位；例形容詞。
參考 ①「詞」和「辭」在「文詞」、「辭典」、「辭藻」等處可通用，其他如「名詞」、「動詞」、「歌詞」等均用「詞」，「辭別」、「辭讓」等處用「辭」，而不可用「詞」；至若文學史中，「辭」是樂府詩的一種體裁，和長短句的「詞」又有不同。②又作「䛐」。③與「訶」形近而音義不同：「訶」，從可，音ㄏㄜ，有斥責的意思。
12 **詞牌** ㄘˊ ㄆㄞˊ 文填詞用的曲調名。最初的詞，都是配合音樂來歌唱，有的按詞製調，有的依調填詞。而該曲調的名稱即「詞牌」。
13 **詞話** ㄘˊ ㄏㄨㄚˋ 文㈠評論詞品、詞人、詞派及有關詞的本事和考訂的著述。如近人所輯「詞話叢編」，凡六十餘種。㈡元明說唱藝術之一，有說有唱。有長篇，也有短篇。例大唐秦王詞話。㈢明人創作小說於章回中夾有詩詞的，也稱詞話。例金瓶梅詞話。㈣也有人認爲「詞話」即「鼓詞」。
19 **詞類** ㄘˊ ㄌㄟˋ 詞的語法分類。現代漢語的詞類有名詞、代詞、動詞、形容詞、數詞、量詞、副詞、介詞、連接詞、助動詞、嘆詞、象聲詞等。

20 **詞藻** ㄘˊ ㄗㄠˇ 文 ㈠詩文中的藻飾，即多用典故或華麗詞句來修辭的作風。㈡崇尚藻飾的文學作品。

▽歌詞、賀詞、祝詞、誓詞、名詞、副詞、動詞、文詞、詩詞、形容詞、介係詞、連接詞、代名詞、一面之詞、大放厥詞、絕妙好詞、片面之詞、支吾其詞、振振有詞、衆口一詞、言過其詞。

常 5 **証** 形解 形聲；從言，正聲。正有平正的意思，所以直言進諫爲証。

音義 ㄓㄥˋ 名 書據；例 皆有典証。

參考 其他用法與「證」字同，參閱「證」字條，唯學生書寫時宜用「證」而不可作「証」。

8 **証明** ㄓㄥˋ ㄇㄧㄥˊ 根據已知眞實的判斷來確定某一判斷的是否眞實的過程。

參考 ①証，又作「證」。②與「例証」有別：前者是指證實一件事實，後者是指證明事實所採取的例子；前者是名詞，也是動詞，後者是名詞。③與「証實」有別：「証實」著重在確實，它的對象範圍小，只限於指假想、預言的正確，消息、傳聞的確實，或情況、論斷符合事實；「証明」對象範圍比較廣，被証明的結果一般是正確的，但有時也可能是錯誤的。

14 **証實** ㄓㄥˋ ㄕˊ 証明其確實。

參考 參閱「証明」條。

常 5 **詁** 形解 形聲；從言，古聲。古有故舊的意思，所以解釋舊時言語使今人通曉爲詁。

音義 ㄍㄨˇ 動 ①用現代的語言解釋古代語言文字的含義；例 訓詁。②解釋；例 詁解經文。

參考 俗誤讀作ㄍㄨ。

▽解詁、訓詁、纂詁、評詁。

常 5 **詔** 形解 形聲；從言，召聲。召爲召喚，所以用言語告知爲詔。

音義 ㄓㄠˋ 名 古代皇帝所發布的命令；例「陛下發德音，下明詔。」動 ①昭示；例「以詔後世。」②教導；例 父詔其子。

參考 ①參閱「召」字條。②字雖從召，但不可讀成ㄓㄠ。

▽下詔、恩詔、聖詔、寵詔、遺詔。

常 5 **詛** 形解 形聲；從言，且聲。且象祖廟形，所以用言語祈神降禍於人爲詛。

音義 ㄗㄨˇ 動 ①祈求鬼神降禍給他人；例 詛君于上帝者多矣。②咒罵；例 民人苦病，夫婦皆詛。③立誓；例 詛盟。

參考 以事告神爲「祝」，請神降禍爲「詛」。

常 5 **詐** 形解 形聲；從言，乍聲。乍有逼迫的意思，所以用言語欺騙脅迫爲詐。

音義 ㄓㄚˋ 動 ①欺騙；例「我無爾詐，爾無我虞。」②騙取；例 詐財騙色。副 ①忽然；例 詐戰不日。②假裝；例 詐狂。

參考 ①反 誠。②同 僞，譎，詭，佯，陽，矯。②與「訴」形近而音義不同：訴，從斥，音ㄙㄨˋ，有告知、傾吐、控告等義。

▽奸詐、詭詐、權詐、巧詐、狡詐、欺詐、敲詐、兵不厭詐、爾虞我詐。

常 5 **詆** 形解 形聲；從言，氐聲。以言語苛責人爲詆。

音義 ㄉㄧˇ 動 ①辱罵；例 上疏歷詆公卿大臣。②責備；例 面詆其短。③毀謗，說人壞話；例 巧言醜詆。

參考 ①反 譽。②同 誹，毀，謗，訕。③字從「氐」，不可訛從「氏」。

13 **詆毀** ㄉㄧˇ ㄏㄨㄟˇ 用言語毀謗他人。

▽訶詆、毀詆、誣詆、欺詆、醜詆。

常5 **訴** 形解 字本作「謆」，形聲；從言，㡿聲。㡿有拓廣的意思，所以用言語敍說爲謆。隸變作「訴」。

音義 ㄙㄨˋ 名 姓。動 ①敍說；例輕訴短懷。②毀謗；例訴公于晉侯。③分辯寃曲；例苦欲自訴。④控告；例訴訟。

參考 ①同愬。②和「訢」（ㄒㄧㄣ）字，只差一點，而音義不同。③與「詐」有別：「詐」，從乍，音ㄓㄚˋ，有欺騙的意思。

8 **訴狀** ㄙㄨˋ ㄓㄨㄤˋ 法 人民爲訴訟行爲時，對法院所用的文書。

9 **訴苦** ㄙㄨˋ ㄎㄨˇ 傾訴心中的痛苦。

11 **訴訟** ㄙㄨˋ ㄙㄨㄥˋ 法 向法院呈遞訴狀，請求判斷曲直，明辨是非的行爲。

▽公訴、控訴、告訴、勝訴、上訴、敗訴、哭訴、投訴、細訴、傾訴、低訴、無處投訴。

常5 **診** 形解 形聲；從言，㐱聲。㐱有濃厚凝重的意思，所以先詢問再省視爲診。

音義 ㄓㄣˇ 動 醫生察看病症；例診療。

參考 與「疹」有別：「疹」從疒，爲皮膚因熱而發小紅點或由濾過性病毒所引發的傳染病，如疱疹。

8 **診所** ㄓㄣˇ ㄙㄨㄛˇ 醫 醫生診治病人的地方。

診治 ㄓㄣˇ ㄓˋ 檢查病情而加以治療。診：檢查。

參考 同診療。

10 **診脈** ㄓㄣˇ ㄇㄛˋ 醫 中醫生用手按病人腕部動脈，以診斷病症。

18 **診斷** ㄓㄣˇ ㄉㄨㄢˋ 醫 醫師診察病情，加以判斷。

▽聽診、急診、出診、會診、休診、停診、義診。

次5 **詎** 形解 形聲；從言，巨聲。豈，難道爲詎。

音義 ㄐㄩˋ 副 ①豈，難道，表反詰；例詎料。②曾經，表時間；例「一別詎幾何？」

參考 「詎」與「距」，音同義異。

次5 **訶** 形解 形聲；從言，可聲。可有大的意思，所以發怒而大聲叱責爲訶。

音義 ㄏㄜ 動 大聲斥責，通「呵」；例訶求。

參考 或作「訶」。

次5 **訹** 形解 形聲；從言，朮聲。以言辭引誘他人爲訹。

音義 ㄒㄩˋ 動 誘迫；例謏訹。

次5 **詖** 形解 形聲；從言，皮聲。皮有分析的意思，所以辯論爲詖。

音義 ㄅㄧˋ 名 聳人聽聞的言論；例壞散險詖之聚。形 偏頗的；例詖辭。

次5 **詗** 形解 形聲；從言，冋聲。冋有廣闊的意思，所以廣泛偵察以刺探消息爲詗。

音義 ㄒㄩㄥˋ 動 刺探；例窺詗。

次5 **詘** 形解 形聲；從言，出聲。出有委曲的意思，所以理屈而辭塞爲詘。

音義 ㄑㄩ 名 姓。動 ①彎曲，通「屈」；例詘伸。②屈服；例詘敵國。形 吐詞艱難的，通「訥」；例詘於言。副 寃枉地；例詘殺。

ㄔㄨˋ 動 貶抑，通「黜」；例「秦勢能詘之。」

3 **詘寸信尺** ㄑㄩ ㄘㄨㄣˋ ㄒㄧㄣˇ ㄔˇ 捨棄小疵而任用大材。詘，又作「誳」。信：伸展。

次5 **詒** 形解 形聲；從言，台聲。用言辭勸誘爲詒。

音義 ㄧˊ 動 遺留，通「貽」；例詒厥孫謀。

ㄉㄞˋ 動 欺騙，通「紿」；例骨肉相詒。

次5 **詈** 形解 會意；從网，從言。表示以言語互相羅織，所以相罵爲詈。

音義 ㄌㄧˋ 動 諷罵；例往詈齊王。

常6 **詫** 形解 形聲；從言，宅聲。宅有大的意思，所以言詞誇張、驚訝爲詫。

音義 ㄔㄚˋ 動 ①驚訝；例詫異。

②誇張；例以自誇詫。形不實的；例甘言詫語。

參考①字或作「侘」。②與「姹」同音而義異：姹，美麗，嬌艷，如「姹紫嫣紅」，不可訛作「詫」。③字雖從宅，但不可讀成ㄓㄞˊ。

常 6 **該** 形解 形聲；從言，亥聲。軍中相互戒守的話爲該。

音義ㄍㄞ 代①遠稱指示代名詞，同「那」；例該會會址。②那個，指前面說過的人或事物（多用於公文）；例該生。動①欠錢；例外頭還該著賬呢！②兼備，通「賅」；例旁該始終。副①應當；例該回家了。②在感嘆句中，有加強語氣的作用；例我們以國家興亡爲己任的負擔，該有多重啊！

參考①同兼，包。②「該」字有三義：a.應當是，應當由……來做；例這一回該我了吧！有時帶「著」（輕聲）；例今天晚上該著你値班了。b.表示根據情理或經驗推測必然的或可能的結果；例天一涼，就該添加衣服了。c.如果「該」用在感嘆句中兼有加強語氣的作用；例我們的責任該有多重啊！

▽活該、應該、總該。

常 6 **詳** 形解 形聲；從言，羊聲。羊有美善完備的意思，所以周備細密爲詳。

音義ㄒㄧㄤˊ 動①知道；例姓名不詳。②審慎；例詳刑愼罰。③完備周到；例不厭其詳。④仔細說明；例內詳。形細密周備的；例詳情。

參考 反略。

11 **詳細** ㄒㄧㄤˊ ㄒㄧˋ 週遍。

參考①與「仔細」都是形容詞，都含有「周密、細致」的意思，但有別：「詳細」表示「詳盡而周密」，與「粗略」相反；「仔細」表示「細致而認眞」，與「馬虎」相反。②與「詳盡」有別：後者比「詳細」更爲徹底些。

14 **詳盡** ㄒㄧㄤˊ ㄐㄧㄣˋ 完備無遺，詳細透徹。

20 **詳贍精審** ㄒㄧㄤˊ ㄕㄢˋ ㄐㄧㄥ ㄕㄣˇ 詳盡而豐富，精要而謹愼。贍：完備。例這本字典，詳贍精審，値得參考。

▽不詳、未詳、精詳、周詳、不厭其詳、耳熟能詳、語焉不詳、願聞其詳。

常 6 **試** 形解 形聲；從言，式聲。式爲法度，所以言辭合於法度則可施用爲試。

音義ㄕˋ 名①有關測驗的事情；例先生監試。②姓。動①考驗；例試其弓弩。②使用；例刑不試而萬民咸服。③嘗試；例無妄之藥，不可試也。④測探；例以身試法。⑤補任；例「已而試縣亭長。」副預先考驗地；例試辦一年。

參考 同驗。

11 **試探** ㄕˋ ㄊㄢˋ 未明眞相以前的試行探察。

14 **試管嬰兒** ㄕˋ ㄍㄨㄢˇ ㄧㄥ ㄦˊ 醫 從女性體內取出卵子，男性體內取出精子，在實驗室中使其受精，並於試管中培養一短時期後，再移植到女性的子宮內，使其自然孕育、生產。英國的史戴普托是世界上第一個進行此項實驗獲得成功的外科醫師。目前的成功率尙嫌太低，約在二〇%一二五%而已。

23 **試驗** ㄕˋ ㄧㄢˋ 實驗。

▽會試、鄉試、考試、嘗試、廷試、殿試、入試、面試、筆試、口試、及鋒而試、牛刀小試、躍躍欲試。

常 6 **詩** 形解 形聲；從言，寺聲。寺有法度的意思，所以心之所念，發於言辭爲詩。

音義ㄕ 名①文韻文的一種，用最精簡的文字來表現美感，發抒感情的一種藝術作品。有新詩、舊詩之分，舊詩又分古體詩、近體詩；新詩有押韻，也有不用韻的，又稱現代詩、白話詩。②書「詩經」的簡稱；例「興於詩，立於禮，成於樂。」③姓。

11 **詩情畫意** ㄕ ㄑㄧㄥˊ ㄏㄨㄚˋ ㄧˋ 形容景物的優美，使人興起吟詩作畫的意念。

13 **詩意** ㄕ ㄧˋ ㈠詩中所含蘊的意趣。㈡作詩的意願。

▽古詩、采詩、唐詩、律詩、新詩、近體詩、新體詩、詠懷詩、散文詩、敍事詩、白話詩。

㊔ 6

詰

形解 形聲；從言，吉聲。吉有曲折的意思，所以委曲訊問爲詰。

音義 ㄐㄧㄝˊ 動①盤問；例詰問。②責讓；例汲黯庭詰弘。③懲治；例子盍詰盜？形明天的；例詰朝將見。

▽責詰、質詰、難以究詰。

㊔ 6

誇

形解 形聲；從言，夸聲。夸有誇大的意思，所以用虛誕不實的話來炫耀自我爲誇。

音義 ㄎㄨㄚ 動①說大話；例自誇。②自我炫耀；例「敢將十指誇鍼巧。」③讚美；例誇獎。形寬大的；例「妄誇布服，糲食。」

3 **誇口** ㄎㄨㄚ ㄎㄡˇ 說大話。亦作「誇嘴」。

11 **誇張** ㄎㄨㄚ ㄓㄤ 誇大，鋪張。

參考「誇張」和「誇大」都含有說得過分，與客觀實際不相符合的意思，兩者有時可以通用，但詞義著重點不同而有別：「誇張」著重言過於實，是爲了加强語言效果而在眞實的基礎上加入渲染的功夫，是一種修辭方法，乃中性詞；「誇大」著重有意或無意地言過其實，與事實相去甚遠，是含有貶損之意的貶義詞。

15 **誇獎** ㄎㄨㄚ ㄐㄧㄤˇ 極力讚美。

參考「誇獎」、「誇耀」都指說出好處，使人知道，但稍有別：「誇獎」是用語言稱讚、嘉獎的意思，通常是誇獎別人，是褒義詞；「誇耀」是用語言或行動向人炫耀，顯示優點或才能的意思，通常是誇耀自己，是貶義詞。

20 **誇耀** ㄎㄨㄚ ㄧㄠˋ 誇示炫耀。

參考 參閱「誇獎」條。

▽浮誇、競誇、自誇、矜誇、老王賣瓜自賣自誇。

㊔ 6

詼

形解 形聲；從言，灰聲。灰有輕巧的意思。所以言辭輕巧戲謔爲詼。

音義 ㄏㄨㄟ 動嘲笑；例如此出語亦善詼。形言談有趣的；例他生性詼諧。

16 **詼諧** ㄏㄨㄟ ㄒㄧㄝˊ 談話富於風趣，使人發笑。例詼諧百出。

參考「詼諧」、「幽默」、「滑稽」都指輕鬆有趣，但有別：「詼諧」指說話有趣叫人發笑，是文言詞，多見于書面語；「幽默」指話語輕鬆有趣，含意深長，有時帶有諷刺的意味；「滑稽」指言語、表情、動作有趣，使人發笑，或言行等自相矛盾，使人覺得可笑，現在常用於口語。

㊔ 6

詣

形解 形聲；從言，旨聲。旨爲甘美，深致美意，所以到家問候爲詣。

音義 ㄧˋ 名學業或技能的進境；例他寫小說的造詣頗高。動①到達；例未得詣前。②謁見；例咸躬往參詣。

參考①同至，到，臻，造。②字雖從旨，但不可讀成ㄓˇ。

▽造詣、遊詣、趣詣、苦心孤詣。

㊔ 6

話

形解 本字作話：形聲；從言，𠯑聲。𠯑有會合的意思，所以會合善言爲話。隸變作「話」。

音義 ㄏㄨㄚˋ 名言語；例臺灣話。動談說；例「難話此時心，梁燕雙飛去。」

7 **話別** ㄏㄨㄚˋ ㄅㄧㄝˊ 臨別的談話。例揮淚話別，能不依依。

9 **話柄** ㄏㄨㄚˋ ㄅㄧㄥˇ 被他人當作談話資料的言論或行爲。

18 **話舊** ㄏㄨㄚˋ ㄐㄧㄡˋ 與久別之友談論舊事。

▽會話、佳話、閑話、情話、神話、說話、插話、對話、談話、痴話、電話、童話、夜話、眞話、假話、鬼話、通話、廢話、壞話、悄悄話、連篇鬼話、見鬼說鬼話見人說人話。

常 6 **誅** 形解 形聲；從言，朱聲。朱有顯明的意思，所以申明罪狀加以聲討為誅。

音義 ㄓㄨ 動①殺戮；例聞誅一夫紂矣。②討伐；例征暴誅悖。③翦除；例寧誅鋤草茅。④責備；例口誅。⑤懲罰；例「阿上亂法者，誅。」⑥譴責；例口誅筆伐。

▽族誅、天誅、筆誅、伏誅、口誅、不教而誅、罪不容誅、竊鉤者誅。

常 6 **詭** 形解 形聲；從言，危聲。危為臨高畏懼，所以責備他人的過錯，令人畏懼為詭。

音義 ㄍㄨㄟˇ 名姓。動①違反；例詭自然之性。②督責；例自詭滅賊。③改變；例作色以詭形。形①奇異的；例殊形詭制。②巧詐的；例詭計多端。

參考 同偽，詐，譎，佯，矯。

9 **詭計** ㄍㄨㄟˇ ㄐㄧˋ 欺詐的計謀。例詭計多端。

10 **詭祕** ㄍㄨㄟˇ ㄇㄧˋ 隱密而不容易給人知道。

參考「詭祕」和「神祕」都指使人猜疑的神態，都是形容詞，但有別：「詭祕」指隱祕不易捉摸，常用來形容怪異的有不可告人的壞心思而又使人猜疑的口氣、神情、意味等，是貶義詞；「神祕」則指不可捉摸的或高深莫測的，常用來形容不露本意，使人感到希奇，欲加猜測的口氣、神情、意味，是中性詞，可以構成神祕性、神祕主義等詞語。

19 **詭譎** ㄍㄨㄟˇ ㄐㄩㄝˊ ㈠變化多端。㈡奇特，怪異。

21 **詭辯** ㄍㄨㄟˇ ㄅㄧㄢˋ ㈠強辭奪理。㈡欺詐怪異的辯說。

參考「詭辯」、「狡辯」都指無理強辯，都是貶義動詞，但有別：「詭辯」指外表和形式上好像是用正確的辯論手段，實際上違反邏輯規律，做出似是而非的推論，常用于以欺詐的言辭迷惑人，從而達到為自己辯解的目的這類情況；「狡辯」指理屈詞窮，強詞奪理的辯解，即狡猾地強辯。

▽奇詭、虛詭、弔詭、詼詭、波譎雲詭。

常 6 **詢** 形解 形聲；從言，旬聲。旬為普遍周全的意思，所以承受計議周備為詢。

音義 ㄒㄩㄣˊ 動①商量；例「詢於四岳。」②請教；例徵詢。③徵求意見；例詢問。

參考 ①同問，訊，咨，諏，訪。②與「洵」有別：洵，從水(氵)，有誠信的意思。

11 **詢問** ㄒㄩㄣˊ ㄨㄣˋ 查問。

常 6 **詮** 形解 形聲；從言，全聲。全為純玉，有完美全備的意思，所以說理完備為詮。

音義 ㄑㄩㄢˊ 名眞理；例「發必中詮，言必合數。」動解釋；例詮釋。

常 6 **詬** 形解 形聲；從言，后聲。后有受責的意思，所以他人以言語斥責的恥辱為詬。

音義 ㄍㄡˋ 名恥辱；例除詬恥。動責罵；例曹人詬之。

參考 ①又作「詢」。②同恥，辱，慚。

10 **詬病** ㄍㄡˋ ㄅㄧㄥˋ ㈠猶恥辱。㈡認為有弊病的。

常 6 **詹** 形解 會意；從言從八從广。八為分別，广有高仰的意思。所以自視甚高的人，多作誕語歧說為詹。

音義 ㄓㄢ 名姓。動①選定；例謹詹於某月某日宴客。②管理；例長信詹事。③看見，通「瞻」；例五日為期，六日不詹。

參考 孳瞻、譫、膽、憺、擔、澹、儋。

常 6 **誠** 形解 形聲；從言，成聲。成有實在的意思，所以言語信實爲誠。

音義 ㄔㄥˊ 名一種道德法則，本著眞實無妄的心，去修養，去處世，是一種動力的泉源，生命潛能的表現；例誠者，自成也。形眞實不欺的；例開誠心，布公道。副①眞正地；例心悅誠服。②果眞地；例僕誠已著此書。

參考①同允，眞，實，信，諒。②反詐，欺，僞。③與「城」同音而義異：「城」，從土，有牆垣的意思。

13 **誠意** ㄔㄥˊ 一ˋ 意念眞實。

14 **誠實** ㄔㄥˊ ㄕˊ 確實，不欺騙。

參考「誠實」、「老實」有別：「誠實」和「老實」都是指「不虛僞」，「不騙人」。但「老實」除了「誠實」外，還有兩種意思：a.規規矩矩，不惹事，如：這個孩子很老實，從來不跟別人吵架。b.很忠厚，容易受騙，如：他是個老實人，所以容易受騙。

15 **誠摯** ㄔㄥˊ ㄓˋ 誠懇。

17 **誠懇** ㄔㄥˊ ㄎㄣˇ 眞實而懇切。

▽精誠、至誠、眞誠、忠誠、虔誠、輸誠、投誠、坦誠、至正至誠。

次 6 **誆**

解形 形聲；從言，匡聲。匡有枉屈的意思，所以欺人的謊言爲誆。

音義 ㄎㄨㄤ 動欺騙；例誆哄。

次 6 **註**

解形 形聲；從言，圭聲。圭爲掛的省文，所以牽累延誤爲註。

音義 ㄍㄨㄚˋ 動貽誤；例註誤。

次 6 **詡**

解形 形聲；從言，羽聲。羽有輕浮的意思，所以輕佻誇大的言辭爲詡。

音義 ㄒㄩˇ 動①說大話；例自詡。②普及；例詡萬物。形①說話敏捷而氣勢雄壯的；例會同主詡。②融洽集合的；例詡詡。

參考「詡」與「栩」，音同義異。

次 6 **誄**

解形 形聲；從言，耒聲。累列死者生平德行，以爲作謚所本者爲誄。

音義 ㄌㄟˇ 名哀祭文之一，屬韻文，敘述死者生平德行、功業的文辭；例哀誄。動表彰前人功德；例「賤不誄貴。」

參考「誄」與「誅」，音義各異。

▽哀誄、銘誄、箴誄。

次 6 **詵**

解形 形聲；從言，先聲。在人前進言爲詵。

音義 ㄕㄣ 動詢問。副衆多的樣子；例詵詵。

參考「詵」與「侁」、「駪」，音同義異。

次 6 **訾**

解形 形聲；從言，此聲。得人好處而不思回報爲訾。

音義 ㄗ 名①錢財，通「貲」；例訾富。②地古地名，春秋周地，在河南鞏縣。③姓。動希求；例不訾重器。形①限度；例財貨無訾。②狂放，通「恣」；例訾行者。ㄗˇ 名毛病；例非禮之訾。動①毀謗；例苟訾。②估量；例訾粟而稅。

參考①或作「訿」。②亦作「呰」。

常 7 **誦**

解形 形聲；從言，甬聲。甬有興起的意思，所以出言如泉湧，相繼不絕的諷讀爲誦。

音義 ㄙㄨㄥˋ 名詩篇；例家父作誦，以究王訩。動①朗讀，指讀出聲音來；例誦讀。②稱說；例誦堯之言，行堯之行。③背唸出來；例「誦明月之詩。」④讚美；例誦揚。⑤述說；例傳誦一時。

參考「誦」和「頌」只有作「讚美」解時，可以相通，餘義則不同。

13 **誦經** ㄙㄨㄥˋ ㄐㄧㄥ ㈠佛教徒或僧尼唸佛經。㈡俚戲稱人嘴裏嘮叨不停。

22 **誦讀** ㄙㄨㄥˋ ㄉㄨˊ 放聲讀書。

▽背誦、傳誦、諷誦、覆誦、口誦、朗誦、記誦、稱誦、歌誦、過目成誦。

常 7 **誌**

解形 形聲；從言，志聲。志爲心之所存，謹記在心爲誌。

音義 ㄓˋ 名①記事文體名；例

墓誌。②標識；例「以血點衣以爲誌。」③皮膚上的小黑點，通「痣」；例臉上有赤誌。④以綜合性內容爲主的定期刊物；例雜誌。動①記住；例一經目，輒誌於心。②表示；例開業誌慶。③記錄；例日誌。

12 **誌喜** ㄓˋ ㄒㄧˇ ㈠表示不忘快樂。㈡表示恭喜。

▽雜誌　日誌、墓誌、地誌、讀書雜誌。

常 7 **語** 解形 形聲；從言，吾聲。吾有明曉的意思，所以言辭清晰爲語。

音義 ㄩˇ 名①話；例英語。②古代一直流傳下來的格言；例語曰：『脣亡則齒寒。』③文句；例往往有警語。④代替說話的動作；例手語。動①談論；例子不語：怪、力、亂、神。②蟲鳥的鳴叫；例「呢喃燕子語梁間。」

ㄩˋ 動告訴；例「居，吾語女。」

4 **語文** ㄩˇ ㄨㄣˊ ㈠白話和文言。㈡語言和文字。

7 **語言** ㄩˇ ㄧㄢˊ 表達情意的工具，有兩種：在口頭用聲音發表的叫「語」，在紙面上用文字發表的叫「言」。

8 **語法** ㄩˇ ㄈㄚˇ ㈠力求語言構造合宜，音調優美，使聽者容易領受的練習活動。㈡文法。

9 **語重心長** ㄩˇ ㄓㄨㄥˋ ㄒㄧㄣ ㄔㄤˊ 說話誠摯，用意深長。

參考 與「苦口婆心」意思相近，但有別：前者含有「話有份量，情意深長」之意，多用於教育方面；後者含有「不辭煩勞，非常有耐心」之意，多用於規勸方面。

10 **語氣** ㄩˇ ㄑㄧˋ 說話的神氣。

12 **語焉不詳** ㄩˇ ㄧㄢ ㄅㄨˋ ㄒㄧㄤˊ 說話或議論不夠詳盡。

15 **語調** ㄩˇ ㄉㄧㄠˋ 句子裏聲音的高低、變化和快慢輕重。表示一定的語氣和情感。

▽綺語、言語、口語、英語、豪語、私語、主語、梵語、俚語、俗語、國語、耳語、術語、外來語、標準語、世說新語、千言萬語、枕邊細語、三言兩語、切切私語、牙牙學語、自言自語、冷言冷語、花言巧語、胡言亂語、甜言蜜語、豪言壯語、竊竊私語、不可同日而語。

常 7 **誣** 解形 形聲；從言，巫聲。巫爲事神鬼的巫師，所以憑空虛言爲誣。

音義 ㄨ 動①欺騙；例邪說誣民。②妄，亂；例「誣於祭也。」副捏造事實地；例誣捏。

參考 語音ㄨ。

7 **誣告** ㄨ ㄍㄠˋ 法虛構事實向該管公務員申告。

11 **誣陷** ㄨ ㄒㄧㄢˋ 僞造事實，冤枉別人，加以陷害。

參考「誣陷」、「陷害」、「誣衊」，都指毫無根據地攻擊他人、坑害他人的意思，但有別：「誣陷」是捏造事實誣告、坑害別人，多指言論方面，語意較輕；「陷害」是用不正當的手段坑害別人，多指手段方面，語意較重；「誣衊」是捏造事實來毀壞對方的名譽，語意又較「誣陷」輕。

21 **誣衊** ㄨ ㄇㄧㄝˋ 捏造事實，破壞他人的名譽。

參考 參閱「誣陷」、「歪曲」條。

常 7 **認** 解形 字本作「訒」：形聲；從言，刃聲。刃有止的意思，所以言語遲鈍爲訒。俗作「認」。

音義 ㄖㄣˋ 動①分辨；例指認。②辨別；例「雪深無處認沙堤。」③同意或承受；例認錯。④答應；例認可。⑤約結成爲親屬；例認乾兒子。

10 **認眞** ㄖㄣˋ ㄓㄣ 做事切實而不隨便。

13 **認罪** ㄖㄣˋ ㄗㄨㄟˋ 承認自己的罪行。

認賊作父 ㄖㄣˋ ㄗㄟˊ ㄗㄨㄛˋ ㄈㄨˋ 比喻把仇敵當作親人。

參考 本詞含有貶損的意思。

14 **認領** ㄖㄣˋ ㄌㄧㄥˇ ㈠認爲確實屬於已物而領取。例認領失物。㈡法非婚生子女之生父，承認非婚生子女爲其自己之子女，或非婚生子女之生母或其他法定代理人，向其生父請求承認非婚生子女爲其子女。
19 認識 ㄖㄣˋ ㄕˋ ㈠對於某種事物有經驗。㈡過去曾經相識的。
▽確認、公認、誤認、承認、否認、默認、辨認、體認、六親不認。

常 7 **誡** 形解 形聲；從言，戒聲。戒爲警戒，所以警戒他人之辭爲誡。
音義 ㄐㄧㄝˋ 名①箴言；例閒作女誡七篇。②禁令；例發誡布令。動①戒備，通「戒」；例「前車覆，後車誡。」②勸告；例告誡。③警告；例警誡。
參考 字從「戒」(ㄐㄧㄝˋ)，不可訛從「戎」(ㄖㄨㄥˊ)作「誡」。
▽訓誡、女誡、十誡、家誡、警誡、告誡、小懲大誡。

常 7 **說** 形解 形聲；從言，兌聲。兌有和好的意思，所以開解而喜悅爲說。
音義 ㄕㄨㄛ 名①學說；例「原始反終，故知生死之說。」②誓約；例「生死契闊，與子成說。」③古論證；例以說出故。動①用言語表達意思；例他說故事。②解釋；例博學而詳說之。③談述；例「含情欲說宮中事。」④告知；例「使人說于子胥。」⑤責備；例說了他一頓。
ㄕㄨㄟˋ 動用言語勸服他人；例說服。
ㄩㄝˋ 動喜悅，通「悅」；例學而時習之，不亦說乎？
參考 同稱，述，敍，道，言，曰，云，謂。
8 說服 ㈠ㄕㄨㄟˋ (ㄕㄨㄛ) ㄈㄨˊ 以言語使人信服。㈡ㄩㄝˋ ㄈㄨˊ 說通悅，心悅誠服。
說明 ㄕㄨㄛ ㄇㄧㄥˊ 用言語加以解釋。
參考「說明」、「表明」、「闡明」都是動詞，都含有講解明白的意思，但有別：「說明」着重在解釋明白，有時指說清道理證明問題正確與否，還可用來指解釋意義的話，範圍較下二者大；「表明」着重在表示清楚；「闡明」着重在把比較深奧的道理講解明白。
說明文 ㄕㄨㄛ ㄇㄧㄥˊ ㄨㄣˊ 文體的一種，說明事理的文章。
9 說客 ㄕㄨㄟˋ ㄎㄜˋ 游說之士，善於用言語說動對方的人。
10 說書 ㄕㄨㄛ ㄕㄨ ㈠講解書義。㈡一部分曲藝的俗稱。一般指只說不唱的曲藝，如宋的講史、元的平話，以及現代的蘇州評話、北方評書等。有時也作廣義使用，兼指某些有說有唱的曲藝如彈詞、大鼓。
11 說情 ㄕㄨㄛ ㄑㄧㄥˊ 替人請求寬恕。
12 說項 ㄕㄨㄛ ㄒㄧㄤˋ 比喻替人說好話或講情。
▽異說、演說、解說、學說、口說、巷說、自說、小說、傳說、妄說、遊說、力說、論說、伸說、分說、胡說、瞎說、演說、聽說、訴說、不由分說、道聽塗說、自圓其說。

常 7 **誤** 形解 形聲；從言，吳聲。吳爲大話，所以誇大荒謬的話爲誤。
音義 ㄨˋ 動①迷惑；例熒誤上心。②耽擱；例你可別誤了我的事。③傷害；例誤國誤民。④牽累；例「曩爲世人誤，遂負平生愛。」形錯謬，不對的；例闕文誤字。
參考①俗作「悮」。②與「悟」同音而義異：「悟」，從心(忄)從吾，有覺醒的意思。③同謬，訛，舛，錯，失，差，愆，過。④反正。
13 誤解 ㄨˋ ㄐㄧㄝˇ 錯誤的解釋。
參考 參閱「曲解」條。
誤會 ㄨˋ ㄏㄨㄟˋ 對於他人的言語心意，推測錯誤。
17 誤點 ㄨˋ ㄉㄧㄢˇ 錯過了規定的時間。
誤蹈法網 ㄨˋ ㄉㄠˇ ㄈㄚˇ ㄨㄤˇ 本無意觸犯法紀，可是因一時錯誤而觸犯了它。
▽訛誤、刊誤、錯誤、躭誤、失誤、脫誤、謬誤、延誤、一誤再誤。

常 7 **誥** 形解 形聲；從言，告聲。告有告白的意思，所以用話告知，使對方明白爲誥。

音義 ㄍㄠˋ 名 文 古代的一種告誡性的文體；例康誥。動 地位高的人告諭屬下；例詔誥百官。

常 7 **誨** 形解 形聲；從言，每聲。每有時常的意思，所以隨時教導，使人明瞭爲誨。

音義 ㄏㄨㄟˋ 動 ①教導；例學而不厭，誨人不倦。②引誘；例誨淫誨盜。

參考 ①又讀ㄏㄨㄟˇ。②字雖從「每」，但不可讀成ㄇㄟˇ。③同教，訓，勸，導，誘。④與「晦」同音而義異：「晦」，從日，有陰暗的意思。

2 **誨人不倦** ㄏㄨㄟˋ ㄖㄣˊ ㄅㄨˋ ㄐㄩㄢˋ 樂於教育人，而不知疲倦。

▽教誨、勸誨、訓誨、不屑教誨。

常 7 **誘** 形解 形聲；從言，秀聲。秀是禾實美好，所以用善言導進爲誘。

音義 ㄧㄡˋ 動 ①教導；例循循善誘。②引動人心；例好誘人的美景。③迷惑；例誘敵中計。④利用手段引人上當；例威迫利誘。

參考 字雖從「秀」，但不可讀成ㄒㄧㄡˋ。

8 **誘拐** ㄧㄡˋ ㄍㄨㄞˇ 引誘拐騙。

11 **誘掖** ㄧㄡˋ ㄧˋ 扶持引導，使入於善。

誘掖獎勸 ㄧㄡˋ ㄧˋ ㄐㄧㄤˇ ㄑㄩㄢˋ 扶持引導，獎勵勸勉。

12 **誘惑** ㄧㄡˋ ㄏㄨㄛˋ 引誘迷惑。

16 **誘導** ㄧㄡˋ ㄉㄠˇ 勸誘教導，使人向好的方面發展。

▽勸誘、善誘、引誘、威脅利誘、循循善誘。

常 7 **誑** 形解 形聲；從言，狂聲。狂有虛妄的意思，所以用不實之言欺騙他人爲誑。

音義 ㄎㄨㄤˊ 動 欺騙；例欺誑。形 欺騙的；例誑語。

參考 同誆，騙，詒，紿。

15 **誑誕** ㄎㄨㄤˊ ㄉㄢˋ 虛言欺惑別人。

常 7 **誓** 形解 形聲；從言，折聲。折爲斷止，所以具有約束力的言詞爲誓。

音義 ㄕˋ 名 ①盟約；例結誓不相離。②表示決心的話；例宣誓效忠。動 ①告誡；例誓師北伐。②結盟時所作約定；例剋臂以誓。③立定決心，依照所說的話實踐；例誓不兩立。

參考 ①同盟，約，矢。②與「釋」同音而義異：「釋」有說明、消除、放開等的意思，爲「誓」字所無。

10 **誓師** ㄕˋ ㄕ 軍隊將出征時，主帥向全軍戰士宣布作戰意義，表示決心。

▽信誓、宣誓、盟誓、約誓、立誓、發誓、海誓、山盟海誓。

次 7 **誚** 形解 形聲；從言，肖聲。以言語相互責怪爲誚。

音義 ㄑㄧㄠˋ 動 責備；例誚讓。副 簡直；例回首誚如夢裡。

參考 「誚」與「峭」、「陗」，音同義異。

▽譏誚、諷誚。

次 7 **誒** 形解 形聲；從言，矣聲。可惡可嘆之辭爲誒。

音義 ㄒㄧ 名 表可惡之辭。副 ①強笑的樣子；例誒笑。②疲憊的樣子；例誒詒。助 語中助詞，同「兮」；例勤誒厥生。

ㄝ 感 ①答應聲；例誒，我在這裡。②招呼聲；例誒，你過來。③詫異聲；例誒，到底怎麼回事啊！

常 8 **誕** 形解 形聲；從言，延聲。延爲引長，所以誇大言詞爲誕。

音義 ㄉㄢˋ 名 生日；例華誕。動 ①生育；例姜度妻誕子。②誇口大言；例夸父誕宏志。形 ①虛浮的；例放此誕言。②偉大的；例「贊國之誕章。」③怪異的；例荒誕不經。助 發語詞，無義；例誕彌厥月。

參考 字從「延」(ㄧㄢˊ)，不可誤從「廷」(ㄊㄧㄥˊ)。

5 **誕生** ㄉㄢˋ ㄕㄥ (一)產生。(二)生育。

參考 「誕生」、「成立」都是動

詞，表示事物剛剛出現的意思；惟在表示一個組織、團體、政權的產生時可以通用，但有別：首在適用對象不同：「誕生」主要是用於人；「成立」常用於事物、組織、團體、政權，不能用於人。其次是風格色調不同：「誕生」具有莊嚴的色彩，一般用在比較莊重的場合，用於人時，表示對人的尊重。「成立」則既可以用在莊嚴的場合，也可以用在普通的場合。

7 **誕辰** ㄉㄢˋ ㄔㄣˊ 生日。

14 **誕慢不經** ㄉㄢˋ ㄇㄢˋ ㄅㄨˋ ㄐㄧㄥ 放誕欺謾，行爲不檢，而不合於常理。經：常理。

▽虛誕、荒誕、縱誕、聖誕、放誕、怪誕、華誕。

常 8 誼

形解 形聲；從言，宜聲。宜爲得其所安，所以正當的行爲爲誼。

音義 ㄧ 名交情；例友誼。ㄧˋ 名原理、原則或意義，通「義」；例「此治國之道，使民之誼也。」動談論，通「議」；例論誼考問。

參考「誼」、「義」僅在作事理合宜解時可通，餘則不同。

常 8 諒

形解 形聲；從言，京聲。京有高厚的意思，言語眞實爲諒。

音義 ㄌㄧㄤˋ 名姓。動①相信；例「不諒吾忠。」②寬恕；例「知己其諒我耶？」③固執；例貞而不諒。④輔佐；例諒彼武王。⑤料想；例諒你也不敢再犯。形眞實而可信賴的；例「友直，友諒，友多聞。」副預料地；例諒必。

ㄌㄧㄤˊ 動天子居喪；例諒闇。

參考①同信，實，眞，誠。②與「晾」同音而義異：「晾」，從日，有曝曬、風乾的意思。

13 **諒解** ㄌㄧㄤˋ ㄐㄧㄝˇ 了解實情而原諒別人。

14 **諒察** ㄌㄧㄤˋ ㄔㄚˊ 懇請別人原諒，並且明察事實。

▽友諒、原諒、見諒、寬諒。

常 8 談

形解 形聲；從言，炎聲。炎爲淡的假借，平淡的對話爲談。

音義 ㄊㄢˊ 名①言論；例老生常談。②喜歡清談的人；例「江左諸談，惟玄是務。」③所說的話；例無稽之談。④姓。動①彼此對話；例抵掌而談。②論說；例談古賦詩。③批評；例街談巷議。形很會說話的；例談士辯人。

參考「譚」與「談」都有言論的意思：習慣上「談判」、「談天」、「談吐」，不作「譚」；「夜譚」、「奇譚」，不作「談」。

4 **談心** ㄊㄢˊ ㄒㄧㄣ 談說心事。

談天 ㄊㄢˊ ㄊㄧㄢ 閒坐隨便談話。

6 **談吐** ㄊㄢˊ ㄊㄨˇ 言談時的態度詞句。例他的談吐高雅。

7 **談判** ㄊㄢˊ ㄆㄢˋ 雙方就其關係事件，互相商談解決事情。

談何容易 ㄊㄢˊ ㄏㄜˊ ㄖㄨㄥˊ ㄧˋ (一)形容人臣進言的不易。(二)感嘆事情的困難。

8 **談虎色變** ㄊㄢˊ ㄏㄨˇ ㄙㄜˋ ㄅㄧㄢˋ 比喻說到某事就害怕。

談笑風生 ㄊㄢˊ ㄒㄧㄠˋ ㄈㄥ ㄕㄥ 形容善於談吐者，使同座的人都有如沐春風的感受。

參考與「談笑自若」有別：形容氣氛緊張、情勢嚴重時的談笑如常，宜用「淡笑自如」；形容平時談話逸趣橫生，自然感人，宜用「談笑風生」。

▽怪談、奇談、清談、對談、面談、美談、閒談、座談、戲談、言談、空談、商談、論談、暢談、交談、不經之談、皮相之談、老生常談、侃侃而談、無稽之談、誇誇其談。

常 8 請

形解 形聲；從言，青聲。青有清明的意思，所以告白之語爲請。

音義 ㄑㄧㄥˇ 動①延聘；例請大夫。②懇求；例請您原諒。③邀約；例請您光臨。④作東；例請看電影。⑤詢問；例向上司請示。⑥告訴；例「成請老於崔。」⑦問候；例請安。⑧謁見；例「臣固將請之。」副①對人有所要求的敬詞；例請關門。②願意；例「請與孔子適周。」

ㄑㄧㄥ 名監獄；例請室。

ㄑㄧㄥˊ 名感情，古通「情」；例

明其請。動承受，通「擎」；例他請的是皇家俸祿。
ㄐㄧㄥ 動朝見；例不得入朝請。

5 **請示** ㄑㄧㄥˇ ㄕˋ 請人指教或吩咐。

7 **請求** ㄑㄧㄥˇ ㄑㄧㄡˊ 誠懇的要求。

參考 參閱「要求」條。

請安 ㄑㄧㄥˇ ㄢ ㈠問好。舊時用於下對上或平輩。㈡古代宴會時留客安坐之辭。㈢請求安息。

9 **請柬** ㄑㄧㄥˇ ㄐㄧㄢˇ 即請帖。

請便 ㄑㄧㄥˇ ㄅㄧㄢˋ ㈠請人自便，不必拘禮。㈡用作「逐客」的代詞。

10 **請託** ㄑㄧㄥˇ ㄊㄨㄛ ㈠以私事相託，指有目的的求取。㈡替人求情。

請益 ㄑㄧㄥˇ ㄧˋ ㈠受教後仍不明瞭，再去請教。後泛稱向人請教。㈡要求增加。

11 **請教** ㄑㄧㄥˇ ㄐㄧㄠˋ 請求指教。

13 **請罪** ㄑㄧㄥˇ ㄗㄨㄟˋ ㈠自請有罪，請求懲處。㈡請求免罪。

19 **請願** ㄑㄧㄥˇ ㄩㄢˋ 人民向政府提出希望的事情，請求允許。

23 **請纓** ㄑㄧㄥˇ ㄧㄥ 比喻自告奮勇，請求殺敵的任務。纓：武冠上的帶子。

▽懇請、敦請、申請、邀請、聘請、延請、敬請、再請、不情之請。

常 8 **課**

解形  形聲；從言，果聲。果有圓滿的意思，所以反覆研治試用爲課。

音義 ㄎㄜˋ 名①稅賦；例田課。②同一機關分別辦事的單位；例會計課。③卜卦；例起課。④規定的學業；例上課。⑤教學的科目；例課程。⑥教學的時間單位；例三節課。⑦教材的段落；例第一課。⑧進度；例並加程課。動①考驗；例文吏課牋奏。②抽稅；例課稅。③督促；例自課百日習一經。④計算。

▽日課、選課、上課、蹺課、聽課、講課、晚課、功課、早課、卜課、鹽課、兼課、代課、停課。

常 8 **調**

解形  形聲；從言，周聲。周有密合的意思，所以相應和諧爲調。

音義 ㄉㄧㄠˋ 名①音律或曲調；例二黃調。②音樂中指調門的高低；例C調。③戶稅；例優免租調。④能力；例才調秀出。⑤品級；例誰愛風流高格調？⑥字音的聲調；例調值。⑦口音；例南腔北調。動①派遣；例調派。②更派；例調任要職。③交換；例互調。

ㄊㄧㄠˊ 動①配合均勻；例調色。②馴服；例善調馬。③嘲笑；例調侃。④玩弄；例調戲。⑤居間排解；例調停。⑥平均；例以調盈虛。⑦和諧；例琴瑟不調。⑧挑撥；例調唆。形和暢的；例風調雨順。

參考 與「蜩」形近而音義不同：「蜩」，從虫，音ㄊㄧㄠˊ，爲蟬的總名。

8 **調侃** ㄊㄧㄠˊ ㄎㄢˇ 以文辭婉諷，或以言語相戲弄、嘲弄。

調和 ㄊㄧㄠˊ ㄏㄜˊ ㈠和諧。㈡和合，融洽。㈢烹調，調味。㈣烹調用的佐料，油鹽醬醋之類。

調虎離山 ㄉㄧㄠˋ ㄏㄨˇ ㄌㄧˊ ㄕㄢ 騙人離開根據地，以期達到某種目的的計策。

9 **調度** ㄉㄧㄠˋ ㄉㄨˋ ㈠安排佈置，指揮調遣。㈡征斂賦稅。

調查 ㄉㄧㄠˋ ㄔㄚˊ 考察。

11 **調動** ㄉㄧㄠˋ ㄉㄨㄥˋ ㈠移動軍隊。㈡調換職務上的位置。

調情 ㄊㄧㄠˊ ㄑㄧㄥˊ 以情意挑逗對方。多用於男女方面，含有貶損的意思。

調理 ㄊㄧㄠˊ ㄌㄧˇ ㈠調和。㈡調護治療。㈢料理。

調停 ㄊㄧㄠˊ ㄊㄧㄥˊ ㈠居間調解，平息爭端。㈡照料，安排。㈢國際法名詞，和平解決國際爭端的方法之一。第三國爲了幫助發生糾紛的國家和平解決爭端，促使和參加他們談判的活動。

13 **調節** ㄊㄧㄠˊ ㄐㄧㄝˊ 調理節制。

16 **調劑** ㄊㄧㄠˊ ㄐㄧˋ ㈠調整使之合宜。㈡藥物製劑的配製。亦作「調齊」。

19 **調羹** ㄊㄧㄠˊ ㄍㄥ 湯匙。

▽格調、基調、協調、高調、

長調、短調、變調、强調、主調、聲調、音調、曲調、藍調、長短調、油腔滑調、南腔北調、陳腔濫調。

㊐ 8
諄 形解 䜂 字本作䜂：形聲；從言，𦎫聲。𦎫為熟物，所以叮嚀相告，使人熟曉為䜂。隸變作「諄」。

音義 ㄓㄨㄣ 動 佐助；例「曾孫蒯聵以諄趙鞅之故。」副 ①忠謹地；例「勞心諄諄。」②懇切而不厭倦地；例「誨爾諄諄，聽我藐藐。」

參考 字雖從「享」，但不可讀成ㄒㄧㄤˇ。

15
諄諄 ㄓㄨㄣ ㄓㄨㄣ ㈠懇切教誨而不厭倦的樣子。例諄諄教導。㈡遲鈍的樣子。㈢誠懇忠厚。

常 8
諉 形解 諉 形聲；從言，委聲。委有累積的意思，所以用事相託付為諉。

音義 ㄨㄟˇ 動 ①利用託詞推卸責任；例推諉。②連累；例執事不諉上。③託付；例諉任。

參考 與「萎」、「痿」音同而義異：「萎」，從艸，有衰敗的意思；「痿」，從病（疒），為肌肉痲痺的毛病。

常 8
諂 形解 諂 形聲；從言，臽聲。臽有坎陷的意思，所以不眞實的言語為諂。

音義 ㄔㄢˇ 動 ①用言語或謙卑的態度來奉承或取悅別人；例「君子上交不諂。」②巴結；例諂媚。

參考 ①同媚，佞，諛。②字又作「讇」。③字從「臽」作，不可訛作「舀」。

常 8
誰 形解 誰 形聲；從言，隹聲。疑問語，詢問何人為誰。

音義 ㄕㄨㄟˊ 代 ①甚麼人，表疑問；例誰說的？②任何人；例誰都不會同情惡人。③無論什麼人；例誰知盤中餐，粒粒皆辛苦。④甚麼事；例「乍暗忽明燈為誰？」形 為何，表疑問；例山高海闊誰辛苦？

參考 ①又音ㄕㄟˊ。②同疇。③與「孰」有別：「誰」與「孰」都可做人稱代名詞，通常白話用「誰」，文言用「孰」。④「誰」與「誰人」有別：a.「誰」可以指一個人或幾個人，方言中有用「誰們」表示複數的。b.「誰人」的意思跟「誰」相同，如「誰人不知」，反問句中用「誰知道」。有時候是「不料」的意思，如：我本是跟他開玩笑，誰知道他眞急了。

10
誰家 ㄕㄨㄟˊ ㄐㄧㄚ ㈠甚麼人的家。例飛來飛去落誰家？㈡甚麼人。例「誰家解事眼？」㈢怎樣。例年少病多應為酒，誰家將息過今春？

常 8
論 形解 論 形聲；從言，侖聲。侖有條理的意思，所以研議得宜為論。

音義 ㄌㄨㄣˋ 名 ①文 文體名，性質為推闡或辨明某一種看法或道理；例過秦論。②文 批評或說明事物的談話或文章；例輿論。動 ①考量；例論功行賞。②視同，常用在倒裝句；例以棄權論。③批評；例議論。④判定；例論罪。⑤商議；例討論。⑥爭辯；例爭論。

ㄌㄨㄣˊ 名 ①書「論語」的簡稱，是儒家重要經典之一；例論孟。②姓。

參考 與「淪」、「掄」、「綸」同音而義異：「淪」，從水，有水波紋的意思；「掄」，從手（扌），有選擇的意思；「綸」，從糸，有絲帶的意思。

4
論文 ㄌㄨㄣˋ ㄨㄣˊ 議論的文章。

14
論說文 ㄌㄨㄣˋ ㄕㄨㄛ ㄨㄣˊ 文 文體名，議論說明一類文章的總稱。

▽概論、議論、空論、結論、言論、公論、序論、持論、正論、總論、談論、討論、評論、立論、爭論、讜論、高論、一概而論、大發謬論、不刊之論、不易之論、平心而論、放言高論、持平之論、相提並論、格殺勿論、高談闊論、違心之論。

常 8 **諍** 形解 形聲；從言，爭聲。用言語糾正人的過錯爲諍。

音義 ㄓㄥˋ 動 以直言勸告人家，或糾正他人的過失；例諍友。ㄓㄥ 動 ①論辯是非；例諍訟。②競爭；例諍能。③爭奪；例諍鬥。

參考 同爭。

2 **諍人** ㄓㄥ ㄖㄣˊ 矮小的人。

4 **諍友** ㄓㄥˋ ㄧㄡˇ 能用直言互相諫諍的朋友。

7 **諍言** ㄓㄥˋ ㄧㄢˊ (一)名詞，直爽地勸告別人改正過錯的話。(二)動詞，忠告。

常 8 **諸** 形解 形聲；從言，者聲。者有分別的意思，所以分辨之詞爲諸。

音義 ㄓㄨ 名 諸葛，複姓。代 之，他；例予諸乎？形 衆多的；例諸君。介 文言文裡「之於」二字的合音，當「在」解；例有諸內，必形諸外。助 文言文裡「之乎」二字的合音，和「嗎」字的意思差不多，表疑問；例「雖有粟，吾得而食諸？」

參考 擊 儲、櫧。

6 **諸如此類** ㄓㄨ ㄖㄨˊ ㄘˇ ㄌㄟˋ 與此相類似的許多事物。例諸如此類，不勝枚舉。

9 **諸侯** ㄓㄨ ㄏㄡˊ 封建制度時代，天子分封各地的貴族，分公、侯、伯、子、男五等。即列國的國君。

次 8 **誶** 形解 形聲；從言，卒聲。以言語互相責罵爲誶。

音義 ㄙㄨㄟˋ 動 ①責罵；例誶申胥。②詰問；例「虞人逐而誶之。」③諫諍；例「謇朝誶而夕替。」④告知；例「既誶爾以吉象兮。」

次 8 **諏** 形解 形聲；從言，取聲。取有會聚的意思，所以相聚合謀爲諏。

音義 ㄗㄡ 動 ①聚會商量；例諏議。②詢問；例諏訪。③選擇；例諏吉。

參考 「諏」與「掫」、「緅」，音同義異。

次 8 **諆** 形解 形聲；從言，其聲。其有欺騙的意思，所以言詞欺人爲諆。

音義 ㄑㄧ 動 ①毀謗，通「娸」；例詆諆。②謀算；例回志朅來從玄諆。

次 8 **誹** 形解 形聲；從言，非聲。非有違逆的意思，所以用言語毀謗他人爲誹。

音義 ㄈㄟˇ 動 毀謗；例誹謗。

17 **誹謗** ㄈㄟˇ ㄅㄤˋ 議論別人是非，並毀壞其名譽。

參考 同 揑造。

次 8 **諗** 形解 形聲；從言，念聲。念有再三叮嚀的意思，所以深諫爲諗。

音義 ㄕㄣˇ 動 ①知悉，通「審」；例諗悉。②規諫；例辛伯諗周桓公。③思念；例將母來諗。④潛藏，通「淰」；例魚鮪不諗。

次 8 **誾** 形解 形聲；從言，門聲。言語和樂安詳的樣子爲誾。

音義 ㄧㄣˊ 名 姓。副 和樂的樣子；例誾誾。

參考 「誾」與解釋爲守喪的屋子的「闇」，音義各異。

次 8 **諛** 形解 形聲；從言，臾聲。臾有豐盛的意思，所以用美言取悅於人爲諛。

音義 ㄩˊ 動 奉承；例諂諛。

參考 「諛」與「楰」、「腴」，音同義異。

▽阿諛、諂諛、讒諛、佞諛。

常 9 **諾** 形解 形聲；從言，若聲。若有順服的意思，所以應人呼喚之詞爲諾。

音義 ㄋㄨㄛˋ 名 ①答應人的話；例一諾千金。②批寫於文書後，表示許可的字；例惟作大諾而已。③答應的聲音，表示同意；例諾諾連聲。④姓。動 ①答應；例莫敢不諾。②允許；例允諾。③是，答應「是」；例「諾，吾將問之。」
參考①批字於文書後表示許可，宋以前多作「諾」、「依」；宋淳熙時始作「行」，近代多作「可」。
②與「喏」字有別：「諾」、「喏」都有應答的意思，但詞性不同：「諾」用於名詞、動詞，如「然諾」不作「喏」；「喏」用於副詞、歎詞，「喏！你看他來了！」不作「諾」。

7 **諾言** ㄋㄨㄛˋ ㄧㄢˊ 應允之言。

諾貝爾獎金 ㄋㄨㄛˋ ㄅㄟˋ ㄦˇ ㄐㄧㄤˇ ㄐㄧㄣ 瑞典化學家諾貝爾於西元一八九六年逝世，臨終遺囑以一百七十萬金鎊爲基金，每年以利息贈予國際上對於物理、化學、醫學、生理、文學等有重大貢獻的學者，以及盡力於國際和平的人。西元一九七一年增設「經濟學獎金」。

▽應諾、許諾、承諾、重然諾、唯唯諾諾、一呼百諾。

常 9 **諦** 形解 形聲；從言，帝聲。帝有變化的意思，所以詳審爲諦。

音義 ㄉㄧˋ 名①宗佛家稱眞實義理；例四諦：苦、集、滅、道。②意義；例妙諦。③道理；例眞諦。動細察或熟究；例「雖入於耳而不諦於心。」副仔細地；例諦視。
參考「諦」、「締」、「碲」、「蒂」有別：「諦」有「道理」的意思，如：眞諦，字義和說話有關，所以從「言」；「締」有「連結」的意思，如：締約，字義和「連結」有關，所以從「糸」。「碲」，從石，爲非金屬元素之一；「蒂」是「花蒂」，所以從「艸」。

22 **諦聽** ㄉㄧˋ ㄊㄧㄥ 注意地聽。

▽眞諦、審諦、俗諦、妙諦。

常 9 **諺** 形解 形聲；從言，彥聲。彥有美的意思，所以前代流傳下來的美言爲諺。

音義 ㄧㄢˋ 名①自古流傳下來的俗語；例俗諺。②民間廣泛流傳的現代語句，如：「衆人拾柴火焰高。」動弔唁，通「唁」；例「子游裼裘而諺。」
參考與「彥」同音而義異：「彥」爲才德出衆的人，如「俊彥」、「彥士」不作「諺」。

14 **諺語** ㄧㄢˋ ㄩˇ 流傳於民間的簡練通俗而富有意義的語句，反映人民生活和經驗。諺語也是民間文學的一種形式，如國語・周語下：「故諺曰：衆心成城，衆口鑠金。」

▽古諺、俗諺、俚諺、西諺。

常 9 **諫** 形解 形聲；從言，柬聲。柬有治理的意思，所以以言正人爲諫。

音義 ㄐㄧㄢˋ 名①昔指規勸帝王、尊長，使能改正錯誤的話；例進諫。②姓。動用語言或行動勸告長上；例勸諫。
參考字從「柬」（ㄐㄧㄢˇ），不可誤寫爲「東」（ㄉㄨㄥ）。

15 **諫諍** ㄐㄧㄢˋ ㄓㄥˋ 對上直言進勸。

▽規諫、極諫、正諫、直諫、諷諫。

常 9 **諱** 形解 形聲；從言，韋聲。韋有回轉的意思，所以言語回避爲諱。

音義 ㄏㄨㄟˋ 名①昔對帝王、將相或尊長不敢直稱其名，或直書其名之謂；例避諱。②稱已死尊長的名；例「入門而問諱。」③所諱的名字；例漢諱武帝名徹爲通。動因禁忌而隱蔽或迴避；而不敢說或作；例諱疾忌醫。
參考①同忌，避，隱。②與「謚」有別：「謚」，音ㄕˋ，爲古時按死者生前行跡所贈予的封號；「諱」乃對已故尊長名號的稱呼。

11 **諱莫如深** ㄏㄨㄟˋ ㄇㄛˋ ㄖㄨˊ ㄕㄣ 隱諱之深，無與相比。亦即把事情隱瞞得很緊。如，又作「若」。
參考①同守口如瓶。②反直言不諱。

▽隱諱、忌諱、避諱、偏諱、缺諱、名諱。

常 9 **謀** 形解 形聲；從言，某聲。計度事情爲謀。

音義 ㄇㄡˊ 名①策略主意；例足智多謀。②詭詐；例謀閉而不興。③姓。動①商量；例成大功者不謀於衆。②計議；例圖謀。③見到；例素未謀面。④營求；例謀利。⑤設法取得；例爲市民謀福利。形有智慧而多計策的；例謀將。副有計劃地；例謀殺。

參考 同計，畫，圖，策，略。

3 **謀士** ㄇㄡˊ ㄕˋ ㈠參與策畫，出主意的人物。㈡有智謀的人。

5 **謀生** ㄇㄡˊ ㄕㄥ 找工作維持生活。

9 **謀面** ㄇㄡˊ ㄇㄧㄢˋ 兩人相見。

10 **謀害** ㄇㄡˊ ㄏㄞˋ 暗中設計害人。

11 **謀殺** ㄇㄡˊ ㄕㄚ 有計劃、有預謀的殺害他人。

謀略 ㄇㄡˊ ㄌㄩㄝˋ 人的機謀與策略。

▽陰謀、遠謀、奇謀、計謀、策謀、參謀、無謀、權謀、智謀、有勇無謀、足智多謀。

常 9 **諜** 形解 形聲；從言，枼聲。枼有隱暗狹小的意思，所以伺察敵方軍情以反報者爲諜。

音義 ㄉㄧㄝˊ 名①進行刺探敵情的人，又稱「細作」；例間諜。②暗中探聽軍事、政治及經濟等方面的重要消息；例諜報。③譜牒，通「牒」；例披圖按諜。形多話的，通「喋」；例嗇夫諜諜。

參考「諜」與「喋」作多言解時可通，其餘的意思則不同。

▽間諜、偵諜、匪諜、國際間諜。

常 9 **諧** 形解 形聲；從言，皆聲。皆有並同的意思，所以言語一致、調和爲諧。

音義 ㄒㄧㄝˊ 動①配合得當；例「八音克諧，無相奪倫。」②風趣，愛開玩笑；例詼諧。③事情辦妥。形詼諧或戲弄的；例妄爲諧語。

參考①又作「龤」。②和「協」字在「調合」解時可通用，其餘意思則不同。③字雖從皆，但不可讀成ㄐㄧㄝ。④與「偕」有別：「偕」，從人(亻)，共同一致的意思，如「白首偕老」不作「諧」；「諧」，有調和的意思，「和諧」不作「偕」。

15 **諧趣** ㄒㄧㄝˊ ㄑㄩˋ 富有戲謔的趣味。

16 **諧謔** ㄒㄧㄝˊ ㄋㄩㄝˋ 互相戲言，說滑稽幽默的話。

▽和諧、詼諧、調諧。

常 9 **諮** 形解 形聲；從言，咨聲。以事情詢問，請教他人爲諮。

音義 ㄗ 動①詢問；例諮詢。②商量；例諮議。

13 **諮詢** ㄗ ㄒㄩㄣˊ 商量、詢問，徵求意見。

參考 本詞多指政府向顧問人員或特設的機關徵求意見。

15 **諮諏** ㄗ ㄗㄡ 詢問政事。

20 **諮議** ㄗ ㄧˋ ㈠商量。㈡專供政府諮詢意見的官員。

常 9 **謁** 形解 形聲；從言，曷聲。曷爲發問語，所以告白爲謁。

音義 ㄧㄝˋ 名①名片；例投謁拜見。②姓。動①請求；例「令人謁和於魏。」②進見；例晉謁。

參考①摯藹。②與「竭」音義各異：「竭」，從「立」，音ㄐㄧㄝˊ，有盡力的意思，如「竭誠」。

▽私謁、上謁、請謁、朝謁、拜謁、干謁、晉謁。

常 9 **謂** 形解 形聲；從言，胃聲。胃有聚集各類的意思，用言語評人論事爲謂。

音義 ㄨㄟˋ 名①意義；例甚無謂也。②關係；例無所謂。③姓。動①告訴，常用於文言文；例子謂子貢曰。②稱呼；例「婦人謂嫁曰歸。」③叫做；例何謂客觀世界？

參考①同言，曰，云，道，告，稱，說，語。②與「渭」、「猬」、「蝟」同音而義異：「渭」，從水(氵)，爲水名；「蝟」，從虫；「猬」，從犬(犭)，都指俗稱刺蝟(猬)的哺乳動物。

常 9 **諷** 形解 形聲；從言，風聲。風有暢通的意思，所以誦讀爲諷。

音義 ㄈㄥˋ 動①誦讀或背書；例「少不諷，壯不論。」②用含蓄而委婉的話勸告；例諷諫。③譏刺；例譏諷。
參考 又音ㄈㄥ。
8 **諷刺** ㄈㄥˋ ㄘˋ 用婉言隱語來譏刺別人。
▽嘲諷、暗諷、譏諷、冷嘲熱諷。

常 9
諭
形解 諭 形聲；從言，俞聲。俞有過渡的意思，所以言語疏通而告曉為諭。
音義 ㄩˋ 名①古代皇帝的命令；例聖諭。②上對下的命令；例手諭。③姓。動①使人了解；例教諭。②表明；例以諭己意。③比方，通「喻」；例「誼追傷之，因以自諭。」
參考 ①「喻」和「諭」除了「諭」可作「命令」講而「喻」不可外，其餘意思都不同：如「曉諭」不作「喻」；「家喻戶曉」不作「諭」。②與「愈」同音而義異：「愈」有更加、勝過的意思；而「諭」則不含這些意思。
▽教諭、曉諭、詔諭、諷諭、手諭、自諭、令諭、告諭。

次 9
諠
形解 形聲；從言，宣聲。宣有大的意思，所以大聲讙譁為諠。
音義 ㄒㄩㄢ 動①忘記；例終不可諠。②吵鬧，通「喧」；例「主人且勿諠。」

次 9
諳
形解 諳 形聲；從言，音聲。音有幽深的意思，所以深知熟悉為諳。
音義 ㄢ 動①知曉；例「風景舊曾諳。」②記誦；例諳誦。

次 9
諢
形解 形聲；從言，軍聲。戲謔玩笑之辭為諢。
音義 ㄏㄨㄣˋ 名①詼諧逗趣的話；例打諢。②丑角；例優諢。
▽插科打諢。

次 9
諶
形解 諶 形聲；從言，甚聲。誠信不欺為諶。
音義 ㄔㄣˊ 名姓。動相信；例天難諶。副眞誠地；例「諶荏弱而難持。」

次 9
諴
形解 諴 形聲；從言，咸聲。咸有平和的意思，所以和諧為諴。
音義 ㄒㄧㄢˊ 動調和；例「其丕能諴于小民。」形誠懇的；例至諴感神。
參考「諴」與「誠」，形近音異。

次 9
謔
形解 謔 形聲；從言，虐聲。虐有凌虐的意思，所以用言語互相戲弄為謔。
音義 ㄋㄩㄝˋ 動開玩笑；例戲謔。
6 **謔而不虐** ㄋㄩㄝˋ ㄦˊ ㄅㄨˋ ㄋㄩㄝˋ 適當地開玩笑，不致使對方難過。
▽戲謔、笑謔、嘲謔。

次 9
諤
形解 形聲；從言，咢聲。咢有堅實的意思，所以正直不屈的言論為諤。
音義 ㄜˋ 名正直的話；例忠諤。
參考「諤」與「愕」、「腭」，音同義異。

次 9
諟
形解 諟 形聲；從言，是聲。是有正確的意思，所以合理的言論為諟。
音義 ㄕˋ 代此，同「是」；例「先王顧諟天之明命。」動訂正文字；例諟正。

次 9
諰
形解 諰 形聲；從言，思聲。邊想邊說，遲疑猶豫為諰。
音義 ㄒㄧˇ 副擔心害怕的樣子；例諰諰。
參考「諰」與「鰓」，音同義異。

次 9
諼
形解 諼 形聲；從言，爰聲。虛偽欺人之辭為諼。
音義 ㄒㄩㄢ 名萱草，通「萱」；例諼草。動①欺詐；例「諼君以弑也。」②忘記；例永矢弗諼。
▽永誓弗諼。

次 9
諞
形解 諞 形聲；從言，扁聲。扁有偏頗的意思，所以虛偽巧飾的話為諞。

音義 ㄆㄧㄢˊ 名 花言巧語；(例)諞言。ㄆㄧㄢˇ 動 誇耀；(例)你別諞了。

(次) 9
謚
形解 字本作「謚」：形聲；從言，益聲。益有增益的意思，所以視死者生前的行迹加上美號爲謚。俗作「諡」。
音義 ㄕˋ 名 生前的行迹。
▽賜謚、追謚、贈謚。

(常) 10
謊
形解 字本作「詤」：形聲；從言，巟聲。巟有廣大的意思，所以言語玄虛爲詤。今作「謊」。
音義 ㄏㄨㄤˇ 名 騙人的假話；(例)你說謊，天來大。形 ①虛假的；(例)謊言。②高出一般價格的；(例)謊價。副 不眞實地；(例)謊報軍情。
參考 與「荒」音義有別：「荒」，音ㄏㄨㄤ，有廢棄、空虛的意思，如「荒誕」、「荒謬」不作「謊」；「謊」有虛假不實的意思，如「謊言」不作「荒」。
▽說謊、撒謊、扯謊。

(常) 10
謎
形解 形聲；從言，迷聲。迷爲惑亂，所以隱語爲謎。
音義 ㄇㄧˊ 名 ①隱語，即話不明說，用隱約的語言暗射事物或文字，叫人猜想的一種傳統遊戲；(例)燈謎。②難以理解的事理；(例)人生之謎。③難以搞清楚的事物；(例)北京人的下落，至今還是個謎。
參考 ①又音ㄇㄧˋ或ㄇㄟˋ。②與「醚」同音而義異：「醚」，從「酉」，爲一種化學原料，如乙醚。
8 **謎底** ㄇㄧˊ ㄉㄧˇ 猜謎的答案。
14 **謎語** ㄇㄧˊ ㄩˇ 古稱廋辭或隱語。以某一事物或某一詩句、成語、俗語或文字爲謎底，用隱喩、形似、暗示或描寫其特徵的方法作出謎面，供人猜射。一般多指以事物作謎底者爲謎語，以文義作謎底者爲燈謎。

(常) 10
謗
形解 形聲；從言，旁聲。旁有大的意思，所以言過其實而詆毀他人爲謗。
音義 ㄅㄤˋ 動 惡意攻擊別人的短處，說人的壞話；(例)誹謗。
參考 ①同誹，毀，訕，詆。②與「傍」、「蒡」、「鎊」、「磅」同音而義異：傍，靠近；蒡，牛蒡，草名；鎊，英國本位貨幣名；磅，英制重量單位。
▽誹謗、譏謗、誣謗、毀謗、怨謗。

(常) 10
講
形解 形聲；從言，冓聲。冓有相交的意思，所以從中和解，使其相合爲講。
音義 ㄐㄧㄤˇ 名 ①述說；(例)講故事。②教授；(例)講課。③解釋；(例)講解。④研究；(例)講習。⑤注重；(例)講效率。⑥和解；(例)講和。⑦修明；(例)講舊好。⑧商量；(例)講價。形 教授課業用的；(例)講桌。
參考 ①字又作「講」。②同談，說。③古又同「斠」字。
7 **講求** ㄐㄧㄤˇ ㄑㄧㄡˊ ㈠注重，追求。(例)做事要講求實效。㈡研究。
講究 ㄐㄧㄤˇ ㄐㄧㄡˋ ㈠力求精美完善。引申爲精美完善。㈡研究。
8 **講和** ㄐㄧㄤˇ ㄏㄜˊ 和解雙方的爭執。
10 **講座** ㄐㄧㄤˇ ㄗㄨㄛˋ ㈠大學裏面，對於應講授學科設定的教務，或學術上爲大衆所設的課程。㈡經師、學者講學或高僧講經的座位。
11 **講理** ㄐㄧㄤˇ ㄌㄧˇ ㈠明達道理。與「粗暴蠻橫」相對。㈡評判事理的是非。
13 **講解** ㄐㄧㄤˇ ㄐㄧㄝˇ 說明，解釋。
14 **講演** ㄐㄧㄤˇ ㄧㄢˇ 將學術或意見對大衆講解演述。
16 **講學** ㄐㄧㄤˇ ㄒㄩㄝˊ ㈠師生共同研究學問。㈡關於學術上的演說。
▽開講、侍講、聽講、論講、宣講、演講、主講。

(常) 10
謠
形解 字本作「䚻」：形聲；從言，肉聲。肉爲發音的器官，從言指口出聲，所以不合樂器的歌曲爲䚻。今作「謠」。
音義 ㄧㄠˊ 名 ①憑空捏造的話語；(例)造謠生事。②民間流傳的歌曲；例唐山謠。動不加伴奏而徒歌；例「我歌且謠。」

7 **謠言** 一ㄠˊ 一ㄢˊ ㈠沒有事實根據的傳言，捏造的消息。㈡民間流行的歌謠或諺語。

參考 參閱「流言」條。

▽童謠、民謠、歌謠。

常 10 **謝** 形解 形聲；從言，䠶聲。䠶有遠去的意思，所以辭別而去為謝。俗作謝。

音義 ㄒ一ㄝˋ 名①感激的心意；例道謝。②姓。動①表示感激；例感謝。②辭退；例閉門謝客。③凋落；例海棠花謝也，雨霏霏。④衰退；例新陳代謝。⑤認錯；例謝罪。⑥更易；例「人事有代謝。」

4 **謝天謝地** ㄒ一ㄝˋ ㄊ一ㄢ ㄒ一ㄝˋ ㄉ一ˋ 極其感謝之詞。

8 **謝忱** ㄒ一ㄝˋ ㄔㄣˊ 感謝的誠意。

13 **謝罪** ㄒ一ㄝˋ ㄗㄨㄟˋ 向別人承認或道歉自己的過錯。謝：認錯、道歉。

14 **謝幕** ㄒ一ㄝˋ ㄇㄨˋ 演員於戲劇終場時，在觀眾掌聲中回到前臺，向觀眾行禮致謝。

▽小謝、大謝、再謝、感謝、辭謝、致謝、多謝、長謝、答謝、深謝、銘謝、新陳代謝、大德不言謝。

常 10 **謙** 形解 形聲；從言，兼聲。兼有蘊含的意思，所以言辭蘊含敬讓為謙。

音義 ㄑ一ㄢ 名虛心敬讓而不自大；例滿招損，謙受益。 ㄑ一ㄢˋ 動快意，滿足，通「慊」、「愜」；例自謙。

參考 字雖從兼，但不可讀成 ㄐ一ㄢ。

7 **謙沖自牧** ㄑ一ㄢ ㄔㄨㄥ ㄗˋ ㄇㄨˋ 以謙遜來自我勉勵。

8 **謙和** ㄑ一ㄢ ㄏㄜˊ 謙讓和善。

11 **謙虛** ㄑ一ㄢ ㄒㄩ 謙讓而不自滿。

參考 「謙虛」、「謙遜」都含有不驕傲自滿的意思，但有別：「謙虛」着重在虛，表示不自滿，肯接受批評，並能虛心向別人請教的意思，它比較通俗，常用在口語上；「謙遜」着重在遜，除含有虛心、不自滿的意思外，還含有恭謹的意思，它比較文雅，常出現在書面語中。

14 **謙遜** ㄑ一ㄢ ㄒㄩㄣˋ 謙虛遜讓。

參考 同謙虛。

24 **謙讓** ㄑ一ㄢ ㄖㄤˋ 退讓而不敢承受。

▽柔謙、卑謙、恭謙、和謙、過謙。

常 10 **謄** 形解 形聲；從言，朕聲。朕有副二的意思，所以照原樣抄寫的文字為謄。

音義 ㄊㄥˊ 名照原樣抄寫的文件；例戶籍謄本。動照原樣抄寫；例謄錄試卷。

參考 ①同抄，鈔，繕。②與「滕」、「䲢」、「騰」音同而義異：「滕」，從水，是周朝分封的諸侯國名；「騰」，從馬，有奔馳的意思；「䲢」，從魚，為一種蒼身赤尾魚。

次 10 **謞** 形解 形聲；從言，高聲。謞言很多為謞。

音義 ㄏㄜˋ 形形容箭在空中飛行的聲音；例激者謞者。

次 10 **謐** 形解 形聲；從言，宓聲。宓從必聲，必有安的意思，所以安靜無聲為謐。

音義 ㄇ一ˋ 動靜止；例雲藏星謐。形安定的樣子；例下安上謐。

▽安謐、靜謐、寂謐、寧謐。

次 10 **謘** 形解 形聲；從言，屖聲。屖為遲的省文，所以言辭遲鈍為謘。

音義 ㄔˊ 副說話遲鈍的樣子；例諄謘。

次 10 **謖** 形解 形聲；從言，畟聲。畟本有前進的意思，所以興起為謖。

音義 ㄙㄨˋ 動起立；例神醉尸謖。副①整飭的樣子；例謖爾。②謖謖：挺拔的樣子。

次 10 **謅** 形解 形聲；從言，芻聲。任意胡言為謅。

音義 ㄗㄡ 動①隨口編造或胡說；例信口胡謅。②玩習；

例閒暇也教他謅幾句詩。

參考「謅」與「騶」，音同義異。

次 10
謏
解形 形聲；從言，叟聲。叟有狹小的意思，所以才華微小爲謏。

音義 ㄒㄧㄠ 動誘導；例謏訹。形微小的；例謏才。

次 10
謇
解形 形聲；從言，蹇省聲。蹇有困難不前的意思，所以言語困難不順暢爲謇。

音義 ㄐㄧㄢˇ 形①口吃的；例謇吃。②正直；例謇正。助發語詞，無義；例「謇吾法夫前修兮。」

參考「謇」與解釋爲跛足的「蹇」音同義異。

常 11
謨
解形 形聲；從言，莫聲。議定謀略爲謨。

音義 ㄇㄛˊ 名①計劃或謀略；例宏謨。②姓。動方無，沒有，聞人語音；例「越人謨信。」

參考「謨」，通常指大的計劃、方針；而「謀」，指較小的計謀、策略。

▽宏謨、朝謨、帝謨、典謨、良謨、令謨、德謨。

常 11
謹
解形 形聲；從言，堇聲。堇有寡少的意思，所以言語寡少慎重爲謹。

音義 ㄐㄧㄣˇ 動①愼重；例謹言愼行。②尊敬；例恪謹天命。形謙敬的；例謹篤。副①恭敬地；例謹受教。②鄭重地；例謹致謝意。

參考①同敬，愼，恭，肅，恪。②與「饉」同音而義異：「饉」，從食，有荒年的意思。

3 **謹小愼微** ㄐㄧㄣˇ ㄒㄧㄠˇ ㄕㄣˋ ㄨㄟ 用謹愼的態度對待細小的問題，以防造成較大的錯誤或損失。今多指對於細小的事情過分謹愼，怕犯錯誤，以致流於畏縮。

參考①同小心翼翼。②亦作「敬小愼微」。

13 **謹愼** ㄐㄧㄣˇ ㄕㄣˋ 小心仔細。

▽恪謹、恭謹、敬謹、忠謹、嚴謹。

常 11
謬
解形 形聲；從言，翏聲。翏有高大的意思，所以狂妄之言爲謬。

音義 ㄇㄧㄡˋ 名①錯處；例繩愆糾謬。②姓。動誤差；例差以毫釐，謬以千里。形①錯誤的；例過刑謬論。②荒唐的；例其何謬哉？副詐，假裝地；例復謬曰：『何爲不可？』

參考①反正。②同誤，訛，錯，妄，誑，舛，愆，過，失。③「繆」與「謬」音讀相同時，義多相通，讀音有別，義則不同。

14 **謬誤** ㄇㄧㄡˋ ㄨˋ 錯誤。即與「眞理」相對。與客觀現實不相一致的認識。

▽違謬、訛謬、誤謬、差謬、乖謬、荒謬、糾謬、紕謬、錯謬。

次 11
謫
解形 形聲；從言，啇聲。啇有敵對的意思，所以指責錯誤而加以處罰爲謫。

音義 ㄓㄜˊ 名錯誤；例瑕謫。動①譴責；例衆口交謫。②古官吏因罪被降調；例謫守巴陵郡。

參考亦作「讁」。

6 **謫戍** ㄓㄜˊ ㄕㄨˋ 舊時指官吏或人民有罪被遣戍遠方叫謫戍。戍：防守。

8 **謫居** ㄓㄜˊ ㄐㄩ 古時官吏因罪過被免官或降調至偏遠的地方。

▽遷謫、貶謫、流謫。

次 11
謳
解形 形聲；從言，區聲。齊地的歌謠爲謳。

音義 ㄡ 名①歌曲；例齊謳。②姓。動歌唱；例歌謳。

參考或作「嘔」。

14 **謳歌** ㄡ ㄍㄜ 歌頌功德。謳：歌頌。

參考同讚美。

次 11
謼
解形 形聲；從言，虖聲。虖有大的意思，所以大聲呼叫爲謼。

音義 ㄏㄨ 名姓。動喊叫，通「呼」；例號謼。

次 11 **謾** 形解 形聲；從言，曼聲。以言語相侵犯爲謾。

音義 ㄇㄢˊ 動詆毀；例謾罵。形①欺騙的；例謾言謾語。②空泛的；例大謾。ㄇㄢˋ 形輕視，通「慢」；例輕謾。

16 **謾罵** ㄇㄢˋ ㄇㄚˋ 肆意亂罵。

參考 ①又作「嫚罵」。②與「咒罵」、「叱罵」都指用壞話侮辱別人，都是動詞，但有別：「謾罵」指用輕謾嘲笑的態度出聲辱罵，或沒有根據地罵，對象無確指；「咒罵」指希望對方不順利或沒有好結果，狠心的暗罵，不一定出聲；「叱罵」指大聲責罵。後二者有其確指的對象。

次 11 **謷** 形解 形聲；從言，敖聲。敖有高傲的意思，所以自大而不聽人勸勉爲謷。

音義 ㄠˊ 動詆毀；例謷詆。形高大的；例謷乎大哉！ㄠˋ 形驕傲的，通「傲」；例暴謷。

次 11 **謦** 形解 形聲；從言，磬省聲。咳嗽聲爲謦。

音義 ㄑㄧㄥˇ 名咳嗽聲；例謦欬。

參考「謦」與「罄」、「磬」，音同義異。

常 12 **譁** 形解 形聲；從言，華聲。華有盛大的意思，所以喧鬧爲譁。

音義 ㄏㄨㄚˊ 動大聲喧鬧；例嗟！人無譁，聽命！

參考 又作「嘩」。

11 **譁衆取寵** ㄏㄨㄚˊ ㄓㄨㄥˋ ㄑㄩˇ ㄔㄨㄥˇ 以新奇的言論博取他人的尊崇。

12 **譁然** ㄏㄨㄚˊ ㄖㄢˊ 形容人多聲音嘈雜的樣子。例舉座譁然。

23 **譁變** ㄏㄨㄚˊ ㄅㄧㄢˋ 軍隊叛變。

▽喧譁。

常 12 **識** 形解 形聲；從言，戠聲。戠有記別的意思，所以審知事物的不同爲識。

音義 ㄕˋ 名①宗佛家稱能認知的主觀要素；例受想行識。②辨別，審察，判斷，推究的能力；例通簡有高識。③道理或見聞；例常識。④姓。動①認得；例老馬識途。②察覺或聽到；例新婦識馬聲。③見解；例遠見卓識。ㄓˋ 名①標記，通「幟」；例「旌旗表識。」②記號；例款識。動記在心中，通「誌」；例「小子識之，苛政猛於虎也。」

參考 ①同認，知，曉，諭，解。②與「幟」同音而義異：「幟」，從巾，與「識」都有旌旗的意思，餘義則不同。③「標識」、「博聞強識」的「識」，唸ㄓˋ；「知識」、「識別」的「識」，音ㄕˋ。

7 **識別** ㄕˋ ㄅㄧㄝˊ 能認識辨別。

參考「識別」、「辨別」、「鑒別」都有加以區別的意思，但有差別：「識別」是辨別、辨認的意思，著重在認識標誌或特點，常指從理論上加以區別；「辨別」是根據不同事物的特點，在認識上加以區別的意思，著重在分辨，常指從事物的特點上加以區別。「鑒別」是辨別眞假好壞的意思，着重在觀察、審察，常指通過仔細審察比較，判斷眞假好壞。

9 **識相** ㄕˋ ㄒㄧㄤˋ 知趣。例我看你還是識相一些吧。

10 **識破** ㄕˋ ㄆㄛˋ 看出破綻。

11 **識貨** ㄕˋ ㄏㄨㄛˋ 有辨別好壞的能力。

15 **識趣** ㄕˋ ㄑㄩˋ 明理知趣，善察言觀色，不惹人厭煩。

▽意識、舊識、學識、眼識、膽識、見識、常識、相識、知識、認識、標識、辨識、默識、有識。

常 12 **證** 形解 形聲；從言，登聲。登有上提的意思，所以提出事實爲證。

音義 ㄓㄥˋ 名①可以取信或助成判斷的憑據；例人證物證。②憑證；例身分證。動①告發；例「其父攘羊，而子證之。」②以事實、憑據來判斷或說明；例證明。③宗修行得道；例定證妙果。

參考 或簡作「証」。

16 **證據** ㄓㄥˋ ㄐㄩˋ ㈠證明事實的憑據。㈡據實證明，據史考證。

▽引證、僞證、考證、佐證、反證、保證、旁證、憑證、驗證、疏證、簽證、身分證、准考證、通行證、他無旁證。

常 12 **譚** 形解 形聲；從言，覃聲。覃有深長的意思，所以放縱肆言爲譚。

音義 ㄊㄢˊ 名 ①言談，古通「談」；例傳爲美譚。②地 周代諸侯國，在今山東歷城縣東南。③姓。動 稱說；例「夫子何不譚我於王？」副 深，通「覃」；例「譚思經典。」

參考 與「潭」同音而義異：「潭」，從水，有深水的意思，「水潭」不可作「譚」。

常 12 **譏** 形解 形聲；從言，幾聲。幾有微小的意思，所以用微言諷刺人爲譏。

音義 ㄐㄧ 動 ①諷刺及嘲笑；例稱鄭伯，譏失教也。②查問；例關市譏而不征。③挖苦；例譏笑。

參考 ①同非，誹，訕，詆，刺，嘲，誚。②與「饑」同音而義異：「饑」，從食，餓饉。③「譏」、「嘰」有別：「譏嘲」、「譏諷」、「譏笑」的「譏」字，不作「嘰」；「嘰」是狀聲詞，如：嘰哩咕嚕。

常 12 **譜** 形解 形聲；從言，普聲。普有遍及的意思，所以載列全事的冊籍爲譜。

音義 ㄆㄨˇ 名 ①按照事物類別或系統編列的表冊；例家譜。②作示範或供參考的書冊；例棋譜。③音樂上記載音符的圖式；例五線譜。④打算，把握，或大致的依據；例他做事有譜兒。⑤大約；例約五百元之譜。動 ①根據歌詞編寫樂曲；例譜曲。②記錄世系；例予嘗譜其世家。③陳述；例欲譜頻年離恨。

7 **譜系** ㄆㄨˇ ㄒㄧˋ 記載氏族、世系的冊籍。

▽樂譜、家譜、棋譜、族譜、圖譜、年譜、曲譜、歌譜、套譜。

常 12 **譎** 形解 形聲；從言，矞聲。矞爲刺穿，所以用謬言欺詐他人爲譎。

音義 ㄐㄩㄝˊ 動 ①詐騙；例詭譎。②決斷；例譎德定決。形 詭異的；例「譎而不正。」副 ①變化多端地；例瑰姿譎起。②委婉而不直言地；例譎諫。

參考 ①反正。②同僞，詐，詭，異。

▽詭譎、狡譎、詐譎、怪譎。

次 12 **譈** 形解 形聲；從言，敦聲。敦有激怒的意思，所以怨恨仇視爲譈。

音義 ㄉㄨㄟˋ 動 怨恨，同「憝」；例凡民罔不譈。

次 12 **譊** 形解 形聲；從言，堯聲。堯有大的意思，所以怒極而大呼爲譊。

音義 ㄋㄠˊ 動 喧鬧；例喧譊。形 譊譊，爭辯聲。

參考 「譊」與「撓」、「鐃」，音同義異。

次 12 **譆** 形解 形聲；從言，喜聲。呼痛的聲音爲譆。

音義 ㄒㄧ 感 表示驚歎的聲音，通「嘻」。

參考 「譆」與「熹」、「僖」、「嬉」、「禧」，音同義異。

次 12 **譖** 形解 形聲；從言，朁聲。朁有尖刺的意思，所以用壞話誣陷人爲譖。

音義 ㄗㄣˋ 動 說壞話誣陷別人；例譖人。

▽誣譖、毀譖。

次 12 **譔** 形解 形聲；從言，巽聲。巽有齊一的意思，所以專心教授知識與人爲譔。

音義 ㄓㄨㄢˋ 動 ①讚美；例論譔其先祖之美。②著述，通「撰」；例譔以爲十三卷。

次 12 **譙** 形解 形聲；從言，焦聲。焦有逼迫的意思，所以用言語諷刺人爲譙。

音義 ㄑㄧㄠˊ 名 ①地 古地名，在安徽亳縣。②樓房；例譙樓。

③姓。ㄑㄧㄠˋ 動責備，通「誚」；例譙呵。

常13 **譯** 形解 譯 形聲；從言，睪聲。睪有溝通的意思，溝通異國異地的語言爲譯。

音義 一ˋ 動①翻譯，把一種語言文字轉換爲另一種，使人通曉其含義；例中文譯成英文。②詮釋；例「聖人爲天口，賢人爲聖譯。」

參考 ①同翻。②字雖從睪，但不可讀成ㄗㄜˊ。

9 **譯者** 一ˋ ㄓㄜˇ 從事翻譯的人。

▽意譯、直譯、通譯、翻譯、語譯、英譯、中譯、節譯。

常13 **議** 形解 議 形聲；從言，義聲。義有量度的意思，所以謀定事宜爲議。

音義 一ˋ 名①言論；例博採衆議。②文討論公事的文體名；例奏議。③意見；例建議。動①討論；例議事以制。②批評；例處士橫議。

8 **議和** 一ˋ ㄏㄜˊ 交戰國互相商量恢復和平。

10 **議員** 一ˋ ㄩㄢˊ 代議政治國家，由公民選出的有合法資格之代表，以行使政權。

13 **議會** 一ˋ ㄏㄨㄟˋ 人民議政的機關，關於全國的稱國會，關於一省的稱省議會，關於一縣市的稱縣市議會。

15 **議論** 一ˋ ㄌㄨㄣˋ (一)評論是非。(二)評論是非的語言。

參考 「議論」和「討論」都有你一言、我一語地發表意見的意思，但有區別：議論是對人或事物的好壞、是非等表示意見的意思，它除作動詞用之外，還可以作名詞用，表示對人或事物的好壞、是非等所表示的意見的意思，如發議論。且「議論」多用于非正式的場合，形式也比較自由、隨便。而「討論」是就某一問題交換意見或進行辯論的意思，它只作動詞用，且常用於比較正式的場合，如會議上、課堂上。

15 **議論紛紜** 一ˋ ㄌㄨㄣˋ ㄈㄣ ㄩㄣˊ 評論是非的語言非常的盛多。

▽異議、會議、協議、決議、建議、公議、抗議、參議、衆議、審議、非議、評議、物議、橫議、清議、代議、合議、放議、謗議、不可思議、力排衆議、無可非議、街談巷議、獨排衆議。

常13 **譬** 形解 譬 形聲；從言，辟聲。辟有曲折的意思，所以用比擬方式使人容易了解爲譬。

音義 ㄆㄧˋ 名比喻；例譬喻。動①比如；例譬如。②了解；例「聞之者未譬。」③告知，使人了解；例「羽請往譬，降之。」

參考 ①同比，方，擬，諭。②與「喻」有別：「譬」與「喻」都有比方、告知、明白的意思，習慣上「譬如」不作「喻」，「家喻戶曉」、「比喻」不作「譬」。

6 **譬如** ㄆㄧˋ ㄖㄨˊ 舉例來比喻。

12 **譬喻** ㄆㄧˋ ㄩˋ 修辭學名詞之一。思想的對象同另外的事物有了類似點，就用那另外的事物來比擬這思想的對象的名叫譬喻。「譬喻」的成立，實際上共有思想的對象、另外的事物和類似點等三個要素。因此形式上就有正文、譬喻和譬喻語詞等三個成分。憑著這三個成分的異同及隱現，譬喻可分明喻、隱喻、借喻三類。也叫「比喻」。

常13 **警** 形解 警 形聲；從言，敬聲。言語戒愼爲警。

音義 ㄐㄧㄥˇ 名①戒備；例罷關徼之警。②危急的消息；例火警。③「警察」、「巡警」的簡稱；例校警。動①告戒；例懲一警百。②覺醒；例「目欲明而復警。」形①精闢的；例警句。②悟性敏捷的；例太祖少機警。

參考 同儆，戒。

7 **警告** ㄐㄧㄥˇ ㄍㄠˋ 警戒的通告。

參考 「警告」、「正告」都指提醒別人注意，但有別：「警告」是對有錯誤或不正當行爲的個人、團體、國家提出告誡，使認識產生的後果和應負的責任，指的事態一般比較嚴重，常帶斥責的語氣，可用在事先或事後，也可用於自己對自己；「正告」指嚴正地告訴規勸，語氣比較莊重，斥責的意味不如警告強烈。

警戒 ㄐㄧㄥˇ ㄐㄧㄝˋ ㈠使人注意。㈡對敵人有戒心而加以防備。

參考 同警惕。

11 **警惕** ㄐㄧㄥˇ ㄊㄧˋ 提高警覺，有所戒備。

參考「警惕」、「警覺」、「警戒」，都指集中注意力以防突然事故或事變，但有別：「警惕」是對可能發生的危險情況或錯誤傾向，要特別注意、特別小心；「警覺」是對危險或情況變化的敏銳的覺察；「警戒」是告誡，使注意改正錯誤或極小心地防備，多用於軍事和治安保衛方面。

12 **警報** ㄐㄧㄥˇ ㄅㄠˋ 危急消息的報告 例防空警報。

▽機警、自警、巡警、女警、義警、刑警、軍警、盜警、邊警、火警、預警、員警。

次 13 **譟** 形解 形聲；從言，喿聲。羣衆發出的噪音為譟。

音義 ㄗㄠˋ 動①吵鬧，通「噪」；例聒噪。②詆毀；例高奇見譟。

常 14 **譴** 形解 形聲；從言，遣聲。責問為譴。

音義 ㄑㄧㄢˇ 名罪過；例初無譴咎。動①責備；例譴責。②因罪受罰；例遭天譴。③貶官；例「一從恩譴度瀟湘。」

參考 同責，讓，數。

11 **譴責** ㄑㄧㄢˇ ㄗㄜˊ 斥責他人的過失。

參考「譴責」、「責備」有別：「譴責」是指對不合理的行為或言論提出嚴正的申斥，如：聯合國譴責大國進軍小國的行為；「責備」是批評與指摘缺點，如：他因為說謊，所以受到父親的責備。

▽呵譴、罪譴、天譴、斥譴。

常 14 **護** 形解 形聲；從言，蒦聲。蒦為手持萑鳥，有保全的意思，所以救助看視為護。

音義 ㄏㄨˋ 動①救助；例護衛。②掩蔽；例護短。③保衛；例護王。

參考 和「收獲」的「獲」(ㄏㄨㄛˋ)字容易混同，參閱「獲」字條。

7 **護身符** ㄏㄨˋ ㄕㄣ ㄈㄨˊ ㈠僧徒的度牒。㈡恃以抵禦一切侵犯的保障物，有如道家的符籙，可以避邪。㈢不法者賴以橫行的特權勢力。

12 **護短** ㄏㄨˋ ㄉㄨㄢˇ ㈠掩蔽自己的短處。㈡知道別人的短處而加以原諒。

13 **護照** ㄏㄨˋ ㄓㄠˋ 政府機關頒發給官員或國民，因公務或旅行而攜向國外證明其身分，而請當地外國官署保護，准予居留或通行的官方文書。但是護照必須經擬往國家的使領館簽證，手續才算完成。

▽愛護、衛護、維護、加護、看護、救護、守護、庇護、防護、保護、養護、擁護、蔽護、呵護、關稅保護、官官相護。

常 14 **譽** 形解 形聲；從言，與聲。與有揚舉的意思，所以稱頌他人為譽。

音義 ㄩˋ 名名聲；例令聞美譽。動稱揚；例讚譽。

參考 ①反毀。②動 同稱，揚，褒，美。③名 同聞，名，聲。④又音ㄩˊ。

11 **譽望** ㄩˋ ㄨㄤˋ 名望。

▽沽名釣譽、無毀無譽。

次 14 **譸** 形解 形聲；從言，壽聲。張狂咒罵為譸。

音義 ㄓㄡ 動①揣測；例「以詶譸之。」②欺誑；例譸張。

參考 字雖從「壽」，但不可讀作ㄕㄡˋ。

次 14 **譅** 形解 形聲；從言，歰聲。歰有艱困的意思，所以說話遲鈍不暢為譅。

音義 ㄙㄜˋ 副言語艱難的樣子；例訥譅。

常 15 **讀** 形解 形聲；從言，賣聲。賣有不斷出聲吆喝的意思，所以高聲誦書爲讀。

音義 ㄉㄨˊ 名 姓。動 ①誦唸；例「頌其詩，讀其書，不知其人可乎？」②玩習；例 習字須先讀帖。

ㄉㄡˋ 名 文句中較短暫的停頓處；例 句讀。

參考 語意已完的地方爲「句」(ㄐㄩˋ)，常用「。」符號；語意未完，爲誦讀方便的停頓處爲「讀」，又作「逗」，常用「，」符號。

▽句讀、侍讀、熟讀、默讀、精讀、速讀、細讀、伴讀、朗讀、閱讀、攻讀。

次 15 **譾** 形解 形聲；從言，翦聲。翦有截短的意思，所以才能短淺爲譾。

音義 ㄐㄧㄢˇ 形 淺薄的；例 能薄材譾。

參考 ①或作「謭」。②「譾」只用在學識方面。

次 15 **讆** 形解 形聲；從言，衛聲。言語遲疑，缺少智慧爲讆。

音義 ㄨㄟˋ 名 稱譽壞人。形 虛僞，通「僞」；例 讆言。

常 16 **變** 形解 形聲；從攴，䜌聲。䜌有連綴的意思，所以連續施力而使有所改易爲變。俗作变。

音義 ㄅㄧㄢˋ 名 ①因事制宜的方法；例 通權達變。②災異；例 災變數見。③禍亂；例 兵變。動 更改；例 一成而不可變。形 更動的；例 指摘變象。

參考 ①反恆，常。②字雖從「䜌」，但不可讀成ㄌㄨㄢˊ。

4 **變幻** ㄅㄧㄢˋ ㄏㄨㄢˋ 變化不可測度。

變化 ㄅㄧㄢˋ ㄏㄨㄚˋ ㈠自有到無、自無到有的作用。例 乾道變化。㈡事物的性質形態改了樣子。㈢宗 佛家語，一切法相皆因緣而變幻。

變化氣質 ㄅㄧㄢˋ ㄏㄨㄚˋ ㄑㄧˋ ㄓˊ 人的性情、脾氣因環境、教育的影響而轉變，多指由壞變好。

5 **變本加厲** ㄅㄧㄢˋ ㄅㄣˇ ㄐㄧㄚ ㄌㄧˋ 改變原樣而更加厲害。

參考 與「再接再厲」有別：前者的「厲」作「厲害」解，表示變得比原來更爲嚴重；後者的「厲」作「勇猛」解，表示一次再一次的努力不懈。前者多用來形容壞事情、壞行爲；後者常用來形容好事情、好行爲。

6 **變成** ㄅㄧㄢˋ ㄔㄥˊ 變化成爲。

8 **變卦** ㄅㄧㄢˋ ㄍㄨㄚˋ 已決定的事，中途突生改變。

變法 ㄅㄧㄢˋ ㄈㄚˇ 國家改變原有的法制。

9 **變故** ㄅㄧㄢˋ ㄍㄨˋ ㈠不幸的事故，發生災難。㈡事件的變動。

變相 ㄅㄧㄢˋ ㄒㄧㄤˋ 從原形變易而成的新形。

變革 ㄅㄧㄢˋ ㄍㄜˊ 改變更動。

參考 「變革」、「變化」有所不同：「變革」多指歷史或社會制度的改變而言，多是人爲的，有革命的含義；「變化」多指一般的事物而言，可以是自動的，也可以是人爲的，可以是逐漸的改變，也可以是飛躍的改變。

11 **變通** ㄅㄧㄢˋ ㄊㄨㄥ 通融，改變。即爲了順應時勢的變遷而作改變。

變動 ㄅㄧㄢˋ ㄉㄨㄥˋ ㈠更改。㈡不尋常的舉動或事故。

13 **變節** ㄅㄧㄢˋ ㄐㄧㄝˊ ㈠折節向善。㈡改變向來的志節操守。

變亂 ㄅㄧㄢˋ ㄌㄨㄢˋ 由戰爭等重大的變故而造成的時局混亂。

14 **變態** ㄅㄧㄢˋ ㄊㄞˋ ㈠變化而成的狀態。㈡不是平常的狀態，即反常，畸形。㈢生物從卵子發生，經過好幾次變化的形態。㈣心理因受外在刺激或其他影響而改變了原有正常的狀態，如性變態。

15 **變遷** ㄅㄧㄢˋ ㄑㄧㄢ 事物的沿革遷移。

▽一成不變、談虎色變、隨機應變、瞬息萬變。

次 16 **讌** 形解 形聲；從言，燕聲。宴會爲讌。

音義 ㄧㄢˋ 動 用酒席招待客人，通「宴」；例 里讌巷飲。

次 16 **讎** 形解 形聲；從言，雔聲。雔有相對的意思，所以用言辭相應答爲讎。

音義 ㄔㄡˊ 名 ①怨仇，通

「仇」；例世讎。②匹偶，通「儔」；例讎匹。③姓。動①應答；例無言不讎。②校對；例讎校。③相同；例皆讎有功。④償還，通「酬」；例且讎其數倍價也。

參考 ①亦作「讐」。②「讎」與訓爲雙鳥的「雔」字，音同義異。

▽怨讎、恩讎、仇讎、校讎、寇讎、世讎、復讎、報讎、私讎、天讎、舊讎、宿讎、不共戴天之讎。

次 16 **讋**

解形 形聲；從言，龖省聲。因恐懼而聲音戰慄爲讋。

音義 ㄓㄜˊ 形 懼怕的；例「陸讋水慄。」

常 17 **讒**

解形 形聲；從言，毚聲。毚有隱暗狹小的意思，所以顛倒是非，毀善害能的話爲讒。

音義 ㄔㄢˊ 名 顛倒是非，毀善害能的話；例君子信讒，如或醻之。動 說別人的壞話；例讒陷。

參考 ①同毀，謗，誹，訕。②與「饞」同音而義異；「饞」，從食，貪吃。

▽譏讒、進讒。

常 17 **讖**

解形 形聲；從言，韱聲。韱有微細的意思，所以語意隱微而能應驗的預言爲讖。

音義 ㄔㄣˋ 名 ①預言；例一語成讖。②占驗術數符命的書；例兼覽讖緯。

參考 字不可誤唸成 ㄔㄢˋ 或 ㄑㄢ。

▽詩讖、圖讖、符讖、一語成讖。

常 17 **讓**

解形 形聲；從言，襄聲。以言語相譴責爲讓。

音義 ㄖㄤˋ 動 ①譴責；例夷吾訴之，公使讓之。②推辭；例當仁不讓。③任憑；例讓他去吧！④使，令；例榮民們偉大的成就，讓高山低頭，海水退潮。⑤把自己的東西給人；例堯以天下讓舜。⑥恭迎；例把他讓進來。⑦舉手平拜；例升堂，讓。⑧允許；例不讓他來。⑨減低；例讓價。⑩躲避；例讓開。⑪寬容；例讓他三步棋。⑫被，給；例錢讓他偷走了。⑬把東西的所有權轉給別人；例吉屋廉讓。⑭邀請；例把貴賓讓進來。

參考 ①反爭。②與「嚷」有別：「嚷」，從口，音 ㄖㄤˇ，喧鬧。③「讓」、「叫」、「被」有別：a.「叫」、「讓」的介詞用法基本上同「被」。「叫、讓」用於口語，比較正式、莊重、嚴肅的場合用「被」，不用「叫」、「讓」，如：窗戶被大風吹壞了一扇。b.介詞「叫」、「讓」後面是指人的名詞時，可能跟動詞的用法混淆，產生誤解；「被」字沒有這個問題，如「我讓他說了幾句」，等於「請他說了幾句」或「被他說了幾句」，「容許他說了幾句」。c.「被」經常直接用在動詞前，作爲表示被動的助詞。如：被打。「叫」很少這樣用，「讓」完全沒有這種用法。

7 **讓步** ㄖㄤˋ ㄅㄨˋ 在爭執中部分或全部放棄自己的意見與要求。

▽謙讓、辭讓、推讓、禪讓、退讓、揖讓、禮讓、廉讓、出讓、再辭三讓、當仁不讓。

次 17 **讔**

解形 形聲；從言，隱聲。隱藏他義的言辭爲讔。

音義 ㄧㄣˇ 名 謎語；例讔書。

次 17 **讕**

解形 形聲；從言，闌聲。浮濫不實的話爲讕。

音義 ㄌㄢˊ 動 ①抵賴；例不可相讕。②欺騙；例滿讕誣天。形 誣妄的；例讕言。

次 18 **讙**

解形 形聲；從言，雚聲。雚有衆多的意思，所以衆人喧譁的聲音爲讙。

音義 ㄏㄨㄢ 名 ①地 古地名，春秋魯地。②姓。形 高興的樣子，通「歡」；例言乃讙。ㄒㄩㄢ 動 喧嘩，通「喧」；例讙呼。

參考 ①亦作「嚾」。②「歡」的異體字。

常 19 **讚** 形解 形聲；從言，贊聲。贊有佐助的意思，所以稱人之美爲讚。

音義 ㄗㄢˋ 名①文一種稱美人物的文體；例及遷史固書，託讚褒貶。②宗佛經中的頌詞；例梵讚。動①稱美；例下詔褒讚。②佐助，通「贊」；例彼豈讚成其謀，造亂長寇哉？③誇獎；例讚不絕口。

參考 同贊。

4 **讚不絕口** ㄗㄢˋ ㄅㄨˋ ㄐㄩㄝˊ ㄎㄡˇ 連聲稱讚，形容非常讚美。

12 **讚揚** ㄗㄢˋ ㄧㄤˊ 誇獎人家的好處。

次 20 **讜** 形解 形聲；從言，黨聲。正直不阿的言論爲讜。

音義 ㄉㄤˇ 名正直的言論；例忠讜。形正直的；例讜論。

參考 「讜」與「攩」，音同義異。

次 20 **讞** 形解 形聲；從言，獻聲。審判犯人的罪行爲讞。

音義 ㄧㄢˋ 動審判定案；例三審定讞。

次 22 **讟** 形解 形聲；從言，讀聲。痛苦怨恨的話爲讟。

音義 ㄉㄨˊ 名怨言；例怨讟。

【谷部】 ㄍㄨˇ

常 0 **谷** 形解 象形；從口，上象泉水湧出形，所以山間的水流爲谷。

音義 ㄍㄨˇ 名①兩山夾峙間的低塹；例出自幽谷，遷于喬木。②困境；例進退維谷。③姓。

ㄩˋ 名專有名詞，多用於地名；例吐谷渾。

參考 ①「谷」與「谿」都是山間地塹的意思，通常以無水的爲「谷」，有水的是「谿」。②衍俗、容、裕、欲、慾、溶、蓉、鎔。

▽山谷、幽谷、空谷、溪谷、深谷、岩谷、河谷、進退維谷、虛懷若谷。

常 10 **豁** 形解 形聲；從谷，害聲。害有開裂的意思，所以直通無礙的山谷爲豁。

音義 ㄏㄨㄛ 動①捨棄不顧；例國已破，家已亡，只有豁出去，與敵人拚了。②力拚；例這兩個死對頭，眞的豁上了。形破裂的；例豁嘴。

ㄏㄨㄛˋ 動①閒適；例豁目開襟半日中。②赦免；例豁免。③動搖；例頭童齒豁。形①寬宏的；例豁達。②深沈的；例豁瀆。副寬敞的樣子；例豁然開朗。

ㄏㄜ 形明淨的；例豁亮。

ㄏㄨㄚ 動猜，同「划」；例豁拳。

參考 「豁」與「轄」形近而音義各異：「豁」，有開朗，拚爭的意思；「轄」，音 ㄒㄧㄚˊ，有歸屬、車軸頭上銅或鐵製的銷子的意思。

7 **豁免** ㄏㄨㄛˋ ㄇㄧㄢˇ 免除。舊時因災歉將應徵錢糧額減除，或因慶典不追舊欠，都可稱爲豁免。衍豁免權。

豁免權 ㄏㄨㄛˋ ㄇㄧㄢˇ ㄑㄩㄢˊ 外交官在駐在國所享有的特權之一，如不受逮捕、出入境時人及其行李不受檢查等。

12 **豁然** ㄏㄨㄛˋ ㄖㄢˊ 開通明朗的樣子。例豁然貫通。

豁然開朗 ㄏㄨㄛˋ ㄖㄢˊ ㄎㄞ ㄌㄤˇ ㈠由狹隘幽暗一變成爲開闊明亮。㈡頓然領悟，融會貫通。

豁達 ㄏㄨㄛˋ ㄉㄚˊ 開通明理，度量寬大的樣子。

13 **豁達大度** ㄏㄨㄛˋ ㄉㄚˊ ㄉㄚˋ ㄉㄨˋ 坦懷待人，胸無城府。比喻寬宏大量。

▽開豁、洞豁、空豁、齒豁、頭童齒豁。

常 10 **谿** 形解 形聲；從谷，奚聲。奚有腹大的意思，所以山谷間前無所通而滙聚成的水渠爲谿。

音義 ㄒㄧ 名①溪澗；例深谿。②兩山夾峙的低谷；例封嶺臨迴谿。③家庭中的爭吵；例勃谿。④姓。形①虛空的；

例以危聽清，則耳谿極。②與谿谷相關的；例獨向谿翁乞畫屏。

參考①「谿」與「溪」音同形似而義近：「谿」，有溪澗、山谷二種意思；而「溪」則指山谷或平原中的水流。②字又作「谿」。

▽碧谿、山谿、水谿、小谿。

【豆部】ㄉㄡˋ

常 0

豆

形解 象形；上象器蓋，中象其容及校，下象底座形。盛脯醢的禮器為豆。

音義 ㄉㄡˋ 名①古代盛食物用的禮器，上下寬，中腰細而有蓋，多用陶或銅製成。②植豆類植物種子的通稱，品種很多，一般以結實成莢為其特徵；例黃豆。③形狀像豆粒般的東西；例花生豆。④古代量詞，以十六黍為一豆，六豆為一銖。⑤姓。

豆 ①

參考①擘荳、脰、逗、餖、痘、短、頭、豎。②俗又作「荳」。

15 **豆蔻年華** ㄉㄡˋ ㄎㄡˋ ㄋㄧㄢˊ ㄏㄨㄚˊ 比喻少女最美妙的時代。

▽俎豆、籩豆、竹豆、菽豆、豌豆、紅豆、土豆、綠豆、大豆、黃豆、毛豆、相思豆、目光如豆、種瓜得瓜種豆得豆。

常 3

豈

形解 形聲；從壴省，𢼸省聲。𢼸有輕微揚起的意思，所以慶祝戰勝的音樂為豈。

音義 ㄑㄧˇ 副①難道，怎麼，表示反問語氣；例周道倭遲，豈不懷歸？②加強反問的語氣；例豈有他哉？③其，表示祈使；例大王豈辱裁之！ ㄎㄞˇ 形和樂的，通「愷」；例豈弟。

參考①擘凱、剴、愷、皚、鎧、闓。②與「蚩」形近而音義各異：「蚩」，上從「屮」，下從「虫」，音ㄔ，有醜惡的意思。

6 **豈有此理** ㄑㄧˇ ㄧㄡˇ ㄘˇ ㄌㄧˇ 那有這個道理？

參考本詞係叱罵他人用語，含有貶損的意思。

常 4

豇

形解 形聲；從豆，江省聲。豆類名，豇豆為豇。

音義 ㄐㄧㄤ 名植一年生草本豆類植物，莖蔓生，纏繞攀升在他物的上面，葉為複葉，夏日開花，果實為長莢，含數粒種子，可供食用；例豇豆。

常 4

豉

形解 形聲；從豆，支聲。支有歧出的意思，所以用鹽調拌已發黴的熟豆，封閉於甕中，放在陰暗處為豉。

音義 ㄕˋ 名①動蟲名，浮游水面，夜間飛行，遭遇敵害，就施放毒氣以避之，形似豆而黑。②用黃豆或黑豆泡透蒸(煮)熟後，經發酵製成的食品；例豆豉。

參考①「豉」語音為ㄔˇ。②豉從豆從支，但不可讀成ㄍㄨˇ或ㄉㄡˋ。

常 8

豎

形解 形聲；從臤，豆聲。豆有直立的意思，臤為堅固，所以物堅挺直為豎。

音義 ㄕㄨˋ 名①侍宦小隸；例內豎。②童僕；例豎子。③書法直筆，永字八法為「努」，又稱「直」；例點、豎應分明，不可潦草。④姓。 動①使直立；例豎起。②扯掛或建樹；例豎了白旗。 形①跟地面垂直的；例豎琴。②上下或前後的方向；例豎行。

參考①「豎」與「堅」形似而音義不同：「豎」，從「臤」從「豆」，音ㄕㄨˋ，有直立的意思；而「堅」，從「臤」從「土」，音ㄐㄧㄢ，有牢固的意思。②同立，樹，建，直。③反倒，傾，橫。④字或作「竪」。

豌
常 8

形解 字本作「⿱夗豆」：形聲；從豆，夗聲。夗爲轉臥，所以豆實彎曲臥在豆莢內的豆爲豌。

音義 ㄨㄢ 名 植 豆科作物，果實成莢，子實、嫩莖都可食用；根上有根瘤，既可肥田，又有益於土壤的改造。

參考 ①字雖從宛，但不可讀成ㄨㄢˇ。②與「蜿」同音而義異：蜿，從虫，彎曲，如「蜿蜒」。

豏
次 10

形解 形聲；從豆，兼聲。兼有相合、相並的意思，所以半生不熟的豆子爲豏。

音義 ㄒㄧㄢˋ 名 豆餡。

豐
常 11

形解 象形；豆爲盛物器，上象盛物厚滿形。所以物的盛滿爲豐。

音義 ㄈㄥ 名 ①一種似豆而盤較低淺的盛酒器。②豐年；例仁生於歉，義生於豐。③姓。動 ①增多或加厚；例主豐其祿。②擴大；例豐其蔀，日中見斗。③塞滿；例豐滿。④收穫；例年穀常豐。形 ①豐盛的；例民豐物阜。②大而善美的；例豐福。③優厚的；例高爵豐祿。④茂密的；例在彼豐草。⑤潤滿的；例曲眉豐頰。⑥收成好的；例豐年。⑦容貌美好的；例豐姿。

參考 ①「豐」與「豊」形似而音義各異：「豐」，從「丰丰」從「豆」，音ㄈㄥ，爲酒器名；而「豊」，從「曲」從「豆」，音ㄌㄧˇ，爲古代祭祀時所用的禮器。②同 盈，滿，厚。③反 損，薄。

5 **豐功偉績** ㄈㄥ ㄍㄨㄥ ㄨㄟˇ ㄐㄧ 偉大的事績。

6 **豐收** ㄈㄥ ㄕㄡ 良好的收成。

豐衣足食 ㄈㄥ ㄧ ㄗㄨˊ ㄕˊ 衣服豐富，糧食充足。比喻生活過得非常富裕。

參考 與「錦衣玉食」有別：前者強調衣食很富足，形容生活舒適；後者強調衣食極爲精美，形容生活奢侈、豪華。

12 **豐腴** ㄈㄥ ㄩˊ (身體)豐滿。腴：肥胖而潤澤。

豐富 ㄈㄥ ㄈㄨˋ 充足富裕。

參考 與「豐富」、「豐滿」都指既多又足而言；但「豐富」可以形容抽象名詞，也可以形容具體事物；如：學識、經驗、物資、財富等數量大或種類多；「豐滿」一般只用於形容有形體的東西，如肌膚飽滿，體態健美或形態優美。

14 **豐滿** ㄈㄥ ㄇㄢˇ ㈠豐富充足。㈡肥胖。

20 **豐饒** ㄈㄥ ㄖㄠˊ 富裕充足。

▽新豐、羽毛未豐。

豔
常 21

形解 字本作「豔」：形聲；從豐，盇聲。盇爲覆蓋，豐有美盛的意思，所以容光蓋世照人爲豔。

音義 ㄧㄢˋ 名 ①美女；例燕姬趙女，衛豔陳娥。②色彩耀麗；例桃李賣搖豔。③楚國歌曲；例楚豔起行戚。④樂曲的序曲；例「大曲有豔。」動 ①羨慕；例新歌一曲令人豔。②以豔麗聞名；例豔名遠播。形 ①美麗的；例豔姿。②辭采贍富；例左氏豔而富。③與愛情方面有關的；例豔詩。副 傾倒的樣子；例豔稱新人之美，邀芸往觀。

參考 ①「豔」字又有豓、艷等寫法。②孿 豔。

12 **豔陽天** ㄧㄢˋ ㄧㄤˊ ㄊㄧㄢ 風和日麗的春天。

13 **豔羨** ㄧㄢˋ ㄒㄧㄢˋ 非常羨慕。例他的成功，好令人豔羨。

▽嬌豔、妖豔、濃豔、鮮豔、冶豔、哀感頑豔。

【豕部】ㄕˇ

豕
常 0

形解 象形；象豬首、身、尾形，取其腹部特肥的特徵。家豬爲豕。

音義 ㄕˇ 名 動 家畜之一種，即豬。

豗
次 3

形解 豗，蜥蜴之類的動物。

音義 ㄏㄨㄟ 名 轟擊聲；例喧豗。動 撞擊；例磊訇訇而相豗。

㊔ 4
豚
形解 會意；從豕，從肉。豕爲豬，小豬爲豚。

音義 ㄊㄨㄣˊ 名①小豬；例雞豚狗彘之畜。②泛稱豬；例饋豚。③姓。

參考「豚」與「豕」形似而音義各異：「豚」，音ㄊㄨㄣˊ，有小豬的意思；而「豕」，音ㄕˇ，爲豬隻。

16
豚蹄穰田 ㄊㄨㄣˊ ㄊㄧˊ ㄖㄤˊ ㄊㄧㄢˊ 用豬蹄供神以祈豐年，比喻犧牲雖小而希望報酬卻大。

▽海豚、河豚、豬豚、羊豚。

㊋ 4
豜
形解 字本作「豣」；形聲；從豕，幵聲。幵有平的意思，所以故稱與二歲豕的肩同高的三歲豕爲豜。

音義 ㄐㄧㄢ 名大豬。例獻豜于公。

㊋ 4
豝
形解 形聲；從豕，巴聲。母豬爲豝。

音義 ㄅㄚ 名①母豬；例壹發五豝。②大豬。③乾肉，通「羓」。

㊔ 5
象
形解 象形；象其頭、鼻、四足、尾形。大象。

音義 ㄒㄧㄤˋ 名①動現在陸地上最大的哺乳類，體高約三公尺，闊耳長鼻，鼻長筒形，能自由蜷曲，性溫馴，發達的門齒，是著名的雕刻原料，多生長於熱帶，分別產於非洲和亞洲；例印度白象。②「象牙」的略稱；例笏諸侯以象。③形貌，通「像」；例圖象。④現狀；例星象。⑤例傳譯；例象來致福。⑥道理或正義。⑦古樂舞名之一；例舞象。⑧易經諸傳之一，即象傳。⑨〔人〕舜後母弟的名字。⑩姓。動①效法。②模倣。③酷似；例爲其象人而用之也。形①用象牙製的；例象笏。②像象形的；例象尊。

參考①「象」與「相」音同都有形貌的意思，通常「象形」、「象徵」不作「相」；而「相面」、「吃相」、「長相」不作「象」。②同像。③擊像、橡。

15
象徵 ㄒㄧㄤˋ ㄓㄥ 藉具體的事物，表現出某種特殊的意義。例鴿子爲和平的象徵。

象齒焚身 ㄒㄧㄤˋ ㄔˇ ㄈㄣˊ ㄕㄣ 比喻人因多財而遭殃，如大象有長牙而遭到殺身之禍。

▽印象、氣象、具象、形象、現象、對象、抽象、天象、表象、易象、大象、景象、森羅萬象、包羅萬象。

㊔ 6
豢
形解 形聲；從豕，𢍏（弄）聲。悉有彎曲的意思，所以設圈欄飼養犬豕的事爲豢。

音義 ㄏㄨㄢˋ 名稱犬、豕等雜食類家畜；例理義之悅我心，猶芻豢之悅我口。動①飼養（牲畜）；例豢養。②誘惑。

參考①「豢」與「拳」形似而音義各不同：「豢」，從「𢍏」從「豕」，音ㄏㄨㄢˋ，有飼養的意思；而「拳」，從「𢍏」從「手」，音ㄑㄩㄢˊ，爲拳頭的意思。②同飼，養，餵。

15
豢養 ㄏㄨㄢˋ ㄧㄤˇ 比喻賤養。只存利用之心，而沒有敬愛的心意。

參考「豢養」、「餵養」、「飼養」都是動詞，都有「養育」的意思，但有別：「豢養」本指餵養牲畜，現在常用於人、國家等，表示被豢養的是供給豢養者驅使利用的工具，是貶義詞；「餵養」指給嬰孩或動物東西吃，並照顧其生活，使能成長；「飼養」指拿飼料去餵養動物，如牲口、禽類、獸類、魚類等。

㊔ 7
豪
形解 形聲；從豕，高聲。高有長的意思，鬣毛堅硬如筆管的野豕爲豪。

音義 ㄏㄠˊ 名①動嚙齒類哺乳動物，自肩部以下長著許多用於禦敵的長而硬的刺，以植物爲食，常危害農作物，肉可食用。體形似豬，亦名「箭豬」、「豪豬」。②智慧品德超羣的人；例大文豪。③有權勢的人；例土豪劣紳。④姓。形①有權勢的；例豪門。②灑脫的；例性豪業嗜酒。③勁猛的；例豪雨。副①強橫地；例巧取豪奪。②恣肆地；例劇談豪飲。③講義氣地；例豪擧。④有氣魄地；例豪放。

參考①「豪」字從「豕」與從「毛」的「毫」字都有細毛的意思，餘義則不同。②同傑，俠。③反懦，弱。④孳濠、壕。

8 **豪門** ㄏㄠˊ ㄇㄣˊ 比喻權貴家庭。亦稱「豪家」。

豪放 ㄏㄠˊ ㄈㄤˋ 意氣超邁，毫不受束縛。

12 **豪傑** ㄏㄠˊ ㄐㄧㄝˊ 才能出衆的英雄人物。

17 **豪邁** ㄏㄠˊ ㄇㄞˋ 豪放而不可羈勒。例氣節豪邁。

▽權豪、富豪、文豪、土豪、愛森豪、劣紳土豪。

次 7 **豨** 解形 形聲；從豕，希聲。豕奔走爲豨。

音義 ㄒㄧ 名動古大野豬；例封豨脩蛇。

常 8 **豬** 解形 形聲；從豕，者聲。者有聚集的意思，所以豕一胎產子十餘隻，幼時叢聚爲豬。

音義 ㄓㄨ 名①動家畜名，哺乳綱，偶蹄目，頭大，鼻成平面而長，吻也長，軀體肥滿，四肢矮小，其肉可食用，皮可製革，鬃可製刷子及其他工業原料，糞是優質肥料，並可生產沼氣以爲農林燃料，我國養豬已有五千多年歷史；例蘭嶼迷你豬。②古稱小豬。③水流儲集處，通「瀦」；例規偃豬。動聚積，通「瀦」；例大野旣豬。

參考①「豬」與「豕」同義而形音各異：文言多用「豕」，口語則用「豬」；二字在用法上古今有異。②同豕。③字或從犭(犬)作「猪」。④孳瀦。

▽山豬、豪豬、野豬、毛豬、箭豬、蠢豬、蘭嶼小豬。

常 9 **豫** 解形 形聲；從象，予聲。予有寬緩的意思，所以較大的象爲豫。

音義 ㄩˋ 名①安適；例逸豫可以亡身。②地古九洲之一。③地「河南省」簡稱；例豫皖一帶。④姓。動①遊樂；例吾王不豫，吾何以助？②悅樂。③參與，通「與」；例豫盟。④厭煩；例不豫兮。⑤哄擡；例魯之粥牛馬者不豫賈。形①虛詐的；例市無豫價。②河南的；例豫劇。副①事先地，通「預」；例凡事豫則立，不豫則廢。②徘徊地；例猶豫。

參考①「豫」與「預」都有參與，事先義，唯餘義則不同。②同喜，悅，怡，先。

▽猶豫、暇豫、不豫。

次 9 **豭** 解形 形聲；從豕，叚聲。叚有大的意思，所以公豕爲豭。

音義 ㄐㄧㄚ 名公豬；例豭豚。

次 10 **豳** 解形 形聲；從山，豩聲。古邑名爲豳。

音義 ㄅㄧㄣ 名古邑名，周的祖先公劉所立，今陝西栒邑縣西，同「邠」。

參考字亦作邠。

次 11 **豵** 解形 形聲；從豕，從聲。出生只有六個月大的小豬爲豵。

音義 ㄗㄨㄥ 名動小豬；例壹發五豵。

次 12 **豷** 解形 形聲；從豕，壹聲。豕的喘息爲豷。

音義 ㄒㄧˋ 名豬的喘息。

參考又音ㄧˋ。

次 12 **豶** 解形 形聲；從豕，賁聲。賁有敗壞不全的意思，所以去勢的豕爲豶。

音義 ㄈㄣˊ 名①閹豬。②方雄性的牲畜。

【豸部】 ㄓˋ

次 0 **豸** 形解 象形；象野獸伺機捕捉動物形。

音義 ㄓˋ 名動 ①無足蟲。②獬豸，古傳說中的能辨曲直而形狀似羊的獨角獸。動解決。

常 3 **豺** 形解 形聲；從豸，才聲。豺為狼的一種，聲音如狗，生性貪殘而行動迅捷為豺。

音義 ㄔㄞˊ 名動 獸名，哺乳綱，食肉目，與狼同類而異種，狀如犬而體形較小，口大耳小，喜羣居，性凶猛，生活在山林裏面。

參考 字或從犬作「犲」。

10 **豺狼** ㄔㄞˊ ㄌㄤˊ ㈠指兩種凶惡的野獸。㈡比喻貪婪殘暴的人。

豺狼當道 ㄔㄞˊ ㄌㄤˊ ㄉㄤ ㄉㄠˋ 比喻殘暴的壞人當權掌政。又作「豺狼當路」。

常 3 **豹** 形解 形聲；從豸，勺聲。動物名，形似虎，身上有圓形花紋為豹。

音義 ㄅㄠˋ 名 ①動獸名，大型貓科，哺乳綱，食肉目，像虎而體較虎小，背部有黑色斑點或花紋，速度極快，善奔走，毛皮可做被褥，種類多，如：雲豹、雪豹、金錢豹等。②姓。

參考 ①與「趵」音同而義異：趵，從足，有跳躍的意思。②「豹」字的聲母是ㄅ，音ㄅㄠˋ，不可唸作ㄆㄠˋ。

▽虎豹、獅豹、花豹、全豹、金錢豹、管中窺豹。

次 3 **豻** 形解 形聲；從豸，干聲。胡地野狗為豻。

音義 ㄏㄢˋ 名動 一種產於胡地的黑喙善守之野犬。

參考 又音ㄢˋ。

常 5 **貂** 形解 形聲；從豸，召聲。動物名，黃黑色的小獸，生性好攀緣高木，行動迅捷為貂。

音義 ㄉㄧㄠ 名 ①動鼬科，哺乳動物，身體細長，尾巴粗大，毛黃色或紫黑色，毛皮質佳，為珍貴皮革。紫貂是我國的珍貴毛皮獸，產於東北。

參考 我國東北三寶是：人參、貂皮和烏拉草。

▽花貂、狗尾續貂。

常 6 **貉** 形解 形聲；從豸，各聲。動物名，似兔、銳頭、尖鼻為貉。

音義 ㄏㄜˊ 名動 獸名，食肉犬科，哺乳動物。外形似狐而體較肥大而短尾，銳頭尖鼻，毛蓬鬆，耳短圓，穴居山林中，晝伏夜出。為我國重要的皮毛獸之一。

ㄇㄛˋ 名 古稱北方種族名之一；例貉在東北方，三韓之屬，皆貉類也。

ㄇㄚˋ 名 古代祭名，通「禡」；例「祭表貉。」

參考 ①ㄏㄜˊ語音唸ㄏㄠˊ，用於「貉子」、「貉絨」等詞。②「一丘之貉」的「貉」字，不可唸成ㄌㄨㄛˋ或ㄏㄨㄛˋ，應該唸ㄏㄜˊ。

▽一丘之貉。

常 6 **貊** 形解 形聲；從豸，百聲。猛獸名，體形大如驢，狀頗似熊，多力，能食鐵為貊。

音義 ㄇㄛˋ 名 ①動獸名，通「貘」。②古稱居住在東北部的種族名之一；例華夏蠻貊。③姓。動安靜，通「寞」；例貊其德音，其德克明。

參考 字雖從百，但不可讀成ㄅㄞˇ。

▽蠻貊。

次 6 **貆** 形解 形聲；從豸，亘聲。貉類為貆。

音義 ㄏㄨㄢˊ 名動 ①幼貉。②豪豬，通「狟」。

參考 作「幼貉」解，又音ㄒㄩㄢ。

次 6 **貅** 形解 形聲；從豸，休聲。休有結束的意思，人畜遇到牠，通常都無法保住性命的一種猛獸為貅。

音義 ㄒㄧㄡ 名動 貔貅，古傳說中的猛獸名。

常 7
貍 形解 貍 形聲；從豸，里聲。動物名，里有文理的意思，所以口方而身紋黃黑者爲貍。

音義 ㄌㄧˊ 名①動哺乳綱，食肉目，貓科，形較狐短肥，頭似貓，耳殼短闊，尖吻利齒，四肢短，尾毛長而蓬鬆，夜出獵食家畜，毛皮可製皮衣。②姓。動殺害；例伐子自貍。

ㄇㄞˊ 動掩埋，通「埋」；例以貍沈祭山林川澤。

參考 字或從犬作「狸」。

常 7
貌 形解 貌 形聲；從皃，豹省聲。因豹文華美，顯而易見，而人的容儀也是顯而易見爲貌。

音義 ㄇㄠˋ 名①面龐；例花容月貌。②人的外表；例貌合神離。③事物的樣子；例臺灣農村新面貌。④姓。動描繪；例命工貌妃於別殿。形外在的；例貌言，華也。副①樣子；例愉悅貌。②虛浮地；例王貌受之。

參考 ①「貌」從「豸」從「皃」，「皃」不可訛作「兒」(ㄦ)，也不可從「犭」(犬)。②同狀，態。

4 **貌不驚人** ㄇㄠˋ ㄅㄨˋ ㄐㄧㄥ ㄖㄣˊ 相貌平凡，沒有什麼特出之處。

6 **貌合神離** ㄇㄠˋ ㄏㄜˊ ㄕㄣˊ ㄌㄧˊ 表面上關係不錯，實質上却懷著兩條心。形容人與人之間，表面上關係好像很密切，而實際上卻各有各的打算。貌：外表；神：內心。又作「貌合心離」。

參考 與「同床異夢」有別：前者著眼於關係密切，或情投意合；後者著眼於一起做事，或一同生活。在實際情況方面，前者强調「離心離德」；後者强調「各有打算」。

7 **貌似** ㄇㄠˋ ㄙˋ 表面上相像（而實際上並非如此）。例貌似忠厚。

▽外貌、才貌、美貌、風貌、面貌、容貌、禮貌、形貌、全貌、綺年玉貌、堂堂相貌、郎才女貌、沉魚落雁之貌。

常 9
貓 形解 貓 形聲；從豸，苗聲。動物名，叫聲如苗者爲貓。

音義 ㄇㄠ 名①動獸名，哺乳綱，食肉目，頭圓齒銳，腳有利爪，腳底有肉墊行走無聲，善於捕鼠；例波斯貓。②姓。

ㄇㄠˊ 動彎腰；例貓腰。

參考 字或從犬作「猫」。

次 9
貒 形解 貒 形聲；從豸，耑聲。即貛，似豕而肥爲貒。

音義 ㄊㄨㄢ 名動似豕而肥的獸名，即今之豬貛。

參考 字雖從「耑」，但不可讀作ㄉㄨㄢ或ㄓㄨㄢ。

次 10
貔 形解 貔 形聲；從豸，毘聲。毘有身體柔軟的意思，所以稱體柔矯捷的豹類爲貔。

音義 ㄆㄧˊ 名動①豹屬的猛獸；例獻其貔皮。②「貍」的別名。

13 **貔貅** ㄆㄧˊ ㄒㄧㄡ 動猛獸名，屬哺乳綱，食肉目，豹屬。常用以比喻勇猛的軍隊。

貔

次 11
貙 形解 貙 形聲；從豸，區聲。區有大的意思，所以似狸而大的野獸爲貙。

音義 ㄔㄨ 名動大如狗，毛紋似狸的野獸。

次 11
貘 形解 貘 形聲；從豸，莫聲。莫有昏暗的意思，所以似熊而黃黑色的野獸爲貘。

音義 ㄇㄛˋ 名動奇蹄類貘科哺乳動物，似犀但較矮小，鼻較長，鼻端無角，向下方突出；例馬來貘。

貘

【貝部】ㄅㄟˋ

常 0
貝
形解 象形；象介殼二片形。水中生物為貝。

音義 ㄅㄟˋ 名 ①動 蚌、螺、蛤等帶殼軟體動物的總稱。②商周時代以貝殼作為通貨，稱作「貝貨」、「貝幣」；例古者貨貝而寶龜。③織成貝紋的錦緞；例厥篚織貝。④外 音譯字，為音響功能的計算單位；例分貝。⑤姓。

參考 孳 唄、狽、敗、鋇。

▽珠貝、螺貝、川貝、寶貝、貨貝、泉貝。

常 2
貞
形解 會意；從卜貝。卜、執貝祭神所以卜問吉凶為貞。

音義 ㄓㄣ 名 ①問卜的事情；例凡國大貞：卜立君，卜大封。②正直；例忠貞。③精誠；例齋不以其貞。④女子從一而終，夫死而不改嫁的懿行；例守貞。⑤棟樑，通「楨」；例吾欲以仲尼為貞幹，國其有瘳乎？⑥忠於信仰和原則，堅定不移的意志或情操；例堅貞。動 卜問；例以貞來歲之𡡉(美)惡。形 ①堅固的；例疾風知勁草，嚴霜識貞木。②正直耿介的；例貞士耿介而自束。

參考 ①「貞」與「眞」音同形近而義異：「貞」有正直，堅固的意思；而「眞」有自然，不虛假的意思。②同 正，定。②反 淫，悔。④孳 偵、楨、禎。

9 **貞亮死節** ㄓㄣ ㄌㄧㄤˋ ㄙˇ ㄐㄧㄝˊ 忠直信實，能為節義而死的德行。

25 **貞觀之治** ㄓㄣ ㄍㄨㄢˋ ㄓ ㄓˋ 史 唐太宗貞觀時期，政治清明，社會安定，經濟富足，國力強盛，聲威遠播，後世史家因而稱之。

▽女貞、忠貞、童貞、不貞、堅貞、守貞。

常 2
負
形解 會意；從人，守貝。貝為財貨，人守財貨而無虞匱乏，所以有所依恃為負。

音義 ㄈㄨˋ 名 ①戰敗；例勝負難分。②擔荷；例如釋重負。③婦女，通「婦」；例常從王媼武負貰酒。④姓。動 ①違棄；例忘恩負義。②憑藉；例負險頑抗。③虧欠；例負債累累。④背向；例負山面水。⑤遭受；例負傷。⑥連累；例負累。⑦承擔；例肩負。⑧享有；例久負盛名。形 與「正」相對；例負電。

參考 ①「負」與「付」音同而形義不同：「負」為擔荷的意思，「付」為授與的意思；「抱負」、「肩負」、「負債」不作「付」，而「付款」、「付託」不可作「負」。②同 叛，畔，背，反，倍，欠，虧。③反 正，勝。

4 **負日之暄** ㄈㄨˋ ㄖˋ ㄓ ㄒㄩㄢ 承受日光曝曬。比喻平凡人所能貢獻的平凡事物。

參考 同 野人獻曝。

8 **負疚** ㄈㄨˋ ㄐㄧㄡˋ 心中感覺不安，如獲罪戾。例負疚終生。

10 **負荊** ㄈㄨˋ ㄐㄧㄥ 背負荊條，即請罪受罰。例負荊請罪。

負荊請罪 ㄈㄨˋ ㄐㄧㄥ ㄑㄧㄥˇ ㄗㄨㄟˋ 背著荊條向人請罪。表示主動向對方認錯賠罪，請求責罰。荊：有刺的灌木，可以製成刑杖。

參考 反 興師問罪。

11 **負累** ㄈㄨˋ ㄌㄟˋ 無罪而受惡名。

負責 ㄈㄨˋ ㄗㄜˊ (一)擔負責任。(二)負債。

負荷 ㄈㄨˋ ㄏㄜˋ (一)擔任。例不勝負荷。(二)物 負載，即動力設備在單位時間內所生產的能量。

12 **負嵎** ㄈㄨˋ ㄩˊ 依恃地勢險固。嵎：山勢彎曲險要的地方。語出孟子·盡心下：「虎負嵎，莫之敢攖。」

負嵎頑抗 ㄈㄨˋ ㄩˊ ㄨㄢˊ ㄎㄤˋ 依靠險要的地勢，頑固地抵抗。指有所仗恃而拼命抗拒。

參考 反 束手就擒。

13 **負債累累** ㄈㄨˋ ㄓㄞˋ ㄌㄟˇ ㄌㄟˇ 形容積欠人家很多錢財。

16 **負擔** ㄈㄨˋ ㄉㄢ ㈠擔任的職責。㈡今稱依法令契約所肩負的義務。

▽自負、勝負、抱負、辜負、擔負、正負、背負、肩負、如釋重負。

常 3 **財** 形解 形聲；從貝，才聲。古人以貝為貨幣，所以一切珍貴的物品為財。

音義 ㄘㄞˊ 名①有價值的東西的總稱；例重義輕財。②金錢和物資；例錢財。③能幹而聰慧，通「才」；例有達財者。④姓。動制裁，通「裁」；例「財萬物」。副僅僅，通「纔」；例光為人沈靜詳審，長財七尺三寸。

參考①「財」從「貝」，為財貨的意思，與從「木」之「材」有木材、資質義者不同。②同才，裁，僅，劣，纔。

13 **財源** ㄘㄞˊ ㄩㄢˊ 錢財的來源。例財源滾滾。

14 **財閥** ㄘㄞˊ ㄈㄚˊ 壟斷金融的大資本家。

財團 ㄘㄞˊ ㄊㄨㄢˊ ㈠法以財產集合的私人團體，如私立學校、私立醫院、宗祠、祭田等是。㈡有時也用作貶義，指聚合財產，壟斷市場的團體。

參考財團法人。

▽家財、散財、資財、理財、發財、蓄財、貨財、錢財、和氣生財、仗義疏財、勞民傷財、添福招財。

常 3 **貢** 形解 形聲；從貝，工聲。由下獻上為貢。

音義 ㄍㄨㄥˋ 名①夏朝課稅制度名。②姓。動①古代屬國或官吏獻東西（尤其是特產）給君主；例進貢。②地方向中央或君主推薦人材；例諸侯歲獻，貢士於天子。③奉獻；例貢獻。

參考①同進，獻，薦。②孳嗊。

20 **貢獻** ㄍㄨㄥˋ ㄒㄧㄢˋ ㈠將地方上的特產奉獻給天子或中央政府。舊稱進貢。㈡今指把自己的力量、經驗獻給別人。

▽朝貢、鄉貢、歲貢、入貢、進貢、納貢。

次 3 **貤** 形解 形聲；從貝，也聲。也有向外施布的意思，所以東西移轉為貤。

音義 一ˋ 動移動；例貤封。

一ˊ 動①重複。②延展，通「迆」；例「貤丘陵。」

常 4 **販** 形解 形聲；從貝，反聲。買賤賣貴的行業為販。

音義 ㄈㄢˋ 名①溝通有無，從中贏取毛利的商賈；例菜販。②販賣貨物的小商人；例攤販。③商業行為。動①賣，售出；例販賣商品。②購入；例販賤賣貴。③商人買賣貨物；例販賣。

參考「販」含有「買進」與「賣出」二義，這種相反的二種意思，只有看上下文才能知道。

3 **販子** ㄈㄢˋ ˙ㄗ ㈠賣東西的人。例情報販子。㈡鄙稱從事某種工作的人。

參考同商人。

4 **販夫走卒** ㄈㄢˋ ㄈㄨ ㄗㄡˇ ㄗㄨˊ 小販和聽差，比喻專門操持賤業的平凡人。

參考同引車賣漿。

15 **販賣** ㄈㄢˋ ㄇㄞˋ 商人將貨品買入，再轉賣給消費者，以獲取利潤。

▽市販、商販、小販、菜販、攤販。

常 4 **責** 形解 形聲；從貝，朿聲。朿有傷人的意思，索求負欠，有如芒刺之傷人，所以索取為責。

音義 ㄗㄜˊ 名①本分應做的事物；例保鄉衛國，人人有責。②姓。動①索求；例歸其劍而責其金。②詰問；例責難。③懲罰；例數加笞責。④詈罵；例責備。⑤要求；例責己宜嚴，責人從寬。

ㄓㄞˋ 名虧欠的事物，「債」的古字；例馮諼為孟嘗君收責於薛。

參考①「責」字上半部的三橫畫，末筆宜較前二筆為長。②同攻，譴，咎。③反褒，獎。④孳債、幘、漬、嘖、簀。

6 **責任** ㄗㄜˊ ㄖㄣˋ ㈠本分所應做的

事情。(二)在道德或法律上，因某種行爲的結果，任人評論或處分。

責任感 ㄗㄜˊ ㄖㄣˋ ㄍㄢˇ 對工作認眞負責的心態。

責任事故 ㄗㄜˊ ㄖㄣˋ ㄕˋ ㄍㄨˋ 由於嚴重地不負責任或違反規章制度所造成的重大事故。

責有攸歸 ㄗㄜˊ ㄧㄡˇ ㄧㄡ ㄍㄨㄟ 責任有所歸屬。特指責任歸誰承擔是推卸不了的。攸：所。

12 **責備** ㄗㄜˊ ㄅㄟˋ (一)斥責處罰。(二)要求做到完美的地步。

責無旁貸 ㄗㄜˊ ㄨˊ ㄆㄤˊ ㄉㄞˋ 自己應盡的責任不能往旁人身上推卸。表示自己理應負起責任來。貸：推卸。

參考 ①與「義不容辭」有別：前者偏重在「責」，當强調是本身職責範圍內的，或者對某種行爲的結果理應承擔責任時，宜用之；後者偏重在「義」，當强調公正合理，按道義應該做的意思時，宜用之。②「責無旁貸」可以修飾自己，也可以形容他人。

14 **責罰** ㄗㄜˊ ㄈㄚˊ 懲治處罰。

19 **責難** (一) ㄗㄜˊ ㄋㄢˊ 責備，質問。(二) ㄗㄜˊ ㄋㄢˋ 期望別人做到難以達成的事務。

▽譴責、自責、重責、職責、卸責、負責、詰責、盡責、引咎自責、敷衍塞責、難辭己責。

常 4 **貫** 形解 會意；從毌貝。貝爲錢，毌爲穿物的形，所以用繩索穿錢而持之爲貫。

音義 ㄍㄨㄢˋ 名①古代貫穿銅錢的繩索；例京師之錢累巨萬，貫朽而不可校。②量詞，古以錢一千枚，穿成一串爲貫；例家財萬貫。③世居的地方；例籍貫。④體系；例理析條貫。⑤慣例；例仍舊貫，如之何，何必改作？⑥交錯編成的髮形，通常多用於兒童；例羈貫成童。⑦地古國名，在今山東曹縣南。⑧姓。動①穿通；例白虹貫日。②實行；例吾道一以貫之。③中的；例射則貫兮。④拴繫；例貫辭之落藻。⑤連續；例魚貫而入。⑥明達；例貫乎人情。⑦服侍。例「三歲貫汝，莫我肯顧。」⑧習慣。

ㄨㄢ 動拉引，通「彎」；例士亦不敢貫弓而報怨。

參考 ①「貫」字從「毌」(四畫)從「貝」，「毌」不可寫成「毋」(ㄇㄨˊ)或「母」(ㄇㄨˇ)。②「貫」與「慣」音同形似且都有習常義，然餘義則不同。③同穿，串。④擘慣。

7 **貫串** ㄍㄨㄢˋ ㄔㄨㄢˋ 連接相通。

參考 ①同連結，連接。②參閱「貫穿」條。

8 **貫注** ㄍㄨㄢˋ ㄓㄨˋ 集中注意力。

參考 與「貫注」、「灌注」、「灌輸」，都指注入，但有別：「貫注」指將全部精神集中投入某項工作或活動；「灌輸」多指思想上的傳授；「灌注」除表抽象的注入外，也指液體具體的注入。

9 **貫穿** ㄍㄨㄢˋ ㄔㄨㄢ 穿透，通徹。

參考 與「貫穿」、「貫串」、「貫徹」、「貫通」，都指從上到下、直通到底，都是動詞；但「貫穿」與「貫串」指連貫通徹，可帶賓語；「貫徹」指全部實現，也可帶賓語；唯「貫通」指連接，溝通，多不帶賓語。

11 **貫通** ㄍㄨㄢˋ ㄊㄨㄥ (一)通達無阻。(二)徹底明白。

參考 參閱「貫穿」條。

14 **貫徹** ㄍㄨㄢˋ ㄔㄜˋ 徹底明白。

參考 參閱「貫穿」條。

▽一貫、橫貫、縱貫、通貫、籍貫、連貫、魚貫。

常 4 **貨** 形解 形聲；從貝，化聲。化有變易的意思，所以可以權變交易的財物爲貨。

音義 ㄏㄨㄛˋ 名①有價値物品的總稱；例寡人有疾，寡人好貨。②商品；例聚天下之貨，交易而退。③詈駡人的話，猶白話的「東西」；例蹩脚貨。④姓。動①賄賂；例貨賂。②出賣；例以重價貨吳生。副買賣地；例貨得錢七千。

參考 ①「貨」從「化」從「貝」與從「代」而有借義的「貸」字音義不同。②同賄，賂，買，賣。③字雖從化，但不可讀成

14 **貨幣** ㄏㄨㄛˋ ㄅㄧˋ 經商業交易上所用的媒介物，俗指錢，具有交換、價值單位、儲存等功用。

▽奇貨、財貨、雜貨、通貨、百貨、黑貨、賤貨、濫貨、好貨、泊來貨、賣腰貨、來路貨、殺人越貨。

常 4

貪

形解 形聲；從貝，今聲。今有貪婪的意思，所以企圖將不義之財佔爲己有爲貪。

音義 ㄊㄢ 名慾望；例貪念。動①非分妄求而不遺漏；例貪多務得，細大不捐。②苟且而愛戀；例貪生怕死。③試探，通「探」；例捨狀以貪情。形無饜的；例「一人貪戾，一國作亂。」副酷愛地；例貪肩投壺不肯歸。

參考「貪」從「今」從「貝」，「今」不可訛作「令」。②「貪」與從「分」而有窮困義的「貧」字有別。③同婪，饕。④「貪」、「貧」有別：「貧乏」、「貧困」、「貧窮」的「貧」，字上面是從「分」，音ㄆㄧㄣˊ；「貪心」、「貪圖」、「貪念」的「貪」，字上面是從「今」，音ㄊㄢ。

5 **貪生怕死** ㄊㄢ ㄕㄥ ㄆㄚˋ ㄙˇ 譏人面臨危難時，卻屈辱苟活。也作「貪生畏死」。

6 **貪汚** ㄊㄢ ㄨ 收受人家的賄賂。

7 **貪求無厭** ㄊㄢ ㄑㄧㄡˊ ㄨˊ ㄧㄢˋ 一再索求，而不知滿足。厭，也作「饜」。

11 **貪婪** ㄊㄢ ㄌㄢˊ 貪求無厭。婪：貪欲。

參考參閱「得寸進尺」條。

14 **貪圖** ㄊㄢ ㄊㄨˊ 希望得到。

21 **貪贓枉法** ㄊㄢ ㄗㄤ ㄨㄤˇ ㄈㄚˇ 官吏貪取不應得的財物，不惜違背法律，寃枉好人。贓：偷竊或受賄所得的財物。

▽慳貪、猛貪、狠貪。

常 4

貧

形解 形聲；從貝，分聲。貝爲財貨，財貨愈分愈少爲貧。

音義 ㄆㄧㄣˊ 名困窮；例君子憂道不憂貧。動缺少；例富於萬篇，而貧於一字。形①窮困的；例貧戶。②不足的；例貧血。③反富。

參考參閱「貪」字條。②同窮。

5 **貧乏** ㄆㄧㄣˊ ㄈㄚˊ 缺少，不足。

5 **貧民** ㄆㄧㄣˊ ㄇㄧㄣˊ 無法供給自己或其依賴人口的生活，或是雖能供給而無法達到某一程度生活水準的人。

6 **貧血** ㄆㄧㄣˊ ㄒㄩㄝˋ 醫血液中紅血球數目不足，血紅素不夠，血液無法攜帶足夠的氧氣。症狀爲顏面蒼白，心悸亢進，頭痛，暈眩。

7 **貧困** ㄆㄧㄣˊ ㄎㄨㄣˋ 貧窮而生計困難。

12 **貧寒** ㄆㄧㄣˊ ㄏㄢˊ 貧窮困乏。

參考與「清寒」都指貧窮不富裕；但在程度上，前者較甚。

貧無立錐 ㄆㄧㄣˊ ㄨˊ ㄌㄧˋ ㄓㄨㄟ 比喻非常貧窮，連一小塊土地都沒有。錐：鑽孔用的尖銳器具。

16 **貧嘴** ㄆㄧㄣˊ ㄗㄨㄟˇ 形容多言而使人厭煩。

▽清貧、赤貧、劫富濟貧。

常 5

貯

形解 形聲；從貝，宁聲。宁有積儲的意思，所以積藏財貨爲貯。

音義 ㄓㄨˇ 動①積聚；例胸中貯千卷書。②等候，通「佇」；例延貯。

參考①「貯」與「儲」都有積聚的意思：習慣上，「貯木場」不作「儲」；而「儲蓄」、「儲備」不作「貯」。②同聚，積，蓄，儲。

常 5

貼

形解 形聲；從貝，占聲。占有臨近的意思，所以財物近身收藏爲貼。

音義 ㄊㄧㄝ 名文宋元戲劇中次要的旦角爲貼，今僅保留於少數地方戲中，京戲角色已無此名。動①質押；例貼錢。②黏合；例「貼紙補窗缺。」③補足；例貼現。④虧損；例這趟買賣，就是貼上老本也得幹。⑤挨近；例貼身侍衛。⑥平順；例熨貼朝衣拋戰袍。⑦適切；例貼切。副適宜地；例妥貼照顧。

參考①「貼」與「沾」形似音異而都有接近的意思，餘義則不同。②同黏。

4 **貼切** ㄊㄧㄝ ㄑㄧㄝˋ 適當。

7 **貼身** ㄊㄧㄝ ㄕㄣ ㈠合身。例這件衣服很貼身。㈡侍候左右的人。例貼身丫嬛。㈢貼近身體。

11 **貼現** ㄊㄧㄝ ㄒㄧㄢˋ 拿尚未到期的票據，貼補錢數充作利息，以便兌取現款。

12 **貼補** ㄊㄧㄝ ㄅㄨˇ 以額外的錢財或事物來補充。例貼補家用。

▽張貼、服貼、浮貼、黏貼、補貼、妥貼、招貼、體貼、服服貼貼。

常 5 **貶** 形解 形聲；從貝，乏聲。乏有隱暗狹小的意思，所以減損物價爲貶。

音義 ㄅㄧㄢˇ 名①評論；例褒貶。②給予低而不好的評價；例貶斥。動①降低；例貶值。②減損；例貶抑。③譴責；例采善貶惡。

參考①「貶」從「貝」從「乏」，卻不可讀成ㄈㄚˊ。②同黜，損，斥，降。③反褒，獎，勉。

7 **貶抑** ㄅㄧㄢˇ 一ˋ 壓抑，減損。

10 **貶值** ㄅㄧㄢˇ ㄓˊ 減低價值。

18 **貶謫** ㄅㄧㄢˇ ㄓㄜˊ 官吏有罪，降謫到邊遠的地方去。

▽褒貶、抑貶、一字褒貶、有褒有貶、先褒後貶。

常 5 **貳** 形解 形聲；從貝，弍聲。弍是古文二，所以一物成二爲貳。

音義 ㄦˋ 名①匹敵；例君之貳也。②副手；例立其貳。③副本；例掌六典、八則、八法之貳。④數目字「二」的大寫，多用於票證，帳目或收據等；例貳拾貳萬元整。⑤姓。動①背叛；例夫諸侯之賄聚於公室，則諸侯貳。②再次；例不貳過。③疑惑；例任賢勿貳。④另作打算；例子盍早自貳焉？⑤反間，兩面相好，一方委蛇，一方實交；例太叔命西鄙，北鄙貳於己。形①不堅定的；例帝未有貳心。②次等的；例帝館甥於貳室。

參考①「貳」從「貝」從「弍」，「弍」字下二橫畫，不可寫於上端，左旁從「弋」而不從「戈」。②同副，次。

4 **貳心** ㄦˋ ㄒㄧㄣ ㈠異心。㈡謀叛的心。

▽乖貳、不貳、離貳、負貳。

常 5 **費** 形解 形聲；從貝，弗聲。弗有拔取的意思，所以消耗財貨爲費。

音義 ㄈㄟˋ 名①財用；例粗糲之費。②費用；例水電費。③姓。動①花用；例惠而不費。②耗損；例費神傷魂。③應用無窮；例君子之道費而隱。形①言辭煩瑣的；例口費而煩。②光亮的，通「咈」；例費白日些。

ㄅㄧˋ 名①地春秋魯國季氏邑，今山東費縣西南。②姓。

參考①「費」與「花」都有消耗的意思，但二者餘義尚多，且不可通用。②同花，用。③反省。

10 **費神** ㄈㄟˋ ㄕㄣˊ ㈠以事煩人或感謝別人幫忙的客氣話。㈡消耗精神或心力。也作「費心」。

13 **費解** ㄈㄟˋ ㄐㄧㄝˇ 不好懂，使人不易了解。

14 **費盡心機** ㄈㄟˋ ㄐㄧㄣˋ ㄒㄧㄣ ㄐㄧ 挖空心思，用盡計謀。

▽會費、學費、經費、公費、消費、旅費、花費、浪費、破費、私費、自費。

常 5 **賀** 形解 形聲；從貝，加聲。加有增益的意思，所以用禮物相慶祝爲賀。

音義 ㄏㄜˋ 名①慶頌；例再圖申賀。②姓。動①奉禮祝頌；例四方來賀。②祝禱；例賀節。③慰勉；例景公迎而賀之。④佩帶，通「加」；例帶用軫賀之，結于後。⑤荷擔，通「荷」；例羣臣皆賀戟侍。⑥讚美，通「嘉」；例賀大國之襲于己。形禮祝的；例賀儀。

參考①「賀」與「祝」都有敬頌，禮敬的意思，習慣上「賀電」、「賀禮」不作「祝」；「祝壽」、「祝福」不作「賀」。②同喜，愛，悅，欣，歡，怡，懌。

6 **賀年片** ㄏㄜˋ ㄋㄧㄢˊ ㄆㄧㄢˋ 祝人新年

快樂的卡片。

13 **賀電** ㄏㄜˋ ㄉㄧㄢˋ 表示慶賀的電報。

14 **賀爾蒙** ㄏㄜˋ ㄦˇ ㄇㄥˊ [外][醫]體內產生的一種化學激素，經血液流至其他器官、細胞或組織，能產生特異功效，又分男性、女性二種。又稱「激素」、「內分泌」，或譯作「荷爾蒙」。

▽慶賀、祝賀、恭賀、朝賀、敬賀、道賀、電賀、拜賀、額手稱賀、可喜可賀。

(常) 5 貴

[形解] 形聲；從貝，臾聲。臾為「蕢」的古文，有堆高的意思，所以物價高昂為貴。

[音義] ㄍㄨㄟˋ [名]①地位尊顯；(例)高貴。②社會上某些上層人物；(例)權貴。③價格高昂；(例)往來販賤賣貴，家累千金。④「貴州省」的簡稱；(例)雲貴高原。⑤姓。[動]①值得重視；(例)太上貴德。②(價格)上揚；(例)洛陽紙貴。③畏懼；(例)貴大患若身。④以某種情況為可貴；(例)人貴有自知之明。[形]①高價的；(例)物價很貴。②尊貴的，表敬辭；(例)貴賓。③高官厚祿的；(例)達官貴人。④高品質的；(例)華貴。⑤敬稱他人用語；(例)貴姓大名。[副]尊崇地；(例)貴為天子。

[參考]①「貴」與「尊」都用於敬稱他人，習慣上「貴幹」、「貴庚」不作「尊」；而「尊夫人」、「尊翁」也不可作「貴」。②[同]尊，崇，尚。③[反]賤，卑。[辨]匱、櫃。

11 **貴族** ㄍㄨㄟˋ ㄗㄨˊ ㈠皇族。㈡家世顯貴的人。

14 **貴賓** ㄍㄨㄟˋ ㄅㄧㄣ 地位崇高的客人。

貴遠賤近 ㄍㄨㄟˋ ㄩㄢˇ ㄐㄧㄢˋ ㄐㄧㄣˋ 崇尚遠處的人物，而鄙視近處的。

15 **貴賣賤買** ㄍㄨㄟˋ ㄇㄞˋ ㄐㄧㄢˋ ㄇㄞˇ 貨物充裕時，廉價買入；不足時，高價賣出。漢武帝曾施行此法，既可平穩物價，政府又可從中獲利。

▽顯貴、高貴、尊貴、富貴、華貴、珍貴、嬌貴、昂貴、洛陽紙貴、紓尊降貴。

(常) 5 買

[形解] 會意；從网貝。网為張網，貝為財貨，所以網羅財貨，彼此交易為買。

[音義] ㄇㄞˇ [名]姓。[動]①用貨幣購取；(例)買櫝還珠。②求取；(例)買名求仕。③用金錢拉攏；(例)收買。

[參考]①「買」與「賣」形似音近而義異：「買」乃購入；「賣」為售出。②與「賈」有別：賈(ㄍㄨˇ)，有買入、售出的意思，多用於文言。③[同]市，酬，貿，賈。④[反]賣，售。

5 **買主** ㄇㄞˇ ㄓㄨˇ 購買貨物的人。

8 **買空賣空** ㄇㄞˇ ㄎㄨㄥ ㄇㄞˋ ㄎㄨㄥ ㈠交易所的投機買賣。㈡自己一無所有而招搖撞騙。

11 **買帳** ㄇㄞˇ ㄓㄤˋ ㈠領情。㈡承認對方的長處或力量而表示佩服或服從。

[參考]本詞多用於否定句，如：「這次買帳不買帳」；「不要買他的帳」。

15 **買賣** ㄇㄞˇ ㄇㄞˋ 金錢給付達到財產轉移的行為。

16 **買辦** ㄇㄞˇ ㄅㄢˋ ㈠主管採買貨物的人。㈡洋商的經紀人。

19 **買櫝還珠** ㄇㄞˇ ㄉㄨˊ ㄏㄨㄢˊ ㄓㄨ 購買藏珠木盒而歸還明珠，比喻本末倒置，取捨失當；抓著了次要的，卻丟了主要的。櫝：匣子。

▽購買、採買、競買、選買、洽買、新買、想買、只看不買。

(常) 5 貿

[形解] 形聲；從貝，卯聲。以貨物易錢財為貿。

[音義] ㄇㄠˋ [名]姓。[動]①以物易物；(例)氓之蚩蚩，抱布貿絲。②買賣；(例)貿易。③更迭；(例)「炎涼始貿，觸興自高」。④雜亂，通「瞀」；(例)是非相貿。[副]輕率或冒失地；(例)貿然。

[參考]①[同]買，市，賈，酤。②「貿」字是從貝卯聲，「貝」上的「刀」，並非刀劍的「刀」字。

8 **貿易** ㄇㄠˋ ㄧˋ ㈠買賣。㈡變更。

12 **貿然** ㄇㄠˋ ㄖㄢˊ 冒昧，輕率地，未經考慮地。

▽國貿、外貿、經貿。

常 5 **貸** 形解 形聲；從貝，代聲。代有借的意思，所以用財貨借人爲貸。

音義 ㄉㄞˋ 動①借入；例告貸。②借出，今商業簿記稱支借爲貸；例盡其家，貸於公。③施與；例貸贍元元。④推卸；例責無旁貸。⑤寬宥；例每具獄上聞，輒貸其死。ㄊㄜˋ 名誤失，通「忒」；例毋有差貸。動誤差；例宿離不貸。

參考①參閱「貣」字條。②同借。③字從「代」，不可誤作「伐」（ㄈㄚˊ）。

12 **貸款** ㄉㄞˋ ㄎㄨㄢˇ 金錢的借出。

▽寬貸、賑貸、借貸、差貸、告貸、責無旁貸。

常 5 **賁** 形解 形聲；從貝，卉聲。卉爲花卉，所以美麗的裝飾爲賁。

音義 ㄅㄧˋ 名①很好看的裝飾；例賁若草木。動①裝飾；例賁其須。②降臨；例手書遙賁。形華麗的；例白馬賁如。副寵信地；例賁臨。ㄅㄣ 名①勇士的代稱；例虎賁。②生食管與胃的連接處，爲胃的上口；例賁門。③姓。ㄈㄣ 名三隻腳的烏龜。形宏大的；例賁鼓維鏞。ㄈㄣˋ 名憤怒，通「憤」。動①高聳，通「墳」。②敗亡；例賁軍之將。

17 **賁臨** ㄅㄧˋ ㄌㄧㄣˊ 尊稱他人的光臨。例歡迎賁臨寒舍。

▽孟賁、虎賁。

常 5 **貽** 形解 形聲；從貝，台聲。台爲「怡」的初文，有喜悅的意思，所以贈物爲貽。

音義 ㄧˊ 名①贈品；例餽貽。②姓。動①贈送；例相貽。②遺留，通「遺」；例貽患無窮。

參考①「貽」的本字爲「詒」，後世多借「貽」爲「詒」。②同贈，送，饋。

10 **貽笑大方** ㄧˊ ㄒㄧㄠˋ ㄉㄚˋ ㄈㄤ 見笑於有學問的人。

15 **貽誤** ㄧˊ ㄨˋ 耽誤。例貽誤戎機。

▽敬貽、相貽。

次 5 **貺** 形解 形聲；從貝，兄聲。兄有增益的意思，所以將財貨賜人爲貺。

音義 ㄎㄨㄤˋ 副名稱別人的贈品或恩惠；例施貺寡人。動賜贈；例貺之以大禮。

次 5 **貰** 形解 形聲；從貝，世聲。世有向後延引的意思，所以先取物後付錢爲貰。

音義 ㄕˋ 名地春秋宋地名，今山東曹縣南。動①租借；例貰屋。②赦免；例因貰其罪。③賒欠；例村醪何處貰？

常 6 **賅** 形解 形聲；從貝，亥聲。亥有極盡的意思，所以兼該遍及爲賅。

音義 ㄍㄞ 動①完備；例「兼賅古今方國之音。」②兼，包括；例舉此以賅彼。形贍富的；例言簡意賅。

參考①「賅」從「貝」從「亥」，與從「言」的「該」都有具備義，餘義則不同。②同具，備。③字雖從亥，但不讀成ㄏㄞˋ。④字本作賌。

12 **賅博** ㄍㄞ ㄅㄛˊ （知識、學問）淵博。

▽言簡意賅。

常 6 **賊** 形解 字本作「賊」：形聲；從戈，則聲。則爲以刀分貝，今以戈刀毀貝，毀壞爲賊。今字從貝從戎作「賊」。

音義 ㄗㄟˊ 名①偷竊者；例賊去關門。②叛亂者；例漢賊不兩立。③禍國殃民者；例國賊。④敵軍；例上馬殺賊。⑤食穀物的害蟲；例降此蟊賊。⑥姓。動①破壞；例若欲飾之，乃是賊之。②傷害；例賊民。③殺害；例賂盜以賊一夫於晋。④狡猾；例老鼠眞賊。形①叛逆的；例賊臣。②敗壞的；例舉滅其賊心。ㄗㄜˊ 副殘酷地；例賊害忠德。形機詐的；例賊頭賊腦。

參考①賊（ㄗㄜˊ）除專有名詞

外，語音讀做ㄗㄟˊ。②「賊」從「貝」從「戎」（音ㄖㄨㄥˊ），「戎」不可作「戒」（音ㄐㄧㄝˋ）。③同偷，竊，盜，壞。

7 **賊走關門** ㄗㄟˊ ㄗㄡˇ ㄍㄨㄢ ㄇㄣˊ 比喻平時沒有防備，出了事故後，才知道警惕。

12 **賊喊捉賊** ㄗㄟˊ ㄏㄢˇ ㄓㄨㄛ ㄗㄟˊ 比喻壞人為了逃脫罪責，轉移目標，迷惑大衆，反指別人是壞人。

16 **賊頭賊腦** ㄗㄟˊ ㄊㄡˊ ㄗㄟˊ ㄋㄠˇ 形容躲躲閃閃，鬼鬼祟祟的模樣。

▽盜賊、山賊、逆賊、叛賊、烏賊、賣國賊、大盜小賊。

常 6
資
形解 形聲；從貝，次聲。次為排比，排比財物為資。

音義 ㄗ 名 ①財物；例旅即次，懷其資。②費用；例酒資。③「資本持有者」的省稱；例勞資對立。④資歷的年限；例年資。⑤稟賦；例英資勃勃。⑥通貨；例融資。⑦材料；例談資。⑧乾糧；例惟是脯資餼牽竭矣！⑨姓。動 ①憑藉；例資之深，則取之左右逢其源。②博取；例以資一粲。③給與；例王資臣萬金。④幫助；例資敵者死。⑤賄賂；例若資東陽之盜。⑥提供；例以資參考。⑦商量或謀畫，通「咨」；例事君先資其言。形 鋒利的；例故陳資斧，而人靡畏。

參考 ①「資」與「貲」音同形近而都有財貨的意思，此外餘義甚多而不同。②同助，輔，翼，佐，執，把，秉，操。

7 **資助** ㄗ ㄓㄨˋ 用財物幫助他人。

10 **資料** ㄗ ㄌㄧㄠˋ 可供參考或研究的材料。

資格 ㄗ ㄍㄜˊ ㈠參加某種工作或活動所應具備的條件或身分。㈡指從事某種工作或活動的經歷深淺。例資格老。

11 **資產** ㄗ ㄔㄢˇ ㈠財產。㈡商 商業簿記上稱有交換價值的物和權利，與「負債」相對。

13 **資源** ㄗ ㄩㄢˊ ㈠可以利用的自然物質或人力。㈡地 廣西縣名之一，位於省境東北，與湖南省交界。

15 **資質** ㄗ ㄓˋ 天生的稟賦。例資質愚昧。

▽軍資、合資、天資、投資、物資、勞資、工資、薪資、川資、出資、師資、賭資。

常 6
賈
形解 形聲；從貝，襾聲。襾有反覆蓋合的意思，所以交易的場所為賈。

音義 ㄐㄧㄚˇ 名 ①古同「價」。②姓。

ㄍㄨˇ 名 ①商品；例多錢善賈。②商人；例良賈。動 ①買入；例賈馬。②賣出；例賈至千萬。③招致；例賈禍。④索求；例謀于衆不以賈好。⑤估價，通「估」；例吒其大小而賈之。

參考 ①「賈」有買、賣二義，唯有看上下文才能明曉其意思。②「賈」從「襾」從「貝」，與從網（网、罒）的「買」字有別。③同沽，售，買，賣。

▽商賈、善賈、良賈、餘勇可賈。

常 6
貲
形解 形聲；從貝，此聲。此有小的意思，受到小刑罰，用財自贖為貲。

音義 ㄗ 名 ①財貨，通「資」；例司馬長卿竊貲於卓氏。②漢代賦稅名，以未成年人為徵收對象；例漢律：訾錢二十三。③方 匈奴語稱「奴婢」為「貲」；例貲虜。動 計算；例耗費不貲。

參考 ①「貲」與「訾」音同形近都有財貨的意思，此外餘義則不同。②參閱「資」字條。③同資，財，貨。

常 6
賃
形解 形聲；從貝，任聲。任有用的意思，拿人錢財，受雇於人為賃。

音義 ㄌㄧㄣˋ 名 僱用的傭人；例芻米僕賃之資是急。動 ①受僱於人；例居廡下，為人賃舂。②租借；例租房賃屋。

參考 ①「賃」字讀音做ㄖㄣˋ。②「賃」字從「任」從「貝」，「任」字中間的橫畫較長。③同租，借，僱，傭。

▽租賃、傭賃、貸賃。

常 6
賄
形解 形聲；從貝，有聲。擁有財帛爲賄。

音義 ㄏㄨㄟˋ 名①財貨；例竊賄爲盜。②不正當得來的錢財；例受賄。動贈送財物收買別人以求有利於己；例賄賂。副行賄地；例賄選。形貪吝的；例貪賄信讒。

參考①又音ㄏㄨㄟˇ。②「賄」從「貝」從「有」，但不可讀成ㄧㄡˇ。③同賂。

13 **賄賂** ㄏㄨㄟˋ ㄌㄨˋ 用金錢、財物收買別人，進行不正當活動的行爲。例賄賂公行。

常 6
賂
形解 形聲；從貝，各聲。各有來到的意思，所以贈送人財物以相請謁爲賂。

音義 ㄌㄨˋ 名贈送的財物；例取賂而還。動有目的的贈與或用財物買通別人；例行賂。

參考①「賂」從「貝」從「各」，不可讀成ㄌㄨㄛˋ。②同賄。

▽賄賂、厚賂、重賂、行賂。

常 7
賑
形解 形聲；從貝，辰聲。辰有動的意思，所以錢財流通，資財饒富爲賑。

音義 ㄓㄣˋ 名救濟品；例以工代賑。動①救濟；例賑災。②供應；例主簿賑粥。形富饒的；例鄉邑殷賑。

參考①「賑」從「貝」從「辰」，與「賬」從「貝」從「長」形似而義異：「賑」，爲救助的意思；「賬」爲財務收支的紀錄。②「賑」從「貝」從「辰」，但不可讀成ㄔㄣˊ。③同贍，賙，濟。

17 **賑濟** ㄓㄣˋ ㄐㄧˋ 以財物救濟災荒。

常 7
賓
形解 形聲；從貝，宀聲。宀有相合的意思，所以受尊敬的人爲賓。

音義 ㄅㄧㄣ 名①客人；例相敬如賓。②古代戲曲稱對白爲「賓」；例賓白。③姓。動①以賓禮相待；例賓于四門，四門穆穆。②順從；例其不賓也久矣！③導引；例寅賓出日。副尊敬地；例賓禮長老。

ㄅㄧㄣˋ 動擯除，通「擯」。

參考①「賓」與「彬」音同，形義各不同：「賓」，有客人、服從的意思；而「彬」，有禮貌的意思。②同客。③反主。④孳儐、濱、擯、繽、檳、鑌、髕。

5 **賓主盡歡** ㄅㄧㄣ ㄓㄨˇ ㄐㄧㄣˋ ㄏㄨㄢ 賓客和主人都能得到盡情歡愉。

6 **賓至如歸** ㄅㄧㄣ ㄓˋ ㄖㄨˊ ㄍㄨㄟ 客人來到這裡，就像回到家裡一般。形容因招待周到、殷勤、熱情而令人感到溫暖。

17 **賓館** ㄅㄧㄣ ㄍㄨㄢˇ ㈠專作招待貴賓住宿的地方。㈡小型旅店的雅稱。

▽外賓、嘉賓、貴賓、國賓、上賓、來賓、入幕之賓、相敬如賓。

常 7
賒
形解 形聲；從貝，佘聲。佘與余古爲一字，余有寬緩的意思，所以先購物而後付帳爲賒。

音義 ㄕㄜ 名①所欠的帳；例賒帳。忍窮禁貸賒。②侈費，通「奢」；例楚楚衣服，戒在窮賒。動①買物先用而遲緩收款或付款；例賒購。②寬有。③鬆弛。④消除；例賒恨。形①長久的。②遙遠的。③稀少的。④灑脫的。⑤遼闊的。助也，語助詞，通「吵」。

參考①「賒」字從「貝」從「佘」(ㄕㄜ)，「佘」字從「示」，與「余」(音ㄩ)有別，也不可讀成ㄩ。②同貸，欠。

4 **賒欠** ㄕㄜ ㄑㄧㄢˋ 欠債，不給錢。例小本生意，恕不賒欠！

次 7
賕
形解 形聲；從貝，求聲。求有乞助於人的意思，所以用財物祈求免罪責爲賕。

音義 ㄑㄧㄡˊ 名賄賂；例受賕枉法。

16 **賕謁** ㄑㄧㄡˊ ㄧㄝˋ 行賄賂以求見。賕：賄賂。

常 8
賠
形解 形聲；從貝，咅聲。咅有吐出的意思，所以支出財物以予人爲賠。

音義 ㄆㄟˊ 動①償淸債務；例賠款。②補償損失；例賠償。

③虧損，多指商業資本未能收回；例殺頭的生意有人問，賠本的生意沒人做。④向人道歉或認錯，通「陪」；例賠禮。

參考①「賠」與「陪」音同形似，都有償還的意思，而餘義則不同：然「賠錢」、「賠本」不作「陪」；「陪伴」的「陪」不作「賠」。②同虧，蝕。③反賺。④「賠」、「陪」、「倍」、「培」有別：「賠」ㄆㄟˊ，字從「貝」，如賠償、賠款；「陪」ㄆㄟˊ，從「阝」（左阜），如陪伴、陪襯；「倍」ㄅㄟˋ，從「人」，如倍數、事倍功半；「培」ㄆㄟˊ，從「土」，如培養、栽培。

12 **賠款** ㄆㄟˊ ㄎㄨㄢˇ ㈠賠償損失的款項。㈡戰敗國向戰勝國賠償損失和作戰的費用款項。

17 **賠償** ㄆㄟˊ ㄔㄤˊ 償還損失。

賠償金 ㄆㄟˊ ㄔㄤˊ ㄐㄧㄣ 賠償損失的款項

18 **賠禮** ㄆㄟˊ ㄌㄧˇ 道歉。

▽理賠、虧賠、暗賠、穩賺不賠。

常 8 **賦** 形解  形聲；從貝，武聲。武有強制執行的意思，所以斂取貨稅爲賦。

音義 ㄈㄨˋ 名①原指國民所出的勞役、兵役等，後來專指田地稅；例田賦。②軍隊；例請帥王賦。③文我國古代文體之一，是一種韻文形式，文格介於「詩」與「散文」之間，源於戰國，盛行於兩漢，其後代有不同；例赤壁賦。④詩經六義之一；例賦、比、興。⑤資質；例天賦。動①給與；例天賦人權。②稟受；例天賦。③公布，通「敷」；例明命使賦。④吟詠；例橫槊賦詩。⑤撰寫；例飲酒賦詩。⑥索取；例嘗爲吏，賦於民。⑦比擬；例么蓬已落詩人手，不把潘妃賦洛妃。

參考①「賦」與「付」音同形異，然都有給予的意思：但「賦」多偏重內在的稟持，如：「賦性」、「天賦」；而「付」多偏向外在的授與，如「支付」、「付託」。②與「賻」同音而義異：賻，從貝，爲奠儀。③「賦」從「貝」從「武」，但不可讀成ㄨˇ。④同授，與。

8 **賦性** ㄈㄨˋ ㄒㄧㄥˋ 天賦本性。

12 **賦閒** ㄈㄨˋ ㄒㄧㄢˊ 晉代潘岳辭官在家，作閑居賦，後因稱失業無事爲賦閒。

賦稅 ㄈㄨˋ ㄕㄨㄟˋ ㈠租稅。春秋以前，君主除了從農民助耕土地直接取得產物外，又從臣僕取得勞役和實物的貢納。後代通常指以戶、丁、地爲征稅對象的戶口稅和土地稅。㈡田賦和各種稅捐的總稱。

13 **賦詩** ㄈㄨˋ ㄕ 作詩。

▽貢賦、詩賦、辭賦、租賦、天賦、田賦、歌賦、稅賦、悉索敝賦。

常 8 **賤** 形解 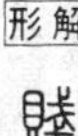 形聲；從貝，戔聲。戔有細小的意思，所以低價爲賤。

音義 ㄐㄧㄢˋ 名①卑微的身分；例安貧樂賤。②責罵別人的話；例下賤。③姓。動①輕視；例貴古賤今。②降低（價錢）；例賤價求售。③厭惡；例賤惡。④瞧不起；例人皆賤之。形①低廉的；例賤價。②謙辭，稱有關自己的；例賤內。③拙劣的；例賤工。④卑微的；例下品無高門，上品無賤族。⑤輕佻而不自重的；例賤行。

參考①同鄙，野，俚。②反貴，豪。③孳濺。

▽貴賤、窮賤、卑賤、微賤、貧賤、低賤、輕賤、下賤、買貴賣賤。

常 8 **賬** 形解 形聲；從貝，長聲。字本作「帳」：形聲；從巾，長聲。用長巾登錄財務收支者爲帳。俗作「賬」。

音義 ㄓㄤˋ 名①登錄財務收支的簿據，同「帳」；例查賬。②債務；例討賬。③人所做的行爲；例不認賬。

參考①「賬」與「帳」當作財務紀錄時，彼此通用，餘義則不同。②「賬」從「貝」從「長」，與從「月」從「長」而有膨大義的「脹」字不同。③參閱「脹」字條。

5 **賬目** ㄓㄤˋ ㄇㄨˋ 賬目上所記載的項目。

13 **賬號** ㄓㄤˋ ㄏㄠˋ 賬冊的號碼或編號。

▽買賬、賣賬、付賬、結賬、欠賬、死不認賬。

常 8 賜

解形 形聲；從貝，易聲。易爲變易，所以將財貨給人爲賜。

音義 ㄙˋ 名①恩典；例民到於今受其賜。②贈品，通常指上送給下的禮物；例賞賜。③贈予的儀節；例三賜不及馬車。④盡止，通「儩」；例若循環之無賜。⑤姓。動①上級對下級，長輩對晚輩的給予；例君賜車馬。②任命；例賜爵。

參考①「賜」語音唸ㄘˋ。②「賜」舊指上對下的給予，今則以尊稱他人的恩惠及贈予，如：「敬請惠賜一票。」③同錫，給，賚。④反受。

11 **賜教** ㄙˋ ㄐㄧㄠˋ 請人指教的敬辭。

▽恩賜、惠賜、賞賜、天賜、厚賜、欽賜。

常 8 賢

解形 形聲；從貝，臤聲。臤有堅實的意思，所以多財爲賢。

音義 ㄒㄧㄢˊ 名①品德端正具有才幹的人；例見賢思齊。②姓。代第二、三人稱的敬稱，同「公」、「君」；例「醉中對客眠何害？須信陶潛未若賢。」動①尊崇；例君子賢其賢而親其親。②勝過；例某賢於某若干倍。③辛勞。④優渥；例諸侯相親，賢於兄弟。形①良善的；例賢內助。②對人的敬稱，只適用於同輩或晚輩；例賢弟。

ㄒㄧㄢ 名大的孔洞。

參考①「賢」與「善」都可指品德良好，「賢」除此之外，尚有才幹練達的意思。②同善，優，勝。③反愚。

4 **賢內助** ㄒㄧㄢˊ ㄋㄟˋ ㄓㄨˋ 妻的美稱。

▽聖賢、先賢、忠賢、英賢、俊賢、前賢、先聖先賢、尊老敬賢。

常 8 賣

解形 形聲；從出，買聲。買是以財貨交換財貨，所以售出貨物予人爲賣。

音義 ㄇㄞˋ 名姓。動①售出；例賤買貴賣。②拿國家民族、親友等作交易，換取自己的私利；例賣友求榮。③拿出東西換得錢財；例買賣。④炫耀；例賣名聲於天下。⑤盡量用出；例賣力。⑥故意表現自己；例賣弄玄虛。⑦歪斜；例唐狀元把個頭往左一賣。

參考①「賣」字中從「罒」而不作「四」。②參閱「買」、「賈」條。③同沽，酤，售，賈。④反買。

7 **賣弄風情** ㄇㄞˋ ㄌㄨㄥˋ ㄈㄥ ㄑㄧㄥˊ 故意展示出自己風騷艷媚的情韻。

參考 本詞只能用來形容婦女，男性則不適用。

8 **賣官鬻爵** ㄇㄞˋ ㄍㄨㄢ ㄩˋ ㄐㄩㄝˊ 在上位的人，出賣官爵，以斂取財物。鬻：賣。

18 **賣關子** ㄇㄞˋ ㄍㄨㄢ ㄗˇ 指人說話在緊要關頭故作神祕，吊人味口而不肯明講。

▽公賣、出賣、賤賣、廉賣、拍賣、大拍賣、現買現賣、囤積不賣。

常 8 賞

解形 形聲；從貝，尚聲。尚有增加的意思，所以加賜有功爲賞。

音義 ㄕㄤˇ 名①嘉獎；例先濟者有賞。②賞賜或獎賞的東西；例領賞。③姓。動①用財物賜贈予人；例賞賜。②欣賞；例恨無知音賞。③稱讚；例善則賞之。④獎勵；例賞善罰惡。⑤敬稱他人施惠於己；例賞光。⑥崇尚，通「尚」；例賞賢使能。

參考①「賞」與「償」形類而音義各不同：「賞」，音ㄕㄤˇ，有獎勵的意思；「償」，讀ㄔㄤˊ，有抵當、歸還的意思。②同欣，悅，喜，獎。③反罰。④孿償。

4 **賞心悅目** ㄕㄤˇ ㄒㄧㄣ ㄩㄝˋ ㄇㄨˋ 心靈和眼睛的雙重享受。

15 **賞賜** ㄕㄤˇ ㄘˋ ㈠尊長把財物分給晚輩。㈡把財物頒給有功之人。

19 **賞識** ㄕㄤˇ ㄕˋ 認識到別人的才能或作品的價值而予以重視或讚揚。

▽觀賞、鑑賞、激賞、懸賞、欣賞、玩賞、嘆賞、獎賞、孤芳自賞、雅俗共賞、論功行賞、擊節歎賞、人人有賞。

常 8 **質** 形解 會意；從貝從斦。斦從二斤，有兩相等比的意思，所以用財貨相抵押為質。

音義 ㄓˋ 名①箭靶；例質的。②事物的根本特性；例本質。③基礎；例君子以義為質。④物所呈現的形態；例電解質。⑤質料，構成事物的材料；例菠菜含有鐵質。⑥質量；例按質論價。⑦稟賦；例資質。⑧誠信；例君子有過，則謝以質。⑨古代刑具名，殺斬用的木墊，通「櫍」、「鑕」；例「解衣伏質。」⑩姓。形淳樸的；例遺華反質。動詢問或反詰；例質問。

ㄓˋ 名①契約；例質劑。②古稱初次相見所持的禮物，通「贄」；例庶人不傳質為臣。動扣押，以取信於人；例燕太子質於秦。

參考①「質」與「資」發音部位相同而發音方法不同，形體相近，易生譌誤：「質」有物體本質的意思，如：質樸、質地不作「資」；「資」有財貨、稟賦的意思，如：資料、資格、資俸不可作「質」。②哲學範疇，指從本質上表明一事物區別於他事物之間質的差別的表現。③擊躓。

8 **質押** ㄓˋ ㄧㄚ 債務人以動產作擔保，向債權人貸款。

參考①「質押」與「抵押」均是債務人以財產作擔保，向債權人貸款。前者以動產為擔保品，後者則以不動產。②法文並無「質押」一詞，係新聞用語而已。

8 **質直好義** ㄓˋ ㄓˊ ㄏㄠˋ ㄧˋ 心地樸質，性情爽直，做事講求義理。

10 **質料** ㄓˋ ㄌㄧㄠˋ 原料，材料。

質問 ㄓˊ ㄨㄣˋ ㈠質疑。㈡詰問，有問罪的意思，含有貶損的意思。

13 **質詢** ㄓˊ ㄒㄩㄣˊ 〔政〕民意代表向政府官員提出有關施政上的詢問。不論答覆如何，均不得辯論、表決。

14 **質疑** ㄓˊ ㄧˊ 心中懷疑，提出問題，請人講明。

16 **質樸** ㄓˊ ㄆㄨˊ 樸實而不華麗。

參考①參閱「淳樸」條。②也作「質朴」。

▽氣質、美質、資質、實質、性質、素質、體質、地質、物質、本質、變質、品質、才質、纖纖弱質。

常 8 **賭** 形解 形聲；從貝，者聲。者有聚集的意思，所以聚集錢財，以博勝負為賭。

音義 ㄉㄨˇ 名①博奕，以金錢為注比賽輸贏；例九賭十輸。②泛指爭輸贏的事；例打賭。動①比輸贏；例洞裏爭棋不賭錢。②懷持；例賭氣。③立誓；例賭咒。形嗜賭的；例賭徒。

參考①「賭」與「睹」音同形近而義異：「賭」，有爭較贏輸的意思，如賭博；「睹」，有看見的意思，如目睹一切。②與「堵」有別：「堵」，從土，有牆垣的意思。③同博，奕。

8 **賭咒** ㄉㄨˇ ㄓㄡˋ 發誓。

▽聚賭、豪賭、嗜賭、下賭。

次 8 **賙** 形解 形聲；從貝，周聲。周有完備的意思，所以供給財物以應人之需為賙。

音義 ㄓㄡ 動救助；例賙人之急。

次 8 **賡** 形解 形聲；从貝，庚聲。庚有續義，所以貝更迭相聯屬為賡。

音義 ㄍㄥ 動①連續；例賡續。②償還；例賡酬。③古同「續」。

次 8 **賨** 形解 形聲；從貝，宗聲。古時南蠻賦稅名為賨。

音義 ㄘㄨㄥ 名 史 古西南邊疆民族名。

次 8
賚 形解 形聲；從貝，來聲。來有賜予的意思，所以賜予財物爲賚。
音義 ㄌㄞˋ 名 文 詩經・周頌篇名之一。動 賞賜；例 予其大賚汝。

常 9
賴 形解 形聲；從貝，剌聲。剌有乖戾不正常的意思，所以額外多得的餘利爲賴。
音義 ㄌㄞˋ 名 ①盈餘；例 相語以利，相示以賴。②利益；例 君得其賴。③ 地 春秋國名：一說今湖北省隨縣北，一說河南省汝南縣。④膿瘡，通「癘」；例 漆身爲賴。⑤姓。動 ①依靠；例 一人有慶，兆民賴之。②拖欠；例 賴賬。③誣指；例 誣賴。④不承認，通「讕」；例 抵賴。形 怠惰的，通「懶」；例 富歲子弟多賴。
參考 ①「賴」左從「束」，不作「束」；右上作「刀」。②同 憑，恃，依，據。③擊 懶、瀨、籟、癩。

5
賴皮 ㄌㄞˋ ㄆㄧˊ ㈠不承認自己所作的約定。㈡不知羞恥，不斷糾纏。

▽依賴、信賴、無賴、仰賴、抵賴、耍賴、矢口抵賴、百無聊賴。

次 9
賵 形解 形聲；從貝，冒聲。冒有覆冒的意思，所以用衣物贈死者，使其屍骨得有覆蔽爲賵。
音義 ㄈㄥˋ 名 古送給喪家用來陪葬死者的車馬或財物。
參考 反 賻。

常 10
賺 形解 字本作「賺」：形聲；從貝，廉聲。廉有旁軌的意思，所以憑高價獲利爲賺。俗作「賺」。
音義 ㄓㄨㄢˋ 名 文 宋代一種說唱曲藝，雜綴流行樂曲所編成，又名「唱賺」、「賺詞」。動 ①贏取（錢財）；例 賺錢。②詐騙；例 不想差一使去，果然賺得韓信回朝。
ㄗㄨㄢˋ 動 欺詐；例 賺人。
參考 ①「賺」字從「貝」從「兼」，「兼」字不可誤作「秉」。②同 贏。③反 賠，虧，損。

常 10
購 形解 形聲；從貝，冓聲。冓有相交的意思，所以用財貨交易所欲爲購。
音義 ㄍㄡˋ 植 名 草名；例 購草。動 ①買入；例 採購。②懸賞；例 吾聞漢王購我頭千金。③講和，通「媾」；例 北購於單于。
參考 ①「購」與「覯」音同形近而義異：「購」，有買入的意思；「覯」，有遭遇的意思。②同 買。③反 賣，售。
▽採購、添購、選購、郵購、收購、洽購、聯合採購、赴美採購。

常 10
賽 形解 形聲；從貝，塞省聲。祀神報祭爲賽。
音義 ㄙㄞˋ 名 ①一種競技的活動；例 球賽。②祭告神明的儀式；例 冬賽禱祀。③姓。動 ①競爭；例 賽跑。②勝過；例 飯後一枝煙，賽過活神仙。③結束；例 自賽了兒婚女嫁，却歸來林下。
參考 ①「賽」與「塞」音同形似而義異：「賽」，有競技的意思，如賽跑、賽馬不作「塞」；「塞」有邊境、隔絕的意思，如：要塞、塞外不可作「賽」。②同 勝，競。

17
賽璐珞 ㄙㄞˋ ㄌㄨˋ ㄌㄨㄛˋ 外 塑料的一種，用樟腦、棉纖維、硫酸、硝酸等製成，堅硬而富彈性，可以製玩具、用具，但易引起燃燒。

▽比賽、競賽、球賽、馬賽、會外賽、表演賽、邀請賽、國際比賽。

次 10
賸 形解 形聲；從貝，朕聲。朕有增加的意思，所以以此物加於彼物爲賸。
音義 ㄕㄥˋ 動 增加；例 冗賸方翦截。形 餘留的，通「剩」；例 家無賸財。副 儘管；例 今宵賸把銀釭照。

14
賸語 ㄕㄥˋ ㄩˇ 贅辭。

次10 **賻** 形解 形聲；從貝，專聲。專有佈施的意思，所以用財物助人理喪事爲賻。

音義 ㄈㄨˋ 動 拿財物幫助人辦理喪事；例賻贈。

常11 **贅** 形解 會意；從敖貝，敖有出而復還的意思，所以用物抵押爲贅。

音義 ㄓㄨㄟˋ 名①招女婿，男方至女方成親，並依食女方，生子都冠妻姓；例招贅。②醫病名，皮膚上所生的肉疙瘩；例彼以生爲附贅懸疣。動①跟隨；例這小孩眞煩人，老是贅著我不放。②聚集；例梁王贅其羣臣而議其過。③越權施恩；④連綴，通「綴」；例虎賁贅衣。形繁多而無用的；例贅言。動多餘地；例贅述。

參考①「贅」又有質押的意思。②「贅」左上方從「[illegible]」，不可連筆寫成「[illegible]」。③同疣。

7 **贅言** ㄓㄨㄟˋ ㄧㄢˊ 多餘無用的言辭。

9 **贅述** ㄓㄨㄟˋ ㄕㄨˋ 多餘的敍述；指前面已敍述過了，不再重複說明。

贅疣 ㄓㄨㄟˋ ㄧㄡˊ ㈠皮膚上的肉疙瘩。㈡比喻多餘無用的事物。

參考 同贅瘤。

12 **贅婿** ㄓㄨㄟˋ ㄒㄩˋ 男人婚後居住於女家，或從女姓，並對女方的父母克盡子職。

▽招贅、累贅、入贅。

次11 **賾** 形解 形聲；從𦣞，責聲。幽深爲賾。

音義 ㄗㄜˊ 名 深奧；例探賾索隱。

常11 **贄** 形解 形聲；從貝，執聲。執爲握持，所以初見而手持玉帛爲禮爲贄。

音義 ㄓˋ 名 古初次拜見長輩或比自己地位高的人所送的禮物；例衣襪而提贄。形 不動的；例贄然立。

▽嘉贄、執贄。

常12 **贈** 形解 形聲；從貝，曾聲。曾有加益的意思，所以用物相送爲贈。

音義 ㄗㄥˋ 動①送予；例贈送。②政府封典，多追封已故而有功於國家的人；例追贈一級上將。③互相贈送（詩文等）；例贈答。④驅除；例以贈惡夢。

參考①同送，貽，饋，餽。②反受。

7 **贈別** ㄗㄥˋ ㄅㄧㄝˊ 以詩文或財物表達送別之意。

12 **贈答** ㄗㄥˋ ㄉㄚˊ 以詩文回贈他人。

▽追贈、分贈、頒贈、加贈、持贈、敬贈、傾囊相贈。

常12 **贊** 形解 形聲；從貝，兟聲。兟是引進的意思，所以幫助引進賓客者爲贊。

音義 ㄗㄢˋ 名①文 一種具有評論性的文體（多見於史籍方面）；例史贊。②稱頌人物的一種文體；例像贊。③姓。動①添加；例不能贊一辭。②拜謁；例贊謁。③佐助；例贊天地之化育。④引導；例陳百僚而贊羣后。⑤進呈；例朔自贊。⑥通告；例偏贊賓客。⑦同意；例贊成。⑧顯揚；例贊揚。⑨稱頌，通「讚」；例下詔褒贊。

參考①「贊」與「讚」音同形似且都有佐助、稱許的意思，然習慣上「贊助」不作「讚助」，而「讚美詩」不作「贊」。②同助，輔，佐，翼，佑，援。③字或作「賛」。④孳攢、趲、鑽、讚。

6 **贊成** ㄗㄢˋ ㄔㄥˊ ㈠對於別人的主張或行爲表示同意。㈡襄助使成。

參考「贊成」與「擁護」都表示「同意」，然後者還有「全力支持」的意思。

7 **贊助** ㄗㄢˋ ㄓㄨˋ 以精神或物質表示贊成幫助。

參考「贊助」與「贊同」都表「贊成」，然前者還有願意幫助做事的意思。

▽翼贊、襄贊、禮贊。

㊅ 12

贇 形解 形聲；從貝，斌聲。美好無缺為贇。

音義 ㄩㄣ 名 美好，多用於人名。

㊇ 13

贏 形解 會意；從𣎆貝。𣎆為肉多的野獸，商賈有餘利為贏。

音義 ㄧㄥˊ 名 利潤；例珠玉之贏幾倍？動 ①勝過；例輸贏。②負擔；例贏三日之糧。③博取；例贏得青樓薄倖名。形 飽滿的，通「盈」；例方贏則圓。

參考 ①「贏」與「羸」「嬴」形近而易混同：「贏」，從貝，音ㄧㄥˊ，有勝過、利潤的意思；而「羸」從羊，唸ㄌㄟˊ，有瘦弱的意思；「嬴」下從「女」，僅在作「得勝」解時可通，餘則不同。②同餘，剩，賸，克，勝，捷。③反輸，賠。

▽輸贏、虧贏。

㊇ 13

贍 形解 形聲；從貝，詹聲。詹有誇足的意思，所以財物與人，使人滿足為贍。

音義 ㄕㄢˋ 動 ①供給人財物；例贍養親屬。②豐厚；例節用以贍衣食。③充足；例力之不贍。形 豐富的；例文贍而事詳。

參考 ①「贍」從「貝」從「詹」與「瞻」字形近而易混同：「贍」，音ㄕㄢˋ，從貝，有富足的意思；「瞻」，從目，音ㄓㄢ，有探望的意思。②同賑，賙，濟。③反缺，乏。

15 **贍養** ㄕㄢˋ ㄧㄤˇ 供給衣食或財物。

㊇ 14

贓 形解 形聲；從貝，臧聲。臧為隱善，所以私藏財物為贓。

音義 ㄗㄤ 名 ①賄賂；例貪贓枉法。②統稱竊盜所得的財物；例捉賊要捉贓。

參考 字又作「贜」。

8 **贓物** ㄗㄤ ㄨˋ 用犯罪的手段所取得的不正當之財物。

㊅ 14

贐 形解 形聲；從貝，盡聲。贈別的財物為贐。

音義 ㄐㄧㄣˋ 名 臨別時贈送旅人的財物；例行者必以贐。

㊅ 14

贔 形解 形聲；贔從三貝，貝亦聲。用力為贔。

音義 ㄅㄧˋ 名 動 贔屭，蠵龜的別名，古時候因為這種龜好負重物，碑石下多刻其形，以之負碑。形 贔屭，用力的。

㊇ 15

贖 形解 形聲；從貝，𧶠聲。𧶠有且行且賣的意思，所以相互交換財物為贖。

音義 ㄕㄨˊ 動 ①以錢財交換抵押品或人質；例贖回當票。②以錢財、勞役或行動抵罪或免刑；例將功贖罪。③購買；例還是贖幾畝地來耕種。④捨棄；例贖蟄蟲卵蔞。⑤接連，通「續」；例昔原大夫贖桑下絕氣。

參考 ①「贖」從「貝」從「賣」，卻不可讀成ㄇㄞˋ。②字不可從買訛作「賵」。③反質，當，押。

7 **贖身** ㄕㄨˊ ㄕㄣ 用金錢來贖回奴隸、妓女的身體或自由。

13 **贖罪** ㄕㄨˊ ㄗㄨㄟˋ 抵償罪過。

▽救贖、赦贖、重贖。

㊇ 15

贗 形解 字本作「贗」：形聲；從火，鴈聲。古時禮大夫多以鴈為贄贈人，因鴈得之不易，常用鵝替代，所以以假代眞的偽物為贗。俗作「贋」。

音義 ㄧㄢˋ 形 ①偽造的；例贗品。②虛假的；例居然見眞贗。③偽本，指假造的名人書畫及碑帖等文物；例贗本。

參考 ①「贗」又作「贋」，與從「鳥」的「鷹」字形近易混同：「贋」，從「雁」，上方無一點，從貝，音ㄧㄢˋ，義為偽造的；而「鷹」字上方有一點，下從「鳥」，唸ㄧㄥ，為猛禽的意思。唯「贗」字受「鷹」讀音的影響，今人多誤讀成ㄧㄥ，當正。②同假，偽。③反眞。

㊇ 17

贛 形解 形聲；從貝，贑省聲。分賜財物給人為贛。

音義 ㄍㄢˋ 名 地 ①「江西省」簡

稱。②縣名，江西贛縣。③水名，江西省贛江。ㄍㄨㄥˋ 動賜予，通「貢」；例一朝用三千鍾贛。

參考「贛」字筆畫較多，左從「章」，右從「夂」「貢」，書寫時宜加注意。

【赤部】ㄔˋ

常 0
赤
形解 會意；從大火。大火的顏色為朱紅，所以朱色為赤。

音義 ㄔˋ 名①紅色；例黑與赤。②姓。動①誅滅；例吾將汝赤其族矣。②裸露；例安得赤腳踏層冰。形①紅色的；例生而有赤痣。②真誠的；例赤膽忠心。③空無所有的；例赤貧。④共產黨的；例赤禍橫流。

參考①同紅，朱，丹，彤。②孳郝、赦。

3 **赤子** ㄔˋ ㄗˇ ㈠初生的嬰兒。㈡古代指百姓。

赤子之心 ㄔˋ ㄗˇ ㄓ ㄒㄧㄣ 有如小孩純潔無偽之心。

4 **赤手空拳** ㄔˋ ㄕㄡˇ ㄎㄨㄥ ㄑㄩㄢˊ 比喻沒有任何憑藉。

參考 參閱「手無寸鐵」條。

6 **赤字** ㄔˋ ㄗˋ 機關、團體或企業在一定時期內，支出超過收入的差額。由於簿記慣例入不敷出的差額用紅色字表示，故稱。

赤地千里 ㄔˋ ㄉㄧˋ ㄑㄧㄢ ㄌㄧˇ 形容嚴重的旱災、蟲災等使地面上寸草不生的景象。

參考 同遍地荒旱。

7 **赤忱** ㄔˋ ㄔㄣˊ 忠心熱忱。

赤身露體 ㄔˋ ㄕㄣ ㄌㄨˋ ㄊㄧˇ 光著身體，不穿衣服。形容赤裸裸的。也作「赤身裸體」。

參考 與「一絲不掛」有別：後者指一點遮掩身體的東西也沒有；前者固然也是如此，但有時身上多少仍有一點點遮掩的東西。

11 **赤貧** ㄔˋ ㄆㄧㄣˊ 窮得一無所有。

參考 反豪富。

13 **赤誠** ㄔˋ ㄔㄥˊ 忠誠，至誠之心。

參考①衍赤誠相待。②反奸詐。

赤裸裸 ㄔˋ ㄌㄨㄛˇ ㄌㄨㄛˇ ㈠光著身子的樣子。㈡一點都沒有掩蔽。

14 **赤膊** ㄔˋ ㄅㄛˊ 裸露著上身，沒有穿衣。

19 **赤繩繫足** ㄔˋ ㄕㄥˊ ㄒㄧˋ ㄗㄨˊ 男女雙方由人媒介而結成的婚姻。

參考 反好夢難成。

▽丹赤、朱赤、努爾哈赤、面紅耳赤。

常 4
赦
形解 形聲；從攴，赤聲。舉手捨置為赦。

音義 ㄕㄜˋ 名姓。動寬免應得的刑罰；例特赦。

參考「赦」、「赧」、「赫」有別：「赦免」、「赦罪」的「赦」字，音ㄕㄜˋ，左從「赤」，右從「攵」；「赧顏」、「赧然」的「赧」字，音ㄋㄢˇ，左從「赤」，右從「𠬝」；「赫赫有名」的「赫」字，音ㄏㄜˋ，左右都從「赤」。

▽恩赦、寬赦、大赦、特赦、容赦、獲赦、求赦、十惡不赦。

常 4
赧
形解 形聲；從赤，𠬝聲。𠬝為柔軟的皮，所以面慚而泛紅為赧。

音義 ㄋㄢˇ 動因羞慚而臉紅；例鬼赧愧而退。副因羞愧而臉紅地；例赧然。

▽羞赧、澀赧、愧赧。

次 6
赩
形解 會意；從赤色，大赤為赩。

音義 ㄒㄧˋ 形深紅色；例丹沙赩熾出其坂。

常 7
赫
形解 會意；從二赤。赤從大火，二赤則火光強烈，所以色呈紅赤為赫。

音義 ㄏㄜˋ 名①物頻率單位「赫茲」的簡稱，即週秒；例千赫。②姓。動①恐嚇，通「嚇」；例震赫中外。②顯耀；例皇威電赫。形①顯明的；例聲名顯赫。②盛大的；例聲勢赫赫。副發怒的樣子；例王赫斯怒。

參考 孳嚇。

12 **赫然** ㄏㄜˋ ㄖㄢˊ 驚然發現的樣子。

14 **赫赫** ㄏㄜˋ ㄏㄜˋ ㈠顯耀盛大的樣子。例聲勢赫赫。㈡形容乾旱時燥熱的樣子。例赫赫炎炎，云我無所。

赫赫有名 ㄏㄜˋ ㄏㄜˋ ㄧㄡˇ ㄇㄧㄥˊ 名氣很大。

參考「赫赫有名」、「鼎鼎大名」、「大名鼎鼎」都有名氣極大的意思，很多時候可以相通，但有別：a「赫赫有名」可作定語和謂語；「鼎鼎大名」、「大名鼎鼎」，一般只作定語，不作謂語。b「鼎鼎大名」有兩個相關的意義，一爲「名氣很大」，此義可與「赫赫有名」、「大名鼎鼎」換用；另一則爲很大的名氣，此義爲其他二者所無，故不可換用。

▽顯赫、光赫、震赫、威赫、怒赫。

常 8 **赭** 形解 形聲；從赤，者聲。赤色土爲赭。

音義 ㄓㄜˇ 名紅褐色的土。動燒紅；例赭其山。形紅色的；例赭衣。

參考①同紅，赤，朱，丹。②與「鍺」同音而義異：「鍺」，從金，爲金屬元素名。③字雖從赤，但不可讀成ㄔˋ。

次 9 **赬** 形解 形聲；從赤，貞聲。赤色爲赬。

音義 ㄔㄥ 形淡紅色；例魴魚赬尾。

參考字雖從貞，但不可讀成ㄓㄣ。

【走部】ㄗㄡˇ

常 0 **走** 形解 會意；從夭止。夭爲屈曲，止爲足趾，所以屈足而跑爲走。

音義 ㄗㄡˇ 代自稱的謙詞；例走雖不敏，庶斯達矣！動①快步行進；例兩兔傍地走。②步行；例走回家。③奔逃；例棄甲曳兵而走。④離開；例我要走了。⑤越出範圍；例走電。⑥(親戚之間)往來；例走得很勤。⑦下棋；例走錯一步棋。⑧運轉；例這鐘走得很準。⑨失去原樣；例唱走調了。⑩流浪；例走江湖。⑪交逢；例走桃花運。⑫運用；例走筆。⑬漏出；例走氣。⑭洩漏；例走漏消息。形供驅使的；例走卒。

參考與「步」、「趨」有別：慢行爲「步」，如「散步」；急行爲「走」；比「走」更快的是「趨」，如「前趨」。

4 **走火入魔** ㄗㄡˇ ㄏㄨㄛˇ ㄖㄨˋ ㄇㄛˊ 形容人過分沉溺於某種事物，以致心智受到摧殘，而到了中邪魔的地步。

7 **走私** ㄗㄡˇ ㄙ ㈠不遵守國家法令，運輸或攜帶金銀、外幣、貨物等進出國境的行爲。㈡中國舊時，對不依法納稅在國內私運貨物的行爲，亦稱走私。

走投無路 ㄗㄡˇ ㄊㄡˊ ㄨˊ ㄌㄨˋ ㈠比喻計窮力盡，無法可想。㈡沒有任何地方可以投靠。

參考同窮途末路。投不可作頭。

8 **走卒** ㄗㄡˇ ㄗㄨˊ 隸卒，差役。例販夫走卒。

走狗 ㄗㄡˇ ㄍㄡˇ ㈠指獵犬。本以比喻爲人出力者，後用以指甘受他人指使，幫凶作惡的人。㈡驅狗出獵。例飛鷹走狗。

10 **走馬看花** ㄗㄡˇ ㄇㄚˇ ㄎㄢˋ ㄏㄨㄚ 形容得意愉快的心情。現在用來比喻觀察事物不深入細緻。

參考①同浮光掠影。②反細心吟味。③參閱「浮光掠影」條。

11 **走訪** ㄗㄡˇ ㄈㄤˇ 前往訪問。

14 **走漏** ㄗㄡˇ ㄌㄡˋ ㈠未能保密，以致消息洩漏。㈡走私漏稅。

參考同走風。

▽競走、奔走、疾走、脫走、馳走、逃走、遁走、敗走、游走、出走、落荒而走、不脛而走、東奔西走、銜枚疾走。

常 2 **赴** 形解 形聲；從走，卜聲。卜有分離的意思，所以疾走前往爲赴。

音義 ㄈㄨˋ 動①奔向；例共赴國難。②投身進去；例全力以赴。③前往參加；例赴宴。④往就；例赴任。⑤去到(某處)；例赴京。⑥告喪，同

「訃」；例赴於晉。

參考 同趨，趣，歸。

12 **赴湯蹈火在所不辭** ㄈㄨˋ ㄊㄤ ㄉㄠˇ ㄏㄨㄛˇ ㄗㄞˋ ㄙㄨㄛˇ ㄅㄨˋ ㄘˊ 比喻冒險犯難，奮不顧身。

參考「赴湯蹈火」、「出生入死」都有不避艱險，不顧個人安危的意思，但有別：a赴湯蹈火常跟「在所不辭」、「心甘情願」等運用；「出生入死」一般不這麼用。b「赴湯蹈火」常用在「不惜」、「不辭」、「不怕」、「敢於」、「勇於」等詞語的後邊；「出生入死」不如此用。c「出生入死」經常用作狀語；「赴湯蹈火」則不作狀語用。d「赴湯蹈火」著重在不避艱難險阻，程度較淺；「出生入死」著重在不顧生命危險，程度較深。

19 **赴難** ㄈㄨˋ ㄋㄢˋ 前往拯救國難。

▽往赴、爭赴、走赴、馳赴、奔赴、疾赴、全力以赴。

常 2 **赳** 形解 形聲；從走，ㄐ聲。ㄐ有用力糾纏的意思，所以輕勁而有才力為赳。

音義 ㄐㄧㄡ 副 威武勇敢的樣子；例赳赳武夫。

參考 ①又音ㄐㄧㄡˇ。②與「糾」有別：「糾」，從糸，有察舉的意思。③「雄赳赳」的「赳」音ㄐㄧㄡˇ，常誤讀作ㄐㄧㄡ。

9 **赳赳** ㄐㄧㄡˇ ㄐㄧㄡˇ 雄壯勇武的樣子。例赳赳武夫，公侯干城。亦作「糾糾」。

常 3 **起** 形解 形聲；從走，巳聲。巳為定止，所以定止而後發步為起。

音義 ㄑㄧˇ 名 ①詩文的首句、首聯或首段；例起要平直。②輩，匹；例那起俗拙蠢物。③次，件；例車禍一起。④姓。動 ①站立；例全體起立。②離床；例雞鳴而起。③出身；例蕭何、曹參皆起秦刀筆吏。④推舉；例起用。⑤興起；例邊聲四起。⑥拔出；例孤峯秀起。⑦建築；例起高樓。⑧治癒；例鍼膏肓，起廢疾。⑨開始舉事；例豪雄並起。⑩命名；例這名字是誰起的？⑪復生；例起死回生。副 ①在動詞後，跟「得」、「不」連用，表示夠格（或不夠格），而能（或不能）勝任地；例買得起，買不起。②在動詞後，表示動作的趨向或開始；例敲起鑼鼓。助 用在動詞後，表事情進行；例打起架來了。

參考 ①反止，伏，坐，臥。②「起」用在動詞後，表示力量夠得上或夠不上，且常和「得」字或「不」字連用，如：「經得起考驗」；「太貴了，買不起」。

6 **起色** ㄑㄧˇ ㄙㄜˋ 情況好轉的樣子。

參考 同進展。

起伏 ㄑㄧˇ ㄈㄨˊ ㈠高低不平的。例岡陵起伏。㈡比喻盛衰。例百代勞起伏。

起死回生 ㄑㄧˇ ㄙˇ ㄏㄨㄟˊ ㄕㄥ 使死人或死了的東西復活。㈠形容醫術極為高明，藥物極為靈驗。㈡表示能挽救看來沒有希望的事。㈢表示能使已逝去的事物重現。

參考 與「妙手回春」有別：當病人還沒有到快要死的地步時，可用後者形容，前者不宜使用；此外，對於挽救看起來已無希望的事，或使死了的東西復活，只能用前者來形容，後者不能用。這是「起死回生」與「妙手回春」最明顯的不同處。

8 **起居** ㄑㄧˇ ㄐㄩ ㈠作息，日常生活。例飲食起居。㈡請安，問好。㈢古代專指皇帝的言行舉止。皇帝的言行錄就叫「起居注」。

起承轉合 ㄑㄧˇ ㄔㄥˊ ㄓㄨㄢˇ ㄏㄜˊ 詩文寫作、結構、章法方面的術語。「起」，是開端；「承」，是承接上文加以申述；「轉」，是轉折，從正面反面立論；「合」，是結束全文。

10 **起草** ㄑㄧˇ ㄘㄠˇ 擬出草稿。

起訖 ㄑㄧˇ ㄑㄧˋ ㈠從開始到終了。㈡從起點到終點。

12 **起訴** ㄑㄧˇ ㄙㄨˋ 法 原告就其特定的權利主張向法院為判決之要求，而使判決程序開始之行為。

參考 衍 起訴書、起訴狀。

15 **起碼** ㄑㄧˇ ㄇㄚˇ 最少，至少。

▽緣起、喚起、興起、提起、奮起、發起、勃起、早起、引起、坐起、不起、談起、東山再起、拂袖而起、揭竿而起、異軍突起、一波未平一波又起。

㊄3 **赶** 形解 形聲；從走，干聲。干有高舉挺立的意思，所以獸類高舉尾部行走爲赶。

音義 ㄍㄢˇ 動 獸類翹著尾巴奔跑。

參考 俗作「趕」的簡寫。

㊄3 **赸** 形解 形聲；從走，山聲。跳躍爲赸。

音義 ㄕㄢˋ 動 ①跳躍。②散去；例儞也赸，我也赸。③通「訕」。

常5 **越** 形解 形聲；從走，戉聲。戉有大的意思，到達遠方爲越。

音義 ㄩㄝˋ 名 ①古時南方種族名，分布在浙、閩、粵一帶；例百越。②地春秋時國名之一，建都會稽，西元前三〇六年，亡於楚；例吳越。③地「浙江省」的別稱，或單指「紹興」一帶；例吳越地區。④姓。動 ①超出；例越級報告。②跨過；例翻山越嶺。③到了；例越明年。④攀爬；例越牆逃走。⑤傳布；例越于民。⑥修治；例城郭不修，溝池不越。形 ①悠揚的；例其聲清越以長。②迂闊的；例越哉！臧孫之爲政也。③優秀的；例出羣卓越之人。副 更加，表示程度加深；例越到斜陽花越紅。

參考 ①同超，踰，躐。②擊樾。③「越來越……」表示程度隨著時間發展，如：端午節一到，天氣就越來越熱了。

7 **越扶越醉** ㄩㄝˋ ㄈㄨˊ ㄩㄝˋ ㄗㄨㄟˋ 越是敷衍，越要發脾氣。這好像喝醉酒的人，越是扶他，越要撒酒瘋。

9 **越俎代庖** ㄩㄝˋ ㄗㄨˇ ㄉㄞˋ ㄆㄠˊ 指人各有專職，儘管他人不盡職，也不必超越自己的職務範圍而去代做。後因此用以指越權辦事或包辦代替。

參考 同越職代理。

10 **越級** ㄩㄝˋ ㄐㄧˊ 超越等級。

12 **越發** ㄩㄝˋ ㄈㄚ 更加。

參考 「越發」、「更加」、「愈加」有別：「越發」限用於同一事物的進一步變化；兩種事物比較時，不能用「越發」，必須用「更」、「更加」，如：小劉身體很結實，小張更加結實；「愈加」意義和用法基本上同「越發」，多用於書面。

14 **越獄** ㄩㄝˋ ㄩˋ 從監獄中脫逃出來。

參考 同逃獄。

▽激越、胡越、清越、僭越、卓越、檀越、超越、優越、踰越、百越、隕越。

常5 **超** 形解 形聲；從走，召聲。召爲以口呼人，有到達遠處的意思，所以疾行而過爲超。

音義 ㄔㄠ 名 姓。動 ①越過；例挾太山以超北海。②高過；例超羣絕倫。③宗 僧、尼或道士爲死人誦經拜懺使能脫升苦海；例超度亡魂。副 越過常規地；例超遷。

參考 同越，踰，躐。

9 **超俗拔羣** ㄔㄠ ㄙㄨˊ ㄅㄚˊ ㄑㄩㄣˊ 超出衆人之上而無可相比。

17 **超聲波** ㄔㄠ ㄕㄥ ㄅㄛ 頻率高於二萬赫茲，並不引起聲感的彈性波。其主要特性和作用：㈠波長短，在固體和液體內衰減比電磁波小。㈡能量容易集中，因而形成很大的強度和劇烈的震動。超聲波廣泛應用於農、工業生產技術，醫藥衛生等方面。又作「超音波」。

▽出超、入超、班超、高超。

常5 **趁** 形解 形聲；從走，㐱聲。㐱有緊密的意思，所以亦步亦趨，自後及之爲趁。

音義 ㄔㄣˋ 動 ①利用(機會)；例趁火打劫。②就著(時機)；例趁早訂座，以免向隅。③賺取；例趁錢。④順遂，通「稱」；例趁心如意。⑤合適，通「稱」；例巧趁身裁。

4 **趁火打劫** ㄔㄣˋ ㄏㄨㄛˇ ㄉㄚˇ ㄐㄧㄝˊ 趁人家失火的時候去搶劫。比喻乘人之危，再下毒手。

[參考] ①[反]見義勇爲。②「趁火打劫」、「混水摸魚」兩個成語都有趁機撈一把的意思，但有別：a「趁火打劫」指趁緊張、危急或困難的時候撈一把。「混水摸魚」多指趁混亂的時候撈一把，有時也指故意製造混亂，以便從中取利。b「混水摸魚」結構比較靈活，可以說成「趁混水摸魚」或「混水摸大魚」。

9 **趁風揚帆** ㄔㄣˋ ㄈㄥ ㄧㄤˊ ㄈㄢˊ 比喻把握時機。

[參考] [同]看風使舵，見機行事，見風轉舵。

13 **趁勢** ㄔㄣˋ ㄕˋ 乘機會，利用時機。

15 **趁熱打鐵** ㄔㄣˋ ㄖㄜˋ ㄉㄚˇ ㄊㄧㄝˇ 喻事情發展到接近成熟的階段，一鼓作氣的幹下去。

㊌ 5 **趄** [形解] 形聲；從走，且聲。且有相兼的意思，所以欲行又止爲趄。

[音義] ㄑㄩ [副]趑趄：①行走困難的樣子。②猶豫徘徊的樣子。

ㄑㄧㄝˋ [動]傾斜；例趄著身子。

[參考] 又音ㄐㄩ。

12 **趄趄趔趔** ㄑㄩ ㄑㄩ ㄌㄧㄝˋ ㄌㄧㄝˋ 步履蹣跚，欲進不進的樣子。

㊌ 6 **趑** [形解] 形聲；從走，次聲。次有居後的意思，所以欲行又止爲趑。

[音義] ㄗ [副]趑趄，遲疑不進的樣子。

12 **趑趄** ㄗ ㄑㄩ 遲疑不進的樣子。又作「次且」、「次雎」、「⿺辶次雎」。

㊌ 6 **趓** [形解] 形聲；從走，朵聲。抛棄爲趓。

[音義] ㄉㄨㄛˇ [動]抛趓，擲丟。

㊥ 7 **趙** [形解] 形聲；從走，肖聲。肖有短小的意思，所以小步疾行爲趙。

[音義] ㄓㄠˋ [名]①[地]戰國時國名，爲七雄之一（西元前四〇三—西元前二二二），在今河北南部和山東北部。②[地]晋時五胡十六國中，有前趙、後趙：前趙爲劉淵所建，原稱漢，至孫劉曜改爲趙；後趙爲石勒所建。③姓。

▽完璧歸趙。

㊥ 7 **趕** [形解] 形聲；從走，旱聲。干有直前的意思，所以直前疾進爲趕。

[音義] ㄍㄢˇ [動]①從後面窮追；例賊去了關門，那裏去趕？②加快行動，以爭取時間；例趕路。③在後面催促；例趕驢。④輾壓使物展開；例趕麵。⑤驅逐；例趕走。⑥碰上（某種情況）；例地剛耘土，趕上一場春雨。⑦等到（某個時候）；例趕明兒再說。[副]儘量地；例趕快回家。

[參考] ①或作「赶」。②與「趠」字有別：「趠」，右從卓；「趕」，右從「旱」；「趠」音ㄔㄠˋ，有遠行的意思。

8 **趕集** ㄍㄢˇ ㄐㄧˊ 前往定期交易的市場，買賣貨物。

15 **趕盡殺絕** ㄍㄢˇ ㄐㄧㄣˋ ㄕㄚ ㄐㄩㄝˊ 比喻心狠手辣，不給別人留餘地。

[參考] [同]斬草除根。

㊥ 8 **趣** [形解] 形聲；從走，取聲。取有會聚的意思，所以疾行爲趣。

[音義] ㄑㄩ [動]歸附，通「趨」；例左右趣之。

ㄑㄩˋ [名]①興味；例有趣。②趨向；例旨趣。③風致；例頗有媚趣。

ㄘㄨˋ [動]催促，同「促」；例趣趙兵亟入關。[副]趕快地；例若不趣降漢。

[參考] 字雖從取，但不可讀成ㄑㄩˇ。

8 **趣味** ㄑㄩˋ ㄨㄟˋ 情趣和意味。

趣味雋永 ㄑㄩˋ ㄨㄟˋ ㄐㄩㄣˋ ㄩㄥˇ 情趣意味非常深長。

▽意趣、奇趣、旨趣、情趣、眞趣、風趣、妙趣、興趣、逸趣、有趣、無趣、生趣、識趣、自討沒趣、大異其趣、相映成趣。

常 8 **趟** 形解 形聲；從走，尚聲。尚有增加的意思，所以加速跳躍為趟。

音義 ㄊㄤ 名量詞，同「回」或「次」；例麻煩您親自回去一趟。形行列的；例屋子前面栽了一趟柳樹。

ㄓㄥ 形雀躍的樣子；例趟趟。

參考 ①字或作「⿰足尚」、「蹚」。②與「躺」有別：「躺」，從身，音ㄊㄤˇ，有平臥的意思。

次 8 **趠** 形解 形聲；從走，卓聲。卓有超絕的意思，所以遠走為趠。

音義 ㄔㄠˋ 動遠行。

ㄔㄨㄛˋ 動騰躍，通「踔」；例騰趠。

參考 參閱「趧」字條。

常 10 **趨** 形解 形聲；從走，芻聲。芻有小的意思，所以疾走為趨。

音義 ㄑㄩ 名旨趣；例三子者不同道，其趨一也。動①小步快走；例趨而辟之。②奔赴；例趨吉避凶。③依附；例焉能趨炎附勢？④舉動；例天王親趨玉趾。⑤傾向；例大勢所趨。⑥鵝或蛇伸頭咬人；例為蛇所趨。

ㄘㄨˋ 副趕快；例趨駕召顏淵。

參考 ①古文又同「促」。②與「促」、「趣」有別：「趨」、「趣」、「促」讀ㄘㄨˋ時，三字可通；趣音ㄑㄩˋ，且作歸向解時，則與「趨」通，而其餘意思則不同。

4 **趨之若鶩** ㄑㄩ ㄓ ㄖㄨㄛˋ ㄨˋ 像野鴨子一樣成羣地跑過去，比喻爭相追逐某項事物。含有貶損的意思。鶩：水鳥名，屬游禽類，俗稱「野鴨」。

6 **趨向** ㄑㄩ ㄒㄧㄤˋ 傾向。

8 **趨炎附勢** ㄑㄩ ㄧㄢˊ ㄈㄨˋ ㄕˋ 奉承討好當權者或有勢力的人，投靠豪門貴家。

參考 ①同攀龍趨鳳。②本詞含有貶損的意思。

▽疾趨、徐趨、亦步亦趨、大勢所趨。

次 12 **趫** 形解 形聲；從走，喬聲。喬有高而曲的意思，所以善於攀緣樹木者為趫。

音義 ㄑㄧㄠ 形捷健而善爬行的；例輕勇趫捷。

ㄑㄧㄠ 動擡起，同「蹺」。

次 14 **趯** 形解 形聲；從走，翟聲。翟有跳躍的意思，所以跳躍為趯。

音義 ㄊㄧˋ 名書法用字，筆鋒向上鉤挑的筆畫。動跳躍。

次 19 **趲** 形解 形聲；從走，贊聲。贊有前進的意思，所以逼使急走為趲。

音義 ㄗㄢˇ 動①快走。②聚積，通「攢」。③趲行，趕路。

參考 「趲行」一詞多見於早期白話文，今已罕用。

【足部】 ㄗㄨˊ

常 0 **足** 形解 象形；上部象脛骨，後面有腓腸肌形；下從止，止即足趾。下肢為足。

音義 ㄗㄨˊ 名①人體的下肢或動物用來爬走的肢體；例手足並用。②器物的腳；例鼎折足。③姓。動①充實；例豐衣足食。②完成；例文以足言。③限定；例花樣之多，不一而足。④滿意；例有子萬事足。形充滿而不缺的；例心滿意足。副①可以；例差足自慰。②能夠；例不足為也。③值得；例微不足道。

ㄐㄩˋ 副過分；例足恭。

參考 ①同夠。②反缺，乏。③擘促、捉、浞。

3 **足下** ㄗㄨˊ ㄒㄧㄚˋ 敬辭，敬稱對方。古代下稱上或同輩相稱都用「足下」，後專用為對同輩的敬辭。

12 **足智多謀** ㄗㄨˊ ㄓˋ ㄉㄨㄛ ㄇㄡˊ 智慧高，計謀廣。

13 **足跡** ㄗㄨˊ ㄐㄧ (一)腳印。(二)行蹤。

足膚皸裂 ㄗㄨˊ ㄈㄨ ㄐㄩㄣ ㄌㄧㄝˋ 指手腳的皮膚都被凍裂。皸：

皮膚凍裂。

▽遠足、義足、禁足、具足、充足、手足、長足、不足、滿足、失足、高足、豐足、鼎足、裹足、天足、纏足、立足、畫蛇添足、不二而足、心滿意足、自給自足、赤繩繫足、美中不足、家給人足、評頭品足、學然後知不足、心有餘而力不足。

常 2 **趴** 形解 形聲；從足，八聲。爬伏在地爲趴。

音義 ㄆㄚ 動①面部朝下，肢體平貼在地上；例趴下。②身體向前倚靠在物體上；例趴在桌上睡覺。

參考 與「扒」、「爬」有別：「扒」，從手（扌），音ㄆㄚˊ，有攀登、盤伏的意思；「爬」，從爪從巴，音ㄆㄚˊ，攀登、膝行的意思。「扒」、「爬」都有行動的意思，然「趴」是指趴著而不動。

次 3 **趵** 形解 形聲；從足，勺聲。跳躍爲趵。

音義 ㄅㄠˋ 名地趵突泉，山東濟南市西門城外，是濼水的源頭。動跳躍。

常 4 **趾** 形解 形聲；從足，止聲。腳趾爲趾。

音義 ㄓˇ 名①腳指頭；例惟鸚鵡四趾齊分。②腳；例舉趾高。③足跡；例庶追芳趾。

參考 與「址」同音而義異：「址」，從土，有地基、處所的意思。

10 趾高氣昂 ㄓˇ ㄍㄠ ㄑㄧˋ ㄤˊ 得意自滿的樣子。又作「趾高氣揚」。

參考 ①同高視闊步。②反垂頭拱手。

▽足趾、蹼趾、腳趾、芳趾。

次 4 **趼** 形解 形聲；從足，幵聲。幵有伸平的意思，所以獸類前足著地爲趼。

音義 ㄐㄧㄢˇ 名手腳掌上因長期勞動、走路磨成的硬皮；例百舍重趼。

次 4 **趺** 形解 形聲；從足，夫聲。夫有居上的意思，所以足的上部爲趺。

音義 ㄈㄨ 名腳背，通「跗」；例足趺如春妍。動盤腿而坐；例抱時夜結趺。

7 趺坐 ㄈㄨ ㄗㄨㄛˋ 佛教徒盤膝打坐。即「跏趺坐」的省略。又叫「雙盤」。

次 4 **跂** 形解 形聲；從足，支聲。支有旁出的意思，所以足生旁指爲跂。

音義 ㄑㄧˊ 名①多生出的腳指頭。②昆蟲爬行的模樣。副緩緩行走的樣子；例跂行畢逮。

ㄑㄧˋ 動踮起腳尖；例跂予望之。

11 跂望 ㄑㄧˋ ㄨㄤˋ 踮起腳尖向前望。形容盼望心切。又作「企望」。

次 4 **趿** 形解 形聲；從足，及聲。及有自後及前的意思，所以用腳勾取東西爲趿。

音義 ㄙㄚˋ 動以腳勾取；例欲向何門趿珠履？

ㄊㄚ 動趿拉，拖著。

常 5 **跎** 形解 形聲；從足，它聲。它有遷延失時的意思，所以遷延不進，以致坐失良機爲跎。

音義 ㄊㄨㄛˊ 動虛度光陰；例蹉跎歲月。

參考 與「砣」同音而義異：「砣」，從石，指秤錘或輥軸。多用於蹉跎一詞，蹉跎是拖延不進以致坐失時機的意思。

常 5 **距** 形解 形聲；從足，巨聲。巨有大的意思，所以是雞足後面用來相鬥的尖突部分爲距。

參考 ㄐㄩˋ 名①雄雞、雉等爪後突出像腳趾的部分，是攻擊敵人的利器；例長距善鬬。②距離；例株距。動①相隔；例相距萬餘里。②抗絕，通「拒」；例楚令昭雎將以距秦。形龐大的，通「鉅」；例蹠距者舉遠。

參考 ①同離，隔。②與「拒」有別：「拒」，從手，有捍禦的意思。

18 **距離** ㄐㄩˋ ㄌㄧˊ 相離的遠近。

▽超距、差距、相距、間距。

常 5 **跋** 形解 形聲；從足，犮聲。犮爲犬奔走貌，所以顛仆傾倒爲跋。

音義 ㄅㄚˊ 名 ①文 寫在文章、畫冊或書籍後面的文字；例序跋。②姓。動 ①翻山越嶺；例跋山涉水。②踐踏；例狼跋其胡，載疐其尾。

參考 ①草行爲「跋」，水行爲「涉」。②寫在文章、畫冊或書籍前面的文字爲序，爲題；在文後爲跋。③反序。

11 **跋扈** ㄅㄚˊ ㄏㄨˋ 專橫暴戾。

參考 同囂張。

▽序跋、題跋、書跋、畫跋、小跋。

常 5 **跑** 形解 形聲；從足，包聲。包爲刨的省文，所以用足爪刨地爲跑。

音義 ㄆㄠˇ 動 ①奔，快速前進；例柳邊花下馬輕跑。②逃避；例跑不了一頓飽打。③漏出；例跑電。④爲某種事情而奔走；例跑社會新聞。ㄆㄠˊ 動 動物用爪或蹄掘地；例跑地作穴。

11 **跑堂** ㄆㄠˇ ㄊㄤˊ 茶、酒館裡招呼顧客的人。

參考 同堂倌。

12 **跑單幫** ㄆㄠˇ ㄉㄢ ㄅㄤ 單人攜帶貨物往來買賣，爲各地物價不平衡時的一種投機活動。

16 **跑龍套** ㄆㄠˇ ㄌㄨㄥˊ ㄊㄠˋ 比喻當隨從或不重要的助手。

常 5 **跌** 形解 形聲；從足，失聲。失有錯誤的意思，所以失足顛仆爲跌。

音義 ㄉㄧㄝ 動 ①摔倒；例跌跤。②降低；例跌價。③過失；例無有差跌。④跺腳；例跌足。形 文 文章音節錯落有致的；例跌宕多姿。

參考 與「迭」、「瓞」有別：「迭」，從辵(辶)，有更替的意思；「瓞」，從瓜，爲小瓜。

8 **跌宕** ㄉㄧㄝ ㄉㄤˋ ㈠放縱不拘。㈡音調抑揚頓挫。亦作「跌蕩」。

▽傾跌、爬跌、慘跌。

常 5 **跛** 形解 形聲；從足，皮聲。皮有屈不平正的意思，所以行走不正爲跛。

音義 ㄅㄛˇ 形 腿或腳有病或殘廢，走路時姿勢不正的；例跛腳。ㄅㄧˋ 副 偏斜不正地；例跛倚。

參考 ①與「簸」有別：「簸」，從竹、從其，皮聲，爲一種竹製的盛器。②字雖從皮，但與「坡」(ㄆㄛ)的讀音有別；然今人因受「坡」字讀音的影響，而讀「跛」成ㄆㄛ或ㄆㄛˇ，當正。

▽蹇跛、足跛、腳跛、偏跛。

常 5 **跚** 形解 形聲；從足，刪省聲。刪有削去不平的意思，所以跛行爲蹣跚。

音義 ㄕㄢ 副 走路艱難，遲緩搖晃的樣子；例蹣跚。

參考 又作「跚」。

常 5 **跆** 形解 形聲；從足，台聲。踐蹋爲跆。

音義 ㄊㄞˊ 動 用腳踩踏；例兵相跆藉。

參考 字不可從臺作「𨅝」。

次 5 **跖** 形解 形聲；從足，石聲。石有堅硬的意思，所以足掌爲跖。

音義 ㄓˊ 名 ①腳面上接近趾的部分；例食其跖。②盜跖，古人名。

參考 同蹠。

4 **跖犬吠堯** ㄓˊ ㄑㄩㄢˇ ㄈㄟˋ ㄧㄠˊ 各爲其主。又作「桀犬吠堯」。

次 5 **跏** 形解 形聲；從足，加聲。加有重置其上的意思，所以盤足於前而坐爲跏。

音義 ㄐㄧㄚ 動 跏趺，盤腿而坐，腳背放在股下，是佛教徒修行坐法之一。

次 5 **跗** 形解 形聲；從足，付聲。付有增益的意思，所以足背爲跗。

音義 ㄈㄨ 名 ①腳背；例沒足滅跗。②花瓣的深處；例見雪萼紅跗相映。

次 5 **跅** 解形 形聲；從足，斥聲。不自檢束爲跅。

音義 ㄊㄨㄛˋ 形 跅弛，放蕩而不知檢點。

6 **跅弛之士** ㄊㄨㄛˋ ㄔˊ ㄓ ㄕˋ 行爲豪放不羈的人。

常 6 **跡** 解形 形聲；從足，亦聲。亦指人兩脅腋下部分，所以兩足著地所呈現的下凹印痕爲跡。

音義 ㄐㄧ 名 ①行走後所留下的痕印；例車轍馬跡。②事物變遷的遺痕；例厥跡猶存。③前人留下的文物；例江山留勝跡。④功業；例聖賢留餘跡。動 效仿；例擬跡。

參考 同迹，蹟。

▽遺跡、軌跡、形跡、古跡、史跡、足跡、陳跡、筆跡、痕跡、行跡、踪跡、蛛絲馬跡、消聲匿跡。

常 6 **跟** 解形 形聲；從足，艮聲。艮有根基的意思，所以足的後部，用以支持全身者爲跟。

音義 ㄍㄣ 名 腳掌或鞋襪的後部；例腳後跟。動 ①隨行；例你跟我來。②委身相從；例她跟定你了。③緊接著；例一個跟一個。連 和，同；例我跟你無冤無仇。介 對，向；例我跟你說吧！

參考 ①同從，隨。②與「根」同音而義異：「根」，從木，原指樹木生長在土中的部分，後多引申爲物體的基部或事理的本原，然「腳跟」、「高跟鞋」都不可作「根」。

10 **跟班** ㄍㄣ ㄅㄢ 隨從人員。

▽腳跟、後跟、前跟、緊跟。

常 6 **路** 解形 形聲；從足，各聲。各有互不相同的意思，所以方向各不相同的條條道途爲路。

音義 ㄌㄨˋ 名 ①可以通行的途徑；例羅斯福路。②思想或行動的途徑；例思路。③方面；例兵分四路。④古代的車名；例乘鸞路。⑤政宋、元行政單位，相當於行省。⑥路線；例公車三路。⑦路程；例加油站離師大只有一里路。⑧姓。形 種類的；例這一路人。

參考 ①同道，徑。②「陸」指地面，和「道路」的「路」字，宜加分別。③「街」與「路」用作街名時有別：「街」較「路」爲小。④輅、璐、露、鷺。

4 **路不拾遺** ㄌㄨˋ ㄅㄨˋ ㄕˊ ㄧˊ 形容治安非常良好，即使在路上看到別人遺落的東西，也不會去撿拾。

11 **路基** ㄌㄨˋ ㄐㄧ 鐵路或道路的基礎。路基兩旁常需修築必要的排水、防護或加固設施，以保證其穩固耐久。

12 **路程** ㄌㄨˋ ㄔㄥˊ 即程途，指距離的長短遠近。

15 **路線** ㄌㄨˋ ㄒㄧㄢˋ ㈠經過的道路。㈡做事的門路。

▽隘路、沿路、海路、走路、歧路、公路、血路、航路、水路、世路、線路、通路、道路、迷路、要路、陸路、理路、筆路、思路、正路、馬路、鐵路、天堂路、窮途末路、走投無路、來龍去路、自由之路、天無絕人之路。

常 6 **跨** 解形 形聲；從足，夸聲。夸含有大的意思，所以邁開兩腳超越而過爲跨。

音義 ㄎㄨㄚˋ 名 腰的兩側和大腿之間的部分，通「胯」；例跨下之辱。動 ①越過；例跨越。②橫架在上方；例西螺大橋橫跨濁水溪上。③騎乘；例「帶文蛇，跨彫虎。」④統治；例橫跨海內。⑤懸掛；例跨刀。⑥提腳向前；例跨著大步。⑦越過界限；例跨了兩個會計年度。形 附在旁邊的；例跨院兒。副 兼，並；例跨躡燕趙。

參考 與「垮」、「挎」有別：「垮」，從土，有崩潰的意思；「挎」，從手，爲搭掛在胳膊上。

16 **跨橋越澗** ㄎㄨㄚˋ ㄑㄧㄠˊ ㄩㄝˋ ㄐㄧㄢˋ 沿途通過橋樑和山澗。形容路途艱難，變化多端。

21 **跨鶴西歸** ㄎㄨㄚˋ ㄏㄜˋ ㄒㄧ ㄍㄨㄟ 輓章之用語，比喻逝去。

參考 同駕返瑤池。

常 6 **跳** 形解 形聲；從足，兆聲。跳躍爲跳。

音義 ㄊㄧㄠˋ 動 ①兩腳離地，身體向上或前躍起；例狗急跳牆。②一起一伏地動；例心跳。③越過；例這一頁跳過去不教。④脫逃；例跳出火坑。⑤自高往下跳躍；例跳傘。

參考 同躍，踊，踴。

8 **跳板** ㄊㄧㄠˋ ㄅㄢˇ ㈠放在船與岸之間的長板，專供乘客上下船之用。㈡指跳躍用的板子，如跳水時所使者。㈢比喻媒介物。例福克蘭島是前往南極的跳板。

11 **跳梁** ㄊㄧㄠˋ ㄌㄧㄤˊ 騰躍跳動。後用來比喻跋扈的情狀。

跳梁小丑 ㄊㄧㄠˋ ㄌㄧㄤˊ ㄒㄧㄠˇ ㄔㄡˇ 指叛變、顛覆國家的人。

15 **跳槽** ㄊㄧㄠˋ ㄘㄠˊ 比喻見異思遷，離開原有工作單位。

參考 與「挖角」有別：前者是指看到對方條件優越，環境美好，而離開原有工作單位，表主動；後者是指看見某一人員非常優秀，利用優厚的待遇的待請他來我單位工作，表示被動。

21 **跳躍** ㄊㄧㄠˋ ㄩㄝˋ 跳起來的動作。

▽心跳、蛙跳、驚跳、飛跳、起跳、仙人跳、雞飛狗跳、心驚肉跳、連跑帶跳。

常 6 **跺** 形解 形聲；從足，朵聲。朵有垂落的意思，所以足用力踏地爲跺。

音義 ㄉㄨㄛˋ 動舉起腳，然後猛力踏地；例黛玉急得跺腳。

參考 與「垛」有別：「垛」，從土，爲箭靶。

常 6 **跪** 形解 形聲；從足，危聲。危有戒懼的意思，所以兩膝著地，心存敬愼戒懼爲跪。

音義 ㄍㄨㄟˋ 動屈膝，使兩膝著地，伸直大腿和挺直腰部，爲「長跪」，或用臀部附著在腳踝之上，爲「跪坐」；例「跪而舉之。」

參考 同跽。

▽下跪、拜跪、長跪、跽跪。

次 6 **跤** 形解 形聲；從足，交聲。從腳跟至膝的部分爲跤。

音義 ㄐㄧㄠ 名①跟斗；例他跌了一跤。②摔跤，角力。

ㄑㄧㄠ 名足脛，通「骹」。

次 6 **跬** 形解 形聲；從足，圭聲。圭有短的意思，所以移動半步爲跬。

音義 ㄎㄨㄟˇ 名半步；例跬步。

參考 「跬」、「步」有別：古稱一舉足（一腳向前邁出後著地）的距離爲「跬」，兩舉足所得的距離爲「步」。

次 6 **跐** 形解 形聲；從足，此聲。以足踐踏地面或他處爲跐。

音義 ㄘ 動踐踏。

ㄘˇ 動滑跤。

參考 ㄘ又音ㄘㄞˇ。

次 6 **跫** 形解 形聲；從足，巩聲。行走時踏足的聲音爲跫。

音義 ㄑㄩㄥˊ 形①跫，形容踐踏的聲音。②腳步聲；例足谷跫然。

常 7 **跼** 形解 形聲；從足，局聲。局有迫促的意思，所以曲屈不直爲跼。

音義 ㄐㄩˊ 動①彎曲身體，表示敬畏；例「天高地厚，跼而蹐之。」②拘束，通「拘」；例「吏舍跼終年。」

參考 與「焗」、「鋦」同音而義異：「焗」，從火，爲一種烹調方法；「鋦」，從金，爲金屬元素名。

4 **跼天蹐地** ㄐㄩˊ ㄊㄧㄢ ㄐㄧˊ ㄉㄧˋ 形容不能伸展或恐懼。蹐：走小步。

次 7 **踉** 形解 形聲；從足，良聲。良有不正的意思，所以行不正爲踉。

音義 ㄌㄤˋ 形跳跟的，跳動狀。

ㄌㄧㄤˋ 形踉蹌的，行路歪斜的。

參考 ㄌㄤˋ又音ㄌㄤˊ。

14 **踉踉蹌蹌** ㄌㄤˋ ㄌㄤˋ ㄑㄧㄤˋ ㄑㄧㄤˋ 腳步不穩健的樣子。又作「踉蹌」。

㊋7 **跽** 形解 形聲；從足，忌聲。忌有尊敬的意思，所以兩膝著地，上身挺直以示尊敬爲跽。

音義 ㄐㄧˋ 動 長跪，即挺著上身跪著；例「項王按劍而跽。」

㊋7 **踊** 形解 形聲；從足，甬聲。甬有向上的意思，所以向上跳躍爲踊。

音義 ㄩㄥˇ 動 ①跳躍；例「跛著不踊。」②漲價；例物貨翔踊。

㊋7 **踅** 形解 形聲；從足，折聲。折有曲行的意思，所以往來盤旋爲踅。

音義 ㄔˋ 動 單腿跳躍。ㄒㄩㄝˊ 名 踅子，窄而長的粗席。動 ①來回盤旋；例門前兩頭來往踅。②折返；例踅身就走。

參考 字雖從折，但不可讀成 ㄓㄜˊ。

8 **踅門瞭戶** ㄒㄩㄝˊ ㄇㄣˊ ㄌㄧㄠˋ ㄏㄨˋ 猶言串門子。

㊖8 **踟** 形解 形聲；從足，知聲。徘徊緩行不前爲踟。

音義 ㄔˊ 副 拿不定主意，要走不走的樣子；例搔首踟躕。

參考「踟躕」、「躑躅」、「躊躇」、「躊躕」，意思相同：可作動詞用，爲徘徊的意思；也可作副詞用，爲徘徊不前的樣子。

22 **踟躕** ㄔˊ ㄔㄨˊ 遲疑不進的樣子。亦作「踟躇」。

㊖8 **踫** 形解 形聲；從足，並聲。兩足相並爲踫。

音義 ㄆㄥˋ 動 ①撞擊，爲「碰」的異體字；例相踫。②試探，通「掽」；例踫踫看。

參考 參閱「碰」字條。

㊖8 **踐** 形解 形聲；從足，戔聲。戔有殘傷的意思，所以物被踐踏，受到傷害爲踐。

音義 ㄐㄧㄢˋ 動 ①踩踏；例踐踏。②實現；例踐約。③登上；例「踐其位，行其禮。」

參考 ①同踏，蹈，踩，履。②與「餞」、「賤」音同而義異：「餞」，從食，爲糖漬的果品；「賤」，從貝，有卑微、輕藐的意思。

8 **踐阼** ㄐㄧㄢˋ ㄗㄨㄛˋ 帝王即位。古時宮殿前的東階爲阼階，是主人行禮時所在，故以阼階象徵天子之位，因稱新君即位爲踐阼。

9 **踐約** ㄐㄧㄢˋ ㄩㄝ 履行預先的約定。

▽實踐、履踐、蹧踐、作踐。

㊖8 **踝** 形解 形聲；從足，果聲。果實多呈圓形，所以人足兩旁凸起的圓骨爲踝。

音義 ㄏㄨㄞˊ 名 踝骨，小腿與腳掌相接處，爲腳腕兩旁所凸起的圓骨，是由脛骨和腓骨下端鼓出部分形成；例腳踝。

參考 ①又音 ㄏㄨㄚˋ。②字雖從果，但不可讀成 ㄍㄨㄛˇ 或 ㄌㄨㄛˇ。

㊖8 **踢** 形解 形聲；從足，易聲。易爲變易，所以用腳觸擊使物離開，改變原狀爲踢。

音義 ㄊㄧ 動 擡起腿用腳觸擊；例踢球。

參考 ①右邊從「易」，不可誤寫作「昜」。②同蹴。③與「剔」同音而義異：「剔」，從刀，爲把物體表面或孔隙中的東西，分離開或挑出來。

㊖8 **踏** 形解 形聲；從足，沓聲。沓有兩物疊合的意思，所以用腳著地時，腳與地面相合爲踏。

音義 ㄊㄚˋ 動 ①以腳著地或踐物；例踏水車。②玩賞；例踏青。③勘察；例踏勘南橫公路。④步行；例踏破鐵鞋無覓處，得來全不費功夫。⑤到現場；例踏勘。

參考 ①同 蹋，蹈，踩，踐，履。②與「蹋」同音而義異：「踏」、「蹋」都有踐踩的意思，然「蹋」另外又有浪費的意思，如「蹧蹋」不作「踏」。

8 **踏青** ㄊㄚˋ ㄑㄧㄥ ㈠春天到郊野遊覽。㈡舊俗以清明節爲踏青節。

10 **踏破鐵鞋** ㄊㄚˋ ㄆㄛˋ ㄊㄧㄝˇ ㄒㄧㄝˊ 比喻尋覓得非常辛苦。

14 **踏實** ㄊㄚˋ ㄕˊ 腳步穩健確實。比喻做事平實穩重，不急切，不虛浮。

▽踐踏、踢踏、腳踏、踩踏。

常 8 **踩** 形解 形聲；從足，采聲。以足踐踏爲踩。

音義 ㄘㄞˇ 動 以足踐踏；例「撂在地下亂踩。」

參考 ①同跴，踏。②與「睬」同音而義異：「睬」，從目，有理會，注視的意思。

次 8 **踣** 形解 形聲；從足，咅聲。咅有唾之於地的意思，所以僵仆爲踣。

音義 ㄅㄛˊ 動 ①傾跌；例踣地不起。②暴屍；例踣諸市肆三日。③亡逝；例紂踣於京。

次 8 **踥** 形解 形聲；從足，妾聲。踥踥，往來行走爲踥。

音義 ㄑㄧㄝˋ 副 踥蹀，行走的樣子。

次 8 **踡** 形解 形聲；從足，卷聲。卷有卷曲的意思，所以手足不伸爲踡。

音義 ㄑㄩㄢˊ 形 踡跼，拳曲不伸的。

次 8 **踖** 形解 形聲；從足，昔聲。向前跨越爲踖。

音義 ㄐㄧˊ 動 踐踩；例毋踖席。副 踧踖，恭敬而局促不安的樣子。

次 8 **踦** 形解 形聲；從足，奇聲。奇有單的意思，所以一足爲踦。

音義 ㄐㄧˇ 名 小腿。ㄧˇ 動 碰觸；例「膝之所踦。」ㄑㄧˊ 形 傾斜的，通「崎」；例「山阜隈積而踦嶇。」

次 8 **踞** 形解 形聲；從足，居聲。居即屈蹲，所以垂足實坐爲踞。

音義 ㄐㄩˋ 動 ①蹲著；例箕踞。②坐鎮；例龍盤虎踞。③倚靠；例踞鞍而問。④傲慢，通「倨」；例踞傲。

次 8 **踧** 形解 形聲；從足，叔聲。叔有美善的意思，所以行走時平易無阻礙爲踧。

音義 ㄘㄨˋ 形 ①發愁的，通「蹙」。②踧踖，表面恭敬而內心惶恐的。

參考 字雖從叔，但不可讀成ㄕㄨˊ。

次 8 **踔** 形解 形聲；從足，卓聲。卓有高遠的意思，所以向高遠處行走爲踔。

音義 ㄓㄨㄛˋ 動 跳躍；例天跳地踔。形 高超的，通「卓」；例踔絕。副 跛行的樣子；例趻踔。

12 **踔絕** ㄓㄨㄛˋ ㄐㄩㄝˊ 高超脫俗。

15 **踔厲風發** ㄓㄨㄛˋ ㄌㄧˋ ㄈㄥ ㄈㄚ 文氣奮揚，精神振奮，有如風速的迅疾。

常 9 **蹄** 形解 形聲；從足，帝聲。被於獸足趾端的表皮變形物爲蹄。

音義 ㄊㄧˊ 名 ①馬、牛、羊、豬等腳趾端的角質變形物，由角質細胞構成，有保護作用；例「行遠馬穿蹄。」②獸足，指有蹄的腳；例「春風得意馬蹄疾。」

參考 ①又作「蹏」。②哺乳動物中，有蹄者多是草食性，有爪的多屬肉食性。

常 9 **踱** 形解 形聲；從足，度聲。跣足蹋地爲踱，俗以緩步爲踱。

音義 ㄉㄨㄛˋ 動 緩步行走；例踱來踱去。

常 9 **蹂** 形解 形聲；從足，柔聲。柔有安順的意思，所以物遭獸足踐踏而順服爲蹂。

音義 ㄖㄡˊ 動 ①踐踏；例「蹂蕙

圃，踐蘭唐。」②用腳踩禾取穀實；例或簸或蹂。③摧殘；例蹂躪。

參考 與「揉」、「鞣」同音而義異：「揉」，從手，有揉搓的意思；「鞣」，從革，爲熟的皮革。

27 **蹂躪** ㄖㄡˊ ㄌㄧㄣˋ 踐踏。後來比喻暴力摧殘。

常 9 **踴** 解形 形聲；從足，勇聲。甬有興起的意思，所以向上跳躍爲踴。

音義 ㄩㄥˇ 動 跳躍；例踴躍。副 大幅度地（上漲）；例米穀踴貴。

參考 ①或作「踊」。②同跳，躍。③與「恿」、「蛹」同音而義異：「恿」，從心，慫恿不作「踴」；「蛹」，從虫，爲昆蟲的幼蟲。

21 **踴躍** ㄩㄥˇ ㄩㄝˋ ㈠躍起，耀武，爭雄。㈡熱烈積極，爭先恐後的樣子。

常 9 **踹** 解形 形聲；從足，耑聲。耑本指植物初生，引申有著地而立的意思，人賴以著地而立的足跟爲踹。

音義 ㄔㄨㄞˋ 動 ①用腳底猛力撞擊；例咱們踹門。②踩踏；例踹花兒。ㄕㄨㄞˋ 動 跳躍；例「踹足而怒。」

參考 ①同踢，蹴。②「揣」，從手，音ㄔㄨㄞˇ，有試探義。

常 9 **踵** 解形 形聲；從足，重聲。追逐爲踵。

音義 ㄓㄨㄥˇ 名 ①腳後跟；例接踵而至。②鞋跟；例納履而踵決。動 ①追隨；例「勉踵前修。」②在後面跟著；例踵其後。③繼承；例踵武。④因襲；例踵事增華。⑤到，臨；例「重踵高宛。」副 頻仍；例踵見仲尼。

參考 ①又作「歱」。②與「種」同音而義異：「種」，從禾，有類別的意思。

8 **踵門** ㄓㄨㄥˇ ㄇㄣˊ 親自拜訪。

踵武 ㄓㄨㄥˇ ㄨˇ 循著前人的足跡前進。比喻繼承前人的事業。

踵事增華 ㄓㄨㄥˇ ㄕˋ ㄗㄥ ㄏㄨㄚˊ 繼承前人的事業，並使之更趨美好完善。

11 **踵接** ㄓㄨㄥˇ ㄐㄧㄝ 後面人的腳趾接著前面人的腳跟。形容行走的人連續不斷。

17 **踵謝** ㄓㄨㄥˇ ㄒㄧㄝˋ 親自登門道謝。

▽比肩繼踵、摩肩接踵。

次 9 **踳** 解形 形聲；從足，舂聲。行動乖舛爲踳。

音義 ㄔㄨㄣˇ 形 踳駁，舛謬雜亂的。動 錯誤，通「舛」。

次 9 **蹀** 解形 形聲；從足，枼聲。枼有輕輕落地的意思，所以用足輕輕踏地爲蹀。

音義 ㄉㄧㄝˊ 動 ①蹈踏；例足蹀陽阿之舞。②涉出；例蹀血。副 蹀躞，小步走路地。

次 9 **蹅** 解形 形聲；從足，查聲。以足涉泥水爲蹅。

音義 ㄔㄚˇ 動 ①踏踩；例有勞太師貴腳來蹅賤地。②踩中了泥、水。

次 9 **踶** 解形 形聲；從足，是聲。鳥獸以足踏地爲踶。

音義 ㄊㄧˊ 名 通「蹄」。ㄉㄧˋ 動 踢打；例「怒則分背相踶。」ㄓˋ 副 踶跂，用盡心力的樣子。ㄔˊ 副 行不進的樣子，同「踟」。

次 9 **踽** 解形 形聲；從足，禹聲。禹有罕爲匹敵的意思，所以獨行無所親附爲踽。

音義 ㄐㄩˇ 副 踽踽，孤獨無伴的樣子。

次 9 **蹁** 解形 形聲；從足，扁聲。扁有不正的意思，所以足不正爲蹁。

音義 ㄆㄧㄢˊ 形 ①跛行的。②蹁躚，形容跳舞的姿態。

次 9 **踰** 解形 形聲；從足，俞聲。俞有渡人過水的意思，所以渡過爲踰。

【音義】ㄩˊ〔動〕超越，同「逾」。

17 **踰牆鑽隙** ㄩˊ ㄑㄧㄤˊ ㄗㄨㄢ ㄒㄧˋ ㈠超越牆垣，鑽行洞隙。㈡專指男女私相愛悅的行徑。

(常) 10 蹉

【形解】形聲；從足，差聲。差爲失當不相值，所以虛耗歲月而坐失良機爲蹉跎。

【音義】ㄘㄨㄛ〔動〕①失誤；例日月爽蹉。②虛度光陰；例蹉跎歲月。③通過；例「孟公結重關，賓客不得蹉。」④跌跤；例蹉跌。

【參考】與「搓」、「磋」同音而義異：「搓」，從手，爲兩手摩擦；「磋」，從石，爲磨治骨角。

12 **蹉跎** ㄘㄨㄛ ㄊㄨㄛˊ ㈠失足，顛蹶。比喻失意。㈡指時間白白浪費，人生虛度。

(常) 10 蹋

【形解】形聲；從足，𦐇聲。踐踏爲蹋。

【音義】ㄊㄚˋ〔動〕①踐踏，通「踏」；例「當流赤足蹋澗石。」②踢；例穿域蹋鞠。③浪費財物或侮辱他人；例蹧蹋。

【參考】①〔同〕踏，踩，蹈，履，踐。②與「榻」同音而義異：「榻」，從木，爲狹長的床。

(常) 10 蹈

【形解】形聲；從足，舀聲。舀爲道的叚借，所以用足踐踏道路爲蹈。

【音義】ㄉㄠˋ〔動〕①遵循；例循規蹈矩。②踐踏；例白刃可蹈也。③頓足踏地而跳動；例手舞足蹈。④投身；例赴湯蹈火。⑤實行；例遭變則以斷蹈義。

【參考】①俗或讀成ㄉㄠˇ。②〔同〕履，踐，躡。

10 **蹈海** ㄉㄠˋ ㄏㄞˇ 投海自盡。

11 **蹈常襲故** ㄉㄠˋ ㄔㄤˊ ㄒㄧˊ ㄍㄨˋ 墨守陳法。襲，亦作「習」。

22 **蹈襲** ㄉㄠˋ ㄒㄧˊ 因襲，沿用。

▽舞蹈、高蹈、躬蹈、踐蹈、履蹈、手舞足蹈。

(常) 10 蹊

【形解】形聲；從足，奚聲。等待爲蹊。

【音義】ㄒㄧ〔名〕人行的小路；例「桃李不言，下自成蹊。」〔動〕踐踏；例牽牛以蹊人之田。

【參考】①〔同〕徑。②與「徯」同音而義異：「蹊」、「徯」當作小徑解時可通，其餘意思則不同。

10 **蹊徑** ㄒㄧ ㄐㄧㄥˋ 山路，小路。亦用以專指門徑。

19 **蹊蹺** ㄒㄧ ㄑㄧㄠ 奇怪，可疑。同「蹺蹊」。

(次) 10 蹍

【形解】形聲；從足，展聲。展有布陳的意思，所以踐踏爲蹍。

【音義】ㄓㄢˇ〔動〕〔方〕踐踏；例蹍踏。

(次) 10 蹐

【形解】形聲；從足，脊聲。脊有密合的意思，所以兩足密接而行爲蹐。

【音義】ㄐㄧˊ〔副〕碎步地；例知能蹐馳。

(次) 10 蹌

【形解】形聲；從足，倉聲。倉有盛大的意思，所以行動誇大爲蹌。

【音義】ㄑㄧㄤ〔動〕①走動；例始連軒以鳳蹌。②闖入；例蹌將入來。〔形〕威儀的；例巧趨蹌兮。ㄑㄧㄤˋ〔形〕跟蹌，行路歪斜的。

【參考】字雖從倉，但不可讀成ㄘㄤ。

(次) 10 蹇

【形解】形聲；從足，寒省聲。行動艱難爲蹇。

【音義】ㄐㄧㄢˇ〔名〕〔動〕駑馬。〔形〕①跛行不便的；例蹇驢。②遲鈍的；例蹇澀。③貧乏的；例窮蹇。④傲慢的；例驕蹇。

(常) 11 蹙

【形解】形聲；從足，戚聲。戚有迫促的意思，所以行動迫促爲蹙。

【音義】ㄘㄨˋ〔動〕①皺縮；例疾首蹙頞。②削減；例「今也日蹙國百里。」③緊迫；例窮蹙。④踢打，通「蹴」；例「揚鞭一蹙破霜蹄。」〔形〕①急迫的；例國勢日蹙。②局促不安的；例蹙陳。

【參考】①又作「蹵」。②與「促」、「蹴」同音而義異：「促」，是急促；「蹴」，有躡踏義。③與「蹩」有別：「蹩」，從敝，音

ㄐㄩㄝ，有跌倒的意思。

9 **蹙眉** ㄘㄨˋ ㄇㄟˊ 因憂愁而雙眉皺縮。

18 **蹙額太息** ㄘㄨˋ ㄜˊ ㄊㄞˋ ㄒㄧ 形容愁苦歎息的樣子。

▽顰蹙、困蹙、窘蹙。

常11 **蹤** 形解 形聲；從足，從聲。從為隨行，所以追隨足跡為蹤。

音義 ㄗㄨㄥ 名①腳印；例跟蹤。②人的行跡或形影；例行蹤不定。③事物的痕跡；例事蹤筆跡，皆可推較。動追隨；例安足繼蹤前烈。

參考①又作「踪」。②與「樅」同音而義異：「樅」，從木，多用於專有名詞，如樅陽。

13 **蹤跡** ㄗㄨㄥ ㄐㄧ ㈠足跡。㈡指行蹤。㈢動詞，追蹤，找尋。

參考「蹤跡」和「蹤影」有別：「蹤跡」指人或動物的足跡或行跡，側重於實跡；而「蹤影」則指蹤跡和形影，可以有實跡，也可以無實跡，所以還可以用於人或動物以外的事物；常指尋找的對象，多用於否定句式，可以構成詞組「無影無蹤」。

15 **蹤影** ㄗㄨㄥ ㄧㄥˇ 蹤跡與形影。

參考 參閱「蹤跡」條。

▽遺蹤、追蹤、人蹤、舊蹤、行蹤、芳蹤、失蹤、無影無蹤。

常11 **蹣** 形解 形聲；從足，㒼聲。㒼有盈溢的意思，所以踰越、跛行為蹣。

音義 ㄇㄢˊ 動踰越；例蹣山越嶺。副走路艱難，遲緩搖晃地；例步履蹣跚。

參考又音 ㄆㄢˊ。

12 **蹣跚** ㄇㄢˊ ㄕㄢ ㈠跛行的樣子。㈡跳舞的樣子。

參考又讀 ㄆㄢˊ ㄕㄢ。

常11 **蹦** 形解 形聲；從足，崩聲。崩為山崩時土石離山墜落，所以離地高跳為蹦。

音義 ㄅㄥˋ 動①向上跳；例活蹦亂跳。②東西從地面彈起；例皮球蹦得幾丈高。

參考①同跳，躍。②與「鏰」同音而義異：「鏰」，從金，為清末發行的無孔銅幣。

次11 **蹜** 形解 形聲；從足，宿聲。宿有留止的意思，所以足受拘束不得放開為蹜。

音義 ㄙㄨˋ 形畏縮而不敢行進的。副蹜蹜，小步快走的樣子。

次11 **蹢** 形解 形聲；從足，啻聲。獸足為蹢。

音義 ㄓˊ 動逗遛，通「躑」；例蹢躅。ㄉㄧˊ 名獸蹄；例有豕白蹢。

次11 **蹠** 形解 形聲；從足，庶聲。庶有眾多盛大的意思，所以足向上、向前跳躍為蹠。

音義 ㄓˊ 名①腳掌；例「蹠遠膝。」②行徑；例眇不知其所蹠。動跳躍；例蹠地遠羣。

次11 **蹟** 形解 形聲；從足，責聲。足迹為蹟。

音義 ㄐㄧ 名遺跡。動遵循；例「念彼不蹟。」

參考 字亦可作「跡」、「迹」。

▽遺蹟、奇蹟、筆蹟、墨蹟、史蹟、丕蹟、古蹟、血蹟、功蹟、夏商遺蹟、名勝古蹟。

次11 **蹧** 形解 形聲；從足，曹聲。曹有無用的意思，所以浪費財物，不加愛惜為蹧。

音義 ㄗㄠ 動蹧蹋，不知愛惜；例不要蹧蹋生命。

次11 **蹚** 形解 形聲；從足，堂聲。行走不正為蹚。

音義 ㄊㄤ 動在淺水裡行走；例蹚水。副跌蹚，行走不正的樣子。

次11 **蹕** 形解 形聲；走足，畢聲。畢有終止的意思，所以一足虛一足實地站立為蹕。

音義 ㄅㄧˋ 名古帝王出行的車駕；例駐蹕。動古帝王出行時清掃道路，禁止通行的警戒。

▽警蹕、駐蹕。

次 11 **蹡** 形解 形聲；從足，將聲。行路不正爲蹡。

音義 ㄑㄧㄤ 動 追趕；例往西蹡路。副 ①蹡蹡，行走的樣子。②跟蹡，行走歪邪不正的樣子。

次 11 **蹩** 形解 形聲；從足，敝聲。敝有破敗的意思，所以足上患疾，不良於行爲蹩。

音義 ㄅㄧㄝˊ 動 手腕或腳腕扭傷。形 跛瘸的；例蹩足。

13 **蹩腳** ㄅㄧㄝˊ ㄐㄧㄠˇ ㈠跛腳。㈡俚 江浙一帶方言。東西的質量不好，如：蹩腳貨。㈢潦倒失意。

次 11 **蹔** 形解 形聲；從足，斬聲。行路疾進爲蹔。

音義 ㄗㄢˋ 動 疾進。副 不久，通「暫」；例「其法可蹔行於一國。」

常 12 **躇** 形解 形聲；從足，著聲。著有相附凝滯的意思，所以猶豫不前爲躇。

音義 ㄔㄨˊ 副 ①猶豫不決的樣子；例躊躇不決。②從容自得的樣子；例躊躇滿志。

參考 ①又音 ㄓㄨˊ。②參閱「踟」字條。

▽躊躇。

常 12 **蹼** 形解 形聲；從足，菐聲。菐爲僕的省文，僕有附著的意思，所以附著於水鳥足趾之間，使足趾相連的皮膜爲蹼。

音義 ㄆㄨˊ 名 游禽類或兩棲類等腳趾間的膜，便於用腳划水，以利水上生活；例「鳧雁醜，其足蹼。」

參考 有蹼的動物，兩棲類如蛙、蟾蜍等；魚鱉類如龜、鱉等；游禽類如雁、鴨、鷗等；哺乳類如獺、海獺、鴨嘴獸等。

常 12 **蹲** 形解 形聲；從足，尊聲。尊形爲上下微小而中部稍大，曲足踞蹲時中部較大爲蹲。

音義 ㄉㄨㄣ 動 ①彎曲兩腿，虛坐而臀不著地；例蹲下。②俚 閒居或呆著；例別老是蹲在家裡。

ㄘㄨㄣˊ 動 〔方〕腳、腿猛然著地而受傷；例蹲了腳。

參考 與「蹾」同音而義異：「蹾」，從足，有猛然放下的意思。

常 12 **蹶** 形解 形聲；從足，厥聲。厥有短缺停止的意思，所以跌倒不動爲蹶。

音義 ㄐㄩㄝˊ 動 ①跌倒；例馬蹶。②挫敗；例屢試則蹶。③踩踏；例「蹶石闕，歷封巒。」④竭盡；例天下財產何得不蹶？形 固執的；例兩個蹶老頭。

ㄐㄩㄝˇ 動 馬、驢等用後蹄向後踢物；例「不能相容，互蹄蹶起來。」

參考 ①字或作「蹷」。②與「獗」、「橛」同音而義異：「獗」，從犬（犭），有狂暴的意思；「橛」，從木，爲小木樁。

▽顛蹶、驚蹶。

常 12 **蹬** 形解 形聲；從足，登聲。蹭蹬、登履爲蹬。

音義 ㄉㄥ 動 ①穿著；例蹬上鞋子。②蹴踏；例隻腳一蹬，那隻船箭也似投江心去了。③腿和腳向腳底的方向用力；例蹬自行車。④困頓挫折，懷才不遇；例蹭蹬江南百事疎。

參考 與「磴」、「瞪」、「鐙」同音而義異：「磴」，從石，爲石階；「瞪」，從目，有睜眼直視的意思；「鐙」，從金，爲掛在馬鞍邊的踏腳物。

常 12 **蹺** 形解 形聲；從足，堯聲。堯有高的意思，所以舉足使高爲蹺。

音義 ㄑㄧㄠ 動 ①擡起；例蹺起二郎腿。②跛；例蹺腳。③腳後跟擡起，腳尖著地；例蹺步。④俚 死亡；例蹺辮子。⑤俚 逃；例蹺課。

參考 ①俗音 ㄑㄧㄠˋ。②字或作「蹻」。③與「磽」、「敲」同音而義異：「磽」，從石，指土地堅硬而薄瘠；「敲」，從攴高聲，有叩擊的意思。

㊍12 **蹴** 解形 形聲；從足，就聲。就有歸向的意思，所以尾隨其後爲蹴。

音義 ㄘㄨˋ 動 ①腳踢；例蹴踘。②踏踩；例一蹴可成。副 恭敬地；例孔子蹴然避席而對。

㊍12 **蹭** 解形 形聲；從足，曾聲。曾有高的意思，所以走路有困難爲蹭。

音義 ㄘㄥˋ 動 ①摩擦；例蹭了一身灰。②延遲；例快點，別蹭了。③踱方步；例「他唧唧了一會，方蹭到這邊屋內。」

19 **蹭蹬** ㄘㄥˋ ㄉㄥˋ ㈠路途險阻難行的樣子。㈡比喻失意，潦倒。

㊍12 **蹯** 解形 形聲；從足，番聲。野獸的足迹爲蹯。

音義 ㄈㄢˊ 名 獸的足掌；例熊蹯。

㊍12 **蹻** 解形 形聲；從足，喬聲。喬有曲而高的意思，所以架起足部使高爲蹻。

音義 ㄑㄧㄠ 動 擡起腳；例蹻足抗首。ㄐㄩㄝ 名 用草或繩編成的鞋子，通「屩」；例「躡蹻擔簦。」ㄐㄧㄠˇ 副 ①蹻蹻，驕傲的樣子；例小子蹻蹻。②蹻捷，動作敏捷的樣子，通「矯」；例蹻捷過人。

㊢13 **躉** 解形 會意；從萬足。萬有大的意思，所以數量大而齊全完整爲躉。

音義 ㄉㄨㄣˇ 動 整批地買進；例現躉現賣。副 整批或大批地；例躉賣。

參考 ①反零。②字雖從萬，但不可讀成 ㄨㄢˋ。

㊢13 **躁** 解形 形聲；從足，喿聲。喿有盛大的意思，所以行動疾速時聲勢浩大爲躁。

音義 ㄗㄠˋ 名 不冷靜；例戒驕戒躁。動 擾動；例稍安毋躁。形 ①性急的；例輕率躁急。②狡猾的；例躁人之辭多。

參考 ①同騷，噪，譟，擾。②與「噪」、「譟」、「燥」同音而義異：「噪」，從口，有喧鬧的意思；「燥」，從火，有乾爽的意思。

12 **躁進** ㄗㄠˋ ㄐㄧㄣˋ 輕率求進。例做事一定要腳踏實地，切勿躁進求功。

▽狂躁、煩躁、焦躁、急躁、暴躁、稍安勿躁。

㊢13 **躅** 解形 形聲；從足，蜀聲。走路徘徊不前爲躅。

音義 ㄓㄨˊ 名 足跡；例漸聞玉佩響，始辨朱履躅。動 踩踏；例師曠東躅其足。副 徘徊的樣子；例躑躅。

參考 ①參閱「踟」字條。②與「蠋」同音而義異：「蠋」，從虫，爲一種蛾類的幼蟲。

㊢13 **躂** 解形 形聲；從足，達聲。失足跌倒爲躂。

音義 ㄊㄚˋ 動 ①失足跌倒；例腳一滑，躂在地上。ㄉㄚ 動 散步；例蹓躂。

㊍13 **躄** 解形 形聲；從足，辟聲。辟有偏邪的意思，所以足有疾患，不良於行爲躄。

音義 ㄅㄧˋ 動 ①兩腿癱跛不能行動；例民家有躄者。②仆倒。

參考 又作「躃」。

㊢14 **躊** 解形 形聲；從足，壽聲。猶豫爲躊。

音義 ㄔㄡˊ 動 徘徊；例西園景多暇，可以少躊躕。

參考 參閱「踟」字條。

19 **躊躇** ㄔㄡˊ ㄔㄨˊ 猶豫不決的樣子。

參考 參閱「猶豫」條。

躊躇滿志 ㄔㄡˊ ㄔㄨˊ ㄇㄢˇ ㄓˋ 心滿意足，形容自得的樣子。

參考 ①參閱「自鳴得意」條。②與「趾高氣揚」有別：前者偏重在「心滿意足」；後者偏重於「驕傲自大」。「趾高氣揚」是貶損詞，而「躊躇滿志」則是中性詞。

㊢14 **躍** 解形 形聲；從足，翟聲。翟有光明上進的意思，所以迅速向上跳起爲

躍。

音義 ㄩㄝˋ 動①跳起；例跳躍。②走，跑；例躍馬中原。③漲價；例以稽市物痛騰躍。④歡喜；例雀躍。

參考①又音ㄧㄠˋ。②同跳，踊，踴。

12 **躍然紙上** ㄩㄝˋ ㄖㄢˊ ㄓˇ ㄕㄤˋ 形容文字、繪畫精美生動，好像活生生的東西在紙上跳躍一樣。

21 **躍躍然** ㄩㄝˋ ㄩㄝˋ ㄖㄢˊ 因急切期待或感到歡悅而心情激動的樣子。

參考 參閱「栩栩如生」條。

躍躍欲試 ㄩㄝˋ ㄩㄝˋ ㄩˋ ㄕˋ ㈠急進的樣子。㈡技癢的樣子。

參考①參閱「磨拳擦掌」條。②與「蠢蠢欲動」都有「急切地想要有所行動」的意思，但有別：前者著眼於急切地想試試；後者著眼於準備進攻，幹壞事。前者是中性成語；後者是帶貶損詞。

▽活躍、雀躍、跳躍、飛躍、踴躍、騰躍。

次 14 **躋**

形解 形聲；從足，齊聲。齊有平等的意思，所以升到與在上者齊平為躋。

音義 ㄐㄧ 動①攀登；例躋于九陵。②上升；例躋躓

常 15 **躑**

形解 形聲；從足，鄭聲。停住腳步不前進為躑。

音義 ㄓˊ 動徘徊不進；例躑躅不前。

參考 參閱「踟」字條。

20 **躑躅** ㄓˊ ㄓㄨˊ ㈠徘徊不進的樣子。㈡植即羊躑躅。

次 15 **躕**

形解 形聲；從足，廚聲。徘徊不前為躕。

音義 ㄔㄨˊ 副躕躇，猶豫不定，徘徊不進的樣子。

參考 又作「蹰」。

次 15 **躔**

形解 形聲；從足，廛聲。廛為止息的地方，所以足所履踏處為躔。

音義 ㄔㄢˊ 名①野獸的足迹。②日月星辰運行的度次；例日躔。動泛指行進；例躔次。

次 15 **躚**

形解 形聲；從足，遷聲。遷為移徙，所以曲折而行為躚。

音義 ㄒㄧㄢ 副蹁躚，形容跳舞的姿態。

次 15 **躒**

形解 形聲；從足，樂聲。樂有游移的意思，所以行動為躒。

音義 ㄌㄧˋ 動走動；例騏驥一躒。ㄌㄨㄛˋ 副逴躒，超絕的樣子，通「犖」；例逴躒諸夏。

次 15 **躓**

形解 形聲；從足，質聲。質有容易跌倒的意思，所以跌仆為躓。

音義 ㄓˋ 動①被絆倒；例躓踣。②事情失敗；例屢試屢躓。

次 15 **躐**

形解 形聲；從足，巤聲。以足踏地為躐。

音義 ㄌㄧㄝˋ 動①踐踏；例凌陣躐行。②超越；例躐等。③用手捓齊，通「擸」；例躐纓整襟。

---

12 **躐等** ㄌㄧㄝˋ ㄉㄥˇ 踰越等級。

次 15 **躗**

形解 形聲；從足，衛聲。以足踐地為躗。

音義 ㄨㄟˋ 動牛用蹄踢物自衛，通「⿱衛牛」。形荒謬不實的，通「⿱衛言」；例躗言。

次 17 **躞**

形解 形聲；從足，燮聲。燮有調和的意思，所以連步行走為躞。

音義 ㄒㄧㄝˋ 名書卷的杆軸。副蹀躞，小步的樣子。

常 18 **躡**

形解 形聲；從足，聶聲。聶有隱暗狹小的意思，所以行動輕微為躡。

音義 ㄋㄧㄝˋ 動①踩踏；例張良、陳平躡漢王足。②尾隨；例游軍從後躡敵。③穿著；例足下躡絲履。④插進；例躡足其間。⑤登上；例世冑躡高位。⑥追趕；例願言躡輕風。⑦放輕(腳步)行走；例躡手躡腳。⑧追蹤；例躡迹。

參考①和「攝影」的「攝」(ㄕㄜˋ)最易混誤，二字音義各異。

②與「鑷」、「顳」同音而義異：「鑷」，從金，爲夾物的小鉗子；「顳」，從頁，爲耳門骨。

4 **躡手躡腳** ㄋㄧㄝˋ ㄕㄡˇ ㄋㄧㄝˋ ㄐㄧㄠˇ 形容輕手輕腳或暗暗跟隨的樣子。同「攝手攝腳」。

次 18 **躥** 解形 形聲；從足，竄聲。竄有向上向前抛投的意思，所以以足上跳或向前跳爲躥。

音義 ㄘㄨㄢ 動 ①向上猛跳；例野貓躥上房去了。②水流傾瀉。③對人疾言厲色，以示盛怒。

參考 ①與「攛」、「鑹」同音而義異：攛，從手，抛擲；鑹，從金，鑿冰的用具。

常 20 **躪** 解形 躪 形聲；從足，藺聲。踐踏傷害爲蹂躪。

音義 ㄌㄧㄣˋ 動 ①踐踏；例躪玄鶴，亂昆雞。②侮辱摧殘；例蹂躪。

【身部】ㄕㄣ

常 0 **身** 解形  形聲；從人，申省聲。身體軀幹可屈可伸，所以軀體的總稱爲身。

音義 ㄕㄣ 名 ①人或動物的軀體；例肉身不壞。②專指軀幹；例人面蛇身。③生命；例捨身救人。④物體結構或使用的主要部分；例車身。⑤品格；例儒有澡身而浴德。⑥能力；例身手。⑦自己；例以身作則。⑧懷孕；例大任有身，生此文王。⑨名分；例妾身未明。⑩宗生命的過程，佛教輪迴謂三世有三身：前身、現身、來身。⑪年歲；例文王受命惟中身，厥享國五十年。⑫量詞，多指服飾；例他穿了一身新衣。⑬行動；例人在江湖，身不由己。代我，自稱詞；例身是張翼德也。形自己的；例俯思身愆。副親自地；例身體力行。ㄐㄩㄢ 名外古代音譯名；例身毒。

參考 ①「身」字有懷孕的意思，軀體的意思，又有自稱的意思等，字義豐富，構詞文雅，然宜用法適當。②「身」與「躬」都有親自義，習慣上，「身體力行」不作「躬」；「躬行實踐」不作「身」。③反心。

4 **身手** ㄕㄣ ㄕㄡˇ 技藝，本領。例身手不凡。

身分 ㄕㄣ ㄈㄣˋ 人的出身、地位，或資格。

參考 衍身分證、身分權。

身不由己 ㄕㄣ ㄅㄨˋ ㄧㄡˊ ㄐㄧˇ 自身的行動，不能由自己作主。

參考 與「不由自主」意思相近，但有別：强調自身行動完全由他人支配時，用前者比較恰當。後者可形容整個人的某一部分，亦可形容整個人；但前者只能形容整個人。

5 **身世** ㄕㄣ ㄕˋ 一個人的生活經歷及其遭遇。例身世堪憐。

9 **身段** ㄕㄣ ㄉㄨㄢˋ ㈠身體的高矮肥瘦等姿態。㈡戲曲演員在舞臺上表演的各種舞蹈化動作的統稱。

11 **身敗名裂** ㄕㄣ ㄅㄞˋ ㄇㄧㄥˊ ㄌㄧㄝˋ 地位喪失，名譽掃地。形容做壞事遭到徹底的失敗。含有貶損的意思。

13 **身經百戰** ㄕㄣ ㄐㄧㄥ ㄅㄞˇ ㄓㄢˋ 親身經歷過許多戰爭或困境，形容具有豐富的實戰經驗或人生經驗。

15 **身價** ㄕㄣ ㄐㄧㄚˋ ㈠娼妓婢妾的賣身價錢。㈡身分。

17 **身臨其境** ㄕㄣ ㄌㄧㄣˊ ㄑㄧˊ ㄐㄧㄥˋ 親自到了那個環境。也作「身入其境」、「親臨其境」。

參考 同身歷其境。

19 **身懷六甲** ㄕㄣ ㄏㄨㄞˊ ㄌㄡˋ ㄐㄧㄚˇ 女人懷孕。六甲：據說男女在逢甲之日結合，最易懷孕。

23 **身體力行** ㄕㄣ ㄊㄧˇ ㄌㄧˋ ㄒㄧㄥˊ 親自體驗，努力實踐。

▽化身、獻身、自身、修身、出身、心身、挺身、獨身、保身、立身、單身、船身、

縱身、前身、替身、孑然一身、明哲保身、象齒焚身、奮不顧身、獨善其身、牽一髮而動全身、以其人之道還治其人之身。

常 3 **躬** 形解 字本作「躳」：會意；從呂從身。呂爲脊椎骨，身體以脊椎爲支柱，所以身體爲躳。今作「躬」。

音義 ㄍㄨㄥ 名①身體；例我躬不閱，遑恤我後。②自身；例靜言思之，躬自悼矣。③箭靶的上下幅；例倍中以爲躬。④姓。動①自己作；例弗躬弗親，庶民弗信。②謹慎，通「恭」；例躬己而已。③彎下身子；例躬身爲禮。副親自地；例臣本寒家，躬耕南畝。

參考①參閱「身」字條。②同自，親。③擊窮。

11 **躬逢其盛** ㄍㄨㄥ ㄈㄥˊ ㄑㄧˊ ㄕㄥˋ 親身遭逢那種盛大的場面。

16 **躬親** ㄍㄨㄥ ㄑㄧㄣ 親自。

▽鞠躬、聖躬、政躬。

常 6 **躲** 形解 形聲；從身，朵聲。藏身逃避爲躲。

音義 ㄉㄨㄛˇ 動①隱藏；例躲藏。②避開；例躲債。

參考①同避，藏。②與「跺」有別：「跺」，從足，音ㄉㄨㄛˋ，有以足頓地的意思。

常 8 **躺** 形解 形聲；從身，尙聲。四肢平伸而臥，用以舒展身體爲躺。

音義 ㄊㄤˇ 名 量詞，來去一回，通「趟」；例這一躺還不算藏私偷懶。動 四肢平伸而臥；例躺在長櫈上睡午覺。

參考①「躺」與從「走」的「趟」都有來回一次義，可互通，其餘義則不同。②同臥。③反立。

常 11 **軀** 形解 形聲；從身，區聲。區有分別各部的意思，所以身體的全部爲軀。

音義 ㄑㄩ 名①身體；例軀體。②生命；例爲國捐軀。

參考①「軀」從「身」從「區」，與從「馬」而有奔走義的「驅」字不同。②同體。

12 **軀殼** ㄑㄩ ㄎㄜˊ 有形的身體，是對無形的精神說的。

▽形軀、體軀、身軀、賤軀、薄軀。

【車部】 ㄔㄜ

常 0 **車** 形解 象形；象橫看車子的形狀。上下兩「二」象兩輪，中間「⊖」象車廂，「丨」象車軸。

音義 ㄔㄜ 名①陸地上以輪子轉動的運輸工具；例牛車。②利用輪軸傳動的機械裝置；例風車。③牙牀；例輔車。④姓。動①利用機械運轉製造物品；例車布邊。②利用機械旋轉製成圓形物；例車碗。③以水車抽引河水；例無水不可車，有稻不可割。④以車輛運送；例這堆垃圾非車走不可。

ㄐㄩ 名 象棋棋子的一種。

參考「車」古音多讀ㄐㄩ，今音則唸ㄔㄜ，但當作姓氏時，則宜讀ㄔㄜ。「車」作象棋術語時，也宜讀ㄐㄩ。

4 **車水馬龍** ㄔㄜ ㄕㄨㄟˇ ㄇㄚˇ ㄌㄨㄥˊ 來往的車馬很多，形容繁華熱鬧的樣子。

10 **車馬喧闐** ㄔㄜ ㄇㄚˇ ㄒㄩㄢ ㄊㄧㄢˊ 形容街道上熱鬧非凡的景象。喧闐：聲音嘈雜。

13 **車載斗量** ㄔㄜ ㄗㄞˋ ㄉㄡˇ ㄌㄧㄤˊ 比喻數量很多。例車載斗量，不可勝數。

▽貨車、滑車、客車、牛車、乘車、戰車、停車、馬車、兵車、火車、水車、電車、風車、舟車、暈車、修車、騎車、開車、汽車、跳車、飛車、機車、腳踏車、安步當車、閉門造車、螳臂當車、雲霄飛車、子彈快車、無軌火車。

常 1 **軋** 形解 形聲；從車，乙聲。乙象草木屈曲長出形，引申有艱難緩慢的意思，車輛載重輾地而行爲軋。

音義 ㄧㄚˋ 名 古代酷刑，以重力壓碎骨節。動 ①碾壓，通常指用圓轉的物體壓過；例 手被轉軸軋傷了。②排擠；例 傾軋。

ㄓㄚˊ 動 ①將鋼坯壓製爲固定形狀的鋼材；例 軋鋼。②用機器切或壓；例 軋鐵。

ㄍㄚˊ 動 ①方 江浙方言，擁擠；例 軋扁頭。②結交；例 軋朋友。③核對(帳目)；例 軋帳。④趕著辦理；例 軋戲。

參考 ①「軋」從「車」從「乙」，與從「斤」而有殺戮義的「斬」字不同。②「軋」與「壓」音異形異而義近：「軋」，指承受圓轉的力量；「壓」，指承受垂直下降的力量。③與「釓」同音而義異：「釓」，從金，音ㄍㄚˊ，爲稀有金屬元素。④同「輾」。

常 2
軌

形解 軌 形聲；從車，九聲。車輿下，兩輪間，中空可通的部分爲軌。

音義 ㄍㄨㄟˇ 名 ①車子兩輪之間的距離；例 書同文，車同軌。②車輪行進所留下的痕跡；例 軌迹。③使特種車輛依循固定方向行進的設置；例 鐵軌。④特指鋪設軌道的鋼軌；例 鋪軌工程。⑤行星繞日的固定路徑；例 五星循軌，不失其行。⑥事務正常的法則；例 步入正軌。⑦車軸的兩端；例 左右軌範。⑧善行美意；例 思齊高軌。⑨內亂，通「宄」；例 外姦內軌。⑩姓。動 ①遵循；例 不軌常道。②併齊；例 方軌伊旦。

參考 ①「軌」與「匭」音同形類而義異：「軌」，爲車輛痕跡；而「匭」，爲箱匣。②「軌」有時可假借爲「宄」，餘則不同。③同 道，跡。

13 **軌跡** ㄍㄨㄟˇ ㄐㄧ (一)數 在限定的條件下，動點所描繪出的圖形。(二)車輪行過的痕跡。

軌道 ㄍㄨㄟˇ ㄉㄠˋ (一)供車輛行駛的鐵軌。(二)物體在空間運轉的路徑。(三)遵循法度。

15 **軌範** ㄍㄨㄟˇ ㄈㄢˋ 模範，法式。

▽車軌、常軌、正軌、不軌、鐵軌、出軌、脫軌、越軌、臥軌、失軌、寬軌、窄軌、圖謀不軌。

常 2
軍

形解 軍 會意；從勹從車。勹是包裹，車是兵車，所以圜圍兵車者爲軍。

音義 ㄐㄩㄣ 名 ①國家的武力；例 空軍。②士卒；例 軍皆殊死戰。③軍 國軍建制中，介於師與軍團間的野戰戰術單位。④宋代行政區域名，與州、府、監都隸屬於路。⑤流配；例 充軍。⑥姓。動 ①駐紮；例 軍彭城東。②排開陣勢；例 楚伐絞，軍其南門。

參考 ①「軍」與從「皮」而有凍裂義的「皸」音同而形義不同。②擘 渾、揮、輝、暈、暉、惲、運、褌、諢、翬。③古文「軍」可通「運」。

4 **軍心** ㄐㄩㄣ ㄒㄧㄣ 軍 軍人團結合作，達成任務的心態。例 軍心渙散。

軍火 ㄐㄩㄣ ㄏㄨㄛˇ 軍 槍砲、彈藥等軍用器材的總稱。例 軍火販子。

9 **軍紀** ㄐㄩㄣ ㄐㄧˋ 軍人應遵守的紀律。

10 **軍容** ㄐㄩㄣ ㄖㄨㄥˊ (一)軍隊的精神面貌。例 軍容壯盛。(二)軍人的儀表。

軍師 ㄐㄩㄣ ㄕ (一)古代官名，在軍中任參謀的工作。(二)俚 俗稱替人出主意的人。

11 **軍國主義** ㄐㄩㄣ ㄍㄨㄛˊ ㄓㄨˇ ㄧˋ 使國家政治、經濟、文化都爲侵略和戰爭服務的思想和政策。

參考 與「帝國主義」都是以侵略爲目標的主義，但有別：前者是先在國內進行獨裁統治，擴張軍備，進而以武力侵略他國；後者多爲經濟利益，擴張殖民地，而用經濟、政治或軍事爲手段侵略他國。

12 **軍備** ㄐㄩㄣ ㄅㄟˋ 軍事上的設施和裝備。

14 **軍閥** ㄐㄩㄣ ㄈㄚˊ 以武力割據地盤，把持政權，不服從中央政府領導的軍人。例 北洋軍閥。

軍需 ㄐㄩㄣ ㄒㄩ 軍 軍中所需要的糧食彈藥等物品。

▽海軍、空軍、陸軍、行軍、

三軍、將軍、進軍、全軍、大軍、敵軍、六軍、治軍、新軍、國軍、勝利軍、義勇軍、救世軍、潰不成軍、倉促成軍。

常 3 **軒** 形解 車，干聲；從干有上舉的意思，有曲輈向上藩蔽的車子爲軒。

音義 ㄒㄩㄢ 名 ①古代一種高頂有帷幔的車子，多爲士大夫以上所乘；例華軒。鶴有乘軒者。②車子的通稱；例朱軒繡軸。③車前的高聳部分；例軒輊。④窗子；例開軒面場圃，把酒話桑麻。⑤長廊；例愁人掩軒臥。⑥有窗戶的小室；例茅軒。⑦樓板；例重軒三階，閨房周通。⑧屋檐前的平臺；例天子臨軒賜侯印。⑨高突的屋檐；例翻軒。⑩姓。動①高舉；例翔霧連軒。②飛行；例歸雁載軒。形高聳的；例構流蘇開軒幌。

參考①「軒」字從「車」從「干」，「干」字二橫畫平直且第二筆較長。②反輊。

8 **軒昂** ㄒㄩㄢ ㄤˊ ㈠氣度不凡的樣子。㈡高舉的樣子。

12 **軒敞** ㄒㄩㄢ ㄔㄤˇ 屋間又高又寬敞。

軒然大波 ㄒㄩㄢ ㄖㄢˊ ㄉㄚˋ ㄅㄛ 原指很高很大的波浪。今比喻很大的糾紛或事端。軒然：波濤高高湧起的樣子。

13 **軒輊** ㄒㄩㄢ ㄓˋ 車前高起的部分稱軒，車後低下的部分稱輊；比喻高下，輕重。例不分軒輊。

▽高軒、華軒、茅軒、飛軒、重軒、開軒。

常 3 **軔** 形解 形聲；從車，刃聲。刃有止的意思，所以置於車輪前阻止車子前進的木頭爲軔。

音義 ㄖㄣˋ 名 ①車停後，阻止車輪滑移的橫木；例是引車不安軔。②抽去阻車橫木即可前進，引申爲事情的開始；例發軔。③七、八尺之間爲一軔，通「仞」；例掘井九軔而不及泉。動①停止；例陛下嘗軔車於趙矣！形①堅固的，通「韌」；例攻堅則軔。②怠惰；例芒軔慢楉。

參考①「軔」從車從刃，「刃」不可訛作「刀」。②與「韌」有別：「韌」，從韋，柔韌而結實。

次 3 **軏** 形解 形聲；從車，兀聲。兀有平直的意思，所以車轅與衡木相接處的關鍵爲軏。

音義 ㄩㄝˋ 名 小車車頭前端與車衡（車前橫木）相連的關鍵；例大車無輗，小車無軏。

參考①又音ㄨˋ。②大車前端與車衡相連的關鍵爲「輗」。③反輗。

常 4 **軟** 形解 形聲；從車，欠聲。柔弱爲軟。

音義 ㄖㄨㄢˇ 名 懦弱的人；例欺軟怕硬。形①物體的內部組織疏鬆；例軟木。②柔嫩的；例日烘煙柳軟於絲。③疲憊酸疼而沒有力氣的；例四肢發軟。④溫柔的；例軟語。⑤缺乏主見的；例拿人的手短，吃人的口軟。⑥質量差勁的；例貨色軟。⑦難於接受的；例大師傅一換，這小館的菜越來越軟了。副溫和地；例軟商量。

參考①字又作「輭」。②反硬。

4 **軟水** ㄖㄨㄢˇ ㄕㄨㄟˇ 化不含礦物質的水。

參考 反硬水。

軟化 ㄖㄨㄢˇ ㄏㄨㄚˋ ㈠由硬變軟，比喻由堅定變成動搖。例態度軟化。㈡用溫柔的手段使人屈服。例他終於軟化了她。㈢化用化學方法降低或除去水中鈣、鎂離子，降低水的硬度，使符合使用水的要求。

10 **軟弱** ㄖㄨㄢˇ ㄖㄨㄛˋ ㈠體質孱弱。㈡柔軟不剛强。

參考「軟弱」和「懦弱」都指不堅强，但前者使用範圍較廣，可指具體事物與人的性格；後者只用於人的性格意志。

12 **軟硬兼施** ㄖㄨㄢˇ ㄧㄥˋ ㄐㄧㄢ ㄕ 爲求達到目的，同時施展剛或柔的手段。

13 **軟禁** ㄖㄨㄢˇ ㄐㄧㄣˋ 將人限制在特定區域或住宅內，剝奪其行動自由，並在暗中加以監視。

23 **軟體** ㄖㄨㄢˇ ㄊㄧˇ ㈠通常指經營管

理中，屬於無形的部分，如管理知識等是。與「硬體」相對。㈡電腦組件中與「硬體」相對的部分，即指程式設計方面。

▽鬆軟、輕軟、柔軟、細軟、手軟、腳軟、心軟、吃人口軟、拿人手軟。

常 4 **軛** 形解 軛 形聲；從車，厄聲。用以扼制馬匹的衡木爲軛。

音義 ㄜ 名車轅前架在脖子上扼住牛馬頸項的曲木；例車軛。動駕馭；例牽家馬，軛家車者，幾何乘？

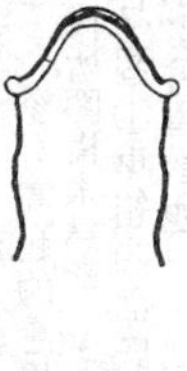

軛 名

參考 ①字又作「軶」。②與「扼」同音而義異。

常 5 **軸** 形解 軸 形聲；從車，由聲。由有動的意思，所以貫穿車轂，支持車輪轉動的橫柱爲軸。

音義 ㄓㄡˊ 名①機械中主要零件之一，連接兩輪，有支承載重，牽引前進的功用；例車軸。②圓軸形的東西；例線軸兒。③可舒展且可收捲成軸的物品，多指書畫而言；例立軸。④量詞，計算可收捲成軸的物品；例字畫一軸。⑤樞紐；例當軸處中，括囊不言。

ㄓㄡˋ 名國劇術語，戲曲一次演出的幾個節目中，排在最後一齣戲，叫大軸子；倒數第二齣戲，叫壓軸子，通常爲最精采的；例壓軸好戲。

參考 ①軸的語音唸ㄓㄡˇ。②「軸」從「車」從「由」，與從「舟」而爲船舵義的「舳」字有別。③與「宙」、「胄」同音而義異：「宙」，從宀（ㄇㄧㄢˊ），有時間無限的意思；「胄」，從肉（⺝），爲後代子孫。

▽掛軸、卷軸、車軸、機軸、地軸、中軸、轉軸、杼軸、當軸、輪軸。

常 5 **軻** 形解 軻 形聲；從車，可聲。古代的一種車子爲軻。

音義 ㄎㄜ 名車名之一，古代一種軸由接合而成的車子。形困頓的，通「坷」；例轗軻。

參考 ①「軻」從車可聲，卻不可讀成ㄎㄜˇ。②與「柯」、「疴」同音而義異：「柯」，從木，爲常綠喬木；「疴」，從疒（ㄔㄨㄤˊ），有疾病的意思。

常 5 **軼** 形解 軼 形聲；從車，失聲。失有逸出的意思，所以後車突出於前車爲軼。

音義 一ˋ 名散佚的言行；例其軼乃時時見於他說。動①超越；例跨商軼夏。②突擊；例侵軼。③迅捷，通「逸」；例軼赤電，遺光耀。④奔逸，通「逸」；例機駭蠭軼。形①舒適的，通「逸」；例士卒樂軼。②散失或沒有正式記載的；例軼事。

ㄓㄜˊ 名車輛輾軋的痕迹，通「轍」；例超軼絕塵。

ㄉㄧㄝˊ 副更迭，通「迭」；例軼興軼衰。

參考「軼」與「佚」音同形似且都有失落的意思，然其用法各有不同：「軼」用於形容詞，如：軼事、軼詩；「佚」用於動詞，如：遺佚、佚失。

8 **軼事** 一ˋㄕˋ 世人不甚知道的事迹，多指正史沒有記載的瑣事。也作「逸事」。

次 5 **軺** 形解 軺 形聲；從車，召聲。召有短小的意思，所以小車爲軺。

音義 一ㄠˊ 名輕便的小型馬車；例軺車。

次 5 **軹** 形解 軹 形聲；從車，只聲。車軸伸出於車輪外的部分爲軹。

音義 ㄓˇ 名車轂的兩端。助文言句末語氣詞，通「只」；例而奚爲來軹。

次 5 **軨** 形解 軨 形聲；從車，令聲。令有小的意思，所以車箱前的小橫木爲軨。

音義 ㄌㄧㄥˊ 名①車闌，即車箱前兩根車槓構成的方形範圍。②車轂；例展軨效駕。③軨軒，車窗；例憑軨軒以流覽兮。

(次) 5 **軫** 形解 形聲；從車，㐱聲。㐱有高起的意思，所以車後所圍橫木爲軫。

音義 ㄓㄣˇ 名①車箱四面底部的橫木；例車軫四尺。②車的代稱；例來軫方遒。③琴上轉緊弦可以調聲的小柱軸；例以軫調聲。④田間小路，通「畛」；例含酸赴脩軫。⑤姓。動①憐憫；例軫恤。②轉動，通「紾」；例荄軫谷兮。形①悲痛的；例軫懷。②方形的；例軫石。

8 **軫念** ㄓㄣˇ ㄋㄧㄢˋ 輾轉思念，含有關懷備至之意。

軫念潢池 ㄓㄣˇ ㄋㄧㄢˋ ㄏㄨㄤˊ ㄔˊ 痛念飢民因饑饉而淪爲盜匪。軫：傷痛；潢池：積水池，比喻飢民淪爲盜匪。

(常) 6 **載** 形解 形聲；從車，𢦔聲。𢦔爲受傷，以車承受人、物爲載。

音義 ㄗㄞˋ 名①交通工具名；例予乘四載。②裝載的貨物；例載輸爾載。③盟約；例載在盟府。④書籍；例載籍。⑤姓。動①裝運；例載乘。②陳設；例清酒既載。③充滿；例風雲載途。④承擔；例君子以厚德載物。⑤穿戴，通「戴」；例載弁俅俅。⑥除草，通「菑」；例俶載南畝。副①重複，通「再」；例載拜。②文言用兩個「載」字連用，表示同時進行兩種動作，猶「且」；例載欣載奔。助語詞，無義，猶「則」；例載寢之牀。

ㄗㄞˇ 名年歲；例三年五載。動①刋登；例連載。②記入；例載入史册。

參考①「載」與「戴」形似易誤，「戴帽」、「愛戴」的「戴」，唸ㄉㄞˋ，下邊是從「異」；「載」表示「年」或「記載」的意思，如：一年半載、刋載，唸ㄗㄞˇ；表示「裝載」或「又」的意思，如：載客、載歌載舞；唸ㄗㄞˋ。②同乃，迺，則，便，始，初。③擘儎。

6 **載舟覆舟** ㄗㄞˋ ㄓㄡ ㄈㄨˋ ㄓㄡ 比喻民心的向背可以影響國家存亡。

14 **載歌載舞** ㄗㄞˋ ㄍㄜ ㄗㄞˋ ㄨˇ 一面唱歌，一面跳舞。

參考「載歌載舞」與「手舞足蹈」都形容高興、快樂；但前者著重形容氣氛或場面；後者著重形容情緒或動作。

▽刋載、記載、重載、轉載、登載、負載、滿載、連載、超載、搶載、偷載、盛載、一年半載、車量斗載、天覆地載。

(常) 6 **較** 形解 形聲；從車，交聲。車輿四角有短柱，柱頂上的橫木與銅鉤，可供縛篷蓋之用者爲較。

音義 ㄐㄧㄠˋ 名①大概；例此其大較也。②數兩數相減的差。③姓。動①相比；例春寒花較遲。②考核，通「校」；例歲較其屬功過。③計量；例姑以人事較。④計較；例錙銖必較。副①顯明地，通「皎」；例較然著明。②微略地；例較勝一籌。

ㄐㄩㄝˊ 名車箱擋板上的橫木與銅鉤；例倚重較兮。動角逐，通「角」；例魯人獵較。

參考①ㄐㄧㄠˋ又讀ㄐㄧㄠˇ。②「較」與「比」都有計量、比對的意思；然習慣上「較量」不作「比」；而「比例」不可作「較」。③同略，稍。

12 **較量** ㄐㄧㄠˋ ㄌㄧㄤˋ 比較高低。

▽計較、大較、比較、相較、斤斤計較、錙銖必較。

(常) 6 **軾** 形解 形聲；從車，式聲。式有法則的意思，所以車前可憑依的橫木爲軾。

音義 ㄕˋ 名車箱正前方供人扶持憑倚的橫木；例君憑軾而觀之。動致敬；例魏文公過其閭而軾之。

參考「軾」字從「車」從「式」，與從「木」而爲木名的「栻」字不同。

▽前軾、撫軾、車軾。

㊥ 6 **輊** 形解 輊 形聲；從車，至聲。至有堅實的意思，所以車前低而重爲輊。

音義 ㄓˋ 名 ①車前低傾的部分；例戎車既安，如軒如輊。②前低後高的車子；例軒輊。

參考 ①「輊」從「車」從「至」，與從「木」而有刑具義的「桎」字不同。②反軒。

▽不分軒輊。

㊌ 6 **輧** 形解 形聲；從車，幷聲。幷有合併的意思，所以裝有屏蔽物的車子爲輧。

音義 ㄆㄧㄥˊ 名古婦女所乘，有帷幕遮掩的馬車。

參考 本作「軿」。

㊌ 6 **輀** 形解 輀 形聲；從車，而聲。而象鬚形，所以有鬚狀采飾的喪車爲輀。

音義 ㄦˊ 名喪車；例徘徊輀柩。

參考 又作「轜」。

㊌ 6 **輅** 形解 輅 形聲；從車，各聲。各有歧出相錯的意思，所以車前橫木爲輅。

音義 ㄌㄨˋ 名①車轅前的橫木；例脫輓輅。②天子的大車；例龍輅充庭。③柴車；例乘其華輅。

ㄧㄚˋ 動迎接，通「迓」；例狂狡輅鄭人。

參考 與「簵」(ㄌㄨˋ．美竹)音同而義異。

㊌ 6 **輇** 形解 輇 形聲；從車，全聲。全有安全的意思，所以車身較低的車爲輇。

音義 ㄑㄩㄢˊ 名用平面的圓木製成，沒有輻的車輪；例以輇爲輪。動衡量，通「銓」。形淺小的；例輇才。

參考 「詮釋」、「詮說」用「詮」；「銓敍」、「銓選」用「銓」。

㊌ 6 **輈** 形解 輈 形聲；從車，舟聲。車轅前端的彎曲部分爲輈。

音義 ㄓㄡ 名小車居中承載車輿的彎曲車杠，彎曲部分前伸，和「軏」垂直相接。其結構如附圖：

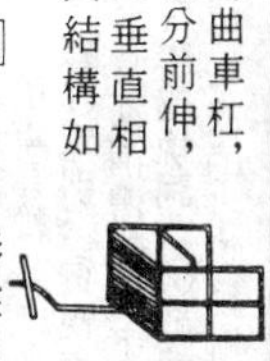

輈

㊥ 7 **輔** 形解 輔 形聲；從車，甫聲。車側的附件爲輔。

音義 ㄈㄨˇ 名①車輪旁用以增強輪輻承載力的直木；例無棄爾輔，員于爾輻。②面頰；例騷輔承權。③京城附近的地方；例家世宅關輔。④助理的官員；例良輔。⑤姓。

動扶助；例君子以文會友，以友輔仁。形次要的；例輔幣。

參考 ①「輔」與「輻」音似形近而義異：「輔」，音ㄈㄨˇ，從「車」從「甫」，有輔助的意思；而「輻」，唸ㄈㄨˊ，從「車」從「畐」，有輪輻的意思。②同助，弼，扶，佐，翼。

[7] **輔助** ㄈㄨˇ ㄓㄨˋ 幫助。

[12] **輔弼** ㄈㄨˇ ㄅㄧˋ ㈠扶助。㈡宰相的代稱。

[16] **輔導** ㄈㄨˇ ㄉㄠˋ 扶助指導。

▽王輔、匡輔、宰輔、翼輔。

㊥ 7 **輒** 形解 輒 形聲；從車，耴聲。耴爲耳垂，所以車的兩騎，即爲車左右向前反出的板，形如下垂的耳朵爲輒。

音義 ㄓㄜˊ 名①車箱左右板外翻超出車輪上方的部分。②姓。副①專擅地；例輒以爲是。②立即，就；例動輒得咎。③總是；例聞聽輒行。④不動的樣子；例輒然忘吾有四肢形體也。

參考 ①「輒」與「軋」形類音義不同：「輒」，從「車」從「耴」，音ㄓㄜˊ，有立即的意思；而「軋」，從「車」從「乚」，唸ㄧㄚˋ，有輾壓的意思。②同乃，迺，則，即，便。③字或作「輙」。

㊥ 7 **輕** 形解 輕 形聲；從車，巠聲。巠有直的意思，所以便捷而直前的戰車爲輕。

音義 ㄑㄧㄥ 名①舊通「氫」(H)，今已用「氫」代「輕」。②

姓。動①不重視；例秦兵尚彊，未可輕。②鄙夷；例文人相輕，自古而然。形①質量少的，與「重」相對；例權衡輕重。②程度淺的；例病況減輕。③數量小的；例工作輕。④次要的；例君輕臣貴。⑤負載力小的；例輕裝。⑥簡潔的；例輕便。⑦靈敏的；例輕快。⑧沒有壓力的；例無債一身輕。⑨微弱的；例輕聲低氣。⑩淺薄的；例輕霜。⑪隨意的；例輕率。副①不加思索地；例輕舉妄動。②輕淺地；例輕攏慢撚抹復挑。③不用猛力地；例輕拿輕放。④不重視地；例輕視。

參考①同淺，低，賤。②反重，貴。

3 **輕工業** ㄑㄧㄥ ㄍㄨㄥ ㄧㄝˋ 一般指生產生活必需品的工業，包括食品、紡織、造紙、皮革、醫藥和生產其他生活用品和文化用品等工業部門。與「重工業」相對。

6 **輕而易舉** ㄑㄧㄥ ㄦˊ ㄧˋ ㄐㄩˇ 形容事情簡單容易。

7 **輕車簡從** ㄑㄧㄥ ㄐㄩ ㄐㄧㄢˇ ㄗㄨㄥˋ 形容大官出門時，排場簡單，侍從很少。

8 **輕佻** ㄑㄧㄥ ㄊㄧㄠ 舉止不莊重。

輕易 ㄑㄧㄥ ㄧˋ ㈠簡單容易。㈡率意，不慎重。

參考「輕易」與「容易」都指不費力，但有別：前者表處理事情輕率不慎重；後者表事物的內容淺而不深。

9 **輕重緩急** ㄑㄧㄥ ㄓㄨㄥˋ ㄏㄨㄢˇ ㄐㄧˊ 比喻事情的本末先後。

10 **輕浮** ㄑㄧㄥ ㄈㄨˊ 不端莊。

11 **輕視** ㄑㄧㄥ ㄕˋ 看輕，瞧不起。

參考「輕視」與「忽視」、「藐視」、「蔑視」、「鄙視」、「歧視」都指看輕，但有別：「輕視」指心存主觀，看不起別人；「忽視」指因為對某種事物不注意而忽略了；「藐視」指小看的意思，比「輕視」程度深；「蔑視」是對道德的低賤，表示輕蔑的態度；「鄙視」指從本質上把人或事物看得很低劣；「歧視」指看待不平等，含有因輕視而排斥他人的意思。

12 **輕描淡寫** ㄑㄧㄥ ㄇㄧㄠˊ ㄉㄢˋ ㄒㄧㄝˇ 原指繪畫時輕鬆簡單的描寫，後多用於言語方面。

14 **輕蔑** ㄑㄧㄥ ㄇㄧㄝˋ 鄙視，瞧不起。

15 **輕敵** ㄑㄧㄥ ㄉㄧˊ 看輕敵人，以不在意的態度對付。

16 **輕諾寡信** ㄑㄧㄥ ㄋㄨㄛˋ ㄍㄨㄚˇ ㄒㄧㄣˋ 輕易許諾，卻不守信約。

17 **輕薄** ㄑㄧㄥ ㄅㄛˊ ㈠輕佻而不莊重。㈡不尊重。㈢以輕佻態度對待婦女。

輕舉妄動 ㄑㄧㄥ ㄐㄩˇ ㄨㄤˋ ㄉㄨㄥˋ 舉止輕浮，行為不慎。

參考與「恣意妄為」有別：後者有「隨心所欲，胡作非為」的意思，著眼於無所顧忌地做壞事；前者則無此意，僅著眼於輕率地行動。

▽減輕、看輕、年輕、人微言輕、避重就輕、無事一身輕。

常 7 輓

形解 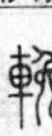 形聲；從車，免聲。引車為輓。

音義 ㄨㄢˇ 動①牽引；例輓車。②運送；例河渭漕輓天下。③製作輓聯或輓詞；例敬輓。形①哀悼亡故的；例輓聯。②近來的，通「晚」；例輓近。

參考「輓」與「挽」音同形近，都有拉引、悼念的意思，然「挽」又有綰繫的意思，為「輓」字所沒有；又「輓聯」、「輓歌」今都作「輓」，而少用「挽」字。

14 **輓歌** ㄨㄢˇ ㄍㄜ 為了哀悼死者而唱的歌曲。

16 **輓聯** ㄨㄢˇ ㄌㄧㄢˊ 文哀悼死者的聯語。

常 8 輛

形解  形聲；從車，兩聲。轅輪兩兩相耦，所以車一乘為輛。

音義 ㄌㄧㄤˋ 名量詞，通常用於計算車子的單位；例一輛八八年的跑車。

參考①「輛」古文作「兩」，今則用「輛」而不用「兩」。②「輛」字從「車」從「兩」，而「兩」字中宜從「入」而不可從「人」。③與「量」同音而義異：「量」原為容積器，後引申而有容受、限度的意思，如「度量」、「雅量」都不作「輛」。

常 8 **輟** 形解 形聲；從車，叕聲。叕有暫止的意思，所以車隊小缺又復合爲輟。

音義 ㄔㄨㄛˋ 動①停止；例時作時輟。②中間停頓；例日夜不輟。

參考①「輟」與「綴」形似而易誤：「輟」，從「車」從「叕」，音ㄔㄨㄛˋ，有停止的意思；而「綴」從「糸」從「叕」，唸ㄓㄨㄟˋ，有連結的意思。二字有別，不可混淆。②同已，息，罷，歇，弭，休。③反作。④與「啜」、「惙」同音而義異：「啜」，從口，有喝飲、哭泣的意思；「惙」，從心（忄），除停止的意思與「輟」相通外，其餘意思則不同。

16 **輟學** ㄔㄨㄛˋ ㄒㄩㄝˊ 中途停止學業。

▽中輟、暫輟、停輟、罷輟。

常 8 **輩** 形解 形聲；從車，非聲。若軍發車百輛爲輩。

音義 ㄅㄟˋ 名①輩分，尊卑長幼的排行；例晚輩。②等列的人；例我輩數人，定則定矣。③類；例無能之輩。④畢生；例一輩子。⑤代；例學術前輩。

參考①「輩」從「非」從「車」，與從「非」從「衣」而爲姓氏的「裴」字，形音義各不相同。②同儕，等。

4 **輩分** ㄅㄟˋ ㄈㄣˋ 親族或世交中長幼的次第。

5 **輩出** ㄅㄟˋ ㄔㄨ 相繼出現。例名臣輩出，文武並興。

▽後輩、儕輩、先輩、同輩、凡輩、我輩、長輩、平輩、前輩、晚輩、鼠輩。

常 8 **輦** 形解 會意；從車扶。扶指兩人在前曳引，所以以人力推輓而行進的車子爲輦。

音義 ㄋㄧㄢˇ 名①泛稱推輓運行的車輛；例鳳輦。②舊稱君主乘坐的車輛；例天子乃御玉輦。③京都；例都輦殷而四奧來暨。④姓。動①載運；例以車輦其母。②搭乘；例輦輿就馬。

參考①「輦」從「扶」從「車」，與從「非」而有輩分的意思的「輩」字不同。②「輦」與「攆」音同形似而義異：「輦」，有輓行車輛的意思；而「攆」，有追趕的意思。③同車。④擧攆。

▽御輦、鳳輦、步輦、玉輦。

常 8 **輝** 形解 形聲；從光，軍聲。光輝爲輝。

音義 ㄏㄨㄟ 名閃耀的光彩；例虹蜺揚輝。動照耀；例兩岸石壁，五色交輝。形光彩明耀的；例冠蓋何輝赫。

參考①「輝」從「光」從「軍」，與從「火」而有燒灼之意的「煇」字不同。②「輝」與「暉」音同形近而義異：「輝」，泛指一般光亮；「暉」，則指日光。③同光，耀，亮。

9 **輝映** ㄏㄨㄟ ㄧㄥˋ 光彩互相映射。

13 **輝煌** ㄏㄨㄟ ㄏㄨㄤˊ ㈠光彩耀眼。例金碧輝煌。㈡顯明的。例戰果輝煌。

▽光輝、明輝、交輝、星輝。

常 8 **輪** 形解 形聲；從車，侖聲。侖有條理的意思，所以有輻的車輪爲輪。

音義 ㄌㄨㄣˊ 名①輪子，舟車、機械上的圓形旋轉物；例齒輪。②泛指圓形物體；例月輪。③測量面積的縱橫度；例廣輪。④像輪的東西；例年輪。⑤車子的代稱；例瑤華之輪十乘。⑥輪船；例江輪。⑦量詞，番，次；例比賽已進入第三輪。動依次接替；例輪流。形高大的；例美輪美奐。副順序移換地；例輪唱。

ㄌㄨㄣ 動虛擲或浪費，多用於元明小說、戲曲中，通「掄」。

參考①「輪」與「倫」音同形近而義異：「輪」，有車輪、圓形物的意思；「倫」，有條理的意思。②與「輸」有別。

9 **輪流** ㄌㄨㄣˊ ㄌㄧㄡˊ 排定順序，依次更替。

10 **輪迴** ㄌㄨㄣˊ ㄏㄨㄟˊ ㈠循環不息。㈡宗佛教主張衆生輾轉生死於六道中，後世的禍福順逆，全種因於前世的善惡功過，如此因果相循，生死交替，有如車輪的旋轉一般。

14 **輪廓** ㄌㄨㄣˊ ㄎㄨㄛˋ ㈠事物的大概情形。㈡繪圖上稱物像的外形。

16 **輪轂** ㄌㄨㄣˊ ㄍㄨˇ 車輪中心的圓木。

▽火輪、車輪、朱輪、前輪、後輪、年輪、獨輪、齒輪、巨輪、月輪。

常 8 **輜** 形解 形聲；從車，甾聲。前後有幃幔的車子爲輜。

音義 ㄗ 名 ①古稱前後有帷幔的車子；例輜車。②載重車；例鄉師車輜造修之具。

參考 ①「輜」從「車」從「甾」，「甾」字不可寫成「巛」。②與「緇」、「錙」音同而義異：「緇」，從糸，有黑色的意思；「錙」，從金，爲古代重量單位名。

7 **輜車** ㄗ ㄔㄜ 古代一種有帷幔的車，可載物，又可作坐臥。例「輜車乘馬。」

9 **輜重** ㄗ ㄓㄨㄥˋ ㈠行李。㈡軍軍用器械、糧草、營帳、服裝等的統稱。例輜重營。

次 8 **輞** 形解 形聲；從車，罔聲。罔爲網的省文，所以車輪的外框爲輞。

音義 ㄨㄤˇ 名 車輪的外框；例重輞縵輪。

次 8 **輗** 形解 形聲；從車，兒聲。大車轅的一端阻擋車輪滑落的關鍵爲輗。

音義 ㄋㄧˊ 名 大車前端與車衡相連的關鍵。

參考 參閱「軏」字條。

常 9 **輸** 形解 形聲；從車，俞聲。以車運物爲輸。

音義 ㄕㄨ 名 ①負敗；例服輸。②姓。動 ①運送；例運輸。②獻納；例輸捐。③失敗；例認輸。

參考 ①「輸」字從「車」從「俞」，與從「兩」而有車輛之意的「輛」字不同。②同捐。③反贏。

7 **輸尿管** ㄕㄨ ㄋㄧㄠˋ ㄍㄨㄢˇ 輸送尿液的器官，從腎臟通到膀胱。

輸卵管 ㄕㄨ ㄌㄨㄢˇ ㄍㄨㄢˇ 女性生殖器官的一種，由卵巢達於子宮，爲輸送卵子的導管。又稱「喇叭管」。

13 **輸誠** ㄕㄨ ㄔㄥˊ ㈠表示誠心。㈡表示降服。

14 **輸精管** ㄕㄨ ㄐㄧㄥ ㄍㄨㄢˇ 生 男性生殖器官的一種，上連副睾，下通射精管，爲輸送精液的管子。

參考 反輸卵管。

▽運輸、服輸、認輸、委輸。

常 9 **輯** 形解 形聲；從車，咠聲。咠有會聚的意思，承載物品的車輛爲輯。

音義 ㄐㄧˊ 名 ①車輛；例齊輯乎轡銜之際。②聚集很多資料而成的書；例古代天文學專輯。③整套書的一部分；例經學叢書的第一輯已發行了。動 ①和睦；例輯和。②聚集材料加以編排；例編輯。

參考 ①「輯」從「車」從「咠」，與從糸(糹)，咠ㄑㄧ，而有追捕之意的「緝」字不同。②與「楫」、「戢」、「葺」同音而義異：「楫」，從木，爲船槳；「戢」，從戈，爲姓氏；「葺」，從草，爲蔬菜名。③同聚，集，纂。

13 **輯睦** ㄐㄧˊ ㄇㄨˋ 和穆。也作「輯穆」。

16 **輯錄** ㄐㄧˊ ㄌㄨˋ 收集編錄。

▽收輯、編輯、和輯、纂輯、合輯。

常 9 **輻** 形解 形聲；從車，畐聲。車輪中的直木爲輻。

音義 ㄈㄨˊ 名 車輪上連接軸與輪圈間的木條或鋼條；例車輻。

參考 ①參閱「輔」字條。②與「幅」、「福」、「蝠」同音而義異：「幅」，從巾，爲布帛或紙張的寬度；「福」，從示，有吉祥的意思；「蝠」，從虫，爲蝙蝠。

10 **輻射** ㄈㄨˊ ㄕㄜˋ 物 機械波、電磁波或大量微觀粒子，從它們的發射體發出，以射線形式在空間或媒質中向各個方向傳播的過程；也可指處在這種過程中的波動能量或大量微觀粒子本身。

輻射線 ㄈㄨˊ ㄕㄜˋ ㄒㄧㄢˋ 物 從一點出發，取直線路徑向四方發射的光線，如紅外線、紫外線。

16 **輻輳** ㄈㄨˊ ㄘㄡˋ 以車輻聚集於轂，形容人物的聚集和稠密。

▽車輻、輪輻。

次 9 **輶** 形解 輶 形聲；從車，酋聲。輕車爲輶。

音義 ㄧㄡˊ 名 輕車；例 輶軒。形 輕的；例 德輶如毛。

次 9 **輳** 形解 形聲；從車，奏聲。奏有會聚的意思，所以車輻聚集於軸爲輳。

音義 ㄘㄡˋ 動 ①車輪的輻集中於轂上；例 輻輳。②聚集；例 把船…輳在岸邊。

參考 不可和從秦的「榛」(ㄓㄣ)字混同。

次 9 **輮** 形解 輮 形聲；從車，柔聲。車輪的外框爲輮。

音義 ㄖㄡˇ 名 車輪的外框。動 ①使木彎曲；例 木直中繩，輮以爲輪。②踐踏，通「蹂」；例 亂相輮蹈。

參考 ①名 同輞。②動 ①同煣。

次 9 **輹** 形解 輹 形聲；從車，复聲。包裹在車軸外的鐵片爲輹。

音義 ㄈㄨˋ 名 車箱下鉤住車軸的木頭；例 車說(脫)其輹。

次 9 **輴** 形解 形聲；從車，盾聲。載著棺柩的喪車爲輴。

音義 ㄔㄨㄣ 名 ①載棺柩的喪車；例 天子龍輴。②專作泥地行走的車；例 陸乘車，泥乘輴。

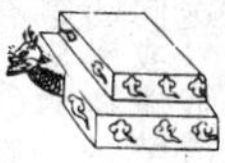

輴

常 10 **轂** 形解 轂 形聲；從車，㱿聲。輪子正中所以承納車軸的部分爲轂。

音義 ㄍㄨˇ 名 ①車輪中心有圓孔用來承納車軸的部分；例 三十輻共一轂。②車；例 喧蹄轂走紅塵，南北東西暮與晨。動 集聚；例 唯褒斜縮轂其口。形 堅硬的；例 轂以利轉。

參考 ①「轂」字從「㱿」從「車」，「㱿」之「士」下有一橫，書寫時宜加留意。②「轂轤」的「轂」，又音 ㄍㄨ。③與「穀」同音而義異：「穀」，從禾，爲糧食作物。

17 **轂擊肩摩** ㄍㄨˇ ㄐㄧˊ ㄐㄧㄢ ㄇㄛˊ 車轂相擊，人肩相摩，形容市況繁盛，人羣擁擠。

常 10 **轄** 形解 轄 形聲；從車，害聲。車軸頭上穿著的鐵銷子爲轄。

音義 ㄒㄧㄚˊ 名 車軸頭上穿著的鐵銷子，用以約束車輪，使不致脫落；例 夫車之所以能轉千里者，以其要在三寸之轄。動 管理；例 管轄。

參考 ①字又作「鎋」。②同管。

常 10 **輾** 形解 輾 形聲；從車，展聲。展爲轉動，所以轉動車輪從上面壓過爲輾。

音義 ㄓㄢˇ 動 圓轉壓過，通常指重力平行移動，同「碾」；例 牽馬街中哭送君，靈車輾雪隔城闉。

參考 ①「輾」，語音 ㄋㄧㄢˇ。②「輾」與「壓」都指重力相加：然「輾」指重力平行移過；而「壓」多指由上而下重力相加，二者有別。③與「搌」音近而義異：「搌」從手，音 ㄓㄢˇ，有束縛的意思。④同軋。

18 **輾轉** ㄓㄢˇ ㄓㄨㄢˇ ㈠形容心有所思，反覆難眠的樣子。例 輾轉反側。㈡間接，大費周折的樣子。

參考 「輾轉」、「回轉」、「反轉」都指來回反覆的意思：「輾轉」指翻來覆去地轉動；「回轉」指來回轉動，有回頭的意思；「反轉」指倒轉，或反作用的意思。

輾轉反側 ㄓㄢˇ ㄓㄨㄢˇ ㄈㄢˇ ㄘㄜˋ 翻來覆去。多用來形容思念深切，或心中有事，不能成眠。

常 10 **轅** 形解 轅 形聲；從車，袁聲。袁有緩慢的意思，所以車前用以套馬拖車的兩條直木為轅。
音義 ㄩㄢˊ 名①大車前面用以套駕牽引車輛的兩條直木；例方轅齊轂。②軍營的大門；例轅門。③軍政官署；例行轅。④姓。動改變；例轅田。

常10 **輿** 形解 形聲；從車，舁聲。舁為共同舉起，車中承載物品的部分為輿。

②名 輿

音義 ㄩˊ 名①車輛；例捨舟就輿。②轎子；例肩輿。③疆域；例輿圖。④車輛中的承載部分；例車輿。動承托，扛擡；例輿轎而踰嶺。形①羣眾的；例輿論。②開始的；例權輿。
參考「輿」從「車」，和「與」有別，不可受「與」字字形的影響而誤作「ㄎ」。

11 **輿情** ㄩˊ ㄑㄧㄥˊ 大眾的意見和心向。
15 **輿論** ㄩˊ ㄌㄨㄣˋ 眾人的言論。
▽肩輿、權輿、坤輿、乘輿、鑾輿。

常11 **轉** 形解 形聲；從車，專聲。還復往來為轉。
音義 ㄓㄨㄢˇ 名①舊詩文作法，將文勢、筆法改變或開創的部分；例起承轉合。②姓。動①迴旋運動；例旋轉。②遷徙；例轉移。③變換；例轉換。④改換方向或情勢；例向左轉。⑤輸送；例漕轉山東粟。副①間接地；例轉告。②委宛曲折地；例宛轉。③突然地；例池塘春早總模糊，轉覺今宵有夢不如無。
ㄓㄨㄢˋ 名量詞，指旋繞的次數；例這張唱片是三十三轉的。動迴旋環繞；例拍拍手，轉個圈兒。
參考①「轉」與「傳」都唸ㄓㄨㄢ，形似而義異：「轉」有旋繞的意思；「傳」有記載的意思。②同旋，迴，繞。③擊囀。

4 **轉手** ㄓㄨㄢˇ ㄕㄡˇ ㈠比喻事情的容易。㈡比喻時間的短暫。㈢間接經手。
轉化 ㄓㄨㄢˇ ㄏㄨㄚˋ ㈠轉換，變化。㈡生在微生物中，通過特定核酸的吸收同化而發生定向改變遺傳性狀的現象。
參考「轉化」、「轉變」、「轉移」都指變動，但有別：「轉化」指事物由舊到新，本質的變化；「轉變」指情況的改變，多用於抽象事物；「轉移」指改換位置，表事物間的依存關係。
6 **轉危為安** ㄓㄨㄢˇ ㄨㄟˊ ㄨㄟˊ ㄢ 脫離危險，變成平安。
參考 同化險為夷。
7 **轉折** ㄓㄨㄢˇ ㄓㄜˊ 複雜曲折。
11 **轉移** ㄓㄨㄢˇ ㄧˊ ㈠移動位置、方向。㈡改變。
轉捩點 ㄓㄨㄢˇ ㄌㄧㄝˋ ㄉㄧㄢˇ 轉變的關鍵。
參考 同轉折點。
轉敗為勝 ㄓㄨㄢˇ ㄅㄞˋ ㄨㄟˊ ㄕㄥˋ 由失敗轉為勝利。
參考①同反敗為勝。②反由勝而敗。
13 **轉達** ㄓㄨㄢˇ ㄉㄚˊ 託人代為傳達。
轉嫁 ㄓㄨㄢˇ ㄐㄧㄚˋ ㈠改嫁。㈡轉移。
轉運 ㄓㄨㄢˇ ㄩㄣˋ ㈠把貨物轉移到別地。㈡運行不已。㈢俚俗稱運氣已是好轉。
16 **轉機** ㄓㄨㄢˇ ㄐㄧ ㈠情勢改變，常指由危轉安。㈡國際航線中，由甲飛機轉至乙機，或由甲航空公司所屬的飛機轉換成乙航空公司所屬的飛機。
轉圜 ㄓㄨㄢˇ ㄏㄨㄢˊ ㈠調停，挽回。㈡轉動圓的物體，比喻從諫如流。㈢折衝，退讓。
17 **轉瞬** ㄓㄨㄢˇ ㄕㄨㄣˋ 轉眼之間，形容極短促的時間。
22 **轉彎抹角** ㄓㄨㄢˇ ㄨㄢ ㄇㄛˋ ㄐㄧㄠˇ 隨路的曲折而前行，比喻辦事或講話不夠直爽。
▽移轉、運轉、公轉、自轉、流轉、回轉、婉轉、旋轉、翻轉、滾轉、輾轉、時來運轉、天旋地轉。

常11 **轍** 形解 形聲；從車，徹省聲。徹有通達的意思，四通八達的車跡為轍。
音義 ㄔㄜˋ 名①車輛輾軋的痕跡；例車轍。②事物的跡象；

例改弦易轍。③法則；例總會舊轍。④文詞曲，音樂的韻腳；例十三轍。⑤方北方話稱辦法，門徑爲「轍」；例要他說故事到可以，要他唱歌可就沒轍了。

參考①「轍」語音唸ㄓㄜˊ。②「轍」與從「彳」的「徹」字都有道路的意思，其餘意思則不同。

▽車轍、覆轍、故轍、輪轍、一改故轍、如出一轍、改弦易轍、南轅北轍、重蹈覆轍。

次 11 **轆** 解形 形聲；從車，鹿聲。車行的軌跡爲轆。

音義 ㄌㄨˋ 形轆轆，形容車聲；例馬蹄踏踏車轆轆。

23 轆轤 ㄌㄨˋ ㄌㄨˊ ㈠汲取井水的起重裝置。㈡機器上的絞盤。

次 11 **轇** 解形 形聲；從車，翏聲。翏有高大的意思，所以長戟爲轇。

音義 ㄐㄧㄡ 形轇轕的：①參差縱橫的；例閣戟轇轕。②廣大無際的；例轇轕之宇。副轇轕，深遠的樣子。

常 12 **轎** 解形 形聲；從車，喬聲。小車爲轎。

音義 ㄐㄧㄠˋ 名昔時以人力損擡，有頂，可乘坐的交通工具，通常因身分、地位高低而有不同的形式或佚役；例花轎。形如轎子一般舒適的；例轎車。

轎

參考「轎」從「車」從「喬」，與從「矢」而有僞託之意的「矯」字不同。

常 12 **轔** 解形 形聲；從車，粦聲。車聲爲轔。

音義 ㄌㄧㄣˊ 名車輪；例軸狀如轉轔。形車輪輾轉聲；例車轔轔，馬蕭蕭，行人弓箭各在腰。

參考「轔」字左從「車」右從「粦」，「粦」字從「米」從「舛」。

次 13 **轖** 解形 形聲；從車，嗇聲。嗇有藏積的意思，所以車上交覆的蓬蓋爲轖。

音義 ㄙㄜˋ 名古車旁以皮革製成的障蔽物；例革轖髹漆。動氣堵塞住；例中若結轖。

次 13 **轗** 解形 形聲；從車，感聲。車子遇到險阻而難以進退爲轗。

音義 ㄎㄢˇ 副轗軻：①道路不平的樣子。②不得志地；例轗軻長苦辛。

參考「轗軻」又作「坎坷」。

次 13 **轕** 解形 形聲；從車，葛聲。車馬喧雜爲轕。

音義 ㄍㄜˊ 形轇轕，深遠的。

次 13 **轘** 解形 形聲；從車，睘聲。古時以車分裂人體的酷刑爲轘。

音義 ㄏㄨㄢˋ 名古時以車分裂人體的酷刑；例轘磔。動車裂人體；例轘諸栗門。

參考又音ㄏㄨㄢˊ。

常 14 **轟** 解形 會意；從三車。從三車表示車數衆多而聲響巨大爲轟。

音義 ㄏㄨㄥ 動①擊，逐；例他再不安靜，就把他轟走。②衝擊；例駭浪幾轟山石破。副①喧雜吵鬧地；例亂轟轟。②聲響大而猛烈地；例轟然巨響。

參考「轟」與「哄」音同都有喧鬧的意思；然習慣上，「轟然」不作「哄然」，「哄堂大笑」、「一哄而散」亦不可作「轟」。

11 轟動 ㄏㄨㄥ ㄉㄨㄥˋ 引起多數人的注意。

21 轟轟烈烈 ㄏㄨㄥ ㄏㄨㄥ ㄌㄧㄝˋ ㄌㄧㄝˋ 形容氣勢盛大的樣子。

次 14 **轞** 解形 形聲；從車，監聲。車行聲爲轞。

音義 ㄒㄧㄢˋ 名①即檻車，有關野獸的欄檻之車子。②牢車；例轞車傳豐送洛陽。

次 14 **轝** 解形 形聲；從車，與聲。車身爲轝。

音義ㄩ名車輛；例捨舟就轝。

常 15 **轡** 形解 會意；從絲從𨊥。𨊥指車軸，所以駕御馬車的繩索為轡。

音義ㄆㄟˋ名駕馭牲口的嚼子和韁繩；例四牡孔阜，六轡在手。

參考「轡」字與「彎」、「孌」、「鑾」、「變」等字易生混淆；其讀音不可受「鑾」字讀音的影響，而誤讀成ㄌㄨㄢˊ。

次 15 **轢** 形解 形聲；從車，樂聲。車輪輾地的聲音為轢。

音義ㄌㄧˋ動①車輪輾過；例軋轢。②欺凌；例凌轢諸侯。

次 16 **轤** 形解 形聲；從車，盧聲。裝在井上汲水的器具為轤。

音義ㄌㄨˊ名轆轤，古時裝在井上的汲水裝置。

【辛部】ㄒㄧㄣ

常 0 **辛** 形解 會意；從一辛。甲文作，象人倒立，表示艱辛，所以辛苦、罪過為辛。

音義ㄒㄧㄣ名①天干的第八位，可用來計日期，現常用來表示順序的第八；例辛丑條約。②姓。形①味辣的；例辛薑。②勞苦；例與子俱白頭，役役常苦辛。③悲痛；例悲辛。

參考①和「幸福」的「幸」(ㄒㄧㄥˋ)字，形近易混。②同辣。③擘辝、騂、莘、梓。

6 **辛亥革命** ㄒㄧㄣ ㄏㄞˋ ㄍㄜˊ ㄇㄧㄥˋ 史 清代宣統三年，西元一九一一年，即辛亥年同盟會革命黨所發動的驅逐韃虜之革命，推翻了滿清政府，肇造了中華民國。

13 **辛勤** ㄒㄧㄣ ㄑㄧㄣˊ 辛苦勤勞。

15 **辛酸** ㄒㄧㄣ ㄙㄨㄢ 悲苦。

▽艱辛、苦辛、悲辛、祕辛。

常 5 **辜** 形解 形聲；從辛，古聲。古為故舊長遠，辛指罪過，所以重罪為辜。

音義ㄍㄨ名①罪，過錯；例死有餘辜。②姓。動①虧負；例風輪雨楫，終辜前約。②分裂肢體。

參考字從「辛」，不可誤從「幸」。

9 **辜負** ㄍㄨ ㄈㄨˋ 違背人家的好意。也作「孤負」。

▽不辜、無辜、何辜、死有餘辜。

常 6 **辟** 形解 會意；從卩從辛從口。卩為權杖，辛為罪過，口以宣判其罪，所以審判罪人之法為辟。

音義ㄅㄧˋ名①法令，禁忌；例民知有辟，則不忌於上。②古代稱君主；例相維辟公。動①徵召；例徵辟。前後九辟公府，皆不就。②彰明；例對揚以辟之。③迴避，通「避」；例外舉不辟怨。ㄆㄧˋ名①刑法；例大辟。②荒遠的地方，通「僻」；例國小處辟。③哲墨經中的邏輯術語，學旁例以比喻所說的命題；例辟也者，舉他物而以明之也。動①屏去；例辟左右。②退避；例辟易數里。③開拓，通「闢」；例欲辟土地，朝秦楚。形偏邪的，通「僻」；例師也辟。連譬如，通「譬」；例辟如登高必自卑。

參考①「大辟」，古代指死刑。②擘僻、擗、甓、譬、闢、壁、嬖、臂、薜、避、璧、襞、躄。

▽召辟、大辟、徵辟、便辟、復辟、張動復辟。

常 7 **辣** 形解 形聲；從辛，剌省聲。剌有狠猛的意思，所以氣味嗆人為辣。

音義ㄌㄚˋ名薑、蒜、辣椒等有刺激性的味道；例酸甜苦辣。動狠毒；例心狠手辣。形①如薑、蒜、辣椒等物有強烈刺激味道的；例薑辛桂辣。②狠毒的；例辣手摧花。

參考①同辛。②字或作「辢」。③字從「束」（ㄕㄨˋ），不可誤從「朿」。

4 **辣手** ㄌㄚˋ ㄕㄡˇ 毒辣的手段。

參考①同毒手。②參閱「棘手」條。

辣手摧花 ㄌㄚˋ ㄕㄡˇ ㄘㄨㄟ ㄏㄨㄚ 比喻用殘酷、刻毒或猛烈的手段襲擊女性。

▽毒辣、辛辣、潑辣、心狠手辣。

常 9 **辨** 形解 形聲；從刀，辡聲。辡有兩者相對的意思，用刀分開，所以判別爲辨。

音義 ㄅㄧㄢˋ 動①判別；例明辨是非。②爭論，通「辯」；例不慢不爭，則遠於鬪辨矣！ ㄅㄢˋ 動治理，通「辦」；例城郭不辨。

參考與「辦」、「辯」、「瓣」、「辮」有別：「辦」、「瓣」、「辯」、「辮」等字都從辡得聲，如從力而有處理事務之意的「辦」；從瓜而爲花朵片的「瓣」，音ㄅㄢˋ；從言而有爭論之意的「辯」；從糸而爲線股編成條狀物的「辮」，音ㄅㄧㄢˋ。

5 **辨白** ㄅㄧㄢˋ ㄅㄛˊ 判別明白。

參考「辨白」、「辯護」、「辯解」都有辨明是非眞僞的意思，但有別：「辨白」重在把事實眞相說明白；「辯護」表示爲了維護一種意見或行動而提出某種理由或事實加以說明；「辯解」重在對於受別人指責的某種見解或行爲加以解釋。

7 **辨別** ㄅㄧㄢˋ ㄅㄧㄝˊ 判別。

參考參閱「識別」條。

14 **辨認** ㄅㄧㄢˋ ㄖㄣˋ 分別，認清楚。

▽考辨、認辨、詳辨、眞僞莫辨、男女難辨。

常 9 **辦** 形解 形聲；從力，辡聲。辡爲罪人相訟，有兩者相對的意思，以力使兩者相衡，所以致力爲辦。

音義 ㄅㄢˋ 動①處理事務；例衆事皆辦。②懲罰；例依法究辦。③大量地購買；例採辦。④置備；例辦一桌酒席。⑤舉辦；例民辦公助。⑥建設；例大辦資訊工業。

參考「辦公室」的「辦」不可誤作「辨」；但「辨認」卻不可誤作「辦」。

▽買辦、法辦、官辦、自辦、一手包辦、咄嗟立辦。

常 12 **辭** 形解 會意；從𤔔辛。𤔔爲治理，辛爲罪過，爭訟申辯的話爲辭。

音義 ㄘˊ 名①藉口；例欲加之罪，何患無辭？②辯訟的話，即口供；例無情者，不得盡其辭。③言語；例無辭以對。④〔文〕我國古代一種介於詩歌和散文之間的體裁，也叫做賦，或辭賦并稱；例木蘭辭。⑤語言文章；例修辭立其誠。動①告別；例辭行。②推避；例不辭辛勞。③解雇；例辭退。④請求離去；例辭職。⑤不接受；例辭謝。

參考①或作「辤」。②參閱「詞」字條。③辭，在很多合成詞裏，「辭」也可作「詞」。

4 **辭不達意** ㄘˊ ㄅㄨˋ ㄉㄚˊ ㄧˋ 不能以言辭表達心意，多用於自謙或批評不善言辭的人。

5 **辭令** ㄘˊ ㄌㄧㄥˋ 應對的言辭。

6 **辭行** ㄘˊ ㄒㄧㄥˊ 遠離之前，向人告別。

7 **辭呈** ㄘˊ ㄔㄥˊ 辭職的呈文。

18 **辭職** ㄘˊ ㄓˊ 辭去所擔任的職務。

20 **辭藻** ㄘˊ ㄗㄠˇ 文采的華美。

24 **辭讓** ㄘˊ ㄖㄤˋ 禮貌的推却而不接受。

▽謙辭、訓辭、言辭、告辭、固辭、修辭、答辭、文辭、謝辭、題辭、楚辭、推辭、賀辭、在所不辭、情見乎辭、義不容辭。

常 14 **辯** 形解 會意；從言在辡中。辡是罪人相訟，所以爭訟的言語爲辯。

音義 ㄅㄧㄢˋ 動①爭論是非曲直；例辯論。②判別，通「辨」；例目能辯色，耳能辯聲。③治理；例辯其獄訟。形①巧詐的；例言僞而辯。②善於詞令的；例辯才無礙。

3 **辯才無礙** ㄅㄧㄢˋ ㄘㄞˊ ㄨˊ ㄞˋ (一)〔宗〕本爲佛家語，菩薩爲人說法，義理圓通，言辭流暢，毫無滯礙。(二)後泛指能言善辯。

5 **辯白** ㄅㄧㄢˋ ㄅㄛˊ 申辯清楚。

21 **辯護** ㄅㄧㄢˋ ㄏㄨˋ 法為了保護當事人的權益，在口頭或文字上所作的辯白。

▽詭辯、強辯、答辯、雄辯、論辯、結辯、主辯、助辯、巧辯、分辯、狡辯、百口莫辯、能言善辯、無可爭辯、事實勝於雄辯。

【辰部】 ㄔㄣˊ

常 0 **辰** 形解 象形；象蜃形。象蜃殼的開合，ㄌ象蜃足的伸動。

音義 ㄔㄣˊ 名①十二地支中的第五位，可用來計算時日，例或用來表示順序的第五；例丙辰。②時刻名，從前記時法之一，相當於午前七到九時之間；例辰時。③時運；例生不逢辰。④時候；例良辰美景。⑤光陰；例辰乎辰，曷來之遲而去之速？⑥日、月、星星的統稱；例星辰。⑦早上，通「晨」；例不能辰夜。⑧時日；例國父誕辰。⑨時間；例出生時辰。⑩姓。

參考 孳晨、宸、振、蜃、唇、賑、震、娠、脣。

▽忌辰、良辰、時辰、星辰、誕辰、北辰、生辰、吉辰、生不逢辰、譬若北辰。

常 3 **辱** 形解 會意；從寸在辰下。辰指農耕時節，寸為法度，所以農夫耕種不力，則依法施刑為辱。

音義 ㄖㄨˇ 名①羞恥；例奇恥大辱。②姓。動①使蒙受羞恥；例不辱其身。②汚損；例廉士不辱名。副敬詞，有「承蒙地」的意思；例辱惠書，語高而旨深。

參考 ①又音 ㄖㄨˋ。②反榮。③同恥，羞，愧，忝，慚，怍。④孳溽、蓐、褥、縟。⑤與「擩」同音而義別：「擩」，從手需聲，有濡染的意思。

7 **辱沒** ㄖㄨˇ ㄇㄛˋ (一)屈辱。(二)玷辱。

8 **辱命** ㄖㄨˇ ㄇㄧㄥˋ (一)有負使命。例出征入輔，幸不辱命。(二)君王的降諭。

▽榮辱、汚辱、屈辱、恥辱、忍辱、侮辱、凌辱、羞辱、受辱、玷辱、自取其辱、奇恥大辱、寧死不辱、士可殺不可辱、衣食足而後知榮辱。

常 6 **農** 形解 形聲；從晨，囟省聲。晨為清早昧爽，囟為清明，所以日出而作的人為農。

音義 ㄋㄨㄥˊ 名①從事耕種的事業；例農，天下之大本也。②從事耕種的人；例吾不如老農。③姓。形①種莊稼的；例農具。②與農相關的；例不誤農時。

參考 ①又作「莀」。②孳儂、噥、憹、濃、膿、穠、醲。

7 **農作** ㄋㄨㄥˊ ㄗㄨㄛˋ (一)耕種的事務。(二)「農作物」的省稱。

農作物 ㄋㄨㄥˊ ㄗㄨㄛˋ ㄨˋ 農家耕作所得的收穫物。

16 **農曆** ㄋㄨㄥˊ ㄌㄧˋ 依照月亮環繞地球的週期所推算而得的曆法。也稱「陰曆」、「舊曆」、「夏曆」。

▽勸農、耕農、貧農、老農、務農、佃農、穀賤傷農。

【辵部】 ㄔㄨㄛˋ

常 3 **迂** 形解 形聲；從辵，于聲。于為語氣舒展，有延伸長遠的意思，所以曲迴遠僻為迂。

音義 ㄩ 動繞道；例迂路出賀蘭山。形①言行疏闊，不切實際的；例人道是迂儒。②曲折的；例迂迴。

參考 與「紆」同音而義近：「紆」，從糸，有圍繞的意思；與「迂」都可指路途的曲折，然指心理的鬱結僅可用「紆」。

10 **迂迴** ㄩ ㄏㄨㄟˊ (一)曲折迴旋。(二)軍進攻軍隊繞向敵人深遠側後的作戰行動。目的是切斷敵人退路，阻止敵人增援，與正面軍隊協同包圍殲滅敵人。

14 **迂腐** ㄩ ㄈㄨˇ 拘泥守舊，不通世事，不合情理。

17 **迂闊** ㄩ ㄎㄨㄛˋ 迂遠疏闊而不切實際。

常 3 **迅** 形解 形聲；從辵，卂聲。卂象鳥飛行疾速，所以疾走爲迅。

音義 ㄒㄩㄣˋ 形 疾速的；例 若疾霆轉而激迅風。

參考 ①同快，速，急，遽，捷。②與「訊」、「汛」同音而義異：「汛」，從水，爲潮汐；「訊」，從言，有消息的意思。

6 **迅雷不及掩耳** ㄒㄩㄣˋ ㄌㄟˊ ㄅㄨˋ ㄐㄧˊ ㄧㄢˇ ㄦˇ 比喻快得來不及防備。

參考 同猝不及防。

常 3 **迆** 形解 形聲；從辵，也聲。也有開展向外的意思，所以斜倚而行爲迆。

音義 一ˇ 形 道路、河流彎曲伸延的；例 透迆。

一ˇ 動 (河流)斜行而溢出；例 東迆北會於滙。形 曲折的；例 迆邐。

參考 又作「迤」。

7 **迆邐** 一ˇ ㄌㄧˇ 連綿曲折。「迆」亦作「迤」。

常 3 **迄** 形解 形聲；從辵，乞聲。乞是求取，求取而行，所以到達爲迄。

音義 ㄑㄧˋ 動 到，及；例 聲教迄於四海。副 終究；例 才疏意廣，迄無成功。

參考 ①同到，達，至，及。②與「訖」同音而義異：「訖」，從言，有完畢的意思，如驗訖、收訖不作「迄」。

常 3 **巡** 形解 形聲；從辵，川聲。川爲河流通暢，各地省視爲巡。

音義 ㄒㄩㄣˊ 名 量詞，遍，用於計算斟酒的次數；例 酒過三巡。動 往來視察；例 巡查。

參考 字或作「廵」。

6 **巡行** ㄒㄩㄣˊ ㄒㄧㄥˊ 視察往來。

參考 「巡行」、「巡游」、「巡禮」、「巡迴」等都指到各處察看，但有別：「巡行」是爲了執行任務而走動察看；「巡游」是爲了調查研究或防備意外而到處察看；「巡禮」本指宗教信徒到各處朝拜，現則假借爲到各地觀光、游覽或考察，且多用作文章的題目名；「巡迴」則指按一定路線到各處活動或周而復始的來回跑。

10 **巡迴** ㄒㄩㄣˊ ㄏㄨㄟˊ 周而復始地來回不停。例 巡迴演出。

11 **巡視** ㄒㄩㄣˊ ㄕˋ 往來視察。

參考 「巡視」、「巡查」、「巡邏」都指來回查看，但有別：「巡視」指到處視察，多指首長或工作人員執行任務的察看，能帶賓語，是一般用語；「巡查」指一面走一面查看，是負有警衛責任的，能帶賓語，是軍事用語；「巡邏」指來回視察、警戒，不帶賓語，是軍事用語。

23 **巡邏** ㄒㄩㄣˊ ㄌㄨㄛˊ 往來視察。

參考 參閱「巡視」條。

▽ 逡巡、夜巡、一巡、出巡、酒過三巡。

常 4 **迎** 形解 形聲；從辵，卬聲。卬是仰望，所以向前迎接爲迎。

音義 一ㄥˊ 動 ①朝著；例 迎面而來。②對著；例 迎頭趕上。③接待；例 歡迎。④奉承；例 逢迎。⑤依照別人的意向；例 迎合。

一ㄥˋ 動 物未來而事先去迎接；例 文定厥祥，親迎于渭。

參考 又作「迊」。

3 **迎刃而解** 一ㄥˊ ㄖㄣˋ ㄦˊ ㄐㄧㄝˇ 原指劈竹子，頭上幾節一破開，下面就隨著刀口裂開了。比喻主要的問題解決了，其它有關的問題也就很容易解決。

9 **迎風** 一ㄥˊ ㄈㄥ 面向著風。

迎風招展 一ㄥˊ ㄈㄥ ㄓㄠ ㄓㄢˇ 形容旗子、裙裾等隨風飄揚。

11 **迎接** 一ㄥˊ ㄐㄧㄝ 向前接待。

16 **迎頭痛擊** 一ㄥˊ ㄊㄡˊ ㄊㄨㄥˋ ㄐㄧ 當頭狠命的給予打擊。

迎頭趕上 一ㄥˊ ㄊㄡˊ ㄍㄢˇ ㄕㄤˋ 奮起直追，超過前者。

▽ 歡迎、送迎、奉迎、親迎、逢迎、先送後迎、曲意逢迎、

特別歡迎。

常 4 **返** 解形 形聲；從辵，反聲。反是翻轉，去而復回爲返。

音義 ㄈㄢˇ 動①歸還；例返璧歸趙。②更換；例返瑟而弦。③回來；例路迷不得返。④回復；例返老還童。

參考 ①同反，回，復，旋，歸，還。②古書「返」多作「反」。

6 **返老還童** ㄈㄢˇ ㄌㄠˇ ㄏㄨㄢˊ ㄊㄨㄥˊ 使年老的人變得較爲年輕的法術。今用以形容看來較實際年齡還年輕的健壯老人。

▽往返、復返、回返、一去不復返、流連忘返、積重難返。

常 4 **近** 解形 形聲；從辵，斤聲。距離不遠爲近。

音義 ㄐㄧㄣˋ 名①文唐宋詞的中調；例祝英臺近。②指空間或時間的距離短，與「遠」相對；例緣溪行，忘路之遠近。③姓。動①親愛；例平易近人。②相似；例性相近，習相遠。③合乎；例不近人情。④靠近；例近鄉情更怯。⑤關係密切；例親近。形①指時間距離短的；例近代史。②不遠的，指空間距離短的；例近郊。③淺顯明白的；例淺近。

參考 ①同邇。②反遠。③與「進」同音而義異：「進」，從隹，有向前、由外入內等意思，如：進步、進口不作「近」。

4 **近水樓臺** ㄐㄧㄣˋ ㄕㄨㄟˇ ㄌㄡˊ ㄊㄞˊ 比喻地位接近，機會較優。

6 **近在咫尺** ㄐㄧㄣˋ ㄗㄞˋ ㄓˇ ㄔˇ 形容距離很近。咫：古代長度名，周制八寸。

參考 同近在眼前。

12 **近視** ㄐㄧㄣˋ ㄕˋ (一)視力缺陷之一，是由眼球前後直徑過長或晶狀體折光力過強，使較遠物的平行光線成像於視網膜前，而不在視網膜上。所以看較遠的東西呈模糊的現象。配戴凹透鏡可矯正。(二)目光短淺，只圖眼前。又作「短視」。

23 **近體詩** ㄐㄧㄣˋ ㄊㄧˇ ㄕ 文詩體名。唐代形成的律詩和絕句的通稱。同古體詩相對而言。句數、字數，和平仄、用韻等都有嚴格規定。亦稱「今體詩」。

▽遠近、親近、接近、靠近、附近、臨近、側近、逼近、淺近、最近。

次 4 **迒** 解形 形聲；從辵，亢聲。野獸的足跡爲迒。

音義 ㄏㄤˊ 名①道路；例迒杜蹊塞。②車跡；例軌塵掩迒。③獸跡；例蹏迒之跡。

次 4 **迓** 解形 形聲；從辵，牙聲。牙有突出的意思，所以相迎爲迓。

音義 ㄧㄚˋ 動迎接；例迎迓。

參考 「迓」與「訝」，音義各異。

次 4 **迍** 解形 形聲；從辵，屯聲。屯有困難的意思，所以行進艱困遲緩爲迍。

音義 ㄓㄨㄣ 形迍邅，處境困難而不得志的。副迍迍，行動緩慢的樣子。

參考 音ㄓㄨㄣ時，字亦作「屯」。

次 4 **迕** 解形 形聲；從辵，午聲。午有相違的意思，所以相對而遇爲迕。

音義 ㄨˇ 動①不順從；例迕逆。②相遇；例與蓄相迕。

參考 又音ㄨˋ。

常 5 **述** 解形 形聲；從辵，朮聲。朮有黏附的意思，所以依循而行爲述。

音義 ㄕㄨˋ 名姓。動①說明；例口述。②記錄；例記述。③繼承別人的事業或承遞別人的學說；例述而不作。

參考 ①同敍，說，申。②與「沭」、「鉥」音同而義異：「沭」，從水，爲河川名；「鉥」，從金，爲一種長針。

14 **述說** ㄕㄨˋ ㄕㄨㄛ 敍述，說明。

18 **述職** ㄕㄨˋ ㄓˊ 原指諸侯向天子陳述職守，後指外交官向中央政府會報駐在國政情，亦得稱之。

▽記述、口述、詳述、敍述、祖述、撰述、著述、陳述、傳述、論述、紹述、描述、

細述，且敍且述。

常 5 **迦** 形解 字本作「迦」，形聲；從辵，枷聲。枷有加壓的意思，所以令其不得行爲迦。今作「迦」。

音義 ㄐㄧㄚ 名 外 梵語的譯音用字；例 迦葉。

參考 ①「迦」與「伽」字形相近，且多用於譯名或專名，然讀音不同：迦，從辵(⻌)，音ㄐㄧㄚ；伽，從人，音ㄑㄧㄝ。②「茄」、「珈」同音：茄，從草(艹)，爲荷莖；珈，從玉(王)，爲婦女首飾。二者又與「迦」字不同。

18 **迦藍** ㄐㄧㄚ ㄌㄢˊ 外 佛家語，音譯梵語而來，就是佛寺、寺院、衆僧所住的園林。全譯爲「僧迦藍摩」。

常 5 **迢** 形解 形聲；從辵，召聲。召有到達遠處的意思，所以遙遠難行爲迢。

音義 ㄊㄧㄠˊ 形 很遙遠的；例 路途迢遙。副 遙遠的樣子；例 千里迢迢。

參考 ①同遠，遙。②與「苕」、「笤」、「齠」、「髫」同音而義異：苕，從草(艹)，爲一種蔓生植物；笤，從竹，爲竹掃帚；齠，從齒，指兒童換牙；髫，從髟，指幼兒額前的垂髮。

9 **迢迢** ㄊㄧㄠˊ ㄊㄧㄠˊ ㈠遙遠的樣子。例 千里迢迢。㈡久長的樣子。例 妝成不覺夜迢迢。

▽千里迢迢、海茫茫路迢迢。

常 5 **迪** 形解 形聲；從辵，由聲。由有動的意思，所以引導前進爲迪。

音義 ㄉㄧˊ 動 ①引導；例 啓迪後人。②進用；例 維此良人，弗求弗迪。

參考 ①又作「廸」。②與「笛」同音而義異：「笛」，從竹，爲一種用竹管吹奏樂器。

常 5 **迥** 形解 形聲；從辵，冋聲。冋指林外的遠處，所以遙遠爲迥。

音義 ㄐㄩㄥˇ 名 荒郊野外，通「坰」；例 臨迥望滄洲。形 遼遠的；例 山迥日初沉。副 差別大地；例 迥異尋常。

參考 ①又作「逈」。②所從的「冋」字不可作「回」，也不可作「冏」。③與「炯」、「窘」同音而義異：「炯」，從火，有明亮的意思；「窘」，從穴，君聲，有困頓的意思。

12 **迥然不同** ㄐㄩㄥˇ ㄖㄢˊ ㄅㄨˋ ㄊㄨㄥˊ 完全不一樣。

常 5 **迭** 形解 形聲；從辵，失聲。失爲逸去，所以更易爲迭。

音義 ㄉㄧㄝˊ 動 ①輪流更換；例 春秋改節，四時迭代。②停止；例 叫苦不迭。③及；例 忙不迭。副 屢次；例 東西迭擊。

參考 與「瓞」同音而義異：「瓞」，從瓜，失聲，爲小品種的田瓜。

▽更迭、交迭。

常 5 **迫** 形解 形聲；從辵，白聲。白與原色相近，所以逼近爲迫。

音義 ㄆㄛˋ 動 ①靠近；例 迫近。②殘害；例 迫害。③硬逼；例 强迫。④急切；例 迫切。⑤急促；例 從容不迫。⑥狹窄；例 局迫。⑦壓制；例 迫使。

4 **迫切** ㄆㄛˋ ㄑㄧㄝˋ 急迫。

參考 同逼。

迫不及待 ㄆㄛˋ ㄅㄨˋ ㄐㄧˊ ㄉㄞˋ 急得不能夠等候。

參考 同刻不容緩。

迫不得已 ㄆㄛˋ ㄅㄨˋ ㄉㄜˊ ㄧˇ 由於被迫，不能不如此。

6 **迫在眉睫** ㄆㄛˋ ㄗㄞˋ ㄇㄟˊ ㄐㄧㄝˊ 比喻事情已到了非常緊急的關頭。

參考 「迫在眉睫」、「燃眉之急」都有事情就在眉睫之間的意思，都形容緊急萬分，但有別：「迫在眉睫」的眉睫即眉毛和眼睫毛，整個成語比喻已到眼前，非常緊迫；「燃眉之急」是火燒眉毛那樣緊急的情況，比喻非常緊迫的事情或非常危急的情況。

10 **迫害** ㄆㄛˋ ㄏㄞˋ 逼迫傷害。

▽壓迫、急迫、脅迫、强迫、緊迫、逼迫、惶迫、促迫、

從容不迫、貧病交迫。

(次) 5 **迤** 形解 形聲；從辵，㐌聲。㐌有委曲的意思，所以彎曲斜行爲迤。
音義 一ˇ 動 延伸，通「迆」；例 迤東。 一ˊ 形 逶迤，山、河、道路等彎曲不已，綿延不絕的；例 五嶺逶迤。

(次) 5 **迮** 形解 形聲；從辵，乍聲。乍有倉促的意思，所以驚惶奔走爲迮。
音義 ㄗㄜˊ 名 姓。動 逼迫；例 壓迮。形 ①狹窄的，通「窄」；例 迮狹。②倉促的。

(次) 5 **迨** 形解 形聲；從辵，台聲。及時，追及爲迨。
音義 ㄉㄞˋ 動 等到，同「逮」；例 迨其吉兮。介 趁、及，表示時間；例 迨此暇時須痛飲。
參考 「迨」與「紿」，音義各異。

(常) 6 **送** 形解 會意；從辵，從𠈃省。𠈃有送的意思，所以遣送爲送。
音義 ㄙㄨㄥˋ 動 ①解遞；例 傳車送窮北。②發出；例 天風忽送荷香過。③餽贈；例 贈送。④陪伴著走；例 送孩子上學。⑤送行；例 送君一程。⑥輸運；例 今天不送信。⑦傳遞；例 暗送秋波。⑧糟蹋；例 白送一條老命。
參考 反 迎，逆。

6 **送行** ㄙㄨㄥˋ ㄒㄧㄥˊ ㈠送人遠行。㈡餞別。
送死 ㄙㄨㄥˋ ㄙˇ ㈠父母喪葬之事。㈡自取滅亡。例 白白送死。
7 **送別** ㄙㄨㄥˋ ㄅㄧㄝˊ 送人離別。
8 **送命** ㄙㄨㄥˋ ㄇㄧㄥˋ 喪失生命。例 赤手殺敵，徒然送命而已。
送往迎來 ㄙㄨㄥˋ ㄨㄤˇ ㄧㄥˊ ㄌㄞˊ 往者送之，來者迎之。形容極盡酬應之誼。
11 **送終** ㄙㄨㄥˋ ㄓㄨㄥ ㈠營辦父母喪事。㈡害人性命。
▽運送、歡送、護送、傳送、輸送、贈送、奉送、轉送、押送、接送、專車接送、限時專送。

(常) 6 **逆** 形解 形聲；從辵，屰聲。屰爲不順，有相反的意思，所以我往而迎彼來爲逆。
音義 ㄋㄧˋ 名 不知守節而叛變的人；例 陳逆烱明。動 ①迎接；例 逆子釗于南門之外。②不順；例 言逆于心。③預料；例 不逆有詐。④相反方向；例 逆風。形 叛變的；例 逆豎頭破裂。副 ①倒反地；例 倒行逆施。②預先地；例 莫可逆料。
參考 ①反 順。②同 忤。③同 迎，迓，向。

4 **逆水行舟** ㄋㄧˋ ㄕㄨㄟˇ ㄒㄧㄥˊ ㄓㄡ 逆著水勢行船。比喻不努力就要後退，乃勉勵人上進的話。例 學如逆水行舟，不進則退。
6 **逆耳** ㄋㄧˋ ㄦˇ 不順耳，即說的話叫人不愛聽。例 忠言逆耳利於行，毒藥苦口利於病。
8 **逆來順受** ㄋㄧˋ ㄌㄞˊ ㄕㄨㄣˋ ㄕㄡˋ 以順勢之心，接受橫逆的來臨。
參考 同 委曲求全。
9 **逆流** ㄋㄧˋ ㄌㄧㄡˊ ㈠河水倒流。㈡倒流的水。比喻反動的，與「主流」相反方向的潮流。
10 **逆料** ㄋㄧˋ ㄌㄧㄠˋ 事先預料。
逆旅 ㄋㄧˋ ㄌㄩˇ 客舍。逆：迎。即迎止賓客的地方。猶後來的旅館。
14 **逆境** ㄋㄧˋ ㄐㄧㄥˋ 不順利的境遇。
▽橫逆、莫逆、大逆、叛逆、違逆。

(常) 6 **迷** 形解 形聲；從辵，米聲。惑亂爲迷。
音義 ㄇㄧˊ 名 醉心於某種事物的人；例 影迷。動 ①媚惑；例 色不迷人人自迷。②疑惑；例 迷惘。③分辨不清；例 迷途知返。④失去知覺；例 昏迷不醒。⑤對某種事物過於喜愛，情不自主；例 迷戀武俠小說。
參考 ①同 惑。②與「謎」、「醚」二字同音而義異：謎，從言，爲影射事物的隱語，如謎語；醚，從酉，爲一種有機化合物，如乙醚。

4 **迷天大罪** ㄇㄧˊ ㄊㄧㄢ ㄉㄚˋ ㄗㄨㄟˋ 形容罪惡像天一般大。迷，即彌。

7 **迷你裙** ㄇㄧˊ ㄋㄧˇ ㄑㄩㄣˊ 〔外〕是一種短窄的女人裙子，長度僅及膝蓋上十公分至二十公分處，曾一度風行全球。

參考 反迷地裙。

9 **迷信** ㄇㄧˊ ㄒㄧㄣˋ 不辨事情的是非、眞僞，盲目的信仰。一般指相信星占、卜筮、風水、命相和鬼神等。

迷津 ㄇㄧˊ ㄐㄧㄣ ㈠迷失津度。㈡〔宗〕佛教名詞，迷妄的境界。例啓妙覺於迷津。㈢即迷宮，一種圖畫遊戲。

11 **迷惘** ㄇㄧˊ ㄨㄤˇ 迷惑悵惘。

迷途 ㄇㄧˊ ㄊㄨˊ 行路迷失方向。比喻趨向錯誤。

迷途知返 ㄇㄧˊ ㄊㄨˊ ㄓ ㄈㄢˇ 迷失道路後知道再回到正路上來，比喻犯了錯知道改正。

參考 ①反執迷不悟。②與「痛改前非」有別：前者偏重在「迷」字，强調趨向錯誤；後者偏重在「痛」字，强調徹底覺悟。後者語氣較前者爲重。

12 **迷惑** ㄇㄧˊ ㄏㄨㄛˋ ㈠心裏糊塗而不清楚。㈡誘惑人，使人迷亂。

18 **迷離** ㄇㄧˊ ㄌㄧˊ ㈠模糊不清。例撲朔迷離。㈡因受迷惑而昏亂。

23 **迷戀** ㄇㄧˊ ㄌㄧㄢˋ 受誘惑而捨不得離開。

參考 「迷戀」、「依戀」、「留戀」都指喜愛而捨不得分離，但有別：「迷戀」指捨不得的程度已經超過常情，含有沉醉的意思；「依戀」多指人與人之間離別的心情；「留戀」是人對處所、集體等不忍離去的感情。

▽昏迷、沈迷、低迷、執迷、影迷、著迷、悽迷、入迷、卡通迷、紙醉金迷、當局者迷。

常 6

退

形解 會意；從辵日夊。夊是行動遲緩，所以日日遲緩爲退。

音義 ㄊㄨㄟˋ 動①向後移動；例退兵。②使某人或某物向後移動；例誰能退敵？③隱去；例功成身退。④辭官；例退位。⑤離去；例退休。⑥解除；例退約。⑦歸還，例退貨。⑧減損；例退化。⑨謙讓；例退一步保百年身。⑩脫落，通「褪」；例退色。形畏縮不前的；例退縮。

參考 ①反進。②攀腿、褪。③與「蛻」同音而義異：「蛻」，從虫，爲昆蟲或爬蟲類脫換的皮殼。

4 **退化** ㄊㄨㄟˋ ㄏㄨㄚˋ ㈠器官的本能和構造作用，因爲不加應用而喪失或退步。㈡逐漸衰退，委靡不振的樣子。㈢文化政教等的衰落。

6 **退伍** ㄊㄨㄟˋ ㄨˇ 軍人退出行伍。

參考 徵兵制退伍是在服役期滿時行之，故亦叫「退役」。

退休 ㄊㄨㄟˋ ㄒㄧㄡ 公務人員於工作達若干年後，因年老或不願繼續任職而退離政府職位。又分「命令退休」及「自願退休」兩種。

9 **退卻** ㄊㄨㄟˋ ㄑㄩㄝˋ ㈠向後面退去。㈡軍隊撤退。

15 **退潮** ㄊㄨㄟˋ ㄔㄠˊ 海潮消退的時候。

17 **退縮** ㄊㄨㄟˋ ㄙㄨㄛ 退卻不前。

參考 「退縮」、「畏縮」都指不敢前進，但有別：「退縮」著重在行動，含有退卻的意思，指害怕而往後退；「畏縮」著重在心理狀態，指害怕而不敢動，可以重疊成「畏畏縮縮」。

退隱 ㄊㄨㄟˋ ㄧㄣˇ 退職隱居，過著不染風塵世俗的生活。

退避三舍 ㄊㄨㄟˋ ㄅㄧˋ ㄙㄢ ㄕㄜˋ 本指作戰時，退兵九十里以表示退讓，後引申爲對人讓步或迴避，不敢與爭的意思。舍：古時行軍三十里。例退三舍以避之。

▽進退、引退、隱退、擊退、減退、後退、早退、敗退、勇退、衰退、謙退、辭退、不知進退、功成身退、知難而退、急流勇退。

常 6

迺

形解 形聲；從乃省，西聲。西有止息的意思，乃爲氣之難出，所以驚謌之聲爲迺。

音義 ㄋㄞˇ 名外來語，人、地名音譯用字；例甘迺迪。副有但、僅、方、才等義，爲「乃」

的異體字；例今迺知之。
參考 ①又作「廼」。②參閱「乃」字條。

常 6 **迴** 解形 形聲；從辵，回聲。回為回轉，所以轉動為迴。
音義 ㄏㄨㄟˊ 動①折返；例迴車而歸。②運轉；例慢迴嬌眼笑盈盈。③通達；例德迴天地。形曲折的；例千步迴廊聞鳳吹。
參考 ①又作「廻」、「逥」。②與「回」當作轉、返解時，二字通用，其餘意思則不同。③洄，從水，有水廻旋的意思。
12 **迴廊** ㄏㄨㄟˊ ㄌㄤˊ 曲折的走廊。
13 **迴腸盪氣** ㄏㄨㄟˊ ㄔㄤˊ ㄉㄤˋ ㄑㄧˋ 形容文章或聲音的感人之深，動心之切。
17 **迴避** ㄏㄨㄟˊ ㄅㄧˋ ㈠因有不便而引避他處。㈡舊制大官出行，其儀衛有肅靜、迴避之牌作為前導，見牌者即應迴避，不可頂撞。

常 6 **逃** 解形 形聲；從辵，兆聲。逃亡為逃。
音義 ㄊㄠˊ 動①躲避；例逃難。②離開；例逃離。③亡逸；例遁逃。形逃跑的；例追殲逃敵。
參考 同遁，遯，逋，竄。
3 **逃亡** ㄊㄠˊ ㄨㄤˊ 因避天災或人禍而流浪到異鄉。
參考「逃亡」、「逃荒」、「流亡」有別：「逃亡」指因逃避迫害而出走，因違犯法律而離家出走也叫逃亡，多指逃避、逃跑；「逃荒」指遇到荒年災民到外鄉求食；「流亡」指流落在異鄉而無所依靠，有流離失所的意思。
逃之夭夭 ㄊㄠˊ ㄓ ㄧㄠ ㄧㄠ 形容逃離得不知去向。
參考 與「溜之大吉」有別：後者可表示「不告而別」、「托辭脫身」的意思，且有暫時迴避，俟機露面的意味；前者則無此意。
10 **逃荒** ㄊㄠˊ ㄏㄨㄤ 舊時遇到荒年，在當地無法生活，逃到異鄉去求食。
11 **逃匿** ㄊㄠˊ ㄋㄧˋ 逃亡後不使人知其居處。
17 **逃避** ㄊㄠˊ ㄅㄧˋ 因討厭或害怕而避開，不敢面對它。
▽竄逃、遁逃、奔逃、逋逃、脫逃、潛逃、捲款而逃、臨陣脫逃。

常 6 **追** 解形 形聲；從辵，𠂤聲。𠂤為「師」的古字，有衆多的意思，所以追逐衆人為追。
音義 ㄓㄨㄟ 動①跟從；例追隨國父。②從後面急趕；例窮寇莫追。③探尋；例追根究底。④補救；例來者猶可追。⑤索回；例追贓。⑥戀愛求偶；例他追張小姐已是多年。⑦回溯；例追述往事，歷歷在目。⑧事後補辦；例追加。⑨求；例追尋。形尾隨而來的；例前有埋伏，後有追兵。副①補救地；例追加預算。②極力探求地；例追問再三。
ㄉㄨㄟ 名鐘紐；例曰：以追蠡。動彫琢；例追琢其章，金玉其相。
參考 ①同逐，趕。②擊縋、槌、鎚。③與「迫」字有別：迫，從白，有相逼的意思。
3 **追亡逐北** ㄓㄨㄟ ㄨㄤˊ ㄓㄨˊ ㄅㄛˇ 追逐敗逃的敵人。
5 **追加** ㄓㄨㄟ ㄐㄧㄚ ㈠追贈。例追加尊號。㈡法將以後事件，附加於以前之事件，如條約有追加條件，預算有追加費等。
追本溯源 ㄓㄨㄟ ㄅㄣˇ ㄙㄨˋ ㄩㄢˊ 追究事物的根本或起源。
參考 參閱「追根究底」條。
7 **追求** ㄓㄨㄟ ㄑㄧㄡˊ ㈠努力探求。例追求眞理。㈡戀愛時男女間的仰慕交往。
參考「追求」、「謀求」、「尋求」有別：「追求」是指毫不放鬆地向目標進行；「謀求」是指想法子求得；但「謀求」不如「追求」積極。而「尋求」則指尋找求取，經常沒有固定目標。
追究 ㄓㄨㄟ ㄐㄧㄡˋ 查究已往的原因或理由。例追究到底。

參考「追究」、「深究」都指查問根由，但有別：「追究」，指查問根由，有時含有責備的意思，或指事後研究原因、責任等；「深究」則指認眞深入研究，精細探索事物的眞象，不含責備的意思。

10 **追根究底** ㄓㄨㄟ ㄍㄣ ㄐㄧㄡˋ ㄉㄧˇ 追究事物的根由底細。也作「尋根究底」。

參考 與「追本溯源」意思相近，但有別：前者著眼於「事情的原由」，後者著眼於「事物發生的根源」。前者多用於追問的場合；後者多用於研究的場合。

11 **追逐** ㄓㄨㄟ ㄓㄨˊ 即追亡逐北，追趕戰敗的敵人。

追悼 ㄓㄨㄟ ㄉㄠˋ 懷念哀悼已死的人。

參考 衍追悼會。

13 **追溯** ㄓㄨㄟ ㄙㄨˋ 追究已往。

參考 ①參閱「回顧」條。②「追溯」、「追憶」都指集中思想回想往事，在不强調事情發生的先後順序時，可以通用。但有別：「追溯」指逆流而上，向江河發源處走，比喻探索事物的來由本末，還指逆着歷史發展的時間順序，把幾件事或一件事的前後經過依次連貫起來回憶，也含有追根尋源的意思；「追憶」則指對一件事或幾件事的回想，不强調事件發生的前後次序。

追源溯始 ㄓㄨㄟ ㄩㄢˊ ㄙㄨˋ ㄕˇ 追尋本源，探究原始。溯：探求源委。

參考 與「追根問底」有別：前者是探究事物本始源頭；後者是追問一件事物的根源，直到清楚爲止。

15 **追踪** ㄓㄨㄟ ㄗㄨㄥ ㈠按著踪跡去尋找和追趕。例萬里追踪。㈡根據線索去追查。例追踪調查。又作「追蹤」。

參考 衍追踪衞星、追踪火箭。

16 **追隨** ㄓㄨㄟ ㄙㄨㄟˊ ㈠跟隨。例追隨國父，參與國民革命。㈡繼承其大事。

▽窮追、急追、急起直追、窮寇勿追、一言既出，駟馬難追。

常 6 **逅**

形解 形聲；從辵，后聲。后有承先而後的意思，所以不約而相遇爲逅。

音義 ㄏㄡˋ 動不期而遇；例邂逅。

參考 又讀 ㄍㄡˋ。

次 6 **迸**

形解 形聲；從辵，幷聲。幷有分裂的意思，所以四散而走爲迸。

音義 ㄅㄥˋ 動①濺射；例銀瓶乍破水漿迸。②散失；例流迸。③裂開；例迸裂。

ㄅㄥ 動驅除，通「摒」；例迸諸四夷。

次 6 **适**

形解 字本作「𨓈」：形聲；從辵，𠯑聲。行動疾速爲𨓈，隸變作「适」。

音義 ㄍㄨㄚ 名姓。形疾速的。

參考 ①「适」與「括」、「栝」，音同義異。②又音 ㄎㄨㄛˋ。③作疾速解時多用於人名。

次 6 **迻**

形解 形聲；從辵，多聲。多有廣大的意思，所以遷移居所爲迻。今作「移」。

音義 一 動轉變；例迻譯。

參考 迻的詞義較「移」爲窄，只有「遷」、「轉易」二義，餘則與「移」字不同。

次 6 **逄**

形解 形聲；從辵，夆聲。夆有廣大的意思，所以廣大充塞爲逄。

音義 ㄆㄤˊ 名姓。動充塞。

參考「逄」與「逢」，形近而音義各異。

常 7 **這**

形解 形聲；從辵，言聲。言爲口語，所以迎接爲這。

音義 ㄓㄜˋ 代指示代名詞，和文言中的「此」字相同，指稱比較近的人或事物；例這是什麼話？副馬上；例我這就回來。助句中語助詞，無義；例兀的不靑天這白日。

ㄓㄟˋ 代「這一」兩字的合音；例往這邊來。

參考 ①凡近指用「這」、用「此」；遠指用「那」、用「彼」。②同此。③反那，彼。④在口語裏，

「這」單用或者後面直接跟名詞時，說ㄓㄜˋ。「這」後面跟量詞或數詞加量詞時，常常說ㄓㄟˋ。以下「這個」、「這些」、「這樣」各條在口語裏都常常說ㄓㄟˋ。「這麼」音ㄓㄜˋ ˙ㄇㄜ，是指示代詞，指示性質、狀態、方式、程度等，如：有這麼回事；大家都這麼說。

(常) 7 **通** 形解 形聲；從辵，甬聲。甬有興起的意思，所以行無所阻爲通。

音義 ㄊㄨㄥ 名①通曉某事或熟悉某方面的人；例中國通。②量詞，一次爲一通；例三通電報。③姓。動①到達；例道遠難通。②順暢無阻；例此路不通。③有路達到；例條條大路通羅馬。④透氣；例通風良好。⑤傳達；例通知。⑥往來交換；例通商。⑦男女姦淫；例私通。⑧結交；例通婚。⑨洞曉；例讀書萬卷始通神。⑩通順；例文理不通。形①博曉事物的；例通儒。②整個的；例通夜不眠。③普徧的；例通盤考慮。④平暢的；例政通人和。副一般地；例通稱。

ㄊㄨㄥ 名量詞；例說了一通。

參考 反阻，塞。

2 **通人** ㄊㄨㄥ ㄖㄣˊ 學問淵博，通貫古今的人。

通力合作 ㄊㄨㄥ ㄌㄧˋ ㄏㄜˊ ㄗㄨㄛˋ 即羣策羣力，共同協助辦理一件事情。

3 **通才** ㄊㄨㄥ ㄘㄞˊ 指學識廣博，具有多種才能的人。

5 **通令** ㄊㄨㄥ ㄌㄧㄥˋ ㈠傳達命令。㈠上級機關對下級機關的共同訓令。

6 **通行** ㄊㄨㄥ ㄒㄧㄥˊ ㈠暢通流行而沒有阻礙。㈡習慣使用，如通行語。㈢普遍的應用。例號令通行全國。

7 **通告** ㄊㄨㄥ ㄍㄠˋ ㈠通知，傳達。㈡對公衆的佈告。

8 **通事** ㄊㄨㄥ ㄕˋ ㈠傳譯外國語言的人。㈡傳達職事的人。㈢兩國間往來的事。

9 **通俗** ㄊㄨㄥ ㄙㄨˊ 淺近而爲一般人所歡迎的。例通俗小說。

10 **通病** ㄊㄨㄥ ㄅㄧㄥˋ 大多數人所共有的毛病。

通宵 ㄊㄨㄥ ㄒㄧㄠ 通夜，全夜。例通宵達旦。

通宵達旦 ㄊㄨㄥ ㄒㄧㄠ ㄉㄚˊ ㄉㄢˋ 整夜，從夜晚到天亮。

參考 同夜以繼日。

通訊 ㄊㄨㄥ ㄒㄩㄣˋ 一種新聞體裁。特點是可以用敍述、描寫、議論等各種方法，較全面、詳細和深入地報導新聞。

參考 「通訊」、「通信」都指傳達消息，但有別：「通訊」的範圍廣，除了書信往來外，還專指利用電訊設備、衞星傳播來傳遞消息，如電話、電報、電視等，此外，它還專指新聞寫作的一種體裁，記者用這種體裁細緻生動地報導典型人物或事件；而「通信」的範圍比較窄，一般光指書信往來而言。

通訊處 ㄊㄨㄥ ㄒㄩㄣˋ ㄔㄨˋ 互通音問、消息的地址。

11 **通常** ㄊㄨㄥ ㄔㄤˊ 指一般的，平常的。

通商 ㄊㄨㄥ ㄕㄤ 國與國間的貿易或商貨流通。

通問 ㄊㄨㄥ ㄨㄣˋ ㈠互相稱謝。㈡互通音信。例別來南北不通問。

13 **通牒** ㄊㄨㄥ ㄉㄧㄝˊ 國際間通用的一種文書，如照會、覺書。

15 **通盤** ㄊㄨㄥ ㄆㄢˊ 全部。

通緝 ㄊㄨㄥ ㄑㄧˋ 通令各地緝捕。

16 **通融** ㄊㄨㄥ ㄖㄨㄥˊ ㈠變通辦法。㈡暫時借貸。

22 **通權達變** ㄊㄨㄥ ㄑㄩㄢˊ ㄉㄚˊ ㄅㄧㄢˋ 遇到非常變故，從權處理，而不固執。通，達：懂得；權：權宜、變通。又作「權變」。

▽開通、貫通、窮通、共通、交通、私通、神通、精通、疏通、普通、文通、變通、流通、靈通、粗通、淸通、溝通、萬事通、水泄不通、融會貫通、豁然貫通、觸類旁通。

(常) 7 **逗** 形解 形聲；從辵，豆聲。豆有直立的意思，所以停留不進爲逗。

音義 ㄉㄡˋ 名標點符號的一種，表示一句話中間的停頓，符號是「，」；例逗號。

動①停留；例逗留。②惹弄；例直逗的相公惱了。③招引；例逗笑。④透出；例杏花疏雨逗淸寒。

參考①同留，止，駐，停。②與「餖」、「痘」有別：「餖」，從食，爲陳設食品；「痘」，從疒，一種有豆狀膿瘡的接觸性傳染病。

▽挑逗。

常 7 **連** 解形 會意；從辵車。人挽車而行爲連。

音義 ㄌㄧㄢˊ 名①軍制名，今陸軍在營以下，排以上的單位爲連；例第五營第一連。②姓。動①接合；例骨肉相連。②持續不絕；例烽火連三月。③兼得；例一釣而連六鼇。④相接；例藕斷絲連。⑤包括；例連皮帶骨共重三十臺斤。副①甚至；例連我都不懂。②表示强調，使語氣加重；例連爺爺都忍不住笑了。連和，並；例連你一共三人。

參考①孳嗹、漣、璉、蓮、褳、鰱、鏈。②參閱「聯」字條。

6 **連忙** ㄌㄧㄢˊ ㄇㄤˊ 馬上做。

參考「連忙」、「趕快」、「急忙」這三個詞都有緊急、匆忙的意思，但有別：「連忙」是又緊迫又匆忙的意思，著重指行動上的連續；「趕快」是盡可能快的意思，著重指時間上的緊迫；「急忙」是心理著急，行動加速的意思，著重指心理著急。

9 **連袂** ㄌㄧㄢˊ ㄇㄟˋ ㈠相偕同行。㈡稱呼姊妹的丈夫，即「連襟」。

11 **連累** ㄌㄧㄢˊ ㄌㄟˋ 受人牽連，以致帶累受害。

14 **連綴** ㄌㄧㄢˊ ㄓㄨㄟˋ 連續不斷。

連綿不斷 ㄌㄧㄢˊ ㄇㄧㄢˊ ㄅㄨˋ ㄉㄨㄢˋ 接續而不中斷。

參考與「源源不斷」有別：前者偏重於「連續不中斷」；後者偏重於「繼續，沒完沒了」。

15 **連緜** ㄌㄧㄢˊ ㄇㄧㄢˊ ㈠接連不斷。㈡屋簷的別稱。亦作「聯緜」。

連篇累牘 ㄌㄧㄢˊ ㄆㄧㄢ ㄌㄟˋ ㄉㄨˊ 比喻文辭冗長。牘：古代寫字用的木片，一般以一尺爲限。

參考本詞常與「積案盈箱」連用。

17 **連環** ㄌㄧㄢˊ ㄏㄨㄢˊ ㈠相套連的環，能各自轉動而不可解開。㈡互相連接的事物。例連環圖畫。

18 **連鎖** ㄌㄧㄢˊ ㄙㄨㄛˇ ㈠稱連環的形狀，如甲與乙，乙與丙，丙與甲，彼此連續不斷的關係。㈡在遺傳學上，稱一組基因在同一染色體上的結構形式。

21 **連續** ㄌㄧㄢˊ ㄒㄩˋ 繼續不斷。

參考①同繼續。②「連續」、「陸續」有別：「連續」是不間斷地一個接一個連接下去，是副詞也是動詞；「陸續」是時斷時續地連接，只是副詞。

23 **連體嬰** ㄌㄧㄢˊ ㄊㄧˇ ㄧㄥ 醫一種單卵性雙胞胎，因分裂不完全而造成身體部分相連的現象。依其相連部位，可分爲胸部、腹部、臀部、坐骨、頭部相連等種。

▽關連、流連、接連、相連、串連、牽連、血肉相連、藕斷絲連。

常 7 **速** 解形 形聲；從辵，束聲。束有加緊的意思，所以加緊而行爲速。

音義 ㄙㄨˋ 名①急快；例欲速則不達。②快的程度；例音速與光速。③「速度」的省稱；例駕車超速，一定受罰。④姓。動①招致；例所以速禍。②邀請；例不速之客。副快疾地；例速戰速決。

參考①反緩，慢，遲，延。②同疾，急，快，捷。③與「涑」、「觫」、「蔌」、「簌」有別：「涑」，從水，水名；「觫」，從角，有顫抖的意思；「蔌」，從草，爲一種蔬菜；「簌」，從竹，爲篩子。

6 **速成** ㄙㄨˋ ㄔㄥˊ 在短期間用很快的方法完成。

速度 ㄙㄨˋ ㄉㄨˋ 物運動體在一定時間內所前進的距離；如時速，即在一小時之內可行駛之里程，以公里/時(K/H)表示之。

10 **速記** ㄙㄨˋ ㄐㄧˋ 用簡略的符號，迅速記錄語言的方法。於會議、演說或口授文件時用之。

11 **速率** ㄙㄨˋ ㄌㄩˋ 理物體在某單位時間內運動速度的大小。

15 **速寫** ㄙㄨˋ ㄒㄧㄝˇ 用簡單的筆調，迅速描寫所見到的印象。又稱「略畫」。

16 **速戰速決** ㄙㄨˋ ㄓㄢˋ ㄙㄨˋ ㄐㄩㄝˊ ㈠以最快的速度發動戰爭和結束戰爭，而達到預期的目的。㈡迅速採取行動以解決問題。㈢凡事必須進行得快，才能迅速完成。

▽音速、光速、加速、快速、高速、時速、神速、迅速、急速、兵貴神速。

常 7 **逝** 解形 形聲；從辵，折聲。折有斷的意思，所以去而不返爲逝。

音義 ㄕˋ 動①(時間或流水)去而不返；例流逝。②死亡；例平生親友半遷逝。形消失的；例逝水。助發語詞，無義。

參考 同往，去，如，徂。

▽水逝、流逝、長逝、遠逝、消逝、去逝、稍縱即逝、溘然長逝。

常 7 **逐** 解形 會意；從辵，從豕。追趕野獸爲逐。

音義 ㄓㄨˊ 動①追趕；例喪馬勿逐。②下令趕走；例逐客。③驅逐；例逐出門外，脫離關係。④爭奪；例豪傑競逐。⑤隨著；例殘片逐風迴。⑥按照；例逐日給薪。⑦挨著次序；例逐項解說。副循序漸進地；例逐步加強。

參考 ①同追，趕。②與「遂」形近而義異：「遂」，從㒸，音ㄙㄨㄟˋ，有道路、順暢的意思。

1 **逐一** ㄓㄨˊ ㄧ 一個一個的。

4 **逐日** ㄓㄨˊ ㄖˋ ㈠追趕太陽。山海經海外北經載有夸父逐日的神話故事。㈡形容馬奔馳神速。㈢按日，一天天。例逐日計酬。

6 **逐次** ㄓㄨˊ ㄘˋ 依次，漸次。例逐次完成。

9 **逐客令** ㄓㄨˊ ㄎㄜˋ ㄌㄧㄥˋ 秦始皇曾下過逐客令，要驅逐從六國來的客卿。後即用此泛指主人下達命令趕走不受歡迎的客人。

11 **逐鹿** ㄓㄨˊ ㄌㄨˋ 比喻爭取天下或爭奪地位。

14 **逐漸** ㄓㄨˊ ㄐㄧㄢˋ 隨時漸進。

▽角逐、競逐、驅逐、斥逐、追逐、放逐。

常 7 **逕** 解形 形聲；從辵，巠聲。巠有直而長的意思，所以步行的小道爲逕。

音義 ㄐㄧㄥˋ 名小路，通「徑」；例古木無人逕。副直接地；例逕行告發。

參考 同徑、蹊。

6 **逕自** ㄐㄧㄥˋ ㄗˋ 自己直接做某事。

10 **逕庭** ㄐㄧㄥˋ ㄊㄧㄥˊ 比喻相距甚遠，差距很大。也作「徑庭」。

常 7 **逍** 解形 形聲；從辵，肖聲。翱翔優游爲逍。

音義 ㄒㄧㄠ 副優游自得的樣子；例逍遙自在。

14 **逍遙自在** ㄒㄧㄠ ㄧㄠˊ ㄗˋ ㄗㄞˋ 無拘無束的樣子。

參考 與「自由自在」有別：前者偏重於安閑自得；後者偏重於無拘無束。前者有時帶有諷刺嘲弄的意味，後者則無。

逍遙法外 ㄒㄧㄠ ㄧㄠˊ ㄈㄚˇ ㄨㄞˋ 犯了罪的人逃避了法律的制裁。

常 7 **逞** 解形 形聲；從辵，呈聲。呈有挺立顯見的意思，所以通行爲逞。

音義 ㄔㄥˇ 動①感到快意；例逞志。②任意行事；例逞兇犯法。③誇耀；例不妄自逞能。④放鬆；例逞顏色，怡怡如也。⑤解除；例乃可以逞。⑥顯示；例逞強。⑦實現或達到(指壞事)；例得逞。

參考 與「裎」、「騁」同音而義異：「裎」，從衣從呈，音ㄔㄥˊ，有赤裸的意思；「騁」，從馬從甹，有奔馳的意思。

4 **逞凶** ㄔㄥˇ ㄒㄩㄥ 任意做傷害人的事情。

11 **逞強** ㄔㄥˇ ㄑㄧㄤˊ 顯示自己的能力強大。

▽得逞、驕逞。

常 7 **造** 解形 形聲；從辵，告聲。告有嚴謹的意思，所以行事有成爲造。

音義 ㄗㄠˋ 名①時代；例末造。②訴訟的雙方；例兩造具備。③方農作物收成的次數；例一年三造皆豐收。④姓。動①製作；例造鎗礮。②建設；例造園。③發明；例田眞造墨。④做出；例編造預算。⑤虛構；例造謠。⑥前往；例造訪。⑦到達；例造詣。⑧培養；例可造之才。⑨憑空編出來；例捏造。副①猝急地；例靈公造然失容。②開始；例造端。

ㄘㄠˋ 動納入；例君設大盤造冰。

參考①動⑤⑥又音ㄘㄠˋ。②孳慥、簉、糙。③與「製」有別：「製」、「造」二字常連用，意思相同；然習慣上，「製版」、「製圖」不作「造」；「造就」、「造句」不作「製」。

4 **造化** ㄗㄠˋ ㄏㄨㄚˋ ㈠天地創造，化育萬物。㈡幸運，運道。

造反 ㄗㄠˋ ㄈㄢˇ ㈠用武力推翻政府，即叛亂。㈡俚俗稱小孩胡鬧。

6 **造次** ㄗㄠˋ ㄘˋ ㈠急遽，匆忙。㈡魯莽，輕率。

7 **造作** ㄗㄠˋ ㄗㄨㄛˋ ㈠製造。㈡人為的事物或行為。與「自然」相對。例矯揉造作。

8 **造物** ㄗㄠˋ ㄨˋ ㈠舊時以為萬物是上天製造的，故稱天為「造物」。㈡命運，運氣。

11 **造訪** ㄗㄠˋ ㄈㄤˇ 前往人家家裏拜訪。

12 **造就** ㄗㄠˋ ㄐㄧㄡˋ ㈠培養人才。㈡前往拜訪。

13 **造詣** ㄗㄠˋ ㄧˋ ㈠學業或技藝所達到的某一種程度。㈡往候。

20 **造孽** ㄗㄠˋ ㄋㄧㄝˋ 做了惡事而種下惡因。

▽改造、營造、僞造、建造、構造、釀造、人造、製造、創造、兩造、監造、起造、粗製濫造、嚮壁虛造。

常 7

透

形解 形聲；從辵，秀聲。秀有向上伸出的意思，所以跳躍為透。

音義 ㄊㄡˋ 動①穿過；例蟲聲新透綠窗紗。②漏出；例紗幮風透瓦盆香。③顯露；例蕭蕭竹徑透青莎。④跳躍；例透河而卒。形①明白的；例見得透時，便是聖人。②深入的；例講透道理。副①②極，非常；例快活透了。②周遍地；例上下使錢透了。③超額地；例透支薪水。

11 **透視** ㄊㄡˋ ㄕˋ ㈠從假設的透明平面，視察物象，繪圖上多應用此原理及方法，以觀測實物，描繪輪廓。㈡凡對事物內容，作明晰的觀察。

21 **透露** ㄊㄡˋ ㄌㄨˋ ㈠顯露。㈡洩漏。

▽浸透、滲透、穿透、溼透、看透、恨透、猜透、參透。

常 7

逢

形解 形聲；從辵，夆聲。夆有迎面相合的意思，所以遇合為逢。

音義 ㄈㄥˊ 名姓。動①遭遇；例今逢此百凶。②迎合；例逢君之惡。形洪大的；例身其康彊，子孫其逢吉。

ㄆㄥˊ 名姓。形形容鼓聲；例鼉鼓逢逢。

參考①同遭，遇。②孳蓬、篷、縫。

2 **逢人說項** ㄈㄥˊ ㄖㄣˊ ㄕㄨㄛ ㄒㄧㄤˋ 泛指到處說某人好話。項：唐人項斯。

4 **逢凶化吉** ㄈㄥˊ ㄒㄩㄥ ㄏㄨㄚˋ ㄐㄧˊ 從前的人認為：運氣的好壞若有神靈保祐，就能把遇到的不幸轉化為吉祥、順利。

參考和「絕處逢生」意思相近，但有別：前者著重於已遇到兇險而最後能脫險；後者指從絕境中得到生路，適用範圍較為廣泛。

8 **逢迎** ㄈㄥˊ ㄧㄥˊ ㈠奉承，迎合。例阿諛逢迎。㈡迎接，接待。

12 **逢場作戲** ㄈㄥˊ ㄔㄤˇ ㄗㄨㄛˋ ㄒㄧˋ 原指游方藝人遇到適合場所就進行表演；比喻：㈠隨事應景，偶爾遊戲，多指冶遊。㈡今指男女之間，萍水相逢，並不認眞。

▽遭逢、相逢、萍水相逢。

常 7

逖

形解 形聲；從辵，狄聲。古時狄為遠方異族，所以行走遙遠為逖。

音義 ㄊㄧˋ 形遙遠的；例逖矣西土之人。

常 7

逛

形解 形聲；從辵，狂聲。狂有隨意的意思，所以閒走爲逛。

音義 ㄍㄨㄤˋ 動閒遊；例逛夜市。

常 7 **途** 形解 形聲；從辵，余聲。余有寬緩的意思，所以寬大的道路爲途。

音義 ㄊㄨˊ 名道路；例從者塞途。

參考 ①同道，路，涂，塗。②與「塗」有別：「塗」，從土，爲泥巴。

10 **途徑** ㄊㄨˊ ㄐㄧㄥˋ ㈠路徑，路線。㈡辦事的方針。

參考 同道路。

▽ 歸途、窮途、首途、前途、中途、半途、別途、坦途、路途、殊途、用途、畏途、老馬識途、末路窮途、視爲畏途。

次 7 **逋** 形解 形聲；從辵，甫聲。甫爲捕的省文，所以躲避逮捕而逃亡爲逋。

音義 ㄅㄨ 動①逃亡；例逋遷。②拖欠；例逋懸。

參考 「逋」與「晡」，音同義異。

次 7 **逑** 形解 形聲；從辵，求聲。搜求聚斂爲逑。

音義 ㄑㄧㄡˊ 名配偶；例君子好逑。動聚合；例以爲民逑。

次 7 **逡** 形解 形聲；從辵，夋聲。夋有行進的意思，所以往來徘徊爲逡。

音義 ㄑㄩㄣ 名動兔名，通「[illegible]」。動因顧慮而徘徊不前。ㄐㄩㄣˋ 副急速的樣子，通「駿」；例逡奔走。

常 8 **逮** 形解 形聲；從辵，隶聲。隶有到達的意思，所以迫近追及爲逮。

音義 ㄉㄞˋ 動①捉拿；例逮捕。②趕上；例力不逮人。③到來；例菑必逮夫身。介及、至、到某時候；例逮夜至齊。ㄉㄞˇ 動捕捉；例逮住。ㄉㄧˋ 副安和的樣子；例威儀逮逮。

參考 ①同及、迨、洎。②擘隸。

常 8 **逵** 形解 會意；從辵，從坴。大道爲逵。

音義 ㄎㄨㄟˊ 名①九達的大馬路；例置于中逵。②水中可互通的穴道；例鰧魚居逵。③姓。

常 8 **週** 形解 字本作「[illegible]」：形聲；從勹，舟聲。舟往復行於兩岸，環繞的意思，所以循環往復爲[illegible]。俗作「週」。

音義 ㄓㄡ 名①星期；例週六。②一個區域的外圍；例四週。動環繞；例週而復始。副①完備地；例招待不週。②普遍地；例眾所週知。

參考 與「周」有別：「周」、「週」音義相近，然習慣上，「周匝」、「周遭」不用「週」；「週末」、「週知」不作「周」。

6 **週而復始** ㄓㄡ ㄦˊ ㄈㄨˋ ㄕˇ 環繞一轉，再繼續照前循環進行。

8 **週知** ㄓㄡ ㄓ 大家都知道的。例眾所週知。

12 **週期性** ㄓㄡ ㄑㄧˊ ㄒㄧㄥˋ 在振動物體現象中，位移、電場等量由一狀態回復到原狀態，每一完全振動所需的時間就叫週期。具有週期性質的叫週期性。

▽ 隔週、每週、同週、下週。

常 8 **逸** 形解 會意；從兔辵。兔性善逃，所以亡失爲逸。

音義 ㄧˋ 名①過失、逸口；例惟余一人有逸。②隱居的賢人；例搜賢採逸。③安閒；例以逸待勞。動①脫逃；例隨師敗績，隨侯逸。②奔跑；例「馬逸不能止。」③釋放；例逸楚囚。④安樂；例逸樂。⑤喪失；例天吏逸德。形①超羣的；例宏有逸才。②疾行的；例執朽轡以御逸駟。③散失的；例逸文。④隱遁的；例逸老。⑤放縱的；例意驕志逸。⑥高雅的；例逸興遄飛。

參考 ①反勞。②注意，「逸」右從「兔」（ㄊㄨˋ），不可從「免」（ㄇㄧㄢˇ）。

15 **逸趣橫生** ㄧˋ ㄑㄩˋ ㄏㄥˊ ㄕㄥ 非常

有趣味，趣味十足。

▽安逸、隱逸、橫逸、逃逸、亡逸、奔逸、飄逸、一勞永逸。

常 8 **進** 解形 形聲；從辵，閵省聲。閵有上飛的意思，所以升登爲進。

音義 ㄐㄧㄣˋ 名①房屋分成幾個前後庭院的，每個庭院稱爲一進；例經過兩進院子。②輩分；例老師先進。③書論語篇名之一；例先進篇。動①向前；例前進。②入內；例閒人免進。③薦舉；例推賢進士。④奉呈；例當使進饌於客。⑤收入；例進帳。

參考①反退，卻。②同入。

4 **進化** ㄐㄧㄣˋ ㄏㄨㄚˋ 生物因外界影響及內部的發展，由簡單而複雜，由下等而高等的變化。例進化論。

6 **進行** ㄐㄧㄣˋ ㄒㄧㄥˊ ㈠往前走。㈡事情依照次序辦下去。

參考「進行」一詞，總是用在持續性的和正式、嚴肅的行爲。短暫性的和日常生活中的行爲不用「進行」，例如我們不說「進行午睡」、「進行叫喊」。

進行曲 ㄐㄧㄣˋ ㄒㄧㄥˊ ㄑㄩˇ 含有適於人的行步節奏，具有四拍子的樂曲。

8 **進取** ㄐㄧㄣˋ ㄑㄩˇ 努力向前，有所取求，志在必得。

9 **進香** ㄐㄧㄣˋ ㄒㄧㄤ 往寺院拈香禮佛。

10 **進展** ㄐㄧㄣˋ ㄓㄢˇ 進步和發展。

進修 ㄐㄧㄣˋ ㄒㄧㄡ 進一步的研究學習。

進貢 ㄐㄧㄣˋ ㄍㄨㄥˋ 舊時藩屬國對宗主國或臣民對皇帝呈獻物品。

進退失據 ㄐㄧㄣˋ ㄊㄨㄟˋ ㄕ ㄐㄩˋ 比喻失了憑藉，站不住腳。

進退兩難 ㄐㄧㄣˋ ㄊㄨㄟˋ ㄌㄧㄤˇ ㄋㄢˊ 比喻處境困窘。

進退維谷 ㄐㄧㄣˋ ㄊㄨㄟˋ ㄨㄟˊ ㄍㄨˇ 即進退兩難，處境困窘。

參考①反進退自如。②與「進退兩難」意思相近，但有別：前者含有「陷入困境」之意，語意較後者爲重，常用來形容處於「必敗的境地」、「絕境」。

16 **進學** ㄐㄧㄣˋ ㄒㄩㄝˊ 使學業有進步。

▽急進、行進、後進、新進、推進、精進、先進、前進、漸進、日進、奮進、躍進、激進、引進、請進、突飛猛進、循序漸進。

次 8 **逭** 解形 形聲；從辵，官聲。逃避爲逭。

音義 ㄏㄨㄢˋ 動逃避；例罪不可逭。

次 8 **逴** 解形 形聲；從辵，卓聲。卓有高大的意思，所以遠行爲逴。

音義 ㄔㄨㄛ 動分明。形①高遠的；例逴行殊遠。②超越的，通「趠」；例逴躒。

次 8 **逯** 解形 形聲；從辵，彔聲。言行拘謹爲逯。

音義 ㄌㄨˋ 名姓。副隨意行走的樣子；例逯然而來。

次 8 **逶** 解形 形聲；從辵，委聲。委有彎曲下垂的意思，所以彎曲斜行爲逶。

音義 ㄨㄟ 形逶迤，曲折前進的。

9 **逶迤** ㄨㄟ ㄧˊ ㈠曲折前進的樣子。㈡道路、山脈、河流等彎曲延伸的樣子。又作「逶移」、「逶蛇」、「逶佗」、「逶迆」、「委迆」、「委蛇」、「逶虵」、「委佗」、「逶池」、「委迤」、「崣移」。

常 9 **運** 解形 形聲；從辵，軍聲。軍有行進的意思，移徙爲運。

音義 ㄩㄣˋ 名①氣數，命中註定的遭遇；例運氣。②「運動會」的簡稱；例區運。③日月四週的光氣，通「暈」；例畫隨灰而月運闕。④姓。動①搬送；例運貨。②轉動；例運行。副靈活地；例運用自如。

參考①動同輸，送，轉，行。②名同命，數，天。

4 **運斤成風** ㄩㄣˋ ㄐㄧㄣ ㄔㄥˊ ㄈㄥ 比喻驚人的絕技。

5 **運用** ㄩㄣˋ ㄩㄥˋ 隨機應變地使用。

參考同使用。

6 **運行** ㄩㄣˋ ㄒㄧㄥˊ 物體周而復始的循環動作。

8 **運河** ㄩㄣˋ ㄏㄜˊ 人工開鑿的河道。

10 **運氣** ㈠ ㄩㄣˋ ㄑㄧˋ 1.氣數，命運，命中注定的遭遇。例運氣不佳。2.幸福。例你眞運氣，有個美滿的家庭。㈡ ㄩㄣˋ ㄑㄧˋ 指舒展肢體以振起力量。

11 **運動** ㄩㄣˋ ㄉㄨㄥˋ ㈠物體改變位子的作用。㈡爲求達到一種目的而鑽營奔走。㈢在羣衆中間，散播思想，宣傳主義，以謀實現一種目的的活動。

20 **運籌帷幄** ㄩㄣˋ ㄔㄡˊ ㄨㄟˊ ㄨㄛˋ 主持戰略，謀畫軍事。

▽惡運、海運、空運、國運、幸運、好運、水運、衰運、世運、天運、陸運、搬運、機運、命運、轉運、氣運、匠心獨運。

常 9 **遊** 解 形 字本作「游」：形聲；從㫃，汓聲。汓，有飄動的意思，所以旌旗飄揚爲游。俗作「遊」。

音義 ㄧㄡˊ 名朋友；例長歌懷舊遊。動①玩耍取樂；例秉燭夜遊。②就學；例遊於聖人之門。③旅行；例父母在，不遠遊。④游說；例散遊諸侯。⑤運轉；例遊刃有餘。⑥求仕；例王獨不聞吳人之遊楚者乎？

參考 除「游水」、「游泳」不用「遊」字外，「游」、「遊」二字可通用。

3 **遊刃有餘** ㄧㄡˊ ㄖㄣˋ ㄧㄡˇ ㄩˊ 比喻對一件事技巧閑熟，故能勝任愉快。

4 **遊方** ㄧㄡˊ ㄈㄤ 僧道雲遊四方。

4 **遊手好閒** ㄧㄡˊ ㄕㄡˇ ㄏㄠˋ ㄒㄧㄢˊ 貪玩而不做事。

5 **遊目騁懷** ㄧㄡˊ ㄇㄨˋ ㄔㄥˇ ㄏㄨㄞˊ 縱目遊觀而使心懷奔放開暢。

9 **遊俠** ㄧㄡˊ ㄒㄧㄚˊ 輕死重義，雲遊各處的人。

14 **遊說** ㄧㄡˊ ㄕㄨㄟˋ 奔走各處，逞口才貢獻計劃於當政者。亦作「游說」。

16 **遊歷** ㄧㄡˊ ㄌㄧˋ 到各處去遊玩，以增加知識見聞。

遊學 ㄧㄡˊ ㄒㄩㄝˊ 到別處去求學。

21 **遊覽** ㄧㄡˊ ㄌㄢˇ 遊逛觀看。

▽燕遊、外遊、舊遊、交遊、漫遊、夜遊、郊遊、旅遊、神遊、夢遊、魂遊。

常 9 **道** 解 形 形聲；從辵，首聲。首表示人，所以人走的路爲道。

音義 ㄉㄠˋ 名①路；例道不拾遺。②不變的眞理；例天道好還。③思想；例吾道一以貫之。④方法；例誠身有道。⑤技藝；例道術。⑥意向；例道不同，不相爲謀。⑦宗道術或佛法；例得道。⑧宗「道士」的簡稱；例貧道。⑨古代行政區劃名；例江南西道觀察使。⑩史清代官職名；例兵備道。⑪量詞，則或件，用於文件；例一道命令。⑫量詞，用於食物；例一道菜。⑬量詞，通「條」；例一道河流。⑭姓。動①談說；例論短道長。②表白；例道賀。③引導，通「導」；例道而弗牽。介由，從；例故凡治亂之情，皆道上始。

參考 ①又作「衜」。②名同路，途，涂。③動同言，謂，曰，云。④擊導、導。

3 **道士** ㄉㄠˋ ㄕˋ ㈠奉守道教經典規戒並熟習各種齋醮祭禱儀式的人。金元之際，道士有出家的「全眞道士」和在家的「正一道士」之分。㈡即方士。㈢泛稱有道之士。㈣佛教僧侶。

4 **道不拾遺** ㄉㄠˋ ㄅㄨˋ ㄕˊ ㄧˊ 路上不拾遺物。比喻民風廉潔。

6 **道地** ㄉㄠˋ ㄉㄧˋ ㈠眞實，眞正。多指產品。亦作「地道」。㈡代人事先疏通，以留餘地。

8 **道具** ㄉㄠˋ ㄐㄩˋ 舞臺演出或電影攝製的過程中，除服裝以外，泛指一切與劇情有關的器具用品，如桌椅、刀、槍等。

10 **道破** ㄉㄠˋ ㄆㄛˋ 說穿。

道家 ㄉㄠˋ ㄐㄧㄚ 以先秦老子、莊子關於道的學說爲中心的學術派別。道家之名，始見於漢書司馬談的論六家之要指，稱爲道德家，至漢書藝文志稱爲道家，列爲九流之一。

道高一尺魔高一丈 ㄉㄠˋ ㄍㄠ ㄧˋ ㄔˇ ㄇㄛˊ ㄍㄠ ㄧˊ ㄓㄤˋ 比喻眞理、正義雖然伸張，而邪惡、破壞的力量卻更加強大。

11 **道理** ㄉㄠˋ ㄌㄧˇ ㈠正道。㈡理由。㈢辦法或打算。

道教 ㄉㄠˋ ㄐㄧㄠˋ 東漢時的宗教，淵源於古代的巫術。是東漢順帝漢安元年，由張道陵于鶴鳴山，凡入道者，須出五斗米，故亦稱「五斗米道」。因道教徒尊張道陵爲天師，故又名「天師道」。道教奉老子爲教祖，尊稱太上老君。

12 **道統** ㄉㄠˋ ㄊㄨㄥˇ 儒家傳道的統緒。

13 **道義** ㄉㄠˋ ㄧˋ ㈠道德和義理。㈡現指道德和正義。例道義之交。

道路 ㄉㄠˋ ㄌㄨˋ ㈠通行各種車輛、行人和牲口的道路的統稱。㈡一件事情進行的步驟。

參考 「道路」、「途徑」都指路，但有別：「道路」的應用範圍比較廣泛，即可以指具體的行走的路，又可以表示抽象的意義，指事物發展的路程、處理事情的方法手段等；「途徑」指辦事的路子、方法、手段等，用於抽象事物。

14 **道歉** ㄉㄠˋ ㄑㄧㄢˋ 表示歉意。

參考 同抱歉。

道貌岸然 ㄉㄠˋ ㄇㄠˋ ㄢˋ ㄖㄢˊ 端莊嚴肅，一副道學家的面貌。岸然：嚴峻的樣子。

參考 ①「道貌岸然」、「一本正經」都能形容正經嚴肅的樣子，但有別：a「道貌岸然」偏重在莊嚴、高傲，多指態度；「一本正經」偏重在嚴肅、拘謹，多指表情。b「道貌岸然」含有高傲得使人不敢接近而又似乎含有覺得可笑的意思；「一本正經」卻不含這個意思。c「道貌岸然」含有裝腔作勢，表裏不一，表面上正經嚴肅，實質上可能是卑劣下流的意思；但「一本正經」不含這些意思，而且「一本正經」只是和「嘻皮笑臉」相對而已。d「道貌岸然」含有譏諷的意味；「一本正經」則不含譏諷的意味。②「岸」字不可誤作「暗」。

15 **道德** ㄉㄠˋ ㄉㄜˊ 大家所應遵循的理法，以及合於理法的行爲。

22 **道聽塗說** ㄉㄠˋ ㄊㄧㄥ ㄊㄨˊ ㄕㄨㄛ 路上聽到的傳聞，隨後就在路上傳播出去。指沒有根據的傳聞。

▽王道、劍道、公道、柔道、常道、食道、人道、水道、赤道、大道、茶道、中道、傳道、街道、衞道、修道、地道、通道、要道、軌道、鐵道、人行道、快車道、大逆不道、口碑載道、不足爲道、生財有道、安貧樂道、微不足道、怨聲載道、津津樂道、胡說八道、豺狼當道、康莊大道、頭頭是道、離經叛道。

常 9 **遂** 形解 形聲；從辵，㒸聲。㒸爲相從，所以相從而行爲遂。

音義 ㄙㄨㄟˋ 名①郊外；例魯人三郊三遂。②水溝；例遂上有徑。③古代射箭的人所專用的袖套；例祖決遂。④姓。動①順心如意；例宦遊不遂。②達到目的；例要求不遂。③進用；例選賢遂才。④前進；例不能退，不能遂。⑤完備；例節文終遂焉。形順利的；例順遂。副①然後；例問我諸姑，遂及伯姊。②終究；例及歸，遂不見。③於是；例及拔劍斬蚍，蚍遂分爲兩。

參考 ①又讀 ㄙㄨㄟˊ。②同順。

▽未遂、完遂、殺人不遂。

常 9 **達** 形解 形聲；從辵，羍聲。羍有暢通的意思，所以道路通暢爲達。

音義 ㄉㄚˊ 名姓。動①明白；例不達世務。②通達；例四通八達。③收到；例寄書長不達。④告知；例口達至誠。⑤實現或完成；例目的已達。⑥表現；例詞不達意。形①宏遠的；例達見明遠。②常行不變的；例達德。③顯要的；例達官貴人。

ㄊㄚˋ 形輕薄的；例佻達。

參考 ①反窮，塞。②同通，暢。③同至，到。④擘撻、躂、闥、噠、韃。⑤羍聲是從大從羊作「羍」，不可誤作「幸」(ㄒㄧㄥˋ)或「辛」(ㄒㄧㄣ)。

7 **達克龍** ㄉㄚˊ ㄎㄜˋ ㄌㄨㄥˊ 外是美國杜邦公司所製人造纖維的商

標名稱。達克龍不易褪色，也不起皺，可以製成衣料、窗帘、水管、濾器等。達克龍是由煤、水、石油、石灰石及天然氣製成的。在西元一九四〇年由英國及美國杜邦公司的科學家攜手研究成功，在美國製造，定名為達克龍，於西元一九五一年問世。

14 **達爾文學說** ㄉㄚˊ ㄦˇ ㄨㄣˊ ㄒㄩㄝˊ ㄕㄨㄛ 外 就是「生物進化論」，是有關生物進化因素的達爾文的學說。達爾文的學說認為：生物在同種或異種的個體之間作激烈的競爭，又因暴露在環境威脅之下，結果能適應環境者生存，不能適應者滅亡。這叫做自然淘汰，能保存發展生物的微小適應性質，其性質能夠遺傳，趨向能適應環境的型態進化。又譯作「達爾文主義」。

25 **達觀** ㄉㄚˊ ㄍㄨㄢ ㈠一切聽其自然，隨遇而安。亦指對不如意的事情看得很開。㈡遍覽。

參考 「達觀」、「樂觀」有別：「達觀」是指遇到挫折或不如意的事情時，不致於消沉或看不開，如：幸虧他是個達觀的人，否則恐怕經不起這次的打擊；「樂觀」是指對事情的發展充滿信心，如：國外投資者對我國的前途感到樂觀。

▽榮達、送達、通達、傳達、到達、發達、練達、抵達、先達、顯達、薦達、豁達、挑達、抵達、四通八達、不求聞達、飛黃騰達、欲速不達。

常 9 **逼** 形解 逼 形聲；從辵，畐聲。畐有滿盡的意思，所以迫近為逼。

音義 ㄅㄧ 動①脅迫；例你別逼我太甚！②被迫；例逼上梁山。形狹窄的；例岸狹勢逼。副極，非常；例逼近。

參考 ①又作「偪」。②又音ㄅㄧˋ。③同迫，蹙。

3 **逼上梁山** ㄅㄧ ㄕㄤˋ ㄌㄧㄤˊ ㄕㄢ 逼人走上絕路，鋌而走險。

參考 與「鋌而走險」意思相近，但有別：前者偏重於「反抗」；後者偏重於「冒險」。前者一般指革命的反抗行動；後者可以指好的行動，也可以指不好的行動。

8 **逼近** ㄅㄧ ㄐㄧㄣˋ 極其接近。

9 **逼迫** ㄅㄧ ㄆㄛˋ 用强力的手段或威勢去壓迫。

參考 與「强迫」義同，但前者語氣較强。

10 **逼眞** ㄅㄧ ㄓㄣ 與眞的極為相似。

▽脅逼、進逼、强逼、威逼、著著進逼。

常 9 **違** 形解 違 形聲；從辵，韋聲。韋為相背而行，所以背離為違。

音義 ㄨㄟˊ 名①過錯；例違失。②邪惡；例以逞其違。動①相背；例事與願違。②避免；例天作孽，猶可違。③離去；例不如違之。④不遵守；例違法。⑤距離；例齊師違穀七里。⑥喪失；例聖躬違和。

參考 ①反依，從。②同背，反。

4 **違反** ㄨㄟˊ ㄈㄢˇ 不遵照規定去做。

參考 「違背」、「違反」、「違犯」、「違抗」都指不相容、不遵守的意思，都能用來說明人的言行跟既定的原則、政策、規章制度、法律等相抵觸，但有別：「違反」是不符合的意思；「違背」是不遵守的意思；「違反」和「違背」的用法很接近，在許多場合可以互換。「違犯」指違反並觸犯，語意比違反、違背還要重，適用的對象多指黨紀國法之類的事。「違抗」指違反並抗拒，所反映的行為是特別嚴重的，多適用于命令、指示、意志等。

違心之論 ㄨㄟˊ ㄒㄧㄣ ㄓ ㄌㄨㄣˋ 不是出於本心的議論。

7 **違抗** ㄨㄟˊ ㄎㄤˋ 不服指揮。

參考 同違反。

8 **違拗** ㄨㄟˊ ㄠˋ 不順從。

違和 ㄨㄟˊ ㄏㄜˊ 血氣不調和，身體不舒服。今通用為稱人生病的敬詞。

違法 ㄨㄟˊ ㄈㄚˇ 違背法律的規定。

9 **違約** ㄨㄟˊ ㄩㄝ 違背約言或契約。

違背 ㄨㄟˊ ㄅㄟˋ 不能遵守。

參考 同違反。

▽乖違、相違、事與願違、陽奉陰違。

常 9 **遐** 形解 形聲；從辵，叚聲。叚有大的意思，所以遠方爲遐。

音義 ㄒㄧㄚˊ 形 ①遙遠的；例流澤布於遐荒。②年高的；例終享遐年。副 疑問副詞，同「何」、「胡」；例周王壽考，遐不作人？

參考 ①同遠，遙，長，久。②反邇，近。

13 **遐想** ㄒㄧㄚˊ ㄒㄧㄤˇ 遙想，馳想高遠。

18 **遐邇** ㄒㄧㄚˊ ㄦˇ 遠近。例名聞遐邇。

常 9 **遇** 形解 形聲；從辵，禺聲。不期而見爲遇。

音義 ㄩˋ 名 ①際會；例遭遇。②姓。動 ①遭逢；例遇見。②遭受；例遇難。③對待；例遇人恭謹。④投合；例七十說而不遇。

參考 同逢，遭，值。

2 **遇人不淑** ㄩˋ ㄖㄣˊ ㄅㄨˋ ㄕㄨˊ (一)碰到待己不好的人。(二)所嫁非人。

6 **遇合** ㄩˋ ㄏㄜˊ 遇到賞識自己的人。

▽奇遇、相遇、厚遇、殊遇、遭遇、待遇、知遇、不遇、禮遇、艷遇、恩遇、際遇、不期而遇、懷才不遇。

常 9 **遏** 形解 形聲；從辵，曷聲。曷有止住的意思，所以制止爲遏。

音義 ㄜˋ 名 姓。動 ①阻止；例以遏亂略。②賊害；例無遏爾躬。③逮，及；例響遏行雲。

7 **遏抑** ㄜˋ ㄧˋ (一)控制。(二)阻止。

▽怒不可遏、奮亢難遏

常 9 **過** 形解 形聲；從辵，咼聲。咼有傾斜的意思，所以傾身度越爲過。

音義 ㄍㄨㄛˋ 名 ①錯誤；例改過自新。②次數；例覆校一過。動 ①度過(時間)；例無花無酒過清明。②經過(地點)；例過門不入。③超越；例過分。④轉移；例土地過戶。⑤交往；例黃信那人：和我過得最好。⑥死亡；例過世。⑦計量；例過磅。⑧承受；例過故人莊。⑨拜訪；例過心中難過。形 ①錯誤的；例過言。②途經的；例百代之過客。副 太，甚，非常；例您過謙了。助 表動作；例走過來，走過去。

參考 ①又音 ㄍㄨㄛ。②作助詞用時，又音 ˙ㄍㄨㄛ。③反功。④同誤，謬，錯，愆，失。

4 **過分** ㄍㄨㄛˋ ㄈㄣˋ 超過了應當的程度。

過戶 ㄍㄨㄛˋ ㄏㄨˋ 對於不動產和記名的有價證券買賣，更換物主姓名，以確定所有權的轉移。

5 **過失** ㄍㄨㄛˋ ㄕ (一)錯誤，過錯。(二)法 法律用語。行爲人雖非故意，但按其情節應注意，並能注意，而不注意之謂。

過目 ㄍㄨㄛˋ ㄇㄨˋ (一)親眼看過。(二)閱看一次。

6 **過江之鯽** ㄍㄨㄛˋ ㄐㄧㄤ ㄓ ㄐㄧˋ 比喻來往的人極多。

8 **過夜** ㄍㄨㄛˋ ㄧㄝˋ 度過夜晚。

過門 ㄍㄨㄛˋ ㄇㄣˊ (一)經過門口。例過門不入。(二)俚 俗稱女子出嫁。(三)戲曲中的間奏。

過河卒子 ㄍㄨㄛˋ ㄏㄜˊ ㄗㄨˊ ㄗˇ 比喻打前鋒者，只能進，不能退。

過河拆橋 ㄍㄨㄛˋ ㄏㄜˊ ㄔㄞ ㄑㄧㄠˊ 比喻利用完後即不念舊情。

參考 同鳥盡弓藏。

9 **過客** ㄍㄨㄛˋ ㄎㄜˋ 過路的客人。

11 **過問** ㄍㄨㄛˋ ㄨㄣˋ 查問事情。即干涉。

過望 ㄍㄨㄛˋ ㄨㄤˋ 超出希望之外。例布又大喜過望。

過從 ㄍㄨㄛˋ ㄘㄨㄥˊ 互相往來。例過從甚密。

過眼雲煙 ㄍㄨㄛˋ ㄧㄢˇ ㄩㄣˊ ㄧㄢ (一)比喻事物之易逝，如雲煙經過眼前而不停留。(二)形容已經消逝的事物。

參考 和「曇花一現」意思相近，但有別：前者表示「容易消失」；後者表示「迅速消失」，所表示的時間要短暫得多。「過眼雲煙」可以比喻一掠而過，容易忽視的事物；「曇花一現」則不能。

12 **過剩** ㄍㄨㄛˋ ㄕㄥˋ 供過於求而有餘剩。例生產過剩。

過程 ㄍㄨㄛˋ ㄔㄥˊ 進行中所經過的

路徑。

參考 同進程。

過期 ㄍㄨㄛˋ ㄑㄧˊ 超過限期。

參考「過期」、「過時」有別：「過期」是指超過了限定的時期，有明確的期限；「過時」是指陳舊不合時代或潮流，多沒有明確的期限。

過猶不及 ㄍㄨㄛˋ ㄧㄡˊ ㄅㄨˋ ㄐㄧˊ 比喻過分和不及同樣都不得其正，唯須恰到好處。

15 過獎 ㄍㄨㄛˋ ㄐㄧㄤˇ 過分的稱讚。

過慮 ㄍㄨㄛˋ ㄌㄩˋ 不必要的憂愁。

20 過繼 ㄍㄨㄛˋ ㄐㄧˋ 自己無子而以兄弟或親戚之子爲後。

▽經過、罪過、督過、大過、小過、知過、通過、超過、越過、改過、補過、難過、得過且過。

常 9 **遍** 形解 形聲；從辵，扁聲。扁有薄小的意思，所以周帀環繞爲遍。

音義 ㄅㄧㄢˋ 名 量詞，指次數；例綠酒一杯歌一遍。動 到處；例他的學生遍佈天下。形 全部的；例滿山遍野。

參考 ①同偏。②與「偏」有別：「偏」，從單人(亻)，音 ㄆㄧㄢ，有歪斜的意思。

23 遍體鱗傷 ㄅㄧㄢˋ ㄊㄧˇ ㄌㄧㄣˊ ㄕㄤ 全身滿是傷痕。

參考「遍體鱗傷」、「體無完膚」雖然都有遍體受傷的意思，但有別：「遍體鱗傷」是全身如魚鱗一般的傷痕，形容身體受外力摧殘得很厲害，它能作謂語、定語和補語；「體無完膚」有二個相關的意義，其中一義跟遍體鱗傷相通，指全身皮膚已沒有一塊完好。另一義則和遍體鱗傷明顯區別：此「體無完膚」的「體」含義非常廣泛，不僅指肉體，也可指是種觀點、侵略、論點等。且它不只指外力摧殘的結果，也可以是批的結果、駁的結果，甚至可以是打擊的結果。同時它一般只用作補語。

▽普遍、一遍、周遍。

常 9 **遑** 形解 形聲；從辵，皇聲。皇有大的意思，所以疾行爲遑。

音義 ㄏㄨㄤˊ 副 ①驚懼，通「惶」；例遑遽。②徬徨，通「徨」；例迴遑如失。③閒暇；例不遑假寐。④豈能；例遑恤我後？

參考 ①與「徨」有別：「徨」，從彳，有猶豫不定的意思。②不遑，就是沒有閒功夫。

常 9 **逾** 形解 形聲；從辵，俞聲。俞有由此越彼的意思，所以超過爲逾。

音義 ㄩˊ 動 ①越過；例逾越。②超過；例逾期受罰。副 更加；例亂乃逾甚。

參考 ①與「踰」有別：「逾」、「踰」都有超越的意思；然習慣上，「逾齡」、「逾期」不作「踰」；「踰閑」、「踰距」不作「逾」。②與「揄」音同義異：「揄」，從手，有曳引的意思。

4 逾分 ㄩˊ ㄈㄣˋ 超過本分之外。

12 逾期 ㄩˊ ㄑㄧˊ 超過所定期限。

逾越 ㄩˊ ㄩㄝˋ 超過，越過。例逾越規矩。

常 9 **遁** 形解 形聲；從辵，盾聲。盾有藏身的意思，所以逃走爲遁。

音義 ㄉㄨㄣˋ 動 ①逃走；例曳柴而遁。②隱居；例四皓遁秦。③迴避；例上下相遁。

參考 ①同逃。②字又作「遯」。

19 遁辭 ㄉㄨㄣˋ ㄘˊ 理屈辭窮或不願以眞意告訴他人時，暫時用來支吾搪塞的話。例遁辭知其所窮。又作「遁詞」。

▽驚遁、逃遁、隱遁、土遁、水遁、無所逃遁。

次 9 **遒** 形解 形聲；從辵，酋聲。酋有終近的意思，所以急迫爲遒。

音義 ㄑㄧㄡˊ 動 ①聚集；例百祿是遒。②結束；例說難既遒。形 ①迫近的；例遒相迫些。②强勁的；例獵獵晚風遒。

參考 字從酋，不可與從「首」(ㄕㄡˇ)的「道」字混同。

9 遒勁 ㄑㄧㄡˊ ㄐㄧㄥˋ 剛勁有力，多指書法的運筆。

㊍ 9
遄 形解 [seal] 形聲；從辵，耑聲。耑有行動的意思，所以往來頻繁爲遄。
音義 ㄔㄨㄢˊ 副①迅速的樣子；例胡不遄死？②往來頻繁的樣子。

㊥ 10
遠 形解 [seal] 形聲；從辵，袁聲。袁有長緩的意思，所以深長爲遠。
音義 ㄩㄢˇ 名姓。形①距離長的；例遠山含笑。②關係不近的；例富居深山有遠親。③長久的；例由來遠矣。④深奧的；例言近而旨遠。⑤大而久的；例遠計。副差別大地；例差別遠。
ㄩㄢˋ 動不接近；例君子遠庖廚。②離開；例遠離。
參考①反近。②與「園」有別：園，從囗，音ㄩㄢˊ，爲種植花果或休憩的處所。
6 遠交近攻 ㄩㄢˇ ㄐㄧㄠ ㄐㄧㄣˋ ㄍㄨㄥ 戰國時范雎爲秦國籌畫的一種外交策略，即連結遠邦，攻伐鄰近的國家。
7 遠走高飛 ㄩㄢˇ ㄗㄡˇ ㄍㄠ ㄈㄟ ㈠離開故鄉而遠行，大多指爲避禍。㈡擺脫困難環境，尋找光明的前途。
8 遠征 ㄩㄢˇ ㄓㄥ ㈠到很遠的地方去。㈡到遠處去攻打敵人。
15 遠慮 ㄩㄢˇ ㄌㄩˋ 深遠的思慮。
▽永遠、久遠、高遠、深遠、疏遠、悠遠、遼遠、幽遠、長遠、遙遠、山高水遠、任重道遠、日暮途遠、好高騖遠、年湮代遠、舍近求遠、殷鑑不遠。

㊥ 10
遜 形解 [seal] 形聲；從辵，孫聲。孫有遷延穿引的意思，所以逃遁爲遜。
音義 ㄒㄩㄣˋ 名姓。動①遁逃；例遠遜。②退讓；例唐堯遜位。③差，比不上；例未免遜一籌了。④減少；例大爲遜色。⑤和順；例五品不遜。⑥謙虛；例謙遜。⑦恭敬；例出言不遜。
參考①動①同遁，逃，逋。②動②同讓。③動③同差。④動④同減。⑤動⑤同順。⑥古文中，有以「孫」爲「遜」之例。
6 遜色 ㄒㄩㄣˋ ㄙㄜˋ 減色。例他與人相比，毫不遜色。
▽謙遜、不遜、出言不遜。

㊥ 10
遣 形解 [seal] 形聲；從辵，𠳋聲。𠳋有輕微不易見的意思，所以舍之使去爲遣。
音義 ㄑㄧㄢˇ 名清代刑罰名，發送到邊境充當差役；例重則充軍，發遣。動①排解；例遣愁。②抒發；例消遣。③放逐；例遣歸故郡。④使派；例調兵遣將。⑤打發（使某人走開）；例醉而遣之。
參考①摯繾、譴。②與「遺」字形近而音義各異：「遺」，從貴，有亡失的意思。
12 遣悶 ㄑㄧㄢˇ ㄇㄣˋ 排解煩悶。
遣散 ㄑㄧㄢˇ ㄙㄢˋ 解散，解雇。
19 遣懷 ㄑㄧㄢˇ ㄏㄨㄞˊ 抒寫胸懷的抑鬱。
▽差遣、派遣、消遣、自遣、自我排遣。

㊥ 10
遙 形解 [seal] 形聲；從辵，䍃聲。䍃有由此達彼的意思，所以路遠爲遙。
音義 ㄧㄠˊ 形長遠的；例雁來音信無憑，路遙歸夢難成。
參考 與「謠」、「搖」、「徭」同音而義異：「謠」，從言，有徒歌的意思；「搖」，從手，有擺動的意思；「徭」，從彳，有勞役的意思。
14 遙遙相對 ㄧㄠˊ ㄧㄠˊ ㄒㄧㄤ ㄉㄨㄟˋ 遙遠的相互對立。
遙遙領先 ㄧㄠˊ ㄧㄠˊ ㄌㄧㄥˇ ㄒㄧㄢ 比喻贏過別人很多。
▽逍遙、迢遙。

㊥ 10
遞 形解 [seal] 形聲；從辵，虒聲。虒有水陸交替而行的意思，所以更易爲遞。
音義 ㄉㄧˋ 動①傳送；例銀橋密遞仙娥信。②更換；例同食遞衣。副①交替；例更遞。②順次地；例遞減一等。③一再地；例詐術遞用。④一個比一個地；例遞增，遞減。
參考①同易，換，更，替，

迭，代。②與「褫」形近而音義各異：「褫」，ㄔˇ，從衣，有剝奪的意思。

11 **遞眼色** ㄉㄧˋ ㄧㄢˇ ㄙㄜˋ 用目光示意。

12 **遞補** ㄉㄧˋ ㄅㄨˇ 順次補充。

13 **遞解** ㄉㄧˋ ㄐㄧㄝˋ 舊時解往遠地的犯人由沿途各地官衙派人輪流押送。

23 **遞變** ㄉㄧˋ ㄅㄧㄢˋ 交替變化。

▽傳遞、郵遞、更遞、關山迢遞。

㊐ 10 **遘** 形解 形聲；從辵，冓聲。冓有相交的意思，所以相遇爲遘。

音義 ㄍㄡˋ 動 ①遭遇；例何予生之不遘時。②連結而成，通「構」；例豺虎方遘患。

參考 ①同遭，遇，逢。②與「媾」、「覯」同音而義異：「媾」，從女，有締結婚姻的意思；「覯」，從見，有遭遇的意思。

㊋ 10 **遢** 形解 形聲；從辵，㬮聲。行走平穩爲遢。

音義 ㄊㄚˋ 副 行走平穩的樣子。形 遝遢，不整潔的。

㊋ 10 **遝** 形解 形聲；從辵，眔聲。眔有迫及的意思，所以人多並行相及爲遝。

音義 ㄊㄚˋ 副 衆多紛亂地；例人聲雜遝。ㄉㄞˋ 副 等待地，通「逮」；例未遝誅討。

㊋ 10 **遛** 形解 形聲；從辵，留聲。留有滯留的意思，所以徘徊不進爲遛。

音義 ㄌㄧㄡˊ 動 停留，通「留」；例逗遛。ㄌㄧㄡˋ 動 ①散步；例遛彎兒。②牽著牲畜慢慢走；例遛狗。

㊐ 11 **適** 形解 形聲；從辵，啻聲。啻有停止的意思，所以到達爲適。

音義 ㄕˋ 動 ①前往；例仲尼適楚。②合乎；例邂逅相遇，適我願兮。③（女子）出嫁；例少喪父，母適人。④去；例無所適從。形 舒服的；例安適。副 ①剛才；例適才。②恰巧，正好；例適逢其會。ㄉㄧˊ 名 正妻所生的兒子，通「嫡」；例王有適嗣。動 專意，用於被動；例吾誰適從？

參考 ①反 偶，會，正，方。②同 往，之，于，行，徂，征。

5 **適可而止** ㄕˋ ㄎㄜˇ ㄦˊ ㄓˇ 勸人做事恰到好處，不要過分。

6 **適合** ㄕˋ ㄏㄜˊ 剛好。

參考「適合」、「符合」都能表示兩相適應的意思，但有別：「適合」著重於「沒有抵觸和矛盾」，表示彼此適應、協調。常跟「性質」、「性格」、「特點」、「習慣」、「環境」等詞搭配，因這類詞多從「是不是適應」這個角度來考慮的；「符合」著重於「沒有出入和差異」，表示彼此完全吻合，常跟「方針」、「政策」、「原則」、「標準」、「規定」、「手續」、「利益」、「精神」、「要求」、「願望」等搭配，因爲這類詞多從「是不是違背」這個角度來考慮的。

8 **適者生存** ㄕˋ ㄓㄜˇ ㄕㄥ ㄘㄨㄣˊ 物競天擇，能適應環境的，才得生存下去。

11 **適得其反** ㄕˋ ㄉㄜˊ ㄑㄧˊ ㄈㄢˇ 事情的發展，恰和所希望的相反。

17 **適應** ㄕˋ ㄧㄥˋ ㈠生物爲求生存，必隨環境的變化，改變形態構造，以與環境相合。㈡隨和，迎合。例適應潮流。

20 **適齡** ㄕˋ ㄌㄧㄥˊ 符合某規定所限定的年齡。例適齡兒童。

▽閒適、自適、順適、舒適、合適、安適。

㊐ 11 **遮** 形解 形聲；從辵，庶聲。庶有衆多的意思，所以遏止爲遮。

音義 ㄓㄜ 代 這，指示代名詞，和文言中的「此」字同；例遮愁緒，丹青怎生畫取？動 ①阻斷；例遮路不得行。②掩蔽；例猶抱琵琶半遮面。③擋住；例山高遮住了陽光。ㄓㄜˇ 動 沖淡；例醋能遮腥。

參考 同 蓋，蔽，障，阻。

11 **遮掩** ㄓㄜ ㄧㄢˇ ㈠掩蔽。例窗檽可以阻擋陽光的曝曬。㈡遮蔽，隱瞞。例別遮掩事實。又作「遮遮掩掩」。

常 11 遨 形解 形聲，從辵，敖聲。敖爲出遊，所以遠遊爲遨。
音義 ㄠ 動①遊玩；例微我無酒，以遨以遊。②漫遊；例遨遊天下。
13 遨遊 ㄠ ㄧㄡ 出外閒遊。

常 11 遭 形解 形聲；從辵，曹聲。曹有兩者相對的意思，所以相遇合爲遭。
音義 ㄗㄠ 名①量詞，指次數，通「趟」；例白走一遭。②周，圈；例多繞幾遭。③四周；例周遭。動①逢；例知我不遭時也。②被，受到；例慘遭淘汰。③遇到(指不幸或不利的事物)；例遭了毒手。
參考 ①同遇，逢，遘。②和「糟糕」、「糟透」的「糟」字，音同形近，但意義不同。③與「蹧」同音而義異：「蹧」有枉費、作踐的意思；而「遭」並無此義。
9 遭殃 ㄗㄠ ㄧㄤ 遭受禍患。
11 遭逢 ㄗㄠ ㄈㄥˊ 遇到，際遇。
13 遭遇 ㄗㄠ ㄩˋ 遭逢，偶然碰上、遇見。
參考 同遭受。

常 11 遷 形解 形聲；從辵，䙴聲。䙴爲升高，所以升高爲遷。
音義 ㄑㄧㄢ 動①移徙；例喬遷之喜。②改易或轉變；例事過境遷。③升官或升職；例升遷。④放逐；例遷放。⑤轉移；例不遷怒。⑥降職；例左遷。形被貶謫放逐的；例遷客騷人。
參考 ①又作「遷」。②同徙，移，轉，變。
9 遷怒 ㄑㄧㄢ ㄋㄨˋ 把怒氣發洩在別人身上。
遷徙 ㄑㄧㄢ ㄒㄧˇ 遷移到異地。
12 遷就 ㄑㄧㄢ ㄐㄧㄡˋ 降格相就，曲意求全。
▽升遷、左遷、變遷、一日九遷、見異思遷、事過境遷。

次 11 遰 形解 形聲；從辵，帶聲。遷移而往他處。
音義 ㄉㄧˋ 副交替的樣子，通「遞」；例迢遰。
ㄕˋ 名刀鞘；例右佩玦、捍、管、遰。動往，通「逝」；例遰鴻雁。

次 11 遯 形解 形聲；從辵，豚聲。逃奔爲遯。
音義 ㄉㄨㄣˋ 動①逃逸，通「遁」；例遯世。②欺騙。
5 遯世 ㄉㄨㄣˋ ㄕˋ 避世。

常 12 遵 形解 形聲；從辵，尊聲。尊爲尊奉，所以依循爲遵。
音義 ㄗㄨㄣ 名姓。動①依從；例遵先王之法。②順著；例遵陸。
參考 同順，從，隨，率，循。
6 遵守 ㄗㄨㄣ ㄕㄡˇ 服從而謹守。
參考 ①同服從。②「遵守」、「遵循」、「遵照」有別：「遵守」常跟「規則」、「紀律」、「制度」、「公約」、「秩序」、「決議」、「規程」、「法令」等詞搭配；「遵循」常跟「路線」、「方針」、「政策」、「教導」、「思想」、「方向」、「原則」等詞連用；「遵照」常跟「政策」、「指示」、「命令」、「規定」、「教導」、「原則」等詞搭配。
8 遵命 ㄗㄨㄣ ㄇㄧㄥˋ 遵守命令。
11 遵從 ㄗㄨㄣ ㄘㄨㄥˊ 遵命，從命。
12 遵循 ㄗㄨㄣ ㄒㄩㄣˊ (一)依循既定的方針或辦法進行。(二)猶逡巡。
參考 「遵循」、「遵照」、「遵守」都有依着什麼(做)的意思，但有別：「遵循」著重于「循」，表示依照革命導師和領袖的思想、言論或正確的路線、方針、政策等去做；「遵照」著重於「照」，表示照著指示、教導、命令或既定的原則去做；「遵守」著重於「守」，表示接受或服從上級或集體制定的紀律、規則、法令等。
13 遵照 ㄗㄨㄣ ㄓㄠˋ 依照遵奉。

常 12 選 形解 形聲；從辵，巽聲。巽爲具備，所以遣使爲選。
音義 ㄒㄩㄢˇ 名事物被擇取採用的；例昭明文選。動①推舉；例選賢與能。②擇取；例選種工作對農業生產特別重要。③計較，通「算」；例斗筲之徒，何足選也？形精心挑取的；例得選兵八萬人。

參考同擇，揀，挑，簡。

4 **選手** ㄒㄩㄢˇ ㄕㄡˇ 從衆人裏挑出來的能手，多指體育運動方面。

16 **選擇** ㄒㄩㄢˇ ㄗㄜˊ 把合意的東西挑出來。

17 **選舉** ㄒㄩㄢˇ ㄐㄩˇ 用投票法從多數人裏舉出適當的人來。

選舉權 ㄒㄩㄢˇ ㄐㄩˇ ㄑㄩㄢˊ 屬於人民四權之一，選舉代表的權利。

▽改選、人選、挑選、精選、當選、落選、徵選、圈選、精挑細選。

常 12 遲

形解 形聲；從辵，犀聲。犀有持重的意思，所以徐行爲遲。

音義 ㄔˊ 名姓。動止息；例棲遲。形①太晚的；例江南雁到遲。②太慢的；例獨愁花影上廊遲。③不靈活的；例遲鈍。副①晚，慢，指時間靠後；例作文遲兩天再交。②遷延地；例遲遲不決。

參考①又作「遅」。②反早。③同緩，慢，晚。④與「辭」有別：「辭」，從𤔔從辛，有推卻、告別的意思。

12 **遲鈍** ㄔˊ ㄉㄨㄣˋ ㈠反應不敏捷。㈡愚蠢。

14 **遲滯** ㄔˊ ㄓˋ 延緩不進。

遲疑 ㄔˊ ㄧˊ 猶豫不決。

參考同猶豫。

遲暮 ㄔˊ ㄇㄨˋ ㈠歲晚。㈡暮年、年老。例恐美人遲暮。

15 **遲緩** ㄔˊ ㄏㄨㄢˇ 遲鈍緩慢。

▽延遲、姍姍來遲。

常 12 遼

形解 形聲；從辵，尞聲。尞有周繞的意思，所以長遠爲遼。

音義 ㄌㄧㄠˊ 名①史朝代名，姓耶律氏，原名契丹，後改爲遼，自阿保機起稱帝，凡九主，二百一十年（九一六—一一二五），爲金所滅。②地河名，在遼寧省西部；例滾滾遼河。③地「遼寧省」的簡稱；例松遼平原。④姓。形遙遠的；例曷云途遼，曾不咫尺。

參考與「療」、「僚」、「嘹」、「撩」同音而義異：「療」，從疒，有醫護的意思；「僚」，從亻，爲官吏；「嘹」，從口，有聲調高昂的意思；「撩」，從手，有挑弄的意思。

8 **遼東半島** ㄌㄧㄠˊ ㄉㄨㄥ ㄅㄢˋ ㄉㄠˇ 地在遼寧省南部，遼河口及鴨綠江連線以南，伸入黃海、渤海間。千山山脈貫穿半島，因久經侵蝕，大部分爲低丘，海岸曲折，多島嶼。南端有大連、旅順等良港。

14 **遼遠** ㄌㄧㄠˊ ㄩㄢˇ 極言其廣遠。

17 **遼闊** ㄌㄧㄠˊ ㄎㄨㄛˋ 遼遠廣闊。

參考同寬闊，廣闊。

常 12 遺

形解 形聲；從辵，貴聲。貴爲貴重的貨物，所以物件走失爲遺。

音義 一ˊ 名①亡失的東西；例塗不拾遺。②君主的缺失；例拾遺補過。③姓。動①留下；例養虎遺患。②丟失；例中流遺其劍。③漏掉；例不遺微細。④便溺；例小遺。⑤捨棄；例遺華反質。⑥忘記；例遺忘。形前人留下來的；例誦孔孟遺訓。

ㄨㄟˋ 動贈送；例客從遠方來，遺我雙鯉魚。

參考①「遺」跟「遣」（ㄑㄧㄢˇ）形近易誤，參閱「遣」字條。②遺，音ㄨㄟˋ，同送，贈，餽，貽。

5 **遺民** 一ˊ ㄇㄧㄣˊ ㈠舊指劫後殘留的人民。㈡俗稱改朝換代以後，不肯爲新朝做事的人。

遺世獨立 一ˊ ㄕˋ ㄉㄨˊ ㄌㄧˋ 棄絕世間的俗事而獨立生活。

6 **遺老** 一ˊ ㄌㄠˇ ㈠更歷世事的野老。㈡先帝的舊臣。㈢前朝的老臣在朝代改易後不復出仕新朝。

7 **遺言** 一ˊ 一ㄢˊ 死人生前遺留下來的話語或文字。

遺忘 一ˊ ㄨㄤˋ 忽略忘記。

參考同忘記。

遺志 一ˊ ㄓˋ 生前未能實現的理想或目標。

參考「遺志」、「遺願」都指死者生前沒有實現的志願，但有別：「遺志」是指整個志向、抱負，或政治上的大事；「遺願」偏重于具體的各別的願望，可指較大的，也可指較小的。

8 **遺孤** ㄧˊ ㄍㄨ 死人遺留下來的兒女。

10 **遺訓** ㄧˊ ㄒㄩㄣˋ 死者遺留給後人的教訓。

遺珠 ㄧˊ ㄓㄨ 比喻被棄的美材。例滄海遺珠。

遺書 ㄧˊ ㄕㄨ (一)稱前代散逸的書籍。(二)前人遺著，由後人替他刊行的，稱為遺書，如船山遺書、章氏遺書。(三)稱死者所遺留的文字。(四)留下書信。例遺書出走。

遺臭萬年 ㄧˊ ㄔㄡˋ ㄨㄢˋ ㄋㄧㄢˊ 臭名永久留存下來。

11 **遺棄** ㄧˊ ㄑㄧˋ 丟棄不顧。

遺產 ㄧˊ ㄔㄢˇ (一)身後留下的產業。(二)泛稱由古代遺留後世的文物、業蹟。例文化遺產。

參考 (一)衍遺產稅。

遺教 ㄧˊ ㄐㄧㄠˋ (一)即古代遺留下來的訓誡。(二)垂死時的訓詞。

12 **遺愛** ㄧˊ ㄞˋ 仁愛之德，遺留後人。

遺傳 ㄧˊ ㄔㄨㄢˊ 先人容貌、身體上的病毒及精神上的性質等，遺留給子孫。

遺跡 ㄧˊ ㄐㄧ (一)古人遺留的陳跡。例先民遺跡。(二)心相知而跡相忘。例遺跡江湖之上。

遺腹子 ㄧˊ ㄈㄨˋ ㄗˇ 父死後始生的子女。

15 **遺墨** ㄧˊ ㄇㄛˋ 死者生前的手筆。

16 **遺憾** ㄧˊ ㄏㄢˋ (一)遺恨。(二)抱歉，惋惜。

23 **遺囑** ㄧˊ ㄓㄨˇ (一)人在臨終前所遺留的言辭。例國父遺囑。(二)為使自己之最後意思，於其死亡後發生法律上效力，而依法定方式所為之無相對人之單獨行為。

▽孑遺、拾遺、補遺、見遺、一覽無遺、路不拾遺。

常 12 遴

形解 形聲；從辵，粦聲。粦為鬼火，常出現在荒郊，所以道途難行為遴。

音義 ㄌㄧㄣˊ 動審慎選擇；例遴選。

音義 ㄌㄧㄣˋ 形貪嗇的，通「吝」；例晚節遴，惟恐不足于財。副艱困地；例鵾明遴集。

參考 與「鄰」、「粼」、「嶙」，音同而義異：「鄰」，從邑（阝），有接壤的意思；「粼」，從巛，有水流清澈的意思；「嶙」，從山，有山石重疊的意思。

16 **遴選** ㄌㄧㄣˊ ㄒㄩㄢˇ 審慎的選拔。

次 12 遶

形解 形聲；從辵，堯聲。圍繞為遶。

音義 ㄖㄠˋ 動圍繞，通「繞」；例運動選手遶場一周。

次 12 遹

形解 形聲；從辵，矞聲。曲回斜僻的行動。

音義 ㄩˋ 名姓。形邪僻的；例謀猶回遹。副遵循地；例今民將在祇遹乃文考。助發語詞，無義；例遹駿有聲。

參考 「遹」多用於人名。

常 13 避

形解 形聲；從辵，辟聲。辟有彎曲的意思，所以回轉為避。

音義 ㄅㄧˋ ①躲開；例閃避前方來車。②免除；例避免。③隱遁；例避世。

參考 ①反趨。②與「僻」、「壁」、「璧」有別：「僻」，從亻，音ㄆㄧˋ，有偏遠的意思；「壁」，從土，為牆垣；「璧」，從玉，為中央有圓孔的玉器。

5 **避世** ㄅㄧˋ ㄕˋ 隱居不問世事。

9 **避重就輕** ㄅㄧˋ ㄓㄨㄥˋ ㄐㄧㄡˋ ㄑㄧㄥ (一)避開較重的責任，只揀輕的來承擔。(二)避開難辦的事，只揀容易的事幹。(三)迴避重要的問題，只談無關緊要的事。

參考 與「避實就虛」意思相近，但有別：前者偏重於言論、責任等方面；後者則偏重於軍事方面。

10 **避席** ㄅㄧˋ ㄒㄧˊ 古人席地而坐，離坐起立，表示敬意。

12 **避暑** ㄅㄧˋ ㄕㄨˇ 夏季遷居到清涼的地方，以避開暑氣。

參考 同消暑。

13 **避嫌** ㄅㄧˋ ㄒㄧㄢˊ 恐怕惹人懷疑，預先躲開，避免參與其事。

避亂 ㄅㄧˋ ㄌㄨㄢˋ 逃避亂世。

避雷針 ㄅㄧˋ ㄌㄟˊ ㄓㄣ 物利用尖端放電，使地面與雲中之電徐徐中和而保護建築物的裝置，上端為尖而耐熱的金屬，以導線連至埋於地下的金屬片。

14 **避實就虛** ㄅㄧˋ ㄕˊ ㄐㄧㄡˋ ㄒㄩ 避開敵人的主力，進攻薄弱環節。也指談問題或處理問題時迴避要害。

參考 參閱「避重就輕」條。

16 **避諱** ㄅㄧˋ ㄏㄨㄟˋ ㈠古代對於君主和尊長的名字，避免直接說出或寫，叫做避諱，如漢文帝名「恆」，就改恆山為常山；又如蘇軾的祖父名「序」，軾作序時常改「序」為「敘」或「引」。㈡修辭學上辭格之一。說話時遇有犯忌觸諱的事物，便不直說該事物，卻用旁的話來裝飾美化，叫做避諱。如「歸西天」即死的避諱辭。

19 **避難** ㄅㄧˋ ㄋㄢˋ 逃避災難。

▽迴避、退避、逃避、躲避、閃避。

常 13 遽

形解 形聲；從辵，豦聲。豦為相持不下，所以窘迫為遽。

音義 ㄐㄩˋ 名 驛車；例 邊遽乃至。動 ①恐懼。②急促；例 夫子何遽乎？副 急忙地；例 公懼，遽出見之。

參考 ①反 遲，緩，慢。②同 忙，忽，急，驟，猝。

12 **遽然** ㄐㄩˋ ㄖㄢˊ 忽然。亦作「遽爾」。

▽急遽、忽遽。

常 13 還

形解 形聲；從辵，睘聲。睘有巧捷的意思，所以去而復返為還。

音義 ㄏㄨㄢˊ 名 姓。動 ①回返；例 未老莫還鄉。②退回；例 還君明珠雙淚垂。③償付；例 欠債還錢。④恢復；例 還原。⑤圍繞，通「環」；例 還廬樹桑。 ㄒㄩㄢˊ 動 旋轉，通「旋」；例 巨魚無所還其體。形 輕捷的；例 子之還兮。副 立刻；例 還踵之間。 ㄏㄞˊ 副 ①再，更；例 徑草踏還生。②依舊；例 還是錯了。③猶，尚；例 時間還早。連 或者，帶有選擇性(兩者只取其一)；例 坐車，還是搭飛機。

參考 ①反 往，借。②同 歸，返，回，旋。③與「環」有別：「環」，從玉，為玉石雕成的圈子。

9 **還俗** ㄏㄨㄢˊ ㄙㄨˊ 僧尼中途反悔或被革斥，仍回家居。

17 **還擊** ㄏㄨㄢˊ ㄐㄧˊ 反擊。

19 **還願** ㄏㄨㄢˊ ㄩㄢˋ 祈神以後，得遂所願，以牲醴酬神。

▽往還、歸還、償還、生還、送還、交還、合浦珠還。

常 13 邁

形解 形聲；從辵，萬聲。萬有遠大的意思，所以遠行為邁。

音義 ㄇㄞˋ 名 ①年老；例 老邁。②姓。動 ①跨，張，即擡起腳來向前跨步；例 邁開大步。②超越；例 超邁。形 ①衰頹的；例 老邁。②豪放的；例 風神高邁。

7 **邁步** ㄇㄞˋ ㄅㄨˋ 大步走。

▽英邁、豪邁、俊邁、超邁、老邁、大門不出二門不邁。

常 13 邂

形解 形聲；從辵，解聲。解有分別的意思，所以不期而遇為邂。

音義 ㄒㄧㄝˋ 動 不期而遇；例 邂逅。

10 **邂逅** ㄒㄧㄝˋ ㄍㄡˋ 無意中互相遇見。

常 13 邀

形解 形聲；從辵，敫聲。敫有分明的意思，所以公開迎請為邀。

音義 ㄧㄠ 動 ①招請；例 閑邀女伴簇笙歌。②求取；例 邀賞。③阻留；例 中途邀截。④約定；例 邀於郊。

參考 ①同 約，請。②反 辭。

15 **邀請** ㄧㄠ ㄑㄧㄥˇ 禮貌的招請別人參加集會。

▽敬邀、恕邀、懇邀、恭請謹邀。

次 13 邅

形解 形聲；從辵，亶聲。行進困難為邅。

音義 ㄓㄢ 動 轉動；例 邅吾道夫崑崙兮。形 迍邅，形容人困頓不得志的。

常 14 邇

形解 形聲；從辵，爾聲。爾有清楚的意思，所以相近爲邇。

音義 ㄦˇ 名 近處；例 辟如行遠必自邇。動 接近；例 惟王不邇聲色。形 靠近的；例 其室則邇，其人甚遠。

參考 ①反 遐，遠。②同 近。

▽遐邇、聞名遐邇、行遠必自邇。

次 14 邃 解形 形聲；從穴，遂聲。深遠爲邃。

音義 ㄙㄨㄟˋ 動 精通；例 邃於醫道。形 深遠的；例 邃古之初。

參考 作形容詞用時，指時間或空間。

▽深邃、神邃、幽邃、精邃。

次 14 邈 解形 形聲；從辵，貌聲。遙遠爲邈。

音義 ㄇㄧㄠˇ 動 ①凌駕；例 相期邈雲漢。②輕視，通「藐」；例 顧邈。形 遙遠的；例 邈而不可慕。

▽綿邈、幽邈、曠邈。

常 15 邊 解形 形聲；從辵，臱聲。臱有連綿的意思，所以在崖側的連綿小道爲邊。

音義 ㄅㄧㄢ 名 ①國與國的疆界地帶；例 守邊。②兩旁；例 河邊。③附近；例 屋邊。④周圍；例 桌邊。⑤際限；例 苦海無邊。⑥方位；例 西邊。⑦岸畔；例 海邊。⑧數 夾角的線，或多角形外圍的直線；例 等邊三角形。⑨姓。形 在旁側的；例 邊門。副 既，又，指兩種動作同時進行；例 邊唱邊走。

參考 同 旁，側，緣，畔。

7 邊防 ㄅㄧㄢ ㄈㄤˊ 國家邊地的防務。

9 邊界 ㄅㄧㄢ ㄐㄧㄝˋ 國與國、地區與地區之間的界線。

12 邊陲 ㄅㄧㄢ ㄔㄨㄟˊ 邊疆。是文言詞，多用於詩歌裏，主要是爲了押韻。

參考 ①又作「邊垂」。②「邊界」、「邊境」、「邊疆」、「邊陲」都是指地區與地區相交接的地方，或地區與地區之間的界限，但有別：「邊界」常指地區與地區之間，或國家領土與國家領土之間的界限；「邊境」和「邊疆」都是指遠離內地靠近國境的地區，但「邊疆」所指的地域範圍大，是指靠近邊界的大片領土；「邊境」僅指緊靠邊界或國界的地方，範圍次於邊疆。「邊陲」就是邊疆，是文言詞，多用於詩歌裡，主要是爲了押韻。

邊幅 ㄅㄧㄢ ㄈㄨˊ 本指布帛的邊緣，借以比喻人的儀表、衣着。後謂人不講究修飾，不拘細節的行爲作「不修邊幅」。

14 邊境 ㄅㄧㄢ ㄐㄧㄥˋ 邊界的地方。

參考 參閱「邊陲」條。

15 邊緣 ㄅㄧㄢ ㄩㄢˊ 周圍。

參考 參閱「邊陲」條。

19 邊疆 ㄅㄧㄢ ㄐㄧㄤ 接近邊界的地方。

參考 參閱「邊陲」條。

▽海邊、四邊、周邊、身邊、天邊、無邊、花邊、開邊、墾邊、拓邊、河邊、春夢無邊。

次 15 邋 解形 形聲；從辵，巤聲。毛髮糾結的樣子。

音義 ㄌㄚˋ 形 邋遢，不整潔的。ㄌㄧㄝ 形 旗幟在風中飄拂之聲；例 邋邋。

14 邋遢 ㄌㄚˋ ˙ㄊㄚ ㈠不夠整潔的樣子。㈡行走的樣子。㈢行事不謹慎的樣子。

參考 同 齷齪。

常 19 邏 解形 形聲；從辵，羅聲。羅有張布的意思，所以四外巡行爲邏。

音義 ㄌㄨㄛˊ 名 山或溪河的周緣；例 溪邏門芙蓉。動 巡察；例 巡邏。

16 邏輯 ㄌㄨㄛˊ ㄐㄧˊ 外 就是哲學上的「論理學」、「理則學」。始創於亞里斯多德，研討思想的本質和過程，採用科學性的證明和推理方法。

常 19 邐 解形 形聲；從辵，麗聲。麗爲旅行，所以縈繞迂迴爲邐。

音義 ㄌㄧˇ 形 屈曲相連的；例 然後知衆山之邐迤也。

【邑部】

常 0

邑 形解 會意；甲文作，從口表示區域，從卩象人形，人所居者爲邑。

音義 一 名 ①國境；例寡君聞吾子，將步師出于敝邑。②泛稱城市；例通都大邑。③聚落；例再徙成邑。④封地；例封以六邑。⑤古相當於秦所立的「縣」；例邑長。副 煩悶地，通「悒」；例忿邑非之。

參考 ①「邑」爲部首字，作偏旁用時多置於右旁作「阝」(俗稱「耳朵旁」)，其餘都作「邑」。②參閱「邕」字條。③擘悒、浥、挹。

▽大邑、山邑、都邑、富邑、村邑、鎮邑、食邑、通都大邑。

常 3

邕 形解 會意；從川從邑。四方河川流至城邑而自壅成池者爲邕。

音義 ㄩㄥ 名 地 唐代州名，今廣西邕寧縣。動 淤塞，同「壅」；例邕涇水不流。形 和樂的，同「雍」；例閨門邕穆。

參考 ①「邕」字又有城邑的周邊有護城河環繞的意思。②「邕」與「邑」形近而音義各異：「邕」，唸ㄩㄥ，有堵塞的意思；「邑」，音一，有城市的意思。③擘雝(雍)、癰、擁、甕、饔、壅。

次 3

邙 形解 形聲；從邑，亡聲。河南縣邑名爲邙。

音義 ㄇㄤˊ 名 地 ①邑名，在河南洛陽北邙山上。②邙山，在河南西部。

次 3

邗 形解 形聲；從邑，干聲。古地名，在今江蘇江都縣。

音義 ㄏㄢˊ 名 ①姓。②地 邗江，江蘇縣名。③地 邗溝，溝通長江和淮河的古運河。

次 3

邛 形解 形聲；從邑，工聲。邛成，古邑名，在今山東城武縣。

音義 ㄑㄩㄥˊ 名 ①地 水名，在四川邛崍縣，東流入岷江。②地 邛崍山，山名，在四川中部。③小土山；例邛有旨苕。④疾病；例亦孔之邛。⑤姓。

常 4

邦 形解 形聲；從邑，丰聲。丰有豐大的意思，所以大疆域爲邦。

音義 ㄅㄤ 名 ①國家；例民爲邦本，本固邦寧。②姓。

參考 ①古時「邦」、「國」有別：封地大的稱「邦」，小的稱「國」，然今已連用作「邦國」。②同國。③擘綁、梆。

5 **邦本** ㄅㄤ ㄅㄣˇ (一)國家的根本。例民惟邦本，本固邦寧。(二)人民。

6 **邦交** ㄅㄤ ㄐㄧㄠ 國與國之間的外交關係。

參考 衍 斷絕邦交、建立邦交。

9 **邦彥** ㄅㄤ ㄧㄢˋ 一國之內的才俊之士。

15 **邦畿** ㄅㄤ ㄐㄧ 古代直屬於天子的疆域。

▽異邦、家邦、萬邦、友邦、聯邦、興邦、外邦、多難興邦、禮義之邦。

常 4

那 形解 形聲；從邑，冄聲。古地名，在今四川之西。

音義 ㄋㄚˋ 形 指示詞，指遠處的人或事物，與「這」相對；例那邊。連 承接上文說明後果；例如果敵人頑抗，那就堅決消滅他。

ㄋㄟˋ 代「那」與「一」的連音；例不是這一個，是那個。

ㄋㄚˇ 副 ①表懷疑或反問，猶「何」；例這是那門子的歪理？②怎麼；例那堪愁上又添愁。

ㄋㄟˇ 助 由「那」與「一」連讀，轉音而成，表疑問；例這件好事，是那一個幹的？

ㄋㄚ 名 姓。

ㄋㄨㄛˊ 名 姓。代 奈何；例那作商人婦，愁水復愁風。動 移動，通「挪」；例便請那步下山。形 ①衆多的；例受福不那。②安嫻的；例有那其居。

ㄋㄨㄛˋ 助 表反詰，通「哪」；例公是韓伯休那？乃不二價乎！

˙ㄋㄚ 助 語助詞，表選擇，通「哪」；例問足下願那不願？

參考 ①ㄋㄚ又音ㄋㄜˋ。②「那」一字數音，且義隨音轉，誦讀或使用時宜注意各種音義的差異。③「那」的用法：a．單用的「那」限於在動詞前，在動詞後面用「那個」，但只有跟「這」對擧的時候可以用「那」。例說這道那的。b．在口語裏，「那」單用或者後面直接跟名詞，說ㄋㄚ成ㄋㄜ；「那」後面跟量詞或數詞加量詞常常說ㄋㄟˋ或ㄋㄜ。以下「那個」、「那樣」各條在口語裏都常常說ㄋㄟˋ或ㄋㄜˋ，「那麼」、「那麼點兒」、「那麼些」各條在口語裏都常常說ㄋㄜ。

14 **那麼** ㄋㄚ ˙ㄇㄜ ㈠那個樣子。㈡白話文中承上啓下的用語。

參考 「那(麼)樣」可以做定語或狀語，也可以做補語；「那麼」卻不可做補語，例如「急得那樣兒」，不能說成「急得那麼」。

▽剎那、檀那。

常 4 **邪** 形解 形聲；從邑，牙聲。琅邪，秦代郡名。

音義 ㄒㄧㄝˊ 名 ①行爲或思想的不正當；例去邪勿疑。②怪異荒誕；例邪門。③醫中醫指「病因」爲「邪」，即引起疾病的環境因素；例驅去風邪。④偏斜，通「斜」；例邪與肅愼爲鄰。副不正當地；例邪睨。

ㄧㄝˊ 助 ①表疑問；例天之蒼蒼，其正色邪？②表停頓，同「也」；例始也我以女爲小人邪，今然君子也。

參考 ①ㄒㄧㄝˊ又讀ㄒㄧㄚˊ。②「邪呼」、「邪許」的「邪」字音ㄧㄝ。

4 **邪不勝正** ㄒㄧㄝˊ ㄅㄨˋ ㄕㄥ ㄓㄥˋ 邪惡終究敵不過正義。

14 **邪說** ㄒㄧㄝˊ ㄕㄨㄛ 不正當的學說。

▽凶邪、正邪、佞邪、中邪、避邪、驅邪、風邪、妖邪。

常 4 **邢** 形解 形聲；從邑，开聲。古國名，在今河南境內。

音義 ㄒㄧㄥˊ 名 ①地古國名，今河北邢臺縣。②姓。

次 4 **邡** 形解 形聲；從邑，方聲。什邡，古縣名，在今四川省什邡縣。

音義 ㄈㄤ 名 地什邡，四川省縣名。

參考 「邡」與「邟」，音義各異。

次 4 **邠** 形解 形聲；從邑，分聲。古國名，即周的先祖公劉所居之地，在今陝西栒邑縣西。

音義 ㄅㄧㄣ 名 地①古國名，在陝西栒邑縣，同「豳」。②陝西縣名之一。形有文采的，通「彬」；例邠如。

常 5 **邵** 形解 形聲；從邑，召聲。古晉國邑名，在今山西境內。

音義 ㄕㄠˋ 名 ①地北魏郡名，今山西垣曲縣。②地唐代州名，今湖南寶慶縣。③姓。

參考 「邵」從「召」從「邑」(阝)，與從「力」的「劭」字音同形近而義異：「邵」，爲專有名詞；「劭」，有美尙的意思。所以「年高德劭」的「劭」字，可作「邵」，但不可作「邵」。

常 5 **邸** 形解 形聲；從邑，氐聲。郡國朝覲天子時所居的館舍爲邸。

音義 ㄉㄧˇ 名 ①古代朝覲者在京師的住所；例舍燕邸。②高級官員居住的處所；例府邸。③旅館；例客邸。④屏風；例設皇邸。⑤底部，通「底」；例四圭有邸。⑥姓。動①到達，通「抵」；例自中山西邸瓠口爲渠。②接觸，通「抵」；例邸華葉而振氣。

參考 字從「氐」，不可誤從「氏」。

▽官邸、私邸、旅邸、舊邸、京邸。

常 5 **邱** 形解 形聲；從邑，丘聲。丘有高起的意思，所以土高爲邱。

音義 ㄑㄧㄡ 名 ①土堆，通「丘」；例青草池邊土一邱。

②姓。

參考 ①「邱」與「丘」古都可作土堆解，然今以「丘」爲土堆，也可爲姓氏，「邱」僅用於專有名詞。②「丘」與「邱」本是同宗，原作「丘」，後因避孔子名丘之諱，遂增邑旁作「邱」。

次 5
邲
形解 形聲；從邑，必聲。古地名，春秋時屬鄭國，在今河南鄭縣境內。

音義 ㄅㄧˋ 名①地春秋鄭地，在河南鄭縣。②姓。

次 5
邴
形解 形聲；從邑，丙聲。古地名，春秋時屬宋國。

音義 ㄅㄧㄥˇ 名①地即「祊」，春秋鄭邑，在山東費縣。②姓。形喜悅的；例邴邴。

次 5
邶
形解 形聲；從邑，北聲。古國名，周武王封武庚於此，在今河南淇縣。

音義 ㄅㄟˋ 名地周朝國名之一，在河南淇縣。

次 5
邯
形解 形聲；從邑，甘聲。邯鄲，古地名，戰國時趙都，在今河北邯鄲縣。

音義 ㄏㄢˊ 名①地水名，源青海樂都縣，入黃河。②地山名，在河北邯鄲縣。③地邯鄲，河北南部的工業城。

15 **邯鄲學步** ㄏㄢˊ ㄉㄢ ㄒㄩㄝˊ ㄅㄨˋ 比喻模仿他人，未能有成，反而失去本來的面目。

次 5
邳
形解 形聲；從邑，丕聲。古地名，在今山東滕縣南。

音義 ㄆㄟˊ 名①山丘；例大邳。②地邳縣，在江蘇。③地古地名，在山東滕縣。④姓。

次 5
邰
形解 形聲；從邑，台聲。古國名，姜姓，在今陝西武功縣境。

音義 ㄊㄞˊ 名①地古國名，在陝西武功縣。②姓。

常 6
郊
形解 形聲；從邑，交聲。交有交合的意思，所以都城百里交合之地爲郊。

音義 ㄐㄧㄠ 名①環繞城市的邊緣地帶；例市郊。②古代禱祀天地的祭名；例郊祀。③地春秋晉地名，今山西虞鄉縣。④姓。

參考 與「野」有別：「郊」、「野」都有城外地帶的意思，其餘意思則不同。

5 **郊外** ㄐㄧㄠ ㄨㄞˋ 城外。

▽荒郊、四郊、近郊、遠郊、市郊、秋郊、春郊。

常 6
郁
形解 形聲；從邑，有聲。有有盛多的意思，所以濃香爲郁。

音義 ㄩˋ 名①濃烈的香味；例馥郁。②姓。形①文彩鮮明的；例文彩郁郁。②香味濃烈的；例郁馥。③暖和的，通「燠」；例紋溫郁則寒谷成暄。

參考 ①「郁」從「邑」(阝)「有」聲，卻不可唸成ㄧㄡˇ。②同馥。

9 **郁郁** ㄩˋ ㄩˋ ㈠文采興盛的樣子。㈡繁盛的樣子。㈢香氣盛多的樣子。例郁郁菲菲，眾香發越。

▽濃郁、馥郁。

常 6
郎
形解 形聲；從邑，良聲。魯亭爲郎。

音義 ㄌㄤˊ 名①古官名；例侍郎。②年輕男子的美稱；例東風不與周郎便。③婦女對男子愛慕的稱呼；例故使儂見郎。④僕役對主人的稱呼；例君非其家奴，何郎之云？⑤敬稱他人的兒子；例令郎。⑥稱從事某些職業的人；例預喚花郎，掃清花徑。⑦女子亦可稱「郎」；例千面女郎。⑧地春秋魯地名：一說在今山東滋陽縣西北，一說在今山東魚台縣東北。⑨姓。

參考 ①孳廊、榔、螂。②與「朗」有別：「朗」，從月，音ㄌㄤˇ，有明亮的意思。

▽女郎、侍郎、新郎、夜郎、令郎、江郎、情郎、前度劉郎、顧曲周郎、應召女郎、午夜

牛郎。

㊅ 6
邽 解形 形聲；從邑，圭聲。古縣名，上邽爲邽。
音義 ㄍㄨㄟ 名①地上邽，秦置縣名，在甘肅天水縣。②地下邽，陝西地名。③姓。

㊅ 6
郕 解形 形聲；從邑，成聲。古地名，又古國名。
音義 ㄔㄥˊ 名①地周朝國名，在山東汶上縣。②地古邑名，在山東寧陽縣。

㊅ 6
郅 解形 形聲；從邑，至聲。古縣名，郁郅爲郅。
音義 ㄓˋ 名姓。副極，大；例郅隆。

㊅ 6
邾 解形 形聲；從邑，朱聲。古縣名，今湖北黃岡縣。
音義 ㄓㄨ 名①地周朝國名，即「鄒」，在山東鄒縣。②地戰國楚邑名，在湖北黃岡縣。③姓。

㊅ 6
郇 解形 形聲；從邑，旬聲。古國名，周文王之子所封國，在今山西猗氏縣西北。
音義 ㄒㄩㄣˊ 名①地春秋晉地，在山西猗氏縣。②姓。

㊅ 6
郃 解形 形聲；從邑，合聲。古縣名，郃陽爲郃。
音義 ㄏㄜˊ 名①人名，三國魏有張郃。②姓。
ㄍㄜ 名地郃陽，陝西縣名之一。

㊅ 6
郈 解形 形聲；從邑，后聲。古地名，在今山東東平縣南。
音義 ㄏㄡˋ 名①地春秋魯邑，在山東東平縣。②姓。

㊖ 7
郡 解形 形聲；從邑，君聲。君爲至尊，奉守君令以行君政之地爲郡。
音義 ㄐㄩㄣˋ 名①古代地方行政區劃單位名；例郡縣。②姓。
參考「郡」的轄屬，代有更革，東周時列國始於邊境置郡，初本無定制，秦始皇一統天下，廢除封建而行郡縣，始確立郡統縣的兩極制（即秦以前郡比縣小，從秦朝起郡比縣大），漢以後歷代承襲，至宋又改「郡」爲「府」，郡制遂廢。

11
郡望 ㄐㄩㄣˋ ㄨㄤˋ 魏晉至隋唐時每郡顯貴的家族，稱爲郡望，意即世居某郡爲當地所仰望，如清河崔氏等。
▽州郡、邊郡、國郡。

㊅ 7
郝 解形 形聲；從邑，赤聲。古鄉名，在今陝西。
音義 ㄏㄠˇ 名①地古地名，在陝西鄠、盩厔兩縣之間。②姓。
參考 又音ㄏㄜˋ。

㊅ 7
郟 解形 形聲；從邑，夾聲。古縣名，今河南輔城縣。
音義 ㄐㄧㄚˊ 名①地河南縣名之一。②地山名，即北邙山的別名，在河南。③姓。

㊅ 7
郢 解形 形聲；從邑，呈聲。古地名，春秋戰國時楚的國都。故址在今湖北江陵縣北的紀南城。
音義 ㄧㄥˇ 名①地都名，春秋楚城，文王建都於郢，在湖北江陵縣。②季節名；例小郢。

10
郢書燕說 ㄧㄥˇ ㄕㄨ ㄧㄢ ㄕㄨㄛ 比喻曲解原意，穿鑿附會，毫無根據的見解。郢地有人晚上給燕國丞相寫信，因燭光不亮，命執燭的人「舉燭」，於是不自覺地把「舉燭」二字寫在信裡。燕相讀後，寫與他說：『舉燭』是崇尚光明，崇尚光明就是選用賢德的人。

㊅ 7
郛 解形 形聲；從邑，孚聲。孚有包裹在外的意思，所以城外之郭爲郛。
音義 ㄈㄨˊ 名古稱外城牆；例城郛。
參考 亦作「垺」。

次 7 **郗** 形解 形聲；從邑，希聲。周代的邑名，在今河南沁陽縣。

音義 ㄔ 名 ①地周邑名，在河南沁陽縣。②姓。

次 7 **郜** 形解 形聲；從邑，告聲。古國名，在今山東城武縣東南的北郜城爲郜。

音義 ㄍㄠ 名 ①地古國名，在山東城武縣。②地春秋晉地，在山西祁縣。③姓。

次 7 **郤** 形解 形聲；從邑，谷聲。孔隙爲郤。

音義 ㄒㄧˋ 名 ①孔隙，通「隙」；例郤地。②姓。

參考「郤」與「卻」，音義各異。

常 8 **部** 形解 形聲；從邑，咅聲。漢時天水郡狄人所居住的地方爲部。

音義 ㄅㄨˋ 名 ①官署名，介於院、司之間，負責政令的計劃、督導與考核；例內政部。②單位，通常以職掌來區分；例編輯部。③整體中的某一部位；例胸部。④門類；例經、史、子、集四部。⑤由同類事物集結成的總體；例一部十三經。⑥量詞，用於計算書籍、影片、車輛、機器等；例三部科幻影片。動①配置；例部署。②統率；例所部不及百人。③安排；例按部就班。副散布地；例名聲部發于天地之間。

參考 ①「按部就班」的「部」字，不可誤作「步」。②與「步」同音而義異：「步」從止少（倒「止」），指行進時前後腳的距離。

3 **部下** ㄅㄨˋ ㄒㄧㄚˋ 被統率的人。

參考 同部屬。

4 **部分** ㄅㄨˋ ㄈㄣˋ ㈠事物全體中的一部。㈡部署，約束。㈢軍隊。

7 **部位** ㄅㄨˋ ㄨㄟˋ 在整體中所處的位置。

參考 參閱「局部」條。

8 **部門** ㄅㄨˋ ㄇㄣˊ ㈠門類。例這部類書共分幾個部門？㈡機關、企業或事業單位內部擔負一定職能的各個部分。例他在市政府的人事部門工作。

9 **部首** ㄅㄨˋ ㄕㄡˇ 按照字形結構，取其相同部分，作爲查字依據，分部排列，其相同部分，稱部首。

12 **部隊** ㄅㄨˋ ㄉㄨㄟˋ ㈠軍隊的通稱。㈡軍隊的一部分。

13 **部落** ㄅㄨˋ ㄌㄨㄛˋ ㈠村落。㈡原始社會中的氏族聯合組織。由互相通婚的幾個氏族構成，有自己的地域、名稱、方言、宗教和習俗。

14 **部署** ㄅㄨˋ ㄕㄨˋ ㈠「安排」，「布置」。㈡軍隊首長按照作戰情勢對兵力進行的區分和配置。

參考「部署」、「安排」、「布置」三者都是動詞，都含有「有條理地擺放」的意思，但有別：①「部署」多用在比較莊嚴的場合和比較大的事情上；而「布置」和「安排」比較通俗，多用在一般場合。②「部署」經常和戰略、工作等詞搭配使用；「安排」經常和時間、生活、工作等詞搭配使用；而「布置」則經常和教室、會場、場地、作業等詞搭配使用。

21 **部屬** ㄅㄨˋ ㄕㄨˇ 部下，所統率的官員。

▽外部、幹部、刑部、工部、戶部、全部、內部、禮部、兵部、局部、本部、分部、師部、營部、內政部、教育部。

常 8 **郭** 形解 形聲；從邑，𩫏聲。𩫏爲城郭，所以外城爲𩫏，隸變爲「郭」。

音義 ㄍㄨㄛ 名 ①外城，即在城的外圍加築的第二道城牆；例三里之城，七里之郭。②物體外的框棱外殼；例以赤銅爲其郭也。③皮革，通「鞹」；例津液充郭。④姓。

參考 ①「郭」與「廓」形近而音義各異：「郭」，音ㄍㄨㄛ，有外城的意思；「廓」，唸ㄎㄨㄛˋ，有掃蕩、擴張的意思。②孳廓、鞹。

4 **郭公夏五** ㄍㄨㄛ ㄍㄨㄥ ㄒㄧㄚˋ ㄨˇ 比喻文字有脫誤。

▽外郭、城郭、山郭、負郭。

常 8 **都** 形解 形聲；從邑，者聲。者有會聚的意思，一國的首邑爲都。
音義 ㄉㄨ 名①城市；例名都多妖女，京洛出少年。②一國的首善地區，通常即爲行政中樞所在；例國都。③古代地方區劃名，相當於現在的「鄉」或「區」。④唐代藩鎮的近衛隊稱號；例自料死士數百，號爪牙都。⑤晚唐及宋的軍隊編制，並無固定人數。⑥首領；例官到尚書吏到都。⑦姓。動①位居；例身都卿相之位。②總共；例頃撰其遺文，都爲一集。③滙流；例宮亭水所都。形盛美的；例彼美孟姜，洵美且都。
ㄉㄡ 副①全部，總括一切；例全家都來了。②尚且；例連他都能，你還有啥問題。③已經；例他都七十了，身體還很朗健。④表示加重語氣；例連小孩都搬得動。
參考①「都」的含義古今有別：古代是以供奉先君神位的宗廟所在城市爲「都」，具有行政中樞的意味；今「都」字除了兼有古代含義外，舉凡因政治、經濟、工業、軍事等方面而繁榮發達的地方均屬之。②「都」當大城市或首都，應唸ㄉㄨ，如：都會、建都；當副詞唸ㄉㄡ，如：人都走了，你還站在這裏幹什麼？
5 **都市** ㄉㄨ ㄕˋ 大城市，爲人口密度較高，工商、交通發達的地區。
13 **都會** ㄉㄨ ㄏㄨㄟˋ 都市，指人口衆多及貨物滙集之地。
▽故都、舊都、皇都、首都、帝都、遷都、國都、京都、衣服麗都。

次 8 **郯** 形解 形聲；從邑，炎聲。古國名，故城在今山東郯城縣西南境。
音義 ㄊㄢˊ 名①地古國名，在山東郯城縣。②地郯城，山東東南部縣名。③姓。

次 8 **郪** 形解 形聲；從邑，妻聲。新郪，古縣名，在今安徽太和縣。
音義 ㄑㄧ 名地水名，源四川中江縣，南入涪江。

次 8 **郰** 形解 形聲；從邑，取聲。古地名，春秋時屬魯國，是孔子的故鄉爲郰。
音義 ㄗㄡ 名地春秋魯邑，在山東曲阜縣，爲孔子的故里，同「鄹」。
參考「郰」與解釋爲角落的「陬」，音同義異。

次 8 **郴** 形解 形聲；從邑，林聲。古縣名，在今湖南郴縣。
音義 ㄔㄣ 名①地郴縣，湖南東南縣名，粵漢鐵路經此。②姓。

次 8 **郲** 形解 形聲；從邑，來聲。春秋鄭國地名。
音義 ㄌㄞˊ 名①地春秋鄭地，在河南滎陽縣。②姓。

次 8 **郫** 形解 形聲；從邑，卑聲。縣名，在今四川成都市西北。
音義 ㄆㄧˊ 名①地春秋晉邑名，在河南。②地郫縣，四川縣名，農產豐富。

常 9 **郵** 形解 會意；從邑垂。垂爲遙遠的邊地，所以在邊境設置傳遞公務文書的亭舍爲郵。
音義 ㄧㄡˊ 名①舊傳遞公文所設的驛亭；例置郵傳命。②由國家專設的機構，負責傳遞、寄發郵件及儲蓄業務等；例郵電。③田野間的小屋；例饗農及郵表畷。④過錯；例是日既醉，不知其郵。⑤姓。動傳遞或寄發信件等由國家專設的機構；例郵寄。形有關郵務的；例郵局。副甚，極，通「尤」；例魯之君子迷之郵者。
參考①「郵」與「寄」都有遞送的意思：習慣上，「郵滙」、「郵遞」不作「寄」；「寄信」、「寄包裹」不作「郵」。②同遞，傳，送。③字雖從垂，但不可讀成ㄔㄨㄟˊ。
7 **郵局** ㄧㄡˊ ㄐㄩˊ 「郵政局」的簡稱，爲專門寄遞信件、包裹等的機關。

10 **郵差** ㄧㄡˊ ㄔㄞ 郵局中負責收送信件的人。正式名稱爲「郵務士」。

11 **郵票** ㄧㄡˊ ㄆㄧㄠˋ 貼在信件及其他項郵件上作爲郵費已納憑證的紙票。由郵局發行，面值不等。一八四〇年始創行於倫敦，票上圖案可任意變化。

14 **郵遞區號** ㄧㄡˊ ㄉㄧˋ ㄑㄩ ㄏㄠˋ 郵局爲加速郵件的處理，採用機械化作業，而以五位數號碼代表各個投遞地區。

18 **郵戳** ㄧㄡˊ ㄔㄨㄛ 郵局在信件郵票上加蓋的墨印，上有年月日及發件地名。郵票蓋此戳後即已作廢，不可繼續再使用。

(常) 9
鄂

形解 形聲；從邑，咢聲。咢有大的意思，所以大都邑爲鄂。

音義 ㄜˋ 名 ①花萼，通「萼」；例常棣之華，鄂不韡韡。②地「湖北省」的簡稱；例湘鄂一帶。③地春秋時楚邑名，今湖北武昌縣。④地春秋時晉邑名，今山西鄉寧縣南。⑤姓。形直言不諱的，通「諤」；例君子出言以鄂鄂。副驚嚇地，通「愕」；例羣臣皆驚鄂失色。

參考「鄂」從「咢」從「邑」(阝)，「咢」下從「亐」，但不可出頭作「丂」。

(常) 9
鄉

形解 形聲；從𨛜，皀聲。甲文作𨛜，中象薦物器，左右象兩人相對就食，象賓主相嚮爲鄉。

音義 ㄒㄧㄤ 名 ①地方行政區劃，介於縣與村里之間；例窮鄉僻壤。②僻遠的地方；例鄉鎮。③自稱長成的地方或祖籍；例富貴不歸故鄉。④同省或同縣人的互稱；例停舟暫借問，或恐是同鄉！⑤高妙的境域；例仙鄉。⑥農村；例人才下鄉。形①同鄉情誼的；例鄉伯。②本地的；例鄉土。③鄉土所生產或使用的；例少小離家老大回，鄉音無改鬢毛摧。④村郊的；例鄉野。

ㄒㄧㄤˋ 名 ①窗櫺，通「向」；例刮楹達鄉。動歸向，通「嚮」；例吏民敬鄉。副往昔；例鄉也，吾見於夫子而問知。

參考 ①「鄉」古制以一萬二千五百戶爲一「鄉」，今義所指區域較廣，且以農、林、牧爲業的地方，一般工業較不發達。②「鄉」左作「乡」不作「幺」。③反市，城，鎮。④孳薌、饗、嚮、響。

3 **鄉土** ㄒㄧㄤ ㄊㄨˇ 各地方的風土習俗。例鄉土文學。

6 **鄉曲** ㄒㄧㄤ ㄑㄩ 鄉下偏僻的地方。

9 **鄉音** ㄒㄧㄤ ㄧㄣ 家鄉的口音。

11 **鄉紳** ㄒㄧㄤ ㄕㄣ 鄉里中有地位的人。通常爲有學問道德或作過官的人。

14 **鄉愿** ㄒㄧㄤ ㄩㄢˋ 在鄉里中，故意裝出忠厚老實的樣子，以博取別人喜歡的人。

16 **鄉親** ㄒㄧㄤ ㄑㄧㄣ 同鄉。

18 **鄉鎮** ㄒㄧㄤ ㄓㄣˋ 鄉村與城鎮。

20 **鄉黨** ㄒㄧㄤ ㄉㄤˇ 鄉族朋友。

▽異鄉、懷鄉、家鄉、歸鄉、故鄉、水鄉、他鄉、同鄉、望鄉、思鄉、還鄉、回鄉、衣錦還鄉、流落他鄉、魚米之鄉。

(次) 9
鄆

形解 形聲；從邑，軍聲。春秋時魯邑名。

音義 ㄩㄣˋ 名 ①地春秋魯邑名，有二：東鄆在山東沂水縣；西鄆在山東鄆城縣。②姓。

(次) 9
鄄

形解 形聲；從邑，垔聲。春秋時衛國鄉邑名，在今山東濮縣。

音義 ㄐㄩㄢˋ 名 地鄄城，漢置，明廢，在山東濮縣。

參考 不讀ㄧㄢ。

(次) 9
郾

形解 形聲；從邑，匽聲。古國名，在今河南郾城縣南。

音義 ㄧㄢˇ 名 古國名，燕國自稱爲「郾」。

(次) 9
郿

形解 形聲；從邑，眉聲。古地名，在今陝西郿縣東北。

音義 ㄇㄟˊ 名 ①地春秋魯邑，

在山東東平縣。②地陝西省縣名。

鄀 次 9

形解 形聲；從邑，若聲。周代封國名，在今河南淅川縣西。

音義 ㄖㄨㄛˋ 名①地周國名，在河南淅川縣。②地春秋楚邑名，在湖北宜城縣。

鄒 常 10

形解 形聲；從邑，芻聲。

音義 ㄗㄡ 名①地周代諸侯國名，今山東鄒縣一帶。②姓。

參考 ①字雖從「芻」，但不可讀成ㄑㄩ或ㄔㄨ。②又作「郰」。

鄏 次 10

形解 形聲；從邑，辱聲。郟鄏，周代地名，在今河南洛陽縣西。

音義 ㄖㄨˇ 名地周朝地名，在河南洛陽市。

鄖 次 10

形解 形聲；從邑，員聲。周代國名，在今湖北安陸縣。

音義 ㄩㄣˊ 名地①古國名，在湖北安陸縣。②春秋吳地，在江蘇如皋縣。③湖北縣名，瀕漢水。

參考「鄖」與「隕」，音義各異。

鄔 次 10

形解 形聲；從邑，烏聲。地名，春秋時晉邑，在今山西介休縣東北。

音義 ㄨ 名①地春秋鄭地，在河南偃師縣。②地春秋晉地，在山西介休縣。③姓。

鄋 次 10

形解 形聲；從邑，叟聲。本作「[illegible]」。春秋時夷狄之國。

音義 ㄙㄡ 名鄋瞞，春秋北方長狄國名，在山東歷城縣。

鄙 常 11

形解 形聲；從邑，啚聲。啚本為倉廩所在，古時以五百家聚居一處為鄙。

音義 ㄅㄧˇ 名①古代地方行政區域名；例五酇為鄙。②邊境地域；例太叔命西鄙。③郊野；例邊鄙。④淺陋的人；例養鄙以招賢。⑤自謙之詞；例鄙見。動輕視；例鄙視。形①粗俗的；例鄙野。②(見聞)淺陋的；例肉食者鄙。③(品質)惡劣的；例卑鄙。④(物體)窄小的；例是以其州閭鄙邑，莫言或非。④謙稱自己的；例鄙人固陋，不知忌諱。

參考 ①又音ㄅㄧˋ。②同俚，野，卑，賤，陋。③反雅。④「鄙」字，音ㄅㄧˇ，常常錯讀成ㄆㄧˇ。

2 **鄙人** ㄅㄧˇ ㄖㄣˊ (一)村野之人，鄙陋的人。(二)自稱的謙詞。

7 **鄙吝** ㄅㄧˇ ㄌㄧㄣˋ 庸俗，貪鄙。

12 **鄙棄** ㄅㄧˇ ㄑㄧˋ 輕視唾棄。

17 **鄙薄** ㄅㄧˇ ㄅㄛˊ (一)淺陋，微薄。(二)輕視，多用作自稱的謙詞。嫌惡。

參考「鄙薄」與「唾棄」都含有看不起的意思，但有別：「鄙薄」指很看不起，是書面語；「唾棄」指不但很看不起，而且要把它捨棄、丟掉。

▽俗鄙、邊鄙、卑鄙、貪鄙、肉食者鄙。

鄣 次 11

形解 形聲；從邑，章聲。紀國鄣邑為鄣。

音義 ㄓㄤ 名地春秋時紀國邑名。在今山東東平縣東。

參考「鄣」與「障」，音義各異。

鄘 次 11

形解 形聲；從邑，庸聲。古國名。

音義 ㄩㄥ 名①地周代國名，在河南汲縣。②春秋時南夷小國，今湖北竹山縣東有上庸城。③城，通「墉」；例舊鄘。④姓。

參考 又音ㄩㄥˊ。

鄜 次 11

形解 字本作鄜：從邑，麃聲。隸變作鄜。漢代縣名之一為鄜。

音義 ㄈㄨ 名地陝西舊縣名，在今陝西洛川縣東南，瀕洛水，已改為富縣。

鄠 次 11

形解 形聲；從邑，雩聲。古地名，在今陝西鄠縣北。

音義 ㄏㄨˋ 名地陝西中部縣

名，瀕滂水。

(次)11 **鄢** 形解 形聲；從邑，焉聲。春秋時楚都，今湖北宜城縣西南有故鄢城。

音義 ㄧㄢ 名 ①地 周朝國名，在河南鄢陵縣。②姓。

(次)11 **鄟** 形解 形聲；從邑，專聲。古國名，春秋時魯國的附庸，在今山東城郯城縣東北。

音義 ㄓㄨㄢ 名 ①地 春秋地名，在山東郯城縣。②姓。

(次)11 **鄞** 形解 形聲；從邑，堇聲。地名，今浙江有鄞縣。

音義 ㄧㄣˊ 名 地 浙江東部縣名，有甬江，故別稱「甬」。

參考 不讀ㄐㄧㄣˇ。

(次)11 **鄚** 形解 形聲；從邑，莫聲。春秋時趙邑。

音義 ㄇㄛˋ 名 地 古邑名，在河北任丘縣北。

(常)12 **鄰** 形解 形聲；從邑，粦聲。古時的地方組織以五家爲鄰。

音義 ㄌㄧㄣˊ 名 ①戶政編製，古以五家爲鄰，本無定制。②自己居所附近的住家；例敦親睦鄰。③親近的人；例德不孤，必有鄰。④交界的國家；例親仁善鄰，國之寶也。動 親近；例鄰於善，民之望也。形 ①接壤的；例鄰國。②靠近的；例鄰舍。

參考 ①「鄰」從「粦」從「邑」(阝)與從豎心旁的「忄」(心)的「憐」字，形近易譌：「鄰」，有接近的意思；而「憐」爲憐恤的意思。②同近，接。③反遠。④字或作「隣」，但不可簡省作「邻」。

[7]鄰里 ㄌㄧㄣˊ ㄌㄧˇ 居住於同一鄉里的人。

▽近鄰、比鄰、芳鄰、緊鄰。

(常)12 **鄭** 形解 形聲；從邑，奠聲。地名，今河南新鄭縣。

音義 ㄓㄥˋ 名 ①地 周代諸侯國國名，在河南新鄭縣一帶，後爲韓所滅。②姓。副 謹慎地；例鄭重。

[5]鄭玄 ㄓㄥˋ ㄒㄩㄢˊ 人 東漢末年的經學家、教育家。字康成，北海高密人，曾入太學學今文易和公羊學，又從張恭祖學古文尚書、周禮、左傳等，最後從馬融學古文經。玄年四十，即聚徒講學，後因黨錮之事被禁，乃潛心著述，以古文經說爲主，兼採今文經說，遍注羣經，成爲漢代經學集大成之人。

[9]鄭重 ㄓㄥˋ ㄓㄨㄥˋ 反復切至。

參考 ①衍 鄭重其事。②參閱「愼重」條。③「鄭重」、「愼重」有別：「鄭重」常跟「聲明」、「宣布」、「提出」等詞搭配；「愼重」常和「處理」、「研究」、「解決」、「態度」等詞搭配。

(常)12 **鄧** 形解 形聲；從邑，登聲。地名，在今河南鄧縣一帶。

音義 ㄉㄥˋ 名 ①地 周朝諸侯國國名之一，今河南鄧縣一帶。②地 春秋時魯地，今山東滋陽縣。③地 春秋時蔡地，今河南郾城縣。④地 戰國時魏邑，今河南孟縣。⑤姓。

參考 字雖從「登」，但不可讀成ㄉㄥ。

(常)12 **鄱** 形解 形聲；從邑，番聲。番爲古楚地，漢時置縣，今屬江西省。

音義 ㄆㄛˊ 名 ①地名，在江西省；例鄱陽。②地 湖名，鄱陽湖，我國最大的淡水湖，在江西省北部，洪水期面積爲五、〇五〇平方公里，對鄱陽湖水系有蓄洪、洩洪作用。

參考 ①「鄱」與「皤」音同形近而義異：「鄱」，從「邑」(阝)，爲專有名詞；「皤」，從「白」，義爲形容白色，如「白髮皤然」。②字雖從番，但不可讀成ㄈㄢ。

鄯 次12 形解 形聲；從邑，善聲。鄯善，漢代西域國名。
音義 ㄕㄢˋ 名 地 鄯善：①縣名，在新疆。②西域城邦名，本名樓蘭，西漢昭帝元鳳四年，改國名鄯善，今新疆若羌縣。

鄫 次12 形解 形聲；從邑，曾聲。古國名。
音義 ㄘㄥ 名 ①地 古國名，在山東嶧縣。②地 春秋鄭地名，河南睢縣。

鄲 次12 形解 形聲；從邑，單聲。邯鄲，戰國時趙都。
音義 ㄉㄢ 名 地 邯鄲，河北縣名，平漢鐵路經此。

鄦 次12 形解 形聲；從邑，無聲。古國名。
音義 ㄒㄩˇ 名 ①古國名，在今河南許昌縣，「許」的古稱；例 鄦子妝簠。②姓。
參考 姓，古作「鄦」，今作「許」。

鄴 次13 形解 形聲；從邑，業聲。春秋齊邑。
音義 ㄧㄝˋ 名 ①地 春秋齊邑名，在河南臨漳縣。②姓。

鄶 次13 形解 形聲；從邑，會聲。周代封國之一。
音義 ㄎㄨㄞˋ 名 ①地 西周諸侯國名，在河南密縣。②姓。

鄹 常14 形解 字本作「郰」：形聲；從邑，取聲。春秋時魯地名。今作「鄒」。
音義 ㄗㄡ 名 ①地 春秋時魯邑，山東省曲阜縣東南的鄹城，爲孔子的故里。②地 古國名，即「鄒」。
參考 「鄹」從「邑」「聚」聲，但不唸ㄐㄩˋ。

酃 次17 形解 形聲；從邑，霝聲。漢代縣名之一。
音義 ㄌㄧㄥˊ 名 ①地 湖名，在湖南衡陽縣，水可釀酒。②地 湖南縣名，在今衡陽縣東，產稻、桐油、茶等。

酆 次18 形解 形聲；從邑，豐聲。周代邑名。
音義 ㄈㄥ 名 ①地 周文王所都，在陝西鄠縣。②地 水名，同「灃」；例 西顧酆鄗。③姓。
11 酆都 ㄈㄥ ㄉㄨ (一)地 舊縣名。在四川東部、長江北岸。(二)民俗傳說爲冥府所在。

酅 次18 形解 形聲；從邑，巂聲。春秋時邑名之一。
音義 ㄒㄧ 名 地 ①春秋齊地名，在山東東阿縣。②春秋紀國邑名。在今山東肥城縣西。

酈 次19 形解 形聲；從邑，麗聲。漢代縣名之一。
音義 ㄌㄧˋ 名 ①地 古地名，在河南內鄉縣東北。②姓。
13 酈道元 ㄌㄧˋ ㄉㄠˋ ㄩㄢˊ 人 北魏地理學家、散文家。字善長，范陽人，官御史中尉，執法嚴峻，後爲關右大使，被雍州刺史蕭寶寅殺害。好學博覽，文筆深峭，遍歷北方，留心觀察水道等地理現象，撰水經注一書，爲具有文學價值的地理鉅著。

酇 次19 形解 形聲；從邑，贊聲。贊有聚集的意思，所以百家相聚而居爲酇。
音義 ㄗㄢˋ 名 ①地 漢侯國名，在河南永城縣。②地 漢縣名，在湖北光化縣。③周代地方行政組織名，一百家爲「酇」；例 四里爲酇。ㄘㄨㄛ 名 酇縣，古縣名，秦置，在河南。

【酉部】 ㄧㄡˇ

酉 常0 形解 象形；象酒尊形。
音義 ㄧㄡˇ 名 ①醴酒，「酒」的本字；例 用盛旨酉。②地支的第十位；例 午未申酉戌亥。③古時辰名，相當下午的五點至七點。④姓。

參考 孳酒、醜。

常 2

酋

形解 會意；從酉，從水半見於上。酉象酒尊形，水半見於上表示濃酒，所以久釀之酒為酋。

音義 ㄑㄧㄡˊ 名 ①首領；例酋長。②魁首；例匪酋。③主管釀酒的官員。動 成就；例說難既酋。

參考 ①「酋」又有久釀酒的意思。②「酋」與「酉」形近易誤，「酋」上有二點，唸ㄑㄧㄡˊ，有魁首的意思；「酉」上無二點，唸ㄧㄡˇ，為干支名。③孳 猶、遒、猷、鰌、輶。

8 **酋長** ㄑㄧㄡˊ ㄓㄤˇ 民族社會中部族和氏族的首領。

常 2

酊

形解 形聲；從酉，丁聲。丁有平實的意思，所以酒喝得飽實，大醉為酊。

音義 ㄉㄧㄥˇ 形 醉醺的；例酩酊。

參考 又音ㄉㄧㄥ。

▽酩酊。

常 3

酌

形解 形聲；從酉，勺聲。勺為舀取的器皿，酉為酒器，所以盛酒於爵中以便請人飲用為酌。

音義 ㄓㄨㄛˊ 名 ①酒；例清酌。②酒席；例敬備菲酌。③文 詩經周頌篇名之一。動 ①斟酒；例無多酌我，我乃酒狂。②飲酒；例花間一壺酒，獨酌無相親。③考量；例參酌。

參考 ①「酌」從「酉」，「勺」聲，但不唸成ㄕㄠˊ。②同 注，挹，斟，汲，商。

11 **酌情** ㄓㄨㄛˊ ㄑㄧㄥˊ 根據情形斟酌考慮。

12 **酌量** ㄓㄨㄛˊ ㄌㄧㄤˊ 估計事物的多寡輕重，引申為考慮。

▽參酌、斟酌、對酌、獨酌、清酌、菲酌、自酌、商酌。

常 3

配

形解 形聲；從酉，己聲。己有分別的意思，所以酒的色澤為配。

音義 ㄆㄟˋ 名 ①妻子；例元配。②夫婦；例配偶。動 ①媲美；例德配天地。②配合。③調治；例配菜。④成親；例婚配。⑤安排；例支配。⑥充軍；例發配。⑦合適，勻稱；例別人穿了，實在不配。⑧填補空缺；例配鞋帶。⑨祔祭；例配享宗廟。⑩交合，多用於牲畜育養上；例配種。

參考 「配」左從「酉」右從「己」(ㄐㄧˇ)，「己」不可作「已」(ㄧˇ)或「巳」(ㄙˋ)。

4 **配方** ㄆㄟˋ ㄈㄤ 按處方調配成藥物製劑，供防治疾病應用。

7 **配角** ㄆㄟˋ ㄐㄧㄠˇ ㈠戲劇中搭配主角而演出的角色。㈡處於不甚重要的位置。

9 **配音** ㄆㄟˋ ㄧㄣ 電影製作中配錄聲音的方法。將攝製成的畫面，放映在銀幕上，按照口型、動作和情節需要，配錄對白、音響效果和音樂，使影片具備所需要的各種聲音。

11 **配偶** ㄆㄟˋ ㄡˇ ㈠名詞，夫妻雙方互為配偶：丈夫以妻子為配偶，妻子以丈夫為配偶。㈡動詞，男女匹配為夫婦。

12 **配給** ㄆㄟˋ ㄐㄧˇ 配合給予。

配備 ㄆㄟˋ ㄅㄟˋ 調配，分配佈置。

▽交配、相配、支配、匹配、分配、添配、不配。

常 3

酒

形解 形聲；從水，酉聲。加水釀造而成者為酒。

音義 ㄐㄧㄡˇ 名 利用米穀或水果等含醣類的作物做原料，經由發酵、蒸餾而製成的飲料，含有酒精，具刺激及興奮亢進作用；例太白酒。

參考 ①酒以原料言，約可分為二類：一為米麥類，如太白酒、威士忌、高粱酒；一為水果類，如白蘭地、櫻桃酒、荔枝酒。以製法言，有蒸餾及釀造二類。②「酒」字有的字典入水部。

6 **酒肉朋友** ㄐㄧㄡˇ ㄖㄡˋ ㄆㄥˊ ㄧㄡˇ 形容可以共安樂而不可共患難的朋友。

參考 同 豬朋狗友。

7 **酒吧** ㄐㄧㄡˇ ㄅㄚ 外 專門出售酒精飲料及簡單食物的店。因為店中放酒的櫃臺，叫做吧臺，而店內的主要販賣物又是酒，故稱。

10 **酒家** ㄐㄧㄡˇ ㄐㄧㄚ 賣酒菜，供人飲酒的地方。

12 **酒量** ㄐㄧㄡˇ ㄌㄧㄤˋ 飲酒的度量。

酒酣耳熱 ㄐㄧㄡˇ ㄏㄢ ㄦˇ ㄖㄜˋ 形容酒興正是濃烈的時候。

22 **酒囊飯袋** ㄐㄧㄡˇ ㄋㄤˊ ㄈㄢˋ ㄉㄞˋ 比喻無用之人，只會吃喝，不會作事。

參考 ①同行尸走肉。②與「行屍走肉」都可指庸碌無能的人，但有別：前者著眼於「不會做事」；後者著眼於「沒有靈魂」。語義比前者重得多。

▽飲酒、禁酒、祭酒、清酒、濁酒、斗酒、美酒、米酒、喝酒、醉酒、病酒、醇酒、好酒、劣酒、烈酒、碘酒、葡萄美酒、舊瓶新酒。

次 3 **酎** 形解 酎 形聲；從酉，肘省聲。反覆釀造多次的醇酒爲酎。

音義 ㄓㄡˋ 名 經過多次重複釀製的醇酒；例天子飲酎。

常 4 **酗** 形解 酗 形聲；從酉，句聲。字本作「酌」：形句有屈曲的意思，酒醉而有異於常態的行爲爲酌。今俗作「酗」。

音義 ㄒㄩˋ 動 經常沒有節制地喝酒，也指喝醉了酒撒酒瘋；例酗酒開車，最易肇事。

參考 酗字從「酉」從「凶」，但不可唸成ㄒㄩㄥ。

10 **酗酒** ㄒㄩˋ ㄐㄧㄡˇ 飲酒過量毫無節制。

次 4 **酖** 形解 酖 形聲；從酉，尤聲。尤有深沈的意思，所以沈迷於飲酒爲酖。

音義 ㄉㄢ 動 喜愛喝酒。ㄓㄣˋ 名 ①一種羽毛有毒的鳥，通「鴆」。②毒酒。動 毒殺；例使鍼季酖之。

次 4 **酚** 形解 形聲；從酉，分聲。即苯酚的簡稱。化學用語，

音義 ㄈㄣ 名 化 由羥基(-OH)與芳香環(如苯環)結合成的芳香族化合物，通常以苯酚(C_6H_5OH)爲代表。

參考 和「醇」類比較，「酚」類有較顯著的酸性，能直接和「鹼類」形成「酚鹽」。

常 5 **酣** 形解 酣 形聲；從酉，甘聲。甘爲味美，飲酒而樂爲酣。

音義 ㄏㄢ 動 ①飲酒作樂而能盡興；例長風萬里送秋雁，對此可以酣高樓。②暢飲；例縱博酣酒。形 盛大的；例晚木聲酣洞庭野。副 ①沈浸舒暢的樣子；例酣戰。②香甜，特指熟睡地；例東坡但酣睡。

參考 ①「酣」字從酉甘聲，可泛指盡興、暢痛、痛快等義，但不可唸成ㄍㄢ。②與「鼾」、「憨」同音而義異：「鼾」，從鼻干聲，爲熟睡所發出的鼻息；「憨」，從心敢聲，有愚直的意思。

14 **酣睡** ㄏㄢ ㄕㄨㄟˋ 熟睡。

16 **酣戰** ㄏㄢ ㄓㄢˋ 久戰不竭。

參考 同激戰。

▽酒酣、沈酣、飲酣、戰酣。

常 5 **酥** 形解 酥 形聲；從酉，穌省聲。穌有香的意思，所以用牛羊的乳煎製而成的油脂爲酥。

音義 ㄙㄨ 名 ①用牛、羊乳品所製成的食物；例奶酥。②油、麵和混後，所製成鬆脆可口的食品；例桃酥。③酒名；例酴酥。動 (體肢)疲軟無力；例憑攬朱欄力已酥。形 ①光潔柔滑的樣子；例春意透酥胸。②鬆脆的(指食品)；例酥糖。

參考 ①「酥」與「穌」音同形似而義異：「酥」，爲鬆脆；而「穌」，有穌醒的意思。②同脆、柔、膩。

8 **酥油** ㄙㄨ ㄧㄡˊ 牛羊乳製成的食品，是蒙、藏等族人民的一種食用油，可溶入茶水中食用，也可點燈或作其他用途。

次 5 **酡** 形解 形聲；從酉，它聲。因飲酒而臉色發紅爲酡。

音義 ㄊㄨㄛˊ 形 飲酒後臉紅的；例美人既醉，朱顏酡些。

參考 或作「酏」。

次 5 **酤** 形解 酤 形聲；從酉，古聲。一夜釀成的酒爲

酤。

音義 ㄍㄨ 名 酒的古稱；例既載清酤。動 買酒或賣酒；例何處青樓有酒酤？

參考 作動詞用時，通「沽」。

酢 次 5

形解 形聲；從酉，乍聲。酸醋為酢。

音義 ㄗㄨㄛˋ 名 謝神的祭祀；例秉璋以酢。動 客人以酒回敬主人的禮節；例或獻或酢。

ㄘㄨˋ 名「醋」的古字。

參考 古禮，主人進酒於客，稱「獻」；賓客回敬主人，稱「酢」；賓主再互敬一次為「酬」。

酬 常 6

形解 形聲；從酉，州聲。州有止息的意思，古時賓主飲酒，主人酌以勸賓之酒為酬。

音義 ㄔㄡˊ 名 報償；例施不取酬。動 ①報答；例酬謝。②（願望）實現；例壯志未酬身先死。③交際往來；例酬酢。④勸酒；例主人實觴酬賓。⑤以詩文相互贈答；例唱酬。

參考 ①古以進酒於客為「獻」，客答主人為「酢」，主人再次斟酒酌客為「酬」。②字或作「酧」、「醻」。

11 酬唱 ㄔㄡˊ ㄔㄤˋ 以詩詞互相贈答。

12 酬勞 ㄔㄡˊ ㄌㄠˊ 工作的報酬。

酬酢 ㄔㄡˊ ㄗㄨㄛˋ ㈠飲酒時主客互相敬酒，主敬客叫酬，客還敬曰酢。後稱朋友間酒食往來為酬酢。㈡應對。㈢唱和。

17 酬謝 ㄔㄡˊ ㄒㄧㄝˋ 答謝，報答。

▽應酬、唱酬、報酬、答酬。

酪 常 6

形解 形聲；從酉，各聲。乳漿為酪。

音義 ㄌㄨㄛˋ 名 ①牛、羊、馬乳製成半凝固或凝固的食品；例乳酪。②醋；例以亨以炙，以為醴酪。③熬製果實成漿，做成的糊狀食品；例山楂酪。

參考 ①「酪」語音唸ㄌㄠˋ。②「酪」又有酒類的意思。

▽乾酪、乳酪、牛酪、羊酪。

酩 常 6

形解 形聲；從酉，名聲。大醉為酩。

音義 ㄇㄧㄥˊ 形 形容飲酒過量而醺醉；例酩酊。

參考 又讀ㄇㄧㄥˇ。

酮 次 6

形解 形聲；從酉，同聲。馬乳所製成的乾酪為酮。

音義 ㄊㄨㄥˊ 名 化 羰基的兩個單鍵分別和烴基結合而成的有機化合物；例丙酮。

酯 次 6

形解 形聲；從酉，旨聲。化學名詞，有機化合物之一為酯。

音義 ㄓˇ 名 化 由酸和醇作用失水後所生成的有機化合物。

參考 形容酒菜美好用「旨」，不用「酯」，如「旨酒」。

酵 常 7

形解 形聲；從酉，孝聲。孝有給予溫暖的意思，所以可以使有機物經溫熱而分解變化的物品為酵。

音義 ㄒㄧㄠˋ 名 有機物受酵母菌作用後，所產生的分解、轉化現象；例發酵。

參考 ①又音ㄐㄧㄠˋ。②「酵」從「酉」從「孝」與從「口」而有高聲呼喊義的「哮」字不同。

▽發酵。

酸 常 7

形解 形聲；從酉，夋聲。夋為行走的意思，所以酒變味而成酸。

音義 ㄙㄨㄢ 名 ①酸醋的味道；例凡和，春多酸，夏多苦。②悲切；例心酸。③嫉妒；例拈酸。動 ①酸痛，通「痠」；例四肢酸重。②食物開始腐敗所產生的氣味；例天氣悶熱，菜湯只放了一夜就酸了。③微痛無力；例腰酸背痛。形 器度寒淺，迂腐不堪的；例酸秀才。

參考 與「痠」同音而義異：痠，從疒，為肌肉疲勞所引起的無力微痛感。

7 酸辛 ㄙㄨㄢ ㄒㄧㄣ 悲苦。

13 酸楚 ㄙㄨㄢ ㄔㄨˇ 悲痛，悽惻。

參考 同辛酸。

▽鹽酸、寒酸、硝酸、辛酸、悲酸、硫酸、醋酸、心酸酸、莫不鼻酸。

酷 常 7

形解 形聲；從酉，告聲。告有大的意思，所以酒味醇厚爲酷。

音義 ㄎㄨˋ 名 苛虐殘暴；例威陽之酷，醜聲遠播。形 殘暴的；例酷吏。副 ①香味濃郁地；例酷香。②極，甚，表程度深；例中國人是酷愛自由，熱愛生命的民族。

參考 ①「酷」從「酉」「告」聲，但不唸成ㄍㄠˋ。②「酷」與「皓」形近易訛：「酷」，從「酉」，音ㄎㄨˋ，有苛虐的意思；「皓」，從「白」，唸ㄏㄠˋ，有潔白的意思。③同虐，苛，極，甚。

6 **酷刑** ㄎㄨˋ ㄒㄧㄥˊ 殘暴的刑罰。

7 **酷似** ㄎㄨˋ ㄙˋ 非常相像。

13 **酷愛** ㄎㄨˋ ㄞˋ 非常喜愛。

參考 ①同酷好，酷嗜。②參閱「熱愛」條。

▽殘酷、冷酷、嚴酷、慘酷。

常 7 **酺** 形解 形聲；從酉，甫聲。甫有廣大的意思，所以衆人盛大聚飲爲酺。

音義 ㄆㄨˊ 動 羣聚一起飲酒作樂；例置酒酺五日。

次 7 **酲** 形解 形聲；從酉，呈聲。酗酒後醉得厲害爲酲。

音義 ㄔㄥˊ 名 酒病；例觸煩析酲。形 酒醉後身體不適或神智不清的；例憂心如酲。

次 7 **酹** 形解 形聲；從酉，寽聲。以酒澆地行祭爲酹。

音義 ㄌㄟˋ 動 把酒潑灑在地上，以祭神明；例一樽還酹江月。

次 7 **酴** 形解 形聲；從酉，余聲。製酒的酵母爲酴。

音義 ㄊㄨˊ 名 ①酒麴。②酴醾，酒名。

參考 ①或作「⿰酉荼」。②字從余，但不讀ㄩˊ。

常 8 **醇** 形解 形聲；從酉，𩫖聲。𩫖爲純熟，所以未滲水的原味酒爲醇。隸變爲「醇」。

音義 ㄔㄨㄣˊ 名 ①味道香濃的酒；例誰分銀榼送清醇？②一種有機化合物，是烴類分子中的氫原子被羥基(OH)取代而形成的一種物質，即含有氫氧根的有機化合物的總稱；例乙醇。形 ①酒味香濃的；例旨酒清醇。②樸實的；例丞相醇謹而已。③專一不雜的，通「純」；例自天子不能具醇駟。

參考 ①「醇」與「純」均有專一的意思，餘義則不同。②同厚，渥，篤，淳，純。③反醨。④字或作「醕」。

▽甘醇、清醇、芳醇、香醇。

常 8 **醉** 形解 形聲；從酉，卒聲。卒有竭盡的意思，飲酒盡量而不至於亂性爲醉。

音義 ㄗㄨㄟˋ 動 ①飲酒過量而暈眩；例我醉欲眠卿可去。②著迷；例陶醉。③執迷不悟；例衆人皆醉我獨醒。形 ①飲酒過量導致神智模糊的；例醉臥。②以白酒浸漬的（食物）；例醉蝦。

參考 ①同暈，眩，酲。②反醒。

4 **醉心** ㄗㄨㄟˋ ㄒㄧㄣ 沉迷，過分愛好，一心專注。

5 **醉生夢死** ㄗㄨㄟˋ ㄕㄥ ㄇㄥˋ ㄙˇ 像喝醉酒和做夢那樣，昏昏沉沉、糊裏糊塗地生活著。

參考 參閱「花天酒地」條。

10 **醉翁之意不在酒** ㄗㄨㄟˋ ㄨㄥ ㄓ ㄧˋ ㄅㄨˋ ㄗㄞˋ ㄐㄧㄡˇ 指本意不在此，而在別的方面。也比喻別有用心。

醉酒飽德 ㄗㄨㄟˋ ㄐㄧㄡˇ ㄅㄠˇ ㄉㄜˊ 爲賓客酬謝主人款待優厚之辭。

14 **醉漢** ㄗㄨㄟˋ ㄏㄢˋ 形容醉醺醺的男子。

▽狂醉、酣醉、昏醉、宿醉、長醉、沈醉、痲醉、大醉、酒醉、迷醉、陶醉、自我陶醉、金迷紙醉、酩酊大醉。

常 8 **醋** 形解 形聲；從酉，昔聲。昔爲乾肉，酉爲盛酒器，酒肉以示宴飲，所以古時客人舉酒還敬主人爲醋。

音義 ㄘㄨˋ 名 ①含有醋酸的調味品，有酸味，一般用米、高粱作原料，發酵製成，也可用酒或酒糟發酵製成；例醬、醋、茶。②嫉妬；例吃醋。ㄗㄨㄛˋ 動客人以酒回敬主人。古「酢」字。

參考 ①參閱「酬」字條。②「吃醋」多指在男女關係上。③同「酢」。

13 **醋意** ㄘㄨˋ 一ˋ 因嫉妬而感到心酸。

常 8 **醃** 形解 形聲；從酉，奄聲。奄有蘊藏的意思，將物漬藏於鑵中爲醃。

音義 一ㄢ 名加工製造食品法之一，添加鹽、糖、酒等佐料或香料於食物裡，浸泡一段時間即可食用的方法。動用鹽、酒等浸漬食物；例醃鹹菜。

參考 「醃」字從「酉」從「奄」，「奄」下的「电」(申)字上宜出頭，下應鈎尾。

次 8 **醅** 形解 形聲；從酉，咅聲。酒醉而食飽爲醅。

音義 ㄆㄟ 名還沒過濾的濁酒；例家貧只舊醅。

次 8 **醆** 形解 形聲；從酉，戔聲。戔有微小的意思，所以小酒器爲醆。

音義 ㄓㄢˇ 名①酒器；例酒醆。②量名；例一醆酒。③濁酒；例醴醆在戶。形酒濁而微清的。

參考 「盞」可與「醆」通，也是「酒器」，但茶杯也作「茶盞」，唯「盞」又可作量詞，如「一盞燈」、「一盞茶」。

次 8 **醊** 形解 形聲；從酉，叕聲。叕有連綴的意思，所以聯合諸神位以合祭爲醊。

音義 ㄓㄨㄟˋ 動灑酒於地，以祭神明；例醊酒。

參考 ①同「餟」。②與「歠」字，音同義異。

次 8 **醁** 形解 形聲；從酉，彔聲。綠色的美酒爲醁。

音義 ㄌㄨˋ 名美酒名；例醁酒聊驅萬古愁。

常 9 **醒** 形解 形聲；從酉，星聲。星有明亮的意思，解酒後精神清明爲醒。

音義 ㄒㄧㄥˇ 動①由酒醉或昏迷中復甦而有知覺；例回風醒別酒。②由睡眠中起來或還沒入睡；例朝曦入牖來，鳥喚昏不醒。③領會或曉悟；例眾人皆醉我獨醒。形使看得清楚或突出顯明的；例醒目。

參考 ①又音ㄒㄧㄥ。②「醒」與「惺」都有覺悟義，餘義則不同。③反睡，眠，睏。④與「省」同音而義異：省，從目，有領悟、探望的意思。

5 **醒目** ㄒㄧㄥˇ ㄇㄨˋ ㈠明顯突出，引人注目。㈡即「醒木」，為說書、平話用的道具。

參考 ①同耀眼。②參閱「奪目」條。

10 **醒悟** ㄒㄧㄥˇ ㄨˋ 從迷惑中覺醒過來。

▽覺醒、酒醒、清醒、獨醒、夢醒、睡醒、提醒、喚醒、醉醒、大夢初醒、如夢初醒。

次 9 **醐** 形解 形聲；從酉，胡聲。精製的乳酪爲醐。

音義 ㄏㄨˊ 名醍醐，經過多次提煉的乳酪。

參考 參閱「醍」字條。

次 9 **醑** 形解 形聲；從酉，胥聲。精製的美酒爲醑。

音義 ㄒㄩˇ 名美酒；例清醑。

次 9 **醍** 形解 形聲；從酉，是聲。清酒爲醍。

音義 ㄊㄧˊ 名醍醐：①酥酪上如油脂的凝結物。②清酒；例一甕醍醐待我歸。③美好的人品。

ㄊㄧˇ 名清酒；例粢醍在堂。

常 10 **醣** 形解 形聲；從酉，唐聲。碳水化合物爲醣。

音義 ㄊㄤˊ 名「碳水化合物」的舊稱，是有機化合物之一，如：葡萄糖、蔗糖、澱粉、纖維素等都是屬於醣類。

參考 「醣」與「糖」音同形近而義異：「醣」，為碳水化合的有機物，所指範圍較廣；而「糖」，則指從植物中提煉出的甜性物質，含義較為狹隘。

常10 **醞** 形解 醞 形聲；從酉，𥁕聲。𥁕有溫熱的意思，所以可使物質生熱發酵的酒母為醞。

音義 ㄩㄣˋ 名①酒；例更待菊黃家醞熟，共君一醉一陶然。②寬慰，通「蘊」；例醞藉。動①釀酒；例醞酒。②本指釀酒時的發酵過程，引申而有逐漸變成或形成；例醞釀。

參考 ①「醞」與「縕」音同形近而義異：「醞」，釀造的意思；「縕」，深奧的意思。②「醞」，從酉，𥁕聲，不可唸成ㄨㄣˋ。③同釀，製。

24 **醞釀** ㄩㄣˋ ㄋㄧㄤˋ (一)釀酒。(二)酒的釀成，須經一定的時日，因比喻事情逐漸達到成熟的準備過程。例醞釀胸中。

參考 參閱「溫牀」條。

常10 **醜** 形解 醜 形聲；從鬼，酉聲。鬼有面目憎惡的意思，所以酒後使人面貌憎惡為醜。

音義 ㄔㄡˇ 名①罪惡；例醜事。②惡聞；例醜聞。③恥辱；例以雪先王之醜。④惡人；例羣醜破滅。⑤姓。動①憎恨；例惡直醜正。②污穢；例悲莫痛於傷心，行莫醜於辱先。③比況；例比物醜類。形①形貌陋劣的；例醜女來效顰，還家驚四鄰。②眾多的；例不及醜儕。③惡劣的；例絕交不出醜言。④令人厭惡的；例醜態百出。副①惡劣地；例巧言醜詆。②可恥地；例醜聞。

參考 ①「醜」與「丑」音同而形義各異：「醜」，為惡劣；「丑」，是滑稽。②同惡，陋，劣。③反美。

12 **醜惡** ㄔㄡˇ ㄜˋ 難看可厭的樣子。

參考 醜惡、醜陋都指難看，但有別：「醜惡」是指人或事物的醜怪惡劣或骯髒可恥，跟它相對的是美好，形容的對象一般是抽象的；而「醜陋」則指面貌或外形的難看、粗陋，引申指思想行為的卑劣，跟它相對的是「美麗」、「漂亮」等，形容的對象多數是具體的，有時也可以是抽象的。

13 **醜虜陸梁** ㄔㄡˇ ㄌㄨˇ ㄌㄨˋ ㄌㄧㄤˊ 比喻敵人的猖狂。醜虜：指敵人；陸梁：跳躍。

14 **醜態** ㄔㄡˇ ㄊㄞˋ (一)不雅觀而令人討厭的樣子。(二)即醜行。

▽奇醜、美醜、出醜、肥醜、出乖露醜。

次10 **醚** 形解 形聲；從酉，迷聲。迷有迷失的意思，所以酒醉為醚。

音義 ㄇㄧˊ 名化具有C-O-C結構的有機化合物，通式為R-O-R（R為烴基）；例乙醚(CH_3OCH_3)。

次10 **醢** 形解 醢 形聲；從酉，𥂕聲。肉醬為醢。

音義 ㄏㄞˇ 名肉醬；例仲尼覆醢。動剁成肉醬；例醢人。

次10 **醛** 形解 形聲；從酉，荃省聲。酒味變酸為醛。

音義 ㄑㄩㄢˊ 名化含醛基(-O-H)的有機化合物，通式為(RCHO)；例丙烯醛(CH_2:CHCHO)。

常11 **醫** 形解 醫 會意；從殹，從酉。殹有病態的意思，所以擅於治病者為醫。

音義 ㄧ 名①為人治病的人；例國際名醫。②「醫學」的省稱；例學醫。動治療；例頭痛醫頭。形與醫療相關的；例醫德。

參考 ①「醫」字左上作「医」，右上作「殳」，正下方作「酉」，宜注意寫法。②同療，治。③與「緊」同音而義異：「緊」，從糸，為不完全的內動詞，與「是」的用法相同。

11 **醫術** ㄧ ㄕㄨˋ 治病的技術。

▽名醫、獸醫、御醫、軍醫、西醫、中醫、校醫、巫醫、良醫、神醫、無醫、延醫、送醫、諱疾忌醫、死馬當活

馬醫。

㊥11 **醬** 形解 字本作「牆」：形聲；從肉從酉，爿聲。爿有久藏的意思，所以用酒和肉等漬製的物品爲醬。俗作「醤」。

音義 ㄐㄧㄤˋ 名①豆、麵等發酵而製成的調味品；例岡山豆瓣醬。②搗爛和攪和成泥狀的食品；例蕃茄醬。③一種做菜方法，和滷的作法類似，只是最後需把湯汁燒稠，使濃汁覆蓋在原料上面。動用醬或醬油醃漬(食物)；例醬蘿蔔。形以醬醃漬的(食品)；例醬瓜。

12 **醬菜** ㄐㄧㄤˋ ㄘㄞˋ 醃漬在醬裡的菜。

13 **醬園** ㄐㄧㄤˋ ㄩㄢˊ 釀造和販賣醬類食物的店舖。

▽魚醬、肉醬、豆醬、果醬。

㊋11 **醨** 形解 形聲；從酉，离聲。薄酒爲醨。

音義 ㄌㄧˊ 名味道淡薄的酒；例歠其醨。

㊋11 **醯** 形解 會意；從酉，從皿，從鬻省。用米蒸熟而製成的醋爲醯。

音義 ㄒㄧ 名①「醋」的古稱；例或乞醯焉。②醯雞，酒上的小飛蟲；例舞風斜去散醯雞。

參考 或作「醘」。

㊋11 **醪** 形解 形聲；從酉，翏聲。翏有濃厚的意思，所以含有滓漬的濁酒爲醪。

音義 ㄌㄠˊ 名含有渣滓的濁酒；例濁醪粗飯任吾年。

參考 字雖從翏，但不可讀成ㄐㄧㄠ或ㄌㄧㄠˋ。

㊋12 **醰** 形解 形聲；從酉，覃聲。覃有長遠的意思，所以酒味深長爲醰。

音義 ㄊㄢˊ 形①酒味濃厚的。②醇厚的；例宅心醰粹。③醰醰，滋味濃厚的。

㊋12 **醱** 形解 形聲；從酉，發聲。將酒重覆醞釀爲醱。

音義 ㄆㄛ 動將釀好的酒再次釀製；例蒲桃醱醅。ㄈㄚ 動醱酵，通「發」。

㊋12 **醭** 形解 形聲；從酉，菐聲。酒或醋腐壞時所生的黴菌。

音義 ㄅㄨˊ 名①酒、醋或醬油等腐壞後，浮面所生的白黴；例醭兒。②泛指黴斑；例梅天筆墨多生醭。

參考 又音ㄆㄨˊ。

㊋12 **醮** 形解 形聲；從酉，焦聲。古代冠禮、婚禮中飲酒的禮節爲醮。

音義 ㄐㄧㄠˋ 名①古成年男子行冠禮後或婚禮親迎前父親酌酒使飲的禮節。②僧道爲祈禱鬼神所設的高壇；例羅天大醮。動①出嫁；例十九猶未醮。②再嫁；例再醮。

㊋13 **醵** 形解 形聲；從酉，豦聲。會聚飲酒爲醵。

音義 ㄐㄩˋ 動①衆人湊錢買酒聚飲。②集資；例醵金治具。

㊋13 **醴** 形解 形聲；從酉，豊聲。一夜可釀製成熟的甜酒爲醴。

音義 ㄌㄧˇ 名①甜酒；例甘露如醴。②甘泉；例飲青岑之玉醴。③地醴陵，湖南縣名之一。

10 **醴酒不設** ㄌㄧˇ ㄐㄧㄡˇ ㄅㄨˋ ㄕㄜˋ 比喻主人待客的禮貌漸爲疏遠。

▽甘醴、醇醴、芳醴、甜醴。

㊋13 **醲** 形解 形聲；從酉，農聲。農有濃厚的意思，所以醇厚的美酒爲醲。

音義 ㄋㄨㄥˊ 名味道醇厚的酒；例肥醲甘脆。形厚重的，通「濃」。

參考 凡從農聲的字有多、厚的意思，如：衣厚爲「襛」，肉厚爲「膿」，酒厚爲「醲」，花木繁多爲「穠」。

㊥14 **醺** 形解 形聲；從酉，熏聲。熏爲火煙上出，所以飲酒過度則酒氣薰蒸而醉爲醺。

音義 ㄒㄩㄣ 動①醉酒；例纔傾一盞即醺人。②感染；例但願不爲世所醺。副酒醉的樣子；例醉醺醺。
參考①「醺」與「薰」音同形近而義異：「醺」，爲酒醉；而「薰」，多指氣味散發，如花香草薰。②同醉。③反醒。
▽微醺、醉醺醺、草欣木醺。

次 16 **醼** 形解 形聲；從酉，燕聲。聚飲同食爲醼。
音義 一ㄢˋ 動會聚一起吃飯飲酒，通「宴」；例到府醼飲。
參考 同讌，宴，燕。

常 17 **釀** 形解 形聲；從酉，襄聲。襄有漸次培成的意思，所以醱酵製酒爲釀。
音義 ㄋ一ㄤˋ 名酒的代稱；例佳釀。動①利用發酵作用製造；例乃多釀酒，買肥牛。②蜜蜂做蜜；例釀蜜。③逐漸醞蓄而成；例釀成大禍。
參考「釀」從酉，「襄」聲，但不可唸成ㄖㄤˇ或ㄒ一ㄤ。
11 釀造 ㄋ一ㄤˋ ㄗㄠˋ 利用發酵作用製造飲料，如酒、醋、醬油等。
▽醞釀、佳釀、自釀、酒釀、陳釀。

次 17 **醾** 形解 形聲；從酉，糜聲。糜有濃厚的意思，所以不去滓漬的麥酒爲醾。
音義 ㄇ一ˊ 名醾醾：①經過重釀的酒。②花名。

次 17 **醽** 形解 形聲；從酉，霝聲。霝有輕巧的意思，所以美酒爲醽。
音義 ㄌ一ㄥˊ 名醽醁，美酒名；例醽醁不撤。

次 17 **釂** 形解 形聲；從酉，爵聲。飲盡杯中酒爲釂。
音義 ㄐ一ㄠˋ 動飲盡杯中的酒；例釂酒。
參考①「爵」爲酒杯，與「釂」音義不同。②古曰「釂」，今稱「乾杯」。

常 18 **釁** 形解 形聲；從酉，從爨省，分聲。釁爲竈炊之事，酉有散佈的意思，用牲血及酒塗灑以祭竈神爲釁。
音義 ㄒ一ㄣˋ 名①事端；例挑釁。②瑕隙；例觀釁而動。③徵兆；例黃祚告釁。④縫隙；例尋釁。⑤姓。動①血祭，殺犧牲將其血塗抹於器物的縫隙；例釁鐘。②薰塗；例三釁三沐。③激動；例夫小人之性，釁於勇。
參考①「釁」字上從「𦥑」，中從「酉」，下從「分」，宜注意其寫法。②字或作「衅」。
▽挑釁、乘釁、間釁、隙釁。

次 19 **釃** 形解 形聲；從酉，麗聲。麗有析離的意思，所以用筐濾酒爲釃。
音義 ㄙ 動①濾酒；例援乃繫牛釃酒。②斟酒；例釃酒臨江。③疏通；例乃釃二渠。
參考①與「灑潑」的「灑」（ㄙㄚˇ）字，音義各異。②字從麗，不讀ㄌ一ˋ。

次 20 **釅** 形解 形聲；從酉，嚴聲。嚴有厚重的意思，所以凡色香味都是濃厚者爲釅。
音義 一ㄢˋ 動染上，使顏色加濃。形液體之味道濃厚的；例釅酒。

【釆部】 ㄅ一ㄢˋ

次 0 **釆** 形解 象形；象野獸指爪的痕跡形。
音義 ㄅ一ㄢˋ 動辨別；例釆章。
參考 與從爪的「采」（ㄘㄞˇ）字，音義各異；「倸」、「採」、「彩」、「綵」等字，均不可誤從「釆」。

常 1 **采** 形解 會意；從木，從爪。以手摘取果實爲采。
音義 ㄘㄞˇ 名①色彩，通「彩」；例以五采彰施於五色。②有色的布帛；例衣不重采。③神情；例酒後競風采。④官爵；例服休服采。⑤事務；例疇昔若予采。⑥禮品；例納采。⑦禮服；例天子大采朝日。⑧艷羨；例喝采。⑨幸運；例但得個完全尸首，便是十分采。⑩姓。動①採取；例執衽采藥。②摘擇；例采取。③增飾；例樂失而淫，禮失而采。形光彩的；例采色繽紛。

ㄘㄞˋ 名食邑；例大夫有采。

參考 ①「采」爲「採」的初文。②「采」上從爪(爫)，不可與「木」的直畫連筆而誤寫作「釆」。③「采」、「彩」有別：「采」是「採」的古字，同時也有「精神」、「神色」的意思，如：神采奕奕。表示「精神」、「神色」的「采」也可以寫作「彩」，如：沒精打彩。表示顏色、花樣、多彩等意思，只能寫作「彩」，如：精彩、彩色、彩帶、五彩繽紛。

8 **采取** ㄘㄞˇ ㄑㄩˇ 選取使用。

參考 ①采取、采用、采納、采集都指認爲合適而選用，都是動詞；但「采取」著重在「取」，指拿過來，常與措施、方針、政策、方式、辦法、步驟、態度等詞搭配。「采用」重點在「用」，指使用，多與方案、技術、工具、物品等詞搭配。「采納」重點在「納」，指接受，多與意見、建議、主張等詞搭配。「采集」重點在「集」，指網羅收集，多與標本、樣品、民歌、草藥等詞搭配。②「采取」又可作「採取」。

▽喝采、五采、納采、風采、文采、神采、精采、異采、無精打采。

常 6 **釉** 形解 形聲；從采，由聲。覆蓋在陶瓷表面的玻璃質薄層爲釉。

音義 ㄧㄡˋ 名塗抹在陶瓷器表面的玻璃質料；例上釉。

參考 ①字雖從由，但不可讀成ㄧㄡ。②字從「采」，不可誤作「釆」。③我國是最早懂得使用釉藥的古國之一。

常 13 **釋** 形解 形聲；從采，睪聲。睪爲察看，有分判的意思，所以事物的化解爲釋。

音義 ㄕˋ 名①宗佛教創始者「釋迦牟尼」的簡稱；例釋教。②「佛教」的代稱；例儒、釋、道三家混爲一談。③姓。動①說解；例注釋。②赦免；例釋放。③消散；例誤會冰釋。④脫掉；例釋服。⑤拋棄；例農夫釋耒。⑥離去；例釋虛攻實。⑦放置；例釋舟陵行。⑧放下；例手不釋卷。形與佛教相關的；例篤信正法，尤長釋典。

參考 ①「釋」與從「手」而有選取之意的「擇」字不可混淆。②同赦、宥、免。③反繫。

8 **釋放** ㄕˋ ㄈㄤˋ (一)恢復被逮捕、被拘留或被判徒刑的違法犯罪分子的人身自由。(二)把所含的物質或能量放出來。

9 **釋迦** ㄕˋ ㄐㄧㄚ 人釋迦牟尼，爲佛教的創始人，佛經說他在二十九歲的時候，感到生、老、病、死的苦惱，又不滿意當時婆羅門教創造世界的思想和不平等的種姓制度，遂捨棄王族生活，出家修道。終於悟知世間無常和人生是苦的大道理。

12 **釋然** ㄕˋ ㄖㄢˊ (一)形容疑慮消除。(二)怡悅的樣子。

13 **釋義** ㄕˋ ㄧˋ 解釋字詞或文章的意義。

▽解釋、注釋、保釋、詮釋、冰釋、稀釋、渙然冰釋、愛不忍釋、疑團莫釋。

【里部】 ㄌㄧˇ

常 0 **里** 形解 會意；從田，從土。有田有土而可居住的地方爲里。

音義 ㄌㄧˇ 名①家鄉；例故里。②聚落，通常有一定的形制；例鄰里。③街坊；例連里竟街。④古代面積單位名，縱橫三百步之間。⑤長度單位名；例不遠千里而來。⑥內在，通「裡」；例肉里之脈。⑦姓。

參考 ①「里」與「哩」都作長度名。然「里」泛指一般長度或

「公里」，「哩」則專作「英里」解。②與「裡」、「裏」同音而有別：「里」、「裡」、「裏」當作在內解時可通，其餘意思則不同。

12 **里程碑** ㄌㄧˇ ㄔㄥˊ ㄅㄟ 設於路旁記載里數的標誌。比喻在歷史過程中可以作為標誌的重大事件。

▽鄉里、故里、閭里、鄰里、州里、公里、一日千里、一瀉千里、赤地千里、沃野千里、前程萬里、謬以千里、鵬程萬里、好事不出門醜事傳千里。

(常) 2

重

形解  形聲；從壬，東聲。東有升動的意思，所以高厚為重。

音義 ㄓㄨㄥˋ 名①物體的質量；例體重。②嚴格；例避重就輕。動①尊崇；例愛重。②貴愛；例輕財重義。③超過；例名重泰山。④增益；例重其稅。⑤謹慎；例君子不重則不威。形①分量大的，與「輕」相對；例笨重。②費力的；例繁重。③味道濃烈的；例烈味重酒。④嚴厲的；例亂世用重典。⑤貴重的；例重器。⑥劇烈的；例重病。⑦要緊的；例軍事重地。⑧多的；例重兵壓境。副嚴苛地；例重辦。

ㄔㄨㄥˊ 名①量詞，計算層疊的次數；例音書誰送，知隔著關山幾重？②姓。形①複疊的；例行行重行行。②雙重的；例舜目蓋重瞳子。③多樣的；例重色而衣之。④一層一層的；例兩岸猿聲啼不住，輕舟已過萬重山。副①再次；例舊地重遊。②同樣地；例重寫一遍。

參考 ①「重」與「童」形近易誤，「重」，唸ㄔㄨㄥˊ有重疊的意思；「童」，音ㄊㄨㄥˊ，為孩兒的意思。②同厚，複，疊。③反輕。

2 **重力** ㄓㄨㄥˋ ㄌㄧˋ 地球對於地面上一切物體的吸引力。

4 **重心** ㄓㄨㄥˋ ㄒㄧㄣ ㈠物體全部重量的集合點，由於各小部分都受重力而生，故此點能支持物體，不使傾倒。㈡一切事物的重點中心。

參考 重心、重點都可指事物的主要部分，二者都是名詞。但「重心」指物體重量的集中點，不管物體位置如何改變，物體的各部分都圍繞著這一點保持平衡；引申而指事物的中心或主要部分。「重點」則指槓桿中承受重量的一點，引申指同類事物中重要的或主要的。

6 **重任** ㄓㄨㄥˋ ㄖㄣˋ 重大的職責或任務。

9 **重修舊好** ㄔㄨㄥˊ ㄒㄧㄡ ㄐㄧㄡˋ ㄏㄠˇ 恢復以往的情誼。

10 **重振旗鼓** ㄔㄨㄥˊ ㄓㄣˋ ㄑㄧˊ ㄍㄨˇ 形容人失敗之後，重新集合力量，整頓再起。

參考 「重振旗鼓」與「捲土重來」都有「失敗了，重新來」的意思，但有別：①二者的感情色彩不同，「重振旗鼓」帶有褒獎的意思；「捲土重來」則是中性詞。②適用對象不同，「重振旗鼓」只用於人，「捲土重來」除人之外，偶然也有用於物的。

11 **重婚** ㄔㄨㄥˊ ㄏㄨㄣ 已有配偶的人再行結婚。例重婚罪。

重做馮婦 ㄔㄨㄥˊ ㄗㄨㄛˋ ㄈㄥˊ ㄈㄨˋ 再做從前所做過的事。

13 **重新** ㄔㄨㄥˊ ㄒㄧㄣ 從頭另行開始。

參考 同重操舊業、重理舊業。

14 **重複** ㄔㄨㄥˊ ㄈㄨˋ 形容事物反覆相同。

參考 「重複」與「反覆」都指一次又一次。但「重複」著重於照原樣再來一次，有時也可指多次；「反覆」則是翻來覆去的意思，一般指多次進行，有時也可指再來一次，但不一定照原樣。此外「反覆」有時還含有翻悔、變化多端的意思，可以構成「反覆無常」、「反覆變化」等詞。

16 **重擔** ㄓㄨㄥˋ ㄉㄢ 沈重的擔子。比喻重大的責任。

17 **重點** ㄓㄨㄥˋ ㄉㄧㄢˇ ㈠重心或具有影響力的所在。㈡物槓桿原理中，加重力的一點，故稱。

重蹈覆轍 ㄔㄨㄥˊ ㄉㄠˋ ㄈㄨˋ ㄔㄜˋ 不吸取失敗的教訓，重犯過去的錯誤。蹈：踐踏；轍：車軌跡。

20 **重譯** ㄔㄨㄥˊ 一、㈠經過好多次翻譯。㈡從譯文翻譯，即由甲國文字譯成乙國文字，再由乙國文字譯成第三國文字。㈢重新翻譯。

22 **重疊** ㄔㄨㄥˊ ㄉㄧㄝˊ 一層層堆積重複。

▽貴重、輕重、嚴重、自重、慎重、尊重、體重、珍重、看重、言重、保重、失重、老成持重、忍辱負重、無足輕重、德高望重、舉足輕重。

常 4 **野** 形解 野 形聲；從里，予聲。里爲田土，予有寬緩的意思，所以郊外爲野。

音義 ㄧㄝˇ 名 ①郊外；例野有死麕。②廣平的地方；例沃野千里。③民間；例賢人在野。④界域；例分野。⑤蠻不講理；例撒野。⑥姓。形 ①質樸的；例質勝文則野。②縱肆而不馴良的；例野性難馴。③鄙俗的；例野言得眞風。④自生自長，非人工種植的（植物）；例野花。⑤非人工飼養的（動物）；例閒雲野鶴。⑥居處山野的（人）；例野老。⑦非正式的（事物）；例野史。副 ①郊野地；例寒食野祭。②不正當地；例野合。③特殊地；例朔風野大。

參考 ①「野蠻」一詞今多合用，然二字實有區別：「野」字，偏重於質樸性，可經人工改造；「蠻」，多偏重頑固性，未開化，較難加以變化。②同陋，卑，賤。

2 **野人獻曝** ㄧㄝˇ ㄖㄣˊ ㄒㄧㄢˋ ㄆㄨˋ 比喻平凡人所能貢獻的平凡事物。

4 **野心** ㄧㄝˇ ㄒㄧㄣ 對領土、權勢、名位等的狂妄欲望和狠毒的用心。

參考 同企圖，陰謀。

野心勃勃 ㄧㄝˇ ㄒㄧㄣ ㄅㄛˊ ㄅㄛˊ 心懷貪婪非分之想或重大的陰謀企圖而不可遏止的樣子。

參考 與「雄心勃勃」有別：前者形容對權力或名利存有極大的非分的欲望，含有貶損的意思；後者用來形容很有理想和抱負，很想做一番事業，則有褒獎的含義。

5 **野生** ㄧㄝˇ ㄕㄥ 生物在自然環境裡生長而不是由人飼養或栽培。

野史 ㄧㄝˇ ㄕˇ 中國古代私家編撰的史書。與官修史書有別。

野外 ㄧㄝˇ ㄨㄞˋ 城市以外的荒野地方。

參考 衍野外求生。

8 **野性** ㄧㄝˇ ㄒㄧㄥˋ 野獸之性，引申爲不受拘束的性子。

野味 ㄧㄝˇ ㄨㄟˋ 可以供肉食的野生禽獸，也指用野生禽獸所製作的菜肴。

25 **野蠻** ㄧㄝˇ ㄇㄢˊ ㈠蒙昧不開化。㈡蠻橫霸道，毫不講理。

參考 「野蠻」指不文明、未開化，形容的對象較爲廣泛；「蠻橫」則指橫暴而不講理、沒有禮貌等，多指人的態度而言。

▽下野、原野、荒野、在野、山野、視野、草野、粗野、朝野、田野、分野、牧野、沃野、綠野、林野、鄉野、郊野、四野、哀鴻遍野、堅壁清野、漫山遍野。

常 5 **量** 形解 量 形聲；從重省，曏省聲。衡量輕重爲量。

音義 ㄌㄧㄤˊ 名 姓。動 ①用器物確定東西的多少、輕重、長短或其他性質；例丈量。②推測；例人事不可量。③審度；例度德而處之，量力而行之。④估計；例打量。

ㄌㄧㄤˋ 名 ①計算物體容積的器具；例度量衡。②限度；例雅量。③包容度；例功德無量。④數量；例降雨量。⑤哲學範疇，指事物存在和發展的規模、程度、速度等，即可以用數量表示的規定性，如多少、大小、高低、輕重、快慢等。動 估算；例量力而爲。

參考 ①「量」音有二讀，義亦有別：以儀器測量，唸ㄌㄧㄤˊ；作審度等抽象的意思時，可唸ㄌㄧㄤˊ或ㄌㄧㄤˋ。②同測，度，審，計。

2 **量入爲出** ㄌㄧㄤˋ ㄖㄨˋ ㄨㄟˊ ㄔㄨ 根據收入的多少來支出。

▽雅量、器量、計量、酒量、少量、商量、思量、數量、測量、大量、多量、適量、度量、力量、重量、酌量、考量、容量、分量、估量。

常 11 **釐** 形解 形聲；從里，𠩺聲。𠩺有分畫治理的意思，里爲居里，家居獲福爲釐。

音義 ㄌㄧˊ 名①長度名，一公分的十分之一。②面積名，一畝的百分之一。③重量名，一分的十分之一。④稅捐；例釐金。⑤寡婦，通「嫠」；例釐婦。⑥計算利息的單位，年利率一釐爲本金的百分之一，月利率一釐爲本金的千分之一。⑦姓。動①治理；例允釐百工。②整理；例釐定。③改革。④賜贈，通「賚」；例「釐爾女士。」ㄒㄧ 名①幸福，通「禧」；例恭賀春釐。②胙肉，祭祀用的牲禮；例「上方受釐，坐宣室。」③姓。

參考①「釐」有二讀，義亦不同：唸ㄒㄧ，有幸福的意思，如「恭賀春釐」的「釐」字，不唸ㄌㄧˊ。②同革，更，正。③古代謚法稱過失者爲「僖」，也作「釐」，如「周釐王」又作「周僖王」。

5 **釐正** ㄌㄧˊ ㄓㄥˋ 改正。

8 **釐定** ㄌㄧˊ ㄉㄧㄥˋ 整理考定。

【金 ㄐㄧㄣ 部】

常 0 **金** 形解 形聲；從土，左右兩點象金在土形，今聲。今有含蘊的意思，所以金屬的通稱爲金。

音義 ㄐㄧㄣ 名①金屬的通稱；例五金。②一種金屬元素，符號Au，貴重金屬，赤黃色，延展性最強，質軟，化學性質穩定，易傳熱和導電；俗稱金子或黃金。③稱兵器或金屬樂器；例鳴金收兵。④哲中國古代學術，以宇宙間的五種元素，來敍述一切現象，稱做「五行」，「金」即是五行之一。⑤音中國傳統音樂，將金屬製的樂器以「金」代稱，組合成八音；例金、石、土、革、絲、木、匏、竹。⑥天太陽系九大行星之一，即金星。⑦錢，貨幣；例公積金。⑧史朝代名，西元一一一五年北宋末女眞族完顏部領袖阿骨打在我國東北部建立的政權。經歷九帝，一百二十年，滅於一二三四年。⑨姓。形①鞏固堅牢的；例億載金城。②珍貴的；例金科玉律。③金黃色的；例金橘。

參考「金」與「斤」音同，形義不同：「金」，爲金屬名；「斤」，是刀斧。

3 **金口** ㄐㄧㄣ ㄎㄡˇ (一)極不易得的言論。例金口玉音，漠然沈默。(二)可貴的言語。(三)敬稱他人的言語。(四)宗佛教謂佛的口舌如金剛堅固不壞，故稱「金口」。

4 **金戈鐵馬** ㄐㄧㄣ ㄍㄜ ㄊㄧㄝˇ ㄇㄚˇ (一)形容戰士的雄姿。(二)喻戰事。

參考 同寶劍名駒。

5 **金石可鏤** ㄐㄧㄣ ㄕˊ ㄎㄜˇ ㄌㄡˋ 鐘鼎銅器、碑碣石材都可雕刻。鏤：雕刻的意思。比喻任何困難都可克服。

參考①同金石爲開。②反朽木不折。

金玉良言 ㄐㄧㄣ ㄩˋ ㄌㄧㄤˊ ㄧㄢˊ 形容別人所說珍貴而有助益的話語。金玉：比喻貴重。

金玉滿堂 ㄐㄧㄣ ㄩˋ ㄇㄢˇ ㄊㄤˊ (一)比喻財富極多。(二)稱譽才學美富。

6 **金字塔** ㄐㄧㄣ ㄗˋ ㄊㄚˇ 古代埃及帝王的陵墓，以大石塊疊成，底四方，側面作三角形，遠望形如金字，故名金字塔。爲埃及著名的古蹟之一。

8 **金枝玉葉** ㄐㄧㄣ ㄓ ㄩˋ ㄧㄝˋ (一)舊指皇族子孫。(二)比喻人的嬌貴。

9 **金屋藏嬌** ㄐㄧㄣ ㄨ ㄘㄤˊ ㄐㄧㄠ (一)比喻建築華屋給所愛的女子居住。語出漢武故事：「若得阿嬌作婦，當作金屋貯之也。」(二)今多指外遇、納妾。

金科玉律 ㄐㄧㄣ ㄎㄜ ㄩˋ ㄌㄩˋ (一)形容科條法令的盡善盡美，不可改變。又作「金科玉條」。㈡寶貴的格言。

參考 同天經地義。

10 **金庫** ㄐㄧㄣ ㄎㄨˋ 貯藏錢幣金子的庫房。例合作金庫。

金迷紙醉 ㄐㄧㄣ ㄇㄧˊ ㄓˇ ㄗㄨㄟˋ 比喻驕奢淫逸的享樂生活。又作「紙醉金迷」。

11 **金婚** ㄐㄧㄣ ㄏㄨㄣ 西俗稱結婚滿五十周年之謂。

12 **金湯** ㄐㄧㄣ ㄊㄤ 防守堅固的城池。爲「金城湯池」的簡稱。

參考 衍固若金湯。

金童玉女 ㄐㄧㄣ ㄊㄨㄥˊ ㄩˋ ㄋㄩˇ ㈠道家稱供仙人役使的童男童女。㈡比喻淸秀可愛的少男少女。㈢比喻無懈可擊的搭配。

14 **金榜題名** ㄐㄧㄣ ㄅㄤˇ ㄊㄧˊ ㄇㄧㄥˊ ㈠科舉時應試得中者。金榜：科舉時代稱殿試揭曉的文榜。㈡祝賀人考試得中。

金碧輝煌 ㄐㄧㄣ ㄅㄧˋ ㄏㄨㄟ ㄏㄨㄤˊ 形容建築物的華麗光彩。

15 **金蓮** ㄐㄧㄣ ㄌㄧㄢˊ 比喻舊日女子的小腳。例三寸金蓮。

16 **金融** ㄐㄧㄣ ㄖㄨㄥˊ 經貨幣資金的融通狀態。一般指貨幣流通和銀行信用有關的一切活動。

參考 衍金融機關、金融市場、金融交易、金融風潮。

18 **金雞獨立** ㄐㄧㄣ ㄐㄧ ㄉㄨˊ ㄌㄧˋ 用一足豎立，有若金雞一般，乃武術的一種姿勢。金雞：指羽澤金黃的雄雞，或稱錦雞。

金蟬脫殼 ㄐㄧㄣ ㄔㄢˊ ㄊㄨㄛ ㄎㄜˊ 比喻脫身逃走。

▽黃金、合金、資金、基金、鍍金、罰金、萬金、募金、禮金、現金、純金、拜金、五金、兼金、一字千金、一刻千金、一飯千金、一諾千金、一擲千金、惜墨如金、點石成金、一寸光陰一寸金。

釔

次 1

形解 形聲；從金，乙聲。化學金屬元素的譯名。

音義 ㄧˇ 名化金屬元素，符號Y，原子序三十九，可製造特種玻璃及合金。

釘

常 2

形解 釘 形聲；從金，丁聲。丁有整平的意思，所以鍊治黃金，使它扁如餅爲釘。

音義 ㄉㄧㄥ 名尖頂細長，用以貫穿和固定物體的東西，通常以鋼、鐵、竹、木等材料製成；例鋼釘。動①緊跟著；例緊迫釘人。②督促；例釘問。

ㄉㄧㄥˋ 動①把釘子或楔子打進他物，或用釘子把東西固定起來；例房東不准房客在牆壁上亂釘東西。②以針線連綴衣物，使縫合在一起；例釘鈕扣。

參考 ①「釘」與「盯」音同而形似，且都有注視的意思，然「釘」除此義外，尚有偏重於加以注意，緊跟不捨，如「人釘人」；「盯」，則指不脫離視線以外，較「釘」的距離爲遠。②與「訂」同音而義異：「訂」，從言，除當以釘子固定東西解時可與「釘」通用，其餘意思則不同。

針

常 2

形解 針 形聲；從金，十聲。針爲鍼的俗字，鍼：從金，咸聲。咸有相合的意思，所以用來縫合衣物者爲鍼。俗作「針」。

音義 ㄓㄣ 名①一種細長而一頭尖銳，一頭有眼，可引線縫紉，刺繡或可編織衣物的工具；例縫衣針。②形狀似針的東西；例分針。③醫注射用的針形器，注射藥劑；例打針吃藥。④姓。動①中醫扎針治病；例針灸。②刺；例你拿針針他，這是不對的。

參考 「針」與「鍼」音同都有針的意思；然習慣上，「針鋒相對」不作「鍼」；「鍼」乃古以砭石製成的針，因此「鍼砭」不作「針」。

12 **針黹** ㄓㄣ ㄓˇ 縫紉、刺繡等針線工作的總稱。又作「針指」。

14 **針對** ㄓㄣ ㄉㄨㄟˋ 正好對著某事物而言的。

15 **針線** ㈠ ㄓㄣ ㄒㄧㄢˋ ①針和線。②比喻事物的頭緒頗具條理。例針線細密。㈡ ㄓㄣ ˙ㄒㄧㄢ 縫紉、刺繡等事的總稱。

針鋒相對 ㄓㄣ ㄈㄥ ㄒㄧㄤ ㄉㄨㄟˋ ㈠恰好正對。㈡常用於雙方互以尖銳的言辭辯論而不相上下。

參考與「唇槍舌劍」有別：前者可比喻雙方針對對方的論點、觀點、行動、策略而加以攻擊或進行還擊；後者則僅着眼於雙方言語的尖刻，銳利。

17 **針氈** ㄓㄣ ㄓㄢ (一)內裏放著針的氈子。(二)比喻處境危急，片刻難安。例如坐針氈。

▽指針、長針、短針、磁針、方針、秧針、石針、細針、金針、縫衣針、避雷針、大海撈針、綿裏藏針、鐵杵磨成針。

常 2 **釗** 形解 會意；從刀金。金有芒角，以刀削去稜角為釗。

音義 ㄓㄠ 名姓。動①勉勵；例勉釗。②召見；例「釗我周王。」③削去稜角。形遙遠的；例釗遠。

參考「釗」與「釧」形近易誤：「釗」從「金」從「刀」(刂)，唸ㄓㄠ，有勉勵的意思；「釧」，從「金」從「川」，音ㄔㄨㄢ，有臂環的意思。

常 2 **釜** 形解 形聲；從金，父聲。父有大的意思，所以大鍋為釜。

音義 ㄈㄨˇ 名①古代烹飪用的鍋子；例釜底抽薪。②古量名，六斗四升為一「釜」。

參考①「釜」與「斧」音同形近而義異：「釜」，從父從金，為鍋子；「斧」，從父從斤，為砍斧。②擊滏。

8 **釜底抽薪** ㄈㄨˇ ㄉㄧˇ ㄔㄡ ㄒㄧㄣ 比喻從根本上徹底的解決。

參考 同 徹底解決。

次 2 **釕** 形解 形聲；從金，了聲。衣帶頭的飾物為釕鈌。

音義 ㄌㄧㄠˋ 名化金屬固體元素，符號Ru，暗灰色，常雜於鉑礦中，可製造耐磨的硬質合金。

次 2 **釙** 形解 形聲；從金，卜聲。卜有分離的意思，可以分析抽離的金屬礦為釙。

音義 ㄆㄛ 名化金屬放射元素，符號為Po，原子序八四。

次 2 **釢** 形解 形聲；從金，乃聲。化學元素的譯名。

音義 ㄋㄞˇ 名化化學元素「釹」(Nd)的舊譯。

參考 化學元素另有「氖」，為鈍氣，不可作「釢」。

常 3 **釣** 形解 形聲；從金，勺聲。勺有屈曲的意思，所以用彎曲的鈎子捉魚為釣。

音義 ㄉㄧㄠˋ 名①釣鈎；例垂釣。②姓。動①用魚餌誘魚上鈎；泛稱釣魚；例善釣者無所失。②用手段誘騙獵取(名利)；例沽名釣譽。

參考①「釣」與「鈞」形似而易誤：「釣」，從「金」從「勺」，「勺」中間有一點，唸ㄉㄧㄠˋ，有垂釣的意思；而「鈞」，從「金」從「勻」，「勻」中間為二點，音ㄐㄩㄣ，有均等的意思。②「釣」與從糸(糹)而有大概之意的「約」字，偏旁及音義各不相同。③與「錦」同音而義異：錦為「釘錦兒」，是釘在門窗上，可以把門窗扣住的東西。

▽垂釣、漁釣、獨釣、海釣、晚釣。

常 3 **釧** 形解 形聲；從金，川聲。川有穿繞的意思，所以金環穿繞於臂上為釧。

音義 ㄔㄨㄢˋ 名帶於臂、腕上的環形飾物，俗稱手鐲或鐲子；例「女臂有玉釧。」②姓。

參考①「釧」於古代男女都可通用，然今只充作女性飾物。②參閱「釗」字條。

常 3 **釵** 形解 形聲；從金，叉聲。叉有分開的意思，所以婦女首飾為釵。

音義 ㄔㄞ 名婦女插在頭髮上，可用以束髮的一種首飾，由兩股組成；例金釵。

釵

參考與訓衣服旁邊開口的地方的「衩」(ㄔㄚˋ)字形近而音義

不同。

▽玉釵、髮釵、荊釵、金釵、寶釵、銀釵。

釦 常 3　形解 形聲；從金，口聲。以金裝飾器物的口部爲釦。

音義 ㄎㄡˋ 名 衣服上的紐袢；例衣釦。動 ①敲擊，通「叩」；例「三軍皆譁釦以振旅。」②以金屬裝飾器皿的口緣，俗稱鍍金；例用黃金釦器。

參考 ①「釦」與「扣」音同形近且都有紐袢的意思，其餘意思則不同。②與「叩」同音而義異，叩：是磕頭。

釬 次 3　形解 形聲；從金，干聲。干有防衛的意思，所以用金屬製成，用以保護手臂的鎧甲爲釬。

音義 ㄏㄢˋ 名 古戰士穿的臂甲；例弛弓脫釬。動 銲接，通「銲」。形 焊急，通「焊」；例有緩而釬。

釭 次 3　形解 形聲；從金，工聲。工有中空的意思，所以古代車輪中間用以承軸的鐵片爲釭。

音義 ㄍㄤ 名 ①燈；例「冬釭凝兮夜何長？」②車轂內外口的鐵圈。

參考 又音 ㄍㄨㄥ。

釱 次 3　形解 形聲；從金，大聲。大象人形，金有禁錮的意思，所以鉗制人腳的刑具爲釱。

音義 ㄉㄧˋ 名 ①古腳鐐類的刑具。②車轄，通「軑」。

參考 與「鈦」（ㄊㄞˋ，化學元素），音義各異。

釩 次 3　形解 形聲；從金，凡聲。把柄爲金屬所製的拂塵爲釩。

音義 ㄈㄢˊ 名 化 金屬元素，符號V，原子序二三，銀白色，多存於鐵礦中，爲鍊鋼的材料之一。

釤 次 3　形解 形聲；從金，彡聲。用以鋤草的大鐮刀。

音義 ㄕㄢ 名 ①大型鐮刀。②化 稀土金屬元素，符號Sm，原子序六二。ㄕㄢˋ 動 砍劈；例順著手把戒刀釤。ㄒㄧㄢ 形 鋒利，通「銛」；例釤利。

釹 次 3　形解 形聲；從金，女聲。化學元素的譯名。

音義 ㄋㄩˇ 名 化 稀土金屬元素，符號Nd，原子序六十。

鈕 常 4　形解 形聲；從金，丑聲。丑有繫結的意思，所以指印上便於手執突出如鼻的部分爲鈕。

音義 ㄋㄧㄡˇ 名 ①扣繫衣服的襻子，通「紐」；例鈕扣。②器物隆起可供提握用手操作、轉動的部分；例鎖鈕。③印鼻，印章上端的雕飾物，古代是以其樣式來區分等級；例龜鈕犢鼻。④開關上的按鍵；例電鈕。⑤姓。

參考 ①「鈕」字從「金」從「丑」，「丑」中間爲橫畫而非圓點。②「鈕」與從糸的「紐」字義多可通，然「紐」又可作聲紐解，如「四十一聲紐」不可作「鈕」。③與「扭」同音而義異：「扭」多作動詞用，有掉轉、摔住、揪住不放、身腰擺動等意思。

鈣 常 4　形解 形聲；從金，丐聲。化學金屬元素之一。

音義 ㄍㄞˋ 名 化 鹼土金屬元素之一，符號Ca，銀白色，質輕，性質活潑，常以化合物存在。在人體的血液和骨骼組織中都含有鈣，有助於生理機能。如缺乏鈣時，會引起佝僂病、手足抽搐等。

參考「鈣」從「金」從「丐」，「丐」不可從「丏」（ㄇㄧㄢˇ）。

鈉 常 4　形解 形聲；從金，內聲。是一種化學金屬元素。

音義 ㄋㄚˋ 名 化 金屬元素之一，符號Na，銀白色，質地輕軟，性質極爲活潑，在空氣中容易氧化，遇水猛烈反應而起火，多以化合物存在，一般保存於煤油中。燃燒時呈黃色火焰，可供某些稀有金屬冶煉過程及有機合成的還原劑，又可用於原子能工業。在動物體內，具有維持一定液體滲透壓，維持水分含量等酸鹼平衡作用，爲人體所必需的礦物質，它的化合物於自然界中廣泛存在。

參考 與「衲」同音而義異：「衲」，有「補綴」、「和尚的自稱」二種意思。

常 4

鈔

形解 形聲；從金，少聲。用鐵叉取物爲鈔。

音義 ㄔㄠ 名 ①紙幣；例千元大鈔。②錢財；例「娘愛的鈔，女不樂願。」③選錄彙編而成的書籍；例十八家詩鈔。④姓。動 ①搶奪，通「抄」；例攻鈔郡縣。②謄錄，通「抄」；例「青樓小婦砑裙長，總被鈔名入敎坊。」

參考 ①「破鈔」、「詩鈔」、「文鈔」的「鈔」字，又讀 ㄔㄠˋ。②「鈔」與「抄」都有謄錄的意思，然今多以「抄」代「鈔」而流行。

常 4

鈞

形解 形聲；從金，勻聲。古代重量單位，三十斤爲一鈞。

音義 ㄐㄩㄣ 名 ①古代重量單位，三十斤爲一鈞；例洪鐘萬鈞。②製造陶器的轉輪；例鈞旋轂轉。③樂調；例「細鈞有鐘無鎛。」④姓。動 ①相等，通「均」；例「會庭中，與丞相鈞禮。」②整齊，通「均」；例柱指鈞弦。形 書信用語，對上級或尊長上的敬辭；例鈞座。

參考 ①參閱「鈞」字條。②「鈞」與「均」都有平衡的意思，然「鈞」僅用於名詞、動詞，而「均」則尚可用於形容詞、副詞。③ 擊 筠。

▽千鈞、萬鈞、洪鈞、大鈞、一髮千鈞、雷霆萬鈞。

常 4

鈍

形解 形聲；從金，屯聲。屯有滯澀的意思，所以刀劍不銳利爲鈍。

音義 ㄉㄨㄣˋ 形 ①不鋒利的；例鈍劍。②不順利的；例成敗利鈍。③不靈敏的；例資質魯鈍。

參考 ①「鈍」與「純」形近而易誤：「鈍」從「金」，唸 ㄉㄨㄣˋ，有不銳利的意思；「純」，從「糸」，音 ㄔㄨㄣˊ，有專一的意思。②與「砘」同音而義異：「砘」，用砘子把鬆土壓實。③反 銳，利，鋒。

鈍化 ㄉㄨㄣˋ ㄏㄨㄚˋ 事物由緊張狀態轉入停息或鬆弛的局面。

▽頑鈍、遲鈍、利鈍、魯鈍、愚鈍、吶鈍、成敗利鈍。

常 4

鈐

形解 形聲；從金，今聲。大犂爲鈐。

音義 ㄑㄧㄢˊ 名 ①鎖鑰；例六藝之鈐鍵。②烘焙茶葉的器具；例茶鈐。③謀略；例韜鈐用老臣。④圖章，「鈐記」的省稱。動 用（印），蓋（章）；例鈐於簡。

參考 「鈐」與「鈴」形似而易誤：「鈐」，從「金」從「今」，唸 ㄑㄧㄢˊ，有鎖鑰，印章的意思；而「鈴」，從「金」從「令」，音 ㄌㄧㄥˊ，有金屬樂器的意思。

鈐記 ㄑㄧㄢˊ ㄐㄧˋ 即印章。

鈐鍵 ㄑㄧㄢˊ ㄐㄧㄢˋ 重要之處，即關鍵。

次 4

鈁

形解 形聲；從金，方聲。金屬製的方形酒壺爲鈁。

音義 ㄈㄤ 名 古以青銅製成的方口容器。

參考 「紡錘」、「紡織」的「紡」不作「鈁」。

次 4

鈥

形解 形聲；從金，火聲。化學金屬元素的譯名。

音義 ㄏㄨㄛˇ 名 化 稀土金屬元素，符號Ho，原子序六七；有銀色光澤，產量甚少。

次 4

鈇

形解 形聲；從金，夫聲。夫有大的意思，所以大型的切草刀爲鈇。

音義 ㄈㄨ 名 ①斬草的鍘刀；例「以鈇自刭。」②行刑的鍘刀。③斧頭；例「人有亡鈇者。」

次 4
鈃
形解 鈃 形聲；從金，开聲。古酒器名為鈃。
音義 ㄐㄧㄢ 名 人 古人名，戰國時哲學家宋鈃。ㄒㄧㄥ 名 古青銅製長頸酒器。

次 4
鈦
形解 形聲；從金，太聲。化學金屬元素的譯名。
音義 ㄊㄞˋ 名 化 金屬元素，符號Ti，原子序二二，質硬而輕，主要用於製造飛機及各種太空機械零件。

次 4
鈀
形解 鈀 形聲；從金，巴聲。有金屬防禦裝備的兵車為鈀。
音義 ㄅㄚ 名 ①古兵車名；例 鈀車。②箭頭的一種。ㄅㄚˇ 名 化 過渡元素，符號Pd，原子序四六，為銀白色金屬，可作氫化或脫氫的催化劑。ㄆㄚˊ 名 農器名，通「耙」。

次 4
鈒
形解 鈒 形聲；從金，及聲。及有追及迫近的意思，所以用來近身作戰的短矛為鈒。
音義 ㄙㄚˋ 名 ①小的矛戟；例「擧鈒成雲。」②以細碎金銀為裝飾；例 鈒鏤。ㄐㄧˊ 名 化學元素的譯名。

次 4
鈆
形解 形聲；從金，公聲。是一種質軟的金屬為鈆。
音義 ㄑㄧㄢ 名 同「鉛」；例「駑馬鈆刀。」ㄧㄢˊ 動 通「沿」；例「鈆之重之。」

常 5
鈷
形解 鈷 形聲；從金，古聲。是一種化學金屬元素的譯名。
音義 ㄍㄨ 名 ①化 金屬元素之一，符號Co，銀白色，質脆而硬，具有磁性，在空氣中難變化，與鎳、鋁等共熔可成良好的超硬耐熱合金和磁性合金，化合物並可用作催化劑和瓷器彩釉。其同位素Co^{60}有放射性，可用於治療癌症。②維生素乙十二(B12)的成分，具有輔助形成紅血球的功能。
參考 ①「鈷鉧」的「鈷」字，唸ㄍㄨˇ。②「鈷」與「酤」音同形近而義異：「鈷」，從「金」，為金屬元素之一；「酤」，從酉，有買酒的意思。

常 5
鉗
形解 鉗 形聲；從金，甘聲。甘有含蘊的意思，所以用鐵器脅制、束縛人為鉗。
音義 ㄑㄧㄢˊ 名 ①古刑具，通常鎖扣於頸項或足脛上；例 弛解鉗衣。②箝夾的用具；例 老虎鉗。③姓。動 ①用刑具箝鎖於脖子上；例「楚人將鉗我於布。」②緊閉或緘合，通「拑」；例 口鉗而不欲言。③夾住，通「箝」；例 鉗制。
參考 ①「鉗」、「箝」、「拑」都有夾取的意思，但有分別：以手夾為「拑」，以竹器夾為「箝」，以鐵器夾為「鉗」。②字雖從甘，但不可讀成ㄍㄢ。

3 鉗口 ㄑㄧㄢˊ ㄎㄡˇ (一)恐嚇人家使不敢說話。(二)緘默不說話。

8 鉗制 ㄑㄧㄢˊ ㄓˋ 挾持壓制。

常 5
鈸
形解 形聲；從金，犮聲。樂器名，鐃鈸為鈸。
音義 ㄅㄚˊ 名 銅製敲擊樂器名，由兩片邊緣扁平而中央隆起的圓形銅片組成，正中有孔，可穿繫繩帶以為把持，互擊而發聲，常用於吹打樂及戲曲、歌舞伴奏；例 鐃鈸。
參考 ①又讀ㄅㄛˊ。②「鈸」從「金」從「犮」，「犮」不可作「丈」或「犬」。

常 5
鉛
形解 鉛 形聲；從金，㕣聲。是一種質軟，銀灰色的金屬為鉛。
音義 ㄑㄧㄢ 名 ①化 金屬元素之一，符號Pb，質軟，色銀灰，展性強而延性弱，用途廣泛，如用於製造蓄電池和鑄造鉛字，也用於耐硫酸、腐蝕、防放射線的材料。唯鉛及其化合物均有毒，使用時宜小心謹慎，以免造成汚染，釀成公害。②有時也指石墨；例鉛筆。③姓。
一ㄢ 名地江西東部縣名；例鉛山。
參考 俗體作「鈆」。
4 **鉛中毒** ㄑㄢ ㄓㄨㄥ ㄉㄨˊ 吞入或吸入含鉛化合物，造成健康障害。平常無機鉛引起腹痛、貧血，有機鉛侵害神經系統。
5 **鉛印** ㄑㄢ ㄧㄣˋ 用鉛字排版印刷書刊。
6 **鉛字** ㄑㄢ ㄗˋ 印刷用的活字，用鉛、銻、錫等原料製成。

常 5 **鉀** 形解 形聲；從金，甲聲。將士穿著以保護身體的鐵衣爲鉀。
音義 ㄐㄧㄚˇ 名①鎧甲，通「甲」；例貫鉀跨馬于庭中。②化鹼金屬元素之一，符號K，質軟，色銀白，性質活潑，易於氧化，遇水起劇烈反應而起火，應保存於煤油中。是植物生長所必需的重要元素之一，鉀的化合物可用作肥料，如碳酸鉀、氯化鉀、硝酸鉀等是。③在動物體內，與「鈉」能共同維持體內的酸鹼平衡，是不可或缺的礦物質之一。
ㄍㄜˊ 名箭頭名；例鉀鑪。

常 5 **鈾** 形解 形聲；從金，由聲。爲一種化學金屬元素的譯名。
音義 ㄧㄡˋ 名化金屬元素之一，符號U，質硬，色銀白，性質活潑，有放射性。鈾二三五是最基本的核燃料，可用以建造原子反應爐、原子能發電及製造原子彈等。具有極高的經濟效益和國防用途。
參考 不可誤讀作ㄧㄡ。

常 5 **鉋** 形解 形聲；從金，包聲。中有鋒狀鐵刃，以平整木材的工具。
音義 ㄅㄠˋ 名①裝有利刃，以小銳角的度數，將物體表層刮起，使其平整的工具；例平鉋。②梳理馬毛的鐵刷；例馬鉋。動①用鉋子刮削使平整；例鉋木板。②鋤平整地，通「刨」；例鉋地。

常 5 **鉤** 形解 形聲；從金，句聲。句有彎曲的意思，所以曲鉤爲鉤。
音義 ㄍㄡ 名①彎曲形可供掛物或探取東西的用具；例簾鉤。②彎曲有刃的兵器；例刀、劍、鉤、鐔。③書法中挑、折的筆法，即㇀、亅、乚等是。④姓。動①以鉤子挑取；例戟鉤其頸。②用鉤子懸掛；例快將衣服鉤起來！③連累；例鉤黨下獄。④彎曲；例弓撥矢鉤。⑤用挑、折等描繪法來描繪，同「勾」；例鉤勒。⑥以鉤針編織；例鉤一條桌巾。⑦縫紉法之一，粗略地縫合衣邊；例鉤貼邊。⑧探求；例鉤深致遠。形①彎曲的；例鷹鉤鼻。②做事不爽快的；例鉤心鬥角。副①竭盡地；例鉤訪民隱。②留滯地；例鉤止。
參考 ①「鉤」字從「金」從「句」，與從「勹」而有垂釣之意的「釣」字，形音義各不相同。②「鉤」又作「鈎」。
4 **鉤心鬥角** ㄍㄡ ㄒㄧㄣ ㄉㄡˋ ㄐㄩㄝˊ (一)形容宮室結構的交錯而緻密。(二)刻意經營。(三)競鬥心機。
參考 與「爾虞我詐」有別：前者偏重在暗中鬥爭，後者偏重在互相欺騙。
5 **鉤玄** ㄍㄡ ㄒㄩㄢˊ 探索深奧的道理。
鉤玄提要 ㄍㄡ ㄒㄩㄢˊ ㄊㄧˊ ㄧㄠˋ 探索玄奧，提挈要義。
▽鐵畫銀鉤、倒掛金鉤。

常 5 **鉑** 形解 形聲；從金，白聲。金屬薄片，一種化學金屬元素的譯名。
音義 ㄅㄛˊ 名①金屬薄片，通「箔」；例金鉑。②化金屬元素之一，符號Pt，色灰白，富展延性，在空氣中不氧化，導電、導熱性能良好，熔點高，耐腐蝕，可製坩堝、電極，也用作催化劑，俗稱白金。
參考 「鉑」與「箔」都有金屬薄片的意思；然「箔」又可泛稱一般的薄片，二者有別。

常 5

鈴

形解 形聲；從金，令聲。令有美好的意思，所以像鐘但較小，中間有小舌，搖動時發出悅耳之聲的樂器為鈴。

音義 ㄌㄧㄥˊ 名 ①圓形中空，內置鐵球，搖動因撞擊而發聲的樂器；例龍旂陽陽，和鈴央央。②狀似鐘而小，中有舌，因震盪使舌撞擊而發聲的小鈴鐺；例風鈴。③音響器的泛稱；例電鈴。

參考 ①「鈴」與「鐘」都是樂器名，形狀不一：通常「鈴」器小，且音響較小；「鐘」器大，而且聲音洪亮。②與「鈐」有別，參閱「鈐」字條。

▽電鈴、風鈴、按鈴、馬鈴、鬧鈴、掩耳盜鈴、解鈴繫鈴。

次 5

鉈

形解 形聲；從金，它聲。它有曲下垂的意思，所以尖端彎曲如蛇的矛為鉈。

音義 ㄕㄜˊ 名 短矛。
ㄊㄚ 名 化 金屬元素，符號 Tl，原子序八一，質軟，色灰白，可用作合金、光電管、溫度計及光學玻璃的原料。

次 5

鈰

形解 鉮 形聲；從金，市聲。古劍名為鈰。

音義 ㄕˋ 名 化 稀土金屬元素，符號 Le，原子序五八，質軟，色灰黑，可用以製造合金、特種玻璃等。

次 5

鉉

形解 形聲；從金，玄聲。玄有抽引的意思，所以穿過鼎耳，用以舉鼎的器具為鉉。

音義 ㄒㄩㄢˋ 名 舉鼎的器具，或如鈎狀以提鼎耳，或如棍狀貫穿兩耳而舉鼎；例鼎黃耳金鉉。

次 5

鉍

形解 形聲；從金，必聲。必有安穩的意思，所以矛柄為鉍。

音義 ㄅㄧˋ 名 化 金屬元素，符號 Bi，原子序八三，主要用於製造低熔點的合金。

次 5

鈺

形解 形聲；從金，玉聲。金玉皆為珍寶，所以許多寶物聚集在一起為鈺。

音義 ㄩˋ 名 質地堅硬的金屬。

次 5

鉦

形解 形聲；從金，正聲。古樂器名為鉦。

音義 ㄓㄥ 名 古行軍樂器名，青銅製，形略如鐘而狹長，以物撞擊而發聲。

參考 古人以「鉦鼓」進退士眾，想要停止就敲「鉦」，前進則打「鼓」。

次 5

鉅

形解 形聲；從金，巨聲。巨有大厚的意思，所以鋼鐵為鉅。

音義 ㄐㄩˋ 名 ①大而剛硬的鐵塊；例宛鉅鐵鉇。②鐵鈎；例弛青鯤於網鉅。形 大，通「巨」；例創鉅者其日久。副 豈，表疑問，通「詎」；例王鉅速忘矣？

參考 反 細。

11 **鉅細靡遺** ㄐㄩˋ ㄒㄧˋ ㄇㄧˇ ㄧˊ 大小事情都不會遺漏。

次 5

鈳

形解 形聲；從金，可聲。一種鍋子為鈳。

音義 ㄎㄜ 名 化 化學元素「鈮」(Nb)的舊稱。

次 5

鉥

形解 形聲；從金，朮聲。朮有延長的意思，所以長的針為鉥。

音義 ㄕㄨˋ 名 長針；例一箴一鉥。動 ①引導；例吾請為子鉥。②刺痛；例劌目鉥心。

次 5

鉞

形解 形聲；從金，戉聲。狀聲字，車鑾行走時的振動聲為鉞。

音義 ㄩㄝˋ 名 ①大斧；例一人冕，執鉞。②天 古星宿名。形 形容車鑾聲；例「鑾聲鉞鉞。」

鉞

▽斧鉞、兵鉞、執鉞。

次 5

銃

形解 形聲；從金，充聲。充有塡充的意思，所以斧頭上可以納柄的孔爲銃。

音義 ㄔㄨㄥ 名 ①斧頭穿柄的部分。②舊稱槍械類的火器；例火銃。

次 5

鈮

形解 形聲；從金，尼聲。金屬元素的譯名。

音義 ㄋㄧˊ 名 化 金屬元素，符號Nb，舊稱鈳Cb，原子序四一，主要用於製造耐高溫的合金鋼及電子管。

次 5

鈹

形解 形聲；從金，皮聲。醫生用以刺破疱膿外皮的大針爲鈹。

音義 ㄆㄧ 名 化 鹼土金屬元素，符號Be，堅硬而輕，色灰白，多用於製造飛機用的合金。

ㄆㄧ 名 ①醫用的針。②有兩刃的小刀；例以鈹殺諸廬門。動 用針挑破；例瘕疾塡胸而不敢鈹。

次 5

鉭

形解 形聲；從金，旦聲。化學金屬元素譯名。

音義 ㄉㄢˇ 名 化 金屬元素，符號Ta，原子序七三，色銀白，有延展性，用於製造化學工業器材及眞空管等電工器材。

次 5

鉬

形解 形聲；從金，目聲。化學金屬元素的譯名。

音義 ㄇㄨˋ 名 化 金屬元素，符號Mo，原子序四二，色銀白，質地堅固，可與鋁、鐵、銅等熔合製成合金。

次 5

鉏

形解 形聲；從金，且聲。且有開始的意思，所以用以耕土除草的長柄器具爲鉏。

音義 ㄔㄨˊ 名 ①農具，通「鋤」；例秦人借父耰鉏。②姓。動 ①以鉏整地；例帶徑而鉏。②誅除；例「鉏豪强。」

ㄗㄨ 副 鉏鋙，不相配合的樣子。

次 5

鈿

形解 形聲；從金，田聲。金色花飾爲鈿。

音義 ㄉㄧㄢˋ 名 ①用金玉珠寶等製成的花形飾物；例花鈿委地無人收。②以貝類或金銀鑲製成的飾物；例螺鈿。

參考 又音 ㄊㄧㄢˊ。

次 5

鉧

形解 形聲；從金，母聲。熨斗稱爲鈷鉧。

音義 ㄇㄨˇ 名 鈷鉧，熨斗。

參考 又作「錛」。

常 6

鉸

形解 形聲；從金，交聲。交有兩者相交的意思，所以鉸爲兩刃相合的剪刀爲鉸。

音義 ㄐㄧㄠˇ 名 剪刀；例乞借新成利鉸刀。動 ①裁剪；例鉸斷。②以鑽牀切削；例他在木板上鉸兩個洞。

參考「鉸」與「絞」音同形近而義異：「鉸」，是用剪刀裁鉸；「絞」，指以繩索扭轉。

19 **鉸鏈** ㄐㄧㄠˇ ㄌㄧㄢˋ 即搭鈕，門窗用的零件。

常 6

銀

形解 形聲；從金，艮聲。白金爲銀。

音義 ㄧㄣˊ 名 ①化 金屬元素之一，符號Ag，質軟，色白，有光澤，富延展性，是導電、導熱性能最佳的金屬。用於電鍍、製感光材料、器皿、飾物等，俗稱銀子。②金錢；例賀銀。③刀鋒，即廉鍔，通「垠」；例銀手如斷，是卜商之行也。④邊境，通「垠」；例守其銀。⑤姓。形 ①銀白色的；例銀髮。②銀製的；例銀牌。

6 **銀行** ㄧㄣˊ ㄏㄤˊ 以存款、放款、滙兌爲業，或兼經理票券、兌換紙幣的金融機構，分普通銀行、特殊銀行、儲蓄銀行三種。

8 **銀河** ㄧㄣˊ ㄏㄜˊ 天 天空中一條白雲狀的光帶，由很多恒星組成。例織女今夕渡銀河。

10 **銀根** ㄧㄣˊ ㄍㄣ 商業用語。指金融市場上資金的供應情形。如市場上資金需要大於供應，市面緊張，就叫「銀根緊」；如市場上資金供應大於需要，就叫「銀根鬆」。

14 **銀幕** ㄧㄣˊ ㄇㄨˋ ㈠放映電影的白幕。㈡代稱電影。

15 **銀樓** ㄧㄣˊ ㄌㄡˊ 製售金銀首飾的商店。

銀樣蠟槍頭 ㄧㄣˊ ㄧㄤˋ ㄌㄚˋ ㄑㄧㄤ ㄊㄡˊ 看起來像銀子一般晃眼，而實際上卻是蠟製的槍頭，又軟又脆，不能使用。用以比喻虛有其表，中看不中用。

參考 同繡花枕頭。

▽金銀、純銀、水銀、白銀、庫銀。

常 6 **銅** 形解 形聲；從金，同聲。赤金為銅。

音義 ㄊㄨㄥˊ 名①化金屬元素之一，符號Cu，紫紅色，有光澤，富展性，是導電、導熱的良導體。可治製多種合金(如黃銅、白銅和青銅)及電工器材等。在濕空氣中表面易生成銅綠。②姓。形①銅製的；例銅像。②堅固的；例銅牆鐵壁。

10 **銅臭** ㄊㄨㄥˊ ㄔㄡˋ ㈠譏笑富人。㈡譏諷用錢買官的人。

17 **銅牆鐵壁** ㄊㄨㄥˊ ㄑㄧㄤˊ ㄊㄧㄝˇ ㄅㄧˋ 比喻防禦工事非常堅固嚴密，像銅鑄的牆、鐵造的壁一樣。

參考 同金城湯池。

▽鑄銅、青銅、煉銅、黃銅、古銅。

常 6 **銘** 形解 形聲；從金，名聲。刻勒文字於金石上，以記述功業姓名為銘。

音義 ㄇㄧㄥˊ 名以文字刻在石頭或器物上，通常為記述事蹟或自我警惕、讚頌他人等；例座右銘。動①刻鏤；例銘之座右，以誌不忘。②牢記不忘；例銘心鏤骨。

參考 「銘」與「鳴」音同而形義各異：「銘」，有刻鏤的意思，如：「銘謝」不作「鳴」；「鳴」有聲響的意思，如：「鳴鼓」不可作「銘」。

4 **銘心** ㄇㄧㄥˊ ㄒㄧㄣ 永遠記在心裏，不會忘記。例刻骨銘心。

6 **銘肌鏤骨** ㄇㄧㄥˊ ㄐㄧ ㄌㄡˋ ㄍㄨˇ 比喻感念深切。例追思平昔之指，銘肌鏤骨。

參考 同刻骨銘心。

▽感銘、西銘、碑銘、座右銘、墓誌銘。

常 6 **銖** 形解 形聲；從金，朱聲。古代重量單位名，相當於一兩的二十四分之一。

音義 ㄓㄨ 名①古代重量單位名之一，是一兩的二十四分之一，質量甚輕，今比喻微不足道的事物或極輕的分量；例錙銖必爭。②姓。形鈍而不鋒銳的；例銖而無刃。

參考 「銖」與「珠」音同形似而義異：「銖」，為衡名；「珠」，為珍珠。

▽錙銖、五銖、分銖。

常 6 **鉻** 形解 形聲；從金，各聲。鬀髮為鉻。

音義 ㄌㄨㄛˋ 動剃髮。

ㄍㄜˋ 名①鉤子；例武則鉤鉻摧於指掌。②化過渡金屬元素之一，符號Cr，銀白色，質堅硬，耐腐蝕，在濕空氣中穩定而不氧化，硬度、韌性都很強。用於電鍍及製特種合金鋼、鎳鉻絲等。

參考 ①「鉻」與「烙」形似而音義各異：「鉻」，唸ㄍㄜˋ，有金屬元素的意思；「烙」，音ㄌㄠˋ，有燒灼的意思。②與「硌」同音而義異：硌，觸到凸起的硬物感到難受或損傷，如「硌腳」。

常 6 **銓** 形解 形聲；從金，全聲。全有力求完備準確的意思，所以權衡的物品的稱錘為銓。

音義 ㄑㄩㄢˊ 名姓。動①權衡；例銓輕重。②量才授職；例銓鏡流品。③考選官吏；例銓敘。

參考 「銓」與「詮」音同形近而義異：「銓」，有稱量的意思；「詮」，有解析的意思。

11 **銓敘** ㄑㄩㄢˊ ㄒㄩˋ 按照資格和經歷而授以官職。

常 6 **銜** 形解 會意；從金行。馬口的鐵具為銜。勒

音義 ㄒㄧㄢˊ 名①馬嚼子；例伏軾撙銜。②職位和級別的名

號；例頭銜。動 ①噙著；例蝶銜花蕊蜂銜粉。②用嘴叼著；例燕子銜泥。③連接；例「銜遠山，吞長江。」④尊奉；例銜君命而使。⑤懷在心裡；例銜荷。⑥感覺；例銜寃。⑦飲用；例銜杯漱醪。

參考 ①「銜」或作「啣」。②「銜」與「街」形近而易誤：「銜」，從「金」，唸ㄒㄧㄢˊ，有噙著的意思；「街」，從「圭」，音ㄐㄧㄝ，有道路的意思。③有些字典入「銜」字於彳部。

8 **銜命** ㄒㄧㄢˊ ㄇㄧㄥˋ 奉命。參考 ①同受命。②又作「銜令」、「啣命」。

銜枚 ㄒㄧㄢˊ ㄇㄟˊ 古代行軍襲敵時，教士卒銜枚，枚的樣子像筷子，橫銜在嘴裏，這樣可以防止言語喧嘩。

9 **銜恨** ㄒㄧㄢˊ ㄏㄣˋ 含恨。

11 **銜接** ㄒㄧㄢˊ ㄐㄧㄝ 相連接。又作「啣接」。例首尾銜接。

12 **銜華佩實** ㄒㄧㄢˊ ㄏㄨㄚˊ ㄆㄟˋ ㄕˊ 比喻文章的形式和內容都很好。

17 **銜環** ㄒㄧㄢˊ ㄏㄨㄢˊ 比喻報恩。

銨
次 6

音義 ㄢ 名 化 由氨NH_3衍生的正一價複根離子NH_4^+。

形解 形聲；從金，安聲。化學金屬元素的譯名。

銥
次 6

音義 一 名 化 金屬元素，符號Ir，原子序七七，是化學性質最穩定的金屬，銀白色，存於鉑礦中。

參考 「銥鉑」合金的硬度很高，可製筆尖，也可製造坩堝等器皿；國際標準米尺即由一〇%銥和九〇%鉑的合金製成。

形解 形聲；從金，衣聲。化學金屬元素的譯名。

鉶
次 6

形解 形聲；從金，刑聲。禮器名，盛肉羹的鼎爲鉶。

音義 ㄒㄧㄥˊ 名 古盛羹湯的青銅禮器，形似鼎，兩耳三足，有蓋。

鉶

銛
次 6

形解 形聲；從金，舌聲。形狀似舌的鐵鍫爲銛。

音義 ㄒㄧㄢ 名 ①鐵鍫。②魚叉一類的捕魚具。③姓。形 鋒利的；例銛矛。

參考 ①反鈍。②同利。

鉺
次 6

形解 形聲；從金，耳聲。形如人耳的帶鉤爲鉺。

音義 ㄦˇ 名 化 稀土金屬元素，符號Er，原子序六八。ㄦˋ 名 鐵鈎；例脩箭裹金鉺。

參考 「釣餌」、「魚餌」的「餌」從「食」不從「金」作。

銠
次 6

形解 形聲；從金，老聲。鐵錢爲銠。

音義 ㄌㄠˇ 名 化 金屬元素，符號Rh，原子序四五，銀白色，性硬耐磨，常鍍在探照燈及反射鏡上。

參考 不可與「手銬」的「銬」(ㄎㄠˋ)字混同。

銪
次 6

形解 形聲；從金，有聲。化學金屬元素的譯名。

音義 ㄧㄡˇ 名 化 稀土金屬元素，符號Eu，原子序六三。

銍
次 6

形解 形聲；從金，至聲。至有擊刺的意思，所以用以收割稻禾的短鐮刀爲銍。

音義 ㄓˋ 名 ①短的鐮刀；例必躬載銍。②割下的稻穗；例納銍。

銦
次 6

形解 形聲；從金，因聲。化學金屬元素的譯名。

音義 ㄧㄣ 名 化 金屬元素，符號In，原子序四九，色銀白，質軟而韌，可作低熔合金、軸承合金、半導體等的原料。

銚
次 6

形解 形聲；從金，兆聲。兆有小的意思，所以蒸飯的小鍋爲銚。

音義 ㄉㄧㄠˋ 名 一種有柄的小型烹煮器；例煎以金銚。ㄊㄧㄠˊ 名 長矛；例長銚利兵。

一ㄠ 名①大型鋤頭；例把金推耨。②姓。

次 6 **銑** 形解 形聲；從金，先聲。先有極致的意思，所以金屬中最具光澤者爲銑。

音義 ㄒㄧㄢˇ 名①古銅鐘口的兩角。②最具光澤的金屬；例惟金有銑。

次 6 **銫** 形解 形聲；從金，色聲。化學金屬元素的譯名。

音義 ㄙㄜˋ 名化鹼金屬元素，符號Cs，原子序五五，色銀白，質軟，熔點低，可用來製光電管。

次 6 **鉿** 形解 形聲；從金，合聲。金屬撞擊聲爲鉿。

音義 ㄏㄜˊ 名化金屬元素，符號Hf，原子序七二，高熔點，與「鋯」共存，常用作X射線管的陽極材料。ㄐㄧㄚˊ 名穿透東西的聲音；例鉿然有穿。

參考 鉿，唸ㄏㄜˊ，又讀ㄏㄚ。

次 6 **鉫** 形解 形聲；從金，如聲。化學金屬元素的譯名。

音義 ㄖㄨˊ 名化鹼金屬元素，符號Rb，原子序三七，銀白色，質軟易熔。

次 6 **銎** 形解 形聲；從金，巩聲。斧頭上用以納柄的孔爲銎。

音義 ㄑㄩㄥ 名斧頭上安裝柄的孔。

常 7 **鋅** 形解 形聲；從金，辛聲。化學金屬元素之一，是音譯字。

音義 ㄒㄧㄣ 名化金屬元素之一，符號Zn，色青白，有光澤，能結晶，質脆，在乾燥空氣中不易變化，鍍鋅的鐵板可以防止氧化。用於電鍍、冶製黃銅、白鐵及乾電池等。

8 **鋅版** ㄒㄧㄣ ㄅㄢˇ 一種鋅製的照相凸版印刷。一般用於印刷插圖、題字、照片等，但容易造成環境汙染。

常 7 **銻** 形解 形聲；從金，弟聲。是一種類似雲母，顏色黃赤似金的美石爲銻。

音義 ㄊㄧ 名化金屬元素之一，符號Sb，色銀灰，有光澤，呈片狀結晶，質硬而脆，冷脹熱縮，與鉛、錫的合金，可增加硬度及強度，可製鉛字、軸承等。我國銻礦儲量豐富，高居世界之冠。

常 7 **鋭** 形解 形聲；從金，兌聲。兌有細小的意思，所以金屬鋒利爲鋭。

音義 ㄖㄨㄟˋ 名①兵器的利鋒；例被堅執鋭。②勇往直前的氣概；例鋭不可當。③姓。動奮勇；例魏其鋭身爲救灌夫。形①上尖下闊的；例鋭而高嶠。②精悍的；例養精蓄鋭。③靈巧的；例敏鋭。④堅決的；例鋭意前進。⑤迅捷的，通「驤」；例進取之情鋭。⑥快利的；例苗山鋭鋒。⑦瑣碎的。⑧尖長的；例鋭喙決吻。副急遽地；例生產鋭減。

參考 ①「鋭」從金兌聲，卻不可唸成ㄉㄨㄟˋ。②同利，鋒，快。③反鈍。

7 **鋭利** ㄖㄨㄟˋ ㄌㄧˋ 尖鋭鋒利。

參考 ①同鋒利。②參閱「鋒利」條。

鋭志 ㄖㄨㄟˋ ㄓˋ 意志堅決，像鋒刃的鋭利向前。

10 **鋭氣** ㄖㄨㄟˋ ㄑㄧˋ 鋭利之氣。

13 **鋭意** ㄖㄨㄟˋ ㄧˋ 意志堅決。

▽敏鋭、尖鋭、精鋭、新鋭、剛鋭、披堅執鋭、養精蓄鋭。

常 7 **銷** 形解 形聲；從金，肖聲。肖有微小的意思，所以金屬鎔化後體積漸漸小以至於無爲銷。

音義 ㄒㄧㄠ 名①生鐵；例屠者棄銷。②鐵器；例故劁、㓷銷、鋸陳。③機器上的銷子；例插銷。④姓。動①鎔解金屬；例銷其兵刃。②毀壞；例衆口鑠金，積毀銷骨。③剔除；例註銷執照。④售賣；例推銷。⑤減損；例其聲銷。⑥窮盡；例銷耗。⑦消解，通「消」；例與爾同銷萬古愁。

參考 ①「銷」與「鎖」形似而易訛：「銷」，右下從「月」，唸ㄒㄧㄠ，有鎔解的意思；「鎖」，右下從「貝」，音ㄙㄨㄛˇ，有鎖鑰的意思。②「銷」與「消」都有析釋的意思，然「銷」多指金屬的銷解；如「銷鎔」不作「消」；而「消」多指冰雪的融解或氣體的散逸，如：「冰消」、「煙消」則不可作「銷」。

8 **銷金窟** ㄒㄧㄠ ㄐㄧㄣ ㄎㄨ ㈠揮霍金錢的繁華鬧區。㈡冶遊的地方。

11 **銷假** ㄒㄧㄠ ㄐㄧㄚˋ 註銷所請的假。

銷售 ㄒㄧㄠ ㄕㄡˋ 出賣貨物。

13 **銷毀** ㄒㄧㄠ ㄏㄨㄟˇ 把東西燒掉和毀滅。

銷路 ㄒㄧㄠ ㄌㄨˋ 銷售貨物數量多寡的情況。

14 **銷魂** ㄒㄧㄠ ㄏㄨㄣˊ 形容一個人心情受到極大的感動時，那種失魂落魄的樣子。

17 **銷聲斂跡** ㄒㄧㄠ ㄕㄥ ㄌㄧㄢˇ ㄐㄧ 隱藏形迹，不爲人所見。

參考 ①參閱「偃旗息鼓」條。②又作「銷聲匿迹」。

常 7 **鋪** 形解 鋪 形聲；從金，甫聲。附著於門上，用以銜環的金屬物爲鋪首。

音義 ㄆㄨ 名 ①盛物的祭器；例簠簋豆鋪。②安置門環的底座；例青瑣銀鋪。動 ①敷設；例鋪筵席，陳尊俎。②敍述；例平鋪直敍。③把東西展開放平，使平坦；例鋪牀拂席置羹飯。④偏及。形 排列的；例「君詩若鋪錦列繡，亦雕繢滿眼」。

ㄆㄨˋ 名 ①商店；例雜貨鋪。②古代傳遞公文的郵亭或驛站；例設急遞鋪以達四方文書之往來。③地名用字；例三十里鋪。④睡覺時躺臥的牀；例床鋪。

參考 ①又作「舖」。②同布，敷，席。

9 **鋪保** ㄆㄨˋ ㄅㄠˇ 法 由商店出具的保證。

11 **鋪張** ㄆㄨ ㄓㄤ ㈠佈置，張羅。同「鋪排」。㈡張大其事。

鋪陳 ㄆㄨ ㄔㄣˊ ㈠陳設。㈡詳細陳述義理。㈢行旅所攜帶的臥具。又稱「鋪蓋」。

14 **鋪蓋** ㄆㄨ ㄍㄞ˙ 被褥的俗稱。

常 7 **銬** 形解 銬 形聲；從金，考聲。鎖住手的刑具爲銬。

音義 ㄎㄠˋ 名 刑具名，可扣牢雙手或雙足，不使其隨意活動或逃跑；例手銬。動 用手銬鎖住；例把犯人銬起來。

參考 ①「銬」與「拷」音近形似而義異：「銬」，唸ㄎㄠˋ，指刑具；「拷」，音ㄎㄠˇ，指撲打，又是音譯用字，如「拷貝」(copy)。②與「烤」形似音近而義異：烤，向著火取暖，只用於動詞方面。

常 7 **鋤** 形解 鋤 形聲；從金，助聲。助有幫助的意思，所以長柄的除草鐵器爲鋤。

音義 ㄔㄨˊ 名 農具名，可以翻土除草，形似斧斤的木柄鐵器；例帶月荷鋤歸。動 ①以鋤除草整地；例「鋤禾日當午，汗滴禾下土。」②剷除；例鋤類夷荒。

參考 ①「鋤」從金，助聲，卻不唸ㄓㄨˋ。②「助」從力從「且」，不可誤「且」作「目」。③「鋤」又作「鉏」、「耡」。

10 **鋤除異己** ㄔㄨˊ ㄔㄨˊ ㄧˋ ㄐㄧˇ 除掉和自己意見或立場不合的人。

▽耕鋤、耰鋤。

常 7 **鋁** 形解 鋁 形聲；從金，呂聲。磨治銅鐵，使之平整爲鋁。

音義 ㄌㄩˇ 名 化 金屬元素之一，符號Al，自然界存量最多的金屬，色銀白，富光澤，易延展，質堅韌而輕，導電、導熱性能良好。多與其他金屬冶製成合金使用，爲製造飛機、火箭、日用器皿等的要材，也可用做電線、電纜等。

常 7 **銼** 形解 銼 形聲；從金，坐聲。廣口的小釜爲銼。

音義 ㄘㄨㄛˋ 名 ①闊口似斧的手工工具，條形、多刃，可用來使金屬、木料、皮革等工件表面光潔；例土銼冷疎煙。②「銼刀」的省稱；例三角銼。

動①以銼刀磨削；例銼圓。②挫敗，通「挫」；例兵銼藍田。

參考①「銼」從金坐聲，卻不唸ㄗㄨㄛˋ。②「銼」與「剉」音同形近而義異：「銼」，有磨平的意思，如「銼刀」不作「剉」；「剉」，有折傷的意思，「剉骨」不作「銼」。③同磨。

常7 **鋒** 形解 [seal] 形聲；從金，夆聲。夆有逢迎的意思，所以兵器的尖端爲鋒。

音義 ㄈㄥ 名①刀劍等兵器的銳利部分；例刀鋒。②物體的尖端部分；例筆鋒。③軍隊行動的先導；例前鋒。④帶頭在前列的人；例開路先鋒。⑤情勢敏銳；例詞鋒。⑥地高、低氣壓的交界面或接觸面；例滯留鋒。形銳利的；例鋒利。

參考①「鋒」與「峯」、「蜂」音同形近而義異：「鋒」爲刀劍的銳利部分；「峯」爲山尖；「蜂」爲昆蟲名，蜜蜂。②同利，銳。③反鈍。

7 **鋒利** ㄈㄥ ㄌㄧˋ 原指刀劍的刃薄而快，容易切斷東西，後用作盛氣凌人。

參考 與「銳利」有別：「銳利」指刀槍尖而快，容易刺穿其他物件，常用來形容對事物的觀察敏銳、透徹、深刻，多指人的眼力、話鋒、筆鋒；「鋒利」用來形容「言論」、「文筆」，時與「銳利」可通用，如用來形容眼光，則含有「逼人」的意味；此外，也可用來指人鋒芒畢露。

鋒芒畢露 ㄈㄥ ㄇㄤˊ ㄅㄧˋ ㄌㄨˋ 比喻人的銳氣或才幹全都顯露出來（多含貶義）。畢：完全。

19 **鋒鏑餘生** ㄈㄥ ㄉㄧˊ ㄩˊ ㄕㄥ 從刀槍炮火下逃出來的性命。鋒：兵刃；鏑：箭鏃。

▽交鋒、折鋒、先鋒、前鋒、筆鋒、論鋒、刀鋒、劍鋒。

次7 **鋃** 形解 [seal] 形聲；從金，良聲。拘束人犯的鐵鎖爲鋃。

音義 ㄌㄤˊ 名鋃鐺：①鎖，古刑具的一種；例鋃鐺鐵鎖。②金屬撞擊聲；例風動金鋃鐺。

次7 **鋙** 形解 [seal] 形聲；從金，吾聲。吾有相逆止的意思，所以金屬器具不相合適而抵拒者爲鋙。

音義 ㄨˊ 名錕鋙，古名劍名；例錕鋙之劍。

次7 **銶** 形解 形聲；從金，求聲。鑿物的器具爲銶。

音義 ㄑㄧㄡˊ 名鑿子一類的工具。

次7 **鋏** 形解 [seal] 形聲；從金，夾聲。鎔鑄器物時，由爐中取物的鐵夾子爲鋏。

音義 ㄐㄧㄚˊ 名①金屬鉗；例鐵鋏染浮烟。②劍柄；例長鋏歸來乎！

▽彈鋏、長鋏。

次7 **鋱** 形解 形聲；從金，忑聲。化學金屬元素的譯名。

音義 ㄊㄜˋ 名化稀土金屬元素，符號 Tb，原子序六五，色棕或黑，呈粉狀。

次7 **鋟** 形解 形聲；從金，侵省聲。侵有漸進的意思，所以用金屬器具鏤刻爲鋟。

音義 ㄑㄧㄢ 動刻鏤；例旣而鋟其板。

參考 又音ㄑㄧㄣˇ。

次7 **鋩** 形解 形聲；從金，芒聲。草禾的尖鋒爲芒，所以刀劍的尖鋒爲鋩。

音義 ㄇㄤˊ 名①刀劍的尖鋒；例脫夫子於劍鋩。②光芒，通「芒」；例雄戟耀鋩。

次7 **鋇** 形解 形聲；從金，貝聲。銅鐵類的礦石，軟者爲鋇。

音義 ㄅㄟˋ 名化鹼土金屬元素，符號 Ba，原子序五六，色銀白，質軟有延展性，是煉製精銅時的優良去氧劑。

次7 **鋰** 形解 形聲；從金，里聲。化學金屬元素的譯名。

音義 ㄌㄧˇ 名化鹼金屬元素，符號 Li，原子序三，是最輕而熱容量最大的金屬，銀白色，色澤易受空氣氧化而變暗，通常貯存於石蠟中。

次 7
銲
形解 形聲；從金，旱聲。銲接金屬附件爲銲。

音義 ㄏㄢˋ 動熔化錫、鉛等焊料以接合金屬物品或補其缺口、漏洞；例銲接。

參考 ①又作「釬」，今亦通「焊」。②「凶悍」的「悍」不作「銲」。

次 7
鋝
形解 形聲；從金，寽聲。古重量單位名爲鋝。

音義 ㄌㄩㄝˋ 名古重量名，約合六兩六錢；例劍重九鋝。

次 7
鋌
形解 形聲；從金，廷聲。銅鐵類礦石，硬者爲鋌。

音義 ㄊㄧㄥˊ 名①未經冶煉的銅鐵；例白鋌。②箭頭後方納入箭桿中的部分。副疾走地；例鋌而走險。

6 **鋌而走險** ㄊㄧㄥˇ ㄦˊ ㄗㄡˇ ㄒㄧㄢˇ 由於無路可走而被迫冒險。鋌，又作「挺」，疾走的樣子。

參考 與「逼上梁山」有別：前者偏重在冒險，後者偏重在反抗。前者所指行動可以是好，也可以是不好；後者多指不願意做某件事，迫於形勢、事實或別人的强烈要求不得不去做。

次 7
鋯
形解 形聲；從金，告聲。化學金屬元素的譯名。

音義 ㄍㄠˋ 名化金屬元素，符號 Zr，原子序四十，高熔點，爲黑色粉末或呈結晶體。

次 7
鋂
形解 形聲；從金，每聲。每有大的意思，所以金屬製的大環稱爲鋂。

音義 ㄇㄟˊ 名①以一大環貫二小環的金屬連環；例盧重鋂。②化金屬元素，符號 Am，原子序九五。

次 7
鋨
形解 形聲；從金，我聲。化學金屬元素 Osmium (Os) 的譯名。

音義 ㄜˊ 名化金屬元素，符號 Os，原子序七六，色灰藍，在金屬中比重最大。

次 7
鋈
形解 形聲；從金，沃省聲。沃又從夭得聲，夭有壯盛的意思，所以堅硬的白金爲鋈。

音義 ㄨˋ 名白銅。動鍍上某物；例鋈以觼軜。

常 8
錠
形解 形聲；從金，定聲。古代豆器的足部爲錠。

音義 ㄉㄧㄥˋ 名①漢代所使用有腳的燈燭器；例漢虹燭錠。②紡織機上纏線繞紗的機件，通「鋌」；例紡線錠。③做成塊狀的金屬或藥物等；例藥錠。④古代通貨名，將金、銀鑄成固定的形式，通「鋌」；例還有五量的中錠。⑤量詞，計算塊狀物；例鋁錠。

參考 「錠」與「碇」音同形近而義異：「錠」，爲量詞；「碇」，爲停泊。

常 8
錶
形解 形聲；從金，表聲。計時之器爲錶。

音義 ㄅㄧㄠˇ 名①可攜帶在手腕上或腰袋中的計時器；例掛錶。②記時、測量器的通稱；例體溫錶。

參考 與「婊」、「裱」同音而義異：婊，指婊子，是對妓女的蔑稱；裱，是裱褙字畫的意思。

常 8
鋸
形解 形聲；從金，居聲。鋼製薄片，上刻齒刃，是可以截開金石木料的工具爲鋸。

音義 ㄐㄩˋ 名用鋼片製成，邊緣有尖齒，可用來斷開木料、金屬等的工具；例電鋸。

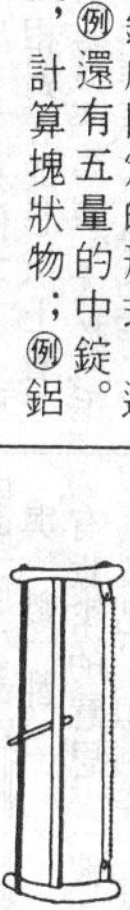

鋸

動用鋸拉或截斷；例鋸樹木。形形似鋸而銳利的；例鋸齒。

ㄐㄩ 動用兩腳鉤釘將破裂陶甕鐵器等，緊合連綴起來，通「鋦」；例鋸碗。

參考 與「倨」、「踞」同音而義異：倨：傲慢；踞：蹲，坐。

常 8 **錳** 形解 形聲；從金，孟聲。化學金屬元素之一的音譯。

音義 ㄇㄥˇ 名 化 金屬元素之一，符號Mn，原子序二五，色銀灰而微紅，質堅而脆，自然界無單獨存在，錳合金可增強堅硬度。

常 8 **錯** 形解 形聲；從金，昔聲。以金塗物爲錯。

音義 ㄘㄨㄛˋ 名 ①過失；例鑄成大錯。②磨玉的石頭；例他山之石，可以攻錯。③特殊的風味；例山毛海錯。④姓。動 ①塗飾鑲嵌（金、銀、寶石等）；例黃金屋。②畫飾；例錯臂左衽。③喪亂；例殷既錯天命。④交會；例車錯轂兮短兵接。⑤雜亂；例海物錯萬類。⑥岔開，彼此相互避讓；例錯車。⑦打磨玉石；例攻錯。形 ①誤差的；例錯簡。②謹慎的；例履錯然。副 ①失誤地；例錯過大好時機。②交互地；例閣道錯聯。③壞，差（用於否定句）；例這齣戲挺不錯。

ㄘㄨˋ 動 ①安置；例苟錯諸地而可矣。②施行；例舉而錯之。③廢棄；例舉直錯諸枉。④停止；例秦魏之交可錯矣。

參考 ①「錯」與「措」當作磨刀石解時可通，餘義則不同。②「錯」與「銼」音同而形義各異：「錯」爲磨刀石；「銼」爲銼磨的工具。③同謬，誤，過，失，愆，訛。④反對。

13 **錯亂** ㄘㄨㄛˋ ㄌㄨㄢˋ ㈠錯雜紛亂。㈡神經失常。例精神錯亂。

錯節 ㄘㄨㄛˋ ㄐㄧㄝˊ 樹木的枝節交錯，有礙斧斤的砍伐。比喻事情的挫折滯礙。例盤根錯節。

14 **錯綜複雜** ㄘㄨㄛˋ ㄗㄨㄥ ㄈㄨˋ ㄗㄚˊ 形容事態的繁雜，不易處理。

錯誤 ㄘㄨㄛˋ ㄨˋ 過失違誤。

參考 與「毛病」、「缺點」都指不好的方面，但有別：「錯誤」表示不對，指事情的性質，與「正確」相對；「毛病」是壞習慣，不完善的地方，也指器物損壞或發生故障，口語中還指「疾病」；「缺點」指事物中不足、不完備之處，與「優點」相對。從語氣上看，一般地說，「錯誤」大於「毛病」，「毛病」大於「缺點」。

20 **錯覺** ㄘㄨㄛˋ ㄐㄩㄝˊ 對客觀事物的一種錯誤的知覺。常見的有：在對比中或過去經驗下所產生的錯覺，在一定心理狀態影響下所產生的錯覺及在某些精神病影響下產生的錯覺。

▽交錯、參錯、失錯、做錯、雜錯、知錯、認錯、一差二錯、犬牙交錯、忙中有錯、將錯就錯、觥籌交錯、鑄成大錯。

常 8 **錢** 形解 形聲；從金，戔聲。田中耕種用的大鋤爲錢。

音義 ㄑㄧㄢˊ 名 ①泛指通貨；例銅錢。②泛指錢財；例有錢。③有關某種的花費；例書錢。④圓形狀似錢的物體；例榆錢。⑤重量單位，一兩的十分之一；例當歸三錢。⑥姓。形 與「錢」有關的；例錢袋。

ㄐㄧㄢˇ 名 古代農具，用以插地翻土；例錢鎛。

參考 名「錢」與「鈔」都有貨幣的意思，「錢」多指金屬製品，如銅錢、銀錢；而「鈔」多指紙質製品，如大鈔、美鈔。

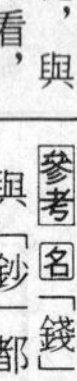

錢

11 **錢莊** ㄑㄧㄢˊ ㄓㄨㄤ 舊式的金融機構，經營金錢流通的事業，規模比銀行小。

▽金錢、銅錢、零錢、賺錢、省錢、花錢、雀錢、紙錢、銀錢、冥錢、存錢、賞錢、掙錢、不名一錢。

常 8 **鋼** 形解 形聲；從金，岡聲。岡有強大堅硬的意思，所以鍛鍊後的鐵，質地精純而堅硬爲鋼。

音義 ㄍㄤ 名 化 將生鐵中碳、硫、磷等雜質除去，精煉成含碳僅在○·○二—一·七%之間的金屬，有良好的韌性和機械強度，是工業上極重要的材料；例百鍊鋼。ㄍㄤˋ 動將刀在布、皮、缸沿等處磨擦，使刀刃快一點。

參考 與「剛」、「綱」同音而義異：剛有堅强的意思；綱是提網的總繩。

▽精鋼、製鋼、不銹鋼、百煉鋼、百煉成鋼。

常 8 **錫** 解形 形聲；從金，易聲。爲一種居於銀錫之間的金屬名爲錫。

音義 ㄒㄧ 名①化金屬元素之一，符號 Sn，原子序五〇，色白似銀，質較鉛硬而韌，富延展性，在空氣中不易起變化而生鏽，可製成錫箔包裹他物以防鏽蝕。

參考 ①「錫」字從「金」從「易」，「易」字中無橫畫，不可訛從「昜」。②字雖從易，但不可讀成ㄧˋ。

▽恩錫、杖錫、九錫。

常 8 **錄** 解形 形聲；從金，彔聲。介於青色和黃色之間的金色爲錄。

音義 ㄌㄨˋ 名①記載言行或事物的文章、書籍等；例嘉言錄。②姓。動①登載；例記錄。②謄寫；例手錄。③採取；例論大功者不錄小過。④錄用；例錄取。

參考 ①「錄」與「籙」音同形似而義異：「錄」，指文字的記錄；「籙」，指圖畫的刊載。②同載，記，登。③「錄」又通「碌碌」的「碌」。④擊籙。

5 **錄用** ㄌㄨˋ ㄩㄥˋ 選取並任用人才。

8 **錄供** ㄌㄨˋ ㄍㄨㄥ 記錄供詞。

8 **錄事** ㄌㄨˋ ㄕˋ 各官廳繕寫文件的職員。

錄取 ㄌㄨˋ ㄑㄩˇ 考試及格，被主考機關錄用。

參考 同考取。

9 **錄音** ㄌㄨˋ ㄧㄣ 將聲音（如音樂、演講、電臺廣播講稿等）用灌製唱片的方法灌製，或用磁帶加以錄製，以便保存下來。

▽記錄、實錄、收錄、輯錄、抄錄、登錄、附錄、目錄、筆錄、載錄、引錄、手錄、言行錄、日知錄。

常 8 **錐** 解形 形聲；從金，隹聲。銳利爲錐。

音義 ㄓㄨㄟ 名①錐子，可以鑽刺的利器；例頭懸樑，錐刺股。②像錐形的東西；例冰銷田地蘆錐短。③窄狹的地方；例貧無立錐之地。動以錐刺入；例蘇生患睡，親錐其股。

參考「錐」與「椎」音同形近而義異：「錐」：鑽刺；「椎」：敲擊。

11 **錐處囊中** ㄓㄨㄟ ㄔㄨˇ ㄋㄤˊ ㄓㄨㄥ 比喻才智不能久藏，終必顯現。

▽立錐、利錐、引錐、貧無立錐。

常 8 **錦** 解形 形聲；從帛，金聲。金有美麗的意思，有文彩的絲織物爲錦。

音義 ㄐㄧㄣˇ 名①彩飾的絲織品；例蜀錦。②華麗的服飾；例衣錦夜行。③姓。形鮮豔亮麗的；例錦魚。

參考「錦」與「景」音近而形義有別：「錦」有華麗的意思；而「景」有大的意思。

3 **錦上添花** ㄐㄧㄣˇ ㄕㄤˋ ㄊㄧㄢ ㄏㄨㄚ 在錦上面再繡上花，比喻美上加美。錦：美麗的絲織品。

4 **錦心繡口** ㄐㄧㄣˇ ㄒㄧㄣ ㄒㄧㄡˋ ㄎㄡˇ 形容文學作品的文思優美，詞藻富麗。心：指文思；口：指詞藻。

15 **錦標** ㄐㄧㄣˇ ㄅㄧㄠ （一）錦製的旗幟，古代用以贈給競渡的領先者。（二）今稱競賽中優勝者所得的獎品。

18 **錦繡河山** ㄐㄧㄣˇ ㄒㄧㄡˋ ㄏㄜˊ ㄕㄢ 形容國土的秀麗，有如錦繡一般。

22 **錦囊妙計** ㄐㄧㄣˇ ㄋㄤˊ ㄇㄧㄠˋ ㄐㄧˋ 機密而完美的計謀。現比喻能及時解決緊急問題而又暫時保密的辦法。錦囊：錦製的袋子。

參考 同袖中神算。

▽蜀錦、文錦、衣錦、貝錦。

常 8 **錚** 解形 形聲；從金，爭聲。爭形容撞擊聲，所以金屬撞擊聲爲錚。

音義 ㄓㄥ 名國樂中的敲擊樂

器；例介士鼓吹錚鐸。動敲擊發音；例「干將、莫邪，拂鐘不錚，試物不知。」形描摹金屬撞擊的聲音；例錚鏦。

參考 ①「錚」與「箏」都是樂器名：然「錚」爲金屬樂器；「箏」爲絃樂器，故「古箏」不可作「古錚」。②與「鉦」同音而義異：鉦，古用青銅製成的敲擊樂器，形似倒置銅鐘，有長柄，用於行軍。

16 **錚錚** ㄓㄥ ㄓㄥ ㈠金玉相撞擊的聲音。㈡比喻爲人剛正不阿。

錚錚佼佼 ㄓㄥ ㄓㄥ ㄐㄧㄠˇ ㄐㄧㄠˇ 比喻特別傑出的異材。

次 8 **錧** 形解 形聲；從金，官聲。官有掩蔽的意思，所以車軸端的護鐵爲錧。

音義 ㄍㄨㄢˇ 名①車轂兩端的護鐵，通「輨」。②農具，即犂刃。

次 8 **錞** 形解 字本作鐓，形聲；從金，𦎧聲。矛戟的基座可以插地的部分爲鐓。隸變作「錞」。

音義 ㄉㄨㄟˋ 名矛戟柄末的平底金屬套；例厹矛鋈錞。
ㄔㄨㄣˊ 名㊂古樂器名，形如圓筒，上圓下空，頂有鈕可以懸掛，以物撞擊之而能鳴；例鼓錞相望。

參考 錞（ㄉㄨㄟˋ）同鐓、鐏。

錞于

次 8 **錏** 形解 形聲；從金，亞聲。防護頸部用的甲冑爲錏。

音義 ㄧㄚ 名化學物質「銨」（Ammonium）的舊譯。
ㄧㄚ 名古戰士用來保護頸部的鐵甲。錏，或作「鐚」。

次 8 **鍺** 形解 形聲；從金，者聲。者有集聚的意思，所以包在車軸上的鐵爲鍺。

音義 ㄓㄜˇ 名化金屬元素，符號Ge，原子序三二，是一種最重要的半導體材料。

次 8 **錡** 形解 形聲；從金，奇聲。奇有偏側不正的意思，所以器物不相適合爲錡。

音義 ㄑㄧˊ 名①三條腿的釜；例維錡及釜。②鑿子；例又缺我錡。③姓。
ㄧˇ 名懸掛弓弩的架子；例「設在蘭錡。」

錡①

次 8 **錸** 形解 形聲；從金，來聲。化學金屬元素的譯名。

音義 ㄌㄞˊ 名化金屬元素，符號Re，原子序七五，是一種優良的耐高溫結構材料。

次 8 **錛** 形解 形聲；從金，奔聲。平頭斧爲錛。

音義 ㄅㄣ 名用來削平木料的平頭斧。

參考 同鉋。

次 8 **錒** 形解 形聲；從金，阿聲。化學金屬元素的譯名。

音義 ㄜ 名化放射性金屬元素，符號Ac，原子序八九，半衰期爲二十一年。

次 8 **錕** 形解 形聲；從金，昆聲。昆有重大的意思，所以車輛支承輪子的軸爲錕。

音義 ㄎㄨㄣ 名錕鋙，古名劍名。

次 8 **錮** 形解 形聲；從金，固聲。固有固結的意思，所以銷融金屬以填塞空隙爲錮。

音義 ㄍㄨˋ 名經久難癒的疾病，通「痼」；例錮疾。動①以金屬熔液填塞空隙；例雖錮南山猶有隙。②監禁；例免官禁錮。③專取；例下錮齊民之業。

參考 與「涸」、「個」、「箇」，音義各異。

10 **錮疾** ㄍㄨˋ ㄐㄧˊ 久治不癒的疾病。又作「痼疾」。

▽禁錮、黨錮。

次 8 **錁** 形解 形聲；從金，果聲。果有包裹的意思，所以儲有油脂以潤滑車軸的金屬器爲錁。

音義 ㄎㄜˋ 名 金銀鑄成的小錠；例「金銀錁二對。」

次 8 **鍆** 形解 形聲；從金，門聲。化學金屬元素的譯名。

音義 ㄇㄣˊ 名 化 放射性金屬元素，符號 Md，原子序一○一，爲紀念俄國化學家門得列夫而命名。

次 8 **錙** 形解 形聲；從金，甾聲。古代重量單位名，六銖爲一錙。俗作「錙」。

音義 ㄗ 名 ①古重量單位名，約合六銖，二十四分之一兩。②微小的數量；例錙銖必較。

參考「錙」的重量有三說：一爲六銖，一爲八銖，一爲六兩；以「六銖」說爲是。一兩二十四錙，合一百四十四銖，故「錙」、「銖」的重量都很輕微。

14 **錙銖** ㄗ ㄓㄨ 錙、銖都是古代很小的重量單位。比喻極爲微小的數量。例錙銖必較。

錙銖必較 ㄗ ㄓㄨ ㄅㄧˋ ㄐㄧㄠˋ 即使對「錙」和「銖」這樣微小的量都要計較。銖：指一錙的六分之一。

常 9 **錨** 形解 形聲；從金，苗聲。投於水中，可使船停止不動的鐵器爲錨。

音義 ㄇㄠˊ 名 鋼鐵製的停船工具，有鈎爪，用鐵鏈連在船上，船舶停止時，可擲於水中，用以穩定位置，不致漂動；例我把船搖到半江裏，歇了櫓，拋了錨。

常 9 **錘** 形解 形聲；從金，垂聲。錘是重量名，八銖爲一錘。

音義 ㄔㄨㄟˊ 名 ①古代重量單位名；例「銖八則錘。」②稱錘，於稱桿上測定重量的銅或鐵質物。③古兵器名，柄端爲金屬球的搥打兵器；例鞭、鍋、錘。④柄端有鐵塊，敲擊東西的工具；例鐵錘。動 用錘敲打，通「鎚」；例千錘百鍊。

參考 ①「錘」與「鎚」音同，且都是打擊工具：然「錘」一般指體形較大的，「鎚」一般指較小的，故「釘鎚」不作「錘」。②與「捶」、「棰」同音而義異：捶：敲打；棰：短木棍。

▽鉛錘、紡錘、稱錘、鐵錘。

常 9 **鍍** 形解 形聲；從金，度聲。以薄金裝飾器物爲鍍。

音義 ㄉㄨˋ 動 以電解或其他化學方法，將某一種金屬均勻的附著於另一金屬或物體表面上；例鍍金。

參考 與「渡」同音而義異：渡，乘船或游泳橫過江河。

8 **鍍金** ㄉㄨˋ ㄐㄧㄣ ㈠用電鍍方法，在較不具光澤的金屬上，覆上一層光澤强的金屬。㈡以薄層的黃金鍍在銀銅製成的器物上。㈢俗稱出國留學或進修爲鍍金，學成歸國後因而身分地位提高，賺錢容易的緣故。

常 9 **鎂** 形解 形聲；從金，美聲。一種化學金屬元素的音譯。

音義 ㄇㄟˇ 名 ①化 金屬元素之一，符號 Mg，原子序一二，質輕，色銀白，在空氣中燃燒時放出强光，可製球墨、鑄鐵及閃光粉；鎂鋁合金可製造飛機、飛船等。②動物體內的鎂，大多存在於骨骼與牙齒中，鎂具有維持心臟、肌肉、神經的正常功能之作用。

常 9 **鍵** 形解 形聲；從金，建聲。指納入門閂以供扣鎖的金屬物爲鍵。

音義 ㄐㄧㄢˋ 名 ①二扇門關合時，橫插於門後的金屬棍子，使門不能開啓；例門鍵。②鎖鑰；例掌授管鍵。③車轄，安在車軸上，管住車輪不脫離車軸的鐵棍；例「無四寸之鍵，則車不行。」④鋼琴、風琴或打字機上手指彈壓的長方形黑白板片；例琴鍵。⑤事物的樞紐；例關鍵。

參考「鍵」與「腱」音同形近而義異：「鍵」，有鎖鑰的意思；「腱」，爲肌肉附骨處。

▽琴鍵、關鍵、按鍵、絃鍵。

常9 **鍊** 形解 形聲；從金，柬聲。柬有揀選精純的意思，所以冶金爲鍊。

音義 ㄌㄧㄢ 名用金屬環節連套而成的圓索，同「鏈」；例項鍊。動①鍛冶；例乃鍊乃鑠，萬辟千灌。②精熟；例鍊字。③熬製；例鍊丹。

參考「鍊」與「練」音同形近而義異：「鍊」有冶製的意思，如「鍊丹」、「鍊金術」不作「練」；而「練」有反覆學習的意思，如「操練」、「練習」不作「鍊」。

▽研鍊、修鍊、鍛鍊、鑄鍊、精鍊、鐵鍊、項鍊、手鍊、錶鍊、千錘百鍊。

常9 **鍋** 形解 形聲；從金，咼聲。車中盛有膏脂可塗抹車軸的器具爲鍋。

音義 ㄍㄨㄛ 名燒水煮飯用的器具；例飯鍋。形①與「鍋子」有關的；例鍋蓋。②形狀像鍋的；例烟袋鍋。

參考與「堝」同音而義異：坩堝，熔化金屬或其他物料的耐高溫容器。

常9 **鍾** 形解 形聲；從金，重聲。重有厚重的意思，一種貯酒的金屬器皿，體積甚大者爲鍾。

音義 ㄓㄨㄥ 名①古代盛酒或盛糧食的器皿；例公孫朝聚酒千鍾。②古量名，六斛四斗爲一鍾。③樂器名，通「鐘」；例梟氏爲鍾。④姓。動①聚集；例天鍾美於是。②眷顧；例顧我獨得神所鍾。副專一地；例鍾愛。

參考①「鍾」從金從重，不可從「童」。②同聚、集、纂。

▽千鍾、萬鍾、老態龍鍾、情有獨鍾。

常9 **鍬** 形解 形聲；從金，秋聲。下部類似鐵鏟，可以插地取土的農具爲鍬。

音義 ㄑㄧㄠ 名①挖掘泥土的圓口器具；例鐵鍬。②似鑿形的東西；例火鍬。

參考「鍬」從金秋聲，卻不唸成ㄑㄡ。

常9 **鍛** 形解 形聲；從金，段聲。段有搥打物體的意思，所以將金屬放入火中燒紅，再以鐵錘搥打爲鍛。

音義 ㄉㄨㄢ 名磨刀石，通「碫」；例取厲取鍛。動①將金屬反覆在火中燒煉、搥打及冷却；例鍛鍊。②磨鍊；例鍛甲砥劍。③銲，以高熱將金屬熔化而加以結合；例鍛接。

常9 **鍥** 形解 形聲；從金，契聲。一種割草工具爲鍥。

音義 ㄑㄧㄝ 動①用刀雕刻，通「契」；例鍥而不舍。②截斷；例鍥朝涉之脛。

參考「鍥」與「絜」音同而形義各異：「鍥」，有雕刻的意思；「絜」，有提携的意思。

6 **鍥而不舍** ㄑㄧㄝ ㄦ ㄅㄨ ㄕㄜˇ 比喻努力不懈。鍥：以刀刻物。舍：同「捨」，中止。

參考與「堅持不懈」都有「堅持到底，毫不放鬆」的意思，但有別：前者是比喻性的，多用於書面文字上，且不可以和「方針」、「原則」等詞相配；後者是直陳性的，可用於書面和口語中，又可以和「方針」、「原則」等詞相配。

常9 **鍰** 形解 形聲；從金，爰聲。鍰即鋝，古重量單位名，十一銖二十五分銖之十三爲一鍰。

音義 ㄏㄨㄢ 名①贖罪金；例罰鍰。②古重量單位名，一鍰等於六兩；例兼金百鍰。

參考①「鍰」古代指贖罪金，因其或用「金」贖，或用「銅」贖，所以重量互異。②字雖從爰，但不可讀成ㄩㄢ。

次9 **鎡** 形解 形聲；從金，茲聲。茲有發生的意思，所以用來鋤地起土的農具爲鎡。

音義 ㄗ 名 鎡基，農具名，耒耜之類的通稱。

參考 「磁鐵」、「磁場」不可作「鎡」。

次 9 **鎃** 形解 形聲；從金，派聲。化學金屬元素的譯名。

音義 ㄆㄞ 名 化 放射性金屬元素「鏷」Pa 的舊譯。

次 9 **鍤** 形解 形聲；從金，臿聲。臿有深入的意思，所以用以縫治衣邊的針爲鍤。

音義 ㄔㄚˊ 名 ①古挖掘泥土的器具；例 負籠荷鍤。②縫衣用的長針。

參考 同鍬（鍫）、銚。

次 9 **鍇** 形解 形聲；從金，皆聲。皆有佳好的意思，所以堅硬有用的好鐵爲鍇。

音義 ㄎㄞ 名 ①好鐵；例 銅錫鉛鍇。②多用於人名；例 徐鍇。

次 9 **鍼** 形解 形聲；從金，咸聲。咸有相合的意思，所以縫衣針爲鍼。今作「針」。

音義 ㄓㄣ 名 ①縫衣針，通「針」。②砭石，古治病器具之一。動 用針刺；例「以鐵鍼鍼之。」

參考 「鍼」、「箴」與「針」通；但「箴規」、「箴言」作「箴」；「鍼灸」作「鍼」，不作「針」。

次 9 **鍘** 形解 形聲；從金，則聲。則有整齊劃分的意思，所以切草刀爲鍘。

音義 ㄓㄚˊ 名 切草的刀；例 鍘刀。動 用鍘刀切物；例 鍘草。

次 9 **鍶** 形解 形聲；從金，思聲。化學金屬元素的譯名。

音義 ㄙ 名 化 鹼土金屬元素，符號 Sr，原子序三八，質軟，色銀白，用於製造合金及光電管。

次 9 **鍚** 形解 形聲；從金，易聲。易有高大的意思，所以馬頭上的金飾爲鍚。

音義 ㄧㄤˊ 名 ①馬額上的金屬飾物，搖動時會發出聲響；例 鉤膺鏤鍚。②盾背上的裝飾物；例 朱干設鍚。

參考 和「錫」（ㄒㄧ）字形近，音義各異。

次 9 **鍔** 形解 形聲；從金，咢聲。咢有打擊的意思，所以刀劍上可以擊人的鋒刃爲鍔。

音義 ㄜˋ 名 刀劍的鋒利部分；例 蓮花穿劍鍔。

次 9 **鍠** 形解 形聲；從金，皇聲。皇有高大的意思，所以鐘聲宏大爲鍠。

音義 ㄏㄨㄤˊ 名 古兵器名，似劍而有三刃。形 形容鐘鼓聲；例 鐘鼓鍠鍠。

次 9 **鎏** 形解 形聲；從金，流聲。美麗的金屬爲鎏。

音義 ㄌㄧㄡˊ 名 ①冠冕上的垂玉。②成色美好的金子。③古鍍金法之一。

次 9 **鍪** 形解 形聲；從金，敄聲。鍋的一種爲鍪。

音義 ㄇㄡˊ 名 ①古青銅製似鍋的炊器，流行於漢代。②兜鍪，古武士戴的頭盔。

常 10 **鎔** 形解 形聲；從金，容聲。鑄造金屬器物的方法爲鎔。

音義 ㄖㄨㄥˊ 名 ①金屬鑄造模型；例「方圓薄厚，隨鎔制爾。」②矛類兵器；例 鑛戟鈹鎔劍鐔鏃。動 ①金屬遇火而融化；例「玉粒雖輭，金膏未鎔。」②固體受熱到一定溫度時變成液體；例 鎔點。

參考 ①「鎔」與「溶」音同形近而義異：「鎔」指金屬於火中融解。「溶」指物質在液體中分解。②字或作「熔」。③與「融」同音而義異：融有融化、調和、流通的意思，如「春雪易融」、「水乳交融」、「金融」，不可易作「鎔」。

常10 **鎊** 形解 形聲；從金，旁聲。刀削爲鎊。

音義 ㄅㄤˋ 名 ①外「英鎊」的音譯字，是英國本位貨幣，一鎊合一百便士。②土耳其、埃及的本位貨幣。

參考「鎊」與「磅」音同形近而義異：「鎊」爲貨幣單位，「磅」爲重量單位。

常10 **鎖** 形解 形聲；從金，貨聲。門鍵爲鎖。

音義 ㄙㄨㄛˇ 名 ①利用機械作用，可將門戶封閉的器具；例鐵鎖。②鏈條；例「以鐵鎖郎當其頸。」③形似鎖的東西；例金鎖。④姓。動①以鎖緊閉；例卻有鄰人爲鎖門。②拘禁；例「銅雀春深鎖二喬。」③蹙縐；例「無端新恨鎖眉頭。」④籠罩；例「香銷雲鎖舊僧家。」⑤一種縫紉法，以針線順著布邊縝密縫緊；例鎖布邊。⑥封閉；例閉關鎖國。

參考①參閱「銷」字條。②「鎖」與「瑣」有時雖可通用，然有不同：通常「鎖鑰」、「鎖骨」不作「瑣」；「瑣碎」、「瑣屑」不作「鎖」。③同閉、闔、關。

▽鐵鎖、封鎖、閉鎖、連鎖、銅鎖、霧鎖、心鎖、名韁利鎖。

常10 **鎢** 形解 形聲；從金，烏聲。小釜爲鎢。

音義 ㄨ 名 化 金屬元素之一，符號W，鋼灰色，光澤似鋼，在金屬中硬度最大，熔點最高，有强烈的抗鏽、抗熱能力，多作爲電燈泡中的鎢絲。我國鎢礦儲量很豐富。

常10 **鎳** 形解 形聲；從金，臬聲。爲化學金屬元素的音譯。

音義 ㄋㄧㄝˋ 名 化 金屬元素之一，符號Ni，色銀白，有光澤，質硬而性堅靭，在空氣中不易氧化，用於電鍍、製造不鏽鋼等。

常10 **鎮** 形解 形聲；從金，眞聲。眞有重壓的意思，所以用重物壓制，不使移動爲鎮。

音義 ㄓㄣˋ 名 ①壓置物體而不使移動或被風吹走的東西；例書鎮。②權勢的穩定力或輸送的樞紐，通常指人或地；例社稷之鎮。③古稱較大的市集；例景德鎮。④今地方行政區劃，介於縣、村之間而與鄉平行；例鄉鎮。⑤用武力把守的地方；例軍事重鎮。⑥姓。動①壓抑；例賢可以鎮國。②安定；例鎮壓。③以冰塊使飲料或食物沁涼；例冰鎮酸梅湯。④禁厭，一種以咒語、符籙等方法驅除邪穢的巫術；例鎮墓文。

參考「鎮」與「震」音同而形義不同：「鎮」，有壓制的意思；「震」，有動盪的意思。「鎮暴」不作「震」；「震怒」不可作「鎮」。

4 **鎮日** ㄓㄣˋ ㄖˋ 整天。例鎮日心神不安。

8 **鎮定** ㄓㄣˋ ㄉㄧㄥˋ ㈠安定。㈡面臨危急而心情不亂。例態度鎮定。

10 **鎮紙** ㄓㄣˋ ㄓˇ 以金屬或玉石製成，壓紙或壓書的文具。長形或尺狀的稱「鎮尺」。參考 參閱「鎮靜」條。

16 **鎮靜** ㄓㄣˋ ㄐㄧㄥˋ 心情穩定，從容不迫。

參考「鎮靜」和「鎮定」都指穩定，都是形容詞，但有別：「鎮靜」指情緒平靜，可以作賓語，如「保持鎮靜」，也可以構成新詞「鎮靜劑」；「鎮定」指遇到緊急情況時不慌亂，程度較深，有時可作動詞用，如「强自鎮定自己的心情」。

17 **鎮壓** ㄓㄣˋ ㄧㄚ ㈠以强大的力量壓制或壓服。㈡將土壤過鬆的土地，以壓土機碾壓使堅實適度。

▽州鎮、重鎮、藩鎮、文鎮、鄉鎮、要鎮、紙鎮、武漢三鎮。

次10 **鎵** 形解 形聲；從金，家聲。化學金屬元素的譯名。

音義 ㄐㄧㄚ 名 化 金屬元素，符號Ga，原子序三一，色銀白，質硬而脆，熔點低（攝氏二九·八度）可作光學玻璃、合金、半導體等。

次 10 **鎬** 形解 形聲；從金，高聲。溫食物的器具爲鎬。

音義 ㄍㄠˇ 名 掘土的工具；例十字鎬。ㄏㄠˋ 名地 古都名，周初國都，今陝西西安市西南。

次 10 **鎰** 形解 形聲；從金，益聲。重量單位名，二十兩爲一鎰。

音義 一ˋ 名 古重量單位，約合二十兩；例萬鎰。

參考 一說一鎰爲二十四兩。

次 10 **鎌** 形解 形聲；從金，兼聲。兼爲以手執禾，所以收割稻禾的器具爲鎌。

音義 ㄌㄧㄢˊ 名 鎌刀，通「鐮」；例腰鎌刈葵藿。

次 10 **鎘** 形解 形聲；從金，鬲聲。古烹煮黍稷的食器爲鎘。

音義 ㄍㄜˊ 名 過渡金屬元素，符號Cd，原子序四八，色銀白，富延展性，用於電鍍、製造合金等。

次 10 **鎛** 形解 形聲；從金，專聲。專本有敷陳的意思，所以懸掛編鐘的橫木上所作金屬文飾爲鎛。

音義 ㄅㄛˊ 名 ①古樂器名，爲銅製的大鐘；例素命鎛。②古農具名；例其鎛斯趙。動 鋪陳，通「敷」；例華藻鎛鮮。

次 10 **鎝** 形解 形聲；從金，荅聲。翻土的農具爲鎝。

音義 ㄙㄚˋ 名 鐵鎝，翻土的農具。ㄉㄚˊ 名化 過渡金屬元素，符號Tc，原子序四三。

次 10 **鎧** 形解 形聲；從金，豈聲。金屬製成的甲冑爲鎧。

鎧

音義 ㄎㄞˇ 名 古戰士所穿的鐵甲；例被鎧扞，持刀兵。

▽劍鎧、甲鎧、護鎧。

次 10 **鎚** 形解 形聲；從金，追聲。追有迫及的意思，所以鐵製用來擊物的工具爲鎚。

音義 ㄔㄨㄟˊ 名 敲打用的手工具；例鐵鎚。動 敲擊；例「鎚琴而破之。」

參考 同錘。

▽鐵鎚、釘鎚、木鎚。

次 10 **鎦** 形解 形聲；從金，留聲。殺戮爲鎦。隸變作「鎦」。

音義 ㄌㄧㄡˊ 名化 稀土金屬元素，符號Lu，原子序七一。ㄌㄡˋ 方 鎦子，戒指。

次 10 **鎗** 形解 形聲；從金，倉聲。鐘聲爲鎗。

音義 ㄑㄧㄤ 名 ①口徑在二十毫米以下發射子彈以殺傷人的兵器，通「槍」；例鳥鎗。②擊刺兵器名，通「槍」；例刀鎗劍戟。形 形容金玉撞擊聲；例鎗然有聲。ㄔㄥ 名 古用以溫酒的三足鼎。

鎗

8 **鎗林彈雨** ㄑㄧㄤ ㄌㄧㄣˊ ㄉㄢˋ ㄩˇ 鎗如林立，彈如雨下；比喻戰況激烈。

常 11 **鏡** 形解 形聲；從金，竟聲。用以映照形象的器具爲鏡。

音義 ㄐㄧㄥˋ 名 ①以銅或玻璃製成，可以反射影像於其中的器具；例青銅鏡。②利用光學原理，組合數個透明玻璃片而成的器具；例顯微鏡。③典範；例「教騰義鏡，樂綴前修。」④姓。動 ①映照；例每鏡自驚。②照耀；例榮鏡宇宙。③警惕；例志古之道，所以自鏡也。④察考；例以鏡萬物之情。

參考 「鏡」與「鑑」都有鏡子的意

思，餘義也多可通，然今當作「鏡子」解時，悉用「鏡」字而不用「鑑」字。質言之，「鑑」、「鏡」是古今字。且「鑑」又有審視的意思，如：「鑑賞」、「鑑別」則不作「鏡」。

8 **鏡花水月** ㄐㄧㄥˋ ㄏㄨㄚ ㄕㄨㄟˇ ㄩㄝˋ 鏡中的花，水中的月，比喻虛幻的景象。

參考 同海市蜃樓。

16 **鏡頭** ㄐㄧㄥˋ ㄊㄡˊ ㈠照相機或攝影機前的光學透鏡部分。㈡構成影片的基本單位，即電影攝影機每拍攝一次所攝取的畫面。㈢在影片或相片中特別出衆稱「上鏡頭」。例她很上鏡頭。

▽眼鏡、銅鏡、古鏡、借鏡、破鏡、磨鏡、顯微鏡、凸透鏡、凹透鏡、望遠鏡、照妖鏡、穿衣鏡、濾光鏡、教賸義鏡。

常 11 **鏑**

形解 形聲；從金，啇聲。箭頭爲鏑。

音義 ㄉㄧˊ 名 ①箭頭；例金鏑。②箭；例手按飛鏑。③化 稀土元素之一，符號 Dy，銀白色，質輭，可割削，已知用途，爲製造核子反應控制設備。

參考 「鏑」從「金」從「啇」，「啇」不可誤作「商」。

▽鋒鏑、鳴鏑、矢鏑、手按飛鏑。

常 11 **鏟**

形解 形聲；從金，產聲。鋤土鐵器爲鏟。

音義 ㄔㄢˇ 名 一種鐵製帶柄的器具，可用來下挖、削平、翻動或攝取東西；例鐵鏟。動 ①用鏟子削平或攝取；例「意欲鏟壘障。」②出產，通「產」；例鏟利銅山。

鏟

參考 「鏟」與「剷」都有削平的意思，然今多以「剷」作動詞使用，而以「鏟」作名詞使用。

常 11 **鏃**

形解 形聲；從金，族聲。鏃銳利爲鏃。

音義 ㄗㄨˊ 名 箭頭；例箭鏃。動 裝置鏃；例鏃而礪之。形 銳利的；例所爲貴鏃矢者。

參考 ①又讀ㄘㄨˋ。②同鏑。③與「簇」、「蔟」同音（ㄘㄨˋ）而義異：簇，聚攏在一塊兒；蔟，蠶蔟，供蠶吐絲作繭的器物。

常 11 **鏈**

形解 形聲；從金，連聲。銅類金屬可以連接者爲鏈。

音義 ㄌㄧㄢˋ 名 用金屬環扣連套而成繩索狀物；例鐵鏈。

參考 「鏈」與「鍊」音同形似，且都有金屬環節的意思；然「鏈」多指金屬環扣套成長條形，如「鏈球」、「鐵鏈」不作「鍊」；「鍊」多指環結扣成圓圈形，如「項鍊」不可作「鏈」。

常 11 **鏜**

形解 形聲；從金，堂聲。堂形容打擊的聲音，所以鐘鼓之聲爲鏜。

音義 ㄊㄤ 名 古國樂打擊樂器名，形似小銅盤。形 ①狀聲詞，打鐘、敲鑼的聲音。②聲音宏亮；例擊鼓其鏜。ㄊㄤˇ 動 用鏜刀對工件上已有的孔進行加工。

參考 「鏜」與「膛」音近形似而義異：「鏜」，唸ㄊㄤ，爲樂器名；「膛」，音ㄊㄤˊ，有中空部位的意思，故「槍膛」不可作「鏜」。

常 11 **鏝**

形解 形聲；從金，曼聲。曼有引長的意思，所以塗抹墻泥的工具爲鏝。

音義 ㄇㄢˋ 名 ①泥瓦工抹牆砌瓦時，將水泥或石灰敷平的工具，也叫抹子；例「吾不敢一日捨鏝以嬉。」②古時一種沒有鋒刃的戟；例鏝胡。③硬幣的背面；例「這錢昏，字鏝不好。」

常 11 **鏖**

形解 形聲；從金，麀省聲。用微火燜煮食物的銅盆爲鏖。

音義 ㄠˊ 動 ①纏鬥苦戰而傷亡慘重；例鏖兵。②喧雜吵鬧；例市聲鏖雜。

參考 ①「鏖」又有溫器的意思。②與「鏕」形近而音義不同：鏕，馬嚼子，如「分道揚鏕」就不可誤作「鏖」。

16 **鏖戰** ㄠˊ ㄓㄢˋ 竭力苦戰。

常 11
鏢 形解 形聲；從金，票聲。票有輕揚上飛及末梢的意思，刀鞘末端的銅飾爲鏢。
音義 ㄅㄧㄠ 名 ①古代一種投擲暗器，通常爲金屬製，成銳三角形，體積較小，發射時令人不易查覺，通「鑣」；例飛鏢。②古稱接受委託保護的行旅或財貨；例放鏢。形 與保鏢有關的；例鏢局。
參考 ①「鏢」從金票聲，卻不可唸成ㄆㄧㄠ。②與「驃」同音而義異：驃，是一種馬，全身淡黃栗色，鬃尾等長毛部分近於白色，現叫銀河馬。
7 **鏢局** ㄅㄧㄠ ㄐㄩˊ 舊時承接客商所委託的銀錢貨物，負責安全押運的機關。有如今日的保全公司。

常 11
鏍 形解 形聲；從金，累聲。小鍋子爲鏍。
音義 ㄌㄨㄛˊ 名 應用螺旋原理用金屬做成的，連接或固定物體的零件；例鏍絲釘。

常 11
鏘 形解 形聲；從金，將聲。金石相擊聲爲鏘。
音義 ㄑㄧㄤ 動 玉石碰撞所發出的聲音；例鏘金鳴玉。形 描摹撞擊金屬器物的聲音；例鏗鏘有聲。
參考 與「鏹」同音而義異：鏹，鏹水，具有强烈腐蝕性的濃硝酸、濃鹽酸等的俗稱。
▽鏗鏘。

常 11
鏤 形解 形聲；從金，婁聲。婁有中空的意思，鐫刻挖雕爲鏤。
音義 ㄌㄡˋ 名 ①可供雕刻的鐵材；例「厥貢璆、鐵、銀、鏤、砮、磬。」②雕刻而成的器物；例「冰池紋似鏤。」③方 古代江淮、陳楚地域的話，稱釜爲「鏤」。④孔竅；例「帝禹生於石紐，兩耳三鏤。」⑤姓。動 ①雕刻；例鏤版。②挖鑿；例鏤冰爲璧。③刺繡；例鏤身。④剪裁；例鏤金箔。形 雕成的；例鏤花。
參考 ①「鏤」與「縷」形近而音義不同：「鏤」，唸ㄌㄡˋ，有刻鐫的意思；「縷」，音ㄌㄩˇ，爲絲束。②「鏤」與「刻」都有雕鐫的意思：然「鏤」，指雕金屬；「刻」，指雕木頭。③與「瘻」同音而義異：瘻，瘻管的簡稱。
4 **鏤月裁雲** ㄌㄡˋ ㄩㄝˋ ㄘㄞˊ ㄩㄣˊ 比喻精巧。
8 **鏤空** ㄌㄡˋ ㄎㄨㄥ 雕刻出穿透物體的花紋或文字。
10 **鏤骨銘心** ㄌㄡˋ ㄍㄨˇ ㄇㄧㄥˊ ㄒㄧㄣ 比喻永誌不忘。又作「刻骨銘心」。

常 11
鏗 形解 形聲；從金，堅聲。金石相擊聲爲鏗。
音義 ㄎㄥ 動 金石撞擊；例鏗鐘搖簴。形 ①琴瑟聲；例「鼓瑟希，鏗爾。」②音響明朗；例聲韻鏗鏘。③形容絃索或金屬發出響亮的聲音；例鏗的一聲。
參考 ①「鏗」雖從「金」「堅」聲，但不可讀成ㄐㄧㄢ。②與「硜」同音而義異：硜，是敲打石頭的聲音。
19 **鏗鏘** ㄎㄥ ㄑㄧㄤ 形容聲音響亮和諧，多指樂聲。

次 11
鏞 形解 形聲；從金，庸聲。庸有大的意思，所以大鐘爲鏞。
音義 ㄩㄥ 名 古樂器名，大鐘；例笙鏞以間。
參考 又音ㄩㄥˊ。

次 11
鏇 形解 形聲；從金，旋聲。旋有圓環的意思，所以金屬製的圓鑪爲鏇。
音義 ㄒㄩㄢˋ 名 ①溫酒器；例鏇子。②可旋轉切削的機座，即今之「車床」。動 ①以刀削物。②溫酒；例「命燕青去鏇熱酒來。」

次 11
鏐 形解 形聲；從金，翏聲。翏有大的意思，所以純度高的黃金爲鏐。
音義 ㄌㄧㄡˊ 名 質地純美的黃金；例潛知是精鏐。

次 11
鏹 形解 形聲；從金，强聲。穿銀錢的繩子爲繈，所以穿好的錢貫爲鏹。

音義 ㄑㄧㄤ 名 鏹水，濃硫酸、濃硝酸、濃鹽酸的俗稱。

ㄑㄧㄤˇ 名 ①以繩串之成貫的錢幣；例 藏鏹巨萬。②金銀；例 累金積鏹。

參考 貫錢的繩索，稱「繈」；貫成的錢，也稱「繈」；所以「繈」俗又作「鏹」，其本字爲「繈」。

次 11 **鏌** 形解 形聲；從金，莫聲。莫有大的意思，所以大戟爲鏌。

音義 ㄇㄛˋ 名 鏌鋣，古寶劍名，即「莫邪」。

次 11 **鎩** 形解 形聲；從金，殺聲。柄上有劍鼻的長劍爲鎩。

音義 ㄕㄚ 名 長矛；例 長梛勁鎩。動 殘毀；例 鳥鎩翮。

參考 ①又讀 ㄕㄞˋ。②反 鏦。

6 **鎩羽** ㄕㄚ ㄩˇ 羽毛摧落，不能奮飛。例 鎩羽而歸。

參考 又讀 ㄕㄞˋ ㄩˇ。

次 11 **鏦** 形解 形聲；從金，從聲。從有追迫的意思，所以用來近距離交戰的短矛爲鏦。

音義 ㄘㄨㄥ 名 短矛；例 修鎩短鏦。動 持矛戟衝刺；例 使人鏦殺吳王。

次 11 **鏊** 形解 形聲；從金，敖聲。敖有大的意思，所以大而平底的鍋爲鏊。

音義 ㄠˋ 名 鏊子，烙麵食用的平底而中央稍凸之鍋子。

次 11 **鏨** 形解 形聲；從金，斬聲。斬有斷絕的意思，所以小鑿子爲鏨。

音義 ㄗㄢˋ 名 雕鑿金石的小鑿子；例 鋼鏨。動 雕刻；例 鏨字。

常 12 **鐘** 形解 形聲；從金，童聲。樂鐘爲鐘。

音義 ㄓㄨㄥ 名 ①金屬製成的敲擊樂器名，中空，敲時發聲；例 鐘鼓雷鳴。②計時的器具名；例 鬧鐘。③時間單位，指鐘點；例 八個鐘頭。④姓。

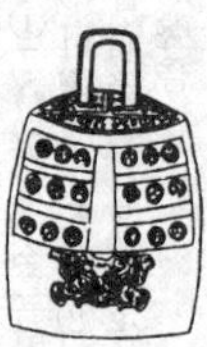

鐘 ①

參考 參閱「鈴」、「鍾」字條。

13 **鐘鼎文** ㄓㄨㄥ ㄉㄧㄥˇ ㄨㄣˊ 金文的舊稱，泛指古代一切銅器上所鏤所鑄的文字。

鐘鼎山林 ㄓㄨㄥ ㄉㄧㄥˇ ㄕㄢ ㄌㄧㄣˊ 比喻出仕或隱居，人各有志；鐘鼎：是廟堂祭器，指在朝。山林：爲隱士所居，指在野。

14 **鐘鳴鼎食** ㄓㄨㄥ ㄇㄧㄥˊ ㄉㄧㄥˇ ㄕˊ ㈠古富貴大戶人家列鼎而食，食時鳴鐘爲樂的景象。㈡比喻富貴人家。

鐘鳴漏盡 ㄓㄨㄥ ㄇㄧㄥˊ ㄌㄡˋ ㄐㄧㄣˋ ㈠晨鐘已鳴，夜漏將殘，表示夜晚將盡。㈡比喻人老後的殘年。

▽警鐘、黃鐘、午鐘、時鐘、晚鐘、梵鐘、鬧鐘、電子鐘、暮鼓晨鐘。

常 12 **鐃** 形解 形聲；從金，堯聲。金屬樂器爲鐃。

音義 ㄋㄠˊ 名 ①古軍樂器，狀似鈴而無舌，有柄，擧奏發聲，具有引導鼓聲停止的功用；

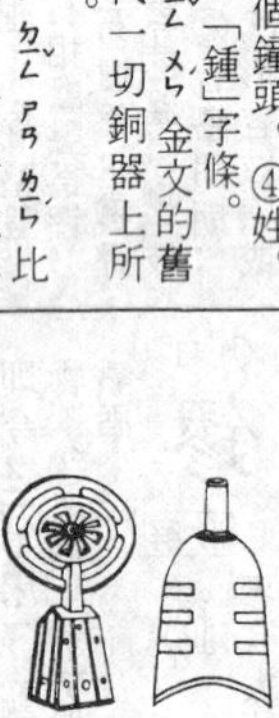

鐃

例 以金鐃止鼓。②打擊樂器，較鈸爲小，銅製，圓形，中央隆起部分小，正中有孔，可以繫把，每副兩片，合擊而發聲，常和大鈸合奏，多用於吹打樂；例 鐃鈸。動 騷擾，通「撓」；例「萬物無足以鐃心者。」

參考 ①「鐃」雖從金堯聲，但不可唸成 ㄧㄠ 或 ㄖㄠˋ。②同 鈸。③與「撓」、「蟯」同音而義異：撓有攪擾、屈服、搔抓的意思；蟯是蟯蟲，爲人體寄生蟲之一。

常 12 **鏽** 形解 形聲；從金，肅聲。肅有收斂蕭索的意思，所以金屬露置空氣中，表面所生的氧化物爲鏽。

音義 ㄒㄧㄡˋ 名 金屬表面氧化所產生的物質；例 鐵鏽。動 ①金屬品氧化而失卻原來形貌；例 鏽蝕。②生鏽；例 這把刀鏽得厲害。③植物病之一；例 小麥鏽病。

參考 ①「鏽」字俗體作「銹」。②「鏽」與「繡」音同形近而義異：「鏽」，有鐵鏽的意思；而「繡」，有刺繡的意思。

次 12 **鐋** 形解 形聲；從金，湯聲。樂器名，小銅鑼爲鐋。

音義 ㄊㄤ 名 小銅鑼。ㄊㄤˋ 名 磨平木板的石器；例「磋以鑢鐋。」

次 12 **鐓** 形解 形聲；從金，敦聲。敦有寬厚的意思，所以戈戟柄底部可以插地的基座爲鐓。省作「錞」。

音義 ㄉㄨㄟˋ 名 夯土用的重錘。ㄉㄨㄟ 名 矛戟柄末端的平底金屬套，通「錞」。ㄉㄨㄣ 動 閹割；例 鐓雞。

次 12 **鐠** 形解 形聲；從金，普聲。化學金屬元素的譯名。

音義 ㄆㄨˇ 名 化 稀土金屬元素，符號 Pr，原子序五九，淺黃色。

次 12 **鐏** 形解 形聲；從金，尊聲。尊有聚集的意思，所以戈矛柄端用以刺入地中的部分爲鐏。

音義 ㄗㄨㄣˋ 名 戈柄下端銅製的尖錐形部分，可插入地中；例「進戈者前其鐏。」

參考「尊」、「樽」、「罇」均可作「酒器」解，但「鐏」並無此義。

次 12 **鐔** 形解 形聲；從金，覃聲。劍柄與刃相接處的護手爲鐔。

音義 ㄊㄢˊ 名 ①劍鼻，即劍柄與劍身連接處兩旁突出的部分。②兵器名，形似劍而小。③姓。

參考 又音 ㄒㄧㄣˊ。

次 12 **鐐** 形解 形聲；從金，尞聲。尞有美好的意思，所以有美麗光彩的金屬爲鐐。

音義 ㄌㄧㄠˊ 名 ①質地美好的銀子；例 鐐質輪菌。②刑具名，繫在腳腕上的鐵鎖及鐵鏈。

參考 又讀 ㄌㄧㄠˋ。

次 12 **鐙** 形解 形聲；從金，登聲。金屬製的豆器爲鐙。

音義 ㄉㄥ 名 ①古盛放熱食的器具；例 實于鐙。②通「燈」；例 華鐙錯些。ㄉㄥˋ 名 馬鞍兩旁的鐵製腳踏；例 遺鞭脫鐙。

次 12 **鐍** 形解 形聲；從金，矞聲。環之有舌者爲鐍。

音義 ㄐㄩㄝˊ 名 ①箱前上鎖的紋鈕；例 固扃鐍。②一端凸出似舌的環；例 得施玉環鐍。

參考 與作「詭詐」、「變化」解的「譎」字音同義異。

次 12 **鏷** 形解 形聲；從金，菐聲。菐有始的意思，所以未經提煉的金屬礦石爲鏷。

音義 ㄆㄨˊ 名 ①未經煉製的銅鐵；例「鏷越鍛成。」②化 放射性元素，符號 Pa，原子序九一，色銀白，有延展性。

次 12 **鐎** 形解 形聲；從金，焦聲。銅器名，可容一斗，白天可炊食，夜間敲擊以警示人者爲鐎斗。

音義 ㄐㄧㄠ 名 鐎斗，漢三足有柄的青銅溫器，軍中也用來打更。

參考 又作「刁斗」。

常 13 **鐮** 形解 形聲；從金，廉聲。鐵製用來刈割禾麥、野草的鉤狀農具爲鐮。

音義 ㄌㄧㄢˊ 名 曲形，內彎部分有刃，是收割莊稼和割草農具。又名「鐮刀」。

參考 ①「鐮」又可省作「鎌」。②或作「鐮」。③與「臁」、「蠊」同音而義異：臁，是指小腿的兩側，蠊，蜚蠊，爲昆蟲名。

(常) 13
鐳
形解 形聲；從金，雷聲。金屬製成的瓶或壺爲鐳。

音義 ㄌㄟˊ 名 ①稱瓶壺類的器具；例「賓壺、鐳、瓶、甀以偵之。」②化金屬元素之一，符號Ra，是法國居禮夫人所發現，色銀白，有光澤，質軟，具有放射性，能放出α、β、γ三種射線，可治療癌症及皮膚病等，在醫療上極爲重要。

參考 與「擂」、「檑」同音而義異：擂，研磨；檑，是滾木。

(常) 13
鐵
形解 形聲；從金，戴聲。一種金屬名稱，黑金爲鐵。

音義 ㄊㄧㄝˇ 名 ①化金屬元素之一，符號Fe，色灰白，富延展性，感磁性最强的金屬，也容易去磁，化學性活潑，在濕空氣中易生鏽；可溶於稀酸，濃硝酸、濃硫酸能使鐵鈍化，易與其他金屬冶成合金，用途廣，並爲動植物的重要構成物。②指刀、槍等兵器；例寸鐵殺人。③姓。形 ①黑色的；例臉色鐵青。②堅硬；例銅牆鐵壁。③堅定不移；例鐵證。④强悍；例「鐵馬秋風大散關。」⑤冥頑不靈的；例鐵石心腸。副 絕對地；例鐵不是。

參考 「鐵」與「鋼」都是鐵類；然「鋼」，是精煉的鐵；「鐵」則含碳及其他雜質較多。

5 **鐵石心腸** ㄊㄧㄝˇ ㄕˊ ㄒㄧㄣ ㄔㄤˊ (一)比喻意志堅强，不受誘惑。(二)形容剛强而不爲柔情所困的人。

10 **鐵案** ㄊㄧㄝˇ ㄢˋ 證據確鑿，無法推翻的案件或結論。例鐵案如山。

鐵馬 ㄊㄧㄝˇ ㄇㄚˇ (一)配有鐵甲的戰馬。(二)比喻精銳的部隊。(三)懸於屋簷的鐵片，風吹則相擊而發聲，今稱風鈴，又作「簷馬」。(四)俚腳踏車的別名。

12 **鐵窗** ㄊㄧㄝˇ ㄔㄨㄤ 比喻牢獄。

16 **鐵蹄** ㄊㄧㄝˇ ㄊㄧˊ 比喻兇猛殘酷的侵略行爲。

鐵樹開花 ㄊㄧㄝˇ ㄕㄨˋ ㄎㄞ ㄏㄨㄚ 比喻事情難以完成。鐵樹：鐵製的樹。

18 **鐵騎** ㄊㄧㄝˇ ㄐㄧˋ (一)穿鐵甲的騎兵。(二)泛稱精銳的軍馬。

19 **鐵證** ㄊㄧㄝˇ ㄓㄥˋ 確實的，强而有力的證據。例鐵證如山。

▽ 鋼鐵、磁鐵、寸鐵、生鐵、鑄鐵、煉鐵、金鐵、手無寸鐵、斬釘截鐵。

(常) 13
鐺
形解 形聲；從金，當聲。當有阻擋的意思，所以用鐵環連接成的鐵索爲鐺。

音義 ㄉㄤ 名 描摹聲音的詞，金屬撞擊聲地；例鐘聲鐺鐺地響。ㄔㄥ 名 ①古代一種有腳架的鍋，多以陶瓷製成；例藥鐺。②一種平底淺鍋，通常充作烙、煎之用。

參考 ①「鐺」與「噹」(ㄉㄤ)都可作描摹聲音的詞，其餘意思則不同。②與「襠」同音而義別：襠，有褲襠，兩腿的中間二種意思。

(常) 13
鐸
形解 形聲；從金，睪聲。大鈴爲鐸。

音義 ㄉㄨㄛˊ 名 ①一種可以用手拿搖動發音的大鈴，有金舌、木舌的不同，是古代宣布政教法令時用的；例木鐸。②懸掛受風震盪可發聲的鈴；例「晨起動征鐸，客行悲故鄉。」③姓。

鐸

參考 「鐸」左從金，右從四從幸，宜注意其字形結構及其讀音。

▽ 木鐸、振鐸、金鐸。

(常) 13
鐲
形解 形聲；從金，蜀聲。形如小鐘，古時軍中用以節制鼓聲的一種樂器爲鐲。

音義 ㄓㄨㄛˊ 名 ①古代形似小鐘的軍樂器；例鼓行鳴鐲。②戴在腕部的環狀飾物；例拾玉鐲。

鐲

參考 ①「鐲」從金蜀聲，卻不可

唸成ㄕㄡˋ。②字或作「錠」。

㊅13 **鐿** 形解 形聲；從金，意聲。化學金屬元素的譯名。

音義 一ˋ 名 化 稀土金屬元素，符號Yb，原子序七十，爲白色粉末狀物。

㊅13 **鐻** 形解 形聲；從金，豦聲。豦有大的意思，所以鐘鼓的承足爲鐻。

音義 ㄐㄩˋ 名 ①懸掛鐘磬的架子兩旁的立柱；例 銷以爲鐘鐻。②古樂器名，形似鐘；例 削木爲鐻。ㄑㄩ 名 金銀製成的耳環；例 穿耳以鐻。

㊅13 **鐶** 形解 形聲；從金，睘聲。睘有圓環的意思，所以金屬製的環爲鐶。

音義 ㄏㄨㄢˊ 名 金屬飾物，通「環」；例 玉環。

㊅13 **鐫** 形解 形聲；從金，雋聲。以利器雕刻物品爲鐫。

音義 ㄐㄩㄢ 名 鏨子。動 ①鑿刻；例「鐫山石。」②貶官；例 鐫級。動 雕刻；例 鐫碑紀念。

參考 ①又作「鑴」。②同 雕，刻，鑿，銼。

常14 **鑄** 形解 形聲；從金，壽聲。壽有長久的意思，把金屬銷熔製成器具，可傳久遠者爲鑄。

音義 ㄓㄨˋ 名 ①史 古國名，今山東肥城鑄鄉。②姓。動 ①把銷鎔金屬，注入模型裡製成物件；例 鑄錢。②造成；例 鑄成大錯。③造就；例 陶鑄人才。

參考「鑄」從「金」「壽」聲，卻不可唸成ㄕㄡˋ或ㄔㄡˊ。

11 **鑄造** ㄓㄨˋ ㄗㄠˋ ㈠將金屬熔化後，注入模中，冷卻後形成各種成品的操作。又稱「鑄工」。㈡比喻培養人才。

▽鎔鑄、新鑄、陶鑄、冶鑄。

常14 **鑑** 形解 形聲；從金，監聲。監爲居高臨下，可以臨近照清形象者爲鑑。

音義 ㄐㄧㄢˋ 名 ①鏡子；例「鑑明則塵垢不止。」

鑑

②警戒、勸勉之事；例 青史已書殷鑑在。③姓。動 ①審視；例 鑑別。②映照；例 光可鑑人。③勸戒；例「後人哀之而不鑑之。」

參考 ①「鑑」與「鑒」音同形近且都有照察、警戒等意思；習慣上「鑑別」、「鑑賞」不作「鑒」；「鑒諒」、「鑒核」不作「鑑」。②參閱「鏡」字條。

7 **鑑別** ㄐㄧㄢˋ ㄅㄧㄝˊ 詳察而加以辨別。例 鑑別眞僞。

8 **鑑定** ㄐㄧㄢˋ ㄉㄧㄥˋ 加以視察而判定眞僞好壞。

參考 參閱「識別」條。

鑑往知來 ㄐㄧㄢˋ ㄨㄤˇ ㄓ ㄌㄞˊ 觀察過去的事，以推知未來。

15 **鑑賞** ㄐㄧㄢˋ ㄕㄤˇ ㈠精闢的見識，即「鑑識」。㈡對文學藝術作品，從藝術形象的具體感覺出發，而達到對作品一定程度的理解、判斷和鑑別。

▽殷鑑、明鑑、寶鑑、戒鑑、前車之鑑、資治通鑑。

常14 **鑒** 形解 形聲；從金，監聲。鏡子爲鑒。

音義 ㄐㄧㄢˋ 名 ①鏡子，通「鑑」；例 我心匪鑒。②誡愼，警惕之事；例 殷鑒不遠。③判斷力；例 知人之鑒。④姓。動 ①映照；例 明鏡可鑒形。②審察；例 鑒微知著。③書信用語，表示請對方看信；例 賜鑒。

參考 ①參閱「鑑」字條。②鑒與鑑同，但印鑑字不作「鑒」。

▽殷鑒、覆鑒、鈞鑒、前車之鑒。

㊅14 **鑌** 形解 形聲；從金，賓聲。品質很好的鐵爲鑌。

音義 ㄅㄧㄣ 名 古精煉的鐵；例 鑌鐵。

參考 古五刑中有削去膝骨的「臏」刑，字不作「鑌」。

㊅14 **鑊** 形解 形聲；從金，蒦聲。用來煮肉的三足大鼎爲鑊。

音義 ㄏㄨㄛˋ 名①古三足煮肉用的鼎；例鼎鑊。②古烹人用的刑具；例鑊烹之刑。③〔方〕南方話稱鍋子爲鑊。

▽鼎鑊、湯鑊、鍋鑊、鐵鑊。

常 15 **鑣**

形解 形聲；從金，麃聲。馬口中所銜而露出於馬口外兩端的部分爲鑣。

音義 ㄅㄧㄠ 名①馬口中所銜的鐵環；例揚鑣飛沫。②馬的代稱；例分鑣並驅。③形似矛頭的暗器，通「鏢」；例飛鑣。

參考「鑣」從「金」「麃」聲，不唸成ㄌㄨˋ。

常 15 **鑠**

形解 形聲；從金，樂聲。銷熔金屬爲鑠。

音義 ㄕㄨㄛˋ 動①銷鎔；例衆口鑠金。②毀損；例銷鑠。③鍛鍊；例非由外鑠我也。形美好的；例於鑠王師。

參考①「鑠」與「礫」形近而音義各異：「鑠」，從金，唸ㄕㄨㄛˋ，有鎔銷的意思；「礫」，從石，音ㄌㄧˋ，有小石的意思。②與「爍」同音而義異：爍：光亮，如「閃爍」。

▽銷鑠、閃鑠、燒鑠。

次 15 **鑢**

形解 形聲；從金，慮聲。慮有摩擦的意思，所以砥礪金石爲鑢。

音義 ㄌㄩˋ 名磋治骨、角、銅、鐵等物的工具；例磋以鑢錫。動①磋磨；例磨鑢。②修身反省；例躬自鑢。

次 15 **鑕**

形解 形聲；從金，質聲。用來斬腰的大斧爲鑕。

音義 ㄓˋ 名古刑具名，腰斬時墊在底下承斧用的鐵砧；例砧鑕。

次 16 **鑪**

形解 形聲；從金，盧聲。盧有黑色的意思，所以金屬製的爐子爲鑪。

音義 ㄌㄨˊ 名①四邊高起，用來安放酒甕的土臺；例文君當鑪。②通「爐」；例香滿玉鑪。

次 16 **鑫**

形解 會意；從三金，黃金聚集衆多爲鑫。

音義 ㄒㄧㄣ 名人名、店名用字，取其多金興盛的意思。

常 17 **鑲**

形解 形聲；從金，襄聲。襄有包容、蘊入的意思，古代鑄造大鐘時，在土製模型中嵌入的細槽爲鑲。

音義 ㄒㄧㄤ 名古代一種劍類兵器；例鉤鑲。動①配製於邊緣；例鑲花邊。②嵌合，把金、銀、寶石等一類的東西嵌進去；例鑲鑽石。

參考「鑲」與「讓」形似而音義各異：「鑲」，唸ㄒㄧㄤ，有嵌合的意思；「讓」，音ㄖㄤˋ，有謙退的意思。

4 鑲牙 ㄒㄧㄤ ㄧㄚˊ 以人工配補脫落了的牙齒。

12 鑲嵌 ㄒㄧㄤ ㄑㄧㄢ 把東西嵌入某物中。例戒指上鑲嵌鑽石。

常 17 **鑰**

形解 形聲；從金，龠聲。關門用的鐵柱爲鑰。

音義 ㄩㄝˋ 名①開鎖的鍵片；例鑰匙。②鎖；例門鑰。③事物的樞紐；例形勢險要有如鎖鑰。④姓。

參考「鑰匙」之「鑰」，又讀ㄧㄠˋ。

次 17 **鑭**

形解 形聲；從金，闌聲。黃金的光采爲鑭。

音義 ㄌㄢˊ 名化稀土金屬元素，符號La，原子序五七，質軟，色銀白。

次 17 **鑱**

形解 形聲；從金，毚聲。毚有尖銳的意思，所以尖銳器具爲鑱。

音義 ㄔㄢˊ 名①錐、針，古醫療用的石針；例鐵鑱。②古掘土器；例「長鑱長鑱白木柄。」形尖銳的。

參考「讒言」、「鐫劖」，均不作「鑱」。

次 18 **鑷**

形解 形聲；從金，聶聲。金屬所製挾除毛髮的器具爲鑷。

音義 ㄋㄧㄝˋ 名 ①鑷子，拔除毛髮或夾取細小物品的用具；②古簪端的垂飾；例寶鑷間珠花。動 拔除；例白髮無心鑷。

參考 「鑷」和「鉗」類似，「鉗」大而「鑷」小。

常 19 **鑽** 形解 形聲；從金，贊聲。贊有進入的意思，所以旋轉推進以穿孔的金屬工具爲鑽。

音義 ㄗㄨㄢ 動 ①攀援或附會；例鑽營。②探究；例鑽研。③刺入、穿越；例鑽窟窿。④向上或向前騰躍，通「躦」。

ㄗㄨㄢˋ 動 穿孔；例鑽孔、鑽洞。

ㄗㄨㄢˋ 名 ①穿孔的工具；例電鑽。②金剛石；例鑽戒。③姓。

參考 ①「鑽」字讀音很多，詞性各不相同，當名詞的「鑽子」，唸去聲，當動詞的「鑽孔」，唸ㄗㄨㄢ。②「鑽」與「鑿」都有穿孔的意思，但有別：「鑽」，有以旋轉力挖成的意思；「鑿」，則不拘形式挖掘成長圓的孔洞。

4 **鑽牛角尖** ㄗㄨㄢ ㄋㄧㄡˊ ㄐㄧㄠˇ ㄐㄧㄢ 比喻思想固執，自困於絕境。又作「鑽牛犄角」。

9 **鑽研** ㄗㄨㄢ ㄧㄢˊ 就某一特定的學問深入研究。

參考 參閱「研究」條。

17 **鑽營** ㄗㄨㄢ ㄧㄥˊ 找門路，托人情，以求進昇高位或得取厚祿。

常 19 **鑾** 形解 形聲；從金，鸞省聲。繫於馬銜兩邊的鈴，聲諧五音似鸞鳴者爲鑾。

音義 ㄌㄨㄢˊ 名 ①古代繫於馬頸上的一種鈴鐺，通「鸞」；例鑾輅龍旗。②天子的座車；例鑾駕。③姓。

參考 「鑾」與「鸞」音同形近而義異：「鑾」，從「金」，有鈴的意思；「鸞」，從肉，有肉塊的意思。

常 19 **鑼** 形解 形聲；從金，羅聲。一種金屬打擊樂器爲鑼。

音義 ㄌㄨㄛˊ 名 打擊樂器名，銅製，似盤，一般有提手，用槌擊奏，形制多樣，如大鑼、小鑼、堂鑼、雲鑼等，常用於吹打樂及戲曲、歌舞伴奏；例鑼鼓喧天。

13 **鑼鼓喧天** ㄌㄨㄛˊ ㄍㄨˇ ㄒㄩㄢ ㄊㄧㄢ 形容敲鑼打鼓、非常熱鬧的樣子。

常 20 **鑿** 形解 形聲；從金，糳省聲。糳爲用舂擊糙米使成精米，所以藉舂擊之力穿透木材的金屬工具爲鑿。

音義 ㄗㄨㄛˊ 名 ①穿孔的器具；例利錐不如方鑿。②卯眼，爲二物嵌合而設計的凹槽；例圓鑿方枘。動 ①挖掘；例鑿井而飲。②穿孔；例快鑿一個眼兒。③牽強附會；例穿鑿。形 確切的；例確鑿。

參考 ①「鑿」語音唸ㄗㄠˊ。②參閱「鑽」字條。③「鑿」有兩個讀音：a.挖削木頭、石頭的器具，平常說「鑿子」，音ㄗㄠˊ ˙ㄗ。b.「穿鑿附會」的「鑿」音ㄗㄨㄛˋ。

8 **鑿空** ㄗㄨㄛˋ ㄎㄨㄥ ㈠開通道路。㈡穿鑿附會。例鑿空附會。

鑿枘不入 ㄗㄨㄛˋ ㄖㄨㄟˋ ㄅㄨˋ ㄖㄨˋ 比喻意見不相合。鑿：指器物凹下可鑲嵌東西的部分，即「卯眼」；枘：能容入鑿孔作爲柄的短木。此處指方鑿和圓枘，不能相容。

28 **鑿鑿** ㄗㄨㄛˋ ㄗㄨㄛˋ ㈠鮮明的樣子。例白石鑿鑿。㈡確實而有根據的。例言之鑿鑿。

▽開鑿、穿鑿、孔鑿、方枘圓鑿。

次 20 **鎲** 形解 形聲；從金，黨聲。古兵器名爲鎲。

音義 ㄊㄤˇ 名 古兵器，半月形，有柄，與「叉」形似；例流金鎲。

次 20 **钁** 形解 形聲；從金，矍聲。矍有大的意思，所以以大鋤爲钁。

音義 ㄐㄩㄝˊ 名 大鋤頭；例「揭钁臿，負籠土。」

【長部】 ㄔㄤˊ

常 0

長 形解  象形；象人髮長之形。久遠為長。

音義 ㄔㄤˊ 名①兩端的距離；例橋長二十公尺。②優點；例截長補短。③精專的技能；例一技之長。④姓。動擅長；例長於歌舞。形①空間、時間或距離大；例萬古長春。②優越良好的；例長才盛德。副慢慢地；例從長計議。ㄓㄤˇ 名領導人或負責人；例首長。動①增長；例消長。②撫養；例長我育我。③崇尚；例廢奢長儉。ㄓㄤˋ 形剩餘的；例長物。

參考 ①「長」與「常」同音ㄔㄤˊ：「長」是短的相對詞；「常」是指時間上的頻繁。②「長」與「嘗」同音ㄔㄤˊ，但「嘗」的用法是表示既有的經驗。③反短。

3 **長工** ㄔㄤˊ ㄍㄨㄥ 長時期受僱的傭工或雇農。又稱「長年」。

6 **長舌** ㄔㄤˊ ㄕㄜˊ ㈠愛說話，好搬弄是非。㈡比喻暢言縱論。

長吁短嘆 ㄔㄤˊ ㄒㄩ ㄉㄨㄢˇ ㄊㄢˋ 因內心憂愁而嘆息不已。

長老 ㄓㄤˇ ㄌㄠˇ ㈠年長者的尊稱。㈡年高有德的和尚。㈢宗基督教長老教會中的執事，由年高資深者擔任。

長此以往 ㄔㄤˊ ㄘˇ ㄧˇ ㄨㄤˇ 長久這樣下去，常指不好的情況。

參考 與「久而久之」有別：後者是中性詞，不一定指不好的情況。

8 **長房** ㄓㄤˇ ㄈㄤˊ 家族中所分出長子的一支。又作「大房」。

長物 ㄓㄤˋ ㄨˋ 多餘的東西。

參考 同餘物。

長征 ㄔㄤˊ ㄓㄥ ㈠到遠方討伐作戰。例「萬里長征人未還」。㈡長途旅行。

長夜 ㄔㄤˊ ㄧㄝˋ ㈠漫長的夜晚。例漫漫長夜何時旦？㈡比喻墳墓中的幽暗。㈢整夜，徹夜。例長夜之飲。

10 **長眠** ㄔㄤˊ ㄇㄧㄢˊ 死亡。例長眠地下。

長袖善舞 ㄔㄤˊ ㄒㄧㄡˋ ㄕㄢˋ ㄨˇ ㈠比喻有所憑藉，則事情容易成功。㈡比喻有財勢手腕的人善於鑽營。

11 **長途** ㄔㄤˊ ㄊㄨˊ 經過很遠的路。例長途跋涉。

12 **長進** ㄓㄤˇ ㄐㄧㄣˋ 品德學業上的進益。

長揖 ㄔㄤˊ ㄧ 拱手高舉，自上而下。為古代不分尊卑的相見禮。

長短 ㄔㄤˊ ㄉㄨㄢˇ ㈠長度，尺寸。㈡是非好壞。例議論長短。㈢死喪等的意外變故。㈣猶言無論如何，反正。例長短也是要死，早晚不都一樣。㈤戰國時縱橫家的遊說術。例學長短縱橫之術。

長短句 ㄔㄤˊ ㄉㄨㄢˇ ㄐㄩˋ 文詞的異名，因句法長短不一而得名。如秦觀有「淮海居士長短句」。

13 **長跪** ㄔㄤˊ ㄍㄨㄟˋ 古時席地而跪坐，跪時兩膝著地，以臀部著足跟，伸身挺腰，故稱。

14 **長遠** ㄔㄤˊ ㄩㄢˇ ㈠長久地，就時間而言。㈡距離遠，就空間上說。

15 **長輩** ㄓㄤˇ ㄅㄟˋ 年齡或輩分較高的人。

參考 反晚輩，後輩。

17 **長齋** ㄔㄤˊ ㄓㄞ 終年吃素。例禮佛長齋。

18 **長蟲** ㄔㄤˊ ㄔㄨㄥˊ 蛇的別稱。

參考 虎的別稱為大蟲。

▽延長、冗長、身長、短長、悠長、會長、家長、局長、君長、消長、助長、生長、成長、總長、增長、村長、隊長、鄉長、鎮長、市長、校長、省長、班長、排長、一日之長、一技之長、一無所長、山高水長、土生土長、瓜瓞綿長、來日方長、兒女情長、揠苗助長、淵遠流長、語重心長。

【門部】 ㄇㄣˊ

常 0

門 形解  會意；從二戶。兩扉相對為門。

音義 ㄇㄣˊ 名 ①建築物的出入口；例家門。②形狀或作用像門的東西；例國門。③家；例五福臨門。④學術思想或宗教的派別；例孔門弟子。⑤總類；例分門別類。⑥關鍵，要點；例不二法門。⑦人身的孔竅；例肛門。⑧生物分類系統上所用等級之一；例脊椎動物門。⑨計算礮的量詞；例重礮一門。⑩姓。動①守門；例「入其門則無人門焉者。」②攻門；例「圍宋，門于桐門。」

參考 ①「門」與「戶」今雖連用，但在古代二者有別：「門」是雙扇的，「戶」是單扇。②辨 捫、悶、閨、閩、闖、聞、問。

2 **門人** ㄇㄣˊ ㄖㄣˊ ㈠學生或弟子。例弟子門人。㈡有財勢的人所養的食客。例見孟嘗君門人。㈢看守城門的人。

4 **門戶** ㄇㄣˊ ㄏㄨˋ ㈠房屋的出入處。例小心門戶。㈡家，家庭。㈢比喻形勢險要處。例扼其咽喉，守其門戶。㈣結朋黨，分派別。例自立門戶。

5 **門市部** ㄇㄣˊ ㄕˋ ㄅㄨˋ 工商業者用以將貨物零售給顧客的店面。

門可羅雀 ㄇㄣˊ ㄎㄜˇ ㄌㄨㄛˊ ㄑㄩㄝˋ 門前可張網捕雀，形容：㈠失勢的人，門前冷清，訪客稀少。㈡生意清淡，乏人問津。

參考 反門庭若市。

9 **門面** ㄇㄣˊ ㄇㄧㄢˋ ㈠商店的外觀。例門面寬敞。㈡表面化，沒有實質意義的。例他所說的都是門面話！

門風 ㄇㄣˊ ㄈㄥ 即家聲。一個家族傳統的榮耀或聲譽。

門限爲穿 ㄇㄣˊ ㄒㄧㄢˋ ㄨㄟˊ ㄔㄨㄢ 形容進出的人很多，門檻都被踩壞了。

10 **門徒** ㄇㄣˊ ㄊㄨˊ 學生，弟子。

門徑 ㄇㄣˊ ㄐㄧㄥˋ ㈠門前的小路。㈡做事或讀書的入門方法。例四庫提要爲讀通羣書的門徑。

門庭若市 ㄇㄣˊ ㄊㄧㄥˊ ㄖㄨㄛˋ ㄕˋ 比喻前來的人很多，像市場一樣。

13 **門路** ㄇㄣˊ ㄌㄨˋ ㈠門前的路。㈡謀事或謀職的途徑。㈢研究學問初步的方法或秘訣。

門當戶對 ㄇㄣˊ ㄉㄤ ㄏㄨˋ ㄉㄨㄟˋ 由門第觀念所引申出來的成語。即家族之間的來往或婚姻關係，須以地位相同或相近者爲對象。

門楣 ㄇㄣˊ ㄇㄟˊ 門上的橫木，今比喻門第，家聲。例光耀門楣。

門禁森嚴 ㄇㄣˊ ㄐㄧㄣˋ ㄙㄣ ㄧㄢˊ 門前防守非常嚴密。

▽開門、家門、寒門、關門、軍門、閨門、校門、黃門、柴門、沙門、紗門、城門、水門、專門、閉門、名門、高門、閭門、蓬門、佛門、大門、守門、攻門、射門、正門、側門、前門、後門、空門、不二法門、五花八門、左道旁門、上天無路入地無門。

常 1 **閂** 形解 閂 指事；從門，一象門內用以拴門的橫木爲閂。

音義 ㄕㄨㄢ 名門上的橫插；例只見角門虛掩，猶未上閂。動插上門閂，把門關緊；例閂門

參考 「閂」與「門」的差別，祇在中間多一橫，此一橫即表示門閂，用時不可直寫或缺漏。

常 2 **閃** 形解 閃 會意；從人在門中。人在門中，探頭窺視爲閃。

音義 ㄕㄢˇ 名①一瞥即逝的光，俗稱電光爲閃；例打閃。②虧；例不想又喫了這一閃。③姓。動①側身急避；例躲閃。②探頭窺視；例闖閃。③因身體轉側或顛仆而扭傷脊椎上的筋絡；例跌閃了腰。形①閃爍動搖的；例閃閃淚花翻。②極迅速的；例閃電。

5 **閃失** ㄕㄢˇ ㄕ 猶言差錯，過失。

13 **閃電** ㄕㄢˇ ㄉㄧㄢˋ ㈠天空中雲層間，因電位差增大，超過一定程度，在雲底積聚了強達一億伏特的勢能，有了可以放電的力量，最後所產生的猛烈放電現象。㈡比喻行動迅速例閃電小組。

19 **閃爍其詞** ㄕㄢˇ ㄕㄨㄛˋ ㄑㄧˊ ㄘˊ 由搖動不定的意思引申而來。凡是一個人說話有所保留，吞

吞吐，不肯表露實情的樣子，就是閃爍其詞。

20 **閃耀** ㄕㄢˇ ㄧㄠˋ 刺眼的光線，搖動不定的樣子。

參考「閃耀」、「閃爍」有別：「閃耀」指「光彩耀眼」，沒有「忽明忽暗」的意思。「閃爍」有兩層意思：a.指光線跳動不定，忽明忽暗。b.引申為態度不明朗，說話吞吞吐吐的意思。

常 3 **閉** 形解 (seal) 象形；從門，扌象所以歫門。扌使門關合之物，所以闔門為閉。

音義 ㄅㄧˋ 名①門閂的孔；例鍵閉。②正弓器，通「㢸」；例竹閉緄縢。③古代稱立秋、立冬為「閉」。④姓。動①關上，合上；例閉門。②停止，終結；例閉市。③阻塞不通；例封閉。

參考「閉」與「避」同音異義，「閉」義為禁、關；「避」是躲閃的意思。

4 **閉月羞花** ㄅㄧˋ ㄩㄝˋ ㄒㄧㄡ ㄏㄨㄚ 形容女子之美麗。

8 **閉門羹** ㄅㄧˋ ㄇㄣˊ ㄍㄥ 關門而拒絕見客。

閉門思過 ㄅㄧˋ ㄇㄣˊ ㄙ ㄍㄨㄛˋ 遠離人羣，拒絕訪客，便於深切反省自己的過失。

參考 同 反躬自責。

閉門造車 ㄅㄧˋ ㄇㄣˊ ㄗㄠˋ ㄐㄩ 比喻只憑主觀想像辦事，不顧實際，結果往往不合。

13 **閉塞** ㄅㄧˋ ㄙㄜˋ 關閉阻塞。多指通道、路徑阻塞不通。

閉路電視 ㄅㄧˋ ㄌㄨˋ ㄉㄧㄢˋ ㄕˋ 其影像畫面是以電線傳送至特定的收視系統。通常用於教學、研究或監視控制等方面。又稱「專用電視」或「有線電視」。

14 **閉幕** ㄅㄧˋ ㄇㄨˋ 會議或表演節目結束或停止的時候。

▽掩閉、關閉、密閉、幽閉、封閉。

次 3 **閈** 形解 (seal) 形聲；從門，干聲。干有寬大的意思，所以鄉里的門為閈。

音義 ㄏㄢˋ 名①巷門；例高其閈閎。②牆垣；例閈庭詭異。

常 4 **閔** 形解 (seal) 形聲；從門，文聲。弔喪的人臨門祭拜為閔。

音義 ㄇㄧㄣˇ 名①憂患；例覯閔既多，受侮不少。②姓。動①憐念；例婦人能閔其君子。②勉勵；例閔免。③強悍；例閔不畏死。形昏昧的；例閔然不敏。

參考①「閔」與「憫」二字，古文除了姓氏一定用「閔」外，其他用法二字相通，但白話文用「憫」為正字，「閔」只當姓。②同 愍、湣。

常 4 **閏** 形解 (seal) 會意；從王在門中。古時天子居宗廟以行告朔之禮，立於門中則為閏月。

音義 ㄖㄨㄣˋ 名①餘數，曆法紀年月亮繞地球一周所需時間與地球環繞太陽運轉一周的時間有固定差數，故每隔數年必設閏日或閏月加以調整；例閏日、閏月。②餘事。動積數歲所餘時日以置閏月。

參考①「閏」與「閨」形近，中間一從「王」，一從「圭」，不可混淆。②同 餘。

4 **閏月** ㄖㄨㄣˋ ㄩㄝˋ 古代曆法，以月球繞行地球一週為一年，每年較地球的公轉少十日左右，故累積以置閏，三年有一閏月，五年則有兩個閏月。

常 4 **開** 形解 (seal) 形聲；從門，开聲。开有張大的意思，所以門戶張啓為開。

音義 ㄎㄞ 名①整張紙的分割單位；例這是十六開的圖畫紙。②黃金的純度；例十八開金的項鍊。③姓。動①開啓；例開門。②教導，啓發；例開導。③通達；例茅塞頓開。④拓展；例秦開阡陌。⑤始，初；例開歲發春。⑥列敍，條列；例開藥方。⑦發掘；例開源節流。⑧除去，免除；例開缺丁憂。⑨分離；例鷗邊水葉開。⑩創建；例開國紀念日。⑪消散；例太陽出來，霧就開了。形豁達的；例笑開天下古今愁。

參考 ①同放，啓，發，通，沸。②反閉，關，合。

3 **開工** ㄎㄞ ㄍㄨㄥ 開始進行一件工作或工程。

開口 ㄎㄞ ㄎㄡˇ ㈠張嘴說話。㈡發笑。㈢裂縫，破洞。

開山祖師 ㄎㄞ ㄕㄢ ㄗㄨˇ ㄕ ㈠宗佛教稱始建寺院於名山的人。㈡首創立一學說、武功、事業等的先導人物。又稱「開山祖」、「鼻祖」。

4 **開火** ㄎㄞ ㄏㄨㄛˇ ㈠打開火源。㈡開始交戰。

開支 ㄎㄞ ㄓ ㈠動詞，財物的支出。㈡名詞，所支出的費用。例節省開支。

開化 ㄎㄞ ㄏㄨㄚˋ 人類生活因文化進步，而由原始至於文明。

6 **開交** ㄎㄞ ㄐㄧㄠ 開發交待，即解決或結束。例他們正鬧得不可開交。

開光 ㄎㄞ ㄍㄨㄤ 佛像塑建完成以後，選擇吉日良辰，開始供奉，並舉行隆重典禮。又稱「開眼光」。

8 **開拓** ㄎㄞ ㄊㄨㄛˋ ㈠恢弘廣大。㈡擴大開展土地或疆域。例開拓土宇。

參考 反開發，開闢。

開明 ㄎㄞ ㄇㄧㄥˊ ㈠人類文化由野蠻進步到文明。㈡聰明而通達事理，不守舊。

開宗明義 ㄎㄞ ㄗㄨㄥ ㄇㄧㄥˊ ㄧˋ 開啓事情的端緒，並說明其行事的要領。

開卷有益 ㄎㄞ ㄐㄩㄢˋ ㄧㄡˇ ㄧˋ 讀書對人很有益處。

開物成務 ㄎㄞ ㄨˋ ㄔㄥˊ ㄨˋ 通曉萬物的道理，以此完成天下的事務。

開門揖盜 ㄎㄞ ㄇㄣˊ ㄧ ㄉㄠˋ 比喻結交壞人，招引禍患。揖：拜而邀請。

參考 同引狼入室。

開門見山 ㄎㄞ ㄇㄣˊ ㄐㄧㄢˋ ㄕㄢ 比喻一篇文章或一段話，一開始即進入主題，意思很容易明白。

參考 同直截了當，單刀直入。

9 **開胃** ㄎㄞ ㄨㄟˋ 用藥物或食物的刺激引起人的食慾。例辣的東西最開胃了。

10 **開展** ㄎㄞ ㄓㄢˇ 延伸或擴大。

參考 同展開。

開除 ㄎㄞ ㄔㄨˊ ㈠財物的支出。㈡除去其名。例開除學籍。

參考 同開革。

開朗 ㄎㄞ ㄌㄤˇ ㈠寬敞明亮。㈡人的心性豁達爽朗，不計較小節。㈢高興，愉快。例這幾天我的心情開朗多了！

11 **開採** ㄎㄞ ㄘㄞˇ 開發採取有用的礦物。

參考 同開鑿，開發。

開脫 ㄎㄞ ㄊㄨㄛ 想辦法解脫罪名。例開脫罪名。

開張 ㄎㄞ ㄓㄤ ㈠開通，不閉塞。例開張聖聽。㈡開始顯現呈露。㈢商店開始營業，或市場開始交易。

參考 「開幕」、「開張」有別：「開幕」是指會議、展覽會的開始；「開張」是指商店開始營業，如：寶昌金鋪今天正式開張。

12 **開創** ㄎㄞ ㄔㄨㄤˋ 開發，創造。例努力工作，開創事業。

參考 ①同創建。②與「首創」有別：「首創」特別注重「首先、獨一無二」的意義；「開創」則表示一般的建立或完成，不一定是僅此一家。

開場白 ㄎㄞ ㄔㄤˇ ㄅㄞˊ 文戲劇開始表演以前，有一段說明故事大綱，編劇主旨的道白，稱爲開場白。今則泛指任何書籍文章之前，有引導性、介紹性的文字。

13 **開罪** ㄎㄞ ㄗㄨㄟˋ 冒犯，得罪。

開源節流 ㄎㄞ ㄩㄢˊ ㄐㄧㄝˊ ㄌㄧㄡˊ 在財政上，增加收入，節省支出。

開誠佈公 ㄎㄞ ㄔㄥˊ ㄅㄨˋ ㄍㄨㄥ 以誠意待人，坦白無私。

參考 ①同推心置腹。②「佈」之本字當作「布」。

14 **開端** ㄎㄞ ㄉㄨㄢ 開始，發端。

開幕 ㄎㄞ ㄇㄨˋ ㈠古代武將開建自己的幕府。㈡會議或表演節目的正式開始。㈢新成立的商店開始營業。

16 **開導** ㄎㄞ ㄉㄠˇ 開啓一個人的智慧，引導他走向正途。

開辦 ㄎㄞ ㄅㄢˋ ㈠開始辦理事務。㈡創建或成立某一機構。

參考 同創辦。

開墾 ㄎㄞ ㄎㄣˇ 開闢荒地，增加耕地面積。

參考 同開拓，開發，開闢。

18 **開關** ㄎㄞ ㄍㄨㄢ ㈠動詞，打開與關閉。㈡名詞，控制電源的樞紐。

20 **開釋** ㄎㄞ ㄕˋ 釋放，解除拘束。例開釋無辜。

27 **開鑼** ㄎㄞ ㄌㄨㄛˊ 戲劇在上演以前，用鑼聲去吸引觀眾的注意，後來凡事情開始進行都可謂之開鑼。

▽公開、打開、展開、洞開、分開、掀開、笑逐顏開、見錢眼開、茅塞頓開、異想天開。

常 4 **閑** 形解 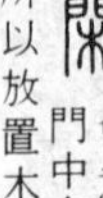 會意；從門中有木。所以放置木門中以爲遮攔爲閑。

音義 ㄒㄧㄢˊ 名①木欄之類的防禦物；例馬閑。②法度；例大德不踰閑。動①防範；例「閑邪存其誠。」②護衛；例「閑先王之道。」形①雅麗的；例閑雅。②閒暇無事的，通「閒」；例青山有水一生閑。③空著未用的；例閑田地。④幽靜的；例清穆敞閑。⑤虛浮不實的；例閑話。副①寬大地；例旅楹有閑。②閑暇地，表性態；例閑眺北顧樓。參考①同閒，防，禦，扞。②反忙。

▽安閑、等閑、農閑、有閑、餘閑、賦閑、清閑、空閑、偷得浮生半日閑。

常 4 **間** 形解  會意；從門日。門有縫隙而日光從外射入爲間。

音義 ㄐㄧㄢ 名①兩者之中；例自竄於戎、狄之間。②量詞，房間的單位；例草屋八、九間。③中國傳統建築中，柱間所包容的面積；例二柱三間。④一體之內；例在民間。ㄐㄧㄢˋ 名①縫隙；例相去一間。②間諜；例秦間來入。動①不連接；例時時間進。②差別；例醜美有間矣。③隔離；例天地所以間南北。副私自地，本作「閒」；例間竄歸家。

參考「間」古通「閒」，今中間、間隔多寫「間」；「閒」多作安閒、多餘解。

4 **間不容髮** ㄐㄧㄢˋ ㄅㄨˋ ㄖㄨㄥˊ ㄈㄚˇ 兩者相距極爲接近，比喻情勢危險到極點。參考同間不容息。

11 **間接** ㄐㄧㄢˋ ㄐㄧㄝ 非直接的，通過第三者而產生關係的。例間接傳染。參考反直接。

13 **間隔** ㄐㄧㄢˋ ㄍㄜˊ 阻塞隔絕。例與外人間隔。

16 **間諜** ㄐㄧㄢˋ ㄉㄧㄝˊ 受過特殊訓練，專門潛伏在他國，從事搜集刺探他國軍事、政治、經濟、外交各方面的情報，或策動政治事件，進行顛覆活動，以利於本國的人。

19 **間關** ㄐㄧㄢ ㄍㄨㄢ ㈠描摹聲音詞：①鳥叫聲。例間關鶯語花底滑。②車行聲。㈡形容歷盡道路的艱險。㈢比喻文字不順口，艱澀難讀。

間斷 ㄐㄧㄢˋ ㄉㄨㄢˋ 事情中斷而不連續。例三十年如一日，未曾間斷。

▽居間、空間、時間、人間、中間、民間、離間、雲間、花間、眉間、房間、字裏行間、伯仲之間、瞬息之間。

常 4 **閒** 形解 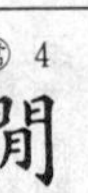 會意；從門月。門有縫隙而月光從外射入爲閒。

音義 ㄐㄧㄢ 同「間」。ㄐㄧㄢˋ 同「間」。ㄒㄧㄢˊ 同「閑」。

參考①「間」、「閒」、「閑」古通用。②「閒」與「閑」白話用法亦同，但當姓時，只能用「閒」。

11 **閒情逸致** ㄒㄧㄢˊ ㄑㄧㄥˊ ㄧˋ ㄓˋ 無關正務的悠閒情趣。

12 **閒雲孤鶴** ㄒㄧㄢˊ ㄩㄣˊ ㄍㄨ ㄏㄜˋ 比喻一個人超然物外，與世無爭。

13 **閒暇** ㄒㄧㄢˊ ㄒㄧㄚˊ ㈠沒事的時候。㈡舉止安詳不急迫。例貌其閒暇。

閒話 ㄒㄧㄢˊ ㄏㄨㄚˋ ㈠動詞，閒談，閒聊。㈡名詞，題外話，無關緊要的話。例閒話表過不提。㈢背後批評別人的話。參考①㈠同閒談。②㈢同閒言閒語。

15 **閒適** ㄒㄧㄢˊ ㄕˋ ㈠悠閒安適。㈡文詩風的一種。白居易自稱其新樂府中，吟詠性情一類爲閒適。

▽忙裏偷閒、游手好閒。

4 次 **閌** 【解形】 形聲；從門，亢聲。亢有高的意思，所以高門爲閌。

【音義】ㄎㄤ 名(方)閌閬，建築物中空廓的部分。

【參考】又音ㄎㄤˋ。

4 次 **閎** 【解形】 形聲；從門，厷聲。里巷的大門爲閎。

【音義】ㄏㄨㄥˊ 名①巷門。②姓。形宏大的；例閎深婉約。

4 **閎中肆外** ㄏㄨㄥˊ ㄓㄨㄥ ㄙˋ ㄨㄞˋ 文辭義蘊閎富而文筆發揮盡致。

5 常 **閘** 【解形】 形聲；從門，甲聲。用來控制開閉門的裝置爲閘。

【音義】ㄓㄚˊ 名①用以調節水量，且可適時開關的水門。②車輛上的煞車裝置；例手閘。③可以操縱機械開合的機器；例電燈的閘盒。

3 **閘口** ㄓㄚˊ ㄎㄡˇ (一)水閘出入的通路。(二)地在浙江杭州市城外，錢塘江濱。

5 次 **閟** 【解形】 形聲；從門，必聲。必有嚴格區畫的意思，所以閉門爲閟。

【音義】ㄅㄧˋ 名便秘，通「秘」。動①關閉；例閟門。②閉塞；例千載閟其光。③隱藏；例竹溪其珍閟之。形幽深的；例閟宮有侐。

6 常 **閡** 【解形】 形聲；從門，亥聲。亥有終極的意思，所以阻礙不通爲閡。

【音義】ㄏㄜˊ 名①障礙；例萬里無閡。②天，通「垓」；例八荒九閡。動①蒙昧；例疑閡實繁。②限制；例隔閡華戎。

【參考】「閡」又音ㄞˋ。

6 常 **閨** 【解形】 形聲；從門，圭聲。圭爲上圜下方的瑞玉，上圜下方，形狀似圭的獨立小門爲閨。

【音義】ㄍㄨㄟ 名①宮中的小門；例念靈閨。②內室；例「婦人主閨內之事。」③特指女子的臥室；例待字閨中。形①婦女的；例閨情。②狹小的；例華門閨竇之人。

【參考】特立之小戶爲「閨」，閨房之道爲「閫」。

8 **閨秀** ㄍㄨㄟ ㄒㄧㄡˋ 婦女賢淑而有才德的人。

閨房 ㄍㄨㄟ ㄈㄤˊ (一)內室。(二)通常指女子的臥室。

【參考】同閨門，閨閤，閨闈。

14 **閨閣** ㄍㄨㄟ ㄍㄜˊ (一)內室。(二)指女子的臥室。(三)宮禁。

▽空閨、深閨、香閨、春閨、蘭閨、幽閨。

6 常 **閩** 【解形】 形聲；從虫，門聲。古代居於今福建及浙江東部的蠻夷，相傳其人屬它(蛇)族，所以字從虫。

【音義】ㄇㄧㄣˊ 名①古種族名，分布於福建及浙江東部沿海一帶。②國名，五代時十國之一，唐末王潮爲武威軍節度使，潮卒，其子審知繼之，受封爲閩王，奄有今福建全省。③福建省的簡稱；例閩浙一帶。

【參考】又讀ㄇㄧㄣˇ。

9 **閩南語** ㄇㄧㄣˇ ㄋㄢˊ ㄩˇ 漢語方言之一。分布於福建南部、廣東的潮州汕頭一帶、臺灣的大部分。語音特點是沒有f聲母，古鼻音常變爲舌根音(如牛：gu)，古知、徹、澄讀如端、透、定，韻母無撮口呼，輔音韻尾有-m[-m]、-n[-n]、ng[-ŋ]和-b[-p]、-d[-t]、-g[-k]；聲調一般有七個。

6 常 **閣** 【解形】 形聲；從門，各聲。各有至的意思，所以止住門扉的長橛爲閣。

【音義】ㄍㄜˊ 名①樓房；例高臺層榭，接屋連閣。②藏書之所；例文津閣。③官署的名稱；例內閣。④閨閣，女子居室，可略稱閣；例出閣。⑤門的旁戶，通「閤」；例故人從閣去。⑥姓。動①停止、放置，通「擱」；例水漲數丈，同行俱閣不行。

【參考】①又音ㄍㄜ、ㄍㄠˇ。

3 **閣下** ㄍㄜˊ ㄒㄧㄚˋ 書信中對對方的尊稱。意謂不敢直呼其人，而請在樓閣下的僕人代爲傳話。

10 **閣員** ㄍㄜˊ ㄩㄢˊ 內閣的組成份子。

▽樓閣、飛閣、內閣、組閣、台閣、閨閣、庭閣、出閣、書閣、東之高閣、空中樓閣。

㊅ 6 **閥** 〔形解〕 形聲；從門，伐聲。伐有攻擊的意思，所以顯揚功績者爲閥。

〔音義〕 ㄈㄚˊ 〔名〕①門限；㊎踰閥。②門第；㊎名閥。③指在某方面有特殊勢力或影響力的團體或個人；㊎財閥。④在氣體或液體的流動途中，加裝一種裝置，可以控制流量大小，流動方向，流動與否，此種裝置稱爲閥。

〔參考〕「閥」與「閱」有別：古代貼在門上的功狀，在左記積功的稱「閥」，在右記經歷的稱「閱」。

▽官閥、軍閥、財閥、門閥、學閥。

㊅ 6 **閤** 〔形解〕 形聲；從門，合聲。大門旁的小門爲閤。

〔音義〕 ㄏㄜˊ 〔名〕小門；㊎起客館，開東閤，以延賢人。〔形〕全滿，通「闔」、「合」；㊎閤第光臨。

ㄍㄜˊ 〔名〕①樓房，通「閣」；㊎檀山香閤。②官衙，通「閣」；㊎初舉秀才，歷官府閤。

〔參考〕 同合。

㊅ 7 **閭** 〔形解〕 形聲；從門，呂聲。周制二十五家爲里，里必有門爲閭。

〔音義〕 ㄌㄩˊ 〔名〕①里巷的門；㊎倚閭而望。②古代基層民政單位，二十五戶爲一閭。③人聚居之處；㊎閭里奸邪。④街；㊎坊閭。⑤宗族；㊎三閭大夫。⑥水聚集的地方；㊎尾閭。⑦姓。

〔參考〕 ①里外門稱「閭」，里中門稱「閻」。②不可讀作ㄌㄩˇ。

7 **閭里** ㄌㄩˊ ㄌㄧˇ ㈠古代居室單位名，二十五家，或稱里，或稱閭。㈡民間或鄉里的通稱。

〔參考〕 同鄉里，鄉黨。

▽倚閭、里閭、市閭、門閭、尾閭。

㊅ 7 **閱** 〔形解〕 形聲；從門，兌聲。於軍門之下檢閱車馬軍隊爲閱。

〔音義〕 ㄩㄝˋ 〔名〕①檢閱軍隊；㊎大閱。②鉅室稱閥閱，略稱閱。③門柱名；㊎在左曰閥，在右曰閱。〔動〕①檢閱；㊎閱兵。②省視；㊎閱其民。③觀覽；㊎調素琴，閱金經。④經歷；㊎閱歷。〔形〕怡悅的，通「悅」；㊎蜉蝣掘閱，麻衣如雪。

〔參考〕 唐宋以後有爵位之家，所豎門柱，其在左的稱「閥」，右的稱「閱」。

7 **閱兵** ㄩㄝˋ ㄅㄧㄥ 軍隊的高級長官，檢閱其所屬部隊，有定期與不定期的分別。

16 **閱歷** ㄩㄝˋ ㄌㄧˋ 對人情世故的觀察與經歷。

21 **閱覽** ㄩㄝˋ ㄌㄢˇ 觀看。

〔參考〕 ①〔同〕瀏覽。②「閱覽」常指單純的看，與「閱讀」稍有不同。

▽檢閱、校閱、閥閱、核閱。

㊇ 7 **閬** 〔形解〕 形聲；從門，良聲。良有高的意思，所以門高爲閬。

〔音義〕 ㄌㄤˊ 〔名〕①空曠的地方；㊎胞有重閬。②無水的城壕；㊎土閬。③姓。〔副〕閬閬，高朗的樣子。

ㄌㄧㄤˇ 〔名〕木石的精怪，通「魎」；㊎罔魎。

〔參考〕 讀ㄌㄤˋ時，又音ㄌㄤˋ。

㊇ 7 **閫** 〔形解〕 形聲；從門，困聲。困有阻隔的意思，所以門檻爲閫。

〔音義〕 ㄎㄨㄣˇ 〔名〕①門檻；㊎送迎不越閫。②宮中的小門；㊎閨閫恣趙。③內室；㊎閫奧。④婦女；㊎閫範。⑤軍事職務；㊎閫外。⑥姓。

15 **閫範** ㄎㄨㄣˇ ㄈㄢˋ 婦女的德行。亦作「閫德」、「閫儀」。

㊅ 8 **閻** 〔形解〕 形聲；從門，臽聲。里中的門爲閻。

〔音義〕 ㄧㄢˊ 〔名〕①巷；㊎莊生雖居窮閻。②〔地〕古地名，春秋時屬晉地，在今山西安邑縣。③姓。

ㄧㄢˋ 名美色，通「豔」；例褒閻爲郵。形美豔的，通「豔」；例閻妻驕扇。

參考「閻」字從臽不從舀，書寫時宜加留意。

次 8 **閼** 形解 形聲；從門，於聲。於有壅塞的意思，所以遮攔爲閼。

音義 ㄜˋ 名閘板；例起水門提閼。動阻塞；例閼塞。

ㄧㄢ 名閼氏，漢匈奴稱其君主的正妻。

ㄩ 名地閼與，戰國時韓邑名。

次 8 **闍** 形解 形聲；從門，者聲。城門上的高臺爲闍。

音義 ㄉㄨ 名闉闍，城角上的高臺。

ㄕㄜ 名闍黎，梵文譯音字，即和尚。

次 8 **閾** 形解 形聲；從門，或聲。或有區劃界域的意思，所以門檻爲閾。

音義 ㄩˋ 名①門檻；例不履閾。②界限；例閫閾中夏。

次 8 **閹** 形解 形聲；從門，奄聲。奄有精氣閉藏的意思，所以宮中負責掩門的宦官爲閹。

音義 ㄧㄢ 名①被閹割的人。②太監的通稱；例閹官。

次 8 **閶** 形解 形聲；從門，昌聲。昌有通徹的意思，所以天門爲閶。

音義 ㄔㄤ 名閶闔：①皇宮的門。②傳說中天宮的南門。

ㄊㄤ 副描摹聲音的字，形容鼓聲。

次 8 **閽** 形解 形聲；從門，昏聲。昏是黃昏，所以黃昏時負責閉門的人爲閽。

音義 ㄏㄨㄣ 名①守門的人。②宮門；例帝閽九重。③宦官。④受刖足的人。⑤姓。

常 9 **闊** 形解 字本作「闊」；形聲；從門，活聲。活有無滯礙之的意思，所以能疏通內外的門爲闊。

音義 ㄎㄨㄛˋ 名①寬廣；例闊狹有常。②寬度；例長三尺，闊四尺。③遠隔，稱契闊，略稱闊。④奢侈豪華的行爲；例他老喜歡裝闊。形①廣大的；例地闊天長。②遙遠的；例遼闊。③寬大的；例廣廈闊屋。④闊綽的；例闊佬。⑤不細密的；例老師只闊略提示了一下。副①廣遠，表性態；例緩步闊視。②長久地；例闊別。

參考①同廣，博，弘，汎，寬。②反狄，窄。③俗作「濶」。

10 **闊氣** ㄎㄨㄛˋ ㄑㄧˋ 形容既有錢又奢侈的樣子。例你這棟房子挺闊氣的！

14 **闊綽** ㄎㄨㄛˋ ㄔㄨㄛˋ 一個人的行止豪華奢侈。例出手闊綽。

▽迂闊、久闊、廣闊、契闊、遼闊、寬闊、波瀾壯闊。

常 9 **闋** 形解 形聲；從門，癸聲。事情完成之後關閉門戶爲闋。

音義 ㄑㄩㄝˋ 名①曲調；例離歌且莫翻新闋。②量詞，歌、曲、詞一首之稱；例歌數闋，美人和之。動終盡；例歌聲未闋。

參考今稱歌一曲爲一首，在古代均稱一闋。

常 9 **闌** 形解 形聲；從門，柬聲。柬有分別的意思，所以用以區分內外的門遮爲闌。

音義 ㄌㄢˊ 名①「闌杆」的略稱；例獨自莫憑闌。②門遮；例門闌。③姓。動①阻隔，通「攔」。②窮盡，停止；例酒闌。③擅自闖入；例闌入。形①衰落的；例春花今復闌。②縱橫的；例玉容寂寞淚闌干。③殘，晚；例夜闌人靜。

參考同酣，欄。

3 **闌干** ㄌㄢˊ ㄍㄢ (一)以木編成的屏護或遮攔物。同「欄杆」。(二)

星光橫斜的樣子。例北斗闌干南斗斜。㈢縱橫散亂的樣子。

9 **闌珊** ㄌㄢˊ ㄕㄢ 逐漸減退或衰落。例酒興闌珊。

常 9 **闈** 形解 形聲；從門，韋聲。宮中的門爲闈。

音義 ㄨㄟˊ 名 ①宮中的旁門；例入自闈門。②一般的門；例棘闈。③宮內后妃所住的地方；例椒闈。④父母所居的房間；例眷戀庭闈。⑤科舉時的試院；例銓闈。⑥今指考試時辦理命題，印試卷的場所；例入闈。

12 **闈場** ㄨㄟˊ ㄔㄤˇ ㈠科舉時代，考試的試場。㈡今指統一命題的場所。例國家闈場。

常 9 **闆** 形解 形聲；從門，品聲。由門中向外注視爲闆。

音義 ㄅㄢˇ 名 老闆，商店主人的俗稱。

常 9 **闇** 形解 形聲；從門，音聲。音有掩蔽的意思，所以閉門爲闇。

音義 ㄢˋ 動 ①幽暗，通「暗」；例日闇月散。②矇蔽；例陰闇其主。形 愚昧的；例鄙闇。

ㄢ 名 諒闇，喪廬；例高宗諒闇。

ㄧㄢ 副 ①隱暗地；例闇然日章。②忽然；例闇復輟已。

10 **闇弱** ㄢˋ ㄖㄨㄛˋ 愚昧懦弱。

▽昏闇、幽闇。

次 9 **闉** 形解 形聲；從門，垔聲。垔有壅塞的意思，所以城角相重的門爲闉。

音義 ㄧㄣ 名 ①闉闍，古城門角落上的高臺；例登闉。②城門。③姓。動 堵塞，通「堙」；例以共闉壙之蠠。形 屈曲的；例闉跂支離無脤。

次 9 **闃** 形解 形聲；從門，狊聲。寂靜無人，毫無聲音爲闃。

音義 ㄑㄩˋ 形 寂靜，沒有一點聲音；例闃寂。副 靜寂地；例闃然。

參考 又作「闃」。

常 10 **闔** 形解 形聲；從門，盍聲。盍有覆蓋的意思，所以關閉門扉爲闔。

音義 ㄏㄜˊ 名 ①門扉；例廬門之闔。②姓。動 ①關閉；例闔門。②掩蓋；例闔棺。③符合；例意臣愚而不闔王命耶？形 ①總合，全部的；例闔府。②可閉合的；例吾儕小人，皆有闔廬以辟燥濕寒暑。副 何不，通「盍」，表反詰語；例夫子闔行邪？無落吾事！

參考 ①同閉，鎖，杜，關。②古代開謂之「捭」，閉謂之「闔」。

8 **闔府** ㄏㄜˊ ㄈㄨˇ 尊稱對方的全家人。例闔府光臨。

參考 同闔第，闔家。

常 10 **闖** 形解 會意；從馬在門中。馬馳出門外爲闖。

音義 ㄔㄣˋ 名 姓。形 馬馳出門外的；例風馬雲車闖然。副 奔馳地；例闖然入戶。

ㄔㄨㄤˇ 動 ①碰撞；例我在路上闖上了。②猛衝；例他走路橫衝直闖。③歷練；例他闖出膽兒來了。④任意出入，同「串」；例闖學堂。

ㄔㄨㄤˋ 動 惹出；例那人到處闖禍。

參考 同撞。

16 **闖蕩江湖** ㄔㄨㄤˇ ㄉㄤˋ ㄐㄧㄤ ㄏㄨˊ 比喻一個人居無定所，流浪四方。

常 10 **闐** 形解 形聲；從門，眞聲。眞有充實的意思，所以軍容盛壯爲闐。

音義 ㄊㄧㄢˊ 名 地 湖名，一名熱海，即今俄屬土耳其斯坦的亦息庫爾湖。動 ①盈滿；例賓客闐門。②放置。

參考 同塡，窴。

12 **闐然** ㄊㄧㄢˊ ㄖㄢˊ 身體結實強壯的樣子。例「其容闐然，其色渥然。」

次 10 **闕** 形解 形聲；從門，欮聲。欮有由下通上的意思，門前立有兩柱，可以遠觀的高樓爲闕。

音義 ㄑㄩㄝ 名 ①古宮殿、祠廟和陵墓門前的高大望樓；例石闕。②帝王的住所；例宮闕。③姓。

闕①

ㄑㄩㄝ 名①過錯；例闕失。②古通「缺」；例抱殘守闕。動①詆毀。②減削。

ㄐㄩㄝ 動挖掘；例闕地及泉。

4闕文 ㄑㄩㄝ ㄨㄣˊ 有疑問或殘缺的文獻。

14闕疑 ㄑㄩㄝ ㄧˊ 做學問時，對於有疑問的地方，暫時擱置，以待解決，不隨便下結論。

▽宮闕、城闕、帝闕、天闕、魏闕。

次 10 **闒**

解形 形聲；從門，𦐇聲。樓上的小門爲闒。

音義 ㄊㄚˋ 名①樓上小門。②闒茸，低微卑賤的人。形形容鼓聲。

參考「闒」作低微卑賤解釋時，又讀 ㄉㄚˊ。

次 10 **闓**

解形 形聲；從門，豈聲。豈有大的意思，所以開門爲闓。

音義 ㄎㄞˇ 動打開；例闓門。形歡樂的，通「愷」；例闓懌。

參考 又音 ㄎㄞ。

次 10 **闑**

解形 形聲；從門，臬聲。門中央所豎立的短木爲闑。

音義 ㄋㄧㄝˋ 名兩扇門之間所豎立的方形短木；例棖闑居楔。

常 11 **關**

解形 形聲；從門，𢇇聲。𢇇有橫通的意思，所以用木頭橫向閉門爲關。

音義 ㄍㄨㄢ 名①閉門用的橫木；例門猶未及下關。②出入要地；例施關設機。③墓門；例及墓，呼啟關陳車。④醫中醫學對於人體各個部位，多以關名；例「四關：耳、目、心、口。」⑤閭里；例「日暮鄉關何處是？」⑥姓。動①緊閉；例門雖設而常關。②拘留；例關入牢裡。形位在邊關的；例關雲未盡散。副打通地；例公卿皆因關說。

參考①反開。②俗作「関」。

4關心 ㄍㄨㄢ ㄒㄧㄣ ㈠掛念。㈡在意。例萬事不關心。

參考①同關注，關切，留心，留意，注意。②「關心」、「關懷」有別：「關心」，對人、對事物，不管上下大小都可以用；「關懷」的對象多半是人或與人有關的事物，多半用來表示長輩對晚輩，上級對下級的愛護。

5關卡 ㄍㄨㄢ ㄎㄚˇ 用以檢查通行車輛、人物，或徵收賦稅的關口。

7關防 ㄍㄨㄢ ㄈㄤˊ ㈠重要關隘，有軍隊駐防的要塞。㈡刻有機關全銜的大印。明、清時官印亦可稱爲關防，因它是一個機關最爲重要的印信。㈢看守防備。

12關稅 ㄍㄨㄢ ㄕㄨㄟˋ 一國海關根據國家制訂公布的海關稅則，對進出其關境的物品所征收的稅賦。

13關照 ㄍㄨㄢ ㄓㄠˋ ㈠通知，吩咐。例我已經關照大家要多小心。㈡照顧，照應。例凡事請多多關照。

關節 ㄍㄨㄢ ㄐㄧㄝˊ ㈠醫人體中兩骨或多骨端相連接處，可做靈活運動的部分。如肩、肘、腕、膝等處：關節外部多有韌帶固定，內部兩骨間有軟骨相襯，又有滑液保護，使之潤滑。㈡暗中進行請託、賄賂等情事。

14關說 ㄍㄨㄢ ㄕㄨㄛ ㈠進諫勸阻。㈡請人從中疏通說情。例人情關說。

17關鍵 ㄍㄨㄢ ㄐㄧㄢˋ ㈠閉門的橫木和加鎖的木門。㈡比喻事物中最重要的部分，或對事情發展有決定性作用的因素。

參考 同關頭。

▽海關、機關、玄關、難關、閉關、入關、攸關、交關、間關、有關、無關、生死攸關、休戚相關、息息相關、渡過難關、痛癢相關。

次 11 **闚**

解形 形聲；從門，規聲。傾頭從門中偷看爲闚。

音義 ㄎㄨㄟ 動①從小孔、縫隙或隱蔽處窺探，通「窺」；例闚其戶。②以利引誘他人；例闚以重利。

常 12 **闡** 形解 形聲；從門，單聲。單有大的意思，凡事物張開爲闡。

音義 ㄔㄢˇ 名 地 春秋時魯地，今山東寧陽縣東北。動 詳細說明；例闡明。形 從容的；例從容闡緩。副 廣闊地；例闡并天下。

參考 ①同發，啓，開，闢。②反隱。

12 **闡揚** ㄔㄢˇ ㄧㄤˊ 揭發弘揚。例闡揚道化。

次 12 **闞** 形解 形聲；從門，敢聲。敢有進取的意思，所以往前瞻視爲闞。

音義 ㄎㄢˋ 名①地 古春秋魯地，今山東汶上縣西南。②姓。ㄏㄢˇ 名 虎叫聲；例闞如虓虎。

次 12 **闠** 形解 形聲；從門，貴聲。貴有高昂的意思，所以買賣者所聚集處的外門爲闠。

音義 ㄏㄨㄟˋ 名①進入市區的門。②闤闠，指市區。

常 13 **闢** 形解 形聲；從門，辟聲。辟爲治理，開啓門扉爲闢。

音義 ㄆㄧˋ 動①打開；例闢四門。②開拓；例闢土植穀。③駁斥；例闢邪以律。④分離；例天地闢矣。⑤屏除；例闢耳目之欲。

參考 反闔。

17 **闢謠** ㄆㄧˋ ㄧㄠˊ 對不實的傳言加以駁斥或糾正。例他正在到處闢謠。

▽開闢、墾闢。

常 13 **闥** 形解 形聲；從門，達聲。達有通達的意思，所以門亦稱爲闥。

音義 ㄊㄚˋ 名①小門；例排闥直入。②門樓上的小屋；例飛闥。③小閨房；例幽闥。④門內；例在我闥兮。副 快速的樣子；例闥爾奮逸。

次 13 **闤** 形解 形聲；從門，睘聲。睘有圍繞的意思，所以環繞市區的牆垣爲闤。

音義 ㄏㄨㄢˊ 名①環繞市區的城牆。②闤闠，街市。

20 **闤闠** ㄏㄨㄢˊ ㄏㄨㄟˋ 市井或熱鬧的地方。

【阜部】ㄈㄨˋ

常 0 **阜** 形解 象形；象古人半穴居時，所以升降的階級形爲阜。

音義 ㄈㄨˋ 名 廣大的陸地；例阜陷狹而幽險兮。動 使豐厚；例阜其財求。形①安康的；例「政平民阜。」②富厚的；例物阜民豐。

參考 「阜」用作偏旁時多置於字左作「阝」形。

▽曲阜、丘阜、土阜、物阜。

常 3 **阡** 形解 形聲；從阜，千聲。千有衆多的意思，所以田間小路爲阡。

音義 ㄑㄧㄢ 名①田間南北方向的小路；例越陌度阡。②墓道，也可作「墓」的代稱。③姓。

參考 ①南北爲「阡」，東西爲「陌」。②與「仟」同音而義異：仟，數目字「千」的大寫。

9 **阡陌** ㄑㄧㄢ ㄇㄛˋ 田間的小路，用以區分田畝的界限。

次 3 **阢** 形解 形聲；從阜，兀聲。兀有高平的意思，所以岩石之山而上平有土爲阢。

音義 ㄨˋ 副 阢隉，危險不安地；例阢隉不安。

常 4 **防** 形解 形聲；從阜，方聲。方有旁邊的意思，所以在水旁堆高土石，用來防止水氾濫的堤岸爲防。

音義 ㄈㄤˊ 名①堤岸，擋水的建築物；例以防止水。②有關警備的設施；例海防。③姓。動①戒備；例防火。②禁絕；例刑以防奸。③守備；例防守。
參考 反攻。
4 **防不勝防** ㄈㄤˊ ㄅㄨˋ ㄕㄥ ㄈㄤˊ 敵害太多，難以防守。
6 **防守** ㄈㄤˊ ㄕㄡˇ 防備和守禦。
8 **防治** ㄈㄤˊ ㄓˋ 預防和治療。
11 **防患未然** ㄈㄤˊ ㄏㄨㄢˋ ㄨㄟˋ ㄖㄢˊ 在禍患未發生前，事先防備。
12 **防備** ㄈㄤˊ ㄅㄟˋ 戒備。
參考 同未雨綢繆。
13 **防微杜漸** ㄈㄤˊ ㄨㄟˊ ㄉㄨˋ ㄐㄧㄢˋ 在禍亂剛發生或未顯著時，就加以防止，不讓它發展。
14 **防腐劑** ㄈㄤˊ ㄈㄨˇ ㄐㄧˋ 化泛稱能抑制或阻止微生物在有機物質中的生長繁殖以造成物品腐敗的藥劑。有毒，添加於食物中，往往能致癌，必須在安全劑量下才能使用。
15 **防範** ㄈㄤˊ ㄈㄢˋ ㈠防備。㈡防備的範圍。
參考 「防範」、「捍衛」都有防衛的意思，但有別：前者的對象是別人；後者的對象是自己。
16 **防禦** ㄈㄤˊ ㄩˋ 防備抵禦。
▽海防、關防、警防、國防、消防、堤防、邊防、提防、設防、嚴防、預防、空防、防不勝防、猝不及防。

常 4 **阮** 形解 形聲；從阜，元聲。山名爲阮。
音義 ㄖㄨㄢˇ 名①撥弦樂器，月琴類，「阮咸」的簡稱。②姪兒；例賢阮。③姓。

阮①

參考 ①與「朊」同音而義異：朊，即蛋白質。②字雖從元，但不可讀成ㄩㄢˊ。
22 **阮囊羞澀** ㄖㄨㄢˇ ㄋㄤˊ ㄒㄧㄡ ㄙㄜˋ 比喻匱乏。
參考 同囊空如洗。

常 4 **阱** 形解 形聲；從阜，井聲。挖掘地穴如井形，用以陷捕野獸爲阱。
音義 ㄐㄧㄥˇ 名爲捕捉野獸而挖掘的深坑；例陷阱。
▽坎阱、陷阱。
參考 ①又作「穽」。②與「肼」同音而義異：肼，爲一類含氮有機化合物。

常 4 **阪** 形解 形聲；從阜，反聲。山坡爲阪。
音義 ㄅㄢˇ 名①山坡；例長松之阪。②高阜；例茹藘在阪。③高低不平而又瘠薄的土地；例阪田。
參考 同坂，坡。
▽山阪、長阪。

次 4 **阨** 形解 形聲；從阜，厄聲。厄有扼阻的意思，所以山道險阻爲阨。
音義 ㄜˋ 動阻隔；例阻阨。ㄞˋ 名險要的地方，通「隘」；例所遇又阨。形①狹小的；例阨巷。②簡陋的；例阨陋。
13 **阨塞** ㄜˋ ㄙㄞˋ 形勢險要的據點。

次 4 **阯** 形解 形聲；從阜，止聲。止有低下的意思，所以山腳爲阯。
音義 ㄓˇ 名①地基，通「址」；例牆峭阯。②水中的小洲，通「沚」；例黑水玄阯。③地交阯，古郡名。

常 5 **陀** 形解 形聲；從阜，它聲。它有彎曲下垂的意思，所以山傾頹爲陀。
音義 ㄊㄨㄛˊ 動陷落；例岸嶠者必陀。形山勢或水勢不平的；例陂陀漢陵。
參考 ①又作「陁」。②與「佗」、「沱」、「坨」同音而義異：佗，負荷；沱，沱江；坨，成塊或成堆的東西。
17 **陀螺** ㄊㄨㄛˊ ㄌㄨㄛˊ 一種塑膠或木製的圓錐形玩具，繞上細繩，急甩出去，尖端能在地上旋轉。
▽伽陀、頭陀、佛陀、陂陀。

常 5 **阿** 形解 形聲；從阜，可聲。可有廣大的意思，所以大土山或山凹處爲阿。
音義 ㄚ 感同「啊」；例阿呀！助用於語尾，通「啊」；例你好大的胆子阿！ㄚˋ 名加在稱呼或譯名上的詞頭；例阿姨。
·ㄚ 助同「啊」；例好阿！
ㄜ 名①大土山；例在彼中阿。②彎曲處；例山阿。③棟，柱；例四阿重屋。④姓。動①偏袒，曲意附和；例阿其所好。②便溺，通「屙」；例阿屎。形柔長而美好的；例隰桑有阿。
ㄚ 名答應的聲音；例「唯之與阿，相去幾何？」

4 **阿斗** ㄚ ㄉㄡˇ 人 三國蜀後主劉禪的小名。劉禪爲人庸碌無能，雖有諸葛亮等賢臣扶佐，也不能振興蜀漢。後因稱儒弱無能，不思振作的人爲「扶不起的阿斗」。

8 **阿拉伯文化** ㄚ ㄌㄚ ㄅㄛˊ ㄨㄣˊ ㄏㄨㄚˋ 七世紀，穆罕默德創立回教，並建立了橫跨歐、亞、非三洲的阿拉伯帝國，東部一度與中國接壤，大力傳播教義及阿拉伯語文，形成以巴格達、開羅、科爾多瓦爲中心的文化，在光學、化學、醫學、天文、建築、哲學與文學上有重大的成就，並影響三洲，締造出輝煌的回教文化。

10 **阿根廷** ㄚ ㄍㄣ ㄊㄧㄥˊ 地 國名，全稱爲阿根廷共和國，位於南美洲東南部，東瀕大西洋，其餘三面與智利、玻利維亞、巴拉圭、巴西、烏拉圭接壤，面積二、七七七、〇〇〇平方公里，以農業與畜牧業爲主，首都爲布宜諾斯艾利斯。

12 **阿斯匹靈** ㄚ ㄙ ㄆㄧˇ ㄌㄧㄥˊ 外 解熱鎮痛的藥劑，本是德國拜耳製藥公司產品的商標名，是從水楊酸誘導出來的白色結晶體，現已成爲醫學上這一類藥物的普通名詞。

15 **阿諛** ㄜ ㄩˊ 曲意逢迎別人。例阿諛曲從。

阿摩尼亞 ㄚ ㄇㄛˊ ㄋㄧˊ ㄧㄚˋ 外 是「氨」的英語音譯，分子式爲 NH_3，無色氣體，有強臭，易溶於水成氨水，呈鹼性反應，可導電。

17 **阿彌陀佛** ㄜ ㄇㄧˊ ㄊㄨㄛˊ ㄈㄛˊ 宗 大乘佛教的重要佛名，意譯爲無量光和無量壽。據佛經說他是西方極樂世界的教主，凡願往彼土者，只要專唸他的名號，死時即來接引。因此成爲後世求生淨土者的信仰對象。

▽山阿、偏阿、曲阿、中阿、倒持泰阿。

常 5 **阻** 形解 形聲；從阜，且聲。險礙爲阻。

音義 ㄗㄨˇ 名險要的地方；例關山險阻。動①依恃；例阻丘保威。②遏止；例遏阻。③懷疑；例是服也，狂夫阻之。形①被隔斷的；例道阻且長。②危險的；例山川阻深。

參考 同間，隔，止。

2 **阻力** ㄗㄨˇ ㄌㄧˋ 妨礙事物發展前進的力量。

參考 反助力。

4 **阻止** ㄗㄨˇ ㄓˇ 攔阻制止。

參考「阻止」、「阻撓」、「阻擋」、「阻攔」都有制止的意思：「阻止」指用一種力量攔阻，使之不會發生；「阻撓」則多指隱藏、側面的行爲；「阻擋」指以一種力量或堅固的物體來擋住對方前進；「阻攔」也指用物或行動來攔住的意思。

13 **阻隔** ㄗㄨˇ ㄍㄜˊ 阻礙隔斷。

15 **阻撓** ㄗㄨˇ ㄋㄠˊ 阻擋，妨礙進行。

19 **阻礙** ㄗㄨˇ ㄞˋ 妨礙不通。

參考 參閱「障礙」條。

20 **阻攔** ㄗㄨˇ ㄌㄢˊ 阻止，攔住。

▽惡阻、險阻、風雨無阻。

常 5 **附** 形解 形聲；從阜，付聲。小山爲附。

音義 ㄈㄨˋ 動①另外加上；例附贈。②合併；例附葬之禮。③親近；例百姓附。④依傍；例依附。⑤粘著；例附著。⑥貼近；例「附耳之言，聞於千里也。」副①外加地；例附錄。②附帶地；例附設。

參考 ①同著，就，即，粘。②字或作「坿」。③與「咐」、「駙」、「鮒」同音而義異：咐，吩咐；駙，指數匹馬共同拉一輛車時，邊上的馬；鮒，即鯽魚。

8 **附和** ㄈㄨˋ ㄏㄜˋ 自己不作主張，隨他人的意見或行動而應和。

參考「附和」與「參加」都有贊同

的意思，但有別：前者是沒有主見的；後者則爲主動的參與。

9 **附則** ㄈㄨˋ ㄗㄜˊ 法附於法律本文後面的條文，有補充說明的性質。

11 **附庸** ㄈㄨˋ ㄩㄥ (一)假託，依傍。(二)封建時代附屬於大國的小國，後引申指例附庸風雅。附屬的事物。

參考「附庸」、「隸屬」、「寄生」都有依賴的意思，但有別：「附庸」多指國與國間的從屬關係；「隸屬」多指組織上的依附關係；「寄生」則是自己不能生存，必須依賴別人爲生。

附庸風雅 ㄈㄨˋ ㄩㄥ ㄈㄥ ㄧㄚˇ 庸俗之輩攀附雅人或學習風雅之事。

13 **附會** ㄈㄨˋ ㄏㄨㄟˋ (一)牽強湊合。例穿鑿附會。(二)攀附。(三)文章的組織、布局、命意、修辭，意義會合。

16 **附錄** ㄈㄨˋ ㄌㄨˋ 附加在正書系統之外的文件。

21 **附屬** ㄈㄨˋ ㄕㄨˇ 在正項之外附加上去。

▽皮之不存毛將焉附。

次 5

陂

形解 形聲；從阜，皮聲。皮有傾側的意思，所以山旁的斜坡爲陂。

音義 ㄆㄧˊ 名①池塘；例陂池。②水濱；例東海之陂。③山坡；例山陂。④路旁；例路陂。動①壅塞；例澤不陂。②依傍；例陂山谷。

ㄅㄧˋ 形邪佞的，通「詖」；例無偏無陂。

ㄆㄛ 形陂陀，不平坦的；例陂陀漢陵。

參考 ㄆㄧˊ 又音 ㄅㄟ。

次 5

阽

形解 形聲；從阜，占聲。占有臨近的意思，所以臨近陡高的危壁爲阽。

音義 ㄉㄧㄢˋ 動①臨近。②危險；例阽危。

參考 又音 ㄧㄢˊ。

次 5

阼

形解 形聲；從阜，乍聲。主人升堂所經的東階爲阼。

音義 ㄗㄨㄛˋ 名①堂下東階；例阼階。②祭祀時升堂的階位。③天子之嗣位；例莅阼。④祭肉，通「胙」；例佐食徹阼俎。

常 6

限

形解 形聲；從阜，艮聲。艮有行走艱難的意思，所以險阻爲限。

音義 ㄒㄧㄢˋ 名①門下的橫木，即門檻；例都人踏破鐵門限。②規定的範圍；例期限。動指定；例限三天交卷。形窮盡的；例散有限之財。

8 **限制** ㄒㄧㄢˋ ㄓˋ (一)不能超越的一定界限。(二)拘束。例「不受限制。」

參考「限制」、「限度」、「局限」都指限於一定的範圍內，但有別：「限制」偏重於外部力量的強制，爲及物動詞；「限度」指最高的極限，爲名詞；「局限」偏重於自身主觀條件所造成的束縛或狹小範圍，是不及物動詞。

12 **限量** ㄒㄧㄢˋ ㄌㄧㄤˋ (一)限定的數量。(二)限度。

▽期限、局限、極限、權限、年限、無限、有限、門限、界限。

常 6

陋

形解 形聲；從阜，㔷聲。㔷是隱藏偪促，所以邊塞狹隘爲陋。

音義 ㄌㄡˋ 形①容貌醜惡的；例醜陋。②學識淺薄的；例孤陋寡聞。③狹小的；例陋巷。④粗劣的；例陋車駑馬。⑤微賤的；例鄙陋。⑥吝嗇的；例小人儉陋。⑦自稱的謙詞；例陋見。⑧不好的；例陋規。⑨簡陋；例因陋就簡。

參考 同惡，劣，鄙，賤。

8 **陋巷** ㄌㄡˋ ㄒㄧㄤˋ 狹陋的街巷，引申爲狹窄簡陋的住處。

9 **陋俗** ㄌㄡˋ ㄙㄨˊ 不良的風俗。

參考 同陋習。

11 **陋規** ㄌㄡˋ ㄍㄨㄟ 惡劣的慣例。

▽醜陋、淺陋、鄙陋、固陋、粗陋、俗陋。

常 6

陌

形解 形聲；從阜，百聲。田中小路，南北爲阡，東西為陌。

音義 ㄇㄛˋ 名 ①田間東西方向的道路；例紅塵望斷長安陌。②街道；例填接街陌。③姓。形不熟悉的；例陌生。

參考 ①參閱「阡」字條。②與「貊」同音而義異：貊，我國古代居住在東北部的民族。

5 **陌生** ㄇㄛˋ ㄕㄥ 不認識，不熟悉。

參考 「陌生」與「生疏」都含有不熟悉的意思，但有別：前者著重在對從前未接觸過的人或事物不認識；後者偏重在表示以前曾有接觸，因為間隔而又變得不熟悉。

13 **陌路** ㄇㄛˋ ㄌㄨˋ 素不相識的路人，也喻待人冷淡。例形同陌路。

▽巷陌、阡陌、街陌。

常 6 **降** 形解 形聲；從阜，夅聲。阜表示高處，夅有屈服謙下的意思，所以自上而下為降。

音義 ㄐㄧㄤˋ 動 ①落下；例降落。②降低；例氣溫下降。③使貶抑；例降職。④下臨；例降臨。⑤往後；例自茲以降。ㄒㄧㄤˊ 動 ①屈服；例決不投降。②用威力使馴服；例降龍伏虎。形歡悅的；例我心則降。

參考 反升，昇，陟。

5 **降生** ㄐㄧㄤˋ ㄕㄥ 誕生，出生。

參考 反死亡。

8 **降服** (一)ㄒㄧㄤˊ ㄈㄨˊ 投降屈服。(二)ㄐㄧㄤˋ ㄈㄨˊ 喪服中從正服降低一等。降：降低。如出繼子對於本生父母所服的喪服。

13 **降落** ㄐㄧㄤˋ ㄌㄨㄛˋ 物體從高處往低處落下。

16 **降龍伏虎** ㄒㄧㄤˊ ㄌㄨㄥˊ ㄈㄨˊ ㄏㄨˇ 佛道二教的故事，謂以法力制服龍虎。後多用以比喻打敗頑強的敵人或戰勝重重困難。

17 **降臨** ㄐㄧㄤˋ ㄌㄧㄣˊ 來到。多指神格的事物來到人間。

▽以降、下降、升降、投降、招降、空降。

次 6 **陔** 形解 形聲；從阜，亥聲。臺階的次第為陔。

音義 ㄍㄞ 名 ①臺階或近臺階處。②田埂；例循彼南陔。③層；例三陔。④冒古樂名，通「祴」；例賓出奏陔。

常 6 **院** 形解 形聲；從阜，完聲。完為周全，阜土完整而堅實為院。

音義 ㄩㄢˋ 名 ①院子，圍牆以內的空地；例「庭院深深深幾許？」②場所；例戲院。③古代的官署；例大理院。④政今我國施行五院制，分中央政府為五院；例行政院。⑤大學的行政與學習單位；例農學院。

參考 ①院可作一些機關、學校或公共場所的名稱，如法院、學院、戲院等是。②與「垸」同音而義殊：垸，垸子，兩湖一帶在湖邊擋水的堤圩。

13 **院落** ㄩㄢˋ ㄌㄨㄛˋ 院子。

▽醫院、學院、議院、書院、庭院、道院、翰林院、孤兒院、老人院、育幼院、立法院、行政院、監察院、考試院、司法院、博物院、研究院、三宮六院。

常 7 **陣** 形解 字本作敶：形聲；從攴，陳聲。行列為敶。俗作「陣」。

音義 ㄓㄣˋ 名 ①古交戰時布置的戰鬥隊列；例背水為陣。②泛指戰場；例「親臨陣。」③量詞，指時間的一個段落；例刮一陣風。④量詞，表示動作的一個段落；例一陣掌聲。副既接連而又間斷地；例陣痛。

參考 「陳」讀成ㄓㄣˋ時，和「陣」作名詞用的①②相通。

3 **陣亡** ㄓㄣˋ ㄨㄤˊ 戰死。

6 **陣地** ㄓㄣˋ ㄉㄧˋ 交戰時配調軍隊的地區。

10 **陣容** ㄓㄣˋ ㄖㄨㄥˊ (一)軍容。(二)人選。

12 **陣痛** ㄓㄣˋ ㄊㄨㄥˋ 時發時止的疼痛，多指分娩前的腹痛。

13 **陣勢** ㄓㄣˋ ㄕˋ 形勢。

17 **陣營** ㄓㄣˋ ㄧㄥˊ 軍隊駐紮的地方。

▽奇陣、軍陣、戰陣、對陣、背陣、筆陣、列陣、火牛陣、七星陣、八卦陣、衝鋒陷陣。

常 7 **陡** 形解 形聲；從阜，走聲。山勢峻峭為陡。

音義 ㄉㄡˇ 形 山勢高峻，斜度很大，近於垂直的；例 懸崖陡壁。副 突然；例 夜來陡覺霜風急。

參考 ①又作「阧」。②不可誤成「陟」(ㄓˋ)字。③字雖從走，但不可讀成ㄗㄡˇ。④「陡」、「徒」、「徙」有別：「陡」，音ㄉㄡˇ，是坡度大的意思，所以左邊從「阝」(阜)(從「阝」的字都有「高」的意思)，如：山高坡陡；「徒」音ㄊㄨˊ，如：徒然；「徙」，音ㄒㄧˇ，如：遷徙，字右邊從「走」不從「走」。

12 **陡然** ㄉㄡˇ ㄖㄢˊ 忽然。

常 7
陛

形解 形聲；從阜，坒聲。坒有逐次升高的意思，從低處升高之階爲陛。

音義 ㄅㄧˋ 名 ①古代宮殿中階級的最高層，爲天子聽政所坐的地方；例「以次進陛。」②天子的代稱；例 陛下。

參考 與「狴」同音而義異：狴犴，傳說中的一種猛獸。

3 **陛下** ㄅㄧˋ ㄒㄧㄚˋ 臣民對君王的尊稱。

常 7
陝

形解 形聲；從阜，夾聲。地名，古虢國王季之子所封之處，在今河南陝縣。

音義 ㄕㄢˇ 名 ①地 縣名，在河南省。②地「陝西省」的簡稱。③姓。

參考 ①字的右邊從「㚒」(ㄕㄢˇ)(從大從二入)，不從「夾」(ㄐㄧㄚˊ)；從「夾」的爲「陜」(ㄒㄧㄚˊ)，同「狹」字。②與「睒」同音而義異：睒，眨眼，如：噴射飛機眞快，一睒眼就不見了。

常 7
除

形解 形聲；從阜，余聲。阜爲漸高的意思，余有寬緩的意思，所以宮殿陛階，可以緩步拾級而漸高者爲除。

音義 ㄔㄨˊ 名 ①宮殿的臺階；例「登自東除。」②數 算數計算法的一種，即用一個不是零的數(小)把另一個數(大)分成若干等分，和「乘」相對；例 除法。③姓。動 ①去掉；例 斬草除根。②不計算在內；例 除外。③拜官授職；例 除太邱長。④修治；例 除戎器。⑤更易；例 歲除。連 除非；例「怎不思量，除夢裡有時曾去。」

參考 ①反 乘。②辨 滁、篨。③與「徐」形近而音義各異：徐，音ㄒㄩˊ，有慢慢地、姓二義。

3 **除夕** ㄔㄨˊ ㄒㄧ 陰曆十二月的最後一天晚上。

5 **除外** ㄔㄨˊ ㄨㄞˋ 不計算在內。

6 **除名** ㄔㄨˊ ㄇㄧㄥˊ 除去名籍，取消原有的資格。

8 **除服** ㄔㄨˊ ㄈㄨˊ 守孝期滿，脫去喪服。也作「除喪」。

除非 ㄔㄨˊ ㄈㄟ ㈠表否決的連詞，即「如果不是」。㈡表肯定的連詞，即「只有」，如「若要人不知，除非己莫爲。」

12 **除惡務盡** ㄔㄨˊ ㄜˋ ㄨˋ ㄐㄧㄣˋ 剷除邪惡，必須要徹底。

15 **除暴安良** ㄔㄨˊ ㄅㄠˋ ㄢ ㄌㄧㄤˊ 驅除殘暴，安撫善良。

18 **除舊布新** ㄔㄨˊ ㄐㄧㄡˋ ㄅㄨˋ ㄒㄧㄣ 廢除舊的，展布新的。

▽解除、驅除、歲除、削除、剷除、乘除、掃除、排除、開除、消除、藥到病除。

次 7
陜

形解 形聲；從阜，夾聲。夾有隱暗狹小的意思，所以山道狹隘爲陜。

音義 ㄒㄧㄚˊ 名 兩山之間有水流的地方，通「峽」。形 狹隘，通「狹」。

參考 與「陝」形近，音義各異。

次 7
陘

形解 形聲；從阜，巠聲。巠有直長的意思，所以山脈中斷，其間可通行之直道爲陘。

音義 ㄒㄧㄥˊ 名 ①山口，山脈中斷的地方。②竈邊突出的部分；例 竈陘。③地 地名，在河南偃城縣東南。④姓。

ㄐㄧㄥ 名 險阻的小路，通「徑」；例 海陘。

次 7
陟

形解 會意；從阜，步聲。步爲兩足相躡前進，所以登高爲陟。

音義 ㄓˋ 名 牡馬，通「騭」；例 執陟攻駒。動 ①登高；例 陟彼高崗。②進用；例 黜陟。

14 **陟罰臧否** ㄓˋ ㄈㄚˊ ㄗㄤ ㄆㄧˇ 表現好的人，給他獎賞；表現差的，給他懲罰。

▽升陟、登陟、黜陟。

次 7 **陞** 形解 形聲；從阜，從土，升聲。升是升高，所以前進上升爲陞。

音義 ㄕㄥ 名 姓。動 ①攀登；例「素陞龍于縿。」②提高，通「升」；例陞官。

常 8 **陵** 形解 形聲；從阜，夌聲。夌有超越高大凸出的意思，所以大土山爲陵。

音義 ㄌㄧㄥˊ 名 ①大土山；例「如岡如陵。」②帝王的墳墓；例中山陵。③姓。動 ①逾越；例不陵節。②淬礪；例兵刃不待陵而勁。③欺負，通「凌」；例欺陵。④登，通「凌」；例陵雲壯志。

參考 ①反谷。②大土山爲「陵」，小土山爲「丘」。③與「崚」同音而義異：崚，即崚嶒，形容山勢高峻。

6 **陵夷** ㄌㄧㄥˊ ㄧˊ 漸趨衰敗。

12 **陵替** ㄌㄧㄥˊ ㄊㄧˋ ㈠綱紀廢弛，尊卑失序。㈡衰落。

▽丘陵、江陵、山陵、馬陵、金陵、欺陵、明孝陵、中山陵。

常 8 **陪** 形解 形聲；從阜，咅聲。土山上還有土山爲陪。

音義 ㄆㄟˊ 名 ①重土；例土田陪敦。②輔佐事業的人；例「爾德不明，以無陪無卿。」動 ①伴隨；例敬陪末座。②從旁協助；例陪審。③償還，通「賠」；例陪償。

參考 ①同伴。②與「賠」、「錇」同音而義異：賠，補償損失；錇，一種人工製的放射性元素，符號Bk。

6 **陪臣** ㄆㄟˊ ㄔㄣˊ 古時諸侯的大夫對天子，或大夫的家臣對諸侯的自稱。

7 **陪伴** ㄆㄟˊ ㄅㄢˋ 作伴。

11 **陪都** ㄆㄟˊ ㄉㄨ 在國都以外另設的第二首都，如抗戰中的重慶。

13 **陪罪** ㄆㄟˊ ㄗㄨㄟˋ 道歉。

13 **陪嫁** ㄆㄟˊ ㄐㄧㄚˋ 女子出嫁時，母家贈送的妝奩或僕從。也稱「陪門」。

21 **陪襯** ㄆㄟˊ ㄔㄣˋ 用別的事物來襯托主體。

▽奉陪、做陪、敬陪、恕不奉陪。

常 8 **陳** 形解 形聲；從阜，從木，申聲。地名，即宛丘，爲舜的後裔嬀滿所封之處。

音義 ㄔㄣˊ 名 ①周代諸侯國名，在今河南東部和安徽亳州一部分，西元前四七八年爲楚所滅。②史 朝代名，南朝之一，陳霸先所建，都建康（今南京），歷三世五主，亡於隋。③行列；例下陳。④老舊；例推陳出新。⑤姓。動 ①擺設；例陳設。②稱說；例陳述。③宣揚；例欲諫不欲陳。形 老舊的，年代久的；例六經，先王之陳迹。

ㄓㄣˋ 名 軍伍行列，古通「陣」；例行陳。

參考 ①反新。②形 同故、舊。③動 同羅，列，張，舒，展。

2 **陳力就列** ㄔㄣˊ ㄌㄧˋ ㄐㄧㄡˋ ㄌㄧㄝˋ 各人在自己的崗位上盡忠職守。

6 **陳列** ㄔㄣˊ ㄌㄧㄝˋ 依次排列。

參考「陳列」、「羅列」、「排列」都指把事物列出，但有別：「陳列」是有條理的擺設出來；「羅列」是不加整理的擺出；「排列」則是依一定的次序排出。

9 **陳述** ㄔㄣˊ ㄕㄨˋ 敘述事情。

10 **陳迹** ㄔㄣˊ ㄐㄧ 以往的事迹。

11 **陳設** ㄔㄣˊ ㄕㄜˋ 陳列裝飾。

11 **陳情** ㄔㄣˊ ㄑㄧㄥˊ 陳述衷情。

陳陳相因 ㄔㄣˊ ㄔㄣˊ ㄒㄧㄤ ㄧㄣ 本指陳糧加陳糧，逐年增多。後比喻依照舊例行事而毫無創新。

12 **陳訴** ㄔㄣˊ ㄙㄨˋ 申訴。

陳腔濫調 ㄔㄣˊ ㄑㄧㄤ ㄌㄢˋ ㄉㄧㄠˋ 既陳腐又無創意的言論。

13 **陳義過高** ㄔㄣˊ ㄧˋ ㄍㄨㄛˋ ㄍㄠ 陳述的道理過於高深。

14 **陳腐** ㄔㄣˊ ㄈㄨˇ 陳舊腐敗。

▽橫陳、下陳、具陳、列陳、上陳、交陳。

常 8 **陸** 形解 陸 形聲；從阜，坴聲。坴爲極大的土塊，所以高平的土地爲陸。

音義 ㄌㄨˋ 名 ①高出水面的土地；例登陸。②姓。動 跳躍；例翹足而陸。形 航線經過地面的；例陸路。

ㄌㄧㄡˋ 名 數目字「六」的大寫，多用於票證帳目等；例新臺幣陸萬元整。

參考 ①反 海，水。②參閱「路」字條。

7 **陸沉** ㄌㄨˋ ㄔㄣˊ ㈠比喻賢者隱居，不爲人所知。㈡陸地無水而沈，比喻國土因禍亂而淪陷。㈢泥古而不合時宜。

21 **陸續** ㄌㄨˋ ㄒㄩˋ 相繼不絕。

參考 「陸續」與「斷續」都指不定數、不定時的多次出現，但有別：前者只能修飾動詞；後者可以修飾名詞、做動詞的補充成分、說明話題等。

▽海陸、水陸、大陸、著陸、雙陸、登陸、新大陸。

常 8 **陰** 形解 陰 形聲；從阜，侌聲。侌有晦暗的意思，所以水之南，山之北爲日照較短的地方爲陰。

音義 ㄧㄣ 名 ①月亮；例太陰。②山的北面；例華陰。③水的南面；例淮陰。④時間；例光陰。⑤光線所照不到的地方；例樹陰。⑥背面；例碑陰。⑦秘密的事；例揭陰。⑧人的生殖器，有時特指女性的生殖器；例下陰。⑨哲 我國古代哲學概念之一，與「陽」對；例陰陽五行。⑩天空有雲不見陽光或星、月的天氣；例時晴時陰。⑪姓。形 ①天色晦暗的；例陰暗。②器物鏤刻凹入的；例陰文圖章。③隱蔽不露的；例陰計。④秘密的；例陰私。⑤雌的，柔的，女性的；例陰性。⑥有關死人或鬼魂的；例陰間。⑦帶負電的；例陰極。

ㄧㄣˋ 動 ①庇護，通「蔭」；例「既之陰女，反予來赫。」②埋藏；例陰爲野土。

ㄢ 名 守喪的屋子，通「闇」；例諒陰。

參考 ①又作「侌」、「隂」。②孳 蔭、廕。③反 陽。

7 **陰私** ㄧㄣ ㄙ 隱祕不可告人的事情。

9 **陰毒** ㄧㄣ ㄉㄨˊ 陰險惡毒。

12 **陰間** ㄧㄣ ㄐㄧㄢ 俗稱人死後所歸往的地方。

陰森 ㄧㄣ ㄙㄣ ㈠樹木繁茂而陰濃。㈡幽暗而悽慘的樣子。

陰陽 ㄧㄣ ㄧㄤˊ ㈠日光的向背，向日爲陽，背日爲陰。㈡哲 中國哲學的一種，用以解釋自然界兩種對立和相互消長的規律。㈢醫 中醫學據以說明人體組織及生理功能，並用以診斷和治療的道理。㈣正負。㈤雌雄。㈥風水。

陰陽家 ㄧㄣ ㄧㄤˊ ㄐㄧㄚ ㈠哲 戰國時期提倡陰陽五行說的一個學派，以鄒衍等人爲代表。㈡稱以擇日、占星、風水等迷信爲業的人。

13 **陰暗** ㄧㄣ ㄢˋ 昏暗而不開朗。

參考 「陰暗」與「陰沈」都指昏暗、深沈，但有別：指人愁悶的神態時，陰暗多指人的內心，陰沈多指人的表情，含有凶狠的意味。

15 **陰影** ㄧㄣ ㄧㄥˇ 光線被不透明體阻礙後所生的暗影。

16 **陰曆** ㄧㄣ ㄌㄧˋ 依照月亮環繞地球的週期而推算訂定的曆法。又作「農曆」、「舊曆」。

陰謀 ㄧㄣ ㄇㄡˊ 祕密的計謀。

參考 「陰謀」與「詭計」都指暗中的計謀，爲名詞，但有別：前者可兼作動詞，指暗中策劃做壞事。

陰錯陽差 ㄧㄣ ㄘㄨㄛˋ ㄧㄤˊ ㄔㄚ ㈠舊時陰陽家術語，分六十甲子爲四段，自甲子、己卯、甲午、己酉起各爲十五辰，甲子、甲午之前三辰爲陰錯，己卯、己酉之前三辰爲陽錯，星命皆不吉利。㈡比喻各種偶然的因素湊在一起，而造成的錯誤。

17 **陰騭** ㄧㄣ ㄓˋ 暗中做好事，而不讓別人知道。也稱「陰德」、「陰功」。

▽光陰、樹陰、寸陰、惜陰、太陰、山陰、夕陰、天陰。

常 8 **陴** 形解 形聲；從阜，卑聲。卑有加高增益的意思，所以城上高出的小牆為陴。

音義 ㄆㄧˊ 名 城上呈凹凸形的短牆，或稱女牆；例「飲血更登陴。」

參考 與「郫」同音而義異：郫，郫縣在四川中部。

常 8 **陶** 形解 形聲；從阜，匋聲。丘陵上還有兩層丘陵者為陶。

音義 ㄊㄠˊ 名 ①用黏土燒成的器物；例彩陶。②姓。動 ①教化；例以陶其民。②教育；例薰陶。③製造瓦器；例陶於河濱。副 快樂地；例人喜則斯陶。 一ㄠˊ 名 人 傳說中東夷族的領袖，曾被舜任命為掌管刑法的官，而成為上古有名的法官；例皋陶。

參考 注意「陶」中從「缶」，不可作「缶」。

3 **陶土** ㄊㄠˊ ㄊㄨˇ 製造陶器的原料，由高嶺土、水白雲母、石英、長石等組成，具吸水性、可塑性，適於製造各種器物。

7 **陶冶** ㄊㄠˊ 一ㄝˇ ㈠製作瓦器和金器。㈡教化培育。

15 **陶醉** ㄊㄠˊ ㄗㄨㄟˋ 本指酣暢地醉飲，引申為沈醉迷戀於某種事物或境界裡。

▽ 薰陶、皋陶、彩陶、黑陶、樂陶陶。

常 8 **陷** 形解 形聲；從阜，臽聲。臽有低下的意思，所以自高入於下為陷。

音義 ㄒㄧㄢˋ 名 ①捕捉野獸的坑，引申為害人的陰謀；例機陷。②過失或缺點；例缺陷。③醫 平塌而不突起的痘瘡，或深入的邪毒。動 ①沈，沒；例陷入泥沼，不能自拔。②設計害人；例誣陷。③處置；例陷之死地而後生。④攻破；例衝鋒陷陣。

參考 ①動 與「餡」同音而義異：餡，包在麵食、點心等食品裡面的肉、菜、糖等東西。

7 **陷阱** ㄒㄧㄢˋ ㄐㄧㄥˇ ㈠捕捉野獸的人工地洞。㈡陷害人的圈套。

10 **陷害** ㄒㄧㄢˋ ㄏㄞˋ 誣陷他人入於刑罰。

參考 參閱「誣陷」條。

13 **陷溺** ㄒㄧㄢˋ ㄋㄧˋ 迷惑沈溺，不知自拔。

陷落 ㄒㄧㄢˋ ㄌㄨㄛˋ ㈠落入穽中。㈡攻破城池。

▽ 攻陷、失陷、淪陷、缺陷、坑陷。

次 8 **陬** 形解 形聲；從阜，取聲。山丘的角落為陬。

音義 ㄗㄡ 名 ①角落；例後吳奔壁東南陬。②山腳；例在山陵之陬。③地 古邑名，在山東曲阜東南。

▽ 荒陬、邊陬、山陬、城陬、蠻陬。

常 9 **陲** 形解 形聲；從阜，垂聲。垂為遠邊，所以高危的地方為陲。

音義 ㄔㄨㄟˊ 名 邊疆，靠邊界的地方；例日暮沙漠陲。

常 9 **隊** 形解 形聲；從阜，㒸聲。從高處下墜為隊。

音義 ㄉㄨㄟˋ 名 ①有組織的羣體；例部隊。②行列；例隊伍整齊。③多數人為同一目標的集合；例探險隊。 ㄓㄨㄟˋ 動 隕落，通「墜」；例退人將隊諸淵。

參考 擊 墜。

6 **隊伍** ㄉㄨㄟˋ ㄨˇ 有組織的行伍。

▽ 樂隊、軍隊、編隊、排隊、路隊、組隊、聯隊、敢死隊、特攻隊、空中編隊。

常 9 **階** 形解 形聲；從阜，皆聲。堂下的石級為階。

音義 ㄐㄧㄝ 名 ①為便於行人上下的層級或梯子；例玉階仙杖擁千官。②音樂的高低段落；例音階。③等級；例官階。④途徑；例進身之階。⑤憑藉；例漢無尺土之階。動 攀援；例猶天之不可階而上也。

參考 ①又作「堦」。②同 級，層。

3 **階下囚** ㄐㄧㄝ ㄒㄧㄚˋ ㄑㄧㄡˊ 罪犯。

9 **階段** ㄐㄧㄝ ㄉㄨㄢˋ 事件發展的順序或段落。

10 **階級** ㄐㄧㄝ ㄐㄧˊ 依財富、教育或權力等標準，將一個社會的人羣分成幾個部分，同一部分的人羣，社會地位、生活標準，與價值觀念都相近者之謂。

11 **階梯** ㄐㄧㄝ ㄊㄧ ㈠臺階和梯子的合稱。㈡比喻前進或向上的憑藉或途徑。

▽石階、台階、庭階、玉階、殿階、東階、官階、阼階、晉身之階。

常 9 **隋** 形解 形聲；從阜，隓省聲。裂肉爲隋。

音義 ㄙㄨㄟˊ 名①史朝代名，楊堅所建，建都大興（今陝西西安），凡三帝，三十七年（五八一—六一八），爲唐所滅。②姓。

參考 ①又作「陏」。②擘隨、墮。③與「隨」同音而義異：隨，有跟從、順從、順便的意思。

常 9 **陽** 形解 形聲；從阜，昜聲。昜有開展明朗的意思，所以山南爲陽。

音義 ㄧㄤˊ 名①日光；例匪陽不晞。②山的南面；例衡陽。③水的北面；例漢陽。④男性的生殖器；例壯陽。⑤表面；例陽奉陰違。⑥正面；例碑陽。⑦哲古代哲學概念之一，我國古代哲學家認爲陰陽是貫穿於一切事物的兩個對立面，與「陰」對；例陰陽。⑧姓。形①雄性的；例陽剛之美。②化帶正電的；例陽極。③器物刻鏤凸出的；例周秦古璽，多作陽文。④在外面的；例陽溝。⑤鮮明的；例我朱孔陽。⑥人間的；例陽世。⑦明顯的；例陰德者必有陽報。副僞裝，通「佯」；例「陽若善之。」

參考 ①又作「昜」。②反陰。③字從「昜」，不可訛作「易」（ㄧˋ）。③與「煬」同音而義異：煬，有熔化（金屬）、火旺二義。

4 **陽文** ㄧㄤˊ ㄨㄣˊ 雕刻上稱凸起的文字；在印章上的，又稱「朱文」。

8 **陽奉陰違** ㄧㄤˊ ㄈㄥˋ ㄧㄣ ㄨㄟˊ 比喻表面上遵守而實際上卻不照辦。

9 **陽春** ㄧㄤˊ ㄔㄨㄣ ㈠溫暖的春天。㈡俗稱陰曆十月爲小陽春。㈢文古代歌曲名，也指高妙的文學作品。㈣比喻惠政。

陽春白雪 ㄧㄤˊ ㄔㄨㄣ ㄅㄛˊ ㄒㄩㄝˇ ㈠書古代歌曲名，後用以比喻高雅的歌曲。㈡書古琴曲，傳爲春秋時晉國師曠所作，以陽春的和煦比喻琴音清明，以白雪的皎潔比喻琴音雅淡。

16 **陽曆** ㄧㄤˊ ㄌㄧˋ 依地球環繞太陽公轉一周爲一年，推算而得的曆法。也稱「國曆」、「新曆」。

▽陰陽、太陽、炎陽、殘陽、斜陽、夕陽、重陽、朝陽、洛陽、秋陽、首陽、青陽、驕陽、艷陽。

常 9 **隅** 形解 形聲；從阜，禺聲。禺有邪曲的意思，所以角落爲隅。

音義 ㄩˊ 名①角落；例「靜女其姝，俟我於城隅。」②邊遠的地方；例海隅蒼生。③端緒；例舉一隅不以三隅反。④廉正；例廉隅。⑤山勢彎曲險阻的地方，通「嵎」。

參考 ①同角。②與「偶」形似而音義各異：偶，音ㄡˇ，有雕塑的人像、伴侶等的意思。

▽四隅、邊隅、一隅、海隅、廉隅。

常 9 **隆** 形解 字本作「隆」：形聲；從生，降聲。降有下的意思，生有成長增進的意思，自下而上，日趨豐碩壯大爲隆。俗作隆。

音義 ㄌㄨㄥˊ 名姓。動①使興盛；例隆國保家。②增高；例隆薛之城。形①高峻的；例隆準龍顏。②深厚的；例隆情厚誼。③程度深；例隆冬。④盛，多；例興隆。⑤尊貴；例位望隆赫。⑥盛大的；例隆重。副①酷，烈；例隆寒不衰。②凸出；例隆起。

參考 ①同盛。②反衰，替。③

孳癃、窿。④字之右旁不可省「一」而誤作「夆」。

5 **隆冬** ㄌㄨㄥˊ ㄉㄨㄥ 嚴冬。

9 **隆重** ㄌㄨㄥˊ ㄓㄨㄥˋ 盛大而鄭重。

11 **隆盛** ㄌㄨㄥˊ ㄕㄥˋ 興盛，豐盛。

12 **隆替** ㄌㄨㄥˊ ㄊㄧˋ 興盛和衰敗。

隆隆 ㄌㄨㄥˊ ㄌㄨㄥˊ ㈠很盛的樣子。㈡形容聲音很大。例隆隆如雷聲。

13 **隆準** ㄌㄨㄥˊ ㄓㄨㄣˇ 高鼻子。又稱「隆鼻」。

▽興隆、豐隆、穹隆、昌隆、雷聲隆隆。

常 9 **隍** 形解 形聲；從阜，皇聲。皇有大的意思，環繞於城牆外的壕溝為隍。

音義 ㄏㄨㄤˊ 名 無水的護城壕溝；例「納之于隍。」

參考 ①有水的稱「池」。②俗又以陰司的判官稱「城隍」。

次 9 **陾** 形解 形聲；從阜，耎聲。衆多為陾。

音義 ㄖㄥˊ 副 衆多地；例陾陾。

次 9 **隄** 形解 形聲；從阜，是聲。是有遲滯的意思，所以堤防為隄。

音義 ㄊㄧˊ 名 沿河或沿海修築的防水建築物，通「堤」；例隄防。

參考 又音ㄉㄧ。

次 9 **隈** 形解 形聲；從阜，畏聲。畏有曲折的意思，所以水流彎曲之處為隈。

音義 ㄨㄟ 名 ①山或水彎曲的地方；例「漁者不爭隈。」②角落；例「考之四隈。」③弓柎兩邊的彎曲處。

次 9 **隉** 形解 會意；從阜，從毀省。危險不安為隉。

音義 ㄋㄧㄝˋ 形 杌隉，危險不安。

參考 又作「陧」。

次 9 **隃** 形解 形聲；從阜，俞聲。地名，西隃為隃。

音義 ㄩˊ 名 地 西隃，古山名，即山西雁門山。動 超越；例隃奪。

一ㄠˊ 形 遙遠的，通「遙」；例「兵難隃度。」

常 10 **隘** 形解 會意；從阜，益聲。與「𨺅」同，𨺅：從𨸏，𦬇聲。𦬇即「嗌」，嗌是咽喉，有狹小的意思，所以狹小仄陋為隘。

音義 ㄞˋ 名 險要的地方；例隘口。形 ①狹窄的；例隘巷。②器量不廣的；例伯夷隘。③窘迫的；例貧隘。

ㄜˋ 動 ①阻止；例阻隘。②隔絕；例三國隘秦。

參考 ①同狹，窄，褊。②讀作ㄜˋ時，通「阨」。③字雖從「益」，但不可讀成「一」。

常 10 **隔** 形解 形聲；從阜，鬲聲。阻塞為隔。

音義 ㄍㄜˊ 名 屏障；例秦無韓魏之隔。動 ①遮斷；例「更隔蓬山一萬重。」②距離；例相隔十里。③經過；例隔幾天再來。④隔開；例兩村中間隔著一條河。

ㄍㄜ 名 硬厚的紙板；例隔褙。

參考 ①同阻，障，間。②與「滆」、「嗝」、「膈」、「鎘」同音而義異：滆，滆湖，在江蘇南部；嗝，氣逆出聲；膈，膈膜，即橫膈膜；鎘，一種金屬元素，符號Cd，能延展，用於原子能工業。

8 **隔岸觀火** ㄍㄜˊ ㄢˋ ㄍㄨㄢ ㄏㄨㄛˇ 比喻對別人的危難只會袖手旁觀，不加救援。

12 **隔絕** ㄍㄜˊ ㄐㄩㄝˊ 斷絕往來。

參考 「隔絕」與「隔離」都指分別，但有別：前者多指永久、徹底的；後者多是一時的。

13 **隔靴搔癢** ㄍㄜˊ ㄒㄩㄝ ㄙㄠ ㄧㄤˇ 比喻說話或作文不中肯，沒有把握住要點。

14 **隔閡** ㄍㄜˊ ㄏㄜˊ ㈠情意不相通。㈡斷絕。

15 **隔膜** ㄍㄜˊ ㄇㄛˊ ㈠情意不相通。㈡不了解。

16 **隔壁** ㄍㄜˊ ㄅㄧˋ ㈠鄰家。㈡附近。

參考 同隔閡。

17 **隔牆有耳** ㄍㄜˊ ㄑㄧㄤˊ ㄧㄡˇ ㄦˇ 勸人說話小心，以免被人偷聽。

19 **隔離** ㄍㄜˊ ㄌㄧˊ ㈠分離，阻斷。㈡生在自然界中，生物不能自由交配或交配後不能產生可育性後代的現象。㈢醫防止傳染病傳播的一種重要措施，將傳染病患者、可疑患者之生活起居與正常人隔開，避免病原體傳染。

▽間隔、疏隔、乖隔、分隔、相隔、阻隔。

常 10 **隕** 形解 形聲；從阜，員聲。從高處落下為隕。

音義 ㄩㄣˇ 動①墜落；例隕霜。②毀壞；例景公臺隕。③死亡；例隕身。④差失；例亦不隕厥問。

ㄩㄢˊ 名土地的範圍，通「員」；例幅隕既長。

參考 ①同落，墜，零，墮。②與「鄖」、「湏」音近（ㄩㄣˊ）形似而義異：鄖，鄖縣，在湖北；湏，湏水，也在湖北。

5 **隕石** ㄩㄣˇ ㄕˊ 隕星進入氣層後，速度銳減，動能的一部分變為熱能，發白熾光，沿途放射火花，分散裂片，或在空中無形消失，或墜落於地面。

8 **隕命** ㄩㄣˇ ㄇㄧㄥˋ 喪失生命。

9 **隕星** ㄩㄣˇ ㄒㄧㄥ 天從太空飛來，經過空氣層而落入地球的星球。

12 **隕越** ㄩㄣˇ ㄩㄝˋ ㈠比喻失職。㈡情急。

次 10 **隗** 形解 形聲；從阜，鬼聲。鬼有幽邃不可知的意思，所以極高的山為隗。

音義 ㄨㄟˇ 名①地春秋國名之一，今湖北秭歸縣東。②姓。

副隗隗，崇高的樣子。

參考 又音 ㄨㄟˊ、ㄎㄨㄟˇ。

常 11 **隙** 形解 形聲；從阜，𡭴聲。𡭴為牆縫所透出的光，所以壁上裂縫為隙。

音義 ㄒㄧˋ 名①牆上的裂縫；例白駒過隙。②閒暇（指時間）；例農隙。③仇怨；例上下無隙。④機會；例窺閒伺隙。⑤漏洞；例乘隙。⑥感情上的裂痕；例嫌隙。動接隣；例「北隙烏丸夫餘。」形空閑的（指地區）；例隙地。

參考 又作「隟」、「隙」、「𨻶」。

6 **隙地** ㄒㄧˋ ㄉㄧˋ 空地。

12 **隙無不照** ㄒㄧˋ ㄨˊ ㄅㄨˋ ㄓㄠˋ 形容光芒徧照，連小縫都能照得到。

▽間隙、空隙、農隙、仇隙、怨隙、門隙、乘隙、嫌隙、白駒過隙、人生如白駒過隙。

常 11 **障** 形解 形聲；從阜，章聲。章有終止的意思，所以壅塞阻隔為障。

音義 ㄓㄤˋ 名①隄防；例隄障。②邊塞上防捍寇盜的小城；例壅障。③用來防衛的設施；例屏障。④屏風；例蔽障。動①防衛；例保障。②妨礙；例障礙。③遮蔽；例以腰扇障日。

參考 ①同阻，隔，間，屏，蔽。②與「幛」、「嶂」、「瘴」同音而義異：幛，上面題有祝賀或哀悼詞句的幛子；嶂，象屏障的山峯；瘴，瘴氣。

19 **障礙** ㄓㄤˋ ㄞˋ 阻礙。

▽故障、保障、藩障、蔽障、屏障、孽障、隄障、壅障。

常 11 **際** 形解 形聲；從阜，祭聲。牆縫為際。

音義 ㄐㄧˋ 名①邊，岸；例唯見長江天際流。②兩段時間相接處；例夏秋之際。③中間；例腦際。④時候；例青黃不接之際。⑤彼此之間；例國際。⑥機遇；例因緣際會。動①到達；例高不可際。②結交；例交際。③正值或適逢；例際此佳日。

13 **際遇** ㄐㄧˋ ㄩˋ 遭遇。

際會 ㄐㄧˋ ㄏㄨㄟˋ ㈠遇合。㈡男女婚姻關係。

▽交際、國際、實際、天際、分際、邊際、水際、中際、一望無際、不着邊際。

次 12 **隤** 形解 形聲；從阜，潰省聲。山陵崩落下墜為隤。

音義 ㄊㄨㄟˊ 動①墜落；例帖石防隤岸。②絆倒；例先者隤陷。③降下；例發祥隤祉。副柔順地；例隤然。

常 13 **隧** 形解 形聲；從阜，遂聲。遂有通達的意思，墓道爲隧。

音義 ㄙㄨㄟˋ 名 ①墓道；例墓隧。②地下道；例隧道。③道路；例門隧。④古代邊塞用以守望并放烽火以告軍情的亭子，通「燧」；例登障隧。⑤郊外，通「遂」；例三郊三隧。

ㄓㄨㄟˋ 動 落下，通「墜」；例縣垂之類，有時而隧。

參考 與「燧」、「邃」同音而義異：燧，古時取火的器具；邃，有深遠、精深二義。

常 13 **隨** 形解 形聲；從辵，隋聲。辵是行進，隋是垂下的意思，跟從人後而行爲隨。

音義 ㄙㄨㄟˊ 名 ①腳趾；例不拯其隨。②姓。動 ①跟從；例「隨兄播遷韶嶺。」②沿著；例隨山刊木。③任憑；例隨他去吧！④順便；例請隨手關門。⑤方 相像；例他長得隨他母親。副 立刻；例立政隨謂陵曰：「亦有意乎？」

參考 同順，從，遵，循，率，跟，依。

4 **隨心所欲** ㄙㄨㄟˊ ㄒㄧㄣ ㄙㄨㄛˇ ㄩˋ 完全順著自己的心願。

6 **隨地** ㄙㄨㄟˊ ㄉㄧˋ 任意一個地方。

參考 參閱「爲所欲爲」條。

7 **隨即** ㄙㄨㄟˊ ㄐㄧˊ 立刻，馬上。

8 **隨和** (一) ㄙㄨㄟˊ ㄏㄜˊ ①順從衆意，不固執己見。②隋侯珠與和氏璧的合稱，後用以比喻才德優美。又作「隋和」。(二) ㄙㄨㄟˊ ㄏㄜˋ 隨聲附和。

隨波逐流 ㄙㄨㄟˊ ㄅㄛ ㄓㄨˊ ㄌㄧㄡˊ (一)順水而行。(二)比喻自己沒有堅定的立場或正確的主見，聽任外力的影響。

參考 「隨波逐流」與「同流合汚」都有隨著人走的意思，但有別：前者强調沒有主見；後者强調作壞事，而不一定沒有主見。

9 **隨便** ㄙㄨㄟˊ ㄅㄧㄢˋ 任意。

隨風轉舵 ㄙㄨㄟˊ ㄈㄥ ㄓㄨㄢˇ ㄉㄨㄛˋ 順著情勢轉變，以求適應。

參考 同順風轉舵，隨風倒舵，隨風使舵。

10 **隨時** ㄙㄨㄟˊ ㄕˊ 不論何時。

11 **隨從** (一) ㄙㄨㄟˊ ㄘㄨㄥˊ 跟從。(二) ㄙㄨㄟˊ ㄗㄨㄥˋ 跟隨的人。

13 **隨意** ㄙㄨㄟˊ ㄧˋ 任意，不受拘束。

隨遇而安 ㄙㄨㄟˊ ㄩˋ ㄦˊ ㄢ 比喻能適應任何環境。也作「隨寓而安」。

15 **隨緣** ㄙㄨㄟˊ ㄩㄢˊ (一)隨順環境，不加勉强。(二)宗 感應外緣而行動。

16 **隨機應變** ㄙㄨㄟˊ ㄐㄧ ㄧㄥˋ ㄅㄧㄢˋ 跟著事情的變化而靈活應付。

參考 ①參閱「見風轉舵」條。②「見機行事」、「隨機應變」有別：「見機行事」是看情形做事的意思；「隨機應變」是指因情況的改變而靈活地採取應付的方法。

17 **隨聲附和** ㄙㄨㄟˊ ㄕㄥ ㄈㄨˋ ㄏㄜˋ 自己沒有主意，而迎合別人的意見。

▽追隨、伴隨、跟隨、親隨、聽隨、夫唱婦隨、銜尾相隨、蕭規曹隨。

常 13 **險** 形解 形聲；從阜，僉聲。僉有隱暗狹小的意思，山阜的隱暗狹小處往往有所阻礙，所以阻難爲險。

音義 ㄒㄧㄢˇ 名 ①利於防守的要塞；例天險。②艱危不安的情形；例冒險。③意外災害；例保險。④狠毒；例陰險。形 ①艱困危急的；例險象環生。②地勢艱危的；例險降坡。③邪惡的；例陰險。④令人驚異的；例「險語破鬼膽。」副 幾乎，差一點兒；例險遭毒手。

參考 ①反夷。②同危。③與「獫」同音而義異：獫，古指長嘴獵犬。

8 **險阻** ㄒㄧㄢˇ ㄗㄨˇ 道路危險而阻塞，也喻人世的艱辛。

9 **險要** ㄒㄧㄢˇ ㄧㄠˋ 地勢險阻而重要。

10 **險峻** ㄒㄧㄢˇ ㄐㄩㄣˋ 地勢高峻險要。

12 **險詐** ㄒㄧㄢˇ ㄓㄚˋ 陰險奸詐。

險惡 ㄒㄧㄢˇ ㄜˋ 奸險惡毒。

險象環生 ㄒㄧㄢˇ ㄒㄧㄤˋ ㄏㄨㄢˊ ㄕㄥ 比喻危險萬狀。

▽陰險、危險、凶險、天險、

冒險、保險、火險、壽險、艱險、風險、歷險、鋌而走險、千難萬險。

㊌ 13
隩 形解 形聲；從阜，奧聲。奧有陰蔽的意思，所以水流至懸崖邊所形成的曲折隱蔽處爲隩。

音義 ㄠˋ 名①水涯深曲處；例匡內爲隩。②室中西南角，通「奧」；例室而無隩阼。③四方可居的土地，通「墺」；例「四隩既宅。」動避寒就暖，通「燠」；例厥民隩。形深；例隩愛太子。

㊖ 14
隱 形解 形聲；從阜，㥯聲。㥯聲字多有安謹的意思，所以遮蔽匿藏爲隱。

音義 ㄧㄣˇ 名①謎語；例隱語。②短牆；例踰隱。③逃世的人；例聘招隱逸。④痛苦；例「勤恤民隱。」⑤心事；例難言之隱。⑥姓。動①藏匿，使人看不到；例隱形匿影。②瞞住；例隱惡揚善。③躲藏；例天地閉，賢人隱。④憐憫；例「此仁人之所隱也。」形①暗中的；例有隱行者必有昭名。②窮困的；例隱民。③避世的；例隱者。④內裡的；例隱痛。⑤藏在深處的；例隱患。

ㄧㄣˋ 動①倚靠；例「隱几而臥。」②憑依；例其高可隱。

參考 ①反顯、明。②同匿、藏。③𢰥癮。④和「穩定」的「穩」字(一從阜，一從禾)，形近易誤。

3 **隱士** ㄧㄣˇ ㄕˋ ㈠隱居不做官的人。㈡善說隱語的人。

7 **隱私** ㄧㄣˇ ㄙ 隱祕而不讓人知道的私事。

參考 形隱私權。

8 **隱性** ㄧㄣˇ ㄒㄧㄥˋ 在遺傳上，基因所控制的性狀不會表現出來的特性。

隱居 ㄧㄣˇ ㄐㄩ 退居鄉野，不問世事。

隱姓埋名 ㄧㄣˇ ㄒㄧㄥˋ ㄇㄞˊ ㄇㄧㄥˊ 改換姓名，不讓別人知道。

9 **隱約** ㄧㄣˇ ㄩㄝ ㈠不清楚的樣子。㈡言辭簡略而含義精微。㈢窮困不得志。

10 **隱疾** ㄧㄣˇ ㄐㄧˊ 即暗病，身體上不易見到或不可告人的疾病。

11 **隱情** ㄧㄣˇ ㄑㄧㄥˊ ㈠不可告人的事情。㈡審察實情。

12 **隱喻** ㄧㄣˇ ㄩˋ 以兩物間的相似性來作間接暗示的比喻。

隱逸 ㄧㄣˇ ㄧˋ 隱居的人。

隱惡揚善 ㄧㄣˇ ㄜˋ ㄧㄤˊ ㄕㄢˋ 隱藏過失，而宣揚好處。

14 **隱語** ㄧㄣˇ ㄩˇ 不把本義直接說出，而借別的詞語來暗示的話。

15 **隱憂** ㄧㄣˇ ㄧㄡ 深沈的憂慮。也作「殷憂」。

16 **隱瞞** ㄧㄣˇ ㄇㄢˊ 瞞住事實，不讓別人知道。

17 **隱隱** ㄧㄣˇ ㄧㄣˇ ㈠不清楚的樣子。㈡車聲。㈢憂戚的樣子。㈣繁盛的樣子。㈤大聲的樣子。

18 **隱藏** ㄧㄣˇ ㄘㄤˊ 藏匿。

參考「隱藏」、「隱蔽」、「隱瞞」都指藏匿，但有別：「隱瞞」著重在蒙騙；「隱藏」、「隱蔽」爲動詞，重在藏匿，而後者可兼作形容詞用。

▽索隱、惻隱、退隱、遁隱、市隱、歸隱、難言之隱。

㊌ 14
隮 形解 形聲；從阜，齊聲。由下往上升，與高處者相平齊，爲隮。

音義 ㄐㄧ 名彩虹；例朝隮于西。動①上升，通「躋」；例由賓階隮。②墜落；例我乃顛隮。

㊌ 14
隰 形解 形聲；從阜，㬎聲。山丘四周低濕的土地爲隰。

音義 ㄒㄧˊ 名①低下的濕地；例原隰底績。②新開墾的田地；例徂隰徂畛。③姓。

參考 不讀ㄙ或ㄕ。

㊌ 15
隳 形解 形聲；從恭省，隋聲。城阜敗壞爲隳。

音義 ㄏㄨㄟ 動毀壞；例隳人之城郭。

㊖ 16
隴 形解 形聲；從阜，龍聲。漢天水郡大阪爲隴。

音義 ㄌㄨㄥˇ 名①土堆或高地，通「壟」；例起隴畝。②地「隴山」的簡稱；例隴右。③地「甘肅省」的簡稱；例隴海鐵路。

參考 與「壠」同音而義異：壠，種植農作物的土埂。

【隶部】 ㄉㄞˋ

常 9 **隸** 形解 隸 形聲；從隶，柰聲。隶有趕及的意思，所以坿箸爲隸。

音義 ㄌㄧˋ 名 ①差役；例虧形爲隸。②賤人；例奴隸。③小官；例社稷之常隸。④書體名，例隸書；例漢隸。⑤姓。動 ①閱察；例「關東吏隸郡國出入關者。」②分屬；例配隸益州。③附著；例隸屬。

ㄧˋ 動 學習，通「肄」；例羣臣習隸。

參考 ①「隸」、「隷」爲「隸」的異體字。②「隸」不可受「棣」字的影響而誤讀成ㄉㄧˋ。

10 **隸書** ㄌㄧˋ ㄕㄨ 藝 漢字字體之一。由篆書演變而來，是爲適應較快書寫而產生的體式。字體由篆書的長方改爲方正，筆畫由圓轉改爲方折，是象形漢字轉變爲不象形的重要階段。

21 **隸屬** ㄌㄧˋ ㄕㄨˇ 從屬，附屬。

參考 參閱「附庸」條。

▽罪隸、奴隸、僕隸、氓隸、徒隸、直隸。

【隹部】 ㄓㄨㄟ

次 0 **隹** 形解 隹 象形；象短尾的鳥類形。

音義 ㄓㄨㄟ 名 短尾鳥。

ㄘㄨㄟ 副 高峻的樣子，通「崔」；例山林之畏隹。

常 2 **隻** 形解 隻 會意；從又持隹以示人。鳥一枚爲隻，持一隹爲隻，持二隹爲雙。

音義 ㄓ 名 ①鳥一枚；例一隻鳥。②計算物體的單位；例賜馬百匹，羊千隻。③單數；例匹馬隻輪。形 ①孤獨的；例形單影隻。②單一的，奇數的；例天子以隻日臨朝。

參考 ①同單，孤，獨。②反雙，羣。

4 **隻手遮天** ㄓ ㄕㄡˇ ㄓㄜ ㄊㄧㄢ 比喻奸狡而有權勢的人，無法無天的作爲。

6 **隻字不提** ㄓ ㄗˋ ㄅㄨˋ ㄊㄧˊ 一點也不提起。例他對昨天的事隻字不提。

7 **隻身** ㄓ ㄕㄣ 單身，一個人。

▽形單影隻。

次 2 **隼** 形解 隼 象形；象鷹鳥停在樹枝上形。

音義 ㄙㄨㄣˇ 名 動 鳥名，猛禽類，形似鷹，翅窄而尖，飛得快，性凶猛，常捕食小鳥獸。

常 3 **雀** 形解 雀 會意；從小隹。依人小鳥爲雀。

音義 ㄑㄩㄝˋ 名 ①鳴禽類鳥，體形較小；例痲雀。②泛指小鳥；例衆雀嗷嗷。③姓。形 ①顏色赤黑如雀的；例雀弁執惠。②形狀如雀的；例雀釵橫曉鬢。副 動作如雀地；例雀躍。

ㄑㄧㄠˇ 名 臉上長的小黑點；例雀子。

ㄑㄧㄠˇ 名 方 夜盲症；例雀盲眼。

參考 雀，或作「[illegible]」。

11 **雀屏中目** ㄑㄩㄝˋ ㄆㄧㄥˊ ㄓㄨㄥˋ ㄇㄨˋ 比喻被選爲女婿，即女方許婚。語出於唐高祖射中屏風上二孔雀的眼珠而娶到竇后的故事。亦稱「雀屏中選」。

12 **雀斑** ㄑㄩㄝˋ ㄅㄢ 人體表皮所出現的黑褐色細斑點，由局部色素沈積而成，常現於曝露部位如顏面等處。

參考 語音ㄑㄧㄠˇ ㄅㄢ。

21 **雀躍** ㄑㄩㄝˋ ㄩㄝˋ 像小鳥那樣跳來跳去，形容高興。例雀躍歡呼。

▽燕雀、孔雀、紅雀、痲雀、鳥雀、黃雀、金絲雀、門可羅雀。

次 3 **隿** 形解 隿 形聲；從隹，弋聲。以弓箭射鳥爲隿。

音義 一、〔動〕射擊飛鳥。

常 4 **雁** 形解 形聲；從隹，從人，厂聲。雁指雁鳥，羣飛時成人字形，秋季南來，春則北去，所以稱候鳥爲雁。

音義 ㄧㄢˋ 名 ①〔動〕游禽類，樣子像鵝(或較小)，飛行時常成行成列，每年春分後飛往北方，秋分後飛回南方，是候鳥之一；例北雁南飛。②書信的代稱；例魚雁。副次序地；例雁行。

參考 ①又作「鴈」。②摯贋。

▽歸雁、鴻雁、落雁、飛雁、沉魚落雁。

常 4 **雅** 形解 形聲；從隹，牙聲。楚烏，通體純黑爲雅。

音義 ㄧㄚˇ 名 ①詩經六義之一。②詩經內容三大部分之一；例風、雅、頌。③純正的音樂；例不敢亂雅。④才優品高的人；例摒羣雅。⑤交情；例一日之雅。⑥〔書〕古代訓詁的書籍名；例爾雅。⑦清麗；例淡雅。⑧姓。形①高尚的；例雍容閒雅。②規範的；例雅言。副①純正地；例雅合宮調。②極，很；例雅以爲美。③一向；例雅行躬耕。④敬辭；例雅賜。⑤平素地；例雅善鼓琴。⑥不俗氣地；例雅觀。

ㄧㄚ 名〔動〕鳥名；例烏雅。

參考 ①雅，音ㄧㄚˇ時，古作「疋」。②雅，音ㄧㄚ時，今作「鴉」，或作「鵶」。③反俗。

2 **雅人雅事** ㄧㄚˇ ㄖㄣˊ ㄧㄚˇ ㄕˋ 高雅的人，做事也不會低俗。

7 **雅言** ㄧㄚˇ ㄧㄢˊ ㈠正直的言論。㈡常言。

9 **雅俗共賞** ㄧㄚˇ ㄙㄨˊ ㄍㄨㄥˋ ㄕㄤˇ 形容某些藝術創作優美通俗，各種文化程度和藝術修養的人都能欣賞。

10 **雅座** ㄧㄚˇ ㄗㄨㄛˋ 飯館、酒樓中特闢的精緻而舒適的隔間。

雅致 ㄧㄚˇ ㄓˋ ㈠清麗、秀逸而不俗。多指裝飾和室內的佈置。㈡風雅的意興。例高人雅致。

12 **雅量** ㄧㄚˇ ㄌㄧㄤˋ ㈠寬宏的氣度。㈡酒量很大。

13 **雅號** ㄧㄚˇ ㄏㄠˋ 尊稱他人名號的用語。

雅馴 ㄧㄚˇ ㄒㄩㄣˋ 文辭言語典雅而不粗俗。

15 **雅樂** ㄧㄚˇ ㄩㄝˋ 古時用於郊廟朝會等重大典禮的音樂的總稱。

16 **雅興** ㄧㄚˇ ㄒㄧㄥˋ 風雅的興致。

18 **雅癖** ㄧㄚˇ ㄆㄧˇ ㈠風雅的嗜好。㈡今指西方反傳統，不修邊幅，過著浪漫生活的人士。

25 **雅觀** ㄧㄚˇ ㄍㄨㄢ 裝束、舉動都很文雅。

▽溫雅、閑雅、高雅、儒雅、典雅、風雅、文雅、優雅、幽雅、爾雅、淵雅、一日之雅、無傷大雅、溫文儒雅。

常 4 **雄** 形解 形聲；從隹，厷聲。厷有壯大的意思，鳥父爲雄。

音義 ㄒㄩㄥˊ 名 ①英勇；例「寡人之雄。」②才傑氣盛的人；例「命世之雄。」③强而有力的國家；例戰國七雄。④優勝；例一決雌雄。⑤姓。形①生物中能產生精細胞的；例雄鷄。②稱霸的；例雄藩。③有氣魄的；例雄心壯志。副①氣盛地；例雄雄赫赫。②英武地；例雄視羣公。

參考 ①反雌，牝，母。②「碓」、「鴆」爲雄的異體字。③草之精秀者爲「英」，獸之特羣者爲「雄」。④(人)聰明秀出謂之「英」，膽力過人謂之「雄」。

3 **雄才大略** ㄒㄩㄥˊ ㄘㄞˊ ㄉㄚˋ ㄌㄩㄝˋ 偉大的才能和深遠的謀略。

4 **雄心** ㄒㄩㄥˊ ㄒㄧㄣ 遠大的抱負。例雄心萬丈。

雄心壯志 ㄒㄩㄥˊ ㄒㄧㄣ ㄓㄨㄤˋ ㄓˋ 遠大的理想，宏偉的志願。

雄心勃勃 ㄒㄩㄥˊ ㄒㄧㄣ ㄅㄛˊ ㄅㄛˊ 形容雄壯的心志興起，不可遏止的樣子。

參考 參閱「野心勃勃」條。

7 **雄兵** ㄒㄩㄥˊ ㄅㄧㄥ 强壯的兵士。

9 **雄風** ㄒㄩㄥˊ ㄈㄥ 即威風。

雄厚 ㄒㄩㄥˊ ㄏㄡˋ 資力(物力和人力)非常充足。

雄姿 ㄒㄩㄥˊ ㄗ 威武雄壯的姿態。例雄姿英發。

雄飛 ㄒㄩㄥˊ ㄈㄟ 比喻志意飛揚，奮發有爲。

參考 反雌伏。
10 **雄師** ㄒㄩㄥ ㄕ 英勇無敵的軍隊。
11 **雄偉** ㄒㄩㄥ ㄨㄟˇ 雄壯而偉大。
12 **雄渾** ㄒㄩㄥ ㄏㄨㄣˊ 雄壯而渾厚。多形容詩文或書畫氣勢磅礴，含義深遠。
雄黃 ㄒㄩㄥ ㄏㄨㄤˊ 礦 礦物名，化學成分為(AsS)，桔紅色，硬度小，加熱後有蒜味。是製取砒霜和製造顏料、玻璃等的原料；中藥用為解毒、殺蟲劑。又名「雞冠石」。
14 **雄圖** ㄒㄩㄥ ㄊㄨˊ 宏偉的計劃或深遠的謀略。
21 **雄辯** ㄒㄩㄥ ㄅㄧㄢˋ 強有力的辯論。例事實勝於雄辯。
▽英雄、梟雄、雌雄、豪雄、自雄、一世之雄、一決雌雄。

常 4
集
形解 會意；字本作「雧」，從雥木。羣鳥在木上為雧。或省作「集」。
音義 ㄐㄧˊ 名 ①定期買賣交易的市場；例趕集。②滙集單篇作品編成的書；例韓昌黎集。③我國古代將圖書分為四部，集是四部之一；例經、史、子、集。④姓。動 ①羣鳥棲息在木上；例集于灌木。②成就；例大統未集。③會合；例高手雲集。④齊一；例動靜不集。⑤積聚；例集義。⑥安和，通「輯」；例天下未集。副 聚合地；例集議。
參考 ①集，又作「雧」。②同 聚，輯，纂，萃，輳。③反 離。④辨 雜，雧，鏶，礁。
3 **集大成** ㄐㄧˊ ㄉㄚˋ ㄔㄥˊ 彙集前人的主張與成就，而成立一統括的學說，達到完備的程度。例朱熹集宋代理學之大成。
4 **集中** ㄐㄧˊ ㄓㄨㄥ 把分散的聚集在一起。如：資本集中、人員集中。
集中營 ㄐㄧˊ ㄓㄨㄥ ㄧㄥˊ 原為德國國社黨政府囚禁大量猶太人和政治犯的地方，今稱拘押大量俘虜或政治犯的處所為集中營。
6 **集合** ㄐㄧˊ ㄏㄜˊ ㈠聚集在一起。㈡使人員或部隊集中。㈢軍事上使人員集中的口令。㈣數 由具有一定特性的事物構成的團體，簡稱集，又稱類、族。
9 **集思廣益** ㄐㄧˊ ㄙ ㄍㄨㄤˇ ㄧˋ 集合眾人的意見和智慧，可以收到更大更好的效果。
12 **集腋成裘** ㄐㄧˊ ㄧㄝˋ ㄔㄥˊ ㄑㄧㄡˊ 把許多狐腋縫在一起就可做成一件皮襖。比喻聚少成多，積小為大。腋：狐腋下的皮毛；裘：皮襖。
參考 同積沙成塔。
13 **集會** ㄐㄧˊ ㄏㄨㄟˋ ㈠集中會合。㈡許多人聚集開會。
14 **集團** ㄐㄧˊ ㄊㄨㄢˊ 為了一定目的而組織起來的共同行動的團體。
參考 衍集團結婚。
16 **集錦** ㄐㄧˊ ㄐㄧㄣˇ 編集在一起的精彩的詩文、書畫、圖片等。例南臺灣山水集錦。
22 **集權** ㄐㄧˊ ㄑㄩㄢˊ 政權集中於中央政府，對「地方分權」而言。
23 **集體** ㄐㄧˊ ㄊㄧˇ 工作、活動、生活都在一起的組織羣體。例集體行為。
集體創作 ㄐㄧˊ ㄊㄧˇ ㄔㄨㄤˋ ㄗㄨㄛˋ 由多人搜集材料、決定內容後，分別執筆，然後總括而成；或由一個人依照眾人的決議寫出，再經眾人修正同意後發表的作品，都可稱為集體創作。
▽雲集、羣集、採集、收集、蒐集、召集、全集、總集、文集、別集、詩集、趕集、市集、會集、交集、聯集。

常 4
雇
形解 形聲；從佳，戶聲。戶有庇護的意思，鳩之一種為雇。
音義 ㄍㄨˋ 動 ①租賃(交通工具)；例雇船。②出錢請人做事，通「僱」；例聘雇。
ㄏㄨˋ 名 候鳥名，鳩的一種。
參考 ①雇(音ㄏㄨˋ)，或作鳲。②辨 顧、僱。
10 **雇員** ㄍㄨˋ ㄩㄢˊ ㈠公家機關在正式編制以外雇用的人員。㈡委任以下的公務人員。㈢接受雇用的人。

次 4
雂
形解 形聲；從佳，今聲。鳥名，白喙鳥為雂。
音義 ㄑㄧㄣˊ 名 一種嘴巴自而彎曲的鳥。

ㄢ 名古人名。

常 5 雍 形解 字本作「雝」：形聲；從隹，邕聲。雝渠，即鶺鴒鳥爲雝。隸變作「雍」。

音義 ㄩㄥ 名古音樂名；例「奏雍而徹。」動①阻塞，通「壅」；例毋雍泉。②據有，通「擁」；例雍天下之國。形①和諧的；例家門雍穆。②威儀的；例雍容。

ㄩㄥˇ 動①庇祐；例雍神庥。②蔽塞；例雍蔽。

ㄩㄥˋ 名①地古九州之一。②姓。

參考 ①擘壅、擁、饔、廱、甕。②同邕，塞。③字或作「雝」。

16 雍穆祥和 ㄩㄥ ㄇㄨˋ ㄒㄧㄤˊ ㄏㄜˊ 比喻和諧莊重的氣氛。

常 5 雉 形解 形聲；從隹，矢聲。鳥類，形似雞，善走，不能久飛爲雉。

音義 ㄓˋ 名①動野鷄，雄的羽美，善走，不能久飛，活動在荒山田野間，羽毛可做裝飾品；例「士執雉。」②量詞，古代以城長三丈，高一丈爲雉；例「都城不過百雉。」③牆垣；例「欲藉於台雉。」④姓。動縊死；例雉經於新城之廟。形由雉羽編成的；例雉扇。副雜陳地；例梦梦雉雉。

ㄙˋ 名獸名，通「兕」。

ㄧˇ 名縣名。

ㄎㄞˇ 名矮人，桂林地方稱人矮爲「羅雉」。或作「豬」、「珂」。

參考 ①雉(音ㄓˋ)，或作「鴙」。②與「鷙」同音而義異：鷙，凶猛，如「鷙鳥」。

▽山雉、野雉、射雉、百雉、呼盧喝雉。

常 5 雋 形解 會意；從弓隹。弓是弘的省文，鳥肥大而味美爲雋。

音義 ㄐㄩㄢˋ 名姓。形①鳥肉肥美的。②意義深遠的；例雋永。

ㄐㄩㄣˋ 名才德出衆的人；例英雋。形①賢良的；例雋輔。②俊逸超羣；例雋拔。

ㄗㄨㄟˋ 名地名；例雋李。

參考 ①俗作「隽」。②音ㄐㄩㄣˋ時，通「俊」。③擘儁。

5 雋永 ㄐㄩㄢˋ ㄩㄥˇ 文章的意味深長久遠。

次 5 雎 形解 形聲；從隹，且聲。鳥名，雎鳩爲雎。

音義 ㄐㄩ 動①動雎鳩，古書上的水鳥名，生有定偶；例「關關雎鳩。」②姓。

參考 「雎」，從隹且聲，故音ㄐㄩ；「睢」，從目隹聲，故音ㄙㄨㄟ。二字形近不可相混。

次 5 雊 形解 形聲；從隹，句聲。雄雉的鳴叫聲。

音義 ㄍㄡˋ 名雉雞鳴聲。動雉鷄鳴叫；例雉之朝雊。

常 6 雌 形解 形聲；從隹，此聲。此聲字有小的意思，鳥母，陰性之鳥爲雌。

音義 ㄘ 名①陰性的動植物；例雌兔。②細柔的聲音；例雌聲。③叱責；例挨雌。動咧開，通「齜」；例雌牙露嘴。形①陰性的；例雌雉。②柔弱的；例抱雌節。

參考 ①雌，或作「䳄」、「雌」。②反雄，牡，公。③同母，牝。④又音ㄘˊ。

6 雌伏 ㄘ ㄈㄨˊ 比喻退藏，不進取，無所作爲。

12 雌雄 ㄘ ㄒㄩㄥˊ (一)雌性與雄性。(二)比喻勝負高下。例一決雌雄。(三)成對的物件。例雌雄劍。

次 6 雒 形解 形聲；從隹，各聲。猛鳥名，即鵋鵙爲雒。

音義 ㄌㄨㄛˋ 名①地水名，源陝西雒南縣，通「洛」。②白鬣的黑馬。③姓。動烙印，通「烙」；例刻雒。

常 8 雕 形解 形聲；從隹，周聲。鳥名，即鷲爲雕。

音義 ㄉㄧㄠ 名①動鳥名，老雕，猛禽類鳥，性凶猛，嗜食鼠、兔等；例射雕。②碉堡；例石雕。③浮僞，通「刁」；例「去泰捐雕。」④姓。動①刻鏤；例雕刻。②凋落，通「凋」；例「勁秋不能雕其葉。」③琢磨巧飾；例雕琢。形①刻畫的，通「彫」；例雕楹。②凋謝的；例雕葉。③浮僞的；例雕俗。④有彩畫裝飾的；例雕弓。副章明地；例雕雕焉。

參考 字或作「鵰」。

7 **雕肝琢腎** ㄉㄧㄠ ㄍㄢ ㄓㄨㄛˊ ㄕㄣˋ 比喻費盡一切心力。

8 **雕刻** ㄉㄧㄠ ㄎㄜ ㈠在竹、木、石、玉石、象牙等材料上雕琢出形象或其它紋樣。其製作過程是由表到裡，與塑造不同，有浮雕、透雕、圓雕、平刻等。㈡雕刻成的工藝品。

11 **雕梁畫棟** ㄉㄧㄠ ㄌㄧㄤˊ ㄏㄨㄚˋ ㄉㄨㄥˋ 在棟梁等木結構上雕刻花紋並加以彩繪，是我國古代的一種建築藝術。後來也指豪華的建築。

12 **雕琢** ㄉㄧㄠ ㄓㄨㄛˊ ㈠雕刻玉石。㈡原指文字的修飾加工，後借以形容過分追求文字的華美。

13 **雕塑** ㄉㄧㄠ ㄙㄨˋ 造型藝術的一種。指採用石膏、泥、木、石、水泥、銅等不同材料雕刻和塑造出有體積的立體或半立體形像。一般分圓雕、浮雕兩類。

14 **雕漆** ㄉㄧㄠ ㄑㄧ 我國傳統的特種工藝美術品，先將調好的漆料塗在銅胎或木胎上，一般塗八、九十層至數百層，趁漆未乾時進行浮雕，然後再烘乾、磨光製成，以朱紅色爲主。又稱「剔紅」。

18 **雕蟲小技** ㄉㄧㄠ ㄔㄨㄥˊ ㄒㄧㄠˇ ㄐㄧˋ 比喻微不足道的技能，多指文字技巧。

▽玉雕、漆雕、篆雕、射雕、開雕、泥塑木雕。

常 9 **雖** 形解 形聲；從虫，唯聲。蟲名，似蜥蜴而體型較大。

音義 ㄙㄨㄟ 名動 爬蟲名，像蜥蜴而大。動推卻；例雖之不能，去之不忍。副獨有，通「惟」、「唯」；例雖有明君能決之。連縱然，即使；例門雖設而常關。

ㄨㄟˊ 名獸名，通「蜼」。

參考 又音ㄙㄨㄟ。

12 **雖然** ㄙㄨㄟ ㄖㄢˊ 表示轉折或推想的連詞。

參考 表同樣情況的詞還有儘管、固然、即使、縱然、就是等。

常 10 **雛** 形解 形聲；從隹，芻聲。芻有小的意思，小雞爲雛。

音義 ㄔㄨˊ 名①幼小的動物（多指幼禽）；例雛燕。②幼小的兒女；例雛兒。形幼稚的；例稚子雛孫。

參考 字又作「鶵」。

7 **雛形** ㄔㄨˊ ㄒㄧㄥˊ ㈠事物初步形成的規模。㈡照實物大小加以縮小的模型。

▽鶯雛、鳳雛、孤雛。

常 10 **雞** 形解 形聲；從隹，奚聲。雞爲知時畜，屬鳥類，乃最普通的家禽爲雞。

音義 ㄐㄧ 名①動禽類，家雞分蛋用、肉用和兼用三類；例雞鳴不已於風雨。②姓。

參考 字又作「鷄」。

3 **雞口牛後** ㄐㄧ ㄎㄡˇ ㄋㄧㄡˊ ㄏㄡˋ 原意是寧可在小者之前，不在大者之後。後比喻寧可在局面小的地方自主，不願在局面大的地方受人支配。又作「寧爲雞口，不爲牛後。」

4 **雞毛蒜皮** ㄐㄧ ㄇㄠˊ ㄙㄨㄢˋ ㄆㄧˊ 比喻輕微瑣碎無關緊要的小事情。

參考 同芝麻綠豆。

雞犬升天 ㄐㄧ ㄑㄩㄢˇ ㄕㄥ ㄊㄧㄢ 比喻一個人做了大官，同他有關係的人也跟著得勢。傳說漢朝淮南王劉安修煉成仙後，剩下的丹藥散在庭院裡，雞和狗吃了也都飛上了天。

雞犬不留 ㄐㄧ ㄑㄩㄢˇ ㄅㄨˋ ㄌㄧㄡˊ 比喻趕盡殺絕。

參考 同寸草不留，片甲不留。

雞犬不寧 ㄐㄧ ㄑㄩㄢˇ ㄅㄨˋ ㄋㄧㄥˊ 形容騷擾十分厲害，連雞狗都不得安寧。

參考 同雞飛狗走。

5 **雞皮鶴髮** ㄐㄧ ㄆㄧˊ ㄏㄜˋ ㄈㄚˇ 形容老人的膚縐髮白。比喻長壽。亦作「鶴髮雞皮」。

7 **雞尾酒會** ㄐㄧ ㄨㄟˇ ㄐㄧㄡˇ ㄏㄨㄟˋ 酒會的一種，始於拉丁美洲。傳說某酒店主人丟失一隻心愛的雞，後被一少年尋得歸還；爲了報答這位少年，店主就把自己的女兒嫁給他。結婚那天，賀喜的賓客很多，因各人所要喝的酒不一樣，只好把各種酒混合在一個缸內，分請大家同飲。後來就把兩種或兩種以上的酒或由酒攙入鮮果汁配製而成的飲料叫雞尾酒，以這種酒招待賓客的酒會叫雞尾酒會。

11 **雞眼** ㄐㄧ ㄧㄢˇ 足底或趾間皮膚因長期受壓或摩擦而發生的局限性角層過度增厚，猶如釘狀，表面扁平，尖端向內，常嵌入皮中，壓迫神經末稍，產生疼痛。

14 **雞鳴狗盜** ㄐㄧ ㄇㄧㄥˊ ㄍㄡˇ ㄉㄠˋ 比喻卑不足道的技能。語本戰國孟嘗君因有會裝狗叫和會裝雞叫的門客，所以能逃回齊國的故事。

▽鬥雞、雛雞、野雞、天雞、莎雞、來亨雞、鐵公雞、呆若木雞、三更燈火五更雞。

常 11
雙
形解  會意；從又持二隹。持一隹爲隻，持二隹爲雙。

音義 ㄕㄨㄤ 名①量詞，兩個成對的爲雙；例一雙鞋。②匹偶；例隻影不成雙。③姓。動匹敵；例國士無雙。形①偶數的；例雙日不坐。②加倍的；例雙薪。參考①字或作双。②反單，隻，孤。③同匹，偶。④「雙」、「對」有別：跟肢體、器官無關的東西不能用「雙」，只能用「對」，如：一對花瓶。但「眼睛」、「翅膀」既可用「雙」，也可用「對」。「對」有名詞的用法，「雙」沒有。

9 **雙飛** ㄕㄨㄤ ㄈㄟ ㈠雌雄二鳥並飛。㈡比喻夫婦好合。例比翼雙飛。

10 **雙料** ㄕㄨㄤ ㄌㄧㄠˋ ㈠雙項，兩種。例雙料冠軍。㈡以加倍材料製造的。例雙料冰淇淋。

11 **雙宿雙飛** ㄕㄨㄤ ㄙㄨˋ ㄕㄨㄤ ㄈㄟ 本指鳥類雌雄相隨，後用以比喻男女因情深而起居相隨，休戚與共。參考 同蓮開並蒂。

14 **雙管齊下** ㄕㄨㄤ ㄍㄨㄢˇ ㄑㄧˊ ㄒㄧㄚˋ 比喻兩件事同時進行或兩種方法同時採用。語本唐張璪同時以雙筆畫松，一畫生枝，一畫枯幹的故事。參考 同左右開弓。

16 **雙親** ㄕㄨㄤ ㄑㄧㄣ 父母。

18 **雙簧** ㄕㄨㄤ ㄏㄨㄤˊ ㈠曲藝的一種。由二人表演，一人藏在後面說，一人坐在前面按照後面的人說唱的內容作相應的表演。㈡比喻兩人一唱一和，配合緊密。含有貶損的意思。

19 **雙關** ㄕㄨㄤ ㄍㄨㄢ 文字或語言，表面是一種意義，實際指的是另一種意義。如「東邊日出西邊雨，道是無晴還有晴」。「晴」與「情」一語雙關。

▽一雙、成雙、舉世無雙、成對成雙。

常 10
離
形解  形聲；從隹，离聲。鳥名，離黃即倉庚爲離。

音義 ㄌㄧˊ 名①分別；例離合。②籬障，通「籬」；例藩籬。③姓。動①分開(人)；例別離。②離開(地)；例離京。③背叛；例眾叛親離。④析判；例離經辨志。⑤遭受；例離殃。⑥經歷；例離一二旬。⑦相距；例距離。⑧不和；例上下離心。副①光明地，通「璃」；例離顯先帝之光耀。②併列地；例離坐。ㄌㄧˇ 副①不絕地；例離靡。②違俗自潔；例離跂。ㄌㄧˋ 副偶爾；例「宿離不貸。」參考①同分，析，別。②反合，會，聚。

3 **離子** ㄌㄧˊ ㄗˇ 理原子或原子團獲得或失去電子後，形成的帶電荷的原子或原子團叫做離子。帶正電的叫陽離子，帶負電的叫陰離子。

4 **離心** ㄌㄧˊ ㄒㄧㄣ 心志相違背。

離心離德 ㄌㄧˊ ㄒㄧㄣ ㄌㄧˊ ㄉㄜˊ 不一條心，思想不統一，信念不一致。比喻人心渙散。參考 反同心同德，一心一德。

6 **離合** ㄌㄧˊ ㄏㄜˊ 分離和會合。例悲歡離合。

8 **離奇** ㄌㄧˊ ㄑㄧˊ 事情發生得極奇怪，異乎尋常。

11 **離異** ㄌㄧˊ ㄧˋ 離婚。

離婚 ㄌㄧˊ ㄏㄨㄣ 夫婦因某種原因而宣告斷絕婚姻關係。

離棄 ㄌㄧˊ ㄑㄧˋ ㈠遺棄不顧。㈡即「遺棄」。

12 **離開** ㄌㄧˊ ㄎㄞ 分散，走開。

離間 ㄌㄧˊ ㄐㄧㄢˋ 從中挑撥，使人不相親和。

參考 參閱「挑撥」條。

離鄉背井 ㄌㄧˊ ㄒㄧㄤ ㄅㄟˋ ㄐㄧㄥˇ 離開自己的家鄉，去外地生活。

13 **離經叛道** ㄌㄧˊ ㄐㄧㄥ ㄆㄢˋ ㄉㄠˋ 形容著述及言行違背正道。

離羣索居 ㄌㄧˊ ㄑㄩㄣˊ ㄙㄨㄛˇ ㄐㄩ 離開親友，孤獨地生活。索：單獨。

19 **離譜** ㄌㄧˊ ㄆㄨˇ 比喻脫離正常狀況，喪失原則。

▽遠離、乖離、隔離、距離、支離、分離、別離、陸離、流離、疏離、逃離、偏離、寸步不離、光怪陸離、不即不離、若即若離、形影不離、斑駁陸離、眾叛親離、貌合神離、撲朔迷離、顛沛流離。

常 10 **雜** 形解  形聲；從衣，集聲。集有聚合的意思，五采相合爲雜。

音義 ㄗㄚˊ 名 戲劇中的角色之一，指扮演供奔走役使的人。動 ①混合；例摻雜。②匯聚；例九雜天下之川。③圍繞，通「匝」；例周而復雜。形 ①瑣碎的；例雜費。②混亂不清；例雜亂。③眾多的；例雜貨。副 ①紛亂地；例男女雜坐。②眾多地；例雜遝交集。

參考 ①字又作「襍」。②反純。

4 **雜文** ㄗㄚˊ ㄨㄣˊ 文散文的一種。是以議論爲主，夾以敘事、抒情的文藝性或政治論文。雜文短小精悍，樣式較多，如隨筆、雜感、雜談、筆記等都屬於雜文。

7 **雜技** ㄗㄚˊ ㄐㄧˋ 由各種技藝表演組合而成的一種表演藝術。多由民眾生活中取材，經過藝術加工和提煉創造出來的，包括耍（耍弄器物）、變（變魔術）、練（人體機巧動作）等基本形式。廣義的雜技也包括馬戲。

8 **雜沓** ㄗㄚˊ ㄊㄚˋ 眾多雜亂。也作「雜遝」。

9 **雜耍** ㄗㄚˊ ㄕㄨㄚˇ ㈠指各種雜戲。㈡專指雜技中的手技和頂技，如拋球、頂杯等。

11 **雜務** ㄗㄚˊ ㄨˋ 非主要的，而不能歸任何一類的瑣碎事物。

雜貨 ㄗㄚˊ ㄏㄨㄛˋ 統稱各種日常家用的零星貨物。

參考 衍雜貨店。

13 **雜亂無章** ㄗㄚˊ ㄌㄨㄢˋ ㄨˊ ㄓㄤ 亂七八糟，沒有條理。

14 **雜種** ㄗㄚˊ ㄓㄨㄥˇ ㈠兩種不同種、屬的動物或植物雜交而生成的新品種。具有兩親種的特徵。㈡罵人的話。

雜誌 ㄗㄚˊ ㄓˋ 是定期或不定期的連續出版的成冊刊物。有固定名稱，按卷、期或按年月順序編號出版，有綜合性的和專業性的。

18 **雜糧** ㄗㄚˊ ㄌㄧㄤˊ 水稻、小麥以外的糧食，如玉米、高粱、豆類等。

▽夾雜、混雜、錯雜、繁雜、複雜、紛雜、閒雜、交雜、魚龍混雜。

次 10 **嶲** 形解  形聲；從隹，首有羽冠成山形，冏聲。鳥名，燕的一種爲嶲。

音義 ㄍㄨㄟ 名 ①動鳥名，嶲周，即子規，一名「杜鵑」，亦作「子嶲」。②車輪轉一周的長度；例立視王嶲。

ㄙㄨㄟˋ 名 ①地漢有越嶲郡，在今四川省。②地山名，嶲山，在四川越嶲縣西南。

參考 或作「巂」。

次 10 **臒** 形解  形聲；從丹，蒦聲。鳥名，善丹爲臒。

音義 ㄏㄨㄛˋ 名 一種赤石脂，可作顏料；例丹臒。

參考 又音 ㄨㄛˋ。

次 10 **雝** 形解  形聲；從隹，邕聲。鳥名，雝渠爲雝。今作「雍」。

音義 ㄩㄥ 形 和樂的，通「雍」

；例雝雝。

常 11 **難** 形解 形聲；從隹，堇聲。鳥名，鸛鳥爲難。

音義 ㄋㄢˊ 名①動鳥名。②姓。動①使感到困難；例困難難不住英雄好漢。②阻梗；例從中爲難。形不容易的；例難題。副①不好地；例難吃。②不能夠；例難保。③不大可能；例難免。

ㄋㄢˋ 名①災禍；例災難。②不幸的遭遇；例遇難。③險阨；例臨難毋苟免。④仇敵；例與人爲難。⑤文古代論說文的文體名之一；例答客難。動①困阨；例北難獫狁。②詰責；例責難。

參考 反易。

ㄋㄨㄛˊ 名驅逐疫鬼的儀俗，通「儺」；例鄉難。②恐懼，通「戁」；例恭而不難。形盛大的；例其葉有難。

參考 反易。

5 **難民** ㄋㄢˋ ㄇㄧㄣˊ 由於戰爭、自然災害或其他原因而流離失所的人。

參考 ①衍難民營。②「難民」、「災民」有別：「災民」是指遭受天然災害，等待救濟的人；「難民」則指爲了逃避天然或人爲災害而流浪別地，尋求救濟和保護的人。越南戰爭過後，很多人民逃離自己的國家，要求別的國家收留，他們就叫做「越南難民」。

5 **難以置信** ㄋㄢˊ ㄧˇ ㄓˋ ㄒㄧㄣˋ 難於使人相信。

難兄難弟 ㈠ㄋㄢˊ ㄒㄩㄥ ㄋㄢˊ ㄉㄧˋ 原稱兄弟兩個都好，難分高下。現在多反用，指兩人同樣惡劣。㈡ㄋㄢˋ ㄒㄩㄥ ㄋㄢˋ ㄉㄧˋ 形容兩人處於同樣困難的境地。

6 **難色** ㄋㄢˊ ㄙㄜˋ 對於難以遵從，或不樂意遵從的命令或請求所表現的神色。例面有難色。

7 **難免** ㄋㄢˊ ㄇㄧㄢˇ 不易避免。

參考「難免」、「未免」有別：「難免」表示客觀上不容易避免；「未免」表示對某種過分的情況不以爲然，側重在評價，如：你剛才未免太激動了。

8 **難怪** ㄋㄢˊ ㄍㄨㄞˋ 怪不得，不足爲奇。

9 **難保** ㄋㄢˊ ㄅㄠˇ 不敢擔保，不敢斷定。

難爲 ㄋㄢˊ ㄨㄟˊ ㈠責備人或使人爲難。例你就別再難爲他了。㈡多虧，虧得，有嘉許、慰勉之意。例難爲你還爲他著想。㈢安慰或道謝之辭。例這件事也眞難爲你了。

難爲情 ㄋㄢˊ ㄨㄟˊ ㄑㄧㄥˊ 羞慚，不好意思。

10 **難能可貴** ㄋㄢˊ ㄋㄥˊ ㄎㄜˇ ㄍㄨㄟˋ 做到了難於做到的事，很值得寶貴。

11 **難得** ㄋㄢˊ ㄉㄜˊ ㈠不易獲得。㈡可貴。例難得他設想得這麼週到。㈢極不容易，極少見，含有諷刺語氣。例像你這麼粗心的，可眞難得！

難產 ㄋㄢˊ ㄔㄢˇ ㈠不能自然分娩。一般由於孕婦骨盆狹小，胎兒過大，胎位不正或子宮收縮乏力等引起。㈡比喻著作或計畫等不易完成。例想不到這一期班刊又要難產了。

12 **難堪** ㄋㄢˊ ㄎㄢ ㈠難以忍受。例難堪的話。㈡困窘。例他感到有點難堪。

13 **難當** ㄋㄢˊ ㄉㄤ 不易承當，不能忍受。例飢寒交迫苦難當。

難道 ㄋㄢˊ ㄉㄠˋ 豈，副詞，用在疑問句中，加強反問語氣。例他們能做到的，難道我們就不能嗎？

參考「難道」的句末可以用「不成」呼應，如：難道他病了不成？

難過 ㄋㄢˊ ㄍㄨㄛˋ ㈠傷心，不快。㈡生活困苦。例日子難過。㈢不舒服。例我頭痛得好難過。

難解難分 ㄋㄢˊ ㄐㄧㄝˇ ㄋㄢˊ ㄈㄣ ㈠比喻雙方糾纏或爭論激烈，不易分離排解。例我到達時，他倆正打得難解難分。㈡喻男女情意甚濃，難以分開。

18 **難題** ㄋㄢˊ ㄊㄧˊ 不容易解決的問題。

19 **難關** ㄋㄢˊ ㄍㄨㄢ 不易度過且具決定性的重要時期。

▽患難、艱難、危難、苦難、國難、困難、災難、殉難、多難、遇難、萬難、非難、避難、排難、責難、落難、

阻難、左右爲難、勉爲其難、强人所難、不知稼穡艱難。

【雨部】ㄩˇ

(常) 0 **雨** 形解 象形；一象天，冂象雲，水浮於其間，所以水從雲降爲雨。

音義 ㄩˇ 名 ①水蒸氣上升到空中遇冷漸次凝結成雲，雲裡的小水滴增大到不能再浮懸在空中時，就降至地面而成雨。②如雨一般的衆多；例揮汗成雨。③朋友；例舊雨新知。④酒名。形①正下雨的；例雨夜思巫峽。②禦雨用的；例雨傘。副在雨中地；例幸雨立。

ㄩˋ 動①降雨；例雨我公田。②落下；例雨雪。③掉落；例悲則雨淚。④潤澤；例夏雨雨人。

參考 ①反晴。②「雨」和「兩」字形相近：「雨」用四點表雨滴；「兩」中從二「入」。

9 **雨後春筍** ㄩˇ ㄏㄡˋ ㄔㄨㄣ ㄙㄨㄣˇ 春雨之後竹筍旺盛地生長，比喻新事物大量地湧現出來。

12 **雨量** ㄩˇ ㄌㄧㄤˋ 在一定時期內，空中降下的雨、雪、霰、雹等的總數量，以公釐計算，通常指由雨量器內所量出的數目而言。

13 **雨過天青** ㄩˇ ㄍㄨㄛˋ ㄊㄧㄢ ㄑㄧㄥ ㈠顏色名，像雨後初晴時天空中呈現的鮮艷的藍色。㈡雨後轉晴。多用以比喻壞的形勢已經過去，好的局面即將開始。又作「雨過天晴」。

21 **雨露** ㄩˇ ㄌㄨˋ 雨和露，可滋潤禾苗。比喻恩惠。

▽陰雨、急雨、山雨、時雨、梅雨、陣雨、雷雨、風雨、多雨、防雨、大雨、小雨、春雨、雲雨、暴風雨、及時雨、西北雨、毛毛雨、濛濛雨、和風細雨、揮汗成雨、傾盆大雨、槍林彈雨、滿城風雨、翻雲覆雨、櫛風沐雨、久旱逢甘雨。

(常) 3 **雪** 形解 字本作「䨮」：從雨，彗聲。彗有小的意思，空中水蒸氣冷至零度以下，凝結而下降的白色的結晶體爲䨮。今省作「雪」。

音義 ㄒㄩㄝˇ 名 空中的水蒸氣遇冷至攝氏零度以下，凝結成六角形的白色結晶體降落下來，即是雪；例六月雪。動 ①降雪；例於時始雪，五處俱賀。②清除；例雪恥。③拭擦；例公雪涕。形 顏色或光彩像雪的；例雪白。

ㄒㄩㄝ 形 ①形容白的；例雪肌。②高潔的；例雪格索索。③正下雪的；例雪天。

3 **雪上加霜** ㄒㄩㄝˇ ㄕㄤˋ ㄐㄧㄚ ㄕㄨㄤ 比喻災禍接連而來。

4 **雪中送炭** ㄒㄩㄝˇ ㄓㄨㄥ ㄙㄨㄥˋ ㄊㄢˋ 比喻在別人困急的時候，給予救援。

參考 反乘人之危、趁火打劫、落井下石。

8 **雪泥鴻爪** ㄒㄩㄝˇ ㄋㄧˊ ㄏㄨㄥˊ ㄓㄠˇ 比喻往事所遺留下的痕跡。語本蘇軾詩：「人生到處知何似？應似飛鴻踏雪泥，泥上偶然留指爪，鴻飛那復計東西。」

9 **雪茄** ㄒㄩㄝˇ ㄐㄧㄚ 外 將煙草葉捲成一長條形以供吸食的香煙。最早是西印度羣島的土人所用，後傳入歐美。今以呂宋所產者最爲有名。

10 **雪恥** ㄒㄩㄝˇ ㄔˇ 洗刷恥辱。

▽殘雪、降雪、新雪、積雪、霜雪、初雪、風雪、飛雪、瑞雪、雨雪、下雪、冰雪、賞雪、陽春白雪、漫天風雪、各人自掃門前雪。

(次) 3 **雩** 形解 形聲；從雨，亏聲。求雨的祭典爲雩。

音義 ㄩˊ 名 ①古時求雨的祭典；例雩祭。②地古地名，在河南睢縣。

ㄩˋ 名 彩虹。

(常) 4 **雯** 形解 形聲；從雨，文聲。交錯的圖畫爲文，雲彩成花紋爲雯。

音義 ㄨㄣˊ 名 成花紋的雲彩；

例月雲素雯。

常 4 **雲** 形解 [篆] 象形；從雨，云象雲朵回轉形。所以地面水蒸氣凝聚爲微細水滴而浮游於空中者爲雲。

音義 ㄩㄣˊ 名 ①地面水蒸氣上升遇冷，凝結成微細水滴，並聚成團狀，浮游空中的，稱爲雲。②「雲南省」的簡稱；例雲貴高原。③姓。動 用雲來做；例雲衣雨裳乘風翔。形 ①飄逸像雲的；例渺渺雲智遠。②形狀像雲的；例雲髻峨峨。③不定如雲的；例雲衲四來。④高聳入雲的；例雲梯。副 ①密集地；例天下雲合響應。②飄浮地；例雲遊四海。

5 **雲母** ㄩㄣˊ ㄇㄨˇ 礦 雲母類礦物的總稱，是鉀鋁或鉀鎂鐵等的鋁硅酸鹽類。根據顏色不同可分成白雲母、黑雲母、金雲母等，硬度小，可劈成極薄的透明薄片，有彈性，具耐熱、耐酸鹹和極好的絕緣體。

8 **雲雨** ㄩㄣˊ ㄩˇ ㈠比喻恩澤。例㈡暗指男女歡合。

10 **雲烟** ㄩㄣˊ ㄧㄢ 雲氣和烟霧。比喻很快就消失了的事物。例過眼雲烟。

雲消霧散 ㄩㄣˊ ㄒㄧㄠ ㄨˋ ㄙㄢˋ ㈠天氣轉晴。㈡比喻指疑團、怨氣、愁苦等一時都解除消散了。參考 同 雨過天晴。

11 **雲梯** ㄩㄣˊ ㄊㄧ ㈠古時攻城的梯子。㈡救火用的長梯。

12 **雲集** ㄩㄣˊ ㄐㄧˊ 比喻許多人從各處聚集在一起。例萬商雲集。

雲開見日 ㄩㄣˊ ㄎㄞ ㄐㄧㄢˋ ㄖˋ ㈠舊時多以「日」象徵君主，「雲」象徵小人；所以用來比喻廓清蒙蔽。㈡災難已過，重現光明。猶「雲開見月」。

14 **雲端** ㄩㄣˊ ㄉㄨㄢ 雲裡，形容極高的天空。

雲漢 ㄩㄣˊ ㄏㄢˋ 銀河。

15 **雲霄** ㄩㄣˊ ㄒㄧㄠ 天際，高空。例響徹雲霄。

17 **雲霞** ㄩㄣˊ ㄒㄧㄚˊ 即雲彩。

19 **雲譎波詭** ㄩㄣˊ ㄐㄩㄝˊ ㄅㄛ ㄍㄨㄟˇ 原謂房屋的構造千態萬狀，有如雲波的變幻莫測，後多用來形容事物的變幻莫測。例「於是大廈雲譎波詭，摧嗺而成觀。」

▽行雲、祥雲、星雲、白雲、風雲、停雲、烏雲、殘雲、形雲、彩雲、流雲、平步青雲、叱咤風雲、壯志凌雲、高唱入雲、響遏行雲。

次 4 **雱** 形解 [篆] 形聲；從雨，方聲。方有大的意思，所以雨雪盛多爲雱。

音義 ㄆㄤ 副 雪下的很多的樣子；例雨雪其雱。

參考 亦作「霶」。

次 4 **雰** 形解 [篆] 形聲；從雨，分聲。分有紛亂的意思，所以雨雪紛飛爲雰。

音義 ㄈㄣ 名 ①霧氣；例寒雰結爲霜雪。②情景，通「氛」。

常 5 **雷** 形解 靁 字本作「靁」：象形；從雨，畾象雷電的回轉形。空中帶電的雲氣相互摩擦震盪而生的強光巨響爲雷。

音義 ㄌㄟˊ 名 ①物 大氣放電時，激盪空氣所發生的巨響；例巨雷。②能爆炸且有殺傷能力的火器；例地雷。③姓。動 ①打雷；例偏則風，俱則雷，交則電。②敲擊；例雷鼓出門。副 ①猛烈地；例雷擊電下。②大聲地；例雷鳴。③迅捷地；例千里雷馳。

參考 ①「靁」是「雷」的本字。②文字語言相同叫「雷同」，不作「類同」。

6 **雷同** ㄌㄟˊ ㄊㄨㄥˊ 雷發聲時，無物不回應。比喻一個人沒有主見，附和別人的說法，或表現的行爲完全與別人相同。

7 **雷霆萬鈞** ㄌㄟˊ ㄊㄧㄥˊ ㄨㄢˋ ㄐㄩㄣ 比喻威力巨大，無法阻擋。鈞：古代重量單位，一鈞合三十斤。

參考 與「排山倒海」有別：前者著重於力量大；後者著重於氣勢盛。前者常用來形容快而猛的力量或其他威力強大的事物；而後者常用來描寫波浪，潮流等自然景象。

10 **雷射** ㄌㄟˊ ㄕㄜˋ 物本義是指經過激盪放大的强烈光束，亦指發出此光的機器。雷射的原理是將光波通過由晶體、氣體或半導體構成的介質，並在介質兩端設置平面反射鏡，使光波在介質中來回反射，以激勵介質原子的發光作用，如此能使原來光的能量加强許多倍，加强放大後的光波經由鏡片凝聚成束柱形發射出來。又名「激光」。

13 **雷達** ㄌㄟˊ ㄉㄚˊ 外原義是無線電波偵測器。一般指利用無線電波發現目標並測定其位置的科技設備。主要組成部分有發射機、天線、接收機和顯示器等。多用於軍事裝備上。

15 **雷厲風行** ㄌㄟˊ ㄌㄧˋ ㄈㄥ ㄒㄧㄥˊ 像打雷那樣猛烈，像刮風一般迅速。比喻㈠貫徹執行政策、命令等要求嚴，行動快，聲勢大。㈡形容辦事認眞嚴格，不講情面。參考①反拖泥帶水。②與「大力闊斧」有別：前者著重於「迅猛」；後者著重於「果斷」。前者還含有嚴格的意思，如用於政策、法令的貫徹執行，多用「雷厲風行」，而不用「大刀闊斧」。

17 **雷聲大雨點小** ㄌㄟˊ ㄕㄥ ㄉㄚˋ ㄩˇ ㄉㄧㄢˇ ㄒㄧㄠˇ 比喻聲勢很大，卻沒有實際行動。參考與「虛張聲勢」同。

▽魚雷、疾雷、迅雷、水雷、地雷、春雷、悶雷、暴跳如雷、平地一聲雷。

常 5 **雹** 形解 形聲；從雨，包聲。包有裹合的意思，空中水蒸氣遇冷結成冰雪，旋自裹成塊狀而下降者爲雹。

音義 ㄅㄠˊ 名①天空中水蒸氣遇冷結成冰雪，旋自裹合而成塊狀下降的雪塊；例冰雹。②降雹的聲音；例棋枰窗下時聞雹。參考又讀 ㄅㄛˊ。

常 5 **零** 形解 形聲；從雨，令聲。令有微小的意思，徐徐而下的雨爲零。

音義 ㄌㄧㄥˊ 名①餘數；例零存整付。②三位數以上數的空位；例一百零一。③數學上表示沒有；例二減二等於零。④姓。動①降落；例靈雨既零。②掉落；例感激涕零。③草木枯落；例凋零。副部分地；例零售。參考①草枯死稱「零」，木枯稱「落」。②反整。

2 **零丁** ㄌㄧㄥˊ ㄉㄧㄥ 孤單沒有依靠的樣子。又作「伶仃」、「伶丁」。

6 **零件** ㄌㄧㄥˊ ㄐㄧㄢˋ ㈠附屬於機器主體上，損壞時可以隨時更換的部分。㈡主要部分以外所搭配的附件。

9 **零星** ㄌㄧㄥˊ ㄒㄧㄥ ㈠碎散，不成整數的。例零星費用。㈡稀疏不密。例零星的燈火，散布江面。

11 **零售** ㄌㄧㄥˊ ㄕㄡˋ 零星個別的銷售貨品，與「批發」相對。參考①反批發。②衍零售商、零售商店。

▽飄零、孤零、化整爲零、感激涕零。

常 5 **電** 形解 會意；從雨從申。申有引長延申的意思，空中帶電的雲氣陰陽相激所發光，屈伸自如爲電。

音義 ㄉㄧㄢˋ 名物①空中帶電的雲氣，相互摩盪，其放電時所發的閃光。②物質中固有的一種能。③「電報」或「電話」的簡稱；例舊金山來電。動①發電光；例大雨震電。②觸電；例插頭漏電，電了我一下。形藉電流以發動或使用的；例電燈。副①明快地；例英謀電斷。②用電報地；例電匯。

6 **電光石火** ㄉㄧㄢˋ ㄍㄨㄤ ㄕˊ ㄏㄨㄛˇ 閃電所放之光，燧石所出之火，比喻轉瞬即逝，變幻無常。

11 **電荷** ㄉㄧㄢˋ ㄏㄜˊ 構成物質的許多基本粒子所帶的電，有的帶正電(如質子)，有的帶負電(如電子)。同種電荷相斥，異種電荷相吸，習慣上有時也把物體所帶的電稱爲電荷。

12 **電報** ㄉㄧㄢˋ ㄅㄠˋ ㈠利用電信號傳

送電碼、文字、文件、圖表、照片等的通信方式。有編碼電報和傳眞電報之分。㈡利用電報設備傳遞的文字。例打電報。

13 **電匯** ㄉㄧㄢˋ ㄏㄨㄟˋ 用電報方式辦理匯兌的業務。

17 **電鍍** ㄉㄧㄢˋ ㄉㄨˋ 利用電解方法使金屬或其他材料製件的表面，沈積一層堅牢的金屬保護膜。用於防止腐蝕，修復磨損部分，增加耐用性、導電性、反光性和美觀。

▽發電、感電、充電、閃電、蓄電、停電、漏電、放電、雷電、來電、觸電、供電。

常 6 **需** 形解 會意；從雨而。而有爲遲緩的意思，所以遇雨不進，站著等待雨停爲需。

音義 ㄒㄩ 名①遲疑；例「需，事之賊也。」②費用；例軍需。③八卦名之一。④姓。動①等待；例需于郊。②需要；例每日大約需馬若干。

參考 ①反供。②與「須」有別：需，須用，如「需要」；須，ㄒㄩ，要，「必須」。

3 **需才孔亟** ㄒㄩ ㄘㄞˊ ㄎㄨㄥˇ ㄑㄧˊ 急需要徵求人才。

9 **需要** ㄒㄩ ㄧㄠˋ ㈠必須的，不可缺少的。㈡經濟學名詞。指具有一定購買力者，對於一定貨物之欲望或要求。與「供給」相對，是經濟行爲的經緯，一切貨物價格均依供需關係來決定。

參考 ①反供給。②衍需求量。

▽供需、軍需、必需、急需、無需、不時之需。

常 7 **霄** 形解 形聲；從雨，肖聲。肖聲字多有微小的意思，水和雪混雜著落下爲霄。

音義 ㄒㄧㄠ 名①天空；例九霄雲外。②夜；例通宵。③姓。形極高的；例膽言霄衢。副高聳地；例崇臺霄峙。

14 **霄漢** ㄒㄧㄠ ㄏㄢˋ 天際，比喻高曠至極的地方。

20 **霄壤** ㄒㄧㄠ ㄖㄤˇ 比喻差距極大，好像一個在天，一個在地般。

▽雲霄、九霄、碧霄。

常 7 **霉** 形解 形聲；從雨，每聲。江南四五月多雨，其時梅子正成熟，衣物因久雨受濕熱而生淺黑色的汚點爲霉。

音義 ㄇㄟˊ 名①春夏之交，衣物等久雨受潮熱，因霉菌起作用，所生淺黑色的小汚點，或作「黴」；例發霉。②霉菌，低等植物之一，形狀像細絲，有毛霉、青霉等。

參考 「霉菌」的「霉」，又可作「黴」。

常 7 **霆** 形解 形聲；從雨，廷聲。廷有挺生的意思，所以挺出萬物者爲霆。

音義 ㄊㄧㄥˊ 名突起迅急的雷聲；例雷霆。副震盪地；例千車霆亂。

▽雷霆、震霆、大發雷霆。

常 7 **震** 形解 形聲；從雨，辰聲。辰有振動的意思，所以雷霆振物爲震。

音義 ㄓㄣˋ 名疾雷；例爗爗震電。動①雷擊；例雷震。②動盪；例震天動地。③恐懼；例震慄。④威震；例權震天下。⑤懷孕，通「娠」；例后緡方震。形①急疾的；例震雷出滯。②崇高的，通「宸」；例震儀警。副甚，很；例震怒。

參考 ①又音ㄕㄣ。②同振，動。③與「振」音同而義異：「震」：恐懼，如「震駭」；「振」：奮發，如「振興」。

5 **震旦** ㄓㄣˋ ㄉㄢˋ 宗佛家音譯梵語名詞，又作眞旦、振旦等。本爲「智巧」的意思。古代印度人稱中國爲震旦。

震古鑠今 ㄓㄣˋ ㄍㄨˇ ㄕㄨㄛˋ ㄐㄧㄣ 形容事業或功績的偉大，足以震動古代，誇耀當世。爍：發光。

11 **震悼** ㄓㄣˋ ㄉㄠˋ 驚愕悲悼。

震動 ㄓㄣˋ ㄉㄨㄥˋ ㈠物體受了大力的影響而搖動。㈡因受重大事件的刺激而使人心撼動。例震動人心。

23 **震驚** ㄓㄣˋ ㄐㄧㄥ 極大的恐懼。

參考 同震恐，震懾。

▽威震、强震、地震、武震。

次 7 **霅** 解形 會意；從雨，從言。雨有衆多的意思，所以衆人羣言紛亂爲霅。

音義 ㄓㄚˊ 名①衆人說話聲。②地水名，在浙江吳興縣，東北入太湖。

ㄙㄚˋ 副迅疾地，通「霎」；例霅爾雹落。

ㄒㄧㄚˊ 名衆人說話聲。形霅煜，光亮的樣子。

次 7 **霈** 解形 形聲；從雨，沛聲。沛有盛多的意思，所以大雨爲霈。

音義 ㄆㄟˋ 名①大雨；例甘霈。②恩澤；例大霈隨雨露偕潤。形盛多的；例雲油雨霈。副雨多的樣子。

次 7 **霂** 解形 形聲；從雨，沐聲。沐爲以水洗頭髮，所以小雨僅能濕髮者爲霂。

音義 ㄇㄨˋ 名霢霂，小雨。

常 8 **霎** 解形 形聲；從雨，妾聲。妾有小的意思，小雨爲霎。

音義 ㄕㄚˋ 名小雨。形極短的（時間）；例一霎清明雨。

參考「霎」音ㄕㄚˋ，如：霎時；「刹」音ㄔㄚˋ，極短的時間，如：一刹那。

常 8 **霖** 解形 形聲；從雨，林聲。林有衆多的意思，所以凡落雨三日而不止者爲霖。

音義 ㄌㄧㄣˊ 名接連下了三天以上的雨。動下雨不止；例秋霖。

▽甘霖、洪霖、梅霖、春霖。

常 8 **霍** 解形 字本作靃：會意；從雨雔。雔爲雙鳥，雨中雙鳥飛過，其聲靃然，所以飛聲爲靃。俗省作「霍」。

音義 ㄏㄨㄛˋ 名①古國名，今山西霍縣西南。②古地名，春秋時周邑，今河南臨汾縣南。③姓。副快速地；例霍然雲消。

參考 揮手稱「揮」，反手稱「攉」（今作霍）。

12 **霍然** ㄏㄨㄛˋ ㄖㄢˊ ㈠突然，很短的時間。㈡茂盛的樣子。

霍然而癒 ㄏㄨㄛˋ ㄖㄢˊ ㄦˊ ㄩˋ 疾病在很短的時間內復原。

13 **霍亂** ㄏㄨㄛˋ ㄌㄨㄢˋ 醫疾病名，由霍亂弧菌引起的强烈傳染病，其傳播途徑爲水和食物。症狀爲：上吐下瀉、腹痛、體溫下降，因急速脫水而虛脫，死亡率甚高。須注意平時之預防。

常 8 **霓** 解形 形聲；從雨，兒聲。虹的外環爲霓。

音義 ㄋㄧˊ 名①天虹的外圈。②雲氣；例若大旱之望雲霓。③姓。形彩色如霓的；例旱晚降霓幢。

參考 ①「蜺」與「霓」同字。②反虹。③又音ㄋㄧㄝˋ。④字亦作「蜺」。

9 **霓虹燈** ㄋㄧˊ ㄏㄨㄥˊ ㄉㄥ 外利用電流通過氣體而發光的燈。一般是將細長的玻璃管彎曲製成各種字形、圖案，抽去其中空氣，灌入稀有氣體如氖等，通電獲得希望得到的彩色光。

▽雲霓、虹霓。

常 8 **霏** 解形 形聲；從雨，非聲。非有分背的意思，所以雪花分散爲霏。

音義 ㄈㄟ 名雲氣；例日出而林霏開。動飄盪；例煙霏霧結。副雨雪繁密地；例雨雪霏霏。

參考 亦作「霏」。

▽煙霏、夕霏、紛霏。

常 8 **霑** 解形 形聲；從雨，沾聲。沾有添益的意思，所以雨水濡潤爲霑。

音義 ㄓㄢ 動①浸溼，同「沾」；例泣下霑衣。②潤澤，比喻受人恩惠；例霑恩。

參考「霑」、「沾」二字，同音同義。

常 9 **霞** 解形 形聲；從雨，叚聲。叚有赤色的意思，所以日光照於卷雲上所生的紅色光采爲霞。
音義 ㄒㄧㄚˊ 名天陽光照在雲層上所映出的紅色光彩；例晚霞。形①高聳的；例霞峯隱日。②美麗的；例玉容霞臉。③衣飾有彩色的；例霞帔。

8 **霞帔** ㄒㄧㄚˊ ㄆㄟˋ ㈠豔麗的舞衣。㈡古代婦人禮服，宋明皆爲定制，依品級不同而有差別。例鳳冠霞帔。

▽彩霞、夕霞、朝霞、晚霞、雲霞、落霞、煙霞、飛霞。

常 9 **霜** 形解 形聲；從雨，相聲。靠近地面的水蒸氣冷至冰點以下時，凝結成微細固體顆粒爲霜。

音義 ㄕㄨㄤ 名①天接近地面的水蒸氣，遇冷而凝結成白色的微細顆粒；例秋霜。②年的代稱；例十霜。③泛稱白色如霜的粉末；例糖霜。④姓。動①降霜；例幾夜東風昨夜霜。②變白；例愁鬢將霜。形①潔白的；例霜操。②雪白的；例霜眉。副潔白地；例素體霜姸。

▽降霜、鬢霜、風霜、冰霜、面霜、寒霜、曉霜、星霜、秋霜、糖霜、冷霜、白髮如霜、飽歷風霜。

次 10 **霢** 形解 形聲；從雨，脈聲。脈有細微的意思，所以小雨爲霢。

音義 ㄇㄛˋ 名霢霂，小雨。

參考 亦作「霡」。

次 10 **霤** 形解 形聲；從雨，留聲。屋簷下用以承接雨水的管道爲霤。

音義 ㄌㄧㄡˋ 名①房頂上往下流的雨水；例簷霤。②流水；例泰山之霤穿石。③屋簷；例百泉繞霤。④房簷上安裝的接雨水用的長槽；例池視重霤。

常 11 **霧** 形解 字本作「霚」：形聲；從雨，敄聲。敄有小的意思，所以水蒸氣遇冷凝聚而成瀰漫於低空間的微細水滴爲霚。俗作「霧」。

音義 ㄨˋ 名天由懸浮近於地面的密集小水滴所構成；例晨霧。動起霧；例亂則霧。副①聚合地；例雲合霧集。③消散地；例雲布霧散。

13 **霧裏看花** ㄨˋ ㄌㄧˇ ㄎㄢˋ ㄏㄨㄚ 形容人老眼花，看不清楚東西。今用爲比喻對事理了解得不夠眞切。

▽煙霧、濃霧、雲霧、曉霧、迷霧、騰雲駕霧、舌雲吐霧。

常 11 **霪** 形解 形聲；從雨，淫聲。淫有盛大的意思，所以久雨爲霪。

音義 ㄧㄣˊ 名久雨；例霪雨霏霏。

次 12 **霰** 形解 形聲；從雨，散聲。字本作霰：形聲；從雨，散聲。散有分散的意思，所以顆粒狀的雪塊爲霰。俗作「霰」。

音義 ㄒㄧㄢˋ 名雨點遇冷凝成的雪珠，降落時呈白色小冰粒，常降於下雪之前。

▽雨霰、薄霰、霜霰。

常 13 **霸** 形解 形聲；從月，䨣聲。䨣有虛軟不實的意思，所以月亮初生，光線朦朧，虛而不實爲霸。

音義 ㄆㄛˋ 名月亮不圓的時候，殘缺黑暗的部分；例初生霸。
ㄅㄚˋ 名①古時諸侯的首領；例春秋五霸。②仗著財勢作惡稱雄的人；例惡霸。③地水名。④姓。形稱霸的；例霸夫烈士。副强横地；例霸佔。

參考 ①俗作覇。②反王。③音ㄆㄛˋ時，或作「魄」。

4 **霸王** ㄅㄚˋ ㄨㄤˊ ㈠霸者與王者。㈡權勢凌駕一時的人物。

霸王硬上弓 ㄅㄚˋ ㄨㄤˊ ㄧㄥˋ ㄕㄤˋ ㄍㄨㄥ 形容不顧一切後果，盲目蠻幹。也比喻强横的侵犯別人。

5 **霸占** ㄅㄚˋ ㄓㄢˋ 不經過原來主人的同意，强迫佔有他人的土地、財富等。

參考 ①同强佔，侵占。②又作「霸佔」、「霸據」。

13 **霸道** ㄅㄚˋ ㄉㄠˋ ㈠不用道義，而以極權霸術統治人民。與「王道」相反。㈡做事蠻橫，不講理。

▽王霸、五霸、稱霸、爭霸、雄霸、凶霸、惡霸、元霸。

常13 **露** 形解 形聲；從雨，路聲。靠近地面的水蒸氣，夜間遇冷凝結而成的小水珠為露。

音義 ㄌㄨˋ 名①天靠近地面的水蒸氣，夜間遇冷而凝結成的小水珠；例白露。②醇香的液體；例花露。③姓。動①表現；例露一手。②洩露；例事機敗露。

參考①同顯，現，形。②反藏。③作動詞用時語音ㄌㄡˋ。

4 **露天** ㄌㄨˋ ㄊㄧㄢ 戶外，沒有遮蔽的。例露天音樂會。

5 **露白** ㄌㄨˋ ㄅㄞˊ 將錢財寶物顯露在外。本作「露陌」。例財不露白。

10 **露骨** ㄌㄨˋ ㄍㄨˇ ㈠死後屍骨暴露在外，不能收埋。例露骨中野。㈡不含蓄，直接表現出來。例說話不可太露骨。

▽甘露、玉露、塵露、吐露、暴露、披露、夜露、朝露、透露、顯露、流露、霜露、雨露、果露、鋒芒畢露、人生如朝露。

常13 **霹** 形解 形聲；從雨，辟聲。辟有破裂的意思，所以急擊的雷為霹。

音義 ㄆㄧ 動破折；例雷霆霹長松。

參考①雷急擊為霹靂，一作「劈歷」，又作「辟歷」、「礔礰」。②礔同霹。③又音ㄆㄧˋ。

常14 **霾** 形解 形聲；從雨，貍聲。大風揚起塵土，從上而下降落為霾。

音義 ㄇㄞˊ 名①天為懸浮的塵埃及鹽類質點。②大風揚塵土所引起的昏闇；例陰霾。③理大氣中極小、極分散的微粒聚集。動①大風揚塵土，從上而下；例終風且霾。形陰暗的；例野陰霾而自晦。

常14 **霽** 形解 形聲；從雨，齊聲。齊有終止的意思，所以雨停為霽。

音義 ㄐㄧˋ 名雨停，霧散，霜雪止；例家人祈霽。動①停止；例雨雪三日不霽。②散釋；例為霽威嚴。形明朗的；例霽日園林好。

▽開霽、新霽、澄霽、天霽、林霽、雪霽、清霽、雨霽、光霽。

常16 **靂** 形解 形聲；從雨，歷聲。急擊的雷為靂。

音義 ㄌㄧˋ 名急雷的聲音；例霹靂。

▽霹靂、晴天霹靂。

常16 **靈** 形解 字本作「靈」；形聲；從王(玉)，霝聲。巫能以玉事神為靈。或從巫而作「靈」。

音義 ㄌㄧㄥˊ 名①巫；例靈偃蹇兮姣服。②鬼神；例神靈。③最精明能幹的人類；例萬物之靈。④魂魄；例靈魂。⑤姓。形①神妙的；例靈劍摧鋒。②應驗的；例試試我的話，看靈不靈。③機敏的；例心靈手巧。

參考古字作「霛」。

5 **靈巧** ㄌㄧㄥˊ ㄑㄧㄠˇ 聰明而不呆笨。

參考同機巧，機靈。

8 **靈性** ㄌㄧㄥˊ ㄒㄧㄥˋ 天賦聰明機敏的本性。

9 **靈活** ㄌㄧㄥˊ ㄏㄨㄛˊ 敏捷輕巧，不呆滯。例他的手指很靈活。

參考同靈巧，靈敏。

10 **靈柩** ㄌㄧㄥˊ ㄐㄧㄡˋ 裝有屍首之棺木。又稱「靈櫬」。

11 **靈敏** ㄌㄧㄥˊ ㄇㄧㄣˇ 活潑聰明。例頭腦靈敏。

參考同靈巧，靈活，敏捷。

靈通 ㄌㄧㄥˊ ㄊㄨㄥ ㈠敏捷，快速。例消息靈通。㈡人與人之間的感應相通。語出李商隱詩：「心有靈犀一點通。」

13 **靈感** ㄌㄧㄥˊ ㄍㄢˇ 文學、藝術或科學活動中，由於思想高度集中，情緒高漲，促使作者產生突發性的創造能力，立刻完成一項傑作。這種潛能的激動，稱為靈感。

14 **靈魂** ㄌㄧㄥˊ ㄏㄨㄣˊ ㈠哲學上，稱與肉體、物質相對的「精神」、「心意」等的靈體。㈡宗教上，稱能脫離軀殼而自具性能、意志的實體。

▽威靈、英靈、心靈、神靈、精靈、幽靈、生靈、性靈、空靈、陰靈、萬物之靈、冥頑不靈、人傑地靈。

常 16 **靄** 形解 形聲；從雨，藹省聲。雲層為靄。

音義 ㄞˇ 名 ①天介於霾與霧間的東西，是集合懸浮大氣中的一種水氣現象；例暮靄。②姓。形雲集的；例「雲集靄靄。」

▽山靄、暮靄、夕靄、晨靄。

次 16 **靆** 形解 形聲；從雲，逮聲。靉靆，雲厚而不明亮為靆。

音義 ㄉㄞˋ 副靉靆，雲彩厚而密的樣子。

次 17 **靉** 形解 形聲；從雨，愛聲。愛有隱蔽的意思，所以雲厚而光線不明為靉。

音義 ㄞˋ 副靉靆，雲彩厚而密的樣子。

24 **靉靆** ㄞˋ ㄉㄞˋ ㈠雲層厚重。㈡昏暗不明的樣子。㈢即老花眼鏡。亦作「僾逮」。

【青部】 ㄑㄧㄥ

常 0 **青** 形解 會意；從生丹。丹指赤石，生丹則為青色，所以東方色為青。

音義 ㄑㄧㄥ 名 ①像草葉般的顏色；例「兩山排闥送青來。」②淡藍色；例雨過天青。③竹皮；例殺青。④竹簡；例汗青。⑤蛋白；例蛋青。⑥以青草顏色象徵年輕；例青年。⑦地「青海省」、「青島市」或「青州」的簡稱；例青康藏高原。⑧姓。形①綠色的；例青玉。②黑色的；例青衣。 ㄐㄧㄥ 形草的顏色，或形容草茂盛的，同「菁」；例青青河畔草。

參考 ①孳圊、清、氰、蜻、請、鯖、精、清、靖、靚。②與「清」、「輕」有別：清，有整理、了結的意思；輕，有分量小、靈巧的意思。

4 **青天霹靂** ㄑㄧㄥ ㄊㄧㄢ ㄆㄧ ㄌㄧˋ 晴朗的天氣突然打了一個大雷。比喻忽然發生，無法預料的意外事件。亦作「晴天霹靂」。

5 **青史** ㄑㄧㄥ ㄕˇ 古代在竹簡上記載史事，因竹皮是綠色的，所以稱史書為青史。

青出於藍 ㄑㄧㄥ ㄔㄨ ㄩˊ ㄌㄢˊ 比喻學生的成就勝過老師。

參考 與「後來居上」有別：凡比喻後來者勝於前人，則可用後來居上。另外「後生可畏」，則含有感嘆之意。

6 **青衣** ㄑㄧㄥ ㄧ ㈠古代地位卑下的人所穿的服裝，後來用為侍者的代稱，多指婢女而言。例青衣報平旦，呼我起盥櫛。㈡傳統戲曲中腳色名稱。屬旦行的一支，主要扮演端莊的青年或中年婦女。

青衣

9 **青春** ㄑㄧㄥ ㄔㄨㄣ ㈠春天。㈡青年時期，少壯的時候。㈢年齡。例青春幾何？

青春永駐 ㄑㄧㄥ ㄔㄨㄣ ㄩㄥˇ ㄓㄨˋ 青年時代永久存在，比喻永遠年輕。

青紅皂白 ㄑㄧㄥ ㄏㄨㄥˊ ㄗㄠˋ ㄅㄞˊ 各種不同的顏色，比喻分辨清楚是與非。例你怎能不問青紅皂白就處分他呢？

11 **青梅竹馬** ㄑㄧㄥ ㄇㄟˊ ㄓㄨˊ ㄇㄚˇ 形容男女孩童天真無邪地在一起玩耍。

12 **青雲直上** ㄑㄧㄥ ㄩㄣˊ ㄓˊ ㄕㄤˋ 比喻升官升得很快，志得意滿的樣子。

參考 同飛黃騰達。

青黃不接 ㄑㄧㄥ ㄏㄨㄤˊ ㄅㄨˋ ㄐㄧㄝ 舊穀已經收完，新穀尚未成熟的時候。比喻有所匱乏，不能連續。

13 **青稞** ㄑㄧㄥ ㄎㄜ 植生產在高寒地

的一種麥類。皮薄子脆，味鹹，可以釀酒，療病。爲四川、西康、新疆、西藏一帶人民的主食。

15 **青樓** ㄑㄧㄥ ㄌㄡ ㈠泛指豪華精緻的樓房。㈡梁以後稱妓院。

▽汗青、黛青、丹青、踏青、殺青、雨過天青、爐火純青。

常 5 **靖** 形解 形聲；從立，青聲。青有平靜的意思，所以容態安靜爲靖。

音義 ㄐㄧㄥ 名姓。動①平定；例吾子靖亂。②停止；例諸侯靖兵。形平安的；例清靖無事。

參考 與「倩」有別：倩從人（亻），音ㄑㄧㄢ，爲男子的美稱。

▽嘉靖、肅靖、綏靖。

次 7 **靚** 形解 形聲；從見，青聲。青爲請的省文，所以召見爲靚。

音義 ㄐㄧㄥ 動婦女以脂粉打扮；例靚粧。形沈靜的，通「靜」；例幽靚。

ㄉㄧㄤ 形方漂亮。

常 8 **靛** 形解 形聲；從青，定聲。以藍葉的汁加水與石灰沈澱而成的藍色染料爲靛。

音義 ㄉㄧㄢ 名藍青色的染料，用藍草的葉子浸水加石灰製成。又稱「靛青」、「靛藍」。形顏色介於青、藍之間的；例靛藍。

常 8 **靜** 形解 形聲；從青，爭聲。爭有審度的意思，所以采色詳審得其適宜爲靜。

音義 ㄐㄧㄥ 名安定，緘默的情況；例當須入靜。形①貞潔的；例靜女其姝。②毫無聲響的；例夜深人靜時。③停止而不動的；例槳動起靜鳥。

參考 反動。

10 **靜脈** ㄐㄧㄥ ㄇㄛ 人體中將身體各部分的血液送回心臟的血管。又名回血管，分大、中、小三類。一般而言，靜脈的管壁較薄，平滑，肌纖維少，彈性小，血流較慢。管腔內有半月形內膜皺摺稱靜脈瓣，可防止血液倒流。

靜悄悄 ㄐㄧㄥ ㄑㄧㄠ ㄑㄧㄠ 形容寂靜無聲的樣子。

13 **靜電** ㄐㄧㄥ ㄉㄧㄢ 物帶電體上的靜電荷駐立不移動的現象。

15 **靜影沈璧** ㄐㄧㄥ ㄧㄥ ㄔㄣ ㄅㄧ 月影倒映在靜止的湖水中，有如沈在水裏的玉璧。

▽安靜、閑靜、肅靜、清靜、動靜、寧靜、平靜、鎮靜、心靜、寂靜、沈靜、冷靜、風平浪靜、六根清靜、更深人靜、夜闌人靜、一動不如一靜。

【非部】 ㄈㄟ

常 0 **非** 形解 象形；從飛省，擷取其狡(翅)。狡張則相背的意思，所以爲相背爲非。

音義 ㄈㄟ 名①壞事；例爲非作歹。②地「阿非利加洲」的簡稱；例亞非地區。③姓。動①違背；例非法。②指責，詆毀；例非難。③不是；例非死即傷。形不好的；例勿用非謀。②不同的；例非類。副和「不」連用，强調一定要；例非去不可。

ㄈㄟ 動毀謗，通「誹」；例朋黨而相非。形微薄的，通「菲」；例不恥惡衣非食。

參考 ①反是。②孳啡、扉、斐、菲、緋、霏、騑、腓、悱、蜚、翡、誹。

3 **非凡** ㄈㄟ ㄈㄢ 不平凡。

參考 同不凡，非常。

4 **非分** ㄈㄟ ㄈㄣ 不合本分，不應當有的。例非分之財。

6 **非同小可** ㄈㄟ ㄊㄨㄥ ㄒㄧㄠ ㄎㄜ 形容事情極不尋常，不可以看做是小事。

7 **非但** ㄈㄟ ㄉㄢ 轉折語氣連接詞，猶「不但」。

8 **非法** ㄈㄟ ㄈㄚ 違法，不合法。例非法入境。

10 **非笑** ㄈㄟ ㄒㄧㄠ 議論嘲笑。

11 **非常** ㄈㄟ ㄔㄤ ㈠不平常，異乎尋常。㈡很，十分。例非常認眞。

參考 同異常，不凡，非凡。
19 **非難** ㄈㄟ ㄋㄢˋ 批評和指責。例無可非難。
參考 同責難，責備。
20 **非議** ㄈㄟ ㄧˋ 批評，不贊成。
26 **非驢非馬** ㄈㄟ ㄌㄩˊ ㄈㄟ ㄇㄚˇ 形容不倫不類的東西。
▽昨非、是非、前非、無非、豈非、莫非、恐非、北非、南非、似是而非、口是心非、惹事生非、文過飾非、未可厚非、面目全非、啼笑皆非、無事生非、痛改前非、想入非非。

常 7
靠

形解 形聲；從非，告聲。相背爲靠。

音義 ㄎㄠˋ 名憑藉；例終身有靠。動①依賴；例依靠。②信任；例老實可靠。③挨近；例靠著山。④停泊；例船靠了碼頭。
參考 同依，傍，憑，藉，託，倚，仗。
3 **靠山** ㄎㄠˋ ㄕㄢ ㈠靠近山邊的地方。例靠山吃山，靠水吃水。㈡所依恃、憑藉的人或勢力。例不要以爲你的靠山硬！
8 **靠近** ㄎㄠˋ ㄐㄧㄣˋ ㈠形容詞，距離很近。㈡動詞，向某人或地方接近。
參考「靠近」、「接近」有別：「靠近」通常用在具體的東西方面，指兩者的距離很近，如：那間工廠很靠近大路；「接近」通常用在抽象的事物方面，如：時間已接近午夜。
▽依靠、可靠、六親無靠、無依無靠。

常 11
靡

形解 形聲；從非，麻聲。麻有細小的意思，所以物之分散下垂爲靡。

音義 ㄇㄧˊ 動①腐爛；例靡爛。②分散；例我有好爵，吾與爾靡之。③消亡；例金石靡矣。
ㄇㄧˇ 名姓。動①無，沒有；例靡室靡家。②倒下；例披靡。形①細緻的；例靡顏膩理。②奢侈的；例靡麗。③華麗的；例靡衣媮食。副無法；例其詳靡得而記焉。
參考①「靡費」、「靡爛」可以作「糜費」、「糜爛」；「靡麗」可以作「縻麗」。但「縻」的本義爲「粥」；「縻」爲「牛繮繩」有「束縛」的意思，都不能誤用「靡」字代替。②「靡靡之音」不可用「糜」字。
19 **靡靡之音** ㄇㄧˇ ㄇㄧˇ ㄓ ㄧㄣ 柔弱淫靡而不純正的音樂。
▽委靡、淫靡、奢靡、風靡、披靡、侈靡、浮靡、華靡、所向披靡、望風披靡。

【面部】 ㄇㄧㄢˋ

常 0
面

形解 象形；從百，□象顏前爲面。人面形。

音義 ㄇㄧㄢˋ 名①臉孔；例面紅耳赤。②物體的外表；例路面。③量詞，用於扁平物上；例一面鏡子。④方位；例四面八方。⑤數線移動所造成的軌迹；例平面。動①向著；例背山面水。②相見，稟告；例出必告，反必面。副當面地；例面折廷爭。
參考①又作「靣」。②同臉。③孳麵、靦、緬、湎。
3 **面子** ㄇㄧㄢˋ ˙ㄗ ㈠物體表面。例被面子。㈡光榮，榮耀。㈢人情，情面。㈣紡織品的寬度。
5 **面目** ㄇㄧㄢˋ ㄇㄨˋ ㈠容貌，面貌。㈡猶面子，顏面。
參考①同面子。②「面目」、「面貌」、「面孔」、「面容」、「嘴臉」有別：「面目」常跟「猙獰」、「醜惡」、「凶殘」等詞搭配，但它是一個中性詞，所以也用於好的，如：面目一新；也用於一般的，如：政治面目。「面貌」常跟「自然」、「社會」、「經濟」、「政治」、「嶄新」以及具有「改變」意義的詞語搭配，用於事物時，好壞都可以，如：新面貌、舊面貌。「面孔」常跟「假」、「虛僞」等詞搭配，一般含有貶的意思。「面容」常跟「慈祥」、「和藹可親」、「憔悴」等詞搭配，是中性詞。「嘴臉」常跟「醜惡」、「凶惡」、「猙獰」等詞搭配，是貶義詞，比「面目」的貶斥意味更為嚴重。

面目一新 ㄇㄧㄢˋ ㄇㄨˋ ㄧ ㄒㄧㄣ 比喻人或事物有新的形象，新的發展。

參考 與「煥然一新」有別：「面目一新」是指本身的狀態改變了；「煥然一新」則是給他人的感覺改變了。

面目可憎 ㄇㄧㄢˋ ㄇㄨˋ ㄎㄜˇ ㄗㄥ 相貌醜陋或神情猥瑣，令人厭惡。

面目全非 ㄇㄧㄢˋ ㄇㄨˋ ㄑㄩㄢˊ ㄈㄟ 狀態完全改變，失去原來的樣子。

參考 與「面目一新」都有外表改變之意，但有別：前者指向壞的方向改變；後者多指向好的方向改變。此二詞不可互換替用。

8 **面具** ㄇㄧㄢˋ ㄐㄩˋ ㈠戴在臉上，用以偽裝、防護，或表演的用具。㈡比喻一個人的偽善或表面行為。又作「假面」、「代面」。

9 **面首** ㄇㄧㄢˋ ㄕㄡˇ 面貌俊美，專供婦人玩弄的男子。

面面相覷 ㄇㄧㄢˋ ㄇㄧㄢˋ ㄒㄧㄤ ㄑㄩˋ 你看我，我看你，大家都沒有辦法的樣子。

參考 ①與「相顧失色」意思略近，但有別：前者為「不知如何是好」；後者為「嚇得臉色都變了」。前者適用範圍大於後者。②覷，不可讀作ㄒㄩ。

面面俱到 ㄇㄧㄢˋ ㄇㄧㄢˋ ㄐㄩˋ ㄉㄠˋ 各方面都注意到了。比喻辦事周全，沒有遺漏。

參考 和「八面玲瓏」意思相近，但有別：前者著眼於「應付得體」；後者著眼於「手腕圓滑」。前者為中性詞；後者含有貶損的意味。

面紅耳赤 ㄇㄧㄢˋ ㄏㄨㄥˊ ㄦˇ ㄔˋ 臉色通紅的樣子，比喻內心羞愧或非常焦急。亦用以形容發怒的樣子。

11 **面授機宜** ㄇㄧㄢˋ ㄕㄡˋ ㄐㄧ ㄧˊ 當面傳授要訣，指點關鍵。

12 **面善** ㄇㄧㄢˋ ㄕㄢˋ 曾經見過面，好像有些認得。

參考 ①同面熟。②反面生。

面無人色 ㄇㄧㄢˋ ㄨˊ ㄖㄣˊ ㄙㄜˋ 比喻受到極度的驚嚇，臉色蒼白。

13 **面試** ㄇㄧㄢˋ ㄕˋ 當面詢問測驗。

19 **面龐** ㄇㄧㄢˋ ㄆㄤˊ 即面孔，顏面。

▽海面、畫面、顏面、鏡面、人面、全面、側面、前面、對面、當面、背面、表面、平面、方面、滿面、裏面、水面、情面、局面、外面、謀面、見面、封面、後面、囚首喪面、拋頭露面、改頭換面、別開生面、春風滿面、洗心革面、鳩形鵠面、網開一面、蓬頭垢面、獨當一面、廬山真面、人心不同各如其面。

常 7

靦

形解  形聲；從面，見聲。面面相對，自覺可憎為靦。

音義 ㄊㄧㄢˇ 副慚愧地；例靦冒恩私。ㄇㄧㄢˇ 形心中慚愧而表現於顏面，通「腼」；例靦覥。

15 **靦覥** ㄇㄧㄢˇ ㄊㄧㄢˇ 羞愧的樣子。

參考 同腼腆。

常 14

靨

形解 形聲；從面，厭聲。面頰上的小酒渦為靨。

音義 一ㄝˋ 名臉頰上的小圓渦，俗稱「酒窩」；例笑靨。

參考 與「饜」有別：饜從食，音ㄧㄢˋ，有飽足的意思。

▽笑靨、嬌靨、酒靨。

【革部】 ㄍㄜˊ

常 0

革

形解 革 象形；象上下象張革的竹架，中象所張的獸皮形。所以除去獸皮的毛為革。

音義 ㄍㄜˊ 名①去毛的獸皮；例馬革裹屍。②人肌膚上的厚皮；例膚革充盈。③八音之一，由鼓類樂器所發；例金、石、土、革。④甲冑；例兵革。⑤士兵；例老革荒悖。⑥姓。動①除去；例革其弊端。②更換；例革命。ㄐㄧˊ 形危急的；例夫子之病，革矣。

參考 ①同改，更，悛。②孳霸。

4 **革心** ㄍㄜˊ ㄒㄧㄣ 改掉心理上的弱

點。

9 **革面洗心** ㄍㄜˊ ㄇㄧㄢˋ ㄒㄧˇ ㄒㄧㄣ 比喻一個人徹底悔悟，重新做人。又作「洗心革面」。

革故鼎新 ㄍㄜˊ ㄍㄨˋ ㄉㄧㄥˇ ㄒㄧㄣ 革除舊有的，建設新創的。

10 **革除** ㄍㄜˊ ㄔㄨˊ 改革，除去。

13 **革新** ㄍㄜˊ ㄒㄧㄣ 除舊立新。

參考 同革命，鼎革。

▽沿革、改革、皮革、變革、病革、疾革、老革。

次 2 **靪** 形解 形聲；從革，丁聲。丁有平整的意思，所以修補鞋履的破損並使它平整為靪。

音義 ㄉㄧㄥ 名衣褲縫補的部分；例打補靪。動補鞋底。

參考「靪」與「釘」，音同義異。

常 4 **靴** 形解 形聲；從革，化聲。長筒鞋為靴。

音義 ㄒㄩㄝ 名長筒的鞋子；例馬靴。

參考 ①又作「鞾」。②不可讀成ㄒㄩㄝˇ或ㄏㄨㄚ。

3 **靴子** ㄒㄩㄝ ㄗ˙ 長筒的鞋。

常 4 **靶** 形解 形聲；從革，巴聲。巴有大的意思，所以套在馬頭上的皮索為靶。

音義 ㄅㄚˇ 名①皮製的馬韁繩；例王良執靶。②練習射箭或射擊的目標；例打靶。

參考 與「鈀」同音而義異：鈀，銀白色，一種金屬元素，符號Pd，能大量吸收氫氣，在製造純氫時用做吸收劑，也可用做催化劑。

次 4 **靳** 形解 形聲；從革，斤聲。馬胸前的鐵環為靳。

音義 ㄐㄧㄣˋ 名①繫在馬當胸的皮革；例驂靳。②姓。動嘲笑，通「听」；例宋公靳之。形吝惜的；例靳固。

次 4 **靷** 形解 形聲；從革，引聲。引有牽引的意思，所以繫於車軸的革帶，可拖引車身者為靷。

音義 ㄧㄣˇ 名縛在牛馬胸部，用來引車前進的皮革；例我兩靷將絕。

次 4 **靸** 形解 形聲；從革，及聲。及有接及的意思，所以鞋履為靸。

音義 ㄙㄚˇ 名小孩穿的鞋子；例靸鞋。動方把布鞋後幫踩在腳後跟下，穿(拖鞋)。

常 5 **靼** 形解 形聲；從革，旦聲。柔軟的皮革為靼。

音義 ㄉㄚˊ 名①柔軟的皮革；例鞅，頸靼也。②唐末蒙古種族名之一，為「沙陀」的別種；例韃靼。③我國古代對北方各游牧民族的統稱。

參考 與「笪」同音而義異：笪，我國南方曬糧食的一種粗竹席。

常 5 **鞅** 形解 形聲；從革，央聲。央為中央，繫於馬頸上的軟革為鞅。

音義 ㄧㄤ 名套在馬頸上，用來駕馬車的皮帶；例攀車惜別，指血染鞅。副不滿意地；例常鞅鞅怨望。

參考 又讀ㄧㄤˋ。

次 5 **靺** 形解 形聲；從革，末聲。古時北方的種族名為靺。

音義 ㄇㄛˋ 名史靺鞨，隋唐時的種族名，居松花江、黑龍江一帶，即女真族的祖先。

次 5 **鞀** 形解 形聲；從革，召聲。有柄的小鼓為鞀。

音義 ㄊㄠˊ 名有柄的小鼓。

次 5 **鞄** 形解 形聲；從革，包聲。製作皮革器具的工匠為鞄。

音義 ㄆㄠˊ 名古製皮革的工人；例鞄人。ㄅㄠ 名柔革製成的皮包；例提鞄。

常 6 **鞍** 形解 字本作「𩌏」：形聲；從革，安聲。安有安適的意思，所以置於馬背上使人便於騎跨馬匹的用具為鞍。

音義 ㄢ 名①裝置在騾馬等牲口背上承受重量或供人乘騎

的墊子；例馬鞍。②地春秋時齊地，在今山東歷城縣城內。③地市名，位於遼寧中部偏東南，爲我國重要鋼鐵工業都市；例鞍山。

參考①又作「鞌」。②與「鮟」同音而義異：鮟，鮟鱇，頭大而扁，圓盤形，尾部細小，無鱗的近海魚。

▽馬鞍、馱鞍、金鞍、銀鞍。

常 6 **鞋** 形解 形聲；從革，圭聲。足履爲鞋。

音義 ㄒㄧㄝˊ 名腳上的穿著物，用來保護足部，便於行走；例皮鞋。

參考①又作「鞵」。②同履。

▽皮鞋、布鞋、球鞋、草鞋、拖鞋、釘鞋、雨鞋、涼鞋、高跟鞋、平底鞋、麵包鞋、阿哥哥鞋。

常 6 **鞏** 形解 形聲；從革，巩聲。巩有抱合的意思，所以用韋束爲鞏。

音義 ㄍㄨㄥˇ 名姓。動恐懼，通「恐」；例敬而不鞏。形堅固的；例藐藐昊天，無不克鞏。

參考①同固。②「鞏固」的「鞏」字，應唸ㄍㄨㄥˇ，不唸ㄎㄨㄥˇ。大概是受了「恐」字的影響，常誤讀成ㄎㄨㄥˇ。

8 **鞏固** ㄍㄨㄥˇ ㄍㄨˋ 牢固，使堅固。例鞏固國防。

參考「鞏固」除當形容詞外，還有使動意味，意在加强而使某物堅固。至於「牢固」與「堅固」則多指物體本身已經很堅固。

常 7 **鞘** 形解 形聲；從革，肖聲。肖有長而尖的意思，刀室爲鞘。

音義 ㄑㄧㄠˋ 名刀劍的護套或匣子；例翠羽裝刀鞘。
ㄕㄠ 名鞭鞘，拴在鞭子頭上的細皮條；例長鞘馬鞭擊左股。

參考與「筲」同音（ㄕㄠ）而義異：筲，古時盛飯的竹器。

次 7 **鞔** 形解 形聲；從革，免聲。鞋的外皮爲鞔。

音義 ㄇㄢˊ 名鞋面。動用皮蒙鼓；例鞔鼓。副綳緊地；例如擊鞔革。
ㄇㄣˋ 形腹中悶脹的，通「懣」。

常 8 **鞠** 形解 形聲；從革，匊聲。以皮革製成的小皮球爲鞠。

音義 ㄐㄩˊ 名①我國古代用來比賽的足蹴皮球；例成帝好蹴鞠。②菊花，通「菊」。例鞠有黃華。③姓。動①撫養；例母兮鞠我。②彎曲；例鞠躬。③窮究；例必欲曲鞠其辭。④審訊，通「鞫」；例鞠獄不實。形①盛大的；例天降鞠凶。②幼小的；例無遺鞠子之羞。

參考①又音ㄑㄩ。②與「掬」同音而義異：掬，兩手捧起，如「笑容可掬」。

10 **鞠躬盡瘁** ㄐㄩˊ ㄍㄨㄥ ㄐㄧㄣˋ ㄘㄨㄟˋ 不辭勞苦，不懼艱鉅，對於國事盡忠盡力，毫不懈怠。又作「鞠躬致命」。例鞠躬盡瘁，死而後已。

次 8 **鞚** 形解 形聲；從革，空聲。空爲控的省文，所以控制馬頭方向的馬勒爲鞚。

音義 ㄎㄨㄥˋ 名拴在馬頭上的皮帶及繩索；例馬鞚。

次 8 **鞡** 形解 形聲；從革，拉聲。用烏拉草所製成的暖鞋爲鞡。

音義 ㄌㄚ 名靰鞡，我國東北地區用烏拉草所墊製而成的一種皮靴，可禦嚴寒。

常 9 **鞣** 形解 形聲；從革，柔聲。使皮柔軟爲鞣。

音義 ㄖㄡˊ 動①製造皮革時用栲膠、魚油等使獸皮柔軟；例鞣皮子。②使柔軟；例鞣製。

參考與「揉」、「糅」、「蹂」同音而義異：揉，用手按著較軟的東西反覆搓動；糅，混雜；蹂，踐踏。

常 9 **鞦** 形解 形聲；從革，秋聲。本指駕車時套在牛馬股後的革帶爲鞦。

音義 ㄑㄧㄡ 名①套在拉車的牛、馬、驢、騾等牲畜臀後的皮帶，又叫「後鞧」；例畫橈艇子短驢鞦。②一種可以將人盪在空中的遊戲器材名；例鞦韆。

參考 與「鰍」同音而義異：鰍：鰍科魚類的統稱，如泥鰍。

24 **鞦韆** ㄑㄧㄡ ㄑㄧㄢ 體運動及遊戲器材名。在冂形高架或粗樹枝上，懸掛兩根長繩或鐵鍊，下端橫栓一塊平木板，人可坐立在上面，前後擺盪。稱爲「打鞦韆」或「盪鞦韆」。例淚眼問花花不語，亂紅飛過鞦韆去！

常 9

鞭

形解 形聲；從革，便聲。便有安順的意思，所以用來毆人，使之安順的東西爲鞭。

音義 ㄅㄧㄢ 名①古代的兵器，形似劍而有節；例竹節鋼鞭。②長條狀，趕牲口，打人的工具；例鞭長莫及。③細長而像鞭子一樣的東西；例教鞭。④成串的爆竹；例一掛鞭。例鹿鞭。⑤雄性獸畜的生殖器；例鞭馬。動用鞭抽打；例鞭馬。

參考 字雖從便，但不可讀成去聲作ㄅㄧㄢˋ。

8 **鞭長莫及** ㄅㄧㄢ ㄔㄤˊ ㄇㄛˋ ㄐㄧˊ 勢力無法達到，能力無法辦到的事。

11 **鞭笞** ㄅㄧㄢ ㄔ ㈠以皮鞭抽打。㈡驅遣指使。

12 **鞭策** ㄅㄧㄢ ㄘㄜˋ ㈠打馬的鞭子。㈡督促，鼓勵。

參考 與「鞭笞」都有以外力強迫做事的意味，但「鞭策」多用於好的，上進的方面。

13 **鞭辟入裏** ㄅㄧㄢ ㄅㄧˋ ㄖㄨˋ ㄌㄧˇ ㈠指做學問既精深又紮實。㈡形容一個人的文章論辯深刻，見解獨到。又作「鞭辟近裡」。

16 **鞭撻** ㄅㄧㄢ ㄊㄚˋ ㈠用鞭子擊打。㈡驅遣，命令。

參考 同鞭笞。

▽執鞭、長鞭、短鞭、馬鞭、皮鞭、教鞭、鋼鞭。

次 9

鞬

形解 形聲；從革，建聲。盛弓箭的皮具爲鞬。

音義 ㄐㄧㄢ 名古掛在馬上的盛弓箭的器具；例櫜鞬。動收藏；例鞬櫜干戈。

鞬

次 9

鞮

形解 形聲；從革，是聲。是有舒張的意思，所以有頭的皮靴爲鞮。

音義 ㄉㄧ 名①皮鞋，即靴；例革鞮。②姓。

ㄊㄧˊ 名狄鞮，古翻譯西方民族語言的行家。

參考 或作「鞮」。

次 9

鞨

形解 形聲；從革，曷聲。皮鞋種類之一爲鞨。

音義 ㄏㄜˊ 名①鞋子；例屨鞨。②史靺鞨，女眞族祖先名。

ㄇㄛˋ 名頭巾，頭帕。

次 9

鞫

形解 形聲；從革，匊聲。匊爲巨大的意思，所以用刑罰逼供爲鞫。

音義 ㄐㄩˊ 名①審判；例受鞫就刑。②姓。動①審問；例鞫訊。②阻塞；例鞫爲茂草。形①窮困的；例鞫哉庶正。②盡頭的，通「究」；例芮鞫。

次 10

鞶

形解 形聲；從革，般聲。般有大的意思，所以寬大的皮帶爲鞶。

音義 ㄆㄢˊ 名①古束縛衣服用的帶子。②小皮囊；例鞶囊。

次 11

鞹

形解 形聲；從革，郭聲。郭多有包裹在外的意思，所以獸類的皮革爲鞹。

音義 ㄎㄨㄛˋ 名去毛的獸皮；例簟茀朱鞹。動以皮革包裹；例鞹其拳。

參考 或作「鞟」。

常 13

韃

形解 形聲；從革，達聲。種族名，韃靼爲韃。

音義 ㄉㄚˊ 名種族名，契丹之西北族，出沙陀別種；例韃靼。

參考 參閱「靼」字條。

常 13 **韁** 【形解】形聲；從革，畺聲。畺有大的意思，所以繫馬之大繩曰韁。

【音義】ㄐㄧㄤ 名①套在頸上以拴住牲口的皮繩；例韁繩。②牽絆；例「利鎖名韁。」

【參考】①又作「繮」。②又音ㄍㄤ。③「信馬由韁」的「韁」字，不可誤作「殭」或「彊」。④與「殭」、「礓」同音而義異：殭，受凍得厲害，不能活動；**礓**，砂礓，一種不透水的礦石建材。

次 14 **韅** 【形解】形聲；從革，顯省聲。馬掖下的皮革爲韅。

【音義】ㄒㄧㄢˇ 名古駕車時套在馬背上的皮帶；例「鮫韅彌龍。」

常 15 **韆** 【形解】形聲；從革，遷聲。一種遊戲器材爲韆。

【音義】ㄑㄧㄢ 名遊戲器具名；例鞦韆。

次 17 **韉** 【形解】形聲；從革，薦聲。薦有憑藉的意思，所以墊在馬鞍下的皮具爲韉。

【音義】ㄐㄧㄢ 名馬鞍下面的墊子；例鞍韉。

【參考】亦作「韀」。

【韋部】ㄨㄟˊ

常 0 **韋** 【形解】形聲；從舛，口聲。舛爲兩足相背，口象半穴居的「穴」形，一足往北，一足往南，所以相背爲韋。今以熟皮爲韋。

【音義】ㄨㄟˊ 名①去毛加工後所製成柔軟的獸皮；例御輦以韋緣輪。②姓。

【參考】①熟皮爲「韋」，生皮爲「革」。②擊圍、幃、違、闈、偉、煒、瑋、葦、緯、韙。

15 **韋編三絕** ㄨㄟˊ ㄅㄧㄢ ㄙㄢ ㄐㄩㄝˊ 形容讀書非常勤奮用功，使得編書的牛皮繩子屢次斷脫。

【參考】古代無紙，以竹簡寫字，再用牛皮製的繩子編連成冊，故稱韋編。後來也將書稱爲韋編的，如：「坐對韋編燈動壁。」

常 3 **韌** 【形解】形聲；從韋，刃聲。刃有固止的意思，柔軟而堅固爲韌。

【音義】ㄖㄣˋ 形柔軟而堅固的；例質和堅韌。

【參考】又作「靭」。

8 **韌性** ㄖㄣˋ ㄒㄧㄥˋ 材料本身接受外力塑造之能力，包括彎曲性、延展性等。

11 **韌帶** ㄖㄣˋ ㄉㄞˋ 醫人身體中連接骨與骨之間，或支持內臟，富有堅韌性的纖維帶，多呈薄膜狀。

次 5 **韎** 【形解】形聲；從韋，末聲。以染料染皮革爲韎。

【音義】ㄇㄞˋ 名古東夷樂名；例掌教韎樂。ㄇㄟˋ 形染成赤黃色的（皮革）；例韎韐。

次 5 **韍** 【形解】形聲；從韋，犮聲。古代服裝中的蔽膝，以皮韋做成爲韍。

【音義】ㄈㄨˊ 名①古祭服上的蔽膝，用熟皮製成，通「黻」；例「一命縕韍幽衡。」②繫璽印的帶子；例璽韍。

① 韍

常 8 **韓** 【形解】字本作「韓」：形聲；從韋，倝聲。井上的木架爲韓。隸變作「韓」。

【音義】ㄏㄢˊ 名①史國名，周代姬姓國，春秋時爲晉所滅，在今陝西韓城縣。②地戰國時韓、趙、魏三家分晉，韓國擁有今河南中部，以及山西南部，後滅於秦。③地位於亞洲東北部，現由北緯三十八度分爲南北兩國，在南部的稱大韓民國。④繞在井上的木欄；例「文始藥井，韓□（圍）未墜。」⑤姓。

▽三韓、辰韓、馬韓、弁韓、南韓、北韓。

次 8
韔 形解 𩏝 形聲；從韋，長聲。盛弓的皮囊爲韔。
音義 ㄔㄤˋ 名 弓袋；例「虎韔鏤膺。」動 藏弓入弓袋；例「言韔其弓。」
參考 亦作「韔」。

韔

次 9
韙 形解 𩏝 形聲；從是，韋聲。正確的，好的爲韙。
音義 ㄨㄟˇ 名 準則；例 昭韙見戒。
參考 同是。
▽冒天下之大不韙。

常 10
韜 形解 𩏝 形聲；從韋，舀聲。舀有包裹在內，從中取出的意思，所以劍衣爲韜。
音義 ㄊㄠ 名 ①弓劍的套子；例 弓韜。②兵法；例 六韜。動 掩藏；例 以被韜面。

6 **韜光養晦** ㄊㄠ ㄍㄨㄤ ㄧㄤˇ ㄏㄨㄟˋ 有才能的人，隱居世外，不爲人所知。
參考 又可略稱「韜晦」。

11 **韜略** ㄊㄠ ㄌㄩㄝˋ 古代兵書有六韜、三略等，後來便稱用兵作戰的機謀爲韜略。例 胸懷韜略。
▽六韜、鈐韜、隱韜。

次 10
韞 形解 形聲；從韋，𥁕聲。裹藏於皮革之中爲韞。
音義 ㄩㄣˋ 動 蘊藏；例 石韞玉而山暉。
參考「韞」與「醞」，音同義異。

次 12
韡 形解 𩏝 形聲；從華，韋聲。花葉茂盛爲韡。
音義 ㄨㄟˇ 形 光明狀；例 韡曄。

【韭部】 ㄐㄧㄡˇ

常 0
韭 形解 𩏝 象形；象韮菜形。
音義 ㄐㄧㄡˇ 名 植 百合科，多年生草本，菜類，叢生，葉細長而扁，味辛烈，可食，葉籽還可入藥。
參考 又作「韮」。

【音部】 ㄧㄣ

常 0
音 形解 𩏝 指事；從言含一。一爲臆構虛象的形體，與普通言詞不同，所以聲出於心，有節於外爲音。
音義 ㄧㄣ 名 ①物體受振動所發出，由空氣等介質傳達的聲響；例 聞人足音。②腔調；例「鄉音無改鬢毛摧。」③樂曲；例 亡國之音。④言語文辭；例 敬聆德音。⑤消息或書信；例 靜待佳音。⑥聲音；例 錄音。⑦「音節」的簡稱；例 雙音。⑧姓。形 有關聲音的；例 錄音帶。
ㄧㄣˋ 名 樹蔭，通「蔭」；例「鹿死不擇音。」
參考 摹 喑、瘖、諳、闇、暗、黯。

6 **音色** ㄧㄣ ㄙㄜˋ 音 發音體因其所具不同的振幅、强弱、高低而形成的特色。主要由其諧音的多寡及諧音的相對强度所決定。

8 **音波** ㄧㄣ ㄅㄛ 物 當物體發生振動時，周圍的空氣，因震動而發生波動，人耳接觸此波乃成聲音，是爲音波。亦稱爲「聲波」。

9 **音信** ㄧㄣ ㄒㄧㄣˋ 消息，下落。
參考 同 音訊，音耗。

10 **音容宛在** ㄧㄣ ㄖㄨㄥˊ ㄨㄢˇ ㄗㄞˋ 人的聲音和容貌，好像還留在世上。通常用以弔唁已死的人。
參考 本詞爲弔唁之語，不可用來形容生者。

11 **音速** ㄧㄣ ㄙㄨˋ 物 聲波前進的速度，隨傳音介質之溫度而有不同。攝氏零度時，每秒鐘三三一公尺；溫度每升一度，每秒均增減〇．六公尺。
參考 最新的研究資料音速爲每

小時一、一九二點七公里。

13 **音義** ㄧㄣ ㄧˋ 文字的讀音及意義。

13 **音節** ㄧㄣ ㄐㄧㄝˊ 聲音高低緩急的節奏。

15 **音樂** ㄧㄣ ㄩㄝˋ 藝術的一種，由樂器所發出的有規則而和諧悅耳的聲音，人類可用此表達情感，反映現實等。

19 **音韻天成** ㄧㄣ ㄩㄣˋ ㄊㄧㄢ ㄔㄥˊ 比喻文章或詩歌的佳妙，音節和諧美好，自然而不雕琢。

▽哀音、遺音、樂音、語音、聲音、清音、濁音、單音、福音、餘音、噪音、玉音、注音、合音、讀音、鄉音、方音、琴音、口音、亡國之音、靡靡之音。

㊥ 2 **章** 形解 (篆) 會意；從音十。十為數之終，歌詠終止的地方為章。

音義 ㄓㄤ 名 ①音樂的段落；例第一樂章。②文詞的段落；例第二章。③連句而成，可以表達完整意旨的文詞；例文章。④文采；例斐然成章。⑤法規；例約法三章。⑥印信；例私章。⑦比喻古代臣子上國君的文書；例奏章。⑧條理；例雜亂無章。⑨標誌；例肩章。⑩姓。動表揚，通「彰」；例「章善而替否。」形顯明的，通「彰」；例「品物咸章。」

參考 ①書本的段落，章以上為「篇」，以下為「節」。②孳 嫜、彰、幛、漳、鄣、樟、璋、蟑、麞、獐。

6 **章回小說** ㄓㄤ ㄏㄨㄟˊ ㄒㄧㄠˇ ㄕㄨㄛ 文 我國古典長篇小說的主要形式，由講史發展而來。其特色是分回標目，故事連接，段落整齊。

8 **章法** ㄓㄤ ㄈㄚˇ 詩文作者依抒情達理的基本要求、體裁，安排全篇章節所應遵守的若干法則，包括氣勢、轉承、熔裁、音節等。

10 **章草** ㄓㄤ ㄘㄠˇ 早期的草書。由漢隸逐漸發展出來的草寫書體，保有隸書的挑捺等筆勢，每字獨立不連接。因當時章奏用此書體而得名。

12 **章程** ㄓㄤ ㄔㄥˊ (一)機關團體所訂定的法規、條文或守則。(二)泛指各種制度。

▽印章、樂章、徽章、勳章、憲章、獎章、典章、文章、表章、周章、蓋章、奏章、肩章、下筆成章、順理成章、出口成章、官樣文章、欲蓋彌章、斐然成章、雜亂無章。

㊥ 2 **竟** 形解 (篆) 會意；從音儿。樂曲完盡為竟。

音義 ㄐㄧㄥˋ 名 ①極限；例振於无竟。②姓。動 ①結束；例「共此竟全程。」②深究；例窮竟其事。③完畢；例繼承革命先烈未竟的事業。形 整個的；例竟夕起相思。副 ①居然，表示出乎意料之外；例你竟敢騙我。②終於；例有志竟成。

參考 ①同卒，訖，終，畢。②同遂。③孳 境、獍、鏡。

4 **竟日** ㄐㄧㄥˋ ㄖˋ 整日。

12 **竟然** ㄐㄧㄥˋ ㄖㄢˊ 表示意外的狀態副詞。

參考 同居然。

▽究竟、窮竟、終竟、畢竟。

㊥ 5 **韶** 形解 (篆) 形聲；從音，召聲。虞舜所作的樂曲名為韶。

音義 ㄕㄠˊ 名 ①虞舜所製的樂曲名；例「子在齊，聞韶，三月不知肉味。」②姓。形 美好的；例韶髮。

6 **韶光** ㄕㄠˊ ㄍㄨㄤ 春光。

參考 同韶華。

12 **韶華** ㄕㄠˊ ㄏㄨㄚˊ (一)春天的風景。(二)比喻青年的光陰。

㊥ 10 **韻** 形解 (篆) 形聲；從音，員聲。員有圓潤的意思，所以聲音和諧為韻。

音義 ㄩㄣˋ 名 ①和諧的音響；例琴韻。②字音的收尾部分，亦即字音中聲母、介音以外的部分；例押韻。③風度；例風韻。④神趣；例氣韻。形 風雅的；例美人韻事。

參考 ①又作「韵」。②中國字的發音由「聲」、「韻」、「調」組成，如「ㄅㄢˇ」：「ㄅ」為聲，「ㄢ」為韻，三聲「ˇ」為調。

4 **韻文** ㄩㄣˋ ㄨㄣˊ 泛指文章中用韻或押韻的文體，如詩、詞、曲、歌謠、賦，以及有韻的頌、贊、箴銘、哀誄等。

5 **韻母** ㄩㄣˋ ㄇㄨˇ 一個字的字音中，除聲母以外的部分，通稱「韻母」。如甘（ㄍㄢ）字的ㄢ、關（ㄍㄨㄢ）字的ㄨㄢ，都是韻母。

8 **韻味** ㄩㄣˋ ㄨㄟˋ ㈠文章表現的格調與意境。㈡人的氣質。

韻事 ㄩㄣˋ ㄕˋ ㈠從前士大夫階層，吟詠詩歌及琴棋書畫之類的活動。㈡今指男女之間的感情糾纏。㊣風流韻事。參考 同風味，風韻。

10 **韻書** ㄩㄣˋ ㄕㄨ 按文字韻母之不同分別排列的字典，專供寫作韻文之人檢查押韻之用。先分平上去入四聲，再將同韻母之字集合起來，選其中一字以爲標目，並有反切注音。

13 **韻腳** ㄩㄣˋ ㄐㄧㄠˇ 在韻文中，每句末或聯末用以押韻的字眼。如「床前明月光，疑是地上霜，舉頭望明月，低頭思故鄉。」這首詩的韻腳是光、霜、鄉三字。

▽押韻、音韻、氣韻、詞韻、神韻、聲韻、風韻、協韻、轉韻、換韻、和韻、情韻、琴韻、餘韻、餘風流韻。

㊇ 12 **響** 形解  形聲；從音，鄉聲。鄉猶「向」，如影隨形，所以回應的聲音爲響。

音義 ㄒㄧㄤˇ 名 ①回音；㊣回響。②聲音；㊣響聲。動 ①發出聲音；㊣一聲不響。②呼應；㊣響應。形 ①能發出聲音的；㊣響板。②聲音大的；㊣別叫得太響。

參考 與「鄉」、「饗」有別：饗，有宴請的意思；嚮，有引導的意思。

9 **響亮** ㄒㄧㄤˇ ㄌㄧㄤˋ 聲音很大，響度很高。

參考 「響亮」指聲音高而大，常用來形容物體發出的聲音；「嘹亮」則指聲音清遠，用以形容歌聲或樂器聲；「洪亮」則多指說話的聲音響亮。

13 **響遏行雲** ㄒㄧㄤˇ ㄜˋ ㄒㄧㄥˊ ㄩㄣˊ 形容歌聲響亮美妙，好像能阻止浮雲的前進。

參考 與「響徹雲霄」有別：前者偏重於歌聲優美動聽；後者偏動於聲音大而高亢。

14 **響徹雲霄** ㄒㄧㄤˇ ㄔㄜˋ ㄩㄣˊ ㄒㄧㄠ 比喻衆人發出的呼叫聲很大，足以傳到雲層之上。

參考 參閱「響遏行雲」條。

17 **響應** ㄒㄧㄤˇ ㄧㄥˋ 好像回聲的應和，比喻贊同，支持某行動或倡議。

▽影響、音響、反響、回響、聲響、飛響、不同凡響、不聲不響。

【頁部】 ㄧㄝˋ

㊇ 0 **頁** 形解  會意；從百從儿。人頭爲頁。

音義 ㄧㄝˋ 名 ①紙張一張爲一頁；㊣活頁。②量詞，舊指線裝書的一篇兒，今指書或雜誌一面爲一頁；㊣全書共一百頁。形 成片層的；㊣頁岩。

參考 ①計算紙張，今又可作「葉」、「箕」。②本音唸ㄑㄧˇ。

㊇ 2 **頂** 形解 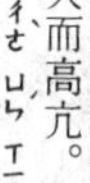 形聲；從頁，丁聲。頭的最上部爲頂。

音義 ㄉㄧㄥˇ 名 ①頭的上端；㊣眼高於頂。②物體最高最上的部分；㊣屋頂。③量詞，用於有頂的器物；㊣一頂草帽。動 ①頭戴；㊣頂冠。②用頭支承；㊣頂著菜籃。③用東西擋住；㊣要把這門頂上。④衝撞；㊣那裏還敢頂一句。⑤冒充；㊣冒名頂替。⑥承擔；㊣頂罪。⑦迎逆；㊣頂風。⑧讓售；㊣把房子頂給他。⑨抵得住；㊣一個人可以頂三個用。副 ①頗爲；㊣這個人頂可愛。②最；㊣頂尖。

參考 ①反底，踵。②與「酊」同音而義異：酊，酩酊。③「最」、「頂」在用法上基本相同，但仍有區別：「頂」只用於口語；「最＋形容詞」可以直接修飾名詞，如：最大限度，最小範圍；「頂」不能。在「先」、「後」、「前」、「本質」、「新式」等形容詞前邊只用「最」，不用「頂」。

4 **頂天立地** ㄉㄧㄥˇ ㄊㄧㄢ ㄌㄧˋ ㄉㄧˋ 形容一個人氣概豪邁，光明磊落，自有偉大的氣質。

12 **頂替** ㄉㄧㄥˇ ㄊㄧˋ 冒充代替。例冒名頂替。

參考 同頂名，冒名，替代。

15 **頂撞** ㄉㄧㄥˇ ㄓㄨㄤˋ 對人言語不恭敬，有口頭上的衝突。

參考 同頂嘴。

18 **頂禮** ㄉㄧㄥˇ ㄌㄧˇ 宗佛家最恭敬的敬禮，稱爲頭面頂禮。五體投地，再以頭頂觸佛足的禮節。

▽丹頂、灌頂、山頂、絕頂、塔頂、峯頂、頭頂、滅頂、屋頂、醍醐灌頂。

常 2 **頃** 形解 會意；從匕頁。匕有傾側的意思，所以頭不正爲頃。

音義 ㄑㄧㄥˇ 名土地面積單位名，田地百畝；例一碧萬頃。副①不久前；例頃獲來函。②短時間；例頃刻。ㄑㄧㄥ 名謚法以敬慎爲「頃」；例周頃王。動偏側，通「傾」；例頃耳而聽。

參考 摯傾。

8 **頃刻** ㄑㄧㄥˇ ㄎㄜˋ 比喻極短的時間。

▽俄頃、少頃、有頃、暫頃、一碧萬頃。

常 3 **項** 形解 形聲；從頁，工聲。頭後爲項。

音義 ㄒㄧㄤˋ 名①頸的後部；例頸項。②通稱人頸；例秀髮垂項。③事物分類的條目或件數；例十項全能。④「款項」的簡稱；例八項。⑤數單式；例多項式。⑥姓。

5 **項目** ㄒㄧㄤˋ ㄇㄨˋ 事務分類的條目。

9 **項背相望** ㄒㄧㄤˋ ㄅㄟˋ ㄒㄧㄤ ㄨㄤˋ 比喻前後相顧，人羣衆多而相連不絕。例監司項背相望。

11 **項圈** ㄒㄧㄤˋ ㄑㄩㄢ 戴在脖子上的裝飾品。

常 3 **順** 形解 會意；從頁川。人自頭頂到脚跟，上下舒暢，有如川流暢行無阻爲順。

音義 ㄕㄨㄣˋ 動①遵循；例順天地之常。②依從；例順序漸近。③歸服；例歸順。④安樂；例和順。⑤隨著；例順俗而敎。⑥就便；例順路。⑦合於；例順心愜意。⑧向著同一個方向；例順水推舟。⑨沿著；例順著大街走。⑩隨手；例順手關門。⑪依次往後；例遇雨順延。⑫整理；例把頭髮順一順。⑬服從；例百依百順。⑭適合；例順心。形①婉柔的；例溫順。②調和的；例風調雨順。③順利的；例事情進行得很順。副依次地；例「旬人舉鼎，順出。」

參考 ①反逆，反，違，忤。②同從。③「順」、「沿」有別：「沿」可用於具有抽象意義的途徑，「順」不能。如：沿著光明富強的道路前進。

3 **順口** ㄕㄨㄣˋ ㄎㄡˇ ㈠字句唸起來很順當，不彆扭。㈡吃的食物很適合自己的口味。㈢隨口輕易的說出來。

參考 同順嘴。

4 **順心** ㄕㄨㄣˋ ㄒㄧㄣ 稱心如意。

參考 ①同順利，順遂。②又作「順懷」。

順手 ㄕㄨㄣˋ ㄕㄡˇ ㈠辦事很順利。㈡隨手。例順手關燈。㈢合於使用。例這把刀使得順手！

順手牽羊 ㄕㄨㄣˋ ㄕㄡˇ ㄑㄧㄢ ㄧㄤˊ 趁機會就下手拿東西。比喻偷竊的行爲。

順水推舟 ㄕㄨㄣˋ ㄕㄨㄟˇ ㄊㄨㄟ ㄓㄡ ㈠比喻事情的完成很順利，沒有波折。㈡比喻趁著方便的機會，或利用形勢，達成某種目的。

參考 ①又作「順水推船」。②與「因勢利導」都是表示藉機會達成目的，不費力氣，但有別：前者偏重於被動；後者著眼於主動。

5 **順民** ㄕㄨㄣˋ ㄇㄧㄣˊ ㈠順隨天道而無貪欲的人。㈡屈服在異族壓迫下的人民。

7 **順序** ㄕㄨㄣˋ ㄒㄩˋ 排列的次序。例按照順序來報到。

9 **順便** ㄕㄨㄣˋ ㄅㄧㄢˋ 趁著做某一件事的方便而附帶做另一件事。

11 **順從** ㄕㄨㄣˋ ㄘㄨㄥˊ 服從命令或規定，不違抗。

順理成章 ㄕㄨㄣˋ ㄌㄧˇ ㄔㄥˊ ㄓㄤ 比喻事情的完成很合理，很自然，而毫不勉強。

參考 同水到渠成。

17 **順應** ㄕㄨㄣˋ ㄧㄥˋ 爲適合環境與時代的需要，對原有的習慣、制度或風尚做必要性的改進。

▽溫順、歸順、恭順、孝順、柔順、忠順、耳順、一帆風順、文從字順、名正言順、安常處順、風調雨順。

常 3 **須** 解形 會意；從頁彡。頁爲頭，彡象毛飾，頤下的毛爲須。

音義 ㄒㄩ 名①鬍鬚。通「鬚」；例美須髯。②短的時間，也作「須臾」；例「不待須臾而廢。」③姓。動等待；例磨礪以須。副①應當；例必須。②必定；例須是人間富貴美。③本來；例「我須是屠岸賈門下人。」④終究；例「若在人間須有恨。」連卻；例「只那腹中文章須修假不得。」

參考 ①「需」和「須」在用法上、意義上都不同：「需」多作主動詞，如「我需要錢」，「需才」；「須」多爲助動詞或副詞，如「人須吃飯」。又如「需要」意爲需用；「須要」意爲必須。②與「頊」同音而義異：頊，顓頊，傳說中我國古代帝王。

8 **須知** ㄒㄩ ㄓ ㈠載有一般人必須知道的，屬於常識、或規章方面的書籍，册子等。例國民生活須知。㈡即口語「要知道」、「要明白」等。例須知善惡終有報。

▽斯須、必須、務須、磨礪以須。

次 3 **頇** 解形 形聲；從頁，干聲。頭大爲頇。

音義 ㄏㄢ 形方粗大；例這線太頇。副顢頇，糊塗的樣子；例顢頇了事。

常 4 **預** 解形 字本作豫：形聲；從象，予聲。予有擴張的意思，所以大象爲豫。俗作「預」。

音義 ㄩˋ 動①參與，通「與」；例「自古興亡本是天，豈容人力預其間？」②加入；例干預。副事先，通「豫」；例「落葉頻飄預報秋。」

參考 ①同先，豫。②孳澦、蕷。

6 **預兆** ㄩˋ ㄓㄠˋ 事情發生前的有關現象。

參考 同徵兆，徵狀。

預先 ㄩˋ ㄒㄧㄢ 事先，事前。

參考 同事先。

7 **預防** ㄩˋ ㄈㄤˊ 事先防治。例預防勝於治療。

參考 同防範，防備，預備。

預言 ㄩˋ ㄧㄢˊ 推測事情的發展而預先說明的話。

參考 同預測，預報。

9 **預約** ㄩˋ ㄩㄝ ㈠預先約定，計畫。㈡貨物出品前，顧客先行定購。例以郵政劃撥預約本書者，打對折優待。

參考 同預購，預定。

10 **預料** ㄩˋ ㄌㄧㄠˋ 事先料想。例出乎預料。

參考 同意料，預測，料想。

12 **預備** ㄩˋ ㄅㄟˋ 事先準備。

參考 「預備」、「準備」有別：「預備」是事先籌備或籌辦的意思，多用來指物質，如：預備了晚飯；「準備」是按照一定的要求和需要，預先安排或籌畫，還有打算的意思，如：缺乏心理準備。有時亦可通用，如：工具預備（準備）好了。

14 **預算** ㄩˋ ㄙㄨㄢˋ ㈠政府財政收支的計劃，亦即政府以金錢數字所表現的行政計畫。㈡國家或公共團體在一定期間內，根據施政計畫，預計收入支出的方案。㈢事先計算、料想。

17 **預賽** ㄩˋ ㄙㄞˋ 正式比賽以前的準備賽。

參考 與「初賽」不同：「初賽」是正式比賽中第一階段的比賽；「預賽」則是正式開賽前，選拔代表的比賽。

▽干預、參預。

常 4 **頑** 形解 形聲；從頁，元聲。凡物之頭渾全者爲頑。

音義 ㄨㄢˊ 動 嬉戲，通「玩」。例「令伴阿姑頑過日。」形①愚蠢無知的；例癡頑老子。②難以制服的；例頑敵。③調皮的；例頑童。④貪婪的；例頑夫廉。⑤不可當眞的；例「不過是一時的頑話罷了。」⑥不易變好的；例頑癬。

參考①反廉。②與「玩」同音而義異：「玩」從玉(王)元聲，有戲耍的意思。

5 **頑皮** ㄨㄢˊ ㄆㄧˊ ㈠比喻强悍而不服教化。㈡小孩子無知的戲鬧行爲。

8 **頑固** ㄨㄢˊ ㄍㄨˋ 固執保守，不知變通。

11 **頑强** ㄨㄢˊ ㄑㄧㄤˊ 强悍不屈。

參考「頑强」、「頑固」有別：「頑强」表示不怕困難，堅强不屈或者死硬到底，不肯稍有改變，它可用在好與壞的方面，如：在警察重重包圍之下，匪徒依然頑强地抵抗；「頑固」表示固執、保守，不願接受新事物，含有貶斥的意味，如：他是個出了名的老頑固，你怎樣勸說也是沒有用的。

▽驕頑、冥頑、癡頑。

常 4 **頓** 形解 形聲；從頁，屯聲。以頭叩地爲頓。

音義 ㄉㄨㄣˋ 名①量詞，表次數；例一頓飯。②姓。動①以頭叩地；例頓頭流血。②用腳猛踏；例頓足大哭。③暫停；例頓兵相持。④安置；例安頓。⑤整飭；例頓綱振紀。⑥止舍；例小頓彌陀寺。⑦疲乏；例困頓。副①突然；例茅塞頓開。②立刻；例頓悟。

ㄉㄨˊ 名冒頓，漢朝初年匈奴族的君主名。

參考漢初匈奴君主名「冒頓」的「頓」，不可讀成ㄉㄨㄣˋ。

7 **頓足** ㄉㄨㄣˋ ㄗㄨˊ 以足踏地，表示憤怒、嘆息等。

參考同跌足。

9 **頓首** ㄉㄨㄣˋ ㄕㄡˇ ㈠以頭觸地，行跪拜的禮節。例「勾踐頓首再拜。」㈡書信末尾自署名下的敬語。例蘇軾頓首。

10 **頓時** ㄉㄨㄣˋ ㄕˊ 立刻，馬上。

參考同立時，即刻，立刻。

▽頑頓、愚頓、困頓、停頓、魯頓、整頓、安頓、委頓、冒頓。

常 4 **頒** 形解 形聲；從頁，分聲。分有大的意思，所以大頭爲頒。

音義 ㄅㄢ 動①發給；例頒獎。②公布；例「頒度量而天下大服。」③發下；例頒發獎金。形斑白的，通「斑」；例「頒白者，不負載於道路矣。」

參考與「頌」形近而音義各異：「頌」從公，音ㄙㄨㄥˋ，有讚揚的意思。

5 **頒布** ㄅㄢ ㄅㄨˋ 公開發布。

參考①俗作「頒佈」。②「頒布」、「公布」有別：「頒布」是指政府讓公衆人士知道所應遵循的法令或條規，如：政府頒布了大赦令；「公布」的含義較廣，所宣布的不限於法令、條規，如：政府已經公布本年度參加奧運競賽者的名單。

6 **頒行** ㄅㄢ ㄒㄧㄥˊ 公布施行。

12 **頒發** ㄅㄢ ㄈㄚ 對有功績或特殊表現的人員，贈予獎狀或禮品。

常 4 **頌** 形解 形聲；從頁，公聲。容貌爲頌。

音義 ㄙㄨㄥˋ 名①文詩經的一體，爲讚美祖先、神靈或君王的樂歌；例周頌。②文以讚美表揚爲內容的文體；例酒德頌。③姓。動①稱揚；例「頌其德。」②朗讀，通「誦」；例頌其詩。③祝禱，用於書信；例敬頌堂上近安。

ㄖㄨㄥˊ 名儀容，通「容」；例「而魯徐生善爲頌。」

參考與「訟」同音而義異：訟：在法院爭辯是非，打官司，如「訴訟」。

12 **頌揚** ㄙㄨㄥˋ ㄧㄤˊ 稱頌褒揚。

參考同稱頌，頌讚，讚美。

17 **頌聲遍野** ㄙㄨㄥˋ ㄕㄥ ㄅㄧㄢˋ ㄧㄝˇ 人民稱頌德政的聲音遍布郊野。形容政府很受人民愛戴。

［參考］［同］頌聲載道。

▽歌頌、吟頌、稱頌、詩頌、周頌、魯頌、商頌。

(常) 4
項
［形解］形聲；從頁，玉聲。玉爲使行禮得宜的東西，所以顏面謹愼恭敬爲頊。

［音義］ㄒㄩˋ ［名］〔人〕古代帝王名，即顓頊。［副］茫然自失的樣子；［例］頊頊然不自得。

［參考］參閱「顓頊」條。

(次) 4
頏
［形解］形聲；從頁，亢聲。亢有大而直的意思，所以人頸挺直爲頏。

［音義］ㄏㄤˊ ［動］鳥向下飛翔，通「翃」；［例］頡之頏之。［名］人的頸項，通「亢」。

［參考］①鳥向上飛叫「頡」。②ㄏㄤˊ又讀ㄍㄤ。

(次) 4
頎
［形解］形聲；從頁，斤聲。美貌出衆爲頎。

［音義］ㄑㄧˊ ［形］形容身材高挺的；［例］「碩人其頎。」ㄎㄣˇ ［副］惻隱的樣子；［例］「頎乎其至也。」

(常) 5
頗
［形解］形聲；從頁，皮聲。皮有不正的意思，所以頭傾側爲頗。

［音義］ㄆㄛˇ ［名］姓。［動］偏，不正；［例］偏頗。［副］①略微；［例］「臣願頗采古禮與秦儀雜就之。」②很，相當地；［例］舊本頗有錯簡。

ㄆㄛ ［形］不平正的；［例］外內頗邪。

［參考］①［反］平。［同］偏。③音ㄆㄛ時，與「陂陀」的「陂」，「山坡」的「坡」二字，同音而義異。

▽偏頗、險頗、邪頗。

(常) 5
領
［形解］形聲；從頁，令聲。令爲發號指揮，所以能使頭上下左右移動的頸項爲領。

［音義］ㄌㄧㄥˇ ［名］①頸部；［例］引領而望。②衣服的護頸部分；［例］衣領。③大綱；［例］綱領。④要點；［例］要領。⑤量詞；［例］一領席。⑥山嶺，通「嶺」；［例］秦領。［動］①導引；［例］你領他進去。②取得；［例］領薪水。③曉悟；［例］領悟。④統率；［例］「各領風騷五百年。」⑤治理；［例］統領。⑥接受；［例］領教。［形］領有的；［例］領土。

［參考］①［同］頸，項，脖。②［學］嶺。

3
領土 ㄌㄧㄥˇ ㄊㄨˇ 國家構成要素之一。在一定疆界以內，受國家所統治的土地，爲國家行使其主權的範圍。

［參考］［同］疆域，國土，領域。

8
領空 ㄌㄧㄥˇ ㄎㄨㄥ 國家領土、領海以上的天空。

領受 ㄌㄧㄥˇ ㄕㄡˋ 接受，領會。

［參考］「領受」多指對事物的接受；「領會」則指對事物眞相的了解。

領事 ㄌㄧㄥˇ ㄕˋ 政府派駐外國商埠，以保護僑民安全的外交官，並處理貿易、航運、行政及公證等事務。

10
領悟 ㄌㄧㄥˇ ㄨˋ 了解，明白。

［參考］［同］領會，領略，曉悟。

領海 ㄌㄧㄥˇ ㄏㄞˇ 指與海岸相連的一帶海域而言，其主權屬於佔有海岸的國家。一般以三浬爲範圍，目前各海岸國家紛紛擴大領海爲十二浬。

11
領情 ㄌㄧㄥˇ ㄑㄧㄥˊ 接受別人的好意。

領教 ㄌㄧㄥˇ ㄐㄧㄠˋ (一)接受別人的指教。(二)親近，交往。［例］這種怪人，誰敢領教？

領帶 ㄌㄧㄥˇ ㄉㄞˋ (一)西服襯衫領口上，用以裝飾的長條帶子。(二)引導，同「帶領」。

領域 ㄌㄧㄥˇ ㄩˋ (一)一國主權所能行使的一定區域，包括陸、海、空三方面而言。(二)事務權責與活動的一定範圍。(三)某一學術的專科範疇。

領略 ㄌㄧㄥˇ ㄌㄩㄝˋ (一)理解或明瞭其中的道理。(二)體會，欣賞。

16
領導 ㄌㄧㄥˇ ㄉㄠˇ (一)泛稱統率引導。(二)指一個人或少數人對大多數人發生的影響。(三)帶領、指揮的人。

▽綱領、首領、占領、總領、頭領、本領、要領、引領、統領、召領、率領、心領、衣領、承領、請領、白領、不得要領、提綱挈領。

常 6 **頡** 形解 形聲；從頁，吉聲。吉有直的意思，所以頭項直正爲頡。

音義 ㄐㄧㄚˊ 動 剋扣；例 盜頡資糧。
ㄒㄧㄝˊ 名 姓。動 向上飛；例「燕燕于飛，頡之頏之。」
ㄐㄧㄝˊ 名 人名用字；例 倉頡。

參考 ①向下飛爲「頏」。②擘 擷。③與「鮚」同音（ㄐㄧㄝˊ）而義異：鮚，古書上說的一種蚌。

13 **頡頏** ㄒㄧㄝˊ ㄏㄤˊ ㈠鳥飛上下的樣子。㈡兩者比較不相上下，互相抗衡。㈢剛直不屈的樣子。

次 6 **頞** 形解 形聲；從頁，安聲。鼻梁骨爲頞。

音義 ㄜˋ 名 ①鼻梁；例 蹙頞而相告。②動 幽頞，獸名，通「鴳」。
ㄢ 名 人名，常頞，秦人。

次 6 **頦** 形解 形聲；從頁，亥聲。面貌醜陋爲頦。

音義 ㄎㄜ 名 下巴；例「我手承頦肘拄。」

參考 又音 ㄏㄞˊ。

次 6 **頫** 形解 形聲；從頁，兆聲。低頭爲頫。

音義 ㄈㄨˇ 動 向下，通「俯」。
ㄊㄧㄠˋ 動 注視；例「流目頫夫衡阿兮。」

參考 反 仰。

常 7 **頰** 形解 形聲；從頁，夾聲。夾是旁側，所以面的兩旁爲頰。

音義 ㄐㄧㄚˊ 名 面部兩旁顴骨以下的部分；例 曲眉豐頰。

參考 與「郟」、「莢」、「鋏」、「蛺」同音而義異：郟，郟縣，在河南；莢，豆莢；鋏，指劍或劍柄；蛺，蛺蝶。

3 **頰上添毫** ㄐㄧㄚˊ ㄕㄤˋ ㄊㄧㄢ ㄏㄠˊ 比喻文章或圖畫一經點綴，更爲生動傳神。

常 7 **頸** 形解 形聲；從頁，巠聲。巠有直而長的意思，所以頭下肩上的部位爲頸。

音義 ㄐㄧㄥˇ 名 ①頭與身體相連的部分；例 長頸鹿。②器物的頸；例 瓶頸。

參考 ①同 項，脖。②與「剄」同音而義異：剄，用刀割脖子。

▽長頸、刎頸、引頸、縮頸。

常 7 **頻** 形解 字本作「頻」：會意；從頁從涉。涉爲徒步渡水，所以蹙眉不前爲瀕。隸省作「頻」。

音義 ㄆㄧㄣˊ 名 水涯，通「瀕」；例「池之竭矣，不云自頻。」②姓。形 ①接連著的；例 頻年服役。②急迫的；例 國步斯頻。副 ①屢次；例「三顧頻煩天下計。」②連續幾次；例 捷報頻傳。

參考 ①同 仍，連，荐，累。②擘 瀕、嚬、蘋、顰。

5 **頻仍** ㄆㄧㄣˊ ㄖㄥˊ 連續不斷；一再重複。

17 **頻繁** ㄆㄧㄣˊ ㄈㄢˊ 次數繁多，連續多次。

常 7 **頷** 形解 形聲；從頁，含聲。含爲口中銜物，所以飯吃不飽，面泛黃色爲頷。

音義 ㄏㄢˋ 名 就是下巴；例「虎頭燕頷。」動 微微點頭；例「逆於門者頷之而已。」

參考 與「頜」形近而音義各異：頜，ㄍㄜˊ，構成口腔上部和下部的骨頭和肌肉組織。

常 7 **頭** 形解 形聲；從頁，豆聲。豆爲圓形，所以圓顱爲頭。

音義 ㄊㄡˊ 名 ①動物的腦袋；例「以頭搶地。」②頭髮；例 蓬頭垢面。③器物的頂部；例「矛頭淅米劍頭炊。」④首領；例 番頭。⑤初，始；例 年頭月尾。⑥岸；例 江頭。⑦價值；例 有看頭。⑧對象；例 冤各有頭，債各有主。⑨量詞；例 已種千頭橘。⑩表示約計、不定數量；例 三頭五百。⑪名詞、動詞等的詞尾（讀輕聲）；例 木頭。⑫方面；例 話分兩頭。形 ①第一次的；例 頭款。②次序在最前的；例 頭功。③用在年、天等前面，表示過去的時間，或在某個時間以前；例頭五年。④領頭的；例頭頭。助用在名詞後，無義；例鋤頭。參考 反尾。

3 **頭寸** ㄊㄡˊ ㄘㄨㄣˋ 商場用語，可以周轉的現款。例調調頭寸。

7 **頭角** ㄊㄡˊ ㄐㄩㄝˊ ㈠一件事情的端緒。㈡比喻一個人的才氣出衆。例嶄然見頭角。

頭角崢嶸 ㄊㄡˊ ㄐㄩㄝˊ ㄓㄥ ㄖㄨㄥˊ 才華出衆，令人注目。

13 **頭路** ㄊㄡˊ ㄌㄨˋ ㈠事情的端緒。㈡做事的門路。㈢閩南語稱工作、職業爲頭路。

14 **頭緒** ㄊㄡˊ ㄒㄩˋ 事情的端緒。

16 **頭頭是道** ㄊㄡˊ ㄊㄡˊ ㄕˋ ㄉㄠˋ ㈠事物的外貌雖然有分別，道理卻相同。㈡比喻言論或措施有條有理。

▽口頭、出頭、心頭、船頭、低頭、年頭、白頭、蓬頭、話頭、禿頭、滑頭、山頭、工頭、裏頭、纏頭、殺頭、砍頭、木頭、心頭、魔頭、掉頭、回頭、轉頭、理頭、外頭、十字街頭、生死關頭、百尺竿頭、獨佔鰲頭、銀樣蠟槍頭。

常 7 **頽** 形解 會意；從頁，從禿。禿爲無髮，所以頭上無髮爲頽。

音義 ㄊㄨㄟˊ 名 姓。動 ①倒塌；例「泰山其頽乎？」②敗壞；例頽其家聲。③墜落；例歲暮日西頽。形 ①衰敗的；例頽綱既振。②惡劣的；例頽乎其人。副 ①恭順地；例頽乎其順也。②意志消沈地；例頽喪。

參考 ①同崩，壞，隤。②字從禿，不可訛作「秀」。

10 **頽唐** ㄊㄨㄟˊ ㄊㄤˊ ㈠萎靡不振的樣子。㈡低沈墮落的樣子。

12 **頽喪** ㄊㄨㄟˊ ㄙㄤˋ 消極頽廢的樣子。

15 **頽廢** ㄊㄨㄟˊ ㄈㄟˋ 傾倒，荒蕪。

▽衰頽、廢頽、傾頽、荒頽。

常 7 **頤** 形解 形聲；從頁，𦣝聲。字本作𦣝，象人額頰，俗稱下巴。今通用「頤」。

音義 一ˊ 名 ①下巴；例以手支頤。②面頰；例附以豐頤，娥眉。③姓。動 ①修養；例頤性養壽。②保養；例頤養。助 詞尾助聲字，無義；例夥頤，涉之爲王沈沈者。

參考 ①「頤」左從「𦣝」不從「臣」；從「臣」爲「頣」（ㄕㄣˋ），爲舉目視人的樣子。②「頤指氣使」的「頤」字不可誤作「頣」。

9 **頤指氣使** 一ˊ ㄓˇ ㄑ一ˋ ㄕˇ 形容極端驕傲。用下巴示意或大聲斥責來指使別人。

15 **頤養** 一ˊ 一ㄤˇ 安靜的修養。

▽方頤、朶頤、解頤、期頤、支頤、妙語解頤。

常 8 **顆** 形解 形聲；從頁，果聲。果聲字有圓的意思，凡小物一枚稱顆。

音義 ㄎㄜ 名 ①泛指粒狀物；例「露迎珠顆入圓荷。」②量詞，計算某些圓形物或粒狀的東西；例「春種一粒粟，秋收萬顆子。」

ㄎㄜˇ 名 土塊；例蓬顆。

參考 「顆」與「棵」同作量詞時，圓形或粒狀物用「顆」，花草樹木等植物用「棵」作爲計量單位，不可混同。

▽一顆、玉顆、珠顆、丁香顆。

常 9 **額** 形解 字本作「頟」；形聲；從頁，各聲。各有大的意思，所以面上最寬大的部位爲頟。隸變作「額」。

音義 ㄜˊ 名 ①眉以上，髮以下的部位；例妾髮初覆額。②橫匾；例門額。③規定的數目或數量；例租有定額。④姓。

參考 ①又音ㄜˋ，常用於譯音，如「額非爾士峯」。②「額」的異體字作「頟」。但「頟頟」，形容不休息時，不可誤作「額」。

4 **額手稱慶** ㄜˊ ㄕㄡˇ ㄔㄥ ㄑ一ㄥˋ 以手舉在額頭上，表示慶幸之意。

5 **額外** ㄜˊ ㄨㄞˋ ㈠超出預算之外的。例額外需索。㈡不平凡。

▽金額、稅額、全額、總額、勅額、定額、篆額、款額、扁額、足額、兵額、員額、名額、焦頭爛額。

常 9 **顏** 形解 形聲；從頁，彥聲。彥有美好的意思，中庭飽滿，則面色姣好，所以兩眉之間爲顏。

音義 一ㄢˊ 名 ①本來是指眉目之間，又指額頭；例隆準而龍顏。②臉面；例顏衰酒借紅。③臉上的表情；例和顏悅色。④面子；例無顏見人。⑤色彩；例五顏六色。⑥姓。

參考 ①同臉，面。

9 **顏面** 一ㄢˊ ㄇㄧㄢˋ ㈠容貌。㈡面子，光榮。

參考 同體面，臉面。

10 **顏料** 一ㄢˊ ㄌㄧㄠˋ 用來畫圖著色的材料。

12 **顏筋柳骨** 一ㄢˊ ㄐㄧㄣ ㄌㄧㄡˇ ㄍㄨˇ 所寫書法中有顏眞卿，柳公權的筆法爲底子。形容書法造詣高超。

▽溫顏、汗顏、厚顏、紅顏、展顏、和顏、愁顏、慈顏、醉顏、酡顏、衰顏、歡顏。

常 9 **題** 形解 形聲；從頁，是聲。是有居正的意思，人面居正中部位者爲題。

音義 ㄊㄧˊ 名 ①額頭；例「赤首圜題」。②詩文的標目；例文不對題。③考試的問話或求解的文字；例試題。動 ①書寫；例「訪僧紅葉寺，題句白雲房」。②簽署；例題名。③評論；例品題人物。④述說，通「提」；例「休題舊事。」

參考 ①反跋。②與「醍」同音而義異：醍，醍醐，精製的奶酪；「醍醐灌頂」，不可作「題」。

5 **題目** ㄊㄧˊ ㄇㄨˋ ㈠品題，評論，鑑賞。㈡名稱，標示。㈢名目，主旨。㈣書籍的章節標目。㈤考試時所出的問題。㈥戲劇名詞。

6 **題名** ㄊㄧˊ ㄇㄧㄥˊ ㈠簽名，題記。㈡應考錄取。例金榜題名。㈢題簽，題字。

7 **題材** ㄊㄧˊ ㄘㄞˊ 爲作者選擇、運用、融會於作品中的生活現象。

19 **題辭** ㄊㄧˊ ㄘˊ 標明全書要旨，表示讚揚的文字。與序跋之作用略同。

參考 又作「題詞」。

▽頭題、解題、課題、主題、難題、品題、命題、問題、標題、文題、考題、出題、答題、錯得離題、文不對題。

常 9 **顎** 形解 形聲；從頁，咢聲。咢有高大的意思，所以兩頰隆起處爲顎。

音義 ㄜˋ 名 ①上齒齦以上的肉，即組成口腔的上壁。前部因有顎骨，比較堅硬，稱「硬顎」；後部爲肌肉性組織，較柔軟，稱「軟顎」。②某些昆蟲攝取食物的器官。

參考 ①解釋爲「口腔的上壁」之義時，字或作「腭」、「齶」。②與「鍔」同音而義異：鍔，刀劍上的利刃。

常 9 **顓** 形解 形聲；從頁，耑聲。耑有正直的意思，所以面貌謹愼恭敬爲顓。

音義 ㄓㄨㄢ 名 ①地春秋時期的國名，在今山東境內；例顓臾。②姓。動 專擅，通「專」；例顓權。形 ①善良的；例顓民。②愚昧無知的；例「倥侗顓蒙。」③謹愼的；例性顓而好古。副 獨自地，通「專」；例「顓判省事。」

次 9 **顒** 形解 形聲；從頁，禺聲。禺有大的意思，所以大頭爲顒。

音義 ㄩㄥˊ 名 ①大頭。②姓。副 ①碩大地；例「其大有顒。」②昂頭景仰地；例「蒼生顒然。」

常 10 **類** 形解 形聲；從犬，頪聲。頪爲相似難分，所以相似爲類。

音義 ㄌㄟˋ 名 ①性形相同或相似的人或事物的總合；例人類。②同輩；例貪人敗類。③種類；例分門別類。④姓。動 ①如同；例類似。②好像；例畫虎不成反類犬。形 良好的；例類德。副 大概；例類皆如此。

6 **類似** ㄌㄟˋ ㄙˋ 相似，差不多。

參考 同近似，相似，相類，相近。

7 **類別** ㄌㄟˋ ㄅㄧㄝˊ 事物因種類不同

而有所分別。

參考 與「類型」有別：「類別」注重在「類」的分別，且就其整體而言；「類型」則注重不同的「型式」，是舉出不同大類中的典型而言。

9 **類型** ㄌㄟˋ ㄒㄧㄥˊ ㈠按照事物之共同性質、特點而構成的種類。㈡特指文學作品中，具有某些共同或類似特徵的人物形象。但此類型僅有某一層面或階級的共通性，而無人物本身個性。

參考 與「典型」有別：「類型」著重於「類」，其特性是由一個層次的人或事構成的；而「典型」則專指個性、個體的最佳型式，可以做為模範。

10 **類書** ㄌㄟˋ ㄕㄨ 輯錄各門類或某一學門的資料，按照一定方法編排，以便於尋檢、徵引的工具書。

11 **類推** ㄌㄟˋ ㄊㄨㄟ 由同類中的已知者，推測出其他未知者。

▽種類、人類、畜類、同類、比類、分類、事類、相類、分門別類、不倫不類、有教無類。

常 10 **願** 形解 形聲；從頁，原聲。原有大的意思，所以大頭為願。

音義 ㄩㄢˋ 名①期望；例事與願違。②信徒對神佛許下的酬謝；例許願。動①希望。②肯，樂意；例「願無伐善，無施勞。」副思念地；例「願言思子，中心養養。」

參考 ①同望。②與「愿」同音而義近：唯「愿」有「謹慎老實」的意思，如「謹愿」；而「願」字，卻沒有這種意思。

11 **願望** ㄩㄢˋ ㄨㄤˋ 即希望，理想。

參考 與「欲望」、「盼望」、「願望」有別：「欲望」在程度上比「願望」強一點，對象也稍有不同；「願望」是屬於精神上、心理上的；「欲望」則多是肉體上的、生理上的。

13 **願意** ㄩㄢˋ ㄧˋ 樂意，高興去做某事。

▽祈願、懇願、志願、誓願、請願、訴願、心願、還願、心甘情願。

常 10 **顛** 形解 形聲；從頁，真聲。真有高起的意思，所以頭頂為顛。

音義 ㄉㄧㄢ 名①頭頂；例華髮隳顛。②頂端；例樹顛。③根本；例題詩記顛末。④姓。動①錯倒；例顛倒。②墜落；例顛落。③搖動震蕩；例車顛得很厲害。④跌倒；例顛覆。⑤瘋狂，通「癲」；例顛狂。

參考 ①同仆，倒，踣，蹶。②擘巔、癲。

5 **顛末** ㄉㄧㄢ ㄇㄛˋ 事情的開始與結束。

參考 同始末，本末，原委。

7 **顛沛** ㄉㄧㄢ ㄆㄟˋ ㈠跌倒，偃伏。㈡困頓、艱苦的狀況。

10 **顛倒** ㄉㄧㄢ ㄉㄠˇ ㈠上下前後次序錯置。㈡心神離亂。例神魂顛倒。㈢反而，反倒。

15 **顛撲不破** ㄉㄧㄢ ㄆㄨ ㄅㄨˋ ㄆㄛˋ 怎樣震動摔打都破不了。比喻理論正確，無法駁倒，經得起考驗。撲：撲打，撞擊。

參考 與「牢不可破」相似，但有別：「牢不可破」多指觀念、想法上而言；「顛撲不破」適用於真理、事實。

19 **顛簸** ㄉㄧㄢ ㄅㄛˇ 因地面不平，使人車行走起伏振盪或搖幌不定。

參考 ①同顛沛，顛頓。②又讀ㄉㄧㄢ ㄅㄛ。

顛覆 ㄉㄧㄢ ㄈㄨˋ ㈠傾跌，翻倒。㈡滅亡，政治權勢被推翻。

22 **顛躓** ㄉㄧㄢ ㄓˋ 失足傾跌，比喻處境困窮。

參考 同顛仆，顛隕，顛傾。

30 **顛鸞倒鳳** ㄉㄧㄢ ㄌㄨㄢˊ ㄉㄠˇ ㄈㄥˋ ㈠比喻事情的是非不明，黑白顛倒。㈡比喻男女性愛的纏綿。

參考 同倒鳳顛鸞。

▽狂顛、山顛、躓顛、風顛、瘋顛。

次 10 **顙** 形解 形聲；從頁，桑聲。前額為顙。

音義 ㄙㄤˇ 名①前額；例廣顙。②稽顙，古喪禮中的跪拜禮。屈膝下拜，以額觸地，表示極度悲痛和感謝。

(次)10 **顗** 形解 形聲；從頁，豈聲。容貌謹愼莊嚴爲顗。

音義 ㄧˇ 副 安靜的樣子。

(次)11 **顢** 形解 形聲；從頁，㒼聲。顢頇，大頭爲顢。

音義 ㄇㄢ 副 顢頇，糊塗愚闇地；例顢頇了事。

(次)11 **顣** 形解 形聲；從頁，戚聲。憂愁蹙額爲顣。

音義 ㄘㄨˋ 動 縐著眉頭。副 顣頞，縐縮鼻莖的樣子；例「哆哈顣頞。」

(常)12 **顧** 形解 形聲；從頁，雇聲。雇有回返的意思，回頭看爲顧。

音義 ㄍㄨˋ 名 姓。動 ①回頭看；例王顧左右而言他。②泛指看；例舉目四顧。③眷念；例不顧舊情。④理會；例不顧我的反對。⑤拜望；例「三顧臣於草廬之中。」⑥全看；例顧力行如何耳！⑦商店稱前來購買貨物；例惠顧。形 店家尊稱前來購買貨物的；例顧客。副 反而；例足反居上，頭顧居下。連 文言虛詞，只是；例「卿非刺客，顧說客耳。」

參考 ①又作「頋」。②前望爲「瞻」，回看爲「顧」。③同但，乃。④反瞻。

6 **顧此失彼** ㄍㄨˋ ㄘˇ ㄕ ㄅㄧˇ 注意到這個，卻不能照應那個。比喻能力有限，不能兼顧。

顧名思義 ㄍㄨˋ ㄇㄧㄥˊ ㄙ ㄧˋ 看到名稱即可聯想到其含義。

7 **顧忌** ㄍㄨˋ ㄐㄧˋ 說話或做事有所畏懼忌諱。

9 **顧盼生姿** ㄍㄨˋ ㄆㄢˋ ㄕㄥ ㄗ 形容女子的美貌，一回首，一注目，都有美妙的姿態。

顧盼自雄 ㄍㄨˋ ㄆㄢˋ ㄗˋ ㄒㄩㄥˊ 左看右看，不把別人放在眼中，而自以爲了不起的神情。形容很得意的樣子。

11 **顧問** ㄍㄨˋ ㄨㄣˋ ㈠照顧詢問。㈡機關或團體中專備諮詢而無固定職務的高級人員。例法律顧問。㈢考慮，想到。

15 **顧慮** ㄍㄨˋ ㄌㄩˋ 顧忌憂慮。

參考 同掛慮，掛心，掛念，憂慮。

顧影自憐 ㄍㄨˋ ㄧㄥˇ ㄗˋ ㄌㄧㄢˊ 顧望形影，自憐身世。後用爲自我欣賞，自傲自大的意思。

▽愛顧、看顧、回顧、照顧、眷顧、後顧、三顧、反顧、不顧、枉顧、兼顧、不屑一顧、義無反顧。

(次)12 **顥** 形解 形聲；從頁，從景。景有白色的意思，所以白頭的人爲顥。

音義 ㄏㄠˋ 名 ①顥穹，天空，通「昊」；例「自顥穹生民。」②姓。副 皓白地；例天白顥顥。

(常)13 **顫** 形解 形聲；從頁，亶聲。亶有多的意思，所以頭部屢動不定爲顫。

音義 ㄔㄢˋ 動 ①肢體發抖；例手顫腳痲。②晃動；例影顫魂搖。ㄓㄢˋ 動（恐懼得）發抖；例顫慄。

參考 ①同振，震，抖，戰。②反定。

7 **顫抖** ㄓㄢˋ ㄉㄡˇ 因緊張、恐懼或寒冷而發生的抖動，是生理現象之一。

參考 ①同發抖。②「顫抖」與「顫動」不同：「顫抖」多半指人；「顫動」則可指無生命的物體而言。③又與「戰慄」、「打哆嗦」等詞同義。

▽心驚膽顫。

(常)14 **顯** 形解 形聲；從頁，㬎聲。㬎有明白的意思，所以頭上的妝飾明顯爲顯。

音義 ㄒㄧㄢˇ 名 姓。動 ①表現；例大顯身手。②露在外面容易看出來；例顯而易見。③榮耀；例「揚名於後世，以顯父母。」形 ①既有名望又有權勢的；例顯要。②明白的；例顯明。③光榮的；例無忝顯位。④尊稱死去的直系親人；例顯考。副 公開地；例顯諫。

參考 反隱，晦。

5 **顯示** ㄒㄧㄢˇ ㄕˋ 明白的表示。

6 **顯而易見** ㄒㄧㄢˇ ㄦˊ ㄧˋ ㄐㄧㄢˋ 明白清

楚，一望即知。

[參考][同]清清楚楚。

9 **顯要** ㄒㄧㄢˇ ㄧㄠˋ 榮顯明著的地位。

12 **顯然** ㄒㄧㄢˇ ㄖㄢˊ 清楚明白，容易看出來或感覺到。[例]顯然不同。

13 **顯達** ㄒㄧㄢˇ ㄉㄚˊ 顯耀通達，指官位而言。

[參考][同]顯位，通顯，顯赫。

14 **顯赫** ㄒㄧㄢˇ ㄏㄜˋ 光輝盛大的樣子。

[參考][同]光顯，通顯，顯揚。

17 **顯豁深入** ㄒㄧㄢˇ ㄏㄨㄛˋ ㄕㄣ ㄖㄨˋ 言辭明白清楚，分析深刻入理。比喻一個人的文章立論堅實，刻畫深入。

21 **顯露** ㄒㄧㄢˇ ㄌㄨˋ 明白的表露出來。

▽榮顯、貴顯、明顯。

(常) 15

顰

[形解] 形聲；從頻，卑聲。卑有低下的意思，所以遇水深而顰眉蹙額爲顰。

[音義] ㄆㄧㄣˊ [動]皺縮；[例]「江東猶苦戰，回首一顰眉。」

[參考] ①[同]頻，矉，嚬。②字或作「嚬」。

9 **顰眉促額** ㄆㄧㄣˊ ㄇㄟˊ ㄘㄨˋ ㄜˊ 眉頭緊鎖，額頭皺起。形容心中憂慮，很不快樂的樣子。

[參考] ①促，又作「蹙」。②省略作「顰蹙」。

18 **顰蹙** ㄆㄧㄣˊ ㄘㄨˋ 「顰眉蹙額」的省略。

▽東施效顰。

(常) 16

顱

[形解] 形聲；從頁，盧聲。盧聲字有黑的意思，所以人頭爲顱。

[音義] ㄌㄨˊ [名]①頭部；[例]褐帽裹倫顱。②額頭；[例]頭陷顱碎。③腦蓋骨；[例]方趾圓顱。

▽方趾圓顱。

(次) 18

顳

[形解] 形聲；從頁，聶聲。耳旁的鬢角爲顳。

[音義] ㄋㄧㄝˋ [名]鬢角。

[參考] 與「攝」、「躡」有別，用時宜加注意。

(次) 18

顴

[形解] 形聲；從頁，雚聲。面頰骨爲顴。

[音義] ㄑㄩㄢˊ [名]面頰骨，通「髖」；[例]長頸高顴。

[參考] 「顴骨」的「顴」，音ㄑㄩㄢˊ，常誤讀成ㄍㄨㄢ 或ㄏㄨㄢ。

【風部】 ㄈㄥ

(常) 0

風

[形解] 形聲；從虫，凡聲。凡有衆廣的意思，所以古時以風動蟲生，蟲由風化爲風。

[音義] ㄈㄥ [名]①流動的空氣；[例]狂風。②教化；[例]「望風而服。」③習尚；[例]移風易俗。④格調；[例]「先生之風，山高水長。」⑤訊息；[例]空穴來風。⑥寵幸；[例]爭風吃醋。⑦古代的歌謠；[例]秦風。⑧威勢；[例]望風披靡。⑨[文]詩經六義之一；[例]風雅頌。⑩肢體癱瘓的病；[例]中風。⑪態度和作風；[例]學風。⑫癲狂，通「瘋」；[例]裝風賣傻。[動]①乘涼；[例]「有寒疾不可以風。」②吹拂；[例]「胡馬風漢草。」③交配；[例]風馬牛不相及。④借風力吹；[例]曬乾風淨。[形]①廣被流行的；[例]君子之德風。②疾速的；[例]「飛波間風艇一時歸。」③沒有確實根據的；[例]風言風語。④景象；[例]風光。[副]風吹地；[例]風乾。

ㄈㄥˋ [動]①勸諫，通「諷」；[例]武安侯乃微言太后風上。②吹拂；[例]春風風人。

4 **風月** ㄈㄥ ㄩㄝˋ (一)清風明月，形容夜景幽美。(二)比喻男女間戀愛之事。

風水 ㄈㄥ ㄕㄨㄟˇ 指住宅、墳地的地理形勢，用來推斷住者或葬者一家的禍福的學問，由於强調「要得水」、「要藏風」，故名。

風化 ㄈㄥ ㄏㄨㄚˋ (一)風俗教化。(二)含有結晶水的物質，在常溫下失去結晶水，使結晶轉變或破壞的現象。(三)指地球表面岩石在太陽輻射、水和生物的作用下，發生破壞或化學分解的現象。

5 **風平浪靜** ㄈㄥ ㄆㄧㄥˊ ㄌㄤˋ ㄐㄧㄥˋ 平安無事，沒有艱險之意。

參考 與「一帆風順」意義相近，唯用法有別：「一帆風順」指事情的發展過程而言；「風平浪靜」則指人的境遇或事物所處的環境而說的。

6 **風向** ㄈㄥ ㄒㄧㄤˋ 指風的來向。

風行 ㄈㄥ ㄒㄧㄥˊ 流傳的快而廣。

參考 同風靡。

風行草偃 ㄈㄥ ㄒㄧㄥˊ ㄘㄠˇ ㄧㄢˇ 比喻以德教感化人民，如風吹草上，草即自然傾伏。

風光 ㄈㄥ ㄍㄨㄤ (一)景色。(二)光彩榮耀。

8 **風波** ㄈㄥ ㄅㄛ 比喻事情的波折或糾紛。

風采 ㄈㄥ ㄘㄞˇ 人的風姿神采，包括言論舉動或態度而言。

風雨同舟 ㄈㄥ ㄩˇ ㄊㄨㄥˊ ㄓㄡ 在大風大雨中同乘一條船。比喻共歷患難。

參考 與「同舟共濟」的區別在於：前者偏重於共渡難關；後者偏重於同心協力，互相幫助。

風雨飄搖 ㄈㄥ ㄩˇ ㄆㄧㄠ ㄧㄠˊ 比喻局勢飄盪不安，很不穩定。

參考 ①反穩如泰山。②與「搖搖欲墜」、「搖搖欲倒」有別：「搖搖欲墜」、「搖搖欲倒」特指主詞本體，而風雨飄搖則不限定修飾主語。

9 **風俗** ㄈㄥ ㄙㄨˊ 歷代相沿而成的風尚、習俗。

風度 ㄈㄥ ㄉㄨˋ 指人的言談、舉止、態度。

參考 衍風度翩翩。

風姿綽約 ㄈㄥ ㄗ ㄔㄨㄛˋ ㄩㄝ 比喻女子姿態婀娜美好。

風流 ㄈㄥ ㄌㄧㄡˊ (一)流風餘韻。(二)儀表及態度。(三)韻味。(四)指男女間的事情。

風流倜儻 ㄈㄥ ㄌㄧㄡˊ ㄊㄧˋ ㄊㄤˇ 瀟灑豪邁。例其人器宇軒昂，風流倜儻。

10 **風浪** ㄈㄥ ㄌㄤˋ (一)海上的風與浪。(二)比喻危險或突發之事。

風致 ㄈㄥ ㄓˋ 猶言風韻。

風格 ㄈㄥ ㄍㄜˊ 風度品格，特指有其獨特的個性而言。

風氣 ㄈㄥ ㄑㄧˋ 社會上或一個集體中流行的愛好和習慣。

參考 「風氣」、「風尚」、「風俗」三詞義近而有別：「風氣」指社會上流行的愛好或習氣，不很固定；「風尚」指社會上共同的崇尚，多指某些行為或器物；「風俗」指長期沿襲而成的禮節習慣。

11 **風情萬種** ㄈㄥ ㄑㄧㄥˊ ㄨㄢˋ ㄓㄨㄥˇ 形容女子姿容嬌媚，風流可人。

風速 ㄈㄥ ㄙㄨˋ 風行的速度。

風捲殘雲 ㄈㄥ ㄐㄩㄢˇ ㄘㄢˊ ㄩㄣˊ 像大風吹散殘雲一樣，用以比喻消滅乾淨，一掃而光。

參考 同風掃落葉。

12 **風發** ㄈㄥ ㄈㄚ 猶言激越蓬勃。例欣聞志士雲集，議論風發。

風雅 ㄈㄥ ㄧㄚˇ (一)文章方面的事務。(二)風流儒雅。

風雲 ㄈㄥ ㄩㄣˊ (一)比喻同類相感而際遇得時。例風雲際會。(二)比喻變幻莫測。(三)比喻高位。

風雲人物 ㄈㄥ ㄩㄣˊ ㄖㄣˊ ㄨˋ 稱才氣豪邁或行事活躍，頗具有影響力的人。

風華絕代 ㄈㄥ ㄏㄨㄚˊ ㄐㄩㄝˊ ㄉㄞˋ 風韻才華，超越羣倫。

13 **風馳電掣** ㄈㄥ ㄔˊ ㄉㄧㄢˋ ㄔㄜˋ 形容速度之快，像刮風閃電一樣。

參考 與「電光石火」都有快速的意思，然後者多指瞬息即逝的事物。

14 **風箏** ㄈㄥ ㄓㄥ 以竹骨糊紙，引線乘風而飛升的玩具。

風聞 ㄈㄥ ㄨㄣˊ 傳聞。例他傑出的表演，風聞一時。

風塵僕僕 ㄈㄥ ㄔㄣˊ ㄆㄨˊ ㄆㄨˊ 形容旅途奔波，辛苦勞累。含有長途跋涉，到處奔波之意。僕僕：煩忙勞頓的樣子。又作「僕僕風塵」。

15 **風範** ㄈㄥ ㄈㄢˋ (一)指人的風采器識。例風範高雅。(二)楷模。例一代風範。

風趣 ㄈㄥ ㄑㄩˋ 知情識趣，幽默解人，耐人尋味。

風暴 ㄈㄥ ㄅㄠˋ (一)颶風來襲時的現象。(二)比喻大動亂。

風潮 ㄈㄥ ㄔㄠˊ (一)暴風狂潮。(二)比喻羣眾騷擾的事件。

風調雨順 ㄈㄥ ㄊㄧㄠˊ ㄩˇ ㄕㄨㄣˋ 風雨及時和適度。例風調雨順，國泰民安。

16 **風險** ㄈㄥ ㄒㄧㄢˇ 指難以預料的危險。

風餐露宿 ㄈㄥ ㄘㄢ ㄌㄨˋ ㄙㄨˋ 形容旅途或野外生活的勞苦。

參考 ①同風塵僕僕。②又作「餐風宿露」。

17 **風濕** ㄈㄥ ㄕ 醫 一種慢性、反覆發作的全身性疾病。與溶血性鏈球菌感染有關，寒冷、潮濕、過度疲勞等爲誘因。病症爲發熱、關節炎和引起心臟病變。

風霜 ㄈㄥ ㄕㄨㄤ (一)風和霜。(二)比喻旅途的艱辛。例長途遠涉，歷經風霜。(三)比喻嚴肅峻厲。(四)比喻人之閱世深廣。例飽經風霜。

風聲 ㄈㄥ ㄕㄥ 消息，多偏指經由傳聞所得知的消息。

風聲鶴唳 ㄈㄥ ㄕㄥ ㄏㄜˋ ㄌㄧˋ 形容人在非常害怕時聽到一點聲音，就感到十分恐慌緊張。唳：鳴叫聲。

參考 同草木皆兵、杯弓蛇影。

風燭殘年 ㄈㄥ ㄓㄨˊ ㄘㄢˊ ㄋㄧㄢˊ 比喻人到了衰老將死的晚年。

19 **風靡** ㄈㄥ ㄇㄧˇ (一)隨風而靡，意指大家都順從。(二)比喻事物流行快速。例家用電腦，風靡一時。

風韻猶存 ㄈㄥ ㄩㄣˋ ㄧㄡˊ ㄘㄨㄣˊ 形容中年婦女風度高雅，韻味十足。

20 **風騷** ㄈㄥ ㄙㄠ (一)風：指詩經之國風；騷：指離騷。後泛指辭章之事爲風騷。例領一代之風騷。(二)指女子舉止輕佻放蕩。

▽遺風、學風、家風、校風、朔風、薰風、順風、旋風、悲風、微風、民風、涼風、東風、春風、晚風、西風、颱風、古風、清風、中風、狂風、暴風、國風、馬耳東風、八面威風、口角春風、甘拜下風、沐雨櫛風、兩袖清風、空穴來風、弱不禁風、滿面春風、樹大招風。

常 5
颯
形解  形聲；從風，立聲。風聲立立爲颯。

音義 ㄙㄚˋ 動 衰竭；例「庭草颯以萎黃。」形 形容風吹聲；例風颯颯兮木蕭蕭。

參考 ①字又作「䬂」。②「颯」與「竦」形近而音義不同：「颯」，從「立」從「風」，唸ㄙㄚˋ，有衰落的意思；「竦」，從「立」從「束」，音ㄙㄨㄥˇ，有驚懼的意思。

▽蕭颯、爽颯、衰颯。

常 5
颱
形解 形聲；從風，台聲。台有大的意思，所以大風爲颱。

音義 ㄊㄞˊ 名 夏天熱帶海洋面上的熱帶氣旋，是一種極猛烈的風暴；例颱風。

次 5
颭
形解 形聲；從風，占聲。占有晃動的意思，所以風吹物動爲颭。

音義 ㄓㄢˇ 動 風吹在物上使之顫動；例「驚風亂颭芙蓉水。」

常 6
颳
形解 形聲；從風，舌省聲。舌有發起的意思，所以起風爲颳。

音義 ㄍㄨㄚ 動 ①拂動；例颳了龍捲風。②吹拂；例電線桿給颱風颳倒了。

參考「颳」與「刮」音同都有吹拂的意思，其餘意義則不同。

常 8
颶
形解 形聲；從風，具聲。具有共同的意思，所以大風爲颶。

音義 ㄐㄩˋ 名 熱帶氣旋，每小時風速大於一一七公里的猛烈狂暴的旋風，多發生在海洋上；例颶風。

常 9
颺
形解 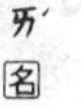 形聲；從風，易聲。易有高起的意思，所以風起飛揚爲颺。

音義 ㄧㄤˊ 動 ①在空中飛揚；例颺翠氣之宛延。②翱翔；例高舉遠颺。③棄置；例颺下扇兒拍手引流螢。④提高聲調；例颺聲。⑤盪漾；例颺一縷秋千索。⑥顯揚，通「揚」；例「麗服颺菁。」⑦簸揚；通「揚」；例簸之颺之，糠粃在前。

參考「颺」與「揚」古文通假，然今「揚」行而「颺」已少用。

▽飛颺、飄颺、遠颺。

次 9
颸
形解  形聲；從風，思聲。疾風爲颸。

音義 ㄙ 名 ①涼風；例「輕扇動涼颸。」②疾風；例「乘颸舉帆幢。」

㊥10 **颼** 形解 形聲;從風,叟聲。「叟」描摹風聲,所以風聲叟叟爲颼。

音義 ㄙㄡ 動 風吹(使變乾或變冷);例別讓風颼乾了。副①描摹聲音的詞,風吹聲;例北風颼颼地吹。②描摹聲音的詞,形容很快通過的聲音,通「嗖」;例子彈颼颼地飛過頭頂去!

參考 與「艘」形近而義異:艘,量詞,只用於計算船隻;如:航空母艦六艘。

㊇10 **颻** 形解 形聲;從風,䍃聲。䍃有飄動的意思,所以上昇的風爲颻。

音義 一ㄠˊ 動 颻颻,飄蕩不定,通「搖」;例飄颻隨長風。

㊥11 **飄** 形解 形聲;從風,票聲。票有輕揚上飛的意思,旋風爲飄。

音義 ㄆㄧㄠ 名 ①旋風;例「廻風爲飄。」②書 美國著名小說之一,宓西爾所作,以南北戰爭爲故事背景,描寫一個堅強女子的種種遭遇。原書名爲 Gone with the Wind,中譯本譯作「飄」。動①優揚;例仙樂風飄處處聞。②隨風拂動;例丹桂飄香。③吹襲;例毀屋飄瓦。形勁疾的;例飄風不終朝。

參考 ①「飄」與「漂」音同形近部有吹拂的意思,其餘的意思則不同。②同吹,拂,揚。

8 **飄泊** ㄆㄧㄠ ㄅㄛˊ 流離失所,猶如東西隨水漂流。

參考「飄泊」與「飄流」不同:「飄泊」多指人的流浪;「飄流」多指物的隨水流飄浮。

飄忽 ㄆㄧㄠ ㄏㄨ 輕快的樣子。

飄洒自如 ㄆㄧㄠ ㄙㄚˇ ㄗˋ ㄖㄨˊ 飄逸灑脫,自由自在的樣子。

13 **飄逸** ㄆㄧㄠ ㄧˋ (一)輕快的樣子。例如蒼鷹之飄逸。(二)神態瀟灑脫俗。例神采飄逸。

飄零 ㄆㄧㄠ ㄌㄧㄥˊ (一)木葉零落的樣子。例草木飄零。(二)比喻身世的不幸。例身世飄零。

飄搖 ㄆㄧㄠ ㄧㄠˊ (一)隨風搖動。(二)動搖不定的樣子。又作「飄颻」。

16 **飄蕩** ㄆㄧㄠ ㄉㄤˋ 在空中或水面飄浮搖動。

20 **飄飄然** ㄆㄧㄠ ㄆㄧㄠ ㄖㄢˊ 形容欣喜自得的樣子。

參考 本詞含有貶損的意思。

20 **飄飄欲仙** ㄆㄧㄠ ㄆㄧㄠ ㄩˋ ㄒㄧㄢ 輕快舒適有如神仙一般。

▽空飄、浮飄、輕飄、風飄。

㊇12 **飆** 形解 形聲;從風,猋聲。猋有疾速的意思,所以暴風自下而上吹起爲飆。

音義 ㄅㄧㄠ 名 疾風;例何處迴飆舉?

▽炎飆、狂飆、回飆。

【飛部】 ㄈㄟ

㊥0 **飛** 形解 象形;象鳥舒頸展翅形。象鳥頸,象鳥的羽毛,一象鳥身,張開兩翼。

音義 ㄈㄟ 名 姓。動 ①鳥蟲振動羽翅,在空氣中浮動;例千山鳥飛絕。②利用機械和流體力學原理,使飛行器在氣流中浮動滑行;例飛機定於六時起飛。③飄盪;例「柳巷還飛絮。」④揮動;例越波飛槳。⑤散發;例「月上軒而飛光。」⑥傾舉;例「飛觴舉日。」⑦躍跳;例飛身上屋。形①飄揚的;例貪看飛花忘卻愁。②疾速的;例飛流直下三千尺。③高聳的;例飛棟臨黃鶴。④意外的;例飛禍。⑤不可採信的;例流言飛文。副迅速地;例飛馳。

5 **飛白** ㄈㄟ ㄅㄞˊ 書法的一體,筆勢飛舉而筆畫中有空白無墨之處。

6 **飛行** ㄈㄟ ㄒㄧㄥˊ 在空中往來活動。

7 **飛沙走石** ㄈㄟ ㄕㄚ ㄗㄡˇ ㄕˊ 形容狂風猛烈的吹襲,連沙石都被吹走。

8 **飛奔** ㄈㄟ ㄅㄣ 形容跑得很快,其快速有如飛一般。

飛來橫禍 ㄈㄟ ㄌㄞˊ ㄏㄥˊ ㄏㄨㄛˋ 意外的禍事。

飛來艷福 ㄈㄟ ㄌㄞˊ ㄧㄢˋ ㄈㄨˊ 出乎意料的遭到女子的垂青。

12 **飛揚跋扈** ㄈㄟ ㄧㄤˊ ㄅㄚˊ ㄏㄨˋ ㈠鷙鳥飛揚，大魚張狂。㈡比喻意氣舉動，凌越軌度。例其人飛揚跋扈，難以相處。

飛翔 ㄈㄟ ㄒㄧㄤˊ 在空中飛旋。

參考「飛翔」、「飛舞」、「飛竄」義近而有別：「飛翔」爲盤旋飛行，有自由自在，無拘無束的意思；「飛舞」爲上下舞動，有歡欣鼓舞、無限喜悅的意思；「飛竄」爲受驚嚇而逃跳，有狼狽的意思。

飛黃騰達 ㄈㄟ ㄏㄨㄤˊ ㄊㄥˊ ㄉㄚˊ 比喻得志於仕途。

飛短流長 ㄈㄟ ㄉㄨㄢˇ ㄌㄧㄡˊ ㄔㄤˊ 搬弄是非，散布流言，說別人的壞話。短、長：即長短、是非。又作「蜚短流長」。

13 **飛馳** ㄈㄟ ㄔˊ 飛快地跑。例車子在路上飛馳而過。

飛蛾撲火 ㄈㄟ ㄜˊ ㄆㄨ ㄏㄨㄛˇ 比喻自取滅亡。

14 **飛碟** ㄈㄟ ㄉㄧㄝˊ 對不明飛行體的通稱，據目擊者描述，通常呈碟狀或帽狀，故名。又名「幽浮」。

飛舞 ㄈㄟ ㄨˇ ㈠飛揚舞動。形筆勢飛舞。㈡比喻生動活潑。

19 **飛簷走壁** ㄈㄟ ㄧㄢˊ ㄗㄡˇ ㄅㄧˋ 能在簷、壁行走如飛，形容行動矯健。

21 **飛躍** ㄈㄟ ㄩㄝˋ 飛揚，跳躍；形容跑得很快。例飛躍羚羊。

▽雄飛、高飛、單飛、羣飛、突飛、阿飛、雙飛、飄飛、插翅難飛、不翼而飛、血肉橫飛、健步如飛、勞燕分飛、遠走高飛。

【食部】 ㄕˊ

常 0 **食** 形解 (篆) 會意；從亼皀。亼爲「集」字。皀爲穀的馨香，所以聚集米糧爲食。

音義 ㄕˊ 名①吃的東西；例豐衣足食。②俸祿；例君子謀道而不謀食。③姓。動①吃東西；例食不知味。②虧蝕，通「蝕」；例日食。

ㄙˋ 動拿食物給人吃；例必身自食之。

ㄧˋ 名漢代人名；例酈食其。

參考①同吃，喫，啖，嗽，哺，餔，茹，飧，餐。②「食其」的「其」字音 ㄐㄧ。另有「審食其」，也是漢代人。

5 **食古不化** ㄕˊ ㄍㄨˇ ㄅㄨˋ ㄏㄨㄚˋ 仿古而不知應用變化。

7 **食言而肥** ㄕˊ ㄧㄢˊ ㄦˊ ㄈㄟˊ 比喻說話不算數，有如吃掉自己說的話一樣。

8 **食具** ㄕˊ ㄐㄩˋ 飲食的器具。

食物 ㄕˊ ㄨˋ 指一切可作食品的東西。

9 **食客** ㄕˊ ㄎㄜˋ ㈠門下寄食的賓客。㈡泛指飲食店的顧客。

參考 同門客。

食指大動 ㄕˊ ㄓˇ ㄉㄚˋ ㄉㄨㄥˋ 有美味可吃的預兆。

食指浩繁 ㄕˊ ㄓˇ ㄏㄠˋ ㄈㄢˊ 比喻家口衆多，費用浩大。

18 **食糧** ㄕˊ ㄌㄧㄤˊ 泛指吃的東西。

23 **食髓知味** ㄕˊ ㄙㄨㄟˇ ㄓ ㄨㄟˋ 比喻貪得無厭，不知滿足。髓：骨髓。

▽衣食、乞食、寢食、節食、絕食、疏食、粗食、肉食、美食、廟食、偏食、飽食、暴食、飲食、糧食、零食、素食、吃食、飢不擇食、因噎廢食、弱肉强食、嗟來之食、滅此朝食、解衣推食、節衣縮食、豐衣足食、鮮衣美食。

常 2 **飢** 形解 (篆) 形聲；從食，几聲。几有止息的意思，沒有吃東西而肚子餓爲飢。

音義 ㄐㄧ 名①農作物不成熟的荒年，通「饑」；例「少遭飢亂。」②姓。動挨餓；例又飢又渴。

參考①反飽。②同餒，餓，饑，饉。③與「嘰」同音而義殊：嘰，描摹聲音的詞，指小鳥的叫聲。

4 **飢不擇食** ㄐㄧ ㄅㄨˋ ㄗㄜˊ ㄕˊ 餓極時，不管甚麼都吃；比喻需要急迫時，顧不得許多，無法細加選擇。

參考 同寒不擇衣。

12 **飢寒交迫** ㄐㄧ ㄏㄢˊ ㄐㄧㄠ ㄆㄛˋ 形容非常貧苦。

13 **飢腸轆轆** ㄐㄧ ㄔㄤˊ ㄌㄨˋ ㄌㄨˋ 腹內轆轆作響，形容餓極。

▽凍飢、療飢、止飢、肚飢、畫餅充飢。

㊇ 2

飣

形解 形聲；從食，丁聲。丁有平放的意思，所以貯放食物爲飣。

音義 ㄉㄧㄥˋ 名 餖飣：①供陳設的食品。②文章的堆砌。動 陳列食品；例瓜果飣妝臺。

常 3

飧

形解 會意；從夕食。日暮用食爲飧。

音義 ㄙㄨㄣ 名 飯菜；例「誰知盤中飧，粒粒皆辛苦。」

參考 與「餐」字有別，不可誤讀爲ㄘㄢ。

▽盤飧、饔飧。

常 4

飪

形解 形聲；從食，壬聲。壬是「稔」的叚借，有穀熟的意思，所以大熟爲飪。

音義 ㄖㄣˋ 動 煮熟(食物)；例烹飪。形 食物煮得過熟的；例失飪不食。

參考 又作「餁」。

常 4

飲

形解 形聲；從欠，酓聲。字本作「㱃」：酓爲酒滿的意思，所以水流入口爲㱃。隸變作「飲」。

音義 ㄧㄣˇ 名 ①流質的食物；例冷飲。②可以喝的東西；如渴得飲。動 ①喝；例湛樂飲酒。②含忍；例飲恨吞聲。③隱沒；例飲彈而亡。

ㄧㄣˋ 動 ①拿酒給人喝；例飲以酒。②讓牲畜喝水；例飲馬於河。

參考 ①又作「㱃」。②同喝。

4 **飲水思源** ㄧㄣˇ ㄕㄨㄟˇ ㄙ ㄩㄢˊ 喝水要想到水源，比喻人不可忘本。

6 **飲冰茹蘗** ㄧㄣˇ ㄅㄧㄥ ㄖㄨˊ ㄅㄛˋ 喝冷水，吃味苦的東西，極言生活的清苦。茹：吃；蘗：黃蘗，苦蘗。

8 **飲泣吞聲** ㄧㄣˇ ㄑㄧˋ ㄊㄨㄣ ㄕㄥ 只能讓淚水往肚裏吞，不敢哭出聲來。形容在壓迫下忍受內心痛苦，不敢公開表露。

參考 ①同吞聲飲泣。②與「忍氣吞聲」意思相近，但有別：前者强調十分痛苦，著重在「壓迫」；後者表示不說什麼話，著重在受「氣」。

9 **飲恨** ㄧㄣˇ ㄏㄣˋ 抱恨而無所陳訴。例飲恨而終。

15 **飲醇自醉** ㄧㄣˇ ㄔㄨㄣˊ ㄗˋ ㄗㄨㄟˋ 比喻以德量服人。

飲鴆止渴 ㄧㄣˇ ㄓㄣˋ ㄓˇ ㄎㄜˇ 比喻只求解決目前的困難，不顧無窮後患。鴆：毒酒。

▽燕飲、鯨飲、痛飲、牛飲、對飲、暢飲、汲飲、長飲、長夜之飲。

常 4

飩

形解 形聲；從食，屯聲。屯有積聚的意思，所以用薄麵皮裹餡的食品爲飩。

音義 ㄊㄨㄣ 名 即餛飩，用麵粉做成薄皮裹肉爲餡，煮熟後可連湯吃的食品。

常 4

飯

形解 形聲；從食，反聲。反爲反覆，所以食物入口而反覆咀嚼爲飯。

音義 ㄈㄢˋ 名 ①穀類煮熟後所成的食物，多指米飯；例米飯。②每天定時分次吃的正餐；例午飯。動 ①食用；例飯蔬食。②餵飼牲畜；例甯戚飯牛車下。

參考 與「販賣」的「販」字，作田地解的「畈」字同音而義異。

8 **飯來張口** ㄈㄢˋ ㄌㄞˊ ㄓㄤ ㄎㄡˇ ㈠形容生活舒適，吃飯時有人伺候。㈡比喻坐食不做事。

16 **飯糗茹草** ㄈㄢˋ ㄑㄡˇ ㄖㄨˊ ㄘㄠˇ 吃粗劣食物，形容生活樸素清苦。糗：乾飯；草：野菜；茹、飯，都有吃的意思。

參考 同茶來伸手。

▽米飯、噴飯、炊飯、用飯、吃飯、煮飯、要飯、討飯、下飯、做飯、糯米飯、鹵肉飯、吃軟飯、乞食要飯、粗茶淡飯、家常便飯。

常 4

飭

形解 形聲；從人力，食聲。爲集合米穀，所以竭盡人力以致於堅固爲飭。

音義 ㄔˋ 動 ①整頓；例共飭國典。②上級命令下級；例飭派。形 嚴謹的；例謹飭。

參考 注意不可和「修飾」、「文飾」的「飾」(ㄕˋ)字誤混。

5 **飭令** ㄔˋㄌㄧㄥˋ 命令，下令。

參考 敕令。

9 **飭派** ㄔˋㄆㄞˋ 以飭令派遣。

▽戒飭、匡飭、謹飭、整飭、中飭、嚴飭。

次 4 **飫** 形解 形聲；從食，芺聲。芺有折屈的意思，所以私食爲飫。俗省作「飫」。

音義 ㄩˋ 名①古家庭私宴的名稱；例飲酒之飫。②飽食；例飽飫。形飽足的；例飫聞。

常 5 **飼** 形解 形聲；從食，司聲。司有主管的意思，所以供食爲飼。

音義 ㄙˋ 動餵養鳥獸；例此一儒生，烏能飼犬?

參考 ①與「嗣」同音而義異：嗣，有繼承、子孫二種意思。②「飼養」、「飼料」的「飼」音ㄙˋ，一般人常誤讀成ㄔˋ。

常 5 **飴** 形解 形聲；從食，台聲。台爲喜悅，所以用芽米熬成可口的糖漿爲飴。

音義 ㄧˊ 名米麥發酵後和糖漿加工製成的軟糖；例含飴弄孫。ㄙˋ 動餵養，通「飼」；例「以私米作饘粥，以飴餓者。」

參考 與「貽」同音而義異：貽，有贈給、遺留二種意思。

▽含飴、北港飴、甘之如飴。

常 5 **飽** 形解 形聲；從食，包聲。包爲裹，所以腹中裹足食物爲飽。

音義 ㄅㄠˇ 名姓。動①吃足了；例樂歲終生飽。②充滿；例既醉以酒，既飽以德。③滿足；例以飽眼福。副①極，盡，常作倒裝句；例飽受驚駭。②充分；例飽經憂患。

參考 ①同饜。②反飢，餓。

8 **飽和** ㄅㄠˇㄏㄜˊ 化凡二物相遇而成某種現象，必有一定限度，超過此一限度就會發生他種變化。這種限度就叫飽和。

參考 衍飽和層、飽和度、飽和空氣、飽和脂肪酸。

14 **飽滿** ㄅㄠˇㄇㄢˇ 旺盛而豐滿。例精神飽滿。

▽溫飽、醉飽、厭飽、中飽、塡飽、既醉且飽。

常 5 **飾** 形解 形聲；從巾，從人，食聲。人持巾刷拭爲飾。

音義 ㄕˋ 名①裝扮用的東西；例首飾。②服裝；例服飾。動①裝扮；例修飾。②遮掩；例文過飾非。③扮演(角色)；例她在「玉堂春」一劇中飾演蘇三。

參考 參閱「飭」字條。

8 **飾非** ㄕˋㄈㄟ 掩蓋過失。例飾非文過。

12 **飾詞** ㄕˋㄘˊ 假託的言詞。詞，又作「辭」。

參考 同托詞，飾說。

▽矯飾、虛飾、修飾、裝飾、服飾、粉飾、文飾、首飾、掩飾。

常 6 **餃** 形解 形聲；從食，交聲。交爲交脛，有交合的意思，以麵粉爲皮，中間包餡，交合捏成的食品爲餃。

音義 ㄐㄧㄠˇ 名食品名，用麵粉製成薄皮，包餡，略作半圓形，可蒸、煮以供食用；例蒸餃。

常 6 **餅** 形解 形聲；從食，并聲。以麵食調治成的薄形食品爲餅。

音義 ㄅㄧㄥˇ 名①用米麵烙製的扁圓形食品；例燒餅。②泛指扁圓形像餅一樣的東西；例鐵餅。

參考 字又作「餠」。

▽煎餅、畫餅、湯餅、豆餅、燒餅、月餅、又成畫餅。

常 6 **餌** 形解 形聲；從食，耳聲。耳有薄小的意思，所以用米麥粉製成的小餅爲餌。

音義 ㄦˇ 名①米麵粉製成的糕餅；例餅餌麥飯甘豆羹。②泛指人類的食物；例果餌。③釣魚用，引魚上鉤的魚食；例釣餌。④引誘人的事物；例誘餌。動①餵食；例以犬羊餌豺虎。②引誘；例餌敵。

▽香餌、食餌、藥餌、釣餌、魚餌、果餌、餅餌、誘餌、鼠餌。

常 6 **餉** 形解 形聲；從食，向聲。向爲朝北的窗，有內外相對的意思，用食物贈人爲餉。

音義 ㄒㄧㄤˇ 名①軍糧；例餉饋。②軍警的薪水；例發餉。③短時間，通「晌」；例雖得一餉樂。動①進食；例以黍肉餉。②贈予；例乃亟刻之，以餉學者。

參考 與「饗」有別：「饗」從食鄉，有宴客的意思。

▽軍餉、午餉、糧餉、發餉、領餉、關餉。

常 6 **養** 形解 形聲；從食，羊聲。羊有美善的意思，所以用美食供人爲養。

音義 ㄧㄤˇ 名姓。動①撫育；例天地養萬物。②生育；例養孩子。③栽植；例養蘭花。④飼養；例養雞。⑤教育；例教養。⑥治療；例五藥養病。

ㄧㄤˋ 動晚輩奉侍長輩；例養親。

參考 ①字從羊從食，所以字的上半是三橫畫，不是二橫。②摹癢。

4 **養分** ㄧㄤˇ ㄈㄣˋ 營養的成分。

5 **養生** ㄧㄤˇ ㄕㄥ 養護生命。例養生有道。

養生送死 ㄧㄤˇ ㄕㄥ ㄙㄨㄥˋ ㄙˇ 對親人的依禮奉養與遵禮安葬。

參考 ①又讀ㄧㄤˋ ㄕㄥ ㄙㄨㄥˋ ㄙˇ。②同養生喪死。

8 **養育** ㄧㄤˇ ㄩˋ 撫養教育。

養性 ㄧㄤˇ ㄒㄧㄥˋ 涵養情性。

12 **養尊處優** ㄧㄤˇ ㄗㄨㄣ ㄔㄨˇ ㄧㄡ 過著極其優裕的生活。

參考 與「嬌生慣養」有別：前者著重在處於尊貴的地位而生活過於優裕；後者則指從小受到過分的溺愛姑息。

14 **養精蓄銳** ㄧㄤˇ ㄐㄧㄥ ㄒㄩˋ ㄖㄨㄟˋ 養息精神，積蓄力量。

23 **養癰遺患** ㄧㄤˇ ㄩㄥ ㄧˊ ㄏㄨㄢˋ 比喻姑息養奸，必遺後患。癰：紅腫而出膿的皮膚病。

參考 ①同養虎遺患。②又作「養癰成患」。

▽育養、涵養、休養、供養、教養、修養、飼養、滋養、靜養、素養、培養、扶養、保養、療養、奉養、調養、生養、頤養、嬌生慣養。

次 6 **餂** 形解 形聲；從食，舌聲。甜的古字。

音義 ㄊㄧㄢˇ 動誘取；例「誠恐宋人餂我。」

參考 又音ㄊㄢˊ，「甜」之古字。

次 6 **餈** 形解 形聲；從食，次聲。以稻米的粉所製成的餅爲餈。

音義 ㄘˊ 名用稻米做成的糕餅。

常 7 **餓** 形解 形聲；從食，我聲。人在飢腸轆轆時，常發出「我我」的聲音，所以肚子空了爲餓。

音義 ㄜˋ 動①肚子感到空了，想吃東西；例飢餓。②困乏；例餓其體膚。

參考 ①反飽。②同餒，飢，饉。

8 **餓虎撲食** ㄜˋ ㄏㄨˇ ㄆㄨ ㄕˊ ㈠比喻攫取時來勢猛烈。㈡比喻非常貪饞。

11 **餓莩遍野** ㄜˋ ㄆㄧㄠˇ ㄅㄧㄢˋ ㄧㄝˇ 餓死的人到處都是。形容遇到天災人禍，人民飢寒交迫，大量死亡的悲慘景象。莩：餓死的人。

▽飢餓、饑餓、凍餓、挨餓。

常 7 **餒** 形解 形聲；從食，妥聲。妥有曲垂的意思，所以吃不飽則背曲爲餒。

音義 ㄋㄟˇ 動①飢餓；例凍餒。②頹喪；例勝不驕，敗不餒。③腐爛；例魚餒肉敗。④困乏。

參考 字雖從妥，但不可讀成ㄊㄨㄛˇ或ㄙㄨㄟ。

▽餓餒、凍餒、困餒、氣餒、飢餒、餓餒、魚餒、勝不驕敗不餒。

常 7 **餘** 形解 形聲；從食，余聲。余有寬緩的意思，所以豐足富饒爲餘。

音義 ㄩˊ 名①多出而剩下的事物；例年年有餘。②閒暇；例課餘。③零數；例五尺有餘。④方越人稱「鹽」爲「餘」。⑤姓。形①多出的；例行有餘力。②殘剩的；例風燭餘年。③其他的；例餘人各復延至其家。④不盡的；例死有餘辜。副以後；例悲痛之餘，力求補救。

參考 ①同衍，羨，贏，賸，剩，殘，留。②與「狳」「畬」同音而義異：狳：即犰狳，貧齒類哺乳動物，全身都有角質鱗片，遇敵害時就縮成一團自衛；畬：開墾了兩年的田地。

2 **餘力** ㄩˊ ㄌㄧˋ 多餘的心力。例行有餘力，則以學文。

5 **餘生** ㄩˊ ㄕㄥ ㈠人的晚年。㈡災難後倖存的生命。例劫後餘生。

參考 同殘生。

6 **餘光** ㄩˊ ㄍㄨㄤ 燈燭的斜暉。比喻施捨予人而不損自己的恩惠。又作餘明。

餘年 ㄩˊ ㄋㄧㄢˊ 暮年。

參考 ①同晚年，老年。②反幼年，早年。

餘地 ㄩˊ ㄉㄧˋ ㈠本謂容納刀刃之處尚有多餘的空隙。今用以形容對人讓步，叫「留餘地」；逼人太甚，使人無退路，叫「不留餘地」。㈡泛指空餘的地方。

參考 同餘步。

9 **餘音繞梁** ㄩˊ ㄧㄣ ㄖㄠˋ ㄌㄧㄤˊ 形容聲音繚繞，好像久久不散。

餘勇可賈 ㄩˊ ㄩㄥˇ ㄎㄜˇ ㄍㄨˇ 作事有勇氣，持久不懈。賈：賣。

12 **餘裕** ㄩˊ ㄩˋ 充裕而有餘力。

13 **餘暉** ㄩˊ ㄏㄨㄟ 落日的光芒。

餘暇 ㄩˊ ㄒㄧㄚˊ 空閑的時間。

參考 ①同餘閒，空閒。②反忙碌，奔波。

16 **餘興** ㄩˊ ㄒㄧㄥˋ ㈠興緻未盡。㈡正事辦完後所舉行的娛樂節目；例餘興節目。

17 **餘霞成綺** ㄩˊ ㄒㄧㄚˊ ㄔㄥˊ ㄑㄧˇ 形容彩霞的絢麗，也可用來比喻文章結尾有含蓄不盡的妙趣。

18 **餘燼** ㄩˊ ㄐㄧㄣˋ ㈠燃燒後剩下的殘灰或未燒盡的東西。㈡比喻戰敗後殘餘的兵力。

▽剩餘、多餘、殘餘、其餘、存餘、無餘、刑餘、刀鋸之餘、遊刃有餘、成事不足敗事有餘。

常 7 **餐** 形解  形聲；從食，𣦼聲。𣦼爲殘穿，所以吞咽食物爲餐。

音義 ㄘㄢ 名①一頓飯；例一日三餐。②吃的方式；例中西餐。③食物；例用餐。動①食用；例秀色可餐。②咬嚙；例乳血餐膚。

8 **餐松飲澗** ㄘㄢ ㄙㄨㄥ ㄧㄣˇ ㄐㄧㄢˋ 吃松果，飲澗水，形容隱士的生活。

9 **餐風宿露** ㄘㄢ ㄈㄥ ㄙㄨˋ ㄌㄨˋ 比喻長途跋涉，夜宿荒郊野外的辛苦。又作「風餐露宿」、「露宿風餐」。

▽加餐、午餐、晚餐、中餐、用餐、全餐、進餐、西餐、自助餐、廢寢忘餐、尸位素餐。

次 7 **餑** 形解 形聲；從食，孛聲。孛有隆起的意思，所以麵粉製的饅頭稱餑。

音義 ㄅㄛ 名①泡茶時茶水上的浮沫；例令沫餑均。②方餑餑，北方方言，麵粉做成的糕餅；例油麵餑餑。

次 7 **餔** 形解 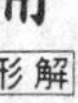 形聲；從食，甫聲。甫有幫助的意思，所以用食有益身體爲哺。

音義 ㄅㄨ 名傍晚，通「晡」。動食用；例餔其糟歠其醨？ ㄅㄨˋ 動以食食人，通「哺」。

▽含餔、餵餔、啜餔。

次 7 **餖** 形解 形聲；從食，豆聲。豆有小的意思，所以食物類多而量少者爲餖。

音義 ㄉㄡˋ 名餖飣，文章的堆砌；例「不露餖飣堆砌之痕。」

次 7 **餗** 形解  形聲；從食，束聲。束有野蔌的意思，所以鼎中烹煮的食物爲餗。

音義 ㄙㄨˋ 名用鼎煮成帶湯的食物，多指和米帶菜的肉羹。

次 7
餕
形解 形聲；從食，夋聲。夋有休止的意思，所以吃剩下的食物為餕。

音義 ㄐㄩㄣˋ 名 吃剩下的食物；例「餕餘不祭。」動 熟食，通「飧」；例「餕饔未就。」

常 8
館
形解 形聲；從食，官聲。官為公署，古時官府設以接待他國朝聘者宿食的地方為館。

音義 ㄍㄨㄢˇ 名 ①商店；例照相館。②供貴賓或旅客住的房舍；例旅館。③尊稱別人的住宅；例林公館。④政府機關名稱之一；例國立編譯館。⑤外交使節辦公的處所；例駐華大使館。⑥文物陳列的處所；例博物館。⑦私塾，舊時教學的處所；例蒙館。⑧飲食店；例菜館。動 招待住宿。

參考 俗又作「舘」。

▽公館、商館、旅館、孤館、飯館、餐館、大使館、博物館、美術館。

常 8
餞
形解 形聲；從食，戔聲。戔有進送的意思，送別的酒食為餞。

音義 ㄐㄧㄢˋ 名 水果用蜜或濃糖漿浸漬後所製成的食品；例蜜餞果脯。動 設酒食送行；例餞別。

參考 與「踐」、「賤」同音而義異：踐，有踐踏、實行的意思；賤，有價錢低、地位低小的意思。

7 餞別 ㄐㄧㄢˋ ㄅㄧㄝˊ 設酒食為人送別。

參考 同餞行。

▽宴餞、蜜餞、祖餞、郊餞、飲餞。

常 8
餛
形解 形聲；從食，昆聲。以麵作皮，中間裹餡的食品。

音義 ㄏㄨㄣˊ 名 用麵粉做成薄皮裹肉餡，用沸湯煮熟而可以連湯吃的食品；例餛飩。

參考 字雖從昆，但不可讀成ㄎㄨㄣ，或受「混」字讀音的影響而誤讀成ㄏㄨㄣˋ。

常 8
餡
形解 形聲；從食，臽聲。臽有蘊藏的意思，所以裹於米麵皮中的雜味菜肴為餡。

音義 ㄒㄧㄢˋ 名 包在米麵食物裡的肉、菜、糖或豆沙等作料；例餛飩餡。

參考 ①「餡」字右邊從臽，八畫，不可誤作「舀」。②與「陷」同音而義異：陷，有陷阱、掉進等意思。

次 8
餤
形解 形聲；從食，炎聲。進食為餤。

音義 ㄉㄢˋ 名 餅類；例紅綾餤。動 ①吃或給人吃，通「啖」。②以利引誘他人；例以齊餤天下。

ㄊㄢˊ 動 進食。形 增多；例亂是用餤。

次 8
餚
形解 形聲；從食，肴聲。食物為餚。

音義 ㄧㄠˊ 名 魚、肉等葷菜；例酒餚。動 食用。

參考 同肴。

次 8
餧
形解 形聲；從食，委聲。委有短少的意思，所以飢餓為餧。

音義 ㄋㄟˇ 動 飢餓，通「餒」；例餧死。形 臭壞的；例魚餧。

ㄨㄟˋ 動 餵食，通「餵」；例鳳亦不貪餧妄食。

常 9
餵
形解 形聲；從食，畏聲。以食物飼養為餵。

音義 ㄨㄟˋ 動 飼養，即給動物東西吃；例餵貓。②把吃的東西送到人的嘴裡；例餵病人吃藥。

參考 ①字或作「餧」。②與「喂」同音而義異：「喂」除了可作餵食解釋外，還用作嘆詞，表招呼的聲音，如：喂，你要去哪兒！另可作電話通話的開場白，如：喂，張公館嗎？

次 9
餬
形解 形聲；從食，胡聲。胡有厚的意思，所以濃粥為餬。

音義 ㄏㄨˊ 名 厚的粥類；例餬

次 14 **饛** 形解 饛 形聲；從食，蒙聲。蒙有充盈的意思，所以用器皿盛滿東西爲饛。

音義 ㄇㄥˊ 形 食物裝填充滿的；例有饛簋飧。

常 17 **饞** 形解 形聲；從食，毚聲。毚有尖銳的意思，所以偏好飲食爲饞。

音義 ㄔㄢˊ 形 ①貪吃，或想吃東西；例饞嘴。②貪得無厭的；例料得清貧饞太守。

11 **饞涎欲滴** ㄔㄢˊ ㄒㄧㄢˊ ㄩˋ ㄉㄧ 垂涎三尺，一副貪饞的樣子。

16 **饞嘴** ㄔㄢˊ ㄗㄨㄟˇ 貪吃。又作「嘴饞」。

次 17 **饢** 形解 饢 形聲；從食，襄聲。襄有幫助的意思，所以用食物佐人飲食爲饢。

音義 ㄒㄧㄤ 名 ①軍糧；例老弱罷轉饢。②軍警的俸給，通「餉」；例發饢。動 用食物款待，通「饗」；例其饢伊黍。

【首部】ㄕㄡˇ

常 0 **首** 形解 𩠐 象形；象人頭形。巛象髮，𦣻象人面。人的腦袋爲首。

音義 ㄕㄡˇ 名 ①腦袋；例昂首闊步。②領袖；例元首。③領導人；例首長。④第一名；例榜首。⑤最高；例首席代表。⑥要領；例羣言之首。⑦量詞，詩歌的篇數；例作詩一首。⑧姓。動 ①始定；例首律曆事。②告發；例自首。形 ①最前的；例首先。②優異的；例首科。副 開始；例首創。

參考 ①反 尾。②首，又作「𦣻」、「䭫」、「𩠐」。③擊 艏。

5 **首丘** ㄕㄡˇ ㄑㄧㄡ 狐狸死時，頭一定朝著巢穴所在的山丘；比喻人死後歸葬故鄉。又作「丘首」。

6 **首先** ㄕㄡˇ ㄒㄧㄢ 最先，最初。

參考 與「首要」有別：「首先」指第一個，「首要」指最先而又最重要的；前者多指順序而言，後者多用在比較事物的重要性上。

首如飛蓬 ㄕㄡˇ ㄖㄨˊ ㄈㄟ ㄆㄥˊ 形容頭髮蓬亂不整齊，後喻因分離而無心化妝打扮。

8 **首肯** ㄕㄡˇ ㄎㄣˇ 點頭表示許可。

參考 同 應承，答允，允諾。

首屈一指 ㄕㄡˇ ㄑㄩ ㄧ ㄓˇ 最優、最高的。

10 **首席** ㄕㄡˇ ㄒㄧˊ ㈠最高的席位。㈡比喻第一。例首席代表。

首座 ㄕㄡˇ ㄗㄨㄛˋ ㈠居第一位。㈡禪堂裏位居上座的和尚。

11 **首都** ㄕㄡˇ ㄉㄨ 一國的中央政府所在地。

參考 同 京城，都城，京都。

12 **首惡** ㄕㄡˇ ㄜˋ 猶罪魁。

首創 ㄕㄡˇ ㄔㄨㄤˋ 最先開創。

參考 與「開創」都指新的創造，都是動詞，但有別：「首創」强調時間上是首先創造的；「開創」著重於開發、開拓，不强調時間。

13 **首領** ㄕㄡˇ ㄌㄧㄥˇ ㈠頭和頸。㈡領袖。

參考 同 首腦，元首。

首當其衝 ㄕㄡˇ ㄉㄤ ㄑㄧˊ ㄔㄨㄥ 處於首先受到攻擊或壓力的地位。衝：交通要道。

首鼠兩端 ㄕㄡˇ ㄕㄨˇ ㄌㄧㄤˇ ㄉㄨㄢ 遲疑不決或膽小如鼠的樣子，有如老鼠出穴，前後觀望，不敢前進。

▽鶴首、梟首、稽首、元首、自首、頓首、白首、匕首、部首、馬首、不堪回首、痛心疾首、罪魁禍首、羣龍無首。

次 2 **馗** 形解 馗 會意；從首九。首有向的意思，所以可九達的通路爲馗。

音義 ㄎㄨㄟˊ 名 四通八達的大路，通「逵」。

次 8 **馘** 形解 馘 形聲；從首，或聲。或有守土的意思，所以割下戰俘的耳朵以獻功爲馘。

音義 ㄍㄨㄛˊ 名 古打仗時，所割下的敵人耳朵；例在泮獻馘。動 殺死敵人；例馘百人。

ㄒㄩ 名臉面；例槁項黃馘。

馘

【香部】ㄒㄧㄤ

常 0 **香** 形解 字本作「𪏽」：會意；從黍，從甘。黍爲禾黍，味美可製酒，甘爲甘美，所以氣味芬芳爲𪏽。隸變作「香」。

音義 ㄒㄧㄤ 名①泛稱一切天然的香味；例花香。②有香味的原料或製成的東西；例檀香。③有味道；例香甜可口。④「女子」的代稱；例憐香惜玉。⑤姓。動①吐出香氣使芬芳；例滿架薔薇一院香。②用鼻子聞，又進而表示親吻的意思；例香一香臉。③親暱；例這小倆口香得不得了。④受歡迎或受重視；例吃香。形①芬芳的；例香酒。②美好的；例香名。③關於女性的(事物)；例香閨。④關於佛教的；例香剎。⑤氣味好聞的；例香花。副表示一定好的程度：如吃得香，表示吃得有味。

參考①反臭。②同甜。③有些字典入「香」字於禾部。④睡得香，表示睡得熟而甜美；說某種商品很香，表示它很流行；說某人很香，表示他(她)很受歡迎。

4 **香火** ㄒㄧㄤ ㄏㄨㄛˇ (一)供奉神佛所燃的香燭。(二)寺廟中掌管有關香火之事的人。

10 **香消玉殞** ㄒㄧㄤ ㄒㄧㄠ ㄩˋ ㄩㄣˇ 比喻女子死亡。香與玉，都用來比喻女子。

12 **香象渡河** ㄒㄧㄤ ㄒㄧㄤˋ ㄉㄨˋ ㄏㄜˊ 本佛家語，比喻證悟佛法的深淺；後引申評論文字透徹爲香象渡河。

▽暗香、異香、花香、麝香、燒香、沈香、清香、線香、暖香、焚香、芳香、幽香、蚊香、馨香、飄香、留香、熏香、夜來香、國色天香、古色古香、鳥語花香。

常 9 **馥** 形解 形聲；從香，复聲。复爲來回往復，香爲芬芳，所以香氣濃郁爲馥。

音義 ㄈㄨˋ 名香氣；例流香吐馥。動使之芳香；例芳香馥身。形香氣濃郁的；例馥馥芳芳。

ㄅㄧˋ 副中鏃聲；例馥焉中鏑。

參考①「馥」的香氣比「香」更爲濃郁。②與「鰒」同音而義異：鰒，即鮑魚。③有些字典入「馥」字於禾部。

常 11 **馨** 形解 形聲；從香，殸聲。殸有播遠的意思，所以散布很遠的香氣爲馨。

音義 ㄒㄧㄣ 名①芳香的氣息，特指散布很遠的香氣；例林風遞遠馨。②美好的功德聲聞；例垂馨千祀。形①芳香的；例馨羹。②流芳久遠的；例馨德。

ㄒㄧㄣ 助語尾助詞，如「般」、「樣」；例何物老嫗，生此寧馨兒？

參考①ㄒㄧㄣ又讀ㄒㄧㄥ。②馨，又作「䭫」。③與「歆」、「鑫」同音而義異：歆，有羨慕、喜愛二種意思；鑫，是財富興盛的意思。④有些字典入「馨」字於殳部。

9 **馨香** ㄒㄧㄣ ㄒㄧㄤ 芳香遠聞。後世多用以形容德化的廣被有如花兒的芳香遠聞一樣。

▽溫馨、寧馨、芳馨、德馨。

【馬部】ㄇㄚˇ

常 0 **馬** 形解 象形；象馬頭、身、四足及鬃毛勃發形。

音義 ㄇㄚˇ 名①動蹄類哺乳草食動物，性靈敏，善奔跑，力氣大。可分爲家馬和野馬，家馬又分挽用、騎乘用和兼用三種類型；我國有伊犂馬、三河馬、河曲馬等良種；例千里馬。②姓。形形容大的；例馬蜂。

參考 擧 碼、罵、傌、禡、媽。

3 **馬上** ㄇㄚˇ ㄕㄤˋ ㈠馬背上，指兵事武功。㈡即時。馬奔馳最速，引申為迅捷的意思。

參考「馬上」、「立刻」有別：「馬上」所表示的不如「立刻」那麼緊迫。如：現在已是六月中旬，馬上就要舉行大學聯考了。這個句子裏的「馬上」，不宜用「立刻」來替代。

4 **馬不停蹄** ㄇㄚˇ ㄅㄨˋ ㄊㄧㄥˊ ㄊㄧˊ 形容非常忙碌，到處奔走，沒有休止的時候。

7 **馬克吐溫** ㄇㄚˇ ㄎㄜˋ ㄊㄨˇ ㄨㄣ 〔人〕美國小說家，本名克勒門茲，以詼諧幽默、諷刺嘲笑的風格著稱於世。著有湯姆歷險記、徒步漫遊、海外愚夫等書，均膾炙人口，傳誦不絕。亦譯作「馬克屯」。

8 **馬虎** ㄇㄚˇ ㄏㄨˇ 比喻草率從事。

馬拉松 ㄇㄚˇ ㄌㄚ ㄙㄨㄥ 〔外〕長途賽跑。本希臘地名。西元前四九〇年希臘軍隊大破波斯軍於此，當時有一個叫裴德匹第斯的人，自馬拉松快速送捷報赴雅典，以短短數小時之間竟然奔馳廿六哩，報告既畢，立刻力竭而死。西元一八九六年希臘開奧林匹克運動會，列入馬拉松競賽一項，距離為廿六哩三八五碼。

9 **馬首是瞻** ㄇㄚˇ ㄕㄡˇ ㄕˋ ㄓㄢ 戰陣上的進退動作，都全看指揮者的意思。比喻服從指揮或樂於追隨。

馬革裹屍 ㄇㄚˇ ㄍㄜˊ ㄍㄨㄛˇ ㄕ 形容軍人英勇地戰死在沙場上。

11 **馬殺雞** ㄇㄚˇ ㄕㄚ ㄐㄧ ㈠〔外〕馬殺雞是「按摩」的音譯。以手指搓揉肌肉、關節，使之活動靈活，並能促進血液循環，鬆弛神經，增進器官的功能。㈡由於馬殺雞的同時可能帶有色情交易，因此本詞成為涉足風月場所的代稱。

12 **馬雅文化** ㄇㄚˇ ㄧㄚˇ ㄨㄣˊ ㄏㄨㄚˋ 〔史〕馬雅是南美洲的文明古國，文化水準很高，分布於干戚擔和瓜地馬拉的北方地區，興盛於西元三百年左右。馬雅文化即指由此地所發展出來較高尚的南美文化。

13 **馬路** ㄇㄚˇ ㄌㄨˋ 寬闊平坦可通行車馬的道路。例馬路如虎口，行人小心走。

馬褂 ㄇㄚˇ ㄍㄨㄚˋ 舊時男子穿在長袍外面的對襟短褂。本為滿族人騎馬時穿的服裝，故名。

馬達 ㄇㄚˇ ㄉㄚˊ 〔外〕電氣發動機的音譯字。也譯作「摩托」。

15 **馬齒徒增** ㄇㄚˇ ㄔˇ ㄊㄨˊ ㄗㄥ 馬的牙齒隨年齡的長大而添換，故看馬齒之多寡便可知道該馬的年齡。後用作自謙詞，比喻只是年齡徒然加大，但事業上並沒什麼大作為。或作「馬齒徒長」。

▽鞍馬、騎馬、犬馬、胡馬、司馬、駟馬、戎馬、駿馬、人馬、征馬、戰馬、駑馬、斑馬、騾馬、木馬、兵馬、河馬、千里馬、汗血寶馬、塞翁失馬、千軍萬馬、青梅竹馬、土牛木馬、心猿意馬、中途換馬、招兵買馬、盲人瞎馬、非驢非馬、指鹿為馬、害羣之馬、單槍匹馬、懸崖勒馬。

常 2
馭

形解 會意；從又馬。又即手，以手引馬，所以控制馬匹行進為馭。

音義 ㄩˋ 名 ①駕車馬的人；例僕馭。②騎術，馬的操演法；例馭射技藝。動 ①駕，乘；例馭馬。②統制；例臨馭萬方。③管理或支配；例駕馭。

參考 同御。

▽駕馭、控馭、統馭、善馭。

常 2
馮

形解 形聲；從馬，仌聲。所以馬行疾速如在冰上為馮。

音義 ㄈㄥˊ 名 姓。

ㄆㄧㄥˊ 動 ①靠在東西上，通「憑」；例樓高莫近馮欄倚。②依恃，通「凭」；例馮恃其眾。③欺陵；例馮弱犯寡。④徒涉，通「淜」；例暴虎馮河。副 ①馬疾行地；例馮馮然。②盛大地；例震電馮怒。

參考 ①「馮」、「憑」二字，本義有別：「馮」，本作「馬跑得很快」解；「憑」的本字作「凭」，有「倚靠著桌子」的意思，今作「憑」字，而「凭」反而罕見使用。所以，若嚴格辨析，「馮」解作「依恃」時，與「憑」或「凭」可通，餘則不同。②擊憑。

㊟ 3 **馳** 形解 形聲；從馬，也聲。也有蛇行迅速的意思，所以馬急奔爲馳。

音義 ㄔˊ 名姓。動①(車、馬)快跑；例馳騁。②傳揚；例遠近馳名。③追逐；例齊師敗績，公將馳之。④嚮往；例心往神馳。⑤競賽；例馳競。⑥(時間)消逝快速；例年與時馳。

參考 ①字或作「駗」。②與作「鬆懈」、「放鬆」解的「弛」字同音而義異。

6 **馳名** ㄔˊ ㄇㄧㄥˊ 聲名遠揚。例馳名中外。

8 **馳念** ㄔˊ ㄋㄧㄢˋ 想念。

17 **馳騁** ㄔˊ ㄔㄥˇ (一)縱馬疾馳。(二)奔走。(三)比喻涉獵，流覽。

21 **馳驅** ㄔˊ ㄑㄩ (一)策馬疾馳。也比喻爲人奔走效力。(二)放縱。

▽競馳、驅馳、飛馳、奔馳、風馳、騁馳、心往神馳、電掣風馳、背道而馳。

㊟ 3 **駄** 形解 形聲；從馬，大聲。負載爲駄。

音義 ㄊㄨㄛˊ 動負載；例駄運。ㄉㄨㄛˋ 名①牲口負載著成捆的物品；例疲馬欣解駄。②駄著貨物的牲口；例趕騾駄子。③量詞，一匹馬所負的東西稱爲一駄。

參考 ①字或作「佗」、「馱」。②俗或誤從犬作「駄」。

㊟ 3 **馴** 形解 形聲；從馬，川聲。川有順暢的意思，所以馬順從爲馴。

音義 ㄒㄩㄣˊ 名姓。動①順服；例柔馴。②使之順從；例善於馴馬。形善良的；例馴行。副逐漸地；例馴至。ㄒㄩㄣˋ 動①教化，通「訓」；例教馴。

參考 ①反野，媟，擾。②同順。③與「巡」同音而義異：巡，往來查看。

7 **馴良** ㄒㄩㄣˊ ㄌㄧㄤˊ 溫順善良。

8 **馴服** ㄒㄩㄣˊ ㄈㄨˊ 馴之使服從。參考「馴服」和「征服」都是指使順從，但有別：「馴服」本指用强力訓練野獸牲畜，使之聽從，現在也可用於人或事物，也指順從；「征服」指用武力制服對方，對象可以是具體的，也可以是抽象的，如：征服自然。

15 **馴養** ㄒㄩㄣˊ ㄧㄤˇ 畜養動物使之馴服。

▽雅馴、溫馴、野性難馴。

㊟ 4 **駁** 形解 形聲；從馬，爻聲。爻象文理相交形。所以馬色不純爲駁。

音義 ㄅㄛˊ 動①爭辯是非；例辯駁。②用說理的方法，否定別人的意見；例反駁。③貨物用船分載轉運；例駁貨。④雜揉；例舛駁。形①馬顏色不純的；例皇駁其馬。②雜亂不純的；例內容駁雜。

參考「駁」與「駮」二字音同形異，意義上言，作形容詞用的「駁雜」或「駁正」時二字可通，餘則不同。

5 **駁斥** ㄅㄛˊ ㄔˋ 長官對於下屬的呈請，加以駁詰和斥責。參考「駁斥」和「痛斥」都含有斥責、批駁的意思，但有別：「駁斥」詞義較平和，指用眞理、事實，批駁別人的謬誤；「痛斥」詞義較强烈，表示狠批的意思，即指用事實狠狠地斥責對方的言論或行爲。「駁斥」常與觀點、意見等搭配；「痛斥」常與罪行、無恥行徑等詞語搭配。

18 **駁雜** ㄅㄛˊ ㄗㄚˊ 不純粹。

▽反駁、辯駁、雜駁、舛駁、斑駁。

㊍ 4 **馹** 形解 形聲；從馬，日聲。尊者的乘車爲馹。

音義 ㄖˋ 名古驛站送信專用的車子；例楚子乘馹。

㊟ 5 **駟** 形解 形聲；從馬，四聲。古時以四馬爲一乘爲駟。

音義 ㄙˋ 名①古代同駕一輛車所套的四匹馬；例駟馬。②古指套著四匹馬的車子；例駟介旁旁。③馬的泛稱；例若駟之過隙。④天星名，又稱「天駟」，即「房星」。⑤數目字之一，通「四」；例駟伐。⑥姓。

駟

參考 與「涕泗滂沱」的「泗」字同音而義異。

4 **駟不及舌** ㄙˋ ㄅㄨˋ ㄐㄧˊ ㄕㄜˊ 本義是過言一經說出，連最快速的四頭馬車也追趕莫及。比喻說話應當愼重，有出言不能反悔的意思。

▽駮駟、良駟、文駟、結駟。

常 5

駐

形解 [篆文] 形聲；從馬，主聲。主有居中留止的意思，所以馬停立不前爲駐。

音義 ㄓㄨˋ 動①車馬停止；例久駐未出。②停留；例駐足欣賞。③保住；例青春永駐。④(除伍或工作人員)住在執行任務的地方；例駐軍。⑤(機關)設在某地；例駐華辦事處。

參考 同止，留。

7 **駐防** ㄓㄨˋ ㄈㄤˊ 清代以旗兵駐於外省各重要城邑，叫駐防。今則以武裝設營於城邑，爲駐防。

9 **駐軍** ㄓㄨˋ ㄐㄩㄣ 駐紮軍隊以便防守。

11 **駐紮** ㄓㄨˋ ㄓㄚ 軍隊在某地住下屯營。紮：搭建營地。

18 **駐蹕** ㄓㄨˋ ㄅㄧˋ 天子出入警蹕，因稱天子留止的地方爲駐蹕。蹕：禁止行人通行，肅淸道路。

▽進駐、停駐、屯駐、留駐、青春永駐、光陰難駐。

常 5

駝

形解 形聲；從馬，它聲。它有曲垂的意思，所以彎著身體行走，形體像馬的走獸爲駝。

音義 ㄊㄨㄛˊ 名動 獸名，即駱駝，草食反芻類哺乳動物，背上有肉峯，分單峯駝和雙峯駝，耳可自動開閉，足有肉墊，力强，家駝性情溫馴，耐飢渴，善負重，利於在沙漠中行走，俗稱「沙漠之舟」；例駱駝。形①屬於駱駝的；例駝峯。②背僂者的背有如駝峯的；例駝背。

參考 ①字或作「駞」。②與「鮀」同音而義異：鮀，鮀鼥，旱獺，俗名「土撥鼠」，生活在草原、曠野和高原地帶，毛皮珍貴。

3 **駝子** ㄊㄨㄛˊ ㄗ˙ 駝背的人。

10 **駝峯** ㄊㄨㄛˊ ㄈㄥ 駱駝背上隆起的肉峯。

常 5

駛

形解 形聲；從馬，史聲。史有運行的意思，所以馬疾行爲駛。

音義 ㄕˇ 動①車馬等快速跑；例急駛而過。②開動及操縱車、船或飛機；例駕駛。形①急促的；例駛雨。②疾速的；例駛彈風響急。

參考 與「使」同音而義異：「使」從人，有派遣、命令的意思。

▽急駛、行駛、奔駛、駕駛、疾駛、停駛。

常 5

駒

形解 [篆文] 形聲；從馬，句聲。句有屈曲的意思，幼馬身軀較屈曲，所以馬二歲爲駒。

音義 ㄐㄩ 名①動泛指小馬、小驢等；例執駣攻駒。②少壯的駿馬；例千里駒。③善於奔馳的車；例白駒過隙。④姓。

6 **駒光** ㄐㄩ ㄍㄨㄤ 古人以白馬來形容光陰逝去之快，故稱光陰爲駒光。

▽神駒、龍駒、白駒、名駒、家駒、千里駒。

常 5

駕

形解 [篆文] 形聲；從馬，加聲。加有增加的意思，所以置軛於馬頭上爲駕。

音義 ㄐㄧㄚˋ 名①把車輈(軛)套在牲口身上；例馬駕。②車馬和乘具的總稱；例並駕齊驅。③對別人的尊稱；例尊駕。④天子的代稱；例救駕。⑤姓。動①乘，騎；例駕鶴西去。②操縱；例駕飛機。③陵越；例凌駕。

參考 與「架」同音而義異：「架」，從木，有棚柱、搭設的意思。

12 **駕馭** ㄐㄧㄚˋ ㄩˋ 控制，驅使。

參考 「駕馭」、「駕駛」都指操縱掌握，但有別：「駕馭」指驅使、支配、控制，對象可以是具體的事物，如人、牲畜，也可以是抽象的事物，如生活、戰爭等；「駕駛」對象常是可以行進的機器，如飛機、汽車、拖拉機等。

14 **駕輕就熟** ㄐㄧㄚˋ ㄑㄧㄥ ㄐㄧㄡˋ ㄕㄨˊ 駕駛輕巧的馬車，走過熟悉的路徑；比喻對事務很有經驗，做起來得心應手。

15 **駕駛** ㄐㄧㄚˋ ㄕˇ 操縱車船或飛機的行駛。

參考 同駕馭。

17 **駕臨** ㄐㄧㄚˋ ㄌㄧㄣˊ 禮貌的稱呼別人來到某處。

參考 同蒞臨，光臨，大駕光臨。

▽晏駕、枉駕、車駕、聖駕、駐駕、凌駕、法駕、輿駕、大駕、勞駕、鑾駕、擋駕。

常 5

駙

形解 形聲；從馬，付聲。付有附屬的意思，所以與正車馬相對的副車爲駙。

音義 ㄈㄨˋ 名 ①古代幾匹馬共同拉一輛車時，邊上的馬；例駙承華之蒲梢。②古官名，即駙馬。③夾車木，通「輔」；例左駙。

10 **駙馬** ㄈㄨˋ ㄇㄚˇ (一)官名，漢置駙馬都尉，專管副車的馬。(二)魏、晉以後，公主的丈夫都拜駙馬都尉，因稱之爲「駙馬」。清代稱「額駙」。

常 5

駑

形解 形聲；從馬，奴聲。奴有低賤的意思，所以最低劣的馬爲駑。

音義 ㄋㄨˊ 名 動 低劣的馬；例駑驥同輈。形 才力淺薄的；例駑鈍。

參考 與「孥」同音而義異：「孥」，從子，爲兒子或妻與子的合稱。

12 **駑鈍** ㄋㄨˊ ㄉㄨㄣˋ 謙稱才劣無能。

次 5

駔

形解 形聲；從馬，且聲。且有大的意思，所以壯馬爲駔。

音義 ㄗㄤˇ 名 ①駔儈，馬匹交易的經紀人。②泛指一般經紀人；例巨駔洪商。形 粗大的。

ㄗㄨˇ 名 動 駿馬。

ㄗㄨˇ 名 古玉珮上繫玉用的絲帶，通「組」。動 用駔穿聯；例駔珪璋璧琮琥璜之渠眉。

ㄘㄤ 名 駔子，流氓、無賴的別稱。

次 5

駉

形解 形聲；從馬，冋聲。冋有遼遠的意思，所以牧馬的草地爲駉。

音義 ㄐㄩㄥ 名 牧馬的場所。副 駉駉，馬肥壯的樣子。

次 5

駘

形解 形聲；從馬，台聲。馬口所銜的鐵脫落爲駘。

音義 ㄊㄞˊ 名 ①劣馬；例騁駑駘於修路。②庸才；例伊余朽駘。動 馬銜脫落；例馬駘其銜。

ㄉㄞˋ 形 駘蕩，放蕩的；例春風駘蕩。

常 6

駭

形解 形聲；從馬，亥聲。馬性易驚，所以遇擾而驚爲駭。

音義 ㄏㄞˋ 名 姓。動 ①驚嚇；例驚駭。②混亂；例國人大駭。③揚起；例協風傍駭。形 ①可驚可怕的；例驚濤駭浪。②特別鮮豔的；例粉紅駭綠。副 驚恐的樣子；例駭然。

參考 與「氦」同音而義異：「氦」從气，爲元素名。

2 **駭人聽聞** ㄏㄞˋ ㄖㄣˊ ㄊㄧㄥ ㄨㄣˊ 事出怪誕，令人聽了而感到非常震驚。

參考 同聳人聽聞。

12 **駭然** ㄏㄞˋ ㄖㄢˊ 驚恐心慌的樣子。例駭然失色。

▽危駭、驚駭、震駭、怖駭、恐駭。

常 6

駱

形解 形聲；從馬，各聲。各有分別的意思，所以體白而黑鬣黑尾馬爲駱。
音義 ㄌㄨㄛˋ 名①動尾和鬣毛黑
色的白馬；例嘽嘽駱馬。②
動獸名，即駱駝。③姓。副
往來不絕地，通「絡」；例駱
驛。

常 6 **駢** 形解 字本作「駢」：形
聲；從馬，幷聲。
幷爲相從，駕二馬爲駢。今
俗省作「駢」。
音義 ㄆㄧㄢˊ 名①並駕一車的兩
四馬；例車駢翼驅。②我國
古代文體名，即「駢文」，起
源於漢、魏，盛行於南北朝，
中唐以後漸趨衰落。③姓。
形①成雙的；例駢句。②並
列的；例駢肩。副①二馬並
馳地；例駢馳。②茂盛地；
例駢駢。
參考 ①同並，幷，併，比，
雙，排。②反散。③與「胼」
同音而義異：「胼」從肉（
月），爲手腳掌部的厚繭。
5 **駢四儷六** ㄆㄧㄢˊ ㄙˋ ㄌㄧˋ ㄌㄧㄡˋ 文指
駢體文。駢體文多用四言六
言的句子對偶排比，故名。
8 **駢肩雜遝** ㄆㄧㄢˊ ㄐㄧㄢ ㄗㄚˊ ㄊㄚˋ 比
喻人羣衆多喧嘩雜亂的樣子。
21 **駢儷** ㄆㄧㄢˊ ㄌㄧˋ 指駢體文。駢與
儷，均有對偶、並列的意思。
23 **駢體** ㄆㄧㄢˊ ㄊㄧˇ 文駢文的體裁。
參考 反散體。

次 6 **駮** 形解 形聲；從
馬，交聲。
怪獸的一種爲駮。
音義 ㄅㄛˊ 名①動獸名，似
馬，巨牙，能食虎豹。②植
樹名，即梓榆。動議論是非，
通「駁」；例相駁。形斑雜的，
通「駁」；例駮牛。

次 6 **駬** 形解 形聲；從馬，耳
聲。周穆王的馬
名爲駬。
音義 ㄦˇ 名動騄駬，古駿馬名，
周穆王的八駿之一。

次 6 **駰** 形解 形聲；從
馬，因聲。
毛色黑白夾雜的
馬爲駰。
音義 ㄧㄣ 名動黑色帶白花的
馬。

次 6 **駪** 形解 形聲；從
馬，先聲。
先有衆多的意思，
所以馬羣爲駪。
音義 ㄕㄣ 形駪駪，衆多的。

常 7 **騁** 形解 形聲；從
馬，甹聲。
甹有遠達的意思，
所以疾馳爲騁。
音義 ㄔㄥˇ 動①奔跑；例馳騁。
②放開；例飛辯騁辭。③到
達；例蹙蹙靡所騁。
參考 ①同馳，逐。②反收，斂。
③與「逞」同音而義異：「逞」
從辵，有快適、放縱的意思。
19 **騁懷** ㄔㄥˇ ㄏㄨㄞˊ 敞開胸懷。
▽驅騁、馳騁、縱騁、遊騁。

常 7 **駿** 形解 形聲；從
馬，夋聲。
夋有高材的意思，
所以馬的良材爲駿。
音義 ㄐㄩㄣˋ 名①良馬；例駑駿
雜而不分。②才傑出衆的人，
通「俊」；例駿業。形①宏大
的；例駿茂。②迅速的；例
駿發。③俊秀的；例駿雄。
副高峻地，通「峻」；例駿極
于天。
參考 反駘。
▽英駿、神駿、良駿。

次 7 **騂** 形解 形聲；從馬，辛
聲。毛赤色的馬
爲騂。
音義 ㄒㄧㄥ 名動紅毛的馬或
牛；例有騂有騏。

次 7 **駸** 形解 形聲；從
馬，侵省
聲。侵有疾迫的
意思，所以馬奔跑迅疾爲駸。
音義 ㄑㄧㄣ 副①馬快跑地；例
載驟駸駸。②進行迅速地；
例駸駸日上。

次 7 **騃** 形解 形聲；從
馬，矣聲。
馬行勇健爲騃。
音義 ㄞˊ 形愚痴的，通「佁」；
例騃子。
ㄙˋ 副遲行地；例羣獸駓騃。

常 8 **騎** 形解 形聲；從
馬，奇聲。
奇有偏側的意思，
所以跨馬而行爲騎。
音義 ㄑㄧˊ 動兩腿跨坐；例騎
馬。形跨靠著兩邊的；例騎

牆。ㄐㄧˋ 名①騎馬作戰的軍隊；例鐵騎雄兵。②乘坐的馬；例車騎。例坐騎。③騎馬的人。④量詞，一人一馬稱爲一騎。⑤姓。

參考 與「騏」同音而義異：「騏」從馬，爲青黑色的馬。

3 **騎士** ㄐㄧˋ ㄕˋ (一)中世紀西歐封建統治階級的最下層，是一特殊軍人身分。自幼即受訓練。其特色爲忠誠篤實，尚任俠，敬婦女，臨陣則善於戰鬥。(二)騎馬的兵士。(三)西漢時根據地方特點訓練各類兵種，西、北產馬的邊緣各郡訓練騎兵，故稱。

參考 又讀 ㄑㄧˊ ㄕˋ。

7 **騎兵** ㄐㄧˋ ㄅㄧㄥ 軍騎馬作戰的兵士，有輕捷飄忽的特長。

參考 又讀 ㄑㄧˊ ㄅㄧㄥ。

8 **騎虎難下** ㄑㄧˊ ㄏㄨˇ ㄋㄢˊ ㄒㄧㄚˋ 比喻行事迫於大勢而不能中止。

參考 ①亦作「騎獸難下」。②「騎虎難下」、「進退維谷」、「進退兩難」，都有進也難，退也難的意思，但有別：「騎虎難下」，比喻做某件事，進行困難，但又不能停下來；「進退維谷」是「無論進還是退都處在困境中」的意思；「進退兩難」是「進也困難，退也困難」的意思。三者的用法區別是在：「騎虎難下」是比喻性的；「進退維谷」多用於書面語；「進退兩難」多用於口語。

17 **騎縫** ㄑㄧˊ ㄈㄥˋ 兼跨兩張紙中間的縫。今凡重要的公文、信函或契約等的兩紙相接連處，往往在其間加蓋印章，稱爲「騎縫章」。

▽輕騎、車騎、從騎、單騎、鐵騎、良騎、精騎、警騎、鎧騎。

次 8

騏

形解 形聲；從馬，其聲。有青而近黑色條紋，如棊之相交的馬爲騏。

音義 ㄑㄧˊ 名①動青黑色的馬；例駕我騏馵。②動騏驥，良馬名；例騏驥驊騮。③動即騏驎，通「麒」。④姓。

次 8

騋

形解 形聲；從馬，來聲。身長七尺以上的馬爲騋。

音義 ㄌㄞˊ 名動古稱高七尺以上的馬；例騋牝驪牝。

次 8

騄

形解 形聲；從馬，彔聲。駿馬爲騄。

音義 ㄌㄨˋ 名動騄駬，駿馬名，周穆王八駿之一；例良驥騄駬之駛。

次 8

騑

形解 形聲；從馬，非聲。非有分別的意思，所以有四馬的車，其靠外側的兩馬爲騑。

音義 ㄈㄟ 名動古駕車的馬；例如彼騑駟。副騑騑，馬行走不停地。

參考 古駕車的馬，在中間的叫「服」，在兩旁的叫「騑」，也叫「驂」。

次 8

騅

形解 形聲；從馬，隹聲。毛色青白相間的馬爲騅。

音義 ㄓㄨㄟ 名①動蒼白雜色的馬；例有騅有駓。②姓。

常 9

騙

形解 形聲；從馬，扁聲。扁有依附的意思，所以跨上馬背爲騙。

音義 ㄆㄧㄢˋ 名詐欺；例招搖行騙。動①躍上馬；例乘船騙馬。②用謊言或詭計使人上當；例騙錢。③用假言假語使人相信；例哄騙。

參考 ①字或作「騗」。②同欺，詐。③與「諞」音近而義異：「諞」從言，唸 ㄆㄧㄢˊ 有巧言的意思，唸 ㄆㄧㄢˇ 有自誇的意思。

3 **騙子** ㄆㄧㄢˋ ˙ㄗ 騙取人家財物的人。

7 **騙局** ㄆㄧㄢˋ ㄐㄩˊ 爲了欺騙他人而設計的圈套。

▽連哄帶騙、招搖撞騙。

常 9

騖

形解 形聲；從馬，敄聲。敄爲力量强大，所以亂馳爲騖。

音義 ㄨˋ 動①混亂奔馳；例戰國橫騖。②力求，通「務」；例好高騖遠。副急速的樣子；

例天子西征騖行。

參考㈠或作「騖」。㈡與「鶩」音同形近而義別：鶩，指野鴨之類，所以字從「鳥」，如「趨之若鶩」、「落霞孤鶩」；但後世也有引申作「力求」解的如「鶩趨」，而與「騖」的引申義同，所以，「騖遠」亦可作「鶩遠」，餘義則有別；㈢「騖」、「鶩」有別：「好高騖遠」的「騖」本指馬跑，引申為追求的意思，字從「馬」。「趨之若鶩」的「鶩」，是一種野鴨子，所以字從「鳥」。

次 9 **騤** 形解 形聲；從馬，癸聲。癸有壯大的意思，所以馬行走時，威儀壯盛為騤。

音義 ㄎㄨㄟˊ 副①騤騤，馬強壯地。②騤瞿，急遽奔走地。

次 9 **騧** 形解 形聲；從馬，咼聲。色黃而黑嘴的馬為騧。

音義 ㄍㄨㄚ 名動①黑嘴的黃馬；例騧驪是驂。②蝸牛，通「蝸」；例騧徒增錯。

次 9 **騣** 形解 形聲；從馬，㚇聲。㚇有聚合的意思，所以馬的鬣毛為騣。

音義 ㄗㄨㄥ 名馬頸上的長毛，同「鬃」。

常 10 **騫** 形解 形聲；從馬，寒省聲。馬腹縶為騫。

音義 ㄑㄧㄢ 名①肚腹低陷的俗稱。②過失，通「愆」；例永思騫兮。③姓。動①高舉；例志在必騰騫。②汚損；例騫汚。③驚懼。④拔取，通「搴」；例非有斬將騫旗之實也。⑤揭起衣服，通「褰」；例騫裳。ㄐㄧㄢ 形頑劣的；例騫馬。

常 10 **騰** 形解 形聲；從馬，朕聲。朕有通達的意思，所以傳達為騰。

音義 ㄊㄥˊ 名姓。動①（馬）奔躍；例騰踐。②奔馳；例萬馬奔騰。③乘，騎；例騰驢馳逐。④挪移，搬空讓出；例把書院騰了出來。⑤上升；例地氣上騰。⑥傳達；例因數騰書隴蜀，告示禍福。⑦翻動；例百川沸騰。助語尾助詞，表示動作連續反覆；例折騰。

8 **騰空** ㈠ ㄊㄥˊ ㄎㄨㄥ 飛上天空去；例騰空而起。㈡ ㄊㄥˊ ㄎㄨㄥˋ 抽出時間。

騰空而起 ㄊㄥˊ ㄎㄨㄥ ㄦˊ ㄑㄧˇ 飛上天空。

12 **騰雲駕霧** ㄊㄥˊ ㄩㄣˊ ㄐㄧㄚˋ ㄨˋ 乘雲霧而行，是神仙所為。

▽沸騰、奔騰、上騰、升騰、飛騰、民怨沸騰、殺氣騰騰。

常 10 **騷** 形解 形聲；從馬，蚤聲。蚤為跳蟲，有跳動的意思，所以馬擾動為騷。

音義 ㄙㄠ 名①文一種韻文體，創始於屈原，內容大多以敍述才俊之士不得志的悲憤情懷為主；例離騷。②病名，即狐臭。動①擾亂；例內外騷動。②憂傷；例離騷。③輕佻而淫蕩；例風騷。形淫蕩的；例騷娘子。ㄙㄠˇ 動除去，通「掃」。

2 **騷人** ㄙㄠ ㄖㄣˊ 詩人，文士。

11 **騷動** ㄙㄠ ㄉㄨㄥˋ 動亂不定。

18 **騷擾** ㄙㄠ ㄖㄠˇ 擾亂使人不安。

▽詩騷、蕭騷、風騷、離騷、牢騷。

次 10 **騶** 形解 形聲；從馬，芻聲。芻是飼養牛馬的草，所以養馬、訓馬的官為騶。

音義 ㄗㄡ 名①古掌養馬及駕車的官。②騎士。③好箭，通「菆」；例材官騶發。④姓，通「鄒」。ㄗㄡ 動急行，通「驟」；例車驅而騶。

11 **騶從** ㄗㄡ ㄗㄨㄥˋ 古時達官貴人出行時，前後侍從的騎卒。

次 10 **騮** 形解 形聲；從馬，留聲。馬身為紅色，而鬣毛及尾皆黑色者為騮。

音義 ㄌㄧㄡˊ 名動黑鬣黑尾巴的馬。

次 10
騸
形解 形聲；從馬，扇聲。爲牛馬去勢爲騸。
音義 ㄕㄢˋ 動 ①割掉牛、馬等的睾丸或卵巢；例騸馬。②接樹；例有騸樹法。
參考 割掉牲畜的睾丸，分析而言，對牛叫「宦」，對羊叫「羯」，對豬叫「閹」，對雞叫「鐓」，對狗叫「善」，對貓叫「淨」；統言之，名「騸」。

次 10
騭
形解 形聲；從馬，陟聲。陟有升而在上的意思，所以牡馬爲騭。
音義 ㄓˋ 名 動 雄馬。動 ①安定；例惟天陰騭下民。②安排；例評騭高下。

常 11
驀
形解 形聲；從馬，莫聲。莫有離去的意思，所以上馬而行爲驀。
音義 ㄇㄛˋ 動 ①上馬；例驀六駮。②超越；例煙底驀波乘一葉。
12 **驀然** ㄇㄛˋ ㄖㄢˊ 副突然，忽然；例驀然回首。

常 11
驅
形解 形聲；從馬，區聲。策馬爲驅。
音義 ㄑㄩ 名 最前進的人；例弗先驅。動 ①鞭馬前進；例弗馳弗驅。②趕走；例驅走。③行進；例長驅直入。④逼迫；例飢來驅我去。⑤差遣；例驅使。
8 **驅使** ㄑㄩ ㄕˇ 役使，差遣。
10 **驅除** ㄑㄩ ㄔㄨˊ 排除。
11 **驅逐** ㄑㄩ ㄓㄨˊ 趕走。例驅逐出境。
11 **驅逐出境** ㄑㄩ ㄓㄨˊ ㄔㄨ ㄐㄧㄥˋ 法爲防衛國家安全，依國際慣例，强制外僑出境之保安處分。現泛指趕離原來所住的地方。
12 **驅策** ㄑㄩ ㄘㄜˋ 驅使鞭策。
13 **驅馳** ㄑㄩ ㄔˊ (一)騎馬奔馳。(二)奔走效力。
14 **驅遣** ㄑㄩ ㄑㄧㄢˇ (一)驅逐，趕走。(二)驅使，差遣。
▽疾驅、先驅、長驅、馳驅、並駕齊驅。

常 11
驃
形解 形聲；從馬，票聲。票爲火飛，火光色黃，所以身黃而白鬣白尾的馬爲驃。
音義 ㄆㄧㄠˋ 名 動 ①全身呈淡黃栗色而鬃尾等長毛近於白色的馬，今名「銀鬃」或「銀河馬」。②全身黃栗毛的馬，俗名「黃驃馬」。形驍勇的；例驃悍。副馬疾行地；例驃騎。
18 **驃騎** ㄆㄧㄠˋ ㄐㄧˋ 漢代將軍的名號。西漢到了漢武帝才開始任用霍去病爲驃騎將軍，祿秩與大將軍相等。後漢有驃騎大將軍，地位在三公之下，後罷。

常 11
騾
形解 字本作「驘」；形聲；從馬，𣎆聲。牡驢、牝馬交配而得之子爲驘。俗作「騾」。
音義 ㄌㄨㄛˊ 名 動 家畜名。公驢和母馬所生的雜種，體形像馬，叫聲像驢。體健力大，耐勞苦，抗病力及適應性强。一般無生殖力，多作挽、馱用。俗稱「馬騾」。

次 11
驄
形解 形聲；從馬，悤聲。毛色青白相間的馬爲驄。
音義 ㄘㄨㄥ 名 動 青白相雜的馬，即菊花青馬；例驄馬。

次 11
驂
形解 形聲；從馬，參聲。參即「三」字，所以三馬同駕一車爲驂。
音義 ㄘㄢ 名 ①三馬駕一車；例載驂載駟。②駕在車前兩側的馬；例兩驂如舞。③驂乘，古陪乘在車右的人。

次 11
驁
形解 形聲；從馬，敖聲。敖有高大的意思，所以駿馬爲驁。
音義 ㄠˊ 名 ①駿馬；例驥驁。②馬不馴順；例桀驁不馴。動 ①馬怒而狂走。②輕慢，通「傲」；例士驁爵祿。
參考 ①又音ㄠˋ。②「驁」與「鷔」音同形似而義異。

常 12
驕
形解 形聲；從馬，喬聲。喬爲高而曲，所

以馬高六尺為驕。

音義 ㄐㄧㄠ 名動 高達六尺的馬；例我馬維驕。動①放縱；例勝而不驕。②傲慢；例富而無驕。形①馬不良馴的；例驕驁。②炎熱的；例驕陽。③草盛且高的；例維莠驕驕。副馬壯健地；例四牡有驕。

3 **驕子** ㄐㄧㄠ ㄗˇ 特別受寵愛的人。

7 **驕兵** ㄐㄧㄠ ㄅㄧㄥ (一)不聽命令的兵士。例驕兵悍將。(二)倚眾而驕的軍隊。例驕兵必敗。

9 **驕矜** ㄐㄧㄠ ㄐㄧㄣ 驕傲自大。

10 **驕恣** ㄐㄧㄠ ㄗˋ 驕縱。

11 **驕奢淫佚** ㄐㄧㄠ ㄕㄜ ㄧㄣˊ ㄧˋ 形容驕貴之人的糜爛生活。

13 **驕傲** ㄐㄧㄠ ㄠˋ 傲慢自大而瞧不起人。

參考「驕傲」、「高傲」、「傲慢」都指自高自大，看不起人，但有別：「驕傲」可指滿足於已有的成績，又可指自豪。「高傲」、「傲慢」都指自以為了不起，看不起別人，對人沒禮貌，比「驕傲」程度深，一般作貶詞用；「高傲」表示崇高而充滿豪氣；「傲慢」有時表示不可侵犯、不可侮辱等意思。又「驕傲」、「自豪」都可指值得高興、感到光榮的意思。「驕傲」與「自豪」常通用，有時甚至并列交替使用：但「驕傲」還可指值得喜悅，感到光榮的人或事物；「自豪」指因為自己或與自己有關的集體、個人得到榮譽而感到高興和光榮。

16 **驕橫** ㄐㄧㄠ ㄏㄥˊ 驕傲而橫暴。

17 **驕蹇** ㄐㄧㄠ ㄐㄧㄢˇ 驕縱傲慢，不服從法度。

▽矜驕、恃寵而驕。

次 12 驍

形解 形聲；從馬，堯聲。堯有高大的意思，所以高大強壯的馬為驍。

音義 ㄒㄧㄠ 名動 良馬名；例驍騰。形勇猛矯健的；例驍將。

9 **驍勇善戰** ㄒㄧㄠ ㄩㄥˇ ㄕㄢˋ ㄓㄢˋ 矯健勇猛且精於作戰。

18 **驍騎** ㄒㄧㄠ ㄐㄧˋ 軍古代禁軍營名，創始於晉代，歷朝多沿用。後世又泛指精壯的騎兵。

次 12 驌

形解 形聲；從馬，肅聲。驌驦，古時的良馬為驌。

音義 ㄙㄨˋ 名動 驌驦，古良馬名。

參考 本作「肅爽」。

次 12 驊

形解 形聲；從馬，華聲。華有美好的意思，所以駿馬為驊。

音義 ㄏㄨㄚˊ 名動 驊騮，古赤色的良馬，周穆王八駿之一。

常 13 驛

形解 形聲；從馬，睪聲。古時為傳達公文而準備的馬為驛。

音義 ㄧˋ 名①古供應遞送公文的人或來往官員暫住、換馬、補給的場所；例驛站。②姓。副往來不絕地；例駱驛。

常 13 驗

形解 形聲；從馬，僉聲。馬名為驗。

音義 ㄧㄢˋ 名①證據；例何以為驗？②效果；例效驗。③徵兆；例靈驗。動①證實；例責其實，以驗其辭。②試驗；例驗血。

6 **驗收** ㄧㄢˋ ㄕㄡ 貨物或工程完成後，按照一定程序、標準、單據等進行檢驗查收的工作。

▽應驗、經驗、効驗、試驗、實驗、證驗、體驗、靈驗、考驗、審驗。

常 13 驚

形解 形聲；從馬，敬聲。敬有整敕的意思，所以馬震駭為驚。

音義 ㄐㄧㄥ 動①馬、騾等因受到突然刺激而致行動失常；例馬驚車敗。②恐怖；例驚駭。③震動；例驚天動地。

參考「驚」、「警」形近而音義各異：「警」，音ㄐㄧㄥˇ，有戒備、告誡、覺悟的意思。

2 **驚人** ㄐㄧㄥ ㄖㄣˊ 出乎意料之外，使人吃驚。例一鳴驚人。

4 **驚天動地** ㄐㄧㄥ ㄊㄧㄢ ㄉㄨㄥˋ ㄉㄧˋ 極言聲勢的盛大。

參考「驚天動地」和「震天動地」都形容使人十分震驚，但有別：「驚天動地」多形容聲勢盛大，變動劇烈，多指事業而言；「震天動地」也形容聲勢盛大，但多指聲音。

5 **驚世駭俗** ㄐㄧㄥ ㄕˋ ㄏㄞˋ ㄙㄨˊ 形容人的言論或行爲與衆不同，使人感到特別地驚奇訝異。駭：害怕，驚異。

8 **驚奇** ㄐㄧㄥ ㄑㄧˊ 駭怪，即對特殊的事物覺得奇怪吃驚。

10 **驚破膽** ㄐㄧㄥ ㄆㄛˋ ㄉㄢˇ 害怕得把膽都嚇破了。形容害怕到極點。

11 **驚動** ㄐㄧㄥ ㄉㄨㄥˋ ㈠煩擾。㈡驚駭震動。

驚悸 ㄐㄧㄥ ㄐㄧˋ 因害怕而心跳加速。

12 **驚訝** ㄐㄧㄥ ㄧㄚˋ 驚奇疑怪。

驚惶 ㄐㄧㄥ ㄏㄨㄤˊ ㈠驚慌的樣子。例驚惶失措。㈡因受驚而惶恐。

驚惶失措 ㄐㄧㄥ ㄏㄨㄤˊ ㄕ ㄘㄨㄛˋ 嚇得不知道怎麼辦好。

16 **驚駭** ㄐㄧㄥ ㄏㄞˋ 震驚害怕。

驚醒 ㄐㄧㄥ ㄒㄧㄥˇ ㈠人在睡夢中突然受驚而醒。㈡比喻使人在迷昧中猛然覺悟。

17 **驚蟄** ㄐㄧㄥ ㄓㄜˊ 天節氣名之一。在每年國曆三月五日或六日。指春雷始發，驚醒了冬眠動物將四出活動的時節。

驚鴻 ㄐㄧㄥ ㄏㄨㄥˊ ㈠比喻美人體態的輕盈。㈡美人的代稱。

驚濤駭浪 ㄐㄧㄥ ㄊㄠ ㄏㄞˋ ㄌㄤˋ 洶湧而險惡的浪濤。比喻極其險惡的局勢或環境。

▽吃驚、震驚、大驚、心驚、受驚、收驚、大吃一驚、一夕數驚、石破天驚、受寵若驚、膽戰心驚、寵辱不驚、處變不驚。

常 14 **驟** 形解 形聲；從馬，聚聲。聚爲會合，馬聚足疾奔爲驟。

音義 ㄗㄡˋ 動（馬）奔馳；例載驟駸駸。副①屢次地；例驟戰驟勝。②急行地；例驟行乍止。③迅速地；例兼程驟步。④突然；例驟然發跡。

參考 字雖從聚，但不可讀成ㄐㄩˋ。

12 **驟然** ㄗㄡˋ ㄖㄢˊ 突然。

常 16 **驢** 形解 形聲；從馬，盧聲。盧有黑的意思，所以貌似馬而長耳，毛多灰黑色的獸類爲驢。

音義 ㄌㄩˊ 名動動物名，哺乳綱，馬科。草食役用，體較馬小，耳長，尾根毛少，尾端似牛尾。性溫馴，富忍耐力，堪粗食，抗病力較強，壽命也比馬長，可作乘、挽、馱及拉磨用。國產的驢種多分布在華北地區。

常 16 **驥** 形解 形聲；從馬，冀聲。冀有長遠的意思，所以千里馬爲驥。

音義 ㄐㄧˋ 名①動古代的一種千里馬；例老驥伏櫪，志在千里。②傑出的人才；例良驥。

▽良驥、老驥、騏驥、附驥、按圖索驥。

次 17 **驤** 形解 形聲；從馬，襄聲。馬頭上下低昂爲驤。

音義 ㄒㄧㄤ 名動後右足白色的馬。動①馬昂首快跑；例驤騰。②泛指上舉；例高驤。

次 17 **驦** 形解 形聲；從馬，霜聲。良馬爲驦。

音義 ㄕㄨㄤ 名動驌驦，古良馬名。通「騻」。

參考 又音ㄕㄨㄤˇ。

次 18 **驩** 形解 形聲；從馬，雚聲。馬名爲驩。

音義 ㄏㄨㄢ 形歡欣的，通「歡」；例驩虞如也。

常 19 **驪** 形解 形聲；從馬，麗聲。麗有顯著的意思，所以馬深黑色爲良駒，毛色純黑的馬爲驪。

音義 ㄌㄧˊ 名①動純黑的馬；例有驪有黃。②動一種黑色的龍，即「驪龍」的簡稱；例探驪得珠。③姓。形並列的；例驪馬。

14 **驪歌** ㄌㄧˊ ㄍㄜ 告別的歌曲。例應念愁中恨素居，驪歌聲裡且踟躕！

【骨部】ㄍㄨˇ

㊥0 **骨** 形解 象形；象骨肉相附形。

音義 ㄍㄨˇ 名 ①動物體內支持肉體的架子；例頭骨。②像骨骼一類能支撐物體的支架；例傘骨。③人的品格；例傲骨。④死人的代稱；例古來白骨無人收。⑤姓。動 生出骨骼；例六月而骨。副 瘦弱地；例哀毀骨立。

參考 ①又音ㄍㄨˊ，如「骨頭」；又音ㄍㄨ，如「骨朵」、「骨碌」。②同骼。

6 **骨肉** ㄍㄨˇ ㄖㄡˋ ㈠形體。㈡至親。

骨肉相連 ㄍㄨˇ ㄖㄡˋ ㄒㄧㄤ ㄌㄧㄢˊ 像骨頭和肉一樣互相連接著，比喻關係非常密切，不可分離。

9 **骨架** ㄍㄨˇ ㄐㄧㄚˋ ㈠動物體內骨骼的架構。㈡支撐東西的架子。

10 **骨氣** ㄍㄨˇ ㄑㄧˋ ㈠剛强不屈的氣概。㈡寫字的筆力遒勁傲岸。

13 **骨牌理論** ㄍㄨˇ ㄆㄞˊ ㄌㄧˇ ㄌㄨㄣˋ 為美國前總統艾森豪所倡，主張東南亞的安全，如脣齒相依一樣，如果有一處失陷，其他地區將隨之淪入共黨手中而無法自保。

16 **骨骼** ㄍㄨˇ ㄍㄜˊ 聯合衆骨而成，為保持形體肉身的支架。

17 **骨鯁在喉** ㄍㄨˇ ㄍㄥˇ ㄗㄞˋ ㄏㄡˊ ㈠骨頭卡在喉嚨裏。㈡比喻心中有話，非說不可。

23 **骨髓** ㄍㄨˇ ㄙㄨㄟˇ 骨頭裏面的中介物，分紅骨髓、黃骨髓兩種，前者為造血器官。

▽遺骨、骸骨、俠骨、枯骨、獸骨、接骨、仙骨、風骨、肋骨、傘骨、軟骨、凡骨、脫胎換骨、冰肌玉骨、仙風道骨、粉身碎骨、生死人而肉白骨。

㊨3 **骭** 形解 形聲；從骨，干聲。干有直的意思，所以小腿的直骨為骭。

音義 ㄍㄢˋ 名 ①小腿骨；例短布單衣適至骭。②小腿；例易骭之一毛。③肋骨；例骿骭。

㊨3 **骫** 形解 形聲；從骨，丸聲。丸有圓曲的意思，所以骨端的圓突為骫。

音義 ㄨㄟˇ 動 ①枉曲；例橈骫朝法。②聚集，通「委」；例禍骫。形 ①骨骼彎曲的。②紆迴屈曲的；例林木茷骫。

參考 或作「骪」。

㊥4 **骯** 形解 形聲；從骨，亢聲。亢有高大的意思，所以體胖為骯。

音義 ㄎㄤˇ 形 ①高亢剛直的樣子。②體胖。

ㄤ 形 汚穢、不潔。

參考 ①字亦作「腌」。②字雖從亢，但不可讀成ㄎㄤˋ。

㊥4 **骰** 形解 形聲；從骨，投省聲。投為擲出，所以賭具之一，可投擲以角比賽勝負者為骰。

音義 ㄊㄡˊ 名 骨製的賭具，正方形，六面分刻一、二、三、四、五、六，凡六個數字，一、四塗紅色，其餘為黑色，擲出以所見點數或顏色決定勝負；例骰子。

參考 ①語音ㄕㄞˇ。②與「投」同音而義異：「投」從手（扌），有拋擲的意思。

㊥5 **骷** 形解 形聲；從骨，枯省聲。枯有乾枯的意思，所以枯骨為骷。

音義 ㄎㄨ 名 ①沒有皮肉毛髮的屍體骨架；例骷髏。②死人的頭骨；例骷髏。

㊥6 **骸** 形解 形聲；從骨，亥聲。亥是「荄」的假借，為草根，所以人立則賴於膝至踝間的脛骨為骸。

音義 ㄏㄞˊ 名 ①骨頭；例四肢百骸。②脛骨；例骸骨。③枯骨；例析骸以爨。④借稱身體；例直寓六骸。

參考 ①字雖從亥，但不可讀成ㄏㄞˋ。②與「孩」同音而義異：「孩」從子，有幼童的意思。

▽遺骸、形骸、殘骸、枯骸、放浪形骸。

常 6
骼 形解 形聲；從骨，各聲。各有歧別的意思，人的白骨爲骼。
音義 ㄍㄜˊ 名 ①「骨」的通稱；例骨骼。②枯骨；例掩骼埋胔。動格殺，通「挌」。
參考 ①又讀 ㄍㄜˋ。②人和動物體內或體外堅硬的組織。人的骨骼具有保護內部器官，支撐體重及運動時能起槓桿作用等作用；成人骨骼一般由二〇六塊組成，大部分成對。
▽筋骼、骨骼。

次 7
骾 形解 形聲；從骨，更聲。更爲梗的省文，所以骨頭卡在喉間爲骾。
音義 ㄍㄥˇ 名 魚骨頭，同「鯁」；例骨骾在喉。

次 8
髁 形解 形聲；從骨，果聲。果有空的意思，所以髀骨與髖骨相接處爲髁。
音義 ㄎㄜ 名 ①大腿骨。②膝骨。

次 8
髀 形解 形聲；從骨，卑聲。卑有偏側的意思，所以大腿的外側爲髀。
音義 ㄅㄧˋ 名 ①大腿；例股人貴髀。②股骨。③古代測日影的量表；例周髀。
6 髀肉復生 ㄅㄧˋ ㄖㄡˋ ㄈㄨˋ ㄕㄥ 腹部多餘的肥肉又長出來了。用作自嘆久居安逸，思圖有所作爲之辭。
15 髀胝 ㄅㄧˋ ㄉㄧ 猴類屁股上所長的硬皮，顏色發紅，不生毛髮。

次 9
髂 形解 形聲；從骨，客聲。腰骨爲髂。
音義 ㄎㄚˋ 名 腰骨；例折脅拉髂。

次 10
髆 形解 形聲；從骨，尃聲。尃有輔助的意思，所以肩胛骨爲髆。
音義 ㄅㄛˊ 名 ①肩膀，同「膊」；例臂髆。

常 11
髏 形解 形聲；從骨，婁聲。婁有隆高的意思，所以頭骨爲髏。
音義 ㄌㄡˊ 名 ①人死腐爛後有骨無肉的頭顱；例骷髏。②死人的頭骨；例髑髏。

常 13
髒 形解 形聲；從骨，葬聲。葬爲藏匿，所以骨藏而體胖爲髒。
音義 ㄗㄤ 動 使不乾淨；例衣服髒了，應該換洗。形 不清潔的；例骯髒。
參考 ①同骯。②反淨，潔。③又音 ㄗㄤˇ，ㄗㄤˋ。④「髒」、「臟」有別：「骯髒」的「髒」，唸 ㄗㄤ；「五臟六腑」的「臟」，音 ㄗㄤˋ。

常 13
髓 形解 字本作「䯝」；形聲；從骨，隓聲。隓有下落的意思；骨中膏脂隨骨滴落，所以骨中的膏脂爲䯝。隸變作「髓」。
音義 ㄙㄨㄟˇ 名 ①植存在雙子葉及裸子植物莖中央的組織部分；例稻髓。②骨頭中像膏脂的東西；例骨髓。③凝結在物體內部的膏脂，像髓的東西；例澄如玉髓。④事物的精華部分；例精髓。
▽骨髓、神髓、脊髓、腦髓、玉髓、精髓、恨入骨髓。

常 13
體 形解 形聲；從骨，豐聲。豐有豐備的意思，所以人身全體的總稱爲體。
音義 ㄊㄧˇ 名 ①人或其他動物的全身；例心廣體胖。②專指人體的某部，如手足；例四體不勤。③事物的本身；例個體。④事物的全部；例整體。⑤形狀；例正方體。⑥（文章）一定的格式或體裁；例文體。⑦文章的氣勢；例惜其體弱，不足起其文。⑧文字書寫的形式；例字體。⑨職分；例官得其體。⑩體制；例國體。⑪姓。動 ①設身處地，親身經歷；例體驗。②憐惜別人；例體恤。③分別；例體國經野。形 身體的；例體重。副 ①親自地；例體行。②分別地；例雖體解吾猶未變兮。

參考 ①俗字作「軆」。②反用。

3 **體己** ㄊㄧˇ ㄐㄧˇ ㈠屬於自己私人的。㈡極貼近的。

體大思精 ㄊㄧˇ ㄉㄚˋ ㄙ ㄐㄧㄥ 規模弘遠，思慮精密。

5 **體用** ㄊㄧˇ ㄩㄥˋ 事物的本體和作用。

6 **體式** ㄊㄧˇ ㄕˋ 格式，形式。

7 **體系** ㄊㄧˇ ㄒㄧˋ 由許多要素構成為有秩序的組織與系統。

參考 參閱「系統」條。

8 **體制** ㄊㄧˇ ㄓˋ 一定的規制。

體例 ㄊㄧˇ ㄌㄧˋ 辦事的規則或文詞的格式。

體味 ㄊㄧˇ ㄨㄟˋ ㈠仔細體會。㈡身體發出的氣味，如狐臭之類。

9 **體恤** ㄊㄧˇ ㄒㄩˋ 體諒，憐恤。

體面 ㄊㄧˇ ㄇㄧㄢˋ ㈠體裁。㈡光榮，面子。㈢體統。

10 **體格** ㄊㄧˇ ㄍㄜˊ ㈠身體強弱、大小的狀態。㈡文詩之體例格律。

12 **體裁** ㄊㄧˇ ㄘㄞˊ 文章或文學作品的類別、形式。

體統 ㄊㄧˇ ㄊㄨㄥˇ 應有的體制、格局、規矩。

體貼 ㄊㄧˇ ㄊㄧㄝ ㈠細心照顧、迎合對方的興趣和要求，使對方感到舒適滿意。㈡體諒，為他人設身著想。㈢細心體會。

體無完膚 ㄊㄧˇ ㄨˊ ㄨㄢˊ ㄈㄨ ㈠形容遍體受傷，沒有一處完好。例他被火燒得體無完膚。㈡比喻遭人批駁，不留餘地。例他被指摘得體無完膚。㈢比喻受破損而不完整。例架上的書籍被蛀蝕得體無完膚。

參考 參閱「遍體鱗傷」條。

13 **體會** ㄊㄧˇ ㄏㄨㄟˋ 實踐的感受，學習的心得。

參考 與「體驗」、「體味」有別：「體驗」指通過親身經驗、感受來認識事物，偏重於感性認識；「體會」指細心考察、領會、分析、研究，掌握事物的實質或規律，偏重於理性認識；「體味」著重尋覓語言文字中的深切意味或情趣。

15 **體諒** ㄊㄧˇ ㄌㄧㄤˋ 設身易地考慮對方的處境。

體質 ㄊㄧˇ ㄓˋ 多指人體的健康水準，抵抗疾病和適應外界的能力。

16 **體魄** ㄊㄧˇ ㄆㄛˋ 體格和精力。

體積 ㄊㄧˇ ㄐㄧ 表示物體所占空間大小的量。

體操 ㄊㄧˇ ㄘㄠ 指徒手或利用器械所做的身體操練。

23 **體驗** ㄊㄧˇ ㄧㄢˋ 通過親身實踐來認識周圍的事物。

參考 ①參閱「研究」條。②「體驗」、「體會」有別：「體驗」著重在親身的經歷、感受，是指通過實踐之後，對事物的本質或特徵有所了解或認識，多做名詞用；「體會」是指經過對事物充分的分析和研究之後，領悟或理解了事物的現象或精神實質，多做動詞用。

▽具體、固體、液體、氣體、個體、天體、身體、團體、物體、解體、文體、字體、形體、一體、近體、主體、人體、政體、全體、肉體、風體、本體、裸體、古體、胴體、女體、流體、導體、機體、別體、半導體、赤身露體、三位一體、魂不附體。

次 14 **髕** 形解 形聲；從骨，賓聲。膝蓋骨為髕。

音義 ㄅㄧㄣˋ 名膝蓋骨。

次 15 **髖** 形解 形聲；從骨，寬聲。指大腿上的骨盆，體積最為寬大為髖。

音義 ㄎㄨㄢ 名髖骨，組成骨盆的大骨，左右各一，係由骼骨、坐骨、恥骨組合而成。

【高部】

常 0 **高** ㄍㄠ 形解 象形；甲文高作「　」：象上層屋，冂象下屋，口象上下層的戶牖，所以重屋為高。

音義 ㄍㄠ 名 ①數物體的第三廣度，三角形自頂點至底邊的垂直距離等都稱為高；例等高。②物體豎立時上下的距離稱高度；例身高。③姓。動尊重；例雖死，天下愈高之。形①上下的距離大，離地面遠的；例山高水長。②超過一般的；例曲高和寡。③程度較深或等級、位置在上的；例高級。④美好的；例德高望重。⑤泛指等級在上的；例高年級。⑥超過一定水準的；例高標準。

參考①同長，大。②反低，小，矮。③辨膏、篙、縞、敲、蒿、熇、豪、毫。④有些字典入「高」於「二」部。

2 **高人** ㄍㄠ ㄖㄣˊ 隱逸不慕榮利的人。

3 **高山流水** ㄍㄠ ㄕㄢ ㄌㄧㄡˊ ㄕㄨㄟˇ ㈠樂曲高妙。春秋時伯牙善彈琴，鍾子期善聽琴，一次伯牙彈琴時，琴聲時若高山，時若流水，唯子期能會其意，後以比喻知音或知己。㈡古樂曲名。

4 **高亢** ㄍㄠ ㄎㄤˋ ㈠聲音高昂。㈡品行高潔。

7 **高手** ㄍㄠ ㄕㄡˇ 好手。

高見 ㄍㄠ ㄐㄧㄢˋ 敬稱，高明的見解。

高足 ㄍㄠ ㄗㄨˊ ㈠得意門生。㈡捷足。

高利貸 ㄍㄠ ㄌㄧˋ ㄉㄞˋ 貸放貨款或實物給他人以榨取厚利的貸放方式。

8 **高尚** ㄍㄠ ㄕㄤˋ 清高自重。

高明 ㄍㄠ ㄇㄧㄥˊ ㈠優異出衆。例醫術高明。㈡學有專長的人。

高朋滿座 ㄍㄠ ㄆㄥˊ ㄇㄢˇ ㄗㄨㄛˋ 客人衆多，坐滿座位。

高枕無憂 ㄍㄠ ㄓㄣˇ ㄨˊ ㄧㄡ 把枕頭墊得高高地安心睡大覺，比喻非常放心。

10 **高峻** ㄍㄠ ㄐㄩㄣˋ 形容地勢高而險。

11 **高深** ㄍㄠ ㄕㄣ 高且深，可用來形容人學問或內在涵養的淵博。

12 **高貴** ㄍㄠ ㄍㄨㄟˋ 高尚而尊貴。

高超 ㄍㄠ ㄔㄠ ㈠高過一般水平。㈡高尚。

高視闊步 ㄍㄠ ㄕˋ ㄎㄨㄛˋ ㄅㄨˋ 眼睛向上看，邁著大步走路。形容舉動不凡或態度傲慢。

參考與「昂首闊步」意思相近，但有別：前者形容態度傲慢；後者多形容精神飽滿、充滿信心的樣子。前者可形容氣概、舉止不凡；後者不可。

13 **高傲** ㄍㄠ ㄠˋ 自大驕傲的樣子。

參考參閱「驕傲」條。

15 **高潔** ㄍㄠ ㄐㄧㄝˊ 言行高尚純潔。

高調 ㄍㄠ ㄉㄧㄠˋ 不切實際的論調。

高潮 ㄍㄠ ㄔㄠˊ ㈠在潮汐的一個漲落周期內，水面上升達到的最高潮位。㈡比喻事物在一定階段內發展的頂點。㈢文學作品情節的組成部分之一。

參考「高潮」與「熱潮」有別：「熱潮」指大衆運動發展到很高的程度。二者區別在於：一個階段中羣衆運動只有一個高潮，但可以有幾個熱潮。

高談闊論 ㄍㄠ ㄊㄢˊ ㄎㄨㄛˋ ㄌㄨㄣˋ 暢快而毫無顧忌的大發議論。

16 **高興** ㄍㄠ ㄒㄧㄥˋ ㈠興趣很高。㈡愉快。㈢喜好。

參考①參閱「愉快」條。②「高興」、「快樂」有別：「高興」是比較短暫的，而「快樂」則比較長遠；此外，「高興」只是指愉快、興奮，而「快樂」還帶有幸福、美好的意思，所以用法不同。

17 **高聳** ㄍㄠ ㄙㄨㄥˇ 形容高而直。

高擡貴手 ㄍㄠ ㄊㄞˊ ㄍㄨㄟˋ ㄕㄡˇ 求人寬恕、資助或通融的用語。

18 **高瞻遠矚** ㄍㄠ ㄓㄢ ㄩㄢˇ ㄓㄨˇ 站得高，看得遠，比喻眼光遠大。

19 **高攀** ㄍㄠ ㄆㄢ 與身分較高的人結交或聯姻。

▽孤高、崇高、清高、登高、標高、跳高、年高、身高、偏高、才高、月黑風高、水漲船高、勞苦功高。

【髟部】 ㄅㄧㄠ

常 0 **髟** 形解 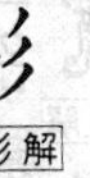 會意；從長彡。髮長爲髟。

音義 ㄅㄧㄠ 副長髮下垂地；例髟髟。

㊅ 3 **髡** 形解 形聲；從髟，兀聲。兀有高平的意思，所以罪人拔去其髮爲髡。
音義 ㄎㄨㄣ 名 古代一種剃去頭髮的刑罰；例髡鉗。動 剪去樹枝。
參考 亦作「髨」。

㊔ 4 **髯** 形解 形聲；從髟，冄聲。冄冄柔弱下垂，所以面頰上的鬚毛爲髯。
音義 ㄖㄢˊ 名 ①生長在兩頰的長鬚；例奮髯抗几。②泛指鬍子；例美髯。③多鬚的人；例羽美鬚髯。④鳥獸的鬚毛；例有龍垂胡髯。
參考 ①又音ㄖㄢˇ。②本字作「髥」。③字或作「頿」。④嘴下的毛叫「鬚」，生在頰間的叫「髯」。

㊔ 4 **髦** 形解 形聲；從髟，毛聲。髟爲長髮猋猋，毛爲毛髮，所以毛髮中較長者爲髦。
音義 ㄇㄠˊ 名 ①長毛；例如貍而有髦。②幼兒垂在前額的短頭髮；例髧彼兩髦。③馬頸上的鬣毛；例乘髦馬。④英俊傑出的人；例時髦允集。⑤植 草名。⑥動 螳螂。⑦姓。動 選擇；例譽髦斯士。形 ①俊秀的；例髦士。②有馬鬣的；例髦馬。③式樣新潮的；例時髦。
參考 ①「髟」是象髮長垂形；「毛」是毛髮；「髦」是指毛髮中的長毛。②與「氂」、「旄」同音而義異：「氂」爲氂牛的氂；「旄」爲氂牛尾巴作的旗幟。

㊅ 4 **髣** 形解 形聲；從髟，方聲。方有比喻的意思，所以事情相類似爲髣。
音義 ㄈㄤˇ 形 髣髴，同「彷」。參閱「彷」字。

㊅ 4 **髧** 形解 形聲；從髟，冘聲。冘有長的意思，所以髮長下垂爲髧。
音義 ㄉㄢˋ 形 頭髮下垂的；例髧彼兩髦。

㊔ 5 **髮** 形解 形聲；從髟，犮聲。犮有本根的意思，所以頭上的毛爲髮。
音義 ㄈㄚˇ 名 ①人類頭上的長毛；例黑髮。②草木；例窮髮之北。③長度名，寸的千分之一；例十髮爲程。④極其微小；例毫髮不差。⑤姓。
參考 ①字從髟從「犮」，「犮」不可作「友」。②「頭髮」的「髮」字，新的讀音唸去聲ㄈㄚˋ，舊讀ㄈㄚˇ。

8 **髮妻** ㄈㄚˇ ㄑㄧ 原配的妻子。
參考 ①同 元配，結髮。②又稱糟糠之妻。

9 **髮指** ㄈㄚˇ ㄓˇ 頭髮直立，形容極度憤怒的樣子。

▽結髮、毫髮、散髮、剃髮、怒髮、白髮、落髮、亂髮、理髮、燙髮、鬢髮、毛髮、長髮、短髮、剪髮、雞皮鶴髮、千鈞一髮、披頭散髮、間不容髮。

㊅ 5 **髫** 形解 形聲；從髟，召聲。召有短小的意思，所以小兒垂髮爲髫。
音義 ㄊㄧㄠˊ 名 ①小孩額前下垂的頭髮；例垂髫。②童年；例共有髫年故。
▽垂髫、齠髫。

㊅ 5 **髲** 形解 形聲；從髟，皮聲。皮有加被的意思，所以髮少者以他人之髮加在頭上爲髲。
音義 ㄅㄧˋ 名 假髮；例假髲。

㊔ 6 **髻** 形解 形聲；從髟，吉聲。吉有堅固的意思，所以挽髮而固結於頂爲髻。
音義 ㄐㄧˋ 名 把頭髮挽起來，綰束在頭頂上的一種髮結；例椎髻。
ㄒㄧㄝ 名 竈神名；例竈有髻。
參考 又音ㄐㄧˊ。

㊔ 6 **髭** 形解 形聲；從髟，此聲。此有細小的意思，所以口上短小的鬚毛爲髭。
音義 ㄗ 名 生在嘴唇上邊的短鬚；例髭鬚。形 毛髮直豎張散的；例鬍子髭髭著，怪怕

人的。

參考 ①本字作「頿」。②口上短的毛叫「髭」；口下長的叫「鬚」。③與「齜」同音而義異：「齜」從齒，有張嘴露牙的意思。

次 6 **髹** 形解 形聲；從髟，休聲。休有美好的意思，所以以漆塗物使美觀爲髹。

音義 ㄒㄧㄡ 名 赤黑色的漆。動 把漆塗在器物上；例 殿上髹漆。

次 7 **髽** 形解 形聲；從髟，坐聲。婦人之喪髻爲髽。

音義 ㄓㄨㄚ 名 髽髻，女孩子梳在頭兩旁的髮髻。動 古婦人用麻線括髮梳喪髻。

次 7 **鬀** 形解 形聲；從髟，利聲。頭有禿瘡爲鬀。

音義 ㄌㄧˋ 名 方 鬎鬀，即禿瘡，頭癬的一種，嚴重時會導致禿頭。

常 8 **鬃** 形解 形聲；從髟，宗聲。宗有高大的意思，所以挽髮束成的高髻爲鬃。

音義 ㄗㄨㄥ 名 ①馬脛上的長毛；例 馬鬃。②豬的硬長毛；例 豬鬃。

參考 字又作「鬉」。

常 8 **鬆** 形解 形聲；從髟，松聲。松有高大的意思，所以髮多蓬亂爲鬆。

音義 ㄙㄨㄥ 名 ①將瘦肉煮熟炒乾，製成茸毛狀或碎末狀的食品；例 魚鬆。②圍棋棋法名之一。動 ①放開；例 鬆弛。②寬解；例 天太熱了，把衣服鬆一鬆。③使鬆開；例 鬆腰帶。④不緊密；例 鞋帶鬆了。形 ①散亂的；例 頭髮蓬鬆。②不嚴的；例 工作很輕鬆。③脆軟的；例 土質很鬆。副 精神懈怠地；例 鬆懈。

參考 ①亦作「⿱髟公」。②同開。③反緊，閉。

6 **鬆弛** ㄙㄨㄥ ㄕˇ 不緊張，放鬆。例 鬆弛緊張的精神。

參考 ①「鬆弛」與「鬆懈」有別：「鬆弛」是將原本緊張的東西放鬆，「鬆懈」則不但放鬆而且有怠懈的意思，通常也指不應當的怠惰或輕忽。②又讀 ㄙㄨㄥ ㄔˊ。

16 **鬆懈** ㄙㄨㄥ ㄒㄧㄝˋ 精神萎頓，戒備鬆弛。

參考 參閱「鬆弛」條。

▽ 輕鬆、放鬆、肉鬆、疏鬆、寬鬆。

次 8 **鬈** 形解 形聲；從髟，卷聲。卷有曲的意思，所以頭髮捲曲美好爲鬈。

音義 ㄑㄩㄢ 動 把頭髮分開，紮成束；例 燕則鬈首。形 ①頭髮美好的；例 其人美且鬈。②頭髮卷曲的；例 鬈髮。

次 8 **鬅** 形解 形聲；從髟，朋聲。朋有大的意思，所以頭髮蓬鬆散亂爲鬅。

音義 ㄆㄥ 副 頭髮鬆散未加整理的樣子。

常 9 **鬍** 形解 形聲；從髟，胡聲。胡爲牛頸下垂肉，所以叢生於頷下的毛髮爲鬍。

音義 ㄏㄨˊ 名 人的鬚；例 鬍鬚。

參考 「鬚」的俗稱。

次 9 **鬋** 形解 形聲；從髟，前聲。女子髮垂於額前爲鬋。

音義 ㄐㄧㄢˇ 名 下垂的鬢髮；例 盛鬋不同制。ㄐㄧㄢˇ 動 剪除，通「剪」。

次 9 **鬎** 形解 形聲；從髟，剌聲。禿頭瘡病爲鬎。

音義 ㄌㄚˋ 名 鬎鬀，即禿瘡，頭癬的一種，嚴重時會導致禿頭。

次 10 **鬒** 形解 形聲；從髟，眞聲。眞有稠密的意思，所以頭髮稠密而黑爲鬒。

音義 ㄓㄣˇ 形 頭髮黑而稠密的；例 鬒髮。

參考 亦作「黰」。

次 11 **鬘** 形解 形聲；從髟，曼聲。曼有美好的意思，所以頭髮美好爲鬘。

音義 ㄇㄢˊ 名 裝飾用的花環；例華鬘。形頭髮美好的。

常 12 **鬚** 形解 生在下巴或嘴邊的毛爲鬚。

音義 ㄒㄩ 名①人生在下巴或嘴邊的毛；例鬍鬚。②動物的鬚；例羊鬚。③植物的芒末，花蕊，細根；例丹輝拂紅，飛鬚垂的。④像鬍鬚般的東西；例參鬚。形細散像鬚的；例鬚根。

參考 ①本字作「須」。②同鬢。

9 **鬚眉** ㄒㄩ ㄇㄟˊ ㈠男子的代稱。㈡鬍鬚與眉毛。

▽虎鬚、髭鬚、鬍鬚、苔鬚、參鬚、捋鬚、髯鬚。

次 12 **鬙** 形解 形聲；從髟，曾聲。曾有增益的意思，所以髮多而亂爲鬙。

音義 ㄙㄥ 副鬙鬙，髮亂的樣子。

參考 「鬙」與訓爲束髮的「鬠」，音義各異。

次 13 **鬟** 形解 形聲；從髟，睘聲。睘有圓環的意思，所以圈髮爲飾爲鬟。

音義 ㄏㄨㄢˊ 名①婦女梳成的環形髮髻；例香霧雲鬟濕。②婢女；例欲買小鬟試教之。

常 14 **鬢** 形解 形聲；從髟，賓聲。賓有旁、次的意思，所以生於面頰兩旁的毛髮爲鬢。

音義 ㄅㄧㄣˋ 名①指面頰兩邊靠近耳朵前面的地方；例鬢角。②鬢角上所長的頭髮；例兩鬢皆白。③美人。

參考 ①古字作「髩」。②面頰的鬚叫「髥」；面頰的髮叫「鬢」。

▽鴉鬢、雲鬢、兩鬢、翠鬢。

次 15 **鬣** 形解 形聲；從髟，巤聲。巤爲毛髮向上指的意思，所以直硬的毛髮爲鬣。

音義 ㄌㄧㄝˋ 名①某些獸類頸上的長毛；例馬鬣。②粗硬的長鬚；例長鬣。③魚類頷旁的鰭；例鯨鬣。④松針；例粒當言鬣。⑤掃帚的末端。⑥蛇鱗。

【鬥部】 ㄉㄡˋ

常 0 **鬥** 形解 會意；從二丮相對。兩人相爭爲鬥。

音義 ㄉㄡˋ 名姓。動①對爭；例鬥氣。②比賽；例鬥棋。③遇合；例荷葉荷花相間鬥。④湊集；例都鬥分子。⑤引逗，通「逗」；例鬥卿來便當眞假。

參考 ①同爭，戰。②反讓。③孳鬪、鬭。④「爭」是兩人共搶一物；「鬥」是兩人徒手相敵對。

7 **鬥志** ㄉㄡˋ ㄓˋ 作戰爭勝的意志。

8 **鬥爭** ㄉㄡˋ ㄓㄥ ㈠敵對的雙方，爲了互相爭勝而發生戰鬥。㈡共黨術語：不同的階級之間，因利益衝突而互相批判，爭鬥，打擊等。㈢競爭。

12 **鬥智** ㄉㄡˋ ㄓˋ 以智慧互相爭勝。

參考 反鬥力。

15 **鬥毆** ㄉㄡˋ ㄡ 打架，爭鬥。

▽暗鬥、格鬥、決鬥、私鬥、爭鬥、奮鬥、比鬥、困獸猶鬥、孤軍奮鬥、明爭暗鬥、龍爭虎鬥。

常 5 **鬧** 形解 會意；從市鬥。市爲買賣所往之處，所以兩人相爭於買賣場所，擾嚷不靜爲鬧。

音義 ㄋㄠˋ 名喧嚻的市境；例門巷不教當耍鬧。動①喧吵；例敗荷枯葦鬧秋聲。②擺裝；例鬧闊。③變化；例事情鬧到這種田地。④發生；例鬧水災。⑤害病；例鬧氣喘。⑥使，導致；例鬧得大家不歡而散。形擾嚷的；例鬧市。

參考 ①同吵，亂。②反靜，閑。

5 **鬧市** ㄋㄠˋ ㄕˋ 繁華熱鬧的街市。

13 **鬧意見** ㄋㄠˋ 一ˋ ㄐㄧㄢˋ 意見不合，發生爭執。亦作「鬧擰兒」。

15 **鬧劇** ㄋㄠˋ ㄐㄩˋ ㈠文喜劇的一種。

特點是運用滑稽、誇張和怪誕等手法反映現實生活。源出於古希臘的「羊人劇」。又叫「笑劇」。㈡胡亂的行事，弄得他人哭笑不得。

20 **鬧鐘** ㄋㄠˋ ㄓㄨㄥ 能按預定時刻發出聲號的時鐘。

▽喧鬧、熱鬧、吵鬧、胡鬧、吵吵鬧鬧、熱熱鬧鬧、無理取鬧。

㊥ 6 **鬨** 形解 形聲；從鬥，共聲。共爲合同，所以共相爭鬥爲鬨。

音義 ㄏㄨㄥˋ 動 ①聚集吵鬧；例起鬨。②爭鬥；例鄒與魯鬨。副 ①吵鬧地；例大家不禁鬨堂大笑。②盛出的樣子；例鬨然秀發。

參考 同吵，鬧。

▽笑鬨、起鬨。

㊇ 8 **鬩** 形解 會意；小兒相鬥爲鬩。

音義 ㄒㄧˋ 動 爭吵；例兄弟讒鬩。

㊇ 12 **鬭** 形解 形聲；從鬥，敢聲。戰鬥時極爲勇敢，所以勇猛爲鬭。

音義 ㄏㄢˇ 副 ①勇猛的樣子；例七雄虓鬭。②描摹禽獸憤怒鳴叫聲；例鬭如虓虎。

㊇ 16 **鬮** 形解 形聲；從鬥，龜聲。龜有占卜的意思，所以用猜測的方式爭取贏輸爲鬮。

音義 ㄐㄧㄡ 名 爲賭勝負或決定事情而抓取的揉成團或捲起的作好記號的紙片；例抓鬮兒。動 以手取物。

【鬯部】 ㄔㄤˋ

㊥ 0 **鬯** 形解 會意；從凶，象容器；中間象米，下從匕，用匕扱取。所以祭神的可釀成香酒以祭神；所以祭神的香酒爲鬯。

音義 ㄔㄤˋ 名 ①古以鬱金草、黑黍釀成作祭祀用的香酒；例不喪匕鬯。②弓袋，通「韔」；例抑鬯弓忌。副 茂盛地，通「暢」；例草木鬯茂。

▽明鬯、鬱鬯、匕鬯。

㊥ 19 **鬱** 形解 形聲；從林，鬱省聲。鬱有衆多的意思，所以林木叢生爲鬱。

音義 ㄩˋ 名 ①植 香草名，鬱金香的簡稱，葉長，橢圓形，葉叢中生出花穗，包以鱗狀的苞，花白色。②植 果名，即郁李。③姓。動 ①積聚；例鬱彼北林。②怨恨；例故樂愈侈而民愈鬱。③腐臭。④變化。⑤阻礙。形 ①煙氣上蒸的；例瑤池氣鬱律。②愁悶的；例憂鬱。③茂盛的；例鬱乎蒼蒼。

參考 ①同悶，憂。②反樂，怡。

10 **鬱悒** ㄩˋ ㄧˋ 憂愁不解的樣子。又作「鬱邑」、「壹鬱」。

12 **鬱悶** ㄩˋ ㄇㄣˋ 沈悶鬱結。

鬱結 ㄩˋ ㄐㄧㄝˊ 抑鬱而不舒暢的樣子。

參考 同鬱積，鬱悒。

29 **鬱鬱** ㄩˋ ㄩˋ ㈠悶悶不樂的樣子。㈡草木茂盛的樣子。

鬱鬱蒼蒼 ㄩˋ ㄩˋ ㄘㄤ ㄘㄤ 草木繁盛的樣子。又作「鬱乎蒼蒼」、「鬱鬱葱葱」。

鬱鬱寡歡 ㄩˋ ㄩˋ ㄍㄨㄚˇ ㄏㄨㄢ 悶悶不樂的樣子。

▽陰鬱、悒鬱、憂鬱、沈鬱、積鬱、蒼鬱。

【鬼部】 ㄍㄨㄟˇ

㊥ 0 **鬼** 形解 象形；象人象頭特大形。跽跪的人形。人死歸土，而後化爲鬼。

音義 ㄍㄨㄟˇ 名 ①人死後的精氣或靈魂；例幽則有鬼神。②有不良嗜好的人，對人表示輕蔑的稱呼；例酒鬼。③不可告人的勾當；例搗鬼。④置疑之詞；例鬼相信。⑤天 星宿名，二十八宿之一。⑥指小孩子的機靈，和「小」連用，表示愛稱；(例)小鬼。⑦姓。[形]①不正派的；(例)鬼把戲。②機警的；(例)鬼精靈。[副]胡亂地；(例)鬼混。[參考]①[反]人。②[孳]瑰、愧、塊、嵬。

3 **鬼才** ㄍㄨㄟˇ ㄘㄞˊ ㈠宋人品評唐代詩人李賀之辭。㈡泛指不是大智大慧也不屬於正途的聰明。

4 **鬼火** ㄍㄨㄟˇ ㄏㄨㄛˇ 忽現忽滅的青色野火，起火原因係游離於地面的燐質遇空氣中之氧燃燒而發光。

8 **鬼門關** ㄍㄨㄟˇ ㄇㄣˊ ㄍㄨㄢ 俗傳冥府所在，又用以比喻凶險難過的地方。

鬼使神差 ㄍㄨㄟˇ ㄕˇ ㄕㄣˊ ㄔㄞ 比喻意料不到，不由自主。[參考][同]陰錯陽差。

鬼斧神工 ㄍㄨㄟˇ ㄈㄨˇ ㄕㄣˊ ㄍㄨㄥ 形容技藝的精巧。[參考]①[同]巧奪天工。②又作「神工鬼斧」。

10 **鬼哭神號** ㄍㄨㄟˇ ㄎㄨ ㄕㄣˊ ㄏㄠˊ 形容：㈠悲痛的哭叫。㈡陰慘恐怖的聲音。

鬼鬼祟祟 ㄍㄨㄟˇ ㄍㄨㄟˇ ㄙㄨㄟˋ ㄙㄨㄟˋ 形容行爲詭秘，不大方，不正派。[參考][同]天愁天慘。

12 **鬼畫符** ㄍㄨㄟˇ ㄏㄨㄚˋ ㄈㄨˊ ㈠譏人書法惡劣。㈡比喻胡說八道或莫名其妙的把戲。

14 **鬼蜮伎倆** ㄍㄨㄟˇ ㄩˋ ㄐㄧˋ ㄌㄧㄤˇ 陰險的害人手段。

16 **鬼頭鬼腦** ㄍㄨㄟˇ ㄊㄡˊ ㄍㄨㄟˇ ㄋㄠˇ ㈠狡猾陰險，又指畏縮而不大方的舉動。㈡傻頭傻腦。

▽惡鬼、厲鬼、人鬼、神鬼、酒鬼、明鬼、搞鬼、裝鬼、妖鬼、女鬼、變鬼、死鬼、心裡有鬼、裝神弄鬼、色中餓鬼。

(常) 4

魁

[形解]  形聲；從斗，鬼聲。鬼有頭大的意思，所以頭大而柄長的羹勺爲魁。

[音義] ㄎㄨㄟˊ [名]①羹勺，盛酒器；(例)卻念初無注酒魁。②領頭的人；(例)魁首。③比賽得勝；(例)奪魁。④[天]星宿名，北斗七星中離斗柄最遠的第一星；(例)魁星。⑤芋根；(例)芋魁。⑥姓。[動]①中榜首；(例)公大魁天下。②光露，通「科」；(例)魁頭露紒。[形]高大强壯的；(例)魁偉。[參考]①[同]偉，壯，雄。②[反]弱。③與「隗」同音而義異：「隗」從阜(阝)，爲姓氏。

9 **魁首** ㄎㄨㄟˊ ㄕㄡˇ 頭等人物。

魁星 ㄎㄨㄟˊ ㄒㄧㄥ ㈠[天]北斗七星中的前四顆星，即天樞、天璇、天璣、天權的總稱。因四星排列成方形如「斗」，故名「魁」或「斗魁」，又名「璇璣」。㈡中國神話中主宰文章興衰的神。「奎星」的俗稱。

11 **魁梧** ㄎㄨㄟˊ ㄨˊ 體格壯大的樣子。

▽奪魁、占魁、黨魁、俠魁、花魁。

(常) 4

魂

[形解] 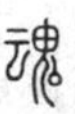 形聲；從鬼，云聲。云象雲氣回轉形，有上升的意思，所以人死所化，離形體而存在的精靈爲魂。

[音義] ㄏㄨㄣˊ [名]①人的能離開肉體單獨存在的精神；(例)魂魄。②物的精神；(例)柳魂花魄。③人的意念；(例)馳魂魏闕。④人的精神或情緒；(例)神魂顚倒。[副]聚精會神地；(例)魂祈夢請。[參考]①[反]魄。②陽氣叫「魂」；陰神叫做「魄」。③俗字作「䰟」。

4 **魂不附體** ㄏㄨㄣˊ ㄅㄨˋ ㄈㄨˋ ㄊㄧˇ 形容恐怖至極。[參考]與「失魂落魄」有別：後者適用面較廣，除了形容恐懼外，還常形容緊張、憂慮、精神失常等。

9 **魂飛魄散** ㄏㄨㄣˊ ㄈㄟ ㄆㄛˋ ㄙㄢˋ 比喻驚恐過度，魂魄幾乎飛散。

15 **魂魄** ㄏㄨㄣˊ ㄆㄛˋ 舊稱人的精神和靈氣。

▽英魂、驚魂、招魂、銷魂、神魂、精魂、斷魂、亡魂、幽魂、離魂、靈魂、夢魂、心魂、鬼魂、失魂、喪魂、借屍還魂。

(常) 5

魅

[形解] 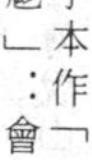 字本作「鬽」：會意；從鬼彡。彡爲鬼毛，人死爲鬼，所以物之老而能成精怪者爲鬽。今

作「魅」。

音義 ㄇㄟˋ 名 ①妖怪；例鞭撻魔魅。②古傳說中住在深山老林裡的鬼怪；例魑魅。動 媚惑，通「媚」；例善蠱魅。

▽鬼魅、狐魅、蠱魅、魑魅、妖魅、病魅、魘魅。

常 5 **魄** 形解 形聲；從鬼，白聲。白有明白的意思，鬼氣顯盛，陰神出現爲魄。

音義 ㄆㄛˋ 名 ①人身中有依附形體而顯現的精神，稱之爲「魂魄」；分析而言，能離開軀體的爲「魂」，不能離開軀體的爲「魄」。②人的精氣；例天奪之魄。③人的身體；例失魄無依。④氣質或精力；例體魄強健。⑤指月亮不圓的時候，殘缺黑暗的部分；例皓魄流霜空。

ㄅㄛˊ 形 不得意的；例落魄。

ㄊㄨㄛˋ 形 潦倒，通「拓」；例落魄。

參考 ①參閱「魂」字條。②「落魄」的「魄」字有二讀：一爲ㄅㄛˊ，一爲ㄊㄨㄛˋ。

▽玉魄、魂魄、精魄、體魄、落魄、心魄、旁魄、月魄、勾魂攝魄、失魂落魄、驚心動魄。

次 5 **魆** 形解 形聲；從鬼，戉聲。戉聲字多有甚大的意思，所以詭譎爲魆。

音義 ㄒㄩ 形 ①黑暗；例滿屋魆黑。②魆魆，黑的。

次 5 **魃** 形解 形聲；從鬼，犮聲。可以造成旱災的鬼爲魃。

音義 ㄅㄚˊ 名 古神話中造成旱災的鬼怪；例魃蜮猖狂。

▽炎魃、旱魃。

次 7 **魈** 形解 形聲；從鬼，肖聲。山林中的精怪，化爲鬼形爲魈。

音義 ㄒㄧㄠ 名 ①動 山魈，猴類的一種，是珍奇動物；例孤館客投魈。②傳說中山中的鬼怪。

參考 或作「㺐」。

常 8 **魏** 形解 本字作「巍」：形聲；從嵬，委聲。委有接續的意思，嵬爲山高不平，所以山高聳立爲巍。後省作「魏」。

音義 ㄨㄟˋ 名 ①天子居住的宮闕；例集羽族於觀魏。②戰國時代戰國七雄之一，在今河南北部，山西西南一帶，爲秦所滅。③三國之一，與吳、蜀並立，曹操子丕所建。④南北朝時北朝之一，鮮卑拓跋珪所建。⑤姓。

ㄨㄟ 副 高大的樣子，同「巍」；例魏魏然。

18 **魏闕** ㄨㄟˋ ㄑㄩㄝˋ 宮門外的樓觀，古代公布法令的地方。後來作爲朝廷的代稱。

▽曹魏、拓跋魏、生張熟魏。

次 8 **魎** 形解 形聲；從鬼，兩聲。山川中的精物爲魎。

音義 ㄌㄧㄤˇ 名 ①魍魎，古傳說山川中的精怪。②壞人；例魑魅魍魎。

次 8 **魍** 形解 形聲；從鬼，罔聲。罔有虛幻的意思，所以山川中的精怪爲魍。

音義 ㄨㄤˇ 名 魍魎，古傳說山川中的精怪。

次 8 **魋** 形解 形聲；從鬼，隹聲。獸名，似熊而小，毛赤黃爲魋。

音義 ㄊㄨㄟˊ 名 ①動 獸名，形體類似小熊。②古傳說中的一種神獸。③姓。

ㄔㄨㄟˊ 名 魋結，髮髻，通「椎」。

常 11 **魔** 形解 形聲；從鬼，麻聲。麻有細小的意思，所以細微不易見的鬼怪爲魔。

音義 ㄇㄛˊ 名 ①鬼怪；例惡魔②宗 梵語「魔羅」的簡稱，指修道的障害者；例我墮疑網，故謂是魔所爲。③嗜好成癖；例走火入魔。④邪惡的壞人；例打擊惡魔。形 ①奇異的；例魔術。②不平常的；例魔力。

參考 與「麼」、「摩」、「磨」、「礳」

同音而義異：「麼」有細小的意思；「摩」有擦動的意思；「磨」有研細的意思；「蘑」爲蘑菇之蘑。

2 **魔力** ㄇㄛˊ ㄌㄧˋ ㈠魔術的力量。㈡迷惑人的力量。㈢使人信仰的非常力量。

4 **魔王** ㄇㄛˊ ㄨㄤˊ ㈠宗佛家稱天魔中的王，爲修道而不得正法的鬼類。㈡形容極端殘酷、失去人性的人。

11 **魔術** ㄇㄛˊ ㄕㄨˋ ㈠利用化學、物理、機械等科學方法，藉各種道具，以秘密而快速的手法，使觀衆產生幻覺，表演超乎尋常的動作或技藝。㈡神奇的法術，超出自然作用之外，不能用常理來解釋的，如星卜、關亡、召魂等。

12 **魔掌** ㄇㄛˊ ㄓㄤˇ 魔鬼的手掌。比喻受到壞人或惡勢力的控制。

14 **魔障** ㄇㄛˊ ㄓㄤˋ ㈠宗佛家稱修道的障礙。㈡蒙蔽，見事不明。

19 **魔難** ㄇㄛˊ ㄋㄢˋ 障礙，困難。

▽惡魔、妖魔、色魔、邪魔、睡魔、心魔、著魔、降魔、服魔、詩魔、情魔。

次 11 **魑** 形解 形聲；從鬼，离聲。山澤中的精怪爲魑。

音義 ㄔ 名魑魅，古傳說中躲藏在深山密林中能害人的妖怪，通「螭」。

15 **魑魅** ㄔ ㄇㄟˋ 山澤裡的精怪。

參考 亦作「螭魅」。

常 14 **魘** 形解 形聲；從鬼，厭聲。厭爲逼迫，所以鬼怪在噩夢中壓迫人爲魘。

音義 ㄧㄢˇ 名作惡夢時的驚叫，或夢中覺得被什麼東西壓制住不能動彈；例夢魘。

參考 與「厴」、「黶」同音而義異：「厴」爲蟹的腹臍，「黶」爲一種黑痣。

15 **魘魅** ㄧㄢˇ ㄇㄟˋ 害死人的邪術。如圖畫形像或刻作人身，刺心釘眼，繫手縛足，加符唸咒等方法。

▽夢魘、惡魘。

【鬲部】 ㄌㄧˋ

常 0 **鬲** 形解 象形；上象蓋及口，中象腹之交文及三足形。

音義 ㄌㄧˋ 名①古代烹煮器之一，樣子像鼎，足部中空；例瓦鬲煮食。②瓦瓶；例瓦鬲。

鬲

ㄍㄜˊ 名①用手搤物，通「搹」；例茸經大鬲。②地古國名，在山東德縣北。③地河名，發源於河北，流入山東，今已淤塞；例鬲津。④姓。動阻隔，通「隔」；例鬲咽不通。

ㄜˋ 名轅前用來扼住牛馬的頸子的東西；例轅鬲。

參考 ①字又作「䰙」、「鎘」。②俗字作「鬲」。③孳隔、嗝、鎘。

▽瓦鬲、鼎鬲、釜鬲。

次 9 **鬷** 形解 形聲；從鬲，㚇聲。釜的一種爲鬷。

音義 ㄗㄨㄥ 名①釜的一種。②姓。動前進；例越以鬷邁。

次 12 **鬻** 形解 會意；從米在鬲中。把米煮爛爲鬻。

音義 ㄩˋ 名姓。動①賣出；例鬻爵賣官。②出生；例孕鬻。③養育，通「育」；例鬻子閔斯。

ㄓㄨ 名稀飯，通「粥」；例饘於是，鬻於是，以餬余口。

參考 ㄓㄨ 語音爲 ㄓㄡ。

▽酤鬻、私鬻、自鬻、販鬻。

【魚部】 ㄩˊ

常 0 **魚** 形解 象形；上象頭，中象鱗，下象尾形。水生動物爲魚。

音義 ㄩˊ 名 ①動 用鰓呼吸並以鰭游泳的水生脊椎動物，種類很多，我國海洋和淡水魚類有二千多種；例淡水魚。②兩眼白色的馬；例有驔有魚。③書札的代稱；例魚沈雁杳。④姓。動 漁獵，通「漁」；例以佃以魚。

參考 ①魚，或作「奐」。②孳 魯、穌、蘇。③參閱「漁」字條。

5 **魚目混珠** ㄩˊ ㄇㄨˋ ㄏㄨㄣˋ ㄓㄨ 拿魚的眼睛摻雜在珍珠裏面。比喻拿假的冒充眞的，企圖蒙混過關。

6 **魚米之鄉** ㄩˊ ㄇㄧˇ ㄓ ㄒㄧㄤ 鄰近水澤而土地肥美，出產魚米很多的地方。

11 **魚貫而行** ㄩˊ ㄍㄨㄢˋ ㄦˊ ㄒㄧㄥˊ 像游魚那樣首尾連貫地行進。比喻有秩序地相繼而行。

12 **魚游釜中** ㄩˊ ㄧㄡˊ ㄈㄨˇ ㄓㄨㄥ 魚在鍋裡游。比喻處境危險，快要死亡。釜：鍋子。

▽香魚、鮮魚、打魚、木魚、飛魚、鳥魚、草魚、鯉魚、鯽魚、鰱魚、蠹魚、淡水魚、鹹水魚、熱帶魚、緣木求魚、水清無魚、殃及池魚、混水摸魚、臨淵羨魚。

常 4
魯

形解 形聲；從白，魚聲。甲文作在笑盧上面，所以嘉美爲魯，隸變作「魯」。

音義 ㄌㄨˇ 名 ①地 周代諸侯國名，西元前十一世紀中葉至西元前二五六年，在山東西南部，爲楚所滅。②地「山東省」的簡稱。③姓。形 ①愚笨的；例頑魯。②直率的；例樸魯。③粗心的；例魯莽。④粗野的；例粗魯。

參考 ①同鹵，鈍。②反聰，明，通。③孳櫓。

11 **魯莽滅裂** ㄌㄨˇ ㄇㄤˇ ㄇㄧㄝˋ ㄌㄧㄝˋ 形容做事粗心大意，草草率率。魯莽：說話做事不曾仔細考慮；滅裂：草率。

魯魚亥豕 ㄌㄨˇ ㄩˊ ㄏㄞˋ ㄕˇ 形容文字傳抄或刊印錯誤，將「魯」字誤作「魚」字，將「亥」字誤寫成「豕」字。

▽頑魯、愚魯、粗魯、秘魯。

常 4
魷

形解 形聲；從魚，尤聲。魚名。尤爲奇異，所以形狀異常，體軟，前生觸足的柔魚爲魷。

音義 ㄧㄡˊ 名動 魚名，烏賊的一種，生活在海洋中的一種軟體動物，頭像烏賊，尾端呈菱形，肉鮮可食，也可製成乾品，俗稱「柔魚」。

參考 炒魷魚—歇後語，指被解聘或解僱的意思。

次 4
魴

形解 形聲；從魚，方聲。赤尾，體寬而薄，味美的魚爲魴。

音義 ㄈㄤˊ 名動 魚名，形體似鯿，背脊隆起，草食性，爲淡水經濟魚類之一。

常 5
鮑

形解 形聲；從魚，包聲。包有蒙覆的意思，所以濕而有臭氣的醃魚爲鮑。

音義 ㄅㄠˋ 名 ①動 魚名，又稱鰒，生活在海洋中的軟體動物，有一個橢圓形的貝殼，肉可食用，貝殼本草稱「石決明」，可入藥。②潮濕的醃魚；例鮑魚之肆。③電碼速率的單位，「一鮑」表示每秒發射½點週期。④柔革工，通「鞄」。⑤姓。

參考 又音 ㄅㄠˊ。

次 5
鮀

形解 形聲；從魚，它聲。魚名，能吹沙的小魚爲鮀。

音義 ㄊㄨㄛˊ 名動 ①魚名，即鱖魚，爲鱸魚的一種。②鯊鮀，某些淡水小魚類。

次 5
鮓

形解 形聲；從魚，乍聲。乍有制止的意思，所以將魚類保藏以備食用爲鮓。

音義 ㄓㄚˇ 名 經過醃製的魚類食品；例以一坩鮓遺母。

次 5
鮒

形解 形聲；從魚，付聲。魚名，鯽魚爲鮒。

音義 ㄈㄨˋ 名動 魚名，古指鯽魚，形似鯉，無鬚，棲息於池沼中。

次 5 **鮐** 形解 魚名爲鮐。形聲；從魚，台聲。

音義 ㄊㄞˊ 名動魚名，即鯖魚，體呈紡錘形，青綠色，上部有深藍波狀紋，是我國北方海產經濟魚類之一。

常 6 **鮮** 形解 形聲；從魚，羴省聲。羴爲羊臊氣，所以味美的魚爲鮮。

音義 ㄒㄧㄢ 名①魚；例治大國若烹小鮮。②新鮮的肉；例益奏庶鮮食。③姓。形①味美的；例這湯眞鮮。②色彩明亮光豔的；例鮮豔。③新的，不乾枯的；例鮮花。ㄒㄧㄢ 名夭死，不長壽的人；例葬鮮者西門。形寡少的；例鮮克有終。ㄒㄧㄢ 動進獻，通「獻」；例鮮羔開冰。

參考 ①同少，寡，尠。②擘癬、蘚。

24 **鮮豔** ㄒㄧㄢ ㄧㄢˋ 鮮明美麗。

▽新鮮、海鮮、朝鮮、珍鮮、屢見不鮮、德薄能鮮。

常 6 **鮫** 形解 形聲；從魚，交聲。交有交合扭曲的意思，魚性凶猛，齒銳善噬者爲鮫。

音義 ㄐㄧㄠ 名動魚名，即鯊魚；例一淵不兩鮫。

參考 又作「蛟」。

常 6 **鮪** 形解 形聲；從魚，有聲。鮪魚爲鮪。

音義 ㄨㄟˇ 名①動魚名。魚綱，金槍魚科，體呈紡錘形，長達五十公分，藍黑背，背側有若干朱黑色斜帶，額中等大，吻尖，牙細小，大洋性中上層魚類，喜結羣，分布於全球溫帶及熱帶海洋中，是我國遠洋漁業的主要漁獲量之一；例鮪釣漁業。②動鱘、鰉的古稱。③動金槍魚的日本名。④地水名，通「洧」，即洧水。

參考 閩南、廣東一帶俗稱「卜白」魚。

次 6 **鮚** 形解 形聲；從魚，吉聲。小蚌爲鮚。

音義 ㄐㄧㄝˊ 名①動古書所說的一種蚌。②地鮚埼亭，古地名，在今浙江奉化。

參考 又音ㄐㄧ。

次 6 **鮭** 形解 形聲；從魚，圭聲。鮭魚爲鮭。

音義 ㄍㄨㄟ 名動魚名，鮭科魚類，體銀白色，常帶緋色寬斑，是名貴的冷水性魚類，原爲海產，九月間溯黑龍江而產卵。ㄒㄧㄝˊ 名鮭菜，魚類菜肴的總稱。

次 6 **鮞** 形解 形聲；從魚，而聲。而有小的意思，所以初生的小魚爲鮞。

音義 ㄦˊ 名①魚名；例東海之鮞。②魚卵；例魚禁鯤鮞。③一種結晶質集合而成的形體；例鮞狀。

次 6 **鮆** 形解 形聲；從魚，此聲。此有細小的意思，其形似刀而薄，所以刀魚爲鮆。

音義 ㄐㄧˋ 名動海魚名，銀白色，腹部具棱鱗，爲溫、熱帶近海小型食用魚類。

常 7 **鯉** 形解 形聲；從魚，里聲。魚名，體扁呈紡錘形，口邊有長短觸鬚各一對，脊鰭特長，體側略現金黃色爲鯉。

音義 ㄌㄧˇ 名①動魚名，魚綱，鯉科，體延長，稍側扁，長達一公尺左右，青黃色，尾鰭下葉紅色，口下位，鬚兩對，產於淡海中，味鮮美；例河鯉。②書札的代稱。

參考 ①或作「鱺」。②又稱金鯉魚。

常 7 **鯊** 形解 形聲；從魚，沙聲。魚名，沙爲水中細石，所以鯊魚常張口吹沙爲鯊。

音義 ㄕㄚ 名動①一羣鰓裂位於側面的板鰓魚類的通稱。

身體一般呈紡錘形。鰓裂每側五—七個，背鰭一個或二個。海生，肉食性，經濟價值高，除供食用外，肝可製魚肝油，皮可製革，骨可製膠，鰭幹製成名貴的魚翅。種類多，我國約產七十餘種，常見的有姥鯊、星鯊、角鯊等。又稱「鯊魚」或「魦」。②動鰕虎魚類的別名。亦稱「鮀」、「鯊鮀」。③某些淡水小型魚類。④古代小魚名，亦作「魦」。

次 7 **鯇**

解形 形聲；從魚，完聲。魚名，即鯶魚，草魚爲鯇。

音義 ㄏㄨㄢˇ 名動淡水魚名，即草魚，身體微綠，鰭微黑，以水草爲食，屬淡水養殖魚類。

次 7 **鮿**

解形 形聲；從魚，耴聲。將魚製成乾，但不施鹽爲鮿。

音義 ㄓㄜˊ 名①魚乾，例鮿鮑千鈞。②動魚名，即青衣魚。

次 7 **鯁**

解形 形聲；從魚，更聲。更有直的意思，所以魚骨爲鯁。

音義 ㄍㄥˇ 名①魚骨；例骨鯁在喉。②禍患；例除鯁避強。動①東西卡在喉嚨裡；例食之鯁人。②阻塞，通「梗」；例睢河鯁其流。形正直的，通「耿」；例誠鯁。

參考 或作「骾」。

▽骨鯁、忠鯁、直鯁。

8 鯁直 ㄍㄥˇ ㄓˊ 剛直。

次 7 **鯈**

解形 形聲；從魚，攸聲。魚名，白鯈魚爲鯈。

音義 ㄧㄡˊ 名動魚名，即小白魚，體小而常浮出水面，善於游水。

參考 又音 ㄔㄡˊ。

次 7 **鯀**

解形 形聲；從魚，系聲。大魚爲鯀。

音義 ㄍㄨㄣˇ 名①人夏禹的父親，居于崇，號崇伯。②大魚。

參考 亦作「鮌」。

次 7 **鯽**

解形 形聲；從魚，即聲。魚名，形似鯉而無觸鬚爲鯽。

音義 ㄐㄧˋ 名動魚名，魚綱，鯉科，體側扁，呈紡錘形，頭口皆小，無鬚，背隆起色青褐，腹面暗白，背鰭與臀鰭具硬刺，腹內有鰾，能充滿空氣，以利浮沈。我國各地淡水中都產，肉味鮮美，是重要食用魚類之一。

參考 ①字本作鯽。②古稱「鰿」，亦稱「鮒」。③變種金魚，經長期選種，形成許多品種，供觀賞。

常 8 **鯨**

解形 形聲；從魚，京聲。京有高大的意思，所以海中大魚常露海面，噴水如高丘爲鯨。

音義 ㄐㄧㄥ 名動屬脊椎動物，哺乳綱，鯨目，海洋中最大的水棲哺乳動物，外形似魚，大小隨種類而異，最小的只有一公尺左右，最大的可達三十公尺；頭大，耳小，耳殼完全退化，頸部不顯著，前肢呈鰭狀，後肢完全退化。皮肉可食，脂肪可製油，是工業原料。俗名鯨魚，種類甚多，可分爲有齒、無齒兩類：有齒者，如抹香鯨；無齒者，以鬚代之，如露脊鯨。又稱爲「噴水孔」。

參考 ①雄稱「鯨」，雌稱「鯢」（音ㄋㄧˊ）。②鯨魚，又作「京魚」。

▽巨鯨、長鯨、白鯨、捕鯨、藍鯨。

常 8 **鯧**

解形 形聲；從魚，昌聲。魚名，昌有美好的意思，此魚蒸煎烤炸味均佳美，所以爲鯧。

音義 ㄔㄤ 名動魚名，魚綱，鯧科，體側扁而高，略呈卵圓形，銀灰色，頭小，吻圓，口小，牙細，鱗細骨軟而多脂肪，味美，爲我國名貴食用經濟魚類，又名「鯧鯸魚。」

次 8 **鯖**

解形 形聲；從魚，青聲。魚名，青魚爲鯖。

音義 ㄑㄧㄥ 名動魚名，即鮐魚，

見「鮐」字。

ㄓㄥ 名 魚和肉合燒的雜燴菜；例惡嚼噂腥鯖。

次 8

鯪

形解 形聲；從魚，夌聲。夌是「鱗」的假借，所以身首皆覆有鱗甲的魚爲鯪。

音義 ㄌㄧㄥˊ 名 ①動淡水魚名，體側扁，口小，鬚兩對，主食藻類。②古神話中的人魚；例鯪魚何所？。

次 8

鯫

形解 形聲；從魚，取聲。白色的小魚爲鯫。

音義 ㄗㄡ 名 動 ①白魚。②小魚；例鯫千石。ㄑㄢˊ 形 小人的樣子。例鯫生。

次 8

鯤

形解 形聲；從魚，昆聲。魚子爲鯤。

音義 ㄎㄨㄣ 名 ①魚子；例魚禁鯤鮞。②古傳說中的大魚；例鯤鵬。

次 8

鯛

形解 形聲；從魚，周聲。魚骨柔脆爲鯛。

音義 ㄉㄧㄠ 名 動 海魚名，體長約五十公分以上，側扁，紅色有藍斑點，爲我國名貴食用魚類。

次 8

鯢

形解 形聲；從魚，兒聲。奇魚名，有足能爬樹，其聲如嬰兒爲鯢。

音義 ㄋㄧˊ 名 ①動魚名，兩棲綱，分大鯢和小鯢：大者長約四尺，營穴岸旁，能爬樹食山椒皮，故名山椒魚；又叫聲如嬰兒啼哭，又名娃娃魚。可食用，又可入藥。小的長五至九公分，生活在小溪中，肉可食。②雌鯨。③小魚；例守鯢鮒。

次 8

鯰

形解 形聲；從魚，念聲。鯰魚爲鯰。

音義 ㄋㄧㄢˊ 名 動 淡水魚名，頭平扁，口寬大，有鬚兩對，尾圓而短，體上多黏液，無鱗。

參考 或作「鮎」。

次 8

鯔

形解 形聲；從魚，甾聲。海魚之一種爲鯔。

音義 ㄗ 名 動 海魚名，體側扁，長可達五十公分，銀灰色，有暗色條紋，鱗爲櫛狀。

次 8

鯗

形解 形聲；從魚，養省聲。魚乾，以其富有營養爲鯗。

音義 ㄒㄧㄤˇ 名 剖開曬乾的魚；例鹹鯗。

參考 或作「鮝」。

常 9

鰓

形解 形聲；從魚，思聲。思爲頭部腦蓋處，所以魚的面頰爲鰓。

音義 ㄙㄞ 名 多數水生動物的呼吸器官，在頭部的兩側，爲深紅色的絲狀排列物，有血管可營氣體的交換，根據鰓的露出體外與否，可分內鰓和外鰓兩類。有些外鰓兼有吸收養分的功能；例丹鰓。ㄒㄧ 副 恐懼的樣子，通「葸」、「諰」；例鰓鰓。

參考 字亦作「腮」。

常 9

鰍

形解 形聲；從魚，秋聲。魚名，秋有圓潤的意思，所以體圓長潤滑的魚爲鰍。

音義 ㄑㄧㄡ 名 動 魚名，魚綱，鰍科魚類的統稱，體圓長，尾側扁，鱗細小或退化，鰾亦已退化，外皮多黏液，背色蒼綠，有黑色斑點，多潛居泥濘中。分布廣，種類多，常見的有：泥鰍、花鰍和長薄鰍等。

參考 字亦作「鰌」。

次 9

鰈

形解 形聲；從魚，枼聲。枼有聚集的意思，所以比目魚爲鰈。

音義 ㄉㄧㄝˊ 名 動 海魚名，比目魚之一，兩眼都在右側。

次 9

鰒

形解 形聲；從魚，复聲。复有環迴的意思，所以有似蛤的圓殼的海魚爲鰒。

音義 ㄈㄨˋ 名 動 魚名，即鮑魚，見「鮑」字。

常 10

鰭

形解 形聲；從魚，耆聲。耆爲老者，有堅硬的意思，所以魚脊上堅硬的骨爲鰭。

音義 ㄑㄧˊ 名 魚類和其他水生脊椎動物的運動游泳器官。魚類的鰭，由體外的鰭條及各鰭條間的皮膜所構成，有胸鰭、腹鰭、脊鰭、臀鰭、尾鰭之別。

常 10 **鰥** 形解 形聲；從魚，眔聲。大魚爲鰥。

音義 ㄍㄨㄢ 名①動大魚名；例其魚魴鰥。②沒有妻子的人；例哀此鰥寡。③病。副憂悒不寐；例鰥鰥。

14 **鰥寡孤獨** ㄍㄨㄢ ㄍㄨㄚˇ ㄍㄨ ㄉㄨˊ 指社會上孤弱可憐的人。鰥：年老而沒有妻子；寡：年老而沒有丈夫；孤：年幼而沒有父母；獨：年老而沒有子女。

次 10 **鰜** 形解 形聲；從魚，兼聲。魚名，鱋魚爲鰜。

音義 ㄐㄧㄢ 名動海魚名，即大口鰈，體側扁，不對稱，兩眼全在左或右側，肉供食用。

次 10 **鰣** 形解 形聲；從魚，時聲。魚名，腹中有美味的脂肪，初夏時出現，約月餘則潛回水底，時節有定爲鰣。

音義 ㄕˊ 名動淡水魚名，體側扁，長約七十公分，背部蒼色，腹部銀白具棱鱗，肉鮮嫩，爲我國名貴的食用魚。

次 10 **鰨** 形解 形聲；從魚，𦐇聲。魚名，比目魚中的魼魚爲鰨。

音義 ㄊㄚˋ 名名動海魚名，比目魚之一，體側扁，不對稱，兩眼在右或左側。

ㄅㄧㄝ 名同「鰈」，見「鰈」字。

次 10 **鰩** 形解 形聲；從魚，䍃聲。䍃有動的意思，所以有鳥翼能飛的魚爲文鰩。

音義 ㄧㄠ 名動①一類軟骨海魚的總稱，其中魚身上有發電器官，能產生電流，肝可製魚肝油。②古傳說中的一種飛魚。

常 11 **鰱** 形解 形聲；從魚，連聲。魚名，連有聚集的意思，所以性喜羣聚的魚爲鰱。

音義 ㄌㄧㄢˊ 名動魚名，魚綱，鯉科。喉鰾類，身體扁長，腹肥鱗細，銀灰色。腹面腹鰭前後均具肉棱。棲息於中上層，以海綿狀鰓耙濾食浮游植物，性活潑，善跳躍。爲淡水魚中成長最快者，民間養殖很多，質味甚佳。以其頭特大，又稱「大頭鰱」。

參考 又稱「鱮」，俗呼「白鰱」。

常 11 **鰾** 形解 形聲；從魚，票聲。票有輕薄的意思，所以能充氣使魚漂浮水面的器官爲鰾。

音義 ㄅㄧㄠ 名①多數魚類消化管背面，椎骨、背大動脈和腎腹面的長囊狀器官。大小不一，單個或兩個，或有管通食管或無。鰾內充氣有氧、二氧化碳和氮。有調節身體比重，能自由伸縮，使魚類上浮或下沈；或在缺氧情況下，輔助呼吸的作用。俗稱「魚胞」。②即鰾膠，用魚鰾製成的膠料。

常 11 **鰻** 形解 形聲；從魚，曼聲。曼有引長的意思，所以體圓而長的魚爲鰻。

音義 ㄇㄢˊ 名動魚名，魚綱，鰻鱺科，爲鰻鱺的簡稱。體長而圓，長達六十餘公分，皮厚，富黏液，鱗柔細，背側灰褐，下方白色。母魚於秋季降入深海產卵，幼魚呈柳葉狀，透明，經變態後，進入淡水中生活成長。分布於我國、朝鮮和日本。肉質細嫩，富脂肪，爲上等食用養殖魚類之一。臺灣養殖發達，種類繁多，大量出口日本、香港等地。

常 11 **鱉** 形解 形聲；從魚，敝聲。形似龜，而外被輭殼的甲蟲爲鱉。

音義 ㄅㄧㄝ 名動動物名，與「鼈」同，屬爬蟲龜鼈目，又稱甲魚、團魚。頭部淡青灰色，散有黑點；背部隆起，背腹皆被甲，呈暗灰色，腹白色或淡紅，頭及四肢，略能縮入甲內。

常棲息於江湖池沼間，晝伏夜出，捕食魚蟲。鱉甲可作藥。

次 11 **鱈** 解形 形聲；從魚，雪聲。寒帶魚名，魚肉潔白如雪爲鱈。

音義 ㄒㄩㄝˇ 名動海魚名，頭大吻突尾細，下頷有鬚一，肝可製魚肝油。

次 11 **鰹** 解形 形聲；從魚，堅聲。魚名，大鱧魚，肉可製乾而堅硬爲鰹。

音義 ㄐㄧㄢ 名動海魚名，體紡錘形，頭大，吻尖，肉可供食用。

次 11 **鰳** 解形 形聲；從魚，勒聲。鰳魚爲鰳。

音義 ㄌㄜˋ 名動海魚名，形似鯡魚，體側扁，長可達五十公分，爲我國重要食用魚類。

次 11 **鰼** 解形 形聲；從魚，習聲。魚名，泥鰌爲鰼。

音義 ㄒㄧˊ 名①動淡水魚名，即泥鰍。②地鰼水，縣名，在貴州北部。

次 11 **鰷** 解形 形聲；從魚，條聲。魚名，白鰷爲鰷。

音義 ㄊㄧㄠˊ 名①動淡水魚名，體形狹長，鱗細，肉多細骨，棲湖沼中。②鰲鰷，生活在中上層水中的小型魚類。

次 11 **鰲** 解形 形聲；從魚，敖聲。鰲魚爲鰲。

音義 ㄠˊ 名動魚名，形狀像龍，好吞火。

13 **鰲裏奪尊** ㄠˊ ㄌㄧˇ ㄉㄨㄛˊ ㄗㄨㄣ 言出類拔萃，奪得頭籌。

常 12 **鱖** 解形 形聲；從魚，厥聲。鱖魚，大口細鱗有斑紋的淡水魚爲鱖。

音義 ㄍㄨㄟˋ 名動魚名，魚綱，鮨科，青黃色，有黑斑，口大，牙細，鱗小，背鰭有硬刺，肉味鮮美。我國各大河流、湖泊均產，是名貴淡水食用魚之一，俗名鮮花魚、桂魚、鱖豚；例桃花流水鱖魚肥。 ㄐㄩㄝ 名動鱖鯞，小魚名，像鯽而小。又稱「鰟鮍魚」、「旁皮魚」、「婢妾魚」、「青衣魚」。

常 12 **鱔** 解形 形聲；從魚，善聲。善爲美好，鱔魚形極似蛇，但不傷人，且肉嫩補身爲鱔。

音義 ㄕㄢˋ 名動魚名，魚綱，合鰓科，形狀像鰻，體形略細，長達五十公分，呈赤褐色，腹黃色，頭口均大，唇厚，眼小，淡水產，常潛伏泥洞或石縫中，離水時以口咽腔輔助呼吸，可食用。俗稱「黃鱔」，通稱「鱔魚」。

參考 古字作「鱓」。

常 12 **鱗** 解形 形聲；從魚，粦聲。粦有火光的意思，所以偏被於魚體，閃耀而發光的薄片爲鱗。

音義 ㄌㄧㄣˊ 名①魚類、爬蟲類和少數哺乳類，身體表面所覆蓋的角質或骨質的小薄片，如瓦狀，具有保護作用；例蛇鱗。②泛指有鱗甲的動物。③魚的代稱；例裁堪釣錦鱗。④姓。形形狀像魚鱗的；例鱗莖。

參考 字又作「魿」。

6 **鱗次櫛比** ㄌㄧㄣˊ ㄘˋ ㄐㄧㄝˊ ㄅㄧˇ 形容建築物排列密集，有如魚鱗的相次，梳齒的排列一般。

參考 與「星羅棋布」有別：前者强調排列很有次序，多用於房屋等形狀較整齊的東西；後者强調散布的範圍廣，形狀不一定要整齊。

12 **鱗集** ㄌㄧㄣˊ ㄐㄧˊ 羣集。

參考 參閱「蟻集」、「麇集」條。

▽錦鱗、銀鱗、逆鱗、魚鱗、龍鱗、圓鱗、櫛鱗、硬鱗、楯鱗。

次 12 **鱒** 解形 形聲；從魚，尊聲。鱒魚爲鱒。

音義 ㄗㄨㄣˋ 名動海魚名，鱒魚，形似鮭而頭較圓，腹銀白，背略帶黑色，常棲海中。

次 12 **鱘** 解形 形聲；從魚，尋聲。魚名，狀如鱧而背無鱗甲爲鱘。

音義 ㄒㄩㄣˊ 名動魚名，骨軟硬鱗的大魚，長丈餘，呈紡錘形，鼻長突出，口在鼻下，背青黃，腹白色。

次 12
鱍 形解 形聲；從魚，潑省聲。魚尾長而活潑爲鱍。
音義 ㄅㄛ 名 鱍鱍，魚甩尾聲。

次 13
鱣 形解 形聲；從魚，亶聲。魚名，類似鯉魚爲鱣。
音義 ㄓㄢ 名動 魚名，無鱗，狀似鱘，灰白色，背有骨甲三行，鼻長有鬚，尾歧。ㄕㄢ 名 淡水魚名，黃鱔，通「鱓」。

次 13
鱧 形解 形聲；從魚，豊聲。鱧魚爲鱧。
音義 ㄌㄧˇ 名動 淡水魚名，黃褐色，有黑斑塊，性凶猛，肉食性，爲淡水養魚業的害魚。

次 13
鱠 形解 形聲；從魚，會聲。細切魚肉爲鱠。
音義 ㄎㄨㄞˋ 名 ①細切的魚肉，通「膾」；例鮮鱠。②同「鰳」，見「鰳」字。動 烹煮切細的魚肉。

次 13
鱟 形解 形聲；從魚，覺省聲。甲殼類魚爲鱟。
音義 ㄏㄡˋ 名 ①動 海節肢動物，形狀像蟹，甲堅硬，殼圓扁如兜，有腳十二，尾巴細長像劍，卵可做醬，產於福建省近海中。②彩虹的俗名；例東鱟晴，西鱟雨。

次 14
鱮 形解 形聲；從魚，與聲。鰱魚爲鱮。
音義 ㄒㄩˋ 名動 魚名，即鰱魚。

常 16
鱷 形解 形聲；從魚，噩聲。噩爲驚愕，魚性惡貌醜，使人見而驚怖爲鱷。
音義 ㄜˋ 名動 爬蟲類動物，爬行綱，體長丈餘，相貌凶惡，頭部扁平，吻突出，鼻孔開於吻端背面，全身被覆著硬皮及厚鱗，鱗下有眞皮形成的骨板，四肢短，前肢五趾，後肢四趾，趾間有蹼，既利於爬引，又適於游泳。產於熱帶的河流池沼，捕食鳥獸或襲人畜，壽命可達三百餘年；例灣鱷。
參考 鱷，本字作「蝁」，又作「鰐」。

常 16
鱸 形解 形聲；從魚，盧聲。盧有黑的意思，所以顏色蒼黑爲鱸。
音義 ㄌㄨˊ 名動 魚名，魚綱，鮨科，體扁長，可達六十公分，巨口細鱗，銀灰色，像鱖魚，下顎較爲突出，有四鰓，又稱四鰓魚。棲息於近海，也進入淡水，早春在鹹淡水交界的河口產卵，性凶猛，以魚、蝦等爲食。我國養殖加州鱸魚已經成功，在市面上已到處可見；例銀鱸。
參考 俗作「鲈」。

次 19
鱺 形解 形聲；從魚，麗聲。魚名，鰻魚爲鱺。
音義 ㄌㄧˊ 名動 魚名，即鰻魚。

【鳥部】 ㄋㄧㄠˇ

常 0
鳥 形解 象形；上象鳥頭、目，中象羽翼，下象鳥足形。飛禽爲鳥。
音義 ㄋㄧㄠˇ 名 ①動 屬脊椎動物，體被羽毛，恆溫，卵生，前肢特化爲翼，能飛行，偶或退化，後肢爲腳，用以步行，用肺及氣囊作雙重呼吸；例百靈鳥。②天 星名，指南方朱鳥七宿；例日中星鳥。ㄉㄧㄠˇ 名 北方罵人土話，稱男子生殖器，通「屌」。
參考 ①「鳥」和「烏」形近，鳥是鳥類的總稱；烏是指烏鴉鳥名。②「鳥」、「烏」有別：「烏鴉」的「烏」比「小鳥」的「鳥」在鳥頭上少了一點。③反 獸。④二足有羽毛的是「鳥」；四足有毛的是爲「獸」。

14
鳥語花香 ㄋㄧㄠˇ ㄩˇ ㄏㄨㄚ ㄒㄧㄤ 鳥兒正在歌唱，花正散出芳香。

形容季節宜人，景色美好。

鳥盡弓藏 ㄋㄧㄠˇ ㄐㄧㄣˋ ㄍㄨㄥ ㄘㄤˊ 比喻事成以後，功臣即被廢去或殺害。

參考 參閱「兔死狗烹」、「過河拆橋」條。

17 **鳥瞰** ㄋㄧㄠˇ ㄎㄢˋ ㈠自高處俯視地面景物。例站在陽明山上就可以鳥瞰大臺北的全景。㈡對一種事情實況作一概略的觀察。例世界大勢鳥瞰。

▽海鳥、山鳥、菜鳥、水鳥、鴕鳥、飛鳥、花鳥、禽鳥、小鳥、青鳥、比翼鳥、籠中鳥、驚弓之鳥、一石二鳥。

常 2 **鳩** 形解 形聲；從鳥，九聲。「九」描摹鳥鳴聲，所以鳥鳴九九爲鳩。

音義 ㄐㄧㄡ 名動 鳥名，鳩鴿科部分種類的通稱，似鴿，頭小胸凸，尾短翼長；例斑鳩。動①聚集，通「勼」；例鳩工。②强占；例鳩占。副糾集地；例鳩合同志。

7 **鳩形鵠面** ㄐㄧㄡ ㄒㄧㄥˊ ㄏㄨˊ ㄇㄧㄢˋ 比喻：㈠面貌枯瘦的樣子。㈡失意落魄的樣子。

▽斑鳩、雎鳩、蒙鳩、雉鳩、祝鳩、鳲鳩、爽鳩、鶻鳩。

次 2 **鳧** 形解 會意；從鳥几。几有飛翔的意思，所以野生的水鳥爲鳧。

音義 ㄈㄨˊ 名動 小型野鴨，常羣棲沼澤及蘆葦間，肉味鮮美，羽毛柔細。動鳧水，游泳。

參考 俗作「鳬」。

17 **鳧趨雀躍** ㄈㄨˊ ㄑㄩ ㄑㄩㄝˋ ㄩㄝˋ 歡喜若狂。

常 3 **鳳** 形解 形聲；從鳥，凡聲。凡有廣衆的意思，所以鳳飛則羣鳥從以萬數爲鳳。

音義 ㄈㄥˋ 名①動古代傳說中的瑞鳥名，鳳凰的簡稱；例百鳥朝鳳。②古代用以比喻有聖德的人；例鳳兮鳳兮，何德之衰？③比喻珍貴的東西；例鳳毛麟角。④姓。

參考 ①反凰。②相傳祥瑞的鳥，雄的叫「鳳」，雌的叫「凰」。

4 **鳳毛麟角** ㄈㄥˋ ㄇㄠˊ ㄌㄧㄣˊ ㄐㄧㄠˇ 比喻珍貴而稀有的事物或人才。

參考 ①同百裡挑一。②反多如牛毛、車載斗量、過江之鯽。

11 **鳳凰** ㄈㄥˋ ㄏㄨㄤˊ ㈠動鳥的名字，雄的叫「鳳」，雌的叫「凰」。㈡地湖南縣名之一，在省境西方，麻陽縣西北，西南有鳳凰山。㈢地遼寧舊縣名，現爲鳳城縣。

鳳凰

▽龍鳳、鳴鳳、瑞鳳、麟鳳、鸞鳳、望女成鳳、攀龍附鳳、顛鸞倒鳳。

常 3 **鳴** 形解 會意；從鳥口。鳥口吐聲，所以鳥聲爲鳴。

音義 ㄇㄧㄥˊ 名①鳥類的叫；例鷄既鳴矣。②蟲類的叫；例五月鳴雎。③獸類的叫；例呦呦鹿鳴。④泛指一切發聲；例雷鳴。動①敲擊；例鳴鼓。②宣洩或表示；例不平則鳴。③聲名遠播；例以文鳴江東。

參考 ①同發，叫。②「鳴」與從鳥(ㄨ)的「鳴」字音義不同。

19 **鳴鏑** ㄇㄧㄥˊ ㄉㄧˊ 舊時軍中傳遞號令的響箭。

▽蛙鳴、鹿鳴、鳥鳴、雞鳴、蟲鳴、共鳴、耳鳴、自鳴、長鳴、悲鳴、雷鳴、和鳴、不平則鳴、孤掌難鳴。

常 3 **鳶** 形解 形聲；從鳥，弋聲。鳥名，弋有犀利的意思，所以鳥性凶猛的鳥爲鳶。

音義 ㄩㄢ 名①動鳥名，鷹科，體長約六十五公分，上體暗褐雜棕白色，耳羽黑褐色，故名「黑耳鳶」，屬猛禽類，亦稱「老鷹」。主食嚙齒動物，偶而襲擊家禽，分布我國各地，終年留居。②風箏名；例紙鳶。③茶褐色；例鳶色。

9 **鳶飛戾天** ㄩㄢ ㄈㄟ ㄌㄧˋ ㄊㄧㄢ ㈠比喻放任在自然裡的快樂情狀。㈡比喻做官的人飛黃騰達。

▽紙鳶、鳴鳶。

次 3 **鳲** 形解 形聲；從鳥，尸聲。布穀鳥爲鳲。

音義 ㄕ 名動鳲鳩，鳥名，即布穀鳥。

常 4 **鴉** 形解 形聲；從鳥，牙聲。牙爲狀聲字，所以鳴聲牙牙的鳥爲鴉。

音義 ㄧㄚ 名 ①動鳥名，鴉科部分種類的通稱，爲鳥的近似種，體型大，羽色大多單純，喙及足都強壯，鼻孔常被鼻鬚，多巢於高樹，屬雜合性。②鴉的叫聲；例燈前聞曙鴉。③拙劣的字；例信手塗鴉。

形 黑色的；例鴉鬢。

參考 反哺的叫「烏」，不反哺的叫「鴉」。

4 **鴉片** ㄧㄚ ㄆㄧㄢˋ 外 刺取罌粟未熟果實的汁液製成，含嗎啡、尼古丁等十餘種生物鹼，有劇毒，可當止痛藥劑；如不愼吸食後容易上癮。

11 **鴉雀無聲** ㄧㄚ ㄑㄩㄝˋ ㄨˊ ㄕㄥ 比喻原本吵吵鬧鬧的人羣，突然地安靜了下來。

參考 參閱「萬籟無聲」條。

▽羣鴉、山鴉、雛鴉、烏鴉、塗鴉、昏鴉、烏鴉鴉。

常 4 **鴆** 形解 形聲；從鳥，冘聲。冘有深沈陰狠的意思，所以毒鳥爲鴆。

音義 ㄓㄣˋ 名 ①動毒鳥名。②劇毒；例寘鴆於酒。③毒酒；例飲鴆止渴。動 用毒酒害人；例使醫鴆之，不死。

10 **鴆酒** ㄓㄣˋ ㄐㄧㄡˇ 毒酒。

11 **鴆殺** ㄓㄣˋ ㄕㄚ 用毒藥殺人。

鴆

次 4 **鴇** 形解 形聲；從鳥，匕聲。鴇鳥爲鴇。

音義 ㄅㄠˇ 名 ①動鳥名，比雁略大，背有黃黑斑紋，腹白，足強健而善走。②動馬名，黑白雜毛的馬，通「駂」。③收養妓女或開設妓院的婦女；例老鴇。

5 **鴇母** ㄅㄠˇ ㄇㄨˇ 妓女的養母或誘拐婦女賣淫的女人，通常由年老色衰的妓女充任。

次 4 **鴈** 形解 形聲；從鳥，從人，厂聲。「厂」描摹鴈鳴聲，所以家中所養的鵝爲鴈。

音義 ㄧㄢˋ 名 ①動候鳥名，鴨科，樣子像鵝，呈行列飛行，肉可食；例殺鴈而烹。②僞造的物品，通「贗」；例魯以其鴈往。③姓。

次 4 **鴃** 形解 形聲；從鳥，夬聲。鳥名，寧鴃爲鴃。

音義 ㄐㄩㄝˊ 名動鳥名，即伯勞鳥；例七月鳴鴃。形 鴃舌，比喻語言難懂；例鴃舌啁噪。

6 **鴃舌** ㄐㄩㄝˊ ㄕㄜˊ 比喻語音怪異，意思難懂，有如鴃鳥的叫聲。

常 5 **鴛** 形解 形聲；從鳥，夗聲。夗有轉臥委曲的意思，所以性喜雌雄交頸而臥的鳥爲鴛。

音義 ㄩㄢ 名 ①動鳥名，通「鵷」。②姓。形 成對偶的；例鴛侶。

參考 「鴛鴦」，雄的叫「鴛」，雌的叫「鴦」。

16 **鴛鴦蝴蝶** ㄩㄢ ㄧㄤ ㄏㄨˊ ㄉㄧㄝˊ (一)比喻夫婦。(二)比喻情侶。(三)泛指一切對偶的事物。(四)比喻慣寫才子佳人故事的文學作品。例鴛鴦蝴蝶派。

常 5 **鴦** 形解 形聲；從鳥，央聲。央有居半的意思，所以鴛鴦佳耦，常雌雄相隨的鳥爲鴦。

音義 ㄧㄤ 名動鳥名，即鴦鴛。

常 5 **鴨** 形解 形聲；從鳥，甲聲。鳴聲甲甲的鳥爲鴨。

音義 ㄧㄚ 名動水禽名，兩翼小不能高飛。

參考 「鴨」與「鴉」音同形近而義異：鴨是水禽，鴉是飛禽。

▽水鴨、野鴨、家鴨、板鴨、旱鴨、鹹水鴨。

常 5 **鴒** 形解 形聲；從鳥，令聲。令有發號的意思，所以飛則鳴叫，行則搖尾的鳥爲鴒。

音義 ㄌㄧㄥˊ 名動鳥名，屬鳴禽類，頭黑，前額純白，背黑肚白，尾長似喜鵲，常棲水邊，喜食害蟲。

常 5 **鴕** 形解 形聲；從鳥，它聲。頭小頸長，腳長而粗，善於疾走的大鳥爲鴕。

音義 ㄊㄨㄛˊ 名動大鳥名，屬於走禽類，體高六尺以上，頭小頸長，嘴扁而短，翅膀也短，不能高飛，產於亞、非、美洲。其羽毛可做帽子、圍巾等飾品。一作「駝雞」。

常 5 **鴣** 形解 形聲；從鳥，古聲。古爲狀聲字，所以鳴聲庶古的鳥爲鴣。

音義 ㄍㄨ 名動①鷓鴣，鳥名。②鶻鴣，鳥名，即祝鳩。

次 5 **鴥** 形解 形聲；從鳥，穴聲。穴有深的意思，所以鳥疾飛爲鴥。

音義 ㄩˋ 副鳥疾飛地；例鴥彼晨風。

參考 又作「鴪」。

次 5 **鴞** 形解 形聲；從鳥，号聲。鳥名，鴟鴞爲鴞。

音義 ㄒㄧㄠ 名動鳥名，貓頭鷹一類的猛禽，喙、爪都呈勾狀，多在夜間活動。

次 5 **鴝** 形解 形聲；從鳥，句聲。鳥名，鴝鵒爲鴝。

音義 ㄑㄩˊ 名動①鴝鵒，鳥名，即八哥鳥，體黑，能效人言。②鵲鴝，吃昆蟲而善鳴的益鳥。

常 6 **鴻** 形解 形聲；從鳥，江聲。江有長而大的意思，所以大的水鳥爲鴻。

音義 ㄏㄨㄥˊ 名①動水鳥名，較雁爲大，背頸灰色，翅黑，腹白。②書信的代稱；例來鴻。③大水，通「洪」、「洚」；例禹有功抑下鴻。④姓。形盛大的，通「洪」；例鴻福。

參考 同大。

4 鴻毛 ㄏㄨㄥˊ ㄇㄠˊ 鴻鳥的羽毛，比喻很輕微。

鴻文 ㄏㄨㄥˊ ㄨㄣˊ ㈠鴻雁在飛行時，所偶然形成的文字之象。㈡尊稱他人的大作。又作「宏文」、「鴻詞」、「宏詞」。

13 鴻溝 ㄏㄨㄥˊ ㄍㄡ ㈠地渠名，古汴水的支津，即今河南的賈魯河，爲楚漢的分界處。㈡形容界限分明。例畫若鴻溝。

16 鴻儒 ㄏㄨㄥˊ ㄖㄨˊ 博學多才的人。

▽飛鴻、來鴻、高鴻、雲鴻、悲鴻、哀鴻。

常 6 **鴿** 形解 形聲；從鳥，合聲。合爲狀聲字，所以鳴聲合合的鳥爲鴿。

音義 ㄍㄜ 名動鳥名，鳥綱，鳩鴿科，鴿屬各種的通稱，行速快，記憶力極强，有家鴿、岩鴿、原鴿、肉鴿等，俗稱「鵓鴿」；例信鴿。

次 6 **鵁** 形解 形聲；從鳥，交聲。鳥名，鵁鶄爲鵁。

音義 ㄐㄧㄠ 名動鵁鶄，鳥名，古書上一種水鳥。

參考 ①又作「鮫」。②或說爲鸕鷀的一種。

次 6 **鴰** 形解 字本作「鴰」：形聲；從鳥，昏聲。鳥名，麋鴰爲鴰。隸變作「鴰」。

音義 ㄍㄨㄚ 名動鳥名，烏鴉的俗稱。

次 6 **鵂** 形解 形聲；從鳥，休聲。鳥名，舊鳥爲鵂。

音義 ㄒㄧㄡ 名動鵂鶹，鳥名，貓頭鷹的一種，捕食鼠、兔等，對農業有益。

次 6 **鵃** 形解 形聲；從鳥，舟聲。鳥名，鶻鵃爲鵃。

音義 ㄓㄡ 名動鶻鵃，古書上的一種候鳥。

常 7 **鵠** 形解 形聲；從鳥，告聲。鳥名，告爲狀聲字，所以鳴聲告告的鳥爲鵠。

音義 ㄏㄨˊ 名①動鳥綱，雁形目，似雁而大，俗稱天鵝。②姓。副像鵠般地靜靜站著；例鵠立。

ㄍㄨˇ 名箭靶的中心；例各射己之鵠。

ㄏㄠˋ 副大，表性態，通「浩」；例鵠乎其羞用智慮也。

參考字雖從告，但不可讀成ㄍㄠ。

5 **鵠立** ㄏㄨˊ ㄌㄧˋ 形容引頸企望的樣子。

▽黃鵠、鴻鵠、正鵠。

常 7 **鵑** 形解 形聲；從鳥，肙聲。鳥名，肙爲狀聲字，所以鳴聲肙肙不止的鳥爲鵑。

音義 ㄐㄩㄢ 名①動鳥名，鳥綱，杜鵑科各種類的通稱，有時專指杜鵑屬各種。樹棲攀禽，體灰褐色，胸腹部有條黑色橫紋，尾長黑，有白色橫斑，主食昆蟲，尤嗜毛蟲，是益鳥，一名子規。②植植物名，又稱映山紅，雖間開白花，但以紅花、紫花爲多，略稱鵑。③杜鵑鳥的叫聲；例梨花枝上聽春鵑。

常 7 **鵝** 形解 形聲；從鳥，我聲。我爲狀聲字，所以鳴聲我我的鳥爲鵝。

音義 ㄜˊ 名①動鳥名，鳥綱，鴨科家禽。頭大，喙扁闊，前額有肉瘤，頸長，體軀寬壯，龍骨長，胸部豐富，尾短，腳大有蹼，羽白或灰色。嗜食青草，耐寒，合羣性及抗病力强，生長快，肉質美。養鵝是我國農村重要副業之一，中國鵝聞名於世。②陣名，緩進的陣法。③姓。

參考①「鵞」、「䳘」與「鵝」同字。②野生的叫「雁」，家養的叫「鵝」。

次 7 **鵜** 形解 形聲；從鳥，弟聲。水鳥名，鵜鶘爲鵜。

音義 ㄊㄧˊ 名動鳥名：①鵜鴂，即子規鳥。②鵜鶘，游禽類的鳥。體形大，能飛善泳，漁人用牠來捕魚。

次 7 **鵓** 形解 形聲；從鳥，孛聲。鳥名，鵓鴣爲鵓。

音義 ㄅㄛˊ 名動鵓鴣，鳥名，即斑鳩，天將雨時，即咕咕鳴叫，鳴聲急促。俗稱「水鵓鴣」。又作「勃姑」。

次 7 **鵒** 形解 形聲；從鳥，谷聲。鳥名，鴝鵒，八哥鳥爲鵒。

音義 ㄩˋ 名動鴝鵒，鳥名。

常 8 **鵡** 形解 形聲。武有威武的意思，所以雄姿英發的鳥爲鵡。

音義 ㄨˇ 名動鳥名，鸚鵡，俗稱「鸚哥」。鳥綱，鸚鵡科，攀禽。羽毛美麗，頭圓，嘴强大，上嘴彎曲，舌肉質而柔軟。經反覆訓練，能模仿人言的聲音，主食果實，壽命頗長。

參考「䳇」、「䳇」同字。

常 8 **鵲** 形解 形聲；從鳥，昔聲。昔爲狀聲字，所以鳴聲昔昔的鳥爲鵲。

音義 ㄑㄩㄝˋ 動鳥名，鳥綱，鴉科，就是喜鵲，因牠的叫聲吉祥而得名。上體羽色黑褐，具有紫色光澤，餘爲白色。雜食性，多營巢在高樹間，早春繁殖。

參考①又讀ㄑㄧㄠˇ。②「鵲」、「䧿」同字。

11 **鵲巢鳩占** ㄑㄩㄝˋ ㄔㄠˊ ㄐㄧㄡ ㄓㄢˋ 比喻蠻橫不講理地强占別人的地位。鵲巢：鵲鳥棲息的地方。

▽烏鵲、喜鵲、扁鵲。

常 8 **鶉** 形解 形聲；從鳥，𦎧聲。𦎧爲狀聲字，所以鳴聲𦎧𦎧的鳥爲鶉。隸變作「鶉」。

音義 ㄔㄨㄣˊ 名①動鳥名，「鵪鶉」的簡稱。頭與嘴都小，上面赤褐色，腳短尾禿，多蕃殖於黑龍江附近，生性好鬥。②天星宿名，心宿、柳宿稱爲鶉火，略稱鶉；例鶉之賁賁。形破舊的；例鶉衣。副野居，住無定所地；例夫聖人鶉居。

ㄊㄨㄢˊ 名鵰名，通「鷻」；例匪鶉匪鳶。

參考①「鶉」、「䳜」同字。②羽毛無斑的是「鵪」，有斑的是「鶉」。③不可受「敦」字讀音的影響而唸成ㄉㄨㄣ。

6 **鶉衣百結** ㄔㄨㄣˊ ㄧ ㄅㄞˇ ㄐㄧㄝˊ 形容衣服破舊，補綻很多。鶉衣：

鶉似雞而小，羽毛赤褐色，雜有暗黃色斑紋，和舊衣服的顏色相近，故稱舊衣爲鶉衣。百結：形容衣服補綻的地方很多。
[參考] 參閱「衣衫襤褸」條。

㊕ 8 **鵬** [形解] 形聲；從鳥，朋聲。朋爲狀聲字，所以鳥體碩大，飛聲朋朋爲鵬。
[音義] ㄆㄥˊ [名] ①古書上記載的一種大鳥，傳說能一飛數千里。②姓。[形] ①遠大的；㊕鵬圖乃矯翼。②崇高的；㊕九天鵬術。③鴻大的；㊕舉鵬力以揚威。[副] 奮力地；㊕鵬飛。

鵬程 ㄆㄥˊ ㄔㄥˊ 比喻遠大的前程。㊕鵬程萬里。
鵬舉 ㄆㄥˊ ㄐㄩˇ 比喻奮發直上，一飛千里。

㊕ 8 **鵪** [形解] 形聲；從鳥，奄聲。奄爲狀聲字，所以鳴聲奄奄的鳥爲鵪。
[音義] ㄢ [名] [動] 鳥名，鵪鶉，簡稱「鶉」。鳥綱，雉科，雄鳥體長近二十公分，是雞形目中最小的種類。體型近似雞雛，頭小尾禿，額、頭側、頰和喉等均淡紅色。以穀類和雜草種子爲食。雄性好鬥，肉味美，卵亦可食。
[參考] 羽毛無斑點的叫「鵪」，有斑點的叫做「鶉」。

㊋ 8 **鵷** [形解] 形聲；從鳥，宛聲。鳥名，鳳屬之鳥爲鵷。
[音義] ㄩㄢ [名] [動] 鵷雛，古傳說像鳳凰的鳥；㊕捷鵷雛，摙焦明。

㊋ 8 **鶊** [形解] 形聲；從鳥，庚聲。鳥名，鶬鶊爲鶊。
[音義] ㄍㄥ [名] [動] 鶬鶊，益鳥名，「黑枕黃鸝」的別稱，吃林中害蟲。

㊋ 8 **鶄** [形解] 形聲；從鳥，青聲。鳥名，鵁鶄爲鶄。
[音義] ㄐㄧㄥ [名] [動] 鵁鶄，水鳥名。

㊋ 8 **鵰** [形解] 形聲；從鳥，周聲。猛禽爲鵰。
[音義] ㄉㄧㄠ [名] [動] 老鵰，鳥名，猛禽類，像鷹而大，嘴爪呈鈎狀，性凶猛，嗜食鼠、兔等。
[參考] 又作「雕」。
▽一箭雙鵰。

㊋ 8 **鵩** [形解] 形聲；從鳥，服聲。鳥名，常發惡聲，所以不祥之鳥爲鵩。
[音義] ㄈㄨˊ [名] [動] 鳥名，貓頭鷹一類的鳥；㊕鵩鳥集舍。

㊋ 9 **鶤** [形解] 形聲；從鳥，軍聲。軍有大的意思，所以三尺的大雞爲鶤。
[音義] ㄎㄨㄣ [名] [動] 鶤雞，鳥名：①「鳳凰」的別名。②大雞。③大鳥名，即「鶡雞」，像鶴一類的鳥。

㊋ 9 **鶒** [形解] 形聲；從鳥，勅聲。水鳥名，鸂鶒爲鶒。
[音義] ㄔˋ [名] [動] 鸂鶒，水鳥名，像鴛鴦。
[參考] 又作「鷘」。

㊋ 9 **鶘** [形解] 形聲；從鳥，胡聲。鵜鶘，鳥名，伽藍鳥爲鶘。
[音義] ㄏㄨˊ [名] [動] 鵜鶘爲鵜鶘。

㊋ 9 **鶪** [形解] 形聲；從鳥，狊聲。鳥名，伯勞鳥爲鶪。
[音義] ㄐㄩˊ [名] [動] 鳥名，即伯勞鳥。

㊋ 9 **鶗** [形解] 形聲；從鳥，是聲。鳥名，鶗鴂，子規爲鶗。
[音義] ㄊㄧˊ [名] [動] 鳥名：①鶗鴂，鳥名，杜鵑的別名。②鶗鶘，鷹的一種。

㊋ 9 **鶡** [形解] 形聲；從鳥，曷聲。鳥名，似雉而善鬥的鳥爲鶡。
[音義] ㄏㄜˊ [名] [動] 鳥名，雉類，羽毛黃黑色；㊕蒙鶡蘇。

㊋ 9 **鶚** [形解] 形聲；從鳥，咢聲。鳥名，似鳶的猛禽爲鶚。
[音義] ㄐㄧㄝˊ [名] [動] 鳥名，雀類，通「鴧」。

音義 ㄜˋ 名 動 鳥名，即魚鷹，頭頂和頸後羽毛白色，性凶猛，善捕魚，爲漁業害鳥。
參考 與「鴞」字音義各異。

次 9 **鶿** 形解 形聲；從鳥，茲聲。字本作「鷀」，鳥名，鸕鷀爲鶿。
音義 ㄘˊ 名 動 鸕鶿，水鳥名，游禽類，即水老鴨，體深黑色，鉤喙，善潛水捕魚。
參考 又作「鷀」。

次 9 **鶩** 形解 形聲；從鳥，敄聲。野鴨爲鶩。
音義 ㄨˋ 名 動 鳥名，游禽類，即野鴨子，嘴扁頸長，善游泳，食穀物蔬菜魚蟲等；例 趨之若鶩。
參考 又作「鶩」。
▽心無旁鶩、趨之若鶩。

次 9 **鶖** 形解 形聲；從鳥，秋聲。字本作「鶖」，水鳥名，鶖鳥爲鶖。
音義 ㄑㄧㄡ 名 動 禿鶖，古書上之水鳥名，頭無毛，性貪暴，喜吃蛇類；例 有鶖在梁。

常 10 **鶯** 形解 形聲；從鳥，熒省聲。熒有光耀的意思，所以羽毛顯得光采耀目的鳥爲鶯。
音義 ㄧㄥ 名 ① 動 鳥名，鳴禽類，背灰黃色，或帶綠褐色，腹灰色，或淡黃色，尾有黑羽，體小，嘴短而長，鳴聲清脆，婉轉悅耳。② 鶯的叫聲；例 綠窗殘夢曉聞鶯。副 文章盛麗的樣子；例 有鶯其羽。
15 **鶯遷** ㄧㄥ ㄑㄧㄢ 賀人遷居的敬語。
參考 參閱「喬遷」、「燕徙」條。
▽黃鶯、春鶯、流鶯。

常 10 **鶴** 形解 形聲；從鳥，隺聲。隺爲高的意思，鶴的鳴聲高朗，干雲直上，且能高飛爲鶴。
音義 ㄏㄜˋ 名 ① 動 鳥名，鳥綱，鶴科各種類的泛稱。大型涉禽，外形像鷺和鸛，頭赤體白，高三尺餘，翼大善飛，常活動於平原水際或沼澤地帶，食各種小動物或植物，鳴聲高朗，通稱「仙鶴」，又稱「赤頰」；例 丹頂鶴。② 姓。形 ① 潔白的；例 鶴髮雞皮。② 潔白肥美的，通「翯」；例 白鳥鶴鶴。副 昂首地；例 延頸鶴望。
參考 語音 ㄏㄠˊ。
5 **鶴立雞羣** ㄏㄜˋ ㄌㄧˋ ㄐㄧ ㄑㄩㄣˊ 像鶴站立在雞羣之中。形容人的儀表或才能出眾，不同凡響。
參考 ① 反 濫竽充數。② 與「出類拔萃」意思相近，但有別：前者偏重於外形、姿態等方面的具體描繪；後者很直接地闡明情況。
11 **鶴唳** ㄏㄜˋ ㄌㄧˋ 鶴鳴。唳：鳥鳴聲。
15 **鶴髮** ㄏㄜˋ ㄈㄚˇ 有如鶴羽之白的頭髮，比喻老年。
▽黃鶴、白鶴、松鶴、野鶴、丹頂鶴、閒雲野鶴。

常 10 **鷂** 形解 形聲；從鳥，䍃聲。䍃爲狀聲字，所以鳴聲䍃䍃的鳥爲鷂。
音義 ㄧㄠˋ 名 ① 動 鳥名，鷹科，鷂屬各種的通稱，雌雄羽色不同，雄的頭、頸帶青灰色，背灰，下體白色泛青，尾上覆羽白色；雌的上體深褐色，下體褐色，較淡，都綴有斑點。肉食性，嘴尖銳，性凶猛，能疾飛，產於亞洲及歐洲大陸。② 「雀鷹」的俗稱。③ 風箏；例 鷂子兩翅。
ㄧㄠˊ 名 動 ① 青色的雉，野雞的一種。② 魚名，通「鰩」。

次 10 **鶼** 形解 形聲；從鳥，兼聲。兼有合併的意思，所以比翼鳥爲鶼。
音義 ㄐㄧㄢ 名 動 鶼鶼，古傳說中的比翼鳥，雌雄老是在一起飛翔。

次 10 **鷇** 形解 形聲；從鳥，㱿聲。幼鳥須由母鳥餵哺者爲鷇。
音義 ㄎㄡˋ 名 動 初生的小鳥。
ㄍㄨ 名 動 鳥名，即發穀鳥。

次 10 **鶻** 形解 形聲；從鳥，骨聲。鳥名，鶻鵃爲鶻。

音義 ㄍㄨˇ 名動鳥名，見「鶻」字。
ㄏㄨˊ 名①動鳥名，鷹類，即隼鳥。②史回鶻，古西北部族名，通「紇」。

次 10
鶹 形解 形聲；從鳥，留聲。惡鳥名，鶹鷅爲鶹。
音義 ㄌㄧㄡˊ 名動鳥名：①鶹鷅，即梟，少美長醜。②鵂鶹。

次 10
鶺 形解 形聲；從鳥，脊聲。鳥名，鶺鴒爲鶺。
音義 ㄐㄧˊ 名鶺鴒：①動鳴禽類鳥，種類多，鳴聲尖銳，主食昆蟲，是益鳥。②比喻兄弟；例豈無鶺鴒？

次 10
鶬 形解 形聲；從鳥，倉聲。鳥名，麋鴰爲鶬。
音義 ㄘㄤ 名動鳥名，鶬鶊。
ㄑㄧㄤ 名以金爲飾；例鞗革有鶬。副鶬鶬，聲音和諧的樣子；例八鸞鶬鶬。

次 10
騫 形解 形聲；從鳥，寒省聲。鳥飛翔爲騫。
音義 ㄒㄧㄢ 副鳥飛翔的樣子，通「騫」；例騫騫。

常 11
鷓 形解 形聲；從鳥，庶聲。其鳴聲爲庶古的鳥爲鷓。
音義 ㄓㄜˋ 名①動鳥名，鷓鴣，鳥綱，雉科。和斑鳩相似，羽色大多黑白相雜，主食穀粒、豆類及其他植物種子，兼食昆蟲。鳴時常立於山巔樹上，啼聲如呼「行不得也哥哥」。②植「鷓鴣菜」的省稱。

常 11
鷗 形解 形聲；從鳥，區聲。區爲描摹聲音字，區古音歐，所以鳴聲區區的鳥爲鷗。
音義 ㄡ 名①動水鳥名，鳥綱，鷗科各種類的通稱，有時專指鷗屬各種。概爲水鳥，體型有大小差別。嘴鉤曲，羽白，翼灰尖而長，善於飛翔；趾間具蹼，能游泳，喜食魚類、昆蟲和多種水生動物；例銀鷗。②姓。

24 **鷗鷺忘機** ㄡ ㄌㄨˋ ㄨㄤˋ ㄐㄧ (一)比喻人沒有機心，即使是異類也能跟他相接近。(二)古琴曲名。

▽海鷗、沙鷗、白鷗、天地一沙鷗。

次 11
鷚 形解 形聲；從鳥，翏聲。鳥名，雲雀爲鷚。
音義 ㄌㄧㄡˋ 名動①鳴禽之一。體小，嘴細長，吃昆蟲，是益鳥。②雛雉。
參考 字又作「鷚」。

次 11
鷟 形解 形聲；從鳥，族聲。鳥名，紫色的鳳爲鷟。
音義 ㄓㄨㄛˊ 名動①鸑鷟，古書上的水鳥名。②「鳳」的別稱；例鸑鷟鳴於岐山。

次 11
鷙 形解 形聲；從鳥，執聲。執有拘執的意思，所以搏殺其他鳥類當作食物的猛禽爲鷙。
音義 ㄓˋ 名動泛指凶猛的鳥類；例鷙鳥不妄搏。形凶猛的；例鷙獸毅蟲。

次 11
鷖 形解 形聲；從鳥，殹聲。鳧類，水鳥的一種爲鷖。
音義 ㄧ 名①動鷗鳥的別名；例鳧鷖在涇。②動鳳類，身被五采的鳥；例駟玉虬以乘鷖兮。形青黑色的；例彫面鷖總。

常 12
鷥 形解 形聲；從鳥，絲聲。佇立田野，顯而易見，又頭上有白毛似絲的鳥爲鷥。
音義 ㄙ 名動鳥名，鷺鷥，就是白鷺。

次 12
鷯 形解 形聲；從鳥，尞聲。專門剖食木中小蟲的鳥爲鷯。
音義 ㄌㄧㄠˊ 名動鷦鷯，鳴禽類鳥，即巧婦鳥，體小，常活動於低矮、陰濕的灌木叢中，覓食昆蟲。

次 12
鷫
形解 形聲；從鳥，肅聲。
音義 ㄙㄨˋ 名動 鷫鷞，傳說中西方之神鳥爲鷫。

次 12
鷸
形解 形聲；從鳥，矞聲。水鳥名，可知天文，天將雨則鳴的鳥爲鷸。
音義 ㄩˋ 名動 涉禽類鳥，種類多，嘴細長而直，適於水中覓食；腳長，適於涉行淺水或沼澤地。
10 **鷸蚌相爭** ㄩˋ ㄅㄤˋ ㄒㄧㄤ ㄓㄥ 比喻兩者相爭不止，而他人從中獲利。亦作「鷸蚌相持」。

次 12
鷦
形解 形聲；從鳥，焦聲。小鳥名，鷦鷯爲鷦。
音義 ㄐㄧㄠ 名動 鷦鷯。
23 **鷦鷯一枝** ㄐㄧㄠ ㄌㄧㄠˊ ㄧ ㄓ (一)鷦鷯鳥小，所棲止處只不過一枝耳；比喻希望不多。(二)書信中借用爲託人謀職語。

次 12
鷲
形解 形聲；從鳥，就聲。猛禽名，鵰屬，老鷹爲鷲。本作「鷻」。
音義 ㄐㄧㄡˋ 名動 鷹一類的鳥，都是大型猛禽，如禿鷲、兀鷲等是。嘴鉤曲，性嗜食動物屍體，有時也捕食小動物。

常 13
鷺
形解 形聲；從鳥，路聲。佇立田野，顯而易見的白色鳥爲鷺。
音義 ㄌㄨˋ 名動 鳥名，鳥綱，鷺科部分種類的通稱。體型一般高大而瘦削，喙強直而尖，頸、足長，腳黑趾四具半蹼，先端有黃綠色的鉤爪，適合涉水覓食，喜食魚、蛙、貝類、甲殼類及水生昆蟲；例牛背鷺。形鷺所棲止的；例鷺汀。
▽白鷺、沙鷺、鷗鷺。

常 13
鷹
形解 形聲；從鳥，應省聲。應有相合的意思，所以聽隨人所指使的鳥爲鷹。
音義 ㄧㄥ 名動 鳥名，鳥綱，鷹科部分種類的通稱，一般指鷹屬的各種鳥類。性凶悍，嘴鉤曲而銳，四趾具鉤爪，力猛，眼光銳利，晝間活動，能捕食鳥、兔；例蒼鷹。
4 **鷹犬** ㄧㄥ ㄑㄩㄢˇ (一)打獵時用以追逐禽獸的老鷹和獵犬。(二)比喻供人指使爲非作惡的人。
參考 本詞含有貶損的意思，宜謹慎使用。
9 **鷹架** ㄧㄥ ㄐㄧㄚˋ (一)木匠工作時所搭的高架子。(二)飼養老鷹的架子。
▽飛鷹、老鷹、白鷹、蒼鷹、禿鷹。

次 13
鸂
形解 形聲；從鳥，溪聲。水鳥名，居水中捕魚爲食的鳥爲鸂。
音義 ㄑㄧ 名動 鸂鶒。

次 13
鸇
形解 形聲；從鳥，亶聲。鳥名，猛禽類，鷐風爲鸇。
音義 ㄓㄢ 名動 鳥名，古書上的猛禽，像鷂鷹，色黃，燕頷，勾喙。

次 13
鸒
形解 形聲；從鳥，學省聲。鳥名，雗鸒，山鵲爲鸒。
音義 ㄒㄩㄝˊ 名動 鳴禽類，即山雀，頭黑，嘴圓錐形而赤，鳴聲悅耳，可爲籠禽。
13 **鸒鳩笑鵬** ㄒㄩㄝˊ ㄐㄧㄡ ㄒㄧㄠˋ ㄆㄥˊ 小才能者去嘲笑大才能者。比喻不自量力。
參考 同 夜郎自大，井蛙語海。

次 14
鸋
形解 形聲；從鳥，寧聲。鳥名，鴽鳥的幼雛爲鸋。
音義 ㄋㄧㄥˊ 名動 鸋鴂，鳥名，即巧婦鳥。形似黃雀，喙尖如錐，取茅莠爲窠，又能以麻纏繞後，懸於樹枝上。俗稱「巧婦」。

次 14
鸑
形解 形聲；從鳥，獄聲。鸑鷟，神鳥名，屬於鳳凰之類的神鳥爲鸑。
音義 ㄩㄝˋ 名動 ①鸑鷟。②「鳳」的別稱；例鸑鷟鳴於岐山。

次 16 **鸕** 形解 形聲；從鳥，盧聲。盧有黑色的意思，所以漁人用以捕魚的黑色水鳥為鸕。

音義 ㄌㄨˊ 名動鸕鷀。

常 17 **鸚** 形解 形聲；從鳥，嬰聲。嬰有光彩奪目的意思，所以羽毛美豔的鳥為鸚。

音義 一ㄥ 名動鳥名，鳥綱，鸚鵡科，屬攀禽類，腳四趾，羽毛紅綠黃白，非常美麗，頭圓，嘴強大而鉤曲，舌肥厚，肉質而柔軟，經反覆訓練，能仿效人說話。多棲息熱帶林中，營巢於岩洞或樹穴內。

次 18 **鸛** 形解 形聲；從鳥，雚聲。鳥名，鸛專，似鵠而尾短為鸛。亦作「鸛」。

音義 ㄍㄨㄢˋ 名動鸛科鳥類的通稱，為大型涉禽類，生活在近水地區；例白鸛。

常 19 **鸞** 形解 形聲；從鳥，䜌聲。䜌為治絲不絕的意思，所以鳥聲和鳴為鸞。

音義 ㄌㄨㄢˊ 名①動鳥名，羽毛五彩，多青色，屬於鳳凰一類的鳥。②鈴名；例鸞刀。

鸞

12 **鸞翔鳳集** ㄌㄨㄢˊ ㄒㄧㄤˊ ㄈㄥˋ ㄐㄧˊ 比喻人才會聚。鸞、鳳都是高貴罕見的鳥類。

14 **鸞鳳和鳴** ㄌㄨㄢˊ ㄈㄥˋ ㄏㄜˊ ㄇㄧㄥˊ 比喻夫妻和諧，常用作結婚者的賀詞。

▽彩鸞、錫鸞、祥鸞、鳳鸞。

次 19 **鸝** 形解 形聲；從鳥，麗聲。鳥名，黃鸝，黃鶯為鸝。

音義 ㄌㄧˊ 名動黃鸝，鳴禽類鳥，身體黃色，鳴聲悅耳，吃林中害蟲為鸝。

【鹵 ㄌㄨˇ 部】

次 0 **鹵** 形解 象形；從西省。其中四點象鹽粒形，所以華西產的鹽為鹵。

音義 ㄌㄨˇ 名①製鹽時剩下的黑汁；例鹽鹵。②不宜耕種的鹹土；例歐田斥鹵。③大盾，通「櫓」；例血流漂鹵。④姓。動掠取，通「擄」；例鹵掠。形①粗野的；例鹵莽。②愚笨的，通「魯」；例鹵鈍。

11 **鹵莽** ㄌㄨˇ ㄇㄤˇ ㈠粗魯莽撞。㈡荒地野草。㈢荒廢。又作「魯莽」。

鹵莽滅裂 ㄌㄨˇ ㄇㄤˇ ㄇㄧㄝˋ ㄌㄧㄝˋ 形容做事草率苟且，粗魯莽撞。

12 **鹵鈍** ㄌㄨˇ ㄉㄨㄣˋ 粗魯愚笨。例「鹵鈍者醒悟。」

常 9 **鹹** 形解 形聲；從鹵，咸聲。咸為全部的意思，所以鹵味過鹹則苦澀的鹽味為鹹。

音義 ㄒㄧㄢˊ 名鹽味；例酸甜苦辣鹹。形有鹽分的；例鹹肉。

參考 反甜。

次 10 **鹺** 形解 形聲；從鹵，差聲。字本作「䶨」，隸變為「鹺」。鹹鹽的別名。

音義 ㄘㄨㄛˊ 形①鹹的；例鹺魚。②專辦鹽務的；例鹺使。

常 13 **鹼** 形解 形聲；從鹵，僉聲。僉有全部的意思，所以鹼味全部由鹵形成，由鹵凝著而成者為鹼。

音義 ㄐㄧㄢˇ 名①土中所含的一種物質，成份為碳酸鈉，性滑而味鹹澀，可以用來洗衣服，去油垢，是製造肥皂、玻璃等的原料。②化狹義的是指在水溶液中可解離出氫(H)氧(O)根的化合物，如氫氧化納(NaOH)；廣義的是指任何能夠接受質子(H+)的分子或離子。動①陶器受到鹼性的侵蝕，以致彩釉剝落；例好好的罐子，怎麼鹼了！

②磚牆築成後，表面起白色的斑痕；例新砌的牆全鹼了。

參考「鹼」、「鹻」、「礆」同字。

常 13 **鹽** 形解 形聲；從鹵，監聲。監有隱暗的意思，所以煮鹹質泥土而成的結晶體爲鹽。

音義 一ㄢˊ 名 ①含鹹味的礦物質；例海鹽。②化由金屬離子(包含銨離子)和酸根離子所組成的化合物稱爲鹽(類)。根據它是含有氫離子或氫氧根離子，可分爲正鹽(如：碳酸鈉Na_2CO_3)、酸式鹽(如：酸式硫酸鈉$NaHSO_4$)及鹼式鹽(如：鹼式碳酸銅$Cu_2(OH)_2CO_3$)。鹽類是地殼構成部分。許多鹽在農工業及國防工業上有著廣泛的用途。③姓。

參考 反糖。

11 **鹽梅** 一ㄢˊ ㄇㄟˊ ㈠鹽味鹹，梅味酸，都是調味的用品。㈡本是殷高宗命傳說作宰相的言辭，以鹽梅和羹來比喻傳說是國家所急需的人，後亦用來讚美作宰相的人。

▽食鹽、井鹽、海鹽、湖鹽、岩鹽、青鹽、粗鹽、精鹽、煮海成鹽。

【鹿部】ㄌㄨˋ

常 0 **鹿** 形解 象形；上象角，中象頭，下象足形。角岐出的山獸名爲鹿。

音義 ㄌㄨˋ 名 ①動獸名，哺乳綱，鹿科動物的通稱。四肢細長，性溫順，通常雄鹿有樹枝狀角(馴鹿雌的也有角)，每年脫換一次。無上門齒，肢細，第一趾完全退化，第二第五趾僅留痕跡。多無膽囊；例梅花鹿。②指所要獵獲的對象，常用以比喻政權地位；例鹿死誰手。③方形的倉廩，通「簏」；例囷鹿空虛。④山腳，通「麓」；例林屬於山爲鹿。⑤酒器名，即「角」；例爵、鹿、柤、梪。⑥姓。形①鹿皮製成的；例鹿裘。②鹿肉製成的；例鹿脯。副驚惶如鹿地，表性態；例中原鹿駭。

參考 擘漉、轆、簏、麓。

▽逐鹿、麋鹿、野鹿、金鹿、梅花鹿、長頸鹿。

常 2 **麂** 形解 形聲；從鹿，几聲。几有長的意思，所以大麇爲麂。

音義 ㄐㄧˇ 名 動 哺乳綱，鹿科，小型鹿類，肩高四十至六十公分，像鹿的形狀，無角，肉味鮮美。產於我國的有黃麂、黑麂和赤麂等。

參考 ①「麂」、「麿」同字。②語音讀ㄐㄧ。

次 2 **麀** 形解 會意；從鹿，牝省。母鹿爲麀。

音義 一ㄡ 名 雌鹿；例麀牡。

次 4 **麃** 形解 形聲；從鹿，票省聲。麇鹿之屬的野獸爲麃。

音義 ㄅㄧㄠ 動 耕耘，通「穮」；例「緜緜其麃。」形 勇武的；例麃麃。ㄆㄠˊ 名 動 獸名，鹿類之一，獨角，牛尾。ㄆㄠ 形 白色的，通「皫」。

次 5 **麈** 形解 形聲；從鹿，主聲。鹿名，麇之屬爲麈。

音義 ㄓㄨˇ 名 ①動獸名，即「四不像」；哺乳綱，偶蹄目，鹿類，頭似鹿，腳似牛，尾似驢，頸背似駱駝。②「麈尾」的省稱；例揮麈無田停。

參考「拂塵」的「塵」，不可誤從土作「麈」。

7 **麈尾** ㄓㄨˇ ㄨㄟˇ 拂塵。魏晉人清談時常執的一種拂子，用麈的尾毛製成。

次 5 **麇** 形解 形聲；從鹿，囷省聲。鹿名，麞屬爲麇。

音義 ㄐㄩㄣ 名 動 獸名，同「麏」，即獐，見「獐」字。ㄑㄩㄣˊ 副 成羣地；例麇至。

常 6 **麋** 形解 形聲；從鹿，米聲。其貌似鹿而大，目上有長眉，眉與米音相近為麋。

音義 ㄇㄧˊ 名①動獸名，即麋鹿，與鹿同類而稍大，雄麋青黑色，頭生枝角，雌麋呈褐色，體略小；例麋何食兮庭中？蛟何為兮水裔？②目上的毛，通「眉」；例面無鬚麋。③水草的交會處，通「湄」；例居河之麋。④姓。副①混亂的樣子；例豪俊麋沸雲擾。②碎爛地，通「糜」；例麋散。

① 麋

參考「麋」、「糜」二字形似：「糜」是爛的意思，如糜爛；「麋」，為麋鹿的簡稱。

次 7 **麌** 形解 形聲；從鹿，吳聲。雌麕為麌。

音義 ㄩˇ 名獸名，即雌鹿。副麌麌，鹿羣聚集的樣子。

常 8 **麒** 形解 形聲；從鹿，其聲。仁獸名，麕身，牛尾，馬足，一角的動物為麒。

音義 ㄑㄧˊ 名即麒麟，古代傳說中的瑞獸名，外形像鹿，全身生鱗甲，獨角，牛尾，多作為吉祥的象徵，亦簡稱作「麟」；例鳳凰麒麟。

麒

參考 雄的叫「麒」，雌的叫「麟」。

常 8 **麗** 形解 會意；從鹿，丽聲。丽有兩兩相附的意思，鹿喜羣體行動，所以眾鹿相附隨行為麗。

音義 ㄌㄧˋ 名①美豔的女子；例佳麗。②成對，通「儷」；例八麗一師。③屋棟，通「欐」；例梁麗可以衝城。④姓。動附著；例日月麗乎天。形①美好的；例華文麗藻。②成雙的，通「儷」；例麗馬一圉。ㄌㄧˊ 動遭遇，落入，通「罹」；例魚麗于罶。

15 **麗質天生** ㄌㄧˋ ㄓˋ ㄊㄧㄢ ㄕㄥ 形容美人的美貌用語。

▽豔麗、華麗、秀麗、鮮麗、壯麗、美麗、綺麗、靡麗、亮麗、端麗、高麗、清麗。

常 8 **麓** 形解 形聲；從林，鹿聲。鹿羣多棲守在山林中，所以駐守山林的官吏為麓。

音義 ㄌㄨˋ 名①山腳；例瞻彼大麓，榛楛濟濟。②山林。③管理苑囿的官。

參考 山林生在平地，稱為「林」；生在山腳，稱為「麓」。

次 8 **麑** 形解 形聲；從鹿，兒聲。兒有小的意思，所以小鹿為麑。

音義 ㄋㄧˊ 名①小鹿；例獸長麑麌。②獅子的別稱；例狻麑。

常 10 **麝** 形解 字本作「麝」：形聲；從鹿，䠶聲。䠶即射字，䠶有去此就遠的意思，所以鹿的臍香可傳遠者為麝。

音義 ㄕㄜˋ 名①動獸名，哺乳綱，鹿科。體長八十至九十公分，重約十公斤。前肢短，後肢長，蹄小，耳大，無角，雄的臍與生殖孔之間有麝香腺，發情季節，特別發達，分泌麝香，可做香料或藥材；可食，皮可製革。不羣居，夜行性，以青苔、苔蘚、野草為食。一名「麝香鹿」，亦稱「香獐」。②指麝香，亦泛指香的氣味；例晚墮蘭麝中。

▽香麝、蘭麝。

常 12 **麟** 形解 形聲；從鹿，粦聲。粦有發光的意思，麟的身上有紋如鱗為麟。

音義 ㄌㄧㄣˊ 名①古代傳說的一種獸名。②美稱他人兒孫；例麟孫。③姓。副光明的樣子，通「燐」；例炳炳麟麟。

參考 參閱「麒」字。

7 **麟角** ㄌㄧㄣˊ ㄐㄧㄠˇ 比喻稀罕可貴的人才或事物。

參考 衍鳳毛麟角。

8 **麟兒** ㄌㄧㄣˊ ㄦˊ 「麒麟兒」的簡稱。讚美他人小孩的出類拔萃，穎異不凡。

▽麒麟、祥麟、鳳麟、獲麟。

次 22 **麤** 形解 會意；從三鹿。鹿性易驚，驚則奔走飛躍，所以羣鹿驚走爲麤。

音義 ㄘㄨ 形 不精細的，通「粗」。

8 **麤服亂頭** ㄘㄨ ㄈㄨˊ ㄌㄨㄢˋ ㄊㄡˊ 形容不修邊幅的樣子。

【麥部】 ㄇㄞˋ

常 0 **麥** 形解 會意；從來，從夊。麥類的總稱爲麥。

音義 ㄇㄛˋ 名 ①植 五穀之一，禾本科，一、二年生草本，有大麥、小麥、燕麥等，爲我國北方的主要農產物，江南各地亦多種植。子實主要作糧食，或作精飼料、釀酒、製飴糖，稈可作編織或造紙原料。②麥實；例農乃登麥。③姓。

參考 語音 ㄇㄞˋ。

7 **麥克風** ㄇㄞˋ ㄎㄜˋ ㄈㄥ 外 是一種可以把聲波變成電流，以達到傳播或記錄演講、音樂等目的的儀器。

17 **麥穗兩歧** ㄇㄞˋ ㄙㄨㄟˋ ㄌㄧㄤˇ ㄑㄧˊ 一麥二穗，比喻豐收。亦作「麥秀兩歧」。

▽燕麥、蕎麥、小麥、稞麥、大麥、不辨菽麥。

常 4 **麩** 形解 形聲；從麥，夫聲。夫爲丈夫，有主外的意思，所以小麥的外皮爲麩。

音義 ㄈㄨ 名 ①小麥的屑皮；例麩皮。②麩筋（即麵筋）的省稱。③碎薄皮；例麗水多金麩。

參考 俗作「麱」。

次 6 **麰** 形解 形聲；從麥，牟聲。牟有大的意思，所以大麥爲麰。

音義 ㄇㄡˊ 名 ①大麥。②大麥作成的麴。

常 8 **麴** 形解 形聲；從麥，匊聲。匊爲包裹米粒，以麥或米製成，可使發酵的酒母爲麴。

音義 ㄑㄩ 名 ①酒母；例麥麴。②姓。

參考 字或作「麯」。

常 9 **麵** 形解 形聲；從麥，面聲。面有外在表皮的意思，所以用麥磨成的粉末爲麵。

音義 ㄇㄧㄢˋ 名 ①麥粉，或其他穀物所磨成的粉末；例玉米麵。②用麥粉製成的長條食品；例炸醬麵。

參考 ①字又作「麪」，但不可誤寫作「麪」。②與「眄」同音而義異：眄，斜着眼看。

【麻部】 ㄇㄚˊ

常 0 **麻** 形解 會意；從林從广。林爲枲草，广爲房屋，人於屋下所漚治的枲爲麻。

音義 ㄇㄚˊ 名 ①植 麻類植物的統稱，有大麻、亞麻、苧麻、黃麻、胡麻等多種，莖皮纖維可以做紡織原料，是夏布的主要原料。②「芝麻」的簡稱；例麻糖。③喪服之一；例緦麻。④面部有痘瘢的人；例十麻九怪。⑤姓。動 ①全部喪失或局部失去知覺；例麻醉。②感覺難受；例肉麻。形 ①以麻作成的；例麻紗。②繁多而瑣碎的；例密密麻麻。③表面粗糙或凹凸不平如麻皮一般；例麻臉。④不光滑的；例這種紙是一面光一面麻的。

參考 ①俗作「蔴」。②孳 痳、犘、

互相連結或附著在別的東西上；例黏信封。形富有黏性的；例這蓬萊米很黏。

參考 又音ㄓㄢ。

【黑部】 ㄏㄟ

常 0 **黑** 形解 會意；從炎上出囪。囪為窗的古字，火煙經由囪而出，所以火所薰之色為黑。

音義 ㄏㄟ 名①顏色名，深暗像墨般的顏色。②邪惡；例心不染黑。③「黑龍江省」的簡稱。④暗；例黑漆漆。⑤姓。動①私藏；例他把錢都黑起來了。②黑暗無光；例天黑了。形①黑色的；例黑髮。②非公開的；例黑市買賣。

參考 ①語音ㄏㄜ，ㄏㄟ。②反白，亮。③擊默。

5 **黑市** ㄏㄟ ㄕˋ 以高於公開市場價格的價格，秘密進行買賣的市場。在黑市中進行的買賣，稱黑市交易。

黑白分明 ㄏㄟ ㄅㄞˊ ㄈㄣ ㄇㄧㄥˊ 比喻非常清明而不雜混。

13 **黑暗** ㄏㄟ ㄢˋ (一)不光明。(二)不講公理。例社會黑暗面。

16 **黑龍江** ㄏㄟ ㄌㄨㄥˊ ㄐㄧㄤ 地(一)河名。有南北二源，南源額爾古納河，北源石勒喀河，滙合後至海稱黑龍江，全長四、三五〇公里。(二)省名，簡稱「黑」。位於我國東北地區北部，南鄰吉林，西鄰蒙古，北面和東面與蘇俄接界。

▽漆黑、黝黑、赤黑、昏黑、心黑、天黑、月黑、曬黑、塗黑、染黑、掃黑、天昏地黑、近墨者黑。

常 3 **墨** 形解 形聲；從土，黑聲。書寫所用的黑色顏料為墨。

音義 ㄇㄛˋ 名①書、畫時所用的黑色顏料；例紙筆墨硯。②黑色；例面深墨。③文章；例舞文弄墨。④「字畫」的代稱；例墨寶。⑤法度；例繩墨。⑥古代五刑之一，在犯人臉上刺字的刑罰。⑦姓。形①黑色的；例墨鏡。②貪汙的；例墨吏。副固執的；例墨守成規。

參考 ①同黑，暗。②反白。③擊嘿。④「墨」字從土(ㄊㄨˇ)從黑，「土」不可誤寫為「士」(ㄕˋ)。

6 **墨吏** ㄇㄛˋ ㄌㄧˋ 貪汙的官吏。

墨守 ㄇㄛˋ ㄕㄡˇ 戰國時墨翟以善於守御著名，後因稱善守者為「墨守」。今多用為固執不知改變之意。

墨守成規 ㄇㄛˋ ㄕㄡˇ ㄔㄥˊ ㄍㄨㄟ 形容死守老規矩，保守固執，不求改進。

參考 與「固步自封」有別：前者偏重於守舊，固守舊規；後者偏重於停頓，多指不求進步。

9 **墨迹** ㄇㄛˋ ㄐㄧ 指書畫的眞迹。

10 **墨家** ㄇㄛˋ ㄐㄧㄚ 哲戰國時期一個重要的學派，漢書藝文志列為九流之一。創始人為墨子，主張兼相愛、交相利、尚儉、非攻、節用等。墨家與儒家在戰國時並稱為顯學，後來墨家分裂為三，但在戰國時期仍盛行一時。

20 **墨寶** ㄇㄛˋ ㄅㄠˇ (一)極為珍貴的著名書法家的作品。(二)稱美他人的書法。如請人寫字說：「敬求墨寶一幅。」

▽粉墨、水墨、石墨、筆墨、繩墨、香墨、文墨、水墨、翰墨、油墨、貪墨、大處落墨、胸無點墨。

次 3 **黓** 形解 形聲；從黑，弋聲。黑色為黓。

音義 一ˋ 形黑色的。

參考 「黓」與「杙」、「釴」，音同義異。

常 4 **默** 形解 形聲；從犬，黑聲。黑有幽靜的意思，犬不出聲地追逐人為默。

音義 ㄇㄛˋ 名姓。動①不說話；例或默或語。②閉住；例默口。形①沈靜的；例孔靜幽默。②牢記於心的；例默藁在腹。副①不言語地；例默許。②暗暗地；例默改政治。③僅憑記憶讀出或寫出；例默寫。

參考 ①反語。②同靜。

4 **默片** ㄇㄛˋ ㄆㄧㄢˋ 即無聲影片。

9 **默契** ㄇㄛˋ ㄑㄧˋ ㈠雙方意見雖未明白說出，卻能共同一致的了解。㈡相互有所諒解或秘密約定。

11 **默許** ㄇㄛˋ ㄒㄩˇ 不出聲，而表示同意、許可。

12 **默然** ㄇㄛˋ ㄖㄢˊ 口不作聲的樣子。

14 **默認** ㄇㄛˋ ㄖㄣˋ 心裡承認，但不說出來。

19 **默識心通** ㄇㄛˋ ㄕˋ ㄒㄧㄣ ㄊㄨㄥ 形容心領神會，彼此都能默契，沒有距離、隔閡。

▽沈默、靜默、幽默。

常 4 **黔** 形解 形聲；從黑，今聲。今有隱暗的意思，暗黑色為黔。

音義 ㄑㄧㄢˊ 名①黑色。②百姓；例黔黎。③「貴州省」的簡稱；例黔驢技窮。④姓。形黑色的；例墨子無黔突。

參考 又音 ㄑㄧㄣˊ。

26 **黔驢技窮** ㄑㄧㄢˊ ㄌㄩˊ ㄐㄧˋ ㄑㄩㄥˊ 唐柳宗元的「黔之驢」一文中說，黔地無驢，有人從外地帶來一頭，放牧在山裡。老虎看見驢是個龐然大物，以為是神，遠遠地躲開，不敢觸怒牠。後來逐漸靠近，加以戲弄試探，驢大怒，踢了老虎一腳。老虎看透驢的本事不過如此，就把它吃掉了。所以現在用「黔驢技窮」來比喻有限的一點本領已經完全用完了，再也沒有其他辦法了。也作「黔驢之技」。

常 5 **點** 形解 形聲；從黑，占聲。占有隱暗狹小的意思，所以細小的黑色痕跡為點。

音義 ㄉㄧㄢˇ 名①數幾何學上稱沒有長、寬、厚、薄，而只有位置的為點；例點、線、面。②小的痕跡；例斑點。③小水珠；例長樂花枝雨點銷。④寫字或作畫時，用筆觸紙即起者稱點，即「、」。⑤文辭上所加的標誌；例標點。⑥計時的單位，相當於「一時」，多用來指鐘錶上確定的時間；例清晨六點。⑦所在的位置或地方；例起點。⑧某種物理的限度；例沸點。⑨食品；例早點。⑩姓。動①引火；例點火。②指定；例點菜。③檢核；例點貨。④滴注；例點眼藥水。⑤一起一落的動作；例蜻蜓點水。⑥提示；例指點。⑦觸及；例點鐵成金。⑧用筆加點，標點句讀；例評點。⑨表示某種動作；例點頭。形少許的；例吃點東西吧！

參考 俗字作「点」。

8 **點到為止** ㄉㄧㄢˇ ㄉㄠˋ ㄨㄟˊ ㄓˇ 提到就算了，不作深入追究。即適可而止，亦即不過分。

9 **點染** ㄉㄧㄢˇ ㄖㄢˇ ㈠繪畫時點綴景物並著色。㈡修飾文字。

14 **點綴** ㄉㄧㄢˇ ㄓㄨㄟˋ ㈠略加襯托或裝飾，使事物、環境更加美好。㈡裝飾門面，應景湊數。

14 **點滴** ㄉㄧㄢˇ ㄉㄧ ㈠一點一滴，表示微小、零星的東西。㈡醫將藥液由靜脈緩緩輸入患者體內的治療技術。

16 **點頭** ㄉㄧㄢˇ ㄊㄡˊ ㈠把頭上下微動，表示答應，贊許或領會。㈡行見面禮。例點頭之交。

18 **點竄** ㄉㄧㄢˇ ㄘㄨㄢˋ 修改文字。點：抹掉；竄：更換、改動。

21 **點鐵成金** ㄉㄧㄢˇ ㄊㄧㄝˇ ㄔㄥˊ ㄐㄧㄣ 古代神話傳說，仙人用手指一點，就能使鐵變成金。後用來比喻善於修改文字。

參考 ①反點金成鐵。②也叫「點石成金」。

▽起點、終點、弱點、優點、觀點、重點、鐘點、缺點、地點、圓點、要點、落點、圈點、查點、指點、同點、標點、打點、汚點、據點、鐘點、大鐘點、小鐘點、立足點、著力點、可圈可點。

常 5 **黜** 形解 形聲；從黑，出聲。出有出入的意思，所以由明轉暗，自上貶下為黜。

音義 ㄔㄨˋ 名貶斥；例貶黜。動①革職；例黜退。②擯除；例咸黜不端。③廢免；例王黜狄后。形放逸的；例黜陟。

參考 ①同退，屏，斥，卻。②

反陟。

7 **黜免** ㄔㄨˋ ㄇㄧㄢˇ 免去官職。

10 **黜陟** ㄔㄨˋ ㄓˋ 官吏的進退升降。亦作「絀陟」。

12 **黜惡** ㄔㄨˋ ㄜˋ 斥退邪惡。

▽斥黜、廢黜、罷黜、貶黜、退黜。

常 5 **黝** 形解 𪑾 形聲；從黑，幼聲。幼有微小的意思，所以淺黑色爲黝。

音義 ㄧㄡˇ 動塗飾；例黝堊。形深黑色的；例黝黑的皮膚。副連綿地；例黝糾。

參考 字雖從幼，但不可讀成ㄧㄡ。

常 5 **黛** 形解 形聲；從黑，代聲。代有替代的意思，所以用青黑色的墨膏敷施於眉上，替代眉毛的原色爲黛。

音義 ㄉㄞˋ 名①古女子畫眉用的青黑色顏料；例青黛。②婦女的眉；例怨黛舒還斂。③美女；例六宮粉黛無顏色。形青黑色的；例黛筆。

14 **黛綠年華** ㄉㄞˋ ㄌㄩˋ ㄋㄧㄢˊ ㄏㄨㄚˊ 少女時代。

▽翠黛、眉黛、粉黛、秀黛。

次 5 **黚** 形解 𪐺 形聲；從黑，甘聲。帶有淺黃的黑色爲黚。

音義 ㄑㄧㄢˊ 形淺黃黑色的。

常 6 **黠** 形解 形聲；從黑，吉聲。吉有堅固的意思，所以堅固而黑爲黠。

音義 ㄒㄧㄚˊ 名聰敏的人；例癡黠各半。形①聰明的；例黠兒。②狡獪的；例賊有黠數。

參考 ①字雖從吉，但不可讀成ㄐㄧˊ。②「點」、「黠」形似而音義各異：點，是句讀，如「點句」；黠，是伶俐的，如「捷黠」。

▽慧黠、狡黠、敏黠。

次 6 **黟** 形解 形聲；從黑，多聲。具黑色文理的黑木爲黟。

音義 ㄧ 名①地山名，黃山的別名，在安徽黟縣。②地安徽省縣名。③黑木。副黝黑的樣子。

常 8 **黨** 形解 形聲；從黑，尚聲。尚有加的意思，所以增加黑色而不鮮明者爲黨。

音義 ㄉㄤˇ 名①有組織，有主義，有理想的團體；例政黨。②親族；例父黨。③朋友；例朋黨。④古時地方組織名，五百家爲一黨；例黨有庠。⑤由私人利害關係結成的小集團；例結黨營私。動偏私；例君子不黨。形正直的，同「讜」；例黨論。 ㄊㄤˇ 副或許，同「儻」；例物之黨來。 ㄓㄤˇ 名姓。

參考 ①同羣。②擊讜、鄺、儻。

6 **黨羽** ㄉㄤˇ ㄩˇ 同黨附從作惡的人。

黨同伐異 ㄉㄤˇ ㄊㄨㄥˊ ㄈㄚˊ ㄧˋ 袒護與自己意見相同的人，攻擊與自己意見不同的人。

9 **黨派** ㄉㄤˇ ㄆㄞˋ 各政黨、政治派別和他們內部的各派別的統稱。

14 **黨禍** ㄉㄤˇ ㄏㄨㄛˋ 朋黨之禍。

黨魁 ㄉㄤˇ ㄎㄨㄟˊ 政黨首腦。

黨綱 ㄉㄤˇ ㄍㄤ 政黨的基本政治綱領，黨章的總綱。

▽鄉黨、朋黨、政黨、結黨、同黨、逆黨、奸黨、鄉黨、組黨、叛黨、亂黨、死黨、清黨、共產黨、青年黨、狐羣狗黨、君子不黨、中國國民黨。

次 8 **黥** 形解 形聲；從黑，京聲。古代刺面並塗墨的刑罰爲黥。

音義 ㄑㄧㄥˊ 名①古肉刑之一，用刀刺刻犯人的面頰，再塗上墨色，即墨刑。②姓。

次 8 **黧** 形解 形聲；從黑，𥝢聲。黑中帶黃的顏色爲黧。

音義 ㄌㄧˊ 名動鳥名，即黃鶯。形①黑色的；例黧黃。②黑中帶黃的；例黧牛。

常 9 **黯** 形解 形聲；從黑，音聲。音有陰蔽的意思，所以深黑爲黯。

音義 ㄢˋ 名 深黑色；例 黯色。形 不光明的；例 黯淡。副 ① 深黑地；例 黯兮慘悴。② 沮喪地；例 黯然神傷。

參考 ①又音ㄢ。②反光，亮。

12 **黯然失色** ㄢˋ ㄖㄢˊ ㄕ ㄙㄜˋ 原指心情沮喪，臉色蒼白難看。現多形容相互比較之下，顯得暗淡無光。

參考 反光彩奪目。

黯然銷魂 ㄢˋ ㄖㄢˊ ㄒㄧㄠ ㄏㄨㄣˊ 形容別離時心神沮喪，失魂落魄的樣子。

次 10 **黰** 形解 形聲；從黑，眞聲。眞有稠密的意思，所以頭髮濃黑而美爲黰。

音義 ㄓㄣˇ 名 美髮，通「鬒」；副 烏黑的樣子。

常 11 **黴** 形解 形聲；從黑，微省聲。微有細小的意思，所以東西受潮所生的青黑小點爲黴。

音義 ㄇㄟˊ 名 ①東西遇潮，因霉菌起作用而變質，所生的小黑點；例 發黴。②黴菌，低等植物，形狀像細絲，有毛黴、青黴等。動 腐敗；例 物已黴了。形 面黑的；例 舜黴黑。

參考 ①同霉。②參閱「霉」字條。③字從黑從微省，所以「黑」上作「山」，不可省去「山」下的一橫畫。④不可受「徽」字讀音的影響而讀成ㄏㄨㄟ。

次 11 **黲** 形解 形聲；從黑，參聲。淺青黑色爲黲。

音義 ㄘㄢˇ 形 灰黑色的；例 上黲下黷。

次 14 **黶** 形解 形聲；從黑，厭聲。厭有中飽的意思，所以黑色的點子爲黶。

音義 ㄧㄢˇ 名 黑痣，皮膚上長的黑色小點。

參考 ①同黡。②「黶」與「魘」，音同義異。

常 15 **黷** 形解 形聲；從黑，賣聲。汚垢爲黷。

音義 ㄉㄨˊ 名 汚穢；例 下招私黷。動 ①汚染。②貪得；例 黷貨賂。③沒有節制；例 窮兵黷武。④變黑；例 林木潤黷。⑤輕率或褻慢；例 黷職。形 汚穢的；例 水碧驗未黷。

參考 同瀆，汚，穢。

8 **黷武窮兵** ㄉㄨˊ ㄨˇ ㄑㄩㄥˊ ㄅㄧㄥ 即任意使用武力，用兵不停。亦作「窮兵黷武」。

▽冒黷、窮黷、慢黷、汚黷。

【黹部】 ㄓˇ

常 0 **黹** 形解 會意；從㡀，丵省。有刺繡花紋的衣服爲黹。

音義 ㄓˇ 名 女紅的通稱；例 針黹。

次 5 **黻** 形解 形聲；從黹，犮聲。布帛上有黑色與青色相交紋路者爲黻。

音義 ㄈㄨˊ 名 ①古禮服上黑青相間的花紋；例 黼黻。②古祭服上的蔽膝，用皮革做成，通「韍」；例 袞冕黻珽。③繫印的絲帶，即「綬」；例 雲裝信解黻。

次 7 **黼** 形解 形聲；從黹，甫聲。布帛上有白色與黑色相交紋路者爲黼。

音義 ㄈㄨˇ 名 古禮服上黑白相間如斧形的花紋；例 黼黻。

19 **黼黻** ㄈㄨˇ ㄈㄨˊ ㈠古代禮服上所繡的花紋。黼：黑白相次，作斧形；黻：黑青相次，作亞形。㈡泛指花紋。例 目視黼黻而不知其狀。㈢比喻華麗的辭藻。

【黽部】 ㄇㄧㄣˇ

常 0 **黽** 形解 象形；上象其頭，下象大腹形。水中蛙屬爲黽。

音義 ㄇㄧㄣˇ 名 動 蛙的一種。名 地 黽池，古地名，在河南新安縣，通「澠」。副 勉勵地；

例黽勉。
9 黽勉 ㄇㄧㄣˇ ㄇㄧㄢˇ 勤勉，努力。又作「僶俛」。

次 4 **黿** 形解 形聲；從黽，元聲。元有大的意思，所以大鼈為黿。
音義 ㄩㄢˊ 名動 ①即元魚，鼈之一種。②即蜥蜴，通「蚖」。
14 黿鳴鼈應 ㄩㄢˊ ㄇㄧㄥˊ ㄅㄧㄝ ㄧㄥˋ 比喻一鳴一應。多用於君臣或上下之間的相互呼應方面。

常 11 **鼇** 形解 形聲；從黽，敖聲。敖有大的意思，所以海中特大的鼈為鼇。
音義 ㄠˊ 名動 傳說中海裡的大鼈或大龜。
參考 字或從魚作「鰲」。
9 鼇背負山 ㄠˊ ㄅㄟˋ ㄈㄨˋ ㄕㄢ 比喻恩德深重，為感戴用詞。

次 12 **鼉** 形解 形聲；從黽，單聲。水生的大爬蟲，皮可製鼓為鼉。
音義 ㄊㄨㄛˊ 名動 爬蟲名，即揚子鱷，形似鱷魚，長二丈餘，四足，穴居池沼底部，為長江下游的特產。

【鼎部】 ㄉㄧㄥˇ

常 0 **鼎** 形解 象形；甲文作⿱，象兩耳、鼓腹、多岐足形。煮肉用的食器為鼎。
音義 ㄉㄧㄥˇ 名 ①古代炊器，用青銅鑄成，圓形，鼓腹，三足兩耳，也有方形四足的，盛行於殷周時代；例九鼎。②姓。形 碩大的；例鼎力。副 ①有如鼎足三方並立的樣子；例三國鼎立。②極，甚，非常；例鼎盛。③顯赫的樣子；例中原鼎沸。

鼎

參考 孳鼐、鼒、鼏。
2 鼎力 ㄉㄧㄥˇ ㄌㄧˋ 敬辭，大力幫忙。例鼎力相助。
7 鼎足 ㄉㄧㄥˇ ㄗㄨˊ 鼎的三條腿，比喻三方面或三個國家對立的局勢。
鼎足三分 ㄉㄧㄥˇ ㄗㄨˊ ㄙㄢ ㄈㄣ 鼎有三足，鼎足三分喻三方各自獨立，互相對峙。
8 鼎沸 ㄉㄧㄥˇ ㄈㄟˋ 鼎裡的水沸騰起來。形容人聲喧嚷嘈雜，也比喻局勢動盪不安。
9 鼎革 ㄉㄧㄥˇ ㄍㄜˊ 即鼎新革故，更新除舊。
17 鼎盛 ㄉㄧㄥˇ ㄕㄥˋ 正當富盛或興盛的時候。例春秋鼎盛。
13 鼎新 ㄉㄧㄥˇ ㄒㄧㄣ 猶言更新。
▽鐘鼎、問鼎、奠鼎、寶鼎、一言九鼎、大名鼎鼎、力能扛鼎。

次 2 **鼏** 形解 形聲；從鼎，冖聲。冖有覆蓋的意思，所以鼎的蓋子為鼏。
音義 ㄇㄧˋ 名 ①鼎蓋；例設扃鼏。②覆蓋酒樽的布巾；例犧尊疏布鼏。

次 2 **鼐** 形解 形聲；從鼎，乃聲。乃有寬舒的意思，所以可容一牛的大鼎為鼐。
音義 ㄋㄞˋ 名 大鼎。

次 3 **鼒** 形解 形聲；從鼎，才聲。才有小的意思，所以鼎口細小者為鼒。
音義 ㄗ 名 小鼎。
參考 反鼐。

【鼓部】 ㄍㄨˇ

常 0 **鼓** 形解 會意；從攴壴。壴為樂器立於架上，攴為輕擊，所以擊鼓為鼓。
音義 ㄍㄨˇ 名 ①樂器；例大鼓。②容量名，一鼓相當於十二斛。③衡量名，重四百八十斤稱一鼓。④病名，俗作「臌」；例氣鼓。⑤姓。動 ①敲擊；例鼓鐘。②彈奏；例鼓瑟。③振動；例鼓翼。④煽動；例鼓動。⑤揮動；例鼓旗。⑥勸勉；例鼓勵。⑦突起；例鼓著腮幫子。

參考 ①擊鼕、鼖、鼙。②字又作「鼔」、「鼓」、「皷」。

6 **鼓舌** ㄍㄨˇ ㄕㄜˊ 掉弄舌頭，形容詭辯逞辯。

7 **鼓吹** ㈠ ㄍㄨˇ ㄔㄨㄟˋ ①古代的一種樂器合奏。②演奏鼓吹樂的樂隊。㈡ ㄍㄨˇ ㄔㄨㄟ 宣揚，宣傳。

參考 參閱「宣揚」條。

11 **鼓動風潮** ㄍㄨˇ ㄉㄨㄥˋ ㄈㄥ ㄔㄠˊ 造成一股力量。

14 **鼓舞** ㄍㄨˇ ㄨˇ ㈠激發，振作。㈡古代雜舞的一種。

參考 與「鼓舞」、「鼓動」、「鼓勵」、「煽動」都指促使他人行動，皆爲動詞，但有別：「鼓舞」指重大事件、高尚精神等對人的感染激發，使人振奮起來，多用於別人對自己，少用於自己對別人；「鼓勵」則是激發勉勵或助長慫恿，不僅用於自己對別人，還可用於自己對自己；「鼓動」是激發推動，鼓動者一般是人；「煽動」則專指挑動別人去做壞事，含有貶損的意思。

16 **鼓噪** ㄍㄨˇ ㄗㄠˋ ㈠擂鼓和吶喊，指軍隊出戰時大張聲勢。㈡喧嚷，起哄。

17 **鼓勵** ㄍㄨˇ ㄌㄧˋ 激發，勉勵。

▽旗鼓、鐘鼓、大鼓、擊鼓、打鼓、五鼓、大張旗鼓、重整旗鼓、偃旗息鼓。

常 5 **鼕** 形解 形聲；從鼓，冬聲。冬爲描摹聲音字，鼓聲冬冬，所以鼓聲爲鼕。

音義 ㄉㄨㄥ 形 氣上升的；例香鼕鼕。副 描摹鼓聲的詞；例戰鼓鼕鼕。

參考 又音 ㄊㄨㄥˊ。

常 8 **鼙** 形解 形聲；從鼓，卑聲。卑有短小的意思，故小鼓爲鼙。

① 鼙

音義 ㄆㄧˊ 名 ①小鼓名。②「琵琶」的異稱；例鼙婆。

參考 字又作「鞞」。

次 8 **鼛** 形解 形聲；從鼓，咎聲。大鼓爲鼛。

音義 ㄍㄠ 名 古徵召役事完畢時所敲擊的大鼓；例鼓鐘伐鼛。

【鼠部】ㄕㄨˇ

常 0 **鼠** 形解 象形；上象齒，下象足尾形。

音義 ㄕㄨˇ 名 ①動動物名，哺乳綱，嚙齒目部分動物的通稱。主要特徵，無犬齒，門齒與前臼齒或臼齒間有空隙，繁殖迅速，能傳染鼠疫等疾病，破壞力甚强，是農林業的大敵；例誰謂鼠無牙，何以穿我墉？②十二生肖之首。③急性傳染病的一種，又名黑死病；例鼠疫。④隱憂；例鼠思泣血。

參考 反貓。

4 **鼠牙雀角** ㄕㄨˇ ㄧㄚˊ ㄑㄩㄝˋ ㄐㄩㄠˊ 形容爭訟不息。興訟敗家，有如鼠雀壞屋一般。

15 **鼠輩** ㄕㄨˇ ㄅㄟˋ 罵人的話，猶言小子。

18 **鼠竄** ㄕㄨˇ ㄘㄨㄢˋ 像老鼠一樣亂竄，形容倉皇奔逃。例抱頭鼠竄。

▽老鼠、田鼠、白鼠、褐鼠、碩鼠、蒼鼠、熏鼠、補鼠、城狐社鼠、膽小如鼠、羅雀掘鼠。

次 4 **鼢** 形解 形聲；從鼠，分聲。田中穿地的老鼠爲鼢。

音義 ㄈㄣˊ 名 動嚙齒類，體粗而圓，尾短，眼小，爪利，生活在田野，對農作物有害。

常 5 **鼬** 形解 形聲；從鼠，由聲。由有大的意思，尾大的鼠類爲鼬。

音義 ㄧㄡˋ 名 動食肉類，鼬科，哺乳動物。身細長，四肢短，毛黃褐色。性凶猛，遇敵由肛門分泌臭液自衞。

參考 常見的種類多爲黃鼬，俗稱黃鼠狼。

次 5 **鼫** 形解 形聲；從鼠，石聲。松鼠爲鼫。

音義 ㄕˊ 名 ①松鼠的別稱。②古書上指飛鼠一類的動物。

次 7 **鼯** 形解 形聲；從鼠，吾聲。鼠名，有肉翅能飛爲鼯。

音義 ㄨˊ 名動 即飛鼠，鼠屬，長毛密生，前後肢間有寬大多毛的皮膜，能在樹間滑翔，聲如小兒啼，爲森林害獸。

次 7 **鼮** 形解 形聲；從鼠，廷聲。身上文采如豹的鼠爲鼮。

音義 ㄊㄧㄥˊ 名 有豹紋的鼠。

常 9 **鼴** 形解 形聲；從鼠，匽聲。匽爲隱匿，鼠擅長穿地而行者爲鼴。

音義 ㄧㄢˇ 名動 在地下生活的食蟲類哺乳動物，體形像老鼠，嘴尖。生活在田間，挖掘洞道，吃昆蟲、蚯蚓等。由於挖掘洞道，傷害作物，危害農業生產。又稱「鼴鼠」。形 器量小或欲望有限的；例 鼴腹易盈。

參考 又作「鼹」。

次 10 **鼷** 形解 形聲；從鼠，奚聲。奚有小的意思，所以鼠類中最小者爲鼷。

音義 ㄒㄧ 名動 鼠名，形體小，尾長，體背黃褐色，腹黃色，遍布全世界。

【鼻部】ㄅㄧˊ

常 0 **鼻** 形解 形聲；從自，畀聲。畀爲給予，自象鼻形，所以鼻子爲鼻。

音義 ㄅㄧˊ 名 ①人及高等動物的呼吸嗅覺器官，分外鼻和鼻腔二部分。②器物上突出帶孔像鼻的部分；例 印鼻。③姓。形 創始的；例 鼻祖。

9 **鼻祖** ㄅㄧˊ ㄗㄨˇ 始祖。

10 **鼻息** ㄅㄧˊ ㄒㄧ 鼻中的呼吸，特指睡時的鼾聲。

20 **鼻竇炎** ㄅㄧˊ ㄉㄡˋ ㄧㄢˊ 鼻竇粘膜發炎，常由傷風所引起。

▽ 高鼻、隆鼻、犢鼻、耳鼻、朝天鼻、嗤之以鼻。

常 3 **鼾** 形解 形聲；從鼻，干聲。干爲狀聲字，臥時鼻呼吸所發聲，其聲似干，故名鼾。

音義 ㄏㄢ 名 熟睡時所發出粗重的呼吸聲；例 鼾聲如雷。

參考 ①又音ㄏㄢˋ。②與「頇」同音而義異：「頇」，從頁，有粗大的意思。

次 5 **齁** 形解 形聲；從鼻，句聲。鼾聲爲齁。

音義 ㄏㄡ 名 睡著時的鼻息聲；例 齁如雷吼。動 食物過鹹以致感覺難受；例 齁著了。副 方 過甚；例 天氣齁冷。

參考 同鼾。

次 11 **齄** 形解 形聲；從鼻，虘聲。鼻上的紅皰爲齄。

音義 ㄓㄚ 名 鼻上的紅皰；例 酒齄鼻子。

參考 ①同皶。②又稱「酒糟鼻」。

次 22 **齉** 形解 形聲；從鼻，囊聲。鼻塞不通爲齉。

音義 ㄋㄤˋ 形 鼻塞而發聲不清楚的；例 齉鼻子。

參考 字雖從囊，但不可讀成ㄋㄤˊ或ㄖㄤˇ。

【齊部】ㄑㄧˊ

常 0 **齊** 形解 指事；禾麥吐穗，上平爲齊。

音義 ㄑㄧˊ 名 ①史 周代諸侯國名，在今山東北部，既是春秋五霸又是戰國七雄之一，爲秦所滅。②史 朝代名，南朝蕭道成篡劉宋稱帝，史稱「南齊」；北朝高洋篡東魏稱帝，史稱「北齊」。③姓。動 ①治理；例 齊家治國平天下。②一致；例 齊心。③達到某一種高度；例 河水齊腰際。④排列；例 齊隊。形 ①端整不亂的；例 隊伍整齊。②完備的；例齊全。③相等的；例齊名。副①共同地；例齊步。②並列地；例並駕齊驅。

ㄐㄧ 名治金或鑄兵器時火燒的程度，即「火候」；例火齊。

ㄗ 名①下裳的邊緣；例攝齊升堂。②喪服之一；例齊衰。③祭器中所盛放的穀物，通「粢」；例齊盛。

ㄓㄞ 動齋戒，通「齋」；例齊三日。副肅敬的樣子；例齊肅衷正。

參考①或作「亝」。②擊臍、劑、薺、懠、躋、霽、擠、齋。

3 **齊大非偶** ㄑㄧˊ ㄉㄚˋ ㄈㄟ ㄡˇ 比喻匹配不起，不敢高攀。偶，又作「耦」。語出左傳：齊侯想把女兒文姜嫁給鄭太子忽，太子忽婉謝了。有人問為什麼，太子說：「人人都該有合適的配偶，但齊是大國，不是我的配偶。」

參考①同門高莫對。②反門當戶對。

6 **齊名** ㄑㄧˊ ㄇㄧㄥˊ 名聲相齊。

8 **齊東野語** ㄑㄧˊ ㄉㄨㄥ ㄧㄝˇ ㄩˇ 比喻道聽塗說，荒唐無稽的言論。

9 **齊眉** ㄑㄧˊ ㄇㄟˊ 夫妻相敬如賓。例舉案齊眉。

10 **齊衰** ㄗ ㄘㄨㄟ 五種喪服名之一，用粗麻布做成，有縫邊。

齊家 ㄑㄧˊ ㄐㄧㄚ 整治家政。

12 **齊備** ㄑㄧˊ ㄅㄟˋ 齊全，完備。

16 **齊頭並進** ㄑㄧˊ ㄊㄡˊ ㄅㄧㄥˋ ㄐㄧㄣˋ 各方面同時跟進。

▽均齊、整齊、平齊、看齊、南齊、北齊、修齊、對齊、見賢思齊、良莠不齊、參差不齊。

常 3

齋

形解 形聲；從示，齊聲。示為祭祀，齊為專一，所以祭祀前戒欲，使身心潔淨為齋。

音義 ㄓㄞ 名①屋舍，一般指書房、學舍；例書齋。②素食；例吃齋。③僧道設壇作法的儀式；例齋醮。動①古人在祭祀前或舉行典禮前清心淨身以示莊敬；例齋戒。②以食物供養僧尼；例齋僧。③心意虔敬；例齋心服形。

ㄗ 名喪服名之一，通「齊」；例齋衰。

7 **齋戒** ㄓㄞ ㄐㄧㄝˋ ㈠古人於祭祀之前，沐浴更衣，不飲酒，不吃葷，以示誠敬。㈡修身反省。洗心叫齋，防患叫戒。

▽書齋、寢齋、禪齋、吃齋、心齋。

次 7

齎

形解 形聲；從貝，齊聲。齊有平等整齊的意思，所以將財貨平均分給人為齎。

音義 ㄐㄧ 動①持物贈人；例齎錢三百萬。②抱持著；例齎恨。

參考又作「賫」、「賷」。

次 9

齏

形解 形聲；從韭，齊聲。菜肉醬為齏。

音義 ㄐㄧ 名切碎的醃菜或醬菜。動①粉碎；例齏骨粉身。②調和。

【齒部】 ㄔˇ

常 0

齒

形解 象形；甲文作 ，象張口見齒形，後加止聲，所以牙齒為齒。

音義 ㄔˇ 名①人和動物口腔內咀嚼食物的器官；例牙齒。②年齡的代稱；例貴德尚齒。③排列如齒形的東西；例鋸齒。④象牙；例元龜象齒。⑤姓。動①幷列；例不敢與諸王齒。②采錄；例齒錄。③說到；例齒及。④提起；例何足掛齒；⑤擋住；例腐肉之齒利劍。形排列如齒的；例白石齒齒。副同等的樣子；例齒列。

3 **齒亡舌存** ㄔˇ ㄨㄤˊ ㄕㄜˊ ㄘㄨㄣˊ 比喻剛者容易摧折，柔者常能保全，為古代道家的處世哲學。

7 **齒冷** ㄔˇ ㄌㄥˇ 譏笑。因笑而開口，笑的時間長了，牙齒就會感到寒冷。

9 **齒冠** ㄔˇ ㄍㄨㄢ 牙齒露出的部分，用以嚼物。

齒若編貝 ㄔˇ ㄖㄨㄛˋ ㄅㄧㄢ ㄅㄟˋ 牙齒整齊潔白。

15 **齒輪** ㄔˇ ㄌㄨㄣˊ 機械名詞，輪緣

均勻分布著許多齒的一種輪子，使之旋轉時可以引動各種機械的鐵製或木製的輪子。

16 **齒頰留芳** ㄔˇ ㄐㄧㄚˊ ㄌㄧㄡˊ ㄈㄤ 接受別人餽贈食物後的謝語。

▽齲齒、義齒、馬齒、乳齒、門齒、犬齒、臼齒、智齒、沒齒、換齒、明眸皓齒、不足掛齒、令人切齒、何足掛齒、伶牙俐齒、咬牙切齒。

次 2 **齔** 形解 形聲；從齒，匕聲。匕有變易舊形的意思，所以人成長後即脫落的幼齒爲齔。

音義 ㄔㄣˋ 形 幼年的；例 童齔之子。動 乳齒脫落，新齒長出。

參考 又作「齓」。

次 3 **齕** 形解 字本作「齕」：形聲；從齒，乞聲。乞有交錯變動的意思，所以用齒咬物爲齕。省作「齕」。

音義 ㄏㄜˊ 動 用牙齒咬物。

次 4 **齗** 形解 形聲；從齒，斤聲。齒牙之形似斧斤，所以齒根爲齗。

音義 ㄧㄣˊ 名 齒根肉，通「齦」。副 爭辯地；例 齗齗如也。

參考 字雖從斤，但不可讀成ㄐㄧㄣ。

次 4 **齘** 形解 形聲；從齒，介聲。牙齒相摩擦的聲音爲齘。

音義 ㄒㄧㄝˋ 名 參差不密合的接合處。動 摩牙切齒而怒。

常 5 **齣** 形解 形聲；從齒，句聲。句有止的意思，所以戲劇一回，詞曲一段落爲齣。

音義 ㄔㄨ 名 文 量詞，戲劇傳奇中的一折，也指戲劇中一個獨立的劇目。

參考 字雖從「句」，但不可讀成ㄐㄩ或ㄐㄩˋ。

常 5 **齟** 形解 字本作「齟」：形聲；從齒，虘聲。虘有剛暴的意思，所以牙齒凸凹歪斜爲齟。俗作「齟」。

音義 ㄐㄩˇ 形 上下齒參差不齊的，也比喻意見不合；例 齟齬。

22 **齟齬** ㄐㄩˇ ㄩˇ 上下齒不相配合。比喻意見不合。

常 5 **齡** 形解 形聲；從齒，令聲。年歲的少長爲齡。

音義 ㄌㄧㄥˊ 名 ①動 猴類的一種；例 齡猴。②年歲；例 高齡。③友善，通「令」。

▽延齡、高齡、弱齡、妙齡、樹齡、頹齡、年齡、稚齡、齠齡。

次 5 **齠** 形解 形聲；從齒，召聲。換齒的年齡爲齠。

音義 ㄊㄧㄠˊ 名 未成年男子下垂的頭髮，通「髫」；例 玄齠巷歌。動 兒童換齒，即脫去乳牙。

常 6 **齜** 形解 形聲；從齒，此聲。「此」爲描摹聲音字，所以上下齒互相摩切，齒聲此此爲齜。

音義 ㄗ 動 張嘴露牙；例 齜牙咧嘴。形 牙齒不整齊的；例 齜齒。

4 **齜牙咧嘴** ㄗ ㄧㄚˊ ㄌㄧㄝˇ ㄗㄨㄟˇ 遇痛苦時張牙露嘴的樣子。

常 6 **齦** 形解 形聲；從齒，艮聲。艮有狠止的意思，所以用齒咬齧爲齦。

音義 ㄧㄣˊ 名 齒根肉，通「齗」；例 牙齦。副 爭辯的樣子；例 爭射齦齦。ㄎㄣˇ 動 咬，啃；例 齦骨頭。

參考 字雖從艮，但不可讀成ㄍㄣˋ。

次 6 **齧** 形解 形聲；從齒，㓞聲。㓞爲鋤草，所以用齒咬物爲齧。

音義 ㄋㄧㄝˋ 名 ①器物的缺口；例 劍之折必有齧。②姓。動 ①咬，噬；例 齧索且斷。②侵蝕。例 淚齧胡隄官柳盡。

參考 或作「嚙」、「囓」。

17 **齧臂之交** ㄋㄧㄝˋ ㄅㄧˋ ㄓ ㄐㄧㄠ 比喻交情深厚，死生與共。

常 7 **齬** 形解 形聲；從齒，吾聲。吾有逆止的意思，所以齒一前一後不相合爲齬。
音義 ㄩˇ 形 ①嵯峨的樣子。②齟齬。
參考 字雖從「吾」，但不可讀成ㄨ。

常 7 **齪** 形解 形聲；從齒，足聲。「足」爲狀聲字，所以齒與齒相碰合，聲似足足爲齪。
音義 ㄔㄨㄛˋ 形 齷齪。副 齪齪，拘謹的樣子。
參考 ①或作「蹵」。②字雖從「足」，但不可讀成ㄗㄨˊ。

次 8 **齮** 形解 形聲；從齒，奇聲。奇有偏側的意思，所以用旁側的牙齒咬東西爲齮。
音義 ㄧˇ 名 姓。動 咬。

次 8 **齯** 形解 形聲；從齒，兒聲。兒有小的意思，所以老年齒落後再生的幼齒爲齯。
音義 ㄋㄧˊ 名 老人牙齒脫落後再生的新牙，爲長壽的象徵。

常 9 **齷** 形解 形聲；從齒，屋聲。屋有排比的意思，所以齒相近爲齷。
音義 ㄨㄛˋ 形 齷齪。副 渺小的樣子。
參考 字雖從「屋」，但不可讀成ㄨ。

常 9 **齲** 形解 形聲；從齒，禹聲。禹爲虫名，所以牙齒被牙虫所蛀爲齲。
音義 ㄑㄩˇ 名 牙齒蛀蝕成洞，俗稱「蛀牙」；例 割脣而治齲。
參考 又作「⿰齒虫」。

次 9 **齵** 形解 形聲；從齒，禺聲。齱齵，牙齒偏側不正爲齵。
音義 ㄩˊ 名 蛀牙；例 齵齒。形 ①牙齒不整齊的。②事物參差不整齊的；例 察其菑蚤不齵。
參考 又音ㄡˊ。

次 9 **齶** 形解 形聲；從齒，咢聲。牙根四周的肉爲齶。
音義 ㄜˋ 名 牙根四周的肉。

【龍部】 ㄌㄨㄥˊ

常 0 **龍** 形解 象形；甲文作，象其冠首身尾形。隸變作「龍」。神蟲爲龍。
音義 ㄌㄨㄥˊ 名 ①動 古代傳說的一種神蟲，有鱗、角、鬚和五爪，能飛，能走，能游，能興雲致雨，極具靈性；例 雲從龍，風從虎。②帝王的象徵；例 眞龍天子。③天 歲星名；例 蒼龍之宿。④聖哲或才德出衆的人；例 攀龍附鳳。⑤高大的馬匹；例 天子乘龍。⑥堪輿家以山勢爲龍，稱其起伏綿亙的脈絡爲龍脈，氣脈所結的地方爲龍穴；例 鑿山龍已去。⑦殊愛，通「寵」；例 荷天之龍。⑧姓。
參考 ①「龍」通「寵」時，有時也可當動詞或形容詞用。②「龍」與「蛟」是兩種不同的動物：有角的稱「龍」，無角的爲「蛟」。③孳 襲、聾、籠、瀧、朧、礱、曨。

7 **龍肝鳳髓** ㄌㄨㄥˊ ㄍㄢ ㄈㄥˋ ㄙㄨㄟˇ 形容極難得珍美的餚饌。
參考 同龍肝豹胎。

龍吟虎嘯 ㄌㄨㄥˊ ㄧㄣˊ ㄏㄨˇ ㄒㄧㄠˋ ㈠形容人吟嘯聲如龍虎的叫嘯，非常洪壯嘹亮。㈡龍吟則雲出，虎嘯則風生，比喻同類相應。

8 **龍爭虎鬥** ㄌㄨㄥˊ ㄓㄥ ㄏㄨˇ ㄉㄡˋ 比喻兩強爭鬥，不相上下。

9 **龍飛鳳舞** ㄌㄨㄥˊ ㄈㄟ ㄈㄥˋ ㄨˇ ㈠形容氣勢奔放雄壯。㈡形容山勢的靈異。㈢形容筆勢生動絕異。

11 **龍捲風** ㄌㄨㄥˊ ㄐㄩㄢˇ ㄈㄥ 天 因爲氣壓高低不均，而發生的螺旋狀強風，自地面或水面昇起，成漏斗狀，風力很大，可以捲走人畜，毀壞房屋車船。

15 **龍潭虎穴** ㄌㄨㄥˊ ㄊㄢˊ ㄏㄨˇ ㄒㄩㄝˋ 龍

虎居住的地方。比喻險要的地帶。
參考 同刀山火海。
16 龍頭鳳尾 ㄌㄨㄥˊ ㄊㄡˊ ㄈㄥˋ ㄨㄟˇ 比喻頭重腳輕或始盛終衰。又作「龍頭蛇尾」、「虎頭蛇尾」。
17 龍鍾 ㄌㄨㄥˊ ㄓㄨㄥ ㈠行動不方便的樣子。例老態龍鍾。㈡淚流的樣子。例雙袖龍鍾淚不乾。
18 龍蟠虎踞 ㄌㄨㄥˊ ㄆㄢˊ ㄏㄨˇ ㄐㄩˋ 比喻形勢雄壯險要，蟠，又作「盤」。
20 龍騰虎躍 ㄌㄨㄥˊ ㄊㄥˊ ㄏㄨˇ ㄩㄝˋ 形容活潑矯健，生氣勃勃的樣子。
參考 參閱「生龍活虎」條。
▽臥龍、恐龍、亢龍、潛龍、蛟龍、飛龍、翼手龍、獨眼龍、車水馬龍、葉公好龍。

常 6 **龔** 形解 形聲；從共，龍聲。龍有敬奉的意思，共爲共同，所以供給爲龔。
音義 ㄍㄨㄥ 名姓。動供給，通「供」；例龔行天之罰。形敬肅的，通「恭」；例象龔滔天。

次 6 **龕** 形解 形聲；從龍，合聲。龍形爲龕。
音義 ㄎㄢ 名①地山名，在浙江蕭山縣，其形似龕，故名。②佛塔；例禪龕。③供奉神像、佛像的櫃櫥；例神龕。動平定，通「戡」；例龕亂在神功。
▽神龕、古龕、山龕、幽龕、龍龕。

【龜部】 ㄍㄨㄟ

常 0 **龜** 形解 象形；象龜側面被甲，頭及足尾形。
音義 ㄍㄨㄟ 名①動屬爬行綱，背腹都有硬甲，頭尾和四肢通常都能縮入甲內，種類很多，有玳瑁、金龜、水龜等。②古印章的紐多作龜形，因作印章的代稱；例龜綬。③獸類背部隆高處；例射麋麗龜。④俗指開設妓院的男子，及放縱妻女淫行的男人；例龜孫子。
ㄑㄧㄡ 名地龜茲，古西域地名。
ㄐㄩㄣ 動因酷寒而凍裂了手皮。例宋人有善爲不龜手之藥者。
參考 龜作地名用字時，不可讀成ㄍㄨㄟ。
4 龜毛兔角 ㄍㄨㄟ ㄇㄠˊ ㄊㄨˋ ㄐㄧㄠˇ 比喻有名無實。又作「兔角龜毛」。
6 龜兆 ㄍㄨㄟ ㄓㄠˋ 古代占卜後灼龜甲裂文所表示的預兆。
8 龜坼 ㄐㄩㄣ ㄔㄜˋ 土地因天旱而裂開，裂痕像龜甲上的花紋一般。亦作「龜裂」。
13 龜筮 ㄍㄨㄟ ㄕˋ 卜與筮。古時卜用龜，筮用蓍，以占卜吉凶。
21 龜鶴同春 ㄍㄨㄟ ㄏㄜˋ ㄊㄨㄥˊ ㄔㄨㄣ 祝人長壽的賀詞。
22 龜鑑 ㄍㄨㄟ ㄐㄧㄢˋ 龜可卜吉凶，鑑能別美惡，比喻警戒與反省。鑑：即鏡子。
參考 ①同借鑑。②又作「龜鏡」。
▽神龜、玉龜、海龜、烏龜、千年王八萬年龜。

【龠部】 ㄩㄝ

次 0 **龠** 形解 會意；甲骨文作，是以口吹奏的編管樂器。後於上方加「亼（集的古字）」。隸變作「龠」。
音義 ㄩㄝ 名①古量器名，形狀像爵。②古樂器名，形如笛，有三孔或六孔，通「籥」；例左手執龠。
參考 衍籥、籲、鑰、瀹、蘥、龤。

次 5 **龢** 形解 形聲；從龠，禾聲。禾爲和的省文，所以音樂調和爲龢。
音義 ㄏㄜˊ 動聲音和諧相應，通「和」；例與謳謠相龢。

附錄

符號	用法說明	示例	注意
冒號 ：	(1)用來提示下文。 (2)常用在「某某人說」之後，並常和引號配合。	(1)爸爸從國外帶回來許多東西：玩具啦、衣服啦、吃的啦，什麼都有。 (2)先總統　蔣公說：「有健全的國民，才有健全的民族；有健全的民族，才能建設富强的國家。」	
問號 ？	用在問話的後面。	(1)你是從哪裏來的？ (2)小華到哪裏去了？	有些句子看起來像問話，其實並不是問話，所以不能用問號。如： (1)我不知道他是從哪裏來的。 (2)我根本就不知道小華去了哪裏。
驚嘆號 ！	用來表示强烈的感情，如興奮、堅定、憤怒、嘆息、驚奇、請求等。	(1)呵，我終於成功了！（興奮） (2)這件工作，只許成功，不許失敗！（堅定） (3)這種忘恩負義的人，我恨不得揍他一頓！（憤怒） (4)唉，我們還有什麼辦法呢！（嘆息） (5)什麼，新加坡下雪了！（驚奇） (6)你就做做好人，幫個忙吧！（請求）	驚嘆號只能用在句子的後面，而不能用在句子停頓的地方。如： (1)什麼！他又來了！ (2)這件工作，只許成功！不許失敗！ 例(1)的「什麼」和例(2)的「成功」的後面都只能用逗號，不能用驚嘆號。

符號	用法說明	示例	注意
引號 「　」 『　』	(1)文章中直接引用別人的話或書刊上的話，就要用引號。 (2)句子裏一些具有特別意義的詞語，也應加上引號。 (3)引號有兩種：「　」叫單引號，『　』叫雙引號。一般上我們都用單引號，如果引號中還要用到引號的話，就用雙引號。	(1)老師說得好：「人如果沒有毅力，便不能克服各種各樣的困難。」 (2)自從搬上十樓後，我才眞正體會到「高處不勝寒」這句話的意義。 (1)你聽過「愚公移山」這個寓言嗎？ (2)對於他的這一番「好意」，我看你還是小心一點。 (1)小李說：「聽說張明病得很重，所以昨天我便到醫院去看他。哪裏知道他一看到我，就跳起來說：『小李，醫院裏悶死了，快帶我逃出去吧！』我聽了，不知道怎麼說才好。」	只有在直接引用別人的話或文字的時候，才用引號，否則便不能用。試比較下面兩句話： (1)老師說：「你們把這一疊作業簿拿到教室裏去。」 (2)老師叫我們把這一疊作業簿拿到教室裏去。
夾註號 （　）	文章中有些字眼爲了使讀的人能夠明白，需要加以注釋，這就要用到夾註號。	(1)二十年前，我就住在那個甘榜（馬來話「鄉村」的意思）裏。 (2)我在小學讀書時，就開始學注音符號（當時叫做注音字母）了。	
破折號 ——	(1)表示底下有個注意的部分。破折號後面的	(1)他沒事可做，整天陪著他的寶貝——那只可愛的黑貓。	

符號	用法說明	示例	注意
	句子有解釋或說明前句的作用。（這種破折號的作用跟引號差不多一樣） (2)表示意思的忽然轉變。	(2)這是表哥送給我的書——據說是著名童話作家安徒生所寫的。 (1)他常常參加賽車——其實這是一種危險的運動。 (2)我很早就出門了——如果不是爲了生活，誰不想在溫暖的被窩裏多躺一會兒呢！	
刪節號 ……	(1)文章中省略的部分，或者意思沒有說完的地方，都可以用刪節號來表示。 (2)刪節號的用途有時差不多等於「等」或「等等」的意思。	(1)「噹！噹！噹……」下課鐘響了。 (2)我曾經到過香港、印尼、馬來西亞、日本……去旅行。 (1)在百貨公司裏可以買到罐頭食品、文具、衣服、化妝品……。 (2)我們所學的科目有國語、算術、自然、體育等等。	刪節號的點數是六點，不能隨意延長或縮短。如果要表示省略很多文字的話，可連用兩個刪節號（十二點），千萬不要把刪節號和「等等」同時用，以免重複。如：我們所學的科目有國語、算術、自然、體育……等等。
書名號 ﹏﹏	文章中凡是書名、報刊名、文章名等，都用書名號來表示。標在文字左邊，橫排的標在字行下邊。	(1)愛的教育是一本很有教育性的書。 (2)本地的中英文報紙有中央日報、聯合報、中國時報、中國郵報等等。	現在有用《　》號來代替﹏﹏號的趨勢，將它標在文字的上下，例如：《簡明活用辭典》。

符號	用法說明	例示	注意
私名號 ｜	標在文字的左邊（橫行排印的標在字行下邊），表明這是人名、地名。也用來標明時代（如春秋、戰國）朝代、年號、國家、種族、山川、湖泊、海洋、機關組織、公司行號、學校、特殊工程建築、道路、路線之類的專用名稱。	(1)發明電燈的是美國的愛迪生。 (2)漢唐兩代是我國歷史上著名的盛世。	

三、常用量詞表

量詞	說明	例子
把	名詞：(1)用於有柄的器物	一把刀子（斧頭、胡琴、傘、掃帚、鑰匙、椅子）
	(2)用於成把的東西	一把菊花（菠菜、蘿蔔、筷子）
	(3)用於一手抓攏的數量	兩把豆子（花生、米）
	(4)用於某種人物	第一把交椅／一把好手／兩把刷子
	動詞：用於與手有關的一些動作，或抽象事物的形象說法	擦一把臉／拉他一把／一把抓住
班	名詞：(1)用於學習、工作等組織	兩班學生
	(2)用於人羣	村子裏這班年輕人眞不錯
	(3)用於軍隊的編制單位	兩班戰士
	(4)用於定時開行的交通運輸工具	一班車／最後一班飛機
瓣	名詞：用於果實、種子等分開的小塊	兩瓣橘子／把蘋果切成幾瓣
幫	名詞：用於人	一幫孩子
包	名詞：用於成包的東西	一包點心（香烟）
倍	名詞：用於倍數	二的五倍是十／產量增加一倍
本	名詞：(1)用於書籍簿冊	兩本書（雜誌、帳、字典）

量詞	說明	例子
	(2)用於電影膠片的盤數	這部電影一共七本
筆	名詞：(1)用於書畫藝術	一筆好字／他能畫幾筆山水畫
	(2)用於款項等	兩筆錢（貸款、經費）
遍	動詞：用於動作次數	那本書我已經看了一遍
撥	名詞：多用於分批的人	一撥參觀的人／分兩撥出發
部	名詞：(1)用於電影、書籍	一部電影（記錄片、小說）
	(2)用於車輛、機器	兩部汽車（機器）
餐	名詞：用於飲食頓數	一餐飯／一日三餐
册	名詞：用於書等	一册書／藏書三萬多册／這部書共六册
層	名詞：(1)多用於建築物、建築部	兩層玻璃窗（樓、台階）

量詞	說明	例子
	件等分層物	
	(2)用於分項、分步的事物（多爲文章、思想等）	去了一層顧慮／還有一層意思
	(3)用於物體表層物	一層薄膜（水、灰、皮、漆、土、油）
茬	名詞：用於同一塊土地上作物種植的次數	一茬莊稼
場	名詞：(1)用於事物的經過	一場大病（風波、爭論）／一場雨
	(2)用於娛樂、體育項目的	一場電影（戲、籃球、球賽）
	動詞：用於某些行動場次	哭了一場／鬧了一場
重	名詞：用於門、山等	兩重門／萬重山／衝破一重又一重難關
齣	名詞：用於戲劇等	一齣喜劇（丑劇、京

量詞	說明	例子
		劇、戲）
串	名詞：用於某些連貫起來的事物	一串珠子（烤肉、鑰匙）
床	名詞：用於被子等	一床被子
次	名詞：用於事情經過的次數、屆次等	一次試驗（事故、手術）／十二次列車／二次會議
	動詞：用於行動的次數	來過兩次／進了一次城
簇	名詞：多用於聚集成團成堆的花卉、植物等	一簇鮮花／兩簇竹子
打	名詞：十二個叫一打	三打鉛筆（乒乓球、毛巾、手套）
代	名詞：用於表示輩分	一代新人
擔	名詞：用於成擔的東西	一擔水（柴）
道	名詞：(1)用於某些長條形物	一道縫／一道光線／幾道皺紋
	(2)用於門、牆等	一道門（圍牆、防線、鐵絲網）
	(3)用於命令、題目等	一道命令（禁令、算術題、手續）
	(4)其他	上了好幾道菜／上了三道漆
滴	名詞：用於成滴的少量液體	幾滴眼淚（汗、水、眼藥）
點	名詞：(1)用於事項等	幾點注意事項／兩點意見／幾點內容
	(2)時間單位	五點鐘／四點三刻
頂	名詞：用於帽子以及有頂的東西	一頂帽子（鋼盔、草帽）／一頂轎子（帳篷、蚊帳）
棟	名詞：用於房子（多爲整座的）	幾棟房子（樓房、平房）
堵	名詞：用於牆	一堵牆
度	名詞：用於有周期性或間隔性的事	兩度會談／一年一度的中秋節／這個劇

量詞	說明	例子
	項	曾兩度公演
段	名詞：(1)用於長條物分成的部分 (2)用於時間、路程等的一定長度 (3)用於語言、文字等的一部分	一段木頭（管道、繩子、鐵軌） 一段時間（路程、距離、經歷） 一段話（臺詞、文章）
堆	名詞：用於成堆物	一堆石頭（垃圾、書）
隊	名詞：用於行列	一隊士兵（學生、人馬）
對	名詞：用於成對的人、事、物	一對夫妻／一對鴛鴦／一對花瓶
頓	名詞：用於飲食 動詞：用於批評、斥責、勸說、打罵等行爲	一頓飯（晚飯、早餐） 批評了一頓／罵了一頓／打了一頓
朵	名詞：多用於花朵、雲彩	幾朵花（白雲）
發	名詞：用於槍彈、炮彈	十發子彈（礮彈）
番	名詞：(1)常用於費時、費力、費心或過程較長的行爲。 (2)略同於「種」，前面常加數詞「一」 (3)用在「翻」後，表示倍數 動詞：用於行動，前面常加數詞「一」	一番心血（唇舌、工夫、周折） 別有一番風味／別有一番天地／完全是一番好意 翻了一番／翻了幾番 打量一番／研究一番／整頓一番

量詞	說明	例子
方	名詞：用於少數方形物體	一方硯台（圖章）
分	名詞：(1)貨幣單位 (2)時間單位 (3)把一個整體分做十分（常用於抽象意義），「十二分」表示超出一般的 (4)評定成績或勝負的記數單位	二分錢／五角三分 八點三十五分／五十分鐘一節課 九分成績，一分缺點／十分完美，十二分感激 甲隊勝了十分／他數學考了八十分
份	名詞：(1)用於搭配成組的東西 (2)用於報刊、文件等	兩份菜（點心、禮品） 兩份報（文件）

量詞	說明	例子
封	名詞：用於信件等	一封電報（信）
峯	名詞：用於駱駝	兩峯駱駝
幅	名詞：用於布帛、字畫等	一幅布／一幅掛圖（山水畫、宣傳畫）
副	名詞：(1)用於成對或成組的東西 (2)用於面部表情 (3)用於中藥（同「服」）	幾副撲克牌（對聯、耳機、眼鏡） 一副笑臉／一副凶相／一副嚴肅的表情／兩副不同的面孔 三副藥
桿	名詞：用於長形有桿的器物	一桿槍（秤、旗、烟袋）
個	名詞：應用範圍很廣，可代替一般量詞	一個杯子（蘋果、雞蛋、故事、節目、人、國家、鐘頭）
根	名詞：用於細長物	幾根火柴（釘子、粉筆、繩子、竹竿、香腸）

量詞	說明	例子
股	名詞：(1)用於成條物 (2)用於氣味、氣體、氣力等，前面常加數詞「一」 (3)用於成批的人，多含貶義	一股清泉／一股暖流／一股逆流／山上有兩股小道 一股香味（臭味、烟、熱氣、勁兒） 一股土匪／兩股敵軍
行	名詞：用於成行的東西	兩行字（熱淚、詩、手迹、小樹）
戶	名詞：用於人家、住戶	那裏有幾戶人家／每一戶人家都有一個戶長
回	名詞：用於長篇小說的章回 動詞：用於動作次數	「紅樓夢」第六十回 去過一回美國／讓我再試一回
伙	名詞：用於人羣，有時含有貶義	一伙人／一伙流氓
級	名詞：(1)用於臺階、樓梯等 (2)用於等級	十多級臺階／這個樓梯有十三級 八級風／三級地震／一級運動員
家	名詞：用於家庭或事業、企業單位等	一家人家／一家報紙（銀行、飯館）
架	名詞：(1)用於機器、機械等多帶支架的物體 (2)用於有架的植物等	一架飛機（顯微鏡、照相機） 一架葡萄／兩架黃瓜
間	名詞：用於房間	一間房子（病房、會客室）
件	名詞：用於衣服、傢俱、事情等	三件衣服（皮襖、傢俱、事情）

量詞	說明	例子
角	名詞：貨幣單位	兩角錢／三元四角
節	名詞：(1)用於帶節的植物，或可連續的物體的一部分 (2)用於詩文、課程等的部分	一節竹子／兩節甘蔗／三節電池／四節車廂 第三章第八節／這首詩有四節
截	名詞：用於長條形物體的部分	一截木頭／兩截粉筆
屆	名詞：用於定期的會議、運動會、畢業班級或是政府的任期等等	第三十屆聯合國大會／第三屆運動會／第三屆畢業生／美國第三十九屆總統
局	名詞：用於比賽（排球、乒乓球、棋類等）	第三局他以二十一比六取勝／棋一局
句	名詞：用於語言、詩等	一句話（歌詞、詩）

量詞	說明	例子
具	名詞：用於屍體、棺木等	一具屍體
卷	名詞：(1)用於卷成筒狀的東西 (2)用於書（現在多為整部書所分成的單冊）	一卷報紙（畫、膠卷） 「魯迅全集」第五卷／兩卷本
軍	名詞：用於軍隊的編制單位	調來了一軍人
棵	名詞：用於植物	一棵樹（草、牡丹、珊瑚）
顆	名詞：用於顆粒狀或球形物（一般比「粒」大）	一顆珠子／幾顆豆子／一顆紅心／一顆人造衛星／兩顆炸彈
刻	名詞：時間單位	三點一刻／一刻鐘
課	名詞：用於課文	第三課／兩課課文

量詞	說明	例子
口	名詞：(1)用於人 (2)用於猪 (3)用於有口或有刃的器物 (4)用於語言，前面用數詞「一」	一家五口人 兩口猪 一口井（缸、鍋、劍） 一口北京話／一口流利的英語
塊	名詞：(1)用於塊狀物 (2)用於片狀物 (3)貨幣單位，同「元」	一塊肥皂（糖、石頭、蛋糕） 三塊毯子（木板、手絹、秧田） 兩塊錢／兩塊三毛錢
捆	名詞：用於捆起來的東西	一捆稻草（柴火、舊書）
類	名詞：用於種類	兩類矛盾（情況、問題）
粒	名詞：用於顆粒狀物（一般比「顆	一粒米（藥、子彈）

量詞	說明	例子
	」小）	
連	名詞：用於軍隊的編制單位	兩連戰士
輛	名詞：用於車輛	三輛車（驕車、坦克、自行車）
列	名詞：用於成行列的人、物	一列橫隊／一列火車
輪	名詞：(1)用於太陽、月亮 (2)用於比賽、會談	一輪紅日／一輪明月 比賽進入第二輪／第二輪會談
旅	名詞：用於某些軍隊的編制單位	一旅騎兵
毛	名詞：貨幣單位	兩毛錢／三塊一毛
枚	名詞：用於圖形或圓錐形物等	一枚紀念章（棋子、硬幣、導彈）
門	名詞：(1)用親事、親戚 (2)用於礮	一門親戚（親事） 幾門大礮

量詞	說明	例子
	(3)用於課程、學科、知識等	一門功課（科學、學問）
面	名詞：用於有扁平面的東西	一面旗子（錦旗、鏡子、鼓）
秒	名詞：時間單位	幾秒鐘／三分二十秒
名	名詞：(1)用於人 (2)用於名次	一名學生 第一名／前八名
幕	名詞：(1)用於景象，前面常加數詞「一」 (2)用於戲劇	一幕動人的景象 五幕話劇／第二幕／一幕丑劇
排	名詞：(1)用於成排的人、物 (2)用於軍隊的編制單位	小朋友站成了一排／一排座位／一排果樹 兩排戰士
派	名詞：(1)用於派別、流派 (2)用於景象、語言等，前面只加數詞「一」	分成幾派 一派新氣象／一派宗師／一派胡言
盤	名詞：(1)用於盤狀物或繞成盤狀的物件 (2)用於棋賽或某些球賽	一盤磨（電線、鐵絲、繩子、磁帶） 一盤棋／今天的男子乒乓球單打，每一盤都打滿了五局
批	名詞：用於較多數量的人、動物、東西	代表們一批一批到達／進了一批貨
匹	名詞：用於騾、馬、布等	三匹馬（騾子）／一匹布
篇	名詞：(1)用於文稿 (2)用於本冊零	一篇論文（稿子、日記、社論） 這本書缺了一篇／幫

量詞	說明	例子
	頁或紙張，常兒化	我寫一篇文章
片	名詞：(1)用於片狀物，有時兒化 (2)用於地面、水面 (3)用於景象、聲音、語言、心意等，前面只加數詞「一」	幾片餅乾（麵包、藥片） 一片綠色的原野／這兩片麥子長得眞好／一片汪洋 一片大好形勢（豐收景象、歡騰、哭聲、胡言亂語、好心）
撇	名詞：用於像撇兒的東西	兩撇鬍子／他有兩撇漆黑的眉毛
期	名詞：用於分期的刊物、班級等	第三期「文訊」／咱們是同一期畢業的
起	名詞：(1)用於事件 (2)用於人的分	一起案件（車禍、事故） 今天來參觀的已經有
	撥	好幾起了
曲	名詞：用於歌曲	一曲悲歌
羣	名詞：用於成羣的人、動物等	一羣人（學生、孩子）／一羣鴿子（牛、羊）
扇	名詞：用於門、窗等	一扇門（窗戶、屏風）
師	名詞：用於軍隊的編制單位	一師士兵
首	名詞：用於詩詞、歌曲	兩首詩（歌曲）
束	名詞：用於某些順着捆、放在一起的東西（多爲花、文稿等）	一束鮮花（詩稿、文件）
雙	名詞：用於成對物	幾雙襪子（鞋）／一雙手
艘	名詞：用於船隻（較大者）	一艘輪船（貨輪、軍艦）
歲	名詞：用於年齡	十八歲

量詞	說明	例子
所	名詞：用於成棟的房屋、建築等	三所房子（樓房、醫院、住宅）
胎	名詞：用於人和哺乳類動物懷胎、生育的次數或數量	第一胎／一窩三胎
臺	名詞：(1)用於某些機器 (2)用於戲曲演出等	幾臺機器（車床、發電機、收音機） 一臺戲
攤	名詞：用於攤開的糊狀物	一攤血／一攤泥
堂	名詞：用於課時	一堂課
趟	名詞：用於班車等 動詞：用於來往、走動的次數	還有一趟車／今天最後一趟班機 走一趟／白跑了一趟
套	名詞：用於成套成組的事物等	一套規矩（制度）／一套課本（叢書、郵票）／兩套衣服（房間、傢俱）
挑	名詞：同「擔」	一挑穀子
條	名詞：(1)用於長條形物 (2)用於某些動植物 (3)用於肢體器官 (4)用於人命 (5)用於消息、辦法等 (6)用於以固定數量組合成的某些長條形物	一條帶子（管子、街、褲子、繩子） 兩條魚／三條狗／三條黃瓜 一條胳臂（腿） 四條命 一條消息（新聞、辦法、定律、路線、紀律、意見） 一條肥皂（兩塊）／一條香烟（十包）
帖	名詞：用於膏藥	一帖膏藥
挺	名詞：用於機槍	兩挺機槍

量詞	說明	例子
頭	名詞：(1)用於某些牲畜	一頭牛（驢、豬、羊）
	(2)用於植物方面	一頭蒜
團	名詞：(1)用於成團物	兩團毛線／一團紙
	(2)用於引申義，前面只加數詞「一」	一團漆黑／心裏一團火
	(3)用於軍隊的編制單位	一團軍隊
丸	名詞：用於中藥丸	兩丸藥／每次服一丸
尾	名詞：用於魚類	一尾鮮魚
位	名詞：用於人（較客氣的說法）	兩位客人／各位代表
味	名詞：用於中藥配方	十幾味藥
窩	名詞：(1)多用於一個窩裏的小動物	一窩螞蟻
	(2)用於一胎所生或一次孵出的動物	下了一窩小豬（狗）
	(3)用於壞人的集團，含有貶義	一窩賊（壞蛋、流氓、土匪）
席	名詞：(1)用於整桌的筵席	一席酒／一席佳餚
	(2)用於談話，前面只加數詞「一」	一席話
下	動詞：用於動作次數	打了幾下／敲了三下門
項	名詞：(1)用於文件、工作等	一項指示（聲明、決定、工程）
	(2)用於事物所分的項目	三項議程（決議、內容）
些	名詞：用於不定的數量，前面常加數詞「一」	一些日用品／一些作家／一些時候

量詞	說明	例子
眼	名詞：多用於井	一眼井
樣	名詞：用於事物的種類	兩樣禮物／幾樣菜
頁	名詞：用於書頁	一頁稿子
營	名詞：用於軍隊的編制單位	兩營戰士
元	名詞：貨幣單位	一元錢／三元五角
員	名詞：用於武將	一員猛將（女將、闖將）
遭	動詞：用於行動的次數，或表示周、圈兒	到外面轉了一遭／去過一遭／用繩子繞了兩遭
則	名詞：用於寓言、隨筆、題目、新聞等	一則寓言（試題、新聞）／隨筆二則
盞	名詞：用於燈	一盞燈（電燈、煤油燈）
張	名詞：⑴用於平面物體或有平面的物體	一張紙（票、撲克牌）／兩張桌子（皮、餅、床）
	⑵用於少數能張開的物	兩張弓／一張嘴
章	名詞：用於文章、歌曲的段落	第二章論文／月光曲第一章
陣	名詞：用於段落，前面常加數詞「一」	一陣風（雨）／一陣槍聲（掌聲、騷動）
	動詞：用於動作段落，前面常加數詞「一」	打了一陣／鬧了一陣／說笑了一陣
支	名詞：⑴用於隊伍等	一支隊伍（部隊、艦隊）
	⑵用於歌曲、樂曲	一支歌（民歌、曲子）
	⑶用於桿狀物	一支鉛筆（香烟、蠟燭）
隻	名詞：⑴用於某些成對物的一個	兩隻耳朵（脚、鞋）

量詞	說明	例子
	(2)用於某些動物	一隻羊(貓、猴子)
	(3)用於某些器具、工具	一隻箱子／一隻船
枝	名詞：(1)用於帶枝的花	一枝梅花
	(2)用於桿狀物(同支(3))	一枝香烟(鋼筆、蠟燭、槍)
種	名詞：用於人、事、物的種類、樣式	兩種人(人物、動物、制度、習慣、思想、意見、顏色、東西)
周	動詞：用於繞行次數	繞場一周
軸	名詞：用於卷在軸上的線，或裝裱的帶軸字畫	一軸線(絲線)／一軸山水畫(中國畫)
株	名詞：用於植物	一株松樹／一株玫瑰
樁	名詞：用於事項	一樁喜事(大事、心事)
宗	名詞：用於貨物等	一宗貨物(款項、生意)
組	名詞：(1)用於成組事物	一組電池／兩組儀器
	(2)用於學習、工作等組織	一組學生
	(3)用於成組的文藝作品	一組詩／一組歌／兩組畫
座	名詞：用於較大、較穩固的物體	一座山(碉堡、宮殿、樓房、紀念碑、石雕、橋樑、大鐘)

四、中國歷代系統表

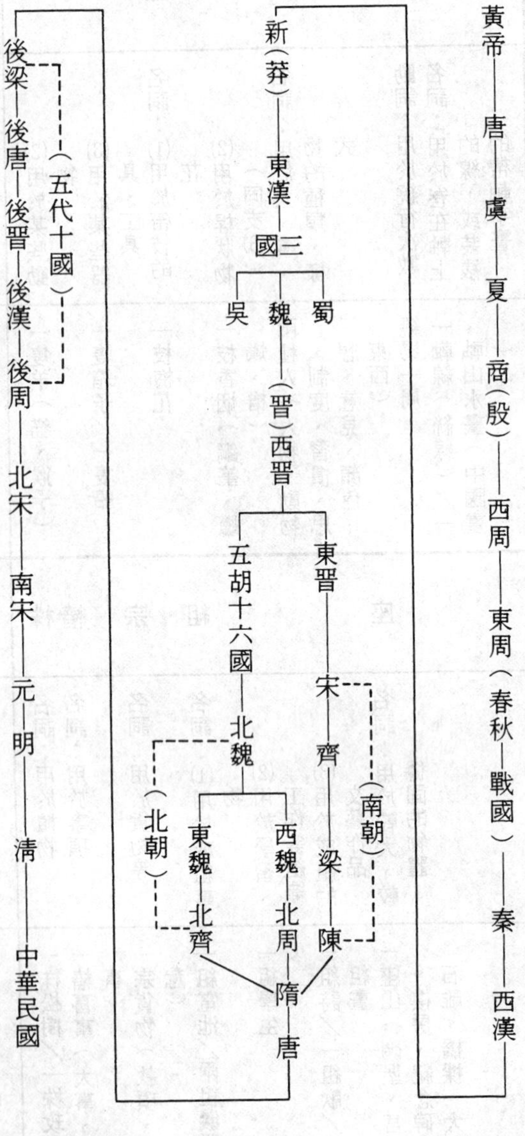
黃帝
唐
虞
夏
商（殷）
西周
東周（春秋
戰國）
秦
西漢
新（莽）
東漢
三國
蜀
魏
吳
（晉）西晉
東晉
宋
齊
梁
陳
（南朝）
五胡十六國
北魏
西魏
北周
東魏
北齊
（北朝）
隋
唐
後梁
後唐
後晉
後漢
後周
（五代十國）
北宋
南宋
元
明
清
中華民國

岳父、岳母	姻伯（或叔丈）父母	親家、親家太太	姊丈	妹夫（或妹倩）	表兄、表嫂	表弟、表弟婦	內兄	內弟	襟兄	襟弟	姻兄、姻嫂	賢內姪、賢內姪女　賢外孫、賢外孫女　賢甥、賢甥女
子婿（或婿）	姻姪、姻姪女	姻愚弟、姻侍生、姻愚妹	內弟、姨妹（或妹弟）	內兄、姨姊（或姊兄）	表弟、表妹	表兄、表姊	妹婿、姊婿	襟兄、襟弟	姻弟、姻侍生（或姻愚妹）	愚丈、愚母（或愚姑）	外祖、外祖母	愚舅、愚舅母
令岳、令岳母	令親	令親家、令親家太太	令姊丈	令妹丈	令表兄、令表嫂	令表弟、令表弟婦	令內兄、令內弟	令襟兄、令襟弟	令親	令內姪、令內姪女	令外孫、令外孫女	令甥、令甥女
家岳、家岳母	舍親	敝親家、敝親家太太	家姊丈	舍妹倩	家表兄、家表嫂	舍表弟、舍表弟婦	敝內兄、敝內弟	敝襟兄、敝襟弟	舍親	舍內姪、舍內姪女	舍外孫、舍外孫女	舍甥、舍甥女

賢婿	愚岳／岳母	令婿（令坦／倩或貴東床）	小婿
賢表姪／姪女	愚（或愚表伯（叔）／伯母（叔母））	令表姪／姪女	舍表姪／姪女
賢姻姪／姪女	愚	令親	舍親

說明：一、親戚中「太姻伯、叔」「姻伯、叔」的稱呼，應用的範圍甚廣。凡姻長中沒有一定稱呼的人，如姊妹的舅姑或他（她）的父母兄弟姊妹，兄弟的岳父母，和他（她）的父母兄弟姊妹們，都可用之。

二、對於幼輩如稱呼「賢姻姪」三字，只能對極親近的親戚用之，普通都謙稱「姻兄」，自稱姻弟。

3. 世交稱謂語

稱人	自稱	對他人稱	對他人自稱
太老師／太師母	門下晚生		
老師／師母　吾師	生（或受業或學生）／學生	令業師	敝業師
太世伯（叔）父／母	世再姪／姪女		
世伯（叔）父／母	世姪／姪女		
仁丈（或世丈）	晚		
仁兄／學長（或兄、姊）	世弟　學弟／妹（或弟／妹）	貴同學　令友	敝同學　敝友

同學（或學弟妹）	小兄　愚姊（或友生某某）	令高足	敝門人學生
世講（或世臺、世兄）	愚		

說明：一、右表所列世交中之伯叔，可將對方的年齡與自己父親的年齡予以比較，較大的稱「世伯」，較小的稱「世叔」，比自己祖父大的稱「太世伯」，小的稱「太世叔」。

二、確有世誼關係之年長於己，而行輩不甚分明者，可稱之為「仁丈」或「丈」或「先生」。

4.工友稱謂語

稱人	自稱	對他人稱	對他人自稱
某某（稱名）	某（單具名或字）	尊紀（或貴工友 女工）	小价 敝女工友

(二)敬稱語

用於祖父母及父母——膝下　膝前

用於長輩——尊前　尊鑒　賜鑒　鈞鑒　崇鑒　尊右　侍右

用於師長——函丈　尊前　尊鑒

用於平輩——台鑒　大鑒　偉鑒　惠鑒　雅鑒　左右　閣下　足下

用於平輩——硯席　文几　文席（上欄列平輩敬稱語可通用）

用於晚輩—英鑒　青及　青覽　青閱　青盼　青睞　清覽　英覽　英盼　如面　如晤　如見　知悉　入目　入覽　收覽　收閱　收悉　收讀　閱悉　知之　見字

用於政界—鈞鑒　鈞座　勳鑒　崇鑒

用於軍界—麾下　鈞座　鈞鑒　崇鑒

用於教育界—講席　座右　麈次　有道　著席　撰席　史席

用於釋家—方丈　法鑒

用於道家—法鑒　壇次

用於弔唁—苫次　禮席

用於哀啓—矜鑒

說明：一、對直屬長官，可參酌尊長及軍政兩欄，以「鈞鑒」「賜鑒」爲普通用語。
二、對晚輩欄，凡用「鑒」字，均較客氣，而「盼」「覽」「及」「睞」次之。「如晤」「如面」又次之，知悉以下，則對自己直屬的卑幼用之。

(三)啓事敬辭

用於祖父母及父母—敬稟者　謹稟者　叩稟者

用於長輩及長官—敬陳者　謹啓者　敬肅者（覆信：敬覆者　謹覆者　肅覆者）

用於通常之信—啓者　敬啓者　茲啓者　茲陳者　茲者　逕啓者（覆信：茲覆者　敬覆者　逕覆者）

用於請求之信—茲懇者　敬懇者　茲託者　敬託者

用於祝賀—敬肅者　謹肅者　茲肅者

用於訃信—哀啓者　泣啓者

用於附言—再啓者　再陳者　又啓者　又陳者　又　再

㈣末尾的請安語

用於祖父母及父母——「敬請○金安」「敬請○福安」「恭請○金安」

用於親友長輩——「恭請○禔安」「敬請○鈞安」「恭請○崇安」「敬頌○崇祺」「順頌○福祉」

用於師長——「敬請○誨安」「恭請○教安」「敬請○鐸安」「恭請○道安」

用於親友平輩——「敬頌○大安」「祇頌○臺安」「順頌○臺祺」「順頌○時綏」「即問○刻安」「順候○起居」「此頌○臺綏」「敬候○近祺」「順頌○時祺」

用於親友晚輩——「順問○近祉」「即頌○近佳」「即頌○刻好」「即問○近好」「順詢○日佳」

用於政界——「敬請○勛安」「恭請○鈞安」「祇請○崇安」

用於軍界——「敬請○戎安」「恭請○麾安」「肅請○捷安」

用於學界——「敬請○道安」「祇頌○文祺」「即頌○文綏」「祇請○著安」「順請○撰安」

用於商界——「敬請○籌安」「順頌○籌祺」「敬候○籌綏」

用於旅客——「敬請○旅安」「順頌○旅祺」「即頌○旅祉」

用於起居——「敬請○潭安」「敬頌○潭綏」「即頌○潭祉」「順頌○潭祺」

用於友人有祖父母或父母在堂者——「敬請○侍安」「敬頌○侍祺」「敬候○侍祉」「順頌○侍祺」

用於夫婦同居者——「敬請○儷安」「敬請○雙安」「敬頌○儷祉」「順頌○儷祺」

用於賀婚——「恭賀○燕喜」「恭賀○大喜」「祇賀○大喜」

用於賀年——「恭賀○年禧」「恭賀○新禧」「敬頌○新禧」「祇賀○新禧」

用於弔唁——「敬請○禮安」「順候○孝履」「並頌○素履」「用候○苦次」

用於問疾——「恭請○痊安」「即請○衛安」「順請○痊安」「敬祝○早痊」

用於時令——「敬請○春安」「即頌○春祺」「順候○夏祉」「此頌○暑綏」「即請○秋安」「順候○秋安」「敬頌○冬綏」「此請○爐安」

(五)署名下的敬辭

用於祖父母及父母—「謹稟」「敬稟」「敬叩」「謹叩」「叩上」「叩」

用於長輩—「謹上」「敬上」「拜上」「謹肅」「敬肅」「謹啓」「肅上」

用於平輩—「敬啓」「手啓」「拜啓」「鞠躬」「謹上」「上言」「頓首」「上」

用於晚輩—「手江」「手書」「字」「白」「諭」「手示」「手白」「手諭」

用於補述—「又啓」「又及」「又陳」「補啓」「再啓」「再及」「再陳」

(六)附候語

問候長輩—「令尊(或堂)大人前，乞代叱名請安。」「某伯前煩叱名道候。」「某伯前祈代請安，不另。」「某姻伯前乞代叩安。」

問候平輩—「某兄處祈代致候。」「令兄處祈代候，不另。」「某兄處煩代道候。」「某兄前乞代道念。」「某弟處希爲致意。」「某弟處煩爲致候。」

問候晚輩—「順候○令郎佳吉。」「並問○令郎等近好。」「順頌○令姪均佳。」

代長輩附問—「家嚴囑筆問候。」「某某姻伯囑筆問候。」

代平輩附問—「某兄囑筆問好。」「某弟附筆道候。」

代晚輩附問—「小兒侍叩。」「兒輩侍叩。」「小孫隨叩。」

說明：凡附候語必須在箋尾另行寫。

六、中外度量衡換算表(一)

長度										
公厘	公尺	公里	市尺	營造尺	台尺	吋	呎	碼	哩	國際浬
1	0.001	………	0.003	0.00313	0.0033	0.03937	0.00328	0.00109	………	………
1000	1	0.001	3	3.125	3.3	39.37	3.28084	1.09361	0.00062	0.00054
………	1000	1	3000	3125	3300	39370	3280.84	1093.61	0.62137	0.53996
333.333	0.33333	0.00033	1	1.04167	1.1	13.1233	1.09361	0.36454	0.00021	0.00018
320	0.32	0.00032	0.96	1	1.056	12.5984	1.04987	0.34996	0.0002	0.00017
303.030	0.30303	0.00030	0.90909	0.94697	1	11.9303	0.99419	0.33140	0.00019	0.00016
25.4	0.0254	0.00003	0.07620	0.07938	0.08382	1	0.08333	0.02778	0.00002	0.00001
304.801	0.30480	0.00031	0.91440	0.95250	1.00584	12	1	0.33333	0.00019	0.00017
914.402	0.91440	0.00091	2.74321	2.85751	3.01752	36	3	1	0.00057	0.00049
………	1609.35	1.60935	4828.04	5029.21	5310.83	63360	5280	1760	1	0.86898
………	1852.00	1.85200	5556.01	5787.50	6111.60	72913.2	6076.10	2025.37	1.15016	1

1英碼＝0.9143992 公尺　1公尺＝1.0936143英碼　1英吋＝2.539998公分　1海里＝6080呎
1美碼＝0.91440183公尺　1公尺＝1.0936111美碼　1美吋＝2.54000 公分　＝1.516哩

地積（面積）									
平方公尺	公畝	公頃	平方公里	市畝	營造畝	坪	臺灣甲	英畝	美畝
1	0.01	0.0001	………	0.0015	0.001628	0.30250	0.000103	0.00025	0.00025
100	1	0.01	0.0001	0.15	0.16276	30.25	0.01031	0.02471	0.02471
10000	100	1	0.01	15	16.276	3025.0	1.03102	2.47106	2.47104
………	10000	100	1	1500	1627.6	302500	10.3102	247.106	247.104
666.666	6.66667	0.06667	0.000667	1	1.08507	201.667	0.06874	0.16441	0.16474
614.40	6.1440	0.06144	0.000614	0.9216	1	185.856	0.06238	0.15203	0.15182
3.30579	0.03306	0.00033	………	0.00496	0.00538	1	0.00034	0.00082	0.00082
99.1736	0.99174	0.00992	0.00009	0.14876	0.16142	30	0.01023	0.02451	0.02451
9699.17	96.9917	0.96992	0.00970	14.5488	15.7866	2934	1	2.39672	2.39647
4046.85	40.4685	0.40469	0.00405	6.07029	6.58666	1224.17	0.41724	1	0.99999
4046.87	4.04687	0.40469	0.00405	6.07031	6.58671	1224.18	0.41724	1.000005	1

1平方哩＝2.58999平方公里＝640美（英）畝

中外度量衡換算表(二)

容					量					
公撮	公升(市升)	營造升	臺升	英液盎司	美液盎司	美液品脫	英加侖	美加侖	英蒲式耳	美蒲式耳
1	0.001	0.00097	0.00055	0.03520	0.03382	0.00211	0.00022	0.00026	0.00003	0.00003
1000	1	0.96575	0.55435	35.1960	33.8148	2.11342	0.21998	0.26418	0.02750	0.02838
1035.47	1.03547	1	0.57402	36.4444	35.0141	2.18838	0.22777	0.27355	0.02960	0.02939
1803.91	1.80391	1.74212	1	63.4904	60.9986	3.81242	0.39682	0.47655	0.04960	0.05119
28.4123	0.02841	0.02744	0.01585	1	0.96075	0.06005	0.00625	0.00751	0.00078	0.00081
29.5729	0.02957	0.02856	0.01639	1.04086	1	0.06250	0.00651	0.00781	0.00081	0.00084
473.167	0.47317	0.45696	0.26230	16.6586	16	1	0.10409	0.1250	0.01301	0.01343
4545.96	4.54596	4.39025	2.52007	160	153.721	9.60752	1	1.20094	0.1250	0.12901
3785.33	3.78533	3.65567	2.09841	133.229	128	8	0.83268	1	0.10409	0.10745
3636.77	36.3677	35.1220	20.1605	1280	1229.76	76.8602	8	9.60753	1	1.02921
35238.3	35.2383	34.0313	19.5344	1240.25	1191.57	74.4733	7.75156	9.30917	0.96895	1

1公升＝1.000028立方公寸
1公石＝10公斗＝100公升

1英加侖＝8英品脫＝160英液盎司＝32英及耳
1美加侖＝8美液品脫＝128美液盎司＝32美及耳

重					量					
公克	公斤	公噸	市斤	營造庫平斤	臺兩	臺斤	盎司	磅	英噸	美噸
1	0.001	………	0.002	0.00168	0.02667	0.00167	0.03527	0.00221	………	………
1000	1	0.001	2	1.67556	26.6667	1.66667	35.2740	2.20462	0.00098	0.00110
………	1000	1	2000	1675.56	26666.7	1666.67	35274.0	2204.62	0.98421	1.10231
500	0.5	0.0005	1	0.83778	13.3333	0.83333	17.6370	1.10231	0.00049	0.00055
596.816	0.59682	0.0006	1.19363	1	15.9151	0.99469	21.0521	1.31575	0.00060	0.00060
37.5	0.0375	0.00004	0.075	0.06283	1	0.0625	1.32277	0.08267	0.00004	0.00004
600	0.6	0.0006	1.2	1.00534	16	1	21.1644	1.32277	0.00059	0.00066
28.3495	0.02835	0.00003	0.0567	0.04692	0.75599	0.04725	1	0.0625	0.00003	0.00003
453.592	0.45359	0.00045	0.90719	0.76002	12.0958	0.75599	16	1	0.00045	0.00050
………	1016.05	1.01605	203.209	1702.45	27094.6	1693.41	35840	2240	1	1.12
907185	907.185	0.90719	1814.37	1520.04	24191.6	1511.98	32000	2000	0.89286	1

1英磅＝0.45359245　公斤
1美磅＝0.4535924277公斤

1脫來磅＝12脫來盎司＝0.822857磅

1克拉＝0.2公克
1克冷（喱）＝0.0648公克

七、世界時刻對照表

台灣、香港、菲律賓	24	1	2	3	4	5	6	7	8	9	10	11	12	13	14	15	16	17	18	19	20	21	22	23
日本、韓國、琉球	1	2	3	4	5	6	7	8	9	10	11	12	13	14	15	16	17	18	19	20	21	22	23	24
澳大利亞、(雪梨、墨爾缽)、關島	2	3	4	5	6	7	8	9	10	11	12	13	14	15	16	17	18	19	20	21	22	23	24	1
紐西蘭	4	5	6	7	8	9	10	11	12	13	14	15	16	17	18	19	20	21	22	23	24	1	2	3
阿拉斯加、安克拉治、夏威夷、大溪地	6	7	8	9	10	11	12	13	14	15	16	17	18	19	20	21	22	23	24	1	2	3	4	5
太平洋區(舊金山、西雅圖、溫哥華)	8	9	10	11	12	13	14	15	16	17	18	19	20	21	22	23	24	1	2	3	4	5	6	7
山區(丹佛)	9	10	11	12	13	14	15	16	17	18	19	20	21	22	23	24	1	2	3	4	5	6	7	8
中央區(芝加哥)	10	11	12	13	14	15	16	17	18	19	20	21	22	23	24	1	2	3	4	5	6	7	8	9
東部地區(紐約)	11	12	13	14	15	16	17	18	19	20	21	22	23	24	1	2	3	4	5	6	7	8	9	10
阿根廷、智利、委內瑞拉	12	13	14	15	16	17	18	19	20	21	22	23	24	1	2	3	4	5	6	7	8	9	10	11
巴西、烏拉圭	13	14	15	16	17	18	19	20	21	22	23	24	1	2	3	4	5	6	7	8	9	10	11	12
格林威治時間、摩洛哥、阿爾及利亞	16	17	18	19	20	21	22	23	24	1	2	3	4	5	6	7	8	9	10	11	12	13	14	15
歐洲主要地區	17	18	19	20	21	22	23	24	1	2	3	4	5	6	7	8	9	10	11	12	13	14	15	16
南非、約旦、以色列	18	19	20	21	22	23	24	1	2	3	4	5	6	7	8	9	10	11	12	13	14	15	16	17
伊朗*、沙烏地阿拉伯	19	20	21	22	23	24	1	2	3	4	5	6	7	8	9	10	11	12	13	14	15	16	17	18
印度*	21	22	23	24	1	2	3	4	5	6	7	8	9	10	11	12	13	14	15	16	17	18	19	20
印尼、泰國、馬來西西*、新加坡*	23	24	1	2	3	4	5	6	7	8	9	10	11	12	13	14	15	16	17	18	19	20	21	22

註：表中粗曲綫以上指前一日，以下指次一日

*加三十分鐘

八、黃金重量換算表

1. 每公斤＝ 1000 公克 32.1507 英兩 26.6667 台兩 26.7173 港兩	4. 每英兩＝ 0.0311 公斤 （盎斯） 31.1035 公克 0.8294 台兩 0.8310 港兩
2. 每公克＝ 0.0010 公斤 0.0322 英兩 0.0268 台兩 0.0267 港兩	5. 每港兩＝ 0.0374 公斤 37.4290 公克 1.2034 英兩 0.9981 台兩
3. 每台兩＝ 0.0375 公斤 37.5000 公克 1.2057 英兩 1.0019 港兩	6. 1 公斤 ＝26.6667 台兩 1/2 公斤 ＝13.3333 台兩 1/4 公斤 ＝ 6.6667 台兩 1/10 公斤 ＝ 2.6667 台兩

（表一）

公斤	公克	台兩	台錢	港兩	英兩
1	1000	26.667	266.667	26.717	32.152
0.001	1	0.027	0.267	0.027	0.032
0.037	37.5	1	10	1.002	1.206
0.004	3.75	0.1	1	0.1	0.121
0.037	37.429	0.998	9.981	1	1.203
0.031	31.104	0.829	8.294	0.831	1

（表二）

九、土地坪數換算表

1. 坪數＝平方公尺×0.3025
2. 平方公尺＝坪數×3.30579
3. 1甲＝2934 坪
4. 1公頃＝100 公畝＝10000 平方公尺
5. 10000 平方公尺×0.3025＝3025坪
6. 1公頃＝3025坪
7. 1公畝＝30.25坪
8. 1平方公尺＝0.3025 坪
9. 1甲＝2934×3.30579
   ＝9699.1878 平方公尺
10. 1分＝969.9 平方公尺
11. 1釐＝96.99 平方公尺

ㄩ

婺 0341
寤 0373
兀 0384
悟 0476
惡 0482
戊 0509
捂 0545
晤 0618
杌 0643
梧 0663
沃 0726
沕 0728
物 0817
矹 0905
誤 1191
軏 1252
迕 1266
鋈 1325
阢 1352
霧 1379
鶩 1420
鶩 1448

ㄨㄚ

凹 0134
呱 0223
哇 0229
媧 0341
挖 0538
洼 0744
窊 0941
窪 0942
蛙 1131

ㄨㄚˊ

娃 0335
挖 0538

ㄨㄚˇ

瓦 0846

ㄨㄚˋ

凹 0134
嗢 0250
瓦 0846
膃 1053
襪 1165

ㄨㄛ

倭 0085
渦 0762
猧 0827
窩 0942
萵 1102
蘶 1118

ㄨㄛˇ

我 0511

ㄨㄛˋ

喔 0244
幄 0413
握 0561
斡 0599
沃 0726
涴 0758
渥 0761
矱 0904
臥 1058
艧 1372
齷 1466

ㄨㄞ

歪 0702

ㄨㄞˇ

歪 0702
舀 1065

ㄨㄞˋ

外 0303

ㄨㄟ

倭 0085
偎 0091
委 0331
威 0336
崴 0399
微 0452
椳 0674
煨 0803
萎 1096
葳 1102
逶 1277
隈 1362

ㄨㄟˊ

危 0185
唯 0239
喂 0243
囗 0262
圍 0271
嵬 0400
巍 0402
帷 0412
幃 0413
微 0452
惟 0481
桅 0660
潍 0786
爲 0792
磑 0914
維 0993
薇 1115
違 1280
闈 1350
隗 1363
韋 1388
魏 1434

ㄨㄟˇ

偉 0090
唯 0239
委 0331
娓 0338
尾 0387
暐 0622
洧 0744
煒 0803
猥 0826
瑋 0840
痏 0864
痿 0866
緯 0995
萎 1096
葦 1099
蘶 1118
諉 1195
隗 1363
韙 1389
韡 1389
骫 1425
鮪 1437

ㄨㄟˋ

位 0060
僞 0087
味 0221
喂 0243
尉 0378
彙 0441
慰 0499
未 0638
渭 0762
濊 0784
爲 0792
畏 0853
磑 0914
穢 0937
罻 1014
胃 1040
蔚 1107
蝟 1137
衛 1150
謂 1198
讆 1207
躗 1248
遺 1286
雖 1370
餧 1410
餵 1410
魏 1434

ㄨㄢ

剜 0151
彎 0441
灣 0789
莞 1090
蜿 1134
豌 1211
貫 1218

ㄨㄢˊ

丸 0030
刓 0141
完 0358
烷 0796
玩 0832
紈 0975
芄 1076
頑 1394

ㄨㄢˇ

俛 0087
娩 0338
婉 0339
宛 0361
挽 0546
晚 0618
浣 0750
涴 0758
琬 0783
琬 0838
畹 0859
皖 0879
碗 0910
綰 0990
莞 1090
莧 1093
菀 1098
蜿 1134
輓 1256

ㄨㄢˋ

卍 0179
忨 0465
惋 0478
捥 0557
玩 0832
萬 0926
翫 1023
腕 1048
蔓 1108

ㄨㄣ

塭 0293
溫 0768
瘟 0868
縕 0999
蘊 1115

ㄨㄣˊ

文 0595
紋 0977
聞 1032
蚊 1128
雯 1374

ㄨㄣˇ

刎 0141
吻 0218
歾 0705
穩 0937
紊 0976

ㄨㄣˋ

免 0112
問 0238
抆 0530
搵 0567
文 0595
汶 0728
璺 0844
紊 0976
紋 0977
絻 0989
聞 1032

ㄨㄤ

尢 0384
尪 0384
汪 0725

ㄨㄤˊ

亡 0042
忘 0460
王 0831

ㄨㄤˇ

往 0445
惘 0481
枉 0649
網 0991
网 1011
罔 1011
輞 1258
魍 1434

ㄨㄤˋ

妄 0326
往 0445
忘 0460
旺 0610
望 0633
朢 0635
王 0831

ㄨㄥ

嗡 0249
翁 1021
蓊 1107

ㄨㄥˇ

滃 0771
蓊 1107

ㄨㄥˋ

甕 0846
甕 0847
罋 1011

ㄡ

ㄢ

ㄣ

ㄤ

ㄦ

ㄧ

涮 0755
踹 1243

ㄕㄨㄣˇ

吮 0219
楯 0675

ㄕㄨㄣˋ

楯 0675
眴 0895
瞬 0899
舜 1070
蕣 1114
順 1392

ㄕㄨㄤ

孀 0346
瀧 0788
雙 1371
霜 1379
驦 1424

ㄕㄨㄤˇ

爽 0813
驦 1424

ㄖ

ㄖˋ

日 0606
衵 1154
馹 1416

ㄖㄜˇ

喏 0247
惹 0489
若 1081

ㄖㄜˋ

熱 0805

ㄖㄠˊ

嬈 0345
橈 0687
蕘 1113
蟯 1141
饒 1412

ㄖㄠˇ

嬈 0345
擾 0579

ㄖㄠˋ

繞 1004
遶 1287

ㄖㄡˊ

厹 0191
揉 0559
柔 0650
禸 0925
糅 0969
蹂 1242
輮 1259
鞣 1386

ㄖㄡˋ

肉 1036

ㄖㄢˊ

然 0799
燃 0808
蚺 1130
髯 1429

ㄖㄢˇ

冉 0124
染 0650
髯 1429

ㄖㄣˊ

人 0046
仁 0049
任 0058
壬 0301
妊 0330

ㄖㄣˇ

忍 0461
稔 0933
荏 1089

ㄖㄣˋ

仞 0055
任 0058
刃 0137
妊 0330
恁 0476
牣 0817
紉 0974
紝 0979
衽 1154
訒 1181
認 1190
賃 1223
軔 1252
靭 1388
飪 1406

ㄖㄤ

嚷 0260

ㄖㄤˊ

攘 0581
瀼 0788
瓤 0845
禳 0925
穰 0938
蘘 1123

ㄖㄤˇ

嚷 0260
壤 0300
攘 0581
穰 0938

ㄖㄤˋ

瀼 0788
讓 1208

ㄖㄥ

扔 0521

ㄖㄥˊ

仍 0050
礽 0917
陾 1362

ㄖㄥˇ

扔 0521

ㄖㄨˊ

儒 0103
嚅 0258
如 0328
孺 0354
挐 0544
濡 0785
繻 1007
臑 1057
茹 1088
蠕 1143
袽 1157
襦 1165

ㄖㄨˇ

乳 0036
擩 0579
汝 0720
辱 1264

ㄖㄨˋ

入 0114
洳 0745
溽 0770
縟 0999
肉 1036
茹 1088
蓐 1107
褥 1163
辱 1264
鄏 1297
鉫 1322

ㄖㄨㄛˊ

挼 0548

ㄖㄨㄛˋ

偌 0089
弱 0437
爇 0810
箬 0958
若 1081
蒻 1107
鄀 1297

ㄖㄨㄟˊ

緌 0994
蕤 1113

ㄖㄨㄟˇ

橤 0687
蕊 1112

ㄖㄨㄟˋ

叡 0196
枘 0649
汭 0728
瑞 0840
睿 0898
芮 1079
蚋 1129
銳 1322

ㄖㄨㄢˊ

堧 0291
壖 0299
撋 0578

ㄖㄨㄢˇ

瑌 0844
蠕 1143
軟 1252
阮 1353

ㄖㄨㄣˊ

犉 0820

ㄖㄨㄣˋ

潤 0780
閏 1344

ㄖㄨㄥˊ

容 0366
嶸 0401
戎 0509
榮 0677
榕 0678
溶 0766
熔 0804
狨 0823
絨 0985
羢 1018
茸 1087
蓉 1103
融 1138
蠑 1143
鎔 1331
頌 1394

ㄖㄨㄥˇ

冗 0126
氄 0713
茸 1087

ㄗ

ㄗ

仔 0052
吱 0220
咨 0228
姿 0335
孜 0350
孳 0352
恣 0473
次 0693
淄 0758
滋 0763
粢 0967
緇 0993
茲 1088
菑 1099
觜 1176
訾 1189
諮 1198
資 1223
貲 1223
趑 1235
輜 1258
錙 1329
鎡 1331
髭 1429
鯔 1439
鼒 1461
齊 1464
齋 1464
齜 1465

ㄗˇ

仔 0052
子 0346
梓 0662
滓 0767
秭 0930
笫 0950
籽 0966
紫 0985
耔 1028
胏 1042
訾 1189

搥 0568
椎 0567
棰 0575
槌 0578
箠 0958
錘 1329
鎚 1333
陲 1360
魋 1434

ㄔㄨㄟˋ

炊 0792

ㄔㄨㄢ

川 0402
穿 0940

ㄔㄨㄢˊ

傳 0095
圖 0271
椽 0674
縛 1003
舡 1071
船 1072
遄 1283

ㄔㄨㄢˇ

喘 0243
戔 0512
舛 1070

ㄔㄨㄢˋ

串 0030
釧 1313

ㄔㄨㄣ

春 0613
杶 0649
椿 0674
輴 1259

ㄔㄨㄣˊ

唇 0235
屯 0392
淳 0752
漘 0777
純 0977
脣 1046
蓴 1110
醇 1303
錞 1328
鶉 1446

ㄔㄨㄣˇ

蠢 1143
踳 1243

ㄔㄨㄤ

創 0154
囪 0266
戧 0513
瘡 0868
窗 0941

ㄔㄨㄤˊ

幢 0414
床 0422
橦 0687
牀 0814

ㄔㄨㄤˇ

搶 0565
闖 1350

ㄔㄨㄤˋ

創 0154
愴 0495
闖 1350

ㄔㄨㄥ

充 0107
忡 0465
憃 0500
憧 0501
橦 0687
沖 0725
盅 0881
罿 1015
舂 1065
衝 1149

ㄔㄨㄥˊ

崇 0397
种 0929
虫 1127
蟲 1141
重 1309

ㄔㄨㄥˇ

寵 0376

ㄔㄨㄥˋ

銃 1150
銃 1319

ㄕ

ㄕ

失 0317
尸 0385
屍 0389
師 0410
拾 0542
施 0603
溼 0768
濕 0785
獅 0827
絁 0983
纚 1009
葹 1102
蓍 1106
虱 1127
蝨 1136
詩 1186
鳲 1444

ㄕˊ

什 0049
十 0175
塒 0293
寔 0370
實 0372
射 0378
拾 0542
提 0560
時 0616
湜 0765
石 0904
碩 0912
祏 0921
蒔 1107
蝕 1135
食 1405
鰣 1440
鼫 1462

ㄕˇ

使 0069
史 0203
始 0333
屎 0389
弛 0435
矢 0902
縰 1003
纚 1009
豕 1211
駛 1417

ㄕˋ

世 0025
事 0038
仕 0053
侍 0068
使 0069
勢 0165
嗜 0248
噬 0257
士 0300
奭 0324
始 0333
室 0362
市 0407
式 0433
弒 0433
恃 0472
戺 0515
拭 0539
是 0614
柿 0650
氏 0713
溢 0784
示 0917
筮 0954
舐 1069
蒔 1107
螫 1140
視 1170
試 1186
誓 1192
諟 1199
諡 1200
識 1203
豉 1210
貰 1222
軾 1254
逝 1274
適 1284
遾 1285
釋 1308
鈰 1318
飾 1407

·ㄕ

匙 0172

ㄕㄚ

剎 0148
杉 0643
殺 0708
沙 0724
煞 0803
痧 0865
砂 0905
紗 0977
莎 1090
裟 1157
鎩 1336
鯊 1437

ㄕㄚˊ

啥 0241

ㄕㄚˇ

傻 0098

ㄕㄚˋ

唼 0240
啑 0241
嗄 0250
廈 0426
歃 0696
煞 0803
箑 0956
翣 1023
霎 1378

·ㄕㄚ

挲 0548

ㄕㄜ

佘 0067
奢 0323
畬 0857
賒 1224

ㄕㄜˊ

什 0049
折 0523
揲 0563
甚 0848
舌 1068
蛇 1129
鉈 1318
闍 1349

ㄕㄜˇ

捨 0556
舍 1068

ㄕㄜˋ

射 0377
庫 0424
懾 0508
拾 0542
攝 0581
涉 0749
社 0917
舍 1069
葉 1099
設 1182
赦 1231
麝 1453

ㄕㄞ

篩 0959

ㄕㄞˇ

骰 1425

ㄕㄞˋ

晒 0617
殺 0708
鎩 1336

ㄕㄟˊ

誰 1195

ㄕㄠ

捎 0547
梢 0662
燒 0807
稍 0932
筲 0954
箾 0958
艄 1073
莦 1102
蛸 1133
鞘 1386

ㄕㄠˊ

ㄔ

旐 0605
棹 0667
櫂 0690
淖 0759
炤 0794
照 0801
笊 0948
罩 1013
肇 1036
詔 1184
趙 1235

ㄓㄡ

侜 0073
周 0225
啁 0241
州 0402
洲 0738
盩 0885
粥 0967
舟 1071
譸 1206
賙 1227
輈 1255
週 1276
鬻 1435
鵃 1445

ㄓㄡˊ

妯 0334
軸 1253

ㄓㄡˇ

帚 0409
肘 1037

ㄓㄡˋ

冑 0125
咒 0222
噣 0258
宙 0361
晝 0618
甃 0847
皺 0880
籀 0963
紂 0972
縐 0999
繇 1003
胄 1040
軸 1253
酎 1301

·ㄓㄡ

帚 0409

ㄓㄢ

佔 0063
占 0183
呫 0227
怗 0470
旃 0604
栴 0661
氈 0713
沾 0732
瞻 0900
粘 0967
覘 1170
詹 1188
邅 1288
霑 1378
饘 1412
鱣 1442
鸇 1450

ㄓㄢˇ

展 0390
嶄 0400
搌 0567
斬 0600
琖 0839
皽 0880
盞 0883
蹍 1244
輾 1259
醆 1304
颭 1403

ㄓㄢˋ

佔 0063
占 0183
戰 0513
暫 0624
棧 0667
湛 0761
站 0945
綻 0990
蘸 1123
顫 1400

ㄓㄣ

偵 0091
唇 0235
振 0544
斟 0599
椹 0674
楨 0671
榛 0676
溱 0770
珍 0833
甄 0847
眞 0892
砧 0906
碪 0912
禎 0923
箴 0957
胗 1042
臻 1065
蓁 1106
袗 1156
貞 1216
針 1312
鍼 1331

ㄓㄣˇ

枕 0646
畛 0855
疹 0863
稹 0935
紾 0983
縝 0999
胗 1042
袗 1156
診 1185
軫 1254
鬒 1430
黰 1460

ㄓㄣˋ

娠 0338
振 0544
揕 0563
朕 0633
枕 0646
瑱 0841
眹 0895
紖 0979
賑 1224
酖 1301
鎭 1332
陣 1356
陳 1358
震 1377
鴆 1444

ㄓㄤ

嫜 0344
張 0437
彰 0443
樟 0682
漳 0771
獐 0827
璋 0841
蟑 1139
鄣 1297
章 1390

ㄓㄤˇ

仉 0051
掌 0556
漲 0774
長 1342
黨 1459

ㄓㄤˋ

丈 0016
仗 0053
嶂 0400
帳 0412
幛 0413
張 0437
杖 0642
漲 0774
瘴 0869
脹 1048
賬 1225
長 1342
障 1363

ㄓㄥ

丁 0009
崢 0397
征 0445
徵 0453
怔 0465
掙 0553
政 0587
烝 0795
爭 0812
猙 0825
玎 0832
癥 0871
睜 0896
箏 0956
蒸 1105
諍 1196
趟 1236
鉦 1318
錚 1327
鯖 1439

ㄓㄥˇ

承 0530
拯 0540
整 0594

ㄓㄥˋ

幀 0412
掙 0553
政 0587
正 0698
症 0862
証 1184
諍 1196
證 1203
鄭 1298

ㄓㄨ

侏 0072
朱 0639
株 0660
櫧 0691
櫫 0691
洙 0744
瀦 0787
珠 0835
硃 0908
茱 1088
藷 1120
蛛 1131
誅 1188
諸 1196
豬 1213
邾 1293
銖 1320

ㄓㄨˊ

妯 0334
朮 0536
燭 0809
瘃 0867
竹 0947
竺 0947
筑 0952
築 0958
舳 1072
蠋 1143
躅 1247
軸 1253
逐 1274

ㄓㄨˇ

主 0031
囑 0262
壴 0302
屬 0392
拄 0531
枓 0649
渚 0756
煮 0800
矚 0901
貯 1219
麈 1452

ㄓㄨˋ

亍 0039
住 0060
佇 0060
助 0160
宁 0354
杼 0649
柱 0651
柷 0655
注 0729
澍 0781
炷 0794
疰 0863
祝 0920
箸 0956
粥 0967
紵 0982
羜 1018
翥 1023
苧 1080
著 1097
蛀 1130
註 1182
踷 1246
鑄 1339
駐 1417
鬻 1435

ㄓㄨㄚ

抓 0529
撾 0577
簻 0963
髽 1430

ㄓㄨㄛ

哄 0230

ㄏㄨㄥˋ

沗 0722
澒 0780
閧 1432

ㄐ

ㄐㄧ

丌 0018
乩 0035
几 0133
剞 0152
勣 0166
咭 0231
唧 0235
嘰 0254
基 0286
奇 0320
姬 0338
居 0388
屐 0390
嵇 0399
幾 0421
期 0634
机 0640
枅 0649
棋 0668
機 0686
激 0782
犄 0319
璣 0342
畸 0858
畿 0859
磯 0915
禨 0925
稽 0935
積 0936
笄 0948
箕 0955
績 1000
羇 1015
羈 1016
肌 1037
萁 1098
虀 1123
觭 1176
譏 1204
跡 1239
蹟 1245
躋 1248
隮 1365
雞 1370
飢 1405
饑 1412
麂 1452
齎 1464
齏 1464

ㄐㄧˊ

亟 0042
亼 0049
佶 0072
即 0185
及 0193
吉 0205
吃 0214
唧 0235
圾 0279
嫉 0342
寂 0367
岌 0394
急 0468
戢 0512
揖 0561
擊 0577
棘 0666
楫 0671
極 0672
殛 0707
汲 0727
疾 0861
瘠 0868
笈 0948
籍 0963
級 0978
脊 1045
芨 1080
苙 1084
葺 1102
蒺 1106
蕺 1116
藉 1117
踖 1242
蹐 1244
輯 1258
鈒 1316
集 1368
革 1384
髻 1429
鮚 1437
鶺 1449

ㄐㄧˇ

几 0133
剞 0152
己 0406
幾 0421
庋 0422
戟 0512
掎 0557
擠 0578
机 0640
枳 0654
泲 0737
濟 0784
紀 0973
給 0986
脊 1045
蟣 1142
踦 1242
麂 1452

ㄐㄧˋ

伎 0060
偈 0093
冀 0123
劑 0156
嚌 0259
墍 0291
妓 0330
季 0351
寄 0367
忌 0460
悸 0482
惎 0485
憒 0508
技 0524
既 0606
暨 0623
洎 0745
濟 0784
瘈 0867
祭 0922
禨 0925
稷 0935
穄 0937
穧 0938
紀 0973
繫 1005
繼 1006
罽 1015
薊 1116
薺 1118
覬 1172
計 1178
記 1179
跽 1241
際 1363
霽 1380
騎 1420
驥 1424
髻 1429
鯚 1437
鯽 1438
齊 1464

ㄐㄧㄚ

伽 0062
佳 0068
傢 0093
加 0157
嘉 0251
夾 0319
家 0363
枷 0654
珈 0834
痂 0863
笳 0950
耞 1029
茄 1081
葭 1102
袈 1155
豭 1213
跏 1238
迦 1267
鎵 1332

ㄐㄧㄚˊ

夾 0319
恝 0475
戛 0512
挾 0544
浹 0750
秸 0931
筴 0953
莢 1091
蛺 1133
袷 1157
郟 1293
鉿 1322
鋏 1324
頡 1396
頰 1396

ㄐㄧㄚˇ

假 0088
嘏 0252
夏 0303
斝 0599
榎 0678
檟 0689
甲 0852
瘕 0868
胛 1041
賈 1223
鉀 1317

ㄐㄧㄚˋ

假 0088
價 0101
嫁 0341
架 0651
稼 0935
駕 1417

ㄐㄧㄝ

偕 0091
嗟 0247
接 0549
揭 0561
湝 0765
痎 0864
皆 0878
秸 0931
結 0983
罝 1012
薢 1116
街 1149
階 1360

ㄐㄧㄝˊ

倢 0087
偈 0093
傑 0094
刦 0159
劫 0160
婕 0340
孑 0347
截 0513
拮 0540
捷 0549
擷 0580
杰 0648
桔 0657
桀 0560
楬 0674
榤 0578
櫛 0589
渴 0762
潔 0778
癤 0870
睫 0896
碣 0912
竭 0946
節 0953
箑 0956
結 0983
絜 0987
羯 1019
袺 1157
袷 1157
訐 1179
詰 1187
頡 1396
鮚 1437

ㄐㄧㄝˇ

姐 0333
姊 0334
解 1174

ㄐㄧㄝˋ

介 0050
价 0060
借 0082
嗟 0247
尬 0384
届 0389
戒 0511
犗 0820
玠 0833
界 0854
疥 0861
芥 1078
藉 1117
蚧 1129
解 1174

ㄏ

ㄎ

ㄌ

嚏 0258
屜 0390
弟 0436
悌 0476
惕 0481
擿 0580
替 0629
棣 0668
殢 0707
涕 0745
薙 1116
裼 1161
趯 1236
逖 1275
銻 1322

ㄊㄧㄝ

呫 0227
帖 0409
怗 0470
貼 1219

ㄊㄧㄝˇ

帖 0409
鐵 1338

ㄊㄧㄝˋ

帖 0409
餮 1411

ㄊㄧㄠ

佻 0072
挑 0543
祧 0922
蓨 1111

ㄊㄧㄠˊ

佻 0072
條 0664
笤 0950
苕 1085
蜩 1135
調 1194
迢 1267
銚 1321
髫 1429
鰷 1441
齠 1465

ㄊㄧㄠˇ

挑 0543
窕 0941

ㄊㄧㄠˋ

咷 0231
朓 0633
眺 0894
糶 0971
覜 1171
跳 1240
頫 1396

ㄊㄧㄢ

天 0312
添 0753

ㄊㄧㄢˊ

嗔 0250
塡 0293
寘 0370
恬 0473
湉 0764
甜 0848
田 0852
畋 0854
鈿 1319
闐 1350
餂 1408

ㄊㄧㄢˇ

唺 0240
忝 0464
栝 0661
殄 0705
紾 0983
腆 1048
舔 1069
靦 1384
餂 1408

ㄊㄧㄢˋ

掭 0557
瑱 0841

ㄊㄧㄥ

听 0221
廳 0430
桯 0665
汀 0719
町 0853
聽 1035

ㄊㄧㄥˊ

亭 0045
停 0088
婷 0340
庭 0424
廷 0430
渟 0764
筳 0954
莛 1094
葶 1102
蜓 1132
霆 1377
鼮 1463

ㄊㄧㄥˇ

挺 0545
梃 0663
町 0853
脡 1047
艇 1073
莛 1094
鋌 1325

ㄊㄧㄥˋ

庭 0424
聽 1035

ㄊㄨ

禿 0928

ㄊㄨˊ

凸 0136
圖 0273
塗 0292
屠 0390
徒 0448
涂 0751
瘏 0866
稌 0933
突 0940
腯 1052
荼 1093
菟 1098
途 1276
酴 1303

ㄊㄨˇ

吐 0208
土 0274

ㄊㄨˋ

兎 0112
吐 0208
唾 0241
菟 1098

ㄊㄨㄛ

佗 0061
托 0522
拖 0538
棁 0665
脫 1046
託 1180
訑 1181

ㄊㄨㄛˊ

佗 0061
柁 0654
橐 0687
沱 0735
跎 1237
酡 1301
陀 1353
馱 1416
駝 1417
鮀 1436
鴕 1445
鼉 1461

ㄊㄨㄛˇ

妥 0331
橢 0685

ㄊㄨㄛˋ

唾 0241
拓 0533
柝 0655
籜 0964
蘀 1122
跅 1239
魄 1434

ㄊㄨㄟ

推 0552
蓷 1110

ㄊㄨㄟˊ

穨 0938
隤 1363
頹 1397
魋 1434

ㄊㄨㄟˇ

腿 1052

ㄊㄨㄟˋ

蛻 1132
褪 1162
退 1269

ㄊㄨㄢ

湍 0762
貒 1215

ㄊㄨㄢˊ

剸 0155
團 0272
摶 0570
漙 0777
糰 0971
鷻 1446

ㄊㄨㄢˋ

彖 0441

ㄊㄨㄣ

呑 0215
啍 0240
暾 0625

ㄊㄨㄣˊ

啍 0240
囤 0267
屯 0392
敦 0592
臀 1056
豚 1212
飩 1406

ㄊㄨㄣˇ

氽 0720

ㄊㄨㄣˋ

褪 1162

ㄊㄨㄥ

侗 0073
恫 0472
痌 0864
通 1272

ㄊㄨㄥˊ

仝 0055
佟 0067
侗 0073
僮 0099
同 0206
彤 0442
曈 0625
朣 0635
桐 0657
橦 0687
潼 0777
瞳 0899
穜 0937
童 0945
筒 0952
筩 0954
罿 1015
艟 1073
茼 1089
衕 1149
酮 1302
銅 1320
鼕 1462

ㄊㄨㄥˇ

捅 0547
桶 0662
筒 0952
筩 0954
統 0979

ㄊㄨㄥˋ

慟 0497
痛 0864
通 1272

ㄋ

ㄋㄚ

那 1290

ㄋㄚˊ

拏 0538
拿 0543
挐 0544

ㄋㄚˇ

ㄉㄨㄣ
墩 0297
惇 0484
敦 0592
蹲 1246
鐓 1337

ㄉㄨㄣˇ
盹 0888
躉 1247

ㄉㄨㄣˋ
噸 0256
囤 0267
敦 0592
沌 0726
燉 0807
盹 0888
盾 0890
遁 1282
遯 1285
鈍 1315
頓 1394

ㄉㄨㄥ
多 0128
咚 0225
東 0644
蝀 1135
鼕 1462

ㄉㄨㄥˇ
懂 0505
董 1101

ㄉㄨㄥˋ
凍 0131
動 0162
恫 0472
棟 0667
洞 0741
胴 1043
蝀 1135
衕 1149

ㄊ

ㄊㄚ
他 0053
塌 0293
她 0328
它 0354
牠 0817
趿 1237
鉈 1318

ㄊㄚˇ
塔 0292
獺 0830

ㄊㄚˋ
嗒 0250
拓 0533
搭 0564
搨 0567
撻 0574
榻 0675
沓 0728
漯 0776
獺 0830
踏 1241
蹋 1244
躂 1247
達 1279
遢 1284
遝 1284
闒 1351
闥 1352
鰨 1440

ㄊㄜ
忑 0462

ㄊㄜˋ
忒 0462
忑 0462
慝 0498
特 0818
螣 1139
貸 1222
鋱 1324

ㄊㄞ
台 0204
胎 1041
苔 1083

ㄊㄞˊ
儓 0103
台 0204
抬 0538
檯 0690
炱 0794
臺 1064
苔 1083
薹 1118
跆 1238
邰 1292
颱 1403
駘 1418
鮐 1437

ㄊㄞˋ
大 0307
太 0316
態 0495
汰 0726
泰 0736
鈦 1316

ㄊㄠ
叨 0201
弢 0437
慆 0495
挑 0543
掏 0555
搯 0567
滔 0769
濤 0784
絛 0989
縚 0999
韜 1389
饕 1412

ㄊㄠˊ
咷 0231
啕 0239
桃 0659
檮 0690
洮 0744
淘 0757
濤 0784
燾 0810
綯 0994
翿 1025
萄 1096
逃 1270
陶 1360
鞀 1385

ㄊㄠˇ
討 1179

ㄊㄠˋ
套 0323

˙ㄊㄠ
萄 1096

ㄊㄡ
偷 0092
媮 0341

ㄊㄡˊ
投 0528
頭 1396
骰 1425

ㄊㄡˋ
透 1275

ㄊㄢ
嘽 0255
坍 0278
怹 0471
探 0554
攤 0582
灘 0789
癱 0872
貪 1219

ㄊㄢˊ
倓 0087
壇 0298
彈 0440
曇 0625
檀 0688
潭 0778
澹 0783
痰 0866
眈 0891
罈 1011
蕁 1113
蟫 1141
覃 1167
談 1193
譚 1204
郯 1295
醰 1306
鐔 1337
餤 1410

ㄊㄢˇ
坦 0280
忐 0462
毯 0712
禫 0925
袒 1155

ㄊㄢˋ
嘆 0251
探 0554
撢 0574
歎 0697
炭 0793
碳 0912

ㄊㄤ
湯 0762
蹚 1245
鏜 1334
鐋 1337
闛 1349

ㄊㄤˊ
唐 0232
堂 0287
塘 0292
搪 0564
棠 0666
溏 0770
糖 0970
膛 1054
螗 1138
螳 1139
醣 1304
鏜 1334
餳 1411

ㄊㄤˇ
倘 0084
儻 0105
帑 0409
惝 0484
淌 0753
躺 1250
钂 1341
黨 1459

ㄊㄤˋ
燙 0807
盪 0885
趟 1236
鐋 1337

ㄊㄥˊ
滕 0771
疼 0863
籐 0964
縢 0999
藤 1119
螣 1139
謄 1201
騰 1421

ㄊㄧ
剔 0151
梯 0662
踢 1241

ㄊㄧˊ
啼 0244
堤 0289
提 0560
禔 0924
稊 0932
綈 0989
緹 0998
荑 1089
蹄 1242
蹏 1243
醍 1304
隄 1362
鞮 1387
題 1398
鵜 1446
鶗 1447

ㄊㄧˇ
体 0067
醍 1304
體 1426

ㄊㄧˋ
俶 0087
倜 0087
剃 0148
啻 0241

簦 0962
鐙 1337

ㄉㄥˇ

戥 0512
等 0950

ㄉㄥˋ

凳 0133
嶝 0400
瞪 0899
磴 0915
蹬 1246
鄧 1298
鐙 1337

ㄉㄧ

低 0066
嘀 0250
堤 0289
提 0560
滴 0771
羝 1018
隄 1362
鞮 1387

ㄉㄧˊ

嘀 0250
嫡 0343
抵 0536
敵 0593
條 0664
滌 0776
狄 0821
的 0877
笛 0949
糴 0971
翟 1022
荻 1093
蓧 1111
覿 1173
蹢 1245
迪 1267
適 1284
鏑 1334

ㄉㄧˇ

厎 0188
坻 0281
底 0422
弤 0437
抵 0536
提 0560
柢 0655
氐 0714
牴 0818
砥 0908
觝 1174
詆 1184
邸 1291

ㄉㄧˋ

地 0275
娣 0338
帝 0410
弟 0435
杕 0643
棣 0668
玓 0832
的 0877
睇 0895
碲 0912
禘 0924
第 0949
締 0994
蒂 1100
蔕 1110
螮 1140
諦 1197
踶 1243
逮 1276
遞 1283
遰 1285
釱 1314

ㄉㄧㄝ

嗲 0250
爹 0813

ㄉㄧㄝˊ

佚 0067
咥 0231
啑 0241
喋 0241
垤 0283
堞 0291
惵 0564
昳 0615
涉 0749
牒 0815
瓞 0845
疊 0859
碟 0911
絰 0987
耋 1027
蝶 1136
褶 1164
諜 1198
跌 1238
蹀 1243
軼 1253
迭 1267
鰈 1439
鰨 1440

ㄉㄧㄠ

凋 0132
刁 0137
叼 0201
彫 0443
琱 0839
碉 0910
貂 1214
雕 1369
鯛 1439
鵰 1447

ㄉㄧㄠˇ

屌 0389
鳥 1442

ㄉㄧㄠˋ

吊 0208
弔 0434
掉 0551
窵 0943
蓧 1111
調 1194
釣 1313
銚 1321

ㄉㄧㄡ

丟 0026

ㄉㄧㄢ

巔 0402
拈 0534
掂 0557
敁 0588
滇 0767
癲 0872
顛 1399

ㄉㄧㄢˇ

典 0122
碘 0910
點 1458

ㄉㄧㄢˋ

佃 0063
墊 0295
奠 0324
店 0422
惦 0479
殿 0709
淀 0758
澱 0781
玷 0833
甸 0853
痁 0863
癜 0870
簟 0962
鈿 1319
阽 1355
電 1376
靛 1382

ㄉㄧㄤ

噹 0256

ㄉㄧㄥ

丁 0009
仃 0049
叮 0201
玎 0832
町 0853
疔 0860
盯 0887
酊 1300
釘 1312
靪 1385

ㄉㄧㄥˇ

酊 1300
頂 1391
鼎 1461

ㄉㄧㄥˋ

定 0359
碇 0911
訂 1178
釘 1312
錠 1325
飣 1406

ㄉㄨ

嘟 0252
督 0896
都 1295
闍 1349

ㄉㄨˊ

櫝 0690
毒 0710
瀆 0786
牘 0815
犢 0820
獨 0828
讀 1207
讟 1209
頓 1394
髑 1460

ㄉㄨˇ

堵 0287
睹 0896
篤 0958
肚 1037
賭 1227

ㄉㄨˋ

妒 0329
度 0423
斁 0595
杜 0642
渡 0760
肚 1037
蠹 1145
鍍 1329

ㄉㄨㄛ

哆 0231
多 0305

ㄉㄨㄛˊ

剟 0152
多 0305
奪 0324
掇 0557
敠 0593
鐸 1338

ㄉㄨㄛˇ

垛 0283
埵 0291
朵 0639
趓 1235
躲 1250

ㄉㄨㄛˋ

剁 0147
咄 0222
垛 0283
墮 0296
度 0423
惰 0485
杕 0643
柁 0654
柮 0655
舵 1072
跺 1240
踱 1242
馱 1416

ㄉㄨㄟ

堆 0286
敦 0592
追 1270
鐓 1337

ㄉㄨㄟˋ

兌 0111
對 0380
憝 0503
懟 0506
敦 0592
碓 0911
譈 1204
錞 1328
鐓 1337
隊 1360

ㄉㄨㄢ

端 0946
耑 1028

ㄉㄨㄢˇ

短 0903

ㄉㄨㄢˋ

斷 0601
椴 0675
段 0707
毈 0709
碫 0912
緞 0997
鍛 1330

佛 0470
扶 0524
拂 0531
服 0632
枹 0655
桴 0665
氟 0715
沸 0734
汱 0737
洑 0745
浮 0749
涪 0759
祓 0921
福 0923
符 0949
紼 0982
紱 0982
綍 0989
縛 0998
罘 1012
艴 1075
芙 1077
芾 1079
茀 1084
苻 1085
茯 1090
莩 1093
菔 1098
蚨 1129
蜉 1134
蝠 1137
袱 1156
輻 1258
郛 1293
韍 1388
鳧 1443
鵩 1447
黻 1460

ㄈㄨˇ

俛 0080
俯 0080
府 0422
拊 0538
撫 0572
斧 0600
滏 0770
父 0813
甫 0851
簠 0962
脯 1046
腑 1048
腐 1049
莆 1093
輔 1255
釜 1313
頫 1396
黼 1460

ㄈㄨˋ

付 0052
傅 0093
副 0153
咐 0223
婦 0339
富 0369
復 0451
掊 0557
洑 0745
父 0812
祔 0921
腹 1050
蝮 1138
複 1161
覆 1168
訃 1178
負 1216
賦 1225
賻 1229
赴 1232
輹 1259
阜 1352
附 1354
馥 1414
駙 1418
鮒 1436
鰒 1439

ㄉ

ㄉㄚ

搭 0564
疸 0863
答 0952
荅 1090
褡 1163
躂 1247

ㄉㄚˊ

嗒 0250
妲 0334
怛 0470
打 0520
疊 0859
瘩 0868
笪 0950
答 0952
荅 1090
達 1279
鎝 1333
靼 1385
韃 1387

ㄉㄚˇ

打 0520

ㄉㄚˋ

大 0307

ㄉㄜˊ

得 0448
德 0453

·ㄉㄜ

地 0275
底 0422
得 0449
的 0877
襶 1166

ㄉㄞ

呆 0216
待 0446
獃 0827

ㄉㄞˇ

得 0449
歹 0704
逮 1276

ㄉㄞˋ

代 0053
埭 0289
大 0307
岱 0395
帶 0411
待 0446
怠 0468
戴 0514
殆 0705
汏 0722
玳 0834
紿 0983
袋 1155
襶 1166
詒 1185
貸 1222
迨 1268
逮 1276
遝 1284
靆 1381
駘 1418
黛 1459

ㄉㄟˇ

得 0449

ㄉㄠ

刀 0137
叨 0201
忉 0459
舠 1071
裯 1161

ㄉㄠˇ

倒 0082
導 0381
島 0396
搗 0566
擣 0579
禱 0925
蹈 1244

ㄉㄠˋ

倒 0082
到 0146
導 0381
幬 0414
悼 0481
燾 0810
盜 0883
稻 0935
纛 1009
翿 1025
蹈 1244
道 1278

ㄉㄡ

兜 0113
都 1295

ㄉㄡˇ

唗 0235
抖 0525
斗 0598
枓 0649
蚪 1129
陡 1357

ㄉㄡˋ

吋 0209
痘 0865
竇 0944
脰 1047
荳 1093
讀 1207
豆 1210
逗 1272
餖 1409
鬥 1431

ㄉㄢ

丹 0030
儋 0102
匰 0174
單 0245
擔 0576
殫 0707
湛 0761
眈 0891
簞 0961
耽 1030
聃 1031
襌 1164
鄲 1299
酖 1301

ㄉㄢˇ

亶 0046
撢 0574
撣 0574
疸 0863
膽 1055

ㄉㄢˋ

亶 0046
但 0064
啖 0238
啗 0241
噉 0255
壇 0298
彈 0440
憚 0501
擔 0576
旦 0608
氮 0717
淡 0752
澹 0783
癉 0870
石 0905
萏 1098
蛋 1130
蜑 1136
訑 1181
誕 1192
鉭 1319
餤 1410
髧 1429

ㄉㄤ

噹 0256
璫 0843
當 0858
簹 0963
襠 1164
鐺 1338

ㄉㄤˇ

党 0113
擋 0575
攩 0582
檔 0688
當 0858
讜 1209
黨 1459

ㄉㄤˋ

宕 0361
擋 0575
檔 0688
當 0858
盪 0885
碭 0912
蕩 1111

ㄉㄥ

燈 0807
登 0872

ㄇㄨˊ

模 0679

ㄇㄨˇ

姆 0333
姥 0335
拇 0535
母 0710
牡 0816
畝 0854
鉧 1319

ㄇㄨˋ

募 0165
墓 0294
幕 0413
幙 0413
慕 0498
暮 0623
木 0635
沐 0726
牧 0817
目 0886
睦 0896
穆 0936
繆 1000
苜 1083
莫 1091
鉬 1319
霂 1378

ㄈ

ㄈㄚ

伐 0056
法 0733
發 0872
醱 1306

ㄈㄚˊ

乏 0033
法 0733
砝 0906
筏 0952
罰 1014
茷 1090
閥 1348

ㄈㄚˇ

法 0733
髮 1429

ㄈㄚˋ

法 0733
琺 0837
髮 1429

ㄈㄛˊ

佛 0061

ㄈㄟ

啡 0237
妃 0327
扉 0517
斐 0598
緋 0994
菲 1096
蜚 1136
霏 1378
非 1382
飛 1404
騑 1420

ㄈㄟˊ

淝 0759
痱 0866
肥 1038
腓 1049
蜚 1136

ㄈㄟˇ

匪 0173
悱 0485
斐 0598
朏 0632
榧 0678
篚 0959
翡 1022
菲 1096
蜚 1136
誹 1196
非 1382

ㄈㄟˋ

剕 0152
吠 0219
廢 0427
怫 0470
沸 0734
狒 0823
痱 0866
癈 0870
肺 1038
芾 1090
菲 1096
費 1220

ㄈㄡ

不 0018

ㄈㄡˊ

罘 1012
芣 1079

ㄈㄡˇ

不 0018
否 0215
缶 1009

ㄈㄢ

帆 0408
幡 0414
旛 0606
番 0857
繙 1005
翻 1024
蕃 1112

ㄈㄢˊ

凡 0030
帆 0408
樊 0681
氾 0719
煩 0800
燔 0809
璠 0843
礬 0916
繁 1002
膰 1054
蕃 1112
藩 1119
蘩 1123
蠜 1144
蹯 1247
釩 1314

ㄈㄢˇ

反 0193
返 1266

ㄈㄢˋ

梵 0661
氾 0719
汎 0722
泛 0733
渢 0765
犯 0821
笵 0950
範 0957
范 1080
販 1217
飯 1406

ㄈㄣ

分 0137
吩 0217
氛 0714
紛 0976
芬 1078
酚 1301
雰 1375

ㄈㄣˊ

墳 0296
枌 0650
棼 0670
汾 0727
濆 0780
焚 0796
蕡 1113
蚡 1129
豶 1213
賁 1222

ㄈㄣˇ

粉 0966

ㄈㄣˋ

份 0059
僨 0100
噴 0254
奮 0325
忿 0464
憤 0501
拚 0536
糞 0971
賁 1222
鼢 1462

ㄈㄤ

坊 0278
妨 0329
方 0602
枋 0646
紡 1071
芳 1077
邡 1291
鈁 1315

ㄈㄤˊ

坊 0278
妨 0329
房 0515
肪 1039
防 1352
魴 1436

ㄈㄤˇ

仿 0055
倣 0080
彷 0444
放 0586
昉 0612
紡 0976
舫 1071
訪 1181
髣 1429

ㄈㄤˋ

放 0586

ㄈㄥ

封 0377
峰 0396
楓 0671
灃 0789
烽 0796
犎 0820
瘋 0867
葑 1102
蜂 1133
諷 1199
豐 1211
酆 1299
鋒 1324
風 1401

ㄈㄥˊ

夆 0303
渢 0765
縫 1000
逢 1275
馮 1415

ㄈㄥˋ

俸 0081
奉 0320
縫 1000
葑 1102
諷 1198
賵 1228
風 1401
鳳 1443

ㄈㄨ

不 0018
伕 0056
夫 0315
孚 0350
孵 0352
敷 0594
柎 0655
砆 0906
稃 0932
膚 1054
衭 1154
趺 1237
跗 1238
鄜 1297
鈇 1316
麩 1454

ㄈㄨˊ

伏 0057
俘 0078
偪 0093
刜 0144
匐 0169
咈 0227
夫 0315
孚 0350
宓 0361
帗 0410
幅 0412
弗 0435
彿 0444

ㄅ

ㄅㄚ

八 0117
叭 0205
吧 0216
巴 0406
扒 0521
捌 0547
疤 0861
笆 0947
粑 0966
芭 1077
豝 1212
鈀 1316

ㄅㄚˊ

拔 0533
茇 1084
跋 1238
鈸 1316
魃 1434

ㄅㄚˇ

把 0526
鈀 1316
靶 1385

ㄅㄚˋ

伯 0066
壩 0300
把 0526
杷 0647
灞 0789
爸 0813
罷 1014
耙 1029
霸 1379

·ㄅㄚ

吧 0215
罷 1014

ㄅㄛ

剝 0152
啵 0240
撥 0573
波 0731
玻 0833
磻 0915
缽 1010
般 1071
菠 1094
餑 1409
鱍 1442

ㄅㄛˊ

伯 0066
佰 0071
僰 0100
勃 0161
博 0181
孛 0350
帛 0409
挬 0476
搏 0566
柏 0652
欂 0692
泊 0736
浡 0750
渤 0761
瀑 0787
白 0875
礴 0917
箔 0956
簙 0962
粕 0967
脖 1046
膊 1052
舶 1072
艴 1075
茀 1084
荸 1090
蔔 1109
薄 1114
襮 1165
踣 1242
鈸 1316
鉑 1317
鎛 1333
雹 1376
駁 1416
駮 1419
髆 1426
魄 1434
鵓 1446

ㄅㄛˇ

簸 0963
跛 1238

ㄅㄛˋ

亳 0045
北 0171
播 0572
擘 0577
檗 0689
簸 0963
薄 1114
薜 1115
蘗 1123

·ㄅㄛ

啵 0240
蔔 1109

ㄅㄞ

伯 0066
掰 0558

ㄅㄞˊ

伯 0066
白 0875

ㄅㄞˇ

伯 0066
佰 0071
把 0526
捭 0558
擺 0580
百 0876
襬 1165

ㄅㄞˋ

唄 0235
拜 0538
敗 0589
稗 0934
粺 0969

ㄅㄟ

俾 0086
卑 0180
唄 0235
悲 0483
揹 0564
杯 0647
桮 0665
盃 0881
碑 0910
背 1040
陂 1355

ㄅㄟˇ

北 0171

ㄅㄟˋ

倍 0080
備 0094
僻 0101
北 0171
婢 0340
孛 0350
怫 0470
悖 0476
憊 0502
焙 0796
狽 0824
糒 0970
背 1040
臂 1056
茇 1084
蓓 1105
被 1155
褙 1162
貝 1216
輩 1257
邶 1292
鋇 1324

ㄅㄠ

剝 0152
包 0168
孢 0351
枹 0655
炮 0794
胞 1042
苞 1083
褒 1162
鞄 1385
鮑 1436

ㄅㄠˊ

薄 1114
雹 1376

ㄅㄠˇ

保 0076
堡 0290
媬 0341
寶 0376
葆 1102
褓 1162
飽 1407
鴇 1444

ㄅㄠˋ

刨 0144
報 0290
抱 0536
暴 0623
瀑 0786
煲 0803
爆 0810
虣 1127
豹 1214
趵 1237
鉋 1317
鮑 1436

ㄅㄢ

扳 0528
搬 0565
攽 0586
斑 0597
斒 0598
班 0834
瘢 0869
般 1071
頒 1394

ㄅㄢˇ

板 0648
版 0814
舨 1072
闆 1350
阪 1353

ㄅㄢˋ

伴 0061
半 0178
扮 0524
拌 0531
瓣 0845
絆 0979
辦 1263
辧 1263

ㄅㄣ

奔 0321
賁 1222
錛 1328

ㄅㄣˇ

本 0636
畚 0855

ㄅㄣˋ

体 0067
坌 0280
奔 0321
笨 0948

ㄅㄤ

傍 0093
幫 0414
彭 0443
梆 0664
邦 1290

ㄅㄤˇ

榜 0676
牓 0815
綁 0988
膀 1052
蒡 1106

ㄅㄤˋ

並 0027

注音符號索引

十八畫

十九畫

二十畫

二十一畫

二十二畫

二十三畫

二十四畫

二十五畫

二十六畫

二十八畫

二十九畫

一畫

二畫

三畫

四畫

五畫

六畫

難字筆畫索引

簡明活用辭典／邱德修總主編．－二版
臺北市　五南，民 79
面；　公分
含索引

ISBN 978-957-11-0176-7（精裝）

1. 中國語言－字典，辭典

802.3　　82000663

簡明活用辭典

中華民國七十八年四月初版一刷
中華民國七十九年九月二版一刷
中華民國一〇六年十月二版二十刷

定價：二八〇元

總主編　邱德修
發行人　楊榮川
出版者　五南圖書出版股份有限公司
局版臺業字第〇五九八號
臺北市和平東路二段三三九號四樓
電　話：二七〇五五〇六六
郵政劃撥：〇一〇六八九五－三
排版者　紀元電腦排版公司
印刷者　元東印刷包裝有限公司

部首名稱及索引